COUNTRIES OF THE WORLD

Russian Federation

Mongolia

China

Iran

Saudi Arabia

India

Myanmar

Laos

Taiwan

Philippines

Ethiopia

Somalia

Kenya

Malaysia

Indonesia

Australia

Indian Ocean

Madagascar

New Zealand

U0078830

alawi
alta
oldova
onaco
ozambique
epal
etherlands
caraqua
orth Korea
man
akistan
anama
apua New Guinea

79 Paraguay
80 Poland
81 Portugal
82 Qatar
83 Romania
84 Rwanda
85 Senegal
86 Sierra Leone
87 Singapore
88 Slovakia
89 Slovenia
90 South Korea
91 Spain

92 Sri Lanka
93 Surinam
94 Swaziland
95 Sweden
96 Switzerland
97 Syria
98 Tajikistan
99 Thailand
100 Togo
101 Trinidad & Tobago
102 Turkey
103 Turkmenistan
104 Uganda

105 Ukraine
106 United Arab Emirates
107 United Kingdom
108 Uzbekistan
109 Vatican City
110 Vietnam
111 Yemen
112 Yugoslavia
113 Zaire
114 Zambia
115 Zimbabwe

ta   mauve   ocher   olive   purple   scarlet   sepia   ultramarine   umber   vermillion

三民
新英漢辭典

THE NEW CENTURY
ENGLISH-CHINESE DICTIONARY

主編　何萬順
編譯　徐靜波　許金生　戴建方　郭皎　任溶溶

增訂完美版

三民書局

漢譯新版序

　　每一個新的開始，都是邁向理想的一大進步，學習英語也是如此。一直深受好評的 New Century English-Japanese Dictionary 最新增修版問世後，我們便迫不及待想將這本精緻的好辭典呈現給您。這次中文版的「新英漢辭典」除了維持圖文並茂、雙色印刷、解說詳盡的優點外，更有下列多項創新：

一、點的突破：爲滿足讀者更豐富的需求，新版詞目擴增至 67,500 項；詞條增至 46,000 項，幫助您解決大大小小的英文問題。

二、線的連貫：爲彌補每個字詞的瑣碎印象，我們增設了「搭配」一欄，將各詞語的組合關係更清晰地呈現，並詳列字詞的原義、引申義，讓您學習英語時能舉一反三、觸類旁通。

三、面的整合：書後附有詳盡的「英文文法總整理」、「發音要領解說」，爲您建立學習英語最基礎也最全面的概念。

　　我們並不希望您將辭典設限爲單純檢索字義的工具書，在更多時候，它應該是您學習英語的無聲老師。從點到線的貫穿，從線到面的整合，所有的改變都是爲了精益求精，也希望這本辭典讓您的英文更上一層樓。

編輯部　謹誌
1998 年 8 月

漢譯版序

在即將邁入二十一世紀的今日世界，英語無疑已成爲最爲通行的國際語言，也是在許多領域與行業裡必備的條件之一。 而一部夠水準、程度適當的辭典更是學習英語時不可或缺的工具。

本英漢辭典乃借重於頗負盛名之New Century English-Japanese Dictionary，根據其最新修訂之版本，重新精心編修而成，適合國中及高中學生在學習英語時參考使用，同時也爲大專學生及社會人士在自修英語時提供了一本優良的工具書。

本書所收詞目共計 62,400 項，包括詞條 43,000、慣用片語 7,400 及變化詞彙 12,000；並且採K.K.音標及D.J.音標並列，K.K.音標在前，標示美式發音；D.J.音標在後，標示英式發音。 美式發音部分參照A Pronouncing Dictionary of American English，英式發音則以English Pronouncing Dictionary爲依據。 全書更採雙色印刷，以便利讀者查閱。

三民書局負責人劉振強先生一向熱心從事教育出版，數十年來不遺餘力，卓然有成。 因此，本人能獲先生邀請主持本辭典之編輯工作，甚感榮幸。 本辭典得以順利完成，參加編修校訂工作的徐靜波、許金生、戴建方、郭皎、任溶溶等及三民書局編輯部鼎力協助，功不可沒，本人在此深致謝意！

本書雖前後多次校勘，然而遺漏或錯誤恐怕在所難免，惟祈讀者諸君不吝指正。

何萬順　謹誌
1995 年 6 月

三版序

在 New Century English-Japanese Dictionary 第二版發行四年後的今天，第三版問世了。這些年來，第二版承續初版的口碑，深受讀者的好評與歡迎，臺灣甚且發行了中文版。而此次改版，除了沿續以往的優點外，更以全新的視野作多方面的評訂、改善與補強。

首先是量的增加。不僅版面擴大，頁數增加高達百分之十以上，詞條及片語數目都大幅提高。此外，在最重要的基本單字(如 have 等)及一般中學生考試時必備的新資訊等內容上，都有更充實的呈現。

其次是質的改善。針對舊版極具特色的「搭配欄」，作更進一步的精練、編纂，置於基本單字中，並附有翻譯，旨在提升讀者實用的表達能力。

此次，為使辭典內容與中學教科書能緊密結合，我們邀集了近百位的教師，就詞條、用法上作詳細的審查。尤其幸賴扉頁中所列諸位協助編寫、查證人士的寶貴助力，使我們對本辭典在細微處的別具一格深具信心。更難得的是，我們雖全面充實語法、同類字、參考說明、字源解說等，但卻不流於繁雜，務使學生能以輕鬆的理解方式來達到既深且廣的學習效果。

這項改版工作是由初版以來一直擔任編輯委員的芦川長三郎先生為主要代表，而同樣一直是編輯委員的宮井捷二、佐藤尙孝二位先生則與我們保持密切連繫，並以多年的經驗鼎力相助；此外，一橋大學客座教授 P. E. Davenport 貢獻其參與 *O.E.D. Supplement* 編輯工作的經驗，新增「搭配」的部分，亦功不可沒。因為有他們的投入，編輯工作方能順利開展，得以成就這部極具新意的辭典。

最後值得一提的是，在編輯部中積極負責的編輯人員，包括自初版起便持續參與的野村良平先生，及新加入的寺本衛先生、玉虫寬先生。而對向來以高超技巧著稱的三省堂印刷諸君所提供的協助，亦在此一併致謝。

一部辭典的編訂，是要靠多方面的配合才能成就，我們由衷感謝所有曾對這部辭典付出心力的人士，也深切盼望本辭典能更受學習英語人士的青睞，進而對各位的學識增長多所助益。

1995 年 9 月

木原研三

初版序 (節錄)

1987 年 11 月

先前本公司所發行的Global English-Japanese Dictionary自問世以來，幸蒙各界支持使該辭典頗受好評。 但是若要針對國中、高中生的英語學習方面來考量的話，則仍有許多地方須要改進。 因此，我們以該辭典為藍本，並研討出適合高中生學習的方針，著手編纂另一本辭典——也就是本辭典。 其特色如下：

(1) 詞條的遴選皆顧及高中生的能力，並為初學者著想，多數基本單字衍生出的變化形也以詞條的方式獨立分出。 另外，並整理出Global English-Japanese Dictionary內以兩個單字構成的複合字，以詞條的形式排列，方便檢索。 並附有詞類別。

(2) Global English-Japanese Dictionary最大的特色即是將原義、引申義依語意構造之不同，以層次分明的方式顯現出來，但此作法相當困難，不過卻是本公司創新的一點。 我們在本辭典中為使這個特色更突顯，已全面改善作法，使其達到更理想的地步。

(3) 動詞句型之用法，也以簡單易懂的形式來表達。

(4) 例句方面則選用與高中生息息相關的用語，句型的例示也大幅增加。(此項幸賴兩位以英語為母語的顧問，加以嚴格校對與指導。)

(5) 淘汰陳舊落伍的圖片，選用約 1,000 幅新穎且一目了然的插畫，幫助讀者瞭解該單字之語意。

(6) 在片語方面，對其構成要素為及物動詞、不及物動詞，以及副詞或介系詞之用語皆詳盡說明。

(7) 為使內容方便使用者記憶、吸收，我們將各種常見的用語以表格呈現，讓使用者閱讀時事半功倍。

(8) 本辭典之「英文文法總整理」則補充辭典內文之敘述，並提供精簡的文法重點整理。

目　次

表格總整理

名詞型

~ to do	ability
~ that 子句	chance
~ wh 子句、片語	idea
the ~ is that 子句	trouble

形容詞型

be ~ to do	able
be ~ that 子句	afraid
be ~ wh 子句 [if 子句]	careful
be ~ to do → To do is ~	easy
It is ~ (for 片語) to do	difficult
It is ~ of 人 to do	kind
It is ~ that 子句(1)	evident
It is ~ that 子句(2)	necessary
It is ~ wh 子句 [if 子句]	doubtful

動詞型

第二句型	become
句型3 (~ to do)	manage
句型3 (~ doing)	avoid
句型3 (~ doing/to do)	remember
句型4 (~ A B)、句型3 (~ B to A)	tell
句型4 (~ A B)、句型3 (~ B for A)	buy
第五句型	call
句型5 (~ A to do)	want
句型5 (~ A doing)	keep

動詞變化

put 型	put
learn 型	learn
build 型	build
lead 型	lead
sleep 型	sleep
strike 型	strike
think 型	think
find 型	find
show 型	show
break 型	break
bear 型	bear
know 型	know
write 型	write
begin 型	begin

形容詞變化

有兩種比較級與最高級變化的形容詞	common
兩個音節，加 -er, -est 的形容詞	clever
作不規則變化的形容詞、副詞	good

名詞的複數與 U C

以 -fe, -f 爲詞尾之名詞的複數	wife
以 -o 結尾名詞的複數	potato
以 -s 結尾的單數名詞	news
單複數同形的字	deer
用單數亦可作複數的集合名詞	committee
U 與 C 含義不同的名詞	paper

發音與重音

在《美》發音爲 [æ]，《英》發音爲 [ɑ:]	ask
作複數時母音發生變化的名詞	foot

字尾在動詞時發有聲，名詞則發無聲	believe
名詞與動詞同一字彙而重音發生變化	increase
帶有不發音字母的字	climb
以 be- 爲詞首的詞彙重音	behave
以 -ed 爲詞尾的形容詞發音	learned
以 en- 爲詞首的動詞重音	enjoy
以 ex- 爲詞首的動詞重音	expect
以 -ial 爲詞尾的形容詞重音	special
以 -ical 爲詞尾的形容詞重音	musical
以 -ic(s) 爲詞尾的詞彙重音	mathematics
以 -ient 爲詞尾的形容詞重音	patient
以 -ion 爲詞尾的名詞重音	motion
以 -ious 爲詞尾的形容詞重音	precious
以 -ity 爲詞尾的名詞重音	quality
以 -ize/-ise 爲詞尾的動詞重音	realize
以 -sive 爲詞尾的形容詞重音	expensive
以 trans- 爲詞首的動詞重音	translate

慣用語[片語]

A and B	and
用 a pair of 計數的名詞	pair
(as) A as (a) B	as
from A to B	from
give A to B	give
go ~ing	go
give＋動作名詞	give
have＋動作名詞	have
以 it 當主詞表示天氣的動詞	it
make＋動作名詞	make
out of ~	out
take＋動作性名詞	take
以 to a person's ~ 表示感情	regret
~ one's way	way
慣用的分詞片語	speak
主要的獨立不定詞片語	to

相關語

《美》和《英》拼法差異的字	center
意義相同而《美》《英》互異的字	apartment
《美》《英》變化形不同的動詞	dive
男女共同使用的名詞	doctor
以字尾表示男女區別的名詞	hostess
男女不同的詞彙	brother
經常用來表示數量大小的形容詞	all
主要用來表示頻率的副詞(片語)	always
經常用來表示程度的副詞(片語)	absolutely
hard 與 hardly 的差異	hard
副詞 quick＝quickly	quick
adj. 與 adv. 同形，以 -ly 結尾	early
源自日語的英語	judo
像 custom 與 customs 這類名詞	custom

用法與用語

關於上下關係的 up, down, over, under, above, below, beneath 的比較	up
就線與面作比較: on, on to, off, across, along, through	on

主要的插圖

與下列各字相關的用語

地圖

使用說明圖解

《頁碼與頁首詞條》　　　　　　　　　　　《頁末詞條與頁碼》

詞條 ——— ‡**file**¹ [faɪl; faɪl] *n.* (*pl.* ~s [~z; ~z]) Ⓒ **1** (文件 ——— 詞類釋義
等的)**文書櫃**，文件夾，卷宗，檔案，…

3 《電腦》檔案(匯集於同一檔名中的相關資料).

The information is in a *file* in my computer. 那 ——— 例句
些資料儲存在我電腦的檔案裡.

搭配 ——— |搭配| *n.*＋file: a backup ~ (備份檔案), a master
(→見使用說明 XI) ~ (主要檔案) // *v.*＋file: copy a ~ (複製檔案),
create a ~ (建立檔案), erase a ~ (刪除檔
案), print a ~ (列印檔案).

音標 ——— *file² [faɪl; faɪl] *n.* (*pl.* ~s [~z; ~z]) Ⓒ 縱隊， ——— UC (→見使用說明 VI)
縱列，列，(→rank¹). ——— 詞性

國中、高中程度的
詞彙(→見使用說 ‡**fi·nal** [`faɪnl; ˈfaɪnl] *adj.* **1** 限定 最終的， ——— 用法(→見使用說明 V-5)
明 I-10) 最後的，(→last¹⑤). ——— 請參照同義字解說

‡**find** [faɪnd; faɪnd] *vt.* (~**s** ——— 動詞變化
[~z; ~z]; found; ~**ing**)

原義 ——— 《 發現 》 **1** (稍加留意就能) 發現，…
參考 find 這個字在此「尋找」的意思很弱，大約是相
當於「有…」之意.

引申義 ——— **2** 找到目標點 到達 目標等，達到，(reach). ——— 代表性的受詞
《 發現 》 **3** 【偶然發現】(偶然) 發現，(忽然) 遇到；

基本句型 ——— 句型5 (find **A B**/**A** do*ing*/**A** *done*) 發 現 A 是
(→見使用說明 VIII) B/A 在做…/A 被…. I *found* a coin on the side-

該句型的例句 ——— walk. 我在人行道上看到[撿到]一枚硬幣/She
found a man dead [*dying, injured*]. 她發現一個
死了[垂死，受傷]的人.

慣用片語 ——— * *find* A *in* B 在 B 之中找到 A; …
(→見使用說明 X) * *find* .../*6ut*¹ (1)找出；識破〔某人的眞面目，醜陋
的事等〕.

find *6ut*² 知道眞相；得到(有關…的)訊息 《*about*
關於…》. ——— 搭配使用的介系詞

表示語法、相關語、 ● ——動詞變化 **find** 型
參考說明的表格
[aɪ; aɪ]	[aʊ; aʊ]	[aʊ; aʊ]
bind 捆綁	bound	bound
find 尋獲	found	found
grind 磨碎	ground	ground
wind 纏繞	wound	wound

‡**fin·ish** [`fɪnɪʃ; ˈfɪnɪʃ] *v.* (~**es** [~ɪz; ~ɪz]; ~**ed** ——— 重要釋義
[~t; ~t]; ~**ing**) *vt.* **1** 結束，了結，

句型3 (finish do*ing*) 結束…；完成…，做完…，
搭配使用的副詞 ——— 《*off; up*》；《★不可用不定詞當受詞》… ——— 注意事項
粗橫線(━) ——— ↔ **commence.** ——— 反義字
(→見使用說明 III-2) ━ *n.* (*pl.* ~**es** [~ɪz; ~ɪz]) **1** Ⓒ 用單數 結束… ——— 應注意用法的標示
字源 ——— 字源 FIN「完結」: *fin*ish, *fin*al (最終的)，… (→見使用說明 VI-13)
(→見使用說明 VII-8) *fling [flɪŋ; flɪŋ] *v.* … **2** 用 fling oneself 猛 ——— 常用句型
撲；…

本辭典使用說明

Ⅰ 詞 條

收錄詞目

1 總收錄詞目 67,500 (詞條 46,000，慣用片語 8,500，變化詞彙 13,000).

編 排

2 依 ABC 順序編排.

3 相同的字母拼法而有大小寫字母之別時，將大寫字母排列在前.

4 相同的字母拼法而字源相異的詞彙，各列為不同的詞條，在右上角加上數字區分之. 例如:
dab[1]　**dab**[2]

5 相同的詞彙因有詞類之別而重音不同，從而分音節(或音節點的位置)也相異時，各列為不同的詞條，例如:
rec·ord[1]　**re·cord**[2]

拼 字

6 詞條中，加入·(音節點)標示分音節，以劃開各音節. 在行末要將單字切開時，就在音節點的位置斷開.

7 同一詞彙有兩種以上的字母拼法時，將釋義列在使用率較高的詞條後，另外的詞彙則請讀者參照該處.
gild[2] [gɪld; gɪld] *n.* =guild.

guild [gɪld; gɪld] *n.* ⓒ 基爾特(中世紀商人…的同業公會; …).
但，依 ABC 順序編排，該兩種以上的拼字次序相連時，則列為同一詞條，釋義也列在同一處.

《美》《英》的差異

8 《美》《英》字母拼法相異的字彙，原則上，《美》排列在前，《英》排列在後. 但依 ABC 順序編排，二者的拼字次序不相連時，將英式拼字列為另一詞條，再請讀者參照美式拼字之處.
cen·ter 《美》, **cen·tre** 《英》

cen·tre [ˋsɛntɚ; ˈsentə(r)] *n., v.* 《英》＝center.

| 外　來　語 | 9 | 未完全轉化為英語的詞彙, 標示原語言名稱. 例如: |

ad hoc [ˋædˋhɑk; ˌædˈhɒk] (拉丁語)

a·dieu [əˋdju, əˋdɪu, əˋdu; əˈdjuː] (法語)

| 重要詞條
的　標　示 | 10 | 詞條中, 按照其重要程度, 標以下列三種記號. |

‡1000 詞彙　國中程度的詞彙 ⎫
‡3000 詞彙　高中程度的詞彙 ⎬ … 大字印刷

*3000 詞彙　亦屬高中生必備的詞彙

11 不規則變化字, 以及屬於國中、高中程度詞彙但卻容易混淆的規則變化字, 都列為詞條. 例如:

ap·plied	[...]	*v.*	apply 的過去式、過去分詞.
ap·plies	[...]	*v.*	apply 的第三人稱、單數、現在式.
ar·gu·ing	[...]	*v.*	argue 的現在分詞、動名詞.
ar·mies	[...]	*n.*	army 的複數.
be·gan	[...]	*v.*	begin 的過去式.
bet·ter	[...]	*adj.*	《good, well[1] 的比較級》.
dri·er	[...]	*adj.*	dry 的比較級.
dri·est	[...]	*adj.*	dry 的最高級.
wid·er	[...]	*adj., adv.*	wide 的比較級.
wid·est	[...]	*adj., adv.*	wide 的最高級.

‖ 發　音

| 符　　　號 | 1 | 符號採用 K.K. 音標和 D.J. 音標標示. |

→見「發音符號表」及本辭典附錄「發音要領解說」

| K.K. 音標 /
D.J. 音標 | 2 | K.K. 音標標示在前, D.J. 音標標示在後, 中間以分號(;)隔開. |

pot [pɑt; pɒt]

| 重　　　音 | 3 | 主重音以 [ˋ; ˈ]、次重音以 [ˏ; ˌ] 標示. 例如: |

ac·tu·al·i·ty [ˌæktʃʊˋælətɪ; ˌæktʃʊˈælətɪ]

| ( )內的音標 | 4 | ( )內的音標, 表示有時可省略. 例如: |

bear [bɛr; beə(r)]

| 音　標　的
省略符號 | 5 | 前面曾經出現的音標全部省略時用波形符號(~), 一部分省略時用連字號(·). |

maid [med; meɪd] *n.* (*pl.* ~s [~z; ~z])中 *pl.* 的發音[~z; ~z] = [medz; meɪdz]

Bohemia [boˈhimɪə, -mjə; bəʊˈhiːmjə] = [boˈhimɪə, boˈhimjə; bəʊˈhiːmjə]

6 由兩個以上的詞彙組成的詞條，若各詞彙分別列有詞條，則省略該詞條的音標，僅標示重音符號，主重音為ˊ，次重音為ˋ. 例如:

Unĭted Nátions

單獨發音時有主重音與次重音的詞彙，構成複合字的一部分而主重音減弱成為次重音時，其原來的次重音就不標示重音. 例如:

ab·so·lute [ˈæbsə͵lut, -͵ˌlɪut, -sḷ͵jut; ˈæbsəluːt] → **àbsolute zéro**

此時，**ab-** 較 **zero** 弱而轉為次重音，**-lute** 亦隨之轉弱，故與 **-so-** 同樣不標示重音. 不過，實際上 **-lute** 發音仍比 **-so-** 稍強些.

慣用片語 **7** 慣用片語的重音也與各個詞彙單獨發音的情況有別，本辭典所標示的是一口氣讀出該慣用片語時的重音.
因此，結構長的慣用片語又分成數個單位時，則逐一標示各單位的主重音. 例如:

chànge cólor   *sèe a thíng in its trùe cólors*

8 慣用片語中的 *one*, *one's* 在實際句子中，成為表示與主詞同一人物的人稱代名詞〔*I*, *my* 等〕時，通常無重音.
a person, *a person's* 在實際句子中，成為代名詞時無重音，成為名詞時則有重音. 例如:

beyond [out of] *a pèrson's réach*
→ The price is beyond my réach.
　Kèep mátches out of the children's réach.

9 動詞片語中，與動詞結合的詞彙有可能為介系詞與副詞時，動詞片語的重音隨各該詞性而異. 其變化如下所示:

còme óver[1]   (over 作副詞)
cóme over[2]**...** (over 作介系詞)

[(r)]   **10** 英式發音也會出現 [r] 音，如:

hear [hɪr; hɪə(r)], **bear** [bɛr; beə(r)], **far** [far; fɑː(r)] 等.
[(r)]若後接母音時，則需發 [r] 音; 若後接子音時，則不發音.

hear·ing [ˈhɪrɪŋ; ˈhɪərɪŋ]
bear·ing [ˈbɛrɪŋ; ˈbeərɪŋ]
faraway [ˈfɑrə͵we; ˈfɑːrəweɪ]

[ɪ; ɪ]與[ə; ə]	**11** happin*ess*, pock*et*, tour*ist*, char*a*cter 等，弱母音的部分，本辭典仍與 [ˋhæpɪnɪs; ˈhæpɪnɪs] 一樣，用 [ɪ; ɪ] 標示，但在口語中多說成 [ˋhæpɪnəs; ˈhæpɪnəs] 中的 [ə; ə].
強　音　與 弱　　音	**12** 冠詞或代名詞等，發強音與發弱音時若發音各異，則將強音標示在前、弱音標示在後. 例如： 　　**you** [強 ˋju, ˌju, 弱 jʊ, jə; 強 juː, 弱 jʊ, jə] *pron*.

Ⅲ　詞　　類

符　　號	**1** 詞類以下列符號或《 》表示. 　*n.*　名詞　　　*prep.*　介系詞　　*interj.*　感歎詞 　*adj.*　形容詞　　*conj.*　連接詞　　《構成複合字》 　*v.*　動詞　　　*aux. v.*　助動詞　　《定冠詞》 　*vi.*　不及物動詞　*pron.*　代名詞　　《不定冠詞》 　*vt.*　及物動詞　　*pref.*　詞首 　*adv.*　副詞　　　*suf.*　詞尾
粗　橫　線	**2** 一個詞條中有兩個以上的詞類時，以粗橫線(━)表示不同的詞類. 例如： 　　**a·mount** [əˋmaʊnt; əˈmaʊnt] *vi.* …. ━ *n.* ….
臨時性的 轉　　用	**3** 臨時性地使用非該詞彙原屬詞類的用法時，以《…詞性》標示其用法. 例如：**au·tumn** [ˋɔtəm; ˈɔːtəm] *n.* … 3《形容詞性》秋天的；適合秋季的，秋季用的.
	4 慣用片語所具有的作用，與由其外觀判斷可知的詞類不同時，也以《…詞性》標示. 例如： 　　***the wáy*…**《連接詞性》像…一樣(as)；… …*the way* Mary does, (就像瑪莉所做地)可視為與 …*as* Mary does 的含意相同，故 *the way* 是連接詞，與 *as* 具有相同的作用.

Ⅳ　詞　形　變　化

標 示 方 式	**1** 名詞的複數標示如(*pl.* ~s). 動詞的變化形式依「第三人稱單數現在式；過去式；過去分詞；現在分詞」的順序標示. 過去式與過去分詞相同時，統一標示一個. 形容詞與副詞依「比較級；最高級」的順序標示.

2 詞條本身的省略用符號 ～，一部分省略時用連字號.

不　規　則
變　　　化
3 不規則變化的詞彙，其變化形式全部標示. 並且將其變化形式列爲詞條、標示音標(同形式的詞彙除外).

  sheep [ʃip; ʃiːp] *n.* (*pl.* ～)
  good [gʊd; gʊd] *adj.* (**bet·ter; best**)
  begin [bɪˋgɪn; bɪˈgɪn] *v.* (～**s** [～z; ～z]; be·**gan**; be·**gun**; ～**ning**)

規 則 變 化
4 附有 * 記號的詞彙，其規則變化也全部標示. 沒有 * 記號的詞彙，其規則變化的形式中，易混淆、易發生錯誤的詞彙，標示如下:

【名詞】
(**a**) 以 **o, f, fe, y** 爲字尾的詞彙
  au·to (*pl.* ～s)
  ban·jo (*pl.* ～s, ～es)
  cuff (*pl.* ～s)
  sheaf (*pl.* **sheaves**)
  pen·knife (*pl.* **-knives** [-ˌnaɪvz; -naɪvz])
  flur·ry (*pl.* **-ries**)
(**b**) 詞尾之外附有 **s** 或 **es** 的詞彙
  tea·spoon·ful (*pl.* ～s, **-spoons·ful** [-spʊnzˌfʊl, -spʊnz-; ·spuːnzˌfʊl])

【動詞】
(**c**) 以 **y** 爲字尾的詞彙
  cloy (～s; ～ed; ～·ing),
  am·pli·fy (**-fies; -fied;** ～·ing)
(**d**) 要重複字尾子音字母的詞彙
  flip (～s; ～ped; ～·ping)
  trav·el (～s; 《美》～ed, 《英》～led; 《美》～·ing, 《英》～·ling)

V　用　法　指　示

使用範圍
1 因地區、社會、文化等差異而造成使用範圍以及文體上的不同，以《 》標示如下.

  《美》 …表示是美語語法.
  《英》 …表示是英語語法.
  《口》 …關係親密的人之間使用的詞彙, 也用於以平易近人的

態度書寫文章的情況. 相當於英語的informal, 範圍比狹義的「會話用語」廣. 例如: a lot of, lots of 與 many, much 相比較, 前者就屬於通俗易懂的用語, 日常會話上較常用. 因此, 就以《口》標示之.

《文章》 …以鄭重其事的態度書寫或說話時使用的詞彙. 例如: 相當於「障礙」之意的英語通常是 obstacle, 但在筆調嚴肅或艱澀的論文中也會用 impediment. 因此, 後者就以《文章》標示之.

《雅》 …典雅優美的文章所使用的詞彙. 通常 clear(清晰的)的雅詞就是 pellucid.

《詩》 …詩歌中常用的辭藻. 例如: 表 beautiful 之意的 beauteous, 表 morning 之意的 morn. 猶如中文的「佼好的、儁美的」、「拂曉」等字.

《古》 …現在雖然通常不使用, 但是會使人聯想起古老年代的辭藻. betake oneself to... 就是一個例子. 又如 fair 用於特定含義〔此時意即「窈窕、風姿綽約的」〕時, 就成爲古語.

《俚》 …即英語中的 slang. 請參照本辭典詞條 slang.

《鄙》 …沒有教養之人所使用的詞彙, 或令人聯想到低俗事物的詞彙, 我們都不宜使用. 例如: piss 是與排泄有關的字眼, fuck 是與性交有關的字眼, son of a bitch 是咒罵人的用語等.

釋義注解的標示 **2** 表示有關詞彙含義用法的注意事項. 若無注解而僅以中文譯詞就使釋義十分清楚時, 則不特地標示注解.

《諷刺》　例如: precious 4

《委婉》　例如: pass away, destroy 2

《輕蔑》　例如: brat, skinny, pedantic 帶有責難之意的用法時也包括在內.

《詼》　例如: epistle

專門項目的標示 **3** 專門項目以《　》標示. 例如: 《足球》, 《海事》等.

詞形的標示 **4** 詞形的標示如下.

(a) 詞條是大寫字母, 但可使用小寫字母的情形.

Daph‧ne [`dæfnɪ; ꞌdæfnɪ] *n.* … 2 Ⓒ《植物》(*d*aphne)沈丁花; 月桂樹 (laurel).

(b) 詞條是小寫字母, 但可使用大寫字母的情形.

god [gɑd; gɒd] *n.* (*pl.* ~**s** [~z; ~z]) **1** (*God*) (一神教, 特指基督教的)神, 上帝, 造物主.

lib·er·al [ˋlɪbərəl, ˋlɪbrəl; ˈlɪbərəl] *n.* … **2** (*Liberal*) (英國等的)自由黨黨員.

(**c**) (加 the)…使用時要加上定冠詞 the.

Col·o·rad·o [͵kɑləˋrædo, -ˋrado; ͵kɒləˈrɑːdəʊ] *n.* …(加 the)科羅拉多河.

air [ɛr, ær; eə(r)] *n.* … **2** (**a**) Ⓤ (加 the)大氣; 戶外的空氣; 天空, 空中.

(**d**) (加 a)…使用時要加上不定冠詞 a 或 an.

third [θɜd; θɜːd] *adj.* … **2** (加 a) (第三個地)再一個的, 別的.

(**e**) 使用複數的情形.

pain [pen; peɪn] *n.* … **3** (pain*s*)勞苦, 辛苦; …

(**f**) 複數時要加上 the 的情形.

rank¹ [ræŋk; ræŋk] *n.* … **2** (the rank*s*) (與軍官有所區別的)士官(兵); …

形容詞的用法	**5** (**a**) 《限定》…常置於名詞之前, 用來修飾名詞的形容詞. 例如: **main** *adj.* 《限定》… (**b**) 《敍述》…常當做補語用的形容詞. 例如: **alone** *adj.* **1** 《敍述》…

VI U C

符 號	**1** 本辭典用下列符號表示名詞為可數(Ⓒ)或不可數(Ⓤ). **2** Ⓒ …可數名詞. 單數要加 a 或 an. 變成複數, 原則上得加數詞. **3** Ⓤ …不可數名詞. 沒有冠詞就可使用, 也不加 a 或 an. 沒有複數的形態, 也不加數詞. **4** ⒶⓊ …具有 Ⓤ 的特性, 不使用複數的形態, 但有時加上 a 或 an. 例如: 　　**knowledge** *n.* **1** ⒶⓊ知識… a thirst for *knowledge* 求知慾/… He has a good *knowledge* of ancient Greek. 他精通古希臘語. **5** ⓊⒸ …具有 Ⓤ 與 Ⓒ 兩種用法. 　　例如: **shape** 與中文的「形狀」一詞相同, 有時是抽象性地思考到的形狀(…oval in *shape*), 有時是單純地思考到的特定形狀(…of all *shapes* and sizes). 此種情形統一標示為 ⓊⒸ .

複 數 名 詞	複數名詞並非以符號 ⒰ 或 ⒞ 標示, 而是標示要作單數或作複數.

6 《作單數》…銜接單數的動詞、代名詞. 例如: physics

7 《作複數》…銜接複數的動詞、代名詞. 例如: environs

8 《單複數同形》…有上述 6, 7 兩項的用法. 例如: politics

集 合 名 詞	**9** cattle, police 等集合名詞(noun of multitude)常直接以其原詞形作為複數. 屬於集合名詞的詞條並不加 ⒰ 或 ⒞, 而是以《作複數》標示之.

標 示 方 式	**10** 除專有名詞(包括普通名詞轉化成專有名詞的)之外的名詞, 將符號 ⒰、⒞ 等標示於全體釋義上. 一個詞彙有數項釋義, 符號 ⒰、⒞ 等全部都一致時, 將該符號放在釋義編號 **1** (即第 1 項釋義)前面. 有(加 the), (加 my, his 等)等的標示, 而沒有標示 ⒰ 或 ⒞ 的名詞, 通常只限用該詞形.

應 注 意 的 **標　　　示**	**11** ⒞ (★用單數亦可作複數)…是有集合、群體之意的名詞. 除當作 ⒞ 名詞使用外, 有時還以單數詞形(其原詞形)銜接複數的動詞、代名詞. 例如:

　　team (1) The U.S. *team were* mostly blacks.
　　　　　 (2) Our soccer *team is* the strongest.
　　→例句(1)中, 意思是指 team 中的每一個個人, team 是每個個人的集合(＝複數), 所以用 were. 例句(2)中, team 是一個整體的單位, 而成為與普通的 ⒞ 相同的詞彙.

12 [ⓐU] 《單複數同形》…是有集合、群體之意的名詞. 除當作 [ⓐU] 名詞使用外, 有時還以單數詞形(其原詞形)銜接複數的動詞、代名詞. 例如:

　　majority The (great) *majority is* [*are*] for the project.
　　→此時使用上的區別與上述第 11 項相同.

13 ⒞ (用單數)…雖是 ⒞ 名詞, 但此時限用單數詞形.

　　feeling *n.* … **2** ⒞ (用單數)**知覺**…

VII 釋 義

釋 義 編 號　1　釋義編號以 **1, 2, 3**... 為基準, 其次的小分項編號用 **(a), (b), (c)**..., 其前面最大的分項編號用 **I, II**.

原　　　義　2　多義詞彙加上「原義」與「引申義」作重點標示. 原義用【【 】】標示在釋 **引 申 義**　　義編號前面, 引申義用【 】標示在編號後面. 共通一致的原義不重複 標示於數個編號前面.

　　　　　　　3　所謂原義, 是指數個釋義基礎的基本意義, 多義的詞彙就分成數組分 別表示其差異.

　　　　　　　　　引申義是僅次於原義的分項, 為便於瞭解原義與釋義的關聯而列之. 以 **wide** 為例:

　　　　　　【【寬度寬的 】】　　　**1** … **2** … **3** …
　　　　　　【【範圍寬廣的 】】　　　**4**
　　　　　　　　　　　　　　　　　5【寬闊的＞寬大的】
　　　　　　　　　　　　　　　　　6【過於概略的】

　　　　　　　　此即列出「寬度寬的」與「範圍寬廣的」當作 wide 的原義, 極簡單扼要 地顯示出各個被細分出來的意義產生的過程.

粗 體 字 的　4　前有 ＊ 記號的詞條, 其使用頻繁的語義以粗體字標示. **語　　　義**　　　　**＊abundant** *adj.* 豐富的, 大量的; …

釋　義　的　5　(a)　( ) 表示釋義的補充與省略, 《 》表示釋義的解說, 〔 〕表示與 **補　　　充**　　　　　前面詞彙的替換.

　　　　　　　　(b)　補充常用的介系詞、副詞、子句、片語等, 在中文釋詞後面列入 《 》之中, 必要時再加中文解釋, 在例句中則改成斜體字. 例如:

　　　　　　　　　agree *vi.* … 同意《*to*》; 贊成《*with*〔他人的意見〕》; 承諾《*to* do》…
　　　　　　　　　aware *adj.* **1** 《敘述》察覺的, 注意到的《*of*; *that* 子句》…
　　　　　　　　　fire *vi.* **2** 開砲《*at*, *on*》. 表示要接系介詞 at 或 on.
　　　　　　　　　finish *vt.* **3** 吃光, 用完〔物品〕,《*up*; *off*》. up 與 off 是副詞.

　　　　　　　　(c)　補充主詞、受詞時, 列入〔 〕之中.
　　　　　　　　　flow *vi.* … **2** 〔人, 車等〕川流不息, 來來往往.

　　　　　　　　(d)　補充被修飾語時, 列入〔 〕之中.
　　　　　　　　　fair *adj.* … **2** 〔膚色〕白皙的, 〔頭髮〕…, 金色的; 〔人〕金髮白膚的…

mortally *adv.* … **1** 致命地〔傷害等〕.

各類括弧
所涵蓋的
範　　圍

6 各類括弧放在用逗點並列的中文譯詞後面, 若與逗號前面的中文譯詞
也相關時, 就在括弧前面加上逗號表示. 例如:

fancy *n.* … **4** Ⓒ (通常用單數)喜好, 愛好, (liking).

→表示 liking 與前面的中文譯詞「嗜好」也相關, 也可代換成「嗜
好」之意.

7 各類括弧若與用分號斷句的兩邊中文譯詞都有關時, 就在括弧前面加
上分號. 例如:

aft *adv.* 在[向]船尾…; 在[向](飛機的)尾部; (◆ fore).

→表示反義詞 fore 與「在[朝向]船尾」及「在[向](飛機的)後半部」
兩者都有關.

解 說 事 項

8 語法、同義字等的解說, 加上 語法 、 同 、 參考 、 注意 、 字源 、
★符號等表示. 例如:

lasting *adj.* 長久的; 持久的, … 同 lasting 強調時間的持續性, endur-
ing 強調耐久性, permanent 強調不變性.

English… ━━ *n.* **1** Ⓤ英語; 英文表達 … What is the *English*
for 'sakura'? 「櫻花」的英語怎麼說呢? (語法 問特定的字[片語]時, 必須
加 the).

century… 字源 CENT「100」: *cent*ury, *cent* (分(<百分之一美元)),
*cent*ennial (一百年的).

如上例, 在詞條解釋最後的 字源 中列出字源相同的詞彙, 以斜
體字表示共通一致的部分, 並標示其中文意義.

英 語 詞 彙
的 替 換

9 用其他的英語詞彙替換中文譯詞時, 列入( )之中表示之. 例如:

abrupt *adj.* **1** 突然的(sudden)….

所替換的英語詞彙是分離式的複合字而且沒有列作詞條時, 在該複合
字的上方加上重音符號, 主重音為 ´, 次重音為 `. 例如:

middy *n.* … **2** (女性, 兒童穿的)水手領上衣(亦作 míddy blŏuse).

參 考 詞 彙

10 參考詞彙以下列的符號表示. 與內文全部有關時, 放在詞條解釋的
最後面.

→…相關的詞彙
≒…同義字或類似詞
◆…反義字、相反詞

其 他 詞 類
的 詞 形

11 ⇨表示某詞彙其他詞類的詞形.

admit *v.* … ⇨ *n.* admission, admittance. *adj.* admissible.

產 生 字 義 等 的 關 係	**12** <, >表示產生詞彙含義(即字義)、句義等的關係. 例如詞條 wide 之中:

【寬闊的>寬大的】就表示從「空間上的寬闊」之意產生出「心胸上的寬闊(＝寬大的)」之意. 又例如詞條 laugh 之中, 「Laugh and grow fat.《諺》笑口常開是健康之本《＜心寬(＝常笑)體胖》」就表示字面上的含意是「心寬(＝常笑)體胖」, 然後再轉成淺顯易懂的中文翻譯.

VIII 句 型

五 種 基 本 句 型	**1** 動詞的句型分成五種基本句型標示之. 原則上, 依照各個詞彙的釋義逐一標示, 但是, 第一句型與採用普通受詞的第三句型, 除替換成其他句型的情形外, 均不標示. 因此, 無句型標示的 *vi.* 就是第一句型, 無句型標示的 *vt.* 就是第三句型.

     句型1 … S＋V
     句型2 … S＋V＋C
     句型3 … S＋V＋O
     句型4 … S＋V＋O＋O
     句型5 … S＋V＋O＋C

句 型 的 要 素	**2** 受詞與補語分別以 **A**, **B** 標示之. 例如:

     句型2 (keep **A**)   句型4 (give **A B**)   句型5 (put **A B**)

A 或 **B** 成為特定的要素時, 標示如下:

    to do   …加 to 的不定詞
    do*ing*   …動名詞或現在分詞
    do   …原形不定詞(不加 to 的不定詞)
    done   …過去分詞
    that 子句 …that 所引導的名詞子句
    wh 子句 …what, how, if 等疑問詞所引導的名詞子句
    wh 片語 …what, how 等疑問詞所引導的名詞片語

3 介系詞片語雖然不當作句型的要素, 但代換成受詞或補語時的標示如下:

    buy *vt.* **1** … (b) 句型4 (buy **A B**)、句型3 (buy **B** *for* **A**)買 B 給[請]A.

4 同一句型中含有兩個以上的要素時, 以斜線(/)劃分, 中文翻譯也對照著用斜線(/)劃分開來表示.

    guarantee *vt.* … **2** 句型3 (guarantee *to* do/*that* 子句)保證做/保證是…; …

| 中 文 譯 詞
與　例　句 | 5 | 中文譯詞原則上對照著句型列出. 上述第 2 項的斜體字部分, 在例句中也使用斜體字. |

IX　例　句

斜　體　字	1	例句中, 該詞條或慣用片語的部分、成為句型要素的部分、常用的介系詞或副詞等、以及其他應注意的部分, 用斜體字表示.
	2	例句與例句之間以斜線(/)劃分開來; 並省略中文翻譯後面的句點(.).
參　照　的 標 示 方 式	3	例如, 在詞條 **eight** 處的(★基數的例示、用法→five), 即表示「eight, seven, six 等通用的例句、用法已歸納整理在詞條 five 處」之意.

X　慣　用　片　語

	1	慣用片語依照各個詞類逐一列為詞條. 同一動詞的慣用片語, 不區分及物動詞與不及物動詞, 而統一列為詞條.
	2	慣用片語用粗斜體字. 會變化的要素——*one's* 等——用細斜體字. 釋義編號則使用(1)(2)等的數字.

one　　與
a　person
	3	*one* 與 *one's* 表示與慣用片語的主詞是同一人[物]的詞彙, *a person* 與 *a person's* 表示與慣用片語的主詞是不同人[物]的詞彙.
		例如:
		 on one's báck (1)仰首; 《口》臥病. He fainted and fell *on his back*. 他向
		  後昏倒了…
		 ***behind** a pèrson's **báck** = **behind the báck of** a pèrson* 在某人背後,
		  暗中. She speaks ill of him *behind his back*. 她在他背後說他壞話.

	4	慣用片語依 ABC 順序編排, 但 *one, one's, a person, a person's,* *A, B* 不影響編排順序. *one***self** 則照 **self** 的順序編排.
動 詞 片 語 的　詞　類	5	「動詞＋介系詞」或「動詞＋副詞」的動詞片語, 以下列的符號表示. (a) 不及物動詞＋副詞 ***tàke óver***[2] (1)接替, 接管; …

(**b**) 不及物動詞＋介系詞

táke to... ⑴變得喜歡, ⋯

刪節號「⋯」在此處表示要接介系詞的受詞.

(**c**) 及物動詞＋副詞

tàke/.../awáy ⑴把⋯搬[拿]走; ⋯

/.../表示受詞要放在此位置或放在 away 後面.

一般而言, 受詞若是人稱代名詞, 則放在此位置, 若是名詞(片語), 則放在 away 後面.

(**d**) 及物動詞＋介系詞

tàke A from B 從 B 減少[削弱]A(價值, 效果等).

＊ 記 號 | **6** 使用頻率高的慣用片語, 在其最前頭加上 ＊ 記號.

XI 搭　配

搭　配 | 搭配 是選取與該項語義連用較爲自然的形容詞、名詞、動詞等, 以 *adj.*＋∼, ∼＋*n.*, *v.*＋∼ 的形式列出, 並附中譯. 如: file 3 的 搭配 *v.*＋file: copy a file (複製檔案).

發 音 符 號 表

母 音 (vowels)

[i; iː]	tree	[tri; triː]	[ʊ; ʊ]	book	[bʊk; bʊk]
[ɪ; ɪ]	sit	[sɪt; sɪt]	[u; uː]	blue	[blu; bluː]
[ɛ; e]	pen	[pɛn; pen]	[e; eɪ]	name	[nem; neɪm]
[æ; æ]	cat	[kæt; kæt]	[aɪ; aɪ]	time	[taɪm; taɪm]
[æ; ɑː]	class	[klæs; klɑːs]	[ɔɪ; ɔɪ]	boy	[bɔɪ; bɔɪ]
[ɑ; ɑː]	father	[ˈfɑðɚ; ˈfɑːðə(r)]	[aʊ; aʊ]	down	[daʊn; daʊn]
[ɑ; ɒ]	watch	[wɑtʃ; wɒtʃ]	[o; əʊ]	old	[old; əʊld]
[ʌ; ʌ]	cup	[kʌp; kʌp]	[ɪr; ɪə(r)]	year	[jɪr; jɪə(r)]
[ɜ; ɜː]	bird	[bɝd; bɜːd]	[ɛr; eə(r)]	bear	[bɛr; beə(r)]
[ɜ; ʌ]	hurry	[ˈhɜrɪ; ˈhʌrɪ]	[ɑr; ɑː(r)]	car	[kɑr; kɑː(r)]
[ə; ə]	about	[əˈbaʊt; əˈbaʊt]	[ɔr; ɔː(r)]	war	[wɔr; wɔː(r)]
[ɚ; ə(r)]	ever	[ˈɛvɚ; ˈevə(r)]	[ʊr; ʊə(r)]	tour	[tʊr; tʊə(r)]
[ɔ; ɔː]	wall	[wɔl; wɔːl]	[aɪr; aɪə(r)]	tire	[taɪr; ˈtaɪə(r)]
[ɔ; ɒ]	dog	[dɔg; dɒg]	[aʊr; aʊə(r)]	our	[aʊr; ˈaʊə(r)]

子 音 (consonants)

[p; p]	pencil	[ˈpɛnsl; ˈpensl]	[ʃ; ʃ]	short	[ʃɔrt; ʃɔːt]
[b; b]	black	[blæk; blæk]	[ʒ; ʒ]	vision	[ˈvɪʒən; ˈvɪʒn]
[t; t]	table	[ˈteɪbl; ˈteɪbl]	[h; h]	hot	[hɑt; hɒt]
[d; d]	desk	[dɛsk; desk]	[tʃ; tʃ]	teach	[titʃ; titʃ]
[k; k]	key	[ki; kiː]	[dʒ; dʒ]	joke	[dʒok; dʒəʊk]
[g; g]	glass	[glæs; glɑːs]	[m; m]	movie	[ˈmuvɪ; ˈmuːvɪ]
[f; f]	friend	[frɛnd; frend]	[n; n]	name	[nem; neɪm]
[v; v]	very	[ˈvɛrɪ; ˈverɪ]	[ŋ; ŋ]	sing	[sɪŋ; sɪŋ]
[θ; θ]	both	[boθ; bəʊθ]	[l; l]	love	[lʌv; lʌv]
[ð; ð]	this	[ðɪs; ðɪs]	[r; r]	rice	[raɪs; raɪs]
[s; s]	sleep	[slip; sliːp]	[j; j]	yes	[jɛs; jes]
[z; z]	zoo	[zu; zuː]	[w; w]	winter	[ˈwɪntɚ; ˈwɪntə(r)]

A a 𝒜 𝒶

A, a [e; eɪ] *n.*(*pl.* **A's, As, a's** [~z; ~z])

1 ⓊⒸ 英文字母的第一個字母.

2 Ⓒ (用大寫字母)A 字形物.

3 Ⓤ (用大寫字母)《音樂》A 音；A 調；*A* flat 降 A 音/*A* major [minor] A 大調[小調]. 參考 A 之 後的B, C, D, E, F, G也同樣可當音名或調名使用.

4 Ⓒ (用大寫字母)一流的東西, A 級；(美)《學業 成績的)優等. 參考 B 表甲等, C 表乙等, D 表丙 等, 爲最低及格成績, E 表丁等, 爲有補考資格的 有條件及格(若補考通過則及格), F 表戊等, 爲不 及格.

from A to Z 從頭到尾, 完全地. John knows English history *from A to Z*. 約翰對英國歷史瞭 解得很透徹.

A (略) answer.

‡a, an [強 e, 弱ə; 強eɪ, 弱ə], [強 æn, æn, 弱 ən, ŋ; 強æn, 弱ən, n] (不定冠詞) 語法 (1)置於可數名詞單數形之前. (2)置於專有名詞, 物 質名詞, 抽象名詞前, 使上述三類名詞因而成爲可 數名詞(→ 3, 4, 5). (3)冠詞的省略 → article ◉.

〖 (同類事物中的)一個的 〗 **1** 一個的, 一…. **(a)** 《*a* [*an*] 是表 one 之意的簡單用字》*a* pound 一磅／*a* day or two 一兩天／*an* hour and *a* half 一個半 鐘頭/in *a* word 一言以蔽之, 總而言之/*a* friend of mine 我的(一位)朋友(注意 因爲不說成a my friend, 故採用此形式; →of 20)/Not *a* cloud was to be seen. 連一片雲也沒有看到(★這種情況 的 *a* [*an*] 爲 one single「連一個…(也沒有)」之 意)/Rome was not built in *a* day. 《諺》羅馬不是 一天造成的. **(b)** 每逢…, 每…, (與表示單位的名詞連用)(注意 句法結構上相當於 for each, 可與介系詞 per 相替 換). once *a* week 每週一次/We take a meal three times *a* day. 我們每天用餐三次/at the rate of fifty miles *an* hour 以時速 50 英里的速度.

2 (a)【不論哪個都只有一個>某一個的, … 中的一個, (注意 *a* [*an*] 僅表示出現於其後的單數 名詞爲「可數的事物」, 中文亦可不譯出; 與用於複 數名詞的 some, any 相對應). He has bought *a* new car. 他買了(一輛)新車(比較: The firm has bought *some* new cars. 該公司買了幾輛新車)/ You are not *a* child any more. 你已經不再是個小 孩子了/I need *a* Chinese-English dictionary. 我需 要一本漢英字典/*a* poet and critic 一位詩人兼評論 家(→ and 1)/*a* cup and saucer 一組茶杯和茶碟 (→ and 5). **(b)**【些微的>相當的】某個(程度的)(some); 《口》

相當(長的, 不錯的等). in *a* sense 就某種意義而 言/I waited for *a* time. 我等了一段時間/That's *an* idea. 那是個不錯的主意.

3 《置於專有名詞前》叫做…的人(a certain); … 家族的人; …一般的人; …的作品. *A* Mr. Jones has come to see you. 有一位瓊斯先生來看你/*a* Ken- nedy 一位甘迺迪家族的人/She was *a* Bennett before she married. 她婚前姓[娘家姓]班尼特/*an* Edison 一位像愛迪生般的發明家/*a* Picasso 一件畢 卡索的作品/*a* Toyota 一輛豐田汽車.

4 《置於物質名詞前》…做的東西的(一個), 一個 的; 一種的; 一杯的(飲料等). *a* cloth(一種)布/*a* powder 藥粉; 粉餅/Madeira is the name of *a* wine. 馬得拉是一種酒的品牌/I'd like *a* tea. 《口》 我想要一杯茶.

5 《置於抽象名詞前》…的(具體的)例子. *a* com- fort 給與安慰的事物[人]/*a* kindness (一種)親切的 行爲/He had *a* gentleness that was attractive to women. 他有一股吸引女性的文雅氣質.

6【代表某類事物整體的】一個》所謂…, 凡是…, (注意 中文常不譯出). What is *a* UFO? 幽浮是甚 麼?/*A* dog is *a* faithful animal. 狗是忠實的動 物. 語法 The dog is.... 與 A dog is.... 意義相同, 但用定冠詞者多爲書寫用語; 口語中經常使用名詞 複數形而不用定冠詞, 如: Dogs are faithful ani- mals.

〖 一個的>同一的 〗 **7** 同一的, 相同的, (the same). The boys are all of *an* age. 男孩們全都 同年齡/birds of *a* feather 羽毛相同的鳥; 同一類 型的人(→ feather *n.* 1最後的例句)/Two of *a* trade seldom agree. 《諺》同行相恨.

8 《慣用語法》置於 few, little, good [great] many 之前(→ few, little, many).

【◉ a 和 an 的使用區別】
不論 *a* [*an*] 後的單字拼法如何, 此字發音若以子 音開始者用 a, 以母音開始者用 an.

(1) *a* house [ə haʊs; ə haʊs]; *an* apple [ən ˈæpl]; ən ˈæpl]; *an* honest [ən ˈɑnɪst; ən ˈɒnɪst] man 《因 honest 的 h 不發音》; *an* LP [ən ˈɛlˈpi; ən ˌelˈpi:] record.

(2) *a* university [ə ˌju-; ə ˌju:-]; *a* European [ə ˌju-; ə ˌjʊə-]; *a* one-sided [ə ˌwʌn-; ə ˌwʌn-] view (偏見)等例子中, *a* [*an*] 後的單字雖然 在拼法上以母音字母開始, 但因發音分別爲[j; j], [w; w], 所以仍用 a.

【◉不定冠詞的位置】
(1)原則上，置於修飾名詞的形容詞(或副詞＋形容詞)之前。*an old man*; *a very fine day*.
(2)置於 such, many 等之後，也常置於 half, quite, rather 之後。such *a* fine day; many *a* day(→片語 many a); half *an* hour; quite *an* artist; rather *a* good book.
(3)置於緊接在as, so, too後的形容詞之後。as [so] fine *a* day (as...); too heavy *a* burden (for...).

a- *pref.* **1**《加在名詞前用以構成副詞或形容詞》表示 on, to, in, into 等之意。*a*sleep.
2 表示 not, without 等之意《在子音字母前用a-；在母音字母前用an-》。*a*moral. *a*pathy. *an*archy.

@ [強 ǽt, ǽt, 弱 ət, ɪt; 強 æt, 弱 ət] **1**《商業》以…的單價(<at)。We bought the article @ $3.00 a dozen. 我們以一打3美元的單價購得這物品。
2《電腦》(電子郵件信箱中)…所在的電腦位址。

AB《略》＝BA (Bachelor of Arts).

ab- *pref.* 表示 away, from, off 等「離開」之意。*ab*normal. *ab*sorb. *ab*stain.

ab·a·ci [ǽbə,saɪ; ǽbəsaɪ] *n.* abacus 的複數。

a·back [ə'bæk; ə'bæk] *adv.* 在後，向後，《通常用於下列片語》。
tàke...abáck 使…吃一驚，使驚慌失措，《常用被動語態》。I was *taken aback* by the news. 這消息令我大吃一驚。

ab·a·cus [ǽbəkəs; ǽbəkəs] *n.* (*pl.* ~**es, -ci**) Ⓒ 算盤(在歐美用來敎小孩子算數)。

a·ba·lone [,æbə'lonɪ; æbə'ləʊnɪ] *n.* Ⓒ《貝》鮑魚。

＊**a·ban·don** [ə'bændən; ə'bændən] *vt.* (~**s** [~z; ~z]; ~**ed** [~d; ~d]; ~**ing**)
〖捨棄〗 **1** 離棄，離開〔下沈中的船〕，拋棄，放棄，〔家族，地位等〕。Many drivers *abandoned* their cars in the snow. 很多開車的人將車子棄置在雪中/He *abandoned* his family and went to live in Tahiti. 他拋棄家人移居大溪地島。
2 放棄，停止，〔計畫等〕；放棄〔希望等〕。He *abandoned* all hope. 他放棄了一切希望。

〖搭配〗 abandon＋*n.*: ～ an attempt(放棄企圖), ～ a habit(戒除習慣), ～ a plan(放棄計畫), ～ a responsibility(拋棄責任), ～ a right(捨棄權利).

3【放棄而讓他人作主】使任憑處置；〔身體等〕任人擺佈；《to》. They *abandoned* the hill *to* enemy forces. 他們放棄那座山丘任由敵軍占領。
abándon onesèlf to... 耽溺於〔賭博等〕；縱情於〔慾望，悲傷等〕。She *abandoned herself to* grief. 她深陷於悲痛中。
— *n.* Ⓤ 任性，放縱。
with [*in*] *abándon* 忘我地；放縱地。drink *with abandon* 縱情飲酒。

a·ban·doned [ə'bændənd; ə'bændənd] *adj.*

1《委婉》放蕩的；無恥的。**2** 被拋棄的，被捨棄的。He hid in an *abandoned* building. 他躲在廢屋裡。

a·ban·don·ment [ə'bændənmənt; ə'bændənmənt] *n.* Ⓤ **1** 拋棄；放棄，死心。
2 自暴自棄；放任。

a·base [ə'bes; ə'beɪs] *vt.* 降低〔品格等〕，使卑。
abáse onesèlf 降低自己的品格做卑下的事；卑躬曲膝。

a·base·ment [ə'besmənt; ə'beɪsmənt] *n.* Ⓤ (名聲，品格等的)低下；屈辱。

a·bash [ə'bæʃ; ə'bæʃ] *vt.* 使羞慚；使不安；使困窘；《通常用被動語態》。I was *abashed* as my mistakes were pointed out. 當我的錯誤被指出時，我感到羞愧。

a·bate [ə'bet; ə'beɪt] *vi.* 減少，〔暴風雨，痛苦等〕減弱，衰減，緩和。
— *vt.* **1** 降低〔賦稅，價格等〕。
2 減輕〔痛苦等〕；使〔精力等〕減弱。

a·bate·ment [ə'betmənt; ə'beɪtmənt] *n.* Ⓒ
1 減輕，減少。**2** 減少額，減價(額)。

ab·bess [ǽbɪs; ǽbes] *n.* Ⓒ 女修道院院長(convent(女修道院)之長；↔ abbot)。

＊**ab·bey** [ǽbɪ; ǽbɪ] *n.* (*pl.* ~**s** [~z; ~z]) **1** ⓒ 修道院(monastery(男修道院)與 convent(女修道院)之總稱)；其建築物。
2 Ⓤ(加the)(集合)修道院的修士[修女]們。
3《英》(the Abbey)＝Westminster Abbey.

ab·bot [ǽbət; ǽbət] *n.* Ⓒ修道院院長(monastery(男修道院)之長；↔ abbess)。

ab·bre·vi·ate [ə'brivɪ,et; ə'briːvɪeɪt] *vt.*
1 省略，縮寫〔字句等〕。We *abbreviate* Sunday to Sun. 我們將 Sunday(星期日)縮寫爲 Sun.
2 縮短〔故事，停留的時間等〕。

＊**ab·bre·vi·a·tion** [ə,brivɪ'eʃən; ə,briːvɪ'eɪʃn] *n.* (*pl.* ~**s** [~z; ~z]) **1** Ⓒ縮寫字；縮寫形式。'Doc' is an *abbreviation* of [for] 'doctor'. Doc 是 doctor 的縮寫形式[縮寫字]。**2** Ⓤ縮寫；省略。

【◉縮寫字和縮寫點】
(1)縮寫字通常在字尾加縮寫點。Jan. (＝January 1月)/Can. (＝Canada 加拿大).
(2)也有可加或可不加縮寫點者。UN [U.N.] (＝United Nations 聯合國).
(3)以縮寫形式當成一字使用的縮寫字通常不加縮寫點。ad (＝advertisement 廣告)/TV (＝television 電視).

ABC¹ [,ebɪ'si; ,eɪbiː'siː] *n.* (*pl.* ~**'s, ~s**) **1** Ⓒ字母表(alphabet). ★《美》通常用複數，《英》用單數。
2 ⓊⒸ(加the)初步，入門。the *ABC* of sociology 社會學入門。
(as) èasy as ÁBĆ → easy 的片語。

ABC²《略》American Broadcasting Company(美國三大廣播公司之一；→ NBC).

ABD [,ebɪ'di; ,eɪbiː'diː]《略》《美》all but dissertation(已修畢全部的博士課程學分，只剩論文尚未提出)。

ab·di·cate [ǽbdə,ket; ǽbdɪkeɪt] *v.*《文章》

vt. 放棄〔王位，權利，義務等〕．
— *vi.* 〔國王〕退位．

ab·di·ca·tion [ˌæbdəˈkeʃən; ˌæbdɪˈkeɪʃn] *n.*
[UC] (權利，義務等的)放棄；(國王的)退位．

ab·do·men [ˈæbdəmən, æbˈdo-; ˈæbdəmen]
[C] (解剖)腹部(★一般用語為 belly)；(昆蟲等的)腹部(→ insect 圖)．

ab·dom·i·nal [æbˈdɑmən; æbˈdɒmɪnl] *adj.* 腹部的．

ab·duct [æbˈdʌkt; əbˈdʌkt] *vt.* 誘拐〔女性，兒童等〕(kidnap)．

ab·duc·tion [æbˈdʌkʃən; əbˈdʌkʃn] *n.* [UC] 誘拐．

ab·duc·tor [æbˈdʌktɚ; əbˈdʌktə(r)] *n.* [C] 誘拐者．

Abe [eb; eɪb] *n.* Abraham 的暱稱．

A·bel [ˈebl; ˈeɪbəl] *n.* (聖經)亞伯(Adam 和 Eve 的次子，被其兄 Cain 所殺)．

ab·er·rant [æˈbɛrənt; æˈberənt] *adj.* 偏離常軌的，異常的．

ab·er·ra·tion [ˌæbəˈreʃən; ˌæbəˈreɪʃn] *n.*
[UC] 偏離正道；(暫時的)精神異常．

a·bet [əˈbɛt; əˈbet] *vt.* (~s; ~ted; ~ting) (主法律)教唆，煽動，唆使．
àid and abét → aid 的片語

a·bet·tor [əˈbɛtɚ; əˈbetə(r)] *n.* [C] (犯罪的)煽動者，教唆者．

a·bey·ance [əˈbeəns; əˈbeɪəns] *n.* [U] (暫時的)中止，休止，停止；未定(的狀態)．
be in abéyance 暫停中；懸而未決．
fàll [gò] into abéyance (規則等)中止(施行)；(習慣等)(暫時)停止．

ab·hor [əbˈhɔr; əbˈhɔː(r)] *vt.* (~s; ~red; -horring [-ˈhɔrɪŋ, -ˈhɔːrɪŋ]) 對…深惡痛絕，厭惡．We *abhor* violence. 我們憎惡暴力/I *abhor* killing animals. 我對殺害動物深惡痛絕．

ab·hor·rence [əbˈhɔrəns; əbˈhɒrəns] *n.*
1 [U] 深惡痛絕． **2** [C] 極厭惡的東西．

ab·hor·rent [əbˈhɔrənt; əbˈhɒrənt] *adj.* 極討厭的(to)．The very thought is *abhorrent* to me. 我一想到就深感厭惡． ⇨ *v.* abhor.

a·bide [əˈbaɪd; əˈbaɪd] *v.* (~s; a·bode, a·bid·ed; a·bid·ing) *vi.* (古) **1** 維持，保持，(某種狀態)，(remain)． **2** 停留，居住．
— *vt.* (用於否定句，疑問句)忍受，忍耐〔句型3〕(abide do*ing*)忍受…．I cannot *abide* that rude man. 我無法容忍那個無禮的人/I cannot *abide* hearing you cry so bitterly. 我無法忍受聽到你哭得那麼悲慘．
abide by... (★此片語的過去式、過去分詞只用 abided) (1)遵守…．The players have to *abide by* the umpire's decision. 運動員必須遵從裁判的裁決．(2)順從地接受(結果等)．

a·bid·ing [əˈbaɪdɪŋ; əˈbaɪdɪŋ] *adj.* (限定)永久的，不變的，(愛，友情等)．

a·bil·i·ties [əˈbɪlətɪz; əˈbɪlətɪz] *n.* ability 的複數．

a·bil·i·ty [əˈbɪlətɪ; əˈbɪlətɪ] *n.* (pl. -ties)
1 [U] 能力；…的能力(to do) (→ capability 圖)．Cats have the *ability* to see in

---

able 3

the dark. 貓具有在黑暗中看見東西的能力/My son's *ability* at math has improved this year. 我兒子的數學能力今年已有所增進．
2 [UC] 才能，手腕．She is a woman of great literary *ability*. 她是位文采洋溢的女性/Tom has many *abilities*. 湯姆有多方面的才能．
⇨ *adj.* able. ↔ inability.

[搭配] *adj.*＋ability: considerable ~ (相當的能力)，poor ~ (不佳的能力)，remarkable ~ (出色的才能) // *v.*＋ability: develop one's ~ (培養某人的能力)，show one's ~ (顯示某人的才能)．

to the bést of one's abílity 盡力．I did the job *to the best of* my ability. 我竭盡全力去做那項工作．

┌─ 名詞型 ~ to do ─┐
to do 修飾名詞．
He has the *ability to make* original plans.
他有能力想出富創意的計畫．
She had the *courage to tell* the truth.
她有說實話的勇氣．
此類的名詞：

ambition	anxiety	attempt
capability	cause	chance
desire	effort	fortune
freedom	intention	kindness
misfortune	necessity	need
occasion	opportunity	order
promise	proposal	reason
refusal	right	signal
trouble	way	will

★如下例所示，也可用片語 for... 來表示不定詞的主詞．
There is no *necessity for you* to go there.
你沒有必要去那裡．

ab·ject [ˈæbdʒɛkt; ˈæbdʒekt] *adj.* **1** 潦倒的，悲慘的．*abject* poverty 赤貧． **2** 卑劣的；卑躬屈膝的．

ab·ject·ly [ˈæbdʒɛktlɪ; ˈæbdʒektlɪ] *adv.* 悽慘地；卑劣地．

ab·ju·ra·tion [ˌæbdʒʊˈreʃən; ˌæbdʒʊəˈreɪʃn] *n.* [UC] (主義等的)誓言放棄；(國籍，信仰等的)放棄．

ab·jure [əbˈdʒʊr, æb-; əbˈdʒʊə(r)] *vt.* (文章)誓言捨棄(主義等)；公開放棄(國籍，信仰等)．

a·blaze [əˈblez; əˈbleɪz] *adj.* (敘述)燃燒的；(火焰般)光輝明亮的；(因憤怒而)滿臉通紅的．The house was *ablaze* when the fire engine arrived. 當消防車到達時房屋已陷在火海中了/He was *ablaze with* anger. 他氣得滿臉通紅．

a·ble [ˈebl; ˈeɪbl] *adj.* (~r; ~st) **1** (敘述)能夠…的(→片語 be able to do)． **2** 有才能的，有能力的．an *able* man 能幹的人/He is an *abler* lawyer than I expected. 他是個比我預料中更能幹

的律師. ◇ *n.* **ability.** *v.* **enable.** ≒**capable, competent.** ↔**unable.**

* *be àble to dó* 能夠做到(＝can do). She *is able to* skate. 她會溜冰(＝She *can* skate.)/In a few days the baby will *be able to* walk. 再過幾天這嬰兒就會走路了.

注意 此片語的比較級用 better [more] able；最高級用 best [most] able.

[◉ can 和 be able to]
(1) can 沒有未來式、完成式, 因此以 will [shall] be able to, have [has, had] been able to 代替: *Will* you *be able to* come to the party? (你能來參加宴會嗎?)/No one *has* ever *been able to* do it. (那件事至今仍無人能做到).
(2) 敘述過去某時實際做過的事宜用 be able to: I *was able to* pass the exam. (我考試終於及格了). 若用 I *could* pass the exam. 容易被誤解成「我那時考試或許能及格」. 在已經克服困難的情況下最好不用 could: It took a long time, but in the end I *was able to* convince him. (雖然花費了很久的時間, 但我終於說服了他).

●——形容詞型 be ~ to do
主詞成爲不定詞意義上的主詞.
He *is able to* play the guitar.
他會彈吉他.
She *is certain to be* surprised.
她一定會大吃一驚.
此類的形容詞:

afraid	anxious	apt
careful	careless	content
eager	foolish	fortunate
free	glad	happy
likely	proud	quick
ready	sad	slow
sorry	sure	welcome
willing	wise	

-able *suf.* 《接於及物動詞、名詞後構成形容詞》有「能夠⋯的, 適合⋯的」等之意. eat*able*. marriage-*able*.「強壯的」

a·ble·bod·ied [ˌebl`bɑdɪd; ˌeɪblˈbɒdɪd] *adj.*

a·bler [`eblə; ˈeɪblə(r)] *adj.* able 的比較級.

a·blest [`eblɪst; ˈeɪblɪst] *adj.* able 的最高級.

ab·lu·tion [æb`luʃən, əb-; əˈbluːʃn] *n.* 《文章》
1 (ablutions) 《詼》洗滌, 沐浴.
2 [UC] 《宗教儀式的》洗禮.

a·bly [`eblɪ; ˈeɪblɪ] *adv.* 出色地, 卓越地; 能幹地.

ab·ne·ga·tion [ˌæbnɪ`geʃən; ˌæbnɪˈɡeɪʃn] *n.* [U] 禁慾; (主義等的) 放棄.

* **ab·nor·mal** [æb`nɔrml; æbˈnɔːml] *adj.* 異常的, 反常的; 不合常規的, 變態的; (↔ normal).

Environmental pollution is causing *abnormal* weather conditions. 環境汚染造成異常的天氣狀況.

ab·nor·mal·i·ty [ˌæbnɔr`mælətɪ; ˌæbnɔːˈmælətɪ] *n.* (*pl.* **-ties**) **1** [U] 異常; 不合常規, 變態.
2 [C] 異常的事[物]; 畸形. a heart *abnormality* 心臟異常.

ab·nor·mal·ly [æb`nɔrmlɪ; æbˈnɔːməlɪ] *adv.* 異常地; 不合常規地.

*‡ **a·board** [ə`bord, ə`bɔrd; əˈbɔːd] *adv.* **1** 在船[飛機, 列車]上; (美) 在公車上. The passengers all went *aboard.* 乘客全都上車[船等]了. **2** (以新會員身份) 加入團體[組織等]. **3** (棒球) 上壘.
—— *prep.* (在) (船, 飛機, 列車, 公車等) 上. go *aboard* a ship [train] 乘船[搭火車].
Àll abóard! (1) 請各位快上車[船]! (出發通知).
(2) 全體乘客都已上車[船] (準備出發)!
Wèlcome abóard! 《服務員對乘客說》歡迎搭乘!

a·bode¹ [ə`bod; əˈbəʊd] *n.* [C] **1** 《古》住處.
2 《法律》住址(address). a man of [with] no fixed *abode* 一名居無定所的男子.

a·bode² [ə`bod; əˈbəʊd] *v.* abide 的過去式、過去分詞.

* **a·bol·ish** [ə`bɑlɪʃ; əˈbɒlɪʃ] *vt.* (~**es** [~ɪz; ~ɪz]; ~**ed** [~t; ~t]; ~**ing**) 廢除《習慣, 制度等》. *abolish* slavery 廢除奴隸制度.

ab·o·li·tion [ˌæbə`lɪʃən; ˌæbəˈlɪʃn] *n.* [U]
1 《制度等的》廢止.
2 《美史》(有時 Abolition) 奴隸制度的廢除 (1863年發表解放奴隸宣言).

ab·o·li·tion·ist [ˌæbə`lɪʃənɪst; ˌæbəˈlɪʃənɪst] *n.* [C] 廢除論者; 《美史》廢奴主義者.

A-bomb [`e͵bɑm; ˈeɪbɒm] *n.* [C] 原子彈(源自 atomic *bomb*; → H-bomb).

a·bom·i·na·ble [ə`bɑmnəbḷ, -mən-; əˈbɒmɪnəbl] *adj.* 令人厭惡的, 可憎的, 《to》; 《口》令人不愉快的, 惡劣的. an *abominable* crime 令人髮指的罪行/*abominable* weather 惡劣的天氣.

Abóminable Snówman *n.* [C] 《傳說中居住在喜馬拉雅山中的》雪人(yeti).

a·bom·i·na·bly [ə`bɑmnəblɪ, -mən-; əˈbɒmɪnəblɪ] *adv.* 可憎地; 《口》非常, 極令人厭惡地.

a·bom·i·nate [ə`bɑmə͵net; əˈbɒmɪneɪt] *vt.* 厭惡, 憎惡; 《口》討厭.

a·bom·i·na·tion [ə͵bɑmə`neʃən; ə͵bɒmɪˈneɪʃn] *n.* **1** [U] 嫌惡, 憎惡.
2 [C] 令人生厭之物[事].

ab·o·rig·i·nal [ˌæbə`rɪdʒənḷ; ˌæbəˈrɪdʒənl] *adj.* 原始的; 土著的, 原住民的; (Aboriginal) 《特指》澳洲原住民的.
—— *n.* [C] 原住民; 土產動植物; (Aboriginal) 《特指》澳洲原住民.

ab·o·rig·i·ne [ˌæbə`rɪdʒə͵ni; ˌæbəˈrɪdʒɪnɪ] *n.* [C] 原住民; (Aborigine) 《特指》澳洲原住民.

a·bort [ə`bɔrt; əˈbɔːt] *vi.* **1** 流產; 早產.
2 《計畫等》「流產」, 失敗.

— *vt.* **1** 〔孕婦〕流產；使〔胎兒〕流產.

2 中斷〔計畫等〕. *abort* a space flight (由於機械故障等)中止太空飛行任務.

a·bor·tion [əˈbɔrʃən; əˈbɔːʃn] *n.* **1** UC 流產；早產；墮胎.

2 C 早產兒；發育不完全的人.

3 U 不成功，失敗；C 中輟的計畫.

a·bor·tion·ist [əˈbɔrʃənɪst; əˈbɔːʃnɪst] *n.* C (特指非法的)施行墮胎手術的醫生；促使墮胎合法化的人.

a·bor·tive [əˈbɔrtɪv; əˈbɔːtɪv] *adj.* **1** 不成功的，失敗的. **2** 發育不全的.

a·bor·tive·ly [əˈbɔrtɪvlɪ; əˈbɔːtɪvlɪ] *adv.* 不成功地，糟糕地.

＊**a·bound** [əˈbaʊnd; əˈbaʊnd] *vi.* (~s [~z; ~z]; ~ed [~ɪd; ~ɪd]; ~ing) **1** 有許多多〔物，人〕. Fish *abound* in this lake. 這湖裡有許多魚.

2 〔場所等〕富於(*in*)；充滿(*with*)；(注意 主詞與 1 相反). This lake *abounds* in fish. 這湖裡有許多魚/The ship *abounds* with rats. 這船裡老鼠很多.

⇨ *n.* **abundance.** *adj.* **abundant.**

‡**a·bout** [əˈbaʊt; əˈbaʊt] *prep.*

〖在…周圍，在…附近〗 **1** 在…周圍，圍繞著. We danced *about* the fire. 我們圍著營火跳舞.

2 …附近，在…旁邊. His house is somewhere *about* here. 他的房子在這附近.

3 在…四處，到處. walk *about* the yard 在院子裡四處走走/There were books lying *about* the room. 房間裡到處都是書.

注意 about 來表示 1, 2, 3 的字義主要用於《英》，至於《美》則多用 around 來表示.

4 在…身邊，於…，在…(★表示某人，某物整體的特徵或氣氛). There's something unusual *about* him. 他有點不尋常.

〖時間上〗在…前後 **5** 在…左右[前後]. *about* the middle of May 在 5 月中旬前後/*about* noon 中午前後/*about* (at) three o'clock 三點左右(★加入 at 則與 *adv.* 4 的用法相同).

〖周圍>有關〗 **6** 從事於…. What are you *about*? 你在做甚麼?/The girl was very useful *about* the house. 那女孩很會做家事.

7 對於…，關於…，(同 on 用於內容較為專業之物，about 用於內容較為一般之物；→ on *prep.* 11). He talked *about* the weather. 他談到天氣/a book *about* gardening 一本關於園藝的書.

＊*be about to dó* (1) 剛要做，正想做. He was *about to* speak. 他正要開口說/The train was *about to* leave. 列車即將開出. 語法 be about to do 為比 be going to do, intend to do 更正式的用法，而且表示馬上即要發生的動作. (2) 《美、口》打定主意要做…(通常用否定形式). I'm not *about to* ask him. 我不打算求他.

Thàt's about ít [áll]. 就此結束；就是這麼一回事；《用來結束話題》.

Whát [Hów] about…? → what, how 的片語.

— *adv.* 〖周圍，附近〗 **1** 四周，周圍. I looked *about* for the mailbox. 我環顧四周找郵筒.

‡—— *above* 5 🄰

2 近處，附近. There was no one *about*. 附近一個人也沒有.

3 到處，四處. Looking for his house, I walked *about* for over an hour. 爲了找他家，我到處走了一個多鐘頭/The wind scattered the leaves *about*. 風把樹葉吹得到處都是.

4 〖在近處>據計計〗大體上，約…；幾乎，(➡ just, exactly). *about* ten miles 約 10 英里/The tree is *about* as high as the roof. 這棵樹幾乎跟屋頂一樣高.

〖在周圍活動〗 **5** 行動，(起來)做事，活動. I'll be *about* again when my leg heals. 等我腿好了，我就又可以活動了.

6 風行，流行，傳開. There is a rumor *about* that he is going to resign. 謠傳他將辭職.

7 〖旋轉〗朝反方向；旋轉著；輪流. turn *about* 向後轉；轉過身來.

注意 用 about 來表示 1, 2, 3, 7 的字義主要用於《英》，至於《美》則多用 around 來表示.

Abòut fáce! 《美》(軍事)向後轉!

Abòut túrn! 《英》(軍事)向後轉!

a·bout-face [əˈbaʊtˌfes; əˈbaʊtˈfeɪs] *n.* C (美) **1** 向後轉(的口令)，改變方針.

2 (主義，態度等的)180 度的轉變.

a·bout-turn [əˈbaʊtˌtɜn; əˌbaʊtˈtɜːn] *n.* (英)=about-face.

‡**a·bove** [əˈbʌv; əˈbʌv] *prep.*

〖一定的基準之上〗 **1** (位置上)在…上面，高於…，(➡ below). *above* the horizon 在水平線上面/The plane flew *above* the clouds. 飛機在雲層上飛行/3,776 m *above* sea level 海拔3,776 公尺/Her dress is *above* the knee. 她的洋裝長不及膝/I live in a flat *above* a shop. 我住在商店樓上的公寓.

同 above 與 on, over 之間的差異 → on.

2 在…上游；在…的前面[遠處]；在…之北. There is a waterfall *above* the bridge. 這座橋的上游有瀑布/six miles *above* the town 在這座城鎮以北 6 公里的地方.

3 (在數量，程度等方面)多於…，超過…，(more than…). She is certainly *above* forty. 她一定超過 40 歲/The parcel weighs *above* one pound. 那小包裹有一磅多重. 我的學校成績很優異.

4 (在身分，能力等方面)高於…，級別高於…. As a pianist, he is far *above* me. 以鋼琴家的身份而言，他遠比我優秀/A major is *above* a captain. 少校的軍階比上尉高/Dr. Mason placed his work *above* everything. 梅遜博士把工作至上.

〖超越〗 **5** (因高潔，傲氣等而)不屑於…，以…爲恥；超越…. I'm *above* telling lies. 我才不屑說謊呢!

6 超越…(的能力)，超乎…之所及，(beyond). His explanation was quite *above* me [my understanding]. 我完全無法理解他的說明/John

lives *above* his means. 約翰過著入不敷出的生活.

* ***above áll (èlse, thìngs)*** 首先; 尤其是. *Above all*, be true to yourself. 最重要的是真實面對自我.

abòve and beyónd...《文章》超越…, …之上的; 除…之外, 此外, (in addition to).

gèt [be] abòve onesélf 沾沾自喜, 得意洋洋; (因興奮而)忘形.

— *adv.*《常置於名詞之後作形容詞用》**1** 在上面; 在上頭; 在樓上. the shop *above* 樓上的店/My bedroom is just *above*. 我的臥室就在這上頭.

2 在天上, 在空中. A bird soared *above*. 一隻鳥在空中飛翔/the world *above* 天國.

3 在(河的)上游.

4 在(書等的)前面部分. See *above*. 見上; 參照前述/as was stated *above* 如上所述.

5 (在數量方面)大於, 多於. People of 65 and *above* get a pension from the government. 65 歲以上(包含 65 歲)的人可得到政府發放的養老金.

6 (在級別等方面)在上位, 在上級. the court *above* 上級法院/go up to the rank *above* 晉升一級.

from abòve 從上面; 從天上. A rock fell *from above*. 岩石從上面落了下來.

— *adj.* 上述的, 前述的. in the *above* paragraph 在上一段中.

— *n.*《單複數同形》(加 the)上文提到的部分, 上述的事實.

a·bove·board [ə'bʌv͵bord, -͵bɔrd; ə'bʌv͵bɔːd] *adj.*《敘述》坦率的, 不加隱瞞的, 公開的, (↔ underhand).

a·bove-men·tioned [ə'bʌv`mɛnʃənd; ə'bʌv͵menʃɪnd] *adj.*《限定》前面提到的, 上述的.

ab·ra·ca·dab·ra [͵æbrəkə'dæbrə; ͵æbrəkə'dæbrə] *n.* **1** 阿布拉卡達布勒(變魔術等時所用的咒語).

2 嘰哩咕嚕不知所云的話, 胡言亂語.

a·brade [ə'bred; ə'breɪd] *vt.* 擦傷〔皮膚〕; 磨損〔紡織品, 岩石等〕.

A·bra·ham [`ebrə͵hæm; 'eɪbrəhæm] *n.* **1** 男子名(暱稱為 Abe). **2**《聖經》亞伯拉罕(猶太人的祖先).

a·bra·sion [ə'breʒən; ə'breɪʒn] *n.* **1** U 磨損; 耗損. **2** C (皮膚的)擦傷.

a·bra·sive [ə'bresɪv; ə'breɪsɪv] *adj.* **1** 研磨的; 磨損的. an *abrasive* material 研磨劑.

2 傷害感情的. an *abrasive* remark 尖銳傷人的話.

— *n.* UC 研磨劑(金剛砂, 輕石等).

a·breast [ə'brɛst; ə'brest] *adv.* 並列地, 平行地, 並排地. The schoolboys marched four *abreast*. 男學生們四人並行前進.

kèep abréast of [with]... (不落後地)跟上〔時代, 趨勢等〕.

* **a·bridge** [ə'brɪdʒ; ə'brɪdʒ] *vt.* (**a·bridg·es** [~ɪz; ~ɪz]; **~d** [~d; ~d]; **a·bridg·ing**) **1** 縮短〔書, 故事等〕; 概括, 摘要. an *abridged* edition 精華版.

2 縮減, 縮小, 〔時間, 範圍等〕. We ran out of time and had to *abridge* the interview. 時間已過, 我們得早些結束面談.

a·bridg·ment, a·bridge·ment [ə'brɪdʒmənt; ə'brɪdʒmənt] *n.* **1** U縮短; 摘要, 概括. **2** C 已經縮短[精簡]之物(書, 故事, 劇本等), 精華版.

* **a·broad** [ə'brɔd; ə'brɔːd] *adv.* **1** 往[在]國外, 到[在]海外, (overseas). I want to go *abroad* one day. 總有一天我要出國去/My father will travel *abroad* next year. 父親明年要到國外旅行/be sent *abroad* 被派遣至國外/at home and *abroad* 在國內外.

2 廣泛地, 四散地, 流傳地. The rumor soon spread *abroad*. 這謠言很快就傳開來了.

from abróad 從海[國]外(來的). I've been very busy since I returned *from abroad*. 歸國後, 我便一直很忙/guests *from abroad* 外賓.

ab·ro·gate [`æbrə͵get; 'æbrəʊgeɪt] *vt.*《文章》正式廢止〔法律, 習俗等〕.

ab·ro·ga·tion [͵æbrə'geʃən; ͵æbrəʊ'geɪʃn] *n.* U廢止, 取消.

* **a·brupt** [ə'brʌpt; ə'brʌpt] *adj.* **1** 突然的(sudden). He made an *abrupt* departure. 他突然離去. **2**〔舉止, 談吐等〕粗魯的, 生硬的. The policeman was rather *abrupt* with me. 那警察對我非常不禮貌. **3**〔斜坡, 山崖等〕陡峭的, 險峻的.

a·brupt·ly [ə'brʌptlɪ; ə'brʌptlɪ] *adv.* 突然地; 生硬地.

a·brupt·ness [ə'brʌptnɪs; ə'brʌptnɪs] *n.* U唐突; 生硬; 陡峭.

ab·scess [`æb͵sɛs, -͵sɪs; 'æbsɪs] *n.* C膿瘡, 膿腫.

ab·scond [æb'skɑnd; əb'skɒnd] *vi.*《文章》潛逃, 逃亡, 《from》.

* **ab·sence** [`æbsn̩s; 'æbsəns] *n.* (*pl.* **-senc·es** [~ɪz; ~ɪz]) **1** U不在, 外出; 缺席, 缺勤. My mother died during my *absence*. 母親在我不在時過世了/absence from the office without notice 曠職.

2 C (一次的)不在, 缺席, 缺勤, (的期間). The teacher was worried by Tom's frequent *absences* from class. 老師擔心湯姆的屢次缺課/after a long *absence* 在長期缺席之後/I returned home after an *absence* of two years. 我離家兩年後返家.

3〔a U〕沒有, 缺乏, 不存在. a complete *absence* of evidence 完全缺乏證據. ↔ presence.

àbsence of mínd 心不在焉, 心神不定, (↔ presence of mind).

in a pèrson's ábsence 趁人不在時, 暗地裡. The matter was settled *in his absence*. 這件事是趁他不在場時決定的.

in the ábsence of... 在沒有…的情況下; 因缺乏…而…. *In the absence of* sufficient proof, the police could not indict him. 由於缺乏充分的證據, 警察無法對他起訴.

* **ab·sent** [`æbsn̩t; 'æbsənt] *adj.* [[不在的]] **1** 不在的, 外出的; 缺席的, 缺勤的. I was *absent from* school [work] yesterday. 我昨

天沒有上學[上班]/My father is *absent* on business. 我父親外出差去了(所以不在)/Let's drink to *absent* friends. 《在宴會等場所》我們爲不在場的朋友們乾杯吧!

[辨析] absent 指某人「不在」應該在的地方, 因此突然造訪而對方「不在」時的情況並不適用此字; 通常說 He is out. He is not in [at home]; 此外, 若因出差、旅行等在外住宿而不在家時稱作 be away, 若因外出購物等而暫時不在家的情形則稱作 be out.

2 不存在的, 缺少的. Compassion is entirely *absent from* his character. 他的個性中根本就缺乏同情心.

3 《心不在焉的》(限定)出神的, 發呆的. an *absent* look [expression] 發呆的神情/in an *absent* way 出神的樣子. ↔ present.

—— [æb`sɛnt; æb`sent] vt. 《僅用於下列用法》
absént onesèlf (from...) 不在, 缺席, 缺勤. She *absented* herself from the lesson. 她缺席.

ab·sen·tee [͵æbsn̩`ti; ͵æbsən`tiː] n. © 不在者, 缺席者, 缺勤者.

ab·sen·tee·ism [͵æbsn̩`ti͵ɪzm; ͵æbsən`tiːɪzm] n. ⓤ (經常的)缺勤, 缺席.

àbsentee vóter n. © (美)缺席投票者.

ab·sent·ly [`æbsn̩tlɪ; `æbsəntlɪ] adv. 發呆地, 心不在焉地.

ab·sent-mind·ed [͵æbsn̩t`maɪndɪd; ͵æbsənt`maɪndɪd] adj. 心不在焉的, 茫然的, 心神不定的.

ab·sent-mind·ed·ly [͵æbsn̩t`maɪndɪdlɪ; ͵æbsənt`maɪndɪdlɪ] adv. 心不在焉地, 茫然地.

ab·sent-mind·ed·ness [͵æbsn̩t`maɪndɪdnɪs; ͵æbsənt`maɪndɪdnɪs] n. ⓤ 出神狀態, 心不在焉.

ab·sinthe, ab·sinth [`æbsɪnθ; `æbsɪnθ] n. ⓤ 苦艾酒《用苦艾(wormwood)加強苦味所製成的烈酒; 多數國家禁止製造》.

＊ab·so·lute [`æbsə͵lut; `æbsəluːt] adj. 〖不受限制的〗 **1** 絕對的(↔ relative); 完全的(perfect). *absolute* truth 絕對眞實/Tom is a man of *absolute* sincerity. 湯姆是個絕對眞誠的人.

2 無限制的; 極限的; 實在的(real). It's an *absolute* waste of time to wait any longer. 再等下去眞的是浪費時間.

3 專制的, 獨裁的. an *absolute* ruler 獨裁者.

4 無條件的, 不容置疑的, 確實的. We have *absolute* proof that smoking is bad for your health. 我們有確鑿的證據證明吸菸對你的健康有害.

[字源] SOLUT 「解」: abso*lute*, dis*solut*ion (分解), *solut*ion (溶解), re*solut*ion (決定).

àbsolute infínitive n. ⓤⓒ 《文法》獨立不定詞《不定詞的用法之一, 從主要子句中獨立出來以修飾全句; → to 表》.

＊ab·so·lute·ly [`æbsə͵lutlɪ; `æbsəluːtlɪ] adv.

1 絕對地; 完全地(perfectly). You are *absolutely* right about his character. 關於他的個性你(所說)的是完全正確的看法/I agree with you *absolutely*. 我完全同意你的看法/That's not *absolutely* certain.

那還沒有完全確定.

[搭配] absolutely + adj.: ～ correct (完全正確的), ～ impossible (絕對不可能的), ～ wrong (完全錯誤的) / v. + absolutely: deny ～ (全然否定), refuse ～ (斷然拒絕).

2 《口》堅決地, 斬釘截鐵地. I *absolutely* will not speak to that fellow again! 我決不再跟那傢伙說話!/"Can I go swimming, Mother?" "*Absolutely* not. It's too cold today." 「媽, 我可以去游泳嗎?」「絕對不行, 今天太冷了.」

3 《口》一點也不錯, 確實如此, 是這樣. 《代替 yes 表示完全同意和肯定》 "Do you think he will really give up?" "*Absolutely*!" 「你認爲他眞的會放棄嗎?」「絕對會的!」 [注意] 如上句將副詞單獨使用時, 發音爲: [͵æbsə`lutlɪ; ͵æbsə`luːtlɪ].

● —— 經常用來表示程度的副詞(片語)
大↑ 1 absolutely, completely, entirely, utterly (全然, 完全地).
2 very, (very) much (非常).
3 rather, somewhat, quite (稍稍, 相當地, 頗爲).
4 a little, a bit (有一點).
5 scarcely, hardly (幾乎不).
小↓ 6 not...at all (一點也不).

àbsolute majórity n. ⓤ 絕對多數, 過半數.

àbsolute particípial constrúction n. ⓤⓒ 《文法》獨立分詞構句.

【●獨立分詞構句】
在分詞構句(participial construction)中, 若分詞本身的意義主詞(sense subject)和主要子句的主詞不一致, 此種分詞構句特稱爲獨立分詞構句:
He walked on and on, *his dog* following. (=..., while his dog followed.) (他一直走, 他的狗始終在後面跟著).
It being fine, we went fishing. (=As it was fine, we....) (因爲天氣不錯, 所以我們就去釣魚).
獨立分詞構句的意義主詞若爲「一般人」時, 該意義主詞經常會省略:
Generally speaking, women are better linguists than men. (總的說來, 女性的語言表現較男性爲佳).
其他的獨立分詞構句→ speak「慣用的分詞片語」表.

àbsolute zéro n. ⓤ 《物》絕對零度 (−273.15℃).

ab·so·lu·tion [͵æbsə`luʃən; ͵æbsə`luːʃn] n. ⓤ
1 無罪的宣告; 責任的免除.
2 《基督教》赦罪, 赦免. ⇨ v. absolve.

ab·so·lut·ism [ˋæbsəlu͵tɪzm; ˈæbsəluːtɪzm] *n.* U (政治)專制主義，絕對主義.

ab·solve [əbˋsɑlv; əbˈzɒlv] *vt.* **1** 使〔人〕解放《*from*〔義務，責任等〕》. I was *absolved from* paying my father's debt. 我得以免除償還父親的債務. **2**〔基督教〕赦罪. ⇨ *n.* **absolution**.

ab·sorb [əbˋsɔrb; əbˈsɔːb] *vt.* (~**s** [~z; ~z]; ~**ed** [~d; ~d]; ~**ing**) **1** 吸收，吸入，〔液體，熱，光等〕. A sponge *absorbs* water. 海綿吸水.

2 吸收，採納，〔思想，知識等〕. He tried to *absorb* as much of the local culture as possible. 他竭力吸收當地的文化.

3 完全占去〔人們的關心，時間等〕; 使〔人〕全神貫注. Business *absorbs* all his time. 做生意占去他全部的時間.

4 合併，併吞，〔他國的領土，他人的企業等〕. Small businesses are often *absorbed* by a major company. 小企業常被大公司兼併. ⇨ *n.* **absorption**.

* *be absórbed in...* 專心致力於⋯，熱中於⋯. I was so *absorbed in* reading that I didn't notice him come in. 我看書看得太入神了，以致於沒有注意到他進來.

搭配 be+*adv.*+absorbed in...: be deeply ~*ed* in... (非常熱中於⋯), be completely ~*ed* in... (完全地投入⋯), be totally ~*ed* in... (完全地投入⋯), be wholly ~*ed* in... (完全地投入⋯).

ab·sorb·ent [əbˋsɔrbənt; əbˈsɔːbənt] *adj.* 會吸收的《*of*》; 有吸收力的. *absorbent* cotton 《美》脫脂棉(《英》cotton wool). —— *n.* C 有吸收力的物質.

ab·sorb·ing [əbˋsɔrbɪŋ; əbˈsɔːbɪŋ] *adj.* 令人入神的; 非常有趣的.

ab·sorp·tion [əbˋsɔrpʃən; əbˈsɔːpʃn] *n.* U **1** 吸收; 合併，併入.

2 專心致力，入神，全神貫注. *absorption in* reading 全神貫注於看書. ⇨ *v.* **absorb**.

ab·stain [əbˋsten; əbˈsteɪn] *vi.* **1** 克制，戒除，《*from*》; 戒酒. Vegetarians *abstain from* meat. 素食主義者戒葷. 同 refrain 用於臨時性地自我克制某種行為, abstain 多用於長期戒除某些行為, 習慣等. **2** 不投票，棄權.

字源 TAIN「保持」: abs*tain*, con*tain* (包含), main*tain* (維持), re*tain* (保有).

ab·stain·er [əbˋstenɚ; əbˈsteɪnə(r)] *n.* C 節制者，(特指)戒酒者.

ab·ste·mi·ous [æbˋstimɪəs; æbˈstiːmjəs] *adj.* 有節制的, 飲食有度的; 簡單的〔飲食等〕. an *abstemious* life 有節制的生活.

ab·ste·mi·ous·ly [æbˋstimɪəslɪ; æbˈstiːmjəslɪ] *adv.* 有節制地, 克制地.

ab·sten·tion [æbˋstɛnʃən; æbˈstenʃn] *n.* **1** UC (投票時)棄權. **2** U 克制, 戒除, 《*from*》. ⇨ *v.* **abstain**.

ab·sti·nence [ˋæbstənəns; ˈæbstɪnəns] *n.* U 禁慾, (特指)戒酒. *abstinence from* food 禁食. ⇨ *v.* **abstain**.

ab·sti·nent [ˋæbstənənt; ˈæbstɪnənt] *adj.* 禁慾的; 有節制的. ⇨ *v.* **abstain**.

ab·stract [ˋæbstrækt, æbˋstrækt; ˈæbstrækt] *adj.* **1** 抽象的, 觀念上的, (↔ concrete). Goodness is *abstract*; a kind act is concrete. 善良是抽象的, 善行是具體的.

2 理論的, 不具體的, 非現實的. His idea is too *abstract* to be of practical use to us. 他的想法太抽象了, 對我們沒甚麼實際的用處.

3〔美術〕抽象主義〔派〕的. *abstract* art 抽象藝術.

—— [æbˋstrækt; æbˈstrækt] *vt.* **1** 概括, 做⋯的摘要. **2**〔口〕(委婉)竊取; 抽取; 《*from*》.

3〔化學〕萃取, 分離, 《*from*》. *abstract* salt *from* seawater 從海水中萃取鹽.

—— [ˋæbstrækt; ˈæbstrækt] *n.* C **1** 摘要. make an *abstract* of a thesis 寫一篇論文的摘要.

2 抽象藝術的作品.

in the ábstract 抽象地, 純理論地. Young people know the disasters of war only *in the abstract*. 年輕人只是抽象地知道甚麼是戰禍.

字源 TRACT「引」: abs*tract*, at*tract* (吸引), con*tract* (契約), ex*tract* (拔取).

ab·stract·ed [æbˋstræktɪd; æbˈstræktɪd] *adj.* 失神的, 心不在焉的, 發呆的. with an *abstracted* air 心不在焉的模樣.

ab·stract·ed·ly [æbˋstræktɪdlɪ; æbˈstræktɪdlɪ] *adv.* 心不在焉地, 發呆地. listen *abstractedly* 心不在焉地聽著.

ab·strac·tion [æbˋstrækʃən; æbˈstrækʃn] *n.* **1** U 抽象, 抽象化. **2** U 失神, 心不在焉. **3** C〔美術〕抽象派的作品. **4** U 抽象概念; 非現實的思考. **5** U〔化學〕萃取, 分離. ⇨ *v., adj.* **abstract**.

ab·stract·ly [æbˋstræktlɪ; ˈæbstræktlɪ] *adv.* 抽象地; 觀念上.

ábstract nóun *n.* C《文法》抽象名詞(→見文法總整理 **3. 1**).

ab·struse [æbˋstrus; æbˈstruːs] *adj.*《文章》〔理論, 教義等〕難解的, 深奧的.

ab·struse·ness [æbˋstrusnɪs; æbˈstruːsnɪs] *n.* U《文章》難解, 深奧.

ab·surd [əbˋsɝd; əbˈsɜːd] *adj.* **1** 荒謬的, 不合理的. Flights to the moon were once thought *absurd*. 飛行到月球曾被認為荒謬不可行.

2 愚蠢的; 滑稽可笑的; (ridiculous). That's the most *absurd* idea I've ever heard. 那是我所聽過最愚蠢的意見.

ab·surd·i·ty [əbˋsɝdətɪ; əbˈsɜːdətɪ] *n.* (*pl.* **-ties**) **1** U 荒謬, 不合理, 不合邏輯. **2** C 愚蠢的行為〔言詞等〕.

ab·surd·ly [əbˋsɝdlɪ; əbˈsɜːdlɪ] *adv.* 不合理地;

a·bun·dance [əˋbʌndəns; əˈbʌndəns] *n.* aU 豐富, 充足; 富裕; 多數, 大量. There is an *abundance* of pictures in the book. 這本書有很多

圖畫/an *abundance* of black hair 濃密的黑髮.
⇨ *v.* abound.

* *in abúndance* 豐富地, 充裕地. Here are wildflowers *in abundance*. 這裡有很多野花/live *in abundance* 過着富裕的生活.

*a·bun·dant [ə'bʌndənt; ə'bʌndənt] *adj.* 豐富的, 大量的; 《敍述》充滿的(*in*). There is an *abundant* supply of foodstuffs. 食物供應十分充足/Their home is *abundant in* love and laughter. 他們的家庭充滿了愛和歡笑. ⇨ *v.* abound.

a·bun·dant·ly [ə'bʌndəntlɪ; ə'bʌndəntlɪ] *adv.* 豐富地; 充足地; 非常地. It's *abundantly* clear. 一清二楚.

*a·buse [ə'bjuz; ə'bjuːz] *vt.* (a·bus·es [~ɪz; ~ɪz]; ~d [~d; ~d]; a·bus·ing) 濫用, 亂用; 利用(他人的信賴或善意等). *abuse* one's authority 濫用職權/He was arrested for *abusing* public funds. 他因濫用公款被捕/He *abused* our trust. 他辜負了我們對他的信任.

2 辱罵, 毀謗. I tried to give him some advice, but he just *abused* me violently. 我試圖給他一些忠告, 但他只是一味地對我惡劣謾罵.

3 虐待; 折騰(眼睛等). *abuse* a pet 虐待寵物.
—[ə'bjus; ə'bjuːs] *n.* (*pl.* a·bus·es [~ɪz; ~ɪz]) 1 [U[C]] 濫用; 亂用; 誤用(*of*). an *abuse* of one's privilege 濫用特權. 2 [U] 謾罵, 辱罵; 虐待. She showered *abuse* on me. 她對我破口大罵/child *abuse* 虐待兒童. 3 [C] (長時期的) 惡習.

a·bu·sive [ə'bjusɪv; ə'bjuːsɪv] *adj.* 辱罵的, 咒罵的; (人, 言辭) 咒罵的. I had never received such an *abusive* letter before. 我從未收到過如此滿是辱罵詞句的信.

a·bu·sive·ly [ə'bjusɪvlɪ; ə'bjuːsɪvlɪ] *adv.* 咒罵地; 濫用地.

a·but [ə'bʌt; ə'bʌt] *vi.* (~s; ~ted; ~ting) 鄰接, 毗連, (*on, upon*). My land *abuts on* the river. 我的土地與河相鄰.

a·but·ment [ə'bʌtmənt; ə'bʌtmənt] *n.* [C] 《建築》支座, 支柱, 橋墩.

a·bys·mal [ə'bɪzml; ə'bɪzml] *adj.* 深不可測的(→ abyss). 《口》極壞的. *abysmal* ignorance 極端的無知/*abysmal* weather 糟透的天氣.

[abutments]

a·byss [ə'bɪs; ə'bɪs] *n.* [C] 1 深淵, 無底洞; 地獄. 2 深不可測之物. She was in an *abyss* of despair. 她陷入了絕望的深淵.

AC, ac 《略》alternating current (交流電).

a/c 《略》account.

a·ca·cia [ə'keʃə; ə'keɪʃə] *n.* [C] 1 相思樹(豆科的常綠喬木; 可提煉阿拉伯橡膠).
2 刺槐(false acacia) (作爲行道樹用).

*ac·a·dem·ic [ˌækə'dɛmɪk; ˌækə'demɪk] *adj.* 1 學術研究的; (大學) 教育的; 大學的. an *academic* degree 學位/*academic* freedom 學術自由/an *academic* year 學年

(school year; 英美從 9-10 月到 6 月).

2 (相對於技職教育、專門教育的) 普通教育的; 人文學科的. an *academic* high school 普通高中.

3 純學術的; 理論的; 非實際的. My interest in politics is strictly *academic*. 我對政治的關心是純理論的.

ac·a·dem·i·cal·ly [ˌækə'dɛmɪkļɪ; ˌækədemɪkəlɪ] *adv.* 學術上; 理論上.

a·cad·e·mi·cian [əˌkædə'mɪʃən; əˌkædə'mɪʃn] *n.* [C] 藝術學會會員, (高等) 學術研究院院士.

*a·cad·e·my [ə'kædəmɪ; ə'kædəmɪ] *n.* (*pl.* -mies [~z; ~z]) [C] 1 學院, 專科學校, 《教授軍事、美術、音樂、工藝、體育等專門學科的高等教育機構》. a music *academy* 音樂學校[院]/a riding *academy* 馬術學校.
2 《美》私立高級中學.
3 藝術學會; 美術學會; (高等) 學術研究院.

Acàdemy Awàrd *n.* [C]《電影》美國影藝學院獎(由美國 the Academy of Motion Picture Arts and Sciences (電影藝術科學院)每年頒給最優秀的電影、演員等; → Oscar).

ac·cede [æk'sid; æk'siːd] *vi.* 《文章》1 (對提案等)同意, 允諾. She willingly *acceded to* my request. 她欣然接受了我的要求.
2 (王位等)繼承; 就職. Elizabeth II *acceded to* the throne in 1952. 伊莉莎白二世於 1952 年繼承了王位. ⇨ *n.* accession.

*ac·cel·er·ate [æk'sɛlə,ret; ək'seləreɪt] *v.* (~s [~s; ~s]; -at·ed [~ɪd; ~ɪd]; -at·ing) *vt.* 1 加快…的速度; 加速. 2 促使…早日發生; 促進. The policy will only *accelerate* inflation. 此項政策只會加快通貨膨脹的速度.
— *vi.* 變快, 增速. The car suddenly *accelerated* and drove through a red light. 那輛車突然加速衝過了紅燈.

ac·cel·er·a·tion [ækˌsɛlə'reʃən; əkˌselə'reɪʃn] *n.* [U] 加速; 促進; 加速度.

ac·cel·er·a·tor [ækˌsɛlə,retə; ək'seləreɪtə(r)] *n.* [C] 1 (汽車等的) 油門(→ car ▣). He stepped on the *accelerator*. 他踩了(汽車的)油門. 2 《物理》加速器.

*ac·cent [ˈæksɛnt; ˈæksent] *n.* (*pl.* ~s [~s; ~s]) 1 [C]《語言學》重音. In the word "tomorrow", the *accent* is on the second syllable. 在 tomorrow 這個字中, 重音在第二音節/a primary [secondary] *accent* 主[次]重音(在本辭典中分別用 [ˈ; ʻ], [ˌ; ˌ] 標明: 例 [ækˈsɛlə,ret; ək'seləret]).
2 [C] 重音符號(áccent, órdinàry 等字上方的ʹ, ˋ).
3 [U[C]] 口音, 鄉音, 《特定的人[地區、國民等]特有的習慣性口音、腔調》. He speaks English with a strong German *accent*. 他講英語時帶有很重的德國腔.

[荒配] *adj.*+accent: a foreign ～ (外國的口音), a heavy ～ (濃重的口音), a slight ～ (輕微的口音) // *v.*+accent: assume an ～ (帶有某種口音), imitate an ～ (模仿某種口音).

4 (accents) 腔調, 語調.

5 [UC] (口) (加重的) 強調, 加強語氣. His policy puts the *accent on* national welfare. 他的政策重點放在國民福利上.

— [ˈæksɛnt, ækˈsɛnt, ək-; ækˈsent] *vt.* **1** 將 (字, 音)讀重音; 將…加上重音符號. an *accented* syllable 讀重音的音節. **2** = accentuate 1.

ac·cen·tu·ate [ækˈsɛntʃʊˌet, ək-; ækˈsentjʊeit] *vt.* **1** 強調; 突顯. Her striped dress *accentuates* her slimness. 條紋衣服突顯了她苗條的身材. **2** = accent 1.

ac·cen·tu·a·tion [ækˌsɛntʃʊˈeʃən, ək-; ækˌsentjʊˈeiʃn] *n.* [UC] **1** 音調抑揚法; 重音符號的標示. **2** 強調, 突顯.

‡**ac·cept** [əkˈsɛpt, ɪk-, æk-; əkˈsept] *vt.* (～**s** [～s; ～s]; ～**ed** [～ɪd; ～ɪd]; ～**ing**)

1 接受, 領取, 收受, 〔禮物等〕. She smiled and *accepted* my little present. 她微笑並接受了我的小禮物/They tried to get fully *accepted* in society. 他們努力想得到社會的完全接納.

[同] accept 不單單是「接受」(receive), 還有「樂意接受」之意; ↔ decline, reject.

2 應允 〔邀請, 求婚等〕, 接受 〔職位等〕, 受理 〔提案等〕; (↔refuse). *accept* an offer 接受一項提議/I *accepted* his invitation. 我接受了他的邀請/Anne *accepted* Henry's proposal. 安答應了亨利的求婚.

[搭配] accept (1-2) +*adv.*: ～ reluctantly (勉強地接受), ～ willingly (樂意地接受) // accept +*n.*: ～ an application (接受申請), ～ a request (接受要求), ～ a suggestion (接受提議).

3 承認 〔證據, 說明, 事態等〕, [句型3] (accept *that* 子句/A *as* B) 承認…/承認 A 為 B. He did not *accept* my apologies. 他不認同我的辯解/I *accept* that the statement is true. = I *accept* the statement as true. 我承認這陳述是真的.

4 〔機械對投入的東西等〕接受; 〔信用卡等〕受理. This vending machine won't *accept* 50 NTD coins. 這臺自動販賣機不接受新臺幣 50 元的硬幣/All major credit cards *accepted*. 受理各種主要的信用卡 〔餐廳等的告示〕. ⇨ *n.* **acceptance.**

[字源] CEPT 「取」: accept, ex*cept* (除了), pre*cept* (教訓), con*cept* (概念).

ac·cept·a·bil·i·ty [əkˌsɛptəˈbɪlətɪ, ɪk-, æk-; əkˌseptəˈbiləti] *n.* [U] 接受程度, 容許的可能性.

‡**ac·cept·a·ble** [əkˈsɛptəbḷ; əkˈseptəbl] *adj.* 能夠接受的 (程度); 合意的, 令人喜歡的, 〔禮物等〕. His work was *acceptable*, but far from excellent. 他的工作表現雖可以接受, 但稱不上優秀.

ac·cept·a·bly [əkˈsɛptəblɪ; əkˈseptəbli] *adv.* 使人滿意地.

‡**ac·cept·ance** [əkˈsɛptəns, ɪk-, æk-;

əkˈseptəns] *n.* [U] **1** 接受; 受領; 受理.

2 承認; 贊成 (★ approval 較為通用). The theory will find general *acceptance*. 該理論將會得到普遍的認可.

ac·cept·ed [əkˈsɛptɪd; əkˈseptid] *adj.* (泛指) 公認的, 被相信的, 〔真理, 想法等〕.

***ac·cess** [ˈæksɛs; ˈækses] (★ 注意重音位置) *n.* [U] **1** 接近 (的方法) (*to*); 使用 [到手] 的權利 (*to*).

2 通行, 通道, (*to*). *Access* only. 禁止穿越 〔告示〕/There is no *access* to the building from this direction. 從這個方向無法通往那棟大樓.

èasy [*dífficult*] *of áccess* 〔場所等〕 容易 [難以] 靠近的; 容易 [難以] 進入的; 〔人〕容易 [難以] 接近的, 容易 [難以] 見面的.

gàin áccess to... 接近; 見面. The burglar *gained access* to the house through a window. 小偷從窗口潛進屋內/Of course it's difficult to *gain access to* the Prime Minister. 要見首相當然是很難的.

hàve áccess to... 有辦法接近…; 可進入…; 能夠見面. I am fortunate enough to *have access to* an excellent library. 我真是幸運, 有機會進入這麼好的圖書館.

within èasy áccess of... 在易於到達…的範圍內. We live *within easy access of* Heathrow. 我們住的地方很方便能到達希斯羅機場.

[字源] CESS 「行走」: ac*cess*, con*cess*ion (讓步), pro*cess* (過程), ex*cess* (超過).

ac·ces·sa·ry [ækˈsɛsərɪ, ək-; əkˈseSəri] *n.*, *adj.* = accessory 2.

ac·ces·si·bil·i·ty [ækˌsɛsəˈbɪlətɪ, ˌæksɛsə-; əkˌseSəˈbiləti] *n.* [U] 容易接近 [到手].

ac·ces·si·ble [ækˈsɛsəbḷ, ək-; əkˈseSəbl] *adj.* **1** 〔場所〕容易接近的, 容易進入的; 能到達的. an *accessible* mountain 易於攀登的山.

2 〔物品〕容易到手的; 〔人〕容易見面的. He makes himself *accessible* to all who seek his counsel. 對所有尋求他建議的人, 他都能夠安排見面.

3 〔人〕容易受影響的, 容易感動的. She is readily *accessible* to flattery. 她很容易把奉承的話聽進去.

ac·ces·sion [ækˈsɛʃən, ək-; ækˈseʃn] *n.* (文章)

1 [U] (某種狀態的) 到達的; (官職的) 就任, 即位. *accession* to manhood 邁入成年/Queen Elizabeth's *accession* to the throne 伊莉莎白女王的即位.

2 [U] 增加, (團體等的) 加入; (圖書館圖書的) 獲得; [C] 新增的物品, 加入者; 新增圖書. many new *accessions* to the library 圖書館許多新增的藏書. ⇨ *v.* **accede.**

*‡**ac·ces·so·ry** [ækˈsɛsərɪ, ək-; əkˈseSəri] *n.* (*pl.* -**ries** [～z; ～z]) [C] **1** 附屬物, 附屬品; 裝飾品; (特指汽車車燈, 汽車雨刷, 收音機等或鞋子, 帽子, 手套, 手提包等服飾用品). The shop sells expensive *accessories* for women. 這家店出售昂貴的女用配件.

2 (法律) 從犯 (*to*) (↔ principal). He was arrested as an *accessory* to the robbery. 他因為是這起搶案的從犯而被逮捕.

— *adj.* **1** 附屬的, 輔助的. **2** (法律) 從犯的.

áccess ròad *n.* Ⓒ 連絡道路《無法通往其他地方，專爲抵達特定地方而開闢的》；(通往高速公路的)連絡道路.

áccess tìme *n.* Ⓤ 存取時間《電腦將資料儲存與取出所需的時間》.

‡ac·ci·dent [ˋæksədənt; ˈæksɪdənt] *n.* (*pl.* **~s** [~s; ~s]) **1** Ⓒ **事故，災難.** Lots of old people are killed in traffic *accidents* every year. 每年都有許多老人因交通事故而喪生/I met with an awful *accident*. 我遇到了可怕的事故.

搭配 *adj.*+accident: a fatal ~ (重大的事故), a serious ~ (嚴重的事故), a slight ~ (輕微的事故), a tragic ~ (悲劇性的事故) // *v.*+accident: cause an ~ (引發事故), have an ~ (碰到事故) // accident+*v.*: an ~ happens (事故發生), an ~ takes place (事故發生).

2 UC **偶然，湊巧，**(chance)；**出乎意料的事.** The discovery of oil was a lucky *accident*. 發現石油是個幸運的意外/It is no *accident* that she won the first prize. 她贏得第一名絕非偶然.

⇨ *adj.* **accidental.**

Àccidents will háppen. 《諺》天有不測風雲，人有旦夕禍福《Àccidents wíll hàppen. 亦可》.

* ***by áccident*** **偶然地，意外地.** Was it *by accident* or by design? 這是偶然的還是故意的呢?/I met an old friend *by accident* in the bus. 我在公車上巧遇老友.

without áccident 平安無事.

字源 CID「降臨」: ac*cid*ent, in*cid*ent (事件), coin*cid*ence (巧合).

***ac·ci·den·tal** [ˌæksəˋdɛntḷ; ˌæksɪˈdentl] *adj.* **1 偶然的，出乎意料的，**(⇔ deliberate, intentional)；**意外的.** Our meeting was purely *accidental*. 我們相遇純屬偶然.

2 非本質性的；附帶的；(⇔ essential).

⇨ *n.* **accident.**

ac·ci·den·tal·ly [ˌæksəˋdɛntḷɪ; ˌæksɪˈdentəlɪ] *adv.* 偶然地；意外地，非故意地.

áccident insùrance *n.* Ⓤ 意外[災害]保險.

ac·ci·dent-prone [ˋæksədəntˌpron; ˈæksɪdəntˌprəʊn] *adj.* 〔人〕易出事故的.

ac·claim [əˋklem; əˈkleɪm] *vt.* **1** 歡呼迎接…，爲…(鼓掌)喝采. The crowd *acclaimed* the new king. 群眾歡呼迎接新國王.

2 句型5 (acclaim **A B**)、句型3 (acclaim **A** *as* **B**)對 A 喝采並擁戴爲 B. The people *acclaimed* him (*as*) king. 人民用歡呼聲擁戴他爲國王.

— *n.* Ⓤ 熱烈歡迎，喝采，歡呼.

ac·cla·ma·tion [ˌækləˋmeʃən; ˌækləˈmeɪʃn] *n.* **1** Ⓤ 喝采，歡呼；Ⓒ (通常 acclamation*s*) 贊成[歡迎]的呼聲. **2** Ⓤ 以出聲方式通過《用鼓掌、喝采代替投票，表示贊成》.

ac·cli·mate [əˋklaɪmɪt, ˋækləˌmet; əˈklaɪmət] *v.* 《主美》 *vt.* 使〔人，動植物〕習慣，使適應，《*to*〔環境等〕》. He was soon *acclimated to* his new job. 他很快就適應了新的工作.

— *vi.* 適應[習慣]新的環境[條件等].

ac·cli·ma·tion [ˌækləˋmeʃən; ˌækləˈmeɪʃn] *n.* Ⓤ 《主美》適應(新的環境等).

ac·cli·ma·ti·za·tion [əˌklaɪmətəˋzeʃən, -aɪˋz-; əˌklaɪmətaɪˈzeɪʃn] *n.* = acclimation.

ac·cli·ma·tize [əˋklaɪməˌtaɪz; əˈklaɪmətaɪz] *v.* = acclimate.

ac·cliv·i·ty [əˋklɪvətɪ; əˈklɪvətɪ] *n.* (*pl.* **-ties**) Ⓒ 《文章》上坡，上坡斜度，(⇔ declivity).

ac·co·lade [ˌækəˋled; ˈækəʊleɪd] *n.* Ⓒ **1** 獎勵；授獎(儀式). **2** 騎士[爵士]封號(knighthood)的授與儀式《國王等用劍輕觸受封者的肩；→ dub[1]》.

[accolade 2]

***ac·com·mo·date** [əˋkɑməˌdet; əˈkɒmədeɪt] *vt.* (**~s** [~s; ~s]; **-dat·ed** [~ɪd; ~ɪd]; **-dat·ing**) 【使與他人一致】 **1** 使適應；調停〔紛爭等〕. The husband *accommodated* his plans *to* his wife's. 丈夫變更自己的計畫去配合妻子的計畫.

【方便他人】 **2** 方便〔人〕；通融，提供，〔借貸等〕，《*with*》. She was kind enough to *accommodate* me *with* some money. 她非常好心地借給我一些錢.

3 照顧，效勞，〔人〕；親切對待. Sorry, I can't *accommodate* you. 很抱歉，我無法爲你效勞.

4 〔旅館等〕**提供**〔客人〕**住宿**；〔醫院〕收容〔病患〕；〔車輛等〕搭載〔乘客〕. This hotel can *accommodate* over 1,000 guests. 這旅館能容納一千位以上的客人.

ac·com·mo·dat·ing [əˋkɑməˌdetɪŋ; əˈkɒmədeɪtɪŋ] *adj.* (待人)和善的；親切的，隨和的；善於照顧人的.

***ac·com·mo·da·tion** [əˌkɑməˋdeʃən; əˌkɒməˈdeɪʃn] *n.* (*pl.* **~s** [~z; ~z]) **1** Ⓤ **住宿；**(給人)**方便，施惠；**(《美》accommodation*s*)(旅館等的)**住宿設備，容納量.** We need *accommodation(s)* for six. 我們有六個人要住宿.

搭配 *adj.*+accommodation: excellent ~ (絕佳的住宿設施), poor ~ (簡陋的住宿設施) // *v.*+accommodation: find ~ (找到住宿的地方), look for ~ (尋找住宿的地方), provide ~ (提供住宿的地方).

2 Ⓒ 方便之物[事]，有用之物[事].

3 UC 融資；調停；Ⓤ 適應.

ac·com·pa·nied [əˋkʌmpənɪd; əˈkʌmpənɪd] *v.* accompany 的過去式、過去分詞.

ac·com·pa·nies [əˋkʌmpənɪz; əˈkʌmpənɪz] *v.* accompany 的第三人稱、單數、現在式.

ac·com·pa·ni·ment [əˋkʌmpənɪmənt, əˋkʌmpnɪmənt; əˈkʌmpənɪmənt] *n.* Ⓒ **1** 伴隨物，附加物. High fever is a frequent *accompaniment* of influenza. 高燒是伴隨流行性感冒常見的一種徵狀.

2 《音樂》伴奏. I want to sing to his piano

accompaniment. 我希望和著他的鋼琴伴奏唱歌.
⇨ *v.* **accompany**.

ac·com·pa·nist [əˋkʌmpənɪst, əˋkʌmpnɪst; əˋkʌmpənɪst] *n.* C《音樂》伴奏者.

‡**ac·com·pa·ny** [əˋkʌmpənɪ; əˋkʌmpənɪ] *vt.* (-nies; -nied; ~ing)
1 同行, 隨同前往. May I *accompany* you to the airport? 我可以陪您到機場嗎? 注意在 A *accompanies* B. 中, B 為主, A 隨其同行者, 所以不可譯作「A 帶 B 前往」.
2 〔現象等〕隨…發生. Wind *accompanied* the rain. 風雨交加.
3 以…伴隨…, 添加. 《with》. She *accompanied* her words *with* gestures. 她邊說邊做手勢.
4 《音樂》為…伴奏. Jim *accompanied* her *on* the piano. 吉姆以鋼琴為她伴奏.
⇨ *n.* **accompaniment**.

ac·com·plice [əˋkʌmplɪs; əˋkʌmplɪs] *n.* C共犯《包括所有參與犯罪的人; → complicity》.

‡**ac·com·plish** [əˋkʌmplɪʃ; əˋkʌmplɪʃ] *vt.* (~es [~ɪz; ~ɪz]; ~ed [~t; ~t]; ~ing)完成〔工作〕, 達到〔目的〕, 實現〔希望等〕, (→ achieve同). He *accomplishes* whatever he sets out to do. 無論他開始做甚麼事, 他都會把它完成. ⇨ *n.* **accomplishment**.

ac·com·plished [əˋkʌmplɪʃt; əˋkʌmplɪʃt] *adj.*
1 已實現的, 已達到的, 已完成的. The division of Germany was considered an *accomplished* fact until 1990. 一直到1990年, 德國的分裂才被認為是既成事實. **2** 熟練的, 有造詣的, 《in》.
3 才能出眾的.

*∗**ac·com·plish·ment** [əˋkʌmplɪʃmənt; əˋkʌmplɪʃmənt] *n.* (*pl.* ~s [~s; ~s]) **1** U完成, 實現, 成就. the *accomplishment* of one's purpose 目的之達成/a work difficult [easy] of *accomplishment* 一項難以[易於]完成的工作.
2 C功績, 業績. Lindbergh's solo nonstop transatlantic flight was a remarkable *accomplishment*. 林白獨自橫越大西洋的不著陸飛行是項了不起的壯舉.
3 C《透過訓練而擁有的》技能, 才藝, 《舞蹈, 鋼琴, 裁縫, 手藝等》. a man of various *accomplishments* 多才多藝的人.

*∗**ac·cord** [əˋkɔrd; əˋkɔːd] *v.* (~s [~z; ~z]; ~ed [~ɪd; ~ɪd]; ~ing) *vi.* 一致, 符合, 《with》. His *account* of the accident *accords with* yours. 他對事故的描述跟你的說法一致.
— *vt.* 《文章》給與(give); 句型4 (accord A B), 句型3 (accord B *to* A)將B給[授與]A. They *accorded* many honors *to* him. = They *accorded* him many honors. 他們賜與他許多榮譽.
⇨ *n.* **accordance**.
— *n.* **1** U一致; (顏色, 聲音等的)調和. **2** 協定 《between …之間的》, 意見一致《with 與…的》.
in [*out of*] *accord* (*with…*) 和…一致[不一

致]. This measure is *in accord with* our policy. 這項措施與我們的政策相符.
*of one's **own** accord* 自發地, 自願地. We didn't need to ask him to resign—he did so *of his own accord*. 我們根本不用請他辭職, 他這麼做是出於自願的.
*with **one** accord* 一致地; 全體一致. *With one accord* the audience stood up and applauded. 全體聽眾起立鼓掌喝采.
字源 CORD 「心」: ac*cord* (＜同心), dis*cord* (不一致), *cord*ial (出自內心的), re*cord* (記錄).

*∗**ac·cord·ance** [əˋkɔrdns; əˋkɔːdəns] *n.* U一致, 調和. ⇨ *v.* **accord**.
∗ in accordance with… 依照, 與…一致. You must act *in accordance with* the rules. 你必須依照規則行動.

*∗**ac·cord·ing** [əˋkɔrdɪŋ; əˋkɔːdɪŋ] *adv.*《僅用於下列用法》
∗ according as… 依照, 根據; 取決於…. We'll let him go or stay *according as* he decides. 我們將讓他決定自己的去留.
∗ according to… (1) 依據…(所說). *according to* today's paper 據今日報紙(所記載)/He's not coming, *according to* Mary. 據瑪莉說他不會來.
(2) 依照…, 按照…, 依據…. Do everything *according to* the cookbook. 請照著食譜一樣一樣地做/You will be paid *according to* the amount of work you do. 你的工資將根據你的工作量來支付.

*∗**ac·cord·ing·ly** [əˋkɔrdɪŋlɪ; əˋkɔːdɪŋlɪ] *adv.* 因此, 所以. Productivity has fallen; *accordingly*, workers' bonuses will be reduced. 由於生產力下降, 因此工人的獎金也將減少/Watch your leader and act *accordingly*. 觀察上位者的作法, 然後照著行動.

ac·cor·di·on [əˋkɔrdɪən; əˋkɔːdjən] *n.* C手風琴.

ac·cost [əˋkɔst; əˋkɒst] *vt.*《文章》〔特指向陌生人〕靠近攀談.

‡**ac·count** [əˋkaʊnt; əˋkaʊnt] *n.* (*pl.* ~s [~s; ~s]) 《計算》**1** C《計算, 結帳》帳目; (銀行的)存款帳戶. keep *accounts* 記帳, 做帳/open an *account* with 與…開始交易/pay money into [withdraw money from] an *account* 將錢存入[提出]戶頭/I have a lot of money in my savings *account*. 我的儲蓄帳戶裡有很多錢.
2 C(收支, 損益的)計算書, 明細書.
《明細》**3** C報告(書), 報導; 故事. He gave us a detailed *account* of his experiences in Africa. 他就其在非洲的經驗向我們做了詳細的報導.
搭配 *adj.*＋account: an accurate ~ (正確的報導), a concise ~ (簡潔的報導), an interesting ~ (有趣的報導), a vivid ~ (逼真的報導)// *v.*＋account: present an ~ (給予報導), provide an ~ (提供報導).
4 C說明(書); 解釋, 申辯. What *account* can you give of your misbehavior? 你如何為自己的

端行爲申辯?

〖〖 應納入計算者 〗〗 **5** Ⓤ 價值，重要性. a matter of much [great] *account* 重要事項/Since he isn't an expert, his opinion is of no *account*. 既然他並非專家，所以他的意見沒甚麼重要.

6 Ⓤ 理由，根據. on this *account* 由於這個緣故/on *account* of... (→片語)

by* [*from*] *àll accóunts 大家都這麼說，根據(一切)報導. *By all accounts*, he is not a man to be trusted. 從各種說法看來，他並不是個可信任的人.

***càll* [*brìng*] *A to accóunt* (*for B*)** 要求A(人)作出(關於B的)解釋; (爲了B)對A(人)加以斥責.

***give a gòod* [*pòor*] *accóunt of* oneself** 表現優異[拙劣]，大顯身手[丟臉]. For a professional, he *gave a poor account of himself* in today's game. 就職業選手而言，他在今天的比賽中表現並不理想.

lèave...out of accóunt 對…不予計算[考慮]，置之度外.

***màke* (*mùch*) *account of*...** 重視….

***màke nò* [*lìttle*] *account of*...** 無視於…[幾乎不加注意].

not...on ány accóunt = on no account.

on accóunt (1)作爲定金. I paid 100 dollars *on account*. 我付了 100 美元作爲定金. (2)(不付現金而)賒帳[購買].

on a pèrson's ***accòunt*** 爲某人的緣故; 記某人的帳. Please don't take any trouble *on my account*. 請不必爲我費神.

***on accóunt of**... 爲了…，因爲…理由; 爲著…的緣故; (→ sake¹回). The picnic was put off *on account of* rain. 野餐因雨而延期/We came *on account of* your sick mother. 我們來是爲了你生病的母親.

on áll accòunts = on évery accóunt 無論如何，務必.

on nó accòunt 無論如何也不…，絕不…. *On no account* would he accept my advice. = He wouldn't accept my advice *on any account*. 他無論如何也不肯聽我的忠告.

on one's ***ówn accòunt*** 爲了自己的利益; 自行負責，獨立地.

pùt...to* (*gòod*) *accóunt = turn...to (good) account.

***tàke accóunt of*... = tàke...into accóunt** 考慮…; 注意…. We should *take* his youth *into account*. 我們應考慮到他還年輕.

***tàke nò accóunt of*...** 完全不考慮…，無視於…. *Take no account of* what he said—he was only joking. 別在意他說的，他只是在開玩笑.

tùrn...to* (*gòod*) *accóunt 利用….

— *vt.* 句型5 (account **A** *B*/**A** to *be* **B**) 認爲A是B，把A視爲B，(consider). They all *account* Mr. James (*to be*) an able businessman. 他們都認爲詹姆斯先生是一位能幹的企業家.

— *vi.* (用 account for...) **1** 說明…的理由[原因]; 說明[錢]的用途. You have to *account for* your absence from school. 你必須說明缺課的理由/

There is no *accounting for* tastes. 《諺》各人口味不同[人的好惡是無法說明的].

2 (事物)是…的原因[理由]. That *accounts for* why the door was open. 那是門爲甚麼開著的原因. **3** 占有[某部份，某比例].

ac·count·a·ble [əˈkaʊntəbl; əˈkaʊntəbl] *adj.* 《敘述》**1** [人]負有責任的，有義務做說明的，《*for* [事物]; *to* [人]》. I am not *accountable to* you *for* my actions. 我的行爲不需對你負責.

2 [事物]可解釋的; 有理由[原因]的.

ac·count·an·cy [əˈkaʊntənsɪ; əˈkaʊntənsɪ] *n.* Ⓤ 會計工作，會計業務; 會計之職業.

ac·count·ant [əˈkaʊntənt; əˈkaʊntənt] *n.* Ⓒ 會計師，會計人員.

accóunt bòok *n.* Ⓒ 會計帳簿.

ac·count·ing [əˈkaʊntɪŋ; əˈkaʊntɪŋ] *n.* Ⓤ 會計，會計業務; 會計學.

ac·cred·it [əˈkrɛdɪt; əˈkredɪt] *vt.* **1** 認爲…是[人]所爲(*with* [事]); 將[事]歸因於…(*to* [人]); 《通常用被動語態》. He is *accredited with* the invention. = The invention is *accredited to* him. 他被認定爲這項發明的發明人.

2 委派出任(大使等).

ac·cred·it·ed [əˈkrɛdɪtɪd; əˈkredɪtɪd] *adj.* 公認的[人，設施等]; 被認可的. an *accredited* product 品質保證的產品.

ac·cre·tion [əˈkriʃən, æˈkriʃən; əˈkriːʃn] *n.* **1** Ⓤ (由於添加或成長而)增大.

2 Ⓒ 增大了的東西，添加物.

ac·crue [əˈkru, əˈkru, æ-; əˈkruː] *vi.* (結果的自然)產生; [利息等]逐漸積累.

***ac·cu·mu·late** [əˈkjumjəˌlet, əˈkɪum-; əˈkjuːmjʊleɪt] *v.* (~**s** [~s; ~s]; -**lat·ed** [~ɪd; ~ɪd]; **-lat·ing**) *vt.* 累積，堆積; 積蓄[財產等]. He has *accumulated* quite a collection of books. 他累積了相當數量的藏書.

— *vi.* 累積，堆積; 增加. Dust had *accumulated* on my desk during my absence. 我不在的時候桌上積滿了灰塵.

⟡ *n.* **accumulation**. *adj.* **accumulative**.

ac·cu·mu·la·tion [əˌkjumjəˈleʃən, əˌkɪum-; əˌkjuːmjʊˈleɪʃn] *n.* **1** Ⓤ 堆積，累積，積聚，積存; 利息. **2** Ⓒ 聚積物(聚積下來的收集品、金錢等). an *accumulation* of rubbish 成堆的垃圾.

ac·cu·mu·la·tive [əˈkjumjəˌletɪv, əˈkɪum-; əˈkjuːmjʊlətɪv] *adj.* **1** = cumulative. **2** 好積聚的.

ac·cu·mu·la·tor [əˈkjumjəˌletə, əˈkɪum-; əˈkjuːmjʊleɪtə(r)] *n.* Ⓒ **1** 《英》蓄電池.

2 蓄財者.

***ac·cu·ra·cy** [ˈækjərəsɪ; ˈækjʊrəsɪ] *n.* Ⓤ 準確性，精確; 精密. *Accuracy* is important in arithmetic. 算數最要講求的就是準確.

⟡ *adj.* **accurate**. ↔ **inaccuracy**.

with áccuracy 準確地. He guessed the answers *with* great *accuracy*. 他非常準確地猜出答案.

‡ac·cu·rate [ˈækjərɪt; ˈækjurət] adj. 準確
的; 精密的; 不犯錯誤的;(→
exact同). This watch keeps *accurate* time. 這
支錶時間準確/He is very *accurate* in his work.
他做事非常精確. ⟡ n. **accuracy.** ↔ **inaccurate.**
to be áccurate《修飾句子》準確[嚴格]地說.

ac·cu·rate·ly [ˈækjərɪtlɪ; ˈækjurətlɪ] adv. 準
確地; 精密地. I don't remember my grand-
mother's face *accurately*. 我記不清楚我祖母的容
貌.

ac·curs·ed [əˈkɜːsɪd, -st; əˈkɜːsɪd] adj. **1** 受詛
咒的; 非常不幸的. **2**《口》可惡的, 糟透的.

ac·cu·sa·tion [ˌækjəˈzeʃən, ˌækjʊ-,
ˌækjuˈzeɪʃn] n. **1** 谴責, (遭受)非難,
2 ⓒ非難; 指控, 控訴; 罪名. ⟡ v. **accuse.**
bring an accusátion against... 對⋯起訴, 控
訴⋯.
under an accusátion of... 因⋯受到非難; 因⋯
被起訴.

ac·cu·sa·tive [əˈkjuzətɪv, əˈkɪuz-; əˈkjuːzətɪv]
《文法》adj. 受格的. the *accusative* case 受格《指
直接受詞等》.
— n. ⓤ受格; ⓒ作爲受格的字.

‡ac·cuse [əˈkjuz, əˈkɪuz; əˈkjuːz] vt. (**-cus·es**
[~ɪz; ~ɪz], **-d** [~d; ~d], **-cus·ing**)控告
[人]; 責難[人], 《of 以⋯的理由; of doing 做了
⋯》. The police *accused* him *of* murder. 警察控
告他謀殺/We *accused* the photographer *of* not
rescuing the child first. 我們責備攝影師沒有先把
小孩救出來/She was *accused* of *having* lied
about the affair. 她被指控對此事撒謊.
⟡ n. **accusation.**

ac·cused [əˈkjuzd, əˈkɪuzd; əˈkjuːzd] n. ⓤ《單
複數同形》(加 the)(特指刑事訴訟的) 被告.

ac·cus·er [əˈkjuzə, əˈkɪuzə; əˈkjuːzə(r)] n. ⓒ
非難者; 起訴者, 控告者, 原告, (↔the accused).

ac·cus·ing [əˈkjuzɪŋ, əˈkɪuzɪŋ; əˈkjuːzɪŋ] v.
accuse 的現在分詞、動名詞.

ac·cus·ing·ly [əˈkjuzɪŋlɪ, əˈkɪuzɪŋlɪ;
əˈkjuːzɪŋlɪ] adv. 以責難的態度地.

‡ac·cus·tom [əˈkʌstəm; əˈkʌstəm] vt. (**~s**
[~z; ~z], **~ed** [~d; ~d], **~ing**)
使[人等]習慣於⋯, 使習慣, 《to; to doing》.
accustom one's eyes *to* the dark 使眼睛習慣黑暗/
We *accustom* our children *to* sleeping alone.
我們使孩子習慣單獨睡覺.
accústom onesélf to... 使自己習慣於⋯, 習慣.
You have to *accustom yourself to* the crowded
buses in Taipei. 在臺北你必須習慣擁擠的公車.

ac·cus·tomed [əˈkʌstəmd; əˈkʌstəmd] adj.
1 《限定》習慣的, 通常的(usual). keep a thing in
its *accustomed* place 將物品放在平常固定之處.
2 《敘述》習慣的(→片語).
be accústomed to... 習慣於⋯. Bob *is accus-
tomed to* hard work [*to* working hard]. 鮑伯習

慣做粗重的工作[努力地工作].
becòme [gèt] accústomed to... 漸漸習慣於⋯.
You'll soon *get accustomed to* this cold weather.
你很快就會習慣這種寒冷的天氣.

ace [es; eɪs] n. ⓒ **1** (撲克牌, 骰子, 骨牌的)1;
1 點. the *ace* of diamonds 方塊 1.
2《口》(棒球等的)王牌選手; 一流人才. an *ace* of
aces 高手中的高手/an *ace* at soccer 優秀的足球選
手. **3**《網球》發球得分《對方無法擊回的漂亮發球
及其得分》.
4《形容詞性》《口》一流的. an *ace* tennis player 一
流的網球選手.
within an áce of...《口》差一點就⋯, 險些⋯. I
was *within an ace of* winning [being seriously
injured]. 我差一點就獲勝[受重傷]了.

a·cer·bic [əˈsɜːbɪk; əˈsɜːbɪk] adj.《文章》[言語,
態度等]刻薄的, 嚴厲的.

a·cer·bi·ty [əˈsɜːbətɪ; əˈsɜːbətɪ] n. (pl. **-ties**)
《文章》ⓤ[言語, 態度等]刻薄, 嚴厲; ⓒ尖酸刻
薄的言語[態度].

ac·e·tate [ˈæsəˌtet; ˈæsɪteɪt] n. ⓤ《化學》醋酸
鹽; 醋酸纖維[絹絲, 織品]的.

a·ce·tic [əˈsiːtɪk, əˈsetɪk; əˈsiːtɪk] adj. 醋的, 酸
acétic ácid n. ⓤ《化學》醋酸.

a·cet·y·lene [əˈsɛtˌlin; əˈsetɪliːn] n. ⓤ《化學》
乙炔(氣)《用於焊接, 照明等》.

‡ache [ek; eɪk] vi. (**~s** [~s; ~s]; **~d**
[~t; ~t], **ach·ing**) **1** (持續地)痛; 心痛.
My head *aches*. 我頭痛/I have an *aching* tooth
我牙齒痛/I *ache* all over. 我全身都痛/The sad
story made my heart *ache*. 那悲哀的故事使我覺
得心痛.
2《口》極想⋯(to do); 渴望(for). I am *aching*
to go abroad. 我好想出國/The soldiers *ached for*
their homeland. 士兵們非常思念家鄉.
— n. (pl. ~s [~s; ~s]) ⓤⓒ疼痛, 隱隱的疼痛.
同與 pain 相比, ache 是持續地「隱隱的疼痛」.

●——與 ACHE 相關的用語

stomachache	腹痛; 胃痛	toothache	牙痛
headache	頭痛	earache	耳痛
backache	背痛		

a·chiev·a·ble [əˈtʃivəbl; əˈtʃiːvəbl] adj. 能完
成的, 能成功的.

‡a·chieve [əˈtʃiv; əˈtʃiːv] vt. (**~s** [~z; ~z], **~d**
[~d; ~d], **a·chiev·ing**) **1** 完成, 實
現, (困難的事); (努力)達到[目的]. We have
achieved all our aims. 我們已經達成所有的目標.
2 獲得[成功, 名聲等]. Tolstoy *achieved* world-
wide fame. 托爾斯泰獲得世界性的聲譽.
同比 accomplish 更具有克服困難之意.
搭配 achieve (1-2)+n.: ~ an ambition(實現
野心), ~ freedom(得到自由), ~ peace(實現和
平), ~ recognition(獲得承認), ~ success(獲得
成功).
⟡ n. **achievement.**

‡a·chieve·ment [əˈtʃivmənt; əˈtʃiːvmənt] n.

(*pl.* ~s [~s; ~s]) **1** U 成就; 實現. the *achievement* of world peace 世界和平的實現. **2** U 功績, 成績. **3** C (一件件的)業績, 功績. Their climbing Mt. Everest was a great *achievement*. 他們登上聖母峰頂是一樁偉業.

[搭配] *adj.*+achievement: a literary ~ (文學上的成就), a scientific ~ (科學上的成就), a major ~ (巨大的成就), an outstanding ~ (顯赫的功績), a remarkable ~ (令人注目的成就) // *v.*+achievement: produce an ~ (創造成就).

a·chíeve·ment tèst *n.* C 成就測驗(並非衡量智力(intelligence), 而是測試實際的學習成果).

a·chiev·ing [ə`tʃivɪŋ; ə`tʃiːvɪŋ] *v.* achieve 的現在分詞, 動名詞.

A·chil·les [ə`kɪliz; ə`kɪliːz] *n.* 阿奇里斯 (Homer 所作史詩 *Iliad* 中的希臘勇士; 具神力, 除腳踝外全身刀槍不入, 後因腳踝被射中而亡).

A·chil·les(') héel *n.* C (如阿奇里斯的腳踝般)唯一的弱點, 致命的弱點.

A·chil·les(') téndon *n.* C 《解剖》阿奇里斯腱.
                                            [`名詞].

ach·ing [`ekɪŋ; `eɪkɪŋ] *v.* ache 的現在分詞, 動名詞.

***ac·id** [`æsɪd; `æsɪd] *adj.* **1** 酸的, 有酸味的, (sour). Lemons are *acid*. 檸檬是酸的.

2 《化學》酸(性)的(↔ alkaline).

3 尖酸刻薄的. an *acid* comment 刻薄的評論.
— *n.* **1** UC 《化學》酸(↔ alkali); 有酸味之物 《特指液體》. **2** 《俚》=LSD.

ácid-frée páper *n.* U 中性紙.

a·cid·i·fy [ə`sɪdə͵faɪ, æ-; ə`sɪdɪfaɪ] *v.* (**-fies; -fied**; ~**ing**) *vt.* 將…弄酸, 使成酸性.
— *vi.* 變酸, 變成酸性.

a·cid·i·ty [ə`sɪdətɪ, æ-; ə`sɪdətɪ] *n.* U 酸味; 酸(性)度.

ácid ráin *n.* U 酸雨.

ácid tèst *n.* C (對人, 物的價值, 眞僞等)嚴格的考驗(昔日用硝酸試金).

***ac·knowl·edge** [ək`nɑlɪdʒ, æk-, ɪk-, -ədʒ; ək`nɒlɪdʒ] *vt.* (**-edg·es** [~ɪz; ~ɪz]; ~**d** [~d; ~d]; **-edg·ing**)【 承認 】 **1** (a)承認, 自認; [句型3] (acknowledge *that* 子句/*doing*) 承認…/承認[自認]做了…. I *acknowledge* my mistake. 我承認自己的錯誤／Tom *acknowledged that* he was defeated [*being* defeated]. 湯姆承認自己被打敗了.
(b) [句型5] (acknowledge A B/A *to be* B)、[句型3] (acknowledge A *as* B)認爲 A 是 B. I *acknowledge* it (*as*) true. = I *acknowledge* it *to be* true. 我認爲那是眞的.
【 告知對方 】 **2** (用笑臉或揮手等向…)打招呼, 回應. He *acknowledged* me by raising his hat. 他把帽子舉起來向我打招呼.

3 (以禮物等)致謝, (用言辭)表達謝意. *acknowledge* a favor 答謝盛情.

4 告知[信件等]已收到[接到]. Please *acknowledge* the invitation. 收到請柬請告知/I hereby beg to *acknowledge* your letter. 您的來信已收到《商業書信用語》. ⇨ *n.* **acknowledgement**.

***ac·knowl·edge·ment, ac·knowl·edg·ment** [ək`nɑlɪdʒmənt, æk-, ɪk-; ək`nɒlɪdʒmənt] *n.* (*pl.* ~**s** [~s; ~s]) **1** U 承認, 自認. make *acknowledgement* of 承認…/Tom's *acknowledgement* that he stole the ring cleared the maid of suspicion. 由於湯姆承認偷了戒指, 洗清了女僕的嫌疑.

2 C (接到的)通知; 收據; 感謝函. We received an *acknowledgement* of our letter. 我們收到對方告知去函已到的通知.

3 UC 感謝(的表示); 謝禮的物品; (作者在書卷首等處所寫的)謝辭. This is a small *acknowledgement* of your kindness. 這是對您的好意所表示的一點小小心意.

[搭配] *adj.*+acknowledgement: grateful ~ (最誠摯的謝意), sincere ~ (衷心的感謝), thankful ~ (眞誠的感謝), warm ~ (由衷的感謝).

in acknówledgement of... 承認…; 作爲…的答謝. He was awarded a knighthood *in acknowledgement* of his services to the nation. 他被授予爵士爵位以答謝他對國家的貢獻.

ac·me [`ækmɪ, `ækmi; `ækmɪ] *n.* C (加 the)頂點; 全盛期. When he was at the *acme* of his career, a scandal brought about his downfall. 當他正處於事業顚峰時, 一件醜聞使得他身敗名裂.

ac·ne [`æknɪ, `ækni; `æknɪ] *n.* U 粉刺, 青春痘, (→ pimple).

ac·o·lyte [`ækə͵laɪt; `ækəʊlaɪt] *n.* C **1** 《天主教》輔禮員《低階神職人員; 舉行彌撒等儀式時神父的助手》. **2** 隨從. **3** (學說等的)信奉者.

ac·o·nite [`ækə͵naɪt; `ækənaɪt] *n.* UC 《植》附子(烏頭)《根部有毒的多年生草本植物》; U 烏頭《從附子根部提煉出來的藥劑; 從前用作鎭靜劑, 止痛劑》.

a·corn [`ekən, `ekɔrn; `eɪkɔːn] *n.* C 橡樹果實 (→ oak 圖), 橡實.

a·cous·tic [ə`kustɪk, ə`kaʊstɪk; ə`kuːstɪk](★注意發音) *adj.* 聽覺的; 音響的, 音響學的; 提高音響效果的.

a·cous·ti·cal [ə`kustɪk, ə`kaʊstɪk; ə`kuːstɪkəl] *adj.*=acoustic.

a·cous·ti·cal·ly [ə`kustɪkl̩ɪ, ə`kaʊstɪkl̩ɪ; ə`kuːstɪkəlɪ] *adv.* 聽覺上; 音響(學)上.

acóustic guitár *n.* C 木吉他(無電子合成音效的吉他; ↔ electric guitar).

a·cous·tics [ə`kustɪks, ə`kaʊstɪks; ə`kuːstɪks] *n.* **1** (作單數)音響學.

2 (作複數)(劇場等的)音響效果.

***ac·quaint** [ə`kwent; ə`kweɪnt] *vt.* (~**s** [~s; ~s]; ~**ed** [~ɪd; ~ɪd]; ~**ing**) **1** 使熟悉(*with*); 使相識(*with*). It will be your job to *acquaint* the newcomer *with* the rules of the office. 你的工作是讓新職員熟悉辦公室的規定.

2 通知(*with*). Let's *acquaint* her *with* our decision immediately. 我們立刻通知她我們的決定吧!

⇨ *n.* **acquaintance.**

acquáint onesèlf with... 熟悉…, 通曉…. You should *acquaint yourself with* the local customs. 你應該去熟悉當地的風俗習慣.

* *be [gèt, becòme] acquáinted* 相識[成為朋友]. We two *became acquainted* at a party. 我們倆是在宴會上認識的.

* *be [gèt, becòme] acquáinted with...* (1)認識 [知道]. I soon *got acquainted with* almost all about my new job. 我不久就幾乎完全熟悉我的新工作. (2)與…相識[成為朋友]. Through him I *got acquainted with* the big names of the town. 我透過他認識了鎮上的大人物.

‖ac·quaint·ance [əˋkwentəns; əˋkweɪntəns]

n. (*pl.* **-anc·es** [~ɪz; ~ɪz]) **1** [a U]知識, 心得, 《with》. I have an [some] *acquaintance with* Spanish. 我略懂一點西班牙語.

[搭配] *adj.*+acquaintance: a profound ~ (淵博的知識), a thorough ~ (完整的知識), a slight ~ (些許的心得), little ~ (極少的心得) // *v.*+acquaintance: gain (an) ~ (獲得知識).

2 [a U]相識, 熟識, 交際, 《with》. I have a bowing *acquaintance with* Mr. Smith. 我跟史密斯先生只是點頭之交而已.

3 [C]相識的人(★親密程度不如friend). He has many *acquaintances* but few friends. 他有許多泛泛之交, 但朋友很少.

[搭配] *adj.*+acquaintance: a close ~ (親近的友人), a casual ~ (偶然結識的朋友).

⇨ *v.* **acquaint.**

* *màke the acquáintance of a pèrson=màke a pèrson's acquáintance* 與人相識.

ac·qui·esce [͵ækwɪˋɛs; ͵ækwɪˋes] *vi.* (文章) 許, 默認; (非自願地)同意. The son *acquiesced in* his parents' wishes. 兒子無奈地順從雙親的願望.

ac·qui·es·cence [͵ækwɪˋɛsn̩s; ͵ækwɪˋesns] *n.* [U]默認; 默許.

ac·qui·es·cent [͵ækwɪˋɛsn̩t; ͵ækwɪˋesnt] *adj.* 默認的; 默許的.

‖ac·quire [əˋkwaɪr; əˋkwaɪə(r)] *vt.* (~**s** [~z; ~z]; ~**d** [~d; ~d]; **-quir·ing**)

1 (以自己的力量)學習(技術, 知識等); 養成(習慣等). My mother *acquired* her knowledge of English in the United States. 母親是在美國學得她的英語知識/One *acquires* bad habits very easily. 壞習慣很容易染上/*acquire* a preference for 較喜歡…

2 把(財產, 地位等)弄到手, 獲得. *acquire* land 獲得土地/I managed to *acquire* the book after a long search. 尋找多時後, 我終於得到了那本書.

[同] acquire是想盡辦法, 使盡全力而後得到; → obtain. ⇨ *n.* **acquisition.**

ac·quired [əˋkwaɪrd; əˋkwaɪəd] *adj.* 獲得的;

成為習性的; 後天的(↔innate). an *acquired* taste 後天培養[習得]的喜好[愛好].

ac·quir·ing [əˋkwaɪrɪŋ; əˋkwaɪərɪŋ] *v.* acquire 的現在分詞、動名詞.

ac·qui·si·tion [͵ækwəˋzɪʃən; ͵ækwɪˋzɪʃn] *n.* **1** [U]取得, 獲得, (有用之物的)到手. the *acquisition* of skill 技術的習得. **2** [C]獲得之物, 到手之物 [人]. Matt is a powerful *acquisition* for our team. 馬特是我們隊上得力的生力軍.

⇨ *v.* **acquire.**

ac·quis·i·tive [əˋkwɪzətɪv; əˋkwɪzɪtɪv] *adj.* 想獲得的, 想要的, 《of》; 貪婪的. He is *acquisitive of* knowledge. 他渴求知識.

ac·quis·i·tive·ly [əˋkwɪzətɪvlɪ; əˋkwɪzɪtɪvlɪ] *adv.* 想得到地; 貪婪地.

ac·quis·i·tive·ness [əˋkwɪzətɪvnɪs; əˋkwɪzɪtɪvnɪs] *n.* [U]渴求; 貪婪.

ac·quit [əˋkwɪt; əˋkwɪt] *vt.* (~**s**; ~**ted**; ~**ting**)

1 使…無罪; 釋放; 宣告…無罪(*of* 關於…的); (→convict[參考]). The jury *acquitted* him *of* the crime. 陪審團宣告他無罪.

2 解放, 免除(*of* 《義務, 責任等》).

acquít onesèlf (詩)(與 well, bravely 等具正面意義的副詞(片語)連用)行為, 表現. He *acquitted himself* admirably at the track meet. 他在田徑運動會中成績斐然.

ac·quit·tal [əˋkwɪt l̩; əˋkwɪtl] *n.* [UC]無罪開釋(↔conviction). a sentence of *acquittal* 無罪的判決.

‖a·cre [ˋekɚ; ˋeɪkə(r)] *n.* (*pl.* ~**s** [~z; ~z]) [C]英畝(土地面積的單位; 約 4,047 平方公尺).

a·cre·age [ˋekərɪdʒ; ˋeɪkərɪdʒ] *n.* [U](某地的)英畝數; 面積. What is the *acreage* of your ranch? 你的牧場有幾英畝?

ac·rid [ˋækrɪd; ˋækrɪd] *adj.* **1** (味道, 氣味等) 苦的, 刺激的.

2 (性情, 態度等)刻薄的, 苛刻的.

ac·ri·mo·ni·ous [͵ækrəˋmonɪəs, -njəs; ͵ækrɪˋməʊnjəs] *adj.* (文章)(言辭, 態度等)苛刻的, 毒辣的.

ac·ri·mo·ni·ous·ly [͵ækrəˋmonɪəslɪ; ͵ækrɪˋməʊnjəslɪ] *adv.* 苛刻地.

ac·ri·mo·ny [ˋækrə͵monɪ; ˋækrɪmənɪ] *n.* [U] (文章)(言辭, 態度等)苛刻, 惡毒.

ac·ro·bat [ˋækrə͵bæt; ˋækrəbæt] *n.* [C]走鋼索的人, 特技演員.

ac·ro·bat·ic [͵ækrəˋbætɪk; ͵ækrəʊˋbætɪk] *adj.* 特技(般)的, 賣藝的. an *acrobatic* feat 特技.

ac·ro·bat·i·cal·ly [͵ækrəˋbætɪkl̩ɪ, -ɪklɪ; ͵ækrəʊˋbætɪkəlɪ] *adv.* 特技(般)地.

ac·ro·bat·ics [͵ækrəˋbætɪks; ͵ækrəʊˋbætɪks] *n.* (單複數同形)特技(表演); (泛指)驚險特技.

ac·ro·nym [ˋækrə͵nɪm; ˋækrəʊnɪm] *n.* [C]字首組合字(由數個單字之第一個字母或前幾個字母組成的字; 例如: *radar*(雷達)是 *r*adio *d*etecting *a*nd *r*anging(電波探測儀)的字首組合字, *NATO* 是 *N*orth *A*tlantic *T*reaty *O*rganization(北大西洋公約組織)的字首組合字).

a·crop·o·lis [ə`krɑpəlɪs; ə'krɔpəlis] n. **1** ©
衛城(古希臘城邦築於山丘上用以據守城邦的城堡).
2 (the Acropolis) 雅典的衛城(Parthenon 神殿等的所在地).

‡a·cross [ə`krɔs; ə'krɔs] prep. **1** 穿過，橫越，越過. a railroad bridge across the river 跨越河流的鐵路橋梁/The lake was frozen, so we walked across the ice. 湖面結冰了，因此我們從冰上走過去.
2 在…的對面，在反方向. There's a hotel across the street. 馬路對面有一家旅館.
3 成十字形，交叉. Put the two sticks across each other. 將兩根棍子擺成十字形/The man threw a bag across his shoulder. 那男人將袋子扛在肩上.
4 在…的各地，在…之中. in every town across the country 在國內各個城鎮.
— adv. **1** 穿過，橫越，越過; 在對面. get across 到對面去/The Channel was rough when we came across. 當我們渡過英吉利海峽時，海上波濤洶湧/The ferry started to move and we were across in half an hour. 渡船啓航半個鐘頭後，我們便橫渡到對岸.
2 (指寬度較窄一方的)從一邊到另一邊，直徑上. a circle 10 cm across 直徑 10 公分的圓/The island is nearly a mile across. 這島嶼將近有 1 英里長.
3 交叉，成十字形. John sat with arms across. 約翰雙臂交叉地坐着.
across from... (主美)在…的正對面. The visitor sat across from me. 客人(隔着桌子等)坐在我的正對面.
— n. Ⓤ (縱橫字謎的) 橫向關鍵字(在各提示字詞前標上號碼的一覽表; → down n.).

a·cross-the-board [ə`krɔsðə`bord; ə'krɔsðə'bɔːd] adj. 全員的，全面的. a 10% across-the-board salary increase 全面加薪 10%.

a·cros·tic [ə`krɔstɪk; ə'krɔstik] n. © 離合體詩(每句句首字母，或句首及句尾字母，皆能相連成字).

ac·ryl·ic [ə`krɪlɪk; ə'krilik] adj. 《化學》壓克力的. acrylic fiber 壓克力纖維.

‡act [ækt; ækt] n. (pl. ~s [~s; ~s]) ©
《行爲》 **1** 舉止，行爲，作爲; 行動，動作; (→ action 2回). It is an act of cruelty to lock a small child in his room. 把幼兒鎖在其房間裡是一種殘酷的行爲.
| 搭配 adj.+act: a heroic ~ (英勇的行爲), an illegal ~ (違法的行爲), a kind ~ (親切的舉止), a noble ~ (高尚的行爲).
2 【議會的行爲】(常 Act)(特定的)法律(→bill¹ 4). an act of Congress 《美》[Parliament 《英》] 法律，法令.
《分段的表演》 **3** (戲劇，歌劇的)一幕(一幕之內再分的「場」是 scene); (雜藝，歌舞表演，馬戲表演等的)短節目. Romeo and Juliet, Act III, Scene ii 《羅密歐與茱麗葉》第三幕第二場/a play in three acts 三幕劇/I saw a marvelous animal act at the circus. 我在馬戲團看了一場精彩的動物表演.

---

4 《口》假惺惺的行爲，裝腔作勢. Stop putting on an act. 別裝了.
5 (Acts) 〈使徒行傳〉《新約聖經的一卷; 又稱 the Ácts of the Apóstles》.
in the àct (of dóing). 正在(做…). The student was caught in the act of cheating. 這個學生當場被逮到作弊.
— v. (~s [~s; ~s]; ~ed [~ɪd; ~ɪd]; ~ing) vt.
1 假裝，假扮與…相稱. act the fool 裝傻/Try to act your age. 試著讓行爲與年齡相稱. **2** 表演〔劇中角色〕; 上演〔戲劇〕. Olivier acted (the part of) Hamlet. 奧立佛扮演哈姆雷特(一角).
— vi. 【行動】 **1** 行動，實行. We must act at once. 我們必須立刻行動.
2 (與副詞(片語)連用)模仿…的模樣. act stupidly 裝出愚蠢的舉動/He acted like a madman. 他裝瘋賣傻.
3 【起作用】〔機器等〕運轉; 〔藥物等〕見效. Does the medicine act quickly? 那種藥是否馬上見效?
【扮演角色】 **4** 擔任角色(as). I acted as interpreter at the meeting. 我在那次會議中擔任口譯員.
5 (在舞臺等上)表演; (在戲劇等中)演出; 作戲，假裝. He doesn't mean it; he's just acting. 他不是有意的，只不過是裝裝罷了.
áct for... 代理…; 代表….
*\ **áct on** [upon]... (1)聽從〔忠告，命令等〕行事. You should act on the doctor's advice at once. 你應該馬上照著醫生的忠告去做. (2)對…起作用，對…產生影響. Acids act on metal. 酸會腐蝕金屬.
áct.../...óut (1)用行爲表示〔想法等〕. (2)將〔情景等〕表演出來. Ben acted out the scene of the waitress spilling soup in his lap. 班表演女服務生把湯潑到他大腿的情景.
àct úp (口)胡鬧玩笑，搗蛋; 〔機器等〕故障，出毛病. The car is acting up again—I must get it fixed. 汽車又故障了，我必須把它修好.
àct úp to... 遵循〔主義，約定，理想〕行事，實踐.

act·ing [`æktɪŋ; 'æktiŋ] adj. **1** 代理的，臨時的. an acting governor 代理州長. **2** 演出用的. an acting copy (戲劇等的)演出用劇本.
— n. Ⓤ (付諸)行動; 演技; 演出; 裝腔作勢.

‡ac·tion [`ækʃən; 'ækʃn] n. (pl. ~s [~z; ~z])
1 Ⓤ 作用; 活動; 實行; 行動力，精力. Now is the time for action. 現在正是行動的時候/a man of action 行動家《指與學者等發表言論者相對的政治家、軍人等》.
| 搭配 adj.+action: decisive ~ (果決的行動), direct ~ (直接的行動), hasty ~ (輕率的舉動), immediate ~ (迅速的舉動) // v.+action: go into ~ (開始行動).
2 © (一次的)行動，行爲; (actions)舉動，行爲. Actions speak louder than words. 《諺》行動勝於空談. 回 action 的用法通常跟 act 沒有區別，如 a kind action [act] (親切的行爲)，然而以 of+名詞

(片語)來修飾時多用 act, 如 an act of cruelty [mercy] (殘酷的[慈悲的]行爲)/in the act of stealing (偷竊的現行犯); → conduct.

3 C (通常用單數)(人、動物的)動作, 舉動;(演員的)演技. The dancer's graceful *action* charmed the audience. 舞者優美的動作風靡了全場觀眾/ *Action*! (電影)開始演戲!

4 C (藥物, 化學物質等的)作用, 效果;(通常用單數)(機器, 器官等的)機能, 作用. the *action* of water *on* rocks 水對岩石的(侵蝕)作用/the *action* of the heart 心臟的機能.

5 C (鋼琴, 槍等的)連動裝置, 機械裝置.

6 UC 戰鬥, 交戰. The soldier was killed in *action*. 這名士兵在戰鬥中陣亡了.

7 UC 訴訟(lawsuit).

8 C (通常用單數)(戲劇, 小說的)情節的展開. The *action* of the story takes place on an island. 這個故事的情節是在一座島上展開的.

bring...into áction 使…活動; 使…參加戰鬥. A pinch hitter was *brought into action* in the last inning. 最後一局讓代打者上場.

* ***in áction*** 在活動中; 起作用; 在戰鬥中. The football game is now *in action*. 足球賽正在進行中.

out of áction 不在活動[起作用, 戰鬥].
I have been *out of action* since breaking my leg a month ago. 自從一個月前我摔斷了腿以來, 甚麼事都不能做.

pùt...into* [*in*] *áction 實行(計畫等); 使(機器等)運轉. His plan was *put into action*. 他的計畫付諸實行.

pùt...out of áction 使(機器等)無法運轉; 使(軍艦等)喪失戰鬥力.

* ***tàke áction*** (1)採取措施; 著手(*in*). We *took action* immediately so that things wouldn't get worse. 我們立即採取措施以免事態惡化.

(2)提起訴訟(*against* 以…爲對象). The company *took action against* its former accountant. 公司對前任會計提起訴訟.

ac·tion·a·ble [ˈækʃənəbḷ; ˈækʃṇəbl] *adj.* 《法律》(對(謗罵等))可提起訴訟的.

ac·ti·vate [ˈæktəˌvet; ˈæktɪveɪt] *vt.* **1** 使活動起來. **2** 《物理》使具放射性;《化學》使活性化.

ac·ti·va·tion [ˌæktəˈveʃən; ˌæktɪˈveɪʃn] *n.* U 活動化;《化學》活性化.

ac·tive [ˈæktɪv; ˈæktɪv] *adj.* **1** 活動的; 活動中的; 有活力的;(↔ dull, inactive).
an *active* brain 敏銳的頭腦/an *active* volcano 活火山/At seventy, my father is still very *active*. 父親 70 歲仍然很活躍/The stock market is very *active*. 股票市場十分活絡.

2 積極的, 進取的, (↔ passive). *active* measures 積極的對策/She took an *active* part in the women's lib movement. 她積極參與婦女解放運動.

3 《軍事》現役的; 從軍的.

4 《文法》主動語態的(↔ passive).
⊹ *v.* **act**. *n.* **activity**.
— *n.* U (加 the)《文法》= active voice.

* **ac·tive·ly** [ˈæktɪvlɪ; ˈæktɪvlɪ] *adv.* 活躍地; 積極地. Mrs. Smith is *actively* engaged in volunteer work. 史密斯夫人積極地從事義工活動.

áctive vóice *n.* (加 the)《文法》主動語態(為一種 voice「語態」, 以產生動作之人、事物爲主語的動詞形式; → passive voice ⦿).

ac·tiv·ist [ˈæktɪvɪst; ˈæktɪvɪst] *n.* C (特指政治運動的)積極參與分子; 行動主義者; 活動家.

* **ac·tiv·i·ty** [ækˈtɪvətɪ; ækˈtɪvɪtɪ] *n.* (*pl.* -ties [-z; -z]) **1** U 活動; 活躍; 活力; 活動力;(↔ passivity). The *activity* of foreign trade has been declining of late. 最近對外貿易的活動逐漸衰退.

> 搭配 *adj.*+activity: economic ~ (經濟活動), political ~ (政治活動), constant ~ (不間斷的行動), intense ~ (激烈的行動) // *n.*+activity: business ~ (商業活動).

2 (activities) (各種)活動(學校的課外活動等); 事業(社會事業等). cultural *activities* 文化活動/club *activities* 社團活動.

> 搭配 *v.*+activity: participate in *activities* (參加活動), take part in *activities* (參加活動), break off *activities* (突然停止活動), stop *activities* (中止活動).

⊹ *adj.* **active**.

* **ac·tor** [ˈæktɚ; ˈæktə(r)] *n.* (*pl.* ~s [-z; -z]) C **1** 演員, (特指)男演員(★ 女演員是 actress). a film [stage, TV] *actor* 電影[舞臺, 電視]演員. **2** 行爲者;(事件等的)關係人. He was one of the main *actors* in the attempt to kill Hitler. 他是企圖暗殺希特勒的主謀之一.

* **ac·tress** [ˈæktrɪs; ˈæktrɪs] *n.* (*pl.* ~es [-ɪz; -ɪz]) C 女演員.

* **ac·tu·al** [ˈæktʃʊəl, -tʃʊl; ˈæktʃʊəl] *adj.* 眞實的; 實際的; 現在的, 現行的. an *actual* fact 實際存在的事實/an *actual* person 眞實的人物/The *actual* cost was higher than the estimate. 實際費用比預估的高. 圈 real 意味著「不以外表相似而是眞的, 不是仿製品而是眞品」, 相對於此, actual 強調「明顯存在的, 實際發生過的」; 例如「眞的鑽石」用 a *real* diamond 而不用 an *actual* diamond.

in àctual fáct 實際地; 事實上.

ac·tu·al·i·ty [ˌæktʃʊˈælətɪ; ˌæktʃʊˈælətɪ] *n.* (*pl.* -ties) **1** U 現實; 眞實;(描寫等的)逼眞; 事實. **2** (actualities)現狀, 實況.

* **ac·tu·al·ly** [ˈæktʃʊəlɪ, -tʃʊlɪ, -tʃəlɪ; ˈæktʃʊəlɪ] *adv.* **1** 實際上. What *actually* happened? 究竟發生了甚麼事?/*Actually*, I did not witness the traffic accident. 實際上, 我並沒有親眼目睹那起交通事故.

2 (或許會感到意外而)確實地; 目前, 如今. My father, at seventy-five, *actually* climbed Mt. Fuji! 我父親眞的在 75 歲時登上了富士山!

3 《特別用於會話中》對了(本來沒想到). *Actually*,

she told me she was unable to come tonight. 對
了! 她告訴過我她今天不能來。

ac·tu·a·ri·al [ˌæktʃuˈɛrɪəl, -ˈer-; ˌæktjuˈeərɪəl] adj. 保險精算(師)的.

ac·tu·a·ry [ˈæktʃuˌɛrɪ; ˈæktjuərɪ] n. (pl. **-aries**) © 保險精算師(從危險發生的頻率等計算出適當保險金額的專家).

ac·tu·ate [ˈæktʃuˌet; ˈæktjueɪt] vt. (文章)啟動〔機械, 器具等〕; 推動, 使⋯行動; (通常用被動語態). This device is actuated by a switch. 這部裝置是由開關啟動的.

a·cu·i·ty [əˈkjuətɪ, əˈkɪuətɪ; əˈkjuːətɪ] n. ⓤ(文章)(思考, 感覺等的)敏銳.

a·cu·men [əˈkjumɪn, əˈkɪu-, -mən; æˈkjuːmen] n. ⓤ(文章)聰明才智; 洞察力. a man of business acumen 具有商業頭腦的人.

ac·u·punc·ture [ˈækjuˌpʌŋktʃɚ; ˈækjuˌpʌŋktʃə(r)] n. ⓤ針灸, 針灸治療.

a·cute [əˈkjut, əˈkɪut; əˈkjuːt] adj. 【銳利的】
1 〔感覺, 智力等〕靈活的, 敏銳的; 靈敏的. an acute sense of smell 靈敏的嗅覺/an acute observer 敏銳的觀察家.
【敏感的】 **2** 〔聲音〕尖銳的, 高亢的.
3 激烈的, 強烈的. acute pain 劇痛/acute pleasure 狂喜/Her grief was too acute for tears. 她過於悲痛, 淚水都已流乾了.
【激烈的】 **4** 緊急的, 嚴重的. There is an acute shortage of water. 嚴重缺水.
5 (醫學)急性的(◆chronic). acute pneumonia 急性肺炎.

acúte ángle n. ⓒ(數學)銳角(◆obtuse 〔angle〕).

a·cute·ly [əˈkjutlɪ, əˈkɪutlɪ; əˈkjuːtlɪ] adv. 尖銳地, 敏銳地; 激烈地. I am acutely aware that 我深切地感到⋯.

a·cute·ness [əˈkjutnɪs; əˈkjuːtnɪs] n. ⓤ敏銳; 激烈; (病狀的)急症.

A.D. [ˈeˈdi, ˌeˈdiː; (略)西元⋯, 耶穌紀元⋯, 《anno Domini(拉丁語＝in the year of our Lord)的縮寫; 用於西元後的年代》. ◆ B.C.). A.D. 49=《主美》49 A.D. 西元49年.

ad [æd; æd] n. (pl. ~s [-z; -z]) ⓒ(口)廣告(源自 advertisement). an ad agent 廣告代理商.

ad. (略) adverb.

ad·age [ˈædɪdʒ; ˈædɪdʒ] n. ⓒ格言, 箴言.
⊞adage 是自古流傳至今, 而且具有時代意義的箴言; proverb 是生活中常用的諺語.

a·da·gio [əˈdadʒo, əˈdadʒɪ,o; əˈdɑːdʒɪəʊ](音樂) adv. 慢板地, 緩慢地, 緩緩地, (→tempo 參考).
— adj. 徐緩的, 慢板速度的.
— n. (pl. ~s) ⓒ慢板, 慢板的樂章〔樂章〕.

Ad·am [ˈædəm; ˈædəm] n. **1** 男子名.
2 (聖經)亞當(與 Eve 同被認為是人類的祖先).

ad·a·mant [ˈædəmənt; ˈædəmənt] n. ⓤ(傳說中)無法穿透的石頭(如金剛石般堅硬無比).
— adj. (文章)堅硬無比的; 〔態度, 意志等〕堅定的. He was so adamant in his refusal. 他堅決加以拒絕.

Ádam's ápple n. ⓒ喉結(源自 Adam 偷吃

禁食的蘋果而哽於喉頭的傳說).

a·dapt [əˈdæpt; əˈdæpt] v. (~s [-s; -s]; ~ed [-ɪd; -ɪd]; ~ing) vt. **1** 使適應, 使適合; 改造; (注意)不要與 adopt 混淆). The architect adapted the house to the needs of old people. 建築師依照老人的需要改建這間房子/This dictionary is well adapted for beginners. 這本辭典很適合初學者.
2 改編, 改寫, 〔小說等〕(for). adapt a novel for broadcasting 將小說改編成廣播劇.
— vi. 適應, 順應, (to)(→adjust 回).
⟐ n. adaptation.
* adapt oneself to... 適應⋯. I am slow to adapt myself to new circumstances. 我不容易適應新環境.
〔字源〕APT 「適合的」: adapt, apt (適當的), aptitude (適切性), inapt (不適當的).

a·dapt·a·bil·i·ty [əˌdæptəˈbɪlətɪ; əˌdæptəˈbɪlətɪ] n. ⓤ適應性, 適應力; 改編〔改寫〕的可能性.

a·dapt·a·ble [əˈdæptəbl; əˈdæptəbl] adj. 能適應〔適合〕的, 〔人〕具有適應性的, 能變通的; 能改編〔改寫〕的.

ad·ap·ta·tion [ˌædəpˈteʃən, ˌædæp-; ˌædæpˈteɪʃn] n. **1** ⓤ適合, 適應, 順應.
2 ⓤⓒ改寫(作品), 改編(作品). an adaptation of a novel for the movies 從小說改寫成的電影劇本. ⟐ v. adapt.

a·dapt·er [əˈdæptɚ; əˈdæptə(r)] n. ⓒ **1** 改編者, 改寫人. **2** (機械)轉接器(將機器應用於不同目的時所附加的裝置).

a·dap·tor [əˈdæptɚ; əˈdæptə(r)] n.＝adapter.

ADC (略) aide-de-camp.

add [æd; æd] v. (~s [-z; -z]; ~ed [-ɪd; -ɪd]; ~ing) vt. **1** 增加, 添加, (to). Add a little more milk to my tea, please. 請再加一點牛奶到我的茶裡.
2 加上, 相加, (◆subtract); 合計. When you add three and four, you get seven. 3 與 4 相加〔3 加上 4〕等於 7.
3 補充說明, 附帶說明, 附加; 句型3 (add that 子句)補充說明, 附加. "I'll be back in a minute," he added. 他添上一句: 「我馬上回來」/She added in her letter that she would write again soon. 她在信上附帶寫著她會很快再來信.
— vi. 加起來. That child does not even know how to add. 那孩子連加法也不會.
⟐ n. addition.
àdd/.../ín 把⋯算在內, 把⋯包括在內.
* **ádd to...** 增加⋯. The new novel added greatly to his reputation. 這部新小說大大提高了他的名聲.
* **àdd/.../úp** 把⋯加起來. Add up these numbers. 把這些數字加起來.
àdd úp 加起來跟合計相等; (口)(言語等)合乎道理, 說得通. These figures don't add up. 這些數

字加起來(跟答案)不符.

* ***àdd úp to...*** (1) 加起來總計爲…. The loss *adds up* to over $1,000,000. 損失合計達一百萬美元以上. (2)〔口〕結果變成…; 總括起來意味著….

* ***to ádd to...*** 在…上加…, 不僅…,《主要構成修飾句子的片語》. *To add to* his misery, Harry fell seriously ill. 更悲慘的是, 哈利又生了重病.

ad·den·da [əˋdɛndə; əˋdendə] *n.* addendum 的複數.

ad·den·dum [əˋdɛndəm; əˋdendəm] *n.* (*pl.* **-da**) Ⓒ附加物;(通常 addenda)(書的)補遺, 附錄.

ad·der [ˋædɚ; ˋædə(r)] *n.* Ⓒ(產於歐洲及亞洲的)一種毒蛇(蝮蛇類);(產於美洲的無毒)小蛇.

ad·dict [əˋdɪkt; əˋdɪkt] *vt.* 使〔人〕沈溺, 使〔人〕著迷,《*to*》(通常用被動語態). He is *addicted* to cocaine. 他吸食古柯鹼成癮.

── [ˋædɪkt; ˋædɪkt] *n.* Ⓒ(特指毒品等的)上癮者;(對娛樂等的)熱中者. a golf *addict* 高爾夫球狂.

ad·dic·tion [əˋdɪkʃən; əˋdɪkʃn] *n.* Ⓤ沈溺, 熱中;上癮; Ⓒ沈溺, 熱中.

ad·dic·tive [əˋdɪktɪv; əˋdɪktɪv] *adj.* 成習慣的, 上癮的.

‡**ad·di·tion** [əˋdɪʃən, æ-; əˋdɪʃn] *n.* (*pl.* **~s** [~z; ~z]) **1** Ⓤ附加, 追加. The *addition* of salt greatly improved the flavor. 加上鹽味道好多了.

2 ⓊⒸ加法, 加算. 參考「減法」是 subtraction,「乘法」是 multiplication,「除法」是 division.

3 Ⓒ附加(追加)物; 新加入者(嬰兒, 球隊的新成員等);(美)增建(部分). There was a new *addition* to his family. 他的家庭多了一位新成員(新生兒). ⇨ *v.* **add.** *adj.* **additional.**

* ***in addítion*** 外加, 而且. I paid five dollars *in addition.* 我額外付了五美元.

* ***in addítion to...*** 除…外, 加於…之上,《主要構成修飾句子的片語》. *In addition to* being a doctor, he is a writer. 他不僅是醫生, 還是個作家.

‡**ad·di·tion·al** [əˋdɪʃən!, æ-; əˋdɪʃənl] *adj.* 附加的, 追加的; 額外的. an *additional* charge 附加費用/*additional* expenses 額外花費.

ad·di·tion·al·ly [əˋdɪʃən!ɪ, æ-; əˋdɪʃənəlɪ] *adv.* 追加地; 此外, 另外.

ad·di·tive [ˋædətɪv; ˋædɪtɪv] *n.* Ⓒ添加劑(汽油等));添加物(食品等的).

ad·dled [ˋæd!d; ˋædld] *adj.* 〔頭〕昏亂糊塗的;〔蛋〕腐壞的.

ádd-òn *n.* Ⓒ(加強電腦功能的)附加裝置.

‡**ad·dress** [əˋdrɛs, ˋædrɛs; əˋdres] *n.* (*pl.* **~es** [~ɪz; ~ɪz])【 對人說話 】Ⓒ **1** 致辭, 演說;(★較爲正式的一種 speech). an opening [a closing] *address* 開幕[閉幕]辭/Mr. Leech delivered the funeral *address*. 里奇先生致哀悼辭.

2【 所指之處 】住址, 地址;(郵件等的)收件人地址. Name and *address*, please. 請告訴我姓名及住址/I

changed my *address* last month. 我上個月更換了住址/This is my business *address*. 這是我公司的地址.

●──信封的寫法(信的格式→ letter 表)

① Alex Huang ⑤
② 386 Fushing N. Road
   Taipei, Taiwan 104
   R.O.C.

③ Mr. Paul Smith
④ 440 Madison Ave.
   New York, N.Y. 10022
   U.S.A.

①寄件人姓名　②寄件人住址　③收件人姓名
④收件人住址(10022 是郵遞區號)　⑤郵票

── [əˋdrɛs; əˋdres] *vt.* (**~es** [~ɪz; ~ɪz]; **~ed** [~t; ~t]; **~ing**) **1** 對…說;(用正式稱呼)稱呼(*as*); 對…演說, You should *address* a priest *as* "father." 你應該稱教士爲「神父(father)」/The Mayor *addressed* a large audience. 市長在大庭廣眾之前演說.

注意 用 address to an audience 是錯誤的.

2(信等)寫收件人姓名地址, 送往…, This letter is *addressed to* you. 這信是寄給你的/Please *address* your mail clearly and correctly. 請在信件上清楚並正確地寫上收件人的姓名地址.

3 提出〔請願, 抗議等〕. *address* a petition *to* the Mayor 向市長請願.

4 (認真)著手, 致力於,〔問題, 工作等〕. *address* a problem 著手處理問題.

addréss onesèlf to... 《文章》針對…說;(認真)著手於…(→ *v.* 4).

ad·dress·ee [ædrɛsˋi, ˏædrɛsˋi; ˏædreˋsi:] *n.* Ⓒ收信人, 收件人.

ad·duce [əˋdjus, əˋdɪus, əˋdus; əˋdjuːs] *vt.* 《文章》引證, 舉出,〔實例, 理由, 證據等〕.

ad·e·noids [ˋædnˏɔɪdz; ˋædɪnɔɪdz] *n.* 《作複數》《醫學》腺樣增殖(體)(扁桃腺腫脹發痛的病症).

ad·ept [əˋdɛpt; ˋædept] *adj.* 熟練的《*at, in*》. an *adept* climber 熟練的登山家/He is *adept at* telling lies. 他擅於撒謊.

── [ˋædɛpt, əˋdɛpt; ˋædept] *n.* Ⓒ名人, 高手, 《*at, in*》.

ad·e·qua·cy [ˋædəkwəsɪ; ˋædɪkwəsɪ] *n.* Ⓤ足夠, 適當. ⇨ *adj.* **adequate.**

* **ad·e·quate** [ˋædəkwɪt; ˋædɪkwət] *adj.*【 達到滿足要求的程度的 】**1** 足夠的; 適當的(資格, 能力等);《*to, for*; *to* do》. a person *adequate* to the post 稱職的人/The pay is not *adequate for* [*to*] support] a family of six. 這份薪水是不夠(養活)六口之家的.

【 並非不足的 】**2** 差強人意的, 不好不壞的. He is an *adequate* baseball player, but not a brilliant one. 他是個差強人意的棒球球員, 並沒有特別

出色. ⇨ *n.* **adequacy.**

ad·e·quate·ly [ˈædəkwɪtlɪ; ˈædɪkwətlɪ] *adv.*
足夠地; 恰當地.

*ad·here** [ədˈhɪr, æd-; ədˈhɪə(r)] *vi.* (~**s** [~z;
~z]; ~**d** [~d; ~d]; **-her·ing** [-ˈhɪrɪŋ; -ˈhɪərɪŋ])
1 黏著, 附著, ((*to*)). This glue doesn't *adhere* to
plastic. 這種膠黏不住塑膠.
2 堅持, 堅守; 信奉((*to* 〔主義等〕)); 支持((*to*)).
There will be chaos unless we all *adhere* to the
rules. 除非我們全部都遵守規則, 否則便會亂成一
團. ⇨ *n.* **adherence, adhesion.** *adj.* **adherent,
adhesive.**

ad·her·ence [ədˈhɪrəns, æd-; ədˈhɪərəns] *n.*
U 堅守(主義等), 執著, (對黨派等的)支持. *adherence to* an opinion 堅持意見.

ad·her·ent [ədˈhɪrənt, æd-; ədˈhɪərənt] *adj.* 黏
著, 附著的, ((*to*)). — C 支持者, 信奉者, ((*of*)).

ad·he·sion [ədˈhiʒən, æd-; ədˈhiːʒn] *n.* **1** U 黏
著, 附著. **2** =adherence. ⇨ *v.* **adhere.**

ad·he·sive [ədˈhisɪv, æd-; ədˈhiːsɪv] *adj.* 有黏
性的, 黏著的; 〔郵票等〕〔單面〕附膠的. *adhesive
tape* 膠帶; OK 繃. — *n.* UC 黏著劑; 膠帶; OK 繃.
⇨ *v.* **adhere.**

ad hoc [ˈædˈhɑk; ˌædˈhɒk] (拉丁語) *adj.* (特指)
爲特定目的的, 特別安排的. an *ad hoc* commit-
tee 特別委員會(非常設的).

a·dieu [əˈdju, əˈdu; əˈdjuː] *interj.* 再見
(goodbye). — *n.* C (*pl.* ~**s**, ~**x** [~z; ~z]) 告別
(的言辭). 字源 =to God.

a·di·os [ˌædɪˈos; ˌædɪˈəʊs] (西班牙語) *interj.* 再
見. 字源 =to God.

ad·i·pose [ˈædəˌpos; ˈædɪpəʊs] *adj.* 《限定》動物
性脂肪的; 脂肪過多的.

adj. (略) adjective.

ad·ja·cent [əˈdʒesṇt; əˈdʒeɪsənt] *adj.* 《文章》鄰
接的, 附近的. a town *adjacent* to ours 我們隔壁
的城鎮/My hometown is *adjacent* to the ocean.
我的家鄉瀕海.

ad·jec·ti·val [ˌædʒɪkˈtaɪv, ˈædʒɪkˈtaɪv;
ˌædʒekˈtaɪvl] 《文法》*adj.* 形容詞的, 形容詞性的.

ad·jec·ti·val·ly [ˌædʒɪkˈtaɪvlɪ, ˈædʒɪkˈtaɪvlɪ;
ˌædʒekˈtaɪvəlɪ] *adv.* 作爲形容詞地, 形容詞性地.

*ad·jec·tive** [ˈædʒɪktɪv; ˈædʒɪktɪv] *n.* (*pl.*
~**s** [~z; ~z]) C 《文法》形容詞
(→見文法總整理**11. 1, 11. 3**)《形容詞片語(adjective phrase)→見文法總整理**15. 1**; 形容詞子
句(adjective clause)→見文法總整理**15. 2**).

ad·join [əˈdʒɔɪn; əˈdʒɔɪn] *vt.* 鄰接. France
adjoins Spain. = France and Spain *adjoin* each
other. 法國與西班牙相毗鄰. — *vi.* (互相) 毗鄰. the *adjoining* rooms 鄰接的
房間; 相連的房間.

ad·journ [əˈdʒɝn; əˈdʒɜːn] *vt.* (預定會議日後重
開而)散會; (暫時) 休止〔集會〕. The meeting was
adjourned until the following week 〔*for* one
week〕. 會議休會到下週〔一週後〕再舉行.

— *vi.* **1** 休會; 散會. The Congress will
adjourn for three months. 國會將休會三個月.
2 轉移會場; 移席; ((*to*)). When dinner was over,
we *adjourned to* the sitting room. 晚餐結束後,
我們移席到客廳.

ad·journ·ment [əˈdʒɝnmənt; əˈdʒɜːnmənt]
n. UC (預定日後重開的)散會, 休會(期間).

ad·judge [əˈdʒʌdʒ; əˈdʒʌdʒ] *vt.* 句型5
(adjudge **A B**/adjudge **A** *to be* **B**) 將A 判決〔宣
判〕爲B; 句型3 (adjudge *that* 子句) 判決〔宣判〕
…. *adjudge* a person (*to be*) guilty =*adjudge
that* a person is guilty 判決某人有罪.

ad·ju·di·cate [əˈdʒudɪˌket, əˈdʒɪu-;
əˈdʒuːdɪkeɪt] *vt.* 《法律》對…判決〔宣告〕.
— *vi.* 擔任(業餘音樂比賽等的)評審.

ad·ju·di·ca·tion [əˌdʒudɪˈkeʃən, əˌdʒɪu-;
əˌdʒuːdɪˈkeɪʃn] *n.* U 判決, 宣告.

ad·junct [ˈædʒʌŋkt; ˈædʒʌŋkt] *n.* C 附加物,
附屬物; (臨時的)輔助者〔角色〕, ((*to, of*)).

ad·jure [əˈdʒʊr, əˈdʒɪur; əˈdʒʊə(r)] *vt.* 《文章》
1 嚴命; 懇求.
2 句型5 (adjure **A** *to* do) 嚴命〔懇求〕A 做….

*ad·just** [əˈdʒʌst; əˈdʒʌst] *v.* (~**s** [~s; ~s];
~**ed** [~ɪd; ~ɪd]; ~**ing**) *vt.* **1** 調節; 修
理保養〔機器等〕; 使適合((*to*)). *adjust* the brakes
調整煞車裝置/I *adjusted* the telescope *to* my
vision. 我調整望遠鏡讓自己看得清楚.
2 使適應((*to*)). A correspondent must soon
adjust himself *to* life abroad. 駐外記者必須很快
便適應海外生活.
3 調停〔紛爭等〕; 訂正〔錯誤等〕.
— *vi.* 適應((*to*)). *adjust to* new circumstances
適應新環境. 同 adapt 有自然漸進地適應之意, 而
adjust 則有經過努力而適應之意.
⇨ *n.* **adjustment.**

ad·just·a·ble [ə`dʒʌstəbl; ə'dʒʌstəbl] *adj.* 能調整的; 能適應的.

*****ad·just·ment** [ə`dʒʌstmənt; ə'dʒʌstmənt] *n.* (*pl.* ~s [~s; ~s]) **1** UC調節, 調整; 適應; (對麻煩事等的)調解. **2** C調節裝置[手段]. ⇨ *v.* adjust.

ad·ju·tant [`ædʒətənt; ædʒʊtənt] *n.* C《軍事》(部隊的)副官.

ad lib [æd`lɪb; æd'lɪb] (拉丁語) *adv.* 《口》即興地, 臨時穿插地; 隨意地, 自由地.

ad-lib [æd`lɪb; æd'lɪb]《口》*v.* (~s; ~bed; ~bing) *vi.* 即興地穿插[表演](劇本上沒有的臺辭等); 即興演唱[演奏]. He forgot part of his speech and had to *ad-lib* for a while. 他忘記了部分講辭, 所以只好即興演說片刻.
— *vt.* 即興地說[演].
— *adj.* 即興的.

ad·man [`æd͵mæn; 'ædmæn] *n.* (*pl.* **-men** [-͵mɛn; -men]) C《口》廣告業者, 廣告商, 廣告從業人員.

*****ad·min·is·ter** [əd`mɪnəstɚ, æd-; əd'mɪnɪstə(r)] *v.* (~s [~z; ~z]; ~ed [~d; ~d]; **-ter·ing** [-tərɪŋ; -tərɪŋ]) 《文章》*vt.*【實施必要措施】**1** 治理, 統治, 《國家》; 經營《公司, 事業等》; 管理《資產等》. The Secretary of State *administers* foreign affairs. (美國)國務卿掌管外交事務.
2 執行《法令等》; 主持《宣誓儀式等》. *administer* the will of the deceased 執行死者的遺囑.
3《給予必要物品》給予…; 提供…; 發給《藥等》. *administer* punishment 予以懲罰/The doctor *administered* medicine *to* the patient. 醫生開藥給病人.
— *vi.*《文章》(用 administer to...)(病人等的)看護; 給予幫助(minister to).
⇨ *n.* administration. *adj.* administrative.

*****ad·min·is·tra·tion** [əd͵mɪnə`streʃən, æd-, ͵ædmɪnə-; əd͵mɪnɪ'streɪʃn] *n.* (*pl.* ~s [~z; ~z]) **1** U管理, 經營; C行政部門. business *administration* 企業管理/the city *administration* 市政當局/a board of *administration* 理事會.
2 U行政; C行政機關; 《美》(the Administration)政府(總統與幕僚人員所組成). the Clinton *Administration* 柯林頓政府.
3 U官員任期; 《美》總統任期.
4 UC法律《處罰等》的執行; (救濟等的)提供; (藥物的)配給. the *administration* of justice 法律的執行. ⇨ *v.* administer.

*****ad·min·is·tra·tive** [əd`mɪnə͵stretɪv, æd-; əd'mɪnɪstrətɪv] *adj.* 管理的, 經營的; 行政的. *administrative* ability 管理[經營]能力/an *administrative* post 行政管理的職位/the *administrative* office of a college 大學的行政室/I'm not the *administrative* type. 我不適合當管理者. 參考在一般組織中 administrative 的地位比 executive 的

地位高. ⇨ *v.* administer.

ad·min·is·tra·tive·ly [əd`mɪnə͵stretɪvlɪ, æd-; əd'mɪnɪstrətɪvlɪ] *adv.* 管理[經營]上; 行政上.

ad·min·is·tra·tor [əd`mɪnə͵stretɚ, æd-; əd'mɪnɪstreɪtə(r)] *n.* C **1** 管理者. **2** 行政官員. **3** 有管理、經營才能的人.

*****ad·mi·ra·ble** [`ædmərəbl; 'ædmərəbl] *adj.* 令人欽佩的, 值得讚美的; 出色的, 優秀的. (★注意音位置; <*v.* admire). an *admirable* collection of paintings 令人稱羨的繪畫收藏/Your motive was *admirable*, but your action was not. 你的動機令人欽佩, 但行爲則不然/He made an *admirable* speech about protecting the environment. 他對環境保護議題的演說相當精采.

ad·mi·ra·bly [`ædmərəblɪ; 'ædmərəblɪ] *adv.* 令人讚賞地, 極佳地.

ad·mi·ral [`ædmərəl; 'ædmərəl] *n.* C(海軍或艦隊的)司令官; 海軍將官; (特指)海軍上將. 參考陸軍或空軍的上將是 general.

Ad·mi·ral·ty [`ædmərəltɪ; 'ædmərəltɪ] *n.* 《英》(加 the) (以前的)海軍總部的(建築物).

*****ad·mi·ra·tion** [͵ædmə`reʃən; ͵ædmə'reɪʃn] U **1** 欽佩, 讚賞, 《*for*》. He has a great *admiration for* actor Olivier. 他對演員奧立佛非常讚賞/We looked at the painting in [with] *admiration*. 我們以讚美的心情觀賞這幅畫.
配圖 *adj.*+admiration: deep ~ (由衷的讚賞), sincere ~ (誠心的讚美) // *v.*+admiration: arouse (a person's) ~ (激起(某人的)讚歎), deserve (a person's) ~ (值得(某人的)讚賞), win (a person's) ~ (贏得(某人的)讚賞).
2 (加 the)讚美的對象. Her beauty is the *admiration* of the whole school. 她的美貌受到全校師生的讚美. ⇨ *v.* admire.

*****ad·mire** [əd`maɪr; əd'maɪə(r)] *vt.* (~s [~z; ~z]; ~d [~d; ~d]; **-mir·ing**) **1** 讚歎, 讚美. I *admire* (you *for*) your courage. 我欽佩你的勇氣.
2 欽佩地看; 《口》(欽佩或奉承地)誇讚. She never forgets to *admire* our baby. 她從不忘記稱讚我們的孩子. ⇨ *n.* admiration. *adj.* admirable.

ad·mir·er [əd`maɪrɚ; əd'maɪərə(r)] *n.* C讚美者; (特指男性對女性的)愛慕者. a great *admirer* of Lincoln 極崇拜林肯的人/Anne has many *admirers*. 安有許多愛慕者.

ad·mir·ing [əd`maɪrɪŋ; əd'maɪərɪŋ] *v.* admire 的現在分詞、動名詞. — *adj.* 感歎的, 讚美的.

ad·mir·ing·ly [əd`maɪrɪŋlɪ; əd'maɪərɪŋlɪ] *adv.* 讚歎地, 羨慕地, 愛慕地.

ad·mis·si·bil·i·ty [əd͵mɪsə`bɪlətɪ, æd-; əd͵mɪsə'bɪlətɪ] *n.* U承認, 容許; 有參加資格.

ad·mis·si·ble [əd`mɪsəbl, æd-; əd'mɪsəbl] *adj.* **1** 可承認的. **2** 有參加資格的《*to*》. ⇨ *v.* admit.

*****ad·mis·sion** [əd`mɪʃən, æd-; əd'mɪʃn] *n.* (*pl.* ~s [~z; ~z]) **1** UC入場, 入場許可, 入學, 入會, 入境. I gained [obtained] *admission* to the club. 我獲准參加那個俱樂部/He

was granted *admission to* the university. 他已獲得該大學的入學許可. 回 admittance 主要表示「准許進入」之意, admission 則有「准許取得權利、資格」之意.

〔搭配〕 *v.*+admission: apply for ~ (申請…許可), refuse ~ (拒絕…許可), seek ~ (尋求…許可) // admission+*v.*: ~ is open(開放許可), ~ is limited(限制許可).

2 ⓤ入場費, 入會費等. *Admission* free. 免費入場(告示)/*Admission* to the show is $5. 這場表演的票價是5美元.

3 ⓒ承認, 自認, 供認. His *admission that* he had stolen the money astonished his family. 他承認偷了錢, 這令他的家人大吃一驚/Silence is an *admission* of guilt. 緘默即是認罪. ⇨ *v.* **admit.**

ad·mis·sion fee *n.* ⓒ入場費, 入會費, 入學費等(entrance fee).

‡**ad·mit** [əd'mɪt, æd-; əd'mɪt] *v.* (~**s** [~s; ~s]; ~**ted** [~ɪd; ~ɪd]; ~**ting**) *vt.* 【接納】

1 讓〔人〕進入; 允許〔人〕入場〔入會, 入學, 入境等〕; 《*to, in, into*》. He was *admitted to* college. 他已獲准進入大學(就讀)/This ticket *admits* two persons. 這張入場券准許兩人進場.

2 〔場所〕可以容納, 留有餘地. The room *admits* 20 persons. 這房間能夠容納20人.

3 【接受事實】(a)承認, 自認, 供認: 句型3 (admit *doing/that* 子句)承認做了…/承認某事. I *admit* my mistake. 我承認自己的錯誤/I *admit having* done wrong. = I *admit (that)* I did [have done] wrong. 我承認做錯了事. 回 admit 是(勉強)承認由別人指出的事; confess 是自己主動承認.

(b) 句型5 (admit A B/A *to be* B)承認A是B. I *admit* it *to be* true. = I *admit that* it is true. 我承認事情是真的/He *admitted* himself defeated. 他承認自己被擊敗了.

— *vi.* **1** 留有餘地, 容許, 《*of*》. His delay *admits* of no excuse. 他的延誤不容任何辯解.

2 〔門, 入口等〕通往《*to*》. The gate *admits to* the garden. 這扇門通往花園.

3 承認《*to*》. I *admit to* being careless. 我承認自己粗心大意.

⇨ *n.* **admission, admittance.** *adj.* **admissible.**

〔字源〕 MIT「送」: ad*mit*, sub*mit* (屈服), trans*mit* (傳送), o*mit* (省略).

ad·mit·tance [əd'mɪtns, æd-; əd'mɪtəns] *n.* ⓤ入場, 入場許可, 《*to*》(→ admission 回). We gained *admittance to* the meeting. 我們獲准進入會場/No *admittance* except on business. 閒人勿進(告示). ⇨ *v.* **admit.**

ad·mit·ted·ly [əd'mɪtɪdlɪ, æd-; əd'mɪtɪdlɪ] *adv.* 《修飾句子》一般公認地; 明顯地(是…); (個人認爲)不可否認地. She is a beauty, *admittedly*, but she has her faults. 她的確是個美女, 但仍有自己的缺點.

ad·mix·ture [æd'mɪkstʃə, əd-; æd'mɪkstʃə(r)] *n.* ⓒ混合物(mixture); 攙雜物, 攙入物.

ad·mon·ish [əd'mɑnɪʃ, æd-; əd'mɒnɪʃ] *vt.*

《文章》 **1** (溫和地)訓誡, 告誡; 規勸; 句型3 (admonish *that* 子句)輕責. *admonish* a person *against* smoking 告誡某人別吸菸/He *admonished* them *for* being noisy. 他責備他們太吵了.

2 句型5 (admonish A *to* do)忠告〔提醒〕A〔人〕要…. **3** 警告《*of*》.

ad·mo·ni·tion [͵ædmə'nɪʃən, ͵ædməʊ'nɪʃn] *n.* ⓤⓒ《文章》告誡; 勸告; 警告.

ad·mon·i·to·ry [əd'mɑnə͵torɪ, æd-, -͵tɔrɪ; əd'mɒnɪtərɪ] *adj.* 《文章》告誡的; 勸告〔忠告〕的.

a·do [ə'du; ə'duː] *n.* ⓤ紛擾, 騷動; 辛苦費勁, 苦心. make much *ado* 大費周張/without much *ado* 不太費功夫地.

a·do·be [ə'dobɪ; ə'dəʊbɪ] (西班牙語) *n.* ⓤ土磚(用黏土與玉米莖等混合起來曬乾做成的磚塊); ⓒ《墨西哥印第安人等的》土磚屋.

[adobe]

ad·o·les·cence [͵ædḷ'ɛsṇs; ͵ædəʊ'lesns] *n.* ⓤ青春期(兒童(childhood)與成人(adulthood)之間的時期; 大體上自12, 13歲至20歲左右).

ad·o·les·cent [͵ædḷ'ɛsṇt; ͵ædəʊ'lesnt] *adj.* 青春期的. — *n.* ⓒ青春期的男孩〔女孩〕.

A·don·is [ə'donɪs; ə'dəʊnɪs] *n.* 阿多尼斯《希臘神話中女神 Aphrodite 鍾愛的美男子》.

‡**a·dopt** [ə'dɑpt; ə'dɒpt] *vt.* (~**s** [~s; ~s]; ~**ed** [~ɪd; ~ɪd]; ~**ing**) **1** 採納〔他人的意見, 勸告等〕; 通過〔決議, 案件等〕; 選定〔方針等〕. They *adopted* a new method of teaching English in that school. 那所學校採用了新的英語教學法/*adopt* a foreign custom 採行外國的習俗.

〔搭配〕 adopt+*n.*: ~ an idea (採納意見), ~ a method (採用方法), ~ a policy (採行政策), ~ a proposal (接納提議), ~ a recommendation (採納勸告).

2 採用, 借用, 〔外來語〕. The English have *adopted* many words *from* French. 英語中借用了許多法文字.

3 收爲養子〔養女〕, 收養. an *adopted* daughter 養女/We *adopted* a child. 我們收養了一個孩子. ⇨ *n.* **adoption.**

a·dop·tion [ə'dɑpʃən; ə'dɒpʃn] *n.* ⓤⓒ (方針等的)採用; (決議等的)通過; (外來語的)借用; 收養. ⇨ *v.* **adopt.**

a·dop·tive [əˋdɑptɪv; əˈdɒptɪv] *adj.* 《文章》收養關係的. an *adoptive* father 養父/an *adoptive* son 養子.

a·dor·a·ble [əˋdorəbl, əˋdɔr-; əˈdɔːrəbl] *adj.*
1 值得崇拜[敬愛]的.
2 《口》可愛的; 令人愛慕的.

ad·o·ra·tion [͵ædəˋreʃən; ͵ædəˈreɪʃn] *n.* ⓤ崇拜, 讚頌; 敬愛.

****a·dore** [əˋdor, əˋdɔr; əˈdɔː(r)] *vt.* (**~s** [~z; ~z]; **~d** [~d; ~d]; **a·dor·ing** [əˋdorɪŋ, əˋdɔr-; əˈdɔːrɪŋ]) (★不用進行式) **1** 崇拜〖神〗; (當作神來)敬意.
2 愛慕〖人〗; 敬愛. I *adore* you. 我愛慕你.
3 《口》非常喜愛. I just *adore* your new hat. 我非常喜歡你的新帽子/We *adore* (going on) picnics. 我們很喜歡(去)野餐. ⇨ *n.* **adoration.**

a·dor·er [əˋdorə, əˋdɔr-; əˈdɔːrə(r)] *n.* ⓒ崇拜者; 愛慕者.

a·dor·ing [əˋdorɪŋ, əˋdɔr-; əˈdɔːrɪŋ] *adj.* 愛慕的; 崇拜的.

a·dorn [əˋdɔrn; əˈdɔːn] *vt.* 裝飾《with》(→ decorate回). She *adorned* her dress *with* flowers. 她用花來裝飾衣服.

a·dorn·ment [əˋdɔrnmənt; əˈdɔːnmənt] *n.*
1 ⓤ裝飾. **2** ⓒ裝飾品.

ad·ren·al·in [ædˋrɛnḷɪn; əˈdrenəlɪn] *n.* ⓤ腎上腺素(副腎分泌的荷爾蒙).

A·dri·at·ic Sea [͵edrɪˋætɪkˋsi; ͵eɪdrɪˈætɪkˈsiː] *n.* (加 the)亞得里亞海(義大利和巴爾幹半島之間的海; → Balkan 圖).

a·drift [əˋdrɪft; əˈdrɪft] *adv., adj.* 《敘述》**1** (船等)漂流地[的]. The mast broke and our ship went *adrift*. 船桅折斷, 我們的船便隨波逐流.
2 〖人〗漂泊地[的]; 漫無目的地[的].

a·droit [əˋdrɔɪt; əˈdrɔɪt] *adj.* 靈巧的; 精明的.

a·droit·ly [əˋdrɔɪtlɪ; əˈdrɔɪtlɪ] *adv.* 靈巧地; 巧妙地.

a·droit·ness [əˋdrɔɪtnɪs; əˈdrɔɪtnɪs] *n.* ⓤ靈巧; 巧妙.

ad·u·la·tion [͵ædʒəˋleʃən; ͵ædjʊˈleɪʃn] *n.* ⓤ《文章》阿諛, 奉承.

ad·u·la·to·ry [ˋædʒələ͵torɪ, -͵tɔrɪ; ˈædjʊleɪtərɪ] *adj.* 阿諛奉承的.

****a·dult** [əˋdʌlt, ˋædʌlt; ˈædʌlt] *adj.* **1** 成人的 (grown-up); 成熟的. **2** 適合成人的(委婉意指「色情」). I'm afraid this story is too *adult* for children to appreciate. 我怕這故事過於色情而不適合小孩觀賞.
— *n.* (*pl.* **~s** [~s; ~s]) ⓒ **1** 大人, 成人; 成年者 (◆minor). *Adults* Only. 兒童不宜(電影院等的告示). 〖adult 為表示成人之意的一般用語; grown-up, major.
2 成熟的動植物(→ metamorphosis 圖).

adúlt educátion *n.* ⓒ成人教育.

a·dul·ter·ate [əˋdʌltə͵ret; əˈdʌltəreɪt] *vt.* 《文章》〖食品等〗摻雜《with》; 降低…的品質.

a·dul·ter·a·tion [ə͵dʌltəˋreʃən; ə͵dʌltəˈreɪʃn] *n.* 《文章》ⓤ摻雜, 摻雜物; ⓒ(有摻雜物的)低劣品.

a·dul·ter·er [əˋdʌltərə; əˈdʌltərə(r)] *n.* ⓒ (男的)通姦者, 姦夫.

a·dul·ter·ess [əˋdʌltərɪs, -trɪs; əˈdʌltərɪs] *n.* ⓒ(女的)通姦者, 淫婦.

a·dul·ter·ous [əˋdʌltərəs, -trəs; əˈdʌltərəs] *adj.* 通姦的, 私通的; 犯通姦罪的.

a·dul·ter·y [əˋdʌltərɪ, -trɪ; əˈdʌltərɪ] *n.* (*pl.* **-ter·ies**) ⓤⓒ通姦, 私通.

a·dult·hood [əˋdʌlt͵hʊd; əˈdʌlthʊd] *n.* ⓤ成年, 成人期.

adv. 《略》adverb; advertisement.

****ad·vance** [ədˋvæns; ədˈvɑːns] *v.* (**-vanc·es** [~ɪz; ~ɪz]; **~d** [~t; ~t]; **-vanc·ing**) *vt.* 〖前進〗**1** 使向前移動, 使前進. *advance* the hands on a clock 把時鐘的針向前調整.
2 把〖日期等〗提早, 提前. They *advanced* the wedding date. 他們把婚禮的日期提前了.
3 〖句型4〗(advance **A B**)、〖句型3〗(advance **B** *to* **A**)預付給A(人)B(物), 將B提前支付給A. The manager *advanced* him two weeks' wages. 經理預付給他兩週的工資.
4 促進…, 加快…的進行. The world today needs to *advance* its production of food. 今日的世界有必要促進糧食生產.
5 〖擺到人面前〗提出〖意見等〗. He *advanced* a new plan. 他提出新計畫.

> 〖搭配〗advance+*n.*: ~ an argument(提出爭議的焦點), ~ an opinion(提出意見), ~ a proposal (提出建議), ~ a theory(提出理論).

6 擢升; 加薪. He was *advanced* to colonel. 他被擢升為上校.
— *vi.* **1** 行進, 前進. (◆retreat). The army *advanced against* [*on*] the enemy. 軍隊向敵方挺進.
2 進展; 進步. Since the war Japan has *advanced* greatly in science and technology. 戰後日本在科學和科技方面進步神速.
3 擢升; 發跡. Luck and hard work are necessary if you want to *advance* in life [the world]. 想要出人頭地便需要運氣與努力.
— *n.* (*pl.* **-vanc·es** [~ɪz; ~ɪz]) **1** ⓤⓒ前進, 挺進; (時間的)進行. Our *advance* was checked. 我們的前進遇到阻力/with the *advance* of night 隨著夜色漸深.
2 ⓒ預付(款); 借貸(款). ask for an *advance on* one's salary 要求預付薪水.
3 ⓒ進步; 進展; (回由於新的想法和技術等使某領域的水準向上提昇; progress 為ⓤ, 但 advance 為ⓒ). Recent *advances* in medicine are remarkable. 近年來醫學進步十分顯著/make a rapid *advance* 突飛猛進/His latest novel marks a great *advance on* his previous ones. 他最近寫的小說比起從前的作品有著長足的進步.
4 ⓒ(advances)主動接近(某人); (對異性的)追求. make *advances to* her 追求她.

5 《形容詞性》向前方的; 事先的. *advance* booking (飯店, 座位等的)預訂; 預售/an *advance* ticket 預售票/an *advance* notice 預告/an *advance* party 先遣部隊.

* *in advánce* (1)事前, 預先. I made hotel reservations one month *in advance*. 我在一個月前就預訂了旅館. (2)事先(付款), 預先(付). pay *in advance* 預付.

* *in advánce of...* 在…之前; 比…更進一步; 優於…. They flew a week *in advance of* the Queen and her retinue. 他們在女王及其隨從出發前一個禮拜便先行搭機前往/Einstein was far *in advance of* his time. 愛因斯坦遠遠地超越了他的時代.

advánce cópy *n.* C (銷售前用來當作書評贈送的)新書樣品.

***ad·vanced** [əd`vænst; əd'vɑːnst] *adj.* **1** 〔學問等〕高級的, 高等的. an *advanced* course 高級課程. **2** 先進的; 〔思想等〕進步的. *advanced* countries 先進國家/His ideas were too far *advanced* to be accepted by ordinary people. 他的思想太過先進以致無法爲一般大眾所接受.
3 〔年齡〕上年紀的, 年邁的; 〔夜〕深的; 〔病情〕惡化的. a man *advanced* in years 高齡者/The night was far *advanced*. 夜已深.

ad·vance·ment [əd`vænsmənt; əd'vɑːnsmənt] *n.* U **1** 前進, 進展. **2** 促進, 振興; 進步. the *advancement* of learning 振興學術. **3** (地位, 身分的)晉升, 提高.

ad·vanc·ing [əd`vænsɪŋ; əd'vɑːnsɪŋ] *v.* advance 的現在分詞, 動名詞.

***ad·van·tage** [əd`væntɪdʒ; əd'vɑːntɪdʒ] *n.* (*pl.* **-tag·es** [~ɪz; ~ɪz]).
〖佔優勢〗 **1** U 利益, 好處; 有利條件; 便利. 同較 benefit 狹義, 主要指物質上的利益, 或是從競爭中所獲得的東西. He saw no *advantage* in waiting any longer. 他認爲再等下去是徒勞無益的. **2** C 有利之處〔事〕, 優點; 長處. the *advantages* of birth 出身(良好)的優勢/As she can speak French, she has an *advantage* over me. 由於她會說法語, 所以比我佔優勢/It is an *advantage* today to have a knowledge of computers. 在今日具備電腦知識是頗爲有利的.
[搭配] *adj.*+advantage (1-2): a decided ~ (明確的優勢), an obvious ~ (明顯的優勢), an unfair ~ (不當的利益) // *v.*+advantage: gain ~ (取得優勢).
3 (網球)=vantage 2.
⇨ *adj.* **advantageous.** ↔ **disadvantage.**

* *be of grèat [nò] advántage (to...)* (對…)大爲有利〔毫無益處〕的.

hàve the advántage of... (1)有…長處. You *have the advantage of* a good education. 你有受過良好教育的有利條件. (2)優於…, 比…有利. You *have the advantage of* me. (英)不知您是哪一位…(雖不認識對方但對方卻認識自己, 此時自然是對方佔上風; 用於不認識的人向自己打招呼時).

* *tàke advántage of...* 利用…; 佔…的便宜; (委婉)勾引〔女性〕. Let's *take advantage of* the

vacation to mow the lawn. 我們利用假日來除草吧!

to advántage (1)有利地. The government turned the economic crisis *to advantage*. 政府充分利用這次的經濟危機. (2)突出地, 顯眼地. The dress sets off your figure *to advantage*. 這件衣服使你的身材更加突出.

to a pèrson's advántage 對某人有利地〔的〕. It will be *to your advantage* to study hard now. 現在努力唸書對你有好處的.

***ad·van·ta·geous** [ˌædvən`tedʒəs, -væn-; ˌædvən'teɪdʒəs] *adj.* 有利的, 有益的; 便利的. This marriage will be *advantageous to* his career. 這樁婚事將對他的事業有利.

ad·van·ta·geous·ly [ˌædvən`tedʒəslɪ, -væn-; ˌædvən'teɪdʒəslɪ] *adv.* 有利地; 便利地.

ad·vent [`ædvɛnt; 'ædvənt] *n.* **1** U (加 the)到來, 出現, 《特指重要的人物, 事情》. Carriages gradually disappeared with the *advent* of the motorcar. 隨著汽車的出現, 馬車漸漸消失了.
2 (the *A*dvent)基督降臨〔再臨〕; 降臨節(包括聖誕節前 4 個星期日的期間).

ad·ven·ti·tious [ˌædvɛn`tɪʃəs, ˌædvən-; ˌædvən'tɪʃəs] *adj.* 《文章》偶然的, 偶發的.

***ad·ven·ture** [əd`vɛntʃə; əd'ventʃə(r)] *n.* (*pl.* ~**s** [~z; ~z]) **1** U 冒險. a spirit of *adventure* 冒險精神/a story of *adventure* 冒險故事/I have been fond of *adventure* since I was a child. 我從小就喜歡冒險.
2 C (各種的)冒險; 冒險的事件〔經驗〕; 危險的旅行; (→venture同). He told the children about his *adventures* in Africa. 他向孩子們述說他在非洲的冒險經驗.
[搭配] *adj.*+adventure: a bold ~ (大膽的冒險), an exciting ~ (刺激的冒險), a thrilling ~ (扣人心弦的冒險) // *v.*+adventure: have an ~ (經歷冒險), set out on an ~ (出外冒險).
⇨ *adj.* **adventurous.**

ad·ven·tur·er [əd`vɛntʃərə; əd'ventʃərə(r)] *n.* C **1** 冒險家. **2** 投機者; 騙子.

ad·ven·tur·ess [əd`vɛntʃərɪs, -tʃrɪs; əd'ventʃərɪs] *n.* C 女性的 adventurer.

ad·ven·tur·ous [əd`vɛntʃərəs, -tʃrəs; əd'ventʃərəs] *adj.* **1** 〔人〕愛冒險的, 大膽的.
2 冒險的〔行爲, 事業〕. an *adventurous* journey 充滿危險的旅行. ⇨ *n.* **adventure.**

ad·ven·tur·ous·ly [əd`vɛntʃərəslɪ, -tʃrəslɪ; əd'ventʃərəslɪ] *adv.* 大膽地.

***ad·verb** [`ædvɜb; 'ædvɜːb] *n.* (*pl.* ~**s** [~z; ~z]) C 《文法》副詞(→見文法總整理 **11. 2, 11. 3**).

ad·ver·bi·al [əd`vɜbɪəl, æd-, -bjəl; əd'vɜːbjəl] 《文法》 *adj.* 副詞的; 副詞性的.
— *n.* C 與副詞相當的詞句.

ad·ver·bi·al·ly [əd`vɜbɪəlɪ, æd-, -bjəlɪ; əd'vɜːbjəlɪ] *adv.* 副詞性地.

ad·ver·sar·y [ˈædvɚˌsɛrɪ; ˈædvəsərɪ] n. (pl. -sar·ies) C 敵人(enemy)；(比賽等的)對手.

ad·verse [ədˈvɝs, æd-, ˈædvɝs; ˈædvɜːs] adj. 《文章》 **1** 逆向的, 相反的. an adverse wind 逆風. **2** 不利的, 有害的；懷敵意的. adverse criticism 惡評, 負面的批評.
⟹ n. **adversity**.

ad·verse·ly [ədˈvɝslɪ, æd-, ˈædvɝslɪ; ˈædvɜːslɪ] adv. 相反地, 反過來地；不利地. be adversely affected 受到不利的影響.

ad·ver·si·ty [ədˈvɝsətɪ; ədˈvɜːsətɪ] n. (pl. -ties) U 逆境；C (各種的)災難. Prosperity makes friends, adversity tries them. 《諺》榮華引友來, 患難見真情. ⟹ adj. **adverse**.

ad·vert [ədˈvɝt, æd-; ˈædvɜːt] n. 《英、口》 =advertisement.

‡**ad·ver·tise** [ˈædvɚˌtaɪz, ˌædvɚˈtaɪz; ˈædvətaɪz] v. (-tis·es [~ɪz; ~ɪz]; ~d [~d; ~d]; -tis·ing) vt. (以報紙, 傳單, 電視等)廣告, 宣傳；公告；句型3 (advertise that 子句)做…廣告, 宣傳. They advertised (that) they had) a house for sale. 他們登出(他們有)房屋出售的廣告/advertise the time of arrival 公告到達時間.
— vi. 做廣告. The institution advertised on TV for volunteers. 該協會在電視上做廣告徵求義工.
⟹ n. **advertisement**.

‡**ad·ver·tise·ment** [ˌædvɚˈtaɪzmənt, ədˈvɜːtɪsmənt; ədˈvɜːtɪsmənt] n. (pl. ~s [~s; ~s]) UC 廣告, 宣傳；公告；(★《口》中時常簡寫成 ad；略作 adv.). She put an advertisement for a domestic help in the paper. 她在報紙上刊登徵求家庭幫傭的廣告/an advertisement column 廣告欄.
⟹ v. **advertise**.

ad·ver·tis·er [ˈædvɚˌtaɪzɚ, ˌædvɚˈtaɪzɚ; ˈædvətaɪzə(r)] n. C 刊登廣告者.

ad·ver·tis·ing [ˈædvɚˌtaɪzɪŋ; ˈædvətaɪzɪŋ] v. advertise 的現在分詞、動名詞. — U 廣告(業).

ádvertising ágency n. C 廣告代理商[業者].

‡**ad·vice** [ədˈvaɪs; ədˈvaɪs] n. (pl. -vic·es [~ɪz; ~ɪz]) (★注意重音位置) **1** U 忠告, 意見, 勸告, (→counsel 同). Let me give you a bit [piece, word] of advice. 讓我給你一點[一個]忠告 (語法「一個意見」不說 an advice)/You should ask your father for his advice and follow it. 你應該問問你父親的意見並且照他的意思去做/On [Against] the doctor's advice I sometimes play golf. 我依照[不管]醫生的勸告, 有時去打高爾夫球/take medical [legal] advice 接受醫生[律師]的意見/He gave me some good advice about entering that college. 他給了我一些進入那所大學的好意見.

[搭配] adj.+advice: bad ~ (不好的意見), sensible ~ (明智的勸告), sound ~ (正確的忠告) // v.+advice: ignore ~ (無視忠告), offer ~ (給與忠告), seek ~ (徵詢意見).
2 UC 《公務、商業等的》通知(單). ⟹ v. **advise**.

ad·vis·a·bil·i·ty [ədˌvaɪzəˈbɪlətɪ, ədˌvaɪzəˈbɪlətɪ] n. U 可取之處, 得當；(策略等的)適當與否.

ad·vis·a·ble [ədˈvaɪzəbḷ; ədˈvaɪzəbl] adj. 《敘述》可勸告的；適當的；可取的, 明智的. It is advisable for him to go. 對他來說去是上策.
⟹ v. **advise**.

‡**ad·vise** [ədˈvaɪz; ədˈvaɪz] v. (-vis·es [~ɪz; ~ɪz]; ~d [~d; ~d]; -vis·ing) vt. 〖促使注意重要事物〗 **1** (a) 忠告, 勸告. Doctors advise us on our health. 醫生勸告我們要注意健康/I advised him against smoking. 我勸他別再抽菸了. (b) 句型5 (advise A to do), 句型4 (advise A that 子句) 忠告A做…[忠告A某事]. I advised him to take a rest. = I advised him that he (should) take a rest. 我勸他要休息. 語法 直接敘述法中的 had better 在間接敘述法中可用 advise 表示. I said to him, "You had better take a rest." = I advised him to take a rest. (c) 句型4 (advise A wh 子句、片語) 對A提出該怎樣做的意見. Please advise me what to do. 請告訴我該做什麼 (語法 在 what 子句前常有 about). **2** 勸告, 忠告；句型3 (advise that 子句/doing) 勸告(某事)/勸告做…. advise secrecy 勸告(某人)保密/I advised that he (should) take a rest. = I advised his taking a rest. = I advised him to take a rest. (語法 通常都使用不定詞；→ 1 (b)). **3** 《文章》(a) 通知(of) 《商業文書中常用》. We wish to advise you of the following price reductions. 謹向您奉告下列減價情況. (b) 句型4 (advise A that 子句[wh 子句]) 通知A某事.
— vi. **1** 忠告, 勸告(on). **2** 《美》商量(with). ⟹ n. **advice**.
be wèll [íll] advísed to dó …是明智[不智]的.
[字源] VIS「看」: ad·vise, revise (校訂, 復習), vision (視力), visit (訪問).

ad·vis·ed·ly [ədˈvaɪzɪdlɪ; ədˈvaɪzɪdlɪ] (★注意發音) adv. 經過深思熟慮地；存心地, 故意地.

ad·vis·er [ədˈvaɪzɚ; ədˈvaɪzə(r)] n. C 忠告者；顧問；(美大學)指導教授, 導師. Her brother was an adviser to the President himself. 她哥哥是總統的顧問之一.

ad·vis·ing [ədˈvaɪzɪŋ; ədˈvaɪzɪŋ] v. advise 的現在分詞、動名詞.

ad·vi·sor [ədˈvaɪzɚ; ədˈvaɪzə(r)] n. =adviser.

ad·vi·so·ry [ədˈvaɪzərɪ; ədˈvaɪzərɪ] adj. 諮詢的；勸告的, 忠告的；顧問的. an advisory board [committee] 諮詢委員會.

ad·vo·ca·cy [ˈædvəkəsɪ; ˈædvəkəsɪ] n. U (主義, 見解等的)辯護, 支持, 擁護；主張.
⟹ v. **advocate**.

*ad·vo·cate [`ædvəkıt, -,ket; 'ædvəkət] n. (pl. ~s [~s; ~s]) © 1 主張者; 擁護者, 支持者. an advocate of peace 和平的倡導者.
2 《蘇格蘭》律師(barrister).
— [`ædvə,ket; 'ædvəkeɪt] vt. 支持, 辯護; 主張.

adz, adze [ædz; ædz] n. © 手斧, 斧.

Æ, æ [i; i:] A 和 E [a 和 e]的合字(也作Ae, ae; Æsop=Aesop, Cæsar=Caesar).

Ae·ge·an Sea [i`dʒiən`si, i:,dʒi:ən'si:] n. (加 the) 愛琴海(地中海的一部分, 位於希臘和土耳其之間, 島嶼眾多, 景色優美; 亦 a Balkan 之稱).

ae·gis [`idʒıs; 'i:dʒıs] n. Ü 《雅》保護; 支持. under the aegis of... 在…的保護[支持]下.

Ae·ne·as [ı`niəs, i-; i:'ni:æs] n. 伊尼亞斯(Troy 的王子; 傳說他在 Troy 戰爭失敗後, 遍歷各地直到羅馬建立國家為止; Virgil 所作的 Aeneid《伊尼亞德》便是歌頌這位英雄流浪事蹟的歷史詩〔敘事詩〕).

ae·on [`iən, `iɑn; 'i:ɒn] n. © 無限長的時期; 永久.

aer·ate [`eə,ret; 'eɪəreɪt] vt. 1 使通風; 供給(血液)氧氣.
2 《為了製造蘇打水等》將二氧化碳加入(水, 液體)中. aerated water 《英》汽水(soda water).

aer·a·tion [eə`reʃən; eɪə'reɪʃn] n. Ü 通氣.

aer·i·al [e`ırıəl, `ɛrıəl, `ærıəl; 'eərɪəl] adj. (限定)
1 空氣的, 大氣的; 氣體的. aerial currents 氣流.
2 空中的; 航空的. an aerial railway 空中纜車. 高架鐵道/an aerial photograph 空中照相/aerial bombardment 空中轟炸.
3 高聳在空中的; 在空中生長的. aerial spires 高聳入雲霄的尖塔.
— n. © 天線(《美》antenna).

aer·ie [`ɛrı, `ærı, `ırı; 'eərı] n. © 《駕等猛禽築於高處的》巢.

aero- 《構成複合字》有「空氣; 空中; 航空」之意. aerodynamics. aeronautics. ★《美》另可拼作 air-; aeroplane = airplane.

aer·o·bat·ics [,ɛrə`bætıks, ,eərəʊ'bætıks] n. 《單複數同形》特技飛行(技術).

aer·o·bics [,ɛə`robıks, ɛ`robıks; eə'rəʊbıks] n. Ü 有氧運動.

aer·o·drome [`ɛrə,drom, `ærə-; 'eərədrəʊm] n. © 《英》機場(airfield).

aer·o·dy·nam·ics [,ɛrodaɪ`næmıks, ,æro-, ,eəro-; ,eərəʊdaɪ'næmıks] n. 《作單數》空氣〔氣體〕動力學.

aer·o·gram [`ɛrə,græm; 'eərəʊgræm] n. ©
1 航空郵件(air letter). 2 無線電報.

aer·o·nau·tic, aer·o·nau·ti·cal [,ɛrə`nɔtık, ,ærə-; ,eərə'nɔːtık], [-tık], [-tıkl] adj. 航空器設計製造學的; 航空導航理論與實務的.

aer·o·nau·tics [,ɛrə`nɔtıks, ,ærə-;

[aerie]

,eərə'nɔːtıks] n. 《作單數》航空器設計製造學; 航空導航理論與實務.

‡aer·o·plane [`ɛrə,plen, `ærə-; 'eərəpleɪn] n. (pl. ~s [~z; ~z]) © 《英》飛機(《美》airplane).

aer·o·sol [`ɛrə,sɑl; 'eərəsɒl] n. 1 Ü 《化學》霧劑. 2 © 《殺蟲劑, 油漆等的》噴霧器.

aer·o·space [`ɛro,spes; 'eərəʊspeɪs] n. Ü 航空宇宙(大氣層和太空的合稱).

Ae·sop, Æ·sop [`isəp, `isɑp; 'i:sɒp] n. 伊索(約 620-560 B.C.)《古希臘的寓言作家; 公認為 Aesop's Fables 的作者).

aes·thete [`ɛsθit; 'i:sθi:t] n. © 唯美主義者; 具審美觀的人.

aes·thet·ic [ɛs`θɛtık; i:s'θetık] adj. 美的; 美學的; 具審美觀的.

aes·thet·i·cal·ly [ɛs`θɛtıklı, -ıklı; i:s'θetıkəlı] adv. 美學上地; 從美感角度而言.

aes·thet·ics [ɛs`θɛtıks; i:s'θetıks] n. 《作單數》美學.

ae·ther [`iθə; 'i:θə(r)] n. = ether.

a·far [ə`far; ə'fɑ:(r)] adv. 《詩》遙遠地(far). afar off 在遠方/from afar 從遠方.

af·fa·bil·i·ty [,æfə`bılətı; ,æfə'bılətı] n. Ü 和藹可親, 平易近人.

af·fa·ble [`æfbl; 'æfəbl] adj. 和藹的, 易接近的; 《對下屬等》客氣的.

af·fa·bly [`æfblı; 'æfəblı] adv. 和藹地, 客氣地.

‡af·fair [ə`fɛr, ə`fær; ə'feə(r)] n. (pl. ~s [~z; ~z]) © 1 事情; 關心的事. a personal [private] affair 私事/That's no affair of yours. 少管閒事(<那不關你的事).
2 (affairs)事務, 公事; 商務; 事態. The President is busy with affairs of state. 總統忙於國事/He put his affairs in order. 他處理好自己身邊(關於工作, 經濟問題等)的事.
[搭配] adj.+affair: economic ~s (經濟事務), international ~s (國際事務), national ~s (國家事務), political ~s (政治事件) // v.+affair: administer ~s (管理事務), conduct ~s (執行事務).
3 發生的事, 事件. It was a strange [terrible] affair. 那是件奇怪的[可怕的]事件.
4 韻事, 戀情, (love affair). have an affair with 與…談戀愛.
5 《口》東西, 物品. Her gown was a cheap affair. 她的晚禮服是件廉價商品.

‡af·fect [ə`fɛkt; ə'fekt] vt. (~s [~s; ~s]; ~ed [~ıd; ~ıd]; ~ing [~ıŋ; ~ıŋ]) 【影響】 1 影響; 受(疾病)侵襲, 損害(身體). His unhappy childhood affected his outlook on life. 他不幸的童年影響了他的人生觀/Smoking has affected his lungs. 吸菸損害了他的肺部.
2 【影響內心】使感動, 使動心。I was deeply

affected when I heard of his death. 當我聽到他的
噩耗時, 我深感悲痛/He was not *affected* by her
pleas. 他沒有被她的哀求打動. ⇨ *n.* **affection**.

af·fect² [ə`fɛkt; ə`fekt] *vt.* 《文章》 **1** 裝作…;
句型3 (affect *to* do)假裝在做…; (pretend)
affect indifference 裝作漠不關心/He *affects* igno-
rance [not *to* know]. 他假裝不知情.
2 (常表輕蔑)想用, 喜好. *affect* loud neckties 喜
歡打鮮豔的領帶. ⇨ *n.* **affectation**.

af·fec·ta·tion [͵æfɪk`teʃən, ͵æfɛk-;
͵æfek`teɪʃn] *n.* [UC] **1** 佯裝, 矯飾, 裝模作樣.
without *affectation* 不矯飾地, 坦率地 / They
laughed at the *affectations* in his speech. 他們笑
他說話腔作勢.
2 佯裝, 做作, 《of》. an *affectation* of interest
佯裝有興趣的樣子. ⇨ *v.* **affect²**.

af·fect·ed¹ [ə`fɛktɪd; ə`fektɪd] *adj.* **1** 受影響
的; 受(疾病等)侵襲的. an *affected* part 患部.
2 感動的; 抱持…心情的. well-[ill-]*affected* 懷好
意[惡意]. ⇨ *v.* **affect¹**. ↔ **unaffected¹**.

af·fect·ed² [ə`fɛktɪd; ə`fektɪd] *adj.* 裝腔作勢
的, 矯飾的, 不自然的; 騙人的. *affected* manners
矯飾的態度. ⇨ *v.* **affect²**. ↔ **unaffected²**.

af·fect·ed·ly [ə`fɛktɪdlɪ; ə`fektɪdlɪ] *adv.* 裝腔
作勢地, 矯飾地.

af·fect·ing [ə`fɛktɪŋ; ə`fektɪŋ] *adj.* 令人感動
的, 動人的; 可憐的, 令人憐憫的.

*** af·fec·tion** [ə`fɛkʃən; ə`fekʃn] *n.* (*pl.* ~s [~z;
~z]) 【影響】 **1** 【對心靈的影響】 [UC] (常 affec-
tions)愛, 好感. a mother's *affection* for
[toward] her children 母親對子女的愛/Bob tried
hard to gain [win] Ann's *affections*. 鮑伯努力要
贏得安的好感. 回 affection 通常並非指如 love 般
激烈的愛情, 而是溫和, 持之以恆的愛.
┃字彙┃ *adj.*+affection: deep ~ (深刻的愛),
┃ great ~ (偉大的愛), strong ~ (強烈的愛) //
┃ *v.*+affection: feel ~ (感受愛意), show ~ (示
┃ 愛).
2 【對身體的影響】 [C]患病, 疾病, (disease). an
affection of the liver 肝病. ⇨ *v.* **affect¹**.

*** af·fec·tion·ate** [ə`fɛkʃənɪt; ə`fekʃnət] *adj.*
1 〔人〕深情的, 〔母親, 姊姊等〕溫柔的. an *affec-
tionate* wife 溫柔的妻子/Mary is especially *affec-
tionate* to her youngest child. 瑪莉對她的幼子格
外溫柔.
2 〔言行〕深情款款的. in an *affectionate* manner
用深情款款的態度. ⇨ *n.* **affection**.

af·fec·tion·ate·ly [ə`fɛkʃənɪtlɪ; ə`fekʃnətlɪ]
adv. 深情地; 親切地. I don't love her, but I think
of her *affectionately*. 我不愛她, 但我對她頗有好感.
Yours affectionately, = *Affectionately yours,*
你摯愛的…上《用於近親(如兄弟姊妹等)間的書信結
尾語》.

af·fi·da·vit [͵æfə`devɪt; ͵æfɪ`deɪvɪt] *n.* [C]《法
律》口供書, 宣誓書, (具有作為證據的法律效力).

af·fil·i·ate [ə`fɪlɪ͵et; ə`fɪlɪeɪt] *vt.* 使(個人, 團
體)加入; 合併, 聯合, 《to, with》. Our union is
affiliated with a national organization. 我們的工
會已加入全國組織/steel and *affiliated* industries
鋼鐵及其相關產業.
── *vi.* 相關連;聯合, 合作, 《with》;加入《with》.

af·fil·i·a·tion [ə͵fɪlɪ`eʃən; ə͵fɪlɪ`eɪʃn] *n.*
[UC]加入, 加盟; 聯合, 合作.

af·fin·i·ty [ə`fɪnətɪ; ə`fɪnətɪ] *n.* (*pl.* -**ties**) [UC]
1 姻親(關係); 親戚關係.
2 (構造上的)類似; 親近性, 密切的關係; 《between
與…之間; with 與…的》.
3 吸引力; (因類似而產生的)親切感, 愛好. They
have a strange *affinity* for each other. 他們彼此
間有份奇妙的好感.

*** af·firm** [ə`fɝm; ə`fɜːm] *vt.* (~s [~z; ~z]; ~ed
[~d; ~d]; ~ing)肯定, 斷言, 確認; 句型3
(affirm *that* 子句)肯定…. I *affirmed* his inno-
cence. = I *affirmed* that he was innocent. 我肯
定他是清白的. ↔ **deny**.
┃字源┃ FIRM「堅實的」: af*firm*, con*firm* (硬的), con-
firm (證實), in*firm* (體弱的).

af·fir·ma·tion [͵æfɚ`meʃən; ͵æfə`meɪʃn] *n.*
[UC]斷言; 肯定(↔ negation); 確認.

af·firm·a·tive [ə`fɝmətɪv; ə`fɜːmətɪv] *adj.*
斷定的; 肯定的(↔negative); 贊成的. an *affirm-
ative* sentence 肯定句/*affirmative* votes 贊成票/
We are on the *affirmative* side. (討論等)我們站在
贊成的一方.
── *n.* [C]斷言, 斷定; 肯定之言詞.
in the affirmative (回答等)表示肯定的, 贊成的
(↔ in the negative). The answer was *in the
affirmative*. 答案是肯定的.

affīrmative áction *n.* [U] (美國的)反歧
視行動(針對女性及少數民族為訴求對象).

af·firm·a·tive·ly [ə`fɝmətɪvlɪ; ə`fɜːmətɪvlɪ]
adv. 斷定地, 肯定地.

af·fix [ə`fɪks; ə`fɪks] *vt.* **1** 添上; 貼上《郵票等》.
affix a stamp *to* the ˋletter 把郵票貼在信封上/
affix a poster *to* a wall 把海報貼在牆上.
2 附上《簽名等》, 蓋《章》, 《to》.
── [`æfɪks; `æfɪks] *n.* [C] **1** 附加物, 附件.
── **2** 《文法》詞綴(指詞首(prefix), 詞尾(suffix)等).

*** af·flict** [ə`flɪkt; ə`flɪkt] *vt.* (~s [~s; ~s]; ~ed
[~ɪd; ~ɪd]; ~ing)使苦惱, 折磨, (通常用被動語
態). My grandmother is *afflicted* with rheuma-
tism. 我的祖母為風濕症所苦.
┃字源┃ FLICT「打」: af*flict*, con*flict* (爭執), in*flict*
(強制).

af·flic·tion [ə`flɪkʃən; ə`flɪkʃn] *n.* **1** [U]苦惱;
災難, 不幸. suffer from the *affliction* of war 遭
受戰禍之苦.
2 [C]不幸的事件, 痛苦的根源. the *afflictions* of
old age 老年的病痛(視力衰弱, 重聽等).

af·flu·ence [`æfluəns, -flɪʊ-; `æfluəns] *n.* [U]
1 豐富, 大量. **2** 富裕. live in *affluence* 生活富裕.

af·flu·ent [`æfluənt, -flɪʊ-; `æfluənt] *adj.* 豐富
的; 富裕的. the *affluent* society 富裕的社會.

‌af·ford [ə`ford, ə`fɔrd; ə`fɔ:d] vt. (~s [~z; ~z]; ~ed [~ɪd; ~ɪd]; ~ing) 1 《經濟上，時間上》負擔得起; 句型3 (afford to do) 有做…的能力. I cannot afford the time. 我安排不出時間/I can't afford (to) buy a new car. 我買不起新車/We can't afford to lose a minute. 我們一分鐘也浪費不起. 語法 afford 通常多與 can 或 be able to 連用. 2 《文章》給與, 提供, 供給; 出產〔農產品等〕. These trees afford good fruit. 這些樹結出好的果實.

af·for·est [ə`fɔrɪst, ə`far-; æ`fɔrɪst] vt. 在〔土地〕上植樹造林.

af·for·est·a·tion [ə,fɔrəs`teʃən, ə,far-; æ,fɔrɪ`steɪʃən] n. U 造林.

af·fray [ə`fre; ə`freɪ] n. (pl. ~s) C (在公共場所等的)鬧事, 打架.

af·front [ə`frʌnt; ə`frʌnt] vt. 公然[故意]侮辱. feel affronted 感覺受辱.
— n. C (當面的)冒犯, 侮辱.

Af·ghan [`æfgən, -gæn; `æfgæn] adj. 阿富汗(人)的. — n. 1 C 阿富汗人. 2 U 阿富汗語.

Af·ghan·i·stan [æf`gænə,stæn, ,æfgænə`stæn; æf`gænɪstæn] n. 阿富汗《位於印度西北方的國家; 首都 Kabul》.

a·fi·cio·na·do [ə,fɪʃɪə`nado; ə,fɪsjə`nɑːdəʊ](西班牙語) n. (pl. ~s) C 狂熱的愛好者, 迷戀者.

a·field [ə`fild; ə`fiːld] adv. 向遠方; 離開, 遠去, (away); 在[向]田野. His talk rambled far afield. 他的談話離題太遠了.

a·fire [ə`faɪr; ə`faɪə(r)] adv., adj. 《敘述》1 燃燒著的(on fire). Who set the house afire? 誰放火燒房子? 2 激動地[的]; 熱中地[的].

a·flame [ə`flem; ə`fleɪm] adv., adj. 《敘述》1 燃燒著(的). The entire building was aflame. 整棟建築物被火焰吞沒了. 2 光輝地[的], 通紅地[的]. He was aflame with anger. 他氣得面紅耳赤.

AFL-CIO (略) American Federation of Labor and Congress of Industrial Organizations (美國勞工總會暨工業同會聯合會).

a·float [ə`flot; ə`fləʊt] adv., adj. 《敘述》1 (在水面, 空中)漂浮地[的]. The ship was afloat at last. (觸礁的)船終於浮起. 2 在海上(的); 在船上[艦上](的). life afloat 海上生活(◆ life ashore 陸上生活). 3 浸水地[的], 泡在水中地[的]. The whole basement was afloat. 整個地下室都浸在水中. 4 [謠言]散播開來地[的].
kéep...aflóat[1] 使…不沈下去; 使…免於負債[破產].
kéep [stày] aflóat[2] 繼續漂浮; 維持不舉債[破產]的情況. We only just manage to keep afloat on my husband's small salary. 我們僅靠我丈夫微薄的工資度日.

a·foot [ə`fut; ə`fʊt] adv., adj. 《敘述》進行中(的); 計畫中(的).

a·fore·men·tioned [ə`for`mɛnʃənd, ə`fɔr-; ə,fɔː`menʃənd] adj. 《文章》前述的, 上述的, 《特指

用於法律文書》.

a·fore·said [ə`for,sɛd, ə`fɔr-; ə`fɔːsed] adj. 《文章》上述的.

a·fore·thought [ə`for,θɔt, ə`fɔr-; ə`fɔːθɔːt] adj. 《法律》預謀的, 蓄意的. with malice aforethought 惡意預謀的《意圖有計畫地犯罪》.

a for·ti·o·ri [`e,fɔrʃɪ`oraɪ, -,fɔrʃɪ`ɔr-; `eɪ,fɔːtɪ`ɔːraɪ](拉丁語) adv. 進一步地, 更加, 《陳述更確實的結論時用》.

Afr. (略) Africa; African.

‌a·fraid [ə`fred; ə`freɪd] adj. 《敘述》害怕的, 恐懼的; 擔心的; (afraid of A/that 子句)害怕 A/害怕…事. I was very (much) afraid in the airplane. 我很怕坐飛機/I am afraid of thunder. 我怕打雷(回 I fear thunder. 為書面用語, 兩者意義相同; → fear)/I'm afraid of being late. 我擔心會遲到/Don't be afraid of making mistakes when you speak English. 說英語時不要怕講錯/I'm afraid for his life. 我擔心他的安危/We were afraid that we might hurt him. 我們擔心可能會傷了他的感情.
be afráid to dó 害怕而不敢[不能]…. The child was afraid to go into the cave. 那孩子不敢進入那個洞穴裡.
* *I am afráid* [原本「恐懼」的意義轉弱之後的用法]《口語用法, 後接子句時通常省略 that》(1)很遺憾, 很抱歉… 語法 具緩和語氣的效果). I'm afraid I don't know. (很抱歉)我不知道/You are wrong, I'm afraid. 很遺憾, 你錯了/"Will you be able to come?" "I'm afraid not." (= "I'm afraid I will not be able to come.")/「你能來嗎?」「恐怕不行」/"Must you really go?" "I'm afraid so." 「你真的非去不可嗎?」「恐怕是的.」語法(口)可如上舉二例般省略. (2)我想…《 語法 設想所講的事會令人不愉快時使用(◆ I hope)》. I'm afraid it won't come. 我想他不會來了/I'm afraid it wouldn't do you any good. 我想這對你沒有任何好處.

───────────────────
● ──形容詞型 be ~ that 子句
I am afraid that he will not come tomorrow. 我怕他明天不會來.
Steve is very proud that his son was elected president of the student body. 史蒂夫對他的兒子被選為學生會會長感到十分驕傲.
此類的形容詞:

angry	anxious	ashamed
aware	certain	confident
delighted	disappointed	fearful
glad	happy	hopeful
ignorant	lucky	pleased
sorry	sure	thankful
unaware	willing	
───────────────────

a·fresh [ə`frɛʃ; ə`freʃ] adv. 重新, 再次.

*Af·ri·ca [ˈæfrɪkə; ˈæfrɪkə] *n.* 非洲(大陸)．

*Af·ri·can [ˈæfrɪkən; ˈæfrɪkən] *adj.* 非洲的; 非洲人的; 黑人的．
—— *n.* C 非洲人; 黑人．

Af·ri·can-A·mer·i·can [ˌæfrɪkən-əˈmɛrəkən; ˌæfrɪkən-əˈmerikən] *adj., n.* C 非洲裔美國人(的)(《美國的黑人); 為較 black 無爭議的名稱)．

Af·ri·kaans [ˌæfrɪˈkɑnz, -ˈkɑns; ˌæfrɪˈkɑːns] *n.* U 斐語(由荷蘭語發展而成的; 跟英語同屬南非共和國的官方語言)．

Af·ri·ka·ner [ˌæfrɪˈkɑnə; ˌæfrɪˈkɑːnə(r)] *n.* C 祖籍歐洲(特指荷蘭)的南非人(Boer)．

Af·ro [ˈæfro; ˈæfrəʊ] *n.* (*pl.* ~s) C 黑人型(的頭髮)(毛髮捲曲蓬鬆而圓的髮型)．

Afro- (構成複合字)為「非洲」之意．

Af·ro- A·mer·i·can [ˈæfroəˈmɛrəkən; ˌæfrəʊəˈmerikən] *adj., n.* C 非洲裔美國人(的)(《美國的黑人)．

[Afro]

AFS (略) American Field Service (促進高中交換學生的美國民間團體)．

aft [æft; ɑːft] *adv.* 在[向]船尾(→ ship 圖); 在[向](飛機的)尾部; (↔ fore)．

‡af·ter [ˈæftə; ˈɑːftə(r)] *adv.* (順序)在後, 隨後; (時間)之後; 後來; (→ behind 圖). soon *after* 不久以後/three months *after* 三個月後 (語法 *after* three months 比較普遍)/Tom came along with his dog following *after*. 湯姆一路走來, 他的狗跟在後頭．
—— *prep.* 【時間, 順序在後】**1** 在…之後; 比…更晚; 接下來; (↔ before; 涉及空間時, 一般使用 behind). Read *after* me. 跟著我唸/Close the door *after* you. 請隨手關門/I stared *after* him. 我凝望著他(離去時的背影)/the day *after* tomorrow 後天/*after* supper 晚餐後/*after* school 放學後/*after* the war 戰後/*after* that 從那以後; 接著/He got back *after* a few days. 幾天後他回來了(語法 有關未來時用 in: He will get back *in* a few days. 他數天內便會回來)/*After* swimming I felt cold. 游泳後我覺得冷．
2 (美)過了(某個時刻)(↔ of). ten (minutes) *after* five (o'clock) 五點十分(英)用 past)．
3 由於…; 儘管…(→片語 after all²…). We were tired out *after* our long walk. 走了好長一段路之後, 我們都筋疲力竭/*After* hearing what you have said, I shall be careful. 聽了你的話後, 我會當心的．
4 【接連地】(連接前後相同的字)一個接著一個地(注意 要省略冠詞). It snowed day *after* day. 雪一天又一天地下著/time *after* time 一次又一次/

year *after* year 一年又一年/Leaf *after* leaf has fallen to the ground. 樹葉一片接一片地落到地上．
5 【順序在後】(重要性, 困難等)次於…. I wonder who is the greatest poet *after* Shakespeare. 我想[不知道]除了莎士比亞之外, 最偉大的詩人會是誰/He is the most powerful man in the country *after* the king. 他是該國僅次於國王最有權力的人．
【追蹤】**6** 追求, 尋求. run *after* her 追求她/Everybody seeks *after* happiness. 每一個人都在追求幸福/The police are *after* me. 警察在追捕我/Her suitors were all *after* her money. 她的追求者全都是為了她的錢．
7 【追求他人的利益＞擔心】關於…. They asked [inquired] *after* you. 他們打聽你的消息/I had to look *after* the children. 我必須照顧孩子．
8 【模仿】依照…, 仿照. This picture is *after* (the style of) Renoir. 這幅畫是仿雷諾瓦(的風格的)/He was named Roy *after* his grandfather. 他以祖父的名字「羅伊」為名．

* ***after áll***[1] (1)(一般置於句尾)(與猜想等相反)結果, 終於, 到底, (→ finally 回). I'm sorry I can't attend the meeting *after* all. 很抱歉, 我還是沒辦法參加這項會議/You were correct *after* all. 你終究是對的. (2)(一般置於句首)終究, 畢竟. Mary has failed again. *After* all she is still young. 瑪莉又失敗了, 她畢竟還太年輕．
after áll[2]… (後接名詞或修飾子句)儘管…; 畢竟…. *After* all his trouble he has gained nothing. 儘管他費盡千辛萬苦, 仍一無所得/*After* all she's done for me, I couldn't very well refuse. 畢竟她為我做了這麼多, 我實在無法拒絕．
After yóu, please). (請)您先走(用於出入房間, 上下車輛等時)．

* ***òne(…)after anóther [the óther]*** 一個接著一個; 陸續. He read one book *after* another. 他讀了一本又一本的書/He lost his parents one *after* the other. 他的雙親相繼去世．
the Mònday [wèek, yèar, etc.] after néxt 下下星期一[下下週, 後年等]．

[After you.]

—— *conj.* **1** 在…之後. I'll see him *after* I come back. 我回來後會再去看他/He went to bed *after* he (had) finished his homework. 他做完家庭作業後便去睡覺．
2 在做了…之後; 由於做了…. *After* I said such a thing to my boss, I am certain to lose my job. 在我對老闆講了那些話以後, 我肯定會丟掉我的工作．
—— *adj.* (限定)後來的, 以後的. in *after* years 在往後的幾年裡. 語法 常用於構成複合字: *after*care, *after*life.

af·ter·birth [ˈæftə,bɝθ; ˈɑːftəbɜːθ] *n.* U C

胞衣.

af·ter·care [ˋæftɚ͵kɛr; ˈɑːftəkeə(r)] n. U
1 病後﹝產後﹞的調養. **2** (出獄者的)更生輔導.

af·ter-din·ner [ˋæftɚˋdɪnɚ; ˈɑːftəˈdɪnə(r)] adj. 正餐後的. an after-dinner speech 餐後演說.

af·ter-ef·fect [ˋæftərə͵fɛkt; ˈɑːftərɪˌfekt] n. UC (事件等的)影響, 餘波; 《醫學》(藥物等的)副作用, 後效.

af·ter·glow [ˋæftɚ͵glo; ˈɑːftəgləʊ] n. U
1 夕陽, 晚霞. **2** (過去光榮等的)美好回憶.

af·ter·life [ˋæftɚ͵laɪf; ˈɑːftəlaɪf] n. (pl. -lives [-͵laɪvz; -laɪvz]) C (通常用單數)來世, 下輩子; 餘生, 晚年.

af·ter·math [ˋæftɚ͵mæθ; ˈɑːftəmæθ] n. C (通常用單數)(戰爭, 災害等的)餘波, 影響. There was no electricity in the aftermath of the typhoon. 由於颱風的影響停電兩天.

‡**af·ter·noon** [͵æftɚˋnun; ͵ɑːftəˈnuːn] n. (pl. ~s [~z; ~z]) C **1** 下午(正午至日落). I am going to play tennis in the afternoon. 我打算下午打網球/Sam came to see me on the afternoon of the 20th [on Saturday afternoon]. 山姆20號下午﹝星期六下午﹞來看我. 語法 單指「午後的」介系詞用 in, 而像「在…號下午」這種表示特定日期的形容詞(片語)時用 on; 下舉二例則既不用 in 也不用 on. They leave for Paris this [tomorrow] afternoon. 他們今天﹝明天﹞下午要去巴黎/Little Johnny sleeps two hours every afternoon. 小強尼每天下午睡兩個小時.
2 (形容詞性)下午的. an afternoon nap 午睡.
3 (比喻)(人生等的)後半輩子, 晚年.
Good afternoon! → good 的片語.

àfternoon dréss n. C午後服(不如evening dress 那樣華麗、講究).

àfternoon téa n. C《主英》下午茶(下午4-5時左右; 常在此時邀請他人前來喝茶閒談).

af·ters [ˋæftɚz; ˈɑːftəz] n. (作複數)《英、口》正餐後的甜點(或水果).

af·ter·shock [ˋæftɚ͵ʃɑk; ˈɑːftəˌʃɒk] n. C
1 餘震. **2** =aftermath.

af·ter·taste [ˋæftɚ͵test; ˈɑːftəteɪst] n. C餘味. leave a nasty aftertaste 留下不佳的餘味.

af·ter·thought [ˋæftɚ͵θɔt; ˈɑːftəθɔːt] n. C事後的回想, 後後的反省; (事後想到的)補充.

af·ter·ward [ˋæftɚwəd; ˈɑːftəwəd] adv. 《美》=afterwards.

‡**af·ter·wards** [ˋæftɚwədz; ˈɑːftəwədz] adv. 以後, 之後. We saw the film and afterwards had dinner together. 我們看了電影, 然後一起用餐.

Ag 《符號》argentum(銀)(拉丁語=silver).

‡**a·gain** [əˋgɛn; əˈgen] adv. 【又】 **1** 再一次, 再, 又, (once more). Please say it again. 請再說一遍/I won't do it again. 我不會再這樣做了/Won't you come again? 請再次光臨(送客等時說).

2【另外又】又, 再者; 另一方面. Again, there is another side to the story. 再者, 這件事還有另外一面/He might lend you the money, and then again he might not. 他可能借錢給你, 然而也可能不借.
【回到原處】 **3** 回到原處, 返回; 恢復原狀; (★表示此意時重音弱化). He was [came] home again within an hour. 他一小時內回到了家/She got well again. 她痊癒了/get the money back again 把錢又要回來了.
4(還原)回答, 回應, (back). She answered me again. 她回我嘴/echo [ring] again 回響, 回音.
* *agáin and agáin* 一次又一次, 反覆. Grandma tells the same story again and again. 祖母一遍又一遍地說著同樣的事.
(àll) over agáin → over adv. 的片語.
as mùch [màny, làrge, etc.] (A) agáin (as...) (比…)多[大]一倍的數量[數目, 大小等](的A)(twice as much [many, large, etc.] (as...)). Tom has as many suits again as I have. 湯姆擁有的西裝比我有的多一倍/I stayed in London for a month and in Paris for as long again. 我在倫敦停留一個月, 在巴黎停留二個月.
be onesèlf agáin 恢復原狀; 病癒.
hàlf as mùch [màny, làrge, etc.] (A) agáin (as...) (為…)一倍半的數量[數目, 大小等](的A). The deluxe model will cost half as much again as the ordinary one. 豪華型的價格是普通型的1.5倍/He made $1,000 the first night and half as much again the next. 他第一晚賺了一千美元, 隔夜再賺了前晚一倍半的錢.
* *ònce agáin* 再一次(once more).

‡**a·gainst** [əˋgɛnst; əˈgenst] prep. 【逆】 **1** 對著…, 面對…; 正對…; (用於比賽等)把…當做對手; 撞到, sail against the wind 逆風航行/our next game against the Giants 我們與巨人隊的下一場比賽/The ship ran against the rocks. 這艘船撞到岩石/The rain is beating against the window. 雨點正拍打著窗戶.
2 反對; 反抗; 不贊成…(↔ for, in favor of...); 違反…. I am against the plan. 我反對這個計畫/It's against the rules. 那是違反規則的/It goes against my conscience to accept a bribe. 收受賄賂會違背我的良心/The majority of the committee voted against the bill. 多數委員投票反對此項議案.
3(與利益相抵)對…不利. There was no evidence against him. 沒有任何證據對他不利.
4(與威脅相抗)預防…; 以防…. have a shot against influenza 注射流行性感冒的預防針/She warned me against pickpockets. 她提醒我要當心扒手/The blinds were drawn against the sun. 百葉窗被放了下來以遮蔽陽光.
【互相對抗】 **5** 靠著…, 靠在…; 倚靠…. lean against the door 倚在門上/He was standing with

his back *against* the wall. 他背靠牆站著/Please place the ladder *against* the wall. 請把這梯子靠在牆壁上/push back a table *against* the wall 把桌子推到牆邊.

6 【對比】以⋯為背景; 跟⋯對比, 對照. The mountain looked beautiful *against* the evening sky. 黃昏的天空將那座山襯托得很美/the contrast of red *against* white 紅與白的對比.

Ag·a·mem·non [ˌægəˈmɛmnən, -nɑn; ˌægəˈmemnən] *n*. (希臘神話)亞格曼能(Troy戰爭時希臘軍的總指揮官).

a·gape [əˈgep, əˈgæp; əˈgeɪp] *adj.* 《敘述》(因驚訝而)張大(嘴巴)的.

ag·ate [ˈægɪt, ˈægət; ˈægət] *n*. ⓤ(礦物)瑪瑙 (6月的誕生石; → birthstone 表).

Ag·a·tha [ˈægəθə; ˈægəθə] *n*. 女子名.

✳age [edʒ; eɪdʒ] *n.* (*pl.* **ag·es** [~ɪz; ~ɪz]) 【年齡】 **1** ⓤⓒ年齡. What is her *age*? 她幾歲? (= How old is she?)/She is twenty years of *age*. 她20歲(=She is twenty years old.)/I graduated from college at the *age* of 22 [《口》 at *age* 22]. 我22歲時大學畢業/the *age* of the building 建築物(落成後)的年數/at your *age* 在你這樣的年紀/people of all *ages* 各年齡層的人/live to a great *age* 長壽/feel one's *age* (因疲倦等)感到歲月不饒人. 語法 以下三例也有(敘述)形容詞性的用法: I saw children your *age* [children of your *age*]. (我見到像你這樣年齡的孩子)/She was your *age* when she went to France to study. (她赴法留學時正是像你這樣的年紀)/You don't look your *age*. (你看起來不像這個年紀).

2 ⓤ成年(full age)(18歲或21歲). be of *age* 達到成年.

3 ⓤ老年, 高齡, (old age) (約從65歲開始; ◆ youth). He is weak with *age*. 他因年老而體弱. 【期間】 **4** ⓤ生命中的一個時期; 壽命. middle [old] *age* 中[老]年/The *age* of a dog is from ten to twelve years. 狗的壽命為10年至12年.

5 ⓒ(歷史上的)時代, 時期, (→ era 同); (*ages*)個[幾個]時代的人. the *age* of Shakespeare 莎士比亞的時代/the Iron *Age* 鐵器時代/the Middle *Ages* 中世紀/future *ages* 後世的人.

6 ⓒ《口》(常 *ages*)長時間. *ages* ago 很久很久以前/I haven't seen you *for ages* [an *age*]. 我很久沒見到你了.

àct one's **áge** 舉止與年齡相稱.

còme of **áge** 成年; (文化等)成熟.

*✳ **for** one's **áge** 從年齡看來. She looks young *for* her *age*. 她看起來比實際年齡年輕.

of an áge (with...) (跟⋯)同齡.

over [**under**] **áge** 成年[一定年齡]以上[以下]的; 年齡超過[不足]的. I can't take you into the pub, Bob—you're *under age*. 鮑伯, 我不能帶你進酒吧, 因為你還未成年.

—— *v.* (**ag·es**; ~**d**; **ag·ing, age·ing**) *vi.* 變老; 變

舊; 成熟.

—— *vt.* 使〔人〕變老, 使蒼老; 使成熟.

-age *suf.* 用來構成表示「行為, 狀態, 集合等」之意的名詞. marri*age*. bond*age*. vill*age*.

✳a·ged [ˈedʒɪd; ˈeɪdʒɪd] *adj.* **1** (★注意發音)年老的; 舊的. an *aged* man 老人/the *aged* (集合)老人們. 同 *aged* 不僅指 old, 還表示肉體上、精神上的衰弱.

2 [ˈedʒd; ˈeɪdʒd] (置於數詞之前) ⋯歲的. a girl *aged* ten (years) 10歲的女孩/He died *aged* 68. 他68歲時去世.

age-group [ˈedʒˌgrup; ˈeɪdʒgruːp] *n.* ⓒ (★用單數亦可用複數)同一年齡層(的人).

age·ing [ˈedʒɪŋ; ˈeɪdʒɪŋ] *n., adj.* =aging.

age·less [ˈedʒlɪs; ˈeɪdʒlɪs] *adj.* 不老的, 永不衰老的; 永遠的. *ageless* truth 永恆的真理.

áge lìmit *n.* ⓒ年齡限制; 退休年齡.

age·long [ˈedʒˈlɔŋ; ˈeɪdʒlɒŋ] *adj.* 持續很久的.

✳a·gen·cy [ˈedʒənsɪ; ˈeɪdʒənsɪ] *n.* (*pl.* **-cies** [~z; ~z]) **1** ⓤ 作用; 力量, 機能; 斡旋, 仲介. the *agency* of heat 熱的作用/the *agency* of Providence 神的力量[天意]/She got a job through [by] the *agency* of her friend. 她在朋友的幫助下找到了工作.

2 ⓒ代理商, 經銷處, (→ agent 1). an advertising *agency* 廣告公司/a detective *agency* 偵探社/a news *agency* 新聞通訊社/a travel *agency* 旅行社.

3 ⓒ(政府的)機構, 局. Government *agencies* 政府各部門/the Central Intelligence *Agency*(美國)中央情報局(CIA).

a·gen·da [əˈdʒɛndə; əˈdʒendə] *n.* (*pl.* ~, ~**s**) ⓒ會議事項, 議程(表). the first item on the *agenda* 議程上的第一個項目.

✳a·gent [ˈedʒənt; ˈeɪdʒənt] *n.* (*pl.* ~**s** [~s; ~s]) ⓒ **1** 代理人, 代理商; 經紀人; (★ agent 營業的地方為 agency). a general *agent* 總代理/a house *agent* 房屋仲介業者/a literary *agent* 著作經紀人.

2 (政府單位的)幹員, 間諜. a secret *agent* 秘密情報員.

3 (直接的)原因, 起因; 起某種作用的事物; 《文法》主事者. He was the *agent* of her grief. 他是她悲傷的原因/natural *agents* 自然力(風或雨等)/chemical *agents* 化學藥劑.

a·gent pro·vo·ca·teur [ˌæʒɑŋprɔˌvɑkəˈtɝ; ˈæʒɑ̃ːˌprɔ̀ːˌvɒkəˈtɜː(r)] (法語) *n.* ⓒ密探.

age-old [ˈedʒˈold; ˈeɪdʒˌəʊld] *adj.* 經年累月的, 歷經(幾個)世紀的.

ag·glom·er·ate [əˈglɑməˌret; əˈglɒməreɪt] *vt.* 使結塊; 使(無秩序地)聚結.

—— *vi.* 結塊; 聚結.

—— [-rɪt, -ˌret; -rət] *adj.* 凝固的, 凝聚的, 結塊的.

—— [-rɪt, -ˌret; -rət] *n.* ⓒ(地質學)凝塊岩.

ag·glom·er·a·tion [əˌglɑməˈreʃən; əˌglɒməˈreɪʃn] *n.* ⓤⓒ凝聚; 結塊; 聚結物.

ag·glu·ti·na·tion [əˌglutṇˈeʃən, -ˌglu-; əˌgluːtɪˈneɪʃn] *n.* ⓤ黏結, 膠合.

ag·gran·dize [`ægrən,daɪz, ə`græn-; ə`grændaɪz] vt. 擴大；使〔個人，國家等〕強大.

ag·gran·dize·ment [ə`grændɪzmənt; ə`grændɪzmənt] n. ⓤ強化，增大.

ag·gra·vate [`ægrə,vet; `ægrəveɪt] vt. **1** 使惡化. Her son's death *aggravated* her illness. 兒子的死使她病情更加惡化.

2 《口》激怒，使煩躁. Your whistling *aggravates* me. 你的口哨令我煩躁.

ag·gra·va·tion [,ægrə`veʃən; ,ægrə`veɪʃn] n. ⓤⓒ導致惡化的事[物]；《口》惱怒.

ag·gre·gate [`ægrɪ,get; `ægrɪgeɪt] 《文章》vt. **1** 聚集. **2** 達到…，總計達…. His income this year will *aggregate* $200,000. 他今年收入總計將達 20 萬美元.
— vi. 集合；達到.
— [-gɪt, -,get; -gət] adj. 聚集的；合計的，總計的.
— [-gɪt, -,get; -gət] n. ⓤⓒ集合；總數；集合體.
in the ággregate 整個來說；總計.

ag·gre·ga·tion [,ægrɪ`geʃən; ,ægrɪ`geɪʃn] n. ⓤ聚集；ⓒ集合體，集團.

ag·gres·sion [ə`grɛʃən; ə`greʃn] n. ⓤⓒ侵略，攻擊；侵犯. economic *aggression* 經濟侵略.

*****ag·gres·sive** [ə`grɛsɪv; ə`gresɪv] adj. **1** 攻擊性的，侵略性的，(offensive; ↔ defensive)；好鬥的. an *aggressive* war 侵略戰爭.

2 積極的，有幹勁的；蠻幹的. He is not *aggressive* enough to succeed in business. 他不夠積極，無法叱吒商場.

ag·gres·sive·ly [ə`grɛsɪvlɪ; ə`gresɪvlɪ] adv. 侵略性地，攻擊性地；積極地.

ag·gres·sive·ness [ə`grɛsɪvnɪs; ə`gresɪvnɪs] n. ⓤ攻擊性；積極性，衝勁.　　「國」.

ag·gres·sor [ə`grɛsɚ; ə`gresə(r)] n. ⓒ侵略者.

ag·grieved [ə`grivd; ə`griːvd] adj. 《文章》受虐待的；受委屈的；《法律》權利受到不法侵害的.

a·ghast [ə`gæst; ə`gɑːst] adj. 《敘述》嚇呆的，驚愕的，〔敏的，機敏的〕.

ag·ile [`ædʒəl, `ædʒɪl; `ædʒaɪl] adj. 敏捷的，靈〔敏的，機敏的〕.

ag·ile·ly [`ædʒɪlɪ, -dʒɪlɪ; `ædʒaɪllɪ] adv. 靈敏地，敏捷地.

a·gil·i·ty [ə`dʒɪlətɪ; ə`dʒɪlətɪ] n. ⓤ敏捷；靈敏.

ag·ing [`edʒɪŋ; `eɪdʒɪŋ] n. ⓤ衰老，老化，催老；熟化. She hasn't shown any sign of *aging*. 她全無老態.
— adj. 變老的；變舊的. Japan today is an *aging* society. 現今的日本是個高齡化社會.

*****ag·i·tate** [`ædʒə,tet; `ædʒɪteɪt] v. (~s [~s; ~s]; -tat·ed [~ɪd; ~ɪd]; -tat·ing [~ɪŋ; ~ɪŋ]) vt. **1** 擾亂，動搖，〔人心〕；使激動. She was very *agitated* at the news of her lover's death. 聽到情人死去的消息，她心亂如麻. **2** 攪動，攪拌，〔液體等〕. *agitate* the liquid 攪拌液體.
— vi. 煽動，鼓動. The leaders of the Union *agitated* for higher wages. 工會領袖鼓動要求提高工資.

ag·i·ta·tion [,ædʒə`teʃən; ,ædʒɪ`teɪʃn] n. **1** ⓤ(人心的)動搖；興奮. She was in a state of

agitation. 她處於興奮狀態. **2** ⓤ(液體等的)搖晃，攪拌. **3** ⓤⓒ鼓動，煽動.

ag·i·ta·tor [`ædʒə,tetɚ; `ædʒɪteɪtə(r)] n. ⓒ **1** (特指政治上的)煽動者，鼓動者.
2 攪拌器(攪拌用的工具).

a·glow [ə`glo; ə`gləʊ] adv., adj. 《敘述》燃燒著(的)；發紅地[的]；(因興奮，運動等而)感覺發熱地[的]. The sky was *aglow with* the setting sun. 天空被夕陽染紅了.

ag·nos·tic [æg`nɑstɪk; æg`nɒstɪk] 《哲學、神學》n. ⓒ不可知論者. — adj. 不可知論(者)的.

ag·nos·ti·cism [æg`nɑstə,sɪzəm; æg`nɒstɪsɪzəm] n. ⓤ《哲學、神學》不可知論(認為人類不能得知感覺經驗以外的事(如神的存在等)；與無神論(atheism)相異).

‡**a·go** [ə`go; ə`gəʊ] adv. (距今)…以前. Father came home about ten minutes *ago*. 父親約 10 分鐘前回家/My husband died long [a long time] *ago*. 我丈夫很久以前就去世了/long long *ago* 很久很久以前/not long *ago* 不久以前/two years *ago* today 兩年前的今天/How long *ago* was that? 那是多久前的事呢?/That was years *ago*. 那是好幾年前的(事)了/as long *ago* as 1919 早在 1919 年/several issues *ago* in this magazine 在這份雜誌的前幾期裡.

語法 (1) ago 可與過去式連用，但不可與完成式連用：I *have seen* him three days *ago*. 是錯的，應該是 I *saw* him three days *ago*. (我三天前見到他). (2)直接敘述法變為間接敘述法時，ago 通常改為 before，→ before ●.

a·gog [ə`gɑg; ə`gɒg] adv., adj. 《口》《敘述》(由於期待、興奮而)靜不下來地[的]，渴望地[的]，期待地[的]. They are *agog* to know what happened. 他們很想知道發生了甚麼事，靜不下來.

ag·o·nize [`ægə,naɪz; `ægənaɪz] vi. 痛苦，折騰，苦悶. — vt. 使痛苦，使煩悶. ⇔ n. agony.

ag·o·nized [`ægə,naɪzd; `ægənaɪzd] adj. 痛苦的〔表情，叫聲等〕.

ag·o·niz·ing [`ægə,naɪzɪŋ; `ægənaɪzɪŋ] adj. 引起煩悶的〔痛苦，創傷等〕.

ag·o·niz·ing·ly [`ægə,naɪzɪŋlɪ; `ægənaɪzɪŋlɪ] adv. 苦悶地；痛苦地.

*****ag·o·ny** [`ægənɪ; `ægənɪ] n. (pl. -nies [~z; ~z]) ⓤⓒ苦悶；極大的痛苦；(激動情緒的)極限. He is in *agony* with a toothache. 牙痛使他痛苦難忍/in an *agony* of regret [joy] 後悔[快樂]至極.

ágony còlumn n. ⓒ《英、口》(報紙，雜誌等為讀者解答各種疑難雜症的)私人問題專欄.

ag·o·ra·pho·bi·a [,ægərə`fobɪə; ,ægərə`fəʊbjə] n. ⓤ《心理》廣場恐懼症，恐曠症，(↔ claustrophobia).

a·grar·i·an [ə`grɛrɪən, ə`grer-; ə`greərɪən] adj. 土地的；農地的.

‡**a·gree** [ə`gri; ə`griː] v. (~s [~z; ~z]; ~d [~d; ~d]; ~·ing) vi. **1** (對議論等的結果毫

無異議地)同意(*to*)；贊成(*with*〔他人的意見〕)；承諾(*to* do)．I *agree*. 我贊成/He reluctantly *agreed to* my proposal. 他勉強同意我的提案/*agree to* the child's being sent to school 同意把小孩送到學校/I *agree with* what you say. 我同意你說的話/He has *agreed to* do the task. 他答應做那項工作．圖表「同意」之意中最普遍的用語；→ accede, acquiesce, assent, concur, consent.

圖配 agree＋*adv*.: ～ completely(完全同意)，～ entirely(完全同意)，～ strongly(強烈地贊成) // agree to＋*n*.: ～ to a condition(同意某一條件)，～ to a plan(同意某一計畫)，～ to a request(同意某一請求) // agree with＋*n*.: ～ with an idea(同意某一想法)，～ with an opinion(同意某一意見)，～ with a plan(同意某一計畫)，～ with a proposal(同意某一提案)．

2 (**a**)意見一致(*with* 與…; *about, as to, on* 關於…)(↔ differ)．I *agree with* you *on* that point. 我跟你對於那一點意見相同/We could not *agree* (*as to*) *when* we should start. 我們對於出發時間的意見不一致(圖法介系詞之後接 *wh* 子句、片語；介系詞(在此為 as to)省略時則被視爲 *vt.* 的用法)．

(**b**) (一致)決定(*on, upon*)；同意(*to* do)．We *agreed on* an early start. = We *agreed to* start early. 我們一致決定要早點出發．

3 相一致，前後不矛盾，(*with*)．Your story doesn't *agree with* his. 你的說法與他的不一致．

4 (文法)(人稱、性別、數量、格等)一致(*with*)．This verb doesn't *agree with* the subject in number. 這個動詞與主詞的單複數並不一致．

5 意氣相投，和睦相處，(*with* 〔人〕)．He and his wife do not *agree*. = He does not *agree with* his wife. 他和他的妻子感情不好．

6 (口)(食物，氣候等)適合…的體質(*with*)(通常用於否定句)．The wet climate did not *agree with* him. 潮濕的氣候不適合他．

— *vt.* **1** 句型3 (agree *that* 子句/*wh* 子句、片語)贊成…，意見一致．We *agreed* 〔It was *agreed*〕 that we should start early. 我們一致贊成應該早點出發(圖法同樣的意義也能以 We were *agreed that*.... 來表示)/I *agree with* him *that* she is right. 我同意他的看法，我也認爲她是對的．

2 句型3 (agree *that* 子句)承認…事情．I *agree that* I was careless. 我承認是自己不小心．

⇨ *n.* agreement. ↔ disagree.

*****a·gree·a·ble** [əˋɡrɪəb!; əˊɡrɪəbl] *adj.* **1** 愉快的，愜意的，(*to*)．That is most *agreeable* to the taste 〔the ear〕. 那是最美味〔悅耳〕的/His visit was an *agreeable* surprise. 他的來訪令人驚喜(嚇了一跳但非常開心)．

2 〔人，性質等〕懷有好感的，討人喜歡的．

3 (敘述)(口)欣然同意的(*to*)．Her parents are *agreeable* to the match. 她的雙親十分贊成這樁婚事/I'm quite *agreeable* (*to* the plan). 我十分贊成

(這項計畫)．↔ disagreeable.

a·gree·a·bly [əˋɡrɪəblɪ; əˊɡrɪəblɪ] *adv.* 欣然地，喜悅地．I am *agreeably* busy. 我忙得不亦樂乎．

***a·gree·ment** [əˋɡrimənt; əˊɡriːmənt] *n.* (*pl.* ~**s** [~s; ~s]) **1** C 協定，契約．You have broken our *agreement*. 你破壞了我們的協定．**2** U 一致，契合；同意，(↔ disagreement)．Our views are *in agreement with* theirs as to the essential points. 關於基本要項，我們和他們的意見一致/There is no *agreement* yet *about* how to approach the problem. 關於如何處理這個問題，尚未形成一致的意見．**3** U (文法)一致，呼應，(→ concord ◉)．⇨ *v.* agree.

còme to 〔*arrìve at, màke, rèach*〕 **an agrée ment** (*with*...) (與…)達成協議，締結協定．We *reached an agreement* that we should divide the profits equally. 我們達成協議將利益均分．

*****ag·ri·cul·tur·al** [͵æɡrɪˋkʌltʃərəl; ͵æɡrɪˋkʌltʃərəl] *adj.* 農業的；農藝的；農學的．*agricultural* products 農產品/an *agricultural* school 農業學校．

***ag·ri·cul·ture** [ˋæɡrɪ͵kʌltʃɚ; ˋæɡrɪkʌltʃə(r)] *n.* U 農業，農藝，農學(包括畜產，林業等)．He is engaged in *agriculture*. 他從事農業．

ag·ri·cul·tur·ist [͵æɡrɪˋkʌltʃərɪst; ͵æɡrɪˋkʌltʃərɪst] *n.* C 農民，農業經營者；農學家．

a·ground [əˋɡraʊnd; əˊɡraʊnd] *adv., adj.* (敘述)〔船在淺灘上〕擱淺地〔的〕，觸礁地〔的〕．run 〔go〕 *aground* (船)擱淺，觸礁．

[aground]

*****ah** [ɑ; ɑː] *interj.* 啊，是啊，噢．圖法(1)對前者的發言表示贊成而輕聲附和：*Ah*, yes. 啊，是的．(2)表現喜怒哀樂痛苦等感情：*Ah*, how beautiful! 噢，多麼美麗！(3)招呼他人時：*Ah*, John. Sit down. 啊，約翰，坐下來吧! (4)表示有些出乎意料：*Ah*, that's a good question. 哦，這問題提得好!

a·ha [əˋhɑ, ɑˋhɑ, ˋɑˋhɑ; ɑːˈhɑː] *interj.* 啊哈(表示歡喜、優越感、驚訝等)．

***a·head** [əˋhɛd; əˊhed] *adv.* **1** 在〔向〕(其他人或物的)前面，在〔向〕前頭，領先地；(↔ behind; → 片語 ahead of...)．drive *ahead* 往前開/Danger *ahead*! 前有危險!(告示)/Look straight *ahead*. 看正前方/How far *ahead* is he? 他在前方多遠處呢?

2 向未來；事先(in advance)．Let's look *ahead* to the next century. 我們要向前看到下一個世紀!/You had better phone *ahead* to let them know about it. 你最好事先用電話通知他們這件事情．

3 先行，優於，(↔ behind; → 片語 ahead of...)．Japan is well *ahead* in the car industry today. 日本目前在汽車工業上表現遙遙領先．

***ahéad of...** 在…之前；更進一步；勝過…．Ann sat two rows *ahead of* us. 安坐在我們前面兩排/begin one week *ahead of* schedule 較預定早一星

期開始/New York is three hours *ahead of* Los Angeles. 紐約的時間較洛杉磯早三個小時/He is *ahead of* me in English. 他的英語比我好/His thinking is far *ahead of* the times. 他的想法遠超過時代〔非常前衛〕.

* *gèt ahéad* 成功, 出人頭地. A university education is essential if you want to *get ahead* in life. 想要出人頭地就必須接受大學教育.

* *gò ahéad* 前進; 進步; 促進(*with*). We *went ahead* with the plan for the party. 我們推動舉辦舞會的計畫/*go ahead* of 走在⋯前面.
Gò ahéad! (1)去吧! 開始吧! (2)《口》請! 動手吧! 您先請! "May I use this telephone?" "*Go ahead!*"「我可以借用這電話嗎?」「請便!」

a·hem [ə`hɛm; əˈhem] *interj.* 哼, 啊哼, 嗯, 《使他人注意, 表示懷疑, 一時接不上話等時候用》.

a·hoy [ə`hɔɪ; əˈhɔi] *interj.* 《海事》喂! Ship *ahoy*! 喂, 船啊!

✳aid [ed; eid] *vt.* (~s [~z; ~z]; ~ed [~ɪd; ~ɪd]; ~·ing) **1** 幫助, 援助. They worked hard to *aid* the victims of the flood. 他們努力援助水患的受災者. 同 aid 比 help 的語氣正式, 特指在困難中伸出援手之意.
2 句型3 (aid A *in* doing)、句型5 (aid A *to* do) 幫助 A 做⋯. Fresh air *aided* him *in* recovering [*to* recover] from the illness. 新鮮空氣幫助他痊癒.   「犯」.
àid and abét 《法律》幫凶《在作案現場幫助主嫌
— *n.* (*pl.* ~s [~z; ~z]) **1** ⓤ 救助, 幫忙, 援助; (金錢, 物資等的)援助. The government has increased its financial *aid* to the developing nations. 政府增加對開發中國家的財政援助/They came to our *aid* when we were lost in the snow. 當我們在雪地中迷路時他們前來救援.

搭配 *adj.*+aid: economic ~ (經濟援助), military ~ (軍事援助) // *v.*+aid: ask for ~ (請求援助), provide ~ (提供援助), receive ~ (接受援助).

2 ⓒ 援助者; 輔助物; 輔助器具. Mr. Smith uses audiovisual *aids* in all his classes. 史密斯先生所有的課都使用視聽教材.
by the áid of... 由於⋯的幫助.
in áid of... 幫助⋯. They are raising funds *in aid* of the victims of the typhoon. 他們在募款以救助颱風受災者.
with [*without*] *the áid of...* 借助於[不借助於]⋯. We talked *without the aid of* an interpreter. 我們無需借助翻譯員交談.

aide [ed; eid] *n.* ⓒ 助手; 親信; 副官. an *aide* to the President 總統助理.

aide-de-camp [`eddə`kæmp; ˈeiddəˈkɑ:ŋ] (法語) *n.* (*pl.* **aides-** [`edz-; ˈeidz-]) ⓒ 《軍事》(將官的)副官.

AIDS [edz; eidz] *n.* ⓤ 《醫學》愛滋病《< *a*cquired *i*mmune [*immuno-*] *d*eficiency *syn*drome(後天免疫不全症候群); 因 HIV 而發病; 目前尚未發現特效藥》.

ail [el; eil] *vt.* 使苦惱, 使痛苦, (★《英》《古》; 通常

用於下列用法). What *ails* you? 甚麼事令你苦惱呢? — *vi.* 因病衰弱.

ai·le·ron [`elə͵rɑn; ˈeilərɔn] *n.* ⓒ (飛機的)副翼(→ airplane 圖).

ail·ment [`elmənt; ˈeilmənt] *n.* ⓒ 生病, (輕微, 慢性的)疾病.

✳aim [em; eim] *v.* (~s [~z; ~z]; ~ed [~d; ~d]; ~·ing) *vt.* **1** 把[槍等]瞄準; 針對, 對準, 〔評論, 努力等〕; 《at》. I *aimed* my gun at the target. 我用槍瞄準目標/His remark was *aimed* at you. 他的話是針對你而說的/He *aimed* all his efforts at winning the scholarship. 他竭盡全力想要獲得獎學金.   **2** 句型3 (aim *to* do)打算做⋯, 志在⋯. I *aim* to be a doctor when I grow up. 長大後我打算當醫生.
— *vi.* 瞄準; 以⋯為目標, 志在⋯; 《at, for》. What are you *aiming* at? 你的用意為何?/*Aim* for perfection. 追求完美/He *aims* at breaking the record. = He *aims* to break the record (→ *vt.* 2). 他志在破記錄.
— *n.* (*pl.* ~s [~z; ~z]) **1** ⓤ 對準, 瞄準. miss one's *aim* 未擊中目標/I took (good) *aim* at the bear. (我準確地)瞄準這隻熊.
2 ⓒ 靶; 目的, 意向. She has finally attained her *aim*(s). 她終於達到她的目的/What is your *aim* in life? 你的人生目標為何?/I went to language school with the *aim* of mastering Russian. 我進語言學校的目的是學好俄語.

搭配 *adj.*+aim: an immediate ~ (當前的目標), a long-term ~ (長期的目標), the main ~ (主要的目標), the ultimate ~ (最終的目標) // *v.*+aim: achieve one's ~ (達成目標), further one's ~ (增進目標).
without áim 無目標地, 漫無目的地.

✳aim·less [`emlɪs; ˈeimlis] *adj.* 無目的的.
aim·less·ly [`emlɪslɪ; ˈeimlisli] *adv.* 無目的地. He wandered *aimlessly* around the town. 他漫無目的地在城裡徘徊.
aim·less·ness [`emlɪsnɪs; ˈeimlisnis] *n.* ⓤ 沒有目的.

ain't [ent; eint] 《鄙》**1** am not 的縮寫(→ be ●). ★然而疑問句 ain't I? 為常用的口語形式.
2 are not, is not, have not, has not 的縮寫.

Ai·nu [`aɪnu; ˈainu:] *adj.* 愛奴人的; 愛奴語的.
— *n.* (*pl.* ~, ~s) ⓒ 愛奴人; ⓤ 愛奴語.

✳air [ɛr, ær; eə(r)] *n.* (*pl.* ~s [~z; ~z]) 〖空氣〗 **1** ⓤ 空氣. We cannot live without *air*. 沒有空氣我們便無法生存/Let in some fresh *air*. 讓新鮮空氣進來/Switzerland is famous for its pure *air*. 瑞士因空氣新鮮而聞名/live on *air* 生活毫無著落〔靠喝西北風度日〕.

搭配 *adj.*+air: clean ~ (新鮮的空氣), clear ~ (清淨的空氣), dirty ~ (污濁的空氣), polluted ~ (被污染的空氣) // *v.*+air: breathe (the) ~ (呼吸空氣), change the ~ (換換空氣).

2 (a) ⓤ(加濃)大氣；戶外的空氣；天空，空中．
high up in the *air* 在高空中/Birds fly in the *air*.
鳥兒在空中飛翔/The *air* feels cold this morning
──winter is approaching. 今天早晨戶外的空氣使人
覺得冷──冬天快到了．**(b)**《形容詞性》天空的，航
空的．*air* travel 航空旅行/*air* cargo 空運貨物．
【氣氛】**3** ⓒ樣子，態度：(airs)(特指女性)裝模
作樣的樣子．an *air* of importance 趾高氣揚的樣
子/with an *air* of disappointment 一副垂頭喪氣
的樣子/She has the *air* of a lady. 她舉止端莊嫻
淑/*airs* and graces 做作，嬌勢，假裝高雅．
【空氣的流動】**4** ⓤⓒ微風(breeze)．There
was not a breath of *air*. 連一絲微風都沒有．
5 ⓒ《音樂》旋律，曲調(tune)．sing an *air* 唱一曲．
* *by áir* 用飛機，以航空郵遞．travel *by air* 搭飛
機旅行/I want to send this *by air*, please. 請以航
空郵件寄出．
clèar the áir (1)使(房間等的)空氣流通．(2)(以坦
誠交談)消除疑慮[隔閡等]；消除疑義，澄清誤會．
Discussing the matter frankly helped to *clear
the air*. 開誠布公地討論這個問題有助於澄清誤解．
give onesèlf áirs 擺架子，裝模作樣．
* *in the áir* (1)在空中．a balloon *in the air* 空中
的氣球．(2)(傳聞等)擴散開來；氣氛[跡象]擴散．
Spring is *in the air*. 春天的氣息瀰漫在空中．
(3)(計畫等)懸而未決．The plans are still (up) *in
the air*. 該計畫尚未決定案．
off the áir 停止廣播；結束廣播；(↔ on the
air). This station goes *off the air* at midnight.
這個電臺在深夜 12 點結束廣播．
* *on the áir* 開始廣播；廣播中；(↔ off the air).
The Prime Minister will be [go] *on the air*
tonight. 首相今晚要透過廣播講話/They put his
new play *on the air* last night. 他們昨晚播出他的
新戲．
pùt on áirs 擺架子，裝模作樣．
tàke the áir (1)到戶外呼吸新鮮空氣，去散步．
(2)(美)開始廣播．
ùp in the áir (1)(升)到空中．(2) →in the air (3).
(3)(口)欣喜若狂，異常興奮．
wàlk on áir (高興得)飄飄然的．I was *walking
on air* when I heard I had won in the lottery.
一聽到中了彩券，我高興得飄飄欲仙．
── *vt.* **1** 晾(衣服等)；使(房間)通風；(加熱)烘
乾．*air* a room (out) 使房間通風．
2 宣揚(意見等)；說出(牢騷等)；炫耀(服飾等)．
áir bàg *n.* ⓒ安全氣囊(汽車相撞的瞬間在乘坐
者面前膨脹以緩和衝擊)．
áir bàse *n.* ⓒ空軍基地．
air·borne [ˋɛrˏbɔrn; ˈɛːbɔːn] *adj.* **1** 空運的(↔
seaborne). *airborne* troops 空降部隊．
2 〔飛機〕升空的；飛行中的．
3 〔花粉等〕(經由)空氣傳播的．
air·bus [ˋɛrˏbʌs; ˈɛəbʌs] *n.* ⓒ空中巴士(近(中)
距離用大型噴射客機)．

air-con·di·tion [ˋɛrkənˏdɪʃən; ˈɛəkənˏdɪʃn]
vt. 在(房間，建築物等)裝上空調設備[冷暖氣機]，
裝上室內空調設備．
áir-condìtioned *adj.* 裝上空調設備[冷暖氣
機]的，有室內空調設備的．
áir condìtioner *n.* ⓒ空調設備，冷暖氣
機，室內空調設備．
áir condìtioning *n.* ⓤ空氣調節，冷暖氣
設備．

＊**air·craft** [ˋɛrˏkræft, ˈɛːr-; ˈɛəkrɑːft] *n.* (*pl.* ~)
ⓒ航空器(飛機，直升機，飛船，
氣球等；通常作集合名詞使用，但有時也單指一架
飛機)．

áircraft càrrier *n.* ⓒ航空母艦．

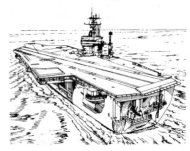

[aircraft carrier]

air·craft·man [ˋɛrˏkræftmən; ˈɛəkrɑːftmən]
n. (*pl.* **-men** [-mən; -mən]) ⓒ(英)空軍三等兵(空
軍官兵的最低等級)．
áir crèw *n.* ⓒ(★用單數亦可作複數)(一架飛
機的)空勤人員(全體)．
air·fare [ˋɛrˏfɛə; ˈɛəfɛə(r)] *n.* ⓒ航空運費．
air·field [ˋɛrˏfild, ˈɛːr-; ˈɛəfiːld] *n.* ⓒ機場的
跑道．
air·flow [ˋɛrˏflo; ˈɛəfləʊ] *n.* ⓤ氣流(特指飛機，
汽車等快速行進時在表面上所產生者)．
áir fòrce *n.* ⓒ空軍(→ army [參考])．
áir gùn *n.* ⓒ空氣槍．
áir hòstess *n.* ⓒ(客機的)空中小姐，女空服
員．(盈地)快活地
air·i·ly [ˋɛrəlɪ, ˈɛːr-, -ɪlɪ; ˈɛərɪlɪ] *adv.* 輕快地，輕
air·i·ness [ˋɛrənɪs; ˈɛərɪnɪs] *n.* ⓤ **1** 空氣流通．
2 輕快；快活，心情好．**3** 空虛．
air·ing [ˋɛrɪŋ; ˈɛərɪŋ] *n.* **1** ⓤ通風，晾乾．This
kind of blanket needs good *airing*. 這種毛毯需要
充分地晾乾．
2 ⓒ(通常用單數)外出，散步，兜風．He takes
his dog out for an *airing* every afternoon. 他每
天下午帶狗出去散步．
3 ⓒ(通常用單數)(不滿等的)列舉；(意見等的)發
表，公布．
air·less [ˋɛrlɪs; ˈɛəlɪs] *adj.* 通風不良的；沒有風的．
áir lètter *n.* =aerogram 1.
air·lift [ˋɛrˏlɪft; ˈɛəlɪft] *n.* ⓒ(大規模的)空運
(特指緊急時)． ── *vt.* 空運．

air·line [ˈɛrˌlaɪn; ˈeəlaɪn] n. (pl. ~s [~z; ~z]) ⓒ 航線; 定期空中航線; (常 airlines) 航空公司. an *airline* stewardess 空中小姐/They are a good *airline* to fly with. 他們這家航空公司不錯, 可以搭乘.

air·lin·er [ˈɛrˌlaɪnɚ; ˈeəlaɪnə(r)] n. (pl. ~s [~z; ~z]) ⓒ (大型) 客機.

air·mail [ˈɛrˌmel; ˈeəmeɪl] n. Ⓤ 航空郵遞; (集合)航空郵件. an *airmail* letter 航空信/send by *airmail* 用航空郵件寄出.
— vt. 以航空郵件寄出.

air·man [ˈɛrmən; ˈeəmən] n. (pl. -men [-mən; -men]) ⓒ 飛行員, (特指)駕駛員; 《空軍》航空兵.

áir máss n. ⓒ《氣象》氣團.

air·plane [ˈɛrˌplen, `ær-; ˈeəpleɪn] n. (pl. ~s [~z; ~z]) ⓒ (美) 飛機 (★亦可僅作 plane; (英)用 aeroplane, 《英空軍》正式名稱為 aircraft). go by *airplane* 搭飛機去/take an *airplane* 搭飛機.

áir pòcket n. ⓒ 氣阱(飛機若進入其中就會因為氣流的關係而突然下降).

air·port [ˈɛrˌport, `ær-, -ˌport; ˈeəpɔ:t] n. (pl. ~s [~s; ~s]) ⓒ 機場 (→ airfield). land at an international *airport* 降落在國際機場/leave CKS *Airport* 從中正機場起飛.

áir prèssure n. Ⓤ 氣壓.

áir pùmp n. ⓒ 空氣幫浦; 抽氣機.

áir ràid n. ⓒ 空襲.

air·ship [ˈɛrˌʃɪp, `ær-; ˈeəʃɪp] n. ⓒ 飛船.

air·sick [ˈɛrˌsɪk, `ær-; ˈeəsɪk] adj. 暈機的.

air·sick·ness [ˈɛrˌsɪknɪs; ˈeəˌsɪknɪs] n. Ⓤ 暈機, 暈機症.

[airship]

air·space [ˈɛrˌspes; ˈeəspeɪs] n. Ⓤ 領空.

stray into Russian *airspace* 誤入俄國領空.

air·strip [ˈɛrˌstrɪp; ˈeəstrɪp] n. ⓒ (戰時, 非常時期等的) 臨時跑道.

áir tàxi n. ⓒ (美)小型出租飛機(飛往定期航線未到之處).

áir tèrminal n. ⓒ 1 航空站(位於遠離機場的市中心). 2 航站大廈(機場內旅客出入境的建築).

air·tight [ˈɛrˌtaɪt; ˈeətaɪt] adj. 1 不透氣的, 密閉的. This food will keep for a week in an *airtight* container. 這食品在密封的容器內能保存一週. 2 〔防禦等〕無機可乘的; 〔議論等〕周密而無懈可擊的.

air-to-air [ˈɛrtuˈɛr; ˈeətu:ˈeə(r)] adj. 〔武器〕空對空的. an *air-to-air* missile 空對空飛彈.

air·way [ˈɛrˌwe, `ær-; ˈeəweɪ] n. (pl. ~s) ⓒ 航線. British *Airways* 英國航空(公司).

air·wom·an [ˈɛrˌwʊmən; ˈeəˌwʊmən] n. (pl. -wom·en [-ˌwɪmɪn; -ˌwɪmɪn]) ⓒ 女飛行員; (英)《空軍》女航空兵 (★男性為 airman).

air·wor·thi·ness [ˈɛrˌwɜðɪnɪs; ˈeəˌwɜ:ðɪnɪs] n. Ⓤ (飛機, 零件等的)適航性.

air·wor·thy [ˈɛrˌwɜðɪ; ˈeəˌwɜ:ðɪ] adj. 適於飛行的〔飛機, 零件等〕 (→ seaworthy).

air·y [ˈɛrɪ, `ærɪ; ˈeərɪ] adj. 1 空氣的; 空氣般的; 大氣的. 2 通風良好的〔房間等〕. make a room *airy* 使房間通風良好.
3 虛幻的, 非現實的; 空虛的. *airy* ideas 不切實際的想法.
4 (空氣般)輕的, 輕快的; 輕盈的. an *airy* dress (薄的)輕便洋裝/an *airy* manner 愉快的態度.

aisle [aɪl; aɪl] n. (★注意發音) ⓒ 1 (座位之間的)通道(劇場, 列車, 客機等內部的). His seat in the plane was on the *aisle*. 他的機位是靠走道的.

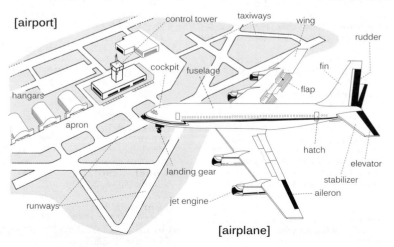

[airport]

control tower taxiways wing rudder

cockpit fuselage fin

hangars flap

apron hatch

elevator

landing gear stabilizer

runways aileron

jet engine

[airplane]

2 (教堂的)側廊; (教堂座位間的)走道; (→ church 圖).

[aisle 2]

aitch [etʃ; ettʃ] *n.* Ⓒ H [h]的字[音].
dròp one's áitches =drop one's h's (→ H, h).

a·jar [əˋdʒɑr; əˋdʒɑ:(r)] *adv., adj.* 《敘述》〔門〕微開地[的]. Someone had left the door *ajar*. 有人沒把門完全關上.

AK (略) Alaska.

a·kim·bo [əˋkımbo; əˋkımbəu] *adv.* 兩手叉腰手肘外張(常表爲挑戰的姿態; 古語). The boy stood with arms *akimbo*. 這男孩兩手叉腰站著.

[ajar]

a·kin [əˋkın; əˋkın] *adj.* 《敘述》 **1** 相似的 (*to*); 同種的, 同類的, (*to*). Pity is *akin to* love. 《諺》憐憫近乎愛(憐憫是愛的開始).
2 血親的, 同族的, (*to*). The cat is *akin to* the tiger. 貓跟虎是同類的.

AL (略) Alabama.

Al[1] [æl; æl] *n.* Albert, Alfred 的暱稱.

Al[2] (符號) aluminum.

-al *suf.* **1** 形成「…的, …似的, …之性質的」之意的形容詞. ornament*al*. person*al*.
2 由動詞轉變爲名詞. arriv*al*. deni*al*.

Ala. (略) Alabama.

Al·a·bam·a [͵æləˋbæmə; ͵æləˋbæmə] *n.* 阿拉巴馬州《美國南部的州; 首府 Montgomery; 略作 AL, Ala.》.

al·a·bas·ter [ˋæləˌbæstɚ; ͵æləˋbɑ:stə(r)] *n.* Ⓤ 雪花石膏(純白而半透明的石材; 爲製作花瓶等的材料).

à la carte [͵ɑləˋkɑrt; ͵ɑ:lɑ:ˋkɑ:t] (法語) *adv., adj.* 照菜單(點菜)地[的]; 單點地[的]. I always dine *à la carte*. 我總是照菜單點菜單地用餐. 《參考》從菜單(menu)中挑出一道菜的方式; 與其相對的是幾種菜配好的客飯或和菜, 稱爲 table d'hôte.

a·lac·ri·ty [əˋlækrətɪ; əˋlækrətɪ] *n.* Ⓤ 敏捷; 輕快; 爽快. with *alacrity* 輕快地, 敏捷地; 立刻.

A·lad·din [əˋlædɪn; əˋlædɪn] *n.* 阿拉丁《出現於 *The Arabian Nights* 中的男孩, 他得到了一盞相傳可以實現任何願望的神燈(Aladdin's lamp)》.

Al·a·mo [ˋæləˌmo; ˋæləməu] *n.* 《加 the》亞拉摩(要塞)《位於美國德克薩斯州, 1836年遭墨西哥軍包圍而淪陷》.

à la mode [͵ɑləˋmod; ͵ɑ:lɑ:ˋməud] (法語) *adj.* 流行的, 時尚的. a pie *à la mode* 《美》上覆冰淇淋的派.

Al·an [ˋælən; ˋælən] *n.* 男子名.

＊a·larm [əˋlɑrm; əˋlɑ:m] *n.* (*pl.* ~s [~z; ~z])
1 Ⓒ 警報; 警報裝置. They sounded the *alarm* when they saw the enemy approaching. 他們看到敵人接近就發出了警報/I raised the *alarm* as soon as I saw the fire. 我一見到火災就發出了警報.
2 Ⓒ 鬧鐘(alarm clock). set the *alarm* for five o'clock 把鬧鐘設定在5點鐘/The *alarm* went off at five-thirty. 鬧鐘在5時30分響了.
3 Ⓤ (對危險逼近的)恐懼(fear); 不安, 擔心, (anxiety). feel [take] *alarm* 感到恐慌/The news caused *alarm* throughout the village. 那消息引起了全村的驚慌/He leapt back in *alarm*. 他嚇得往後跳.
— *vt.* 使〔人〕恐懼; 使擔心, 使不安; 《通常用被動語態》(→ frighten 圖). I was *alarmed* at the rumor. 那傳聞使我深感不安.
字源 ARM「武器」: al*arm*, *arm*[2] (使武裝), *arm*a-ment (軍備), *arm*y (陸軍).

alárm clòck *n.* Ⓒ 鬧鐘.

a·larm·ing [əˋlɑrmɪŋ; əˋlɑ:mɪŋ] *adj.* 令人擔心的, 擔心的; 緊迫的〔事態等〕. an *alarming* increase in crime 犯罪行爲令人擔憂地增加.

a·larm·ing·ly [əˋlɑrmɪŋlɪ; əˋlɑ:mɪŋlɪ] *adv.* 令人憂慮地.

a·larm·ist [əˋlɑrmɪst; əˋlɑ:mɪst] *n.* Ⓒ 大驚小怪的人; 杞人憂天者.

a·las [əˋlæs; əˋlæs] *interj.* 《文章》啊! 哎呀! (表示悲傷、哀痛、可憐等心情).

Alas. (略) Alaska.

A·las·ka [əˋlæskə; əˋlæskə] *n.* 阿拉斯加州《位於北美大陸西北端的美國第一大州; 首府 Juneau [ˋdʒuno; ˋdʒu:nəu]; 略作 AK, Alas.》.

Al·ba·ni·a [ælˋbenɪə, -njə; ælˋbeɪnjə] *n.* 阿爾巴尼亞《巴爾幹半島上面向亞得里亞海的國家; 首都 Tirana; → Balkan 圖》.

Al·ba·ni·an [ælˋbenɪən, -njən; ælˋbeɪnjən] *adj.* 阿爾巴尼亞(人, 語)的.
— *n.* Ⓒ 阿爾巴尼亞人; Ⓤ 阿爾巴尼亞語.

al·ba·tross [ˋælbəˌtrɔs; ˋælbətrɔs] *n.* Ⓒ 《鳥》信天翁(主要棲息地爲南太平洋). **2** 《高爾夫球》低於標準桿三桿(par →圖).

[albatross 1]

al·be·it [ɔlˋbiɪt; ɔ:lˋbi:ɪt] *conj.* 《文章》儘管, 即使, (though).

Al·bert [ˋælbɚt; ˋælbət] *n.* 男子名《暱稱 Al, Bert》.

Al·ber·ta [ælˋbɝtə; ælˋbɜ:tə] *n.* 阿爾伯達省《加拿大西部的一省》.

al·bi·no [ælˋbaɪno; ælˋbi:nəu] *n.* (*pl.* ~s) 白子《由於皮膚等缺乏色素》.

Al·bi·on [ˈælbɪən, -bjən; ˈælbjən] *n.* 阿爾比恩《Great Britain 或 England 的古名；原義為「白色之國」；因南部海岸的白堊質而得名》.

*al·bum [ˈælbəm, -bm; ˈælbəm] *n.* (*pl.* ~**s** [~z; ~z]) C **1** 簿，冊，《相簿，集郵冊，簽名冊等》. a photograph *album* 相簿/a stamp *album* 集郵冊. **2** 《唱片，錄音帶，CD 的》專輯《一張或成套中收錄數首歌曲》.

al·bu·men [ælˈbjumən, -ˈbɪum-; ˈælbjʊmɪn] *n.* U 蛋白(white).

al·che·mist [ˈælkəmɪst; ˈælkɪmɪst] *n.* C 煉金術士.

al·che·my [ˈælkəmɪ; ˈælkɪmɪ] *n.* U 煉金術《中世紀時企圖使普通金屬變成金銀，或煉製長生不老藥的研究，爲化學(chemistry)的前身》.

*al·co·hol [ˈælkəˌhɔl, -ˌhɑl; ˈælkəhɒl] (★注意發音) *n.* U **1** 酒精. **2** 含酒精的飲料，酒. His doctor told him not to drink *alcohol*. 他的醫生囑咐他不能喝酒.

al·co·hol·ic [ˌælkəˈhɔlɪk, -ˈhɑl-; ˌælkəˈhɒlɪk] *adj.* 酒精(性)的；酒精引起的；酒精中毒的. *alcoholic* beverages 《各類》含酒精的飲料，酒. — *n.* C 酒精中毒者；酗酒者.

al·co·hol·ism [ˈælkəhɔlˌɪzəm, -hɑl-; ˈælkəhɒlɪzəm] *n.* U 酒精中毒(症)；酗酒.

al·cove [ˈælkov; ˈælkəʊv] *n.* C 壁龕，凹室，《利用房間凹處做成的小房間；放置床、書架、椅子、桌子等》.

[alcove]

al·der·man [ˈɔldəmən; ˈɔːldəmən] *n.* (*pl.* -**men** [-mən; -mən]) C 《美》市議員.

ale [el; eɪl] *n.* 麥酒《在美國爲比一般啤酒烈而苦的酒，在英國則與 beer 同義》.

Alec(k) [ˈælɪk; ˈælɪk] *n.* Alexander 的暱稱.

*a·lert [əˈlɜt; əˈlɜːt] *adj.* **1** 警覺的，留神的，《to》. The hunter was *alert* to every sound and movement. 這獵人留意著一切聲響和動靜. **2** 機敏的，機靈的. Mary is always *alert* in class. 瑪莉在課堂上總是很機靈/He is *alert* to every chance of making money. 他密切注意每一個可以賺錢的機會. — *n.* C 發出警報期間；警戒警報《「解除」是 all clear》. an air *alert* 空襲警報. *on the alert* 警戒《for, against 對於…》；伺機，找機會，《to do 去…》. Be *on the alert* for anything unusual. 要留意任何異常情況/The police

were *on the alert* to catch the criminal. 警方伺機捕犯人. — *vt.* 使《人》警戒，發出警報，《to 對於…》. The alarm bell *alerted* me to the fire. 警鈴讓我警覺到發生火災/They are *alerting* the public to the danger of smoking. 他們警告大眾吸菸的害處.

a·lert·ly [əˈlɜtlɪ; əˈlɜːtlɪ] *adv.* 警戒地；敏捷地，迅速地.

a·lert·ness [əˈlɜtnɪs; əˈlɜːtnɪs] *n.* U 機警；敏捷.

A·leu·tian [əˈluʃən, əˈlɪu-; əˈluːʃjən] *n.* **1** C 阿留申群島的居民；阿留申人. **2** U 阿留申語. **3** (the Aleutian*s*) 阿留申群島《屬美國阿拉斯加州；又稱 the Alēutian Íslands》.

A level [ˈeˌlɛvl; ˈeɪˌlevl] *n.* C 《英》A 級考試《合格》《A 是 advanced 的字首；GCE 的考試資格必須在完成義務教育後經過兩年 sixth form 的課程才能獲得》. My son passed in three subjects at *A level*. 我兒子在 A 級考試中有三科及格.

Al·ex·an·der [ˌælɪgˈzændə, ˌɛlɪg-; ˌælɪgˈzɑːndə(r)] *n.* 男子名《暱稱 Alec(k), Alex, Sandy》.

Alexánder the Gréat *n.* 亞歷山大大帝 (356-323 B.C.)《古代希臘北部 Macedonia 王國的國王》.

Al·ex·an·dra [ˌælɪgˈzændrə; ˌælɪgˈzɑːndrə] *n.* 女子名(Alexander 的女性名；暱稱 Sandra, Sandy》.

Al·ex·an·dri·a [ˌælɪgˈzændrɪə; ˌælɪgˈzɑːndrɪə] *n.* 亞歷山卓港(埃及 Nile 河口的港市).

al·fal·fa [ælˈfælfə; ælˈfælfə] *n.* U 《美》紫苜蓿《《英》lucerne》《豆科的多年生牧草》.

Al·fred [ˈælfrɪd, -frəd, -fəd; ˈælfrɪd] *n.* 男子名《暱稱 Al, Alf, Fred》.

Ālfred the Gréat *n.* 阿弗列大帝(849-899)《中世紀英國的 Wessex 國王》.

al·fres·co [ælˈfresko; ælˈfreskəʊ] 《義大利語》*adv.*, *adj.* 在戶外地[的]；戶外地[的].

al·ga [ˈælɡə; ˈælɡə] *n.* (*pl.* -**gae**) C 《通常 algae》藻；藻類.

al·gae [ˈældʒi; ˈældʒiː] *n.* alga 的複數.

*al·ge·bra [ˈældʒəbrə; ˈældʒɪbrə] *n.* U 代數學.

*al·ge·bra·ic, al·ge·bra·i·cal [ˌældʒəˈbreɪk; ˌældʒɪˈbreɪk], [-ɪk; -ɪkl] *adj.* 代數學的.

al·ge·bra·i·cal·ly [ˌældʒəˈbreɪklɪ, -ɪklɪ; ˌældʒɪˈbreɪkəlɪ] *adv.* 代數學上，以代數學地.

Al·ge·ri·a [ælˈdʒɪrɪə; ælˈdʒɪərɪə] *n.* 阿爾及利亞《北非國家；首都 Algiers》.

Al·ge·ri·an [ælˈdʒɪrɪən; ælˈdʒɪərɪən] *adj.* 阿爾及利亞的. *n.* 阿爾及利亞人.

al·go·rithm [ˈælɡəˌrɪðəm; ˈælɡərɪðəm] *n.* C 演算法《計算、解決問題的步驟》.

Al·ham·bra [ælˈhæmbrə; ælˈhæmbrə] *n.* 《加 the》阿爾漢布拉宮《位於西班牙格拉那達(Granada)，由摩爾人建造的壯麗王宮》.

a·li·as [ˋelɪəs; ˊeɪlɪəs] *adv.* 別名爲(特指罪犯的). George Simpson, *alias* John Smith 喬治·辛普森, 別名爲約翰·史密斯.
— *n.* ⓒ化名, 別名.

A·li Ba·ba [ˋælɪˋbæbə, ˋɑlɪˋbɑbə; ˌælɪˋbɑːbɑ] *n.* 阿里巴巴(*The Arabian Nights* 故事中的主角). → Open sesame! (sesame 的片語).

*__al·i·bi__ [ˋæləˌbaɪ; ˋælɪbaɪ] *n.* (*pl.* ~**s** [~z; ~z]) ⓒ
1 (法律)不在場證明. establish [prove] an *alibi* 提出不在場證明/I don't have an *alibi* for that time. 我沒有當時不在場的證明.
2 (口)藉口, 託辭, (excuse).

Al·ice [ˋælɪs; ˊælɪs] *n.* **1** 女子名. **2** 愛麗絲 (Lewis Carroll 所作童話 *Alice's Adventures in Wonderland*《愛麗絲夢遊仙境》(1865年)的主角).

*__al·ien__ [ˋeljən, ˋelɪən; ˊeɪlɪən] *n.* (*pl.* ~**s** [~z; ~z]) ⓒ **1** (住在他國的)外國人, 僑民, (沒有公民權; → foreigner). an illegal *alien* 非法入境者.
2 (在地球外的)外星人, 宇宙人, (出現於 SF).
— *adj.* **1** 外國的(foreign); 外國人的. You must carry your *alien* registration card at all times. 你必須隨時帶你的外籍人士登記證. **2** 性質不同的, 不相容的, (to). It is generally hard to adapt to living in an *alien* culture. 一般說來, 要適應異國文化的生活是很難的/Your methods are totally *alien* to mine. 你的做法跟我的完全不同.

al·ien·ate [ˋeljənˌet, ˋelɪən-; ˊeɪljəneɪt] *vt.*
1 (因某事而)疏離(人); 使不和. His selfishness has *alienated* all his friends. 他的自私使所有的朋友都遠離他了/How long have you been *alienated from* your family? 你離家多久了?
2 (法律)轉移(所有權); 讓與(財產等).

al·ien·a·tion [ˌeljənˋeʃən, ˌelɪən-; ˌeɪljəˋneɪʃən] *n.* Ⓤ **1** 疏遠; 離間. **2** 轉讓.

a·light[1] [əˋlaɪt; əˊlaɪt] *vi.* (~**s**; ~**ed**, alit; ~**ing**) (文章) **1** 下(車, 船, 馬等). *alight from* the airplane 下飛機.
2 (從空中)飛降; (飛機)降落; (鳥)棲息(on 在(樹等)上).

a·light[2] [əˋlaɪt; əˊlaɪt] *adj.* (敘述)燃著的; 點亮的; 閃耀的. Her face was *alight* with happiness. 她的臉上閃耀著幸福的光輝.

a·lign [əˋlaɪn; əˊlaɪn] *vt.* **1** 使成一直線; 排成一行. **2** 使合作, 使一致, (with). All my colleagues *aligned* themselves *with* me. 所有的同事都一致配合我.
— *vi.* 成一直線; 排成一行; 合作; (with).

a·lign·ment [əˋlaɪnmənt; əˊlaɪnmənt] *n.*
1 Ⓤ排成一直線; 直線排列; ⓒ並列. The chairs are in (out of) *alignment*. 椅子排成(沒有排成)一行. **2** Ⓤ合作, 一致; ⓒ聯盟.

*__a·like__ [əˋlaɪk; əˊlaɪk] *adj.* (敘述)相似的, 類似的, (注意)限定用法用 similar, 有時用 like). Those plans seem (very) much *alike to* me. 那些計畫對我來說幾乎是一樣的/These coins are *alike* both in size and weight. 這些硬幣大小和重量都差不多/The twins look exactly *alike,* don't they? 這對雙胞胎看起來一模一樣, 不是嗎?
— *adv.* 同樣地, 相等地. You should treat all people *alike.* 你待人應該一視同仁/Young and old *alike* flocked to the seaside. 老老少少都湧到海邊.

al·i·men·ta·ry [ˌæləˋmɛntərɪ, -ˋmɛntrɪ; ˌælɪˋmentərɪ] *adj.* 消化的; 營養的. the *alimentary* canal 消化道(從口腔到肛門).

al·i·mo·ny [ˋæləˌmonɪ; ˋælɪmənɪ] *n.* Ⓤ離婚 [分居]贍養費(離婚或分居協議中由一方付給另一方的生活費).

a·lit [əˋlɪt; əˊlɪt] *v.* alight 的過去式、過去分詞.

*__a·live__ [əˋlaɪv; əˊlaɪv] *adj.* (通常作敘述) **1** 活著的, 生存的, (◆ dead) (注意用作限定形容詞時用 live [laɪv; laɪv], living 則可用於敘述及限定). He was still *alive* when the rescue party arrived. 救援隊到達時他還活著/keep a person *alive* on a machine 靠機器來維持某人的生命/He was buried *alive* in the avalanche. 他被活埋在崩雪當中(<活該被掩埋)/We can hardly keep ourselves *alive* on this salary. 單靠這份薪水我們很難維持生計/any man *alive* 任何活著的人(只要是人都…)/the wisest man *alive* 當代至聖. (★在上面的兩個例子中 *alive* 只是加強語氣).
2 生動活潑的, 有活力的, (lively); 活躍的(active); 起作用的. come *alive* 活躍起來; 恢復生氣/The microphone is *alive.* 麥克風可以用了(插上電了).
3 熱鬧的, 充滿的, (with). The wood is *alive with* birds. 森林中滿是鳥兒/This street is *alive with* shoppers on Saturday. 星期六這條街滿滿擠著購物的人潮.
4 敏感的, 警覺的, (to)(aware of...). I was fully *alive to* the danger. 我非常清楚這個危險.
lòok alíve → look 的片語.

al·ka·li [ˋælkəˌlaɪ; ˋælkəlaɪ] *n.* (*pl.* ~**s**, ~**es**) ⓒ (化學)鹼(◆ acid); 鹼金屬; 可溶性無機鹽.

al·ka·line [ˋælkəˌlaɪn, -lɪn; ˋælkəlaɪn] *adj.* (化學)鹼類的; 鹼性的(◆ acid).

*__all__ [ɔl; ɔːl] *adj.* 【全部的】 **1** 所有的, 全部的, 一切的, (→ every ◉). *all* his friends 他所有的朋友/*all* (the) day 整天/*all* (the) night 整夜/*all* this time 至今一直/She remained single *all* her life. 她終生保持單身/*All* Paris is out of doors. 所有巴黎的人都在戶外.
2 【一切的】極度的, 盡量的. with *all* my power 盡我的全力/Hearing the alarm, he ran with *all* speed toward the exit. 聽到警報, 他盡快地朝出口處跑/The storm raged in *all* its fury. 暴風雨極其猛烈地吹襲.
3 【所有一切】不管怎麼樣的, 任何的, (any). I will carry out the plan in spite of *all* opposition. 不論遇到甚麼樣的反對我都要實踐這個計畫.
4 僅有…的, 只有…的. She is *all* skin and bones. 她瘦得只有皮包骨了/*All* work and no

play makes Jack a dull boy. 《諺》只工作不遊戲會使孩子變得遲鈍《學習時努力學習，遊戲時盡興遊戲》/When he told me he had some good news for me, I was *all* ears. 當他說有好消息要告訴我時，我洗耳恭聽.

┌───┐
│ 【◉ all 的位置】   │
│ 置於定冠詞、指示代名詞(this, that 等)、名詞的 │
│ 所有格、代名詞的所有格等之前. all the day= │
│ the *whole* day.   │
└───┘

┌───┐
│ 【◉ all 和否定字】   │
│ (1)all...not, not all 爲部分否定；關於此用法， │
│ all 是名詞或代名詞時都相同：All men are │
│ *not* wise. = *Not* all men are wise. (並非所 │
│ 有人都是聰明的)/Life is *not* all pleasure. │
│ (人生並非盡是快樂).   │
│ (2)也有全體否定的, 如：I haven't seen him *all* │
│ day. (我一整天都沒見到他)/All this is *not* │
│ easy. (這都是不容易的).   │
└───┘

àll kínds [mánner, sórts] of... → kind², manner, sort 各自的片語.

àll the tíme → time 的片語.

àll the wáy → way¹ 的片語.

and àll thát 以及諸如此類(的事[物]). Tell them the rules *and all that* before they begin working. 在他們開始工作前, 請告訴他們規章及其他事項.

* **for áll...** 即使有…, 雖然有…. *For all* his wealth and fame, he is unhappy. 雖然擁有財富和聲望, 但他並不快樂.

of áll... 在所有的…中, 偏巧. His favorite food is peanut butter, *of all* things. 在所有食物中, 他最喜歡的是花生醬/*Of all* days! 在所有日子中(偏偏挑這天)!

with áll... (1)=for all... *With all* her trouble, mother is just as cheerful as ever. 雖然極其辛苦, 但母親依然愉快如昔. (2)有很多…的緣故. *With all* the work I have to do, I can hardly take a holiday now. 由於有這麼多非做不可的工作, 所以我目前還不能好好休個假.

—— *pron.* **1** 《作複數》全體, 所有人. *All* of us [We *all*] went. 我們全都去了/*All* of the towns there were affected by the flood. 那裡所有的城鎮都受到水患的影響/*All* fell silent when the king rose to speak. 當國王站起來演說時, 所有的人都(停止說話)安靜下來.

[語法](1)不用 of 時, all 通常直接接於主詞之後.
(2)關於否定句的用法 → *adj.* ◉ all 和否定字.

2 《作單數》全部, 所有的東西[事情]；萬物. *All* is over. 一切都結束了/All was silent. 萬籟俱寂/*All*'s well that ends well. 《諺》結局好, 全局好/*All* you have to do is (to) sign your name here. 你所要做的就是在這裡簽名/I did *all* I could to help him. 我盡我所能幫助他.

above áll → above 的片語.

after áll → after 的片語.

after àll is sáid and dóne 結果, 結局是, (after all).

áll but¹... 除…外全部[全員]. I've finished *all but* the last page. 除了最後一頁, 我已全部完成.

áll but² 幾乎, 差不多, (almost). Mother *all but* fainted when I told her about John's accident. 當我告訴母親約翰的意外時, 她差一點昏倒.

àll one cán 竭盡所能. I hurried *all I could*. 我已經盡全力趕了.

àll in áll (1)總之, 整體來說. *All in all*, it's been an interesting day. 整體來說, 這是有趣的一天. (2)最寶貴的, 最重要的(東西). After her husband died, her baby was *all in all* to her. 丈夫去世後, 嬰兒對她來說是最重要的.

áll of... 《口》《與量詞連用》(1)整個…；至少…(at least). The repair will cost you *all of* 50 dollars. 修理至少會花掉你50美元. (2)僅僅只有…(only). He met the press for *all of* five minutes. 他僅僅只會見記者5分鐘.

àll óne → one 的片語.

* **àll togéther** 全都一起；全部. They left *all together*. 他們一起離開了/*All together*, your bill comes to $125. 你的帳單全部加起來共125美元.

and áll 以及其他一切, 連同…. He sold paintings, furniture *and all*. 他賣掉了畫、家具及其他一切/He ate the apple, skin *and all*. 他將蘋果連皮一起吃掉.

* **at áll** (1)《用於否定句》一點也(不…). I am not *at all* tired. = I am not tired *at all*. 我一點也不累/"It's very kind of you." "Oh, not *at all*."「非常感謝你.」「那裡那裡.」
(2)《用於疑問句[子句]、條件子句》到底, 既然. Will the machine work *at all*? 那機器究竟能不能運轉呢?/If you do it *at all*, do it well. 既然要做, 就把它做好.
(3)《用於肯定句》無論如何；沒想到(的是…). That child survived *at all* was a marvelous thing. 那孩子究竟還是活了下來, 這真是個奇蹟啊.

* **in áll** 全部, 總計. We are forty three *in all*. 我們一共有43人.

òne and áll → one 的片語.

* **That's áll (there is to it).** 到此爲止；就這樣《可視爲在 there 之前補上關係代名詞 that》.

when àll is sáid and dóne=after all is said and done.

—— *n.* ⓤ《加 my, his 等》(自己)所擁有的[珍視的]一切, 全部, 全部財產. give one's *all* for the cause (某人)爲了目標奉獻所有.

—— *adv.* **1** 完全, 簡直. I am *all* wet. 我全身濕透了/The pin is *all* gold. 這只胸針是純金的/She was dressed *all* in white for the wedding. 她爲婚禮穿上了全白的禮服/It's warm here *all* through the year. 這裡全年氣候溫暖/Her talk was *all* about her new granddaughter. 她的話題

全都圍繞在她出生不久的孫女身上.

2 (口)非常, 格外, (very). She was *all* excited. 她非常興奮.

3 (體育等)各方, 各, (each). The score is two *all*. 各得兩分.

àll alóne → alone 的片語.

àll alóng (在某一期間)一直; 開始就…. I was wrong *all along*. 從一開始我就錯了.

àll aróund → around 的片語.

àll at ónce → once 的片語.

áll for... (口)完全贊成…, I'm *all for* employing him. 我完全贊成雇用他.

àll ín (口)(1)筋疲力竭, 疲憊不堪. (2)(費用等)均包含在內(→all-in). You don't have to pay for the coffee—the price of the meal is *all in*. 你不必付咖啡的錢——它已包含在餐費中.

àll óut 竭盡全力, 徹底地, (→all-out). We went *all out* to get the job done. 我們竭盡全力完成工作.

* *àll óver*[1] (1)全身各處; 到處, 處處; (口)遍及各地; 一模一樣地. I felt a burning sensation *all over*. 我感覺渾身像著了火似的/I looked *all over* for you. 我到處找你/He is his father *all over*. 他和他父親很像一個樣/That sounds like him *all over*. 那很像是他說的話.

(2)全部結束, 完了. It's *all over* for [with] us now. 我們全都完了[沒指望了].

* *áll óver*[2] … 遍及…, …中. He is well-known *all over* the country. 他聞名全國.

* *àll ríght* (1)令人滿意的; 還好的. The house is not ideal, but it's *all right*. 這房子不算理想, 但是還過得去/"I'm sorry I broke the saucer." "That's *all right*!" 「對不起, 我把茶碟弄破了」「沒關係!」(2)安然無恙地, 精神好地. You'll be *all right* after you rest awhile. 你休息一會兒就會好了.(3)(副詞性)確實地, 無誤地. I'll be there *all right*. 我一定會到那裡去.

Àll ríght! 好! 行! 可以! "Let's play tennis." "*All right!*" 「我們去打網球吧!」「好啊!」

àll róund → around 的片語.

àll thát(...) (口)那樣, 那麼地…(★強調that adv.). It can't be as bad as *all that*. = It can't be *all that* bad. 它並沒有那麼壞.

àll the bétter 變得更好(*for* 因爲…)(★此處關於the 的用法→the 的 adv. 2). Meat tastes *all the better for* being a few days old. 肉放個兩三天後味道會更好/People liked him *all the better for* his faults. 大家因為他的缺點而更喜歡他.

àll the sáme → same 的片語.

áll tòo 太過. John passed away *all too* soon. 約翰死得太突然了/He seems *all too* eager to leave here. 他似乎太急著離開這裡了.

áll úp 全部結束的; 無望的. It's *all up with* him. 他沒有希望了.

be àll thére → there 的片語.

●——經常用來表示數量大小的形容詞

	在可數名詞前	在不可數名詞前
大	all, every	all
·	most	most
多	many, a lot of	much, a lot of
	some	some
小	a few	a little
·	few	little
少	no	no

Al·lah [ˋælə, ˋɑlə; ˋælə] *n.* 阿拉(回教的神).

all-A·mer·i·can [ˋɔləˋmɛrəkən; ˏɔːləˈmerɪkən] *adj.* (代表)全美國的; 全是美國人的; 純美國的.
— *n.* ⓒ 全美選手代表.

all-a·round [ˋɔləˋraʊnd; ˋɔːləˈraʊnd] *adj.* (美) **1** 全能的; 多才多藝的; 萬能的. an *all-around* athlete 全能運動員. **2** 不偏於一方的(教育等), 全面的. ★(主英)為 all-round.

al·lay [əˋle; əˈleɪ] *vt.* (~s; ~ed; ~ing)(文章)使(興奮, 恐懼等)鎮靜下來; 使(痛苦等)緩和下來, 減輕. His calm words *allayed* my fear. 他冷靜的話語消除了我的恐懼.

àll cléar *n.* ⓒ 警報解除的信號[暗號](特指襲擊時; ↔ alert).

al·le·ga·tion [ˏæləˋgeʃən; ˏælɪˈɡeɪʃn] *n.* (文章)(特指沒有證據的)主張, 陳述.

al·lege [əˋlɛdʒ; əˈledʒ] *vt.* (文章) **1** (a) (特指沒有證據地)主張, 斷言; 句型3 (allege *that* 子句)主張…. *allege* his innocence = *allege* that he is innocent 主張他是清白的. (b) 句型5 (allege A *to* do)(沒有證據地)聲稱A做…(通常用於被動語態). He is *alleged* to have poisoned his wife. = It is *alleged* that he poisoned his wife. 他被指稱毒死了妻子.
2 (作為理由, 辯解而)提出申述, 聲明.
⇨ *n.* allegation.

al·leg·ed·ly [əˋlɛdʒɪdlɪ; əˈledʒɪdlɪ] (★注意發音) *adv.* (不知是否為真實而)據稱[傳聞]地. He *allegedly* committed three murders. 據(警方)聲稱, 他犯下三件謀殺案.

Al·le·ghe·nies [ˏæləˋgeniz; ˋælɪɡenɪz] *n.* (加 the)阿利根尼山脈(美國東部的 the Appalachians 的支脈).

al·le·giance [əˋlidʒəns; əˈliːdʒəns] *n.* ⓤⓒ (對君主, 國家等的)忠誠(loyalty); (泛指)誠實, 忠實, 獻身. pledge [swear] (one's) *allegiance* to the national flag 向國旗宣誓忠誠(美國的習俗).

al·le·gor·ic, al·le·gor·i·cal [ˏæləˋgɔrɪk, -ˋgɑr-; ˏælɪˈɡɒrɪk], [-k]; -kl] *adj.* 寓意的, 諷喻的; 寓言的.

al·le·go·ry [ˋæləˏgori, -ˏgɔrɪ; ˋælɪɡərɪ] *n.* (*pl.* **-ries**) ⓒ 寓言(如《伊索寓言》之類的諷喻故事).

al·le·gret·to [ˏæləˋgrɛto; ˏælɪˈɡretəʊ] (音樂) *adv., adj.* 稍快板地[的](比 allegro 稍慢).
— *n.* (*pl.* ~s) ⓒ 稍快板的樂曲[樂章].

al·le·gro [əˋlegro, əˋlɛgro; əˈleɪɡrəʊ] (音樂)

adv., *adj.* 快板速度地[的], 快速地[的], (→ tempo 參考).

— *n.* (*pl.* ~s) ⓒ快板的樂曲[樂章].

al·le·lu·ia [͵ælə`lujə, ·`lrujə; ͵ælɪ'luːjə] *interj.*, *n.*=hallelujah.

al·ler·gic [ə`lɜːdʒɪk; ə'lɜːdʒɪk] *adj.* **1** ((醫學))過敏(體質)的. an *allergic* reaction 過敏性反應/She is *allergic* to eggs. 她對蛋過敏. **2** ((口))非常反感的((to)), 十分討厭的((to)). I'm *allergic* to mathematical formulae. 我非常討厭數學公式.

al·ler·gy [`ælədʒɪ; 'ælədʒɪ] *n.* (*pl.* **-gies**) ⓒ **1** ((醫學))過敏性反應, 異常敏感症, ((to 對於···)). **2** ((口))極其反感[討厭]((to 對於···)).

al·le·vi·ate [ə`livɪ͵et; ə'liːvɪeɪt] *vt.* ((文章))緩和, 舒緩, 減輕, [痛苦, 緊張等].

al·le·vi·a·tion [ə͵livɪ`eʃən; ə͵liːvɪ'eɪʃn] *n.* ⓤ緩和, 減輕.

***al·ley** [`ælɪ; 'ælɪ] *n.* (*pl.* ~s [~z; ~z]) ⓒ **1** 小巷, 小徑, (→ way¹ 同). The robber escaped down a narrow *alley*. 搶匪逃到狹窄的巷裡去了. **2** ((庭院, 公園等的))小徑. **3** 保齡球的球道.

álley càt *n.* ⓒ((美))野貓.

al·ley·way [`ælɪ͵we; 'ælɪweɪ] *n.* (*pl.* ~s) =alley 1.

Àll Fóols' Dày *n.* 愚人節(4月1日; 在這一天開玩笑騙人可不受責責; 亦稱 Àpril Fóols' Dày).

al·li·ance [ə`laɪəns; ə'laɪəns] *n.* **1** ⓤⓒ((國家間的))同盟, 聯合, (→ entente 同). ((泛指))合作. an *alliance* between A and B = an *alliance* of A with B A 與 B 的合作/enter into an *alliance* with France 與法國結盟. **2** ⓒ同盟者[國]. a dual [triple] *alliance* 兩國[三國]同盟. ⇨ *n.*, *v.* ally.

in allíance with... 與···聯合[合作].

al·lied [ə`laɪd; ælaɪd] *adj.* **1** 同盟的, 聯合的. the *Allied* Forces [Powers] 聯軍[同盟國](第一次, 第二次世界大戰的). **2** 有關聯的, 同類的, ((to)). history and *allied* subjects 歷史及其相關學科. ⇨ *n.*, *v.* ally.

al·li·ga·tor [`ælə͵getə; 'ælɪgeɪtə(r)] *n.* ⓒ短吻鱷(產於北美洲, 中國的鱷魚; → crocodile).

all-im·por·tant [͵ɔlɪm`pɔrtn̩t; ͵ɔːlɪm'pɔːtnt] *adj.* 極為重要的.

all-in [͵ɔl`ɪn; ͵ɔːl'ɪn] *adj.* ((限定)) **1** ((主英))包括全部的((價錢, 帳單等)). **2** ((撐角))自由式的.

all-in·clu·sive [͵ɔlɪn`klusɪv; ͵ɔːl'ɪnkluːsɪv] *adj.* 包含全部的, 總括的.

al·lit·er·a·tion [ə͵lɪtə`reʃən; ͵ælɪtə'reɪʃn] *n.* ⓤ((音律學))頭韻(法)(如 *M*oney *m*akes the *m*are to go. (→ mare 的例句) 之 [m; m] 音等, 將相同子音(字母)開頭的字或音節依據句方式加以排列; → rhyme).

al·lit·er·a·tive [ə`lɪtə͵retɪv; ə'lɪtərətɪv] *adj.* 頭韻的, 形成頭韻的; 押頭韻的, 頭韻體的.

all-night [`ɔl`naɪt; ͵ɔːl'naɪt] *adj.* ((限定))徹夜的; 通宵營業[運轉]的. an *all-night* diner 通宵營業的簡易餐廳.

---

al·lo·cate [`ælə͵ket, `ælo-; 'æləʊkeɪt] *vt.* 配給, 分配, ((to)); 保留((for 為了···)). The medical supplies were *allocated* to the victims of the disaster. 醫療品已經分配給災民了.

al·lo·ca·tion [͵ælə`keʃən, ͵æləʊ'keɪʃn] *n.* **1** ⓤ配給, 分配. **2** ⓒ分配額[量].

*****al·lot** [ə`lat; ə'lɒt] *vt.* (~s [~s; ~s]; ~ted [~ɪd; ~ɪd]; ~·ting) **1** 分配 句型4 (allot A B)、句型3 (allot B to A)分配[配給]B 給 A. The teacher *allotted* John the longest chapter. = The teacher *allotted* the longest chapter to John. 老師將最長的一章分配給約翰. **2** (用 allot B to [for] A)撥出 B(資金, 時間等)給 A. The government *allotted* three years [$1,000,000] *for* the project. 政府已撥給那項計畫三年的時間[100 萬美元]了/Students should *allot* more time *to* reading, and less *to* watching TV. 學生應該撥出更多時間來讀書, 少看點電視.

al·lot·ment [ə`latmənt; ə'lɒtmənt] *n.* ⓤ分配, 配給; ⓒ份, 分配額.

all-out [`ɔl`aut; ͵ɔːl'aut] *adj.* ((口))((限定))盡全力的; 全面的, 徹底的. make an *all-out* effort 全力以赴.

*****al·low** [ə`lau; ə'laʊ] (★注意發音) *v.* (~s [~z; ~z]; ~ed [~d; ~d]; ~·ing) *vt.* 【 允許 】 **1 (a)**允許···; 句型4 (allow A B)允許 A 做 B. No smoking *allowed*! 禁止吸菸!/Dogs are not *allowed* here. 此處禁止攜犬/You won't be *allowed* another mistake. 你不可以再犯錯. 同 allow 的語氣比 let 更為正式, 比 permit 口語; ↔ forbid. **(b)** 句型5 (allow A to do)讓 A 做···((經過同意或未加注意)). I can't *allow* you *to* behave like that. 我不能讓你如此下去/She *allowed* her child *to* drown. 她任由她的孩子溺斃/Please *allow* me *to* pay. 請讓我來付賬.

2 [許可 > 承認]對[要求, 議論 等]表示認可(admit), 承認; 句型3 (allow *that* 子句) 認可···; 句型5 (allow A *to* be B)認可 A 是 B. *allow* a claim 承認要求/I *allow* that he is sincere. = I *allow* him *to* be sincere. 我承認他是有誠意的.

【 准許給與 】 **3** 句型4 (allow A B)、句型3 (allow B *to* A)將 B (定期地)支付給[給與]A. She *allows* her daughter 10 dollars a week. 她每週給女兒 10 美元.

4 將[額外的費用, 時間等]列入考慮; 事先估計. Please *allow* 7 days for delivery. 請預留(商品)送達所需的 7 天時間. ⇨ *n.* allowance.

— *vi.* ((用於下列片語))

*** *allów for...* 考慮到···; 事先估計到···. We must *allow* for extra expenses, or we may run out of money. 我們必須考慮到額外的開支, 否則錢會用光/He did very good work *allowing* for his inexperience. 考慮到他的經驗不足, 他做的算是很好了.

allów of... (文章)准許…，留有…餘地，(★不用被動語態)．The situation *allows of* no delay. 情勢刻不容緩．

al·low·a·ble [ə'lɑʊəbl; ə'lɑʊəbl] *adj.* (法律上)允許的；合法的，正當的．

*al·low·ance [ə'lɑʊəns; ə'lɑʊəns] *n.* (*pl.* -**anc-es** [~ɪz; ~ɪz]) **1** ⃝ (通常爲定期支付的)津貼，補貼；(食品等的)配給量；(美)(給孩子等的)零用錢(英)pocket money)．He received a weekly *allowance* from his father. 他從父親那裡拿到每週的零用錢/My *allowance* does not pay for my tuition. (父母親給)我的零用錢[生活費]是不夠交學費的．

2 ⃤ 考慮，斟酌．make *allowance* (→片語)．

3 ⃝ 折扣，⇨ *v.* **allow**.

* **màke allówance(s)** (**for...**) 考慮，顧慮，(allow for...)．I'll *make allowance(s) for* your lack of experience. 我會把你經驗不足這一點列入考慮．

al·loy [`ælɔɪ, ə`lɔɪ; `ælɔɪ] *n.* (*pl.* ~**s**) ⃤ 合金；(泛指)混合物．an *alloy* of silver and bronze 銀和青銅的合金．

── [ə`lɔɪ; ə`lɔɪ] *vt.* (~**s**; ~**ed**; ~**ing**)使成合金；混合；使〔希望，喜悅等〕減低(spoil)．

all-pur·pose [`ɔl͵pɝpəs; `ɔːl͵pɜːpəs] *adj.* (限定)萬用的，萬能的．an *all-purpose* classroom 多用途的教室．

all-round [`ɔl`rɑʊnd; `ɔːl`rɑʊnd] *adj.* (主英)= all-around.

all-round·er [`ɔl`rɑʊndɚ; `ɔːl`rɑʊndə(r)] *n.* ⃤ (英)多才多藝的人；全能運動員．

Àll Sáints' Dày *n.* 萬聖節，(聖公會)諸聖日，(11月1日；紀念在天國的諸聖徒)．

Àll Sóuls' Dày *n.* (天主教)萬靈節，(聖公會)諸靈節，(11月2日；祭祀篤信者的靈魂)．

all·spice [`ɔl͵spaɪs; `ɔːlspaɪs] *n.* ⃤ 甜胡椒(pimento 的果實取出的香辣調味料)．

all-star [`ɔl͵star; `ɔːlstɑː(r)] *adj.* 全由名演員演出的，全由一流選手組成的．an *all-star* film 全由明星演出的影片/an *all-star* team 明星隊．

all-time [`ɔl͵taɪm; `ɔːltaɪm] *adj.* (限定)空前的，前所未聞的．an *all-time* high [low] 歷史上最高[最低](記錄)．

al·lude [ə`lud, ə`lɪud; ə`luːd] *vi.* 影射，暗示，((to))；提及((to))．He often *alludes* to his birth. 他常提到自己的身世/What do you mean? Are you *alluding* to me? 你這是甚麼意思？你是在說我嗎？⇨ *n.* **allusion**. *adj.* **allusive**.

al·lure [ə`lʊr, ə`lɪʊr; ə`ljʊə(r)] *vt.* **1** 引誘〔人〕，(用餌)勾引，(→ lure ⃝)；誘惑(charm)．

2 (句型5)(allure A to do), (句型3)(allure A *into* B)誘 A(人)做…[使成 B]．Skillful advertisements *allure* people *to* buy unnecessary things. 手法高明的廣告引誘人們購買不必要的東西/His wealth finally *allured* her *into* matrimony. 她禁不起金錢的誘惑，終於嫁給了他．

── *n.* ⃞U⃟魅力；誘惑．

al·lure·ment [ə`lʊrmənt, ə`lɪʊr-; ə`ljʊəmənt] *n.* **1** ⃞U⃟引誘，誘惑，迷惑．

2 ⃤ 誘惑的手段，誘餌．

al·lur·ing [ə`lʊrɪŋ, ə`lɪʊr-; ə`ljʊərɪŋ] *adj.* 誘人的；有魅力的．an *alluring* offer 吸引人的提案．

al·lu·sion [ə`luʒən, ə`lɪu-, æ-; ə`luːʒn] *n.* ⃞U⃟⃤ (文章)暗示；暗示，影射．She makes no *allusion* in the book *to* her own life. 她在書中沒有提及自己的生活．⇨ *v.* **allude**.

al·lu·sive [ə`lusɪv, ə`lɪusɪv; ə`luːsɪv] *adj.* 暗示的，影射的；提及的，((to))．

al·lu·vi·al [ə`luvɪəl, ə`lɪu-, -vjəl; ə`luːvjəl] *adj.* (地學)沖積的；沖積期的．*alluvial* epoch 沖積期[世]．

al·lu·vi·um [ə`luvɪəm, ə`lɪu-; ə`luːvjəm] *n.* ⃞U⃟(地學)沖積層(由水流帶來的泥沙堆積)．

*al·ly [ə`laɪ; ə`laɪ] *vt.* (-**lies** [~z; ~z]; -**lied** [~d; ~d]; ~**ing**)使〔國家〕結盟，聯盟；使〔人，家族〕聯姻；((with, to))(主要用被動語態或用 ally oneself)．The United States was *allied* [*allied* itself] *with* Great Britain during World War Ⅱ. 第二次世界大戰期間，美國和英國結成同盟．⇨ *n.* **alliance**.

── [`ælaɪ, ə`laɪ; `ælaɪ] *n.* (*pl.* -**lies** [~z; ~z]) ⃤ **1** 同盟國；同盟者．**2** 夥伴，合作者．

3 (the All*ies*)(第一次、第二次世界大戰時的)同盟國(→ the Axis).

al·ma ma·ter [`ælmə`metɚ, `ɑlmə`mɑtɚ; ͵ælmə`mɑːtə(r)] (拉丁語) *n.* ⃤ (常 Alma *Mater*)母校；(美)校歌．

al·ma·nac [`ɔlmə͵næk, `ɑlmə`nɪk; `ɔːlmənæk] *n.* ⃤ **1** 曆書(亦記載氣象、日出日落時刻、月亮圓缺、潮汐漲落等)．**2** 年鑑(yearbook)．

*al·might·y [ɔl`maɪtɪ; ɔːl`maɪtɪ] *adj.* **1** 全能的，掌握全權的．*Almighty* God 全能的神/the *Almighty* 全能者(神)．**2** (口)非常的，不得了的，(very great)．

al·mond [`ɑmənd, `æmənd; `ɑːmənd] *n.* ⃤ 杏仁[樹]．

[almond]

al·mond-eyed [͵ɑmənd`aɪd, ͵ɑ͵mənd`aɪd; ͵ɑːmənd`aɪd] *adj.* (細長而向上彎的)杏眼的(形容日本人、中國人等的眼睛)．

*al·most [`ɔl͵most, `ɔl͵most; `ɔːlməʊst] *adv.* 幾乎，差不多；差點說…；(語法)通常緊接在修飾語之前)．It's *almost* six. 快六點了/It's *almost* time to go to bed. 是差不多該睡覺的時候了/The performance was *almost* over. 表演差不多結束了/I was *almost* home when the car ran out of gas. 我差一點就到家，但車子卻沒油了/*Almost* all the leaves have fallen. 幾乎所有的樹葉都已掉落/*almost* every

morning 幾乎每天早上/It was a terrible accident; she *almost* died of shock. 這是件可怕的意外，她差點嚇死了/He was *almost* drowned. 他差一點就淹死了.

【◉ almost 與 nearly】
(1)字義: 在感覺上, almost 是「稍爲不夠」, nearly 是「近於…」, 因此可以視爲 almost＝very nearly (almost 不能與 very 連用).
(2)用法: (a)almost 可像 almost never, almost nothing 這樣緊接在否定字之前, 而 nearly 則在動詞的否定形(don't 等)之前, 兩者皆可使用: It *almost never* rains in the winter here. (這兒的冬天幾乎不下雨)/*Almost no* one believed me. (幾乎沒有人相信我). (b)nearly 能接在 very, pretty, not 之後, almost 則不可: We *very nearly* missed the bus. (我們差一點就錯過了公車).

---

alms [ɑmz; ɑ:mz] (★注意發音) *n.* (單複數同形) 救濟品; 捐款.

al·oe [ˋælo; ˈæləʊ] *n.* Ⓒ 蘆薈(百合科, 供藥用、觀賞用的植物); 沈香木.

a·loft [əˋlɔft; əˈlɒft] *adv.* 在上面, 在高處; 在(船的)桅頂上. I saw a flock of birds flying *aloft*. 我看到一群鳥在空中飛翔.

a·lo·ha [ɑˋloɑ, ɑˋloə; ɑ:ˈləʊhɑ:] *interj.* 歡迎; 再見; (夏威夷語意爲「愛」).

‡**a·lone** [əˋlon; əˈləʊn] *adj.* **1** 《敘述》《獨自》一人的, 單獨的; 唯一的; 沒有外人的. She was *alone* in her room. 她獨自一人在房間裡/I am not *alone* in this opinion. 這不是我一個人的意見/That night Mr. and Mrs. Smith dined *alone*. 那天晚上只有史密斯夫婦兩人進餐.
圖 alone 爲客觀地表達沒有朋友及同伴的狀態, 通常並不特指「寂寞」之意; → lonely.
2 《緊接在修飾語之後》只, 僅. I *alone* know the truth. 只有我知道眞相/Man cannot live on bread *alone*. 人活著, 不是單靠食物〈源自聖經〉.
àll alóne (1)獨自一人(地). She lived all *alone*. 她獨自一個人住. (2)完全獨力地.
lèave [lèt]...alóne 不理會…, 讓…獨處. *Leave* the dog *alone*. 別理那隻狗.
lèt alóne... 《通常用於否定句》更不用提…. He can't speak English, *let alone* Spanish. 他不會說英語, 更別提西班牙語了.
— *adv.* 單獨地, 獨力地. Tom can do this work *alone*. 湯姆能獨力做好這項工作.
字源 ONE 「一個」: alone, lonely (孤獨的), oneway (單行道的).

‡**a·long** [əˋlɔŋ; əˈlɒŋ] *prep.* 循著(道路或河川); 沿著…. I walked *along* the footpath. 我沿著(郊外的)小路走/sail *along* the coast 沿海岸航行/There are large houses *along* the street. 沿街有大宅並排著.
— *adv.* **1** 向前地, 前進地, 迅速地(向前), (on, forward). Come *along*! 過來(這裡)!/Hurry *along* or you'll be late. 快去, 否則你會遲到的.

2 沿著. There is a narrow path running *along* by the cliff. 沿著崖邊有條狹窄的小徑.
3 《與人》一起; 帶著(物品), 偕同. He took his sister [camera] *along*. 他帶著妹妹[相機]去/I'm going for a drive this afternoon—would you like to come *along*? 今天下午我要去兜風, 你要不要一起來?
àll alóng → all *adv.* 的片語.
alóng with... 和…一起; …之外. This letter came *along with* the book. 這封信和這本書一起寄來了.
be alóng 來; 〔人〕一起. I'll *be along* in a minute. 我馬上就來/I'm sorry my husband *isn't along* today: he's got a cold. 很抱歉我丈夫今天沒和我一起來, 他感冒了.

a·long·side [əˋlɔŋˋsaɪd; əˌlɒŋˈsaɪd] *adv.* 在旁邊, 靠攏地; 並排地; (船)靠岸邊地. The policeman pulled up *alongside*. 警察的(車)靠邊停了下來.
alòngsíde of... ＝alongside prep.
— *prep.* 在…旁邊; 與…並排; 與…靠攏. The two houses stand *alongside* each other. 那兩間房屋並排著.

a·loof [əˋluf; əˈlu:f] *adv.* 離開地, 遠離地.
kèep [hòld, stànd] alóof (from...) (與…)遠離; (跟…)沒有交往.
— *adj.* 疏遠的, 冷淡的.

a·loof·ness [əˋlufnɪs; əˈlu:fnɪs] *n.* Ⓤ 疏遠, 冷淡; 超然的態度.

‡**a·loud** [əˋlaud; əˈlaʊd] *adv.* **1** 發出(普通的)聲音地(讀等)(↔silently). Read the book *aloud*. 請朗讀這本書. **2** 大聲地(loudly). 注意 僅限於 cry *aloud*, laugh *aloud*, yell *aloud*.

al·pac·a [ælˋpækə; ælˈpækə] *n.* Ⓒ (動物)羊駝(產於南美的一種駱馬); Ⓤ 羊駝毛(紡織品).

al·pen·horn [ˋælpɪnˌhɔrn, -pən-; ˈælpənhɔ:n] *n.* Ⓒ 阿爾卑斯號(阿爾卑斯地區牧羊人使用的木製長角笛).

al·pen·stock [ˋælpɪnˌstɑk, -pen-; ˈælpənstɒk] *n.* Ⓒ 登山手杖.

al·pha [ˋælfə; ˈælfə] *n.* ⓊⒸ **1** 希臘字母的第一個字母; A, *α*; 相當於羅馬字母之 a＝omega.
2 《加 the》最初, 第一個. the *alpha* and omega 首尾; 要點; 全部.

‡**al·pha·bet** [ˋælfəˌbɛt; ˈælfəbet] *n.* (*pl.* ~s [~s; ~s]) Ⓒ 字母. the Greek *alphabet* 希臘字母. 字源 源於希臘語的 alpha＋beta.

al·pha·bet·i·cal [ˌælfəˋbɛtɪk; ˌælfəˈbetɪkl] *adj.* 按字母順序的. in *alphabetical* order 按 ABC(字母)的順序.

al·pha·bet·i·cal·ly [ˌælfəˋbɛtɪklɪ, -lɪ; ˌælfəˈbetɪkəlɪ] *adv.* 按字母順序地.

al·pha·be·tize [ˋælfəbəˌtaɪz; ˈælfəbəˌtaɪz] *vt.* 按字母順序排列.

al·pine [ˋælpaɪn, -pɪn; ˈælpaɪn] *adj.* 高山的; (Al-

pine)阿爾卑斯山脈的. an *alpine* plant 高山植物.

al·pin·ist [ˈælpɪnɪst; ˈælpɪnɪst] *n.* C 登山客.

Alps [ælps; ælps] *n.* (加 the) 阿爾卑斯山脈.

‡**al·read·y** [ɔlˈrɛdɪ; ɔːlˈredɪ] *adv.* 已經, 業已, 早已; (→ yet). It was *already* dark. 天已黑了/I have *already* read the book. 我已經讀過這本書了/When he got to the station, the train had *already* left. 當他抵達車站時, 火車早已開走了.

【●疑問句、否定句與 already】
(1)在疑問句、否定句中通常用 yet 代替 already: Have you finished breakfast *yet*? (你吃過早餐了嗎?)/I haven't finished breakfast *yet*. (我還沒有吃早餐).
(2)若在疑問句、否定句中使用already, 則表示驚訝或意外: Have you finished breakfast *already*? (你已經用過早餐了啊?)/He hasn't left *already*, has he? (他還沒有走, 不是嗎?)
【● already 的位置】
(1)助動詞與主要動詞之間: Bill has *already* gone to bed. (比爾已經去睡覺了).
(2)句尾《口》: Bill has gone to bed *already*.
(3)強調詞之前: "Has Bill gone to bed?" "Yes, he *already* hás."
(4)be 動詞之後: Bill is *already* in bed.
(5)少有置於句首的情況.

al·right [ɔlˈraɪt; ɔːlˈraɪt] *adv.* 《口》=all right.
語法 本來應該是 all right.

Al·sa·tian [ælˈseʃən; ælˈseɪʃən] *n.* (英)=German shepherd.

‡**al·so** [ˈɔlso; ˈɔːlsəʊ] *adv.* 也, 還, 並且. My wife's first name is Anne. Tom's wife is *also* called Anne. 我的妻子名叫安, 湯姆的太太也叫安/He's a teacher of physics, but can *also* teach math. 他是個物理老師, 不過也能教數學.

【● also 的語法】
(1)在口語中, 通常 too 或 as well 比 also 常用: I *also* went there. = I went there, *too*. (我也到那裡去了).
(2)also 通常置於動詞之前(若有助動詞、be 動詞則在其後); 在口語中, 以加重發音來表示 also 所強調的部分, 但有時會因 also 的位置而產生模稜兩可的句義: He can *also* speak German. 可作(a)「他也會說德語」(b)「他還會說德語(不僅會說英語)」的兩種意義. 若要明確表示前項意義時, 可寫成 He *also* can speak German. 表示後項意義時, 則是 He can speak German *also*. 或者是 He can speak German *also*. 但是 also 放在句尾也可視爲(a)義的強調用法.
(3)在否定句中, 要用 not...either (→ either).

nòt ónly A *but* (*àlso*) B → not 的片語.

al·so-ran [ˈɔlsoˌræn; ˈɔːlsəʊræn] *n.* C **1** (賽馬的)落選之馬「只是一起跑過而已」, 沒有進入前三名). **2** 競爭中的失敗者; 平庸之才.

Al·ta·ic [ælˈteɪk; ælˈteɪk] *adj.* 阿爾泰山脈(居民)的; (語言)阿爾泰語系的.
— *n.* U (語言)阿爾泰語系(土耳其語, 蒙古語等).

Àl·tai Móuntains [ælˈtaɪ-; ælˈteɪaɪ-] (加 the) 阿爾泰山脈(橫跨俄羅斯、蒙古、中國).

Al·tair [ælˈtaɪr; ælˈteə(r)] *n.* (天文)河鼓二, (七夕的)牛郎星, (天鷹座的 α 星, → Vega).

al·tar [ˈɔltər; ˈɔːltə(r)] *n.* (*pl.* ~s [~z; ~z]) C (教堂的)祭壇(→ church 圖).

[altar]

‡**al·ter** [ˈɔltər; ˈɔːltə(r)] *v.* (~s [~z; ~z]; ~ed [~d; ~d]; **-ter·ing** [-tərɪŋ; -tərɪŋ]) *vt.*
1 改變, 變更, 更改, (→change 圖). Why don't you *alter* your lifestyle a bit? 你爲甚麼不稍微改變一下你的生活方式?/*alter* one's plan 更改計畫.
2 修改, 改建(住屋); 改(衣服). This coat must be *altered*; it's too large. 這件外套必須修改; 太大了.
— *vi.* 變, 改. Taiwan has *altered* a great deal since the end of the war. 戰後臺灣變化很大.
⟡ *n.* alteration.

al·ter·a·ble [ˈɔltərəbl; ˈɔːltərəbl] *adj.* 可改變的, 能變更的.

al·ter·a·tion [ˌɔltəˈreʃən; ˌɔːltəˈreɪʃn] *n.* UC
1 變更, 改變. **2** 修改, 改造. There hasn't been much *alteration* in this town in the last twenty years. 近二十年來這城鎮沒多大變化/I made *alterations* in the program [on the dress]. 我把節目[衣服]改了.

al·ter·ca·tion [ˌɔltəˈkeʃən, ˌæl-; ˌɔːltəˈkeɪʃn] *n.* 《文章》C 爭吵(quarrel), 爭論.

al·ter e·go [ˈæltəˈigo, -ˈɛgo; ˈæltərˈegəʊ](拉丁語) *n.* (*pl.* — **egos**) C 第二自我, 個性的另一面 (the other self); 密友.

al·ter·nate [ˈɔltənɪt, ˈæl-; ɔːlˈtɜːnət] *adj.* **1** 相互的, 交替的, 輪流的. *alternate* layers of sand and clay 層層交替的砂和黏土. **2** 間隔的; 交互的. I go to the gym on *alternate* days. 我每隔一天去體育館/Write on *alternate* lines. 請隔行書寫.
— [ˈɔltəˌnet, ˈæl-; ˈɔːltəneɪt] *v.* (~s [~s; ~s]; **-nat·ed** [~ɪd; ~ɪd]; **-nat·ing**) *vi.* **1** 交替; 交互排

列；交互[交替]進行；(with). Blue lines *alternate with* red ones. 藍線和紅線相互交錯/John and I *alternated* in driving. 約翰和我輪流開車.
2 反覆往來((between A and B 在 A 與 B 之間)). We *alternated between* optimism *and* pessimism. 我們時而樂觀、時而悲觀.

— *vt.* 使交替；使交互[交替]進行…；(with). On a checkerboard black squares are *alternated with* white ones. 棋盤上黑白方格相間/We *alternated* two hours of work and ten minutes of rest. 我們每工作兩小時就休息十分鐘.

al·ter·nate·ly [ˋɔltɚˏntlɪ, ˋæl-; ɔːlˋtɜːnətlɪ] *adv.* 交互地，輪流地，(with)；間隔地. She was *alternately* surprised and angry at his attitudes. 她對他的態度時而吃驚、時而生氣.

ālternating cúrrent *n.* ⓒ(電)交流電 (↔ direct current)(略作 AC, ac).

al·ter·na·tion [ˏɔltɚˋneʃən, ˏæl-; ˏɔːltəˋneɪʃn] *n.* ⓊⒸ交替，輪流；間隔. the *alternation* of day and night 晝夜的交替.

***al·ter·na·tive** [ɔlˋtɜːnətɪv, æl-; ɔːlˋtɜːnətɪv] *adj.* **1** (二者中)任選其一的，二者擇一的，(→ *n.* 語法). *alternative* plans 二者擇一的方案/We had several *alternative* courses of action before us. 我們面前有幾種可供選擇的途徑.
2 替代的，代用的. an *alternative* plan 替代方案/There is no *alternative* means of transportation to the town except the bus. 到那城鎮除了公車外，你沒有其他可替代的交通工具.
3 (和既有事物)完全不同的；(無視於傳統的)另一個的. sources of *alternative* energy 替代能源(潮汐或風力等)/*alternative* theater 實驗劇場.

— *n.* (pl. ~s [~z; ~z]) ⓒ **1** (二者中)選擇一個的餘地[自由]，二者擇一. You have the *alternative* of resistance or slavery. 你只能在抵抗和奴役之間擇一. 語法 本來用於二者間，然而有時也可用於二者以上；形容詞用法亦同.
2 (二者以上的)可選擇性；選項. What are the *alternatives*? 有甚麼可供選擇的呢?
3 可替代的手段[辦法等](to). I would prefer any *alternative to* a lawsuit. 我希望採取任何替代訴訟的辦法/There is no (other) *alternative*. = This is the only *alternative*. (除此之外)別無選擇.
字源 ALTER「別的」: *alternative*, *alternate* (交互的), *alternation* (交互).

al·ter·na·tive·ly [ɔlˋtɜːnətɪvlɪ, æl-; ɔːlˋtɜːnətɪvlɪ] *adv.* (二者)擇一地；替代地.

altérnative quéstion *n.* ⓒ(文法)選擇性疑問(句)((例: Are you going or staying? 你是去還是不去呢?)).

al·ter·na·tor [ˋɔltɚˏnetɚ, ˋæl-; ˋɔːltəneɪtə(r)] *n.* ⓒ交流發電機.

***al·though** [ɔlˋðo; ɔːlˋðəʊ] *conj.* 雖然，儘管. *Although* (she was) tired, she kept on working. 雖然很累，但她仍繼續工作/He lost the game *although* he did his best. 他雖然竭盡全力，但還是輸了那場比賽. 語法 (1) though 比 although 稍口語化；如第 1 例，從屬子句在主要子

句之前時，通常用 although. (2)如第 2 例，動詞為一般動詞而非 be 動詞時，「主詞+動詞」不可省略.

al·tim·e·ter [ælˋtɪmətɚ, ˋæltəˏmitɚ; ˋæltɪmiːtə(r)] *n.* ⓒ (特指飛機的)高度計.

al·ti·tude [ˋæltəˏtjud, -ˏtɪud, -ˏtud; ˋæltɪtjuːd] *n.* **1** ⒶⓊ高度，標高(從海面或地平線算起)，(山的)標高，海拔. at an *altitude* of 3,000 m 在 3,000 公尺的高度. **2** (altitudes)高處.

al·to [ˋælto; ˋæltəʊ] *n.* (pl. ~s)(音樂) **1** ⓊⒸ女低音；介於男高音至女高音之間的聲部；(與contralto 字義相同，指女子的最低音；以前亦用來指男聲的最高音(countertenor)；女聲的聲部從低到高按 alto, mezzo-soprano, soprano 的順序稱呼). **2** ⓒ女低音歌手；中音樂器；中音樂曲.
字源 ALT「高」: *alto*, *altitude* (高度), ex*alt* (提高), *altimeter* (高度計).

***al·to·geth·er** [ˏɔltəˋgɛðɚ, ˋɔːltəˋgeðə(r)] *adv.* **1** 全部，全然，完全，(wholly)(注意) all together(全部一起)是另一種表示法). That's *altogether* wrong. 那完全錯了/They are not *altogether* correct. 他們並非都對(★在否定句中成為部分否定).
2 全部，合計，(in all). His losses amounted *altogether* to over a thousand dollars. 他的損失合起來超過一千美元.
3 (修飾句子)總體來說，總之. *Altogether* [Taken *altogether*], things are going well. 整體而言，事情進展順利(★ Taken *altogether* 是分詞構句; Altogether 則是將 Taken 省略的用法).
— *n.* Ⓤ(款)(用於下列片語)
in the àltogéther 赤身裸體，一絲不掛.

al·tru·ism [ˋæltrʊˏɪzəm; ˋæltroɪzəm] *n.* **1** Ⓤ利他主義(應把他人的幸福、利益放在最優先位置的學說; ↔ egoism). **2** ⓒ利他的行為.

al·tru·ist [ˋæltrʊɪst; ˋæltroɪst] *n.* ⓒ利他主義者.

al·tru·is·tic [ˏæltrʊˋɪstɪk; ˏæltroˋɪstɪk] *adj.* 利他的.

al·tru·is·ti·cal·ly [ˏæltrʊˋɪstɪklɪ, -lɪ; ˏæltroˋɪstɪkəlɪ] *adv.* 利他地，有利於他人地.

a·lu·min·i·um [ˏæljəˋmɪnɪəm; ˏæljʊˋmɪnɪəm] *n.* (英)=aluminum.

***a·lu·mi·num** [əˋlumɪnəm, əˋlɪu-; əˋluːmɪnəm] *n.* Ⓤ(美)鋁(金屬元素; 符號 Al).

a·lum·na [əˋlʌmnə; əˋlʌmnə] *n.* (pl. **-nae**) ⓒ(主美)女畢業生，女校友(→ alumnus).

a·lum·nae [əˋlʌmni; əˋlʌmniː] *n.* alumna 的複數.

a·lum·ni [əˋlʌmnaɪ; əˋlʌmnaɪ] *n.* alumnus 的複數.

a·lum·nus [əˋlʌmnəs; əˋlʌmnəs] *n.* (pl. **-ni**) ⓒ(主美)畢業生，校友. 單數通常指男性，複數則亦用於包含女性的情況；(英)通常稱為 old boy. 參考 源於拉丁語，複數或女性形 (alumna)中仍保留拉丁語的變化方式.

al·ve·o·lar [ælˋvɪələ; ælˋvɪələ(r)] (語音學) *adj.*

齒齦音的《舌尖碰觸齒齦所發的音的》.

— n. C 齒齦音([t; t], [d; d], [n; n], [s; s] 等).

‡al·ways [ˋɔlwɪz, -wez, -wəz; ˈɔːlweɪz] adv. **1** 長久地，一直，始終，永遠地，總是. He is *always* busy. 他總是很忙/He's *always* been kind to me. 他對我一向是和藹可親/I *always* walk to school. 我一向都是走路上學. [語法] (1)always 的位置通常緊接在助動詞、be 動詞之後，一般動詞之前. 此外，語義爲「永遠」時，經常置於句尾，如 I'll love you *always*. (我永遠愛你). (2)always 的特殊位置：例如駁斥 You should *always* be honest. (你應該永遠誠實)時說 I *always* ám honest. 爲了強調 be 動詞而將 always 置於 be 動詞之前. (3)有時與進行式一起使用，表現說話者焦躁、責難等情緒: That old woman is *always* complaining. (那個老女人總是在抱怨).
2 隨時，任何時候. You can *always* quit the job. 你隨時都可以辭職不幹.
as álways 跟平時一樣，如往常一般. He refused to help us, *as always*. 就跟往常一樣，他拒絕幫助我們.
* ***nòt álways*** 《部分否定》並非都是，未必···. The rich are *not always* happy. 有錢人並不一定快樂. [語法]「永遠···」則用 never，例如「他永遠不會準時還錢」應作 He *never* pays his debts on time. 而不說 He always doesn't pay···.

●——主要用來表示頻率的副詞(片語)	
高 ↑	1 always
	2 nearly always, almost always
	3 usually, normally, generally
	4 often, frequently
	5 sometimes
	6 occasionally, now and then
	7 rarely, seldom
	8 hardly, scarcely
低 ↓	9 never

AM 《略》amplitude modulation(調幅；→ FM).

‡am [強 ˋæm, ˏæm, 弱 əm, m; 強 æm, 弱 əm, m] v., aux. v. be 動詞的第一人稱、單數、直述語氣、現在式(詳細的字義、用法→be). [注意] am not 的發音是 [(ə)mˋnɑt, æmˋnɑt; (ə)mˈnɒt, æmˈnɒt], 不是 [ˋæmnt; ˈæmnt]; → ain't.

Am. 《略》America, American.

‡A.M., a.m. [ˋeˋɛm; ˏeɪˈem] 上午《源於拉丁語 ante meridiem (before noon)；↔P.M., p.m.》. at 8:30 *a.m.* 上午 8 時 30 分《讀作 at eight-thirty a.m.》/the 7:00 *a.m.* train 上午 7 時開出的火車. [語法] 通常用小寫字母放在數字之後；不加 o'clock.

a·mal·gam [əˋmælgəm; əˈmælgəm] n. **1** U 《化學》汞合金(水銀和銀、錫等的合金). **2** C 混合物.

a·mal·ga·mate [əˋmælgəˏmet; əˈmælgəˏmeɪt] vt. **1** 合併(公司等)；混合.

2 使〔金屬〕成爲汞合金.
— vi. 合併；混合；《with》.

a·mal·ga·ma·tion [əˏmælgəˋmeʃən; əˏmælgəˈmeɪʃn] n. UC **1** (公司等的)合併，聯合；混合. **2** (金屬)成爲汞合金.

am·a·ryl·lis [ˏæməˋrɪlɪs; ˏæməˈrɪlɪs] n. C 孤挺花(石蒜科；形似百合的開花鱗莖植物).

a·mass [əˋmæs; əˈmæs] vt. 蓄積，積存，〔財產〕；聚集〔物品〕. He *amassed* a large fortune before he died. 他生前存了大筆財產.

[amaryllis]

‡am·a·teur [ˋæməˏtʃʊr, -tɚ; ˈæmətə(r)] (★注意重音位置) n. (pl. ~s [~z; ~z]) C **1** 業餘者，外行人；不熟練的人；愛好者；(↔ professional, expert). **2** 《形容詞性》業餘的，業餘愛好的. an *amateur* photographer 業餘攝影師. [字源] AM「愛」: amateur, amiable (和藹可親的), amorous (好色的).

am·a·teur·ish [ˏæməˋtɜ·ɪʃ; ˏæmə'tɜːrɪʃ] adj. 業餘的，外行的；不熟練的；拙劣的.

am·a·teur·ish·ly [ˏæməˋtɜ·ɪʃlɪ; ˏæmə'tɜːrɪʃlɪ] adv. 外行地；拙劣地.

am·a·teur·ism [ˋæməˏtɜ·ɪzəm; ˈæmətərɪzəm] n. U 外行做法；業餘性技藝；業餘身分[資格]；(↔ professionalism).

am·a·to·ry [ˋæməˏtorɪ, -ˏtɔrɪ; ˈæmətərɪ] adj. 《雅》性愛的，好色的. an *amatory* look 好色的眼神.

‡a·maze [əˋmez; əˈmeɪz] vt. (a·maz·es [~ɪz; ~ɪz]; ~d [~d; ~d]; a·maz·ing) 使大吃一驚，使驚愕；(通常用於被動語態). The circus *amazed* and delighted the children. 馬戲團使孩子們又驚又喜/I'm *amazed* at [by] his rapid progress in English. 我對他英文的快速進步感到驚訝/The children were *amazed* by the tall buildings. 孩子們對高樓建築感到驚訝/She was *amazed* to hear the news. 聽到這個消息她大吃一驚.
[同] amaze 的驚訝程度比 surprise 更強烈；→ surprise.
[搭配] amaze + adv.: be really ~d (著實吃了一驚), be completely ~d (大吃一驚), be totally ~d (非常驚愕), be utterly ~d (驚訝不已).
⋄ n. amazement.

a·mazed [əˋmezd; əˈmeɪzd] adj. 吃驚的，感到十分驚訝的.

a·maz·ed·ly [əˋmezdlɪ; əˈmeɪzdlɪ] adv. 吃驚地，感到十分驚訝地.

* **a·maze·ment** [əˋmezmənt; əˈmeɪzmənt] n. U 驚愕，驚訝. in *amazement* 吃驚地，驚訝地/I heard the news with *amazement*. 聽到那消息我大吃一驚. ⋄ v. amaze.
to a pèrson's amázement 令某人驚訝的是. To his *amazement*, the door opened all by itself. 令他驚訝的是，門自動開了.

* **a·maz·ing** [əˋmezɪŋ; əˈmeɪzɪŋ] v. amaze 的現

在分詞、動名詞.

— adj. 令人吃驚的，使人驚奇的；驚人的. amazing progress 驚人的進步.

a·maz·ing·ly [ə`mezɪŋlɪ; ə`meɪzɪŋlɪ] adv. 令人吃驚地，出奇地.

Am·a·zon [`æmə͵zɑn, -zŋ; `æməzən] n. **1** (加 the)亞馬遜河(位於南美，為世界最大的河流).

2 Ⓒ(希臘神話)亞馬遜(相傳為古時住在黑海附近的勇猛女戰士). **3** Ⓒ(amazon)悍婦，女中豪傑.

Am·a·zo·ni·an [͵æmə`zonɪən, ͵æmə`zəʊnjən] adj. **1** 亞馬遜河的.

2 (amazonian)(女性)具有男子氣概的.

***am·bas·sa·dor** [æm`bæsədɚ, əm-; æm`bæsədə(r)] n. (pl. ~s [~z; ~z]) Ⓒ大使；使節. the U.S. ambassador to France 美國駐法大使. 參考 「領事」是 consul, 「公使」是 minister, 「大使館」是 embassy.

am·bas·sa·do·ri·al [æm͵bæsə`dorɪəl, əm-, -`dɔr-; æm͵bæsə`dɔːrɪəl] adj. 大使的；使節的.

am·bas·sa·dress [æm`bæsədrɪs, əm-; æm`bæsədrɪs] n. Ⓒ女大使(→ ambassador)；大使夫人.

am·ber [`æmbɚ; `æmbə(r)] n. Ⓤ琥珀；琥珀色；(英)(交通號誌的)黃色(→ yellow 2).

— adj. 琥珀(製)的；琥珀色的.

am·bi·dex·trous [͵æmbɪ`dɛkstrəs, ͵æmbɪ`dekstrəs] adj. 雙手靈巧的，非常靈巧的；欺騙的. 「環境；氣氛(atmosphere).

am·bi·ence [`æmbɪəns; `æmbɪəns] n. Ⓤ(雅)

am·bi·ent [`æmbɪənt; `æmbɪənt] adj. (限定)(文章)(空氣等)環繞的.

am·bi·gu·i·ty [͵æmbɪ`gjuətɪ, -`gɪuətɪ; ͵æmbɪ`gjuːətɪ] n. (pl. -ties) Ⓤ(意義)曖昧，不明確，含糊，模稜兩可；Ⓒ意義含糊的說法(詞句). No ambiguities are allowed in a contract. 合約不能有意義含糊之處.

***am·big·u·ous** [æm`bɪgjʊəs; æm`bɪgjʊəs] adj. 模稜兩可的；曖昧的，含糊的. an ambiguous expression (answer) 含糊的表達(答覆).

同 ambiguous 用於指兩種或兩種以上意義含糊時，vague 用於意義本身含糊不清時；equivocal 多用於故意使含義不清；→ obscure.

am·big·u·ous·ly [æm`bɪgjʊəslɪ; æm`bɪgjʊəslɪ] adv. 曖昧地；模稜兩可地.

am·bit [`æmbət; `æmbɪt] n. Ⓒ(文章)(用單數)(勢力，權限等所能及的)範圍，領域.

***am·bi·tion** [æm`bɪʃən; æm`bɪʃn] n. (pl. ~s [~z; ~z]) ⓊⒸ雄心壯志，野心，抱負，(to do 想做…；for 想要…)；上進心. He never forgot his ambition to become a great statesman. 他從未忘記要成為偉大政治家的雄心/He is full of ambition for power. 他一心想要奪權.

搭配 adj.+ambition: (a) burning ~ (狂熱的野心), (a) great ~ (偉大的抱負), (a) strong ~ (堅定的志向) // v.+ambition: have (an) ~ (胸懷大志), achieve one's ~ (達成抱負), stir a person's ~ (激發某人的雄心壯志).

⇨ adj. ambitious.

***am·bi·tious** [æm`bɪʃəs; æm`bɪʃəs] adj. **1** (人)胸懷大志的，有野心的；(事業等)有野心的，大規模的. an ambitious young man 胸懷大志的青年/an ambitious project 大規模的事業/Boys, be ambitious! 孩子們，要胸懷大志!/She was very ambitious for her children. 她望子成龍.

2 渴望(for 得到…；to do 去做…). He is ambitious for success (to succeed). 他渴望成功.

⇨ n. ambition.

am·bi·tious·ly [æm`bɪʃəslɪ; æm`bɪʃəslɪ] adv. 有抱負地；有野心地；大規模地.

am·biv·a·lence [æm`bɪvələns; æm`bɪvələns] n. Ⓤ(心理)(對同一事物同時感到愛與憎的)矛盾情緒.

am·biv·a·lent [æm`bɪvələnt; æm`bɪvələnt] adj. (心理)感到(愛與憎等)矛盾情感的；態度未決的.

am·ble [`æmbl; `æmbl] n. Ⓒ溜蹄，緩行，(馬等同時舉起同側的前腳和後腳行走；→ gallop)；徐步緩行.

— vi. (馬)緩行；(人)漫步. I like to amble around the park after dinner. 我喜歡晚餐後到公園漫步.

am·bro·sia [æm`broʒɪə, -ʒə; æm`brəʊzjə] n. Ⓤ **1** (希臘、羅馬神話)神仙美食(據說人吃了能長生不老；→ nectar). **2** (雅)珍饈美味.

***am·bu·lance** [`æmbjələns; `æmbjʊləns] n. (pl. -lanc·es [~ɪz; ~ɪz]) Ⓒ救護車. Call an ambulance! 叫救護車!/The injured child was taken to the hospital by ambulance. 受傷的孩子已被救護車送到醫院了.

am·bush [`æmbʊʃ; `æmbʊʃ] n. ⓊⒸ埋伏；埋伏處. fall into an ambush 遭到埋伏/lie in ambush 埋伏. — vt. 埋伏；埋伏以襲擊….

a·me·ba [ə`mibə; ə`miːbə] n. =amoeba.

a·mel·io·rate [ə`miljə͵ret; ə`miːljəreɪt] v. (文章)vt. 改善，改良，(環境、品質等)(improve). ameliorate the living conditions of the poor 改善窮人的生活狀況.

— vi. 改善，改良. ↔ deteriorate.

a·mel·io·ra·tion [ə͵miljə`reʃən; ə͵miːljə`reɪʃn] n. Ⓤ(文章)改善，改良，(↔ deterioration).

a·men [`e`mɛn, `ɑ`mɛn, ͵ɑː`men, ͵eɪ`men] interj. 阿門(希伯來語「心願如此」之意；基督徒祈禱終了時的用語).

say amen to... (口)積極贊成…. "Thank heaven, he quit the company!" "I'll say amen to that!" 「謝天謝地，他離開公司了!」「可不是嗎!」

a·me·na·ble [ə`minəbl, ə`mɛn-; ə`miːnəbl] adj. **1** (對忠告，提案等)順從的，聽從的；肯接受勸導的. an amenable girl 順從的女孩/He is amenable to flattery. 他很容易接受奉承諂媚.

2 (敘述)有服從義務的，有責任的. Everybody

is *amenable to* the law. 每個人都有遵守法律的義務.

* **a·mend** [ə`mɛnd; ə`mend] v. (~**s** [~z; ~z]; ~**ed** [~ɪd; ~ɪd]; ~**ing**) vt. **1** 訂正《文書的錯誤等》; 修理, 改正《行爲等》. *amend* a text 訂正本文(的錯誤) / *amend* one's manners 修正行爲擧止.

2 修正《議案等》; 修改《法律等》. Some people say it is necessary to *amend* our Constitution. 有些人說我國的憲法必須修訂.
— vi. 《雅》改善; 改正行爲.

a·mend·ment [ə`mɛndmənt; ə`mendmənt] n. Ｕ修正, 訂正; 改善; Ｃ修正條款; 修正案.

a·mends [ə`mɛndz; ə`mendz] n. 《單複數同形》補償, 賠償, 賠罪. I'll have to make *amends* to them *for* my mistake. 我必須向他們彌補我的過錯.

a·men·i·ty [ə`mɛnətɪ; ə`mi:nətɪ] n. (pl. -**ties**)
1 Ｕ《場所, 氣候等的》舒適; (人的)溫雅可親.
2 (amenit*ies*)使人生活愉快的事物[設施]《指公園, 圖書館, 娛樂設施等》; (社交的)禮儀, 寒暄. My house is close to the *amenities* of a big city. 我家鄰近大城市的休閒生活去處 / exchange *amenities* 相互寒暄.

Amer. 《略》America; American.

‡‡**A·mer·i·ca** [ə`mɛrəkə, ə`mɛrɪkə; ə`merɪkə] n. **1** 美利堅合眾國, 美國, (the United States of America)《美國人多稱自己國家爲 the United States》.
2 美洲《南北美洲整體, 或其中之一; 特指北美洲》.
3 (the Americas)南北(中)美洲.
字源 < *Americus* Vespucius《義大利航海家Amerigo Vespucci (1451-1512)的拉丁名》.

‡‡**A·mer·i·can** [ə`mɛrɪkən, ə`mɛrəkən; ə`merɪkən] adj. 美國的;
美洲的; 美國人的; 美國式的. I am *American*. 我是美國人 / The *American* people backed the war warmly. 美國人民熱烈地支持這場戰爭 / as *American* as apple-pie 道地美式的.
— n. (pl. ~**s** [~z; ~z]) **1** Ｃ美洲人《美國人或美洲大陸的居民》. an *American* 一個美國人 / *Americans* are a people on the move. 美國人是性喜移動的民族 / Friction between the *Americans* and the British mounted. 美國人和英國人之間的摩擦愈演愈烈. **2** Ｕ《罕》= American English.

A·mer·i·can dréam n. 《加 the》《美》美國夢《美國人追求平等和物質繁榮的理想》.

A·mer·i·can éagle n. = bald eagle.

A·mer·i·can Énglish n. Ｕ美式英語.

A·mer·i·can fóotball n. Ｕ《英》美式足球《《美》football; → football 圖》.

A·mer·i·can Índian n. Ｃ美洲印第安人《亦簡稱 Indian》. 注意 Native American 的說法較普遍.

A·mer·i·can·ism [ə`mɛrɪkən‚ɪzəm; ə`merɪkənɪzəm] n. **1** Ｃ美國語法; 美國腔; (→

Briticism). **2** Ｕ美國精神; 親美主義.

A·mer·i·can·i·za·tion [ə‚mɛrəkənə`zeʃən; ə‚merɪkənaɪ`zeɪʃn] n. Ｕ美國化; 入美國籍.

A·mer·i·can·ize [ə`mɛrəkən‚aɪz; ə`merɪkənaɪz] vt. 使美國化, 使美國風.
— vi. 成爲美國式; 入美國籍.

AmÉrican Léague n. 《加 the》美國《職棒》聯盟(→ major league).

AmÉrican plán n. Ｃ《加 the》美式旅館收費制《包括吃住及小費的收費方式; → European plan》.

AmÉrican Revolútion n. 《加 the》= Revolutionary War.

Am·er·ind [`æmə‚rɪnd; `æmərɪnd] n. Ｃ北美原住民, 美洲印第安人, 《American+Indian》.

Am·er·in·dian [‚æmə`rɪndɪən; ‚æmər`ɪndjən] n. Ｃ北美原住民, 美洲印第安人, 《American+Indian》.

am·e·thyst [`æməθɪst; `æmɪθɪst] n. Ｕ紫水晶《2 月的誕生石; → birthstone 表》; 紫色.

a·mi·a·bil·i·ty [‚emɪə`bɪlətɪ, ‚eɪmjə`bɪlətɪ] n. Ｕ和藹可親, 親切, 平易近人.

* **a·mi·a·ble** [`emɪəbl; `eɪmjəbl] adj. 和藹可親的, 親切的, 平易近人的. She is a very *amiable* person. 她是個非常和藹可親的人.

a·mi·a·bly [`emɪəblɪ; `eɪmjəblɪ] adv. 和藹地, 平易近人地.

am·i·ca·bil·i·ty [‚æmɪkə`bɪlətɪ; ‚æmɪkə`bɪlətɪ] n. Ｕ友好, 親善.

am·i·ca·ble [`æmɪkəbl; `æmɪkəbl] adj. 友好的 (friendly); 和平的(peaceful).

am·i·ca·bly [`æmɪkəblɪ; `æmɪkəblɪ] adv. 友好[和平]地.

a·mid [ə`mɪd; ə`mɪd] prep. 《雅》夾在…之中; 在…之間; 在…正中央. *amid* a storm 在暴風雨中 / She talked about her experiences *amid* tears. 她含淚訴說她的經歷.
語法 amid 與 among 不同, 可以放在不具複數意義的單數名詞之前.

a·mid·ships [ə`mɪdʃɪps; ə`mɪdʃɪps] adv. 在船的中間位置(→ ship 圖).

a·midst [ə`mɪdst; ə`mɪdst] prep. 《雅》= amid.

a·mi·no ac·id [ə‚mino`æsɪd; ə‚mi:nəʊ`æsɪd] n. Ｃ《化學》胺基酸.

a·miss [ə`mɪs; ə`mɪs] 《文章》adv. 錯誤地; 不合適地, 不適當地. speak *amiss* 說錯話 / go *amiss* 不盡如意 / Nothing comes *amiss* to a hungry man. 《諺》飢不擇食.
táke...amíss 誤解…; 生…的氣.
— adj. 《敘述》不合適的, 不適當的. It wouldn't be *amiss* to ask again. 再問一次也無不妥 / What's *amiss* with you? = Is (there) something *amiss* with you? 你怎麼了?

am·i·ty [`æmətɪ; `æmətɪ] n. Ｕ《文章》(人或國家之間的)和睦, 親善, 友好(關係), (↔enmity). a treaty of *amity* 友好條約.
in ámity (*with...*) (與…)友好地, 和睦地.

am·me·ter [`æm‚mitə; `æ‚mitə; `æmɪtə(r)]

© 電表, 安培計.

am·mo·nia [ə'monjə, -nɪə; ə'məʊnjə] n. ⓤ
《化學》氨(氣體); 阿摩尼亞.

am·mo·nite [`æmə͵naɪt; 'æmənaɪt] n. ⓒ《古生物》鸚鵡螺, 菊石, (現存化石).

am·mu·ni·tion [͵æmjə'nɪʃən; ͵æmjʊ'nɪʃn] n. ⓤ《武器》彈藥. We are running out of *ammunition*. 我們的彈藥快耗盡了.

am·ne·sia [æm'niʒɪə, -ʒə; æm'niːzjə] n. ⓤ《醫學》健忘症.

am·nes·ty [`æm͵nɛstɪ, 'æmnəstɪ; 'æmnəstɪ] n. (pl. -ties) ⓤⓒ(特指對於政治犯等的)赦免, 大赦, 特赦.

Ámnesty Internátional n. 國際赦免組織, 國際人權救援組織.

a·moe·ba [ə'mibə; ə'miːbə] n. (pl. ~s, -bae) ⓒ《動物》阿米巴原蟲, 變形蟲.

a·moe·bae [ə'mibi; ə'miːbiː] n. amoeba 的複數.

a·moe·bic [ə'mibɪk; ə'miːbɪk] adj. 阿米巴(性)的.

a·mok [ə'mʌk, ə'mɑk; ə'mɒk] adv. =amuck.

a·mong [ə'mʌŋ; ə'mʌŋ] prep. 【之間, 之中】
1 在…之間(的), 夾雜在…之中, 被…包圍; 居於…之間[中]. a house *among* the trees 林間的房屋/Don't worry; you're *among* friends. 別擔心, 朋友就在你左右/Secret police moved *among* the crowd during the demonstration. 示威遊行時祕密警察在人群中走動/He is an actor *among* actors. 他是演員中的演員[最佳演員]/Who *among* you is the oldest? 你們之間誰年紀最大? 匣珐通常用在三個[三人]或在此以上的情形; 後接複數名詞, 但有時亦用集合名詞; →between 的⦿between 與 among.
2 …中之一, 群體中的一人. London is *among* the largest cities in the world. 倫敦是世界最大都市之一/The mayor was *among* the guests. 市長是來賓之一.
【在整體之間】**3** 在…之間; 在全體夥伴中; 在…之間平等地[齊心合力地]. There was left only five dollars *among* us. 我們一共只剩下 5 美元/That singer is popular *among* girls. 那歌手在女孩中很受歡迎/Divide the money *among* you. 你們把那筆錢分了吧!

among óthers 在許多個中, (雖然另外還有但)特別. "Which subject do you like?" "Chemistry *among others*." 「你喜歡哪個科目?」「我特別喜歡化學.」 匣珐指事物時, 有時不用 others 而用 other things.

among oursélves (通常作為插入句)我們之間的祕密. Just *among ourselves*, I don't trust the man. 這是我們之間的祕密, 我不信任那個人.

among themsélves 內部之間; 只在他們之間. They began to quarrel *among themselves*. 他們內部起了爭執.

from among… 從…之中. Choose *from among* these five. 從這 5 個中挑選.

a·mongst [ə'mʌŋst; ə'mʌŋst] prep. 《主英》= among.

---

a·mor·al [e'mɔrəl, e'mɑrəl; eɪ'mɒrəl] adj. 與道德無關的(指既不是道德的(moral), 也不是不道德的(immoral), 例如像小孩子那樣沒有道德觀念的).

am·o·rous [`æmərəs; 'æmərəs] adj. **1** 好色的; 多情的. **2** 含情脈脈的, 戀慕的; 戀愛的. *amorous* glances 多情的目光, 秋波/an *amorous* letter 情書. **3** 愛慕著的《 of 》.

am·o·rous·ly [`æmərəslɪ; 'æmərəslɪ] adv. 好色地; 含情脈脈地.

am·o·rous·ness [`æmərəsnɪs; 'æmərəsnɪs] n. ⓤ多情; 含情脈脈.

a·mor·phous [ə'mɔrfəs; ə'mɔːfəs] adj. **1** 無定形的; 無組織的.
2 《礦物》非結晶的; 《物理》非結晶質的.

am·or·tize [`æmə͵taɪz, ə'mɔrtaɪz; ə'mɔːtaɪz] vt. 《法律》分期清償《債務等》.

a·mount [ə'maʊnt; ə'maʊnt] vi. (~s [~s; ~s]; ~ed [~ɪd; ~ɪd]; ~ing [~ɪŋ; ~ɪŋ]) **1** (用 amount to)〔金額等的總數〕達到, 共計; 達到, 成為, 《 to 《某種狀態》). The loss *amounts to* a million dollars. 損失近一百萬美元/*amount to* much [little] 不得了[沒甚麼了不得]/What does it *amount to*? 總計有多少? 這有多大的意義呢?
2 等於《 to 》; 相同於《 to 》. Your warning *amounts to* a threat. 你的警告等於是威脅.

— n. (pl. ~s [~s; ~s]) ⓒ量; 金額; 總額. a large *amount* of work 一大堆工作/The *amount* is only $10. 總額僅有 10 美元/No *amount* of money will make me agree to this. 給多少錢都不能使我同意這件事.

匣珐 adj.+amount: a considerable ~ (相當大的量), an enormous ~ (極大的量), an excessive ~ (過多的量), a moderate ~ (適當的量), a small ~ (少量).

àny amóunt of… 大量的…, 要多少…就有多少. Since retiring I have *any amount of* time to spend on my hobbies. 退休後我有的是時間從事我的嗜好.

in amóunt 數量為; 總計; 結果.

amp [æmp; æmp] n. ⓒ《口》**1** 安培(ampere). **2** 放大器(amplifier).

am·per·age [æm'pɪrɪdʒ, 'æm͵pɪrɪdʒ; 'æmpərɪdʒ] n. ⓤ《電》安培數, 電流強度.

am·pere [`æmpɪr, æm'pɪr; 'æmpeə(r)] n. ⓒ安培(電流強度的單位).

am·per·sand [`æmpəs͵ænd, ͵æmpəs`ænd; 'æmpəsænd] n. ⓒ以及(符號&(and)的名稱).

am·phib·i·an [æm'fɪbɪən; æm'fɪbɪən] adj. **1** 《動物》兩棲類的. **2** 水陸兩用的.
— n. ⓒ **1** 兩棲動物. **2** 水陸兩用飛機[戰車].

am·phib·i·ous [æm'fɪbɪəs; æm'fɪbɪəs] adj. **1** 《動物》水陸兩棲的.
2 水陸兩用的; 《軍事》陸、海(、空)軍協同作戰的. an *amphibious* plane 水陸兩用飛機.

am·phi·the·a·ter (美), **am·phi·the·a·tre** (英) [`æmfə,θiətə, -,θiə-; `æmfɪ,θɪətə(r)] n. C (古羅馬的)圓形競技場(在表演戲劇或競技的中央比賽場(arena)周圍有階梯式的觀眾席; → Colosseum).

[amphitheater]

***am·ple** [`æmpl; `æmpl] adj. (~r; ~st) **1** 寬廣的, 廣闊的. There's *ample* room in the attic. 閣樓有十分寬敞的空間.
2 豐富的, 充裕的, 綽綽有餘的. an *ample* supply of food 充足的食物供應/I have *ample* time for reading. 我有充分的時間閱讀/He was given *ample* payment for the work. 他因為這項工作而獲得了豐厚的報酬. 同 和 enough 比較起來, ample 為書寫用語, 通常不僅表示「十分的」, 更含有「綽綽有餘」的意思; ↔ scanty.

am·pli·fi·ca·tion [,æmpləfə`keʃən; ,æmplɪfɪ`keɪʃn] n. aU **1** 擴大; (話等的)詳述, 細說. **2** (電)增幅.

am·pli·fi·er [`æmplə,faɪə; `æmplɪfaɪə(r)] n. C (電)增幅器, 放大器.

am·pli·fy [`æmplə,faɪ; `æmplɪfaɪ] v. (-fies; -fied; ~ing) vt. **1** 擴大. **2** 詳細說明, 詳述, 〔話等〕. **3** (電)(用放大器)放大〔收音機等的音量〕.
— vi. 詳述(*on, upon* 關於…).

am·pli·tude [`æmplə,tjud, -,tɪud, -,tud; `æmplɪtjuːd] n. U **1** 廣大, 廣闊. **2** 豐富, 充足. **3** (物理)振幅.

amplitude modulation n. U (電)調幅(略作 AM; → FM), AM 廣播.

am·ply [`æmplɪ; `æmplɪ] adv. 充足地, 十分地; 廣闊地; 詳細地.

am·poule, am·pule [`æmpul; `æmpuːl], [`æmpjul; `æmpjuːl] n. C 壺腹玻璃管(裝注射液的密封小玻璃瓶).

am·pu·tate [`æmpjə,tet, `æmpju-; `æmpjoteɪt] vt. 〔用外科手術等〕將〔手腳〕切除, 截肢.

am·pu·ta·tion [,æmpjə`teʃən, -pju-; ,æmpjo`teɪʃn] n. UC (手腳的)切除(手術), 截肢.

Am·ster·dam [`æmstə,dæm; ,æmstə`dæm] n. 阿姆斯特丹(荷蘭的海港城市, 法定的首都; 實際的行政中心則在 The Hague).

Am·trak [`æmtræk; `æmtræk] n. 美國鐵路旅客運輸公司.

a·muck [ə`mʌk; ə`mʌk] adj.《僅用於下列用法》
run amúck 四處瘋狂地砍殺; 發狂.

am·u·let [`æmjəlɪt; `æmjolɪt] n. C (放在身上的)驅邪符, 護符, 護身符.

A·mund·sen [`amənsn, `amundsn; `aːmondsən] n. **Roald** [ro`al; rəʊ`aːl] ~ 阿孟森(1872-1928)《挪威探險家》.

‡**a·muse** [ə`mjuz, ə`mɪuz; ə`mjuːz] vt. (**a·mus·es** [~ɪz; ~ɪz]; ~d [~d; ~d]; **a·mus·ing**) 逗樂, 使快樂; 逗笑; (→ entertain 同). That kind of joke doesn't *amuse* me. 我不覺得那種笑話好笑/I was much *amused* at [by] the idea. 我覺得這種想法非常有趣/Pamela was very *amused* with her new walking doll. 潘蜜拉覺得新的電動娃娃非常好玩. 語法 amuse 用被動語態時, 在《口》中用 very 而不用 much 來修飾.

搭配 amuse+adv.: be greatly ~d (覺得非常有趣), be highly ~d (覺得極為有趣), be thoroughly ~d (感到十分有趣), be mildly ~d (覺得有幾分趣味).

◇ n. amusement.

amúse onesèlf 消遣, 娛樂, (*by, with*). We amused ourselves (*by*) singing all night. 我們整晚唱歌自娛.

‡**a·muse·ment** [ə`mjuzmənt; ə`mjuːzmənt] n. (*pl.* ~s [~s; ~s]) U 樂趣; C 娛樂, 消遣. a place of *amusement* 娛樂場所/On rainy days I find *amusement* in reading. 下雨天時我從書中得到樂趣/We listened to his jokes in *amusement*. 我們津津有味地聽他說笑話/There are not many *amusements* in the village. 村裡很少有娛樂活動.
◇ v. amuse.

to a pèrson's amúsement 令某人感到有趣的是. Much *to* our *amusement*, he mimicked each of our teachers. 他模仿我們的每一位老師, 讓我們覺得非常有趣.

amúsement arcàde n. C《英》(有遊樂設施的)遊樂場.

amúsement pàrk n. C《美》兒童樂園(《英》funfair).

‡**a·mus·ing** [ə`mjuzɪŋ; ə`mjuːzɪŋ] v. amuse 的現在分詞, 動名詞.
— adj. 有趣的; 好笑的. He made us laugh with an *amusing* joke. 他說好笑的笑話逗我們笑. 同 同樣是「有趣」, amusing 是「引人發笑」; interesting 是「引起興趣」; 至於 funny 則是「滑稽」之意.

a·mus·ing·ly [ə`mjuzɪŋlɪ; ə`mjuːzɪŋlɪ] adv. 有趣地; 好笑地.

A·my [`emɪ; `eɪmɪ] n. 女子名.

‡**an** [強 æn, æn, 弱 ən, ŋ; 強 æn, 弱 ən, n] (不定冠詞)=a (與 an 在用法上的區別以及位置 → a ●). 語法 an 用於以母音為首的字之前; 不過音以 [h; h] 為首的字, 當其第一音節不讀重音時亦可使用: a hístory, a [an] histórian.

an- pref. a- 的別體(用於母音之前). anarchy.

-an suf. 用來構成有「⋯的, 跟⋯有關的(人, 物),

屬於…的(人，事物)等」意義的形容詞[名詞]。European. republican. historian.

a·nach·ro·nism [ə`nækrə,nɪzəm; ə'nækrənɪzəm] n. **1** ⊔C時代錯誤(例如「亞里斯多德使用電腦」等與時代不符的人事物)，年代上的錯置。**2** ⊓ 過時或不合時宜的[物，想法]。

a·nach·ro·nis·tic [ə,nækrə`nɪstɪk; ə,nækrə'nɪstɪk] adj. 時代錯誤的；落伍過時的。

an·a·con·da [ænə`kɑndə; ænə'kɔndə] n. ⊡ 蚺蛇(產於南美的無毒大蟒蛇)；(泛指)大蛇；蟒蛇。

a·nae·mi·a [ə`nimɪə; ə'ni:mɪə] n.=anemia.

a·nae·mic [ə`nimɪk; ə'ni:mɪk] adj.=anemic.

an·aes·the·sia [ænəs`θiʒə, -ʒɪə; ,ænɪs'θi:zjə] n.=anesthesia.

an·aes·thet·ic [ænəs`θɛtɪk; ,ænɪs'θetɪk] adj., n.=anesthetic.

an·aes·the·tist [ə`nɛsθətɪst; æ'ni:sθətɪst] n.=anesthetist.

an·aes·the·tize [ə`nɛsθə,taɪz; æ'ni:sθətaɪz] v.=anesthetize.

an·a·gram [`ænə,græm; 'ænəgræm] n. ⊡ 變換字母順序構成的字，移動字母構成新字的拼字遊戲，(例如從 emit 變成 time, item 變成 mite 等)。

a·nal [`ɛnl; 'eɪnl] adj. 肛門(附近)的(< anus)。

an·al·ge·sic [,ænæl`dʒɪzɪk, -sɪk; ,ænæl'dʒi:zɪk] adj. 喪失痛覺的。— n. ⊡ 鎮痛劑。

an·a·log [`ænl,ɔg, -,ɑg; 'ænəlɒg] n. (美)=analogue. — adj. 《限定》類比(式)的(表示連續性數量變化的物理量；→ digital)。

ánalog compúter n. = analogue computer.

a·nal·o·gous [ə`næləgəs; ə'næləgəs] adj. 《文章》類似的，相似的，《to, with》.

an·a·logue [`ænl,ɔg, -,ɑg; 'ænəlɒg] n. ⊡《文章》類似[相似]物《of》.

ánalogue compúter n. ⊡類比式電腦(將數量變換成長度、角度等物理量進行運算的電腦，→ digital computer)。

a·nal·o·gy [ə`nælədʒɪ; ə'nælədʒɪ] n. (pl. **-gies**) **1** ⊡ 類似，共通點。**2** ⊔《語言學》類推(依據已知事物的類似點來判斷未知的事物；例如不知道 ox 的複數形時，就仿照 box → boxes 這種一般性的變化來拼出 oxes)。

an·a·lyse [`ænl,aɪz; 'ænəlaɪz] v. (英)=analyze.

a·nal·y·ses [ə`nælə,siz; ə'næləsi:z] n. analysis 的複數。

✲a·nal·y·sis [ə`næləsɪs; ə'næləsɪs] n. (pl. **-ses**) ⊔C **1** 分解，分析，(↔ synthesis). We must make a close *analysis* of the causes of the accident. 我們必須詳細分析事故發生的原因。

[搭配] adj.+analysis: a careful ~ (仔細的分析), a detailed ~ (綿密的分析), a penetrating ~ (敏銳的分析) // v.+analysis: carry out an ~ (執行分析), perform an ~ (進行分析).

2 (美)精神分析(psychoanalysis). ⇨ v. **analyze.**

an·a·lyst [`ænlɪst; 'ænlɪst] n. ⊡ **1** 分析者，解析者；(政治，社會，經濟等的)分析家，分析評論

家。**2** 《美》精神分析師(psychoanalyst).

an·a·lyt·ic, an·a·lyt·i·cal [,ænl`ɪtɪk; ,ænə'lɪtɪk], [-k; -k] adj. 分解的，分析的，(↔ synthetic).

an·a·lyt·i·cal·ly [,ænl`ɪtɪklɪ, -ɪklɪ; ,ænə'lɪtɪkəlɪ] adv. 分解地，分析地。

✲an·a·lyze [`ænl,aɪz; 'ænəlaɪz] vt. (**-lyz·es** [~ɪz; ~ɪz]; **~d** [~d; ~d]; **-lyz·ing**) **1** 分析，分解；仔細檢討。His column *analyzes* the political situation. 他的專欄分析政治情勢/Water can be *analyzed* into oxygen and hydrogen. 水可以分解爲氫和氧。**2** 《美》進行精神分析(psychoanalyze).
⇨ n. **analysis.**

an·a·pest (美)，**an·a·paest** (英) [`ænə,pɛst; 'ænəpest], [`ænə,pist; 'ænəpi:st] n. ⊡《韻律學》抑抑揚格(例: in the house(‒‒´)).

an·ar·chic [æn`ɑrkɪk; æn'ɑ:kɪk] adj. 無政府(狀態)的；無政府主義的。

an·ar·chism [`ænə,kɪzəm; 'ænəkɪzəm] n. ⊔ 無政府主義；無政府(狀態).

an·ar·chist [`ænəkɪst; 'ænəkɪst] n. ⊡ 無政府主義者。

an·ar·chy [`ænəkɪ; 'ænəkɪ] (★注意重音位置) n. ⊔無政府狀態；無秩序，混亂。

a·nath·e·ma [ə`næθəmə; ə'næθəmə] n. **1** ⊡(基督教)逐出教門(詛咒後被教會驅逐). **2** ⊡受詛咒的人[物]；⊔C遭嫌惡的人[物]. Blue cheese is (an) *anathema* to me. 我非常厭惡藍黴乳酪。

a·nath·e·ma·tize [ə`næθəmə,taɪz; ə'næθəmətaɪz] vt. (基督教)詛咒，逐出教門。

an·a·tom·i·cal [,ænə`tɑmɪk; ,ænə'tɒmɪkl] adj. 解剖的，解剖(學)上的。

an·a·tom·i·cal·ly [,ænə`tɑmɪklɪ, -ɪklɪ; ,ænə'tɒmɪkəlɪ] adv. 解剖學上地。

a·nat·o·mist [ə`nætəmɪst; ə'nætəmɪst] n. ⊡ 解剖學者。

a·nat·o·mize [ə`nætə,maɪz; ə'nætəmaɪz] vt. 解剖(動植物)；分解，分析；仔細檢討。

a·nat·o·my [ə`nætəmɪ; ə'nætəmɪ] n. (pl. **-mies**) **1** ⊔C解剖；⊔ 解剖學[術]. **2** ⊔C (解剖)構造，組織。human *anatomy* 人體構造。**3** ⊔C分析式檢討[研究]. **4** ⊡(用 my [his] anatomy 等)(詼)人體(body).

-ance suf. **1** 加在動詞後構成表示「行動，狀態，性質等」的名詞。utterance. resemblance. **2** 構成和字尾爲 -ant 的形容詞相對應的名詞。importance. elegance.

✲an·ces·tor [`ænsɛstə; 'ænsestə(r)] n. (pl. **~s** [~z; ~z]) ⊡ 祖宗，祖先；《通常指祖父母之前的人，↔ descendant). *ancestor* worship 祖先崇拜/Our family has some distinguished *ancestors*. 我們家族有幾位傑出的祖先。

an·ces·tral [æn`sɛstrəl; æn'sestrəl] adj. 祖先的; 歷代祖先的.

an·ces·tress [`ænsɛstrɪs; 'ænsestrɪs] n. C 女祖先(女性的 ancestor).

an·ces·try [`ænsɛstrɪ; 'ænsestrɪ] n. U

1 (集合)祖先(↔ posterity).

2 家系, 門第. Americans of Chinese *ancestry* 華裔美國人/She is of good *ancestry*. 她出身名門.

an·chor [`æŋkɚ; 'æŋkə(r)] n. (pl. ~s [~z; ~z])

C 1 錨. 2 當支柱的人[物], 砥柱. Christianity was his *anchor*. 基督教是他的精神支柱. 3 (接力賽中的)最後一棒. 4 (美)= anchorperson.

be [*lie, ride*] *at ánchor* (船)停泊.

cást [*dróp*] *ánchor* 下錨.

còme to ánchor (船)停泊.

[anchors 1]

wèigh ánchor (船)起錨, 啓航.

— vt. 1 下錨泊(船). They *anchored* the ship just outside the harbor. 他們把船停泊在港口的外側. 2 使…定下來, 使固定. It's best to *anchor* your bookcases to the wall in case of an earthquake. 最好把你的書架固定在牆上以防地震發生.

— vi. 下錨, (船)停泊.

An·chor·age [`æŋkərɪdʒ, -krɪdʒ; 'æŋkərɪdʒ] n. 安克拉治(美國 Alaska南部的港市, 有機場).

an·chor·age [`æŋkərɪdʒ, -krɪdʒ; 'æŋkərɪdʒ] n. C 停泊處.

an·cho·rite [`æŋkə,raɪt; 'æŋkərait] n. C 隱士, 隱居者.

ánchor màn n. (pl. **-men** [-,mɛn; -,men]) C

1 =anchor n. 3. 2 (廣播)新聞主播.

an·chor·per·son [`æŋkɚ,pɝsn̩; 'ænkə,pɜːsn] n. C (美)(廣播)新聞主播(避免性別歧視的說法; → pernon 語法)).

an·chor·wom·an [`æŋkɚ,wumən; 'æŋkə,womən] n. (pl. **-wom·en** [-,wɪmɪn; -,wimin]) C (美)(廣播)新聞女主播.

an·cho·vy [`æntʃəvi, `æntʃəvɪ, æn'tʃovɪ; 'æntʃəvi] n. (pl. **-vies**, ~) C (魚)鯷魚(鯷魚類; 盛產於地中海; 用來製成魚醬, 調味汁).

an·cient [`enʃənt; 'einʃənt] adj. 1 古代的(相對於中世紀而言), 近代(modern)而言); 很久以前的; (圓比中英更強調遙遠的古時候). *ancient* Greece 古希臘/*ancient* civilization 古文明/in *ancient* days 在古代.

2 以前的, 古老的. *Ancient* customs are quickly dying out today. 舊習俗今日正急速地消失中.

— n. C 古代的人(↔ modern); (the ancients) (特指希臘, 羅馬的)上古人.

ấncient hístory n. U 1 上古史(西洋史中476年西羅馬帝國滅亡以前的歷史).

2 (口)家喻戶曉的事, 眾所周知的事; 舊聞, 往事.

an·cil·lar·y [`ænsə,lɛri; æn'sɪlərɪ] adj. 輔助的; 附屬的; ((to 對…)).

****and** [強 ænd, ænd, 弱 ənd, ən, n̩d, n̩; 強 ænd, 弱 ənd, ən, nd, n] conj. ((對等連接詞), 連接兩個或兩個以上的字、片語、子句; 以下用 A 和 B 表示))

[[並且, 以及]] 1 和, 及, 與, 又, 而, 並, 亦, 然後. Jack *and* Jill 傑克和吉兒/a table, two chairs, *and* an old piano 一張桌子, 兩把椅子和一架舊鋼琴(★ and 之前的逗點可省略)/you, he, *and* I 你, 他和我(★注意人稱排列的順序)/a brown *and* a black cat 棕色貓與黑貓(兩隻)/a writer *and* statesman 作家兼政治家(一個人)/He is a writer *and* [ænd; ænd] a statesman 他是個作家兼政治家(語法)同一人物而重複使用冠詞時表示強調)/the king *and* queen 國王與王后(語法)兩人[兩個]而不會產生誤解時, 通常只有用上冠詞)/a long *and* happy life 長久幸福的生活)/I can't sit *and* do nothing. 我無法袖手旁觀(語法 can't 否定至 sit 到 nothing 的整段敘述).

2 (連接數詞)加, 加上. Two *and* two make four. 2加2等於4/two hundred (*and*) five=205/one thousand (*and*) twenty-one=1021/six thousand two hundred (*and*) fifty-six=6256.

3 (A, B 爲相同的字)又…; 各種的…; 越來越…; 逐漸地…. on *and* on 逐漸地/for weeks *and* weeks 幾個禮拜又幾個禮拜(一連好幾個禮拜)/There are books *and* books on the subject. 有各式各樣的書討論這個問題/She cried *and* cried. 她哭了又哭/It became colder *and* colder. 天氣越來越冷了.

4 (A, B 同爲動詞)又…又…. They sang *and* danced after dinner. 晚餐後他們又唱歌又跳舞.

5 (B與A爲一體; A and B 作單數)加上…的. bread *and* butter [`brɛdn̩`bʌtɚ; ,bredn'bʌtə(r)] (★注意發音)塗上奶油的麵包((參考 bread *and* butter 若發音爲 [`brɛdənd`bʌtɚ; 'bredənd,bʌtə(r)] 則表示麵包和奶油)/a rod *and* line 帶線的釣魚竿((參考 a rod *and* a line 則爲釣竿與線分開)).

●——A and B 的慣用語

(1) 作單數; A, B 是名詞而 B 與 A 爲一體.

(2) 重音爲 À and B̀.

(3) and 在 [t; t], [d; d] 之後用 [n̩; n], 其他則爲 [ənd, ən; ənd, ən].

a bow and arrow	弓箭
a knife and fork	(一組)刀叉
a cup and saucer	(一套)茶杯和茶碟
a rod and line	帶線的釣魚竿
a watch and chain	帶鍊條的錶
bacon and eggs	培根蛋
bread and butter	塗上奶油的麵包
ham and eggs	火腿蛋
man and wife	夫婦
pen and ink	裝有墨水的筆

6 《口》(A, B 同為形容詞; A and 具有修飾 B 的副詞作用, and 的發音極弱; 作 A 的形容詞省 nice, good, fine, rare 等)非常地. nice *and* [ˋnaɪsn̩; ˈnaɪsn̩](=nicely) warm 感覺舒服而暖和/My new car is good *and* [ˋgʊdn̩; ˈgʊdn̩](=very) fast. 我的新車車速相當快.

7 《口》(A 為 try, go, come 等, B 為其他動詞; and B 相當於不定詞) Try *and* do it. = Try to do it. 試著做做看/Come *and* see us again. 再來看我們吧. 語法常用於祈使句; 《美·口》在 come, go 之後常省略 and.

‖ **於是** ‖ **8** (B 為 A 的結果)於是, 那麼; 然後(and then). He started to speak, *and* everyone stopped talking. 他開始講話, 於是大家停止談話/I looked up *and* saw a plane flying. 我往天上看, 然後看見一架飛機在飛.

9 (B 的時間在 A 之後)然後, 接著, …之後, (and then). She cleaned her teeth *and* went to bed. 她刷牙後便就寢/He left *and* you came. 他離開後你就來了.

10 [ænd; ænd](A 為祈使句等)那麼(→ or 3). Work hard, *and* you will soon master English. (=If you work hard, you will soon master English.) 努力學習, 那麼你很快便能精通英語.

‖ **而且** ‖ **11** [ænd; ænd](強調B)再加上, 而且, (→片語 and that).

12 [ænd; ænd](B 與 A 為對比性的內容)但是, 然而; 卻; ((and)). He is rich, *and* lives like a beggar. 他雖然富有, 卻過著乞丐般的生活/I like coffee black *and* my wife prefers it with cream. 我愛喝純咖啡, 我太太卻比較喜歡加奶精.

and Co. [ənˋko, ənˋkʌmpənɪ; ənˈkəʊ, ənˈkʌmpənɪ] …公司, …商行, (略作 & Co.; Co. 是 company 的縮寫; → company 6). West *& Co.* 威斯特公司.

* *and só ón*=*and só fórth* 等等, 其他, (略作 etc. 或 &c.). He asked me my name, my age, my address *and so on*. 他問我的姓名, 年齡, 住址等等.

and thát 再加上, 而且(that 代表先行子句). I told her, *and that* plainly. 我告訴她了, 而且說得明明白白.

And yóu? 《口》那你[您](覺得如何)呢? (★打招呼用的客套話: "How are you?" "I'm fine. *And you?*"「你好嗎?」「我很好, 那你呢?」)

an·dan·te [ænˋdæntɪ, anˋdantɪ; ænˈdæntɪ](音樂) *adv., adj.* 行板地[的], 緩慢地[的], (→ tempo 參考). — *n.* C 行板樂曲[樂章].

an·dan·ti·no [ˏændænˋtino; ˏændænˈtiːnəʊ](音樂) *adv., adj.* 比行板稍微快些地[的], 小行板地[的](→ tempo 參考). — *n.* (*pl.* ~s) C 小行板樂曲[樂章].

An·der·sen [ˋændəsn̩; ˈændəsn̩] *n.* **Hans** [hæns; hæns] **Christian** ~ 安徒生(1805-75)(丹麥童話作家).

An·des [ˋændiz; ˈændiːz] *n.* 《作複數》(加 the)安地斯山脈《南美西部的大山脈》.

and·i·ron [ˋændˏaɪən, -aɪrn̩; ˈændaɪən] *n.* C (壁爐的)鐵製柴架(兩個一組; 通常用複數 andirons, a pair of andirons).

[andirons]

and/or [ˋændˋɔr; ˈændˈɔː(r)] *conj.* …與…或其中之一(原為商業[法律]方面的用語). Saturdays *and/or* Sundays 星期六及星期日或其一.

An·dor·ra [ænˋdɔrə; ænˈdɔːrə] *n.* 安道耳(位於法國, 西班牙之間, 庇里牛斯山脈中的小共和國).

An·drew [ˋændru, -dru; ˈændruː] *n.* **1** 男子名. **2** 《聖經》聖安德烈(耶穌十二門徒之一, 蘇格蘭的守護聖者).

an·drog·y·nous [ænˋdrɑdʒənəs; ænˈdrɒdʒɪnɪs] *adj.* 雌雄兩性的; 《植物》雌雄同蕊的.

An·drom·e·da [ænˋdrɑmɪdə; ænˈdrɒmɪdə] *n.* **1** 《希臘神話》安若美姐(柏修斯(Perseus)之妻). **2** 《天文》仙女座.

An·dy [ˋændɪ; ˈændɪ] *n.* Andrew 的暱稱.

an·ec·dot·al [ˏænɪkˋdot; ˏænekˈdəʊtl] *adj.* 軼事(般)的; 多趣聞的.

an·ec·dote [ˋænɪk,dot; ˈænɪkdəʊt] *n.* C (有關人物或事件有趣的)軼聞, 軼事.

a·ne·mi·a [əˋnimɪə; əˈniːmjə] *n.* U 《醫學》貧血(症).

a·ne·mic [əˋnimɪk; əˈniːmɪk] *adj.* 貧血(症)的.

an·e·mom·e·ter [ˏænəˋmɑmətə; ˏænɪˈmɒmɪtə(r)] *n.* C 風力計.

a·nem·o·ne [əˋnɛmə,ni; əˈnemənɪ] *n.* C **1** 《植物》銀蓮花(毛茛科). **2** =sea anemone.

an·er·oid ba·rom·e·ter [ˋænəˏrɔɪd-bəˋrɑmɪtə; ˈænəˏrɔɪd-bəˈrɒmɪtə(r)] *n.* C 無液氣壓計.

an·es·the·sia [ˏænəsˋθiʒə, -ʒɪə; ˏænɪsˈθiːzjə] *n.* U 《醫學》麻醉. general *anesthesia* 全身麻醉/local *anesthesia* 局部麻醉.

an·es·thet·ic [ˏænəsˋθɛtɪk; ˏænɪsˈθetɪk] *adj.* 麻醉的. — *n.* UC 麻醉藥.

an·es·the·tist [əˋnɛsθətɪst; æˈniːsθətɪst] *n.* C 麻醉師.

an·es·the·tize [əˋnɛsθə,taɪz; æˈniːsθətaɪz] *vt.* 使麻醉.

a·new [əˋnju, əˋnɪu, əˋnu; əˈnjuː] *adv.* 《雅》再次, 重新.

‡**an·gel** [ˋendʒəl; ˈeɪndʒəl] *n.* (*pl.* ~s [~z; ~z]) C **1** 天使(神的使者; 一般認為天使有九級, 此為其中第九級的天使; seraph, cherub, archangel 分別為第一, 第二, 第八級的天使). an *angel* of death 死亡使者.

2 天使般的人《特指女性》. That nurse is a real *angel* to her patients. 那位護士對病患來說真是個天使/an *angel* of a child 天使般的孩子(★ *angel* of a... 含有「天使般的」的意思; → of 11)/Be an *angel* and fetch my slippers. 行行好幫忙把我的拖鞋拿來. ⇨ *adj.* **angelic.**

An·ge·la ['ændʒələ; 'ændʒələ] *n.* 女子名.

an·gel·fish ['endʒəl,fɪʃ; 'emdʒəl,fɪʃ] *n.* (*pl.* ~, ~**es**) © 神仙魚(一種觀賞用的熱帶魚).

ángel (food) càke *n.* UC (美)安琪兒蛋糕(一種乳白色的小海綿蛋糕).

an·gel·ic [æn'dʒɛlɪk; æn'dʒɛlɪk] *adj.* 天使的; 天使般的; 溫柔可愛的. an *angelic* expression 天眞無邪的表情. ⇨ *n.* **angel.**

an·gel·i·cal·ly [æn'dʒɛlɪk|ɪ, -klɪ; æn'dʒɛlɪkəlɪ] *adv.* 天使般地.

An·ge·lus ['ændʒələs; 'ændʒɪləs] *n.* 《天主敎》(加 the)奉告祈禱, 三鐘祈禱; (報知祈禱時間的)奉告祈禱鐘, 三鐘祈禱鐘, (在早上、正午、日落時鳴響). [字源] 由於祈禱始於 *Angelus domini* (= the angel of the Lord)此一拉丁語之故.

[Angelus]

‡an·ger ['æŋgɚ; 'æŋgə(r)] *n.* U 憤怒. We were filled with *anger* against [at] the murderer. 我們內心痛恨這殺人凶手/Burning with *anger*, she slapped him. 她氣得火冒三丈, 賞了他一記耳光/in a fit of *anger* 一怒之下. [同] anger 是表示憤怒最常用的字; → fury, indignation, rage.

> [搭配] *v.* +anger: arouse a person's ~ (引起某人的憤怒), control one's ~ (壓抑某人的憤怒), express one's ~ (表達某人的憤怒), show one's ~ (顯露某人的憤怒) // anger+*v.*: one's ~ grows (怒氣漸生), one's ~ dies down (怒氣消散).

— *vt.* 使發怒. I was really *angered* by [at] my son's selfish attitude. 兒子自私的態度著實令我憤怒. ⇨ *adj.* **angry.**

an·gi·na pec·to·ris [æn'dʒaɪnə'pɛktərɪs; æn'dʒaɪnə'pektərɪs] *n.* U《醫學》心絞痛.

‡an·gle¹ ['æŋgl; 'æŋgl] *n.* (*pl.* ~**s** [~z; ~z]) © **1** 《數學》角; 角度. an acute [ob-

tuse] *angle* 銳角[鈍角]/a right *angle* 直角/The two streets are [meet] at right *angles*. 兩條街道交叉成直角/an *angle* of 60 degrees 60 度角.

2 (突出的)角落, 隅.

3 《口》「角度」, 看法, 觀點, (point of view). We should look at the problem from another [a different] *angle*. 我們應從另一個[不同的]角度來看這個問題/Maybe he can give us a new *angle* on the affair. 也許他能讓我們從新的觀點來看這件事.

— *vt.* **1** (向某個角度)彎曲.

2 《口》歪曲[報導等].

an·gle² ['æŋgl; 'æŋgl] *vi.* **1** 釣魚. *angle* for trout 釣鱒魚.

2 策劃《*for* 求取…》. He's always *angling for* promotion. 他一直想要升遷.

an·gler ['æŋglɚ; 'æŋglə(r)] *n.* © 釣魚者, 垂釣者. [同] angler 是指以釣魚爲興趣的人, fisherman 是指以捕魚維生的人, 但亦有 angler 的意思.

An·gles ['æŋglz; 'æŋglz] *n.* 《作複數》(加 the)盎格魯族(5 世紀後與 Saxons, Jutes 一起從歐洲大陸移居英國, 爲條頓民族的一個部族).

An·gli·can ['æŋglɪkən; 'æŋglɪkən] *adj.* 英國國敎會[聖公會]的. — *n.* © 英國國敎徒.

Ánglican Chúrch *n.* (加 the)英國國敎會(英國國敎會(Church of England)及其同系的敎會; Church of Scotland, Protestant Episcopal Church(美國聖公會)等均包括在內).

An·gli·cize ['æŋglə,saɪz; 'æŋglɪsaɪz] *vt.* 使英國化[英語化]. *Anglicized* pronunciation 英語化的發音(例: 將法語 entrée [ɑ̃tre] 的音發成 ['ɑntre; 'ɒntreɪ]; [ɑ̃] 的 [~] 爲鼻音).

an·gling ['æŋglɪŋ, -lɪŋ; 'æŋglɪŋ] *n.* U (特指作爲興趣的)釣魚.

Anglo- (構成複合字)「英國(的)」之意.

An·glo-A·mer·i·can ['æŋgloə'mɛrəkən; 'æŋgləʊə'merɪkən] *adj.* 英美的; 英裔美國人的. — *n.* © 英裔美國人.

An·glo-Cath·o·lic ['æŋglo'kæθəlɪk, -'kæθlɪk; 'æŋgləʊ'kæθəlɪk] *adj.* 英國國敎天主敎派的. — *n.* © 英國國敎天主敎派的敎徒(指 High Church 中最近似天主敎的派別).

An·glo-In·di·an ['æŋglo'ɪndɪən, -dɪən; 'æŋgləʊ'ɪndɪən] *adj.* **1** 住在[生於]印度的英國人的. **2** 英印混血的. — *n.* © **1** 住在[生於]印度的英國人. **2** 英印混血兒.

An·glo-Sax·on ['æŋglo'sæksn; 'æŋgləʊ'sæksən] *n.* **1** (the Anglo-Saxons)盎格魯撒克遜民族(5、6 世紀從歐洲大陸移居英國的條頓民族, 爲今日英國人之祖先; Angles, Saxons, Jutes 的總稱). **2** © 盎格魯撒克遜民族的人; 諾曼征服(1066 年)以前的英國人; 盎格魯撒克遜後裔. **3** U 盎格魯撒克遜語(現在多稱 Old English). — *adj.* 盎格魯撒克遜民族的; 盎格魯撒克遜語的; 具盎格魯撒克遜性質的.

An·go·la [æŋ'golə, æn-; æŋ'gəʊlə] *n.* 安哥拉

《非洲西南部面大西洋的國家；首都 Luanda》.

An·go·ra, an·go·ra [æŋˋgorə, æn-, -ˋgɔrə, ˋæŋgərə; æŋˈgɔːrə] *n.* **1** C 安哥拉羊[兔].
2 U 毛海(mohair)《用安哥拉羊[兔]的毛製成》.

Angòra góat *n.* C 安哥拉山羊.

Angòra rábbit *n.* C 安哥拉兔.

an·gri·er [ˋæŋgrɪɚ; ˋæŋgrɪə(r)] *adj.* angry 的比較級.

an·gri·est [ˋæŋgrɪɪst; ˋæŋgrɪɪst] *adj.* angry 的最高級.

*an·gri·ly [ˋæŋgrəlɪ, -grɪlɪ; ˋæŋgrəlɪ] *adv.* 憤怒地, 生氣地.

‡**an·gry** [ˋæŋgrɪ; ˋæŋgrɪ] *adj.* (**-gri·er; -gri·est**) **1** 憤怒的, 生氣的, (匣法若發怒的對象是事物, 其介系詞用 at 或 about；是人則用 at 或 with；→ indignant 匣). an *angry* look 怒容/in an *angry* tone 以憤怒的口氣/become [grow] *angry* 發怒, 生氣/look *angry* 看起來面有怒色/She gets *angry* at [about] trifles. 她常為雞毛蒜皮的小事生氣/Your mother is very *angry* with you for staying out so late. 你母親因為你在外面待得太晚而非常生氣/He will be *angry* to learn that she told a lie. 他知道她撒謊一定會生氣/I was *angry* that he hadn't thanked me. 我很不高興他沒有說謝謝.
2 〔天空, 氣候等〕狂暴的, 怒濤/an *angry* sky 烏雲密布的天空.
3 〔傷口等〕發炎的, 一陣一陣疼痛的.
⇨ *n.* anger.

Àngry Yòung Mén *n.* (加 the)「憤怒的青年」(1950 年後期英國的一批作家, 以創作激烈的社會抗議作品而著稱).

ang·strom [ˋæŋstrəm; ˋæŋstrəm] *n.* C 《物理》埃(光波波長單位；1 cm 一億分之一).

*an·guish [ˋæŋgwɪʃ; ˋæŋgwɪʃ] *n.* U 《文章》(特指心中的)痛苦. the *anguish* of failure 失敗的苦惱/She was in *anguish* over her baby's death. 她為嬰兒的死而感到悲痛.

an·guished [ˋæŋgwɪʃt; ˋæŋgwɪʃt] *adj.* 《文章》苦惱的, 痛苦的.

an·gu·lar [ˋæŋgjələ; ˋæŋgjʊlə(r)] *adj.* **1** 有角的；有稜角的, **2** 骨瘦如柴的, 乾瘦的. **3** 〔態度等〕不圓滑的, 生硬的；頑固的. ⇨ angle¹.

an·gu·lar·i·ty [ˏæŋgjəˋlærətɪ; ˌæŋgjʊˈlærətɪ] *n.* U 有角；瘦骨嶙峋；笨拙.

an·i·mad·ver·sion [ˏænəmædˋvɝʒən, -ˋvɝʃ-; ˌænɪmædˈvɜːʃn] *n.* UC 《文章》批評, 責難, 譴責.

an·i·mad·vert [ˏænəmædˋvɝt; ˌænɪmædˈvɜːt] *vi.* 《文章》(激烈地)批評, 責難, (on, upon).

‡**an·i·mal** [ˋænəm!; ˋænɪml] *n.* (*pl.* ~**s** [~z; ~z]) C **1** 動物(相對於植物、礦物). Man is the only *animal* that talks. 人是唯一會說話的動物.
2 (人類以外的)動物, (特指)四足動物, 哺乳動物, 獸類. wild [domestic] *animals* 野獸[家畜]/the lower *animals* 低等動物. 匣 animal 是指動物的一般用字, 並不一定含有負面意義；→ beast, brute.
3 衣冠禽獸, 無人性的人. She soon found that

she had married an *animal*. 她很快就發現自己嫁的是個衣冠禽獸.
— *adj.* 動物的；動物性的；肉體的. *animal* foods 動物性食物, 獸肉/man's *animal* nature 人類的獸性.

● ──表示人類特性的動物

ass	驢	傻瓜
donkey		
drone 雄蜂		懶人
fox 狐狸		狡猾的人
pig 豬		髒[胖]的人
shark 鯊		貪婪者, 騙子
skunk 臭鼬鼠		討厭鬼
snake 蛇		陰險[狡猾]的人
vixen 雌狐		壞心眼的女人
wolf 狼		殘忍的人

ànimal húsbandry *n.* U 畜牧業.

ánimal kíngdom *n.* (加 the)動物界.

an·i·mate [ˋænəˏmet; ˋænɪmeɪt] *vt.* **1** 賦與生命；給予生氣[活力]. Joy *animated* her face. 喜悅使她容光煥發.
2 把〔故事等〕製作成動畫. *animate* Cinderella 把《灰姑娘》製作成動畫.
— [ˋænəmɪt; ˋænɪmət] *adj.* 有生命的, 活生生的；有活力的；(↔ inanimate).

an·i·mat·ed [ˋænəˏmetɪd; ˋænɪmeɪtɪd] *adj.* 生氣勃勃的；鮮活的；熱鬧的, 栩栩如生的. We had an *animated* discussion about politics. 我們熱烈地討論了政治.

ànimated cartóon *n.* C 卡通影片, 動畫, (通常稱為 cartoon).

an·i·ma·tion [ˏænəˋmeʃən; ˌænɪˈmeɪʃn] *n.* **1** U 活力, 生氣, 活潑；激奮.
2 U 動畫片製作；C 卡通影片, 動畫, (animated cartoon).

an·i·mism [ˋænəˏmɪzəm; ˋænɪmɪzəm] *n.* U 萬物有靈論(相信自然物皆有靈魂的信仰).

an·i·mos·i·ty [ˏænəˋmɑsətɪ; ˌænɪˈmɒsətɪ] *n.* (*pl.* **-ties**) UC (強烈的)憎恨, 敵意, 《against, toward 對於…》；對立《between…之間的》. I have no personal *animosity* against him. 我對他沒有私人的敵意.

an·ise [ˋænɪs; ˋænɪs] *n.* C 茴香(芹菜科植物；跟歐芹相似；→ aniseed).

an·i·seed [ˋænɪˏsid, ˋænɪsˏsid; ˋænɪsiːd] *n.* U 茴香(anise)籽(有香味, 可供作藥用及調味料).

An·ka·ra [ˋæŋkərə, ˋɑŋkərə; ˋæŋkərə] *n.* 安卡拉《土耳其首都》.

*an·kle [ˋæŋk!; ˋæŋkl] *n.* (*pl.* ~**s** [~z; ~z]) C 踝關節, 腳踝；(→ body 圖). I slipped and twisted [sprained, turned] my *ankle*. 我滑了一跤把腳踝扭傷了.

ánkle sòcks *n.* (作複數)(英) (長及腳踝的)「短襪」

an·klet [ˋæŋklɪt; ˊæŋklɪt] n. ⓒ踝飾; 《美》(常 anklets) (長及腳踝的)短襪.

Ann [æn; æn] n. 女子名.

an·nals [ˋænlz; ˊænlz] n. 《作複數》 **1** 年代記, 編年史; 記錄, 歷史. **2** (學會等的)年刊.

an·nal·ist [ˋænlɪst; ˊænəlɪst] n. ⓒ編年史的作者.

An·nap·o·lis [əˋnæplɪs, -plɪs, -əs; əˊnæpəlɪs] n. 安納波里《美國Maryland首府; 海軍軍校所在地》.

Anne [æn; æn] n. 女子名. =Ann.

an·neal [əˋnil; əˊniːl] vt. 使〔金屬, 玻璃等〕加熱後緩慢冷卻, 鍛燒.

an·nex [əˋnɛks; əˊneks] vt. **1** 附加, 追加〔條件, 處罰等〕, (to).
2 〔使用武力將領土等〕合併(to).
— [ˋænɛks; ˊæneks] n. ⓒ增建部分; 別館. a hotel annex 旅館的別館.

[annex]

an·nex·a·tion [͵ænɛksˋeʃən; ͵ænek'seɪʃn] n. Ⓤ附加; 合併; ⓒ附加物; 合併之地.

an·nexe [ˋænɛks; ˊæneks] n. 《英》=annex.

an·ni·hi·late [əˋnaɪə͵let; əˊnaɪəleɪt] vt. 《文章》消滅, 殲滅, 徹底擊潰.《★注意發音》

an·ni·hi·la·tion [ə͵naɪəˋleʃən; ə͵naɪəˊleɪʃn] n. Ⓤ《文章》消滅, 殲滅, 毀滅.

*__an·ni·ver·sa·ry__ [͵ænəˋvɝsərɪ, -srɪ; ͵ænɪˊvɜːsərɪ] n. (pl. **-ries** [~z; ~z]) ⓒ(特指結婚, 生日的)紀念日; 週年紀念; 逝世紀念. the anniversary of the end of the war 戰爭結束紀念日/Today is our twentieth wedding anniversary. 今天是我們結婚二十週年的紀念日/an anniversary gift 紀念(祝賀)禮物.
[字源] ANN「年」: anniversary, annual (一年的), annals (編年史), annuity (年金).

An·no Do·mi·ni [ˋæno'dɑmə͵naɪ, ͵ænəˋdomɪnaɪ](拉丁語; =in the year of our Lord) adv. 西元, 耶穌紀元, (→用法請見略語 A.D.).

an·no·tate [ˋæno͵tet; ˊænəʊteɪt] vt. 替〔書等〕加注解, 注釋.

an·no·ta·tion [͵ænoˋteʃən; ͵ænəʊˊteɪʃn] n. Ⓤ ⓒ注釋.

*__an·nounce__ [əˋnaʊns; əˊnaʊns] v. (-nounc·es [~ɪz; ~ɪz]; ~d [~t; ~t]; -nounc·ing) vt. 〖告訴公眾〗 **1** (a) 宣布, 公布, 〔訂婚等〕. He announced his engagement to Miss Brown. 他宣布與布朗小姐訂婚/The card announces the birth of their daughter. 這張卡片宣布他們女兒的誕生. (b) 句型3 (announce that 子句)發表, 公布, 通知. It was announced that a typhoon was approaching Kenting. 據報有颱風正朝墾丁接近.

2 大聲通報, 通知, 〔客人抵達等〕. The butler announced Mr. and Mrs. Smith. 管家大聲通報史密斯夫婦蒞臨/Dinner was announced. 晚餐已備妥.
3 擔任〔節目等〕的播音員.
4 【顯示事物】顯示, 顯露, 句型3 (announce that 子句)顯示, 告知. The falling of leaves announces the coming of winter. 樹葉凋落顯示多天來了.
— vi. 擔任播音員. ⇨ n. **announcement**.
[字源] NOUNCE「告知」: announce, pronounce (宣告), renounce (放棄).

*__an·nounce·ment__ [əˋnaʊnsmənt; əˊnaʊnsmənt] n. (pl. ~s [~s; ~s]) Ⓤ ⓒ發表, 公布; 告知; 聲明. An announcement of his death appeared in the newspapers. 他的死訊刊登在報上/Bill and I have an announcement to make. 比爾跟我有事情要宣布《宣布訂婚時常用此說法》.

*__an·nounc·er__ [əˋnaʊnsɚ; əˊnaʊnsə(r)] n. (pl. ~s [~z; ~z]) ⓒ發表者; 布達者, 宣布者; 《廣播》播音員.

an·nounc·ing [əˋnaʊnsɪŋ; əˊnaʊnsɪŋ] v. announce 的現在分詞, 動名詞.

*__an·noy__ [əˋnɔɪ; əˊnɔɪ] vt. (~s [~z; ~z]; ~ed [~d; ~d]; ~·ing) 使〔人〕煩躁, 困擾, 《常用被動語態》. I was annoyed with him for being so late. 我很不高興他遲到這麼久/I was much annoyed at his behavior. 他的行為令我很氣憤.
[同] annoy 用於指一時的急躁, 稍微有點慍怒; irritate, bother. ⇨ n. **annoyance**.

*__an·noy·ance__ [əˋnɔɪəns; əˊnɔɪəns] n. (pl. -anc·es [~ɪz; ~ɪz]) **1** Ⓤ困惑, 煩擾, 惱怒. Her face was red with annoyance. 他氣得滿臉通紅.
2 ⓒ煩惱的原因, 令人生氣的人〔事〕. That noisy music is an annoyance to the neighborhood. 嘈雜的音樂令鄰居苦惱. ⇨ v. **annoy**.

an·noy·ing [əˋnɔɪɪŋ; əˊnɔɪɪŋ] adj. 令人煩惱的; 生氣的; 煩人的. an annoying little boy 煩人的小男孩.

*__an·nu·al__ [ˋænjʊəl, ˋænjʊl; ˊænjʊəl] adj. **1** 一年的, 年度的; 每年一次的, 每年一次的. an annual event 年度大事/His annual income is more than $100,000. 他的年收入超過十萬美元/an annual ring (樹的)年輪.
2 每年一次的; 年刊的. an annual magazine 年刊.
3 《植物》《草等》一年生的(→ biennial 參考).
— n. ⓒ **1** 一年生植物.
2 年刊, 年報; 年鑑; (→ periodical 表).

an·nu·al·ly [ˋænjʊəlɪ, ˋænjʊlɪ; ˊænjʊəlɪ] adv. 每年地, 每年一次地.

an·nu·i·ty [əˋnuətɪ, əˋnju-; əˊnjuːɪtɪ] n. (pl. -ties) ⓒ年金《由國家制訂法規或與保險公司等簽訂合約的年金; 根據此而每年支付的金額》.

an·nul [əˋnʌl; əˊnʌl] vt. (~s; ~led; ~·ling) 使〔法令, 合約等〕無效; 取消.

an·nu·lar [ˋænjələ; ˊænjʊlə(r)] adj. 環狀的, 輪狀的.

ànnular eclípse *n.* ⓒ(天文)環蝕.

an·nul·ment [əˈnʌlmənt; əˈnʌlmənt] *n.* ⓊⒸ 取消, 廢棄; 失去效力.

An·nun·ci·a·tion [əˌnʌnsɪˈeʃən, -ʃɪ-; əˌnʌnsɪˈeɪʃn] *n.* **1** (加the)天使報喜(天使加百列 (Gabriel)告訴聖母瑪利亞(Mary)耶穌即將誕生). **2** (天主教)天使報喜節(紀念天使報喜; 3月25日; 亦稱 Lady Day). 「ode).

an·ode [ˈænod; ˈænəʊd] *n.* ⓒ(電)陽極(↔cath-

an·o·dyne [ˈænə,daɪn, ˈæno-; ˈænəʊdaɪn] *adj.* 鎮痛的; 緩和的. —— *n.* ⓒ鎮痛劑; 緩和[慰藉]物.

a·noint [əˈnɔɪnt; əˈnɔɪnt] *vt.* **1** 塗, 抹, (*with*). **2** (特指基督教的)塗油(在洗禮及任命聖職者等儀式中塗油以淨身).

a·noint·ment [əˈnɔɪntmənt; əˈnɔɪntmənt] *n.* Ⓤ塗油; 塗油儀式.

a·nom·a·lous [əˈnɑmələs; əˈnɒmələs] *adj.* (文章)不規則的(irregular); 異常的(abnormal).

a·nom·a·ly [əˈnɑməlɪ; əˈnɒməlɪ] *n.* (*pl.* **-lies**) ⓒ不規則的事物[人]; 反常, 異常.

a·non [əˈnɑn; əˈnɒn] *adv.* (古)不久; 立刻(soon).

anon. (略) anonymous.

an·o·nym·i·ty [ˌænəˈnɪmətɪ; ˌænəˈnɪmətɪ] *n.* Ⓤ匿名, 無名氏; 作者不詳.

a·non·y·mous [əˈnɑnəməs; əˈnɒnɪməs] *adj.* 匿名的; 作者不詳的. an *anonymous* letter [poem] 匿名信[無名氏的詩].

a·non·y·mous·ly [əˈnɑnəməslɪ; əˈnɒnɪməslɪ] *adv.* 匿名地.

a·noph·e·les [əˈnɑfə,liz; əˈnɒfɪliːz] *n.* (*pl.* ~) ⓒ(蟲)瘧蚊(瘧疾的媒介).

an·o·rak [ˈænə,rɑk; ˈænəræk] *n.* ⓒ連兜帽夾克《附有帽子的禦寒外套; → parka).

[anorak]

‡an·oth·er [əˈnʌðə; əˈnʌðə(r)] *adj.*

1 再一個的, 再一人的, (one more). Won't you have *another* cup of tea? 你要不要再來一杯茶?/Mary will turn out to be *another* Florence Nightingale. 瑪莉將成為另一個南丁格爾的/I'll wait *another* five minutes. 我會再等五分鐘. 語法 another 本來是 an+other, 所以原則上加在可數名詞的單數前; 上一例的 *another* five minutes 是將 five minutes 當做一個單位, 視為單數; 另外, another 前後也不加 this, his 等字詞以及冠詞.

2 另外的, 別種的, 不同的, (different). Come *another* day. 改天再來/That is *another* problem. 那是另一個問題/He has become *another* man since that serious illness. 他在重病之後變了一個人/I'd like to go to *another* place. 我想去別的地方.

—— *pron.* **1** 再一個, 再一人; 同類的事物[人]. We already have six children; we don't need *another*. 我們已經有六個小孩, 不需要再添一個/

They're all cowards—and you're *another*. 他們都是膽小鬼——你也是/She finished her coffee and asked for *another*. 她喝完她的咖啡, 然後又要了一杯/That's *another* of his old lies. 這又是他的另一個老謊話.

2 (用 one...another)另一事物[人](★ 複數時為 one...others). You can't have that *one*; choose *another*. 你不能拿那個, 選別的吧!/It is *one* thing to make a promise, and *another* to keep it. 承諾是一回事, 遵守又是另一回事/She went from *one* shop to *another*. 她逛了一家又一家的店/All the days went by, *one* like *another*. 日子一天天一成不變地過去了.

just another 不過是另一個的; 常見的. This is *just another* political trick. 那不過是另一個政治技倆.

òne(...)after anóther → after 的片語.

* *òne anóther* 互相, 彼此互相(地). They helped *one another*. 他們互相幫助/praise *one another's* works 互相稱讚對方的作品 語法 one another 不可做主詞使用. 此外, 由於不是作為副詞片語而是作受詞使用, 因此不可將「他們彼此害怕對方」譯成 They are afraid *one another*.; afraid 之後必須加 of.

óne wày or anóther → way¹ 的片語.

tàken [tàking] òne with anóther 全盤考慮地, 整體地.

ans. (略) answer.

‡an·swer [ˈænsə; ˈɑːnsə(r)] *n.* (*pl.* ~**s** [~z; ~z]) ⓒ【回答】**1** 回答, 答覆; 回覆; (↔question). At last Mary gave Tom an *answer*. 瑪莉終於給湯姆答覆/I've got no *answer* to my letter. 我的信沒有得到回音.

⎡搭配⎤ *adj.*+answer: a clear ~ (清楚的回答), a satisfactory ~ (令人滿意的答覆), a vague ~ (含糊的回答), a positive ~ (肯定的回答), a negative ~ (否定的回答) // *v.*+answer: provide an ~ (提供答案), receive an ~ (收到回覆).

2 答案(略) ans. Choose the correct *answer* to the question. 請選出問題的正確答案.

【對應】**3** (以行動)回答, 回應; 報復. His *answer* was to slam the door. 他的回答就是重重地把門甩上.

in ánswer to... 作為對於...的回答, 回應. He said nothing *in answer to* my charges. 對於我的責備他一言不答.

—— *v.* (~**s** [~z; ~z]; ~**ed** [~d; ~d]; **-swer·ing** [-sərɪŋ, -srɪŋ; -sərɪŋ]) *vt.* 【回答】**1** (a)回答(人, 問題, 信等); 回應(電鈴, 叩門等), *answer* a question 回答問題/I *answered* his letter at once. 我立刻回覆他的來信/Please *answer* the telephone. 請接電話.

(b) 句型4 (answer **A B**)向 A(人) 回答 B. *Answer* me this. 回答我這個/*Answer* me this

question. 回答我這個問題. 語法 此句型僅用於上列固定的祈使句中.

(c) 句型3 (answer **A**/*that* 子句)回答A/回答….
He *answered* 'Yes' to my question. 他用「是」回答我的問題/He *answered that* he knew no French. 他回答說他不懂法語.

2 解決, 解答, [問題]. *answer* a problem [riddle]解題[謎].

3 [回報]對[責難等]作出反應, 反擊; (以行動)回報. He *answers* blows *with* blows. 他以牙還牙.

【 回應要求 】 **4** 發生作用; 滿足[要求, 願望]; 符合. Will this tool *answer* your purpose? 這個工具符合你的要求嗎?/Her prayer was *answered*. 她的願望實現了/The man *answers* (*to*) the police description. 那男子跟警方的描述相符 語法 加上 to 就成爲不及物動詞.

— *vi.* 【 回答 】 **1** 回答, 回覆; 回應; (回表示「回答」之意最普遍的用語; → reply, respond). I knocked at the door but no one *answered*. 我敲了門但沒人回應.

【 要求回應 】 **2** 適合; 符合; (*to*)(→ *vt.* 4).

【 承擔責任 】 **3** 負責; 補償; (*to* [人]; *for* [事物])(→片語 answer for...). I'll *answer to* your parents *for* your safety. 我答應你的父母要對你的安全負責.

ànswer...bàck[1] (口)[孩子等]向…還嘴, 頂嘴. Don't *answer* me *back* when I'm telling you off. 我罵你時則還嘴(★省略 me 就成爲下句片語).

ànswer bàck[2] (口)還嘴, 頂嘴.

ánswer for... 負…的責任; 保證…; 抵償…. I'll *answer for* my mistakes. 我會爲我的錯誤負責/You'll soon have to *answer for* your idleness. 你很快就必須爲你的懶惰負責.

an·swer·a·ble [ˈænsərəbl, -srə-; ˈɑːnsərəbl] *adj.* **1** 能回答的[問題等].

2 (敘述)有責任的. I am not *answerable to* you *for* anything. 我不必爲任何事向你負責.

an·swer·phone [ˈænsəˌfɒn; ˈɑːnsəˈfəʊn] *n.* © 電話答錄機(亦作 ánswering machìne).

‡ant [ænt; ænt] *n.* (*pl.* ~**s** [~s; ~s]) © (蟲)螞蟻. work like an *ant* 像螞蟻般地工作.

ant- *pref.* anti- 的別體(用於母音之前). *ant*agonism. *ant*onym.

-ant *suf.* **1** 加在動詞後構成形容詞. observ*ant*.

2 加在動詞後構成表示行爲者的名詞. attend*ant*. inhabit*ant*.

an·tag·o·nism [ænˈtægəˌnɪzəm; ænˈtægənɪzəm] *n.* UC (文章)敵對; 反對, 反抗; 敵意. the *antagonism between* the two 兩者之間的敵對.

an·tag·o·nist [ænˈtægənɪst; ænˈtægənɪst] *n.* © (文章)敵對者, 對立者; (有敵意的)對手; (戲劇等的)反派角色(↔ protagonist).

an·tag·o·nis·tic [ænˌtægəˈnɪstɪk; ænˌtægəˈnɪstɪk] *adj.* (文章)敵對的, 反抗的; 矛盾

的, 不相容的; (*to*).

an·tag·o·nize [ænˈtægəˌnaɪz; ænˈtægənaɪz] *vt.* (文章)使敵對, 使具有敵意[反感].

*‌**ant·arc·tic** [ænˈɑrktɪk; ænˈtɑːktɪk] *adj.* (或 Antarctic)南極的, 南極區的, (↔ arctic). an *antarctic* expedition 南極探險.
— *n.* (the Antarctic)=Antarctica.

Ant·arc·ti·ca [ænˈɑrktɪkə; ænˈtɑːktɪkə] *n.* 南極洲(the Antarctic Continent).

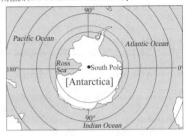

[Antarctica]

Antàrctic Círcle *n.* (加 the)南極圈(南緯66°33′線).

Antàrctic Cóntinent *n.* (加 the)南極洲.

Antàrctic Ócean *n.* (加 the)南極海, 南冰洋, (圈以南的地帶).

Antàrctic Zóne *n.* (加 the)南極區(南緯).

an·te [ˈæntɪ; ˈæntɪ] *n.* © (通常作單數)賭注, 底本, (玩撲克牌時在發牌前各自拿出來的錢).
— *vt.* (~**s**; ~**d**, ~**ed**; ~**ing**) **1** 下[賭注].
2 (美·口)付[應付的錢, 訂金](*up*).

ante- *pref.* 「在…之前的, 比…更前的」之意 (↔ post-). *ante*cedent. *ante*room.

ant·eat·er [ˈæntˌitər; ˈæntˌiːtə(r)] *n.* © (動物)食蟻獸.

an·te·ced·ent [ˌæntəˈsidnt; ˌæntɪˈsiːdənt] *adj.* (文章)先行的, 在前的, (previous)(*to*).
— *n.* © **1** (文章)前者, 先前發生的事情; 前例. **2** (文章)(antecedents)祖先; 來歷.
3 (文法)先行詞(→ relative pronoun ●).

an·te·cham·ber [ˈæntɪˌtʃɛmbər; ˈæntɪˌtʃeɪmbə(r)] *n.* © (連接至大廳的)穿堂.

an·te·date [ˈæntɪˌdet; ˌæntɪˈdeɪt] *vt.* **1** (年代上)在…之前.
2 (支票等)填上比實際更早的日期(↔ postdate).

an·te·di·lu·vi·an [ˌæntɪdɪˈluvɪən, -ˈljuv-; ˌæntɪdɪˈluːvjən] *adj.* **1** 諾亞(Noah)的大洪水之前的; 太古的. **2** (諧)老掉牙的, 過時的, 「史前的」.

an·te·lope [ˈæntˌlop; ˈæntɪləʊp] *n.* (*pl.* ~, ~**s**) © 羚羊(外型似鹿的牛科動物; 奔馳速度很快).

an·te·na·tal [ˌæntɪˈnetl; ˌæntɪˈneɪtl] *adj.* (限定) (英)出生前的, 產前的, ((美) prenatal).

*‌**an·ten·na** [ænˈtɛnə; ænˈtenə] *n.* (*pl.* ~**s** [~z; ~z], 2 中作 **-nae**) © **1** (美)(收音機, 電視機的)天線(aerial). erect [put up] an *antenna* 裝天線.
2 (動物)觸角(→ insect 圖); (植物)觸毛.

an·ten·nae [ænˈtɛni; ænˈteniː] *n.* antenna 的

複數.

an·te·ri·or [æn`tɪrɪə; æn'tɪərɪə(r)] adj. 《文章》 **1** 前方[前部]的(to). **2** (時間上,或順序上)在前面的,較早的,居先的,(to). ↔ **posterior**.

an·te·room [`ænti,rum, -,rʊm; 'æntiruːm] n. ⓒ休息室; 接待室.

an·them [`ænθəm; 'ænθəm] n. ⓒ **1** 讚美歌,聖歌. **2** 祝賀歌,頌歌. the national *anthem* 國歌.

an·ther [`ænθə; 'ænθə(r)] n. ⓒ《植物》花藥.

ant·hill [`ænt,hɪl; 'ænthɪl] n. ⓒ蟻塚,蟻丘.

an·thol·o·gist [æn`θɑlədʒɪst; æn'θɒlədʒɪst] n. ⓒ詩文選集的編者.

an·thol·o·gy [æn`θɑlədʒɪ; æn'θɒlədʒɪ] n. (pl. **-gies**) ⓒ(從諸作家、作品中選出的)詩文選集. An *Anthology* of English Poetry《英詩選集》.

An·tho·ny [`ænθənɪ, `æntənɪ; 'æntənɪ, -θə-] n. 男子名(Antony 的別體); 暱稱 Tony).

an·thra·cite [`ænθrə,saɪt; 'ænθrəsaɪt] n. Ⓤ無煙煤.

an·thrax [`ænθræks; 'ænθræks] n. Ⓤ《醫學》癰, 炭疽(熱), 《家畜的傳染病, 人也可能感染》.

an·thro·poid [`ænθrə,pɔɪd; 'ænθrəpɔɪd] adj. 〔動物〕似人類的. ── n. ⓒ類人猿(俗稱ape).

an·thro·po·log·i·cal [,ænθrəpə`lɑdʒɪk; ,ænθrəpə'lɒdʒɪkl] adj. 人類學的.

an·thro·pol·o·gist [,ænθrə`pɑlədʒɪst; ,ænθrə'pɒlədʒɪst] n. ⓒ人類學者.

an·thro·pol·o·gy [,ænθrə`pɑlədʒɪ; ,ænθrə'pɒlədʒɪ] n. Ⓤ人類學. social *anthropology* 社會人類學/cultural *anthropology* 文化人類學.

anti- pref. 「反對, 排斥等」之意(↔ pro-). *anti*climax. *anti*social. *anti*-Semitism.

an·ti·air·craft [,ænti`ɛr,kræft, -`ær-; 'ænti'eəkrɑːft] adj. 《限定》用來對抗敵機的; 防空的.

an·ti·bi·ot·ic [,æntɪbaɪ`ɑtɪk; ,æntɪbaɪ'ɒtɪk] 《生物》 adj. 抗生的(抵抗微生物病原體). ── n. ⓒ抗生素(penicillin 等).

an·ti·bod·y [`ænti,bɑdɪ; 'æntɪ,bɒdɪ] n. (pl. **-bod·ies**) ⓒ《生理》抗體, 免疫體, 《為抵抗體內病原體而產生, 防止再次發病的物質》.

an·tic [`æntɪk; 'æntɪk] n. ⓒ(通常 antics)滑稽的動作, 古怪的動作.

an·ti·can·cer [,ænti`kænsə; ,ænti'kænsə(r)] adj. 抗癌的〔藥等〕.

*****an·tic·i·pate** [æn`tɪsə,pet; æn'tɪsɪpeɪt] v. (~s [~s; ~s]; **-pat·ed** [~ɪd; ~ɪd]; **-pat·ing**) vt. 【 搶先 】 **1** 預期, (愉快地[擔心地])等待, 期待; 句型3 (anticipate do*ing/that* 子句)預期, 等待⋯. I *anticipate (that* there will be) problems on their expedition. 我預料他們的探險會碰到問題/We all *anticipate seeing* you soon. 我們都期待能快點見到你/You're always *anticipating* trouble. 你總是杞人憂天. **2** 事先處理[安排]; (收入)尚未領到而預先使用; 句型3 (anticipate *that* 子句/*wh* 子句) 事先處理[安排]⋯. You *anticipate* all my wants. 我所需要的你都事先準備好了/*anticipate* one's bonus 預估紅利(有多少而提前使用)/We *anticipated where* the enemy would attack. 我們在敵人可能攻擊之

處事先作了部署.

3 走在⋯前頭, 佔先機; 防範於未然. Sweden *anticipates* many other countries in its welfare system. 瑞典在福利制度方面比其他許多國家更為先進.

── vi. (話)說在前頭. ↔ n. **anticipation**.

an·tic·i·pa·tion [æn,tɪsə`peʃən, ,æntɪsə-; æn,tɪsɪ'peɪʃn] n. Ⓤ **1** 預期, 期待; 預感. **2** 先走一步; 先發制人; 《of》. ↔ v. **anticipate**. *in antícipation* 預先; (充滿)期望. Thanking you *in anticipation*. 謹此先致謝意(委託書等的結束語).

in antícipation of... 期待⋯; 預期⋯, 預計⋯.

an·tic·i·pa·to·ry [æn`tɪsəpə,torɪ, -,tɔrɪ; æn'tɪsɪpeɪtərɪ] adj. 預期的; 搶先的.

an·ti·cli·max [,ænti`klaɪmæks; ,ænti'klaɪmæks] n. ⓒ先盛而衰, 虎頭蛇尾; (與前面相比)突然變得沒有價值[意義]的事[物].

an·ti·clock·wise [,ænti`klɑkwaɪz; ,ænti'klɒkwaɪz] adj., adv. 《英》=counterclockwise (→ clock 圖).

an·ti·cy·clone [,ænti`saɪklon; ,ænti'saɪkləʊn] n. ⓒ《氣象》高氣壓(氣旋) (→ cyclone).

an·ti·dote [`ænti,dot; 'ænti,dəʊt] n. ⓒ解毒劑; (禍害等的)矯正[補救]方法, 對策; 《for, against, to》.

an·ti·freeze [`ænti,friz; 'æntifriːz] n. Ⓤ防凍劑(加入汽車冷卻器的防凍液體等).

an·ti·gen [`ænti,dʒɛn; 'æntɪdʒən] n. ⓒ《生理》抗原(促進體內抗體(antibody)形成之物質).

An·ti·gua and Bar·bu·da [æn`tigə-ən-bar`budə; æn'tiːgwə-ən-bɑː'buːdə] n. 安地卡及巴布達(由加勒比海東方數島組成的國家, 為大英國協成員國之一; 首都 St. John's).

an·ti·his·ta·mine [,ænti`hɪstə,min, -,min; ,ænti'hɪstəmiːn] n. ⓤⓒ《醫學》抗組織胺劑(可治療花粉熱(hay fever) 等過敏性症狀).

an·ti·knock [,ænti`nɑk; ,ænti'nɒk] n. Ⓤ抗爆劑, 抗震劑, 《為防止內燃機的爆震而在汽油中加入四乙基鉛等).

an·ti·log·a·rithm [,ænti`lɔgə,rɪðəm, -`lɑg-; ,ænti'lɒgərɪðəm] n. ⓒ《數學》真數.

an·ti·mo·ny [`æntə,monɪ; 'æntɪmənɪ] n. Ⓤ《化學》銻(金屬元素; 符號 Sb).

an·ti·nu·cle·ar [,ænti`njuklɪə, -`nu-; ,ænti'njuːklɪə(r), -'nuː-] adj. 反對核子武器的. an *antinuclear* movement 反核運動.

an·ti·nuke [`æntinjuk, -nuk; 'æntinjuːk, -nuːk] adj. 《口》=antinuclear.

an·ti·pa·thet·ic [æn,tɪpə`θɛtɪk, ,æntɪpə-; ,æntɪpə'θetɪk] adj. 極其厭惡的(to); (性格上)不相容的.

an·tip·a·thy [æn`tɪpəθɪ; æn'tɪpəθɪ] n. (pl. **-thies**) ⓐⓤ反感, 討厭; (如水和油般的)不相容性; ⓒ不喜歡的事[物]; (↔ sympathy). I have

an *antipathy* to cats. 我討厭貓.

an·tip·o·des [ænˋtɪpəˌdiz; ænˈtɪpədiːz] *n.* 《作複數》 **1** 對極地(地球上處於正相對位置的兩個地點). **2** 《英》(the Antipodes) (作爲歐洲對極地的)澳大利亞與紐西蘭.

an·ti·pol·lu·tion [ˌæntɪpəˋluʃən; ˌæntɪpəˈluːʃn] *adj.* 防止(大氣等)污染的.

an·ti·quar·i·an [ˌæntɪˋkwɛrɪən, -ˌkwer-; ˌæntɪˈkweəriən] *adj.* 古物研究[蒐集]的.
— *n.* C 古物研究[收藏]家.

an·ti·quar·y [ˋæntɪˌkwɛrɪ; ˈæntɪkwəri] *n.* (*pl.* **-quar·ies**) C 古物研究[收藏]家; 古董商.

an·ti·quat·ed [ˋæntəˌkwetɪd; ˈæntɪkweitɪd] *adj.* 陳舊的, 老式的; 過時的.

***an·tique** [ænˋtik; ænˈtiːk] *adj.* **1** 古時的; 古董的; 經營古董的; (注意)不僅指古老的, 通常指年代超過100年且有價值的物品). an *antique* stove 古董火爐/an *antique* store 古董店.
2 舊式的, 過時的.
— *n.* (*pl.* ~**s** [~s; ~s]) C 古代美術品, 古器, 古董, (→ *adj.* 注意). a collection of Korean *antiques* 朝鮮古董的收藏.

***an·tiq·ui·ty** [ænˋtɪkwətɪ; ænˈtɪkwəti] *n.* (*pl.* **-ties** [~z; ~z]) **1** U 古老, 古舊. a city of great *antiquity* 很古老的城市.
2 U (中世紀以前的)古代, 昔日. classical *antiquity* 希臘, 羅馬古典時代.
3 C (通常 antiquit*ies*)古代的遺物, 古器.

an·ti·Sem·ite [ˌæntɪˋsɛmaɪt, -ˋsimaɪt; ˌæntɪˈsemaɪt, -ˈsiːmaɪt] *n.* C 反猶太主義者, 排斥[迫害]猶太人者.

an·ti·Se·mit·ic [ˌæntɪsəˋmɪtɪk; ˌæntɪsɪˈmɪtɪk] *adj.* 反猶太(人)的.

an·ti·Sem·i·tism [ˌæntɪˋsɛməˌtɪzəm; ˌæntɪˈsemɪtɪzəm] *n.* U 反猶太主義[運動], 排斥[迫害]猶太人.

an·ti·sep·tic [ˌæntəˋsɛptɪk; ˌæntɪˈseptɪk] *adj.* 防腐的; 殺菌的, 已消毒的.
— *n.* C 防腐劑; 消毒劑.

an·ti·so·cial [ˌæntɪˋsoʃəl; ˌæntɪˈsəʊʃl] *adj.* **1** 反社會的. **2** 不喜歡社交的.

an·tith·e·ses [ænˋtɪθəˌsiz; ænˈtɪθɪsiːz] *n.* antithesis 的複數.

an·tith·e·sis [ænˋtɪθəsɪs; ænˈtɪθɪsɪs] *n.* (*pl.* **-ses**) **1** U 對立, 對照; C 相反(*of*, *to*). The *antithesis* of [to] fact is fiction. 事實的相反便是虛構. **2** U (修辭學)對照法; C 對句(例: To err is human; to forgive divine. 犯錯乃人之常情, 寬恕乃神之聖行).

an·ti·thet·ic, an·ti·thet·i·cal [ˌæntɪˋθɛtɪk; ˌæntɪˈθetɪk], [-k; -kl] *adj.* 對立的; 對照的.

an·ti·thet·i·cal·ly [ˌæntɪˋθɛtɪklɪ, -ɪklɪ; ˌæntɪˈθetɪkəli] *adv.* 對立地; 對照地.

an·ti·tox·in [ˌæntɪˋtɑksɪn; ˌæntɪˈtɒksɪn] *n.* U 抗毒素.

an·ti·trust [ˌæntɪˋtrʌst; ˌæntɪˈtrʌst] *adj.* 《經濟》反托拉斯的, 禁止獨占的.

an·ti·war [ˌæntɪˋwɔr; ˌæntɪˈwɔː(r)] *adj.* 反戰的.

ant·ler [ˋæntlɚ; ˈæntlə(r)] *n.* C (鹿的)枝角.

An·to·ny [ˋæntənɪ, ˋæntnɪ; ˈæntənɪ] *n.* 男子名(Anthony 的別體; 暱稱 Tony).

an·to·nym [ˋæntəˌnɪm; ˈæntəʊnɪm] *n.* C 反義詞(⟷ synonym)(例: up ⟷ down; go ⟷ come).

[antlers]

a·nus [ˋenəs; ˈeɪnəs] *n.* C 《解剖》肛門. ⟹ *adj.* anal.

an·vil [ˋænvɪl; ˈænvɪl] *n.* C (鐵匠的)鐵砧.

[anvil]

anx·i·e·ties [æŋˋzaɪətɪz, æŋgˋz-; æŋˈzaɪətɪz] *n.* anxiety 的複數.

***anx·i·e·ty** [æŋˋzaɪətɪ, æŋgˋz-; æŋˈzaɪətɪ] *n.* (*pl.* **-ties**) **1** U 擔心, 掛慮, 不安, (*about*, *for*)(⟹ Don't cause your mother *anxiety*. 別讓你的母親擔心/in [with] *anxiety* 憂心地/News of his safety relieved my *anxiety*. 他平安無事的消息讓我鬆了一口氣/I am full of *anxiety about* the future. 我對未來充滿了憂慮.

圖解 *adj.*+anxiety: grave ~ (非常擔心), great ~ (極為擔心) // *v.*+anxiety: arouse ~ (引起擔心), feel ~ (感到擔心).

2 C 焦慮的原因, 令人擔心的事. Forget the *anxieties* of life and relax. 忘掉生活的憂慮, 放輕鬆點.
3 UC 渴望, 熱望, 《*for* 對於…; *to do, that* 子句 想做…). a mother's *anxiety for* her child's happiness 母親對孩子幸福的殷切希望/His *anxiety to* win was strong. 他渴望獲勝的心十分強烈.
⟹ *adj.* anxious.

***anx·ious** [ˋæŋkʃəs, ˋæŋʃəs; ˈæŋkʃəs] *adj.* **1** (a)《敍述》擔心的, 憂慮的, 《*about, for*》掛心的《*lest* 子句 害怕會…》. Don't be *anxious*; it'll be all right. 別擔心, 沒問題的/I'm *anxious about* [*for*] his safety. 我擔心他的安危/We were *anxious lest* it (should) be too late. 我們擔心那會太遲. (b)擔心的. his *anxious* mother 他憂慮的母親.
2 擔心的, 不安的, 牽掛的. I spent an *anxious* night waiting for his return. 我徹夜不安等他回來.
3 《敍述》(人)渴望的《*for; to do; that* 子句). The boy was *anxious for* a bicycle. 那男孩渴望有輛自行車/She's a good assistant—always *anxious to* please the customers. 她是位好店員, 總是想著要讓顧客滿意/Please come; I'm *anxious to* see you.

請過來，我好想看看你/Some Americans of Mexican origin seem *anxious not to* forget their language. 一些墨西哥裔的美國人似乎希望不要忘記自己的語言/I was *anxious that* she (should) accept my offer. 我熱切地希望她能接受我的提議.

⇨ *n.* **anxiety.**

anx·ious·ly [ˈæŋkʃəslɪ, ˈæŋʃəslɪ; ˈæŋkʃəslɪ] *adv.* 擔心地；渴望地.

⁑an·y [強 ˈɛnɪ, 弱 ənɪ, nɪ; 強 ˈenɪ, 弱 ənɪ, nɪ(★根據詞類和意義的不同分別使用強音、弱音)]

(→ some) *adj.* 【 若干的 】 **1** [ənɪ; ənɪ](加在可數名詞的複數或不可數名詞前)(some 與 any 用法上的區別 → some ◉)

(a)《用於疑問句》若干，些許. Do you have *any* pencils [money]? 你有鉛筆[錢]嗎?

(b)《用於條件子句》若干，些許. If we need *any* stamps [bread], we go to the post office [a baker's]. 如果我們需要郵票[麵包]就到郵局[麵包店]去.

语法 在形容詞子句或不定詞片語中，若具有條件的含義時便會用 any: Every person *who has any* acquaintance with him respects him. (只要是認識他的人都會尊敬他)/I shall be happy *to be of any service to you.* (若能為你服務的話，那真是我的榮幸).

(c)《用於否定句》一點也(沒有…). I don't have *any* friends. 我一個朋友也沒有(=I have *no* friends). 语法 any 可與除 not 外其他具有否定意義的字連用: She answered all the questions *without any* difficulty. (她毫不費力地回答了所有問題)/scarcely [hardly] *any...* (→ scarcely 的片語).

【 任何 】 **2** [ˈɛnɪ; ˈenɪ](加在可數名詞的單數前)

(a)《用於疑問句、條件子句》甚麼，誰. Is there *any* interesting program? 有甚麼有趣的節目嗎?/He knows English, if *any* person does. 若問有誰(真正)懂英語，那是非他莫屬了.

(b)《用於否定句》甚麼，誰也(沒有…). There weren't *any* students in the reading room. 閱覽室裡一個學生也沒有/He hasn't left *any* message. 他沒有留下任何話.

3 [ˈɛnɪ; ˈenɪ]《用於肯定句》任何，無論哪個. *Any* child can do it. 無論哪個孩子都會做/somebody of *any* age of either sex 任何年齡、性別的人/Choose *any* book(s) you like. 挑選任何你喜歡的書(★若用 books 則表示選多少本皆可) (语法 從兩者中選出一個時不用 any 而用 either).

[◉ (1) any 與 every]

any 與 every 有時字義雖相似(*Any* [=*Every*] child can do it.)，然而這時用 any 表示選擇的自由(「不論哪一個」──A or B or C...)，every 則既涉及個體，又意味著整體(A and B and C...). 因此，You may come *every* day. (你每天都可以來)這句改用 any 時便變成另一種意思:「你喜歡哪一天(僅僅一天)來皆可」.

包含 any, every 的複合字亦同，例如 You may have *everything* in the box. (這箱子裡的東西全

部都可以給你)此句若改用 anything，意思就變成「不論其中哪一個(僅僅一個)都可以給你」.

[◉ (2) any 與 not]

「any＋名詞」作為主詞時，動詞通常不能用否定形式，若要用否定，則主詞需採用「no＋名詞」的形式. anybody, anyone, anything 作主詞時亦同. 因此「任何小孩都不會」是 No child can do it. 不可用 *Any* child can *not* do it. 同樣地，「誰都不知道」並非 *Anyone* does *not* know it. 而是 *No* one knows it.

àny amóunt of... → amount 的片語.
ány dày → day 的片語.
* ***any one*** (1)[ˈɛnɪˌwʌn, -wən; ˈenɪwʌn] =anyone.
(2)[ˌɛnɪˈwʌn; ˌenɪˈwʌn] 任何一個(的)，任何一人(的)；隨便哪一個. Take *any one* of the dolls. 隨便拿一個洋娃娃去吧!
ány tìme 《口》(1)=at any time. (2)《連接詞性》(做…時)總是. *Any time* I was late, the teacher got mad. 每次我遲到，老師總會生氣.
at ány ràte → rate 的片語.
at ány tìme 任何時候.
hàrdly ány... =scarcely any...
in ány càse → case¹ 的片語.
nòt jùst ány... 並非普通(一般)的. He is *not just any* singer. 他並非普通的歌手.
scàrcely ány... → scarcely 的片語.

— *pron.* [ˈɛnɪ; ˈenɪ]《單複數同形》**1**《用於疑問句、條件子句》若干，一些. I'm collecting foreign stamps; do you have *any*? 我正在收集外國郵票，你有嗎?《any *foreign stamps* 之意》

2《用於否定句》任何一個，任何人，一點也(沒有…). He didn't answer *any* of my questions. 我的問題他一個也沒回答(=He answered *none* of my questions.)

3《用於肯定句》任何一個，任何人. You may choose *any* of these pictures. 這些畫隨你挑選(★若從兩幅畫中挑則用 either).

* ***if ány*** (1)假使有的話. Give what's left, *if any*, to the dog. 如有甚麼剩下的東西，那就給狗吃吧!
(2)即使有. There are few errors, *if any*, in these sentences. 這些句子即使有錯也不多《總括來說沒有甚麼錯誤》.

nòt háving ány《口》〔人〕沒有那個意思，不喜歡. I tried to get my husband to buy a new car, but he was*n't having any*. 我想要我先生買輛新車，但他卻沒那個意思.

— *adv.* [ˈɛnɪ; ˈenɪ] **1**《置於比較級或 good, different, too 等字之前》

(a)《用於疑問句、條件子句》多少，少許；稍微. Is he *any* wealthier than I am? 他會比我有錢嗎?/If he is *any* good at English, we'll take him on. 假使他英文好一點，我們便會錄用他.

(b)《用於否定句》一點也(不…). It wasn't *any* bigger than an average pearl. 它一點也不比普通

的珍珠大(=It was *no* bigger than....)/You don't look *any different* from three years ago. 你看起來和三年前一樣，一點也沒變．

2 《美、口》《修飾動詞》多少，稍微. Have you rested *any*? 你是否有稍作休息呢？

àny lónger → long¹ *adv.* 的片語．

* *àny móre* 《用於否定句、疑問句、條件子句》再；已經. I won't see him *any more*. 我再也不會見到他了/If I eat *any more*, I won't be able to move. 我再吃就動不了了．

an·y·bod·y

[ˋɛnɪˌbɑdɪ, -ˌbʌdɪ, -bədɪ; ˈenɪˌbɔdɪ] *pron.* 【 誰 】

1 《用於疑問句、條件子句》任何人. Is *anybody* absent today? 今天有人缺席嗎？

2 《用於否定句》任何人(沒有…). I didn't see *anybody* there. 我沒看到有人在那裡(=I saw *nobody* there)．

語法 anybody 和 not 的關係 → any的 ● (2)．

【 任何人 】 **3** 《用於肯定句》任何人. *Anybody* can do that. 那件事誰都能做／Bring along *anybody* you like. 你喜歡誰就帶誰來吧！

語法 (1) anybody 和 everybody 的不同 → any的 ● (1). (2)在 1, 2 的情況下，anybody 與 somebody 在用法上的區別和 any 與 some 的區別相同；→ some ● . (3)作複數，但是在《口》中有時其代名詞用 they: If *anybody* comes to see me, tell her [them] that I'll be gone for some time. (如果有人來看我，就告訴他[他們]我暫時外出不在). (4)比同義的 anyone 更通俗．

— *n.* (*pl.* **-bod·ies**) ⓒ《用於疑問句、否定句、條件子句》重要人物，有名氣的人；(加 just)平常人，普通人. I don't think he is *anybody*. 我認為他不是甚麼重要人物．

an·y·how

[ˋɛnɪˌhaʊ; ˈenɪhaʊ] *adv.* 《口》

【 多方設想 】 **1** 無論如何，不管怎樣. The doors were locked and we couldn't get in *anyhow*. 門鎖著，我們怎麼樣都進不去． **2** 【勉勉強強】隨隨便便地，馬虎地. The books were thrown about just *anyhow*. 這些書就這樣隨意亂扔．

【 不管怎樣 】 **3** 《更換話題時等用》總之，不管怎麼說. *Anyhow*, I don't like him. 總之，我不喜歡他．

an·y·more [ˋɛnɪmor, -ˌmɔr; ˈenɪˌmɔː(r)] *adv.* 《美》= any more (→ any *adv.* 的片語)．

an·y·one

[ˋɛnɪˌwʌn, -wən; ˈenɪwʌn] *pron.* (★語法→ anybody) **1** 《用於疑問句、條件子句》任何人. Does *anyone* know the answer? 有誰知道這個答案？

2 《用於否定句》任何一人. I didn't meet *anyone* there. 我在那裡沒看見任何人．

3 《用於肯定句》不論是誰，*Anyone* can see that. 誰都看得出來／Send over *anyone* who is willing to work for us. 誰肯為我們工作就叫他過來．

語法 (1) anyone 比同義的 anybody 語氣生硬．

(2)anyone 與 someone 使用上的區別和 any 與 some

的情況相同；→some ● . (3)不要與 any one (2) (→ any 的片語：任何一個，任何一人等)混淆．

an·y·place [ˋɛnɪˌples; ˈenɪpleɪs] *adv.* 《美、口》= anywhere.

an·y·thing

[ˋɛnɪˌθɪŋ; ˈenɪθɪŋ] *pron.* 【 任何事物 】 **1** 《用於疑問句、條件子句》任何事物. Is there *anything* I can do for you? 有甚麼我能為你做的嗎?/if *anything* should happen in my absence 萬一我不在時有甚麼事的話．

2 《用於否定句》甚麼都(不…). I don't know *anything* about her family. 我對她的家庭一無所知.

語法 anything 和 not 的關係 → any的 ● (2).

【 無論甚麼事物 】 **3** 《用於肯定句》不論甚麼. I will give you *anything* you want. 我會給你任何你想要的東西／*Anything* is better than nothing. 聊勝於無. ● (1). (2)在 1, 2 的情況下，anything 與 something 在用法上的區別和 any 與 some 的區別相同；→ some ● . (3)與 something, everything, nothing 相同，修飾 anything 的形容詞要放在後面: He likes *anything* sweet. (只要是甜食他都喜歡)．

* *ánything but...* (1)除了…甚麼都. I will do *anything but* that. 除了那件事以外我甚麼都肯做. (2)並不…，絕不…，《<意為「甚麼都可以，但絕不…」》). He is *anything but* an artist. 他絕不是個藝術家．

Ánything gòes. 《口》怎麼做都無所謂，怎麼都行．

ánything of... 《用於疑問句、條件子句、否定句》稍微；絲毫(不)；(→ something of..., nothing of...). Is he *anything of* a golfer? 他會一點高爾夫球嗎?/I haven't seen *anything of* him for some time. 我已經有一陣子完全沒見到他的人．

as...as ánything 《口》非常，極其. He's *as* mean *as anything* when he gets drunk. 他一喝醉就變得非常難纏．

for ánything 無論給〔人〕甚麼也(不…)，絕對(不…). I wouldn't go there again *for anything*. 我絕不再到那裡去．

if ánything 要說有何不同的話；甚至還不如說. She's as lovely as ever; more so *if anything*. 她和以前一樣漂亮，甚至可以說比以前更好看/We were not charmed by her at all; we were, *if anything*, greatly angered by her attitude. 我們一點兒也不欣賞她；甚至可以說，她的態度令我們頗為生氣．

like ánything 《口》《通常修飾動詞》拼命地，極其. When he saw a policeman coming, he began to run *like anything*. 當他看到警察走過來時，便拔腿死命地跑．

or ánything 或其他甚麼的. If you touch me *or anything*, I'll scream. 假如你碰我或怎麼樣的話，我就大叫．

— *adv.* 多少有點《用於下列片語》.

ánything like... 多少有點像…；有些…，《用於否定句》全然(不…). Is she *anything like* her mother? 她跟她媽媽是否有幾分相像？

an·y·time [ˋɛnɪˌtaɪm; ˈenɪtaɪm] *adv.* 《口》

any time (→any 的片語)；(用 Anytime.)不客氣．

＊an·y·way [ˈɛnɪˌwe; ˈenɪweɪ] adv. 《口》**1** 不管怎樣，無論如何，(＝anyhow 1)．I'm going to try it *anyway*. 不管怎樣我都要試看看．

2 總之，不管怎樣，(＝anyhow 3)．*Anyway*, I decided to quit. 總之，我決定退出．

‡an·y·where [ˈɛnɪˌhwɛr, -ˌhwær; ˈenɪhweə(r)] adv.

〖在某處〗 **1** 《用於疑問句、條件子句》在[往]任何地方．Isn't John *anywhere* about? 約翰不是在這附近嗎?/Use my car, if you are going *anywhere*. 假如你要去任何地方，就用我的車好了．

2 《用於否定句》在[往]任何地方也(不…)．I don't feel like going *anywhere* tonight. 今晚我哪兒都不想去．

〖無論甚麼地方〗 **3** 《用於肯定句》不論在甚麼地方，不論往甚麼地方．You can put it *anywhere*. 你把它隨便放在哪兒都可以．

4 《當連接詞使用》任何地方(wherever)．You may go *anywhere* you like. 你喜歡到哪裡去都可以．

5 《在限定範圍內》不論多少．Such handbags usually cost *anywhere from* two to three hundred dollars. 這樣的手提包通常要兩、三百美元．

[語法] 在 1, 2 的情況下，anywhere 與 somewhere 在用法上的區別和 any 與 some 的區別相同；→ some ●．

ànywhere néar... 《口》幾乎，接近；全然(不…)．Is my answer *anywhere near* the correct one? 我的回答是否接近正確答案?

gèt ánywhere[1] 《用於疑問句、否定句》成功．We tried to persuade him, but couldn't *get anywhere*. 我們試圖說服他，但沒有成功．

gèt...ánywhere[2] 使…成功．You can cry as much as you like—it won't *get* you *anywhere*. 你想哭就盡量哭好了，但那是沒有用的．

if ánywhere 如果是在甚麼地方的話．I think you'll find your bat in the shed, *if anywhere*. 如果你的球棒在甚麼地方的話，我想你會在小屋裡找到它．

A one, A 1 [ˈeˈwʌn; ˈeɪˈwʌn] adj. 第一流的．I'm feeling *A 1*. 我覺得好極了．

a·or·ta [eˈɔrtə; eɪˈɔːtə] n. (pl. ~s, -tae [-ti; -tiː]) ©《解剖》大動脈．

AP 《略》Associated Press (美聯社)．

a·pace [əˈpes; əˈpeɪs] adv. 《雅》迅速地，急速地．Ill news runs *apace*. 《諺》壞事傳千里．

A·pach·e [əˈpætʃɪ; əˈpætʃɪ] n. (pl. ~, ~s) © 阿帕契族(北美原住民的一個部族)．

‡a·part [əˈpɑrt; əˈpɑːt] adv. **1** 分離地；分開地；遠離地．He stood with his feet wide *apart*. 他站著，兩腳張得開開地/She sat a little *apart*, knitting. 她坐在稍遠處織東西．**2** 拆散地．My necklace came *apart*. 我的項鍊散開了．

＊apárt from... (1)遠離…．Mr. and Mrs. Smith live *apart from* each other now. 史密斯夫婦目前分隔兩地生活．

(2)除了…之外．*Apart from* a few minor mistakes, your composition was excellent. 除了幾處

小錯誤之外，你的作文寫得很好/There are other problems with that car *apart from* its cost. 除了價格之外，那輛汽車還有別的問題．

knòw...apárt ＝tell...apart．

pùll...apárt → pull 的片語．

sèt...apárt (1)將…隔開；將…明確區別開來；《from 從…》．Her bright red hair *set* her *apart from* the other girls. 她亮麗的紅髮使她明顯與其他女孩區別開來．(2)將…留住；儲蓄．

tàke...apárt (1)將…帶到一旁．He *took* me *apart* and told me a secret. 他把我帶到一旁，告訴我一個祕密．(2)使…離散，分解．Tom *took* the radio *apart*. 湯姆把收音機分解了．(3)《口》抨擊，挑剔．

tèar...apárt → tear[2] 的片語．

tèll...apárt 識別，區別．The two brothers are so alike I can't *tell* them *apart*. 那兩兄弟實在太像了，我沒法分辨他們．

a·part·heid [əˈpɑrthet, -hait; əˈpɑːtheɪt] n. ⓤ 種族隔離(特指南非共和國對黑人的種族隔離，種族歧視(政策))．

‡a·part·ment [əˈpɑrtmənt; əˈpɑːtmənt] n. (pl. ~s [-s; -s]) **1** ©《美》(公寓內包括一間或數間房間的)一戶，公寓住宅，(《英》flat)．The old lady lived in a three-room *apartment* by herself. 老婦人獨自住在有三個房間的公寓裡．

2 《英》(apartments)出租套房(由數個房間組成)．

3 © 房間(room)．

●——意義相同而《美》《英》互異的字		
《美》		《英》
apartment	公寓	flat
bill	紙幣	note
can	罐頭	tin
check	帳單	bill
cookie	餅乾	biscuit
corn	玉米	maize
elevator	升降梯	lift
fall	秋天	autumn
faucet	水龍頭	tap
first floor	一樓	ground floor
gasoline	汽油	petrol
mail	郵件	post
movie	電影	film
pants	褲子	trousers
railroad	鐵路	railway
second floor	二樓	first floor
sidewalk	人行道	pavement
subway	地下鐵	underground
vacation	假期	holiday(s)

apártment hòuse n. ©《美》公寓大樓(《英》block of flats)．

ap·a·thet·ic [ˌæpəˈθɛtɪk; ˌæpəˈθetɪk] adj.

（文章)無動於衷的; 無精打采的; 冷淡的, 不關心的.

ap·a·thet·i·cal·ly [ˌæpə'θɛtɪkļɪ, -ɪklɪ; ˌæpə'θetɪkəlɪ] adv. 《文章)不關心地, 冷淡地.

ap·a·thy [ˈæpəθɪ; ˈæpəθɪ] n. U《文章)無動於衷; 無精打采; 冷淡.

ape [ep; eɪp] n. C 1 無尾猿, 類人猿, 《chimpanzee, gorilla, orangoutang 等; → monkey). 2 模仿者. — vt. 模仿.

Ap·en·nines [ˈæpəˌnaɪnz; ˈæpɪnaɪnz] n. (作複數)(加 the)亞平寧山脈(義大利半島的山脈).

a·per·i·tif [aˌpɛrə'tif; əˌperɪ'tiːf, ə'pe-] n. (pl. ~s) C 開胃酒, 餐前酒.

ap·er·ture [ˈæpətʃə; ˈæpəˌtjʊə(r)] n. C 1 《文章)缺口, 孔. 2 (鏡頭的)口徑, (照相機的)光圈.

a·pex [ˈepɛks; ˈeɪpeks] n. (pl. ~es, a·pi·ces) C 1 頂端, 頂點; 尖頂. the apex of a triangle 三角形的頂點. 2 《文章)顛峰, 最高潮.

a·phe·li·on [æˈfiliən; æ'fiːljən] n. (pl. -li·a [-lɪə; -lɪə]) C 《天文)遠日點(行星等在軌道上與太陽相距最遠的點; → perihelion).

a·phid [ˈefɪd, ˈæfɪd; ˈeɪfɪd] n. =aphis.

a·phis [ˈefɪs, ˈæfɪs; ˈeɪfɪs] n. (pl. a·phi·des [ˈæfɪˌdiz; ˈeɪfɪdiːz]) C 蚜蟲.

aph·o·rism [ˈæfəˌrɪzəm; ˈæfərɪzəm] n. C 警語, 格言. 回 aphorism 雖然是指簡短而能巧妙地表達真理的文辭, 但並不像 epigram 那樣一定包含機智(wit).

aph·o·ris·tic [ˌæfəˈrɪstɪk; æfə'rɪstɪk] adj. 像警語的; 愛用警語的, 用警語的.

aph·ro·dis·i·ac [ˌæfrəˈdɪzɪˌæk; ˌæfrəʊ'dɪzɪæk] adj. 引起性慾的. — n. C 催淫劑, 春藥.

Aph·ro·di·te [ˌæfrəˈdaɪtɪ; ˌæfrəʊ'daɪtɪ] n. (希臘神話)阿芙羅黛蒂(愛與美之女神; 羅馬神話の Venus).

a·pi·a·rist [ˈepɪərɪst; ˈeɪpjərɪst] n. C 養蜂者.

a·pi·a·ry [ˈepɪˌɛrɪ; ˈeɪpjərɪ] n. (pl. -ar·ies) C 養蜂場.

a·pi·ces [ˈæpɪˌsiz, ˈe-; ˈeɪpɪsiːz] n. apex 的複數.

a·pi·cul·ture [ˈepɪˌkʌltʃə; ˈeɪpɪkʌltʃə(r)] n. U 養蜂.

a·piece [əˈpis; ə'piːs] adv. 每樣, 各個; 每人; 每一個. These costumes cost $1,000 apiece. 這些衣服每件 1,000 美元.

ap·ish [ˈepɪʃ; ˈeɪpɪʃ] adj. 猴子般的; 愚蠢模仿的.

a·plomb [əˈplam, əˈplɔm; ə'plɒm] n. U (遇到危機時等)沈著, 自信.

a·poc·a·lypse [əˈpakəˌlɪps; ə'pɒkəlɪps] n. U 1 天啟, 啟示. 2 (the Apocalypse)(聖經)〈啟示錄〉(Revelations)《用預言的方式將世界末日的情景鮮明地描繪出來).

a·poc·a·lyp·tic [əˌpakəˈlɪptɪk; əˌpɒkə'lɪptɪk] adj. 1 天啟的, 啟示的. 2 啟示錄的; 似啟示的.

3 預言迫近的毀滅[大災害]的.

A·poc·ry·pha [əˈpakrəfə; ə'pɒkrɪfə] n. 1 (加 the)(聖經)外典, 偽經, 《被認為是出處可疑的十四書; ↔ canon). 2 U (apocrypha) (泛指)出處[作者]可疑的文件[書籍].

a·poc·ry·phal [əˈpakrəfəl; ə'pɒkrɪfəl] adj. 〔文件, 書籍等〕出處[作者]可疑的; 不足採信的.

ap·o·gee [ˈæpəˌdʒi; ˈæpəʊdʒiː] n. C (通常用單數)(天文)遠地點(月球或人造衛星等在軌道上與地球相距最遠的點; ↔ perigee; → orbit 圖).

a·po·lit·i·cal [ˌepəˈlɪtɪkl; ˌeɪpə'lɪtɪkl] adj. 非政治的; 對政治不關心的, 不涉及政治的.

A·pol·lo [əˈpalo; ə'pɒləʊ] n. (希臘, 羅馬神話)阿波羅(太陽神; 司音樂, 詩, 預言等, 被認為是理想中男性美的典型).

A·pol·lo Pro·gram n. (加 the)阿波羅計畫(發射載人太空船 Apollo 號飛抵月球表面的計畫; 1969 年首次成功, 於 1974 年中止).

a·pol·o·get·ic [əˌpaləˈdʒɛtɪk; əˌpɒlə'dʒetɪk] adj. 謝罪的, 道歉的; 辯解的; 〔態度等〕膽怯的. ⟹ n. apology.

a·pol·o·get·i·cal·ly [əˌpaləˈdʒɛtɪklɪ, -ɪklɪ; əˌpɒlə'dʒetɪkəlɪ] adv. 賠罪地, 道歉地; 辯解地.

a·pol·o·gies [əˈpalədʒɪz; ə'pɒlədʒɪz] n. apology 的複數. 「《英)=apologize.

a·pol·o·gise [əˈpalədʒaɪz; ə'pɒlədʒaɪz] v.

a·pol·o·gist [əˈpalədʒɪst; ə'pɒlədʒɪst] n. 《文章)辯護者, 擁護者.

‡a·pol·o·gize [əˈpaləˌdʒaɪz; ə'pɒlədʒaɪz] vi. (-giz·es [~ɪz; ~ɪz]; ~d [~d; ~d]; -giz·ing) 賠罪, 道歉, 《to 〔人〕; for 因為…). Ann apologized to her teacher for coming to school late. 安因上學遲到而向老師道歉. ⟹ n. apology.

a·pol·o·giz·ing [əˈpaləˌdʒaɪzɪŋ; ə'pɒlədʒaɪzɪŋ] v. apologize 的現在分詞、動名詞.

‡a·pol·o·gy [əˈpalədʒɪ; ə'pɒlədʒɪ] n. (pl. -gies) C 1 謝罪, 認錯; 申辯, 辯解, 《for 關於…). a written apology 道歉書/ The manager made an apology for having been out. 經理為自己外出之事表示歉意/You owe me an apology for that. 你應該為那件事向我道歉/Please accept my sincere apologies. 請接受我誠心的道歉.

回 apology 是承認自己有錯而道歉; excuse 是知道自己有錯, 但為了掩飾或減輕過錯而提出的藉口.

[搭配] adj.+apology: a handsome ~ (高明的道歉), a humble ~ (謙恭的道歉) // v.+apology: demand an ~ (要求道歉), get an ~ (接受道歉), offer an ~ (提出道歉).

2 辯白; 擁護; 《for 關於…的).

3 《口)湊合替代的東西, 勉強代用的東西, 《for 代替…). This is a mere apology for a meal. 這只是勉強湊合的一頓飯.

⟹ v. apologize. adj. apologetic.

ap·o·plec·tic [ˌæpəˈplɛktɪk; ˌæpəʊ'plektɪk] adj. 1 中風(性)的. an apoplectic fit [stroke] 中風. 2 (臉紅)易怒的; 怒氣沖天的.

ap·o·plex·y [ˋæpə͵plɛksɪ; ˈæpəʊpleksɪ] n. U 《醫學》中風.

a·pos·ta·sy [əˋpɑstəsɪ; əˈpɒstəsɪ] n. (pl. **-sies**) UC 背信, 叛教; 變節, 脫離黨派.

a·pos·tate [əˋpɑstet, -tɪt; əˈpɒsteɪt] n. C 背信者, 叛教者; 變節者, 脫離黨派者.

a pos·te·ri·o·ri [ˋepɑs͵tɪrɪˋɔraɪ; ˈeɪpɒs͵terɪˈɔːraɪ] (拉丁語) adv. 歸納地《從個別事實概括出一般性原理的方法》; 經驗地.
— adj. 歸納的; 經驗的. ◆ a priori.

a·pos·tle [əˋpɑsl; əˈpɒsl] n. C **1** (Apostle)使徒《Matthew, Peter 等耶穌派往各地傳教的十二門徒之一》. the Apostles 十二門徒.
2 (主義, 改革運動等的)倡導人.

ap·os·tol·ic [͵æpəsˋtɑlɪk; ͵æpəˈstɒlɪk] adj.
1 使徒的; 十二門徒的. **2** 羅馬教皇的.

*‍**a·pos·tro·phe** [əˋpɑstrəfɪ; əˈpɒstrəfɪ] n. (pl. ~**s** [~z; ~z]) C 省略符號 (ˈ)的符號, 用在 Jack's dog 等所有格, he is → he's 等縮略形式).

a·pos·tro·phize [əˋpɑstrə͵faɪz; əˈpɒstrəfaɪz] vt. 《文章》(在詩文或演說中)以頓呼法稱呼 (不在場的人或物).

a·poth·e·car·y [əˋpɑθə͵kɛrɪ; əˈpɒθəkərɪ] n. (pl. **-car·ies**) C 《古》藥劑師 (pharmacist).

a·poth·e·o·ses [ə͵pɑθɪˋosiz, ͵æpəˋθiəsiz; ə͵pɒθɪˈəʊsiːz] n. apotheosis 的複數.

a·poth·e·o·sis [ə͵pɑθɪˋosɪs, ͵æpəˋθiəsɪs; ə͵pɒθɪˈəʊsɪs] n. (pl. **-ses**) **1** U (人的)神化.
2 UC 理想, 極致.

ap·pal [əˋpɔl; əˈpɔːl] v. 《英》= appall.

Appalāchian Mōuntains n. 《作複數》(加 the) = Appalachians.

Ap·pa·la·chi·ans [͵æpəˋlætʃənz, -ˋletʃ-, -ɪənz; ͵æpəˈleɪtʃɪənz] n. 《作複數》(加 the) 阿帕拉契山脈 (北美洲東部沿海岸線縱列的山脈).

ap·pall (美), **ap·pal** (英) [əˋpɔl; əˈpɔːl] vt. (~**s**; **-palled**; **-pall·ing**) 使毛骨悚然, 使驚駭.

ap·pall·ing [əˋpɔlɪŋ; əˈpɔːlɪŋ] adj. 令人毛骨悚然的, 可怕的; 《口》令人噁心的; 過分的. an appalling sight 慘不忍睹的景象/This is an appalling waste of time. 這樣浪費時間太過分了.

ap·pall·ing·ly [əˋpɔlɪŋlɪ; əˈpɔːlɪŋlɪ] adv. 令人毛骨悚然地, 可怕地; 極度地.

*‍**ap·pa·ra·tus** [͵æpəˋretəs, -ˋrætəs; ͵æpəˈreɪtəs] n. (pl. ~, ~**es** [~ɪz; ~ɪz]) UC 《罕用複數》**1** 一套機械 [器具], 裝置 《★指由若干 machines 或 instruments 構成的複雜裝置》. a piece of apparatus 一件器具/a lot of apparatus 許多機械/a heating apparatus 暖氣設備.
2 (身體的)器官. the breathing [digestive] apparatus 呼吸 [消化]器官.
3 (政治等的)機構, 組織, (organization).

ap·par·el [əˋpærəl; əˈpærəl] n. U 《文章》衣服 (clothing), 服飾, 《★近年來亦用作商業術語》.

*‍**ap·par·ent** [əˋpærənt; əˈpær-; əˈpærənt] adj. **1** 一目了然的, 明明白白的, 清晰可見的. It was apparent to everybody that our team was stronger. 大家一看就知道, 我

們的隊伍比較強.

2 外表上的, 表面上的; 看似的, 表面的; 《★含有「實際上也許並非如此」的意思》. the apparent size of the moon 目視所見的月亮大小/Her air of innocence is apparent, not real. 她貌似天真, 其實不然.

圖 (1) apparent 比 evident 具有更強的視覺性成分, 特別常用於以眼睛看的情況. (2)在 apparent defeat 這樣的詞組中, 指的是「明顯的失敗」(→1), 或者「只是外表上看起來失敗」(→2), 由於其意思含糊不清, 因此前者用 evident 會比較容易理解.
⇨ v. appear.

*‍**ap·par·ent·ly** [əˋpærəntlɪ, əˈpɛr-; əˈpærəntlɪ] adv.
1 (事實姑且不論)外表上, 看起來好像…, (seemingly). He is not coming, apparently. 看樣子他不會來了. (= It appears that he is not coming.)
2 明顯地(evidently). The man is apparently deceiving us. 那傢伙顯然是在騙我們.

ap·pa·ri·tion [͵æpəˋrɪʃən; ͵æpəˈrɪʃn] n. **1** C 幽靈, 鬼魂, (ghost); 不可思議之物.
2 U (幽靈等的)出現.

*‍**ap·peal** [əˋpil; əˈpiːl] v. (~**s** [~z; ~z]; ~**ed** [~d; ~d]; ~**ing**) vi. 【訴訟】**1** 懇求, 懇請, (to 〖人〗; for 為了…; to A to do 懇求 A 做…). appeal to the judge for mercy 懇求法官開恩/We appealed to our teacher to go more slowly. 我們請求老師把進度放慢一點.
2 訴諸, 求助, (to). appeal to reason [arms] 訴諸理性 [武力]/You must appeal to public opinion to win the election. 你必須訴諸輿論才能在選舉中獲勝.
3 《法律》控訴, 上訴; 《體育》抗議; (to). appeal to a higher court 向上級法院上訴/appeal against a sentence 不服判決而上訴.
4 《心動》有吸引力(to 〖人〗). Modern art does not appeal to me. 現代美術對我沒有吸引力.
— vt. 《法律》提出關於…的上訴 [控告].
— n. (pl. ~**s** [~z; ~z]) **1** UC 懇求, 籲請, (for). The President made an appeal for help after the earthquake. 地震後總統呼籲救援.
2 UC 訴諸(to 〖輿論, 武力等〗). an appeal to the public 訴諸輿論.

胭圖 adj. + appeal (1-2): a desperate ~ (急切的請求), a passionate ~ (熱烈的請求), an urgent ~ (緊迫的請求) // v. + appeal: ignore an ~ (無視請求), respond to an ~ (回應請求).

3 UC 《法律》控訴, 上訴; C 《體育》(對裁決等的)抗議. He lodged an appeal with a higher court. 他(進一步)對更高等法院提出上訴.

胭圖 v. + appeal: admit an ~ (承認控訴), dismiss an ~ (駁回控訴), enter an ~ (提出控訴), lose an ~ (敗訴), win an ~ (勝訴).

4 U 魅力, 吸引力. sex appeal 性感/Jazz has

lost its *appeal* for me. 對我來說爵士樂已失去吸引力了.

ap·peal·ing [əˋpilɪŋ; əˊpiːlɪŋ] *adj.* **1** 哀訴的, 懇求的. with an *appealing* look 用哀求的眼神.

2 動人的; 有魅力的. an *appealing* smile 有魅力的微笑/The idea of going to France for the summer is very *appealing* to me. 去法國避暑的構想令我無比心動.

ap·peal·ing·ly [əˋpilɪŋlɪ; əˊpiːlɪŋlɪ] *adv.* 懇求似地; 令人心動地.

‖ap·pear [əˋpɪr; əˊpɪə(r)] *vi.* (**~s** [~z; ~z]; **~ed** [~d; ~d]; **-pear·ing** [əˋpɪrɪŋ; əˊpɪərɪŋ]) 【表現出來】 **1** 出現, 顯現, (↔disappear; →emerge 回) ; 顯露. She stopped *appearing* in public after her accident. 她在意外事故之後便不再公開露面/He *appeared* at the party late. 他出席派對遲到了/The ship *appeared* on the horizon. 那艘船出現在水平線上.

2 演出, 出場; 〔作品〕問世, 出版; 〔報紙等〕刊載. *appear* as Hamlet 飾演哈姆雷特/The singer often *appears* on television. 那個歌手常在電視上出現/His new book is to *appear* next month. 他的新書將於下個月出版/My name doesn't *appear* on the list. 我的名字不在這張名單上.

3 露面, 出席. The applicant *appeared* for her interview. 應徵者參加她的面談/*appear* in court 出庭.

【表現於外】 **4** (a) 句型2 (appear (*to be*) **A**) 看來是〔像〕**A**, 〔外觀上〕似乎, (→seem 回). She is 5 feet 5 but *appears* (*to be*) taller. 她身高5呎5吋, 不過看起來似乎更高/There *appeared* to be no one there. 那裡似乎沒人的樣子(= It *appeared* that there was no one there. →片語 It appears (*that*)...)/She *appears* to have been a great sportswoman. 她看起來好像曾經是個運動健將. (b) 句型2 (appear *to do*)似乎…, 好像…. She didn't *appear* to recognize me. 她似乎沒有認出我.

⟹ *n.* appearance, apparition. *adj.* apparent.

as it appéars 看起來. She is in good health *as it appears*. 她看起來很健康.

It appéars só [*nót*]. 《用來回答問題》似乎如此[不是這樣]. "Will he have to resign his post?" "*It appears so* [*not*]." 「他必須辭去職位嗎?」「似乎如此[好像不用].」

It appéars (*that*)... 好像…; 顯然…. It appeared *that* the old man was quite well. 那老人看起來非常健康. (= The old man *appeared* (*to be*) quite well.)

It would appéar (*that*)... 《誇大的說法》= It appears (*that*)... *It would appear* you are wrong after all. 看來終究你還是錯了.

‖ap·pear·ance [əˋpɪrəns; əˊpɪərəns] *n.* (*pl.* **-anc·es** [~z; ~ɪz])

1 C 出現(↔disappearance); 演出, 出場; 出版;

露面, 出席. I was surprised at his sudden *appearance*. 他的突然出現令我驚訝/She made her first *appearance* on the stage in 1950. 她於1950年首次登臺/the *appearance* of his new novel 他的新小說的出版/his *appearance* in court 他的出庭.

2 〔人的〕風采; 外貌, 樣子, 儀表, 外觀. He doesn't take care of his *appearance* very well. 他不太注意自己的外表/In *appearance* the baby is healthy. 這嬰兒看來很健康/*Appearances* are deceptive. 外表是靠不住的. 回「外表」的含義與look(s)相同, 但 appearance(s)常包含「只是外表上而實際上並非如此」的意思.

3 (appearances)形勢, 狀況. *Appearances* are against you. 形勢對你不利.

⟹ *v.* appear. *adj.* apparent.

* *kèep up appéarances* 顧全面子, 裝門面. They bought a new car in order to *keep up appearances*. 他們為了裝門面而買部新車.

màke an appéarance = put in an appearance.

pùt ín an appéarance 公開露面; (在舞臺等中)稍微露面. He just *put in an appearance* (*at* the party). 他只(在舞臺中)露了一下面.

* *to* [*by, from*] *áll appéarances* 顯然; 從外表上看來. *To all appearances* he wasn't tired. 顯然他並不疲倦.

ap·pease [əˋpiz; əˊpiːz] *vt.* **1** 撫慰〔人〕; 平息, 緩和, 〔怒氣等〕. Only a sincere apology will *appease* my anger. 唯有誠心的道歉才能平息我的憤怒. **2** 滿足〔食慾等〕; 解〔渴等〕. This cake will *appease* your appetite until dinner. 這塊蛋糕能讓你稍稍解饞, 撐到晚餐.

ap·pease·ment [əˋpizmənt; əˊpiːzmənt] *n.* UC 撫慰; 平息, 緩和.

ap·pel·la·tion [ˌæpəˋleʃən; ˌæpəˊleɪʃn] *n.* C 《文章》名稱, 稱號, (title).

ap·pend [əˋpɛnd; əˊpend] *vt.* 《文章》添加, 附加, 〔附錄等〕; 蓋〔章〕, 署〔名〕, 繫〔行李牌等〕.

ap·pend·age [əˋpɛndɪdʒ; əˊpendɪdʒ] *n.* C 附加物, 附屬物, (*to*); 《生物》附屬器官《動物的腿, 尾, 植物的枝等》.

ap·pen·dec·to·my [ˌæpənˋdɛktəmɪ; ˌæpənˈdektəmɪ] *n.* (*pl.* **-mies** [~z; ~z]) UC 《醫學》闌尾[盲腸]切除(術).

ap·pen·di·ces [əˋpɛndəˌsiz; əˊpendɪsiːz] *n.* appendix 的複數.

ap·pen·di·ci·tis [əˌpɛndəˋsaɪtɪs; əˌpendɪˈsaɪtɪs] *n.* U 《醫學》闌尾炎《俗稱盲腸炎; →appendix 2).

ap·pen·dix [əˋpɛndɪks; əˊpendɪks] *n.* (*pl.* **~es**, **-di·ces**) C **1** 附屬物; 附錄. maps in the *appendix* to [*of*] the dictionary 辭典附錄裡的地圖. **2** 《解剖》闌尾《俗稱盲腸》.

ap·per·tain [ˌæpɚˋten; ˌæpəˈteɪn] *vi.* 《文章》屬於, 相關, 《*to*〔事物, 事情〕》. the responsibilities *appertaining to* his office 屬於他職務上的責任.

* **ap·pe·tite** [ˋæpəˌtaɪt; ˈæpɪtaɪt] *n.* (*pl.* **~s** [~s; ~s]) UC **1** 食慾, 胃口. Fresh air gives us an

appetite. 新鮮空氣增進我們的食慾/I have a poor *appetite*. 我食慾不振/My son eats with a good *appetite*. 我兒子吃得津津有味/lose one's *appetite* 食慾不振/A good *appetite* is a good sauce.《諺》飢餓是最好的調味醬料(喻飢不擇食).

[搭配] adj.+appetite: a big ~ (胃口很大), a hearty ~ (驚人的食慾) // v.+appetite: satisfy a person's ~ (滿足某人的食慾), spoil a person's ~ (讓某人倒胃口), stimulate a person's ~ (刺激某人的食慾).

2 慾望, 慾求, (desire); 嗜好. He has a great *appetite for* reading. 他熱愛閱讀.

ap·pe·tiz·er [ˈæpəˌtaɪzɚ; ˈæpɪtaɪzə(r)] n. C 增進食慾的開胃食物(hors d'oeuvre(開胃菜)和 aperitif(開胃酒)的總稱).

ap·pe·tiz·ing [ˈæpəˌtaɪzɪŋ; ˈæpɪtaɪzɪŋ] adj. 促進食慾的, 好像很好吃的.

ap·pe·tiz·ing·ly [ˈæpəˌtaɪzɪŋlɪ; ˈæpɪtaɪzɪŋlɪ] adv. 〔料理等〕令人垂涎地.

*ap·plaud** [əˈplɔd; əˈplɔːd] v. (~s [~z; ~z]; ~ed [~ɪd; ~ɪd]; ~ing) vt. **1** 鼓掌, 喝采. The audience *applauded* the actors and actresses. 觀眾向男女演員鼓掌喝采. **2** 稱讚, 讚賞. I *applaud* your courage. 我讚賞你的勇氣.
—— vi. 鼓掌, 喝采. ⇨ n. **applause**.

*ap·plause** [əˈplɔz; əˈplɔːz] n. U 鼓掌, 喝采, 讚賞. The audience gave the conductor warm *applause* as he left the stage. 指揮離開舞臺時觀眾給予他熱烈的掌聲.

[搭配] adj.+applause: enthusiastic ~ (熱烈的鼓掌), long ~ (持續很久的掌聲), loud ~ (大聲的喝采) // applause+v.: ~ breaks out (爆出掌聲), ~ dies down (掌聲漸歇).
⇨ v. **applaud**.

ap·ple [ˈæpl; ˈæpl] n. (pl. ~s [~z; ~z]) C 蘋果; 蘋果樹. An *apple* a day keeps the doctor away.《諺》每天一顆蘋果常保身體健康(<遠離醫生).

*the **apple** of díscord* 紛爭之果(引起特洛伊戰爭的金蘋果);《文章》紛爭的根源.

*the **apple** of* a person's *éye*《口》掌上明珠; 極為珍貴的物品.

●——主要的水果

apple	蘋果	cherry	櫻桃
grape	葡萄	grapefruit	葡萄柚
lemon	檸檬	melon	甜瓜
orange	柳橙	peach	桃子
pear	梨	pineapple	鳳梨
plum	李子; 梅子	strawberry	草莓

★此外, 食用的果肉是 flesh, 皮是 skin, 桃子等的果核是 stone, 蘋果、梨等的核是 core, 甜瓜、葡萄等的種子是 pip, seed.

ap·ple·cart [ˈæplˌkɑrt; ˈæplkɑːt] n. C 販賣蘋果的手推車(主要用於下列片語).

upset the [a person's] *ápplecart*《口》破壞某人的計畫.

ap·ple·jack [ˈæplˌdʒæk; ˈæpldʒæk] n. U 蘋果白蘭地(用蘋果製成的白蘭地).

àpple píe n. C 蘋果派.《參考》比喻性用法, 可用以表示樸素、踏實等美國傳統; 當形容詞時為 apple-pie.

in àpple-pie órder《口》井然有序. His files were *in apple-pie order*. 他的文件檔案真是井然有序.

ap·pli·ance [əˈplaɪəns; əˈplaɪəns] n. C (用於特定目的的)器具, 機械; 裝置, 設備; (特指)家庭(電氣)用品. household *appliances* 家庭(電氣)用品/an *appliance* store 家庭(電氣)用品店.

ap·pli·ca·ble [ˈæplɪkəbl, əˈplɪk-; ˈæplɪkəbl] adj. 適用的, 可應用的; 相符合的, 適切的;《to》. ⇨ v. **apply**.

*ap·pli·cant** [ˈæpləkənt; ˈæplɪkənt] n. (pl. ~s [~s; ~s]) C 申請人; 報名者; 應徵者;《for》. an *applicant for* a job 求職者/an *applicant for* admission to a school 申請入學者. ⇨ v. **apply**.

ap·pli·ca·tion [ˌæpləˈkeʃən, ˌæplɪˈkeɪʃn] n. (pl. ~s [~z; ~z]) **1** U 適用, 應用,《to》; C 用法, 用途. the *application* of new scientific discoveries *to* industry 科學新發現在工業上的應用/a rule of [with] many *applications* 適用範圍廣泛的規律.

2 UC 報名, 申請; C 申請書;《for》. Fill out the *application*. 請填寫申請書/We regret that your *application* has not been accepted. 我們很抱歉, 你的申請未獲批准/She made out the *application for* admission [a job]. 她申請入學[應徵工作]/*Application* should be made in writing to the following address. 欲申請者請函寄下列地址.

[搭配] v.+application: consider an ~ (檢核申請), file an ~ (提出申請), submit an ~ (提出申請), receive an ~ (受理申請), reject an ~ (拒絕申請).

3 U 專注, 埋頭,《to》. I studied with great *application*. 我專心致力地學習/*Application to* his studies brought him excellent results in the final examination. 埋首苦讀使他在期末考試中獲得優異的成績.

4 UC 敷用(藥物); 塗擦(油漆、蠟等); C 藥膏. ⇨ v. **apply**.

on applicátion 供函索. Catalogue *on application*. 目錄備索(可在 on 之前加上動詞 will be sent 作為說明).

applicátion fòrm [blànk] n. C 申請表.

ap·plied [əˈplaɪd; əˈplaɪd] v. apply 的過去式、過去分詞.
—— adj. 《限定》適用的, 應用的, (↔ pure, theoretical). *applied* chemistry 應用化學/*applied* linguistics 應用語言學.

ap·plies [əˈplaɪz; əˈplaɪz] v. apply 的第三人稱、單數、現在式.

ap·pli·qué [ˌæpliˋke; æˈpliːkeɪ] (法語) n. ⓤ 貼花或縫飾的細工〔把剪下的花樣縫於別的布料上的手藝〕. — vt. (~s; ~d; ~ing) 飾以貼花或縫飾.

ap·ply [əˋplaɪ; əˈplaɪ] v. (-plies; -plied; ~ing) vt. 【安放】 1 包紮〔繃帶〕; 敷, 貼用〔藥等〕; 加〔熱, 力等〕; 《to》. Apply a bandage. 包紮繃帶/The nurse *applied* a plaster *to* the wound. 護士將藥膏貼在傷口上/Apply two coats of the paint for a good finish. 塗上兩層油漆以使表面光亮/*apply* pressure [heat] *to* the plate 對鈑金加壓〔熱〕/*apply* the brakes 使用煞車.

【轉向】 2 應用〔知識等〕; 選用〔言詞等〕; 適用; 《to》. I can't really *apply* that word *to* my situation. 我無法確切地用那個字來形容我的處境/*apply* money *to* the payment of a debt 把錢充作債務的償還/We can't *apply* that rule *to* this case. 我們不能把那規則用在這件事上.

3 將〔能力等〕投注於…; 使專注於…; 《to》. *apply* oneself *to*...(→片語)/I can't *apply* my mind *to* anything with all that noise! 如此嘈雜使我無法專心做任何事!

— vi. 【打聽】 1 申請, 報名, 《for》; 洽詢, 《to》; 請求, 請託, 《to A for B 向A求B》. *apply* for a scholarship 申請獎學金/For particulars, *apply* in person to the Personnel Section. 詳情請親自向人事課詢問/I *applied to* him *for* financial aid. 我向他請求財務援助.

【適於】 2 適合; 適用; 《to》. The rule does not *apply to* every case. 這規則並非適用於所有情況/My remark was not intended to *apply to* you. 我的話並非有意針對你說的.

⇨ n. **application**. adj. **applicable**.

* *apply oneself to*... 專注於…, 埋頭於…. He's too lazy to *apply himself to* anything. 他懶惰得甚麼事都不認真做.

ap·point [əˋpɔɪnt; əˈpɔɪnt] vt. (~s [~s; ~s]; ~ed [~ɪd; ~ɪd]; ~ing) 【決定】 1 指定, 決定, 約定, 〔日期, 時間, 地方等〕. the day *appointed for* the wedding 婚禮預定日.

2 (a) 指名, 任命, 〔人〕《to》. He was *appointed to* a responsible post. 他被任命接下一個須負責任的職位/*appoint* a new cabinet member 任命新內閣閣員. (b) 句型5 (appoint A B/A *to be* B)、句型3 (appoint A *as* B) 任命A擔任B 《★ B若為單獨一人的職務名稱時, 不加冠詞》; 句型5 (appoint A *to* do) 任命A去做…. He was *appointed* (*as*) ambassador. 他被任命為大使/The President *appointed* Mr. Thomas (*as* [*to be*]) Secretary of State. 總統任命湯瑪士先生為國務卿/He *appointed* me *to* do this task. 他任命我做這項工作.

3 〔任命委員〕成立〔委員會等〕. A committee was *appointed* to examine the question. 為檢查該問題而成立一委員會. ⇨ n. **appointment**.

ap·point·ed [əˋpɔɪntɪd; əˈpɔɪntɪd] adj. 1 規定的; 約定的; 指定的; 任命的. I arrived just at the *appointed* time. 我在約定的時間準時到達.

2 《通常與副詞結合》《文章》設備…的. a well-*appointed* hotel 一間設備完善的旅館.

ap·poin·tee [əpɔɪnˋtiː, ˌæpɔɪnˋtiː, əˈpɔɪntiː; əˌpɔɪnˈtiː] n. ⓒ 被任命者.

ap·point·ment [əˋpɔɪntmənt; əˈpɔɪntmənt] n. (pl. ~s [~s; ~s]) 【約定】 1 ⓒ (見面的) 約定, (會面的) 預約, 《with》. I have an *appointment* with him at noon. 我中午跟他有約/a dental *appointment* 牙醫門診預約時間/I made an *appointment* with [to see] the doctor at four o'clock. 我跟醫生預約四點看病/keep [cancel] one's *appointment* 遵守〔取消〕約定.

2 ⓤ 任命; ⓒ (被任命的) 官職, 職位. Jane's parents were pleased about her *appointment* as a teacher at the school. 珍的父母很高興珍被任命為學校教師/My father held an *appointment* in the Foreign Office. 我父親任職於外交部.

3 (用 appointments) 〔建築物、房間等的〕設備, 公共用具. The hotel is famous for its elegant *appointments*. 這家旅館以設備講究而聞名.

⇨ v. **appoint**.

by appóintment (1) 指定, 約定, (時間, 地點等); (不舉行選舉而) 任命. He sees patients *by appointment* only. 他只接受預約門診. (2) 御用的 《to》. Lipton Ltd., teamaker *by appointment to* the British Royal Household 立頓公司——英國皇家御用的製茶業者.

ap·por·tion [əˋpɔrʃən, əˋpɔr-; əˈpɔːʃn] vt. 分攤, 分配(divide), 〔工作, 金錢等〕《between, among, to》.

ap·por·tion·ment [əˋpɔrʃənmənt, əˋpɔr-; əˈpɔːʃnmənt] n. ⓤⓒ 分攤, 分配.

ap·po·site [ˋæpəzɪt; ˈæpəʊzɪt] adj. 《文章》貼切的《to, for》. He made a very *apposite* reply to the criticism. 他對該批評作出非常恰當的回答.

ap·po·si·tion [ˌæpəˋzɪʃən; ˌæpəʊˈzɪʃn] n. ⓤ 1 《文法》同位語《在 my friend John (我的朋友約翰) 中, my friend 和 John 便是同位語關係》. 2 並置, 並列.

ap·prais·al [əˋprezl; əˈpreɪzl] n. ⓤⓒ 《文章》 (對能力等的) 評價, (對資產等的) 估價, 鑑定.

ap·praise [əˋprez; əˈpreɪz] vt. 《文章》 1 估算, 鑑定, 〔資產等〕. 2 評價, 判斷, 〔人物, 事態等〕.

ap·pre·ci·a·ble [əˋpriʃɪəbl, -ʃəbl; əˈpriːʃəbl] adj. 可察覺到的; 有幾分的; 相當的. He's shown no *appreciable* change of attitude. 他的態度看不出有明顯的變化.

ap·pre·ci·a·bly [əˋpriʃɪəblɪ, -ʃəblɪ; əˈpriːʃəblɪ] adv. 可察覺到地; 有幾分地; 相當地.

ap·pre·ci·ate [əˋpriʃɪˌet; əˈpriːʃɪeɪt] v. (~s [~s; ~s]; -at·ed [~ɪd; ~ɪd]; -at·ing) vt. 【認識】 1 (a) 認識, 十分理解; 分辨出〔相異之處等〕. *appreciate* the importance of propaganda in politics 瞭解宣傳活動在政治上

的重要性/*appreciate* small differences 分辨出細微的不同. (**b**) 句型3 (appreciate *that* 子句)體認到…之事. 句型3 (appreciate *wh* 子句)十分瞭解…. I *appreciate that* this is not an easy task for you. 我明白這件事對你而言並不容易/Few people *appreciate how* much work is involved in making a dictionary. 很少人能瞭解編纂一本字典牽涉到的工作有多少.

〖〖認識價值〗 **2** 高度評價，重視. His ability was fully *appreciated* by his friends. 他的才能在朋友們眼中評價很高.

3 感謝. I *appreciate* your kind letter. 我感謝您的惠顧來函. Any help will be gratefully *appreciated*. 對任何援助都深致謝忱/I would *appreciate it if* you could give him this message. 若您能為我傳達這項訊息給他，我將不勝感激.

🔲appreciate 比 thank 強烈，表示感謝他人為自己所做的事.

4 欣賞，鑑賞；品嘗. He doesn't *appreciate* music. 他不懂音樂/I *appreciated* the good food. 我享受了一頓佳肴/*appreciate* a rest after hard work 用心感受辛勤工作後的短暫休息.

── *vi.* (價値)上漲. Gold has *appreciated* (*in* value). 金價已上揚.

⇨ *n.* appreciation. ↔ depreciate.

ap·pre·ci·at·ing [əˈpriʃɪˌetɪŋ; əˈpriːʃɪeɪtɪŋ] *v.* appreciate 的現在分詞，動名詞.

***ap·pre·ci·a·tion** [əˌpriʃɪˈeʃən; əˌpriːʃɪˈeɪʃn] *n.* (*pl.* ~**s** [~z; ~z]) **1** a U 理解，認識；評價. The teacher has a keen *appreciation* of the students' needs. 那位老師很懂得學生的需要.

2 C 評論(文)

3 a U 鑑賞(力). He has a deep *appreciation* of music. 他對音樂有很高的鑑賞力.

4 a U 感謝. I wanted to show them my *appreciation*. 我要向他們表示我的謝意.

┌搭配┐ *adj.*+appreciation: great ~ (最大的謝意), hearty ~ (衷心的感謝), sincere ~ (由衷的感謝) // *v.*+appreciation: feel ~ (感受謝意), express (one's) ~ (表達謝意).

5 a U (價格的)飛漲，漲價.

⇨ *v.* appreciate. ↔ depreciation.

in appreciátion of [*for*]... 感謝；讚賞；作為…的肯定. He smiled *in appreciation of* my gift. 他以微笑感謝我的禮物.

ap·pre·ci·a·tive [əˈpriʃɪˌetɪv; əˈpriːʃjətɪv] *adj.* **1** 感謝的；讚賞的；《(of)》. **2** 有鑑賞力的，眼光很高的，《(of)關於》. an *appreciative* audience 有鑑賞力的聽眾. ⇨ *v.* appreciate.

ap·pre·hend [ˌæprɪˈhɛnd; ˌæprɪˈhend] *vt.*
1 《文章》逮捕，拘押，〖犯人等〗(arrest).
2 《古》掌握，理解，(understand).
⇨ *n.* apprehension.

ap·pre·hen·sion [ˌæprɪˈhɛnʃən; ˌæprɪˈhenʃn] *n.* **1** UC 掛念，擔心，(fear). **2** a U 《文章》理解(力)(understanding). He has a clear *apprehension* of the political situation. 他對於政治情勢有很清楚的瞭解. **3** UC 逮捕.

⇨ *v.* apprehend. *adj.* apprehensive.

ap·pre·hen·sive [ˌæprɪˈhɛnsɪv; ˌæprɪˈhensɪv] *adj.* 掛慮的，擔心的，《(of, for, about)》. I am *apprehensive about* his future. 我擔心他的將來.
⇨ *n.* apprehension.

ap·pre·hen·sive·ly [ˌæprɪˈhɛnsɪvlɪ; ˌæprɪˈhensɪvlɪ] *adv.* 擔心地，不安地.

ap·pren·tice [əˈprɛntɪs; əˈprentɪs] *n.* C
1 初學者，見習生.
2 學徒，徒弟，《(之後再成為journeyman)》. a carpenter's *apprentice* 木匠學徒.
── *vt.* 使當學徒[實習生]《(to)》.

ap·pren·tice·ship [əˈprɛntɪsˌʃɪp; əˈprentɪʃɪp] *n.* UC 學徒[實習生]的身分；C 當學徒[實習生]的期間.

ap·prise [əˈpraɪz; əˈpraɪz] *vt.* 《文章》句型3 (apprise **A** of **B**)向 A 通知 B 《常用被動語態》.

***ap·proach** [əˈprotʃ; əˈprəʊtʃ] *v.* (~**es** [~ɪz; ~ɪz]; ~**ed** [~t; ~t]; ~**ing**) *vt.*
〖〖接近〗 **1** 靠近，接近，〖地點，時間等〗. As he entered the hall, two men *approached* him. 他一進入大廳，就有兩個男子向他接近/She was *approaching* thirty when I first met her. 我初次見到她時，她年近三十/The temperature *approached* zero. 氣溫接近零度/The bungalow is *approached* only by a narrow path. 只有一條狹窄的小路可以到達那間小平房.

2 〖近乎〗近似，大體相同. His performances *approach* perfection. 他的演出近乎完美.

〖〖接近人，事物〗 **3** 商量，開始交涉；接洽. I *approached* my father *about* an increase in my allowance. 我跟父親商量增加我的零用錢/I lacked the courage to *approach* her. 我沒有勇氣去跟她說話.

4 著手從事〖工作等〗；著手處理〖問題等〗. Let's *approach* the problem from a different angle. 我們從另一個角度來處理這個問題吧!

── *vi.* 靠近；(性質，數量等)相近，相似，《(to)》. Spring is *approaching*. 春天來了/Then something *approaching* to an argument started. 於是開始有些類似爭辯的狀況發生了.

── *n.* (*pl.* ~**es** [~ɪz; ~ɪz]) **1** U 接近，靠近. The boys ran away at my *approach*. 我一走近，男孩們就跑了. **2** C 通道，通路，入口，《(to)》. an *approach to* the expressway 快速道路入口/The best *approach to* Lisbon is by sea. 到里斯本走海路最好.

3 C (常 approach*es*)(對人的)接近，攀談；(對異性的)搭訕. Dan is good at making *approaches to* strangers. 丹擅於和陌生人攀談.

4 C (問題等的)處理方式；研討方法；學習[研究]方法，途徑. a scientific *approach to* the problem 這個問題的科學處理方式/the oral *approach* (語言教育的)口說教學法.

5 U 接近，近似. That was his nearest *ap-*

proach to a smile. 那是他最接近微笑的表情.

be èasy [**dífficult**] **of appróach** 〔人、地點等〕容易[難以]靠近的.

ap·proach·a·ble [ə`protʃəbl; ə`prəutʃəbl] *adj.* 〔地點〕可接近的; 〔口〕〔人〕不易接近人的.

ap·pro·ba·tion [ˌæprə`beʃən; ˌæprəʊ`beɪʃn] *n.* © 〔文章〕讚賞; 認可, 贊成, (approval).

‡ap·pro·pri·ate [ə`proprɪət; ə`prəʊprɪət] (★與 v. 的發音不同) *adj.* 《文章》貼切的(fit), 適合的, 《to, for》. He made a speech highly *appropriate to* the occasion. 他發表了一場非常適合這個場合的演講.

— [ə`proprɪˌet; ə`prəʊprɪeɪt] *vt.* 《文章》**1** 撥出《款項等》用於…《for 爲了…的》. Congress *appropriated* sixty million dollars *for* housing. 議會同意撥出六千萬美元來興建住宅.
2 私占, 盜用, 侵占, 〔公物等〕. They *appropriated* part of the aid funds to themselves. 他們盜用了部分的援助基金.

ap·pro·pri·ate·ly [ə`proprɪɪtlɪ; ə`prəʊprɪətlɪ] *adv.* 恰當地; 合宜地, 貼切地說.

ap·pro·pri·ate·ness [ə`proprɪɪtnɪs; ə`prəʊprɪətnɪs] *n.* ⓤ恰當.

ap·pro·pri·a·tion [əˌproprɪ`eʃən; əˌprəʊprɪ`eɪʃn] *n.* **1** ⓤ（作某種用途的資金等的）撥用; © 撥款《for 爲了…的》. **2** ⓤC《美》（議會已批准的）特別財政支出. **3** ⓤ侵占, 盜用.

‡ap·prov·al [ə`pruv!; ə`pruːvl] *n.* ⓤ同意, 贊成, 認可. If you get your mother's *approval*, you can come. 如果你得到母親的同意, 你就可以來/With your *approval*, I would like to offer him the job. 如果你贊成, 我願意提供他這份工作.

〔搭配〕 *adj.+approval:* complete ~（完全的同意）, unanimous ~（全體一致的贊成）// *v.+approval:* give one's ~（給與認可）, meet with a person's ~（得到某人的批准）, receive a person's ~（得到某人的同意）.

↪ *v.* **approve**. ↔ **disapproval**.

on appróval 《商業》試用的(不滿意可退還). Goods sent *on approval* must be paid for or returned within fourteen days. 試用商品必須在十四天以內付款或退回.

‡ap·prove [ə`pruv; ə`pruːv] *v.* (~**s** [~z; ~z]; ~**d** [~d; ~d]; **-prov·ing**) *vt.* 贊成; （正式）承認, 認可; 批准. The committee *approved* the budget. 委員會批准了預算案/My parents would never *approve* such a marriage. 我父母絕不會同意這樣的婚姻. ⇨ 表「承認」之意的最普遍用語; 與 approve of 在意義上無明顯差異; → endorse.

〔搭配〕 approve+*n.*: ~ an application（同意申請）, ~ a loan（同意貸款）, ~ a proposal（批准提案）, ~ a request（同意請求）.

— *vi.* 贊成; 給與承認; 《of》. I don't *approve of*

---

long engagements. 我不贊成訂婚期太長.

↪ *n.* **approbation, approval**. ↔ **disapprove**.

〔字源〕 PROVE「證明」: ap*prove*, *prove*（證明）, dis*prove*（證明錯誤）, re*prove*（指責）.

appróved schóol *n.* © 《英》青少年感化院（現稱 community home）.

ap·prov·ing [ə`pruvɪŋ; ə`pruːvɪŋ] *v.* approve 的現在分詞、動名詞.
— *adj.* 贊成的; 滿足的.

ap·prov·ing·ly [ə`pruvɪŋlɪ; ə`pruːvɪŋlɪ] *adv.* 滿意地; 贊成地.

approx. (略) approximate, approximately.

‡ap·prox·i·mate [ə`proksmɪt; ə`prɒksɪmət] (★與 v. 的發音不同) *adj.* （數量等）大約的, 概略的, (nearly correct). an *approximate* estimate 概算/The *approximate* number of people over seventy in this city is 10,000. 這個城市七十歲以上的人口大約是一萬.
— *v.* [ə`proksəˌmet; ə`prɒksɪmeɪt] *vt.* 接近, 近於, 大約是. The cost will *approximate* $5,000,000. 費用將近五百萬美元.
— *vi.* 接近, 近似, 大致相等, 《to》. The story *approximates to* historical truth. 那個故事接近史實. 〔注意〕此例句如省略 to 則成爲及物動詞的用法.

‡ap·prox·i·mate·ly [ə`proksəmɪtlɪ; ə`prɒksɪmətlɪ] *adv.* 大約地, 約略地, (about). *approximately* 200 people 約200人/I estimated the cost *approximately*. 我約略地估計費用.

ap·prox·i·ma·tion [əˌproksə`meʃən; əˌprɒksɪ`meɪʃn] *n.* **1** ⓤ（數量等）相近, 近似; © 近似物, 《to, of》. **2** ⓤ概算; © 概數; 約略金額; （數學）近似值.

ap·pur·te·nance [ə`pɝtnəns; ə`pɜːtɪnəns] *n.* © 《法律》（通常 appurtenances）附屬物; 從屬權利（隨財產而發生的權利或義務）.

Apr. (略) April.

a·pri·cot [`eprɪˌkat, `æp-; `eɪprɪkɒt] *n.* © 《植物》杏（樹）; ⓤ杏色, 杏黃色.

‡A·pril [`eprəl, `eprɪl; `eɪprɪl] *n.* 4 月（略作 Apr.; 4 月的由來 見 month 表）, in *April* 在 4 月 / *April* showers bring forth May flowers. 《諺》4 月雨帶來 5 月花/I was born *on April* 3, 1950. 我生於 1950 年 4 月 3 日. ★日期的寫法、讀法 → date[1] ●.

[apricot]

Àpril fóol *n.* © 4 月的愚人（4 月 1 日 April Fools' Day（愚人節）當天早上被人愚弄者）.

Àpril Fóols' Dày *n.* =All Fools' Day.

a pri·o·ri [ˌeprar`orar, ˌeɪprɪˈɔːraɪ] （拉丁語） *adv.* 演繹地（自原因推及結果）; 先驗地.
— *adj.* 演繹的; 先驗的. ↔ **a posteriori**.

‡a·pron [ˈeprən, ˈepən; ˈeɪprən] (★注意發音)
n. (*pl.* ~s [~z; ~z]) ⓒ 〖圍裙〗 **1** 圍
裙, 圍兜. wear an *apron* 穿圍裙.
〖形似圍裙之物〗 **2** (劇場)(幕前的)伸展舞臺(→
theater 圖).
3 (航空)(機場的)停機坪(鋪設在機庫、航站大廈等
前面; → airport 圖).
be tied to one's [*wife's*] *ápron*
strings 受制於母親[妻子].

ápron stàge *n.* =apron 2.

ap·ro·pos [ˌæprəˈpo; ˈæprəpəʊ] (法語) *adv.*
《文章》適切地, 恰好地; 由此想到, 順便提起地.
apropós of... 就⋯而言, 關於, 談到⋯.

apse [æps; æps] *n.* ⓒ(建築)半圓形後殿(教堂東
端祭壇的半圓形小室, 屋頂通常為拱形或圓形; →
church 圖).

‡apt [æpt; æpt] *adj.* (~·er, more ~; ~·est, most
~) **1** 適切的, 恰當的; 巧妙的 (回 apt 表
示考慮過細微的差異後而作出適當的選擇; → fit).
an *apt* reply 妙答/an *apt* metaphor 巧妙的比喻/a
piece of advice *apt for* the occasion 合宜的忠
告.
2 靈敏的, 聰穎的; 拿手的(*at*). an *apt* student
機伶的學生/She is *apt at* sewing. 她擅長縫紉.
⇨ *n.* aptitude, aptness.
ápt to dó 易於⋯的, 有⋯傾向的; 《美》似⋯的;
(→ liable 回). I am *apt* to catch cold. 我容易
[《美》好像要]感冒/A lazy boy is *apt* to fail in
life. 懶惰的孩子容易在人生的旅程上受挫/He
knew he was not *apt* to live much longer. 《美》
他知道自己來日無多.

apt. (略) apartment.

ap·ti·tude [ˈæptəˌtjud, -ˌtɪud, -ˌtud; ˈæptɪtjud]
n. Ⓤⓒ性向, 才能, 資質. He has shown an
aptitude for mathematics. 他已展現出在數學上的
天分. ⇨ *adj.* apt.

áptitude tèst *n.* ⓒ 性向測驗(與 intelli-
gence test 或 achievement test 不同, 是調查性向
的測驗).

apt·ly [ˈæptlɪ; ˈæptlɪ] *adv.* 適當地, 巧妙地.

apt·ness [ˈæptnɪs; ˈæptnɪs] *n.* Ⓤ適切性; 才
能, 傾向.

aq·ua·lung [ˈækwəˌlʌŋ; ˈækwəlʌŋ] *n.* ⓒ水
肺(潛水用的氧氣筒; scuba 的商標名; → scuba
diving 圖).

aq·ua·ma·rine [ˌækwəməˈrin; ˌækwəməˈriːn]
n. **1** ⓒ(礦物)藍晶, 水藍寶石, (一種寶石).
2 Ⓤ(透明的)碧綠色(海水的顏色).

aq·ua·naut [ˈækwəˌnɔt; ˈækwənɔːt] *n.* ⓒ **1**
海底研究工作人員(利用深海潛水設備, 從事海洋
[底]研究工作; → astronaut). **2** =skin diver.

aq·ua·plane [ˈækwəˌplen; ˈækwəpleɪn] *n.* ⓒ
(滑水用的)滑水板. ── *vi.* 滑水.

a·quar·i·a [əˈkwɛrɪə, əˈkwɛr-; əˈkweərɪə] *n.*
aquarium 的複數.

a·quar·i·um [əˈkwɛrɪəm, əˈkwer-;
əˈkweərɪəm] *n.* (*pl.* ~s, -i·a) ⓒ **1** (養魚, 水草用
的)玻璃水槽. **2** 水族館.

字源 AQUA「水」: *aquarium*, *aqualung* (水肺),
aquatic (水生的), *Aquarius* (水瓶座).

A·quar·i·us [əˈkwɛrɪəs, əˈkwer-; əˈkweərɪəs]
n. (天文)水瓶座; 寶瓶宮(十二宮的第十一宮; →
zodiac); ⓒ水瓶座的人(於 1 月 20 日至 2 月 18 日
之間出生的人).

a·quat·ic [əˈkwætɪk, əˈkwɑt-; əˈkwætɪk]
adj. (植物)水生的; (動物)水棲的; (體育等)在水
中[水上]舉行的. *aquatic* sports 水上運動.

aq·ua·tint [ˈækwəˌtɪnt; ˈækwətɪnt] *n.* Ⓤ銅版
鏤蝕法(利用硝酸腐蝕的銅版畫法; 不會有銳利的線
條而表現出柔和的感覺); ⓒ使用銅版鏤蝕法的版
畫.

aq·ue·duct [ˈækwɪˌdʌkt; ˈækwɪdʌkt] *n.* ⓒ輸
水道, 導水管, (遠距離輸水用); (古時的)水道橋.

[aqueduct]

a·que·ous [ˈekwɪəs, ˈæk-; ˈeɪkwɪəs] *adj.* 水的,
如水般的; 水成的. *aqueous* rock 水成岩.

aq·ui·line [ˈækwəˌlaɪn, -lɪn; ˈækwɪlaɪn] *adj.*
鷲的; 似鷲的; (如鷲喙般)彎曲的. an *aquiline*
nose 鷹鉤鼻.

AR (略) Arkansas.

-ar *suf.* **1** (構成形容詞)「⋯的, ⋯性質的」之意.
famili*ar*. particul*ar*.
2 (構成名詞)「⋯的人[物]」之意. li*ar*. schol*ar*.

*Ar·ab [ˈærəb; ˈærəb] *n.* (*pl.* ~s [~z; ~z]) ⓒ
1 阿拉伯人; (the Arabs)阿拉伯民族.
2 阿拉伯馬. ── *adj.* 阿拉伯(人)的.

ar·a·besque [ˌærəˈbɛsk; ˌærəˈbesk] *n.* ⓒ
1 阿拉伯式圖飾, 蔓藤花紋.
2 (芭蕾)地平式(單腳筆直伸向後方, 一手伸向前方
而另一手伸向後方的舞姿).

[arabesque 1]

A·ra·bi·a [əˈrebɪə, -bjə; əˈreɪbjə] *n.* 阿拉伯(半
島)(介於紅海(Red Sea)與波斯灣(Persian Gulf)之
間的半島; 大部分屬沙烏地阿拉伯).

A·ra·bi·an [əˈrebɪən, -bjən; əˈreɪbjən] *adj.* 阿
拉伯(人)的. ── *n.* ⓒ阿拉伯人.

Arābian cámel *n.* Ⓒ(動物)單峰駱駝.

Arābian Níghts *n.* (加The)《天方夜譚》《又稱 *The Arabian Nights' Entertainments* 或 *The Thousand and One Nights* 《一千零一夜》;以源於印度、波斯的傳說爲基礎, 於 10 世紀左右編集而成》.

Arābian Séa *n.* (加 the)阿拉伯海《位於阿拉伯半島與印度之間》.

Ar·a·bic [ˋærəbɪk; ˈærəbɪk] *adj.* 阿拉伯的; 阿拉伯人的; 阿拉伯語[文化]的.
— *n.* Ⓤ阿拉伯語.

Ārabic númeral *n.* Ⓒ阿拉伯數字《1, 2, 3 等; → Roman numeral》.

ar·a·ble [ˋærəb!; ˈærəbl] *adj.* 〔土地〕適於耕種的.
— *n.* Ⓤ耕地.

Ārab Repúblic of Égypt *n.* (加 the)埃及阿拉伯共和國《埃及的正式名稱》.

ar·bi·ter [ˋɑrbɪtɚ; ˈɑːbɪtə(r)] *n.* Ⓒ(文章)(最後)決定者, 仲裁人.

ar·bi·tral [ˋɑrbətrəl; ˈɑːbətrəl] *adj.* (依據)仲裁的.

ar·bi·tra·ment [ɑrˋbɪtrəmənt; ɑːˈbɪtrəmənt] *n.* ⓊⒸ仲裁; 裁決, 審判.

ar·bi·trar·i·ly [ˋɑrbə,trɛrəlɪ; ˈɑːbɪtrərəlɪ] *adv.* 恣意地; 獨斷地; 任意地.

ar·bi·trar·i·ness [ˋɑrbə,trɛrɪnɪs; ˈɑːbɪtrərɪnɪs] *n.* Ⓤ武斷, 專橫; 任意.

ar·bi·trar·y [ˋɑrbə,trɛrɪ; ˈɑːbɪtrərɪ] *adj.* **1** 獨斷的, 專制的. *arbitrary* government 專制政治. **2** 武斷的, 恣意的; 任意的. an *arbitrary* choice 恣意的選擇.

ar·bi·trate [ˋɑrbə,tret; ˈɑːbɪtreɪt] *vt.* 仲裁〔糾紛等〕; 訴諸公斷.
— *vi.* 仲裁《between 介於…之間》.

ar·bi·tra·tion [,ɑrbəˋtreʃən; ,ɑːbɪˈtreɪʃn] *n.* Ⓤ仲裁, 調停, 公斷.

ar·bi·tra·tor [ˋɑrbə,tretɚ; ˈɑːbɪtreɪtə(r)] *n.* Ⓒ仲裁者, 裁決者.

ar·bor (美), **ar·bour** (英) [ˋɑrbɚ; ˈɑːbə(r)] *n.* Ⓒ涼亭, 涼棚, 《由矮樹或常春藤等交織圍成以供憩息的場所》.

Ārbor Dāy *n.* 植樹日《主要是美國、加拿大爲植樹而在 4、5 月間訂定的節日; arbor 在拉丁語中意爲「樹」》.

[arbor]

ar·bo·re·al [ɑrˋborɪəl, -ˋbɔr-; ɑːˈbɔːrɪəl] *adj.* 樹木的; 棲於樹上的. an *arboreal* animal 樹棲動物《松鼠等》.

***arc** [ɑrk; ɑːk] *n.* (*pl.* ~s [~s; ~s]) Ⓒ **1** 弧, 弓形, 《→ circle 圖》. **2** (電)電弧, 弧光, 《放電時在氣體中形成的弧狀電光》.
— *vi.* (~s; ~(k)ed; ~(k)ing) 循弧線行進; 形成弧光; (電)發出弧光.

ar·cade [ɑrˋked; ɑːˈkeɪd] *n.* Ⓒ拱廊《兩側或單側有並排的商店》.

Ar·ca·di·a [ɑrˋkedɪə; ɑːˈkeɪdjə] *n.* **1** 阿卡笛雅《古希臘風景優美的高原, 過牧歌式生活的地方》. **2** Ⓒ(或 arcadia) 幽靜勝地.

Ar·ca·di·an [ɑrˋkedɪən; ɑːˈkeɪdjən] *adj.* (或 arcadian) 阿卡笛雅風的; 淳樸的.

ar·cane [ɑrˋken; ɑːˈkeɪn] *adj.* (雅)不可解的, 神祕的.

***arch**[1] [ɑrtʃ; ɑːtʃ] *n.* (*pl.* ~**es** [~ɪz; ~ɪz]) Ⓒ **1** 拱; 拱門. a memorial *arch* 紀念拱門/a rose *arch* (庭園等處的)玫瑰拱門. **2** 拱形(物); (腳的)足穹. the *arch* of an eyebrow 眉毛的弧形線條.
— *vt.* 使成拱狀; 使成弓形. A small bridge *arched* the stream. 小溪上座小拱橋/The cat *arched* its back. 貓拱起背.
— *vi.* 彎成弓形[拱形].

[arches[1] 1]

arch[2] [ɑrtʃ; ɑːtʃ] *adj.* 調皮的, 淘氣的.

arch- *pref.* 「首位的, 第一級的」之意. *arch*angel. *arch*bishop.

ar·chae·o·log·i·cal [,ɑrkɪəˋlɑdʒɪk!; ,ɑːkɪəˈlɒdʒɪkl] *adj.* 考古學的.

ar·chae·ol·o·gist [,ɑrkɪˋɑlədʒɪst; ,ɑːkɪˈɒlədʒɪst] *n.* Ⓒ考古學家.

ar·chae·ol·o·gy [,ɑrkɪˋɑlədʒɪ; ,ɑːkɪˈɒlədʒɪ] *n.* Ⓤ考古學.

ar·cha·ic [ɑrˋke·ɪk; ɑːˈkeɪɪk] *adj.* **1** (字, 語法)擬古的, 古風的, 《指日常生活中不用但存留在聖經或詩歌等中爲表現古風而用的字[語法]; 例: betwixt, benighted; 與 obsolete 不同, 後者表示「已作廢的, 現在不用的」》. **2** 古代的; 過時的.

ar·cha·ism [ˋɑrkɪ,ɪzəm, ˋɑrke-; ˈɑːkeɪɪzəm] *n.* **1** Ⓤ古風; 擬古體. **2** Ⓒ古語; 擬古的表現.

arch·an·gel [ˋɑrk`endʒəl, -ˌendʒəl; ˈɑːkˌeɪndʒəl] *n.* Ⓒ大天使, 天使長, 《→ angel》.

arch·bish·op [ˋɑrtʃˋbɪʃəp; ˌɑːtʃˈbɪʃəp] *n.* Ⓒ(新教的)大主教, (天主教的)總主教, (希臘正教、英國國教等的)大主教, (佛教的)大僧正, 《→ bishop; 英國國教有the *Archbishop* of Canterbury(坎特伯里大主教)以及僅次於此的the *Archbishop* of York 兩名》.

árch brídge *n.* Ⓒ拱橋.

arch·dea·con [ˋɑrtʃˋdikən, -ˌdikən; ,ɑːtʃˈdiːkən] *n.* Ⓒ(新教的)副主教, (天主教的)副主教, 《次於 bishop》.

arched [ɑrtʃt; ɑːtʃt] *adj.* 拱形的; 有拱的.

ar·che·ol·o·gy [,ɑrkɪˋɑlədʒɪ; ,ɑːkɪˈɒlədʒɪ]

[arch bridge]

n. =archaeology.

arch·er [ˋɑrtʃɚ; ˈɑːtʃə(r)] *n.* Ⓒ弓箭手，射箭手．

arch·er·y [ˋɑrtʃərɪ; ˈɑːtʃərɪ] *n.* Ⓤ射箭(術)．

ar·che·typ·al [ˏɑrkəˋtaɪpl; ˈɑːkɪtaɪpl] *adj.* 原型的．

ar·che·type [ˋɑrkəˏtaɪp; ˈɑːkɪtaɪp] *n.* Ⓒ原型；典型．

Ar·chi·me·des [ˏɑrkəˋmidiz; ˌɑːkɪˈmiːdiːz] *n.* 阿基米德(287?-212 B.C.)《古希臘的數學家及物理學家》．

ar·chi·pel·a·go [ˏɑrkəˋpɛləˏgo; ˌɑːkɪˈpeligəʊ] *n.* (*pl.* ~**s**, ~**es**) Ⓒ群島；多島的海．

‡**ar·chi·tect** [ˋɑrkəˏtɛkt; ˈɑːkɪtekt] *n.* (*pl.* ~**s** [~s; ~s]) Ⓒ **1** 建築師；設計師．a naval *architect* 造船技師．
2 創立者．the *architects* of the British Empire 大英帝國的創建者．

ar·chi·tec·tur·al [ˏɑrkəˋtɛktʃərəl; ˌɑːkɪˈtektʃərəl] *adj.* 建築學的；建築上的．

ar·chi·tec·tur·al·ly [ˏɑrkəˋtɛktʃərəlɪ; ˌɑːkɪˈtektʃərəlɪ] *adv.* 建築(學)上地．

‡**ar·chi·tec·ture** [ˋɑrkəˏtɛktʃɚ; ˈɑːkɪtektʃə(r)] *n.* Ⓤ **1** 建築學；建築風格．Gothic [Greek] *architecture* 哥德式[希臘式]建築(風格)/the department of *architecture* (at a university) (大學的)建築系．
2 (集合)建築物．The *architecture* in this part of the city is ugly. 城市中這一區的建築很醜陋．

ar·chives [ˋɑrkaɪvz; ˈɑːkaɪvz] *n.* (作複數)
1 記錄保管處，檔案室．
2 (保管處裡的)公文，檔案．

ar·chi·vist [ˋɑrkəvɪst; ˈɑːkɪvɪst] *n.* Ⓒ檔案管理員．

ärch of tríumph *n.* = triumphal arch.

arch·way [ˋɑrtʃˏwe; ˈɑːtʃweɪ] *n.* (*pl.* ~**s**) Ⓒ拱門下的通道；拱形的門[入口]．

arcked [ɑrkt; ɑːkt] *v.* arc的過去式、過去分詞．

arck·ing [ˋɑrkɪŋ; ˈɑːkɪŋ] *v.* arc的現在分詞、動名詞．

*‡**arc·tic** [ˋɑrktɪk; ˈɑːktɪk] *adj.* **1** (或 Arctic)北極的，北極圈的，(↔ antarctic) 南極．an *arctic* expedition 北極探險．**2** 〔氣候等〕嚴寒的．
── *n.* (the Arctic)北極地區．

Ärctic Círcle *n.* (加 the)北極圈(北緯66°33′的線)．

Ärctic Ócean *n.* (加 the)北極海．

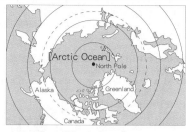

[Arctic Ocean]

Ärctic Zóne *n.* (加 the)北極區(北極圈以北的地帶)．

*‡**ar·dent** [ˋɑrdn̩t; ˈɑːdənt] *adj.* 熱心的，熱烈的；激動的；熾熱的．an *ardent* patriot 熱烈的愛國者/He was filled with an *ardent* desire to help the poor. 他熱切地想幫助窮人．◇ *n.* **ardor**. ⓟ ardent 表示「燃燒般的熾熱」，比 eager 更強烈．

ar·dent·ly [ˋɑrdn̩tlɪ; ˈɑːdəntlɪ] *adv.* 熱心地，熱烈地．

ar·dor (美), **ar·dour** (英) [ˋɑrdɚ; ˈɑːdə(r)] *n.* Ⓤ Ⓒ熱心，熱烈；熱情 (*for* 對於…)． ◇ *adj.* **ardent**.

ar·du·ous [ˋɑrdʒʊəs; ˈɑːdjʊəs] *adj.* 《文章》〔工作等〕費力的，困難的．

‡**are**[強 ˋɑr, ˏɑr, 弱 ɚ; 強 ɑː(r), 弱 ə(r)] *v.*, *aux. v.* be 的第二人稱以及所有人稱之複數，直述語氣、現在式．(★詳細的意義、用法→be)． You *are* a student, *aren't* you? 你是學生，不是嗎？《第二人稱單數》/"You*'re* students, *aren't* you?" "Yes, we *are*." 「你們是學生，不是嗎？《第二人稱複數》」「是的，我們是學生《第一人稱複數》．」
〔語法〕(1)句中發弱音，但在強調時和在句末時("Yes, we *are*.")則發強音．(2)後接母音時，英式發音會出現 [r] 音(*are* a [強 ɑːrə, 弱 ərə])．(3)否定形式 are not 常縮寫成 aren't (→ aren't)．(4)縮寫為 're (→ we're, you're, they're)．

are[ɛr, ær, ɑr; ɑː(r)] *n.* Ⓒ公畝(面積單位；100平方公尺，約30.25坪)．

‡**ar·e·a** [ˋɛrɪə, ˋerɪə; ˈeərɪə] *n.* (*pl.* ~**s** [~z; ~z])
1 Ⓒ(特定的)場所，空間，空地，區域．a parking *area* 停車場．
2 Ⓒ地域，地區．the desert *area* of North Africa 北非的沙漠地帶/the metropolitan *area* 大都會區/There are few bookstores in this *area*. 這一區幾乎沒有書店．
ⓟ area 通常比 region 小而且不依據行政上的分界，但指具有某種特徵的區域．
〔範圍〕 *adj.*+area: a built-up ~ (住家密集的地區)，a residential ~ (住宅區)，a rural ~ (鄉村地區)，an urban ~ (都市地區) // *n.*+area: a disaster ~ (災區)．
3 Ⓤ Ⓒ面積；表面．This room has an *area* of

120 square feet. 這間房間面積有 120 平方英尺.

4 C (學術, 活動等的)範圍, 領域. He is an expert in the *area* of city planning. 他是都市計畫這方面的專家.

5 (英)＝areaway.

área còde *n.* C (美)(電話的)區域號碼(為 3 位數字; (英) STD code).

ar·e·a·way [`ɛrɪə͵we, ͵ɛrɪə-; `eərɪəweɪ] *n.* (*pl.* ~s) C (美)地下空區(為了地下室的通行和採光, 在此路面低處做出空地; 從屋外的樓梯下去).

[areaway]

a·re·na [ə`rinə; ə`riːnə] *n.* C **1** (古代羅馬圓形競技場中央的)競技場(→ amphitheater圖).

2 (周圍圍起的)表演場所, 比賽場地.

3 活動[爭鬥]的場所.

aren't [arnt; ɑːnt] **1** are not 的縮寫. **2** (英·口)(用於疑問句)am not 的縮寫. I'm your friend, *aren't* I? 難道我不是你的朋友嗎? (別說見外的話). → be ●.

Ar·es [`ɛriz, `ɛriz, `æriz; `eəriːz] *n.* (希臘神話)愛力士(戰神; 相當於羅馬神話中的馬爾斯(Mars)).

Ar·gen·ti·na [͵ɑrdʒən`tinə, ͵ɑːdʒən`tiːnə] *n.* 阿根廷(南美的國家; 首都 Buenos Aires).

Ar·gen·tine [`ɑrdʒən͵tin, -͵taɪn; `ɑːdʒəntaɪn] *adj.* 阿根廷的.
— *n.* C 阿根廷人; (加 the)阿根廷(Argentina).

ar·gon [`ɑrgɑn; `ɑːgɒn] *n.* U (化學)氬(稀有氣體元素; 符號 Ar).

ar·gu·a·ble [`ɑrgjʊəbḷ; `ɑːgjʊəbl] *adj.* **1** 可議論的, 有疑義的. Your conclusion is highly *arguable.* 你的結論相當具有爭議性.

2 可論證的, 有道理的. It is *arguable* that conversation can't be taught, because it is an art, not a skill. 說話技巧是無法傳授的, 因為它是一種藝術而不是技術, 這種說法有其道理.

ar·gu·a·bly [`ɑrgjʊəblɪ; `ɑːgjʊəblɪ] *adv.* 可論證地; 恐怕, 可能, (possibly). He is *arguably* the best mayor we have ever had. 他可能是我們至今最好的市長了.

ar·gue [`ɑrgju; `ɑːgjuː] *v.* (~s [~z; ~z]; ~d [~d; ~d]; **-gu·ing**) *vt.* **1** 討論, 議論, 〔問題等〕(→ discuss圖). Let's not *argue* the issue [the point]. 我們別討論這個問題[這一點]了/The lawyers *argued* the case for hours. 律師們就這個案子辯論了好幾個小時.

2 句型3 (argue *that* 子句) (舉出理由)主張…, 論證. Columbus *argued that* he could reach India by going west. 哥倫布主張他向西行便可以到達印度.

3 說服[人]((into 去做…; out of 不去做…)). I ar-

gued him *into* going back to school. 我說服他重返學校/My father *argued* me *out of* my decision. 我父親說服我改變決定.

4 (雅)顯示; 證明, 證實 句型5 (argue A *to be* B)顯示 A 就是 B. His manner *argues* him *to be* a gentleman. 他的風度顯示他是一位紳士.

— *vi.* 議論, 爭論, 爭吵. It is no use to *argue* about the matter with him. 跟他爭論那個問題是沒有用的. ⇨ *n.* **argument.**

árgue agàinst... 提出反對…的議論; 表示反對…的結論. Nobody *argued against* choosing him as chairman. 沒有人反對選他擔任主席/The result of the experiment *argues against* your theory. 實驗結果駁斥了你的理論.

àrgue in fávor of... 提出贊成…的議論; 顯示…是正確的. They all *argued in favor of* asking him to resign. 他們全都贊成要求他辭職.

ar·gu·ing [`ɑrgjʊɪŋ; `ɑːgjʊɪŋ] *v.* argue 的現在分詞, 動名詞.

ar·gu·ment [`ɑrgjəmənt; `ɑːgjʊmənt] *n.* (*pl.* ~s [~s; ~s]) **1** UC 議論, 爭論; 口角; ((for 贊成…; against 反對…)). There was much *argument against* the bill. 對這項法案有許多反對的議論/They were engaged in a heated *argument.* 他們進行了激烈的爭論/They agreed to the proposal without *argument.* 他們全都毫無異議地贊成此一提案.

> 搭配 *adj.*＋argument: an angry ~ (場面火爆的爭論), a violent ~ (激烈的爭論) // *v.*＋argument: get into an ~ (開始爭論), have an ~ (與人爭論), settle an ~ (結束爭論).

2 C 論據, 理由. The accident was a strong *argument for* new safety measures. 那件事故成為新安全措施的有力論據/Their *argument against* her was *that* she was too old. 他們反對她的原因是因為她太老了.

> 搭配 *adj.*＋argument: a persuasive ~ (具說服力的論點), a poor ~ (不充分的論點), a sound ~ (堅實的論點) // *v.*＋argument: present an ~ (提出論點), refute an ~ (駁斥論點).

⇨ *v.* **argue.** *adj.* **argumentative.**

ar·gu·men·ta·tive [͵ɑrgjə`mɛntətɪv, ͵ɑːgjʊ`mentətɪv] *adj.* 好辯論的, 愛說理的; 具爭論[議]性的.

Ar·gus [`ɑrgəs; `ɑːgəs] *n.* **1** (希臘神話)阿格士(百眼巨人). **2** 嚴格謹慎的監督者.

a·ri·a [`ɑrɪə, `ɛrɪə, `ærɪə; `ɑːrɪə] *n.* C (音樂)詠歎調, 抒情曲, (歌劇, 聖樂裡的獨唱曲等).

ar·id [`ærɪd; `ærɪd] *adj.* (文章) **1** 乾燥的(dry); 不毛的.

2 (話語等)索然無味的; (研究等)沒有成果的.

a·rid·i·ty [ə`rɪdətɪ, æ-; æ`rɪdɪtɪ] *n.* U (文章) **1** (土地的)乾燥; (內容的)貧乏, 枯燥無味.

Ar·i·es [`ɛriz, `ɛriz, `æriz, -rɪ͵iz; `eəriːz] *n.* (天文)白羊座; 白羊宮(十二宮的第一宮; →zodiac). C 白羊座的人(於3月21日至4月19日之間出生的人).

a·right [ə`raɪt; ə`raɪt] *adv.* (雅)正確地(correctly). if I heard it *aright* 倘若我所聽無誤.

‡a·rise [əˈraɪz; əˈraɪz] *vi.* (**a·ris·es** [~ɪz; ~ɪz]; **a·rose; a·ris·en; a·ris·ing**) **1** 出現，產生；〔問題等〕發生(*from, out of* 從…). How did this dispute *arise*? 這爭論是怎樣引起的?/Accidents *arise from* carelessness. 事故多起因於粗心大意.

2 〔煙等〕升起，上升. Smoke *arose* from the chimney. 煙從煙囪冒出來.

3 (英、詩)起來，站.

a·ris·en [əˈrɪzn; əˈrɪzn] *v.* arise 的過去分詞.

a·ris·ing [əˈraɪzɪŋ; əˈraɪzɪŋ] *v.* arise 的現在分詞，動名詞.

*ar·is·toc·ra·cy [ˌærəˈstɑkrəsɪ; ˌærɪˈstɒkrəsɪ] *n.* (*pl.* **-cies** [~z; ~z]) (★在 1, 3 中則單數亦可作複數) **1** ⃝(加 the)(集合)貴族階級，貴族(們)，上流階層. a member of the French *aristocracy* 法國貴族的一員.

2 ⓤ貴族政治(「民主政治」是 democracy); ⃝實行貴族政治的國家.

3 ⃝(集合)(某方面的)一流人物.

*ar·is·to·crat [əˈrɪstəˌkræt, ˈærɪstə-; ˈærɪstəkræt] *n.* (*pl.* **~s** [~s; ~s]) **1** 貴族; 有貴族氣質的人. **2** 上流人物; 最高級品.

*ar·is·to·crat·ic [əˌrɪstəˈkrætɪk, ˌærɪstə-; ˌærɪstəˈkrætɪk] *adj.* 貴族的，有貴族氣質的; 貴族政治的. I admire his *aristocratic* manners. 我欣賞他的貴族氣質.

Ar·is·tot·le [ˈærəˌstɑt; ˈærɪstɒtl] *n.* 亞里斯多德(384-322 B.C.) (古希臘哲學家).

‡a·rith·me·tic [əˈrɪθməˌtɪk; əˈrɪθmətɪk] *n.* ⓤ數學，算術; 計算. a problem in *arithmetic* 算術問題.

— [ˌærɪθˈmɛtɪk; ˌærɪθˈmetɪk] *adj.* 算術的.

ar·ith·met·i·cal [ˌærɪθˈmɛtɪk; ˌærɪθˈmetɪkl] *adj.* =arithmetic.

ar·ith·met·i·cal·ly [ˌærɪθˈmɛtɪklɪ, -ɪklɪ; ˌærɪθˈmetɪkəlɪ] *adv.* 算術上，根據算術地.

a·rith·me·ti·cian [əˌrɪθməˈtɪʃən, ˌærɪθmə-; əˌrɪθməˈtɪʃn] *n.* ⃝算術家; 擅長算術的人.

arithmètic progréssion *n.* ⃝等差級數(★等比級數為 geometric progression).

Ariz. (略) Arizona.

Ar·i·zo·na [ˌærəˈzonə; ˌærɪˈzəʊnə] *n.* 亞利桑那州(美國西南部的州; 首府 Phoenix; 略作 AZ, Ariz.).

ark [ɑrk; ɑːk] *n.* (聖經) **1** =Noah's ark.

2 法櫃(亦稱 the Árk of the Cóvenant; 裝著刻有摩西(Moses)十誡的石板箱子).

Ark. (略) Arkansas.

Ar·kan·sas [ˈɑrkənˌsɔ; ˈɑːkənsɔː] (★注意發音) *n.* **1** 阿肯色州(美國中南部的州; 首府 Little Rock; 略作 AR, Ark.).

2 (美又作 [ɑrˈkænzəs; ɑːˈkænzəs]) (加 the)阿肯色河(Mississippi 河的支流; → Mississippi 圖).

Ar·ling·ton National Cemetery [ˈɑrlɪŋtən ˈnæʃənl ˈsɛməˌtɛrɪ, -ˈsɛmɪtrɪ; ˈɑːlɪŋtən ˈnæʃənl ˈsemɪtrɪ] *n.* 阿靈頓國家公墓(在美國首府華盛頓西方, Virginia 境內; 有陣亡將士公墓等; → District of Columbia 圖).

---

‡arm[1] [ɑrm; ɑːm] *n.* (*pl.* **~s** [~z; ~z]) ⃝【腕】 **1** 臂(特指從肩到手腕的部分); (哺乳類動物的)前肢; (→ limb). She held her baby in her *arms*. 她把嬰兒抱在懷中/The boy has a bat under his *arm*. 男孩把球棒夾在腋下/The policeman took him by the *arm*. 警察抓住他的手臂/The girl threw her *arms* around her father's neck. 那個女孩雙臂環抱住她父親的脖子/walk on a person's *arm* 挽著某人的臂膀而行.

搭配 *v.*+arm: bend one's ~s (曲臂), fold one's ~s (挽臂), raise one's ~s (舉臂), stretch one's ~s (伸臂), wave one's ~s (用臂).

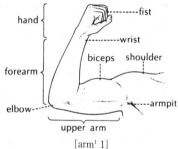

[arm[1] 1]

2 【臂狀物】(椅子的)扶手; (衣服的)袖子; (樹的)粗枝; (海的)海灣; (唱機的)唱臂. an *arm* of the sea (細長的)海灣.

3 【像手臂般發揮功能的部分】部門，局處. Congress is an *arm* of the government. 國會是政治的一環.

4 【臂力】力量，權力. the (long) *arm* of the law 法律的力量，警察.

*àrm in árm 手挽著手; 一起. Tom walked *arm in arm* with Jane. 湯姆和珍手挽著手走著/These two problems go *arm in arm*. 這二個問題總是同時出現.

as lòng as my [your] árm 《口》(明細表, 文件)非常長的.

*at árm's lèngth (1)手臂伸直的距離; 就在近處. I'll be *at arm's length* if you need me. 只要你需要我, 我就會在你身邊. (2)保持距離地. She keeps [holds] everyone *at arm's length*. 她不讓任何人靠近她(<跟他人保持手臂伸直的距離>).

give [òffer]...one's árm (向同行的女性等)伸手攙扶. As we approached the stairs he *offered* me his *arm*. 當我們走到樓梯時他伸出手扶我.

thròw one's árms aròund... 將手臂環繞於…, 抱…

with fòlded árms 抱胸; 袖手旁觀.

with one's àrms fólded =with folded arms.

within àrm's réach 照顧得到的地方.

with òpen árms 張開雙臂; 由衷歡迎. If you

want to work for us, we'll welcome you *with open arms.* 我們由衷歡迎你能爲我們工作.
would give one's *right árm for...* (口)情願爲…付出極大代價(<失去右手也無所謂).

*arm² [arm; ɑ:m] v. (~s [~z; ~z]; ~ed [~d; ~d]; ~ing) vt. **1** 武裝(*with*). They *armed* themselves [were *armed*] *with* the latest automatic weapons. 他們配備最新式的自動武器.
2 裝備, 加在身上, (*with*). He was *armed* against the cold *with* a heavy coat. 他穿上厚外套禦寒/He *armed* himself *with* all the facts before putting questions at the meeting. 他在會議質詢之前便已掌握全部事實.
— vi. 武裝, *arm against* an invasion 武裝起來抵禦(敵人)入侵. ↔ **disarm**.

ar·ma·da [ɑr'mɑdə, ˌ'medə; ɑ:'mɑ:də] n. **1** ⃝《雅》(★用單數亦可作複數)艦隊; (軍機, 戰車等的)編列部隊.
2 《歷史》(the Armada) 無敵艦隊(亦稱 the Invincible [Spànish] Armáda; 1588 年襲擊英國而敗北的西班牙艦隊).

ar·ma·dil·lo [ˌɑrmə'dɪlo; ˌɑ:mə'dɪləʊ] n. (pl. ~s) ⃝ 犰狳(全身覆有骨質堅甲, 產於熱帶美洲的夜行性哺乳類動物).

Ar·ma·ged·don [ˌɑrmə'gɛdn; ˌɑ:mə'gedn] n. (聖經)哈米吉多頓(預言世界末日時善與惡的大決戰(場)).

ar·ma·ment ['ɑrməmənt; 'ɑ:məmənt] n. **1** ⃝ (常 armaments) (一國的)軍備, 軍力; (軍艦等的)武器, 裝備. heavy [light] *armaments* 重型[輕型]武器. **2** Ü軍備. ⇨ v. **arm²**.

arm·band ['ɑrmbænd; 'ɑ:mbænd] n. ⃝ 臂章.

*arm·chair ['ɑrmˌtʃɛr, ˌ·tʃɛr; 'ɑ:m'tʃeə(r)] n. (pl. ~s [~z; ~z]) ⃝扶椅.
an *armchair* traveler (透過閱讀遊記等而自得其樂的)幻想旅行者.

armed [ɑrmd; ɑ:md] adj. 武裝的; 配備妥當(工具及必要物品)的; 已經準備就緒的. *armed* peace 武裝和平.

ärmed fórces n. 《作複數》(加 the)軍隊.

[armchair]

Ar·me·ni·a [ɑr'miniə; ɑ:'mi:njə] n. 亞美尼亞(鄰接土耳其東部的共和國; CIS 成員國之一; 首都 Yerevan).

Ar·me·ni·an [ɑr'miniən; ɑ:'mi:njən] adj. 亞美尼亞(人, 語)的.
— n. ⃝ 亞美尼亞人; Ü亞美尼亞語.

arm·ful ['ɑrmˌful; 'ɑ:mfʊl] n. ⃝ 雙臂[單臂]的滿懷量. an *armful* of books 滿懷抱的書.

arm·hole ['ɑrmˌhol; 'ɑ:mhəʊl] n. ⃝ (衣服, 西裝背心等的)袖孔(把手臂伸出去用的孔).

ar·mies ['ɑrmɪz; 'ɑ:mɪz] n. army 的複數.

ar·mi·stice ['ɑrməstɪs; 'ɑ:mɪstɪs] n. ⃝休戰, 停戰.

Ármistice Dày n. (第一次世界大戰的)休戰紀念日(11 月 11 日; 現在美國稱爲 Veterans Day, 英國則在 Remembrance Day 慶祝).

arm·let ['ɑrmlɪt; 'ɑ:mlɪt] n. ⃝ 臂環, 臂飾; (海的)小海灣.

ar·mor (美), **ar·mour** (英) ['ɑrmə; 'ɑ:mə(r)] n. Ü
1 盔甲, 甲冑. a suit of *armor* 一套盔甲/a knight *in armor* 穿上盔甲的騎士.
2 (軍艦, 飛機, 車輛等的)裝甲; (生物)保護器官, 甲殼. the *armor* of a turtle 烏龜的殼.
3 (集合)裝甲部隊.

helmet
gauntlet
[armor 1]

ar·mored (美), **ar·moured** (英) ['ɑrmərd; 'ɑ:məd] adj. 裝甲的; 配備裝甲車輛的. an *armored* car 裝甲車.

ar·mor·er (美), **ar·mour·er** (英) ['ɑrmərə; 'ɑ:mərə(r)] n. ⃝ (古時的)盔甲製造者; 兵器製造者.

ar·mor·y (美), **ar·mour·y** (英) ['ɑrmərɪ; 'ɑ:mərɪ] n. (pl. (美) -mor·ies, (英) -mour·ies) ⃝ **1** 軍械庫. **2** (美)兵工廠.

ar·mour ['ɑrmə; 'ɑ:mə(r)] n. (英)=armor.

arm·pit ['ɑrmˌpɪt; 'ɑ:mpɪt] n. ⃝ 腋窩(→ arm 圖).

*arms [ɑrmz; ɑ:mz] n. 《作複數》【用手臂所持之物】 **1** 武器, 兵器, (weapons); 火器(firearms)(步槍, 手槍等); 武力. carry *arms* 攜帶武器/No country is allowed to extend its territory by *arms.* 任何國家不得以武力擴張領土.
2 (盾形的)徽章(coat of arms)(源自中世紀時全副武裝之騎士所持盾牌上的記號).
bèar árms (1)武裝; 服兵役. (2)做徽章(*on*).
càll...to árms 動員(部隊).
lay dòwn one's *árms* 放下武器; 投降.
take ùp árms (1)拿起武器. The citizens *took up arms* against the invaders. 人民拿起武器對抗侵略者. (2)服兵役, 當兵.
To árms! 拿起武器, 準備戰鬥!
under árms 武裝好的, 已作戰鬥準備的.
* *ùp in árms* (1)進行武裝鬥爭的. (2)(口)激烈抗議的; 憤慨的. The workers were *up in arms* about the pay cuts. 工人對削減工資作出激烈抗爭.

árms contròl n. ⃝ (大國間互相交涉所達成的)軍備限制, 限武.

árms ràce n. ⃝軍備競賽.

*ar·my ['ɑrmɪ; 'ɑ:mɪ] n. (pl. **-mies**) ⃝ **1** (常加 the)陸軍. join [go into] the *army* 從軍, 當兵/retire from [leave] the *army* 從陸軍退役[退伍]/an *army* officer 陸軍軍官/He was in the *army* for thirty years. 他在陸軍服務了三十年. [參考]一國的「陸軍」是 the Army, 「海軍」是

the Navy, 「空軍」是 the Air Force.

2 軍隊(野戰部隊之意), 兵力, 軍勢. The commanding officer led his *army* into enemy territory. 指揮官率領軍隊進入敵區.

> 圈配 army+*v*.: an ～ advances (部隊挺進), an ～ attacks (部隊攻擊), an ～ fights (部隊作戰), an ～ retreats (部隊撤退).

3 大群, 大批. an *army* of ants 一大群螞蟻/The pyramid was built by an *army* of slaves. 金字塔是由數目龐大的奴隸建造成的.

Ar·nold [ˋɑrn|d; ˋɑːnəld] *n.* 男子名.

a·ro·ma [əˋromə; əˋrəumə] (拉丁語) *n.* ⎡U⎤ 《文章》**1** 香味, 芳香 (→ smell 同). the *aroma* of fine tobacco 上等菸草的香味.

2 (獨特的)氣氛; 風味, 韻味.

ar·o·mat·ic [͵ærəˋmætɪk; ͵ærəuˋmætɪk] *adj.* 香的, 芬芳的.

a·rose [əˋroz; əˋrəuz] *v.* arise 的過去式.

✲a·round [əˋraund; əˋraund] 語法 《美》around 和 round 無使用上的區別; 《英》round 比 around 更常用, 尤其是 *adv.* 6, 7, *prep.* 2, 3 含有旋轉運動或周圍尺寸(*adv.* 9)等義時, 通常用 round; → about.

adv. ⟦在四周⟧ **1** 在周圍, 在附近, 在四周, 環繞著. There was a thick fog *around*. 附近有濃霧/There wasn't another house for a mile *around*. 方圓一英里以內沒有別的房子.

2 【在附近】(口)在附近, 在近處. He is *around* somewhere. 他就在附近某處/I hung *around* until after six. 我一直到 6 點鐘後還在附近閒晃.

> 語法 表示「閒晃, 漫無目的」之意的片語尚有 fool [mess, play] *around* 等; 上述片語不可用 round.

3 【在周圍到處】到處. I've traveled *around* on my job. 因為工作關係我曾到各地旅行/I will show you *around*. 我帶你到各處看看.

4 【在周圍各種活動】(口)活躍地; 有精神地, 健在地. He was ill, but now is able to get *around*. 他雖然病了, 但現在已能到處走動了/one of the best stage actors *around* 當今最傑出的舞臺演員之一/I remember those days when my parents were *around*. 我憶起那些父母還健在的日子.

5 【上市】(口)可取得地, 存在地; (金錢, 商品)在市面流通. This type of camera has been *around* for a year now. 這款照相機已推出一年了.

⟦轉一圈⟧ **6** 變換方向地, 朝著相反方向地. He turned *around*. 他轉過身來/Don't turn the hands of a clock the other way *around*. 不要把時鐘的針倒轉.

7 回轉地, 兜著圈子地; 迂迴地. The dog ran *around* and *around*. 狗兜著圈子跑/I had to take the long way *around*. 我得繞遠路.

8 繞一圈, 循環地. when spring comes *around* 當春天再度來臨.

9 周圍, 周長. This tree measures three meters *around*. 這棵樹周長 3 公尺/The lake was close to five miles *around*. 這座湖周長將近 5 英里.

✲ *àll aróund* 四處; 各方面; 一起. The candidate shook hands all *around*. 候選人和周圍的所有的人

握手/There were flowers all *around*. 周圍盡是鮮花.

around the clóck → clock 的片語.

have been aróund 到各處旅行; (口)見多識廣, 閱歷豐富. You can't fool him; he *has been around*. 你騙不了他的, 他閱歷豐富.

Sèe you aróund! (口)再見!

ùp and aróund → up 的片語.

— *prep.* **1** 環繞…, 圍繞. We sat *around* the fire. 我們圍著火坐著/The enemy was all *around* us. 敵人把我們包圍了/Wrap a blanket *around* the baby. 用毛毯把寶寶的身體包起來/wear a belt *around* one's waist 把皮帶繫在腰上.

2 繞著…; 在…周圍繞著; 迂迴著; 避免…. The earth moves *around* the sun. 地球繞著太陽運轉/We went *around* the village, not through it. 我們繞過村莊走, 沒有從中間經過/There seems to be no way *around* the new tax. 似乎沒法子逃漏新稅.

3 繞過(拐角等); 在…轉角處. There is a theater *around* the corner. 轉角處有座劇院(→ around the corner (corner 的片語)).

4 (口)(a)在…附近, 在…一帶. My cousin lives somewhere *around* Boston. 我的表兄[弟、姊、妹]住在波士頓附近/There are many movie houses *around* here. 這附近有許多家電影院/He is always hanging *around* the bowling alley. 他老是在保齡球館裡閒晃. (b)(工作上)在…身旁, 圍繞在…. the men *around* the Prime Minister 圍繞在首相身旁的人們.

5 到處, 四處. travel *around* the world 環遊世界/I walked *around* the town for an hour. 我在鎮上到處走了一個鐘頭/There were toys lying all *around* the room. 房間裡到處都是玩具.

6 大約; 將近. *around* noon 近午時刻/*around* the end of 1998 大約在 1998 年年底/*around* fifty people 大約 50 人.

a·round-the-clock [əˋraundðəˋklɑk; ə͵raundðəˋklɔk] *adj.* 二十四小時連續不斷的, 無休止的.

✲a·rouse [əˋrauz; əˋrauz] *vt.* (**a·rous·es** [～ɪz; ～ɪz], **～d** [～d; ～d]; **a·rous·ing**) **1** 喚醒[人]《*from* 從[睡夢]中》. The noise *aroused* me *from* my sleep. 喧鬧聲把我從睡夢中吵醒.

2 引起[興趣、注意等]; 使產生[不滿、疑問等]. The book *aroused* my interest in history. 這本書引起我對歷史的興趣/*arouse* suspicion 引起懷疑.

> 圈配 arouse+*n*.: ～ (a person's) admiration (贏得[某人的]讚賞), ～ (a person's) anger (激怒[某人]), ～ (a person's) anxiety (令[某人]擔心), ～ (a person's) curiosity (引發[某人]的好奇心), ～ (a person's) sympathy (激起[某人]的同情心).

ar·peg·gio [ɑrˋpɛdʒɪ͵o, -dʒo; ɑːˋpedʒɪəu]《義大利語》 *n.* (*pl.* ～**s**) ⎡UC⎤《音樂》琶音《將和弦各音依序

快速彈奏).

ar·raign [ə`ren; ə'rein] vt. 《文章》 **1** 《法律》(為確定被控事實的眞僞而)傳訊[人]; 控告.

2 指責[人], 追究責任, 《for 以…(為理由)》.

ar·raign·ment [ə`renmənt; ə'reinmənt] n. UC **1** 《法律》提審, 訊問. **2** 指責.

＊ar·range [ə`rendʒ; ə'reindʒ] v. (-rang·es [~ɪz; ~ɪz], ~d [~d; ~d], -rang·ing) vt. 【排列得整整齊齊】 **1** 整理, 整頓. Sylvia *arranged* the books on the shelf. 施維亞整理書架上的書/She takes hours just *arranging* her hair. 她光是整理頭髮就花了好久的時間/She *arranged* the flowers beautifully. 她把花插得很漂亮. **2** 調停, 解決, [紛爭].

3 把…改編成樂曲[劇本]. The piece was *arranged* for piano and orchestra. 這首曲子是為鋼琴和管弦樂團合奏而改編.

【準備好】 **4** (a)事先安排, 作好準備. *arrange* a meeting 籌備會議/The tourist agency has *arranged* a guide for our tour. 旅行社已經為我們的旅程安排了導遊/My marriage was *arranged* by my parents. 我的婚姻是父母親安排的. (b) 句型3 (arrange *that* 子句)事先安排好…. I'll *arrange* *that* someone will meet you at the airport. = I'll *arrange* for someone to meet you at the airport. (→ *vi.*) 我會派人到機場去接你.

5 (a) (事先)商討, 決定[條件等]. *arrange* a time and place for the next conference 決定下次會議的時間和地點/He appeared exactly at noon as *arranged*. 他正如事先安排好, 準時在中午出現. (b) 句型3 (arrange *that* 子句)定下…. It is *arranged* *that* the accountant will be here around five o'clock. 已經說好會計師5點左右會到.

— *vi.* 談妥, 商量, 《about [for] 關於…; with 與…》; 安排《for; to do》. *arrange* for an appointment 安排約會/I *arranged* with her *to* meet at noon. 我跟她說定在中午見面/arrange with the milkman *about* delivery 與送牛奶的人約定送牛奶的事/arrange to have the books sent to my home 安排把這本書送到我家/Please *arrange* for a car to be here at three o'clock. 請於3點安排一輛車到這裡來.

＊ar·range·ment [ə`rendʒmənt; ə'reindʒmənt] n. (*pl.* ~s [~s; ~s]) **1** (a) U整理, 整頓; 配置, 排列. Flower *arrangement* is a traditional art in Japan. 插花是日本一項傳統的藝術/the *arrangement* of words in a sentence 句中單字的排列. (b) C整理[配置]的東西. a fine flower *arrangement* 美麗的插花.

2 (arrangements) 準備, 籌備, 安排, 《for》. make *arrangements* for a wedding 做婚禮的準備. **3** UC (a)商定, 商議, 《about 關於…的; with 與…的》. We have come to an *arrangement*

with the dealer *about* the price. 我們已和業者談好價格. (b)決定, 協定, 《to do》. I've made an *arrangement* to rent a room from Mrs. Smith. 我已談妥向史密斯太太分租房間的事.

4 UC改編, 改寫; 改寫的劇本; 改編的樂曲.

ar·rang·ing [ə`rendʒɪŋ; ə'reindʒɪŋ] v. arrange 的現在分詞、動名詞.

ar·rant [`ærənt; 'ærənt] adj. 《限定》(用於負面含義)完全的, 徹底的. an *arrant* rogue 惡名昭彰的壞蛋/*arrant* nonsense 一派胡言.

ar·ray [ə`re; ə'rei] vt. (~s; ~ed; ~ing) 《雅》《常用被動語態》 **1** 部署. The soldiers were *arrayed* on the hill. 士兵已部署在山丘上.

2 使[人]盛裝. The bride is *arrayed* in her wedding dress. 新娘穿上她的結婚禮服.

— n. **1** a U (人, 物的)一大群, 一大批; 一大排[物品]. The troops were in battle *array*. 軍隊已排成戰鬥隊形/Hampstead has a fine *array* of old houses. 漢普斯特地區有許多漂亮的古屋.

2 U服裝, 華麗的服飾.

ar·rears [ə`rɪrz; ə'rɪəz] n. 《作複數》應付欠款, 逾期債款; (未完成的)工作. The tenant is in *arrears* with his rent again. 那位房客又拖欠房租.

＊ar·rest [ə`rɛst; ə'rest] vt. (~s [~s; ~s]; ~ed [~ɪd; ~ɪd]; ~ing) 【捕捉】 **1** 逮捕, 拘捕. The policeman *arrested* the man for drunken driving. 警察以酒後駕車的罪名逮捕那名男子.

【拉住】 **2** 阻止, 延緩, 〔進行〕. A heart attack has *arrested* all his activities. 心臟病妨礙了他所有的活動/This medicine can *arrest* cancer but not cure it. 這種藥能防止癌細胞擴散, 但無法根治.

3 引起[注意, 注目]. The sight *arrested* my attention. 那景象吸引了我的注意.

— n. UC逮捕, 拘捕. a warrant for his *arrest* 逮捕他的拘票/The police made many *arrests*. 警察逮捕了許多人.

under arrest 被逮捕. The thief was quickly put [placed] *under arrest*. 小偷很快就被捕/You're *under arrest*. 你被捕了《警察逮捕嫌疑犯時的用語》.

ar·rest·ing [ə`rɛstɪŋ; ə'restɪŋ] adj. 引人注目的, 耀眼的, (striking).

＊ar·riv·al [ə`raɪvl; ə'raivl] n. (*pl.* ~s [~z; ~z]) **1** UC到達 (↔ departure); U (結論等的)獲得. The President's *arrival* at the stadium was greeted with loud cheers. 總統蒞臨運動場時受到熱烈的歡呼 (★關於抵達地點前的介系詞→ arrive 1 語法)/Do you know the time of *arrival* of his plane? 你知道他飛機抵達的時間嗎?/I'll pay for the book on its *arrival*. 書一到我就付款.

2 C到達的人[物]; (口)新生兒. new *arrivals* 新到的書[貨品]; (旅館等的)新來的客人; (學校的)新生/The new *arrival* was a lovely girl. 新生兒是一個可愛的女嬰. ⇨ v. arrive.

＊＊ar·rive [ə`raɪv; ə'raiv] vi. (~s [~z; ~z]; ~d [~d; ~d]; -riv·ing) 【到達】 **1** 到達, 抵達, (↔depart); (到這裡)來; 獲得(結論); 達到

(年齡); (*at, in, on, upon*). A party of tourists *arrived at* the airport [*in* San Francisco]. 一個觀光團抵達了機場[舊金山]/A detective *arrived upon* the scene of the crime. 刑警來到犯罪現場/We finally *arrived at* an agreement. 我們終於達成協議/My son has *arrived at* school age. 我兒子已到就學年齡/I *arrived* home only an hour ago. 我一小時前才到家.

[語法] (1)通常到達比較狹小的地方(小城市, 地區, 家等)時用 at, 比較廣闊的地方(國, 大都市等)時用 in; 此外, 即使是大都市, 若只作中途停留也用 at. (2)到達大陸、島、現場等時用 on [upon].
(3) arrive at [in, on, upon]＝reach.

[搭配] arrive＋*adv*.: ～ quickly (迅速到達), ～ soon (立刻到達), ～ early (早到), ～ late (遲到), ～ on time (準時到達), ～ later (晚點到達).

2 [達到目的]成功, 鞏固地位, 獲得名聲. He has finally *arrived* as a politician. 他終於成爲一位成功的政治家.

【 到來 】 **3** [時期等]到來; [事件等]發生; 《口》[嬰兒]出生. when the right time *arrives* 當時機來臨/The baby *arrived* near dawn. 嬰兒在破曉前出生. ⇨ *n.* arrival.

ar·riv·ing [əˋraɪvɪŋ; əˈraɪvɪŋ] *v.* arrive 的現在分詞、動名詞.

ar·ro·gance [ˋærəgəns; ˈærəgəns] *n.* U 妄自尊大, 傲慢.

*__**ar·ro·gant** [ˋærəgənt; ˈærəgənt] *adj.* 妄自尊大的, 傲慢的. He was so *arrogant* that he lost his job. 他因為太傲慢而丟了工作.

ar·ro·gant·ly [ˋærəgəntlɪ; ˈærəgəntlɪ] *adv.* 傲慢地.

ar·ro·gate [ˋærəˌget, ˋæro-; ˈærəʊgeɪt] *vt.* 《文章》妄稱; 擅取[權利等]; (*to*). *arrogate* power *to* oneself 篡奪權力.

*__**ar·row** [ˋæro, ˋærə; ˈærəʊ] *n.* (*pl.* ～**s** [～z; ～z]) C **1** 箭(『弓』是 bow). He shot an *arrow* at the deer. 他朝箭射了一箭.
2 箭頭符號(→, ⇨等). Follow the *arrows* to the exit. 按箭頭指示到出口處. **3** 箭狀物.

ar·row·head [ˋæroˌhɛd, ˋærə-; ˈærəʊhed] *n.* C 箭頭.

ar·row·root [ˋæroˌrut, ˋærə-, -ˌut; ˈærəʊruːt] *n.* UC 《植物》葛; U 葛粉(取自葛的根).

arse [ars; ɑːs] *n.* 《英》＝ass².

ar·se·nal [ˋarsn̩əl, ˋarsnəl; ˈɑːsənl] *n.* C 軍械庫; 兵工廠; (集合)儲藏的武器、彈藥等.

ar·se·nic [ˋarsnɪk, ˋarsnɪk; ˈɑːsənɪk] *n.* U 《化學》砷(符號 As; 有毒, 用於農藥、醫藥).
── [arˋsɛnɪk; ɑːˈsenɪk] *adj.* 含砷的.

ar·son [ˋarsn̩; ˈɑːsn] *n.* U 《文章》縱火(罪).

ar·son·ist [ˋarsnɪst; ˈɑːsənɪst] *n.* C 縱火犯.

*__**art**¹ [art; ɑːt] *n.* (*pl.* ～**s** [～s; ～z]) **1** (a) U 藝術, 美術; (集合)藝術作品, 美術品. study *art* and music 學習美術和音樂/*art* for *art*'s sake 爲藝術而藝術; 藝術至上主義/work of *art* 藝術[美術]品/*Art* is long, life is short. 《諺》藝術恆

久, 人生短暫(前半句原意是「學會技術需要長久的時間」; 現亦解釋爲「藝術的生命恆久」). (b) C 《特定領域的》藝術活動; (the 《國家或地方的》藝術《領域》《總體》. (c)《形容詞性》藝術的, 美術的. an *art* critic 藝術評論家/an *art* dealer 藝術商/an *art* form 藝術形式.
2 C 技術; 手藝, 技巧, (skill). the *art* of printing 印刷術/the industrial *arts* 工藝/He knows the *art* of making friends. 他懂得交朋友的藝術/That's quite an *art*. 那做得多漂亮.
3 U 人工, 人爲, (↔ nature). This beautiful garden owes more to *art* than to nature. 這座美麗的花園多爲人工造景, 而非自然景觀.
4 (the arts)人文科學(the humanities; → science). (大學的)文科(liberal arts).
5 U 詭計; 狡猾. ⇨ *adj.* artful, artistic.

art² [強 ˋart, ˌart, 弱 ət; 強 ɑːt, 弱 ət] *v.* 《古》be 的第二人稱、單數、直述語氣、現在式(主詞是 thou).

ar·te·fact [ˋartɪˌfækt; ˈɑːtɪfækt] *n.* ＝artifact.

Ar·te·mis [ˋartəmɪs; ˈɑːtɪmɪs] *n.* 《希臘神話》阿蒂蜜絲(月亮、狩獵的女神; 羅馬神話的 Diana).

ar·te·ri·al [arˋtɪrɪəl; ɑːˈtɪərɪəl] *adj.* **1** 動脈的 (↔ venous).
2 主要的(main). an *arterial* road 幹道.

ar·te·ri·o·scle·ro·sis [arˋtɪrɪˌosklɪˋrosɪs; ɑːˌtɪərɪəʊsklɪəˈrəʊsɪs] *n.* U 《醫學》動脈硬化症.

ar·ter·y [ˋartərɪ; ˈɑːtərɪ] *n.* (*pl.* **-ter·ies**) C
1 《解剖》動脈(↔ vein).
2 《交通、運輸等的》幹線.

ar·te·sian well [arˋtiʒənˋwɛl; ɑːˌtiːzjənˈwel] *n.* C 自流井, 噴水井, 《因地下水的壓力而湧出水》.

art·ful [ˋartfəl; ˈɑːtfʊl] *adj.* **1** 狡猾的, 滑頭的, (↔ artless).
2 巧妙的. an *artful* arrangement of flowers 精巧的插花.

art·ful·ly [ˋartfəlɪ; ˈɑːtfəlɪ] *adv.* 狡猾地; 巧妙地.

art·ful·ness [ˋartfəlnɪs; ˈɑːtfʊlnɪs] *n.* U 狡猾; 巧妙.

árt gállery *n.* C 美術館; 畫廊.

ar·thrit·ic [arˋθrɪtɪk; ɑːˈθrɪtɪk] *adj.* 《醫學》關節炎的.

ar·thri·tis [arˋθraɪtɪs; ɑːˈθraɪtɪs] *n.* U 《醫學》關節炎.

Ar·thur [ˋarθɚ; ˈɑːθə(r)] *n.* **1** 男子名.
2 King ～ 亞瑟王(傳說中的中世紀英國國王).

Ar·thu·ri·an [arˋθjurɪən, -ˋθɪur-, -ˋθur-; ɑːˈθjʊərɪən] *adj.* 亞瑟王的; 亞瑟王傳說的.

ar·ti·choke [ˋartɪˌtʃok; ˈɑːtɪtʃəʊk] *n.* C **1** 朝鮮薊(菊科的多年生草本植物; 花苞可食用).
2 ＝Jerusalem artichoke.

*__**ar·ti·cle** [ˋartɪk!; ˈɑːtɪkl] *n.* (*pl.* ～**s** [～z; ～z]) C 【 一個個區分開來之物 】 **1** 物品,

物件; (同類物品的)一個, 一件, 一張等. an *article* of furniture [clothing] 一件家具[一塊布料]/ There are many *articles* in her purse. 她的皮包裡有很多東西.

2 (報紙, 雜誌的)**報導**, 論文. Have you read the *article* about AIDS in today's paper? 你看了今天報上有關愛滋病的報導嗎?/a leading article(→見 leading article)

3 (條約, 契約等的)**條款**, 條文; (articles) (年限)契約. *Article* 9 of the Constitution 憲法第9條/ *article* of faith 信條(基督教將其教義歸納後, 由教會賦予權威而形成的條文); (一般)信條/The agreement contains several *articles* on atomic energy. 此份協定包含幾項有關原子能的條款/*articles* of apprenticeship 學徒契約/*articles* of association 協會章程.

4 《文法》**冠詞**(指 a, an, the; 用法請參照本辭典各相關單字). A definite *article* 定冠詞/an indefinite *article* 不定冠詞(冠詞的省略見文法總整理 **5.1**).

── *vt.* 按年限契約雇用((to, with)).

ar·tic·u·late [ɑrˋtɪkjəlɪt; ɑːˈtɪkjʊlət](★ 與 *v.* 的發音不同) *adj.* **1** [說話, 發音]清楚的, 口齒清晰的; 咬字分明的. *articulate* speech 發音清晰[聽得清楚]的話.

2 (想法等)表達清楚的, 積極地表明意見的. Our baby is not yet *articulate*. 我們的小寶寶講話還講不清楚/Only a handful of activists are *articulate* in our union. 我們組織裡只有幾個活躍人士能侃侃而談. **3** 《昆蟲》有關節的.

── [ɑrˋtɪkjə͵let; ɑːˈtɪkjʊleɪt] *vt.* **1** 清晰地發音[說話]; 咬字清楚. **2** 明確(有效果)地表達(事物).

3 以關節連接.

── *vi.* **1** 清晰地發音; (論點等)明確地表達.

2 (以關節等)相連接.

ar·tic·u·late·ly [ɑrˋtɪkjəlɪtlɪ; ɑːˈtɪkjʊlətlɪ] *adv.* 清晰地; 明確地.

ar·tic·u·late·ness [ɑrˋtɪkjəlɪtnɪs; ɑːˈtɪkjʊlətnɪs] *n.* ⓊU明確性.

ar·tic·u·la·tion [ɑr͵tɪkjəˋleʃən, ͵ɑrtɪkjə-; ɑː͵tɪkjʊˈleɪʃn] *n.* **1** 發音(的方式); 咬字.

2 (用語言對思想感情的)表達.

3 《解剖》(關節的)接合.

ar·ti·fact [ˋɑrtɪ͵fækt; ˈɑːtɪfækt] *n.* ⓒC《文章》(特指古代人用的)人工製品, 加工品, 《例如工具, 武器等》.

ar·ti·fice [ˋɑrtəfɪs; ˈɑːtɪfɪs] *n.* 《文章》**1** ⓒC巧妙的技巧[設計]; ⓊU靈巧.

2 ⓒC策略, 詭計, (trick); ⓊU狡詐.

ar·tif·i·cer [ɑrˋtɪfəsɚ; ɑːˈtɪfɪsə(r)] *n.* ⓒC **1** 技工, 技師. **2** (英)技術兵.

＊ar·ti·fi·cial [͵ɑrtəˋfɪʃəl; ͵ɑːtɪˈfɪʃl] *adj.* **1** 人工的, 人工化[人為]的; 人造的; (⇔ natural). an *artificial* flower 人造花/ *artificial* respiration 人工呼吸/an *artificial* tooth 假牙/an *artificial* satellite 人造衛星.

2 不自然的, 做作的; 假的. an *artificial* smile 假笑/Those tears are *artificial*. 那些淚水並非出自真情.

ar·ti·fi·ci·al·i·ty [͵ɑrtə͵fɪʃɪˋælətɪ, -frˋʃælətɪ; ͵ɑːtɪfɪʃɪˈælətɪ] *n.* (*pl.* **-ties**) ⓊU人為[人工化]的事物; 不自然, 做作; ⓒC虛假的事物.

ar·ti·fi·cial·ly [͵ɑrtəˋfɪʃəlɪ; ͵ɑːtɪˈfɪʃəlɪ] *adv.* 人工地; 人為地; 不自然地, 做作地.

ar·til·ler·y [ɑrˋtɪlərɪ; ɑːˈtɪlərɪ] *n.* ⓊU(集合)

1 大砲(cannons). **2** 《單複數同形》砲兵(隊).

ar·ti·san [ˋɑrtəzn; ͵ɑːtɪˈzæn] *n.* ⓒC工匠(craftsman), 技工.

＊art·ist [ˋɑrtɪst; ˈɑːtɪst] *n.* (*pl.* **~s** [~s; ~s]) ⓒC **1** 藝術家; (特指)畫家. **2** ＝artiste.

3 (某方面的)能手, 高手. an *artist* with words 名作家.

ar·tiste [ɑrˋtist; ɑːˈtiːst] (法語) *n.* ⓒC藝人, 演員, (歌手, 演員, 舞蹈家等).

＊ar·tis·tic [ɑrˋtɪstɪk; ɑːˈtɪstɪk] *adj.* **1** 藝術的, 美術的; 藝術家[美術家]的.

2 藝術性的, 有藝術趣味的; 美的. the *artistic* beauty of the garden 庭園的藝術美感.

3 懂藝術的; 愛好藝術的; 有藝術氣息的. My father is far from *artistic*. 我的父親毫無藝術細胞. ⇨ *n.* art¹, artist.

ar·tis·ti·cal·ly [ɑrˋtɪstɪk!ɪ, ‑ɪklɪ; ɑːˈtɪstɪkəlɪ] *adv.* 美術[藝術]上; 從藝術的角度來看.

art·ist·ry [ˋɑrtɪstrɪ; ˈɑːtɪstrɪ] *n.* ⓊU藝術性; 藝術手法, 藝術技巧.

art·less [ˋɑrtlɪs; ˈɑːtlɪs] *adj.* **1** 不耍手段的; 天真的, (⇔ artful); 自然的, 樸素的.

2 笨拙的, 拙劣的.

art·less·ly [ˋɑrtlɪslɪ; ˈɑːtlɪslɪ] *adv.* 天真地; 純樸地; 笨拙地.

art·less·ness [ˋɑrtlɪsnɪs; ˈɑːtlɪsnɪs] *n.* ⓊU天真; 純樸; 笨拙.

árt muséum *n.* ⓒC美術館.

árts and cráfts *n.* 《作複數》美術工藝.

árt schòol *n.* ⓒC美術學校.

art·y [ˋɑrtɪ; ˈɑːtɪ] *adj.* 《口》《常表輕蔑》裝出藝術家氣質的; 冒充藝術品的.

-ary *suf.* **1** 構成名詞表示「屬於[有關]…的人或物等」. mission*ary*. libr*ary*. **2** 構成形容詞表示「與…有關」. custom*ary*. element*ary*.

Ar·y·an [ˋɛrɪən, ˋær‑, ˋɑr‑, ‑rjən; ˈeərɪən] *adj.* 《舊稱》＝Indo-European.

As 《符號》arsenic.

＊as [強 ˋæz, 弱 əz, z; 強 æz, 弱 əz, z] *adv.* **1** 同樣程度地, 同樣地. I run *as* fast as Jim. 我跑得和吉姆一樣快(★通常用 as...as 的形式, 前面的 as 是副詞, 後面的 as 是連接詞(→ *conj.* 1))/The second sentence was just *as* long (as the first). 第二句也(和第一句)一樣長(語法)連接詞的 as 及其以下的子句有時會省略)/She has twice *as* many CDs as I (口) me). 她CD的數量有我的2倍多/She is *as* beautiful a model as I have ever seen. 她是我見過最漂亮的模特兒(★注意不定冠詞的位置; → a, an ◉; 第2個 as → *pron.* 1)/This is not as sim-

ple a question as it seems. 這個問題並非如表面看來那麼簡單/The new bridge will be *as* long *as* 1.5 km. 新橋預計長 1.5 公里.

2 像…; 例如. P, *as* in 'Paris'. 'Paris' 的 P《接線生拼字時所說的話》/Seaside resorts, *as* Newport, are very crowded in summer. 像紐波特等海濱避暑地, 夏天時都非常擁擠. 〔語法〕兩個以上的項目並列時, 不僅用 as, 通常用 such as (→ such 的片語)作爲引導.

3 (名詞+as+過去分詞[形容詞]的形式)…時的, 作爲…的. Mr. Smith, *as* I knew him, was a modest man. 就我所知, 史密斯先生是個謙遜的人/The island *as seen* from above resembles a pear in shape. 這座島嶼從空中俯瞰形狀像個梨子.

— *conj.* 〖同樣的〗 **1** **(a)** (用 as...as 的形式)與…同樣程度地, 幾乎一樣地. He is now almost as tall as his father (is). 他現在幾乎和他的父親一樣高(★前面的 as 是副詞(→ *adv.* 1), 後面的 as 是連接詞)/My son is now as tall *as* I [me]. 我兒子現在和我一樣高(〔語法〕*as* I. 是 ...*as* I am. 的縮略, 因此用 me 是不合文法的, 但在〔口〕中常用)/He loves you as much as I (do). 他和我一樣地愛你(〔語法〕這一句的 I 如用 me, 就變成 ...as much as he loves me. 意爲「他愛你如同愛我一樣」)/It's as deep *as* it is wide. 它的深度和寬度一樣(★相異概念的比較)/I saw him as recently *as* last week. 我上星期才剛與他見過面/Jane is not so [as] tall *as* Mary. 珍沒有瑪莉那麼高(〔語法〕否定句中前面的 as 有時可以用 so 來代替); 但是, 前面的 as 若有修飾語時則多用 as: She isn't *nearly* as wise as she pretends to be. (她遠不及外表裝出來的那樣聰明)). **(b)** (用 as) **A** 像 **B** 那麼地, A 非常地, (★用於加強語氣之直喻法; 常押頭韻; → 表). (as) bold *as* brass 臉皮非常厚/(as) cool *as* a cucumber 非常沈著/(as) poor *as* a church mouse 極爲貧窮.

2 〖如同〗如同; 那樣, 以…方式; 像…一樣(→片語 as it is). Do *as* you like. 照你的意思去做/John stayed at home *as* he was told. 約翰依照吩咐留在家裡/Arnold teaches us to see the object *as* it really is. 亞諾敎我們看事物的眞實面.

〖與其同樣地>如此程度地〗 **3** 由於, 因爲, (= because ●). *As* I was sleepy, I went to bed. 因爲我很睏, 所以就上床睡覺(★相同之意亦可用 Sleepy *as* I was....).

4 雖然…, 儘管…, (though). He was happy, poor *as* he was (= though he was poor). 他雖然窮, 但是很快樂/Patient *as* he was (= Though he was patient), he had no intention of waiting for three hours. 他雖然很有耐性, 但是並不打算等上三小時/Look *as* I might, nowhere could I find my lost watch. 但有怎麼屬密也找不到遺失的手錶. 〔語法〕如上例, 表示讓步意義的子句其詞序與普通句子中的不同; 但這樣的詞序有時亦用於 *conj.* 3 的意思: Michael, fool *as* he was, flatly refused the kind offer. (麥可眞是個儍瓜, 斷然拒絕了別人的好意); as 前面的單數名詞不加冠詞.

5 〖如此之前〗《參看 so 的片語》

(a) (so...as *to* do 的形式)如此…以致; 從而…. **(b)** (so...as *to* do 的形式)爲了…, 以便….

〖同時〗 **6** 當…的時; 在…的同時, 隨著…. It started to rain just *as* we got there. 我們一到那裡就開始下雨了(→ just *as*... (just 的片語))/He whistled *as* he went along. 他邊走邊吹口哨/*As* time went on, our hopes sank. 隨著時間過去, 我們的希望也愈渺茫了.

〖同樣的關係〗 **7** 按…的比例; 和…是同樣關係. 2 is to 3 *as* 8 is to 12. = *As* 2 is to 3, (so) 8 is to 12. 2:3 = 8:12《2比3等於8比12》/*As* the summer has come, so it will go. 夏天雖然來了, (同樣地)不久還是會過去的(同樣地 as...so... 搭配使用是較生硬的說法. as 前面加上 just 形成 Just *as*..., so.... 的用法則較爲普遍.

8 〖主要用於慣用表現〗限於…. *as* I see it 就我所見/He is the best man for the job, *as* it seems. 看來他似乎是這份工作最適合的人選.

— *pron.* 〖關係代名詞〗 **1** 〖限制用法〗和…一樣的; …的(加強語氣); (★與 such, the same, as 連用; → such, same). She is *such* an innocent girl *as* I have never met. 我從未見過像她這樣純眞的女孩(★ as 可視爲 met 的受詞)/This is *the same* bag *as* I lost. 我丟掉的包包就跟這個一樣(→ the same *A* as *B* (same 的片語))/We admitted as many men *as* came. 來多少人我們都容納得下(★ as 可視爲此一子句的主詞).

2 〖非限制用法〗雖如此…, 和…一樣. That would be impossible, *as* I have already explained to you. 正如我向你解釋過的, 那是不可能的(★ as 承接前面的整個子句)/*As* is usual, Bob came to school late this morning. 跟往常一樣, 鮑伯今天早上上學又遲到了(★ as 承接 Bob... 的整個子句)/*As* appears from this essay, he is well versed in French literature. 從這篇論文可明顯看出他精通法國文學(★ As *it* appears.... 的 as 爲 *conj.*)/The Indian, *as* he seemed to be, smiled at me. 那個看起來像印度人的人對著我微笑/She's a harpist, *as* was her mother. 她跟她的母親一樣, 也是位豎琴演奏家.

— *prep.* **1** 作爲…. He used his umbrella *as* a weapon. 他把傘當作武器使用/She is also famous *as* an essayist. 她以寫散文著稱/appear *as* Shylock 飾夏洛克一角/Mr. Smith acted as chairman. 史密斯先生擔任主席(〔語法〕接 as 的名詞若爲獨屬一人的職務名稱時, 通常不加冠詞)/his image *as* a strong leader 他的強勢領導形象/Jane was dressed *as* a man. 珍裝扮成一名男子.

2 (用動詞+受詞+as 片語)當作, 視爲. Everybody regards him *as* honest [a genius]. 大家都認爲他很誠實[是個天才]/She doesn't strike me *as* efficient. 她不認爲我有能力.

3 …時. *As* a boy (= When I was a boy), I lived with my grandparents. 我小時候和祖父母一起住.

as abóve 如上，如上述.

as agáinst... 與…相對(的)，與…相比(的). One thousand students entered this year, *as against* eight hundred last year. 與去年的八百名學生相比，今年入學的學生有一千名.

as...as → *adv.* 1, *conj.* 1.

●——(as) A as (a) B 的慣用語

(1)as (a) B 加強 A(形容詞)的意思.

(2)重音爲(as) Ă as (a) B̆.

(3)前面的 as 有時省略.

　(a)A 和 B 字首子音相同的慣用語

　(as) bold as brass　厚顏無恥的

　(as) busy as a bee　極其忙碌的

　(as) cool as a cucumber　十分鎮靜的

　(as) dead as a doornail　(確實無疑地)死了的

　(as) mad as a March hare　瘋了的

　(b)除了(a)以外的慣用語

　(as) black as pitch　漆黑的

　(as) blind as a mole　完全瞎了的

　(as) drunk as a lord　爛醉如泥的

　(as) dry as a bone　乾透了的

　(as) mad as a hatter　完全瘋狂的

　(as) plain as day　明明白白的

　(as) sober as a judge　非常清醒的

---

as...as ány A 不比任何…差，最…. Tom is *as* tall *as any* other boy in the class. 湯姆是班上最高的男孩(<比任一其他男孩都高).

* *as...as póssible* [*one cán*] 盡可能地. The child shouted for help *as* loudly *as possible* [he *could*]. 那孩子拼命地大喊救命/He tried to earn *as* much *as* he could. 他儘可能學習.

as fár as... → far 的片語.

* *às for...* 至於，關於. *As for* me, I'm not interested in such things. 至於我，我對這種事沒興趣/He seems to be a good fellow. But *as for* employing him, that's another matter. 他似乎是個好人，但至於是否要雇用他則又另當別論. 語法多用於提出與正在談的事有關的新話題，通常置於句首.

às from... 自[特定日期]起(用於公文等等). The law will be effective *as from* April 1. 這項法律自4月1日起生效.

* *as íf... = as thòugh...* 好像…一樣(語法as if [as though]所引導的子句通常爲假設語氣過去(完成)式). He talks *as if* he knew everything. 他說得好像他無所不知似的/They sat *as though* charmed by the music. 他們好像被音樂迷住般地坐著/*As if* you didn't know! 一副好像你不知道的樣子!/*as if* by magic 好像著了魔似的/It *looks as if* our candidate will win. 看來我們的候選人好像會獲勝(語法在 look as if... = seem that... 後面通常用直述語氣).

as ís (口)(舊物品等)保持原樣，不加修整.

* *as it ís* (1)(置於句尾)就這樣，照實際的樣子，照現在的樣子；和現在相同的(人，物等). Leave it *as it is*. 就讓它這樣吧!/I have more than enough work *as it is*. 我現在這樣的工作就已經太多了/England *as she is*. 英國即是如此. ★it is 也可換成 she is, they are 等. (2)(用於句子、子句的開頭，也可插在中間)(與想像不同地)事實上，實際上；按現狀. *As it is,* prices are going up every week. (和預料相反地)實際上物價每週都在上漲/We are doing a little better than we were, but, *as it is,* we still can't afford to buy a house. 我們的生活比過去好一些，但事實上，我們還是買不起房子.

as it wás 照當時的情況，事實上，當時實際上，((as it is (2))的過去式)).

* *as it wére* 可以說是，好比是，(so to speak). I acted as his bodyguard *as it were*. 我的一舉一動就好比是他的保鑣.

as lóng as... → long 的片語.

as múch → much *adj.* 的片語.

às of... (1)在[特定日期]時地[的]. the city's population *as of* Jan. 1, 1991 1991年1月1日時該城市的人口. (2)(美)= as from....

as sóon as... → soon 的片語.

as súch → such 的片語.

as thòugh...= as if....

* *às to...* (1)(用於句首)= as for.... (2)就…而言，關於，(about). We are in agreement *as to* the essential points. 我們就基本要點達成協議/We aren't sure (*as to*) who will speak first. 我們不清楚誰會先說(★*as to* who [what, etc.]... 中as to 可省略). (3)根據…. classify precious stones *as to* weight 根據重量將寶石分類.

as wéll (as...) → well¹ 的片語.

as yét → yet 的片語.

it ìsn't as íf [thòugh]... 並不是因爲…，又不是…. Why doesn't he come? *It isn't as if* he had no time. 他爲甚麼不來? 又不是沒有時間.

sò as to dó → so 的片語.

sò...as to dó → so 的片語.

a.s.a.p. (亦發音爲 [ˋesæp; ˈeɪsæp]) (略) as soon as possible.

as·bes·tos [æsˋbɛstəs, æz-; æsˈbestɒs] *n.* ⓤ 石綿.

* **as·cend** [əˋsɛnd; əˈsend] *v.* ~**s** [~z; ~z]; ~**ed** [~ɪd; ~ɪd]; ~**ing** (文章) *vi.* **1** 上升，登上. The airplane *ascended* into the clouds. 飛機升入雲中. **2** [道路]上坡；[地位等]提高. The mountain path *ascends* sharply to a peak. 山徑陡峭地通往山頂/Mr. Robson has *ascended* to a vice-presidency. 羅勃森先生已擢升爲副總裁.

— *vt.* 上[樓梯，山等]；登；(→ climb, mount 同). *ascend* the throne 登基.

⬦ *n.* ascent. ↔ descend.

as·cend·an·cy, as·cend·en·cy [əˋsɛndənsɪ; əˈsendənsɪ] *n.* ⓤ 優勢；支配權. Mr. Hill soon gained the *ascendancy* over his rivals. 希爾先生很快就贏過對手，取得優勢.

as·cen·sion [əˈsɛnʃən; əˈsenʃn] *n.* Ⓤ **1** 上升.
2 (the Ascension)耶穌升天.

[Ascension]

Ascénsion Dāy *n.* 耶穌升天節(Easter 後第
40 天的星期四).

as·cent [əˈsɛnt; əˈsent] *n.* Ⓒ **1** 上升; 登(山),
攀登; (階級等的)晉升. a rocket's *ascent* 火箭升
空/The party made a successful *ascent* of Mt.
Everest. 登山隊成功地登上聖母峰.
2 上坡路; 坡度. a gentle [steep] *ascent* 緩和的
[陡峭的]上坡路/an *ascent* of 15° 15 度的坡度.
⇨ *v.* ascend. ↔ descent.

＊as·cer·tain [ˌæsɚˈten; ˌæsəˈtein] *vt.* (~s [~z;
~z]; ~ed [~d; ~d]; ~ing) (文章)確定(事實等),
查明, 弄清楚…; 句型3 (ascertain *that* 子句/*wh*
子句)查明某事/對…加以確認. We will first
ascertain the cause of the disaster. 我們首要查
明災難的原因/It was *ascertained that* he had
nothing to do with the matter. 已經查明他與此事
無關/*Ascertain whether* they are safe or not. 弄
清楚他們是否安全.

as·cer·tain·a·ble [ˌæsɚˈtenəbl; ˌæsəˈteinəbl]
adj. (事實, 情報等)可查明的, 可弄清楚的.

as·cet·ic [əˈsɛtɪk; əˈsetik] *adj.* 苦行(者)的; 禁
慾主義的.
— *n.* Ⓒ 苦行者, 苦修者; 禁慾主義者.

as·cet·i·cal·ly [əˈsɛtɪkḷɪ, -ɪklɪ; əˈsetikəli] *adv.*
禁慾地.

as·cet·i·cism [əˈsɛtəˌsɪzəm; əˈsetisizəm]
Ⓤ苦修生活; 禁慾主義; 刻苦的生
活.

As·cot [ˈæskət; ˈæskət] *n.*
1 阿斯科特賽馬(每年 6 月在英格
蘭中部的 Berkshire 的 Ascot Heath
舉行).
2 Ⓒ (美)(ascot)阿斯科特領帶
(領巾式寬領帶).

[ascot]

as·crib·a·ble [əˈskraɪbəbl;
əˈskraibəbl] *adj.* 可歸因於…的((to)), 可歸於…的

((to)). All these errors are *ascribable* to lack of
teamwork. 所有這些錯誤皆可歸因於缺乏團隊精神.

as·cribe [əˈskraɪb; əˈskraib] *vt.* 把…的原因歸於
…(attribute); 把(性質, 行為, 作品等)歸於…;
((to))((常用被動語態)). What do you *ascribe* your
good health *to*? 你認爲你身體健康的原因是甚麼
呢?/The poem is usually *ascribed to* Coleridge.
一般認爲這首詩是柯立芝寫的.

ASEAN [ˈæsɪən; ˈæsiən] (略) Association of
South East Asian Nations (東南亞國家協會; 簡
稱東協).

a·sep·tic [əˈsɛptɪk, e-, æ-; ˌeiˈseptik] *adj.* 〔傷
口, 紗布等〕無菌的, 殺菌的.

a·sex·u·al [eˈsɛkʃʊəl, ə-, æ-; ˌeiˈsekʃuəl] *adj.*
《生物》無性的. *asexual* reproduction 無性生殖.

‡ash¹ [æʃ; æʃ] *n.* (*pl.* ~es [~ɪz; ~ɪz]) **1** Ⓤ亦用
(ashes)灰; 菸灰. Don't drop cigarette
ash on the carpet. 不要讓菸灰掉在地毯上/Clean
the *ashes* out of the fireplace. 把壁爐裡的灰燼清
理乾淨/The stately palace was reduced to *ashes*.
那座富麗的宮殿已化爲灰燼.
2 (ashes) (焚化後的)骨灰. ⇨ *adj.* ashen.

ash² [æʃ; æʃ] *n.* **1** Ⓒ《植物》梣樹(即白蠟樹).
2 Ⓤ梣木(硬而有彈性, 可製造雪橇或球棒).

‡a·shamed [əˈʃemd; əˈʃeimd] *adj.* 《敍述》羞恥
的, 慚愧的, ((of; for; that 子句)).
You should be *ashamed* of yourself [your
behavior]. 你應該爲自己[自己的行爲]感到羞恥/I
feel *ashamed* of having lost my temper. 我爲自
己發脾氣感到慚愧/He is *ashamed that* he has
failed again. 他很慚愧自己又失敗了/His mother
felt *ashamed* for him. 他的母親爲他感到可恥.
be ashámed to dó (1)恥於…. I'm *ashamed to*
ask you such a silly question. 我不好意思問你這
麼一個愚蠢的問題. (2)因羞恥而不想…. Our firm
is about to go bankrupt, I'm *ashamed to* say. 我
們公司快破產了, 這件事我眞是羞於啓齒.

a·sham·ed·ly [əˈʃemɪdlɪ; əˈʃeimidlɪ] (★注意發
音) *adv.* 羞恥地, 慚愧地.

ash·en [ˈæʃən; ˈæʃn] *adj.* 〔顏色等〕灰色的, 蒼白
的(pale); 灰的.

＊a·shore [əˈʃor, əˈʃɔr; əˈʃɔː(r)] *adv.* 在[向]海濱,
在[向]岸邊; 在[向]陸地. The ship ran *ashore*.
船在岸邊擱淺/The crew went *ashore*. 船員們上岸
了/When he left the navy, he found it hard to
adjust to life *ashore*. 他從海軍退役以後, 發現自
己很難適應陸地生活(★海上生活是 life afloat).

ash·tray [ˈæʃˌtre; ˈæʃtrei] *n.* (*pl.* ~s) Ⓒ菸灰
缸.

Āsh Wédnesday *n.* 《天主教》聖灰星期三
(四旬齋(Lent)的第一天).

ash·y [ˈæʃɪ; ˈæʃi] *adj.* **1** 灰的; 滿是灰的. **2** 灰色的.

‡A·sia [ˈeʒə, ˈeʃə; ˈeiʃə] *n.* 亞洲, 亞細亞. *Asia*
is roughly four times the size of Eu-
rope. 亞洲大約是歐洲的四倍大.

Ā·sia Mī·nor *n.* 小亞細亞(黑海和地中海之間的半島，占土耳其的大部分)。

***A·sian** [`eʒən, `eʃən; `eiʒən, `eiʃən] *adj.* 亞洲的；亞洲人的。 — *n.* ⓒ 亞洲人。

A·si·at·ic [͵eʒɪ`ætɪk, ͵eʃɪ-; ͵eiʒɪ`ætɪk] *adj., n.* = Asian. ★一般多用 Asian。

‡**a·side** [ə`said; ə`said] *adv.* 在[向]旁邊；離開地；除去地。 Ann stepped *aside* to make way for an old woman. 安退到旁邊讓路給老太太/I laid my lighter *aside* and now I can't find it. 我把我的打火機放在一旁，現在找不到了/Joking *aside*, what do you think of his latest doings? 別開玩笑了，你覺得他最近的作爲如何？

asìde fròm... 《美》= apart from... (2) (apart 的片語)。

pùt/.../asìde → put 的片語。

tàke...asìde (爲了兩人單獨談話)把…帶到一旁。

— *n.* ⓒ (戲劇)旁白；(不讓周圍的人聽見的)悄悄話。

字源 SIDE「邊，側」；a*side*，be*side* (在…旁邊)，in*side* (在…內側)。

as·i·nine [`æsn͵ain; `æsinain] *adj.* 愚笨的，愚蠢的；頑固的(⟨ass¹⟩)。

‡**ask** [æsk; ɑ:sk] *v.* (~s [~s; ~s], ~ed [~t; ~t], ~ing) *vt.* 【求】 **1** 【請求回答】(a)問…，打聽；詢問(人)(*about* 關於…)；句型3 (ask *wh* 子句，片語)問…，打聽；(→ inquire回)。 I'd like to *ask* a question. 我想問一個問題/The teacher *asked* me *about* my brother. 老師問我有關哥哥的事/Ask who it is, please. 請問一下是誰/Let's *ask* if he's arrived. 我們去問一下他到了沒有/ask how to operate a personal computer 詢問個人電腦的操作方法/"Are you hungry?" *asked* the leader. 「大家餓了嗎？」隊長問道。(b) 句型4 (ask **A B**)、句型3 (as **B** of **A**)向 A 問[打聽]B。 The visitor *asked* the class a question. 訪客問了班上學生一個問題/I have an important question to *ask* you. 我有一個重要問題想問你/He *asked* the same question *of* many people. 《文章》他問許多人同一個問題(語法這種句型限用於 B 是 question 的情況；例如 Ask him his name. (請問他大名)不能說成 Ask his name of him.)/The same question was also *asked of* me. 《文章》我也被問了相同的問題/You'd better *ask* your son what he really wants. 你最好問問你兒子他真正想要的是甚麼/He *asked* me my opinion. 他徵求我的意見(被動語態爲 I was *asked* my opinion.)。 **2** 【求人】(a)請求(人)。 Why didn't you *ask* me? I'm always ready to help you. 你爲甚麼不來找我？我隨時都可以幫助你。 回較 request 更普遍的用語；→ request。 (b) 句型4 (ask **A B**)、句型3 (ask **A** *for* **B**/**B** *of* [*from*] **A**)向 A 請求[央求] B。 *ask* Kate *for* a date 約凱特去約會/Nobody *asked* me *for* advice. 沒有人來向我請教/May I *ask* you a favor

[a favor *of* you]? 我可以拜託你一件事嗎?/I *asked* him permission [permission *from* him]. 我徵求他的許可。 (c) 句型5 (ask **A** *to* do)求 A 做…。 Let's *ask* Frank *to* sing a song. 我們請法蘭克唱首歌吧!/I was *asked to* baby-sit for them. 我受託照顧他們的孩子。 (d) 句型3 (ask *to* do)請求准許…。 The maid *asked to* go home. 女僕請求回家。 (e) 句型3 (ask *that* 子句)請求…，要求…。 The young man *asked that* he (should) be allowed to see his fiancée. 那年輕人請求允許他去看他的未婚妻(語法此句亦可作 The young man *asked to* be allowed to see his fiancée.；→ 2 (d))。

3 (a)要求，想要，(某物)。 Do you know what you're *asking*? 你知道你要求的是甚麼東西嗎？ (b)索求[要求](價款)。 句型4 (ask **A B**)向 A 索求[要求]B；(*for* 作爲…的代價)。 Pay the gardener whatever he *asks*. 不論園丁要求多少都照付給他/Dan *asked* me $1,000 *for* his old car. 丹向我出價一千美元買他那輛舊車。

4 【邀請出席】(a)招待，邀請，(人)(invite)；邀約(人)(參加會議，用餐等)。 I'm not going, because I wasn't *asked*. 我不去，因爲我沒有被邀請/Mary *asked* me *over* for dinner. 瑪莉請我過去吃晚飯。 (b) 句型5 (ask **A** *to* do)邀請 A 做…。 I *asked* Anne to come to tea. 我請安來喝茶。

— *vi.* **1** 詢問(*about* 關於…)；詢問場所(*for*)。 If you don't know, *ask*. 不知道就要問/The workers came to *ask about* their pay raises. 工人們來詢問有關他們加薪的事/*ask for* the city hall 詢問市政府在哪裡。

2 要求，請求，(*for*)。 *ask for* help [advice] 請求幫助[建議]/*ask for* a pay raise 要求加薪/She is as good an English teacher as we could *ask for*. 她是我們求之不得的好英文老師/*Ask*, and it shall be given you. 要求，才會被給予《源自新約聖經》。

3 求見(*for*)。 There's a man at the door *asking for* Daddy. 門外有一個人要找爸爸。

***ásk àfter...** 向(人)問安；問起(人的健康)。 He *asked after* you [your health] yesterday. 他昨天問起你的健康情形。

ásk for it 《口》= ask for trouble.

àsk for tróuble → trouble 的片語。

àsk/.../óut 邀請…(用餐等)，邀約。 I've been *asked out* to a dance by the boy next door. 我受隔壁男孩的邀參加舞會。

àsk tòo múch (*of* [*from*] a person) (對人)要求過多[提出無理的要求]；(對人)要高價。

Dòn't àsk mé! 《口》(別問我>)我怎麼會知道！

if you àsk mé 《口》我認爲。 He's too short-tempered to make a good teacher, *if you ask me*. 我認爲他的脾氣太暴躁，不會是個好老師。

●──在《美》發音爲[æ; æ]，《英》發音爲[ɑ; ɑ:]。若 a 後面接[s; s](1)，[f; f](2)，[θ; θ](3)，[m; m]+子音(4)，或[n; n]+子音(5)而重音在 a 的

字.
(1)ask   basket   fast   pass   task
(2)after   half   staff
(3)bath   path
(4)example   sample
(5)advance   dance   command

a·skance [ə`skæns; ə'skæns] *adv.* 側目地(僅用
於下列片語).
  lòok askánce at... 用懷疑[責難, 不快]的眼光看
  〔人, 物〕.

a·skew [ə`skju, ə`skɪu; ə'skju:] *adv.* 歪斜地; 彎
曲地. — *adj.* 〔敘述〕歪斜的; 彎曲的. Her hat
was *askew*. 她的帽子歪了.

ask·ing [`æskɪŋ; 'ɑ:skɪŋ] *n.* ⓊR請求; 拜託.
It's yours for the *asking*. 如經索取即可擁有.

ásking prìce *n.* ⓒ索價, 開價.

a·slant [ə`slænt; ə'slɑ:nt] *adv.* 傾斜地. The
rain was falling *aslant*. 雨斜斜地下著.

✱a·sleep [ə`slip; ə'sli:p] *adj.* 〔敘述〕**1** 睡著的
(↔ awake; → a- *pref.* 1). be fast
[sound] *asleep* 熟睡/I'm not really *asleep*, just
dozing. 我沒有真的睡著, 只是在打盹/The pupil
was half *asleep* in class. 那位學生上課時半睡半醒
著. 匦囹作限定用法時用 sleeping, 如 a sleeping
lion (睡著的獅子).
  2 〔手臂, 腳等〕麻木的(numb). My foot's *asleep*
again! 我的腳又麻了!
  ✱ **fàll asléep** 睡著; 〔委婉〕長眠, 死亡. He *fell
asleep* at the wheel and had an accident. 他開車
時打瞌睡而發生事故.

asp [æsp; æsp] *n.* ⓒ產於非洲北部的毒蛇(據說
Cleopatra 用這種蛇緊纏住自己自殺).

as·par·a·gus [ə`spærəgəs; ə'spærəgəs] *n.*
Ⓤⓒ蘆筍(嫩莖供食用; 百合科多年生草本植物).

✱as·pect [`æspɛkt; 'æspekt] *n.* (*pl.* ~s [~s;
~s]) **1** ⓒ(事態, 問題等的)**方面, 角
度**; (對情勢, 問題等的)觀點. consider a ques-
tion in all its *aspects* 通盤考慮問題/Things took
on an entirely new *aspect*. 事情呈現出全新的面
貌.
  2 ⓒ(建築物等的)方向, 方位. As the house has
a southern *aspect*, it is very sunny. 因為那棟房子
朝南, 所以陽光充足.
  3 Ⓤⓒ〔雅〕(人, 物的)樣子, 外觀, (appear-
ance); 容貌, 表情. He was a man of cheerful
aspect. 他是個看起來很快活的人.
  匧圂 SPECT「看」: aspect, inspect (詳細調查),
respect (尊重), spectacle (光景).

as·pen [`æspɪn, -pən; 'æspən] *n.* ⓒ白楊(楊柳科
落葉喬木; 起微風時樹葉會顫動; trembling pop-
lar).

as·per·i·ty [æs`pɛrətɪ, ə`spɛr-; æ'sperətɪ] *n.*
〔文章〕Ⓤ **1** (態度, 語氣等的)粗魯, 尖酸刻薄.
speak with *asperity* 以粗魯的口氣說話.
  2 (氣候, 環境等的)嚴酷, 困苦.

as·per·sion [ə`spɝʒən, -ʃən; ə'spɜ:ʃn] *n.* Ⓤⓒ
〔文章〕中傷, 誹謗. cast *aspersions* on a person

誹謗某人.

✱as·phalt [`æsfɔlt, -fælt; 'æsfælt] *n.* Ⓤ柏油,
瀝青. an *asphalt* road 柏油路.

as·phyx·i·ate [æs`fɪksɪˌet; əs'fɪksɪeɪt] *v.* 〔文
章〕*vt.* 使〔人〕窒息(而死). — *vi.* 窒息(而死).

as·phyx·i·a·tion [æsˌfɪksɪ`eʃən, ˌæsfɪksɪ-;
əsˌfɪksɪ'eɪʃn] *n.* Ⓤ〔文章〕窒息, 昏死狀態.

as·pic [`æspɪk; 'æspɪk] *n.* Ⓤ肉[魚]凍(一種菜
肴; 用肉, 魚混合蔬果等製成的冷食).

as·pi·dis·tra [ˌæspɪ`dɪstrə; ˌæspɪ'dɪstrə] *n.* ⓒ
〔植物〕蜘蛛抱蛋(其盆栽常置於室內的窗邊等處).

as·pir·ant [ə`spaɪrənt, `æspərənt; ə'spaɪərənt]
n. ⓒ〔文章〕渴望(高地位, 榮譽等)的人.

as·pi·rate [`æspəˌret; 'æspəreɪt] *vt.* 以送氣音
發 [h]的音, 發氣音; 發 'h'(字母)的音(與 hour 中
'h' 不發音的情形成對比).
  — [`æspərɪt, `æsprɪt; 'æspərət] *n.* ⓒ [h] 音;
送氣音(如 [`pepə; 'peɪpə(r)] 的第一個 [p; p] 即為送
氣音).

as·pi·ra·tion [ˌæspə`reʃən; ˌæspə'reɪʃn] *n.*
Ⓤⓒ野心, 渴望, (*for, after, to* 對於…); 宏願
(*to do* 成為…). his *aspiration for* [*after*] mili-
tary fame 他想揚名軍中的野心/He has the *aspi-
ration* to be an outstanding surgeon. 他有雄心想
要成為一位傑出的外科醫生. ⇨ *v.* aspire.

✱as·pire [ə`spaɪr; ə'spaɪə(r)] *vi.* (~s [~z; ~z]; ~d
[~d; ~d]; -**pir·ing** [`paɪrɪŋ; -'paɪərɪŋ]) 熱望, 懷有
雄心, (*to, after* 得到…); 渴望(*to do* 成為…).
aspire after wealth 渴望致富/He *aspired* to the
position of [*to become*] Prime Minister. 他渴望
成為首相. ⇨ *n.* aspiration.

✱as·pi·rin [`æspərɪn, -prɪn; 'æspərɪn] *n.* (*pl.* ~s
[~z; ~z]) Ⓤ阿斯匹靈(鎮痛解熱劑); ⓒ阿斯匹靈
藥片. I took two *aspirins* for my headache. 我
因為頭痛吃了兩片阿斯匹靈.

✱ass¹ [æs, ɑs; æs, ɑ:s] *n.* (*pl.* ~**es** [~ɪz; ~ɪz]) ⓒ
1 驢. 參匫(1)在童話故事中用來指頑固者, 笨蛋,
(2)donkey 是被人飼育的 ass; 兩者常當同義字使
用.
  2 傻瓜. Don't be an *ass*! 別傻了!/Harry made
an *ass* of himself at the party. 哈利在宴會上大出
洋相.

ass² [æs; æs] *n.* ⓒ〔美, 鄙〕屁股; 肛門; (〔英〕
arse).

as·sail [ə`sel; ə'seɪl] *vt.* 〔文章〕猛烈攻擊; 使極其
苦惱[困擾]. They *assailed* the new teacher *with*
questions. 他們以問題猛攻這位新老師/We were
all *assailed with* [*by*] fears. 我們都受恐懼之苦.
囘 和 attack 比較, assail 反覆攻擊的意思較強.

as·sail·ant [ə`selənt; ə'seɪlənt] *n.* ⓒ攻擊者;
加害者.

as·sas·sin [ə`sæsɪn; ə'sæsɪn] *n.* ⓒ暗殺者, 刺
客.

as·sas·si·nate [ə`sæsɪˌet; ə'sæsɪneɪt] *vt.* 暗
殺(→ kill 囘).

as·sas·si·na·tion [əˌsæsɪ`neʃən; əˌsæsɪ'neɪʃn]

n. [UC]暗殺.

as·sault [ə`sɔlt; ə'sɔ:lt] *n.* [UC] **1** 猛烈攻擊, 強攻; (比喩)挑戰; 《*on*, *against* 對於…》. take [carry] the capital *by assault* 強行攻占首都/The army made an *assault* on [*against*] the enemy headquarters. 軍隊猛烈攻擊敵軍司令部/make an *assault on* the highest peak 向最高峰挑戰. 回和 attack 比較, assault 更有突然以暴力攻擊的意思. **2** (委婉)強姦(rape).
—— *vt.* (猛烈)攻擊, 突襲; 對…施暴. The guardsman was *assaulted* by a robber. 該警衛遭強盜襲擊.
assáult and báttery 《法律》暴行《欲加以攻擊時爲 assault, 實際碰觸對方身體則爲 battery, 但通常合起來說》.

as·say [ə`se, `æse; ə'seɪ] *n.* (*pl.* ~s) [UC] (礦石等成分的)分析, 化驗.
—— [ə`se; ə'seɪ] *vt.* (~s; ~ed; ~ing) 化驗, 分析, (礦石, 合金等).

as·se·gai [`æsə,gaɪ; 'æsəɡaɪ] *n.* [C] (南部非洲土著的)鏢槍, 長矛, (細柄, 尖端爲鐵製).

as·sem·blage [ə`sɛmblɪdʒ; ə'semblɪdʒ] *n.* **1** [C] (人, 物的)聚集, 集合. **2** [U]匯集, 收集. **3** [U] (機械等的)裝配.

＊as·sem·ble [ə`sɛmbl; ə'sembl] *v.* (~s [~z; ~z]; ~d [~d; ~d]; -bling) *vt.* **1** 集合(人, 物). The president *assembled* his advisers for a conference. 董事長召集他的顧問開會/The police *assembled* a lot of evidence against him. 警方蒐集了很多不利於他的證據/We're leaving soon, so *assemble* all your baggage. 我們就快要出發了, 所以把你所有的行李都收拾好.
回assemble 是指物, 人, 資料等因一定目的而集中起來, 或將之加以收集; → gather.
2 (把零件等集合起來)裝配. *assemble* a piece of furniture from a kit 將零組件裝配成一件家具.
—— *vi.* (人)聚集, 集合.
⋄ *n.* assembly, assemblage.

as·sem·blies [ə`sɛmblɪz; ə'semblɪz] *n.* assembly 的複數.

as·sem·bling [ə`sɛmblɪŋ; ə'semblɪŋ] *v.* assemble 的現在分詞, 動名詞.

＊as·sem·bly [ə`sɛmblɪ; ə'semblɪ] *n.* (*pl.* -blies) **1** [C] (爲了特殊目的的)集會, 會合; [U] (許多人的)聚集, 集合; (→ meeting 回). The *assembly* consisted of people concerned about human rights. 這場集會是由關心人權的人士所組成.
2 [C]議會, 立法機構; 《美》(the *A*ssembly) 州衆議院. **3** [U] (機械零件的)組裝, 裝配.
⋄ *v.* assemble.

assémbly line *n.* [C] (工廠的)裝配線, 生產線.

as·sem·bly·man [ə`sɛmblɪmən, -,mæn; ə'semblɪmən] *n.* (*pl.* -men [-mən, -,mɛn; -mən])

[C] 《美》議員; (*A*ssemblyman)州議會的下院議員.

as·sent [ə`sɛnt; ə'sent] *vi.* 《文章》 **1** 同意, 贊成, (agree), 《*to* [提案等]》; 答應(*to* [要求等]). I *assented* to your demands unwillingly. 我勉強同意你的要求. **2** 同意(*to* do去…).
—— *n.* [U]同意, 贊成; 承諾. She gave her *assent* to the match. 她同意結婚了. ↔ dissent.
by còmmon assént 一致贊成地(無異議通過時亦常用).
with one assént 一致通過地.

＊as·sert [ə`sɝt; ə'sɜ:t] *vt.* (~s [~s; ~s]; ~ed [~ɪd; ~ɪd]; ~ing) **1** 斷言…; 句型3 (assert *that* 子句)斷定…; 句型5 (assert **A** *to be* **B**)斷言 A 是 B. *assert* a person's innocence 斷言某人是清白的/The counsel *asserted* the accused *to be* innocent [*that* the accused was innocent]. 辯護律師宣稱被告是淸白的.
2 主張, 堅持, (權利等). I *assert* my right to a fair trial. 我堅持接受公平審判的權利.
⋄ *n.* assertion.
assért onesélf (1)強力表示自己的權威[意見等], 堅持己見; 出鋒頭. You should *assert yourself* at a meeting. 你應該在會議上堅持己見. (2)(用 assert itself)淸楚地顯現, 發跡. You feel well now, but in a week or two the disease will *assert itself*. 你現在覺得很好, 但過一兩個星期這種疾病的症狀就會顯現出來.

as·ser·tion [ə`sɝʃən; ə'sɜ:ʃn] *n.* **1** [U]主張; 斷言. **2** [C]主張, 斷言; 聲明. He repeated his *assertion* that he was in the right. 他重申他是對的.

as·ser·tive [ə`sɝtɪv; ə'sɜ:tɪv] *adj.* 斷定的; 堅持己見的, 固執己見的; 獨斷的.

as·ser·tive·ly [ə`sɝtɪvlɪ; ə'sɜ:tɪvlɪ] *adv.* 斷定地.

as·ser·tive·ness [ə`sɝtɪvnɪs; ə'sɜ:tɪvnɪs] *n.* [U]堅持己見; 獨斷.

as·sess [ə`sɛs; ə'ses] *vt.* **1** (爲了課稅)估定, 評定, (財產, 收入). The deceased's fortune was *assessed* at fifty million dollars. 死者的財產估定爲五千萬美元.
2 核定, 確定, (稅金或罰款等的金額)《*at*》; 課(稅等). *assess* a fine *on* a person 對某人處以罰金.
3 (泛指)評估(價值, 能力等).

as·sess·ment [ə`sɛsmənt; ə'sesmənt] *n.* **1** [U] (財產, 收入等的)估價, 估定; (稅額等的)核定. **2** [C]估價額, 估定額; 稅額. **3** [C] (對事態等的)意見, 判斷.

as·ses·sor [ə`sɛsɚ; ə'sesə(r)] *n.* [C] **1** (資產, 收入等的)估稅員. **2** (法官的)顧問, 助理; (委員會的)顧問.

as·set [`æsɛt; 'æset] *n.* [C] **1** (asset*s*) (相對於負債的)(全部)資產, assets, *assets* and liabilities 資產與負債/personal *assets* 動產/real *assets* 不動產.
2 寶貴的資產[技能], 長處(advantage). a cultural *asset* 文化資產/The singer's soft voice is his best *asset*. 柔和的嗓音是這位歌手最大的長處.

as·sev·er·ate [ə`sɛvə,ret; ə'sevəreɪt] *vt.* 《文

章)極力主張，[句型3] (asseverate *that* 子句)誓言….

as·sev·er·a·tion [ə͵sɛvəˈreʃən; ə͵sevəˈreɪʃn] *n.* UC《文章》誓言，斷言.

as·si·du·i·ty [͵æsəˈdjuətɪ, -ˈdɪu-, -ˈdu-; ͵æsɪˈdjuːɪtɪ] *n.* (*pl.* **-ties**)《文章》**1** U勤奮，勤勉. **2** (assiduit*ies*)殷勤的照顧，細心的關懷.

as·sid·u·ous [əˈsɪdʒʊəs; əˈsɪdjʊəs] *adj.*《文章》
1 勤勉的，不懈怠的.
2 周到的.

as·sid·u·ous·ly [əˈsɪdʒʊəslɪ; əˈsɪdjʊəslɪ] *adv.* 勤勉地.

***as·sign** [əˈsaɪn; əˈsaɪn] *vt.* (**~s** [~z; ~z]; **~ed** [~d; ~d]; **~ing**) **1** 分配，分派; [句型4] (assign **A** **B**)、[句型3] (assign **B** *to* **A**)把 A 分配給 B; 指派 B(工作)給 A. We were each *assigned* a small room. 我們每個人分配到一個小房間/The teacher *assigned* some homework *to* the pupils. 老師指定了一些家庭作業給學生.
2 指定，決定，〔時間，地點等〕. We *assigned* a day *for* the next meeting. 我們決定了下次開會的日子.
3 (a) [句型4] (assign **A** **B**)、[句型3] (assign **B** *to* **A**)任命 B(工作等)給 A. The president *assigned* me this job [*assigned* this job *to* me]. 董事長任命我(去執行)這個工作. (b) [句型5] (assign **A** *to* do)命令 A 去做…，選任. I was *assigned* *to* do the dishes. 我被派去洗碟子. (c) [句型3] (assign **A** *to* **B**)派 A 就任 B(工作). They *assigned* me *to* a new job. 他們派我就任新職.
4 把…歸因於(*to*). What do you *assign* this failure *to*? 你認為這次失敗的原因爲何?
5《法律》[句型4] (assign **A** **B**)、[句型3] (assign **B** *to* **A**)把 B 讓渡給 A.

as·sign·a·ble [əˈsaɪnəbl; əˈsaɪnəbl] *adj.* **1** 可分配的.
2 可歸因於…的(*to*).

as·sig·na·tion [͵æsɪgˈneʃən; ͵æsɪgˈneɪʃn] *n.* C《文章》約會; (與情人的)幽會.

***as·sign·ment** [əˈsaɪnmənt; əˈsaɪnmənt] *n.* (*pl.* **~s** [~s; ~s]) **1** C(被分派的)工作(job); 任務(task). My *assignment* was to obtain the necessary money. 我的工作是籌措需要的款項.
2 C《美》(主要指大學的)作業. The prof gives us an *assignment* every month. 教授每個月給我們一項作業.
3 U(被)分派; 任命; (日期，地點的)指定.
4 U《法律》轉讓.

***as·sim·i·late** [əˈsɪml͵et; əˈsɪmɪleɪt] *v.* (**~s** [~s; ~s]; **-lat·ed** [~ɪd; ~ɪd]; **-lat·ing**) *vt.* 【拉攏】
1 同化〔其他民族等〕. America has *assimilated* millions of immigrants. 美國已同化了好幾百萬的移民.
2 消化吸收〔食物等〕(digest).
3 吸收，(真正)理解〔知識等〕. He *assimilated* all he was taught. 他吸收了所有別人教他的東西.
— *vi.* 吸收消化; 同化(*to, into*).

as·sim·i·la·tion [ə͵sɪmlˈeʃən; ə͵sɪmɪˈleɪʃn] *n.* U消化; 同化(作用).

***as·sist** [əˈsɪst; əˈsɪst] *v.* (**~s** [~s; ~s]; **~ed** [~ɪd; ~ɪd]; **~ing**) *vt.* **1** 幫助，援助，〔人〕; 促進〔事情的進行等〕. She *assisted* her brother *with* his homework. 她幫弟弟做家庭作業/The medicine *assisted* his recovery. 這種藥促進他的恢復. 同和 help 相比，assist 是較正式的用語; 指並非迫切需要援助時的輔助性援助.
2 [句型3] (assist **A** *in* doing)、[句型5] (assist **A** *to* do)幫助 A 做…. She *assisted* her husband *in* writing [*to* write] the book. 她幫助丈夫寫那本書.
— *vi.* 協助. Sam *assisted* *in* paying back his friend's debt. 山姆協助他的朋友還債.
⇨ *n.* assistance.
— *n.* C《美》**1** 幫助. **2**《球賽》助攻(協助隊友得分的球員); (棒球)助殺.
[字源] SIST「站立」: assist (站在旁邊)，consist (構成)，insist (堅持)，exist (存在).

***as·sis·tance** [əˈsɪstəns; əˈsɪstəns] *n.* U幫助，援助. May I be of any *assistance*? 我能幫甚麼忙嗎?(男子對有困難的陌生女子等說的話)/They came to our *assistance*. 他們來幫我們的忙.
[搭配] *adj.*＋assistance: economic ~ (經濟援助)，financial ~ (財政援助) // *v.*＋assistance: ask for ~ (請求援助)，provide ~ (提供援助)，receive ~ (接受援助).
⇨ *v.* assist.

***as·sis·tant** [əˈsɪstənt; əˈsɪstənt] *n.* (*pl.* **~s** [~s; ~s]) C **1** 助手，助理，(略作 asst.). **2**《英》店員(shop assistant).
— *adj.* 輔助的，副的，助理的. an *assistant* manager 副理/an *assistant* professor (美)助理教授，an *assistant* lecturer (英)助理講師，(→ professor表).

***as·so·ci·ate** [əˈsoʃɪ͵et; əˈsəʊʃɪeɪt] (★與 *n.*, *adj.* 的發音不同) *v.* (**~s** [~s; ~s]; **-at·ed** [~ɪd; ~ɪd]; **-at·ing**) *vt.* 【 結合 】(常用被動語態) **1** 聯想，與…聯想在一起，(*with*). We *associate* Paris *with* high fashion. 一提到巴黎我們就聯想到最新的流行/Green is *associated with* grass. 綠使人聯想到草.
2 使…聯合; 使有關係; (*with*). He's *associated with* his uncle in business. 他和他的伯父合夥做生意/He has been *associated with* the institute for nearly thirty years. 他和那個機構有近三十年的關係.
— *vi.* **1** 交往，交際，(*with*). I don't *associate with* that kind of person. 我不和那種人交往.
2 合併，結合，聯合，(*with*). *associate with* a Japanese company 和日本的公司合作.
⇨ *n.* association. ↔ dissociate.
assóciate one*sélf with*... 與…聯合; 與…有關係. He *associated himself with* Mr. Jones in foreign trade. 他和瓊斯先生合夥從事對外貿易.
— [-ʃɪɪt, -͵et; -ʃɪət] *n.* (*pl.* **~s** [~s; ~s]) C **1** 夥伴，同事; (犯罪等的)同夥; 合夥經營者. This is

Mr. Brown, a business *associate* of mine. 這位是布朗先生，我的生意夥伴。**2** 準會員．

— [-ʃɪt, -ˌet; -ʃɪət] *adj.* 準…，副…，an *associate* editor 副主編/an *associate* professor 《美》副教授 (→ professor 表)．

字源 SOCI「夥伴」：as*soci*ate, *soci*ety (社會)，*soci*al (社會的)，*soci*alism (社會主義)．

Assōciated Press *n.* (加 the) (美國的)聯合通訊社，美聯社，(略作 AP)．

as·so·ci·a·ting [əˈsoʃɪˌetɪŋ; əˈsəʊʃɪeɪtɪŋ] *v.* associate 的現在分詞、動名詞．

*as·so·ci·a·tion [əˌsosɪˈeʃən, əˌsoʃɪˈ-; əˌsəʊsɪˈeɪʃən] *n.* (pl. ~s [~z; ~z]) **1** ⓒ 協會，團體．the Young Men's Christian *Association* → Y.M.C.A. 同 與 society 相比，association 的成員關係較鬆散且目的廣泛．

2 ⓊＵ聯合；共同；關聯；交往．He is working *in association* with several other scholars. 他正和其他幾位學者共同從事研究/My *association* with him did not last long. 我和他的交往沒有維持很久．

3 ⓊＵ聯想；ⓒ 被聯想的事物．I first met my wife at Tainan, so the place has pleasant *associations* for me. 我在臺南初識我的妻子，因此這個地方會給我愉快的聯想．⇨ *v.* associate.

assōciation fóotball *n.* ⓊＵ(英)足球 (soccer; → football 圖)．

as·sort·ed [əˈsɔrtɪd; əˈsɔːtɪd] *adj.* 什錦的；各色齊全的．a box of *assorted* chocolates 一盒什錦巧克力．

as·sort·ment [əˈsɔrtmənt; əˈsɔːtmənt] *n.* ⓒ 各類具備之物．an *assortment* of cookies 什錦餅乾．

asst. (略) assistant.

as·suage [əˈswedʒ; əˈsweɪdʒ] *vt.* (文章)減輕(痛苦，悲傷等)；充(飢)，解(渴)．

*as·sume [əˈsum, əˈsɪum, əˈsjum; əˈsjuːm] *vt.* (~s [~z; ~z]; ~d [~d; ~d]; -sum·ing) 【取】**1** (視為事實)假定，認為；句型3 (assume *that* 子句)假定，認為當然是…；句型5 (assume **A** (*to be*) **B**)把 A 想成[假定為，推想為]B，We *assume* his honesty. = We *assume* that he is honest. = We *assume* him (*to be*) honest. 我們認為他是誠實的/*Assuming that* he is telling the truth, what should we do? 假定他說的是真話，我們該怎麼辦？

2 (接受)接受(任務等)；就任(職位等)．*assume* office 就職/He *assumed* the management of the hotel. 他接管那家旅館．

3 (強取)奪取(權力等)；強佔．They *assumed* power by means of revolution. 他們藉由革命奪取權力．

4 (外觀表現出)表現出(態度，樣子)；穿上(衣服)，養成(習慣等)．The problem is beginning to *assume* a very different aspect. 這個問題開始呈現出截然不同的風貌了．

5 (採取偽裝的態度)假裝…，裝作…，(pretend)．

assume an air of ignorance 裝作不知情．⇨ *n.* assumption.

字源 SUME「取」：as*sume*, re*sume* (再開始)，pre*sume* (假定)，con*sume* (耗盡)．

as·sumed [əˈsumd, əˈsɪumd, əˈsjumd; əˈsjuːmd] *adj.* **1** 假定的，推斷的．

2 假裝的，裝出來的，假的．an *assumed* name 化名/an *assumed* voice 假聲．

as·sum·ing [əˈsumɪŋ, əˈsɪumɪŋ, əˈsjumɪŋ; əˈsjuːmɪŋ] *adj.* 愛出鋒頭的；僭越的，傲慢的．

*as·sump·tion [əˈsʌmpʃən; əˈsʌmpʃn] *n.* (pl. ~s [~z; ~z]) ＵⒸ **1** 假定；臆測．a mere *assumption* 僅屬臆測/He bought the ring on the *assumption* that she would accept his proposal. 他買了這枚戒指，猜想她會接受他的求婚．

2 採取(某種態度)；就任(任務等)；(權力等)的奪取．Hitler's *assumption* of power 希特勒的奪取政權．**3** 假裝．She put on an *assumption* of ignorance. 她假裝一無所知．⇨ *v.* assume.

*as·sur·ance [əˈʃurəns; əˈʃʊərəns] *n.* (pl. -anc·es [~ɪz; ~ɪz]) **1** ⓒ 保證，擔保．I give you [You have] my *assurance that* we mean you no harm. 我向你保證，我們不會傷害你的/In spite of my repeated *assurances*, he refused to trust me. 儘管我一再保證，他仍不肯信任我．

2 ⓊＵ自信；穩重；確信(confidence)．speak *with assurance* 自信地說/The young singer lacked *assurance* on stage. 這位年輕歌手在舞臺上不夠有自信/He has *assurance* of their loyalty. 他確信他們的忠誠．

3 ⓊＵ(英)保險(insurance)．⇨ *v.* assure.

*as·sure [əˈʃur; əˈʃʊə(r)] *vt.* (~s [~z; ~z]; ~d [~d; ~d]; -sur·ing [əˈʃurɪŋ; əˈʃʊərɪŋ]) **1** 向(人)保證，擔保；句型3 (assure **A** *of* **B**)、句型4 (assure **A** *that* 子句)向 A 保證 B/向 A 保證…，確實．I (can) *assure* you. 我(可以)向你保證/I can *assure* you of his honesty. = I can *assure* you *that* he is honest. 我可以向你保證他是誠實的．

2 使(人)安心；使…相信(確信)；句型3 (assure **A** *of* **B**)、句型4 (assure **A** *that* 子句)使 A 確信 B/使 A 相信(確信)…．*assure* a frightened boy 使受驚嚇的男孩安心/I *assured* myself *of* the truth of the rumor. 我確定那傳聞是真的/You may be *assured* that you are not being followed. 你可以放心，你沒有被人跟蹤．

3 確保，保證，(成功等)；使(地位等)穩固．

4 (英)給…保險(insure)．⇨ *n.* assurance.

字源 SURE「安心的」：as*sure*, in*sure* (保險)，*sure* (確信)，en*sure* (保證)．

as·sured [əˈʃurd; əˈʃʊəd] *adj.* **1** 有保證的，確實的(→ sure 同)．an *assured* income 確實的收入．

2 自信的(confident)．an *assured* manner 鎮靜自若的態度．

as·sur·ed·ly [əˈʃurɪdlɪ; əˈʃʊərɪdlɪ] (★注意發音) *adv.* **1** 確實地，毫無疑問地．**2** 自信地．

As·syr·i·a [əˈsɪrɪə; əˈsɪrɪə] *n.* 亞述(位於西亞底格里斯河流域的古王國)．

As·syr·i·an [əˈsɪrɪən; əˈsɪrɪən] *adj.* 亞述的；亞

述人[語]的. — n. C 亞述人; U 亞述語.

as·ter [ˈæstɚ; ˈæstə(r)] n. C 紫菀(菊科紫菀屬植物的總稱; 紫菀, 雞冠腸, 翠菊等); 紫菀花.

as·ter·isk [ˈæstə,rɪsk; ˈæstərɪsk] n. C 星標, 星號, (＊).
— vt. 在[字, 句等]加上星號(語言學研究多於文獻中無法確認的推定原始發音處加上星號, 文法則多在不合規則的誤謬字形或句子加注星號).

a·stern [əˈstɝn; əˈstɜːn] adv. 《海事》在[向]船尾; 向後方.

as·ter·oid [ˈæstə,rɔɪd; ˈæstərɔɪd] n. C 《天文》小行星(散布在火星和木星的軌道間; → solar system 圖).

asth·ma [ˈæzmə, ˈæsmə; ˈæsmə] n. U 《醫學》氣喘.

asth·mat·ic [æzˈmætɪk, æs-; æsˈmætɪk] adj. 氣喘的. — n. C 氣喘病患者.

as·tig·mat·ic [ˌæstɪgˈmætɪk; ˌætɪgˈmætɪk] adj. 〖人〗散光的, 亂視的.

a·stig·ma·tism [əˈstɪgmə,tɪzəm; əˈstɪgmətɪzəm] n. U 散光, 亂視.

a·stir [əˈstɝ; əˈstɜː(r)] adj. 《敘述》(不睡而)起來的, 動起來的; 嘈雜起來的. The whole family was *astir* before dawn. 全家人在天亮前便起床了/ The square was *astir with* protesters. 廣場由於抗議的人而騷動起來.

as·ton·ish [əˈstɑnɪʃ; əˈstɒnɪʃ] vt. (~es [~ɪz; ~ɪz]; ~ed [~t; ~t]; ~ing) 使(大爲)驚訝, 使訝異, (常用被動態). with an *astonished* look 帶著訝異的表情/I was *astonished at* the news. 這消息令我大吃一驚/I was *astonished to* hear what had happened. 我聽到發生的事大爲吃驚/I am *astonished that* you should say such a thing. 我很驚訝你會說出這種話來.
圐 astonish 比 surprise, amaze 的語氣強烈, 但程度則不及 astound. ⇨ n. **astonishment.**

as·ton·ish·ing [əˈstɑnɪʃɪŋ; əˈstɒnɪʃɪŋ] adj. 令人驚訝的, 驚人的. The result was *astonishing.* 結果很令人驚訝/She has made *astonishing* progress in English recently. 最近她在英語方面有驚人的進步.

as·ton·ish·ing·ly [əˈstɑnɪʃɪŋlɪ; əˈstɒnɪʃɪŋlɪ] adv. 令人驚訝地, 驚人地.

as·ton·ish·ment [əˈstɑnɪʃmənt; əˈstɒnɪʃmənt] n. U (非常的)驚訝, 嚇一跳. He stared at her in [with] *astonishment.* 他驚訝地看著她/The news filled me with *astonishment.* 這消息使我驚訝不已. ⇨ v. **astonish.**
to a pèrson's astónishment 使某人驚訝的是. Much *to* my *astonishment*, the magician disappeared. 令我大吃一驚的是, 那魔術師不見了.

as·tound [əˈstaʊnd; əˈstaʊnd] vt. 使震驚(常用被動態). I was *astounded at* the news of his death. 聽到他的噩耗, 我十分震驚.
圐 astound 比 astonish 的語氣強烈.

as·tra·khan [ˈæstrəkən; ˌæstrəˈkæn] n. 小羊皮(俄羅斯南部 Astrakhan 地方原產的羔羊

皮).

as·tral [ˈæstrəl; ˈæstrəl] adj. 星星的, 星形的; 由星星發出的.

a·stray [əˈstre; əˈstreɪ] adj. 《敘述》脫離正軌的, 迷路的, 墮落的.
圐法 若爲限定用法則用 stray, 例如 a stray child (迷路的孩子).
— adv. 迷路地; 墮落地. We went *astray* in the woods. 我們在森林中迷路了.

a·stride [əˈstraɪd; əˈstraɪd] adv. (跨)在…上; 兩腿張開著地. ride *astride* 騎馬.
— prep. (跨)在…上. sit *astride* a horse 騎在馬上.

as·trin·gen·cy [əˈstrɪndʒənsɪ; əˈstrɪndʒənsɪ] n. U 收斂性(使皮膚或血管收縮的性質); 嚴厲.

as·trin·gent [əˈstrɪndʒənt; əˈstrɪndʒənt] adj. 收斂性的; 嚴厲的, 尖銳的, 〔批評等〕.
— n. UC 收斂劑.

[astride]

astro- (構成複合字)表示「星辰, 天體」的意思.

as·trol·o·ger [əˈstrɑlədʒɚ; əˈstrɒlədʒə(r)] n. C 占星家, 占星術士.

as·tro·log·i·cal [ˌæstrəˈlɑdʒɪk]; ˌæstrəˈlɒdʒɪkl] adj. 占星術的, 占星的.

*★**as·trol·o·gy** [əˈstrɑlədʒɪ; əˈstrɒlədʒɪ] n. U 占星術(astronomy 的前身), 占星.

as·tro·naut [ˈæstrə,nɔt; ˈæstrənɔːt] n. C 太空飛行員; 太空人. (→ cosmonaut, oceanaut).

as·tron·o·mer [əˈstrɑnəmɚ; əˈstrɒnəmə(r)] n. C 天文學家.

as·tro·nom·i·cal [ˌæstrəˈnɑmɪk]; ˌæstrəˈnɒmɪkl] adj. **1** 天文(學)的. an *astronomical* observatory 天文臺/an *astronomical* telescope 天文望遠鏡.
2 《口》天文學的; 異常龐大的〔金額等〕.

*★**as·tron·o·my** [əˈstrɑnəmɪ; əˈstrɒnəmɪ] n. U 天文學. 注意 勿與 astrology 混淆.

as·tro·phys·ics [ˌæstroˈfɪzɪks; ˌæstrəʊˈfɪzɪks] n. (作單數)天體物理學.

as·tute [əˈstjut, -ˈstut, -ˈstut; əˈstjuːt] adj. 機敏的; 敏銳的; 精明的.

as·tute·ly [əˈstjutlɪ, -ˈstɪutlɪ, -ˈstutlɪ; əˈstjuːtlɪ] adv. 敏銳地; 精明地.

as·tute·ness [əˈstjutnɪs, -ˈstɪut-, -ˈstut-; əˈstjuːtnɪs] n. U 敏銳; 精明.

a·sun·der [əˈsʌndɚ; əˈsʌndə(r)] adv. 《雅》**1** 散亂地; 成兩半地; (apart). break *asunder* 裂成兩半, 碎裂/The cabin was torn *asunder* by the storm. 小木屋被暴風雨吹破得七零八落.

2 (兩個以上的東西)分離地；隔開地．Their views are poles *asunder*. 他們的見解有天壤之別.

a·sym·met·ric, a·sym·met·ri·cal [ˌesɪˈmɛtrɪk, ˌæ-; ˌeɪsɪˈmetrɪk], [-k], [-kl] *adj.* 非對稱的.

a·sy·lum [əˈsaɪləm; əˈsaɪləm] *n.* **1** [C] 收容所，救濟設施；《古》精神病院(mental hospital).

2 [U] (給與)逃亡者的保護. ask for political *asylum* 請求政治庇護.

at [強 ˈæt, ˌæt, 弱 ət, ɪt; 強 æt, 弱 ət] (用於對照等強調或位於句尾時發強音[æt]) *prep.*

〖 在某一地點〗 **1** (a)【在某場所，位置】在…，於…. Someone is *at* the door. 有人在門口(注意 Someone is *by* the door. 僅表示有人碰巧在門旁)/meet a person *at* a station 在火車站接人/stay at Jim's in Boston 待在位於波士頓的吉姆家中/Is your father *at* home? 你父親在家嗎?/My uncle lives at 5 Oxford Street. 我伯父住在牛津街5號/The boy is *at* the head of the class. 那男孩是全班之冠/Open your book *at* 《英》[《美》*to*] page 20. 把書翻到第20頁/meet a girl *at* a dance 在舞會上認識一位女孩/be *at* a funeral 參加葬禮/at college [(the) university] 就讀大學/She was three years *at* Oxford. 她在牛津(大學)待了三年《以學生身分；若表示停留、居住時用 in Oxford》/teach ethics *at* Harvard 在哈佛大學教倫理學/He is a kind man *at* heart. 他本性善良/My pants tore *at* the seam. 我的褲子綻線了(<由縫線處綻開). (b)【做爲起點】從…，look in *at* an open door 從開著的門窺視/Let's begin *at* page ten. 我們從第10頁開始.

(c)【做爲終點】到…. He arrived *at* the station in time. 他及時到達車站/arrive *at* a conclusion 達成結論.

★ 有關與 in 的相異點 → in 的 ◉ 場所與介系詞.

〖 在某一時刻〗 **2** (a)在…；從…；在…時. The meeting began *at* nine o'clock. 會議9點鐘開始/at dawn 在黎明時/at birth 誕生時/at Christmas 在聖誕節時/at the beginning of April 4月初(注意 in the beginning of April 爲「4月上旬」之意).

語法 at 在時間上用於表示特定的某一時刻等；on 用於日、一星期的七天或特定日子的上午(morning)、下午(afternoon)等: on Monday morning (星期一) /on the morning of April 1st (4月1日的早上[上午]); in 用於上午或下午，以及月或年等較長的時間: in the morning (在早晨，在上午). (b)在…(歲時). *at* (the age of) sixty 60歲時/at his age 在他的歲數.

〖 數量尺度的某一點〗 **3** (a)以…；付出…；以…的比例. I bought a camera *at* a low price. 我以低價買了一臺照相機/The car was racing along *at* 100 miles an hour. 汽車以一百英里的時速疾駛著. (b)《與接有 a, an 或 one 的名詞連用》以一次的…. *at* a bound 以一跳/at a blow 以一擊.

〖 瞄準某一點〗 **4** (a)【當作目標】朝…，以…爲目標. aim *at* a target 瞄準目標/level one's gun *at* 用槍瞄準…/laugh *at* you (嘲)笑你/The boy threw a stone *at* the dog. 那男孩向狗扔了一塊石頭(注意 to 和 dog 指扔給正在等食物的狗: He threw a piece of bread *to* the dog. (給狗))/He shot *at* the bird. 他向鳥射擊(注意 不用 at 而作 He shot the bird. 時，意爲事實上已將鳥擊斃)/What is he driving *at*? 他想說甚麼呢?

(b)【作爲目的】朝向…；嘗試…，catch *at* a rope 向繩子抓去/Guess *at* the price. 試猜價格/sip *at* wine 試喝一點葡萄酒.

〖 從事某一種活動〗 **5** (a)從事於，正忙於；參與…. He is *at* work on a new invention. 他正忙於一項新發明/I like to see children *at* play. 我喜歡看孩子們玩遊戲/The children are *at* school [church]. 孩子們在學校讀書[在教堂做禮拜]/at table (→ table 的片語)/They're *at* dinner right now. 他們此時正在用餐/What are you *at* now? 你現在從事甚麼工作?/work *at* a thesis 忙於論文.

(b)【在…方面(好，不好等). My son is good *at* mathematics. 我兒子擅長數學/be bad [poor] *at* drawing 不大會畫畫/an expert *at* finding misprints 發現排印錯誤的高手.

〖 在某一種狀態〗 **6** (a)在…(的狀態). He is never *at* rest. 他從不休息/We are *at* war with that country. 我們與那個國家處於交戰狀態/at liberty → liberty 的片語/at (one's) ease → ease 的片語/at a loss → loss 的片語. (b) (at one's+形容詞的最高級) The tulips are *at* their best now. 鬱金香現在開得最好.

〖 以活動爲由〗 **7** 由於…，因爲…，一見到[聽到]…. The entire mechanism is activated *at* a touch. 整個機械裝置一觸即動/The girl fainted *at* the sight of the snake. 這女孩一見到蛇就昏倒了/She is angry *at* his remark. 她對他的評論感到氣憤/I accompanied him *at* his request. 我應他的要求與他同行/laugh *at* the thought of it 一想到就好笑. 語法 surprise, amaze, astonish 等表示驚訝的字多使用過去分詞的型態. 至於此類過去分詞具有強烈的形容詞特性，如 I was *surprised at* the news. (我對那消息感到吃驚)時則使用 at. 但若是動詞的意義較強，被動語態的特性鮮明時，則不用 at 而由 by: I was *surprised by* how much older he had become. (我驚訝於他變得如此蒼老). amuse, delight 等表示高興的字亦同.

àt ít 一直在工作，在從事(活動等)，不斷在(吵架等). I've been *at it* since morning. 我從早上就一直在做.

at thát (1)按原樣；就那樣. We left it *at that*. 我們就讓它那個樣子. (2)而且，加上；不僅如此. He was beaten, and by a mere beginner *at that*. 他被打敗了，而且還是敗給一個新手. (3)結果；一見到[聽到]此.

at thís 這樣一來；一見到[聽到]這個. *At this* he turned pale. 一見到[聽到]這個，他的臉色變得蒼白.

a·tchoo [əˋtʃu; əˈtʃuː] *interj.* 《美》哈啾《打噴嚏的聲音; 《英》atishoo》.

ate [et; et] *v.* eat 的過去式.

-ate *suf.* **1** 構成「有很多…」之意的形容詞. passion*ate*. **2** 構成表示職務的名詞. magistr*ate*. **3** 構成「使成為…, 成為…」之意的動詞. humili*ate*.

at·el·ier [ˋætlˏje; əˈtelɪeɪ] 《法語》 [C] 畫室; (藝術家的)工作室, 工作坊.

a·the·ism [ˋeθɪˏɪzəm; ˈeɪθɪɪzəm] *n.* [U] 無神論.

a·the·ist [ˋeθɪɪst; ˈeɪθɪɪst] *n.* [C] 無神論者.

a·the·is·tic [ˏeθɪˋɪstɪk; ˏeɪθɪˈɪstɪk] *adj.* 無神論(者)的.

A·the·na, A·the·ne [əˋθinə; əˈθiːnə], [əˋθini; əˈθiːniː] *n.* 《希臘神話》雅典娜《司智慧、藝術、戰爭等的女神; 羅馬神話的 Minerva》.

A·the·ni·an [əˋθinɪən; əˈθiːnɪən] *adj.* 雅典(Athens)的. — *n.* [C] 雅典人.

Ath·ens [ˋæθɪnz, -ənz; ˈæθɪnz] *n.* 雅典《希臘首都; 古希臘文明的中心》.

ath·lete [ˋæθlit; ˈæθliːt] *n.* (*pl.* ~s [~s; ~s]) [C] 運動選手; 運動家, 運動員.

áthlete's fóot *n.* [U] (生於足部的)香港腳, 足癬.

ath·let·ic [æθˋlɛtɪk; æθˈletɪk] *adj.* **1** 比賽的, 運動的; 體育的; 運動用的. an *athletic* meeting [meet] 運動會. **2** 運動員的; 強壯的. *Athletic* boys are popular with girls in American schools. 在美國學校中男運動員很受女孩子歡迎.

ath·let·ics [æθˋlɛtɪks; æθˈletɪks] *n.* **1** (通常作複數)(各種的)運動比賽; 《英》陸上運動比賽. **2** (作單數)體育技巧, 體育實踐.

a·thwart [əˋθwɔrt; əˈθwɔːt] *prep.* (傾斜地)橫越.

-ation *suf.* 構成表示「行為, 狀態, 結果等」之意的名詞. oper*ation*. plant*ation*.

a·tish·oo [əˋtɪʃu; əˈtɪʃuː] *interj.* 《英》=atchoo.

At·lan·ta [ətˋlæntə, æt-; ətˈlæntə] *n.* 亞特蘭大《美國 Georgia 首府》.

At·lan·tic [ətˋlæntɪk; ətˈlæntɪk] *n.* (加 the) 大西洋(the Atlantic Ocean). — *adj.* 大西洋的, 大西洋沿岸的. an *Atlantic* liner 大西洋航線定期船/the *Atlantic* States 美國大西洋沿岸各州, 東部各州.

Atlàntic Ócean *n.* (加 the) 大西洋. Charles Lindbergh made the first solo flight across the *Atlantic Ocean* in 1927. 林白在1927年首次成功地單獨飛越大西洋.

At·las [ˋætləs; ˈætləs] *n.* 《希臘神話》亞特拉斯《力大無比的巨人, 用肩頂天》.

at·las [ˋætləs; ˈætləs] *n.* (*pl.* ~es [~ɪz; ~ɪz]) [C] 地圖集《一張張地圖(map)彙集成的書》.

〔字源〕 源於過去的地圖集常用 Atlas 像作為卷首插圖.

[Atlas]

---

‡at·mos·phere [ˋætməsˏfɪr; ˈætməˏsfɪə(r)] *n.* (*pl.* ~s [~z; ~z]) **1** [C] (加 the) 大氣, 大氣層. The *atmosphere* becomes thinner as you climb higher. 爬得愈高空氣愈稀薄. **2** [C] (特定場所的)空氣. the refreshing mountain *atmosphere* 新鮮的山間空氣/We must purify the political *atmosphere*. 我們必須淨化政壇風氣. **3** [UC] 氣氛; 周圍情況. I felt a tense *atmosphere* as soon as I entered the room. 我一進房間就感覺到一股緊張的氣氛/The two novels differ widely in *atmosphere*. 這兩部小說在氣氛上大不相同.

[搭配] *adj.*+atmosphere: a formal ~ (拘謹的氣氛), a relaxed ~ (輕鬆的氣氛), a friendly ~ (友善的氣氛), a hostile ~ (敵對的氣氛), an unpleasant ~ (不愉快的氣氛).

♢ *adj.* atmospheric.

at·mos·pher·ic [ˏætməsˋfɛrɪk; ˏætməsˈferɪk] *adj.* 《限定》大氣的, 大氣中的. an *atmospheric* current 氣流/*atmospheric* pollution 大氣污染.

ātmospheric préssure *n.* [U] 氣壓.

at·mos·pher·ics [ˏætməsˋfɛrɪks; ˏætməsˈferɪks] *n.* (作複數)(收音機等的)雜音(由於電波干擾).

at·oll [ˋætɔl, əˋtɔl; ˈætɒl] *n.* [C] 環礁, 環珊瑚礁島, 《由其所圍成的水域為 lagoon》.

‡at·om [ˋætəm; ˈætəm] *n.* (*pl.* ~s [~z; ~z]) [C] **1** 《物理》原子(→ molecule). **2** 微小分子; 《與否定字連用》絲毫也(不), 一點也(不…). smash [break] a thing to *atoms* 把東西砸得粉碎/There's not an *atom* of truth in that! 那沒有一丁點是真的! ♢ *adj.* atomic.

átom bómb *n.* =atomic bomb.

‡a·tom·ic [əˋtɑmɪk, æ-; əˈtɒmɪk] *adj.* **1** 原子的, 有關原子的. *atomic* fission (原子)核分裂/*atomic* fusion (原子)核融合. **2** 原子能的, 使用原子能[原子彈]的. *atomic* power 原子能/an *atomic* power plant [station] 核能發電廠/*atomic* weapons 核武. ♢ *n.* atom.

atómic áge *n.* [C] (加 the)原子能時代.

atómic bómb *n.* [C] 原子彈(atom bomb, 亦作 A-bomb).

atómic énergy *n.* [U] 原子能.

atómic númber *n.* [C] 原子序.

atómic píle *n.* [C] (早期的)原子爐(現為 nuclear reactor).

atómic wárfare *n.* [U] 原子戰爭.

atómic wéight *n.* [C] 原子量.

at·om·ize [ˋætəmˏaɪz; ˈætəʊmaɪz] *vt.* **1** 使〔液體〕成霧狀, 使〔固體〕成粉末. **2** 使成原子.

at·om·iz·er [ˋætəmˏaɪzɚ; ˈætəʊmaɪzə(r)] *n.* [C] 噴霧器; 香水噴器(→次頁 圖).

a·ton·al [eˋtonḷ, æ-; eɪˈtəʊnl] *adj.* 《音樂》無調的.

a·tone [əˋton; əˈtəun] *vi.* 彌補
〔罪，過失等〕. *atone for* one's
sins 贖罪.

a·tone·ment [əˋtonmənt;
əˈtəunmənt] *n.* **1** Ⓤ補償，贖
罪. He made *atonement for*
his sins. 他為自己贖罪.
2 (the *Atonement*) (基督的)贖
罪(釘在十字架上為人類贖罪).

a·top [əˋtap; əˈtɒp] *prep.* 《雅》
在⋯的頂上.

at·o·py [əˋtapɪ; əˈtɒpɪ] *n.* Ⓤ
《醫學》先天性過敏.

[atomizer]

a·tro·cious [əˋtroʃəs; əˈtrəuʃəs] *adj.* **1** 極兇惡
的，殘忍的，殘暴的. an *atrocious* crime 滔天大
罪. **2** 《口》糟透的，極惡劣的，不像話的. This
meat is *atrocious*. 這肉糟透了/*atrocious* typing 滿
是錯誤的打字.

a·tro·cious·ly [əˋtroʃəslɪ; əˈtrəuʃəslɪ] *adv.* 殘
暴地；《口》實在糟透地.

a·troc·i·ty [əˋtrasətɪ; əˈtrɒsətɪ] *n.* (*pl.* **-ties**)
1 Ⓤ兇惡；殘酷.
2 Ⓒ暴行. Many *atrocities* were committed dur-
ing the war. 戰爭期間犯下了許多暴行.
3 Ⓒ《口》糟透了的東西.

a·tro·phy [ˋætrəfɪ; ˈætrəfɪ] 《醫學》*n.* Ⓤ《營養
不足等引起的)萎縮(症)；發育停頓.
— *vt.* (**-phies, -phied**; ~**ing**)使(肌肉等)萎縮.

✻at·tach [əˋtætʃ; əˈtætʃ] *v.* (~**es** [~ɪz; ~ɪz];
~**ed** [~t; ~t]; ~**ing**) *vt.* 《附 》**1** 使
依附，使固定；貼上；《*to*)(↔ detach). *Attach*
labels *to* all the bags. 將所有的手提袋都貼上標
籤/the belt *attached to* the seat 固定在座位上的
帶子. 回 attach通常用於將小物品附於大物品上，
把部分附於整體上，這一點與 connect 不同.
2 【就工作崗位】使〔人〕附屬；分派；使〔人〕參加;
《*to*). He *attached* himself *to* the Labour Party.
他加入工黨/He is *attached to* the Embassy in
London. 他被派駐到倫敦的大使館.
3 【把心吸引】使〔人〕深愛，使依戀；使〔人〕迷戀;
《*to*)(常用被動語態). I'm *attached to* this house
and don't want to leave it. 我眷戀這間房子不想離
開/She *attached* herself *to* her grandmother. 她
深愛她的祖母.

> 搭配 be+*adv.*+attached: be deeply ~*ed* (深
> 深地依戀), be passionately ~*ed* (熱烈地愛
> 戀), be strongly ~*ed* (強烈地愛戀), be ten-
> derly ~*ed* (溫柔地愛戀).

《附加》**4** 附上〔文件等〕；簽署〔姓名等〕；《*to*). I
attached my signature *to* the document. 我在文
件上簽了名.
5 認為有，賦與，〔意義，價值等〕《*to*). He
attaches great importance *to* this fact. 他非常重
視這一事實.
— *vi.* 《文章》附帶《*to*). No blame *attaches to*

the driver. 這司機並無可責備之處.
↪ *n.* **attachment**.

at·ta·ché [ˌætəˋʃe, əˋtæʃe; əˈtæʃeɪ] 《法語》 *n.*
Ⓒ大使〔公使〕的隨從人員；大使〔公使〕館的館員. a
commercial *attaché* 商務專員.

attaché case [ˌætəˋʃe,kes, əˋtæʃe-;
əˈtæʃɪkeɪs] *n.* Ⓒ《裝文
件用的)小提箱，公文小
提包.

at·tach·ment
[əˋtætʃmənt;
əˈtætʃmənt] *n.* **1** Ⓤ安
裝；附著，附屬.
2 Ⓒ附屬物，配件.
attachments to a vac-
uum cleaner 吸塵器的
附件.
3 Ⓒ金屬扣，裝配器具.
4 ⓊⒸ愛慕，迷戀. He has a great *attachment
to* his dog. 他好愛他的狗. 回 attachment 所指的
感情並沒有 love 或 affection 那麼強烈.
↪ *v.* **attach**.

[attaché case]

✻at·tack [əˋtæk; əˈtæk] *v.* (~**s** [~s; ~s]; ~**ed**
[~t; ~t]; ~**ing**) *vt.* **1** 攻擊，襲擊
(↔ defend). Our army *attacked* the enemy dur-
ing the night. 我軍夜襲敵軍.
2 《用言詞》抨擊，非難. He *attacked* the govern-
ment's policy in his speech. 他在演說中抨擊政府
的政策.
3 〔疾病，害蟲等〕侵害，侵襲. He was *attacked*
by a high fever. 他發高燒.
4 (大力)著手做〔工作等〕. We discussed the best
way to *attack* the problem. 我們討論了解決問題
的最好辦法/He *attacked* the meal as if he hadn't
eaten for a month. 他好像一個月沒吃東西似地狼
吞虎嚥.
— *vi.* 攻擊.
— *n.* (*pl.* ~**s** [~s; ~s]) **1** ⓊⒸ攻擊，襲擊；非
難；《*against, on, upon* 對於⋯)(↔ defense). The
city was under *attack*. 該城遭到襲擊/launch a
surprise *attack* 發動奇襲/We made a sudden
attack on the enemy. 我們對敵人發動突擊.

> 搭配 *adj.*+attack: a decisive ~ (決定勝敗的襲
> 擊), a fierce ~ (激烈的攻擊), a vigorous ~
> (強力的攻擊) // *v.*+attack: repel an ~ (擊退攻
> 擊), resist an ~ (抵抗攻擊).

2 Ⓒ發病，發作. a heart *attack* 心臟病發作/
Mary had a sudden *attack* of homesickness. 瑪莉
突然害了思鄉病.
3 Ⓤ《工作等的)著手.

at·tack·er [əˋtækɚ; əˈtækə(r)] *n.* Ⓒ攻擊者;
《比賽》攻擊手(擔任主要攻擊任務的選手).

✻at·tain [əˋten; əˈteɪn] *vt.* (~**s** [~z; ~z]; ~**ed**
[~d; ~d]; ~**ing**) 《 達到 》**1** (努力)完成，達成;
獲得〔名聲等〕；(achieve). Tom *attained* his goal
by hard work. 湯姆靠努力工作達成目標/Van
Gogh *attained* no fame during his lifetime. 梵谷
生前默默無聞.

2 到達〔場所，年齡等〕(reach). My father has *attained* the advanced age of eighty. 我父親已經高齡八十了.

at·tain·a·ble [ə'tenəb; ə'teɪnəbl] *adj.* 可達到的，可達成的.

at·tain·ment [ə'tenmənt; ə'teɪnmənt] *n.*

1 ⓤ 到達，達成，獲得. the *attainment* of one's purpose 目的之達成/an ambition impossible of *attainment* 不可能達成的雄心壯志.

2 ⓒ (通常 attainments)學識，才能；成就. a woman of varied *attainments* 多才多藝的女子.

at·tempt [ə'tɛmpt; ə'tempt] *vt.* (~s [~s; ~s]; ~ed [~ɪd; ~ɪd]; ~ing) 試圖，企圖，[句型3] (attempt *to* do)試圖做…，努力. *attempt* a difficult task 試圖做一件困難的工作/He *attempted* to stop smoking many times. 他屢次試圖戒菸(但都失敗)/The patient *attempted* to walk but could not do it. 病人試圖走路但無法做到/*attempted* murder 殺人未遂.

◰ attempt 是比 try 更為正式的用語，並含有經嘗試而失敗的意思.

— *n.* ⓒ **1** 試圖，企圖，((to do, at doing; at)) (★多以失敗告終)；未遂((at 〔殺人等〕). She made an *attempt* to study harder. 她試圖用功一點/I failed in my *attempt* at escaping. 我試圖逃走但沒能成功/an *attempt* at murder 殺人未遂.

2 (文章)謀殺的企圖. They made an *attempt on* the Premier's life. 他們企圖謀殺首相.

[搭配] *adj.*+attempt (1-2): a bold ~ (大膽的企圖), a hasty ~ (草率的企圖), a successful ~ (成功的嘗試), a vain ~ (徒勞的嘗試).

at·tend [ə'tɛnd; ə'tend] ~ed [~ɪd; ~ɪd]; ~ing) *vt.* 【加以注意】 **1** (文章) 照料，看護，〔人〕(look after). Who *attends* your baby when you go to work? 你去工作的時候誰照顧你的寶寶呢?/Which doctor is *attending* you? 哪位醫生替你看病?

2 【在身邊照顧】侍candidate候，服侍，〔國王等〕(→ vi. 4). The President is *attended* by several aides. 總統由數位隨從服侍著.

3 【纏住】(文章)(成為結果)伴隨. High fever *attends* malaria. 高燒會伴隨瘧疾而來/Many dangers *attended* his voyage around the world. 他的環球航行中發生了許多危險/Their project was *attended with* [by] unforeseen difficulties. 他們的計畫伴隨了難以預料的困難.

4 出席〔會議，講課等〕，上〔學〕；到〔劇場等〕. *attend* a meeting 出席會議/*attend* school 上學/*attend* church 上教堂/*attend* a play 去看戲/The concert was well *attended*. 這場音樂會聽眾很多.

— *vi.* **1** (文章)注意，留神；傾聽；((to)). Attend to your own business. 別多管閒事(<注意你自己的事吧!)/Please *attend* to what I say. 請注意聽我說的話.

2 致力，專心. You won't succeed unless you *attend* to your work. 除非你專心努力工作，否則是不會成功的.

3 照料，看護，((on, upon 〔病人等〕)；接待((to

〔客人〕)). *attend to* one's sick father 照料生病的父親/Two nurses *attended on* the patient. 由兩位護士照顧這個病人/Are you being *attended to*, madam? 夫人，您需要我的服務嗎?(店員向顧客說的話).

4 (文章)服侍，侍候，((on, upon 〔國王等〕)). The queen was *attended* (*upon*) by several maids. 女王由數名侍女伺候著(〔語法〕如無 upon，則可作 *vt.* 2 的例句).

5 出席((at 〔會議等〕). *attend at* a wedding 出席婚禮/I regret that I will be unable to *attend*. 很抱歉，我無法出席.

⇨ *n.* attention, attendance. *adj.* attentive, attendant.

[字源] TEND「向」: at*tend*, ex*tend*(延伸), *tend*ency(傾向), in*tend*(打算).

* **at·tend·ance** [ə'tɛndəns; ə'tendəns] *n.* (*pl.* -anc·es [~ɪz; ~ɪz]) **1** ⓤ 出席，列席；ⓒ (一次)出席. check [take] *attendance* 點名/Is his *attendance* at school regular? 他都有去上學嗎?/How many *attendances* at class have you made? 你上了多少次課?

2 a ⓤ 出席人數，觀眾人數，(集合)參加者. an *attendance* of 2,000 出席[觀眾]人數二千人/There was a large *attendance* at the party. 出席宴會的人很多.

3 ⓤ 照顧；看護((on, upon)). a doctor in *attendance* 值班醫生/Ann is in *attendance* on her sick mother. 安在照顧她生病的母親.

⇨ *v.* attend.

* **at·tend·ant** [ə'tɛndənt; ə'tendənt] *adj.* **1** 附帶的，伴隨的，((on, upon)). a bankruptcy and its *attendant* panic 破產和隨之而來的恐慌/*attendant* circumstances 附帶狀況.

2 看護的；隨行的. an *attendant* nurse 隨行特別護士/the governess *attendant* on the prince 伴侍王子的女家庭教師.

— *n.* (*pl.* ~s [~s; ~s]) ⓒ **1** (停車場等的)工作人員，接待員；(英)(博物館等的)嚮導. **2** 侍從，隨從. an *attendant* of the queen 女王的侍從. **3** 出席者，與會者.

⇨ *v.* attend.

* **at·ten·tion** [ə'tɛnʃən; ə'tenʃn] *n.* (*pl.* ~s [~z; ~z]) 【注意】 **1** ⓤ 注意，注意力，注目. (Your) *attention*, please! 請注意!(廣播開始廣播時說的話)/Her beautiful dress drew [attracted] my *attention*. 她漂亮的衣服吸引了我的注意力/I would like to call your *attention* to this point. 我希望你注意這一點/direct [turn] one's *attention* to 對注意力投注於…/give more *attention* to 對…更加注意/The summit held the *attention* of the world for several days. 數日來高峰會議吸引了全世界的注意/You must give your full *attention* to your studies. 你必須把全部的注意力集中在功課上.

[shows] a positive *attitude toward* his work. 他對他的工作表現出積極的態度/What is your *attitude to* our policy? 你對我們的政策有何意見?

〖搭配〗 *adj.*+attitude: an aggressive ~ (攻擊的態度), a defiant ~ (挑戰的態度), a firm ~ (堅定的態度), a friendly ~ (友好的態度) // *v.*+attitude: adopt an ~ (採取態度), change one's ~ (改變態度).

2 姿態, 姿勢. in a threatening *attitude* 以威脅的姿態.

✻**at·tor·ney** [əˋtɜnɪ; əˋtəːni] *n.* (*pl.* ~**s** [~z; ~z]) Ⓒ **1** 《美》律師(亦作 attórney at láw; → lawyer 圖). He trusted his defense *attorney*. 他信任他的辯護律師.

2 《法律》代理人.

by attórney 委託代理人(↔ in person).

Attórney Géneral *n.* 司法部長(《美》爲內閣的一員; 《英》非內閣成員之一, 但爲司法的最高負責人).

✻**at·tract** [əˋtrækt; əˋtrækt] *vt.* (~**s** [~s; ~s]; ~**ed** [~ɪd; ~ɪd]; ~**ing**) 〖吸引〗 **1** (物理性的)吸引, 拉引. A magnet *attracts* iron. 磁石吸鐵.

2 【把心吸引】吸引(人的注意等); 誘惑. The boy cried out to *attract* attention. 那男孩大叫以引人注意/I feel *attracted* to him. 我被他吸引了/He was *attracted* by her beauty. 他被她的美貌所吸引. ⇨ *n.* attraction. *adj.* attractive.

〖字源〗 TRACT「引」: at*tract*, ex*tract* (拔取), *tract*or (牽引機), sub*tract* (減去).

✻**at·trac·tion** [əˋtrækʃən; əˋtrækʃin] *n.* (*pl.* ~**s** [~z; ~z]) **1** Ⓤ吸引; (物理)引力; (↔ repulsion). magnetic *attraction* 磁力. **2** Ⓤ吸引力, 魅力. This kind of amusement has no [little] *attraction* for me. 這種娛樂對我完全[幾乎]沒有吸引力/I feel a strong *attraction* to the music of Beethoven. 我覺得貝多芬的音樂對我有一股強烈的魅力.

3 Ⓒ有魅力之處; 吸引人的人[物]; 吸引觀衆的娛樂表演. The chief *attraction* of the show was a dancing bear. 這場表演最吸引人的節目是一隻會跳舞的熊. ⇨ *v.* attract.

✻**at·trac·tive** [əˋtræktɪv; əˋtræktiv] *adj.* **1** 吸引人的; 有魅力的; 〔女性〕美麗的, 〔男性〕英俊的, (good-looking). an *attractive* smile 迷人的微笑/an *attractive* price 吸引人的價格. The offer was too *attractive* to refuse. 這提議太吸引人了, 令人難以拒絕/You are very *attractive* in blue. 你穿藍色衣服很迷人.

2 《物理》有(吸)引力的. ⇨ *v.* attract.

at·trac·tive·ly [əˋtræktɪvlɪ; əˋtræktivli] *adv.* 迷人地.

at·trac·tive·ness [əˋtræktɪvnɪs; əˋtræktivnis] *n.* Ⓤ魅力.

at·trib·ut·a·ble [əˋtrɪbjutəbḷ; əˋtrɪbjutəbl] *adj.* 《敍述》可歸(因)於…的, 可視爲(…的)原因的. This disaster is *attributable* to the driver's inattention. 這場災禍可歸咎於司機的疏忽.

〖特別注意〗 **2** Ⓤ關心; 考慮; 治療; 關照. The problem demands immediate *attention*. 這個問題需要馬上處理.

3 Ⓒ (通常 attentions)體貼, 親切; (特指對於女性的)殷勤. Their *attentions* made the old man feel happy. 他們的親切令老人感到高興.

4 Ⓤ《軍隊》「立正」姿勢(★口令常縮略爲 'shun! [ʃʌn; ʃʌn]). stand at *attention* 以立正姿勢站著(↔ stand at ease). ⇨ *v.* attend. *adj.* attentive.

✻*pày attèntion (to...)* 注意…. He *paid* no *attention to* my advice. 他對我的勸告充耳不聞/*Pay* close *attention to* what I say. 仔細注意我所說的話.

✻**at·ten·tive** [əˋtɛntɪv; əˋtentiv] *adj.* **1** 專注的; 注意聽的. You must be more *attentive* to your studies. 你必須更專注於你的功課/an *attentive* audience 專注的聽衆.

2 關懷的, 體貼的. an *attentive* husband 體貼的丈夫/She is very *attentive* to her grandmother. 她非常關心她的祖母. ⇨ *v.* attend.

at·ten·tive·ly [əˋtɛntɪvlɪ; əˋtentivli] *adv.* 專注地; 關心地.

at·ten·u·ate [əˋtɛnjʊet; əˋtenjʊeit] *vt.* 《文章》 **1** 使纖細; 使〔人〕變瘦; 使稀薄.

2 使〔…的力量〕變弱; 使〔量等〕減少.

at·test [əˋtɛst; əˋtest] 《文章》 *vt.* 證明; 成爲…的證據.

— *vi.* 《用於下列片語》

attést to... = attest *vt.* His first work well *attested* to his literary genius. 他的第一部作品充分證明了他的文學天分.

at·tes·ta·tion [͵ætɛsˋteʃən; ͵æteˋsteiʃn] *n.* Ⓤ Ⓒ證明; 證詞; 證據.

at·tic [ˋætɪk; ˋætik] *n.* 頂樓(房間). a room in the *attic* 頂樓的房間.

At·ti·ca [ˋætɪkə; ˋætikə] *n.* 阿提卡(古希臘的一個地區, 雅典位於該地區中部).

[attic]

at·tire [əˋtaɪr; əˋtaiə(r)] 《文章》 *vt.* 穿著; 盛裝; 《主要用被動語態》. She was richly *attired*. 她穿得十分華麗.

— *n.* 服裝, 衣服, (dress).

✻**at·ti·tude** [ˋætəˌtjud, -ˌtɪud, -ˌtud; ˋætitjuːd] *n.* (*pl.* ~**s** [~z; ~z]) Ⓒ **1** 態度, 看法, 意見; (*to, toward* 對於…). one's *attitude* of mind 看法, 想法/He took an unfriendly *attitude toward* me. 他對我的態度不甚友善/He has

at·tri·bute [ə`trɪbjut; ə'trɪbjuːt] (★與 *n.* 的重音位置不同) *vt.* (~**s** [~s; ~s]; **-but·ed** [~ɪd; ~ɪd]; **-but·ing**) (attribute A to B) **1** 將 A 歸因於 B; 認為 B 具有 A(的特質). His friends *attributed* his success *to* good luck. 他的朋友將他的成功歸因於好運/They all *attributed* courage *to* the pilot. 他們都認為這名飛行員勇氣可嘉.

2 認為 A 的作者是 B 《常用被動語態》. The piece is usually *attributed to* Mozart. 這音樂曲通常被認為是莫札特的作品.

— [`ætrə͵bjut, -͵bɪut; 'ætrɪbjuːt] *n.* (*pl.* ~**s** [~s; ~s]) C **1** 屬性, 本來的性質, 特質. Patience is an *attribute* of a successful teacher. 耐心是成功教師的特質. **2** (人, 地位等的)象徵.

at·tri·bu·tion [͵ætrə`bjuʃən, -`bɪu-; ͵ætrɪ'bjuːʃn] *n.* U **1** 歸因; (性質等)歸屬; (*to*). The *attribution* of the accident *to* neglect of duty is wrong. 把這件意外事故歸因於怠忽職守是不對的. **2** (作品的)歸屬, (作者不詳之作品的)認定創作者.

at·trib·u·tive [ə`trɪbjətɪv; ə'trɪbjʊtɪv] *adj.* **1** 表示屬性的.
2 《文法》〔形容詞等〕限定的(→見文法總整理**11. 1**; ⟷ predicative).

at·trib·u·tive·ly [ə`trɪbjətɪvlɪ; ə'trɪbjʊtɪvlɪ] *adv.* 《文法》限定地.

at·tri·tion [ə`trɪʃən, æ-; ə'trɪʃn] *n.* U 磨損; 消耗. a war of *attrition* 消耗戰.

at·tune [ə`tjun, ə`tɪun, ə`tun; ə'tjuːn] *vt.* 使協調, 使適應, (*to*).

a·typ·i·cal [e`tɪpɪk!, æ-; ͵eɪ'tɪpɪkl] *adj.* 非典型的, 不規則的.

Au (符號) aurum (金)(拉丁語=gold).

au·ber·gine [`obə͵ʒin; 'əʊbəʒiːn] *n.* UC《主英》=eggplant.

au·burn [`ɔbɝn; 'ɔːbən] *adj.* 〔特指頭髮〕紅褐色的.
— *n.* U 紅褐色.

auc·tion [`ɔkʃən; 'ɔːkʃn] *n.* UC 拍賣. sell a thing at [《英》by] *auction* 拍賣一樣東西/a furniture *auction* 家具拍賣.
— *vt.* 拍賣(*off*).

|auction|

àuction brídge *n.* U 拍賣式橋牌(bridge² 的一種, 由叫牌最高者決定王牌).

auc·tion·eer [͵ɔkʃən`ɪr; ͵ɔːkʃə'nɪə(r)] *n.* C 拍賣人.

au·da·cious [ɔ`deʃəs; ɔː'deɪʃəs] *adj.* **1** 大膽的;

魯莽的. **2** 厚顏無恥的, 厚臉皮的.
⟐ *n.* audacity.

au·da·cious·ly [ɔ`deʃəslɪ; ɔː'deɪʃəslɪ] *adv.* 大膽地; 厚顏無恥地.

au·dac·i·ty [ɔ`dæsətɪ; ɔː'dæsətɪ] *n.* (*pl.* **-ties**)
1 U 大膽無畏; 魯莽.
2 U 厚顏無恥, 厚臉皮. He had the *audacity* to criticize me. 他厚顏無恥地批評我.
3 C 大膽的行為; 厚顏無恥的行為.
⟐ *adj.* audacious.

au·di·bil·i·ty [͵ɔdə`bɪlətɪ; ͵ɔːdɪ'bɪlətɪ] *n.* U 聽得見; 可聽度.

au·di·ble [`ɔdəbl; 'ɔːdəbl] *adj.* 〔聲音〕可聽見的, 聽得到的, (⟷ inaudible).

au·di·bly [`ɔdəblɪ; 'ɔːdəblɪ] *adv.* 可聽見地.

au·di·ence [`ɔdɪəns, -djəns; 'ɔːdjəns] *n.* (*pl.* **-enc·es** [~ɪz; ~ɪz]) **1** C 聽眾; 觀眾; (廣播的)聽眾; (電視的)觀眾; (書的)讀者. The program has an *audience* of several million every week. 那節目每星期都有數百萬的觀眾在收看/She has sung before large *audiences* all over the country. 她曾在全國各地廣大聽眾面前演唱/The *audience* was silent until she finished the aria. 聽眾寂然無聲直至她唱完那首詠唱曲/The *audience* were mostly young girls. 聽眾大都是年輕女孩. 〖語法〗將 audience 視為一個整體時用單數, 但視為個人時, 特別在《英》, 用複數.

> 〖搭配〗*adj.*+audience: an attentive ~ (聚精會神的聽[觀]眾), an enthusiastic ~ (熱情的聽[觀]眾), a hostile ~ (懷有敵意的聽[觀]眾), a passive ~ (被動的聽[觀]眾), a responsive ~ (反應好的聽[觀]眾).

2 UC (與國王等的)正式會見, 謁見. The ambassador was received in *audience* by the King. 大使被國王召見/The actress was granted an *audience with* the Queen. 女演員獲准晉見女王. 〖字源〗AUDI 「聽」: *audi*ence, *audi*ble(可聽見的), *audi*torium(禮堂), *audi*tion(試聽).

au·di·o [`ɔdɪ͵o; 'ɔːdɪəʊ] *adj.* 《限定》聲音的; 可聽頻率的; 高傳真(hi-fi)音效的; (電視)聲音部分的, 音頻的, (→ video).
— *n.* (*pl.* ~**s**) UC 聲音(的播放); (電視)聲音部分.

àudio týpist *n.* C 音聲打字員(邊聽錄音帶等邊打字).

au·di·o·vis·u·al [͵ɔdɪo`vɪʒuəl; ͵ɔːdɪəʊ'vɪʒʊəl] *adj.* 視聽的. *audiovisual* aids 視聽教材(錄音帶, 幻燈片, 電影, 電視等)/*audiovisual* education 視聽教育.

au·dit [`ɔdɪt; 'ɔːdɪt] *n.* C (法人等的)查帳, 稽核.
— *vt.* **1** 查(帳), 稽查.
2 《美》旁聽〔非以修得學分為目的的課程〕.

au·di·tion [ɔ`dɪʃən; ɔː'dɪʃn] *n.* C (歌手, 演員等報名者的)面試, 試聽, 試鏡.
— *vt.* 面試, 試聽.
— *vi.* 試聽(*for*).

au·di·tor [ˋɔdɪtə; ˋɔ:dɪtə(r)] *n.* C **1** 審計員，查帳員. **2**《美》(不修學分的)旁聽生.

au·di·to·ri·um [͵ɔdəˋtorɪəm, -ˋtɔr-; ͵ɔ:dɪˋtɔ:rɪəm] *n.* C **1** (劇場等的)觀眾[聽眾]席. **2**《美》禮堂；會館，會堂.

au·di·to·ry [ˋɔdə͵tori, -͵tɔri; ˋɔ:dɪtərɪ] *adj.* 耳的，聽覺的. the *auditory* nerve 聽覺神經.

Aug.《略》August.

au·ger [ˋɔgə; ˋɔ:gə(r)] *n.* C 附有把手的螺旋鑽，螺絲鑽.(→ gimlet).

aught [ɔt; ɔ:t] *n.* U《雅》某事，任何事情，(anything).

for àught I cáre 我毫不在乎. The party may split *for aught I care.* 我根本不在乎這個黨派會不會分裂.

for àught I knów 我毫不知情；或許.

[auger]

aug·ment [ɔgˋmɛnt; ɔ:gˋment] *vt.*《文章》擴大，增加，(increase).
—— *vi.* 擴大.

aug·men·ta·tion [͵ɔgmɛnˋteʃən; ͵ɔ:gmenˋteɪʃn] *n.* **1** U 擴大，增加. **2** C 增加物，添加物.

au·gur [ˋɔgə; ˋɔ:gə(r)] *n.* C (古羅馬的)占卜官《用鳥或自然現象來預言》；預言家.
—— *v.*《雅》*vt.* 占卜，預言；表示⋯的前兆.
—— *vi.* 預言.

àugur íll [wéll] (for...) (對⋯來說)是不吉利[吉利]的，表示凶兆[吉兆]. The recent summit talks *augur well for* world peace. 最近的高峰會談是世界和平的好兆頭.

au·gu·ry [ˋɔgjərɪ; ˋɔ:gjʊrɪ] *n.* (*pl.* **-ries**) **1** C 前兆. **2** U 占卜.

Au·gust [ˋɔgəst; ˋɔ:gəst] *n.* 8 月(略作 Aug.; 8 月的由來見 month表). in *August* 在 8 月. ★日期的寫法、讀法 → date¹ ●.

au·gust [ɔˋgʌst; ɔ:ˋgʌst] *adj.*《雅》威嚴的，令人敬畏的；威風凜凜的；莊嚴的. an *august* assemblage 冠蓋雲集.

Au·gus·tan [ɔˋgʌstən, əˋgʌs-; ɔ:ˋgʌstən] *adj.* **1** (羅馬皇帝)奧古斯都時代的. **2** 文藝全盛期的；古典主義的.

Augùstan Áge *n.* (加the)文藝全盛期(羅馬的奧古斯都時代，英國文學則指 Anne 女王統治時，Swift 或 Defoe 的時代).

Au·gus·tus [ɔˋgʌstəs, əˋgʌs-; ɔ:ˋgʌstəs] *n.* 奧古斯都(63 B.C.-A.D. 14)(第一任羅馬皇帝；獎勵文藝).

auk [ɔk; ɔ:k] *n.* C 海雀(產於北半球北方海洋).

auld lang syne [ˋɔldlæŋˋsaɪn, ͵ɔ:ldlæŋˋsaɪn] *n.* **1** 往日，美好的昔日，(《蘇格蘭方言 old long since》). **2** (*Auld Lang Syne*) 昔日美好時光(Robert Burns 所作的詩名；「驪歌」的旋律與此歌相同).

aunt [ænt; ɑ:nt] *n.* (*pl.* ~**s** [~s; ~s]) C (常 *Aunt*) **1** 姑媽，姨媽，伯母，嬸嬸，舅媽，《廣義上指 uncle 的配偶；↔ uncle). *Aunt* Mame 梅恩姑媽[姨媽等]/I had two old *aunts* in Georgia. 我有兩位年老的姑媽住在喬治亞州.
2《口》阿姨，伯母，(小孩對年長婦女的尊稱或暱稱). We called the cleaning lady *Aunt* Mary. 我們稱呼那位女清潔婦爲瑪麗阿姨.

aunt·ie, aunt·y [ˋæntɪ, ˋɑn-; ˋɑ:ntɪ] *n.* C《口》=aunt (aunt 的親暱稱呼).

au pair [oˋpɛr; əʊˋpeə(r)] (法語) *n.* C 歐婢女孩(住在外國人家中，以幫忙看孩子和做家務等來換取學習該國語言機會的女性；亦稱 àu páir gìrl).

au·ra [ˋɔrə; ˋɔ:rə] *n.* (*pl.* ~**s**, **-rae**) C (從人，場所等散發出來的)獨特氣氛；(據說由籠罩人體的)靈氣. The woman had an *aura* of tragedy about her. 那女人身上有一股悲慘的氣息.

au·rae [ˋɔri; ˋɔ:ri:] *n.* aura 的複數.

au·ral [ˋɔrəl; ˋɔ:rəl] *adj.* 耳的；聽覺的. the oral-*aural* approach (外語的)口語聽講學習法《將讀寫的練習延後進行》(注意 爲了和 oral [ˋɔrəl; ˋɔ:rəl] 區別，亦可發音爲 [ˋaʊrəl; ˋaʊrəl]).

au·re·ole [ˋɔri͵ol; ˋɔ:rɪəʊl] *n.* **1** (宗教畫中圍繞聖者頭部的金色)光環(halo). **2** (日，月的)暈.

au re·voir [͵orəˋvwɑr; ͵əʊrəˋvwɑ:(r)] (法語) *interj.* 再見，再會.

au·ri·cle [ˋɔrɪkl; ˋɔ:rɪkl] *n.*《解剖》外耳，耳郭；(心臟的)心耳.

au·ric·u·lar [ɔˋrɪkjələ; ɔ:ˋrɪkjʊlə(r)] *adj.* 耳的；耳狀的.

Au·ro·ra [ɔˋrorə, ə-, -ˋrɔrə; ɔ:ˋrɔ:rə] *n.* **1** (羅馬神話)奧羅拉(曙光女神). **2** (aurora) C 極光.

aurora aus·tra·lis [əˋrorəˋtrelɪs, ɔ-ˋrorə-, ͵ɔ:rɔ:rɔ-ɒˋstreɪlɪs] *n.* C (加the)南極光(the southern lights).

aurora bor·e·al·is [əˋrorə͵borɪˋælɪs, ɔ-ˋrɔrə-, ͵ɔ:rɔ:rəbɒrɪˋeɪlɪs] *n.* C (加 the)北極光(the northern lights).

aus·pic·es [ˋɔspɪsɪz; ˋɔ:spɪsɪz] *n.* (作複數)贊助，保護. The speech contest was held under the *auspices* of the Ministry of Education. 這次演講比賽由教育部贊助舉行.

aus·pi·cious [ɔˋspɪʃəs; ɔ:ˋspɪʃəs] *adj.* 吉利的；前途光明的；幸運的. make an *auspicious* beginning 討個好彩頭.

aus·pi·cious·ly [ɔˋspɪʃəslɪ; ɔ:ˋspɪʃəslɪ] *adv.* 吉利地；幸運地.

Aus·sie [ˋɔsɪ; ˋɒzɪ] (口) *n.* C 澳大利亞人.
—— *adj.* 澳大利亞的.

aus·tere [ɔˋstɪr; ɒˋstɪə(r)] *adj.* **1** 〔態度，性格等〕嚴厲的，嚴格的.
2 刻苦的，禁慾的. an *austere* life 刻苦耐勞的生活.
3 〔美術品等〕樸實的，簡樸的.

aus·tere·ly [ɔˋstɪrlɪ; ɒˋstɪəlɪ] *adv.* 嚴厲地；禁慾地.

aus·ter·i·ty [ɔˋstɛrətɪ; ɒˋsterətɪ] *n.* (*pl.* **-ties**) **1** U 嚴厲，嚴格；簡樸. **2** U (戰時等的)艱苦生

活,［C］(通常 austerit*ies*)禁慾[艱苦]生活(的實行). He practices *austerities* almost like a monk. 他過著幾近僧侶的禁慾生活.
⇨ *adj.* austere.

Aus·tral·ia [ɔˋstreljə; ɒˈstreɪljə] *n.* **1** 澳洲大陸,澳洲. **2** 澳大利亞(正式名稱為 the Cōmmonwealth of Austrália; 大英國協成員國之一; 首都 Canberra).

Aus·tral·ian [ɔˋstreljən; ɒˈstreɪljən] *adj.* 澳大利亞的,澳洲的.
— *n.* (*pl.* ~s [~z; ~z])［C］澳大利亞人; 澳大利亞土著.

Aus·tri·a [ˋɔstrɪə; ˈɒstrɪə] *n.* 奧地利(歐洲中部的共和國; 首都 Vienna).

Aus·tri·an [ˋɔstrɪən; ˈɒstrɪən] *adj.* 奧地利的.
— *n.*［C］奧地利人.

au·then·tic [ɔˋθɛntɪk; ɔːˈθentɪk] *adj.* **1** 真實的,真正的,(genuine);(口)出於真心的. This picture is an *authentic* Goya. 這幅畫是哥雅的真跡/an *authentic* signature 親筆簽名/His cordiality may not be *authentic*. 他的熱誠也許並非出於真心.
2 可信的,有根據的. a report from an *authentic* source 消息來源可靠的報導.

au·then·ti·cal·ly [ɔˋθɛntɪk]ɪ, -ɪklɪ; ɔːˈθentɪkəlɪ] *adv.* 真正地; 確實地.

au·then·ti·cate [ɔˋθɛntɪˌket; ɔːˈθentɪkeɪt] *vt.* 證明⋯為真. *authenticate* a painting 證明一幅畫作為真品.

au·then·ti·ca·tion [ɔˌθɛntɪˋkeʃən, ˌɔθɛntɪ-; ɔːˌθentɪˈkeɪʃn] *n.*［U](真正事物的)證明.

au·then·tic·i·ty [ˌɔθɛnˋtɪsətɪ, -θɛn-; ˌɔːθenˈtɪsətɪ] *n.*［U］ **1** 真實性; 確實性. I doubt the *authenticity* of the document. 我懷疑這份文件的真實性. **2** (口)真誠,誠意,(sincerity). Are you sure of the *authenticity* of his offer? 你確定他的提議是誠心誠意的嗎?

au·thor [ˋɔθɚ; ˈɔːθə(r)] *n.* (*pl.* ~s [~z; ~z])［C］【創作者】 **1** 作者,執筆者,作家. the *author* of a book 書的作者/the *author* of a newspaper article 報紙專論的執筆者/I have read many modern *authors*. 我讀過許多現代作家(的作品).

┃搭配┃ *adj.*+author: an established ~ (有一定評價的作家), a famous ~ (著名的作家), a struggling ~ (艱苦奮鬥的作家), a talented ~ (才華洋溢的作家), an up-and-coming ~ (前途光明的作家).

2 (事物的)創始者; (壞事等的)罪魁禍首. Gandhi was the *author* of nonviolence. 甘地是非暴力主義的創始人/the *author* of an event 事件的禍首.

au·thor·ess [ˋɔθɚɪs; ˈɔːθrɪs] *n.*［C］女作家.
┃注意┃現在女作家也常稱為 author.

au·thor·ise [ˋɔθəˌraɪz; ˈɔːθəraɪz] *v.* (英) = authorize.

au·thor·i·tar·i·an [əˌθɔrəˋtɛrɪən, əˌθɑr-, -ter-; ɔːˌθɒrɪˈteərɪən] *adj.* 威權主義的; 獨裁的.
— *n.*［C］威權主義者; 獨裁者.

au·thor·i·tar·i·an·ism [əˌθɔrəˋtɛrɪənˌɪzəm, əˌθɑr·, -ter-; ɔːˌθɒrɪˈteərɪənɪzəm] *n.*［U]獨裁制; 威權主義.

au·thor·i·ta·tive [əˋθɔrəˌtetɪv, əˋθɑr-; ɔːˈθɒrɪtətɪv] *adj.* **1** (以當權者作風)命令的(口氣等); 嚴肅的(態度等).
2 當局的,官方的; 正式的. *authoritative* orders 正式的命令.
3 權威的,可信賴的. an *authoritative* history of modern China 一本權威的中國近代史著作.

au·thor·i·ta·tive·ly [əˋθɔrəˌtetɪvlɪ, əˋθɑr-; ɔːˈθɒrɪtətɪvlɪ] *adv.* 命令地,獨斷地.

au·thor·i·ties [əˋθɔrətɪz, əˋθɑr-; ɔːˈθɒrətɪz] *n.* authority 的複數.

au·thor·i·ty [əˋθɔrətɪ, əˋθɑr·; ɔːˈθɒrətɪ] *n.* (*pl.* **-ties**)【權威】 **1**［U]權威,威信,(*over, with* 對於⋯); 權限,資格的認可,(*for* 對於⋯; *to* do). The teacher has no *authority* with his students. 這位老師對他的學生毫無威信/What *authority* do you have *for* entering this building? 你有甚麼資格進入這棟大樓?/Who gave you the *authority* to do that? 是誰授權給你做那件事的?/under the *authority* of the Ministry of Construction 在建設局的授權之下/I want to speak to the person in *authority* here. 我想和這裡的主管談談.

┃搭配┃ *adj.*+authority: absolute ~ (絕對的權威), supreme ~ (無上的權威) // *v.*+authority: exercise ~ (行使權力), possess ~ (擁有權力), resist ~ (抵抗權威), lose one's ~ (喪失權威).

【權威的所在】 **2**［C］(常 authorit*ies*)當局,官方; 公共事業機構. the proper *authorities* = the *authorities* concerned 有關當局/the municipal *authorities* 市政當局/the school *authorities* 學校當局.
3［C]權威人士,專家. an *authority* on modern British history 英國近代史的權威.
4［C]典故,出處. We have no good *authority* for such a belief. 我們沒有充分的根據這樣認為.

au·thor·i·za·tion [ˌɔθərəˋzeʃən, -aɪˋz-; ˌɔːθəraɪˈzeɪʃn] *n.*［U]委任; 公認,認可;［C]委任狀.

au·thor·ize [ˋɔθəˌraɪz; ˈɔːθəraɪz] *vt.* (**-iz·es** [~ɪz; ~ɪz]; ~**d** [~d; ~d]; **-iz·ing**) **1** 授權,委任. **2** ┃句型5┃(authorize A *to* do) 授予 A⋯權力,委任 A⋯. I *authorized* him *to* negotiate. 我委任他進行交涉. **3** (正式)許可.

au·thor·ized [ˋɔθəˌraɪzd; ˈɔːθəraɪzd] *adj.* 被授權的; 被認可的, 公認的.

Āuthorized Vérsion *n.* (加 the)欽定聖經英譯本(1611年經英國國王 James 一世所欽定的英譯聖經; 略作 AV; 亦作 the King James Version [Bible]; → Bible 1).

au·thor·ship [ˋɔθɚˌʃɪp; ˈɔːθəʃɪp] *n.*［U］ **1** (書籍,文學作品的)作者. The *authorship* of this book is unknown. 這本書的作者不詳.

2 寫作生涯; 寫作的行業.

au·tism [ˋɔtɪzəm; ˈɔːtɪzəm] n. ①《心理》自閉症.

au·tis·tic [ɔˋtɪstɪk; ɔːˈtɪstɪk] adj. 《心理》自閉症的〔小孩等〕.

au·to [ˋɔto; ˈɔːtəʊ] n. (pl. ~s) ⓒ《美、口》汽車 (car)《automobile 的縮略》.

auto-《構成複合字》表示「自身(的)…,自己(的)…」之意. autobiography. automobile.

au·to·bi·og·ra·pher [͵ɔtəbaɪˋɑgrəfɚ; ͵ɔːtəʊbaɪˈɒgrəfə(r)] n. ⓒ 自傳作者.

au·to·bi·o·graph·ic, au·to·bi·o·graph·i·cal [͵ɔtə͵baɪəˋgræfɪk; ˈɔːtəʊˌbaɪəˈgræfɪk], [-k], -kl] adj. 自傳的; 自傳性的. A writer's first novel is often autobiographical. 作家的第一本小說常具有自傳性.

au·to·bi·og·ra·phy [͵ɔtəbaɪˋɑgrəfɪ, -bɪ-; ͵ɔːtəʊbaɪˈɒgrəfɪ] n. (pl. -phies [~z; ~z]) **1** ⓒ自傳. **2** ①自傳文學.

au·toc·ra·cy [ɔˋtɑkrəsɪ; ɔːˈtɒkrəsɪ] n. (pl. -cies) ①獨裁政治; 獨裁政權; ⓒ獨裁主義國家.

au·to·crat [ˋɔtə͵kræt; ˈɔːtəʊkræt] n. ⓒ **1** 專制君主; 獨裁者. **2** 獨斷專制的人.

au·to·crat·ic [͵ɔtəˋkrætɪk; ͵ɔːtəʊˈkrætɪk] adj. 獨裁的; 獨斷專制的.

au·to·crat·i·cal·ly [͵ɔtəˋkrætɪkl̩ɪ, -ɪklɪ; ͵ɔːtəʊˈkrætɪkəlɪ] adv. 獨斷專制地.

au·to·cross [ˋɔtə͵krɔs; ˈɔːtəkrɒs] n. ⓒ 汽車越野賽.

au·to·graph [ˋɔtə͵græf; ˈɔːtəgrɑːf] n. ⓒ 親筆簽名,(特指名人的)簽名. an autograph book [album] 簽名冊.
— vt. 簽名於〔書, 照片等〕. an autographed copy (of a book) 有作者簽名的書籍.

au·to·mat [ˋɔtə͵mæt; ˈɔːtəmæt] n. ⓒ自助餐廳《裝有投幣式的自動販賣機》.

au·to·ma·ta [ɔˋtɑmətə; ɔːˈtɑːmətə] n. automaton 的複數.

au·to·mate [ˋɔtə͵met; ˈɔːtəmeɪt] vt. 使〔工廠, 作業等〕自動化.

au·to·mat·ic [͵ɔtəˋmætɪk; ͵ɔːtəˈmætɪk] adj. **1** 〔機械〕自動(裝置)的. an automatic door 自動門/an automatic pilot (→ automatic pilot)/Most workers get an automatic pay raise every year. 大多數工人的薪資每年會自動調升. **2** 無意識的, 習慣性的; 機械式的. Our heartbeat is automatic. 我們的心跳是自主性的(非意識所能控制的).
— n. ⓒ自動手槍; 全自動洗衣機;《口》自動排檔汽車.

au·to·mat·i·cal·ly [͵ɔtəˋmætɪkl̩ɪ, -ɪklɪ; ͵ɔːtəˈmætɪkəlɪ] adv. 自動地; 無意識地.

au̅tomatic pi̅lot n. ⓒ (飛機、船舶的)自動駕駛裝置.

au̅tomatic transmi̅ssion n. ⓒ (汽車的)自動排檔裝置《所謂「自排」》.

***au·to·ma·tion** [͵ɔtəˋmeʃən; ͵ɔːtəˈmeɪʃn] n. ① (生產過程等的)自動化. Automation has caused a lot of unemployment. 自動化業已造成大量的失業.

au·tom·a·ton [ɔˋtɑmə͵tɑn, -tən; ɔːˈtɒmətən] n. (pl. ~s, -ta) ⓒ **1** 自動裝置;(特指)機器人,(robot). **2** (沒有思想感情交流而)像機械般地行動的人.

au·to·mo·bile [ˋɔtəmə͵bil, ͵ɔtəˈbil, ͵ɔtəˈmobil; ˈɔːtəməbiːl] n. (pl. ~s [~z; ~z]) ⓒ《美》汽車《日常用語多使用 car; → auto, motorcar》. She was killed in an automobile accident. 她在一次車禍中喪生.

au·ton·o·mous [ɔˋtɑnəməs; ɔːˈtɒnəməs] adj. 自治的, 有自治權的. an autonomous state 獨立[自主]國.

au·ton·o·my [ɔˋtɑnəmɪ; ɔːˈtɒnəmɪ] n. (pl. -mies) **1** ①自治; 自治權. **2** ⓒ自治體.

au·top·sy [ˋɔtɑpsɪ, ˋɔtəpsɪ; ˈɔːtɒpsɪ] n. (pl. -sies) ⓒ 驗屍(解剖) (postmortem).

au·tumn [ˋɔtəm; ˈɔːtəm] n. (pl. ~s [~z; ~z]) ①ⓒ **1** (通常用不加冠詞的單數形, 或加 the)秋季. The leaves change color in autumn. 樹葉在秋天會變色/in the autumn of 1818 在1818年的秋天/in (the) early [late] autumn 在初[晚]秋時分.
[參考] (1)北半球的秋季大約在9-11月, 天文學上則指秋分到冬至期間. (2)《美》秋天通常用 fall.
2 成熟期;(人生的)中年期. the autumn of one's life 中年期.
3 《形容詞性》秋天的; 適合秋季的, 秋天用的. a crisp autumn morning 涼爽的秋天早晨/autumn wear 秋裝/Vermont is famous for its autumn colors. 佛蒙特州以其秋天的紅葉聞名.

au·tum·nal [ɔˋtʌmnl̩; ɔːˈtʌmnəl] adj. **1** 《文章》秋天的, 秋天似的,(★日常用語中將 autumn 作形容詞性). an autumnal sky 秋季的天空. **2** 秋天開花的, 秋天結果的. **3** 壯年已過的, 中年的.

autu̅mnal e̅quinox n. ⓒ (加 the)秋分(→ vernal equinox).

aux·il·ia·ry [ɔgˋzɪljərɪ, -ˋzɪlərɪ, -ˋzɪlɪ͵ɛrɪ; ɔːgˈzɪljərɪ] adj. 輔助的, 備用的. an auxiliary engine 輔助引擎.
— n. (pl. -ries) ⓒ **1** 助手; 輔助物品. **2** (auxiliaries)外援部隊,(來自外國的)援軍. **3** =auxiliary verb.

auxi̅liary ve̅rb n. ⓒ《文法》助動詞(→ 見文法總整理 **10**).

AV (略) Authorized Version; audiovisual.

a·vail [əˋvel; əˈveɪl] 《文章》 vi. 有用, 有幫助,《通常用於否定句》. No words availed to comfort him. 甚麼話都無法安慰他.
— vt. 有利於〔人〕, 有益於〔人〕,《主要用於下列片語》.
avail a person nothing [little] 無助於某人.

aváil onesèlf of... 利用〔機會等〕. *Avail yourself of* every opportunity. 你要利用每個機會.
— *n.* Ⓤ利益, 效用, 《主要用於下列片語》.
of nò [líttle] aváil 無助的, 無效的, 無用的.
to nò aváil = without aváil 《結果》無用地, 徒勞地.

a·vail·a·bil·i·ty [ə,velə'bɪlətɪ; ə,veɪlə'bɪlətɪ] *n.* Ⓤ利用的可能性, 助益, 有效性.

‡a·vail·a·ble [ə'veləb; ə'veɪləbl] *adj.* **1** 可利用的, 有用的, 《for, to 為了…》; 在手邊的, 可得到的. We have little money *available for* the research. 我們沒有錢可用於這項研究/The tennis courts are *available for* the use of members only. 這座網球場僅供會員使用/This is the only *available* single room. 這是唯一空著的單人房/Such excellent concerts are seldom *available* to us. 我們很難得聽到這樣出色的音樂會/Is this magazine *available* at any bookstore? 在任何書店都買得到這本雜誌嗎?
2 〔人〕有空的, 能會面的; 能〔想〕成為〔結婚, 交往等〕的對象的. Is the doctor *available* this afternoon? 醫生今天下午有空嗎?/The mayor was not *available* for comment. 市長不作任何評論.

av·a·lanche ['ævl,æntʃ; 'ævlɑ:ntʃ] *n.* Ⓒ雪崩; 〔如雪片般〕蜂湧而至的事物〔問題, 訂單等〕. Two climbers were buried alive by the *avalanche*. 兩名登山者被崩雪活埋了/an *avalanche* of phone calls 接連不斷的電話.

av·ant-garde [,ævɑŋ'gɑrd; ,ævɑːŋ'gɑːd] *adj.* 《法語》前衛的〔作家, 作品等〕. an *avant-garde* play 前衛戲劇.
— *n.* Ⓤ《複數通形》《加 the》《集合》前衛派〔的藝術家〕, 先鋒派.

av·a·rice ['ævərɪs, 'ævrɪs; 'ævərɪs] *n.* Ⓤ《文章》〔對金錢的〕貪慾, 貪婪.

av·a·ri·cious [,ævə'rɪʃəs; ,ævə'rɪʃəs] *adj.* 《文章》貪慾的, 貪婪的.

av·a·ri·cious·ly [,ævə'rɪʃəslɪ; ,ævə'rɪʃəslɪ] *adv.* 《文章》貪婪地.

Ave. 《略》Avenue.

A·ve Ma·ri·a [,ɑvemə'riə; ,ɑːvɪmə'rɪə] *n.* 《天主教》聖哉瑪利亞《對聖母瑪利亞的祈禱; 拉丁語意爲「歡迎瑪利亞」》.

a·venge [ə'vɛndʒ; ə'vendʒ] *vt.* 報復〔人〕, 對〔仇怨〕復仇; 報仇《on, upon》. *avenge* (the cruel treatment of) his sister 替他妹妹(所受的虐待)報仇/Hamlet *avenged* his father's death on his uncle. 哈姆雷特為父親的死向叔父報仇. ▣通常 revenge 用於發洩自己的恨意, 而 avenge 則用於為他人進行「當然的懲罰」. ⇨ *n.* **vengeance.**
avénge onesèlf [be avénged] on... 向…〔人〕報仇.

a·veng·er [ə'vɛndʒɚ; ə'vendʒə(r)] *n.* Ⓒ報仇者, 復仇者.

‖av·e·nue ['ævə,nju, -,nɪu, -,nju; 'ævənjuː] *n.* (*pl.* ~**s** [~z; ~z]) Ⓒ **1** 大道, …街, 《美國 New York 市稱南北向的路爲 Avenue, 東西向的路爲 Street; 略作 Ave.》. Fifth *Avenue*

(New York 的)第五街.
2 林蔭大道;《主英》《鄉間大宅邸的門通往庭院大門的》林蔭道.
3 《達到目的的》途徑, 手段. They explored every *avenue* in an attempt to avoid war. 他們探求了各種辦法試圖避免戰爭.

[avenue 2]

a·ver [ə'vɝ; ə'vɜː(r)] *vt.* (**~s; ~red; ~ring**) 《文章》主張;《句型3》(aver *that* 子句)斷言….

‡av·er·age ['ævrɪdʒ, 'ævərɪdʒ; 'ævərɪdʒ] *n.* (*pl.* **-ag·es** [~ɪz; ~ɪz]) Ⓒ平均, 平均數. The *average* of 7, 10, and 16 is 11. 7, 10, 16 的平均數是 11/take [strike] an *average* 計出平均數. my batting *average* 我的打擊率.
below [above] (the) áverage 低於[高於]平均數. Your marks were well *below average* this term. 你這學期的分數遠低於全班平均.
* *on (an [the]) áverage* 平均而言. I go to the barbershop once a month *on average*. 我平均每個月去一次理髮廳.
— *adj.* 平均的; 平常的, 普通的, (ordinary). the *average* monthly sales 每月平均銷售額/The robber was a man of *average* height, wearing a black jacket. 那搶匪是中等身材, 身著黑夾克/His intelligence is *average* for his age. 他的智力以其年齡來說算是普通.
— *vt.* 平均為…, 平均而得…, 算出〔數目等〕的平均數, 使平均. I *average* six hours' work a day. 我平均一天工作六小時/The writer *averages* two short stories a month. 那位作家平均每個月寫兩部短篇小說/*Average* these figures. 算出這些數字的平均數.
— *vi.* **1** 平均, 平衡《out》.
2 《句型2》(average **A**)平均爲 A. His income *averages* (out at) fifty thousand dollars a year. 他一年的收入為 5 萬美元/My car *averages* 35 miles to the gallon. 我的車子平均每加侖跑 35 英里.
àverage/.../óut 算出…的平均值《at 爲…》. *average* the profit *out at* one hundred pounds a week 算出一星期平均的利潤爲一百英鎊.

a·verse [ə'vɝs; ə'vɜːs] *adj.* 《敘述》嫌惡的; 反對的. He is *averse* to studying hard. 他不願意用功讀書/I'm not *averse* to a glass of wine. 我不介意來杯酒.

a·ver·sion [ə'vɝʒən, -ʃən; ə'vɜːʃn] *n.* **1** ⒶⓊ厭惡, 反感. I have an *aversion* to cats [getting wet]. 我討厭貓[弄濕身體].
2 Ⓒ討厭的人[物]. Snakes are her pet *aversion*. 蛇是她最討厭的東西(★常把 pet〔寵物〕加在前

面，強調其反諷之意）.

a·vert [ə`vɜt; ə'vɜːt] *vt.* **1** 防止，避免，〔災難，危險等〕. We can *avert* the tragedy if we act now. 如果我們現在採取行動，就能避免悲劇的發生. **2** 轉移〔目光，注意力，想法等〕(*from*).

〔字源〕VERT「向」: *avert*, con*vert*(轉變), di*vert*(變向), ad*vert*ise(廣告).

a·vi·ar·y [`evɪ͵ɛrɪ; 'eɪvjərɪ] *n.* (*pl.* -**ar·ies**) C (位於動物園等的大型)鳥舍.

a·vi·a·tion [͵evɪ`eʃən; ͵eɪvɪ'eɪʃn] *n.* U **1** 飛行，航空；飛行術. **2** 飛機製造業.

a·vi·at·or [`evɪ͵etɚ, ͵æv-; 'eɪvɪeɪtə(r)] *n.* C (古)飛行員.

av·id [`ævɪd; 'ævɪd] *adj.* **1** (非常)熱心的，熱中的，(keen).
2 渴望的，貪婪的. be *avid* for [of] power 渴望權勢.

a·vid·i·ty [ə`vɪdətɪ; ə'vɪdətɪ] *n.* U **1** 非常熱忱，熱心. **2** 貪婪(*for* 對於…).

a·vid·ly [`ævɪdlɪ; 'ævɪdlɪ] *adv.* 熱心地；貪婪地.

av·o·ca·do [͵ævə`kɑdo, ͵ævɑ-; ͵ævəʊ'kɑːdəʊ] *n.* (*pl.* ~**s**; ~**es**) C 鱷梨(產於熱帶美洲的水果; 可做沙拉、飯後甜點等)；鱷梨樹.

***a·void** [ə`vɔɪd; ə'vɔɪd] *vt.* (~**s** [~z; ~z]; ~**ed** [~ɪd; ~ɪd]; ~**ing**)避免，避開，逃跑 〔句型3〕(avoid *doing*)避免…，避開…；(→ evade 同). Try to *avoid* bad company. 避免結交壞朋友/We cannot *avoid getting* old. 我們無法避免變老. ⇨ *n.* **avoidance**.

┌─────────────────────────────────┐
● ——動詞型 〔句型3〕 ~ **doing**
受詞不用 to do; → manage, remember, 表.
We cannot *avoid* dy*ing*.
人皆有一死.
Do you *mind* shut*ting* the door?
請你關上門好嗎?
此類的動詞:

admit	consider	contemplate
deny	detest	dislike
enjoy	escape	evade
finish	give up	imagine
mention	miss	postpone
practice	put off	resent
resist	risk	stop
suggest	understand	
└─────────────────────────────────┘

a·void·a·ble [ə`vɔɪdəbl̩; ə'vɔɪdəbl] *adj.* 可避免的.

a·void·ance [ə`vɔɪdn̩s; ə'vɔɪdəns] *n.* U 避免，迴避. *avoidance* of danger 避免危險. ⇨ *v.* **avoid**.

av·oir·du·pois [͵ævɚdə`pɔɪz; ͵ævədə'pɔɪz] (法語) *n.* U 常衡(英美的重量單位; 以 16 盎司為 1 磅，用來計算貴金屬、寶石、藥品以外之物; 亦作 avoirdupóis wèight)).

A·von [`evən, `ævən; 'eɪvən] *n.* (加 the)艾文河

(英格蘭中部的河; → Stratford-upon-Avon)).

a·vow [ə`vau; ə'vaʊ] *vt.* (文章)公開[坦率]承認(admit); 〔句型3〕(avow *that* 子句)公開宣布…，He *avowed* his guilt [*that* he was guilty]. 他公開承認自己的罪行.
avów onesèlf (*to be*)… 公開承認自己…，供認. He *avowed* himself (*to be*) a Buddhist. 他公開表示自己為佛教徒.

a·vow·al [ə`vauəl; ə'vaʊəl] *n.* UC 聲言; 坦白，自認.

a·vowed [ə`vaud; ə'vaʊd] *adj.* (限定)自認的，公開宣布的. an *avowed* policy 公開宣布的政策.

a·vow·ed·ly [ə`vaudlɪ; ə'vaʊdlɪ] *adv.* (★注意發音)公然地，自認地.

a·vun·cu·lar [ə`vʌŋkjəlɚ; ə'vʌŋkjʊlə(r)] *adj.* (文章)(特指)像伯舅叔父(般慈愛)的(uncle 的形容詞).

***a·wait** [ə`wet; ə'weɪt] *vt.* (~**s** [~s; ~s]; ~**ed** [~ɪd; ~ɪd]; ~**ing**)(文章)等候，等待，(wait for). I *awaited* his arrival. 我等待他的到來/A pleasant surprise *awaits* you. 一份意外的驚喜在等著你.

***a·wake** [ə`wek; ə'weɪk] *v.* (~**s** [~s; ~s]; **a·woke**, ~**d** [~t; ~t]; **a·wok·en**, ~**d**, **a·woke**; **a·wak·ing**) *vi.* 〖醒〗**1** 醒來(★此意時常用 wake (up)). I *awoke* one morning to find myself famous. 有天早上醒來我(赫然)發現自己成名了(英國詩人 Byron 所言)/*awake* to the sound of a heavy rain 因大雨的聲音而醒來.
2 〖領悟〗覺醒，察覺(*to*). His conscience suddenly *awoke* in him. 他忽然良心發現/He then *awoke* *to* the realities of his life. 這時他才意識到生活的現實面.
—— *vt.* 〖喚醒〗**1** 喚醒〔人〕(★作此意時常用 wake (up)). The telephone *awoke* him *from* his daydream. 電話將他從白日夢中喚醒.
2 〖使領悟〗喚起〔記憶，關心等〕; 使〔人〕自覺，使〔人〕意識到，(*to*)(★作此意時常用 awaken). *awake* a person to a sense of shame 激起某人的羞恥心.
—— *adj.* (敘述)**1** 醒著的(↔ asleep). *Awake* or asleep he is thinking of her. 不管是醒是睡，他都在想她/The child is wide *awake* in bed. 這孩子躺在床上完全清醒著/The children stayed *awake* waiting for their father. 孩子們不睡覺等父親回家.
2 意識到(*to*)(aware). We are fully *awake* to the seriousness of the matter. 我們充分意識到事情的嚴重性.

***a·wak·en** [ə`wekən; ə'weɪkən] *v.* (~**s** [~z; ~z] ~**ed** [~d; ~d]; ~**ing**) *vt.* **1** 喚起〔記憶等〕; 使〔人〕意識到，使領悟，(*to*). People must be *awakened* to the imminent danger. 人們必須意識到迫近的危險/Dickens' novels *awakened* my interest in English literature. 狄更斯的小說喚起我對英國文學的興趣.
2 把〔人〕(從睡夢中)喚醒.
—— *vi.* =awake *vi.* 2.

a·wak·en·ing [ə`wekənɪŋ, -knɪŋ; ə'weɪknɪŋ] *n.* C (通常用單數)覺醒，覺悟(*to*). I thought he

was my friend, but I had a rude *awakening* when I needed his help. 我本以為他是我的朋友，但當我需要他幫助時才猛然覺醒.
— *adj.* 覺醒的; 激起的(情緒等).

a·wak·ing [ə`wekɪŋ; ə`weɪkɪŋ] *v.* awake 的現在分詞, 動名詞.

‡**a·ward** [ə`wɔrd; ə`bɔːd] *vt.* (~s [~z; ~z]; ~ed [~ɪd; ~ɪd]; ~ing [~ɪŋ; ~ɪŋ]) (經評審後)授與, 頒發 句型4 (award **A B**)、句型3 (award **B** *to* **A**)授與A(對象)B(獎賞等); 把B(賠償金)判給A. *award* a scholarship 頒發獎學金/They *award-ed* him a gold medal for his achievement. 他們頒給他一面金牌獎勵他的成就/The judge *award-ed* £1,000 *to* the victims. 法官裁定受害者可獲得一千英鎊的賠償.
— *n.* (*pl.* ~s [~z; ~z]) © **1** 獎品, 獎金, …獎; 獎, 獎學金. She has won many *awards* for swimming. 她得過許多游泳的獎項.
2 (法官等的)判決, 裁定; 裁定額.

‡**a·ware** [ə`wɛr, ə`wær; ə`weə(r)] *adj.* **1** (敘述)察覺的, 注意到的(*of; that* 子句) (→ conscious 同). I became *aware* of someone looking at me. 我發覺有人在看著我/The climber was well *aware* (*that*) there was danger ahead. 這個登山客十分明白前面有危險/I'm fully *aware of what* he will do to us. 我很清楚他會對我們怎樣/Those present weren't *aware* (*of*) how I felt. 出席者並不知道我的感受.
搭配 *adv.*+aware: keenly ~ (敏感地察覺到), painfully ~ (痛苦地意識到的), acutely ~ (深刻地意識到的).
2 有覺悟的; 有見識的; 敏感的; (與修飾語連用)有…意識的, 有…知識的. a politically *aware* woman 一位具有政治意識的女性.

a·ware·ness [ə`wɛrnɪs, ə`wær-; ə`weənɪs] *n.* U 察覺, 自覺, 意識.

a·wash [ə`wɑʃ, ə`wɔʃ; ə`wɒʃ] *adj.* (敘述) (船的甲板等)被海浪沖刷的, 與水面平齊的(道路等)被水覆蓋的; (漂流物等)被海浪沖擊的.

‡**a·way** [ə`we; ə`weɪ] *adv.* 【離開地】
1 【在遠離的場所】 (a) 離開地, 向遠處, 有距離地. How far *away* is your school? 你的學校(離這兒)有多遠?/The lake is three miles *away* from here. 那座湖離這兒三英里遠/stay *away* from 不靠近…. (b) 使離開…. He cut *away* the dead branches. 他剪掉枯枝/The dog frightened the children *away*. 那條狗把孩子們嚇跑了.
【於他處】 **2** 【在別處】不在, 出門. My father is *away* on a trip. 我父親出門旅行去了/All of us will be *away* for the summer. 我們全家人夏天都將離家遠行(同「短暫的外出」用out: He is *out* for a walk. (他正出去散步)).
3 【向別處】向另一邊, 向別處; 向旁邊. He went *away* in a hurry. 他匆忙走掉/Put *away* your books. 把你的書擺到一邊/Don't look *away*. 不要看別的地方.
【離去】 **4** 【消逝】消失, 不存在; 變弱; 耗盡, 減

少. He gave all his money *away*. 他把他所有的錢都給了別人/throw *away* an old parasol 丟掉舊陽傘/The snow began to melt *away*. 雪開始融化了/He slept *away* the entire day. 他睡了一整天/die *away* (聲音等)變弱/wear *away* (輪胎等)磨損.
【向前】 **5** 繼續不斷地. talk *away* 講個不停/They have been eating *away* for two hours. 他們已經連續吃了兩個鐘頭/work *away* at digging the ground 不斷地挖地.
6 【立即】立刻, 馬上. Ready with the guns? Fire *away*! 槍準備好了嗎? 開火!
7 【在前頭】(美)遙遠地, 遠遠地, (far), (★現在多用way²). *away* back in 1920 遠在1920年/*away* down the street 往街道下去的遠處.
Awáy with…! (雅)(人)滾開! 拿走(物)! *Away with* you! 滾開!
fár [*òut*] *and awáy* 遠遠地, 出類拔萃地, (by far). He is *far and away* the best runner. 他顯然是最佳跑者.
ríght [*stràight*] *awáy* → right¹ [straight] 的片語.
— *adj.* 在客場進行的(↔ home). an *away* match 客場比賽.

*‡**awe** [ɔ; ɔː] *n.* U 敬畏, 敬畏感. They always stood in *awe* of God. 他們一直都敬畏上帝/My first sight of Mt. Jade filled me with *awe*. 第一眼見到玉山時, 我的心充滿敬畏的情緒/I was struck with *awe*. 我內心深懷敬畏.
— *vt.* 使(人)敬畏; 威嚇, 震懾(人). All the tourists were *awed into* silence by the majestic view. 所有的旅客都被雄偉的景色震懾得啞然無聲.

awe-in·spir·ing [`ɔɪn,spaɪrɪŋ; `ɔːɪn,spaɪərɪŋ] *adj.* 使人產生敬畏之心的, 莊嚴的.

awe·some [`ɔsəm; `ɔːsəm] *adj.* 可怕的, 驚人的. the giant's *awesome* powers 巨人非凡的力氣.

awe·strick·en [`ɔ,strɪkən; `ɔː,strɪkən] *adj.* =awestruck.

awe·struck [`ɔ,strʌk; `ɔː,strʌk] *adj.* 充滿敬畏之心的, 令人畏懼的.

*‡**aw·ful** [`ɔfʊl; `ɔːfʊl] *adj.* **1** 恐怖的, 可怕的, (→ horrible 同). an *awful* storm 可怕的暴風雨.
2 (口)極討厭的, 極壞的, (very bad). What *awful* weather! 多麼糟糕的天氣!
3 (口)驚人的, 非常的, (great). an *awful* lot of money 一筆巨款.
— *adv.* (口)極其, 驚人地, (awfully). ⇨ *n.* awe.

*‡**aw·ful·ly** [`ɔfʊlɪ; `ɔːfʊlɪ] *adv.* (口)極其, 驚人地, (exceedingly). It's *awfully* kind of you. 你實在太好心了.

aw·ful·ness [`ɔfʊlnɪs; `ɔːfʊlnɪs] *n.* U 恐怖, 可怕; (口)極度.

a·while [ə`hwaɪl; ə`waɪl] *adv.* (雅)片刻(for a while). 語法 for awhile 的寫法是錯的.

⁎awk·ward [`ɔkwəd; 'ɔːkwəd] *adj.* **1** 不靈活的，笨手笨腳的；〔行動，態度等〕笨拙的(clumsy). Our child is still *awkward with* his knife and fork. 我們的孩子仍舊不太會使用刀叉/The girl made an *awkward* bow. 這女孩笨拙地鞠了個躬.
2 〔器具，場所等〕不好用的，不便的；〔情況等〕困難的，危險的. an *awkward* tool 不好用的工具/an *awkward* door to open 難開的門/an *awkward* bend in the road 道路的險彎.
3 難處理的，難對付的；不方便的(inconvenient)；尷尬的(embarrassing)；不舒坦的. The child asked me an *awkward* question. 這孩子問了我一個難回答的問題/My friend came at an *awkward* hour. 我的朋友來得不是時候/There was an *awkward* silence. 出現了令人尷尬的沈默/I felt *awkward*. 我覺得侷促不安/His position was *awkward*, so he moved a little. 他的姿勢不舒服，所以他稍微移動了一下.

àwkward áge *n.* 《加the》青澀的青春期《年齡半大不小，情緒不穩定的時期》.

àwkward cústomer *n.* ⓒ《口》不易對付的對手〔人，動物〕；討厭的傢伙. I hate to ask him for anything—he's such an *awkward customer*. 我真不願求他幫忙——他是個非常討厭的傢伙.

awk·ward·ly [`ɔkwədlɪ; 'ɔːkwədlɪ] *adv.* 不靈活地；笨拙地；尷尬地.

awk·ward·ness [`ɔkwədnɪs; 'ɔːkwədnɪs] *n.* ⓤ 不靈活，笨拙；尷尬.

awl [ɔl; ɔːl] *n.* ⓒ 鑽子，錐子，《特指鞋匠用的》.

[awls]

awn·ing [`ɔnɪŋ; 'ɔːnɪŋ] *n.* ⓒ 《窗，出入口，船的甲板等的》遮篷，雨篷，《帆布或尼龍布製》.

a·woke [ə`wok; ə'wəʊk] *v.* awake 的過去式、過去分詞.

a·wok·en [ə`wokən; ə'wəʊkən] *v.* awake 的過去分詞.

AWOL, awol [`ewɔl; 'eɪwɒl] *adj.* 《敘述》《軍》擅離職守〔外出〕的(absent without leave).

[awning]

《敘述》**1** 彎曲地〔的〕，歪扭地〔的〕，扭曲地〔的〕. Your tie is *awry*. 你的領帶歪了.
2 錯誤地〔的〕，出差錯地〔的〕. The plan has gone *awry*. 計畫出差錯了.

⁎ax 《美》, **axe** [æks; æks] *n.* (*pl.* **ax·es**) ⓒ 《長柄的》斧頭，鉞. chop down a tree with an *ax* 用斧頭把樹砍倒.
gèt the áx 《口》(1)被解雇. Business is bad, so about twenty workers will *get the ax*. 由於生意不好，因此約有二十名員工將遭解雇. (2)《由於資金不足等》計畫被取消.
hàve an áx to grínd 《口》別有企圖，懷有私心. He was so willing to help me. He must *have an ax to grind*. 他那麼樂意幫我，一定別有企圖.
— *vt.* 《口》解雇；削減，大幅縮減，《經費等》.

ax·el [`æksəl; 'æksəl] *n.* ⓒ《溜冰》前外空中一圈半旋跳.

ax·es[1] [`æksɪz; 'æksɪz] *n.* ax, axe 的複數.

ax·es[2] [`æksiːz; 'æksiːz] *n.* axis 的複數.

ax·i·om [`æksɪəm; 'æksɪəm] *n.* **1** 自明之理，原則. **2** 《數學》公理(→ theorem).

ax·i·o·mat·ic [ˌæksɪə`mætɪk; ˌæksɪəʊ'mætɪk] *adj.* 極明白的；公理的.

ax·is [`æksɪs; 'æksɪs] *n.* (*pl.* **ax·es**) **1** ⓒ 軸，軸線；《物體的》中心線；(→ globe 圖). The earth turns round on its *axis*. 地球以地軸為中心旋轉.
2 (the *Axis*)軸心國《第二次世界大戰時的德、日、義三國；→ the Allies》.

⁎ax·le [`æksl; 'æksl] *n.* (*pl.* **~s** [~z; ~z]) ⓒ 軸；車軸.

a·ya·tol·lah [ˌaɪə`tolə; ˌaɪə'tɒlə] *n.* ⓒ 阿亞圖拉《對伊朗回教領袖的尊稱》.

aye, ay [aɪ; aɪ] *adv.* 《海事》是(yes). *Aye, aye, sir*! 是，明白了! 《對上級的回答》.
— *n.* (*pl.* **ayes**) ⓒ 贊成(票)；投贊成票者；(yea ↔ nay). The *ayes* have it. 《確認》贊成者占多數《主席的宣布》.

AZ 《略》Arizona.

a·za·lea [ə`zelɪə; ə'zeɪljə] *n.* ⓒ 杜鵑花，映山紅，《杜鵑花屬的植物》.

Az·er·bai·jan [ˌɑzəbaɪ`dʒɑn, ˌæz-; ˌɑːzə(r)baɪdʒ'ɑːn, ˌæz-] *n.* 亞塞拜然《CIS 成員國之一；瀕臨裏海；首都 Baku》.

az·i·muth [`æzəməθ; 'æzɪməθ] *n.* ⓒ《天文》方位角.

Az·tec [`æztɛk; 'æztek] *n.* ⓒ 阿茲特克人《墨西哥中部的原住民部族；該王國於 16 世紀初滅亡》.

az·ure [`æʒɚ, `eʒɚ; 'æʒə(r)] *adj.* 天藍色的.
— *n.* ⓤ 天藍色(→見封面裡).

B b ℬℓ

B, b [bi; bi:] n. (pl. **B's, Bs, b's** [biz; bi:z])
1 ⎡UC⎤ 英文字母的第二個字母.
2 ⎡C⎤ (用大寫字母)B 字形物.
3 ⎡U⎤ (用大寫字母)(音樂)B 音; B 調. → A, a 3
⎡參考⎤ **4** ⎡C⎤ (用大寫字母)二等品, B 級; (美)(學業成績)甲等. → A, a 4⎡參考⎤

B (略) Bay(…灣); black (表示鉛筆芯的軟度; ◆ H); British; (符號) boron.

b (略) born.

BA (略) Bachelor of Arts (文學士); British Airways (英國航空公司).

Ba (符號) barium.

baa [bæ; ba; bɑ; bɑ:] n. ⎡C⎤ 咩(羊叫聲).
— vi. (羊)咩咩叫.

bab·ble [`bæbl; `bæbl] vi. **1** (幼兒等)說不完整的話語; 喋喋不休地說. **2** (小溪)潺潺作響.
— vt. 嘮叨…; 無意中說出…. She *babbled* out the secret to her friend. 她無意中對她的朋友說出了那個祕密.
— n. ⎡U⎤ **1** 不完整的話語; 饒舌; (說得太快而)聽不清楚的話. **2** (小溪的)潺潺聲.

bab·bler [`bæblɚ; `bæblə(r)] n. ⎡C⎤ **1** 牙牙學語的幼兒. **2** 說話模糊不清的人; 喋喋不休的人.

babe [beb; beɪb] n. ⎡C⎤ **1** (詩)嬰兒(baby).
2 幼稚的人; 容易上當的人.
3 (主美, 俚)=baby 5.

Ba·bel [`bebl, `bæbl; `beɪbl] n. **1** (聖經)巴別塔 (亦作 the Tòwer of Bábel)(古時在 Babylon 人類為了到達天堂而建造的塔; 上帝發現此事便令人們語言混亂, 從而使其計畫失敗).
2 ⎡aU⎤ (babel)嘈雜聲; 嘈雜混亂的地方(狀態). a *babel* of voices 一陣嘈雜聲.

ba·bies [`bebɪz; `beɪbɪz] n. baby 的複數.

ba·boon [bæ`bun, bə`bun; bə'bu:n] n. ⎡C⎤ (動物)狒狒(產於非洲、阿拉伯).

＊ba·by [`bebɪ; `beɪbɪ] n. (pl. **-bies**) ⎡C⎤ **1** 嬰兒, (還不會走路的)幼兒. The *baby* opened his [her] mouth. 嬰兒張開了嘴巴/She is expecting a *baby* in June. 她 6 月要生產. ⎡語法⎤ baby 亦可用 it 當代名詞, 在家庭中性別清楚的情況下, 通常用 he [she].

⎡搭配⎤ adj.+baby: a healthy ~ (健康的嬰兒), a newborn ~ (剛出生的嬰兒) // v.+baby: be carrying a ~ (懷孕中), change a ~ (換尿布), have a ~ (有孩子), nurse a ~ (照顧孩子) // baby+v.: a ~ crawls (嬰兒爬行), a ~ cries (嬰兒哭泣).

2 老么; (團體中)年紀最小者.
3 (同種類中的)小東西(動物); 小孩.
4 (輕蔑)孩子氣的人. Don't be such a *baby*— the dentist won't hurt you. 別那麼孩子氣了——牙醫不會弄疼你的.
5 (主美, 俚)寶貝(特指用於稱呼, 亦可指男孩子, 尤其是交情很好的成人間也會如此稱呼).
6 (形容詞性)嬰兒(用)的; 嬰兒般的. a *baby* boy 男嬰/a *baby* face (圓圓嫩嫩的)娃娃臉.
— vt. (**-bies; -bied; ~·ing**)把…當嬰兒般對待; 嬌縱.

báby càrriage n. ⎡C⎤ (美)嬰兒車((英)作 「pram」

ba·by·hood [`bebɪ,hʊd; 'beɪbɪhʊd] n. ⎡U⎤ 嬰兒期.

[baby carriage]

ba·by·ish [`bebɪɪʃ; 'beɪbɪɪʃ] adj. 嬰兒般的, 孩子氣的.

Bab·y·lon [`bæblən; 'bæbɪlən] n. **1** 巴比倫 (古 Babylonia 首都).
2 ⎡C⎤ 奢華且充滿罪惡的城鎮.

Bab·y·lo·nia [,bæblˋonɪə, -njə; ,bæbɪ'ləʊnjə] n. 巴比倫王國(亞洲西南部的古王國).

Bab·y·lo·nian [,bæblˋonɪən, -njən; ,bæbɪ'ləʊnjən] adj. **1** 巴比倫的; 巴比倫王國的.
2 奢華頹廢的; 不道德的.
— n. ⎡C⎤ 巴比倫人.

ba·by·mind·er [`bebɪ,maɪndɚ; 'beɪbɪ,maɪndə(r)] n. (英)=baby-sitter.

ba·by·sat [`bebɪ,sæt; 'beɪbɪ,sæt] v. baby-sit 的過去式、過去分詞.

ba·by·sit [`bebɪ,sɪt; 'beɪbɪ,sɪt] v. (**-sits; -sat; -sit·ting**) vi. (口)當臨時保姆. *baby-sit with* a person's child 當某人孩子的臨時保姆/I often *baby-sit for* my big sister. 我常做大姐的臨時保姆.
— vt. 當(小孩)的臨時保姆.

＊ba·by·sit·ter [`bebɪ,sɪtɚ; 'beɪbɪ,sɪtə(r)] n. (pl. ~**s** [~z; ~z]) ⎡C⎤ 保姆(受雇為外出的父母照顧小孩的人; 亦可僅作 sit-ter). hire a *baby-sitter* for the evening 雇一名保姆晚上來照顧小孩.

ba·by·sit·ting [`bebɪ,sɪtɪŋ; 'beɪbɪ,sɪtɪŋ] n. ⎡U⎤ 臨時保姆的擔任.

báby tàlk n. ⎡U⎤ 兒語.

báby tòoth n. (美)=milk tooth.

B

bac·ca·lau·re·ate [ˌbækəˈlɔrɪɪt; ˌbækəˈlɔːrɪət] *n.* ⓒ《文章》學士學位 (bachelor's degree).

Bac·chus [ˈbækəs; ˈbækəs] *n.* 巴克斯(羅馬神話的酒神；相當於希臘神話中的Dionysus).

bac·cy [ˈbækɪ; ˈbækɪ] *n.* ⓤ《英、口》菸草 (tobacco).

Bach [bɑk, bɑx; bɑːx] *n.* **Jo·hann** [joˈhɑn; jəʊˈhɑːn] **Se·bas·tian** [sɛˈbæstjən; sɪˈbæstjən] ～ 巴哈(1685-1750)《德國作曲家；被稱為音樂之父》.

*****bach·e·lor** [ˈbætʃələ, ˈbætʃlə, ˈbætʃələ(r)] *n.* (*pl.* ～s [~z; ~z]) ⓒ **1** 單身[未婚]男子《女性是 spinster》. remain a *bachelor* all one's life 終生過獨身生活. **2** 學士《更高學位為master, doctor》.

báchelor gírl [wōman] *n.* ⓒ獨立生活的單身女性.

Bāchelor of Ārts *n.* ⓒ文學士(略作 BA, AB).

Bāchelor of Scíence *n.* ⓒ理學士(略作 BS, BSc, SB).

báchelor's degrēe *n.* ⓒ學士學位.

ba·cil·li [bəˈsɪlaɪ; bəˈsɪlaɪ] *n.* bacillus的複數.

ba·cil·lus [bəˈsɪləs; bəˈsɪləs] *n.* (*pl.* **-li**) ⓒ **1** 桿菌(一種細菌(bacteria)). **2** (泛指)細菌.

*****back** [bæk; bæk] *n.* (*pl.* ～s [~s; ~s])【 背 】**1** ⓒ (人或動物的)背部；脊骨(backbone). carry one's baby on one's *back* 背小孩/as soon as his *back* was turned 他一轉身[離去]立刻/I've got a pain in my *back*. 我背痛/He has only the clothes on his *back*. 他僅有穿在身上的這套衣服.

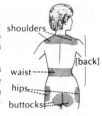

shoulders
waist
hips
buttocks
[back]

【 物的背部 】**2** ⓒ (位置或形狀)與背相當的部分. the *back* of a chair 椅背/the label on the *back* of a book 書背上的標籤/the *back* of one's hand 手背/the *back* of one's head 後腦勺/the *back* of a knife 刀背/the *back* of a hill 山背.

【 後部 】**3** ⓒ (場所、建築物、車輛等的)後部；(物的)後面；後部；背面，反面；(↔ front). the *back* of a house 屋後/The mother was at the wheel and the children in the *back* (of the car). 母親開車，孩子坐在後座/write one's name on the *back* of a check (支票)背書.

4 ⓤⓒ (足球、曲棍球等的)後衛《區分為fullback, halfback等》.

*at a pèrson's **báck**=at the back of... (2).

* *at the báck of...* (1)在 … 後面；在 … 背後；(↔ in front of...). There is a small garden *at the back of* the house. 屋後有一座小花園/There is an appendix *at the back of* the book. 書後載有附錄/*at the back of* one's mind (雖沒有意識到

但在)內心深處. (2)支持〔人〕.

bàck to báck (與…)背靠背地(*with*). The two houses stand *back to back with* each other. 這兩間房屋背對背地立著.

bàck to frónt (1)前後顛倒地. wear a T-shirt *back to front* 把T恤倒過來穿. (2)(由裡到外)完全地, 徹底地, 〔知道等〕. (3)雜亂地; 混亂地.

* *behind* a pèrson's *báck* = *behind the báck of* a pèrson 在人背後, 暗中. She speaks ill of him *behind* his *back*. 她在他背後說他壞話.

brèak a pèrson's *báck* = break the back of... (2).

brèak one's báck (to do)《口》(折斷背骨般地)拼命努力(做…).

brèak the báck of... (1)完成〔工作等〕的大部分. We can take it easier now—we've *broken the back of* the work. 現在我們可以輕鬆些了——大部分工作已經完成了. (2)使〔人〕背負難以勝任的重擔; 殘酷地驅使〔人〕….

gèt a pèrson's báck úp=put a person's back up.

gèt one's báck ùp《口》生氣; 反抗;《源自貓生氣時背弓起的姿勢》.

in báck of...《美、口》=at the back of...

* *on one's báck* (1)仰首;《口》臥病. He fainted and fell *on his back*. 他向後倒了/I was *on my back* for a week with the flu. 我因流行性感冒而臥病一星期. (2)《口》無計可施. (3)擔負著; 馬上緊接而來.

pùt one's báck into...《口》竭盡全力於〔工作等〕.

pùt a pèrson's báck ùp《口》使人生氣; 使人反抗. His selfish attitude *put* my *back up*. 他自私的態度令我生氣.

sèe the báck of...《口》趕走. I'm glad to *see the back of* him. 我很高興能把他趕走.

to the báck 完全地[的], 徹底地.

tùrn one's báck on [upon]... 背棄…; 拋棄…. I never *turn* my *back on* a friend in need. 我從不背棄需要幫助的朋友.

with one's bàck to the wáll → wall 的片語.

—— *adj.* 《限定》(★無比較級, 最高級是backmost)【 後面的 】**1** 後面的; 後部的; (↔ front, fore). the *back* seat 後座/*back* teeth 臼齒/the *back* gate 後門.

2 偏僻的; 內地的.

3 《語音學》舌後的. a *back* vowel 後母音《[u, ɔ, ɑ; uː, ɔː, ɒ]等》.

【 返回 】**4** 倒退的; 相反的. a *back* current 逆流/give a *back* answer 回嘴.

5 過去的; 過時的.

6 【拖延的】未繳納的. *back* pay 未支付的薪資/*back* rent 未繳的租金.

—— *adv.* 【向後】**1** 向後地; 在後面; (從觀者的立場看)離開一段距離; 向裡地. Please step *back*. 請退後/His house stands *back* from the street. 他的房子離馬路有一段距離.

2 【向後縮】抑制(感情)地; 隱藏(祕密等)地. She

held *back* her anger, and smiled graciously. 她壓抑心中的憤怒，親切地微笑.

〖〖返回〗〗 **3** 回來地，回到原來的地點[狀態]；往回走；相反地；歸還地；回答地；違背(他人)地. come [go] *back* 回來[去]/She answered me *back*. 她對我頂嘴/Please put the book *back* on the shelf. 請把書放回書架/Miniskirts are *back* in fashion. 迷你裙重新流行.

4 回到(過去)，以前；(從現在)…之前. for some time *back* 不久前/*back* in the 1920s 回到1920年代/several months *back* 幾個月以前.

* **bàck and fórth** (在兩點之間)往返地；前後地，來回地；(to and fro). He walked *back and forth* in front of the door, hesitating to enter. 他在門前走來走去，猶豫是否要進去.

báck of... (美) = at the back of... (→ *n.* 的片語)

be báck (口)回來；回家. She'll *be back* in ten minutes. 她十分鐘後回來.

thère and báck 往返. It'll take you about an hour to drive *there and back*. 開車往返那裡一趟約需一小時.

to...and báck 到…的往返. What's the fare *to* Taipei *and back*? 到臺北的來回票價是多少?

— *v.* (~**s** [~s; ~s]; ~**ed** [~t; ~t]; ~**ing**) *vt.* **1** 使後退，使倒退，(up). I backed my car (*up*) into the carport. 我把車倒入車庫.

2 支持(support)；(財政上)支援；(*up*). back (*up*) a candidate 支持某一候選人/Nobody backed me *up*. 沒有人支持我.

〖搭配〗 back+*n.*: ~ a candidate (支持某一候選人)，~ a cause (支持某一主張)，~ a plan (支持某一計畫)，~ a proposal (支持某一提案).

3 給(書本等)裝訂書背；給(衣服等)裝上襯裡.

4 構成(景色等)的背景；位於…的後面. My house is *backed* by woods. 我的房子後面是森林.

— *vi.* **1** 後退，倒退，(up). The truck *backed up* to the wall. 卡車倒退到牆邊/*Back up* another two yards. (把車)再倒退2碼(★ another 之後者爲副詞用法).

2 背接. The house *backs* on to the tennis court. 屋後連接網球場.

bàck awáy 後退；(嚇得)退縮.

bàck dówn [(美) *óff*] 承認自己的錯誤，放棄原來的主張. When I saw their evidence against my theory, I had to *back down*. 當我看到他們對我的理論所提出的反證時，我只好退讓.

bàck óut (*from...*)=back out (of...).

bàck óut (*of...*) (口)(從事業，契約等)退出；無法實現(諾言). We'll be in trouble if he *backs out* at this stage. 如果他在現階段退出，我們就麻煩了.

bàck úp (1) → *vi.* 1. (2)(污水等)阻塞，溢出；(美)(交通)阻塞. (3)(電腦)(磁碟片，檔案等的)複製(爲防止錯誤操作所造成的資料毀損).

bàck/.../úp (1) → *vt.* 1, 2. (2)證明，證實，〔主張等〕；保證(商品等). *back up* one's story with facts 以事實證明所言不假/These clocks are

---

B

backed up by a guarantee. 這些時鐘附有保證書. (3)堵住(流水等)；(美)使(交通)阻塞. (4)(電腦)複製，備份，(磁碟片，檔案等). (5)(體育)做…的後援.

back·ache [`bæk͵ek; ´bækeɪk] *n.* ⓊⒸ背痛，腰痛.

back·bench [`bæk͵bɛntʃ; ´bæk͵bentʃ] *n.* Ⓒ (英)(加 the)後座議員席(下議院不擔任公職的普通議員所坐)(◆ frontbench)；(加 the)(單複數同形)(集合)普通議員.

back·bench·er [͵bæk`bɛntʃɚ; ͵bæk´bentʃə(r)] *n.* Ⓒ(英)普通議員.

back·bit [`bæk͵bɪt; ´bæk͵bɪt] *v.* backbite 的過去式，過去分詞.

back·bite [`bæk͵baɪt; ´bæk͵baɪt] *vt., vi.* 說…(的)壞話，中傷.

back·bit·ing [`bæk͵baɪtɪŋ; ´bækbaɪtɪŋ] *n.* Ⓤ背後中傷，誹謗.

* **back·bone** [`bæk`bon, -͵bon; ´bækbəʊn] *n.* (*pl.* ~**s** [~z; ~z]) **1** Ⓒ脊骨，脊椎，(spine). break one's *backbone* 折斷脊椎. **2** Ⓒ(加 the)中堅，骨幹. The middle class forms the *backbone* of a country. 中產階級構成國家的骨幹. **3** Ⓤ骨氣，毅力. a man of *backbone* 有骨氣的男人.

to the báckbone 徹底地(的)，完全地(的). a conservative *to the backbone* 十足的保守分子.

back·break·ing [`bæk͵brekɪŋ; ´bæk͵breɪkɪŋ] *adj.* 使人勞累的，極費力的，(<break a person's back (→ back 的片語)).

back·chat [`bæk͵tʃæt; ´bæktʃæt] *n.* (英，口)=back talk.

back·cloth [`bæk͵klɔθ; ´bækklɒθ] *n.* (*pl.* ~**s** [-͵klɔθs, -͵klɔðz; -klɒθs]) (英)=backdrop.

bàck cóuntry *n.* Ⓤ邊遠地區，偏僻地區，(昔日指美國，澳大利亞，紐西蘭等地).

back·court [`bæk͵kort; ´bæk͵kɔːt] *n.* Ⓒ(網球)後場(◆ forecourt).

back·date [`bæk͵det; ͵bæk´deɪt] *vt.* 追溯…的日期(*to*)；追溯…使發生效力.

bàck dóor *n.* Ⓒ後門；陰險的手段.

back·door [͵bæk`dor; ´bæk´dɔː(r)] *adj.* (限定)後門的，從後門的；不正當的，祕密的.

back·drop [`bæk͵drɑp; ´bækdrɒp] *n.* Ⓒ **1** (劇場的)背景幕. **2** (事件等的)背景.

back·er [`bækɚ; ´bækə(r)] *n.* Ⓒ後援者，贊助者；(賽馬等中的)下賭注者.

back·field [`bæk͵fild; ´bæk͵fiːld] *n.* Ⓤ(美式足球)(加 the)(集合)後衛，守衛球員.

back·fire [`bæk͵faɪr; ´bæk͵faɪə(r)] *n.* Ⓒ逆火(一種引擎故障).

— [`bæk͵faɪr, -´faɪr; ´bæk͵faɪə(r)] *vi.* **1** 發生逆火. **2** 〔計畫等〕發生意外結果，事與願違. The plan *backfired* on us and we lost a lot of money. 那計畫(的結果)橫生意外，使我們損失一大筆錢.

back·gam·mon [`bæk͵gæmən,

B

,bæk`gæmən;
'bæk,gæmən] *n.* U 西
洋雙陸棋(兩人對局,
各持15個棋子,根據
骰子的點數移動棋盤上
的棋子).

[backgammon]

＊back·ground

[`bæk,graund;
'bækgraʊnd] *n.* (*pl.*
~s [~z; ~z]) **1** C (繪畫, 照片等的)背景, 後景,
遠景, (↔ foreground). There is a castle in the
background of the picture. 畫的背景中有一座城
堡/against a dark *background* 以暗色為背景.
2 C (針對衣服花樣等的)布料底色. Her dress has
white spots on a blue *background*. 她的洋裝是藍
底白點.
3 C (用單數) (在後面)不醒目的地方. She is shy
and always remains in the *background*. 她害羞而
且總是待在不引人注意的地方.
4 U (事件等的)背景; (為瞭解問題的)背景資料
(亦作 báckground infórmation). Perhaps he'll
be able to give us more *background* on the
affair. 也許他能提供我們更多有關此事的背景資料.
5 C (人的)經歷, 身分; 素養. He's got a clean
background. 他家世清白/a woman with a college
background 一個受過大學教育的女人/He has a
background in business. 他有從商的經歷.

> 搭配 *adj.*＋background: a broad ~ (廣泛的經
> 歷), a specialized ~ (專業的背景), an educa-
> tional ~ (教育上的背景), a political ~ (政治
> 上的背景), a religious ~ (宗教上的背景).

báckground mùsic *n.* U (電影, 戲劇等
的)背景音樂; 氣氛音樂(飯店、百貨公司等為了使
氣氛柔和而放的音樂; 略作 BGM).
back·hand [`bæk`hænd, -,hænd; 'bækhænd]
n. C **1** (網球等的)反手抽球, 反拍.
2 向左傾斜的字體.
— *adj.* ＝backhanded. ↔ forehand.
back·hand·ed [`bæk`hændɪd, -,hændɪd;
'bækhændɪd] *adj.* **1** (網球等的)反手抽球的, 反拍
的. **2** 向左傾斜的(字體). **3** 諷刺挖苦的(恭維等).
back·ing [`bækɪŋ; 'bækɪŋ] *n.* **1** U 後援, 支
持. **2** aU (集合)後援團體, 支持團體.
3 UC (椅子等的)靠背, 裱背; (裝訂的)書背.
4 (流行音樂的)伴奏. **5** U 後退, 倒退; 逆行.
back·lash [`bæk,læʃ; 'bæklæʃ] *n.* C 強力反
彈, 反抗, (*against* 對…).
back·less [`bæklɪs; 'bæklɪs] *adj.* (洋裝, 泳裝
等)露背的, 露出一大片背部的.
back·log [`bæk,lɔg, -,lɑg; 'bæklɒg] *n.* C (通
常用單數)累積, 積存之物. a *backlog* of work 積
存的工作.
back·most [`bæk,most; 'bæk,məʊst] *adj.*
(back 的最高級)(限定)最後面的, 最後部分的.

bàck númber *n.* C **1** 過期的雜誌[報紙].
2 (口)過時的人[物].
back·pack [`bæk,pæk; 'bæk,pæk] *n.* C 背包
(有的有鋁架支撐).
— *vi.* 背著背包旅行.
back·pack·er [`bæk,pækɚ;
'bæk,pækə(r)] *n.* C (美)背著背
包旅行的人.
back·ped·al [`bæk,pɛd;
,bæk'pedl] *vi.* (~s; (美) ~ed,
(英) ~led; (美) ~ing, (英)
~ling) **1** 倒踏(腳踏車等的)踏板
(指沒有 freewheel 的腳踏車).
2 (口)食言; 反悔.

[backpack]

bàck séat *n.* C **1** (汽車的)
後座(→ car 圖). **2** (用單數)
(口)不顯眼的[低下的]地位.
tàke a back séat (口)謙讓, 不出風頭, (*to* 對
於…).
bàck-seat dríver *n.* C (坐在汽車後座)
指揮開車的人; 好管閒事者.
back·side [`bæk,saɪd; ,bæk'saɪd] *n.* C (俚)
(常backsides)臀部, 屁股.
back·slid [`bæk,slɪd, -`slɪd; ,bæk'slɪd] *v.* back-
slide 的過去式、過去分詞.
back·slid·den [`bæk,slɪdn̩, -`slɪdn̩;
,bæk'slɪdn] *v.* backslide 的過去分詞.
back·slide [`bæk,slaɪd, `bæk`slaɪd;
,bæk'slaɪd] *vi.* (~s; -slid; -slid, -slid·den; -slid-
ing) (惡習)復發.
back·stage [`bæk`stedʒ; 'bæk,steɪdʒ] *adv.*
1 在後臺, 往後臺. **2** 暗中地, 祕密地.
— *adj.* (限定) **1** 後臺的; 內幕的. **2** 幕後的; 祕
密的.
back·stop [`bæk,stɑp; 'bæk,stɒp] *n.* C **1** (棒
球等的)本壘後方的擋球網. **2** (棒球的)捕手.
báck strèet *n.* C 後街.
back·stretch [`bæk,stretʃ; ,bæk'stretʃ] *n.*
C (比賽)與在終點前的跑道相對且平行的跑道(在
homestretch 對面的直線跑道).
back·stroke [`bæk,strok; 'bæk,strəʊk] *n.*
C (游泳)仰泳; (加 the)仰泳比賽.
báck tàlk *n.* U (美)傲慢的頂嘴.
back·track [`bæk,træk; 'bæk,træk] *vi.*
1 (由原路)返回; (話, 議論等)收回.
2 ＝backpedal 2.
back·up [`bæk,ʌp; 'bæk,ʌp] *n.* C **1** 替代物
[人](*for*). **2** 後援者[物]. **3** (電腦)備份(複製碟
片等).
— *adj.* **1** 替代的. **2** 後援的. **3** (電腦)備份的.

＊back·ward [`bækwɚd; 'bækwəd] *adv.* **1**
向後地(↔ forward). go *back-*
ward 後退/He looked *backward* over his shoul-
der. 他回頭向後看.
2 往後地; 相反地. walk *backward* 倒著走/The
actress fell *backward* over the stage. 女演員從舞
臺上倒摔下來/Count *backward* from one hun-
dred. 從一百倒數.

3 (回溯)過去。To understand the present situation we need to look *backward* over this country's history. 爲了瞭解現狀，我們需要回溯這個國家的歷史。

4 〔狀態等〕倒退地，每況愈下地。Social conditions are going *backward* rather than forward. 目前的社會狀況不進反退。

báckward and fórward 來回地，前後地，往返地。

— *adj.* 〖向後方的〗**1** 《限定》向後的；倒逆的；回程的〔旅行等〕。(↔ forward). throw a *backward* glance 向後瞥了一眼。

〖後退>落後〗**2** 〔文化，智力等〕落後的，遲鈍的。a *backward* country 落後國家/*backward* children 遲鈍的小孩。

3 〔季節等〕遲來的。Spring is *backward* this year. 今年春天來遲了。

4 〔學習，準備等〕落後的。He is *backward in* his studies. 他的功課落後了。

〖畏縮的〗**5** 靦腆的，羞怯的；遲疑的；《in》。She is *backward in* expressing her opinion. 她怯於表達意見。

back·wards [ˋbækwədz; ˈbækwədz] *adv.* =backward.

back·wash [ˋbæk͵wɑʃ, ͵ˋwɔʃ; ˈbækwɔʃ] *n.* © (用單數) **1** (水，空氣的)逆流。**2** (事件等的)餘波。

back·wa·ter [ˋbæk͵wɔtɚ, ͵ˋwɑtɚ; ˈbækwɔːtə(r)] *n.* © **1** 死水(水流受阻而堵住的積水)；河川的泛水。

2 (精神的、文化的)停滯；文化落後的地方。

back·woods [ˋbæk͵wʊdz, ͵ˋbæk͵wʊdz; ˈbækwʊdz] *n.* 《單複數同形》(加 the)(特指北美的)森林地帶，邊境。

back·woods·man [ˋbæk͵wʊdzmən, ͵ˋbæk͵wʊdzmən; ˈbækwʊdzmən] *n.* (*pl.* **-men** [-mən; -mən]) © 住在邊境的人。

*****back·yard** [ˋbæk͵jɑrd, ͵bækˋjɑd; ͵bækˈjɑːd] *n.* (*pl.* ~s [~z; ~z]) © 後院《一般在(美)指草皮，(英)則爲水泥地)。

in one's ówn backyárd 《口》身旁的地方。

Ba·con [ˋbekən, ˋbekŋ; ˈbeɪkən] *n.* **Francis ~** 培根(1561-1626)《英國隨筆作家、政治家、哲學家》。

*****ba·con** [ˋbekən, ˋbekŋ; ˈbeɪkən] *n.* U 醃燻豬肉，培根，(用醃豬肉燻製)。a slice of *bacon* 一片培根。

bacon and eggs [͵bekənˋɛgz; ͵beɪkənənˈegz] 培根蛋《在烤好的培根上加上荷包蛋》《一般爲早餐食用》。

bring hòme the bácon 《口》養(家)；事業成功。

sàve one's [a person's] bácon (英、口)(使某人)免於被害；得救，救命。

*****bac·te·ri·a** [bækˋtɪrɪə; bækˈtɪərɪə] *n.* 《作複數》細菌。

bac·te·ri·al [bækˋtɪrɪəl; bækˈtɪərɪəl] *adj.* 細菌的。

bac·te·ri·ol·o·gist [͵bæk͵tɪrɪˋɑlədʒɪst, bæk͵tɪrɪ-; bæk͵tɪərɪˈɒlədʒɪst] *n.* © 細菌學者。

bac·te·ri·ol·o·gy [͵bæk͵tɪrɪˋɑlədʒɪ, bæk͵tɪrɪ-; bæk͵tɪərɪˈɒlədʒɪ] *n.* U 細菌學。

*****bad** [bæd; bæd] *adj.* (**worse; worst**) 〖壞的，不好的〗**1** 〔道德上〕壞的，不善良的，(↔ good; → evil①). a *bad* habit 惡習/*bad* conduct 不良行爲/It is *bad* to steal. 偷竊是不好的/You *bad* boy. 調皮的孩子《輕微的斥責》。

2 有害的(*for*). Drinking too much is *bad for* the health. 飲酒過多有害健康。

〖不愉快的〗**3** 〔病情，天氣等〕嚴重的，惡劣的。*bad* weather 惡劣的天氣/a *bad* headache [accident] 嚴重的頭痛[事故]。

4 《口》令人不快的，討厭的；不好的，不幸的。a *bad* smell 惡臭味/a *bad* word 下流話/*bad* manners 不好的舉止/*bad* news 壞消息/taste [smell] *bad* 味道[氣味]不好(★ taste [smell] 爲 句型2 的動詞)。

〖不正常的〗**5** 腐爛的，腐敗的，(spoiled). *bad* eggs 壞掉的蛋/a *bad* tooth 蛀牙。

6 病痛的，身體不好的。He has a *bad* heart. 他心臟不好/She feels *bad* today. 今天她覺得人不舒服。

〖不完全的〗**7** 有缺點的，不完美的，不完全的。a *bad* translation 拙劣的翻譯。

8 不正確的，錯誤的。a *bad* shot 不準的射擊/*bad* grammar 不正確的文法。

9 拙劣的，蹩腳的，(poor).

be bád at... 不擅於…。He *is bad at* driving. 他車開得不好。

be in a bàd wáy 病重的；情況不好的。

fèel bád about... 《口》後悔，感到抱歉。I *feel bad about* not having gone to his funeral. 我很後悔沒去參加他的葬禮。

*****gò bád** 《物品》腐敗，變質。This meat has *gone bad*. 這塊肉壞了。

(It's [That's]) tòo bád 《口》(1)那太可惜了，眞遺憾/(諷刺)不巧。*Too bad* your pet dog died. 你的愛犬死了眞是可惜。(2)那太糟糕了，不合理。

nòt hàlf bád (英、口)一點都不壞的，相當好的。

*****nòt (tòo) bád*** 《口》不壞的，相當好的，(fairly good). The idea is *not bad*. 這個主意不錯。

— *n.* U 不好的事[東西，狀態]；厄運，不幸。

be in bád 《口》處於困境；惹人厭惡(*with*). I'm *in bad with* Mom for staying out all night. 我因爲一夜不歸而惹媽媽生氣。

gò from bàd to wórse 每況愈下。Things went *from bad to worse*. 事情日益惡化。

gò to the bád 墮落。She has *gone to the bad* since she lost her husband. 自從失去丈夫後她便墮落了。

— *adv.* (美、口)=badly.

bàd blóod *n.* U 仇恨，敵意。There's *bad blood* between them. 他們互有敵意。

bàd débt *n.* UC 呆帳(無法收回的)。

bade [bæd; bæd] *v.* bid 的過去式。

B

*badge [bædʒ; bædʒ] *n.* (*pl.* badg·es [~ɪz; ~ɪz])
　C徽章,證章; 標誌. a school *badge* 校徽/a
merit *badge* 勳章.

badg·er [`bædʒɚ; 'bædʒə(r)] *n.* 1 C獾(體長
70 cm 左右的穴居夜行性動物).

2 U獾皮(黃灰色).

— *vt.* 1 欺負, 困擾,
使煩惱, (*with*).

2 句型5 (badger A *to*
do) 纏著 A 去做 …;
句型3 (badger A *into*...)
把A纏得不得不去…
Ned *badgered* his fa-
ther *to* buy [*into*] a motorcycle. 奈德纏
著父親要他買一輛摩托車[把父親纏得不得不去買輛
摩托車].

[badger 1]

bad·i·nage [`bædnɪdʒ, ˌbædɪ`nɑʒ; 'bædinɑːʒ]
(法語) *n.* U嘲弄, 開玩笑.

*bad·ly [`bædlɪ; 'bædlɪ] *adv.* (worse; worst) 1
壞地, 惡劣地, (↔ well). treat a per-
son *badly* 虐待人/behave *badly* 行為不檢.

2 (口)極, 非常, (very much)(通常用於表示需
要, 疾病, 災害等意思的句子). She wants a new
dress *badly*. 她非常想要一件新衣/My arm is hurt-
ing *badly*. 我的手臂非常痛.

3 笨拙地, 拙劣地. He did *badly* at school. 他在
學校的成績不好.

be bàdly óff 生活困苦(↔ be well off). They
were badly off in the village. 他們在村裡生活
困苦.

be bàdly óff for... 缺少…. Taiwan *is* very
badly off for natural resources. 臺灣非常缺乏天
然資源.

bad·min·ton [`bædmɪntən; 'bædmɪntən] *n.*
U羽毛球.

bad·ness [`bædnɪs; 'bædnɪs] *n.* U不正當, 惡
劣; 不正常; 不正確.

bad-tem·pered [ˌbæd`tɛmpɚd;
ˌbæd'tempəd] *adj.* 脾氣壞的, 易怒的.

baf·fle [`bæfl; 'bæfl] *vt.* 1 使(計畫, 謀略等)挫
敗; 阻撓…的進行. The thick walls *baffle* out-
side noises. 厚牆隔絕了外面的噪音.

2 [難題等]使困惑, 難倒. This problem *baffles*
me. 這個問題把我難倒了.

— *n.* C(調節或阻礙聲音, 光, 液體等的)隔板.

baf·fling [`bæflɪŋ, -flɪŋ; 'bæflɪŋ] *adj.* 麻煩的,
難解的; 不可思議的. a *baffling* situation 麻煩的
處境/a *baffling* problem 解決[解答]不了的問題.

*bag [bæg; bæg] *n.* (*pl.* ~s [~z; ~z]) C 【袋】
1 袋, 一袋之物(bagful). a shopping *bag*
購物袋/a *bag* of wheat 一袋小麥.

2 提袋, 手提箱(suitcase), 公事包. a traveling
bag 旅行袋. 3 (女用)錢包, 手提包.

【袋狀物】 4 (棒球)壘. 5 (口)鼓脹處(如眼袋等).

6 (bags)(英, 口)褲子(特指寬大的).

【袋中之物】 7 (集合)(獵人一天所得的)獵物. a
good [poor, bad] *bag* 捕獲很多[沒有捕到甚麼]獵
物.

bàg and bággage (副詞性)全部家當; 所有的一
切. She left home *bag and baggage*. 她帶著全部
家當離家了.

bàgs of... (英, 俚)很多, 許多. have *bags of*
money [time] 有許多錢[時間].

in the bág (口)穩操勝算, 確定無疑. The con-
tract is *in the bag*, so let's go out and celebrate.
簽約的事一定沒問題的, 所以我們出去慶祝吧!

— *v.* (~s; ~ged; ~ging) *vt.* 1 將…裝進袋子.
bag (up) corn 將玉米裝入袋中.

2 (口)捕獲, 殺死, [獵物]; 逮捕(犯人). We
bagged a wild bird. 我們捕獲一隻野鳥.

3 (口)擅自牽羊, 擅自取用, [別人的東西].

4 (口)預佔[好座位等]. We'll be late for the
show, so *bag* some good seats for us. 我們會晚點
進場看表演, 所以先幫我們佔幾個好位子.

— *vi.* 鼓起, 寬鬆下垂, (*out*). These pants
tend to *bag* (*out*) at the knees. 這些褲子的膝部
變形下垂了.

bag·a·telle [ˌbægə`tɛl; ˌbægə'tel] *n.* 1 U九
穴檯球戲(與撞球相似). 2 aU瑣事, 無聊事.

Bag·dad [`bægdæd, bag`dɑd; ˌbæg'dæd] *n.* 巴
格達(伊拉克(Iraq)共和國首都).

bag·ful [`bæg.ful; 'bægfol] *n.* C一袋的量.

*bag·gage [`bægɪdʒ; 'bægɪdʒ] *n.* U 1 (集
合)(手提箱, 皮箱, 手提包等的)
行李(→ luggage 參考). a piece of *baggage* 一件
行李/a lot of [a little] *baggage* 許多[一些]行李/
Passengers can take a certain amount of *bag-
gage* on the airplane. 旅客可以隨身攜帶某一定量
的行李上飛機.

2 (軍事)(集合)軍用行李(帳篷, 寢具等裝備).

bággage càr *n.* C(美)(鐵路的)行李車
((英) luggage van).

bággage chèck *n.* C(美)行李寄放處.

bággage clàim *n.* C(機場等的)行李
領取處.

bággage ràck *n.* C(美)(車內的)行李架.

bággage ròom *n.* C(美)行李寄放處((英)
left-luggage office).

bag·gy [`bægɪ; 'bægɪ] *adj.* [褲子等]寬鬆下垂的,
鼓起來的.

Bagh·dad [`bægdæd,
bag`dɑd; ˌbæg'dæd]
n. =Bagdad.

bág làdy *n.* C無家
可歸的女人, (女的)遊
民, (全部財物都裝在袋
中).

bag·pipe [`bæg.paɪp;
'bægpaɪp] *n.* C(常 the
bagpipes)風笛(蘇格蘭
高地等處所使用). play
the *bagpipes* 吹奏風笛.

bah [bɑ, bæ; bɑː] *interj.*

[bagpipes]

呸!(表示輕蔑、嫌惡、不相信等).

Ba·ha·mas [bə`heməz; bə'hɑ:məz] n. 《作複數》(加 the) 巴哈馬群島(位於古巴東北方的國家; 以休閒勝地聞名; 首都 Nassau; → Caribbean Sea 圖).

Bah·rain [bɑ`ren; bɑ:'reɪn] n. 巴林(波斯灣一小國; 首都 Manama).

bail¹ [bel; beɪl] n. 《法律》 **1** ⓤ保釋; 保釋金. He was released on *bail*. 他被保釋.

2 ⓒ保釋人.

gò [stànd, put ùp] báil (for...) 做(⋯的)保釋人; 爲(人, 物)做擔保. The father refused to go *bail for* his son this time. 這一次父親拒絕保釋他兒子.

— vt. 《法律》付保釋金使〔被告〕獲得保釋(*out*).

bail² [bel; beɪl] v. (通常用 bail out) vt. **1** 汲出〔船底的水〕; 從〔船中〕汲出船底的水. *bail* water *out of* a boat=*bail* (*out*) a boat 將船中的水汲出.

2 (從危險、困境等中)脫離, 逃出.

— vi. **1** 汲出船底的水.

2 (乘降落傘逃離; (從危險等中)逃脫; (★《英》通常作 bale).

bai·ley [`belɪ; 'beɪlɪ] n. (pl. ~s) ⓒ城堡的中庭.

bai·liff [`belɪf; 'beɪlɪf] n. (pl. ~s) ⓒ **1** 《英》執行官(sheriff 的下屬). **2** 《主英》土地管理人.

3 《美》法警(《英》usher).

bairn [bɛrn, bærn, bern; beən] n. 《蘇格蘭、北英》小孩(child).

*****bait** [bet; beɪt] n. ⓤ **1** (裝在釣鉤、陷阱等上的)餌. He put live [laɪv; laɪv] *bait* on a hook. 他將釣餌裝上活餌.

2 (引人上鉤的)誘餌, 陷阱. Don't worry—he's bound to take the *bait*. 別擔心, 他一定會上鉤的.

— vt. **1** 在〔釣鉤或陷阱〕上裝誘餌. He *baited* the trap for rabbits. 他在捕兔器上裝誘餌.

2 以狗逗弄〔被綁住的熊、牛等〕《英國昔日的雜耍; → bearbaiting). **2** 戲弄〔動物〕.

baize [bez; beɪz] n. ⓤ厚毛呢(通常爲綠色的厚粗呢; 鋪在撞球檯內側或廚房門上).

*****bake** [bek; beɪk] v. (~s [~s; ~s]; ~d [~t; ~t]; **bak·ing**) vt. **1** 用烤爐烤烘(不直接用火; → broil; → cook 表). She *baked* bread and cakes in the oven. 她在烤爐裡烤麵包和蛋糕.

2 燒硬(磚瓦等).

3 〔太陽將皮膚〕曬黑. She got her skin *baked* by the hot sun. 她讓烈日把皮膚曬黑了.

— vi. **1** 〔麵包等〕烘烤. The cookies are *baking* now. 餅乾正在烘烤中. **2** 烤麵包等.

3 《口》(身體)發熱. I'm *baking*! 我熱死了!

Ba·ke·lite [`bekə,laɪt, `beklaɪt; 'beɪkəlaɪt] n. ⓤ酚醛樹脂, 電木(或膠木), (一種合成樹脂; 商標名).

*****bak·er** [`bekə; 'beɪkə(r)] n. (pl. ~s [~z; ~z]) ⓒ麵包師傅; 烘製麵包的師傅. at the *baker's* in Park Street 在公園街上的麵包店.

bàker's dòzen n. ⓒ十三個(過去麵包店爲避免份量不足受罰, 因此顧客購買一打麵包時故意多給一個).

*****bak·er·y** [`bekərɪ; 'beɪkərɪ] n. (pl. **-er·ies** [~z; ~z]) ⓒ麵包製造廠[室], (製造、販賣麵包的)麵包店.

bak·ing [`bekɪŋ; 'beɪkɪŋ] v. bake 的現在分詞、動名詞.

— n. ⓤ(麵包等)烘烤.

— adj. 烘烤般的.

— adv. 烘烤般地. It's *baking* hot. 天氣如烘烤般地炎熱.

bàking pòwder n. ⓤ醱酵粉(主要成分爲碳酸氫鈉和酒石英).

bàking sòda n. ⓤ碳酸氫鈉.

bal·a·lai·ka [ˌbælə'laɪkə; ˌbælə'laɪkə] (俄羅斯語) n. ⓒ巴拉萊卡琴(類似吉他的俄羅斯三弦琴).

*****bal·ance** [`bæləns; 'bæləns] n. (pl. **-anc·es** [~ɪz; ~ɪz])

【 天平 】 **1** ⓒ秤, 天平. weigh chemicals in the *balance* 在天平上秤化學藥品.

[balance 1]

【 天平的平衡 】 **2** aⓤ平衡, 均衡; 安定; 調和; (精神上的)平靜; (↔ imbalance). the sense of *balance* 平衡感/He recovered the *balance* of his mind. 他恢復了心靈上的平靜.

> 搭配 v.+balance: destroy the ~ (破壞均衡), disturb the ~ (打亂均衡), upset the ~ (破壞平衡), restore the ~ (恢復平衡).

【 天平的傾斜狀態 】 **3** ⓒ(重, 量等)偏於一邊, 傾斜. The *balance* of public opinion remains in his favor. 輿論依然對他有利.

4 ⓒ(通常用單數)彌補(他者)之物; 《商業》(收支, 借貸的)差額, 扣除後的差額, 餘款. the *balance* due 扣除後的不足額/the *balance* brought [car-ried] forward 上期轉入的[轉入下期的]餘額.

5 ⓤ《口》(加 the) 剩餘, 餘款; 零錢. pay the *bal-ance* 付餘款/You may keep the *balance*. 不用找錢了.

hòld the bálance (of pówer) 掌握決定權.

in the bálance 處於不安定的狀態, 仍然未定地[的]. He's now in the hospital and his life is (hanging) *in the balance*. 他現在住院且生死未卜.

* *kèep [lòse] one's bálance* (身體, 精神的)保持[失去]平衡. It is hard to *keep* our *balance* on icy streets. 我們很難在結冰的道路上保持平衡.

off bálance 失去平衡, 快要跌倒; 慌張. The question threw me *off* (his) *balance*. 這個問題令他心緒紊亂.

on bálance 衡量兩者之後, 比較考慮後的結果. I think that, *on balance*, John's proposal is better than Roger's. 經過考慮之後, 我認爲約翰的提議比羅傑的好.

strike a bálance (1)結算帳目.

(2)(在兩者間)取得平衡. He *strikes* a proper *bal-*

B

ance between work and play. 他在工作和娛樂之間取得適當的平衡.

— *v.* (-anc·es [~ɪz; ~ɪz]; ~d [~t; ~t]; -anc·ing) *vt.* **1** 用天平秤; 比較(價值, 優劣等). She *balanced* the two plans carefully in her mind. 她在心中仔細地比較這兩項計畫.

2 使平衡; 保持〔身體等〕的平衡. (→ poise圖). The boy *balanced* a book on his head. 男孩把書放在頭上保持平衡/*balance* one's diet (不偏好特定食物)均衡地飲食.

3 使調和, 使對比, ((with, against)).

4 決算, 清算.

— *vi.* **1** 相稱, 取得平衡. *balance* on a tight-rope 在繩索上取得平衡/*balance* on one's toes 用腳尖站著保持平衡.

2 〔計算〕相符, 收支平衡.

bál·ance bèam *n.* [UC](體操)平衡木(可指比賽項目或體操用具)(→ gymnastics圖).

bal·anced [ˋbælənst; ˈbælənst] *adj.* 取得平衡的; 得到調和的. a *balanced* diet 均衡的飲食.

bálance of páyments *n.* [aU](經濟)國際收支.

bálance of pówer *n.* [aU](國家等間的)均勢.

bálance shèet *n.* [C](商業)資產負債表, 借貸對照表, ((略作 B/S, b.s.)).

bal·anc·ing [ˋbælənsɪŋ; ˈbælənsɪŋ] *v.* balance 的現在分詞, 動名詞.

bal·co·nies [ˋbælkənɪz; ˈbælkənɪz] *n.* balcony 的複數.

＊bal·co·ny [ˋbælkənɪ; ˈbælkənɪ] *n.* (*pl.* -nies) [C]

1 陽臺. There is a fine view from our *balcony*. 我們的陽臺視野良好.

2 (英)(劇場的)樓座, 階梯式座席, ((dress circle (特等席)的上層)); (美)=dress circle.

[balcony 1]

＊bald [bɔld; bɔːld] *adj.* (~·er; ~·est) 【沒有毛髮或裝飾等的】 **1** 〔人〕禿頭的; 〔身體的一部分〕無毛的, 光禿禿的. My father is getting [going] *bald*. 我父親頭髮逐漸稀少/*bald* on top 禿頂的.

2 〔樹木〕無葉的; 不長草的; 〔山等〕沒有樹木的. a *bald* mountain 光禿禿的山.

3 不加掩飾的, 露骨的; 單調的. a *bald* accusation 明白的指責/He gave a *bald* statement of the facts. 他對事實作了率直的陳述/a *bald* style 單調乏味的文體.

báld éagle *n.* [C]白頭鷹(American eagle)(產於北美; 美國以此爲國徽).

bal·der·dash [ˋbɔldɚˌdæʃ; ˈbɔːldədæʃ] *n.* [U](口)胡言亂語, 廢話, (nonsense).

bald-head·ed [ˋbɔldˋhɛdɪd; ˌbɔːldˈhedɪd] *adj.* 禿頭的.

bald·ly [ˋbɔldlɪ; ˈbɔːldlɪ] *adv.* 露骨地, 照實地. to put it *baldly* 直言不諱地說.

bald·ness [ˋbɔldnɪs; ˈbɔːldnɪs] *n.* [U]光禿; 露骨; (文體等的)枯燥乏味.

bale¹ [bel; beɪl] *n.* [C](爲了運輸而用繩子紮好的)包, 綑. a *bale* of cotton 一綑棉花.

[bald eagle]

— *vt.* 將…打包, 紮.

bale² [bel; beɪl] *v.* =bail² *vi.* 2.

bale·ful [ˋbelfəl; ˈbeɪlfəl] *adj.* ((文章))含惡意的, 陰險的; 有害的. a *baleful* glare 兇狠的目光.

Ba·li [ˋbɑlɪ; ˈbɑːlɪ] *n.* 峇里島((爪哇島東方屬印度尼西亞的島嶼)).

balk [bɔk; bɔːk] *n.* [C] **1** (棒球)投手的假動作; (比賽)踏過起跳線, (均爲犯規動作).

2 妨害, 妨礙; 阻止.

— *vt.* 妨礙〔人〕; 使〔計畫等〕落空. The police *balked* the criminal's escape. 警察制止了犯人的脫逃.

— *vi.* **1** 〔馬〕突然停住; 〔人〕猶豫, 躊躇, ((at)). He *balked* at meeting the creditors. 他猶豫是否要與債權人會面. **2** (棒球)假投.

Bal·kan [ˋbɔlkən; ˈbɔːlkən] *adj.* 巴爾幹半島的, 巴爾幹各國(國民)的.

— *n.* (the Balkans)巴爾幹各國.

[the Balkans]

Bálkan Península *n.* (加 the)巴爾幹半島.

＊＊ball¹ [bɔl; bɔːl] *n.* (*pl.* ~s [~z; ~z]) 【球】 **1** [C] (球賽用的)球. The fielder failed to catch the *ball*. 外野手未能接到球.

2 [U]球賽, (特指)棒球比賽.

3 [C] (一次的)投球, 打球, 踢球. a foul *ball* 界外球/This pitcher throws very fast *balls*. 這位投手的球速很快.

4 [C](棒球)壞球(↔ strike). four straight *balls* 連續四個壞球/two *balls* and one strike 一好球兩壞球(★英語會先說 ball(s)).

【球狀物】 **5** [C]球體; (毛線, 雪等的)圓球. the *ball* of the eye 眼球/the *ball* of the thumb [foot] 大拇指[腳趾]的底部鼓起處.

6 Ⓒ (大砲的)彈丸，砲彈，(cannonball; → bullet 圖).

7 Ⓒ (balls)《口》睾丸.

kèep the bàll rólling (談話等持續)保持熱絡.

on the báll 《口》精明的，有才能的. We were right to hire him—he's really *on the ball*. 我們用他是對的——他的確有才幹.

＊***plày báll*** (1)球賽開始. *Play ball!* 發球! (2)《口》合作《*with*》. He hated to *play ball with* the manager and quit his job. 他討厭與經理合作而辭職了.

stàrt [sèt] the bàll rólling 開始(工作，活動，談話等). Let's *start the ball rolling* by introducing ourselves. 我們從自我介紹開始吧!

— *vt.* 捲成球狀，使成圓球.

＊**ball²** [bɔl; bɔːl] *n.* (*pl.* ~s [~z; ~z]) Ⓒ **1** 舞會(講究排場且規模大的; →dance). give a *ball* 開舞會.
2 《俚》快樂時光. have a *ball* 過了一段快樂的時光.

bal·lad [ˋbæləd; ˈbæləd] *n.* Ⓒ 敘事詩歌(敘事的傳民謠); (感傷的)歌謠，情歌.

bal·lade [bəˋlɑd, bæˋlɑd; bæˈlɑːd] (法語) *n.* Ⓒ
1 (韻律學)三節聯韻詩(一種格律詩).
2 (音樂)敘事曲(抒情性的樂曲; 鋼琴曲中常見).

bal·lad·eer [ˌbæləˋdɪr; ˌbæləˈdɪə(r)] *n.* Ⓒ 敘事詩歌手[作者].

bal·last [ˋbæləst; ˈbæləst] *n.* Ⓤ **1** 壓載物(為使船或氣球等穩定而在底部裝載的東西).
2 (鋪於道路的)碎石.
3 使(人在精神上)穩定之物; (社會的)安定力量.
— *vt.* **1** (船，氣球等)裝壓載物. **2** 鋪碎石.

bàll béaring *n.* Ⓒ (機械)滾珠軸承.

báll bòy *n.* Ⓒ (網球等)撿球的男球僮.

bal·le·ri·na [ˌbæləˋrinə; ˌbæləˈriːnə] (義大利語) *n.* Ⓒ 女芭蕾舞者(特指飾演主角的女芭蕾舞者).

＊**bal·let** [ˋbæle, ˋbælɪ, bæˋle; ˈbæleɪ] *n.* (*pl.* ~s [~z; ~z]) **1** ⓊⒸ 芭蕾，芭蕾舞. a *ballet* dancer 芭蕾舞者. **2** Ⓒ 芭蕾舞曲. **3** Ⓒ 芭蕾舞團.

báll gàme *n.* Ⓒ 球賽; 《美》棒球賽.

báll gìrl *n.* Ⓒ (網球等)撿球的女球僮.

bal·lis·tic [bæˋlɪstɪk, bə-; bəˈlɪstɪk] *adj.* 彈道(學)的. a *ballistic* missile 彈道飛彈(發射後具有短時間的導彈能力).

bal·lis·tics [bæˋlɪstɪks, bə-; bəˈlɪstɪks] *n.* 《作單數》彈道學.

＊**bal·loon** [bəˋlun, blˋun; bəˈluːn] *n.* (*pl.* ~s [~z; ~z]) Ⓒ **1** 氣球. an observation *balloon* 觀測用氣球／They sent up an advertizing *balloon*. 他們升起一個廣告氣球.
2 (玩具的)氣球. a rubber [paper] *balloon* 橡皮[紙]氣球.
3 《口》話框(漫畫中用以圍住人物臺詞的框).
— *vi.* **1** (像氣球般地)逐漸膨脹《*out*; *up*》.
2 (球等)高升輕飄. **3** 乘氣球上升[飛行].

bal·loon·ist [bəˋlunɪst; bəˈluːnɪst] *n.* Ⓒ 乘熱氣球的人.

＊**bal·lot** [ˋbælət; ˈbælət] *n.* (*pl.* ~s [~s; ~s]) **1** Ⓒ 投票用紙. Have you cast your *ballot*? 你投票了嗎?／an absentee *ballot* 缺席選票.

B

2 ⓊⒸ (特指無記名的)投票(→ vote 圖). We elected the president of the club by *ballot*. 我們投票選出社團社長／on the first *ballot* 在第一輪投票中. **3** Ⓒ 投票總數(vote). **4** Ⓤ (通常加the)投票權，選舉權.
— *vi.* **1** (無記名)投票. *ballot* for a new chairman 投票選舉新主席／*ballot for* [*against*] a motion 對動議投贊成[反對]票. **2** 抽籤決定《*for*》.

bállot bòx *n.* Ⓒ 投票箱.

ball·park [ˋbɔl͵park; ˈbɔːlpɑːk] *n.* Ⓒ 《美》
1 棒球場. **2** 《形容詞性》《口》大概的，概略的.

ball·play·er [ˋbɔl͵pleɚ; ˈbɔːlpleɪə(r)] *n.* Ⓒ 打棒球的人，從事球類運動的人; (美)(職業)棒球選手.

＊**ball·point** [ˋbɔl͵pɔɪnt; ˈbɔːlpɔɪnt] *n.* (*pl.* ~s [~s; ~s]) Ⓒ 原子筆(亦作 **bállpoint pén**). Fill out the form in [with a] *ballpoint*. 用原子筆填寫表格.

ball·room [ˋbɔl͵rum, -͵rum; ˈbɔːlrʊm] *n.* Ⓒ 舞蹈室，舞廳. *ballroom* dance [dancing] 交際舞.

bal·ly [ˋbælɪ; ˈbælɪ]《英、俚》(bloody的委婉說法) *adj.* 《限定》過分的. — *adv.* 非常，很.

bal·ly·hoo [ˋbælɪ͵hu, ͵bælɪˋhu; ͵bælɪˈhuː] *n.* Ⓤ《口》誇大的宣傳，誇大的廣告.

balm [bɑm; bɑːm] *n.* **1** Ⓒ 香脂(取自某種有香味的樹脂); (聞起來舒服的)芳香.
2 Ⓤ 鎮痛劑(用香樹脂製成的鎮痛用軟膏).
3 ⓊⒸ (精神的)安慰.

balm·y [ˋbɑmɪ; ˈbɑːmɪ] *adj.* **1** 〔氣候〕溫和的; 〔微風〕柔和的. a *balmy* summer evening 微風輕拂的夏夜. **2** 芳香的，有香味的. **3** 鎮痛的. **4** 《美》愚蠢的，呆笨的.

ba·lo·ney [bəˋlonɪ, blˋonɪ; bəˈləʊnɪ] *n.* Ⓤ《俚》胡說八道，胡扯.

bal·sa [ˋbɔlsə, ˋbɑlsə; ˈbɒlsə] *n.* **1** Ⓒ 輕木(產於熱帶美洲的樹; 梧桐科); Ⓤ 輕木材(輕而硬，用來做救生工具、救生筏等).

bal·sam [ˋbɔlsəm; ˈbɔːlsəm] *n.* **1** =balm 1.
2 Ⓒ (植物)香脂樹(成為香脂(balm)原料的各種樹之總稱); 鳳仙花(garden balsam).

Bal·tic [ˋbɔltɪk; ˈbɔːltɪk] *adj.* 波羅的海的.
— *n.* (加the) =the Baltic Sea.

Báltic Séa *n.* (加the)波羅的海(從德國東北岸向東北延至芬蘭的內海; → Scandinavia 圖).

Bal·ti·more [ˋbɔltə͵mor, -͵mɔr; ˈbɔːltɪmɔː(r)] *n.* 巴爾的摩(美國 Maryland 的大都市).

bal·us·ter [ˋbæləstɚ; ˈbæləstə(r)] *n.* Ⓒ 欄杆支柱(扶手、欄杆的直柱).

bal·us·trade [ˌbæləˋstred; ˌbæləˈstreɪd] *n.* Ⓒ 扶手，欄杆.

bam·boo [bæmˋbu; bæmˈbuː] *n.* (*pl.* ~s) **1** Ⓤ (植物)竹; 竹材. *bamboo* shoots 竹筍／a *bamboo* leaf 竹葉; 竹皮.
2 Ⓒ (一枝的)竹(亦作 **bambóo trèe**).

bam·boo·zle [bæmˋbuzl; bæmˈbuːzl] *vt.*

《俚》欺騙, 哄騙, 誘騙, (cheat).

*ban [bæn; bæn] n. (pl. ~s [~z; ~z]) © 1 (依法的)禁止, 禁制. a nuclear test *ban* 禁止核子試爆/There is a *ban on* parking here. 此處禁止停車. 2 《宗教》逐出教門, 流放.

lift [*remove*] *the bán on...* 解除對…的禁令, 對…解禁.

plàce [*pùt*] *...under a bán* 禁止…; 將…逐出教門.

under a bán 被查禁; 被逐出教門.

— vt. (~s; ~ned; ~ning) 1 禁止. Smoking is *banned* in the lecture hall. 演講廳內禁止吸菸.
2 放逐.

ba·nal [ˋben, bəˋnæl, ˋnɑl, ˋbæn; bəˋnɑːl] adj. 平凡的; 老舊的, 陳腐的. *banal* jokes 老舊的笑話.

ba·nal·i·ty [bəˋnælətɪ, be-, bæ-; bəˋnælətɪ] n. (pl. -ties) ⓤ 平凡; © 陳腔濫調, 老舊的想法.

*ba·nan·a [bəˋnænə; bəˋnɑːnə] (★注意重音位置) n. (pl. ~s [~z; ~z]) © 1 香蕉. a bunch of *bananas* 一串香蕉/a *banana* skin [peel] 香蕉皮. 2 香蕉樹.

banána repúblic n. ©《輕蔑》香蕉共和國 (指靠出口香蕉維持經濟的中南美小國).

*band¹ [bænd; bænd] n. (pl. ~s [~z; ~z]) © 1 帶, 繩, 箍, 髮帶. a rubber *band* 橡皮圈. 參考「褲帶」是 belt.
2 (有色彩的)條紋, 條飾, (stripe). bright *bands* of color 鮮明的彩色條紋.
3 (一定範圍的)波段, 頻道.
— vt. 用帶綁集.

*band² [bænd; bænd] n. (pl. ~s [~z; ~z]) © 1 (人, 動物的)一隊, 一團, 一群. a *band* of robbers 一幫強盜.
2 樂團, 樂隊, 演奏樂團, (★通常指沒有弦樂器而演奏流行音樂的樂隊). a brass *band* 銅管樂隊/a jazz *band* 爵士樂團.
— vt. 使(人)團結(*together*).
— vi. 團結(*together*). The workers *banded together* to demand higher wages. 工人團結起來要求調高工資.

*band·age [ˋbændɪdʒ; ˋbændɪdʒ] n. (pl. -ag·es [~ɪz; ~ɪz]) © 繃帶; (蒙眼用的)布巾. gauze *bandages* 紗布繃帶.
— vt. 用繃帶包紮(*up*). The doctor *bandaged* (*up*) the boy's injured leg. 醫生包紮男孩受傷的腿/a *bandaged* hand 包著繃帶的手.

Band-Aid [ˋbænd, ed; ˋbændeɪd] n. 《主美》
1 © 急救膠布, OK繃, (一種絆創膏; 商標名).
2 (*band-aid*) 《形容詞性》權宜的.

ban·dan·na, ban·dan·a [bænˋdænə; bænˋdænə] n. © 絲巾(華麗的印花大領巾; 亦用作頭巾).

b. & b. [ˋbɪənˋbi; ˌbiːənˈbiː] 《略》 bed and breakfast (供應早餐的住宿).

ban·dit [ˋbændɪt; ˋbændɪt] n. © 土匪, 強盜,

流氓.

band·mas·ter [ˋbænd, mæstə, ˋbæn-; ˋbændˌmɑːstə(r)] n. © 樂隊指揮.

ban·do·leer, ban·do·lier [ˌbændəˋlɪr; ˌbændəʊˈlɪə(r)] n. © (斜掛於肩上的)子彈帶.

bands·man [ˋbændzmən, ˋbænz-; ˋbændzmən] n. (pl. -men [-mən; -mən]) © 樂隊隊員, 樂隊成員, 樂手.

band·stand [ˋbænd, stænd, ˋbæn-; ˋbændstænd] n. © (通常指有頂蓋的戶外)露天音樂臺.

band·wag·on [ˋbænd, wægən; ˋbændˌwægən] n. © (走在馬戲團或選舉活動遊行隊伍前面的)樂隊車(被喻為獲勝的一方).

clìmb [*jùmp*] *on the bándwagon* (選舉等時)轉而支持得勢的候選人, 順應時勢.

ban·dy [ˋbændɪ; ˋbændɪ] v. (-dies; -died; ~ing) 1 (球等)來回打, 來回投擲.
2 爭吵, 互毆; 互相恭維, *bandy* words [blows] *with* a person 與人鬥嘴[互毆].

bàndy/.../abóut (特指)傳播(流言蜚語).

ban·dy² [ˋbændɪ; ˋbændɪ] adj. =bandy-legged.

ban·dy-leg·ged [ˋbændɪˋlɛgɪd, -ˋlɛgd, ˋbændɪˌlɛgɪd, -ˌlɛgd; ˋbændɪlegd] adj. 兩腿向外彎曲的, 曲腿的, (↔ knockkneed).

bane [ben; beɪn] n. © (加 the)禍根, 苦惱的根源.

bane·ful [ˋbenfəl; ˋbeɪnfʊl] adj. 帶來災禍的, a *baneful* influence 有害的影響/a *baneful* look 含有惡意的眼神.

bane·ful·ly [ˋbenfəlɪ; ˋbeɪnfʊlɪ] adv. 有害地.

*bang¹ [bæŋ; bæŋ] v. (~s [~z; ~z]; ~ed [~d; ~d]; ~ing) vt. 1 砰然敲擊, 猛擊; 砰地作響. He *banged* the table with his fist. = He *banged* his fist on the table. 他用拳頭砰地一聲敲在桌上/She *banged* her leg against the table. 她用腳砰地一聲踢桌子. 2 砰地開(槍).
3 砰地將[門等]關上; 砰地將[東西]放下. Please don't *bang* the door shut [to]. 請不要砰地一聲關門(→ adv. 2).
— vi. 1 砰地敲打. *bang at* [*on*] the door 砰地敲門. 2 砰地撞擊.
3 [槍]砰地射擊; [門等]發出砰的聲音. The door *banged* shut [to]. 門砰地關上(→ adv. 2).

bàng/.../úp 《口》把…撞壞, 弄傷.
— n. (pl. ~s [~z; ~z]) © 1 砰砰(的聲音); 砰(的槍聲).
2 猛擊. get a *bang* on the head 頭被撞了一下.

* *with a báng* 砰然一聲; 突然; 極爲成功. He shut the door *with a bang*. 他砰地一聲關上門/The rifle went off *with a bang*. 來福槍砰地一聲發射/The party went over 《美》[off 《英》] *with a bang*. 舞會開得很棒.
— adv. 1 砰地, 啪地, 轟地, (★有時亦被視作感歎詞). The ball came *bang* into my face. 球砰地打中我的臉. 2 《口》恰好地, 完全地, 直接地.

gò báng 砰地關上; 砰地破裂.

bang² [bæŋ; bæŋ] n. © (常 bangs)瀏海(額前垂髮). She wears *bangs*. 她的頭髮有瀏海.

Bang·kok [ˋbæŋkɑk, bæŋˋkɑk; ˈbæŋkɒk] n. 曼谷《泰國首都》.

Ban·gla·desh [ˏbæŋgləˋdɛʃ, ˏbɑŋ-; ˏbæŋgləˈdeʃ] n. 孟加拉《1971年獨立, 印度半島東北部的國家; 原爲東巴基斯坦; 首都 Dhaka》.

ban·gle [ˋbæŋgl; ˈbæŋgl] n. [bang²] C 手鐲; 腳環.

bang-up [ˋbæŋˌʌp; ˈbæŋʌp] adj. 《口》最好的, 一流的.

*__ban·ish__ [ˋbænɪʃ; ˈbænɪʃ] vt. (~es [~ɪz; ~ɪz]; ~ed [~t; ~t]; ~ing) 1 流放, 放逐, 驅逐出境(from). The ruler was overthrown and banished from the country. 統治者被推翻並被驅逐出境.

2 排除, 驅除, 〔擔憂等〕《from》. We could not easily banish that terrible affair from our memory. 我們無法輕易地將那可怕的事件從記憶中抹去.

ban·ish·ment [ˋbænɪʃmənt; ˈbænɪʃmənt] n. U 放逐, 流放, 趕出; 排斥. be sentenced to banishment 被判放逐.

ban·is·ter [ˋbænɪstɚ; ˈbænɪstə(r)] n. C (有時 banisters; 單複數同形)欄杆, 扶手.

ban·jo [ˋbændʒo; ˈbændʒəʊ] n. (pl. ~s, ~es) C 班鳩琴(通常爲五弦的弦樂器). [banjo]

*__bank¹__ [bæŋk; bæŋk] n. (pl. ~s [~s; ~s]) C 1 河堤, 堤防; (河, 湖, 運河等的)岸(附近的土地). the left bank of the river 河的左岸(★從上流流向下流而言).

2 (沙, 雪等堆狀的)堆. a bank of clouds 雲堆(在地平線上積起而上部平坦的雲塊). **3** (河口, 海中的)洲, 淺灘. **4** 傾斜(飛機轉彎時機身的傾斜). [bank¹ 4]

— vt. **1** 築堤, 用堤防圍住. **2** 堆成堤形; 將〔火〕壓住(爲了減弱火勢而蓋上灰等). **3** 使〔機身, 車身〕傾斜.

— vi. **1** 如丘狀堆積; 積聚. The snow banked up against the wall. 雪沿牆邊積聚起來.

2 〔飛機, 汽車等〕傾斜着行進.

__bánk/.../úp__ 把…堆積起來; 在〔河邊等〕築堤; 把〔火〕壓住. We banked up the campfire and went to bed. 我們(用灰)封住營火後去睡覺.

__bánk úp²__ 積聚.

*__bank²__ [bæŋk; bæŋk] n. (pl. ~s [~s; ~s]) C **1** 銀行. He deposited the prize money in the bank. 他把獎金存在銀行/the Bank = the Bank of England →見Bank of England.

2 貯藏處等; 「…銀行」; (家庭的)撲滿, 存錢筒; (→ piggy bank). a blood bank 血庫.

__brèak the bánk__ (1)(贏走全部的賭資)使莊家血本無歸. (2)《口》使身無分文, 使破產.

— vt. 把〔錢〕存入銀行.

— vi. **1** 〔與銀行〕作業務往來; 把錢存入銀行. Who do you bank with? 你與哪一家銀行往來?

2 經營銀行業.

__bánk on [upon]...__ 依賴…, 指望…. I'm banking on my father's help. = I'm banking on my father to help me. 我指望父親幫助我/You mustn't bank on the bus being on time. 你不能指望公車會準時到.

bank³ [bæŋk; bæŋk] n. C (鋼琴, 打字機等的鍵的)一排, 一行.

bánk accòunt n. C 銀行存款帳戶.

bánk bìll n. C **1** (美)= bank note. **2** (英)銀行(與銀行之間的)匯票.

bank·book [ˋbæŋkˌbʊk; ˈbæŋkbʊk] n. C 銀行存摺.

bánk dràft n. C 銀行(與銀行之間的)匯票(略作 B/D).

*__bank·er__ [ˋbæŋkɚ; ˈbæŋkə(r)] n. (pl. ~s [~z; ~z]) C **1** 銀行家, 銀行經營者, (★銀行行員爲 bank clerk). Who are your bankers? 你跟甚麼銀行往來? **2** (賭博的)莊家.

bànk hóliday n. C (美)銀行停業日(爲避免經濟危機等而由政府命令); (英)銀行公休日(一年有八個法定假日, 銀行業以外的行業也放假; 在英格蘭和威爾斯是 New Year's Day, Good Friday, Easter Monday, May Day, 5月和8月的最後一個星期一, Christmas Day, Boxing Day).

bank·ing [ˋbæŋkɪŋ; ˈbæŋkɪŋ] n. U 銀行業; 銀行業務. banking hours 銀行營業時間.

bánk nòte n. C 紙幣, 鈔票.

Bànk of Éngland n. (加 the)英格蘭銀行(英國的中央銀行).

bànk ràte n. C (經濟)(銀行的)指定貼現率.

*__bank·rupt__ [ˋbæŋkrʌpt, -rəpt; ˈbæŋkrʌpt] n. (pl. ~s [~s; ~s]) C 破產者; 無償還能力的人.

— adj. 破產的. He has been declared bankrupt. 他被宣告破產.

__be bánkrupt of [in]...__ 〔能力等〕完全缺乏.

*__gò [becòme] bánkrupt__ 破產, 倒閉. His company has gone bankrupt. 他的公司倒閉了.

— vt. 使破產; 使無力償還….

*__bank·rupt·cy__ [ˋbæŋkrʌptsɪ, -psɪ; ˈbæŋkrəptsɪ] n. (pl. -cies [~z; ~z]) UC 破產(狀態); (名譽等的)喪失. go into bankruptcy 破產.

*__ban·ner__ [ˋbænɚ; ˈbænə(r)] n. (pl. ~s [~z; ~z]) C **1** (雅)(國旗, 軍旗, 校旗等的)旗, [參考] banner 主要用於比喻, 實際的「旗」則用 flag.

2 旗幟(遊行時等所用, 用兩根旗竿掛上長布幅, 上面寫有口號). They were carrying banners saying, "No More Chernobyl". 他們拿著長布條, 上

B

面寫著:「不要再發生車諾比事件。」

3 旗幟, 象徵, (symbol). join [follow] the *banner* of revolution 在革命的旗幟下集合起來.

4 (報紙)橫貫全頁的大標題.

under the bánner of... 在⋯的旗幟下; 為了⋯主義.

bánner héadline *n.* =banner 4.

banns [bænz; bænz] *n.* (作複數)(在教會發布的)結婚公告(舉行婚禮前連續三次在星期日預告, 問有無反對此婚姻者).

* **ban·quet** [ˋbæŋkwɪt, ˋbæn-; ˋbæŋkwɪt] *n.* (*pl.* ~s [~s; ~s]) ⓒ **1** (特指正式的)宴會(如婚宴等的重要宴會, 席上通常有人致辭; → feast 同). a *banquet* room 宴會廳. **2** (豪華的)筵席.
— *vt.* 設宴款待.
— *vi.* 參加宴會; 吃大餐. We *banqueted* on lobster that night. 那天晚上我們吃了一頓龍蝦大餐/a *banqueting* hall 大宴會廳.

ban·shee [ˋbænʃi, bænˋʃi; bænˋʃiː] *n.* ⓒ 愛爾蘭民間傳說中的女妖, 她的哭泣預示家中將有人死亡.

ban·tam [ˋbæntəm; ˋbæntəm] *n.* ⓒ (尤指公的)短腳雞, 短腳長尾雞.

ban·tam·weight [ˋbæntəmˌwet; ˋbæntəmˌweɪt] *n.* ⓒ 羽量級(拳擊、健美等的)選手.

ban·ter [ˋbæntɚ; ˋbæntə(r)] *n.* ⓤ (無惡意的)取笑, 戲謔, 逗弄. exchange much *banter* with... 和⋯互相開玩笑.
— *vi.* 戲謔, 開玩笑, 取笑.

ban·ter·ing·ly [ˋbæntərɪŋlɪ, -trɪŋlɪ; ˋbæntərɪŋlɪ] *adv.* 戲謔地, 逗弄地.

Ban·tu [ˋbænˌtu, ˋbæn-; bænˋtuː] *n.* (*pl.* ~, ~s) ⓒ 班圖族(人)(居住在非洲中部、南部的黑人部族); ⓤ 班圖語(包含 Swahili 語等).
— *adj.* 班圖族的; 班圖語的.

ban·yan [ˋbænjən, ˋbænjæn; ˋbænɪən] *n.* ⓒ (植物)榕樹, 孟加拉菩提樹, (產於印度的巨樹, 枝垂向地上又會再生根).

bap·tise [bæpˋtaɪz; bæpˋtaɪz] *v.* (英)=baptize.

* **bap·tism** [ˋbæptɪzəm; ˋbæptɪzəm] *n.* (*pl.* ~s [~z; ~z]) ⓤⓒ (基督教)洗禮(儀式)(通常指孩子出生後不久舉行的儀式, 此時孩子被命名, 成為教會的一員; → font 圖); 命名儀式. 參考 除了全身入水的浸禮外, 還有用指尖點水的方式; 天主教教會等用的是點水方式.

bap·tis·mal [bæpˋtɪzml; bæpˋtɪzml] *adj.* 洗禮的. a *baptismal* name 洗禮名, 教名, (亦稱 Christian name).

Bap·tist [ˋbæptɪst; ˋbæptɪst] *n.* (基督教) **1** ⓒ 浸信會(的教徒)(反對幼兒洗禮, 主張到懂事的年齡始可受洗; 新教的一派). **2** (聖經)(加 the) =John the Baptist (施洗者約翰). **3** ⓒ (baptist) 施洗者.

* **bap·tize** [bæpˋtaɪz; bæpˋtaɪz] *vt.* (-tiz·es [~ɪz; ~ɪz]; ~d [~d; ~d]; -tiz·ing [~ɪŋ; ~ɪŋ]) **1** (a)施給⋯洗禮[浸

禮]. Babies are usually *baptized* a few weeks after birth. 嬰兒通常在出生兩三週後受洗. (b) 句型5 (baptize **A** **B**) 給A取教名為B; (泛指)給A取B的教名(name). The baby was *baptized* Henry. 這個嬰兒已受洗, 取教名為亨利. (c) 句型5 (baptize **A** **B**) 把A施洗為B(⋯教徒). She was *baptized* a Catholic. 她受洗成了天主教徒. **2** 淨化心靈, 洗滌.

* **bar** [bɑr; bɑː(r)] *n.* (*pl.* ~s [~z; ~z])

〖**棒**〗 **1** ⓒ (金屬, 木的)棒, 棒狀物, 長方形的東西. a gold *bar* 金條/a *bar* of chocolate= a chocolate *bar* 一條巧克力/a *bar* of soap(長方體的)一塊肥皂.

2 ⓒ 閂, 門栓; 柵欄; (跳高等的)橫桿; (嵌入窗的)橫木條.

3 ⓒ (光, 色等的)條紋, 線條.

4 ⓒ (音樂)(樂譜的)縱線; 小節. play a few *bars* of the sonata 演奏該首奏鳴曲的若干小節.

〖**阻止通行的橫木**〗 **5** ⓒ (封鎖道路的)遮欄.

6 ⓒ (發跡等的)妨礙, 障礙. His poor educational background was not a *bar to* his advancement. 低學歷並未妨礙他的升級.

〖**用橫木等隔開的場所**〗 **7** ⓒ (酒吧的)櫃檯; 酒吧, 酒店; (英)(酒館內的)大眾酒吧(public bar)(消費比 saloon bar 便宜並有射飛鏢等娛樂設施); (通常不販賣酒類的櫃檯式)簡易餐廳. a coffee *bar* 咖啡販賣部.

〖**與法官席隔開的席位**〗 **8** ⓒ 被告席; 法庭.

9 ⓤ (單複數同形)(the bar 或 the *B*ar) (集合)律師((集合)法官 稱 the bench); 律師業. retire from the *bar* 不再當律師.

at (***the***) ***bár*** 在法庭(的); 在被告席(的).

be admítted [(英) ***cálled***] ***to the bár*** 得到律師的資格.

behind bárs 被關進監牢. He was put *behind bars* for twenty years. 他在監牢裡待了二十年.

gò to the bár 成為律師.

práctice at the bár 當律師.

— *vt.* (~s [~z; ~z]; ~red [~d; ~d]; bar·ring [ˋbɑrɪŋ; ˋbɑːrɪŋ]) **1** 把(門 等)閂上關好. We *barred* the door and locked it. 我們把門閂上並上鎖.

2 擋住; 阻礙, 妨害, (hinder). The police *barred* all traffic. 警察全面封鎖了交通/A fallen rock *barred* his way. 落石擋住了他的去路.

3 除去; 不准; 禁止(prohibit). They *barred* me *from* the competition. 他們不准我參加比賽.

4 畫線, 使帶條紋, (通常用被動語態).

bàr/.../ín [***óut***] 把⋯關進[擋在外面].

— *prep.* ⋯除外, 除⋯之外, (barring). The whole class was present, *bar* Tom. 除了湯姆外, 全班學生都出席了.

bàr nóne 一人[一個]不留地, 毫無例外地.

barb [bɑrb; bɑːb] *n.* ⓒ **1** (釣鉤等的)倒鉤, 倒刺.

[barbs 1]

2 (有刺鐵絲的)刺.

Bar·ba·dos [bɑr`bedoz, ˌbɑrbəˌdoz; bɑ:'beidəuz] n. 巴貝多《西印度群島東端的國家; 首都 Bridgetown》.

Bar·ba·ra [`bɑrbərə, -brə; 'bɑ:bərə] n. 女子名.

***bar·bar·i·an** [bɑr`bɛrɪən, -ˌbær-, -ˈber-, -jən; bɑ:'beəriən] n. (pl. ~s [~z; ~z]) © **1** 未開化的人, 野蠻人.
2 沒有教養的人.
— adj. 未開化的; 野蠻人的. a barbarian king 未開化人之王《★ a barbarous king 是「殘忍的王」》.

bar·bar·ic [bɑr`bærɪk; bɑ:'bærɪk] adj.
1 野蠻人(般)的, 未開化的.
2 〔藝術, 興趣等〕粗糙的, 粗野的.
3 〔態度, 行為, 習慣等〕野蠻的, 粗鄙的; 〔處罰等〕殘酷的 (cruel).

bar·ba·rism [`bɑrbəˌrɪzm; 'bɑ:bərizəm] n.
1 ⓤ 野蠻[未開化]狀態 (↔ civilization).
2 © 野蠻的行為[性質, 習慣].
3 © 粗魯的話[措辭].

bar·bar·i·ty [bɑr`bærətɪ; bɑ:'bærɪtɪ] n. (pl. -ties) ⓤⓒ 殘忍, 殘酷(的行為).

bar·ba·rize [`bɑrbəˌraɪz; 'bɑ:bəraiz] vt. 使野蠻.

***bar·ba·rous** [`bɑrbərəs, -brəs; 'bɑ:bərəs] adj.
1 殘忍的, 殘酷的; 野蠻的; (→ barbarian). a barbarous act 殘酷的行為. **2** ＝barbaric 3.

bar·ba·rous·ly [`bɑrbərəslɪ, -brəslɪ; 'bɑ:bərəsli] adv. 殘忍地, 殘酷地; 野蠻地.

bar·be·cue [`bɑrbɪˌkju, -ˌkɪu; 'bɑ:bɪkju:] n.
1 © (野外)烤肉會《在爐上直接用火烤肉(本來是烤全牛、全豬)》.
2 ⓤⓒ 串燒, 烤肉;烤全牛全豬等.
3 © 烤架.
— vt. 直接用火烤〔肉, 魚〕《尤指塗上適度的香辣調味料》.

[barbecue]

barbed [bɑrbd; bɑ:bd] adj. **1** 有刺的; 〔釣鉤〕裝有倒鉤的. **2** 諷刺的〔話語等〕.

bārbed wīre n. ⓤ 有刺鐵絲〔鐵絲網等用〕.

bar·bell [`bɑrˌbɛl; 'bɑ:bel] n. © (舉重等用的)槓鈴 (→ body building▣).

***bar·ber** [`bɑrbɚ; 'bɑ:bə(r)] n. (pl. ~s [~z; ~z]) © 理 髮 師 (→ hair-dresser). a barber's (shop) 《英》理髮店(《美》barbershop)/ Your hair is too long—you'd better go to the barber's. 你頭髮太長, 最好去理髮店理個髮.

bar·ber·shop [`bɑrbɚˌʃɑp; 'bɑ:bəʃɒp] n. © 《美》理髮店(《英》barber's (shop)).

bar·bi·tu·rate [ˌbɑr`bɪtʃʊret; bɑ:'bɪtjʊərət] n. ⓤⓒ 《化學》巴比妥酸鹽《安眠藥, 鎮靜劑的原料》.

Bar·ce·lo·na [ˌbɑrsə`lonə; ˌbɑ:sə'ləunə] n. 巴塞隆納《西班牙東北部之港市》.

bár cōde n. ⓤ 《美》統一商品編號, 條碼,《由粗細不同的縱線和數字組合, 由電腦讀取編號; 印在商品包裝上, 利於庫存管理等》.

B

bard [bɑrd; bɑ:d] n. ©
1 古代塞爾特族的遊唱詩人. **2** 《詩》(泛指)詩人.

Bārd of Āvon n.
《加 the》艾文河畔的詩人《指 Shakespeare; 源自 Shakespeare 的 出 生 地 Stratford-upon-Avon》.

[bar codes]

***bare** [bɛr, bær; beə(r)] adj.
(**bar·er; bar·est**)
〖 無遮蓋的, 無裝飾的 〗
1 裸的, 裸露的. walk in [with] bare feet 赤腳走路/with bare head 不戴帽子/with bare hands 赤手空拳/a bare floor 沒鋪地毯的地板/a bare tree 葉子掉光的樹/The trees were bare of leaves. 樹木的葉子都掉光了. 同 bare 是比 naked 更常用的字; 通常用於指身體的一部分, 而全裸的情況則用 naked.
2 原原本本的, 無虛假的. the bare facts 事實真相/the bare truth 毫不虛假的事實.
〖 無附屬物的 〗 **3** 〔房間等〕空蕩蕩的 (empty); 缺少的 (of). The room was bare of furniture. 那個房間連一件家具也沒有.
4 《限定》最低限度的, 勉強的; 僅有這一點點的 (mere). a bare majority 剛過半數/The bare thought of her son warmed her heart. 只要想到兒子她的心就暖暖的/She earned a bare living by sewing. 她以做針線活勉強度日.
lày/.../*báre* 全盤揭露〔祕密, 計畫等〕; 暴露〔事實等〕; 露出〔手腕等〕.
— vt. **1** 使裸露; 露出, 暴露. The lion bared its teeth in a snarl. 獅子張牙露齒地咆哮.
2 公開, 揭露; 披露〔心事〕. He is too shy to bare his heart to her. 他太害羞了以至於無法向她表白心意.

bare·back [`bɛrˌbæk, `bær-; 'beəbæk] adj. 無鞍的〔馬〕; 無馬鞍的.
— adv. 無馬鞍地. ride bareback 騎無鞍馬.

bare·faced [`bɛr`fest, `bær-; 'beəfeist] adj. 無恥的, 厚顏的. a barefaced lie 不要臉的謊話.

bare·foot [`bɛrˌfut, `bær-; 'beəfut] adj. 赤腳的, 光著腳的.
— adv. 赤腳地, 光腳地. walk barefoot on the dewy lawn 光著腳走在沾滿露水的草地上.

bare·foot·ed [`bɛrˌfutɪd, `bær-; ˌbeə'futid] adj. ＝barefoot.

bare·head·ed [`bɛr`hɛdɪd, `bær-; ˌbeə'hedid] adj. 不戴帽的. — adv. 不戴帽地.

bare·legged [bɛr`lɛgd; ˌbeə'legd] adj. 露出腿的, 不穿襪的.

***bare·ly** [`bɛrlɪ; 'beəli] adv. **1** 勉強地, 總算. He just barely succeeded. 他總算成功了/The refugees barely escaped death. 難民們總

B

算免於一死/I had *barely* got aboard when the train began to move. 我才剛踏上車門火車就開動了。 語法 hardly, scarcely 帶有否定的意味, barely 則略帶有一點肯定的意味, 具有「總算…」之意。

2 不充分地, 貧乏地。 a *barely* furnished room 僅有幾件家具的房間。

bare·ness [ˋbɛrnɪs; ˈbeənɪs] n. U 赤裸, 裸露; (房間等無家具而)空蕩蕩。

bar·er [ˋbɛrɚ; ˈbeərə(r)] adj. bare 的比較級。

bar·est [ˋbɛrɪst; ˈbeərɪst] adj. bare 的最高級。

*bar·gain [ˋbɑrgɪn; ˈbɑːgɪn] n. (pl. ~s [~z; ~z]) C **1** 契約, 買賣契約; 交易。 He made a *bargain with* them *about* the furniture. 他跟他們訂了家具的買賣契約。

2 協議, 成交, 約定。 Let's make a *bargain.*—I'll quit drinking if you quit smoking. 我們互相約定——如果你戒菸我就戒酒。

3 買來的廉價品, 便宜貨, 特價商品。 This dress is a good *bargain.* 這衣服買得便宜/a *bargain* hunter 搜購減價品的人/a *bargain* counter 減價商品專櫃。

* *at a (gòod) bárgain* 以特別便宜的價格。

drìve a hàrd bárgain (強硬地講價)促成有利的交易, 殺價。 Our best negotiators always *drive a hard bargain.* 我方最優秀的談判員總是能達成對我們極有利的協議。

* *into* [(美) *in*] *the bárgain* 另外, 而且。 I'll give you these coins, and this stamp *into the bargain.* 我給你這些硬幣, 外加這張郵票。

— v. (~s [~z; ~z]; ~ed [~d; ~d]; ~ing) vi. 商議 (with), 討價還價, (about, for); 殺價。 He *bargained with* the house agent *for* a lower price [*about* the price]. 他跟房屋仲介商討價還價要求價格再便宜一點。

— vt. 句型3 (bargain that 子句) 交涉決定…, 締結…的協定。 We *bargained that* we should go on a five-day week. 我們交涉後達成週休二日的協定。

bárgain/.../awáy 廉價拋售(貴重物品等)。

bárgain for... (事先)考慮到…; 預料…; (通常為否定句, 或比較級的句子)。 His opposition was more violent than I had *bargained for.* 他的反對比我預期的還激烈。

bárgain on... (1)期待…, What shall I do now? I was *bargaining on* your helping me. 現在我該怎麼辦? 原先我一直期待你來幫忙的。
(2)((口)=bargain for...

bàrgain sàle n. C 大減價。

barge [bɑrdʒ; bɑːdʒ] n. C **1** 平底船, 舢板船, (在港內、河川、運河用的平底貨船)。

2 (用於儀式裝飾華麗的)屋形畫舫, 遊覽船。

— vt. 用平底船運輸。

— vi. **1** 笨重緩慢地移動。

2 亂闖瞎撞地[盲目地]移動[前進] (about, along)。 *barge* through the crowd 在人群中盲闖。

bárge ín 闖進; (談話等中)插進來。 To our great annoyance, he *barged in* on our party. 真令人討厭, 他竟闖入了我們的聚會。

bárge into... (1)(無禮地)擠進…。 (2)跟…猛撞。

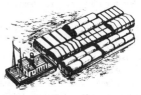

[barge 1]

bar·gee [bɑrˋdʒi; bɑːˈdʒiː] n. ((英)=bargeman。

barge·man [ˋbɑrdʒmən; ˈbɑːdʒmən] n. (pl. -men [-mən; -mən]) C ((美)駁船的船長, 遊覽船的船長[船員]。

bár gràph n. C (數學等的)長條圖。

bar·i·tone [ˋbærə‚ton; ˈbærɪtəon] n. (音樂) **1** U 男中音, 上低音; (介於 tenor 和 bass 之間的男聲聲部)。 **2** C 男中音歌手[樂器, 歌曲]。

bar·i·um [ˋbɛrɪəm, ˋbær-, ˋber-; ˈbeərɪəm] n. U (化學)鋇(金屬元素; 符號 Ba)。

bàrium mèal n. C 鋇食, 鋇灌腸劑, ((X光檢查用的造影劑)。

*bark¹ [bɑrk; bɑːk] v. (~s [~s; ~s]; ~ed [~t; ~t]; ~ing) vi. **1** (狗, 狐狸等)吠, 叫, (→ whine, yelp, bay²; → dog 參考)。 The dogs *barked* furiously at the intruder. 狗向闖入者猛吠/*Barking* dogs seldom bite. 會叫的狗很少會咬人(= dog 1。 **2** 吼叫; 亂罵一通。 Don't *bark* at me! 別對我大吼大叫。 **3** ((口)大聲吶喊客人進入。

— vt. 叫喊著說。 The policeman *barked* (out) orders. 警察大聲叫喊著下命令。

bárk up the wròng trée 說張冠李戴, 做事錯對象, 弄錯(非難、追蹤的)對象, (通常用進行式)((<狗弄錯獵物藏匿的樹, 而朝其他的樹吠)。 If you think it was I who revealed the secret, you're *barking up the wrong tree.* 如果你以為洩露秘密的是我, 那你可弄錯對象了。

— n. C (狗等的)吠叫聲, (人的)喊叫聲。 give a *bark* 叫/His *bark* is worse than his bite. ((諺)他叫得比咬得兇(刀子嘴, 豆腐心)。

*bark² [bɑrk; bɑːk] n. U 樹皮。

— vt. **1** 剝樹皮。 **2** 擦破(小腿, 膝蓋等)。

[bark³ 1]

bark³ [bɑrk; bɑːk] n. C **1** 三桅帆船(三根桅桿; 前兩根是橫帆, 另外一根是縱帆)。 **2** (詩)船。

bark·er [ˋbɑrkɚ; ˈbɑːkə(r)] n. C (商店, 戲院等的)招徠客人者。

*bar·ley [ˋbɑrlɪ; ˈbɑːlɪ] n. U 大麥(→ wheat 參考); → spike² 圖)。

bárley sùgar n. UC (大麥做的)麥芽糖。

B

bár·ley wáter *n.* ⓤ((英))大麥煎湯((大麥製成的飲料, 通常攙進果汁喝)).

bar·maid [`bar,med; 'ba:meid] *n.* ⓒ女性的 bartender.

bar·man [`barmən; 'ba:mən] *n.* (*pl.* **-men** [-mən; -mən]) =bartender.

barm·y [`barmı; 'ba:mı] *adj.* ((英、口))愚笨的; 精神稍爲錯亂的(((美))balmy).

＊**barn** [barn; ba:n] *n.* (*pl.* **~s** [~z; ~z]) ⓒ **1** (農家的)穀倉((有時兼作家畜房、車庫)). We stored the hay in the *barn*. 我們將乾草儲存在穀倉.
2 ((美))電車[貨車]車庫.

bar·na·cle [`barnəkl, `barnı-; 'ba:nəkl] *n.* ⓒ
1 (動)藤壺(附於船底的).
2 (對地位等)緊緊抓住不放的人, 戀棧不去的人.

bárn dánce *n.* ⓒ穀倉舞((波卡風味的舞蹈); 穀倉舞會((源自原本在穀倉舉行)).

barn·storm [`barn,stɔrm; 'ba:nstɔ:m] *vi.* ((主美))[政治家]在鄉間作演講旅行; [劇團, 馬戲團等]巡迴表演.

barn·yard [`barn,jard; 'ba:nja:d] *n.* ⓒ穀倉周圍的空地, 農家的庭院.

＊**ba·rom·e·ter** [bə`ramətɚ; bə'rɔmɪtə(r)](★注意重音位置) *n.* (*pl.* **~s** [~z; ~z]) ⓒ **1** 晴雨表, 氣壓計.
2 (標示輿論, 市價等變化的)指標. Blood pressure is a *barometer* of health. 血壓是健康的指標/a *barometer* of public opinion 社會輿論的指標.

bar·o·met·ric [,bærə`mɛtrɪk, ,bærəʊ'metrɪk] *adj.* 氣壓(計)的.

bar·on [`bærən; 'bærən] *n.* ⓒ **1** 男爵(英國貴族的最低階級; → duke 參考).
2 ((主美))(產業界等的)大亨, 財主. an automobile *baron* 汽車大亨.

bar·on·ess [`bærənɪs; 'bærənɪs] *n.* ⓒ **1** 男爵夫人(→ duke 參考). **2** 女爵.

bar·on·et [`bærənɪt, -,nɛt; 'bærənɪt] *n.* ⓒ準男爵(在英國屬世襲制的階級, 在 baron 之下, knight 之上; 但並非貴族(peer); 略作 Bart.; 跟姓名連用時, 爲了與 knight 區別, 作 Sir John Brown, *Bart.* 稱呼時用 *Sir* John; → duke, knight, sir).

ba·ro·ni·al [bə`ronɪəl; bə'rəʊnjəl] *adj.* **1** 男爵(領地)的; 與男爵相稱的.
2 [建築物等]壯麗的, 富麗堂皇的.

ba·roque [bə`rok; bə'rɔk] *adj.* 巴洛克式的(17、18 世紀歐洲的建築、美術風格, 誇我的曲線特多; → Gothic, rococo). **2** 巴洛克風格的(約 1600 年到 1750 年左右, 以巴哈、韓德爾的音樂爲代表, 頻繁使用裝飾音或對位法). **3** [文體等]修飾過多的, 過分講究的; [興趣等]怪異的.
— *n.* **1** [建築、美術]巴洛克式((加育略))巴洛克音樂. **2** 修飾過多的作品[風格].

barque [bark; ba:k] *n.* =bark[3].

＊**bar·racks** [`bærəks; 'bærəks] *n.* ((單複數同形))
1 軍營, 兵營.
2 (臨時的)簡易房屋((能收容多人, 大而簡陋的(臨時)建築物)).

bar·ra·cu·da [,bærə`kudə; ,bærə'ku:də] *n.*

(*pl.* **~**, **~s**) ⓒ梭魚類((梭子魚類, 一種產於(亞)熱帶的兇猛海魚).

bar·rage[1] [`bardʒ; 'bæra:ʒ] *n.* ⓒ((工學))(河的)水壩, 堰, ((尤指尼羅河或印度河的)).

bar·rage[2] [bə`raʒ; 'bæra:ʒ] *n.* ⓒ **1** (軍事)彈幕((爲阻止敵方行動而在一定區域用集中的砲火轟成煙幕).
2 (問題等的)連續砲轟; (信等的)湧到. The Minister had to face a *barrage* of questions from the press. 部長必須面對媒體砲轟似的詢問.

＊**bar·rel** [`bærəl, `bærl, `bærıl; 'bærəl] *n.* (*pl.* **~s** [~z; ~z]) ⓒ [桶] **1** (中間鼓起的)木桶((通常比 cask 大).
2 (a)一桶(的量). ten *barrels* of beer 十桶啤酒. (b)桶(容量單位, 因物品而異, 又因英美兩地而不同; 例如在美國, 一桶葡萄酒約 120 公升, 一桶石油約 160 公升).
[桶狀物] **3** 槍身, 砲身.
— *vt.* (**~s**; **~ed**, ((英)) **~led**; **~·ing**, ((英)) **~·ling**) 裝入桶裡.

bárrel órgan *n.* ⓒ手搖風琴((街頭樂師轉動搖柄演奏的箱形樂器).

[barrel organ]

＊**bar·ren** [`bærən; 'bærən] *adj.* (**~·er, more ~**; **~·est, most ~**) **1** (a)[土地]不毛的, 貧瘠的. *barren* soil 貧瘠的土壤. (b)((文章))不能生育的, 不孕的; [植物]不結果的; (infertile; ⟷ fertile).
2 [努力等]無成果的, 徒勞無益的(useless); 空虛的. He had to spend many *barren* days. 他必須度過許多空虛的日子.
3 [作品等]沒有趣味的, 令人厭倦的, (dull). a rather *barren* novel 不太有趣的小說.
bárren of... 缺乏⋯. a life *barren* of pleasure 缺乏樂趣的生活.

bar·ren·ness [`bærənnıs; 'bærənnıs] *n.* ⓤ不孕; 貧瘠.

＊**bar·ri·cade** [,bærə`ked, `bærə,ked; ,bærı'keıd] *n.* (*pl.* **~s** [~z; ~z]) ⓒ((巷戰等時用來防禦的)路障, 妨礙物. The rebels made a *barricade* across the road. 叛軍在道路上設置路障.
— *vt.* **1** 用路障堵住[守衛][道路等]; [障礙物]堵住[道路等]. The protesters *barricaded* the entrance. 抗議的示威隊伍在入口處設置路障.

2 築障礙把〔人等〕關在裡面. *barricade* oneself *in* one's study 把自己關在書房裡.

*__**bar·ri·er**__ [ˋbærɪə; ˋbærɪə(r)] *n.* (*pl.* ~**s** [~z; ~z]) © **1** (阻止通行、入侵的)柵欄, 障礙物.

2 (車站的)剪票口.

3 障礙, 妨礙. a language *barrier* 語言障礙(因言語不同而產生的誤解等)/We must work hard to break down social *barriers*. 我們必須努力消除社會隔閡/Import restrictions are *barriers* to closer relations between the two countries. 限制進口妨礙兩國發展更密切的關係. [同]barrier 是暫時妨礙進展, 並非不可超越; obstacle 則除去或繞道而行, 否則是無法越過的.

[搭配] *adj.*+barrier: a great ~ (巨大的障礙), a serious ~ (嚴重的障礙), an insurmountable ~ (無法克服的障礙) // *v.*+barrier: erect a ~ (設置障礙), remove a ~ (除去障礙).

bar·ri·er reef *n.* © 堡礁(與海岸平行的珊瑚礁).

bar·ring [ˋbɑrɪŋ; ˋbɑːrɪŋ] *prep.* 除…之外(except); 若不是…(except for). We'll be home by sunset *barring* accidents. 若無意外, 我們日落前能到家.

bar·ris·ter [ˋbærɪstə; ˋbærɪstə(r)] *n.* © (英) 法庭律師(有在高級法院出庭辯護的資格; 沒有這種資格的律師叫做 solicitor; lawyer 是對律師的一般稱呼; → lawyer [同] → counsel [參考]).

bar·row [ˋbæro, ·rə; ˋbærəo] *n.* **1** =wheelbarrow. **2** =handbarrow.

Bart. (略)(英) Baronet.

bar·tend·er [ˋbɑr͵tɛndə; ˋbɑː͵tɛndə(r)] *n.* © (美)酒吧的侍者, 酒保. [參考] 在美國一般指男性, 在英國尤其是市區裡多數是女性; → barman, barmaid.

bar·ter [ˋbɑrtə; ˋbɑːtə(r)] *vt.* 以…(物品)交換. They *bartered* guns for furs. 他們以槍換毛皮.
— *vi.* 以物易物(*with*). The explorer *bartered* *with* the natives for food. 探險家跟當地人用以物易物的方式換取食品.

bàrter/.../awáy 將…(通常是沒有價值之物)與人交換脫手; 廉價出賣[生命, 自由等].
— *n.* **1** Ⓤ 以物易物, 易貨貿易(方式).

2 © 以物易物的物品.

bas·al [ˋbes; ˋbeɪsl] *adj.* 基礎的, 基本的. [同]basal 與 basic 同是 base 的形容詞, basal 主要用作科學術語.

ba·salt [bəˋsɔlt, ˋbæsɔlt; ˋbæsɔːlt] *n.* Ⓤ 玄武岩.

bas·cule bridge [ˋbæskjul͵brɪdʒ, ˋbæskɪul͵brɪdʒ; ˋbæskjuːl͵brɪdʒ] *n.* © 上開橋, 活動橋.

*__**base**__*[1] [bes; beɪs] *n.* (*pl.* **bas·es** [~ɪz; ~ɪz]) ©
【基座】**1** 基座, 基部, (→ column [圖]); 底座; 底部. the *base* of a lamp 檯燈的底座(部分). **2** 基礎; 根據. [同]「抽象事物」的基礎通常用 basis.

【據點】**3** (軍用的)基地; (泛指)根據地. a mili-

[bascule bridge]

tary *base* 軍事基地.

4 (棒球)壘; (比賽)出發點. the home *base* 本壘/advance to third on a stolen *base* 以盜壘上三壘(注意]first [second, third] base 通常不加 the)/*Bases* loaded, two outs in the ninth inning. 第九局時滿壘, 兩人出局.

【基素】**5** 基劑, 主要成分, (雞尾酒, 顏料等的主要原料); (醫學)主劑. a drink with a rum *base* 以蘭姆酒為主的飲料. **6** (數學)底邊, 底面. the *base* of a triangle 三角形的底邊.

a báse on bálls (棒球)四壞球保送上壘.

off báse (1)(棒球)離壘, 不在壘上. (2)(美、口)完全估計錯誤; 突然地.

— *vt.* (**bas·es** [~ɪz; ~ɪz]; **~d** [~t; ~t]; **bas·ing**) 以…為基礎(*on, upon*), 基於…. What do you *base* your theory *on*? 你的理論以甚麼為基礎?/a company *based* in Paris 總部設在巴黎的公司.

báse onesèlf on [*upon*]... 將(議論等的)根據著眼於….

__ be básed on__* [*upon*]... 把基礎置於…, 基於…. His view of life *is based on* his long experience. 他的人生觀是基於長久的經驗而來.

base[2] [bes; beɪs] *adj.* (文章) **1** 〔人, 行為等〕卑劣的, 下流的, 卑鄙的. a *base* deed 卑劣的行為.

2 〔金屬等〕品質低劣的, 價值低的; 惡劣的; 假冒的. a *base* coin (滲入他物的)劣幣/*base* food 粗劣的食品.

*__**base·ball**__* [ˋbesˎbɔl, ˋbesͺbɔl; ˋbeɪsbɔːl] *n.* (*pl.* ~**s** [~z; ~z]) **1** Ⓤ 棒球(運動)(★亦可僅作 ball; → ball[1] *n.* 2). play *baseball* 打棒球/a *baseball* team 棒球隊/a *baseball* player 棒球選手. **2** © 棒球.

base·board [ˋbesͺbord, ·ͺbɔrd; ˋbeɪsbɔːd] © (美)(牆壁下部的)護壁板, 踢腳板.

báse càmp *n.* © (登山隊等的)基地營.

base·less [ˋbeslɪs; ˋbeɪslɪs] *adj.* 沒有根據的, 莫須有的. a *baseless* accusation 莫須有的責難.

base·man [ˋbesmən; ˋbeɪsmən] *n.* (*pl.* -**men** [-mən; -mən]) © (棒球)壘手. a first *baseman* 一壘手.

*__**base·ment**__* [ˋbesmənt; ˋbeɪsmənt] *n.* (*pl.* ~**s** [~s; ~s]) © **1** (一般住宅的)地下樓, 地下室, (市區一般住宅, 比路面低,

能從道路沿專用的石階走下去; 為了採光, 所以窗口在比路面稍低處; 常作廚房、餐室、儲藏室等之用; → cellar⌘).

2 (百貨公司的)**地下樓**(多設有特賣場或餐飲區).

bàse métal *n.* ⌐UC⌐賤金屬(錫, 鉛, 鋅等; ↔ precious metal).

base·ness [ˋbesnɪs; ˈbeɪsnɪs] *n.* ⌐U⌐卑鄙; 價值低廉; (品質的)低劣.

ba·ses [ˋbesiz; ˈbeɪsiːz] *n.* basis 的複數. ⌐注意⌐ base¹ 的複數與此同形, 但發音為 [ˋbesɪz; ˈbeɪsɪz].

bash [bæʃ; bæʃ]《口》*vt.* 痛打, 圍毆, (*in*). The robber *bashed* her head *in*. 搶匪毆打她的頭部.
— *n.* ⌐C⌐毆打.

bash·ful [ˋbæʃfəl; ˈbæʃfʊl] *adj.* 內向的; 害羞的, 靦覥的, (shy).

bash·ful·ly [ˋbæʃfəlɪ; ˈbæʃfʊlɪ] *adv.* 害羞地.

BASIC [ˋbesɪk; ˈbeɪsɪk] *n.* ⌐U⌐初學者通用符號指令碼(一種電腦程式語言).

*__bas·ic__ [ˋbesɪk; ˈbeɪsɪk] *adj.* **1** 基礎的, 基本的. a *basic* idea 基本的想法/Mathematics is *basic* to all sciences. 數學是一切科學的基礎.

2《化學》鹼性的; 鹼的.
— *n.* (basics)基礎(知識), 基本(事項). the *basics* of physics 物理學的基礎.
◇ *n.* **base**. ≒**fundamental**.

bas·i·cal·ly [ˋbesɪk̩ɪ, -ɪklɪ; ˈbeɪsɪkəlɪ] *adv.* 基本地, 根本上;《修飾句子》基本上. I believe men are *basically* good. 我相信人性本善/*Basically*, the reason I am against this project is that [because] the estimated cost is too high. 基本上, 我反對這計畫的原因是因為預算太高.

Bàsic Énglish *n.* ⌐U⌐基本英語(約 850 個單字編成的簡化英語).

Bas·il [ˋbæzl, -zɪl; ˈbæzl] *n.* 男子名.

bas·il [ˋbæzl, -zɪl; ˈbæzl] *n.* ⌐U⌐羅勒(紫蘇科的草本植物; 葉可作香辣調味料).

ba·sil·i·ca [bəˋsɪlɪkə, bəˋzɪlɪkə; bəˈzɪlɪkə] *n.* ⌐C⌐《古羅馬》長方形的會堂《作法庭、集會用》.

B

bas·i·lisk [ˋbæsəˌlɪsk, ˋbæzəˌlɪsk; ˈbæzɪlɪsk] *n.*
⌐C⌐ **1** 蛇怪《傳說中外形像蛇或蜥蜴的怪獸, 吐口氣或瞪一眼即能殺人》. **2**《動物》王蜥《產於熱帶美洲》.

[basilisk 1]

*__ba·sin__ [ˋbesn̩; ˈbeɪsn] *n.* (*pl.* ~s [~z; ~z]) ⌐C⌐ **1** (**a**) 盆, 水盆; 洗臉盆. (**b**)一盆[臉盆]的量. a *basin* of water 一盆[臉盆]水.

2 (通常指積水的)窪地, 池塘; (河的)流域. the Columbia River *basin* 哥倫比亞河流域.

3 內灣; 船塢.

4 盆地.

bas·ing [ˋbesɪŋ; ˈbeɪsɪŋ] *v.* base 的現在分詞、動名詞.

*__ba·sis__ [ˋbesɪs; ˈbeɪsɪs] *n.* (*pl.* **ba·ses**) ⌐C⌐ **1** 基礎《*of*, *for*》; 根據; (→ base¹ 2 ⌘). a theory founded on a scientific *basis* 有科學根據的理論/He has no *basis for* his opposition. 他無反對的立場.

2 原則, 方式, …制. Most of the waitresses are working on a part-time *basis* at the restaurant. 那家餐廳大多數的女服務生都是兼差的.

3 (飲料, 食品, 藥等的)主要成分.

* ***on the básis of...*** 以…做基礎. *On the basis of* the following facts, we conclude that.... 根據以下事實, 我們的結論是….

bask [bæsk; bɑːsk] *vi.* **1** 取暖, 曬太陽. The cat was *basking* in the sun. 貓在曬太陽.

2 沐浴(於恩惠等中); 沈浸(於歡樂等中). The girl *basks* in the love of her family. 那少女沐浴在天倫之樂中.

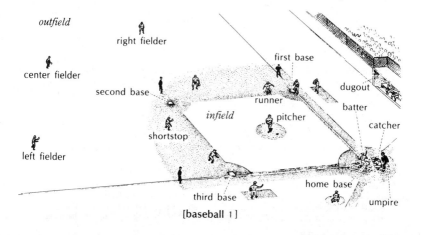

outfield
right fielder
center fielder
first base
dugout
second base
batter
runner
pitcher
catcher
shortstop
infield
left fielder
home base
third base
umpire

[baseball 1]

B

‖**bas·ket** [ˋbæskɪt; ˈbɑːskɪt] *n.* (*pl.* ~s [~s; ~s]) [C] **1** 籃, 簍, 筐; 一籃(的量). a *basket* of fruit 一籃水果. **2** (籃球的)籃框; (投籃)得分. make a *basket* 得分.

‖**bas·ket·ball** [ˋbæskɪt͵bɔl; ˈbɑːskɪtbɔːl] *n.* (*pl.* ~s [~z; ~z]) [U]籃球(運動); [C]籃球. play *basketball* 打籃球.

*‖**bas·ket·ful** [ˋbæskɪt͵ful; ˈbɑːskɪtfol] *n.* (*pl.* ~s [~z; ~z]) [C]一籃(的量), 滿滿一籃. a *basketful* of apples 滿滿一籃蘋果.

bas·ket·work [ˋbæskɪt͵wɝk; ˈbɑːskɪtwɜːk] *n.* [U]編織籃〔簍〕的技藝.

Basque [bæsk; bæsk] *n.* **1** [C] (住在庇里牛斯山西部的)巴斯克人. **2** [U]巴斯克語.

bas·re·lief [͵bɑrɪˋlif, ͵bæs-, ˋbɑrɪ͵lif, ˋbæs-, ͵bæsrɪˋliːf] *n.* (*pl.* ~s) [C]淺浮雕; [C]淺浮雕的作品.

bass[1] [bes; beɪs] (★注意發音) *n.* (音樂) **1** [UC]男低音(男聲的最低音聲部). **2** [C]男低音歌手; 低音樂器. [參考] 男聲的音域按 bass, baritone, tenor, countertenor 的順序變高.

bass[2] [bæs; bæs] *n.* (*pl.* ~·es, ~) [C] (魚)巴司魚(鱸魚類).

[bass[2]]

bas·set [ˋbæsɪt; ˈbæsɪt] *n.* [C]巴色特獵犬(腳短身長垂耳的獵犬).

bas·si·net [͵bæsəˋnɛt, ˋbæsə͵nɛt; ͵bæsɪˈnet] *n.* [C]嬰兒用搖籃式小床, 嬰兒車,(常附有篷蓋).

[bassinet]

bas·soon [bæˋsun, bəˋsun, ˋzun; bəˈsuːn] *n.* [C]低音管, 巴松管, 《低音的木管樂器 → woodwind 圖》.

bast [bæst; bæst] *n.* [U]韌皮(椴樹等的內皮; 做涼蓆、籃子的材料).

bas·tard [ˋbæstɚd; ˈbɑːstəd] *n.* [C] **1** 私生子. **2** 假貨, 贗品. **3** (口)討厭的傢伙, 混蛋. You *bastard*! 你混蛋! —— *adj.* **1** 私生子的. **2** 假的; 雜種的.

bas·tar·dy [ˋbæstɚdɪ; ˈbɑːstədɪ] *n.* [U](法律)庶出(私生子身分).

baste[1] [best; beɪst] *vt.* 粗縫, 疏縫; 縫邊.

baste[2] [best; beɪst] *vt.* (烤肉時)在(肉等上)塗奶油〔油脂〕, 加調味醬.

Bas·tille, Bas·tile [bæsˋtil; bæˈstiːl] *n.* (加the)巴士底監獄(法國革命前巴黎關押政治犯的地方; 1789年7月14日, 被民眾搗毀而引發法國大革命).

bas·tion [ˋbæstʃən, ˋbæstɪən; ˈbæstɪən] *n.* [C]稜堡(城堡、要塞的牆壁向外側突出的部分).

‖**bat**[1] [bæt; bæt] *n.* (*pl.* ~s [~s; ~s]) [C] **1** (棒球, 板球等的)球棒; (乒乓球, 羽毛球等的)球拍. swing a *bat* 揮棒. **2** 打擊, 擊球(動作).

3 (板球的)打擊手(batsman).

4 (口)猛烈的一擊.

at bát (棒球, 板球等)就打擊位置; 輪為進攻的一方. the team *at bat* 進攻的球隊.

gò to bát for... (美、口)為…竭盡心力.

off one's ówn bát (英、口)獨力地(<「從自己的球棒(打出分數)」). We didn't help him, so he did it *off his own bat*. 我們沒有幫助他, 因此是他獨力完成那項工作的.

(*ríght*) *off the bát* (口)立刻, 馬上. I told him I was short of money, and *right off the bat* he lent me $100. 我對他說我缺錢, 他馬上借給我100美元.

—— *v.* (~s [~s; ~s]; ~·ted [~ɪd; ~ɪd]; ~·ting) *vt.* **1** 用球棒擊(球); 擊球使(壘上的球員)跑壘. He *batted* three runners home. 他揮棒打擊使三名在壘的球員奔回本壘得分. **2** 打擊率達…. He *bats* .350. 他的打擊率是3成5(★.350讀作 three fifty 或 three hundred fifty).

—— *vi.* (用球棒)擊球; 就打擊位置; 以擊球使跑壘員在壘上推進.

bát/.../ín (棒球)擊球(使跑者向前推進)得分.

bat[2] [bæt; bæt] *n.* [C](動物)蝙蝠.

(*as*) *blìnd as a bát* (口)瞎子似的[地](通常不用來指盲人).

have bàts in the bélfry (口)神經不正常.

bat[3] [bæt; bæt] *vt.* (~s; ~·ted [~ɪd; ~ɪd]; ~·ting)眨動(眼皮)(wink).

not bàt an éyelid [*éye*] (1)一點也沒有睡. (2)處之泰然, 毫不畏懼.

batch [bætʃ; bætʃ] *n.* [C] **1** (口)一組; 一束; 一團. a *batch* of letters 一捆信/a *batch* of hens 一群母雞.

2 (麵包原料等)供一次烘製用的份量.

3 (麵包等的)一爐.

bat·ed [ˋbetɪd; ˈbeɪtɪd] *adj.* (用於下列片語)

with bàted bréath 屏息(等待等).

Bath [bæθ; bɑːθ] *n.* 巴斯(英國 Avon 的城市; 特指18世紀時繁榮的溫泉休閒勝地).

‖**bath** [bæθ; bɑːθ] *n.* (*pl.* ~s [bæðz; bɑːðz]) [C] **1** 洗澡, 沐浴; 入浴用的水; (注意)並不一定要進入浴缸, 淋浴也是一種 bath). She is giving the baby a *bath*. 她正要給嬰兒洗澡/a hot [cold] *bath* 熱[冷]水澡/a sun *bath* 日光浴.

2 浴缸, 澡盆, (bathtub); 浴室(bathroom). a half *bath* 內有洗臉檯的廁所(沒有浴缸、淋浴設備).

3 (常 baths)澡堂; 室內游泳池. a public *bath* 公共澡堂.

4 (常 baths)溫泉區.

5 溶液(放進物品會發生化學作用); 盛溶液用的器皿. ⇨ *v.* bathe.

tàke [(英) *hàve*] *a báth* 洗澡.

—— *vt.* (英)＝bathe 2.

—— *vi.* (英)＝bathe 1.

Báth [*báth*] **cháir** *n.* [C](病人用的)輪椅(帶篷蓋或罩子的 wheelchair).

‖**bathe** [beð; beɪð] (★注意發音) *v.* (~s [~z; ~z]; ~d [~d; ~d]; **bath·ing**) *vt.* **1** 洗澡,

將…浸水; (為了醫治)洗. *Bathe* your feet to get the dirt off. 把腳浸入水中洗掉污垢.
2 《美》幫〔病人〕沐浴, 替〔幼兒〕洗澡. *bathe* a baby 替嬰兒洗澡.

— *vi.* **1** 《美》洗澡.
2 淋浴; 游泳. We used to *bathe* in this river in our childhood. 我們小時候常在這條河裡游泳.
⇨ *n.* **bath**.

be báthed in... 浸在…; 沐浴在〔陽光等〕. The room *was bathed in* sunshine. 那個房間充滿陽光.

— *n.* ©(用單數)《英》淋浴; 游泳, (★ bathe 比游泳(swimming)的含義更廣, 可指在河水或海水中的戲水). go for a *bathe* 去游泳/take [have] a *bathe* in the sea 作海水浴(注意)與 take [have] a bath(洗澡)有區別).

bath·er [`beðɚ; 'beɪðə(r)] *n.* ©(在海等中)玩水〔游泳〕者; 浴療者.

bath·ing [`beðɪŋ; 'beɪðɪŋ] *v.* bathe 的現在分詞, 動名詞. (注意) bath 的現在分詞, 動名詞與其同形, 但發音是 [`beðɪŋ; 'beɪθɪŋ].

— *n.* ©游泳; 淋浴, 洗澡.   「衣

báthing sùit *n.* ©(通常指女用的)泳裝, 泳

báth màt *n.* ©浴室用的踏腳墊, 踩腳巾. (→ bathroom圖).

ba·thos [`beθɑs; 'beɪθɒs] *n.* Ⓤ《修辭學》突降法(格調由高雅突降為平凡).

bath·robe [`bæθ͵rob; 'bɑ:θrəʊb] *n.* ©浴袍(洗澡前後所穿的寬鬆長袍; 亦作為室內穿的睡袍).

✻bath·room [`bæθ͵rum, -͵rʊm; 'bɑ:θrʊm] *n.* (*pl.* ~s [~z; ~z]) © **1** 浴室,

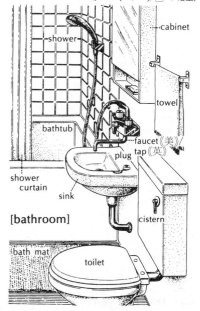

[bathroom]

— labels in image: cabinet, shower, towel, bathtub, faucet《美》tap《英》, plug, shower curtain, sink, cistern, bath mat, toilet

盥洗室, 《在英美浴室中通常有馬桶, 洗臉檯等設備). **2**《委婉》廁所, 洗手間. May I use the *bath-room*? 能借用一下洗手間嗎?

báth tòwel *n.* ©浴巾.

bath·tub [`bæθ͵tʌb; 'bɑ:θtʌb] *n.* ©浴缸(→ bathroom圖).

bath·y·sphere [`bæθɪ͵sfɪr; 'bæθɪ͵sfɪə(r)] *n.* ©球形潛水艇(深海探測用).

ba·tik [`bɑtɪk, bæ`tik, bə-, `bætɪk; ͵bə'ti:k] ©蠟染; 蠟染的布.

Bat·man [`bætmən; 'bætmən] *n.* 蝙蝠俠(美國的漫畫人物; 穿著似蝙蝠的黑色服裝與邪惡戰鬥).

bat·man [`bætmən; 'bætmən] *n.* (*pl.* **-men** [-mən; -mən]) ©《英》陸軍軍官的勤務兵, 值班士兵.

ba·ton [bæ`tɑn, `bætṇ; 'bætən] *n.* © **1** (警官的)警棍. **2** 《音樂》指揮棒. The band played marvelously under the *baton* of a new conductor. 在新指揮的指揮下樂團的演奏很出色. **3** (比賽)接力賽用的接力棒. pass the *baton* in a relay race 在接力賽中傳遞接力棒. **4** (軍樂隊長或行進樂隊女指揮揮動的)指揮棒, 指揮杖.

Bat·on Rouge [͵bætṇ`ruʒ; ͵bætn'ru:ʒ] *n.* 巴頓魯治(美國 Louisiana 的首府).

báton twírler *n.* ©行進樂隊的女指揮.

bats [bæts; bæts] *adj.* (敘述)《口》腦子不正常的(源自 have bats in the belfry (bat² 的片語)).

bats·man [`bætsmən; 'bætsmən] *n.* (*pl.* **-men** [-mən; -mən]) ©(板球的)打擊手.

bat·tal·ion [bə`tæljən, bæ`tæljən; bə'tæljən] *n.* © **1** (★用單數亦可作複數)《軍事》(陸軍的)營(由幾個 company (連)組成; → company ●). **2** (常 battalions)一大群. *battalions* of locusts 一大群的蝗蟲.

bat·ten¹ [`bætṇ; 'bætn] *n.* ©板條(用來固定板與板之間的接縫); 《海事》板條.
— *vt.* 用板條固定〔補強〕; 使密封(*down*). *batten down* the hatches (暴風雨時)艙口用板〔鐵〕條密封.

bat·ten² [`bætṇ; 'bætṇ] *vi.* 《雅》當作食物(*on, upon*).

✻bat·ter¹ [`bætɚ; 'bætə(r)] *n.* (*pl.* ~s [~z; ~z]) ©(棒球, 板球等的)打擊手. the *batter's* box 打擊區.

bat·ter² [`bætɚ; 'bætə(r)] *vt.* 猛擊; 擊碎. The firemen *battered down* the door. 消防隊員擊破了門/Waves were *battering* the shore. 波浪猛烈地拍擊海岸.
— *vi.* 猛擊(*at, on*); 亂打(*away*). Someone is *battering* at the door. 有人在猛敲門.
(字源) BAT「打」: *batt*er, *batt*le(戰役), com*bat*(戰鬥), de*bat*e(辯論), a*bat*e(減).

bat·ter³ [`bætɚ; 'bætə(r)] *n.* Ⓤ麵糊, 麵衣, 《混合牛乳, 雞蛋, 麵粉等攪拌而成的糊狀物, 為天婦羅的外裹層或煎餅的原料).

báttering rǎm n. Ⓒ 攻城錘(古時攻破城牆或城門時用的武器).

*__bat·ter·y__ [ˋbætərɪ, ˋbætrɪ; ˈbætəri] n. (pl. **-ter·ies** [~z; ~z]) Ⓒ【 成排之物 】 **1** 電池, 電池組, 《由若干個 cell(電池)組合而成》. a dry [storage] battery 乾[蓄]電池/My car battery is dead. 我車子的電池沒電了.

2 (通常用單數)(器具等)一套; 一組. a battery of aluminum pots and pans 一套鋁製的燒鍋和煎鍋/ He put forward a whole battery of arguments against the plan. 他提出一連串反對這計畫的論據.

3 (棒球)投手與捕手的總稱.

4 (軍事)砲組, 砲臺.

5 (法律)毆打, 暴行. (→ assault 的片語)

bat·ting [ˋbætɪŋ; ˈbætiŋ] n. Ⓤ 打擊. practice batting 練習打擊/the batting order 打擊順序.

bátting àverage n. Ⓒ **1** (棒球)打擊率 (→ bat¹ vt. 2).

2 (美、口)(泛指)成功率, 業績.

*__bat·tle__ [ˋbætl; ˈbætl] n. (pl. ~s [~z; ~z]) **1** ⓊⒸ 戰鬥, 戰, 會戰. (泛指)戰爭. the Battle of Waterloo 滑鐵盧戰役/a losing battle 無戰勝希望的戰爭/a naval battle 海戰/They fought a fair battle with the enemy. 他們跟敵軍公平地交戰.

同 battle 指在特定地區特定日期和時刻發生的個別戰爭; war 則指國家之間的(長期)戰爭; → campaign, combat, fight.

搭配 adj.+battle: a bloody ~ (流血的戰鬥), a fierce ~ (猛烈的戰鬥) // v.+battle: fight a ~ (交戰), lose a ~ (戰敗), win a ~ (戰勝).

2 Ⓒ (a) (不用武力的)鬥爭, 戰鬥. the battle of life 爲生存而戰/a battle against hunger 跟飢餓作戰. (b) (個人的)爭論, 糾紛, 吵架, 爭奪. a battle of words 舌戰.

3 Ⓤ (加 the)勝利. The first blow is half the battle. 先發制人是勝利的一半.

fàll [dìe, be kìlled] in báttle 戰死. Her father fell [died, was killed] in battle. 她的父親戰死了.

gò to báttle 去作戰, 出征.

── v. (~s [~z; ~z]; ~d [~d; ~d]; -tling) vi. 作戰, 鬥爭. The boy battled against [with] a serious illness. 這男孩跟病魔搏鬥/A great number of students battled for freedom of speech. 許多學生爲言論自由而戰.

── vt. **1** (美)和⋯作戰.

2 奮力打開(路). He battled his way out of the mob. 他拼命從人群中擠出來.

bat·tle-ax [ˋbætl͵æks; ˈbætlæks] n. Ⓒ 戰斧 《古時的武器; 裝有長柄》.

báttle crúiser n. Ⓒ 戰鬥巡洋艦.

báttle crỳ n. Ⓒ 吶喊聲; 口號.

bat·tle-field [ˋbætl͵fild; ˈbætlfiːld] n. Ⓒ 戰場; 爭奪的場所. a political battlefield 政治鬥爭的場所.

bat·tle·ground [ˋbætl͵graʊnd; ˈbætlgraʊnd] n. =battlefield.

bat·tle·ment [ˋbætlmənt; ˈbætlmənt] n. Ⓒ (通常 battlements) 有槍眼[砲眼]的城垛, 雉堞牆 (→ castle).

bat·tle·ship [ˋbætl͵ʃɪp; ˈbætlʃɪp] n. Ⓒ 戰艦.

bat·tling [ˋbætlɪŋ, ˋbætlɪŋ; ˈbætliŋ] v. battle 的現在分詞、動名詞.

bat·ty [ˋbætɪ; ˈbæti] adj. 《口》腦子不正常的.

bau·ble [ˋbɔbl; ˈbɔːbl] n. Ⓒ 廉價珠寶, 好看但不值錢的東西.

[battlements]

baulk [bɔk; bɔːk] n., v. =balk.

baux·ite [ˋbɔksaɪt, ˋbozaɪt; ˈbɔːksaɪt] n. Ⓤ (礦物)鐵礬土, 鋁土礦, (鋁的原礦).

bawd·y [ˋbɔdɪ; ˈbɔːdi] adj. 猥褻的, 低俗的.

bawl [bɔl; bɔːl] vi. **1** 大喊; 吼叫; 《at》. bawl at each other 互相吼叫.

2 (美、口)哭叫.

── vt. 吼叫著說; 《美、口》責罵, 痛責; 《out》. bawl (out) a command 大聲命令/The angry father bawled "Go to bed" to his son. 發怒的父親對兒子大聲喊[去睡覺].

── n. Ⓒ 怒吼聲; 《美、口》哭叫聲.

*__bay__¹ [be; beɪ] n. (pl. ~s [~z; ~z]) Ⓒ **1** 灣, 海灣, the Bay of Biscay 比斯開灣. 同 gulf 是比 bay 更大的灣 → gulf. **2** 山中的凹地.

bay² [be; beɪ] n. (pl. ~s) ⓊⒸ **1** 吼叫聲(特指獵犬快追到獵物時一齊吼叫之聲); (大狗的)吠聲.

2 困境, 被追得走投無路的處境.

at báy 被追得走投無路, 陷入困境.

brìng...to báy 對⋯窮追不捨; 使陷入困境.

kèep [hòld]...at báy (被追逐的獵物等)反抗, 使⋯無法靠近. He kept [held] the invaders at bay with a machine gun. 他用機槍使侵略者無法靠近.

stánd [tùrn] at báy 被緊追而向敵方反抗.

── vi. 〔特指大型犬或獵犬〕(不斷地)吼叫《at》(★連續的程度甚於 bark¹).

── vt. 向⋯吠, 吠聲不斷.

bày (at) the móon 向月亮吠叫(比喩徒勞無益的願望、訴說).

bay³ [be; beɪ] n. (pl. ~s) Ⓒ **1** (植物)月桂(樹) (laurel).

2 (bays) (給勝利者等戴的)桂冠; 榮譽, 名聲.

bay⁴ [be; beɪ] n. (pl. ~s) Ⓒ **1** (建築)兩柱之間的間距; (因爲裝設 bay window 等而形成的)凹壁.

2 =bay window.

3 機艙, 隔間. a bomb bay (轟炸機的)炸彈艙.

bay⁵ [be; beɪ] adj. 紅棕色的, 赤褐色的.

── n. (pl. ~s) Ⓒ 紅棕色的馬.

báy lèaf n. Ⓒ 月桂葉(辛香料).

bay·o·net [`beənɪt; ˈbeɪənɪt] *n.* © 刺刀. a dictatorship built on the army's *bayonets* 建立在陸軍刺刀(=武力)之上的獨裁政權.
— *vt.* 用刺刀刺; 用刺刀(武力)迫使.

bay·ou [`baɪu, `baɪju; ˈbaɪuː] *n.* © (特指美國南部)沼澤狀的支流.

báy trèe *n.* =bay³ 1.

bày wíndow *n.* © 凸窗(→ bow window).

ba·zaar [bə`zɑr; bəˈzɑː(r)] *n.* © **1** 市場, 市集, 義賣場(為慈善等特別目的而舉行). a charity *bazaar* 慈善義賣場.
2 (伊朗等中東各國, 印度的)市場, 商店街.
3 (英美等的)雜貨店.

[bay window]

ba·zoo·ka [bə`zukə; bəˈzuːkə] *n.* © 火箭筒(可攜帶的, 用以對抗戰車的武器).

BBC (略) British Broadcasting Corporation (英國國家廣播公司).

*＊**B.C.** [`bi`si, ˌbiˈsiː] (略)西元前(Before Christ的縮寫; ↔ A.D.). in 399 *B.C.* 西元前399年.

*＊**be** [強 ˈbi, ˌbi, 弱 bɪ; 強 biː, 弱 bɪ] 字形: 直述語氣現在式為(I) am; (you) are; (he, she, it) is; (we, you, they) are. 直述語氣過去式為(I) was; (you) were; (he, she, it) was; (we, you, they) were. 假設語氣現在式(不論人稱, 單複數)為 be. 假設語氣過去式(不論人稱, 單複數)為 were. 祈使語氣為 be. 過去分詞為 been. 現在分詞為 being.

【★代替假設語氣】
(1)除下列情形外, 假設語氣現在式在今日幾乎皆可用直述語氣現在式代替:
She suggested that he *be* summoned. 《主美》(她建議將他召喚過來)/if need *be* 《雅》(如有必要).
(2)除下列情形外, 假設語氣過去式在今日幾乎皆可用直述語氣過去式(或現在式)代替: If I *were* you.... (假使我是你…). 然而, 這種情形使用 was 亦可. *Were* he alive now, ... 《雅》(假如他仍活著)/as it *were* → as 的片語.

【● 縮寫形】
(1) 'm (=am); 're (=are), 's (=is).
(2) aren't (=are not; am not); isn't (=is not); ain't (=am not, are not, is not); wasn't (=was not); weren't (=were not).

— *vi.* 【是】 **1** 《作為連繫詞》句型2 (be A)是 A. The capital of France *is* Paris. 法國的首都是巴黎/His name *is* Bill Clinton. 他的名字是比爾・柯林頓/I'*m* a high school student. 我是高中生/It'*s* me. 是我(語法 It's I. 是正式的說法; It's he [she]. 通常在口語中亦作 It's him [her].)/*Be* careful! 當心!/Don't *be* absurd. 別荒謬啦/Her

---

be 125

B

one wish *was* to see her son again. 她唯一的希望是再見到兒子一面/All you have to do *is* (to) sign your name here. 你只要在這裡簽名就可以了(語法 在《口》中可以省略 to, 此時以原形不定詞直接接續)/My hobby *is* collecting stamps. 我的興趣是集郵/My father *is* in good health. 我父親身體很好/Three and five *is* [*are*] eight. 3 加 5 等於 8/The fact *was* that they were unwilling to come here. 事實是他們討厭來這裡/The point *is* when to start. 重點是甚麼時候出發/Ed *is* not what he *was*. 艾德已不再是從前的艾德了/This *is* why I gave up. 這就是我放棄的原因. 參考 有時譯成「成為…」比較自然: He will *be* ten next April. (到 4 月他就 10 歲了)/I want to *be* a pianist. (我想成為鋼琴家)

【 有 】 **2** (a)《雅》存在, 有, 在. God *is*. 神是存在的/Can such things *be*? 真的有這回事嗎?/To *be*, or not to *be*: that is the question. 是生, 是死; 那就是問題所在《Hamlet 的獨白》/His parents hoped that he and Mary would marry, but he knew that would not *be*. 他的父母希望他與瑪麗結婚, 然而他知道那是不可能的.
(b)就這樣, 保持原狀. Let it *be*. 別管它; 順其自然/Jim is sleeping; let him *be*. 吉姆正在睡覺, 讓他睡吧.

3 《加副詞(片語)》(a)在(某場所). Mother *is* out. 母親外出/I must *be* off now. 我得告辭了/"Where *is* my watch?" "It'*s* on the mantelpiece." 「我的錶在哪裡?」「在壁爐上面」/*Be* at home this evening. 今晚待在家裡/John will *be* here in five minutes. 約翰 5 分鐘內就會到這裡來(★關於 There is.... 的構句 →there).
(b)正值(特定的日期等); 召開(會議等). Their wedding will *be* tomorrow. 他們的婚禮將於明天舉行/The funeral will *be* at eleven o'clock tomorrow. 葬禮明日 11 時舉行.

4 《以人為主詞》花費(時間). "Will you *be* long?" "No, I'll only *be* a minute." 「你需要花很久的時間嗎?」「不, 我馬上就好」/I have *been* a long time finding this out. 我花了很長的時間來找尋它.

— *aux. v.* **1** (be doing:進行式)在做…, 正在做…. He'*s* *swimming* now. 他正在游泳/Jane has *been* *doing* her assignment. 珍(一直)在做作業/The bridge *is* *being* built. 橋樑正在架設中(★以前說成 The bridge *is* building. 現在這種說法已經很少).

【● 進行式的特別用法】
(1)加表示未來的副詞(片語), 表示較近的未來: She *is* *going* to France next week. (她下週將去法國)/I'*m* *dining* out this evening. (今晚我在外面用餐).
(2)表示富有感情的說法或一時性的狀態: He *is* always *finding* fault with others. (他老是挑別人的毛病).
(3)主詞為第二人稱時表示命令: You'*re* not *see-*

ing him. (你不可以跟他見面).

(4)表示客氣的請求: I *was wondering* if you could come with me. (不知您是否可與我一起來).

(5)使用表持續性狀態之動詞於進行式時，強調一時的狀態(→ being *v.* 1 (b)): You *are being* silly again. (你還在說傻話).

2 (be+及物動詞的過去分詞構成被動語態)被…; 正被…. This novel *was written by* an American writer. 這部小說是由美國作家寫成的/His name *is* well *known to* us. 他的名字爲我們所熟悉/His suitcase *was packed* and waiting in the hall. 他的皮箱已裝好放在玄關.

┌─【●被動語態應注意的用法】─────┐
(1)表示動作的被動語態和表示狀態的被動語態: The gate *is closed* at six. (((動作))門於6時關閉). (((狀態))門在6時已關閉). 如果用 get, become 等代替 be, 表示動作的意思就更爲明確.
(2)一般只在被動語態使用的動詞: It *is rumored* that he will shortly resign. (據傳聞他不久後將辭職).
(3)有時「不及物動詞+介系詞」可比照及物動詞成爲被動語態(→ laugh 表): Such a man cannot *be relied upon*. (這樣的人不能信任)/She *is* well *spoken of* by everybody. (她的風評很好).
└──────────────────────┘

3 (be+不及物動詞的過去分詞構成一種完成式)(((古, 雅)))做…, 正在做…. The moon *is risen*. 月亮出來了(通常是 has risen)/Summer *is gone*. 夏天已結束.

語法(1)可使用 arrive, come, go, grow, rise 等少數動詞, 然而除 come, go 之外, 其餘並不普遍.
(2)現在通用「have+過去分詞」.

4 (用 be *to* do 的形式)(a)(((預定)))預定做…, 將做…. I *am to meet* him at ten. 我跟他預定在10點鐘見面/I *was to have attended* the meeting last week. 我上禮拜原本預定出席該項會議(但未出席).
(b)(((義務)))應該…, 必須…. You *are to do* as I tell you. 你必須照我說的去做/You *are* not *to use* this exit. 這個出口禁止使用.
(c)(((必要性)))(用於 if 子句)爲了做…, 要…的話. This book needs to be read several times *if it is to be* fully *understood*. 要充分瞭解這本書的話一定得讀好幾遍(★ if 以下的意義大致以 *in order to be* fully *understood* 相同)/if you *are to get* on in the world 如果你想發迹的話.
(d)(((可能)))能…. My briefcase *was* nowhere *to be found*. 我的公事包到處都找不到/Not a car *was to be seen* on the street. 路上連一輛車也看不到.
(e)(((命運)))命中注定…. They *were* never *to see* each other again. 他們注定不會再見面/But that

was not *to be*. 但是命運將不會是那樣.

5 (((條件子句中用 were *to* do 的形式)))假使…(語法常用在表示假設、條件的副詞子句, 通常表示不易實現的內容; → should 8). If I *were to* [*Were I to*] *live* again, I would like to be a musician. 如果我能再活一次, 我想當爲音樂家.

* **have been** (~ been)(1)去過, 滯留過, (((*to*; *in*, *at*))). I've *been* there once. 我去過那裡一次/Have you ever *been to* [*in*] India? 你去[住]過印度嗎? (★在(美)這種情形有時也說成 have gone; → go 1 語法). (2)剛去過((*to*)). Oh, you've *been to* the barbershop. 哦, 你剛才去過理髮店. (3)(((英、口)))來訪, 拜訪. Has anybody *been*? 有誰來過嗎?

if it had nót bèen for... 假如沒有…的話(((與過去事實相反的假設))). If it had not been for your aid, I would not have succeeded in my business. 假如沒有你的幫助, 我的事業就不會成功了.
語法亦有省略 if, 而用 had it not been for... 的句型, 此屬(((文章))).

if it were nót for... 假如沒有…的話(((與現在事實相反的假設))). If it were not for electricity, our civilized life would be impossible. 假如沒有電, 我們的文明生活就不可能有了. 語法亦有意思相同且省略 if, 而用 were it not for... 的句型, 此屬(((文章))).

be- *pref.* **1** 加在及物動詞前, 表示「全面地, 全部, 完全」之意. beset.
2 加在不及物動詞前構成及物動詞. bemoan.
3 構成表示「去掉」之意的及物動詞. bereave.
4 加在形容詞、名詞前構成及物動詞. bedevil. belittle.
5 加在名詞前構成表示「以…遮蓋, 當成…對待」之意的及物動詞. becloud. befriend.
6 加在名詞前, 字尾加 -ed 以構成「以…裝飾的, 帶上…的」之意的形容詞. bejeweled (鑲上寶石的).

***beach** [bitʃ; biːtʃ] *n.* (*pl.* ~**es** [~ɪz; ~ɪz]) ⓒ (海、湖的)濱、灘、沙灘; (海浪拍打的)岸邊(→ geography 圖). In summer they used to play on the *beach* all day long. 夏天他們經常整天在海濱遊玩. 參考與以下比較: spend the summer at the *coast* (在海岸度過夏天; 通常 beach 比 coast 或 shore 的範圍更小).
── *vt.* 把(船)駛上岸[拖上岸].

béach bùggy *n.* ⓒ海灘車, 沙地車, (((輪胎很粗))).

beach·comb·er [ˈbitʃˌkomɚ; ˈbiːtʃˌkəʊmə(r)] *n.* ⓒ **1** (特指南太洋群島的)白人流浪漢, 海濱拾荒者, (<在海濱來回尋找可銷售的物品; → comb *vt.* 2). **2** (拍岸的)大浪.

beach·head [ˈbitʃˌhɛd; ˈbiːtʃhed] *n.* ⓒ **1** 登陸據點. **2** (將來發展的)立足點.

béach hòuse *n.* (((主美)))ⓒ海灘別墅, 海濱小屋.

beach·wear [ˈbitʃˌwɛr; ˈbiːtʃweə(r)] *n.* ⓤ 海灘裝(從游泳衣到寬鬆襯衫都包括在內的統稱).

bea·con [ˈbikən; ˈbiːkən] *n.* ⓒ **1** (從山頂等高處點燃作爲信號用的)烽火. **2** 信號燈; 燈塔. **3** = radio beacon. **4** (((英)))(柱子的上端有燈的)行人優先

穿越馬路標誌. **5** 引導[警告]者[物].

*__bead__ [bid; bi:d] *n.* (*pl.* ~**s** [~z; ~z]) C **1** 珠子,
串珠. **2** (beads) (祈禱用)念珠, 串珠; 項鍊.
3 (露水, 汁等的)珠, 滴. with *beads* of sweat on
one's forehead 額頭上滴滴汗珠. **4** (槍的)準星.
dràw a béad on [*upon*]... (用槍)瞄準…, 對準.
He *drew a bead on* a stag at bay. 他用槍瞄準已走投
無路的公鹿.
— *vt.* **1** 在…上裝上珠子; 飾以珠子. His naked
back and arms were *beaded with* sweat. 他裸露
出的背上和手上都是汗珠. **2** 用珠裝飾.
3 把…串在一起.
— *vi.* 〔雨水等〕變成珠狀〔滴〕.
bead·ing [ˈbidɪŋ; ˈbiːdɪŋ] *n.* UC **1** 珠飾品. **2**
(建築)串珠狀緣飾; (家具等的)串珠狀緣飾.
bead·y [ˈbidɪ; ˈbiːdɪ] *adj.* 珠子般的; (特指眼睛)
圓而亮的. the bright *beady* eyes of a hen 母雞亮
而圓的眼睛.
bea·gle [ˈbigl; ˈbiːgl] *n.*
C 畢格爾獵犬(獵兔用的,
體型最小的獵犬).

[beagle]

*__beak__ [bik; bi:k] *n.* (*pl.*
~**s** [~s; ~s]) C 鳥喙(特指
猛禽類彎曲的喙; →
bill²).
beak·er [ˈbikə; ˈbiːkə(r)]
n. C **1** (化學實驗用的)燒杯. **2** 寬口大杯; 一杯
的量.

*__beam__ [bim; bi:m] *n.* (*pl.* ~**s** [~z; ~z]) C 〖梁〗
1 梁, 桁; 甲板橫梁(橫跨船幅支撐甲板); (最大
的)船幅.
2〖筆直的梁狀物〗天平(的桿), 秤(的桿).
〖直指之物>光〗 **3** 光線. a *beam* of light 一道
光線.
4 (臉上的)光輝; (希望等的)光. a faint *beam* of
hope 一線希望.
5 (無線電)方向指示電波.
òff the béam 《口》偏離正道; 弄錯方向. You're
right *off the beam* if you think I would play
such a dirty trick on you. 假使你認爲我會用如此
卑劣的手段來欺騙你, 那麼你就大錯特錯了.
òn the béam 《口》在正確航道上; 正確.
— *v.* (~**s** [~z; ~z]; ~**ed** [~d; ~d]; ~**ing**) *vi.*
1 發光, 放光輝.
2 開朗地微笑. Mary *beamed* with happiness. 瑪
莉幸福地微笑著/Fortune *beamed on* him. 好運眷
顧了他.
— *vt.* **1** 播出〔信號, 節目等〕(*to*). We *beamed*
the message *to* the world. 我們向全球播出這個消
息. **2** 放射〔光〕, 射出〔光〕. **3** 用微笑表示.
beam-ends   [ˈbimˈɛndz, -ˌɛndz, -nz;
ˌbiːmˈendz] *n.* 《作複數》船梁末端.
on one's **beam-énds** 〔人〕經濟拮据《源於形容側傾
的船》.
beam·ing [ˈbimɪŋ; ˈbiːmɪŋ] *adj.* 發出光輝的,
明朗愉快的.
beam·ing·ly [ˈbimɪŋlɪ; ˈbiːmɪŋlɪ] *adv.* 愉快地.

*__bean__ [bin; bi:n] *n.* (*pl.* ~**s** [~z; ~z]) C **1** 豆(通

常指比較長的; 有 broad [kidney, soy, string]
bean 等種類; → pea); 生長豆的植物; 豆莢.
2 (咖啡, 可可等的)豆狀果實. coffee *beans* 咖啡
豆. **3** (美, 俚)頭(head).
4 (英, 俚)一文錢(主要用於否定句). I haven't a
bean. 我身無分文.
5 《口》無價值之物(通常用於否定句). I don't care
a *bean*. 我毫不在乎.
spìll the béans 《口》(無意中)洩漏祕密.
béan bàll *n.* C (棒球)投手瞄準打擊手的頭部
(bean)投出的球.
béan cùrd *n.* U 豆腐(在英, 美 tofu 的說法較
普遍).   〔豆芽〕
bean·sprout [ˈbin.spraʊt, ˈbiːnˌspraʊt] *n.* C
bean·stalk [ˈbin.stɔk; ˈbiːnstɔːk] *n.* C 豆莖.

*__bear__¹ [bɛr, bær; beə(r)] *v.* (~**s** [~z; ~z]; **bore**;
borne, born; bear·ing [ˈbɛrɪŋ; ˈbeərɪŋ])
vt. 〖搬運〗 **1** 《文章》運送, 拿去, (回 現在通常
用 carry 來表示此意). The maid came in *bear-
ing* a cake. 那位女傭端著蛋糕進來來/The sound of
children playing was *borne* on the wind. 孩子們
戲耍的聲音隨著風傳過來/*bear* away (→片語).
〖帶有〗 **2** 攜帶, 身上帶有, 〔武器等〕.
Policemen have the right to *bear* arms. 警察有
攜帶武器的權利.
3〖具有特徵〗寫有〔文字, 記號等〕; 具有〔關係, 相
似處等〕; 帶有〔特徵等〕. This letter *bears* no
date [signature]. 這封信沒有附上日期(簽名)/His
hands *bear* the marks of toil. 他的手上可見到辛
苦工作的痕跡/She *bore* the air of a lady. 她具有
貴婦人的風範.
4 《文章》擁有〔稱號, 名字等〕. He *bears* the title
of Sir. 他擁有閣下的稱號.
5〖放在心裡〗《文章》心懷〔怨恨等〕; 句型4 (bear
A B)對 A 抱有 B, I *bear* you no grudge against
you. = I *bear* you no grudge. 我並沒有對你心懷
怨恨.
〖堅持〗 **6** 支持, 撐住, 承受, 〔重量〕; 承擔, 負
擔, 〔責任, 費用等〕. The ice on the lake is too
thin to bear your weight. 湖面的冰太薄, 承受不
住你的重量/We have to *bear* the blame. 我們必
須承擔這個責任.
7 (通常與 can 連用, 用於否定句, 疑問句)
(**a**) 忍受, 忍耐, 容忍. I can't *bear* the pain. 我痛
得受不了/I can't *bear* the sight of him. 我一見到
他就覺得噁心.
(**b**) 句型3 (bear *to* do/do*ing*/*that* 子句)忍受…
(行爲)/忍受…(狀態). I couldn't *bear* to see
[*seeing*] such a scene. 我不忍心看這種場面/I can't
bear that she should suffer so. 我實在不忍心她如
此受苦.
(**c**) 句型5 (bear A *to* do) 忍受 A(人)的…(行
爲). Could you *bear* anyone *to* treat you like
that? 你能夠忍受人家這樣對待你嗎?
回 bear 爲表示「忍受痛苦, 悲傷」的最常用字;

B

endure 則爲忍受長期的痛苦, 困難等; stand 表示不怯弱, 持續地忍耐, 一般用於疑問句與否定句; put up with 表示忍受他人的態度, 天候等所造成的不快, 爲一種口語表現.

8〔忍耐得住>經得起〕適合; 容許; 句型3〔bear do*ing*〕容許…〔行爲〕. (★以物爲主詞; 受詞表示被動的意思). His work won't *bear* close examination. 他的工作經不起仔細的檢查/His dirty words don't *bear repeating*. 他不雅的言辭簡直不容重述.

〖有子孫〗**9** (a)〔女性, 雌的動物〕生, 生育, 〔子〕(→ beget 語法). She only *bore* one child. 她只生了一個孩子/Jack was *born* on August 10. 傑克生於 8 月 10 日. 語法〕出生用(be) born, 而主動語態的完成式以及帶 by 的被動語態則用 borne: She *has borne* five children. (她生了五個孩子)/Jesus *was borne* by Mary. (耶穌是瑪利亞所生).
(b)句型4〔bear **A　B**)與A(之間)生下B. His wife *bore* him two daughters and a son. 他的妻子爲他生下兩個女兒和一個兒子.

10 結〔果實〕; 開〔花〕; 生〔利息等〕. This tree does *not bear* flowers. 這棵樹不會開花/His efforts *bore* fruit. 他的努力得到了結果.

— *vi.* **1** 朝向〔某方向〕, 前進; 傾; 位於〔某處〕. The ship is *bearing* due north. 船朝向正北.
2 結果實; 生子.

bèar a hánd 〔文章〕幫助, 助一臂之力.

bèar.../awáy[1] 〔文章〕拿走…; 贏取〔獎品〕;〔事態, 熱情等〕使〔人〕推動, 驅使. He was *borne away* by passion. 他被激情所驅使.

bèar awáy[2] 駛離原來航向; 避開.

bèar.../dówn[1] 把…往下壓; 擊敗〔敵人等〕.

bèar dówn[2] (1)堅持, 竭力. *bear down* in one's studies 竭盡全力學習. (2)〔產婦生孩子時〕用力.

bèar dówn on [*upon*]... (1)對…猛烈增強力氣, 壓…. (2)〔船, 車等〕向…突然逼進, (3)致力於….

bèar...in mínd → mind 的片語.

* *bèar on* [*upon*]... (1)與…有關連, 有關連. How does this *bear on* my future? 這跟我的將來有何關係? (2)依靠於…; 壓在…上. The tax *bore* hard [*heavily*] *on* the peasantry. 這筆稅使農民負擔沈重.

bèar.../óut 支持, 證實, 〔人, 事實等〕. These facts *bear out* my hypothesis. 這些事實證實我的假設.

bèar onesèlf 〔文章〕舉止, 處世. She *bears* herself very well. 她很有禮貌.

bèar úp[1] 支持, 支撐, 持續; 不氣餒地堅持; (*against, under* 面對…). *Bear up!* 振作起來! 提起精神來!/He *bore up* bravely *under* one misfortune after another. 他面對接二連三的不幸仍勇敢地堅持下去.

bèar.../úp[2] 堅持…, 支持….

bèar with... 忍耐…, 耐心等待〔聽〕. If you'll

bear with me for a while, I'll explain why I did it. 如果你耐心點聽我說, 我將說明我爲何這樣做.

***bear**[2] [bεr, bær; beə(r)] *n.* (*pl.* ~**s** [~z; ~z]) C
　1 熊. a polar *bear* 北極熊, 白熊/a brown *bear* 棕熊/the Great [Little] *Bear* →見 Great Bear. **2** 粗心的人; 粗暴的人.
　3〔股票〕賣空者, 股市裡看跌的人, (↔ bull);《形容詞性》行情看跌的. a bear market 行情看跌的市場.

bear.a.ble [`bεrəbl; `beərəbl] *adj.* 能忍耐的, 可忍受的; 能設法支持住的. (↔ unbearable).

bear.bait.ing [`bεr,betɪŋ; `beə,beɪtɪŋ] *n.* U 逗熊遊戲(用狗追被栓住的熊, 流行於 16, 17 世紀的英國).

***beard** [bɪrd; bɪəd] *n.* (*pl.* ~**s** [~z; ~z]) C
　〖山羊鬍〗**1** (人, 羊等)下巴上的鬍鬚, 鬍子. wear [have] a thick [thin] *beard* 下巴下留著濃密的[稀疏的]鬍子.
　搭配 *adj.*+beard: a bushy ~ (髒亂的鬍鬚), a long ~ (長鬍鬚), a short ~ (短鬍鬚) // *v.*+beard: grow a ~ (留鬍子), trim one's ~ (修剪鬍鬚) // beard+*v.*: a ~ grows (鬍子生長).
　2〔鬍子狀物〕(麥等的)芒; (釣鉤, 箭等的)倒鉤.
　— *vt.* **1** 拉…的鬍子; 毅然與…對抗.
　2 添上鬍子.

[beard 1]　　mustache　　whiskers

beard.ed [`bɪrdɪd; `bɪədɪd] *adj.* 有鬍鬚的.

beard.less [`bɪrdlɪs; `bɪədlɪs] *adj.* 沒有鬍鬚的.

bear.er [`bεrɚ, `bærɚ; `beərə(r)] *n.* C **1** 運送者, 搬運者, 挑夫, **2** 抬棺者, 扶棺者. **3** (支票的)持票人; (信件的)送信人. **4** (官職等的)擔任者.

béar hùg *n.* C **1** (久未見面的男性)熱烈的擁抱. **2** (摔角)抱住(以兩臂從前面摟住對手使其仰面後跌並進行壓制的一種技巧).

***bear.ing** [`bεrɪŋ; `beərɪŋ] *n.* (*pl.* ~**s** [~z; ~z]) **1** a U 態度, 舉止, (manner), a man of noble *bearing* 舉止高雅的人.

[bear hug]

2 UC 關係, 關連; (通常 bearings) 方面, 意義. That has no *bearing on* our plan. 那與我們的計畫毫無關係/Let's consider the problem in

all its *bearings* before making a decision. 我們在決定之前先從各方面來考慮這個問題吧!

3 ©(常 bearings)方向感，方向，相對位置．

4 Ⓤ忍耐，忍受．The pain was past [beyond] (all) *bearing*. 那種痛是令人無法忍受的．

5 ©(機械)(通常 bearings)軸承．

6 Ⓤ生產(子)；結果(期)，果實．⇨ v. **bear**.

lòse one's **béarings** 迷失方向．

tàke [**gèt**] one's **béarings** 確認自己所處的位置；確定(事物)的情勢．

bear·ish [ˈbɛrɪʃ; ˈbɛərɪʃ] adj. **1** 熊般的；粗野的．

2 (股票)(股票價格)看跌的(↔ bullish)．

bear·skin [ˈbɛrˌskɪn, ˈbær-; ˈbeəskɪn] n. **1** Ⓤ熊皮；©熊皮製品．**2** ©(英國禁衛軍戴的)黑色毛皮高帽．

[bearskin 2]

＊beast [bist; biːst] n. (pl. ~s [~s; ~s]) © **1** (a)動物，獸，《特指與鳥、魚、蟲類相對而言的四腳動物；就此意義而言，animal 更常用；→ brute, animal回》．a wild *beast* 野獸/the King of *beasts* 萬獸之王．(b)(相對於人的)野獸，畜生．man and *beast* 人與野獸．

2 家畜，牛馬；(供搬運貨物、騎乘用的)動物．

3 沒有人性的人，討厭的人[物]；心地不良的人．Don't be a *beast* about it. 別這樣壞心眼．

⇨ adj. beastly, bestial.

bèast of búrden [dráft] 役畜(牛、馬、騾、驢、駱駝等)．

bèast of préy 猛獸，肉食性的野獸．

beast·ly [ˈbistlɪ; ˈbiːstlɪ] adj. **1** 獸性的；汙穢的，不潔的；令人討厭的．**2** (口)討厭的，可惡的，(nasty)；不懷好意的．*beastly* weather 惡劣的天氣．

＊beat¹ [bit; biːt] v. (~s [~s; ~s]; ~; ~en, ~·ing) vt. 《連續打》**1** 打，(反覆)擊打，連續打，《僅連打 hit》；責打．*beat* a drum 擊鼓/My father *beat* me for answering him back. 我父親因我還嘴而打我．

2 (a)錘打．The gold was *beaten* into thin plates. 金被錘成薄片．(b)句型5(beat **A** **B**)把 A 錘成 B．*beat* iron [gold] flat 把鐵[金]錘薄．

3 (a)攪拌，使起泡沫．She *beat* (up) cream for the dessert. 她把鮮奶油打到起泡沫來做點心．(b)打(拍子)；(時鐘一秒一秒)擺動．

4 【用腳踏】踏步走[路]；踏出(路)．*beat* the streets 在街上(不停地)走來走去/*beat* a path *through* the jungle 在叢林中踏出一條小徑來．

5 【到處打扞】拍打(灌木叢等)尋覓，到處搜索，《為獵取獵物等)．*beat* the bushes *for* a lost child 四處尋找迷失的小孩．

《得勝》**6** 打敗，取勝，打贏，(→ defeat回)．*beat* a person *at* chess 下棋贏人/No other hotel can *beat* this *for* good service. 沒有別的旅館比這裡的服務更好的了/She *beat* the world record for the 100 meters. 她破了 100 公尺短跑的世界紀錄/

Nothing can *beat* rest when you're sick. 生病時沒有比休息更重要的了．

7 使為難，使困惑，使手足無措，教人不知如何是好．It *beats* me where she's gone. 我搞不清楚她到哪裡去了．

— vi. **1** (連續地)打，敲打．A stranger *beat* urgently at the front door. 一個陌生人急促地敲打前門．**2** [雨、浪等]衝擊，猛烈拍擊．The rain is *beating against* the windows. 大雨正猛烈地拍擊著窗戶．

3 [心臟]跳動，[鼓]咚咚響，[鳥]拍翅．Her heart *beat* fast from fear. 她的心跳因恐懼而加速．

bèat abóut (在灌木叢等處)過往《for 尋找…》．

bèat abòut [**around**] **the búsh** (1)敲打灌木叢周圍把獵物趕出來．(2)(口)(不進入正題而)兜圈子地說，委婉地說．

bèat/.../**báck** 擊退…．

bèat/.../**dówn** (1)打倒…；壓住…．(2)(口)殺價；使(人)降低價錢．

bèat dòwn on...[太陽]照射…．

bèat/.../**ín** 打破…．*beat in* the door＝*beat* the door *in* 破門而入．

bèat it (俚)溜走，逃走；離開；匆促離去．*Beat it!* 滾開!

＊**bèat**/.../**óff** 擊退…．*beat off* the enemy's attack 擊退敵人的攻擊．

bèat/.../**óut** (1)把…趕出去；撲滅(火)；敲響…．(2)錘薄(金屬)．(3)使(意思)明確．(4)(美、口)使(人)啞口無言；狠狠地教訓一番．

bèat the áir 徒勞，白費力氣．

bèat tíme (敲打著)打拍子．

＊**bèat**/.../**úp** (1)(口)痛打(人)．(2)(英)打(蛋等)使起泡沫．

— n. (pl. ~s [~s; ~s]) © **1** (連續打》**1** (接二連三的)打，[鼓、時鐘等的]敲打聲；(心臟的)跳動，脈搏．**3** (音樂)(加 the)拍；拍子；(指揮棒)揮一拍的動作．

4 【用腳連續踏＞踏平的路】[警察、巡警等的]巡邏地區，(記者)固定負責的區域．on one's *beat* 在巡邏中．

beat² [bit; biːt] adj. (敘述)(俚)疲乏的．

beat·en [ˈbitn̩; ˈbiːtn̩] v. beat 的過去分詞．

— adj. **1** 被打的．**2** [金屬]被錘薄的．

3 打輸的，輸的．**4** [路]被踏出來的，常走的．

5 (蛋)被打得起泡沫的．

＊**off the bèaten tráck** (1)離開常走的路．Take me to a spot *off the beaten track* of the tourists. 請帶我到遊客較少的地方．(2)背離常規，破除慣例．

beat·er [ˈbitɚ; ˈbiːtə] n. © **1** 敲打的器具；(蛋、奶油等的)攪拌器，打蛋器，(→ eggbeater 圖)．**2** 打人的人；趕出獵物的人．

Bèat Generátion n. (加 the)披頭族(1950年代後半開始至 1960 年代前半的期間，反叛既有社會體制的年輕人；→ beatnik)．

be·a·tif·ic [ˌbiəˈtɪfɪk; ˌbiːəˈtɪfɪk] adj. 《文章》

1 賜福的. **2** 幸福的.

be·at·i·fi·ca·tion [bɪ͵ætəfəˋkeʃən; bi͵ætifiˋkeiʃn] *n.* Ｕ賜福, 享福; ＵＣ(天主教)宣福(式).

be·at·i·fy [bɪˋætə͵faɪ; biːˋætifai] *vt.* (**-fies; -fied;** ~**ing**)(敎皇)宣告(死者)已升天列入「眞福」之列, 宣福.

beat·ing [ˋbitɪŋ; ˋbiːtiŋ] *n.* ＵＣ **1** 打; 鞭笞(之刑). Give him a good *beating*. 痛打他一頓吧! **2** 打敗; 敗北, 遭受痛擊. get a *beating* 挨打; 受打擊. **3** (心臟的)跳動. **4** 振翅.

be·at·i·tude [bɪˋætə͵tjud, -͵tɪud, -͵tud; biːˋætitjuːd] *n.* **1** Ｕ(文章)至福, 天福. **2** (聖經)(the *Beatitudes*)八福(之敎義)(耶穌關於幸福之敎誨; 登山寶訓).

Beat·les [ˋbitlz; ˋbiːtlz] *n.* (作複數)(加 the)披頭四(由來自 Liverpool 的四名英國靑年所組成的搖滾樂團(1962-70)).

beat·nik [ˋbitnɪk; ˋbiːtnik] *n.* Ｃ披頭族(的一員)(→ Beat Generation).

Be·a·trice [ˋbiətrɪs; ˋbiətris] *n.* 女子名.

beau [bo; bəu] (法語) *n.* (*pl.* ~**s,** ~**x** [boz; bəuz]) Ｃ(美)男朋友, 情人.

Beau·jo·lais [͵boʒəˋle; ˋbəuʒəlei] *n.* Ｕ博若萊葡萄酒(法國 Beaujolais 出產的紅葡萄酒).

beau monde [boˋmɑnd; bəuˋmɔːnd] (法語) *n.* (加 the)上流社會(fashionable society).

beau·te·ous [ˋbjutɪəs; ˋbjuːtjəs] *adj.* (詩)美麗的, 優美的, (特用來修飾抽象的概念).

beau·ti·cian [bjuˋtɪʃən; bjuːˋtiʃn] *n.* Ｃ美容師; 美容院經營者.

beau·ties [ˋbjutɪz, ˋbɪutɪz; ˋbjuːtiz] *n.* beauty 的複數.

‖**beau·ti·ful** [ˋbjutəfəl, ˋbɪu-; ˋbjuːtəful] *adj.* ‖美麗的‖ **1** 美麗的, 漂亮的, (◆ugly). a *beautiful* flower 美麗的花/a *beautiful* woman 美女/She sang with a *beautiful* voice. 她用優美的聲音歌唱. ⓐ beautiful 是表示美麗之意最常用的字, 人與物均適用, 不過指人時通常用於女性; pretty 表示可愛的美, 與 beautiful 的華麗優雅的美相對 → lovely. **2** (加 the)(名詞性)美(beauty); (作複數)美女們; 美麗的事物. the true, the good, and the *beautiful* 眞, 善, 美. ‖極好的‖ **3** (天氣等)極好的, 晴朗的. a *beautiful* morning 美好的早晨/have a *beautiful* nap 打個舒服的盹/a *beautiful* violin solo 優美的小提琴獨奏. **4** (口)出色的, 傑出的, 鮮明的. a *beautiful* beefsteak 很好吃的牛排/He took a *beautiful* shot at a deer. 他朝鹿開了漂亮的一槍. ⇨ *n.* **beauty.**

‖**beau·ti·ful·ly** [ˋbjutəfəlɪ, ˋbɪu-, -flɪ; ˋbjuːtəfli] *adv.* **1** 美麗地. The actress was dressed *beautifully*. 那位女演員穿得很美麗.

2 (口)出色地, 鮮明地. The trick worked *beautifully*. 那手法實在棒極了.

beau·ti·fy [ˋbjutə͵faɪ, ˋbɪu-; ˋbjuːtifai] *v.* (**-fies; -fied;** ~**ing**) *vt.* 使美麗, 美化.
— *vi.* 變美.

‖**beau·ty** [ˋbjutɪ, ˋbɪutɪ; ˋbjuːti] *n.* (*pl.* **-ties**) **1** Ｕ美, 美麗; 美貌. the *beauty* of nature 自然之美/*Beauty* is but skin-deep. (諺)美貌是膚淺的(心地比外表重要). **2** Ｃ美人, 美女. a stunning *beauty*. 她是個十足的美人/Oh, you're a *beauty*! 喔, 妳眞是個大美人! (反諷). **3** Ｃ(口)出色的東西, 了不起的東西; (常作 beauties)美觀, 美景. This peach is a *beauty*. 這桃子很棒/the *beauties* of the Grand Canyon 大峽谷的美景. **4** Ｕ(加 the)優點, (顯著的)特性. The *beauty* of living here is that things are so cheap. 住在這裡的好處就是東西便宜/The *beauty* of automation is that it gives us more products at less cost. 自動化的特點在於用較低的成本製造出更多的產品.

béauty cóntest *n.* Ｃ選美比賽.

béauty pàrlor [**sàlon,** (美) **shòp**] *n.* Ｃ美容院.

béauty quéen *n.* Ｃ選美皇后.

béauty slèep *n.* Ｃ(詼)午夜前的睡眠, 美容覺, (據說對美容和健康有利).

béauty spòt *n.* Ｃ **1** 美人痣; 黑痣. **2** 風景區, 遊覽勝地.

bea·ver [ˋbivə; ˋbiːvə(r)] *n.* **1** Ｃ海狸, 河狸, (齧齒類動物). **2** Ｕ海狸的毛皮; Ｃ(古時用海狸的毛皮製成的)禮帽. **3** Ｕ厚呢絨. **4** Ｃ(口)勤奮的人, 努力的人.
wòrk like a béaver 勤奮工作, 努力做.

Béaver Státe *n.* (加 the)美國 Oregon 的俗稱.

be·bop [ˋbi͵bɑp; ˋbiːbɔp] *n.* Ｕ(音樂)咆勃爵士樂(1940 年代在美國興起的一種爵士樂).

be·calm [bɪˋkɑm; biˋkɑːm] *vt.* **1** (海事)因無風而使(船)靜止不前(通常用被動語態). The sailboat was [lay] *becalmed*. 帆船因為無風而無法航行. **2** 使(群眾等)安靜下來, 安慰; 勸解.

be·came [bɪˋkem; biˋkeim] *v.* become 的過去式.

‖**be·cause** [bɪˋkɔz, bə-, ˋkʌz; biˋkɔz] *conj.* **1** (引導從屬子句)因為…, 由於…. I didn't answer your letter, *because* I was busy. = *Because* I was busy, I didn't answer your letter. 我因為太忙, 所以沒有回信給你/We sat down for a rest *because* we were so tired from walking. 因為我們走得太累, 所以坐下來休息/The reason I'm here is *because* I was asked to come. 我是應邀才來的((語法)這種情況用 that 是正確的, 但在口語中常用 because).

[◉ **because, since, as, for**]
(1)上列的字中, because 表示直接原因的意思最強; since 次之, 表示對方已知的原因; as 最弱, 不過因為 as 有多種含意, 所以應避免誤

(2) for 表示補充性的理由或判斷的根據；同時，由 for 所引導的子句不能放在句首. 請比較下列兩句: He's pale *because* he's sick. (他因為生病，所以臉色蒼白)/He must be sick, *for* he looks pale. (他一定是病了，因為他看起來臉色蒼白).

(3) because 在《口》,《文章》中都可使用，for 在《口》中較不常用.

2 《回答以 Why 開頭的疑問句》因為，由於. "Why are you so happy?" "*Because* I passed the examination." 「你為甚麼那麼高興?」「因為我考試及格了」(語法) 一般只有在上述用法中，才會省略主要子句，單獨使用 because 所引導的副詞子句).

3 《用在表示否定的主要子句之後》(並非)因為…而…. I'm *not* angry *because* you have failed. 我並非因為你失敗才生氣/I *didn't* scold him *because* he disobeyed my order. 我並非因為他不遵守我的命令而斥責他. (語法) 以上兩個例句的否定(not, didn't) 都是針對 because 子句來進行否定，因此 because 之前不加逗點; 與下列例句做比較: I didn't scold him, *because* he was already sorry for what he had done. 我沒罵他，因為他已後悔自己的所作所為 (★此句屬 1 之例).

* ***becáuse of...*** 由於…，因為…. The game was called *because of* the rain. 比賽因雨暫停/He was absent from school *because of* illness. 他因生病而缺課 (語法) 用 because 可將此句改寫為: He was absent from school *because* he was ill.). (同) because of 與 on account of 一樣表示「原因，理由」，但若要表示「利益，目的」方面的「原因，理由」時，則用 for the sake of.

beck [bɛk; bek] *n.* ⓒ 點頭; 招手; 《主要用於下列片語》.

at *a person's* **bèck and cáll** 唯命是從.

beck·on [ˋbɛkən; ˈbekən] *vt.* **1** (a) 招手. He beckoned me nearer.

他招手要我再靠近一些. (b) 句型5 (beckon **A** *to* do) 向 A (人) 招手 [比手勢] 要 A 做…. She beckoned me *to* come in. 她招手叫我進去.

2 勸誘，吸引. The smell of coffee beckoned them. 咖啡的香味吸引了他們.

[beckon 1]

— *vi.* 召喚，吸引，勸誘，《*to*》. The policeman beckoned *to* me with his forefinger. 警察用食指指著我叫我過去.

Beck·y [ˋbɛkɪ; ˈbekɪ] *n.* Rebecca 的暱稱.

be·cloud [bɪˋklaʊd; bɪˈklaʊd] *vt.* 遮蔽，使陰暗; 使混亂.

****be·come** [bɪˋkʌm; bɪˈkʌm] *v.* 《~s [~z; ~z]; be·came; ~; -com·ing》 *vi.* 句型2 (become **A**) 成為 A. Mary wants to *become* a teacher. 瑪莉想當老師/The sky is *becoming*

cloudy. 雲多起來了.

(語法) (1) 在口語中，be, get 比 become 常用. 例如 Mary wants to *be* a teacher. The sky is *getting* cloudy.

(2) 含「變得…」之意，而後接不定詞時則用 come, 如 *come to* know (變成知道)(→ come 6 (b)) 中之例 (寫成 *become to* know 則是錯誤的).

(3) 在上述情況下，若不定詞以被動語態，亦可將過去分詞直接作為動詞的補語: come *to be known* = become *known* (逐漸被知道).

— *vt.* 《較常用於文章》相稱，相配，適合，(suit). That dress *becomes* you (well). 那套洋裝很適合你/It does not *become* a gentleman to swear like that. 說那樣的粗話與紳士的身分不相稱.

* ***becóme of...*** 《以 what, whatever 為主詞》…情況如何，發生…. What has *become of* John? 約翰的情況如何?

●——動詞型　第二句型

Bill and I *became friends* soon.
比爾跟我很快就成為朋友.
Suddenly her face *grew pale*.
她的臉忽然變成蒼白.

此類的動詞:

appear	be	come	feel
get	go	hold	keep
look	prove	remain	run
seem	smell	sound	stand
stay	taste	turn	

---

be·com·ing [bɪˋkʌmɪŋ; bɪˈkʌmɪŋ] *v.* become 的現在分詞、動名詞.

— *adj.* **1** 相稱的，合適的，《*to, on*》; 有魅力的. That color is *becoming* to your complexion [*on* you]. 那顏色跟你的膚色 [跟你] 很相稱.

2 《敘述》合適的，適當的，《*to*》. His speech was not very *becoming to* the occasion. 他的演說並不適時適地.

be·com·ing·ly [bɪˋkʌmɪŋlɪ; bɪˈkʌmɪŋlɪ] *adv.* 相似地; 相稱地.

****bed** [bɛd; bed] *n.* 《*pl.* ~s [~z; ~z]》 **1** (a) ⓤⓒ 床，床鋪，(語法) 在習慣用法中多不加冠詞》. a single [double] *bed* 單人 [雙人] 床/twin *beds* 成對的單人床 (將兩張單人床並排在一起)/get out of *bed* 起床/lie in *bed* 睡，躺下/stay in *bed* 躺在床上/He is (sick) in *bed*. 他 (因病) 臥床.

(b) ⓤ 就寢. It's time for *bed*. 睡覺時間到了.

2 ⓤ 婚姻的床; 夫妻關係.

3 ⓒ (牛，馬等的) 棚，廄; 鋪乾草的睡眠處.

4 ⓒ (旅館等的) 投宿，住宿. *bed* and board (→ 片語).

5 ⓒ 花壇 (flower bed); 苗床. a rose *bed* 玫瑰花壇. **6** ⓒ (河，海等的) 底. a river *bed* 河床.

7 ⓒ (地質學) 地層，層; 平坦的地基; (鐵路等的) 路基.

a bèd of róses 安樂的生活[境地].

bèd and bóard (1)(借宿處, 旅館等的)住宿與膳食. (2)婚姻生活(特指從妻子的角度來看).

bèd and bréakfast (英)附早餐的住宿方式; (供應早餐的)簡便旅館(不附 dinner).

èarly to bèd and èarly to ríse 早睡早起. *Early to bed and early to rise* makes a man healthy, wealthy, and wise. (諺)早睡早起是健康、財富和智慧之本.

get òut of béd on the wròng síde = get úp on the wròng síde of the béd (早晨起來時)從與往常相反的一側下床(被認爲是一天心情不好的原因).

* *gò to béd* 上床, 就寢; (口)上床(*with*)(「做愛」的委婉說法).

kèep (to) one's béd 在病床上.

màke the (a pèrson's) béd 整理床鋪, 鋪床, (將床鋪好, 整理好寢具, 使隨時可以躺下來睡覺).

* *pùt...to béd* 使(小孩等)入睡. The child was *put to bed* on the sofa. 這孩子在沙發上睡著了.

tàke to one's béd (特指因病)臥床.

— *v.* (~s; ~**ded**; ~**ding**) *vt.* **1** 把(苗)種到花壇內. She *bedded* some pansies. 她把幾株三色紫羅蘭植於花壇內. **2** 把(石, 瓦等)平鋪; 使固定; 嵌入. The foundation is *bedded* in concrete. 地基是用混凝土固定的. **3** 使入睡.

— *vi.* 睡.

bèd /.../ dówn¹ 使(人或家畜)入睡.

bèd dówn² (通常指在野外或庫房等地方)鋪床鋪就寢.

be·daub [bɪ`dɔb; bɪ'dɔːb] *vt.* 用…塗抹, 弄髒, (*with*)(泥, 油漆等)(常用被動語態).

bed·bug [`bɛd͵bʌg; 'bedbʌg] *n.* C (蟲)臭蟲.

***bed·clothes** [`bɛd͵kloz, -͵kloðz; 'bedkləʊðz]

n. (作複數)寢具(一套寢具包括床單、枕頭、枕頭套、毛毯等).

***bed·ding** [`bɛdɪŋ; 'bedɪŋ] *n.* U **1** 一套寢具 (bedclothes). **2** (家畜的)墊草.

be·deck [bɪ`dɛk; bɪ'dek] *vt.* (文章)裝飾, 修飾 (*with*).

be·dev·il [bɪ`dɛvl; bɪ'devl] *vt.* (~s; (美) ~ed, (英) ~led; (美) ~ing, (英) ~ling)(通常用被動語態) **1** 使迷惑, 使混亂. I was really *bedeviled* by this situation. 我完全被這情況搞糊塗了. **2** 使受苦, 使苦惱; 加害. Overemphasis on grammar has *bedeviled* our English teaching for decades. 過度強調文法殘害了英語教育數十年.

bed·fel·low [`bɛd͵fɛlo, -ə-; 'bed͵feləʊ] *n.* C **1** 同床者. **2** 夥伴.

be·dimmed [bɪ`dɪmd; bɪ'dɪmd] *adj.* (雅)(因淚而)模糊的.

bed·lam [`bɛdləm; 'bedləm] *n.* a U (口)吵鬧混亂(的場所).

Bed·ou·in, bed·ou·in [`bɛdʊɪn; 'beduɪn] *n.* (*pl.* ~, ~s) C 貝都因人(阿拉伯地區或北非沙漠地帶的游牧民族); (泛指)游牧民族, 流浪者.

bed·pan [`bɛd͵pæn; 'bedpæn] *n.* C 床上便盆, 尿壺, (臥病者用).

bed·post [`bɛd͵post; 'bedpəʊst] *n.* C 床柱(舊式床鋪四個角落的床柱).

bed·rid·den [`bɛd͵rɪdn; 'bed͵rɪdn] *adj.* 臥床不起的(病人, 老人等).

bed·rock [`bɛd`rak, -͵rak; 'bedrɒk] *n.* U **1** (地質學)岩盤, 岩床. **2** 基本事實; 根本原理. **3** 最低點; 最少量.

***bed·room** [`bɛd͵rum, -͵rum, -͵rəm; 'bedrʊm] *n.* (*pl.* ~s [~z; ~z]) **1** C 臥室, 寢室. We live in a three-*bedroom* house. 我們住在有三間臥室的房子裡. **2** (形容詞性)臥房的; 床第的, 行房的. a *bedroom* scene (電影等的)男女做愛情節.

bédroom sùburbs [tówn] *n.* C 郊

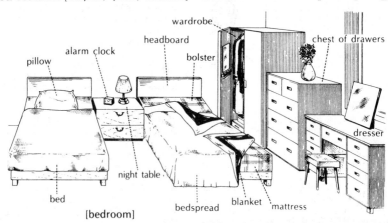

[bedroom]

(labels on illustration:)
wardrobe
headboard
alarm clock
chest of drawers
pillow
bolster
dresser
night table
bed
bedspread
blanket
mattress

外住宅區.

*bed·side [ˋbɛdˏsaɪd; ˈbedsaɪd] n. (pl. ~s [~z; ~z]) **1** ⒞ (通常用單數)(特指病人的)枕頭邊, 床邊. **2** 《形容詞性》枕邊用的. a *bedside* table [lamp] 床頭小桌[檯燈]/Our doctor has an excellent *bedside* manner. 我們的醫生對待病人的態度非常和藹.

bed·sit, -sit·ter [ˋbɛdˏsɪt; ˈbedsɪt], [-ˏsɪtə; ˏbedˈsɪtə(r)] n. 《英、口》=bed-sitting-room.

bed·sit·ting-room [ˏbɛdˋsɪtɪŋˏrum; ˏbedˈsɪtɪŋˏruːm] ⒞ 臥室兼客廳.

bed·sore [ˋbɛdˏsor, -ˏsɔr; ˈbedsɔː(r)] n. ⒞ (病人的)褥瘡.

bed·spread [ˋbɛdˏsprɛd; ˈbedspred] n. ⒞ (不睡覺時鋪上的)床罩(→ bedroom 圖).

bed·stead [ˋbɛdˏstɛd, -stɪd; ˈbedsted] n. ⒞ (放置床墊的)床架.

bed·time [ˋbɛdˏtaɪm; ˈbedtaɪm] n. ⓤ 就寢時間, 上床時間.

bédtime stòry n. ⒞ 哄小孩入睡時講[讀]的故事, 床邊故事.

*bee [bi; biː] n. (pl. ~s [~z; ~z]) ⒞ **1** 蜜蜂 (honeybee); (泛指)蜂. keep *bees* 養蜂/work like a *bee* 做事勤奮. 〔參考〕queen bee 是女王蜂, worker 是工蜂(雌), drone 是雄蜂(無針). **2** 勤奮者, 勤勞的人. **3** 《美》(與鄰居、朋友等爲一起工作, 娛樂, 比賽等而舉行的)聚會.

(as) *bùsy as a bée* [*bées*] 非常忙, 忙得沒有時間休息.

hàve a bèe in one's *bónnet* 《口》懷有(獨特的)奇妙想法《about 對於…》; 想法有點奇怪. Tim *has a bee in* his *bonnet* about the best way to teach English. 提姆對於最好的英語教學法有他自己一套獨特的看法.

bee·bread [ˋbiˏbrɛd; ˈbiːbred] n. ⓤ 花粉蜜, 蜜蜂的糧食, 《蜜蜂用花粉與蜜混合起來供幼蟲吃的糧食》.

beech [bitʃ; biːtʃ] n. **1** ⒞ 《植物》山毛櫸. **2** ⓤ 〔山毛櫸木材．

*beef [bif; biːf] n. (pl. **beeves**, ~s [~s; ~s]) **1** ⓤ 牛肉. cold *beef* 冷凍牛肉/corned *beef* 醃牛肉.
2 ⒞ 肉牛, 食用牛; 牛宰殺後的肉.
3 ⓤ 《口》(人的)胖瘦, 肌肉, 體力.
4 ⒞ 《俚》不滿, 牢騷, (complaint).
— vi. 《俚》發牢騷, 抱怨, 《about 對於…》(complain).

●──主要的食用肉種類	
beef 牛肉　　pork 豬肉　　veal 小牛肉	
lamb 小羊肉　　　　mutton 羊肉	
chicken 雞肉　　　　turkey 火雞肉	

béef càttle n. 《作複數》肉牛(★乳牛是 dairy cattle).

Beef·eat·er [ˋbifˏitə; ˈbiːfˏiːtə(r)] n. ⒞ 《英、口》=Yeoman of the Guard; 倫敦塔的守衛《穿著 Tudor 王朝時代的服裝》.

beef·steak [ˋbifˏstek; ˏbiːfˈsteɪk] n. ⓊⒸ (做牛排或煎牛排用的)厚塊牛肉(通常僅用 steak); 牛排(烹飪).

beef·y [ˋbifɪ; ˈbiːfɪ] adj. 結實的, 有力的, 健壯的.

bee·hive [ˋbiˏhaɪv; ˈbiːhaɪv] n. ⒞ **1** 蜂窩.
2 擁擠的場所. 　　　　　　　　「蜂人.

bee·keep·er [ˋbiˏkipə; ˈbiːˏkiːpə(r)] n. ⒞ 養

bee·line [ˋbiˏlaɪn; ˈbiːlaɪn] n. ⒞ 直線; 最短距離.
tàke [*màke, strìke*] *a bèeline for* [*to*]…《口》朝…筆直前進, 取捷徑前往…. As soon as work is over he *makes a beeline for* the pub. 工作一結束他就直接去酒吧.

*been [bɪn, bɛn; biːn] v. be 的過去分詞.
1 (have [has] been: 現在完成式)
(a) 《完成》剛去過(to); (已經)來了. I've *been to* the post office. 我剛去過郵局/We *have been* to see the exhibition. 我們剛去看過展覽會/Jim hasn't *been* home yet. 吉姆還沒有回家.
(b) 《經驗》曾經去[來]過《句型2》(have been A) 曾經有過A(事). *Have* you ever *been to* [*in*] Guam? 你曾去過關島嗎?/I *have* never *been* so happy. 我從沒有這樣快樂過.
(c) 《繼續》一直是A. 《句型2》(have *been* all this time? 這段時間你一直在何處呢?/She *has been* sick since last Wednesday. 她從上星期三就生病到現在.
2 (had been: 過去完成式)
(a) 《完成》(過去某時之前)去過(to). I *had been to* the hospital before you came. 在你來之前我已去過醫院.
(b) 《經驗》(過去某時之前)曾去[來]過(to). 《句型2》(had been A) (過去某時之前)曾經有過A(事). My father *had* once *been in* Greece. 父親以前到過希臘/She *had* never *been* so proud of herself. (在這之前)她從未感到如此自豪過.
(c) 《繼續》(過去某時之前)一直在. 《句型2》(had been A) (過去某時之前)是A. They *had been in* the States until the end of World War II. 在第二次世界大戰結束前他們一直在美國/John *had been* moody since morning. 約翰從早晨開始就情緒不佳了.
(d) 《與沒有實現的事物相反的假設》如果要[如果有], 如果在[如果有]該多好; 《句型2》(had been A)如果做A, 如果在A該多好. I wish I *had been* with you then. 那時如果我跟你在一起該有多好/If he *had been* a little more careful, he would have succeeded. 他如果再謹慎一點可能就成功了.
3 (will [shall] have been: 未來完成式)(未來某時之前的完成、經驗、繼續)將已經成爲; 《句型2》(will [shall] have been A) 就將已經成爲A了. (〔注意〕因爲句子結構繁雜而常用未來式(will [shall] be)取代). He *will have been* in the hospital for a year next March. 到3月時, 他就已經住院一年了.

4 《having been: 完成式分詞[動名詞]》《表示比主要子句的動詞所表示的時間更早發生的事》
(**a**)《having 是分詞時,稱作「分詞構句」》 *Having been in* America for many years, Miss Chang is a very good speaker of English. 張小姐因曾住在美國多年,所以她英語說得很好。
(**b**)《having 是動名詞時》 My wife remembered *having been* in the town before. 妻子想起以前曾在那城鎮待過。

5 《助動詞+have been: 推測過去的事物等》曾在[有過]…; 《句型2》(have been **A**)曾是 A. John *cannot have been* upstairs at that time. 約翰那時不可能在二樓/It *must have been* a shock to you. 你當時一定感到震驚吧!

— *aux. v.* **1** (have [has] been+及物動詞的過去分詞: 現在完成式的被動語態)《★跟不及物動詞同樣表示完成、經驗、繼續等之意》
(**a**)《完成》His report *has* just *been handed* in. 他剛剛交出他的報告。
(**b**)《經驗》He's *been awarded* a gold medal once. 他曾獲得一面金牌。
(**c**)《繼續》Jim *has been laid* up with flu for three days. 吉姆因患感冒[到現在]已躺了 3 天。

2 (had been+及物動詞的過去分詞: 過去完成式的被動語態) The gate *had* already *been closed* when he returned. 他回來時門已經關起來了/She *had been proposed* to five times by the time she was twenty. 她到 20 歲時已被求婚 5 次了。

3 (will [shall] have been+及物動詞的過去分詞: 未來完成式的被動語態) By tomorrow morning the ground *will have been covered* with snow. 到明天早晨地面會蓋滿了雪。

4 (have [has] been+現在分詞: 現在完成進行式) I've *been waiting* for you since two o'clock. 從兩點起我就一直在等你。 [語法] 現在完成進行式有兩種含意: 某個動作、狀態現在和以後都將繼續; 某個動作、狀態剛剛完成。

5 (had been+現在分詞: 過去完成進行式) My son *had been writing* for several hours when I entered the room. 我進入房間時,兒子已經寫了好幾個鐘頭了。

6 (will [shall] have been+現在分詞: 未來完成進行式) It *will have been raining* for a week if it does not stop tomorrow. 如果明天雨還不停,就已經連續下了一個星期了。

7 (having been+現在分詞[過去分詞]: 完成式的分詞構句) *Having been living* in New York for three years, he knows many good restaurants there. 因為已經在紐約住了 3 年,所以他知道那裡的許多好餐館/(*Having been*) *written* in haste, his letter was hard to read. 由於寫得很急,所以他的信看起來很吃力。

beep [bip; bi:p] *n.* C **1** 嗶(警笛的聲音,人造衛星發出訊號的聲音等)。 **2** =beeper.
— *vi.* 發出嗶聲。

beep·er [`bipɚ; 'bi:pə(r)] *n.* C 攜帶式呼叫器。

* **beer** [bɪr; bɪə(r)] *n.* (*pl.* ~**s** [~z; ~z]) **1** U 啤酒 (→ ale, porter³, stout). a bottle of *beer* 一瓶啤酒/two glasses of *beer* 兩杯啤酒/canned *beer* 罐裝啤酒。 [參考] 指種類時為可數名詞: a dark *beer* (黑啤酒)。
2 C 一杯[一瓶, 一罐]啤酒(在餐飲店等點啤酒時)。 Two *beers*, please. 請拿兩杯啤酒來。

béer gàrden *n.* C 露天啤酒店。

béer hàll *n.* C 啤酒館。

beer·y [`bɪrɪ; 'bɪərɪ] *adj.* 啤酒的; 〔味道, 氣味〕像啤酒的; 啤酒味的。

bees·wax [`biz,wæks; 'bi:zwæks] *n.* U 蜜蠟, 蜂蠟, 《蜜蜂的分泌物, 供作蠟燭的原料, 塗在木材上以增加光澤》。

beet [bit; bi:t] *n.* UC
1 甜菜《藜科的蔬菜; 製糖原料, 亦可食用》。
2 《美》甜菜根(蔬菜)《《英》beetroot)。
(**as**) **rèd as a bèet** [**béetroot**] 滿臉通紅。

Bee·tho·ven [`betovən, `bet,hovən; 'beɪthəʊvn] *n.* **Lud·wig van** [`lʌdwɪg,væn; 'lʌdwɪgvæn] ~ 貝多芬(1770-1827)《德國作曲家》。

* **bee·tle¹** [`bit; 'bi:tl] *n.* (*pl.* ~**s** [~z; ~z]) C 甲蟲《獨角仙, 金龜子等; → insect 圖》。

bee·tle² [`bit; 'bi:tl] *vi.* 突出, 凸出。 The cliff *beetles* over the sea. 那面山崖突出海面/*beetling* brows 突出的(濃密的)眉毛。

beet·root [`bit,rut, -,rʊt; 'bi:tru:t] *n.* 《英》=beet 2.

bèet sùgar *n.* U 甜菜糖(→ cane sugar).

beeves [bivz; bi:vz] *n.* beef 的複數。

be·fall [bɪ`fɔl; bɪ'fɔ:l] *v.* (~**s**; **be·fell**; ~**en**; ~**ing**)《文章》 *vt.* (通常指不好的事)發生, 產生, 降臨, 《★不用被動語態》。 A most horrible thing *befell* him. 一件非常可怕的事降臨在他身上。
— *vi.* 〔不好的事情〕發生, 產生。

be·fall·en [bɪ`fɔlən, -ln; bɪ'fɔ:lən] *v.* befall 的過去分詞。

be·fell [bɪ`fɛl; bɪ'fel] *v.* befall 的過去式。

be·fit [bɪ`fɪt; bɪ'fɪt] *vt.* (~**s**; ~**ted**; ~**ting**)《文章》〔事物〕適於, 與…相稱, 對…合適; 與…相似。 That kind of remark does not *befit* you. 那樣的言論不是你應該有的。

be·fit·ting [bɪ`fɪtɪŋ; bɪ'fɪtɪŋ] *adj.* 適當的, 相稱的, 合適的, 《*to*》。 Modesty is *befitting to* a young girl. 對年輕女孩而言, 謙恭是適宜的。

be·fit·ting·ly [bɪ`fɪtɪŋlɪ; bɪ'fɪtɪŋlɪ] *adv.* 合適地。

be·fog [bɪ`fɑg, ·`fɔg; bɪ'fɒg] *vt.* (~**s**; ~**ged**; ~**ging**) **1** 使困惑, 使糊塗。 **2** 使籠罩在雲霧中。

* **be·fore** [bɪ`for, bə·, ·`fɔr; bɪ'fɔ:(r)] *adv.* **1** (場所)在前, 在前面, 在前方, (↔behind)。
2 (時間)以前, 先前, (↔after). I have never eaten a mango *before*. 我以前不曾吃過芒果/I had

received the letter three days *before*. 我在 3 天前就已收到這封信了/You should have warned him *before*. 你早該提醒他的《現在遲了》.

【◉ before 與 ago】
作「…日〔月等〕之前」之意時, ago 表示從現在算起的「之前」, before 表示從過去某時算起的「之前」. 因此, 若表達某事的動詞是過去式, 在將直接敍述法轉換爲間接敍述法時, ago 通常要改爲 before: She said, "I met him three months *ago*." (她說:「我 3 個月前曾遇見他」)→ She said that she had met him three months *before*. (她說她 3 個月前曾遇見他).

— *prep.* 〖(位置)在…之前〗 **1** 在…之前〔的〕, 在…的前面, (↔ behind)(｜語法 在口語中通常用 in front of). She stopped *before* the mirror to admire herself. 她站在鏡子前欣賞自己.

2 在…面前〔的〕; 在…前途上〔的〕; 當前〔的〕. The boy was brought *before* the principal to be questioned. 男孩被帶到校長面前去問話/A brilliant future lay *before* him. 他的前途一片光明/I have the entire day *before* me, and nothing to do. 我今天雖然有一整天的(空閒)時間卻無事可做/The problem *before* us now is not a new one. 現在我們所面對的並不是一個新問題.

3 面對…; 在…(力量)壓制下. He recoiled *before* his master's anger. 主人的憤怒使他畏縮/The yacht sailed *before* the wind. 快艇乘風破浪.

〖時間在前〗 **4** 在…之前〔的〕, 比…更早〔的〕, (↔ after). (the) day *before* yesterday 前天/He said grace *before* eating. 他在飯前禱告/Look to the left and right *before* crossing the street. 穿越馬路前要先看看左右兩邊/It is ten minutes *before* [to, 《美》of] eleven. 差 10 分 11 點. ｜語法 before 跟其他介系詞一樣, 有時以副詞為受詞: *before* now 〔現在〕.

〖順序在前〗 **5** 先於…. He went into the water *before* me. 他比我先下水/Ladies *before* gentlemen. 女士先於男士《女士優先》.

6 優於…. Dr. Smith stands *before* all others in his knowledge of that subject. 史密斯博士比任何人都精通那個主題.

7 與其…寧可…(rather than). I would take this dress *before* that one. 與其要那件衣服, 我寧可要這件.

before Christ 西元前《通常略作 B.C.》.

before éverything [*ánything* (*èlse*)] 首先.

* *before lóng* 不久, 不遠. Everyone will have his own computer *before long*. 不久大家都將有自己的電腦.

before one's tíme → time 的片語.

— *conj.* **1** 在…以前[之前], 在尚未…之時. I want to get a haircut *before* I go on the trip. 我想在旅行之前先理髮(｜語法 在以 before 開始的副詞子句中, 即使指未來的事物也要用現在式)/We arrived at the station a half-hour *before* the train started. 我們在火車出發前半小時到達車站/I

hadn't waited long *before* he came along. (他來之前我沒有等多久＞)沒等多久他就來了/It was not long *before* the news came. 消息沒多久就傳到了/I wish to revisit England *before* I get too old. 我希望在年紀還沒太老以前能再去一次英國.

2 與其…寧可…. I would quit *before* I would do that job in this company. 與其在這家公司做那樣的工作, 我寧可辭職.

be·fore·hand [bɪˋfor,hænd; bɪˈfɔːhænd] *adv.* 事先, 預先. Let's get things ready *beforehand*. 我們事先做好準備吧!

be·friend [bɪˋfrɛnd; bɪˈfrend] *vt.* 與…交友; 照顧, 幫助, (help).

* **beg** [bɛg; beg] *v.* (~s [~z; ~z]; ~ged [~d; ~d]; ~·ging) *vt.* **1** 乞討〔物品等〕; 向〔人〕乞求(*for*). The old man *begged* money *from* [*of*] me. (from 比較常用) = The old man *begged* me *for* money. 那老人向我乞討錢/The criminal *begged* the judge *for* mercy. 犯人乞求法官施恩.

2 (a) 請求, 懇請, 〔恩惠, 許可等〕. I *beg* a favor of you. 《文章》我有事求你.
(b) ｜句型3 (beg *to* do)請求讓…做, 雖然失禮但是想做…. Jane *begged* to see my new house. 珍請求我讓她參觀我的新居/I *beg* to differ from you on that point. 很抱歉, 在那一點上我跟你的意見不同.
(c) ｜句型3 (beg *that* 子句)請求…. He *begged* *that* someone (should [might]) come and help him. 他請求他人的幫忙.
(d) ｜句型5 (beg **A** *to* do)請求A(人)做…. The girl *begged* her mother *to* accompany her. 那女孩請求母親陪她去.

— *vi.* **1** 乞討物品(*for*); 向…乞求(*from*〔人〕). The child is always *begging for* something. 這孩子總是要這要那的.

2 (a) 懇請(*for*〔恩惠, 許可等〕). *beg for* forgiveness 請求寬恕. (b) (beg *of* **A** *to* do)懇請 A 做…. ｜語法 beg **A** to do(→ *vt.* 2 (d))更爲常用.

3 〔狗〕做乞求的姿勢. *Beg!* 狗狗站起來!《對狗發出的命令》.

bèg óff (託辭)無法參與(*from*). He *begged off from* speaking at the club. 他謝絕去俱樂部演講.

bèg the quéstion 以未經證實的假設爲論據《專門術語叫做「犯了先定結論的錯誤」》.

gò bégging (1)沿路乞討. (2)〔物品〕沒有買主, 乏人問津; 無人接受. If that old bike is *going begging*, I'll be glad to have it. 倘若那輛舊腳踏車沒有人要, 我很樂意擁有它.

be·gan [bɪˋgæn; bɪˈgæn] *v.* begin 的過去式.

be·gat [bɪˋgæt; bɪˈgæt] *v.* 《古》beget 的過去式.

be·get [bɪˋgɛt; bɪˈget] *vt.* (~s; be·got, 《古》be·gat; be·got·ten, 《美》be·got; ~·ting) **1** 《古》生, 生育, 〔孩子〕. He *begot* two sons. 他生了兩個兒子. ｜語法 以 beget 爲動詞時, 主詞主要是男性; 主詞若是女性, 則用 bear.

B

2 《文章》產生〔爭吵,罪惡等〕;成為…的原因. Money *begets* money. 錢滾錢,財聚財.

***beg·gar** [ˋbɛgɚ; ˈbegə(r)] *n.* (*pl.* ~**s** [~z; ~z]) C **1** 乞丐,乞討者;窮人. *Beggars* must not be choosers. 《諺》乞丐沒有挑嘴的份/die a *beggar* 潦倒而終. **2** 求人給與〔物,金錢〕的人. **3** 《口》傢伙《戲謔或表示親暱》. You little *beggar*! 你這傢伙!
— *vt.* 《文章》**1** 使窮困,使淪為乞丐.
2 使無力,使不能;使看似貧窮衰弱.

beg·gar·ly [ˋbɛgɚlɪ; ˈbegəlɪ] *adj.* 〔乞丐般地〕極其貧困的,悲慘的;卑鄙的;極小的〔金額等〕.

beg·gar·y [ˋbɛgərɪ; ˈbegərɪ] *n.* U 極其貧困,赤貧.

****be·gin** [bɪˋgɪn; bɪˈgɪn] *v.* (~**s** [~z; ~z]; **be·gan**; **be·gun**; ~**ning**) (↔ end) *vi.* **1** 開始;著手. School *begins* at nine [on Monday, in April]. 學校從9點〔星期一,4月〕開始上課/If we *begin* early, we can finish by lunch. 如果我們早點動手,午餐前便能完成/Let's *begin* at the beginning. 我們從頭開始吧! 同 begin 是「開始」之意最常用的字;→ commence, start.
2 〔場所,地域等〕開始《*at*》;〔慶典,書籍,語言等〕開始《*with*》. Europe *begins* at (the) Bosporus. 歐洲自博斯普魯斯海峽開始/a word *beginning with* A 以 A 起頭的字.
— *vt.* **1** 開始,著手. The millionaire *began* life as a poor boy. 那位百萬富翁小時候是個窮小子/When did you *begin* your Spanish? 你是何時開始學西班牙語的?/Mr. Smith always *begins* his lectures *with* a joke. 史密斯先生上課前總會先說個笑話.
2 句型3 (begin *to* do/do*ing*)開始做…,著手做…. He *began to* run. = He *began running*. 他開始跑了/It's *beginning* to rain. 開始下雨了.

[● begin 之後的不定詞與動名詞]
加動名詞時,表示「突然開始做…」的意思較強烈. 此外,在以下的情況時,一般都用不定詞.
(1)主詞是無生物:The leaves of the trees *began to* turn red. (樹葉開始變紅了.)
(2)begin 之後的動詞表示心理狀態,心的活動或身體狀況等:I *began to* see what he was getting at. (我開始對他的企圖有所瞭解)/He *began to* feel ill. (我開始覺得不舒服.)
(3)當 begin 為進行式時,為了避免重複 -ing,故後面接不定詞:He's beginning to cry. (他快要哭出來了).
---

begìn by dóing 首先做…,從做…開始. I'll *begin by introducing* myself. 首先讓我自我介紹.
nòt begìn to dó 一點也不…,全然不…. We can *never begin* to finish this work by tomorrow. 我們明天前根本無法完成這工作.
* *to begìn with* (1)首先《★通常作為獨立不定詞,置於句首或句尾,列舉理由使用》. *To begin with,* that kind of work is too tough for me. 首先,那樣的工作對我來說負擔太重了.
(2)起初,開始,(at first). I was bored with English *to begin with,* and now I really hate it. 起初我對英語感到厭煩,現在則是討厭極了.
Wèll begún is hàlf dóne. 《諺》好的開始是成功的一半.

●─────動詞變化 **begin** 型

[ɪ; iː]		[æ; æ]	[ʌ; ʌ]
begin	開始	began	begun
drink	喝	drank	drunk
ring	鳴,響	rang	rung
sing	唱	sang	sung
sink	沈	sank	sunk
spring	跳	sprang	sprung
swim	游	swam	swum

***be·gin·ner** [bɪˋgɪnɚ; bɪˈgɪnə(r)] *n.* (*pl.* ~**s** [~z; ~z]) C **1** 生手,初學者. a *beginners'* class 初級班. **2** 開拓者;創始者.

***be·gin·ning** [bɪˋgɪnɪŋ; bɪˈgɪnɪŋ] *n.* (*pl.* ~**s** [~z; ~z]) C **1** 開始的〔時間〕. make a good *beginning* 作良好的開端.
2 最初的部分,開始,(↔ end). at the *beginning* of next month 在下個月初/in the *beginning* of the 18th century 在18世紀初葉.
3 (常 beginnings)起源,發生;開端,開始. Parliament has its *beginnings* in 14th England. 議會起源於14世紀的英國/The new constitution marked the *beginning* of democracy in that country. 新憲法標示出該國民主的新紀元.
* *from begínning to énd* 自始至終,從頭到尾. I enjoyed the show *from beginning to end*. 我從幕到謝幕都沈醉在這場表演中.
* *in the begínning* 最初;開始(的部分[時期]),起先.

be·gone [bɪˋgɔn; bɪˈɡɒn] *vi.* 《詩》《通常用祈使語氣》出去! 走開! (< Be gone!).

be·go·nia [bɪˋgonjə, -nɪə; bɪˈɡəʊnjə] *n.* C 秋海棠《觀賞用的熱帶植物》.

be·got [bɪˋgɑt; bɪˈɡɒt] *v.* beget 的過去式、過去分詞.

be·got·ten [bɪˋgɑtn; bɪˈɡɒtn] *v.* beget 的過去分詞.

be·grudge [bɪˋgrʌdʒ; bɪˈɡrʌdʒ] *vt.* 《文章》
1 句型4 (begrudge A B)嫉妒〔羨慕〕A的B. *begrudges* you your success. 他嫉妒你的成功.
2 句型4 (begrudge A B)捨不得把B給A,勉強給與. Our boss *begrudged* us even a small raise in pay. 我們老闆連給我們小幅度的加薪都捨不得.
3 不願意 句型3 (begrudge do*ing*)不願意做….

be·guile [bɪˋgaɪl; bɪˈɡaɪl] *vt.* **1** 騙,欺詐,騙取. She was *beguiled* by his sweet words. 她被他的甜言蜜語所騙/He *beguiled* me (*out*) *of* my money. 他騙走我的錢/He *beguiled* her *into* agreeing to his proposal. 他騙她答應他的求婚.
2 排遣〔無聊,不安等〕. The old man *beguiled*

the weary day *with* cards. 老人玩撲克牌來排遣無聊的一天.

3 使(孩子等)高興, 使快樂.

be·gun [bɪˋgʌn; bɪˈgʌn] *v.* begin 的過去分詞.

be·half [bɪˋhæf; bɪˈhɑːf] *n.* (僅用於下列片語)
on [[美] *in*] *a* pèrson's *behálf* = *on* [[美] *in*] *behálf of a* pèrson (1)代表某人; 代替某人. I am writing *on behalf of* my husband, who is in the hospital. 我丈夫住院, 由我來代替他寫此信. (2)為了…的(利益). He's working *on* his own *behalf*. 他是為自己而工作.

‡**be·have** [bɪˋhev; bɪˈheɪv] *vi.* (~**s** [~z; ~z]; ~**d** [~d; ~d]; **-hav·ing**) **1** 舉止(通常加 well, badly 等副詞(片語)). John *behaved* well [badly] *toward* [*to*] me. 約翰對我很好[很不好]/He always *behaves* like a gentleman. 他總是彬彬有禮.

> [搭配] behave + *adv.*: ~ modestly (行事謹慎), ~ politely (行為合乎禮節), ~ rudely (舉止粗魯), ~ strangely (舉止怪異), ~ wisely (行事具有智慧).

2 守規矩. Dogs can be trained to *behave*. 狗是可以訓練成守規矩的.

3 (加副詞(片語))(機器等)開動, 起動; 反應. Is your new car *behaving* well? 你的新車好開嗎?

* *behàve* onesèlf (孩子等)守規矩. *Behave yourself!* 規矩點!/He doesn't *behave himself* once he's drunk. 他一喝醉就失態(酒品不好).

● ──以 be- 為詞首的詞彙重音

重音常位於第二音節.

becóme	befóre	begín	begúile
beháve	behínd	behóld	belíef
belíeve	belóng	belóved	belów
benéath	beséech	besét	besíde
besíege	betráy	betwéen	bewáre
beyónd			

---

be·hav·ing [bɪˋhevɪŋ; bɪˈheɪvɪŋ] *v.* behave 的現在分詞, 動名詞.

‡**be·hav·ior** (美), **be·hav·iour** (英)
[bɪˋhevjɚ; bɪˈheɪvjə(r)] *n.* [U] **1** 舉止, 態度, 行為; 規矩; 品行. her *behavior toward* her mother 她對母親的態度/His arrogant *behavior* annoys all his friends. 他傲慢的態度使朋友們都感到不悅/His teachers all praise him for his good *behavior*. 他的老師都稱讚他品行好.

2 (機器等的)運轉情況, 狀態.

3 (人, 物)(在某種條件下的)行為, 反應. The psychiatrist continued to observe the patient's *behavior*. 心理醫生繼續觀察病人的行為.

be òn one's bèst *behávior* 力求循規蹈矩; 行為檢點.

be·hav·ior·al (美), **be·hav·iour·al** (英) [bɪˋhevjərəl; bɪˈheɪvjərəl] *adj.* 行為的. *be-havioral* science 行為科學(心理學, 社會學等).

be·hav·ior·ism (美), **be·hav·iour·ism**

(英) [bɪˋhevjɚ‚ɪzəm; bɪˈheɪvjərizəm] *n.* [U] (心理) 行為主義, 行為學派.

be·hav·ior·ist (美), **be·hav·iour·ist** (英) [bɪˋhevjərɪst; bɪˈheɪvjərɪst] *n.* [C] 行為主義(心理學)者.

be·hav·iour [bɪˋhevjɚ; bɪˈheɪvjə(r)] *n.* (英) =behavior.

be·head [bɪˋhɛd; bɪˈhed] *vt.* 斬首, 砍頭.

be·held [bɪˋhɛld; bɪˈheld] *v.* behold 的過去式、過去分詞.

‡**be·hind** [bɪˋhaɪnd; bɪˈhaɪnd] *adv.* 〖場所〗 **1** 在(向)後面, 在(向)後; 從後面; (↔ before, ahead). He told me not to look *behind*. 他叫我不要回頭看/Someone grabbed me from *behind*. 有人從後面抓住我(在 from 之後的名詞性用法).

2 留於身後地, 走後留下地. stay [remain] *behind* 留在後面/He left a large fortune *behind* when he died. 他死時留下一大筆財產/I must go back to the house─I've left my purse *behind*. 我得回家──我忘記帶錢包了.

[回] after 通常指在人或物的連續「動作」中, 順序在後面之意, run after 是「跑在(某人的)後面」「追求(某人)」之意; behind 通常表示其位置在「靜止」的物或人的後面.

〖時間, 進度〗 **3** 遲於; 落後於. Let's wait for the children─they're lagging *behind*. 等等孩子們吧──他們已經跟不上了/She's (falling) far *behind in* [*with*] her studies. 她的功課遠遠落後/You're a month *behind in* [*with*] your rent. 你的房租已一個月沒有繳了.

── *prep.* 〖場所〗 **1** 在…之後[的], 在…後面[的], (↔ before, in front of). There was a large garden *behind* the house. 屋後有一個大花園/He shut the door *behind* him. 他(出去或進來時)隨手把門關了/We climbed panting *behind* the guide. 我們氣喘吁吁地跟在嚮導後面爬上去/We can relax now─all our difficulties are *behind* us. 所有的困難都過去了, 我們可以輕鬆一下了.

2 (躲)在…背後, 在…後面, 在…的背面. The child was hiding *behind* a big tree. 那孩子躲在一棵大樹後面/Who is *behind* the plot? 誰是這陰謀的幕後主使者?/There must be something *behind* his sudden resignation. 他突然辭職, 這背後一定有問題.

3 〖作後盾〗支持…, 幫助…. I'll stand *behind* you if you are going to do it. 如果你有意要做, 我會支持你的.

〖時間, 進度〗 **4** (關於時間)遲於…. The plane took off one hour *behind* time. 飛機延遲一個鐘頭起飛/The work is a few weeks *behind* schedule. 工作較預定的計畫延遲了幾週.

5 (關於進度)落後於…; 比…落後; 次於…; 差了…; (*in*). Tom is *behind* everybody *in* mathematics. 湯姆的數學比誰都差/We're two points

B

behind the rival team. 我們輸給對手 2 分.
— *n.* ⓒ(俚)屁股, 臀部, (buttocks). smack a child's *behind* 打孩子的屁股/fall on one's *behind* 跌倒屁股著地.

be·hind·hand [bɪˋhaɪnd͵hænd; bɪˋhaɪndhænd] *adj.* 《文章》《敍述》〔貸款等〕拖欠的, 拖延的. I was a little *behindhand* in my repayments [*with* the rent]. 我稍微拖欠了貸款[房租].
— *adv.* 延遲地, 拖欠地.

be·hold [bɪˋhold; bɪˋhəʊld] *vt.* (~s; **be·held**; ~ing)(古、雅) **1** (特指)看, 注視, 〔稀有的物品〕(see). **2** 《祈使語氣、感歎詞性》看哪!

be·hold·en [bɪˋholdən; bɪˋhəʊldən] *adj.* 《文章》《敍述》蒙恩的, 感恩的, (*to*). I hate to be *beholden* to any man. 我討厭欠任何人人情.

be·hold·er [bɪˋholdɚ; bɪˋhəʊldə(r)] *n.* ⓒ觀者, 看的人.

be·hoove [bɪˋhuv; bɪˋhuːv] *vt.* 《文章》《以 it 當主詞》對…來說是必要[合適, 有利]的(*to* do). It *behooves* us *to* do our best. 我們必須盡力去做.

be·hove [bɪˋhov; bɪˋhəʊv] *v.* (英)=behoove.

beige [beʒ; beɪʒ] *n.* Ⓤ米色(不染色、不漂白似羊毛般的自然顏色; →見封面裡); 米色物(漆等).
— *adj.* 米色的.

Bei·jing [ˋbeˋdʒɪŋ; beɪˋdʒiːŋ] *n.* =Peking.

*** be·ing** [ˋbiɪŋ; ˋbiːɪŋ] *v.* **1** (be的現在分詞) **(a)**《分詞構句》*Being* very clever and gentle, this dog is a good companion to me. 因為這隻狗非常聰明溫馴, 所以是我的好朋友. **(b)**《be being+補語: 進行式》I'm *being* patient. 我現在正忍著(★表示暫時性狀態的口語表達; → I'm patient. (我是有耐心的)). **2** (be的動名詞)*Being* with her grandson always makes her happy. 只要跟孫子在一起, 她總是很快樂.

* *for the time béing* 暫時, 目前, (for the present). Well, it'll do *for the time being*. 好吧, 暫時還可以將就一下.
— *aux. v.* **1** (be的現在分詞) **(a)**《be being+過去分詞: 被動語態的進行式》Our car is *being* repaired at the auto shop. 我們的汽車正在汽車廠修理. **(b)**《分詞構句》*Being* left alone, the boy didn't know what to do. 那男孩一個人被留下來, 不知如何是好(語法)這個being當被動).
2 (be的動名詞)He hates *being* told to hurry up. 他討厭被人催促.
— *n.* (*pl.* ~**s** [~z; ~z]) **1** Ⓤ存在, 實在. the Supreme *Being* 至高的存在, 神.
2 Ⓤ本質, 實質.
3 Ⓤ生存, 生命, (life).
4 ⓒ存在物; 生物; 人. animate *beings* 生物/a human *being* 人.
bríng [*càll*]*...into béing* 使產生, 使發生.
còme into béing 產生, 出生, 成立.
in béing 存在[生存]的, 現存的. the strong-

est rugby team *in being* today 當今最強的橄欖球隊.

Bei·rut [ˋberut, beˋrut; ͵beɪˋruːt] *n.* 貝魯特(Lebanon首都).

be·la·bor (美), **be·la·bour** (英) [bɪˋlebɚ; bɪˋleɪbə(r)] *vt.* 《古》猛擊, 打倒, 駁倒, (*with*).

Bel·a·rus [͵beləˋrus; ͵beləˋruːs] *n.* 白俄羅斯(烏克蘭北邊, 俄羅斯西邊的共和國, CIS成員國之一; 首都Minsk).

be·lat·ed [bɪˋletɪd; bɪˋleɪtɪd] *adj.* 遲到的, 太遲的. a *belated* arrival 遲到者.

be·lat·ed·ly [bɪˋletɪdlɪ; beˋleɪtɪdlɪ] *adv.* 遲緩地.

belch [bɛltʃ; beltʃ] *vt.* 濃濃地冒出, 噴出, 〔煙, 火焰等〕(out).
— *vi.* 打嗝; 噴火焰; 冒煙.
— *n.* ⓒ 打嗝(的聲音); (煙, 火焰等的)噴出.

be·lea·guer [bɪˋligɚ; bɪˋliːgə(r)] *vt.* 《文章》圍攻; 使困擾; (通常用被動語態).

Bel·fast [ˋbɛlfæst; ͵belˋfɑːst] *n.* 貝爾發斯特(北愛爾蘭首府).

bel·fry [ˋbɛlfrɪ; ˋbelfrɪ] *n.* (*pl.* **-fries**) ⓒ鐘樓, 鐘塔.

Bel·gian [ˋbɛldʒɪən, -dʒən; ˋbeldʒən] *adj.* 比利時的, 比利時人的.
— *n.* ⓒ比利時人.

Bel·gium [ˋbɛldʒɪəm, -dʒəm; ˋbeldʒəm] *n.* 比利時(首都Brussels).

Bel·grade [bɛlˋgred, ˋbɛlgred; belˋgreɪd] *n.* 貝爾格勒(新南斯拉夫及塞爾維亞的首都).

[belfry]

be·lie [bɪˋlaɪ; bɪˋlaɪ] *vt.* (~s; ~d; **-ly·ing**) **1** 〔事物〕給予錯誤的印象, 無法正確傳達…的真相. Her girlish complexion *belied* the fact that she was over forty. 她少女般的膚色真讓人看不出她已四十出頭了.
2 〔事物〕顯示出是…的偽裝; 跟…矛盾, 不相符合. The tone in which those words were spoken utterly *belied* them. 從說話的音調就可知道完全是騙人的/Dr. Sweet's nature *belied* his name. 斯威特博士的性格(非常尖酸)跟他的名字(sweet=「甜」)不符.

*** be·lief** [bəˋlif, bɪˋlif, bɪˋlif; bɪˋliːf] *n.* (*pl.* ~**s** [~s; ~s]) ⓊⒸ **1** 相信, 信念, (→ faith 圖). a mistaken *belief* 錯誤的信念/his personal *beliefs* 他個人的信念/My *belief* is [It is my *belief*] *that* things will change for the better. (=I believe that things....)我相信事態會好轉/Do you have any *belief in* ghosts? 你相信有鬼嗎? (→ believe in...).

2 (常 beliefs)信仰, 信心, 《in》. Her *belief in* God is unshaken. 她對上帝的信仰是不可動搖的. 搭配 *adj.*+belief (1-2): a false ~ (錯誤的信仰), a popular ~ (普遍的信仰), a strong ~ (堅定的信仰) // *v.*+belief: express a ~ (表明信仰), hold a ~ (抱持信仰).

3 信賴, 信任, 《in 對⋯》. my *belief in* his honesty=my *belief that* he is honest 我深信他是正直老實的/He has great *belief in* that doctor. 他非常信任那位醫生. ⟹ *v.* **believe**.

beyond belíef 難以置信地[的].

in the belíef that... 相信⋯.

to the bèst of my belíef (雖然有可能是錯誤的, 但)在我相信的範圍內.

be·liev·a·ble [bə`livəbḷ, bɪ-; bɪ'li:vəbḷ] *adj.* 可信的; 能夠信賴[信任]的.

* **be·lieve** [bə`liv, bḷ`iv, bɪ`liv; bɪ'li:v] *v.* (**~s** [~z; ~z]; **~d** [~d; ~d]; **-liev·ing**) *vt.* **1** (a)相信, 信賴, 信任, 相信⋯所說的. I can't *believe* it. 我真不敢相信/Don't *believe* everything you hear. 不要完全相信你所聽到的每件事/I *believe* you. = I *believe* what you say. 我相信你所說的.

(b) 句型3 (believe *that* 子句/*wh* 子句)相信, 認為. I *believe* (*that*) the ship will arrive on schedule. 我想船一定會按時到達/I *believe* (*that*) I've heard that name. 我想我從未聽過那名字/Nobody will *believe* how sorry I was for what I'd done. 沒有人會相信我是多麼後悔我所做的事. 參考 有時用 so, not 來代表 that 子句 : "Will she leave tomorrow?" "I *believe* so [*not*]." 「她明天起程嗎?」「我想是的[不是].」

2 (a) 句型5 (believe **A** *to* do)相信A(平常)做⋯ (通常用被動語態). He is *believed to* accept bribes. 大家都認為他接受賄賂[是會接受賄賂的那種人]/He is *believed to* have left a large fortune behind. 大家都認為他會留下一大筆財產.

(b) 句型5 (believe **A** *B*/**A** *to* be **B**)相信 A 是 B. I *believe* him (*to* be) intelligent. 我相信他很聰明/He *believes* himself (*to* be) courageous. 他認為自己勇敢/This is *believed to* be the place where he died. 人們認為他就是在這裡過世的.

3 《I believe 當插入句, 附加句使用》我想⋯肯定是⋯(think). Jack is, I *believe*, Mary's second cousin. = Jack is Mary's second cousin, I *believe*. 我想傑克肯定是瑪莉的遠房堂[表]兄弟.

— *vi.* 相信; 信賴. Seeing is *believing*. 《諺》百聞不如一見(眼見爲信)/*believe* in...(→片語).

語法 believe 不用進行式.

⟹ *n.* **belief**. ↔ **doubt**.

* **belíeve in...** (1)信賴, 信任, 〔人(的能力等)〕. I *believe* in him. 我信任他.
(2)信仰. My mother *believes in* Christianity. 母親信仰基督教.
(3)相信⋯的存在. Do you *believe in* God? 你相信神(的存在)嗎?/He *believes in* the supernatural. 他相信超自然現象的存在.
(4)相信⋯的價值[正確性等], 認為⋯是好的. We

believe in democracy. 我們肯定民主的價值/I don't *believe in* war. 我認爲戰爭是錯誤的.

belíeve it or nót 《口》不管你信不信, 實際上, 的確是, 《<信不信由你》. I asked him for a loan and, *believe it or not*, he gave me $1,000 on the spot. 信不信由你, 我向他借錢, 他當場就給了我一千美元.

belíeve me 《口》《作爲插入句》真的, 確實是真的. *Believe me*, that won't happen again. 真的, 那種事不會再發生了.

* **màke belíeve** 裝作, 假裝, 《*that* 子句; *to* do》 (pretend); 假扮⋯的(遊戲). The children *made believe* (*that*) they were cowboys. 孩子們玩假扮牛仔的遊戲/He *made believe* not *to* understand me. 他假裝不明白我的話.

● ──字尾在動詞時發有聲, 名詞則發無聲

動詞		名詞	
(1)拼法相同			
abu*se* [-z; -z] 濫用		abu*se* [-s; -s] 濫用	
excu*se* [-z; -z] 辯解		excu*se* [-s; -s] 辯解	
hou*se* [-z; -z] 提供住處		hou*se* [-s; -s] 住宅	
u*se* [-z; -z] 使用		u*se* [-s; -s] 使用	
(2)拼法不同			
advi*se* [-z; -z] 忠告		advi*ce* [-s; -s] 忠告	
ascen*d* [-d; -d] 登		ascen*t* [-t; -t] 上升	
ba*the* [beð; beɪð] 使入浴		ba*th* [bæθ; bɑːθ] 入浴	
belie*ve* [-v; -v] 相信		belie*f* [-f; -f] 相信	
brea*the* [brɪð; briːð] 呼吸		brea*th* [brɛθ; breθ] 呼吸	
choo*se* [tʃuz; tʃuːz] 選擇		choi*ce* [tʃɔɪs; tʃɔɪs] 選擇	
devi*se* [-z; -z] 設想		devi*ce* [-s; -s] 計畫	
hal*ve* [-v; -v] 兩等分		hal*f* [-f; -f] 一半	
li*ve* [lɪv; lɪv] 活		li*fe* [laɪf; laɪf] 生命	
preten*d* [-d; -d] 假裝		preten*se* [-s; -s] 假裝	
pro*ve* [-v; -v] 證明		proo*f* [-f; -f] 證明	
relie*ve* [-v; -v] 除去		relie*f* [-f; -f] 除去	
shel*ve* [-v; -v] 上架		shel*f* [-f; -f] 架	

---

be·liev·er [bə`livɚ, bḷ`ivɚ, bɪ`livɚ; bɪ'li:və(r)] *n.* ⓒ相信(某事)的人; 信徒. a *believer of* rumor 相信謠言的人 / a *believer in* Mormonism 摩門教信徒.

be·liev·ing [bə`livɪŋ, bḷ`ivɪŋ, bɪ`livɪŋ; bɪ'li:vɪŋ] *v.* believe 的現在分詞, 動名詞.

be·lit·tle [bɪ`lɪtḷ; bɪ'lɪtl] *vt.* **1** 藐視, 輕視; 貶低. **2** 使縮小[少]; 使看起來變小[少].

Be·lize [bɛ`liz; be'li:z] *n.* 貝里斯《中美洲國家; 1981 年脫離英國獨立; 首都 Belmopan》.

Bell [bɛl; bel] *n.* **Alexander Graham ~** 貝爾 (1847-1922)《出生於蘇格蘭的美國發明家; 電話的

B

發明者）.

***bell** [bɛl; bel] *n.* (*pl.* ~**s** [~z; ~z]) ⓒ **1** 鐘, 吊鐘；鈴, 門鈴；鐘[鈴]聲. church *bells* 敎堂的鐘/an electric *bell* 電鈴/The *bell* sounded right in the middle of our discussion. 我們討論進行到一半時鈴響了/There's the *bell*. 啊, 鈴響了! 《有人來到大門時等》.

2 鐘形物(花冠, 喇叭口等).

ànswer the béll (回應門鈴聲)去開門.

(*as*) *sòund as a béll* 《口》非常健康[的]；〔物〕呈完整的狀態. You shouldn't worry about your health—you're *as sound as a bell*. 你不需擔心你的健康, 你身體狀況良好.

rìng a [*the*] *béll* → ring² 的片語.

— *vt.* 裝鈴.

bèll the cát 在貓的脖子上掛鈴(比喻爲了眾人去從事誰都不願去做的危險事；出自《伊索寓言》).

bell·bot·toms [ˋbɛl͵bɑtəmz; ˈbel͵bɒtəmz] *n.* 《作複數》喇叭褲(褲腳變寬的長褲).

bell·boy [ˋbɛl͵bɔɪ; ˈbelbɔɪ] *n.* (*pl.* ~**s**) ⓒ《美》(俱樂部, 旅館的)侍者, 服務員, (→ hotel 圖).

belle [bɛl; bel] *n.* ⓒ美人；(在舞會等中)最美的女人.

belles-let·tres [bɛlˋlɛtrə, -tə; ˌbelˈletrə] (法語) *n.* ⓤ純文學；文藝學.

bell·flow·er [ˋbɛl͵flaʊ⋅; ˈbel͵flaʊə(r)] *n.* ⓒ風鈴草(桔梗科紫斑風鈴草屬植物的總稱；有風鈴草, 吊鐘花等).

bell·hop [ˋbɛl͵hɑp; ˈbelhɒp] *n.* 《美、口》= bellboy.

bel·li·cose [ˋbɛlə͵kos; ˈbelɪkəʊs] *adj.* 《文章》好戰的, 好鬥的, 愛打架的.

bel·lig·er·en·cy, bel·lig·er·ence [bəˋlɪdʒərənsɪ, bɪˋlɪdʒərənsɪ], [bəˋlɪdʒərəns, bɪˋlɪdʒərəns] *n.* ⓤ **1** 交戰狀態.

2 好戰性；敵對的態度.

bel·lig·er·ent [bəˋlɪdʒərənt, bɪˋlɪdʒərənt] *adj.* **1** 交戰中的；交戰國的. **2** 好戰的, 好鬥的.

— *n.* ⓒ交戰國.

bel·low [ˋbɛlo, ˋbɛlə; ˈbeləʊ] *vi.* 〔牛, 象等〕大聲叫, 吼叫. **2** 〔人〕大聲吼叫；(因痛苦等)呻吟.

3 〔大砲〕轟鳴；〔風〕呼嘯.

— *vt.* 喊叫《*out*; *forth*》.

— *n.* ⓒ **1** 牛等的叫聲. **2** (人的)喊叫聲.

bel·lows [ˋbɛloz, -əz, -əs; ˈbeləʊz] *n.* (*pl.* ~) ⓒ

1 風箱. a (pair of) *bellows* 一個風箱/The *bellows* are [is] not working. 風箱故障了.

《參考》a pair of *bellows* 是指兩手操作的風箱, (the) *bellows* 是指固定安置在某個地方的風箱.

2 (管風琴, 手風琴等的)鼓風裝置, 風箱.

***bel·ly** [ˋbɛlɪ; ˈbelɪ] *n.* (*pl.* -**lies** [~z; ~z]) ⓒ **1** 《口》腹, 肚子；胃. 圖通常用比這個字文雅的 stomach. **2** (樂器, 瓶等)鼓起來的部分, 腹部.

— *v.* (-**lies**; -**lied**; ~**ing**) *vi.* 鼓脹《*out*》.

— *vt.* 使鼓脹.

bel·ly·ache [ˋbɛlɪ͵ek; ˈbelɪeɪk] *n.* ⓤⓒ腹痛.

— *vi.* 《俚》發牢騷《*about*》.

bél·ly bùtton *n.* ⓒ《口》肚臍.

bél·ly dànce *n.* ⓒ肚皮舞(扭動腹部跳舞的中東舞蹈).

bel·ly·ful [ˋbɛlɪ͵fʊl; ˈbelɪfʊl] *n.* ⓒ《口》**1** 一肚子, 滿腹. **2** (通常用單數)過量, 過多.

bél·ly lànding *n.* ⓒ(飛機)(未放下起落架而以)機腹著陸.

bél·ly làugh *n.* ⓒ《口》(捧腹)大笑.

***be·long** [bəˋlɔŋ; bɪˈlɒŋ] *vi.* (~**s** [~z; ~z]; ~**ed** [~d; ~d]; ~**ing**) **1** 屬於；所屬《*to*》；歸…所有《*to*》. This house *belongs to* my uncle. 這間房子是我伯(叔)父的/I *belong to* the drama club. 我參加了戲劇社/the land *belonging to* the company 歸公司所有的土地.

2 歸類於…, 納入…部門[類別], 《*to, in, under*》；適合《*with*》. They don't *belong under* that category. 它們不屬於那個範疇/This lid *belongs with* that jar. 這蓋子是那個大口瓶的(蓋子).

3 本該有[在]《*in*》. I feel that I don't really *belong* here. 我覺得我似乎不該來這裡的/You *belong in* a better place than this. 你應該有更好的地位. 區法belong 不用進行式. This book *is belonging* to him. 是錯誤的.

be·long·ings [bəˋlɔŋɪŋz; bɪˈlɒŋɪŋz] *n.* 《作複數》所有物；日常生活用品.

***be·lov·ed** [bɪˋlʌvɪd, -ˋlʌvd; bɪˈlʌvd] (★注意發音) *adj.* **1** (限定)可愛的, 最愛的；重要的, 貴重的；愛用的. my *beloved* daughter 我鍾愛的女兒/his *beloved* lighter 他愛用的打火機.

2 [bɪˋlʌvd; bɪˈlʌvd] 《敘述》受到眾人喜愛的《*by, of*》. She is *beloved by* [*of*] everyone. 每個人都喜愛她 (★ *of* 是《文章》常用).

— *n.* (加 my, his 等)最愛的人；心愛的, 親愛的, 《對丈夫, 妻子, 所愛的人等的呼喚》.

***be·low** [bəˋlo; bɪˈləʊ] *prep.* **1** 在…之下；在…的下游, 下邊；(⟷ above). The sun went *below* the horizon. 太陽落到地平線下/There is a hut *below* the bridge. 在橋下方有一間小屋. 圖under 是在某物「正下方」, below 是較某物「更下邊一些」而不一定要在正下方；另外, beneath 同時表示 under, below 這兩字的意義, 在《英》屬於《古》或《雅》.

2 在…之下, 比…低劣；未滿；(→beneath 3 圖). Your work is *below* average. 你的工作表現在水準之下/It is ten degrees *below* zero now. 現在是零下10度/The checkup is free for children *below* the age of five. 未滿5歲的孩子做健康檢查是免費的/I was *below* her in last week's English test. 我上週的英語考試成績比她差.

— *adv.* **1** 在下面, 向下；在地下；在河的下游. We saw a lake far *below*. 我們見到下方遠處有一個湖. **2** 在樓下；《海事》在下層甲板. the classroom *below* 樓下的教室.

3 在(書頁的)下方, 在頁末；在(書的)後面部分. See the footnote *below*. 請看下方的注腳/See p. 75 *below*. 請見75頁下方.

4 《口》零下…(below zero). The temperature is 10 degrees *below*. 氣溫爲零下10度).

‡belt [bɛlt; belt] *n.* (*pl.* ~**s** [~s; ~s]) C

【 帶子 】 **1** 帶, 皮帶, 腰帶; (冠軍的)榮譽動帶. a leather *belt* 皮帶/buckle [fasten] one's *belt* 繫好帶子.

2 (機器的)皮帶, 輸送帶; (汽車等的)安全帶.

3 (氣候, 地形, 物產等的)地帶; 帶. a forest *belt* 森林地帶/a wheat *belt* 小麥(生產)地帶/the Corn *Belt*, a green *belt* →見 Corn Belt, green belt.

【 用皮帶抽打 】 **4** 《口》猛打一下.

hìt belów the bélt[1] (拳擊)攻擊腰部以下部位(打腰帶以下處; 犯規); 《口》〔人〕做出卑劣的行為; 〔行爲〕卑劣. His comment *hit below the belt*. 他的批評簡直不像話(違反批評方式的倫理[規矩]).

hìt…belów the bélt[2] (拳擊)攻擊…腰帶以下部位; 《口》〔人〕對…做卑劣的行爲.

tìghten one's [the] bélt → tighten 的片語.

— *vt.* **1** 將…繫上帶子; 用帶子把…綁緊. **2** 加上線條[條紋]標明. **3** 用皮帶抽打; 《口》毆打.

belt·ed [`bɛltɪd; 'beltɪd] *adj.* 附有皮帶[子]的.

be·ly·ing [bɪ`laɪɪŋ; bɪ'laɪɪŋ] *v.* belie 的現在分詞, 動名詞.

be·moan [bɪ`mon; bɪ'məʊn] *vt.* 《文章》哀歎, 悲歎.

be·mused [bɪ`mjuzd, ·`mɪuzd; bɪ'mju:zd] *adj.* 發呆的; 困惑的; 深思的, 沈思的.

Ben [bɛn; ben] *n.* Benjamin 的暱稱.

ben [bɛn; ben] 《蘇格蘭》山頂; 山; (主 Ben; 用於山名; → Ben Nevis).

‡bench [bɛntʃ; bentʃ] *n.* (*pl.* ~**es** [~ɪz; ~ɪz])

1 C 長凳, 長椅, (包括沒有靠背的坐椅). We sat on a *bench* in the park. 我們坐在公園的長凳上.

2 C (木匠, 鞋匠等的)工作檯.

3 (加 the)法官席; C 《單複數同形》(集合)(特定法庭的)法官(們); 法官的職位. 參考 律師稱爲 the bar. **4** C 《英》(議會的)議員席.

5 C (棒球等的)候補球員席, 選手席. warm the *bench* 坐冷板凳; 當板登球員.

be [sìt] on the bénch (1)擔任法官; 在法官席上; 審案中. (2)(體育)當候補選手.

— *vt.* 《美》(體育)使…做候補選手.

bénch màrk *n.* C (測量)基準點(刻於埋在地底的水泥柱上, 可顯示該地的高度); (一般判斷的)基準, 標準.

bénch sèat *n.* C (空間寬敞可二、三人並列而坐的)車後座.

bénch wàrmer *n.* C (不出賽的)板登球員.

‡bend [bɛnd; bend] *v.* (~**s** [~z; ~z]; **bent**; ~**ing**) *vt.* 【 彎下來 】 **1** 使彎曲, 弄彎. *bend* a wire [stick] 弄彎鐵絲[棍子]/*bend* one's knees 屈膝; 打彎/She *bent* her head in shame. 她羞愧地低下頭來.

2 【服從他人的心意或某規則】使屈服, 使服從. He *bends* everybody to his will. 他使所有人都順從他的心意/*bend* the rules 扭曲規則.

3 【扭轉方向】使方向改變; 使(視線, 努力等)朝向

…, 集中. The boy *bent* his steps from the path. 那男孩改變方向離開小路/He *bent* his eyes on the picture. 他的目光集中在那幅畫上/Ann *bent* her mind to the work. 安專心致力於這工作.

— *vi.* **1** 彎; 傾斜; 彎腰; 蹲下; 《*to, before*》 Lead *bends* easily. 鉛很容易彎曲/Bamboos *bend* *before* [*to*] the wind. 竹子隨風彎曲/I *bent over* [*down*] to pick up the pen. 我彎腰去撿鋼筆. 同 bend 通常指筆直之物因外力而彎曲, 不一定要成爲弧形; → curve.

2 屈服, 順從, 《*to, before*》. He finally *bent to* my wishes. 他終於順從我的要求.

3 改變方向, 轉向(*to*). About two miles farther on, the road *bent to* the right. 大約再走 2 英里, 路就向右彎.

bènd over báckward [báckwards] = lean over backward [backwards] (lean[1] 的片語).

— *n.* (*pl.* ~**s** [~z; ~z]) C 彎曲, 彎; (路, 河等的)彎曲處; 彎曲的部分. a sharp *bend* in the road 路的急轉彎處.

aróund [《英》*round*] *the bénd* 《口》《經常用於開玩笑》瘋狂, 發瘋. I'm going *round the bend*. 我快瘋掉了.

‡be·neath [bɪ`niθ, ·`niθ; bɪ'ni:θ] *prep.* 【 在下 】 **1** 在[往]…的下方(under); 在[往]比…下方處(→below 同). We sat *beneath* [《英》under] the tree. 我們坐在樹下/live *beneath* [《英》under] the same roof 住在同一屋簷下/The parade passed *beneath* [《英》below] my window. 遊行隊伍在我的窗下經過.

2 【在(壓力等)之下】受迫於…(的力量); 在…的重量下; 在…的影響[勢力]下. The ice will crack *beneath* our weight. 冰會因我們的重量而裂開/The business passed *beneath* his guiding hand. 在他指導下生意興隆了. 語法 1與2的意義在《英》是《古》或《雅》的用法, 因此可用 under, below 代替.

【 較低 】 **3** (身分, 智能等)比…差, 比…低. He is *beneath* her in rank. 他的地位比她低. 同 beneath 通常含有輕蔑之意; 單純表示上下關係時常用 below.

4 不值得…, 與…不相稱; 有損於…的品格. Such a foolish idea is *beneath* notice. 這種愚蠢的想法不值得一顧/It is *beneath* him to do something like that. 做那種事有損他的人格.

— *adv.* 《文章》 **1** 就在下面; 在下方地.

2 (身分等)較低地, 較差地.

Ben·e·dict [`bɛnə,dɪkt; 'benɪdɪkt] *n.* 男子名.

Ben·e·dic·tine [,bɛnə`dɪktɪn, -tin; ,benɪ'dɪktɪn] *adj.* 本篤會的.

— *n.* C 本篤會修士[修女].

ben·e·dic·tion [,bɛnə`dɪkʃən; ,benɪ'dɪkʃn] *n.* C 祝福, 祝禱, (特指禮拜結束時牧師所做的儀式).

ben·e·fac·tion [,bɛnə`fækʃən; ,benɪ'fækʃn]

n. **1** U 善行; 慈善. **2** C 施捨物, 捐助(款).

ben·e·fac·tor [ˋbɛnəˌfæktɚ, ˌbɛnəˋfæktɚ; ˈbenifæktə(r)] *n.* C **1** 施主, 施惠者. **2** (學校, 設施等的)贊助人; (慈善事業等的)捐贈人.

ben·e·fac·tress [ˋbɛnəˌfæktrɪs, ˌbɛnəˋfæktrɪs; ˈbenifæktris] *n.* C 施主, 施惠者; 贊助者, 捐助人; (女性).

ben·e·fice [ˋbɛnəfɪs; ˈbenifis] *n.* C **1** 神職人員的俸祿, 聖俸, (牧師的收入).

2 享有聖俸的聖職.

ben·ef·i·cence [bəˋnɛfəsns; biˈnefisns] *n.* (文章) **1** U 恩惠; 善行; 慈善. **2** C 慈善行為, 施捨.

ben·ef·i·cent [bəˋnɛfəsnt; biˈnefisnt] *adj.* (文章)行善的, 慈善的; 仁愛的, 富於同情心的. ↔ **maleficent**.

ben·e·fi·cial [ˌbɛnəˋfɪʃəl; ˌbeniˈfiʃl] *adj.* 有益的, 有利的, 受益的. Ultimately, space flight will be *beneficial to* all mankind. 太空飛行終究會使全人類受益.

ben·e·fi·cial·ly [ˌbɛnəˋfɪʃəlɪ; ˌbeniˈfiʃəli] *adv.* 有益地.

ben·e·fi·ci·ar·y [ˌbɛnəˋfɪʃərɪ, -ˌfɪʃɪˌɛrɪ; ˌbeniˈfiʃəri] *n.* (*pl.* **-ar·ies**) C 受益者, 獲得利益者; (特指年金, 保險金, 遺產等的)受益人, 領取者.

***ben·e·fit** [ˋbɛnəfɪt; ˈbenifit] *n.* (*pl.* **~s** [~s; ~s]) **1** UC 利益, 好處. I got much *benefit* from that book. 從那本書我獲益匪淺/It will be to our mutual *benefit* to carry out the plan. 這項計畫的施行對我們雙方均有好處.

圐 benefit 一般用來指物質上或精神上的利益; → profit.

圖圐 *adj.*+benefit: great ～ (巨大的利益), national ～ (國家的利益), public ～ (公眾的利益) // *v.*+benefit: give ～ to... (提供～利益), derive ～ from... (從...獲得利益).

2 C (常形容詞性)慈善義演[比賽](為個人, 慈善事業等募款而舉辦的). a *benefit* show [match, concert] 慈善公演[比賽, 音樂會].

3 UC (常 benefits) (社會保險等的)保險金; 津貼. health *benefit* 醫療保險金/unemployment *benefit* 失業救濟金.

(**be**) **of bénefit to...** 有益於.... Moderate exercise will *be of benefit to* your health. 適度的運動有益健康.

for a pèrson's bénefit=**for the bènefit of** *a* **pèrson** 為了某人(的利益). Speak louder *for the benefit of* those in the rear. 為了後面的人, 請說大聲一點.

—— *v.* (**~s** [~s; ~s]; **~ed** [~ɪd; ~ɪd]; **~ing**) *vt.* 有益於, 為...帶來益處. This law will *benefit* the poor. 這項法律將為窮人帶來好處.

—— *vi.* 受益, 得益, (*by, from*). How can you *benefit by* being so unpleasant? 你這樣悶悶扭對你有甚麼好處?/Heavy industry always *benefits from* war. 重工業總會從戰爭中受益/She has ben-

efited from the experience. 她從那次的經驗中得到收穫[變聰明].

Ben·e·lux [ˋbɛnəlʌks; ˈbenilʌks] *n.* 比荷盧(比利時(Belgium), 荷蘭(the Netherlands), 盧森堡(Luxembourg); 或其經濟協定).

be·nev·o·lence [bəˋnɛvələns, -vlns; biˈnevələns] *n.* **1** U 善心, 仁慈, 慈悲心.

2 C 慈善行為, 善行. ↔ **malevolence**.

be·nev·o·lent [bəˋnɛvələnt, -vlnt; biˈnevələnt] *adj.* **1** 善心的, 仁慈的.

2 慈善的. ↔ **malevolent**.

be·nev·o·lent·ly [bəˋnɛvələntlɪ, -vlntlɪ; biˈnevələntli] *adv.* 善心地, 有慈悲心地.

Ben·gal [bɛnˋgɔl, bɛŋ-; ˌbenˈgɔːl] *n.* 孟加拉(原為印度東北部一省的舊稱; 現分屬印度和孟加拉(Bangladesh)和其他共和國).

be·night·ed [bɪˋnaɪtɪd; biˈnaitid] *adj.* **1** (雅) 無知的. **2** (古)在夜幕中趕路的.

be·nign [bɪˋnaɪn; biˈnain] *adj.* (文章) **1** 親切的, 和藹的. **2** (醫學)(病)良性的(↔ malignant).

be·nig·ni·ty [bɪˋnɪgnətɪ; biˈnigniti] *n.* U (文章)和藹, 親切; 仁慈.

be·nign·ly [bɪˋnaɪnlɪ; biˈnainli] *adv.* (文章)和藹地, 親切地.

Be·nin [bəˋnin; beˈnin] *n.* 貝南(非洲西部的共和國, 原法國屬地; 首都 Porto Novo). `名`

Ben·ja·min [ˋbɛndʒəmən; ˈbendʒəmin] *n.* 男子名.

Ben Nev·is [bɛnˋnɛvɪs, -ˋnivɪs, ˌbenˈnevis] *n.* 朋尼雅山(位於蘇格蘭, 英國最高峰; 1,343 公尺).

Ben·ny [ˋbɛnɪ; ˈbeni] *n.* Benjamin 的暱稱.

***bent** [bɛnt; bent] *v.* bend 的過去式、過去分詞.

—— *adj.* **1** 彎曲的. Grandmother is *bent* double with age. 祖母因年老而彎腰駝背.

2 (敘述)決心的; 一心一意的; (*on doing* 想做...). He's *bent on* having a doctor's degree before he's thirty. 他決心要在 30 歲前拿到博士學位.

—— *n.* C 傾向; 天分; (*for*). John has a natural *bent for* tennis. 約翰有網球天分.

fòllow one's **bént** 隨自己的喜好.

Ben·tham [ˋbɛnθəm, ˋbɛntəm; ˈbenθəm] *n.* **Jer·e·my** [ˋdʒɛrəmɪ; ˈdʒerimi] 邊沁(1748-1832) (英國的哲學家及法學家; 提倡功利主義).

be·numbed [bɪˋnʌmd; biˈnʌmd] *adj.* 麻痺的; (因寒冷等而)喪失感覺的.

ben·zene [ˋbɛnzin, bɛnˋzin; ˈbenziːn] *n.* U (化學)苯(從石油、煤焦油提煉出的無色液體; 合成樹脂等的原料).

ben·zine [ˋbɛnzin, bɛnˋzin; ˈbenziːn] *n.* U (化學)石油醚, 輕石油.

ben·zol [ˋbɛnzol, -zəl; ˈbenzɒl] *n.* U (化學)苯(特指未加工精製的 benzene).

be·queath [bɪˋkwið; biˈkwiːð] *vt.* (文章) **1** 句型4 (bequeath A B)、句型3 (bequeath B to A)根據遺囑留下 B 給 A(人). He *bequeathed* a considerable fortune *to* his son. 他給兒子留下了相當多的財產. **2** 留下, 傳給.

be·quest [bɪˋkwɛst; biˈkwest] *n.* C (文章)遺贈

品, 遺產.

be·rate [bɪˋret; biˈreit] *vt.* 《文章》痛罵, 訓斥, ((*for* …事)).

be·reave [bəˋriv; biˈriːv] *vt.* (~s; be·reft, 1 常作 ~d; -reav·ing) 《文章》 **1** 〔特指死亡〕奪走((*of* 〔家人, 親友等〕)). The accident *bereaved* her of her husband. 這起事故使她失去了丈夫/Mr. Smith was *bereaved* of his wife. 史密斯先生的妻子先他而去[比他先死].
2 剝奪((*of* 〔希望等〕)). Men who were *bereft of* reason conducted the war. 失去理智的人們在打這場戰爭.

be·reaved [bəˋrivd; biˈriːvd] *adj.* 《文章》喪失家人等的; 遺留下來的. the *bereaved* 〔單複數同形〕遺族.

be·reave·ment [bəˋrivmənt; biˈriːvmənt] *n.* [U][C]《文章》喪失家人, 死別.

be·reft [bəˋrɛft; biˈreft] *v.* bereave 的過去式、過去分詞.

be·ret [bəˋre, ˋbɛre; ˈberei] *n.* [C] 貝雷帽, 圓扁便帽.

berg [bɝg; bɜːg] *n.* [C] 冰山(iceberg).

ber·i·ber·i [ˋbɛrɪˋbɛrɪ; ˌberiˈberi] *n.* [U]《醫學》腳氣病.

Ber·ing Sea [ˋbɪrɪŋˋsi, ˋbɛr-, ˋber-; ˌberiŋˈsiː] *n.* (the)白令海(西伯利亞、阿拉斯加和阿留申群島所圍繞的海域).

Be·ring Strait *n.* (加 the)白令海峽.

***Ber·lin** [ˋbɝlɪn; bɜːˈlin] *n.* 柏林(德國首都).

Ber·mu·da [bəˋmjudə, -ˋmudə; bəˈmjuːdə] *n.* 百慕達(北大西洋上的群島).

Bermuda shorts *n.* (作複數)百慕達短褲(長到膝上為止的短褲).

Bern [bɝn; bɜːn] *n.* 伯恩(瑞士首都; 德語拼法; 按法語拼法是 Berne [bɝn; bɜːn]).

Ber·nard [ˋbɝnəd, ˋbɝnard, bəˋnard; ˈbɜːnəd] *n.* 男子名.

ber·ries [ˋbɛrɪz; ˈberiz] *n.* berry 的複數.

***ber·ry** [ˋbɛrɪ; ˈberi] *n.* (*pl.* -ries) [C] **1** 漿果 (水分多而種子在果肉中的果實; 醋栗, 草莓等). 〖參考〗形成 black*berry*, straw*berry* 等複合字; 有硬殼的樹果叫做 nut.
2 (咖啡的)豆; (小麥等的)穀粒.
— *vi.* (-ries, -ried; ~ing)採草莓. go *berrying* 去採(野生的)草莓.

● ——berry 的主要種類

blackberry	黑莓	blueberry	藍莓
cranberry	小紅莓	gooseberry	醋栗
mulberry	桑椹	raspberry	覆盆子
strawberry	草莓		

ber·serk [ˋbɝsɝk; bəˈzɜːk] *adj.* 狂暴的.

berth [bɝθ; bɜːθ] *n.* [C] **1** (船, 列車, 客機等的)臥鋪, 分層的鋪位. **2** (海事)(碼頭的)泊位. **3** 地位; 工作; 職務.
give a wide berth to… = *give…a wide berth* 敬而遠之, 避開, ((<使船的周圍留有充分的

空間). He's dangerous and unreliable—you'd better *give* him *a wide berth*. 那個人危險且不可信任, 你最好離他遠一點.
— *vt.* **1** 使停泊. **2** 給床位[臥鋪]. — *vi.* 停泊.

ber·yl [ˋbɛrəl, -ɪl; ˈberəl] *n.* [U][C]《礦物》綠柱石.

be·seech [bɪˋsitʃ; biˈsiːtʃ] *vt.* (~es; be·sought, ~ed; ~·ing) 《文章》懇求, 請求, 央求, 〔寬恕等〕. 〖句型5〗 (beseech A *to* do)懇求 A 做…, I do *beseech* you, hear me through. 求求你, 聽我把話說完/I *besought* him *to* help me. = I *besought* him *for* help. 我懇求他幫助我.

be·seech·ing·ly [bɪˋsitʃɪŋlɪ; biˈsiːtʃiŋli] *adv.* 懇求地.

be·set [bɪˋsɛt; biˈset] *vt.* (~s; ~; ~·ting) **1** 包圍. **2** 〔困難, 誘惑等〕使苦惱, 使痛苦, 《常用被動語態》. The expedition is *beset with* [*by*] perils. 這次的遠征充滿了危險/be *beset by* doubts 因懷疑而苦惱.

be·set·ting [bɪˋsɛtɪŋ; biˈsetiŋ] *adj.* (限定)不斷糾纏的〔誘惑, 罪惡等〕. our *besetting* sins 我們易犯的惡習.

***be·side** [bɪˋsaɪd; biˈsaid] *prep.* **1** 在…旁邊, 在…身邊. The queen stood *beside* the king. 皇后站在國王身旁/She sat down *beside* me. 她坐到我身旁/He parked his car *beside* the sidewalk. 他把車停在人行道旁.
2 與…相比. *Beside* you, I'm only a beginner at this game. 跟你一比, 我只能算是這種遊戲的初學者/Your essay looks poor *beside* his. 你的論文跟他的相比似乎差一些.
3 偏離〔標的等〕. That's *beside* the point. 那就離題了.
beside oneself 感情失去控制, 神智失常, ((*with* 〔高興, 生氣等〕)). They are *beside themselves with* worry over their missing son. 由於擔心失蹤的兒子, 他們簡直要發瘋了.

***be·sides** [bɪˋsaɪdz; biˈsaidz] *prep.* **1** 除了…之外, 再加上, (in addition to). That store sells many things *besides* furniture. 那家店除家具之外, 還出售許多東西/Mr. Brown writes novels *besides* teaching English literature. 布朗先生除了教英國文學外, 還寫小說/*Besides* being too expensive, the machine doesn't have enough functions. 這部機器不但價錢太貴而且功能也不足.
2 《用於否定句、疑問句》除…之外(except). There was no one there *besides* me. 那裡除了我之外沒有任何人.
— *adv.* 而且, 此外, (in addition). Planes are

[berths 1]

B

more comfortable; (*and*) *besides*, they're faster. 飛機不但比較舒適,而且比較快.

be·siege [bɪ`sidʒ; bɪˈsiːdʒ] *vt.* **1** 〔軍隊〕包圍, 圍攻,〔城鎮, 城堡等〕(通常指長期性的). The army *besieged* the castle for many days. 軍隊把城堡圍了好幾天.

2 〔大批人〕包圍…, 擁在…周圍.

3 使苦惱, 困擾, (*with*). The children *besieged* him *with* questions. 孩子們接連不斷向他提出問題. ⇨ *n*. siege.

be·sieg·er [bɪ`sidʒɚ; bɪˈsiːdʒə(r)] *n.* © 包圍者. the *besiegers* 圍攻的軍隊.

be·smear [bɪ`smɪr; bɪˈsmɪə(r)] *vt.*《文章》亂塗弄髒(*with*).

be·smirch [bɪ`smɝtʃ; bɪˈsmɜːtʃ] *vt.* 弄髒, 玷污〔名譽, 名聲等〕.

be·som [`bizəm; ˈbiːzəm] *n.* © (用小樹枝紮成的)長柄掃帚.

be·sot·ted [bɪ`sɑtɪd; bɪˈsɒtɪd] *adj.* 酩酊大醉的; 沈迷的, (*with*).

be·sought [bɪ`sɔt; bɪˈsɔːt] *v.* beseech 的過去式、過去分詞.

be·spat·ter [bɪ`spætɚ; bɪˈspætə(r)] *vt.* 對著…潑〔濺〕(*with* 〔泥水, 油漆等〕); 對著…謾罵.

be·speak [bɪ`spik; bɪˈspiːk] *vt.* (**~s; -spoke, -spoken, -spoke; ~ing**)《文章》表示, 顯示; 出示證據.

be·spec·ta·cled [bɪ`spɛktək|d; bɪˈspektəkld] *adj.* 戴眼鏡的.

be·spoke [bɪ`spok; bɪˈspəʊk] *v.* bespeak 的過去式、過去分詞.
— *adj.* 〔衣服等〕預訂的, 訂製的.

be·spo·ken [bɪ`spokən; bɪˈspəʊkən] *v.* bespeak 的過去分詞.

Bess [bɛs; bes], **Bes·sie, Bes·sy** [`bɛsɪ; ˈbesɪ] *n.* Elizabeth 的暱稱.

‡**best** [bɛst; best] *adj.* 《good, well¹ 的最高級; ⬌ worst》**1** 最好的, 最優秀的, (身體)最佳狀態的. He is the *best* player on our team. 他是我們隊裡最出色的隊員/Bill is my *best* friend. 比爾是我最好的朋友/I thought it *best* to remain silent. 我想最好還是繼續保持沈默/It is *best* for her to marry Tom. = It is *best* that she (should) marry Tom. 她能嫁給湯姆是最好不過的/You're the *best* man for the job. 你是這項工作最適任的人選/The *best* thing to do is ask an expert to repair it. 最好是請專家來修理.
[語法](1)限定的用法通常加 the, 敘述的用法則不加 the: Paris in autumn. 巴黎秋天最好(的). (2)《口》兩個〔兩人〕的情形亦使用best: Jack is the *best* [better] golfer of the two. (這兩個人比起來, 傑克的高爾夫球打得最好).

2 (反諷)最壞的, 最糟糕的, 徹底的. the *best* liar 吹牛大王.
— *adv.* 《well¹ 的最高級》**最好地**, 最. I work

best under pressure. 我有壓力時工作做得最好/It is *best* left untouched. 最好是別去碰它/I like summer (*the*) *best*. 我最喜歡夏天(原級用 I like summer very much.).

as bést one máy [*cán*] → may 的片語.

* *bèst of áll* **最好不過的**. I like vanilla ice cream *best of all*. 我最愛吃香草冰淇淋.

had bést dò 最好是…; 應該…; (★將 had better do 加以強調的表現) *Had*n't we *best* take a taxi? 我們坐計程車不是最好嗎?

— *n.* **1** (加 the)**最好**, 最優, 最高級的物〔人〕; (⬌ worst). the next [second] *best* 次佳/That's the *best* of living in the country. 那才是鄉居生活最吸引人的地方/the *best*-of-seven series 七戰四勝制(先取得四場勝利者獲勝)/hope for the *best* (→ hope 的片語).

2 (加 my, his 等)**最佳狀態**; 全力. I've given my *best* for the company. 我爲公司盡了最大努力/He looks his *best* in his uniform. 他穿上制服看起來最好看.

3 (加 my, his 等)**盛裝**, 最好的衣服. The girl was in her (Sunday) *best*. 這女孩穿上她(週日上教堂穿的)最好的衣服.

4 (加 my, his 等)**問候**(best wishes). Please give my *best* to your mother. 請代我向伯母問好/She sends you her *best* (wishes). 她向你問安.

àll for the bést (1)爲求取最好的結果; 出於好意. (2)(即使最初並不看好)結果很順利. Things will turn out *all for the best*. 事情到頭來總會圓滿解決的.

Áll the bést! 祝身體健康!(乾杯時); 祝一路平安!(用於寫給友人的書信末尾)

* *at one's bést* **處於巔峰狀態**, 在頂盛時期. I wasn't *at* my *best* today. 我今天未能把最好的一面表現出來/The cherry blossoms are *at* their *best* now. 現在正是櫻花盛開的時候.

* *at (the) bést* **就最好的方面來說**, 充其量. *At best* he'll get 1,000 votes. 他充其量只能獲得一千張選票.

* *dò one's bést* **盡全力**. I *did* my *best* to beat him in the race. 我在比賽中使盡全力擊敗他.

for the bést = all the best.

gèt [*hàve*] *the bést of...* (吵架, 打架, 爭論等)戰勝…; (買賣等)佔上風, 佔便宜.

màke the bést of... (1)盡量利用(機會, 時間等). (2)盡量設法克服(不利的狀況等); 忍受(不利的條件等). *make the best* of a bad job [business, bargain] 千方百計使爛工作[惡劣的生意, 賠錢的交易]有所改善/I didn't want to work with him, but I *made the best of* it. 雖然我不想跟他一起工作, 不過我還是盡力而爲了.

the bèst párt of... …的大部分. I spent *the best part of* a year on the work. 我把一年中大部分的時間花在工作上/*the best part of* an inch 將近 1 英寸.

to the bést of one's abílity → ability 的片語.

to the bést of my knówledge [*mémory, recolléction*] 就我所知[依我的記憶].

with the bést (of them) 不亞於他人. He's only twelve but he plays chess *with the best of them.* 他只有 12 歲，但是下棋卻不輸別人.
— *vt.* 《口》打敗；搶先.

best-dressed [`bɛst`drɛst; ˌbest'drest] *adj.* 穿著最佳的.

bes·tial [`bɛstʃəl, -tɪəl; 'bestjəl] *adj.* 《文章》 **1** 野獸的. **2** 像野獸般的，殘忍的(brutal)；肉慾的. ⇨ *n.* beast.

bes·ti·al·i·ty [ˌbɛstʃɪ`ælətɪ, ˌbɛstɪ-; ˌbestɪ'ælətɪ] *n.* ⓤ《文章》獸性；獸慾.

bes·tial·ly [`bɛstʃəlɪ, -tɪəlɪ; 'bestjəlɪ] *adv.* 野獸般地；殘忍地.

be·stir [bɪ`stɝ; bɪ'stɜ:(r)] *vt.* (**~s; ~red; ~ring**)《文章》《僅用於下列用法》
bestír onesélf 活動，勤奮地工作.

*best-known [`bɛst`non; 'best'nəʊn] *adj.* 《well-known 的最高級》最知名的.

bést mán *n.* ⓒ (通常用單數)男儐相(↔brides-maid; → bride 圖).

be·stow [bɪ`sto; bɪ'stəʊ] *vt.* 《文章》授與，給與，《*on, upon*》. He *bestowed* a large amount of money *on* the institute. 他捐一大筆錢給該機構.

be·stow·al [bɪ`stoəl; bɪ'stəʊəl] *n.* ⓤⓒ《文章》授與.

be·strew [bɪ`stru, -`strɪu; bɪ'stru:] *vt.* (**~s; ~ed, be·strewn; ~ing**)《文章》 **1** 散發；散布，撒滿. **2** 覆蓋；堆積.

be·strewn [bɪ`strun, -`strɪun; bɪ'stru:n] *v.* bestrew 的過去分詞.

be·strid·den [bɪ`strɪdn̩; bɪ'strɪdn] *v.* bestride 的過去分詞.

be·stride [bɪ`straɪd; bɪ'straɪd] *vt.* (**~s; -strode; -strid·den; -strid·ing**)《文章》跨，跨騎.

be·strode [bɪ`strod; bɪ'strəʊd] *v.* bestride 的過去式.

bést séller *n.* ⓒ暢銷作品.

best-sell·ing [`bɛst`sɛlɪŋ, ˌbest'selɪŋ] *adj.* 〔作品，作者等〕暢銷的.

***bet** [bɛt; bet] *v.* (**~s** [~s; ~s]; **~, ~·ted** [~ɪd; ~ɪd]; **~·ting**) *vt.* **1** (bet A on B)以 A (錢等)打賭 B. I *bet* ten dollars *on* that horse. 我下了 10 美元賭注在那匹馬上.
2 跟…打賭(*on*). I'll *bet* anybody *on* that. 只要是那件事，我跟誰打賭都可以.
3 (a) 句型3 (bet *that* 子句)敢打賭肯定是…，保證…絕對不會錯，一定是…. I'll *bet* (*that*) I can beat you to the tree. 要比賽跑到那棵樹我肯定不會輸你(到那棵樹的賽跑)，我敢打賭一定贏你.
(b) 句型4 (bet A *that* 子句)跟 A 打賭一定…，向 A 保證毫無疑問是…. I'll *bet* you (*that*) you're wrong about that. 我可以跟你打賭那件事一定是你錯了/He *bet* me twenty dollars (*that*) I wouldn't do it. 他跟我賭 20 美元我不會這樣做(★此例句中 bet 有三個受詞).
— *vi.* 賭(*on; against*)；打賭. I wouldn't *bet on* that horse if I were you. 如果我是你的話，就不會下注那匹馬.

---

bèt one's bóttom dóllar on...[*that*...]《俚》連最後一塊錢都拿出來對…下注；絕對是真的. You can *bet* your *bottom dollar that* he'll let us down again. 你絕對可以相信他還會再背叛我們.
Í'll bèt 《口》 (1) 沒錯，就是這樣，(2)《反問》(針對對方的說話內容)賭賭看，是嗎，未必. "I'll be home early this evening, dear." "*I'll bet!*"「今晚我會早點回家」「鬼才知道！」
You bét (*that*...) 《口》你可以賭…，(某人)擔保；絕對，真的. "Are you coming to the party tonight?" "*You bet* (I am)."「你會參加今晚的宴會嗎?」「絕對會！」/*You bet* I was surprised. 我真的嚇了一跳.
— *n.* (*pl.* **~s** [~s; ~s]) ⓒ **1** 打賭；下注的錢[物]. an even *bet* 輸贏機會各半之賭/win [lose] a *bet* 賭贏[輸]/He made a *bet* with her. = He made [laid] her a *bet*. 他跟她打賭.
2 《口》意見；預測. My *bet* is that John will get the job. 依我看約翰會獲得那份工作.
≒gamble, wager, stake.
one's bést bét 《口》最好的辦法[策略]. If you want him to tell you the truth, your *best bet* is to get him drunk. 如果你想讓他說真話，最好的辦法是灌醉他.

be·ta [`betə, `bitə; 'bi:tə] *n.* ⓤⓒ **1** 希臘字母的第二個字母; B, β; 相當於羅馬 b 字母的 b; → alpha. **2** 排列第二的事物，第二位的事物; (學業成績的)乙等.

be·take [bɪ`tek; bɪ'teɪk] *vt.* (**~s; -took; -tak·en; -tak·ing**)《古》《僅用於下列用法》
betáke onesélf to... 前往，去；專心於〔某事〕，努力做〔某事〕.

be·tak·en [bɪ`tekən; bɪ'teɪkən] *v.* betake 的過去分詞.

bête noire [ˌbet`nwɑr; ˌbeɪt'nwɑ:(r)] (法語) *n.* (*pl.* **bêtes noires** [ˌbet`nwɑrz; ˌbeɪt'nwɑ:z]) ⓒ 很討厭的事物[人].

Beth [bɛθ; beθ] *n.* Elizabeth 的暱稱.

Beth·le·hem [`bɛθlɪˌhɛm, `bɛθlɪˌhɛm; 'beθlɪhem] *n.* 伯利恆(巴勒斯坦的古都; 耶穌基督誕生地; 現在屬於約旦領土).

be·tide [bɪ`taɪd; bɪ'taɪd] *v.* 《雅》 *vt.* 〔不幸等〕發生，降臨. Woe *betide* him! 但願災禍降臨他身上!
— *vi.* 發生(happen). whatever may *betide* 無論發生什麼事.

be·to·ken [bɪ`tokən; bɪ'təʊkən] *vt.* 《文章》前兆，預示.

be·took [bɪ`tuk; bɪ'tʊk] *v.* betake 的過去式.

***be·tray** [bɪ`tre; bɪ'treɪ] *vt.* (**~s** [~z; ~z]; **~ed** [~d; ~d]; **~·ing**) **1** 背叛，出賣(同伴，祖國等)(*to*). He repented having *betrayed* his country *to* the enemy. 他後悔向敵人出賣祖國.
2 欺騙(女性等)；背棄(約定等).
3 洩露(祕密)；密告. She *betrayed* his hiding place *to* the police. 她向警察密告他的藏身處.

B

4 (a) 不慎暴露，露出，〔缺點，無知等〕；暴露〔人〕的本性，表露真心。Her face *betrayed* her real feelings. 她的表情顯露了她真正的感情。
〔搭配〕betray＋*n*.: ~ anger（憤怒溢於言表），~ disappointment（露出失望的表情），~ fear（流露恐懼），~ ignorance（暴露無知），~ weakness（暴露弱點）.
(b) 〔句型５〕(betray **A** B/**A** *to be* **B**)顯示A即是B，表示。His accent *betrays* him *to be* a Frenchman. 他說話的口音透露了他是法國人。
betráy onesèlf（無意中）吐真言，原形畢露，「露出馬腳」，顯露本性。

be·tray·al [bɪˈtreəl; bɪˈtreɪəl] *n*. **1** ⓤ背叛；告密，賣國。**2** ⓒ背叛〔告密，背信〕的行為。

be·tray·er [bɪˈtreə; bɪˈtreɪə(r)] *n*. ⓒ背叛者；告密者；賣國賊；欺騙（女性）的男人。

be·troth [bɪˈtrɔθ, -ˈtroð; bɪˈtrəʊð] *vt*. 《文章》使訂婚(*to*)（通常用被動語態）. be *betrothed to* a person 跟某人訂婚。

be·troth·al [bɪˈtrɔθəl, -ˈtroð-; bɪˈtrəʊðl] *n*. ⓤⓒ《文章》婚約。

be·trothed [bɪˈtrɔθt, -ˈtroðd; bɪˈtrəʊðd] *adj*. 已訂婚的，未婚夫〔妻〕的。
— *n*. (加my, his 等)訂婚者，未婚夫〔妻〕；（作複數）(加the)已訂婚的男女。

＊**bet·ter**[1] [ˈbɛtə; ˈbetə(r)] *adj*. 《good, well[1]的比較級》(↔ worse) **1** 比較好的，比較優良的，《這個意思的原級通常是good》. Your plan seems better than mine. 你的計畫好像比我的好/Mary is a *better* swimmer than Jane. = Mary is *better* at swimming than Jane. 瑪莉比珍更會游泳/It will be *better* for you to keep away from such a man. 你離那種男人遠一點比較好。
2《敍述》(病情)較爲好轉的，較有精神的，《這種意思的原級是well》; 恢復健康的。The wounded are getting *better*. 傷者狀況漸趨好轉/She's much *better* today *than* yesterday. 她今天的身體狀況比昨天好多了。
3 大半的；《美》更多的(more)。the *better* part of one's income 收入的大部分/*better* than twenty people 超過20人。
àll the bétter → all *adv*. 的片語。
be bètter than one's wórd《口》做了比說的更多的事。
＊*nó* [*líttle*] *bétter than...* 簡直是…，與…一樣，跟…同樣壞。That fellow is *no better than* a swindler. 那個傢伙簡直就是個騙子。
＊*so mùch the bétter (for...)* → much *adv*. 的片語。
The móre, the bétter. 多多益善，愈多愈好。
The sóoner, the bétter. 愈快愈好。
— *adv*. 《well[1]的比較級》**1** 更好地，更高明地；更貼切地。He did the work *better* than anyone else. 他做這件事比誰都做得好/This point is *better* ignored. = It is *better* to ignore this point. 這一

2（愛好等）更加，愈加。Which do you like *better*, tea or coffee? 茶和咖啡你比較喜歡哪一種?《修飾like, love 等的原級通常不是well 而是very much：I like tea *very much*; ↔ best）/John is *better* loved than his father. 約翰比他父親更受到愛戴。
àll the bétter → all *adv*. 的片語。
be bétter óff 比較富裕〔舒適，方便〕(→ be well off; ↔ be worse off). He *is better off* than he was. 他比以前富裕了。
bétter stíll 更好的是，（比起那個）倒不如〔寧願〕。You can write to her about it. *Better still*, fax it. 你可以寫信告訴她這件事；用傳真更好。
＊*had bétter dò* 以…爲宜；應該…；最好(做)…。You *had better* do what they say. 你應該[最好]照他所說的去做/I *had better* not go today. 我今天最好不去[今天不去爲妙]/*Hadn't* we *better* be going soon? 我們是不是應該馬上去呢?/They *had better* have kept their mouths shut. 他們原本應該保持緘默的。 〔語法〕(1)常含有威脅、命令的語氣。(2)在口語中，had 常縮寫爲'd [d; d]，或省略不說：You *better* go now. (3) → advise 1 的。
knòw bétter 很懂得，明事理；知曉這類的事情。You should have *known better*. 你應該更清楚才是/He doesn't *know* any *better*. = He *knows* no *better*. 他只知道這麼一點。
knòw bétter than to dò 能分辨不要做…；沒有笨到做…。He *knows better than to* argue with her. 他並沒有笨到要跟她爭論的地步。
thìnk bétter of... → think 的片語。
— *n*. (*pl*. ~s [~z; ~z]) **1** ⓒ較好的人[物，事]。Which is the *better* of the two? 兩者中何者較好?/Will there ever be a *better*? 《文章》會出現比這更好的東西[人]嗎?
2（加my, his 等)上司，前輩。one's elders and *betters* 長輩和上級。
for bétter or for wórse = *for bétter for* [*or*] *wórse* 不論是好是壞，不論將來如何，《婚禮誓言的一部分》。
for the bétter 更好，變好。It all turned out *for the better* in the end. 結果一切變得很順利。
gèt [*hàve*] *the bétter of...* 勝過…；（商業行爲等）搶先…，佔上風。
— *vt*. 使更好，改良，改善。He *bettered* the world record in the high jump. 他刷新了跳高的世界紀錄。
bétter onesèlf 出頭，磨鍊自己，自求上進。

bet·ter[2] [ˈbɛtə; ˈbetə(r)] *n*. ⓒ打賭的人。

bètter hálf *n*. 《口》《諧》(加my, his 等)妻，伴侶。

bet·ter-known [ˌbɛtəˈnon; ˌbetəˈnəʊn] *adj*. well-known 的比較級。

bet·ter·ment [ˈbɛtəmənt; ˈbetəmənt] *n*. ⓤⓒ (地位的)提升，出頭。

bet·tor [ˈbɛtə; ˈbetə(r)] *n*. =better[2].

Bet·ty [ˈbɛtɪ; ˈbetɪ] *n*. Elizabeth 的暱稱。

＊**be·tween** [bəˈtwin; bɪˈtwiːn] *prep*. 【在兩者之間】 **1** 在(兩個，兩人)

之間(的) (→ among). the distance *between* New York and Chicago 紐約和芝加哥之間的距離/the relation *between* cause and effect 因果關係/There are some differences *between* British English and American English. 英式英語與美式英語之間有若干相異之處/Bill and Joan divided the candy *between* them. 比爾和瓊兩人把糖果分了.

【◎ between 與 among】
(1) between 通常用於兩者之間, 三個或三個以上則用 among; 三個以上的事物合在一塊, 若其中兩個成雙時亦用 between, among 只用在集合體中互不成雙的情況下. 例如,「三國間協定」是 A, B, C 三國 A⟷B, B⟷C, C⟷A 之間就權利、義務等個別地簽訂協定, 因此稱爲 a treaty between three nations.
(2) 倘若事物的位置明確時, 三個或三個以上的事物之間亦使用 between. The territory lies between two countries and an ocean. (該區域位於兩個國家和一片大洋之間).

2 (時, 數等)在…之間(的); (用 between **A** and **B**) 從 A 到 B 之間(的). The murder happened *between* 3 a.m. *and* 5 a.m. 謀殺發生於上午三時至五時之間/the numbers *between* 2 *and* 9 = the numbers from 3 through 8 二到九之間的數字 (注意 the numbers between 2 and 9 是從三到八的這些數字, 不包括二與九; 但計算年數等時, 有時亦會將頭一年或頭尾兩年都算在內).
3 從(兩個, 兩人)之中. Choose *between* these two. 請從這兩個中挑選.
4 (性質等)在…中間的; (用 between **A** and **B**)不屬於 A 或 B 的. She felt something *between* love *and* hatred. 她有一種又愛又恨的感覺.
5 (兩個或兩個以上的人)共同地, 協力地, 共同擁有地. The two boys cooked their meal *between* them. 兩個男孩一起做飯/We own a few hundred acres *between* the three of us. 我們三人共同擁有幾百英畝的土地(★在這種意思時, 三人以上也能用 between).

between Á and Ḃ 由於 A 和 B 等. *Between* the traffic and the dog's barking, he couldn't sleep. 馬路的嘈雜加上狗吠聲等使他無法入睡.
between oursélves = *between yòu and mé* = *between yòu and mè and the gátepost* 介於兩人間地; 不足爲外人道地. Let's just keep this *between ourselves,* shall we? 這件事, 就只有你知我知, 好嗎?
━━ *adv.* 在(兩個的)中間; 隔開地; 模稜兩可地. There were two rows of houses with a canal *between.* 有兩排房子, 中間有條溝渠.
in betwéen (1)夾在中間, 在中間; 間歇地. Father does gardening *in between.* 父親有個空暇弄弄花草. (2)搗亂, 干擾. Don't get *in between*! 別來打擾! (3)難以取捨地; 不明確地.

be‧twixt [bə`twɪkst; bɪ`twɪkst] *prep., adv.* (古) 《詩》 = between.

betwíxt and betwéen (口)模稜兩可的[地].

B

bev‧el [`bɛvl; 'bevl] *n.* © **1** (削去木板, 厚玻璃的邊的)斜面. **2** 斜角規.
━━ *vt.* (~s; ~d, (英) ~led; ~ing, (英) ~ling)截成斜面, 斜切, 使成斜面.

*****bev‧er‧age** [`bɛvrɪdʒ, `bɛvərɪdʒ; 'bevərɪdʒ] *n.* (*pl.* -ag‧es [~ɪz; ~ɪz]) © 《文章》飲料(通常指水以外的所有飲料, 如紅茶、咖啡、含酒精的飲料等). non-alcoholic *beverages* 無酒精飲料.

bev‧y [`bɛvɪ; 'bevɪ] *n.* (*pl.* bev‧ies) © **1** (小鳥, 特指鵪鶉的)群. **2** (婦女等的)一群.

be‧wail [bɪ`wel; bɪ'weɪl] *v.* 《文章》 *vt.* 悲歎.
━━ *vi.* 悲歎.

*****be‧ware** [bɪ`wɛr, ‑`wær; bɪ'weə(r)] *v.* (僅用祈使語氣和不定詞形式) *vi.* 當心, 注意, (*of*). *Beware of* the dog! 當心惡犬!
━━ *vt.* 當心, 小心, 注意; 句型3 (beware *that* 子句/*wh* 子句)注意…. *Beware* (*that*) you don't get into trouble. 小心不要捲進麻煩裡.

*****be‧wil‧der** [bɪ`wɪldɚ; bɪ'wɪldə(r)] *vt.* (~s [~z; ~z]; ~ed [~d; ~d]; -der‧ing [-drɪŋ, -dərɪŋ; -dərɪŋ]) 使人困惑, 使困惑, (→ confound, confuse 回). We are all *bewildered* by her change of heart. 我們大家都搞不懂她變心的原因.

be‧wil‧der‧ing [bɪ`wɪldrɪŋ, ‑`wɪldərɪŋ; bɪ'wɪldərɪŋ] *adj.* 使人困惑的.

be‧wil‧der‧ment [bɪ`wɪldɚmənt; bɪ'wɪldəmənt] *n.* Ⓤ困惑; 驚惶失措.

be‧witch [bɪ`wɪtʃ; bɪ'wɪtʃ] *vt.* **1** 施魔法. **2** 蠱惑, 使出神.

be‧witch‧ing [bɪ`wɪtʃɪŋ; bɪ'wɪtʃɪŋ] *adj.* 使人入迷的, 有魅力的.

be‧witch‧ing‧ly [bɪ`wɪtʃɪŋlɪ; bɪ'wɪtʃɪŋlɪ] *adv.* 迷人地, 迷惑人地.

be‧yond [bɪ`jɑnd, bɪ`ɑnd; bɪ'jɔnd] *prep.* **1** 在[場所]的那邊, 越過, (→ over 5 回). My house is *beyond* that bridge. 我的房子在橋的那一邊/What is *beyond* those hills? 山那邊有甚麼?/letters from *beyond* the seas 來自大海那一邊[從海外來]的信(★ beyond the seas 成爲名詞片語).
2 過了[時間](★此意義通常用 after). He works *beyond* office hours twice a week. 他一週加班兩次.
3 超過(能力, 程度, 範圍等), …所不能及之處. It's *beyond* me. 這個我不能(理解)/*beyond* all praise 再怎麼讚美也不爲過/*beyond* description 難以形容/*beyond* doubt (→ doubt 的片語)/*beyond* belief (→ belief 片語)/*beyond* recognition (→ recognition 的片語).
4 (用於否定句、疑問句)在…以上; 除了…之外(besides); …以外(except). *Beyond* that I cannot help you. 除此以外我就無法幫助你了.

B

— *adv.* 在(遙遠的)那邊. *Beyond* was the sea. 海就在遙遠的那一邊/I believe in the life *beyond*. 我相信有來世.

　— *n.* (加the)彼岸; 來世.

Bhu·tan [buˈtɑn, -ˈtæn; buːˈtɑːn] *n.* 不丹(喜馬拉雅山脈中的王國; 首都 Thimbu).

Bi (符號) bismuth.

bi- *pref.* 「二, 兩, 雙, 重, 複 等」之意(→ di-). *bicycle*. *biplane*. *bilingual*.

bi·an·nu·al [baɪˈænjuəl; baɪˈænjʊəl] *adj.* 一年兩次的, 半年一次的. 注意「兩年一度」是 biennial.

bi·an·nu·al·ly [baɪˈænjuəlɪ; baɪˈænjʊəlɪ] *adv.* 每年兩次; 每半年.

*bi·as [ˈbaɪəs; ˈbaɪəs] *n.* (*pl.* ~es [~ɪz; ~ɪz]) UC 【傾斜】 **1** 先入為主的觀念, 偏見(prejudice), 《*toward*, *for*, *against*》; (心理上的)傾向. You have to judge the case without *bias*. 你必須對這件事作出公正的判斷/She has a *bias toward* [*against*] American literature. 她一開始就對美國文學抱有好感[反感](★依照 bias 之後的介系詞產生不同的意思).

2 (布料剪裁的)斜線; 斜裁布料《與經紗成對角剪裁的布料》.

　— *adj.* 斜的, 傾斜的.

　— *vt.* (~**es**, (英) ~**ses** [~ɪz; ~ɪz]; ~**ed**, (英) ~**sed** [~t; ~t]; ~**ing**, (英) ~**sing**)使存偏見. He's *biased against* [*in favor of*] Christianity. 他對基督教持有偏見[抱有好感].

[bias 2]

bi·ased, (主英) **bi·assed** [ˈbaɪəst; ˈbaɪəst] *adj.* 存偏見的, 有片面意見的; 抱有偏見的《*against* 對...反感地; *toward* 對...有好感地》. ↔ unbiased.

bi·ath·lon [baɪˈæθlən; baɪˈæθlɒn] *n.* U 滑雪射擊(20公里滑雪和射擊組合而成的一種比賽; 冬季奧林匹克運動會比賽項目之一).

bib [bɪb; bɪb] *n.* C **1** 圍兜.

2 (圍裙等的)上半部.

***Bi·ble** [ˈbaɪbl; ˈbaɪbl] *n.* (*pl.* ~**s** [~z; ~z]) **1** (加 the) (基督教的)聖經(由 the Old Testament (舊約)和 the New Testament (新約)組成); C (一本的)聖經. a leather-bound *Bible* 皮面的聖經/His speech was full of quotations from the *Bible*. 他的演講大量引用聖經的句子. 參考 主要的英譯聖經: the Authorized Version (欽定英譯聖經), the Revised Version (聖經修訂本), the Revised Standard Version (聖經標準修訂譯本), the New English Bible (聖經新英譯本). **2** C (通常 bible) (泛指)經典; 有權威的書籍, 「經典」, 「聖經」. The book became a *bible* for everyone interested in English history. 這本書成為所有對英國史有興趣的人必讀之書/the bird-watcher's *bible* 賞鳥者的「聖經」[經典著作].

⇨ *adj.* Biblical, biblical.

●── **Bible**

由舊約聖經(the Old Testament)與新約聖經(the New Testament)組成.

舊約聖經包括:

Genesis (創世記), Exodus (出埃及記), Ruth (路得記), Kings (列王紀), Job (約伯記), the Psalms (詩篇), the Song of Solomon (雅歌)等.

新約聖經包括:

四福音書(Gospel), 也就是 Matthew (馬太福音), Mark (馬可福音), Luke (路加福音)與 John (約翰福音), 此外還包括 the Acts of the Apostles (使徒行傳), the Epistle to the Romans (羅馬書), the Revelation (啟示錄)等.

Bíble clàss *n.* C 查經班(主日學校等的).

Bib·li·cal, bib·li·cal [ˈbɪblɪk]; ˈbɪblɪk]] (★注意發音) *adj.* 聖經的, 聖經中有的. a *Biblical* quotation 源自聖經的引文.

biblio- 《構成複合字》「書」之意. *biblio*graphy. *biblio*phile.

bib·li·og·ra·pher [ˌbɪblɪˈɑgrəfə; ˌbɪblɪˈɒɡrəfə(r)] *n.* C 研究目錄學者, 書誌學者; 書目編纂者.

bib·li·og·ra·phy [ˌbɪblɪˈɑgrəfɪ; ˌbɪblɪˈɒɡrəfɪ] *n.* (*pl.* -**phies**) **1** U 書誌學, 目錄學, (研究書籍的作者、出版年月日、版本、印刷體裁等). **2** C 書目; (有關作者, 書名的)著書目錄, 參考文獻目錄.

bib·li·o·phile [ˈbɪblɪəˌfaɪl; ˈbɪblɪəʊfaɪl] *n.* C 書籍愛好者, 藏書家.

bib·u·lous [ˈbɪbjələs; ˈbɪbjʊləs] *adj.* (詼)嗜酒的.

bi·cam·er·al [baɪˈkæmərəl; baɪˈkæmərəl] *adj.* 〔議會〕兩院制的(→ unicameral).

bi·car·bo·nate [baɪˈkɑrbənɪt, -ˌnet; baɪˈkɑːbənət] *n.* U (化學)碳酸氫鹽.

bicārbonate of sóda *n.* U 小蘇打, 碳酸氫鈉.

bi·cen·te·nar·y [baɪˈsɛntəˌnɛrɪ, ˌbaɪsɛnˈtɛnərɪ; ˌbaɪsɛnˈtiːnərɪ] 《主英》 *adj.*, *n.* (*pl.* -**nar·ies**) = bicentennial.

bi·cen·ten·ni·al [ˌbaɪsɛnˈtɛnɪəl; ˌbaɪsɛnˈtenjəl] 《美》 *adj.* 每隔兩百年的; 兩百年的. the *bicentennial* anniversary 兩百週年紀念慶典.

　— *n.* C 兩百週年慶.

bi·ceps [ˈbaɪsɛps; ˈbaɪseps] *n.* (*pl.* ~, ~**es**) C (解剖)二頭肌(能隆起的肌肉; → arm 圖).

bick·er [ˈbɪkə; ˈbɪkə(r)] *vi.* 吵架, 爭吵, 《*over*, *about* (無聊的小事)》.

***bi·cy·cle** [ˈbaɪˌsɪk], ˈbaɪsɪk]; ˈbaɪsɪk]] *n.* (*pl.* ~**s** [~z; ~z]) C 腳踏車, 自行車, (參考 在《口》中多半用 bike; → tandem). ride (on) a *bicycle* 騎腳踏車/He goes to school by [on a] *bicycle*. 他騎腳踏車上學.

搭配 *v.* + bicycle: get off a ~ (下腳踏車), get on a ~ (騎腳踏車), pedal a ~ (踩腳踏車).

　— *vi.* 騎腳踏車, 騎腳踏車去, (★ cycle 更為常

B

bi·cy·clist [ˈbaɪˌsɪklɪst, -sɪklɪst; ˈbaɪsɪklɪst] *n.* ⓒ 騎腳踏車的人.

✽bid [bɪd; bɪd] *v.* (~s [~z; ~z]; **bade**, ~; ~**den**, ~; ~**ding**) (★ *vt.* 1 以及 *vi.* 的過去式、過去分詞是 bid; 其他的過去式用 bade, 過去分詞是 bidden, 但亦有都用 bid 者).

vt. 【 說出意向 】 **1** (拍賣時)叫價, 出價, 《*for*》; 《紙牌》叫牌. I *bid* ten dollars *for* the old stove. 我出價 10 美元買這個舊爐子.

2 《文章》 句型4 (bid **A** B), 句型3 (bid B *to* A)向A陳述B. I *bade* farewell *to* the guests. 我向客人告別/She *bade* me good-by. 她對我說再見.

3 【下命令】《文章, 雅》 句型5 (bid **A** *do*)命令 A 做…. He *bade* me *stay* behind. 他命令我留下來/I was *bidden* *to* stay behind. 我被命令留下來.

語法(1)主動語態通常在受詞後接原形, 被動語態則接 to 不定詞. (2)一般用 tell, 如 He *told* me to stay behind.

【 邀請 】 **4** 《文章》邀請(invite).

— *vi.* **1** 出價, 叫價, 《*for*》; 投標(《*for, on*》). Is anyone else *bidding*? 還有人出價嗎?/I *bid* against him. 我跟他競標.

2 努力爭取(*for* 〔支持等〕).

bid fáir to dò 《雅》很有希望…, 很有可能….

bìd/.../ín 〔物主〕出高價保留〔標售物〕(因未能取得所聞的價格).

bìd/.../úp 哄抬…的價錢.

— *n.* ⓒ **1** (a)(拍賣)的買價; 投標(的機會). invite *bids* for the construction of a museum 邀人投標博物館的建築工程. (b)《紙牌》叫牌. My *bid* is two hearts. (玩橋牌時)我喊紅心 2/It's your *bid* now. 換你叫牌了.

2 努力, 嘗試, 《*for* 〔名譽等〕). He failed in his *bid for* the Presidency. 他出馬競選總統失敗.

màke a bíd for... 對…出價, 叫價; 欲獲取〔名聲, 地位等〕. *make a bid for* £200 *for* an old book (拍賣)出價 200 英鎊購買舊書.

bid·da·ble [ˈbɪdəbḷ; ˈbɪdəbl] *adj.* 溫順的, 順從的.

bid·den [ˈbɪdn̩; ˈbɪdn] *v.* bid 的過去分詞.

bid·der [ˈbɪdɚ; ˈbɪdə(r)] *n.* ⓒ 出價者; 投標人.

bid·ding [ˈbɪdɪŋ; ˈbɪdɪŋ] *n.* ⓤ **1** (拍賣 的)出價; (紙牌遊戲的)叫牌. **2** 命令; 邀請.

bide [baɪd; baɪd] *vt.* (~s; **bode**, **bid·ed**; **bid·ed**; **bid·ing**)《用於下列片語》

bìde one's tíme 等待時機來臨. I'm *biding* my *time* until I get the chance for revenge. 我要一直等到復仇的機會來臨.

bi·det [bɪˈde; ˈbiːdeɪ] (法語) *n.* ⓒ 坐浴盆(生殖器、肛門的洗淨器).

bi·en·ni·al [baɪˈɛnɪəl; baɪˈenɪəl] *adj.* **1** 兩年一次的, 隔年的; 兩年的.

2 《植物》兩年生的. 參考 annual 指草等「一年生的」, perennial 指「多年生的」; 至於「三年一度」稱作 triennial.

— *n.* ⓒ **1** 二年生植物.

2 隔年的活動〔儀式, 現象〕; 雙年展(隔年舉辦的美術展等).

bi·en·ni·al·ly [baɪˈɛnɪəlɪ; baɪˈenɪəlɪ] *adv.* 每兩年地.

bier [bɪr; bɪə(r)] *n.* ⓒ (放置棺材或屍體的)靈柩檯, 棺架(用於安置棺材或將棺材運到墓地).

bi·fo·cal [baɪˈfokḷ; ˌbaɪˈfəʊkl] *adj.* 雙重焦點的, 遠近兩用的, (→ focal). *bifocal* lenses 雙重焦點的鏡片.

— [ˈbaɪfokḷ, baɪˈfok; ˌbaɪˈfəʊkl] *n.* ⓒ **1** 雙重焦點鏡片. **2** (bifocals)遠近兩用眼鏡.

bi·fur·cate [ˈbaɪfɚˌket, baɪˈfɝ·ket; ˈbaɪfəkeɪt] *v.* 《文章》 *vt.* 使分叉.

— *vi.* 分叉.

— [ˈbaɪfɚˌket, baɪˈfɝ·kɪt; ˈbaɪfəkeɪt] *adj.* 分叉的.

bi·fur·ca·tion [ˌbaɪfɚˈkeʃən; ˌbaɪfəˈkeɪʃn] *n.* ⓤ 分歧, 分叉, 分為兩部分; ⓒ 分歧點.

✽big [bɪg; bɪg] *adj.* (~**ger**; ~**gest**)【 大的 】 **1** 大的, 大型的, (↔ little). a *big* tree 大樹/a *big* city 大城市/a *big* voice 大聲/*big* money 很多錢, 高額的收入〔支出〕/a *big* letter 大字/How *big* is your fridge? 你家的冰箱有多大? 同 big 是表示「大」最常用的字, large 客觀地表示寬度、高度、長度以及份量之大小或多少; 相對地, big 則特指體積的大小. great 常表示抽象的「偉大的」, 但是, big

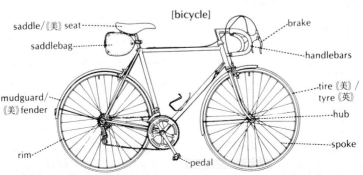

[bicycle]

saddle/《美》seat

saddlebag

mudguard/《美》fender

rim

pedal

brake

handlebars

tire《美》/ tyre《英》

hub

spoke

常含有另一層意義，用以代替 large, great. 如: a big man 除「大而胖的人」之外，還意味著「偉人」(a great man)；a large man 是「身材高大肩膀寬的人」. 還有, big 是 little 的反義字，常說 big and little, large and small, 而不是 big and small.

2 已成長的，長大的. a *big* boy 長大的男孩.

3 年長的. one's *big* brother [sister] 兄[姊]《★弟[妹]是 one's little brother [sister]》.

4 【重要的】(a)重要的，重大的，偉大的. a *big* man 大人物，名人/a *big* fight 重要的戰役/*big* news 重要的新聞. (b)《口》有野心的；高傲的，擺架子的. have *big* ideas 想做大事，想當大人物/*big* words 吹牛之詞，大話/look *big* 自以爲了不起的.

5 《口》寬宏大量的，寬大的. "Shall I go there instead of you?" "That's very *big* of you." 「我代替你去好嗎?」「那太謝謝你了.」

6 【鼓得很大的】《敍述》《文章》(a)懷孕的，快生下來的《*with*》. She is *big with* child. 她懷孕了. (b)包含《*with* 〔問題等〕》，充滿《*with*》. eyes *big with* tears 眼裡盡是淚水.

7 【程度大】《限定》大的，多的，格外大的. a *big* eater 食量很大的人.

big déal 《口》重要的事[人]. make a *big deal* about 爲…而大驚小怪.

gèt [gròw] too bíg for one's bóots [pánts, bréeches] 《口》驕傲，自滿，擺架子，逞威風.

— *adv.* 《口》誇大地；擺架子地. talk *big* (→talk 的片語)/think *big* (→ think 的片語).

bi·ga·mist [ˋbɪgəmɪst; ˈbɪgəmist] *n.* ⓒ重婚者.

big·a·mous [ˋbɪgəməs; ˈbɪgəməs] *adj.* 犯重婚罪的；同時有兩個妻子[丈夫]的.

big·a·my [ˋbɪgəmɪ; ˈbɪgəmi] *n.* ⓤ重婚(罪).

Bíg Ápple *n.* 《加 the》對 New York 市的暱稱.

bíg báng théory *n.* 《加 the》宇宙大爆炸生成論《認爲宇宙由大爆炸形成，現在其碎片仍在向遠處飛散》.

Bíg Bén *n.* 英國國會議堂塔上的大鐘.

Bíg Bróther *n.* 獨裁者，獨裁政府[組織等]，《裝做親切關心的樣子來徹底地監視控制人民；源自 Orwell 的 *Nineteen Eighty-Four*》.

bíg búsiness *n.* ⓤⒸ大企業；大生意.

Bíg Dípper *n.* 《加 the》《美》北斗七星《大熊座 的；《主 英》plough》.

bíg gáme *n.* ⓤ **1** 大型的獵物《象，獅子等》；大型的漁獵物《鮪魚，旗魚等》. **2** 《欲成功取得，便需甘冒風險的》大獵物，大目標.

big·horn [ˋbɪgˌhɔrn; ˈbiɡhɔːn] *n.* (*pl.* ~, ~s) ⓒ大角羊《分布於落磯山

脈的野生羊；又稱 Rócky Móuntain shéep》.

bight [baɪt; bait] *n.* ⓒ **1** 海岸線[河岸]寬緩的彎曲，海灣，灣. **2** 繩圈，繩子打圈的部分.

big·ot [ˋbɪgət; ˈbigət] *n.* ⓒ頑固者，古怪的人.

big·ot·ed [ˋbɪgətɪd; ˈbigətid] *adj.* 頑固的，乖僻的.

big·ot·ry [ˋbɪgətrɪ; ˈbigətri] *n.* (*pl.* **-ries**) ⓤⒸ頑固(的行爲，態度等)，固執.

bíg stíck *n.* 《加 the》(軍事的)威脅；(政治的)壓力.

bíg tálk *n.* ⓤ吹牛，虛張聲勢.

bíg tóe *n.* ⓒ腳的大拇趾.

bíg tóp [《英》ˊ ˋ; ˈ ˈ] *n.* ⓒ馬戲團的大帳篷.

bíg trée *n.* ⓒ巨杉，大樹，《產於美國 California 的巨樹》. → sequoia.

bíg whéel *n.* ⓒ《主英》=Ferris wheel.

big·wig [ˋbɪgˌwɪg; ˈbigwig] *n.* ⓒ《口》大亨，大人物.

＊bike [baɪk; baik] *n.* (*pl.* ~s [~s; ~s]) ⓒ腳踏車，自行車，(bicycle)；摩托車(motorcycle). My father goes to work by *bike*. 我父親騎腳踏車[摩托車]上班.
— *vi.* 騎腳踏車[摩托車]去.

Bi·ki·ni [bɪˋkinɪ; biˈkiːni] *n.* **1** 比基尼《太平洋馬紹爾群島中的環礁；1946 年美國在此進行原子彈爆炸試驗》. **2** ⓒ (bikini)比基尼《一種女用泳裝》.

bi·la·bi·al [baɪˋlebɪəl; ˌbaiˈleibjəl] 《語音學》 *adj.* 雙唇(音)的.
— *n.* ⓒ雙唇音《[p, b, m; p, b, m] 等》.

bi·lat·er·al [baɪˋlætərəl; ˌbaiˈlætərəl] *adj.* **1** 兩面的，雙方的. *bilateral* symmetry 左右對稱. **2** 《法律》《商業》雙邊的(→ unilateral). a *bilateral* contract (truce) 雙邊協定[相互停戰協定].

bi·lat·er·al·ly [baɪˋlætərəlɪ; ˌbaiˈlætərəli] *adv.* 雙方地，雙邊地.

bil·ber·ry [ˋbɪlˌbɛrɪ; ~bəri; ˈbilbəri] *n.* (*pl.* **-ries**) ⓒ杜鵑科覆盆子屬植物的總稱；歐洲越橘.

bile [baɪl; bail] *n.* ⓤ **1** 膽汁. **2** 悶悶不樂；發脾氣. ⇨ *adj.* **bilious**.

bilge [bɪldʒ; bildʒ] *n.* **1** ⓒ(船舶)(船底內外的)彎曲部. **2** ⓤ船底的積水，污垢.

bi·lin·gual [baɪˋlɪŋgwəl; ˌbaiˈliŋgwəl] *adj.* 說兩種語言的；用兩種語言的(辭典等). a *bilingual* dictionary 雙解辭典(英英、英漢雙解辭典).
— *n.* ⓒ使用兩國語言者.

bi·lin·gual·ism [baɪˋlɪŋgwəlˌɪzəm; ˌbaiˈliŋgwəlizm] *n.* ⓤ使用兩種語言.

bil·ious [ˋbɪljəs; ˈbiljəs] *adj.* **1** 膽汁的；膽汁分泌過多(所引起)的. **2** 易怒的，脾氣壞的. ⇨ *n.* **bile**.

bilk [bɪlk; bilk] *vt.* 賴[帳等]；從…騙取《*out of*》. He *bilked* me (*out*) of all my money. 他把我的錢全部騙走了.

Bill [bɪl; bil] *n.* William 的暱稱.

＊bill[1] [bɪl; bil] *n.* (*pl.* ~s [~z; ~z]) ⓒ **1** 帳單，付款通知單，賒帳. a gas *bill* 瓦斯繳費通知單/a doctor's *bill* 醫療費/He didn't allow me to pay the *bill* for the dinner. 他不讓我付晚餐的帳/Give me the *bill*, please. (在餐廳等)請結帳.

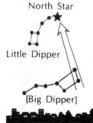

North Star

Little Dipper

[Big Dipper]

2 (廣告)傳單, 海報, 廣告單. Post No *Bills*. 請勿張貼廣告(告示)/circus [concert] *bills* 馬戲團[音樂會]的海報.

3 目錄, 表, 明細表. a *bill* of expenditure 支出明細表.

4 (議會)法案, 議案. They introduced a *bill* in Congress. 他們向國會提交法案/The tax *bill* was passed yesterday. 那件稅收法案已於昨日通過.

5 (美)紙幣, 鈔票, (banknote; (英) note). a ten dollar *bill* 10 美元的鈔票.

6 票據, 匯票, (亦稱bill of exchánge). a dishonored *bill* 無法兌現的票據/a *bill* payable [receivable] 應付[應收]票據.

7 (戲劇等的)戲目, 節目單.

fíll the bíll 《口》滿足要求, 正合所需. After swimming a glass of orange juice really *fills the bill*. 游泳之後來杯柳橙汁是再好不過了.

fóot the bíll 《口》承擔全部的經費[帳]; 負全責. Our professor *footed the bill* for us all. 我們的教授替大家付了帳.

héad [tóp] the bíll 《口》(名字)登在節目單開頭的位置上(作爲主演者).

—— *vt.* **1** 送帳單給…. They *billed* us for six bottles. 他們送來六瓶的帳單. **2** 用海報[宣傳單]做宣傳. **3** 句型5 (bill A *to* do)宣傳[加以公布]A要做…. Jane was *billed to* appear as Ophelia. 由珍飾演奧菲莉亞.

✱bill² [bɪl; bil] *n.* (*pl.* ~s [~z; ~z]) © (特指鴿子, 水鳥等成直的)鳥嘴, 喙, (→ beak); 鳥嘴狀的東西(海龜的嘴, 海角的尖端等).

bill·board [ˋbɪl͵bord, -͵bɔrd; ˈbilbɔːd] *n.* ©(主美)(屋外的)廣告牌, 布告牌.

bil·let [ˋbɪlɪt; ˈbilit] *n.* © **1** (軍事)(士兵)借宿之民房. **2** 差事, 職務, (job).

—— *vt.* 分配, 安排(士兵)住處, (on, in, at).

bil·let-doux [͵bɪleˋdu; ͵bileiˈduː] (法語) *n.* (*pl.* **billets-doux** [͵bɪleˋduz; ͵bileiˈduːz]) ©(詼)情書.

bill·fold [ˋbɪl͵fold; ˈbilfəuld] *n.* ©(美)皮夾(wallet).

bil·liard [ˋbɪljəd; ˈbiljəd] *adj.* (限定)撞球的. a *billiard* parlor 撞球場/a *billiard* table 撞球檯.

bil·liards [ˋbɪljədz; ˈbiljədz] *n.* (作單數)撞球. play (at) *billiards* 打撞球.

✱bil·lion [ˋbɪljən; ˈbiljən] *n.* (*pl.* ~, ~s [~z; ~z]) © **1** 十億(million 的千倍). hundreds of *billions* of dollars 幾千億美元.

2 (英, 古)一兆(million 之百萬倍).

bil·lion·aire [͵bɪljənˋɛr, -ˋær; ͵biljəˈneə(r)] *n.* ©億萬富翁(→ millionaire).

bil·lionth [ˋbɪljənθ; ˈbiljənθ] *adj.* 第十億的; 十億分之一的.

—— *n.* ©第十億; 十億分之一.

bíll of fáre *n.* ©菜單, 菜譜.

bíll of ríghts *n.* © (加the)基本人權宣言.

bil·low [ˋbɪlo, ˋbɪlə; ˈbiləu] *n.* ©(文章) **1** 巨浪. **2** (煙, 雲, 聲音等的)大波浪.

—— *vi.* 《文章》起巨浪, 波濤洶湧; (帆等因風)而膨脹揚起.

bil·low·y [ˋbɪləwɪ; ˈbiləui] *adj.* 《文章》(大海等)波浪洶湧的, 大浪翻騰的; 巨浪般的; 膨脹的.

bil·ly [ˋbɪlɪ; ˈbili] *n.* (*pl.* **-lies**) © **1** 短棍.

2 《美, 口》(警察的)警棍.

bílly gòat *n.* ©公羊(★母羊是nanny goat).

bi·month·ly [baɪˋmʌnθlɪ; ͵baiˈmʌnθli] *adj.* **1** 兩個月一次的, 隔月的. **2** 一個月兩次的. 注意 有1和2兩種用法, 意義容易混淆, 因而表示第2個意思時如用 semimonthly 就不會弄錯了; → biweekly.

—— *adv.* 隔月地; 一個月兩次地.

—— *n.* (*pl.* **-lies**) ©隔月發行的出版物, 雙月刊, (→ periodical 表).

bin [bɪn; bin] *n.* © (有蓋的)大箱子(放置煤, 穀物, 垃圾等); (煤, 穀物, 垃圾等的)存放處. a coal *bin* 煤的貯藏箱[存放處]/a trash *bin* 垃圾箱.

bi·na·ry [ˋbaɪnərɪ; ˈbainəri] *adj.* 兩個的, 由兩個組合而成的; 《化學》由兩種元素合成的; 《數學》二進位的, 二元的. the *binary* system 二進位法.

bin·au·ral [bɪnˋɔrəl; bainˈɔːrəl] *adj.* 兩耳用的.

2 (收音機, 唱片等)立體聲的(→ monaural).

✱bind [baɪnd; baind] *v.* (~s [~z; ~z]; **bound**; ~ing) *vt.* 〖綁緊〗 **1** (a)綁, 縛, 繫結, 捆綁; (up)(→ tie 同). I *bound up* the books with string. 我用繩子把書捆好/The thief was *bound* hand and foot. 小偷的手腳被綁起來了/Help me *bind* the papers *into* bundles. 幫我把報紙綁成一捆一捆的. (b)(精神上)連結, 使團結.

2 (常用被動語態)(a)束縛, 約束, 扣住. I won't be *bound* by any promise. 我不要被任何約定所束縛/We *bound* her to secrecy. 我們要她發誓保守祕密. (b)句型5 (bind A *to* do)使A必須做…. be *bound* to do (→ bound 的片語).

3 捲住; 纏…綳繃帶(up). The doctor *bound* (up) my wounds. 醫生替我包紮傷口.

〖固定〗 **4** 裝訂; 裝訂(書籍); 把(數張紙)訂在一起. a book *bound* in leather 用皮革裝訂的書.

5 給(布料等)鑲邊(使其不脫線散開).

6 使凝固(with (水泥等)); (用黏著劑等)黏合(to); (通常用被動語態)(雪或冰等)封住, 使便祕. They are *binding* the gravel *with* cement to repair the road. 爲了修路, 他們用水泥使沙礫凝固/ice-bound [snowbound] 被冰[雪]封住的(→ 見ice-bound, snowbound).

—— *vi.* **1** 綁, 捆, 束. **2** 束縛, 有約束力.

3 鞏固; 紮; 〔衣服〕變窄, 過緊.

bìnd a pérson óver to dó 《法律》使人負法定的義務.

bìnd onesélf to dó 發誓要…, 保證….

—— *n.* © 《口》困難的處境; 麻煩的事物.

bind·er [aU 略] [ˋbaɪndə; ˈbaində(r)] *n.* **1** ©綁的人. ©裝訂工. **3** ℧©黏合劑(水泥, 橡膠, 焦油等). **4** ©(活頁式筆記本等的)活頁夾. **5** ©(農業用的)收割捆束機.

bind·er·y [ˋbaɪndərɪ, -drɪ; ˈbaindəri] *n.* (*pl.*

-er·ies Ⓒ 裝訂廠.

bind·ing [`baɪndɪŋ; 'baɪndiŋ] *adj.* **1** 縛住的; 黏合的. **2** 有約束力的; 使承擔義務的; 《*on, upon*》. an agreement *binding on* both parties 使當事人雙方承擔義務的協定, 雙邊協定.
— *n.* **1** Ⓤ裝訂. Ⓒ封面(cover). **2** Ⓤ捆綁; 約束. **3** Ⓤ鑲邊的材料. **4** Ⓒ (固定滑雪鞋的)扣具.

bind·weed [`baɪnd,wid; 'baɪndwiːd] *n.* Ⓤ旋花屬植物(旋花科三色旋花屬植物的總稱).

binge [bɪndʒ; bɪndʒ] *n.* Ⓒ《口》(又吃又喝的)喧鬧作樂. go on a *binge* 大吃大喝喧鬧作樂.

bin·go [`bɪŋgo; 'bɪŋɡəʊ] *n.* Ⓤ賓果遊戲(以記有數字之卡片來決定輸贏的賭博遊戲).
— *interj.*《口》(表示突然的喜悅或驚訝)中了, 贏啦; 啊, 哎呀!

bin·na·cle [`bɪnək!; 'bɪnəkl] *n.* Ⓒ《海事》羅盤針箱.

bin·oc·u·lar [baɪ`nɑkjələ, bɪ-; baɪ'nɒkjʊlə(r), bɪ'nɒkjʊlə(r)] *adj.* 兩眼並用的. a *binocular* telescope 雙筒望遠鏡.
— *n.* Ⓒ (通常 binoculars)雙筒望遠鏡. a pair of *binoculars* 一副雙筒望遠鏡.
字源 OCUL「眼」: bin*ocul*ar (眼睛的), *ocul*ar (眼睛的), *ocul*ist (眼科醫生), mon*ocle* (單眼鏡).

bi·no·mi·al [baɪ`nomɪəl, baɪ'nəʊmjəl]《數學》*adj.* 二項(式)的. — *n.* Ⓒ二項式.

bio-《構成複合字》「生命」之意. *bio*graphy. *bio*logy.

bi·o·chem·i·cal [,baɪo`kɛmɪk!; ,baɪəʊ'kemɪkl] *adj.* 生物化學的.

bi·o·chem·ist [,baɪo`kɛmɪst; ,baɪəʊ'kemɪst] *n.* Ⓒ生物化學家.

bi·o·chem·is·try [,baɪo`kɛmɪstrɪ; ,baɪəʊ'kemɪstrɪ] *n.* Ⓤ生物化學.

bi·o·de·grad·a·ble [,baɪodɪ`gredəb!; ,baɪəʊdɪ'greɪdəbl] *adj.* (透過微生物等的作用)可分解還原為無害物質的.

bi·og·ra·pher [baɪ`ɑgrəfə, bɪ-; baɪ'ɒɡrəfə(r)] *n.* Ⓒ傳記作者.

bi·o·graph·i·cal, bi·o·graph·ic [,baɪə`græfɪk!; ,baɪəʊ' græfɪkl], [-fɪk; -fɪk] *adj.* 傳記(體)的. a *biographical* dictionary 人名辭典.

bi·o·graph·i·cal·ly [,baɪə`græfɪk!ɪ, -ɪklɪ; ,baɪəʊ'græfɪkəlɪ] *adv.* 傳記體裁地; 傳記上.

*****bi·og·ra·phy** [baɪ`ɑgrəfɪ, bɪ-; baɪ'ɒɡrəfɪ] *n.* (*pl.* **-phies** [~z; ~z]) **1** Ⓒ (個人的)傳記. He wrote a famous *biography* of Mozart. 他寫了一本著名的莫札特傳. **2** Ⓤ傳記文學.

bi·o·log·i·cal [,baɪə`lɑdʒɪk!; ,baɪəʊ'lɒdʒɪkl] *adj.* 生物學(上)的. *biological* control 生物防治(利用天敵防止害蟲, 害獸等).

bi·o·log·i·cal·ly [,baɪə`lɑdʒɪk!ɪ, -ɪklɪ; ,baɪəʊ'lɒdʒɪkəlɪ] *adv.* 生物學上.

bi·o·log·i·cal　war·fare *n.* Ⓤ生物戰, 細菌戰.

bi·ol·o·gist [baɪ`ɑlədʒɪst; baɪ'ɒlədʒɪst] *n.* Ⓒ生物學家.

*****bi·ol·o·gy** [baɪ`ɑlədʒɪ; baɪ'ɒlədʒɪ] *n.* Ⓤ生物學.

bi·on·ic [baɪ`ɑnɪk; baɪ'ɒnɪk] *adj.* 生物工學的; 《口》有神奇力量的.

bi·on·ics [baɪ`ɑnɪks; baɪ'ɒnɪks] *n.*《作單數》生物工學(從電子工學上來分析生物機能, 並以人工使之再現).

bi·o·rhy·thm [,baɪo`rɪðm; ,baɪəʊ'rɪðm] *n.* Ⓒ《生物》生物節律, 生體[生物]律動, (生物體內的週期性現象).

bi·o·tech·nol·o·gy [,baɪotɛk`nɑlədʒɪ; ,baɪəʊtek'nɒlədʒɪ] *n.* Ⓤ生物工程, 生物科技.

bi·par·ti·san [baɪ`pɑrtəzṇ; ,baɪpɑːtɪ'zæn] *adj.* 兩黨的, 兩黨聯合的; 《美》民主, 共和兩黨合作的, 超黨派的. *bipartisan* diplomacy 超黨派外交.

bi·par·tite [baɪ`pɑrtaɪt; ,baɪ'pɑːtaɪt] *adj.* **1** 由兩部分組成的; (契約等)一式兩份的. **2** 兩者(共有)的, 雙邊的. a *bipartite* agreement 雙邊協定.

bi·ped [`baɪpɛd; 'baɪped] *n.* Ⓒ兩足動物(人, 鳥等).

bi·plane [`baɪ,plen; 'baɪpleɪn] *n.* Ⓒ雙翼飛機 (→ monoplane).

[biplane]

birch [bɜtʃ; bɜːtʃ] *n.* Ⓒ樺樹(樺樹科白樺屬植物的總稱); Ⓤ樺樹的木材.
— *vt.* 用樺樹枝鞭打.

*****bird** [bɜd; bɜːd] *n.* (*pl.* ~**s** [~z; ~z]) Ⓒ **1** 鳥. keep [feed] a *bird* 養[餵]鳥. The early *bird* catches [gets] the worm.《諺》早起的鳥兒有蟲吃(早起的鳥捉得到蟲).
搭配 bird+*v.*: a ~ flies (鳥飛), a ~ mates (鳥交尾), a ~ nests (鳥築巢), a ~ perches (鳥停在棲木上), a ~ sings (鳥叫).
2 獵鳥(game bird).
3《像小鳥般可愛的孩子》(主英, 俚)女孩; (俚)像伙, 人. a queer *bird* 怪傢伙.

***a bìrd in the hánd** [*búsh*]《口》既得的利益[可能的利益].《<A bird in the hand is worth two in the bush.《諺》一鳥在手勝過二鳥在林》.

***A lìttle bírd tòld me.**《口》聽人說, 風聞.《源自聖經》.

*****an éarly bìrd**《口》早起的人, 早到的人.《<The early bird catches the worm.》. You're *an early bird* today—it's only 6 o'clock. 今天你起得真早, 現在才6點.

***bìrds of a féather**《口》同類(的人) (→ feather *n.* 1).

***èat like a bírd** 食量小, 吃得少, (↔ eat like a horse).

kĭll twò bírds with òne stóne 一石二鳥，一舉
兩得.

B

●──主要的鳥名

blackbird	黑鸝	canary	金絲雀
crow	烏鴉	cuckoo	布穀鳥
dove	(小型的)鴿	duck	鴨
eagle	鷲	goose	鵝
hawk	鷹	heron	鷺鷥
jay	樫鳥	kignfisher	翠鳥,魚狗
magpie	喜鵲	mallard	野鴨
nightingale	夜鶯	owl	貓頭鷹
pheasant	雉	pigeon	鴿子
robin	知更鳥	rook	白嘴鴉
skylark	雲雀	snipe	鷸
sparrow	麻雀	starling	白頭翁
stork	白鸛	swallow	燕子
swan	天鵝	wild duck	野鴨
woodpecker	啄木鳥	wren	鷦鷯

bird·call [ˋbɝd͵kɔl; ˈbɜːdkɔːl] *n.* Ⓒ **1** 鳥鳴聲.
2 (吸引鳥的)仿鳥鳴；鳥笛.

bird·ie [ˋbɝdɪ; ˈbɜːdɪ] *n.* Ⓒ **1** 小鳥(幼兒語).
2 《高爾夫球》以低於標準桿一桿的成績進洞(→ par
參考]).

bird·lime [ˋbɝd͵laɪm; ˈbɜːdlaɪm] *n.* Ⓤ 黏鳥膠.

bird·man [ˋbɝdmən; ˈbɜːdmən] *n.* (*pl.* **-men**
[·mən; ·mən]) Ⓒ **1** 捕野鳥的人；鳥類專家.
2 飛行家，鳥人.

bìrd of páradise *n.* Ⓒ (產於新幾內亞的)
天堂鳥.

bìrd of pássage *n.* Ⓒ候鳥；《口》漂泊者，
流浪者.

bìrd of préy *n.* Ⓒ猛禽(鷲，鷹等).

bird·seed [ˋbɝd͵sid; ˈbɜːdsiːd] *n.* Ⓤ 顆粒狀的
飼料(鳥食).

bird's-eye [ˋbɝdz͵aɪ; ˈbɜːdzaɪ] *adj.* **1** 俯視的,
鳥瞰的. **2** 大體上的, 概觀的. a *bird's-eye* view
鳥瞰圖；概觀, 概況.

bird-watch·er [ˋbɝd͵wɑtʃɚ; ˈbɜːd͵wɒtʃə(r)]
n. Ⓒ賞鳥者，鳥類觀察家.

bird-watch·ing [ˋbɝd͵wɑtʃɪŋ; ˈbɜːd͵wɒtʃɪŋ]
n. Ⓤ 鳥類的觀察(主要出於興趣).

bi·ret·ta [bəˋrɛtə; bɪˈretə] *n.* Ⓒ 四角帽(天主教
神職人員所戴的四角帽).

Bir·ming·ham [ˋbɝmɪŋ͵hæm, ·ŋəm;
ˈbɜːmɪŋəm] 伯明罕(英格蘭中部的工業城市；僅
次於 London 的大城市).

bi·ro [ˋbaɪro; ˈbaɪrəʊ] *n.* (*pl.* **~s**) Ⓒ(英)原子筆
(商標名).

‡birth [bɝθ; bɜːθ] *n.* (*pl.* **~s** [~s; ~s]) **1** ⓊⒸ
(**a**) 誕生，出生. the date of a person's
birth = a person's *birth* date 出生年月日/from
birth 從出生開始.
(**b**)生產. She had two beautiful girls at one
birth. 她一次生下兩個可愛的女娃娃.
2 Ⓤ出身, 血統, 家世；名門. He is a man of
birth and breeding. 他是個出身和教養都很好的人.

3 Ⓒ(事實的)出現, 發生；起源. the *birth* of a
new country 新國家的誕生/the *birth* of modern
jazz 現代爵士樂的誕生.

﹡*by bírth* (1)身爲. She lives in America but she
is English *by birth*. 她住在美國，但她卻是英國人.
(2)生來就有的，天生的.

﹡*give bírth to...* (1)生(子). She *gave birth to* a
healthy baby. 她產下一個健康的寶寶. (2)產生…；
成爲…的原因. World War II *gave birth to* sev-
eral new nations. 第二次世界大戰的結果產生了幾
個新國家.

bírth cer·tíf·i·cate *n.* Ⓒ出生證明書(相當
於戶籍謄本等的正式證明書).

bírth con·tról *n.* Ⓤ 節育.

‡birth·day [ˋbɝθ͵de; ˈbɜːθdeɪ] *n.* (*pl.* **~s** [~z;
~z]) **1** Ⓒ生日, 誕辰. Happy
birthday (to you)! (祝你)生日快樂!/"When's
your *birthday*?" "It's (on) July 24." 「你的生日是
甚麼時候?」「7月24日.」
2 (形容詞性)生日的, 紀念生日的. a *birthday*
card 生日卡/a *birthday* party 生日宴會/a *birth-
day* present 生日禮物.

in one's *bírthday sùit* (口、玩笑)裸體.

bírthday càke *n.* ⓊⒸ生日蛋糕.

birth·mark [ˋbɝθ͵mɑrk; ˈbɜːθmɑːk] *n.* Ⓒ
(生來就有的)胎記, 胎痣.

﹡**birth·place** [ˋbɝθ͵ples; ˈbɜːθpleɪs] *n.* (*pl.*
-plac·es [~ɪz; ~ɪz]) Ⓒ **1** (人的)出生地, 故鄉.
2 發祥地.

birth·rate [ˋbɝθ͵ret; ˈbɜːθreɪt] *n.* Ⓒ出生率.

birth·right [ˋbɝθ͵raɪt; ˈbɜːθraɪt] *n.* ⓊⒸ與
生俱來的權利(如長子的繼承權).

birth·stone [ˋbɝθ͵ston; ˈbɜːθstəʊn] *n.* Ⓒ誕
生石.

●──各月份的誕生石

garnet (1 月), amethyst (2 月), bloodstone
[aquamarine] (3月), diamond (4月), emerald
(5月), moonstone [pearl, agate] (6月), ruby
[onyx] (7 月), sardonyx (8 月), sapphire
(9月), opal (10 月), topaz (11 月), turquoise
(12月).

Bis·cay [ˋbɪskɪ, ·ke; ˈbɪskeɪ] *n.* the Bay of ~
比斯開灣(自法國西部至西班牙北部的大海灣；以風
暴頻繁著稱).

﹡**bis·cuit** [ˋbɪskɪt; ˈbɪskɪt] *n.* (*pl.* **~s** [~s; ~s])
1 Ⓒ (美) 比司吉(一種烤餅)((英)
scone). **2** (主英)餅乾((美) cracker, cookie).
We have tea and *biscuits* at four o'clock every
afternoon. 我們每天下午 4 點喝茶吃餅乾/bake *bis-
cuits* every weekend 每逢週末烤餅乾.
3 Ⓤ 淺棕色.

bi·sect [baɪˋsɛkt; baɪˈsekt] *vt.* 把…分爲兩份, 把
…二等分.

B

bi·sec·tion [baɪˋsɛkʃən; ˏbaɪˈsekʃn] *n.* [U][C] 二等分; 被二等分的一方.

bi·sex·u·al [baɪˋsɛkʃʊəl; ˏbaɪˈsekʃuəl] *adj.* 《生物》兩性的; 雌雄同體的; 《心理》受男女兩種性別吸引的, 雙性戀的.
— *n.* [C] 雙性戀者.

***bish·op** [ˋbɪʃəp; ˈbɪʃəp] *n.* (*pl.* ~**s** [~s; ~s]) [C]
　1 (英國國敎, 希臘正敎的)主敎; (天主敎的)主敎; (泛指新敎的)監督.
　2 《西洋棋》主敎(形狀為主敎的帽子, 可沿斜線方向移動的棋子; → chess).

bish·op·ric [ˋbɪʃəprɪk; ˈbɪʃəprɪk] *n.* [C] 主敎之職; 主敎管轄區.

bis·muth [ˋbɪzməθ; ˈbɪzməθ] *n.* [U] 《化學》鉍 (金屬元素; 符號 Bi).

bi·son [ˋbaɪsn̩, -zn̩; ˈbaɪsn] *n.* (*pl.* ~) [C] 野牛(牛科野牛屬動物的總稱; 有歐洲野牛和美洲野牛(《美》俗稱 buffalo)兩種).

[bison]

*__**bit**__¹ [bɪt; bɪt] *n.* (*pl.* ~**s** [~s; ~s]) [C]
〖咬一小口>少許〗
　1 小片, 少量; (食物的)一口. a *bit* of... (→片語)/a little *bit* 一點點. **2** (加a)片刻時間. Let's take a rest for a *bit*. 我們稍微休息一下吧!/ in a *bit* 片刻之後/a *bit* (→片語) **3** (英、口)面額小的硬幣(《美、俚》12分半, 一角兩分半. two [four] *bits* 25 [50] 分(用偶數說)).

　a **bit** (副詞性)《口》(1)少許, 稍微. I'm a *bit* tired. 我有點累了.
　(2)片刻, 一下子. Wait a *bit*. 稍等一下.
*　*a* **bit** *of*... 《口》(1)一點點..., *a bit of* sugar 少量的砂糖. (2)(加在不可數名詞之前)一片的, 一個的, (a piece of). *a bit of* advice [news] 一個忠告[一則消息]/*a bit of* paper 一張紙.
　a **bit** *of a*... 《口》有點..., 稍微... It's *a bit of a* problem. 這有點問題.
　bit *by* **bit** 《口》一點點地, 漸漸地.
　do one's **bit** 《口》做自己該做的事. We'll finish the job this week if everyone *does* his *bit*. 如果大家都做完各自該做的事, 那麼本週就能完成這項工作.
　every **bit** (*as...as* A) 《口》在各方面(跟A同樣地...). This dictionary is *every bit* as good *as* that. 這本字典(在各方面都)和那本一樣好.
　in **bits** 粉碎.
　not a **bit** (*of it*) 《口》(1)一點也不...(not at all). "Do you mind if I smoke?" "No, *not a bit*." 「你介意我抽菸嗎?」「不, 一點也不.」(2)不必客氣.
　to **bits** (使變得)粉碎.

bit² [bɪt; bɪt] *n.* [C] **1** 馬銜, 馬勒, (→harness). **2** 約束(物). **3** (刨子, 小刀等的)刃; (錐子的)尖端.

bit³ [bɪt; bɪt] *n.* [C] 《電腦》位元(《資料量的最小單位》).

bit⁴ [bɪt; bɪt] *v.* bite 的過去式、過去分詞.

bitch [bɪtʃ; bɪtʃ] *n.* [C] **1** 母狗(→ dog[參考]);(狐, 狼等的)雌性.
　2 (俚)賤女人. a son of a *bitch* 畜生(→見 son of a bitch).

bitch·y [ˋbɪtʃɪ; ˈbɪtʃɪ] *adj.* 〔女性, 言語等〕壞心眼的, 充滿惡意的.

*__**bite**__ [baɪt; baɪt] *v.* (~**s** [~s; ~s]; **bit**; **bit·ten**, **bit**; **bit·ing**) *vt.* **1** 咬, 咬住; 咬掉(*off*); 咬成... Don't *bite* your nails. 別咬指甲/I was *bitten in* the leg by that dog. 我被那條狗咬到腿/The dog has *bitten* a hole in my sleeve. 那隻狗把我的袖子咬破了一個洞. 回「咬」之意的最普遍用語, 表示僅產生一次的「咬」; → chew, gnaw.
　2 〔蚊〕叮;〔跳蚤〕咬;〔蛇〕咬.
　3 〔胡椒等〕刺激;〔寒冷〕刺骨;〔霜〕凍壞;〔酸〕腐蝕〔金屬〕. The red pepper *bit* my tongue. 紅辣椒辣得我舌頭發麻/All the early flowers were *bitten* by the frost. 早開的花全被霜凍壞了.
　4 〔齒輪, 輪胎, 滑冰鞋的刃等〕與...咬合.
　5 《口》使苦惱. What's *biting* you? 你在煩惱甚麼呢?
　— *vi.* **1** 咬, 咬住. Barking dogs seldom *bite*. → dog 1.
　2 〔蚊等〕叮;〔胡椒等〕刺激;〔寒冷〕刺骨.
　3 〔魚等〕咬住餌, 上鉤;《口》〔人〕被誘惑住, 上當, 陷入圈套. The fish will not *bite*. 魚兒不會上鉤/If you *bite* at that, you're a fool. 你若沾上那種東西, 那就太蠢了.
　4 〔齒輪等〕咬合;〔煞車〕生效;〔刃等〕切入(*into*).
　5 〔金屬〕腐蝕.
　bite a *person's* **head** *off* 《口》(對別人的發問等)兇狠狠地回答.
　bite one's **lip** 勉強忍住(怒, 悲哀, 笑等); 咬嘴唇. He insulted me but I *bit* my *lip* and said nothing. 他侮辱了我, 但我忍住怒氣一言不發.
　bite **off** *more than* one can **chew** 《口》好高騖遠, 自不量力.
　bite the **hand** *that* **feeds** one 「咬住餵食者的手」, 恩將仇報.
　— *n.* (*pl.* ~**s** [~s; ~s]) **1** [C] 咬; 咬一口; 一口食物; 簡餐便食. The lion ate the rabbit in one *bite* [at a *bite*]. 獅子一口吃了兔子/How about a *bite*? 要不要嚐一口呢?/have a *bite* 吃便餐/I have not had [taken] a *bite* all day. 我整天甚麼都沒吃. **2** [C] 咬傷; 刺傷的痕跡; 凍傷. insect *bites* 被蟲叮過的痕跡. **3** [C] (魚)吃進魚餌, 上鉤.
　4 [a][U] (火辣辣的)辣味, 刺激; (文體等的)銳利, 諷刺; (言辭的)尖刻, 帶刺. There was a *bite* in his remark. 他的話很尖刻.
　put the **bite** *on*... 《美、俚》對〔人〕死皮賴臉地要錢.

bit·ing [ˋbaɪtɪŋ; ˈbaɪtɪŋ] *v.* bite 的現在分詞、動名詞.
　— *adj.* **1** 〔寒冷〕如刀割的, 刺骨的.
　2 尖刻的; 激烈的. **3** (副詞性)刺骨般地. It's

biting cold. 刺骨般地寒冷.

bit·ing·ly [ˈbaɪtɪŋlɪ; ˈbaɪtɪŋlɪ] adv. 刺骨地; 激烈
地.

bit·ten [ˈbɪtn̩; ˈbɪtn̩] v. bite 的過去分詞.

‖**bit·ter** [ˈbɪtɚ; ˈbɪtə(r)] adj. (**-ter·er** [-tərɚ; -tərə(r)]; **-ter·est** [-tərɪst; -tərɪst])

1 苦的(◆sweet). This medicine tastes *bitter*.
這藥有苦味.

2 痛苦的. learn from *bitter* experience 從痛苦的
經驗中學習/a *bitter* pain 劇痛/shed *bitter* tears
流下悲痛的眼淚.

3 激烈的; 冷酷的. a *bitter* attack 激烈的攻擊/
Why are you so *bitter* against her? 你爲甚麼對她
如此冷酷呢?

> [搭配] bitter (2-3) +n.: a ~ blow (猛力的一
> 擊), a ~ loss (沈重的損失), a ~ quarrel (激
> 烈的口角), a ~ struggle (激烈的戰鬥), ~ dis-
> appointment (強烈的失望).

4 不滿的; 有怨恨的. I'm very *bitter* about that.
我對那件事感到很氣憤/a *bitter* enemy 不共戴天的
仇敵.

5 〔寒冷等〕如刀割的. *bitter* cold 刺骨的寒冷.

to the bitter end → end 的片語.

— adv. 激烈地; 非常地; (bitterly)(★只用在形
容詞前) It's *bitter* cold. 天氣非常寒冷.

— n. **1** ⓤ(英)苦味濃的啤酒.

2 (bitters) 苦味料(攙入雞尾酒等中的苦味液). gin
and *bitters* 加苦味料的琴酒.

tàke the bítter with the swéet 甘苦兼嘗; 接
受順境也接受逆境.

bit·ter·ly [ˈbɪtɚlɪ; ˈbɪtəlɪ] adv. 非常地; 激烈地;
痛苦地. It is *bitterly* cold. 天氣非常寒冷.

bit·tern [ˈbɪtɚn; ˈbɪtən] n. ⓒ(鳥)麻鴉(一種鷺
鶯).

bit·ter·ness [ˈbɪtɚnɪs; ˈbɪtənɪs] n. ⓤ苦; 苦
痛; 激烈; 痛恨; 辛辣.

bit·ter·sweet [ˈbɪtɚˌswit, -ˈswit; ˈbɪtəswiːt]
adj. 又苦又甜的; 苦樂參半的.

bi·tu·men [bɪˈtjumɪn, -ˈtɪu-, -ˈtu-, ˈbɪtʃumən;
ˈbɪtjʊmɪn] n. ⓤ瀝青(碳氫化合物); 碳化氫, 焦油,
石油, 柏油等; 用於鋪路等).

bi·tu·mi·nous [bɪˈtjumənəs, baɪ-, -ˈtɪu-, -ˈtu-;
bɪˈtjuːmɪnəs] adj. 瀝青的, 含瀝青的.

bi·valve [ˈbaɪˌvælv; ˈbaɪvælv] adj. 雙殼貝的.

— n. ⓒ雙殼貝(蛤, 文蛤, 牡蠣等).

biv·ou·ac [ˈbɪvʊˌæk, ˈbɪvwæk; ˈbɪvʊæk] n. ⓒ
露營, 野營, 露宿; (登山的)宿營(不是用帳篷而是
用睡袋等的露宿).

— vi. (**~s; -acked; -ack·ing**)露營, 露宿.

bi·week·ly [baɪˈwiklɪ, ˌbaɪˈwiːklɪ] adj. **1** 〔出版
物等〕兩週一回的, 隔週的. **2** 一週兩回的.

> [注意]1 和 2 兩義容易混淆, 因此表示第 2 個意思時
> 用 semiweekly 比較清楚. → bimonthly.

— adv. 隔週地; 一週兩回地.

— n. (pl. **-lies**)ⓒ雙週刊(→ periodical 表).

biz [bɪz; bɪz] n. (俚)=business.

bi·zarre [bɪˈzar; bɪˈzɑː(r)] adj. 異常的, 奇異的.

blab [blæb; blæb] v. (**~s; ~bed; ~bing**)(俚) vt.
洩露〔祕密〕, 喋喋不休地說, (*out*).

— vi. 喋喋不休.

blab·ber [ˈblæbɚ; ˈblæbə(r)] 《口》 vi. 喋喋不
休(*on*).

— ⓤ多嘴的人, 喋喋不休者; ⓒ好說話的人.

blab·ber·mouth [ˈblæbɚˌmaʊθ;
ˈblæbəmaʊθ] n. ⓒ《口》喋喋不休者.

‖**black** [blæk; blæk] adj. (**~·er; ~·est**)《黑的》

1 黑的, 漆黑的, (◆white). a *black*
cat 黑貓/*black* hair 黑髮/*black* eyes 黑眼睛/a
black eye(→見 black eye)

2 膚色黑的; 黑人的. a *black* musician 黑人音樂
家/*black* races 黑色人種.

3 黑衣服的.

4 〔水, 天空等〕暗黑色的; 骯髒的, 污濁的.

5 〔咖啡等〕黑的(不加奶精或牛奶, 有時連糖也不
加; ◆white). *black* coffee 黑咖啡/I'll take my
coffee *black*. 我喝黑咖啡.

《暗的》 **6** 暗的, 黑暗的, (dark). It was pitch
black outside. 外面一片漆黑.

7 陰沈的, 黑暗的; 不吉利的. *black* despair 深深
的絕望/*Black* Monday 《英學生俚語》(開學的)星期
一症候群(→ blue Monday); 「黑色星期一」(1987
年 10 月 19 日星期一發生世界性的股票崩盤)/The
affair looks *black*. 事態看來不妙.

8 不高興的, 不悅的, 生氣的. Mary gave me a
black look. 瑪莉神情不悅地看著我.

《黑暗的>壞的》 **9** 〔文章〕邪惡的, 陰險的, 黑心
的; 兇狠的; 非正道的, 黑市的. He has a *black*
heart. 他是個黑心人/a *black* market(→見 black
market).

be in a pèrson's *bláck bòoks* 失寵於某人, 引起
某人的反感, (→ black book).

blàck and blúe 青一塊紫一塊(→black-and-
blue). My father beat me *black and blue* for
playing truant from school. 父親因爲我逃學而把
我打得青一塊紫一塊.

gò bláck 〔由於昏厥等周圍〕變黑, 變得看不見.

— n. (pl. **~s** 〔~s; ~s〕) **1** ⓤ黑, 黑色, (◆white);
黑墨水, 黑顏料, 黑漆.

2 ⓒ(通常 *B*lack) 黑人. 〔注意〕African-American
或者 Afro-American 則不具歧視之意; → Negro.

3 ⓤ黑衣服. a woman *in black* 穿黑衣服的女人.

4 ⓤⓒ污垢, 黑斑點.

(*be*) *in the bláck* 〔公司〕有盈餘(◆(be) in the
red). The firm is now *in the black* for the first
time in several years. 這家公司幾年來首次有盈餘.

blàck and whíte (1)書寫物; 印刷. A spoken
promise is not enough—we must have it in
black and white. 口頭承諾還不夠, 必須是白紙黑
字. (2)鋼筆畫; 水墨畫. (3)黑白照片(電視).

— vt. 弄黑; 擦〔黑皮鞋〕; 弄髒; 玷污〔名譽等〕.

blàck/.../óut[1] (1)塗黑…; 抹殺…; (經過審閱後)
禁止發表…. (2)(爲預防空襲)對〔某地區等〕實施燈
火管制(爲了不讓敵方看見光亮).

blàck óut[2] (1)昏倒. (2)(爲變換場景)使舞臺變暗;

熄燈.

black-and-blue [ˋblækənˋblu, ˋblækɳˋblu, -ˋblu; ͵blækən'blu:] *adj.* 被揍出青腫塊的, 被打得鼻青臉腫的.

black-and-white [ˋblækənˋhwaɪt, ͵blækən'waɪt] *adj.* **1** 筆寫的; 印刷的. **2** 黑白斑點的. **3** 〖電視, 照片, 地圖等〗黑白的. **4** 非黑即白的, 善惡[眞僞]分明的; 斷定的, 武斷的.

blāck árt *n.* ⓤ魔法, 妖術, (→ black magic).

black·ball [ˋblæk͵bɔl; 'blækbɔ:l] *n.* ⓒ反對票. —— *vt.* 對…投反對票; 把…摒棄於社會之外, 排斥.

black·ber·ry [ˋblæk͵bɛrɪ, -bərɪ; 'blækbəri] *n.* (*pl.* **-ries**) ⓒ 黑莓《薔薇科草莓屬植物的總稱》, (特指)西洋草莓.

black·bird [ˋblæk͵bɝd; 'blækbɜ:d] *n.* ⓒ《英》黑鳥(鶇科的鳴禽); 《美》黃鸝科鳥類的總稱.

black·board [ˋblæk͵bord, -͵bɔrd; 'blækbɔ:d] *n.* (*pl.* ~s [~z; ~z]) ⓒ黑板(黑色或墨綠色, 亦可僅作board). erase [clean] the *blackboard* 擦黑板.

[blackberry]

blāck bōok *n.* ⓒ黑名單, 可疑人物名冊; (教師的)成績登記簿, 點名簿.

blāck bŏx *n.* ⓒ **1** 黑盒子(不知內部構造亦能使用的裝置). **2** (飛機上的)黑盒子, 飛行通話記錄器.

black·cur·rant [͵blækˋkɝənt, ͵blæk'kʌrənt] *n.* ⓒ黑醋栗(虎耳草科的矮樹; 果實能食用).

Blāck Déath *n.* (加 the)黑死病(14 世紀在歐洲和亞洲廣泛流行的鼠疫).

black·en [ˋblækən; 'blækən] *vt.* **1** 弄黑[暗]. **2** 損壞(名譽等). —— *vi.* 變黑[暗].

blāck éye *n.* ⓒ眼睛瘀青(挨打造成的眼圈變黑). give a person a *black eye* 把人打得眼圈瘀青.

blāck flág *n.* ⓒ(加 the)海盜旗.

Blāck Fórest *n.* (加 the)黑森林(德國西南部山地的森林).

blāck fróst *n.* ⓤ《英》黑霜(通常不出現白霜, 卻使草木凍黑的霜害或低溫).

black·guard [ˋblæɡəd, ˋblæɡɑrd; 'blæɡɑ:d] *n.* ⓒ流氓, 地痞; 愛罵人者; 說髒話者.

black·head [ˋblæk͵hɛd; 'blækhed] *n.* ⓒ **1** (泛指)黑頭的各種鳥. **2** 黑頭面皰[粉刺].

blāck hóle *n.* ⓒ《天文》黑洞(假設的天體, 由於密度超高、重力超高以至於連本身的光都不能放

射出來).

blāck húmor *n.* ⓤ黑色幽默(令人畏懼的、毛骨悚然的幽默).

blāck íce *n.* ⓤ路面的薄冰(透明而難以辨別, 會造成車輛打滑).

blāck·jack [ˋblæk͵dʒæk; 'blækdʒæk] *n.* ⓒ 21 點(一種撲克牌遊戲; 目標要使手中的牌合計爲 21 點).

blāck léad *n.* ⓤ石墨(用來作鉛筆芯, 鐵器的防銹劑等).

black·leg [ˋblæk͵lɛɡ; 'blækleɡ] 《英》《輕蔑》*n.* ⓒ破壞罷工者. —— *vi.* 破壞罷工.

blāck létter *n.* ⓒ《印刷》黑花體字(13-15 世紀常用的裝飾性字體, 與粗體字(boldface)不同).

𝔐𝔢𝔯𝔯𝔶 𝔆𝔥𝔯𝔦𝔰𝔱𝔪𝔞𝔰

[black letters]

black·list [ˋblæk͵lɪst; 'blæklɪst] *n.* ⓒ黑名單, 可疑人物名冊. —— *vt.* 使查上黑名單.

blāck mágic *n.* ⓤ妖術(借惡魔等之力施行).

black·mail [ˋblæk͵mel; 'blækmeɪl] *n.* ⓤ敲詐, 勒索, 恐嚇; 敲詐來的錢財. —— *vt.* 敲詐, 詐取, 勒索; 脅迫…去做…(*into*).

black·mail·er [ˋblæk͵melə; 'blækmeɪlə(r)] *n.* ⓒ敲詐勒索者.　　　　　　《車.

Blāck María *n.* ⓒ《口》囚車, 押解犯人的.

blāck márket *n.* ⓒ黑市(統制經濟下的非法交易(場所)).

blāck mar·ke·téer [͵blæk͵mɑrkəˋtɪr, 'blæk͵mɑ:kə'tɪə(r)] *n.* ⓒ黑市商人.

Blāck Múslim *n.* ⓒ黑人回教徒(尤其指想要在美國建立僅有的黑人回教徒社會者).

black·ness [ˋblæknɪs; 'blæknɪs] *n.* ⓤ黑; 黑色; 陰森, 陰鬱; 陰險.

black·out [ˋblæk͵aʊt; 'blækaʊt] *n.* ⓒ **1** (特指爲預防空襲的)燈火管制. **2** (舞臺的)轉暗. **3** (某地區的)夜間停電. **4** (飛行中)意識[視覺等]的暫時喪失; (泛指)記憶喪失, 不省人事. **5** 禁止發表[報導].

blāck pépper *n.* ⓤ黑胡椒(連黑色表皮一起磨成的粉).

blāck pówer *n.* ⓤ《美》(常 Black Power)黑人權利, (提倡解放)黑人的力量.

Blāck Séa *n.* (加 the)黑海(烏克蘭共和國、俄羅斯共和國、喬治亞共和國與土耳其、羅馬尼亞、保加利亞圍繞的內海; → Balkan 圖).

blāck shéep *n.* ⓒ(一家, 一團體中的)害群之馬, 專添麻煩的人.

black·smith [ˋblæksmɪθ; 'blæksmɪθ] *n.* ⓒ鐵匠, 鍛工; 馬蹄鐵匠; 《亦可僅作 smith》. a village *blacksmith* 村裡的鐵匠.

blāck spòt *n.* ⓒ《主英》常發生交通事故的地點.

Blāck Stréam *n.* (加 the)黑潮, 太平洋暖流.

blăck těa *n.* Ｕ紅茶((通常只稱爲 tea; → green tea)).

black·thorn [`blæk.θɔrn; 'blækθɔ:n] *n.* Ｃ
《植物》**1** 李樹(產於歐洲; 櫻屬)).
2 山楂(產於北美).

blăck tíe *n.* **1** Ｃ黑領結(搭配男士無尾半正式晚禮服(tuxedo)用的領帶; → white tie)).
2 Ｕ男士無尾半正式晚禮服.

blăck wídow *n.* Ｃ黑寡婦(一種產於美國的毒蜘蛛, 雌性有毒, 常吃掉雄性)).

blad·der [`blædɚ; 'blædə(r)] *n.* **1** 《解剖》膀胱. **2** (魚的)鰾; (海草等的)氣囊.
3 (足球的)空氣袋.

***blade** [bled; bleɪd] *n.*
(*pl.* ~**s** [~z; ~z]) Ｃ
〖刀 刀刃般的葉子〗**1**
(草等的)葉(特指稻科植物刀狀細長的葉子; →
leaf, needle). a *blade*
of grass 草葉.
〖刃〗**2** (刀類之)刃,
刀身, 剃刀之刃.
3〖刃狀物〗(船)槳; (螺
旋槳, 推進器的)翼; 肩
胛骨(亦稱爲 shóulder
blàde).

[blades 2]

blah [blɑ; blɑ:] *n.* Ｕ(口)瞎扯, 胡說八道.

***blame** [blem; bleɪm] *vt.* (~**s** [~z; ~z]; ~**d** [~d; ~d]; **blam·ing**) **1** 責怪, 非難, ((for 對…)). I don't *blame* you *for* being ignorant of the fact. 我不怪你對事實一無所知/A bad workman always *blames* his tools. → workman. 同blame 通常是較輕的「責怪, 非難」過失之意. → condemn, rebuke, reproach, reprove, scold.
2 加罪於((on 人等)), 歸咎於…((on)). He *blamed* the accident *on* his friend. 他把事故歸咎於他的朋友.
* **be to bláme** 應受到責備, 該受譴責, ((for)). Who *is to blame* for this? 這是誰的責任?(<誰應該爲此事受到責備?))
Bláme me if... I'll be damned if... 的溫和表達方式(→ damn *v.* 的片語).
— *n.* Ｕ(失敗等的)責任; 非難, 責怪.
bèar [tàke] the bláme (for...) 承擔(…的)責任.
làlilluy [pùt] the bláme on [upon] a pérson (for...) 把(…的)罪過歸於某人, (把…)歸咎於人.

blame·less [`blemlɪs; 'bleɪmlɪs] *adj.* 無可指責的, 清白的.

blame·less·ly [`blemlɪslɪ; 'bleɪmlɪslɪ] *adv.* 無可指責地.

blame·less·ness [`blemlɪsnɪs; 'bleɪmlɪsnɪs] *n.* Ｕ清白.

blame·wor·thy [`blem.wɝðɪ; 'bleɪm.wɜ:ðɪ] *adj.* 〔人, 事〕應受到指責的, 應受到非難的, 不應該的.　　　　　　　　　　「分詞, 動名詞.

blam·ing [`blemɪŋ; 'bleɪmɪŋ] *v.* blame的現在

blanch [blæntʃ; blɑ:ntʃ] *vt.* 使白, 漂白(bleach).

B

— *vi.* 變白; (臉色)變蒼白((with)).

blanc·mange [blə`mɑnʒ, -`mɑndʒ; blə'mɒndʒ] (法語) *n.* ＵＣ牛奶凍(用玉米粉等使牛奶凝固而成的甜點)).

bland [blænd; blænd] *adj.* **1** 〔態度等〕溫和的, 和藹的; (過度)殷勤的.
2 〔氣候〕穩定的, 溫和的, (mild).
3 〔食物〕不刺激的, 順口的; 〔香菸等〕味道淡的.

blan·dish·ment [`blændɪʃmənt; 'blændɪʃmənt] *n.* Ｃ(通常 blandishments)奉承, 諂媚.

bland·ly [`blændlɪ; 'blændlɪ] *adv.* 溫和地; 殷勤地.　　　　　　　　　　　　　　「舒暢.

bland·ness [`blændnɪs; 'blændnɪs] *n.* Ｕ溫和;

***blank** [blæŋk; blæŋk] *adj.* (~**er**; ~**est**)
〖空白的〗**1** 空白的, 甚麼也沒有的. a *blank* page 空白頁/a *blank* sheet of paper 一張空白的紙/turn in a *blank* paper 交空卷/a *blank* tape 空白錄音帶/The screen suddenly went *blank*. 畫面突然變成空白的.
2 空的(empty). a *blank* space 空白, 空白處; 空地. **3** 空虛的; 單調的, 無變化的.
4 心不在焉的, 發呆的, 無表情的. look *blank* 看起來呆若木雞.
— *n.* (*pl.* ~**s** [~s; ~s]) Ｃ **1** 空白, 空白欄, 空白處; 空地; 白紙. Fill in [out, up] the *blanks*. (考試題目等)請填在空白處.
2 空白表格, 申請用紙, (form).
3 (心中)空虛, 空洞; (空白工作等的)空檔. My mind is a *blank*. 我內心很空虛.
4 表示省略, 缺字的破折號. 18—一八多少年(★通常唸 eighteen (hundred and) *blank* [something]).
drǎw (a) blánk (口)失敗, 失算.
in blánk 空白地.

blănk cártridge *n.* Ｃ空包彈(只有火藥沒有裝實彈的彈藥筒)).

blănk chéck (美) [**chéque** (英)] *n.* Ｃ空白支票(已寫上姓名但未填上金額). give a person a *blank check* 將空白支票給人, 讓人無限制地使用金錢[權限].

***blan·ket** [`blæŋkɪt; 'blæŋkɪt] *n.* (*pl.* ~**s** [~s; ~s]) Ｃ **1** 毛毯. **2** (毛毯般地)完全覆蓋之物. a *blanket* of leaves 滿地落葉/a *blanket* of snow 一大片雪.
3 〔形容詞性〕整體的, 全面的. a *blanket* agreement 全面同意.
— *vt.* **1** 裹以毛毯; 覆蓋(通常用被動語態). The city was *blanketed* with snow. 那城市被雪覆蓋著. **2** 掩蓋, 隱藏, 掩飾, 〔事件等〕.

blank·ly [`blæŋklɪ; 'blæŋklɪ] *adv.* 茫然地, 發呆地; 斷然地.

blank·ness [`blæŋknɪs; 'blæŋknɪs] *n.* Ｕ空白; 空虛; 空白的狀態.

blănk vérse *n.* Ｕ無韻詩(尤多指英詩中以抑

揚五步格寫成的詩；Shakespeare 的戲劇中常用)．

blare [blɛr, blær; bleə(r)] *vi.* 〔喇叭等〕鳴響；〔收音機，擴音器等〕吵嚷．
— *vt.* **1** 使〔喇叭等〕鳴響．
2 大聲喊叫，叫嚷，((out)). *blare* the latest hit song 大聲播放最新的流行歌曲．
— *n.* a U 〔喇叭等〕很大的聲響，聲音．

blar·ney [ˋblɑrnɪ; ˈblɑːnɪ] *n.* U (口)恭維，奉承，甜言蜜語．

bla·sé [blɑˋze, ˋblɑze; ˈblɑːzeɪ] (法語) *adj.* 玩膩的，對享樂已感厭煩的．

blas·pheme [blæsˋfim; blæsˈfiːm] *vt.* **1** 對〔神，神聖之物〕說不敬的話，褻瀆．**2** 咒罵．
— *vi.* 說褻瀆的話，咒罵，((against)).

blas·phem·er [blæsˋfimɚ; blæsˈfiːmə(r)] *n.* C 言語不敬的人．

blas·phe·mous [ˋblæsfɪməs; ˈblæsfəməs] *adj.* 不敬的，褻瀆的．

blas·phe·mous·ly [ˋblæsfɪməslɪ; ˈblæsfəməslɪ] *adv.* 褻瀆地．

blas·phe·my [ˋblæsfɪmɪ; ˈblæsfəmɪ] *n.* (*pl.* -mies) **1** U 對神明不敬，褻瀆．
2 C 髒話，惡言穢語．

＊**blast** [blæst; blɑːst] *n.* (*pl.* ~s [~s; ~s]) **1** C 一陣強風，疾風．a *blast* of wind 一陣強風．
回 blast 比 gust 強且持續時間較久；常指寒冷的風．
2 C 〔喇叭，笛等〕(令人不快的)響聲；〔喇叭等的〕一聲．
3 C (用炸藥等的)爆破，爆炸；(一次用量的)炸藥；UC 爆炸引起的爆風．
at a blást 一口氣地，一下子．
(at, in) full blást 竭盡全力地；全速地．
— *vt.* (~s [~s; ~s]; ~ed [~ɪd; ~ɪd]; ~ing) **1** 爆破，炸裂，轟炸．**2** (文章)(霜，閃電等)使…枯萎，使沒有(希望，面子)．The crop was *blasted* by the severe winter. 農作物被嚴寒凍壞．
3 (口)猛烈地打擊，指責，((for)).
4 詛咒(damn 的委婉說法)．*Blast* it! 他媽的！／*Blast* you! 你這個混蛋！
blàst óff (火箭等)發射，升空．
blást fùrnace *n.* C 鼓風爐．

blast-off [ˋblæst͵ɔf; ˈblɑːstɒf] *n.* (*pl.* ~s) UC (火箭，飛彈等的)發射，升空．

bla·tan·cy [ˋbletn̩sɪ; ˈbleɪtənsɪ] *n.* U 喧鬧；厚顏無恥．

bla·tant [ˋbletn̩t; ˈbleɪtənt] *adj.* **1** 喧嘩的(noisy)，刺耳的．the *blatant* protest of the player 運動員高聲的抗議．**2** 好出風頭的，厚臉皮的．Politicians often rake money in a *blatant* way. 政客常以

launching pad
[blast-off]

無恥的方法募集經費．
3 〔顏色等〕花俏的，刺眼的；〔謊言等〕一眼就能看穿的．

bla·tant·ly [ˋbletn̩tlɪ; ˈbleɪtəntlɪ] *adv.* 喧鬧地；厚顏無恥地．

blath·er [ˋblæðɚ; ˈblæðə(r)] *n.* U 蠢話，胡說八道．
— *vi.* 說蠢話，胡說．

＊**blaze¹** [blez; bleɪz] *n.* (*pl.* blaz·es [~ɪz; ~ɪz]) C (通常用單數) **1** 火焰；火災．The building was completely consumed by the *blaze*. 那建築物被大火完全燒毀了．回 blaze 是比 flame 更為強烈散發熱氣的火焰．
2 強烈的光；閃光；鮮艷的色彩．the *blaze* of the sun 強烈的陽光．
3 (感情等的)激起；爆發．in a *blaze* of anger 勃然大怒．
in [into] a bláze 突然燒起來．
— *vi.* (blaz·es [~ɪz; ~ɪz]; ~d [~d; ~d]; blaz·ing) **1** 燃燒，冒火焰．**2** 發光，閃耀，生輝．The house was *blazing* with lights. 房子裡燈火輝煌．**3** (感情)激發．Tom's anger *blazed* out suddenly. 湯姆勃然大怒．
blàze awáy 連續射擊(at).
blàze úp (火)突然燃燒；勃然大怒．

blaze² [blez; bleɪz] *n.* C **1** (刻在樹皮上的)記號(路標或分界的標記)．**2** (牛，馬臉上的)白斑．
— *vt.* 剝下一些(樹皮)做記號．
blàze a [the] tráil 成為先驅者，開拓(某領域)．

blaz·er [ˋblezɚ; ˈbleɪzə(r)] *n.* C (外套型的)花運動衫．參考 源於「燃燒(blaze)」般的鮮艷色彩而稱為 blazer(燃燒物)．

blaz·ing [ˋblezɪŋ; ˈbleɪzɪŋ] *adj.* **1** 熾燃的；熾燃般的．the *blazing* sun 熾熱的太陽．語法 有時亦作副詞性的用法，如 a *blazing* hot day．
2 (口)明白的，確鑿的．

bla·zon [ˋblezn̩; ˈbleɪzn̩] *n.* C 紋章；有紋章的盾．

bldg (略) building.

bleach [blitʃ; bliːtʃ] *vt.* 漂白；(在太陽下)曬；(風雨中)吹打．*bleached* bones 白骨．— *vi.* 變白．
— *n.* U 漂白劑，漂白．

bleach·er [ˋblitʃɚ; ˈbliːtʃə(r)] *n.* C **1** 漂白劑；漂白工人；漂白器．
2 (美)(通常 bleachers)(無屋頂而被日光曝曬的)露天看臺．

bléaching pòw·der *n.* U 漂白劑；漂白粉．

＊**bleak** [blik; bliːk] *adj.* (~·er; ~·est) **1** 〔場所〕荒涼的，露天的，荒廢的．a *bleak* house 廢棄的房子．
2 〔風，天氣〕寒冷刺骨的．What *bleak* weather! 多麼冷的天氣啊！
3 〔生活等〕寂寞的，死氣沈沈的；〔前途等〕渺茫的．

[bleachers 2]

a *bleak* life 寂寞的生活/a *bleak* outlook 黯淡的前途.

bleak·ly [`bliklɪ; 'bli:klɪ] adv. 荒涼地; 寒峭地.

blear·y [`blɪrɪ; 'blɪərɪ] adj. 朦朧的, 眼睛濕潤的.

bleat [blit; bli:t] n. ⓒ(通常用單數)(山羊, 小牛, 羊的)叫聲; 與其相似的聲音; (→ baa).
— vi. (山羊, 小牛, 羊等)咩咩叫, 咩咩叫; 發出與其相似的叫聲.

bled [blɛd; bled] v. bleed 的過去式、過去分詞.

✻bleed [blid; bli:d] v. (~**s** [~z; ~z]; **bled**; ~**ing**) vi. **1** 出血, 流血. He *bled* at [from] the nose. 他流鼻血.
2 流血, 受傷, 死亡, (*for* [國家、主義等]). Many young men *bled for* the revolution. 眾多青年為革命流血.
3 悲痛, 心痛, 悲歎, (*for*). His heart *bled for* his lost friend. 他因思念亡友而哀痛.
— vt. **1** 給(病人)放血(古時的治療法).
2 (口)從…榨取(*for*, *of* [金錢等]), *bleed* a person *for* [*of*] money 向某人勒索金錢.
bleed…white 從(人、集團)盡量榨取(金錢, 精力等).

bleed·er [`blidə; 'bli:də(r)] n. ⓒ **1** 易出血的人; 血友病患者. **2** (英、俚)(討厭的)傢伙.

bleed·ing [`blidɪŋ; 'bli:dɪŋ] adj. (英、俚) =bloody 3.

bleep [blip; bli:p] n. ⓒ (人造衛星, 無線電等機器的)高而尖的持續信號聲, 嗶——的聲音.
— vi. 用信號聲呼叫(*for*).
— vt. 用信號聲呼叫….

blem·ish [`blɛmɪʃ; 'blemɪʃ] n. ⓒ(文章)傷痕; 汙垢(stain); 缺點, 汙點.
— vt. (文章)損壞, 傷害, (名聲, 美麗等).

blench [blɛntʃ; blentʃ] vi. 退縮, 畏怯.

✻blend [blɛnd; blend] v. (~**s** [~z; ~z]; ~**ed** [~ɪd; ~ɪd], **blent**; ~**ing**) vt. 使混合在一起, 混合. *Blend* butter and flour before adding the other ingredients of the cake. 在加其他的蛋糕材料之前, 先把奶油和麵粉混合在一塊兒.
[語法]特指將同一種東西的不同種類混合; → n. 1.
— vi. **1** (用 blend with)混合; 溶合. Oil does not *blend* with water. 油不溶於水.
2 (通常加 well)完全調和, 合成一體, (*with*). The red hat *blends* well *with* your dress. 那紅色帽子跟你的衣服很相稱. **3** 融合(*into*).
— n. (pl. ~**s** [~z; ~z]) ⓒ
1 混合(物); (紅茶, 咖啡, 酒等兩種以上的)混合品. This is a *blend* of two types of coffee. 這是兩種咖啡的混合品.
2 (語言)混合詞(portmanteau word) (例: smog < *sm*oke + f*og*; brunch < *br*eakfast + l*unch*).

blend·er [`blɛndə;

[blender 2]

B

[`blɛndə(r)] n. ⓒ **1** 混合的人(物). **2** (主美)果汁機((英) liquidizer).

blent [blɛnt; blent] v. blend 的過去式、過去分詞.

✻bless [blɛs; bles] vt. (~**es** [~ɪz; ~ɪz]; ~**ed** [~t; ~t], **blest**; ~**ing**) [祈求神的恩惠] **1** 祝福(人等), 祈求神的恩惠(保佑), (↔ curse). The priest *blessed* the newlywed couple. 牧師(神父)祝福這對新婚夫婦.
[得到神的恩惠] **2** (a)(神)保佑. God *bless* you! 願神保佑你(上帝保佑你)! (★此 bless 為假設語氣用在式)/*Bless* me from evils. 守護我免於罪惡.
(b)(反諷)詛咒(damn). *Bless* me! = God *bless* me! = *Bless* my soul! 啊! 糟糕! 怎麼可能!/*Bless* me [I'm *blessed*] if it isn't you, Bill! 咦呀, 我的天, 你不是比爾嗎! (*Bless* me if… = I'll be damned if… (→ damn v. 的片語)).
3 (神)授予(人)(*with* (才能, 幸福等)). God *blessed* the country *with* peace and prosperity. 上帝賜給這個國家和平與繁榮.
[頌揚神] **4** 讚美, 頌揚(神); 感謝(幸運). *Bless* the Lord. 讚美主.
5 使淨化, 使神聖; 使淨化以供神. *bless* bread at the altar 將麵包供奉於祭壇上(用於聖餐式).
be blessed with… 受惠於…, I am *blessed with* good health. 我很幸運在健康的身體.

bless·ed [`blɛsɪd; 'blesɪd] adj. **1** 神聖的. *blessed* bread 神聖的麵包.
2 受恩的, 幸福的. *Blessed* are the pure in heart. 清心的人有福了! (聖經中的句子).
3 (限定)快樂的, 高興的. have a *blessed* time 度過愉快的時光.
4 (限定)(口)可恨的, 討厭的, (回 blessed 是 cursed, damned 的諷刺性表現; 有時只用來強調). That's a *blessed* lie. 那完全是謊話/not say a *blessed* word 一言不發.

bless·ed·ly [`blɛsɪdlɪ; 'blesɪdlɪ] adv. 幸福地.

bless·ed·ness [`blɛsɪdnɪs; 'blesɪdnɪs] n. Ⓤ 幸福, 幸運, single *blessedness* 單身(的輕鬆自在).

Blèssed Vírgin n. (加 the)聖母瑪利亞.

✻bless·ing [`blɛsɪŋ; 'blesɪŋ] n. (pl. ~**s** [~z; ~z]) ⓒ [祝福] **1** 天賜的恩惠; 值得感謝的事, 高興的事; 幸運. the *blessings* of nature 自然的恩惠.
2 [祝福前程] (口)贊成, 同意, (approval). Father gave (us) his *blessing*, so we'll be married next month. 父親同意了, 所以我們將在下個月結婚.
[祈求祝福] **3** 向神祈禱(之辭); 求神的祝福(保佑等)(之辭); 神賜恩惠. pray for God's *blessing* 祈求上帝的恩惠.
4 飯前(飯後)的祈禱. ask [say] a [the] *blessing* 飯前(飯後)的祈禱.
a blèssing in disguíse 塞翁失馬, 焉知非福; 因禍得福. Missing my plane was *a blessing in*

B

disguise because it crashed just after takeoff. 我錯過班機但卻因禍得福，因爲那架飛機才剛起飛就墜毀了．

blest [blɛst; blest] *v.* bless 的過去式、過去分詞．

bleth·er [ˋblɛðɚ; ˋbleðə(r)] *n., v.* = blather.

blew [blu, blɪu; bluː] *v.* blow[1,3] 的過去式．

blight [blaɪt; blaɪt] *n.* **1** Ⓤ (植物的)枯萎病，蟲害． **2** ⓒ (文章)(人的成長，希望，士氣等)受挫，受壞的影響． **3** Ⓤ (城市等的)荒蕪．
— *vt.* **1** 使〔植物〕枯萎，凋謝．
2 (文章)使破滅；使〔希望〕挫敗．

bli·mey [ˋblaɪmɪ; ˋblaɪmɪ] *interj.* 《英、俚》哎呀！天啊！《表示驚訝；< God blind me》．

Blimp [blɪmp; blɪmp] *n.* ⓒ 《英、口》頑固而自大的保守主義者(< Colonel *Blimp* (漫畫人物))．

blimp [blɪmp; blɪmp] *n.* ⓒ 小型軟式飛艇．

*blind [blaɪnd; blaɪnd] *adj.* (~·er; ~·est)
【 無視力的 】 **1** 失明的，盲目的；爲了盲人的． a *blind* man 盲人/The old man is *blind* in one eye. 那老人瞎了一隻眼睛/a *blind* school 《英》盲人學校(a school for the blind)．
2 (敍述)視而不見的；不瞭解的；不想瞭解的；《to 〔事物〕》． He is *blind* to our trouble. 他不瞭解我們的困難．
3 瞎說的，非常不合理的；盲目的，不經考慮的． a *blind* guess 瞎猜/*blind* obedience 盲從/with *blind* fury 氣得甚麼都丢到腦後的/in *blind* haste 莽撞急躁的．
【 閉著眼的 】 **4** 《航空》(不用眼睛)只依靠儀器的． *blind* flying [landing] 儀器飛行〔著陸〕．
【 能見度差的 】 **5** 前方隱約不明的，看不見的． a *blind* corner [turning] 死角．
6 死巷的；沒有出口〔窗〕的． a *blind* alley (→ 見 blind alley)/a *blind* road 死路，不通的馬路/a *blind* wall 沒有窗的牆．
(*as*) *blind as a bát* → bat[2] 的片語．
the blínd lèading the blínd 瞎子領瞎子(極其危險；源自聖經)．
tùrn a blìnd éye (*to...*) (對…)裝作沒有看見．
— *vt.* **1** 使瞎；〔強光等〕使目眩． a *blinding* sun 使人目眩的太陽． **2** 視而不見(*to* 〔事實等〕)；使失去判斷力〔思慮〕． Love *blinded* him *to* her faults. 愛情使他看不到她的缺點．
— *n.* (*pl.* ~s [~z; ~z]) ⓒ **1** (常 blinds)百葉窗，簾子，(《美》亦稱 window shade)． (《櫥窗的》遮光布篷． draw [pull down, lower] the *blinds* 放下百葉窗/draw up [raise] the *blinds* 捲起窗簾．
2 (通常用單數)掩人耳目之物，僞裝；藉口．
3 (主美)(獵人，動物觀察者的)隱藏處(《英》hide[1])．

blìnd álley *n.* ⓒ **1** 死巷．
2 (事物的)陷入困境；沒有前途(的職業，事業等)．

blìnd dáte *n.* ⓒ《口》未曾見過面的約會(經由第三者介紹)；約會的對方．

blind·ers [ˋblaɪndɚz; ˋblaɪndəz] *n.* 《作複數》

(美)(馬的)眼罩(《英》blinkers；→ harness圖)．

blind·fold [ˋblaɪnd͵fold, ˋblaɪn-; ˋblaɪndfəʊld] *vt.* 蒙住…的眼睛；迷惑；蒙騙．
— *n.* ⓒ眼罩，蒙眼布． — *adv.* 盲目地．

blind·ing [ˋblaɪndɪŋ; ˋblaɪndɪŋ] *adj.* **1** 耀眼的，刺眼的，〔光等〕． **2** 猛烈的(速度等)；醒目的．

blind·ly [ˋblaɪndlɪ; ˋblaɪndlɪ] *adv.* 盲目地，胡亂地；魯莽地．

blind·man's buff [ˋblaɪnd͵mænz`bʌf, ˋblaɪn-; ͵blaɪndmænz'bʌf] *n.* ⓒ 捉迷藏(被蒙上眼睛的人捉住人後猜其名)．

blind·ness [ˋblaɪndnɪs, ˋblaɪnnɪs; ˋblaɪndnɪs] Ⓤ盲目；莽撞，魯莽．

blìnd spòt *n.* ⓒ(解剖)(視網膜上的)盲點；(汽車等的)視線看不到的地方；自己不知道的弱點．

*blink [blɪŋk; blɪŋk] *v.* (~s [~s; ~s]; ~ed [~t; ~t]; ~·ing) *vi.* **1** 眨眼，連續眨眼． The baby in my arms *blinked* in the bright sunshine. 我懷裡的嬰兒在耀眼的陽光下直眨眼． 回blink 指兩眼無意識地迅速瞬動；wink 主要指眨一隻眼向對方使眼色；不過(美)有時將 blink 和 wink 當作同義字使用．
2 (口)吃驚地眨眼(*at*)．
3 裝作沒有看見，故意忽視，《at》． The police usually *blink at* cars parked here. 警察通常對停在這裡的車子睜一隻眼閉一隻眼．
4 (燈火，星等)發出微光，閃爍；(美)(鐵路平交道等的信號燈)一明一滅． We could see a light *blinking* in the distance. 我們可看到遠處閃著微弱的亮光．
— *vt.* **1** 眨〔眼〕，(因驚訝等而)直眨眼． *blink* one's eyes 眨眼睛/*blink* one's eye (美)用一眼使眼色(wink)/Listening to the news, she *blinked* back her tears. 她一邊聽這消息一邊眨眼不讓淚水湧出來． **2** 裝作沒有看見…；漏看，忽視；《away》． We can't continue to *blink away* his mistakes. 我們不能繼續忽視他的錯誤了．
— *n.* ⓒ **1** 閃爍，瞬目． **2** (光的)閃爍，忽明忽滅的光．
on the blínk (口)(機械等)故障． The TV is *on the blink*—we'll have to get it fixed again. 電視故障了，我們得把它重新修好．

blink·er [ˋblɪŋkɚ; ˋblɪŋkə(r)] *n.* ⓒ (blinkers)
1 (馬的)眼罩．
2 (美)(鐵路平交道等的)一明一滅的信號燈．

blip [blɪp; blɪp] *n.* ⓒ **1** 嗶(機械等發出的聲音)．
2 (雷達螢幕上顯出的)影像．

*bliss [blɪs; blɪs] *n.* Ⓤ無比高興；無上幸福． What *bliss* it is to see you again! 能再見到你眞是太高興了！

bliss·ful [ˋblɪsfəl; ˋblɪsfʊl] *adj.* 無比幸福的；非常開心的．

bliss·ful·ly [ˋblɪsfəlɪ; ˋblɪsfʊlɪ] *adv.* 無比幸福地；非常高興地． be *blissfully* ignorant 無知而快樂的．

blis·ter [ˋblɪstɚ; ˋblɪstə(r)] *n.* ⓒ (皮膚的)水泡． The tight shoes caused *blisters* on my toes. 鞋子太緊使我的腳趾磨出了水泡．
— *vt.* 〔燙等〕使起水泡．
— *vi.* 〔因燙等〕起水泡．

blithe [blaɪð; blaɪð] *adj.* 《雅》**1** 樂天的；輕鬆的．

2 開朗的，愉快的．

blithe·ly [`blaɪðlɪ; 'blaɪðli] *adv.* 開朗地，高興地．

blith·er·ing [`blɪðərɪŋ; 'blɪðəriŋ] *adj.* 〔限定〕《口》胡扯的；《英》完全的，十足的．

blitz [blɪts; blits] *n.* C **1** 閃電戰；(特指)空襲．**2**《俚》(商品銷售，宣傳等)的密集活動．
— *vt.* 對…進行閃電戰，以閃電戰破壞．

bliz·zard [`blɪzɚd; 'blizəd] *n.* C大風雪，雪暴．

bloat·ed [`blotɪd; 'bləʊtid] *adj.* **1** 膨脹的，腫的．**2** 〔費用等〕高漲的．

bloat·er [`blotɚ; 'bləʊtə(r)] *n.* C燻鯡魚．

blob [blɑb; blɒb] *n.* C(漿狀液體等的)一滴；(蠟等的)一小塊．

bloc [blɑk; blɒk] (法語) *n.* C(由於政治、經濟上的相互利益而結成的團體、國家等間的)聯盟，集團．the Communist *bloc* 共產世界/the sterling [dollar] *bloc* 英鎊[美元]集團．

✲block [blɑk; blɒk] *n.* (*pl.* ~s [~s; ~s]) C【塊】
1 (a)(樹，石，金屬等的)塊(通常指大且有一個以上平面之物)．a *block* of stone [ice] 石[冰]塊/a *block* of marble 一塊大理石．(b)《美》(玩具)積木((英)brick)；(建築用的)石材．a box of *blocks* 一箱積木/concrete *blocks* 水泥磚．(c)聚集在一起之物．a *block* of seats 座位區．(d)滑輪(利用一個或一個以上的 pulley 組合成的機械裝置)．
2 (a)(市街的)街區，街段，(四邊[兩邊]被馬路圍在一起的建築群)；一街區的一邊之長度．Go three *blocks*. Then turn right. 先過三個街區，然後再向右轉/My house is two *blocks* away. 我的家離這裡有兩條街遠/He lives on my *block*. 他跟我住在同一個街區．(b)(一幢的)大建築物．a *block* of flats 《英》公寓((美) an apartment house)．
3〔障礙物〕(a) 阻礙物，障礙物；(水管，血管等的)阻塞物；(交通)阻塞．a traffic *block* 交通阻塞．(b)(語言，思考等的)停頓(現象)，中斷；一時想不起來．I have a (mental) *block* about math. 我暫時無法動腦想數學．
— *vt.* (~s [~s; ~s]; ~ed [~t; ~t]; ~ing) **1** 封閉，封鎖，〔道路等〕阻擋，(up)．(Road) *Blocked* 禁止通行〔告示〕/block the exit 封住出口/The mountain pass was *blocked up* by a landslide. 山路被山崩封住了．
2 妨礙，成為…的障礙，〔行動，成功等〕．The opposition *blocked* his fourth election as mayor. 反對黨阻礙他第四次參加市長選舉．
3(比賽)阻擋，封住，〔對手的活動〕．
blóck /.../ ín (1)畫…的略圖．(2)堵塞…．
blóck /.../ óut (1)畫…的略圖；草擬…的計畫．(2)使…無法進入．

block·ade [blɑ`ked; blɒ'keid] *n.* C **1** (港口，城市等的)封鎖，圍困．a naval *blockade* around the port 海軍在港口附近的封鎖．
2 (警察等的)道路封鎖，交通中斷；經濟[通訊]封鎖．**3** 阻礙[障礙]物．
bréak a blockáde 衝破封鎖．
lift [ràise] a blockáde 解除封鎖．
rùn a blockáde 穿越封鎖線．

— *vt.* 封鎖；妨礙．

block·age [`blɑkɪdʒ; 'blɒkidʒ] *n.* U封鎖[妨礙，隔絕]狀態；C(用於)封鎖之物，妨礙物，隔絕物．

blóck and táckle *n.* UC滑輪裝置．

block·bust·er [`blɑk͵bʌstɚ; 'blɒkbʌstə(r)] *n.* C **1** (使整個城鎮毀滅的)大型強力炸彈．**2**《口》風靡一時的電影[小說]．

block·head [`blɑk͵hɛd; 'blɒkhed] *n.* C《口》愚人，笨蛋．

block·house [`blɑk͵haus; 'blɒkhaus] *n.* (*pl.* **-hous·es** [-͵hauzɪz; -hauziz]) C **1** 原木碉堡(有槍眼，結構特殊的碉堡[監視所]；以前是用原木築成)．**2** 掩體(火箭發射基地等的圓頂建築物)．

[blockhouse 1]

blóck létter *n.* C印刷體字母(用同樣粗細的筆畫寫成，無裝飾，通常只用大寫字母)．

JOHN SMITH

[block letters]

bloke [blok; bləʊk] *n.* C《英、口》傢伙(fellow)，人(man)．

✲blond, blonde [blɑnd; blɒnd] *adj.* (**blond·er; blond·est**) **1** 〔人〕金髮的(金髮、白膚、碧眼；→ brunet)．a *blond* girl 金髮的女孩．
2 〔頭髮〕金髮的；〔皮膚〕白皙的；(fair)．She has *blond* hair. 她有一頭金髮/a *blond* complexion 白皙膚．
— *n.* C金髮(的人)．[參考]男性傾向於用 blond，女性傾向於用 blonde．

✲blood [blʌd; blʌd] *n.* U **1** 血，血液．loss of *blood* 失血/*Blood* runs in the veins. 血液在血管中流動/We gave *blood* to help the child. 我們捐血救那個孩子/A lot of *blood* was shed in the battle. 在這場戰役中流了大量的鮮血/*Blood* poured [flowed] from the wound. 血從傷口流出．
2 (a)《文章》血統；家世；名門．Learning runs in their *blood*. 他們家是書香門第/*Blood* will tell. 血統足以證明一切/of the same *blood* 同一血統的/a man of noble *blood* 出身高貴的人．(b)(加the) 王族．

B

3 血氣；熱情；氣質(temperament)．a man of hot *blood* =a hot-*blooded* man 熱血男子．
4 [C]《主英》血氣方剛的男子；《英·古》花花公子．
◇ *v.* **bleed.** *adj.* **bloody.**
Blóod is thícker than wáter.《諺》血濃於水《自家人勝過外人》．
in còld blóod 冷漠地，冷酷地；冷靜地．
màke a pèrson's blòod bóil [*run cóld*] 使人血脈賁張[毛骨悚然]．Parents who beat their children really *make* my *blood boil.* 打自己孩子的父母真叫我憤慨．
nèw [*frèsh*] *blóod*「新血」，年輕一代．We need some *new blood* in the club to provide fresh ideas. 我們俱樂部需要一些新血提供新的主意．

blóod bánk *n.* [C]血庫．
blóod báth *n.* [U]大屠殺．
blòod bróther *n.* [C] **1** 親兄弟，同胞兄弟．**2** 拜把兄弟《歃血為盟的結拜兄弟》．
blóod cèll *n.* [C]血球．
blóod còunt *n.* [U]血球數測定．
blood-cur-dling [ˋblʌd͵kɝdlɪŋ; ˊblʌd͵kɜːdlɪŋ] *adj.* 使人毛骨悚然的，血都要凝結(般)的《哀號，恐懼等》．
blóod donátion *n.* [U]捐血．
blóod dònor *n.* [C]捐血人．
blóod gròup *n.* [C]血型．
blóod hèat *n.* [U]血溫《健康人的體溫》．
blood-hound [ˋblʌd͵haʊnd; ˊblʌdhaʊnd] *n.* [C]尋血獵犬《嗅覺極其靈敏的英國種大型犬；做警犬、搜索犬用；→hound》．
blood-i-ly [ˋblʌdɪ, -ɪlɪ; ˊblʌdɪlɪ] *adv.* 滿身是血地；殘忍地，殘酷地．
blood-i-ness [ˋblʌdɪnɪs; ˊblʌdɪnɪs] *n.* [U]血腥；殘忍．
blood-less [ˋblʌdlɪs; ˊblʌdlɪs] *adj.* **1** 無血色的，蒼白的．**2** 不流血的，無血的．a *bloodless* victory 不流血的勝利．**3** 冷血的，無情的．
Blòodless Revolútion *n.* (加the)不流血革命(即光榮革命)《1688年的the English Revolution》．
blood-let-ting [ˋblʌd͵lɛtɪŋ; ˊblʌd͵letɪŋ] *n.* [U] **1** 放血《以前常作為治病之方法》．**2** 流血．
blood-mo-bile [ˋblʌdmo͵bil; ˊblʌdməʊ͵biːl] *n.* [C]《美》捐血車．
blóod pòisoning *n.* [U]敗血症．
blóod prèssure *n.* [UC]血壓．
blood-red [ˋblʌdˋrɛd; ͵blʌdˋred] *adj.* 血紅的，血色的；血染的．
blóod relátion *n.* [C]血緣，血親．
blood-shed [ˋblʌd͵ʃɛd; ˊblʌdʃed] *n.* [U]流血；殺人．
blood-shot [ˋblʌd͵ʃat; ˊblʌdʃɒt] *adj.* 〔眼睛〕充血的，血紅的．
blood-stain [ˋblʌd͵sten; ˊblʌdsteɪn] *n.* [C]血跡．

blood-stained [ˋblʌd͵stend; ˊblʌdsteɪnd] *adj.* **1** 染有血跡的．**2** 血跡斑斑的《歷史等》．
blood-stock [ˋblʌd͵stak; ˊblʌdstɒk] *n.* [U] (集合)純種馬，賽跑馬．
blood-stone [ˋblʌd͵ston; ˊblʌdstəʊn] *n.* [C]《礦物》雞血石，血玉髓，《有紅色斑點的寶石；3月的誕生石；→birthstone表》．
blood-stream [ˋblʌd͵strim; ˊblʌdstriːm] *n.* [U]血液循環．
blood-suck-er [ˋblʌd͵sʌkə; ˊblʌd͵sʌkə(r)] *n.* [C] **1** 吸血動物《特指水蛭》．**2**《口》剝削別人的人，「吸血鬼」．
blóod tèst *n.* [C]驗血．
blood-thirst-y [ˋblʌd͵θɝstɪ; ˊblʌd͵θɜːstɪ] *adj.* 嗜血的，殘忍好殺戮的．
blóod transfùsion *n.* [UC]輸血．
blóod tỳpe *n.* =blood group.
blóod vèssel *n.* [C]血管．
*** blood-y** [ˋblʌdɪ; ˊblʌdɪ] *adj.* (**blood-i-er**; **blood-i-est**) **1** 滿是血的；流血的．have a *bloody* nose 流鼻血/a *bloody* handkerchief [sword] 滿是血的手帕[劍]．**2** 血腥的；殘忍的(cruel)．a *bloody* battle 血腥的戰鬥．**3**《英·俚》非常的．
— *adv.*《英·俚》非常地，極其．a *bloody* awful film 非常恐怖的電影/Not *bloody* likely! 絕不可能！

blood-y-mind-ed [ˋblʌdɪˋmaɪndɪd; ͵blʌdɪˋmaɪndɪd] *adj.*《英·口》故意反對的，故意刁難的．

*** bloom** [blum; bluːm] *n.* (*pl.* ~s [~z; ~z]) [C]《觀賞用的》花《玫瑰，菊等》；[U]開花(狀態)《一片語》．come into *bloom* 開花．
圓 bloom 和 blossom 同樣指會結果實的花，但是 bloom 是指「現在盛開的花」，而 blossom 則帶有期待將來會結果實之意；→ flower．
2 [U] (加the)(青春等的)鼎盛期，最佳時期，「黃金時代」．She was in the very *bloom* of youth. 她正值妙齡時期．
in blóom 開花(了)．The roses are *in bloom* in our garden. 我們花園裡的玫瑰花開了/in full *bloom* 盛開．
out of blóom〔花〕過了盛開時期．
— *vi.* (~s [~z; ~z]; ~ed [~d; ~d]; ~ing) **1** 花開，花綻放著．The roses are *blooming* early this year. 今年玫瑰花開得早．
2〔健康，活力，美貌等〕在最佳期，在全盛期．
bloom-er [ˋblumə; ˊbluːmə(r)] *n.* [C]《英·俚》《謔》失誤，大錯，(blunder)．
bloom-ers [ˋbluməz; ˊbluːməz] *n.* 《作複數》燈籠褲《褲腳用鬆緊帶縮緊的女用運動褲》；(女子的)縮口內褲．a pair of *bloomers* 一條女用燈籠褲．
[字源]源自美國女性解放運動者 Mrs. A. Bloomers (1818-94)的設計．
bloom-ing [ˋblumɪŋ; ˊbluːmɪŋ] *adj.* **1** 花開的．**2** 盛開的，全盛的．in *blooming* health 十分健康的．**3**《限定》《主英·俚》極其的，非常的，(★ bloody 的委婉代用字)．

‡blos·som [ˋblɑsəm; ˈblɔsəm] n. (pl. ~s [~z; ~z]) **1** © (特指果樹等的)花(→ bloom回). cherry [apple] *blossoms* 櫻〔蘋果〕花. **2** Ü (集合)(一棵果樹上的)(所有的)花.

3 Ü開花(期);(成長的)初期.

in blóssom (樹)開花(了).

— *vi.* (~s [~z; ~z]; ~ed [~d; ~d]; ~ing) **1** 開花. **2** 繁榮;成長,發展,(*into*). I hope their relationship will *blossom into* something permanent. 我希望他們的關係能長久維持下去.

*blot [blat; blɔt] n. (pl. ~s [~s; ~s]) © **1** (墨水等的)汚漬,汚點. ink *blots* 墨漬.

2 (名聲,風景等的)汚點,缺點;恥辱. a *blot on* my family's name 我家聲譽上的一個汚點. ≒**blemish, stain.**

— *vt.* (~s [~s; ~s]; ~ted [~ɪd; ~ɪd]; ~ting)
1 沾汚. The paper was *blotted with* ink. 紙上沾有墨漬. **2** 損壞,玷汚,〔名聲等〕.

3 (用吸墨紙)吸(墨水等). He signed the check with a fountain pen and *blotted* it. 他用鋼筆在支票上簽名,並用吸墨紙吸乾墨水.

blót/.../óut (1)掩蓋,使…隱蔽. Thick smoke *blotted out* the burning building. 濃煙籠罩住燃燒著的建築物. (2)消去,抹去,〔文字等〕;完全抹去〔記憶等〕. They *blotted out* my name from the list. 他們把我的名字從名單中刪去.

blotch [blatʃ; blɔtʃ] n. © **1** (墨水,顏料等的)大塊汚漬. **2** 疙瘩,膿疱.

blot·ter [ˋblatɚ; ˈblɔtə(r)] n. © 吸墨紙;吸墨用具.

blótting pàper n. Ü吸墨紙.

blot·to [ˋblato; ˈblɔtəʊ] adj. 《英,俚》《敍述》爛醉如泥的.

*blouse [blaus, blauz; blaʊz] n. (pl. blous·es [~ɪz; ~ɪz]) © **1** 襯衫. She was wearing a white *blouse* and a brown skirt. 她穿著白色襯衫和棕色裙子. **2** (歐洲農民,工匠等穿的)罩衫,工作服,(通常繫有皮帶). **3** 軍服上衣;外衣.

‡blow¹ [blo; bləʊ] v. (~s [~z; ~z]; blew; blown, *vt.* ~ed [~d; ~d]; ~ing) *vi.*

〖吹〗 **1** 〔風〕吹;送風. It [The wind] was *blowing* hard all night. 整夜風都很大/A cold wind *blew in*. 冷風吹進來了.

2 〔人〕呼(吐)氣(*on*);〔鯨,魚等〕噴水. She *blew on* her hands to warm them. 她吹氣使雙手暖和.

〖吹出聲音〗 **3** 〔汽笛等〕鳴響. The noon siren is *blowing*. 中午的汽笛響起來了/*blow* hard *on* a whistle 用力吹哨笛.

4 喘氣,喘息.

〖吹走〗 **5** 〔物〕乘風飛走;在風中搖晃,招展; 句型2 (blow **A**)因爲風而成爲A的狀態. The papers *blew* away. 文件隨風吹走了/The door *blew* open. 門被風吹開了.

6 〔輪胎〕爆裂;〔保險絲〕燒斷. *blow out* (→片語).

— *vt.* 〖吹去〗 **1** 〔風〕吹向…,把…吹走(*off*),吹倒(*down, over*),吹散(*about*),吹熄(*out*). The wind *blew* her hat *off*. 風把她的帽子吹掉了. (b) 句型5 (blow **A** B)把A吹成B狀態. *blow* a

右 ────────────────── **blow** 163

door shut 〔風〕把門吹關上.

2 句型4 (blow **A** B)向A(人)吹B. It is an ill wind that *blows* nobody (any) good. (諺)〔甲的損失是乙的獲得〕〈沒有爲任何人帶來利益的風是有害之風〉不論甚麼風總會對某些人有益).

3 〖吹氣〗吹〔氣〕;吹熄〔蠟燭〕. He *blew* his fingers to make them warm. 他向手指吹氣使其暖和/*blow* out (→片語).

〖吹響〗 **4** 吹,吹響,〔笛子等〕. *blow* a whistle [trumpet] 吹哨子〔小號〕.

5 擤〔鼻涕〕. *Blow* your nose with this handkerchief. 用這手帕擤擤你的鼻子.

〖吹做〗 **6** (吹)成…. *blow* bubbles 吹泡泡/Dad can *blow* many smoke rings. 爸爸能吐出許多煙圈.

7 使鼓起來. *blow* a tube 使管狀之物膨脹/*blow* glass 吹玻璃(吹熔化的玻璃以製作玻璃器皿).

〖吹走〗 **8** 吹散〔灰塵等〕. *blow* dust off the table 把桌上的灰塵吹掉.

9 (a)把(ⅠⅠ保險絲)燒斷;使〔輪胎〕爆裂. *blow* a fuse 燒斷保險絲/*blow* a tire 使輪胎爆破/*blow/.../out*(→片語). (b)爆破. *blow/.../up*(→片語).

10 (過去分詞為 blowed)《俚》咒罵(★為 damn 的委婉說法;用於祈使語氣,或者以 I'm *blowed* (if…)的形式使用). I'll be [I'm] *blowed* if I know. 這些事我根本不知道/*Blow* it! 眞該死!/Well, *I'm blowed!* 哎喲,嚇我一大跳!

blòw/.../awáy (1)吹掉〔帽子等〕. (2)將〔煩悶的心情等〕一掃而空.

blòw hòt and cóld 《口》心意不停轉變,沒有主見,(*about*).

blòw ín 《俚》突然來到.

blòw óut¹ (1)(被風)吹熄. (2)〔保險絲〕燒斷;〔輪胎〕爆裂.

blòw/.../óut² (1)把…吹熄. She *blew* out the candles on her birthday cake. 她吹熄了生日蛋糕上的蠟燭.

(2)燒斷〔保險絲〕;使〔輪胎〕爆破. The whole town was *blown out*. 整個鎮都停電了.

(3)(用 blow itself out)〔風〕停下來.

blòw óver 〔風〕不吹了;〔暴風雨〕過去了;〔危機等〕平安地過去了. The trouble *blew over* in a few days. 糾紛在兩三天後平息下來了.

blòw úp¹ (1)爆炸,變得粉碎;〔輪胎等〕充氣而鼓脹起來;〔暴風雨〕來臨;《口》大發雷霆.

blòw/.../úp² 因爆炸而使…飛濺至上方〔變得粉碎〕;吹走…;(用空氣,瓦斯等)充氣而使…鼓脹起來;放大〔照片〕(enlarge).

— *n.* © **1** (呼吸,風的)一吹;《口》疾風,暴風,旋風. **2** 〔樂器的〕吹奏. **3** 〔鯨魚的〕噴水.

4 擤鼻涕.

*blow² [blo; bləʊ] n. (pl. ~s [~z; ~z]) © **1** (拳頭,棍子,槌子等的)猛擊,毆打. He got a *blow* on the head in the accident. 在意外中他的頭部受到重擊.

B

2 精神上的打擊，衝擊；受衝擊的原因[厄運等]；《*to*》. It was a real *blow to* my self-confidence. 這對我的自信心真是一大打擊.

〔搭配〕*adj.*＋blow (1-2)：a hard ～（強烈的打擊），a severe ～（猛烈的打擊），a fatal ～（致命的打擊）// *v.*＋blow：receive a ～（受到打擊），strike a ～（給予打擊）.

at a [*òne*] *blów* 一擊之下；一發；一舉，一下子.

còme to blóws 開始互毆.

exchànge blóws 互毆.

with a [*òne*] *blów*＝at a blow.

blow[3] [blo; bləʊ] *vi.* (**～s**; **blew**; **blown**; **～·ing**)《雅、古》花開(bloom)《主要用過去分詞構成複合字》. full-*blown* 盛開的.

blow-by-blow [ˏblobaɪˋblo; ˏbləʊbaɪˈbləʊ] *adj.*《限定》逐一敍述(經過)的〔報告等〕.

blow·er [ˋbloɚ; ˈbləʊə(r)] *n.* C **1** 吹的人；吹玻璃的人. **2** 鼓風機，風箱.

blow·fly [ˋbloˏflaɪ; ˈbləʊflaɪ] *n.* (*pl.* **-flies**) C《蟲》綠頭蒼蠅.

blow·lamp [ˋbloˏlæmp; ˈbləʊlæmp] *n.*《主英》＝blowtorch.

blown [blon; bləʊn] *v.* blow[1,3] 的過去分詞.

blow·out [ˋbloˏaʊt; ˈbləʊaʊt] *n.* C **1** (保險絲的)燒斷；(輪胎等的)爆裂.

2《俚》山珍海味(的宴會).

blow·pipe [ˋbloˏpaɪp; ˈbləʊpaɪp] *n.* C吹火管；(製造玻璃器具用的)吹管.

blow·torch [ˋbloˏtɔrtʃ; ˈbləʊtɔːtʃ] *n.* C《主美》吹焰燈(用於焊接等的噴燈).

blow·up [ˋbloˏʌp; ˈbləʊʌp] *n.* C **1** 爆炸(explosion). **2**《口》發怒；斥責.

3 放大(照片)(enlargement).

blowz·y [ˋblaʊzɪ; ˈblaʊzɪ] *adj.*〔特指女性〕臉紅的；有點髒的，衣冠不整的.

blub·ber [ˋblʌbɚ; ˈblʌbə(r)] *n.* **1** U海洋動物(特指鯨魚)的脂肪. **2** UC 嚎啕大哭.

— *vi.* 嚎啕大哭. — *vt.* 哭泣著說(*out*).

bludg·eon [ˋblʌdʒən; ˈblʌdʒən] *n.* C (前端粗大而重的)棍棒(武器). — *vt.* 用棍子打.

*blue [blu, blɪu, bluː] *adj.* (**blu·er**, **blu·est**) **1** 藍的，藍色的，天藍色的，水藍色的，深藍色的. She has *blue* eyes. 她有一雙碧眼睛／How *blue* the sky is! 天空好藍啊!

2 青白的(pale). His hands were *blue* with cold. 他的手凍得發青／His face turned *blue* with anger. 他氣得臉色發青.

3《口》〔事態〕不妙的；〔人〕憂鬱的，陰沈的，鬱悶的. Things looked *blue*. 事態看來不妙／I was feeling *blue* all day. 我整天都覺得很鬱悶.

4《口》猥褻的. a *blue* film 猥褻的影片.

— *n.* (*pl.* **～s** [~z; ~z]) **1** U藍，天藍色，深藍色. dark *blue* 深藍色《Oxford 大學的校色》／light *blue* 淡藍色《Cambridge 大學的校色》.

2 (加the)藍天；海洋. out of the *blue*(→片語).

3 UC藍色的油畫顏料[油漆，染料].

4 U藍色的服裝[布料].

5《口》(the blues；有時作單數)憂鬱，愁悶. have the *blues* 憂鬱，沒有精神，無精打采.

6 ((the) blues；常作單數)藍調《速度徐緩、旋律憂鬱，曲間即興穿插吉他演奏；起源於美國黑人靈歌》.

out of the blúe 突然，出乎意料. The chairman resigned *out of the blue*. 議長突然辭職.

crỳ [*scrèam*, *shòut*] *blùe múrder*《口》大聲叫嚷，大驚小怪地叫喊.

blue·bell [ˋbluˏbɛl, ˋblɪu-; ˈbluːbel] *n.* C風鈴草《天藍色鈴形花的草本植物的總稱；在英格蘭指野生的風信子》.

[bluebell]

blue·ber·ry [ˋbluˏbɛrɪ, ˋblɪu-, -bərɪ; ˈbluːbərɪ] *n.* (*pl.* **-ries**) C藍莓《杜鵑科越橘屬的高樹、矮樹的總稱》；藍莓的果實《有甜味的小漿果，可供食用》.

blue·bird [ˋbluˏbɝd, ˋblɪu-; ˈbluːbɜːd] *n.* C青鳥《班鶇類》，產於北美，背部為藍色，叫聲悅耳》.

blue-black [ˋbluˋblæk, ˋblɪu-; ˌbluːˈblæk] *adj.* 深藍色的.

blùe blóod *n.* U貴族[王族]家世(的人).

[blueberry]

blùe bóok *n.* **1**《英》藍皮書《英國議會或政府所發行，通常為藍色封面的正式報告書；→ white paper》.

2《美》公務員名冊.

3《美大學》考試答案用紙(用藍色封面裝訂).

blue·bot·tle [ˋbluˏbat, ˋblɪu-; ˈbluːˏbɒtl] *n.* C(圍在肉等上面的)青蠅.

blùe chéese *n.* UC藍黴乳酪《例如Roquefort》.

blùe chíp *n.* C《股票》績優股.

blue-chip [ˋbluˏtʃɪp; ˈbluːˏtʃɪp] *adj.* **1**《股票》績優股的. **2**《口》優秀的，一流的.

blue-col·lar [ˋbluˋkɑlɚ; ˌbluːˈkɒlə(r)] *adj.* 藍領階級的，工廠勞動工人的，現場作業員的，(↔ white-collar).

blue-eyed [ˏbluˋaɪd; ˈbluːaɪd] *adj.* 藍眼珠的.

blue·jack·et [ˋbluˏdʒækɪt, ˋblɪu-; ˈbluːˏdʒækɪt] *n.* C水兵.

blùe jèans *n.*《作複數》牛仔褲.

blùe Mónday *n.* C《美、口》憂鬱的禮拜一《因為要開始工作或上學》.

blue-pen·cil [ˋbluˋpɛnsl, ˋblɪu-; ˌbluːˈpensl] *vt.* (**～s**;《美》**～ed**,《英》**～led**;《美》**～ing**,《英》**～ling**)(用藍色鉛筆)刪去(字句)；審閱.

blue·print [ˋbluˏprɪnt, ˋblɪu-; ˈbluːprɪnt] *n.* C

1 (建築, 機械等設計圖的)藍圖.

2 (詳細的)方案, 設計.

blu·er [`bluɚ; 'bluːə(r)] adj. blue 的比較級.

blūe rîbbon n. C 首獎, 最高榮譽.

blu·est [`bluɪst; 'bluːɪst] adj. blue 的最高級.

blue-stock·ing [`blu,stakɪŋ, `blu-; 'bluː,stɒkɪŋ] n. C (輕蔑)女學者, 擺學者架子的女人, 女性知識分子.

bluff[1] [blʌf; blʌf] adj. **1** (海岬, 山崖, 船頭等)陡峭的, 斷崖的.

2 (人, 態度等)粗野的, 粗魯的; 直率的. in a *bluff* and straightforward way 以粗魯而直率的態度. 回 bluff 意謂「雖言行粗魯但本性善良」, 沒有負面含義; → blunt.

— n. (pl. ~s) C (面向河、海、湖等寬闊的)峭壁, 斷崖. ≒**cliff, precipice**.

bluff[2] [blʌf; blʌf] vt. 虛張聲勢地嚇唬; 故弄玄虛地欺騙; 虛張聲勢以…. He *bluffed* his playmates *into* handing over their pocket money. 他恐嚇他的玩伴使他們將零用錢交給他.

— U 故弄玄虛; 虛張聲勢.

càll *a pèrson's* **blúff** 用激將法挑釁.

bluff·ness [`blʌfnɪs; 'blʌfnɪs] n. U 粗野, 粗魯.

blu·ish [`bluɪʃ, `bluɪʃ; 'bluːɪʃ] adj. 帶藍色的.

*****blun·der** [`blʌndɚ; 'blʌndə(r)] n. (pl. ~s [~z; ~z]) C 粗心的失敗, 愚蠢的錯誤, (回 blunder 是比 error, mistake 更愚蠢的大錯). make [commit] a *blunder* 犯下大錯.

— vi. **1** 失誤, 犯錯. *blunder into* war 錯誤地投入戰爭. **2** 步履蹣跚, 倉惶失措.

blun·der·er [`blʌndərɚ; 'blʌndərə(r)] n. C 做錯事的人, 粗心大意的人.

*****blunt** [blʌnt; blʌnt] adj. (~·er; ~·est) **1** (刀刃, 頭腦等)鈍的, 不精明的, 感覺遲鈍的, (↔ sharp, keen). a *blunt* knife 鈍刀/a *blunt* instrument [weapon] 鈍了的工具[武器].

2 (人, 言語, 態度等)率直的, 坦白的. To be *blunt*, I don't like him. 坦白說, 我不喜歡他/give a person a *blunt* refusal 直率地拒絕某人. 回 blunt 意味著對他人的心情未加注意; → bluff[1].

— vt. 使(刀刃等)變鈍; 使(人)感覺遲鈍.

blunt·ly [`blʌntlɪ; 'blʌntlɪ] adv. 直率地, 直言不諱地, 坦白地.

blunt·ness [`blʌntnɪs; 'blʌntnɪs] n. U 愚鈍, 不精明; 冷淡; 感覺遲鈍.

blur [blɝ; blɜː(r)] n. C 朦朧, 模糊; 模糊之物.

— vt. (~s; ~red; ~·ring)使(記憶, 景物等)模糊; 使(眼睛)模糊; 看不清楚(dim). a *blurred* image 模糊的形象.

blurb [blɝb; blɜːb] n. C (口)(印在書籍封面上的)廣告文字(多為過分誇大的文字).

blurt [blɝt; blɜːt] vt. 不慎說出(不能說的事或祕密)(out).

*****blush** [blʌʃ; blʌʃ] vi. (~·es [~ɪz; ~ɪz]; ~ed [~t; ~t]; ~·ing) **1** 臉紅; (臉)變紅. She *blushed* for [with] shame. 她難爲情得臉紅了. 回 blush 指因羞愧、沒有面子、困惑等而臉紅; → flush.

2 羞愧, 感到難爲情, ((for, at)). I *blush for* you. 我替你感到羞恥/He *blushed at* his own stupidity. 他爲自己的愚蠢而臉紅.

— n. ~·es [~ɪz; ~ɪz] C 臉紅, 羞愧. He looked away from me to hide his *blushes*. 他爲了掩飾羞怯而不敢正視我/Spare my *blushes*. 《口》別瞎捧我(原義是別讓我臉紅).

at fîrst blúsh (雅)乍看之下. *At first blush*, the theory seems to be sound. 乍看之下, 這理論似乎正確.

blush·ing·ly [`blʌʃɪŋlɪ; 'blʌʃɪŋlɪ] adv. 紅著臉地, 難爲情地, 害羞地.

blus·ter [`blʌstɚ; 'blʌstə(r)] vi. **1** (風)狂吹; (浪)翻騰. **2** 咆哮; 大聲恫嚇.

— vt. 咆哮地說((out)).

— n. U **1** (風, 浪的)狂吹聲, 洶湧.

2 虛張聲勢的言辭, 恐嚇(的話).

blus·ter·y [`blʌstərɪ, -trɪ; 'blʌstərɪ] adj. 狂風大作的.

BO, b.o. (略)(口)=body odor(體臭).

bo·a [`boə; 'bəʊə] n. C **1** =boa constrictor.

2 長圍巾(長毛皮[羽毛]做的女用圍巾).

bóa constrîctor n. C 蟒蛇((一種產於熱帶美洲的大蛇; 絞殺獵物後再將其吃掉)).

boar [bor, bɔr; bɔː(r)] n. (pl. ~s, ~) **1** C (未閹的)公豬(→ pig[參考]); U 公豬的肉.

2 C 野豬(wild boar); U 野豬的肉.

‡‡board [bord, bɔrd; bɔːd] n. (pl. ~s [~z; ~z]) 【板】**1** C (床, 牆壁, 甲板用的)板((為建築術語, 指寬 4.5 英寸以上, 厚 2.5 英寸以下者; 比這厚而寬者稱爲 plank). floor*boards* 地板/a *board* fence 《美》板垣.

2 C 黑板(blackboard); (西洋棋等的)棋盤; (告示用, 指示用, 熨斗等用的)板, 牌, 檯. a bulletin *board* 《美》告示牌(=《英》a notice *board*)/an ironing *board* 燙衣板/a diving *board* 跳水板/a chopping *board* 切菜板.

3 【板狀物】C 紙板, 厚紙板, (cardboard).

【板製的桌子】**4** (a) C 餐桌(table); (餐桌上擺出的)盛宴. a festive *board* 慶祝宴會. (b) U (一日三餐的)膳食, 伙食. *board* and lodging 膳宿[包吃包住]/bed and *board* → bed 的片語.

【桌 > 會議】**5** C 會議; (會議中有席位的各種)委員會, 評議會, 協議會, 幹部會等. a *board* of directors 理事會, 董事會/a school *board* (→見 school board).

6 C (政府的)部, 局, 廳.

acròss the bóard 全盤地, 全面地. They threatened to strike if they weren't given big pay raises *across the board*. 他們威脅如果無法獲得全面大幅度的調薪就舉行罷工.

gò by the bóard (計畫等)取消, 完全失敗. My plan to study abroad *went by the board* when my father died. 父親去世時, 我的留學計畫也跟著取消了.

B

* *on bóard* (1)乘(船，飛機，火車，公車等)
(aboard)；在船[飛機，車]內. go [get] *on board*
上船[飛機，車，汽車]，(2)((介系詞性))乘…. go
on board a ship [train] 乘船[乘火車].
swèep the bóard (以王牌獲勝)贏得(桌上的)全部
賭金；(一般指)全勝，大贏.
—— *vt.* **1** 鋪板於…，用板圍住，((*up*, *over*)).
board the floor 鋪地板.
2 準備某人的伙食；讓…借宿.
3 乘，坐進. *board* a bus [train] 上公車[火車]/
board a plane 搭乘飛機.
4 (古時海戰)攻入[敵船].
—— *vi.* 寄宿. I am *boarding at* my uncle's. = I
am *boarding with* my uncle. 我寄宿在叔叔家.
bòard óut[1] 在外用膳.
bòard /.../ óut[2] 把(孩子，寵物，貧困者等)寄養在
他處[別人的家].

●——與 BOARD 相關的用語
signboard	招牌，告示牌
scoreboard	記分板
drawing board	畫板；製圖板
checkerboard [chessboard]	棋盤
sideboard	餐具櫥	pasteboard	厚紙板
blackboard	黑板	dashboard	儀表板
cupboard	餐具櫥	keyboard	鍵盤

board·er [ˋbɔrdɚ, ˋbor-; ˈbɔːdə(r)] *n.* ⓒ **1** (有
包伙食的)寄宿者. **2** 寄宿生，住校生.
board·ing [ˋbɔrdɪŋ, ˋbor-; ˈbɔːdɪŋ] *n.* ⓤ **1** 鋪
木板；板牆；(集合)板. **2** 寄宿，伙食.
3 乘車，搭乘.
bóarding càrd *n.* ⓒ (客機的)登機證.
bóard·ing·house [ˋbɔrdɪŋˌhaʊs, ˋbord-;
ˈbɔːdɪŋhaʊs] *n.* (*pl.* **-hous·es** [-ˌhaʊzɪz, -haʊzɪz])
ⓒ (供膳的)寄宿處；宿舍. [參考]不供膳的稱作
lodging [rooming] house.
bóarding pàss *n.* ⓒ (客機的)機票.
bóarding schòol *n.* ⓒ 寄宿學校，全部學
生皆須住宿的學校. (→ day school).
board·room [ˋbɔrdˌrum, ˋbɔːdrɔm] *n.* ⓒ (董
事會等)會議室. a *boardroom* row 會議的糾紛.
board·walk [ˋbɔrdˌwɔk, ˋbord-; ˈbɔːdwɔːk]
n. ⓒ (美)(特指海岸的)木板鋪成的散步道.
*boast [bost; bəʊst] *vi.* (**~s** [~s; ~s]; **~ed** [~ɪd;
~ɪd]; **~ing**) *vi.* 吹噓，自誇，((*of*,
about)). She *boasted* to me of [*about*] her son's
having won the championship. 她向我誇耀她的兒
子獲得冠軍.
—— *vt.* **1** [句型3] (boast *that* 子句)誇耀說…. He
boasted that he could beat me at chess. 他自誇能
西洋棋贏我.
2 擁有[可誇耀之物]，以…為榮，[注意]通常不以
人當主詞)). This town *boasts* a large public
library. 這城鎮擁有(可以誇耀的)大型公共圖書館.

—— *n.* (*pl.* **~s** [~s; ~s]) ⓒ 自誇；自負的原因；(足
以)誇耀(的事物). His loud *boasts* disgusted us.
他大聲的自吹自擂令我們厭煩.
màke a bóast of... 誇耀…，自誇….
boast·er [ˋbostɚ; ˈbəʊstə(r)] *n.* ⓒ 自誇者；吹
牛的人.
boast·ful [ˋbostfəl; ˈbəʊstfʊl] *adj.* 自誇的，吹
噓的，((*of*))；高傲的.
boast·ful·ly [ˋbostfəlɪ; ˈbəʊstfʊlɪ] *adv.* 自誇
地，自傲地，逞威風地.

*boat [bot; bəʊt] *n.* (*pl.* **~s** [~s; ~s]) ⓒ **1** 小船，
小舟；船. a *boat* for hire 出租的船/a
fishing *boat* 漁船/a mail *boat* 郵政船/row a *boat*
划船/take a *boat* for Boston 搭乘往波士頓的船/
by *boat* 乘船. [回]在航海術語上 boat 僅指小船，
在海洋定期航行的船則稱為 ship.
2 船形碟(盛肉湯、調味汁等).

●——與 BOAT 相關的用語
ferryboat	渡船	fireboat	消防艇
fishing boat	漁船	gunboat	砲艦
houseboat	船屋	motorboat	汽艇
rowboat =(英) rowing boat			划艇，小舟
(美) sailboat =(英) sailing boat			帆船
showboat	演藝船		
steamboat	汽船[艇]，輪船		
torpedo boat	魚雷艇		
tugboat	拖船		

be (àll) in the sàme bóat 處於相同(不利)的立
場[境地]；命運與共.
bùrn one's bóats → burn 的片語.
mìss the bóat (磨磨蹭蹭)失去良機.
ròck the bóat (口)使現狀出現風波(惡化事態)；
(在團體內部)顛覆. Don't start *rocking the boat*
when things are going so well. 事情發展如此一帆
風順的時候別在內部興風作浪.
—— *vt.* 用船運送…；讓…乘船.
—— *vi.* 坐船去；乘船遊玩，划小舟.
gò bóating 去划船；乘船去遊玩.
boat·er [ˋbotɚ; ˈbəʊtə(r)] *n.* ⓒ 硬草帽(從前乘船
遊玩時所戴的，所以有此名稱).
boat·house [ˋbotˌhaʊs; ˈbəʊthaʊs] *n.* (*pl.*
-hous·es [-ˌhaʊzɪz; -haʊzɪz]) ⓒ 船庫，放置快艇的
小屋.
boat·ing [ˋbotɪŋ; ˈbəʊtɪŋ] *n.* ⓤ 划船；乘船遊玩.
boat·man [ˋbotmən; ˈbəʊtmən] *n.* (*pl.* **-men**
[-mən; -mən]) ⓒ 船夫；出租船者；槳手.
bóat pèople *n.* ((作複數))(利用小船逃離祖國
的)難民，漂流的難民.
bóat ràce *n.* ⓒ 划船競賽，賽船；(the *Boat
Race*)(英) Oxford, Cambridge 大學划船對抗賽
《每年春天在 Thames 河上舉行》.
boat·swain [ˋbosn̩; ˈbəʊsn̩] *n.* ⓒ (商船的)水
手長.
bóat tràin *n.* ⓒ 聯運列車(與船期配合).
Bob [bab; bɒb] *n.* Robert 的暱稱.
bob[1] [bab; bɒb] *v.* (**~s**; **~bed**; **~·bing**) *vi.* **1** [頭

等〕忽然地擺動，迅速地擺動。
2〔女性〕行屈膝禮《*at*, *to*》(→ curtsy).
— *vt.*〔頭等〕忽然擺動；用力拉. *bob* a curtsy
(女性)行屈膝禮.
  bòb úp 忽然浮上；重新再來[振作].
— *n.* ⓒ忽然地擺動；行屈膝禮.
bob² [bab; bɒb] *n.* ⓒ **1**(女性或小孩的)短髮.
2(鐘擺等的)錘.
3(美)(釣魚用的)(軟木)浮標,
浮子.
— *vt.* (~**s**; ~**bed**; ~**bing**)把〔頭
髮, 尾巴等〕剪短, 使成短髮.
bob³ [bab; bɒb] *n.* (*pl.* ~) ⓒ
(英、俚)先令(shilling)(《舊制的硬
幣》).
bob·bin [ˋbabɪn; ˈbɒbɪn] *n.*
(縫紉機等的圓筒形)線軸, 筒管. [bob² 1]
Bob·by [ˋbabɪ; ˈbɒbɪ] *n.* Robert 的暱稱.
bob·by [ˋbabɪ; ˈbɒbɪ] *n.* (*pl.* **-bies**) ⓒ(英、口)
警察, 警官, (policeman).
bóbby pín *n.* ⓒ(美、口)一種髮夾.
bob·sled [ˋbab͵slɛd; ˈbɒbsled] *n.* ⓒ連橇.
— *vi.* (~**s**; ~**ded**;
~**ding**)坐連橇奔馳.
bob·sleigh
[ˋbab͵sle; ˈbɒbsleɪ] *n.*,
v. =bobsled.
bob·tail [ˋbab͵tel;
ˈbɒbteɪl] *n.* ⓒ短尾;
斷尾(的狗, 馬等).
— *adj.* 斷尾的. [bobsled]

bode¹ [bod; bəʊd] *vt.*
(雅)成為…的預兆;
句型4 *bode* **A B**對A
(人)來說預示為B的預兆; (★不用被動語態). This
bodes them bad luck. 對他們說來這是惡運臨頭的
預兆.
  bòde íll [*wéll*] 是壞[好]預兆《*for*, *to* 對於…》.
bode² [bod; bəʊd] *v.* bide 的過去式.
bod·ice [ˋbadɪs; ˈbɒdɪs] *n.* ⓒ女性用的緊身上衣;
女裝的緊身胸衣.
bod·ies [ˋbadɪz; ˈbɒdɪz]
n. body 的複數.
bod·i·less [ˋbadɪlɪs,
ˋbadlɪs; ˈbɒdɪlɪs] *adj.* 沒有
軀體的; 沒有實體的.
***bod·i·ly** [ˋbadɪlɪ, -dɪlɪ;
ˈbɒdɪlɪ] *adj.* (限定)肉體的,
身體的. *bodily* pain 肉體
上的痛苦.
— *adv.* **1** (身體上)全部 [bodice]
地, 整個地. He lifted the child *bodily* and set
him on the sofa. 他把孩子整個抱起來放在沙發
上.
2 自己本人, 親自.
bod·kin [ˋbadkɪn; ˈbɒdkɪn] *n.* ⓒ **1** 圓頭針(為
在衣服的邊緣等處穿細繩子時使用的尖端圓形的
針). **2** 長髮夾.

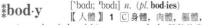

‡‡bod·y [ˋbadɪ; ˈbɒdɪ] *n.* (*pl.* **bod·ies**)
【人體】**1** ⓒ身體, 肉體, 軀體,
(⟷ soul, mind, spirit). a strong *body* 健壯的身
體/A sound mind in a sound *body*. (諺)健全的心
靈寓於健康的身體.

[body]

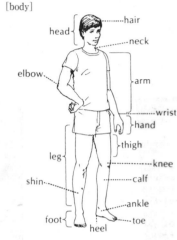

2 ⓒ屍體, 遺體, (corpse). Ten *bodies* are still
missing. 有 10 具屍體尚未找到.
3 ⓒ(口)人(person), (特指)女性. I don't want
to hurt her feelings—she is such a nice *body*. 她
是那麼好的一位女性, 我不想傷她的感情.
【物體】**4** ⓒ物體, 東西, (object); (數學)立體.
a heavenly *body* 天體/a solid [liquid, gaseous]
body 固體[液體, 氣體].
【組織體】**5** ⓒ (a) (★用單數亦可作複數)團體,
組織. a governing *body* 管理部門/a public *body*
公共團體.
  (b)聚集, 積聚; 大量; 群, 塊. a large *body* of
men 一大群人/a *body* of laws 法典/a *body* of
water 池[湖, 海等].
【本體】**6** ⓒ (a) 軀體(trunk). a man's *body*
and limbs 男人的軀幹和四肢. (b)(植物的)幹.
(c)(汽車, 船, 飛機等的)車身, 船身, 機身.
7 ⓒ (衣服)的上身部分; 背心(bodice).
8 ⓒ中心部分; 正文, 本論. The *body* of the story
concerns his adventures in Paris. 這部小說的中心
內容是關於他在巴黎的種種冒險/the *body* of a let-
ter 信的正文.
9 Ⓤ(酒等的)醇度. a wine of good *body* 醇美的
好酒. ⇨ *adj.* **bodily**.
  bòdy and sóul 身心(人的整體); (副詞性)身心皆
然, 完全. My husband thinks he owns me *body
and soul*. 我丈夫認為我的身心都屬於他.
  in a bódy 成為一體, 全體成員一起.

B

kèep bòdy and sóul togèther 勉強熬過去[活下去].

bód·y bùilding *n.* Ⓤ 健身(運動).

bod·y·guard [ˈbɑdɪˌgɑrd; ˈbɒdɪgɑːd] *n.* Ⓒ 護衛人員, 保鏢; (集合)護衛隊(★用單數亦可作複數).

bódy lànguage *n.* Ⓤ 肢體語言(如動作, 表情等).

bódy òdo(u)r *n.* Ⓤ 體臭; 狐臭;(略作 BO).

bódy pólitic *n.* (*pl.* **bodies** —) Ⓒ 國家.

[body building]

bod·y·work [ˈbɑdɪˌwɜk; ˈbɒdɪwɜːk] *n.* Ⓤ 車身.

Boer [bor, bɔr, bur; bɔː(r)] *n.* Ⓒ 波爾人《南非的荷蘭人或荷蘭血統白人; 現在通常稱為 Afrikaner》. — *adj.* 波爾人的.

Bóer Wár *n.* (加 the)波耳戰爭(1899-1902; 英國與波爾人之戰, 苦戰後英軍壓制了對方).

bof·fin [ˈbɑfɪn; ˈbɒfɪn] *n.* Ⓒ《英、口》科學家, 科學研究員《尤指軍事關係的》.

bog [bɑg, bɔg; bɒg] *n.* ⓊⒸ 沼澤地, 沼地; 泥沼. — *v.* (~**s**; ~**ged**; ~**ging**) *vt.* 使沈入[陷進]沼澤《*down*》(通常用被動語態). — *vi.* 陷入[落入]沼澤; 陷入困境; 《*down*》.

bo·gey [ˈbogɪ; ˈbəʊgɪ] *n.* (*pl.* ~**s**) Ⓒ **1** 《高爾夫球》比標準桿數多一桿的成績(→ par 參考) 《主英》一般高爾夫球員每洞的標準桿數《一場球的擊球桿數約在九十桿左右》. **2** =bogie 1. **3** =bogy 1, 2.

bog·gle [ˈbɑgl; ˈbɒgl] *vi.* 《口》**1** 畏縮不前, 躊躇, 《*at, about*》. **2** (因驚嚇, 恐懼等)吃驚, 猶豫, 慌張, 《*at*》.

bog·gy [ˈbɑgɪ; ˈbɒgɪ] *adj.* 沼澤地的; 多泥沼的.

bo·gie [ˈbogɪ; ˈbəʊgɪ] *n.* Ⓒ **1** 《鐵路》轉向架《為使車輛易於拐彎而在車輛下裝設的四個[六個]一組的車輪架》. **2** =bogy 1, 2. **3** =bogey 1.

bo·gus [ˈbogəs; ˈbəʊgəs] *adj.* 假的, 偽造的. *bogus* money 偽幣.

bo·gy [ˈbogɪ; ˈbəʊgɪ] *n.* (*pl.* **-gies**) Ⓒ **1** 妖怪, 幽靈, 鬼魂. **2** 可怕之物[人]. **3** =bogey 1. **4** =bogie 1.

Bo·he·mi·an [boˈhimɪən, -mjən; bəʊˈhiːmjən] *adj.* **1** 波希米亞(人)的; 捷克語的. **2** (或 *bohemian*)《藝術家等》自由奔放的, 不墨守成規的. — *n.* Ⓒ **1** 波希米亞人. **2** (或 *bohemian*)生活自由不羈的人《藝術家等》; 吉普賽人.

boil[1] [bɔɪl; bɔɪl] *v.* (~**s** [~z; ~z]; ~**ed** [~d; ~d]; ~**ing**) *vt.* **1** 燒開, 使沸騰. She is *boiling* water to make coffee. 她正在燒開水泡咖啡.

2 煮, 燉, (→ cook 表)); 句型4 (boil A B)煮[燉]B(物)給 A(人); 句型5 (boil A B)把 A(物)煮成 B(狀態). *boil* rice 燒飯/*Boil* the potatoes for 15 minutes. 請把馬鈴薯煮 15 分鐘/Shall I *boil* you some eggs? 要我煮幾個雞蛋給你嗎?/*boil* eggs hard [soft] 把蛋煮硬[半熟](→ hard-[soft-] boiled).

— *vi.* **1** 燒開, 沸騰. Water *boils* at 100°C. 水在攝氏 100 度時沸騰.

2 〔煮的東西〕在煮, 在燉. The potatoes are *boiling*. 馬鈴薯正在煮.

3 〔浪等〕湧起. the *boiling* waves 翻湧的波浪.

4 《口》〔人〕憤怒, 大怒. Father is *boiling* with anger. 父親正在大發雷霆/His attitude really makes my blood *boil*. 他的態度真使我血脈賁張.

bòil awáy[1] (1)持續沸騰. (2)因沸騰而蒸發; 蒸發掉.

bòil/.../awáy[2] 使之(因沸騰而)蒸發.

bòil dówn[1] (1)煮濃《*to*》. (2)《口》歸結(為)《*to*》. The code of the gentleman *boils down to* respect for the feelings of others. 紳士的禮儀可歸結為尊重別人的感受(★此處的 respect 是名詞).

bòil/.../dówn[2] (1)把…煮濃. (2)把〔話, 報告, 記事等〕濃縮, 簡化.

bòil óver (1)〔液體〕沸騰溢出. (2)〔人〕勃然大怒.

bòil úp 燒開;《口》〔紛爭等〕產生.

— *n.* ⓐⓊ 沸騰, 沸點; 燒開, 煮.

at the bóil 正沸騰著.

bríng...to a [《英》*the*] *bóil* 使…沸騰.

còme to a [《英》*the*] *bóil* 沸騰.

on the bóil 正沸騰著.

boil[2] [bɔɪl; bɔɪl] *n.* Ⓒ《醫學》癤.

boil·er [ˈbɔɪlɚ; ˈbɔɪlə(r)] *n.* (*pl.* ~**s** [~z; ~z]) Ⓒ **1** 鍋爐, 汽鍋; 貯存開水的器具(供給室內熱水). **2** 煮沸器具(熱水器, 鍋, 鍋爐等).

boil·ing [ˈbɔɪlɪŋ; ˈbɔɪlɪŋ] *adj.* 沸騰的; 激昂的; (副詞性)《口》沸騰地, 滾熱地; 猛烈地, *boiling* hot 滾熱的; 猛烈的. — *n.* Ⓤ 沸騰.

bóiling póint *n.* Ⓒ 沸點(→freezing point).

bois·ter·ous [ˈbɔɪstərəs, -trəs; ˈbɔɪstərəs] *adj.* **1** 〔風, 浪, 天氣等〕狂暴的, 喧騰的. **2** 〔人, 姿態等〕喧鬧的, 喧嘩的.

bois·ter·ous·ly [ˈbɔɪstərəslɪ; ˈbɔɪstərəslɪ] *adv.* 狂暴地; 喧鬧地, 喧嘩地.

bold [bold; bəʊld] *adj.* (~**er**; ~**est**) **1** 〔人, 行為〕大膽的(⟷ cowardly, timid). a *bold* idea 大膽的想法/a very *bold* deed 非常大膽的行為. **2** 〔特指女性〕不客氣的, 厚臉皮的. Don't be so *bold*! 別過分失禮!

3 突出的, 顯眼的; 〔線等〕粗的. *bold* outlines 清楚的輪廓/a dress of *bold* design 設計大膽的服裝. ⇨ *v.* **embolden**.

(as) bòld as bráss 《口》極其不客氣的, 極其厚顏無恥的.

màke [*be*] *bóld to do* 《文章》冒昧地做…, (雖覺過意不去仍得)斗膽….

màke bóld with... = make free with... (free 的片語).

bold·face [`bold͵fes; 'bəʊldfeɪs] *n.* Ⓤ《印刷》粗體字《通常表示標題或重要部分會用 boldface》.

bold-faced [`bold`fest; 'bəʊldfeɪst] *adj.* **1** 不客氣的, 厚顏無恥的. **2**《印刷》粗體的.

***bold·ly** [`bold͵lı; 'bəʊldlı] *adv.* **1** 大膽地. **2** 厚臉皮地. **3** 輪廓分明地, 清清楚楚地, 突出地, 明顯地.

***bold·ness** [`bold͵nıs; 'bəʊldnıs] *n.* Ⓤ **1** 大膽. with great *boldness* 大膽地. **2** 厚顏; 醒目. He had the *boldness* to ignore my advice. 他厚顏無恥無視我的忠告.

bole [bol; bəʊl] *n.* Ⓒ(樹)幹.

bo·le·ro [bo`lɛro, -`lero; bə'leərəʊ] *n.* (*pl.* ~s) Ⓒ **1** 波麗露《一種西班牙舞曲》; 波麗露舞曲. **2** [《英》亦作 `bɔləro; 'bɒlərəʊ 的發音]《前胸敞開的》短上衣, 無鈕扣的女用短上衣.

Bo·liv·i·a [bə`lıvıə; bə'lıvıə] *n.* 玻利維亞《南美中西部的共和國; 首都 La Paz》.

boll [bol; bəʊl] *n.* Ⓒ(棉, 亞麻之)圓莢.

bol·lard [`bɑləd; 'bɒlɑːd] *n.* Ⓒ **1**《海事》(船上或岸壁的)繫船柱. **2**《英》豎立在道路中防止車輛進入的短椿柱.

Bo·lo·gna [bə`lonjə; bə'ləʊnjə] *n.* **1** 波隆那《義大利北部的都市》. **2** Ⓒ《美》(有時 bologna)波隆那香腸《大型香腸; 亦可作 Bológna sàusage》.

bo·lo·ney [bə`lonı, bl`onı; bə'ləʊnı] *n.* = baloney.

Bol·she·vik [`bɑlʃə͵vık, `bol-; 'bɒlʃıvık] *n.* (*pl.* ~s, -vi·ki) Ⓒ, *adj.* **1**《俄國史》(有時 bolshevik)布爾什維克的一員(的)《1903 年創立之俄國社會民主黨的左翼多數派; → Menshevik》. **2** (泛指)激進主義者(的)《反體制派的》.

Bol·she·vi·ki [`bɑlʃə͵vıkı, `bol-; 'bɒlʃıvıkı] *n.* Bolshevik 的複數.

Bol·she·vism [`bɑlʃə͵vızəm; 'bɒlʃıvızəm] *n.* Ⓤ (有時 bolshevism)布爾什維克的政策[思想]; 俄國共產主義.

bol·shie, bol·shy [`bolʃı; 'bɒlʃı] *adj.*《口》《輕蔑》反體制的; 固執的, 頑強的.

bol·ster [`bolstə; 'bəʊlstə(r)] *n.* Ⓒ **1** 長枕《通常鋪在床里下, 上面再放 pillow; → bedroom 圖》. **2** 填塞物, 墊子. **3** 支持, 支撐. —— *vt.* **1** 用長枕支撐〔病人等〕《*up*》. **2** 支持, 激勵, 〔運動, 思想等〕《*up*》.

***bolt** [bolt; bəʊlt] *n.* (*pl.* ~s [~s; ~s]) Ⓒ **1** 螺栓《前端嵌入 nut 旋緊》. fasten a *bolt* 鎖住螺栓. **2** 門閂. **3** 閃電(thunderbolt). a *bolt* of light-

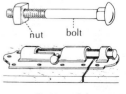

[bolts 1, 2]

ning (一道)閃電.
〔弓箭〕使用 crossbow(石弓)射粗箭.

a bòlt from [out of] the blúe 晴天霹靂, 《如同晴天突然打雷般》突然發生的(不幸的)事. His sudden death was *a bolt from the blue* to me. 他的突然去世對我來說是個晴天霹靂.

màke a bólt for it = dò a bólt 逃走.

shòot one's [làst] bólt 使出最後一招; 竭盡全力.

—— *v.* (~s [~s; ~s]; ~ed [~ıd; ~ıd]; ~·ing) *vi.* **1** 衝出去, 突然逃走. **2**《美》退黨, 放棄(對政黨的)支持. —— *vt.* **1** 將[門]閂住. She *bolted* all the doors. 她把全部的門都閂上了. **2** 扭緊螺栓. He *bolted* the two metal parts together. 他將兩個金屬零件用螺栓栓在一起. **3** 囫圇吞下, 狼吞虎嚥, 〔食物〕. **4**《美》脫離〔政黨〕. —— *adv.* (用於下列片語)
bòlt úpright 〔人〕像根棒子般僵硬地筆直而立.

***bomb** [bɑm; bɒm] (★注意發音) *n.* (*pl.* ~s [~z; ~z]) Ⓒ **1** 炸彈, 《加 the》原子彈與氫彈. an atomic *bomb* 原子彈/a hydrogen *bomb* 氫彈/a tear *bomb* 催淚彈.

〔搭配〕 *v.*+bomb: drop a ~ (投炸彈), explode a ~ (使炸彈爆炸), plant a ~ (安裝炸彈) // bomb+*v.*: a ~ explodes (炸彈爆炸), a ~ goes off (炸彈爆炸).

2 (液化氣體, 高壓氣體等的)容器.
(gò) like a bómb (英, 口)(1)〔交通工具〕速度很快地(前進). (2)很順利地(進行). The campaign seems to be *going like a bomb*. 看來競選活動進展得十分順利.
—— *v.* (~s [~z; ~z]; ~ed [~d; ~d]; ~·ing) *vt.* 轟炸, 投下炸彈. —— *vi.* 轟炸, 投下炸彈.
be bòmbed óut 因轟炸而被夷為平地.

bom·bard [bɑm`bɑrd; bɒm'bɑːd] *vt.* **1** 砲轟, 砲擊, 炮擊. The enemy *bombarded* the fort. 敵人砲轟壘壘. **2** 攻擊《*with* 用[質問等]》. They *bombarded* the politician with questions. 他們以質問砲轟那個政治家.

bom·bar·dier [͵bɑmbə`dır; ͵bɒmbə'dıə(r)] *n.* Ⓒ **1**《美》(轟炸機的)轟炸員. **2**《英》砲兵下士.

bom·bard·ment [bɑm`bɑrdmənt; bɒm'bɑːdmənt] *n.* ⒶⓊ 砲擊, 以質問砲轟.

bom·bast [`bɑmbæst; 'bɒmbæst] *n.* Ⓤ 大吹大擂, 誇大之詞.

bom·bas·tic [bɑm`bæstık; bɒm'bæstık] *adj.* 誇大的, 誇張的; 〔人〕大吹大擂的.

bom·bas·ti·cal·ly [bɑm`bæstık͵lı, -ıklı; bɒm'bæstıklı] *adv.* 誇張地.

Bom·bay [bɑm`be; ͵bɒm'beı] *n.* 孟買《印度西部的大都市》.

***bomb·er** [`bɑmə; 'bɒmə(r)] (★注意發音) *n.*

B

(pl. ~s [~z; ~z]) C 轟炸機; 轟炸員.

***bomb·ing** [ˋbamɪŋ; ˈbɔmɪŋ] (★注意發音) n. (pl. ~s [~z; ~z]) UC 轟炸.

bomb·shell [ˋbam͵ʃɛl; ˈbɔmʃel] n. C **1** 炸彈.
2 (通常用單數)(口)突發事件.

bo·na fi·de [ˋbonəˋfaɪdɪ; ͵bəʊnəˈfaɪdɪ] (拉丁語) adj. 眞實的; 有誠意的; [美術品等]眞品的.

bo·nan·za [boˋnænzə; bəʊˈnænzə] n. C
1 (礦山中的)富礦帶.
2 (口)財源廣進, 走鴻運, 極爲成功.

Bo·na·parte [ˋbonə͵part; ˈbəʊnəpɑːt] n. → Napoleon.

bon·bon [ˋban͵ban; ˈbɔnbɔn] (法語) n. C 棒棒糖(一種糖果); 糖果.

***bond** [band; bɔnd] n. (pl. ~s [~z; ~z])
〖 緊密結合 〗 **1** C (常 bonds) (愛情, 利害等的) 羈絆, 結合. the bonds of marriage 婚姻的羈絆/There is a strong bond of friendship between the two students. 這兩個學生情誼深厚. 同 bond 表比 tie 更強的束縛, 是合成一體的結合.
2 U 黏結(狀態); UC 接著劑.
3 U (化學)化學結合.
〖 束縛 〗 **4** (bonds)束縛, 枷鎖. be in bonds 受到束縛, 受到監禁/break the bonds of convention 打破舊習的束縛.
5 契約, 約定. enter into a bond with... 與…簽訂契約.
6 C 借據, 債務證件; 證券; 債券. a public bond 公債/a government bond 政府公債/His word is as good as his bond. 他的口頭約定跟書面證明一樣(可以信賴).
7 U 未完稅貨物的存庫.
— vt. 黏結(to).
— vi. [兩樣東西]黏結在一起(together).

bond·age [ˋbandɪdʒ; ˈbɔndɪdʒ] n. U 奴隸的身分; 束縛. in bondage 成爲俘虜, 成爲奴隸.

bond·ed ware·house n. C 保稅倉庫.

bonds·man [ˋbandzmən, ˈbanz-; ˈbɔndzmən] n. (pl. -men [-mən; -mən]) C 保證人; 奴隸.

***bone** [bon; bəʊn] n. (pl. ~s [~z; ~z])
〖 骨 〗 **1** C (一般動物的)骨頭(→ skin, flesh). break a bone 骨折/I got a fish bone stuck in my throat. 我被魚刺哽住喉嚨.
2 【遺骨】(bones)屍體, 遺體.
(as) dry as a bone → dry 的片語.
close to the bone (口)[批評等]露骨的; [玩笑等]低級的, 下流的.
feel...in one's bones 憑直覺得知…. He felt in his bones that the man was a traitor. 他的直覺告訴他, 那個人是個叛徒.
have (got) a bone to pick with a person (口) 對某人有話要說[有所不滿, 有怨言]. I have a bone to pick with your son about the way he treated my daughter. 關於你兒子對待我女兒的態度, 我有話要說.

make no bones about [of]... 不拘泥於…[做…]; 不在乎地做…. She makes no bones about showing her resentment when criticized. 她一受到批評就毫無顧忌地大發脾氣.
make old bones 長壽(通常用於否定句).
* to the bone (1)入骨地. be chilled to the bone 寒意徹骨. (2)盡可能地, 徹底地. The budget was cut to the bone. 預算已縮減到極限.
— vt. 去掉[魚, 雞肉等]的骨頭. boned chicken 去骨的雞肉.

bone chi·na n. U 骨瓷(攙入骨質所製成的瓷器).

bone-dry [ˋbonˋdraɪ; ˈbəʊndraɪ] adj. (口)乾透的.

bone·head [ˋbon͵hɛd; ˈbəʊnhed] n. C (俚)笨蛋, 蠢貨.

bone·less [ˋbonlɪs; ˈbəʊnlɪs] adj. 無骨的; 去骨的.

bone meal n. U 骨粉.

bon·fire [ˋban͵faɪr; ˈbɔn͵faɪə(r)] n. C **1** (慶賀的)祝火. **2** 篝火, 營火.
make a bonfire of... 燒盡….

bon·go [ˋbaŋgo; ˈbɒŋgəʊ] n. (pl. ~s, ~es) C 邦戈鼓(古巴的小型鼓; 夾在兩膝間用手指敲擊).

bo·ni·to [bəˋnito; bəˈniːtəʊ] n. (pl. ~s, ~) C (魚)鰹魚.

Bonn [ban; bɔn] n. 波昂(德國都市, 前西德首都).

***bon·net** [ˋbanɪt; ˈbɒnɪt] n. (pl. ~s [~s; ~s])
1 軟帽(婦孺所戴之繫帶於頷下的帽子; 現在除孩童外已少有人使用).
2 (英)(汽車的)引擎蓋((美)hood; → car 圖).
3 (煙囪)蓋; (機械)罩.
have a bee in one's bonnet → bee 的片語.

[bonnets 1]

bon·ny, bon·nie [ˋbanɪ; ˈbɒnɪ] adj. 《主蘇格蘭, 北英》健康可愛的, 漂亮的. a bonny lass 可愛的少女.

***bo·nus** [ˋbonəs; ˈbəʊnəs] n. (pl. ~es [~ɪz; ~ɪz]) C **1** 特別津貼, 額外獎金. a Christmas bonus 聖誕[年終]獎金.
2 (英)特別分紅; 給(投保者的)利益分紅.
3 (口)附加利益; (意外的)驚喜.

bon voy·age [͵bɔnvɔɪˋɑːʒ, ͵bɔːŋˈvɑːɪʒ] interj. (法語; bon=good) **1** 一路順風! (特指對出遠門的人說). **2** (問候語)多多保重.

bon·y [ˋbonɪ; ˈbəʊnɪ] adj. **1** 多骨的. a bony fish 小骨頭多的魚. **2** 骨瘦如柴的, 瘦骨嶙峋的.

boo [bu; buː] interj. 噓! (表示不滿, 輕蔑); 嘿! (嚇唬人的聲音).
— n. (pl. ~s) C 噓[嘿]聲.

— *vt.* 喝倒彩. — *vi.* 作噓聲.

boob [bub; bu:b] *n.* C **1** 《英、俚》失策, 失誤.
2 《俚》笨蛋, 粗人.

boo·by [ˈbubɪ; ˈbu:bɪ] *n.* (*pl.* **-bies**) C **1** 呆子, 傻瓜. **2** 《鳥》鰹鳥.

bóoby prīze *n.* C 末獎.

bóoby tràp *n.* C 嚇唬人的惡作劇《在門上放置東西, 使之掉落在開門者頭上等的惡作劇》.

‡book [buk; buk] *n.* (*pl.* ~**s** [~s; ~s]) C
【書】 **1** 書, 書籍; 著作, 著述. two copies of this *book* 兩本(同樣的)書/Dick borrowed three *books* from the library. 狄克向圖書館借了三本書/a *book* of poems 詩集/The *book* you ordered is out of print. 你訂購的書絕版了.

┃ 搭配 *v.*+book: publish a ~ (出版書), review a ~ (評論書), write a ~ (寫書) // book+*v.*: a ~ is published (一本書被出版), a ~ sells well (書暢銷), a ~ sells badly (書滯銷).

2 (the *Book*) 聖經(the Bible).

3 (書籍的)卷, 篇. *Book* I 第一卷/The *Book* of Job (舊約聖經的)〈約伯記〉.

【帳本】 **4** 帳簿; 存摺; (book*s*)名冊, 會計簿. an account(s) *book* 出納簿/keep *books* 記帳.

5 (支票, 票據等的)合訂本, …簿. a *book* of tickets 一本回數票.

cover
book jacket
text
bookmark(er)
spine
illustration

[books 1]

brìng [*càll*] *a pèrson to bóok* 使人承擔責任; 使人賠償損失.

by the bóok 正式地; 按照規定地. It's best to do everything *by the book*. 不論甚麼事最好都照規定來做.

in mý bòok 依我看.

knòw...like a bóok 完全知道….

òne for the bóoks 《美、口》令人訝異的事.

on [*off*] *the bóoks* 列入名冊[從名冊中刪除], 會員[非會員].

thròw the bóok at... 〔警察或法官等〕對…處以最重的刑罰, 重罰….

— *v.* (~**s** [~s; ~s]; ~**ed** [~t; ~t]; ~**ing**) *vt.*

1 記下[姓名, 要求等]《*down*》.

2 把…列入警方的記錄(將嫌疑犯的姓名、涉嫌內容等做成記錄).

3 登記[預約者之姓名]; 發行票證, 售票.

4 《主英》爲 … 預訂 旅館《*in*》; 預 約[座 位 等] (reserve). I've *booked* him *in* at the hotel. 我剛在那間旅館爲他預訂了房間/I want to *book* a seat on the next plane for Paris. 我想預訂下一班往巴

黎的飛機票.

— *vi.* 預約.

be bòoked úp 〔場所〕預售已滿; 〔人〕時間已預先排滿.

bòok ín 《主英》=check in.

● ——與 BOOK 相關的用語			
sketchbook	寫生簿, 素描簿		
black book	黑名單		
workbook	使用說明書		
scrapbook	剪貼簿		
handbook	手冊		
reference book	參考書		
scorebook	記分簿	picture book	畫冊
yearbook	年鑑	textbook	敎科書

book·bind·er [ˈbuk͵baɪndɚ; ˈbuk͵baɪndə(r)] *n.* C 裝訂商[者].

book·bind·ing [ˈbuk͵baɪndɪŋ; ˈbuk͵baɪndɪŋ] *n.* U 裝訂; 裝訂業[技術].

‡book·case [ˈbuk͵kes; ˈbukkeɪs] *n.* (*pl.* **-cas·es** [~ɪz; ~ɪz]) C 書櫥, 書架.

bóok clùb *n.* C 讀書會; 讀書俱樂部.

book·end [ˈbuk͵ɛnd; ˈbukend] *n.* C (通常 bookends)架書器, 書夾.

book·ie [ˈbukɪ; ˈbukɪ] *n.* 《口》=bookmaker.

book·ing [ˈbukɪŋ; ˈbukɪŋ] *n.* UC 《主英》(座位等的)預約《《主美》reservation》.

bóoking òffice *n.* C 《主英》售票處(ticket office).

book·ish [ˈbukɪʃ; ˈbukɪʃ] *adj.* **1** 書本(上)的; 脫離現實的〔空論等〕. **2** 愛讀書的.
3 〔措辭用語等〕咬文嚼字的, 學究式的, 文謅謅的.

book·ish·ness [ˈbukɪʃnɪs; ˈbukɪʃnɪs] *n.* U 古板; 學者架勢.

bóok jàcket *n.* C 書的封套(★ cover 是封面).

book·keep·er [ˈbuk͵kipɚ; ˈbuk͵ki:pə(r)] *n.* C 記帳員.

book·keep·ing [ˈbuk͵kipɪŋ; ˈbuk͵ki:pɪŋ] *n.* U 簿記.

bóok lèarning *n.* U 《常用於負面含義》書本上的學問; 學校敎育.

book·let [ˈbuklɪt; ˈbuklɪt] *n.* C 小冊子.

book·mak·er [ˈbuk͵mekɚ; ˈbuk͵meɪkə(r)] *n.* C 〔賽馬, 體育等的〕賭徒.

book·mark, book·mark·er [ˈbuk͵mark; ˈbukmɑ:k], [ˈbuk͵markɚ; ˈbukmɑ:kə(r)] *n.* C 書籤(→ book 圖).

book·mo·bile [ˈbuk͵mobɪl; ˈbukmo͵bil] *n.* C 《主美》流動圖書館(用汽車改裝而成).

Bòok of Còmmon Práyer *n.* (加 the) (英國國敎會的)祈禱書.

book·plate [ˈbuk͵plet; ˈbukpleɪt] *n.* C 藏書票(→次頁圖).

book·rack [ˋbʊkˏræk; ˈbʊkræk] n. ⓒ 閱覽架, 書架.

bŏok revîew n. ⓒ 書評.

book·sell·er [ˋbʊkˏsɛlɚ; ˈbʊkˏselə(r)] n. ⓒ 書店老闆, 書商.

book·shelf [ˋbʊkˏʃɛlf; ˈbʊkʃelf] n. (pl. **-shelves**) ⓒ 書架.

book·shop [ˋbʊkˏʃɑp; ˈbʊkʃɒp] n. ⓒ (英)=bookstore.

[bookplate]

book·stall [ˋbʊkˏstɔl; ˈbʊkstɔːl] n. ⓒ **1** (通常指書攤式的舊)書店.

2 (英)(火車站等的)書報攤(newsstand).

book·store [ˋbʊkˏstor, -ˏstɔr; ˈbʊkstɔː(r)] n. (pl. **~s** [~z; ~z]) ⓒ (美)書店.

bŏok tŏken n. ⓒ(英)圖書禮券.

book·worm [ˋbʊkˏwɝm; ˈbʊkwɜːm] n. ⓒ

1 (常表輕蔑)「蛀書蟲」, 書呆子.

2 蠹魚(蛀書的蟲).

***boom**[1] [bum; buːm] n. (pl. **~s** [~z; ~z]) **1** ⓒ (雷, 大砲, 巨浪等的)轟隆聲; (蜜蜂, 獨角仙等的)叫聲. **2** ⓒ 突然的繁榮, 熱潮; (物價的)暴漲; (⟷ slump). a building *boom* 建築熱潮/a *boom* in land prices 地價暴漲.

3 《形容詞性》暴漲的, *boom* prices 暴漲的物價.

— vi. **1** (雷, 大砲, 巨浪等)轟鳴, 隆隆響; (蜂等)嗡嗡叫.

2 趨向繁榮, 突然呈現繁榮. Business is *booming*. 生意興隆, 市場景氣.

bóom/.../óut 大聲說….

boom[2] [bum; buːm] n. ⓒ **1** (船舶)帆的下桁.

2 港防設施(防止船舶侵入或木材漂出港口、河流的圓木柵欄、纜繩、鎖鏈等).

3 (起重機的)吊桿.

4 照相機[麥克風]的移動支架.

boom·er·ang [ˋbuməˏræŋ, ˋbumˏræŋ; ˈbuːməræŋ] n. ⓒ **1** 曲木鏢(澳洲原住民狩獵用的工具; 擲出而沒有打中獵物時會成曲線飛回手中).

2 自作自受, 庸人自擾(災禍終歸於己的構想、計畫等).

— vi. 〔行爲等〕自食惡果. Her unkind deeds *boomeranged* (on her). 她不厚道的行爲終究報應到自己身上.

bóom tŏwn n. ⓒ新興都市(因發現金礦、油田等而突然繁榮起來的城市).

boon [bun; buːn] n. ⓒ **1** 恩惠; 利益. This new radio will be a great *boon* to travelers. 這個新收音機對旅行者將大有助益.

2 (古)祈願, 請求, (favor).

boor [bʊr; bʊə(r)] n. ⓒ鄉下人, 粗野的人.

boor·ish [ˋbʊrɪʃ; ˈbʊərɪʃ] adj. 庸俗的, 下流的, 粗野的, 粗暴的.

boost [bust; buːst] vt. **1** 由下向上推(up).

2 支援, 支持. **3** 提高(價格); 鼓舞(士氣等).

— n. ⓒ **1** 向上推; 支援, 支持.

2 (價格, 工資等的)提高, 增加. a *boost* in prices 物價上漲. **3** 使(景氣, 士氣等)繁榮、旺盛之物, 使精神振奮之物.

boost·er [ˋbustɚ; ˈbuːstə(r)] n. ⓒ **1** (美、口)熱心的支援者[支持者]. **2** (電)升壓器.

3 (收音機)增輻器(一種輔助放大器(amplifier)).

bŏoster rŏcket n. ⓒ 輔助推進火箭.

***boot**[1] [but; buːt] n. (pl. **~s** [~s; ~s]) ⓒ **1** (通常 boots)長統靴, 靴子; (英)(到腳踝以上的)短統靴, 長統靴; (→ shoe 參考, 圖). a pair of *boots* 一雙靴子/high *boots* (英)長統靴/laced *boots* 繫有帶子的長統靴/pull on [off] one's *boots* (拉船般)穿[脫]靴子.

2 (英)(汽車的)行李箱((美) trunk).

3 踢, 踢開, 一踢, (kick).

4 (加 the)(俚)「炒魷魚」. give him the *boot* 將他炒魷魚/get the *boot* 被炒魷魚.

The bóot is on the óther fóot [lég]. (口)事實恰好相反; 責任在對方.

— vt. (口) **1** 踢(kick).

2 趕[逐]出, 解雇, (out of).

boot[2] [but; buːt] n. 《僅用於下列用法》

to bóot (文章)此外, 並且. She's beautiful, and intelligent *to* boot. 她不但漂亮而且聰明.

boot·black [ˋbutˏblæk; ˈbuːtblæk] n. ⓒ 擦鞋匠.

bŏot cămp n. (美、口)海軍新兵訓練基地.

boot·ed [ˋbutɪd; ˈbuːtɪd] adj. 穿靴的.

boot·ee [buˋti; ˈbuːtiː] n. ⓒ (通常 bootees)嬰兒鞋(通常用毛線編織且很輕).

Booth [buθ; buːð] n. **William ~** 布斯(1829-1912)《英國的牧師, 救世軍的創立者》.

***booth** [buθ; buːð] n. (pl. **~s** [buðz; buːðz]) ⓒ **1** (廟會)搭帳篷的攤販, (市場的)攤位. **2** 個人用的隔間, 小房間; 亭. a polling *booth* (投票所的)圈蓋選票用的隔間/a ticket *booth* 售票亭.

3 (咖啡廳等的)包廂.

boot·lace [ˋbutˏles; ˈbuːtleɪs] n. 《英》鞋帶.

boot·leg [ˋbutˏlɛg; ˈbuːtleg] vt. (**~s**; **~ged**; **~ging**)私售, 私釀, 走私, 〔酒等〕.

boot·leg·ger [ˋbutˏlɛgɚ; ˈbuːtlegə(r)] n. ⓒ (特指美國禁酒時代的)私售[私釀, 走私]酒類者.

boo·ty [ˋbutɪ; ˈbuːtɪ] n. Ⓤ **1** (小偷的)贓物, 戰利品. **2** 豐富的收穫; 極大的獎賞.

booze [buz; buːz] (俚) vi. 豪飲.

— n. Ⓤ 酒; ⓒ 酒宴.

booz·er [ˋbuzɚ; ˈbuːzə(r)] n. ⓒ 酒鬼; (英)小酒館, 酒吧.

booz·y [ˋbuzɪ; ˈbuːzɪ] adj. 爛醉的, 酩酊的.

bop [bɑp; bɒp] n. =bebop.

bo·rax [ˋboræks, ˋbɔr-; ˈbɔːræks] n. Ⓤ(化學)硼砂.

Bor·deaux [bɔrˋdo; bɔːˈdəʊ] n. **1** 波爾多(法

國西南部的港市；葡萄酒的集散地).

2 U 波爾多地區產的葡萄酒(特指紅葡萄酒).

*__bor·der__ [`bɔrdɚ; ˈbɔːdə(r)] n. (pl. ~**s** [-z; ~z])

C **1** 邊，邊緣. on the *border* of the lake 在湖的邊緣. **2** (衣服，手帕，書頁，畫等的)邊，邊飾. a lace *border* 花邊.

3 (國，州等的)邊界，國界；國界地區，邊境. cross the *border* into Canada 越過國界進入加拿大/a conflict on the *border with* China 與中國在邊境上發生的衝突.

4 (the *Border*)(美)(與墨西哥之間的)國界地帶；(英)(英格蘭和蘇格蘭之間的)國界地帶.

on the bórder(s) of... 正要…之時，於…的緊要關頭.

— v. (~**s** [-z; ~z]; ~**ed** [~d; ~d]; **-der·ing** [-dərɪŋ; -dərɪŋ]) vi. **1** 連接，鄰接，《on, upon》. the countries *bordering on* the Mediterranean 臨地中海的各國. **2** 可以說幾乎…，跟…非常相近，差一點就…，《on, upon》. He is *bordering on* seventy. 他快七十歲了/She *bordered on* tears. 她差一點就掉眼淚了.

— vt. **1** 鑲邊於…《with》；形成…的邊緣. *border* a dress *with* silk 在洋裝上加絲質花邊.

2 接壤，形成…的邊界. The United States and Canada *border* each other. 美國和加拿大的國境相接.

bor·der·land [`bɔrdɚ‚lænd; ˈbɔːdəlænd] n. C **1** 邊境地帶. **2** (加 the)模稜兩可的狀態.

bor·der·line [`bɔrdɚ‚laɪn; ˈbɔːdəlaɪn] n. C (通常用單數) **1** 分界線，國界線. The *borderline between* genius and madness is hard to define. 天才和瘋狂沒有明顯的界線. **2** 模稜兩可的狀態.

— adj. (限定) **1** 國界線上的；邊界的.

2 模稜兩可的；不太合乎標準的. a *borderline* case 模稜兩可的事例.

*__bore__[1] [bor, bɔr; bɔː(r)] v. (~**s** [-z; ~z]; ~**d** [~d; ~d]; **bor·ing**) vt. **1** (用錐，鑽孔機等)鑽孔. They are *boring* the ground for oil. 他們在地上鑽孔探勘石油.

2 挖掘(洞，隧道，井等). We *bored* a tunnel through the mountain. 我們挖掘穿越這座山的隧道.

— vi. **1** 開孔，開洞進入《into》；試掘《for 為取得…》. The mole *bored into* the ground. 鼴鼠挖洞鑽入地下/*bore for* oil 探勘石油.

2 洞穿，被挖洞. **3** 在困難中)徐徐行進《on》. *bòre one's wáy* 擠過去. He *bored* his *way* through the crowd. 他擠過人群向前走.

— n. C **1** (用錐等鑽出的)孔；試掘的洞穴.

2 (槍，水管的)口徑，內徑；(槍身，水管的)內部空間，內腔.

*__bore__[2] [bor, bɔr; bɔː(r)] vt. (~**s** [-z; ~z]; ~**d** [~d; ~d]; **bor·ing**)使厭倦，使厭煩，《with》. He *bores* everyone *with* his boasting. 他的自吹自擂使大家厭煩/be *bored with* one's job 厭煩於工作/I'm *bored* to death. 我覺得無聊死了. ⇨ n. **boredom**.

— n. (pl. ~**s** [~z; ~z]) C **1** 令人厭煩的人. Don't

---

be such a *bore*. 別那麼煩人.

2 (通常用單數)無聊的事物；《口》討厭的事. What a *bore* (it is) having to add it all up again! 要從頭再加一遍真煩!

bore[3] [bor, bɔr; bɔː(r)] v. bear[1] 的過去式.

bore·dom [`bordəm, ˋbɔr-; ˈbɔːdəm] n. U 無聊，倦怠.

bor·er [`borɚ, ˋbɔr-; ˈbɔːrə(r)] n. C **1** 挖穴者；掘洞工具(錐，鑽孔器等). **2** 木蠹，穿孔蟲.

bo·ric acid [`borɪk‚æsɪd, ˋbɔ-; ˈbɔːrɪk‚æsɪd] n. U (化學)硼酸.

bor·ing[1] [`borɪŋ, ˋbɔr-; ˈbɔːrɪŋ] v. bore[1] 的現在分詞，動名詞.

— n. **1** U 掘洞，鑽孔；鑽探.

2 (bborings)鑽痕、掘洞產生的屑.

bor·ing[2] [`borɪŋ, ˋbɔr-; ˈbɔːrɪŋ] v. bore[2] 的現在分詞，動名詞.

— adj. 無聊的，使人厭煩的. a *boring* job [book] 無聊的工作[書].

*__born__ [bɔrn; bɔːn] v. bear[1](生)的過去分詞.

1 《用被動語態而不指明動作者》I *was born* in 1968. 我生於1968年/He *was born* rich. 他生於富貴人家/She *was born* into a rich family. 她生在有錢人家/He *was born* to be a poet. 他是天生的詩人/He *was born* of French parents. 他出生於法國家庭/The Labour Party *was born* in 1900. (英國的)工黨在1900年建黨.

2 (加修飾語)誕生於…的；生來就…的. a recently *born* country 新建立的國家/well-*born* 出身良好的/American-*born* 出生於美國的.

be bòrn and bréd (在某地)出生並成長的. He *was born and bred* in London. 他在倫敦出生長大.

— adj. (限定)天生的，與生俱來的，天性的. a *born* fool 天生的呆子/a *born* sportsman 天生的運動員.

borne [bɔrn, born; bɔːn] v. bear[1](「出生」以外的意思)的過去分詞. ★ 若表示「出生」之意，則用「by+動作者」的被動語態或非被動語態的完成式；→ born.

Bor·ne·o [`bɔrnɪ‚o, ˋbɔr-; ˈbɔːnɪəʊ] n. 婆羅洲(馬來群島中最大的島，世界第三大島；北部屬馬來西亞和汶萊，南部屬印尼).

bo·ron [`borɑn, ˋbɔr-; ˈbɔːrɒn] n. U (化學)硼(非金屬元素；符號 B).

bor·ough [`bɝo, ˋbɝə; ˈbʌrə] n. C **1** (美)自治市鎮(指某些州內比 city 小的自治區).

2 (美)(New York 市的)行政區(有 Manhattan, the Bronx, Brooklyn, Queens, Staten Island 五個區).

3 (倫敦的)自治區(與 the City 一起構成 Greater London 的三十二個區).

*__bor·row__ [`bɑro, -ə, ˋbɑr-; ˈbɒrəʊ] v. (~**s** [~z; ~z]; ~**ed** [~d; ~d]; ~·**ing**) vt. **1** 借，借用，(↔lend). I *borrowed* some books from

B

the library. 我從圖書館借了幾本書/We'll *borrow* some money *on* the house. 我們要用房屋做抵押借款。圓borrow指把東西借回去，如果只是當場借用一下就用 use: May I *use* your telephone? (我可以借用一下你的電話嗎?)；租借房屋、房間時使用 rent.

2 借用，模仿，〔他國語言，他人文章，想法等〕. Shakespeare *borrowed* the story *from* Plutarch. 莎士比亞的這個故事是模仿蒲魯塔克的。

3 《委婉》擅自借用，盜用。Someone has *borrowed* my umbrella. 有人把我的傘拿走了。

— *vi.* 借，借用；借錢；(*from*).

bor·row·er [`brɔ·oɚ, `bɑr·] *n.* C 借用者，借方.

bor·row·ing [`brɔ·əwɪŋ, `bɑrəwɪŋ; `brɔrəʊɪŋ] *n.* C 借用物；《語言》借用字〔從其他語言中傳入的字詞〕.

borsch, borscht [bɔrʃ, bɔːʃ; `brɔʃt; tʃt] *n.* U 羅宋湯〔用紅蘿蔔、包心菜等煮成的俄式肉湯〕.

bor·zoi [`bɔrzɔɪ; `bɔːzɔɪ] *n.* C 俄國狼犬〔原產於俄國的獵犬；亦稱 Russian wolfhound〕.

bosh [bɑʃ; bɒʃ] 《口》 *n.* U 無聊，瞎扯，胡鬧.

— *interj.* 胡說八道!

Bos·ni·a-Herzegovina
[`bɑznɪə,hɜtsəgo`vinə; ,bɒznɪə,heətsəgəʊ`viːnə] 波士尼亞-赫塞哥維納〔昔為南斯拉夫聯邦內的共和國之一；1990 年獨立；首都 Sarajevo〕.

＊**bos·om** [`buzəm, `buzm; `buzəm] *n.* (*pl.* ～s [～z; ～z]) C **1** 《雅》《常表委婉》胸部〔特指女性的胸部；bosom 和 breast 同義，但前者較文雅；→ breast, bust, chest〕. a well-developed *bosom* 豐滿的胸部.

2 〔衣服的〕前胸部分；胸襟；《美》襯衫的胸線.

3 《雅》心中，心，speak one's *bosom* 說出心裡話.

4 《雅》深處，內部，正當中〔海、湖等的〕裡面. In the *bosom* of the earth 在地球的內部/He was happy in the *bosom* of his family. 在家庭的懷抱中他很幸福.

5 《形容詞性》《文章》藏在心中的；重要的；親近的. a *bosom* friend 知心〔親密〕朋友.

bos·om·y [`buzəmɪ; `buzəmɪ] *adj.* 《口》〔女性〕胸部豐滿的.

＊**boss**¹ [bɔs; bɒs] *n.* (*pl.* ～es [～ɪz; ～ɪz]) C《口》 **1** 上司〔通常用來指董事長，公司經理，主任等上級的人〕；擁有決定權的人；老闆，one's *boss* at the office 公司裡的上司/My wife thinks she's the *boss*. 我老婆認為她是一家之主.

2 《美》政黨的領袖，政治上的有力人物.

— *vt.* 《口》 **1** 支配，指揮；操縱，指使，*boss* the job 指揮工作.

2 對…呼來喚去(*around, about*). I'm not used to being *bossed* around. 我不習慣被人呼來喚去.

boss² [bɔs; bɒs] *n.* C〔加在平面上的〕浮雕裝飾，凸起的裝飾，〔盾中心的〕飾釘；《建築》凸飾.

bos·sa no·va [,bɑsə`novə; ,bɒsə`nəʊvə] UC 巴薩諾瓦〔起源於巴西的爵士森巴舞曲；葡萄牙語中是 new trend 之意〕.

boss-eyed [`bɔs,aɪd; `bɒsaɪd] *adj.* 《英、俚》斜視的. 使的.

boss·y [`bɔsɪ; `bɒsɪ] *adj.* 《口》稱王稱霸的，頤指氣使的.

＊**Bos·ton** [`bɔstn; `bɒstən] *n.* 波士頓〔美國 Massachusetts 的首府〕.

Bóston bág *n.* C 一種旅行用手提包.

Bos·to·ni·an [bɔs`tonɪən; bɒ`stəʊnjən] *n.* C 波士頓市民.

— *adj.* 波士頓的.

bo·tan·ic, bo·tan·i·cal [bo`tænɪk; bə`tænɪk], [-nɪk; -nɪkl] *adj.* 植物的；用植物做的，採自植物的；植物學的.

botánical gárden *n.* C (通常 botanical gardens)植物園.

bot·a·nist [`bɑtnɪst; `bɒtənɪst] *n.* C 植物學者.

bot·a·nize [`bɑtn,aɪz; `bɒtənaɪz] *vi.* 採集植物，實地研究植物.

bot·a·ny [`bɑtnɪ; `bɒtənɪ] *n.* U 植物學(→ zoology)；(集合)〔一地區的〕植物.

botch [bɑtʃ; bɒtʃ] *vt.* 《口》搞砸，〔拙劣地〕補上(*up*). — *n.* C《口》做得不好的工作；拙劣的補綴.

＊**both** [boθ; bəʊθ] *adj., pron.* **1** 《形容詞用法》《後接名詞》兩方面的，雙方的；《代名詞用法》《單獨或以上的形式》兩者，雙方. in *both* (one's) hands 雙手地/on *both* sides of the street 在道路兩旁/I like *both* of them [them *both*]. 我喜歡他們兩個/I like *both*. 雙方我都喜歡. 匨涅(1) 形容詞的 both 需置於定冠詞、人稱代名詞的所有格、指示代名詞之前: *Both* (the) sisters are beautiful. (這對姊妹都很漂亮). (2)代名詞的 both 在句中的位置比較自由，亦可說成: *Both* of the sisters are beautiful. = The sisters are *both* beautiful. 通常使用前句；後句的 both 可以視為與主詞同格，亦可視為是副詞.

2 《用於否定句》並非雙方都…《部分否定》. I don't want *both* (of) these hats. 我並不是兩頂帽子都要/Either of you can go, but not *both*. 你們誰去都行，但不能兩個都走/*Not both* of them are coming. 並非他們兩人都要來. 匨涅全體否定時用 I don't want *either* of these hats. = I want *neither* of these hats. (這兩頂帽子我都不要).

háve it bóth wáys → way¹ 的片語.

— *adv.* (用 both **A** and **B**)A 和 B 兩者都(↔ neither A nor B). *Both* you *and* I are to blame. 你和我兩個人都有責任/He speaks *both* French *and* German. 他既會說法語又會說德語/He has been *both* in Greece *and* (in) Italy. 他去過希臘及義大利. 匨涅(1)用 both 連接的兩部分原則上都應為同一詞類. (2)用 both A and B 連結的兩個(以上)的名詞[代名詞]作主詞時視為複數.

＊**both·er** [`bɑðɚ; `bɒðə(r)] *v.* (～s [～z; ～z]; ～ed [～d; ～d]; **-er·ing** [-ðərɪŋ, -ðrɪŋ; -ðərɪŋ]) *vt.* 使煩惱，打擾，添麻煩，煩擾. He *bothered* me with stupid questions. 他愚蠢的問題令我頭痛/I was *bothered* with his boastful tales.

他吹噓的話打擾了我/May I *bother* you for a light? 對不起，借個火好嗎?/Don't *bother* yourself [your head] about that. 別爲那件事心煩/I'm sorry to *bother* you, but would you tell me where the post office is. 打擾一下，請問郵局在哪裡? 同 bother 用於爲了不太重要的事而造成他人的困擾、擔心等情況; → annoy, irritate.

— *vi.* **1** 費神，費心，傷腦筋,《*about, with*》, 掛念《*about, with*》. Don't *bother about* that. 別爲那種心煩. **2** 特意地做…《*to do, (about)* do*ing*》. Don't *bother* to come downstairs. 不需要特地下樓來/Don't *bother (about) calling* on my uncle. 不必特地來拜訪我叔叔.

— *n.* **1** ⓤ 麻煩，困擾. We had a lot of *bother* (in) finding his house. 我們費了許多功夫才找到他家.

2 ⓒ(通常用單數)麻煩的事[人]，困擾的事[人].

both·er·some [`bɑðə·səm; ˈbɒðəsəm] *adj.* 擾人的，討厭的. The noise of the radio was very *bothersome*. 收音機的嘈雜聲非常煩人.

Bot·swa·na [bɑts`wɑnə; bɒˈtswɑːnə] *n.* 波札那《非洲南部的共和國; 首都 Gaborone》.

‡**bot·tle** [`bɑtl; ˈbɒtl] *n.* (*pl.* ~s [~z; ~z]) ⓒ **1** (裝牛奶、酒等的)瓶，酒器. a milk *bottle* 牛奶瓶/an empty *bottle* 空瓶. 同 通常瓶口狹小，材質除了玻璃之外，也有塑膠或橡膠; jar 則指裝果醬等的廣口瓶. **2** 一瓶的容量，一瓶. two *bottles* of milk 兩瓶牛奶.

3 (常加 the)酒; 飲酒. be on [off] the *bottle* 沈溺於酒[戒酒中].

4 奶瓶; (加 the)(與母乳相對的)裝入奶瓶中的牛奶. He was brought up on the *bottle*. 他是喝牛奶長大的.

hìt the bóttle 《俚》酗酒.

over the [a] bóttle 一邊喝酒.

tàke to the bóttle 沈溺於酒, 嗜酒.

— *vt.* (爲了保存)裝入瓶內.

bòttle/.../úp (1)把〔感情〕封鎖. (2)抑制〔感情等〕. *Bottling up* your feelings can make you neurotic. 壓抑感情會使你變成神經質.

bot·tle-fed [`bɑtl͵fɛd; ˈbɒtlfed] *adj.* (不是用母乳而是)用牛奶餵養的. a *bottle-fed* baby 喝牛奶長大的嬰兒.

bot·tle·neck [`bɑtl͵nɛk; ˈbɒtlnek] *n.* ⓒ **1** 瓶頸. **2** 狹窄的道路.

3 (進步、生產等的)障礙，阻礙,「瓶頸」.

‡**bot·tom** [`bɑtəm; ˈbɒtəm] *n.* (*pl.* ~s [~z; ~z]) 【 底 】 **1** (瓶等的)底(兼指內側、外側); 最下部; (◆ top). the *bottom* of a glass [pit] 杯[洞]底.

2 ⓤ (通常加 the)(海、河等的)底，水底. at [in, on] the *bottom* of a lake 在湖底/sink [go] to the *bottom* of the sea 沈入海底.

3 ⓒ 船底.

4 【最下位】ⓤ (通常加 the)(班級的)倒數第一 (◆ top); 最下級; (餐桌的)末席，末座, (◆ head). Jim is at the *bottom* of his class. 吉姆在班上是最後一名.

---

boulder 175

B

【 下面部分 】 **5** ⓒ (樹等的)根; (山丘的)山腳; (書頁等的)下面部分; (◆ top). the *bottom* of a tree [hill] 樹基[山腳]. Look at the note at the *bottom* of the page. 請看這一頁底下的注(腳).

6 ⓒ (椅子的)座部，座面; (褲子等的)臀部; (口)(人體的)屁股; (bottoms)(睡衣等的)睡褲. spank a child on the *bottom* 打孩子屁股/fall on one's *bottom* 跌個屁股著地.

【 下 > 後面，深處，基礎 】 **7** ⓤ (加 the)(道路的)盡頭. **8** ⓒ (棒球)(一局的)下半局(◆ top).

9 ⓤ (加 the)基礎，根本; 真正原因.

10 《形容詞性》底部的; 最下面的; 根本的. a *bottom* shelf 最下面一層的架子/the *bottom* price 最低價/the *bottom* cause 根本原因.

at bóttom 根本上; 在心底; 其實. *At bottom*, he's nothing but a hypocrite. 其實他不過是個僞君子而已.

be at the bóttom of... (1)居於…的最低位置. → n. 4. (2)(謎等)的眞相[眞正原因]. (3)…的幕後主使人, 在背後操縱.

bèt one's bóttom dóllar on...[*that...*] → bet 的片語.

Bòttoms úp! (口)乾杯!

from the bóttom of the [one's] héart 從心底, 衷心地.

gèt [gò] to the bóttom of... 查明…的眞相. It took the police a year to *get to the bottom of* the case. 警方花了一年工夫才查明這件案子的眞相.

knóck the bóttom out of... (口)從根本上推翻〔論據等〕; 使變得一塌糊塗.

tòuch [hìt] bóttom 觸及底層; 觸礁; 一落千丈.

— *vi.* 觸及底層; (股票)跌到最低價《*out*》.

bòttom dráwer *n.* (英)=hope chest.

bot·tom·less [`bɑtəmlɪs; ˈbɒtəmlɪs] *adj.* 沒有底的，無底的，極深的.

bòttom líne *n.* (加 the) **1** 最後的結果《<清單的最末行》. **2** 要點. The *bottom line* is that we should buy more imported goods. 關鍵是我們應當購入更多的進口貨物.

bot·u·lism [`bɑtʃə͵lɪzəm; ˈbɒtjʊlɪzəm] *n.* ⓤ (醫學)肉毒桿菌中毒.

bou·doir [bu`dwɑr, -`dwɔr; ˈbuːdwɑː(r)] *n.* ⓒ (上流社會)婦女的閨房，寢室.

bouf·fant [bu`fɑnt; ˈbuːfɒŋ] (法語) *adj.* 〔髮型、裙子等〕蓬鬆的，蓬蓬的.

bou·gain·vil·le·a, -lae·a [͵bugən`vɪlɪə, ͵buːɡənˈvɪlɪə] *n.* ⓒ 九重葛《有紅色或紫色包葉的熱帶植物》.

***bough** [baʊ; baʊ] *n.* (*pl.* ~s [~z; ~z]) ⓒ 大樹枝 (→ branch 參考) (→ tree 圖).

bought [bɔt; bɔːt] *v.* buy 的過去式、過去分詞.

bouil·lon [`bʊljɑn, bul`jɑn; ˈbuːjɔːŋ] (法語) *n.* ⓤⓒ 高湯《用牛肉、雞肉、蔬菜等做成的清湯(料)》.

boul·der [`boldə; ˈbəʊldə(r)] *n.* ⓒ 卵石，大圓

石. 《由於風化作用而磨平了稜角的大石頭》.

bou·le·vard [ˋbulə‚vard, ˋbul-; ˋbuːləvɑːd] (法語) n. ⓒ林蔭大道、《美》大道(常用作街名、路名; 略作 blvd).

*__bounce__ [bauns; bauns] v. (**bounc·es** [~ɪz; ~ɪz]; ~**d** [~t; ~t]; **bounc·ing**) vi. **1** (通常加副詞(片語))〔球等〕彈跳, 跳起, 彈回(rebound). The ball *bounced* over the wall. 球彈出牆外.

2 《加副詞(片語)》〔人〕跳起來, 亂蹦亂跳, 《發怒地, 粗暴地, 喧鬧地》. He *bounced* around the room in excitement. 他興奮得在房間裡蹦亂跳.

3 《俚》〔支票〕跳票.

—— vt. 使跳起, 使彈跳.

__bóunce báck__ 〔人〕恢復健康; (從失敗, 打擊等)恢復過來, 重新振作起來.

—— n. Ⓤⓒ彈跳, 跳躍; Ⓤ彈力.

__on the bóunce__ 在彈起時〔接住等〕.

bounc·er [ˋbaunsɚ; ˋbaunsə(r)] n. ⓒ **1** 蹦蹦跳跳的人〔物〕. **2** 《口》(酒吧, 夜總會等的)保鑣.

bounc·ing [ˋbaunsɪŋ; ˋbaunsɪŋ] adj. **1** 跳躍的.

2 〔女孩等〕個子高大且朝氣蓬勃的; 〔嬰兒〕健康的.

bounc·y [ˋbaunsɪ; ˋbaunsɪ] adj. 跳躍的; 有生氣的, 有精神的.

*__bound__[1] [baund; baund] n. (pl. ~**s** [~z; ~z]) ⓒ (通常 bounds) **1** (從內側看的)界(線). within the *bounds* of the territory 在領土內. **2** 在界線附近, 界內, 領域.

3 (事物的)界限, 邊際. His ambition knows no *bounds*. = There are no *bounds to* his ambition. 他的野心沒有邊際/beyond the *bounds* of my ability 超過了我的能力範圍.

__out of bóunds__ 在禁止通行區域〔的〕; 《體育》出界〔的〕, (高爾夫球的)'OB'.

__pùt__ [*sèt*] *__bóunds to...__* 限制….

—— vt. (~**s** [~z; ~z]; ~**ed** [~ɪd; ~ɪd]; ~**ing**)(通常用被動語態) **1** 以…爲界, 與…接壤. Taiwan is *bounded* by the sea on all sides. 臺灣四面都被大海圍繞. **2** 限制….

*__bound__[2] [baund; baund] vi. (~**s** [~z; ~z]; ~**ed** [~ɪd; ~ɪd]; ~**ing**)(高高地)彈起來, 跳(得很遠); 彈跳, 彈回, 蹦跳; 跳躍向前. The dog was *bounding* toward us. 那隻狗蹦蹦跳跳地向我們跑來/My heart *bounded* with joy. 我的心因高興而雀躍不已.

—— n. (pl. ~**s** [~z; ~z]) ⓒ跳躍; 彈回.

__at a__ [*with òne*] *__bóund__* 一躍.

*__bound__[3] [baund; baund] v. bind 的過去式、過去分詞.

—— adj. **1** 被縛的, 受束縛的, 受拘束的. a *bound* captive 被綁住的俘虜.

2 裝訂好的. a book *bound in* cloth [leather] 用布[皮革]裝訂的書.

3 (和其他字結合)(a)「被…束縛; 被…禁錮; 受…妨礙而無法動彈」的意思. snow*bound*. strike*bound*. (b)「用…包裝」之意. cloth-*bound* 用布包裝.

__be bóund to...__ (1)對…有恩情. (2)和…密切結合.

__be bòund to dó__ (1)有義務做…; 不得不做…. I am in duty [honor] *bound* to see this thing through. 我有義務[爲了名譽]必須把這件事做完. (2)必然會…, 一定會做…. It's *bound* to rain. 一定會下雨. (3)有做…的決心.

__be bòund úp in...__ 忙於…; 熱中於….

__be bòund úp with...__ 和…密切結合. In those days politics *was* closely *bound up with* religion. 那時政治與宗教緊密結合.

__I'll be bóund.__ 《口》一定, 不會錯. It was Bill who betrayed us, *I'll be bound*. 一定是比爾出賣我們的.

bound[4] [baund; baund] adj. 《置於名詞後或作敍述用法》開往…的(*for*). a train *bound* north [*for* London] 北上[開往倫敦]的火車. ★有時亦用於構成複合字: north*bound*(往北的).

bound·a·ries [ˋbaundərɪz, -drɪz; ˋbaundərɪz] n. boundary 的複數.

*__bound·a·ry__ [ˋbaundərɪ, -drɪ; ˋbaundərɪ] ⓒ n. (pl. **-ries**) **1** 界(線)(*between* 在…之間的). the *boundary between* England and Scotland 英格蘭和蘇格蘭的邊界.

2 (常 boundar*ies*)界限, 範圍. something beyond the *boundaries* of understanding 超出理解範圍的事.

*__bound·less__ [ˋbaundlɪs; ˋbaundlɪs] adj. 無限的, 無窮的, 無垠的. *boundless* generosity 無比的寬宏大量.

| 搭配 boundless+n.: ~ admiration (無比的讚賞), ~ ambition (無窮的野心), ~ energy (無窮的精力), ~ love (無限的愛), ~ sorrow (無盡的悲哀). |

bound·less·ly [ˋbaundlɪslɪ; ˋbaundlɪslɪ] adv. 無限地.

boun·te·ous [ˋbauntɪəs; ˋbauntɪəs] adj. 《文章》=bountiful.

boun·ti·ful [ˋbauntəfəl; ˋbauntɪfʊl] adj. 《文章》 **1** 〔人〕大方的, 慷慨的. **2** 〔物〕豐富的.

boun·ti·ful·ly [ˋbauntəfəlɪ, -flɪ; ˋbauntɪfʊlɪ] adv. 《文章》大方地, 慷慨地.

boun·ty [ˋbauntɪ; ˋbauntɪ] n. (pl. **-ties**)《文章》 **1** Ⓤ慷慨大方. **2** ⓒ慷慨的贈與物; 禮物.

3 ⓒ (政府的)補助金, 獎金, 《on, for》.

bou·quet [boˋke, buˋke; boˋkeɪ] (法語) n.

1 ⓒ花束.

2 Ⓤ(白蘭地, 葡萄酒等)香味.

3 ⓒ讚辭(*for*).

Bour·bon [ˋburbən; ˋbʊəbən] n. **1** ⓒ (法國)波旁家族的人. 《參考》波旁家族自享利四世(1589 年即位)至路易十六(因法國大革命在 1792 年退位)以君主政體統治法國, 1814–48 年王室復

[bouquet 1]

眸，並在這段期間以其統治階層的反動保守聞名.

2 《美》極端的反動[保守]主義者.

bour·bon [`burbən, `bɜ-; 'bɜːbən] *n.* ⓤ《美》波旁威士忌(主要以玉米製成).

bour·geois [bur`ʒwɑ, `burʒwɑ; 'buəʒwɑː] (法語) *n.* (*pl.* ~) ⓒ **1** 中產階級(主要指工商業者); (相對於無產階級(proletarian)的)資產階級，資本家. **2** 《輕蔑》只想到名利的人，愛慕虛榮的人.
—— *adj.* **1** 中產階級的; 資產階級的.

2 《輕蔑》資本主義者的，追求物質享受的.

bour·geoi·sie [ˌburʒwɑˈzi; ˌbɔːʒwɑːˈziː] (法語) *n.* ⓤ《單複數同形》(加 the)中產階級; 資產階級.

bout [baut; baut] *n.* ⓒ **1** 一次較量，一次比賽. a wrestling *bout* 一場摔角比賽.

2 一樁事; 一個時期，一段期間(做某事). a *bout* of work 工作了一陣子.

3 (病的)發作. a bad *bout* of malaria 嚴重的瘧疾發病.

bou·tique [bu`tik; buːˈtiːk] (法語) *n.* ⓒ 精品店(通常指專門出售女性服裝、進口精品的小規模商店).

bo·vine [`bovaɪn; 'bəuvaɪn] *adj.* **1** 牛的.

2 《輕蔑》像牛一般的; 遲鈍的，慢吞吞的.

*bow¹ [bo; bəu] (★注意與 bow², bow³ 的發音不同) *n.* (*pl.* ~s [~z; ~z]) ⓒ **1** 弓. shoot an arrow from a *bow* 用弓射箭.

2 (小提琴等的)弓(→ stringed instrument 圖).

3 弓形(物); 彎曲.

4 蝴蝶結; 蝶形領結.
—— *vt.* 用弓拉(樂器).

*bow² [bau; bau] (★注意發音) *v.* (~s [~z; ~z]; ~ed [~d; ~d]; ~ing) *vi.* **1** 鞠躬，彎腰; 彎曲. The students *bowed* to their teacher. 學生們向老師鞠躬.

2 順從，依從，《to 〔他人的意見等〕》. The statesman *bowed* to the pressure of public opinion. 這位政治家屈從於輿論的壓力.
—— *vt.* **1** 低〔頭〕; 彎〔腰〕; 使彎曲. The boy *bowed* his head in prayer. 這男孩低頭禱告／He is *bowed* with (old) age. 他因為上了年紀腰有些彎了.

2 (a) 鞠躬表示〔感謝等〕. I *bowed* my thanks. 我鞠躬致謝. (b) 《加副詞(片語)》(點頭)招呼. She *bowed* the visitor out (of the room). 她鞠躬把客人(從房間)送出去／I *bowed* myself in [into the car]. 我點頭打招呼進去[進去車內]／*bow* oneself out＝*bow* out (片語(1)).

3 使〔他人〕屈服; 將〔他人的意見等〕否定; 使…垂頭喪氣. The woman was *bowed* (*down*) with care. 那女人因擔心而垂頭喪氣.

bòw and scrápe 右腳向後鞠躬行禮; 必恭必敬.

bòw dówn to... 對〔敵人〕認輸，屈服於〔壓力等〕.

bòw óut (*of...*) (1)鞠躬退出，(2)中止〔計畫等〕; (從共同事業等)撤出. I *bowed* out of the scheme when I realized how much it would cost me. 當我得悉所需金額後就退出這項計畫了.
—— *n.* (*pl.* ~s [~z; ~z]) ⓒ 鞠躬，點頭招呼. make

a *bow* to 向…鞠躬／exchange *bows* 互相打招呼.

màke one's bów (1)鞠躬退出; 進入後鞠躬致意. (2)初次正式進入(社交界等); 初次拜見(高位者等); (在某種場合)初次露面.

tàke a bów (在音樂會等場合)應掌聲出現在舞臺上鞠躬致謝.

*bow³ [bau; bau] *n.* (*pl.* ~s [~z; ~z]) ⓒ **1** (常 bows)船首，船頭，(↔ stern²; → ship 圖).

2 船首的舵手.

on the bów 在船首方向《正面的左右 45 度以內》.

Bow bells [`boˋbɛlz; ˌbəuˈbelz] *n.* 倫敦舊市區內(the City) St. Mary-le-Bow 教堂(俗稱 Bów Chúrch)的鐘.

be bórn within the sòund of Bòw bélls 生於倫敦市內的《被認為有資格稱作道地的倫敦人(Cockney)》.

bowd·ler·ize [`baudlə,raɪz; 'baudləraɪz] *vt.* 隨意刪除訂正〔書本等〕的不妥〔猥褻〕文句.

*bow·el [`bauəl, baul; 'bauəl] *n.* (*pl.* ~s [~z; ~z]) ⓒ **1** 腸. the large [small] *bowel* 大腸[小腸].

2 (通常 bowels)內臟，腸. have a *bowel* movement 排便.

[參考]「腹瀉」的說法，常用 have diarrhea，不常用 have loose *bowels*.

bow·er [`bauɚ, baur; 'bauə(r)] *n.* ⓒ 樹蔭處，涼亭.

*bowl¹ [bol; bəul] *n.* (*pl.* ~s [~z; ~z]) ⓒ 【碗】 **1** 碗，盆，鉢，([參考]bowl 是比 cup 大而深的餐具或洗滌用具). a salad *bowl* 沙拉碗／a finger *bowl* 洗指盆／a sugar *bowl* 裝糖的碗.

2 一碗[鉢]的量. three *bowls* of rice 三碗飯. 【碗狀物】 **3** (菸斗的)菸袋; (湯匙的)凹處; (秤的)盤.

4 《美》(凹陷成碗狀的)圓形競技場; (球季後在各地區選拔隊之間舉行的)足球比賽(亦稱 bówl gàme).

bowl² [bol; bəul] *n.* ⓒ **1** 滾木球戲(bowls)用的木球(其重心偏向一方).

2 (球技的)滾一次，投一次.

3 (bowls) (a) (在草地(bowling green)上進行的)滾木球戲《隔開一段距離放一球作目標，看誰能把手中的木球滾到離此目標球最近處的遊戲》. (b) ＝bowling 1.

[bowls² 3]

—— *vt.* **1** (保齡球等)滾〔球〕; (滾球)打出〔…分〕. **2** 《板球》〔投手〕投〔球〕《不彎胳臂從頭上投出》; 使〔打者〕出局(*out*).
—— *vi.* **1** 玩滾木球戲[保齡球](bowls).

2 (在板球，滾木球，保齡球活動中)滾[投]球.

3 《汽車》快而穩地行駛; 〔工作等〕順利進行; 《along》.

bòwl/.../óver [dówn] (1)(用球)打倒…; 撞倒…;

(2)擊敗…; 使…驚慌.

bow·leg·ged [`boˋlɛgɪd, -ˋlɛgd; ˈbəʊlegd] adj.
O形腿的.

bowl·er¹ [`bolə; ˈbəʊlə(r)] n. ⓒ玩滾木球戲
(bowls)的人; 打保齡球的人; (板球的)投手.

bowl·er² [`bolə; ˈbəʊlə(r)] n. ⓒ(英)圓頂高帽
(亦稱 bȯwler hát; (美) derby).

bowl·ing [`bolɪŋ; ˈbəʊlɪŋ] n. Ⓤ **1** 保齡球
(→ tenpins, ninepins). **2** =bowl² 3 (a).
3 (板球)投球.

bȯwling ȧlley n. ⓒ **1** 保齡球的球道.
2 保齡球場.

bȯwling grēen n. ⓒ 滾木球戲(bowls)用的
草坪.

bow·man [`bomən; ˈbəʊmən] n. (pl. **-men**
[-mən; -mən]) ⓒ 弓箭手, 射手.

bow·shot [`boˏʃɑt; ˈbəʊʃɒt] n. ⓒ (通常用單數)
(文章)箭可到達之距離, 一箭之遙, 《三百公尺左右》.

bow·sprit [`bauˏsprɪt, ˈbo-; ˈbəʊsprɪt] n. ⓒ
(船舶)第一斜桅《從船頭凸出的圓木, 張帆時把繩子
繫在上面》.

bow·string [`boˏstrɪŋ; ˈbəʊstrɪŋ] n. ⓒ 弓弦.

bȯw tȋe n. ⓒ 蝶形領
結.

bȯw wȋndow n.
ⓒ 弓形窗, 凸窗, (→
bay window).

bow·wow
[`bauˋwau; ˏbauˋwau]
interj. 汪汪! 《狗吠聲;
→ dog 參考》.
—— [`bauˋwau;
ˈbauwau] n. ⓒ《幼兒
語》汪汪, 狗狗.

[bow window]

● ——常用的擬聲詞

baa	咩咩《羊叫聲》
bang	轟, 呼, 《爆炸聲》
buzz	嗡嗡《蜜蜂或機械等的聲音》
bowwow	汪汪《狗吠聲》
caw	嘎嘎《烏鴉叫聲》
chirp	吱喳《小鳥或蟲鳴聲》
cock-a-doodle-doo	喔喔《公雞叫聲》
crack	劈哩啪啦《破裂聲》
cuckoo	咕咕《布穀鳥叫聲》
ding dong	叮噹《鐘聲》
jingle	叮噹, 叮鈴, 《鈴聲》
mew	喵喵《貓叫聲》
miaow	喵喵《貓叫聲》
moo	哞《牛叫聲》
neigh	嘶嘶《馬嘶聲》
oink	哼哼《豬叫聲》
quack	呱呱《鴨叫聲》
rattle	嘎嘎, 卡嗒卡嗒
smack	啪《打嘴巴或抽鞭子聲》

snap	啪噠
squeak	吱吱《老鼠叫聲》
thud	砰《重物落地聲》
thump	砰
ticktack	滴答《鐘錶聲》
zzz	呼嚕《打鼾聲》

box¹ [bɑks; bɒks] n. (pl. ~**es** [~ɪz; ~ɪz]) ⓒ
〖箱〗 **1** 箱, 盒, (通常有蓋). a wooden
box 木箱/a lunch box 午餐盒.
2 一箱[盒], 滿箱[盒]. He bought a box of
crayons. 他買了一盒蠟筆.
3 (英、俚)(加 the)電視機.
〖小建築物〗 **4** 崗哨; 信號所; (英)(釣魚或狩獵
時用的)小屋.
5 (英)電話亭(call-box, telephone box).
〖隔開的場所〗 **6** (劇場, 飲食店等的)包廂, 單
間; (→ theater 圖). a press box (新聞)記者席.
7 陪審團席; (英)證人席.
8 (棒球)投手區; 教練區; (投手)站上投手板.
—— vt. 把…放入箱中, 把…塞入盒內.
box/.../ín 將…包圍; 將…關起來.
box/.../úp 把…塞入箱裡; 把…塞進狹窄處.

● ——與 BOX 相關的用語

music box	音樂盒	
post-office box	郵政信箱	
jukebox	自動點唱機	
black box	黑盒子	
strongbox	金庫	matchbox 火柴盒
workbox	工具箱	mailbox 郵筒, 個人信箱
pillbox	藥丸盒	paintbox 畫箱
ballot box	投票箱	window box 窗口花壇

box² [bɑks; bɒks] n. ⓒ 耳光; 拳打. give a per-
son a box on the ear(s) 打人一耳光.
—— vt. 用拳頭[巴掌]打…; 互毆; 拳擊. box a
person's ear(s) = box a person on the ear(s) 摑某
人一耳光.
—— vi. 拳擊; 互毆.

box³ [bɑks; bɒks] n. ⓒ 黃楊(木)《黃楊木科常綠
灌木的總稱; 用於築樹籬等》; Ⓤ 黃楊木材.

box·car [`bɑksˏkɑr; ˈbɒkskɑː(r)] n. ⓒ(美)有
篷貨車, 廂型車, ((英) van).

*box·er [`bɑksə; ˈbɒksə(r)] n. (pl. ~s [~z; ~z])
ⓒ **1** 拳擊手. **2** 鬥犬《德國種的中型狗》.

*box·ing [`bɑksɪŋ; ˈbɒksɪŋ] n. Ⓤ 拳擊《按拳擊手
的體重分級》.

Bȯxing Dȧy n. (英)禮物節《在聖誕節的翌日,
是法定假日 (bank holidays)之一; 如果是星期日則
延後一天; 源自以往在這一天贈送禮物(Christmas
box)給傭人、郵差等人, 慰勞一年的辛苦; 現在通
常在假日的前一天送禮》.

bȯxing glȯve n. ⓒ 拳擊手套.

bȯx lúnch n. ⓒ(美)盒裝便當《通常是三明治
和水果》.

bȯx nùmber n. ⓒ(英)信箱號碼《在報紙上的
匿名廣告等中以此代替地址》; 郵政信箱號碼.

bóx óffice *n.* C (劇場、運動場等的)售票處.

box-of·fice [`baks,ɔfəs; `bɒks,ɒfɪs] *adj.* 《限定》受歡迎的; 票房好的. The musical was a *box-office* success. 這部音樂劇賣座極佳.

bòx séat *n.* C (劇場、賽場等的)包廂座位.

box·wood [`baks,wud; `bɒkswud] *n.* U黃楊木; (→ box³).

***boy** [bɔɪ; bɔɪ] *n.* (*pl.* ~**s** [~z; ~z]) C **1** 男孩, 少年; 青年, 年輕人, (young man); (↔ girl). *Boys* will be *boys*. 《諺》男孩畢竟是男孩(調皮搗蛋也情有可原).

[搭配] *adj.*+boy: a clever ~ (聰明的男孩), a silly ~ (愚笨的男孩), a healthy ~ (健康的男孩), a mischievous ~ (調皮的男孩), a well-behaved ~ (有禮貌的男孩), a strong ~ (健壯的男孩), a teenage ~ (十幾歲的男孩).

2 像男孩般的[孩子氣的]男人.
3 (口)(常加 my, his 等字)兒子(son; ↔ girl).
[參考] 專指父母與兒子的關係, 與年齡無關, 不過通常指年輕的兒子.
4 (the boys)(一家中的)男性; 男性朋友.
5 男僕. [注意] 旅館和餐廳的侍者, 分別稱作 bellboy, waiter; 女性則稱為 maid, waitress.
6 (形容詞性)男的; 男孩的; 青年的. a *boy* student 男學生/a *boy* husband 小丈夫.
7 (感歎詞性)噢, 呀, 咦, 好極了, 太棒了, 真好, (表示驚訝, 開心等). *Boy*, it's very warm in here. 哇, 這裡真暖和!

my [*òld*] *bóy* = (*my*) *dèar bóy*《對男子的暱稱》老兄!

boy·cott [`bɔɪ,kat; `bɔɪkɒt] *vt.* **1** 拒絕跟…交涉[交易]; 排斥, 抵制, 杯葛.
2 拒買, 拒賣, (物品).
— *n.* C拒買[拒賣]運動, 抵制行動.

***boy·friend** [`bɔɪ,frɛnd; `bɔɪfrend] *n.* (*pl.* ~**s** [~z; ~z]) C (親密的)男朋友, (男性的)情人, (↔ girlfriend).

***boy·hood** [`bɔɪhud; `bɔɪhud] *n.* U童年, 青少年時期; (集合)男孩[少年]們. in his *boyhood* 在他的少年時期.

boy·ish [`bɔɪɪʃ; `bɔɪɪʃ] *adj.* **1** 男孩般的, 少年似的. **2** 精神飽滿的. **3** 小孩子般的(childish).

boy·ish·ly [`bɔɪɪʃlɪ; `bɔɪɪʃlɪ] *adv.* 有生氣地; 孩子般地.

boy·ish·ness [`bɔɪɪʃnɪs; `bɔɪɪʃnɪs] *n.* U男孩子氣; 孩子氣; 朝氣蓬勃.

bóy scòut 童子軍的一員. [參考] 按年齡從小可大分為: cub scout; boy scout; 《美》explorer, 《英》venture scout.

Bóy Scòuts *n.* (單複數同形)(加 the)童子軍(英國於 1908 年, 美國於 1910 年創立; → Girl Scouts [Guides]).

Br British; (符號)bromine.

bra [brɑ; brɑ:] *n.* C胸罩(brassiere).

***brace** [bres; breɪs] *n.* (*pl.* **brac·es** [~ɪz; ~ɪz]) C 【束緊的之物】 **1** 金屬扣件; 支架, 支柱; 撐條.
2 矯正牙齒的鋼絲架; (鑽子的)曲柄. **3** (英)

(braces)(褲子的)背[吊]帶(《美》suspenders).
4 (通常 braces)大括弧({ }; → bracket 3).
5 【雙腕>一對】(*pl.* ~)一對(pair); (特指獵物的)雌雄一對(couple). a *brace* of dueling pistols 一對決鬥用的手槍/four *brace* of pheasants 四對雌雄雉雞.

— *vt.* (**brac·es** [~ɪz; ~ɪz]; ~**d** [~t; ~t]; **brac·ing**) 【束緊】 **1** (束緊)使牢固.
2 支撐(support), 給…裝上支架.
3 使(神經等)緊張; 使(人)振作起來.

bráce onesélf (1)身體緊繃, 擺出緊張的姿態, 《for》. (2)支撐身體.
bràce úp 奮起, 打起精神.

[字源] BRACE「腕」: brace, bracelet (手鐲), embrace (擁抱).

bráce and bít *n.* C手搖曲柄鑽.

brace·let [`breslɪt; `breɪslɪt] *n.* C手鐲.

brac·ing [`bresɪŋ; `breɪsɪŋ] *adj.* (空氣等)令人心曠神怡的, 令人振奮的.

brack·en [`brækən; `brækən] *n.* U(植物)大羊齒類(特指蕨類); 蕨叢.

***brack·et** [`brækɪt; `brækɪt] *n.* (*pl.* ~**s** [~s; ~s]) C 【腕形之物】 **1** (建築)托座, (支撐木板等的)托架, 支架. **2** (以托架支撐的)壁架; 壁燈架(安裝在牆上的壁燈(所用的支架)).
【如雙臂框起之物】 **3** (通常 brackets)方括弧([ ]; → brace 4). square *brackets* (英)方括弧/round *brackets* (英)圓括弧(( ))/angle *brackets* 尖括弧(< >).
4 (被圍起來之物>區分)同類; 階層. the 16-to-19 age *bracket* 16 至 19 歲的年齡層.
— *vt.* **1** 置於括弧內(off).
2 將…歸納在一起, 將…一併考慮, 《together》; 總括…《with》.

brack·ish [`brækɪʃ; `brækɪʃ] *adj.* (水)含少量鹽分的, 有鹹味的.

brad·awl [`bræd,ɔl; `brædɔ:l] *n.* C (用以鑽出螺絲釘孔等的)錐子, 打眼錐.

***brag** [bræg; bræg] *v.* (~**s** [~z; ~z]; ~**ged** [~d; ~d]; ~**ging**) *vi* 自誇, 吹牛, (boast). He *bragged* of his courage during the war. 他誇耀自己在戰爭中的勇敢/His work shows nothing to *brag about*. 他的工作沒有甚麼可誇耀的.
— *vt.* [句型3] (brag *that* 子句)自誇, 吹牛. Tom *bragged that* he had won the tennis match. 湯姆吹噓他贏了網球比賽.

brag·gart [`brægət; `brægət] *n.* C吹牛者.

Brah·man [`brɑmən; `brɑ:mən] *n.* (*pl.* ~**s**) C婆羅門(印度的種姓制度中最高階層(caste)的僧侶).

Brah·man·ism [`brɑmən,ɪzəm;

B

'brɑːmənɪzəm] *n.* [U] 婆羅門教.

Brah·min ['brɑmɪn; 'brɑːmɪn] *n.* [C] **1** =Brahman. **2** (美)(特指 New England 的)高雅有教養的上流人物.

Brahms [brɑmz; brɑːmz] *n.* **Jo·han·nes** [dʒo'hæniz; jəʊ'hænɪs] ~ 布拉姆斯(1833-97)(德國作曲家).

braid [bred; breɪd] *n.* **1** [C] (通常 braids)(主美)髮辮, 辮子. **2** [U] 緶帶, 穗帶, 絲帶, (衣服鑲邊等用). gold *braid* 金色絲帶.
— *vt.* 編(繩子, 頭髮, 稻草等); 編織; 用穗帶等裝飾. *braid* one's hair 把頭髮編成辮子.

braille, Braille [brel; breɪl] *n.* [U] (布雷爾式)點字(法)(由法國的盲人教育家 Louis Braille (1809-52)創製). in *braille* 用點字法.
— *vt.* 把…以點字法譯出.

*brain [bren; breɪn] *n.* (*pl.* ~s [~z; ~z]) **1** [C] (器官上的)腦; 腦髓; (brains)(作單數)腦漿. If you damage a nerve cell of your *brain*, it will never recover its function. 腦的神經細胞一旦損傷, 絕對不可能恢復原有的功能.
2 [UC] (常brains) 作單數)頭腦, 智力, 腦筋. That boy has (good) *brains* [a good *brain*; plenty of *brains*]. 那男孩頭腦靈活(語法單數用作(文章), 複數用於(口))/a man of little *brain* 腦子不太靈光的人/use one's *brain*(s) 用腦, 動腦筋.
3 [C] (口)(常 brains)(體育等的)教練, 領導者, 中心人物. 語法亦用於集合名詞. He was the *brains* behind the plot. 他是這個陰謀的幕後黑手.
4 [C] (口)極聰明的人; 優秀人才. Dr. Brown is one of the finest *brains* in computer science. 布朗博士是電腦科學界最優秀的人才之一.
bèat [*cùdgel, ràck*] one's *bráins* (*about...*) (口)(為…)絞盡腦汁.
hàve...on the bráin 專心想著…, 全神貫注於…. Like any teenager, my son *has* cars *on the brain*. 我兒子跟其他青少年一樣, 滿腦子想著車子.
— *vt.* (口)打破…的頭.

brain·child ['bren,tʃaɪld; 'breɪn,tʃaɪld] *n.* (*pl.* **-chil·dren**) [C] (口)(通常加 my 或 his 等)構想, 新想出來的辦法, 「好腦子」.

brain·chil·dren ['bren,tʃɪldrən; 'breɪn,tʃɪldrən] *n.* brainchild 的複數.

bráin dèath *n.* [UC] (醫學)腦死.

bráin dràin *n.* [C] 人才外流.

brain·less ['brenlɪs; 'breɪnlɪs] *adj.* (輕蔑)沒頭腦的, 愚蠢的.

brain·pan ['bren,pæn; 'breɪn,pæn] *n.* [C] (解剖)頭顱.

brain·storm ['bren,stɔrm; 'breɪnstɔːm] *n.* [C] **1** (英、口)突發的精神錯亂.
2 (美、口) =brainwave 2.

brain·storm·ing ['bren,stɔrmɪŋ; 'breɪn,stɔːmɪŋ] *n.* [U] (美)集體思考, 腦力激盪, (透過自由討論激發新觀念的方法).

bráins trùst *n.* (英)=brain trust.

bráin trùst *n.* [C] (美)(政府的)專家顧問團, 智囊團, (泛指)專門委員會, 專家小組.

brain·wash ['bren,wɑʃ; 'breɪnwɒʃ] *vt.* (口)(輕蔑) **1** 給…洗腦.
2 巧妙[高壓]地說服…去做(*into*).

brain·wash·ing ['bren,wɑʃɪŋ; 'breɪnwɒʃɪŋ] *n.* [UC] (口)洗腦; 巧妙[高壓式]的遊說.

brain·wave ['bren,wev; 'breɪnweɪv] *n.* [C] **1** (通常 brainwaves)腦波.
2 (英、口)靈感, 突然想到的好辦法.

brain·y ['brenɪ; 'breɪnɪ] *adj.* (口)頭腦靈光的, 聰明的.

braise [brez; breɪz] *vt.* 把(肉, 蔬菜)用油(fat)炒後, 加少許水, 再蓋上鍋蓋以文火燜煮.

*brake[1] [brek; breɪk] *n.* (*pl.* ~s [~s; ~s]) [C] 煞車, 制動裝置, (=car 圖); 抑制, 制止. put on [apply] the *brake*(s) 使用煞車/step on the *brake*(s) 踩煞車/take off the *brake* 鬆開(踩著)的煞車/If the government doesn't put a *brake* on inflation, they will lose the next election. 如果政府不制止通貨膨脹, 他們就會輸掉下回的選戰.
— *v.* (~s [~s; ~s]; ~d [~t; ~t]; brak·ing) *vi.* 煞車. She *braked* hard when she saw a child run out into the road. 她一看見孩子奔向馬路就用力煞車.
— *vt.* 用煞車制住. *brake* a bike 煞住腳踏車.

brake[2] [brek; breɪk] *n.* **1** [C] 草叢, 樹叢.
2 =bracken.

brak·ing ['brekɪŋ; 'breɪkɪŋ] *v.* brake[1]的現在分詞, 動名詞.

bram·ble ['bræmbl; 'bræmbl] *n.* [C] 黑莓; 有刺灌木叢.

bran [bræn; bræn] *n.* [U] (麥等穀物的)麩, 糠.

*branch [bræntʃ; brɑːntʃ] *n.* (*pl.* ~es [~ɪz; ~ɪz]) [C] **1** 樹枝, 分枝; (鹿角的)杈.
參考 branch 為表示「枝」的意義最常用的字; 大枝 (limb, bough), 小枝(twig, sprig); → tree 圖.
2 支流; 支脈; (鐵路的)支線.
3 分店, 分部, 辦事處, 分局. This bank has *branches* in many cities. 這家銀行在許多城市都有分行.
4 部門, 分科, 分課.
5 (形容詞性)分開的, 分出的, 分岔的. a *branch* line 支線/a *branch* office 分店, 分公司, (→ head office).
— *vi.* (~es [~ɪz; ~ɪz]; ~ed [~t; ~t]; ~ing)分枝, 分岔. The river *branches* three kilometers below the town. 那河流在離城市三公里的下游分流.
brànch óff 岔開; (議論, 談話等)離開正題.
brànch óut (1)分枝. (2)(人, 公司等)擴充, 擴大; 開發; (*into*(新領域)).

*brand [brænd; brænd] *n.* (*pl.* ~s [~z; ~z]) [C] [烙印] **1** (標示物主的)烙印; 烙印用的烙鐵.
2 (昔時烙在犯人身上的)烙印, 污名. He had to bear the *brand* of a criminal after that event. 自從那事件之後, 他不得不背上罪犯的污名.

3【烙印>商品名稱】商標(trademark), 品牌; 品種; (集合)(某種子的)製品. I don't like this *brand* of cigarettes. 我不喜歡這種牌子的香菸.
【【 燃燒物 】】**4** 部分燃燒的木頭;(詩)火炬(torch).
5【淬火的刀刃】(詩)劍.

[brand 1]

— *vt.* **1** 將…烙上印. *brand* cattle 將牛烙上印.
2 給…加上污名(*with*); [句型3] (brand A *as* B), [句型5] (brand A B)給 A 加上 B 的污名. His actions *branded* him *with* dishonor. 他的行為使他蒙上惡名/He was *branded* (*as*) a coward. 他被冠上懦夫的惡名.
3 銘刻於〔心等〕, 給與深刻印象. The word is *branded on* [*in*] my memory. 這句話銘刻在我的記憶之中.

「〔刀等〕.

bran·dish [`brændɪʃ; 'brændiʃ] *vt.* 揮舞, 揮動.
bránd nàme *n.* Ⓒ商標名(trade name).
brand-new [`brænd`nju, `brænd-, -`nɪu, -`nu, ‚brænd'nju;] *adj.* 全新的, 新品的.
bran·dy [`brændɪ; 'brændi] *n.* (*pl.* **-dies** [~z; ~z]) Ⓤ白蘭地(酒). Ⓒ一杯白蘭地. a *brandy* and soda 一杯攙蘇打水的白蘭地.
brash [bræʃ; bræʃ] *adj.* **1** 狂妄的.
2 急躁的; 鲁莽的.
Bra·síl·ia [brə`zɪljə; brə'zɪljə] *n.* 巴西里亞(1960年後的巴西首都; 依計畫新建成的城市; 原來的首都是 Rio de Janeiro).
*brass [bræs; brɑːs] *n.* (*pl.* ~es [~ɪz; ~ɪz]) **1** Ⓤ (a)黃銅. (b)(形容詞性)黃銅(製)的. a *brass* candlestick 黃銅燭臺.
2 Ⓒ (常 brass*es*)(集合)黃銅製器具〔裝飾〕.
3 Ⓒ (常作集合)銅管樂器; (樂團等的)銅管樂組.
4 Ⓒ (口)厚臉皮(impudence). have the *brass* to ask for more money 厚著臉皮多要一點錢.
⇨ *adj.* brassy, brazen.
(*as*) *bóld as bráss* → bold 的片語.
gèt dówn to bráss tácks (口)說出要點, 談論〔處理〕實際問題.
bráss bánd *n.* Ⓒ銅管樂隊, 管樂團, 吹奏樂團.
bráss hát *n.* Ⓒ(俚)高級軍官.
bras·siere, bras·sière [brə`zɪr, ‚bræsɪ`ɛr; 'bræsɪə(r)] (法語) *n.* Ⓒ胸罩(通常略作 bra).
「(圖).
bráss ínstrument *n.* Ⓒ銅管樂器(→次頁)
bráss knúckles *n.*(單複數同形)(美)指節銅套(套在指節上握拳時銅套向外, 爲打架用的金屬武器; (英) knuckle-duster).
bráss pláte *n.* Ⓒ(刻有人名, 店名, 機構名的)黃銅門牌.
brass·y [`bræsɪ; 'brɑːsi] *adj.* **1** 黃銅製的; 黃銅色的; 仿黃銅的; 虛有其表的.
2 發出銅管樂器般聲音的, 刺耳的.
3 (口)(特指女性)厚臉皮的.

brat [bræt; bræt] *n.* Ⓒ(輕蔑)小鬼, 小傢伙, (特指淘氣頑皮沒規矩的孩子).
bra·va·do [brə`vado, -`vedo; brə'vɑːdəʊ] *n.* Ⓤ逞強, 虛張聲勢.

✲brave [brev; breɪv] *adj.* (**brav·er; brav·est**)
1 勇敢的, 有勇氣的, (↔cowardly; →courageous圖). a *brave* soldier 一名勇敢的士兵/(as) *brave* as a lion (像獅子般)非常勇敢的/ Now, be *brave* and don't cry! 好了, 要勇敢一點, 不要哭! **2** (古)出色的. O *brave* new world! 啊, 多美妙的新世界啊! ⇨ *n.* bravery.
— *n.* Ⓒ美國印第安戰士.
— *vt.* 勇敢地面對, 不把…當一回事.
bràve it óut (面對責難, 辛勞等)勇敢地撐下去.
*✲**brave·ly** [`brevlɪ; 'breɪvlɪ] *adv.* 勇敢地, 有勇氣地.
「級.
brav·er [`brevə; 'breɪvə(r)] *adj.* brave 的比較
*✲**brav·er·y** [`brevərɪ, `brevrɪ; 'breɪvərɪ] *n.* Ⓤ勇敢, 勇氣.
「級.
brav·est [`brevɪst; 'breɪvɪst] *adj.* brave 的最高
bra·vo [`bravo, ‚brɑ:`vəo; 'brɑːvəʊ] (義大利語) *interj.* 好極了! 太棒了!
— *n.* (*pl.* ~**es**, ~**s**) Ⓒ喝采聲.
brawl [brɔl; brɔːl] *n.* Ⓒ(在公共場所的)群毆混戰, 爭吵, 打架.
— *vi.* 大聲爭吵; 叱喝.
brawn [brɔn; brɔːn] *n.* Ⓤ **1** 肌肉; 體力.
2 (英)熟的醃豬肉(一種豬肉料理).
brawn·y [`brɔnɪ; 'brɔːnɪ] *adj.* 肌肉隆起的, 筋肉好的, 健壯的.
bray [bre; breɪ] *n.* (*pl.* ~**s**) Ⓒ驢叫聲; (喇叭等的)高而刺耳的聲音.
— *vi.* (~**s; ~ed; ~ing**) (驢)叫; (喇叭等)發出嘈雜聲.
bra·zen [`brezn; 'breɪzn] *adj.* **1** (雅)高亢響亮的, 刺耳的. **2** 厚顏無恥的.
— *vt.* (用於下列片語)
bràzen it óut (縱使做了壞事也)厚著臉皮無所謂.
bra·zier [`breʒə, `breɪzɪə; 'breɪzjə(r)] *n.* Ⓒ火爐(金屬製, 有腳架; 放進木炭(煤), 用於取暖, 照明, 做菜).
*✲**Bra·zil** [brə`zɪl, bə`zɪl; brə'zɪl] *n.* 巴西(南美洲的共和國; 首都 Brasília).
*✲**Bra·zil·ian** [brə`zɪljən; brə'zɪljən] *adj.* 巴西(人)的.
— *n.* (*pl.* ~**s** [~z; ~z]) Ⓒ巴西人.

[brazier]

*✲**breach** [britʃ; briːtʃ] *n.* (*pl.* ~**es** [~ɪz; ~ɪz]) **1** ⓊⒸ(規則, 義務, 慣例等的)違反, 不履行. a *breach* of the peace 妨礙治安/His action is a *breach* of the law. 他的行為違反法律.

B

2 C (城牆等的)裂口, 縫隙.

3 UC (朋友之間等的)不和, 絕交, 疏遠.

—— *vt.* 攻破; 使破裂; 衝破, 突破.

‡**bread** [brɛd; bred] *n.* U 1 麵包. a loaf of bread 一條麵包/two slices [pieces] of bread 兩片麵包/whole-wheat bread 全麥麵包.

[參考] 攙有東西如葡萄乾的「小圓形甜麵包」是 bun, 小麵包捲是 roll; 按原料分為: white bread(白麵包), rye bread(裸麥麵包), black [brown] bread (黑麵包), corn bread(玉米麵包).

[搭配] *adj.*+bread: fresh ~ (剛出爐的麵包), stale ~ (不新鮮的麵包) // *v.*+bread: bake ~ (烘烤麵包), slice ~ (把麵包切成薄片), toast ~ (烤片狀麵包).

2 生計, 糧食. He earns his (daily) *bread* by writing. 他以寫作維生. 3 (俚)錢(money).

càst [*thrów*] *(one's) brèad upon the wáters* 施恩於人(不指望回報)《源自聖經》.

knów (on) whìch síde one's brèad is búttered 《口》知道自己的利益所在, 精明.

tàke the brèad out of a pèrson's móuth 《口》搶人「飯碗」, 斷他人謀生之路.

bread and butter [`brɛdn̩`bʌtɚ; ͵bredn̩'bʌtə(r)] *n.* U 塗奶油的麵包(注意]不論麵包有多少片均作不可數名詞).

2 《口》(通常加 my, his 等)謀生(之道); 主要的收入來源(→ bread-and-butter).

bread-and-but·ter [`brɛdn̩`bʌtɚ; ͵bredn̩'bʌtə(r)] *adj.* (限定)為了吃飯的, 為了生計的, 有關生活的. *bread-and-butter* problems 民生問題.

brèad-and-bútter lètter *n.* C (接受他人招待的)謝函.

bread·bas·ket [`brɛd͵bæskɪt; 'bred͵bɑ:skɪt] *n.* C 1 (餐桌用的)麵包籃. 2 《口》(加 the)穀倉地帶. 3 (俚)(加 the)胃(stomach).

brèad crúmb *n.* C (常 bread crumbs)麵包屑, 麵包粉, 《麵包的柔軟部分(→ crust); 弄碎後用於做菜, 作小鳥飼料等).

bread·fruit [`brɛd͵frut, ͵-͵friut; 'bredfru:t] *n.* C 麵包樹《原產於 Malaya; 桑科》; U C 麵包樹的果實《烤來吃有點麵包的味道》.

bread·line [`brɛd͵laɪn; 'bredlaɪn] *n.* C 等待分發麵包者的隊伍.

bread·stuff [`brɛd͵stʌf; 'bredstʌf] *n.* (*pl.* ~s) C (通常 breadstuffs)麵包的原料(麥類, 麵粉等).

‡**breadth** [brɛdθ, brɛtθ; bretθ] *n.* (*pl.* ~s [~s; ~s]) 1 UC 寬度, 幅度, (width; length, depth). The wall is 20 meters in *breadth*. 這座牆寬 20 公尺/a *breadth* of 10 meters 10 公尺寬. 2 C (水面, 土地等的)寬度.

3 U 心胸的開闊, 度量, 寬宏大量; (見識的)廣博, (本事的)大. great *breadth* of mind 心胸開闊, 寬宏大量/Considering the *breadth* of his learning and experience, we should offer him the job. 鑒於他學識和經驗的豐富, 我們應該給他這份工作. ⇨ *adj.* **broad**.

bread·win·ner [`brɛd͵wɪnɚ; 'bred͵wɪnə(r)] *n.* C 負擔家庭生計者.

‡**break** [brek; breɪk] *v.* (~s [~s; ~s]; **broke** [brok; brəʊk]; ~·ing) *vt.* 【粉碎】 1 弄碎, 劈開, 使碎裂, 打破; 折斷, 折成兩半. *break* a glass 打破玻璃杯/*break* a stick in two 把棍子折成兩段.

2 把〔貨幣〕換成零錢, 把…兌換成小額; 使〔成套之物〕分散. break a NT$1,000 bill 把一千元臺幣的紙鈔換成零錢/*break* formation 打散隊伍/*break* a set of tableware 拆散一套餐具.

【弄壞使不能用】 3 弄斷〔手腳等〕, 骨折; 使脫臼. He *broke* his leg in the baseball game. 他在棒球比賽中摔斷了腿.

4 弄壞〔機器等〕, 使發生故障. He *broke* the machine by using it incorrectly. 由於操作錯誤, 他把機器弄壞了.

【毀壞一部分】 5 折取, 摘取, (→ cut 回). *break* a branch off [from] the tree 從樹上折取樹枝/*break* bread 把麵包撕成小塊/*break* a line 切斷(拉緊的)繩子.

6 擦破〔皮膚等〕; 耕耘〔土地〕; 開闢〔道路〕. The blow caused a bruise, but did not *break* the skin. 那一拳造成了瘀傷, 但沒有破皮.

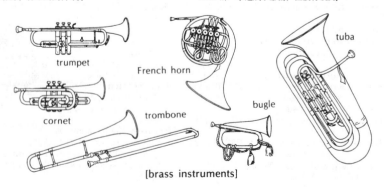

trumpet

French horn

tuba

cornet

bugle

trombone

[brass instruments]

【強行破壞，弄破】 **7** 把…弄壞後打開；衝破；侵入； 句型5 (break **A** **B**)破壞A成爲B. She *broke* the package. 她硬將包裹打開/He *broke* the gate open. 他把門撞開.

8 破壞〔約定，信用等〕；違反〔法律等〕；拆穿〔不在場證明〕. He *broke* his promise. 他違背了諾言.

9 洩露〔祕密〕；吐露〔難言之事〕；解決〔難題〕. I'll *break* the bad news *to* Susie. 我將告訴蘇西那個壞消息.

【半途而廢】 **10** 中斷，中止，〔旅行等〕；切斷〔電流等〕；打破〔記錄等〕. My brother *broke* his journey to New York at Detroit. 我哥哥前往紐約途中在底特律逗留/*break* peace [silence] 破壞和平〔打破沈默〕/*break* a spell 解除咒語/He *broke* the world record in the high jump. 他打破了跳高的世界記錄.

【挫其銳氣】 **11** 使氣餒；削弱〔…的力量〕；緩和〔…的氣勢〕. *break* a person's heart 使人心碎；使人失戀/*break* the force of the wind 使風力減弱.

12 打垮〔敵方〕；教訓〔對方〕；使破產；使降級；解雇. **13** 【馴服】馴養〔動物〕.

── *vi.* 【損壞】 **1** 損壞，毀壞；破碎，破裂；〔繩，帶等〕折斷，斷裂. Glass *breaks* easily. 玻璃容易破碎/*break* to [into] pieces 粉碎(→片語 break into... (1))/The chalk *broke* in two. 粉筆斷成兩截. **2** 〔隊列〕紛亂；〔軍隊〕潰敗.

3 〔機器等〕發生故障，損壞.

【突破出[入]】 **4** 逃脫《*from* 從…》； 句型2 (break **A**)逃出變成A的狀態，推進[入]〔太陽〕照入等；《*into*》. *break* loose [free] *from* prison 逃獄中而獲自由/Sunlight *broke* into my room. 陽光照進房間.

5 破曉；〔雲〕散開；〔霧，霜等〕消散. Day *broke* at last. 天終於亮了.

6 〔私事，祕密，報導等〕公諸於世，曝光，眞相大白，「暴露」.

【中斷】 **7** 〔連續的事物〕中斷，中止，結束，(end)；暫時休息，休息. Let's *break* for lunch. 休息一下，吃個午餐/The cold weather *broke*. 寒冷天氣過去了.

8 〔天氣〕轉變；〔少年的聲音〕變化. Jim's voice has already *broken*. 吉姆已經變聲.

9 〔由於激動等〕〔聲音〕發不出來，哽咽. Her voice *broke* as she told us the story of her mother's death. 她向我們提起她母親去世的事，激動地哽咽說不出話來.

【氣勢消失】 **10** 〔人，健康〕變衰弱；〔精神〕衰退；〔公司等〕破產. The man *broke* under the strain. 這男人太過緊張而崩潰了.

＊*bréak/…/awáy*[1] 拆除….

bréak awáy[2] (1)崩毀. (2)離開《*from*》. *break away from* time-honored tradition 捨棄由來已久的傳統. (3)逃脫，逃跑；突然離去；《*from*》. (4)〔賽跑時在發出起跑信號前]搶跑，偷跑.

＊*bréak/…/dówn*[1] (1)破壞…，弄破…. They *broke* the door *down* and found a body in the room. 他們破門而入，發現房間裡有一具屍體. (2)中止，鎮壓〔抵抗等〕. We couldn't *break down*

their opposition to the scheme. 我們無法制止他們反對這項計畫.
(3)對…進行分類《*into*》；分析….

bréak dówn[2] (1)損壞；以失敗告終；〔機器〕發生故障. The superpower talks *broke down* as both sides refused to compromise. 超級強國會談因雙方都拒絕妥協而以失敗告終/Our car *broke down* on a mountain road. 我們的汽車在山路上拋錨了/His health *broke down* from overwork. 他由於工作過度而累垮身體. (2)垂頭喪氣，倉皇失措.
(3)被分類[分析].

bréak éven → even 的片語.

bréak/…/ín[1] 馴服〔馬等〕；使習慣〔鞋，人等〕.

＊*bréak ín*[2] (1)闖入〔建築物〕. The burglar *broke in* through a back window. 小偷從後窗闖進來.
(2)插嘴.

bréak ín on [upon]… (1)打擾…；在…中插嘴. She has a bad habit of *breaking in on [upon]* a conversation. 她有別人談話時插嘴的壞習慣.
(2)在〔…的心中〕忽然浮現. The idea *broke in* on my thoughts quite suddenly. 那個念頭突然浮現在我的腦海.

＊*bréak into*… (1)破裂[毀壞，破損]成…(→ *vi.* 1). The glass *broke into* pieces. 玻璃杯摔得粉碎.
(2)擠進，插進〔對話等〕；動用〔時間，儲蓄等〕.
(3)突然…起來. He suddenly stood up and *broke into* song. 他突然站起來唱歌.
(4)著手開拓，進軍，〔新領域〕. Their attempt to *break into* the Japanese market ended in failure. 他們進軍日本市場的嘗試終告失敗.

＊*bréak/…/óff*[1] (1)折取…. (2)突然中止….

bréak óff[2] (1)折斷，摘取. The mast *broke off* at its base. 桅杆從底部折斷.
(2)突然停止；脫離關係《*with*》. We have *broken off* with that company because they are unreliable. 那家公司沒有信用，所以我們與它斷絕往來.
(3)〔擱下工作〕休息. Let's *break off* for coffee now. 我們休息一下喝杯咖啡吧!

＊*bréak óut* (1)〔戰爭，災害等〕突然發生，爆發. A fire broke out in the middle of the city. 市中心發生火災. (2)逃出《*of* 從〔監獄等〕》；逃脫，脫離，《*of* 〔束縛，惡習，團體等〕》. (3)突然…起來《*in*》. *break out* laughing [*in* anger] 突然發笑[發怒]. (4)發疹.

＊*bréak thróugh*[1] (1)衝破〔障礙等〕. (2)〔陽光等從雲間]露出. (3)〔克服障礙〕有了新發現.

＊*bréak through*[2]… 衝破〔障礙等〕，突破難關. They *broke through* the enemy's defenses. 他們突破了敵方的防禦陣線.

＊*bréak/…/úp*[1] (1)打碎…，弄破…；分割…，分，(divide). *break up* the soil 弄碎泥塊.
(2)解散〔聚會等〕；使…解體. *break up* demonstrators 驅散示威群眾.
(3)使〔吵架等〕中止. *break up* a fight 使打架停止/Break *it up*! 不要打了!

B

(4)使…為難; 使…痛苦, 使…苦惱.

(5)《美》使…發笑, 使…覺得有趣. His jokes *broke* me *up*. 他的笑話使我捧腹大笑.

* **bréak úp²** (1)弄碎, 破碎, 毀壞.

(2)解散《群眾等》;《英》《學校, 學生》開始放假. When does your school *break up* for the summer? 你的學校何時開始放暑假?

(3)絕交《with》; 分別, 分離; 結束, 告終; 〔婚姻等〕破裂; 以決裂告終. We *broke up* and went our own ways. 我們分道揚鑣.

bréak with... (1)與…絕交, 斷絕關係, 分手. *break* (off) *with* a friend 跟朋友絕交.

(2)丟棄〔舊習, 想法等〕.

● ——動詞變化 **break** 型

[X] 表示原形的字尾子音

[X; X]		[oX; əʊX]	[oXən; əʊXən]
break	弄壞	broke	broken
choose	選擇	chose	chosen
freeze	結冰	froze	frozen
speak	說	spoke	spoken
steal	偷	stole	stolen
weave	織	wove	woven

—— *n.* (*pl.* ~**s** [~s; ~s]) © **1** 毀壞, 破損; 破損處; 裂口; 骨折.

2 中斷, 中止. There has been no *break* in the rain for days. 已經連續不停下了好幾天的雨.

3 中間休息, 小憩; 休息時間. a coffee *break* → 見 coffee break/a tea *break* →見 tea break/take a ten-minute *break* 休息 10 分鐘/a 50-minute lunch *break* 50 分鐘的午休.

4 斷絕關係, 絕交, 《with》. make a *break* with a person 與人絕交.

5 《天氣等的》轉變; 驟變. a *break* in his life 他人生的一大轉變/a *break* with 〔from〕tradition 突破傳統.

6 挺進《*for* 朝向…》(dash); 逃亡, 逃走, (escape). make a *break for* it 《口》逃出.

7 《口》運氣, (特指)幸運. What a *break*! 運氣真好! **8** 《口》機遇, 機會. an even *break* 均等的機會/Give me a *break*. 給我一次機會吧!

9 《網球》破發球局(在對方發球局中得分).

the brèak of dáy 破曉(daybreak).

without a brèak 不休息地, 連續不斷地.

break·age [`brekɪdʒ; 'breɪkɪdʒ] *n.* **1** ⓤ 破損; ⓤⓒ (通常 breakages)破損物.

2 ⓒ 破損處. **3** ⓤ 破損額〔量〕.

break·a·way [`brekəˌwe; 'breɪkəweɪ] *n.* (*pl.* ~s) ⓒ **1** 逃跑(者). **2** 《賽跑》偷跑.

bréak dāncing *n.* ⓤ 霹靂舞《始於美國黑人的一種動作迅速且難度頗高的舞蹈》.

* **break·down** [`brekˌdaʊn; 'breɪkdaʊn] *n.* (*pl.* ~s [~z; ~z]) ⓒ **1** 《機器等》突然發生的故障, 破損, 拋錨.

2 (精神上, 肉體上的)衰弱, 意氣消沉. a nervous *breakdown* 精神崩潰. **3** 《標本等的》分類; 《事實等的》分析; 《支出等的》細目.

break·er [`brekə; 'breɪkə(r)] *n.* ⓒ **1** 破壞的人〔物〕. a law-*breaker* 一個違法者.

2 《撞擊岩石或岸邊而》四濺的浪花.

3 斷路器(能自動切斷電路; circuit breaker).

break·fast [`brɛkfəst; 'brekfəst] *n.* (*pl.* ~s; ~s]) ⓤⓒ 早餐(→ meal¹ 參考). be at *breakfast* 正在用早餐/You should eat [have] a full *breakfast* before starting on your journey. 你應該在啓程之前好好享用一頓早餐/a *breakfast* of bread and cheese 麵包和乳酪的(簡便)早餐《語法》指特定的早餐或種類時為ⓒ.

搭配 *adj.*+breakfast: a continental ~ (歐式早餐), an English ~ (英式早餐), a light ~ (清淡的早餐)/ *v.*+breakfast: cook ~ (作早餐), make ~ (作早餐), serve ~ (端上早餐).

—— *vi.* 吃早餐(*on*).

break·in [`brekˌɪn; 'breɪkɪn] *n.* ⓒ 侵入, 闖入, (建築物等).

break·neck [`brekˌnɛk; 'breɪknek] *adj.* 《限定》《速度或斜坡等》極其危險的.

* **break·through** [`brekˌθru; 'breɪkθruː] *n.* (*pl.* ~s [~z; ~z]) ⓒ **1** 突破敵人的包圍.

2 《難關等的》突破, 解決《辦法》.

3 《科學, 技術上的》劃時代的進步. The discovery of penicillin was a major *breakthrough* in medicine. 盤尼西林的發現是醫學上劃時代的進步.

break·up [`brekˌʌp; 'breɪkʌp] *n.* ⓒ **1** 崩潰, 瓦解, 解體, 分解; 分割.

2 絕交, 斷絕關係; 《婚約等的》解除.

3 《集會等的》解散; 《學期末的》結業.

break·wa·ter [`brekˌwɔtə, -ˌwatə; 'breɪkˌwɔːtə(r)] *n.* ⓒ 防波堤(→ port 圖).

bream [brim; briːm] *n.* (*pl.* ~**s**, ~) ⓒ 鯉科扁平淡水魚的總稱.

* **breast** [brɛst; brest] *n.* (*pl.* ~**s** [~s; ~s]) ⓒ **1** 乳房. a baby at its mother's *breast* [at the *breast*] 吃奶的嬰兒/give the *breast* to a child 給孩子哺乳/A baby sucks the *breast* intently. 嬰兒專心地吃奶.

2 《文章》胸; 《衣服的》胸部《肩與腹之間的部分; → bosom, bust, chest》. the *breast* of a coat 上衣的胸部.

3 《文章》胸中, 心中; 心情. Nostalgia suddenly tore at his *breast*. 思鄉之情突然使他的心情煩悶.

màke a clèan bréast of... 完全坦白…, 全盤托出….

—— *vt.* 《文章》**1** 勇敢地面對〔困難〕. *breast* the waves 《船》破浪前進.

2 挺胸承當; 《賽跑》以胸接觸〔終點線〕.

breast·bone [`brɛstˌbon, -ˌbon; 'brestbəʊn] *n.* ⓒ 胸骨.

breast·fed [`brɛstˌfɛd; 'brestfed] *v.* breast-feed 的過去式、過去分詞.

breast·feed [`brɛstˌfid; 'brestfiːd] *vt.* (~**s**; -**fed**; ~**ing**)用母乳哺育.

breast-high [ˋbrɛstˋhaɪ; ˌbrest'haɪ] *adj.*, *adv.* 與胸齊高的[地].

breast·plate [ˋbrɛstˌplet; ˋbres-; 'brestpleɪt] *n.* ⓒ (盔甲的)護胸.

brēast pόcket *n.* ⓒ (上衣)胸前的口袋.

breast·stroke [ˋbrɛstˌstrok; 'brest̩strəʊk] *n.* Ⓤ (加強)蛙式游泳.

breast·work [ˋbrɛstˌwɝk; 'brestwɜːk] *n.* ⓒ (軍事)胸牆(臨時用泥土或石塊堆到與胸齊高的防禦物).

*****breath** [brɛθ; breθ] *n.* (*pl.* ~s [~s; ~s]) **1** Ⓤ氣息,呼氣. take in [give out] *breath* 吸氣[吐氣]/ bad [foul] *breath* 口臭.

2 ⓒ一口氣,一次吸氣[吐氣]; (呼吸的)一瞬. Let's go on a picnic and get a *breath* of fresh country air. 我們去野餐,呼吸新鮮的鄉間空氣吧!

3 ⓒ (通常用單數)微風; 輕聲, 細語. There is not a *breath* of wind. 一點風也沒有.

4 〔a Ⓤ〕氣氛, 樣子. feel a *breath* of spring in the air 感受空氣中春之氣息. ⇨ *v.* **breathe.**

at a bréath 一口氣, 一下子.

below one's bréath 低聲地, 小聲地.

càtch one's bréath (因受感動而)屏息; 愣住. She *caught* her *breath* when she saw the car coming toward her. 她看到汽車朝自己的方向開來時, 嚇得愣在那兒.

dràw bréath 呼吸; (奔跑後等)歇一口氣, 休息一下.

gèt one's bréath bàck [*again*] 使(急促的)呼吸恢復正常, 喘一口氣.

hòld one's bréath (在水中等)屏息; 緊張地屏住呼吸. The children *held* their *breath* as the two dogs fought. 看到這兩隻狗在打架, 孩子緊張地屏住了呼吸.

in òne bréath 異口同聲地; 一口氣地.

in the sàme [*nèxt*] *bréath* (幾乎)同時地; (剛說出口)馬上說(說出相反的話), 隨即, 口舌未乾說…. John told me my English was excellent, and *in the next breath* pointed out half a dozen mistakes. 約翰說我的英語很好, 但是馬上又指出我五、六個錯誤.

lòse one's bréath 喘不過氣來, 上氣不接下氣.

*** *out of breath* 喘不過氣來. We were *out of breath* after running to catch the bus. 我們跑去追公車, 喘得上氣不接下氣.

sàve one's bréath 悶聲不響, 不說話. You may as well *save* your *breath*—you'll never be able to persuade him. 你不如省點力氣——你永遠說服不了他的.

tàke a pèrson's bréath (*awày*) (因吃驚、高興等而)使某人驚訝, 驚喜.

under one's bréath=below one's breath.

wàste one's bréath 白費唇舌.

breath·a·lyz·er [ˋbrɛθəˌlaɪzə; 'breθəlaɪzə(r)] *n.* ⓒ (測定汽車駕駛人的)體內酒精含量測定器.

*****breathe** [brið; briːð] *v.* (~s [~z; ~z]; ~d [~d; ~d]; **breath·ing**) *vi.* **1** 呼吸; 《文章》活著(be alive). The horse is *breathing* hard [heavily] after its gallop. 馬兒死命地跑完後, 現在正喘著大氣/*breathe out* 吐氣.

2 喘口氣, 休息.

3 散發氣息; 呈現; (*of*). The big lawn *breathes of* newly-mown grass. 這片大草坪散發著剛割過草的氣息.

— *vt.* **1** 呼吸, 吸. To *breathe* fresh country air is good for the health. 呼吸新鮮的鄉村空氣是有益健康的.

2 把(勇氣, 生氣等)注入《*into*》. The young leader *breathed* new life *into* the party. 那位年輕的領導者為黨內注入新生命.

3 悄悄地說. It's a secret, so don't *breathe* a word of it to anybody. 這是個祕密, 所以不要告訴任何人.

4 吐出; 發出氣息. *breathe* a sigh of relief (放心地)鬆了一口氣.

5 充滿. The memoir *breathes* the deepest respect for his father. 這部回憶錄中充滿他對父親最深的敬意.

6 發出〔氣味等〕. ⇨ *n.* **breath.**

brèathe fréely [*agáin*] 放下心來, 鬆一口氣.

brèathe one's lást (文章, 委婉)斷氣.

breath·er [ˋbriðɚ; 'briːðə(r)] *n.* ⓒ (口)短暫的休息, 喘一口氣. have [take] a *breather* 休息一下.

breath·ing [ˋbriðɪŋ; 'briːðɪŋ] *v.* breathe 的現在分詞, 動名詞.

— *n.* **1** Ⓤ呼吸, 一口氣. deep *breathing* 深呼吸. **2** ⓒ歇口氣, 短暫的休息.

brēathing capácity *n.* Ⓤ肺活量.

brēathing spàce *n.* ⓊⒸ休息的時間; 能活動的空間.

*****breath·less** [ˋbrɛθlɪs; 'breθlɪs] *adj.* **1** 氣喘吁吁的. Jim was *breathless* from the long run. 吉姆在長跑後氣喘吁吁的.

2 (速度等)使人喘不過氣來的.

3 屏息的, 緊張得屏住呼吸的.

breath·less·ly [ˋbrɛθlɪslɪ; 'breθlɪslɪ] *adv.* 喘不過氣來地; 緊張屏息地.

breath-tak·ing [ˋbrɛθˌtekɪŋ; 'breθˌteɪkɪŋ] *adj.* 令人吃驚的; 令人擔心的 (thrilling).

brēath tèst *n.* ⓒ (對汽車駕駛者的)呼氣檢查(測量其體內的酒精含量).

breath·y [ˋbrɛθɪ; 'breθɪ] *adj.* [聲音]嘶啞的.

bred [brɛd; bred] *v.* breed 的過去式、過去分詞.

breech [britʃ, brɪtʃ; briːtʃ] *n.* ⓒ 槍尾, 砲尾. (→ muzzle).

*****breech·es** [ˋbritʃɪz; 'briːtʃɪz] (★注意發音) *n.* 《作複數》馬褲(在

[breeches]

B

膝蓋(之下)束緊；作騎馬服或宮廷禮服)；《口》《詼》褲子(trousers)．

***breed** [brid; briːd] v. (~**s** [~z; ~z]; **bred**; ~**ing**)
vi. **1** 〔動物〕產子，繁殖．This kind of mouse *breeds* rapidly. 這種老鼠繁殖得很快．**2** 產生，發生．

── vt. **1** 〔動物〕產〔子〕(〔注意〕若是人生子的情況則用 bear)．

2 飼養〔動物〕；使繁殖：(→ grow圖)．

3 《通常用被動語態》(a) 養育〔孩子〕；管教，教育，(as 成爲…；for 爲…準備)．He was *bred* as a lawyer [for (the) law]. 他被培育成一名律師．
(b) 句型5 (breed A *to* do)把 A 培育[教育]成…．The prince was *bred to* be a king. 王子被培育成王位的繼承人．

4 成爲〔事物〕的原因，產生．Familiarity *breeds* contempt. 《諺》親暱生狎侮．

bòrn and bréd = *brèd and bórn* 道地的(★置於名詞之後)．a politician *born and bred* 道地的政治家．

── n. (*pl.* ~**s** [~z; ~z]) ⓒ (動植物的)**品種**，血統，種類(kind)．

breed·er [ˋbridɚ; ˈbriːdə(r)] n. ⓒ **1** 飼育者，栽培者．**2** 繁殖器．

brēeder reāctor n. ⓒ 滋生反應器．

breed·ing [ˋbridɪŋ; ˈbriːdɪŋ] n. Ⓤ **1** 繁殖，生殖；飼養．a *breeding* pond (鯉魚等的)養魚池．
2 教育；教養；禮貌．She is a woman of (good) *breeding*. 她是個有教養的女人．

breed·ing-ground [ˋbridɪŋˏɡraʊnd; ˈbriːdɪŋɡraʊnd] n. **1** (野生動物的)繁殖地．
2 (罪惡等的)溫床，滋生的地方．

***breeze** [briz; briːz] n. (*pl.* **breez·es** [~ɪz; ~ɪz]) **1** ⓊⒸ 和風，微風，(→ wind圖)．《氣象》風(風速每小時 6-50 公里的風)．There's not much (of a) *breeze*. 幾乎沒有風/a spring *breeze* 春風/a light *breeze* 輕風．

┌搭配┐ *adj.*+breeze: a gentle ~ (和風)，a refreshing ~ (清爽的微風)，a sweet ~ (芳香的微風) // breeze+*v.*: a ~ blows (微風吹拂)，a ~ dies down (風停)．

2 ⓒ《主美、口》不費吹灰之力的事，輕而易舉的事．
in a bréeze 《主美、口》不費力地，輕而易舉地．
shòot [*bàt*] *the bréeze* 《美、俚》閒聊，饒舌．
── vi. 〔風〕吹，②《口》迅速行動[前進]．

breez·i·ly [ˋbrizɪlɪ; ˈbriːzɪlɪ] adv. 《口》快活地．

breez·i·ness [ˋbrizɪnɪs; ˈbriːzɪnɪs] n. Ⓤ 有微風；通風；精神奕奕，快活．

breez·y [ˋbrizɪ; ˈbriːzɪ] adj. **1** 有微風的，通風的．It's a little *breezy* out, but not very cold. 外面有點風，但不太冷．
2 《口》有精神的，快活的；坦率的．

breth·ren [ˋbrɛðrɪn, -rən; ˈbreðrən] n. 《作複數》(同一教會[教派]的)教友；(同一俱樂部、協會等的)會友．|語法| brethren 爲 brother 的舊式複數．

用法；現在只用於限定的意義．

breve [briv; briːv] n. ⓒ **1** 短音符號(如 ă, ĕ, ŏ 等在母音字母上加上短音符號表示該母音爲短母音)．**2** 《音樂》倍全音符(→ note 圖)．

bre·vi·a·ry [ˋbriviˏɛrɪ, ˋbrɛvɪ-; ˈbriːvjərɪ] n. (*pl.* **-ar·ies**) ⓒ 《天主教》日課經，每日祈禱書．

brev·i·ty [ˋbrɛvətɪ; ˈbrevətɪ] n. Ⓤ **1** (說話，文章的)簡潔．*Brevity* is the soul of wit. 簡潔是機智的靈魂(出自 Shakespeare 的著作 *Hamlet*)．
2 (時間的)短暫．the *brevity* of life 人生的短暫．
⇨ adj. **brief**．

brew [bru; bruː] vt. **1** (特指)釀造〔啤酒〕．Sake is *brewed* from rice. 日本清酒是米釀成的．
回 蒸餾威士忌、香水等時用 distill；釀酒時則用 make．**2** 泡〔茶，咖啡等〕．
3 策劃〔陰謀等〕；引起〔動亂〕．
── vi. **1** 釀造．**2** 泡好〔茶，咖啡等〕(be brewed)，泡好了(『已經可以喝了』之意)．
3 《常用進行式》〔風暴，事件等〕即將發生；〔陰謀等〕正在策劃．
── n. ⓒ **1** 泡好的茶，煮好的咖啡等．
2 釀造的酒，**2** (一次的)釀造量．

brew·er [ˋbruɚ, ˋbrɪuɚ; ˈbruːə(r)] n. ⓒ 釀造者(特指啤酒)．

brew·er·y [ˋbruɚɪ; ˈbroərɪ] n. (*pl.* **-er·ies**) ⓒ 啤酒釀造廠．

brew·ing [ˋbruɪŋ; ˈbruːɪŋ] n. **1** Ⓤ (啤酒等的)釀造．**2** ⓒ (一次的)釀造量．

bri·ar [ˋbraɪɚ; ˈbraɪə(r)] n. = brier[1,2]．

***bribe** [braɪb; braɪb] n. (*pl.* ~**s** [~z; ~z]) ⓒ 賄賂．offer a *bribe* 行賄/take [accept, receive] a *bribe* 受賄．
── vt. (~**s** [~z; ~z]; ~**d** [~d; ~d]; **brib·ing**) **1** 行賄，收買，(*with*)．The old man *bribed* a young girl *with* money and jewelry. 那老人用錢和珠寶討年輕女孩的歡心．
2 句型3 (bribe A *into*...)、句型5 (bribe A *to* do) 行賄使之…．They *bribed* the reporter to keep [*into keeping*] his mouth shut. 他們賄賂該記者使他不張揚出去．

brib·er·y [ˋbraɪbərɪ, ˋbraɪbrɪ; ˈbraɪbərɪ] n. Ⓤ 賄賂的行爲(行賄或受賄)，貪污．

bric-a-brac [ˋbrɪkəˏbræk; ˈbrɪkəbræk] n. Ⓤ (集合)小裝飾品，小擺設，《舊家具等)．

***brick** [brɪk; brɪk] n. (*pl.* ~**s** [~s; ~s]) **1** Ⓤ (集合)**磚**；ⓒ (一塊)磚．There is a house of red *brick* at the foot of the hill. 山腳下有一座紅磚房子/lay *bricks* 砌磚．
2 ⓒ 磚狀物．a *brick* of ice cream 一塊長方形的冰淇淋．
3 ⓒ 《英》(玩具的)積木(《美》block)．
4 《形容詞性》磚的，磚造的．a *brick* building 磚造的建築物．
màke bricks without stráw (沒有稻草而造磚>)缺乏必要的材料[資金]，做徒勞無功之事，徒勞無益．
── vt. 把…用磚圍住(*in*)；把…用磚封閉(*in, up, over*)；把磚鋪在…．

brick·bat [ˋbrɪkˌbæt; ˈbrɪkbæt] *n.* C **1** (向人投擲的)碎磚，石子。**2** 〔口〕嚴厲批評，貶責。

brick·lay·er [ˋbrɪkˌleɚ; ˈbrɪkˌleɪə(r)] *n.* C 砌磚工人。

brick·lay·ing [ˋbrɪkˌleɪŋ; ˈbrɪkleɪŋ] *n.* U 砌磚(的工程)，砌磚工程。

brick·work [ˋbrɪkˌwɝk; ˈbrɪkwɜːk] *n.* U 磚造物。

brick·yard [ˋbrɪkˌjɑrd; ˈbrɪkjɑːd] *n.* C 磚廠。

brid·al [ˋbraɪdl; ˈbraɪdl] *adj.* (限定)新娘的；婚禮的。a *bridal* dress 新娘禮服/a *bridal* veil 新娘的面紗/a *bridal* march 結婚進行曲。

✽bride [braɪd; braɪd] *n.* (*pl.* ~**s** [~z; ~z]) C 新娘(↔ bridegroom)。a *bride*-to-be (即將)成為新娘的人，準新娘/a June *bride* →見 June bride。

[bride]　　[bridegroom]

✽bride·groom [ˋbraɪdˌgrum, -ˌgrʊm; ˈbraɪdgrom] *n.* (*pl.* ~**s** [~z; ~z]) C 新郎(↔ bride)。參考 現在常簡單用 groom: the bride and *groom* (新娘新郎)。→ bride 圖。

brides·maid [ˋbraɪdzˌmed; ˈbraɪdzmeɪd] *n.* C (婚禮中的)女儐相(通常是數名未婚女性；↔ best man, groomsman; → bride 圖)。

✽bridge¹ [brɪdʒ; brɪdʒ] *n.* (*pl.* **bridg·es** [~ɪz; ~ɪz]) C 【橋】 **1** 橋；陸橋。We must cross the *bridge* to go into the neighboring village. 我們必須過那座橋才能到鄰村/It is hard work to build a *bridge* across a wide river. 在寬闊的河上造橋很困難。**2** 艦橋，橋樓，駕駛臺。【橋狀物】**3** 鼻梁的上部(有軟骨的部分)。**4** 眼鏡的鼻架架(連接兩鏡片)。**5** (假牙的)齒橋。*bùrn one's brídges* → burn 的片語。
— *vt.* **1** 架橋於…。*bridge* a river 在河上架橋。**2** 作…的橋梁；彌合…的裂口。*bridge* a gap 彌合隔閡/His wish was to *bridge* the two different civilizations. 他的願望是消弭這兩種文明間的差異。

bridge² [brɪdʒ; brɪdʒ] *n.* U (紙牌的)橋牌(兩人一組，共四人進行；有 auction bridge 和 contract bridge)。

bridge·head [ˋbrɪdʒˌhɛd; ˈbrɪdʒhed] *n.* C **1** (軍事)橋頭堡(在(過了橋)敵人領域內的據點)。**2** (泛指)進攻的據點；立足點(*for* (行動等))。

bri·dle [ˋbraɪdl; ˈbraɪdl] *n.* C **1** 馬勒，馬籠頭，(headstall, bit, rein 的總稱; → harness 圖)；(特指)繮繩。**2** 約束，抑制；駕馭。
— *vt.* **1** 給…套馬籠頭。**2** 抑制(怒氣等)。

B

— *vi.* (特指女性昂首收頷)表示驕矜(*up*)(生氣，蔑視等的動作)。

✽brief [brif; briːf] *adj.* (~**er**; ~**est**) **1** 短時間的，短暫的，短命的。a *brief* life 短暫的一生/During my recent tour I made a *brief* stay in Canada. 在最近一次旅行中我在加拿大作了短暫的停留。**2** 簡潔的(concise)。*brief* and to the point 簡潔並切中要點。⇨ *n.* brevity.
to be brief 簡單地說，簡言之。
— *n.* (*pl.* ~**s** [~s; ~s]) **1** C 摘要，要點；辯護狀(律師向法庭提出的辯論要點)。**2** (briefs) 男用三角褲，女用短內褲。a pair of *briefs* 一條男用三角褲〔女用短內褲〕。
in brief 簡單地說，簡言之。
— *vt.* 向(人)作簡報。

brief·case [ˋbrifˌkes; ˈbriːfkeɪs] *n.* C 公事包。

brief·ing [ˋbrifɪŋ; ˈbriːfɪŋ] *n.* U C (軍事)(給出動前的飛行員的)最後指示；(為會議等所準備的)簡報。

✽brief·ly [ˋbriflɪ; ˈbriːflɪ] *adv.* **1** 簡潔地；簡言之。**2** 一會兒。
to pùt it bríefly=to be brief (brief 的片語)。

brief·ness [ˋbrifnɪs; ˈbriːfnɪs] *n.* U 短暫；簡潔。

brier¹ [ˋbraɪɚ; ˈbraɪə(r)] *n.* C (植物)薔薇屬等多刺木質莖植物。

brier² [ˋbraɪɚ; ˈbraɪə(r)] *n.* C 歐石南(杜鵑科植物；產於地中海地區)；歐石南根做的菸斗。

brier-root [ˋbraɪɚˌrut, -ˌrut; ˈbraɪərut] *n.* U 歐石南的根；C 用歐石南的根做成的菸斗。

brig [brɪg; brɪg] *n.* C 雙桅橫帆船。

bri·gade [brɪˋged; brɪˈgeɪd] *n.* C **1** (★用單數亦可作複數)(軍事)旅(→ company ●)。**2** (軍隊式的)隊，團。a fire *brigade* 消防隊。

brig·a·dier [ˌbrɪgəˋdɪr; ˌbrɪgəˈdɪə(r)] *n.* C (英)(軍事)旅長(指揮 brigade)。

brigadíer géneral *n.* C (今美)=brigadier(陸軍、空軍、海軍陸戰隊中使用)。

brig·and [ˋbrɪgənd; ˈbrɪgənd] *n.* C (文章)一名山賊(強盜)。

brig·an·tine [ˋbrɪgənˌtin, -ˌtaɪn; ˈbrɪgəntiːn] *n.* C 雙桅帆船(比 brig 的帆少)。

✽bright [braɪt; braɪt] *adj.* (~**er**; ~**est**) **1** 光輝的，發光的，(→brilliant, clever 圖)。a *bright* sun [star] 耀眼的太陽(亮晶晶的星星)。**2** 明亮的(↔ dark)；晴朗的(fine)。*bright* lights 明亮的燈光〔電燈〕/It was a *bright* summer morning. 那是個晴朗的夏天早晨。**3** 聰明的；(功課等)很好的；(↔ dull)機靈的〔想法，回答等〕。a *bright* boy 有才氣的小伙子。圖 bright 重點在於頭腦的清晰 → clever。**4** 明朗的，快活的，活潑的。Mary greeted me with a *bright* smile. 瑪莉用燦爛的笑容迎接我。**5** 顏色鮮明的(↔ dull)。*bright* yellow 鮮黃色/

B

bright clothes 顏色亮麗的衣服/a *bright* bird 顏色鮮豔的鳥. **6** 〔未來〕光明的; 輝煌的. a *bright* future 光明的前途. ⇨ *v.* **brighten**.

lòok on〔at〕the brìght síde (of thíngs) 看事物的光明面, (對事物)抱持樂觀的態度.

—— *adv.* 明亮地. The sun is shining *bright*. 陽光燦爛耀眼.

***bright·en** [ˋbraɪtn; ˈbraɪtn] *v.* (~s [~z; ~z]; ~ed [~d; ~d]; ~ing) *vt.* **1** 使光輝; 使(照)亮; 擦亮; (*up*). The east was *brightened* by the rising sun. 日出照亮了東方/*brighten* the silver 擦亮銀餐具.

2 使開朗, 使快活, 使活躍, (*up*). A child's presence *brightens up* a home. 有個小孩子在能使全家的氣氛開朗起來.

—— *vi.* **1** 發光; 亮起來; (*up*).

2 變得快活, 開朗, (*up*). Father's face *brightened* at the news. 聽了那個消息, 父親的臉色開朗起來. ⇨ *adj.* **bright**.

***bright·ly** [ˋbraɪtlɪ; ˈbraɪtlɪ] *adv.* **1** 明亮地. The full moon shone *brightly* last night. 昨夜一輪皓月明亮地照著.

2 光輝地, 閃閃發光地.

3 快活地, 高興地. smile *brightly* 開心地笑.

4 鮮明地, 漂亮地.

***bright·ness** [ˋbraɪtnɪs; ˈbraɪtnɪs] *n.* Ⓤ **1** 明亮, 光輝. **2** 鮮明. **3** 聰明, 伶俐. **4** 快活, 明朗.

Bright·on [ˋbraɪtn; ˈbraɪtn] *n.* 布萊頓(英格蘭東南部海岸的海水浴場, 度假勝地).

bril·liance [ˋbrɪljəns; ˈbrɪljəns] *n.* Ⓤ **1** 光輝, 光彩. **2** 宏偉, 壯麗. **3** 卓越的才能.

bril·lian·cy [ˋbrɪljənsɪ; ˈbrɪljənsɪ] *n.* = brilliance.

***bril·liant** [ˋbrɪljənt; ˈbrɪljənt] *adj.* **1** 光輝的, 閃閃發光的. *brilliant* jewels. 閃亮的寶石. 圖 brilliant 的語氣比 bright 更強, 指亮得耀眼之意; → clever.

2 出色的(splendid), 華麗的, 燦爛的. a *brilliant* idea 很棒的主意/*brilliant* work 出色的工作.

3 富有才能的, 優秀的, (→ clever圖). a *brilliant* student 才華洋溢的學生.

4 漂亮的, 色彩鮮豔的. *brilliant* colors 鮮豔的顏色.

bril·liant·ly [ˋbrɪljəntlɪ; ˈbrɪljəntlɪ] *adv.* **1** 光輝地, 閃閃發亮地. **2** 出色地, 漂亮地.

***brim** [brɪm; brɪm] *n.* (*pl.* ~s [~z; ~z]) Ⓒ **1** (杯子等的)邊, 邊緣. 圖 brim 與 brink 相反, 指從容器內部所見的邊緣; → edge. **2** 帽緣.

(*fùll*) **to the brím** 盈滿的, 滿溢的.

—— *vi.* (~s [~z; ~z]; ~med [~d; ~d]; ~ming) 滿, 盈溢, (*over*); 充滿(*with*). Her eyes began to *brim over with* tears. 她開始熱淚盈眶/Peter was *brimming with* joy. 彼得滿心歡喜.

brim·ful, brim·full [ˋbrɪmˋful; ˌbrɪmˈfʊl] *adj.* (敘述)充滿的, 洋溢的, (*of*, *with*). The bucket was *brimful with* sand. 桶裡裝滿沙子.

brim·stone [ˋbrɪmˌston; ˈbrɪmstəʊn] *n.* Ⓤ 《古》硫磺(sulfur).

brin·dled [ˋbrɪndld; ˈbrɪndld] *adj.* (牛, 貓等)條紋的, 斑點的, (特指棕色底上有深色斑紋的).

brine [braɪn; braɪn] *n.* Ⓤ **1** (漬物用, 貯藏食品用的)濃鹽水. **2** (雅)(加 the)海水; 海.

****bring** [brɪŋ; brɪŋ] *vt.* (~s [~z; ~z]; brought; ~ing) 【帶來】 **1** (a) 把…拿來, 帶來, (語法表示「拿至, 帶到」說話者所在的地方; → take *vt.* 17; → fetch). *Bring* your friend along tonight. 今晚把你的朋友帶來吧!/What has *brought* you here? 甚麼風把你吹來的?/A few minutes' walk *brought* us to the zoo. 我們走了幾分鐘就到動物園了. (b) 句型4 (bring A B) 句型3 (bring B *to*〔*for*〕A)把 B 拿給[帶給]A. Would you *bring* me some water?＝Would you *bring* some water *for* me? 幫我拿點水來好嗎? (c) 句型5 (bring A B)使 A 呈 B 的狀態. An urgent telegram *brought* her hurrying back to New York. 一封緊急電報讓她匆忙趕回紐約.

2 帶來, 引起; 句型4 (bring A B)給 A 帶來 B(狀態, 結果等). A year's rest *brought* him health. 一年的靜養使他恢復了健康.

3 (a) 句型4 (bring A B)給 A 帶來 B(收入, 利益等). His new job *brought* him a handsome income. 他的新工作帶給他不錯的收入. (b)帶來(收入, 利益); 能賣出高價. The mare will *bring* a good price. 那匹母馬可以賣個好價錢.

4 〔提出〕提起(訴訟等); 出示(證據); 傾訴(苦悶等). The police *brought* a charge of drunken driving against him. 警方對他酒醉駕車提起訴訟.

5 【轉變成某某種心態】句型5 (bring A *to do*)說服〔勸誘〕A 去做…(主要用於否定句、疑問句). What *brought* him *to* convert to Buddhism? 是甚麼使得他改信佛教?/I cannot *bring* myself *to* help such a man. 我無法說服自己去幫助這樣的人.

* **brìng/.../abóut** 引起…; 造成…. *bring about* a change 引起轉變/Her marriage *brought about* many misfortunes. 她的婚姻帶來許多不幸.

* **brìng/.../aróund** (1)帶來…, 拿來…. (2)說服…. I managed to *bring* him *around to* my way of thinking. 我終於說服他同意我的想法. (3)使甦醒, 使…恢復意識〔健康〕.

* **brìng/.../báck** (1)把…拿回來, 把…帶回來, 把…買回來. The dog *brought back* the ball. 狗把球撿了回來(★也有如下例插入間接受詞的情形); Don't forget to *bring* me *back* a souvenir from Vermont. 別忘了從佛蒙特帶個紀念品回來給我).

(2)使…回復(*to*〔原來的狀態〕); 歸還(借來的東西). You can borrow the book, but please *bring* it *back* next week. 你可以把書借走, 但下星期請歸還.

(3)使想起…. The photo *brought back* many happy memories of my childhood. 這照片使我回想起許多快樂的童年往事.

(4)恢復〔制度, 習慣等〕. The government has

decided to *bring back* the death penalty. 政府決定恢復死刑.

*   **bríng.../dówn** (1)卸下〔行李, 貨物等〕.
    (2)把〔鳥等〕射落; 使〔飛機〕著陸; 把...擊落.
    (3)使〔價格〕下降; 使〔賣方〕降低〔價格〕.
    (4)打倒, 擊倒, 〔人, 獵物等〕.

bríng fórth... (1)〔文章〕產〔子〕; 結〔果實〕.
    (2)揭示〔隱瞞的事實等〕.

bríng.../fórward (1)把〔人, 物〕帶〔拿〕到面前來. (2)提出〔議案, 意見, 證據等〕; 把...公開.

*   **bríng.../ín** (1)把...拿進來, 把...帶進來; 把〔人〕帶到家中; 把〔衣物等〕收進來; 引介〔外國的風俗等〕.
    (2)帶來〔收入〕. Acting doesn't always *bring in* a large income. 表演〔工作〕未必能帶來豐碩的收入 (★也有如下例插入間接受詞的情形; The job *brings* him *in* a steady income. 那工作帶給他穩定的收入).
    (3)〔陪審員〕宣判〔裁決〕.

bríng A into B 把A變成B的狀態. *bring* innocent people *into* slavery 把無辜的人變成奴隸.

bríng.../óff (1)把〔困難的事〕順利完成.
    (2)把...〔從危險的場所〕救出.

*   **bríng.../ón** (1)造成..., 引起..., 是...的原因. Going out without a coat on *brought on* a cold. 不穿外套就出門, 結果感冒了. (2)促進〔穀物等的〕成長; 使〔學業, 成績等〕進步. My private tutor has *brought on* my English a lot. 我的家庭老師使我的英語大有進步.

*   **bríng.../óut** (1)取出..., 拿出.... (2)揭示〔隱藏的事實, 含義等〕; 使〔才能, 優點等〕顯示出來; 使〔沈默寡言的人等〕解除心防. The translation really *brings out* the meaning of the original text. 這翻譯把原文的意思確實而完整地傳達出來／Having to help someone *brings out* one's best qualities. 當一個人非得去幫助他人時, 他會展現出自己最大的優點. (3)發售, 發表, 〔新產品等〕出版〔新書〕.

bríng.../óver (1)把...拿來, 帶來.
    (2)使...改變主意〔同意〕; =bring.../around (2).

bríng.../róund 〔英〕=bring.../around.

bríng.../thróugh[1] 把...〔經由某處〕帶入; 使〔人〕脫離困境.

bríng A through[2] **B** 使A脫離B〔困境〕.

bríng...tó (1)使...恢復知覺. I *brought* the man *to* by slapping him. 我一巴掌把那個人打醒了.
    (2)停泊〔船〕(stop).

bríng.../togéther (特指)介紹〔男女〕.

bríng...únder[1] 平息, 制服, 鎮壓.

bríng A under[2] **B** 把A置於B〔支配, 權力, 抑制等〕之下; 把A歸於B〔項目〕.

*   **bríng.../úp** (1)養育...; 教養.... This girl is well (badly) *brought up*. 這個女孩很有教養〔沒有教養〕. (2)提出〔問題等〕. (3)吐出..., 〔vomit〕. (4)使〔人, 船, 車等〕急速停下〔通常用被動語態〕. She *was brought up* short by a call from behind. 從背後傳來的呼喚使得她馬上停了下來.

*   **brink** [brɪŋk; brɪŋk] *n.* (*pl.* ~**s** [~s; ~s]) 〔通

常用單數〕 **1** (懸崖等的)**邊緣**; (河, 湖等的)邊, 陡岸. He peered over the *brink* of the cliff. 他從懸崖的邊緣向下眺望. 回brink 與 brim 相反, 指由外側所見的邊緣; → edge.
    2 (危險等的)邊緣, 緊要關頭. The dispute brought the two countries to the *brink* of war. 這糾紛使兩國瀕臨交戰邊緣.

on the brínk of... 瀕臨〔毀滅, 死亡等〕的; 馬上就要...似的. *on the brink of* madness 快要瘋了.

brink·man·ship [ˋbrɪŋkmən͵ʃɪp; ˈbrɪŋkmənʃɪp] *n.* ⓤ邊緣政策(在國際外交中推動強硬政策, 直到決裂邊緣的手段).

brin·y [ˋbraɪnɪ; ˈbraɪnɪ] *adj.* 鹹的; 鹽水的.

bri·oche [ˋbrɪoʃ, ˋbrɪɑʃ; briːˈɒʃ] *n.* ⓒ奶油蛋糕(一種糕餅).

bri·quette, bri·quet [brɪˋkɛt; brɪˈket](法語) *n.* ⓒ煤磚, 炭磚, (火爐的燃料).

*   **brisk** [brɪsk; brɪsk] *adj.* (~**er**; ~**est**) **1** 俐落爽快的, 虎虎生風的, 生氣勃勃的, (lively), A *brisk* walk made her cheeks rosy. 快步行走使她的臉頰紅潤／The shop is in a good spot and so does a *brisk* trade. 那商店地點佳, 因此生意興隆.
    2 〔風, 空氣等〕(凜冽, 但)清爽的, 令精神為之一振的. At the top of the hill a *brisk* breeze was blowing. 山頂上吹著涼爽的微風.

bris·ket [ˋbrɪskɪt; ˈbrɪskɪt] *n.* ⓤ (牛的)胸(肉).

brisk·ly [ˋbrɪsklɪ; ˈbrɪsklɪ] *adv.* 爽快地, 活潑地.

brisk·ness [ˋbrɪsknɪs; ˈbrɪsknɪs] *n.* ⓤ爽快, 活潑.

bris·tle [ˋbrɪsl; ˈbrɪsl] *n.* ⓒ(豬, 山豬等的)硬毛; (刷子的)毛.
    —— *vi.* **1** 〔毛髮〕(由於生氣或興奮)豎立.
    2 〔狗, 鳥, 人等〕毛髮豎立; 〔人, 動物〕被激怒; 備戰; 《*at* 於...》. **3** 〔像硬毛般〕林立, 充滿, 《*with*》. This essay *bristles with* grammatical mistakes. 這篇論文到處都是文法錯誤.

bris·tly [ˋbrɪslɪ; ˈbrɪslɪ] *adj.* **1** 有硬毛的; 硬毛似的. **2** 〔人〕易怒的, 焦躁不安的.

Bris·tol [ˋbrɪstl; ˈbrɪstl] *n.* 布里斯托《英格蘭西南部的港市》.

Brit·ain [ˋbrɪtn̩, ˋbrɪtən; ˈbrɪtn̩] *n.* =Great Britain.

Bri·tan·nia [brɪˋtænɪə, -njə; brɪˈtænjə] *n.* 不列顛(Britain的拉丁名; 把英國或大英帝國擬人化的名稱; 作陰性名詞).

Brit·i·cism [ˋbrɪtə͵sɪzəm; ˈbrɪtɪsɪzəm] *n.* Ⓤⓒ
    1 英式英語語法(如(美) elevator, 《英》則用 lift 等; → Americanism).
    2 英國腔.

[Britannia]

B

‡**Brit·ish** [ˋbrɪtɪʃ; ˈbrɪtɪʃ] *adj.* **1** 英國的；大不列顛的；大英帝國的.

2 英國人的；英式英語的. *British* pronunciation 英式英語發音.

— *n.* 《作複數》《加 the》英國國民；大不列顛人；大英國協的國民.
　　　　　　　　　　　　　　　　　　　　　　　　〔BA〕.

Brĭtish Ăirways *n.* 英國航空(公司)《略作 BA》

Brĭtish Brŏadcasting Corporá·tion *n.* 《加 the》英國國家廣播公司《略作 BBC》.

Brĭtish Cŏmmonwealth of Ná·tions *n.* 《加 the》大 英 國 協 (the Commonwealth).

Brĭtish Ĕmpire *n.* 《加 the》大英帝國《大英國協的舊稱；現爲俗稱》.

Brĭtish Ĕnglish *n.* [U] 英式英語 (→ American English).

Brit·ish·er [ˋbrɪtɪʃɚ; ˈbrɪtɪʃə(r)] *n.* [C] 《美》英國人.

Brĭtish Ĭsles *n.* 《作複數》《加 the》不列顛群島《包括 Great Britain, Ireland, the Isle of Man, the Channel Islands》.

Brĭtish Muséum *n.* 《加 the》大英博物館《位於 London 的大博物館；1753 年創設》.

*****Brit·on** [ˋbrɪtn̩, ˋbrɪtən; ˈbrɪtn̩] *n.* (*pl.* ~**s** [~z; ~z]) [C] **1** 《古代》不列顛人《羅馬占領時代住在大不列顛島南部的塞爾特系住民族》.

2 英國人；大不列顛人.

Brit·ta·ny [ˋbrɪtn̩ɪ; ˈbrɪtəni] *n.* 不列塔尼《法國西北部的半島》.

brit·tle [ˋbrɪt!; ˈbrɪtl̩] *adj.* **1** (雖硬但)易碎的，脆的；不可靠的；短暫的.

2 《人、態度》易怒的；冷漠的，冷淡的.

broach [brotʃ; brəʊtʃ] *vt.* **1** 開《酒瓶》；鑿孔於《桶等》. **2** 提出《話題等》；開口說《話》.

*****broad** [brɔd; brɔːd] *adj.* (~**·er**; ~**·est**)

【寬的】**1** 寬闊的，寬的，遼闊的，(wide). *broad* shoulders 寬肩/a *broad* river 寬闊的河/This plank is two feet *broad* [=in breadth]. 這塊厚板有兩英尺寬.

回 broad 和 wide 通常可交換使用，但 broad 的重點在表面的寬，wide 的重點在分開的兩端之間的寬度：a *broad* leaf (闊葉), a *wide* gap (寬裂縫)這二者交換使用就變得不太合適. ↔ narrow.

2 寬容的，寬大的，have *broad* views 有開明的見解. **3** 廣泛的，多樣的. *broad* experience 廣泛的經驗/His *broad* interests bring him *broad* views on everything. 他廣泛的興趣使他對每件事物都有開通的看法.

4 【不涉及細節】大體上的，粗略的. in a *broad* sense 廣義上，大體上來說/He gave me a *broad* outline of the meeting. 他告訴我會議的大致情況.

【寬廣的 > 明白清楚的】**5** 明白清楚的，不說也明白的；有顯著方言特點的. a *broad* distinction 明顯的不同/a *broad* hint 容易明白的暗示/a *broad*

southern accent 顯著的南方口音.

6 顯而易見的，露骨的；下流的. a *broad* insinuation 露骨的暗諷/a *broad* joke 下流的笑話.

↔ *n.* **breadth**.

in brŏad dáylight 在大白天，光天化日之下.

— *adv.* 完全地. *broad* awake 完全清醒的.

— *n.* [C]《美、俚》女人 (woman).

brŏad béan *n.* [C]《植物》蠶豆.

*****broad·cast** [ˋbrɔdˌkæst; ˈbrɔːdkɑːst] *v.* (~**s** [~s; ~s]; ~, ~**ed** [~ɪd; ~ɪd]; ~**·ing**) *vt.* **1** 電臺，電視)廣播，播出. The major stations *broadcast* the news at 7 p.m. 主要電臺在晚間七時播放新聞.

2 傳播《謠言等》. She *broadcasted* the gossip all over the town. 她把這則八卦消息傳遍了整個鎮上.

3 《文章》播《種》.

— *vi.* 廣播，播出.

— *n.* (*pl.* ~**s** [~s; ~s]) [C] 廣播；廣播節目. Did you listen to the noon news *broadcast*? 你聽了中午的新聞廣播嗎?

— *adj.* **1** 廣播的，播送的. *broadcast* time 廣播時間. **2** 《流言》被廣泛傳播的；《種子》被撒播的.

— *adv.* 廣泛地；傳播地.

broad·cast·er [ˋbrɔdˌkæstɚ; ˈbrɔːdkɑːstə(r)] *n.* [C] 廣播者，播音員；廣播電臺.

broad·cast·ing [ˋbrɔdˌkæstɪŋ; ˈbrɔːdkɑːstɪŋ] *n.* [U] 廣播. a *broadcasting* station 廣播電臺/a *broadcasting* company 廣播公司.

broad·cloth [ˋbrɔdˌklɔθ; ˈbrɔːdklɒθ] *n.* [U]
1 《從前紳士服用的》寬幅高級黑呢.
2 裁製襯衫、罩衫用的棉、絹、細平布.

*****broad·en** [ˋbrɔdn̩; ˈbrɔːdn̩] *v.* (~**s** [~z; ~z]; ~**ed** [~d; ~d]; ~**·ing**) *vt.* 放寬，擴大. Travel *broadens* your outlook. 旅行能擴大你的視野.

— *vi.* 變寬，擴大，(*out*).

brŏad gáuge [gáge] *n.* [C]《鐵路》寬軌 (↔ narrow gauge).

brŏad júmp *n.* [U]《加 the》《美》跳遠《《主英》long jump》.

*****broad·ly** [ˋbrɔdlɪ; ˈbrɔːdli] *adv.* **1** 廣闊地. smile *broadly* 笑容滿面. **2** 大致上；大致上說.

3 顯然地，公開地，露骨地.

brŏadly spéaking 大致上說，概括地說.

broad-mind·ed [ˋbrɔdˋmaɪndɪd, ˌbrɔːd'maɪndɪd] *adj.* 寬宏大量的，不褊狹的，(↔ narrow-minded).

broad-mind·ed·ness [ˌbrɔdˋmaɪndɪdnɪs, ˌbrɔːd'maɪndɪdnɪs] *n.* [U] 寬宏大量，寬容.

broad·ness [ˋbrɔdnɪs; ˈbrɔːdnɪs] *n.* [U] **1** 寬闊. **2** 寬大. **3** 露骨；下流.

broad·sheet [ˋbrɔdˌʃit; ˈbrɔːdʃiːt] *n.* [C]《英》《把廣告等印刷在一面的》大張紙.

broad·side [ˋbrɔdˌsaɪd; ˈbrɔːdsaɪd] *n.* [C]
1 船舷《露出水面之單舷的全部》. *broadside* on 《船》側向地. **2** 《集合》舷側砲；同步射擊.

3 《言語等》猛烈攻擊.

Broad·way [ˋbrɔdˌwe; ˈbrɔːdwei] *n.* 百老匯

《New York 市 Manhattan 區南北斜行的著名大道; 有許多劇場、娛樂設施》;《百老匯及其附近的》美國戲劇界中心地區.

Brob·ding·nag [`brɑbdɪŋ͵næg; 'brɒbdɪŋnæg] n. 巨人國《出自 Swift 所著的 *Gulliver's Travels*》.

bro·cade [bro`ked; brəʊ'keɪd] n. U 織錦, 錦緞, 緞子. — vt. 把…織成錦緞.

broc·co·li [`brɑkəlɪ, `brɑklɪ; 'brɒkəlɪ] UC 花椰菜《一種蔬菜; 花可食用》.

bro·chure [bro`ʃjʊr, `ʃɪʊr, `ʃʊr; 'brəʊʃə(r)] n. C 小冊子, 手冊, (→ pamphlet 同).

brogue[1] [brog; brəʊg] n. C 《通常用單數》土腔, 方言; 《特指》愛爾蘭口音.

brogue[2] [brog; brəʊg] n. C 厚底皮鞋; 高爾夫球《釣魚用》鞋.

broil[1] [brɔɪl; brɔɪl] vt. 1 《主美》烤, 燒, 炙, 〔肉〕(grill)《直接在火上燒烤; → bake; → cook 表》.
2 《太陽》酷曬.
— vi. 1 〔肉〕被燒烤.
2 炙熱. It is *broiling* today. 今天熱得要命.

broil·er [`brɔɪlɚ; 'brɔɪlə(r)] n. C 1 燒烤用的嫩雞. 2 《美》烤肉器.

broke [brok; brəʊk] v. break 的過去式.
— adj. 《敘述》《口》身無分文的, 破產的. I'm flat *broke*. 我身上一毛錢也沒有.
gò bróke 《口》破產, 變得一無所有.

＊bro·ken [`brokən; 'brəʊkən] v. break 的過去分詞.
— adj. 【破碎的】 1 打破的, 破裂的, 折斷的. a *broken* cup 打破的杯子/a *broken* leg 斷腿/A chill wind blew in from the *broken* window. 寒風從破窗吹進來.
2 被破壞的; 〔家庭〕(由於離婚或分居等) 夫妻《父母》不在一起的. a *broken* home 破碎的家庭《沒有丈夫《妻子》的家庭》/a *broken* marriage 破裂的婚姻. 3 遭背棄的, 不被遵守的. a *broken* promise 被毀棄的約定/*broken* rules 不被遵守的規則.
【挫折的】 4 破產的.
5 頹喪的; 衰弱的. a *broken* man 絕望的人, 意志消沈的人.
【被中斷的】 6 中斷的; 斷斷續續的. a *broken* sleep 斷斷續續的睡眠.
7 《說話》不流暢的, 不標準的, 彆腳的. *broken* English 彆腳的《結結巴巴的》英語.
8 《不平滑的》凹凸不平的, 有起伏的. *broken* fields 起伏不平的原野/*broken* water 波浪起伏的水面/The path is *broken*. 那條小徑高低不平.

bro·ken-down [`brokən`daʊn; ͵brəʊkən'daʊn] adj. 1 〔房屋等〕破損的; 〔機器等〕故障的.
2 〔健康, 力氣〕衰弱的; 〔馬等〕疲倦得走不動的.

bro·ken-heart·ed [`brokən`hɑrtɪd; ͵brəʊkən'hɑːtɪd] adj. 心碎的, 絕望的; 失戀的.

bróken líne n. C 虛線(·－·－·).

bro·ken·ly [`brokənlɪ; 'brəʊkənlɪ] adv. 斷斷續續地; 頹喪地.

＊bro·ker [`brokɚ; 'brəʊkə(r)] n. (pl. ~s [~z; ~z] C 經紀人, 掮客, 仲介人; 股票經紀人(stockbroker).

bro·ker·age [`brokərɪdʒ, `brokrɪdʒ; 'brəʊkərɪdʒ] n. U 仲介(業); 付給仲介人的費用, 佣金, 回扣.

brol·ly [`brɑlɪ; 'brɒlɪ] n. (pl. **brol·lies** C 《英、口》傘(umbrella).

bro·mide [`bromaɪd, `bromɪd; 'brəʊmaɪd] n. UC 《化學》溴化物; 《特指》溴化鉀《鎮靜劑, 攝影用》.

bro·mine [`bromin, `bromɪn; 'brəʊmiːn] n. U 《化學》溴《非金屬元素; 符號 Br》.

bron·chi [`brɑŋkaɪ; 'brɒŋkaɪ] n. bronchus 的複數.

bron·chi·al [`brɑŋkɪəl; 'brɒŋkjəl] adj. 支氣管的.

bron·chi·tis [brɑn`kaɪtɪs, brɑŋ-; brɒŋ'kaɪtɪs] n. U 支氣管炎.

bron·chus [`brɑŋkəs; 'brɒŋkəs] n. (pl. **-chi** C 《解剖》支氣管. ⇨ adj. bronchial.

bron·co [`brɑŋko; 'brɒŋkəʊ] n. (pl. ~s C 《美》美國西部的(半)野生馬.

Bronx [brɑŋks; brɒŋks] n. (加 the) 布朗克斯區《New York 市最北部的一區; 主要為住宅區》.

＊bronze [brɑnz; brɒnz] n. (pl. **bronz·es** [~ɪz; ~ɪz] 1 U 青銅. 2 青銅製的美術品《雕像, 徽章等》. 3 U 青銅色(的顏料).
4 《形容詞性》青銅的. a *bronze* statue 銅像/a *bronze* shield 銅盾.
— vt. 使呈青銅色; 使曬黑. The sun has *bronzed* her skin. 太陽將她的皮膚曬成古銅色.

Brónze Áge n. (加 the) 《考古學》青銅器時代《在 Stone Age 和 Iron Age 之間》.

brónze médal n. C 《第三等獎的》銅牌.

brooch [brotʃ, brutʃ; brəʊtʃ] (★注意發音) n. C 胸針. wear a *brooch* 配戴胸針.

brood [brud; bruːd] n. C (★用單數亦可作複數)
1 《集合》同一窩卵孵出的小雞《鳥》; 同一胎出生的小動物. a *brood* of chickens 一窩小雞.
2 《輕蔑》一家族, 一家的孩子們; 一群.
— vi. 1 〔鳥〕孵蛋. The hen is *brooding*. 母雞在孵蛋.
2 沈思; 憂慮; 《over, about, on》. The boy was *brooding* over the death of his father. 那男孩憂鬱地想著他父親過世的事.
3 《文章》《暮色, 霧等》籠罩, 低垂, 《over, above》.
— vt. 孵〔蛋〕.

brood·y [`brudɪ; 'bruːdɪ] adj. 1 《母雞》想孵蛋的. 2 《人》沈思的, 悶悶不樂的.

＊brook[1] [brʊk; brʊk] n. (pl. ~s [~s; ~s] C 小河流(→ river 參考).

brook[2] [brʊk; brʊk] vt. 《文章》忍耐, 容忍, 《通常用於否定句》.

Brook·lyn [`brʊklɪn; 'brʊklɪn] n. 布魯克林區《New York 市的一區; 位在 Long Island 的西南

端》.

***broom** [brum, brʊm; bru:m] *n.* (*pl.* **~s** [~z; ~z]) **1** Ⓒ掃帚. A new *broom* sweeps clean. 《諺》(新掃帚掃得乾淨>)新官上任三把火.
2 Ⓤ金雀花《豆科觀賞用常綠灌木》.

[brooms 1]

broom·stick [ˋbrum͵stɪk, ˋbrʊm-; ˈbru:mstɪk] *n.* Ⓒ掃帚柄《傳說女巫騎著它在空中飛》.

Bros. 《略》Brothers. ★用於兄弟經營的公司名稱中; Warner *Bros.* (華納兄弟公司).

broth [brɔθ; brɒθ] *n.* Ⓤ (以魚、肉、蔬菜爲原料做出的)高湯, (用此種汁做的)清湯.

broth·el [ˋbrɔθəl, -ðəl; ˈbrɒθl] *n.* Ⓒ妓院.

⁑**broth·er** [ˋbrʌðɚ; ˈbrʌðə(r)] *n.* (*pl.* **~s** [~z; ~z]) Ⓒ【兄弟】**1** 兄, 弟, 兄弟, (⬌ sister). "How many *brothers* do you have?" "I have two *brothers*."「你有幾個兄弟?」「我有兩個兄弟.」 語法「兄」「弟」一般沒有區別, 必要時「兄」作 big [older, elder] brother,「弟」作 younger [little] brother.
【兄弟般的人】**2** (**a**) (男性)親友, 朋友, 同事. *brothers* in arms 戰友. (**b**)《形容詞性》同事的. my *brother* doctor 我的醫生同事.
3 國人, 同胞.
4 (常 *pl.* **breth·ren**) (男性)同一教會[教派]的教友, 同一宗派的人; 會友; 同業者.

●——男女不同的詞彙

	男		女
bachelor	單身漢	spinster	未婚女子
boy	男孩	girl	女孩
brother	兄弟	sister	姊妹
father	父	mother	母
gentleman	紳士	lady	女士
husband	夫	wife	妻
king	國王	queen	女王
lad	少男	lass	少女
man	男人	woman	女人
monk	修道士, 和尚	nun	修女, 尼姑
nephew	姪子	niece	姪女
son	兒子	daughter	女兒
uncle	叔[伯]父, 舅舅等	aunt	姑[姨]媽, 嬸嬸等
wizard	巫師	witch	女巫

★用不同的詞尾表示男女 → hostess 表

broth·er·hood [ˋbrʌðɚ͵hʊd; ˈbrʌðəhʊd] *n.* **1** Ⓤ兄弟關係; 兄弟之愛; (一般)(男性間的)友情, 友愛. **2** Ⓤ盟友關係, 友好關係.
3 Ⓒ (通常用單數)公會, 團體, 協會. the legal [medical] *brotherhood* 司法團體[醫師公會].
4 Ⓤ (集合)同一公會[團體, 協會]的成員.

broth·er-in-law [ˋbrʌðərɪn͵lɔ, ˋbrʌðɚn͵lɔ; ˈbrʌðərɪnlɔ:] *n.* (*pl.* **broth·ers-**) Ⓒ大伯, 小叔; 姊夫, 妹婿; 連襟; 丈夫的姊夫[妹婿]; (⬌ sister-in-law).

broth·er·ly [ˋbrʌðɚlɪ; ˈbrʌðəlɪ] *adj.* 兄弟的; 兄弟般的; 交情深厚的, 親密的. *brotherly* love 手足之情.

brough·am [ˋbruəm, brum, ˋbroəm; ˈbru:əm] *n.* Ⓒ (從前)一匹馬拉的四輪馬車.

brought [brɔt; brɔ:t] *v.* bring 的過去式、過去分詞.

***brow** [braʊ; braʊ] *n.* (*pl.* **~s** [~z; ~z]) Ⓒ **1** (通常 brows)眉, 眉毛, 《多說成 eyebrows》. The old woman knitted her *brows*. 那位老婦人皺起了眉頭. **2** 額(forehead).
3 (懸崖等的)邊緣, 突出處; (險坡的)頂點.

brow·beat [ˋbraʊ͵bit; ˈbraʊbi:t] *vt.* (**~s**; **~**; **~·en**; **~·ing**) (以言語或臉色)威嚇; 威嚇…使做[不做]…《*into* [*out of*] do*ing*》.

brow·beat·en [ˋbraʊ͵bitn̩; ˈbraʊbi:tn] *v.* browbeat 的過去分詞.

⁑**brown** [braʊn; braʊn] *adj.* (**~·er**; **~·est**) **1** 棕色的, 褐色的. a *brown* suit 棕色的西裝/She has *brown* hair and *brown* eyes. 她有棕色的頭髮和棕色的眼睛/The leaves go *brown* in fall. 樹葉在秋天變成黃褐色.
2 曬黑的, 皮膚黑的. She came back *brown* from her vacation in Hawaii. 她從夏威夷度假回來後曬黑了.
in a brôwn stúdy 《口》想得出神.
— *n.* **1** Ⓤ茶色, 褐色. light [dark] *brown* 淡[深]棕色. **2** Ⓤ褐色顏料[染料]; 咖啡色衣服. dressed in *brown* 穿著棕色的衣服.
— *vt.* 使成爲棕色[褐色].
— *vi.* 變成棕色[褐色].

brôwn béar *n.* Ⓒ《動物》棕熊.

brôwn bréad *n.* Ⓤ黑麵包.

brôwn cóal *n.* Ⓤ褐煤.

brown·ie [ˋbraʊnɪ; ˈbraʊnɪ] *n.* Ⓒ **1** 《蘇格蘭傳說》褐色小精靈《夜裡悄悄地幫人做家務的小精靈》. **2** 《美》含有胡桃的巧克力蛋糕[餅乾].
3 (*B*rownie)女童軍(the Girl Scouts《美》, the Girl Guides《英》)的幼年組.

[brownies 1]

Brown·ing [ˋbraʊnɪŋ; ˈbraʊnɪŋ] *n.* **Robert** ~ 布朗寧(1812-89)《英國詩人》.

brown·ish [ˋbraʊnɪʃ; ˈbraʊnɪʃ] *adj.* 呈棕色的.

brôwn páper *n.* Ⓤ (褐色厚實的)包裝紙, 牛皮紙.

brôwn ríce *n.* Ⓤ糙米.

brown·stone [ˋbraʊn͵ston; ˈbraʊn͵stəʊn] *n.* Ⓤ褐石; Ⓒ正面用褐砂石砌成的房屋《New York

市自 19 世紀後半開始流行，如今多已老舊）．

brówn súgar *n.* ⊍紅糖，赤砂糖．

browse [brauz; brauz] *n.* **1** ⊍Ⓒ嫩葉，嫩枝，新芽．**2** Ⓒ(書本)瀏覽．
— *vi.* **1** 〔動物〕吃嫩葉〔新芽〕．
2 瀏覽讀，隨便瀏覽，*(through, among*〔書籍等〕*)*；(在書店或圖書館)站著閱讀書籍，閒逛．
3 (在商店)隨意觀看物品，「逛街」．

Bruce [brus, brɪus; bruːs] *n.* **1** 男子名．
2 Robert (**the**) ~ 布魯斯(1274-1329)《Scotland 國王；擊敗英格蘭軍使 Scotland 獲得獨立)．

Bru·in [ˋbruɪn, ˋbruɪn; ˈbruːɪn] *n.* Ⓒ(在童話等中出現的)熊，熊先生．

bruise [bruz, brɪuz; bruːz] (★注意發音) *n.* Ⓒ
1 打傷，撞傷．a *bruise* on the leg 腿上的瘀傷．
2 (水果，蔬菜等的)損傷．
— *vt.* **1** 使受撞傷；碰傷〔水果等〕．I got my left arm *bruised*. 我的左臂有瘀傷．**2** 傷害〔感情等〕．
— *vi.* 打成青腫．Peaches *bruise* easily. 桃子容易碰傷．

bruit [brut, brɪut; bruːt] *vt.* 《文章》散播〔謠言等〕*(abroad; about)*．

brunch [brʌntʃ; brʌntʃ] *n.* ⊍(口)早午餐，很晚才吃的早餐，*(br*eakfast+l*unch)*．

Bru·nei [bruˋnaɪ, ˋbruːnaɪ; ˈbruːnaɪ] *n.* 汶萊(Borneo 島西北部的國家；首都 Bandar Seri Begawan)．

bru·net, bru·nette [bruˋnɛt, brɪu-; bruːˈnet] *adj.* 淺黑色的(皮膚淺黑色、頭髮和眼睛黑色或褐色的；→ blond, blonde)；〔頭髮〕黑〔褐〕色的；〔皮膚〕淺黑色的．
— *n.* Ⓒ有黑〔褐〕色頭髮、淺黑色皮膚的人．★原則上 brunet 用於男性，而 brunette 用於女性．

brunt [brʌnt; brʌnt] *n.* Ⓒ(攻擊的)矛頭，主力，衝力．*bèar the brúnt of...* 《文章》首當其衝．

＊brush[1] [brʌʃ; brʌʃ] *n.* (*pl.* ~**es** [~ɪz; ~ɪz]) Ⓒ
【 刷子 】 **1** 毛刷，刷子．a hair*brush* 梳子/a tooth*brush* 牙刷/a shoe *brush* 鞋刷/a nail-*brush* 洗指甲刷．

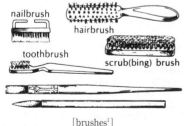

nailbrush
hairbrush
toothbrush
scrub(bing) brush

[brushes[1]]

2 毛筆，畫筆；(加 the)畫法，畫風；繪畫工作．the *brush* of van Gogh 梵谷的畫風．**3** 輕刷．give one's clothes a *brush* 輕刷某人的衣服．
4〔輕刷〕>輕微的接觸〕(汽車等的)擦撞；(軍隊的)小衝突．a *brush* with the law 輕微的犯法行為，警察會加以過問的行為．
— *v.* (~**es** [~ɪz; ~ɪz]; ~**ed** [~t; ~t]; ~**ing**) *vt.*
1 (a)刷拭，以刷擦拭．*brush* one's hair [coat] 梳

頭髮[刷上衣]．(**b**) 句型5 (brush **A B**)將 A 刷成 B．You have to *brush* your teeth clean. 你必須把你的牙齒刷乾淨．
2〔加副詞(片語)〕揮落，拂拭．*brush* dirt off 揮掉灰塵．**3** 輕輕地碰，擦撞．The car *brushed* the fence and got scratched. 汽車碰到圍牆刮傷了．
— *vi.* **1** 〔加副詞(片語)〕擦過，掠過；疾走．The girl *brushed* past me. 那女孩從我身邊走過．
2 擦掉〔污垢等〕*(off)*．
brúsh/.../asíde [*awáy*] (1)把…揮落．
(2)無視於〔問題，發言等〕，怠慢．
brúsh/.../dówn (用刷子，手)從…刷[撢]掉灰塵[污垢]．
brúsh/.../óff 不客氣地拒絕〔他人的請求等〕．
brúsh/.../úp (1)刷拭〔衣物等〕．
(2)溫習〔忘掉的課業等〕．*brush up* one's French 溫習(久未用而忘記了的)法語．
brùsh úp on... =brush/.../up (2).

brush[2] [brʌʃ; brʌʃ] *n.* (美) **1** =brushwood.
2 Ⓒ未開拓地帶．

brush-off [ˋbrʌʃˏɔf; ˈbrʌʃɒf] *n.* Ⓒ(口)(通常加 the)不客氣的拒絕．give a person the *brush-off* 毫不客氣地拒絕某人．

brush-up [ˋbrʌʃˏʌp; ˈbrʌʃʌp] *n.* Ⓒ重新溫習(忘記的學業等)．After all these years my French needs a *brushup*. 過了這麼多年，我的法語需要重新溫習了．

brush·wood [ˋbrʌʃˏwud; ˈbrʌʃwod] *n.* **1** ⊍柴枝，砍下的樹枝．**2** Ⓒ灌木叢．

brush·work [ˋbrʌʃˏwɝk; ˈbrʌʃwɜːk] *n.* ⊍(畫家的)筆法，畫法．

brusque [brʌsk, brusk; bruːsk] *adj.* 生硬的；粗魯的；冷淡無禮的．

brusque·ly [ˋbrʌsklɪ, ˋbrusk-; bruːsklɪ] *adv.* 粗魯無禮地．

brusque·ness [ˋbrʌsknɪs, ˋbrusk-; bruːsknɪs] *n.* ⊍冷淡，無禮．

Brus·sels [ˋbrʌslz; ˈbrʌslz] *n.* 布魯塞爾(比利時首都；EC 總部所在地)．

Brússels spróuts *n.* 《作複數》《植物》球芽甘藍．

＊bru·tal [ˋbrutl, ˋbrɪutl; ˈbruːtl] *adj.* **1** 殘忍的，獸性的；冷酷的；野蠻的．*brutal* treatment 殘忍的對待．**2** 嚴酷的，酷烈的，嚴厲無情的．*brutal* weather 惡劣的天氣．

bru·tal·i·ty [bruˋtælətɪ, brɪu-; bruːˈtælətɪ] *n.* (*pl.* -**ties**) **1** ⊍殘酷，殘忍，野蠻．
2 Ⓒ殘暴行為，獸行．

bru·tal·ize [ˋbrutlˏaɪz, ˋbrɪutl-; ˈbruːtəlaɪz] *vt.* 使殘忍，使具獸性地．

bru·tal·ly [ˋbrutlɪ, ˋbrɪutlɪ; ˈbruːtəlɪ] *adv.* 殘酷地．

＊brute [brut, brɪut; bruːt] *n.* (*pl.* ~**s** [~s; ~s]) Ⓒ
1 野獸，獸，畜生．the *brutes* 獸類．回brute 常用於輕蔑地指沒有理性、殘忍的動物；→beast, animal．
2 殘忍的人，冷血的人．

3 (口)(特指沒有惡意但愚蠢粗魯)不講理的人, 討厭的傢伙, (特指男性).
— *adj.* (限定)全憑拳頭的, 沒有理性的, 野獸般的, 粗暴的. **brute** force [strength] 暴力.

brut·ish [ˋbrutɪʃ, ˋbrɪutɪʃ; ˈbruːtɪʃ] *adj.* **1** 野獸般的. **2** 殘忍的, 粗野的; 肉慾的.

brut·ish·ly [ˋbrutɪʃlɪ, ˋbrɪutɪʃlɪ; ˈbruːtɪʃlɪ] *adv.* 殘忍地; 下流地.

Bru·tus [ˋbrutəs, ˋbrɪutəs; ˈbruːtəs] *n.* **Mar·cus** [ˋmɑrkəs; ˈmɑːkəs] ~ 布魯特斯(85?-42 B.C.)(古羅馬的政治家; 暗殺凱撒的人之一).

BS (略) (美) Bachelor of Science(理學士).

BSc (略) Bachelor of Science(理學士).

‡**bub·ble** [ˋbʌbl; ˈbʌbl] *n.* (*pl.* ~s [~z; ~z])
1 C 泡, 泡沫, 水花(玻璃、塑膠等中間的)氣泡. The surface of the liquid was covered with *bubbles*. 這液體表面蓋滿了泡沫. ◫bubble的集合物稱作foam; → froth.
2 C 肥皂泡, blow *bubbles* 吹肥皂泡. **3** C 泡沫般的計畫, 立即失敗的計畫. **4** U 沸騰(聲).
— *vi.* 冒泡; 發出嘖嘖聲(水沸騰等); (水)發出嘖嘖聲(*out*; *up*). The soup is *bubbling* in the pot. 湯在鍋裡沸騰.
bùbble óver (1)滾沸. (2)洋溢(*with*).

bùbble and squéak *n.* U (英)油炒馬鈴薯和甘藍菜.

bùbble gùm *n.* U 泡泡糖.

bub·bly [ˋbʌblɪ, ˋbʌblɪ; ˈbʌblɪ] *adj.* **1** 多泡的, 冒泡的. **2** (女性, 性格等)活潑的, 開朗的.

bu·bòn·ic plágue [bjuˋbɑnɪk-, bɪu-; bjuːˈbɒnɪk-] *n.* U (醫學)淋巴腺鼠疫(通常稱鼠疫).

buc·ca·neer [ˌbʌkəˋnɪr; ˌbʌkəˈnɪə(r)] *n.* C
1 海盜(特指17世紀掠奪西印度群島者).
2 (政界, 商界的)肆無忌憚的投機者.

Bu·cha·rest [ˋbjukəˋrɛst, ˌbɪu-, ˌbu-; ˌbjuːkəˈrest] *n.* 布加勒斯特(羅馬尼亞首都).

Buck [bʌk; bʌk] *n.* Pearl ~ 賽珍珠(1892-1973)(美國女作家).

buck[1] [bʌk; bʌk] *n.* C **1** 雄鹿(stag; ↔ doe; → deer 參考); (兔, 羊, 羚羊等的)雄性.
2 (形容詞性)(俚)(輕蔑)公的, 雄的.
3 (主美, 俚)美元(dollar). ten *bucks* 十美元.

buck[2] [bʌk; bʌk] *vi.* **1** (馬)弓背躍起.
2 (主美, 口)頑強地抵抗(*at*).
3 (車等)顛簸著行駛.
— *vt.* **1** (馬躍起)把…摔下(*off*).
2 (主美, 口)頑強地抵抗.
bùck úp[1] (口)(主要用祈使語氣)(1)振作起來. (2)(英)快點, 趕快.
bùck /.../úp[2] (口)使…振作, 振奮.

buck[3] [bʌk; bʌk] *n.* 責任(用於下列片語).
pàss the búck to... (口)把責任推給….
The Bùck Stòps Hére. 擔負全責, 不推託責任. (源自Truman在美國總統任內時置於桌上的座右銘).

‡**buck·et** [ˋbʌkɪt; ˈbʌkɪt] *n.* (*pl.* ~s [~s; ~s]) C **1** 水桶, 提桶.
2 一桶(的量). five *buckets* of water 五桶水.
3 (口)(buckets)(雨, 眼淚等的)大量. The rain came down in *buckets*. 大雨傾盆而下.
kìck the búcket (俚)死, 「翹辮子」, (→ die 同義字).
— *vi.* (英, 口)大雨傾盆(*down*).

buck·et·ful [ˋbʌkɪtˌful; ˈbʌkɪtfʊl] *n.* C 一桶(的量).

búcket sèat *n.* C (汽車, 客機等的)凹背單人座椅.

Buck·ing·ham Palace [ˋbʌkɪŋˌhæmˋpælɪs, -ˋpæləs; ˈbʌkɪŋəmˈpælɪs] *n.* 白金漢宮(位於倫敦的英國王宮).

[Buckingham Palace]

buck·le [ˋbʌkl; ˈbʌkl] *n.* C **1** 皮帶扣, 小鉤扣(皮帶等的). **2** (鞋)的扣形飾物.
— *vt.* **1** 用環扣把…扣住(*up*).
2 使彎曲; 使翹起; 使歪斜.
— *vi.* **1** 用環扣把(鞋, 皮帶等)扣住.
2 (用壓力)彎曲.
bùckle (dówn) to... (口)認真地做(工作).

buck·ler [ˋbʌklə, ˋbʌklə; ˈbʌklə(r)] *n.* C 小圓盾; 防禦物.

buck·ram [ˋbʌkrəm; ˈbʌkrəm] *n.* U (上過漿的)粗麻布(棉布)(裝訂書籍和作衣服襯裡用的).

buck·shee [ˋbʌkʃi, ˌbʌkˋʃi; ˌbʌkˈʃiː] *adj.* (英, 俚)免費的.
— *adv.* 免費地.

buck·shot [ˋbʌkˌʃɑt; ˈbʌkʃɒt] *n.* U 大型鉛彈(狩獵用).

buck·skin [ˋbʌkˌskɪn; ˈbʌkskɪn] *n.* **1** U 鹿皮(製品)(本來是以鹿的鞣皮所製的黃色皮件; 也有以山羊皮或綿羊皮製成的).
2 (buckskins)鹿皮褲(鞋).

buck·wheat [ˋbʌkˌhwit; ˈbʌkwiːt] *n.* U 蕎麥; 蕎麥粒(粉)(作為家畜的飼料; 在美國, 蕎麥粉亦當作煎餅的原料). *buckwheat* flour 蕎麥粉.

‡**bud** [bʌd; bʌd] *n.* (*pl.* ~s [~z; ~z]) C **1** 芽; 花蕾, cherry *buds* 櫻桃的花蕾/put forth *buds* 萌芽. **2** 未成熟的人(物).
in búd 在發芽, 含苞待放.
— *vi.* (~s [~z; ~z]; ~ded [~ɪd; ~ɪd]; ~ding [~ɪŋ; ~ɪŋ]) 發芽, 萌芽; 開始發達. The roses in my garden *bud* in early spring. 我花園裡的玫瑰在初春綻放花蕾.

Bu·da·pest [ˌbjudəˋpɛst, ˌbiudə-, ˌbudə-; ˌbju:dəˈpest] n. 布達佩斯(匈牙利首都).

*__Bud·dha__ [ˋbudə; ˈbudə] n. **1** (有時加 the)佛陀, 佛, 《本意為「覺者」, 特用於指釋迦牟尼》.

2 Ⓒ佛像; 大佛.

*__Bud·dhism__ [ˋbudɪzəm; ˈbudizəm] n. Ⓤ佛教.

*__Bud·dhist__ [ˋbudɪst; ˈbudist] n. (pl. ~s [~s; ~s])

1 Ⓒ佛教徒.

2 (形容詞性)佛教的; 佛陀的. a Buddhist monk 佛教僧侶, 和尚/a Buddhist temple 佛寺.

bud·ding [ˋbʌdɪŋ; ˈbʌdiŋ] adj. 《限定》**1** 〔植物〕正發芽的; 發育中的.

2 有前途的, 發展中的, 初露頭角的. a budding scholar 初露頭角的學者.

bud·dy [ˋbʌdɪ; ˈbʌdi] n. (pl. -dies) Ⓒ **1** (美、俚)(呼喚)老兄, 老弟, 朋友. **2** (口)夥伴, 朋友.

budge [bʌdʒ; bʌdʒ] (通常用於否定句) vi. 微微移動, 輕輕一動. The dog would not budge an inch. 那隻狗一動也不肯動一下.
— vt. 稍微把…移動一下.

*__budg·et__ [ˋbʌdʒɪt; ˈbʌdʒit] n. (pl. ~s [~s; ~s]) Ⓒ (政府等的)預算, 預算案; 經費; 家庭收支預算. a government budget 政府預算/a family budget 家庭收支預算/open [introduce] the budget (向議會)提出預算案/go over the budget 超出預算/balance the budget 維持收支的平衡.

〖搭配〗 v.+budget: draw up a ~ (編列預算), exceed a ~ (超出預算), keep within a ~ (控制在預算內), increase a ~ (增列預算), reduce a ~ (縮減預算).

— vi. 編預算(for 為了…).

— vt. **1** 把…編入預算. budget medical expenses 把醫療費用編入預算. **2** 作出使用計畫.

— adj. (限定)低廉的, 省錢的.

budg·et·a·ry [ˋbʌdʒɪˌtɛrɪ; ˈbʌdʒitəri] adj. 預算(上)的.

Bue·nos Ai·res [ˋbonəsˋɛriz, -ˋæriz, -ˋeriz, ˋbwenəsˋaɪriz; ˌbwenəsˈaɪəriz] n. 布宜諾斯艾利斯(阿根廷首都).

buff [bʌf; bʌf] n. (pl. ~s) **1** Ⓤ(牛等的)黃褐色軟皮. **2** Ⓤ黃褐色. **3** Ⓤ擦磨頭的軟布. **4** Ⓒ(口)…迷, …狂, (fan), a movie buff 電影迷.
— vt. (用軟布)擦拭〔金屬, 皮鞋〕.

*__buf·fa·lo__ [ˋbʌfˌlo; ˈbʌfələu] n. (pl. ~s, ~es [~z; ~z], ~) Ⓒ **1** (美)野牛 《俗稱; → bison》.
2 (產於亞洲、美洲的)水牛(water buffalo).

[buffalo 2]

buff·er [ˋbʌfɚ; ˈbʌfə(r)] n. Ⓒ **1** (火車等的)緩衝器(《美》bumper); (泛指處於中間)起緩衝作用的物[人, 國家]. **2** (化學)緩衝液.
— vt. 成為…的緩衝地帶; 緩和, 減輕, 〔衝擊〕.

búffer stàte n. Ⓒ緩衝國.

búffer zòne n. Ⓒ緩衝地帶.

buf·fet[1] [ˋbʌfɪt; ˈbʌfit] n. Ⓒ **1** 打, 毆打.

2 (風, 波浪等的)衝擊; (由於不幸等的)打擊.
— vt. **1** 打, 猛擊.
2 (風波, 命運等)打擊…, 給予…衝擊.

buf·fet[2] [buˋfe, ˋbufe; ˈbufei] (法語) n. Ⓒ **1** 飲食店的櫃檯; 櫃檯形式的簡便餐廳. a buffet car 快餐車. **2** 自助餐(式的宴會). 「人.

buf·foon [bʌˋfun; bʌˈfu:n] n. Ⓒ丑角; 滑稽的

buf·foon·er·y [bʌˋfunərɪ, bʌˋfunrɪ; bəˈfu:nəri] n. (pl. -er·ies) ⓊⒸ滑稽, 詼諧.

*__bug__ [bʌg; bʌg] n. (pl. ~s [~z; ~z]) Ⓒ **1** (美)昆蟲, 蟲, (insect). **2** (主英)臭蟲(bedbug). **3** (口)熱中於(某事)的人, …狂, …迷. a camera [photography] bug 攝影迷.
4 (口)(特指電腦程式等的)錯誤.
5 (口)隱藏式麥克風, 竊聽器.
— vt. (~s; ~ged; ~ging)(俚) **1** 在〔房間等〕裝置竊聽器. **2** 使煩惱.

bug·a·boo [ˋbʌgəˌbu; ˈbʌgəbu:] n. (pl. ~s) =bugbear.

bug·bear [ˋbʌgˌbɛr, -ˌbær; ˈbʌgbeə(r)] n. Ⓒ妖怪; (無端的)擔心, 恐懼; 擔心[恐懼]的原因.

bug·gy [ˋbʌgɪ; ˈbʌgi] n. (pl. -gies) Ⓒ **1** 一匹馬拉的輕便馬車((美)有車篷的四輪車, (英)無車篷的兩輪車).
2 (小型)汽車. a beach buggy 沙灘車.
3 (美)嬰兒車.

bu·gle [ˋbjugl; ˈbiu-; ˈbju:gl] n. Ⓒ號角, 軍號, 《比 trumpet 短; → brass instrument 圖》.
— vi. 吹號.
— vt. (號聲)召集.

bu·gler [ˋbjuglɚ, ˈbiu-; ˈbju:glə(r)] n. Ⓒ吹號手.

*__build__ [bɪld; bild] v. (~s [~z; ~z]; built; ~·ing) vt. **1** 建築, 建造, (→erect 圖). I built a house. 我蓋了一棟房子(★自己蓋或請他人蓋)/build a railway 建築鐵路/build a bridge 造橋/Many English houses are built of brick(s). 許多英國房屋是磚造的.

2 〔句型4〕(build A B)、〔句型3〕(build B for A)為A建造B(房屋等). He built his son a new house. = He built a new house for his son. 他為他的兒子蓋了一棟新房子.

3 〔鳥〕築〔巢〕; 生〔火〕.

4 建立〔事業〕; 形成〔性格〕. build (up) one's business 建立某人的事業.
≒ establish, construct.

— vi. **1** 建築; 〔鳥〕築巢.

2 依照, 根據, (on); 基於(on). I built on his suggestion to work out a plan. 我依據他的建議訂出計畫.

bùild /.../ ín 嵌…於〔家具〕固定; 嵌入…(作為建築本體的部分); (通常用被動語態). We had bookshelves built in. 我們把書架嵌入牆壁.

búild A into B (1)把A安裝於B上; 排入(政策, 契約, 組織)的一環; (通常用被動語態). have bookshelves built into the walls 把書架安裝在牆

B

壁上/be *built into* the price 確定價格. (2)從A做成B, 把A做成B. *build* blocks *into* a castle 用積木堆成城堡.

bùild...ón 擴建…((常用被動語態)).

búild A on [*upon*]¹ B 以A為B(約定, 信任等)為A的基礎, 使A基於B. *build* one's hopes *on* a person's promise 把希望寄託於某人的承諾/You must *build* your theory *on* facts. 你必須根據事實建立你的理論.

búild on [*upon*]²... → vi. 2.

* **bùild/.../úp**¹ (1)(逐漸地)建立, 形成((事業, 人格等)). He *built up* a large fortune during his lifetime. 他在有生之年積存了一大筆財產. (2)使((健康, 體力))增進, 增強; 使…恢復. *build up* one's health 增強某人的健康. (3)使((土地))蓋滿房屋. This area has now been *built up*. 這地區現在已蓋滿了房屋.

bùild úp² (逐漸地)被形成; 變高; 增加. Traffic *builds up* here around five o'clock every afternoon. 每天下午五點左右這裡的交通量就會增加.

●──動詞變化 **build** 型		
[d; d]	[t; t]	[t; t]
bend 彎曲	bent	bent
build 建築	built	built
lend 借出	lent	lent
send 送	sent	sent
spend 花費	spent	spent

── *n.* ⓊⒸ **1** 構造. **2** 體格. a man of slight *build* 體格瘦小的人.

build·er [ˋbɪldɚ; ˈbɪldə(r)] *n.* Ⓒ **1** 建造的人; 建築業者. **2** ((構成複合字))建造…的人[物]. ship*builder*.

‡**build·ing** [ˋbɪldɪŋ; ˈbɪldɪŋ] *n.* (*pl.* ~s [~z; ~z]) Ⓒ **1** 建築物, 房屋, 大樓. Our city has many tall *buildings*. 我們的城市有許多高樓大廈/*building* land 建築用地/a *building* site 建築工地.

[搭配] *adj.*+building: a broken-down ~ (破敗的房舍), an imposing ~ (富麗堂皇的大樓), a large ~ (巨大的建築物), a low ~ (低矮的房屋), a new ~ (新落成的建築物) // *v.*+building: pull down a ~ (拆除建築物), put up a ~ (蓋房子) // building+*v.*: a ~ collapses (房屋倒塌).

2 Ⓤ建築(技術), 建築業. My uncle is in *building*. 我的叔叔是從事建築業的.

búilding blòck *n.* Ⓒ **1** (兒童玩的)積木; (建築用的)砌磚. **2** 基本的事物, 基礎.

build·up [ˋbɪldˌʌp; ˈbɪldʌp] *n.* Ⓒ **1** 強化, 增強, 增加. **2** 宣傳; 捧場.

built [bɪlt; bɪlt] *v.* build 的過去式、過去分詞.

built-in [ˋbɪltˋɪn; ˈbɪltɪn] *adj.* **1** 嵌入的, 固定的; 內在的. a kitchen with a *built-in* cupboard

裝有嵌入式餐具櫃的廚房.

2 ((性質, 特徵等))本來就有的.

built-up [ˋbɪltˋʌp; ˌbɪltˈʌp] *adj.* **1** 疊成的, 組成的. **2** ((土地))建築物多的. a *built-up* area 建築林立的地區.

*ⓑ**bulb** [bʌlb; bʌlb] *n.* (*pl.* ~s [~z; ~z]) Ⓒ 〖鱗莖〗 **1** 球根, 球莖. I'm going to plant some tulip *bulbs* this afternoon. 今天下午我將種些鬱金香的球莖.

2 〖球莖狀物〗電燈泡; (溫度計的)球; 真空管. The lamp takes a 60-watt *bulb*. 這盞燈用的是60燭光的燈泡/The *bulb* has gone out──you'd better change it now. 這電燈泡壞了──你最好現在就把它換掉.

bul·bous [ˋbʌlbəs; ˈbʌlbəs] *adj.* 球根的, 球莖的; 由球根生長的; 球根狀的.

Bul·gar·i·a [bʌlˋgɛrɪə, bul-, -ˋger-; bʌlˈgeəriə] *n.* 保加利亞((巴爾幹半島東部的共和國; 首都 Sofia; → Balkan 圖)).

Bul·gar·i·an [bʌlˋgɛrɪən, bul-, -ˋger-; bʌlˈgeəriən] *adj.* 保加利亞(人)的; 保加利亞語的. ── *n.* Ⓒ保加利亞人; Ⓤ保加利亞語.

bulge [bʌldʒ; bʌldʒ] *n.* Ⓒ **1** 膨脹, 膨脹的部分. The pistol made a *bulge* under his coat. 那把槍從他的外套裡面鼓了出來.

2 暫時性的增多, 膨脹.

── *vi.* 膨脹, 腫脹, ((*out*)). His briefcase is *bulging* with papers. 他的公事包塞滿了文件, 顯得鼓鼓的.

bul·gy [ˋbʌldʒɪ; ˈbʌldʒɪ] *adj.* 膨脹的.

***bulk** [bʌlk; bʌlk] *n.* (*pl.* ~s [~s; ~s]) **1** Ⓤ體積, 容積, (volume); 大小程度.

2 Ⓒ巨大的人[物], 巨大的身軀.

3 Ⓤ((加the))大半, 大部分, ((*of*))((★作主詞時, 連接 of 的名詞如為複數, 動詞也用複數)). The *bulk of* his time is spent in the laboratory. 他大部分的時間都花在實驗室裡/The *bulk of* his books were presented to the university. 他大部分的藏書都捐贈給那所大學.

4 Ⓤ(船的)散裝的貨物.

── *vi.* ((用於下列片語))

bùlk lárge 顯得巨大, 顯得重要.

bulk·head [ˋbʌlkˌhɛd; ˈbʌlkhed] *n.* Ⓒ((常 bulkheads))(船等的)隔間, 艙壁.

***bulk·y** [ˋbʌlkɪ; ˈbʌlkɪ] *adj.* (**bulk·i·er, more ~; bulk·i·est, most ~**)體積大的, 龐大的; 難以處理的.

***bull**¹ [bul; bul] *n.* (*pl.* ~s [~z; ~z]) Ⓒ **1** 公牛((指未被閹或一般的公牛; 已被閹的牛是 ox)).

2 (象, 鯨, 水牛等的)雄性, an elephant *bull* = a *bull* elephant 公象. **3** 力大如牛的男人.

4 (美, 俚)警察, 便衣警察.

5 ((股票))多頭, 行情看漲, (↔ bear). a *bull* market 多頭市場.

6 ((形容詞性))雄性(般)的.

a búll in a chína shòp (口)粗魯的人((出自「闖進瓷器店的公牛」之意)).

tàke the búll by the hórns (口)不畏艱難, 勇於面對困難.

bull² [bul; bul] *n.* Ⓒ(羅馬教皇的)諭書.

bull³ [bul; bʊl] n. © 文字上的繆誤或可笑的矛盾 (Irish bull)《例: Don't come down the ladder, for I've just taken it away. (不要走下梯子, 因爲我剛把它拿走了)》.

bull·dog [`bul͵dɔg; ˈbʊldɒg] n. © 1 鬥牛犬. 2 有勇氣和毅力的人.

bull·doze [`bul͵doz; ˈbʊldəʊz] vt. 1《口》恐嚇, 威脅, 欺負(bully); 恐嚇…《硬》使…《into doing》; 強迫〔意見, 想法等〕. bulldoze a person into obeying 強迫某人服從. 2 用推土機推平〔土地〕.

bull·doz·er [`bul͵dozɚ; ˈbʊldəʊzə(r)] n. © 1 推土機. 2《口》恐嚇者, 威脅者, 虐待者.

*bul·let [`bulɪt; ˈbʊlɪt] n. (pl. ~s [~s; ~s]) © 子彈, (小)槍彈. ▣bullet指手槍, 步槍等的子彈→ball, shell, shot; → cartridge ▣.

*bul·le·tin [`bulətṇ; ˈbʊlətɪn] n. (pl. ~s [~z; ~z]) © 1 公報, 告示; (重要人物的)病情報告. the bulletin on the peace talks 有關和平談判的公報. 2 定期報告, 學報, 會報. 3 新聞快報.

bulletin board n. ©《美》告示板《(英) notice board》.

bul·let·proof [`bulɪt͵pruf; ˈbʊlɪtpruːf] adj. 防彈的. a bulletproof jacket [vest] 防彈衣.

bullet train n. © 子彈列車, 超高速火車, 《日本新幹線等的列車》.

bull·fight [`bul͵faɪt; ˈbʊlfaɪt] n. ©鬥牛(的一局).

bull·fight·er [`bul͵faɪtɚ; ˈbʊlˌfaɪtə(r)] n. ©鬥牛士.

bull·fight·ing [`bul͵faɪtɪŋ; ˈbʊlˌfaɪtɪŋ] n. Ⓤ鬥牛.

bull·finch [`bul͵fɪntʃ; ˈbʊlfɪntʃ] n. ©紅腹灰雀《會模倣叫聲的鳴鳥》.

bull·frog [`bul͵frɑg, -͵frɔg; ˈbʊlfrɒg] n. © 牛蛙, 食用蛙, 《原產於北美》.

bull·head·ed [`bul`hɛdɪd; ͵bʊlˈhedɪd] adj. 不明事理的人的.

bull·horn [`bul͵hɔrn; ˈbʊlhɔːn] n. ©《美》手提式擴音器.

bul·lion [`buljən; ˈbʊljən] n. Ⓤ金[銀]塊; 純金[銀]; 金[銀]條.

bull·ish [`bulɪʃ; ˈbʊlɪʃ] adj. 1 公牛般的. 2 (股票)行情看漲的, 漲勢的, (↔ bearish).

bull-necked [`bul͵nɛkt; ͵bʊlˈnekt] adj. 脖子短而粗的.

bull·ock [`bulək; ˈbʊlək] n. ©被閹割的公牛(通常指四歲以下; → ox 參考).

bull·pen [`bul͵pɛn; ˈbʊlˌpen] n. ©《棒球》練習區(後援投手練習投球的區域).

bull·ring [`bul͵rɪŋ; ˈbʊlrɪŋ] n. ©鬥牛場.

bull's-eye [`bulz͵aɪ; ˈbʊlzaɪ] n. © 1 靶心; 「鵠的」. 2 半面[凸面]透鏡; 裝有半球形透鏡的手提燈.

bull·shit [`bulʃɪt; ˈbʊlˌʃɪt] n. Ⓤ《俚》胡說, 廢話.

bull·ter·ri·er [`bul`tɛrɪɚ; ͵bʊlˈterɪə(r)] n. ©鬥牛犬犬[《鬥牛犬和梗都種所生》].

*bul·ly [`bulɪ; ˈbʊlɪ] n. (pl. -lies [~z; ~z]) ©恃強凌弱的人, 欺負弱小的人. play the bully 欺負弱小, 逞威風.

— v. (-lies [~z; ~z]; -lied [~d; ~d]; ~ing) vt. 欺負, 威嚇. He was big for his age and used to bully all his classmates. 他的身材大過實際年齡, 因此常常欺負班上同學.

[bullterrier]

— vi. 橫行霸道. *bully a person into [out of] doing* 欺負人並強迫人去做…[使停止做…]. John bullied his sister *into giving* him her candy. 約翰強迫他的妹妹把糖果給他.

bully beef n. Ⓤ(罐頭)醃牛肉(corned beef).

bul·rush [`bul͵rʌʃ; ˈbʊlrʌʃ] n. © 1 蔗草屬植物; 《英》蒲草植物. 2《聖經》紙草.

bul·wark [`bulwɚk; ˈbʊlwək] n. © 1 堡壘, 壁壘; 防波堤. 2 保護者[物], 後盾. The House of Lords is the last *bulwark* of aristocracy. 上議院是貴族制度的最後堡壘.

bum¹ [bʌm; bʌm] n. ©《主口》 1 遊手好閒的人, 不務正業的人; 醉漢, 流浪者. 2 沈迷娛樂的人, …迷.
— adj. (限定)《俚》無價值的; 不太能動的; 糟糕的. a *bum* hand (行動不便)有毛病的手.
— v. (~s; ~med; ~ming)《俚》vt. 敲詐〔錢, 物〕.
— vi. 遊手好閒過日子《around; about》.

bum² [bʌm; bʌm] n. ©《英, 俚》屁股.

bum bag n.《英》= fanny bag.

bum·ble·bee [`bʌmbl͵bi; ˈbʌmblbiː] n. © 熊蜂, 大黃蜂, 《體粗多毛, 嗡嗡響聲亮》.

*bump [bʌmp; bʌmp] n. (pl. ~s [~s; ~s]) © 1 碰撞, 轟隆聲. The box fell on the floor with a *bump*. 箱子轟隆一聲落到地上. 2 (碰撞造成的)腫塊.
— v. (~s [~s; ~s]; ~ed [~t; ~t]; ~ing) vi. 1 碰, 撞, (against). The truck *bumped* against the wall. 那輛卡車猛烈地衝撞到牆壁. 2 顛簸著行進. The car *bumped* along the rough road. 汽車沿著崎嶇的路顛簸前進.
— vt. 投, 扔; 撞上…. The thief *bumped* his head *against* the wall in the dark. 小偷在黑暗中撞上牆壁.
bump into... 《口》偶然遇見…; 與…碰撞. I *bumped into* an old friend of mine on the street. 我在街上巧遇一位老朋友/The truck *bumped into* a car. 那輛卡車撞上一輛汽車.
bump/.../off《俚》殺死…, 「幹掉」.
— adv. 轟隆地; 猛烈地; 突然地.

bump·er¹ [`bʌmpɚ; ˈbʌmpə(r)] n. © (汽車的)保險桿(→ car ▣); 《美》(機車的)緩衝器《(英) buffer》.

bump·er² [`bʌmpɚ; ˈbʌmpə(r)] adj. 《口》特

大的, 非常豐富的. a *bumper* crop [harvest] 大豐收.

bump·er-to-bump·er [ˌbʌmpətəˈbʌmpə; ˌbʌmpətəˈbʌmpə(r)] *adj.*, *adv.* 〔汽車〕一輛緊接一輛的[地].

bump·kin [ˈbʌmpkɪn; ˈbʌmpkɪn] *n.* © 土包子, 鄉巴佬.

bump·tious [ˈbʌmpʃəs; ˈbʌmpʃəs] *adj.* 高傲的, 狂妄的.

bump·tious·ly [ˈbʌmpʃəslɪ; ˈbʌmpʃəslɪ] *adv.* 狂妄地.

bump·tious·ness [ˈbʌmpʃəsnɪs; ˈbʌmpʃəsnɪs] *n.* Ⓤ 狂妄.

bump·y [ˈbʌmpɪ; ˈbʌmpɪ] *adj.* 〔木材等〕有很多瘤子的; 〔道路〕凹凸不平的. a *bumpy* road 崎嶇不平的道路.

bun [bʌn; bʌn] *n.* © **1** 小圓形甜麵包(→ bread 參考). **2** (束成圓麵包狀的)髮髻.

***bunch** [bʌntʃ; bʌntʃ] *n.* (*pl.* ~**es** [~ɪz; ~ɪz]) ©
1 (水果等的)串. a *bunch of* grapes [bananas] 一串葡萄[香蕉].
2 〔花的〕束, 〔鑰匙的〕串, (→ bundle 同). a *bunch of* flowers 一束花/a *bunch of* keys 一串鑰匙.
3 (口)(輕蔑)群, 夥, (group).
— *vt.* 使成束, 使聚在一處; 使〔衣服, 裙子等〕打褶; (*up*).
— *vi.* 成束; 擠成一團, 聚在一堆, (*up*; together); 打褶(*up*).

***bun·dle** [ˈbʌndl; ˈbʌndl] *n.* (*pl.* ~**s** [~z; ~z]) © **1** 束, 包, 捆. a *bundle of* letters 一束信件/a *bundle of* clothes 一包衣服.
同 bundle 指把許多東西鬆鬆地束在一起之物; bunch 通常指把小的同類東西整齊地束在一起之物 (花束等).
2 (口)(加a)一堆(mass), 一批, 許多, (*of*). a *bundle of* energy 精力充沛.
— *v.* (~**s** [~z; ~z]; ~**d** [~d; ~d]; **-dling**) *vt.*
1 束, 捆, 包. *bundle up* papers 把報紙捆起來.
2 胡亂塞進. He *bundled* everything *into* his pockets. 他把所有的東西塞進他的口袋.
3 (口)使〔人〕趕快走, 催促.
— *vi.* (口)匆匆地走, 急忙離去. We all *bundled* into the assembly room. 我們全都急忙進入會議室.
bùndle A óff [*óut, awáy*] *to B* (口)使[趕]A(人)盡速到B. Every morning I *bundle* the children *off to* school and then go to work. 每天早晨我都急忙把孩子們送到學校, 然後再去上班.
bùndle (*onesèlf*) *úp* 穿得很多; 穿得很暖和(*in*). He was *bundled up in* a heavy overcoat and a fur hat. 他穿著厚大衣, 戴著毛皮帽.

bun·dling [ˈbʌndlɪŋ; ˈbʌndlɪŋ] *v.* bundle 的現在分詞, 動名詞.

bung [bʌŋ; bʌŋ] *n.* © 木塞; 桶口.
— *vt.* **1** 塞; 用塞子塞(*up*).

2 (英、口)扔; 硬塞.

bun·ga·low [ˈbʌŋɡəˌlo; ˈbʌŋɡələʊ] *n.* © 孟加拉式住宅(屋頂緩緩傾斜, 通常有陽臺的平房住宅).

[bungalow]

bun·gee [ˈbʌndʒɪ; ˈbʌndʒɪ] *n.* ©(主美)捆物用的細繩(把橡膠繩紮成一束後再以布覆蓋製成的細繩; 兩端帶鉤, 用於捆物; 亦稱 búngee còrd).

búngee jùmping *n.* Ⓤ(主美)高空彈跳(用具有伸縮性的繩索把腳綁住後從橋樑等高處躍下, 倒懸在空中的遊戲).

bun·gle [ˈbʌŋɡl; ˈbʌŋɡl] *vt.* 笨手笨腳地做[造]. *bungle* a job 把工作做得一團糟.
— *vi.* 失敗, 失誤.
— *n.* © 失敗, 失誤.

bun·ion [ˈbʌnjən, -jɪn; ˈbʌnjən] *n.* © 腳拇趾滑液囊腫.

bunk [bʌŋk; bʌŋk] *n.* © (船, 火車等靠壁而設的)雙層或三層)床鋪.

búnk bèd *n.* © (孩子用的)雙層床.

bunk·er [ˈbʌŋkə; ˈbʌŋkə(r)] *n.* © **1** (船的)燃料艙, 煤艙, 油艙.
2 (高爾夫球場)障礙(→ golf 圖).
3 (軍事)壕溝(用水泥等在地下築的壕).

bun·kum [ˈbʌŋkəm; ˈbʌŋkəm] *n.* Ⓤ(俚)胡說, 「廢(語).

bun·ny [ˈbʌnɪ; ˈbʌnɪ] *n.* (*pl.* **-nies**) © 兔子(幼兒語).

Bun·sen burner [ˈbʌnsṇˈbɜnɚ; ˌbʌnsṇˈbɜːnə(r)] *n.* © 本生燈(化學實驗中使用的煤氣燈).

bunt [bʌnt; bʌnt] *v.* 《棒球》 *vt.* 觸擊, 輕打, 〔球〕.
— *vi.* 觸擊, 輕打.
— *n.* © 觸擊, 輕打.

bunt·ing [ˈbʌntɪŋ; ˈbʌntɪŋ] *n.* Ⓤ **1** 旗布.
2 (集合)(由高大建築物上垂下的)豎幅標語(國定假日裝飾街道、建築物等).

bu·oy [bɔɪ, ˈbuːɪ; bɔɪ] *n.* (*pl.* ~**s**) © **1** 浮標, 浮筒. **2** 救生圈(life buoy).
— *vt.* (~**s**; ~**ed**; ~**ing**) **1** (用浮標等)使浮起(*up*). **2** 支持, 維持; 鼓勵; (*up*).

buoy·an·cy [ˈbɔɪənsɪ; ˈbʊjən-; ˈbɔɪənsɪ] *n.* Ⓤ **1** 浮力. **2** (從煩惱中很快就振作起來的)樂天性格.

buoy·ant [ˈbɔɪənt; ˈbɔɪənt] *adj.* **1** 有浮力的, 能浮起的. **2** 容易想得開的, 樂天的.

buoy·ant·ly [ˈbɔɪəntlɪ; ˈbɔɪəntlɪ] *adv.* 快活地, 喜氣洋洋地.

bur [bɜ; bɜː(r)] *n.* © **1** (栗, 牛蒡等果實的)帶刺外殼. **2** 擺脫不掉的討厭之物[人].

Bur·ber·ry [ˈbɜˌbɛrɪ; ˈbɜːbərɪ] *n.* (*pl.* **-ries**) © 柏帛麗雨衣; Ⓤ 柏帛麗防雨布; 《英國製造公司

bur·ble [`bɝbl; 'bɜːbl] vi. **1** 發出(如小溪流般的)潺潺之聲. **2** 《口》喋喋不休(on; away).

‡bur·den¹ [`bɝdn; 'bɜːdn] n. (pl. ~s [~z; ~z]) Ⓒ《文章》**1** 負荷(→ load 回). carry a heavy burden on one's back 背著沈重的負荷.

2 (心理的)**重擔**, 負擔; 義務. a burden on [to] one's family 加在家庭上的負擔/He felt the heavy burden of responsibility. 他感到責任重大.

┌搭配┐ v.+burden (1-2): bear a ~ (背負重擔), shoulder a ~ (扛起重擔), lessen a ~ (減輕負擔), impose a ~ on... (把重擔託付給⋯), place a ~ on... (將重任賦與⋯).

⇨ adj. burdensome.

— vt. (~s [~z; ~z]; ~ed [~d; ~d]; ~ing)《文章》使負重荷, 成為⋯的負擔, (with). be burdened with heavy taxes 被課以重稅.

bur·den² [`bɝdn; 'bɜːdn] n. Ⓒ **1** (歌, 詩的)疊句, 副歌, (refrain). **2**《文章》(加the)主題.

burden of proof n. (加the) (法律)舉證責任(以證據佐證主張之責任, 審判中由檢察官或原告履行).

bur·den·some [`bɝdnsəm; 'bɜːdnsəm] adj.《文章》煩人的, 成為沈重負擔的, (to).

bur·dock [`bɝ͵dɑk; 'bɜːdɒk] n. Ⓒ牛蒡《歐美視其為雜草, 不食用》.

‡bu·reau [`bjuro, -rə, 'bɪu-; 'bjʊərəʊ] n. (pl. ~s, -reaux [~z; ~z]) Ⓒ **1** 《美》整理櫃(有時附鏡臺; 亦稱chest of drawers).

2 《英》有抽屜的大型寫字檯(附有掀開式的臺面).

3 (政府機關的)局; 所, 處. the Mint Bureau 鑄幣局. **4** 辦公室. a travel bureau 旅行社.

[bureau 1]　　　[bureau 2]

bu·reau·cra·cy [bju`rɑkrəsɪ, bɪu-; bjʊˈrɒkrəsɪ] n. Ⓤ **1** 官僚主義; 官僚政治. **2** (無效率的)官僚作風. **3** (加the) (集合)官僚; 官僚社會.

bu·reau·crat [`bjurə͵kræt, `bɪu-; 'bjʊərəʊkræt] n. Ⓒ官僚; 墨守成規的官員.

bu·reau·crat·ic [͵bjurə`krætɪk, ͵bjʊərəʊ`krætɪk] adj. 官僚主義的, 墨守成規的; 手續繁複的, 官僚作風的; 官僚政治的.

bu·reau·crat·i·cal·ly [͵bjurə`krætɪkəlɪ, ͵bjʊərəʊ`krætɪkəlɪ] adv. 官僚主義地, 墨守成規地.

bu·reaux [`bjuroz; 'bjʊərəʊz] n. bureau 的複數.

bur·geon [`bɝdʒən; 'bɜːdʒən] vi.《文章》急速發展, 繁榮.

burg·er [`bɝgɚ; 'bɜːgə(r)] n.《美, 口》=hamburger. ⌈ough⌉

burgh [bɝg; 'bʌrə] n. Ⓒ《蘇格蘭》自治市(bor-

burgh·er [`bɝgɚ; 'bɜːgə(r)] n. Ⓒ《常表詼諧》(卓越的)市民, 鎮民.

‡bur·glar [`bɝglɚ; 'bɜːglə(r)] n. (pl. ~s [~z; ~z]) Ⓒ (通常指夜間闖入的)竊賊, 夜賊, (→housebreaker 回). ⇨ v. burgle, burglarize.

burglar alarm n. Ⓒ防盜鈴.

bur·glar·ize [`bɝglə͵raɪz; 'bɜːgləraɪz] vt. 《美, 口》盜竊, 闖入行竊. burglarize a store 偷竊商店.

bur·gla·ry [`bɝglərɪ; 'bɜːglərɪ] n. (pl. -ries) Ⓤ Ⓒ (特指夜間的)闖入行竊, 夜盜行為, (→ theft 參考).

bur·gle [`bɝgl; 'bɜːgl] v.《口》vi. 盜竊.
— vt. 盜竊(<burglar).

Bur·gun·dy [`bɝgəndɪ; 'bɜːgəndɪ] n. **1** 勃艮第(法國東南部地區). **2** Ⓤ (常 burgundy)勃艮第產的葡萄酒(與 Bordeaux 並稱).

Bur·ki·na Fa·so [bə͵kinə`faso; bə͵kiːnəˈfɑːsəʊ] n. 布吉納法索《西非國家; 首都 Ouagadougou》.

‡bur·i·al [`bɛrɪəl; 'berɪəl] (★注意發音) n. (pl. ~s [~z; ~z]) Ⓤ Ⓒ埋葬; 葬禮. ⇨ v. bury.

burial ground [place] n. Ⓤ Ⓒ埋葬處, 墓地(cemetery).

burial service n. Ⓒ葬禮.

bur·ied [`bɛrɪd; 'berɪd] v. bury 的過去式, 過去分詞.

bur·ies [`bɛrɪz; 'berɪz] v. bury 的第三人稱, 單數, 現在式.

bur·lesque [bə`lɛsk, bɝ`lɛsk; bɜː'lesk] n. **1** Ⓒ滑稽諷刺作品《嘲弄地模仿文學作品之作》; 滑稽畫, 諷刺畫. **2** Ⓤ《源自美》低俗的歌舞秀《常包括脫衣舞秀》.
— adj. 詼諧的, 滑稽的; 嘲弄地模仿文學作品的.
— vt. 嘲弄地模仿; 使滑稽化.

bur·ly [`bɝlɪ; 'bɜːlɪ] adj. 高大結實的, 魁梧的.

Bur·ma [`bɝmə; 'bɜːmə] n. 緬甸(東南亞一共和國, 舊稱 Burma; → Myanmar).

Bur·mese [bɝ`miz; ͵bɜː'miːz] n. (pl. ~) Ⓒ緬甸人; Ⓤ緬甸語.
— adj. 緬甸(人)的; 緬甸語的.

‡burn [bɝn; bɜːn] v. (~s [~z; ~z]; ~ed [~d; ~d], burnt; ~ing) 〔語法〕burned 的形式多用於《美》, 在《英》只於 vi. 時用 burned; burnt 多用於《英》, 在《美》則都用 burnt 作形容詞》 vt. **1** 燒, 燃燒; 以⋯作燃料; 使燃著. burn candles 點蠟燭/The old house was burned to ashes. 那間舊房子被燒成灰燼/This heater burns gas. 這個熱水器以瓦斯作為燃料.

2 使燒傷, 把⋯燒傷; 燒死; 施烙刑; (→ scald

B

回). He *burnt* his hand *on* the hot stove. 他被熱爐子燙傷了手./*burn* oneself 燒傷/A *burnt* child dreads the fire. 《諺》燒傷過的孩子怕火[一朝被蛇咬，十年怕草繩].

3 烤焦，使焦. *burn* a roast 把肉烤焦.

4 燒作，燒成. *burn* bricks 燒磚/My cigarette *burned* a hole in my trousers. 我的香菸把褲子燒了一個洞.

5 使曬黑，使曬傷，(回 burn 指會引起皮膚疼痛的強烈日曬; → tan).

6 烙[印等]; 使有很深的印象，使烙印，(*into*). The scene was *burned into* my memory. 這景象烙印在我的記憶中.

— *vi.* **1** (a) 燒，燃燒. Dry wood *burns* easily. 乾木易燃. (b) 句型2 (burn A) 以 A(狀態)燃燒. *burn* red 燃燒得很旺/*burn* low 微火燃燒; 體力衰弱. **2** (a) 燒焦，燻黑. (b) 句型2 (burn A)燒焦成為 A. *burn* brown 燒焦成褐色.

3 [燈火等]發光，點著. There was a light *burning* in the window. 窗裡點了盞燈.

4 曬黑; 曬傷. My skin *burns* easily. 我的皮膚很容易曬黑.

5 發燒; 刺痛. She was *burning with* fever. 她因發燒而渾身發燙.

6 發熱，興奮，(*with* [生氣等]). They were *burning with* enthusiasm. 他們熱情洋溢.

7 渴望(*to* do). He was *burning to* go home. 他迫不及待想回家.

burn/.../awáy[1] 把…燒掉.
bùrn awáy[2] 燒盡; 不斷地繼續燃燒.
bùrn one's *brídges* [*bóats*] 《口》背水一戰(<為了斷絕自己的退路而把橋[船]燒掉).
* *bùrn/.../dówn*[1] 把[房子等]燒掉，使燒光，《常用被動語態》. His house was *burnt down.* 他的房子被燒得精光.
bùrn dówn[2] [房子]燒毀，燒光.
bùrn/.../óff[1] 把…燒掉，把[田地等]收穫後的殘餘物燒掉. *burn off* the fields 燒掉田地上的殘梗雜草.
bùrn óff[2] 燒盡; 《美》[霧，雲等]消散.
* *bùrn/.../óut*[1] 《通常用被動語態》(1)把…燒盡. (2)因火災而被燒光. (3)用火把…驅出. (4)使失去…的機能，使消耗. (5)用 burn itself out 燒盡，熄滅. The passion has *burned itself out* in him. 他心中的熱情已熄滅了.
* *bùrn óut*[2] 燒完; 起不了作用; 疲憊. The light bulb has *burned out.* 電燈泡燒壞了.
bùrn onesèlf óut (1)[物]燒盡. (2)[人]精力用盡. He *burned* himself *out* working seven days a week for many months. 他幾個月來每星期工作七天而把自己累壞了.
bùrn/.../úp[1] (1)把…燒盡. (2)《美、俚》激怒….
bùrn úp[2] 燒盡; 突然燃燒起來; 《美、俚》發怒.
— *n.* ⓒ **1** 燒傷; 燒焦; 燒過的痕跡; 灼熱感.

2 曬傷(sunburn).

burn·er [ˋbɝnɚ; ˋbɜːnə(r)] *n.* ⓒ **1** 爐心，燃燒器. a gas *burner* 瓦斯爐. **2** 燒[磚等]的人.

* **burn·ing** [ˋbɝnɪŋ; ˋbɜːnɪŋ] *adj.* 《限定》**1** 燃燒著的，燒著的. **2** 燃燒般的; 激烈的; 發熱的. *burning* anger [thirst] 強烈的憤怒[口乾舌燥]; *burning* cheeks 發燙的臉頰.

3 成為焦點的，緊急的(urgent). a *burning* issue 緊急的議題.

bur·nish [ˋbɝnɪʃ; ˋbɜːnɪʃ] *vt.* 擦，擦亮，[金屬等].

bur·nous [bɚˋnus, ˋbɝnus; bɜːˈnuːs] *n.* ⓒ 《阿拉伯人等穿的》附有頭巾的外衣.

burn·out [ˋbɝn͵aut; ˋbɜːnaut] *n.* ⓒ **1** 《電氣用品等的》燒壞，燒斷. **2** 《火箭的》熄火; 《燃料的》燒盡.

Burns [bɝnz; bɜːnz] *n.* Robert ~ 柏恩斯(1759-96)《蘇格蘭詩人》.

burnt [bɝnt; bɜːnt] *v.* burn 的過去式、過去分詞.

burp [bɝp; bɜːp] 《口》*n.* ⓒ 打嗝(belch).
— *vi.* 打嗝.

burr [bɝ; bɜː(r)] *n.* ⓒ 粗切[削]後留下的毛邊; 鋸齒狀; =bur.

bur·ro [ˋburo; ˋburəu] *n.* (*pl.* ~s) ⓒ 《美》《搬運貨物用的》小驢.

bur·row [ˋbɝo, -ə; ˋbʌrəu] *n.* ⓒ 《兔、狐 等的》穴，藏身的洞窟; 《泛指》隱藏處.
— *vt.* 掘[洞]，掘[洞或地道]前進.
— *vi.* **1** 掘洞前進. **2** 藏身.

3 詳細調查，搜尋，(*in, into*).

bur·sar [ˋbɝsɚ; ˋbɜːsə(r)] *n.* ⓒ 《特指大學的》會計員.

bur·sa·ry [ˋbɝsərɪ; ˋbɜːsərɪ] *n.* (*pl.* -**ries**) ⓒ **1** 《特指大學的》會計室. **2** 獎學金.

* **burst** [bɝst; bɜːst] *v.* (~**s** [~s; ~s]; ~; ~·**ing**)
vi. **1** 爆裂，爆發，破裂. The buds began to *burst.* 花蕾開始綻放了/The boiler *burst* under excessive pressure. 鍋爐因壓力過大而爆裂了/The bubble *burst* in the air. 泡泡在空中破裂.

2 《通常用進行式》(a) 《幾乎要破裂般地》充滿; 幾乎要破裂; (*with*). The bag was *bursting with* corn. 袋子裡的玉米滿得幾乎要把袋子撐破了/Children are always *bursting with* energy. 孩子們總是精力充沛. (b) 躍躍欲試(*to* do 想做…). She is *bursting to* tell a secret. 她恨不得馬上把祕密說出來.

3 突然發生. The storm *burst* on the second night of our stay. 暴風雨在我們停留的第二個晚上忽然來襲.

— *vt.* 使破裂; 使爆發; 使裂開; 搗毀; 鑿開[洞等]. The explosion *burst* the boulder to bits. 爆炸使大石塊炸得粉碎.

be bùrsting at the séams 《口》[人]《吃得很飽等》撐破(<衣服的接縫幾乎要裂開》; [場所][人等]爆滿.

bùrst fórth=burst out.

bùrst ín on [*upon*]... (1)在[談話等]中插嘴，很急地打斷[談話等]. (2)闖入[他人的住處]. Don't *burst in on* Tom while he's studying. 湯姆念書

時，不要跑去吵他．

* **búrst into...** (1)衝進…．Mary *burst into* the kitchen. 瑪莉衝進廚房．(2)突然…起來．*burst into* laughter [tears, song] 突然笑[哭, 唱]起來／*burst into* flower 突然開花／*burst into* flames 突然著火．

bùrst /.../ **ópen**[1] 把…推開．They *burst* the door *open*. = They *burst open* the door. 他們把門推開．

bùrst ópen[2] 〔花〕突然綻放；〔門等〕突然打開．

bùrst óut (1)突然出現，衝出．(2)〔戰爭等〕突然爆發．(3)突然叫出來．The man *burst out with* some nasty language. 那個男人突然開口罵髒話．

bùrst óut dóing 突然…．*burst out crying* [*laughing*] 突然哭[笑]出來．

búrst upòn [**on**]... 〔想法, 景色等〕突然浮現[出現]在…．

—— *n.* (*pl.* ~s [~s; ~s]) © **1** 破裂, 爆發；破裂處, 裂口．a *burst* in the water pipe 水管的破裂處．

2 突發，突然的出現．a *burst* of applause 掌聲雷動／a *burst* of flame 突然竄起的火焰．

Bu·run·di [bəˋrʌndɪ; buˋrundɪ] *n.* 蒲隆地《位於中非的共和國；首都 Bujumbura》．

***bur·y** [ˋbɛrɪ; ˋberɪ] (★注意發音) *vt.* (**bur·ies**; **bur·ied**; ~**ing**) **1** 埋葬；舉行…的葬禮．He is dead and *buried* now. 他現已長眠地下／She has *buried* her only son. 她埋葬了她唯一的兒子．

2 埋，埋藏；掩住[臉]．She *buried* her face in her hands. 她用雙手掩住臉． ⇨ *n.* **burial**.

be búried in... = **búry** *onesèlf in...* 埋頭於[研究等]中．He *is buried in* thought. 他低頭沉思．

***bus** [bʌs; bʌs] *n.* (*pl.* ~**es**[~ɪz; ~ɪz] ~**ses**[~ɪz; ~ɪz]) © 公車．go *by bus* 搭公車去／take a *bus* 搭公車／board a *bus* 上公車／catch the *bus* 趕上公車／get on a *bus* 上公車／get off the *bus* 下公車．

mìss the bús 錯過公車；喪失機會．

—— *v.* (~**es**, ~**ses**[~ɪz; ~ɪz] ~**ed**, ~**sed**[~t; ~t] ~**ing**, ~**sing**) *vi.* 搭公車． —— *vt.* 用公車接送．

bús it (口)搭公車去．[參考] 在美國，為了使白人和黑人有適當的共學比例，於是把學童分配到遠處的學校，用校車接送．

bús bòy *n.* © (美)(餐廳的)見習服務生．

bus·by [ˋbʌzbɪ; ˋbʌzbɪ] *n.* (*pl.* **-bies**) © 一種毛皮製軍帽(英國輕騎兵等戴的)．

***bush** [buʃ; buʃ] *n.* (*pl.* ~**es**[~ɪz; ~ɪz]) **1** © 矮樹, 灌木, (→ **shrub** 回)．a rose *bush* 玫瑰樹．

2 © 灌木叢．Good wine needs no *bush*. (諺)好酒不需招牌《酒好客自來, 有花自然香》(*bush* 是以前酒館當招牌用的常春藤枝)．

3 ⓤ (加 the) (非洲、澳大利亞等的)森林地帶, 未開墾地．

[busby]

bèat about [**around**] **the búsh** → **beat** 的片

語．

bushed [buʃt; buʃt] *adj.* 《美、口》疲憊不堪的．

***bush·el** [ˋbuʃəl; ˋbuʃl] *n.* ~**s**[~z; ~z] © 蒲式耳(穀物等的容積單位；約 8 gallons, (美)約 35 公升, (英)約 36 公升)．

búsh lèague *n.* © (美、俚)(職業棒球的)小聯盟(minor league)．

búsh tèlegraph *n.* ⓤ (英)(詼)(情報、謠言的)快速傳播；小道消息；(原指森林居民傳達消息用的煙火、鼓等；係澳大利亞英語)．

bush·y [ˋbuʃɪ; ˋbuʃɪ] *adj.* **1** 灌木叢生的；灌木多的；緊密茂盛的．**2** 毛茸茸的, 多毛的．

bus·i·er [ˋbɪzɪə; ˋbɪzɪə(r)] *adj.* busy 的比較級．

bus·i·est [ˋbɪzɪɪst; ˋbɪzɪɪst] *adj.* busy 的最高級．

***bus·i·ly** [ˋbɪzɪlɪ; ˋbɪzɪlɪ] *adv.* 忙碌地, 一個勁兒地．

***busi·ness** [ˋbɪznɪs; ˋbɪznɪs] (★注意發音) *n.* (*pl.* ~**es**[~ɪz; ~ɪz]) **1** ⓤ 工作, 業務, 事務．*business* management 企業管理／*Business* before pleasure. (諺)工作優先, 遊樂其次． 回 business 較偏向指與追求金錢利益有關的工作． → **occupation**．

2 ⓤⓒ 該做的事, 工作, 任務；該過問的事, 權利．It's a student's *business* to study. 讀書是學生的本分／That is no *business* of yours. = That is none of your *business*. 那不關你的事／You have no *business* interfering [to interfere] with my work. 你沒有權利干涉我的工作／Everybody's *business* is nobody's *business*. (諺)人人負責等於無人負責(＜眾人之事無人管)．

3 ⓤ 商業, 買賣, 交易, 營業；實業, 企業．a man of *business* 企業家／do good *business* 做好買賣, 賺大錢／go into *business* 進入商業界, 開始做買賣／We opened *business* with a new company. 我們開始和一家新公司做生意／Hello, how's *business*? 喂, 生意好嗎?／*Business* as usual. 照常營業《告示》．

[搭配] *adj.*＋business: brisk ~ (熱絡的交易), poor ~ (冷清的生意), profitable ~ (有賺頭的生意) // *v.*＋business: conduct ~ (做生意), set up in ~ (開業) // business＋*v.*: ~ is flourishing (生意興隆), ~ is declining (生意愈來愈差)．

4 ⓤ 職業, 事業．What is your father's *business*? 你父親的職業為何?

5 ⓤ 事情, 要辦的事．What is your *business* here? 你來這裡有何貴事?／Urgent *business* prevented me from attending the meeting. 我有急事無法參加會議．

6 © 店, 店鋪；商行．open [close] a *business* 開[關]店／Sam owns a fishmonger's *business*. 山姆擁有一家魚貨店．

7 © (用單數)事情, 事件, 問題；麻煩的事, 困難的事．a bad *business* 糟糕的事／What a *business* it is! 真是麻煩啊!

8 ⓤ (戲劇)動作, 舉止, (action)．

B

Búsiness is búsiness. 公事公辦，親兄弟明算帳，《賺錢的事最忌諱談人情》.

còme [gèt] to búsiness 著手辦理要事；開始從事工作.

get dòwn to búsiness 認真著手辦事.

go abòut one's búsiness 做自己該做的事. *Go about* your *business!* 去吧，這裡已經沒你的事了!《<去做你的事吧!》

mèan búsiness → mean¹ 的片語.

Mìnd your òwn búsiness. 你真是多管閒事，別多管閒事.《<關心你自己的事吧!》.

*on búsiness 因要事，因商務，因公事，(↔ for pleasure). He went to New York *on business.* 他到紐約洽公.

out of búsiness 破產；停止經營. He went *out of business* when a large store opened nearby. 附近開了一家大商店後，他就只好關門大吉了.

búsiness administrātion *n.* ⓤ企業管理；經營學.

búsiness còllege *n.* ⓒ《美》商業學院《教授打字、速記、簿記等》.

búsiness Énglish *n.* ⓤ商業英語.

búsiness hóurs *n.* 《作複數》營業〖辦公〗時間.

búsiness lètter *n.* ⓒ商業書信.

busi·ness·like [ˋbɪznɪs͵laɪk; ˈbɪznɪslaɪk] *adj.* 快捷的，效率高的；有條理的，一板一眼的. in a *businesslike* manner 有條理地；快捷地.

bus·i·ness·man [ˋbɪznɪs͵mæn; ˈbɪznɪsmæn]

n. (*pl.* **-men** [-͵mɛn; -men]) ⓒ **1** 企業家《特指經營者或負責人；→ office worker》. Her fiancé is a wealthy *businessman* of 50. 她的未婚夫是個五十歲的有錢商人. **2** 商人.

búsiness schòol *n.* ⓒ《美》大學的商學院；企管研究所；商業學校(business college).

busi·ness·wom·an [ˋbɪznɪs͵wʊmən; ˈbɪznɪswʊmən] *n.* (*pl.* **-wom·en** [-͵wɪmɪn, -ən; -͵wɪmɪn]) ⓒ女性企業家.

busk [bʌsk; bʌsk] *vi.* 《英、口》沿街賣藝.

busk·er [ˋbʌskə; ˈbʌskə(r)] *n.* ⓒ《英、口》街頭藝人.

bús lāne *n.* ⓒ公車專用道.

bus·man [ˋbʌsmən; ˈbʌsmən] *n.* (*pl.* **-men** [-mən; -mən]) ⓒ公車駕駛員.

bùsman's hóliday *n.* ⓒ《通常用單數》《就像是公車駕駛員假日開車去兜風似的》做與平常工作性質類似之活動的假日.

bus·ses [ˋbʌsɪz; ˈbʌsɪz] *n.* bus 的複數之一.

bús stòp *n.* ⓒ公車站牌.

bust¹ [bʌst; bʌst] *n.* ⓒ **1** 胸像，半身像.

2 《女性的》胸部，胸圍，《指女性的胸部，通常指衣服、身體的尺寸；→ bosom, breast, chest》.

3 《委婉》《女性的》乳房.

bust² [bʌst; bʌst] *v.* (*~s*; *~ed, ~*; *~ing*) *vt.* 《口》

使之破裂(burst)；《用力》打碎；使破產；《*up*》.

— *vi.* 《口》破裂，碎掉，壞掉；破產；《*up*》.

*bùst/.../úp*¹《美、俚》打碎…，弄壞…，破壞….

*bùst úp*²《俚》吵架；《美》《夫婦》關係破裂；分居(separate).

— *n.* ⓒ《俚》**1** 徹底的失敗. **2** 破產. **3** 《用拳頭》毆打. **4** 飲酒喧鬧. **5** 《警察的》逮捕，搜查.

— *adj.* 《口》**1** 被損壞的.

2 破產的. go bust 破產.

bust·er [ˋbʌstə; ˈbʌstə(r)] *n.* ⓒ《美、俚》《通常表輕蔑》老兄，伙計，《呼喚》.

*bus·tle [ˋbʌs; ˈbʌsl] *vi.* (*~s* [~z; ~z]; *~d* [~d; ~d]; *-tling*) **1** 忙得團團轉；到處去吵吵嚷嚷《*about*; *around*》；趕快，急急忙忙，《*up*》. Mother really *bustles about* when there's a party to get ready for. 每當有宴會要籌備時，媽媽總是忙得團團轉.

2 熱鬧；混雜《*with*》. The street was *bustling with* shoppers. 街上熙熙攘攘滿是購物的人潮.

— *n.* ⓒ《通常用單數》到處喧嘩，喧鬧；擁擠，熱鬧.

bus·y [ˋbɪzɪ; ˈbɪzɪ] (★注意發音) *adj.* (**bus·i·er**; **bus·i·est**) **1** 忙的，忙碌的，《*with*, *about*, *at*, *over*》；不得空閒的，正在工作的；(↔ free). a *busy* man 忙碌的人／My mother is *busy* in the kitchen. 我母親在廚房裡忙著／I'm *busy with* my homework. 我正著做家庭作業.

2 〔場所，街道〕熱鬧的，混雜的；〔生活〕匆匆忙忙的，忙的. a *busy* street 繁忙的街道，交通流量大的街道.

3 《美》〔電話〕通話中的(→ line¹ *n.* 6).

4 〔圖案等〕太零碎的，使人眼花撩亂的.

♦ *n.* **business, busyness.** *adv.* **busily.**

be bùsy (in) dóing 忙於做…. John was busy preparing for his trip. 約翰忙著作旅行的準備(★現在通常省略 in).

gèt búsy《口》著手工作.

— *vt.* (**bus·ies**; **bus·ied**; *~ing*)使忙於…《*with*》. The teacher *busied* the students *with* tests. 那位教師考得學生七葷八素／The secretary *busied* herself *with* typing letters. 那祕書忙著打信件.

bus·y·bod·y [ˋbɪzɪ͵bɑdɪ; ˈbɪzɪ͵bɒdɪ] *n.* (*pl.* **-bod·ies**) ⓒ《輕蔑》多管閒事的人.

bus·y·ness [ˋbɪznɪs; ˈbɪznɪs] *n.* ⓤ忙碌；熱鬧；令人眼花撩亂.

búsy sígnal *n.* ⓒ《美》電話通話中的《聲音》訊號.

but [強 ˋbʌt, ͵bʌt, 弱 bət; 強 bʌt, 弱 bət] *conj.* **1**〔引導與前述的詞、片語或子句意義相反的詞、片語或子句〕但是，可是，然而；不過. a rich *but* dull man 一個富有但乏味的男人／I am old, *but* you are young. 我老了，但是你還年輕／I have two sisters *but* (I have) no brothers. 我有兩個姊妹但沒有兄弟／I made the request, *but* with no results yet. 我提出請求了，但還沒有結果.

2〔與之前的否定詞對照〕《不是…》而是…. He is *not* my friend *but* my brother's. 他不是我的朋友而是我哥哥〔弟弟〕的朋友／I want to go *not only* to North America *but* (also) to South America.

我不僅想去北美還想去南美.

3 《在句首或感歎詞等之後，用來加強語氣或雖不具任何意義但含有幾許意外的成分時》唉呀; 不過, *My*, *but* she's pretty, isn't she? 唉呀, 她真的很美, 不是嗎?/*But* how nice of you to come! 不過你來真是太好了!

4 《用於 Excuse me, I beg your pardon 等之後》抱歉, 可是. Excuse me [I beg your pardon], *but* could you tell me the way to the station? 抱歉, 請問車站怎麼去呢?

5 《雅》《引導從屬子句》**(a)**《引導條件副詞子句》除非…, 如果不…, (unless, if not), (語法通常用 but that); 《用於否定句之後》做成…的話(without the result that). She would *not* have forgiven you *but* (*that*) you apologized. 如果不是你道歉了的話, 她是不會原諒你的/I *never* go to London *but* I visit the British Museum. 如果我去倫敦就一定會去參觀大英博物館.
(b)《用 not so [such] A but B》並非 A 到不能做 B 的地步(that...not)(語法常用 but that). He is *not so* angry *but* (*that*) he can still see reason. 他沒有生氣到不明事理的地步.
(c)《引導含有 know, believe, think, expect, say 等的否定句、疑問句中的名詞子句》並非沒有…(that ...not) (語法常用 but that, but what). I don't think *but* (*that*) some such things happened. 我不認為這種事沒發生過/Who knows *but* (*that*) there will be a great earthquake this year? 有誰敢說今年不會發生大地震嗎?
(d)《置於 doubt, deny, question 等的否定形式後面, 引導名詞子句當受詞用》…這件事(that) (語法有時亦使用 but that, but what). I do not doubt *but* (*that*, *what*) he will succeed. 我毫不懷疑他會成功.

6 除…之外(語法後接人稱代名詞的主格). All *but* he were there. 除了他之外其他人都在場 (語法 All *but* him…. 如後接受格則 but 當介系詞).

7《關係代名詞性》《文章》不做…, 不是…, (that ...not) (語法放在否定句後面, 通常作主格用). There is nobody *but* has his faults. 沒有人是沒有缺點的[人非聖賢, 孰能無過].
— *adv.* 《雅》只, 才, 僅是, 不過是, (only). She's *but* a child. 她只是個孩子.
— *prep.* **1**《置於 no, all, every, nobody, any-where, who, where, the first 等之後》除了…, 除此之外…, (→ except ●). Nobody saw his joke *but* me. 除了我之外沒有人聽懂他的笑話/John is the tallest boy but one in the class. 約翰是班上第二高的男生/I have no choice *but* to ask him for help. 除了請他幫忙之外我別無選擇.

2《引導 that 子句》除了…之外(except that). I know nothing *but that* he is a Russian. 我只知道他是個俄國人, 其他便一無所知(★這種情況的 that 子句是名詞子句).

áll but (1)幾乎(almost). She was *all but* danc-ing with delight. 她高興得幾乎要跳起舞來了.
(2)→ *conj.* 5.

ánything but... → anything 的片語.
bút for...《文章》(1)倘若沒有…; 若不是…, *But for* your kindness (=If it were not for your kindness), I am sure that I would not succeed in persuading him. 倘若沒有你的協助, 我必定無法說服他/*But for* you (=If it had not been for you), everything would have gone well. 若不是你, 一切就會很順利. (2)除了…之外, The road was empty *but for* a young couple strolling along. 除了一對年輕夫婦在散步之外, 這條路上就空無一人了.
bút that (1)→ *conj.* 4 (a). (2)→ *prep.* 2.
but thén 但另一方面; 但是…因此(毫無辦法). He mumbles a lot, *but then* he's an old man. 他咕噥個不停, 但他畢竟是個老人嘛.
cánnot but dó《文章》= *cànnot hélp bùt dó* → help 的片語.
nóthing but... → nothing 的片語.

bu·tane [ˈbjuten, ˈbɪu-, bɪuˈten, bɪu-; ˈbjuːtein] *n.* ⓊⒸ《化學》丁烷(一種碳化氫; 無色, 打火機等的燃料; 取自石油或天然氣).

butch [bʊtʃ; butʃ] *adj.*《俚》〔女人〕男性化的; 〔男人〕硬漢的, 男子漢的.

＊**butch·er** [ˈbʊtʃɚ; ˈbutʃə(r)] *n.* (*pl.* ~s [~z; ~z]) ⓒ **1** 肉販. She bought some bacon at the *butcher's*. 她在肉店買了點燻肉.
2 屠夫; 殺人不眨眼的人, 劊子手.
3 《美、口》(列車, 小劇場等的)小販, 零售商.
— *vt.* **1** 屠宰〔食用動物〕; 殘殺〔人〕.
2 糟蹋, 弄壞.

butch·er·y [ˈbʊtʃərɪ, -tʃrɪ; ˈbutʃəri] *n.* Ⓤ **1** 殘殺, 大屠殺. **2** 屠宰(業).

but·ler [ˈbʌtlɚ; ˈbʌtlə(r)] *n.* ⓒ 總管(男性), 管家.

butt¹ [bʌt; bʌt] *n.* ⓒ **1** (物體)粗大的一端; (槍)托; (長槍的)金屬柄; (鞭子, 釣竿等的)把.
2 樹根, 殘株.
3 菸蒂; (蠟燭)燃燒後所剩餘的部分.
4 《俚》屁股, 臀部, (buttocks).

butt² [bʌt; bʌt] *n.* ⓒ **1** (通常加 the)射擊場, 靶場; 靶垛(在標的後面的土堆).
2 目標, 標的; (責難或嘲笑的)對象.

butt³ [bʌt; bʌt] *vt.* 《山羊等》用頭〔角〕頂撞.
bùtt ín《口》插嘴, 多管閒事.
— *n.* ⓒ (用頭, 角)用力頂撞, 用頭撞.

＊**but·ter** [ˈbʌtɚ; ˈbʌtə(r)] *n.* Ⓤ 奶油. spread *butter* on bread 在麵包上塗奶油.
lóok as if bútter wouldn't mélt in one's móuth《口》裝出一副老實樣.
— *vt.* **1** 在…上塗奶油. *buttered* toast 奶油吐司.
2 《口》阿諛奉承(*up*).
knów (*on*) *which síde one's bréad is bútter-ed* → bread 的片語.

but·ter·cup [ˈbʌtɚ͵kʌp; ˈbʌtəkʌp] *n.* ⓒ 毛莨《有毒的多年生野草; 春天開黃花; →次頁 圖》.

B

but·ter·fin·gers
[ˋbʌtəˏfɪŋɡəz;
ˋbʌtəˏfɪŋɡəz] n. (pl. ~)
C (口)常掉東西笨手笨
腳的人; 常漏接球的棒
球選手.

but·ter·flies
[ˋbʌtəˏflaɪz; ˋbʌtəflaɪz]
n. butterfly 的複數.

✽but·ter·fly
[ˋbʌtəˏflaɪ; ˋbʌtəflaɪ]
n. (pl. -flies) C **1** 蝴
蝶. **2** 追求快樂的人,
水性楊花的人, 《主指女
性》.

[buttercup]

3 (游泳)(加 the)蝶泳(亦稱 bútterfly stróke).
hàve bútterflies in one's **stómach** 《口》(在演講
或考試等之前)緊張不安.

but·ter·milk [ˋbʌtəˏmɪlk; ˋbʌtəmɪlk] n. U
脫脂乳(抽取奶油後的牛奶).

but·ter·nut [ˋbʌtənət, -ˏnʌt; ˋbʌtənʌt] n. C
(植物)灰胡桃(一種胡桃; 產於北美).

but·ter·scotch [ˋbʌtəˏskɑtʃ; ˋbʌtəskɒtʃ] n.
U 牛奶糖(用奶油和赤砂糖等所製成的糖果).

but·tock [ˋbʌtək; ˋbʌtək] n. C (人的)半邊臀
部; (通常 buttocks)屁股(指坐下時接觸椅子的部分
→ back 圖; → hip¹ 參考); (動物的)屁股.

✽but·ton
[ˋbʌtn; ˋbʌtn] n. (pl. ~s [~z; ~z])
C **1** (衣服的)鈕扣. fasten [undo]
a button 扣[解]鈕扣/sew a button on a coat 在外
套上縫一顆鈕扣/A button fell [came] off my
coat. 我的外套掉了一顆鈕扣.
2 (鈴等的)按鈕.
3 (主美)(衣領上佩戴的)徽章, 勳章. a campaign
button (選舉的)競選徽章.
nòt càre a bútton 《口》全然不在意.
on the bútton (美·口)準確地.
— vt. **1** 扣上鈕扣, 用鈕扣扣住, (up).
2 緊緊閉上(嘴巴等), 使閉上嘴, (up). Button
(up) your lip! (美·口)閉上你的嘴!
— vi. 扣上鈕扣, 用鈕扣扣住, (up). Her new
blouse buttons down the back. 她新襯衫的鈕扣在
背後.
bútton úp 《口》不吭聲, 口風緊.

but·ton-down [ˋbʌtnˏdaun; ˋbʌtndaun] adj.
(限定)(襯衫領子等)有鈕扣的.

✽but·ton·hole [ˋbʌtnˏhol; ˋbʌtnhəul] n. (pl. ~s
[~z; ~z]) C **1** 鈕扣孔. **2** (英)(插於衣領鈕扣的)
花(束).

but·tress [ˋbʌtrɪs; ˋbʌtrɪs] n. C **1** (建築)扶
壁, 撐牆. **2** (文章)支柱; 支撐物.
— vt. 用扶壁支撐; (文章)支持; 加強, 強固,
[論證, 財政](up).

bux·om [ˋbʌksəm; ˋbʌksəm] adj. [女性]豐滿的,

健康可愛的.

✽buy
[baɪ; baɪ] v. (~s
[~z; ~z]; bought;
~ing) vt. **1** (a)買, 購入,
(→ purchase 同; ↔ sell).
I bought a used car from
Tom at a low price. 我以
低價買下湯姆的舊車/She
bought potatoes at forty
cents a pound. 她以每磅

[buttresses 1]

40 分的價錢買那些馬鈴薯/buy the book for twenty
dollars 花 20 美元買那本書/He had no money to
buy the farm (with). 他沒有錢買農場/Ten dol-
lars won't buy a decent meal nowadays. 現在 10
美元已無法吃到像樣的一餐. (b) 句型4 (buy **A**
B)、 句型3 (buy **B** for **A**)買 B 給[請] A. I
bought her a bag of popcorn. = I bought a bag
of popcorn for her. 我買了一包爆米花給她.
2 (藉犧牲, 付出代價)得手. He bought her favor
with flattery. 他的甜言蜜語博得她的歡心.
3 賄賂(bribe). You cannot buy (off) that
judge. 你無法賄賂那法官.
— vi. 購買. buy and sell 買賣.
bùy/.../báck 買回….
bùy/.../ín (1)(為防止貨品不足而大量地)買進…;
[商店等]採購…, (2)=bid/.../in.
bùy/.../óff (1)收買…(→ vt. 3).
(2)(給錢)擺脫[勒索者等].
bùy/.../óut (透過壟斷, 收購股份)掌握[經營權];
收購[企業等]; 收購[人]的股票.
bùy/.../úp (1)收買…, 囤積…, (2)=buy/.../out.
— n. (pl. ~s) C (口)買物, (特指以很便宜的價錢)
買進之物; 廉價品. The book is a good buy at
$3. 這本書用 3 美元買到相當划得來.

●——動詞型
句型4 (~ **A B**)、 句型3 (~ **B** for **A**)
Sam bought his son a new car.
→ Sam bought a new car for his son.
山姆買了一輛新車給他兒子.
Beth made her daughter a new dress.
→ Beth made a new dress for her daugh-
ter. 貝絲做了一件新衣給她女兒.
★→ tell 的 表
此類的動詞:
  choose cook get leave order reach
  save spare

✽buy·er [ˋbaɪə; ˋbaɪə(r)] n. (pl. ~s [~z; ~z]) C
1 買主, 購買者, (↔ seller); 消費者.
2 (百貨公司等的)採購員.

búyers' màrket n. C (通常用單數)買主市
場(↔ seller's market).

✽buzz [bʌz; bʌz] vi. (~es [~ɪz; ~ɪz]; ~ed [~
d]; ~ing) **1** (蜂, 蠅, 機器等)嗡嗡響; (場所,
群眾等)鬧哄哄(with). The square buzzed with
excitement. 廣場上人們興奮得鬧哄哄的. **2** 忙亂.
— vt. **1** 使嗡嗡響.

2 按鈴叫喚. The boss *buzzed* his secretary. 老闆按鈴叫他的祕書.

3 《美, 口》打電話給….

4 悄悄地傳布〔流言等〕.

5 《口》在…上掠過, 作低空飛行.

—— *n.* ⓒ **1** (蜂, 機器等的)嗡嗡聲. the *buzz* of an electric shaver 電動刮鬍刀的嗡嗡聲.

2 (人的)喧鬧聲, 嘈雜聲.

3 《口》(電話等的)呼叫(聲). I'll give him a *buzz*. 我會打電話給他.

buz·zard [ˋbʌzəd; ˈbʌzəd] *n.* ⓒ (鳥)《美》一種禿鷹;《英》鵟(一種鷹).

buz·zer [ˋbʌzɚ; ˈbʌzə(r)] *n.* ⓒ **1** (單音調的)鳴叫器. press a *buzzer* 按鈴.

2 (單音調的)鳴叫器響聲(工廠等的報時聲響).

✲✲by [baɪ; baɪ] *prep.* 〖位置, 線路〗 **1** 在…的旁邊, (在)…的附近, (beside, near). a house by the lake 湖畔的房子/There is a big pine tree *by* the school gate. 校門旁邊有一棵大松樹/Keep the dictionary *by* you. 隨身帶著字典.

2 偏…(方位)的. north *by* east 北偏東《在北和北北東之間》. ★ by 使用於方向的情形請參閱 → south 〖表〗.

3 沿…; 經由…. I passed *by* her house the other day. 前幾天我經過她家/They came *by* Route 17. 他們坐 17 路車來的.

〖路線>媒介〗 **4** 用…(手段, 方法), 透過….

(a) 〖語法〗緊跟著 by 的名詞, 若表交通工具, 通訊方式時, 不加冠詞 by train [plane, car, bicycle] 搭火車〔搭飛機, 開車, 騎自行車〕/travel *by* land [water, air] 作陸路〔水路, 航空〕旅行/by the 4:30 p.m. train 搭下午四點半的火車 〖語法〗若前有修飾語則需加冠詞/by letter [air mail, wire] 用信件〔航空信, 電報〕/learn *by* heart 默記/earn one's living *by* selling flowers 以賣花維生/win *by* (good) luck 靠運氣獲勝/What do you mean *by* that? 這是甚麼意思?

(b) 《表示身體直接受動作的部位》在…, …的部位, (→ the 8). take a person *by* the hand 握住某人的手/He caught me *by* the arm. 他抓住我的手臂.

(c) 《有關乘除》multiply [divide] 6 *by* 3 六乘以三〔六除以三〕/This room is thirty *by* twenty feet. 這個房間長 30 呎寬 20 呎.

5 由於…(的行爲); 由於…(的手). The dog was hit *by* a car. 那隻狗被汽車撞到/Who was Easter Island discovered *by*? 是誰發現復活節島的? (★在《口》之中若將 whom 置於句首而前面不加介系詞時, whom 經常會改用 who)/the discovery of the island *by* a Dutch admiral 荷蘭海軍司令官發現此島嶼/a picture (painted) *by* Da Vinci 一幅達文西的畫.

〖語法〗通常與 by 表示行爲者, with 表示手段、工具: This letter was written *by* a woman. (這封信是一個女人寫的)/This letter was written *with* a pencil. (這封信是用鉛筆寫的). 然而, 也有混用的時候: Printing machines are driven *by* [*with*] electricity. (印刷機是用電力運轉的).

by 205 B

〖標準〗 **6** 按照…, 根據…(的標準, 的單位); 按(數量). It's nine o'clock *by* my watch. 我的錶現在是九點/You mustn't judge people *by* first impressions. 你不能根據第一印象來評斷人/by today's standards 用現今的標準來看的話/Gasoline is sold *by* the liter in England. 在英國汽油是以公升爲單位出售的/by retail [wholesale] 以零售〔批發〕/by (the) hundreds 數以百計.

7 僅…, 約…(的數量, 的比率); …之差. He's older than I *by* three years. = He's three years older than I. 他比我大三歲/He missed the train *by* a minute. 他晚了一分鐘沒趕上火車/win a race *by* a neck (賽馬中)以一頸之差得勝/It is better *by* far. 這好多了 〖語法〗在 It is *far* better. 句中不用 by)/The number of university students should be cut *by* a third. 大學生的人數應該減少三分之一.

8 漸漸. little *by* little 逐漸地/by degrees 逐漸地/step *by* step 一步一步地/He is getting better day *by* day. 他的身體一天一天地好轉.

〖期間〗 **9** 在…(之間). We concealed ourselves *by* day and rode *by* night. 我們晝伏夜出, 策馬前進.

10 到(某時), 以…爲期限. *by* now 到現在/He had gone *by* the time we got there. 我們到的時候他已經走了. 〖語法〗by 意指動作或狀態「在某時之前」結束, 而 until [till] 意指動作或狀態繼續「到某時」爲止: I'll come *by* 10. (我十點前會來)/I'll stay here *until* 10. (我會在這裡待到十點).

〖限定, 關係〗 **11** 關於…, 在…方面. I only know him *by* name. 我只知道他的名字/They are cousins *by* blood. 他們在血緣上是堂〔表〕兄弟〔姊妹〕/my uncle *by* marriage 我丈夫〔妻子〕的叔叔〔伯伯, 舅舅〕/by nature 按天性/That's okay *by* me. 這件事我沒問題.

12 對…(toward). If you do your duty *by* me, I'll protect you. 如果你對我盡你的義務, 我會保護你/Do to others as you would be done *by*. 對待別人如同你希望別人怎麼對待你[己所不欲勿施於人].

13 對…發誓. *By* God, I never knew that. 老天爲證, 我(絕對)不知道那件事.

—— *adv.* **1** 在旁邊, 在附近, 在身旁. close [hard] *by* 極靠近/stand *by* → stand 的片語.

2 (放)在邊上(aside). lay [put, set] money *by* 積蓄, 儲蓄.

3 (經過)旁邊; 過去. Ten years have gone *by*. 十年已經過去了.

4 《主美》訪問, 順道拜訪. (★用於 come, drop, stop 等之後). stop *by* for a chat 順道過來聊聊.

bý and bý 《口》不久, 過一會兒. *By and by* the Alps came into sight. 沒過多久阿爾卑斯山便映入眼簾.

bý and lárge 大體上, 總括說來. *By and large* Chinese are industrious people. 大體上說來, 中

B

國人是個勤勞的民族.

by- *pref.* **1**「次要的, 副…等」之意. *by*pass, *by*product. **2**「在旁邊的」之意. *by*stander.

by-and-by [ˋbaɪənˏbaɪ; ˏbaɪəndˈbaɪ] *n.* U (加 the)未來, 將來, (future)《源自 by and by》.

bye¹ [baɪ; baɪ] *n.* C **1**《板球》暴投得分《守備隊投手投出的球既沒讓打擊手擊中, 亦沒打中三柱門, 而捕手也漏接, 造成打擊隊得分》.
2 (在錦標賽中因對手退出比賽或抽籤取得種子隊資格等而)不經比賽即晉級的選手[隊伍].

bye² [baɪ; baɪ] *interj.* (口)=bye-bye.
Býe (*for*) *now.*《主美》再見.

***bye-bye** [ˋbaɪˋbaɪ, ˋbaɪˏbaɪ; ˏbaɪˈbaɪ] *interj.* (口)再見, 回頭見, (good-bye).
— [ˋbaɪˏbaɪ; ˈbaɪbaɪ] *n.* U C《幼兒語》睡覺.
gò to býe-býe(s) 去睡覺.

bye·law [ˋbaɪˏlɔ; ˈbaɪlɔː] *n.* C **1**(英)地方法規.
2(美)(公司等的)內部章程, 規章.
3(法律的)附則, 細則.

by-e·lec·tion [ˋbaɪɪˏlɛkʃən; ˈbaɪɪˏlekʃn] *n.* C 補選.

by·gone [ˋbaɪˏgɔn; ˈbaɪgɒn] *adj.* (限定)《雅》往的, 過去的. *bygone* days 過去的日子, 以往.
— *n.* C **1** 骨董, 古用具.
2 (bygones)過去; 過去不愉快[悲傷]的事.
Let býgones be býgones. 過去的事就讓它過去吧, 既往不咎.

by·law [ˋbaɪˏlɔ; ˈbaɪlɔː] *n.* =byelaw.

by-line [ˋbaɪˏlaɪn; ˈbaɪlaɪn] *n.* C《報紙, 雜誌等文章的開頭》有作者名的那行《by》.

***by·pass** [ˋbaɪˏpæs; ˈbaɪpɑːs] *n.* (*pl.* ~**es** [~ɪz; ~ɪz]) C **1** 旁道, 旁路,《避開市中心而設的車行道路》.
2 (瓦斯, 自來水的)支管, 副管.
— *vt.* 迴避; 跳過, 省略. His objection to our plan cannot be *bypassed*. 我們無法忽視他對我們計畫的反對.

by·path [ˋbaɪˏpæθ; ˈbaɪpɑːθ] *n.* (*pl.* ~**s** [-ˏpæðz; -pɑːðz])=byway.

by·play [ˋbaɪˏple; ˈbaɪpleɪ] *n.* U **1** (在戲劇等裡, 特指沒有臺詞的)穿插動作.
2 (與本身無直接關係的)附帶行動.

by-prod·uct [ˋbaɪˏprɑdəkt, -dʌkt; ˈbaɪˏprɒdʌkt] *n.* C 副產品(→ end product).

by·road [ˋbaɪˏrod; ˈbaɪrəʊd] *n.* C 小路; 支路.

Byr·on [ˋbaɪrən; ˈbaɪərən] *n.* **George Gordon** [ˋgɔrdn; ˈgɔːdn] (**Noel**) ~ 或 **Lord** ~ 拜倫(1788-1824)《英國浪漫派詩人》.

***by·stand·er** [ˋbaɪˏstændɚ; ˈbaɪˏstændə(r)] *n.* (*pl.* ~**s** [~z; ~z]) C 旁觀者; 無關係的人, 局外人.

by·street [ˋbaɪˏstrit; ˈbaɪstriːt] *n.* C 岔路, 小街.

byte [baɪt; baɪt] *n.* C《電腦》位元組《資料量的單位, 通常由 8 位元組成; → bit³》.

by·way [ˋbaɪˏwe; ˈbaɪweɪ] *n.* (*pl.* ~**s**) C **1** 旁道, 偏僻小路, 次要道路.
2 (the byways) (學問等)不太爲人所知的[冷僻的]領域. the *byways* of Oriental history 東方史中較不爲人所知的部分.

by·word [ˋbaɪˏwɝd; ˈbaɪwɜːd] *n.* C **1** 諺語.
2 (有關人或場所, 通常帶有貶義的)樣本, 榜樣, 例子. Before the war, the 'English gentleman' was a *byword for* somber clothing. 戰前「英國紳士」就是指穿著樸素服裝的人(提到 English gentleman 就像看到穿著樸實, 衣服顏色灰暗的人).

By·zan·tine [bɪˋzæntɪn, ˋbɪzənˏtaɪn, -ˏtin; bɪˈzæntaɪn] *adj.* **1** 拜占庭(Byzantium)的.
2 東羅馬帝國的.
3《建築》拜占庭風格的.
4 (*byzantine*)《雅》複雜奇怪的; 陰險的.
— *n.* C 拜占庭人.

Byzantine Émpire *n.* (加the)東羅馬帝國.

By·zan·ti·um [bɪˋzænʃɪəm, -ˋzæntɪəm; bɪˈzæntɪəm] *n.* 拜占庭(東羅馬帝國首都; 後改稱 Constantinople, 現稱爲 Istanbul)).

C c

C, c [si; si:] *n.* (*pl.* **C's, Cs, c's** [~z; ~z])

1 ⓤⓒ 英文字母的第三個字母.

2 ⓒ (用大寫字母)C 字形物.

3 ⓤ (用大寫字母)(音樂)C 音; C 調. → A, a 3 [參考]

4 ⓒ (用大寫字母)第三等的東西, C 級; (美)(學業成績的)乙等. → A, a 4 [參考]

5 ⓤ (羅馬數字的)100. C L X V = 165.

C (略) centigrade (⬌ F); (符號) carbon.

c (略) cent(s); centimeter(s); century; circa (約…(年)).

ⓒ copyright(著作權).

CA (略) California.

Ca (符號) calcium.

✲cab [kæb; kæb] *n.* (*pl.* ~s [~z; ~z]) ⓒ **1** 計程車(taxicab). call a *cab* 叫計程車/Let's take a *cab* [go by *cab*]. 我們搭計程車吧!

2 (從前的)出租馬車.

3 (火車等的)駕駛室; (卡車等的)駕駛座.

ca·bal [kəˈbæl; kəˈbæl] *n.* ⓒ 陰謀集團; 陰謀.

cab·a·ret [ˈkæbəˌret; ˈkæbəreɪ] (法語) *n.* **1** ⓒ 餐廳, 夜總會, 《有歌舞表演助興》.

2 ⓤⓒ 在餐廳或夜總會所作的歌舞表演.

✲cab·bage [ˈkæbɪdʒ; ˈkæbɪdʒ] *n.* (*pl.* **-bag·es** [~ɪz; ~ɪz]) ⓤⓒ 甘藍菜, 包心菜. Make a salad with chopped *cabbage* and tomato. 用切碎的甘藍菜和番茄做沙拉. [參考] 因為包心菜是圓形, 所以 two *cabbages* = two heads of *cabbage* (二個包心菜亦可說成二顆包心菜); → coleslaw.

cab·by, cab·bie [ˈkæbɪ; ˈkæbɪ] *n.* (*pl.* **-bies**) ⓒ (口) = cabdriver.

cab·driv·er [ˈkæbˌdraɪvɚ; ˈkæbˌdraɪvə(r)] *n.* ⓒ (主美)計程車司機(taxi driver).

✲cab·in [ˈkæbɪn; ˈkæbɪn] *n.* (*pl.* ~s [~z; ~z]) ⓒ **1** (通常指簡樸的木造)小屋(→ hut). a log *cabin* 小木屋. **2** 船艙; (飛機的)客艙, 工作人員休息室. A passenger came out of his *cabin*. 一名乘客從客艙中出來.

cábin bòy *n.* ⓒ 船艙侍者(船上服侍乘客或高級船員的服務生).

cábin clàss *n.* ⓤ (客輪的)二等艙(介於 first class 和 tourist class 之間).

cábin crùiser *n.* ⓒ (起居室, 廚房等俱全的)大型汽艇, 遊艇.

✲cab·i·net [ˈkæbənɪt; ˈkæbɪnɪt] *n.* (*pl.* ~s [~s; ~s]) ⓒ **1** 陳列櫃; 櫥櫃

(→ dining room圖); (收音機, 電視機等的)外殼. a china *cabinet* 瓷器陳列櫃.

2 (★用單數亦可作複數)(常 Cabinet)內閣; (美)(總統的)顧問團. a *cabinet* minister (英)內閣閣員([參考]在英國還有非 cabinet 成員的 minister(部長))/a *cabinet* reshuffle (英)內閣改組.

cab·i·net·mak·er [ˈkæbənɪtˌmekɚ; ˈkæbɪnɪtˌmeɪkə(r)] *n.* ⓒ 家具木工, 做精緻家具的木工.

✲ca·ble [ˈkebl; ˈkeɪbl] *n.* (*pl.* ~s [~z; ~z]) ⓒ **1** (鐵絲或麻的)粗纜.

2 電纜(海底電纜, 地下電纜等外覆絕緣物的電線). lay a *cable* between the two islands 在兩島間埋設海底電纜.

3 越洋電報(cablegram). send a *cable* to one's country 打電報回國.

by cáble 以越洋電報的方式.

— *vt.* (a) 拍越洋電報給…; [句型3] (cable *that* 子句)拍…的越洋電報. (b) [句型4] (cable A B/A *that* 子句)將B以越洋電報拍給[傳送給]A. Her father *cabled* her some money yesterday. 她的父親昨天經由越洋電報匯給她一些錢. (c) [句型5] (cable A *to* do)打電報給A請他做…. I *cabled* him *to* wait. 我打電報給他, 請他等一等.

— *vi.* 打越洋電報.

cáble càr *n.* ⓒ 纜車; (有電纜的)市街電車.

[cable car]

ca·ble·gram [ˈkebl̩ˌgræm; ˈkeɪblgræm] *n.* ⓒ 越洋電報.

cáble ràilway *n.* ⓒ 纜車道(供市街電車(cable car)運行的軌道).

càble télevision, càble TV *n.* ⓤ 有線電視(略作CATV).

ca·boo·dle [kə`budl; kə'bu:dl] *n.* Ⓤ(通常the whole caboodle)(俚)(人，物的)全部，全員.

ca·boose [kə`bus; kə'bu:s] *n.* Ⓒ **1** (商船的)廚房. **2** 《美》(貨物列車最後面供工作人員用的)守車.

cab·stand [`kæb͵stænd; 'kæbstænd] *n.* Ⓒ (美)計程車候車處.

ca·ca·o [kə`keo, kə`kao; kə'kɑ:əʊ] *n.* (*pl.* ~s) Ⓒ可可樹; 可可豆(製巧克力的原料).

cache [kæʃ; kæʃ] *n.* Ⓒ (食物，贓物，寶物等的)隱藏處; 隱藏物.
— *vt.* 貯藏，隱藏.

ca·chet [kæ`ʃe, `kæʃe; 'kæʃeɪ] (法語) *n.* **1** Ⓒ (表示優質，真品的)特徵，標記，印記. **2** Ⓤ尊敬; 威信，名聲. In place names, the word Park has more *cachet* than Road. 在地名中，Park 聽起來比 Road 高級.

cack·le [`kæk; kækl] *vi.* **1** (母雞)發出咯咯的尖叫聲. **2** 咯咯笑; 咯咯地尖聲說話.
— Ⓤ Ⓒ **1** 咯咯叫; 咯咯(嗚叫聲).
2 閒聊，廢話.

ca·coph·o·nous [kæ`kɑfənəs, kə-; kæ'kɒfənəs] *adj.* 刺耳的; 聲音不和諧的.

ca·coph·o·ny [kæ`kɑfənɪ, kə-; kæ'kɒfənɪ] *n.* (*pl.* **-nies**) Ⓤ Ⓒ 刺耳的聲音; 不和諧的聲音.

cac·ti [`kæktaɪ; 'kæktaɪ] *n.* cactus 的複數.

cac·tus [`kæktəs; 'kæktəs] *n.* (*pl.* ~**es**, ~, **-ti**) Ⓒ (植物)仙人掌.

CAD (略) computer-aided design (電腦輔助設計).

cad [kæd; kæd] *n.* Ⓒ下等人，粗鄙的人.

ca·dav·er [kə`dævə, kə`devə; kə'dɑ:və(r)] *n.* Ⓒ死屍，(特指解剖用的)屍體.

ca·dav·er·ous [kə`dævərəs, kə`dævrəs; kə'dævərəs] *adj.* 死人般的; 慘白的; 枯瘦的.

cad·die [`kædɪ; 'kædɪ] *n.* Ⓒ (高爾夫球)球僮，桿弟.
— *vi.* (~**s**; ~**d**; **-dy·ing**)當球僮[桿弟](*for*).

cad·dish [`kædɪʃ; 'kædɪʃ] *adj.* 粗鄙的，無教養的.

cad·dy [`kædɪ; 'kædɪ] *n.* (*pl.* **-dies**) **1** (放茶葉等的)小罐子(tea caddy). **2** =caddie.

ca·dence [`kedns; 'keɪdəns] *n.* Ⓤ Ⓒ **1** (詩，舞蹈，聲音等的)節拍; 抑揚. **2** (句末的)聲音下降. **3** (音樂)終止式.

ca·den·za [kə`dɛnzə; kə'denzə] *n.* Ⓒ (音樂) (特指協奏曲的)裝飾奏(樂曲結束前裝飾性的獨奏部分).

ca·det [kə`dɛt; kə'det] *n.* Ⓒ (陸、海、空軍的)軍校生. a *cadet* corps (英)(學校中的)學生軍訓隊.

cadge [kædʒ; kædʒ] *vi.* 乞討，乞求，(*from* 從…; *for* 給…).
— *vt.* 纏著人強求[錢，食物等].

cadg·er [`kædʒə; 'kædʒə(r)] *n.* Ⓒ乞討的人，乞丐.

Cad·il·lac [`kædl͵æk; 'kædɪlæk] *n.* Ⓒ凱迪拉克(美國高級房車的商標名).

cad·mi·um [`kædmɪəm; 'kædmɪəm] *n.* Ⓤ《化學》鎘(金屬元素; 符號 Cd).

ca·dre [`kɑdɚ; 'kɑ:də(r)] *n.* Ⓒ (通常 cadres) (軍隊，政黨，企業等的中心)幹部; 核心隊伍.

Cae·sar [`sizɚ; 'si:zə(r)] *n.* **1 Gai·us** [`geəs, ͵gaɪəs; 'geɪəs] **Ju·lius** [`dʒuljəs, ͵dʒɪul-; 'dʒu:ljəs] ~ 凱撒(100-44 B.C.)(羅馬的將軍，政治家). **2** Ⓒ羅馬皇帝.

Cae·sar·e·an [sɪ`zɛrɪən, -`zær-, -`zer-; si:'zeərɪən] *n.* Ⓒ(醫學)剖腹生產(亦作 Caesárean séction).

‡ca·fé [kə`fe, kæ`fe; 'kæfeɪ] (法語) *n.* (*pl.* ~**z**; ~**z**) Ⓒ **1** 咖啡廳，咖啡館. **2** 小餐館，簡易餐廳. eat lunch in a *café* 在小餐館吃中飯. **3** 《美》酒吧.

café au lait [kə`fe·o·le, ͵kæfɪ·o·le; ͵kæfeɪ·əʊ'leɪ] *n.* Ⓤ牛奶咖啡(加入等量牛奶調製而成的咖啡).

∗caf·e·te·ri·a [͵kæfə`tɪrɪə, -tə`riə; ͵kæfɪ'tɪərɪə] *n.* (*pl.* ~**s** [~z; ~z]) Ⓒ自助餐廳(自助式的簡便餐廳).

caf·feine [`kæfin, -͵in, `kæfin; 'kæfi:n] *n.* Ⓤ(化學)咖啡因. *caffeine*-free coffee 不含咖啡因的咖啡.

‡cage [kedʒ; keɪdʒ] *n.* (*pl.* **cag·es** [~ɪz; ~ɪz]) Ⓒ **1** 鳥籠，(獸)籠. a *cage* bird 養在鳥籠中的小鳥(金絲雀等). **2** 電梯箱; (用柵欄圍著的)出納櫃臺窗口. **3** 監獄.
— *vt.* 把…關進籠子; 把…囚禁起來.

ca·gey, ca·gy [`kedʒɪ; 'keɪdʒɪ] *adj.* (口)小心謹慎的; 周到的.

ca·gi·ly [`kedʒɪlɪ; 'keɪdʒɪlɪ] *adv.* 小心謹慎地; 周到地.

Cain [ken; keɪn] *n.* **1** (聖經)該隱(Adam 和 Eve 的長子; 殺弟 Abel). **2** Ⓒ謀殺兄弟的人.

cairn [kɛrn, kærn; keən] *n.* Ⓒ錐形石堆(用石頭堆成的路標、墓碑、紀念碑; 因塞爾特人而聞名).

Cai·ro [`kaɪro; 'kaɪərəʊ] *n.* 開羅(埃及首都).

cais·son [`kesn̩; 'keɪsɒn] *n.* **1** (工學)沈箱，潛水箱，(水中作業用，可防水的箱子). **2** 彈藥車(通常有兩個輪子).

cáisson disèase *n.* Ⓤ潛水夫病.

ca·jole [kə`dʒol; kə'dʒəʊl] *vt.* 用甜言蜜語騙(人); 攏絡; 騙(錢).
cajóle A into dóing 勸誘 A 做…. The girl *cajoled* her mother *into buying* her a new dress. 那女孩甜言蜜語說服了母親買給她一件新洋裝.
cajóle A out of B 從 B(人)騙取 A.
cajóle A out of dóing 勸誘 A(人)不做….

‡‡cake [kek; keɪk] *n.* (*pl.* ~**s** [~s; ~s]) **1** Ⓤ Ⓒ蛋糕(★指尚未用刀子切開的一整個蛋糕時作 Ⓒ). a piece of *cake* 一塊蛋糕/a slice of *cake* 切開的一片蛋糕/I like *cake* very much. 我非常喜歡(吃)蛋糕/a birthday *cake* 生日蛋糕/回*cake* 是

以麵粉、蛋及奶油所作成的柔軟糕點, 與 pie, pudding 不同. 此外, 烘烤的餅乾爲 cookie(美), biscuit(英). 糖果則爲 candy(美), sweet(英).

【搭配】 n.+cake: (a) chocolate ~ (巧克力蛋糕), (a) pound ~ (用麵粉、蛋、奶油、糖做成的蛋糕; 磅蛋糕), (a) sponge ~ (海綿蛋糕) // v.+cake: bake a ~ (烘烤蛋糕), make a ~ (做蛋糕).

2 ©小而薄的烤餅[煎餅] (→ pancake).

3 ©(平而小的)塊. two *cakes* of soap 兩塊肥皂/ a fish *cake* 將魚肉磨碎壓平製成的圓餅(以烤或油炸製成).

a píece of cáke 《俚》輕鬆愉快的事情, 輕而易舉的事, 《<像吃蛋糕一樣簡單》. The test was *a piece of cake*—I finished it in half an hour. 這次測驗很簡單, 我半小時就寫完了.

You cànnot hàve your cáke and éat it (, tóo). = *You cànnot èat your cáke and háve it.* 《諺》你不能既把蛋糕吃了又想把它留下[魚與熊掌不可兼得].

— *vt.* 使凝固(*with*); 使結塊(*on*). His shoes were *caked with* mud. 他的鞋子上積了一塊塊泥沙.

— *vi.* 凝固.

●——與 CAKE 相關的用語	
cheesecake	乳酪蛋糕
wedding cake	結婚蛋糕
birthday cake	生日蛋糕
fruitcake	水果蛋糕
hot cake	烤餅, 薄煎餅
pancake	煎餅
layer cake	夾心[層]蛋糕

Cal. (略) California.

cal·a·bash [`kælə,bæʃ; 'kæləbæʃ] *n.* © **1** 葫蘆(瓢). **2** 《植物》葫蘆樹(紫葳科喬木; 產於熱帶美洲).

Cal·ais [`kælɪs, `kæle, kɑ`le; 'kæleɪ] *n.* 加萊(法國海港; 由此至對岸的 Dover 是到英國的最短距離).

ca·lam·i·tous [kə`læmətəs; kə'læmɪtəs] *adj.* 引起災難的; 不幸的, 悲慘的.

ca·lam·i·ty [kə`læmətɪ; kə'læmətɪ] *n.* (*pl.* **-ties**) ©© 悲慘事件; 痛苦的不幸, 災難. © calamity 的程度比 catastrophe 輕, 強調造成個人精神上的痛苦; → disaster.

cal·ci·fy [`kælsə,faɪ; 'kælsɪfaɪ] *vt.* (**-fies; -fied; ~·ing**) 使鈣化.

*cal·ci·um [`kælsɪəm; 'kælsɪəm] *n.* ⓤ《化學》鈣(金屬元素; 符號 Ca).

cálcium cárbonate *n.* ⓤ《化學》碳酸鈣.

cal·cu·la·ble [`kælkjələb!; 'kælkjʊləbl] *adj.* **1** 能計算的. **2** 〔事實, 變化等〕可估計的, 可依賴的.

*cal·cu·late [`kælkjə,let; 'kælkjʊleɪt] *v.* (**~s** [~s; ~s]; **-lat·ed** [~ɪd; ~ɪd]; **-lat·ing**) *vt.* 【計算】 **1** 計算; 句型3 (calculate *that* 子句/*wh* 子句)計算…/估計…. *calculate* the bill 結帳/I *calculated what* the cost would be. 我

C

估算了可能的費用.

【估計】 **2** (a)預測, 推測, 推定; 《美、口》猜想. (b) 句型3 (calculate *that* 子句/*wh* 子句)預測…; 《美、口》猜想(suppose). I *calculate* (*that*) he'll be here tonight. 我想他今晚會來這裡.

3 〔估計>計畫〕周密地計畫, 籌劃, 《通常用被動語態》(→ calculated).

— *vi.* 【計算在內】指望, 期待, (*on, upon*). We *calculated on* a fine day, but it rained. 我們指望好天氣, 結果下雨了/Don't *calculate on* me [my] helping you. 別指望我幫助你.

cal·cu·lat·ed [`kælkjə,letɪd; 'kælkjʊleɪtɪd] *adj.* **1** 有計畫的, 故意的.

2 很可能的(*to* do). We were *calculated to* win, but we lost. 我們本來可能會贏, 結果輸了.

3 事先計畫好的(*for*; *to* do). movies *calculated for* the young 迎合年輕人的電影/This college is *calculated to* receive 1,000 students. 這所學院預計招收一千名學生.

cal·cu·lat·ing [`kælkjə,letɪŋ; 'kælkjʊleɪtɪŋ] *v.* calculate 的現在分詞、動名詞.

— *adj.* 精明的, 精打細算的. He is a cold, *calculating* man. 他是一位冷酷且精打細算的人.

cal·cu·la·tion [,kælkjə`leʃən; ,kælkjʊ'leɪʃn] *n.* ⓤ© **1** 計算. make a *calculation* 進行計算.

2 預測, 估計. beyond *calculation* 無法估計.

3 慎重的計畫, 深思熟慮; 計謀.

cal·cu·la·tor [`kælkjə,letɚ; 'kælkjʊleɪtə(r)] *n.* ©計算者; 計算機(特指小型的).

cal·cu·li [`kælkjə,laɪ; 'kælkjʊlaɪ] *n.* calculus 的複數.

cal·cu·lus [`kælkjələs; 'kælkjʊləs] *n.* (*pl.* **-li**, **~·es**) **1** ⓤ《數學》微積分. differential *calculus* 微分學/integral *calculus* 積分學.

2 ©《醫學》結石.

Cal·cut·ta [kæl`kʌtə; kæl'kʌtə] *n.* 加爾各答(印度東北部的港市).

cal·de·ra [kæl`dɪrə; kæl'dɪrə] *n.* ©《地質學》巨火山口(火山爆發形成的巨大窪地).

cal·dron [`kɔldrən; 'kɔːldrən] *n.*=cauldron.

Cal·e·do·ni·a [,kælə`donɪə, `donjə; ,kælɪ'dəʊnjə] *n.* 喀里多尼亞(Scotland 的古羅馬名).

*cal·en·dar [`kæləndɚ, `kælɪn-; 'kælɪndə(r)] *n.* (*pl.* **~s** [~z; ~z]) © **1** 日[月]曆; 年度計畫表. a wall [desk] *calendar* 掛[桌]曆/tear a page off [turn over a page of] the *calendar* 撕掉[翻過]一頁日曆/a school *calendar* 學校的全年行事曆.

2 曆, 曆法. the lunar calendar, the solar calendar → 見 lunar calendar, solar calendar.

★注意拼字(-dar).

cálendar mónth *n.* ©曆月(1月、2月等, 由1日至月底爲止的一個月份).

cal·en·der [`kæləndɚ, `kælɪn-; 'kælɪndə(r)] *n.* ©壓[軋]光機(把紙、布等用滾筒壓軋, 使其平滑有

光澤的機器).

— vt. (用軋光機)使之產生光澤.

‡**calf**[1] [kæf; kɑːf] n. (pl. **calves**) © **1** 小牛, 犢 (其肉是 veal; → ox 參考). **2** (海豹, 鯨, 象, 鹿等的)幼獸.

calf[2] [kæf; kɑːf] n. (pl. **calves**) © 小腿肚(→body).

calf·skin [ˋkæf͵skɪn; ˈkɑːfskɪn] n. ⓤ 小牛皮 (革)《小牛的軟皮; 高級皮革》.

cal·i·ber (美), **cal·i·bre** (英) [ˋkæləbɚ; ˈkælɪbə(r)] n. **1** © (槍砲的)口徑; (彈丸, 圓筒等的)直徑.

2 [ⓐ ⓤ]力量, 才能; (質, 能力的)程度. a person of very high *caliber* 非常有能力的人.

cal·i·brate [ˋkælə͵bret; ˈkælɪbreɪt] vt. 在〔溫度計等〕上標定刻度; 測定…的口徑.

cal·i·bra·tion [͵kæləˋbreʃən; ͵kælɪˈbreɪʃn] n. ⓤ (物理)校準刻度; 測定口徑.

cal·i·bre [ˋkæləbɚ; ˈkælɪbə(r)] n. (英)=caliber.

cal·i·co [ˋkælə͵ko; ˈkælɪkəʊ] n. (pl. ~es, ~s) [ⓊC] **1** (美)印花布. **2** (英)白棉布.

ca·lif [ˋkelɪf, ˋkælɪf; ˈkeɪlɪf] n. (pl. ~s)=caliph.

Calif. (略) California.

***Cal·i·for·nia** [͵kæləˋfɔrnjə; ͵kælɪˈfɔːnjə] n. 加利福尼亞州(美國太平洋沿岸的州; 首府 Sacramento; 略作 CA, Cal., Calif.).

Cal·i·for·nian [͵kæləˋfɔrnjən; ͵kælɪˈfɔːnjən] adj. 加利福尼亞州的.

— n. © 加利福尼亞州人.

Califòrnia póppy n. © (植物)花菱草(罌粟科; 加利福尼亞州州花)).

cal·i·per (美), **cal·li·per** [ˋkæləpɚ; ˈkælɪpə(r)] n. © (通常 calipers)測徑器(測量小物體的厚度、內徑等, 形似圓規的工具). a pair of *calipers* 一副測徑器.

ca·liph [ˋkelɪf, ˋkælɪf; ˈkeɪlɪf] n. © (常 Caliph) 哈里發(自許為穆罕默德之接班人, 為昔日回教國家國王的稱號).

[calipers]

cal·iph·ate [ˋkælə͵fet, -fɪt; ˈkælɪfeɪt] n. [ⓊC] 哈里發(caliph)的任期[職位, 統治地區].

cal·is·then·ics (美), **cal·lis·then·ics** (英) [͵kæləsˋθɛnɪks; ͵kælɪsˈθenɪks] n. (單複數同形)健美(柔軟)體操.

calk [kɔk; kɔːk] v. =caulk.

‡**call** [kɔl; kɔːl] v. (~s [~z; ~z]; ~ed [~d; ~d]; ~ing [-]) vt. 【大聲叫】**1** 大聲叫(名單等). He *called* my name. 他叫我的名字/The teacher *called* the roll. 老師念名冊點名/The man *called*, "Hey, taxi!" 這男人大喊:「喂, 計程車!」 **2** (a)叫(人), 請…來; 呼喚使集合; 召集〔會議〕. Mother is *calling* me home. 媽媽在叫我回家/An

expert was *called* for advice. 延請一位專家來提供意見.

(b) 句型4 (call A B)、句型3 (call B *for* A)為A(人)叫B. *Call* me a taxi. = *Call* a taxi *for* me. 替我叫一輛計程車.

3 (a)(叫著)命令; 使〔比賽〕暫停(由於天候或運動場的關係). *call* a stop 「喊停」/*call* a strike 指示投好球/a *called* game 〔棒球〕有效比賽.

(b) 句型5 (call A B)把 A 判定為 B. The umpire *called* the ball a strike. 裁判判定此球為好球.

(c)提請…審議, (向法院)控告. Finally the case was *called* to court. 該案件終於提交法院審判.

【喚起】**4** (叫醒)使…起來; 使…醒來. *Call* me at four; I must take the first train. 請在四點時叫醒我, 我必須搭上頭班火車.

5 喚起(記憶). No one *called* my attention to it. 沒有人叫我去注意它.

6 【叫出來】打電話給…. Did you *call* me last night? 昨晚你有打電話給我嗎?/I *called* his home but he was not in. 我打電話到他家, 但他不在.

【稱呼>命名】**7** 句型5 (call A B)把 A 叫做〔定名稱, 稱為〕B. She *called* the kitten 'Jaguar.' 她把那隻小貓叫做「賈卡爾」(jaguar原意指「美洲虎」)/The kitten is *called* 'Jaguar.' 這隻小貓叫做「賈卡爾」/She was *called* Alice *after* her aunt. 她沿用她姑媽的名字, 也叫做「愛麗絲」.

8 句型5 (call A B)說〔認為, 認同, 主張〕A為B. My friend *called* me a coward. 我的朋友說我是個膽小鬼/I *call* that unfair. 我認為那不公平.

— vi. **1** (大聲地)叫, 叫喊; 召喚; 〔鳥, 獸〕鳴叫. The boy *called* desperately in the woods. 那男孩在森林中拚命地大叫/I *called* to him to stop, but he didn't hear me. 我大聲叫他停止, 但他並沒有聽見. **2** (用 call on...)拜訪…(→ 片語 call on...); 造訪(at 〔場所〕). I hope you will *call* again. 希望你再來看我/Let's *call* at his house. 我們去他家看看他吧. **3** 打電話. Who's *calling*, please? 〔電話用語〕請問您是哪位?

càll/.../awáy 把…叫走; 使…去(別的地方)《常用被動語態》. My husband *was called away* on business. 我丈夫因為工作到別處去了.

***càll/.../báck**[1] (1)把…叫回來. He was *called back* from his trip. 他from旅遊時被召回. (2)(為了回覆)稍候打電話給…. *Call* her *back* later today. 今天晚一點再回電話給她. (3)回想起….

càll báck[2] (1)再度訪問. (2)(為了回覆, 再次)重撥電話.

càll bý (口)(路過)順便到(*at*). I *called by at* the bakery on the way home. 我回家時順路到麵包店.

càll/.../dówn (1)叫〔人〕下來; (向上帝)祈求…. (2)(美, 俚)責罵…; (英, 俚)把…說得一文不值.

***càll for...** (1)大喊出聲求…. She *called for* help. 她大叫救命. (2)命令拿…來. I *called for* the bill. 我要求拿帳單來. (3)需要…. This recipe *calls for* a pound of butter. 這道食譜需要一磅的奶油/Mastering a foreign language *calls for* patience. 精通外語需要耐心. (4)去接〔人〕; 去取〔物〕. The

train leaves at half past ten, so I'll *call for* you at ten. 這班火車十點半開，所以我十點來接你/To be left till *called for*. (郵件)等候招領.

càll/.../fórth (文章)引發…，喚起….

*****càll/.../ín*** (1)收回[國內流通的貨幣]；要求歸還〔借出的圖書，借款等〕.
(2)請求〔忠告等〕；請〔人〕來. *Call* the doctor *in* immediately. 立刻請醫生過來.

call ín (1)順便去一下(*at*〔商店，某人住處等〕).
(2)((美))打電話(到公司等). *call in* sick 打電話(到工作地點)請病假.

*****càll/.../óff*** (1)叫開…使其走開. *Call off* your dogs. 叫你的狗走開.
(2)宣布〔預定的事〕中止；取消〔約定等〕. We had to *call off* the game because of rain. 由於下雨我們只好取消比賽. (3)依序叫喚〔名字等〕.

*****càll on [upón]...*** (1)拜訪〔人〕. I'll *call on* him tomorrow. 明天我將去拜訪他. (2)懇求，申訴，要求(*for*; *to* do) Can I *call on* you *for* five dollars? 我能向你借 5 元嗎?/Each member was *called upon to* speak. 每位會員都被要求發言.

*****càll óut[1]*** 大聲叫，叫喊. The policeman *called out* to the man. 警察對那男子大喊.

càll/.../óut[2] (1)使〔軍隊等〕出動，召集. (2)叫喚…. The workers were *called out* on strike. 工人們被召集起來參加罷工.

càll óver[1] 靠近.

call/.../óver[2] (1)把…叫來. (2)〔用點名簿等〕點名.

*****càll...to mínd*** → mind 的片語.

*****càll/.../úp*** (1)打電話給…；請〔接電話〕. I *called* her up and asked for help. 我打電話請她幫忙.
(2)喚起〔記憶〕；使回想起…；喚起〔勇氣等〕. This picture *calls up* some bad memories for me. 這幅畫勾起我一些不好的回憶.
(3)(由於軍務等)召集….

call upón... =call on.

whàt is cálled = *whàt you* [*we*, *they*] *cáll* 所謂的(so-called). He is *what is called* a pedant. 他就是所謂的學究.

● ───動詞型 第五句型
Please *call* me Bob.
請叫我鮑伯.
The news *made* Tom sad.
那消息使湯姆難過.
此類的動詞:

believe	choose	consider	elect
feel	find	get	keep
know	leave	let	name
paint	think		

── *n.* (*pl.* ~s [~z; ~z]) C **1** 呼叫，呼叫聲；(鳥獸的)鳴叫聲. A *call* for help rang through the night. 呼救聲劃破了黑夜.

2 呼喚，(喇叭或鼓的)暗號聲，信號聲.

3 (電話，無線電的)傳喚，叫人；打電話. have [get] a (phone) *call* from a friend 朋友打電話

來/place [put in] a *call* to one's wife 打電話給妻子/I'll give you a *call* before I visit you. 我在拜訪你之前會先打電話給你.

4 短暫的拜訪(→visit 回)；(醫生的)出診. make [pay] a *call* on the mayor [at the mayor's house] 拜訪市長[市長家].

5 召集，召喚. the *call* of the wild 野性的呼喚/a [the] *call* of nature 想上廁所.

6 要求；必要. an urgent *call* 急事/There's no *call to* get angry over this matter. 沒有必要為這件事生氣.

7 使命(感)；(神的)召喚；天職(calling).

8 喚起. ask for a six o'clock *call* 要求六點時叫醒.

9 (體育)裁判的裁決.

at [on] cáll 隨叫隨到的；待命，聽候召喚的. I'm always *on call* at home. 我一直在家待命.

within cáll 在可以聽到召喚的地方，待命. The secretary is *within call* all the time. 祕書始終在一旁待命.

call·back [ˈkɔlˌbæk; ˈkɔːlbæk] *n.* C (瑕疵商品的)回收.

call·box [ˈkɔlˌbɑks; ˈkɔːlbɒks] *n.* C ((英))公用電話亭.

call·boy [ˈkɔlˌbɔɪ; ˈkɔːlbɔɪ] *n.* (*pl.* ~s) C 催場員(負責通知演員出場的人).

call·er [ˈkɔlə; ˈkɔːlə(r)] *n.* C **1** 訪問者.
2 ((主英))打電話者(由接線生的立場來看).

cáll gìrl *n.* C (以電話召喚的)應召女郎.

cal·lig·ra·pher [kəˈlɪɡrəfə; kəˈlɪɡrəfə(r)] *n.* C 書法家.

cal·lig·ra·phy [kəˈlɪɡrəfɪ; kəˈlɪɡrəfɪ] *n.* U 書法(通常指用鋼筆寫的裝飾性文字或其技術).

[calligraphy]

call-in [ˈkɔlɪn; ˈkɔːlɪn] *n.* ((美))=phone-in.

*****call·ing** [ˈkɔlɪŋ; ˈkɔːlɪŋ] *n.* (*pl.* ~s [~z; ~z]) UC **1** (文章)天職，職業；使命感. He finally found his *calling*. 他終於找到終身的職業了. 回 calling 的意義和字源都與 vocation 接近，意為「依據神的召喚所選擇的天職」; → occupation.
2 呼喚，召喚，叫喊.

cálling càrd *n.* C ((美))(訪問用的)名片(visiting card).

cal·li·per [ˈkæləpə; ˈkælɪpə(r)] *n.* =caliper.

cal·lis·then·ics [ˌkæləsˈθɛnɪks; ˌkælɪsˈθenɪks] *n.* ((英))=calisthenics.

cáll nùmber *n.* C (圖書館的)圖書編目號碼.

cal·los·i·ty [kəˈlɑsətɪ, kæ-; kæˈlɒsətɪ] *n.*

(*pl.* **-ties**) = callus.

cal·lous [`kæləs; 'kæləs] *adj.* 無感覺的; 冷酷無情的.

cal·low [`kælo, `kælə; 'kæləʊ] *adj.* 《輕蔑》不成熟的; 不熟練的.

cal·lus [`kæləs; 'kæləs] *n.* ⓒ《醫學》硬皮, 繭.

‡calm [kɑm; kɑːm] *adj.* (~**er**; ~**est**) **1** 〔海, 氣候等〕平靜的, 穩定的; 無風〔浪〕的. (↔ stormy). The ocean was *calm*. 海洋風平浪靜. **2** 〔心情, 態度等〕平靜的, 鎮靜的. How can you be so *calm*? 你怎麼還能如此鎮靜呢?

3 《社會, 生活等》祥和的, 穩定的.
— *n.* [a U] **1** 寧靜, 穩定; 平靜, 鎮定. the *calm* before the storm 暴風雨前的寧靜.
2 風平浪靜.
— *v.* (~**s** [~z; ~z]; ~**ed** [~d; ~d]; ~**ing**) *vt.* 使安靜, 使鎮靜, 《down》. I tried to *calm* him *down*, but he was too excited. 我試著使他鎮靜下來, 但是他太興奮了.
— *vi.* 平靜下來, 鎮定下來, 《down》.
cálm oneself 靜下心來, 使鎮靜.

calm·ly [`kɑmlɪ; 'kɑːmlɪ] *adv.* 安靜地, 溫和地; 鎮定地, 平靜地.

‡calm·ness [`kɑmnɪs; 'kɑːmnɪs] *n.* ⓤ平靜, 平穩, 鎮定; 冷靜.

ca·lor·ic [kə`lɔrɪk, kə`lɑrɪk; kə'lɒrɪk] *adj.* 熱的; 熱量的.

‡cal·o·rie [`kælərɪ; 'kælərɪ] *n.* (*pl.* ~**s** [~z; ~z]) ⓒ **1**《物理》卡路里《熱量單位》.
2《生理學》卡路里《食物的能量單位》. small *calorie*, large *calorie* → 見 small calorie, large calorie.

cal·o·rif·ic [ˌkælə`rɪfɪk; ˌkælə'rɪfɪk] *adj.* 產生熱的; 卡路里的.

cal·o·rim·e·ter [ˌkælə`rɪmətə; ˌkælə'rɪmɪtə(r)] *n.* ⓒ熱量計.

ca·lum·ni·ate [kə`lʌmnɪˌet; kə'lʌmnɪeɪt] *vt.* 《文章》說〔人〕的壞話, 中傷.

cal·um·ny [`kæləmnɪ; 'kæləmnɪ] *n.* (*pl.* **-nies**) ⓤⓒ《文章》中傷, 誹謗.

calve [kæv; kɑːv] *vi.* 〔牛, 鹿, 鯨, 象等〕生子(→ calf[1]).

calves [kævz; kɑːvz] *n.* calf[1, 2] 的複數.

Cal·vin [`kælvɪn; 'kælvɪn] *n.* John ~ 喀爾文 (1509-64)《出生於法國的瑞士籍宗教改革領導人》.

Cal·vin·ism [`kælvɪnˌɪzəm; 'kælvɪnɪzəm] *n.* ⓤ喀爾文主義《→ predestination》.

Cal·vin·ist [`kælvɪnɪst; 'kælvɪnɪst] *n.* ⓒ喀爾文主義者.
— *adj.* 喀爾文教派[主義]的.

ca·ly·ces [`kælə,siz; 'keɪlɪsiːz] *n.* calyx 的複數.

ca·lyp·so [kə`lɪpso; kə'lɪpsəʊ] *n.* (*pl.* ~**s**) ⓒ即興諷刺歌舞《源於西印度群島的即興歌舞; 其舞蹈》.

ca·lyx [`kelɪks, `kæl-; 'keɪlɪks] *n.* (*pl.* ~**es**, **-ly·ces**) ⓒ《植物》花萼.

cam [kæm; kæm] *n.* ⓒ凸輪《使迴轉運動作水平、上下等變化的機械零件》.

ca·ma·ra·de·rie [ˌkɑmə`rɑdərɪ, -ˌrɑ; ˌkæmə'rɑːdərɪ] (法語) *n.* ⓤ友情, 同志情誼.

cam·ber [`kæmbə; 'kæmbə(r)] *n.* ⓤⓒ《道路, 木材等中央的》翹曲; 拱勢(以利排水).

Cam·bo·dia [kæm`bodɪə, kæm`bodjə; kæm'bəʊdjə] *n.* 柬埔寨《位於東南亞的國家; 首都 Phnom Penh》.

Cam·bo·di·an [kæm`bodɪən, -`bodjən; kæm'bəʊdjən] *adj.* 柬埔寨(人)的.
— *n.* ⓤ柬埔寨語; ⓒ柬埔寨人.

Cam·bri·an [`kæmbrɪən; 'kæmbrɪən]《地質學》*adj.*, *n.* ⓤ寒武紀(的)《距今約五、六億年前》.

cam·bric [`kembrɪk; 'keɪmbrɪk] *n.* ⓤ細紡《白色、上等資料的綿或麻布》.

Cam·bridge [`kembrɪdʒ; 'keɪmbrɪdʒ] *n.* **1** 劍橋《英格蘭東南部的城市, 為 Cambridge 大學的所在地》. **2** 劍橋《美國 Massachusetts 的城市, 為 Harvard 大學的所在地》.

came [kem; keɪm] *v.* come 的過去式.

‡cam·el [`kæml; 'kæml] *n.* (*pl.* ~**s** [~z; ~z]) ⓒ《動物》駱駝.

cam·el-hair [`kæml,hɛr; 'kæmlheə(r)] *n.* = camel's hair.

ca·mel·lia, ca·me·lia [kə`mɛlɪə, -`milɪə, -ljə; kə'miːljə] *n.* ⓒ《植物》山茶(樹); 山茶花.

cámel's háir *n.* ⓒ駱駝毛; 駱駝毛織成的布.

Cam·em·bert [`kæməm,bɛr, -,bær; 'kæməmbeə(r)] *n.* ⓤ卡門培爾乳酪《原產於法國的軟乳酪》.

cam·e·o [`kæmɪ,o, `kæmjo; 'kæmɪəʊ] *n.* (*pl.* ~**s**) ⓒ凱米奧浮雕寶石《利用貝殼、瑪瑙等不同色彩的兩層所刻成的浮雕工藝品、裝飾品》.

‡cam·er·a [`kæmərə; 'kæmərə] *n.* (*pl.* ~**s** [~z; ~z]) ⓒ照相機, 攝影機; 電視攝影機. a still *camera* 靜態攝影機《與 movie camera 相對而言的普通照相機》/load film into a *camera* = load a *camera* (with film) 把底片裝進照相機.

in cámera 《文章》《審判》非公開地, 祕密地, 《原義為在(法官的)私人房間》.

cam·er·a·man [`kæmərə,mæn; 'kæmərəmæn] *n.* (*pl.* **-men** [-,mɛn; -men]) ⓒ《電影或電視的》攝影師. ★拍攝照片者稱 photographer.

Cam·e·roun, Cam·e·roon [ˌkæmə`run; ˌkæmə'ruːn] *n.* 喀麥隆《西非國家; 首都 Yaoundé》.

cam·i·sole [`kæmə,sol; 'kæmɪsəʊl] *n.* ⓒ女性穿著的無袖緊身衣, 女用短襯衣, 《常飾以花邊或緞帶的女用內衣》.

cam·o·mile [`kæmə,maɪl; 'kæməʊmaɪl] *n.* ⓤⓒ黃春菊《菊科草本植物; 花曬乾後可熬湯喝》.

cam·ou·flage [`kæmə,flɑʒ, `kæmu-; 'kæməflɑːʒ] *n.* ⓤⓒ **1**《軍事》偽裝, 保護色, 迷

彩，《欺敵用》．**2** 矇騙；掩飾．
— *vt.* 僞裝；掩飾．

‡camp[1] [kæmp; kæmp] *n.* (*pl.* ~**s** [~s; ~s]) **1** Ⓒ(軍隊，登山隊等的)**露營**，露營地；(露營用的)帳篷，小屋；Ⓤ**露營生活**．break [strike] *camp* 拔營/We made *camp* near the lake. 我們在這座湖附近紮營．
2 Ⓒ《美》(在山邊或海邊等避暑地舉辦的)育樂營，夏令營，《以青少年爲對象，兼具訓練和娛樂目的的戶外活動》．
3 Ⓒ(集合)朋友，同志，陣營．He and I were in the same *camp* then. 我和他當時是同一陣線的．
— *vi* 紮營，露營．
càmp óut 露營，露宿．*camp out* by the river 在河邊露營．
gò cámping 去露營．

camp[2] [kæmp; kæmp] *adj.* 《口》 **1** 〔男人(的動作)〕女性化的，忸怩作態的；同性戀的．
2 過分造作的．

‡cam·paign [kæm`pen; kæm'peɪn] *n.* (*pl.* ~**s** [~z; ~z]) Ⓒ **1** (爲了特定目的的)**一連串的軍事行動**，戰役．He was a hero of the African *campaign* in World War II. 他是第二次世界大戰中非洲戰役的英雄．
2 (社會的，政治的)**有組織的運動**，**選舉活動**．a *campaign against* tobacco 禁菸運動/launch an advertising *campaign* 開始一場宣傳活動/wage a *campaign* for women's rights 發起女權運動．
— *vi.* 參加競選活動等《*for*》；作戰；從軍．

cam·paign·er [kæm`penɚ; kæm'peɪnə(r)] *n.* Ⓒ(政治的，社會的)活動家，參加活動的人，競選者．

cam·pa·ni·le [,kæmpə`nilɪ; ,kæmpə'ni:lɪ] *n.* Ⓒ(獨立的)鐘樓．

cam·pan·u·la [kæm`pænjulə; kəm'pænjʊlə] *n.* Ⓒ《植物》風鈴草．

cámp bèd *n.* Ⓒ《英》折疊床，行軍床，(《美》cot)．

camp·er [`kæmpɚ; 'kæmpə(r)] *n.* Ⓒ露營者；《美》露營車．

[campanile]

camp·fire [`kæmp,faɪr; 'kæmp,faɪə(r)] *n.* Ⓒ營火，篝火；《美》(露營時的)營火晚會．

Cámp Fìre Gìrls *n.* (加 the)美國營火少女團《7-18 歲；其團員稱爲 cámpfire gìrl》．

camp·ground [`kæmp,graʊnd; 'kæmpgraʊnd] *n.* Ⓒ **1** 露營處，野營地．
2 《美》戶外佈道會場．

cam·phor [`kæmfɚ, `kæmpfɚ; 'kæmfə(r)] *n.* Ⓤ樟腦．

camp·site [`kæmp,saɪt; 'kæmpsaɪt] *n.* Ⓒ營地《設有廚房或衛生設備等》．

camp·stool [`kæmp,stul; 'kæmpstu:l] *n.* Ⓒ摺凳，摺椅．

‡cam·pus [`kæmpəs; 'kæmpəs] *n.* (*pl.* ~**·es** [~ɪz; ~ɪz]) **1** ⓊⒸ(學校，大學等的)**校園**．The dormitory is *on campus.* 宿舍在校園內/He lives *off campus.* 他住在校外．
2 Ⓒ《主美》大學，學院；大學分校．the Berkeley *campus* of the University of California 加州大學柏克萊分校．
3 《形容詞性》學校的，大學的．*campus* life 大學生活．

cam·shaft [`kæm,ʃæft, -,ʃaft; 'kæmʃɑ:ft] *n.* Ⓒ(汽車、摩托車的)凸輪軸．

‡can[1] [強 `kæn, 弱 kən, kn̩, kŋ; 強 kæn, 弱 kən, kn, kŋ] *aux. v.* (過去式 could)．

【◉發音和字形】
(1)當 can 置於句末，特別是強調意義時，發音爲強音[`kæn; kæn]: Do what you *can* [`kæn; kæn]. (做你所能做的事)/He thinks I can't do it, but I *can* [`kæn; kæn] do it. (他以爲我做不了，但我能做)．其他狀況通常用 [kn̩, kən; kn, kən]．
(2) can 的否定形式有 can not, cannot, can't．其中 cannot 最爲常用．但在《口》中通常用 can't [kænt; kɑ:nt] 來表示．

〖能夠〗 **1 能夠…，有…的能力**[權力，權利]．I *can* type 50 words a minute. 我一分鐘能打 50 個字/Bob *can* answer all the questions. 鮑伯能回答所有的問題/How *can* you (do this)? 你怎麼能(這樣做)?/This phone *can* be used wherever you like. 無論你在哪裡都可使用這支電話/*Can* you vote? 你有選舉權嗎?/I *can* examine it by right of my office. 我有職權檢查它/*Can* you speak French? 你會說法文嗎? (★這樣詢問對方的能力是不禮貌的，用 Do you speak...?的問法較適宜)．

【◉ can＋感官動詞】
can 和感官動詞 see, hear, smell, feel 等共用的情況時，「可能」的意義減弱，轉而表示「正在…」的狀態：I *can* see Mt. Jade. (我看到玉山)/I *can* smell the dinner cooking. (我聞到晚餐的香味)．
若指相對上較爲短暫的瞬間知覺時，則不用 can: I smell something burning. (我聞到一陣燒焦的味道)．→ could ◉．

2 《許可，命令，勸告》**能夠…，可以…；請做…**．You *can* smoke in this room. 你可以在這房間裡吸菸(語法 can 比 may 更常在《口》中表示許可的意思；→ may ◉)/*Can* I have some more milk? 我可以再要點牛奶嗎?/You *can* stop talking now. 現

在你可以閉嘴了/You *can't* go out. 你不可以出去（[語法]否定句中表示輕微的禁止）/You *can* speak English in the classroom. 教室中請說英語/Walk quietly, *can't* you? 腳步輕點，行嗎？

3《請求》(Can you...? 的形式)能…嗎？(★ Could you...? 的說法更有禮貌). *Can you* lend me $10? 你能借給我 10 美元嗎？

〖 有可能 〗 **4** (**a**)有可能…，有…的可能性. Sports *can* be dangerous if safety is ignored. 如果不注意安全，運動也可能會變得危險/Winter in New York *can* be very cold. 紐約的多天可能會很冷.

(**b**)《否定形式》不可能. That *cannot* be true. 那不可能是真的/You *can't* mistake it. 你不可能弄錯/He *cannot* have been there yesterday. 昨天他不可能去過那裡. [語法] (b)和(c)指過去發生的事時，用 can(not)+have+過去分詞.

(**c**)《疑問形式》可能…嗎? Can it really be mine? 那真是我的嗎？/Can the child have done this? 這孩子可能做出這種事嗎？

【◉ **can** 和 **be able to**】
(1)有必要用未來式和完成式表達時要轉換爲 be able to（→ able ◉(1)）.
(2)表示「能力」時，過去式用 could 易和假設語氣混淆，因此通常常用 was ［were］able to（→ able ◉(2), → could ◉).

---

as...as one *cán* → as 的片語.

as...as one *can bé* … 得不能再…. Some children are *as* bad *as* they *can* be while their parents are gone. 當父母親不在時有些孩子實在是壞透了.

cán but dó《文章》只能…. We *can but* wait for the results. 我們只能等候結果/We *can but* try. 我們只能姑且一試了.

cánnot but dó《文章》=*cánnot hélp bùt dó*（help 的片語）.

cánnot hélp dóing → help 的片語.

* *cánnot dò tóo...* 無論怎樣…也不算過分. We *cannot* praise him *too* highly for this. 這件事我們不論怎樣稱讚他都不爲過/I love work; you *can't* give me *too* much. 我喜歡工作，給我再多也沒關係.

*can² [kæn; kæn] *n.* (*pl.* ~s [~z; ~z]) ⃝ **1**《美》(馬口鐵)罐，罐頭，(《英》tin). a *can* of beef 一個牛肉罐頭. **2** (有把手、口、蓋的)裝液體的壺. a milk *can* 牛奶壺.
3 一罐(的量). two *cans* of beer 兩罐啤酒.
a càn of wórms《口》(隱藏至今的)困擾的事，困難的問題.
(*be*) *in the càn*《口》〔電影〕拍攝完成；〔契約等〕締結.
càrry the cán《主英、口》代人受過，背黑鍋.
— *vt.* (~s; ~ned; ~ning) **1**《美》把…裝成罐頭.

2《俚》錄音，錄影.

Can.《略》Canada; Canadian.

Ca·naan [ˈkenən; ˈkeɪnən] *n.*《聖經》迦南(即「應許之地」；現今 Palestine 的西部).

***Can·a·da** [ˈkænədə; ˈkænədə] *n.* 加拿大(大英國協成員國之一；首都 Ottawa).

***Ca·na·di·an** [kəˈnedɪən; kəˈneɪdjən] *adj.* 加拿大的；加拿大人的.
— *n.* (*pl.* ~s [~z; ~z]) ⃝ 加拿大人. French-speaking *Canadians* 說法語的加拿大人.

***ca·nal** [kəˈnæl; kəˈnæl] *n.* (*pl.* ~s [~z; ~z]) ⃝ 運河，水道. the Panama ［Suez］ *Canal* 巴拿馬［蘇伊士］運河.

[canal]

canál bòat *n.* ⃝ 運河船(狹長的).

ca·nal·ize [kəˈnælaɪz, ˈkænḷˌaɪz; ˈkænəlaɪz] *vt.*
1 在…開鑿運河［水道］.
2 把(水流，行爲等)引到一定的方向. *canalize* one's efforts into... 把心力投注於….

Canál Zòne *n.* (加 the)巴拿馬運河區.

ca·na·pé [ˈkænəpɪ; ˈkænəpeɪ] (法語) *n.* ⃝ 在餅乾或薄吐司上塗乳酪、肉、魚(的醬)等的餐前小菜.

ca·nard [kəˈnɑrd; kæˈnɑːd] (法語) *n.* ⃝ 虛報，謠言.

Ca·nar·ies [kəˈnɛrɪz, kəˈnerɪz; kəˈneərɪz] *n.* (加 the)(作複數)=Canary Islands.

***ca·nar·y** [kəˈnɛrɪ, kəˈneri; kəˈneərɪ] *n.* (*pl.* -nar·ies [~z; ~z]) **1** ⃝《鳥》金絲雀(原產於 Canary Islands). **2** ⃝ 鮮黃色(亦稱 canáry yèllow).

Canáry Íslands *n.* (加 the)加納利群島(在非洲西北方的海上，屬於西班牙管轄的群島).

Can·ber·ra [ˈkænbərə; ˈkænbərə] *n.* 坎培拉(澳大利亞首都).

can·can [ˈkænkæn; ˈkænkæn] (法語) *n.* ⃝ 康康舞(穿長裙的女人將腿踢高並掀動裙子的快速舞蹈).

*can·cel [ˈkænsɬ; ˈkænsl] *v.* (~s [~z; ~z]; 《美》~ed, 《英》~led [~d; ~d]; 《美》~ing, 《英》~ling) *vt.* **1** 取消〔約會，訂貨等〕；取消〔授課，演講等〕；中止. I *canceled* my appointment because of urgent business. 我因爲急事取消了約會/The meeting was *canceled*. 會議取消了/The 7:00 train was *canceled*. 七點那班火車取消了.
2 在〔郵票等〕蓋郵戳. Strangely, the stamp was not *canceled*. 真奇怪，這張郵票沒蓋到郵戳.
3《畫線》刪除，刪去.

4 銷帳，抵消，《*out*》. The losses have *canceled out* the profits. 損失和獲利抵消.
5 《數學》把〔共同項〕約去.
— *vi.* 〔數，額〕相互抵消《*out*》.

can·cel·la·tion [ˏkænsḷˋeʃən; ˌkænsəˈleɪʃn] *n.* [UC] **1** 取消；刪去. **2** 註銷印.

‡can·cer [ˋkænsɚ; ˈkænsə(r)] *n.* (*pl.* **~s** [~z; ~z]) **1** [UC] 癌. She died of stomach *cancer*. 她死於胃癌.
2 [C] (社會性的)毒害. Drug addiction is a *cancer* in modern society. 吸毒是現代社會的毒瘤.
3 《天文》(Cancer)巨蟹座；巨蟹宮《十二宮的第四宮；→ zodiac》；[C] 巨蟹座的人《於6月21日到7月22日之間出生的人》.

can·cer·ous [ˋkænsərəs, ˋkænsrəs; ˈkænsərəs] *adj.* 癌的，生癌的.

can·de·la·bra [ˏkændḷˋebrə; ˌkændɪˈlɑːbrə] *n.* candelabrum 的複數.

can·de·la·brum [ˏkændḷˋebrəm; ˌkændɪˈlɑːbrəm] *n.* (*pl.* **-bra, ~s**) [C] (樹枝狀的)大型燭臺.

[candelabrum]

***can·did** [ˋkændɪd, ˋkændəd; ˈkændɪd] *adj.* **1** 直率的，沒有隱瞞的. I hope you'll be *candid with* me. 我希望你對我坦白.
2 《限定》不擺姿勢的，自然不做作的. a *candid* shot 姿態自然的照片. ⇨ *n.* **candor.**

can·di·da·cy [ˋkændədəsɪ; ˈkændɪdəsɪ] *n.* [U] 《美》候選人的身分，參選資格. He announced his *candidacy for* the Senate. 他宣布競選參議員.

‡can·di·date [ˋkændəˏdet, -dɪt; ˈkændɪdət] *n.* (*pl.* **~s** [~s; ~s]) [C] **1** (議員等的)候選人，參選人，《*for*》. a presidential *candidate* 總統候選人/He's one of the *candidates* running for mayor. 他是競選市長的候選人之一/a *candidate for* the Nobel prize 諾貝爾獎候選人.
[搭配] *adj.*+candidate: a defeated ~ (落敗的候選人), a leading ~ (聲勢領先的候選人), a successful ~ (當選人) // *v.*+candidate: back a ~ (支援候選人), put up a ~ (推薦候選人).
2 申請或報名參加(考試等)的人；志願者. Only about twenty percent of the *candidates* are expected to pass this exam. 大概只有百分之二十的報名者會通過測驗.

can·di·da·ture [ˋkændədətʃɚ, -detʃɚ; ˈkændɪdətʃə(r)] *n.* 《英》=candidacy.

can·did·ly [ˋkændɪdlɪ, ˋkændədlɪ; ˈkændɪdlɪ] *adv.* **1** 直率地，明白地. **2** 《修飾句子》直率地說.

can·died [ˋkændɪd; ˈkændɪd] *adj.* **1** 拌糖的；糖煮的. **2** 只是表面的〔稱讚等〕.

can·dies [ˋkændɪz; ˈkændɪz] *n.* candy 的複數.

‡can·dle [ˋkændḷ; ˈkændl] (*pl.* **~s** [~z; ~z]) *n.* [C] 蠟燭. burn [light] a *candle* 點[點亮]蠟燭.
be nòt fít to hòld a cándle to... =cannot hold a candle to...
bùrn the [a] cándle at bòth énds 《口》過於勉強以致白費精力[金錢]，過度消耗體力.
cànnot hòld a cándle to... 《口》無法與…相比. My cooking *cannot hold a candle to* Mother's. 我燒的菜不能跟媽媽做的比.
nòt wòrth the cándle 《口》不值得；不划算.

can·dle·light [ˋkændḷˏlaɪt, ˋkændḷˏaɪt; ˈkændllaɪt] *n.* [U] **1** 燭光. **2** 薄暮，黃昏，(dusk).

can·dle·power [ˋkændḷˏpaʊɚ; ˈkændlˌpaʊə(r)] *n.* [U] 燭光《計算光線強度的單位》.

***can·dle·stick** [ˋkændḷˏstɪk; ˈkændlstɪk] *n.* (*pl.* **~s** [~s; ~s]) [C] 燭臺.

***can·dor** 《美》，**can·dour** 《英》 [ˋkændɚ; ˈkændə(r)] *n.* [U] 直率，正直；公正.
⇨ *adj.* **candid.**

‡can·dy [ˋkændɪ; ˈkændɪ] *n.* (*pl.* **-dies**) [UC] 《主美》糖果(《英》sweet)《以砂糖、糖漿為主要材料，混以巧克力、牛奶、果仁等煮硬的糖果的總稱；→ cake》. a piece of *candy* 一顆糖/Various kinds of *candy* are sold at the store. 那家店販賣各種糖果.
— *vt.* (**-dies; -died; ~·ing**)用糖煮；把…製成蜜餞.

can·dy·floss [ˋkændɪˏflɔs; ˈkændɪflɒs] *n.* [U] 《英》棉花糖(《美》cotton candy).

can·dy-striped [ˋkændɪˏstraɪpt; ˈkændɪstraɪpt] *adj.* 〔織物〕白和粉紅條紋相間的.

***cane** [ken; keɪn] *n.* (*pl.* **~s** [~z; ~z]) **1** [C] 手杖，拐杖. walk with a *cane* 撐拐杖走路.
2 [C] 笞條，藤條，《體罰用》. hit a boy with a *cane* 拿藤條打男孩. [同] cane 是細長棍狀；whip 在棍子的前端附有長(皮)鞭；crop 為騎士所用.
3 [C] (竹，蘆葦，藤等)細長的莖.
4 [U] (作為家具材料的)藤，竹等.
gèt the cáne 〔孩子等〕被罰捱棍子[藤條].
gìve...the cáne 用棍子處罰….
— *vt.* 用棍子[手杖]打.

cáne sùgar *n.* [U] 蔗糖《從甘蔗提煉的砂糖；→ beet sugar》.

ca·nine [ˋkenaɪn, kəˋnaɪn; ˈkeɪnaɪn] *adj.* 犬的；《動物》犬科的.
— *n.* [C] **1** 犬；犬科動物.
2 犬齒，尖牙(→ tooth [圖]).

cánine tòoth *n.* (*pl.* **— teeth**) =canine 2.

can·ing [ˋkenɪŋ; ˈkeɪnɪŋ] *n.* [UC] (作為處罰)鞭打，鞭笞.

can·is·ter [ˋkænɪstɚ; ˈkænɪstə(r)] *n.* [C] (通常指金屬的)小罐，小盒，《放咖啡、砂糖、麵粉等用》.

can·ker [ˋkæŋkɚ; ˈkæŋkə(r)] *n.* **1** [UC] 《醫學》口頰潰瘍；口壞疽. **2** [UC] 植物的癌腫病. **3** [C] 弊病；腐敗的原因.

can·ker·ous [ˋkæŋkərəs, ˋkæŋkrəs; ˈkæŋkərəs] *adj.* 似潰瘍的；使腐敗的，起腐蝕作用的.

教)視〔死者〕爲聖者(saint).

cā·non láw n. Ū教會法規.

cán ŏpener n. Ⓒ《主美》開罐器.

can·o·py [ˋkænəpɪ; ˈkænəpɪ] n. (pl. **-pies**) Ⓒ
1 華蓋, 罩篷,《裝在王座或床上的華蓋; 建築物入
口處等突出的門簷》. 2 罩篷狀物; 蒼穹. the *can-
opy* of the heavens 蒼穹.
— vt. (**-pies; -pied; ~ing**)把…用罩篷蓋住, 在
…上裝上罩篷.

[canopies 1]

canst [強ˋkænst, ˌkænst, 弱kənst; 強kænst, 弱
kənst] *aux. v.* 《古》=can《主詞爲第二人稱、單數
thou》.

cant[1] [kænt; kænt] n. Ū 1 僞善的言辭; 好聽
[敷衍]的話.
2 同伴間的通用語, 黑話, 行話,《只通用於特定行
業或團體中的語彙》. thieves' *cant* 竊賊間的黑話
《如把 jail 監獄)說成 jug》.

cant[2] [kænt; kænt] n. Ⓒ傾斜, 斜面.
— vt. 使…傾斜; 使…歪偏.
— vi. 傾斜.

can't [kænt; kɑːnt] cannot 的縮寫. I *can't*
run fast. 我跑不快.

Can·tab [ˋkæntæb; ˈkæntæb] n. =Cantabrig-
ian.

Can·ta·brig·i·an [ˌkæntəˋbrɪdʒɪən;
ˌkæntəˈbrɪdʒɪən] n. Ⓒ劍橋大學學生[畢業生].

can·ta·loupe [ˋkæntlˌop; ˈkæntəluːp] n. Ⓒ
甜瓜《一種麝香瓜; 原產於 Armenia》.

can·tan·ker·ous [kænˋtæŋkərəs, -krəs;
kənˈtæŋkərəs] adj. 好吵架的; 脾氣壞的.

can·tan·ker·ous·ly [kænˋtæŋkərəslɪ,
-krəslɪ; kənˈtæŋkərəslɪ] adv. 氣沖沖地.

can·ta·ta [kænˋtɑtə, kɑn-, -ˋtætə; kænˈtɑːtə]
n. Ⓒ《音樂》清唱劇, 大合唱,《以合唱爲主, 用管
弦樂伴奏, 具有情節內容的聲樂曲》.

can·teen [kænˋtin; kænˈtiːn] n. Ⓒ 1 《工廠,
學校等的》販賣部, 餐廳.
2 水壺; 《英》(裝在盒子裡的)餐具組.

can·ter [ˋkæntə; ˈkæntə(r)] n. Ⓒ (通常用單數)
馬的慢跑(→ gallop).
— vi. 慢跑前進.
— vt. 使慢跑前進.

Can·ter·bur·y [ˋkæntəˌbɛrɪ, ˋkæntə-;
ˈkæntəbərɪ] n. 坎特伯里《英格蘭東南部 Kent 的城
市; 英國國教的總教區位於此; Archbishop of
Canterbury 是英國國教會中地位最高的神職人
員》.

---

can·na [ˋkænə; ˈkænə] n. Ⓒ(植物)美人蕉《原
產於熱帶地方》.

can·na·bis [ˋkænəbɪs; ˈkænəbɪs] n. Ū〔植物〕
印度大麻; 從印度大麻中提製的一種毒品.

****canned** [kænd; kænd] adj. 1 罐頭的《英》
tinned), 《美》瓶裝的. *canned* foods 罐頭食品.
2 《俚》《常表輕蔑》錄音[錄影]的〔音樂等〕(↔
live[2]). *canned* music 罐頭音樂(唱片音樂等).

can·ner·y [ˋkænərɪ; ˈkænərɪ] n. (pl. **-ner·ies**)
Ⓒ罐頭工廠.

Cannes [kæn, kænz; kæn] n. 坎城《濱地中海的
法國休閒勝地; 以國際影展馳名》.

can·ni·bal [ˋkænəbl; ˈkænɪbl] n. Ⓒ 1 吃人者,
食人族. 2 同類相食的動物.

can·ni·bal·ism [ˋkænəblˌɪzəm;
ˈkænɪbəlɪzəm] n. Ū食人的風俗; 殘忍的行爲.

can·ni·bal·is·tic [ˌkænəblˋɪstɪk,
ˌkænɪbəˈlɪstɪk] adj. 食人的; 同類相食的.

can·ni·ly [ˋkænɪlɪ; ˈkænɪlɪ] adv. 精明地; 思慮
周密地, 小心謹慎地.

can·ni·bal·ize [ˋkænəblˌaɪz; ˈkænɪbəlaɪz]
vt. 《口》拆取〔機器〕的零件(用來修理別的機器等).

****can·non** [ˋkænən; ˈkænən] n. (pl. **~s** [~z; ~z],
~) Ⓒ 1 (常作集合) (放在砲座、砲架上的)大砲《現
今通稱爲 gun; → gun 圖》.
2 (飛機裝配的)20 毫米機關砲.
— vi. 《英》激烈地撞擊(into).

can·non·ade [ˌkænənˋed; ˌkænəˈneɪd] n. Ⓒ
連續砲擊.
— vt. 連續砲擊….

can·non·ball [ˋkænənˌbɔl; ˈkænənbɔːl] n. Ⓒ
(舊式的)球形砲彈.

****can·not** [ˋkænət, kæˋnɑt, kəˋnɑt, ˋkænət;
ˈkænɒt] can not 的連寫(→can't).

can·ny [ˋkænɪ; ˈkænɪ] adj. 1 精明的(shrewd),
機敏的. 2 小心謹慎的.

****ca·noe** [kəˋnu; kəˈnuː] n. (pl. **~s** [~z; ~z]) Ⓒ獨
木舟《和 kayak 不同, 用 paddle 划行; → kayak
圖》; 輕舟. paddle a *canoe* 划獨木舟.
— v. (**~s; ~d; ~ing**) vi. 搭獨木舟走; 乘獨木舟.
— vt. 乘獨木舟渡過〔運送〕….

ca·noe·ist [kəˋnuɪst; kəˈnuːɪst] n. Ⓒ划獨木舟
的人.

can·on [ˋkænən; ˈkænən] n. Ⓒ 1 (教會制定的)
法規, 教規.
2 規範, 準則. Free speech is a *canon* of democ-
racy. 言論自由是民主的準則.
3 (聖經的)正典, 眞經, (↔ Apocrypha); (某作
家的)眞實作品(目錄).
4 (音樂)卡農(一種對位法).

ca·non·i·cal [kəˋnɑnɪk, kəˈnɒnɪkl] adj.
1 依照[符合]教會法規的. 2 有權威的; 正統的.

can·on·i·za·tion [ˌkænənəˋzeʃən, -aɪˋz-;
ˌkænənaɪˈzeɪʃn] n. Ū加入聖者行列.

can·on·ize [ˋkænənˌaɪz; ˈkænənaɪz] vt. (基督

can·ti·cle [ˋkæntɪk]; ˈkæntɪkl] n. ⓒ 聖歌；讚美詩，頌歌，(通常以聖經的詞句譜曲；做禮拜時唱)。

can·ti·le·ver [ˋkænt],ɛvɚ, ˋkænt],ivɚ; ˈkæntiliːvə(r)] n. ⓒ《建築》懸臂樑(一端固定於牆或柱上，另一端向外伸出用以支撐平檯等的樑)。

cántilever brídge n. ⓒ懸臂橋。

[cantilever bridge]

can·to [ˋkænto; ˈkæntəʊ] n. (pl. ~s) ⓒ (長詩的)篇章(相當於散文的 chapter)。

Can·ton [kænˋtɑn; ˌkænˈtɒn] n. 廣東《中國東南部海港；廣東省省會》。

can·ton [ˋkæntən, -tɑn, kænˋtɑn; ˈkæntɒn] n. ⓒ (瑞士聯邦的)州，(法國的)市區，鎮，村，(為 department 4 下一級的行政區域)。

Can·ton·ese [ˌkæntəˋniz; ˌkæntəˈniːz] adj. 廣東的；廣東話的。
— n. 1 ⓒ 廣東人。 2 ⓤ 廣東話。

can·tor [ˋkæntɔr, -tɚ; ˈkæntɔː(r)] n. ⓒ 唱詩班的領唱者。

Ca·nute [kəˋnut, kəˋnɪut, kəˋnjut; kəˈnjuːt] n. 喀奴特(994?-1035)《丹麥國王；亦曾過英國國王》。

***can·vas** [ˋkænvəs; ˈkænvəs] n. (pl. ~es [~ɪz; ~ɪz]) 1 ⓤ (製帳篷、船帆、布袋等的)帆布料，帆布，麻布。 canvas shoes for tennis 打網球穿的帆布鞋。
2 (加 the)拳擊的比賽場地(鋪有帆布的拳擊場地板)。
3 ⓒ (油畫用的)畫布；油畫。 What a lovely canvas! 多麼美的油畫啊！
under cánvas (1)揚帆的，航海中。
(2)在帳篷中，在露營。

can·vass [ˋkænvəs; ˈkænvəs] vt. 1 在〔某地區〕遊說；奔走於〔地區〕拜託〔居民〕(for 請求…)。 canvass the area for votes in the next election 為即將舉行的選舉活動而於該地區奔走拜票〔參考〕英美在選舉時常挨家挨戶地拉票)。
2 檢查；徹底地討論。
— vi. 1 從事競選活動(for 為了…)；巡迴聽取意見，拜託。 canvass for a Liberal candidate 為自由黨候選人助選。
2 詳細地調查。
— n. ⓒ 1 競選活動；遊說。 2 檢討；民意調查。

can·vass·er [ˋkænvəsɚ; ˈkænvəsə(r)] n. ⓒ 助選員。

***can·yon** [ˋkænjən; ˈkænjən] n. (pl. ~s [~z; ~z]) ⓒ (兩岸聳立，通常有河水流經其間的)峽谷。

can·zo·ne [kænˋzoni; kænˈtsəʊni] (義大利語) n. (pl. -zo·ni [-ni; -nɪ]) ⓒ《音樂》坎佐尼《一種義大利民謠》。

C

‡**cap** [kæp; kæp] n. (pl. ~s [~s; ~s]) ⓒ 1 (無帽簷的)帽子(→ hat 圖)；(與制服成套的)帽子。 The driver tipped his cap. 那名司機微舉著帽子打招呼。 2 (鋼筆等的)筆套；(瓶子等的)蓋子。
càp in hánd 脫了帽地；卑躬屈膝地。 I'm not going to him cap in hand begging for a job. 我不打算卑躬屈膝地去找他求職。
If the càp fíts, wéar it. 若認為外界的批評與自己的行為相符，就當成是對自己的諍言。
sèt one's cáp for [《英》at]... 《口》〔女子〕追求〔男子〕，〔女子〕引誘〔男子〕，(源於為吸引男性目光而重新戴帽子)。
— vt. (~s; ~ped; ~·ping) 1 使戴上帽子；把…蓋上蓋子。
2 (雪等)覆蓋…的頂。 a mountain capped with snow 白雪皚皚的山。
3 勝過(別人的笑話等)；超過。 He always caps a joke of mine with one better. 我每說一個笑話，他都會有一個更好的笑話。
to càp it áll 到最後，更有甚者。 I lost my money and my tickets and then, to cap it all, I had my passport stolen. 我掉了錢和機票，甚至連護照也被偷了。

●──與 CAP 相關的用語	
madcap	魯莽的人
redcap	(火車站的)腳夫；憲兵
handicap	殘障
fool's cap	小丑的帽子
nightcap	睡帽
icecap	冰帽，常年不化之冰
kneecap	護膝

cap. (略) capital city; capital letter.

ca·pa·bil·i·ty [ˌkepəˋbɪlətɪ, ˌkeɪpəˈbɪlətɪ] n. (pl. -ties) ⓤⓒ 1 能力，才能，(of doing, to do)。 His capability of making [to make] a fortune became evident. 他賺錢的本領顯露出來了／ That is a project beyond [above] my capabilities. 那是個超出我能力的計畫。
2 力量，資格，(for 對於…)。 His capability for this job is not in question. 他擔任這份工作的能力毋庸置疑。
3 (capabilities)(將會有所成就的)素質，潛力。 The student has great capabilities. 那學生素質很好。
〔同〕 ability 指經過努力、訓練而得到的(普通以上的)能力、才能；capability 指能達到普通程度要求的實際能力、素質，多指天生的才能。

‡**ca·pa·ble** [ˋkepəbl; ˈkeɪpəbl] adj. 1 有能力的，有〔顯示出〕力量的。 a capable student 表現優異的學生／a capable businessman 能幹的生意人／My secretary is very capable. 我的祕書能力很強。
2 (用 capable of...)有…的能力，能夠…。 He is capable of leadership. 他有領導能力／She is not

C

capable of making her own decisions. 她沒有自己做決定的能力/This machine is *capable of* making 30 copies a minute. 這部機器一分鐘可以複製30 份。

3 《敍述》有可能性的(*of*)，做得出的；不當一回事地做的，做得…的，(*of*). The situation is still *capable of* improvement. 這情況仍有改善的可能/He's *capable of* wickedness of any kind. 他有可能做出任何壞事。

⇔ *n.* **capability**. ≒ **able, competent**.

ca·pa·bly [`kepəblɪ; ˈkeɪpəblɪ] *adv.* 巧妙地；能幹地。

ca·pa·cious [kə`peʃəs; kəˈpeɪʃəs] *adj.* 《文章》〔房間等〕寬敞的，容量大的。

*＊**ca·pac·i·tor** [kə`pæsətə; kəˈpæsitə(r)] *n.* Ⓒ 電容器。

*＊**ca·pac·i·ty** [kə`pæsətɪ; kəˈpæsitɪ] *n.* (*pl.* **-ties** [~z; ~z]) **1** 回U 容量，容積；可容力，包容力。a tank with a *capacity* of 60 liters 容量 60 公升的水槽/The new theater has a seating *capacity* of 400. 這家新戲院有 400 個座位/This elevator's *capacity* is ten. 這電梯可載 10 人。

2 回U 能力，才能，力量，(*to do; for, of*)。He has a *capacity* for leadership. 他具備領導才能/He has no *capacity* to be a teacher. 他沒有當教師的能力/This book is within the *capacity* of young readers. 這本書是年輕讀者可以瞭解的。 回 capacity 主要指潛在的接受能力。→ capability。

3 Ⓒ 資格，立場。Mr. Brown was acting in the *capacity* of ambassador. 布朗先生係以大使的身分行動。 [語法] of 後面的名詞通常省略冠詞。

4 Ⓒ 《用單數》生產力，生產能力。Our factories are working at full *capacity*. 我們的工廠正以最高的生產力運作。

5 《形容詞性》客滿的，達到容納限度的。a *capacity* audience 客滿。

filled [*packed*] *to capácity* 客滿地〔的〕。The theater was *filled to capacity* for the performance. 這次演出劇場內座位無虛席。

*＊**cape**¹ [kep; keɪp] *n.* (*pl.* ~**s** [~s; ~s]) Ⓒ **1** 岬(→ geography 圖)。

2 (the *Cape*)＝Cape of Good Hope。

cape² [kep; keɪp] *n.* Ⓒ 斗篷；披肩，披風。

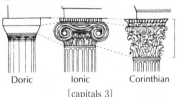
[cape²]

Cape Ca·nav·er·al [`kepkə`nævərəl; ˌkeɪpkəˈnævərəl] *n.* 卡拉維爾角《在美國 Florida, 登月火箭等的發射基地》。

Cape Cód 科德角，鱈魚角，《美國 Massachusetts 東南部的海岬》。

Cape Hórn 合恩角《南美洲最南端；屬智利領土》。

Cape of Good Hope *n.* (加 the)好望角《非洲南端的海岬》。

ca·per [`kepɚ; ˈkeɪpə(r)] *vi.* 戲謔，嬉戲；歡鬧。The children *capered* about the garden. 孩子們在花園裡嬉戲。

— *n.* Ⓒ 嬉戲，雀躍；玩笑，惡作劇。

cut cápers [*a cáper*] 嬉戲；惡作劇。

Cape·town [`kep`taʊn, -ˌtaʊn; ˈkeɪptaʊn] *n.* 開普敦《南非共和國南端的港市》。

Cape Vérde [-`vɝd; -vɜːd] *n.* 維得角群島《由非洲 Senegal 西方的群島組成的共和國；首都 Praia》。

cap·il·lar·i·ty [ˌkæpl̩`ærətɪ; ˌkæpɪˈlærətɪ] *n.* 回U 《物理》毛細管現象。

cap·il·lar·y [`kæpl̩ˌɛrɪ; kəˈpɪlərɪ] *n.* (*pl.* **-lar·ies**) Ⓒ 毛細管《亦稱 cápillary tùbe》。

— *adj.* 毛細管的；毛狀的。

cápillary áction *n.* Ⓤ 《物理》毛細管作用〔現象〕。

*＊**cap·i·tal** [`kæpət̩; ˈkæpɪtl] *adj.* 《主限定》 〖居首的〗 **1** 大寫字母的。

〖首位的〗 **2** 主要的，重要的；首位的。This is a matter of *capital* importance. 這是最重要的事/Honesty is a *capital* virtue. 誠實是最重要的美德。

3 《英》極佳的，第一流的。*Capital*! 好極了！/(A) *capital* idea! 極好的主意！

〖搶占的，資本的〗 **4** 資本的，本金的。*capital* gains 資本利得《有價證券，不動產等賣出所得之收益》/*capital* investment 資本投資。

〖攸關生死的〗 **5** 可處死刑的；生死攸關的。a *capital* offense 死罪。

6 致命的；重大的。a *capital* error 重大的錯誤。

— *n.* (*pl.* ~**s** [~z; ~z]) 〖首位的東西〗 **1** Ⓒ 首都，首府。Rome is the *capital* of Italy. 羅馬是義大利的首都。

2 Ⓒ 大寫字母。Begin a sentence with a *capital*. 句子的開頭要用大寫字母/Write your name in capitals. 用大寫字母寫下你的名字。

3 Ⓒ 《建築》柱頭《圓柱的頂端》。

Doric　　Ionic　　Corinthian

[capitals 3]

〖成為本錢的東西〗 **4** 回U 資本《金》，本金。The company has a *capital* of £500,000. 這家公司有 50 萬英鎊的資金/*capital* and interest 本金和利息。

5 Ⓤ 《常 Capital》資本家，資方。*capital* and labor 資本〔家〕和勞動〔者〕，勞資。

màke cápital (*out*) *of...* 利用…。In getting her present job, she *made capital of* her father's connections. 她利用她父親的關係得到她現在的工作。

cãpital cíty n. ⓒ首都.

cap·i·tal·ism [`kæpət], ɪzəm; 'kæpɪtəlɪzəm] n. ⓤ資本主義.

cap·i·tal·ist [`kæpət]ɪst; 'kæpɪtəlɪst] n. ⓒ(常輕蔑)資本家; 富豪.
— adj. 資本主義的. the *capitalist* system 資本主義制度.

cap·i·tal·is·tic [ˌkæpɪt]`ɪstɪk; ˌkæpɪtə,lɪstɪk] adj. 資本主義的; 資本家的.

cap·i·tal·i·za·tion [ˌkæpət]ə`zeʃən, -aɪʒz-; ˌkæpɪtəlaɪ'zeɪʃn] n. ⓤ 1 投資.
2 大寫字母的使用.

cap·i·tal·ize [`kæpət],aɪz; 'kæpɪtəlaɪz] vt. 1 用大寫字母書寫[印刷]; 用大寫字母開始[一個字]. 2 將…資本化, 把[物品, 資產]變為現金.
— vi. 利用(on). He *capitalized on* every opportunity to learn from the great scholar. 他利用每一個機會向偉大的學者學習.

cãpital létter n. ⓒ頭一個字母, 大寫字母, (↔ small letter).

cãpital púnishment n. ⓤ死刑.

cap·i·ta·tion [ˌkæpə`teʃən; ˌkæpɪ'teɪʃn] n. ⓒ人頭稅.

***Cap·i·tol** [`kæpət]; 'kæpɪtl] n. 1 (古羅馬的)卡匹托山神殿.
2 (加 the) (美國的)國會大廈(英國的議會大廈是 the Houses of Parliament; → District of Columbia 圖). ⓒ (capitol) (美國的)州議會大廈.

Cãpitol Híll n. 國會山莊(華盛頓市的一區, 美國國會大廈所在地, 有時亦指國會本身).

ca·pit·u·late [kə`pɪtʃə,let; kə'pɪtʃʊleɪt] vi. (有條件地)投降. 🔲 無條件投降是 surrender.

ca·pit·u·la·tion [kə,pɪtʃə`leʃən; kə,pɪtʃʊ'leɪʃn] n. 1 ⓤ(有條件的)投降. 2 ⓒ要點, 摘要.

ca·pon [`kepɑn, `kepən; 'keɪpən] n. ⓒ(已被閹割的)食用雞.

***ca·price** [kə`pris; kə'priːs] n. (pl. **~·prìc·es** [~ɪz; ~ɪz]) ⓤⓒ反覆無常的(行動); 喜怒無常. He was worried by his wife's *caprices*. 他擔心著妻子的喜怒無常.

ca·pri·cious [kə`prɪʃəs; kə'prɪʃəs] adj. 反覆無常的, 喜怒無常的; [天氣等]變化無常的, 易變的. *capricious* weather 多變的天氣.

ca·pri·cious·ly [kə`prɪʃəslɪ; kə'prɪʃəslɪ] adv. 善[多]變地.

ca·pri·cious·ness [kə`prɪʃəsnɪs; kə'prɪʃəsnɪs] n. ⓤ反覆無常, 善變.

Cap·ri·corn [`kæprɪ,kɔrn; 'kæprɪkɔːn] n. (天文)山羊座, 摩羯宮(十二宮的第十宮; →zodiac). ⓒ摩羯座的人(於12月22日至1月19日之間出生的人).

caps. (略) capital letters.

cap·size [kæp`saɪz; kæp'saɪz] vt. 使[船等]傾覆, 翻倒. Be careful or you'll *capsize* the boat! 小心點, 不然你會把船弄翻!
— vi. 傾覆, 翻倒.

cap·stan [`kæpstən; 'kæpstən] n. ⓒ 1 絞盤(起錨用的轆轤).

2 (錄音機的)轉軸.

cap·sule [`kæps], `kæpsjul; 'kæpsjuːl] n. ⓒ 1 (藥的)膠囊, 一劑膠囊的份量. She took the *capsule* and went to sleep. 她服了膠囊然後去睡覺. 2 (火箭的)太空艙. 3 (植物)莢(果實成熟時即行裂開); 蒴果.

[capstan 1]

Capt. (略) Captain.

***cap·tain** [`kæptɪn, `kæptn̩; 'kæptɪn] n. (pl. **~s** [~z; ~z]) ⓒ 1 長; 首領; 領袖; (leader, chief). a *captain* of industry 工業界的領袖, 大企業家. 2 船長; 艦長; 機長.

[capsules]

3 陸軍上尉(在 major (少校)之下, first lieutenant (中尉)之上); 海軍上校(在 commodore (准將)之下, commander (中校)之上).
4 (隊伍的)領隊, 隊長. act as *captain* of a baseball team 擔任棒球隊的隊長.
5 (美)(警察, 消防等管轄區的)隊長(次於 inspector).
— vt. 任…的領袖[首領, 隊長]; 率領(lead).
字源 CAPT「頭」: *captain*, *capital* (主要的), *chapter* (章), de*capit*ate (殺頭).

cap·tion [`kæpʃən; 'kæpʃn] n. ⓒ 1 (評論, 報導, 插圖等的)標題.
2 (標示於照片上方或下方的)說明文字.
3 (一般 captions) (電影, 電視的)字幕; (電影, 電視中情節, 場所等的)說明字幕; (subtitle). an Italian film with English *captions* 附英文字幕的義大利影片.

cap·tious [`kæpʃəs; 'kæpʃəs] adj. (文章)吹毛求疵的; 好講歪理的.

cap·tious·ly [`kæpʃəslɪ; 'kæpʃəslɪ] adv. 吹毛求疵地.

cap·ti·vate [`kæptə,vet; 'kæptɪveɪt] vt. 使入迷, 迷惑, (with).

cap·ti·va·tion [ˌkæptə`veʃən; ˌkæptɪ'veɪʃn] n. ⓤ迷惑.

cap·tive [`kæptɪv; 'kæptɪv] n. ⓒ俘虜; 為…著迷的人. I was a *captive* for three years in Siberia. 我在西伯利亞當了三年俘虜.
— adj. 被俘的; 被(魅力等)迷住的.
hòld a pèrson cáptive 拘禁某人成為俘虜[為…著迷]. I was *held captive* by his strong personality. 我為他強烈的個性而著迷.

cãptive áudience n. ⓤ「被捕的聽眾」(被迫去聽的人們; 搭乘播放嘈雜音樂之公車的乘客等).

cap·tiv·i·ty [kæp`tɪvətɪ; kæp'tɪvətɪ] n. ⓤ被

C

捕(的狀態)，監禁．a lion in *captivity* 被關起來的獅子/He is held in *captivity* as a political prisoner. 他以政治犯的身分被監禁起來．

cap‧tor [ˈkæptɚ; ˈkæptə(r)] *n.* ⓒ《文章》俘虜者，捕獲者．

***cap‧ture** [ˈkæptʃɚ; ˈkæptʃə(r)] *vt.* (~s [~z; ~z]; ~d [~d; ~d]; -tur‧ing [-tʃərɪŋ; -tʃərɪŋ]) **1** 捕獲，俘虜(人等)；逮捕．They *captured* foxes with snares. 他們用陷阱捕捉狐狸．圖capture 表示克服比 catch 更大的抵抗和困難；→ catch．

2 獲得，吸引(人心，關心等)．The beauty of the poem *captured* her heart. 那首詩的美深深地吸引了她．

3 捕捉(氣氛，美等)；在(畫面，文章等)上再現．The scene is vividly *captured* on film. 那景致栩栩如生地被拍攝下來．

4 攻占，攻陷，(敵地，要塞等)．The army *captured* the town. 軍隊攻占了那城鎮．

—— *n.* (*pl.* ~s [~z; ~z]) **1** ⓤ(被)捕獲；逮捕．the *capture* of a robber 強盜的逮捕．

2 ⓒ捕獲物；俘虜．

***car** [kɑr; kɑ(r)] *n.* (*pl.* ~s [~z; ~z]) ⓒ **1** 車，汽車，(★與 automobile (美)，motorcar (英)相對的日常用語)．buy a new [used] *car* 買新[中古]車/drive a *car* 開車．

圖配 *v.*+car: back a ~ (倒車)，get in(to) a ~ (坐進汽車)，get out of a ~ (下車)，park a ~ (停車)，stop a ~ (把車(暫時)停住)．

2 電車(streetcar (美)，tramcar (英)等的略稱)．

3 (美)(鐵路的)列車；客車車廂((英) carriage)；貨車．The train is made up of fifteen *cars*. 那列火車由十五節車廂組成/a passenger *car* 客車車廂/a dining *car* 餐車/a sleeping *car* 臥車．

4 (電梯的)座廂(cage)；(飛艇，氣球的)座艙；(纜車的)車廂．

by cár 乘車．We traveled around the country *by car*. 我們乘車在國內旅行．

●——與 CAR 相關的用語	
racing car	賽車
cable car	纜車；(有電纜的)市區電車
patrol car	巡邏警車
tramcar	市區電車(英)
sleeping car	臥車
streetcar	市區電車(美)
sidecar	側車
dining car	餐車
smoking car	吸菸車廂
sports car	跑車
trolley car	市區電車(美)

ca‧rafe [kəˈræf; kəˈrɑːf] *n.* (*pl.* ~s) ⓒ玻璃瓶(玻璃製的瓶子；裝水、酒等，置於餐桌上)．

car‧a‧mel [ˈkærəml; ˈkærəmel] *n.* **1** ⓒ牛奶糖(糖果)．**2** ⓤ焦糖(由砂糖煮成的深咖啡色液體)．

car‧a‧pace [ˈkærəˌpes; ˈkærəpeɪs] *n.* ⓒ(龜等的)硬殼，背甲，(蟹、蝦等的)甲殼．

[carafe]

car‧at [ˈkærət; ˈkærət] *n.* ⓒ **1** 克拉(寶石的重量單位；五分之一克)．

2 K(黃金純度的單位；純金為 24 carats)．

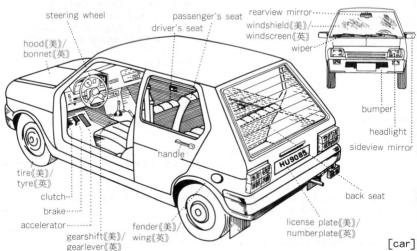

steering wheel　passenger's seat　rearview mirror
driver's seat　windshield(美)/windscreen(英)　wiper
hood(美)/bonnet(英)
handle
bumper
headlight
sideview mirror
tire(美)/tyre(英)
clutch
brake
accelerator
fender(美)/wing(英)
gearshift(美)/gearlever(英)
license plate(美)/numberplate(英)
back seat

[car]

C

***car·a·van** [ˋkærəˌvæn; ˈkærəvæn] n. (pl. ~s [~z; ~z]) © **1** (往返於沙漠等的)商隊. **2** 旅行車隊. **3** (英)活動房屋((美) trailer).

car·a·van·se·rai [ˌkærəˋvænsəˌraɪ, -ˌre; ˌkærəˋvænsərai] n. © 商隊客棧(特指近東地區建有大型中庭的簡樸旅館).

car·a·way [ˋkærəˌwe; ˈkærəwei] n. Ü 葛縷子, 知蘭芹, ((繖形科草本植物));葛縷子的種子((香辣調味料).

car·bide [ˋkɑrbaɪd, -bɪd; ˈkɑːbaid] n. Ü 碳化物, 碳化鈣.

car·bine [ˋkɑrbaɪn; ˈkɑːbain] n. © 卡賓槍(從前指槍身短的騎兵槍;現今指自動步槍).

car·bo·hy·drate [ˌkɑrboˋhaɪdret, ˌkɑːbəʊˈhaidreit] n. ÜC (化學)碳水化合物, 醣類.

car·bol·ic acid [kɑrˋbɑlɪkˋæsɪd; kɑːˈbɔlikˈæsid] n. Ü (化學)石碳酸, 酚.

***car·bon** [ˋkɑrbən, -bən; ˈkɑːbən] n. (pl. ~s [~z; ~z]) **1** Ü (化學)碳(元素符號 C).
2 = carbon copy.
3 = carbon paper.

car·bon·ate [ˋkɑrbəˌnet; ˈkɑːbəneit] vt. (化學)使碳酸鹽化;以二氧化碳溶於水[作飲料](使成為蘇打水般的東西). carbonated drinks碳酸飲料.
── [-nɪt, -ˌnet; -nit] n. ÜC 碳酸鹽. carbonate of soda 碳酸蘇打.

carbon cópy n. © **1** 用複寫紙寫出來的副本. **2** 一模一樣的人[物]. He's a carbon copy of his father. 他和他父親一模一樣.

cárbon dáting n. Ü (依據放射性碳含量多寡來鑑定年代的)碳測定法.

carbon dióxide n. Ü (化學)二氧化碳.

car·bon·if·er·ous [ˌkɑrbəˋnɪfərəs; ˌkɑːbəˈnifərəs] adj. 煤炭的, 含煤炭的.

car·bon·ize [ˋkɑrbənˌaɪz; ˈkɑːbənaiz] vt. **1** 使碳化;燒成炭. **2** 給⋯塗上炭.

cárbon monóxide n. Ü (化學)一氧化碳.

cárbon páper n. ÜC 複寫紙.

car·boy [ˋkɑrbɔɪ; ˈkɑːbɔi] n. (pl. ~s) © 裝在木箱[木框]內的大型玻璃[塑膠]瓶(裝硫酸等用).

car·bun·cle [ˋkɑrbʌŋkl; ˈkɑːbʌŋkl] n. ©
1 (醫學)癰, 疔, (臉, 頭, 臀部, 腿等處長出的惡性腫疱). **2** 深紅色的寶石; (特指)紅寶石.

car·bu·ret·or (美), **car·bu·ret·tor** (英) [ˋkɑrbəˌretə, -bjə,ˌretə; ˌkɑːbəˈretə(r)] n. © (機械)化油器.

car·cass, car·case [ˋkɑrkəs; ˈkɑːkəs] n. © **1** (獸的)屍體, 屍骸.
2 (俚)(輕蔑)(人的)身軀. Get your carcass out of here! 滾出去!
3 (口)(船, 建築物等的)殘骸.

car·cin·o·gen [kɑrˋsɪnədʒən, -dʒɪn, ˋkɑrsənə-; kɑːˈsinədʒən] n. © (醫學)致癌物.

car·cin·o·gen·ic [ˌkɑrsənəˋdʒɛnɪk; ˌkɑːsinəˈdʒenik] adj. 致癌的.

***card**[1] [kɑrd; kɑːd] n. (pl. ~s [~z; ~z]) © **1** (通常指厚紙製的)卡, 卡片; 明信片(postcard);賀卡, 請束;名片;信用卡. an invitation card 請束/a greeting card(生日, 聖誕節等的)賀卡/a membership card 會員證.
2 撲克牌, 紙牌, (playing card) (★英語的 trump 是指「王牌」). a pack (英) [deck (主美)] of cards 一副紙牌/deal the cards 分牌/shuffle the cards 洗[切]牌.
3 (cards)(通常單數)紙牌遊戲. We played cards after dinner. 我們晚飯後玩紙牌.
4 目錄表;節目表[單]. **5** (口)好玩的人[物].
one's bést cárd (議論中等)絕招, 祕訣, 王牌.
hàve a cárd up one's sléeve (口)胸有成竹.
in the cárds (美, 口)很可能的;很可能發生的. A trip to England just isn't in the cards for this year. (我)今年不太可能有英國之行.
lày one's cárds on the táble 攤牌; 把計畫全盤托出.
on the cárds (英, 口)= in the cards.
plày one's cárds wéll [ríght] 處理得當. If you play your cards right, you may get a promotion this year. 如果你處理得當, 你今年可望晉升.
pùt one's cárds on the táble = lay one's cards on the table.

card[2] [kɑrd; kɑːd] n. © 梳子, 梳毛機, ((紡紗前把羊毛、棉等加以梳理的機器).
── vt. 用梳子梳整⋯.

***card·board** [ˋkɑrdˌbord, -ˌbɔrd; ˈkɑːdbɔːd] n. Ü 紙板, 厚紙板. a cardboard box 紙箱.

cárd càtalog n. © (圖書館的)卡片式目錄.

cárd gàme n. © 紙牌遊戲.

car·di·ac [ˋkɑrdɪˌæk; ˈkɑːdiæk] adj. (醫學)心臟(病)的.

car·di·gan [ˋkɑrdɪgən; ˈkɑːdigən] n. © 開襟式羊毛衫.

car·di·nal [ˋkɑrdnəl; ˈkɑːdinl] adj. **1** 極其重要的; 基本的, 主要的. This is of cardinal importance. 這是非常重要的事/This is the cardinal point of the whole issue. 這是整個問題的基本要點. **2** 深紅色的, 緋紅色的.
── n. **1** © 樞機主教(羅馬天主教中 70 位最高顧問團的成員之一, 得互選為教皇(pope);穿戴深紅色法袍及帽子).
2 © 紅冠鳥(產於北美的雀形目雀科鳴禽;雄鳥羽色鮮紅). **3** © 深紅色(→見封面裡).
4 = cardinal number.

cárdinal númber n. © 基數.

cárdinal póints n. (作複數)(加 the)基本方位(north, south, east, west; 照此順序稱呼; → south 表).

cárdinal vírtues n. (作複數)(加 the)基本德性[道德](西方人自古以來所認定的justice(公正), temperance(節制), prudence(或 wisdom)(賢明), fortitude(或 courage)(堅毅)四種德性).

cárd ìndex n. © 卡片式索引.

car·di·o·gram [ˋkɑrdɪəˏgræm; ˈkɑ:dɪəʊˏgræm] n. © 心電圖.

card·phone [ˋkɑrdˏfon; ˈkɑ:dfəʊn] n. © 卡式電話(機)《使用電話卡的電話》.

card·sharp, card·sharp·er [ˋkɑrdˏʃɑrp; ˈkɑ:dˏʃɑ:p], [ˋkɑrdˏʃɑrpɚ; ˈkɑ:dˏʃɑ:pə(r)] n. © 玩紙牌行騙者, 老千.

✻care [kɛr, kær; keə(r)] n. (pl. ~s [~z; ~z])
【掛念】**1** (a) ⓤ 擔心, 掛念, 操心. Care had made her look older than she was. 操心使她看起來比實際年齡還老/He is free from all care. 他一點牽掛也沒有.
(b) © 擔心之事. I don't have a care in the world. 這世上沒有讓我掛心的事.
【介意】**2** ⓤ 注意, 用心. Write with more care. 請更用心點寫/Handle with care. 小心輕放《貨物等包裝上所寫的句子》.
3 ⓤ 照顧, 保護. She came into my care. 她由我來照料/Parents are responsible for the care of their children. 父母有責任照顧自己的孩子/She often leaves her baby in my care. 她經常把孩子交給我照顧.
4 © 關心的事; (應該做的)工作. Her first care was your health. 她最關心的是你的健康.
✧ adj. **careful; careless.**
Cáre killed the [a] **cát.** 《諺》憂慮傷身《因此不要愁眉不展》《A cat has nine lives. (cat 的諺語)縱使是九命怪貓也會因憂慮而死的》.
cáre of... …轉交, 《用於郵件等, 略作 c/o》. Miss Mary Day, c/o Mr. Tom White 瑪莉·黛小姐收, 由湯姆·懷特先生轉交.
háve a cáre 《口》注意. Have a care of that man. 小心那個人.
in cáre of... 《美》由…轉交(→ care of...).
✻ **táke cáre** (1)注意, 小心, 《that 子句; to do》. I took good care that I did not fall. 我很小心以免摔跤/Take care not to fall. 小心不要摔跤.(2)《口》(用 Take care)保重, 再見.
✻ **táke cáre of...** (1)照顧…; 小心…. Tom takes good care of the birds. 湯姆把小鳥照顧得很好.(2)處理….
táke cáre of oneself 保重身體; 自己的事自己處理. You should take better care of yourself. 你應該更加保重自己/That matter will take care of itself. 事情自然會解決的.
táke...into cáre 收養, 托養, 《小孩》. George was taken into care by the local orphanage. 喬治被當地的孤兒院收留.

● —— vt. + n. + prep. 的被動語態
Tom takes care of the dog.
→ The dog is taken care of by Tom.
那隻狗由湯姆照料.
此類的動詞片語:
find fault with... 　　lose sight of...

make much of... 　　pay attention to...
set fire to... 　　take advantage of...
take notice of...

—— v. (~s [~z; ~z]; ~d [~d; ~d]; car·ing) vi.
1 關心, 擔心, 《about》; 在意《about》; 《通常用於否定句、疑問句、條件句》. Who cares? 誰在乎呢?《誰也不在乎》/He doesn't care much about clothes. 他不太講究穿著/What do I care? 關我甚麼事?/I couldn't care less. 我一點也不在乎, 無所謂, 《<沒有比這更令我不在乎的事了》/I don't care if I do. 但做無妨《<我這樣做也無妨》《表示謹慎的贊成》.
2 喜歡, 中意, 希望. care for... (→片語(1))I didn't care about going out. 我不喜歡外出.
3 照顧, 照料; 管理. care for... (→片語(2)).
—— vt. 〔句型3〕(care to do)想做…《用於否定句、疑問句、條件句》. Would you care to come and see me on Saturday? 你星期六想來看看嗎?
2 〔句型3〕(care wh 子句)在乎…. I don't care what people say. 我不在乎人們說甚麼.
✻ **care for...** (1)《用於否定句、疑問句、條件句》喜歡…, 想要…. Would you care for a cup of coffee? 來杯咖啡如何?/Women didn't care for him. 女人都不喜歡他.(2)照顧…, 照料…. She cared for her sick mother. 她照顧她生病的母親.(3)在意. He cares little for my advice. 他對我的忠告充耳不聞.
for àll I cáre 我毫不在乎. You can tell him for all I care. 你可以告訴他, 我毫不在乎.

ca·reen [kəˋrin; kəˈri:n] vt. 使(船)側傾《為了修理、清掃船底等》.
—— vi. **1** 《主美》歪歪斜斜地行進《along》.
2 〔船〕側傾.

✻ca·reer [kəˋrɪr; kəˈrɪə(r)] n. (pl. ~s [~z; ~z]) (★注意重音位置) **1** © (作為一生的)職業, 工作. He chose education for his career. 他選擇教育為終生事業.
2 © (特指充滿波折的)經歷, 生涯. Christ's career 基督一生的經歷/His political career has ended. 他的政治生涯已經結束了.

╟ 搭配 adj.+career (1-2): a brilliant ~ (輝煌的經歷), a promising ~ (前途光明的職業), a successful ~ (成功的事業) // v.+career: enter on a ~ (開始…的生涯), give up a ~ (放棄…的生涯).

3 ⓤ 疾行. in [at] full career 全速地(疾行中)/in mid career 在中途.
4 《形容詞性》職業的, 專門的, (professional). a career diplomat (不錄用一般人等的)職業外交官/a career woman [girl] 職業婦女《希望晉升且長期從事工作的女性; 有時亦表示輕視》.
—— vi. (慌亂地)疾行《about; along》. A truck was careering along the road. 一輛卡車沿路奔馳.

ca·reer·ist [kəˋrɪrɪst; kəˈrɪərɪst] n. © 妄想飛黃騰達的人, 野心家.

care·free [ˋkɛrˏfri, ˋkær-; ˈkeəfri:] adj. 無憂無慮的, 輕鬆愉快的.

care·ful [ˈkɛrfəl, ˈkær-; ˈkeəful] *adj.* **1**〔人〕謹慎小心的(用 careful of [about])對…謹慎小心的; 當心的;《(with 有關…); (in) do*ing, to* do; *that* 子句, *wh* 子句)(↔ careless). Be *careful of* that corner. 當心那個角落/Be *careful about* your health. 請保重身體/He isn't *careful with* his money. 他用錢很隨便/Be *careful (in) crossing [when you cross]* the road. 過馬路時要小心/He was *careful to* mention it in the letter. 他在信中小心地提起那件事/You must be *careful not to* drop the eggs. 你一定要當心別讓蛋掉下來/Be *careful that* you don't cut yourself. 小心不要割到自己/You should be *careful (about) what* you say. 你應該當心你所說的話.
2〔人, 事物〕仔細的, 周密的, (↔ careless). a *careful* accountant 細心的會計/make a *careful* observation 做一番仔細的觀察.

● ——形容詞型　**be ~ wh 子句 [if 子句]**
Be *careful what* you say.
當心你所說的話.
I am not *certain who* will win.
我不確定誰會贏.
此類的形容詞:

aware	cautious	conscious	doubtful
dubious	ignorant	sure	uncertain

---

care·ful·ly [ˈkɛrfəlɪ, ˈkær-; ˈkeəflɪ] *adv.* 小心謹慎地, 當心地, 慎重地; 仔細地. Handle the glasses *carefully*. 小心拿玻璃杯/The police *carefully* investigated the cause of the accident. 警方仔細地調查事故的原因/a *carefully* written report of the event 該事件的詳細報告.

care·ful·ness [ˈkɛrfəlnɪs, ˈkær-; ˈkeəfulnɪs] *n.* ⓤ 謹慎細心; 留神注意.

care·less [ˈkɛrlɪs, ˈkær-; ˈkeəlɪs] *adj.* **1**〔人〕粗心的, 不小心的,《(in; in do*ing*)), (↔ careful). a *careless* driver 粗心的司機/Don't be *careless with* matches. 用火柴時不要粗心大意/He was *careless in handling* his pistol. 他用手槍的態度很不小心/It was *careless* of you to lose the key. 你遺失鑰匙真是不小心.
2〔事物〕由於粗心的, 因疏忽而造成的; 草率的; (↔ careful). I made a *careless* mistake. 我犯了個粗心的錯誤/She lost her job because of her *careless* remark. 她因說話不慎而丟了工作.
3(用 careless about [of])對…漫不經心的; 毫不在意的. He is *careless about* money. 他對錢毫不在意.
4(限定)無憂無慮的. lead an utterly *careless* life 過著無憂無慮的生活.

care·less·ly [ˈkɛrlɪslɪ; ˈkeəlɪslɪ] *adv.* **1** 粗心地; 草率地. He put his things *carelessly* in the drawer. 他草率地把東西放入抽屜裡.
2 輕鬆愉快地; 漫不經心地. The young girl laughed *carelessly*. 那個女孩輕鬆愉快地笑著.

care·less·ness [ˈkɛrlɪsnɪs; ˈkeəlɪsnɪs] *n.* ⓤ

粗心; 草率; 漫不經心; 輕鬆愉快.

ca·ress [kəˈrɛs; kəˈres] *n.* (*pl.* ~**es** [~ɪz; ~ɪz]) ⓒ 愛撫, 擁抱,《(常包括 kiss).
—— *vt.* 愛撫; 溫柔地撫摸等.

ca·ress·ing [kəˈrɛsɪŋ; kəˈresɪŋ] *adj.* 愛撫的; 撫慰的.

ca·ress·ing·ly [kəˈrɛsɪŋlɪ; kəˈresɪŋlɪ] *adv.* 愛撫般地; 深情款款地.

car·et [ˈkærət; ˈkærət] *n.* ⓒ 脫字符號《在原稿及校對稿上需補入脫漏字句的地方所使用的符號; ∧》.

care·tak·er [ˈkɛr,tekə, ˈkær-; ˈkeə,teɪkə(r)] *n.* ⓒ (土地, 建築物等的)管理人, 看守者.

cáretaker góvernment *n.* ⓒ 臨時政府.

care·worn [ˈkɛr,worn, ˈkær-, -,wɔrn; ˈkeəwɔːn] *adj.* 因辛勞[擔憂]而憔悴的.

car·fare [ˈkɑr,fɛr, -,fær; ˈkɑːfeə(r)] *n.* ⓒ《美》電車費; 公車費.

car·go [ˈkɑrgo; ˈkɑːgəʊ] *n.* (*pl.* ~**es**, ~**s**) ⓤ ⓒ 船貨, 貨物. a *cargo* ship 貨船.

Car·ib·be·an [ˌkærəˈbiən, kəˈrɪbɪən; ˌkærɪˈbiːən] *adj.* 加勒比海的.

Caribbéan Séa *n.* (加 the)加勒比海《位於西印度群島、中美、南美之間的海》.

[Caribbean Sea]

car·i·bou [ˈkærə,bu; ˈkærɪbuː] *n.* (*pl.* ~**s**, ~) ⓒ《(動物)馴鹿《生長於北美北部的森林》.

car·i·ca·ture [ˈkærɪkətʃə, -,tʃur; ˈkærɪkə,tjʊə(r)] *n.* ⓤ ⓒ 漫畫; 諷刺畫[文]; 滑稽畫,《極誇張地畫出某人[物]的特徵). make [draw] a *caricature* of... 把...畫成漫畫, 將...以嘲諷方式表現出來. —— *vt.* 畫成漫畫; 諷刺.

car·i·ca·tur·ist [ˈkærɪkətʃʊrɪst, -,tʃurɪst; ˈkærɪkə,tjʊərɪst] *n.* ⓒ 諷刺畫家, 漫畫家.

car·ies [ˈkɛriz, ˈke-, -,rɪˌiz; ˈkeəriːz] *n.* ⓤ《醫學》齲齒; 蛀牙.

car·il·lon [ˋkærəˏlɑn, -lən, kəˋrɪljən; ˈkærɪljən] n. C **1** 鐘琴(垂吊於鐘樓等上，大小並列、會鳴響的鐘組).
2 鐘琴的旋律.

[carillon 1]

car·ing [ˋkɛrɪŋ, ˋkær-; ˈkeərɪŋ] v. care 的現在分詞、動名詞.
— adj. 關懷備至的，周到的. a caring wife 體貼入微的妻子.

car·load [ˋkɑrˏlod; ˈkɑːləʊd] n. C (貨車等)一車的貨物.

Car·lyle [kɑrˋlaɪl, kɚ-; kɑːˈlaɪl] n. **Thomas** ~ 卡萊爾(1795-1881)(英國的評論家、思想家).

car·mine [ˋkɑrmɪn, -maɪn; ˈkɑːmaɪn] n. U 胭脂紅色，洋紅色，(深紅色或紫紅色).
— adj. 洋紅色的.

car·nage [ˋkɑrnɪdʒ; ˈkɑːnɪdʒ] n. U (由於戰爭等的)大屠殺, 殺死許多人.

car·nal [ˋkɑrn̩; ˈkɑːnl] adj. (限定)肉體的; 肉慾的. carnal desires 肉慾.

*__car·na·tion__ [kɑrˋneʃən; kɑːˈneɪʃn] n. (pl. ~s [~z; ~z]) C (植物)康乃馨.

Car·ne·gie [kɑrˋnɛgɪ, ˋkɑrnəgɪ, -ˏneɪgɪ; ˈnɑːɡɪ] n. **Andrew** ~ 卡內基(1835-1919)(美國的大富豪).

Cȧr·negie Hȧll n. 卡內基音樂廳(紐約一演奏會場).

*__car·ni·val__ [ˋkɑrnəv̩; ˈkɑːnɪvl] n. (pl. ~s [~z; ~z]) **1** U 狂歡節, 嘉年華會, (天主教國家四旬齋(Lent)前持續數日的慶典期間).
2 C (美)巡迴表演遊藝園園, 流動遊藝場, (有旋轉木馬、雜耍、遊戲、飲食攤販等).
3 C 節慶祭典; 狂歡作樂; 聚食歡宴.

car·ni·vore [ˋkɑrnəˏvor, -ˏvɔr; ˈkɑːnɪvɔː(r)] n. C 肉食動物.

car·niv·o·rous [kɑrˋnɪvərəs; kɑːˈnɪvərəs] adj. 肉食類的; 肉食性的; (→ herbivorous, omnivorous).

car·ol [ˋkærəl, kærl; ˈkærəl] n. C 歡樂的歌, 讚美歌, (特指聖誕節的頌歌). sing Christmas carols 唱聖誕頌歌.
— v. (~s; (美) ~ed, (英) ~led; (美)(英) ~·ling) vi. 歌頌, 唱頌歌.
— vt. 歌頌.

car·ol·er, car·ol·ler [ˋkærələr; ˈkærələ(r)] n. C 唱(聖誕)頌歌的人.

Car·o·li·na [ˏkærəˋlaɪnə; ˌkærəˈlaɪnə] n. 卡羅萊納州. (the Carolinas) 南北卡羅萊納州, North Carolina, South Carolina →見 North Carolina, South Carolina.

Car·o·line [ˋkærəˏlaɪn, -lɪn; ˈkærəlaɪn] n. 女子名.
— adj. (英史) Charles I 世[II 世](時代)的.

Cȧroline Íslands n. (加the)加羅林群島(位於菲律賓東方太平洋上的群島).

ca·rous·al [kəˋraʊzl; kəˈraʊzl] n. U C (雅)喝酒唱歌的大宴會; 狂飲.

ca·rouse [kəˋraʊz; kəˈraʊz] vi. (文章)狂飲作樂.

ca·rou·sel [ˏkærəˋzɛl, ˏkæru-; ˌkærəˈsel] n. =carrousel.

carp[1] [kɑrp; kɑːp] n. (pl. ~, ~s) C (魚)鯉魚.

carp[2] [kɑrp; kɑːp] vi. 喋喋不休地抱怨; 吹毛求疵; (at). a carping tongue 尖酸刻薄的話.

cȧr pȧrk n. C (英)停車場(=(美) parking lot).

*__car·pen·ter__ [ˋkɑrpəntɚ, ˋkɑrpm̩tɚ; ˈkɑːpəntə(r)] n. (pl. ~s [~z; ~z]) C 木匠. a skillful carpenter 靈巧的木匠/My grandfather was a carpenter. 我祖父是個木匠.

car·pen·try [ˋkɑrpəntrɪ, ˋkɑrpm̩trɪ; ˈkɑːpəntrɪ] n. U **1** 木匠業; 木匠的工作. **2** 木工; 木工製品.

*__car·pet__ [ˋkɑrpɪt; ˈkɑːpɪt] n. (pl. ~s [~s; ~s]) C **1** 地毯, 毛毯. We have fitted carpets in every room. 我們已在每個房間鋪上地毯. [參考] carpet 通常是指鋪滿整個房間的地毯; 而 rug 則指用來鋪蓋房間某一部分的地毯.
2 一大片(花等). a carpet of flowers 遍地花朵.
on the cȧrpet (口)被(狠狠地)訓斥; 被叫去(責備). He was called on the carpet for his error. 他的錯誤使他被狠狠地訓斥了一頓.
— vt. **1** 鋪地毯; 整面覆蓋. fields carpeted with flowers 開滿花的原野. **2** (主英、口)斥責.

car·pet·ing [ˋkɑrpɪtɪŋ; ˈkɑːpɪtɪŋ] n. U 地毯織料; (集合)地毯類.

cȧrpet slȧippers n. (作複數)拖鞋(鞋面用地毯織料所製成).

cȧr phȧone n. C 汽車電話.

car·port [ˋkɑrˏport; ˈkɑːpɔːt] n. C 車棚, 簡便的汽車停放處, (通常指從建築物側面屋頂延伸出來的簡便車庫).

car·rel [ˋkærəl; ˈkærəl] n. C (美)個人閱覽室(圖書館內書架旁的簡單隔間, 供個人研究用的小空間).

*__car·riage__ [ˋkærɪdʒ; ˈkærɪdʒ] (★注意發音) n. (pl. -riag·es [~ɪz; ~ɪz]) **1** C 馬車(通常指四輪的載客馬車).
2 C (英)(鐵路的)客車車廂((美) car). first-class carriages 頭等車廂.
3 C (手推式)嬰兒車((美) baby carriage).
4 a U 姿勢, 態度, (源自 carry vt. 12). A fashion model must have a good carriage. 時裝模特兒必須有優美的體態.
5 C (機器的)臺架; (打字機的)滑架; 輸送架.
6 U 搬運, 運送; 運費(→ freight[參考]).
⇨ v. carry.

car·riage·way [ˋkærɪdʒˏwe; ˈkærɪdʒweɪ] n. (pl. ~s) C (英)車道.

car·ried [ˋkærɪd; ˈkærɪd] v. carry 的過去式、過去分詞.

*__car·ri·er__ [ˋkærɪɚ; ˈkærɪə(r)] n. (pl. ~s [~z; ~z]) C **1** 運輸人[物]; 搬運人; 運輸業者.

2 運輸車; (汽車等的)置物架.

3 =aircraft carrier.

4 (傳染病等的)帶菌者[媒介], 帶原者.

car·ries [ˋkærɪz; ˈkærɪz] v. carry 的第三人稱、單數、現在式.
— n. carry 的複數.

cárrier bàg n. (英) =shopping bag.

cárrier pìgeon n. C (傳)信鴿.

car·ri·on [ˋkærɪən; ˈkærɪən] n. U (動物的)腐肉.

cárrion cròw n. C (鳥)小嘴烏鴉(產於歐亞大陸; → crow¹); 黑兀鷹(產於美國南部). [參考] 上兩者都吃腐肉.

*****car·rot** [ˋkærət; ˈkærət] n. (pl. ~s [~s; ~s]) C (植物)胡蘿蔔.
(the) càrrot and (the) stíck 軟硬兼施, 「胡蘿蔔加棍棒」, (在馬鼻前面懸蘿蔔, 又用鞭趕馬走).

car·rot·y [ˋkærətɪ; ˈkærətɪ] adj. 如胡蘿蔔般的(顏色的); 紅髮的, 紅毛的.

car·rou·sel [ˌkærəˋzɛl, ˌkærʊ-; ˌkærəˈsel] n. C **1** (美)旋轉木馬. **2** (在機場中讓旅客取回自己行李的)回轉式行李傳送帶.

‡car·ry [ˋkærɪ; ˈkærɪ] v. (-ries; -ried; ~ing) vt. 【帶著走】**1** 運送(物), 帶走; (人、車等)搬運, 運送. Carry the bags upstairs. 把這些手提包拿上樓/He carried his grandfather on his back. 他背著他的祖父走. [同]carry 是表「運送」之意最常用的字; → bear, convey, transport.

2 傳遞, 通知, (消息等); 傳送, 傳導, (水, 聲音, 空氣等); 使傳染(疾病). Wires carry electricity. 電線會傳電/Will you carry this message to him? 你把這口信帶給他好嗎?/The play was carried on the air. 這齣戲在電視上[廣播中]播出/Malaria is carried by certain mosquitoes. 瘧疾經由某種蚊子傳染.

3 帶在身上, 攜帶; 具有(性質等). Almost every tourist carries a camera with him. 幾乎每一個遊客都隨身帶著相機/He always carries five credit cards on him. 他總是隨身攜帶五張信用卡/She carried that habit to her grave. 她這習慣到死都沒改(<帶到墳墓裡去).

4 把…推進(到某方向), 延長; 繼續; 擴大. The war in Europe was carried into Africa. 歐洲的戰爭擴大到非洲.

5 使(議案等)通過. carry a motion by a majority 依多數通過動議/carry a bill 使法案通過.

【 帶走 】**6** 拉攏(聽眾)採納(自己的)意見; 使理解; 吸引(人心). His powerful speech carried the audience with him. 他強而有力的演說使聽眾深受感動.

7 (工作, 動機, 旅費等)使去…(to); 使到(to). The money will be enough to carry me to Hong Kong. 這些錢夠我到香港/This job carries me all over the world. 這工作使我走遍全世界/His diligence carried him to the top of his class. 他的用功使他得到班上的第一名.

【 帶來 】**8** 帶走; 同時帶來(責任等). The speaker carried conviction with the audience. 演

講者使聽眾感到信服/Every privilege carries responsibility with it. 每一項權利同時也帶有責任.

9 生(利息等). This loan will carry very heavy interest. 這筆貸款將需負擔非常高額的利息.

【 支持 】**10** 支撐(重量); 維持. That one spring carries the whole weight of the car. 那個彈簧支撐了汽車全部的重量.

11 (店)有(某種商品); (當作商品)處理; 已採購. The shop carried leather goods. 那家店有賣皮革製品.

12 (身體)保持某種姿勢; 採取(某種態度); (be carrying)懷孕. He always carries his head high. 他總是把頭抬得高高的《高傲的樣子》/carry oneself graciously 舉止斯文(優雅).

13 (雜誌, 報紙, 電視等)登載, 刊登…的消息(報導). The paper didn't carry the story. 這份報紙沒有刊登那則報導.

— vi. **1** (聲音, 子彈等)達到; 傳達. Her voice carries well. 她的聲音傳得很遠. **2** 可搬運.
⇨ n. carriage.

***càrry/.../abóut** 攜帶…而行. He usually carries his cellular phone about with him. 他經常隨身攜帶行動電話.

càrry áll [éverything] befóre one 勢如破竹.

***càrry/.../awáy** (1)使…入迷, 使…熱中, (通常用被動語態). The audience was carried away by his touching performance. 全場觀眾都被他動人的演技吸引住了. (2)把…帶走, 奪走. He was carried away by the waves from the shore and out to sea. 他被海浪從岸邊捲到海裡去.

càrry/.../báck (1)把…帶回來. (2)使(人)想起, 使…回憶起, (to). The music carried me back to my childhood. 這音樂使我回憶起我的童年.

càrry/.../fórward (1)推進…, 使…進行. (2)把…轉入(次頁[欄]). The total at the bottom of the page is carried forward. 本頁最下方的總額轉入次頁.

***càrry/.../óff** (1)把…奪去(運走); 贏得(獎品等). carry off all the gold medals 贏得所有的金牌.
(2)(carry it off) (順利地)完成. I didn't expect to succeed, but somehow I managed to carry it off. 我並不指望會成功, 但無論如何我得設法完成.

***càrry/.../ón¹** (1)繼續, 繼續執行(工作等); 進行…. All we can do is carry on the work until we finish it. 我們所能做的只是把工作繼續下去, 直到完成. (2)經營(買賣等); 進行…. He decided to stay and carry on his father's business. 他決定留下來經營他父親的事業.

***càrry ón²** (1)把工作進行下去; 堅持. We have no choice but to carry on. 我們別無選擇, 只有堅持下去/Just carry on with your work while I'm gone. 我走了以後, 請繼續做你的工作. (2)(口)大吵大鬧, 做出難看的舉止. What's the woman carrying on about? 那女人在吵甚麼?

C

* **càrry/.../óut** (1)實行…，執行…；完成，實現，〔義務，希望等〕. *carry out* a plan 實行計畫／*carry out* researches [one's duty] 完成研究工作〔義務〕／John *carried out* his threat to betray me. 約翰威脅要背叛我，而且他真的這麼做了. (2)攜帶…到外面. Help me (to) *carry out* this sofa. 幫我把這張沙發搬到外面.

càrry/.../óver[1] 把…轉入；= carry/.../forward (2). Let us *carry* this matter *over* to the next meeting. 把這個問題留到下次會議再討論吧.

càrry óver[2] 繼續；留下.

càrry the dáy 獲得勝利.

càrry/.../thróugh[1] 貫徹…，堅持到底. He will *carry* it *through*. 他會堅持到底.

càrry A through[2] B 使A(人)度過B(難關). Your support *carried* us *through* the election campaign. 你們的支持使我們度過了選戰的難關.

càrry...tòo fár 做…做得太過分，超過…的限度. She *carries* thrift *too far*. 她太過節儉.

— *n.* (*pl.* **-ries**) [U][C] (槍砲的)射程；(高爾夫球)(球)飛出去的距離.

car·ry·all [ˋkærɪ͵ɔl; ˈkærɪɔ:l] *n.* [C] 大手提包.

car·ry·ings-on [͵kærɪɪŋˈʒɑn; ͵kærɪŋˈʒɒn] *n.* (作複數)(口)胡鬧，愚蠢的舉動.

car·ry-on [ˋkærɪ͵ɑn; ˈkærɪɒn] *n.* [C] 可隨身攜帶上飛機的手提行李.

car·ry-o·ver [ˋkærɪ͵ovɚ; ˈkærɪ͵əʊvə(r)] *n.* [C] **1** (通常用單數)(簿記)轉記(於次頁)的金額. **2** 留下的物品；剩餘物.

car·sick [ˋkɑr͵sɪk; ˈkɑ:sɪk] *adj.* 暈車的.

* **cart** [kɑrt; kɑ:t] *n.* (*pl.* **~s** [~s; ~s]) [C] **1** (搬運貨物，行李等的)二輪貨車. **2** 手推車(→ handcart [圖]). a shopping *cart* (超市等的)購物推車. **3** 由一匹馬拉的輕型二輪馬車.

pùt the cárt before the hórse 次序顛倒；本末倒置.

— *vt.* **1** 用馬車[推車]運.
2 (粗暴地)運送(*off*).

carte blanche [ˋkɑrtˋblɑnʃ; ͵kɑ:tˈblɑ̃:ʃ](法語) *n.* [U] 簽好字的空白委任書，自由處理權.

car·tel [ˋkɑrtl, kɑrˋtɛl; kɑ:ˈtel] *n.* [C] (經濟)企業聯盟(→ syndicate, trust).

cart·er [ˋkɑrtɚ; ˈkɑ:tə(r)] *n.* [C] 運貨的馬車伕.

Car·thage [ˋkɑrθɪdʒ; ˈkɑ:θɪdʒ] *n.* 迦太基(古代城邦，在非洲北部，今 Tunis 附近，為羅馬帝國所滅).

cart-horse [ˋkɑrt͵hɔrs; ˈkɑ:thɔ:s] *n.* [C] 拉貨車的馬.

car·ti·lage [ˋkɑrtl͵ɪdʒ; ˈkɑ:tɪlɪdʒ] *n.* [U][C] (解剖)軟骨.

car·ti·lag·i·nous [͵kɑrtlˋædʒənəs; ͵kɑ:tɪˈlædʒɪnəs] *adj.* (解剖)軟骨(性)的.

cart·load [ˋkɑrt͵lod; ˈkɑ:tləʊd] *n.* [C] 一輛馬車的載貨量.

car·tog·ra·phy [kɑrˋtɑgrəfɪ; kɑ:ˈtɒgrəfɪ] *n.*

[U]地圖(航海圖)繪製(法).

car·ton [ˋkɑrtṇ, -tɑn; ˈkɑ:tən] *n.* [C] (用紙板做的)箱[盒]子；(瓦楞)紙板箱[盒]；(瓦楞)紙板箱[盒]所裝的東西. a milk *carton* 牛奶盒／a *carton* of cigarettes 一條香菸(裡頭通常有十包(pack)二十根裝的香菸).

car·toon [kɑrˋtun; kɑ:ˈtu:n] *n.* [C] **1** (報紙，雜誌等的)諷刺漫畫. **2** 卡通片，動畫，(animated cartoon). **3** 連載漫畫(comic strip).

car·toon·ist [kɑrˋtunɪst; kɑ:ˈtu:nɪst] *n.* [C] 漫畫家；諷刺畫家.

car·tridge [ˋkɑrtrɪdʒ; ˈkɑ:trɪdʒ] *n.* [C] **1** 彈藥筒(把雷管，火藥，子彈用金屬[紙]包覆之物).
2 (攝影)軟片捲筒(裝底片用). **3** (電唱機的)唱頭；(鋼筆的)替換式墨水管；(錄音機用的)卡匣.

cart·wheel [ˋkɑrt͵hwil; ˈkɑ:twi:l] *n.* [C] **1** (馬拉貨車的)車輪. **2** (張開雙手雙腳的)側手翻.

[cartridge 1]

bullet

powder

primer

* **carve** [kɑrv; kɑ:v] *vt.* (~s [~z; ~z]; ~d [~d; ~d]; carv·ing) **1** (在餐桌上)把(肉等)切開，切薄. The host *carved* the turkey for the guests. 主人為客人們切火雞.
2 雕，雕刻；刻上…. He *carved* the wood *into* the shape of a horse. 他把木頭刻成馬的形狀／They *carved* a statue *out* of marble. 他們用大理石刻了一尊雕像.

càrve/.../óut 刻出…；開闢出[道路，命運等]. He *carved out* a career in business. 他在商業界開創一番事業.

càrve/.../úp 把[肉]切開；分[遺產，土地等]；分配….

carv·er [ˋkɑrvɚ; ˈkɑ:və(r)] *n.* [C] **1** 雕刻家.
2 切肉的人.
3 切肉用的大菜刀(carving knife)；切肉的器具. a pair of *carvers* 一套切肉用的大刀和叉.

carv·ing [ˋkɑrvɪŋ; ˈkɑ:vɪŋ] *n.* **1** [C]雕刻(術).
2 [C]雕刻品，雕成的東西.

cárving knìfe [fòrk] *n.* [C]切肉用的大刀[叉].

car·wash [ˋkɑr͵wɑʃ, -͵wɔʃ; ˈkɑ:wɒʃ] *n.* [C] (美)洗車場.

car·y·at·id [͵kærɪˋætɪd; ͵kærɪˈætɪd] *n.* (*pl.* **~s**, **-at·i·des** [-d͵iz, -di:z]) [C] (希臘建築的)女像柱.

cas·cade [kæsˋked; kæˈskeɪd] *n.* [C] **1** (大瀑布中的)分層瀑布(→ waterfall [參考]). fall in a *cascade* 有如瀑布般地落下. **2** 瀑布狀物品(重疊數層的蕾絲花邊，瀉落的煙火等).
— *vi.* 像瀑布般地落下.
— *vt.* 使其像瀑布般地落下.

* **case**[1] [kes; keɪs] *n.* (*pl.* **cas·es** [~ɪz; ~ɪz]) [C] (事例)　**1** (各個)場合；事例，實例；事件. The rule doesn't hold good in this *case*. 此規則不

適用於這個情況/It was a *case* of love at first sight. 這就是一見鍾情的例子/a murder *case* 謀殺案.

[搭配] *adj.*+case: a clear ~ (清楚的事例), a common ~ (常有的情形), a special ~ (特殊的狀況), an unusual ~ (罕見的情形).

2 【實際發生的事例】(加 the) (某情況的)**真相, 實情, 事實**. Is it the *case* that you did it? 你真的做了那件事嗎?/That is not the *case*. 事情不是那樣的/this [such] being the *case* 職是之故.

3 【病例】**病例; 患者**; 症狀. two *cases* of cholera 兩名霍亂病患/The child has a *case* of chicken pox. 那孩子有出水痘的症狀.

[搭配] *adj.*+case: an acute ~ (急診病患), a chronic ~ (慢性病患), an incurable ~ (無藥可救的病患), a mild ~ (病情輕微的病患), a terminal ~ (疾病末期的病患).

4 【詞格】(文法)格. the nominative [objective] *case* 主格[受格] (→見文法總整理 **3. 4**).

【 事例的解釋 】 **5** 立場; (個人立場的)主張; 論證. take one's *case* to the public 向公眾表明立場/put one's *case* 強調某人的論點正確無誤/We have a good *case* for changing our curriculum. 我們有充分的理由改變課程.

[搭配] *adj.*+case: a convincing ~ (有說服力的論點), a strong ~ (強而有力的論點), a weak ~ (漏洞百出的主張) // *v.*+case: present one's ~ (提出某人的主張), state one's ~ (陳述某人的論點).

6 訴訟(案件); 判例. a divorce *case* 離婚訴訟/That *case* will be brought before the court tomorrow. 明天將開庭審理那件訴訟案.

as is òften the cáse (with...) (對…)經常是如此.

as the càse may bê 看情形, 隨機應變地. The spectators rejoiced, or were dejected *as the case might be*, with the course of the match. 觀眾的情緒隨著比賽的進行一會兒高興一會兒失望.

in ány case 無論如何, 不管怎樣, 總之. *In any case*, it's no business of yours. 無論如何, 這不關你的事.

* *in case*[1]... (連接詞性)(1)(主美)在…情形時, 如果…(if). *In case* you see him, give him my regards. 如果你見到他, 請代我問候他.

(2)以免…(|語法|常 在 前 面 加 just 以 緩 和 語 氣). They set out with a guide *just in case* they lost their way. 他們出發時有位嚮導隨行, 以防迷路/I'll leave my number *in case* you want to call me. 我留下電話號碼, 以備你要打電話給我.

in case[2] (副詞性)以防萬一(|語法|常在前面加 just 以緩和語氣). You had better take your umbrella (*just*) *in case*. 你最好帶把傘以防萬一.

* *in case of...* 遇到…的場合, 萬一…, (假設有某麼狀況等). *in case* of emergency 萬一發生緊急狀況時/Call on us *in case of* any difficulties. 若有任何困難就來找我們/*In case of* fire, press this button. 火災時請按此鈕(告示).

in níne càses out of tén → nine 的片語.

in nó càse 不論任何情況都絕不…. *In no case*

---

are you to leave your post. 無論如何你都絕對不可以離開崗位(★如上例把片語置於句首時, 多使用倒裝句).

in thát case 如果那樣的話, 在那種情況下. I may not be promoted. *In that case* I will quit my job. 要是我沒辦法升遷的話, 我就要辭職.

in the cáse of... 至於…(置於對比情況之前). John got suddenly ill, but *in the case of* Bill, he simply forgot about the meeting. 約翰是因為突然病了, 至於比爾則是完全忘了開會這件事.

*case[2] [kes; keɪs] *n.* (*pl.* cas·es [~ɪz; ~ɪz]) © **1** 箱, 盒, (放寶石、香菸、鉛筆等特定物, 且多少有點裝飾的器物); 容器; 袋, 鞘. a jewel *case* 珠寶箱/a pencil *case* 鉛筆盒.

2 (容納以打為單位的物品之)大箱; 一箱(的量).

3 (窗戶等的)框; (鐘錶的)蓋; (存放標本、商品等的)玻璃箱[櫃].

— *vt.* 放進箱[鞘, 袋, 盒]之中; (放進箱後)蓋上, 關上.

case·book [ˋkes͵bʊk; ˋkeɪsbʊk] *n.* © (法律、心理、醫學等的)個案記錄簿, 案例資料集.

càse hístory *n.* © **1** 身家調查(用於社會事業、精神病學等). **2** 病歷.

case·ment [ˋkesmənt; ˋkeɪsmənt] *n.* © **1** 一扇門對開式窗戶(亦稱 càsement wíndow)(從中間向兩側打開); → sash window).

2 (詩)(泛指)窗.

cáse stùdy *n.* © (特定個人, 集團等的)個案研究.

case·work [ˋkes͵wɝk; ˋkeɪswɜːk] *n.* ⓤ 個案工作(針對社會福利對象所做的生活實況調查及指導工作).

case·work·er [ˋkes͵wɝkɚ; ˋkeɪswɜːkə(r)] *n.* © 社會福利工作者, 社會工作者.

*cash [kæʃ; kæʃ] *n.* ⓤ **1** 現金, 錢, (硬幣和紙幣). I want to turn this check into *cash*. 我想把這張支票兌現.

2 (購物時隨即支付的)現金, 現款, (包括支票). *Cash* or charge? 付現或簽帳?/pay *in cash* 付現金 (↔ buy on credit)/The *cash* price is $100. 現金價格是 100 美元.

be out of cásh 無現金.

shòrt of cásh 現金不足; 缺錢.

— *vt.* 換成現金, 兌現. *cash* a $100 check 把一張 100 美元的支票兌現.

càsh/.../ín 把(證券等)換成現款.

càsh ín on... (口)從…得到好處, 利用…. *cash in on* other people's misfortunes 利用他人的不幸.

càsh and cárry *n.* ⓤ (超級市場等)付現款且自行把貨物運走的方式; © 以上述方式經營的店.

cash·box [ˋkæʃ͵bɑks; ˋkæʃbɒks] *n.* © (裝現金用的)錢櫃.

cásh càrd *n.* © (主英)提款卡(用於自動提款機).

cásh cròp *n.* © 現金作物, 市場導向的作物, (並非供生產者本身消費用的).

C

cásh dispénser n. C (銀行的)自動提款機.

cash·ew [kə`ʃu, -`ʃɪu, `kæʃ-; `kæʃu:] n. C 檟如樹(原產於熱帶美洲的漆樹科常綠樹); =cashew nut.

cáshew nút n. C 腰果(檟如樹的果實; 可食用).

＊**cash·ier**[1] [kæ`ʃɪr; kæ`ʃɪə(r)] n. (pl. ~s [~z; ~z]) C (銀行或商店的)現金出納員; 會計.

cash·ier[2] [kæ`ʃɪr; kə`ʃɪə(r)] vt. 將(軍隊中的軍官等)免職.

cash·less [`kæʃlɪs; `kæʃlɪs] adj. 不使用現金的, 用信用卡的. a cashless society 只用信用卡(或其它塑膠貨幣)而不用現金的社會.

cash·mere [`kæʃmɪr; kæʃ`mɪə(r)] n. 1 U 喀什米爾織品(北印度Kashmir地區的山羊毛(織品)). 2 C 喀什米爾織品(披巾等).

càsh on delívery n. U 貨到付款(略作 COD).

cásh règister n. C 現金出納機, 收銀機.

cas·ing [`kesɪŋ; `keɪsɪŋ] n. C 1 覆蓋; 包裝; 皮, 《銅線, 輪胎, 香腸等的外皮》. 2 (窗扉的)框.

ca·si·no [kə`sino; kə`si:nəʊ] n. (pl. ~s) C 娛樂場(特指具有賭博設備的娛樂場所).

cask [kæsk; kɑ:sk] n. C (裝液體用的)桶(通常爲木製; 比 barrel 小); 一桶(的量).

cas·ket [`kæskɪt; `kɑ:skɪt] n. C 1 (美)(委婉)棺材, 靈柩, (★一般用語爲 coffin). 2 (放寶石等的)小箱子.

Cas·pi·an Sea [`kæspɪən`si; ˌkæspɪən`si:] n. (加 the) 裏海(位於土庫曼、哈薩克、俄羅斯、亞塞拜然與伊朗等國之間, 爲世界最大的湖泊).

cas·sa·va [kə`sɑvə; kə`sɑ:və] n. 1 C 樹薯(原產於巴西的灌木). 2 U 樹薯粉(樹薯根所製的澱粉; tapioca 的原料).

cas·se·role [`kæsəˌrol; `kæsərəʊl] n. 1 C 有蓋的焙盤, 砂鍋, (可燒菜並可直接端上桌的玻璃或陶製有蓋耐熱鍋). 2 UC 砂鍋菜.

＊**cas·sette** [kə`sɛt; kə`set] n. (pl. ~s [~s; ~s]) C 1 (錄音機或錄影機用的)卡式磁帶; =cassette tape. 2 膠捲用的軟片捲筒. 字源「小的 case」.

cassétte tàpe n. C 錄音[影]帶.

Cas·si·o·pe·ia [ˌkæsɪə`piə; ˌkæsɪəʊ`piə] n. (天文)仙后座(北方天空的星座; 呈 W 字形).

cas·sock [`kæsək; `kæsək] n. C 法袍(神職人員所穿的, 通常爲黑色的長袍).

＊**cast** [kæst; kɑ:st] v. (~s [~s; ~s]; ~; ~·ing) vt. 【 投擲 】 1 擲, 扔; 使落下. He cast his

[cassock]

line into the lake. 他把釣魚線拋進湖裡/cast dice [a die] 擲骰子(★拋釣魚線、擲骰子習慣上多用 cast). 同cast 是書面用語的舊式用法; → throw.

【 朝某方向投射 】 2 拋投(視線); 射, 落下, 〔光, 影等〕. They cast their eyes down in shame. 他們羞愧地垂下目光/She cast a glance at him. 她瞥他看了一眼.

【 投與 】 3 給與, 加於, 使承受, 〔稱譽, 責難等〕. Her report cast doubts on his honesty. 她的報告使人們懷疑他的誠實.

4 投(票). Many of them cast their votes for Mr. Smith. 他們之中有許多人投票給史密斯先生.

5 爲(戲劇)分配角色; 分配(演員)飾演某角色. She was cast as Portia. 她被分派飾演波西亞.

【 丟棄 】 6 丟棄(不用的東西); 解雇, cast/.../aside [off] (→片語).

7 脫掉(衣物等); (蛇)蛻(皮).

【 投入 】 8 澆鑄(成型), 鑄造. The statue is cast in bronze. 這座雕像是用青銅鑄造的.

9 [投入一處]計算; 加起來, cast (up) a column of figures 將一列數字加起來.

― vi. 1 拋釣魚線. 2 被鑄造.

càst abóut [aróund] for... 到處搜尋….

càst/.../asíde=cast/.../off (1).

càst/.../awáy (1)丟棄…; 排斥…, (2)棄置…; 摒棄(到無人的荒島), (通常用被動語態). We were cast away on a desert island. 我們漂流到荒島上.

càst/.../dówn (1)丟下…; 垂下(目光)(→ vt. 2). (2)使…沮喪(通常用被動語態). Don't be so cast down. 不要那麼沮喪.

＊**càst/.../óff** (1)脫掉…; 扔掉; 解脫(束縛). cast off one's clothes 把衣服脫掉/We all wondered why she had cast off such a nice man. 我們都納悶她爲甚麼拋棄這麼一個好男人. (2)解開(船)纜, 把(小艇)放下來.

càst/.../óut 把…趕出, 把…驅逐, 《of》(常用被動態). We were cast out into the night. 我們被趕出至黑夜中.

càst/.../úp (1)把…加起來(add up). (2)把…向上投. He cast up his eyes to heaven and prayed. 他抬頭仰望天空祈禱.

― n. (pl. ~s [~s; ~s]) C 1 投, 擲; (網, 釣魚線, 鉤刺等的)撒下, 投下; (骰子的)擲下; 投票.

2 C 鑄造; 鑄型; 鑄造物; (醫學)石膏(模型).

3 UC (戲劇)角色分配, 演員陣容, 《角色分配或全體演員》. An all-star cast 眾星雲集的演員陣容.

4 C (用單數)外型, 樣子, 臉型; 氣質. His face has an Oriental cast. 他有張東方人的臉孔/a liberal cast of mind 崇尚自由的性格.

● ――與 CAST 相關的用語
broadcast	廣播
rebroadcast	重播
telecast	電視播放
forecast	(天氣)預報
newscast	新聞廣播
outcast	被放逐者

roughcast 雛形
downcast *adj.* 意志消沉的
overcast *adj.* 陰暗的
miscast *v.* 使扮演不相稱的角色

cas·ta·net [ˏkæstə`nɛt; ˏkæstə'net] *n.* ⓒ《音樂》(通常 castanets) 響板.

cast·a·way [`kæstəˏwe; 'kɑːstəweɪ] *n.* (*pl.* ~s) ⓒ **1** 遭遇船難者, 漂流者.
2 被抛棄的人, 被(社會)排斥的人.

caste [kæst; kɑːst] *n.* **1** ⓒ 種姓(印度的印度教徒世襲的社會階級; 分為四種階級, 最下層為pariah).
2 ⓤ 種姓制度; (泛指嚴密的)世襲的階級制度.

cas·tel·lat·ed [`kæstəˏletɪd; 'kæstəleɪtɪd] *adj.* 城堡式建築的, 有堆碟的.

cast·er [`kæstə; 'kɑːstə(r)] *n.* ⓒ **1** 投擲的人; 鑄造者. **2** 腳輪(裝在家具或椅子腳上的小輪子; → wagon圖). **3** (鹽, 醋, 黃色芥末等的)調味料瓶; 調味料瓶架. ★ 2, 3 亦拼作 castor.

cáster súgar *n.* ⓤ《英》細砂糖(granulated sugar).

cas·ti·gate [`kæstəˏget; 'kæstɪgeɪt] *vt.*《文章》激烈地[嚴厲地]譴責; 嚴厲地批評.

cas·ti·ga·tion [ˏkæstə`geʃən; ˏkæstɪ'geɪʃn] *n.* ⓤⓒ《文章》激烈的譴責; 苛評.

cast·ing [`kæstɪŋ; 'kɑːstɪŋ] *n.* **1** ⓤ 投擲; 甩釣《指抛出釣魚線》. **2** ⓒ 鑄成物. **3** ⓤ 角色分配.

cásting vóte *n.* ⓒ 決定性的一票(當正反兩方得票數相同時, 由會議主席投票裁決).

cást íron *n.* ⓤ 鑄鐵.

cast-i·ron [`kæst`aɪən; ˏkɑːst'aɪən] *adj.* **1** 鑄鐵(製)的. **2** 〔規則等〕嚴密的, 欠缺通融性的. **3** 強壯的, 強健的〔胃等〕.

*cas·tle [`kæsl; 'kɑːsl] *n.* (*pl.* ~s [~z; ~z]) ⓒ **1** 城堡, 城郭. An Englishman's house is his *castle*. 《諺》英國人的家就是他的城堡《個人的私生活不容他人干涉》.
2 大宅邸, 巨宅. **3** 《西洋棋》城堡(亦稱rook)《相當於象棋中的車[俥]》.
a càstle in Spáin [*the aír*] 空想, 海市蜃樓. build *castles* in the air 耽於空想.

cast·off [`kæstˏɔf; 'kɑːstɒf] *adj.* 被抛棄的; 脫

下來丟開的.
— *n.* (*pl.* ~s) ⓒ 被抛棄的人[物]; 不用的東西, 不穿的舊衣服.

cas·tor [`kæstə; 'kɑːstə(r)] *n.* =caster 2, 3.

cástor óil *n.* ⓤ 蓖麻油.

cas·trate [`kæstret; kæ'streɪt] *vt.* 閹割; 使喪失力量.

cas·tra·tion [kæs`treʃən; kæ'streɪʃn] *n.* ⓤⓒ 閹割.

*cas·u·al [`kæʒʊəl; 'kæʒʊəl] *adj.* **1** 偶然的, 碰巧的; 沒有準備的; 漫不經心的; 隨便的. a *casual* remark 隨口說出的話/We talked of *casual* things. 我們閒話家常/a *casual* air 若無其事的樣子/Mary is a little too *casual* with her jewels. 瑪莉不太注意寶石的保養.
2 偶然的, 意想不到的. a *casual* visitor 突然來訪的客人/Our *casual* meeting developed into friendship. 我們偶然的相遇發展成為友誼.
3 〔服裝等〕非正式的, 平時的, (↔formal). *casual* wear 休閒服/be (dressed) in *casual* clothes 穿著輕便服裝[休閒服].
4 〔限定〕不規律的; 臨時的. a *casual* laborer 臨時工.

cas·u·al·ly [`kæʒʊəlɪ; 'kæʒʊəlɪ] *adv.* 偶然地, 碰巧地; 無心地; 隨便地. be *casually* dressed 穿著隨便.

cas·u·al·ty [`kæʒʊəltɪ; 'kæʒʊəltɪ] *n.* (*pl.* -**ties**) ⓒ **1** (通常 casualt*ies*) (由於戰爭, 事故等的)死傷者[人數], 犧牲者[人數]. heavy *casualties* 傷亡慘重/the *casualties* in the accident 事故的犧牲者.
2 意外災害[事故].

cas·u·ist [`kæʒʊɪst; 'kæzjʊɪst] *n.* ⓒ 詭辯家.

cas·u·is·tic [ˏkæʒʊ`ɪstɪk; ˏkæzjʊ'ɪstɪk] *adj.* 詭辯的.

cas·u·is·try [`kæʒʊɪstrɪ; 'kæzjʊɪstrɪ] *n.* ⓤ 詭辯, 牽強附會.

*cat [kæt; kæt] *n.* (*pl.* ~s [~s; ~s]) ⓒ **1** 貓, 貓科動物(lion, tiger, leopard 等). a mother *cat* 母貓/a Persian *cat* 波斯貓.
参考 tomcat (雄貓), kitten (小貓), puss(y) (主

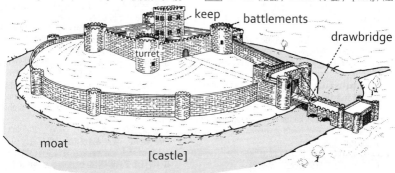

[castle]

(labels) keep　battlements　turret　drawbridge　moat

C

要用於叫喚)；貓叫聲: mew, miaow, purr；*adj.*
爲 feline.

2 壞心眼的女人.

A cát has níne líves. (諺)貓有九條命(生命力強
而不容易死).

bèll the cát → bell 的片語.

Cáre kìlled a [*the*] *cát.* → care 的片語.

lèt the cát òut of the bág 無意中洩露祕密.

like a cát on a hòt tìn róof ((美、口))[((英、
口)) *on hòt brícks*) 侷促不安, 如坐針氈, 提心
吊膽.

ràin càts and dógs ((口))大雨傾盆.

sée which wày the càt júmps ((口))觀望形勢,
窺探動靜.

sèt [*pùt*] *the cát among the pígeons* →
pigeon 的片語.

When the càt is awáy, the mìce will pláy.
((諺))閻王不在, 小鬼翻天(<貓兒不在, 老鼠跳樑).

cat·a·clysm [ˋkætəˌklɪzəm; ˈkætəklizəm] *n.*
Ⓒ **1** (自然界的)大變動(地震, 大洪水等).

2 (政治的, 社會的)大動亂, 大變動, (戰爭, 革命
等).

cat·a·clys·mic [ˌkætəˋklɪzmɪk;
ˌkætəˈklizmik] *adj.* 大變動的.

cat·a·comb [ˋkætəˌkom; ˈkætəku:m] *n.* Ⓒ
(通常 catacombs)地下墓窟；(the Catacombs)羅
馬的地下墓窟(早期的基督教徒作爲避難所或祕密禮
拜堂之用).

cat·a·lep·sy [ˋkætəˌlɛpsɪ; ˈkætəlepsi] *n.* Ⓤ
(醫學)僵強症, 強直性昏厥, (肌肉僵直、無感覺的
狀態, 通常會伴隨歇斯底里等症狀).

cat·a·lep·tic [ˌkætəˋlɛptɪk; ˌkætəˈleptik] *adj.*
(醫學)僵強症的. — *n.* Ⓒ僵強症患者.

✸cat·a·log ((美)), **cat·a·logue** ((英))
[ˋkætlˌɔg; ˈkætəlɔg] *n.* (*pl.* ~s [~z; ~z]) Ⓒ目錄,
型錄. a library *catalog* 圖書目錄/a mail order
catalog 郵購目錄.

— *vt.* 編製(圖書, 商品等)的目錄.

Cat·a·lo·ni·a [ˌkætəˋlonɪə; ˌkætəˈləunjə] *n.* 加
泰隆尼亞(西班牙東北部一地區).

ca·tal·y·sis [kəˋtæləsɪs; kəˈtæləsis] *n.* Ⓤ ((化
學))催化作用, 催化反應.

cat·a·lyst [ˋkætlɪst; ˈkætəlist] *n.* Ⓒ **1** ((化學))
催化劑. **2** 促使變化的人[事, 物].

cat·a·lyt·ic [ˌkætlˋɪtɪk; ˌkætəˈlitik] *adj.* 催化
(作用)的.

cat·a·ma·ran [ˌkætəməˋræn; ˌkætəməˈræn]
n. Ⓒ雙身船(兩個船體並排連結的船；→trima-
ran).

cat-and-dog [ˋkætnˌdɔg; ˌkætnˈdɒg] *adj.*
不斷爭吵的, 交惡的. lead a *cat-and-dog* life 過著
爭吵不休的生活.

cat·a·pult [ˋkætəˌpʌlt; ˈkætəpʌlt] *n.* Ⓒ

1 (軍艦等的)飛機彈射裝置, 彈射器.

2 ((英)) (兒童玩的)彈弓(((美)) slingshot).

3 弩砲(發射石塊或箭等的古代兵器).

— *vt.* (像用彈射器發射般地)把…用力地射出.

— *vi.* (飛機)用彈射器彈射.

[catapults 1, 3]

cat·a·ract [ˋkætəˌrækt; ˈkætərækt] *n.* Ⓒ
1 瀑布, (垂直傾瀉型的)大瀑布, (→ waterfall
參考). **2** (通常 cataracts)豪雨；奔流. The rain
came down in *cataracts*. 大雨傾盆而下. **3** (醫學)
白內障.

ca·tarrh [kəˋtɑr; kəˈtɑ:(r)] *n.* Ⓤ((醫學))黏膜炎
(鼻, 咽喉等的黏膜炎症).

✸ca·tas·tro·phe [kəˋtæstrəfɪ; kəˈtæstrəfi] *n.*
(*pl.* ~s [~z; ~z]) Ⓒ **1** 突然的大災難, 大慘劇；大
變動, (~ calamity, disaster 同). an economic
catastrophe 經濟上的劇大變動/a terrible *catastro-
phe* 悲慘的大災難.

2 (悲劇的)結局；(古典悲劇的)結局.

cat·a·stroph·ic [ˌkætəˋstrɑfɪk; ˌkætəˈstrɒfik]
adj. 破壞的；大慘劇的；結局(悲慘)的.

cat·bird [ˋkætˌbɝd; ˈkætbɜ:d] *n.* Ⓒ((鳥))貓鳥
(產於北美的小型鳴鳥, 叫聲如貓叫).

cát bùrglar *n.* Ⓒ(以攀牆等手法從二樓溜進
屋裡的)竊賊.

cat·call [ˋkætˌkɔl; ˈkætkɔ:l] *n.* Ⓒ(在集會、劇
場、運動場等處, 表示不滿或責備的)尖叫聲, 噓聲.

— *vi.* 嘲笑, 奚落, 喝倒彩.

✸catch [kætʃ; kætʃ] *v.* (~·es [~ɪz; ~ɪz]; caught;
~·ing) *vt.* 〖捉〗 **1** 追捕, 捉住；(警察)
逮捕…；抓住, *catch* a ball 接球/*catch* a fish 捉
魚(亦可指釣魚)/*catch* a rabbit alive 活捉兔子/
Our cat never *catches* mice. 我們家的貓從不抓老
鼠/The policeman *caught* the thief. 警察捉住那竊
賊. 同*catch* 意為「捉住」, 是一般用語；→ cap-
ture, clutch, grab, grasp, seize, snatch.

語法He caught me by the arm. 意為「他抓住我的
手臂, 想抓我拉住」；He caught my arm. 則強調
「他抓住我的手臂」之意；→ the 8.

2 趕上(車, 船等)(↔ miss)；與(人)取得連絡.
The poor old woman couldn't *catch* the train. 那
可憐的老太太沒有趕上火車.

3 句型5 (catch A do*ing*)、句型3 (catch A *at*
[*in*]…)撞見[發現]A正在做…. The teacher
caught him *sleeping* in class. 老師發現他在課堂上
睡覺/He was *caught in* the act of cheating. 他作
弊時當場被逮到/*catch* sight of...(→ sight 的片
語).

4 〖用心領會〗領會, 理解, (意思). I didn't *catch*
the word. 我不懂這個字的意思/Betty couldn't
catch what I was saying. 貝蒂沒有聽懂我說的話.

5 〖捉住而受到影響〗染上(疾病等), *catch* (a) cold

感冒.

6 【被東西抓住】(使)鉤住, (使)纏住; (使)絆住. I *caught* my sweater on that peg. 我的毛衣被釘子鉤住了(＝That peg *caught* my sweater. 那釘子鉤住了我的毛衣).

7 引起[注意], 吸引[人的目光]. The doll on the shelf *caught* my attention [eye]. 架子上的玩偶吸引了我的注意[目光].

8 【暴風, 雨等】襲擊《主要用被動語態》; 突襲, 冷不防地打擊, 偷襲. be *caught* in a shower [storm] 遇到陣雨[暴風雨]/We got *caught* in the rush-hour traffic. 我們被堵在尖峰時間的車陣中.

9 【落下之物, 風等】擊中…; 打擊…. The ball *caught* the boy on the nose. 那顆球擊中男孩的鼻子.

— *vi.* **1** (用 catch at...)想抓住…. A drowning man will *catch* at a straw. 《諺》溺水的人連一根稻草也想抓住; 病急亂投醫; 急不暇擇/He *caught* at the first opportunity to be elected president. 他想抓住被選為會長的先機. 匧屈 catch *vt.* 是「(實際上)抓到」, catch at... 是「想抓住…」, 但實際上有可能沒抓住.

2 著火; 傳播. The matches are moist and won't *catch*. 火柴受潮了, 怎麼樣都點不著.

3 【衣服等】被鉤住((on, in)); 【鎖等】鎖住. Her dress *caught* on a nail. 她的衣服被釘子鉤住了.

4 《棒球》當捕手.

càtch fíre → fire 的片語.

càtch it 《口》挨罵, 受責, 受罰. You'll *catch* it from the teacher if she finds you cheating. 如果老師發現你作弊, 你會挨罵的.

càtch ón (1)受人歡迎, 流行. This style has really *caught* on this year. 這個款式今年真的很流行. (2)理解(to). It took a few seconds for him to *catch* on (to the joke). 過了幾秒鐘後, 他才聽懂(那個笑話).

càtch /.../óut (1)識破, 看穿, 【欺騙等】. It's hard to *catch* that kind of fraud *out*. 那種騙局是很難識破的. (2)(以設有圈套的問題等)使人被騙得一楞一楞的. (3)《棒球》接殺出局.

càtch úp[1] 追上. He left a little later, but he soon *caught* up. 他遲了一點才出發, 但很快就追上了.

càtch /.../úp[2] 把…突然拿起, 抓住. He *caught* up his hat and ran out. 他拿起帽子就跑出去了.

càtch A úp in B 把 A 捲進 B; 使 A 熱中於 B; 《主要用被動語態》. be *caught* up *in* the tide of the times 被捲入時代的洪流中.

càtch úp on... 彌補耽誤下來的…. Now I'm going to *catch* up *on* my sleep [homework]. 現在我要補眠[趕完家庭作業].

* *càtch úp with...* 趕上…. I couldn't *catch* up *with* them because they were going so fast. 我追不上他們, 因為他們走得快/Production will soon *catch* up *with* demand. 生產很快就會趕上需求.

— *n.* (*pl.* ~es [~ɪz; ~ɪz]) © **1** 捉, 抓; 《棒球》接球. make a spectacular *catch* 完美地接了一球.

---

2 捕獲物; (魚等的)捕獲量. a good [poor] *catch* (of fish) (魚的)捕獲量佳[差].

3 (鎖, 門等的)栓, 鈕.

4 《口》好的結婚對象; 意外收穫, 有價值的東西[人]. Marry her as soon as possible—she's quite a *catch*! 趕快和她結婚吧!——她是個很好的對象!

5 《口》圈套; 設有圈套的問題等. There must be a *catch* in such a good job. 那麼好的工作必定有陷阱.

plày cátch 玩接球.

cátch cròp *n.* © 間作(作物)《栽種在兩種主要作物間的田壟上, 生長迅速的作物》.

* **catch·er** [ˋkætʃɚ, ˋkɛtʃɚ; ˋkætʃə(r)] *n.* (*pl.* ~s [~z; ~z]) © **1** 捕捉者[物]. **2** 《棒球》捕手.

catch·ing [ˋkætʃɪŋ; ˋkætʃɪŋ] *adj.* 《口》 **1** 傳染病的, 傳染性的. **2** 吸引人的, 有魅力的.

cátch·ment àrea [ˋkætʃmənt-; ˋkætʃmənt-] *n.* Ⓤ **1** (河, 水庫等的)集水區, 流域. **2** 人口集中的地區《學區, 醫院附近等》.

catch·pen·ny [ˋkætʃˌpɛnɪ; ˋkætʃˌpeni] *adj.* 《輕蔑》迎合時尚的, 符合潮流的《出版品等》; 虛有其表的《廉價物等》.

cátch phràse *n.* © 吸引人注意的語句, 口號, 《例: From the Cradle to the Grave「從搖籃到墳墓」, No More Hiroshimas!「廣島事件的慘劇」勿再重演!」(指美軍於二次大戰末於廣島投擲原子彈)》.

catch·up [ˋkætʃəp, ˋkɛtʃəp; ˋkætʃʌp] *n.* ＝ketchup.

catch·word [ˋkætʃˌwɝd; ˋkætʃwɜːd] *n.* ＝catch phrase.

catch·y [ˋkætʃɪ; ˋkætʃi] *adj.* **1** 會受歡迎的; 容易記住的. a *catchy* tune 容易琅琅上口的曲調. **2** 【問題等】設有圈套的, 容易上當的.

cat·e·chism [ˋkætəˌkɪzəm; ˋkætəkɪzəm] *n.* **1** © 《基督教》教義問答集《例如: 「耶穌基督是甚麼人」——「是神的兒子; 為了贖我們的罪而降生為人」, 集結此類問答而成的書》. **2** © 問答式說明書, 問答集; 一問一答.

cat·e·chize [ˋkætəˌkaɪz; ˋkætəkaɪz] *vt.* 以問答形式來傳授教義; 打破砂鍋地問.

cat·e·gor·i·cal [ˌkætəˋɡɔrɪk, -ˋɡɑr-; ˌkætəˋɡɒrɪkl] *adj.* 無條件的, 絕對的; 明白的【陳述等】.

cat·e·gor·i·cal·ly [ˌkætəˋɡɔrɪklɪ, -ˋɡɑr-; ˌkætəˋɡɒrɪkəli] *adv.* 無條件地; 堅決地.

cat·e·go·rize [ˋkætəɡəˌraɪz; ˋkætəɡəraɪz] *vt.* 把…分類(as)(classify).

cat·e·go·ry [ˋkætəˌɡɔrɪ, -ˌɡɔrɪ; ˋkætəɡəri] *n.* (*pl.* -ries) © 種類, 類別; 《論理學, 哲學》範疇. 同 category 和 class, division 等較不通用, 常作為哲學用語.

ca·ter [ˋketɚ; ˋkeɪtə(r)] *vi.* **1** 準備[提供]飲食[服務等](for). We specialize in *catering for* wed-

dings. 我們專門承辦婚宴.
2 提供娛樂[服務, 必需品等], 給與滿足, 《for, 《美》to》. This hotel *caters for* [*to*] foreign tourists. 這家旅館專做外國觀光客的生意.

ca·ter·er [ˋketərə; ˈkeɪtərə(r)] *n.* ⓒ (宴會等的)酒席承辦人.

cat·er·pil·lar [ˋkætəˏpɪlə, ˋkætə-; ˈkætəpɪlə(r)] *n.* ⓒ **1** 毛蟲(蝶, 蛾的幼蟲). **2** 履帶; 履帶式車輛(商標名); =caterpillar tractor.

cáterpillar tràctor *n.* ⓒ 履帶式拖拉機.

cat·er·waul [ˋkætəˏwɔl; ˈkætəwɔːl] *vi.* (像貓般地)號叫[吵鬧].
— *n.* ⓒ 號叫[吵鬧]聲.

cat·fish [ˋkætˏfɪʃ; ˈkætfɪʃ] *n.* (*pl.* ~, ~**es**) ⓒ (魚)鯰魚.

cat·gut [ˋkætˏgʌt; ˈkætgʌt] *n.* ⓤ 腸線, 羊腸線, (以羊或馬等(不是貓)的腸所製成的結實繩線); 用於弦樂器, 網球拍、手術縫線等方面.

ca·thar·ses [kəˋθɑrsiz; kəˈθɑːsiːz] *n.* catharsis 的複數.

ca·thar·sis [kəˋθɑrsɪs; kəˈθɑːsɪs] *n.* (*pl.* -**ses**) ⓤ ⓒ **1** (文章)淨化作用(因藝術等而使心靈淨化、讓情緒宣洩). **2** (醫學)通便.

ca·thar·tic [kəˋθɑrtɪk; kəˈθɑːtɪk] *n.* 瀉藥.
— *adj.* 通便的; 導瀉的.

*****ca·the·dral** [kəˋθidrəl; kəˈθiːdrəl] *n.* (*pl.* ~**s** [~z; ~z]) ⓒ 大教堂(設有主教(bishop)座的教堂, 是該教區(diocese)的總教堂).

[Canterbury Cathedral]

Cath·er·ine [ˋkæθrɪn, ˋkæθərɪn; ˈkæθərɪn] *n.* 女子名.

cath·e·ter [ˋkæθətə; ˈkæθɪtə(r)] *n.* ⓒ (醫學)導管, 導尿管.

cath·ode [ˋkæθod; ˈkæθəʊd] *n.* ⓒ (電)陰極 (↔ anode).

cáthode rày *n.* ⓒ (電)陰極射線.

cáthode-ray tùbe *n.* ⓒ (電)陰極射線管.

*****Cath·o·lic** [ˋkæθəlɪk, ˋkæθlɪk; ˈkæθəlɪk] *adj.*
1 (與新教(Protestant)相對)舊教的; (羅馬)天主

教的. **2** 全基督教會的.
3 (catholic)(文章)興趣[嗜好]廣泛的; 寬容的.
He has *catholic* tastes. 他興趣廣泛.
4 (catholic)(文章)普遍的, 無所不包的.
— *n.* ⓒ (羅馬)天主教徒, 舊教徒.
[參考] 羅馬天主教徒自稱Catholic, 而非羅馬天主教徒則稱他們為 Roman Catholic.

Cátholic Chúrch *n.* (加the)(羅馬)天主教會, 羅馬公教教會.

Ca·thol·i·cism [kəˋθɑləˏsɪzəm; kəˈθɒləsɪzəm] *n.* ⓤ (羅馬)天主教的教義[信仰, 制度等].

cath·o·lic·i·ty [ˏkæθəˋlɪsətɪ, ˏkæθɵˋlɪsətɪ] *n.* ⓤ (文章) **1** (趣味, 關心, 理解等的)廣泛性, 寬容性. **2** 無所不包, 普遍性.

Cath·y [ˋkæθɪ; ˈkæθɪ] *n.* Catherine 的暱稱.

cat·kin [ˋkætkɪn; ˈkætkɪn] *n.* ⓒ (植物)葇荑花序(川柳, 榛等的花穗).

cat·nap [ˋkætˏnæp; ˈkætnæp] *n.* ⓒ (口)瞌睡.

cat-o-nine-tails [ˏkætəˋnaɪnˏtelz, ˏkætoˋnaɪn-; ˌkætəˈnaɪnteɪlz] *n.* (*pl.* ~) ⓒ 九尾鞭 (把有繩結的九條繩子安裝在柄上作成的鞭; 舊時用來鞭打犯人; **-o-** nine of).

càt's crádle *n.* ⓤ 翻線[繩]遊戲.

cat's-eye [ˋkætsˏaɪ; ˈkætsaɪ] *n.* ⓒ **1** (礦物)貓眼石. **2** (道路的)夜間反光裝置(一種安裝在道路上能反射汽車前燈光線的鏡片狀物).

[cat's cradle]

cat's-paw [ˋkætsˏpɔ; ˈkætspɔː] *n.* ⓒ (口)走狗, 爪牙, (人). [參考] 原義是「貓的(前)爪」. 此義源自於民間故事, 貓受猴子所託, 前去取火中之栗.

cat·sup [ˋkætsəp, ˋkɛtʃəp; ˈketʃəp, ˈkætsəp] *n.* =ketchup.

*****cat·tle** [ˋkætl; ˈkætl] *n.* 《作複數》牛, 飼養的牛 (cows, bulls, oxen等的總稱). a herd of *cattle* 一群牛/thirty head of *cattle* 三十頭牛.

cat·tle·man [ˋkætlmən; ˈkætlmən] *n.* (*pl.* -**men** [-mən; -mən]) ⓒ (美)(飼牛的)畜牧業者.

cat·ty [ˋkætɪ; ˈkætɪ] *adj.* 像貓的; 狡猾而陰險的.

CATV (略) community antenna television (社區共同天線電視).

cat·walk [ˋkætˏwɔk; ˈkætwɔːk] *n.* ⓒ (橋梁兩側的)狹窄通道; (舞臺上方懸掛燈具或佈景的)貓道.

Cau·ca·sia [kɔˋkeʒə, -ʃə; kɔːˈkeɪzɪə] *n.* 高加索 (介於黑海與裏海間的地區).

Cau·ca·sian [kɔˋkeʒən, -ˋkeʃən, -ˋkeʒən, -ˋkæʃən; kɔːˈkeɪzɪən] *adj.* 白色人種的.
— *n.* ⓒ 白種人(white).

Cau·ca·sus [ˋkɔkəsəs; ˈkɔːkəsəs] *n.* (加the) **1** 高加索山脈(亦稱作 the Càucasus Móuntains). **2** =Caucasia.

cau·cus [ˋkɔkəs; ˈkɔːkəs] *n.* ⓒ (美)(政黨的)黨團(會議)(在黨員大會之前召開, 決定政策, 選定政

選人等)．

cau·dal [ˋkɔdl; ˈkɔːdl] *adj.* 尾部的；尾的；似尾的．

caught [kɔt; kɔːt] *v.* catch的過去式、過去分詞．

caul·dron [ˋkɔldrən; ˈkɔːldrən] *n.* ⓒ (古)大鍋 《通常指裝有把手和蓋子的深鍋》．

cau·li·flow·er [ˋkɔləˌflaʊɚ; ˈkɒlɪˌflaʊə(r)] *n.* ⓒ 花椰菜，花菜．

caulk [kɔk; kɔːk] *vt.* (用麻絮(oakum)等)填塞〔船等〕的縫隙．

caus·al [ˋkɔzl; ˈkɔːzl] *adj.* 原因的，起因的；由於(某種)原因的；表示原因的．

cau·sal·i·ty [kɔˋzælətɪ; kɔːˈzælətɪ] *n.* Ⓤ 因果關係；因果律．the law of *causality* 因果律．

cau·sa·tion [kɔˋzeʃən; kɔːˈzeɪʃn] *n.* Ⓤ 起因；因果關係．

caus·a·tive [ˋkɔzətɪv; ˈkɔːzətɪv] *adj.* 起因的《of》，引起的《of》；(文法)使役的．

— *n.* ⓒ (文法)使役動詞 (càusative vérb)《例如相對於 fall(倒下)的 fell(使倒下) (=cause to fall)這一類的動詞；狹義則指 make, let, have 等具有「使…，讓…，令…」之意的動詞)．

caus·al·ly [ˋkɔzli; ˈkɔːzlɪ] *adv.*

*cause

[kɔz; kɔːz] *n.* (*pl.* **caus·es** [~ɪz; ~ɪz])

〖原因〗 **1** Ⓤⓒ 原因；成為原因的東西〔事，人〕(↔ effect, result)．A lighted match was the *cause* of the big fire. 一根點著的火柴是大火的起因(星星之火可以燎原)．回 cause 是表示「原因」之意的最普通用語⇨ reason．

〖搭配〗 *adj.*+**cause**: the main ~ (主要的原因), the real ~ (真正的原因), the ultimate ~ (根本的原因) // *v.*+**cause**: determine the ~ (查明原因), explain the ~ (說明原因)．

2 Ⓤ 理由；動機；《*to* do; *for*》．There is good *cause* to believe that he is already dead. 有足夠的理由相信他已經死了/You shouldn't complain without good *cause*. 你沒有足夠理由就不應抱怨．

〖理由的主張〗 **3** ⓒ 主張；主義；(為了主義、主張的)運動．promote the *cause* of world peace 促進世界和平運動/Join us and work in the *cause* of helping the poor. 加入我們援助窮人的運動吧!

4 ⓒ (法律)訴訟．

màke còmmon cáuse with... (為了主義)與…聯合起來．

— *vt.* (**caus·es** [~ɪz; ~ɪz]; **~d** [~d; ~d]; **caus·ing**)

1 成為…的原因，導致…．Drinking can *cause* traffic accidents. 喝酒會導致交通事故/My son's laziness often *causes* a quarrel between us. 我們常因兒子的懶散而爭吵．

〖搭配〗 cause+*n.*: ~ anxiety (引起擔心), ~ confusion (引起混亂), ~ difficulty (造成困難), ~ harm (引起損害), ~ a problem (引發問題)．

2 〖句型4〗(cause A B)、〖句型3〗(cause B *to* [*for*] A)給A帶來B，引起．The typhoon *caused* the town a lot of damage. = The typhoon *caused* a lot of damage *to* the town. 這次颱風給該城鎮造成很大的破壞．

3 〖句型5〗(cause A *to* do)使A做…．Her anger *caused* her *to* rise and leave the room. 她氣得站

起來離開了房間．

'cause [kɔz; kɒz, kəz] *conj.* 《口》=because.

cause·less [ˋkɔzlɪs; ˈkɔːzlɪs] *adj.* 沒有理由的；原因不明的．

cause·way [ˋkɔzˌwe; ˈkɔːzweɪ] *n.* (*pl.* ~s) ⓒ 堤道(橫穿過低濕地帶)；(高起來的)步道．

caus·ing [ˋkɔzɪŋ; ˈkɔːzɪŋ] *v.* cause 的現在分詞、動名詞．

caus·tic [ˋkɔstɪk; ˈkɔːstɪk] *adj.* **1** 腐蝕性的，苛性的．**2** 譏諷的，刻薄的．

— *n.* Ⓤⓒ 腐蝕劑．

caus·ti·cal·ly [ˋkɔstɪklɪ; ˈkɔːstɪkəlɪ] *adv.* 腐蝕性地；譏諷地．

cà stic sòda *n.* Ⓤ 苛性鈉．

cau·ter·ize [ˋkɔtəˌraɪz; ˈkɔːtəraɪz] *vt.* 《醫學》(作為治療目的)燒灼；使腐蝕．

*cau·tion

[ˋkɔʃən; ˈkɔːʃn] *n.* (*pl.* ~s [~z; ~z])

〖注意〗 **1** Ⓤ 小心，謹慎，注意．use *caution* 注意/Let's take the utmost *caution against* errors. 我們要極端謹慎，不要犯下錯誤/with *caution* 小心地，謹慎地．

2 Ⓤⓒ (警察等的)警告，告誡．give a *caution* to a person 向某人提出警告/a *caution* light 警示燈．⇨ *adj.* **cautious.**

— *vt.* (~s [~z; ~z]; ~ed [~d; ~d]; ~ing)

1 (a)使小心，警告，《*against*》．He *cautioned* me *against* walking alone in this part of the city. 他要我小心不要單獨在城的這一帶走動．

(b) 〖句型4〗(caution A *that* 子句)警告A…．I must *caution* you *that* smoking is not allowed here. 我必須提醒你在這裡不許吸菸．

2 〖句型5〗(caution A *to* do)警告A去做…．I have to *caution* you not *to* do that. 我必須警告你不要做那件事．

cau·tion·ar·y [ˋkɔʃənˌɛrɪ; ˈkɔːʃnərɪ] *adj.* 《文章》警告的，告誡的．

*cau·tious

[ˋkɔʃəs; ˈkɔːʃəs] *adj.* 小心的，謹慎的，《*of*, *with*》．He is *cautious of* driving fast when the road is slippery. = He is *cautious* not *to* drive fast when the road is slippery. 路滑時他會小心不開快車/Be *cautious with* your money. 小心你的錢(不要亂花錢)．

cau·tious·ly [ˋkɔʃəslɪ; ˈkɔːʃəslɪ] *adv.* 小心地，謹慎地．

cav·al·cade [ˌkævlˋked; ˌkævlˈkeɪd] *n.* ⓒ 騎馬(馬車，汽車)列隊行進；行列，遊行隊伍．

cav·a·lier [ˌkævəˋlɪr; ˌkævəˈlɪə(r)] *n.* ⓒ

1 《古》騎士．**2** 對女性彬彬有禮的紳士．

3 (英史)(Cavalier)保皇黨黨員(17世紀Charles I世時的)．

— *adj.* 傲慢的；隨便的．*cavalier* treatment 輕蔑人的行為；粗魯的態度．

cav·a·lier·ly [ˌkævəˋlɪrlɪ; ˌkævəˈlɪəlɪ] *adv.* 傲慢地；粗魯地．

cav·al·ry [ˋkævlrɪ; ˈkævlrɪ] *n.* Ⓤ (單複數同形)

C

騎兵隊; 裝甲部隊; (→ infantry).

cav·al·ry·man [ˋkævlrɪmən; ˈkævlrimən] n. (pl. -men [-mən; -mən]) ⓒ (特指舊時的)騎兵.

***cave** [kev; keɪv] n. (pl. ~s [~z; ~z]) ⓒ 洞穴, (橫向的)洞穴; 洞窟. 回 規模更大的稱作 cavern.
— vt. (橫向)挖洞; 挖通.
— vi. 陷落, 塌陷.
cáve ín (1)[地面等]陷落, 內陷; [建築物]倒塌; [牆壁等]內陷. The hole *caved in* with three men in it. 那個洞塌落, 內有三人受困. (2)(口)[買賣, 公司等]失敗, 倒閉. (3)(口)投降.

ca·ve·at [ˋkevɪˌæt; ˈkævɪæt] n. ⓒ **1** (文章)警告(*against* 對於…).
2 (法律)終止(訴訟等的)程序申請.

cave-in [ˋkevˌɪn; ˈkeɪvɪn] n. ⓒ (地面等的)陷落, 塌陷; (建築物等的)倒塌.

cave·man [ˋkevˌmæn; ˈkeɪvmən] n. (pl. -men [-ˌmɛn; -men]) ⓒ **1** (史前的)穴居人.
2 (口)粗野的人, 粗暴的人.

***cav·ern** [ˋkævən; ˈkævən] n. (pl. ~s [~z; ~z]) ⓒ (地下的大)洞穴, 洞窟. (→ cave 回).

cav·ern·ous [ˋkævənəs; ˈkævənəs] adj. 洞穴般的; 有(很多)洞穴[空洞]的; 深陷的(眼睛等).

cav·i·ar, cav·i·are [ˌkævɪˋɑr, ˋkævɪˌɑr; ˈkævɪɑː(r)] n. Ⓤ 魚子醬(鹽醃的鱘魚子; 被視為美味珍品).
cáviar to the géneral (雅)(謔)過於高雅不投俗好的東西, 曲高和寡. A fine wine like this is *caviar to the general*. 這種好酒對於一般人來說是過於高級了.

cav·il [ˋkævl; -vɪl; ˈkævl] vi. (~s; (美) ~ed, (英) ~led; (美) ~ing, (英) ~ling) (文章)挑剔, 找碴(*at*).

cav·i·ty [ˋkævətɪ; ˈkævətɪ] n. (pl. -ties) ⓒ 空洞; (解剖)腔.
cávity wàll n. ⓒ 空心牆(其間隙具有隔熱, 隔音效果的雙層牆壁).

ca·vort [kəˋvɔrt; kəˈvɔːt] vi. (口)雀躍.

caw [kɔ; kɔː] vi. (烏鴉等)呱呱叫.
— n. ⓒ 呱呱的鳴叫聲.

Cax·ton [ˋkækstən; ˈkækstən] n. William ~ 卡克斯頓(1422?-91)(英國最早的印刷業者).

cay·enne pepper [ˌkaɪˋɛnˈpɛpə, ˌke·ɛn-; ˌkeɪenˈpepə(r)] n. Ⓤ (紅)辣椒粉(紅)辣椒果實的粉末).

CBS (略) Columbia Broadcasting System (美國三大廣播公司之一; → NBC).

cc. (略) centuries; cubic centimeter(s).

CD [ˌsiˋdi; ˌsiːˈdiː] n. =compact disk.
Cd (符號) cadmium.

CD-ROM [ˌsidiˋrɑm; ˌsiːdiːˈrɒm] n. ⓒ (電腦)唯讀光碟(機)(存有大量資料的光碟; 與一般唱片不同, 無法變更資料內容; <*compact disk read-only memory*).

CD-vid·e·o [ˌsidiˋvɪdɪo; ˌsiːdiːˈvɪdɪəʊ] n. (pl. ~s) ⓒ 影音光碟.

***cease** [sis; siːs] (文章) v. (**ceas·es** [~ɪz; ~ɪz]; ~**d** [~t; ~t]; **ceas·ing**) vi. 停, 終止, 停止, 作罷, (*from*). The bombing *ceased*. 轟炸停止了/The child did not *cease from* crying until his mother returned. 那小孩一直哭, 直到媽媽回來才停.
— vt. 停止, 中止. 句型3 (cease do*ing*/*to* do) 停止做…. She never *ceases* complaining. 她抱怨個不停/*cease to* exist 消滅. 回 cease 與 stop 不同, 意為停止已持續一段時間的事, 不僅單純表示行動[活動]中止. ♢ n. **cessation.**
— n. Ⓤ 停止.
without céase (文章)不斷地.

cease-fire [ˋsisˋfaɪr; ˌsiːsˈfaɪə(r)] n. ⓒ 停戰(的信號), 停戰期間.

cease·less [ˋsislɪs; ˈsiːslɪs] adj. (文章)不斷的, 不停的. [斷地, 不停地.

cease·less·ly [ˋsislɪslɪ; ˈsiːslɪslɪ] adv. (文章)不

Ce·cil [ˋsisl, ˋsɛsl, -sɪl; ˈsɪsl, ˈsesl] n. 男子名.

Ce·cil·ia [sɪˋsɪljə, -ˋsɪlɪə, -ˋsɪljə; sɪˈsɪljə] n. 女子名.

***ce·dar** [ˋsidər; ˈsiːdə(r)] n. (pl. ~s [~z; ~z]) ⓒ 雪松, 柳杉; Ⓤ 其木材.

cede [sid; siːd] vt. (文章)割讓(領土等的所有權)(*to*). The territory was *ceded to* France. 那塊領土割讓給法國了.

ce·dil·la [sɪˋdɪlə; sɪˈdɪlə] n. ⓒ 加在字母 c 下面的一撇(在法語等語言中, 表示 c 在 a, o, u 之前發[s; s]音的符號; 例: façade, François 的).

***ceil·ing** [ˋsilɪŋ; ˈsiːlɪŋ] n. (pl. ~s [~z; ~z]) ⓒ **1** (房間的)天花板(↔ floor). a room with a high *ceiling* 天花板挑高的房間.
2 (飛機等的)上升限度, 最大飛行高度.
3 (價格, 工資等的)最高限度(↔ floor); (事物的)界限.
hít the céiling (口)(再也無法忍受而)勃然大怒.

Cel·e·bes [ˋsɛləˌbiz, səˋlibiz; seˈliːbɪz] n. Sulawesi 的舊稱.

***cel·e·brate** [ˋsɛləˌbret; ˈselɪbreɪt] v. (~s [~s; ~s]; -brat·ed [~ɪd; ~ɪd]; -brat·ing) vt. **1** (舉行儀式等)慶祝, 慶賀. Independence Day is *celebrated* on July 4th. 在 7 月 4 日慶祝(美國的)獨立紀念日.
搭配 celebrate + n.: ~ a birthday (慶祝生日), ~ an event (慶祝節慶), ~ a festival (慶祝慶典), ~ a victory (慶祝勝利), ~ a wedding (慶祝結婚).
2 舉行(儀式, 慶祝活動).
3 把榮譽給與…, 讚美…. In his movies he *celebrated* the Wild West. 他在影片中頌揚昔日的美國西部.
— vi. **1** (舉行慶祝儀式等)慶祝. I've got the job —let's go out and *celebrate*! 我已經得到那份工作了, 我們出去慶祝一下吧!! **2** 歡鬧.

cel·e·brat·ed [ˋsɛləˌbretɪd; ˈselɪbreɪtɪd] adj. 有名的, 著名的, (*for*; *as*). He is *celebrated as* a violinist. 他以小提琴家聞名/a place *celebrated*

for its scenery 以景色聞名的地方.

cel·e·brat·ing [ˈsɛləˌbretɪŋ; ˈselibreitɪŋ] *v.* celebrate 的現在分詞, 動名詞.

cel·e·bra·tion [ˌsɛləˈbreʃən; ˌseliˈbreiʃn] *n.* (*pl.* ~s [~z; ~z]) **1** ⓤ 祝賀, 慶祝. **2** ⓒ 慶祝會, 慶典. They held a *celebration* on their 25th wedding anniversary. 他們舉行結婚25週年的慶祝會. **3** ⓤ 稱讚, 讚揚.

in celebrátion of... 慶祝⋯. Bands and people paraded the streets *in celebration of* the victory. 樂隊和人們上街遊行慶祝勝利.

ce·leb·ri·ty [səˈlɛbrətɪ; siˈlebrəti] *n.* (*pl.* **-ties**) **1** ⓤ 名聲. **2** ⓒ 名流, 名人. a national *celebrity* 一位國內知名人士.

ce·ler·i·ty [səˈlɛrətɪ; siˈlerəti] *n.* ⓤ 《文章》敏捷, 迅速.

cel·er·y [ˈsɛlərɪ; ˈseləri] *n.* ⓤ 《植物》芹菜. a stick of *celery* 一根芹菜.

ce·les·tial [səˈlɛstʃəl; siˈlestjəl] *adj.* **1** 天的, 天空的. a *celestial* body 天體. **2** 天國(似)的; 似乎不屬於這個世界的. ≒heavenly.

celèstial sphére *n.* ⓤ (加 the)《天文》天體.

cel·i·ba·cy [ˈsɛləbəsɪ; ˈselibəsi] *n.* ⓤ 獨身(生活)《尤指基於宗教的誓約》.

cel·i·bate [ˈsɛləbɪt, -ˌbet; ˈselibət] *n.* ⓒ 獨身者《尤指由於宗教的理由》.
— *adj.* 獨身的, 獨身主義的.

cell [sɛl; sel] *n.* (*pl.* ~s [~z; ~z]) ⓒ **1** (修道院的)單人室; (監獄的)單人牢房. be confined in a *cell* 被監禁在單人牢房. **2** (蜂巢的一個個)巢室. **3** 電池(其集合名詞為 battery). a dry *cell* 一顆乾電池. **4** (革命運動組織等的)小組織, 基層單位. **5** 《生物》細胞. cancer *cells* 癌細胞.

cel·lar [ˈsɛlɚ; ˈselə(r)] *n.* (*pl.* ~s [~z; ~z]) ⓒ **1** 地窖, 地下室, 地下貯藏室, (貯藏葡萄酒、糧食、燃料等). 同與被視為住家一部分的 basement 不同, cellar 完全是在地下的貯物場所. **2** 貯藏酒的地窖.

cel·list, ’cel·list [ˈtʃɛlɪst; ˈtʃelist] *n.* ⓒ 《音樂》大提琴家(violon*cellist* 的縮寫).

cel·lo, ’cel·lo [ˈtʃɛlo; ˈtʃeləʊ] *n.* (*pl.* ~s) ⓒ 《音樂》大提琴(violon*cello* 的縮寫; → stringed instrument 圖).

cel·lo·phane [ˈsɛləˌfen; ˈseləʊfein] *n.* ⓤ 玻璃紙.

cel·lu·lar [ˈsɛljəlɚ; ˈseljələ(r)] *adj.* **1** 細胞(狀)的; 由細胞組成的. **2** 《英》(布料)網眼的. a *cellular* blanket 網眼粗的毯子.

cèllular phóne *n.* ⓒ 區域性(細胞式)電話《多為汽車電話所使用》; 行動電話.

cel·lu·loid [ˈsɛljəˌlɔɪd, ˈsɛljʊˌlɔɪd; ˈseljʊlɔɪd] *n.* ⓤ 賽璐珞(片)《源自商標名》.
on célluloid 拍攝成影片.

cel·lu·lose [ˈsɛljəˌlos; ˈseljʊləʊs] *n.* ⓤ 《化學》纖維素.

Cel·si·us [ˈsɛlsɪəs; ˈselsiəs] *adj.* 攝氏的(亦稱

centigrade; 「華氏的」是 Fahrenheit).

Celt [sɛlt, kɛlt; kelt] *n.* ⓒ 塞爾特人; (the Celts) 塞爾特族(大不列顛的原住民; 現居於 Ireland, Wales, Scotland 高地等地).

Celt·ic [ˈsɛltɪk, ˈkɛl-; ˈkeltik] *adj.* 塞爾特人[語]的; 塞爾特的.
— *n.* ⓤ 塞爾特語派(印歐語系之一派; 包括 Gaelic, Welsh, Irish).

*‡**ce·ment** [səˈmɛnt; siˈment] (★注意重音位置) *n.* ⓤ **1** 水泥; 接合劑. **2** (補牙用的)堊土. **3** 接合[結合]物.
— *vt.* **1** 在⋯鋪水泥; 把⋯用水泥[接合劑]黏結[固定]. *cement* bricks together 以水泥砌磚塊. **2** 把⋯強力結合; 加強, 強固, 〔友誼等〕. *cement* a friendship 鞏固友誼.

cemént míxer *n.* ⓒ 水泥攪拌機.

cem·e·ter·y [ˈsɛməˌtɛrɪ, ˈsɛmɪtrɪ; ˈsemitri] *n.* (*pl.* **-ter·ies** [~z; ~z]) ⓒ (公共)墓地(cemetery 不屬教會; 教會所屬的墓地稱為 churchyard). We buried our mother in [at] a public *cemetery*. 我們把母親葬在公墓裡.

cen·o·taph [ˈsɛnəˌtæf; ˈsenəʊtɑːf] *n.* ⓒ 死者[陣亡者]紀念碑.

cen·ser [ˈsɛnsɚ; ˈsensə(r)] *n.* ⓒ 香爐, (特指)手提香爐(特指教會儀式中用鍊子吊著晃動的香爐).

cen·sor [ˈsɛnsɚ; ˈsensə(r)] *n.* 審查員(出版品, 戲劇, 電影等的).
— *vt.* 檢查, 審查.

cen·so·ri·ous [sɛnˈsorɪəs, -ˈsɔr-; senˈsɔːriəs] *adj.* 《文章》挑剔的, 吹毛求疵的; 苛刻批評的.

cen·sor·ship [ˈsɛnsɚˌʃɪp; ˈsensəʃip] *n.* ⓤ 檢查; 審查員的職務.

[censer]

cen·sure [ˈsɛnʃɚ; ˈsenʃə(r)]《文章》*vt.* (~s [~z; ~z]; ~d [~d; ~d]; **-sur·ing** [-ʃərɪŋ, -ʃrɪŋ; -ʃərɪŋ]) 指責, 非難, 嚴厲批評. He was *censured for* his conduct. 他因為他的行為而遭到非難.
— *n.* ⓤⓒ 非難, 指責; 嚴厲批評.

cen·sus [ˈsɛnsəs; ˈsensəs] *n.* ⓒ 戶口普查, 人口普查. A *census* is carried out every ten years. 每十年進行一次戶口普查.

*‡**cent** [sɛnt; sent] *n.* (*pl.* ~s [~s; ~s]) **1** ⓒ 分(美國, 加拿大等的貨幣單位; 一美元的百分之一; 略作 C; 符號 ¢). **2** ⓒ 一分銅幣(亦稱 penny; → coin 圖). **3** ⓤ (作為單位的)100. 參考 「百分比」(per*cent*) 為「百分之⋯」之意.

cent. (略) centigrade; central; century.

cen·taur [ˈsɛntɔr; ˈsentɔː(r)] *n.* ⓒ 《希臘神話》人馬獸(上半身是人體, 下半身為馬的軀體和腿).

cen·te·nar·i·an [ˌsɛntəˈnɛrɪən, -ˈner-; ˌsɛntɪˈneərɪən] *adj.* 100 歲(以上)的.
— *n.* ⓒ 100 歲(以上)的人.

cen·te·nar·y [ˈsɛntəˌnɛrɪ, sɛnˈtɛnərɪ; senˈtiːnərɪ] *adj.*, *n.* (*pl.* **-ries**)《英》= centennial.

cen·ten·ni·al [sɛnˈtɛnɪəl, -njəl; senˈtenjəl]
《美》 *adj.* **1** 一百年(期間)的; 一百年一次的.
2 百年紀念的.
— *n.* ⓒ 一百週年紀念日, 百年紀念.

cen·ten·ni·al·ly [sɛnˈtɛnɪəlɪ, -njəlɪ; senˈtenjəlɪ] *adv.* 每一百年地.

✲cen·ter《美》, **cen·tre**《英》 [ˈsɛntə; ˈsentə(r)]
n. (*pl.* ~**s** [~z; ~z])【中心】 **1** (與兩端、周圍相對的)中心(點), 中央(部分). the *center* of a circle 圓心/right in the *center* of the room 在房間的正中央. 回 center 較 middle 更為嚴謹, 指幾何學上的中心, 不用於時間; → middle.
2 ⓒ (人緣、趣味等的)中心, 目標. The actress was the *center* of interest [attention] at the party. 那女演員是宴會上眾所矚目[注目]的焦點.
3 ⓒ (產業等的)集中地; (物資的)集散地; (社會活動的)中心(設施). a *center* for commerce 商業中心/a foreign trade *center* 外貿中心.
【中央, 中間】 **4** ⓒ《體育》中鋒, 中堅手, 中外野手.
5 ⓒ《軍事》中堅部隊(在左右兩翼部隊(wings)之間的).
6 ⓒ(單複數同形)《政治》(通常 the Center)中間派, 穩健派, (與 the Left 和 the Right 相對).
♢ *adj.* **central**.
— *v.* (~**s** [~z; ~z];《美》~**ed**, 《英》~**d** [~d; ~d];《美》**-ter·ing**, 《英》**-tring** [-tərɪŋ, -trɪŋ; -tərɪŋ])
vt. **1** 把⋯置於中心[中央]. *Center* the vase on the table. 請把花瓶放在桌子中央/All her hopes *were centered* on her daughter. 她把所有的希望都寄託在女兒身上. **2** 〔鏡頭的〕對焦;《體育》把〔球〕踢[打]到中場(地帶).
— *vi.* 集中, 聚集, 《on, in, at, around》. The discussion *centered around* the coming election. 這次討論的重點集中在即將舉行的選舉/The story *centers on* how he became a Christian. 這故事主要在描寫他如何成為基督徒.

●──《美》和《英》拼法差異的字		
(1)有規律者		
《美》	《英》	
trav*el*er	trav*ell*er	旅行者
jewel*ry*	jewel*lery*	珠寶飾品
cent*er*	cent*re*	中心
lab*or*	lab*our*	勞動
catal*og*	catal*ogue*	目錄
organi*ze*	{ organi*se* / organi*ze* }	組織
defen*se*	defen*ce*	防禦
progra*m*	progra*mme*	節目
disti*ll*	disti*l*	蒸餾
(2)無規律者		
jail	gaol	監獄
plow	plough	犁
tire	tyre	輪胎
check	cheque	支票
gray	grey	灰色的
mustache	moustache	髭
pajamas	pyjamas	睡衣
curb	kerb	邊石

cen·ter·board《美》, **cen·tre·board**《英》 [ˈsɛntəˌbord, -ˌbɔrd; ˈsentəbɔːd] *n.* ⓒ (主要指帆船的)垂板龍骨, 活動船板.

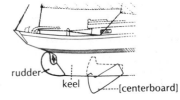

rudder

keel

[centerboard]

cènter fíeld *n.* ⓤ《棒球》中外野, 中堅手防守位置.

cènter fíelder *n.* ⓒ《棒球》中堅手, 中外野手, (→ baseball 圖).

cènter of grávity *n.* ⓤ《物理》重心.

cen·ter·piece《美》, **cen·tre·piece**《英》 [ˈsɛntəˌpis; ˈsentəpiːs] *n.* ⓒ (餐桌, 天花板等的)中間裝飾品(鮮花, 蕾絲, 工藝品等).

centi- (構成複合字)意為「百分之一」. *centi*meter. *centi*liter.

✲cen·ti·grade [ˈsɛntəˌgred; ˈsentɪgreɪd] *adj.* (有時 Centigrade)攝氏的(略作 C, c;「華氏的」則為 Fahrenheit). 參考 15℃ (攝氏 15 度)讀作 fifteen degrees centigrade.

cen·ti·gram, 《英》 **cen·ti·gramme** [ˈsɛntəˌgræm; ˈsentɪgræm] *n.* ⓒ 公毫(一公克的百分之一).

cen·ti·li·ter, 《英》 **cen·ti·li·tre** [ˈsɛntlˌitə; ˈsentɪˌliːtə(r)] *n.* ⓒ 公勺(一公升的百分之一).

cen·time [ˈsɑntim, sɑnˈtim; ˈsɒntiːm] (法語) *n.* ⓒ 生丁(法國, 瑞士等的貨幣單位; 在法國, 瑞士為 1 franc 的百分之一); 一生丁硬幣.

✲cen·ti·me·ter, 《英》 **cen·ti·me·tre** [ˈsɛntəˌmitə; ˈsentɪˌmiːtə(r)] *n.* (*pl.* ~**s** [~z; ~z]) ⓒ 公分, 厘米, (1 m 的百分之一; 略作 cm).

cen·ti·pede [ˈsɛntəˌpid; ˈsentɪpiːd] *n.* ⓒ (蟲)蜈蚣.

✲cen·tral [ˈsɛntrəl; ˈsentrəl] *adj.* **1** (a)中心的, 中央的. Trafalgar Square is in the *central* part of London. 特拉法加廣場位於倫敦的市中心. (b)靠近中心區域的; 占盡地利之便的, 方便的, 《for》. Our house is very *central*.

我們的房子靠近市中心，非常便利。

2 主要的，最重要的；中心的。He is a *central* figure in our political circles. 他是我們政界的中心人物／This idea is *central* to our theory. 這個觀念是我們理論的核心。

— *n.* C (美)電話總機(exchange)。

Cèntral Áfrican Repúblic *n.* (加 the)中非共和國(首都 Bangui)。

Cèntral América *n.* 中美洲(墨西哥與南美洲之間的地峽部分)。

cèntral héating *n.* C 中央暖氣系統(裝置)。

Cèntral Intélligence Ágency *n.* (加 the) (美國)中央情報局(略作 CIA)。

cen·tral·ism [ˈsɛntrəl͵ɪzəm; ˈsentrəlɪzəm] *n.* U 中央集權主義。

cen·tral·i·za·tion [͵sɛntrələˈzeʃən, -aɪˈz-; ͵sentrəlaɪˈzeɪʃn] *n.* U **1** 中央集權(化)。**2** 集於中央，集中。

cen·tral·ize [ˈsɛntrəl͵aɪz; ˈsentrəlaɪz] *vt.* 集於中心，集中；集權於中央。Under a dictator, all government powers are *centralized*. 在獨裁者的統治下，所有的政權都集於中央。— *vi.* 集於中央；中央集權化。

cen·tral·ly [ˈsɛntrəlɪ; ˈsentrəlɪ] *adv.* 中心地，中央地。

cèntral nérvous sýstem *n.* C 中樞神經系統。

Cèntral Párk *n.* 中央公園(位於紐約市曼哈頓島中央的大公園)。

Cèntral Stándard Tíme *n.* (美)中央標準時間(→ standard time)。

cen·tre [ˈsɛntə; ˈsentə(r)] *n., v.* (英)= center。

cen·trif·u·gal [sɛnˈtrɪfjʊɡl; senˈtrɪfjʊɡl] *adj.* **1** 離心的；從中心向外的；(↔ centripetal)。*centrifugal* force 離心力。**2** 利用離心力的。

cen·tri·fuge [ˈsɛntrə͵fjudʒ, -͵fɪudʒ; ˈsentrɪfjuːdʒ] *n.* C 離心機。

cen·trip·e·tal [sɛnˈtrɪpətl; senˈtrɪpɪtl] *adj.* **1** 向心性的；從外向中心的；(↔ centrifugal)。*centripetal* force 向心力。**2** 利用向心力的。

cen·trist [ˈsɛntrɪst; ˈsentrɪst] *n.* C 中立派者，中庸主義者。

cen·tu·ries [ˈsɛntʃərɪz; ˈsentʃʊrɪz] *n.* century 的複數。

cen·tu·ry [ˈsɛntʃərɪ; ˈsentʃʊrɪ] *n.* (*pl.* **-ries**) C 世紀；100 年的時間。in the twentieth [20th] *century* 在 20 世紀／the tenth [10th] *century* B.C. 西元前 10 世紀 (1000-901 B.C.)／for *centuries* past 幾世紀以來／half a *century* 半世紀。

[字源] CENT「100」: *cent*ury, *cent* (分(<百分之一美元)), *cent*ennial (一百年的)。

ce·ram·ic [səˈræmɪk; sɪˈræmɪk] *adj.* 陶(瓷)器的；製陶的；陶瓷器的。*ceramic* industry 陶瓷業。— *n.* C 陶(瓷)器，陶藝品。

ce·ram·ics [səˈræmɪks; sɪˈræmɪks] *n.* (作單數)製陶技術；製陶業。[參考] 除了 earthenware, stoneware, porcelain 之外，也包括瓷磚或磚瓦等

的製造。

ce·re·al [ˈsɪrɪəl; ˈsɪərɪəl] *n.* (*pl.* ~**s** [~z; ~z]) C **1** (通常 cereals)穀物，穀類；穀類植物。**2** 穀物食品(oatmeal, cornflakes 等；主要當作早餐)。

cer·e·bral [ˈsɛrəbrəl; ˈserɪbrəl] *adj.* **1** (解剖、醫學)大腦的，腦的。**2** (文章)訴諸知性(而非感情)的(音樂，文學等)；知性的，用腦筋的。

cer·e·bra·tion [͵sɛrəˈbreʃən, ͵sɛrɪˈbreɪʃn] *n.* U (文章)大腦作用；思考。

cer·e·mo·ni·al [͵sɛrəˈmonɪəl, -njəl; ͵serɪˈməʊnjəl] *adj.* 儀式(上)的，禮節性的；正式的，形式上的，(formal)。a *ceremonial* dress 禮服。⇨ *n.* ceremony。— *n.* C 儀式，典禮，(特指宗教上的)。

cer·e·mo·ni·al·ly [͵sɛrəˈmonɪəlɪ, -njəlɪ; ͵serɪˈməʊnjəlɪ] *adv.* 作為儀式地；合乎禮節地；禮儀地。

cer·e·mo·nies [ˈsɛrə͵monɪz; ˈserɪmənɪz] *n.* ceremony 的複數。

cer·e·mo·ni·ous [͵sɛrəˈmonɪəs, -njəs; ͵serɪˈməʊnjəs] *adj.* 講究形式的，拘謹的；完全合乎禮儀的。

cer·e·mo·ni·ous·ly [͵sɛrəˈmonɪəslɪ, -njəslɪ; ͵serɪˈməʊnjəslɪ] *adv.* 講究形式地，拘謹地；正式地；鋪張地。

cer·e·mo·ny [ˈsɛrə͵monɪ; ˈserɪmənɪ] *n.* (*pl.* **-nies**) **1** C 儀式，典禮，(宗教的)儀式。Father and mother proudly attended the graduation *ceremony*. 父母親驕傲地出席畢業典禮／conduct a wedding *ceremony* in a church 在教堂舉行婚禮。**2** U 禮儀；(社交)禮節，形式；拘謹。master of ceremonies →見 master of ceremonies。

stànd on [*upòn*] *céremony* 講究儀式，拘謹。Please sit down and relax: you don't need to *stand on ceremony* with me. 請隨便坐放輕鬆，跟我你不必客氣。

without céremony 不拘小節地；融洽地，沒有隔閡地。

Ce·res [ˈsɪriz, ˈsiriz; ˈsɪəriːz] *n.* (羅馬神話)席瑞絲(司農業的女神)。

ce·rise [səˈriz, -ˈris; səˈriːs] *n.* U 櫻桃色，鮮紅色。— *adj.* 櫻桃色的，鮮紅色的。

cert [sɜt; sɜːt] *n.* C (英、口)確實(certainty)。

cer·tain [ˈsɜtn, -ɪn, -ən; ˈsɜːtn] *adj.* 【確實的】**1** (事情)確實的；無疑的，毫無疑問的。It is *certain* (that) he was there at that hour. 毫無疑問地，他當時的確在那裡。[語法] 此句可改寫成 He is *certain* to have been there at that hour. (→ 3)，但是不可說成 It is *certain* for him to have been there at that hour.

2 確實的; 可信賴的, 可靠的. *certain* evidence 確實的證據/a *certain* fact 確實的事實.

3 確實會發生的; 不可避免的; (用 certain *to* do...)必然(會做)…的. Death is *certain* for all. 人必有一死/The plan is *certain* to be realized. = It is *certain* that the plan will be realized. 這個計畫必將實現/He is *certain* to refuse. 他一定會拒絕.

4 【確信】(certain of [about]...)〔人〕確信的, 認為是肯定的; (用 certain *that* 子句 [*wh*子句])確信 …; (→ sure 回). I am *certain* of his success. = I am *certain* (*that*) he will succeed. 我確信他會成功/Are you really *certain about* that? 你真的確定有那件事嗎?/I am not *certain whether* he will accept the offer. 我無法確定他是否會接受那項建議.

| 搭配 *adv.*+certain (1-4): absolutely ～ (絕對確定的), completely ～ (完全確定的), quite ～ (非常確定的), almost ～ (幾乎確定的), far from ～ (難以確定的).

【 已經確定的 】**5** (限定)一定的(definite), (某件)既定的. You must take a *certain* number of courses. 你必須選修一定數目的課程/The troops will advance to a *certain* place. 部隊將向既定目的地前進.

【 不特定的 】**6** (限定)(不清楚的, 或許的, 說不清的)某…, 某種的. I met her at a *certain* party. 我在某個舞會上遇到她/*certain* insects 某種昆蟲/a *certain* Mr. Bell 某位貝爾先生.

7 【某種份量的】(限定)一些, 多少的, (some, not much). The man is trustworthy to a *certain* extent. 那個人在某種程度上是值得信賴的.

8 【某個數量的】(代名詞的用法)某幾個, 某些人, (*of*). *Certain of* my old friends were there. (當時)有幾位我的老朋友在那裡.

⇨ *n.* certainty. *v.* ascertain. ↔ uncertain.

for cértain (常接於 know, say 之後)肯定地, 確實地; 清楚地. Do you know *for certain* that he is sick? 你真的確定他病了嗎?

màke cértain=make sure (→ sure 的片語).

字源 CERT「確實的」: *cert*ain, *cert*ificate (證書). *cert*ify (證明), as*cert*ain (確認).

‡**cer·tain·ly** [ˋsɝtn̩lɪ, -mlɪ, -ənlɪ; ˈsɜ:tnlɪ] *adv.* **1** 的確; 必定, 一定. He'll *certainly* pass the exam. 他一定能通過考試/I'm *certainly* not going to give him any more money. 我絕對不會再多給他錢/"May I go out?" "*Certainly* not." 「我可以出去嗎?」「當然不可以.」

2 (答覆請求或問詢)當然; 可以; 知道了; (語法 在 Yes, I *certainly* will. 這種句子中, 省略 certainly 以外的字, 僅回答 Certainly. 即可, 與 Yes. 意義相同; (主美)美式用法中使用 sure(ly) (sure 更為口語化)). "May I go home?" "*Certainly.*" 「我可以回家嗎?」「當然可以.」

‡**cer·tain·ty** [ˋsɝtn̩tɪ, -ɪntɪ, -əntɪ; ˈsɜ:tntɪ] *n.*

(*pl.* ~**ties** [~z; ~z]) **1** U 確實(性); 確信; (→ probability 回). **2** C 確實的事物. It's a *certainty* that he will be elected. 他鐵定會被選上的.

⇨ *adj.* certain.

with cértainty 確實地; 有把握地, 確信地.

cer·ti·fi·a·ble [ˋsɝtə͵faɪəbl̩; ͵sɜ:tɪˈfaɪəbl̩] *adj.* 可正式保證[證明]的.

cer·tif·i·cate [səˋtɪfəkɪt; səˈtɪfɪkət] (★ 與 *v.* 的發音不同) *n.* C **1** 證明書. a death [birth, marriage] *certificate* 死亡證明書[出生證明書, 結婚證書]. **2** (職業, 資格, 身分等的)證(明)書, 許可證, 執照. a teaching *certificate* 教師資格證書. **3** (一定教育課程的)結業證書; 修業證書; (→ diploma).

— [səˋtɪfə͵ket; səˈtɪfɪkeɪt] *vt.* 給與證書[許可證, 資格].

cer·tif·i·cat·ed [səˋtɪfə͵ketɪd; səˈtɪfɪkeɪtɪd] *adj.* (主英)有資格的. a *certificated* teacher 合格的教師.

cer·ti·fi·ca·tion [͵sɝtəfəˋkeʃən, ͵sɜ:tɪfɪˈkeɪʃn] *n.* U 證明, 保證; 檢定; 認可; 許可(證).

cer·ti·fied [ˋsɝtə͵faɪd; ˈsɜ:tɪfaɪd] *adj.* 被證明[保證]的.

cèrtified chéck ((美)) [((英)) **chéque**] *n.* C 保付支票(由銀行保證的).

cèrtified máil *n.* U ((美))掛號郵件(((英)) recorded delivery).

cèrtified mílk *n.* U ((美))(根據公認標準的)合格牛奶, 衛生牛奶.

cèrtified públic accóuntant *n.* C ((美))檢定合格會計師(略作 CPA).

cer·ti·fy [ˋsɝtə͵faɪ; ˈsɜ:tɪfaɪ] *vt.* (**-fies; -fied; ~·ing**)(用文書)證明, 證實; 保證; (句型3 (certify *that* 子句)證明為…, 保證. This is to [I hereby] *certify that...* 茲證明…(證明書的公式化用語). ⇨ *n.* certification, certificate.

cer·ti·tude [ˋsɝtə͵tjud, -͵tɪud, -͵tud; ˈsɜ:tɪtju:d] *n.* U 確信; 確實性; (certainty).

Cer·van·tes [sɝˋvæntiz; sɜ:ˈvæntɪz] **Mi·guel de** [mɪˋɡɛldə; mɪˈɡeldə] ~ 塞凡提斯(1547-1616)(西班牙作家; *Don Quixote*《唐吉訶德》的作者). 「數.

cer·vi·ces [səˋvaɪsiz; sɜ:ˈvɪsi:z] *n.* cervix 的複

cer·vix [ˋsɝvɪks; ˈsɜ:vɪks] *n.* (*pl.* ~**es, -vi·ces**) C (解剖)(特指子宮的)頸部.

ces·sa·tion [sɛˋseʃən; seˈseɪʃn] *n.* UC (文章)中止, 停止; 休止. the *cessation* of hostilities 停戰. ⇨ *v.* cease.

ces·sion [ˋsɛʃən; ˈseʃn] *n.* UC (權利的)轉讓; (領土的)割讓. ⇨ *v.* cede.

Cess·na [ˋsɛsnə; ˈsesnə] *n.* C 塞斯納(輕型飛機; 商標名).

cess·pit [ˋsɛs͵pɪt; ˈsespɪt] *n.* =cesspool.

cess·pool [ˋsɛs͵pul; ˈsespu:l] *n.* C 污水池, 糞池; 不潔的場所.

Cey·lon [sɪˋlɑn; sɪˈlɒn] (★ 注意發音) *n.* 錫蘭(島)(位於印度洋中的島; Sri Lanka 的舊稱).

Cey·lo·nese [͵siləˋniz; ͵seləˈni:z] *adj.* 錫蘭人

[島]的.
— *n.* (*pl.* ~) Ⓒ 錫蘭人.

cf. [ˋsiˋɛf, kənˋfɜ; kəmˈpeə(r)]《略》Compare. (請比較[參照]; 源自拉丁語 *confer*).

CFC [ˌsiɛfˋsi; ˌsiːefˈsiː]《略》(常作 CFCs) 氟氯碳化物《被認爲是造成臭氧層破壞的原因》.

cg 《略》centigram(s).

Ch., ch. 《略》chapter. church.

cha-cha, cha-cha-cha [ˋtʃɑˋtʃɑ; ˈtʃɑːtʃɑː], [ˋtʃɑˋtʃɑˋtʃɑ; ˌtʃɑːtʃɑːˈtʃɑː] *n.* Ⓒ 恰恰舞(曲)《源自南美的快速度舞蹈[曲]》.

Chad [tʃæd, tʃɑd; tʃæd] *n.* 查德《非洲中北部的國家; 原爲法國領土, 1960年獨立; 首都 N'Djamena》.

***chafe** [tʃef; tʃeɪf] *v.* (**~s** [~s; ~s]; **~d** [~t; ~t]; **chaf·ing**) *vt.* **1** 摩擦〔手等〕取暖.
2 擦破, 擦痛. His shoes *chafed* his feet. 他的鞋(因尺寸不合而)把腳磨破了.
— *vi.* **1** 磨損; 擦痛. The cable *chafed against* the rocks. 麻繩被岩石磨損了/Many races were *chafing* under the Kremlin yoke. 在克里姆林宮(=前蘇聯政府)的桎梏下, 許多民族深受其苦.
2 焦急; 惱怒; 《*at, against, under*》. He *chafed at* [*under*] the rebuke. 他對責罵感到忿怒.
3 〔動物〕摩擦身體《*on, against*〔獸籠等〕》; 〔水流〕沖擊《*against*〔岩石等〕》.

chaff[1] [tʃæf; tʃɑːf] *n.* Ⓤ **1** 穀殼, 糠. **2** 切細的乾草《家畜的飼料》. **3** 殘渣, 廢物, 無用的東西.
— *vt.* 切碎〔作爲飼料的稻草、乾草等〕.

chaff[2] [tʃæf; tʃɑːf]《口》*n.* Ⓤ 逗弄, 揶揄, 《不含惡意的》. — *vt.* 逗弄, 揶揄, 《*about*》.

chaf·finch [ˋtʃæˌfɪntʃ, ˋtʃæfˌfɪntʃ; ˈtʃæfɪntʃ] *n.* Ⓒ 蒼頭燕雀《產於歐洲的小型鳴禽; 作寵物用》.

chaf·ing dish [ˋtʃefɪŋˌdɪʃ; ˈtʃeɪfɪŋdɪʃ] *n.* Ⓒ 火鍋, 保溫鍋, 《置於餐桌上, 做菜[保溫]用》.

cha·grin [ʃəˋgrɪn; ˈʃægrɪn] *n.* Ⓤ 懊惱, 悔恨.
to one's chagrín 懊惱[遺憾]的是….
— *vt.* 使懊惱. He was *chagrined* by his defeat. 他懊惱自己的挫敗.

‡**chain** [tʃen; tʃeɪn] *n.* (*pl.* **~s** [~z; ~z]) Ⓒ【鎖鏈】**1** 鏈. put a *chain* on the dog 用鏈子把狗栓起來(→ on a chain).
2 一連串; 一系列; 連鎖, 連續, (series). a *chain* of events 一連串事件, 接二連三發生的事件/a *chain* of mountains [islands] 山脈[列島].
3 (同一經營者開的幾個)連鎖店. He owns a *chain* of restaurants. 他擁有好幾家連鎖餐廳.
【束縛的東西】**4** 束縛的東西, 要捆住的東西; (通常 chains)束縛(的鏈). He managed to shake off the *chains* of despair. 他設法從絕望的桎梏中掙脫出來了.
in cháins 坐牢; 屬於奴隸身分.
on a cháin 〔狗〕被鏈條拴住; 〔在門上〕拴上鏈子. keep a dog *on a chain* 把狗用鏈條拴住.
— *vt.* 用鏈拴住; 束縛; 捆起來. A dangerous dog ought to be *chained up.* 惡犬應該用鏈條拴住.

cháin gàng *n.* Ⓒ 被一根鏈條拴在一起到獄外勞動的囚犯們.

cháin lètter *n.* Ⓒ 連鎖信《要求收信人把信的內容抄寫指定的份數再寄給他人》.

cháin màil *n.* Ⓤ 鐵環盔甲(→ mail² 圖).

cháin reàction *n.* UC 《物理》連鎖反應; 被誘發的連鎖事件.

cháin sàw *n.* Ⓒ 鏈鋸《在旋轉的鏈上裝置齒輪的攜帶式電動鋸》.

chain-smoke [ˋtʃenˌsmok; ˈtʃeɪnsməʊk] *vi.* 不停地抽菸. — *vt.* 不停地抽〔菸〕.

chain-smo·ker [ˋtʃenˌsmokɚ; ˈtʃeɪnsməʊkə(r)] *n.* Ⓒ 連續不斷吸菸的人, 老菸槍.

cháin stìtch *n.* Ⓒ (縫紉法的)鏈狀針法, 鏈狀花樣的刺繡[編織].

cháin stòre *n.* Ⓒ 連鎖店.

‡**chair** [tʃɛr, tʃær; tʃeə(r)] *n.* (*pl.* **~s** [~z; ~z]) Ⓒ **1** 椅子《通常指一人坐的有背椅子, 有時還有扶手; → bench, couch, sofa, stool》. sit on [in] a *chair* 坐在椅子上/Please take this *chair.* 請坐這張椅子.
2 (加 the)主席的座位[職位]; 主席. be in the *chair* 當主席.
3 大學教授的地位[職位, 講座]. He has been appointed to the *chair* of physics in this university. 他被任命爲這所大學的物理學教授.
4 (加 the)(死刑用的)電椅(electric chair).
tàke the cháir 擔任會議主席, 主持會議.
— *vt.* 擔任〔會議〕的主席, 主持〔會議〕.

●——與 CHAIR 相關的用語

rocking chair	搖椅
high chair	(供兒童用餐時用的)高腳椅
deck chair	甲板用椅
swivel chair	旋轉椅
armchair	扶手椅
easy chair	安樂椅
wing chair	翼狀靠背扶手椅
wheelchair	輪椅

chair·lift [ˋtʃɛrˌlɪft, ˋtʃær-; ˈtʃeəlɪft] *n.* Ⓒ (坐式)升降椅《供滑雪者或觀光客乘坐》.

‡**chair·man** [ˋtʃɛrmən, ˋtʃær-; ˈtʃeəmən] *n.* (*pl.* **-men** [-mən; -mən]) Ⓒ
1 主席; 議長; (會議的)主席. Mr. *Chairman!* 議長!《呼喚》/be elected (as) *chairman* 被選爲議長. 參考 亦可以不表示性別的 chairperson 來替代 chairman, chairwoman; → person 語法(2).
2 會長; 委員長; 評議會會長.

chair·man·ship [ˋtʃɛrmənˌʃɪp, ˋtʃær-; ˈtʃeəmənʃɪp] *n.* UC 主席[議長, 會長, 委員長等]的地位[職位, 任期].

chair·per·son [ˋtʃɛrˌpɜsn̩, ˋtʃær-; ˈtʃeəˌpɜːsn] *n.* Ⓒ 主席; 議長; 會長; 委員長, (→ person 語法).

chair·wom·an [ˋtʃɛrˌwumən, ˋtʃær-; ˈtʃeəwʊmən] *n.* (*pl.* **-wom·en** [-ˌwɪmən; -wɪmɪn]) Ⓒ (女性的)主席[議長, 會長, 委員長等].

C

chaise longue [ˋʃezˈlɔŋ; ˌseɪzˈlɒŋ] (法語) *n.* (*pl.* **chaise(s) longues** [ˋʃezˈlɔŋ; ˌseɪzˈlɒŋ]) ⓒ 躺椅, 睡椅, (有靠背的睡椅).

cha·let [ʃæˋle, ˋʃælɪ; ˋʃæleɪ] (法語) *n.* ⓒ **1** (瑞士阿爾卑斯山區中屋頂寬闊的)山上小屋(特指養羊用的). **2** 瑞士山區木屋風格的房屋[旅館等].

[chalet 2]

chal·ice [ˋtʃælɪs; ˋtʃælɪs] *n.* ⓒ 聖餐杯(彌撒時用來裝葡萄酒).

chalk [tʃɔk; tʃɔːk] *n.* (*pl.* ~**s** [~s; ~s]) **1** ⓤ 白堊(柔軟多間隙的石灰石).

2 ⓤ 粉筆. *A piece of chalk* 一枝粉筆/*write in* [*with*] *chalk* 用粉筆寫.

3 ⓒ (一枝)粉筆.

as different as chàlk and [*from*] *chéese* 《口》完全不同, 截然不同. John's and Roger's outlooks on life are *as different as chalk and cheese.* 約翰和羅傑的人生觀截然不同.

not by a lóng chàlk 《英, 口》完全沒有, 一點也不. This is *not* what I wanted *by a long chalk.* 這和我所想要的大不相同.

— *vt.* 用粉筆寫, 用粉筆在…上做記號.

chàlk/.../óut (用粉筆)描…的輪廓, 打…的草圖; 對…作大致的描述.

chàlk/.../úp (用粉筆)在黑板等上寫…; 《口》贏得, 獲得, 〔分數, 成績〕.

chalk·board [ˋtʃɔkˌbɔrd, -ˏbord; ˋtʃɔːkbɔːd] *n.* ⓒ 黑板(blackboard).

chalk·y [ˋtʃɔkɪ; ˋtʃɔːkɪ] *adj.* 白堊質[色]的; 附有粉筆的.

chal·lenge [ˋtʃælɪndʒ, -əndʒ; ˋtʃælɪndʒ] *n.* (*pl.* **-leng·es** [~ɪz; ~ɪz]) **1** ⓒ 挑戰, 要求決鬥[比賽, 競技等](特指爭奪冠軍). *accept* [*take up*] *a challenge* 接受挑戰/his first *challenge* for the presidency 他第一次挑戰總統職位(參選總統).

2 ⓤⓒ 要求說明; 提出異議, 抗議; 盤問(指衛兵等喝問「甚麼人」).

3 ⓤ (對努力, 關注, 能力等的)挑戰, 成就感; ⓒ 有挑戰性的工作. You'll get plenty of *challenge* in your new job. 你的新工作充滿了挑戰性.

— *vt.* (**-leng·es** [~ɪz; ~ɪz]; ~**d** [~d; ~d]; **-leng·ing**) **1** 向〔人〕挑戰, 要求〔*to*〔比賽等〕〕; 句型5 (challenge A *to* do)向 A 挑戰…; 《同表示「挑戰」之意的一般用語; 帶有主動挑釁、教唆的意味; ↔ *dare*). I *challenged* Betty *to* a game of tennis. 我向貝蒂挑戰打網球/I *challenged* the man *to* fight me. 我向那個人挑戰打鬥.

2 強烈要求〔闡明, 說明, 證據等〕. 句型5 (challenge A *to* do)要求 A〔人〕做…. He *challenged* me *to* tell him what it was all about. 他要求我告訴他這究竟是怎麼回事.

3 使〔人〕奮起, 給予刺激. The problem *challenged* him. 這道難題激發了他的興趣.

4 提出異議, 迴避〔陪審團〕. He *challenged* my statement. 他對我的說法提出異議.

5 〔衛兵等〕向…喝問「甚麼人」.

chal·leng·er [ˋtʃælɪndʒɚ, -əndʒɚ; ˋtʃælɪndʒə(r)] *n.* ⓒ 挑戰者.

chal·leng·ing [ˋtʃælɪndʒɪŋ, -əndʒɪŋ; ˋtʃælɪndʒɪŋ] *v.* challenge 的現在分詞, 動名詞.
— *adj.* 具挑戰性的; 困難但能引起興趣[好奇心]的. a *challenging* job 具挑戰性的工作.

***cham·ber** [ˋtʃembɚ, ˋtʃembɚ(r); ˋtʃeɪmbə(r)] *n.* (*pl.* ~**s** [~z; ~z]) ⓒ **1** (古, 詩)房間; (特指)寢室.

2 (通常chambers)法官專用辦公室(不是「法庭」).

3 (加the)(議會, 國會的)開會場所; 議院. the Upper [Lower] *Chamber* 上議院[下議院].

4 (槍砲的)彈膛; (動植物體內的)腔室(cavity).

cham·ber·lain [ˋtʃembɚlɪn; ˋtʃeɪmbəlɪn] *n.* ⓒ (國王, 貴族等的)侍從, 內侍.

cham·ber·maid [ˋtʃembɚˏmed; ˋtʃeɪmbəmeɪd] *n.* ⓒ (旅館等的)整理房間的女服務員.

chámber mùsic *n.* ⓤ 室內樂.

chámber of cómmerce *n.* ⓒ 商會.

chámber pòt *n.* ⓒ 夜壺.

cha·me·leon [kəˋmiljən, -ljən; kəˋmiːljən] *n.* ⓒ **1** (動物)變色龍. **2** 意見[情緒]易變的人.

cham·ois [ˋʃæmɪ, -mwɑ; ˋʃæmwɑː] *n.* (*pl.* [~z; ~z]) **1** ⓒ (動物)岩羚羊, 臆羚, (產於阿爾卑斯山區和高加索山區的一種羚羊).

2 [ˋʃæmɪ; ˋʃæmɪ] ⓤⓒ 雪米皮(原先是羚羊皮, 現今用山羊、綿羊等動物的皮做成, 是一種相當柔軟的皮革).

cham·o·mile [ˋkæməˏmaɪl; ˋkæməʊmaɪl] *n.* =camomile.

champ[1] [tʃæmp; tʃæmp] *vi.* 〔馬等〕大口大口地咀嚼, 一樣接一樣地咀嚼, 《*on, at*》.
— *vt.* 〔馬等〕大口大口地咀嚼著, 一樣接一樣地咀嚼著.

chàmp at the bít 《口》急躁不安.

champ[2] [tʃæmp; tʃæmp] *n.* 《口》=champion.

cham·pagne [ʃæmˋpen; ʃæmˋpeɪn] *n.* ⓤ 香檳(酒)(原產於法國東北部 Champagne 地區, 會發泡的葡萄酒); 香檳色(淡橙黃色).

***cham·pi·on** [ˋtʃæmpɪən; ˋtʃæmpɪən] *n.* (*pl.* ~**s** [~z; ~z]) ⓒ **1** (比賽的)優勝者, 冠軍錦標的保持者. He was the heavyweight *champion* of the world. 他曾是世界重量級拳王.

2 (為人或主義而戰的)鬥士, 戰士. a *champion* of liberty 自由的擁護者.

—— vt. 為…而戰; 擁護….

*cham·pi·on·ship [ˋtʃæmpɪən‚ʃɪp; ˈtʃæmpjənʃɪp] n. (pl. ~s [~s; ~s]) 1 ©冠軍資格, 冠軍錦標. win a world *championship* 贏得世界冠軍. 2 ⑪擁護. 3 ©(常 championships)錦標賽. the coming World Judo *Championships* 本屆世界柔道錦標賽.

‡chance [tʃæns; tʃɑːns] n. (pl. chanc·es [~ɪz; ~ɪz]) 1 ©機會, 良機. This is your *chance*. Don't let it go. 這是你的機會, 不要放過/if I get [have] a *chance* to see him 如果我有機會見到他/I go fishing whenever I get the *chance*. 我一有機會就去釣魚/seize [miss] a *chance* 抓住[錯失]機會. 圓與 opportunity 等相比, chance 含有更多「由於幸運」的意味. 另外, 只表示可能性時不用 opportunity: There's a *chance* that he will come. (他有可能會來), 此句中不可用 opportunity. occasion 指事情發生的時機或表示其理由.

2 ⑪© (成功的)可能性, 希望; 勝算. There's no *chance* of success. 沒有成功的希望/He has no *chance* of being elected. 他沒有當選的可能/He is beyond any *chance* of recovery. 他沒有康復的可能/The *chances* of that happening are slim. 那件事情發生的可能性很小/"Are you going to visit China?" "Not a *chance*." 「你要去中國玩嗎?」「不可能.」

[搭配] adj.+chance: an excellent ~ (絕佳的機會), a fair ~ (頗有希望的機會), a good ~ (大好的機會), a poor ~ (一點點的機會), a slight ~ (渺茫的機會).

3 ©危險, 冒險.

4 ⑪©偶發[突發]事件; 幸運, 機緣. Our meeting was a mere *chance*. 我們的相遇只是偶然/catch the last train by a lucky *chance* 幸運地趕上最後一班火車.

by àny chánce 說不定, 萬一. Was there a call from Bill *by any chance*? 比爾有沒有碰巧打電話來?

* by chánce 意外, 偶然. I just ran into her *by chance* on my way home. 我只是在回家的路上偶然碰到她.

Chánces are (that)... (口)…的可能性很高. *Chances are* that it will rain tomorrow. 明天下雨的可能性很高. [語法]亦作 *The* chances....

èven chánce 有一半的勝算.

on the chánce of...[that...] 對…懷著希望. I was waiting, just *on the chance of* seeing her. 我在等著, 希望能夠見到她.

on the óff chánce of...[that...] 或許會有一線的希望….

stànd a chánce → stand 的片語.

tàke a chánce (不知道能否順利進行而)碰碰運氣, 試試看. He *took a chance* investing his money in that new company. 他把錢投資在那家新公司, 想碰碰運氣/I *take no chances*. 我不冒險.

tàke one's chánce(s) 碰運氣, 好好試試看.

—— adj. (限定)偶然的, 意想不到的. a *chance* meeting 偶然的相遇.

● ——名詞型 ~ that 子句
that 子句與名詞同格.
There is little *chance that* he will succeed. 他成功的希望渺茫.
I had the *impression that* he was not interested in politics.
在我印象中, 他對政治不感興趣.
此類的名詞:

anxiety	belief	command
conclusion	demand	desire
determination	evidence	fact
faith	feeling	hope
idea	message	news
order	possibility	principle
promise	proof	proposal
request	rule	rumor
sign	thought	wish

—— vi. [句型2] (chance *to* do)偶然去做…; (It chances that....)碰巧發生…; (圓用 happen 則更為口語化). I *chanced to* be there. 我剛好在那裡/It *chanced that* I was out when he called. 他來看我時, 我碰巧出去了.

—— vt. 《口》放手一搏.

chánce it=chánce one's árm 冒險一試. It sounds risky, but I'll *chance it*. 聽起來是有一點冒險, 不過我願意試試看.

chánce on [upon]... 巧遇…; 湊巧找到. I *chanced on* a very rare book in a secondhand bookstore yesterday. 昨天我在舊書店裡偶然發現一本非常罕見的書.

chan·cel [ˋtʃænsl; ˈtʃɑːnsl] n. ©(教堂內的)聖壇《祭壇周圍牧師和唱詩班的席位; → church 圖》.

chan·cel·ler·y [ˋtʃænsələrɪ, -slərɪ; ˈtʃɑːnsələrɪ] n. (pl. -ler·ies) 1 ⑪chancellor 的職位[地位].
2 ©chancellor 的辦公處[政府機構].
3 ©大使[領事]館的辦公處.

chan·cel·lor [ˋtʃænsələ, -slə; ˈtʃɑːnsələ(r)] n. © 1 總理(德國, 奧地利等國).
2 (美)大學校長(在某些大學中); (英)名譽校長《由皇室成員等擔任; → vice-chancellor》.

Chàncellor of the Exchéquer n. ©(加 the)《英》財政大臣.

chan·cer·y [ˋtʃænsərɪ; ˈtʃɑːnsərɪ] n. (pl. -cer·ies) 1 ©(美)衡平法法院.
2 (英)(the Chancery)大法官法庭《Hight Court of Justice 下轄的一個部門》.

in cháncery (1)(摔角、拳擊)用胳肢夾頸, 頭被對手夾在胳下, 《源自訴訟案件若送往大法官法庭, 則時間將會拖延而令人感到困窘》. (2)陷入絕境中.

chanc·y [ˋtʃænsɪ; ˈtʃɑːnsɪ] adj. 《口》危險的, 靠不住的, (risky).

chan·de·lier [‚ʃændḻˋɪr; ‚ʃændəˈlɪə(r)] n. ©枝形吊燈; 華麗的水晶吊燈.

C

✽**change** [tʃendʒ; tʃeɪndʒ] v. (**chang·es** [~ɪz; ~ɪz]; ~**d** [~d; ~d]; **chang·ing**) vt.

【改變】**1** 改變，變更，更改，(*to*)；(用 change A into B)使 A 改變爲 B. He has *changed* his name *from* Schmidt *to* Smith. 他已將姓由施密特改爲史密斯/The marriage *changed* her *into* another woman. 婚姻使她變了一個人/The magician *changed* the blank paper *into* money. 這魔術師把那張白紙變成鈔票/He was greatly *changed* by his wife's sudden death. 他因妻子突然去世而大大地改變。 回change 一般指自根本整體改變成別的東西；alter 則指部分變更之意。

【換】**2** 交換(exchange). The dancers *changed* partners. 舞者們互換舞伴/*change* this *for* that 把這個換成那個/Won't you *change* places with me? 請你跟我換個位置好嗎?/*change* gears 換檔/*change* clothes *for* dinner 換晚餐服裝。

3 兌換(錢)，換成零錢. Can you *change* this bill? 可否將這張大鈔換成零錢?(□亟也可說成 Can you *change* me this bill? 或 Can you *change* this bill *for* me?)/*change* a one dollar bill *into* four quarters 把 1 美元紙鈔換成 4 枚二角五分的硬幣/You can *change* dollars *into* francs at the airport. 你可在機場把美元兌換成法郎。

4 換乘(交通工具). You have to *change* trains *for* Beijing at Shanghai. 你必須在上海改搭到北京的火車。

— vi. **1** (用 change into [to])變成…，改變. The weather *changed* suddenly. 天氣忽然變了/Her laugh *changed into* a hysterical shriek. 她的大笑變成歇斯底里的尖叫/She's *changed* a lot during the last few years. 最近幾年她變了很多。

2 換衣服，換穿，(*into*)；換乘(*for*). *change* before the party 參加宴會前先換衣服/*change into* slippers 換穿拖鞋/*change for* Rome 換搭前往羅馬的交通工具。

3 換檔。

chànge dówn 換成低速檔。

chànge for the bétter [wórse] 變好[壞]，好轉[惡化]。

chànge hánds → hand 的片語。

chànge óver 改變；轉變，轉換；(*from A to B* 從 A 到 B). *change over* to socialism 轉變成社會主義。

chànge úp 換成高速檔。

— n. (*pl.* **chang·es** [~ɪz; ~ɪz]) **1** 回變化；更新；變遷. a *change* in the weather 天氣的變化/a small *change* 小變化(small change 零錢 → 4)/a *change* for the better [worse] (事態的)好轉[惡化]/make a *change* 改變，變更/There has been little *change* in the patient's condition since yesterday. 自昨天起這名患者的情況就沒甚麼改變/That book produced a remarkable *change* in his attitude to life. 那本書使他對人生的態度有顯著轉變。

〔搭配〕 *adj.*+change: a fundamental ~ (根本的改變)，a great ~ (巨大的改變)，a slight ~ (微小的改變)，a welcome ~ (可喜的改變) // *v.*+change: cause a ~ (引起變化)，undergo a ~ (經歷變化) // change+*v.*: a ~ occurs (發生變化)，~ takes place (產生變化)。

2 回更換；交換；換衣服；換乘. a *change* of address 住址的變更/a *change* of clothes (衣服的)換穿。

3 回轉換心情；易地(療養). a *change* of air, for a *change*(→片語)。

4 回找零的錢；(兌換的)零錢. Can you give me *change* for a ten-dollar bill? 你能把這張 10 元美鈔換成零錢給我嗎?/Keep the *change*. 零錢不用找了/I had some *change* ready for the tip. 我準備了一些零錢付小費。

a chànge of áir (爲了健康)換個環境. Take a week off and get [enjoy] *a change of air*. 休假一星期出去透透氣吧!

chànge of héart 變心；心情的改變。

for a chánge 爲了轉換氣氛，爲了有所改變. Let's eat at a Chinese restaurant *for a change*. 我們換換口味上中國餐館吃飯吧!

gèt nò chánge out of *a pérson* (英、口)(買賣)從某人身上得不到任何消息；(議論)贏不了某人；(change 爲「零錢」之意)。

rìng the chánges 改用各種方式做；用各種方式重複同一意見，換湯不換藥，(*on*). Prof. Smith just keeps *ringing the changes on* the same old material. 史密斯教授只是用各種方式反覆教同樣的舊資料。

change·a·ble [ˈtʃendʒəbl; ˈtʃeɪndʒəbl] *adj.* **1** 容易變的；變化無常的. *changeable* weather 易變的天氣。 **2** 能改變的。

change·less [ˈtʃendʒlɪs; ˈtʃeɪndʒlɪs] *adj.* 《文章》不變的，一定的，固定的。

change·ling [ˈtʃendʒlɪŋ; ˈtʃeɪndʒlɪŋ] *n.* 回調換的孩子(被調換後留下的嬰孩；古代民間故事中傳說妖精會拐走孩子而後留下一個替身，通常指又醜又笨的孩子)。

change·o·ver [ˈtʃendʒˌovɚ; ˈtʃeɪndʒˌəʊvə(r)] *n.* 回(政策等的)轉換，更換，變更。

change-up [ˈtʃendʒˌʌp; ˈtʃeɪndʒˌʌp] *n.* 回切換成高速檔(的動作)；《棒球》變速投球。

chang·ing [ˈtʃendʒɪŋ; ˈtʃeɪndʒɪŋ] *v.* change 的現在分詞、動名詞。

✽**chan·nel** [ˈtʃænl; ˈtʃænl] *n.* (*pl.* ~**s** [~z; ~z]) 回 **1** 水道(河灣、港灣等處容許船的通行而挖深的地方). cut a *channel* 開水道。

2 河床，河底。

3 海峽(回channel 比 strait 寬廣；→ geography 圖)；(the Channel) =the English Channel (英吉利海峽)。

4 (報導等的)路線，途徑. We got this news through secret *channels*. 我們透過祕密管道得到這個消息。

5 《廣播》頻道. This program is dull; switch over to another *channel*. 這個節目很無聊，轉臺吧。

— *vt.* (~s; (美) ~ed, (英) ~led; (美) ~·ing; (英) ~·ling) **1** 在…開鑿水道, 挖溝渠.

2 輸送, 傳送, (*into*). *channel* more money *into* welfare 把更多的錢用於福利事業.

Chàn·nel Íslands *n.* (加the)海峽群島《在英吉利海峽西部, 法國諾曼第半島的西方》.

chan·son [ˈʃɑːnsən, -sɑːŋ; ʃɔŋˈsɔŋ] (法語) *n.* C 香頌, (法國情調的)歌曲.

chant [tʃænt; tʃɑːnt] *n.* C **1** 聖歌《節奏固定、單調而反覆的旋律; 詠唱聖歌等時用》.

2 加上節拍且反覆的言詞[口號].
— *vt.* **1** 吟詠. **2** 把…加上節奏並反覆地說. The crowd was *chanting*, "We love Jimmy!" 群眾有節奏地反覆叫著:「我們愛吉米!」
— *vi.* **1** 詠唱. **2** 加上節奏反覆地說.

chan·tey [ˈʃæntɪ, ˈtʃæn-; ˈtʃæntɪ] *n.* (*pl.* ~s) C 船歌《亦拼作shanty, (英) chanty》.

＊**cha·os** [ˈkeɑs; ˈkeɪɒs] (★注意發音) *n.* U **1** 大混亂, 混雜, 無秩序. in a state of *chaos* 在混亂狀態中/The entire theater turned to *chaos* when someone cried "Fire!". 有人大喊「失火了」, 頓時整個劇院陷入一片混亂.

2 混沌《天地尚未創造前的狀態》.

cha·ot·ic [keˈɑtɪk; keɪˈɒtɪk] *adj.* 混亂的, 無秩序的; 混沌的.

cha·ot·i·cal·ly [keˈɑtɪklɪ, -ɪklɪ; keɪˈɒtɪklɪ] *adv.* 混亂地, 無秩序地.

＊**chap**[1] [tʃæp; tʃæp] *n.* (*pl.* ~s [~s; ~s]) C 《主英、口》傢伙, 男人, (fellow). How are you, old *chap*? 你好嗎, 老兄?

chap[2] [tʃæp; tʃæp] *n.* C (通常chaps)龜裂, 裂痕. (地面等的)裂縫.
— *v.* (~s; ~ped; ~ping) *vt.* 使龜裂.
— *vi.* 龜裂.

chap. 《略》chapter.

＊**chap·el** [ˈtʃæpl; ˈtʃæpl] *n.* (*pl.* ~s [~z; ~z]) **1** C (大學等的)附屬禮拜堂; (教會的)禮拜堂.

2 U 禮拜堂的禮拜儀式. Students should attend *chapel*. 學生應該去做禮拜.

3 C (英)(非英國國教派的)教堂.

chap·er·on, chap·er·one [ˈʃæpə‚ron; ˈʃæpərəʊn]. *n.* C 女伴《年輕未婚女子出席社交集會等時陪伴她們的年長婦女》; 年輕男女的監護人.
— *vt.* 陪伴. — *vi.* 陪伴.

chap·lain [ˈtʃæplɪn; ˈtʃæplɪn] *n.* C 禮拜堂牧師; 隨軍牧師.

chap·let [ˈtʃæplɪt; ˈtʃæplɪt] *n.* C **1** 花冠《頭飾》. **2** 《天主教》念珠《珠數是rosary的三分之一》.

Chap·lin [ˈtʃæplɪn; ˈtʃæplɪn] *n.* **Sir Charles Spencer** ~ 卓別林《1889-1977)《於英國出生, 一生多在美國工作的喜劇電影演員、導演》.

chaps [tʃæps; tʃæps] *n.* 《作複數》(美)皮套褲《牛仔

[chaps]

騎馬等時穿的堅固皮製護腿套褲》.

＊**chap·ter** [ˈtʃæptɚ; ˈtʃæptə(r)] *n.* (*pl.* ~s [~z; ~z]) C **1** 《書籍, 論文等的》章. the third *chapter* three 第三章.

2 《生涯, 歷史上有特色的》時期, 「一頁」. The birth of the baby began a new *chapter* in her life. 嬰兒的誕生開始了她人生新的一頁.

3 《主美》(俱樂部, 兄弟會等的)地方分會.

a chàpter of áccidents 《英》一連串的意外事件.

chàpter and vérse 正確的出處《表明出自聖經的哪一章(chapter)哪一節(verse)》; 確切依據. give *chapter and verse for* a statement 闡明陳述的確切依據.

char[1] [tʃɑr; tʃɑː(r)] *v.* (~s; ~red; ~ring) *vt.* 把…燒焦, 使焦黑; 把…燒成炭.
— *vi.* 燒焦, 燒成炭.

char[2] [tʃɑr; tʃɑː(r)] *n.* (英)＝charwoman.

＊**char·ac·ter** [ˈkærɪktɚ, -ək-; ˈkærəktə(r)] *n.* (*pl.* ~s [~z; ~z]) 《特徵》

1 UC (人或物的)特徵, 特色, 特性; 性格, 性質;《生物》特徵. the national *character* 國家特色/His *character* is good. We all like him. 他的個性很好, 我們全都喜歡他/He is a man of strong [weak] *character*. 他是一個個性很強[弱]的人/Recent development has completely changed the *character* of the town. 最近的開發完全改變了這個城鎮的風貌. ⓘ character 指由幾種特徵 (characteristics)合起來所形成的全體性質; 人可以有多種characteristics, 但若具有兩種characters 則是雙重人格》 → personality, disposition.

《(好的)性格》 **2** U 品性, 品德; 高尚. a man of *character* 人品高尚的人.

3 《性格的評價》C 名聲, 評價. get a good [bad] *character* 得到好的[壞的]評價 / The family's *character* was greatly damaged. 這家人的名聲大受傷害.

《性格的所有者》 **4** C (相當不錯的)人物;《口》怪人. a real *character* 真實人物/He's quite a *character*. 他真是個怪人[了不起的人物].

5 C 《戲劇, 小說的》人物《戲劇的》角色. the leading *character* of the play 這齣戲的主角.

6 U 資格, 身分.

《有特徵的符號》 **7** C 文字, 符號; 字體. Chinese *characters* 中國字.

⟐ *adj.* **characteristic.** *v.* **characterize.**

in chàracter 相符的; 與角色完全吻合的. That kind of generosity is right *in character* for [with] him. 那種寬宏大量和他的個性正好相符.

in the chàracter of... 有…的資格[身分].

out of chàracter 不相稱的; 不合適的. It's *out of character* for her to be acting that way. 那樣的舉止與她的性格不符.

＊**char·ac·ter·is·tic** [‚kærɪktəˈrɪstɪk, ‚kærək-; ‚kærəktəˈrɪstɪk] *adj.* 表示(物或人的)特

徵[特性]的，特有的，獨特的．He often showed his *characteristic* kindness. 他經常表現出他特有的親切．

(*be*) *characteristic of*... 顯示…的特徵．Rainy days *are characteristic of* June in Taiwan. 在臺灣，多雨是 6 月的特徵．

— *n.* (*pl.* ~s [~s; ~s]) C 特徵，特點，特性，(同characteristic是構成character的個別特點；→ character) One of the *characteristics* of Byron's poems is passion. 拜倫詩作的一個特點就是熱情．

圖解 *adj.*＋characteristic: a basic ~ (基本的特徵)，a distinctive ~ (顯著的特徵)，an essential ~ (基本的特徵)，an important ~ (重要的特徵)，a marked ~ (引人注目的特徵)．

char·ac·ter·is·ti·cal·ly
[ˌkærɪktəˋrɪstɪklɪ, ˌkærək-, -ɪklɪ; ˌkærəktəˈrɪstɪkəlɪ] *adv.* 表示特色地，作爲特徵地．with *characteristically* English honesty 以英國人的正直/*Characteristically*, he said nothing about his mother's death. 關於他母親的死，他一句話也沒說，他的個性就是如此．

char·ac·ter·i·za·tion [ˌkærɪktərəˋzeʃən, -ək-, -tərə-, -aɪˋz-; ˌkærəktəraɪˈzeɪʃən] *n.* U 特徵的描寫[記述]；(戲劇或小說中的)性格描寫．

char·ac·ter·ize [ˋkærɪktəˌraɪz, ˋkærək-; ˈkærəktəraɪz] *vt.* 賦與性格；作…的性格描寫；賦與特徵．I would *characterize* him *as* the biggest liar in town. 我會說他是鎮上的撒謊大王．

char·ac·ter·less [ˋkærɪktərlɪs, ˋkærək-; ˈkærəktəlɪs] *adj.* 無特徵的，無性格的．

cha·rade [ʃəˋred; ʃəˈrɑːd] *n.* **1** (charades)《作單數》比手劃腳(以肢體語言來猜字的遊戲)．

2 C 虛假的作爲，假裝．

char·coal [ˋtʃɑrˌkol; ˈtʃɑːkəʊl] *n.* U 木炭，炭．

＊charge [tʃɑrdʒ; tʃɑːdʒ] *v.* (**charg·es** [~ɪz; ~ɪz]; ~**d** [~d; ~d]; **charg·ing**) *vt.*
〖使承擔支付的義務〗**1** (a) 要求〔代價〕，收取〔費用等〕；向〔人〕要求，課〔稅等〕《*for* 對於…》．They *charge* 20 dollars a day *for* a single room at that hotel. 那旅館一間單人房每天收費 20 美元/The doctor never *charged* poor people. 那醫生從不收窮人的錢/We don't *charge* anything *for* service. 我們不收取任何服務費/*charge* a tax on wine 課徵酒稅．
(b) 句型4 (charge A B)向A(人)要求B(代價等)《*for* 爲了…》．They *charged* me 10 dollars *for* the dictionary. 那本字典他們向我索價 10 美元．
(c) 把〔買的東西等〕記帳．Please *charge* it *to* my account. 請把它記在我的帳上．
〖使負罪〗**2** 責難，非難，告發，〔人〕《*with*》．句型3 (charge *that* 子句)責難…；把〔事物〕歸咎於《*to, on*》．He *charged* me *with* dishonesty. 他責備我不老實/The students *charged that* the police were brutal. 學生指責警察太殘暴/He *charged* the

accident *to* my carelessness. 他把事故歸咎於我的不小心．
3 〖責難＞攻擊〗襲擊，突擊．The soldiers *charged* the enemy camp. 士兵襲擊敵營．
〖使負責任〗**4** (用 charge A with B)讓A負B的責任；委託，委派．Mother has *charged* me *with* taking care of you. 母親要我負責照顧你．
5 句型5 (charge A *to* do)命令A(人)做…．He *charged* me *to* give you this message. 他叫我把這消息轉達給你．
〖使承擔＞填滿內容〗**6** (用 charge A with B)使A塞滿，填充B；(使電流)在…通過；爲…充電，*charge* a battery 將電池充電/The wire is *charged with* electricity. 那根電線有通電．
— *vi.* **1** 收取費用〔貨款〕《*for* 關於…》．
2 攻擊；向前衝《*at, against* 朝…方向》．The dog suddenly *charged at* the girl. 這隻狗突然衝向那個女孩．
— *n.* (*pl.* **charg·es** [~ɪz; ~ɪz]) **1** C 索價，貨款，費用；帳單；信用貸款；稅款；(通常 charges)各種費用．pay a 10 percent service *charge* 付一成服務費/the list of *charges* 費用清單/the water [gas] *charge* 水[瓦斯]費/The *charge* for admission is ten dollars. 入場費是 10 美元/Cash or *charge*? 付現或刷(信用)卡?
2 C 責難，(罪證的)告發；罪．make a *charge* against a corrupt politician 告發貪污的政治人物/He denied the *charge* that he had cheated on the exam. 他否認對他考試作弊的指控/He brought a *charge against* the city when his son was drowned in the canal. 他的兒子在運河溺斃後，他便對市政府提出告訴．

圖解 *adj.*＋charge: a criminal ~ (刑事犯罪的起訴)，a false ~ (錯誤的指控) // *v.*＋charge: drop a ~ (撤銷控訴)，face a ~ (面對指控)，prove a ~ (證明指控)．

3 C 突擊；突擊的信號[號角聲]．The tiger made a *charge* at its prey. 老虎突襲獵物．
4 U 監護，管理；保護，照顧；責任；委託．I gave him *charge* of our children. 我請他監督[照顧]我們的孩子/We've been making a steady profit since the shop came *under* my *charge*. 自從這間店由我管理以來，我們一直有穩定的盈餘/in *charge* of...(→片語)．
5 C 委託物，寄存物；被委託(照顧)的人．Isn't this child one of your *charges*? 這個小孩不也是你照顧的嗎?
6 C 命令，指令．
7 U (一發)彈藥的裝填，子彈上膛；(電)電荷(亦作 eléctric chárge)；充電．
(*be*) *frée of chárge* 免費(地)．Catalog *free of charge*. 免費目錄．
háve chárge of... 負責，照顧，管理…．She *has charge of* the first-year class. 她負責一年級的班級．
＊in chárge (of...) (1)負責…，管理…，看管．the man who is *in charge of* repairs 負責修理的人/put her *in charge of* a class 讓她管理班級．

(2)(對…)負有責任的. the officer *in charge* 指揮官, 主管的官員.
in the chàrge of *a pèrson* = **in a pèrson's chárge** 由某人照料的, 由某人管理的. The new store is *in* Mr. Smith's *charge*. 這家新店由史密斯先生負責.
làg...to *a pèrson's* **chárge** 指控某人犯…罪.
on a [the] chárge of... 由於…的嫌疑[理由]. He was arrested *on the charge of* murder. 他因涉嫌謀殺被捕.
tàke chárge of... 負責…, 管理….

charge·a·ble [ˈtʃɑrdʒəbl; ˈtʃɑːdʒəbl] *adj.* **1** 應負擔(稅, 責任, 費用等)的(on, to). the expenses *chargeable on* him 應由他負擔的費用. **2**〔人〕應負擔的(with〔罪, 責備等〕); 應該被指控的(with). *chargeable with* bribery 應該被控行[受]賄的.

chárge accòunt *n.* ⓒ (美)記帳戶頭((英) credit account).

char·gé d'af·faires [ʃɑrˈʒedæˋfɛr, ˋfær; ˌʃɑːʒeɪdæˈfeə(r)] (法語) *n.* (*pl.* **chargés** — 和單數發音相同) ⓒ 代理大使[公使].

charg·er [ˈtʃɑrdʒɚ; ˈtʃɑːdʒə(r)] *n.* ⓒ **1** (詩)戰馬. **2** (乾電池的)充電器.

charg·ing [ˈtʃɑrdʒɪŋ; ˈtʃɑːdʒɪŋ] *v.* charge 的現在分詞, 動名詞.

char·i·ly [ˈtʃɛrəlɪ, ˋtʃær-, ˋtʃer-, -ɪlɪ; ˈtʃeərəlɪ] *adv.* 小心謹慎地.

char·i·ot [ˈtʃærɪət; ˈtʃærɪət] *n.* ⓒ (歷史)戰車 (《古代的兩輪馬車; 戰用、賽馬、行進用; 由 2-4 匹馬拉, 駕車者採取站姿).

[chariot]

char·i·ot·eer [ˌtʃærɪəˋtɪr; ˌtʃærɪəˈtɪə(r)] *n.* ⓒ 駕馭戰車者.

cha·ris·ma [kəˋrɪzmə; kəˈrɪzmə] *n.* ⓤ 神授的能力, 如宗教領袖般非凡的領導能力, 《使大眾心悅誠服, 令人不可思議的強大魅力》.

char·is·mat·ic [ˌkærɪzˋmætɪk; ˌkærɪzˈmætɪk] *adj.* 如宗教領袖般的, 具備非凡領導能力的.

char·i·ta·ble [ˈtʃærətəbl; ˈtʃærətəbl] *adj.* **1** 寬大的, 寬容的. **2** 慈善的. be *charitable* to the poor 慈善救濟窮人. **3** (限定)(為了)慈善的. a *charitable* institution 慈善機構.

char·i·ta·bly [ˈtʃærətəblɪ; ˈtʃærətəblɪ] *adv.* 寬大地; 慈悲地.

＊**char·i·ty** [ˈtʃærətɪ; ˈtʃærətɪ] *n.* (*pl.* **-ties** [~z; ~z]) **1** ⓤ 慈善行為, 對貧困者的救濟, 施捨. The family lives on *charity*. 這家人靠救濟度日/*Char-*

ity begins at home. ((諺))仁愛先自家中始/a *charity* concert 慈善音樂會. **2** ⓒ (通常 charit*ies*)慈善事業; 慈善機構. **3** ⓤ 慈悲(心), 仁愛; 寬容; (基督教的)博愛. She gave the beggar some money out of *charity*. 她出於慈悲(心)給了乞丐一點錢.

char·la·dy [ˈtʃɑrˌledɪ; ˈtʃɑːˌleɪdɪ] *n.* (*pl.* **-dies**)(英)＝charwoman.

char·la·tan [ˈʃɑrlətn; ˈʃɑːlətən] *n.* ⓒ 騙子, 密醫, 《特指江湖郎中等》.

Char·le·magne [ˈʃɑrləˌmen; ˈʃɑːləmeɪn] *n.* 查理曼(742-814)(法蘭克國王, 後為西羅馬帝國皇帝; 英譯名為 Charles the Great).

Charles [tʃɑrlz; tʃɑːlz] *n.* 男子名.

Charles·ton [ˈtʃɑrlztən; ˈtʃɑːlstən] *n.* ⓒ 查理斯敦舞(1920 年代於美國流行的一種節奏輕快的舞蹈).

Char·ley, Char·lie [ˈtʃɑrlɪ; ˈtʃɑːlɪ] *n.* Charles 的暱稱.

Char·lotte [ˈʃɑrlət; ˈʃɑːlət] *n.* 女子名.

＊**charm** [tʃɑrm; tʃɑːm] *n.* (*pl.* **~s** [~z; ~z]) **1** ⓤ 魅力, 吸引力; 魔力. a man of great *charm* 極富魅力的男子. **2** ⓒ (通常 charms)(特指女性的)美貌; 嫵媚. She hasn't lost her *charms* yet. 她尚未失去她的魅力. **3** ⓒ (附在手鐲、帶、鍊等上的)小飾物. **4** ⓒ 符咒; 護身符. I always carry a rabbit's foot in my bag as a good luck *charm*. 我一直帶著一隻兔子腳在我的袋子裡, 作為幸運的護身符/a *charm against* evil 避邪的護身符.
wòrk like a chárm (像有符咒保佑般地)工作順遂.
— *vt.* (**~s** [~z; ~z]; **~ed** [~d; ~d]; **~·ing**) **1** 迷惑, 使入迷; 使高興, 使快樂. He was *charmed* by her performance. 他被她的表演迷住了.
2 (a)在…施魔法. (b) 句型5 (charm A B)施魔法使 A 去做 B. She *charmed* the princess asleep. 她施魔法使公主入睡.
bèar [hàve, lèad] a chàrmed lìfe 生命受魔法保護的, 不死之身.
chàrm/.../awáy 用符咒驅除…; 用不可思議的力量驅除…. Her words *charmed away* his sorrow. 她的話很奇妙地驅走了他的悲哀.

charm·er [ˈtʃɑrmɚ; ˈtʃɑːmə(r)] *n.* ⓒ 施魔法的人; 迷人的人; 耍蛇者(snake charmer).

＊**charm·ing** [ˈtʃɑrmɪŋ; ˈtʃɑːmɪŋ] *adj.* 有魅力的, 迷人的; 美的; 使人愉快的. a *charming* personality 吸引人的個性/a *charming* smile 迷人的微笑/Jane is such a *charming* child. 珍真是個可愛的孩子.

charm·ing·ly [ˈtʃɑrmɪŋlɪ; ˈtʃɑːmɪŋlɪ] *adv.* 有魅力地.

char·nel house [ˈtʃɑrnl̩ˌhaʊs; ˈtʃɑːnlhaʊs] *n.* ⓒ 靈骨塔, 納骸屋.

＊**chart** [tʃɑrt; tʃɑːt] *n.* (*pl.* **~s** [~s; ~s]) ⓒ **1** 圖, 圖表; 曲線圖. draw [make] a

chart of 繪製…的圖表/a weather *chart* 天氣圖/a bar *chart* 長條圖/a pie *chart* 餅形圖.

2 航海圖, 航線圖.

── *vt.* **1** 繪製…的圖表; 用航海圖表示…; (*out*).

2 制定…的計畫. The expedition *charted* a course for the South Pole. 這支探險隊規劃了前往南極的路線.

***char‧ter** [ˋtʃɑrtɚ; ˈtʃɑːtə(r)] *n.* (*pl.* ~s [~z; ~z]) C̈ **1** 特許(狀), 設立許可(證), ((政府, 主權者等給與個人和團體的)).

2 憲章(記載團體的組織、活動、目的等的正式文件). the *Charter* of the United Nations 聯合國憲章/the Great *Charter* 大憲章(→Magna Carta).

3 (船, 飛機, 公車等的)包租, 借貸契約(書).

4 [形容詞性]包租[借]的. a *charter* flight 包機.

── *vt.* (~s [~z; ~z]; ~ed [~d; ~d]; -ter‧ing [-tərɪŋ, -trɪŋ; -tərɪŋ]) **1** 發給特許狀, 認可.

2 包租(飛機, 船, 公車等), 憑契約出租[包租]. The group *chartered* a coach. 那群人包了一輛遊覽車.

chȧrtered accȯuntant *n.* C̈(英)特許會計師((美) certified public accountant).

char‧wom‧an [ˋtʃɑr͵wumən, -͵wu-; ˈtʃɑː͵wɔmən] *n.* (*pl.* **-women** [-͵wɪmɪn, -ən; -͵wɪmɪn]) C̈(主英)(按日或按時計酬的)雜役女傭.

char‧y [ˋtʃɛrɪ, ˋtʃærɪ; ˈtʃeərɪ] *adj.* (文章) (敘述) **1** 謹慎的, 慎重的, (*of*). be *chary* of catching cold 當心別感冒.

2 吝嗇的(*of*). Jane is *chary* of her praise. 珍難得稱讚別人.

Cha‧ryb‧dis [kəˋrɪbdɪs; kəˈrɪbdɪs] *n.* (希臘神話)卡律布狄絲(Sicily島附近海面上的漩渦; →Scylla).

***chase** [tʃes; tʃeɪs] *v.* (**chas‧es** [~ɪz; ~ɪz]; ~d [~t; ~t]; **chas‧ing**) *vt.* **1** 追捕, 追蹤. The cat *chased* the mouse and caught it. 這隻貓追趕老鼠並捉住牠/He wasted his life *chasing* empty dreams. 他虛擲一生在追逐虛無的夢想上.

2 趕走, 驅逐. The guards *chased* the boys *off* [*away*]. 警衛把男孩們趕走了.

3 纏住, 追求. She is foolish to *chase* him. 她追求他真是太愚蠢了.

── *vi.* (口) **1** 追趕(*after* 在…之後). The fans *chased* the singer. 歌迷們追著那位歌手跑.

2 到處跑 (*about*, *around*). I've been *chasing around* all morning looking for you! 我整整一個上午都在到處找你!

── *n.* (*pl.* **chas‧es** [~ɪz; ~ɪz]) **1** 追蹤, 追擊; 追求. a *chase* after a thief 追捕竊賊.

2 C̈ (加%
上)的)狩獵, (特指對狐狸的)狩獵; C̈ 被追獵的動物; 獵獲物.

give chȧse (*to...*) 追獵, 追擊…. He *gave chase to* the thief in his car. 他開車追蹤竊賊.

in chȧse of... 追….

chas‧er [ˋtʃesɚ; ˈtʃeɪsə(r)] *n.* C̈ **1** 追趕者; 獵

人. **2** (口)飲烈酒後喝的水或啤酒等.

chasm [ˋkæzəm; ˈkæzəm] *n.* C̈ **1** (地面, 岩石, 冰河等的)深裂縫, 裂口.

2 (意見, 利害, 感情等的)隔閡, 分歧.

chas‧sis [ˋʃæsɪ; ˈʃæsɪ] *n.* (*pl.* ~ [~z; ~z]) C̈ **1** (汽車等的)底盤, 車臺; (飛機的)起落架(起降裝置的一部分).

2 (收音機, 電視機的)安裝零件的底架.

chaste [tʃest; tʃeɪst] *adj.* **1** 純潔的, 貞節的.

2 (文體, 嗜好等)樸素的; 高雅的.

⇨ *n.* **chastity**.

chaste‧ly [ˋtʃestlɪ; ˈtʃeɪstlɪ] *adv.* 保持純潔地, 清純地.

chas‧ten [ˋtʃesn̩; ˈtʃeɪsn̩] (★注意發音) *vt.* (文章) **1** (為了改正)懲戒, 懲罰.

2 使緩和, 抑制(感情等).

chas‧tise [tʃæsˋtaɪz; tʃæ'staɪz] *vt.* (文章)懲罰, 體罰.

chas‧tise‧ment [ˋtʃæstɪzmənt, tʃæsˋtaɪz-; ˈtʃæstɪzmənt] *n.* ŪC̈ (文章)懲罰, 責打.

chas‧ti‧ty [ˋtʃæstətɪ; ˈtʃæstətɪ] *n.* Ū **1** 貞操, 純潔. **2** (文體等的)樸素, 高雅.

chas‧u‧ble [ˋtʃæzjubl̩, ˋtʃæs-; ˈtʃæzjubl̩] *n.* C̈ 十字袍, 無袖長袍, (特指彌撒時神父穿的寬大無袖長袍).

***chat** [tʃæt; tʃæt] *vi.* (~s [~s; ~s]; ~‧ted [~ɪd; ~ɪd]; ~‧ting) (口)(無隔閡地)閒談, 聊天, (*about* 關於…). They *chatted about* their new teacher. 他們閒聊著他們的新老師.

── *n.* (*pl.* ~s [~s; ~s]) ŪC̈ (口)閒談, 聊天. I had a little *chat* with John after the meeting. 會議後我和約翰聊了一會兒.

châ‧teau, cha‧teau [ʃæˋto; ˈʃætəu] (法語) *n.* (*pl.* ~s, ~x [~z; ~z]) C̈ (法國的)城堡, 莊園.

chȧt shȯw *n.* (英)=talk show.

chat‧tel [ˋtʃætl̩; ˈtʃætl̩] *n.* C̈ (通常 chattels)家具; (法律)動產(↔ real estate).

***chat‧ter** [ˋtʃætɚ; ˈtʃætə(r)] *vi.* (~s [~z; ~z]; ~ed [~d; ~d]; -ter‧ing [-tərɪŋ; -tərɪŋ]) **1** 喋喋不休 (*about* 關於…). Stop *chattering* and finish your work. 不要再喋喋不休, 做完你的工作吧!

2 (機械等)發出咔嗒咔啦聲. My teeth *chattered* with cold. 我冷得牙齒直打寒顫.

3 (鳥, 獸等)大聲啁叫.

── *n.* Ū **1** 喋喋不休, 閒聊. The girls' *chatter* was endless. 這些女孩們聊天聊個沒完沒了.

2 (鳥, 獸等的)啁啾, 響亮的叫聲.

3 (牙齒, 機械等的)咔啦咔啦聲.

chat‧ter‧box [ˋtʃætɚ͵bɑks; ˈtʃætəbɒks] *n.* C̈ (口)喋喋不休的人(特指小孩子).

chat‧ty [ˋtʃætɪ; ˈtʃætɪ] *adj.* (口) **1** 愛閒聊的, 愛說話的. **2** 融洽的, 輕鬆而快活的.

Chau‧cer [ˋtʃɔsɚ; ˈtʃɔːsə(r)] *n.* **Geoffrey** ~ 喬叟(1340?-1400)(英國詩人; *The Canterbury Tales* 《坎特伯里故事集》的作者).

chauf‧feur [ˋʃofɚ, ʃoˋfɜ; ˈʃəufə(r)] *n.* C̈ (法語)(主要指自用汽車的)司機, 私人司機.

── *vt.* 用汽車接送. ── *vi.* 當私人司機.

chau·vin·ism [ˈʃovɪnˌɪzəm; ˈʃəʊvɪnɪzəm] *n.* U
1 沙文主義, 盲目的愛國主義.
2 唯我獨尊主義(對自己所屬的性別、團體、人種持有異常的自豪感). male *chauvinism* 大男人主義.
chau·vin·ist [ˈʃovɪnɪst; ˈʃəʊvɪntɪst] *n.* C 沙文主義者, 盲目的愛國主義者; 男[女]性至上主義者.
chau·vin·is·tic [ˌʃovɪˈnɪstɪk; ˌʃəʊvɪˈnɪstɪk] *adj.* 沙文主義的, 盲目愛國的, 男[女]性至上主義的.

‡**cheap** [tʃip; tʃiːp] *adj.* (~**er**; ~**est**) **1** (品質不好而價錢)便宜的, 廉價的, (↔dear, expensive). The book is *cheap* at that price. 那本書賣那種價錢算很便宜了/It's always *cheaper* in the end to buy the best. 買最好的東西終究比較划算.
2 收費低廉的〔店, 餐廳等〕. a *cheap* supermarket 廉價超級市場.
3 廉價品的; 不值錢的; 劣質的, 低劣的. Her dress was made of very *cheap* material. 她的衣服是用非常廉價的布料做的.
4 卑鄙的, 低級的, (mean). He behaved in a *cheap* manner. 他行為卑鄙/They played a *cheap* trick on her. 他們對她開了個低級的玩笑.
5 不費力而到手的. We cannot be proud of such a *cheap* victory. 我們不能對這種垂手可得的勝利感到自豪. 回注意 cheap 3 含有貶義, 而 inexpensive 則不含「粗劣」之義. 語法 可以說 This bag is cheap. 但不可說 The price is cheap. 正確的說法是 The price is *low*. 並且不可說 a *cheap* price, 應說 a *low* price.
chèap and násty 價廉物不美的. The stuff in that store is all *cheap and nasty*. 那家店的東西全都價廉物不美.
fèel chéap (口)感到難為情, 覺得羞恥.
hòld...chéap 看不起, 輕視, 〔人, 物〕.
màke onesèlf chéap 做出降低自己身分的事, 降低自己的身價.
on the chéap 廉價地, 便宜地. Bill got the car *on the cheap* from his brother, who's a dealer. 比爾從他當經銷商的弟弟那裡便宜買到那輛車.
— *adv.* 廉價地, 便宜地, (cheaply).
cheap·en [ˈtʃipən; ˈtʃiːpən] *vt.* **1** 使廉價, 降低…的價格. **2** 降低…的價值; 使變得不體面.
— *vi.* 變便宜.
＊**cheap·ly** [ˈtʃiplɪ; ˈtʃiːplɪ] *adv.* 廉價地; 鄙俗地; 輕易地.
cheap·ness [ˈtʃipnɪs; ˈtʃiːpnɪs] *n.* U 便宜; 不值錢.
cheap·skate [ˈtʃipˌsket; ˈtʃiːpskeɪt] *n.* C(主俚)吝嗇鬼.

＊**cheat** [tʃit; tʃiːt] *v.* (~**s** [~s; ~s]; ~**ed** [~ɪd; ~ɪd]; ~**ing**) *vt.* **1** 騙, 欺騙; 從〔他人那裡〕騙取(*out of, of*); (回cheat 是為了得到想要的東西而欺騙; deceive 是刻意隱瞞真相而欺騙; trick 則是用計謀或策略來欺騙). *cheat* a person (*out*) *of* his money 騙走某人的錢/She was *cheated* into buying worthless stock. 她受騙買了無價值的股票. **2** (文章)巧妙地逃離…; 消除〔悲傷, 疲勞等〕. He *cheated* death many times on the battlefield. 他在戰場上多次死裡逃生.

— *vi.* **1** 詐騙; 作弊. *cheat* at cards 打牌作弊/ *cheat in* [*on*《美》] an examination 考試中作弊.
2 (口)(對於男女關係)不忠(*on*). She's been *cheating on* her husband for years. 她對丈夫不忠已經好多年了.
— *n.* (*pl.* ~**s** [~s; ~s]) C **1** 作弊的行為; 欺騙, 詐欺. **2** 作弊的人; 騙子.

‡**check** [tʃɛk; tʃek] *n.* (*pl.* ~**s** [~s; ~s]) **1** C 阻止; 阻止的人[物]; (突然的)停止. meet with a *check* 遇到障礙/The government's new measures should act as a *check* on inflation. 政府的新措施應該能抑止通貨膨脹.
2 C 測驗; 檢查; 查對; (美)查對完畢的記號(✓). a security *check* at the airport 機場的安全檢查/make a double *check* 再檢查/They gave the machine a thorough *check*. 他們徹底把機器檢查了一遍.
3 C (美)支票(《英》cheque). a traveler's *check* 旅行支票/pay by *check* 用支票支付/draw [issue, write (out)] a *check* 開支票/cash a *check* for 50 dollars 把 50 美元的支票兌換成現金/The *check* was dishonored. 這張支票無法兌現.

[check 3]

4 C (美)(飯店等的)帳單, 會計傳票, (bill). Could I have the *check*, please? 請把帳單開給我好嗎?
5 C (行李等的)寄物牌, 存放證. a baggage *check* 行李寄放牌.
6 UC 格子花樣; 格子花樣的織品.
7 U (西洋棋)將軍. *Check*! (感歎詞性)將軍!
hòld [kèep]...in chéck 防止…, 抑制…; 控制…. Listening to her insults, I couldn't *keep* my temper *in check*. 聽到她的侮辱, 我無法抑制我的憤怒.
— *v.* (~**s** [~s; ~s]; ~**ed** [~t; ~t]; ~**ing**) *vt.*
1 阻止; 防止; 抑制, 抑止, 〔感情等〕. *check* the advance of the enemy 阻止敵人的前進/*check* one's anger 忍住怒氣/He *checked* himself, but he was about to explode. 他快要氣炸, 但忍了下來.
2 測驗; 查對, 檢查; 調查, 查看; (*over*); (美)作(查對的)符號(✓). 句型3 (check *that* 子句/ *wh* 子句)核對…/確認是否…. Will you please *check* these figures? 請你核對這些數字好嗎?/ *Check* your answer *with* [*against*] the correct one. 請將你的答案核對正確解答/*Check that* [*whether*] all the windows are secured before you go out. 你出門前檢查一下是不是所有的窗戶都關好了.

c

3 《美》(換取寄物牌)將〔物品等〕寄存. Will you *check* your coat? 你要寄放你的大衣嗎?

4 《西洋棋》攻王棋, 將軍.
— *vi.* **1** 《美》相符, 證明無誤, 《with》; 查明 《with》. These totals *check* with mine. 這總數與我的完全一致/*Check* with a native speaker. 向〔某種語言的〕母語人士查證. **2** 檢查. **3** 《美》開支票. **4** 《西洋棋》攻王棋, 將軍.

* chèck ín¹ 登記(報到等)《at 〔飯店, 機場等〕》.
check in at a hotel 在旅館登記住宿.

chèck/.../ín² (1)(在車站等)寄放〔行李〕. (2)辦理〔人〕的住宿登記.

chèck ínto... 在〔旅館等〕登記住宿.

chèck/.../óff (1)在…記上核對完畢的符號. Your job is to *check off* all the items on this list. 你的工作是核對這張單子上所有的項目. (2)扣除〔工會會費等〕.

* chèck óut¹ (1)(結帳後)離開旅館. *check out* of a hotel 付款後離開旅館. (2)(調查, 核對的結果)證實是正確的. This information *checks out* all right. 這個情報證實是正確的.

chèck/.../óut² 《美》(1)(發給寄物牌後)收下〔寄放物等〕. (2)(辦妥手續後)借出〔書籍〕《of 〔圖書館等〕》; 借出. (3)檢查; 做…的健康檢查.

chèck/.../óver 徹底檢查, 檢查….

chèck úp on... 調查…, 仔細檢查….

check·book [ˋtʃɛkˌbʊk; ˈtʃekbʊk] *n.* ⓒ《美》支票簿(《英》chequebook).

checked [tʃɛkt; tʃekt] *adj.* 格子花樣的.

check·er¹《主美》, **chequ·er**《英》[ˋtʃɛkɚ; ˈtʃekə(r)] *n.* ⓒ **1** 格子花樣. **2** 《美》(checkers)《作單數》西洋棋〔兩人遊戲, 棋盤上各以12個棋子與對方對奕;《英》draughts). **3** 西洋棋棋子.

check·er² [ˋtʃɛkɚ; ˈtʃekə(r)] *n.* ⓒ 檢查者; 特指超級市場的收銀員.

check·er·board [ˋtʃɛkɚˌbord, -ˌbɔrd; ˈtʃekəbɔːd] *n.* ⓒ **1** 《主美》西洋棋的棋盤. **2** 格子花樣物.

check·ered [ˋtʃɛkɚd; ˈtʃekəd] *adj.* **1** 格子花樣的. **2** 多變化的, 豐富多彩的. a *checkered* career 起起落落的生涯.

check-in [ˋtʃɛkˌɪn; ˈtʃekɪn] *n.* ⓒ (旅館, 機場等的)登記, 報到. (→ check-out).

chécking accòunt ⓒ 《美》活期存款(《英》current account)(以支票提款).

check·list [ˋtʃɛkˌlɪst; ˈtʃeklɪst] *n.* ⓒ 核對簿, 一覽表.

check·mate [ˋtʃɛkˌmet; ˈtʃekmeɪt] *n.* ⓤⓒ **1** 《西洋棋》將軍. **2** (事業等的)陷入僵局, 徹底失敗.
— *vt.* **1** 《西洋棋》將死〔國王〕. **2** 使徹底失敗, 使陷入僵局.

check·off [ˋtʃɛkˌɔf; ˈtʃekɔf] *n.* ⓤⓒ (薪水的)代扣款.

check-out [ˋtʃɛkˌaʊt; ˈtʃekaʊt] *n.* ⓒ **1** (超級

市場的)結帳; 收銀檯.

2 (旅館的)結帳離開(的時間).

3 《美》(在圖書館的)書本借出手續.

check·point [ˋtʃɛkˌpɔɪnt; ˈtʃekpɔɪnt] *n.* ⓒ (公路, 國界的)檢查站.

check·room [ˋtʃɛkˌrum, -ˌrʊm; ˈtʃekruːm] *n.* ⓒ 《主美》(劇場, 餐館等的)衣物間, 攜帶物之寄存處, (cloakroom); (火車站等的)寄物處.

check·up [ˋtʃɛkˌʌp; ˈtʃekʌp] *n.* ⓒ **1** 健康檢查 (physical checkup). **2** 檢查, 核對.

Ched·dar [ˋtʃɛdɚ; ˈtʃedə(r)] *n.* ⓒ 切德乾酪(原產於英國的Cheddar; 質硬而紋細).

*cheek [tʃik; tʃiːk] *n.* (*pl.* ~s [~s; ~s]) **1** ⓒ 臉頰(→ head 圖). a little girl with rosy *cheeks* 臉頰紅潤的小女孩/She kissed me on the *cheek* and said goodnight. 她親吻我的臉頰道聲晚安. **2** ⓤ《口》狂妄, 驕傲的〔厚臉皮的話[態度]. I wouldn't have the *cheek* to say such a thing. 我沒有臉說出這種話.

chèek by jówl 緊緊靠著; (像臉頰相碰那樣)緊貼著,《with》.
— *vt.* 《英》說狂妄自大的話.

cheek·bone [ˋtʃikˌbon, -ˈbon; ˈtʃiːkbəʊn] *n.* ⓒ 顴骨.

cheek·i·ly [ˋtʃikˌlɪ, -lɪ; ˈtʃiːkɪlɪ] *adv.* 《口》狂妄自大地, 厚臉皮地.

cheek·i·ness [ˋtʃikɪnɪs; ˈtʃiːkɪnɪs] *n.* ⓤ《口》無恥; 傲慢.

cheek·y [ˋtʃikɪ; ˈtʃiːkɪ] *adj.* 《口》狂妄自大的, 厚臉皮的.

cheep [tʃip; tʃiːp] *vi.* 〔雛鳥等〕吱吱〔啾啾〕叫.
— *n.* ⓒ 吱吱〔啾啾〕叫聲.

*cheer [tʃɪr; tʃɪə(r)] *n.* (*pl.* ~s [~z; ~z]) **1** ⓒ 歡呼, 喝采. give three *cheers* for the winners 為勝利者歡呼三次(高呼 Hip! Hip! Hooray!).

2 ⓤ 聲援, 激勵; 高興; 振奮.

3 ⓤ 心情, 情緒. I was filled with good *cheer* when Christmas came around. 隨著聖誕節將至, 我心中也充滿了喜悅.

4 (感歎詞性)《主英, 口》(cheers) (a)謝謝. (b) (特指掛電話時的)再見, 再說吧. (c)乾杯!
— *v.* (~s [~z; ~z]; ~ed [~d; ~d]; cheer·ing [ˋtʃɪrɪŋ; ˈtʃɪərɪŋ]) *vt.* 激勵, 使振奮, 《up》; 向…喝采; 聲援…. She *cheered* me *up* when I was feeling blue. 當我感到憂傷時, 她為我打氣/The fans *cheered* the Giants to victory. 球迷們為巨人隊加油打氣, 希望他們獲勝.
— *vi.* 振奮《up》; 聲援; 喝采. *Cheer up!* 振作起來! 加油!

*cheer·ful [ˋtʃɪrfəl; ˈtʃɪəfʊl] *adj.* **1** 精神振奮的, 開朗的; 高興的; (★常用於即使遭遇不幸或災難時也不氣餒, 仍不失其開朗的樣子; ↔ gloomy). a *cheerful* appearance 快樂的表情/He gave me a *cheerful* smile. 他愉快地對我微笑.

2 快樂的, 愉快的, (↔ cheerless). a *cheerful* party 快樂的舞會/*cheerful* news 令人高興的消息.

cheer·ful·ly [ˋtʃɪrfəlɪ; ˈtʃɪəfʊlɪ] *adv.* 高興地;

快樂地；開朗地；興致勃勃地。He walked down the street whistling *cheerfully*. 他在街上走著，高興地吹著口哨。

cheer·ful·ness [ˋtʃɪrfəlnɪs; ˈtʃiəfulnɪs] *n.* U 快活；歡愉。

cheer·i·ly [ˋtʃɪrəlɪ, -ɪlɪ; ˈtʃiərəli] *adv.* 活力充沛地，快活地；愉快地。

cheer·ing [ˋtʃɪrɪŋ; ˈtʃiəriŋ] *adj.* 振奮的，激勵的。

cheer·i·o [ˌtʃɪrɪˋo; ˌtʃiəriˈəu] *interj.* 《英、口》再見，保重。《道別語》。

cheer·lead·er [ˋtʃɪrˌlidə; ˈtʃiəˌliːdə(r)] *n.* C 《主美》啦啦隊隊員《在足球比賽等負責領導全場觀眾歡呼聲援》。

cheer·less [ˋtʃɪrlɪs; ˈtʃiəlis] *adj.* 不快樂的，陰鬱的；冷清寂寞的；(↔ cheerful)。

cheer·less·ly [ˋtʃɪrlɪslɪ; ˈtʃiəlisli] *adv.* 陰鬱地，不快樂地。

cheer·y [ˋtʃɪrɪ; ˈtʃiəri] *adj.* 精力充沛的；快樂的，愉快的。a *cheery* smile 愉快的微笑。

[cheerleaders]

*__cheese__ [tʃiz; tʃiːz] *n.* (*pl.* **chees·es** [~ɪz; ~ɪz]) **1** U 乳酪。a slice of *cheese* 一片乳酪。**2** C 《以一定形狀凝固的》乳酪。

Sày chéese! 笑一個！《照相之前說；因為準確地發 [i; iː] 音時，嘴形自然會呈現微笑的樣子》。

cheese·burg·er [ˋtʃiz.bɝɡə; ˈtʃiːzˌbɜːɡə(r)] *n.* C 《美》起司漢堡《在肉片上面疊放起司的hamburger》。

cheese·cake [ˋtʃiz.kek; ˈtʃiːzkeɪk] *n.* UC 起司蛋糕。

cheese·cloth [ˋtʃiz.klɔθ; ˈtʃiːzklɒθ] *n.* U 薄的棉紗布《用於包裹酪》。

chee·tah [ˋtʃitə; ˈtʃiːtə] *n.* C 獵豹《非洲、南亞所產的貓科動物，與豹很像，善跑》。

chef [ʃɛf; ʃef] 《法語》 *n.* C 主廚，廚房領班《泛指》廚師。

chem. 《略》 chemical; chemist; chemistry.

*__chem·i·cal__ [ˋkɛmɪk!; ˈkemɪkl] *adj.* 化學 (上) 的；化學性質的；化學作用的。a *chemical* change 化學變化/*chemical* compounds 化合物/*chemical* products 化學製品。
— *n.* C 化學製品，化學藥品；化學物質。

chèmical enginéering *n.* U 化學工程。

chem·i·cal·ly [ˋkɛmɪk!ɪ, -ɪklɪ; ˈkemɪkəli] *adv.* 化學地；根據化學作用地。

chèmical wárfare *n.* U 《使用毒氣等的》化學戰。

che·mise [ʃəˋmiz; ʃəˈmiːz] *n.* C 女用無袖寬內衣《一種類似長襯裙的女性內衣》；《直統的》寬鬆女裝。

*__chem·ist__ [ˋkɛmɪst; ˈkemɪst] *n.* (*pl.* ~**s** [~s; ~s]) C **1** 化學家。**2** 《英》藥劑師；藥局老闆；(《美》druggist)。a *chemist's* (shop) 藥房《《美》drugstore)。

---

*__chem·is·try__ [ˋkɛmɪstrɪ; ˈkemɪstrɪ] *n.* U **1** 化學。applied *chemistry* 應用化學/organic [inorganic] *chemistry* 有機[無機]化學。**2** 化學性質；化學作用。

chem·o·ther·a·py [ˌkɛmoˋθɛrəpɪ; ˌkeməuˈθerəpɪ] *n.* U 化學療法。

cheque [tʃɛk; tʃek] *n.* 《英》= check 3.

cheque·book [ˋtʃɛk.buk; ˈtʃekbuk] *n.* 《英》= checkbook.

chéque càrd *n.* C《英》支票保證卡《由銀行發行，保證於一定金額內可以支票支付》。

cheq·uer [ˋtʃɛkə; ˈtʃekə(r)] *n.* 《英》= checker[1].

*__cher·ish__ [ˋtʃɛrɪʃ; ˈtʃerɪʃ] *vt.* (~**es** [~ɪz; ~ɪz]; ~**ed** [~t; ~t]; ~**ing**) **1** 愛護《兒童，草木等》；珍愛。She *cherished* his old love letters. 她珍藏著他從前寫給她的情書。**2** 抱有《希望，野心等》；懷有《回憶等》。She *cherished* the memory of her dead husband. 她懷念她死去的丈夫。

Cher·o·kee [ˋtʃɛrə.ki, ˌtʃerəˋki; ˈtʃerəˈkiː] *n.* (*pl.* ~, ~**s**) C 柴拉基族人《北美印第安人，從前在北美東南部的大部族》。

cher·ries [ˋtʃɛrɪz; ˈtʃerɪz] *n.* cherry 的複數。

*__cher·ry__ [ˋtʃɛrɪ; ˈtʃeri] *n.* (*pl.* -**ries**) **1** C 櫻桃，櫻樹的果實。**2** C 櫻樹。**3** U 櫻樹木材。**4** U 櫻桃色，鮮紅色。
— *adj.* 櫻桃色的，鮮紅色的。

***chérry blòssom** *n.* C 櫻花。

***chérry flòwer** *n.* C 櫻花。

chérry trèe *n.* C 櫻樹。

cher·ub [ˋtʃɛrəb; ˈtʃerəb] *n.* (*pl.* ~**s**, 在1中用~**s** 或-**u·bim**) C **1** 《聖經》第二級天使，智慧天使，《司掌知識，在畫中被描繪成有翅膀、胖嘟嘟的小孩的樣子；→ angel》。**2** 天真可愛的孩子。

che·ru·bic [tʃəˋrubɪk, ˋrɪubɪk; tʃeˈruːbɪk] *adj.* 《小》天使的；天真的，可愛的。

cher·u·bim [ˋtʃɛrəbɪm, ˋtʃɛrjubɪm; ˈtʃerəbɪm] *n.* cherub 1 的複數。

cher·vil [ˋtʃɝvɪl; ˈtʃɜːvɪl] *n.* U 山蘿蔔《芹菜類》葉茅香，加於沙拉或湯中》。

Chesh·ire [ˋtʃɛʃɪr, ˋtʃɛʃə; ˈtʃeʃə(r)] *n.* 赤郡《英格蘭西部的一郡；首府 Chester》。

grín like a Chèshire cát 《口》《無緣無故地》咧嘴微笑《出自Lewis Carrol所作的 *Alice in Wonderland* 《愛麗絲夢遊仙境》中的貓》。

*__chess__ [tʃɛs; tʃes] *n.* U 西洋棋，國際象棋。play *chess* 下西洋棋《→次頁圖》。

chess·board [ˋtʃɛs.bord, -.bɔrd; ˈtʃesbɔːd] *n.* C 西洋棋的棋盤《同checkerboard；→chess圖》。

chess·man [ˋtʃɛs.mæn, -mən; ˈtʃesmæn] *n.* (*pl.* -**men** [-.mɛn, -mən; -men]) C 西洋棋的棋子。
[參考] 下棋者每人持有的棋子為 king, queen(各一個), bishop, knight, rook [castle](各兩個), pawn(八個), 共十六個。

*__chest__ [tʃɛst; tʃest] *n.* (*pl.* ~**s** [~s; ~s]) C **1** 胸 (部)《肋骨或胸骨圍成「箱狀」的部分；→ breast,

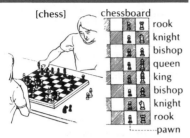

[chess] chessboard
rook
knight
bishop
queen
king
bishop
knight
rook
pawn

bosom, bust); 胸腔. a pain in the *chest* 胸部疼痛. **2** (有蓋的堅固的)大箱子, 櫃子. a medicine *chest* 藥箱. **3** =chest of drawers.

get...òff one's *chèst* 《口》把〔心事等〕一吐爲快.

ches·ter·field [ˋtʃɛstɚˌfild; ˈtʃestəfiːld] *n.* C **1** 《美》一種(天鵝絨領子的)大衣. **2** 《美》大型沙發.

chest·nut [ˋtʃɛsnət, -ˌnʌt; ˈtʃesnʌt] (★注意發音) *n.* **1** C 栗子; 栗樹. **2** =horse chestnut. **3** U 栗木. **4** U 栗色, 紅棕色. **5** C 栗色毛的馬. — *adj.* 栗色的; 栗色毛的.

chèst of dráwers *n.* C 五斗櫃(→ bedroom 圖).

chest·y [ˋtʃɛstɪ; ˈtʃestɪ] *adj.* 《口》 **1** 胸部寬闊的; 〔女性〕胸部豐滿的. **2** (咳嗽等)出自胸腔的(使人以爲患有結核病).

che·val glass [ʃəˋvæl ˌglæs; ʃəˈvælɡlɑːs] *n.* C 穿衣鏡.

chev·ron [ˋʃɛvrən; ˈʃevrən] *n.* C ∧型臂章(表示下士軍官等級等).

chew [tʃu, tʃɪu; tʃuː] *v.* (~s [~z; ~z]; ~ed [~d; ~d]; ~·ing) *vt.* 嚼〔食物〕, 菸草等)(《囮即反覆地bite). *Chew* your food well. 要細嚼慢嚥. — *vi.* 嚼〔食物〕.

chèw...óut 《美·口》破口大罵.
chèw...óver 《口》仔細考慮…, 玩味. *Chew* it *over* for a while and let me know what you think. 考慮一下, 然後告訴我你的看法.
chèw the fát 《口》閒聊.
chèw the rág 《口》(1)《美》=chew the fat. (2)《英》抱怨, 發牢騷.
— *n.* C 咀嚼(物); 嚼一口. have a *chew* of gum 嚼口香糖.

chéw·ing gùm *n.* U C 口香糖(亦可僅作gum).

Chi·an·ti [kɪˋæntɪ; kɪˈæntɪ] *n.* U 奇安地酒(義大利中部產的乾烈紅葡萄酒).

chia·ro·scu·ro [kɪˌɑrəˋskjuro, -ˋskɪuro; kɪˌɑːrəˈskuərəu] *n.* U 《美術》明暗對比(表現明暗的畫法).

chic [ʃik, ʃɪk; ʃiːk] (法語) *adj.* 〔服裝, 人〕雅緻的, 高雅的, 時髦的, (stylish). — *n.* U (服裝, 款式等的)雅緻, 高雅.

Chi·ca·go [ʃəˋkago, ʃɪ-; ʃɪˈkɑːɡəu] *n.* 芝加哥(美國伊利諾州的城市; 美國第三大都市).

chi·can·er·y [ʃɪˋkɛnərɪ; ʃɪˈkeɪnərɪ] *n.* (*pl.* **-er·ies**) U C 《文章》支吾搪塞, 敷衍; 圈套.

Chi·ca·no [tʃɪˋkano, tʃɪ/ˈkɑːnəu] *n.* (*pl.* ~s) 《美》墨西哥裔美國人.

chick [tʃɪk; tʃɪk] *n.* C **1** 小雞; (泛指)雛鳥. **2** 小孩; 《俚》少女.

chick·a·dee [ˋtʃɪkəˌdi, ˌtʃɪkəˋdi; ˈtʃɪkədiː] C 產於北美的山雀.

chick·en [ˋtʃɪkɪn, -ən; ˈtʃɪkɪn] *n.* (*pl.* ~s [~z; ~z]) **1** C 雛雞, 小雞; (泛指)雛鳥. keep [raise] *chickens* 養小雞. 參考 公雞是rooster 《美》 [cock 《英》], 母雞是hen. **2** C 雞(不分雌、雄、大、小的泛稱). **3** U 雞肉. eat *chicken* 吃雞肉. **4** C 《俚》年幼者(特指女性). She is no spring *chicken*. 她可不是小孩子. **5** C 《俚》膽小鬼(→ chickenhearted).

còunt one's *chìckens before they are hátched* 《諺》蛋未孵化先數小雞(打如意算盤). — *adj.* 《俚》膽小的(cowardly). — *vi.* (僅用於下列片語)

chìcken óut 《口》心生恐懼而放棄(*of*). I was going to confess my crime, but I *chickened out* (*of* it) at the last minute. 我本想認罪的, 但在最後一刻卻退縮了.

chìcken fèed *n.* U 雞用的飼料; 《俚》很少的錢.

chick·en·heart·ed [ˋtʃɪkɪnˋhɑrtɪd, -ən-; ˈtʃɪkɪnˌhɑːtɪd] *adj.* 膽小的, 懦弱的.

chick·en·liv·ered [ˋtʃɪkɪnˋlɪvəd; ˈtʃɪkɪnˌlɪvəd] *adj.* =chickenhearted.

chìcken pòx *n.* U 《醫學》水痘.

chick·weed [ˋtʃɪkˌwid; ˈtʃɪkwiːd] *n.* C 《植物》繁縷.

chic·le [ˋtʃɪk, ˋtʃik; ˈtʃɪk] *n.* U 樹膠(從產於熱帶美洲的一種樹採集而來的乳液狀樹膠; 口香糖的主要原料).

chic·o·ry [ˋtʃɪkərɪ, ˋtʃɪkrɪ; ˈtʃɪkərɪ] *n.* U 菊苣(原產於歐洲; 葉做沙拉和其他菜有用; 根炒過後可作咖啡的代用品).

chid [tʃɪd; tʃɪd] *v.* chide 的過去式、過去分詞.

chid·den [ˋtʃɪdn; ˈtʃɪdn] *v.* chide 的過去分詞.

chide [tʃaɪd; tʃaɪd] *v.* (~s; chid, chid·ed; chid, chid·den, chid·ed; chid·ing) 《雅》 *vt.* 責備, 發牢騷. She *chided* her child *for* cutting in. 她責備孩子插嘴. — *vi.* 責備(人). 同 chide 比 scold 溫和且理性.

chief [tʃif, tʃiːf] *n.* (*pl.* ~s [~s; ~s]) C **1** (團體、組織等的)首領, 首腦人物; 領袖; (★《口》boss). a section *chief* 部門主管/a branch *chief* 分店店長/the *chief* of state (國家)元首. **2** (部落的)酋長, 族長. the *chief* of a tribe 部落的酋長.

in chíef 最高職位的, 爲首的. a commander *in chief* 總司令, 最高統帥/an editor *in chief* 總編輯. — *adj.* (限定) **1** 最高(職位)的, 第一(位)的, (→ main 同). the *chief* clerk 總書記/the *chief*

cook 大廚.

2 首要的, 主要的. the *chief* points 要點 / My *chief* concern now is the entrance exam. 我現在最關心的是入學考試.

Chíef Exécutive *n.* (加 the)《美》最高行政官《指總統》.

Chíef Jústice *n.* (加 the)《美》高等法院首席法官.

***chief·ly** [ˋtʃiflɪ; ˋtʃi:flɪ] *adv.* **1** 主要地; 大部分. We visited London *chiefly* to go to the theaters. 我們造訪倫敦主要是為了看戲.

2《修飾句子》首先. *Chiefly*, I want you to help me check the stock. 首先我要你幫我清查存貨.

Chíef of Stáff *n.* (加 the)《美》(陸、海、空軍的)參謀長.

chief·tain [ˋtʃiftɪn; ˋtʃi:ftən] *n.* C (盜賊等的)頭目; (clan 或 tribe 等的)酋長, 族長.

chif·fon [ʃɪˋfɑn; ˋʃɪfən; ˋʃɪfɒn] *n.* U 雪紡綢《用蠶絲、化學纖維等製成的輕薄紡織物》.

chi·hua·hua [tʃɪˋwɑwɑ; tʃɪˋwɑːwə] *n.* C 吉娃娃狗《原產於墨西哥的小型狗》.

chil·blain [ˋtʃɪl͵blen; ˋtʃɪlblein] *n.* C (通常 chil·blains) 凍瘡.

₩**child** [tʃaɪld; tʃaɪld] *n.* (*pl.* **chil·dren**) C

【未成年者】**1** (相對於大人的)小孩, 兒童; (從幼小到成年之前的)年幼者, 少年, 少女. I didn't like to study when I was a *child*. 我小時候不喜歡讀書.

2 帶有孩子氣的人, 幼稚的人. He is a mere *child* in these matters. 在這些事情上, 他簡直就是個小孩子.

【對父母來說的孩子】**3** 孩子《與年齡、性別無關》. an only *child* 獨生子/I have two *children* in their twenties. 我有兩個二十幾歲的孩子.

> ┌搭配┐ *adj.*＋child (1): a cute ∼ (可愛的孩子), a delicate ∼ (嬌弱的孩子), a healthy ∼ (健康的孩子), a mischievous ∼ (調皮的孩子), a well-behaved ∼ (規矩的孩子) // *v.*＋child (3): have a ∼ (生個小孩), bring up a ∼ (養育孩子).

4 子孫. the *children* of Abraham 亞伯拉罕的子孫.

5 (環境、條件等的)產物; 「意想不到的結果」《*of*》. a *child* of the computer age 電腦時代的人[產物].

【教導的孩子】**6** 弟子; 崇拜者, 追隨者. a *child* of God 耶穌; 教徒.

(be) **with child**《雅》懷孕的. get a woman *with child* 使一女子懷孕.

child·bear·ing [ˋtʃaɪld͵berɪŋ, -͵bærɪŋ; ˋtʃaɪld͵beərɪŋ] *n.* U 分娩, 生產.

chíld bénefit *n.* U《英》兒童撫養津貼《孩子到一定年齡前由政府發給其父母》.

child·birth [ˋtʃaɪld͵bɝθ; ˋtʃaɪldbɜːθ] *n.* U 分娩, 生產.

₩**child·hood** [ˋtʃaɪld͵hʊd; ˋtʃaɪldhʊd] *n.* (*pl.* ∼s [∼z; ∼z]) U C 童年時代, 幼年, 幼兒期. She had an unhappy *childhood*. 她的

童年很不快樂.

***child·ish** [ˋtʃaɪldɪʃ; ˋtʃaɪldɪʃ] *adj.* **1** 如孩子般的; 適合孩子的. *childish* games 適合小孩玩的遊戲.

2 孩子氣的, 孩子似的; 幼稚的. (★用於負面含義; → childlike). *childish* remarks 幼稚的意見/ Don't be so *childish about* things like that! 你處理那種事情不要那麼孩子氣!

child·ish·ly [ˋtʃaɪldɪʃlɪ; ˋtʃaɪldɪʃlɪ] *adv.* 孩子氣地, 幼稚地.

child·ish·ness [ˋtʃaɪldɪʃnɪs; ˋtʃaɪldɪʃnɪs] *n.* U 孩子氣, 幼稚.

child·less [ˋtʃaɪldlɪs; ˋtʃaɪldlɪs] *adj.* 沒有子女的.

child·like [ˋtʃaɪld͵laɪk; ˋtʃaɪldlaɪk] *adj.* 孩子似的; (如孩子般)天真的, 純潔的的. (★用於正面含義; → childish). a *childlike* smile 純真的微笑/ *childlike* innocence 孩子般的天真.

child-proof [ˋtʃaɪld͵pruf; ˋtʃaɪldpruːf] *adj.* 防止孩童操作的《為了安全起見》. Medicine bottles usually have *child-proof* tops. 藥瓶通常有防止小孩打開的瓶蓋.

chil·dren [ˋtʃɪldrən; ˋtʃɪldrən] *n.* child 的複數.

chíld's pláy *n.* U《口》極簡單的事, 不值得一提的事, 輕鬆愉快的事. I always find these multiple-choice tests *child's play*. 我一直覺得這種選擇題太容易了.

Chil·e [ˋtʃɪlɪ; ˋtʃɪlɪ] *n.* 智利《位於南美臨太平洋的國家; 首都 Santiago》.

chil·i, chil·li [ˋtʃɪlɪ; ˋtʃɪlɪ] *n.* (*pl.* ∼es) U C 《植物》紅辣椒《一種辣椒》; 紅辣椒豆莢(的粉末)《調味料》.

chíl·i con car·ne [ˋtʃɪlɪkɑnˋkɑrnɪ; ˋtʃɪlɪkɒnˋkɑːnɪ] *n.* U 辣味牛肉末《肉末、扁豆等加紅辣椒所煮成的墨西哥菜肴》.

chíli sàuce *n.* U 甜辣醬《把紅辣椒、醋、砂糖、洋蔥用番茄醬燉煮而成》.

***chill** [tʃɪl; tʃɪl] *n.* (*pl.* ∼s [∼z; ∼z]) C (通常用單數)

1 寒氣, 寒冷. the *chill* before dawn 黎明前的寒冷. **2** 寒顫, 風寒. I felt a *chill* creep over me. 我感到身體一陣寒顫/catch [get, take] a *chill* 受到風寒, 傷風. **3** (態度的)冷淡, 疏遠. Don't cast a *chill* over his enthusiasm. 別對他的熱忱澆冷水.

— *adj.* (∼·**er**; ∼·**est**) =chilly.

— *v.* (∼**s** [∼z; ∼z]; ∼**ed** [∼d; ∼d]; ∼·**ing**) *vt.*

1 使變冷, 冷卻, 制冷; 把〔食物等〕冷藏. (★與 freeze (冷凍)不同). White wine should be *chilled* before serving. 白葡萄酒上餐桌前應先冷藏.

2 使感到冷, 使毛骨悚然. The horror story really *chilled* us. 這恐怖的故事真令我們毛骨悚然.

3 使掃興; 使〔熱心等〕冷卻. My enthusiasm for the project was *chilled* when I learned how much it would cost. 當我知道這計畫要花費多少錢時, 對它的熱忱就大為減低了.

— *vi.* **1** 變冷; 感覺寒冷.

2 〔熱情〕冷卻, 變得沒有精神.

chill·i·ness [ˋtʃɪlɪnɪs; ˈtʃilinis] *n.* 〔*a* U〕寒氣；冷淡.

*__chill·y__ [ˋtʃɪlɪ; ˈtʃili] *adj.* (**chill·i·er; chill·i·est**)
1 冷的，寒冷的；感覺冷的. feel *chilly* 覺得冷.
2 冷淡的，冷冰冰的. her *chilly* manner toward me 她對我冷淡的態度.

*__chime__ [tʃaɪm; tʃaim] *n.* (*pl.* ~**s** [~z; ~z]) C (通常 chimes) 1 一組鐘，鐘，(裝置於教堂的塔等上，調過音的一組鐘)；排鐘(把數根長短不同的金屬管垂掛於框架中的打擊樂器；→ percussion instrument 圖)；(門口的)音樂門鈴.
2 鐘樂，鐘聲. the *chimes* on Christmas Eve 聖誕夜(教堂)的鐘聲.
— *v.* (~**s** [~z; ~z]; ~**d** [~d; ~d]; **chim·ing**) *vt.*
1 敲響(一組鐘，鐘). 2 用鐘聲報(時等). The clock *chimed* ten. 鐘敲了十點.
— *vi.* 1 〔鐘，一組鐘〕鳴響.
2 調和《*with*》. His plan *chimes* well *with* mine. 他的計畫和我的非常協調.
chíme ín (1)《口》在談話中插嘴. He's always *chiming* in with silly questions. 他總是提出一些愚蠢的問題打斷談話. (2)協調；附和，一致；《*with*》.

chi·me·ra [kəˋmɪrə, kaɪˋmɪrə; kaiˈmiərə] *n.*
1 〔希臘神話〕(the Chimera)克密拉(獅頭、羊身、蛇尾的吐火怪獸). 2 C (想像的)怪獸. 3 C 空想，妄想.

chi·mer·i·cal [kəˋmɪrɪk, kaɪ-; kaiˈmerikl] *adj.* 〔想法，計畫等〕荒誕不經的，空想的.

*__chim·ney__ [ˋtʃɪmnɪ; ˈtʃimni] *n.* (*pl.* ~**s** [~z; ~z]) C 1 煙囪. The skyline was dotted with factory *chimneys*. 地平線上遠遠浮現著工廠的煙囪.
2 (一般煤油燈等用玻璃做的)煙罩，燈罩.

chímney còrner *n.* C 壁爐角，壁爐邊的溫暖處.

chímney pòt *n.* C (裝置於煙囪頂部，通常為陶製的)通風管.

chímney stàck *n.* C 1 煙囪的突出部分(工廠等的屋頂)；(美)通常作 smokestack).
2 (英)煙囪群(數個煙囪齊伸出於屋頂).

chímney swèep *n.* C 煙囪清掃工.

chimp [tʃɪmp; tʃimp] *n.* 《口》= chimpanzee.

chim·pan·zee [͵tʃɪmpænˋzi, tʃɪmˋpænzɪ, ͵ʃ-, ʃ-; ͵tʃimpənˈzi:] *n.* C 黑猩猩(產於非洲的類人猿(ape)).

*__chin__ [tʃɪn; tʃin] *n.* (*pl.* ~**s** [~z; ~z]) C 下巴，下顎，(→ head 圖). The beard grows on the *chin*. 鬍子長在下巴上/The boxer was knocked out by a blow on the *chin*. 拳擊手被一拳擊中下巴倒了下來. 圖 jaw 指the upper [lower] jaw (上[下]顎)；chin 是the lower jaw 的前端部分.
(*kèep one's*) *chìn úp* 《口》(痛苦時亦)不氣餒(常用於祈使句). *Keep* your *chin up*—we may succeed yet! 不要氣餒——我們還可能成功!
— *vi.* (~**s**; ~**ned**; ~**ning**) 做引體向上動作.

[chimney stacks 2]

*__Chi·na__ [ˋtʃaɪnə; ˈtʃainə] *n.* 中國(the People's Republic of *China* (中華人民共和國)；首都 Beijing [Peking] (北京)；the Republic of *China* (中華民國)，首都 Taipei (臺北))；字源 源自西元前 3 世紀的「秦」朝). ⇨ *adj.* **Chinese**.

*__chi·na__ [ˋtʃaɪnə; ˈtʃainə] *n.* U (集合)瓷器(製品)，陶瓷器，(porcelain). a piece of *china* 一件瓷器.

Chi·na·town [ˋtʃaɪnə͵taʊn; ˈtʃainəˌtaun] *n.* C (外國城市中的)中國城，唐人街.

chi·na·ware [ˋtʃaɪnə͵wɛr, -͵wær; ˈtʃainəˌweə(r)] *n.* = china.

chin·chil·la [tʃɪnˋtʃɪlə; tʃinˈtʃilə] *n.* 1 C 絨鼠，毛絲鼠，(產於南美安地斯山地；似栗鼠的動物)；金吉拉(貓).
2 U 絨鼠皮(銀灰色，質地柔軟的高級毛皮).

*__Chi·nese__ [tʃaɪˋniz, ͵tʃaɪˋni:z; ͵tʃaiˈni:z] *adj.* 中國的；中國式的；中國人的；中國話的.
a *Chinese* dress 中國服飾/a *Chinese* restaurant 中國餐館.
— *n.* (*pl.* ~) 1 C 中國人. several *Chinese* 幾個中國人/the *Chinese* 《作複數》(全體)中國人.
2 U 中國話.

Chìnese cháracter *n.* C 中國字.

Chìnese lántern *n.* C 紙燈籠.

Chìnese Wáll *n.* (加the)萬里長城.

chink[1] [tʃɪŋk; tʃiŋk] *n.* C 裂縫，裂口；(細)縫. a *chink* in the wall 牆上的裂縫.

chink[2] [tʃɪŋk; tʃiŋk] *n.* C 叮噹聲(玻璃或金屬等的碰擊聲).
— *vi.* 叮噹響.
— *vt.* 使叮噹響.

chintz [tʃɪnts; tʃints] *n.* U 印花棉布(用來裁製成窗簾等的一種棉布).

*__chip__ [tʃɪp; tʃip] *n.* (*pl.* ~**s** [~s; ~s]) C 1 (木，石，瓦，瓷器等的)屑片，碎片. He threw some bark *chips* on the fire. 他往火裡扔了一些樹皮.
2 (瓷器等的)瑕疵，缺口；缺陷. I don't want to use this cup—it's got a *chip* in it. 我不想用這個杯子，因為它有缺口.
3 (果實，蔬菜等的)小切片，薄片.

4 (chips) =potato chips.

5 (紙牌遊戲等的)籌碼.

6 =microchip.

a chíp off the òld blóck 《口》酷似父親的孩子[兒子].

hàve a chíp on one's *shóulder* 《口》(覺得受到不平的待遇而)發怒, 反抗, 好鬥. He *has a chip on his shoulder* about having no parents. 他總是對自己沒有父母親這件事耿耿於懷.

when the chìps are dówn 《口》在關鍵時刻, 在危急時刻.

— *v.* (~*s* [~s; ~s]; ~*ped* [~t; ~t]; ~*ping*) *vt.* 碰壞; 削. *chip* a lot of pieces off the rock 從岩石上削下許多碎片/The chair *chipped* the table edge. 椅子碰傷了桌邊.

— *vi.* **1** 〔瓷器等〕造成缺口; 〔油漆等〕剝落.

2 碰[削]下屑片, 《at》.

chìp/.../awáy¹ 把…一點一點削去.

chìp awáy² 一點一點削去《at》.

chìp/.../ín¹ 《口》捐助〔錢〕.

chìp ín² 《口》(1)參加一份(捐助等). Will everyone *chip in* to help the handicapped? 是不是每人都捐一些(錢)救濟殘障者呢? (2)插嘴; 插話; 《with 說…》. Stop *chipping in* when I'm talking to your father! 我正在和你父親說話, 你不要插嘴.

chip·board [ˋtʃɪp͵bord, -͵bɔrd; ˈtʃɪpbɔːd] *n.* © 刨花板(用木屑壓縮製成的木板).

chip·munk [ˋtʃɪpmʌŋk; ˈtʃɪpmʌŋk] *n.* © 花栗鼠(產於北美及亞洲, 在地上生活的小型粟鼠).

Chip·pen·dale [ˋtʃɪpən͵del; ˈtʃɪpəndeɪl] *n.* © 齊本德耳式的家具(源於18世紀的英國).

[chipmunk]

chip·per [ˋtʃɪpɚ; ˈtʃɪpə(r)] *adj.* 《美、口》開朗的, 快活的, 輕鬆愉快的.

chip·ping [ˋtʃɪpɪŋ; ˈtʃɪpɪŋ] *n.* © 《主英》(通常 chippings)碎石(鋪於道路等上的小石片).

chi·rop·o·dist [kaɪˋrɑpədɪst; kɪˈrɒpədɪst] *n.* © 治療腳病(水泡, 雞眼, 繭皮等)的醫生.

chi·rop·o·dy [kaɪˋrɑpədɪ; kɪˈrɒpədɪ] *n.* ⓤ 腳病(水泡, 雞眼, 繭皮等)的治療.

chi·ro·prac·tic [͵kaɪrəˋpræktɪk; ͵kaɪərəʊˈpræktɪk] *n.* ⓤ 脊椎推拿療法.

chi·ro·prac·tor [ˋkaɪrə͵præktɚ; ˈkaɪərəʊpræktə(r)] *n.* © 脊椎推拿師.

** **chirp** [tʃɝp; tʃɜːp] *n.* (*pl.* ~*s* [~s; ~s]) © (小鳥或蟲等的)啁啾, 唧唧(叫聲). the *chirps* of the cicadas 蟬的鳴叫聲.

— *vi.* (~*s* [~s; ~s]; ~*ed* [~t; ~t]; ~*ing*) (小鳥或蟲)啁啾, 唧唧叫. *Chirping* birds awoke me at 4 a.m. 早晨四點啁啾的小鳥就把我吵醒了.

chirp·y [ˋtʃɝpɪ; ˈtʃɜːpɪ] *adj.* 有精氣的, 活潑的.

chir·rup [ˋtʃɪrəp, ˋtʃɝəp; ˈtʃɪrəp] *n.*, *v.* =chirp.

** **chis·el** [ˋtʃɪzl; ˈtʃɪzl] *n.* (*pl.* ~*s* [~z; ~z]) © (木匠, 雕刻師用的)鑿子.

— *vt.* (~*s* [~z; ~z]; 《美》~*ed*, 《英》~*led* [~d;

~d]; 《美》~*ing*, 《英》~*ling*) **1** 鑿[雕刻[鑿]; 雕刻做成. They are *chiseling* marble *into* a statue. = They are *chiseling* a statue *out of* marble. 他們把大理石雕成雕像.

2 《俚》欺騙; 從…詐取《out of》.

chis·el·er 《美》, **chis·el·ler** 《英》[ˋtʃɪzlɚ; ˈtʃɪzlə(r)] *n.* © 鑿工; 雕刻者; 《俚》騙子.

chit¹ [tʃɪt; tʃɪt] *n.* © 《口》 **1** 矮子; 小孩.

2 (常表輕蔑)小女孩.

chit² [tʃɪt; tʃɪt] *n.* © **1** 《主英》(簡短的)信; 備忘錄. **2** (在飯店用餐等的)簽帳單據.

chit-chat [ˋtʃɪt͵tʃæt; ˈtʃɪttʃæt] *n.* ⓤ 《口》聊天, 閒聊.

chiv·al·rous [ˋʃɪvrəs; ˈʃɪvlrəs] *adj.* **1** 騎士的, 騎士精神的; (→ chivalry); (對女性)殷勤的, 親切的. **2** 騎士(時代)的; 騎士制度的.

chiv·al·rous·ly [ˋʃɪvrəslɪ; ˈʃɪvlrəslɪ] *adv.* 似騎士地; 俠義地.

chiv·al·ry [ˋʃɪvlrɪ; ˈʃɪvlrɪ] *n.* ⓤ (中世紀的)騎士制度; 騎士精神(理想的騎士資格是尊重名譽、禮儀、寬容、勇敢、關懷女性、幫助弱者、長於武藝等).

chive [tʃaɪv; tʃaɪv] *n.* © 細香蔥(百合科的鱗莖植物); (通常 chives)細香蔥的葉子(食用).

chiv·vy [ˋtʃɪvɪ; ˈtʃɪvɪ] *vt.* (*-vies; -vied; ~·ing*) 《口》追趕; 糾纏, 困擾.

chiv·y [ˋtʃɪvɪ; ˈtʃɪvɪ] *v.* (*chiv·ies; chiv·ied; ~·ing*) =chivvy.

chlo·ride [ˋkloraɪd, ˋklɔr-; ˈklɔːraɪd] *n.* ⓤ 《化學》氯化物; 漂白粉(消毒、漂白劑).

chlo·ri·nate [ˋklorɪ͵net, ˋklɔr-; ˈklɔːrɪneɪt] *vt.* 用氯殺菌[消毒].

chlo·ri·na·tion [͵klorɪˋneʃən, ͵klɔrɪ-; ͵klɔːrɪˈneɪʃn] *n.* ⓤ (飲用水, 污水的)氯處理, 以氯殺菌.

chlo·rine [ˋklorin, ˋklɔr-; ˈklɔːriːn] *n.* ⓤ 《化學》氯(非金屬元素; 符號 Cl).

chlo·ro·fluor·o·car·bon [ˋklɔrə͵fluorəˋkɑrbən; ˈklɔːrəʊ͵flʊərəʊˈkɑːbən] *n.* ⓤⓒ 《化學》氟氯碳化物(作為冰箱冷媒的氣體化合物; 被認為是破壞臭氧層的原因, 已制訂國際公約逐步禁止使用; 略作 CFC).

chlo·ro·form [ˋklorə͵fɔrm, ˋklɔrə-; ˈklɒrəfɔːm] *n.* ⓤ 《化學、藥學》三氯甲烷(無色的揮發性液體麻醉劑).

— *vt.* 用三氯甲烷麻醉.

Chlo·ro·my·ce·tin [͵klorəmaɪˋsitɪn, ͵klɔr-; ͵klɔːrəʊmaɪˈsiːtɪn] *n.* ⓤ 《藥學》氯黴素(抗生素; 商標名).

chlo·ro·phyll, chlo·ro·phyl [ˋklorə͵fɪl, ˋklɔrə-; ˈklɒrəfɪl] *n.* ⓤ 《植物、生化學》葉綠素.

choc-ice [ˋtʃɑk͵aɪs; ˈtʃɒkaɪs] *n.* © 《英》巧克力雪糕(外裹薄薄一層巧克力的冰淇淋).

chock [tʃɑk; tʃɒk] *n.* © 墊塊, 塞塊, 《為了使車

輪、門等靜止不動而塞在下面).
— *vt.* 用墊木[墊塊等]使停住(*up*).

chock·a·block
[ˋtʃɑkəˋblɑk; ˌtʃɔkəˈblɔk] *adj.* 《敘述》《口》塞滿的.

chock-full [ˋtʃɑkˋful; ˈtʃɔkfʊl] *adj.* 《敘述》《口》塞滿的(*of*).

[chocks]

‡choc·o·late
[ˋtʃɑklɪt, ·kəlɪt, ˋtʃɑk-; ˈtʃɔkələt] *n.* (*pl.* ~s [~s; ~s]) **1** Ⓤ巧克力(固體物; 原料是可可粉); 可可(cocoa)(把可可粉溶於熱水或牛奶中的飲料). a bar of *chocolate* 一條巧克力/a cup of hot *chocolate* 一杯熱巧克力[可可].
2 Ⓒ巧克力糖(把軟膠糖、堅果等用巧克力裹起來的固體食品). a box of *chocolates* 一盒巧克力糖.
3 Ⓤ巧克力色, 深褐色.
4 〖形容詞性〗巧克力的; 巧克力色的.

‡choice
[tʃɔɪs; tʃɔɪs] *n.* (*pl.* **choic·es** [~ɪz; ~ɪz]) 〖選擇〗 **1** ⓊⒸ選擇, 抉擇. make a *choice* 作出選擇/That was a good [wise] *choice*. 那是一個好的[明智的]抉擇.
 [搭配] *adj.*+choice: a perfect ~ (完美的選擇), a sensible ~ (明智的抉擇), a sound ~ (穩當的選擇), a bad ~ (不好的選擇), a hasty ~ (匆促的選擇).
2 Ⓤ選擇權, 選擇的自由; 選擇的機會. We have no *choice* in this matter. 對這件事我們沒有選擇的餘地/have no *choice* but to ask him 除了拜託他外別無他法/I was offered the *choice* of tea or coffee. 我可以選擇茶或咖啡.
〖被選物〗 **3** Ⓒ選擇物, 選定物; 被選物; 精選物, 精華. This scarf is my *choice*. 這圍巾是我挑選的/He was undoubtedly the right *choice* as [for] the new manager. 他無疑是新任經理的最佳人選.
4 〖*a* Ⓤ〗選擇的範圍[種類]. That store offers a wide *choice* of the latest fashions. 那間商店有許多最新流行的商品可供選擇. ⇨ *v.* **choose**.
by [*for*] *chóice* 憑愛好; 如果必須選擇的話.
of one's *chóice* 自己選擇的. Hal is the man *of* my *choice*. 哈爾是我自己挑的男人.
— *adj.* (**choic·er**; **choic·est**) **1** 〔食品等〕特別上等的, 最好的, 精選的. *choice* apples 特選蘋果/*choicest* wine 最上等的葡萄酒.
2 (肉的等級)上等的(次於 prime).

‡choir [kwaɪr; ˈkwaɪə(r)] (★注意發音) *n.* (*pl.* ~s [~z; ~z]) Ⓒ **1** (教堂的)唱詩班.
2 (教堂內的)唱詩班座位(→ church 圖).

3 (泛指)合唱團. [語法] 1, 3 單數亦可作複數.

choir·boy [ˈkwaɪrˌbɔɪ; ˈkwaɪəbɔɪ] *n.* (*pl.* ~s) Ⓒ唱詩班男童.

choir·mas·ter [ˈkwaɪrˌmæstə, -ˌmɑs-; ˈkwaɪəˌmɑːstə(r)] *n.* Ⓒ唱詩班指揮.

‡choke [tʃok; tʃəʊk] *v.* (~s [~s; ~s]; ~d [~t; ~t]; **chok·ing** [~ɪŋ; ~ɪŋ]) 〖阻塞通道〗 **1** 使窒息, 使呼吸困難. He *choked* her to death. 他把她勒死了/Her voice was *choked* with emotion. 她激動得發不出聲音.
2 堵塞, 使塞住, 《*up*》. The pump is *choked up* with mud. 幫浦被泥巴塞住了/Weekend vacationers *choked* the highways. 週末的度假人潮把高速公路都塞滿了.
3 〖隔絕空氣〗把(火)撲滅; (由於缺少陽光或通風不良)使(植物)枯萎.
— *vi.* **1** 窒息, 噎住, 《*on, over*》. I nearly *choked on* a fishbone. 我差點被一根魚刺噎死.
2 堵塞, 塞住; 發不出聲音; 《*with*》. *choke with* anger 氣得說不出話來.
chòke/.../*báck* 抑制住(激動的情緒, 眼淚等).
chòke/.../*úp* (因感情激動而)說不出話來.
— *n.* Ⓒ (內燃機的)阻氣門, 空氣調節門.

chok·er [ˈtʃokə; ˈtʃəʊkə(r)] *n.* Ⓒ **1** 頸鍊(緊貼於脖子上的短項鍊). **2** (修道士服裝等的)硬高領.

chol·er·a [ˈkɑlərə; ˈkɒlərə] *n.* Ⓤ《醫學》霍亂. a *cholera* shot 霍亂預防針.

chol·er·ic [ˈkɑlərɪk; ˈkɒlərɪk] *adj.* 《雅》脾氣暴躁的, 易怒的.

cho·les·ter·ol [kəˈlɛstəˌrol; kəˈlestərɒl] *n.* Ⓤ《生化學》膽固醇. *cholesterol*-free foods 不含膽固醇的食品.

‡choose
[tʃuz; tʃuːz] *v.* (**choos·es** [~ɪz; ~ɪz]; **chose; cho·sen; choos·ing**) *vt.* 〖選擇〗 **1** (a) [句型3] (choose A/*wh* 子句、片語)選擇A/選擇…, 抉擇, 《between, from, out of 從…中》(回表示「選擇」之意的最普遍用語; → elect, opt, pick, select). My son *chose* his own way. 我兒子選擇了自己的道路/*choose* one thing *from* [*out of*] many 多中擇一/One of my friends was *chosen* for the job. 我的一位朋友獲選擔任這項工作/I let him *choose* what to eat *from* the menu. 我讓他從菜單中選擇要吃甚麼.
(b) [句型4] (choose A B)、[句型3] (choose B for A)替A選B. *choose* her a hat=*choose* a hat *for* her 替她選一頂帽子.
2 選舉, [句型5] (choose A B/A to be B)、[句型3] (choose A as B)選A為B(★B不加冠詞). They *chose* him chairman. 他們選他為主席/Mr. Brown was *chosen* (as [to be]) Mayor. 布朗先生當選為市長.
3 〖比他優先選擇〗[句型3] (choose to do/*that* 子句)希望[決定]做…/希望[決定]…, 意欲. He *chose* not to travel abroad. 他不想出國旅行(情願在國內旅行)/Which concert did you *choose* to attend? 你決定去聽哪一場音樂會?/Father *chose* that I (should) go to Yale. 父親希望我進耶魯大學.

— *vi.* **1** 選擇((*between, from* 從…中)). *Choose between* these two ties. 在這兩條領帶中選一條.
2 希望, 想做. You can use my car if you *choose*. 如果你想要的話, 可以用我的車.
⬦ *n.* **choice**.
as you chóose 任君選擇.
cànnot chòose but dó ((雅))不得不做….
nòthing [not mùch] to chóose between *A* ***and*** *B* A 和 B 之間完全[幾乎]沒有差別.
choos·ing [ˈtʃuzɪŋ; ˈtʃuːzɪŋ] *v.* choose 的現在分詞, 動名詞.
choos·y, choos·ey [ˈtʃuzɪ; ˈtʃuːzɪ] *adj.* ((口))愛挑剔的. He is very *choosy* about food. 他對食物十分挑剔.

* **chop**[1] [tʃɑp; tʃɒp] *v.* (~s [~s; ~s]; ~ped [~t; ~t]; ~ping) *vt.* **1** (用斧等)砍, 劈; 砍倒(*down*); 砍掉(*off; away*); (→ cut 同). *chop* a tall tree *down* (用斧)砍倒一棵大樹/*chop off* the branches 砍掉樹枝. **2** (chop up)剁, 剁碎. *chop up* onions 剁洋葱. **3** 開闢(道路).
— *vi.* **1** 拍打; 剁碎(*at*).
2 向…砍去, 向…打去, (*at*).
— *n.* (pl. ~s [~s; ~s]) © **1** 砍; 剁.
2 (豬, 羊等的)厚肉片(通常指排骨). pork [lamb] *chops* 豬排[羊小排].

chop[2] [tʃɑp; tʃɒp] *vi.* (~s; ~ped; ~ping) ((風向))突然轉變(*around; round; about*).
chóp and chánge ((意見, 方針等))變化無常的, 不定的.

chop·house [ˈtʃɑpˌhaʊs; ˈtʃɒphaʊs] *n.* © (pl. **-hous·es** [-ˌhaʊzɪz; -haʊzɪz]) 牛排館.

Cho·pin [ˈʃopæn, ˈʃɑpæ; ˈʃɒpæŋ] *n.* **Fré·dé·ric Fran·çois** [ˌfrɛdərɪkfranˈswɑ, ˈfrɛdrɪk-; ˈfrɛdrɪkrɑːnˈswɑː] ~ 蕭邦(1810–49)((波蘭鋼琴家, 作曲家)).

chop·per [ˈtʃɑpɚ; ˈtʃɒpə(r)] *n.* © **1** 砍切用具(斧, 廚房用的剁刀(比茶刀堅硬)等); 砍的人[物]. **2** ((口))=helicopter.

chop·py [ˈtʃɑpɪ; ˈtʃɒpɪ] *adj.* **1** ((風向))易改變方向的. **2** ((海))波濤洶湧的. **3** ((動作等))痙攣顫抖的.

chop·sticks [ˈtʃɑpˌstɪks; ˈtʃɒpstɪks] *n.* ((作複數))筷子.

chop su·ey [ˈtʃɑpˈsuɪ, -ˈsɪuɪ; ˌtʃɒpˈsuːɪ] *n.* U 雜燴(把肉或魚與蔬菜切成絲煮, 和米飯一起吃的美式中國菜).

cho·ral [ˈkorəl, ˈkɔrəl; ˈkɔːrəl] *adj.* 唱詩班的, 合唱團的; 合唱(歌)的. ⬦ *n.* **chorus, choir.**

cho·rale [koˈrɑl, kɔ-; kɒˈrɑːl] *n.* © 眾讚歌(單純, 樸實的讚美詩合唱曲).

chord[1] [kɔrd; kɔːd] *n.* © ((音樂))和弦.

chord[2] [kɔrd; kɔːd] *n.* © **1** ((數學))弦.
2 ((古、詩))(樂器的)弦; 心弦.
strike a chórd 喚起(人)的回憶.
tòuch a [the rìght] chórd 觸動人的感情, 扣人心弦.

* **chore** [tʃor, tʃɔr; tʃɔː(r)] *n.* (pl. ~s [~z; ~z]) ©
1 雜務, 零星的事. **2** (chores)日常例行工作((例如家務, 農事)). I help mother do the household

chores every day. 我每天幫母親做家事. **3** 無聊的[乏味的]工作. Marking multiple-choice tests is an awful *chore*. 批改選擇題是非常無聊的工作.

chor·e·og·ra·pher [ˌkorɪˈɑgrəfɚ, ˌkɔ-; ˌkɒrɪˈɒgrəfə(r)] *n.* © (芭蕾, 舞蹈的)編導, 編舞者, 舞劇導演.

chor·e·og·ra·phy [ˌkorɪˈɑgrəfɪ, ˌkɔ-; ˌkɒrɪˈɒgrəfɪ] *n.* U (芭蕾, 舞蹈的)編舞(法), 指導演出(法).

chor·is·ter [ˈkɔrɪstɚ, ˈkɑr-; ˈkɒrɪstə(r)] *n.* © 唱詩班[合唱團]成員; 唱詩班的男童; ((美))唱詩班指揮.

chor·tle [ˈtʃɔrtl; ˈtʃɔːtl] *vi.* (高興地)咯咯笑. — *n.* © 歡笑.

* **cho·rus** [ˈkorəs, ˈkɔr-; ˈkɔːrəs] *n.* (pl. ~es [~ɪz; ~ɪz]) © **1** ((音樂))(a)合唱; 合唱團; 合唱曲; (歌, 樂曲的)合唱部分. a mixed *chorus* 混聲合唱. (b)(★單數亦可作複數)合唱團[隊].
2 齊聲說. A *chorus* of cheers greeted him as he entered the hall. 當他進入會場時大家齊聲歡呼迎接他.
in chórus 齊聲地, 一起地; 合唱地. The children answered "Yes!" *in chorus*. 孩子們齊聲回答「是的」.
— *vt.* 合唱; 齊聲說.

chose [tʃoz; tʃəʊz] *v.* choose 的過去式.

cho·sen [ˈtʃozn; ˈtʃəʊzn] *v.* choose 的過去分詞.
— *adj.* 被選擇的; 精選的. one of the *chosen* few 少數被選擇中的一個.

chow[1] [tʃaʊ; tʃaʊ] *n.* © 鬆獅狗(亦稱 chów chòw)((一種毛多而密的中國家犬)).

chow[2] [tʃaʊ; tʃaʊ] *n.* U ((俚))食物(food).

chow·der [ˈtʃaʊdɚ; ˈtʃaʊdə(r)] *n.* U 海鮮濃湯(把貝類、魚、燻肉、洋葱等混合煮成).

chow mein [ˈtʃaʊˈmen; ˌtʃaʊˈmeɪn] *n.* [chow[1]] U 炒麵.

Chris [krɪs; krɪs] *n.* **1** Christian, Christopher 的暱稱.
2 Christiana, Christina, Christine 的暱稱.

* **Christ** [kraɪst; kraɪst] *n.* (★注意發音) *n.* 基督 (Jesus Christ)((源自「神的受膏者」)).
— *interj.* ((鄙))哎呀! 天哪! (亦稱 Jèsus (Chríst)!).

* **chris·ten** [ˈkrɪsn̩; ˈkrɪsn] *vt.* (~s [~z; ~z]; ~ed [~d; ~d]; ~·ing) **1** 給…施洗禮. **2** 給…施洗禮並命名. **3** 句型5 (christen A B)把 A(人、船等)命名為 B, 命名. He *christened* his baby Rebecca. 他為他的嬰孩取名為麗貝嘉.

Chris·ten·dom [ˈkrɪsndəm; ˈkrɪsndəm] *n.* U 全體基督教徒; 基督教世界.

C

chris·ten·ing [ˋkrɪsn̩ɪŋ, -snɪŋ; ˈkrɪsṇɪŋ] *n.*
[U][C] 洗禮命名; 洗禮命名儀式.

‡**Chris·tian** [ˋkrɪstʃən; ˈkrɪstʃən] *n.* (*pl.* ~s
[~z; ~z]) [C] **1** 基督徒, 基督信
徒. **2** (口)(像基督徒那樣)認真老實的人.
— *adj.* **1** 基督教(徒)的. the *Christian* church
基督教會/the *Christian* religion 基督教.
2 像基督徒的; 善良的.

Chris·ti·an·a [͵krɪstɪˋænə; ͵krɪstɪˈɑːnə] *n.* 女
子名.

Chrístian éra *n.* (加 the)西元.

***Chris·ti·an·i·ty** [͵krɪstʃɪˋænətɪ, krɪsˋtʃænətɪ;
͵krɪstɪˈænəti] *n.* [U] **1** 基督教(精神). **2** 全體基督
徒.

Chris·tian·ize [ˋkrɪstʃən͵aɪz; ˈkrɪstjənaɪz] *vt.*
使成為基督徒; 使基督教化.

Chrístian náme *n.* [C] (與姓相對而言)洗禮
名. [參考]Robert Louis Stevenson 中除姓以外,
Robert 和 Louis 都是 Christian [personal, given]
name, 但(美)把 Robert 稱為 first name, Louis
稱為 middle name, Stevenson 則稱為 last
name.

Chrístian Scíence *n.* 基督教科學派(美國
基督教的一派; 提倡不用醫療而靠信仰治病).

Chrístian Scíentist *n.* [C]基督教科學派
教徒.

Chris·ti·na [krɪsˋtinə; krɪˈstiːnə] *n.* 女子名.

Chris·tine [krɪsˋtin; ˈkrɪstiːn, krɪsˈtiːn] *n.* 女
子名.

‡‡‡**Christ·mas** [ˋkrɪsməs; ˈkrɪsməs] *n.* **1** 聖
誕節, 耶穌誕生日, (12 月 25
日; 亦稱 Christmas Day). a white [green]
Christmas 下雪的[不下雪的]聖誕節/on *Christmas*
在聖誕節(12 月 25 日)那一天(★ at *Christmas* 指聖
誕節期間(Christmastime)).
2 (形容詞性)聖誕節的. the *Christmas* holidays
[(美) vacation] 聖誕節假期/Christmas won't be
Christmas without any presents. 沒有禮物, 聖誕
節就不像聖誕節.

Chrístmas bóx *n.* [C](英)聖誕節賞金(給僕
人或郵差的; → Boxing Day).

***Chrístmas cárd** *n.* [C]聖誕卡.

Chrístmas Dáy *n.* =Christmas 1.

Chrístmas Éve *n.* 聖誕節前夕[前一天].

Chrístmas púdding *n.* [U][C]聖誕布丁(放
進葡萄乾[蜜梅等]的大布丁, 於聖誕晚餐最後端出
來的甜點).

Christ·mas·tide [ˋkrɪsməs͵taɪd;
ˈkrɪsməstaɪd] *n.* =Christmastime.

Christ·mas·time [ˋkrɪsməs͵taɪm;
ˈkrɪsməstaɪm] *n.* [U]聖誕節期間(12 月 24 日至 1 月
6 日).

***Chrístmas trèe** *n.* [C]聖誕樹. Nowadays
artificial *Christmas trees* are replacing real
ones. 如今人造的聖誕樹正漸漸取代真正的樹.

Chris·to·pher [ˋkrɪstəfə; ˈkrɪstəfə(r)] *n.* 男
子名.

chro·mat·ic [kroˋmætɪk; krəʊˈmætɪk] *adj.*
1 顏色的, 色彩的; 著色的.
2 (音樂)半音的. the *chromatic* scale 半音階.

chrome [krom; krəʊm] *n.* [U] **1** (化學)鉻(chro-
mium). **2** =chrome yellow.

chròme stéel *n.* [U]鉻鋼.

chròme yéllow *n.* [U]鉻黃(從檸檬色到深橙
色的各種黃色顏料).

chro·mi·um [ˋkromɪəm; ˈkrəʊmɪəm] *n.* [U]
(化學)鉻(金屬元素; 符號 Cr).

chro·mo·some [ˋkromə͵som; ˈkrəʊməsəʊm]
n. [C](生物學)染色體.

chron·ic [ˋkrɑnɪk; ˈkrɒnɪk] *adj.* **1** (疾病)慢性
的(↔acute); 久病的. a *chronic* disease 慢性病.
2 長期的; 習慣性的, 積習難改的. a *chronic*
gambler 賭癮難戒的賭徒.

chron·i·cal·ly [ˋkrɑnɪkḷɪ, -ɪklɪ; ˈkrɒnɪkəlɪ]
adv. 慢性地; 習慣性地.

chron·i·cle [ˋkrɑnɪk; ˈkrɒnɪkl] *n.* [C] **1** 編年
史; 記錄, 故事.
2 (Chronicles)(歷代志)(舊約聖經的一卷).
3 (Chronicle)(作為報紙名稱)…新聞, …報.
— *vt.* 把…載入編年史.

chron·i·cler [ˋkrɑnɪklə; ˈkrɒnɪklə(r)] *n.* [C]編
年史的作者; 記錄者.

chron·o·log·i·cal [͵krɑnəˋlɑdʒɪk;
͵krɒnəˈlɒdʒɪkl] *adj.* 按年代順序的; 按年代順序排
列的.

chron·o·log·i·cal·ly [͵krɑnəˋlɑdʒɪkḷɪ, -ɪklɪ;
͵krɒnəˈlɒdʒɪkəlɪ] *adv.* 按年代順序地.

chro·nol·o·gy [krəˋnɑlədʒɪ; krəˈnɒlədʒɪ] *n.*
(*pl.* -gies) [C]編年史; 年表.

chro·nom·e·ter [krəˋnɑmətə;
krəˈnɒmɪtə(r)] *n.* [C]經線儀(精確度高的鐘錶); 用來
測定經度者).

chrys·a·lis [ˋkrɪsḷɪs; ˈkrɪsəlɪs] *n.* [C] (蝶, 蛾
的)蛹(→ metamorphosis [圖]).

chry·san·the·mum [krɪsˋænθəməm;
krɪˈsænθəməm] *n.* [C]菊; 菊花.

chub·by [ˋtʃʌbɪ; ˈtʃʌbɪ] *adj.* 圓胖的; (臉)圓胖的.

***chuck**[1] [tʃʌk; tʃʌk] *vt.* (~s [~s; ~s]; ~ed [~t;
~t]; ~ing) **1** (口)輕拋. [句型4](chuck A B)向
A 拋[扔]B; (throw). Hey, *chuck* me the ball!
喂, 把球拋給我! **2** (俚)拋出, 放棄, (give up).
3 撫弄(嬰兒等)(撫摸下巴等). She *chucked* the
baby under the chin. 她輕撫嬰兒的下巴.
chúck/.../óut (口)把…拋棄; 把…趕走; (of).
Ted was *chucked out of* college. 泰德被學校
開除.
chúck/.../úp (1)(口)把…拋上去. (2)(俚)(因厭煩
而)把…拋棄; 辭職. *chuck up* one's job 辭掉工
作.
— *n.* [C] **1** (在下巴等)輕撫.
2 (俚)(加 the)革職, 解雇.

chuck[2] [tʃʌk; tʃʌk] *n.* [C](機械)夾頭, 卡盤, (把
車床(lathe)上要加工的東西牢牢固定的裝置, 或鑽

尖上固定錐子的部分
等).

chuck·er-out
[ˈtʃʌkərˈaʊt; ˌtʃʌkərˈaʊt]
n. (*pl.* **chuck·ers-**) C
《英、口》(把搗亂者趕出
酒吧等的)保鏢.

***chuck·le** [ˈtʃʌkl; ˈtʃʌkl]
n. (*pl.* **~s** [~z; ~z]) C
(滿足或覺得有趣的)咯
咯笑, 竊笑, (→laugh圖).
[chucks²]
— *vi.* (**~s** [~z; ~z]; **~d** [~d; ~d]; **-ling**)咯咯笑
(*over, at*). He *chuckled* at the funny story. 這
個好笑的故事讓他咯咯發笑.

chug [tʃʌg; tʃʌg] *n.* C (發動機, 火車頭等的)突突
聲, 軋軋聲.
— *vi.* (**~s**; **~ged**; **~ging**)〔火車, 汽船 等〕噗噗
[突突]響(著前進)(*away; along*).

chum [tʃʌm; tʃʌm] 《口》*n.* C 好友(特指少年之間
的), 要好的朋友.
— *vi.* (**~s**; **~med**; **~ming**)結成好友; 友好相處;
同室(生活)(*with*).
chùm úp with... 《口》與⋯結成好友.

chum·my [ˈtʃʌmɪ; ˈtʃʌmɪ] *adj.* 《口》親密的
(*with*).

chump [tʃʌmp; tʃʌmp] *n.* C **1** 《俚》傻瓜.
2 《英》羊的厚肉塊(亦稱 chúmp chòp, 一端帶骨).

chunk [tʃʌŋk; tʃʌŋk] *n.* C **1** (木材, 麵 包, 乳
酪, 肉等的)短而厚的切塊, 塊. **2** 《口》相當的量.

chunk·y [ˈtʃʌŋkɪ; ˈtʃʌŋkɪ] *adj.* **1** 〔人, 動物〕矮
胖的. **2** 〔衣服等〕厚實的; 〔食物等〕味道濃的.

‡**church** [tʃɜtʃ; tʃɜːtʃ] *n.* (*pl.* **~es** [~ɪz; ~ɪz]) **1**
C (基督教的)教堂(在英國指英國國教
的教堂, 非英國國教的教堂稱作 chapel). The
church in our parish dates from the Norman
period. 我們教區的教堂建於諾曼時代.

2 U (不加冠詞)禮拜. go to [attend] *church* 去
做禮拜/at [in] *church* 做禮拜/*Church* will be
held earlier than usual. 禮拜將比平時提早舉行.
3 C (通常 Church)教派, (某教派的)教會. the
Catholic *Church* 天主教教會.
4 U (加 the)神職, 牧師的職務.
5 U (加 the, 或作 Church) (集合)全體基督徒;
全體基督教派.
ènter [gò into] the Chúrch 擔任神職, 擔任
牧師.

church·go·er [ˈtʃɜtʃˌɡoə; ˈtʃɜːtʃˌɡəʊə(r)] *n.* C
經常上教堂的人.

church·go·ing [ˈtʃɜtʃˌɡoɪŋ; ˈtʃɜːtʃˌɡəʊɪŋ]
adj., n. U 經常上教堂的(習慣).

Church·ill [ˈtʃɜtʃɪl; ˈtʃɜːtʃɪl] *n.* **Sir
Win·ston** [ˈwɪnstən; ˈwɪnstən] ~ 邱吉爾(1874
-1965)《英國的軍人, 政治家、作家、首相(1940-45,
1951-55)》.

church·man [ˈtʃɜtʃmən; ˈtʃɜːtʃmən] *n.* (*pl.*
-men [-mən; -mən]) C **1** 擔任神職者, 牧師.
2 教會的男性信徒;《英》英國國教的信徒.

Chùrch of Éngland *n.* (加the)英國國
教.

chúrch règister *n.* C 教區記錄簿(記錄洗
禮、婚姻、死亡等).

chúrch sèrvice *n.* C (教堂的)禮拜.

church·war·den [ˈtʃɜtʃˈwɔrdṇ; ˌwɔːdṇ;
ˌtʃɜːtʃˈwɔːdn] *n.* C 教會執事(從一般人中選出的代
表, 作為英國國教或聖公會教區(parish)的執事; 負
責教會的會計工作; 通常每個教區有兩位).

***church·yard** [ˈtʃɜtʃˌjɑrd; ˈtʃɜːtʃˌjɑːd] *n.* (*pl.*
~s [~z; ~z]) C 教堂墓地(→ grave¹圖).

churl [tʃɜl; tʃɜːl] *n.* C 粗野的人.

churl·ish [ˈtʃɜlɪʃ; ˈtʃɜːlɪʃ] *adj.* **1** 脾氣壞的.

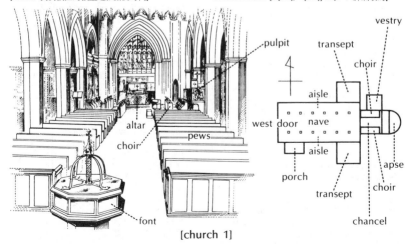

[church 1]

C

2 沒敎養的.

churl·ish·ly [ˈtʃɝlɪʃlɪ; ˈtʃəːliʃli] *adv.* 粗野地.

churn [tʃɝn; tʃəːn] *n.* © 攪乳器(製造奶油用).
— *vt.* 1 把(牛奶等)用攪乳器攪拌；用攪乳器製造〔奶油〕. 2 劇烈攪動, 使起泡沫, (*up*).
— *vi.* 1 轉動攪乳器.
2 〔水等〕劇烈旋轉, 起泡沫.
chúrn/.../óut (口)大量粗製濫造〔產品〕.

[churns]

chute [ʃut; ʃuːt] *n.* ©
1 滑槽(使物體從上向下滑落的裝置). 2 急流；瀑布. 3 (口)降落傘(para-chute).

chut·ney [ˈtʃʌtnɪ; ˈtʃʌtni] *n.* ⓤ酸辣醬(用水果、胡椒、醋等調製成的佐料).

CIA (略) Central Intelligence Agency ((美國)中央情報局; →District of Columbia 圖; →FBI).

ci·ca·da [sɪˈkedə, -ˈkɑdə; siˈkɑːdə] *n.* © (蟲)蟬.

cic·a·trice, -trix [ˈsɪkətrɪs; ˈsɪkətris], [-trɪks; -triks] *n.* (*pl.* **-tri·ces** [ˌsɪkəˈtraɪsiz; ˌsikəˈtraisiːz] ©(醫學)瘢痕, 傷痕.

Cic·er·o [ˈsɪsəˌro; ˈsisərəu] *n.* **Mar·cus** [ˈmɑrkəs; ˈmɑːkəs] **Tul·li·us** [ˈtʌlɪəs; ˈtʌliəs] ~ 西塞羅(106-43 B.C.)(羅馬的哲學家、政治家、雄辯家).

CID (略)(英) Criminal Investigation Department ((警察署的)刑事警察局).

-cide (構成複合字) 表示「殺害(之物)」之意. insect*icide*. patri*cide*.

ci·der [ˈsaɪdə; ˈsaidə(r)] *n.* ⓤ 1 蘋果酒(hàrd cíder; 含酒精成分). 2 (美)蘋果汁(swéet cíder).

CIF, cif (略) cost, insurance, and freight (內含保險費、運費的價格).

****ci·gar** [sɪˈgɑr; siˈgɑː(r)] *n.* (*pl.* ~**s** [~z; ~z] ©雪茄菸, 雪茄.

****cig·a·rette, -ret** [ˌsɪgəˈrɛt, ˈsɪgəˌrɛt; ˌsigəˈret] *n.* (*pl.* ~**s** [~s; ~s] ©(紙捲)香菸. a pack of *cigarettes* 一包香菸/a carton of *cigarettes* 一條香菸(→ carton).

搭配 *v.*+cigarette: light (up) a ~ (點菸), puff on a ~ (吸菸), put out a ~ (捻熄菸), smoke a ~ (抽菸).

cigarétte hòlder *n.* ©紙菸用菸斗.

cigarétte pàper *n.* ⓤ捲菸紙.

cinch [sɪntʃ; sintʃ] *n.* © 1 (用單數)(俚)確實的事; 易如反掌之事. It's a *cinch* he will win. 他獲勝是必然的事. 2 (美)(馬的)肚帶(girth).

Cin·cin·nat·i [ˌsɪnsəˈnætɪ; ˌsinsiˈnæti] *n.* 辛辛那提(美國 Ohio 的都市).

cin·der [ˈsɪndə; ˈsində(r)] *n.* 1 © (煤等的)餘燼

《仍在燃燒但無火焰的狀態, 或指無法再燃燒的物質; 未完全燒成灰(狀); → ember). 2 (cinders)灰. Empty out yesterday's *cinders*. 把昨天的灰(從火爐)清出來.

cínder blòck *n.* ©(美)用水泥和煤混合做成的空心磚.

Cin·der·el·la [ˌsɪndəˈrɛlə; ˌsində'relə] *n.*
1 灰姑娘(童話故事(仙履奇緣)中的女主角).
2 ©長期未被發覺(眞正有價值)的人(物); (走出逆境的)幸運兒.

cínder tràck *n.* ©鋪煤渣的跑道.

cine- (構成複合字)(英)「電影(cinema)」之意. *cine*-camera=(美) movie camera 電影攝影機/ *cine*-film 電影膠捲(底片).

****cin·e·ma** [ˈsɪnəmə; ˈsinəmə] *n.* (*pl.* ~**s** [~z]) ©(主英) 1 電影院. There is no *cinema* in our town. 我們鎮上沒有電影院.
2 (加the)(集合)電影; (一部)電影. I like the theatre better than the *cinema*. 我喜歡戲劇勝過電影/Did you enjoy the *cinema*? 你喜歡看電影嗎?
3 (加the)電影製作(藝術); 電影業.
回(美)表示2, 3的意思時主要用movie(s), motion picture(s).

cin·e·ma·tog·ra·phy [ˌsɪnəməˈtɑgrəfɪ; ˌsinəmə'tɔgrəfi] *n.* ⓤ電影攝影(技)術.

cin·na·mon [ˈsɪnəmən; ˈsinəmən] *n.* ⓤ 1 肉桂, 肉桂皮, (把肉桂樹皮曬乾研磨成粉末的香辣調味料). 2 肉桂色, 淺黃褐色.

cinque-foil [ˈsɪŋkˌfɔɪl; ˈsiŋkfɔil] *n.* ©(建築)五瓣花飾.

ci·pher [ˈsaɪfə; ˈsaifə(r)] *n.* 1 © 零, 零的符號(0). 2 ©阿拉伯數字. 3 ©無價值的人(物). 4 ⓤ©密碼轉換系統, 密碼訊息. a message written in *cipher* 用密碼寫的信.
— *vt.* 把...譯成密碼 (encipher; ◆decipher).

[cinque-foil]

cir·ca [ˈsɝkə; ˈsəːkə] (拉丁語) *prep.* 約莫..., 在...的時候, (about)(略作c). Plato was born *circa* [*c*] 429 B.C. 柏拉圖生於西元前429年前後.

****cir·cle** [ˈsɝkl; ˈsəːkl] *n.* (*pl.* ~**s** [~z; ~z] ©
【圓】 1 圓; 圓圈, 圓形. draw a *circle* 畫一個圓/a black *circle* 黑色圓形(●)/ in a *circle* 成爲圓圈[圓形]地; 團團地(打轉等).
2 (緯度)圈; (天體運行的)軌道. the Arctic *Circle* 北極圈.
3 (圓周的一圈)(詩)一圈, 周期, 循環. the *circle* of the

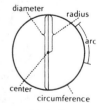

diameter　radius
arc
center
circumference

[circle 1]

seasons 四季的循環.
〖圓形物〗 **4** 王冠, 指環等.
5 圓形看臺.
〖人的圈子>集團〗 **6** 圈子, 同夥; (常 circles) (特定的)集團, …界; (活動等的)範圍. her social circle 她的社交圈/business circles 企業界/He is well-known in political circles. 他在政界很有名.
⇨ adj. **circular**.

come fùll círcle 回到原點. The discussion has come full circle. 討論(兜了個圈子)又回到原點.

— v. (**~s** [~z; ~z]; **-d** [~d; ~d]; **-cling**) vi. 盤旋, 團團轉. A kite was circling round in the sky. 一只風箏在空中盤旋.

— vt. **1** 在(…之上)盤旋, 團團轉. The plane circled the North Pole. 飛機在北極上空盤旋.
2 把…圈起來, 圍住; 包圍. Circle the correct answers. 把正確的答案圈出來.
字源 CIRC「環」: circle, circulate (循環), circuit (一周), circumstance ((周圍的)環境).

cir·clet [ˋsɝklɪt; ˈsɜːklɪt] n. C **1** 小圓(圈).
2 (項鍊, 手鐲, 髮箍等)環形飾物; 戒指.

cir·cling [ˋsɝklɪŋ, -klɪŋ; ˈsɜːklɪŋ] v. circle 的現在分詞, 動名詞.

***cir·cuit** [ˋsɝkɪt; ˈsɜːkɪt] n. (pl. **~s** [~s; ~s]) C
1 環繞一周; 繞行(一圈), 巡迴. The earth completes its circuit of the sun in one year. 地球一年繞太陽公轉一周/We made the circuit of the town. 我們繞城一周.
2 (a) (公務性質的)巡迴(傳教士, 法官等). (b) 巡迴區域. a postman's circuit 郵差負責的區域.
3 (電)電路, 線路. a break in a circuit 斷路.
4 周圍; 圓周; (劃定的)地區.
5 (汽車等的)賽車場, 環形路線.

cìrcuit brèaker n. C (電)斷路器, 斷路開關.

cìrcuit còurt n. C (美)(州的)巡迴法院.

cir·cu·i·tous [səˋkjuɪtəs, -ˈkɪu-; sɜːˈkjuːɪtəs] adj. **1** 繞行的. **2** 拐彎抹角的. ⇨ n. **circuit**.

cir·cu·i·tous·ly [səˋkjuɪtəslɪ, -ˈkɪu-; sɜːˈkjuːɪtəslɪ] adv. 繞行地; 拐彎抹角地.

***cir·cu·lar** [ˋsɝkjələ; ˈsɜːkjʊlə(r)] adj. **1** 圓形的, 圓的. a circular room 圓形的房間. **2** 畫圓的(體育運動等); 團團轉的; 循環的. a circular motion 做實狀移動/a circular argument 循環論證法. **3** 供傳閱的; 巡迴的. a circular trip [tour] 環遊旅行. **4** (表現)兜圈子的. ⇨ n. **circle**.
— n. (pl. **~s** [~z; ~z]) C 供傳閱的文件; 廣告, 傳單. distribute circulars 發傳單.

cir·cu·lar·i·ty [ˏsɝkjəˋlærətɪ; ˏsɜːkjʊˈlærətɪ] n. U 圓形; 環形; (論證等的)循環性.

cir·cu·lar·ize [ˋsɝkjələˏraɪz; ˈsɜːkjʊləraɪz] vt. **1** 向…分發傳閱文件[廣告傳單]. **2** 使成圓形.

cìrcular sáw n. C 圓鋸(圓形鋸片的電鋸).

cìrcular tóur n. C (英)環遊旅行.

***cir·cu·late** [ˋsɝkjəˏlet; ˈsɜːkjʊleɪt] v. (**~s** [~s; ~s]; **-lat·ed** [~ɪd; ~ɪd]; **-lat·ing**) vi. **1** (血液等)循環; (在人群中)周旋. Blood circulates through

---

──────── circumscription 259

the body. 血液在體內循環/Circulate as much as possible at a party. 在舞會中盡量多跟人接觸.
2 (謠言等)流傳, 傳布; (印刷品)散布, 被閱讀; (貨幣等)流通. Various rumors circulated through the town. 各種謠言在鎮上流傳.
— vt. **1** 使運行; 使循環. Blood is circulated through the body by the heart. 血液是由心臟推動循環體內.
2 使傳布, 使流傳; 使(貨幣等)流通. Pictures of the gunmen were circulated around the country. 這批持槍歹徒的照片被分發到全國各地.

cìrculating líbrary n. C 流動圖書館.

***cir·cu·la·tion** [ˏsɝkjəˋleʃən; ˏsɜːkjʊˈleɪʃn] n. (pl. **~s** [~z; ~z]) **1** UC (液體的)循環, (特指)血液循環; 運行. She has (a) good [bad, poor] circulation. 她血液循環良好[不好].
2 a U (出版物等的)銷售, 流傳; (貨幣等的)流通; 發行量. This magazine has a large circulation. 這本雜誌發行量很大/a circulation of 50,000 發行量五萬.
[搭配] adj.+circulation: a limited ~ (限量發行), a wide ~ (廣為流傳) // circulation+v.: the ~ climbs (發行量增加), the ~ drops (發行量減少).
3 a U (謠言, 消息等的)流傳, 傳播. the speedy circulation of the rumor 謠言的快速流傳.

***in** [**out of**] **circulátion** 流通的[不流通的]. Two-dollar bills are not in circulation now. 2 美元鈔票現在已不流通了/put a new coin in circulation 讓新硬幣上市流通.

cir·cu·la·to·ry [ˋsɝkjələˏtorɪ, -ˏtɔrɪ; ˏsɜːkjʊˈleɪtərɪ] adj. 循環的. the circulatory system (生物的)循環系統.

cir·cum·cise [ˋsɝkəmˏsaɪz; ˈsɜːkəmsaɪz] vt. 對…行割禮((特指猶太人對男嬰施行的); 割包皮.

cir·cum·ci·sion [ˏsɝkəmˋsɪʒən; ˏsɜːkəmˈsɪʒn] n. UC 割禮; 割包皮.

cir·cum·fer·ence [səˋkʌmfərəns, sɝˈkʌm-; səˈkʌmfərəns] (★注意重音位置) n. UC 圓周(→ circle圖). 周圍.

cir·cum·lo·cu·tion [ˏsɝkəmloˋkjuʃən, -ˈkɪu-; ˏsɜːkəmləˈkjuːʃn] n. UC (文章)兜圈子; 迂迴[拐彎抹角]的表現(特指搪塞時用).

cir·cum·nav·i·gate [ˏsɝkəmˋnævəˏget; ˏsɜːkəmˈnævɪgeɪt] vt. (文章)(特指)乘船環繞(世界)一周.

cir·cum·nav·i·ga·tion [ˏsɝkəmˏnævəˋgeʃən; ˈsɜːkəmˏnævɪˈgeɪʃn] n. UC (文章)環繞世界一周的海上航行.

cir·cum·scribe [ˏsɝkəmˋskraɪb; ˈsɜːkəmskraɪb] vt. **1** 在…周圍畫線; 在…周圍標出界線. **2** (文章)限制; 決定…的界限.

cir·cum·scrip·tion [ˏsɝkəmˋskrɪpʃən; ˏsɜːkəmˈskrɪpʃn] n. **1** U (文章)限制, 限定; 界限; 範圍. **2** C (硬幣, 徽章等的)周圍所刻的文

字.

cir·cum·spect [ˋsɝkəmˌspɛkt; ˈsɜːkəmspekt] *adj.* 《文章》(人, 行動)謹慎的, 慎重的.

cir·cum·spec·tion [ˌsɝkəmˋspɛkʃən; ˌsɜːkəmˈspekʃn] *n.* ⑪《文章》慎重. with *circumspection* 慎重地.

cir·cum·spect·ly [ˋsɝkəmˌspɛktlɪ; ˈsɜːkəmspektlɪ] *adv.* 《文章》謹慎小心地, 慎重地.

‡**cir·cum·stance** [ˋsɝkəmˌstæns; ˈsɜːkəmstəns] *n.* (*pl.* -stanc·es [~ɪz; ~ɪz])【 周圍的情況 】**1** ⓒ (通常 circumstances) (周圍的)事情, 狀況, 情勢. He was forced by *circumstances* to quit his job. 他迫於情勢而辭職/under pressure of *circumstances* 在情勢的壓力下/as *circumstances* demand 應情勢所需.

| 搭配 *adj.*+circumstance: difficult ~s (困難的情況), favorable ~s (有利的狀況), special ~s (特殊的情況), unforeseen ~s (意外的狀況) // *v.*+circumstance: depend on ~s (根據情況).

2 ⓒ (通常 circumstances) (特指經濟的)境遇, 生活情況. in easy *circumstances* 生活寬裕.

3 ⓒ (對某人, 行動等產生影響的)事件, 事實, 情況. owing to the *circumstance that* he is my friend 由於他是我的朋友這一事實.

4 ⑪ (事情的)詳情, 細節, 原委. describe the incident with much *circumstance* 詳述事件的原委.

【 周圍的東西 】**5** ⑪《文章》(儀式, 形式的)鋪張, 誇張, 小題大作. without *circumstance* 不講究儀式地.

accórding to círcumstances 根據情況地, 隨機應變地.

under [in] nò círcumstances 無論如何不[決不]. *Under no circumstances* are you to admit anyone without a pass. 無論如何你都不能讓沒有通行證的人進來.

* *under [in] the círcumstances* 在這種情況下, 既然如此. What can I do *under the circumstances*? 在這種情況下我還能作些甚麼呢?

cir·cum·stan·tial [ˌsɝkəmˋstænʃəl; ˌsɜːkəmˈstænʃl] *adj.* 《文章》**1** 狀況的, 根據狀況的, 根據事情而定的. **2** 《法律》偶然的; 非主要的, 次要的. **3** 詳盡的.

círcumstantial évidence *n.* ⑪《法律》情況[間接]證據(例如兇嫌有極端憎恨被害者的事實, 這種非直接證據(direct evidence), 但可作爲情況證據).

cir·cum·vent [ˌsɝkəmˋvɛnt; ˌsɜːkəmˈvent] *vt.* 《文章》**1** 先發制人, 智取, 以計擊敗. *circumvent* one's enemies 以計取勝敵.

2 繞道避開, 迂迴, 迴避. *circumvent* dangers 避開危險.

cir·cum·ven·tion [ˌsɝkəmˋvɛnʃən; ˌsɜːkəmˈvenʃn] *n.* ⑪ⓒ《文章》以計制敵; 迂迴, 迴避.

‡**cir·cus** [ˋsɝkəs; ˈsɜːkəs] *n.* (*pl.* ~·es [~ɪz; ~ɪz]) ⓒ **1** 馬戲, 馬戲團; 雜技. run a *circus* 馬戲團遊行表演.

2 圓形雜技場(四周設有階梯式的觀眾席); (古羅馬的)圓形競技場.

3 (英)(多條路集中的)圓形廣場(現用於倫敦的Oxford *Circus*, Piccadilly *Circus* 等地名, 不過多數是指比十字路口複雜的大型圓環).

cir·rho·sis [sɪˋrosɪs; sɪˈrəʊsɪs] *n.* ⑪《醫學》肝硬化.

cir·ri [ˋsɪraɪ; ˈsɪraɪ] *n.* cirrus 的複數.

cir·rus [ˋsɪrəs; ˈsɪrəs] *n.* (*pl.* **cir·ri**, ~) ⑪ⓒ《氣象》卷雲.

CIS (略) Commonwealth of Independent States.

cis·sy [ˋsɪsɪ; ˈsɪsɪ] *n., adj.* (英、口)=sissy.

cis·tern [ˋsɪstən; ˈsɪstən] *n.* ⓒ **1** 水箱, 水槽; 蓄水池(特指貯存雨水用); (沖水式廁所的)貯水箱.

cit·a·del [ˋsɪtəd̩; -ˌdɛl; ˈsɪtədəl] *n.* ⓒ **1** (位於稍高處, 俯視市鎮的)城堡, 堡壘; (泛指)要塞.

ci·ta·tion [saɪˋteʃən; saɪˈteɪʃn] *n.* **1** ⑪引用; ⓒ引文. **2** ⓒ嘉獎(狀), 感謝(狀).

***cite** [saɪt; saɪt] *vt.* (~s [~s; ~s]; **cit·ed** [~ɪd; ~ɪd]; **cit·ing**) **1** 引, 引用, 舉出. *cite* an example 舉例/*cite* da Vinci *as* an example of all-round genius 以達文西作爲全能天才的例子. 同與 quote 相比, cite 是強調爲了(證明)特定的理由而舉出例證等. **2** 《法律》傳喚, 傳訊. **3** 表揚, 給與…感謝狀.

cit·ies [ˋsɪtɪz; ˈsɪtɪz] *n.* city 的複數.

‡**cit·i·zen** [ˋsɪtəzn̩, -sn̩; ˈsɪtɪzn] *n.* (*pl.* ~s [~z; ~z]) ⓒ **1** (某國家的)公民, 人民, (→ subject). An honorary *citizen* 榮譽公民/a *citizen* of the United States 美國公民/a senior *citizen* 年長的人 (《委婉》)老人.

2 (某市, 鎮, 村的)市民, 居民. a *citizen* of London 倫敦市民.

| 搭配 *adj.*+citizen (1-2): a law-abiding ~ (守法的公民), a leading ~ (優秀的公民), an ordinary ~ (一般的公民), a respectable ~ (令人景仰的公民).

3 (美)(相對於軍人、警察等的)平民, 一般人, (civilian).

cit·i·zen·ry [ˋsɪtəznrɪ, -snrɪ; ˈsɪtɪznrɪ] *n.* ⑪ (單複數同形)(加 the) (集合)市民, 平民, 公民.

cit·i·zen·ship [ˋsɪtəznˌʃɪp, -snˌʃɪp; ˈsɪtɪznʃɪp] *n.* ⑪公民權; 市民[公民]的資格. gain [be granted] U.S. *citizenship* 取得[被賦與]美國公民的資格.

cit·ric acid [ˌsɪtrɪkˋæsɪd; ˌsɪtrɪkˈæsɪd] *n.* ⑪《化學》檸檬酸(加在果汁等中使其有酸味).

cit·ron [ˋsɪtrən; ˈsɪtrən] *n.* **1** ⓒ 枸櫞, 香櫞, (似檸檬的柑橘類水果或其樹). **2** ⑪枸櫞果皮製成的蜜餞. **3** ⑪淡黃色, 檸檬黃色.

ci·trous [ˋsɪtrəs; ˈsɪtrəs] *adj.* =citrus.

cit·rus [ˋsɪtrəs; ˈsɪtrəs] *n.* ⑪ⓒ柑橘類植物. — *adj.* 柑橘類的.

cítrus frùit *n.* ⑪ⓒ柑橘類水果.

‡**cit·y** [ˋsɪtɪ; ˈsɪtɪ] n. (pl. **cit·ies**) © **1** (泛指)都市, 都會, 城市, (回 按聚落的規模大小依次為 metropolis>city>town>village>hamlet). live in a *city* 居住在都市/Our *city* has a lot of museums. 我們的城市有許多博物館/a capital *city* 首都/Taipei is becoming a really cosmopolitan *city*. 臺北正逐漸轉變成真正的國際性都市.
2 市(在英國的 town 中, 皇室批准稱為 city 的多有 cathedral; 而美國則由州政府認可).

|搭配| *adj.*+city (1-2): a big ~ (大都市), an overcrowded ~ (過於擁擠的都市), a prosperous ~ (繁榮的都市), a provincial ~ (省轄市).

3 《作單數》(加 the)全體市民, 全市居民. The *city* grieved deeply at the news. 全體市民都因為那項消息而深感悲痛.
4 《英》(the City)倫敦的舊市區(倫敦都會區(Greater London)市中心約 1 平方英里(2.6 平方公里)的地區; 倫敦都會區歷史最悠久的繁榮地區, 世界的商業、金融中心).
5 《形容詞性》市的; 城市的. a *city* map 市街圖/the *city* center 市中心.

cìt·y cóuncil n. © 市議會.
cìt·y fáthers n. 《作複數》一城市中的重要[傑出]人物(市議員等).
cìt·y háll n. 《美》© 市政廳; ⓤ 市政府.
cìt·y plánning n. ⓤ 《美》都市計畫(《英》town planning).
cìt·y-státe [ˋsɪtɪˋstet; ˈsɪtɪˈsteit] n. © 城邦 (古希臘的雅典、斯巴達, 中世紀時期的熱那亞、威尼斯等).
civ·et [ˋsɪvɪt; ˈsɪvit] n. **1** © 麝貓(有分泌強烈香味的分泌腺). **2** ⓤ 麝貓香.
civ·ic [ˋsɪvɪk; ˈsɪvik] adj. **1** 城市的, 都市的; 市立的. a *civic* problem 都市問題. **2** 公民的, 市民的, 作為市民的. a *civic* duty 市民的義務.
cìvic céntre n. © 《英》(城市的)政府機關所在地.
civ·ics [ˋsɪvɪks; ˈsɪviks] n. 《作單數》市政學; (學校的)公民課.
civ·ies [ˋsɪvɪz; ˈsɪviz] n. =civvies.

‡**civ·il** [ˋsɪvl; ˈsɪvl] adj. **1** 市民的, 做為市民的, 公民的; 有關市民的. *civil* duties 公民的義務.
2 內政的, 市民間的. *civil* affairs 內政問題.
3 (相對於軍人, 官史的)平民的(↔ military); (相對於神職人員的)世俗的(↔ ecclesiastical); 《法律》民事的(↔ criminal). return to *civil* life 重回平民生活(解甲歸田)/*civil* aviation 民航.
4 有禮貌的, 彬彬有禮的. be *civil* to strangers 對陌生人有禮貌.
|回| polite 是發自內心的「有禮貌」; civil 是最低限度的「有禮貌」, 有暗示稍微冷漠之意.
|字源| CIV「市民」: civil, civilian(一般人), civilization (文明), civic (都市的).
cìvil defénse n. ⓤ 民防(預防空襲等).
cìvil disobédience n. ⓤ 公民的抗爭(以抗拒納稅等的和平方式反抗政府的行動).
cìvil enginéer n. © 土木工程師.

---

cìvil enginéering n. ⓤ 土木工程(學).
***ci·vil·ian** [səˋvɪljən; siˈviljən] n. (pl. ~**s** [~z; ~z]) © (相對於軍人、警察、神職人員的)一般人, 平民, 百姓.
— adj. 平民的, 百姓的, 一般人的; 文官的. *civilian* control 文官統治/in *civilian* clothes 穿著一般服裝(非軍服).
civ·i·li·sa·tion [ˌsɪvləˋzeʃən, -aɪˋz-; ˌsivilaiˈzeiʃn] n. 《英》=civilization.
civ·i·lise [ˋsɪvl͵aɪz; ˈsivilaiz] v. 《英》=civilize.
civ·i·lised [ˋsɪvl͵aɪzd; ˈsivilaizd] adj. 《英》= civilized.
ci·vil·i·ty [səˋvɪlətɪ; siˈviləti] n. (pl. **-ties**)
1 ⓤ 謙恭有禮, 客氣.
2 © (通常 civilities)寒暄客套; 禮儀周到的舉止. exchange *civilities* (平常的)相互寒暄.
‡**civ·i·li·za·tion** [ˌsɪvləˋzeʃən, -aɪˋz-; ˌsivilaiˈzeiʃn] n. (pl. ~**s** [~z; ~z]) **1** UC 文明(→ culture 回). modern western *civilization* 近代西方文明 /(the) Egyptian *civilization* 埃及文明 / as *civilization* advances 隨著文明進步.
2 ⓤ 文明世界; 〈集合〉文明國家(的人民).
3 ⓤ 文明化; 開化, 教化.
4 ⓤ (口)文明生活, 文明(便利的)生活. get back to *civilization* (從未開發地區)回到文明生活.
⇨ v. civilize. ✦ barbarism.
‡**civ·i·lize** [ˋsɪvl͵aɪz; ˈsivilaiz] vt. (**-liz·es** [~ɪz; ~iz]; ~**d** [~d; ~d]; **-liz·ing**) **1** 使開化, 教化. They tried to *civilize* the barbarians. 他們試圖教化野蠻人.
2 使優雅(refine). City life has *civilized* her. 城市生活使她變得優雅了. ⇨ n. civilization.
‡**civ·i·lized** [ˋsɪvl͵aɪzd; ˈsivilaizd] adj. **1** 文明化的; 先進文明的, 文明國家的; (↔ savage). *civilized* life 文明生活.
2 有禮貌的, 有教養的, 優雅的.
civ·i·liz·ing [ˋsɪvl͵aɪzɪŋ; ˈsivilaiziŋ] v. civilize 的現在分詞、動名詞.
cìvil láw n. ⓤ 民法(↔ criminal law).
cìvil líberty n. ⓤ 公民自由(思想、言論的自由等).
civ·il·ly [ˋsɪvl͵ɪ; ˈsivəli] adv. 客氣地, 彬彬有禮地.
cìvil márriage n. UC 公證結婚(不在教堂舉行婚禮而在法院舉行儀式).
cìvil ríghts n. 《作複數》公民權(特指美國少數民族的人權). the *civil rights* movement (美國的)公民權運動(黑人要求平等、自由等權利).
cìvil sérvant n. © 公務員, 公職人員.
cìvil sérvice n. ⓤ (加 the)行政部門(除了軍隊、法院、宗教機關以外的政府機關); 〈集合〉官吏, 文職官員; 文職官員的職務.
cìvil wár n. **1** © 內戰, 內亂.
2 (the *Civil War*)《美史》南北戰爭(1861-65); 《英史》清教徒革命(1642-51).

civ·vies [ˋsɪvɪz; ˈsɪvɪz] n. 《作複數》《俚》便服(與軍服區別).

Cl (符號) chlorine.

clack [klæk; klæk] vi. **1** 發出咔嗒咔嗒的聲響.
2 喋喋不休.
— vt. 使咔嗒咔嗒響.
— n. C̄咔嗒咔嗒的聲響.

clad [klæd; klæd] v. 《古、詩》 clothe 的過去式及過去分詞. The knight was clad in armor. 那騎士穿著盔甲.

＊**claim** [klem; kleɪm] vt. 《~s [~z; ~z]; ~ed [~d; ~d]; ~ing》【 要求權利 】 **1** 要求, 請求, 認領(自己的東西等). Nobody claimed the wallet. 沒有人認領那錢包/<沒有人認為那錢包是自己的)/claim one's luggage 領取(寄存的)行李/claim the insurance 請求保險給付. 回與 demand 相比, claim 含有要求當然權利的意思.
2 要求, 需要, (事物); (事故, 災害等)奪走(人命); 值得. The book claims our attention. 這本書值得我們注意/The work claims half of my time. 這件工作占了我一半的時間/The disaster claimed hundreds of lives. 這場災難奪走了數百條人命.
【 強烈要求 > 堅持己見 】 **3** 主張(…是事實). 句型3 (claim that 子句/to do)主張…, 自稱〔聲稱〕…. I cannot claim knowledge of German. = I cannot claim that I know German. = I cannot claim to know German. 我不敢說自己會德語/He claims to have done it. 他聲稱那件事是他做的.
— n. (pl. ~s [~z; ~z])【 要求, 主張 】 **1** C̄ (a) (作為當然權利的)要求, 請求, 《for, on 對於…》; (所有權的)主張(to 對於…). make a claim for damages against a company 向公司提出賠償損失的要求/Has anybody made a claim to the camera? 有人來認領這臺照相機嗎?
搭配 v.+claim: admit a ~ (承認請求), dispute a ~ (爭論請求), give up a ~ (撤銷請求), reject a ~ (拒絕請求), settle a ~ (處理請求).
(b)主張(that 子句; to do). He put forward the claim that he was innocent. 他聲稱他是無辜的.
2 C̄ (時間, 金錢上的)負擔. I have so many claims on my income. 我的薪水必須支付許多開銷.
【 權利的主張 】 **3** U̱C̄權利, 資格, 《to, on 對於…》. He has little claim to be a student. 他幾乎沒有資格算是學生/She has no claim on me. 她無權要求我.
4 C̄要求物; (對保險公司等提出的)理賠金.
láy cláim to... 要求對於…的權利〔所有權〕. Your partner would lay claim to half of the profit. 你的合夥人可能要求索取一半的利益.
put ín a cláim for... 聲稱對…的所有權.
字源 CLAIM「叫」: claim, exclaim (突然叫), clamor(叫喊), proclaim (發表宣言).

claim·ant [ˋklemənt; ˈkleɪmənt] n. C̄《文章》

主張者, 要求者, 《to》; 《法律》原告.

clair·voy·ance [klɛrˋvɔɪəns, klær-; kleəˈvɔɪəns] n. U̱《文章》超越自然的視覺能力; 超人的洞察力.

clair·voy·ant [klɛrˋvɔɪənt, klær-; kleəˈvɔɪənt]《文章》 adj. 有超越自然的視覺能力的.
— n. C̄有超越自然的視覺能力的人.

clam [klæm; klæm] n. C̄蛤(此種貝類的總稱).
— vi. (~s; ~med; ~ming)採蛤.
clám úp 《口》突然沈默下來.

clam·bake [ˋklæm͵bek; ˈklæmbeɪk] n. C̄《主美》海濱烤蛤餐會(在石頭上焙烤魚蛤類等).

clam·ber [ˋklæmbɚ; ˈklæmbə(r)] vi. (手腳並用地)攀登〔爬〕《up, over》; 爬下來《down》.

clam·my [ˋklæmɪ; ˈklæmɪ] adj. 冷而黏濕的.

clam·or (美), **clam·our** (英) [ˋklæmɚ; ˈklæmə(r)] n. C̄ (通常用單數) **1** 喧鬧, 叫嚷聲; (表示不平、抗議等而一齊發出的)叫喊, 吵嚷, labor's clamor for higher wages 工人要求提高工資的喧嚷. 回 clamor 指群眾的吵嚷或要求、抗議聲; 一sound.
2 持續的噪音〔吵雜聲〕. The clamor of knives and forks drowned his speech. 刀叉的吵雜聲蓋過了他的演講.
— vi. 吵鬧, 叫囂; 吵著要求. clamor for work (失業者)吵著要工作/They clamored against the bill. 他們叫囂著對該法案.
— vt. 《加副詞(片語)》吵鬧著使〔人〕去做…. Opponents of the bill clamored down the speaker. 該法案的反對者叫嚷著迫使演講者下臺.

clam·or·ous [ˋklæmərəs, ˋklæmrəs; ˈklæmərəs] adj. 吵鬧的, 喧嚷的.

clamp [klæmp; klæmp] n. C̄夾板, 扣環, 夾鉗, (泛指把(兩個)東西夾緊的工具).
— vt. (用夾鉗等)固定住, 夾緊.
clámp dówn on... 《口》取締…. clamp down on unlawful activities 取締非法活動.

clamp·down [ˋklæmp͵daʊn; ˈklæmpdaʊn] n. C̄《口》取締; 嚴格限制, 禁止.

clan [klæn; klæn] n. C̄ **1** (特指蘇格蘭高地人的)宗族, 氏族.
2 (有共同利害、主張的)黨派, 同黨, 同類.

clan·des·tine [klænˋdɛstɪn; klænˈdestɪn] adj. 《文章》暗中的, 祕密的.

clan·des·tine·ly [klænˋdɛstɪnlɪ; klænˈdestɪnlɪ] adv. 《文章》暗中地, 祕密地.

clang [klæŋ; klæŋ] vt. 使鏗鏘〔噹噹〕響.
— vi. 鏗鏘〔噹噹〕響.
— n. a U̱鏗鏘〔噹噹〕(聲). the clang of fire bells 消防車警鈴的噹噹聲.
回 clang, clank, clink 皆表示金屬的響聲, 而 clang 是很大的響聲.

clang·er [ˋklæŋɚ; ˈklæŋə(r)] n. C̄《英、俚》非常明顯的錯誤.
dróp a clánger 犯了明顯的錯誤, 說了不恰當的話.

clan·gor, (英) **clan·gour** [ˋklæŋɚ, ˋklæŋɡɚ; ˈklæŋə, ˈklæŋɡə(r)] n. a U̱鏗鏘〔噹噹〕聲.

clan·gor·ous [ˋklæŋgərəs, ˋklæŋərəs; ˈklæŋgərəs] adj. 鏗鏘的.

clank [klæŋk; klæŋk] vt. 使鏗鏘[叮噹]響. The car sped away clanking its tire chains. 這輛車伴著輪胎防滑鏈的鏗鏘響聲飛駛而去. — vi. 鏗鏘[叮噹]響. — n. ⓐ鏗鏘聲. ⓒ金屬的鏗鏘聲; → clang.

clan·nish [ˋklænɪʃ; ˈklænɪʃ] adj. 1 氏族的, 一族的. 2 黨派的, 幫派的; 排他性的.

clans·man [ˋklænzmən; ˈklænzmən] n. (pl. -men [-mən; -mən]) ⓒ氏族[宗族] (clan)的一員; 同族[一族]的人.

*__clap__ [klæp; klæp] v. (~s [~s; ~s]; ~ped [~t; ~t]; ~ping) vt. 1 拍〔手〕. The audience clapped their hands. 觀眾鼓掌.
2 對〔人或演技〕拍手.
3 拍擊; (用手掌)輕拍〔熟悉的對方〕. I clapped her on the back. 我輕拍她的背.
4 使…突然動; 突然放置; 把…扔進. clap a door shut 砰的一聲把門關上/clap a hat on one's head 迅速把帽子戴上.
— vi. 1 拍手, 拍手喝采.
2 發出啪[砰]聲. The door clapped shut. 門砰地關上.
clàp éyes on... (口)看到…, 見到…; (有時)遇到; (通常用於否定句). I haven't clapped eyes on him for months. 我已經好幾個月沒有看到他了.
— n. (pl. ~s [~s; ~s]) ⓒ (通常用單數) 1 啪的一聲, 砰砰聲, 劈哩啪啦聲; 拍手(聲). a clap of thunder 雷鳴. 2 輕拍(親近的人). He gave me a clap on the back. 他輕拍我的背.

clap·board [ˋklæbɚd, ˋklæbord, ˋklæp͵bord, -ord; ˈklæpbɔːd] n. ⓒ (美)(建築)護牆楔形板《把上面板子的下端和下面板子的上端重疊做成的壁板》; (英) weatherboard).

clap·per [ˋklæpɚ; ˈklæpə(r)] n. ⓒ 1 鈴或鐘的錘.
2 拍手的人; 發出啪嗒啪嗒聲的東西.

[clapboard]

clap·trap [ˋklæp͵træp; ˈklæptræp] n. ⓤ (口) 1 博得喝采, 噱頭, (言論或行為). 2 空話.

Clar·a [ˋklɛrə, ˋklærə; ˈkleərə] n. 女子名.

Clare [klɛr; kleə(r)] n. 1 男子名《Clarence 的別體》. 2 女子名《Clara 的別體》.

Clar·ence [ˋklærəns; ˈklærəns] n. 男子名.

clar·et [ˋklærət, -ɪt; ˈklærət] n. 1 紅酒《英國人稱法國波爾多出產的紅葡萄酒》. 2 深紫紅色. 3 (形容詞性)深紫紅色的.

clar·i·fi·ca·tion [͵klærəfəˋkeʃən, ͵klærɪfɪˋkeɪʃn] n. ⓤ 1 澄淸, 淨化.
2 (問題等的)闡明; (意義的)澄清.

clar·i·fy [ˋklærə͵faɪ; ˈklærɪfaɪ] v. (-fies; -fied; ~ing) vt. 1 使(意義, 問題的癥結等)清晰明瞭, 澄淸, (make clear). 2 使澄淸, 使淨化.

---

class 263

— vi. 1 〔意義等〕明瞭, 明白.
2 〔空氣, 液體等〕變清澈, 變淸淨.

clar·i·net [͵klærəˋnɛt; ͵klærəˈnet] n. ⓒ 單簧管, 豎笛, 《木管樂器》; → woodwind 圖).

clar·i·net·ist, clar·i·net·tist [͵klærəˋnɛtɪst; ͵klærəˈnetɪst] n. ⓒ 單簧管[豎笛]演奏者.

clar·i·on [ˋklærɪən; ˈklærɪən] n. ⓒ 號角《昔日的軍用喇叭, 音色清亮而高亢》.

clar·i·ty [ˋklærətɪ; ˈklærətɪ] n. ⓤ 1 (意義, 邏輯等的)明瞭, 明確. He explained the problem with great clarity. 他非常清楚地解釋了這個問題.
2 (聲音, 空氣, 液體等的)清澈, 透明.

*__clash__ [klæʃ; klæʃ] n. (pl. ~es [~ɪz; ~ɪz]) 1 ⓐⓤ 鏗鏘聲, 撞擊聲, 《金屬的撞擊聲》. with a clash 發出鏗鏘聲地.
2 ⓒ (利害, 意見等的)衝突, 不協調, 《between… 之間》. a clash between opposing views 對立觀點的衝突/a violent clash of interests 嚴重的利害衝突.
— v. (~es [~ɪz; ~ɪz]; ~ed [~t; ~t]; ~ing) vi.
1 鏗鏘地撞擊; 發出鏗鏘的聲音. Their swords clashed loudly. 他們的劍大聲地相擊.
2 〔意見, 利害, 勢力等〕衝突. The armies clashed several times that day. 那天兩軍數次發生衝突.
3 〔儀式, 慶典的日期等〕相衝突. Two meetings clash on Saturday. 星期六有兩個會議時間衝突.
4 〔色彩等〕不調和《with》.
— vt. 使發出鏗鏘聲地撞擊; 使…鏗鏘作響.

*__clasp__ [klæsp; klɑːsp] n. (pl. ~s [~s; ~s]) ⓒ 1 扣環《項鍊, 手提包的扣環, 婦女用皮帶的鉤扣等》. a leather bag with a silver clasp 一只有銀扣環的皮包.
2 (通常用單數)緊握[抱].
— vt. (~s [~s; ~s]; ~ed [~t; ~t]; ~ing) 1 用扣環扣住…. clasp a bracelet 用扣環扣住一只手鐲. 2 緊握, 緊抱. clasp a baby in one's arms 把嬰兒緊抱在臂膀裡/with clasped hands 兩手(的手指)緊握地.

[with clasped hands]

clásp knífe n. ⓒ折疊式小刀.

*__class__ [klæs; klɑːs] n. (pl. ~es [~ɪz; ~ɪz])
《學校的班級》 1 ⓒ班級(的學生們), 班級, 班, 《匪法》class 指班上的人時作複數; 如把班級視爲整體則作單數》. Half the class is girls. 班上半數是女生/a beginners' class 初級班/an advanced class 高級班/She is at the top of her class. 她在班上名列前茅/The teacher dismissed the class a short time before the bell rang. 老師還沒打鐘就先下課了.
2 ⓤⓒ課, 講習, 上課時間. We have five classes on Tuesday. 星期二我們有五堂課/Don't

C

be noisy in *class*. 上課時不要吵鬧/in (a) history *class* 上歷史課時/attend *classes* 上課/cut a *class* 曠課/She is taking *classes* in typewriting. 她選了打字課.

┃[搭配]┃ *v.*+class: audit a ~ (聽課), give a ~ (授課), hold a ~ (開課), cancel a ~ (取消一堂課), go to a ~ (上課), miss a ~ (缺課).

3 [C] 《美》(大學某年的)畢業班, 同級生. the *class* of '98 '98 年畢業班.

[[階級, 等級]] **4** 階級; [U] 階級制度. the upper [middle, lower] *class*(es) 上層[中產, 下層]階級 (★單複數在意義上沒有差別).

5 [C] (運輸工具等的)等級, …等; (郵件的)…種類; ([語法] class 前加上形容詞時, 通常會將冠詞省略; 常作副詞性). I can't afford *first class*. 我付不起頭等艙的價錢/We traveled tourist *class*. 我們搭經濟艙旅行.

6 【同等之物】 [C] 種類, 類別; 某類之物[人]; (生物)綱(生物分類上的等級). be in a *class* with him …高尚/houses in the $100,000 *class* 10 萬美元價位的房屋.

7 【上等】 [U] 《口》(a) 高貴; 優秀. Jane has real *class*. 珍很有氣質. (b) (形容詞性)優秀的, 高級的. a *class* magazine 高級雜誌.

be in a cláss by itsélf [*onesélf*] = *be in a cláss of its* [*his*] *ówn* 無與倫比. The coffee she makes *is* really *in a class of its own*. 她煮的咖啡確實是獨一無二的.

── *vt.* **1** 把…分類; 把…歸入某等級; (classify). The papers *class* me *with* the Socialists. 報紙把我歸爲社會黨員.

2 《口》把…視爲(*as*) (consider).

class-con·scious [ˋklæsˋkɑnʃəs; ˌklɑːsˋkɒnʃəs] *adj.* 有階級意識的.

class-con·scious·ness [ˋklæsˋkɑnʃəsnɪs; ˌklɑːsˋkɒnʃəsnɪs] *n.* [U] 階級意識.

*class·sic [ˋklæsɪk; ˋklæsɪk] *adj.* 《限定》 **1** 代表性的, 典型的; (傳統上)有名的. a *classic* event 傳統的重要活動.

2 最高級的, 第一流的, 《指藝術作品等》; 典範的, 標準的, 《classic writers of our age 當代的一流作家/the *classic* textbook on modern history 近代史的標準教科書.

3 =classical 1, 2.

4 (風格上)古典派的, 古典的, 《質樸而簡潔的》. ── *n.* (*pl.* ~**s** [~z; ~z]) [C] **1** 古典, 《古典名著[作家, 藝術家]. the Greek *classics* 希臘的經典名著/ "*Macbeth*" is a *classic*. 《馬克白》是部經典之作.

2 (a) (the classics) 《作單數》(西洋)古典文學[語言]《古希臘、羅馬的文學[語言]》. (b) 古典作家; 古典主義者.

3 傳統的(體育)例行活動《例如 Oxford 對 Cambridge 的划船競賽》.

*clas·si·cal [ˋklæsɪkl; ˋklæsɪkl] *adj.* **1** (西洋)古典的(通常指古希臘、羅馬的文化、藝術). the *clas-*

sical languages 古典語言《通常指希臘語、拉丁語》/a *classical* scholar 古典文學藝術[語言]學者.

2 (藝術作品[作家]等的)古典派的, 古典主義的, 傳統的. *classical* music 古典音樂(★不說成 *classic music*). **3** =classic *adj.* 1.

clas·si·cal·ly [ˋklæsɪklɪ, -ɪklɪ; ˋklæsɪkəlɪ] *adv.* 古典派地.

clas·si·cism [ˋklæsə,sɪzm; ˋklæsɪsɪzəm] [U] (文學, 藝術的)古典主義(注重協調、調和、平衡、樸素等特質; → romanticism).

clas·si·cist [ˋklæsəsɪst; ˋklæsɪsɪst] *n.* [C] 古典主義者; 古典文學藝術[語言]學者.

*clas·si·fi·ca·tion [ˌklæsəfəˋkeʃən, ˌklæsɪfɪˋkeɪʃn] *n.* (*pl.* ~**s** [~z; ~z]) [UC] 分類, 定等級, 分等; 分類法. the *classification of* literary works *into* prose and verse 把文學作品區分爲散文和韻文的分類法. ⇨ *v.* **classify**.

clas·si·fied [ˋklæsə,faɪd; ˋklæsɪfaɪd] *adj.* **1** 分類的; 分類的. **2** (國家)機密的, 視爲機密的. ── *n.* =classified ad.

clàssified ád *n.* [C] (報紙等的)分類廣告.

*clas·si·fy [ˋklæsə,faɪ; ˋklæsɪfaɪ] *vt.* (-**fies** [~z; ~z]; -**fied** [~d; ~d]; ~**ing**) **1** 把…分類; 把…分等級. He was once *classified* as a radical. 他曾被歸類爲激進派/The books on the shelves are *classified* according to subject matter. 書架上的書是根據主題來分類的.

2 把〔文件等〕歸入機密檔案.

class·less [ˋklæslɪs; ˋklɑːslɪs] *adj.* 無階級的(社會等).

*class·mate [ˋklæs,met; ˋklæsmeɪt] *n.* (*pl.* ~**s** [~s; ~s]) [C] 同班同學. He and I were *classmates* in elementary school. 他和我是小學同班同學.

*class·room [ˋklæs,rum, -,rum; ˋklɑːsrʊm] *n.* (*pl.* ~**s** [~z; ~z]) [C] 教室.

clàss strúggle [**wár**] *n.* [U] 《加 the》階級鬥爭(特指馬克思主義的說法).

class·y [ˋklæsɪ; ˋklɑːsɪ] *adj.* 《口》高級的; 最新流行的, 有氣派的; (→ class *n.* 7 (a)).

*clat·ter [ˋklætɚ; ˋklætə(r)] *n.* [a U] **1** 咔嗒咔嗒聲. the *clatter* of a horse's hooves 馬蹄的踢躂聲. **2** 嘰嘰喳喳的閒聊[喧鬧]聲.

── *v.* (~**s** [~z; ~z]; ~**ed** [~d; ~d]; -**ter·ing** [-tərɪŋ, -trɪŋ; -tərɪŋ]) *vi.* **1** 咔嗒咔嗒響; 嘰嘰喳喳的閒聊. You must not *clatter* your knives and forks. 你不可以把刀叉弄得咔嗒咔嗒響.

2 《加副詞(片語)》咔嗒咔嗒地行進. The car *clattered along*. 那輛載貨馬車咔嗒咔嗒地行進. ── *vt.* 使咔嗒咔嗒響.

*clause [klɔz; klɔːz] *n.* (*pl.* **claus·es** [~ɪz; ~ɪz]) [C] **1** 《文法》子句(→見文法總整理 **15. 2**). **2** (條約, 法律等文件的)條款.

claus·tro·pho·bi·a [ˌklɔstrəˋfobɪə; ˌklɔːstrəˋfəʊbjə] *n.* [U] 《心理》幽閉恐懼症(↔ agoraphobia).

clav·i·chord [ˋklævə,kɔrd; ˋklævɪkɔːd] *n.* [C] 大鍵琴《發明於 14 世紀, 爲現代鋼琴的前身》.

[clavichord]

clav·i·cle [ˋklævək]; ˈklævɪkl] *n.* C《解剖》鎖骨.

clav·i·er [ˋklævɪə, kləˋvɪr; ˈklævɪə(r)] *n.* C 鍵盤樂器《例如鋼琴》.

*****claw** [klɔ; klɔː] *n.* (*pl.* ~s [~z; ~z]) C **1** (貓, 鷹, 鷹等的)爪; (蟹, 蠍子等的)螯.

2 爪狀物. the *claw* of a hammer 鎚子前端的拔釘鉗.

— *vt.* 用爪抓[撕裂].

— *vi.* 用爪抓(*at*).

*****clay** [kle; kleɪ] *n.* U

1 黏土. potter's *clay* 陶土/a *clay* pipe 陶製菸斗.

[claws 1]

2 肉體《人的軀體被認為由泥土所塑》. a man of common *clay* 普通人, 凡人.

clay·ey [ˋkleɪ; ˈkleɪ] *adj.* 黏土(質)的; 塗有黏土的.

clay pigeon *n.* C 飛靶《練習射擊用的泥製盤形飛靶; 亦作 pigeon》.

clean

[klin; kliːn] *adj.* (~·er; ~·est)

【 沒有污垢的 】 **1** (a)潔淨的, 清潔的, (⟷ dirty, foul; → clear *adj.* 2 ★). *clean* air 清新的空氣/You must keep your hands *clean*. 你必須保持雙手的清潔. (b)未受(放射線等)污染的. *clean* energy (不會製造公害的)乾淨能源《靠水力等發電所產生的電力》.

2 愛乾淨的; 衣冠楚楚的. a *clean* housekeeper 愛乾淨的女管家.

【 精神上崇高的 】 **3** 清白的[生活, 心等]; 純潔的. have a *clean* conscience 問心無愧/He leads a *clean* life. 他過著清心的生活/a *clean* joke 乾淨的笑話《相對於令人生厭的 a dirty joke》.

4 (不違規而)光明正大的, 公平的. a *clean* fight 公平的決鬥.

5 [食物]根據宗教教義可食用的《例如對猶太人而言豬是不乾淨的》.

【 沒有多餘的, 沒有阻礙的 】 **6** 空白的; 沒有障礙物的. a *clean* sheet of paper 一張白紙.

7 整潔的, 勻稱的; 簡樸的. a *clean* profile 勻稱的側面/*clean* limbs 苗條的身材.

【 沒有缺點的 】 **8** 完整無缺的; 漂亮的, 乾淨俐落的. a *clean* leap 漂亮的一躍/a *clean* hit 漂亮的一擊.

còme cléan 《口》承認自己的錯誤, 坦白(不愉快的事實).

màke a clèan bréast of... → breast 的片語.

màke a clèan swéep of... → sweep 的片語.

— *adv.* 《口》**1** 完全地, 全部地. I *clean* forgot to tell him. 我完全忘了要告訴他/The robber got *clean* away. 搶匪逃之夭夭.

2 乾淨俐落地; 完美地. wash the dishes *clean* 把盤子洗乾淨(★本句的 *clean* 是 *adj.*, 作補語)/leap *clean* over the fence 乾淨俐落[從容]地跳過籬笆.

— *v.* (~s [~z; ~z]; ~ed [~d; ~d]; ~·ing) *vt.*

1 使乾淨, 使清潔; 掃除, 清除, 整理. *Clean* your teeth. 去刷牙/I had my suit *cleaned*. 我把衣服送洗了.

2 (為了作菜)事先準備[雞肉等].

— *vi.* 變得乾淨[清潔].

clèan/.../dówn 用刷子把…弄乾淨. *clean down* the wall 把牆壁刷乾淨.

*****clèan/.../óut** 把…完全掃除; 把…弄空. The customers *cleaned out* the store. 顧客把那家商店搶購一空.

*****clèan/.../úp**[1] (1)把…弄[打掃]乾淨, 清理整頓. *clean up* the desk 把書桌清理乾淨. (2)整肅, 整頓. *clean up* the city council 整頓市議會. (3)把[工作等]做完, 完成. (4)《口》賺[錢]. *clean up* a fortune 賺到一大筆錢.

clèan úp[2] (1)清掃[整理]乾淨. My wife will *clean up* later. 我太太待會兒會來整理. (2)梳洗, 打扮整潔. *clean up* before dinner 晚餐前梳洗打扮.

clean-cut [ˋklinˋkʌt; ˌkliːnˈkʌt] *adj.* **1** 明確的, 清楚的. **2** [臉龐等]輪廓鮮明的, 好看的.

clean·er [ˋklinə; ˈkliːnə(r)] *n.* C **1** 清潔工; 乾洗店的老闆[工作者].

2 吸塵器; 清潔劑.

*****clean·ing** [ˋklinɪŋ; ˈkliːnɪŋ] *n.* U 洗濯, 清洗; 掃除. do the *cleaning* 做(家庭的)清潔工作.

clean-limbed [ˋklinˋlɪmd; ˌkliːnˈlɪmd] *adj.* [特指年輕人]四肢勻稱的, 四肢修長的.

clean·li·ness [ˋklɛnlɪnɪs; ˈklenlɪnɪs] *n.* (★注意發音) U 清潔; 愛乾淨.

*****clean·ly**[1] [ˋklɛnlɪ; ˈklenlɪ](★注意與 cleanly[2]的發音不同) *adj.* (-li·er; -li·est)愛乾淨的, 打扮整齊的, (★指有 clean 的習慣的). a *cleanly* animal 愛乾淨的動物.

*****clean·ly**[2] [ˋklinlɪ; ˈkliːnlɪ] *adv.* **1** 清潔地, 乾淨地. wash dishes *cleanly* 把盤子洗乾淨. **2** 好好地, 徹底地. catch a ball *cleanly* 穩穩地接球.

clean·ness [ˋklinnɪs; ˈkliːnnɪs] *n.* U 清潔; 潔白.

cleanse [klɛnz; klenz] *vt.* **1** 使清潔, 清洗.

2 洗淨[污穢的心靈等], 使純淨.

cleans·er [ˋklɛnzə; ˈklenzə(r)] *n.* UC 去污粉, 清潔劑.

clean-shav·en [ˋklinˋʃevən; ˌkliːnˈʃeɪvn] *adj.* 剛刮過鬍子的, 鬍子刮得乾乾淨淨的.

clean·up [ˋklinˌʌp; ˈkliːnˌʌp] *n.* **1** [aU] 掃除; (惡或腐敗的)清除. **2** C《棒球》第四棒打者.

‡clear [klɪr; klɪə(r)] *adj.* (**clear·er** [ˋklɪrɚ; ˈklɪərə(r)]; **clear·est** [ˋklɪrɪst; ˈklɪərɪst])

〖沒有陰霾或污濁的〗**1** 晴朗的; 明亮的. a *clear* sky [morning]. 晴朗的天空[早晨]/the *clear* light of the moon 明亮的月光/a *clear* face 爽朗的面容.

2 清澈的, 透明的. *clear* water 清澈的水(★*clear* water 主要指眼見的印象, *clean* water 的重點則在沒有污染)/*clear* glass 透明的玻璃/a *clear* yellow 鮮黃色/a *clear* voice 嘹亮的嗓音.

〖清楚〗**3** (看上去)鮮明的, 清楚的. *clear* fingerprints 清晰的指紋/stand out in *clear* outline 輪廓鮮明地浮現.

4 清楚的, 明白的. have no *clear* memory of the place 對那個地方沒有深刻的印象/What you say isn't *clear* to me. 我不清楚你所說的話/It is *clear* that he is telling the turth. 顯然他說的是眞話/(as) *clear* as day 極其明白的(<清楚得有如白晝)/Please make yourself *clear*. 請把話說清楚.

回 clear 是最普通的用語, 指其本身明瞭, 毫不曖昧模糊; → distinct, evident, obvious.

┃ 圖配 *adv.*+clear: absolutely ~ (極為清楚的), completely ~ (完全清楚的), perfectly ~ (非常清楚的).

5 清晰的. a *clear* head 清晰的頭腦/*clear* thinking 清楚的思路.

6 〖清楚理解的〗《敘述》〖人〗確信的, 清楚的. He was *clear* about that. 他十分清楚那件事[明白說出那件事]/I'm not *clear* as to which way I should take. 我不清楚該走哪條路.

〖道德上沒有污點的〗**7** 清白的, 無罪的. have a *clear* conscience 問心無愧.

〖沒有障礙的〗**8** (a)空的, 空出的, [道路]暢通的. The road is now *clear*. 道路現在暢通了. (b)《敘述》完全沒有的(*of, from* [阻礙的東西]); 變成自由的(*of, from*). The street is *clear of* all traffic. 街上完全沒有車輛行人/I am, at last, *clear of* [*from*] debt. 我終於還清債務了.

9 空閒的, (工作等)沒有預定的. I'm *clear* [I have a *clear* day] today. 今天我整天有空.

10 《敘述》離開的(*of, from*); 避開的(*of, from*). Soon we were *clear of* the town. 不久我們就離開那城鎮了.

〖沒有欠缺的〗**11** (限定)《口》(a)完全的, 百分之百的. a *clear* victory 全勝. (b)整整的. for seven *clear* days 整整七天的時間.

↪ *n.* **clarity, clearness.** *v.* **clarify.**

— *adv.* **1** 清楚地, 明瞭地, (clearly). speak loud and *clear* 大聲而清楚地說/see a ship *clear* 清楚地看到船.

2 《口》整整地, 完全地. get *clear* 走[逃]得無影無蹤.

— *v.* (~**s** [~z; ~z]; ~**ed** [~d; ~d]; **clear·ing** [ˋklɪrɪŋ; ˈklɪərɪŋ]) *vt.* 〖除去陰霾或髒污〗**1** 使清澈, 使乾淨. She *cleared* the mist from the win-dow. 她抹去窗上的霧氣.

2 使清楚; 使明白. A cup of coffee *cleared* my head. 喝杯咖啡可以讓我頭腦清楚.

〖消除疑惑等〗**3** 把 [疑惑等]澄清; 使[人]清白, 使無罪開釋, (*of, from* [嫌疑]). *clear* a doubt 澄清疑慮/Her testimony *cleared* him *of* [*from*] suspicion. 她的證詞洗清了他的嫌疑.

4 將…(審查後)批准; 給與…出[入]境許可. The report has been *cleared* by the Government *for* publication. 這份報告經政府許可發表/The plane took off soon after it was *cleared*. 那架飛機獲准離開後便立刻起飛.

〖除去障礙物〗**5** (a)把[不要的東西]清理掉, 拿走; 把…驅除. She *cleared* the dishes (*off* the table). 她收走[餐桌上的]盤子. (b)從[場所]除去, 清除, 弄乾淨, (*of*); 開闢[森林]. She *cleared* the table *of* the dishes. 她收走餐桌上的盤子/*clear* one's way *through* the forest 在森林中開路前進/*clear* oneself *from* debts 把欠債還清. (c)[電腦]刪除[不要的資料].

〖越過障礙物〗**6** (a)跳越…, 穿過; 避開. *clear* the hurdles 跨欄/The car only just *cleared* the gatepost. 汽車剛好能穿過門柱. (b)(辦好規定手續後)通過[海關, 議會等]. *clear* customs 辦好通關手續.

7 把[債務]全部償清.

8 掙得…淨利. *clear* $800 on [out of] the sale 這筆買賣獲得 800 美元的淨利.

↪ *n.* **clearance.**

— *vi.* **1** [天空, 雲, 霧等]消散, 變晴朗; [液體]變清澈. The weather is *clearing*. 天氣漸漸轉晴了. **2** [心情, 頭腦等]開朗, 清楚. **3** [船](辦好通關手續)出港.

＊*clèar/…/awáy*[1] 把…清除掉, 收拾. *clear away* the dishes 將盤子(等)收拾乾淨.

clèar awáy[2] [雲等]消散, 飄過.

clèar/…/óff[1] 把…清除; 做完[工作等]; 清償[債務]. *clear off* the work 做完工作.

clèar óff[2] (1)[雲等]消散. (2) =clear out[2].

＊*clèar/…/óut*[1] 掃除…; 掃走…, 趕出…; 空出…. He *cleared out* his desk. 他空出書桌來.

clèar óut[2] 《口》出去, 離開, (*of*). He *cleared out* of New York to live in Boston. 他搬離紐約定居在波士頓.

＊*clèar/…/úp*[1] 清理…; 解決[問題等]; 做完[工作]. Let's *clear up* this problem. 我們一起來解決這個問題吧!

＊*clèar úp*[2] [天氣]放晴; [事情]得到解決. I hope it will *clear up* soon. 但願天氣趕快放晴.

— *n.* 《用於下列片語》

in the cléar (1)(1)澄清懷疑[嫌疑]. At first Harold was suspected of the crime, but now he's *in the clear*. 起先哈羅德被懷疑涉案, 但現在已經澄清了. (2)沒有危險的; 沒有債務的.

clear·ance [ˋklɪrəns; ˈklɪərəns] *n.* **1** 〔a U〕清除, 清理. make (a) *clearance* of the mess 清除垃圾. **2** =clearance sale. **3** 〔U C〕(機械零件等之間足以順利運行的)間隙, 餘地. **4** 〔C〕(船舶的)出

入港許可證; (飛機的)起飛降落許可(機場塔臺人員給的指示); ⓤ通關手續.

cléarance sále n. ⓒ 清倉大拍賣.

clear-cut [ˋklɪrˋkʌt; ˌklɪəˋkʌt] adj. 1 〔臉龐等〕輪廓分明的.
2 明確的, 非常清楚的, 肯定無疑的. a *clear-cut* explanation 明確的說明.

clear·head·ed [ˋklɪrˋhɛdɪd; ˌklɪəˋhedɪd] adj. 頭腦清楚的, 敏銳的.

*__clear·ing__ [ˋklɪrɪŋ; ˋklɪərɪŋ] n. (pl. ~s [~z; ~z])
1 ⓒ (森林中的)空地(為了開墾而砍伐林木). The settlers made a *clearing* in the forest to build their houses. 開拓者在森林中闢出空地來建造他們的房子. 2 ⓤ 清除.

clear·ing·house [ˋklɪrɪŋˌhaʊs; ˋklɪərɪŋhaʊs] n. (pl. -hous·es [-ˌhaʊzɪz; -haʊzɪz]) ⓒ 票據交換所.

*__clear·ly__ [ˋklɪrlɪ; ˋklɪəlɪ] adv. 1 明白地, 清楚地. Please speak more *clearly*. 請再說清楚一點.
2 (修飾句子)顯然地, 清楚地. That is *clearly* my mistake. (= *Clearly*, that is my mistake.) 那顯然是我的錯.
3 (作為回答)當然是這樣. "Am I right?" "*Clearly*."「我對嗎?」「當然對.」

clear·ness [ˋklɪrnɪs; ˋklɪənɪs] n. ⓤ 1 明白, 明瞭. 2 明亮, 鮮明; 清澈.

clear·sight·ed [ˋklɪrˋsaɪtɪd; ˌklɪəˋsaɪtɪd] adj. 1 視力健全的. 2 有眼光的, 有見識的.

clear·way [ˋklɪrˌwe; ˋklɪəweɪ] n. (pl. ~s) ⓒ (主英)(道路的)禁止停車路段.

cleat [klit; kliːt] n. ⓒ 1 (a)防滑釘(釘在鞋底等). (b) (cleats)有防滑釘的防滑運動鞋, 釘鞋. 2 (船的甲板等上裝的)繫繩栓(繫繩子的突出固定物).

cleav·age [ˋklivɪdʒ; ˋkliːvɪdʒ] n. 1 ⓤ 劈開; 裂開, 分裂. 2 ⓒ 裂縫.

cleave[1] [kliv; kliːv] vt. (~s; ~d, cleft, clove; ~d, cleft, clo·ven; cleav·ing) 1 劈開, 切開. The tree was *cleft* in two by lightning. 樹被閃電劈成兩半. 2 開闢(道路); 破(水等)前進. The explorers *cleft* a path through the jungle. 這支探險隊在叢林中闢開路徑而行.

cleave[2] [kliv; kliːv] vi. (雅) 1 黏住, 黏著, ((to)). 2 緊緊抓住; 執著; 極度忠誠; ((to)).

cleav·er [ˋklivɚ; ˋkliːvə(r)] n. ⓒ 切肉刀(肉販用的大刀).

clef [klɛf; klef] n. (pl. ~s) ⓒ (音樂)譜號(高音譜號(a G *clef*)或低音譜號(an F *clef*)等).

cleft [klɛft; kleft] v. cleave[1] 的過去式、過去分詞.
— adj. 劈開的, 裂開的.
— n. ⓒ 裂縫, 裂口.

cléft pálate [˙; ˙] n. UC (醫學)裂顎.

clem·a·tis [ˋklɛmətɪs; ˋklemətɪs] n. ⓤ 鐵線蓮 (開白、黃、紫色等花的蔓性植物; 毛茛科).

clem·en·cy [ˋklɛmənsɪ; ˋklemənsɪ] n. ⓤ (文章) 1 (特指刑罰的)寬大. His lawyer made an appeal for *clemency*. 他的律師(向法官)請求從寬量刑. 2 (氣候、氣質等的)溫和, 穩健.

clem·ent [ˋklɛmənt; ˋklemənt] adj. (文章) 1 仁慈的, 寬厚的. 2 (氣候, 氣質等的)溫和的, 穩健的.

clench [klɛntʃ; klentʃ] vt. 1 把…握緊; 把(牙齒)咬緊. *clench* one's fist 握緊拳頭.
2 緊緊握住, 握牢. The boy *clenched* the coins in his hand. 那男孩把這幾個硬幣緊緊握在手裡.

Cle·o·pa·tra [ˌkliəˋpetrə, -ˋpatrə, -ˋpætrə; klɪəˋpætrə] n. 克麗歐佩特拉(69?-30 B.C.)(埃及豔后; 古埃及女王(51-30 B.C.)).

cler·gy [ˋklɝdʒɪ; ˋklɜːdʒɪ] n. (作複數)(通常加the)牧師們, 神職人員, (↔ laity). All the *clergy* were assembled there. 所有的牧師都聚集在那裡.

*__cler·gy·man__ [ˋklɝdʒɪmən; ˋklɜːdʒɪmən] n. (pl. -men [-mən; -mən]) ⓒ 神職人員; (英)牧師 (通常指英國國教的牧師; → minister 參考); (美)牧師, 神職人員, (與宗派無關)(↔ layman).

cler·ic [ˋklɛrɪk; ˋklerɪk] n. =clergyman.

cler·i·cal [ˋklɛrɪk; ˋklerɪkl] adj. 1 牧師的, 神職(人員)的. a *clerical* collar 牧師領(硬的低豎領, 鈕扣扣在頸後). 2 書記的, 事務(員)的. a *clerical* error 事務上的錯誤; 筆誤.

*__clerk__ [klɝk; klɑːk] n. (pl. ~s [~s; ~s]) ⓒ
1 (銀行, 公司等的)行員, 辦事員, 職員; (政府機關的)官員, 職員; 書記員, 事務員.
2 (美)(商店, 百貨行等的)店員, 售貨員; (旅館的)雇員. a room *clerk* (旅館的)客房服務員/a reservations *clerk* (旅館, 航空公司的)訂房(位)員.
— vi. (美)當店員[事務員等].

*__clev·er__ [ˋklɛvɚ; ˋklevə(r)] adj. (-er·er [-ərə; -ərə(r)]; -er·est [-ərɪst; -ərɪst])
〖頭腦靈敏的〗1 聰明的, 機靈的, 記憶[理解]迅速的. George is very *clever* at mathematics. 喬治很有數學頭腦. 同 clever 意為腦筋轉得快, 機靈, 有時含「聰明滑頭的」、「精明的」等意, 不是讚揚的話; → bright, brilliant, cunning, intelligent, sensible, smart, wise.
2 (說話, 思考, 行為等)機敏的, 巧妙的, 機靈的; (↔ stupid). a *clever* reply 機敏的回答/The chimpanzees did *clever* tricks for the audience. 這隻黑猩猩為觀眾做了精彩的表演.
〖手巧的〗3 靈巧的, 高明的, 巧妙的; (↔ clumsy). Tom is *clever* at painting. 湯姆擅長繪畫/She is very *clever* with her fingers. 她的手指很靈巧.

●——兩個音節, 加 -er; -est 的形容詞
(1)以 -er, -ow, -y, -le 結尾的形容詞

clever	聰明的	cleverer	cleverest
narrow	狹窄的	narrower	narrowest
happy	快樂的	happier	happiest
early	早的	earlier	earliest
gentle	文雅的	gentler	gentlest

simple	簡單的	simpler	simplest

(2)重音在第二音節的形容詞

divine	出色的	diviner	divinest
profound	深刻的	profounder	profoundest

★以-le 結尾的字只要加 -r, -st.
★以子音字母＋y 結尾的字先把 y 改爲 i 再加-er, -est.

clev·er·ly [ˋklɛvɚlɪ; 'klevəlɪ] *adv.* 聰明地; 高明地, 巧妙地, 靈巧地.

*__**clev·er·ness**__ [ˋklɛvɚnɪs; 'klevənɪs] *n.* Ⓤ 聰明; 巧妙; 靈巧.

clew [klu, klɪu, klu; klu:] *n.* Ⓒ(船舶)帆 耳(帆 的 下角); 帆耳環(帆索通過的金屬環).

cli·ché [kliˋʃe; 'kli:ʃeɪ] (法語) *n.* Ⓒ陳腔濫調, 老套, 《例: from time immemorial (自古以來), turn over a new leaf (洗心革面)等).

click [klɪk; klɪk] *n.* Ⓒ 1 (鍵頭卡動時的)咔嗒聲, 咔嚓聲. The door shut with a *click*. 門咔嗒一聲關上了.

2 《語音學》吸氣音(通常以 tut 之拼音來表示這種聲音; → tut).

— *vi.* **1** 咔嗒響, 咔嚓響. The box *clicked* shut. 這箱子咔嗒一聲關上了.

2 (口)〔事物〕進行順利; 受到歡迎(*with* 〔大衆等〕).

3 (口)〔事物〕 進行 順利; (與…)成爲 好朋友(*with*)〔理解, 明白, 〔事物的意義〕. Everything just *clicked*. 一切順利.

— *vt.* 使發出咔嗒[咔嚓]聲(*on* [*off*]). He *clicked* the switch on [off]. 他咔嗒一聲開[關]了開關.

*__**cli·ent**__ [ˋklaɪənt; 'klaɪənt] *n.* (*pl.* ~s [~s; ~s]) Ⓒ (律師, 建築師等專業人士的)委託人; (商店, 旅館等的)顧客, 主顧.

cli·en·tele [ˌklaɪənˋtɛl; ˌkli:ɑːn'tel] (法語) *n.* Ⓤ(單數形同形)(律師等的)委託人; 顧客, 常客.

*__**cliff**__ [klɪf; klɪf] *n.* (*pl.* ~s [~s; ~s]) Ⓒ懸壁, (特指海岸的)懸崖. He looked over the edge of the *cliff* at the sea below. 他在懸崖邊上俯視下方的海.

cliff-hang·er [ˋklɪfˌhæŋɚ; 'klɪfˌhæŋə(r)] *n.* Ⓒ(口) **1** (每次以懸疑情節收場的)連續劇[連載小說等]. **2** (直到最後勝敗難分的)吊人胃口的比賽.

cli·mac·ter·ic [klaɪˋmæktərɪk, ˌklaɪmækˋtɛrɪk; klaɪ'mæktərɪk] *n.* Ⓒ(肉體的)轉變期; (女性的)更年期.

cli·mac·tic [klaɪˋmæktɪk; klaɪ'mæktɪk] *adj.* 高潮的, 頂點的. ⇨ *n.* **climax**.

*__**cli·mate**__ [ˋklaɪmɪt; 'klaɪmɪt] *n.* (*pl.* ~s [~s; ~s]) Ⓒ **1** 氣 候(→ weather 圖). Alaska has a really cold *climate*. 阿拉斯加氣候嚴寒.

> 搭配 *adj.*＋climate: a dry ~ (乾燥的氣候), a healthy ~ (有益健康的氣候), a hot ~ (炎熱的氣候), a mild ~ (溫和的氣候).

2 (具有某種特定氣候的)地區, 地方. go to a warmer *climate* 去氣候較溫暖的地方.

3 (某個社會或時代普遍的)風氣, 潮流; 氣氛. the economic *climate* 經濟情勢/the *climate* of public opinion 輿論的動向.

cli·mat·ic [klaɪˋmætɪk; klaɪ'mætɪk] *adj.* 氣候的; 地區氣候的.

cli·mat·i·cal·ly [klaɪˋmætɪklɪ, -ɪklɪ; klaɪ'mætɪkəlɪ] *adv.* 氣候上; 就某地區的氣候而言.

*__**cli·max**__ [ˋklaɪmæks; 'klaɪmæks] *n.* (*pl.* ~es [~ɪz; ~ɪz]) Ⓒ **1** (趣味, 興奮, 進展等的)頂點, 極點, 最高潮. He has reached the *climax of* his career. 他已經達到他事業的顛峰.

2 (戲劇, 小說, 電影等的)最高潮的場景. The *climax* of the movie takes place in the sewers beneath Vienna. 這部電影的高潮就是在維也納的下水道裡展開的.

— *vi.* 達到頂點(*in*).

— *vt.* 使達到頂點(*with*). I want to *climax* the party *with* a song. 我要唱首歌把聚會的氣氛帶到最高潮.

⇨ *adj.* **climactic**.

*__**climb**__ [klaɪm; klaɪm] *v.* (★注意發音)(~s [~z; ~z]; ~ed [~d; ~d]; ~ing) *vt.* **1** (人用手或腳)攀登(山, 樹, 牆, 繩索 等); 攀爬, 登上, (人以外的東西). I *climbed* Mt. Fuji last year. 去年我登上了富士山/My car *climbed* the hill with difficulty. 我的車子勉強爬上那座小山. 同與 ascend 相比, climb 有「費力地攀登」的意思.

2 〔植物〕沿…攀緣而上. The ivy *climbs up* the wall. 常春藤沿牆攀附而上.

— *vi.* **1** (向山等高處)攀登, (用手, 腳, 身體)登; 越過(*over*). *climb up* a mountain 登山/*climb over* a fence 翻越圍牆.

2 (爬著似地, 慌慌張張地)做…. *climb into* bed 爬上床/*climb into* one's pajamas (掙扎地扭動身體)穿睡衣/*climb out* through the window 爬出窗戶.

3 〔太陽, 煙等〕徐徐上升; 〔物價等〕上揚, 上漲. The sun had just *climbed above* the horizon. 太陽剛升上地平線/Prices are *climbing* steadily. 物價持續上漲.

4 〔植物等〕攀緣而上. The ivy is *climbing up* the wall. 長春藤沿牆攀附而上(★ *vi.* 1 例句中的 up 爲介係詞; 本例句中的 up 爲副詞).

5 〔道路〕變爲上坡路.

6 (辛苦地)發跡, 地位高升. *climb* to the top of his class 爬到他那個階層的頂點.

*__**climb down**__[1]… (用手腳)爬下…. Be careful when you *climb down* the roof. 從屋頂爬下來時要小心.

*__**climb down**__[2] (1)爬下來. (2)(口)認錯, 屈服.

— *n.* (*pl.* ~s [~z; ~z]) Ⓒ (通常用單數) **1** 登, 攀登, 登山; 上升; 向上. His *climb* to wealth and fame was very fast. 他在名利之路上迅速攀升.

2 登上的距離; 登上的場所. It's a short *climb* to the peak. 很快就能登上山頂了.

C

●——帶有不發音字母的字

(1) 字首是 kn-, gn- 的 k, g:
*k*now *k*nife *k*nee *g*naw *g*nat

(2) 字首是 ps-, wr- 的 p, w:
*p*sychology *p*salm *w*rite *w*rong

(3) 字尾是 -mb, -mn, -gn 的 b, n, g:
clim*b* com*b* autum*n* hym*n* sig*n*
forei*g*n

(4) -bt 的 b: dou*b*t de*b*t

(5) -igh(t)的 gh:
hig*h* nig*h*t rig*h*t tig*h*t

(6) -alf, -alm 的 l:
ca*l*f ha*l*f a*l*mond a*l*ms pa*l*m
sa*l*mon

(7) t 位於三個連續子音字母的中間時:
bris*t*le cas*t*le Chris*t*mas rus*t*le

(8) -sten, -ften 的 t:
has*t*en lis*t*en of*t*en (也可唸成 [ˋɔftən;
ˈɒftən]) sof*t*en

(9) 其他:
We*d*nesday *h*onest *h*our cup*b*oard
i*r*on is*l*and *w*ho *w*hole
ans*w*er s*w*ord

climb-down [ˋklaɪmˌdaʊn; ˈklaɪmdaʊn] *n.*
C 認錯; 讓步.

climb·er [ˋklaɪmɚ; ˈklaɪmə(r)] *n.* C **1** 攀登者;
登山者, 登山家. **2** 爬藤植物(常春藤等). **3**
((口))=social climber.

clímbing fráme *n.* C (英)攀登架(jungle
gym).

clímbing íron *n.* C (通常 climbing irons)
(裝在登山鞋上的)鐵釘助爬器 (→ crampon 圖).

clime [klaɪm; klaɪm] *n.* C (詩)地帶, 地方; 氣
候, 地區性氣候, (climate).

clinch [klɪntʃ; klɪntʃ] *vt.* **1** 把(已敲進去的釘子前
端等)敲彎使之固定; (用上述方法)使牢牢釘住[緊
住]. **2** 使(議論, 交易)得到解決. **3** (拳擊)用手
臂鉗住(對手). ── *vi.* (拳擊)扭抱, 揪在一起.
── *n. [a U]* (拳擊)鉗住對手(抱住對手的身體使其無
法作有效的攻擊).

clinch·er [ˋklɪntʃɚ; ˈklɪntʃə(r)] *n.* C (口)(議論
等的)關鍵, 決定性的條件[論據].

*__**cling**__* [klɪŋ; klɪŋ] *vi.* (~s [~z; ~z]; clung; ~ing)
1 纏住, 黏(貼)住, 黏上, ((to)). The wet clothes
clung to her body. 濕衣服緊貼在她的身上.
2 抓住, 摟住, 纏住, ((to)); (相互)緊緊不離((to-
gether)). The child *clung* to his mother's skirt in
the crowd. 那孩子在人群中緊抓著母親的裙子不放.
3 堅持, 固守; 執著, 對…依戀不捨; ((to)). He
clung to his opinion. 他堅持己見.

cling·ing [ˋklɪŋɪŋ; ˈklɪŋɪŋ] *adj.* **1** 黏在身上的
(濕衣服等). **2** 纏着(人)的(孩子等).

*__**clin·ic**__* [ˋklɪnɪk; ˈklɪnɪk] *n.* (*pl.* ~s [~s; ~s]) C
1 (醫學院, 醫院附屬的)門診處(在美國通常收費較
低廉或免費); (由專科醫師經營的)診所. an eye
clinic 眼科診所/a dental *clinic* 牙醫診所.

2 (醫學院學生參與的)臨床治療課程[講座].

3 (處理特定問題的)…諮詢處; …講習班(特定的技
術, 嗜好等的). a tennis *clinic* 網球講習班.

clin·i·cal [ˋklɪnɪk]; ˈklɪnɪkl] *adj.* **1** 臨床(講解)
的. **2** 診析的. **3** (如診療時般)客觀的, 冷靜的.

clin·i·cal·ly [ˋklɪnɪklɪ, -ɪklɪ; ˈklɪnɪkəlɪ] *adv.* 臨
床地.

clínical thermómeter *n.* C 體溫計.

clink [klɪŋk; klɪŋk] *vt.* 使(金屬, 玻璃等)碰撞而
發出叮噹[鏗鏘]聲. They *clinked* glasses in a
toast. 他們互碰酒杯敬酒乾杯.
── *vi.* (金屬, 玻璃等)碰撞而發出叮噹[鏗鏘]聲.
── *n. [a U]* 叮噹[鏗鏘]聲. 圈 clink 指金屬或玻璃
相碰所產生的輕短聲響; → clang.

clink·er [ˋklɪŋkɚ; ˈklɪŋkə(r)] *n.* [U C] 熔渣, 爐
渣, (鼓風爐等中燃燒煤炭所剩餘的渣).

Clin·ton [ˋklɪntən; ˈklɪntən] *n.* **William J.** ~
柯林頓(1946-)(美國第 42, 43 任總統(1993
-)).

*__**clip**¹__* [klɪp; klɪp] *vt.* (~s [~s; ~s]; ~ped [~t; ~t];
~·ping) **1** (用剪刀等)剪, (美)剪(報); (英)剪
(票). *clip* wool *from* a sheep 從綿羊身上剪下羊
毛/I *clipped* the advertisement *out of* the news-
paper. 我從報紙上剪下那則廣告.
2 剪短, 修剪. We had our dog *clipped*. 我們替
我們家的狗剪毛.
3 省略, 簡寫, 〔字, 句的結尾部分〕(譬如把 pro-
fessional 略作 pro). **4** (口)猛擊.
── *n.* C **1** 剪; 修剪.
2 (羊毛的)一季或一次的剪取量.
3 (口)迅速的一擊.

*__**clip**²__* [klɪp; klɪp] *n.* (*pl.* ~s [~s; ~s]) C **1** 迴紋針;
紙[文件]夾; 金屬夾子. a tie *clip* 領帶夾/fasten
the slips with a *clip* 用迴紋針把紙條用夾住.
2 (機關槍的)彈匣夾扣.
── *vt.* (~s; ~ped; ~·ping) (用迴紋針、夾子)夾住
((together)); (用迴紋針)把…夾住(to, onto). *clip*
two sheets of paper *together* 把兩張紙用迴紋針夾
在一起.

clip·board [ˋklɪpˌbord, -ˌbɔrd; ˈklɪpbɔːd] *n.*
C 帶夾子的寫字板.

clip·per [ˋklɪpɚ; ˈklɪpə(r)] *n.* C **1** (通常 clip-
pers) 剪刀(理髮推子, 指甲剪, 剪樹用的大剪刀等;
→ shears 圖).
2 快速帆船(19 世紀海外貿易用).
3 修剪(羊毛等)的人.

clip·ping [ˋklɪpɪŋ; ˈklɪpɪŋ] *n.* C **1** 剪取.
2 剪下的東西(毛, 草等); (美)(從報刊等)剪下的
東西((英) cutting).

clique [klik, klɪk; kliːk] *n.* C 派系, 小集團.

cli·quish [ˋklikɪʃ; ˈkliːkɪʃ] *adj.* 小集團的.

clit·o·ris [ˋklaɪtərɪs, ˋklɪtərɪs; ˈklɪtərɪs] *n.* C
(解剖)陰蒂, 陰核.

cloak [klok; kləʊk] *n.* C **1** (通常指無袖的)斗
篷, 披風, 大衣.

C

2 覆蓋物；假面具，偽裝. When day broke, a *cloak* of snow covered the ground. 天亮時，積雪覆蓋了地面.
under the clóak of... 在…掩護下，假借…的名義.
— *vt.* (像披上大衣般地)將…覆蓋.

cloak-and-dag·ger [ˋklokənˋdægɚ; ˌkləukən'dægə(r)] *adj.* 陰謀的，關於間諜活動的〔小說等〕.

＊**cloak·room** [ˋklok͵rum, -͵rʊm; 'kləukrum] *n.* (*pl.* ~s [~z; ~z]) C **1** (劇院，旅館，飯店等的)寄物處，衣帽間. **2** (英)(委婉說法，公共設施內的)廁所(lavatory).

clob·ber [ˋklɑbɚ; 'klɒbə(r)] *vt.* (俚)毆打；將…打得落花流水.

＊**clock** [klɑk; klɒk] *n.* (*pl.* ~s [~s; ~s]) C 鐘，時鐘，《指掛鐘、座鐘等；手錶是watch》. The *clock* is a half-hour fast [slow]. 這座鐘快了[慢了]半小時/The *clock* struck seven. 鐘敲響了七點的報時聲/What does the *clock* say? 那座鐘現在幾點?/Set the alarm *clock* for six in the morning. 把鬧鐘設定在早上六點/wind (up) the *clock* 將時鐘上發條/like a *clock* (像時鐘一樣)正確地[的]/That *clock* neither gains nor loses; it keeps perfect time. 那座鐘不快不慢，時間準確.
[參考] alarm clock 鬧鐘, cuckoo clock 咕咕鐘, digital clock 數字鐘, grandfather clock 有鐘擺的落地鐘, wall clock 壁鐘.
against the clóck 分秒必爭地. They worked *against the clock* to get the job finished that day. 他們分秒必爭地工作，希望能在當天完成這項工作.
around [(英) round] the clóck 日以繼夜地，一天二十四小時不斷地.
pùt [sèt] the clóck báck 倒撥時針；逆勢而為；開倒車. This government is really *putting the clock back.* 這政府真是倒行逆施.
pùt [sèt] the clóck ón [fòrward] 撥快時針《為配合夏令時間等》.
wàtch the clóck (口)提醒人不要超時工作；要人注意下班時間.

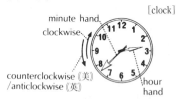

[clock]

minute hand
clockwise
counterclockwise (美)
/anticlockwise (英)
hour hand

— *vt.* **1** 計…的時間. He was *clocked* at 21 seconds for the race. 他這次賽跑的記錄為21秒.
2 (口)(在賽跑等中)創下[幾分幾秒]的記錄.
— *vi.* 記錄(上下班等的)時間.
clòck ín [ón] (用打卡鐘)記錄上班時間.

clòck óut [óff] (用打卡鐘)記錄下班時間. I'm going to *clock out* early today. 今天我要早點下班.
clòck/.../úp (口)(在里程表上)記下…的記錄. My car has *clocked up* 10,000 kilometers this year. 我的車今年跑了一萬公里.

clóck tòwer *n.* C 鐘塔，鐘樓.

clóck-wàtch·er [ˋklɑk͵wɑtʃɚ; 'klɒk͵wɒtʃə(r)] *n.* C (口)老是看時鐘等下班的偷懶員工(→ watch the clock (clock 的片語)).

clock·wise [ˋklɑk͵waɪz; 'klɒkwaɪz] *adv.* 順時針方向地(→ clock 圖)，右旋地.
— *adj.* 順時針方向的，右旋的.
⟷(美) **counterclockwise**, (英) **anticlockwise**.

＊**clock·work** [ˋklɑk͵wɝk; 'klɒkwɜːk] *n.* U 時鐘的機械裝置，發條裝置；《形容詞性》時鐘的機械裝置的. a *clockwork* toy 上發條的玩具.
like clóckwork 順利地；有規律地. All our plans went (off) *like clockwork.* 我們所有的計畫都順利進行.

clod [klɑd; klɒd] *n.* C **1** 土塊，泥塊.
2 (口)(主要用於呼喚)笨蛋，呆子.

clod·hop·per [ˋklɑd͵hɑpɚ; 'klɒd͵hɒpə(r)] *n.* C (口) **1** 不懂規矩的鄉下人.
2 (clodhoppers) 笨重的鞋子.

clog [klɑg, klɔg; klɒg] *n.* C **1** (clogs)木鞋，木屐. **2** 障礙物.
— *vt.* (~s; ~ged; ~ging) 阻塞，堵塞；妨礙，阻礙. The heavy snow *clogged* traffic for days. 大雪使交通中斷了好幾天.
— *vi.* 阻塞，妨礙.

[clogs 1]

cloi·son·né [͵klɔɪzə'ne; klwɑːzɒn'neɪ] (法語) *n.* U 景泰藍.

clois·ter [ˋklɔɪstɚ; 'klɔɪstə(r)] *n.* C **1** 修道院，寺院；(加 the) (遁世的)修院生活.

[cloister 2]

2 (修道院，教堂，大學等的)迴廊，柱廊，《通常指圍著庭院，繞著建築物的有屋頂的走廊》.

— *vt.* 使閉居修道院中；使與世隔絕.

clois·tered ['klɔɪstɚd; 'klɔɪstəd] *adj.* 隱居的. lead a *cloistered* life 過著隱居的生活.

clone [klon; kləun] *n.* ⓤ 無性繁殖，生物複製，《從某個體經無性生殖而繁殖的個(群)體》.

‡**close** [kloz; kləuz](★ 與 *adj., adv.* 的發音不同) *v.* (**clos·es** [~ɪz; ~ɪz]; ~**d** [~d; ~d]; **closing**) *vt.* 【 把開著的東西關上 】 **1** 關，闔，〔窗，門等〕，(↔ open). Will you *close* the door? 請把門關上好嗎?/*Close* your books, class, and listen to me. 同學們，請將書本闔起來聽我講.

回 close 與 shut 相比，close 稍屬書寫用語；close 所指的重點不在於開、關的動作，而在於閉關著的狀態.

【 停止通行 】 **2** 把〔道路等〕堵塞，封閉；使〔道路等〕不能通行. Fallen rocks *closed* the way. 落石堵住了那條路/The bridge is *closed* to traffic. 那座橋禁止通行.

3 把…關進. The burglar *closed* the maid in the closet. 竊賊將女僕關進壁櫥裡.

4 關閉，停止使用，〔設施等〕. They *closed* the airport on account of the fog. 他們因霧而關閉機場/We are *closed* today. 本日公休(告示).

【 關閉>結束 】 **5** 把…結束，使…終了. *close* a discussion 結束討論/close one's speech with an expression of thanks 致謝辭後結束演講.

— *vi.* 【 關閉 】 **1** 〔打開的東西〕闔上，關上. The door won't *close*. 這扇門關不起來.

2 〔設施等〕休業，關閉. The store *closes* at 6 o'clock. 那家店六點打烊.

3〔關閉>結束〕結束，終止. Let me *close* with a quotation from Shakespeare. 讓我引用莎士比亞(的話)作結束.

【 關閉>縮短距離 】 **4** 接近，靠近，《*on*》. *close* in *on* (→片語 close in).

5 圍繞，包圍，《*about*》. Girls *closed* *about* the movie star. 女孩們圍著那位電影明星.

clóse abóut [aróund, róund]... 包圍…，圍攏….

* *clóse/.../dówn¹* 關閉〔店，工廠等〕. They've *closed* the shop *down* for the summer. 他們整個夏天都沒營業.

clóse dówn² (1)〔工廠〕歇業；〔商店〕停止營業；〔劇場〕停演. Their little factory *closed* *down* because of lack of business. 他們的小工廠因為沒有生意而關閉了. (2)(英)收播(當日的)節目.

clóse one's éyes 閉上眼睛；死(die)；無視於《*to*》. The police usually *close* their *eyes* to cars parked on the street. 警察通常無視於街上的違規停車.

* *clóse ín* (1)(白晝)漸短. (2)〔夜，黑暗等〕迫近，靠近，《*on, upon*》. Evening was *closing in* on the valley. 夜色逐漸籠罩山谷. (3)(從周圍)襲來，湧上來，《*on*》. The enemy army began to *close in*. 敵軍開始縮小包圍區域了.

clóse/.../óut (美)(出清庫存)折價拍賣〔商品〕.

─────────────── **close** 271

* *clóse/.../úp¹* 封閉〔店，公司，工廠，道路等〕；把…完全堵塞. The road is *closed up* for repairs. 道路因為整修而封閉.

clóse úp² (1)關店，停止營業. (2)〔傷口〕癒合.

— *n.* ⓒ **1** [kloz; kləuz] (通常用單數)終結，結束，最後. at the *close* of his life 在他臨終時.

2 [klos; kləus]院內；(英)(大教堂的)範圍內.

bríng...to a clóse 把〔工作等〕結束.

dráw [còme] to a clóse 接近尾聲. The party came to a *close* with the singing of 'Auld Lang Syne'. 聚會在「昔日美好時光〔驪歌〕」的歌聲中結束.

— [klos; kləus] *adj.* (**clós·er; clós·est**)

【 接近的 】 **1** 接近的(也用於指程度、時間等)(*to*). Our school is very *close* to the park. 我們的學校離公園很近/at *close* range 在近距離/a *close* resemblance 酷似/The audience was *close* *to* a thousand. 觀眾將近一千人/She was *close to* breaking into tears. 她幾乎要哭出來了. 回near 表示較為籠統的附近，close 則表示非常接近. *adv.* 亦同.

2 親切的，親密的；密切的. He is *close* *with* [*to*] her. 他和她很親密/a *close* friend 密友/We have a *close* relation with that company. 我們和那家公司關係密切.

3 沒有太大差異的，不分勝負的. a *close* contest [game] 勢均力敵的比賽/難分難解的比賽.

【 密的 】 **4** 編織得很緊密的；密集的；(→ dense 回). a *close* texture 編織得很結實的紡織品/a *close* thicket 茂密的灌木叢/The houses are *close* together in this part of the town. 鎮上這一帶的房屋很密集.

5 精密的，周到的；嚴密的. Keep a *close* watch on him. 密切注意他.

【 密得透不過的 】 **6** 通風不良的，沈悶的；悶熱的. a *close* room 通風不良的房間/The weather was very *close*. 天氣非常悶熱/It's very *close* in here. 這裡非常悶熱.

7 狹窄的，狹小的. a *close* alley 狹窄的小巷.

【 緊閉的 】 **8** (敘述)沈默寡言的；有隔閡的. He is too *close* to tell about his past. 他絕口不提過去的事.

9 秘密的；隱蔽的；被監禁的. keep [lie] *close* 保持隱蔽.

10 (敘述)非常節省的，吝嗇的. He is *close* with money. 他非常吝嗇.

— [klos; kləus] *adv.* (**clós·er; clós·est**) **1** 接近地，緊密地，(*to*)；靠近地(*to*)；緊緊地，相互貼近地，(*together*). Don't stand so *close* to the fire. 別站得那麼靠近火/You're always *close together*. 你們總是賦在一起，pack clothes *close* into a suitcase 把皮箱塞滿衣服.

clóse at hánd 就近，附近. There was a very nice restaurant *close at hand*. 附近有一家很好的餐廳.

clóse bý 就在附近. The bus stop is *close by*. 公

車站就在附近.

clόse on... 《口》幾乎…, 近…, (almost). It's *close on* noon. 快要中午了.

clόse to... =close on…. 《參見 *adj.* 1, 2, *adv.* 1》. There were *close to* sixty students present. 有將近 60 位學生出席.

clόse cáll *n.* C 《口》千鈞一髮.

close-cropped [`klos`krɑpt; ˌkləʊsˈkrɒpt] *adj.* 剪短的〔頭髮, 草地等〕.

closed [klozd; kləʊzd] *adj.* **1** 關閉的, 封鎖的, 停止通行的, 廂型的〔馬車等〕. a meeting behind *closed* doors 祕密會議/*Closed*. (本日) 公休, 休息中, 準備中. 《店或櫥窗的告示》.

2 不公開的, 封閉的, 保密的. a *closed* society 封閉的社會/a *closed* membership 不公開招募會員制的會員資格.

clόsed bόok *n.* C 完全無法理解的東西[人]; 已解決的事.

clόsed círcuit (**tèlevision**) *n.* U 閉路電視《以特定接收器為對象的有線傳送; 教室內授課用的電視等》.

clόsed séason *n.* C 《主美》禁獵期 (↔ open season).

clόsed shόp *n.* C 工會商店《只雇用工會會員的商店[工廠等]; → open shop》.

close-fist·ed [`klos`fɪstɪd; ˌkləʊsˈfɪstɪd] *adj.* 非常節儉的, 吝嗇的. (↔ open-handed).

close-fit·ting [`klos`fɪtɪŋ; ˌkləʊsˈfɪtɪŋ] *adj.* 緊身的.

close-grained [`klos`grend; ˌkləʊsˈgreɪnd] *adj.* 〔木材等〕紋理細密的.

*close·ly [`kloslɪ; ˈkləʊslɪ] (★注意發音) *adv.* **1** 綿密地, 仔細注意地, 嚴格地. They inspected my luggage *closely* at the customs. 海關嚴格檢查我的行李/Listen *closely* to the instructions before you begin the test. 開始答題前請仔細聽好指示.

2 接近地, 很緊地. I must be getting fatter—my clothes fit me so *closely* now. 我一定變胖了——我的衣服現在穿起來好緊.

3 塞[被塞]得滿滿地. The audience were *closely* packed into the tiny hall. 觀眾把小禮堂擠得水洩不通.

4 緊密地; 親密地. be *closely* related to the plot 與那樁陰謀有密切的關聯.

5 勢均力敵地, 短兵相接地. 〔戰鬥等〕 a *closely* contested election 勢均力敵的選戰.

close·ness [`klosnɪs; ˈkləʊsnɪs] *n.* U **1** 近, 接近. **2** 親密. **3** 嚴密, 精密. **4** 封鎖; 緊貼; 狹窄; 窒悶. **5** 吝嗇.

clos·er [`klosɚ; ˈkləʊsə(r)] *adj., adv.* close 的比較級.

clόse séason *n.* 《英》=closed season.

clόse sháve *n.* 《口》=close call.

clos·est [`klosɪst; ˈkləʊsɪst] *adj., adv.* close 的最高級.

*clos·et [`klɑzɪt; ˈklɒzɪt] *n.* (*pl.* ~s [~s; ~s]) C **1** 《美》(放衣服、用具、食物等的)櫥, 壁櫥 (《英》cupboard).

2 《古》密室, 小室, 《關在裡面讀書、會客、祈禱等的小房間》.

3 《古》=water closet.

còme óut of the clόset 出櫃《公開宣佈自己為同性戀者》.

—— *vt.* 把…關在小房間裡.

be clόseted with... 和…一起關在小房間裡; 和…密談.

close-up [`klos͵ʌp; ˈkləʊsʌp] (★注意發音) *n.* C 《電影、電視》特寫鏡頭.

clos·ing [`klozɪŋ; ˈkləʊzɪŋ] *v.* close 的現在分詞、動名詞.

—— *n.* UC 關閉; 終結; 截止.

—— *adj.* 結尾的; 閉幕的; 打烊的, 停業的. a *closing* address 閉幕致辭.

clόsing cèremony *n.* C 閉幕式 (↔ opening ceremony).

clόsing príce *n.* C 《股票》收盤價格.

clόsing tíme *n.* C 打烊[停止營業]的時間.

clo·sure [`kloʒɚ; ˈkləʊʒə(r)] *n.* U **1** 關閉, 打烊; 截止; 終結. **2** 《議會的》討論終止.

clot [klɑt; klɒt] *n.* C 《血等的》凝塊.

—— *v.* (~s; ~ted; ~ting) *vt.* 使凝結成塊.

—— *vi.* 凝結成塊.

*cloth [klɔθ; klɒθ] *n.* (*pl.* ~s [klɔðz, klɔðs; klɒðs]) **1** U 布, 衣料; 紡織品. a yard of *cloth* 一碼布.

2 C 《用於某種用途的》布, 一塊布; 桌布; 抹布; (→dishcloth, tablecloth, washcloth). I cleaned the windows with a wet *cloth*. 我用濕抹布擦窗子. **3** U 《文章》(加 the) 牧師服; 神職; (集合) 神職人員, 牧師. a man of the *cloth* 神職人員, 牧師.

*clothe [kloð; kləʊð] *vt.* (~s [~z; ~z]; ~d [~d; ~d], (古、詩) **clad; cloth·ing**) **1** 使穿衣服. The man was elegantly *clothed*. 那位男士穿著高雅.

2 《雅》(使之如穿衣般地)覆蓋, 包裹. The fields are *clothed in* [*with*] snow. 田野被雪覆蓋.

3 供給衣服給…. feed and *clothe* a large family 供給大家庭成員食物與衣服《供養》.

*clothes [kloz, kloðz; kləʊðz] *n.* 《作複數》 **1** 服裝, 衣服. a suit of *clothes* 一套衣服/in one's best *clothes* 穿著體面/She has many *clothes*. 她有很多衣服.

語法 不直接加上數詞計算.

同 clothes 是上衣、褲子、裙子等各種衣類的集合體; → clothing.

搭配 *v.*+clothes: wash ~ (洗衣服), wear ~ (穿著衣服), change one's ~ (換衣服), put on one's ~ (穿上衣服), take off one's ~ (脫衣服).

2 =bedclothes.

●—— **clothes** 的種類

blazer 運動夾克	blouse 女襯衫
coat 外套, 外衣	gloves 手套
jacket 夾克	jeans 牛仔褲
muffler 圍巾	necktie《主美》領帶
overcoat 大衣	briefs 內褲
pajamas, pyjamas 睡衣	
panties (女用)短襯褲	pants《美》男用長褲
petticoat 襯裙	raincoat 雨衣
scarf 圍巾	shirt 襯衫
shorts 短褲	skirt 裙
slacks 寬鬆長褲	socks 短襪
stockings 長襪	sweater 毛衣
suit 套裝	tie 領帶
trousers 長褲	underwear 內衣
undershirt《主美》汗衫 (《英》vest)	
vest《美》西裝背心 (《英》waistcoat)	

clóthes bàsket n. C 放換洗衣物的籃子.

clothes·horse [ˋkloz͵hɔrs, ˋkloðz-; ˋkləʊzhɔːs] n. C 晾衣架.

clothes·line [ˋkloz͵laɪn, ˋkloðz-; ˋkləʊzlaɪn] n. C 晾衣繩.

clóthes pèg n.《英》= clothespin.

clothes·pin [ˋkloz͵pɪn, ˋkloðz-; ˋkləʊzpɪn] n. C《美》(晾衣用的)衣夾 (《英》clothes peg).

clothes·press [ˋkloz͵prɛs, ˋkloðz-; ˋkləʊzpres] n. C 衣櫥, 衣櫃.

clóthes trèe n. C (柱狀的)衣帽架.

cloth·ier [ˋkloðjɚ, -ðɪɚ; ˋkləʊðɪə(r)] n. C《文章》(男用布料的)布商; 男裝的製造販賣業者.

‡**cloth·ing** [ˋkloðɪŋ; ˋkləʊðɪŋ] n. U《文章》(集合稱)衣類, 衣服, 衣著. an article [a piece] of *clothing* 一件服飾用品(亦可指帽、鞋等)/food, *clothing*, and shelter 食、衣、住. 同 clothing 指衣物的總稱, 包括鞋、帽等, 比 clothes 的意義更廣; → clothes.

clótted créam n. U 濃縮奶油(把牛奶用小火煮熱, 取表面一層奶油而成).

‡**cloud** [klaʊd; klaʊd] n. (pl. ~s [~z; ~z]) 【雲】 1 UC 雲. Not a *cloud* is to be seen in the sky. 萬里無雲.

【似雲之物】2 UC 瀰漫在空中的灰塵[煙, 蒸氣等]. a *cloud* of dust 漫天飛揚的灰塵.

3 C (移動的)一大群. a *cloud* of grasshoppers 一大群的蚱蜢.

4【烏雲】C (不安, 疑惑等的)陰影, 烏雲; 憂傷的陰影. dark *clouds* of war 戰爭的陰影/The incident cast a *cloud* over his future. 這次事件使他的未來蒙上一層陰影. ⇨ adj. cloudy.

hàve one's héad in the clóuds 《口》耽於幻想, 心不在焉, (讓頭圍繞在雲霧中).

under a clóud 受懷疑, 失去信用. You look depressed—are you still *under a cloud* at the office? 你看起來很沮喪——你在公司仍然受到懷疑嗎?

— v. (~s [~z; ~z]; ~ed [~ɪd; ~ɪd]; ~ing) vt. 1 使模糊; 使不明瞭. Rage *clouded* his judgment. 憤怒使他喪失了判斷力.

C

2 使變暗(*up*). My mother's face became *clouded* with anxiety. 我母親的臉色因爲擔心而變得黯淡. — vi. 1【天】陰(*over*); 不明瞭. The sky *clouded* over. 天空烏雲密布. 2 變暗(*up*).

cloud·burst [ˋklaʊd͵bɝst; ˋklaʊdbɜːst] n. C 豪雨.

cloud-capped [ˋklaʊd͵kæpt; ˋklaʊdkæpt] adj.《詩》被雲籠罩著的.

cloud-cuck·oo-land [͵klaʊdˋkʊkuˏlænd; ͵klaʊdˋkʊkuːˏlænd] n. U《輕蔑》幻境, 理想國.

cloud·i·er [ˋklaʊdɪɚ; ˋklaʊdɪə(r)] adj. cloudy 的比較級.

cloud·i·est [ˋklaʊdɪɪst; ˋklaʊdɪɪst] adj. cloudy 的最高級.

cloud·i·ness [ˋklaʊdɪnɪs; ˋklaʊdɪnɪs] n. U 多雲, 陰天.

cloud·less [ˋklaʊdlɪs; ˋklaʊdlɪs] adj. 無雲的, 晴朗的.

‡**cloud·y** [ˋklaʊdɪ; ˋklaʊdɪ] adj. (**cloud·i·er; cloud·i·est**) 1 多雲的[天空, 日子等]. a *cloudy* sky [day] 多雲的天空[日子]/in pleasant and in *cloudy* weather 在晴朗或是多雲的日子.

2 雲狀的, 有雲紋的. *cloudy* marble 有雲紋的大理石.

3【玻璃, 鏡子等】模糊不清的; 混濁的. a *cloudy* mirror 表面很髒的鏡子.

4 不明瞭的, 不清楚的. *cloudy* ideas 模糊的概念.

5 憂鬱的, 不愉快的, 心情黯淡的.

clout [klaʊt; klaʊt] n. C《口》(用手等)用力毆打, 一擊. — vt.《口》(用手等)猛擊;《美》猛擊打【球】.

clove[1] [klov; kləʊv] n. C 1 丁香樹(產於熱帶的常綠喬木). 2 丁香(曬乾的丁香樹花苞; 香料).

clove[2] [klov; kləʊv] n. C 小鱗莖(蒜等植物球莖的一瓣).

clove[3] [klov; kləʊv] v. cleave[1] 的過去式.

clo·ven [ˋklovən; ˋkləʊvn] v. cleave[1] 的過去分詞.

clōven hóof n. C (牛, 羊等的)分趾蹄; 惡魔的蹄(源自 Satan (惡魔)的腳是牛蹄狀的傳說).

clo·ver [ˋklovɚ; ˋkləʊvə(r)] n. UC 苜蓿(豆科的多年生草本植物; 牧草).

in clóver 富足地[過日子等]. He has been *in clover* since receiving the inheritance. 自從獲得遺產後他便一直過著富足的日子.

clo·ver·leaf [ˋklovɚˏlif; ˋkləʊvəliːf] n. (pl. -**leaves** [-ˏlivz; -liːvz], ~**s**) C (四葉苜蓿式)高速公路立體交叉交流道(→次頁 圖).

***clown** [klaʊn; klaʊn] n. (pl. ~s [~z; ~z]) C 1 小丑, 丑角. 2《輕蔑》小丑, 粗俗的人. — vi. 扮小丑; 開玩笑, 胡鬧, (*around*). Stop *clowning around*—you're not a child any more! 不要胡鬧了——你已經不再是孩子了!

clown·ish [ˋklaʊnɪʃ; ˋklaʊnɪʃ] adj.《輕蔑》小丑(般)的, 滑稽的.

cloy [klɔɪ; klɔɪ] v. (~**s**; ~**ed**; ~**ing**) vt. 使膩煩,

C

[cloverleaf]

使吃膩.
— *vi.* 膩煩, 吃到膩.

‡club [klʌb; klʌb] *n.* (*pl.* ~s [~z; ~z]) C **1** 棍棒(一端較粗, 亦可當武器使用); (高爾夫球等的)球桿.
2 (紙牌)梅花; (clubs)一組梅花牌.
3 (體育, 社交, 娛樂等的)俱樂部, 社團, 協會; (作複數)俱樂部的會員們. I joined the music *club* as soon as I entered university. 我一上大學便馬上加入音樂社/a member of a football *club* 足球社社員.
4 俱樂部的集會場所; =clubhouse.
— *v.* (~s; ~bed; ~bing) *vt.* 用棍棒打.
— *vi.* (為某目的而)團結, 協力.

club·ba·ble [`klʌbəbl; ˈklʌbəbl] *adj.* (英)適合做俱樂部會員的; 好交際的.

club-feet [`klʌb.fit, -ˈfit; ˌklʌbˈfiːt] *n.* clubfoot 的複數.

club·foot [`klʌb.fʊt, -ˌfʊt; ˈklʌbˈfʊt] *n.* (*pl.* -feet) C (先天性的)畸形足; U (腳的)內八.

club·house [`klʌb.haʊs; ˈklʌbhaʊs] *n.* (*pl.* -hous·es [-ˌhaʊzɪz; -haʊzɪz]) C 俱樂部會館(會員制, 除娛樂設施外, 亦可閱覽書籍, 用餐, 住宿).

club sandwich [-; -] *n.* C (美)總匯三明治(三片麵包, 中間夾肉及蔬菜).

cluck [klʌk; klʌk] *n.* C 母雞的咯咯叫聲(呼喚小雞, 孵蛋時等所發出的); (類似的)咯咯聲.
— *vi.* (母雞)咯咯叫.

＊clue [klu, klɪu; kluː] *n.* (*pl.* ~s [~z; ~z]) C 端倪, 線索, (to 解決問題等). He found a *clue* to the mystery. 他找到了這個謎的線索.

> [搭配] *adj.*+clue: an important ~ (重要線索), a vital ~ (關鍵線索) // *v.*+clue: discover a ~ (發現線索), provide a ~ (提供線索).

nòt have a clúe (口)(1)一無所知. I *don't have a clue* what he wants. 我完全不知道他想要甚麼. (2)十分拙劣.
— *vt.* 給(人)提示[線索].
clúe a pèrson **ín** (口)給(人)最新消息.
clùe a pèrson **úp** (口)使(人)精通(about, on 關於…).

clue·less [`klʊlɪs, `klɪu-; ˈkluːlɪs] *adj.* **1** 無線索的. **2** (主英、口)愚蠢的, 無知的.

clump [klʌmp; klʌmp] *n.* C **1** 叢, 簇; (人)群.
2 (泥土等的)塊, 堆, (lump).
3 沈重的腳步聲[砰砰聲].
— *vt.* 使集中在一處; 使凝結成塊; (together).
— *vi.* **1** 集中在一處; 凝結成塊.
2 (踩著沈重的腳步)砰砰地行走.

clum·si·ly [`klʌmzəlɪ, -zɪlɪ; ˈklʌmzɪlɪ] *adv.* 笨拙地, 難看地.

clum·si·ness [`klʌmzɪnɪs; ˈklʌmzɪnɪs] *n.* U 笨拙, 難看.

＊clum·sy [`klʌmzɪ; ˈklʌmzɪ] *adj.* (-si·er; -si·est) **1** (人)笨拙的; 不機靈的, 不伶俐的; (↔clever). The *clumsy* waiter spilled the coffee. 這個笨手笨腳的服務生打翻了咖啡.
2 (事物)拙劣的, 製作品質粗糙的, 不好看的; 難以操作的. *clumsy* handwriting 拙劣的筆跡.

clung [klʌŋ; klʌŋ] *v.* cling 的過去式、過去分詞.

＊clus·ter [`klʌstɚ; ˈklʌstə(r)] *n.* (*pl.* ~z; ~z]) C **1** (葡萄, 紫藤花等的)串, 簇, 叢. a *cluster* of grapes 一串葡萄. **2** (人, 物等的)群, 組, 集團. a *cluster* of stars 星團/Sightseers were standing in a *cluster* around the famous statue. 觀光客在著名的雕像旁圍成一團.
— *vi.* 成串; 叢生; 群集; (together). Eager shoppers *clustered* around the display. 迫不及待的顧客聚集在展覽品周圍.

＊clutch¹ [klʌtʃ; klʌtʃ] *v.* (~es [~ɪz; ~ɪz]; ~ed [~t; ~t]; ~ing) *vt.* 緊握, 緊抓. The boy *clutched* his wallet in his hand. 這男孩手裡緊握著他的錢包.
🔲 clutch 是用力握; → catch.
— *vi.* (用 clutch at...)揪住…, 想要握住…. The child *clutched* at my arm and asked me not to go. 那孩子揪住我的手臂叫我不要走.
— *n.* C **1** 緊握[抓], 把握.
2 (通常 clutches)(野獸等用來抓東西的)爪子, 手; (壞人, 敵人等的)掌握; 支配, 權力.
3 (機械)(汽車的)離合器(驅動軸和車輪的斷續裝置).
in [into] the clútches of... 被…的手抓住, 落入…的掌握中. a sparrow *in the clutches* of a hawk 被鷹抓住的麻雀.

clutch² [klʌtʃ; klʌtʃ] *n.* C 一窩(蛋), 一窩小雞.

clut·ter [`klʌtɚ; ˈklʌtə(r)] *n.* U (房間等的)散亂物; 雜亂, 混亂.
— *vt.* 使(場所)亂七八糟(up). The street is *cluttered up* with trash. 這條街上到處都是垃圾.

cm (略) centimeter(s).

CO (略) Colorado; Commanding Officer (指揮官).

Co¹ (符號) cobalt.

Co², co¹ [ko; `kʌmpənɪ; kəʊ, ˈkʌmpənɪ] (略) Company (例: The Macmillan *Co* (麥克米倫公司); Robinson & *Co* [ənd`ko; ənd`kəʊ] (魯賓遜公司)). Brown & *Co.* Ltd. (英)布朗股份有限公司.

Co³, co² (略) county.

c/o, c.o. (略) care of (寫於書信收件人處; 例: Miss Nancy Brown, *c/o* Mrs. Gray (南西・布朗小姐收, 煩由格雷太太轉交)).

co- *pref.* 具「共同, 共通, 相互等」意義. coexist-

ence. *co*education. *co*operation.

‡coach [kotʃ; kəʊtʃ] *n.* (*pl.* ~**es** [~ɪz; ~ɪz]) [C] 【用來運送至目的地之物】 **1** 大型四輪馬車(→ stagecoach). a *coach* and four 四匹馬拉的馬車(這是標準的大型馬車).

[coach 1]

2 (鐵路)(英)列車車廂(一般稱 carriage); (美)普通列車車廂(無臥鋪設備, 非高級車廂).

3 (美)巴士; (英)長途巴士.

【引導到目標的人】 **4** (戲劇, 歌唱, 舞蹈等的)教師, 指導員; (比賽)教練; (棒球)(跑壘)教練. a batting *coach* 打擊教練.

5 (為準備考試而聘請的)家庭教師.

— *vt.* (~**es** [~ɪz; ~ɪz]; ~**ed** [~t; ~t]; ~**ing**) **1** (個人)輔導(準備考試的學生). *coach* him in French 教他法語.

2 指導(選手或比賽者). *coach* pitchers for ten years 擔任十年的投手教練.

coach·man [ˋkotʃmən; ˈkəʊtʃmən] *n.* (*pl.* -**men** [-mən; -mən]) [C] (馬車的)駕駛者; (巴士的)司機.

co·ag·u·late [koˋægjəˌlet; kəʊˈægjʊleɪt] *vt.* 使凝固. — *vi.* 凝固.

co·ag·u·la·tion [koˌægjəˋleʃən, ˌkoægjə-; kəʊˌægjʊˈleɪʃn] *n.* [U] 凝固, 凝結; [C] 凝固[凝結]物.

‡coal [kol; kəʊl] *n.* (*pl.* ~**s** [~z; ~z]) **1** [U] 煤. black *coal* (普通的黑)煤/white *coal* 「白煤」(指水力(發電)).

2 [C] (特指燃燒的)煤塊; [UC] ((英) coals)作燃料的碎煤塊. a live [laɪv; laɪv] *coal* (一塊)燃燒的煤/store a lot of *coal* for the winter 貯存了許多煤過冬.

3 [C] (煤, 柴等的)餘燼, 餘火.

càrry cóals to Néwcastle 多此一舉(<把煤運到(煤已經很多的)Newcastle). Exporting rice to Taiwan was said to be like *carrying coals to Newcastle*. 以前的人說把米進口到臺灣猶如把煤運到新堡.

hàul a pérson over the cóals (口)申斥某人. He was *hauled over the coals* for a huge accounting error. 他犯了嚴重的會計錯誤, 被訓斥了一頓.

hèap còals of fíre on a pèrson's héad (雅)以德報怨而使某人感到慚愧(源自聖經).

— *vt.* 給(船)裝煤, 給(內燃機)加煤.

co·a·lesce [ˌkoəˋlɛs; ˌkəʊəˈles] *vi.* (人, 政黨等)合併, 聯合; (扭傷了的骨等)癒合.

co·a·les·cence [ˌkoəˋlɛsn̩s; ˌkəʊəˈlesns] *n.* [U] 合併, 聯合, 合為一體.

coal·field [ˋkolˌfild; ˈkəʊlfiːld] *n.* [C] 煤田.

cóal gàs *n.* [U] 煤氣(從煤中提取的燃料、燈用瓦斯).

────────── **coastwise** 275

co·a·li·tion [ˌkoəˋlɪʃən; ˌkəʊəˈlɪʃn] *n.* [UC] **1** 結合, 聯合. **2** (政黨間暫時的)聯合, 同盟. a *coalition* government 聯合政府.

coal·mine [ˋkolˌmaɪn; ˈkəʊlmaɪn] *n.* [C] 煤礦.

cóal scùttle *n.* =scuttle[1].

cóal tàr *n.* [U] 煤焦油.

*coarse [kors, kɔrs; kɔːs] *adj.* (**coars·er**; **coars·est**) 【粗的】 **1** (粉, 砂等)顆粒大的, 粗的, (◆ fine). *coarse* sugar 粗砂糖, 粗粒白糖.

2 (布料, 皮膚等)粗糙的, 不光滑的. Her hands are red and *coarse* from housework. 她的手由於做家事又紅又粗糙.

【粗糙的】 **3** 品質差的, 粗劣的. *coarse* food [fare] 粗劣的食物.

4 (語言, 態度等)粗魯的, 下流的. He tells very *coarse* jokes at the parties. 他在聚會上講非常下流的笑話/He is *coarse* in manner. 他態度粗魯.

⇨ *v.* coarsen.

coarse·ly [ˋkorslɪ, ˋkɔrs-; ˈkɔːslɪ] *adv.* 粗魯地; 粗糙地.

coars·en [ˋkorsn̩, ˋkɔrsn̩; ˈkɔːsn] *vt.* 使變粗; 使粗糙; 使粗暴. — *vi.* 變粗; 變粗糙; 變粗暴.

coarse·ness [ˋkorsnɪs, ˋkɔrs-; ˈkɔːsnɪs] *n.* [U] (布料等的)粗糙; 粗暴; 粗鄙, 粗劣.

‡coast [kost; kəʊst] *n.* (*pl.* ~**s** [~s; ~s]) **1** [C] 沿岸(地區), 海岸. There are many islands off the west *coast* of Scotland. 蘇格蘭西海岸外有許多島嶼/sail up the *coast* 沿海岸向北航行/off the *coast* of Chile 智利沿岸.

同指與海或湖連接的陸地, 最普通的用語是 shore; *coast* 特指「陸地最靠近海邊的部分」; → beach.

2 (美)(the C*oast*)太平洋岸地區.

from còast to cóast (美)全國各地.

The còast is cléar. (美)甚麼阻礙[危險]都沒有, 不必擔心被人發現, (★源自走私者的用語). Come out now, *the coast is clear.* 出來吧, 沒有危險了.

— *vi.* (~**s** [~s; ~s]; ~**ed** [~ɪd; ~ɪd]; ~**ing**) **1** (船)從一個港口航行到另一個港口; 沿海岸行.

2 滑降; 等速滑行. The children *coasted* down the snowy hills on their sleds. 孩子們坐雪橇從雪丘上滑下來/The canoe *coasted* downstream. 獨木舟順流而下.

coast·al [ˋkostl̩; ˈkəʊstl] *adj.* (限定)沿[近]岸的, (在)海岸的. *coastal* waters 近海/*coastal* fishing 近海漁業.

coast·er [ˋkostə; ˈkəʊstə(r)] *n.* [C] **1** 沿岸貿易的船. **2** (杯, 碟等的)墊子, 托盤. **3** 雪橇, 長橇, (toboggan). **4** (美)=roller coaster.

cóast guàrd *n.* [U] (單複數同形)海岸巡防隊(員); (the Coast Guard)美國海岸巡防隊.

coast·line [ˋkostˌlaɪn; ˈkəʊstlaɪn] *n.* [C] 海岸線.

coast·wise [ˋkostˌwaɪz; ˈkəʊstwaɪz] *adj.* (口)沿海岸的, 沿岸航行的. *coastwise* trade 沿岸貿易.

C

鵝卵石，圓石，《比 boulder 小；昔日用於鋪路》.

COBOL [ˈkobɔl; ˈkəʊbɒl] n. ⓤ(電腦)通用商業語言程式(處理事務用資料的程式語言；源自 *com-mon business oriented language*).

co·bra [ˈkobrə; ˈkəʊbrə] n. ⓒ眼鏡蛇(產於非洲、亞洲的毒蛇).

cob·web [ˈkab,wɛb; ˈkɒbweb] n. ⓒ蜘蛛網；蛛絲.

Co·ca-Co·la [ˈkokəˈkolə; ˌkəʊkəˈkəʊlə] n. ⓤ可口可樂(商標名；略稱 Coke); ⓒ一瓶[一杯]可口可樂.

co·caine [koˈken, ˈkoken; kəʊˈkeɪn] n. ⓤ《化學》古柯鹼(採自古柯葉的局部麻醉藥；會上癮).

coc·cyx [ˈkaksɪks; ˈkɒksɪks] n. (*pl.* **-cy·ges** [kakˈsaɪdʒiz; kɒkˈsaɪdʒiː]) ⓒ(解剖)尾骨.

coch·i·neal [ˌkatʃəˈnil; ˈkɒtʃɪniːl] n. ⓤ洋紅顏料(暗紅色的染料；食品等的著色劑).

co·chle·a [ˈkaklɪə; ˈkɒklɪə] n. (*pl.* ~s, ~e [-lɪ, i; -liː:]) ⓒ(解剖)(內耳的)耳蝸.

‡**cock** [kak; kɒk] n. (*pl.* ~s [~z; ~z]) ⓒ **1** 公雞 (↔hen)(發育成熟的公雞). [注意]因作為鄙語有「陰莖」之意，故(美)通常稱 rooster.
2 (構成複合字)(鳥類的)雄性. a pea*cock* 雄孔雀/ a *cock* robin 雄知更鳥.
3 (水管，瓦斯等的)開關，水龍頭，活栓，(★(美)多用 faucet, (英)多用 tap).
4 (槍的)扳機.
cóck of the wálk 《口》「老大」(<飼養鬥雞的場所叫 walk，其中最兇狠的鬥雞).
— *vt.* **1** (為了射擊而)扣(槍)的扳機.
2 把(鼻，眼等身體的一部分)突然往上揚；把(頭，帽子等)偏向一邊；把(帽子)的帽緣往上翻. *cock* one's head 抬頭/*cock* one's hat 斜戴著帽子/*cock* one's eye at 向⋯使眼色，表示會意而向⋯看一眼.

cock·ade [kakˈed; kɒˈkeɪd] n. ⓒ花形帽徽(為表示階級、職別等而綴在帽子上的緞帶等).

cock-a-doo·dle-doo [ˌkakəˌdudl`du; ˌkɒkəduːdlˈduː] n. (*pl.* ~s) ⓒ喔喔喔(公雞的啼聲)；(幼兒語)公雞.

cock-a-hoop [ˌkakəˈhup, -ˈhʊp; ˌkɒkəˈhuːp] adj. **1** 非常高興的；趾高氣昂的. **2** (美)(房間等)雜亂的. **3** 歪斜的.

cóck-and-búll stòry n. ⓒ荒誕無稽的故事.

cock·a·too [ˌkakəˈtu; ˌkɒkəˈtuː] n. (*pl.* ~s) ⓒ(鳥)鳳頭鸚鵡(產於澳大利亞等地).

cock·crow [ˈkak,kro; ˈkɒkkrəʊ] n. ⓤ(文章)黎明，雞啼時分.

cócked hát n. ⓒ(帽緣向上翹起的)三角帽(過去海軍將校等戴的).
knóck...into a cócked hát
(俚)把[對手]徹底打敗.

[cocked hat]

cock·er [ˈkakə; ˈkɒkə(r)] n. ⓒ可卡犬(亦稱 cócker spániel, 耳長，毛長而光滑的小型犬；狩獵、玩賞用).

— *adv.* 沿海岸地.

‡**coat** [kot; kəʊt] n. (*pl.* ~s [~s; ~s]) ⓒ **1** 大衣，外套，《像 overcoat 那樣穿在普通衣服外面的衣物》. May I take your *coat*? 你的外套要寄放嗎?(問客人的話).
2 上衣(suit 的上半部分). take off one's *coat* 脫掉上衣. **3** (動物的)毛皮，毛；(植物的)表皮. the *coats* of an onion 洋蔥表皮.
4 (表面上薄薄)覆蓋的東西(灰塵等)，(油漆等的)皮膜，表面上所塗的一層.
cùt one's cóat accórding to one's clóth 量入為出；知道分寸.
tùrn one's cóat 變節，背叛；改變信仰.
— *vt.* 覆蓋⋯的表面(with). The furniture is *coated* with dust. 家具上積了一層灰.

cóat hànger n. ⓒ衣架(亦可僅作hanger).

coat·ing [ˈkotɪŋ; ˈkəʊtɪŋ] n. **1** ⓒ塗抹，(一回的)塗層；(表面)覆蓋物；(裹在食物外層的)膜. **2** ⓤ作外套用的衣料.

cóat of árms n. ⓒ(盾形)紋徽.

cóat of máil n. ⓒ甲冑(→ mail² 圖).

coax [koks; kəʊks] vt. (~·es; ~ed; ~·ing) **1** (a)好言相勸；哄騙說服；巧妙地打動[處理]. We *coaxed* Dad *into* giving us money for the movies. 我們說好話讓爸爸給我們錢去看電影/We *coaxed* him *out of* his rash plan. 我們好言勸服他放棄他那個輕率的計畫.

[coat of arms]

(b) [句型5] (coax A *to* do) 勸[說服]A 做⋯；巧妙地誘A 去做⋯. We *coaxed* her *to* come with us. 我們勸她和我們一起來.
2 巧妙地說服[勸]把⋯弄到手(out of, from 從⋯). He *coaxed* a day off *from* his master. 他巧妙地說服主人讓他放一天假.

coax·ing·ly [ˈkoksɪŋlɪ; ˈkəʊksɪŋlɪ] adv. 勸說地；巧妙說服地.

cob [kab; kɒb] n. ⓒ **1** =corncob. **2** 結實的短腿乘用馬. **3** 雄天鵝.

co·balt [ˈkobɔlt; kəʊˈbɔːlt] n. ⓤ《化學》鈷(金屬元素；符號 Co). 鈷色.

cóbalt blúe n. ⓤ鈷藍色，深藍色.

cob·ble¹ [ˈkabl; ˈkɒbl] n. =cobblestone.
— *vt.* 在(道路)上鋪鵝卵石.

cob·ble² [ˈkabl; ˈkɒbl] vt. (古)修補(鞋等).

cob·bler [ˈkablə; ˈkɒblə(r)] n. ⓒ補鞋匠(今通常稱 shoemaker).

cob·blers [ˈkabləz; ˈkɒbləz] n. (作單數)(英、俚)蠢話，屁話.

cob·ble·stone [ˈkabl,ston; ˈkɒblstəʊn] n. ⓒ

cock·er·el [ˋkɑkərəl, ˋkɑkrəl; ˈkɒkərəl] *n.* ⓒ (未滿一歲的)小公雞.

cock·eyed [ˋkɑkˏaɪd; ˈkɒkaɪd] *adj.* 《俚》**1** 斜視的. **2** 傾斜的, 斜向一邊的. **3** 愚蠢的.

cock·fight [ˋkɑkˏfaɪt; ˈkɒkfaɪt] *n.* ⓒ鬥雞.

cock·le [ˋkɑkl; ˈkɒkl] *n.* ⓒ **1** (貝)鳥蛤 類(食用); 其貝殼(亦稱 cóckleshèll). **2** 《詩》輕舟.
wàrm the cóckles of a pèrson's héart 《口》使某人的情緒振奮、愉快.

Cock·ney, cock·ney [ˋkɑknɪ; ˈkɒknɪ] *n.* (*pl.* ~s) **1** ⓒ倫敦佬(特指 East End 的居民, 講該區方言的人; → Bow bells).
2 ⓤ倫敦東區方言.
參考 例如把 up the hill 說成 hup the ill, hill 的字首 h 不發音, 反而將 up 發出不必要的 h 音, 並將 [e; eɪ] 發成 [aɪ; aɪ](例 day [daɪ; daɪ])等, 這種發音方式並不視爲有教養者應有的腔調.
— *adj.* 倫敦佬的; 倫敦腔的.

cock·pit [ˋkɑkˏpɪt; ˈkɒkpɪt] *n.* ⓒ **1** (飛機或太空船的)駕駛艙(→airplane 圖); (賽車的)駕駛座. **2** 鬥雞場.

cock·roach [ˋkɑkˏrotʃ; ˈkɒkrəʊtʃ] *n.* ⓒ蟑螂 (《口》roach).

cocks·comb [ˋkɑksˏkom; ˈkɒkskəʊm] *n.* ⓒ **1** (公雞的)雞冠. **2** (小丑的)雞冠狀帽子. **3** 雞冠花(莧科的一年生草本植物).

cock·sure [ˋkɑkˋʃʊr; ˌkɒkˈʃɔː(r)] *adj.* 《口》**1** 過於自信的, 自以爲是的.
2 堅信不疑的(*of*, *about*; *that* 子句). He is *cocksure of* success. 他對成功有十足把握.

cock·tail [ˋkɑkˏtel; ˈkɒkteɪl] *n.* **1** ⓒ雞尾酒 (在琴酒、威士忌等酒中加入適當的香料、水果及冰塊等混合而成的各式飲料).
2 ⓤⓒ杯裝開胃菜(將水果切片、蝦、牡蠣等放入雞尾酒杯裡).

cócktail drèss *n.* ⓒ女士晚禮服(女性的半正式禮服; 不太長).

cócktail pàrty *n.* ⓒ雞尾酒會(以雞尾酒或家常飲食爲主的簡單聚會; 多在晚餐前舉行).

cock·y [ˋkɑkɪ; ˈkɒkɪ] *adj.* 《口》=cocksure 1.

co·co [ˋkoko; ˈkəʊkəʊ] *n.* (*pl.* ~s) (《植物》椰子樹(coconut palm); 椰子(coconut).

co·coa [ˋkoko, ˋkokə; ˈkəʊkəʊ] *n.* **1** ⓤ可可 (粉) (→ cacao); ⓒ一杯可可.
2 ⓤ可可色, 暗褐色.

co·co·nut, co·coa·nut [ˋkokənət, ˋkokəˏnʌt; ˈkəʊkənʌt] *n.* ⓒ椰子(內部的椰子汁可食用).

cóconut pàlm [trèe] *n.* ⓒ椰子樹.

coconut

[coconut palm]

co·coon [kəˋkun; kəˈkuːn] *n.* ⓒ (蠶等的)繭; (蜘蛛等的)卵囊.

COD [ˋsiˏoˋdi; ˌsiːəʊˈdiː] (略) cash [《美》collect] on delivery

(貨到付款).

cod [kɑd; kɒd] *n.* (*pl.* ~, ~s) ⓒ(魚)鱈魚(codfish); ⓤ鱈魚肉.

co·da [ˋkod; kəʊdə] *n.* ⓒ(音樂)尾奏, 結尾, (獨立的樂段, 使樂章、樂曲正式地結束).

cod·dle [ˋkɑdl; ˈkɒdl] *vt.* **1** 溺愛, 悉心照料.
2 用小火慢慢地煮(蛋等).

‡code [kod; kəʊd] *n.* (*pl.* ~s [~z; ~z]) **1** ⓤⓒ密碼; 代號; (電信, 信號旗, 聲音, 燈火明滅等的)信號(系統), 信號規則. a letter written in *code* 用密碼寫的信/break a *code* 解讀密碼/an area *code* →見 area code/the Morse *code* → Morse.
2 ⓒ(社會, 團體等的)慣例, 規範, 規則; 法典, 法規集. a *code* of manners 社交禮儀規範/the moral *code* 道德規範/the *code* of the school 校規.
— *vt.* 用密碼[信號]加以[通信等](encode; ↔ decode).

co·deine [ˋkodˏin, ˋkodin; ˈkəʊdiːn] *n.* ⓤ可待因(採自罌粟的止痛[安眠]劑).

co·dex [ˋkodεks; ˈkəʊdeks] *n.* (*pl.* co·di·ces) ⓒ古書手抄本(經典著作、聖經等的).

cod·fish [ˋkɑdˏfɪʃ; ˈkɒdfɪʃ] *n.* (*pl.* ~, ~es) =cod.

codg·er [ˋkɑdʒɚ; ˈkɒdʒə(r)] *n.* 《口》(特指老年的)怪人(常作 òld códger).

cod·i·cil [ˋkɑdəsl, -ˏsɪl; ˈkɒdɪsɪl] *n.* ⓒ(法律)遺囑附錄(補充變更, 附加, 取消等).

cod·i·fi·ca·tion [ˏkɑdəfəˋkeʃən; ˌkəʊdɪfɪˈkeɪʃn] *n.* ⓤ法典編纂、(規則等的)成文化.

co·di·ces [ˋkodəˏsiz, ˋkɑd-; ˈkəʊdisiːz] *n.* codex 的複數.

cod·i·fy [ˋkɑdəˏfaɪ, ˋkod-; ˈkəʊdɪfaɪ] *vt.* (**-fies; -fied; ~·ing**) 把(法律等)編成法典; 使(規則等)成文化.

cod-liv·er oil [ˏkɑdlɪvɚˋɔɪl; ˌkɒdlɪvərˈɔɪl] *n.* ⓤ魚肝油.

co·ed, co-ed [koˋεd, ˋkoˏεd; ˌkəʊˈed] 《美、口》*n.* ⓒ(男女合校大學的)女學生.
— *adj.* 男女合校的.

co·ed·u·ca·tion [ˏkoεdʒəˋkeʃən; ˌkəʊedjuːˈkeɪʃn] *n.* ⓤ男女合校.

co·ed·u·ca·tion·al [ˏkoεdʒəˋkeʃən; ˌkəʊedjuːˈkeɪʃənl] *adj.* 男女合校的.

co·ef·fi·cient [ˏkoəˋfɪʃənt, ˏko·ɪ-; ˌkəʊɪˈfɪʃnt] *n.* ⓒ(數學、物理)係數; 率.

coe·la·canth [ˋsiləˏkænθ; ˈsiːləkænθ] *n.* ⓒ (魚)腔棘魚.

co·erce [koˋɝs; kəʊˈɜːs] *vt.* 《文章》(用威脅, 權力等)脅迫, 強制, 迫使, (*into*). *coerce* a person *into* obedience [obeying] 迫使人服從.

co·er·cion [koˋɝʃən; kəʊˈɜːʃn] *n.* ⓤ《文章》**1** 強制, 高壓. **2** 高壓政治.

co·er·cive [koˋɝsɪv; kəʊˈɜːsɪv] 《文章》*adj.* 強制性的, 高壓式的.

co·e·val [koˋiv; kəʊˋiːvl]《文章》*adj.* 同時代的，同年代的，《with》.
— *n.* C 同時代[年代]的人.

co·ex·ist [͵koɪgˋzɪst; ͵kəʊɪgˋzɪst] *vi.* 〔特指政治制度相反的國家〕共存《with》.

co·ex·ist·ence [͵koɪgˋzɪstəns; ͵kəʊɪgˋzɪstəns] *n.* U 共存.

co·ex·ist·ent [͵koɪgˋzɪstənt; ͵kəʊɪgˋzɪstənt] *adj.* 共存的.

‡cof·fee [ˋkɔfɪ; ˋkɒfɪ] *n.* (*pl.* ~s [~z; ~z]) **1** U (作爲飲料的)咖啡. Let's discuss this over a cup of *coffee*. 我們邊喝咖啡邊討論這個問題吧!/black *coffee* 純咖啡/"How would you like your *coffee*?" "I'd like mine black." 「你要甚麼樣的咖啡?」「我要純咖啡.」

〔搭配〕*adj.*+coffee: strong ~ (濃咖啡), weak ~ (淡咖啡) // *v.*+coffee: brew ~ (調製咖啡), make ~ (泡咖啡), drink ~ (喝咖啡), have ~ (喝咖啡)

2 C 一杯咖啡(a cup of coffee). Two *coffees*, please. 請給我兩杯咖啡.
3 U 咖啡豆(磨成的粉末).
4 C (植物)咖啡樹(cóffee trèe).
5 U 咖啡色.

〔參考〕在歐美通常不喝 ice(d) coffee (冰咖啡). 美國的咖啡比較淡，但不稱作 American coffee. 在速食店販售的咖啡用紙杯裝盛，有以稱爲 a small coffee, a large coffee 等, 不說 a cup of coffee.

cóffee bàr *n.* C (英)供應簡餐的咖啡廳.

cóffee bèan *n.* C 咖啡豆.

cóffee brèak *n.* C (美)喝咖啡的休息時間(工作間的短暫休息時間). → tea break).

cof·fee·house [ˋkɔfɪ͵haʊs; ˋkɒfɪhaʊs] *n.* (*pl.* **-hous·es** [-͵haʊzɪz; -haʊzɪz]) C 咖啡廳; 咖啡屋(英國 17, 18 世紀時作爲文人等聚會場所的俱樂部).

cóffee mìll *n.* C 咖啡豆研磨機.

cof·fee·pot [ˋkɔfɪ͵pat; ˋkɒfɪpɒt] *n.* C 咖啡壺.

cóffee shòp *n.* C **1** (美)(旅館等的)小餐廳. **2** 咖啡豆店.

cóffee tàble *n.* C (置於沙發等前的)矮茶几. a *coffee-table* book (輕蔑)昂貴有圖片的大部頭書籍.

cof·fer [ˋkɔfɚ; ˋkɒfə(r)] *n.* C **1** 保險箱, 金庫. **2** (口)(coffers)財源, 資金.

cof·fin [ˋkɔfɪn; ˋkɒfɪn] *n.* C 棺材, 靈柩. ★(美)多用 casket.

cog [kag; kɒg] *n.* C (齒輪的)齒.

co·gen·cy [ˋkodʒənsɪ; ˋkəʊdʒənsɪ] *n.* U (議論等的)說服力, 使人信服的能力.

co·gent [ˋkodʒənt; ˋkəʊdʒənt] *adj.* (議論, 推理等)具有說服力的, 使人信服的.

co·gent·ly [ˋkodʒəntlɪ; ˋkəʊdʒəntlɪ] *adv.* 有說服力地, 強有力地.

cog·i·tate [ˋkadʒə͵tet; ˋkɒdʒɪteɪt] *vi.*《文章》深

思《about, on, upon 關於…》.

cog·i·ta·tion [͵kadʒəˋteʃən; ͵kɒdʒɪˋteɪʃn] *n.* UC (文章)深思, 仔細考慮; 沈思.

cog·nac [ˋkonjæk, ˋkan-; ˋkɒnjæk] *n.* U 干邑白蘭地(原產於法國Cognac); C 一杯干邑白蘭地.

cog·nate [ˋkagnet; ˋkɒgneɪt] *adj.* **1** 同源的, 同族的,《with》. "Speak" is *cognate* with German "sprechen." speak 和德語的 sprechen 同源. **2**《文章》同宗的, 同一血緣的,《with》.
— *n.* C 同族的人[物].

cògnate óbject *n.* C (文法)同源受詞.

【◉同源受詞】
如 *sleep* a sound *sleep* (酣睡), 受詞和動詞是同一字, 或如 *live* a busy *life* (過忙碌的生活)屬同一字根, 此時的受詞即稱爲同源受詞; 通常不作及物動詞使用的動詞, 也可作爲同源受詞.

cog·ni·tion [kagˋnɪʃən; kɒgˋnɪʃn] *n.* U (心理)認知, 認識.

cog·ni·tive [ˋkagnətɪv; ˋkɒgnɪtɪv] *adj.*《文章》認知[認識]的, 有關認知[認識]的.

cog·ni·zance [ˋkagnəzəns, ˋkan-; ˋkɒgnɪzəns] *n.* U (文章) **1** 認識, 知覺. **2** 理解的範圍. beyond [within] a pèrson's **cógnizance** 在某人的理解範圍外[內]. tàke **cógnizance** of... 承認…; 注意到….

cog·ni·zant [ˋkagnəzənt, ˋkan-; ˋkɒgnɪzənt] *adj.*《文章》(敘述)認識的《of》; 察覺的, 注意到的《of》.

cog·wheel [ˋkag͵hwil; ˋkɒgwiːl] *n.* C 嵌齒輪.

co·hab·it [koˋhæbɪt; kəʊˋhæbɪt] *vi.*《文章》(通常指未婚男女)同居.

co·hab·i·ta·tion [͵kohæbəˋteʃən; ͵kəʊhæbɪˋteɪʃn] *n.* U (文章)同居.

co·here [koˋhɪr; kəʊˋhɪə(r)] *vi.* **1** 黏合; 附著. **2** (邏輯上)前後一致; 〔故事等〕情節連貫. ⇨ *n.* coherence, cohesion. *adj.* coherent.

co·her·ence [koˋhɪrəns; kəʊˋhɪərəns] *n.* U **1** (邏輯等的)前後一致性; (故事等的)情節連貫性. **2** 黏著性.

co·her·en·cy [koˋhɪrənsɪ; kəʊˋhɪərənsɪ] *n.* =coherence.

co·her·ent [koˋhɪrənt; kəʊˋhɪərənt] *adj.* **1** (邏輯等)前後一致的; (說話等)連貫的. **2** 緊密黏合的. ⇨ *v.* cohere.

co·her·ent·ly [koˋhɪrəntlɪ; kəʊˋhɪərəntlɪ] *adv.* 前後一致地; 緊密黏合地.

co·he·sion [koˋhiʒən; kəʊˋhiːʒn] *n.* U 結合(力), 黏著; (物理)(分子等的)內聚力.

co·he·sive [koˋhisɪv; kəʊˋhiːsɪv] *adj.* 有黏合力的, 黏合性的, 凝集性的.

co·hort [ˋkohɔrt; ˋkəʊhɔːt] *n.* C **1** 古羅馬步兵隊(legion 的十分之一). **2** (通常表輕蔑)幫, 群, 夥. a *cohort* of hippies 一群嬉皮.

coif·feur [kwɑˋfɝ; kwɑːˋfɜː] (法語) *n.* C 美容師, 理髮師,《男性》.

coif·fure [kwɑ`fjʊr, ·`fɪʊr; kwɑ:'fjʊə(r)] (法語)
n. C 髮式, 髮型; 髮型設計.

*__coil__ [kɔɪl; kɔɪl] v. (~s [~z; ~z]; ~ed [~d; ~d];
~·ing) vt. (如螺旋般)一層層地捲起; 纏繞. The
snake *coiled* itself *about* [*around*] a branch. 蛇
盤繞在樹枝上.
— vi. 1 〔蛇等〕盤繞, 捲, (*up*); 成環狀.
2 蜿蜒. The road *coiled* up toward the peak. 這
條道路向山頂蜿蜒而上.
— n. (pl. ~s [~z; ~z]) C 1 (把繩子、鐵絲等作
漩渦狀、螺旋狀的)捲曲之物, 圈圈; 盤捲. a *coil*
of wire 一捲鐵絲. 2 (捲曲的)一捲. 3 〔電〕線圈.

‡**coin** [kɔɪn; kɔɪn] n. (pl. ~s [~z; ~z]) UC (個
別或集合)硬幣. a silver [copper] *coin* 銀
[銅]幣/pay two dollars *in coin* 付2美元硬幣/
They tossed a *coin* to decide who would go
first. 他們丟硬幣來決定誰先走(★猜中是正面
(heads)或反面(tails)的人獲勝).
— vt. (~s [~z; ~z]; ~ed [~d; ~d]; ~·ing) 1 鑄造
〔硬幣〕; 把〔金屬〕製成硬幣.
2 想出, 創造, 〔新字等〕. Who *coined* the word
"yuppie"? 「雅痞」這個字是誰造出來的?

coin·age [`kɔɪnɪdʒ; 'kɔɪnɪdʒ] n. 1 U 貨幣制
度. 2 U (集合)鑄造[被鑄造]的貨幣, 硬幣. 3
U (新字的)創造; C 創造的東西; 新字.

*__co·in·cide__ [ˌko·ɪn`saɪd; ˌkəʊɪn'saɪd] vi. (~s
[~z; ~z]; -cid·ed [~ɪd; ~ɪd]; -cid·ing) 1 同時(期)
發生(*with*). The incident *coincided with* his

arrival. 那事件恰巧在他到達的同時發生.
2 〔人、意見等〕一致, 相符, (*with*). His words
don't *coincide with* his deeds. 他言行不一.
⇨ n. coincidence. adj. coincident.
字源 CID 「降臨」: coin*cide*, in*cid*ent (發生的事).
ac*cid*ent (事故).

*__co·in·ci·dence__ [ko`ɪnsədəns; kəʊ'ɪnsɪdəns] n.
(pl. -denc·es [~ɪz; ~ɪz]) 1 U (事件等偶然)同時發
生. the *coincidence* of the two events 碰巧同時
發生的兩件事.
2 UC (偶然的)一致, 巧合. They met again by
coincidence. 他們很巧又碰面了/What a *coinci-
dence*! My father died on the very day my son
was born. 真巧! 我父親去逝那天正好我兒子出生.
搭配 adj.+coincidence: a fortunate ~ (幸運的)
巧合), a pure ~ (純粹是巧合), a remarkable
~ (不尋常的巧合), a strange ~ (奇怪的巧合).

co·in·ci·dent [ko`ɪnsədənt; kəʊ'ɪnsɪdənt] adj.
(文章) 1 同時(期)發生的; 在同一個場所的;
(*with*). Areas of poverty and disease tend to be
coincident. 貧困和疾病常常伴隨而生.
2 完全一致[相符]的(*with*).

co·in·ci·den·tal [koˌɪnsə`dɛntl̩, ˌko·ɪn·;
kəʊˌɪnsɪ'dentl̩] adj. 一致[符合]的; 巧合的.

co·in·ci·den·tal·ly [koˌɪnsə`dɛntl̩ɪ, ˌko·ɪn·;

C

one dollar　　half dollar　　quarter　　dime (10 cents)　　nickel (5 cents)　　penny (1 cent)

USA (heads)

(tails)

one pound　fifty pence　twenty pence　tenpence　five pence　twopence　one penny

UK (tails)

(heads)

[coins]

kəʊˌɪnsɪˈdentəlɪ] adv. 巧合地.

co·i·tion [koˈɪʃən; kəʊˈɪʃn] n. =coitus.

co·i·tus [ˈkɔɪtəs; ˈkəʊɪtəs] n. U《醫學》性交, 交媾.

coke¹ [kok; kəʊk] n. U焦炭.

coke² [kok; kəʊk] n. **1** (常 Coke)《口》=Coca-Cola. **2** U《俚》古柯鹼(cocaine).

col [kɑl; kɒl] n. C(峰與峰之間的)鞍部, 山口.

Col. (略) Colonel(上校); Colorado.

co·la [ˈkolə; ˈkəʊlə] n. U可樂(可口可樂等).

col·an·der [ˈkʌləndɚ; ˈkʌl-; ˈkʌləndə(r)] n. C濾器, 濾鍋, (廚房用品).

‡cold [kold; kəʊld] adj. (~·er; ~·est) 〖冷的〗 **1** 冷的, 寒冷的; (與常溫相比)不暖和的, 〔人〕感到冷的; (↔ warm, hot). a cold climate 寒冷的氣候/It is cold outside today. 今天天外面很冷/Dinner will get cold. 飯菜要涼了/I feel cold. 我覺得冷/The children were cold after walking in the snow. 孩子們在雪中步行, 都快要凍僵了. 〖冰冷的〗 **2**「冰冰的」, 死的;《敘述》《口》失去知覺的. The blow knocked him (out) cold. 這一拳把他打昏了.

3 冷淡的; 見外的; 不熱情的; 無情的; (↔ warm). His attitude was very cold. 他的態度非常冷淡/They gave us a cold welcome. 他們冷淡地迎接我們/cold at heart 冷酷(的). 〖冷的〗 **4** 冷靜的, 不受感情支配的; 客觀的, 無偏見的. with cold precision 以冷靜的準確性.

5〔事實, 報導等〕令人沮喪的, 掃興的. He now faced the cold truth that he was soon to die. 他現在面臨了即將死亡的冷酷事實.

cùt a *pèrson* *cóld* 裝作不認識某個認識的人.

gèt [*hàve*] *còld féet* → foot 的片語.

lèave a *pèrson* *cóld* 令某人不覺得感動. Every-one said it was a wonderful performance, but it just left me cold. 每個人都說這是個很棒的表演, 但是我一點感覺也沒有.

òut còld 失去知覺地[的](→ 2).

pòur [*thròw*] *còld wáter on* [*upòn*]... → water 的片語.

the còld shóulder 冷淡的對待. All the class gave Bill the cold shoulder. 全班對比爾的態度都很冷淡.

── n. (pl. ~s [~z; ~z]) **1** U(常 加 the)冷, 寒冷. shiver with cold 冷得發抖/I cannot bear the cold here. 這裡冷得讓我受不了.

2 UC傷風, 感冒. have a cold in the head 患了鼻塞頭痛等症狀的感冒/She has a bad cold. 她得了重感冒/He caught (a) cold. 他得了感冒. 匹盂cold 當作 catch, take 的受詞時, 通常不加冠詞; 當作 have, get 的受詞, 或是添加修飾語時, 則必須加冠詞.

匹醌 adj.+cold: a heavy ~ (重感冒), a severe ~ (重感冒), a slight ~ (輕微的感冒) // v.+cold: get a ~ (感冒), aggravate a ~ (感冒加重).

òut in the cóld 被冷落, 被忽視. I was left out in the cold at the gathering. 我在聚會中被冷落了.

cold-blood·ed [ˈkoldˈblʌdɪd, -ˌblʌdɪd; ˌkəʊldˈblʌdɪd] adj. **1** 冷酷的, 無情的. **2**〖動物〗冷血的. 「[工具].

còld chísel n. C冷鑿((不加熱而)切斷金屬的

còld cómfort n. U(雖有某種好處但)不值得欣慰的事, 不值得感到安慰的事.

còld crèam n. U(化妝用的)冷霜.

còld cùts n. (作複數)《主美》(薄片的)冷肉, 火腿, 臘腸、乳酪等的拼盤; 冷盤.

còld frāme n. C冷床(保護植物幼苗等避免嚴寒氣候侵襲的, 不加溫的).

còld frónt n. C《氣象》冷鋒(↔ warm front)(→ weather map 圖).

cold-heart·ed [ˈkoldˈhɑrtɪd; ˌkəʊldˈhɑːtɪd] adj. 無情的; 不親切的, 冷淡的.

cold·ly [ˈkoldlɪ; ˈkəʊldlɪ] adv. 冷淡地, 冷冰冰地; 冷靜地; 冷地.

còld mèat n. U冷肉《冷食的 roast pork, roast beef, ham 等的總稱).

cold·ness [ˈkoldnɪs; ˈkəʊldnɪs] n. U寒冷, 冷; 冷靜; 冷淡.

cold-shoul·der [ˈkoldˈʃoldɚ; ˌkəʊldˈʃəʊldə(r)] vt. 對〔人〕冷淡, 對…疏遠.

còld sòre n. C小水疱(感冒、發燒時長在嘴邊的疹子).

còld stórage n. U **1** (食物等的)冷藏. **2** (計畫等的)擱置.

còld swèat n. U冷汗.

còld wàr n. C冷戰(↔ hot war).

còld wàve n. C《氣象》寒流(↔ heat wave).

cole·slaw [ˈkolˌslɔ; ˈkəʊlslɔː] n. U甘藍沙拉(把甘藍菜切絲, 加上調味醬涼拌而成的沙拉).

col·ic [ˈkɑlɪk; ˈkɒlɪk] n. U(加the)(特指幼兒的)劇痛; 腹部絞痛.

col·i·se·um [ˌkɑləˈsɪəm; ˌkɒlɪˈsɪəm] n. C **1** 大競技場, 圓形大體育館. **2** (the Coliseum)=Colosseum 1.

coll. (略) collection, college, colloquial.

col·lab·o·rate [kəˈlæbəˌret; kəˈlæbəreɪt] vi. **1** 共事, 共同研究, 合作, (with). **2** (與占領敵軍)勾結合作《with).

col·lab·o·ra·tion [kəˌlæbəˈreʃən; kəˌlæbəˈreɪʃn] n. U共同研究, 合作, 共事; C合作的成果.

in collaborátion with... 與…協力; 與…合作; 與…合著.

col·lab·o·ra·tor [kəˈlæbəˌretɚ; kəˈlæbəreɪtə(r)] n. C合作者; 勾結者, 與敵人合作者.

col·lage [kəˈlɑʒ; ˈkɒlɑːʒ] n. UC《美術》拼貼藝術, 拼貼圖.

***col·lapse** [kəˈlæps; kəˈlæps] v. (-laps·es [~ɪz; ~ɪz]; ~d [~t; ~t]; -laps·ing) vi. **1** 〔建築物, 計畫, 事業等〕倒塌, 崩潰, 失敗. The wooden bridge collapsed under the weight of the truck. 這座木

橋在卡車的重壓下塌陷了/The talks *collapsed* because neither side would compromise. 由於雙方都不肯妥協，導致談判破裂.

2 〔椅子，用具等〕可折疊，折疊變小. This ladder *collapses into* a portable unit. 這個梯子可折疊成攜帶式的.

3 〔人由於疾病等〕倒下，昏倒；〔健康，體力，精力〕急遽衰退. He *collapsed* at work. 他在工作時病倒了/*collapse into* tears 突然癱坐下來哭泣/His health *collapsed*. 他的健康狀況急遽衰退.

— *vt.* **1** 使〔建築物，計畫，事業等〕崩潰，失敗.

2 將〔用具等〕折疊. *collapse* a telescope 把望遠鏡收起來.

— *n.* (*pl.* **-laps·es** [~ɪz; ~ɪz]) ⓤ **1** (建築物的)倒塌，塌下，陷落. the *collapse* of an old bridge 古橋的倒塌.

2 (計畫，事業等的)挫折，完全的失敗；(價格等的)暴跌. the *collapse* of our program 我們計畫的失敗/a *collapse* of stock prices 股價暴跌.

3 (身體，精神狀況的)急遽衰退.

col·laps·i·ble [kə`læpsəbl; kə`læpsəbl] *adj.* 〔小傘，椅子等〕可折疊的. a *collapsible* umbrella 折傘.

✲col·lar [`kɑlɚ; `kɒlə(r)] *n.* (*pl.* ~**s** [~z; ~z]) ⓒ **1** (襯衫的)衣領；(衣服的)衣襟. What is your *collar* size? 你的衣領尺寸是多少?/turn up one's *collar* 翻起上衣〔外套〕的領子《為了禦寒等》.

2 (特指狗，馬等的)項圈(→ harness圖).

— *vt.* **1** 《口》抓住〔人〕的領口；強留〔人〕(談話). The corrupt official was *collared* by newspapermen. 那名貪污的官員被新聞記者逮住(問話).

2 (特指)替〔狗〕套上項圈.

col·lar·bone [`kɑlɚ͵bon, -͵bɔn; `kɒləbəʊn] *n.* ⓒ 鎖骨.

col·late [kɑ`let, kə-, `kɑlet; kə`leɪt] *vt.* 對照〔數種原文，原稿等〕(*with*).

col·lat·er·al [kə`lætərəl; kɒ`lætərəl] *adj.* **1** 並行的. **2** 伴隨的，附屬的. **3** (商業)用抵押品擔保的. **4** 〔家族〕旁系的(↔ lineal).

— *n.* ⓤ 抵押品.

col·la·tion [kɑ`leʃən, kə-; kə`leɪʃn] *n.* ⓤ 對照.

✲col·league [`kɑlig; `kɒliːg] (★注意重音位置) *n.* (*pl.* ~**s** [~z; ~z]) ⓒ 〔工作場所的〕同事；(專業的)同行，同業. I met his numerous friends and *colleagues* at the party. 我在宴會上遇到一大堆他的朋友和同事.

✲col·lect[1] [kə`lɛkt; kə`lekt] *v.* (~**s** [~s; ~s]; ~**ed** [~ɪd; ~ɪd]; ~**ing**) *vt.* 〖收集〗 **1** 採集〔物〕；收集. *Collecting* old coins is my hobby. 收集舊硬幣是我的嗜好/Enough evidence has been *collected*. 已經蒐集到足夠的證據. 同collect 指選擇、收集並加以整理；→ gather.

2 徵收〔稅金等〕；募款；收受〔保險金等〕. *collect* money for charity 募集慈善基金.

3 〖來[去]收集〗來收〔垃圾等〕；《口》取來，拿來，(fetch)，去接〔拿〕. I'll *collect* my child in my car. 我會開車去接我的小孩.

〖集中〗 **4** 集中〔思想等〕；收回〔變得散漫的心〕；使鎮定. The report confused him, but soon he began to *collect* his thoughts. 雖然那份報告令他困惑，但很快他就開始整理出頭緒了.

— *vi.* 〔人〕集合；〔灰塵等〕堆積. The fans *collected* around the actor. 影迷們圍住那演員/Moisture *collected* on the window panes. 窗玻璃上積著霧氣.

colléct one*sélf* 鎮定下來，重振精神.

— *adj.* 《美》對方〔接受者〕付費的. She placed a *collect* (phone) call to her mother. 她打了一通對方付費的電話給母親.

— *adv.* 《美》對方〔接受者〕付費地. You can call me *collect*. 你可以打對方付費的電話給我.

colléct on delívery 《美》貨到付款(略作 COD).

字源 LECT「收集，選擇」: col*lect*, e*lect* (選出)，se*lect* (選擇).

col·lect[2] [`kɑlɛkt; `kɒlekt] *n.* ⓒ 集會禱告(文)，短禱文(開始禮拜時的簡短祈禱文).

col·lect·ed [kə`lɛktɪd; kə`lektɪd] *adj.* **1** 被收集的. the *collected* works of Shakespeare 莎士比亞作品(全)集. **2** 鎮定的.

col·lect·ed·ly [kə`lɛktɪdlɪ; kə`lektɪdlɪ] *adv.* 鎮定地，冷靜地.

✲col·lec·tion [kə`lɛkʃən; kə`lekʃn] *n.* (*pl.* ~**s** [~z; ~z]) **1** ⓤⓒ 蒐集，採集. make a *collection* of butterflies 採集蝴蝶標本.

2 ⓒ 蒐集品，收藏品. a large *collection* of rare books 大量珍奇藏書.

3 ⓤⓒ (稅款，費用的)徵收，收取；募捐的錢，(募集的)捐款. a *collection* for a charity 為慈善事業募捐的款項/a *collection* box (教堂等的)募捐箱.

4 ⓒ (用 a collection of...) (灰塵，垃圾等的)積聚，堆積. a *collection* of dust on the shelf 架上積聚的灰塵.

col·lec·tive [kə`lɛktɪv; kə`lektɪv] *adj.* **1** 集合的，集合起來的；集體的，共同的. a *collective* effort 共同的努力/*collective* property 共同財產.

2 〈文法〉集合的.

— *n.* ⓒ 集體農場；共同經營的工廠.

⇨ *v.* collect. ↔ individual.

collective bárgaining *n.* ⓤ (勞資間的)集體談判.

colléctive fárm *n.* ⓒ 集體農場.

col·lec·tive·ly [kə`lɛktɪvlɪ; kə`lektɪvlɪ] *adv.* 集體地，共同地；湊在一塊兒地；(↔ individually).

colléctive nóun *n.* ⓒ 〈文法〉集合名詞(→見文法總整理 **3. 1**).

colléctive secúrity *n.* ⓤ (國家間的)集體安全保障.

col·lec·tor [kə`lɛktɚ; kə`lektə(r)] *n.* ⓒ **1** 收藏家. **2** 收款員，收稅員，收票員.

colléctor's ítem *n.* ⓒ 值得收藏的珍品.

C

C

col·leen [ˋkɑlin, kəˋlin; ˈkɒliːn] n. © (特指愛爾蘭的)女孩，少女．

‡**col·lege** [ˋkɑlɪdʒ; ˈkɒlɪdʒ] n. (pl. **-leg·es** [~ɪz; ~ɪz]) © **1** (美)學院(與綜合大學(university)不同，沒有開設研究所課程)．a junior college 兩年制大學/a women's college 女子學院．
2 (美)(隸屬於綜合大學的)學院．the College of Liberal Arts (大學的)文學院．
3 (美)(兼具 1, 2 的意思)大學．college education 大學教育/enter college 進大學/attend [go to] college 上大學/in one's second year of college 上大學的第二年；大二．[語法] college 雖是可數名詞，但指授課[學習]時通常不加冠詞；意指建築物時則加冠詞；→ school¹ [參考]．
4 (英)校舍(構成university的單位)．Trinity College, Oxford 牛津大學的三一學院．[參考] 例如 Oxford 大學共有 35 個 colleges，各 college 主要由學生和 fellows(特別研究生)組成，大學的教授也是各 college 的 fellow．
5 (不授與學士學位的)專科學校，各種學校．a barbers' college 理髮學校．

col·le·gi·ate [kəˋlidʒɪɪt, -dʒɪt; kəˈliːdʒɪət] adj. 大學的；大學生(用)的．

*·**col·lide** [kəˋlaɪd; kəˈlaɪd] vi. (~s [~z; ~z]; **-lid·ed** [~ɪd; ~ɪd]; **-lid·ing**) **1** 碰撞，相撞，激烈衝突，(with)．Two buses collided. 兩輛公車相撞．
2 (利害，意見)完全不一致，完全矛盾，(with)．We collided with them over the problem. 我們和他們對於這個問題的意見完全不合．
⇨ n. collision.

col·lie [ˋkɑlɪ; ˈkɒli] n. © 柯利牧羊犬．

col·lier [ˋkɑljɚ; ˈkɒlɪə(r)] n. © (英) **1** 煤礦工人．**2** 運煤船．

col·lier·y [ˋkɑljərɪ; ˈkɒljərɪ] n. (pl. **-lier·ies**) © (英)煤礦開採區(包括建築物及其他設施)．

*·**col·li·sion** [kəˋlɪʒən; kəˈlɪʒn] n. (pl. ~s [~z; ~z]) UC **1** 碰撞，相撞．My car was completely wrecked in a collision with a big truck. 我的車子和一輛大卡車相撞，結果全毀．
2 (利害，意見等的)不一致，衝突．collision with the government on economic policy 與政府經濟政策的衝突/Management was on a collision course with labor. 資方和勞方正走上衝突一途．
⇨ v. collide.
còme into collísion with... 和…發生衝突．
in collísion with... 和…衝突．

col·lo·cate [ˋkɑloˌket; ˈkɒləʊkeɪt] vi. (文法)〔語詞〕搭配使用(with)．'Weak' or 'strong' collocates well with 'tea'. weak 或 strong 常與 tea 搭配使用．

col·lo·ca·tion [ˌkɑloˋkeʃən; ˌkɒləʊˈkeɪʃn] n. **1** UC 並置，排列．**2** (文法) UC 詞句的組合，搭配；© 詞組；連語．[參考] 如 'commit a crime' (犯罪), 'make a promise' (約定), 'highly unlikely' (非常不可能的), 'heavy taxes' (重稅)等詞組自然

搭配的關係即稱 collocation．

col·loid [ˋkɑlɔɪd; ˈkɒlɔɪd] n. U (化學)膠體，膠

col·lo·qui·al [kəˋlokwɪəl; kəˈləʊkwɪəl] adj. 口語的．a colloquial style 口語形式．

col·lo·qui·al·ism [kəˋlokwɪəlˌɪzəm; kəˈləʊkwɪəlɪzəm] n. U 口語(的使用)；© 口語的表達方式．[參考] 例：It's awfully cold. (天氣非常冷)其中的 awfully (= very)；We waited till the rain let up. (我們一直等到雨停)其中的 let up (= stop)；Who did you give it to? (你把它給誰了?)其中的 Who (=Whom)．

col·lo·qui·al·ly [kəˋlokwɪəlɪ; kəˈləʊkwɪəlɪ] adv. 口語地．

col·lo·quy [ˋkɑləkwɪ; ˈkɒləkwɪ] n. (pl. **-quies**) UC (文章)(正式的)會談，對談．

col·lu·sion [kəˋluʒən, -ˋlɪuʒən; kəˈluːʒn] n. U (法律)共謀，串通，勾結．

col·lu·sive [kəˋlusɪv, -ˋlɪu-; kəˈluːsɪv] adj. 共謀的，勾結的．

Colo. (略) Colorado.

Co·logne [kəˋlon; kəˈləʊn] n. **1** 科隆(德國臨Rhine 河的城市；德文稱爲 Köln)．**2** U (cologne)古龍水(eau de Cologne)(原產於科隆)．

Co·lom·bi·a [kəˋlʌmbɪə; kəˈlɒmbɪə] n. 哥倫比亞(南美西北部的國家；首都 Santa Fé de Bogotá (波哥大))．

Co·lom·bo [kəˋlʌmbo, kəˋlambo; kəˈlʌmbəʊ] n. 可倫坡(Sri Lanka 的首都，海港)．

*·**co·lon** [ˋkolən; ˈkəʊlən] n. (pl. ~s [~z; ~z]) © 冒號(:)．

【colon 的使用方法】
冒號最重要的作用是冒號之後所列舉的詞彙都是對冒號之前的字加以詳細說明或作爲代換之用：She has to go to numerous countries: England, France, Spain, to name a few. (她曾經去過許多國家，舉例來說有英國、法國、西班牙．)
上述的用法相當於 namely, such as 等，此兩字在使用時前面須加 comma．

---

*·**colo·nel** [ˋkɝn!; ˈkɜːnl] (★注意發音) n. (pl. ~s [~z; ~z]) © **1** (美)陸軍[空軍]上校；(英)陸軍上校．**2** =lieutenant colonel.

*·**co·lo·ni·al** [kəˋlonɪəl; kəˈləʊnjəl] adj. 《限定》**1** 殖民(地)的．fight against colonial rule 反抗殖民統治．
2 (美)(常 Colonial)初期殖民地(時期)的．
— n. © 殖民地居民；在殖民地出生的人．

co·lo·ni·al·ism [kəˋlonɪəlˌɪzm; kəˈləʊnɪəlɪzəm] n. U 殖民(地)主義；(進行剝削的)殖民地政策．

co·lo·ni·al·ist [kəˋlonɪəlɪst; kəˈləʊnɪəlɪst] n. © 殖民地主義者．[複數]

col·o·nies [ˋkɑlənɪz; ˈkɒlənɪz] n. colony 的

col·o·nist [ˋkɑlənɪst; ˈkɒlənɪst] n. © **1** =colonial. **2** 殖民地開拓者，移民．

col·o·ni·za·tion [ˌkɑlənəˋzeʃən, -aɪˋz-; ˌkɒlənaɪˈzeɪʃn] n. U 殖民；開拓殖民地；殖民地化．

col·o·nize [ˈkɑləˌnaɪz; ˈkɒlənaɪz] vt. **1** 讓…成爲殖民地. **2** 把〔移民〕送到殖民地. **3** 把移民送到〔某地區〕.
— vi. 開拓殖民地.

col·o·niz·er [ˈkɑləˌnaɪzə; ˈkɒlənaɪzə(r)] n. C 殖民地開拓者; 移民.

col·on·nade [ˌkɑləˈned; ˌkɒləˈneɪd] n. C (建築)柱廊(希臘建築等的).

✲col·o·ny [ˈkɑlənɪ; ˈkɒlənɪ] n.(pl. **-nies**) C **1** 殖民地; 一群殖民〔移民〕者. establish [found] a colony 建立殖民地.
2 (同一人種, 宗教, 職業等人士的)聚居地. an artists' colony (通常指離群索居的)藝術家聚集地.
3 (生物)群體, 集群. a colony of rooks 一群禿鼻烏鴉.
4 (Colonies)(加 the)(美史)英國殖民地(後來發表獨立宣言的東部十三州).

✲col·or (美), **col·our** (英) [ˈkʌlə; ˈkʌlə(r)] n.(pl. **~s** [~z; ~z]) [色] **1** UC 色彩, 顏色. The color of her sweater is red. 她毛衣的顏色是紅色/What color shall we paint the fence? 我們要把圍牆漆成甚麼顏色呢?/Is the movie in color? 那電影是彩色的嗎?/color photography 彩色攝影.

> [搭配] adj.+color: a bright ~ (鮮豔的色彩), a dark ~ (灰暗的顏色), a loud ~ (花花綠綠的色彩), a soft ~ (柔和的色彩), a warm ~ (溫暖的顏色).

2 UC 顏料; 染料. oil colors 油畫顏料/watercolors 水彩顏料.
[臉色, 膚色] **3** a U 臉色, 血色, (特指顯示健康狀態). have a high color 氣色很好.
4 a U (難爲情等時臉上的)紅暈, 臉紅.
5 a U (有色人種的, 特指黑人的)膚色. people of all colors 各種膚色的人們.
6 (氣色好) U 生色, 生動. His terse style adds color to the story. 他簡潔的風格使故事更爲生色.
[膚色>特色] **7** U 特色; 性質, 性格.
[作爲象徵的顏色] **8** (colors)作爲團體、學校等標誌的顏色; 用此一顏色製作的彩帶[制服, 帽子, 團旗, 校旗].
9 (colors)國旗, 軍旗等. a ship under British colors 懸掛英國旗的船隻.

chànge cólor 變臉, 臉色變青[紅].

give [lènd] cólor to... (特指)令人覺得[特殊事情]是眞的. What you say certainly lends color to his story. 聽你這麼一說, 他的話必定是眞的囉.

lòse cólor (人)失色, 臉色變蒼白.

òff cólor 身體不舒服, 氣色不好. I'm off school today because I feel off color. 今天我沒去上課, 因爲我人不舒服.

sàil under fàlse cólors 僞裝外表來行動(源自過去海盜船步懸掛僞國籍之國旗航行).

sèe a thìng in its trùe cólors 看見事物的眞相.

shòw one's trùe cólors 露出本性(眞面目); 表明自己的意見[立場]. He showed his true colors when he refused to help us. 當他拒絕幫助我們時,

---

也同時露出了本性.

stick to one's cólors 堅守自己的主張[意見等] (colors 爲「旗子」之意).

under cólor of... 在…的僞裝下; 在…的藉口下. He declined to go under color of having another appointment. 他藉口另有約會而拒絕前往.

with flỳing cólors (旗幟飄揚地>)大獲成功地; 漂亮地. He passed the test with flying colors. 他很成功地通過了測驗.

— v. (~s [~z; ~z], ~ed [~d; ~d], (美) -or·ing, (英) -our·ing [-ərɪŋ; -ərɪŋ]) vt. **1** (用鉛筆、蠟筆等)把…著色, 塗色, 染色. [句型5](color **A** **B**)把 A 塗上 B(色). color a wall blue 把牆塗成藍色.
2 (臉)發紅. The fever colored her cheeks. 發燒使她的臉頰變紅了.
3 渲染, 誇大, [話, 事件等]; 把[判斷, 事實等]歪曲, 顛倒是非. His way of thinking is colored by his natural optimism. 他天生的樂觀主義使他的想法有些偏頗.

— vi. **1** 臉紅(up)(blush).
2 (樹葉)變得有顏色, 變色. Leaves color dramatically in Vermont. 佛蒙特州的樹葉急遽地變換顏色.

cólor/.../ín 在(畫的部分, 形狀等)塗上顏色.

Col·o·ra·do [kɑləˈrædo, -ˈrɑdo; ˌkɒləˈrɑːdəʊ] n. 科羅拉多州(美國西部的州; 略作 CO, Colo., Col.); (加 the)科羅拉多河.

col·or·a·tion [ˌkʌləˈreʃən; ˌkʌləˈreɪʃn] n. U 著色(法); 色彩; 配色.

col·o·ra·tu·ra [ˌkʌlərəˈtjurə, ˌkɑl-, -ˈtɪurə, -ˈturə; ˌkɒlərəˈtʊərə] (義大利語) n. U 花腔(聲樂樂曲中華麗、裝飾的部分); C 花腔女高音.

cólor bàr n. C 種族歧視, 種族隔閡.

col·or-blind (美), **col·our-blind** (英) [ˈkʌlə,blaɪnd; ˈkʌləblaɪnd] adj. 色盲的.

col·ored (美), **col·oured** (英) [ˈkʌləd; ˈkʌləd] adj. **1** 著色的, 彩色的. colored glass 彩繪玻璃.
2 (a)有色的, (特指)黑人的, (↔ white). colored races 有色[(特指)黑色]人種(用來指黑人時, 美國現今多用 black). (b)(名詞性; 作複數)(加 the)有色人種.
3 歪曲事實的(記事, 陳述, 想法等); 偏頗的.
4 (構成複合字)…色的. orange-colored 橙色的.
— n. **1** U(加 the)有色人種.
2 C 有色人種; (特指南非的)有色混血兒.

✲col·or·ful (美), **col·our·ful** (英) [ˈkʌləfəl; ˈkʌləfʊl] adj. 富有色彩的; 顏色鮮豔的, 華麗的; 生動的. a colorful event 多彩多姿的活動.

col·or·ing (美), **col·our·ing** (英) [ˈkʌlərɪŋ; ˈkʌlərɪŋ] n. **1** UC (食品等的)色素; 染料, 顏料. **2** U 著色; 色彩; 著色法. **3** U 血色; 臉色.

col·or·less (美), **col·our·less** (英)

[ˋkʌləlɪs; ˈkʌləlɪs] adj. **1** 無生氣的; 平淡無奇的, 乏味的. **2** 〔液體等〕無色的. **3** 不偏頗的, 中立的. **4** 〔臉等〕氣色不好的, 面無血色的.

cólor līne n. =color bar.

cólor schème n. ⓒ (庭園, 室內等的)色彩設計〔搭配〕.

co·los·sal [kəˋlɑsl; kəˈlɒsl] adj. **1** 巨大的; 極大的〔量〕. **2**《口》驚人的, 可觀的. a colossal success 非常成功.

Col·os·se·um [ˌkɑləˋsiəm; ˌkɒləˈsiəm] n. **1** (加 the)古羅馬的圓形競技場; 其遺跡. **2** (colosseum) =coliseum 1.

co·los·si [kəˋlɑsaɪ; kəˈlɒsaɪ] n. colossus 的複數.

co·los·sus [kəˋlɑsəs; kəˈlɒsəs] n. (pl. -los·si, ~es) ⓒ **1** 巨像. **2** 巨人, 偉人; 巨大之物.

col·our [ˋkʌlə; ˈkʌlə(r)] n., v. 《英》=color.

col·our·ful [ˋkʌləfəl; ˈkʌləfʊl] adj. 《英》= colorful.

＊**colt**[1] [kolt; kəʊlt] n. (pl. ~s [~s; ~s]) ⓒ **1** (雄的)小馬(通常指未滿四歲; 雌的是 filly; → horse 〔參考〕). **2** 年輕無經驗的人.

colt[2] [kolt; kəʊlt] n. ⓒ 科爾特式自動手槍(Colt 為商標名).

colt·ish [ˋkoltɪʃ; ˈkəʊltɪʃ] adj. **1** 像小雄馬般的. **2** 〔孩子等〕蹦蹦跳跳的.

Co·lum·bi·a [kəˋlʌmbɪə, -bjə; kəˈlʌmbɪə] n. (加 the)哥倫比亞河(流經美國華盛頓州和俄勒岡州的州界, 注入太平洋).

District of Columbia →見District of Columbia.

col·um·bine [ˋkɑləmˌbaɪn; ˈkɒləmbaɪn] n. ⓒ 樓斗菜(觀賞用的多年生草本植物).

Co·lum·bus [kəˋlʌmbəs; kəˈlʌmbəs] n. **Chris·topher ~** 哥倫布(1451?-1506)(生於義大利, 1492年駛抵美洲大陸的航海家).

Colúmbus Dày n. 《美》哥倫布紀念日(紀念他發現美洲大陸(10月 12日); 1971年以後法定紀念日為10月的第二個星期一).

＊**col·umn** [ˋkɑləm; ˈkɒləm]

n. (pl. ~s [~z; ~z]) ⓒ
〖圓柱〗 **1** (建築)圓柱.
2 圓柱形之物. a column of smoke 一縷輕煙.
〖縱列之物〗 **3** (數字等的)縱列(↔ row). a column of figures 直排的一列數字.
4 (報紙, 書籍等的)欄; (報紙, 雜誌等的)專欄. The article ran across three columns. 那篇文章占了三欄/advertising columns 廣告欄.

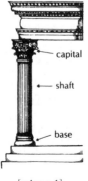

capital

shaft

base

[column 1]

5 (士兵, 車輛等的)縱隊, 縱列. (→ line[1]).

＊**col·um·nist** [ˋkɑləmnɪst, ˈkɑləmnɪst; ˈkɒləmnɪst] n. (pl. ~s [~s; ~s]) ⓒ 專欄作家(column 4 的定期撰稿人).

com- pref. con- 的別體(用於 m, p, b 之前). command. company. combine.

co·ma [ˋkomə; ˈkəʊmə] n. ⓤ 昏迷(狀態). in a coma 陷入昏迷狀態.

Co·man·che [koˋmæntʃi; kəˈmæntʃi:] n. (pl. ~, ~s) ⓒ 科曼奇人(美國印第安人的一族).

co·ma·tose [ˋkoməˌtos, ˈkomə-; ˈkəʊmətəʊs] adj. **1** 昏迷狀態的. **2** 《口》昏昏欲睡的; 不活潑的.

＊**comb** [kom; kəʊm] (★注意發音) n. (pl. ~s [~z ~z]) ⓒ 〖梳子〗 **1** 梳子; (加 a)梳頭髮(的動作). 〖梳狀物〗 **2** (特指公雞的)雞冠; 浪頭, 浪峰. **3** 蜂巢(honeycomb).
— vt. **1** 用梳子梳, 梳理, 刷, 〔頭髮, 毛皮〕; 梳開〔羊毛, 麻等〕(以供紡紗之用).
2《口》徹底搜尋(場所等). We combed the whole neighborhood for the missing dog. 我們為了找走失的狗把整個附近地區都搜遍了.
cómb/.../óut 把…清除; 把〔不要的物, 人〕挑出來清除掉;「掃除」….

com·bat [ˋkɑmbæt, ˋkʌm-; ˈkɒmbæt] n. ⓤ 戰鬥, 格鬥. be killed in combat 在戰鬥中被殺. ⓟ combat 是解決兩者間爭端的戰鬥; fight 也是打鬥, 但指用手腳的扭打.
— [ˋkɑmbæt, ˋkʌm-, kəmˋbæt; ˈkɒmbæt] (~s; ~ed, ~ted; ~ing, ~ting) vt. 與…戰鬥, 與…打鬥, 與…搏鬥. combat the enemy 與敵人戰鬥/combat the storm 與暴風雨搏鬥/combat inflation 對抗通貨膨脹.
— vi. 戰鬥; 抗爭; 《with, against》. combat against injustice 與不公正抗爭.

com·bat·ant [ˋkɑmbətənt, ˋkʌm-; ˈkɒmbətənt] n. ⓒ 戰鬥者. ↔ noncombatant.
— adj. 戰鬥的.

com·bat·ive [kəmˋbætɪv, ˋkɑmbətɪv, ˋkʌm- ˈkɒmbətɪv] adj. 好戰的, 好爭的; 戰鬥的.

com·bat·ive·ly [kəmˋbætɪvlɪ, ˋkɑmbə-ˋkʌm-; ˈkɒmbətɪvlɪ] adv. 鬥志旺盛地.

＊**com·bi·na·tion** [ˌkɑmbəˋneʃən; ˌkɒmbɪˈneɪʃn]

n. (pl. ~s [~z; ~z]) **1** ⓤ 結合; 混合; 組合; 聯合; 結合物, 組合(的東西). a combination of talent and industry 天賦和勤勉的結合/A Japanese company is building the plant in combination with a Canadian company. 某日商與某加拿大商共同建造那間工廠/What combination of colors do you like best? 你最喜歡甚麼樣的顏色組合?
2 (combinations)連補襯衣(特指男用的上下連身內衣). **3** (化學) ⓤ 化合; ⓒ 化合物.
combinátion lòck n. ⓒ 號碼鎖.

＊**com·bine** [kəmˋbaɪn; kəmˈbaɪn] (★與 n. 的重音位置不同) v. (~s [~z; ~z]; ~d [~d; ~d]; -bin·ing) vt. **1** 使結合, 使聯合, 使組合, 《with》; (使)結合…成《into》. combine the

ory *with* practice 結合理論與實務/We *combined* our efforts. 我們把力量結合起來/*combine* the two teams *into* a stronger one 把兩隊合併爲更強的一隊.

2 使混合. If you *combine* blue and yellow, you will get green. 如果你把藍色和黃色混合, 就會得到綠色.

3 兼備, 兼具, 〔性質, 特徵等〕. *combine* speed and safety 兼具速度和安全性.

4〔化學〕使化合.

— *vi.* **1** 結合, 混合; 聯合, 團結. Oil and water do not *combine*. 水和油不會混合.

2〔化學〕化合(*with*). ⇨ *n.* **combination**.

—〔ˋkɑmbaɪn, kəmˋbaɪn; ˈkɔmbaɪn〕*n.* ⓒ **1**(目的在於操縱價格的)企業聯營; (出於共同目的的)政治聯合. **2** 收割去殼兩用機(兼具收割和去殼兩種功能的農業用機械).

com·bin·ing〔kəmˋbaɪnɪŋ; kəmˋbaɪnɪŋ〕*v.* combine 的現在分詞, 動名詞.

combíning fòrm *n.* ⓒ〔文法〕結合詞(構成複合字的要素; 比字首(prefix)、字尾(suffix)更明顯具有構成單字的性質; 例: Anglo-, homo-, -graph).

com·bus·ti·ble〔kəmˋbʌstəbl̩; kəmˈbʌstəbl̩〕*adj.* **1** 易燃的, 可燃的. **2** 易激動的〔人, 性質〕.

— *n.* ⓒ (通常 combustibles)可燃物.

com·bus·tion〔kəmˋbʌstʃən; kəmˈbʌstʃən〕*n.* ⓤ 燃燒, 著火. spontaneous *combustion* 自燃.

‡**come**〔kʌm; kʌm〕*vi.* (~s〔~z; ~z〕; **came**; ~; **com·ing**)〖來〗 **1** 來, 過來(這裡), (⟷ go). *Come* here. 到這裡來/Please *come* and see me next week. 下星期請來看我(〖語法〗這是較 come *to* see me 不正式的說法; 在 come and see 這樣的祈使句中, 可以用 and do 代換 to do 的動詞有: be sure, go, run, stop, try 等; 而(美) come see me 又比 come and see me 更不正式)/The policeman *came* running toward me. 那個警察朝我這邊跑過來/Are you *coming* to the meeting? 你也要出席會議嗎? (★這種說法的前提是說話者也要出席會議).

2〖(從我方看)來〗(向對方所在的位置)去, 拜訪. I'm *coming* now. (被叫時)來了, 馬上來[去].

〔○ come 和 go〕
(1)到對方所在[曾在, 將在]之處時用 come: I'll *come* to your house this evening. (我今晚會到你家 (★(預期)對方在家的情況; 若知道對方不在則用 come 則用go)).
(2)和對方一起去的情況用 come, go皆可: How about *coming* [*going*] with me to the movie tonight? (今晚和我去看電影好嗎?)
★(1), (2)的說明亦適用於 bring 與 take 的區別.

3〔按照順序〕(循序而)來, 〔時間〕來臨; 〔與序數連用〕(在賽跑, 考試中)位居 … 名. April *comes* between March and May. 4 月介於 3 月和 5 月之間/Summer has [is] *come*. 夏季已經來臨了/Halley's Comet will *come* again in 2062. 哈雷彗星將

come 285

在西元 2062 年再度來臨/John *came* first in the race and Roger *came* third. 約翰在賽跑中跑第一, 羅傑跑第三/As for me, my family *comes* first. 對我來說, 家庭是最重要的.

〖到達〗 4 到達, 抵達, 至, (*to*). Then we *came to* a beautiful valley. 接著我們來到一座美麗的山谷/The water *came* (up) *to* our knees. 水深及膝/*come to* the age of marriage 到達適婚年齡.

5(金額等)成爲, 達到, (*to*). Your bill *comes to* $40. 你的帳單共湊 40 美元.

6〔達到某種狀態〕(a)〖句型2〗(come **A**)變成 **A** 的狀態. My dream has *come* alive 復活/My dream has *come* true. 我的夢想實現了. (〖語法〗come 用於變成較好的狀態; 變成不良的狀態多用 go)/Your shoelace has *come* undone. 你的鞋帶鬆了(★ A 爲過去分詞時通常與 un- 爲字首的字搭配使用). (b)(用 come *to do*)會成爲…. In time she *came* to love him. 最後她愛上他了/When I *come* to think of it, we are very lucky. (從前並未發覺, 但)當我仔細一想, 我們眞是太幸運了. (c)轉變成, 成爲(某種狀態), (→片語 come to¹, come into (2)). (d)(與 how 連用)陷入…的窘境. How did you *come to* commit robbery? 你爲何淪爲強盜?

7〔商品以特定的形態〕販售. This type of shoe *comes* in three colors. 這款鞋子有三種顏色/This new model *comes* with an 1800 cc engine. 這款新車配備 1800 cc 的引擎.

〖出來＞發生〗 8 發生〔事情〕; 產生, 落到身上; (*to*). No harm will *come to* you. 對你不會有任何害處的.

9(作爲結果)產生, 成爲…, (→片語 come of (1), come from (2)).

10〔想法等〕浮現; 〔感情等〕產生, (*to*); 〔物〕生長, 形成. A good idea *came to* him. 他想到了一個好主意/The wheat began to *come*. 小麥發出芽了.

11(用現在式)〔人〕出身(自)…, 出生, (→片語 come from (1), come of (2)).

12(感歎詞性)喂, 得了, (用於祈使句表示責備、警告、鼓勵等). *Come, come*; don't weep. 喂, 好啦; 別哭了/*Come*, no more nonsense! 好了, 別再胡扯了!

13(口)…來了就, 到了…就. He will be seventy *come* Christmas. 到了今年聖誕節他就 70 歲了(★此處的 come 是假設語氣現在式).

as...as they cóme 格外…(★…通常是表示個性的形容詞). He is *as* tough *as they come*. 他極爲頑強.

* **còme abóut** 發生, 產生; (風向)改變. The accident *came about* through his carelessness. 那件事故是由於他的疏忽所造成的/How did it *come about* that he was fired? 他怎麼會被開除呢?

* **cóme across¹** … (1)遇上…; 突然發覺…. I *came across* him at the station. 我在車站碰到他. (2)橫

越…; 〔想法等在腦海中〕浮現.

còme acróss[2] 《口》〔話〕順利傳達, 接收; 給與(…的)印象. He *comes across* well on TV. 他在電視上很上鏡頭.

cóme áfter[1] 從後面來.

cóme áfter[2]… (1)在…之後到來, 跟隨…, 繼…之後; 尋找…. Tuesday *comes after* Monday. 星期二在星期一之後. (2)〔打算襲擊而〕在…之後追. A big dog was *coming after* me. 一隻大狗緊追著我而來.

còme agáin (1)再來. (2)《口》(用 Come again?)請再說一次.

* **còme alóng** (1)來到, 出現. An opportunity *came along*. 好機會來了. (2)一起〔跟著〕來. Won't you *come along* for a ride? 你不一起來兜風嗎?/Come along! 快點! 走吧! 跟上來! (3)順利進展, 一帆風順. How's the work *coming along*? 工作進行得如何?/How are you *coming along with* your studies? 書唸得怎麼樣?

còme and gó 來往往往; 變遷. Men may *come and go*, but Nature remains for ever. 人事會變遷, 但大自然永存.

* **còme aróund** 《美》 (1)迂迴而至; 來訪. The Olympic Games *come around* every four years. 奧運會每四年舉辦一次/I'll *come around* tonight. 我今晚會來拜訪您. (2)恢復(健康, 知覺等); 甦醒. The woman fainted but soon *came around*. 那個女人昏倒, 但很快就醒過來了. (3)(改變意見)同意, 讓步. He finally *came around* to my way of thinking. 他最後終於同意我的想法. (4)改變方向; 〔風向〕改變.

cóme at… (1)把…弄到手. *come at* the truth 得知真相. (2)向…襲擊. He *came at* me with a knife in his hand. 他手裡拿著刀朝我走來.

còme awáy (1)《英》離開(那個地方), (離開那裡)到這裡來. Have a good time, but *come away* at ten. 祝你玩得愉快, 但十點就要回來(對去參加派對的孩子說). (2)〔柄等〕(自然地)脫落. I tried to pick the jug up, but the handle just *came away*. 我要拿起水壺時, 把手剛好脫落了.

* **còme báck** (1)回來, 返回; 回到(to 〔原本的狀態, 話題等〕). *come back* home 回家/We'll *come back* to the subject later. 我們稍後再回到這個話題. (2)〔流行或人氣等〕再度活躍, 捲土重來; 恢復. Long dresses are *coming back*. 長裙又再度流行. (3)想起. The author's name won't *come back* to me. 我怎麼也想不起來那個作家的名字. (4)頂嘴(at).

cóme befòre… 在…之前來; 先於…, 優先於…. June *comes before* July. 6 月在 7 月之前/To Joe, work always *came before* pleasure. 對喬來說, 工作總是優先於玩樂.

cóme betwèen… 進入〔插入〕…之間; 離間, 使〔友誼〕破裂. Don't worry; I will never let anyone *come between* us. 不要擔心, 我絕不會讓任何人破壞我們的感情.

còme bý[1] 經過, 來訪; 《美、口》靠近.

* **cóme bý**[2]… (1)把…弄到手. This book is very hard to *come by*. 這本書很難弄到手. (2)《美、口》順便到…, 來. I'll *come by* your house on the way. 我會在途中順便到你家. (3)=come across[1] (1).

còme clóse to…=come near to…

* **còme dówn** (1)落下(→ descend 圖); 降下, 〔雨等〕降落. *come down* to breakfast (從樓上的臥室)下樓來吃早餐. (2)降低, 減少; 〔價格〕下跌. The price of satellite antennas has *come down* recently. 衛星電視用的天線最近價格下跌了. (3)倒下, 臥床, 《with 〔病等〕》. Johnny can't go to school this week: he's *come down with* the flu. 強尼這個星期沒辦法去上學, 他因為流行性感冒臥病在床. (4)〔傳說, 風俗等〕流傳. This song has *come down* to us through many generations. 這首歌已經流傳了好多個世代. (5)失去地位〔尊敬等〕. *come down* in the world 落魄. (6)《英》大學畢業.

còme dówn on [upon]… (1)(很急地〔突然地〕)向…襲擊; 向…強烈要求(for; to do). The bank *came down on* me to pay back the loan. 銀行緊逼著我還貸款. (2)嚴厲申斥…, Bob *came down on* me hard for borrowing his car without asking him. 鮑伯嚴厲地指責我沒問過他就借用他的車.

còme dówn to… 總之成為…. It *comes down to* a matter of money. 那終究是錢的問題.

* **cóme for**… (1)來拿〔迎接〕…. She *comes for* her child every day. 她每天來接孩子. (2)向…襲擊而過來.

còme fórward 挺身而出; 提出. *come forward* for election 參加競選/*come forward* with information 主動提供訊息/*come forward* in life 出人頭地.

* **cóme from**… (1)來自…; 〔人〕出身於…, 生於…. Where do you *come from*? 你是哪裡人? (★本來為詢問「出生地」, 但更常用於詢問「現在生活的地方」; 可與 Where did [have] you *come from*?〔你從哪裡來?〕比較)/He *comes from* an old family. 他出身於古老的家族. (2)自…產生, 來自…. His knowledge *comes* mostly *from* reading. 他的知識主要得自於閱讀.

* **còme ín** (1)進入〔房間或房間等〕; 到達; 〔比賽〕得(第幾名). *Come in*. 進來/The train *came in*. 火車進站了/*come in* second 名列第二. (2)流行; 開始使用. Miniskirts *came in* in the sixties. 迷你裙從 60 年代開始流行. (3)〔收入〕到手. (4)當選, 〔政黨〕掌權. (5)參加; 起作用. That's where you *come in*. 這會兒就用得到你了. (6)〔季節, 月份〕開始. Spring *came in* with cherry blossoms. 春天到了, 櫻花也開了. (7)(通訊)回答 *Come in* please, London. 倫敦, 聽到請回答. (8)參加(《on 〔計畫等〕》). No one would *come in on* such a project. 沒有人要參與這個計畫.

còme ín for… 得到〔應得的東西, 權利等〕; 繼承…; 受到〔責備等〕. *come in for* an inheritance 繼承遺產/She *came in for* a lot of criticism. 她

遭到許多責難.

* **cóme into...** (1)進入… He *came into* my room. 他進了我的房間. (2)進入[變成][某種狀態]. *come into* existence 出生/*come into* sight 看到/*come into* vogue 流行起來([語法]being, contact with…, effect, power 等也可用 come into 的句型; ➡ go out of...; 與 come into... 相對應的及物動詞句型爲 bring A into B). (3)[錢等]到手; 繼承[遺產等]. Robert *came into* a large fortune when his uncle died. 羅伯特在他叔父去世時繼承了一大筆財產.

cóme near.=**còme néar to...** (1)接近…; 與…匹敵. His latest novel doesn't *come near* (to) his earlier ones. 他最新這本小說比不上他早期的小說. (2)差一點就…((do)ing). She *came near* (to) drowning. 她差點溺斃.

cóme of... (1)(作爲結果)由…產生, 是…的結果. No good can *come of* it. 它不可能帶來好處. (2)出身於…. *come of* a good family 出身自好人家.

* **còme óff**[1] (1)[鈕扣等]脫落, 掉落, 剝落; [油漆等]剝落. A hand of the doll *came off*. 娃娃的一隻手脫落了. (2)舉行. The examination *came off* last week. 上星期舉行考試. (3)成功, 順利進行, ([語法]「使成功」的及物動詞是 bring/…/off). The experiment did not *come off*. 那個實驗沒有成功. (4)(作爲結果)成爲…, 成爲…結果. In the competition George *came off* best. 喬治在比賽中得第一/*come off* well [badly] 成功[失敗].

cóme off[2]... 從…脫落; 降落; 掉落; 脫離. The jockey *came off* his horse during the race. 那騎士在賽馬中墜馬.

Còme óff it! (口)別裝蒜了! 別扯了!

* **còme ón**[1] (1)(口)[夜, 季節, 暴風雨等]來臨, 接近, 開始; [疾病等]變嚴重, 加重. The rain *came on* about noon. 正午時分下起雨來. (2)進展, 進行, 進步; 跟進; 繁榮. He is *coming on* fast with his English. 他的英語進步得很快/I'll *come on* later. 我隨後就來. (3)[演員等](在舞臺或銀幕上)出現, 登場; [戲劇等]上演, 放映. "Hamlet" is *coming on* next week. 「哈姆雷特」將於下星期上演. (4)[訴訟等]被提出. The case will *come on* next week. 這件案子下個星期會提出. (5)[電器等]打開. (6)(口)(用祈使語氣)怎, 去吧; [挑戰]來吧; (帶有請求, 制止等之意)請啦! 好啦! 少來了! *Come on; we'll be late!* 快點, 我們要遲到了!/Please tell me. *Come on!* 拜託告訴我啦, 好啦!

cóme on[2]...=come upon.

Còme òn ín! (美、口)請進來吧!

* **còme óut** (1)出來, 出現; [花]開; 發[芽]; [牙齒, 釘子等]脫落. The moon has *come out*. 月亮已經出來了. (2)出版; 發表. Her first story *came out* in a magazine. 她的第一篇小說在雜誌上發表. (3)傳播開來, 廣爲知曉. The secret has *come out*. 這個秘密洩露出來了/It *came out* that the man had been killed in the war. 大家都知道這個人在戰爭中陣亡了. (4)結果是…; [合計]爲…(at). Everything will *come out* all right. 一切都會沒事的/*come out* first in math 數學第一名. (5)[與副詞(片語)連用]拍攝(於照片中); [照片]被顯像. You *came out* well in this photo. 你在這張照片中很上相. (6)首次登臺. (7)(英)罷工. *come out* (on strike) over the question of wages 因薪資問題而罷工. (8)表明自己的想法, 清楚表示(贊成, 反對的態度. Most newspapers have *come out* against the bill. 大多數的報紙對此項法案表示反對的態度.

cóme óut with... (口)說出…, 洩露…. *come out with* the truth 說出實話.

* **còme óver**[1] (1)來, 遠道而來; 來訪. *come over* to Taiwan from England 從英國遠道來臺灣/Will you *come over* tomorrow? 你明天會來嗎? (2)(從敵人)成爲朋友; 改變意見((to)(我方)). *come over* to our side 倒戈加入我方.

cóme over[2]... 襲擊…, 降臨[…的身上]. A change has *come over* him. 他的身體起了變化.

cóme róund=come around.

* **còme through**[1]... (1)穿越…. *come through* the tunnel 穿越隧道. (2)擺脫, 度過, [危險, 危機等]. You've *come through* a very difficult operation. 你已熬過一次非常困難的手術.

* **còme thróugh**[2] 突破難關; 保住性命; [電話]接通. The patient will *come through*. 這個病人會脫離險境的. (2)不幸負期望, 成功. The divorce *came through*. 離婚成立.

* **cóme tó**[1]... (1)來到[某場所]; 達到[某種狀態, 階段]; (→ *vi.* 1, 4, 5, 8, 10). *come to* the same conclusion 達到同一結論/*come to* little 沒有成績/不得了的大事/when it *comes to*...(→片語). (2)[財產等]遺留給…, 成爲…所屬.

● ── come to+名詞的慣用語

come to blows 打了起來, come to a close 結束, come to an end 結束, come to grief 遭遇不幸, come to grips with 和…扭打起來, come to a halt 停止, come to harm 遭受危害, come to life 復活, come to light 揭露出來, come to notice 引起注意, come to pass 發生, come to a stop 停止, come to terms 達成協議.

★有時 bring...to 是與對應及物動詞的用法 (→ bring...to a close (close *n.* 的片語)等).

---

còme tó[2] 恢復知覺, 甦醒. When I *came to*, I found myself in the hospital. 當我醒來時, 我發現自己在醫院裡.

cóme to onesèlf=come to[2].

còme to thát (口)其實, 實際上.

còme to thínk of it (副詞性)(口)想想看(→ *vi.* 6 (b)).

cóme under... (1)編入…類別[項目]. This idiom *comes under* "come." 這個慣用語歸入 come 這個詞條. (2)受到[支配, 攻擊等]. The new policy *came under* heavy criticism. 那項新政策受到嚴厲的批評.

C

＊**còme úp** (1)上，上升，上來；向(中心地)，去城裡．The sun has *come up*. 太陽已經升起/*come up* to Taipei 上臺北．(2)(地位或階級)提升，晉升．*come up* in the world 出人頭地．(3)接近，來到(身邊)．He *came up* to me and said "Hello." 他走到我身邊說「嗨」．(4)(事情)成爲話題，提出．The same topic always *comes up* in our conversations. 同樣的話題總是出現在我們的談話中．(5)(事件，暴風雨等)發生；(葉或芽)長出．

còme úp against... 碰到(困難，反對)，*come up against* unexpected difficulties 遭遇出乎意料的困難．

＊**còme upon...** (1)碰到⋯，偶然看見⋯，忽然注意到⋯．I *came upon* the book in the college library. 我在大學圖書館裡碰巧找到這本書．(2)(發作等)突然襲擊⋯．

còme úp to... (1)→come up (1),(3). (2)達到⋯；與⋯匹敵；符合(期望等)．His new play *came up to* all our expectations. 他的新劇本完全符合我們的期望．

＊**còme úp with...** (1)追上⋯．He ran and *came up with* her. 他跑著追上了她．(2)(口)想出，想到，提出，(主意，回答等)；產生⋯．He *came up with* a good idea. 他提出了一個很好的主意．

còme what máy 不管發生甚麼事．

Hòw còme...? → how 的片語．

if it còmes to thát 如果這樣說的話(用在含有責備語氣的回答)．

to còme 未來的，將來的．the world *to come* 來世/in years *to come* 在未來的(許多年裡)．

when it còmes to... 說到⋯．*When it comes to* speaking in French, Tom is second to none in our class. 說到講法語，湯姆在我們班是最棒的．

come·back [`kʌm,bæk; 'kʌmbæk] *n.* ⓒ(健康、人緣等一度衰退後的)恢復，復原，重新盛行．make a *comeback* 重新盛行起來．

co·me·di·an [kə`midɪən; kə'mi:djən] *n.* ⓒ喜劇演員，滑稽演員，(喜劇是 comedy)．

co·me·di·enne [kə,midɪ`ɛn; kə,mi:dɪ'en] (法語) *n.* ⓒ喜劇女演員，滑稽女演員，「的複數．

com·e·dies [`kamədɪz; 'kɔmədiz] *n.* comedy 的複數．

come·down [`kʌm,daʊn; 'kʌmdaun] *n.* ⓒ (口) **1** (地位、品格等的)一落千丈，下降；落魄．**2** 使人失望的事物，失望的原因．

＊**com·e·dy** [`kamədɪ; 'kɔmədi] *n.* (*pl.* -**dies**) ⓤ 喜劇；ⓒ(一部)喜劇．(◆ tragedy). Shakespeare's *comedies* 莎士比亞的喜劇/stage a *comedy* 上演喜劇．
2 ⓤⓒ喜劇的場面(事件)；喜劇的要素，笑料．
⇨ *adj.* **comic, comical.**

come·hith·er [,kʌm`hɪðɚ; ,kʌm'hiðə(r)] *adj.* (限定)(口)誘惑人的(眼神等)．

come·li·ness [`kʌmlɪnɪs; 'kʌmlɪnɪs] *n.* ⓤ 標緻．

come·ly [`kʌmlɪ; 'kʌmli] *adj.* 標緻的，好看的．

(★稍舊式的說法)．

com·er [`kʌmɚ; 'kʌmə(r)] *n.* ⓒ **1** (通常在前面加形容詞)⋯來的人(物)．the first *comer* 第一個來的人．**2** (美、口)有希望的人．

＊**com·et** [`kamɪt; 'kɔmɪt] *n.* (*pl.* ~**s** [~s; ~s]) ⓒ 彗星，掃帚星．the tail of a *comet* 彗星尾巴/A *comet* appeared suddenly on the political scene like a *comet*. 他如彗星般忽然出現在政界．

come-up·pance [kʌm`ʌpəns; kʌm'ʌpəns] *n.* ⓒ(口)(通常用單數)應得的報應．

＊**com·fort** [`kʌmfɚt; 'kʌmfət] *n.* (*pl.* ~**s** [~s; ~s]) **1** ⓤ安樂，舒適．live in *comfort* 生活舒適．
2 ⓒ (通常用 comforts) (食衣住等方面)使生活舒適的東西(重要性居於必需品(necessaries)和奢侈品(luxuries)之間)．The hotel offers all the *comforts* of home life. 這間旅館提供了所有舒適居家生活所需的設備．
3 ⓤ安慰，慰藉．find *comfort* in one's hobby 從自己的嗜好中得到慰藉/He took *comfort* in [from] reading. 他從閱讀中得到安慰/She gave me *comfort* when I was sad. 她在我傷心時安慰我．
4 ⓒ給與安慰的人(物)．Singing is a *comfort* to me. 歌唱對我是一種慰藉．
— *vt.* (~**s** [~s; ~s]; ~**ed** [~ɪd; ~ɪd]; ~**ing**) **1** 安慰，鼓勵，使提起精神．*comfort* a person for his loss 安慰某人所遭遇的損失．
2 使舒適(肉體上或食衣住等方面)．
⇨ *adj.* **comfortable.**

＊**com·fort·a·ble** [`kʌmfətəbl; 'kʌmfətəbl] *adj.* **1** 使人舒適的，(物)舒服的，舒適的，宜人的．a *comfortable* bed 舒服的床/a *comfortable* room 舒適的房間．
2 (收入等)足夠(過舒適生活的)，get a *comfortable* salary 得到可過舒適生活的薪資．
3 (敘述)(人)不辛苦的，沒有痛苦的，輕鬆的．feel *comfortable* 覺得舒服/Please make yourself *comfortable*. 請別客氣/Are you more *comfortable* now? 你現在舒服點了嗎?(對病人說的話)．
4 (生活)相當富裕的，安定的．

＊**com·fort·a·bly** [`kʌmfətəblɪ; 'kʌmfətəbli] *adv.* 舒適地，舒服地，安樂地，快活地．live *comfortably* 安樂地生活．

com·fort·er [`kʌmfətɚ; 'kʌmfətə(r)] *n.* ⓒ **1** 安慰的人(物)．**2** (美)羽毛被．**3** (英)安撫奶嘴，奶嘴．

com·fort·ing [`kʌmfətɪŋ; 'kʌmfətɪŋ] *adj.* 得到安慰的；使安心的．a *comforting* thought 令人安心的想法．

com·fort·less [`kʌmfətlɪs; 'kʌmfətlɪs] *adj.* (生活等)得不到慰藉的；不快活的；寂寞的．a *comfortless* room 寂寥的房間．

cómfort stàtion *n.* ⓒ(美)公共廁所((英)public convenience)．

com·fy [`kʌmfɪ; 'kʌmfi] *adj.* (口)=comfortable.

com·ic [`kamɪk; 'kɔmɪk] *adj.* **1** 喜劇的．a *comic* actor 喜劇演員/a *comic* picture 喜劇片．
2 滑稽的；漫畫的．a *comic* paper 漫畫報刊．

⇨ *n.* **comedy.** ↔ **tragic.**

— *n.* ⓒ **1** (口)喜劇演員.

2 (美)=comic book. **3** =comic strip.

4 (the comics)(報紙, 雜誌的)漫畫欄.

com·i·cal [ˋkɑmɪk]; ˋkɒmɪkəl] *adj.* 滑稽的, 使人發噱的, 喜劇性的. a *comical* face 很有喜感的臉.

com·i·cal·ly [ˋkɑmɪklɪ, -ɪklɪ; ˋkɒmɪkəlɪ] *adv.* 滑稽地.

cŏmic bŏok *n.* ⓒ 漫畫書, 漫畫雜誌.

cŏmic strĭp *n.* ⓒ (報紙, 雜誌的)連環漫畫 (通常一篇大約有四格).

*com·ing [ˋkʌmɪŋ; ˋkʌmɪŋ] *v.* come 的現在分詞, 動名詞.

— *adj.* 《限定》 **1** 即將來臨的, 下一次的. the *coming* generation 下一代/the *coming* year 來年. **2** 新進的, 有希望的. a *coming* writer 新銳作家.

— *n.* Ⓤⓒ 到達; 臨近. *comings* and goings 到達和出發; (人的)出入, 來去.

*com·ma [ˋkɑmə; ˋkɒmə] *n.* (*pl.* ~s [~z; ~z]) ⓒ 逗號(，).

【◉ comma 的使用方法】

(1)列舉相同詞性的詞彙時: Tom, John(,) and Ned are my friends. (湯姆、約翰、還有奈德都是我的朋友)(and 之前的逗號後可省略) a rough, dusty road (一條崎嶇且塵土飛揚的道路)(此句可改寫成 rough *and* dusty road, 但 an old felt hat (一頂老舊的氈帽)爲 felt hat 加上 old 來修飾, 故在 old 與 felt 之間不能加上逗號或 and, 此外, another, serious problem(再來要談論的是)另一個, 而且是嚴重的問題)與 another serious problem(另一個嚴重的問題)(「除了一個嚴重的問題之外還有另一個」之意)之間語意的差別以逗號的有無加以區別).

(2)逗號用於招呼的語句, yes, no, oh 等感歎詞之後, 或用於插入句的前後.

(3)當副詞子句置於句首, 習慣上在子句結束後會加上逗號: When I went to see Tom, he was out. (我去看湯姆時, 他外出了)(比較: Tom was out *when I went to see Tom.*)

(4)副詞片語置於句首時, 並非一定要在子句末尾加上逗號, 但爲了方便閱讀起見, 加入的情況較多.

(5)非限定用法的關係子句前必須加逗號: I have few students, who are boys. (我沒有幾個學生, 而且是男孩)(比較: I have few students who are boys. (我沒有幾個男學生)=I have few boy students.)

(6)作爲表示最小段落的記號, 適用於各種其他的場合.

---

*com·mand [kəˋmænd; kəˋmɑːnd] *vt.* (~s [~z; ~z]; ~ed [~ɪd; ~ɪd]; ~ing)

【命令】 **1** (a)命令, 要求. *command* silence 命令大家蕭靜. 圊用「命令」之意的 order 只含有「提出意見」「要求」等意味, 而 command 表示握有強權

者所下達的命令, 有務必執行的意味; 因此, The doctor *ordered* a complete rest. (醫生吩咐要徹底休息)中的 ordered 不能以 commanded 代替. (b) 命令 ordered a complete rest. (b)句型5 (command **A** *to* do)命令 A 做…, 下命令. The policeman *commanded* them *to* move on. 警察命令他們前進. (c) 句型3 (command *that* 子句)命令…. The general *commanded* *that* we (should) follow him. 將軍命令我們跟隨他.

【支配】 **2** 指揮, 控制, 支配. *command* a fleet 指揮艦隊/*command* the sea [air] 擁有制海[制空]權.

3 抑制, 克制, 〔感情等〕. *command* one's temper 克制脾氣.

【能按意圖做】 **4** 《文章》能自由運用, 能隨心所欲〔使用〕, 驅使. *command* a lot of money 可以自由支配許多錢/*command* French 通曉法語.

5 瞭望〔風景等〕; (地形上)俯臨. (★這種用法通常以表示地點的字當主詞). *command* (a view of) the plain around 瞭望四周的平原/The fort *commands* the entrance to the bay. 這座要塞位居[扼]海灣的入口.

6 博得, 受到, 值得, 〔尊敬, 同情等〕; 能以〔某價格〕售出. The artist *commands* our admiration. 那位藝術家值得我們讚賞/*command* a good price 能以高價售出.

圉 command＋*n*.: ~ a person's attention (受到某人的注目), ~ a person's loyalty (得到某人的忠誠), ~ a person's respect (受到某人的尊敬), ~ a person's sympathy (受到某人的同情).

— *n.* (*pl.* ~s [~z; ~z]) **1** ⓒ 命令. obey the teacher's *commands* 服從老師的命令. 注意 command 作 ⓒ 與 Ⓤ 時意義不同: give *a command* (下令)/give him *command* (給他指揮權).

圉 *adj.*＋command: an authoritative ~ (正式的命令), a stern ~ (嚴格的命令) // *v.*＋command: carry out a ~ (執行命令), defy a ~ (違抗命令), issue a ~ (發佈命令).

2 〔a Ⓤ〕支配; 運用(語言等)的能力. She has a good *command* of Spanish. 她精通西班牙文〔語〕.

3 Ⓤ 眺望, 展望; (地形上)俯臨. The hill has the *command* of the city. 從這個山丘能眺望城市.

4 Ⓤ 指揮權; ⓒ (軍事)受到指揮的部隊; 司令部. **be at** a pèrson's **command** 服從某人的命令. I am at your *command*. 《雅》我敬候您的差遣.

hàve...at (one's) **command** 能隨心所欲. America *has* ample resources *at* (its) *command*. 美國擁有豐富的資源可供運用.

hàve commánd of... 指揮…; 能自由驅使…; 壓制….

in commánd (*of...*) 指揮〔管理〕…; 受(…)指揮〔管理〕. the officer *in command* 指揮官/The army is *in command of* General Lee. 這支軍隊由李將軍指揮.

C

　tàke commánd of... 指揮….

字源 MAND「命令」: com*mand*, de*mand*(要求), *mand*atory (命令的).

com·man·dant [ˌkɑmənˈdænt, -ˈdɑnt; ˌkɒmənˈdænt] *n.* C (要塞, 城市等的)司令官, 指揮官.

com·man·deer [ˌkɑmənˈdɪr; ˌkɒmənˈdɪə(r)] *vt.* 強徵>入伍; 徵用〔糧食等〕.

***com·mand·er** [ˌkəˈmændɚ; kəˈmɑːndə(r)] *n.* (*pl.* ~s [~z; ~z]) C **1** 指揮者, 領導人, 司令官, 指揮官. the *commander* of the guard 衛兵司令官. **2** 海軍中校.

commánder in chíef *n.* (*pl.* **commanders** 一) C 最高統帥, 總司令.

com·mand·ing [kəˈmændɪŋ; kəˈmɑːndɪŋ] *adj.* 《限定》**1** 指揮的. a *commanding* officer 指揮官. **2** 威風的, 威力懾人的. a *commanding* voice 有威嚴的聲音. **3** 眺望無阻的; 雄踞要塞的.

com·mand·ment [kəˈmændmənt, -ˈmænmənt; kəˈmɑːndmənt] *n.* C (神的)…誡, 戒律. Ten *Commandments* →見 Ten Commandments.

commánd mòdule *n.* C (太空船內的)指揮艙.

com·man·do [kəˈmændo; kəˈmændəʊ] *n.* (*pl.* ~, ~es) C (受過特殊訓練的)突擊隊(員).

commánd perfórmance *n.* C 應國家元首要求或特為其進行的表演〔演奏, 放映〕.

***com·mem·o·rate** [kəˈmɛmə‚ret; kəˈmeməreɪt] *vt.* (~s [~s; ~s]; **-rat·ed** [~ɪd; ~ɪd]; **-rat·ing**) **1** (舉行儀式)慶祝, 紀念. We com*memorated* the 60th anniversary of the founding of our school. 我們舉行了建校六十週年的紀念活動. **2** 〔物〕紀念…. The Monument *commemorates* the Great Fire of London. 這座紀念碑紀念著(1666 年的)倫敦大火.

com·mem·o·ra·tion [kə‚mɛməˈreʃən; kə‚meməˈreɪʃn] *n.* **1** U 紀念. **2** C 紀念儀式[慶典].

　in commemorátion of... 紀念….

com·mem·o·ra·tive [kəˈmɛmə‚retɪv; kəˈmemərətɪv] *adj.* 紀念的; 紀念…的《of》.

***com·mence** [kəˈmɛns; kəˈmens] *v.* (**-menc·es** [~ɪz; ~ɪz]; **~d** [~t; ~t]; **-menc·ing**) *vt.* 開始, 著手; 句型3 (commence do*ing*/to do)開始做…. She *commenced* studying [to study] music. 她開始學音樂.

　— *vi.* 開始. The vacation *commences* on Sunday. 假期從星期日開始. 同 commence 是比 begin 更正式的字; 通用來指需作準備的事物.

　↔ end, finish, conclude.

com·mence·ment [kəˈmɛnsmənt; kəˈmensmənt] *n.* UC **1** 開始, 起源.

2 《美》學位授與典禮, 畢業典禮. *commencement* exercises 《美》畢業典禮.

***com·mend** [kəˈmɛnd; kəˈmend] *vt.* (~s [~z; ~z]; ~**ed** [~ɪd; ~ɪd]; ~**ing**)《文章》**1** 讚揚, 稱讚, (praise). The mayor *commended* the lady for her good deeds. 市長稱讚那位女士的善行.

2 推薦…《to》(recommend).

3 聽任, 委託, 《to》. I *commend* my child to your safekeeping. 我將小孩託付給你照顧.

　⇨ *n.* commendation.

　commménd one*sèlf to...* 博得…的歡心, 給…好印象. The proposal failed to *commend* itself to the directors. (與預期相反)這項提案沒有博得董事們的好感.

com·mend·a·ble [kəˈmɛndəbl; kəˈmendəbl] *adj.* 《文章》值得讚揚的, 出色的, 值得推薦[稱讚]的.

com·mend·a·bly [kəˈmɛndəblɪ; kəˈmendəblɪ] *adv.* 《文章》出色地; 佩服地.

com·men·da·tion [ˌkɑmənˈdeʃən, ˌkɑmɛn-; ˌkɒmenˈdeɪʃn] *n.* **1** U 《文章》讚賞, 推崇.

2 C 獎, 感謝狀, 《for 對於〔軍功〕等).

com·men·su·rate [kəˈmɛnsərɪt, -ˈmɛnsə-; kəˈmenʃərət] *adj.* 《文章》相當的, 相稱的, 《with》.

***com·ment** [ˈkɑmɛnt; ˈkɒment] *n.* (*pl.* ~s ~s] **1** UC (時事問題等的)評論, 批評, 意見. Have you any *comments* to make? 你有甚麼意見嗎?

搭配 *adj.*+comment: a brief ~ (短評), a favorable ~ (好評), a nasty ~ (惡意的批評). *v.*+comment: cause ~ (引起批評), deserve ~ (值得評論).

2 C 注解, 注釋, 解說. *comments* on a text 原文的注釋.

3 U 傳聞, 議論.

　Nò cómment. 不予置評.

　— *vi.* **1** 注釋, 解說, 《on, upon 關於…》.

2 批評, 發表意見, 《on, upon, about 關於…》. My piano teacher *commented* favorably *on* my performance. 我的鋼琴老師讚賞我的演奏.

　— *vt.* 句型3 (comment *that* 子句)評論…. Paul *commented* that Brenda's new dress didn't suit her. 保羅批評布蘭黛的新衣不適合她.

com·men·tar·y [ˈkɑmən‚tɛrɪ; ˈkɒməntərɪ] *n.* (*pl.* **-tar·ies**) C **1** 注解, 注釋, 《對某一作品所有 comments 的總稱》; 集注. a Bible *commentary* 聖經集注. **2** (廣播上的)報導.

com·men·tate [ˈkɑmən‚tet; ˈkɒmənteɪt] *vi.* 注釋; 擔任解說[評論]員; 《on 關於…》.

com·men·ta·tor [ˈkɑmən‚tetɚ; ˈkɒmənteɪtə(r)] *n.* C **1** 注釋者.

2 (廣播的)時事評論員.

***com·merce** [ˈkɑmɚs, -mɜs; ˈkɒmɜːs] U 商業; 通商, 貿易, (★通常指大規模的商業行為). foreign *commerce* 對外貿易/domestic *commerce* 國內貿易/the Department of *Commerce* (美)商務部/carry on [promote] *commerce* with China 與中國通商[促進與中國的貿易].

***com·mer·cial** [kəˈmɜʃəl; kəˈmɜːʃl] *adj.* 商業的, 與商業有關的; 通

商的, 貿易的. *commerical* English 商用英文/ *commercial* correspondence 商業書信. **2** 營利的, 商業(上)的; 以營利爲主的. a *commercial* enterprise 營利事業/a *commercial* program (插播商業廣告的)商業節目/*commercial* television 商業[民間]電視/The movie was a *commercial* success. 這部電影極爲賣座.

— *n.* C(廣播、電視)商業廣告.

com·mer·cial·ism [kə`mɝʃəlɪzəm; kə`mɜːʃəlɪzəm] *n.* U商業主義, 營利主義.

com·mer·cial·ize [kə`mɝʃəl͵aɪz; kə`mɜːʃəlaɪz] *vt.* 使商業[營利]化. *commercialize* Christmas 把聖誕節變得商業化.

commèrcial láw *n.* UC商事法.

com·mer·cial·ly [kə`mɝʃəlɪ; kə`mɜːʃəlɪ] *adv.* 商業上, 商業地, 營利地; 貿易上, 通商上.

commèrcial tráveller *n.* (英)=traveler 2.

com·min·gle [kə`mɪŋɡl̩; kɒ`mɪŋɡl̩] *v.* (文章) *vi.* 攙雜, 混合. — *vt.* 混合.

com·mis·er·ate [kə`mɪzə͵ret; kə`mɪzəreɪt] *vi.* (文章)同情(*with*).

com·mis·er·a·tion [kə͵mɪzə`reʃən; kə͵mɪzə`reɪʃn] *n.* U(文章)憐憫, 同情.

com·mis·sar·i·at [͵kɑmə`sɛrɪət, -`sær-, -`ser-; ͵kɒmɪ`seərɪət] *n.* **1** C(軍事)軍需處(負責軍隊糧食補充的部門). **2** C糧食補給; 糧食.

com·mis·sar·y [`kɑmə͵sɛrɪ; `kɒmɪsərɪ] *n.* (*pl.* **-sar·ies**) C(美)(軍營, 電影製片廠等的)餐廳, 商店.

*com·mis·sion [kə`mɪʃən; kə`mɪʃn] *n.* (*pl.* ~s [~z; ~z]) 【任命】 **1** U(任務, 權限等的)委任, 委託. C委任狀. *commission* of authority to a person 把權限委任某人.

2 C任命(書); (特指)軍官任命(書).

3 C命令, 委託; (美術品製作等的)訂做.

【被任命者】 **4** C(★用單數亦可作複數)委員會. the Atomic Energy *Commission* 原子能委員會.

◉*commission* 與 committee 兩者相較, commission 較含有「被授權具有特定調查、研究權的委員會」之意.

【被委託的工作】 **5** UC任務, 權限. carry out one's *commission* 完成任務.

6 U(商業上的)代理(業務), 代辦. on *commission* (→片語).

7 【委任的報酬】UC手續費, 佣金. receive a ten percent *commission* on sales 收取銷售額的百分之十作爲佣金.

【牽連】 **8** U(文章)犯(罪等). ⇨ *v.* commit.

in commíssion (1)(軍官)現役的; (軍艦)服役中. (2)馬上可以使用的.

on commíssion 受委託; 佣金制.

out of commíssion (1)退役的, 沒有任務的. (2)不能使用的, 故障的. We used the small car because the big one was *out of commission*. 我們用小車, 因爲大車故障了.

— *vt.* **1** 句型5 (commission **A** *to* do)委任, 委託A做…. He *commissioned* the artist to paint

his portrait. 他委託那位藝術家爲他畫像/*commission* a statue *to* be erected 委託豎立一座雕像.

2 句型5 (commission **A B**)任命A(人)爲B(軍官). **3** 使(船艦)服役.

com·mis·sion·aire [kə͵mɪʃən`ɛr, -`ær; kə͵mɪʃə`neə(r)] *n.* C(英)(劇場, 電影院, 旅館等的)門房, 接待員, (穿著制服).

com·mis·sioned [kə`mɪʃənd; kə`mɪʃnd] *adj.* 被任命的. a *commissioned* officer (陸、海軍的)軍官, 士官.

*com·mis·sion·er [kə`mɪʃənə, -`mɪʃnə; kə`mɪʃnə(r)] *n.* (*pl.* ~s [~z; ~z]) C **1** 委員; 行政長官; 局長; (英國駐外的)辦理外交事務的人員. the *Commissioner* of Customs 海關稅務司長/a high *commissioner* →見 high commissioner.

2 (職業體育組織的)管理兼仲裁者(裁定糾紛等的最高負責人).

*com·mit [kə`mɪt; kə`mɪt] *vt.* (~s [~s; ~s]; ~**ted** [~ɪd; ~ɪd]; ~**ting**) 【託付】 **1** 委託, 託付, 交給, (*to*). *commit* a boy *to* (the care of) his aunt 將男孩託付給他的姑媽/*commit* a bill *to* a committee 將法案提交委員會/*commit* a man *to* jail 將人送入監獄/She *committed* her old diary *to* the flames. 她將舊日記付之一炬.

【使命連】 **2** 被束縛於(*to* (某立場)); 使陷入不得不做(某種行爲)的境地. The Prime Minister is *committed to* tax cuts. 首相已承諾要減稅.

3 【牽連】犯(罪等). *commit* a crime 犯罪/A murder was *committed* on this street last night. 昨天晚上這條街上發生一件謀殺案.

⇨ *n.* commission, commitment.

| 搭配 commit + *n.*: ~ a blunder (犯下大錯), ~ an error (犯錯), ~ a sin (違逆道德[宗教]規範), ~ suicide (自殺).

commít onesélf (1)表明自己的意見; 保證(*to*; *to* do). *commit oneself to* nuclear disarmament 表明贊成裁減核武的立場/*commit oneself to* go [going] 保證要去. (2)委身(於)(*to*). *commit oneself to* the doctor's care 接受醫生的照顧.

commít...to mémory →memory 的片語.

commít...to páper → paper 的片語.

com·mit·ment [kə`mɪtmənt; kə`mɪtmənt] *n.* **1** U委託, 委任. **2** UC收容, 拘留, (於監獄, 精神病院等). **3** UC致力於(某種主義等); 參加(運動); 表明; 承諾. *commitment to* the cause of peace 參加和平運動. **4** C責任, 牽連. ⇨ *v.* commit.

com·mit·tal [kə`mɪtl̩; kə`mɪtl̩] *n.* =commitment 2.

com·mit·ted [kə`mɪtɪd; kə`mɪtɪd] *adj.* 獻身的 (*to*).

*com·mit·tee [kə`mɪtɪ; kə`mɪtɪ] *n.* (*pl.* ~s [~z; ~z]) C委員會(→ commission ◉); (集合)委員(★用單數亦可作複數) (一位委員是a committeeman). a *committee*

C

meeting 委員會(會議)/a standing *committee* 常任委員會/a member of a *committee* 委員會的成員/The *committee* meet(s) at three. 該委員會於三點鐘開會.

> 〖搭配〗 *v.*+committee: appoint a ~ (任命委員會), establish a ~ (設立委員會), disband a ~ (解散委員會) // committee+*v.*: a ~ sits(委員會開議), a ~ breaks up (委員會解散).

be on a [*the*] *commíttee* 成為委員, 是委員會的一員.

> ●──用單數亦可作複數的集合名詞
> (1) The *committee* has [have] met and it has [they have] accepted the proposal.
> 該委員會已經召開並且通過了這個提案.
> (2) The *youth* of this country is [are] interested in sports.
> 這個國家的青年對運動感興趣.
> 集合名詞若被視為一個整體[團體]時, 則當單數用; 若被視為(某團體的)個別成員的集合體時則作複數使用, 此情形在《英》中特別多.
> (1)是以可數名詞(ⓒ)單數形作複數用的例子,
> (2)是將不可數名詞(ⓤ)加the而視為複數的例子. 這兩種集合名詞有:
> (1) audience, class, club, company, council, crew, crowd, family, flock, gang, group, government, jury, party, staff, team, union.
> (2) the bourgeoisie, the intelligentsia, the proletariat, the public, the press.
> ★(1)的名詞本身有複數變化形式, (2)的名詞則無複數變化形式.

com·mit·tee·man [kəˋmɪtɪmən, -ˏmæn; kəˈmɪtɪmən] *n.* (*pl.* **-men** [-mən, -ˏmɛn; -mən]) ⓒ 委員.

com·mode [kəˋmod; kəˈməud] *n.* ⓒ **1** (有抽屜、隔板的)櫃子, 檯, 五斗櫃. **2** (移動式)洗臉臺. **3** (可坐式的)夜壺.

com·mo·di·ous [kəˋmodɪəs; kəˈməudjəs] *adj.* 《雅》〔房屋, 房間〕寬敞的, 寬敞而舒適的.

*****com·mod·i·ty** [kəˋmɑdətɪ; kəˈmɒdɪtɪ] *n.* (*pl.* **-ties** [~z; ~z]) ⓒ (常 commodit*ies*) 商品, 日用品, 必需品. prices of *commodities* 物價/household *commodities* 家庭用品.

com·mo·dore [ˋkɑməˏdor, -ˏdɔr; ˈkɒmədɔː(r)] *n.* ⓒ **1** 海軍准將(介於海軍少將和海軍上校之間的階級). **2** 艦隊司令官(對資深的艦[船]長等的敬稱). *Commodore* Perry 培里司令.

✽com·mon [ˋkɑmən; ˈkɒmən] *adj.* (**~er**, more ~; **~est**, most ~)〖共同的〗 **1** 共同的, 共通的, 共有的, (→ mutual〖語法〗). *common* property 共有的財產/*common* interests 共同的利益/*common* to the two houses. 這座花園是兩間房子共有的/English serves as the *common* language of many Asians. 英語

對許多亞洲人而言是一種共通的語言.
2〖社會上共通的〗公共的, 公眾的, 一般的. *common* welfare 公共福利/the *common* good 公益. 回 指合乎某個特定的社會、集團等的共通性, 其普遍的程度較 general 為低.
〖一般性的＞平常的〗 **3** 普通的, 不稀奇的. the *common* people 平民, 百姓/a *common* and natural career 平凡的生涯/a *common* cold 普通的感冒/a *common* saying 常用的俗語/Such accidents are very *common* nowadays. 這樣的事故在現在一點也不稀奇.
4《輕蔑》〔人、態度, 趣味等〕粗俗的, 低級的, 粗野的. *common* manners 粗俗的舉止/*common* clothes 品質不佳的衣物/She is very *common*. 她很粗俗.
── *n.* ⓒ (村子等的)公有地(特指沒有圍籬的空地). play cricket on the village *common* 在村子的公有地上打板球.
*****in* *cómmon* 共通地, 共同地; 同樣地;《*with*》. We have something [nothing, little] *in common*. 我們有一些[毫無, 幾乎沒有]共同點/In *common with* many students, he does a part-time job. 他跟大多數學生一樣, 有一份兼差的工作.
out of (*the*) *cómmon* 非凡的; 異常的.

> ●──有兩種比較級與最高級變化的形容詞

common 普通的	commoner more common	commonest most common
handsome 漂亮的, 英俊的	handsomer more handsome	handsomest most handsome
hollow 空的	hollower more hollow	hollowest most hollow
pleasant 愉快的	pleasanter more pleasant	pleasantest most pleasant
polite 有禮貌的	politer more polite	politest most polite
secure 安全的	securer more secure	securest most secure
stupid 笨的	stupider more stupid	stupidest most stupid

còmmon divísor *n.* ⓒ《數學》公因數. the greatest *common divisor* 最大公因數(略作GCD).
com·mon·er [ˋkɑmənə; ˈkɒmənə(r)] *n.* ⓒ (相對於貴族的)平民, 百姓.
còmmon génder *n.* ⓤ《文法》通性(指像 child, baby 這種兩性通用的字).
còmmon gróund *n.* ⓤ (關於議論等的)共同立場.
còmmon knówledge *n.* ⓤ 人人皆知的[眾所周知的]事實, 常識, (→ common sense).
còmmon láw *n.* ⓤ《英美法律》習慣法(不經由議會制定, 而是源於各個判例的基礎慣例或不成文法; → statute law).
com·mon-law [ˋkɑmənˏlɔ; ˈkɒmənˏlɔː] *adj.*

習慣法上的; 非正式婚姻的. a *common-law* wife 非正式婚姻的妻子/*common-law* marriage 《法律》習慣法婚姻(基於男女雙方同意下的同居婚姻關係).

*com·mon·ly [ˈkɑmənlɪ; ˈkɒmənlɪ] *adv.* 一般地, 普通地. It used to be *commonly* thought that the earth was flat. 過去一般人都認為地球是平的/a *commonly* used word 常用字.

Còmmon Márket *n.* 《歷史》(加 the) (歐洲)共同市場(EEC 的俗稱).

còmmon múltiple *n.* ⓒ《數學》公倍數. the least [lowest] *common multiple* 最小公倍數 (略作 LCM).

còmmon nóun *n.* ⓒ《文法》普通名詞(→ 見文法總整理 **3. 1**).

*com·mon·place [ˈkɑmənˌples; ˈkɒmənpleɪs] *adj.* 普通的, 平常的, 不稀奇的. Quarrels on the street were *commonplace* in those days. 當時在街上吵架是很平常的事.
— *n.* (*pl.* -plac·es [~ɪz; ~ɪz]) ⓒ 尋常的事[物], 日常瑣事; 陳腔濫調, 老生常談. a *commonplace* book 備忘錄.

còmmon róom *n.* ⓒ《英》(大學等的)教師[學生]休息室.

com·mons [ˈkɑmənz; ˈkɒmənz] *n.* **1** (作複數)《古》(加 the)平民, 百姓.
2 (作複數)(the Commons) (英國的) (全體)下議院議員; 下議院.
3 (作單數)(特指大學的)大餐廳, 學生餐廳. House of *Commons* →見 House of Commons.

*còmmon sénse *n.* ⓤ 常識, 一般的知識, (非指學到的知識等, 而是指健全的判斷力). This is a case where you'll have to use your *common sense.* 這是個你必須運用常識判斷的情況.

com·mon·sense [ˈkɑmənˌsɛns; ˈkɒmənsens] *adj.* 常識的, 有常識的. a simple *commonsense* approach 簡單而合乎常理的方法.

com·mon·weal [ˈkɑmənˌwil; ˈkɒmənwiːl] *n.* ⓤ《古》(加 the) 公共福利.

com·mon·wealth [ˈkɑmənˌwɛlθ; ˈkɒmənˌwelθ] *n.* ⓒ **1** 共和國, 民主國家.
2 聯邦(特指用於國家的正式名稱中). the *Commonwealth* of Australia 澳大利亞聯邦.
3 (由具有共同利害關係、目的的人們所組成的)團體, 界. the *commonwealth* of writers 文壇.
4 (the Commonwealth)大英國協(過去稱作 the British *Commonwealth* of Nations, 前身為大英帝國; 成員國包括英國、加拿大、澳大利亞等三十幾個國家; 以英國國王為名義上的元首).
5 《美》(用 the Commonwealth of) (a)自治區《Puerto Rico (波多黎各)的正式名稱為 the Commonwealth of Puerto Rico》. (b) (只用於指美國的某些)州《Massachusetts, Pennsylvania, Virginia, Kentucky 的正式名稱, 如 the Commonwealth of Massachusetts》.

Còmmonwealth of Indepèndent Státes *n.* (加 the)獨立國協(1991 年蘇聯解體後由 12 個國家組成的組織; 略作 CIS).

com·mo·tion [kəˈmoʃən; kəˈməʊʃn] *n.* ⓤⓒ 騷動, 大騷亂, 動盪, 混亂.

com·mu·nal [ˈkɑmjun; ˈkɒmjunl] *adj.* **1** (最小行政區等的)自治體的. **2** 公共的, 共同使用的.

com·mune¹ [kəˈmjun; kəˈmjuːn] *vi.* 《文章》親密交談, 密切交往. *commune* with nature 與自然為友/*commune* with oneself 沈思.

com·mune² [ˈkɑmjun; ˈkɒmjuːn] *n.* ⓒ **1** 法國、義大利等國的最小行政區.
2 共同體; 利益共同體.

Còmmune of Páris *n.* (加 the)巴黎公社《(1)(法國大革命時代的)巴黎革命政府(1791-94). (2) 1871 年 3-5 月統治巴黎的革命政府》.

com·mu·ni·ca·ble [kəˈmjunɪkəbl; kəˈmjuːnɪkəbl] *adj.* **1** (思想等)能傳達的.
2 (疾病)傳染性的.

com·mu·ni·cant [kəˈmjunɪkənt; kəˈmjuːnɪkənt] *n.* ⓒ《基督教》領聖餐者(→ Holy Communion).

*com·mu·ni·cate [kəˈmjunəˌket; kəˈmjuːnɪkeɪt] *v.* (~s [~s; ~s]; -cat·ed [~ɪd; ~ɪd]; -cat·ing [~ɪŋ; ~ɪŋ]) *vt.* **1** 把(知識, 情報等)傳播, 告知, 傳達. He *communicated* his secret *to* me. 他把他的祕密告訴我.
2 《文章》傳染, 使感染, (疾病等); 傳(熱等). *communicate* the disease *to* other people 把疾病傳染給別人.
— *vi.* **1** (用書信、信號、身體動作等方式)傳達意思, 通信; 使心靈相通. *communicate* with each other 互相溝通/The bank at once *communicated* with the police. 該銀行馬上通知了警方.
2 《文章》(場所, 房間等)相通, 相連. The living room *communicates* with my study. 客廳和我的書房相通.

com·mu·ni·cat·ing [kəˈmjunəˌketɪŋ; kəˈmjuːnɪkeɪtɪŋ] *v.* communicate 的現在分詞、動名詞.

*com·mu·ni·ca·tion [kəˌmjunəˈkeʃən; kəˌmjuːnɪˈkeɪʃn] *n.* (*pl.* ~s [~z; ~z]) **1** ⓤ (思想, 情報等的)傳播, 通信, 書信往來; 想法的溝通. *communication* of ideas through the printed word 透過文字的思想溝通/She is in *communication* with a highschool student in Canada. 她與一位加拿大的高中生通信.
2 ⓒ《文章》情報; 通知; 信息, 口信. receive a *communication* from our agent 收到我方情報員的情報.
3 (communications)通訊[聯絡]的方式; 交通、通訊系統. The storm destroyed all *communications.* 暴風雨摧毀了所有的交通、通訊系統.
⇨ *v.* **communicate.**

communicátion còrd *n.* ⓒ《英》(火車乘客用的)緊急警報索《此線一拉車就會停止》.

communicátions sãtellite n. C 通訊衛星(略作 comsat).

com·mu·ni·ca·tive [kə`mjunə͵ketɪv; kə'mju:nɪkətɪv] adj. 好說話的，健談的；直爽的.

com·mu·nion [kə`mjunjən; kə'mju:njən] n. U 1 共享，共有. 2 親密的交往. 3 心靈上的溝通. 4 (Communion)=Holy Communion.

com·mu·ni·qué [kə͵mjunə`ke; kə'mju:nɪkeɪ] (法語) n. C 公報.

*com·mu·nism [`kɑmju͵nɪzəm; 'kɒmjonɪzəm] n. U (常作 Communism)共產主義.

*com·mu·nist [`kɑmjunɪst; 'kɒmjonɪst] n. (pl. ~s [~s; ~s]) C 1 共產主義者. 2 (常作 Communist)共產黨員.
— adj. 共產主義(者)的. a communist country 共產主義國家.

com·mu·nis·tic [͵kɑmju`nɪstɪk; ͵kɒmjo'nɪstɪk] adj. 共產主義(者)的.

Cómmunist Párty n. (加 the)共產黨.

com·mu·ni·ties [kə`mjunətɪz; kə'mju:nətɪz] n. community 的複數.

***com·mu·ni·ty** [kə`mjunətɪ; kə'mju:nətɪ] n. (pl. -ties) 1 C 社區，區域(共同體). The crime rate is very low in this community. 這個地區的犯罪率很低.
2 C (利益，宗教，種族等相同的)社群，特殊集團；…社會. the Jewish community in New York 紐約的猶太人社會/an artists' community 藝術家團體/the community of nations 國際社會.
3 (加 the)(一般)社會，公眾. in the interests of the community 基於公益的利益.
4 U (財產等的)共有，共享. community of interests 利益相同.
5 C (動物，植物的)群落.

commùnity anténna télevision n. U (電視)社區共同天線電視[有線電視](略作 CATV).

commúnity cènter n. C 社區活動中心.

commùnity chèst n. U (美)社區福利基金.

commùnity cóllege n. C (美)社區學院(不含宿舍的公立專科學校).

commúnity hòme n. C (英)青少年感化院.

com·mut·a·ble [kə`mjutəbl; kə'mju:təbl] adj. 可交換的，可替代的.

com·mu·ta·tion [͵kɑmju`teʃən; ͵kɒmju'teɪʃn] n. 1 UC (刑罰，債務等的)減輕.
2 U 交換；轉換；C 用轉帳方式支付.
3 U (美)(用定期票)通勤.

commutátion tìcket n. C (美)回數(乘車)票.

com·mu·ta·tor [`kɑmju͵tetɚ; 'kɒmju:teɪtə(r)] n. C (電)整流器，電流換向器.

com·mute [kə`mjut; kə'mju:t] vt. 1 改變〔支付方式〕. 2 減輕〔刑罰，債務等〕，減刑. commute

the sentence from death to life imprisonment 把刑責從死刑減爲無期徒刑.
— vi. (用定期票、回數票)通勤. He commutes between Taipei and Taoyuan every day. 他每天搭車通勤於臺北和桃園之間.

com·mut·er [kə`mjutɚ; kə'mju:tə(r)] n. C (用定期票、回數票)通勤者. a commuter train 通勤電車.

Com·o·ros [`kɑmə͵roz; 'kɑmə͵rouz, 'kɒm-] (加 the)科摩羅群島；葛摩共和國(由位於馬達加斯加島西北部散落在印度洋上的三個島嶼所組成的共和國；首都 Moroni).

***com·pact**[1] [kəm`pækt; kəm'pækt] (★與 n. 的重音位置不同) adj. 1 紮實的，緊密的，堅實的；(小地區)密集的. compact soil 密實的土壤.
2 〔房屋等〕小巧的，小型的. a compact car (英)小型汽車.
3 〔體格〕結實的；〔文體等〕簡潔的. compact style 簡潔的文體.
— vt. 壓緊，使緊縮；使簡潔；使堅實.
— [`kɑmpækt; 'kɒmpækt] n. C 1 附有鏡子的小粉盒(攜帶用). 2 (美)小型汽車.

com·pact[2] [`kɑmpækt; 'kɒmpækt] n. UC 契約，協定. make a compact 訂契約.

còmpact dísk [dísc] n. C 雷射唱片；光碟(利用雷射光讀取聲音或訊息的小型碟片；略作 CD).

com·pact·ly [kəm`pæktlɪ; kəm'pæktlɪ] adv 塞緊地；體積不大地.

com·pact·ness [kəm`pæktnɪs; kəm'pæktnɪs] n. U 緊密；簡潔.

com·pa·nies [`kʌmpənɪz; 'kʌmpənɪz] n. company 的複數.

***com·pan·ion** [kəm`pænjən; kəm'pænjən] n. (pl. ~s [~z; ~z]) C 1 夥伴，同旅伴，旅伴. one's daily companions 平時往來的朋友/make a companion of one's dog 以狗爲伴/a companion for life 一生的朋友[伴侶]. Fear of discovery is the constant companion of the spy. 間諜總是害怕暴露身分. ▣companion 只是指一同旅行、一起工作等的人；沒有friend親密. 2 服侍者，看護，(受雇與病人、老婦人等聊天作伴的婦女).
3 指南，必備手冊. a traveler's companion 旅遊指南.
4 (一對或一組中的)一方，對手.

com·pan·ion·a·ble [kəm`pænjənəbl; kəm'pænjənəbl] adj. 易親近的，適合當朋友的；好交際的.

com·pan·ion·ship [kəm`pænjən͵ʃɪp; kəm'pænjənʃɪp] n. U (親密的)交往；友誼；友好.

com·pan·ion·way [kəm`pænjən͵we; kəm'pænjənweɪ] n. (pl. ~s) C (船舶)船艙走道升降口.

***com·pa·ny** [`kʌmpənɪ; 'kʌmpənɪ] n. (pl. -nies)〖在一起〗 1 U 同席，同行；交際，交往. I was glad to have her company. 我很高興有她爲伴/We request the plea

sure of your *company* at the party. 我們希望您能賞光出席宴會/keep one's own *company* 一人獨處.

搭配 *v.*+company: avoid a person's ~ (避免與某人交往), enjoy a person's ~ (喜歡與某人交往), miss a person's ~ (錯失與某人交往(的機會)), seek a person's ~ (尋求與某人交往).

〖在一起的人〗(★不論人數多寡)

2 Ⓤ 夥伴, 同伴, 朋友. be good [bad] *company* 是好[壞]夥伴/Two is *company*, (but) three is none [a crowd]. 《諺》兩人好做伴, 三人反成絆《情侶應該只有兩個人》/A man is known by the *company* he keeps. 《諺》見其友, 知其人.

3 Ⓤ 訪客, 客人. have a great deal of *company* 有很多客人/He sees no *company*. 他誰也不見《謝絕一切會面》.

〖朋友>團體〗**4** Ⓒ (★用單數亦可作複數)一夥, 一群; (演員等的)劇團.

5 Ⓒ (★用單數亦可作複數)《軍事》步兵[工兵]連; 《海事》(集合)全體船員. a ship's *company* 船的全體船員.

> 【◉軍隊的編制】
> 由小到大依序爲: squad(班), platoon(排), company(連), battalion(營), regiment(團), brigade(旅), divison(師).

6 Ⓒ 公司, 商號. He is working for a publishing *company*. 他在出版社工作/a limited *company* 《英》有限公司《公司名稱略作 Co., Ltd.》.

搭配 *v.*+company: form a ~ (設立公司), run a ~ (經營公司), take over a ~ (接管公司) // company+*v.*: a ~ fails (公司倒閉), a ~ grows (公司成長).

7 Ⓒ (公司名稱中未列其名的)合夥人或一般員工《全體》, 《略作 Co, co [ko, ˋkʌmpənɪ; kəʊ, ˈkʌmpənɪ]》. Benn & *Co* 班恩公司.

be in gòod [bàd] cómpany 交好[壞]夥伴.

for cómpany 作爲旅伴; 作爲談話對象; 交往. I went along with him just *for company*. 我跟他去只是作個伴而已/weep *for company* 陪著哭.

in cómpany 在別人面前; 在人群當中. behave well *in company* 在別人面前舉止規矩.

in cómpany with... 和〔人, 物〕在一起.

kèep a pèrson cómpany 陪伴; 與人交往. I'll *keep* you *company* as far as Paris. 我會一直陪你到巴黎.

***kèep cómpany with** a pèrson*=keep a person company.

pàrt cómpany →part 的片語.

字源 COMPANY「一起吃麵包」: *company*, *accompany* (一同前往), *companion* (同伴).

cómpany ùnion *n.* Ⓒ 《美》(與外界沒有關係的)公司內部工會《通常指由資方所支配的工會》.

com·pa·ra·ble [ˋkɑmpərəbḷ, -prəbḷ; ˈkɒmpərəbl] *adj.* 可比較的; 類似的《*with, to*》; 比得上的《*to*》. in *comparable* situations (*to* this) 在(與此)相似的狀況中/No one is *comparable to* him as a scholar of medieval art. 以研究中世紀藝術的學者身份而言, 他算是首屈一指.

***com·par·a·tive** [kəmˋpærətɪv; kəmˈpærətɪv] *adj.* **1** 比較的, 根據比較的. by the *comparative* method 用比較研究法.

2 相比的, 相對而言的. They were living in *comparative* comfort. (和別人相比)他們生活得相當舒適/He's a *comparative* stranger to me. 比較起來他對我還算是個陌生人.

3 《文法》比較級的. the *comparative* degree 比較級.

— *n.* 《文法》(加 the)比較級; Ⓒ 比較級的形容詞[副詞]; (→見文法總整理 **11. 3**).

***com·par·a·tive·ly** [kəmˋpærətɪvlɪ; kəmˈpærətɪvlɪ] *adv.* **1** 比較地, 相對而言地. The exam was *comparatively* easy. 這次考試比較起來還算容易. 參考 原有「(和…)比較」之意, 現在比較的意味漸淡, 多無明確的比較對象.

2 相互比較之下, 根據比較. *Comparatively* speaking, he is a kind person. 比較而言, 他是一個親切的人.

‡com·pare [kəmˋpɛr, -ˋpær; kəmˈpeə(r)] *v.* (**~s** [~z; ~z]; **~d** [~d; ~d]; **-par·ing**) *vt.* **1** 比較〔…的不同, 相似點〕, 比; (compare **A** with [to] **B**)拿 B 和 A 比較. *compare* the two translations 比較兩個翻譯/*compare* a new car *with* [*to*] the old one 將新車和舊車作比較.

2 把…比喻成《*to*》(★依句意而言亦有 1 的語義). Life is often *compared to* a journey. 人生常被比喻爲旅程.

— *vi.* **1** 比得上《*with*》《通常用於否定句、疑問句》. He can't *compare with* his father in breadth of learning. 就學問的淵博而言, 他比不上他的父親. **2** 被比較《*with, to*》. *compare* favorably [poorly] *with*... 比得上[比不上]….

搭配 compare+*adv.*: ~ advantageously (有利地比較), ~ well (有利地比較), ~ badly (不利地比較), ~ unfavorably (不利地比較).

⇨ *n.* **comparision.** *adj.* **comparable, comparative.**

* (***as***) ***compáred with*** [***to***]... 和…相比. Though your car is old, it is new *compared to* mine. 你的車雖然老舊, 但和我的相比還算新.

compàre nótes 交換意見[情報等]. We *compared notes* on his new novel. 我們就他的新小說交換意見.

— *n.* 《僅用於下列用法》

beyond [***without***] ***compáre*** 《文章》無與倫比. Richard is handsome *beyond compare*. 理查的俊美眞是無人能比.

com·par·ing [kəmˋpɛrɪŋ; kəmˈpeərɪŋ] *v.* compare 的現在分詞、動名詞.

***com·par·i·son** [kəmˋpærəsṇ; kəmˈpærɪsn] *n.* (*pl.* **~s** [~z; ~z]) ⓊⒸ **1** 比較, 對照; 類似; 匹敵(之物). There is no *comparison* between

these two books. 這兩本書無法相提並論(其中一本特別優秀)/draw [make] a *comparison* between London and Paris 把倫敦和巴黎作一比較.

2 比方; 《修辭學》比喻.

3 《文法》比較級(→見文法總整理 **11. 3**).

↪ *v.* **compare**.

bēar [*stānd*] *compárison with...* 能與⋯相比, 比得上⋯. As a teacher, he doesn't *bear comparison with* Mr. Palmer. 以教師身份而言, 他比不上帕爾默先生.

beyond [*out of, without*] *compárison* 無與倫比的. Her beauty is *beyond comparison*. 她的美貌是無與倫比的.

for compárison 爲了比較, 就比較而言.

* *in* [*by*] *compárison with...* 與⋯相比. My life now is heavenly *in comparison with* ten years ago. 和十年前相比, 我現在的生活好像在天堂一般.

com·part·ment [kəm`pɑrtmənt; kəm'pɑːtmənt] *n.* C **1** 區劃; 分隔的空間; (抽屜等的)格.

2 (客車, 客船內的)隔間, 小房間, 《以門區隔開的個別房間》.

com·part·men·tal·ize [ˌkəmpɑrt`mɛntḷaɪz; ˌkɔmpɑːt'mentḷaɪz] *vt.* 把⋯分隔, 區劃.

***com·pass** [`kʌmpəs; 'kʌmpəs] (★注意發音) *n.* (*pl.* ~**es** [~ɪz; ~ɪz])【 表示界限的器具 】**1** C 羅盤, 指南針, 羅盤儀, (亦稱 màriner's cómpass). the points of the *compass* 羅盤的方位(共有 32 個方位).

2 C (通常 compasses)(製圖用的)圓規. a pair of *compasses* 一副圓規/draw a circle with *compasses* 用圓規畫圓.

【 界限 】**3** C (通常用單數)《文章》範圍, 界限. beyond my *compass* 超過我的能力範圍.

4 UC (音樂)音域, 聲域.

beyond the cómpass of... 超出⋯的範圍.

within the cómpass of... 在⋯的範圍內.

***com·pas·sion** [kəm`pæʃən; kəm'pæʃn] *n.* U 同情, 憐憫, 《on, for》. out of *compassion* 出於憐憫/feel [show] *compassion* for the patients 對病患感到憐憫[表示同情]. 回 compassion 指充滿憐憫的同情, 不像 pity 那樣含有貶低對方的感覺.

com·pas·sion·ate [kəm`pæʃənɪt; kəm'pæʃənət] *adj.* 深深憐憫的, 有同情心的. have a *compassionate* nature 懷有惻隱之心.

com·pas·sion·ate·ly [kəm`pæʃənɪtlɪ; kəm'pæʃənətlɪ] *adv.* 深深憐憫地, 同情地.

com·pat·i·bil·i·ty [kəmˌpætə`bɪlətɪ; kəmˌpætə'bɪlətɪ] *n.* U 不矛盾, 相容性, 《with》.

com·pat·i·ble [kəm`pætəbḷ; kəm'pætəbḷ] *adj.* 不矛盾的, 相容的, 《with》.(↔ incompatible).

com·pat·i·bly [kəm`pætəblɪ; kəm'pætəblɪ] *adv.* 不矛盾地.

com·pa·tri·ot [kəm`petrɪət; kəm'pætrɪət] *n.*

C 同胞. He is my *compatriot*. 他是我的同胞.

com·peer [`kɑmpɪr, `kʌmpɪr; kɔm'pɪə(r)] *n.* C 《文章》同等級[資格]者, 同輩; 朋友; 同事.

***com·pel** [kəm`pɛl; kəm'pel] *vt.* (**~s** [~z; ~z] **~led** [~d; ~d]; **~ling**) **1** (**a**) 句型5 (compel A to do)硬要[強迫]A 做⋯. Her parents compelled her *to* marry him. 她的父母強迫她嫁給他/He was compelled by illness *to* give up his studies 他因病被迫放棄學業. (**b**)《加副詞片語》強迫, 求, 《人》. *compel* a person *to* [*into*] obedience 強迫某人服從. 回 compel 所含「強迫」的意味比 force 弱, 但比 oblige 強. **2** 強迫, 強求, 強使. *compel* obedience 強使服從. ↪ *n.* **compulsion**. *adj.* **compelling, compulsive, compulsory**.

com·pel·ling [kəm`pɛlɪŋ; kəm'pelɪŋ] *adj.* 強制性的, 不容辯說的.

com·pel·ling·ly [kəm`pɛlɪŋlɪ; kəm'pelɪŋlɪ] *adv.* 強制地.

com·pen·di·a [kəm`pɛndɪə; kəm'pendɪə] *n.* compendium 的複數.

com·pen·di·ous [kəm`pɛndɪəs; kəm'pendɪəs] *adj.* 《文章》《書籍等》簡潔而(內容)充實的.

com·pen·di·um [kəm`pɛndɪəm; kəm'pendɪəm] *n.* (*pl.* ~**s**, **-di·a**) C 概要, 綱要.

***com·pen·sate** [`kɑmpən,set; 'kɔmpenseɪt] (★注意重音位置) *v.* (**~s** [~s; ~s]; **-sat·ed** [~ɪd; ~ɪd]; **-sat·ing**) *vt.* **1** (用 compensate A for B)賠償 A 在 B 方面的損失, 彌補. *compensate* a person *for* a loss 賠償某人的損失.

2 賠償⋯, 作⋯的彌補.

— *vi.* (用 compensate for...) 賠償⋯, 補償⋯; 彌補⋯. Nothing can *compensate for* the loss of health. 失去健康是無法彌補的.

↪ *n.* **compensation**. *adj.* **compensatory**.

***com·pen·sa·tion** [ˌkɑmpən`seʃən; ˌkɔmpen'seɪʃn] *n.* **1** U 彌補, 賠償, 補償, 《for》. receive a pension as *compensation for* one' injury 收到一份傷害賠償金.

2 aU 賠償[補償]金; (美)報酬, 《for 對於⋯》. unemployment *compensation* 失業救濟金/a com *pensation for* damage 損害賠償金.

in compensátion for... 作爲⋯的賠償[彌補].

màke compensátion for... 彌補[補償]⋯. Th court ordered him to *make compensation for* th damage he had caused. 法院命令他賠償他所造成的損害.

com·pen·sa·to·ry [kəm`pɛnsə,torɪ, -,tɔr-; ˌkɔmpen'seɪtərɪ] *adj.* 補償的, 賠償的; 報酬的.

***com·pete** [kəm`pit; kəm'piːt] *vi.* (**~s** [~s; ~s]; **-pet·ed** [~ɪd; ~ɪd]; **-pet·ing**) 競爭, 對抗, 《with, against》; 匹敵《with》. *compete against* [*with*] each other 互相競爭/*compete* in a race 參加賽跑/cannot *compete with* 敵不過⋯/There are ten teams *competing* for the cup 有十隊角逐優勝獎杯/No wine can *compete wit* this. 沒有別的酒可與這種酒相比.

↪ *n.* **competition**. *adj.* **competitive**.

com·pe·tence [`kɑmpətəns; 'kɔmpɪtəns] *n.*

com·pe·tent [U] **1** 能力，勝任．one's *competence* for the task 做這件工作的能力．
2 (法律上的)權限．beyond the *competence* of the court 在法庭的權限之外．

***com·pe·tent** [ˋkɑmpətənt; ˈkɒmpɪtənt] *adj.*
1 有能力的; 有資格的((*for*)), 合格[能勝任]的((*to do*)); (able). a *competent* lawyer 能力強的律師/He is *competent* for teaching [*to teach*]. 他有教學的資格.
2 表現出有能力的, 能幹的. do a *competent* job 工作稱職.
3 相當的, 足夠的. a *competent* income 相當不錯的收入/have a *competent* knowledge of hygiene 擁有衛生學的豐富知識. ↔ **incompetent**.

com·pe·tent·ly [ˋkɑmpətəntlɪ; ˈkɒmpɪtəntlɪ] *adv.* 有能力地; 出色地; 充分地.

com·pet·ing [kəmˋpitɪŋ; kəmˈpiːtɪŋ] *v.* compete 的現在分詞、動名詞.

***com·pe·ti·tion** [͵kɑmpəˋtɪʃən; ͵kɒmpɪˈtɪʃn] *n.* (*pl.* ~s [~z; ~z]) **1** [U] 競爭, 爭奪. free *competition* 自由競爭/come [enter] into *competition* with [*against*] a person 開始與某人競爭/There is keen *competition* to enter that university. 進入那所大學的競爭相當激烈/The *competition* for the contract is fierce. 爭取這份合約的競爭十分激烈/*competition* between applicants for the post 求職者之間的競爭.

| 搭配 *adj.* +competition: intense ~ (激烈的競爭), stiff ~ (激烈的競爭), fair ~ (公平的競爭), unfair ~ (不公平的競爭) // *v.* +competition: face ~ (面對競爭), provide ~ (提供競爭).

2 [C] 比賽, 競賽. enter a *competition* 參加比賽.
3 [U] (全體)競爭[比賽]對手. Do you know what the [our] *competition* is like? 你知道我們的競爭對手是怎樣的嗎? ⇨ *v.* **compete**.

in competítion with... 與…競爭, 互相競爭. The two firms are *in competition with* each other. 那兩家公司相互競爭.

com·pet·i·tive [kəmˋpɛtətɪv; kəmˈpetətɪv] *adj.* **1** 競爭的, 取決於競爭的; 比賽的((*with*)). a *competitive* examination 競爭性的考試/*competitive* sports 競技性體育項目.
2 求勝心強烈的; 競爭力強的, 不輸他人的. Bob is too *competitive* to be friends with his classmates. 鮑伯因為求勝心過於強烈以致無法與同學成為朋友/at *competitive* prices 以具有競爭力的(較低)價格. ⇨ *v.* **compete**.

com·pet·i·tive·ly [kəmˋpɛtətɪvlɪ; kəmˈpetətɪvlɪ] *adv.* 競爭地, 對抗地.

com·pet·i·tor [kəmˋpɛtətɚ; kəmˈpetətə(r)] *n.* [C] 競爭者, 競爭對手.

com·pi·la·tion [͵kɑmpḷˋeʃən, -pɪˋleʃən; ͵kɒmpɪˈleɪʃn] *n.* **1** [U] (辭典等的)編輯, 編纂.
2 [C] 編輯物, 編纂物.

com·pile [kəmˋpaɪl; kəmˈpaɪl] *vt.* 編輯, 彙編. *compile* a dictionary 編輯辭典/*compile* data into a book 把資料彙編成書. 回**compile** 是把資料彙編成書、一覽表或報告書; → **edit**.

com·pil·er [kəmˋpaɪlɚ; kəmˈpaɪlə(r)] *n.* [C]
1 編輯[編纂]者. **2** (電腦)編譯程式.

com·pla·cence, **com·pla·cen·cy** [kəmˋplesṇs; kəmˈpleɪsns, [-sɪ, -sɪ] *n.* [U] (常表輕蔑)安心(感), 滿足; (特指)自滿.

com·pla·cent [kəmˋplesṇt; kəmˈpleɪsnt] *adj.* (常表輕蔑)自滿的, 沾沾自喜的, 自以為是的.

com·pla·cent·ly [kəmˋplesṇtlɪ; kəmˈpleɪsntlɪ] *adv.* 自滿地, 洋洋得意地.

***com·plain** [kəmˋplen; kəmˈpleɪn] *vi.* (~s [~z; ~z], ~ed [~d; ~d], ~ing)
1 抱怨, 發牢騷, 訴苦, (*about*, *of*; *that* 子句) (回表示「抱怨」之意的一般用語, 通常期待對方能對自己心中的不滿有所回應; → **grumble**). *complain about* a thing [*matter*] 抱怨某個東西[某件事情]/I have nothing to *complain about* [*of*]. 我沒有甚麼可抱怨的/He *complains that* his room is too small. 他抱怨房間太小了/"How's tricks?" "Can't *complain*." 「近況如何?」「馬馬虎虎」(還不到可以抱怨的程度).
2 訴苦((*of*)). *complain of* a headache 嚷著頭痛.

| 搭配 complain (1-2) +*adv.*: ~ angrily (生氣地抱怨), ~ bitterly (強烈地抱怨), ~ constantly (不斷地抱怨), ~ loudly (高聲地抱怨).

⇨ *n.* **complaint**.

com·plain·ant [kəmˋplenənt; kəmˈpleɪnənt] *n.* [C] (法律)原告, 控訴人.

com·plain·ing·ly [kəmˋplenɪŋlɪ; kəmˈpleɪnɪŋlɪ] *adv.* 抱怨地.

***com·plaint** [kəmˋplent; kəmˈpleɪnt] *n.* (*pl.* ~s [~s; ~s]) **1** [UC] 抱怨, 訴苦; [C] 抱怨[訴苦]的原因[理由]. make a *complaint against* a noisy neighbor 抱怨吵鬧的鄰居/have *complaints about* one's teacher 對老師有所不滿. **2** [C] 疾病, 身體不適. have a heart *complaint* 患心臟病. **3** [C] (法律)控訴.

| 搭配 *v.* +complaint (1-3): express a ~ (表達不滿), ignore a ~ (無視不滿), lodge a ~ (訴說不滿), reject a ~ (不接受抱怨).

⇨ *v.* **complain**.

com·plai·sance [kəmˋplezṇs, ˋkɑmplɪ͵zɛns; kəmˈpleɪzəns] *n.* [U] (文章)和藹可親, 殷勤, 愛照顧人, 親切.

com·plai·sant [kəmˋplezṇt, ˋkɑmplɪ͵zænt; kəmˈpleɪzənt] *adj.* (文章)和藹可親的, 殷勤的, 愛照顧人的.

***com·ple·ment** [ˋkɑmpləmənt; ˈkɒmplɪmənt] *n.* (*pl.* ~s [~s; ~s]) [C] **1** 補充, 補足((*of*, *to*)). Homework is a necessary *complement* to classroom work. 家庭作業是課堂上課的必要補充.
2 (文法)補語.
★注意勿與 compliment 混淆.

C

【◉補語】
構成句子的要素之一，雖置於動詞後面但與受詞不同，而與主詞具有對等的關係，特稱為subjective complement(主詞補語)：Mr. Smith is a *banker*.(史密斯先生是位銀行家)/Tom's bicycle is *black*.(湯姆的自行車是黑色的).
本辭典句型2表格中詳列後需接主詞補語的動詞；部分及物動詞必須同時接受詞及補語(如句型5表格所示)：He *made* her *happy*.(他讓她快樂)).這種情況下的受詞與補語具有對等的關係(her＝happy)，這時的補語特稱為objective complement(受詞補語).

— [-ˌmɛnt; -ment] *vt.* 補足. That necklace will *complement* your dress perfectly. 那條項鍊和你的服裝搭配完美/*complement* each other 互相截長補短. 回complement意為使有所不足的、有欠缺的東西補足[變完整]; → supplement.

com·ple·men·ta·ry [ˌkɑmpləˋmɛntərɪ, -ˋmɛntrɪ; ˌkɔmplɪˈmentərɪ] *adj.* 補足的((to)); 互相補充的. These two books are *complementary* to each other. 這兩本書相輔相成.

complemèntary cólors *n.*《作複數》(一組)互補色.

‡**com·plete** [kəmˋplit; kəmˈpliːt] *adj.* (-plet·er, more ~; -plet·est, most ~; 比較級、最高級變化的意義接近於[更][最]完整])〖某部分完全齊備〗 **1** 完全的，完整的，沒有欠缺[不足]的，(→ entire, perfect回). a *complete* set of tableware 一套完整的餐具/the *complete* works of Shakespeare 莎士比亞全集/To him no dinner was *complete* without claret. 對他來說，晚餐沒有紅葡萄酒就不算是頓晚餐/We dug out a sheep's jawbone *complete* with teeth. 我們挖掘出一副牙齒齊全的羊顎骨.
2 完成的，結束的，(★較同義字 finished 語氣更為正式的詞). The story is not *complete* yet. 那故事還沒有結束/The motorway will be *complete* next spring. 那條高速公路將在明年春天完工.
3《限定》完全的，徹底的；完美的；(thorough). a *complete* victory 全面的勝利/*complete* recovery 完全復原/Mr. Ford is a *complete* gentleman. 福特先生是一位無可挑剔的紳士.
↔ incomplete.

— *vt.* (~s [~s; ~s]; -plet·ed [~ɪd; ~ɪd]; -plet·ing) **1** 完成，結束，終結，(finish). The new highway was *completed* last month. 那條新的高速公路已於上個月竣工了.
2 使…完整. One more chapter will *complete* this book. 再寫一章這本書就完成了.
3 填寫[問卷等]. *complete* an application (form) 填寫一份申請書.
字源 PLE「滿」: com*ple*te, *plenty* (豐富), sup*ple*ment (補足), *plenary* (完全的).

‡**com·plete·ly** [kəmˋplitlɪ; kəmˈpliːtlɪ] *adv.* 完全地；全然；(回表示「完全地」之意中最普通通用語；→ absolutely, altogether, entirely, perfectly, thoroughly, totally, utterly, wholly). He is *completely* happy. 他非常幸福(沒有任何煩惱)/I am not *completely* satisfied with the result. 我並不十分滿意這樣的結果.

com·plete·ness [kəmˋplitnɪs; kəmˈpliːtnɪs] *n.* U完全，充分.

com·plet·er [kəmˋplitɚ; kəmˈpliːtə(r)] *adj.* complete 的比較級.

com·plet·est [kəmˋplitɪst; kəmˈpliːtɪst] *adj.* complete 的最高級.

com·plet·ing [kəmˋplitɪŋ; kəmˈpliːtɪŋ] *v.* complete 的現在分詞、動名詞.

com·ple·tion [kəmˋpliʃən; kəmˈpliːʃn] *n.* UC完成，結束，終了. a *completion* ceremony 落成典禮/The building is near *completion*. 這棟建築物接近完工. ⇨ *v.* complete.
bring…to complétion 使完成，使完工.

‡**com·plex**[1] [kəmˋplɛks, ˋkɑm-; ˈkɔmpleks] *adj.*【由各部分構成】 **1** 複雜的，複合的，合成的. We have a *complex* network of subways in Tokyo. 東京有複雜的地下鐵路網.
2《關於抽象的事物》複雜的，錯綜的，(⇨ complicated) (*complex* 是指由同樣的要素所構成，但須花時間去理解及處理; complicated 則指錯綜複雜，不論就理解、解決、分析等各方面都相當困難). a *complex* situation 複雜的情勢/The story is too *complex* for children. 這故事對兒童來說太複雜了. ↔ simple.

com·plex[2] [ˋkɑmplɛks; ˈkɔmpleks] *n.* C **1** 複合體，合成物；綜合建築. a housing *complex* 住宅區/an industrial *complex* 工業區.
2《心理》情結(經壓抑而潛藏的感情；表現出異常行為).
3《口》(沒有理由的)恐懼感，反感，(about 對於…). I have a real *complex about* going to the dentist's. 我對於看牙醫真有說不出的害怕.
inferiority complex →見 inferiority complex.

com·plex·ion [kəmˋplɛkʃən; kəmˈplekʃn] *n.* C **1** 臉色，血色. She has a pale *complexion*. 她臉色蒼白. **2** (通常用單數)樣子，情勢.

***com·plex·i·ty** [kəmˋplɛksətɪ; kəmˈpleksət-] *n.* (*pl.* -ties [~z; ~z]) U複雜性; C複雜的事物. the *complexities* of human life 人生的複雜性. ⇨ *adj.* complex[1].

còmplex séntence *n.* C《文法》複合句(→見文法總整理 **1. 3**).

com·pli·ance [kəmˋplaɪəns; kəmˈplaɪəns] *n.* U《文章》 **1** (對希望、要求等的)接受，採納，順意；(對法律、規則等的)遵從. talk a person into *compliance* 說服某人順從/*compliance with* a law 遵守法律. **2** 照別人說的做，依從. ⇨ *v.* comply.
in complíance with… 遵照[依從]….

com·pli·ant [kəmˋplaɪənt; kəmˈplaɪənt] *adj.*《文章》(對要求等)答應的; 唯命是從的. ⇨ *v.* comply.

*com·pli·cate [`kɑmpləˌket; 'kɒmplɪkeɪt]
vt. (~s [~s; ~s]; -cat·ed
[~ɪd; ~ɪd]; -cat·ing) **1** 使複雜, 使麻煩; 使難以理解; (↔ simplify). That *complicates* matters. 那樣會使事情越加複雜. **2** 使〖疾病〗難治.
↳ *n.* complication.

*com·pli·cat·ed [`kɑmpləˌketɪd; 'kɒmplɪkeɪtɪd]
adj. (由各個部分構成)複雜的, 錯綜複雜的, (→ complex 同). a *complicated* machine 複雜的機械.

com·pli·cat·ing [`kɑmpləˌketɪŋ; 'kɒmplɪkeɪtɪŋ] *v.* complicate 的現在分詞、動名詞.

com·pli·ca·tion [ˌkɑmpləˈkeʃən; ˌkɒmplɪˈkeɪʃən] *n.* **1** Ⓤ複雜化; 複雜. **2** Ⓒ複雜的事態; 麻煩(難應付)的因素. **3** Ⓒ併發(症).
↳ *v.* complicate.

com·plic·i·ty [kəmˈplɪsətɪ; kəmˈplɪsətɪ] *n.*Ⓤ《文章》共犯, 共謀, (*in*)(★ 同謀者為 accomplice).

*com·pli·ment [`kɑmpləmənt; 'kɒmplɪmənt] *n.* (*pl.* ~s [~s; ~s]) Ⓒ **1** 讚美(辭), 讚賞的言行; 恭維. pay him a high *compliment* 給予他高度的讚賞. **2** 光榮的事物. It is a fine *compliment* to be asked to speak. 受邀發言是件很榮幸的事. **3** (compliment*s*) (禮貌的, 習慣的)問候(語)(greetings). Please extend my *compliments* to your father. 請代我問候你父親/With the *compliments* of the author. 謹呈《作者在贈書上所寫的》.
★注意勿與 complement 混淆.
↳ *adj.* complimentary.
— [-ˌment; -ment] *vt.* **1** 向⋯致讚美辭, 稱讚; 向⋯恭維. 《on》. **2** 向⋯表示敬意.

com·pli·men·ta·ry [ˌkɑmpləˈmɛntərɪ, -ˈmɛntrɪ; ˌkɒmplɪˈmentərɪ] *adj.* **1**〔評論等〕讚賞的; 禮儀上的, 問候的. a *complimentary* address 祝辭/make a *complimentary* remark 讚揚. **2** (出於禮節、親切等)免費的, 招待的. a *complimentary* ticket 招待券. ↳ *n.* compliment.

còmplimentary clóse *n.* Ⓒ信的結尾語 (Yours sincerely 等).

com·pline [`kɑmplɪn, -plaɪn; 'kɒmplɪn] *n.*Ⓤ《天主教》晚禱(傍晚時所作的簡短禱告).

*com·ply [kəmˈplaɪ; kəmˈplaɪ] *vi.* (-plies [~z; ~z]; -plied [~d; ~d]; ~ing)《文章》(用 comply with)答應〔要求, 希望等〕; 遵從〔規則, 命令等〕. *comply with* her request〔wishes〕答應她的要求〔希望〕/*comply with* traffic rules 遵守交通規則.
↳ *n.* compliance. ↔ refuse.

com·po·nent [kəmˈponənt; kəmˈpəʊnənt] *adj.* 構成〔組成〕(全體)的, 成分的. *component* parts 構成〔組成〕的部分, 零件.
— *n.*Ⓒ構成要素, 零件; 成分.

com·port [kəmˈport, -ˈpɔrt; kəmˈpɔːt] *v.*《文章》 *vt.* (用 comport oneself)舉止, 行動.
— *vi.* 適合, 相配, 相稱, 《with》.

com·port·ment [kəmˈportmənt, -ˈpɔrt-; kəmˈpɔːtmənt] *n.*Ⓤ《文章》態度, 舉止.

C

*com·pose [kəmˈpoz; kəmˈpəʊz] *v.* (-pos·es [~ɪz; ~ɪz]; ~d [~d; ~d]; -pos·ing) *vt.*【組成整體】 **1** 構成(通常用被動語態). be *composed* of... (→片語). **2** 作〔詩歌, 文章, 曲〕; 構〖圖〗. *compose* a piece of music 譜一首曲子. 【調整全體】 **3** 使〖心〗平靜, 鎮定. *compose* one's mind〔oneself〕使心平靜下來. **4** 調解〔紛爭等〕, 勸〔架等〕. *compose* a dispute 調停爭論.
— *vi.* 作曲; 寫文章.
↳ *n.* composition, composure.
* **be compósed of...** 由⋯組成, 構成. Our class *is composed of* 40 pupils. 我們班有40名學生/Water *is composed of* hydrogen and oxygen. 水是由氫和氧組合而成的.

*com·posed [kəmˈpozd; kəmˈpəʊzd] *adj.* 鎮定的, 冷靜的. with a *composed* face 顯現著鎮定的表情/look calm and *composed* 看起來平靜且沈穩.

com·pos·ed·ly [kəmˈpozɪdlɪ; kəmˈpəʊzɪdlɪ] (★注意發音) *adv.* 鎮定地, 冷靜地.

*com·pos·er [kəmˈpozɚ; kəmˈpəʊzə(r)] *n.* (*pl.* ~s [~z; ~z]) Ⓒ作曲家; (詩, 小說等的)作者; 製作人.

com·pos·ite [kəmˈpɑzɪt; 'kɒmpəzɪt] *adj.* 合成的, 混合成的.
— *n.*Ⓒ合成物, 複合物.

*com·po·si·tion [ˌkɑmpəˈzɪʃən; ˌkɒmpəˈzɪʃn] *n.* (*pl.* ~s [~z; ~z])【構成】 **1** Ⓤ(詩文, 樂曲等的)創作; 作文; 作曲. The *composition* of the opera took him two years. 這部歌劇的創作花了他兩年的時間. **2** Ⓒ(特指在學校所寫的)作文; (文學, 音樂, 繪畫等的)作品; (畫, 照片的)構圖. write a *composition* in English 用英文寫作文/a musical *composition* 音樂作品, 樂曲. **3** Ⓒ合成物, 混合物, 《人工的, 非天然的》. a chemical *composition* 化學合成品. **4** Ⓤ構成, 構造, 組成; (人的)性格, 脾氣. What is the *composition* of air? 空氣是由甚麼成分組成的?/a man of complex *composition* 性格複雜的人. ↳ *v.* compose.

com·pos·i·tor [kəmˈpɑzɪtɚ; kəmˈpɒzɪtə(r)] *n.*Ⓒ《印刷》排字工人.

com·post [`kɑmpost; 'kɒmpɒst] *n.*Ⓤ **1** 堆肥. **2** 混合物, 合成物.
— *vt.* 堆肥; 在⋯施肥.

com·po·sure [kəmˈpoʒɚ; kəmˈpəʊʒə(r)] *n.*Ⓤ鎮定, 平靜, 沈著. keep〔lose〕one's *composure* 保持〔失去〕鎮定.

*com·pound¹ [`kɑmpaʊnd; 'kɒmpaʊnd] *adj.* **1** 合成的, 複合的, 複式的. **2**《文法》複合的.
— *n.* (*pl.* ~s [~z; ~z]) Ⓒ **1** 合成物, 複合物, 混合物. **2**《化學》化合物. a *compound* of carbon

and oxygen 碳氧化合物. **3**《文法》複合字.

— [kəmˋpaʊnd, kæm-; kəmˈpaʊnd] vt. **1** 使〔成分等〕混合; 調和〔藥等〕; 把〔字和字〕複合.

2 混合做成的(into); 〔從…〕做成(from, of)(通常用被動語態). This sauce is compounded from twenty ingredients. 這種調味醬是由二十種成分調製而成的.

3 使〔困難, 損害等〕加重, 使惡化. The difficulties caused by losing his job were now compounded by ill health. 他失業所導致的困境現在因爲他健康不佳而更爲艱苦.

com·pound² [ˋkɑmpaʊnd; ˈkɔmpaʊnd] n. ⓒ (用圍牆圍住的住宅、工廠等的)區域; (收容所、監獄等的)場地.

còmpound éye n. ⓒ《動物》複眼.

còmpound frácture n. ⓒ《醫學》複合骨折.

còmpound ínterest n. ⓒ複利.

còmpound séntence n. ⓒ《文法》複合句 (→見文法總整理 1. 3).

còmpound wòrd n. ⓒ《文法》複合字(→見文法總整理 22. 1).

*****com·pre·hend** [ˌkɑmprɪˋhɛnd; ˌkɔmprɪˈhend] vt. (~s [~z; ~z]; ~ed [~ɪd; ~ɪd]; ~ing)《文章》**1** 理解(★ comprehend 比 understand 更爲正式). I fail to comprehend the value of your suggestion. = I fail to comprehend in what way your suggestion is valuable. 我不瞭解你的提議有甚麼價值. **2**《文章》包含….
　⇨ n. **comprehension.** adj. **comprehensible, comprehensive.**

[字源] PREHEND「抓」: comprehend, apprehend (逮捕), reprehend (譴責), prehensile (能抓住的).

com·pre·hen·si·bil·i·ty [ˌkɑmprɪˌhɛnsəˋbɪlətɪ; ˈkɔmprɪˌhensəˈbilətɪ] n. ⓤ 可理解性, 容易理解.

com·pre·hen·si·ble [ˌkɑmprɪˋhɛnsəbḷ; ˌkɔmprɪˈhensəbḷ] adj. 可理解的, 容易理解的.

*****com·pre·hen·sion** [ˌkɑmprɪˋhɛnʃən; ˌkɔmprɪˈhenʃn] n. **1** ⓤ 理解; 理解力. reading comprehension 閱讀能力/slow of comprehension 理解力遲鈍/a listening comprehension test (外語的)聽力測驗/It is beyond my comprehension why you would do such a foolish thing. 我真不懂你爲甚麼會做出那種傻事.

2 ⓤⓒ 爲增進外語理解能力而設計的練習(題).
　⇨ v. **comprehend.**

*****com·pre·hen·sive** [ˌkɑmprɪˋhɛnsɪv; ˌkɔmprɪˈhensɪv] adj. 總括的, 廣泛的, 綜合性的; 包含多的; 理解廣泛的. a comprehensive development plan 綜合開發計畫.

— n. = comprehensive school.

com·pre·hen·sive·ly [ˌkɑmprɪˋhɛnsɪvlɪ; ˌkɔmprɪˈhensɪvlɪ] adv. 總括地, 廣泛地.

comprehénsive schòol n. ⓒ《英》綜合中學(爲教育 11 歲以上的小孩而設, 有普通科、職業科等各種課程; 亦簡單稱作 comprehensive; ~ school 表).

com·press [kəmˋprɛs; kəmˈpres] (★與 n. 的重音位置不同) vt. **1** 壓縮, 壓緊; (壓縮)固定; 壓縮塞進(into). The cotton was compressed into bales. 棉花被壓成一捆一捆的/compressed air 壓縮空氣. **2** 歸納, 摘要, 〔文章, 構思等〕使簡潔. can't compress my thoughts into a few lines. 我無法把我的想法歸納成兩三行.

— [ˋkɑmprɛs; ˈkɔmpres] n. ⓒ 壓布, 敷布.

[字源] PRESS「壓」: compress, suppress (壓制), oppress (壓迫), depress (下壓).

com·pres·si·ble [kəmˋprɛsəbḷ; kəmˈpresəbḷ] adj. 能壓縮的.

com·pres·sion [kəmˋprɛʃən; kəmˈpreʃn] n. ⓤ **1** 壓縮. **2** 〔文章, 詞句等的〕簡化, 濃縮.

com·pres·sor [kəmˋprɛsɚ; kəmˈpresə(r)] n. ⓒ 壓縮機; 壓縮幫浦, 唧筒. an air compressor 空氣壓縮機.

com·prise [kəmˋpraɪz; kəmˈpraɪz] vt. **1** 包含, 包括; 由 … 構成(consist of). The committee comprises ten members. 該委員會由10名委員組成. **2** 〔某部分〕構成, 組成. Three chapters comprise Part One. 三個章節構成第一部.

*****com·pro·mise** [ˋkɑmprəˌmaɪz; ˈkɔmprəmaɪz] n. (pl. -mis·es [~ɪz; ~ɪz]) **1** ⓤⓒ 安協, 讓步. After a long argument, we finally reached a compromise. 經過長時間的爭論, 我們終於達成協議. **2** ⓒ 妥協方案, 折衷方案; 中間物, 折衷後的結果. A sofa is a compromise between a chair and a bed. 沙發是椅子和床折衷後的結果.

— v. (-mis·es [~ɪz; ~ɪz]; ~d [~d; ~d]; -mis·ing) vi. 妥協, 讓步. They compromised and each paid half the cost. 他們妥協並且各付一半的費用.
— vt. 危及, 損害, 〔名譽, 信用等〕. compromise oneself 損害自己的清譽/His associations with the Mafia compromised his reputation. 他與黑手黨的來往使得他信譽受損.

com·pul·sion [kəmˋpʌlʃən; kəmˈpʌlʃn] **1** ⓤ 強制, 強迫. by compulsion 強制地/under compulsion 受到強迫. **2** ⓒ (非出自本意而無法壓抑的)衝動. ⇨ v. **compel.**

com·pul·sive [kəmˋpʌlsɪv; kəmˈpʌlsɪv] adj. 《限定》強制性的, 強迫的, 不容分說的; 衝動的.

com·pul·sive·ly [kəmˋpʌlsɪvlɪ; kəmˈpʌlsɪvlɪ] adv. 強制性地; 衝動地.

com·pul·so·ri·ly [kəmˋpʌlsərəlɪ; kəmˈpʌlsərəlɪ] adv. 強制性地.

*****com·pul·so·ry** [kəmˋpʌlsərɪ; kəmˈpʌlsərɪ] adj. (規則, 法律等)義務的, 強制性的, (↔ voluntary); 《英》〔科目等〕必修的(↔ elective, optional). compulsory education 義務教育/compulsory subjects 必修科目/Attendance is compulsory for all members. 所有會員均有義務出席. ⇨ v. **compel.**

com·punc·tion [kəmˋpʌŋkʃən; kəmˈpʌŋkʃn] n. ⓤ《文章》良心的責備, 內疚.

com·pu·ta·tion [ˌkɑmpjəˋteʃən; ˌpj-

,kɒmpjuːˈteɪʃn] *n.* Ⓤ 計算, 估算; Ⓒ 估算額.

com·pute [kəmˈpjut, -ˈpɪut; kəmˈpjuːt] *vt.* (用電腦)計算, 估算.
— *vi.* 使用電腦.

‡**com·put·er** [kəmˈpjutɚ, -ˈpɪu-; kəmˈpjuːtə(r)]
(*pl.* ~s [~z; ~z]) Ⓒ 電腦, 電子計算機; 計算者. a *computer* game [programmer] 電腦遊戲[電腦程式設計師]/(a) *computer* language 電腦語言/*computer* graphics 電腦繪圖/a *computer* hacker = a hacker/process by *computer* 用電腦處理/run a program on a *computer* 在電腦上執行程式/Can you operate this kind of *computer*? 你會操作此種電腦嗎?

com·put·er·i·za·tion [kəm,pjutərəˈzeʃən; kəm,pjuːtəraɪˈzeɪʃn] *n.* Ⓤ 電腦化.

com·put·er·ize [kəmˈpjutəˌraɪz; kəmˈpjuːtəraɪz] *vt.* 用電腦處理[管理, 控制](數據, 情報, 資料等); 使其電腦化, 把…輸入電腦.

compūter vīrus *n.* Ⓒ 電腦病毒《把電腦系統或資料毀壞的程式》.

com·rade [ˈkɑm,ræd, ˈkʌm-, -rɪd; ˈkɒmreɪd] *n.* Ⓒ **1** (親密的)同伴, 死黨, (通常指損益相同, 一起共事的男性夥伴). **2** (共產黨等的)同志.

com·rade·ly [ˈkɑmræd]ɪ, ˈkʌm-, -rɪdlɪ; ˈkɒmreɪdlɪ] *adj.* 同伴(般)的.

com·rade·ship [ˈkɑmræd,ʃɪp, ˈkʌm-, -rɪd-; ˈkɒmreɪdʃɪp] *n.* Ⓤ 同伴[同志]關係; 同志情誼; 友情.

com·sat [ˈkɑm,sæt; ˈkɒmsæt] *n.* = communications satellite.

con[1] [kɑn; kɒn] (拉丁語) *adv.* 反對地.
— *n.* Ⓒ 反對的論點, 持反對意見(的人), (投)反對票(者). ↔ **pro**[2].

con[2] [kɑn; kɒn] *vt.* (~s; ~ned; ~ning)《俚》騙. *con* a person *out of* his money 騙取某人的錢.

con- *pref.*「一起, 一同」之意(→ com-, cor-). *connection. consist.*

con·cat·e·na·tion [,kɑnkætn̩ˈeʃən, kən,kætn-; kən,kætɪˈneɪʃn] *n.* 《文章》Ⓤ 連結; Ⓒ (事件, 事物等的)連續.

con·cave [kɑnˈkev, kən-; ˈkɒnkeɪv] *adj.* 凹面(形)的, 凹的, (↔convex). a *concave* lens 凹透鏡.

con·cav·i·ty [kɑnˈkævətɪ, kən-; kɒnˈkævətɪ] *n.* (*pl.* **-ties**) Ⓤ 凹狀, 凹陷; Ⓒ 凹面, 窪地.

‡**con·ceal** [kənˈsil; kənˈsiːl] *vt.* (~s [~z; ~z]; ~ed [~d; ~d]; ~ing) 隱藏《事, 人》隱瞞(眞相, 事實等);《from》. *conceal* the truth 隱藏眞相/I have *concealed* nothing *from* you. 我對你毫無隱瞞. 回 conceal 是比 hide 更正式的用語, 且隱藏的意圖更強. ⇨ *n.* **concealment.**

con·ceal·ment [kənˈsilmənt; kənˈsiːlmənt] *n.* **1** Ⓤ 隱藏, 掩蓋, 潛伏.
2 Ⓒ 暗地裡使用的手段; 隱藏的地方.

con·cede [kənˈsid; kənˈsiːd] *v.* 《文章》 *vt.* **1** (不得已)承認; [句型3](concede *that* 子句)承認…;
[句型5](concede **A** *to be* **B**)承認 A 是 B. *concede*

conceive 301

defeat 認輸/I *concede that* I am wrong. 我承認我錯了. 回 concede 含有消極地勉強承認的意思; → grant.
2 [句型4](concede **A B**)對 A(人)承認 B, 承認 A(人)擁有 B. We *concede* you the victory. 我們承認你勝利了/We *concede* Ralph courage. 我們承認夫很勇敢.
3 [句型4](concede **A B**)、[句型3](concede **B** *to* **A**)(在討論中)將 B 讓給 A(人), 將 B(權利, 特權等)讓渡[給與, 讓步]給 A(人); (在比賽等中作爲讓步)將 B 給與 A(人). I *conceded* him the point. = I *conceded* the point *to* him. 在這一點上, 我向他讓步了/*concede* many privileges *to*... 給與…許多特權/He *conceded* us the use of his yacht. 他容許我們借用他的遊艇.
— *vi.* (比賽等中)認輸.
⇨ *n.* **concession.** *adj.* **concessive.**
[字源]CEDE「去」: con*cede*, pre*cede*(領先), re*cede*(後退), se*cede*(退出).

*∗**con·ceit** [kənˈsit; kənˈsiːt] *n.* (*pl.* ~s [~s; ~s])
1 Ⓤ 自負, 驕傲自滿. full of *conceit* 十分自負.
2 Ⓒ 別出心裁的想法; 標新立異的表現[比喻]《例如用戀愛中兩人的心靈比喻爲圓規的兩隻腳》.

con·ceit·ed [kənˈsitɪd; kənˈsiːtɪd] *adj.* 自命不凡的, 驕傲自滿的.

con·ceit·ed·ly [kənˈsitɪdlɪ; kənˈsiːtɪdlɪ] *adv.* 驕傲自大地.

con·ceiv·a·ble [kənˈsivəbl; kənˈsiːvəbl] *adj.* 可想到的, 可想像的, 所有能想到的. try every *conceivable* way to solve the problem 嘗試各種可能的方法來解決這個問題/It is *conceivable* that there is life on other planets. 別的行星上有生物存在是可以想像的.

con·ceiv·a·bly [kənˈsivəblɪ; kənˈsiːvəblɪ] *adv.* 想來, 說不定.

*∗**con·ceive** [kənˈsiv; kənˈsiːv] *v.* (~s [~z; ~z]; ~d [~d; ~d]; **-ceiv·ing**) *vt.* 《心中懷有》 **1** 懷有〔意見, 愛憎等〕; 想出〔計畫等〕. *conceive* an affection for her 對她懷有好感/He *conceived* a plan to run away, taking all the money with him. 他計畫捲款潛逃.
2 [句型3](conceive *that* 子句/*wh* 子句, 片語)想像…/想出…. I could not *conceive that* he was so kind. 我沒有想到他竟會那麼親切/No one could *conceive how* it could be done. 沒有人想得出來這是怎麼做的.
3 [句型5](conceive **A B** /**A** *to be* **B**)認定 A 爲 B. No one *conceived* his words (*to be*) important. 沒有人認爲他的話是重要的.
《懷孕體內》 **4** 懷〔胎〕, 懷孕.
— *vi.* **1** 想出, 想像, 《*of*》. *conceive of* a good plan 想出一個好計畫/People used to *conceive of* the earth as flat. 過去人們一直認爲地球是平的.
2 懷孕.
⇨ *n.* **conception, conceit, concept.**

*con·cen·trate [ˋkɑnsṇˌtret, -sɛn-; ˈkɒnsəntret] (★注意重音位置) v. (~s [~s; ~s]; -trat·ed [~ɪd; ~ɪd]; -trat·ing) vt. **1** 集中〔注意力，努力，光線等〕《on, upon》. He concentrated his efforts on learning French. 他盡全力去學習法語.

2 集結，聚集，〔軍隊，人口等〕. The soldiers were concentrated near the border. 士兵集結在邊界附近.

3 濃縮，增加…的濃度.

— vi. **1** 專心，全神貫注，《on, upon》. He concentrated on memorizing English words. 他專心在背英文單字.

2 集中在一點上，集中. Chinese restaurants concentrate in this district. 中國餐館集中在這個地區.

— n. [UC] 濃縮物，濃縮食品〔飼料〕. a concentrate of apple juice 濃縮蘋果汁.

con·cen·trat·ed [ˋkɑnsṇˌtretɪd, -sɛn-; ˈkɒnsəntreɪtɪd] adj. **1** 集中的；密集的. concentrated gunfire 集中的火力.

2 濃縮的. concentrated milk 煉乳.

con·cen·trat·ing [ˋkɑnsṇˌtretɪŋ, -sɛn-; ˈkɒnsəntreɪtɪŋ] v. concentrate 的現在分詞、動名詞.

*con·cen·tra·tion [ˌkɑnsṇˋtreʃən, -sɛn-; ˌkɒnsənˈtreɪʃn] n. (pl. ~s [~z; ~z]) **1** [UC] 集中精神，專心；[U] (精神的)集中，細心的注意. a problem that requires concentration 需要集中精神的問題/disturb a person's concentration 打擾某人集中的心思.

2 [UC] 集中，集結. concentration of population in cities 城市的高人口密度.

3 [aU] 濃縮；(液體的)濃度. the concentration of calcium in blood 血液中鈣的濃度.

concentrátion cámp n. [C] (俘虜等的)集中營.

con·cen·tric [kənˋsɛntrɪk; kənˈsentrɪk] adj. 《數學》同心的《with》(↔ eccentric). concentric circles 同心圓.

*con·cept [ˋkɑnsɛpt; ˈkɒnsept] n. (pl. ~s [~s; ~s]) [C] 概念；(基於經驗、知識的)觀念，思想. I favor the concept that all men are equal. 我贊成人人平等的思想. ⓢ與一般的用語 idea 相對，concept 主要為哲學上的用語.

con·cep·tion [kənˋsɛpʃən; kənˈsepʃn] n. ⟦懷於心中⟧ **1** [U] 概念的形成(作用)；想像力. powers of conception 想像力.

2 [UC] 構思，想法，《that 子句；wh 子句、片語》. a bold conception 大膽的構想/I have no conception (of) where the man has gone. 我完全不曉得那個人到哪兒去了/Each of us had a different conception of freedom. 我們每個人對自由都有不同的概念.

⟦懷於體內⟧ **3** [U] 懷胎，懷孕.

con·cep·tu·al [kənˋsɛptʃʊəl, -tʃʊl; kənˈseptjʊəl] adj. 概念(上)的；形成概念的.

*con·cern [kənˋsɝn; kənˈsɜːn] vt. (~s [~z; ~z]; ~ed [~d; ~d]; ~·ing) ⟦涉及⟧ **1** 與…有關係，涉及，影響. This doesn't concern you. 這與你無關.

2 關於. The news concerns your son. 這消息與你兒子有關/To whom it may concern: 致有關人員，台照，《書信的開頭》.

3 (用 concern oneself 或 be concerned)關係，相關；關心. Don't concern yourself about [with] this problem. 別跟這個問題扯上關係/The first chapter is concerned with the poet's ancestry 第一章是記述有關詩人的家族史/I am not concerned in the new project. 我和這個新計畫沒有關係/She is only concerned to enjoy life. 她只在乎享受人生.

⟦緊密地牽連⟧ **4** 使〔人〕擔心，操心，《常用 concern oneself 或 be concerned》. His poor health concerns me. = I am concerned about his poor health. 我擔心他孱弱的身體/He doesn't have to concern himself with money. 他不需要擔心錢的問題.

as concérns... 《介系詞性》關於…(about).

* as [so] fàr as...be concérned 就…而言. As [So] far as I [aɪ; ˈaɪ] am concerned, that story is not true. 對我來說，那件事不是真的.

— n. (pl. ~s [~z; ~z]) ⟦有關的事情⟧ **1** [UC] (與 concerns)關心的事情；(有關係的，重要的)事情，工作. This is no concern of ours. 這件事和我們沒有關係/Mind your own concern(s). 別多管閒事《管好自己就可以了》.

2 [U] 關係，利害關係. The president's health is a matter of deep concern to the nation. 總統的健康是全國深為關切的事情/They all had some concern with the affair. 他們全都和這件事有或多或少的關係.

3【密切的關係】[U] 擔心，掛念. his concern about [over] his father's illness 他對他父親病情的擔心/feel concern for her safety 為她的安全感到擔心/with [without] concern 關心地[不關心地]/Tom's reckless driving is a cause for concern to his father. 湯姆開車魯莽讓他父親很擔心.

⟦搭配⟧ adj.＋concern: grave ～ (嚴重的關切)，serious ～ (深切的關注) // v.＋concern: cause ～ (引起關切)，express ～ (表達關切)，show ～ (表示關切).

【關係企業】**4** [C] 公司，企業，商會. a banking concern 銀行(業)/a family concern (傳承幾代的)家族企業.

con·cerned [kənˋsɝnd; kənˈsɜːnd] adj. **1** 有關的，當事者的，(［語法］置於所修飾的名詞之後). a concerned (in it) (那件事的)所有相關人員/the authorities concerned 有關當局.

2 擔心的，憂慮的，掛念的，with a concerned look 帶著焦慮的表情/I'm concerned at the news 我很擔心這個消息. ★ be concerned with [to do 等的用法 → concern v. 3, 4.

con·cern·ed·ly [kənˋsɝnɪdlɪ; kən'sɜ:nɪdlɪ] (★注意發音) adv. 擔心地.

‡con·cern·ing [kənˋsɝnɪŋ; kən'sɜ:nɪŋ] prep. 與…有關的(的), 關於…(的). the facts *concerning* the case 有關此案的事實/*Concerning* his disappearance, I can't think of any reason. 關於他的失蹤, 我想不出任何理由.

‡con·cert [ˋkɑnsɝt, -sɝt; 'kɒnsət] n. (pl. ~s [~s; ~s]) **1** © 音樂會, 演奏會. attend [go to] a charity *concert* 參加慈善音樂會/give a *concert* 開音樂會.
回 個人的演奏會一般用 recital.
2 ⑪ 一致, 協力.
in cóncert (1)同聲地, 一齊. They raised their voices *in concert*. 他們一齊發出(抗議的)聲音. (2)協力地(*with*). Working *in concert*, they managed to complete the bridge in three days. 他們協力工作, 總算在三天內把橋建造完成了.

con·cert·ed [kənˋsɝtɪd; kən'sɜ:tɪd] adj. 商定的, 協定的; 協力的, 一致的. make a *concerted* effort 一致努力.

cóncert gránd n. © 音樂會用的平臺鋼琴 (最大型的).

con·cer·ti·na [͵kɑnsɚ'tinə; ͵kɒnsə'ti:nə] n. © 六角形手風琴(類似手風琴的六角形樂器).

con·cert·mas·ter [ˋkɑnsɝt͵mæstɚ; 'kɒnsət͵mɑ:stə(r)] n. © 樂團首席(管弦樂團的首席小提琴手).

con·cer·to [kənˋtʃɝto; kən'tʃeətəʊ] n. (pl. ~s) ©《音樂》協奏曲(獨奏樂器(多爲鋼琴或小提琴)搭配管弦樂的樂曲).

＊con·ces·sion [kənˋsɛʃən; kən'seʃn] n. (pl. ~s [~z; ~z]) **1** ⑪© 讓步(*to*). (文章)讓與. make a few *concessions to* 向…作出若干讓步.
2 © 被讓步[讓與]的事物.
3 © (由政府等給與的)特權, 權利.
4 © (公園, 旅館, 劇場內等的)營業許可; 《美》營業場所, 商店. ⇨ v. concede.

con·ces·sion·aire [kən͵sɛʃən'ɛr, -'ær; kən͵seʃə'neə(r)] n. © 特許權所有者; 營業權所有者.

concéssion stànd n. ©《美》(設於運動場, 電影院等的)小商店.

con·ces·sive [kənˋsɛsɪv; kən'sesɪv] adj. 《文章》表示讓步的; 讓步的; 讓與的.

conch [kɑŋk, kɑntʃ; kɒŋk, kɒntʃ] n. (pl. ~s [kɑŋks; kɒŋks], ~es [ˋkɑntʃɪz; 'kɒntʃɪz]) © (海螺等的)螺旋貝; (螺旋貝的)貝殼.

con·ci·erge [͵kɑnsɪ'ɛrʒ; ͵kɒnsɪ'eəʒ] (法語) n. © 看門人, 守衛; (公寓等的)管理員.

con·cil·i·ate [kənˋsɪlɪ͵et; kən'sɪlɪeɪt] vt. 《文章》**1** 懷柔, 使歸服.
2 安撫(人). The boy's apology *conciliated* his angry father. 男孩的道歉撫平了震怒的父親.

con·cil·i·a·tion [kən͵sɪlɪ'eʃən; kən͵sɪlɪ'eɪʃn] n. ⑪《文章》**1** 歸服. **2** 撫慰. **3** 調停, 幹旋.

con·cil·i·a·to·ry [kənˋsɪlɪə͵torɪ, -͵tɔrɪ; kən'sɪlɪətərɪ] adj. 《文章》懷柔的; 安撫(般)的.

‡con·cise [kənˋsaɪs; kən'saɪs] (★注意重音位置) adj. 〔話, 書, 人等〕簡明的, 簡潔的, 簡要的. in *concise* terms 用簡潔的話(的)/Be more *concise* in your report. 你的報告要簡潔一點.
搭配 concise+n.: a ~ account (簡短的談話), a ~ answer (簡潔的回答), a ~ description (精簡的描述), a ~ explanation (簡要的說明), a ~ summary (精簡的摘要).

con·cise·ly [kənˋsaɪslɪ; kən'saɪslɪ] adv. 簡潔地, 簡明地.

con·cise·ness [kənˋsaɪsnɪs; kən'saɪsnɪs] n. ⑪ 簡潔, 簡明.

con·clave [ˋkɑnklev, ˋkɑŋ-; 'kɒŋkleɪv] n. © **1** 選舉教皇的會議(羅馬天主教會爲選舉 Pope (教皇)而由 cardinals (樞機主教)舉行的祕密會議).
2 (泛指)祕密會議.

＊con·clude [kənˋklud, -ˋklɪud; kən'klu:d] v. (~s [~z; ~z], -clud·ed [~ɪd; ~ɪd], -clud·ing) vt.
【使結束】**1** 結束, 終止, 總結(話等). He *concluded* his speech *with* a prayer for peace. 他以祈禱和平來結束他的演說. 回 conclude 是比 end 等更爲正式的用語, 用於談判, 程序, 或有正式結語的文章等.
2 句型3 (conclude *that* 子句)下…的結論; 句型5 (conclude **A** *to be* **B**)斷定 A 是 B. We *concluded that* he was insane. = We *concluded* him *to be* insane. 我們斷定他有精神病.
3 訂立, 締結, 〔條約等〕. A peace treaty has been *concluded* between the two nations. 兩國間締結了和平條約.
4 【最後拿定主意】 句型3 (conclude *that* 子句/《主美》*to* do)決定…/決定做…. He *concluded that* he would go [He *concluded to* go] there alone. 他決定要單獨去那裡.
── vi. 結束, 終了, 終止; (用某句話)結束話語〔文章等〕. The meeting *concluded* at five o'clock in the evening. 該會議在下午五點鐘結束/The play *concludes with* the hero's death. 那齣戲以主角之死做爲結束.
⇨ n. conclusion. adj. conclusive.
Conclúded. 全文《書》完(置於連載作品的最後).
(Nów) to conclúde 結束(演說, 文章), 作爲結語.
To be conclúded. 下期完結(置於連載作品完結篇的前一期; → To be continued. (continue 的片語)).

字源 CLUDE「閉」: con*clude*, in*clude* (包括). ex*clude* (排除在外).

‡con·clu·sion [kənˋkluʒən, -ˋklɪuʒən; kən'klu:ʒn] n. (pl. ~s [~z; ~z]) **1** ⑪© 結束(的部分); 結束, 結尾. The affair will come to a happy *conclusion*. 這事件將會有圓滿的結局/at the *conclusion* of the speech 在演講結束時.

C

2 [UC] 結論，決定；《邏輯》歸納(特指三段論法的). We reached (came to; arrived at) the *conclusion* that the house should be demolished. 我們作出決定將房子拆掉.

┃ 搭配 *adj.*+conclusion: a correct ~ (正確的結論), a valid ~ (有效的結論), a hasty ~ (草率的結論), a wrong ~ (錯誤的結論).

3 [U] (條約等的)締結. the *conclusion* of a treaty 條約的締結. ⇨ *v.* **conclude**.

bring...to a conclúsion 使…結束，把…了結.

in conclúsion 最後，總之，作爲結論.

jump to a conclúsion 遽下結論，貿然斷定.

con·clu·sive [kən`klusɪv, -`klɪusɪv; kən`klu:sɪv] *adj.* 〔議論，事實等〕決定性的，最終的，無疑的.

con·clu·sive·ly [kən`klusɪvlɪ, -`klɪusɪvlɪ; kən`klu:sɪvlɪ] *adv.* 決定性地，確實地.

con·coct [kan`kakt, kən-; kən`kɒkt] *vt.* **1** 調製，調合〔多種材料混合的食品等〕. **2** 編造，捏造，〔說話，藉口，謊話等〕；想出〔情節，計畫等〕.

con·coc·tion [kan`kakʃən, kən-; kən`kɒkʃn] *n.* **1** [U] 混合調製；混合調製成的食物(湯，飲料等). **2** [C] 捏造；編造的故事[謊話].

con·com·i·tant [kan`kamətənt, kən-; kən`kɒmɪtənt] 《文章》 *adj.* 相伴的，伴隨的，《with》；同時存在的.
— *n.* [C] (通常 concomitants)伴隨之物[事].

Con·cord [`kaŋkəd; `kɒŋkɔ:d] *n.* 康科德(美國 Massachusetts 的 城市；作家 Emerson, Hawthorne, Thoreau 等曾居住於此).

con·cord [`kankɔrd, `kaŋ-; `kɒŋkɔ:d] *n.* **1** [U] (意見，利害等)一致；和平，友好；(⟷discord). **2** [C] (國際間的)友好條約. **3** [U] 《文法》(數，格，人稱，性別等的)一致 (agreement) (→見文法總整理 **14**) (★集合名詞雖被視爲單數普通名詞，但是當重點在於強調個體成員時，有時會被視爲複數(→ committee 表)).

con·cord·ance [kan`kɔrdṇs, kən-; kən`kɔ:dəns] *n.* **1** [U] 《文章》一致，調和. **2** [C] (某一作家或作品的)用語索引.

con·cord·ant [kan`kɔrdṇt, kən-; kən`kɔ:dənt] *adj.* 《文章》一致的，調和的，《with》.

con·cor·dat [kan`kɔrdæt; kən`kɔ:dæt] *n.* [C] 協定，協約 (羅馬教皇和國家間的)政教協定.

con·course [`kankors, `kaŋ-, -kɔrs; `kɒŋkɔ:s] *n.* **1** [UC] (人，物的)集合；(事件等的)併發. **2** [C] 群眾. **3** [C] (機場，火車站等的)中央大廳；(道路，人群匯集的)廣場.

＊**con·crete** [kan`krit, `kankrit; `kɒnkri:t] (★注意 *n.*, *v.* 重音的位置) *adj.* **1** 有形的，實在的. A desk is a *concrete* object. 桌子是有形的物體.
2 具體的. a *concrete* example [idea, fact] 具體的例子[想法，事實]. ⟷ **abstract**.
in the concréte 具體地[的]；現實地[的].
— [`kankrit; `kɒnkri:t] *n.* **1** [U] 混凝土，水泥.

2 《形容詞性》混凝土[水泥](製)的. a *concrete* sidewalk 水泥人行道.
— [`kankrit; `kɒnkri:t] *vt.* 在…鋪上混凝土[水泥]，把…用混凝土[水泥]固定[蓋上，製作].

con·crete·ly [kan`kritlɪ, `kankritlɪ; `kɒnkri:tlɪ] *adv.* 具體地.

cóncrete míxer *n.* =cement mixer.

concrète nóun *n.* [C] 《文法》具體名詞(表示 dog, water 等具象的物體；→ abstract noun).

con·cu·bine [`kaŋkju,baɪn, `kan-; `kɒŋkjʊbaɪn] *n.* [C] 妾；(一夫多妻制的)第二(以下的)夫人.

con·cur [kən`kɝ; kən`kɜ:(r)] *vi.* (~**s**; ~**red**; ~**ring**)《文章》 **1** 同意，意見一致. We *concur* with him [his views]. 我們同意他[他的意見].
2 同時發生；〔種種事情等〕一起發生作用. Everything *concurred* to make her party a great success. 由於各種因素的配合，所以她的宴會非常成功.

con·cur·rence [kən`kɝəns, kən`kʌrəns; kən`kʌrəns] *n.* 《文章》 **1** [UC] 同意，(意見等的)一致. **2** [U] 同時發生，併發；[C] 併發事件，同時的行動.

con·cur·rent [kən`kɝənt; kən`kʌrənt] *adj.* 《文章》 **1** 同時發生的，共存的，《with》. **2** 一致的，協調的，《with》.

con·cuss [kən`kʌs; kən`kʌs] *vt.* 使發生腦震盪 (通常用被動語態).

con·cus·sion [kən`kʌʃən; kən`kʌʃn] *n.* [UC] 震動，衝擊；《醫》震盪. a *concussion* of the brain 腦震盪.

＊**con·demn** [kən`dɛm; kən`dem] *vt.* (~**s** [~z ~z]; ~**ed** [~d; ~d]; ~**ing**) **1** 嚴斥，譴責，《*for* 對於…》. *condemn* a person's conduct=*condemn* a person *for* his conduct 譴責某人的行爲/Dr. Johnson *condemned* whatever he disapproved. 強生博士把自己所不贊同的一切都貶得一文不值.
同 condemn 爲「認爲完全無可救藥」那樣嚴厲地責備，→ blame.
2 (用 condemn A for B)把…判爲有罪；[句型5] (condemn A *to do*)判 A…；[句型3] (condemn A *to* B)判 A 服 B(刑). *condemn* a person *for* murder 判某人謀殺罪/The accused was *condemned to* a year's hard labor. 該名被告被判一年勞役/The judge *condemned* him *to* spend all his life in jail. 法官判他終身監禁.
3 (模樣等)使人覺得…有罪. His looks *condemn* him. 他的模樣讓人覺得他有罪.
4 〔醫生〕宣布…患有不治之症；斷定…不適用. The factory was *condemned* as unsafe. 那工廠被認定不符安全.
5 令…處於(*to* …的狀態)；[句型5] (condemn A *to do*)使 A(人)落到…境地. be *condemned to* a wheelchair 淪落到過著坐輪椅的生活/Poverty *condemns* the family *to* (lead a life of) misery. 貧窮使這一家人注定得過著悽慘的生活.
6 《美，法律》(依照土地徵收權)徵收.

con·dem·na·tion [,kandɛm`neʃən, -dəm-; ,kɒndem`neɪʃn] *n.* **1** [UC] 譴責. **2** [UC] 宣告罪狀，判決有罪.

3 UC 宣告不適用, (沒收, 解雇等的)宣告.

con·demned cell n. C 死囚牢房.

con·den·sa·tion [ˌkɑndɛn`seʃən; ˌkɔndən'seɪʃn] n. **1** U 濃縮, 壓縮;《物理》凝結, 液化. **2** UC 濃縮[液化]物[的狀態];(水蒸氣凝化而成的)水滴. **3** UC (書籍等的)摘要, 節略.

*__**con·dense**__ [kən`dɛns; kən'dens] v. (-dens·es [~ɪz; ~ɪz]; ~d [~t; ~t]; -dens·ing) vt. **1** 濃縮, 壓縮. **2** (用 condense A to [into] B)使A(氣體)凝結成B. condense a gas to a liquid 把氣體液化. **3** (用 condense A into B)使B(思想等)像B (一般地)簡潔[簡短]. condense his statement into a few words 把他說過的話濃縮成簡單幾字.
— vi. 濃縮, 變濃. Steam condenses to water. 水蒸氣凝結成水. ⇨ n. condensation.
字源 DENS「濃」的: condense, dense (稠密的), density (密集).

con·densed milk n. U 煉乳.

con·dens·er [kən`dɛnsɚ; kən'densə(r)] n. C **1** (電)電容器. **2** 凝結器; 冷凝器.

con·de·scend [ˌkɑndɪ`sɛnd; ˌkɔndɪ'send] vi. **1** 不顧地位[尊嚴]去做…《to do》. The Premier condescended to speak to a primary schoolboy. 首相親切地和一位小學生說話. **2** 以施恩的態度…《to do》; 故意做出親切的樣子《to 對於…》. I hate being condescended to. 我討厭別人用施恩的態度對待我. **3** 墮落到…《to do》. condescend to accept a bribe 墮落到收受賄賂.

con·de·scend·ing [ˌkɑndɪ`sɛndɪŋ; ˌkɔndɪ'sendɪŋ] adj. **1** 抱施恩態度的, 輕視的. the condescending attitude of the tourists toward the natives 觀光客對原住民的輕蔑態度. **2** (對屬下)不擺架子的, 謙遜的.

con·de·scend·ing·ly [ˌkɑndɪ`sɛndɪŋlɪ; ˌkɔndɪ'sendɪŋlɪ] adv. 抱施恩態度地; 不擺架子地.

con·de·scen·sion [ˌkɑndɪ`sɛnʃn; ˌkɔndɪ'senʃn] n. UC **1** (對屬下)不擺架子; (對屬下)紆尊降貴, 謙恭的態度. **2** 施恩的做法[態度]. ⇨ v. condescend.

con·di·ment [`kɑndəmənt; 'kɔndɪmənt] n. UC (文章)(常 condiments)調味品, 辛辣佐料, (芥末, 胡椒, 鹽等).

*__**con·di·tion**__ [kən`dɪʃən; kən'dɪʃn] n. (pl. ~s [~z; ~z]) 【 狀況 】 **1** (a) aU 狀態; 健康狀況; (參賽者等的)體能狀況; (機器等的)狀況. the condition of the engine 引擎的狀況/be in bad [poor] condition 處於不好的狀態, 健康狀況很差/The goods arrived in good condition. 貨品完好無瑕地送達/The house is in (a) neglected condition. 那間房子被棄置不理/be in critical condition 處於危急狀況. 回 condition 所指的意義比 state 狹窄, 通常指因為某種原因或情況所產生的特定狀態.
搭配 adj.+condition: (an) excellent ~ (絕佳的狀態), (a) perfect ~ (完美的狀態), (a) reasonable ~ (合理的狀態), (a) terrible ~ (糟糕的狀況).

(b) C (加修飾語)…的疾病, …病. have a heart condition 患心臟病. **2** (conditions) (周圍的)狀況, 情況. living conditions 生活狀況/under the present [existing] conditions 在現狀之下. **3** 〔社會中的狀況〕UC 地位, 身分, 境遇. a man of condition 有(好)身分[地位]的人/people of every condition 各種身分的人. 【 使狀況成立的事情 】 **4** C 條件. on this condition 在這種條件下/meet the conditions 滿足各種條件/without condition 無條件地/He made it a condition that he (should) preside over the conference. 他附加了一項由他親自主持會議的條件.
搭配 v.+condition: accept a ~ (接受條件), fulfill a ~ (達成條件), ignore a ~ (無視條件), impose a ~ (課以條件), reject a ~ (拒絕條件).

be in no condition to (do)＝be not in a condition to (do) 處於不能…的狀態. He is in no condition to walk. 他現在的狀況不允許他行走.

be out of condition 健康不佳, 不好的狀況. I can't run very fast: I'm quite out of condition. 我跑不快, 因為我身體不舒服.

*__on condition that...__ 在…條件下, 如果…則…. You may go there on condition that you be [are] back tonight. 如果你今晚能回來, 那你便可以去那裡.

on no condition 在任何條件下也不…. I will on no condition work with him. 我絕不和他一起工作.

— vt. **1** (a) 調整〔人〕進入最佳狀況; 調整〔運動員等〕的體能狀況. condition oneself for a fight 〔運動員〕調整體能至比賽最佳狀態. (b) 使〔頭髮, 皮膚等〕處於良好的狀態. a lotion that conditions the skin 保養肌膚的乳液. **2** 制約, 決定, 成為…的必要條件. Our time of departure will be conditioned by the weather. 我們出發的時間將視天氣而定/Health often conditions one's success. 健康常常成為一個人成功的必要條件. **3** 調節(室內的空氣, 溫度, 濕度等); 裝冷暖氣[空調設備]. **4** 使〔人〕適應, 句型5 (condition A to do)訓練A做…, 使A適應…. condition a dog to bark at strangers 訓練狗朝陌生人吠.

con·di·tion·al [kən`dɪʃənl, -n̩l; kən'dɪʃənl] adj. **1** 附帶條件的, 視條件而定的. conditional acceptance 有條件的接受. **2** (以…)作為條件的《on, upon》. The pension is conditional on retirement. 退休才得支付養老金. **3** 〈文法〉條件的. a conditional clause 條件子句.

con·di·tion·al·ly [kən`dɪʃənlɪ, -n̩lɪ; kən'dɪʃənəlɪ] adv. 有條件地.

con·di·tioned [kən`dɪʃənd; kən'dɪʃnd] adj. **1** 〔空氣等〕已調節的. **2** 〔構成複合字〕…狀態的.

well-*conditioned* 狀況良好的.

con·di·tioned réflex [respónse] *n.*
Ｕ Ｃ(心理)條件反射.

con·di·tion·er [kən`dɪʃənə; kən`dɪʃnə(r)] *n.*
Ｃ調節器; Ｕ Ｃ護髮乳(洗髮後使用). an air *con-
ditioner* 空調設備.

con·di·tion·ing [kən`dɪʃənɪŋ, -ʃnɪŋ;
kən`dɪʃnɪŋ] *n.* Ｕ調節; 訓練. air *conditioning*
(冷暖氣)空調.

con·dole [kən`dol; kən`dəʊl] *vi.* 慰問, 弔唁,
《*with*》. *condole with* him *on* his father's death
向他弔唁他父親的去世.

con·do·lence [kən`doləns, `kɑndələns;
kən`dəʊləns] *n.* (文章)Ｕ哀悼之意; Ｃ(通常con-
dolences)哀悼的話, 悼辭,《*on* 對於…》. a letter
of *condolence* 弔唁函/express one's *condolences*
致哀.

con·dom [`kɑndəm; `kɒndəm] *n.* Ｃ保險套.

con·do·min·i·um [‚kɑndə`mɪnɪəm;
‚kɒndə`mɪnɪəm] *n.* Ｃ(美)(各戶可獨自出售的)公
寓; (公寓的)一戶.

con·done [kən`don; kən`dəʊn] *vt.* (文章)寬恕
〔罪〕, 原諒〔過錯等〕.

con·dor [`kɑndə; `kɒndə(r)] *n.* Ｃ(鳥)神鷹(一
種產於南美的禿鷹).

con·duce [kən`djus, -`dɪus; kən`djuːs] *vi.* (文
章)有助於, 有益於,《*to*》; 導致《*to*》.

con·du·cive [kən`djusɪv, -`dɪus-; kən`djuːsɪv]
adj. (敘述)(文章)有所幫助的, 對…有貢獻的,
《*to*》. Soft music is often *conducive to* sleep. 柔
和的音樂有助於睡眠.

＊con·duct [`kɑndʌkt; `kɒndʌkt] (★與 v. 的
重音位置不同) *n.* Ｕ【引導】**1**
【指引自己】(文章)舉止, 行為; 品行. The boy's
conduct in class is very good. 這個男孩在班上的
品行優良. 同conduct 特指從品德方面來看的行為;
→ action.

2【指導事業】管理, 經營; 處理. the *conduct* of a
business 企業的經營/the *conduct* of state affairs
國務的處理.
── [kən`dʌkt; kən`dʌkt] *v.* (~s [~s; ~s]; ~ed
[~ɪd; ~ɪd]; ~ing) *vt.* **1** 引導; 陪同. *conduct* a
person *to* the exit 引導某人到出口處/a *conducted*
tour 有導遊陪同的旅行/*conduct* the visitors over
Paris 帶領觀光客遊覽巴黎.

2 指揮〔樂隊等〕. *conduct* an orchestra 指揮管弦
樂團.

3 管理, 經營, 〔事業等〕實施, 執行, 〔計畫等〕;
主持〔會議等〕. He's now *conducting* his father's
business. 他目前負責經營他父親的事業/The
police are *conducting* an inquiry into the affair.
警方正在調查此一事件.

搭配 conduct＋*n*.: ～ a ceremony (舉行儀式),
～ an experiment (進行實驗), ～ a meeting
(舉行會議), ～ research (進行調查).

4《物理》傳導. Copper *conducts* electricity well.
銅的導電性良好.
── *vi.* **1** 嚮導. **2** 指揮.

condúct onesèlf (文章)行為, 表現, 為人. Our
girl *conducted herself* well at the party. 我們的
女兒在宴會中表現得很好.

con·duc·tion [kən`dʌkʃən; kən`dʌkʃn] *n.* Ｕ
《物理》(熱, 電流等的)傳導.

con·duc·tive [kən`dʌktɪv; kən`dʌktɪv] *adj.*
《物理》有傳導(性)的, 能傳導的.

con·duc·tiv·i·ty [‚kɑndʌk`tɪvətɪ;
‚kɒndʌk`tɪvətɪ] *n.* Ｕ《物理》(熱, 電流等的)傳導
性[率].

＊con·duc·tor [kən`dʌktə; kən`dʌktə(r)] *n.*
(*pl.* ~s [~z; ~z]) Ｃ **1** 嚮導; 車掌; 指揮者.

2 (管弦樂團, 合唱團等的)指揮.

3 《物理》導體; (英)避雷針. a good [poor] *con-
ductor* 良[不良]導體.

4 (電車, 公車, (美)火車的)車掌, 售票員.
參考(英)火車的車掌用 guard.

con·duc·tress [kən`dʌktrɪs; kən`dʌktrɪs]
n. Ｃ女性嚮導; 女指揮; (電車, 公車的)女車掌
[售票員].

con·duit [`kɑndɪt, `kɑnduɪt; `kɒndɪt] *n.* Ｃ導
管; 溝渠; (電纜用的)管線(埋設電纜用的管子).

＊cone [kon; kəʊn] *n.* (*pl.* ~s [~z; ~z]) Ｃ **1** 圓錐
體, 圓錐形; 圓錐形物.

2 (松樹, 樅樹等的)毬果.

3 冰淇淋甜筒.

co·ney [`konɪ, `kʌnɪ,
`kəʊnɪ] *n.* (*pl.* ~s) ＝cony.

con·fab [`kɑnfæb;
`kɒnfæb] *n.* Ｕ Ｃ(口)閒談,
談笑, 談天.

[cones 2, 3]

con·fec·tion [kən`fɛkʃən; kən`fekʃn]
n. Ｃ(文章)甜食(糖果, 夾心糖等); (水果製的)蜜
餞.

con·fec·tion·er [kən`fɛkʃənə, -kʃnə;
kən`fekʃnə(r)] *n.* Ｃ甜食製造[銷售]業者; 糖果
餅店, 休閒食品店.

con·fec·tion·er·y [kən`fɛkʃən‚ɛrɪ;
kən`fekʃnərɪ] *n.* (*pl.* **-er·ies**) **1** Ｕ (集合)甜食(糖
果, 糕餅, 巧克力, 派等). **2** Ｕ糖果的製造.

3 Ｃ糖果糕餅店[工廠].

con·fed·er·a·cy [kən`fɛdərəsɪ, -`fɛdrəsɪ;
kən`fedərəsɪ] *n.* (*pl.* **-cies**) Ｃ **1** (團體, 國家等
的)聯合, 聯盟; 邦聯. **2** 聯盟, 盟邦.

3 (the *C*onfederacy)＝the Confederate States
(of America).

con·fed·er·ate [kən`fɛdərɪt, -`fɛdrɪt;
kən`fedərət] *adj.* **1** 加入同盟的, 聯合的.

2 《美史》(*C*onfederate)(南北戰爭時的)南方聯盟的
(⟷Federal, Union). the *Confederate* Army 南軍.
── *n.* Ｃ **1** 同盟國, 邦聯. **2** 共謀者, 共犯.

3 《美史》(*C*onfederate)(南北戰爭時的)南方聯盟
支持者(⟷ Federal, Unionist).
── [kən`fɛdə‚ret; kən`fedəreɪt] *vt.* 使參加同盟,

使聯合.
— *vi.* 同盟, 聯合起來.

Con·fed·er·ate States (of Amér·i·ca)
n. (加 the)(南北戰爭時的)南方聯盟政府(亦稱 the Confederacy; 1860-61 年時因反對廢除奴隸制度而企圖脫離美國聯邦政府的南部 11 州聯盟; ⟷ the Union).

con·fed·er·a·tion [kənˌfɛdəˈreʃən; kənˌfedəˈreɪʃn] *n.* 1 [UC]同盟, 聯盟.
2 [C]同盟諸國, 聯盟諸國.

con·fer [kənˈfɝ; kənˈfɜ:(r)] *v.* (~s; ~red; ~·ring)《文章》 *vt.* 給與, 授與, 〔學位, 稱號, 勳章等〕, 《on, upon》.
— *vi.* 協議, 交換意見, 《with》.

*con·fer·ence [ˈkɑnfərəns; ˈkɒnfərəns] *n.* (*pl.* -enc·es [~ɪz; ~ɪz])
1 [C]會議; (兩人的)商量, 面談. hold a *conference* 召開會議/Last week I attended a *conference* on physics in Paris. 上星期我出席在巴黎舉行的物理學會議/Mary had a long *conference* with the Professor. 瑪莉和教授面談了很久.
【圖解】*adj.*+conference: an academic ~ (學術研討會) // *n.*+conference: a peace ~ (和平會議), a summit ~ (高峰會議).
2 [U]開會, 會談, 商談. be in *conference* 會議中, 開會中.

con·fer·ment [kənˈfɝmənt; kənˈfɜ:mənt] *n.* [UC]《文章》授與.

*con·fess [kənˈfɛs; kənˈfes] *v.* (~·es [~ɪz; ~ɪz]; ~ed [~t; ~t]; ~·ing) *vt.* 1 坦白, 供認 [句型3](confess *do*ing/*that* 子句/*wh* 子句)承認做了…, *confess* one's crime 坦承罪行/John *confessed* having eaten the cake. 約翰承認吃了蛋糕/The driver *confessed* that he had run over the dog. 那司機坦承輾死這隻狗.
2 (a)自己承認; [句型3](confess *that*子句)自己承認…. *confess* one's ignorance 承認自己的無知/I have to *confess* (*that*) you're right. 我必須承認你是對的. (b) [句型5](confess A B/A *to be* B)承認 A 是 B, *confess* oneself beaten 認輸.
3 《天主教》《教徒》告解《*to* 〔神職人員〕》; 〔神職人員〕聆聽《教徒》的告解; [句型3](confess *that* 子句)《教徒》懺悔….
— *vi.* 1 坦白, 供認; 承認; 《*to*》. The child *confessed* *to* breaking the glass. 那孩子承認打破這只玻璃杯.
2 (向神職人員)告解; 〔神職人員〕聆聽告解.

con·fessed [kənˈfɛst; kənˈfest] *adj.* (在社會上普遍)被承認的, 公開承認的; 自己承認的.

con·fess·ed·ly [kənˈfɛsɪdlɪ; kənˈfesɪdlɪ] (★注意發音) *adv.* (社會上普遍)公認地; 自認地.

*con·fes·sion [kənˈfɛʃən; kənˈfeʃn] *n.* (*pl.* ~s [~z; ~z]) 1 [UC]坦白, 招供; [C]承認的事實. make a full *confession* of one's crime 完全坦承自己的罪行. 2 [U]《天主教》告解(向神職人員所作的懺悔); [C](信仰的)聲明. a *confession* of faith 信仰的聲明.

con·fes·sion·al [kənˈfɛʃənl; kənˈfeʃənl] *n.* [C]

(天主教教堂中神父聆聽告解的)告解室.

con·fes·sor [kənˈfɛsɚ; kənˈfesə(r)] *n.* [C]
1 《天主教》(聽解神父(聆聽教徒告解的).
2 懺悔者, 告解者.

con·fet·ti [kənˈfɛtɪ; kənˈfetɪ] (義大利語) *n.* [U]五彩碎紙(慶祝時所撒的).

con·fi·dant [ˌkɑnfəˈdænt, ˈkɑnfəˌdænt; ˌkɒnfɪˈdænt] *n.* [C]推心置腹的知己, 密友, 《女性用 confidante》.

con·fi·dante [ˌkɑnfəˈdænt, ˈkɑnfəˌdænt; ˌkɒnfɪˈdænt] *n.* [C]女性的 confidant.

con·fide [kənˈfaɪd; kənˈfaɪd] *vi.* 1 吐露(個人的)祕密(*in, to*). I'm glad you've *confided in* me. 我很高興你把祕密告訴我.
2 信賴(*in*). I cannot *confide in* him any more. 我再也不能信賴他了.
— *vt.* 1 吐露〔祕密等〕. [句型3](confide *that* 子句/*wh* 子句)吐露…; 《*to*》. *confide* a secret *to* him 向他吐露祕密/I *confided to* him that my father had stomach cancer. 我向他坦誠我父親患了胃癌. 2 《文章》(由於信賴)把〔工作等〕託付, 委託, 《*to*》. *confide* one's children *to* her [*to* her care] 把孩子託給她照顧.

*con·fi·dence [ˈkɑnfədəns; ˈkɒnfɪdəns] *n.* (*pl.* -denc·es [~ɪz; ~ɪz])
【信賴】1 [U]信賴, 信任. You are obviously in his *confidence*. 顯然你得到他的信任/I have no *confidence* in him. 我不信任他/I place *confidence* in your judgment. 我相信你的判斷.
【圖解】*adj.*+confidence: absolute ~ (絕對的信任), complete ~ (完全的信任) // *v.*+confidence: betray a person's ~ (辜負某人的信任), win a person's ~ (贏得某人的信任), inspire ~ in a person (使某人信任)
2 【對自己的信賴】[U]自信, full of *confidence* 充滿自信/speak with *confidence* 自信地說/He had (the) *confidence* to ask me for $1,000. 他厚著臉皮跟我要了 1,000 美元/I lost my *confidence* as a pilot after the accident. 在那次意外之後我便喪失了飛行員的自信.
3 【由於信賴而傳達的事物】[C]心事, 祕密. exchange *confidences* 相互吐露祕密/share a *confidence* 保守(彼此間的)祕密.
hàve the cónfidence to do 大膽地做….
in cónfidence 私下地, 祕密地.
tàke a pèrson into one's cónfidence 向某人吐露祕密, 把某人視為知己.

cónfidence gàme (美) [**trìck** (英)] *n.* [C]騙局(利用他人的信任).

cónfidence màn *n.* [C]利用他人信任而行騙的人.

*con·fi·dent [ˈkɑnfədənt; ˈkɒnfɪdənt] *adj.*
1 (用 confident of [*that* 子句])確信…的(→ sure 同). They were *confident* of victory [winning the game]. 他們有信心

會得勝〔贏得比賽〕/He is [feels] *confident that* he will win. 他有信心會贏/Sam is *confident* in Spanish. 山姆對西班牙語很有自信.
2 〔限定〕確信的, 充滿自信〔信心〕的. His *confident* manner made a very good impression on us. 他充滿自信的態度給了我們非常好的印象. ⇨ *v.* confide. ↔ diffident.

con·fi·den·tial [͵kɑnfə'dɛnʃəl; ͵kɒnfɪ'denʃl] *adj.* **1** 祕密的, 機密的. a *confidential* talk 密談/*Confidential* 親啟〔信封上所寫〕.
2 得到信任的, 心腹的, the Premier's *confidential* adviser 首相〔行政院長〕的親信顧問.
3 〔態度等〕相互信任的, 親密的. in a *confidential* tone 以信任的口吻.

con·fi·den·tial·ly [͵kɑnfə'dɛnʃəlɪ; ͵kɒnfɪ'denʃəlɪ] *adv.* 祕密地.

con·fi·dent·ly ['kɑnfədəntlɪ; 'kɒnfɪdəntlɪ] *adv.* 確信地, 自信地.

con·fid·ing [kən'faɪdɪŋ; kən'faɪdɪŋ] *adj.* 對他人深信不疑的, 容易信任(人)的.

con·fid·ing·ly [kən'faɪdɪŋlɪ; kən'faɪdɪŋlɪ] *adv.* 深信不疑地, 信任地.

con·fig·u·ra·tion [kən͵fɪgjə'reʃən; kən͵fɪgə'reɪʃn] *n.* C (各部分的)配置; 外形, 輪廓.

*****con·fine** [kən'faɪn; kən'faɪn] (★與 *n.* 的重音位置不同) *vt.* (~s [~z; ~z]; ~d [~d; ~d]; **-fin·ing**) **1** 限制, 限定, 《to》. His interest is not *confined to* language study. 他的興趣不局限於語言研究/Please *confine* your comments to the matter in hand. 請把你的意見著重於眼前的問題上.
2 關在裡面(使不外出), 監禁, 《to, in》; (因生病等)使躺臥(*to* 〔床〕), 使(孕婦)躺於產床待產, 《通常用被動語態》. The heavy snow *confined* the children *to* the cottage. 這場大雪把孩子們困在小屋裡/He has long been *confined* (*to*) his bed by illness. 他因生病而長期臥床.
— ['kɑnfaɪn; 'kɒnfaɪn] *n.* C (通常 confines)邊界, 國境; 界限, 範圍. within the *confines* of 在…的範圍內/The existence of God is a question outside the *confines* of human knowledge. 上帝的存在與否是超出人類知識範圍的問題.

con·fine·ment [kən'faɪnmənt; kən'faɪnmənt] *n.* **1** U 監禁, 拘留. be placed under *confinement* 被監禁.
2 UC 分娩(臥床); (因病等而)閉門不出.

*****con·firm** [kən'fɝm; kən'fɜːm] *vt.* (~s [~z; ~z]; ~ed [~d; ~d]; ~·ing) **1** 查證, 確認, (權限, 習慣, 意見等); 證實, 承認…為正確; 句型3 (confirm *that* 子句)確認…. The Prime Minister *confirmed* the press reports [*that* there will soon be a cabinet reshuffle. 首相〔行政院長〕證實了新聞界所報導〔內閣即將改組〕的消息/I wrote him to *confirm* my telephone request. 我寫信跟他確定我在電話中的請求.
2 正式承認; 批准〔條約〕; 確認〔合同〕. His ap-

pointment as ambassador has been *confirmed*. 他已確定將被任命為大使.
3 堅持(決心, 意見等); 使(人)堅信. The victory *confirmed* him in his opinion that his country was superior. 那場勝利使他確信祖國的優越.
4 對…施聖信禮(→ confirmation 2).
字源 FIRM 〔堅固的, 牢固的〕: con*firm*, *firm* (堅固的), a*firm*(肯定的), in*firm*(體弱的).

con·fir·ma·tion [͵kɑnfɚ'meʃən; ͵kɒnfə'meɪʃn] *n.* UC **1** 確認, 確證; 承認, 批准.
2 《天主教》堅振聖事, 《英國國教等》堅信禮, 《宣布成為教徒的儀式》.

con·firmed [kən'fɝmd; kən'fɜːmd] *adj.* **1** 被確認〔證實〕的〔情報等〕. **2** 〔限定〕〔癖好, 習慣等〕改不掉的, 根深蒂固的, 頑固的.

con·fis·cate ['kɑnfɪs͵ket, kən'fɪskeт; 'kɒnfɪskeɪt] *vt.* 把〔私人物品〕沒收, 充公.

con·fis·ca·tion [͵kɑnfɪs'keʃən; ͵kɒnfɪ'skeɪʃn] *n.* UC 沒收, 充公(之物).

con·fla·gra·tion [͵kɑnflə'greʃən; ͵kɒnflə'greɪʃn] *n.* C (特指建築物, 森林等的)大火(災) (fire).

*****con·flict** ['kɑnflɪkt; 'kɒnflɪkt] (★與 *v.* 的重音位置不同) *n.* (*pl.* ~s [~s; ~s]) C **1** (特指有可能發展成戰爭的)衝突, 紛爭, 爭鬥. a border *conflict* between the two nations 兩國間的邊境衝突.
2 (主義, 意見, 利害等的)衝突, 不一致.
còme into cónflict with... 與…發生衝突〔矛盾〕.
in cónflict with 與…爭吵, 與…不相容.
Your behavior is *in conflict with* your principles. 你的行為與你的原則互相矛盾.
— [kən'flɪkt; kən'flɪkt] *vi.* 矛盾, 不相容, 《with》. His ideas *conflict with* mine. 他的想法和我的格格不入/They have *conflicting* interests. 他們的利益相互衝突.

con·flu·ence ['kɑnfluəns, -flɪu-; 'kɒnfluəns] *n.* 《文章》U (兩條以上的河等的)匯流; C 匯流點.

con·flu·ent ['kɑnfluənt, -flɪu-; 'kɒnfluənt] *adj.* 《文章》匯流的.

con·form [kən'fɔrm; kən'fɔːm] *vi.* **1** 遵從, 順應, (規則, 習慣等). You must *conform to* the rules. 你們必須遵守規則.
2 〔形狀, 性質等〕符合, 適應, 《to》.
— *vt.* 使遵從, 使適應, 《to》; 使一致《to》.

con·for·ma·tion [͵kɑnfɔr'meʃən; ͵kɒnfɔː'meɪʃn] *n.* C 《文章》構造, 形態.

con·form·ist [kən'fɔrmɪst; kən'fɔːmɪst] *n.* C
1 (有時表輕蔑)順從(體制)者.
2 (英)英國國教徒(→ nonconformist).

con·form·i·ty [kən'fɔrmətɪ; kən'fɔːmətɪ] *n.* U **1** 形似, 一致, 《to, with》.
2 遵守《to, with〔規則, 習慣等〕》. work *in conformity to* directions 按照指示工作/*in conformity with* his wishes 按照他的希望.

*****con·found** [kɑn'faʊnd, kən-; kən'faʊnd] *vt.* (~s [~z; ~z]; ~ed [~ɪd; ~ɪd]; ~·ing) **1** 使混亂, 使困擾. The problem *confounded* me. 這個問題使我不知所措/Mr. Brown was *confounded* by his

son's behavior. 布朗先生對他兒子的行爲感到困擾. 📖 confound 的程度比 confuse, bewilder 更強烈.

2 《文章》混淆(*with*). *confound* dreams *with* reality 把夢想和現實混淆.

3 《委婉》詛咒(代替 damn 等). *Confound* it [you, him]! 該死!

con·found·ed [kənˋfaʊndɪd, kən-; kənˈfaʊndɪd] *adj.* 《限定》《口》可惡的, 過分的, 《damned 等的委婉用語》. a *confounded* nuisance 煩人的事.

con·found·ed·ly [kənˋfaʊndɪdlɪ, kən-; kənˈfaʊndɪdlɪ] *adv.* 《口》非常, 厲害地.

***con·front** [kənˋfrʌnt; kənˈfrʌnt] *vt.* (~s [~s; ~s]; ~ed [~ɪd; ~ɪd]; ~ing [~ɪŋ; ~ɪŋ]) 《使面對》 **1** 與…相對, 面對, 面對. They *confronted* each other across the table. 他們隔著桌子相對.

2 (毅然)面對, (正面)對抗(困難等). *confront* one's enemy 面對敵人.

3 (confront A with B)拿出 B 與 A 對決; 使 A (人)與 B 對峙, 使 A(人)正面對抗 B, *confront* a person *with* the facts 把事實擺在某人的面前.

4 (困難等)阻擋. Obstacles *confronted* me. = I was *confronted with* obstacles. 我遇到困難了.

con·fron·ta·tion [͵kɑnfrənˋteʃən; ͵kɒnfrʌnˈteɪʃn] *n.* ⎡UC⎤ 面對; 對抗; 對質(*with*).

Con·fu·cian [kənˋfjuʃən; kənˈfjuːʃn] *adj.* 孔子的, 儒家的. ── *n.* ⎡C⎤ 儒家學者.

Con·fu·cian·ism [kənˋfjuʃən͵ɪzəm, -ˋfɪu-; kənˈfjuːʃənɪzəm] *n.* ⎡U⎤ 儒家學說.

Con·fu·cius [kənˋfjuʃəs, -ˋfɪu-; kənˈfjuːʃəs] *n.* 孔子(551?-479? B.C.).

⁑**con·fuse** [kənˋfjuz, -ˋfɪuz; kənˈfjuːz] *vt.* (-fus·es [~ɪz; ~ɪz]; ~d [~d; ~d]; -fus·ing) ⎡《使混亂》⎤ **1** 使混淆; 使不易理解. The crowd was *confused* by the outbreak of fire. 群衆因爲突然失火而亂成一團.

2 使困惑; 使不知所措. He felt [got] *confused*. 他感到迷惘/The old woman's explanations only *confused* me. 那老太太的解釋只是讓我感到困惑. 📖 confuse 是比 bewilder, confound 更一般的用語. ⎡《摻雜在一起》⎤ **3** 搞混(*with*); 弄錯, 分辨不出 〔兩件物品〕的區別. I *confused* your cousin *with* you. 我把你的堂[表]兄弟和你搞錯了.

⇨ *n.* confusion.

con·fused [kənˋfjuzd, -ˋfɪuzd; kənˈfjuːzd] *adj.* 混亂的; 困惑的.

con·fus·ed·ly [kənˋfjuzɪdlɪ, -ˋfɪu-, -zdlɪ; kənˈfjuːzɪdlɪ] (★注意發音) *adv.* 混亂地, 雜亂地; 困惑地; 慌亂地.

con·fus·ing [kənˋfjuzɪŋ, -ˋfɪu-; kənˈfjuːzɪŋ] *v.* confuse 的現在分詞, 動名詞.
── *adj.* 混亂的; 驚慌失措的. a *confusing* plot (複雜得)理不出頭緒的情節.

⁑**con·fu·sion** [kənˋfjuʒən, -ˋfɪu-; kənˈfjuːʒn] *n.* (*pl.* ~s [~z; ~z]) ⎡UC⎤ **1** 混亂(狀態), 雜亂. I lost my purse *in the confusion*. 我在混亂中遺失了錢包/a *confusion* of coats and umbrellas 散置成一堆的外套和傘/Rumors of

C

war threw the Stock Exchange into *confusion*. 戰爭(將爆發)的謠言使得股票市場陷於混亂. 📖 confusion 是亂成一片, 各個要素[部分]難以釐清的狀態; 比單純表示順序亂掉的 disorder 程度更強. ⎡搭配⎤ *adj.*+confusion: great ~ (極大的混亂), total ~ (亂成一片) // *v.*+confusion: avoid ~ (避免混亂), cause ~ (引起混亂), clear up ~ (清除混亂).

2 困惑, 慌亂. I couldn't hide my *confusion*. 我無法隱瞞我內心的慌亂.

3 混淆, (物)無法區別. *confusion* of colors due to color-blindness 色盲導致的顏色混淆.

⇨ *v.* confuse.

con·fu·ta·tion [͵kɑnfjuˋteʃən, -fɪu-; ͵kɒnfjuːˈteɪʃn] *n.* ⎡UC⎤ 推翻, 駁斥.

con·fute [kənˋfjut, -ˋfɪut; kənˈfjuːt] *vt.* 《文章》證實(陳述, 主張, 論者等)的錯誤, 推翻.

con·ga [ˋkɑŋgə; ˈkɒŋgə] *n.* ⎡C⎤ 康加舞(起源於古巴的活潑舞蹈); 康加舞曲.

con·geal [kənˋdʒil; kənˈdʒiːl] *vt.* 使(液體)凍結, 使凝結.
── *vi.* 凍結, 凝結.

con·gen·ial [kənˋdʒinjəl; kənˈdʒiːnjəl] *adj.* 《文章》 **1** 〔志趣, 利害等〕相似的, 意氣相投的.

2 〔職業, 事物等〕合意的, 相宜的.

con·gen·ial·ly [kənˋdʒinjəlɪ; kənˈdʒiːnjəlɪ] *adv.* 《文章》情投意合地; 令人愉快地.

con·gen·i·tal [kənˋdʒɛnət!; kənˈdʒenɪtl] *adj.* 〔特指疾病, 缺點等〕先天的, 天生的.

con·ger [ˋkɑŋgɚ; ˈkɒŋgə(r)] *n.* ⎡C⎤ 《魚》海鰻(亦稱 cónger èel).

con·gest·ed [kənˋdʒɛstɪd; kənˈdʒestɪd] *adj.* **1** 〔城市或道路〕擁擠的, 混亂的.

2 《醫學》充血的.

con·ges·tion [kənˋdʒɛstʃən; kənˈdʒestʃən] *n.* ⎡U⎤ **1** 擁擠, 混亂; (交通的)壅塞. traffic *congestion* 交通壅塞. **2** 《醫學》充血.

con·glom·er·ate [kənˋglɑmərɪt, -ˋglɑmrɪt; kənˈglɒmərət] *adj.* **1** 〔各種物質〕凝固起來的.

2 聯合的〔企業〕.
── *n.* ⎡C⎤ **1** (由各種物質集聚成的)團塊.

2 企業集團, (多角經營的)大型複合企業.
── [kənˋglɑmə͵ret; kənˈglɒməreɪt] *vt.* 使凝固.
── *vi.* 凝固.

con·glom·er·a·tion [kən͵glɑməˋreʃən; kən͵glɒməˈreɪʃn] *n.* ⎡U⎤ (把各種物質)凝結.

2 ⎡C⎤ 聚合體, 團塊.

Con·go [ˋkɑŋgo; ˈkɒŋgəʊ] *n.* **1** (加 the)剛果河(流經非洲中部注入大西洋).

2 (通常加 the) (a)剛果人民共和國(在剛果河西岸; 首都 Brazzaville). (b)剛果民主共和國(舊稱 Zaire (1971-97); 位於剛果河流域中心; 首都 Kinshasa).

⁑**con·grat·u·late** [kənˋgrætʃə͵let; kənˈgrætjʊleɪt]

vt. (~**s** [~s; ~s]**; -lat·ed** [~ɪd; ~ɪd]**; -lat·ing**) (用 congratulate **A** on [upon] **B**) 對 A(人) 說 B(祝賀的話). Let me *congratulate* you *on* your recent marriage. 祝你新婚愉快/I *congratulate* you *on* passing the examination. 恭喜你通過測驗.
congrátulate onesèlf 暗自慶幸, 雀躍不已. I *congratulated myself for* [*on*] getting through the interview smoothly. 我為自己順利通過面試而感到慶幸.

con·grat·u·lat·ing [kən`grætʃə͵letɪŋ; kən`grætʃəleitɪŋ] *v.* congratulate 的現在分詞, 動名詞.

*__con·grat·u·la·tion__ [kən͵grætʃə`leʃən; kən͵grætʃu`leiʃn] *n.* (*pl.* ~**s** [~z; ~z]) **1** Ⓤ 道賀, 祝賀. a matter for *congratulation* 可喜可賀的事.
2 Ⓒ (通常 congratulations)賀辭. Give him my *congratulations*, will you? 請代我向他祝賀, 好嗎?/*Congratulations* (on your promotion)! 恭喜(你升官了)!
[搭配] *adj.*+congratulation: hearty ~s (由衷的祝賀), sincere ~s (衷心的祝賀), warmest ~s (誠心的祝賀).

con·grat·u·la·to·ry [kən`grætʃələ͵torɪ, -͵tɔrɪ; kən`grætʃulətəri] *adj.* 祝賀的, 賀喜的. a *congratulatory* telegram 賀電.

con·gre·gate [`kɑŋgrɪ͵get; `kɔŋgrigeit] *vi.* 聚集, 集合. — *vt.* 使聚集, 使集合.

con·gre·ga·tion [͵kɑŋgrɪ`geʃən; ͵kɔŋgri`geiʃn] *n.* **1** Ⓤ 集合. **2** Ⓒ 集合的人, 群眾. **3** Ⓒ (★用單數亦可作複數) (集合起來做禮拜的)會眾.

con·gre·ga·tion·al [͵kɑŋgrɪ`geʃən͹; ͵kɔŋgri`geiʃn͹] *adj.* **1** 會眾的. **2** (Congregational)公理教會的.

Con·gre·ga·tion·al·ist [͵kɑŋgrɪ`geʃən͹ɪst, -ʃn͹ɪst; ͵kɔŋgri`geiʃn͹list] *n.* Ⓒ 公理教會教友.

*__con·gress__ [`kɑŋgrəs, -ɪs; `kɔŋgres] *n.* (*p*~**·es** [~ɪz; ~ɪz]) **1** (Congress)美國國會(由參議院(the Senate)和眾議院(the Hous of Representatives)組成; → diet², parliament) a Member of *Congress* 美國國會議員.
2 Ⓒ (正式的或國際性的)會議, 大會. hold medical *congress* 舉辦醫學會議/the Internationa PEN *Congress* 國際筆會.

con·gres·sion·al [kən`grɛʃən͹, -ʃn͹ kən`greʃn͹] *adj.* **1** (Congressional)美國國會的 **2** 會議的.

con·gress·man [`kɑŋgrəsmən; `kɔŋgresmə *n.* (*pl.* **-men** [-mən; -mən]) Ⓒ (常 Congressman 美國國會議員, (特指)眾議院議員.

con·gress·per·son [`kɑŋgrəs͵pɝs 'kɒŋgres͵pɜːsən] *n.* Ⓒ (常 Congressperson) 美 國會議員, (特指)眾議院議員, (→ person 語 (2)).

con·gress·wom·an [`kɑŋgrəs͵wumə -͵wu-; `kɔŋgres͵wumən] *n.* (*pl.* **-wo·me** [-͵wɪmɪn, -ən; -͵wɪmɪn]) Ⓒ (常 Congresswoman 美國國會女性議員, (特指)眾議院女性議員.

con·gru·ence [`kɑŋgruəns, `kɑn͵gruən -͵grɪu-; `kɔŋgruəns] *n.* Ⓤ 一致, 適合; 《數學全等.

con·gru·ent [`kɑŋgruənt, `kɑn͵gruən -͵grɪu-; `kɔŋgruənt] *adj.* 適合的, 一致的; 《數學全等的; 《with》.

con·gru·i·ty [kən`gruətɪ, -`grɪu-; kɒn`gruːət *n.* (*pl.* **-ties**) Ⓤ 一致, 適合; Ⓒ (通常 congru ties)一致[共同]點.

con·gru·ous [`kɑŋgruəs; `kɔŋgruəs] *adj.* (文 章)一致的, 適合的, 《with》.

con·ic [`kɑnɪk; `kɒnɪk] *adj.* **1** 圓錐(體)的(cone 的). **2** 圓錐形的.

con·i·cal [`kɑnɪk͹; `kɒnɪkl] *adj.* =conic 2.

co·ni·fer [`konəfɚ, `kɑn-; `kɔnɪfə(r)] *n.* Ⓒ 松 植物(松, 檜等, 多為常綠針葉樹).

co·nif·er·ous [ko`nɪfərəs; kəʊ`nɪfərəs] *ad* 長毬果的, 松類植物的.

●——美、英、日的國會種類

美國	國　會	參議院	參議院議員	眾議院	眾議院議員
	Congress	the Senate, the Upper House	a Senator, a member of the Upper House	the House of Representatives, the Lower House	a Congressman, a Congresswoman, a member of the Lower House
英國	國　會	上　院	上院議員	下　院	下院議員
	Parliament	the House of Lords, the Lords	a member of the House of Lords	the House of Commons, the Commons	a member of Parliament
日本	國　會	參議院	參議院議員	眾議院	眾議院議員
	the Diet	the House of Councilors	a councilor, a member of the House of Councilors	the House of Representatives	a representative, a member of the House of Representatives

conj. 《略》conjugation; conjunction.

con·jec·tur·al [kənˋdʒɛktʃərəl; kənˈdʒektʃ(ə)rəl] *adj.* 《文章》根據推測的，推測性的.

con·jec·ture [kənˋdʒɛktʃə; kənˈdʒektʃə(r)] *n.* [UC] 推測.
— *vt.* 《文章》**1** 推測 [句型3] (conjecture *that* 子句) 推測出…. **2** [句型5] (conjecture A B/A *to be* B) 推測出 A 是 B.

con·join [kənˋdʒɔɪn; kənˈdʒɔɪn] *vi.* 《文章》結合.
— *vt.* 使結合.

con·joint [kənˋdʒɔɪnt; ˈkɒndʒɔɪnt] *adj.* 《文章》結合的，協力的；同時的.

con·joint·ly [kənˋdʒɔɪntlɪ; ˈkɒndʒɔɪntlɪ] *adv.* 《文章》協力地，團結地.

con·ju·gal [ˋkɑndʒʊgl; ˈkɒndʒʊɡl] *adj.* 《文章》婚姻的；夫婦間的. *conjugal* love 夫妻之愛.

con·ju·gate [ˋkɑndʒəˌget; ˈkɒndʒʊgeɪt] *vt.* 《文法》使〔動詞〕變化.
— *vi.* 〔動詞〕變化.

con·ju·ga·tion [ˌkɑndʒəˋgeʃən; ˌkɒndʒʊˈɡeɪʃn] *n.* [UC] 《文法》〔動詞〕的字形變化. regular [irregular] *conjugation* 規則[不規則]變化(→見文法總整理 **6. 1** 及不規則動詞表).

con·junc·tion [kənˋdʒʌŋkʃən; kənˈdʒʌŋkʃn] *n.* **1** [C] 《文法》連接詞(略作 conj.)(★連接詞可分為三類：(1)coördinate conjúnction (對等連接詞)；(2)subórdinate conjúnction (從屬連接詞)；(3)corrèlative conjúnction (相關連接詞)，如：both...and..., not only...but (also)..., either...or...等)(→見文法總整理 **12**).
2 [UC] 《文章》結合，連結；關聯.
3 [C] 《文章》〔事件〕的同時發生.
in conjúnction with... 與…共同地；與…有關聯地；與…同時地. We are working *in conjunction with* a leading company to produce an improved product. 我們與一流公司攜手合作製造更好的產品.

con·junc·tive [kənˋdʒʌŋktɪv; kənˈdʒʌŋktɪv] *adj.* **1** 結合的，連結的. **2** 《文法》連接(詞)的.

con·junc·ti·vi·tis [kənˌdʒʌŋktəˋvaɪtɪs; kənˌdʒʌŋktɪˈvaɪtɪs] *n.* [U] 《醫學》結膜炎.

con·junc·ture [kənˋdʒʌŋktʃə; kənˈdʒʌŋktʃə(r)] *n.* [C] 《文章》〔事件，事情等的〕結合；〔嚴重的〕局面.

con·jure [ˋkʌndʒə, ˋkɑn-; ˈkʌndʒə(r)] *vt.* **1** 〔用魔法，咒語等〕召喚…到眼前. **2** 〔加副詞(片語)〕〔如魔法般地〕做…. *conjure* the blues away 排解鬱悶.
— *vi.* 施魔法；變戲法.
cònjure/.../úp (1)(如)用魔法(般)地做出…. The cook *conjured up* a nice lunch for me. 廚師一下子就替我做出一頓可口的午餐. (2)使呈現於腦海，使想像. The month of April *conjures up* images of flowers and greenery. 4月使人聯想到繁花和綠葉.

con·jur·er, con·ju·ror [ˋkʌndʒərə, ˋkɑn-; ˈkʌndʒərə(r)] *n.* [C] 魔術師.

2 魔法師；(召來死者靈魂的)靈媒.

conk [kɑŋk; kɒŋk] *v.* 《俚》*vt.* 猛擊〔人〕的頭.
— *vi.* 〔機器〕(由於故障)停止運轉，故障；〔人〕昏迷過去；(*out*).

conk·er [ˋkɑŋkə; ˈkɒŋkə(r)] *n.* 《主英、口》
1 [C] 七葉樹果. **2** (conkers)《作單數》打七葉樹果遊戲(將用繩子繫住的七葉樹果互擊，看誰先將對方的樹果擊破的遊戲).

cón màn [ˋkɑn-; ˈkɒn-] *n.* =confidence man.

Conn. 《略》Connecticut.

✻con·nect [kəˋnɛkt; kəˈnekt] *v.* (~**s** [~s; ~s]; ~**ed** [~ɪd; ~ɪd]; ~**ing**) *vt.*
〖連結〗 **1** 把〔兩物〕連接，連結，(*to*). The trailer was *connected to* the car by a chain. 這輛拖車以鏈條與那輛汽車相連. 圖 connect 是把兩物以某種形式連接在一起，結合性比 join 鬆散，連接之兩物的獨立性仍然存在；→ attach.
2 接通〔電話〕，聯絡，使〔電話〕聯繫〔人〕；把〔電線，繩等〕連接；(*with; to*). A bus line *connects* the two towns. 公車路線把這兩個城鎮連接起來/ England is *connected with* France by a tunnel. 英國和法國有一條隧道連接/"You are *connected*," said the operator. 接線生說：「電話接通了.」
3 (用 connect A with B)使A與B有關係；使有親友關係(通常用 be connected 或 connect oneself). The two events are closely *connected*. 這兩個事件是密切相關的/He is well *connected*. 他的關係良好/The Smiths are *connected with* the Browns by marriage. 史密斯家和布朗家有姻親關係.
4 由…聯想到(*with*). We generally *connect* Switzerland *with* the Alps. 我們通常會把瑞士和阿爾卑斯山聯想在一塊兒.
— *vi.* **1** 〔列車，船，公車，客機等〕連接；〔電線等〕連接；(*with*). This bus *connects with* the 3:30 p.m. train. 這班公車和下午3時30分開的列車銜接. **2** 有關聯〔關係〕(*with*). That doesn't *connect with* this. 那件事和這件事沒有關聯.

con·nect·ed [kəˋnɛktɪd; kəˈnektɪd] *adj.* **1** 結合[連結]的. **2** 連接的，連貫的〔談話等〕. **3** 有(特別)關係的；有姻親關係的；有親友關係的.

con·nect·er [kəˋnɛktə; kəˈnektə(r)] *n.* =connector.

Con·nect·i·cut [kəˋnɛtɪkət; kəˈnetɪkət] *n.* 康乃狄克州(美國東北部的州；首府 Hartford；略作 CT, Conn.).

✻con·nec·tion [kəˋnɛkʃən; kəˈnekʃn] *n.* (*pl.* ~**s** [~z; ~z]) 〖連接〗
1 [UC] 連結，結合；聯絡；〔電話，電子器材等的〕連接. the *connection* of the business area *with* the airport 商業區和機場的銜接/The telephone *connection with* the town was cut by the disaster. 這個城鎮對外的電話聯絡因災害中斷了.
2 [C] 接駁的交通工具(列車，船，公車，客機等)；轉接. I missed my *connection* at the airport. 我

C

在機場誤了要轉接的飛機/They made a *connection* at Detroit for Boston. 他們在底特律轉乘其他交通工具前往波士頓.

3【聯繫】 UC 關係, 關聯, 聯繫, (*with*; *between*); (前後的)聯繫. the *connection between* character and environment 個性和環境之間的關係.

> 搭配 *adj.*＋connection: a close ～ (密切的關係), a direct ～ (直接的關係), a remote ～ (疏遠的關係), a slight ～ (淡薄的關係) // *v.*＋connection: establish a ～ (建立關係), form a ～ (形成關係).

【人際關係】 **4** UC 親屬關係, 親友關係; 貿易關係, (*with*); a good business *connection* 良好的貿易關係/Ben has no *connection with* our family. 班和我們家沒有關係.

5 C 親屬, 親友; 人際關係. He is a *connection* of mine. 他是我的親戚/my distant *connection* 我的遠親.

6 C (通常 connections) 主顧, 顧客.

* *in connéction with...* 與…相關. He went to London *in connection with* his research. 他去倫敦處理研究方面的事.

in thìs [thàt] connéction (文章)與這個[那個]有關, 關於這[那]一點.

con·nec·tive [kə`nɛktɪv; kə'nektɪv] *adj.* 結合 — *n.* C **1** 結合物. **2** (文法) 連結詞(連接詞、關係代名詞、關係副詞等).

con·nec·tor [kə`nɛktɚ; kə'nektə(r)] *n.* C **1** 連結者[物]. **2** (電) 連接器.

con·nex·ion [kə`nɛkʃən; kə'nekʃn] *n.* (英) ＝connection.

con·niv·ance [kə`naɪvəns; kə'naɪvəns] *n.* U (文章) **1** (對壞事)視若無睹, 默許(*at*). **2** 共謀(*with*).

con·nive [kə`naɪv; kə'naɪv] *vi.* (文章) **1** (對壞事)視若無睹, 縱容, 默許(*at*). **2** 祕密共謀, 合謀, (*with*).

con·nois·seur [͵kɑnə`sɝ; ͵kɒnə'sɜ:(r)] (法語) *n.* C (藝術品, 酒等的)鑑賞家, 行家.

con·no·ta·tion [͵kɑnə`teʃən; ͵kɒnəʊ'teɪʃn] *n.* UC (常 connotations) 言外[隱涵]之意, 含義, (↔ denotation).

> 參考 同樣表示「新的」東西, up-to-date 有正面的含義, 而 newfangled 有負面的含義; 這個「含義」就是 connotation.

con·no·ta·tive [`kɑnə͵tetɪv, kə`notətɪv; 'kɒnəʊteɪtɪv] *adj.* 含蓄的(表現等).

con·note [kə`not; kə'nəʊt] *vt.* (詞彙除了字面意義之外)含有…的意義, 有…言外之意, (→ connotation; ↔ denote).

con·nu·bi·al [kə`nubɪəl, ·`nɪub·, ·`njub·; kə'nju:bjəl] *adj.* (文章) 婚姻的; 夫婦的.

***con·quer** [`kɑŋkɚ, ·`kɔŋkɚ; 'kɒŋkə(r)] *v.* (～s [~z; ~z]; ～ed [~d; ~d]; -quer·ing

[-kərɪŋ, -krɪŋ; -kərɪŋ]) *vt.* 【戰勝】 **1** 克服(困難, 障礙等), 戰勝(誘惑等). *conquer* a bad habit 克服惡習/*conquer* one's fear of snakes 克服對蛇的恐懼感.

【取勝】 **2** 征服, 打敗; (征服後)獲得(領土等). *conquer* the enemy 征服敵人/被征服者/*conquer* Mount Everest 征服聖母峰/*conquer* the literary world 征服文學界.

3 (戰勝困難而) 贏得, 獲得, (名聲, 稱讚等). *conquer* fame 贏得名聲.

— *vi.* 得勝, 贏. Caesar said, "I came, I saw, *conquered*." 凱撒說:「吾至, 吾見, 吾勝。」

***con·quer·or** [`kɑŋkərɚ; 'kɒŋkərə(r)] *n.* (*pl.* ～s [~z; ~z]) C 征服者; 勝利者.

***con·quest** [`kɑnkwɛst, ·`kɑŋ·; 'kɒŋkwest] *n.* (*pl.* ～s [~s; ~s]) **1** UC 征服, 克服; 勝利; (由於征服而)獲得. the *conquest* of Mexico by the Spanish 西班牙人征服墨西哥/the *conquest* of bad habits 惡習的克服/the *conquest* of Mount Everest 征服聖母峰.

2 (the Conquest) ＝the Norman Conquest.

3 C 征服地; 征服地的人民. the *conquests* of the Romans 羅馬人的占領地.

4 U 愛情[歡心]的獲得; C 屈服於愛情的人. his latest *conquest* 他最近交往的情人.

màke a cónquest of... 征服….

con·san·guin·i·ty [͵kɑnsæŋ`gwɪnətɪ; ͵kɒnsæŋ'gwɪnətɪ] *n.* U (文章) 血緣[血親]關係.

***con·science** [`kɑnʃəns; 'kɒnʃəns] *n.* 良心, 道德感. have a clear [good] *conscience* 問心無愧/have a guilty [bad] *conscience* 感到內疚/He has no *conscience* about breaking his promise. 他並不會因為不守信用而覺得良心不安/I acted according to my *conscience*. 我憑良心做事/It's a matter of *conscience*. 這是良心問題.

for cónscience(') sàke 為了對得起良心, 為求心安.

in àll cónscience (1)憑良心地, 公平地, 就道理上來說. I'm sorry but, *in all conscience*, I cannot help you in this matter. (你的情況)我很同情, 但我憑良心行事, 這件事我不能幫你.

(2)的確, 絕對地.

on [upon] one's cónscience (1)憑良心; 一定. (2)良心上(內疚地). I can tell he has something *on his conscience*. 我看得出他覺得內疚.

cónscience mòney *n.* U 為求心安而付的錢(如逃稅者偷偷繳納的稅金).

con·science-smit·ten, -strick·en [`kɑnʃəns͵smɪtn; 'kɒnʃəns͵smɪtn], [-͵strɪkə n; -͵strɪkən] *adj.* 受良心譴責的, 良心不安的.

con·sci·en·tious [͵kɑnʃɪ`ɛnʃəs, ͵kɑns·; ͵kɒnʃɪ'enʃəs] *adj.* 憑良心的, 誠實的, 老實的; 認真的. He is *conscientious* about his work. 他對工作認真.

con·sci·en·tious·ly [͵kɑnʃɪ`ɛnʃəslɪ; ͵kɒnʃɪ'enʃəslɪ] *adv.* 憑良心地, 誠實地.

con·sci·en·tious·ness [͵kɑnʃɪ`ɛnʃəsnɪs;

ˌkɒnʃɪˈenʃəsnɪs] n. U 良心，誠實.

con·sci·en·tious objéction n. UC 因道
德[宗教]的因素而拒服兵役.

con·sci·en·tious objéctor n. C 因道德
[宗教]的因素而拒服兵役者.

‡**con·scious** [ˈkɒnʃəs; ˈkɒnʃəs] adj. **1** (用
conscious *of* [*that* 子句])意識
到…(事情)的，感覺到的，知道的，自覺的. The
girl is *conscious of* being [*that* she is] pretty. 那
女孩知道自己很漂亮/I suddenly became *conscious
that* everyone in the room was staring at me. 我
忽然意識到房間裡每一個人都盯著我看/The
explorer was not *conscious of* what was await-
ing him. 那位探險家不曉得有甚麼在等著他.
同 aware 是憑感覺器官感受到的；而 conscious 是
內心所感受到[自覺到]的東西.
2 有意識的，神智清醒的. become *conscious*
意識，清醒過來.
3 (限定)故意的，有意的. a *conscious* lie 有意的
謊言/She is such an unpleasant person that I
have to make a *conscious* effort to be kind to
her. 她是如此地不討人喜歡，所以我必須要刻意努
力才能和善地對待她.
4 (與其他字結合)有…意識的. fashion-*conscious*
對流行敏銳的/class-*conscious* 具有階級意識的.
↔ unconscious.

con·scious·ly [ˈkɒnʃəslɪ; ˈkɒnʃəslɪ] adv. 意識
地，有意識地，有意地，故意地；格外地.

‡**con·scious·ness** [ˈkɒnʃəsnɪs; ˈkɒnʃəsnɪs] n.
aU **1** 感覺，知覺，意識；自覺. He has a clear
consciousness of his duty. 他清楚明瞭自己的責任/
That someone was in the next room suddenly
entered his *consciousness*. 他突然感覺到隔壁房間
有人/have little *consciousness* of 幾乎沒有感覺到
…. **2** 意識，正常的感覺能力. lose [recover]
consciousness 失去[恢復]意識.

con·script [ˈkɒnskrɪpt; ˈkɒnskrɪpt] n. C (相
對於志願兵(volunteer)的)徵召入伍的士兵.
— adj. 被徵召入伍的，被徵募的.
— [kənˈskrɪpt; kənˈskrɪpt] vt. 徵兵，徵集，
《*into*》.

con·scrip·tion [kənˈskrɪpʃən; kənˈskrɪpʃn]
n. U **1** 徵兵(制度).
2 (政府在戰時等實行的)財產徵收.

con·se·crate [ˈkɒnsɪˌkret; ˈkɒnsɪkreɪt] vt.
1 使神聖，使潔淨；奉獻(*to* [神]).
2 奉獻(一生等)，獻給，《*to*》.

con·se·cra·tion [ˌkɒnsɪˈkreʃən; ˌkɒnsɪˈkreɪʃn]
n. **1** aU 神聖化，聖潔；對神奉獻. **2** U 獻身，
(犧牲的)奉獻. **3** U 神職授任(禮).

con·sec·u·tive [kənˈsɛkjətɪv; kənˈsekjʊtɪv]
adj. (不中斷地)連續的. for three *consecutive*
hours 連續三小時.

con·sec·u·tive·ly [kənˈsɛkjətɪvlɪ;
kənˈsekjʊtɪvlɪ] adv. 連續不斷地.

con·sen·sus [kənˈsɛnsəs; kənˈsensəs] n. aU
(意見等的)一致，(團體的)共識. reach a national
consensus 達成全民的共識.

‡**con·sent** [kənˈsɛnt; kənˈsent] vi. (~s [~s; ~s];
~ed [~ɪd; ~ɪd]; ~ing)(用 consent to...)同意…；
(用 consent *to* do)答應做…事. I *consented to*
my brother's plan. 我同意我哥哥[弟弟]的計畫/I
consented to finance their project. 我同意投資他
們的計畫案. 同 consent 與 agree 相較，consent
通常指積極地同意重要的事情；↔ dissent.
— n. U 同意，許可，贊成. My parents reluc-
tantly gave their *consent* to my marriage to an
actor. 我父母親勉強同意我和一個演員結婚/Silence
means *consent*. (諺)沈默即認同(不說話沒意見時
即被認為表示贊成).
by cómmon [*with òne*] *consént* 全場一致地，
全體無異議地.
the àge of consént (法律)認可年齡(對結婚或性
行為等可行使自主權的法定年齡).

‡**con·se·quence** [ˈkɒnsəˌkwɛns;
ˈkɒnsɪkwəns]
n. (pl. -quenc·es [~ɪz; ~ɪz]) **1** C 結果，後果. As
a *consequence* of his carelessness, he became
seriously ill. 由於自己的疏忽，他的病變得很嚴重/
Your decision will have grave *consequences* for
the whole world. 你的決定會對世界造成重大的影
響. 同 consequence 未必與原因有直接、緊密的關
係，也常指經過長時間後才產生的結果；→
effect.
搭配 adj.+consequence: far-reaching ~s (深
遠的影響)，serious ~s (嚴重的後果)，unavoid-
able ~s (無法避免的結果)，unforeseen ~s (意
外的結果) // v.+consequence: face the ~s (面
對結果)，suffer the ~s (承受後果).
2 U (文章)重要(性). a decision of (great) *con-
sequence* (非常)重要的決定/It's a matter of no
consequence. 無足輕重的事情. 同 consequence 的
重點在強調結果的重要性；→ importance.
* *in cónsequence* (*of...*) 作為(…的)結果，由於.
In consequence of the war, the people suffered
from inflation. 由於戰爭，人民飽受通貨膨脹之苦.
tàke the cónsequences 承擔(自己行為等的)後
果，承擔責任. You've violated the law, and you
must *take the consequences* of it. 你觸犯了法律，
必須承擔其後果.

con·se·quent [ˈkɒnsəˌkwɛnt; ˈkɒnsɪkwənt]
adj. (文章)由…而起[發生]的(*on, upon*)；(事情演
變的)當然[必然]的. food shortages *consequent on*
bad weather 因惡劣氣候造成的糧食不足.

con·se·quen·tial [ˌkɒnsəˈkwɛnʃəl;
ˌkɒnsɪˈkwenʃl] adj. (文章) **1** 重大的，重要的，
(important). **2** 自傲的，自大的. **3** =consequent.

‡**con·se·quent·ly** [ˈkɒnsəˌkwɛntlɪ;
ˈkɒnsɪkwəntlɪ]
adv. 所以，因此. His house is on the hill and
consequently it commands a view of the whole
town. 他家在山丘上，因此能眺望全鎮.

con·ser·van·cy [kənˈsɜvənsɪ; kənˈsɜːvənsɪ]

n. (*pl.* **-van·cies**) ⓒ (英)(★用單數亦可作複數)(河流，航運等的)管理委員會。

*con·ser·va·tion [ˌkɑnsɚˈveʃən; ˌkɒnsɚˈveɪʃn] *n.* Ⓤ **1** 保存，保全。the *conservation* of energy →見 conservation of energy。
　2 天然資源的保育[管理]；環境保護。wildlife *conservation* 野生動物的保育。

con·ser·va·tion·ist [ˌkɑnsɚˈveʃənɪst; ˌkɒnsɚˈveɪʃnɪst] *n.* ⓒ天然資源保護主義者；保育人士。

conservátion of énergy *n.* (加 the)《物理》能量不滅(定律)。

con·ser·va·tism [kənˈsɝvəˌtɪzəm; kənˈsɝvətɪzəm] *n.* Ⓤ保守主義；(常 *C*onservatism)保守黨的主張、政策。

*con·ser·va·tive [kənˈsɝvətɪv; kənˈsɝvətɪv]
adj. **1** (特指政治、宗敎上)保守的，保守主義的。You become more *conservative* with age. 人越老就越保守/She is too *conservative* in her attitude toward marriage. 她對婚姻的態度過於保守。
　2 (興趣等)樸實的，不顯眼的。He prefers *conservative* clothes. 他喜歡樸素的衣服。
　3 謹慎的；(評論等)穩當的，穩健的，保守的。
　4 (*C*onservative)保守黨的。
　— *n.* ⓒ **1** 保守的人，保守[傳統]主義者。
　2 (*C*onservative)(英國的)保守黨黨員。
　↔ progressive。

con·ser·va·tive·ly [kənˈsɝvəˌtɪvlɪ; kənˈsɝvətɪvlɪ] *adv.* 保守地；穩當地。

Consérvative Párty *n.* (加 the)(英國等的)保守黨。

con·ser·va·toire [kənˈsɝvəˌtwɑr; kənˈsɝvətwɑː(r)] (法語) *n.* =conservatory 2.

con·ser·va·to·ry [kənˈsɝvəˌtorɪ, -ˌtɔrɪ; kənˈsɝvətrɪ] *n.* (*pl.* **-ries**) ⓒ **1** 溫室(附屬於公園或宅邸的)。**2** (主要指法國的)公立音樂[美術，戲劇]學院[學校]。

[conservatory 1]

con·serve [kənˈsɝv; kənˈsɝːv] *vt.* **1** 保存，保護；不浪費。*conserve* one's energy (不白白消耗而)保持體力/*conserve* natural resources 保護天然資

源。**2**《文章》用糖漿浸漬〔水果等〕(preserve)。
　— *n.* ⓤⓒ (常 conserves) 水果醬(將數種水果與糖燉煮成與果醬類似的甜食，通常會加上核果或葡萄乾)。

*con·sid·er [kənˈsɪdɚ; kənˈsɪdə(r)] *v.* (~**s** [~z; ~z], ~**ed** [~d; ~d], **-sid·er·ing** [-ˈsɪdərɪŋ; -ˈsɪdərɪŋ]) *vt.* **1** 仔細考慮，深思熟慮。[句型3] (consider do*ing/wh* 子句、片語)考慮去做…/考慮…。*consider* all the possibilities 考慮所有的可能性/Have you *considered* moving out of this city? 你考慮過搬出這個城市嗎?/He *considered whether* (or not) he should buy a car. 他考慮是否該買輛車/We have some problems to *consider*. 有些問題我們必須仔細考慮。
　2 考慮到，顧及…的事；體諒(別人的事)。*consider* the traffic and start early 考慮到交通而早點出發/*consider* the feelings of others 設身處地替別人著想。
　3 [句型5] (consider A B/A *to be* B)認爲A是B。I *consider* Dan (*to be*) one of my best friends. 我認爲丹是我最好的朋友之一/You should *consider* yourself lucky to have escaped from the disaster. 你該慶幸自己運氣好能逃過這一劫/Literacy is *considered* very important in our country. 在我國讀寫能力非常受到重視。
　[語法] 補語之前雖不加 as，但常見: I *consider* him *as* one of my best friends.
　4 [句型3] (consider *that* 子句)認爲，想…。We *consider that* he has acted foolishly. 我們認爲他的行爲太愚蠢了。
　— *vi.* 考慮，深思熟慮。*Consider* before you reply. 回答之前先考慮一下。
　àll thìngs consídered 通盤考慮。

*con·sid·er·a·ble [kənˈsɪdərəbl, -ˈsɪdrəbl; kənˈsɪdərəbl] *adj.*
　【 值得考慮的 】 **1** (分量，大小，程度等)相當的，十分的。a *considerable* difference 相當大的差異/50 dollars was a *considerable* sum of money to me. 50 美元對我來說是相當大的數目。
　2 (人)重要的。a *considerable* person 重要人物。
　★勿與 considerate 混淆。

*con·sid·er·a·bly [kənˈsɪdərəblɪ, kənˈsɪdrəblɪ] *adv.* 相當地，十分地；非常地，頗爲。Profits have dropped *considerably* this year 今年獲利大幅滑落/He is *considerably* older than his wife. 他的年紀比他妻子大很多。

*con·sid·er·ate [kənˈsɪdərɪt, -ˈsɪdrɪt; kənˈsɪdərət] *adj.* (用 considerate of [to])對…體諒的 (↔ inconsiderate)。You have to be more *considerate of* others' feelings. 你必須更加體諒別人的感覺。

con·sid·er·ate·ly [kənˈsɪdərɪtlɪ; kənˈsɪdərətlɪ] *adv.* 體諒地。

con·sid·er·ate·ness [kənˈsɪdərɪtnɪs; kənˈsɪdərətnɪs] *n.* Ⓤ體諒。

*con·sid·er·a·tion [kənˌsɪdəˈreʃən; kənˌsɪdəˈreɪʃn] *n.* (*pl.* ~**s** [~z; ~z]) **1** Ⓤ考慮，深思熟慮，(一

deliberation 回). After careful *consideration*, we decided to rent our house. 經過仔細考慮後,我們決定把房子出租.

> 圈配 *adj.*+consideration: serious ~ (認真的考慮), thorough ~ (通盤的考量), inadequate ~ (不周延的考慮) // *v.*+consideration: deserve ~ (值得考慮), require ~ (必須考慮), receive ~ (接受考慮).

2 C (決定時)考慮的事[因素]. The price of the car was a major *consideration*. 車價是主要的考慮因素.

3 U 體諒, 關懷, ((for 對於…)). treat a person with kind *consideration* 用親切體貼的態度待人/ out of *consideration* for his advanced age 出於體諒他年事已高.

4 C (文章)(通常用單數)報酬, 酬勞.

⇨ *v.* **consider**.

in considerátion of... (1)考慮到…; 基於…的理由, 由於…. The boy was excused *in consideration* of his youth. 那男孩由於年幼而獲得原諒. (2)作為…的報酬[酬勞]. *In consideration of* his services, the company granted him a pension. 該公司支付也養老金作為工作的報酬.

lèave...out of considerátion 對…不加考慮, 忽視….

on nò considerátion 決不. *On no consideration* would I agree to such a plan. 我決不同意這樣的計畫.

* *tàke/.../into considerátion* 將…列入考慮, 顧及…. Please take his age *into consideration* before you blame the boy. 在你責備那男孩之前, 請考慮一下他的年齡/take *into consideration* the fact that the boy is only three years old 顧慮到那男孩只有三歲/*Taking* everything *into consideration*, we should not buy the house. 經過通盤考慮之後, 我們不應該買這間房子.

* *under considerátion* 考慮中. His proposal is presently *under consideration*. 他的提案目前在考慮中.

***con·sid·er·ing** [kənˈsɪdərɪŋ; ˈsɪdrɪŋ; kənˈsɪdərɪŋ] *prep.* 考慮到…, 就…來說. He did well in the exam, *considering* his lack of preparation. 以他沒甚麼準備的情況來說, 能考這樣算是不錯了.

— *conj.* 考慮到…, 就…來說. You did well *considering* you had no one to help you. 你在沒人幫你的情況下能做到這樣, 算是很好了.

con·sign [kənˈsaɪn; kənˈsaɪn] *vt.* **1** (文章)把〔人, 物〕交付(給); 委託; 託付; ((to)). He *consigned* his business to his eldest son. 他把事業交給長子/consign...to the fire 把…付之一炬.

2 寄送〔商品〕((to)).

con·sign·ee [ˌkɑnsaɪˈni, -sɪˈni; ˌkɒnsaɪˈni:] C 收貨人; 受託人.

con·sign·ment [kənˈsaɪnmənt; kənˈsaɪnmənt] *n.* **1** U 委託(銷售).

2 C 委託銷售的貨物; 寄送的貨物.

con·sign·or [kənˈsaɪnə; kənˈsaɪnə(r)] *n.* C

貨主; 委託人.

***con·sist** [kənˈsɪst; kənˈsɪst] *vi.* (~**s** [~s; ~s]; ~**ed** [~ɪd; ~ɪd]; ~**ing**) **1** (用consist of...)由〔部分, 要素, 材料〕組成. This class *consists of* 12 boys and 13 girls. 這個班由 12 個男生和 13 個女生組成/Bronze *consists of* copper and tin. 青銅是由銅和錫合成.

2 (基礎)在於, 存在於, ((in)). True happiness *consists in* desiring little. 真正的幸福根植於寡欲/Mrs. Smith's delight *consisted in* teaching children. 史密斯太太的快樂在於教育孩子.

⇨ *n.* **consistency**. *adj.* **consistent**.

con·sis·tence [kənˈsɪstəns; kənˈsɪstəns] *n.* =consistency.

con·sis·ten·cy [kənˈsɪstənsɪ; kənˈsɪstənsɪ] *n.* (*pl.* **-cies**) **1** UC (液體等的)濃度, 黏稠度; 硬度, 堅固. **2** U (思想, 言行等的)一貫性. **3** U 調和, 一致.

***con·sis·tent** [kənˈsɪstənt; kənˈsɪstənt] *adj.* **1** (人, 言行, 主義等)一貫的, 始終不變的, 沒有矛盾的. a *consistent* argument 前後一致的論點/ He is *consistent* in his argument. 他的論點是一致的.

2 (用 consistent with...)與…一致的, 調和的. Speed is not always *consistent with* safety. 速度和安全很難兼顧.

⇨ *v.* **consist**. ↔ **inconsistent**.

con·sis·tent·ly [kənˈsɪstəntlɪ; kənˈsɪstəntlɪ] *adv.* 不矛盾地, 始終一致地, 不變地.

con·so·la·tion [ˌkɑnsəˈleʃən; ˌkɒnsəˈleɪʃn] *n.* **1** U 安慰, 慰問. **2** C 給與他人安慰的物[事, 人].

⇨ *v.* **console**[1].

consolátion prìze *n.* C (給與失敗者或第二名的)安慰獎, 精神獎.

con·sol·a·to·ry [kənˈsɑlə,tori, -,tɔri; kənˈsɒlətəri] *adj.* (信等)安慰的, 慰問的.

***con·sole**[1] [kənˈsol; kənˈsəʊl] *vt.* (~**s** [~z; ~z]; ~**d** [~d; ~d]; ~**sol·ing**)安慰, 成為…的慰藉. I tried to *console* her, but in vain. 我試圖安慰她, 但是沒有用. ⇨ *n.* **consolation**.

con·sole[2] [ˈkɑnsol; ˈkɒnsəʊl] *n.* C **1** (裝飾性的) L 形支托[托架] (安裝在牆上支撐擱板等的).

2 (管風琴的)演奏臺(包括鍵盤、音栓(stops)、踏板等).

3 (收音機、電視機等的)落地型座架(相對於桌上型而言).

4 (電腦)控制臺.

con·sol·i·date [kənˈsɑlə,det;

[console[2] 1]

con·sol·i·date [kən'sɒlɪdeɪt] vt. **1** 使〔地位等〕鞏固, 加強.
2 把…合成一體; 合併〔公司等〕.
[字源] SOLID「固體的」: con*solid*ate, *solid* (固體的), *solid*arity (團結).

con·sol·i·da·tion [kən,sɒlə`deʃən; kən,sɒlɪ'deɪʃn] n. **1** [U] 鞏固, 加強. **2** [UC] 〔企業等的〕合併, 整合.

con·som·mé [,kɑnsə`me; kən'sɒmeɪ] (法語) n. [U] 清燉的(蔬菜)肉湯(→ potage).

con·so·nance [`kɑnsənəs; 'kɒnsənəns] n.
1 [U] 〔文章〕〔意義, 興趣等的〕調和, 一致.
2 [C] 〔音樂〕協和音程. ◆ **dissonance**.

con·so·nant [`kɑnsənənt; 'kɒnsənənt] n. [C]
〔語音學〕子音; 子音字母(表示子音的字母); (◆ vowel).
— adj. 〔文章〕一致的((with, to)); 調和的((to)).

con·sort [`kɑnsɔrt; 'kɒnsɔːt] n. [C] **1** (特指國王, 女王的)配偶.
2 伴航船〔艦〕(和其他船艦一起航行的船隻).
— [kən`sɔrt; kən'sɔːt] vi. 〔文章〕**1** 《常表輕蔑》結交((with)). **2** 協調, 一致, ((with)).

con·sor·ti·a [kən`sɔrʃɪə; kən'sɔːtɪə] n. consortium 的複數.

con·sor·ti·um [kən`sɔrʃɪəm; kən'sɔːtjəm] n. (pl. **-ti·a**, **~s**) [C] (國際)財團(為了執行大型投資計畫而組成的).

con·spec·tus [kən`spɛktəs; kən'spektəs] n. [C] 〔文章〕概觀; 概要.

*   **con·spic·u·ous** [kən`spɪkjuəs; kən'spɪkjuəs] adj. 顯眼的, 引人注意的; 易見的; ((for)). cut a *conspicuous* figure 大放異彩/make oneself *conspicuous* 引人注目/She is *conspicuous for* her charming smile. 她迷人的微笑引人注目/He has a *conspicuous* scar on his cheek. 他臉頰上有一道明顯的傷疤.

con·spic·u·ous·ly [kən`spɪkjuəslɪ; kən'spɪkjuəslɪ] adv. 顯眼地, 明顯地.

con·spic·u·ous·ness [kən`spɪkjuəsnɪs; kən'spɪkjuəsnɪs] n. [U] 顯著, 顯眼.

con·spir·a·cy [kən`spɪrəsɪ; kən'spɪrəsɪ] n. (pl. **-cies**) [UC] (策劃)陰謀.

con·spir·a·tor [kən`spɪrətɚ; kən'spɪrətə(r)] n. [C] 陰謀者, 共謀者.

con·spir·a·to·ri·al [kən,spɪrə`tɔrɪəl, ·`tor-; kən,spɪrə'tɔːrɪəl] adj. 陰謀(者)的.

con·spire [kən`spaɪr; kən'spaɪə(r)] vi. **1** 參加陰謀活動; 共謀((with)), 合謀((together)). John *conspired with* other directors to expel the president. 約翰和其他董事們共謀逼退董事長.
2 〔各種事情〕一起發生帶來…結果((to do)). Things *conspired* to ruin their vacation. 許多事同時發生, 結果破壞了他們的假期.

con·sta·ble [`kɑnstəbl, `kʌn-; `kʌnstəbl] n. [C] 《主英》巡警, 警察, (→ policeman [參考]).

con·stab·u·lar·y [kən`stæbjə,lɛrɪ; kən'stæbjʊlərɪ] n. (pl. **-lar·ies**) [C] (★用單數亦可作複數)(某地區的)全體警察, 警察隊.

Con·stance [`kɑnstəns; 'kɒnstəns] n. 女子名.

con·stan·cy [`kɑnstənsɪ; 'kɒnstənsɪ] n. [U] (心, 愛情, 忠誠等的)不變(性); 忠誠; (天氣, 供給等的)穩定性.

*   **con·stant** [`kɑnstənt; 'kɒnstənt] adj. 〖不變的〗 **1** 恆久不變的〔天氣, 供應等〕; (◆ variable). walk at a *constant* pace 踩著穩定的步伐/keep a *constant* temperature in a room 讓室內保持恆溫.
2 〖不變地繼續的〗不間斷的, 接連發生的. The children's *constant* fighting got on her nerves. 孩子們不斷的爭吵惹得她心煩.
3 〖不變心的〗《雅》忠實的, 忠誠的. a *constant* friend 忠實的朋友/be *constant in* supporting the homeless 始終不變地支持無家可歸的人.
⇨ n. **constancy**. ◆ **inconstant**.
— n. [C] 〔數學, 物理〕常數, 恆量.

Con·stan·ti·no·ple [,kɑnstæntə`nopl; ,kɒnstæntɪ'nəʊpl] n. 君士坦丁堡(Istanbul的舊稱).

*   **con·stant·ly** [`kɑnstəntlɪ; 'kɒnstəntlɪ] adv. 不斷地, 一直地; 經常地. I was *constantly* on my guard against pickpockets. 我始終不斷地防著扒手/Lucy *constantly* keeps me waiting on a date. 約會時露西總是讓我等候.

con·stel·la·tion [,kɑnstə`leʃən; ,kɒnstə'leɪʃn] n. [C] 星座.

●——主要星座			
Andromeda	仙女座	Aries	白羊座
Aquarius	水瓶座	Pegasus	飛馬座
Cassiopeia	仙后座	the Great Bear	大熊星座
Orion	獵戶座	the Little Bear	小熊星座
Taurus	金牛座	Virgo	處女座

con·ster·na·tion [,kɑnstɚ`neʃən; ,kɒnstə'neɪʃn] n. [U] 驚愕, 驚恐.

con·sti·pate [`kɑnstə,pet; 'kɒnstɪpeɪt] vt. 使便祕. be *constipated* 便祕.

con·sti·pa·tion [,kɑnstə`peʃən; ,kɒnstɪ'peɪʃn] n. [U] 便祕.

con·stit·u·en·cy [kən`stɪtʃuəns, kən'stɪtjuənsɪ] n. (pl. **-cies**) [C] **1** 選區. **2** (★用單數亦可作複數)(集合)選區的全體選民.

con·stit·u·ent [kən`stɪtʃuənt; kən'stɪtjʊənt] adj. **1** 成為(全體的)要素的, 組成成分的.
2 有選舉權的.
3 有制憲〔修憲〕權的. a *constituent* assembly 制憲〔修憲〕會議.
— n. [C] **1** 成分, 構成要素.
2 (國會議員的)選區內的選民, 有選舉權者.

*   **con·sti·tute** [`kɑnstə,tjut, ·,tut; 'kɒnstɪtjuːt] vt. (**~s** [~s; ~s]; **-tut·ed** [~ɪd; ~ɪd]; **-tut·ing** [~ɪŋ]) 〔文章〕**1** **(a)**構成, 成為…的構成要素. Six professors *constitute* the committee. 該委員會由六位教授組成/A jury is *constituted of* twelve people. 陪

審團由十二人組成/This agreement does not *constitute* a legal contract. 這個協定不是法定契約的一部分. (b)成為…, 是…, 和…相等. The terrorists' actions *constitute* a challenge to democracy. 恐怖份子的行動就是對民主的挑戰.

2 (以被動語態加副詞(片語)出現)是…的體質[性格]. Susie is *so constituted* that she cannot forgive and forget things. 蘇西的個性就是會記恨.

3 制定, 設立, [法律, 制度等]. *constitute* an assembly 設立議會.

4 句型5 (constitute A B)任命, 選定A(人)為B. *constitute* him their spokesman 選定他為他們的發言人.

*__con·sti·tu·tion__ [͵kɑnstəˋtjuʃən, -ˋtu-; ͵kɒnstɪˋtjuʃn] n. (pl. ~s [~z; ~z]) **1** UC 構成, 構造, 組織; 政體.

2 UC 體質, 體格; 氣質. by *constitution* 體質上/Emma has a very poor *constitution*. 艾瑪的體質非常虛弱.

3 C 憲法[注意 指特定國家的憲法時作the Constitution]. an unwritten *constitution* (英國等的)不成文憲法/amend the *Constitution* 修憲.

4 C 制定, 設立; 任命. the *constitution* of new traffic regulations 新交通規則的制定.

__con·sti·tu·tion·al__ [͵kɑnstəˋtjuʃən, -ˋtu-; ͵kɒnstɪˋtjuʃənl] adj. **1** (依據)憲法的, 立憲的; 符合憲法的. a *constitutional* monarchy 君主立憲國家(如英國和日本).

2 體質上的, 體格的. a *constitutional* defect 體質上的缺陷.

— n. C (為了健康而規律進行的)定時散步.

__con·sti·tu·tion·al·ism__ [͵kɑnstəˋtjuʃənͺɪzəm; ͵kɒnstɪˋtjuʃnəlɪzəm] n. U 立憲政體; 立憲主義.

__con·sti·tu·tion·al·ist__ [͵kɑnstəˋtjuʃənͺɪst, -ˋtu-; ͵kɒnstɪˋtjuʃnəlɪst] n. C 立憲主義者, 擁護立憲體者.

__con·sti·tu·tion·al·i·ty__ [͵kɑnstəͺtjuʃənˋælɪtɪ, -ͺtu-; ˋkɒnstɪͺtjuːʃəˋnælɪtɪ] n. U 合憲性.

__con·sti·tu·tion·al·ly__ [͵kɑnstəˋtjuʃənlɪ; ͵kɒnstɪˋtjuʃnəlɪ] adv. **1** 體質上; 氣質上.

2 (依據)憲法上.

__con·strain__ [kənˋstren; kənˋstreɪn] vt. (文章)

1 句型5 (constrain A to do)迫使[強迫]A做…(主要用被動語態). I felt *constrained* to help her. 我覺得有無論如何必須幫助她.

2 抑制. I could barely *constrain* my temper. 我幾乎無法控制我的脾氣.

__con·strained__ [kənˋstrend; kənˋstreɪnd] adj. 被強迫的; 不自然的, 裝出來的. wear a *constrained* smile 強顏歡笑.

__con·strain·ed·ly__ [kənˋstrenɪdlɪ; kənˋstreɪnɪdlɪ] (★注意發音) adv. 被強迫地; 不自然地.

__con·straint__ [kənˋstrent; kənˋstreɪnt] n.

1 U 強迫; 束縛, 拘束. by *constraint* 強迫地.

2 U (感情等的)克制, 抑制; 不自在; 不自然. with *constraint* 自制地.

3 C 拘束[限制]的事[物]((on)).

__con·strict__ [kənˋstrɪkt; kənˋstrɪkt] vt. 束緊, 使(血管, 肌肉等)收縮.

__con·stric·tion__ [kənˋstrɪkʃən; kənˋstrɪkʃn] n.

1 U 束緊, 壓縮, 收縮.

2 UC 壓迫感.

3 C 能壓緊[收縮]之物.

__con·stric·tor__ [kənˋstrɪktɚ; kənˋstrɪktə(r)] n.

C **1** 能壓縮之物; (解剖)括約肌, 收縮肌.

2 (把獵物纏繞勒死的)大蛇(boa constrictor 等).

*__con·struct__ [kənˋstrʌkt; kənˋstrʌkt] vt. (~s [~s; ~s]; ~ed [~ɪd; ~ɪd]; ~ing) **1** 構築, 營造, 建設, (↔ destroy). *construct* a bridge 造一座橋/*construct* a house 建造房屋. 同 construct 和 build 的用法幾乎相同, 含有依複雜的設計來建築, 建造之意.

2 構思, 組織, [文章, 理論等]. This essay is very skillfully *constructed*. 這篇論文的架構很有技巧/*construct* a theory out of the data collected in Egypt 用在埃及收集的資料來建立理論.

*__con·struc·tion__ [kənˋstrʌkʃən; kənˋstrʌkʃn] n. (pl. ~s [~z; ~z]) **1** U 建造, 建築, 營造(業), (↔ destruction). the *construction* of a ship 船舶的建造/a building under *construction* 施工中的大樓/a *construction* worker 建築工人/*Construction* ahead. 前方施工((告示)).

2 U 構造; 建築樣式. The new school is of simple and modern *construction*. 這所新學校的建築兼具簡單與現代化風格.

3 C 建築, 建築物. a ferroconcrete *construction* 鋼筋混凝土的建築物.

4 C (文法)(句子, 子句, 片語的)構造, 結構.

5 C 解釋, 意義, (v.construe). put the wrong *construction* on an action 曲解行為.
⬦ v. construct, construe.

__con·struc·tive__ [kənˋstrʌktɪv; kənˋstrʌktɪv] adj. **1** 建設性的(↔ destructive). have *constructive* ideas 抱持建設性的構想/*constructive* criticism 建設性的批評. **2** 構造上的.

__con·struc·tive·ly__ [kənˋstrʌktɪvlɪ; kənˋstrʌktɪvlɪ] adv. 建設性地.

__con·struc·tor__ [kənˋstrʌktɚ; kənˋstrʌktə(r)] n. C 建設者, 建造者; 建築業者.

__con·strue__ [kənˋstru; kənˋstruː] vt. (文章)
1 解釋[句子, 行為等]. **2** (從文法上)分析[字句].
⬦ n. construction.

__con·sul__ [ˋkɑns; ˋkɒnsəl] n. C **1** 領事(→ambassador). **2** (古羅馬的)執政官(名額為兩名).

__con·sul·ar__ [ˋkɑnsͺɚ, ˋkɑnsjəlɚ; ˋkɒnsjʊlə(r)] adj. 領事的.

__con·sul·ate__ [ˋkɑnsͺɪt, ˋkɑnsjəlɪt; ˋkɒnsjʊlət] n. C **1** 領事館(→ embassy 參考).

2 U 領事的職位[任期].

cõnsul géneral n. (pl. **consuls —**) Ⓒ 總領事.

con·sul·ship [`kɑnsḷˌʃɪp; 'kɒnslʃɪp] n. =consulate 2.

‡**con·sult** [kən`sʌlt; kən'sʌlt] v. (~**s** [~s; ~s]; ~**ed** [~ɪd; ~ɪd]; ~**ing**) vt. **1** 請教意見, 商量; 接受〔醫生〕的診察. *consult* a doctor [lawyer] 看醫生〔諮詢律師〕.

2 查閱, 參照, 〔參考書, 地圖等〕. *consult* a dictionary 查字典/*consult* one's watch 看錶.

3 考慮到〔人的感情, 立場等〕.

— vi. **1** 交換意見〔情報等〕, 商議, 諮詢, 《*with*》. I must *consult with* my advisers before giving you a definite answer. 在給你明確答覆之前, 我必須和我的顧問商量一下.

2 擔任諮詢人員〔顧問〕.

注意 與醫生, 律師等專業知識優於自己的專家等商量時儘為及物動詞用法.

con·sul·ant [kən`sʌltnt; kən'sʌltənt] n. Ⓒ (提供專門知識的)顧問, 專家. a management *consultant* 管理顧問.

***con·sul·ta·tion** [ˌkɑnslʹteʃən; ˌkɒnsəl'teɪʃn] n. (pl. ~**s** [~z; ~z]) **1** ⓊⒸ 商談, 協商; 診察; (參考書等的)參照. The President is in *consultation* with his advisers. 總統正與他的顧問群商議中. **2** Ⓒ 協商會議, 諮詢會議.

con·sul·ta·tive [kən`sʌltətɪv; kən'sʌltətɪv] adj. 顧問的, 諮詢的. a *consultative* committee 諮詢委員會.

consúlting ròom n. Ⓒ (醫生等的)診療室.

***con·sume** [kən`sum, `sjum; kən'sjuːm] vt. (~**s** [~z; ~z]; ~**d** [~d; ~d]; **-sum·ing**) **1** 吃[喝]光. Rats have *consumed* all the food in the pantry. 老鼠吃光了食物儲藏室裡所有的食物.

2 耗盡, 消費; 浪費《*away*》. This office *consumes* a lot of paper every day. 這間辦公室每天都消耗大量的紙張.

3 〔火災〕燒光. The fire *consumed* the barn. 火災燒掉了穀倉.

4 使…熱中, 著迷, 《通常用被動語態》. The man *was consumed* by [with] jealousy. 那男子被嫉妒沖昏了頭. ⇨ n. **consumption**. ↔ **produce**.

***con·sum·er** [kən`sumɚ, `sjumɚ; kən'sjuːmə(r)] n. (pl. ~**s** [~z; ~z]) Ⓒ 消費者(↔ producer). *Consumers* need protection against dishonest dealers. 消費者必須受到保護以對付不肖商人.

consúmer góods n. 《作複數》《經濟》消費財 《與生產等必要的資本財相區別》.

con·sum·er·ism [kən`sumɚˌrɪzm; kən'suːmə,rɪzəm] n. Ⓤ 消費者保護運動; 消費主義.

consúmer príce índex n. Ⓒ 《經濟》消費者物價指數(略作 CPI).

con·sum·mate [`kɑnsəˌmet; 'kɒnsəmeɪt]《文章》 vt. 使完成, 使完工.

— [kən`sʌmɪt; kən'sʌmɪt] adj. 完美的, 絕頂的.

con·sum·ma·tion [ˌkɑnsə`meʃən; ˌkɒnsə'meɪʃn] n. **1** Ⓤ 完成, 達成.

2 Ⓒ (通常用單數)終極目的, 頂點, 終點.

***con·sump·tion** [kən`sʌmpʃən; kən'sʌmpʃn] n. Ⓤ **1** 消費(↔ production). *consumption* tax 消費稅. **2** 消費量, 消耗量. our annual *consumption* of sugar 我國每年的砂糖消耗量. **3** 《古》肺結核(pulmonary tuberculosis 的俗稱》.

⇨ v. **consume**.

con·sump·tive [kən`sʌmptɪv; kən'sʌmptɪv] 《古》 adj. **1** 肺結核(性)的. **2** 消耗性的.

— n. Ⓒ 肺結核患者.

‡**con·tact** [`kɑntækt; 'kɒntækt] n. (pl. ~**s** [~s; ~s]) **1** Ⓤ 接觸; 交涉; 《*with*》. the *contact* of two wires 兩條電線的連接.

2 ⓊⒸ 關係; 聯絡; 交涉; 《*with*》. Philosophers tend to have little *contact with* the outside world. 哲學家通常不與外界打交道/The ship maintained radio *contact with* us. 這艘船用無線電和我們保持聯絡/We lost *contact with* the mountaineering party. 我們和登山隊失去了連絡.

3 Ⓒ (社交[職業]上的)關係, 門路. a good business *contact* 一條生意上的良好關係.

4 Ⓒ 《電》接觸; 接電點, 接[斷]電器.

brèak cóntact 斷電, 切斷電流.

còme in [into] cóntact with... 與…接觸; 與…交往. See that no fire ever *comes in contact* with the oil. 小心別讓火接觸到油.

in cóntact with... 與…接觸.

màke cóntact 通電; 取得聯絡《*with*》. We were unable to *make contact* with them until it was too late. 我們和他們取得聯絡時已經太遲了.

— [`kɑntækt; 'kɒntækt] vt. **1** 使接觸; 開始與〔人〕交往.

2 (口)(用電話, 留言等)與…聯絡. Please *contact* me later. 請稍後與我聯絡.

字源 TACT 「接觸」: con*tact*, *tact*ile (觸覺的), in*tact* (原封未動的).

cóntact lèns n. Ⓒ 隱形眼鏡.

con·ta·gion [kən`tedʒən; kən'teɪdʒən] n. **1** Ⓤ 接觸傳染[感染](→ infection).

2 Ⓒ (接觸)傳染病.

3 Ⓒ 《文章》(思想, 感情等的)傳播.

con·ta·gious [kən`tedʒəs; kən'teɪdʒəs] adj. **1** 〔疾病〕接觸感染的, 傳染性的. 同 醫學上 contagious 指透過接觸的感染, infectious 指以空氣, 水等為媒介的感染, 注意勿混淆.

2 〔人〕患了(接觸性)傳染病的.

3 〔感情, 動作等〕(一個接著一個地)傳染的, 容易蔓延的.

con·ta·gious·ly [kən`tedʒəslɪ; kən'teɪdʒəslɪ] adv. 經由傳染地, 傳染地.

‡**con·tain** [kən`ten; kən'teɪn] vt. (~**s** [~z; ~z]; ~**ed** [~d; ~d]; ~**ing**) 【容納】 **1** 含, 容納. This dictionary *contains* about 40,00 headwords. 這部辭典包含了約四萬個詞條.

同 contain 指將某物包含在內而成為整體; includ

指將某物包含在內作爲整體的一部分.

2 可包含, 可容納. This theater will *contain* 500 people. 這座劇場可容納五百人.

3 等於, 相當於. One meter *contains* one hundred centimeters. 一公尺等於一百公分.

4 壓抑, 控制, 〔激動的情緒等〕. *contain* one's anger 克制憤怒/*contain* oneself 控制自己/*contain* inflation 抑制通貨膨脹/The police couldn't *contain* the crowd. 警察無法控制住群眾.

[字源] TAIN 「保留」: con*tain*, ob*tain*(得到), re*tain*(保持), main*tain*(維持).

con·tained [kən`tend; kən'teɪnd] *adj.* 自制的; 平穩的; 審愼的.

*∗**con·tain·er** [kən`tenə; kən'teɪnə(r)] *n.* (*pl.* ~**s** [~z; ~z]) Ⓒ 容器, 器皿, (箱, 桶, 瓶, 罐等); (運送貨物用的)貨櫃.

con·tain·er·ize [kən`tenə,aɪz; kən'teɪnə,raɪz] *vt.* 以貨櫃運輸〔貨物〕.

con·tain·ment [kən`tenmənt; kən'teɪnmənt] *n.* Ⓤ 封鎖(政策)(爲了預防敵對國家勢力擴大所採取的政策).

con·tam·i·nate [kən`tæmə,net; kən'tæmɪneɪt] *vt.* (因接觸, 混入而)污染, 弄髒; 帶來壞影響. Car exhaust *contaminates* the air. 車輛廢氣會污染空氣.

con·tam·i·na·tion [kən,tæmə`neʃən; kən,tæmɪ'neɪʃn] *n.* **1** Ⓤ 弄髒, 污染. **2** Ⓒ 污染物.

contd. (略) continued(未完待續; → continue 的片語).

*∗**con·tem·plate** [`kɑntəm,plet, kən`tɛmplet; 'kɒntempleɪt] (★注意重音位置) *v.* (~**s** [~s; ~s]; **-plat·ed** [~ɪd; ~ɪd]; ~**plat·ing**) *vt.* **1** 目不轉睛地注視, 凝視. He was *contemplating* the water of the pond. 他目不轉睛地看著池水.

2 慢慢地想, 仔細考慮. Let's *contemplate* what the future will be like. 仔細想想未來會變成這麼樣子.

3 [句型3] (contemplate do*ing*/*wh* 子句)想要…/打算, 計畫. *contemplate* making a trip 打算去旅行.

4 預期, 預料.

— *vi.* 沈思, 默想.

con·tem·pla·tion [,kɑntəm`pleʃən; ,kɒntem'pleɪʃn] *n.* Ⓤ **1** 凝視, 注視. spend an evening in the *contemplation* of a beautiful leading lady 盯著美麗的女主角看了一個晚上.

2 仔細考慮, 沈思, (特指宗教的)冥想. a life of *contemplation* 冥想的生活.

3 意圖, 想法. **4** 期待, 預期.

con·tem·pla·tive [`kɑntəm,pletɪv, kən`tɛmplətɪv; 'kɒntempleɪtɪv] *adj.* 好沈思的, 耽於冥想的.

con·tem·po·ra·ne·ous [kən,tɛmpə`renɪəs; kən,tempə'reɪnjəs] *adj.* 《文章》[事件等]同時代的, 同時發生[存在]的, 《with》.

con·tem·po·ra·ne·ous·ly [kən,tɛmpə`renɪəslɪ; kən,tempə'reɪnjəslɪ] *adv.* 《文

章)同時期地, 同時代地.

*∗**con·tem·po·rar·y** [kən`tɛmpə,rɛrɪ; kən'tempərərɪ] *adj.*

1 [主要指人]同時代的, 屬於同一時代的, 《with》; 當時的. Keats was *contemporary* with Byron. 濟慈和拜倫是同時代的人/The two events were *contemporary*, but unrelated. 這兩個事件同時發生, 但彼此沒有關聯.

2 現代的, 當代的; 現代性的; (→ recent 回). *contemporary* furniture 當代風格的家具/*contemporary* literature 當代文學, 現代文學.

— *n.* (*pl.* **-rar·ies**) Ⓒ **1** 同時代的人[作品等]. **2** 同年齡的人. He's a *contemporary* of mine. 他和我同年.

[字源] TEMPO 「時間」: con*tempor*ary, *tempor*ary (暫時的), *tempo* (速度), *tempor*ize (因時制宜).

*∗**con·tempt** [kən`tɛmpt; kən'tempt] *n.* Ⓤ

1 輕蔑, 輕視, 《*for*》. He always speaks of the government with *contempt*. 他老是抱持著輕蔑的態度來談論政府/show *contempt for* the new rich 對暴發戶表現出輕視的態度/He sometimes drives in *contempt* of the traffic rules. 他有時開車無視交通規則/Your conduct is beneath *contempt*. 你的行爲令人不屑一顧.

2 《文章》被蔑視, 屈辱. fall into *contempt* 被蔑視.

hòld [*hàve*] *a person* in *contémpt* 《文章》輕視某人. The man was *held in contempt* for his foolishness. 那個人因爲愚蠢而受到輕視.

con·tempt·i·ble [kən`tɛmptəbl; kən'temptəbl] *adj.* 可鄙的, 卑劣的.

con·témpt of cóurt *n.* Ⓤ 《法律》藐視法庭(罪).

con·temp·tu·ous [kən`tɛmptʃuəs; kən'temptʃʊəs] *adj.* 鄙視的, 表示輕蔑的《*of*》. He is *contemptuous* of his boss's narrow mind. 他看不起老闆的小心眼.

con·temp·tu·ous·ly [kən`tɛmptʃuəslɪ; kən'temptʃʊəslɪ] *adv.* 表示輕蔑地, 充滿鄙視地.

*∗**con·tend** [kən`tɛnd; kən'tend] *v.* (~**s** [~z; ~z]; ~**ed** [~ɪd; ~ɪd]; ~**ing**) *vi.* **1** 爭取, 爭鬥; 競爭; 《with, against》. *contend* with poverty 與貧困搏鬥/*contend* for a prize 爭取獎賞.

2 辯論, 據理力爭, 爭辯.

— *vt.* 主張, 認爲, 據理力爭; [句型3] (contend *that* 子句)主張…. The lawyer *contended* the defendant's innocence. 該律師力辯被告的無辜/Do you *contend that* I was at fault? 你認爲是我的錯嗎? ⇨ *n.* contention.

con·tend·er [kən`tɛndə; kən'tendə(r)] *n.* Ⓒ 爭奪者, 競爭對手, (運動中)爭奪獎牌者.

*∗**con·tent**[1] [`kɑntɛnt; 'kɒntent] (★ 與 content[2] 的重音位置不同) *n.* (*pl.* ~**s** [~s; ~s]) **1** (contents*) (容器)所容納的東西, 內容(物), (★指具體的東西; → 3). The *contents* of her

purse spilled onto the floor. 她錢包裡的東西散落在地上.

2 (contents)(書籍等的)内容；**目錄**. a table of contents (書籍的)目錄.

3 ⑪(信，論文，演講等的)内容(⇔ form)；要旨；(★指抽象的内容；→ 1). His report didn't have much content. 他的報告沒有甚麼內容.

4 ⓐ⑪ 含量. Oranges have a high vitamin C content. 柳橙富含維他命C.

***con·tent²** [kən`tɛnt; kən`tent] (★ 與 content¹ 的重音位置不同) adj. (用 content with...) 滿足於…的；甘願的；喜悅的，甘心的，((to do)). be content with one's humble life 安於貧賤的生活/I wasn't content to work under him. 我不甘心在他的手下工作. ⓡcontent 並非如 satisfied, contented 那般極為滿足，而意味適當、應有的滿足.

— n. ⑪(詩)滿足(contentment).

to one's **héart's cóntent** 心滿意足地；盡情地. You can cry to your heart's content—I won't buy you such a silly toy. 你就哭個夠吧，我不會買這麼無聊的玩具給你的.

— vt. (~s [~s; ~s]; ~ed [~ɪd; ~ɪd]; ~ing) 使滿足((with)). content oneself with second place 甘居第二位.

***con·tent·ed** [kən`tɛntɪd; kən`tentɪd] adj. 滿足的((with, in))；甘願去做…的((to do)). a contented look 滿足的表情/We had to be contented in our job. 我們必須滿足於自己的工作.
⇔ discontented.

con·tent·ed·ly [kən`tɛntɪdlɪ; kən`tentɪdlɪ] adv. 滿足地.

con·ten·tion [kən`tɛnʃən; kən`tenʃn] n. **1** ⑪爭論；辯論；口角，爭吵. **2** ⓒ(文章)主張，論點.
⇨ v. contend. adj. contentious.

con·ten·tious [kən`tɛnʃəs; kən`tenʃəs] adj. (文章) **1** (人)好爭吵(爭論)的.
2 可能引起爭論的，會成為爭論之因的.

***con·tent·ment** [kən`tɛntmənt; kən`tentmənt] n. ⑪滿足(⇔ discontent(ment)). I always find contentment in a good book. 我總是從好書中得到滿足.

cóntent wòrd n. ⓒ(文法)實字(具有獨立意義的字；名詞、代名詞、形容詞、動詞、副詞大都屬於實字；⇔ function word).

***con·test** [`kɑntɛst; `kɔntest] (★ 與 v. 的重音位置不同) n. (pl. ~s [~s; ~s]) ⓒ **1** 競爭；抗爭(struggle). win a contest 在競爭中獲勝/a long contest between capital and labor 勞資間的長期抗爭.

2 比賽. a beauty contest 選美比賽/a quiz contest 機智問答比賽.
⎨搭配⎬ v.+contest: enter a ~ (參加比賽)，hold a ~ (舉辦比賽)，judge a ~ (擔任比賽裁判).
— [kən`tɛst; kən`test] vt. (文章) **1** 爭取贏得(獎，議會席次等). contest a prize 爭取獲獎.

2 懷疑(決定，權利等)的正當性(真實性)；對…提出異議. I contest the will. 我質疑遺囑(的有效性).

con·test·ant [kən`tɛstənt; kən`testənt] n. ⓒ競爭者；比賽(出場)者；爭論者；提出異議者.

con·text [`kɑntɛkst; `kɔntekst] n. ⓤ⑪ **1** (理解語句、文章必要的)上下文，脈絡，前後關係. is difficult to know the meaning of the word when taken out of context. 沒有前後文很難知道這個字的意義.
2 (事件，行動等的)背景，情況.
in this cóntext 就此上下文(而論)，在此情況(前後關係)之下.

con·tex·tu·al [kən`tɛkstʃuəl, kən`tekstjuəl] adj. 依前後關係的，根據上下文的.

con·ti·gu·i·ty [ˌkɑntɪ`gjuətɪ, -ˌgju ˌkɔntɪ`gju:əti] n. ⑪(文章)鄰接；靠近.

con·tig·u·ous [kən`tɪgjuəs; kən`tɪgjuəs] adj. (文章)鄰接的((to))，邊境相接的((to)).

con·ti·nence [`kɑntənəns; `kɔntɪnəns] n. ⑪(文章)自制，克制；(特指激情，慾望的)抑制.

***con·ti·nent** [`kɑntənənt; `kɔntɪnənt] n. (pl. ~s [~s; ~s]) **1** ⓒ大陸；洲(地球上的七大洲之一). **2** (the Continent)(對英國而言)歐洲大陸(European cóntinent).

***con·ti·nen·tal** [ˌkɑntə`nɛntl; ˌkɔntɪ`nentl] adj. **1** 大陸的；大陸性的，具大陸性的. a continental climate 大陸型氣候(⇔ oceanic climate).
2 (Continental)(不包括英國的)歐洲大陸的.
3 (獨立戰爭時)美洲殖民地的.
— n. ⓒ **1** (或 Continental)歐洲大陸的人.
2 (Continental)(獨立戰爭時)美洲殖民地的人.

continéntal bréakfast n. ⓤ⑪(麵包加上奶油、果醬，及咖啡的)歐陸早餐(⇔ English breakfast).

continéntal divíde n. ⓤ⑪ **1** 大陸分水嶺. **2** (the Continental Divide)美國大陸分水嶺(大部分在落磯山脈，河分別流向太平洋和大西洋).

continéntal shélf n. ⓒ大陸棚.

con·tin·gen·cy [kən`tɪndʒənsɪ; kən`tɪndʒənsɪ] n. (pl. -cies) **1** ⓒ偶發事件，不測事件. **2** ⑪偶然(性)，偶發(性).

con·tin·gent [kən`tɪndʒənt; kən`tɪndʒənt] adj. (文章) **1** (敍述)(根據突發事件而)決定的，須視…的，((on, upon)). Our departure tomorrow is contingent on fair weather. 明天要有好天氣我們才能出發. **2** 有可能發生的，不測的.
— n. ⓒ(軍隊，船艦等的)分遣隊；(參加集會、會議等的)派遣團，代表團.

con·tin·u·a [kən`tɪnjuə; kən`tɪnjuə] n. continuum 的複數.

***con·tin·u·al** [kən`tɪnjuəl; kən`tɪnjuəl] adj. 連續性的；多次發生的，頻繁的. Your continual interruptions have ruined my work schedule. 你不斷的打擾已經破壞了我的工作進度.
ⓡcontinual 意為「有間隔但連續的，不停反覆的」含有不知會持續到甚麼時候的感覺；continuous 意為「無間斷而連續的」，通常用於有始有終的情況.

⇨ v. **continue**.

*con·tin·u·al·ly [kənˋtɪnjʊəlɪ; kən'tɪnjʊəlɪ] adv. 不停地, 始終; 頻繁地. She's *continually* complaining about something. 她總是抱怨個不停.

con·tin·u·ance [kənˋtɪnjʊəns; kən'tɪnjʊəns] n. a U 繼續; 持續; 持續時間[期間].
⇨ v. **continue**.

con·tin·u·a·tion [kən,tɪnjʊˋeʃən; kən,tɪnjʊ'eɪʃn] n. 1 a U 繼續; (中斷事物的)再繼續. a *continuation* of warm weather 溫暖天氣的持續. 2 C (故事等的)續篇; 補編. This radio talk is a *continuation* of yesterday's. 這段廣播的談話內容是昨天的延續. ⇨ v. **continue**.

con·tin·u·a·tive [kənˋtɪnjʊ,etɪv; kən'tɪnjʊətɪv] adj. 連續的, 繼續的.

*con·tin·ue [kənˋtɪnju; kən'tɪnjuː] v. (~s [~z; ~z], ~d [~d; ~d], -u·ing)
vt. 1 使繼續; 使(中斷的事物)再繼續; 把(話)繼續; 句型3 (continue to do [doing]/that 子句) 繼續作…動作/持續, 繼續說…. Tom *continued* his work [to work; *working*]. 湯姆繼續做他的工作/Let's *continue* the discussion after lunch. 我們午餐後繼續討論吧!/She *continued* that she then felt very sorry for him. 她接著說那時她對他感到非常抱歉/"After that we had a grand time," she *continued*. 她接著說:「之後我們度過了一段美好的時光.」
2 使繼續處於(某地位等). *continue* a boy at school 使男孩繼續上學.
— vi. 1 繼續, 持續; (中斷後)再繼續. The rain *continued* another hour. 雨又持續下了一小時/The footprints *continued* down to the river. 腳印一直延伸到河邊.
2 (用 continue at [in, with]…)留置在…; (不停地)繼續(做…). The worker *continued at* the same job. 工人繼續做同樣的工作/He *continued with* his work. 他繼續工作.
3 句型2 (continue A)繼續地[不變地]保持 A (remain). The old man *continued* obstinate in his opinion. 那老人還是固執己見.
⇨ n. **continuance, continuation, continuity**.
adj. **continual, continuous**.
To be continued. (未完)待續(用於雜誌的連載作品[電視影集]的結尾[片尾]; → To be concluded (conclude 的片語)).

con·tin·u·ing [kənˋtɪnjʊɪŋ; kən'tɪnjuːɪŋ] v. continue 的現在分詞、動名詞.

con·ti·nu·i·ty [,kɑntəˋnuətɪ, -ˋnɪu-, -ˋnju-; ,kɒntɪ'njuːətɪ] n. (pl. -ties) 1 U 連續(狀態), 連續性; 邏輯的一貫性.
2 C (電影、電視的)攝影用劇本, 分鏡劇本.
3 C (廣播節目等的)串場(音樂, 播音員的話等).

*con·tin·u·ous [kənˋtɪnjʊəs; kən'tɪnjʊəs] adj. 不斷的, 無間斷的, (→ continual 同). a *continuous* line of people 連綿不絕的一排人/We have had *continuous* rain since Monday evening. 從星期一晚上以來雨就沒停過. ⇨ v. **continue**.

*con·tin·u·ous·ly [kənˋtɪnjʊəslɪ; kən'tɪnjʊəslɪ] adv. 連續地, 不斷地. The festival went on *continuously* for a week. 慶典持續了一個星期.

con·tin·u·um [kənˋtɪnjʊəm; kən'tɪnjʊəm] n. (pl. -tin·u·a, ~s) UC 連續(體). a space-time *continuum* 時空連續體(四度空間).

con·tort [kənˋtɔrt; kən'tɔːt] vt. (物, 身體等)彎曲; 將(臉等)歪扭. — vi. 扭曲, 扭歪.

con·tor·tion [kənˋtɔrʃən; kən'tɔːʃn] n. U 扭曲, 扭歪; C 彎曲; 歪斜; 扭轉的動作.

con·tor·tion·ist [kənˋtɔrʃənɪst; kən'tɔːʃənɪst] n. C (可將身體任意彎曲的)雜技演員, 特技演員.

con·tour [ˋkɑntur; 'kɒn,tʊə(r)] n. C (常 contours)(物, 人體, 海岸等的)輪廓(線); 外形.
— vt. 1 使(道路等)沿著等高線.
2 標出(地形)的等高線.

cón·tour líne n. C 等高線.

cón·tour máp n. C 等高線地形圖.

contra- pref. [反對, 相反]之意. *contra*dict.

con·tra·band [ˋkɑntrə,bænd; 'kɒntrəbænd] n. U (集合)進出口禁運品, 走私品; 走私.
— adj. 禁止進出口的; 走私(品)的.

con·tra·bass [ˋkɑntrə,bes; ,kɒntrə'beɪs] n. C (音樂)低音提琴(最低音程的大型弦樂器; → stringed instrument 圖).

con·tra·cep·tion [,kɑntrəˋsɛpʃən; ,kɒntrə'sepʃn] n. U 避孕(法).

con·tra·cep·tive [,kɑntrəˋsɛptɪv; ,kɒntrə'septɪv] adj. 避孕(用)的.
— n. C 避孕藥[器].

*con·tract [ˋkɑntrækt; 'kɒntrækt] (★注意 v. 的重音位置) n. (pl. ~s [~s; ~s]) C 1 (買賣, 工程等的)契約, 合同. enter into a *contract* to supply wheat 簽訂供應小麥的契約/break a *contract* 毀約/I have a one-year *contract* with this institution. 我和該機構有一年的契約.
2 契約書. draw up a *contract* 擬訂契約書/sign a *contract* 簽訂合約.
a breach of contract 違反契約.
by [on] contract 依據契約[合同].
— [kənˋtrækt; kən'trækt] vt. 1, vi. 1 在《美》為某物而重音位置) n. (~s [~s; ~s]; ~ed [~ɪd; ~ɪd]; ~ing) vt. 【延攬至己身】1 【承辦】依據契約決定: 句型3 (contract to do)簽訂…的契約. *contract* a partnership with 與…簽訂合作契約/*contract* to write a novel 簽約寫一部小說.
2 【招致壞事】(文章)罹患(疾病); 負(債); 沾染(惡習). *contract* a serious disease 患重病/*contract* a large debt 負一大筆債.
【引入>壓縮】3 使(肌肉等)收縮; 縮小, 使減少; (⟷ expand). The cold water *contracted* the swimmer's muscles. 冷冽的水使游泳者的肌肉收

縮/*contract* one's brow 皺眉頭.

4 (省略音、音節)將(字句)縮寫. *contract* "do not" to "don't" 將 do not 縮寫爲 don't.

— *vi.* **1** 簽訂合約((*with*)). Mr. Brown *contracted* with the builder *for* a new house. 布朗先生和建商簽訂蓋新房子的合約. **2** 縮, 收縮. Things *contract* when they cool. 物體遇冷收縮. **3** (字句)被縮短.

còntract ín 簽約參加((*to* (工作等))).

còntract óut[1] (英)解約; 正式表明不參加((*of*)).

còntract/.../óut[2] (工作等)轉包出去.

còntract brídge *n.*[U]合約橋牌(一種 bridge[2]).

contrácted fórm *n.*[C](文法)縮寫(*n't,* *'ll* 等).

con·trac·tile [kən'træktl, -tɪl; kən'træktaɪl] *adj.* 具收縮性的. *contractile* muscles 收縮肌.

con·trac·tion [kən'trækʃən; kən'trækʃn] *n.*
1 [U]收縮; 縮小.
2 [U]((文章)(疾病)的)感染; (債務的)負擔; (惡習等的)染上.
3 ((文法)[U](字句的)縮寫; [C]縮寫的形式.

con·trac·tor ['kɑntræktɚ, kən'træktɚ; kən'træktə(r)] *n.*[C]訂契約者; (工程的)承包人, 建築(營造)業者.

con·trac·tu·al [kən'træktʃʊəl; kən'træktʃʊəl] *adj.* 契約的, 按照契約的.

*****con·tra·dict** [‚kɑntrə'dɪkt; ‚kɒntrə'dɪkt] *vt.* (~s [~s; ~s]; ~ed [~ɪd; ~ɪd]; ~ing) **1** 否認; 反駁(人的意見, 事實等); 反對(人(的話)), 提出異議. These facts cannot be *contradicted*. 這些事實無法否認/How dare you *contradict* me! 你竟敢忤逆我!/I'm sorry to *contradict* you. 很抱歉我不同意你的說法.
2 與(陳述, 行爲, 事實等)矛盾, 抵觸. His behavior *contradicts* his principles. 他的行爲與他的原則互相矛盾/*contradict* oneself 自相矛盾.

[字源] DICT「說」: contra*dict*, pre*dict* (預言), *dic*tionary (辭典), *dict*ate (聽寫).

con·tra·dic·tion [‚kɑntrə'dɪkʃən; ‚kɒntrə'dɪkʃn] *n.* **1** [U]否定, 反駁, 反對; [C]反駁. What he says is in *contradiction* to the general belief. 他所說的與一般人的想法相反.
2 [U]矛盾, 不一致; [C]矛盾的言行(事實等). *contradiction* between words and actions 言行不一.

con·tra·dic·to·ry [‚kɑntrə'dɪktərɪ, -trɪ; ‚kɒntrə'dɪktəri] *adj.* **1** (互相)矛盾的, 對立的.
2 好爭論的.

con·tra·dis·tinc·tion [‚kɑntrədɪ'stɪŋkʃən; ‚kɒntrədɪ'stɪŋkʃn] *n.*[UC](文章)對比. in *contradistinction* to 與…相區別(對比).

con·tral·to [kən'trælto; kən'træltəʊ] *n.* (*pl.* ~s)(音樂) **1** [U]女低音(與 alto 同).
2 [C]女低音歌手.

con·trap·tion [kən'træpʃən; kən'træpʃn] *n.*

[C]((口)新奇的機械(器具, 裝置).

con·tra·ries ['kɑntrɛrɪz; 'kɒntrərɪz] *n.* contrary 的複數.

con·trar·i·ly ['kɑntrɛrəlɪ; 'kɒntrərəlɪ] *adv.* **1** 相反地; 與此相反地. **2** ((口)壞心眼地.

con·trar·i·ness ['kɑntrɛrɪnɪs; 'kɒntrərɪnɪs] *n.*[U] **1** 相反; 矛盾. **2** ((口)偏強.

con·tra·ri·wise ['kɑntrɛrɪ‚waɪz; 'kɒntrərɪwaɪz] *adv.* **1** 與此相反地; 反而.
2 在相反的方向; 用相反的做法.

*****con·tra·ry** ['kɑntrɛrɪ; 'kɒntrərɪ] *adj.* **1** 反對的; 相反的((*to*)). This is quite *contrary* to what I want. 這和我想要的恰恰相反.
2 (風, 天氣等)不順遂的, 逆劣的; (位置, 方向)相反的. a *contrary* wind 逆風.
3 ((口)乖戾的, 偏強的. The baby is in a *contrary* mood today. 小嬰兒今天好壞.

***cóntrary to...** ((介系詞性)與…相反; 與…逆向. *Contrary to* expectations, all went well. 與預期的相反, 一切順利.

— *n.* (*pl.* -ries) [C] (加 the)相反, 逆向; 相反的事物. I had expected the *contrary*. 結果與我所想的正好相反.

* ***by cóntraries** (與預期的)相反地. Dreams go by *contraries*. 夢與事實相反.

* ***on the cóntrary** (1)(與前述之事)正好相反. You are young. I, *on the contrary*, am very old. 你很年輕, 相反地, 我已經很老了. (2)(承接否定語氣)反之. Wealth hasn't made him any prouder. He is, *on the contrary*, humility itself. 財富並沒有使他變得驕傲, 相反地, 他謙遜爲懷/"Don't you find that joke offensive?" "*On the contrary*. It's good joke." 「你不覺得那玩笑很刺耳嗎?」「怎麼會, 我覺得很好笑.」

* ***to the cóntrary** 與此相反的(地). We have, for now, no information *to the contrary*. 至目前爲止, 我們沒有(與此)相反的訊息.

*****con·trast** ['kɑntræst; 'kɒntrɑːst] (★ 與 *v.* 的重音位置不同) *n.* (*pl.* ~s [~s; ~s])
1 [U]對照, 對比; (在對照之下的)差別. Careful *contrast* of the two manuscripts showed us some important differences. 仔細比較這兩份稿子就可看出一些重要的差異.
2 [UC]明顯的差異, 對照. a great *contrast* between city life and country life 城市生活和鄉下生活的明顯差異/His political views make a clear *contrast* to mine. 他的政治觀點和我的明顯不同.

[搭配] *adj.*+contrast: a sharp ~ (明顯的對比), a striking ~ (明顯的對比), a strong ~ (強烈的對比) // *v.*+contrast: form a ~ (形成對比), present a ~ (顯示對比).

3 C 成爲明顯對比的東西((*with, to*)). That sweater makes a nice *contrast with* the skirt. 那件毛衣和裙子搭配出好看的對比效果.

* *by* [*in*] *cóntrast* (*with* [*to*]...) (與…)對照地, (與…)相比之下. Tom, *by contrast* (*with* Bob), is well-behaved. (跟鮑伯)比起來, 湯姆循規蹈矩多了.

—— [kən`træst; kən`trɑːst] v. (*~s* [~s; ~s]; *~ed* [~ɪd; ~ɪd]; *~ing*) vt. 對照[比較](兩者), 對比…((*with*)); (藉由對照)使…的差異變明顯. *Contrast* this novel *with* his other works. 把這部小說和他的其他作品相對照/The white tower was *contrasted with* the blue sky. 白塔和藍天相對映.

—— vi. (比較之下)形成對比, 差異明顯, ((*with*)). Black and white *contrast* sharply.＝Black *contrasts* sharply *with* white. 黑與白構成強烈的對比.

con·tra·vene [͵kɑntrə`vin; ͵kɒntrə'viːn] vt. ((文章)) **1** 違反, 破壞, (法律, 習慣等); 與…相抵觸. **2** 反駁(陳述, 原則等).

con·tra·ven·tion [͵kɑntrə`vɛnʃən; ͵kɒntrə'venʃn] n. U C (對法律, 習慣等的)違反(行爲); 抵觸.

***con·trib·ute** [kən`trɪbjut; kən'trɪbjuːt] v. (*~s* [~s; ~s]; *-ut·ed* [~ɪd; ~ɪd]; *-ut·ing*) vt. [[協助而給與]] **1** (用 contribute A to B)捐 A(金錢等)給 B; 把 A(援助等)給 B, 提供 A(時間, 努力, 忠告等)給 B. *contribute* a lot of money *to* one's church 捐許多錢給教會.

2 寄稿[投稿][專欄等]((*to*)). He *contributed* short stories *to* several magazines. 他向好幾家雜誌投稿短篇小說.

—— vi. **1** (用 contribute to)給與…捐款[援助等]. *contribute to* the community chest 捐款給社區福利基金.

2 投稿((to [報紙])).

3 捐贈, 貢獻, ((*to*)); 有助於, 促成, ((*to*)). Penicillin has *contributed* greatly *to* the welfare of mankind. 盤尼西林對人類的福祉有很大的貢獻/Sugar *contributes to* tooth decay. 糖會助長蛀牙的生成. ⇨ n. **contribution**. adj. **contributory**.

con·trib·ut·ing [kən`trɪbjutɪŋ; kən'trɪbjutɪŋ] v. contribute 的現在分詞, 動名詞.

***con·tri·bu·tion** [͵kɑntrə`bjuʃən, ͵-`brɪuʃən; ͵kɒntrɪ'bjuːʃn] n. (*pl. ~s* [~z; ~z]) **1** U 捐款; 投稿; 提供. We will welcome the *contribution* of clothes and blankets for the homeless. 我們歡迎樂捐衣服和毛毯給無家可歸的人.

2 C 捐贈物, 捐款; 投寄作品[文章]; ((*to*)). make a *contribution to* one's church 捐款給教會/send a *contribution to* a newspaper 向報紙投稿.

3 U 貢獻, 捐贈; C 貢獻物; ((*to*)). His *contribution* to science is great. 他對科學的貢獻很大.

搭配 adj.＋contribution: a major ~ (重要的貢獻), an outstanding ~ (卓越的貢獻), a valuable ~ (有價值的貢獻), an original ~ (獨創的貢獻).

⇨ v. **contribute**.

---

con·trib·u·tor [kən`trɪbjətɚ; kən'trɪbjʊtə(r)] n. C 捐款人; 投稿人; 貢獻者; ((*to*)).

con·trib·u·to·ry [kən`trɪbjə͵torɪ, ͵-͵tɔrɪ; kən'trɪbjʊtərɪ] adj. 捐助的; 促成…的.

con·trite [`kɑntraɪt, kən`traɪt; 'kɒntraɪt] adj. ((文章))後悔(罪過, 過失等的), 感到抱歉的.

con·tri·tion [kən`trɪʃən; kən'trɪʃn] n. U ((文章))後悔, 抱歉.

con·triv·ance [kən`traɪvəns; kən'traɪvns] n.
1 C 發明物, 設計品, (裝置, 道具等).
2 C (通常 contrivances)計謀; 手段; 計畫.
3 U 發明, 設計; 發明才能, 設計能力.

***con·trive** [kən`traɪv; kən'traɪv] vt. (*~s* [~z; ~z]; *~d* [~d; ~d]; *-triv·ing*) **1** 設計做出[想出], 發明. He *contrived* a means of speaking to Nancy privately. 他想出一種和南西私下談話的方法/*contrive* a clever toy 設計出一種巧妙的玩具.

2 圖謀; 句型3 (contrive to do)圖謀做…. *contrive* an escape [*to* escape] 圖謀逃走.

3 設法; 句型3 (contrive to do)設法做…; (與企圖相反)竟然搞成…. The host *contrived to* please everyone there. 主人設法使每一個客人盡情歡愉/He *contrived to* anger the very man he wished to please. 他竟然激怒了他原本想要取悅的那個人.

***con·trol** [kən`trol; kən'trəʊl] n. (*pl. ~s* [~z; ~z]) **1** U 支配(能力); 控制(能力); 指揮權. have *control over* a group 管理一個團體/The rebels took *control* of the capital. 叛軍控制了首都.

搭配 adj.＋control: absolute ~ (絕對的控制), strict ~ (嚴格的掌控) // v.＋control: establish ~ (建立控制), exercise ~ (執行控制).

2 U 抑制, 控制, ((*of, over* 對於…)); 操縱; ((棒球))的控球; lose *control* of one's car on an icy road 汽車在結冰的道路上失去控制/Ellen kept her emotional *control* at her mother's funeral. 艾倫在母親的葬禮上壓抑住自己的情感/have excellent *control* (投手)有傑出的控球能力.

3 C (通常 controls)控制手段, 管制措施. price *controls* 物價管制政策.

4 C (常 controls) (飛機, 汽車, 機械等的)控制[操縱]裝置 the *controls* of a VTR 錄影機的操控裝置.

in contról (*of*...) 支配[管制, 控制]…. Great Britain is no longer *in control of* world politics. 英國已不再主控世界政治了.

in the contról of... 受…的支配[管制, 控制].

* *out of contról* 失去控制[掌控] The car got *out of control* and crashed. 汽車失去控制而撞毀了/The forest fire went *out of control*. 森林火災失去控制了.

* *under contról* 處於(正常)控制[調節]之下. He could not keep his skis *under control* on the steep slope. 他無法在陡坡上控制滑雪板.

under the contról of... =in the control of...

— *vt.* (~s [~z; ~z]; ~led [~d; ~d]; ~ling) **1** 支配, 管理, 監督, 〔人, 物〕. *control a business* 管理業務.

2 控制〔時間, 量, 溫度, 速度等〕.

3 抑制〔感情等〕; 控制〔價格等〕. *Stop crying. Control yourself.* 不要哭了, 控制一下你自己.

4 操縱〔飛機, 汽車, 機械等〕.

contról gròup *n.* ⓒ對照組《例如在測試某種藥物效果的實驗中, 用來與服用藥物的一組相對照的(未服藥的)一組》.

con·trol·la·ble [kən`troləb; kən`trəʊləbl] *adj.* 能管理的, 能控制的; 能抑制的.

con·trol·ler [kən`trolə; kən`trəʊlə(r)] *n.* ⓒ **1** 主計官. **2** (某部門的)主管. **3** 控制裝置.

contról ròom *n.* ⓒ(電臺等的)主控室, 控制室.

contról tòwer *n.* ⓒ(機場的)塔臺, 指揮控制臺, (→ airport 圖).

con·tro·ver·sial [ˌkɑntrə`vɜʃəl, -sɪəl; ˌkɒntrə`vɜːʃl] *adj.* **1** 〔問題等〕容易引起爭議的, 可爭辯的. **2** 〔人〕好議論的.

*con·tro·ver·sy [`kɑntrə.vɜsɪ; `kɒntrəvɜːsɪ] *n.* (*pl.* -sies) ⓊⒸ爭論, 辯論. *beyond controversy* 無可爭辯的〔地〕, 無庸置疑的〔地〕/*controversy about educational reform* 關於教育改革的爭議.

> **搭配** *adj.*+controversy: a bitter ~ (激烈的爭論), a fierce ~ (激烈的爭論) // *v.*+controversy: arouse (a) ~ (引起爭論), enter into a ~ (開始爭論), settle a ~ (解決爭論).

con·tro·vert [`kɑntrə.vɜt, ˌkɑntrə`vɜt; `kɒntrəvɜːt] *vt.* 《文章》**1** 爭論; 反對. **2** 否定.

con·tu·ma·cious [ˌkɑntjʊ`meʃəs, ˌkɑntu-; ˌkɒntjuː`meɪʃəs] *adj.* 《文章》(對法院命令等)不服從的, 抗命的.

con·tu·ma·cy [`kɑntjʊməsɪ, `kɑntu-; `kɒntjʊməsɪ] *n.* (*pl.* -cies) ⓊⒸ《文章》反抗權威; 藐視法庭.

con·tu·me·ly [`kɑntjʊməlɪ, `kɑntu-; kən`tjuːməlɪ, -`tɪʊ-, -`tuː-; `kɒntjuːmlɪ] *n.* (*pl.* -lies) ⓊⒸ《文章》傲慢無禮(的言語, 態度).

con·tuse [kən`tjuz, -`tɪuz, -`tuz; kən`tjuːz] *vt.* 《醫學》使受瘀傷(主要用被動語態).

con·tu·sion [kən`tjuʒən, -`tɪuʒ-, -`tuʒ-; kən`tjuːʒn] *n.* ⓊⒸ瘀傷, 跌打損傷.

co·nun·drum [kə`nʌndrəm; kə`nʌndrəm] *n.* ⓒ **1** 謎語(利用諧音或雙關語設計成答案; 例如 Who pushed the wagon away? Of course Mr. Carter. (甚麼人把馬車推走了? 當然是卡特先生) Carter 這個姓和 carter (馬車伕) 諧音). **2** 難題.

con·va·lesce [ˌkɑnvə`lɛs; ˌkɒnvə`les] *vi.* 〔人〕病後休養, 處於康復期.

con·va·les·cence [ˌkɑnvə`lɛsns; ˌkɒnvə`lesns] *n.* ⓐⓊ (病後)逐漸康復, 康復期.

con·va·les·cent [ˌkɑnvə`lɛsnt; ˌkɒnvə`lesnt] *adj.* 康復期(病人)的. — *n.* ⓒ康復期病人.

con·vec·tion [kən`vɛkʃən; kən`vekʃn] *n.* ⓊⒸ《物理》(因熱而形成液體、氣體的)對流.

con·vec·tor [kən`vɛktə; kən`vektə(r)] *n.* ⓒ對流式暖氣機.

con·vene [kən`vin; kən`viːn] *vi.* 〔為了開會等目的〕人)聚集, 召開〔會議〕. — *vt.* (為會議等)召集〔人〕, 召開〔會議〕. ✧ *n.* convention.

*con·ven·ience [kən`vinjəns; kən`viːnjəns] *n.* (*pl.* -ienc·es [~ɪz; ~ɪz]) **1** ⓐⓊ方便, 便利, 合宜, (↔ inconvenience). *for the convenience of the shoppers* 為了方便購物者/*a marriage of convenience* 策略性的婚姻/*Attend the party if it suits your convenience.* 如果你方便的話, 請來參加這場宴會.

2 Ⓤ方便的時間〔地點〕.

3 ⓒ便利的東西〔機械, 器具, 服務〕. *gas, electricity, TV, radio and other conveniences* 瓦斯電、電視、收音機及其他便利的設備/*make a convenience of a person* 拿某人當藉口.

4 ⓒ《英》公共廁所(亦稱 públic convénience). *at one's convénience* 《文章》在某人方便的時候. *Please answer at your earliest convenience.* 您方便的話, 請儘早給與答覆.

for convénience(') sàke 為了方便起見.

convénience fòod *n.* ⓊⒸ便利食品.

convénience stòre *n.* ⓒ便利商店(營業時間長的超商連鎖店).

*con·ven·ient [kən`vinjənt; kən`viːnjənt] *adj.* **1** 方便的, 便利的, 《for》(★不以人當主詞; ↔ inconvenient). *a convenient appliance* 方便的器具/*a convenient place for meeting each other* 便於會面的場所/*Let's meet at the station if it is convenient for you.* 如果你方便的話, 我們在車站碰面吧!

2 近的, 便捷的, 《to, for》. *His house is convenient to [for] the supermarket.* 他家離超級市場很近.

con·ven·ient·ly [kən`vinjəntlɪ; kən`viːnjəntlɪ] *adv.* 方便地, 便利地; 《修飾句子》合宜地. *The museum is conveniently located.* 那家博物館位於交通便利之處.

con·vent [`kɑnvɛnt; `kɒnvənt] *n.* ⓒ女修道院(集合稱)修女會.

*con·ven·tion [kən`vɛnʃən; kən`venʃn] *n.* (*pl.* ~s [~z; ~z]) 〖會議〗**1** ⓒ(有關教育、宗教、經濟、政治等的正式)集會, 代表會議, 大會; 《美》(政)黨代表大會. *hold an annual convention* 召開年會/*an international convention of brain surgeons* 腦外科醫師國際會議.

〖同意〗**2** ⓒ(國家, 個人間的)協定, 協議, (國家間無 treaty 的正式), *sign [conclude] a convention* 簽署〔締結〕協定.

3 ⓊⒸ(社會的)慣例; 常例, 常規. *disregard [follow] the convention* 無視〔遵循〕慣例/*by convention* 依照慣例.

*con·ven·tion·al [kən`vɛnʃən], -ʃnəl; kən'venʃnəl] adj. **1** 慣例的, 照例的; 原本的; 傳統的; 《輕蔑》老套的, 因襲的. "How do you do?" is a *conventional* greeting at first meeting. "How do you do?"是初次見面時的慣用問候語/a *conventional* opinion 平凡無奇的意見.

2 〔武器, 戰爭, 發電等〕非核能的, 傳統的, (↔ nuclear). a *conventional* weapon 傳統武器.

con·ven·tion·al·i·ty [kən,vɛnʃən'ælətɪ; kən,venʃə'næləti] n. (pl. **-ties**) **1** Ⓤ 遵守慣例; 常例, 老套.

2 Ⓒ (常 conventional*ities*)慣例, 常規.

con·ven·tion·al·ly [kən`vɛnʃən]ɪ; kən'venʃnəli] adv. 慣例地, 因循地; 陳腐地.

con·verge [kən`vɝdʒ; kən'vɜːdʒ] vi. 〔線, 活動的物體等〕聚集, 集中, 靠攏, 《on, upon》; 〔意見等〕逐漸一致. ↔ diverge.

con·ver·gence [kən`vɝdʒəns; kən'vɜːdʒəns] n. Ⓤ 匯集到一點[一處], 聚合.

con·ver·gent [kən`vɝdʒənt; kən'vɜːdʒənt] adj. 〔從不同方向〕匯集到一點[一處]的.

con·ver·sant [`kɑnvəsn̩t, kən`vɝsn̩t; kən'vɜːsənt] adj. 《敍述》(透過學習, 經驗而)熟稔的《with》.

‡con·ver·sa·tion [,kɑnvə`seʃən; ,kɒnvə'seɪʃn] (pl. **~s** [~z; ~z]) Ⓤ Ⓒ 會話, 談話, 對談. carry on a *conversation* 進行會話, 交談/I enjoyed a delightful *conversation* with him after dinner. 飯後我和他愉快地閒談/He was deep in *conversation* with his girlfriend. 他和他的女朋友聊得很投入.

> 搭配 adj.+conversation: an interesting ~ (有趣的交談), a lively ~ (生動的對話), a serious ~ (嚴肅的談話) // v.+conversation: have a ~ (舉行會談), hold a ~ (進行會談), break off a ~ (中止會談).

⇨ v. converse.

con·ver·sa·tion·al [,kɑnvə`seʃən]; ,kɒnvə'seɪʃnəl] adj. **1** 會話的, 口語的. *conversational* English 會話英語.

2 健談的; 善於辭令的.

con·ver·sa·tion·al·ist [,kɑnvə`seʃən]ɪst, -ʃnəl-; ,kɒnvə'seɪʃnəlɪst] n. Ⓒ 健談者; 善於辭令的人, 善談者.

con·verse¹ [kən`vɝs; kən'vɜːs] vi. 《文章》交談.

con·verse² [kən`vɝs; 'kɒnvɜːs] adj. 〔意見, 信念等〕相反的, 相對的.

— [`kɑnvɝs; 'kɒnvɜːs] n. Ⓤ (加 the)相反, 相對. "Child" is the *converse* of "parent." 「子女」是和「父母」相對的詞語.

con·verse·ly [kən`vɝslɪ; 'kɒnvɜːsli] adv. 相反地, 相對地; 《修飾句子》反過來說.

con·ver·sion [kən`vɝʃən, -ʒən; kən'vɜːʃn] n. **1** Ⓤ (性質, 形狀, 機能, 用途等)轉換, 轉變; (貨幣的)兌換, 匯兌; 改變. the *conversion* of the desert *to* arable land 從沙漠到可耕地的轉變/a *conversion* table 換算表.

2 Ⓤ (主義, 信仰等的)改變, 改信. *conversion to*

---

another political party 轉向另一政黨.

3 Ⓒ 轉換[政變, 改組, 轉變, 改變宗教信仰等]的事例.

4 Ⓤ Ⓒ (橄欖球等)達陣後得分; 踢定位球得分.

*con·vert [kən`vɝt; kən'vɜːt] (★與 n. 的重音位置不同) v. (~s [~s; ~s]; ~ed [~ɪd; ~ɪd]; ~ing) vt. **1** 改變(…的性質, 形狀, 機能, 用途, 目的等); 轉換, 轉變, 改變, 改裝; 《to, into》. *convert* water power *to* electricity 把水力轉變成電力/*convert* a bedroom *into* a sitting room 把臥室改裝爲起居室.

2 使(人)改信, 使改變方針, 使改變信仰, 《to》. *convert* a whole village *to* Christianity 使全村的人改信基督教.

3 交換, 兌換, 換算成, 《into 〔等值的東西〕》. *convert* francs *into* dollars 把法郎換成美元.

4 (橄欖球等)達陣, 踢定位球(得分).

— vi. **1** 改變信仰; 《美》改變宗教信仰; 《from A to B 從 A 轉向 B》.

2 可轉換[轉用]; 〔某種貨幣〕被兌換[換算]; 《to, into》. This sofa *converts into* a bed. 這張沙發可以變成床.

3 (橄欖球等)達陣後得分; 踢定位球得分.

— [`kɑnvɝt; 'kɒnvɜːt] n. Ⓒ 皈依某種宗教者; 改變政治信仰者; 《to》. a *convert* to socialism 改信社會主義的人/make a *convert* of 使…改變政治[宗教]信仰.

> 字源 **VERT** 「轉」: con*vert*, a*vert* (避 開), di*vert* (改變方向), in*vert* (反過來).

con·vert·er [kən`vɝtə; kən'vɜːtə(r)] n. Ⓒ **1** 〔電〕整流器(可將直流電轉換成交流電或將交流電轉換成直流電的切換裝置).

2 〔電視, 收音機〕變頻器, 頻道[週率]轉換機[器].

con·vert·i·bil·i·ty [kən,vɝtə`bɪlətɪ; kən,vɜːtə'bɪləti] n. Ⓤ 可交換[變換]性, 有交換[變換]性.

con·vert·i·ble [kən`vɝtəb]; kən'vɜːtəbl] adj. **1** 可轉換[交換, 變換]的《into》.

2 〔汽車〕有摺篷的.

— n. Ⓒ 敞篷汽車.

[convertible]

con·vex [kɑn`vɛks, kən-; kɒn'veks] adj. 凸狀的, 凸面的, (↔concave). a *convex* lens 凸透鏡.

con·vex·i·ty [kɑn`vɛksətɪ; kɒn'veksəti] n. (pl. **-ties**) Ⓤ Ⓒ 凸狀; 凸面(體).

*con·vey [kən`ve; kən'veɪ] vt. (~s [~z; ~z]; ~ed

[~d; ~d]; ~ing](文章) **1** 運送, 搬運, ((*from A to B* 從 A 到 B)). Tankers *convey* oil *from* the Middle East *to* all parts of the world. 油輪把石油從中東運到世界各地.
2 傳送, 傳導, 〔聲音, 氣味, 電流等〕.
3 傳達, 傳播, 〔消息, 思想, 感情, 意思等〕(*to*).
句型3 (convey *that* 子句)傳達…. Words can't *convey* my true feelings. 語言無法表達我真正的感情/Please *convey* my best regards *to* your parents. 請代我問候你父母.
4 ((法律))轉讓(財產, 權利)(*to*).

con·vey·ance [kənˋveəns; kənˈveɪəns] *n.* (文章) **1** ⓤ運輸, 輸送; 傳達.
2 ⓒ運輸工具, 交通工具, (vehicle).
3 ⓤ((法律))(財產, 權利的)轉讓; ⓒ轉讓證書.

con·vey·er, con·vey·or [kənˋveə; kənˈveɪə(r)] *n.* ⓒ **1** 搬運者, 運輸者.
2 輸送帶[裝置] (亦稱 convéyer bèlt).

***con·vict** [kənˋvɪkt; kənˈvɪkt] (★與 *n.* 的重音位置不同) *vt.* (~s [~s; ~s]; ~ed [~ɪd; ~ɪd]; ~ing) 證明有罪, 〔特指法官, 陪審團〕宣告[宣判]有罪, (*of* […罪]). Having been *convicted of* murder, he was sentenced to life imprisonment. 他因謀殺罪被判無期徒刑. **參考** 在(美), 一般被告(indict)由陪審團(jury)認定無罪釋放(acquit)或判定有罪(convict), 如果有罪再由法官宣判刑責(sentence).
⇨ *n.* **conviction**.
— [ˋkɑnvɪkt; ˈkɒnvɪkt] *n.* (*pl.* ~s [~s; ~s]) ⓒ (服刑中的)囚犯.

***con·vic·tion** [kənˋvɪkʃən; kənˈvɪkʃn] *n.* (*pl.* ~s [~z; ~z]) **1** ⓤ確定[宣告, 宣判]有罪, 定罪; ⓒ有罪的判決, 判罪. He had several previous *convictions*. 他有好幾次前科.
2 ⓤⓒ確信, 信念. speak with *conviction* 有信心地說/have a strong [firm] *conviction* that 強烈地確信….
3 ⓤ說服力; 信服. What he said lacked *conviction*. 他的話缺乏說服力.
⇨ *v.* **1 convict**; **2, 3 convince**.
càrry convíction 〔議論〕具有說服力.

‡**con·vince** [kənˋvɪns; kənˈvɪns] *vt.* (-vinc·es [~ɪz; ~ɪz]; ~d [~t; ~t]; -vinc·ing)
1 **句型4** (convince A *that* 子句)、**句型3** (convince A *of* B)使 A(人)確信…, 讓 A(人)確信 B, 使相信. Her expression *convinced* me *that* she was guilty. 她的表情使我確信她有罪/Mary was *convinced that* she would win. 瑪莉確信她會獲勝/I tried to *convince* him *of* my innocence. 我努力使他相信我是清白的.
2 **句型5** (convince A *to* do)說服 A做…. Would you try to *convince* him not *to* go there? 你能試著說服他不要去那裡嗎? ⇨ *n.* **conviction**.
con·vinced [kənˋvɪnst; kənˈvɪnst] *adj.* **1** 深信的. **2** 確信的((*of*; *that* 子句)).
con·vinc·ing [kənˋvɪnsɪŋ; kənˈvɪnsɪŋ] *v.* con-

vince 的現在分詞、動名詞.
— *adj.* **1** 有說服力的, 令人信服的. a *convincing* argument 有說服力的論點.
2 毋庸多言的, 確實的, 明顯的. win a *convincing* victory 大獲全勝, 以懸殊的得分取勝.
con·vinc·ing·ly [kənˋvɪnsɪŋlɪ; kənˈvɪnsɪŋlɪ] *adv.* 令人信服地; 好像有道理地.

con·viv·i·al [kənˋvɪvɪəl; kənˈvɪvɪəl] *adj.* (文章) **1** 〔人〕活潑的, 喜好狂歡熱鬧的.
2 〔儀式, 聚會, 態度等〕喧鬧的, 熱鬧的.
con·viv·i·al·i·ty [kənˌvɪvɪˋælətɪ; kənˌvɪvɪˈælətɪ] *n.* (*pl.* **-ties**) ⓤ(文章)歡樂, 興高采烈; 喧鬧.

con·vo·ca·tion [ˌkɑnvəˋkeʃən; ˌkɒnvəʊˈkeɪʃn] *n.* (文章) **1** ⓤ(會議, 議會等的)召集.
2 ⓒ集會(assembly).

con·voke [kənˋvok; kənˈvəʊk] *vt.* (文章)召集〔會議等〕.

con·vo·lu·tion [ˌkɑnvəˋluʃən, ˈʃ·ˋlɪuʃn, ·vlˋjuʃn; ˌkɒnvəˈluːʃn] *n.* ⓒ (通常 convolutions) 盤繞(狀), 纏繞, (蛇的)盤繞[蜷成一團].

con·voy [kənˋvɔɪ; ˈkɒnvɔɪ] *vt.* (~s; ~ed; ~ing) 護航, 護送, 〔軍艦, 軍隊等〕.
— [ˋkɑnvɔɪ; ˈkɒnvɔɪ] *n.* (*pl.* ~s) **1** ⓤ護航, 護送, 護衛. **2** ⓒ (★用單數亦可作複數)護衛隊; 被護送的船隊[運輸車隊].

con·vulse [kənˋvʌls; kənˈvʌls] *vt.* **1** 震撼; 使…造成(社會上, 政治上的)騷動((*with*)).
2 使〔臉, 身體等〕顫動, 扭動, (通常用被動語態). 使痙攣((*with* 〔劇痛等〕)). be *convulsed with* laughter 笑得前翻後仰.

con·vul·sion [kənˋvʌlʃən; kənˈvʌlʃn] *n.* ⓒ
1 (通常 convulsions)痙攣, 抽搐, (特指幼兒的)抽筋. have *convulsions* 發生痙攣.
2 (通常 convulsions)狂笑.
3 (社會上, 政治上的)騷動, 動亂.

con·vul·sive [kənˋvʌlsɪv; kənˈvʌlsɪv] *adj.* 發生痙攣的; 間發性的; 激烈的.
con·vul·sive·ly [kənˋvʌlsɪvlɪ; kənˈvʌlsɪvlɪ] *adv.* 發生痙攣地; 間發性地.

co·ny [ˋkonɪ, ˋkʌnɪ; ˈkəʊnɪ] *n.* (*pl.* **co·nies**) **1** ⓒ((美))兔子(rabbit). **2** ⓤ兔子的毛皮.

coo [ku; kuː] *vi.* 〔鴿子〕咕咕叫; 〔嬰兒等〕高興地發出咯咯聲; 〔情人等〕溫柔地輕聲細語.
— *n.* (*pl.* ~s) ⓒ咕咕(鴿子的叫聲).

Cook [kʊk; kʊk] *n.* (Captain) **James** ~ 庫克 (1728-79)((英國航海家; 被英威夷原住民殺害)).

‡**cook** [kʊk; kʊk] *v.* (~s [~s; ~s]; ~ed [~t; ~t]; ~ing) *vt.* **1** (加熱)烹調, 用火烹煮; **句型4** (cook A B)、**句型3** (cook B *for* A)為 A烹調 B; (→ bake, boil[1], fry[1], roast). *cook* meat [vegetables] 烹調肉品[蔬菜]/She *cooks* three meals a day *for* me. = She *cooks* me three meals a day. 她每天為我料理三餐.
2 (口)竄改, 作假, 捏造, 〔事實, 數字等〕. *cook* the books 竄改帳目, 篡改帳冊.
còok/…/úp (口)編造〔藉口等〕. He *cooked up* a good excuse for not going to the party. 他編了

一個不去參加宴會的好藉口.

— vi. 1 烹飪. learn to cook from a book 從書上學烹飪/Your wife cooks very well. 你太太做得一手好菜.

2 〔食物〕被烹調. How long should that meat cook? 那道肉必須煮多久?

●──各種烹調法

cook 是「烹調」的最普通用語, 基本的意義是「加熱烹調食物」.

主要用來表示烹調方法的動詞:

boil	把食物放在水裡煮[水煮].
fry	用油炸[煎, 炒].
bake	用烤爐烘烤麵包, 糕餅等.
roast	主要指用烤箱或以火直接燒烤肉類.
broil 《主美》(＝grill)	直接用火燒烤[烘, 炙].
simmer	用文火慢慢地燉, 煨.
steam	蒸.
stew	用文火燉煮.

— n. (pl. ~s [~s; ~s]) ⓒ 廚師, 烹調員. Jane is a good [bad] cook. 珍是個好[差勁的]廚師/Too many cooks spoil the broth. 《諺》三個和尚沒水喝(＜太多廚師反會做壞羹湯).

cook·book [ˋkʊkˏbʊk; ˈkʊkbʊk] n. ⓒ 《美》食譜(《英》cookery book).

*　**cook·er** [ˋkʊkɚ; ˈkʊkə(r)] n. (pl. ~s [~z; ~z]) ⓒ 炊具(鍋, 爐, 灶, 烤箱等). a gas cooker 瓦斯爐/a pressure cooker 壓力鍋.

cook·er·y [ˋkʊkərɪ, -krɪ; ˈkʊkərɪ] n. Ⓤ 烹飪技術, 烹調法.

cóokery bòok n. 《英》＝cookbook.

cook·house [ˋkʊkˏhaʊs; ˈkʊkhaʊs] n. (pl. -hous·es [-ˏhaʊzɪz; -haʊzɪz]) ⓒ (營地等的)露天廚房.

*　**cook·ie** [ˋkʊkɪ; ˈkʊkɪ] n. (pl. ~s [~z; ~z]) ⓒ 《主美》餅乾(《英》biscuit). Mother bakes cookies for us every weekend. 母親每週末都烤餅乾給我們吃.

cook·ing [ˋkʊkɪŋ; ˈkʊkɪŋ] n. Ⓤ 烹飪; 烹調法; (形容詞性)適於烹飪的; 烹調用的. Father does the cooking on Sundays. 父親每逢星期日做菜/cooking apples 烹調用的蘋果/a cooking range 可同時烹煮多種食物的爐子.

cook·out [ˋkʊkˏaʊt; ˈkʊkaʊt] n. ⓒ 《主美、口》戶外餐宴.

cook·y [ˋkʊkɪ; ˈkʊkɪ] n. (pl. cook·ies)＝cookie.

cool [kul; kuːl] adj. (~·er; ~·est) 〖(適度地)涼的〗 1 涼的(↔ warm). a cool breeze 涼爽的微風/in the cool shade of a tree 在涼爽的樹陰下.

2 〔服裝等〕涼爽的, 看來涼快的. a cool dress 涼爽的服裝.

〖冷靜的〗 3 冷靜的, 鎮定的, 沈著的; 不熱情的, 不熱心的. remain cool 保持冷靜/Keep cool! 冷靜點!

4 【冷靜地計算的】《限定》《口》(特別加在數字之前用

以強調)不折不扣的, 整整的. My boy is already a cool six feet tall. 我兒子已經有 6 呎那麼高囉.

〖冷冰冰的〗 5 〔人、態度〕冷淡的, 冷冰冰的, 不親熱的; 〔顏色〕冷色的(cold)(↔ warm). get a cool reception 受到冷淡的接待/Tom is always cool toward Jane. 湯姆對珍一向冷淡/cool colors 冷色(淺藍色、藍色等).

6 《口》《輕蔑》〔人、態度〕無禮的.

— adv. 《口》冷靜地.

plày it cóol 冷靜地行動.

— n. Ⓤ (通常加 the) 1 涼, 涼意; 涼快的場所[時間]. in the cool of the forest 在涼爽的森林中. 2 《俚》沈著(calmness).

— v. (~s [~z; ~z]; ~ed [~d; ~d]; ~·ing) vt. 使變涼, 使冷卻; 使涼快; 使冷靜; (↔heat, warm). cool an engine 冷卻引擎/cool soup 使湯變涼.

— vi. 變涼, 冷卻.

còol dówn [óff] [¹] 變涼快; 冷卻; 冷靜下來, 平靜下來, 變得平靜. Toward evening it began to cool off. 近黃昏時天氣開始變涼爽了/When my anger had cooled down, I saw that Henry was right. 當我的怒氣平息時, 才發覺亨利是對的.

cóol/... dówn [óff] [²] 使〔興奮、生氣等的人〕冷靜. Cóol it! 《口》冷靜下來! 不要激動!

cool·ant [ˋkulənt; ˈkuːlənt] n. ⓊⒸ (機械等的)冷卻劑.

cool·er [ˋkulɚ; ˈkuːlə(r)] n. ⓒ 1 保冷箱(郊遊、釣魚時用來冷藏的容器); 《美》冰箱.

2 冷飲(用酒、果汁等調製而成).

cool-head·ed [ˋkulˋhɛdɪd; ˌkuːlˈhedɪd] adj. 頭腦冷靜的, 沈著的.

coo·lie [ˋkulɪ; ˈkuːlɪ] n. ⓒ 苦力.

cóoling-óff pèriod n. ⓒ 冷卻期間.

cóoling tòwer n. ⓒ 冷卻塔.

cool·ly [ˋkulɪ, ˋkullɪ; ˈkuːllɪ] adv. 1 冷靜地; 冷淡地. 2 沈著地; 無禮地. 3 涼快地, 冰涼地.

cool·ness [ˋkulnɪs; ˈkuːlnɪs] n. Ⓤ 1 涼; 涼快. 2 冷靜; 冷淡. 3 冒失, 無禮, 厚臉皮.

coon [kun; kuːn] n. ⓒ 《美、口》浣熊(raccoon).

coop [kup, kup; kuːp] n. ⓒ 《關雞、兔子等小動物的)籠子, 禽舍, 欄. a chicken coop 雞籠.

— vt. 把〔雞等〕關進籠子[欄舍], 把〔人〕關進(狹小的場所)《up》.

co-op [koˋap, ˋkoˏap; ˈkəʊɒp] n. ⓒ 《口》(由使用者擁有的)合作事業[的商店](cooperative).

coop·er [ˋkupɚ; ˈkuːpə; ˈkuːpə(r)] n. ⓒ (製造、修理桶子的)桶匠.

*　**co-op·er·ate, co·op·er·ate** [koˋapəˏret; kəʊˈɒpəreɪt] vi. (~s [~s; ~s]; -at·ed [~ɪd; ~ɪd]; -at·ing) 1 合作, 協力, 合力. The children cooperated with their mother in cleaning the rooms. 孩子們和母親合力打掃房間.

2 〔許多事情〕共同發生作用《to do》. Those things cooperated to make him manager of the branch. 那些事情促使他成為分店經理.

⁂co·op·er·a·tion, co-op·er·a·tion
[koˌɑpəˋreʃən, ˌkoɑpə-; kəʊˌɒpəˋreɪʃn] *n.* Ü (為了共同目的的)合作, 協力. international *cooperation* 國際合作/Thank you for your *cooperation* in this matter. 謝謝你對這件事情的合作.
in coopérátion with... 與…合作[協力]. The students worked *in cooperation with* the teacher. 學生們和老師通力合作.

*co·op·er·a·tive, co-op·er·a·tive
[koˋɑpəˌretɪv, -ˋɑprətɪv; kəʊˋɒpərətɪv] *adj.* 1 合作的, 協力的, 樂意合作的, 協助性質的. *cooperative* international space programs 國際合作太空開發計畫.
2 聯合經濟活動的. a *cooperative* society 消費合作社/a *cooperative* store 消費合作商店.
— *n.* C̲ 1 (由使用者擁有的)合作事業, 《略作co-op》. a farmers' *cooperative* 農業合作社.
2 消費合作商店.

co·op·er·a·tor, co-op·er·a·tor
[koˋɑpəˌretɚ; kəʊˋɒpəreɪtə(r)] *n.* C̲ 合作者.

co-opt [koˋɑpt; kəʊˋɒpt] *vt.* 〔現任會員、委員〕選舉〔新會員、新委員〕(*into, onto*). We *co-opted* Tom *onto* our budget committee. 我們選湯姆為預算委員會的新委員.

co·or·di·nate, co-or·di·nate
[koˋɔrdn̩ɪt, -ˌet; kəʊˋɔːdɪnət] *adj.* 1 (文章)(重要性, 等級, 程度等)同等的, 同位的, 同級的.
2 《文法》對等的(→見文法總整理 15.2; ↔ subordinate).
— *n.* C̲ 1 (文章)(重要性, 等級, 程度等)同等的人[物]. 2 (coordinates)搭配成套的女裝.
— [koˋɔrdn̩ˌet; kəʊˋɔːdɪneɪt] *vt.* 使〔某一部分等〕協調地運作, 調整, 使協調.
— *vi.* 成對等; 協調, 調和.

co·or·di·na·tion, co-or·di·na·tion
[koˌɔrdn̩ˋeʃən; kəʊˌɔːdɪˋneɪʃn] *n.* Ü 1 同等, 同等化. 2 (身體各部分, 特指肌肉運動的)協調.

co·or·di·na·tor, co-or·di·na·tor
[koˋɔrdn̩ˌetɚ; kəʊˋɔːdɪneɪtə(r)] *n.* C̲ 協調人, 統籌者.

coot [kut; kuːt] *n.* C̲ 《鳥》大鷸(秧雞科的水鳥).

cop¹ [kɑp; kɒp] *n.* C̲ 《口》警察, 巡警, (policeman).

cop² [kɑp; kɒp] *vt.* (**~s; ~ped; ~ping**)《俚》捕獲.
còp óut 《俚》逃避, 推卸, (*of*〔責任等〕).

*cope¹** [kop; kəʊp] *vi.* (**~s** [~s; ~s]; **~d** [~t; ~t]; **cop·ing**) 妥善地處理(*with*), 解決(*with*〔事件等〕); 設法應付, 適應. I have more work than I can *cope with*. 我工作多得無法應付/I suddenly felt tired and unable to *cope*. 我忽然感到疲倦, 再也應付不下去了/We'll *cope*. 我們能克服的.

cope² [kop; kəʊp] *n.* C̲ 神職人員所穿的斗篷式長袍.

crosier

Co·pen·hag·en
[ˌkopənˋhegən, ˌkəʊpnˋheɪgən] *n.* 哥本哈根《丹麥首都》.

Co·per·ni·can
[koˋpɜnɪkən; kəʊˋpɜːnɪkən] *adj.* 哥白尼(學說)的(→ Ptolemaic). the *Copernican* system [theory] 哥白尼的地動說.

Co·per·ni·cus
[koˋpɜnɪkəs; kəʊˋpɜːnɪkəs] *n.* **Nic·o·la·us** [ˌnɪkəˋleəs; ˌnɪkəˋleɪəs] ~ 哥白尼(1473-1543)《提倡地動說的波蘭天文學家》.

cop·ied [ˋkɑpɪd; ˋkɒpɪd] *v.* copy 的過去式、過去分詞. [cope²]

cop·i·er [ˋkɑpɪɚ; ˋkɒpɪə(r)] *n.* C̲ 複寫[謄抄]的人; 複印機; 模仿的人.

cop·ies [ˋkɑpɪz; ˋkɒpɪz] *n.* copy 的複數.
— *v.* copy 的第三人稱、單數、現在式.

co·pi·lot [koˋpaɪlət; ˋkəʊˌpaɪlət] *n.* C̲ 《航空》副駕駛.

cop·ing [ˋkopɪŋ; ˋkəʊpɪŋ] *n.* Ü C̲ 《建築》冠石, 牆帽(置於牆或屋頂上方).

co·pi·ous [ˋkopɪəs; ˋkəʊpjəs] *adj.* 1 豐富的, 很多的. 2 〔作家等〕多產的; 〔內容, 思想, 文字〕冗雜的.

co·pi·ous·ly [ˋkopɪəslɪ; ˋkəʊpjəslɪ] *adv.* 豐富地.

cop-out [ˋkɑpˌaʊt; ˋkɒpaʊt] *n.* C̲ 《俚》逃避責任.

*cop·per¹** [ˋkɑpɚ; ˋkɒpə(r)] *n.* (*pl.* **~s** [~z; ~z]) 1 Ü 銅(金屬元素; 符號 Cu).
2 C̲ 銅幣; (通常 coppers)零錢.
3 Ü 銅色, 紅褐色.
— *adj.* 銅(製)的; 銅色的, 紅褐色的. a *copper* coin 銅幣.

cop·per² [ˋkɑpɚ; ˋkɒpə(r)] *n.* 《口》= cop¹.

cop·per·head [ˋkɑpɚˌhɛd; ˋkɒpəˌhed] *n.* C̲ 銅斑蛇(產於美國, 頭部呈銅色的毒蛇).

cop·per·plate [ˋkɑpɚˌplet; ˋkɒpəpleɪt] *n.* 1 Ü C̲ 銅版(印刷, 版畫用). 2 Ü 草體字.

cop·per·smith [ˋkɑpɚˌsmɪθ; ˋkɒpəsmɪθ] *n.* C̲ 銅匠, 銅器製造者.

cop·pice [ˋkɑpɪs; ˋkɒpɪs] *n.* = copse.

co·pra [ˋkɑprə; ˋkɒprə] *n.* Ü 乾椰子仁(椰子的乾果肉; 椰子油的原料).

copse [kɑps; kɒps] *n.* C̲ 灌木林, 矮樹叢.

cop·ter [ˋkɑptɚ; ˋkɒptə(r)] *n.* 《美、口》= helicopter.

cop·u·la [ˋkɑpjələ; ˋkɒpjʊlə] *n.* C̲ 《文法》連綴動詞, (link(ing) verb), (連接主詞與補語的動詞; be, become, seem 等).

cop·u·late [ˋkɑpjəˌlet; ˋkɒpjʊleɪt] *vi.* 《文章》交媾, 交尾, 交配, (*with*).

cop·u·la·tion [ˌkɑpjəˋleʃən; ˌkɒpjʊˋleɪʃn] *n.* Ü 《文章》交媾, 交尾, 交配.

cop·u·la·tive [ˋkɑpjə͵letɪv; ˈkɒpjʊlətɪv] *adj.*
《文法》連結的. a *copulative* conjunction 連結性連接詞(and 等).

‡cop·y [ˋkɑpɪ; ˈkɒpɪ] *n.* (*pl.* **cop·ies**) **1** ⓒ 複印, 複寫; 複製. She made [took] a *copy* of the report. 她把那份報告複製了一份/There was a *copy* of a Rembrandt on the wall. 牆上有一幅林布蘭畫作的複製品.

2 ⓒ (同一書籍, 報紙等的)本, 份. a presentation *copy* 贈閱本/I'd like another *copy*. 我還想要(同樣的)一本/They printed 2,000 *copies* of this book. 這本書印了二千本(★ 2,000 books 指的是「二千本不同的書」).

3 Ⓤ (付印用的)原稿; (特指)廣告文案; (報紙, 小說等的)好題材. fair *copy* 清樣/rough *copy* 草稿, 初稿/The scandal will make good *copy*. 這件醜聞會是個好題材.

— *v.* (**cop·ies; cop·ied; ~·ing**) *vt.* **1** 抄寫; 複印; 複製. *copy* a drawing 複製[臨摹]一幅畫/*copy* a tape 拷貝錄音帶/*copy* the first seven pages 影印前 7 頁.

2 仿效, 模仿. *copy* his manner of speaking 模仿他說話的方式.

— *vi.* 抄寫; 複印; 複寫; 臨摹; 複製; (不正當地)模仿, 抄襲. *copy* out a passage from a book 從書中抄寫[抄襲]了一段/*copy* off [from] one's neighbor in an exam 考試時抄襲鄰座的答案.

cop·y·book [ˋkɑpɪ͵bʊk; ˈkɒpɪbʊk] *n.* ⓒ **1** (習字的)字帖. **2** (形容詞性)老套的, 陳腐的, (《源自字帖的詞句多爲固定的格言)).

cop·y·cat [ˋkɑpɪ͵kæt; ˈkɒpɪkæt] *n.* ⓒ (口)(輕蔑)專門模仿別人的人.

cop·y·ist [ˋkɑpɪɪst; ˈkɒpɪɪst] *n.* ⓒ (用筆抄寫文件, 原稿者的)抄寫者.

cop·y·right [ˋkɑpɪ͵raɪt; ˈkɒpɪraɪt] *n.* Ⓤⓒ 著作權, 版權, (略作 ⓒ). the *copyright* holder 版權所有人/Thomas Hardy came out of *copyright* on Jan. 1, 1979. 湯瑪士·哈帝的版權到 1979 年 1 月 1 日終止.

— *vt.* 取得…的著作權[版權].

cop·y·writ·er [ˋkɑpɪ͵raɪtɚ; ˈkɒpɪ͵raɪtə(r)] *n.* ⓒ 撰稿者; (特指)廣告文案撰寫人.

co·quet·ry [ˋkokɪtrɪ, koˋkɛtrɪ; ˈkɒkɪtrɪ] *n.* (*pl.* **-ries**) Ⓤ (女子)向男性賣弄風情; ⓒ 調情舉動.

co·quette [koˋkɛt; kɒˈket] *n.* ⓒ (向男性)賣弄風情的女人, 輕佻的女人.

co·quet·tish [koˋkɛtɪʃ; kɒˈketɪʃ] *adj.* 向男性賣弄風情的, 獻媚的, 妖艷的.

co·quet·tish·ly [koˋkɛtɪʃlɪ; kɒˈketɪʃlɪ] *adv.* 嬌媚地, 妖艷地.

cor- *pref.* con- 的別體(用於 r 之前).

cor·al [ˋkɒrəl, ˋkɑr-, ˋkɔr-; ˈkɒrəl] *n.* **1** Ⓤ 珊瑚; Ⓤ 珊瑚飾物(粉紅[橘紅]色)的.

— *adj.* 珊瑚的; 珊瑚色的(唇等).

córal rèef *n.* ⓒ 珊瑚礁.

‡cord [kɔrd; kɔːd] *n.* (*pl.* ~**s** [~z; ~z]) **1** Ⓤⓒ 繩, (→ rope [參圖]). **2** Ⓤⓒ 電線. **3** Ⓤ 楞條布, (特指)燈芯絨(corduroy). **4** ⓒ (解剖)肌

腱, 帶. the spinal *cord* 脊髓/the vocal *cords* 聲帶.

cord·age [ˋkɔrdɪdʒ; ˈkɔːdɪdʒ] *n.* Ⓤ (集合)繩索; (船的)索具.

cord·ed [ˋkɔrdɪd; ˈkɔːdɪd] *adj.* 稜紋的(布等).

‡cor·dial [ˋkɔrdʒəl; ˈkɔːdjəl] *adj.* 衷心的, 真心的. a *cordial* welcome [smile] 衷心的歡迎[微笑]. — *n.* Ⓤⓒ 甜酒.

cor·di·al·i·ty [kɔrˈdʒælətɪ, ͵kɔːdɪˈælətɪ] *n.* (*pl.* **-ties**) Ⓤ 真心, 熱誠; ⓒ 真心的言行.

cor·dial·ly [ˋkɔrdʒəlɪ; ˈkɔːdjəlɪ] *adv.* 衷心地, 誠摯地. Yours *cordially* = *Cordially* yours 敬上[謹上](給好友寫信的結尾).

cor·dite [ˋkɔrdaɪt; ˈkɔːdaɪt] *n.* Ⓤ 無煙火藥.

cord·less [ˋkɔrdlɪs; ˈkɔːdlɪs] *adj.* (電話機等)無線的; 電池式的.

cor·don [ˋkɔrdn̩; ˈkɔːdn] *n.* ⓒ **1** 警戒線, 包圍線. draw [post, place] a *cordon* around the area 在該區設置警戒線.

2 飾帶; 綬帶(通常爲從肩向脇下斜掛的飾帶).

— *vt.* 在…設置警戒線. *cordon off* an area 在某地區設置警戒線.

cor·don bleu [͵kɔrdɔ̃ˈblɝ; ͵kɔːdɒnˈblɜː](法語) *adj.* (法國菜, 廚師)一流的, 最高級的(cordon bleu 原意是 blue ribbon; 原爲法國勳章的一個等級, 後來引申爲「一流廚師」之意.

cor·du·roy [ˋkɔrdə͵rɔɪ; ˈkɔːdərɔɪ] *n.* (*pl.* ~**s**) **1** Ⓤ 燈芯絨. **2** (corduroys)燈芯絨長褲.

córduroy ròad *n.* ⓒ (主美)橫木步道(在沼澤地等處以原木鋪成的路).

‡core [kor, kɔr; kɔː(r)] *n.* (*pl.* ~**s** [~z; ~z]) ⓒ **1** (蘋果, 梨等的)核. remove the *core* from the apple 去掉蘋果的核/The apple was rotten at the *core*. 這顆蘋果的核爛了.

[參考] core 係含種子而稍硬的部分; 桃子等的種子[果核]稱爲 stone.

2 (問題等的)核心, 要點. The *core* of her argument was that men and women are equal. 她論點的核心是男女平等.

to the córe 直至核心地; 徹底地. Have nothing to do with him; he's rotten *to the core*. 別跟他有任何關係, 他已經無可救藥了.

— *vt.* 挖去(蘋果等)的核.

cor·i·an·der [͵korɪˈændɚ, ͵kɔrɪ-; ͵kɒrɪˈændə(r)] *n.* Ⓤⓒ 芫荽(芹科的草本植物; 果實和葉可作香辣調味料).

Cor·inth [ˋkɔrɪnθ, ˋkɑr-; ˈkɒrɪnθ] *n.* 科林斯(古希臘的城邦; 現沒落爲港都).

Co·rin·thi·an [kəˋrɪnθɪən; kəˈrɪnθɪən] *adj.* **1** (古希臘的)科林斯的; 科林斯人的; 科林斯式的.

2 (建築)科林斯式的(→ capital 圖).

— n. **1** ⒞ 科林斯人.

2 (Corinthians)《作單數》《哥林多書》《門徒 Paul 的信, 新約聖經的一部分, 分前後兩卷; 略作 Cor.).

*cork [kɔrk; kɔ:k] n. (pl. ~s [~s; ~s]) **1** ⓤ 軟木 (cork oak(軟木橡樹)的樹皮). a cork stopper 軟木塞. **2** ⒞ 軟木塞, 橡膠〔塑膠〕瓶塞; (軟木製的)浮標. draw the cork 拔瓶塞.

— vt. **1** 用軟木塞密封〔瓶子等〕(up).

2 壓抑(感情)(up).

cŏrk ŏak n. ⒞ (植物)軟木橡樹.

cork·screw [ˋkɔrkˏskru, -ˏskrıu; ˋkɔ:kskru:] n. ⒞ (拔軟木塞的)螺旋起子, 拔塞鑽.

— adj. 螺旋狀的; (山路等)蜿蜒的.

corm [kɔrm; kɔ:m] n. ⒞ (植物)球莖(劍蘭、唐菖蒲、藏紅花等的地下莖).

cor·mo·rant [ˋkɔrmərənt; ˋkɔ:mərənt] n. ⒞

1 (鳥)鸕鷀. **2** 貪婪的人.

*corn¹ [kɔrn; kɔ:n] n. (pl. ~s [~z; ~z]) **1** ⓤ (美)玉米(maize, Indian corn).

corn on the cob 帶穗軸的玉米.

2 ⓤ (英)小麥(wheat); 《蘇格蘭、愛爾蘭》燕麥 (oats); 《麥粒及其植物》.

3 ⓤ (英)(集合)(一地區主要的)穀物, 穀類; (穀物的)一粒, 穀粒, (grain); 生長此種穀粒的麥類植物. grow [raise] corn 種穀物.

corn² [kɔrn; kɔ:n] n. ⒞ (特指腳趾的)雞眼.

trĕad on a pèrson's còrns 《口》傷害某人的感情.

corn³ [kɔrn; kɔ:n] vt. 醃(肉).

Cŏrn Bĕlt n. (加the)玉米帶(美國中西部, 特指橫跨Iowa, Illinois, Indiana, Nebraska各州的區域).

cŏrn brĕad n. ⓤ (主美)玉米麵包.

corn·cob [ˋkɔrnˏkab; ˋkɔ:nkɔb] n. ⒞ 玉米的穗軸(亦可僅作 cob).

corn·crib [ˋkɔrnˏkrıb; ˋkɔ:nkrıb] n. ⒞ (主美) (通風良好的)貯藏玉米的穀倉.

cor·ne·a [ˋkɔrnıə; ˋkɔ:nıə] n. ⒞ (解剖)角膜.

cŏrned bĕef n. ⓤ (尤指罐裝的)醃牛肉(→ corn³).

*cor·ner [ˋkɔrnə; ˋkɔ:nə(r)] n. (pl. ~s [~z; ~z]) ⒞ 【 角 】 **1** (物的)角; 街角, 轉角. He hit his leg on a corner of the desk. 他的腿撞到了桌角/on [at] the corner of Elm and Pine Streets 在榆樹街和松樹街的轉角/Turn to the left at the next corner. 在下一個街角左轉.

【 從內側所見的角>角落 】 **2** 角落; (拳擊)場角 (拳擊場的角落); 一角, 一隅. in a cozy corner 在舒適的角落/go off in a corner with a book 帶一本書躲到角落/She looked at me out of the corner of her eye. 她斜著眼看我.

3 【一角】偏僻的場所; (特指距離遙遠的)地方. from the four corners of the earth 來自世界各地/live in remote corners 居住在偏僻的鄉下.

【 角落>狹窄的地方 】 **4** 困境, 絕路, 窘境. drive

[force, put] a person into a corner 把某人逼到絕路.

5 (商業)壟斷[囤積](以支配市場).

arŏund [rŏund] the córner (1)在路口; 在近處. I bought the ballpoint pen at the stationer's around the corner. 我在路口的文具店買了這枝原子筆. (2)即將到來的. Christmas is just around the corner. 聖誕節快到了.

be in a tĭght córner 處於困境.

cŭt córners (1)(橫穿過拐角)抄近路. (2)《口》省事, 節省經費[時間]. You can't make a quality product if you cut corners. 削減經費將無法製造出優良的產品.

cut ŏff a [the] córner 《主英》抄近路.

tŭrn the córner (1)拐過街角. When I turned the corner I found myself in a tree-lined avenue. 我拐過街角進入一條林蔭大道. (2)度過(疾病, 不景氣等)的難關, 脫離險境. My wife had turned the corner and was starting to improve. 我的妻子已脫離險境開始好轉了.

— adj. (限定) **1** 在角落的. a corner coffee shop 街角的咖啡店. **2** 放在房間角落的(壁櫥等).

— vt. **1** 把 ... 逼入困境, 窮追不捨. The policemen cornered the thief in a dead-end street. 警察把小偷逼進死巷.

2 壟斷, 獨占(市場). They tried to corner all the beef in the market. 他們企圖買下市場上所有的牛肉.

— vi. (車輛, 司機)轉彎. The car skidded when I cornered at 50 miles an hour. 我以 50 英里的時速轉彎, 結果車子打滑了.

córner kĭck n. ⒞ (足球)角球.

cor·ner·stone [ˋkɔrnəˏston; ˋkɔ:nəstəun] n. ⒞ **1** (建築)(位於建築物基座角落的)隅石; (奠基典禮用的)基石.

2 地基, 基礎; 基本方針 [部分]. Science is the cornerstone of modern civilization. 科學是現代文明的基礎.

MCMXXIV

cor·net [ˋkɔrnıt, kɔrˋnɛt; ˋkɔ:nıt] n. ⒞ **1** [cornerstone 1] 短號(一種類似喇叭的銅管樂器; → brass instrument 圖). **2** (英)把紙捲成角錐狀用來盛裝糖果或核仁的容器.

corn·field [ˋkɔrnˏfild; ˋkɔ:nfi:ld] n. ⒞ **1** (美)玉米田. **2** (英)(小)麥田.

corn·flakes [ˋkɔrnˏfleks; ˋkɔ:nfleıks] n. (作複數)玉米片(早餐時加在牛奶中食用).

corn·flour [ˋkɔrnˏflaur; ˋkɔ:nflauə(r)] n. (英)= cornstarch.

corn·flow·er [ˋkɔrnˏflauə; ˋkɔ:nflauə(r)] n. ⒞ (植物)矢車菊.

cor·nice [ˋkɔrnıs; ˋkɔ:nıs] n. ⒞ (建築)飛簷(牆 簷下或牆壁頂端的裝飾部分).

Cor·nish [ˋkɔrnıʃ; ˋkɔ:nıʃ] adj. 康瓦耳郡(Cornwall)的; 康瓦耳人[語]的.

corn·meal [`kɔrn,mil; 'kɔːnmiːl] n. Ⓤ 碾碎的玉米(顆粒較粗的粉狀物).

corn·starch [`kɔrn,startʃ, -`startʃ; 'kɔːnstɑːtʃ] n. Ⓤ《美》玉米粉《用來把食物勾芡》.

cor·nu·co·pi·a [,kɔrnə`kopɪə, ,kɔːnjuˈkəupjə] n. Ⓒ 1 《希臘神話》豐饒之角《傳說中為哺育 Zeus 而湧出水果、穀物、花等的羊角; 象徵豐饒; horn of plenty》. 2 (溢滿水果、穀物、花等的)角狀裝飾品[容器].

Corn·wall [`kɔrnwəl, -wəl; 'kɔːnwəl] n. 康瓦耳郡《英格蘭西南端的郡》.
⇨ adj. Cornish.

[cornucopia 1]

corn·y [`kɔrnɪ; 'kɔːnɪ] adj. 《口》過時的, 陳舊的, 老套的. a corny joke 老掉牙的笑話.

co·rol·la [kə`rɑlə; kə'rɒlə] n. Ⓒ《植物》花冠.

cor·ol·lar·y [`kɔrə,lɛrɪ, `kɑr-; kə'rɒlərɪ] n. (pl. -lar·ies) Ⓒ 1 《數學》系. 2 《文章》必然的推論[結果].

co·ro·na [kə`ronə; kə'rəunə] n. (pl. ~s, -nae) Ⓒ《天文》日暈《日全蝕時在太陽周圍出現的光暈》.

co·ro·nae [kə`roni; kə'rəuniː] n. corona 的複數.

cor·o·nar·y [`kɔrə,nɛrɪ, `kɑr-; 'kɒrənərɪ] adj. 《解剖》冠狀(動脈)的.

còronary thrombósis n. Ⓒ《醫學》冠狀動脈栓塞.

cor·o·na·tion [,kɔrə`neʃən, ,kɑr-; ,kɒrə'neɪʃn] n. Ⓒ 加冕典禮.

cor·o·ner [`kɔrənə, `kɑr-; 'kɒrənə(r)] n. Ⓒ 驗屍官.

còroner's ínquest n. Ⓒ 驗屍.

cor·o·net [`kɔrənɪt, `kɑr-; 'kɒrənɪt] n. Ⓒ 1 小王冠, 小冠冕, 《王族、貴族用; 比王冠(crown)小》. 2 (用貴重金屬、寶石等裝飾的)貴婦用頭飾.

Corp., corp. (略) corporation.

cor·po·ra [`kɔrpərə; 'kɔːpərə] n. corpus 的複數.

cor·po·ral[1] [`kɔrpərəl, `kɔrprəl; 'kɔːpərəl] adj. 肉體的. corporal punishment (鞭打等的)體罰.

cor·po·ral[2] [`kɔrpərəl, `kɔrprəl; 'kɔːpərəl] n. Ⓒ《軍隊》下士(sergeant的下級, 等級最低的士官).

cor·po·rate [`kɔrpərɪt, `kɔrprɪt; 'kɔːpərət] adj. 1 法人(組織)的. a body corporate=a corporate body 法人團體/a corporate town 自治市. 2 團體的, 共同的; 團結的. a corporate action 團體行動/corporate responsibility 共同責任.

*__**cor·po·ra·tion** [,kɔrpə`reʃən; ,kɔːpə'reɪʃn] n. (pl. ~s [~z; ~z]) Ⓒ《法律》法人, 財團法人; 《美》(股份)有限公司; 《略作 Corp., corp.》.

corporátion táx n. ⓊⒸ 法人稅.

cor·po·re·al [kɔr`porɪəl, -`pɔr-; kɔː'pɔːrɪəl] adj. 《文章》1 身體上的, 肉體的. corporeal needs 身體的必需品《食物、飲水等》. 2 物質的, 有形的, (physical, material). corporeal property 有形財產.

corps [kor, kɔr; kɔː(r)] (法語) (★注意發音) n. (pl. ~ [korz, kɔrz; kɔːz]) Ⓒ 1 《軍事》(有特殊任務的)隊, 部隊; 軍團《由兩個或兩個以上的師組成》. join the marine corps 加入海軍陸戰隊/an air corps 航空部隊. 2 團體. the diplomatic corps 外交使節團.

*__**corpse** [kɔrps; kɔːps] n. (pl. corps·es [~ɪz; ~ɪz]) Ⓒ (特指人的)屍體. In the room the police found the corpse of an old man. 警方在房間裡找到一具老人的屍體.
[字源] CORP [體]: corpse, corps (兵團), corporation (法人), incorporate (合作).

cor·pu·lence, cor·pu·len·cy [`kɔrpjələns; 'kɔːpjuləns], [-ənsɪ; -ənsɪ] n. Ⓤ《文章》肥胖, 肥大.

cor·pu·lent [`kɔrpjələnt; 'kɔːpjulənt] adj. 《文章》肥胖的(→ fat 同; → stout 同).

cor·pus [`kɔrpəs; 'kɔːpəs] n. (pl. -po·ra) Ⓒ 1 (有關某作家、題目等的)資料彙整, 全集; (搜集而來作為語言學研究的)語言素材. 2 (人類、動物的)身體; (特指)屍體.

cor·pus·cle [`kɔrpəs, `kɔrpʌs; 'kɔːpʌsl] n. Ⓒ《解剖》血球. red [white] corpuscles 紅[白]血球.

cor·ral [kə`ræl; kə'rɑːl] n. Ⓒ 1 (關家畜的)畜欄. 2 車陣《在野外紮營時為防備敵人襲擊而將貨車排成圓形》.
— vt. (~s; ~led; ~·ling) 1 將〔家畜〕趕進畜欄. 2 將〔貨車〕排成車陣.

[corral 1]

*__**cor·rect** [kə`rɛkt; kə'rekt] adj. 1 對的, 正確的, (↔ incorrect). a correct answer 正確的答案/Can you give me the correct time? 你能告訴我準確的時間嗎?/Am I correct in thinking that you will be leaving Tokyo next month? 我想你下個月會離開東京, 對嗎?/"Are you the new secretary?" "That's correct." 「你是新來的祕書嗎?」「對.」
同 correct 和 right 的意義沒有很大的差異, correct 強調「沒有錯誤, 沒有缺點」, right 則針對某種

情況強調「適當, 恰當」; 例如「(某工作等的)適當人選」是 the right person (for the job), 這裡便不用 correct; accurate 表示付出努力, 花費心思所獲得的正確結果, precise 則表示敍述的內容及計算的結果等正確無誤; = exact.

2 合乎禮節[慣例]的; 合適的(proper). a correct gentleman (態度, 服裝等)標準的紳士/The correct thing will be for you to call the police. 正確的做法是你要去報警/the correct dress for a dinner party 適合晚宴時穿的服裝.

— vt. (~s [~s; ~s]; ~ed [~ɪd; ~ɪd]; ~·ing) **1** 改正[錯誤], 訂正…的錯誤. Correct errors, if any. 如有錯誤請改正《出題時的用語》/Please correct me if I make a mistake. 如果我犯了錯, 請糾正我.

2 懲罰, 責備, [人, 錯誤]; (以訓誡或懲罰缺點等來)矯正[人]. He managed to correct his bad habit. 他設法改正惡習.

3 調整[修正][鐘錶, 視力, 眼鏡等]. correct a watch that runs fast 調整走得太快的錶.

[字源] RECT「筆直的」: correct, erect (直立的), direct (直的).

cor·rect·a·ble [kəˋrɛktb; kəˋrektəbl] adj. 可改正的.

‡**cor·rec·tion** [kəˋrɛkʃən; kəˋrekʃn] n. (pl. ~s [~z; ~z]) **1** [UC] (將錯誤等)改正, 訂正; 增減; 調整. correction fluid(文字)修正液/Here's my essay; please make any corrections you think necessary. 這是我的論文, 若你覺得有必要修改的話, 請幫我改正.

2 [U] (委婉)懲罰, 斥責; 矯正.

cor·rec·tion·al [kəˋrɛkʃən; kəˋrekʃənl] adj. 矯正的; 處罰的.

cor·rec·tive [kəˋrɛktɪv; kəˋrektɪv]《文章》adj. 改正的, 矯正的. — n. [C] 矯正的方法.

‡**cor·rect·ly** [kəˋrɛktlɪ; kəˋrektlɪ] adv. 正確地; 合適地. I answered the question correctly. 我答對了.

cor·rect·ness [kəˋrɛktnɪs; kəˋrektnɪs] n.[U] **1** 正確性. **2** (言行的)得當.

cor·re·late [ˋkɔrə͵let, ˋkɑr-; ˋkɒrəleɪt] vi. 有關聯, 相關, 《with》. The two accidents seem to correlate. 這兩個事件似乎有關聯.

— vt. 使互相有關聯《with》; 使…的相互關係明確《with》. correlate literature with economy 使文學和經濟互相聯繫.

cor·re·la·tion [͵kɔrəˋleʃən, ͵kɑr-; ͵kɒrəˋleɪʃn] n.[UC] 相互關係, 相關, 相關性.

cor·rel·a·tive [kəˋrɛlətɪv; kɒˋrelətɪv] adj. **1** 有相互關係的, 相關的. **2**《文法》相關的.

— n.[C] **1** 相關之物[事]. **2**《文法》相關詞(例: either...or 等).

‡**cor·re·spond** [͵kɔrəˋspɑnd, ͵kɑr-; ͵kɒrɪˋspɒnd] vi. (~s [~z; ~z]; ~ed [~ɪd; ~ɪd]; ~·ing) [[互相呼應]] **1**

(用 correspond with [to]...)一致, 符合; 協調, 相稱. His performance did not correspond with his promises. 他的表現與他的承諾不一致/That house corresponds well to its surroundings. 那棟房子與周遭的環境非常相配.

2 (用 correspond to...)相當, 對應. The engine of a car corresponds to the heart of a man. 汽車的引擎就如同人的心臟.

3 通信《with》. I've been corresponding with George for many years. 我與喬治書信往返多年.

‡**cor·re·spond·ence** [͵kɔrəˋspɑndəns, ͵kɑr-; ͵kɒrɪˋspɒndəns] n. (pl. -enc·es [~ɪz; ~ɪz]) [UC] **1** 相對應; 一致; 相稱; 類似. the correspondence of the wing of a bird with the fin of a fish 鳥翼與魚鰭的對應.

2 通信; (集合)書信. a long correspondence between the two friends 兩個朋友的長期通信/enter into correspondence with a highschool girl in Canada 開始與加拿大的高中女生通信/a correspondence column 通信欄/business [commercial] correspondence 商業信函/take lessons by correspondence 上函授課程.   「程.

correspóndence còurse n. [C] 函授課

‡**cor·re·spond·ent** [͵kɔrəˋspɑndənt, ͵kɑr-; ͵kɒrɪˋspɒndənt] n. (pl. ~s [~s; ~s]) [C] **1** (常指)通信者. a good correspondent 勤於通信的人/a poor [bad] correspondent 疏於通信的人.

2 (報社等的)特派員, 通訊員. a foreign correspondent 海外特派員.

3 (特指與國外公司)有商業往來的公司.

— adj. **1**《文章》一致的《with》.

2 = corresponding.

‡**cor·re·spond·ing** [͵kɔrəˋspɑndɪŋ, ͵kɑr-; ͵kɒrɪˋspɒndɪŋ] adj. **1** 相對應的; 相當的; 符合的; 相稱的. the corresponding period of last year 去年的同時期. **2** 通信的.

cor·re·spond·ing·ly [͵kɔrəˋspɑndɪŋlɪ, ͵kɑr-; ͵kɒrɪˋspɒndɪŋlɪ] adv. 一致[符合]地; 相對應地.

‡**cor·ri·dor** [ˋkɔrədə, ˋkɑr-; ˋkɒrɪdɔː(r)] n. [C] **1** 走廊. The children ran down the corridor. 孩子們沿著走廊跑去.

2 走廊《一內陸國穿越他國領土到達海洋等的狹長地帶》. the Polish Corridor 波蘭走廊《第二次世界大戰後兼併為波蘭的領土》.

córridor tràin n.[C]《英》通廊列車《從列車一側的通廊可進入隔間車廂(compartment)》.

cor·ri·gen·da [͵kɔrɪˋdʒɛndə, ͵kɑr-; ͵kɒrɪˋdʒendə] n. corrigendum 的複數.

cor·ri·gen·dum [͵kɔrɪˋdʒɛndəm, ͵kɑr-; ͵kɒrɪˋdʒendəm] n. (pl. -da) **1** [C] 應訂正的錯誤(特指書籍的)誤排, 誤植.

2 (corrigenda)(書籍的)勘誤表.

cor·rob·o·rate [kəˋrɑbə͵ret; kəˋrɒbəreɪt] vt.《文章》支持[說法, 概念等]; 確證….

cor·rob·o·ra·tion [kə͵rɑbəˋreʃən; kə͵rɒbəˋreɪʃn] n.[U]《文章》支持; 確證.

cor·rob·o·ra·tive [kəˋrɑbə͵retɪv;

C

ko`rɒbərətɪv] adj. 《文章》支持的; 〔證據等〕確鑿的.

cor·rode [kə`rod; kə`rəʊd] vt. (特指因化學作用)腐蝕; 把〔無形之物〕漸漸毀壞, 破壞, 侵蝕. Acid corrodes metal. 酸會腐蝕金屬.
— vi. 腐蝕; 漸漸損壞, 受侵蝕.

cor·ro·sion [kə`roʒən; kə`rəʊʒn] n. U 1 腐蝕, 腐蝕作用; 漸漸的損壞, 衰退.
2 (因腐蝕而產生的)鏽等.

cor·ro·sive [kə`rosɪv; kə`rəʊsɪv] adj. 1 腐蝕性的. 2 漸漸損壞的; (心靈等)腐化的.
— n. C 腐蝕劑.

cor·ru·gate [`kɔrə,get; `kɔrjə-, `kɑr-; `kɒrəgeɪt] vt. 使成波狀, 使起皺褶.
— vi. 成波狀, 皺褶, 起皺褶.

còrrugated íron n. U 波浪[瓦楞]鐵皮.

còrrugated páper n. U 瓦楞紙.

cor·ru·ga·tion [,kɔrə`geʃən, ,kɑr-; ,kɒrə`geɪʃn] n. U 成波浪狀, 起皺褶; C 波紋, 皺痕.

***cor·rupt** [kə`rʌpt; kə`rʌpt] adj. 1 墮落的, 腐敗的; 受賄[行賄]的, 貪汚的. He leads a corrupt life. 他過著墮落的生活/corrupt practices (選舉等中的)行賄[受賄].
2 〔原稿, 原件等〕(因誤抄, 改錯而)有損原文的; 〔語言〕訛誤的, 誤傳的.
— v. (~s [~s; ~s]; ~ed [~ɪd; ~ɪd]; ~·ing) vt.
1 使墮落 Power corrupts those who hold it. 權力使掌權者墮落.
2 收買, 賄賂(bribe). corrupt a policeman 賄賂警察. 3 改壞(原作等).
— vi. 1 墮落. 2 〔語言〕訛誤, 誤傳.
字源 RUPT「破碎, 分裂」: corrupt, erupt(爆發), interrupt(中止), rupture(爆開).

cor·rupt·i·ble [kə`rʌptəbl; kə`rʌptəbl] adj.
1 容易墮落的. 2 容易收買[賄賂]的.

cor·rup·tion [kə`rʌpʃən; kə`rʌpʃn] n. 1 U 墮落, 頹廢, 不道德. 2 U 收受賄賂, 收買, 貪汚. 3 UC (原文等的)過度修改; (語言的)訛誤, 誤傳.

cor·rup·tive [kə`rʌptɪv; kə`rʌptɪv] adj. 墮落的, 腐敗性的.

cor·sage [kɔr`saʒ; kɔː`sɑːʒ] n. C 1 (佩戴在女性肩, 腰部等的)花飾.
2 (女裝的)腰[胸]部.

cor·sair [`kɔrsɛr, -sær; `kɔːseə(r)] n. C
1 海盜(特指昔日在北非海岸活動的海盜).
2 海盜船.

cor·se·let [,kɔrsl`ɛt; `kɔːslɪt] n. C (女用)緊身胸衣(帶胸罩的緊身束腹).

[corsage 1]

cor·set [`kɔrsɪt; `kɔːsɪt] n. C 緊身束腹, 緊身胸衣.

Cor·si·ca [`kɔrsɪkə; `kɔːsɪkə] n. 科西嘉島(位於地中海的法屬島嶼; 拿破崙一世的出生地; → Balkan).

Cor·si·can [`kɔrsɪkən; `kɔːsɪkən] adj. 科西嘉島(人)的; 科西嘉方言的. — n. C 科西嘉島居民.

cor·tege, cor·tège [kɔr`tɛʒ, -`tɛʒ; kɔː`teɪʒ] (法語) n. C (★單數亦可作複數)《文章》1 行列; (特指)送葬隊伍.
2 (集合)侍從, 隨行人員.

cor·tex [`kɔrtɛks; `kɔːteks] n. (pl. -ti·ces) C 《解剖》(腦等的)皮質; 《植物》皮層.

cor·ti·cal [`kɔrtɪk; `kɔːtɪkl] adj. 1 《解剖》皮質的. 2 《植物》皮層的.

cor·ti·ces [`kɔrtɪ,siz; `kɔːtɪsiːz] n. cortex 的複數.

cor·ti·sone [`kɔrtɪ,son; `kɔːtɪsəʊn] n. U 可體松(一種腎上腺皮質素; 關節炎, 風濕症等的特效藥).

co·run·dum [kə`rʌndəm; kə`rʌndəm] n. U 剛玉, 金剛砂, (硬度僅次於鑽石的礦物; 研磨用).

cor·vette [kɔr`vɛt; kɔː`vet] n. C 輕型護衛艦 (有對空、反潛裝置的快速小型軍艦).

cos¹, 'cos [kəz; kɒz] conj. 《口》=because.

cos² (略) cosine.

co·si·ly [`kozɪlɪ; `kəʊzɪlɪ] adv. =cozily.

co·sine [`kosaɪn; `kəʊsaɪn] n. C 《數學》餘弦(略作 cos).

cos·met·ic [kaz`mɛtɪk; kɒz`metɪk] n. C (通常cosmetics)化妝品.
— adj. 1 化妝用的, 美容用的.
2 表面的, 裝門面的. denounce his efforts as cosmetic 批評他的努力只是表面工夫.

cos·me·ti·cian [,kazmə`tɪʃən, ,kɒzmə`tɪʃn] n. C 1 美容師. 2 化妝品製造[販賣]業者.

cos·mic [`kazmɪk; `kɒzmɪk] adj. 宇宙(cosmos)的.

còsmic dúst n. U 《天文》宇宙塵.

còsmic ráys n. (作複數)《天文》宇宙(射)線.

cos·mog·o·ny [kaz`magənɪ; kɒz`mɒgənɪ] n. (pl. -nies) UC 宇宙起源說.

cos·mol·o·gy [kaz`malədʒɪ; kɒz`mɒlədʒɪ] n. (pl. -gies) UC 宇宙論.

cos·mo·naut [`kazmə,nɔt; `kɒzmənɔːt] n. C (特指前蘇聯的)太空人(→ astronaut).

***cos·mo·pol·i·tan** [,kazmə`palətn; ,kɒzmə`pɒlɪtən] adj. 1 世界性的, 國際性的, 由各國人士所組成的. New York is a cosmopolitan city. 紐約是國際性的大都會. 2 〔人, 見解, 信念等〕具有國際性視野的; 不偏狹的, 見多識廣的. 3 《生物》廣佈世界的.
— n. (pl. ~s [~z; ~z]) C 四海為家的人, 世界主義者.

cos·mos¹ [`kazməs, -mas; `kɒzmɒs] n. U (加the)(有秩序的)宇宙; 有秩序的體系(↔ chaos). ⇨ adj. cosmic.

cos·mos² [`kazməs, -mas; `kɒzmɒs] n. (pl. ~, ~-es) C 《植物》大波斯菊.

Cos·sack [`kasæk, -ək; `kɒsæk] n. 1 C 哥薩克人[騎兵]. 2 (the Cossacks) 哥薩克族.

cos·set [`kɑsɪt; ˈkɒsɪt] *vt.* 寵愛.

*cost [kɔst; kɒst] *n.* (*pl.* ~s [~s; ~s]) 【等值】

1 [U C] 費用, 價格; 成本; 花費. (→price 回). at one's *cost* 自己負擔費用/The house was built at a *cost* of $200,000 dollars. 這幢房子造價為 20 萬美元/The *cost* of living goes up every year. 生活費逐年上漲/the *cost* of production 生產成本/He spared no *cost* when he built his new house. 他不惜把所有的錢全部投注在蓋新房子上/I will pay all your *costs*. 我會支付你全部的花費.

> [搭配] at+*adj.*+cost: at a high ~ (以昂貴的價格), at a low ~ (以低廉的價格), at a reasonable ~ (以合理的價格) // v.+cost: bear a ~ (負擔費用), estimate a ~ (預估費用).

2 [*a* U] 犧牲, 損失. the *cost* in human life (戰爭等)人員的犧牲.

3 (*costs*)訴訟費用.

* ***at àll cósts*** 不惜任何代價, 無論如何. I want to get there on time *at all costs*. 無論如何我要準時趕到那裡.

at àny cóst=at all costs.

at cóst 按成本. I bought the camera *at cost* from a friend in the trade. 我是跟一位做相機生意的朋友按成本價買這臺照相機的.

* ***at the cóst of…*** (1)以…爲代價. Are you willing to do it *at the cost of* your life? 你願意不惜生命來做這件事嗎? (2)付出…的代價. I'd like to buy that painting even *at the cost of* losing all my fortune. 就算花光全部的財產, 我也要買下那幅畫.

còunt the cóst 估計費用; 事前評估風險[損失等].

to one's cóst 吃了苦頭, 受到損害. I know *to my cost* that he is unreliable. 我吃了苦頭才知道他不可靠.

— *vt.* (~s [~s; ~s]; ~, 4爲~**ed** [~ɪd; ~ɪd]; ~**ing**) 【要求等值】**1** 花費〔金額, 費用〕;〔物品〕價錢爲…; 句型4 (cost A B)使A(人)付B(金額) (語法 不用 cost B+介系詞+A. 以下 2, 3 項中的 句型4 亦同). How much did the dictionary *cost*? 這本字典花了多少錢?/That car will *cost* you at least 8,000 dollars. 那部汽車至少要花掉你 8 千美元.

2 需付出〔時間, 勞力, 關心等〕; 句型4 (cost A B)使A(人)付出B. Passing the exam *cost* him a great deal of trouble. 爲了通過考試, 他付出相當大的努力.

3 使作出犧牲; 使付出代價; 句型4 (cost A B) 給A(人)帶來B(損失等), 使A(人)作出B(犧牲等). Your mistake has *cost* me dear. 你的錯誤讓我付出很大的代價/Drinking *cost* him his job. 酗酒使他丟了工作.

4 [計算等值]計算…的成本, 估計費用.

co-star [`ko͵stɑr; ͵kəʊˈstɑː(r)] *v.* (~s; ~red; ~ring) *vt.* 使合演. — *vi.* 合演《*with*》.

— [`ko͵stɑr; ˈkəʊstɑː(r)] *n.* C 共同演出者.

Cos·ta Ri·ca [`kɑstə`rikə, ͵kɔs-; ͵kɒs-; ͵kɒstəˈriːkə] *n.* 哥斯大黎加(中美洲國家; 首都San José).

cost·li·ness [`kɔstlɪnɪs; ˈkɒstlɪnɪs] *n.* U 高價, 費用高昂.

***cost·ly** [`kɔstlɪ; ˈkɒstlɪ] *adj.* **1** 價格高的, 昂貴的, (→ expensive 回). *costly* furniture 昂貴的家具/It would be too *costly* to buy a house in Tokyo. 在東京買房子太貴了.

2 作出很大犧牲的, 付出很大代價的. With the loss of 1,000 men, it was a *costly* victory. 犧牲了一千人, 這是付出相當代價所贏得的勝利.

cóst príce *n.* C 成本, 成本價格, 購入成本.

***cos·tume** [`kɑstjum, -tɪum, -tum; ˈkɒstjuːm] *n.* (*pl.* ~s [~z; ~z]) **1** U (某時代, 民族, 階級, 職業等特有的)服裝, 裝束, (包括衣服, 飾物, 髮型等). Japanese *costume* 日本和服/academic *costume* 大學服, 學[碩, 博]士服(在畢業典禮時穿著)/national *costume* 民族服裝/All the actors were dressed in Elizabethan *costume*. 所有的演員都穿著伊莉莎白時代的服裝.

2 C (爲特殊目的而穿的)服裝, 打扮. a *costume* ball 化裝舞會/a bathing *costume* 泳衣/a riding *costume* 騎馬裝/a *costume* piece [play] (穿當時服裝演出的)古裝劇.

cos·tum·er [kɑsˈtjumɚ, -ˈtɪumɚ, -ˈtumɚ; ˈkɒstjuːmə(r)] *n.* C (爲劇團, 化裝舞會等服務的)服裝(出租)商.

cos·tum·i·er [kɑsˈtjumɪɚ, -ˈtɪum-, -ˈtum-; kɒˈstjuːmɪə(r)] *n.* =costumer.

co·sy [`kozɪ; ˈkəʊzɪ] *adj.*, *n.* (*pl.* **-sies**) = cozy.

cot [kɑt; kɒt] *n.* C **1** (美)折疊式帆布床(《英》camp bed). **2** 《英》四周有圍欄的幼兒床(《美》crib).

co·tan·gent [ko`tændʒənt; ͵kəʊˈtændʒənt] *n.* C《數學》餘切.

cote [kot; kəʊt] *n.* C (小鳥, 家畜的)棚, 欄, 籠. a dove-*cote* 鴿舍.

Côte d'Ivoire [͵kot dɪv`wɑr; ˈkɔːt dɪvˈwɑːr] *n.* 象牙海岸(西非的共和國; 首都Yamoussoukro; → Ivory Coast (舊名)).

co·te·rie [`kotərɪ; ˈkəʊtərɪ] *n.* C (因共同嗜好等而組成的)小團體; (文學等的)志同道合者.

***cot·tage** [`kɑtɪdʒ; ˈkɒtɪdʒ] *n.* (*pl.* **-tag·es** [~ɪz; ~ɪz]) **1** 村舍, 小房屋, 《特指郊外或農村的)平房; → house 回.

2 (避暑地等的)(小)別墅. I have a *cottage* in the country to which I escape at weekends. 我在鄉下有一間小屋, 週末就躲到那兒.

cóttage chéese *n.* U 家庭乳酪(用香料調味的凝乳屋壓榨製成的鬆軟白乾酪).

cóttage índustry *n.* [U C] 家庭工業.

***cot·ton** [`kɑtn; ˈkɒtn] *n.* U **1** 棉, 棉花. *cotton* in the seed (棉籽周圍的)棉絮/raw *cotton* 棉花/a *cotton* field 棉花田.

2 棉花樹(亦稱cótton plànt).

3 棉布; 棉紗, 棉線. sewing *cotton* 縫紉用棉線.

4 《形容詞性》棉的, 棉做的. *cotton* industry 棉紡工業/a *cotton* shirt 棉衫.

— vi. 《主美, 口》**1** 喜歡, 成爲朋友, ((up) to)). Her son *cottoned* to me right away. 她的兒子馬上就喜歡上我了. **2** 贊成((up) to)).
còtton ón (英, 口)領會意思((to)). It was some time before I *cottoned on* to what she meant. 過了一會兒我才理解她的意思.

Cótton Bèlt n. (加the) (美國南部的)棉花帶.

còtton cándy n. ⓒ《美》棉花糖.

còtton gín n. ⓒ (把棉花的種子和棉絮分離的)軋棉機.

cot·ton·seed [ˋkɑtn̩ˏsid; ˈkɒtnsiːd] n. ⓊⒸ 棉籽(可榨製棉籽油).

cot·ton·wood [ˋkɑtn̩ˏwud; ˈkɒtnwʊd] n. ⓒ (產於北美)白楊的總稱(種子上長有絨毛); Ⓤ 其木材.

còtton wóol n. Ⓤ **1** 棉花, 原棉. **2** (英) 脫脂棉(((美)absorbent cotton).

*couch [kautʃ; kautʃ] n. (pl. ~es [~ɪz; ~ɪz]) ⓒ
1 長沙發, 沙發. **2** 診療用的長椅, 診療檯.
— vt. **1** 《文章》表達, 表示, 《in》(通常用被動語態)(express). a letter *couched in* elegant English 用典雅的英語寫的信. **2** 持(槍等)(向著對方).
3 (用 be couched 或 couch oneself)橫臥; 踞曲(身體).
— vi. 〔動物〕(爲了休息、睡眠、潛伏)趴下, 蹲伏; 弓著身子(作勢欲撲狀).

[couch 1]

cou·gar [ˋkugɚ; ˈkuːɡə(r)] n. ⓒ《動物》美洲豹(生長在南北美的山區; 亦稱 puma, mountain lion, panther).

[cougar]

*cough [kɔf; kɒf] (★注意發音) v. (~s [~s; ~s]; ~ed [~t; ~t]; ~ing) vi. 咳, 咳嗽. Ned was *coughing* a lot so I took him to the doctor's. 奈德咳得很厲害, 所以我帶他去看醫生.
— vt. 咳出. *cough* blood 咳血.
còugh/.../úp (1)咳出, (2)(俚)勉強掏出(錢); 勉強說出, 吐露, 〔情報等〕.
— n. (pl. ~s [~s; ~s]) ⓒ 咳; 咳嗽; 會引起咳嗽的疾病. have a bad *cough* 咳嗽得很厲害/give a warning *cough* 發出咳嗽聲以示警.

cóugh dròp [((英)swèet] n. ⓒ 止咳藥錠.

**could [強 ˋkud, ˏkud, 弱 kəd; 強 kʊd, 弱 kəd] aux. v. can 的過去式. 語法(1)could 發音的辨別方式與 can [強 ˋkæn, kæn, kn̩, kŋ; 弱 kæn, 弱 kən, kn, kŋ]一樣. (2)否定形式 could not 亦作 couldn't.

1 《直述語氣》能(做)…. I *could* swim faster in those days. 那時候我可以游得比較快/I *couldn't* catch the bird. 我捉不到那隻鳥/He answered

---

that he *could* swim well. 他回答說他很能游泳.

【●肯定句中的 could】
could 在直述語氣之肯定句中, 意思是「能(做)…」, 原則上適用於以下之情形.
(1)回答以 could 開頭之疑問句: Could you solve the problem? —Yes, I *could*. (你能解決這個問題嗎? —是的, 我可以).
(2)使時態一致及用於間接敘述中的引述部分(→ 3 (a), 4(a)): I thought I *could* win. (我認爲當時我可以獲勝).
(3)與感官動詞(see, hear, smell, feel 等)及 understand, accept, answer 等連用(→ can ●): I *could* see Sun Moon Lake through the window. (從窗戶望去我可以看到日月潭)/I *could* understand his sorrow. (我能夠瞭解他的悲哀).
(4)表示習慣性的行爲, 而非單一的動作: I *could* go swimming every morning. (我可以每天早上去游泳).
(5)表示意外的能力: I *could* lift the stone. ((沒想到)我能舉起這塊石頭).
(1)-(5)以外的情形依狀況使用 was [were] able to, managed to 或動詞的過去式: I *was able* [*managed*] to catch the bird. (我原可以[差一點便]抓到那隻鳥).

2 《假設語氣》語法與現在事實相反的假設用「could+動詞原形」, 與過去事實相反的假設則用「could have+過去分詞」.
(a)《在條件子句或 I wish 的後面》如果我能(做)…(were able to). I would do so if I *could*. 如果我能, 我會這樣做的(但實際上不能)/If I *could* have passed the exam, I would have studied history at Yale. 如果當時我通過考試的話, 那我早在耶魯大學修歷史了/I wish I *could* sing well. 真希望我很會唱歌/I wish I *could* have seen it. 我希望我能看到它((could have seen=had been able to see))/He *could* run faster. (盡力的話)他可以跑得更快.
(b)《在表示結果的子句中》也許能…; 也許會…. If you tried, you *could* do it. 如果你試著去做, 也許便能做到(事實上並不想做)((could=would be able to))/If you had tried, you *could* have done it. 如果你試著做, 你早就做好了(事實上並沒去做)((could have done=would have been able to do))/I *couldn't* have done otherwise. (就算要做)我也只能這麼做吧! 語法可考慮補上 even if I had tried 那樣的條件子句(只是這種句子前後關係非常明確的情形, 通常可以省略 if 子句(→ 2(a)最後的例句)).
(c)《表示謹慎、委婉、客氣》I *could* be here at ten tomorrow morning. (如果我要來的話)明天上午十點我會到這裡/This parcel *could* be sent by air mail. (如果你想空運的話)這個包裹可以空運

You *could* have been run over by a bus and killed. 你或許已經被巴士撞死了也說不定/*Could* you carry this for me? 你能替我拿這個嗎?(★比 *Can* you carry...? 更客氣).

(d)(『想做的話便能做到』>)只想…. I've gotten so bored I *could* scream. 我無聊得真想大叫/I got so bored I *could* have screamed. 當時我無聊得真想大叫(上句的過去式).

(e)應當…(might). You *could* at least write me from time to time. 你至少也該偶而寫封信給我/He *could* have invited her to the party. 他應該邀請她參加派對才是.

3 可以…. (a)(直述語氣; 主要用於間接引述部分)The teacher said that I *could* go. 老師說我可以走了.

(b)(假設語氣; 主要表示客氣) *Could* I park my car here? 我可以把車停在這裡嗎?

4 有可能…. (a)(直述語氣; 主要用於間接引述部分)He said that it *couldn*'t be true. 他說這不可能是真的(★若用直接引述則為 "It can't be true." 但是也有可能是 "It couldn't be true." (→(b))表示上述間接引述的例句直接引用了假設語氣的說法.)

(b)(假設語氣; 表示委婉). He *could* be telling a lie. 他可能是在說謊/It *couldn*'t be true. 這不會是真的吧!

còuld bé (口)大概, 或許, (maybe). "I am right, am I not?" "*Could* be." 「我是對的, 難道不是嗎?」「或許吧!」

‡**could·n't** [ˋkʊdnt; ˋkʊdnt] could not 的縮寫. I *couldn't* sleep well last night. 我昨天晚上沒辦法睡好.

couldst [強 ˋkʊdst, ˌkʊdst, 弱 kədst; kʊdst] *aux. v.* 《古》=could(與第二人稱、單數的人稱代名詞 thou 連用).

‡**coun·cil** [ˋkaʊnsl; ˋkaʊnsl] *n.* (*pl.* ~s [~z; ~z]) C (★用單數亦可作複數)

1 會議, 協商會議, 審查會. a faculty *council* (大學的)教授會議/a student *council* 學生會/a *council* of ministers 內閣會議/a *council* of war 軍事會議.

2 (自治區的)議會. a county *council* 《英》郡[縣]議會. 注意 勿與 counsel 混用.

in còuncil 開會中. be [sit] *in council* 會議中[出席會議].

cóuncil chàmber *n.* C 會議室.

cóuncil hòuse [flàt] *n.* C 《英》郡[公]營住宅.

coun·cil·lor [ˋkaʊnslɚ; ˋkaʊnsələ(r)] *n.* 《英》 =councilor.

coun·cil·man [ˋkaʊnslmən; ˋkaʊnslmən] *n.* (*pl.* **-men** [-mən; -mən])《美》=councilor.

***coun·cil·or** [ˋkaʊnslɚ; ˋkaʊnsələ(r)] *n.* (*pl.* ~s [~z; ~z]) C **1** 郡[市, 鎮]議會議員. **2** 大使館參事; (日本的)

議院議員. the House of *Councilors* 參議院.

3 評議員; 顧問.

‡**coun·sel** [ˋkaʊns!; ˋkaʊnsl] *n.* **1** U 建議, 忠告. ask *counsel* of a lawyer 徵詢律師的建議/He gave me good *counsel*. 他給了我忠告. 同 與 advice 作比較, counsel 指的是經過仔細考慮的勸告, 亦可表示對較重要的問題所提出的權威性建議.

2 U 商議, 協議, hold *counsel* (→片語).

3 《法律》《不加冠詞》(a)(作單數)(一名)律師. (b)(作複數)律師團. *counsel* for the defense 被告的律師團. 參考 指職業為「律師」時用 barrister, 但在實際案件中進行辯護活動者則稱 counsel.

hòld [tàke] cóunsel 商議, 協議. *take counsel with* one's friend 與朋友商量/They *took counsel* together. 他們共同協商.

kèep one's *òwn cóunsel* 不把自己的計畫[意見]告訴別人. I *kept* my *own counsel* until I was dead sure. 在沒有絕對把握之前, 我不會去想法告訴別人.

── *vt.* (~s; 《美》~ed, 《英》~led; 《美》~ing, 《英》~ling)(文章)忠告, 勸告. 句型5 (counsel **A** *to* do)建議[忠告] A 做…(從專業的立場上). *counsel* caution 勸人謹慎/*counsel* delinquent boys 輔導少年犯/I *counseled* her *to* wait a little longer. 我勸她再等一等. 注意 勿與發音相同的 council 混用.

coun·sel·ing 《美》, **coun·sel·ling** 《英》 [ˋkaʊnslɪŋ; ˋkaʊnslɪŋ] *n.* U 諮詢, 建言; 指導.

***coun·se·lor** 《美》, **coun·sel·lor** 《英》 [ˋkaʊnslɚ; ˋkaʊnslə(r)] *n.* (*pl.* ~s [~z; ~z]) C **1** 忠告者; 顧問; (學生的)輔導員, 指導者.

2 《主美》(法庭)律師(→ lawyer 同).

‡**count**[1] [kaʊnt; kaʊnt] *v.* (~s [~s; ~s]; ~ed [~ɪd; ~ɪd]; ~ing) *vt.* **1** 數, 數出總數(*up*); 按順序數. When you are angry, *count* ten before you speak. 當你生氣的時候, 先數到十再開口說話/He *counted* the change in his pocket. 他把口袋裡的零錢數了數.

2 算入, 算作; 視為一個[一人] (*among*). There are six of us, *counting* myself. 連我在內, 我們一共六個人/I *count* him *among* my best friends. 我把他視為我最好的朋友之一.

3 句型5 (count **A** B)、句型3 (count **A** *as* [*for*] B)將 A 視為 B. I *count* myself happy to have such a devoted wife. 我很高興自己能擁有一個這麼忠實的妻子/Ned has been *counted as* a fool. 奈德一直被認為是個笨蛋/We *counted* our father *for* lost. 我們以為父親死了.

── *vi.* **1** 數數目. *count* from one to ten 從一數到十/*count* up to twenty 數到二十/*count* on one's fingers 扳著手指計算.

2 算在內(*among* 在…中), 被視為…之一(*among*; *as*). This picture *counts among* his masterpieces [*as* his masterpiece]. 這幅畫可算是他的傑作之一[被視為他的傑作].

3 具(某種)影響力; 有重要意義. After all, it is talent that *counts* in music. 畢竟在音樂上最重要

的是天賦.

count against ¹... 對〔某人〕不利. His nationality *counted against* him. 他的國籍對他不利.

count A against ² *B* 把 A 想成是對 B(人)不利之因. Please don't *count* his stubbornness *against* him. 請別因爲他的固執就降低對他的評價.

count dówn (發射火箭時等的)倒數計秒(→ countdown).

* ***count for*** ... 有…的價值. *count for* nothing 毫無價值/I want to *count for* something as a poet. 我想成爲稍有名氣的詩人.

count /…/ ín 把…納入計算〔計畫等〕, 包含, ◆ count /…/ out. If you're giving her a wedding present, *count* me *in*. 如果你要送她結婚禮物, 也算我一份.

count óff ¹ (美、軍事)〔士兵等〕(列隊)報數〔報數分組〕. *count off* by twos 每兩人報數爲一組.

count /…/ óff ² (1)邊數邊分出若干等分. (2)(美)(爲加以確認而)數.

* ***count on*** [*upon*]... 指望…, 期待…; 依靠…. I'm *counting on* you to finish it by Friday. 我指望你在星期五之前將它完成/Don't *count on* me *for* financial help. 別指望我會給你財務的支援.

count /…/ óut (1)把〔錢等〕邊數邊取出. *count out* one's change 點數零錢. (2)(拳擊)(數到十後)宣布被擊倒者失敗. (3)(口)把…除外(◆ count /…/ in). I've no desire to go, so *count* me *out*. 我不想去, 所以把我算進去.

— *n*. (*pl.* ~s [~s; ~s]) **1** UC 計數, 計算. On [At] the *count* of five, push the button. 數到五時按下這個鈕.

2 C 總數, 合計. the death *count* 死者總數.

3 C (法律)(被控訴的)罪狀. The maid was indicted on six *counts*. 這女僕以六條罪狀被起訴.

4 C (棒球)(打擊手)一次上場打擊的球數(★好壞球數算法和我國正好相反; three and two(兩好三壞)); (拳擊)(加的)數十秒.

be òut for the cóunt (1)(拳擊)十秒鐘內爬不起來而被判擊倒. (2)(口)睡熟了; 失去意識.

kèep cóunt 記得確切的數目(*of*). *keep count of* one's expenses 記得費用的確切數目.

lòse cóunt 忘記確切的數目(*of*). In the jungle, each day passed like the one before, and I *lost count of* time. 在叢林中日復一日無甚改變, 我都不知道過了多少天了.

tàke the cóunt = be out for the count (1).

count ² [kaunt; kaunt] n. C (常 Count) (英國以外歐洲各國的)伯爵(相當於英國的earl; 伯爵夫人爲 countess).

count·a·ble [ˈkauntəbl; ˈkauntəbl] *adj.* 可數的; 可計算的. a *countable* noun 可數名詞.

— *n.* C **1** 可數之物.

2 (文法)可數名詞(本辭典中以 C 及 UC 中的C來表示; ◆ uncountable).

count·down [ˈkaunt͵daun; ˈkaundaun] *n.* C (火箭發射時等的)倒數計秒(10, 9, 8... 倒數).

* **coun·te·nance** [ˈkauntənəns; ˈkauntənəns] *n.* (*pl.* **-nanc·es** [~ɪz; ~ɪz]) (文章)【面貌】 **1** C

臉; 面貌; 臉部表情. change one's *countenance* 變臉/read a person's *countenance* 察顏觀色.

2 【好臉色】 U 支持, 後援; 贊同. give [lend] *countenance* to 支援…; 贊同….

— *vt.* 支持, 贊成; 默認, 允許, (allow). We will never *countenance* terrorism. 我們決不容許恐怖主義.

* **count·er** ¹ [ˈkauntɚ; ˈkauntə(r)] *n.* (*pl.* ~s [~z; ~z]) C 【計算之物】 **1** 計算機; 計算者.

【計算的場所】 **2** (銀行, 商店等的)櫃檯, 收銀檯, 長櫃檯; (餐廳, 小吃部等的)結帳處. a lunch *counter* 供應簡易餐點的長櫃檯/sit [stand] behind the *counter* (在賣場)當店員(由顧客的角度來看, 店員是站在櫃檯的後面).

òver the cóunter (買藥)不需處方箋; (證券買賣)在證券公司內交易. You can now buy this drug *over the counter*. 現在你不用處方箋就可以買到這種藥.

under the cóunter (稀有貨品的買賣等)黑市交易地, 祕密地, 用不正當手段地. Formerly pornography was sold *under the counter*. 從前色情的東西是祕密出售的.

count·er ² [ˈkauntɚ; ˈkauntə(r)] *adj.* 相反的, 完全相反的, (*to*).

— *adv.* 相反地, 反對地, (*to*).

rùn* [*gò*] *cóunter to... 違背…, 與…相反. His actions *run counter to* his words. 他言行不一.

— *vt.* **1** 與…相反, 反對; 反擊; 反型3 (counter *that* 子句)反駁說…, 回嘴…, *counter* a criticism with worse abuse 以更狠的辱罵反擊批評/I *countered that* it was he that's to blame. 我反駁說該受責備的是他.

2 (拳擊)還擊, 反擊, 〔對方的打擊〕.

— *vi.* **1** 反擊, 回敬, (*with*).

2 (拳擊)還擊, 反擊.

— *n.* C **1** 相反(的東西), 反對(的東西), (opposite). **2** (鞋的)後跟. **3** (拳擊)還擊(閃躲對手的攻擊並加以反擊).

counter- *pref.* 「反對, 相反, 對應等」之意.

coun·ter·act [͵kauntɚˈækt; ͵kauntərˈækt] *vt.* (起反作用)抵消…的效果, 緩和; 抑止.

coun·ter·ac·tion [͵kauntɚˈækʃən; ͵kauntərˈækʃn] *n.* UC (透過反作用之)效果的抵消, 緩和.

coun·ter·at·tack [ˈkauntərə͵tæk; ˈkauntərə͵tæk] *n.* C 反攻, 反擊.

— *vt.* 反擊, 反攻.

— *vi.* 反擊, 反攻.

coun·ter·bal·ance [ˈkauntɚ͵bæləns; ˈkauntə͵bæləns] *n.* C **1** 平衡錘. **2** (和某種重量, 力量)平衡的重量〔力量〕. **3** 制衡力.

— [͵kauntɚˈbæləns; ͵kauntəˈbæləns] *vt.* **1** (以同樣的重量, 力量)與…取得平衡, 平衡.

2 把〔效果〕抵消.

coun·ter·blast [ˈkaʊntəˌblæst; ˈkaʊntəblɑːst] n. C 強烈反對[反駁]《主新聞用語》.

coun·ter·claim [ˈkaʊntəˌklem; ˈkaʊntəkleɪm] n. C《法律》反訴《被告控告原告》.

coun·ter·clock·wise [ˌkaʊntəˈklɑkˌwaɪz; ˌkaʊntəˈklɒkwaɪz]《美》 adj. 逆時針方向的(→ clock 圖).
— adv. 逆時針方向地.
⊃《英》 anticlockwise.

coun·ter·cul·ture [ˈkaʊntəˌkʌltʃə; ˈkaʊntəˌkʌltʃə(r)] n. U 反(體制)文化《特指 1960, 1970 年代年輕人的生活方式》.

coun·ter·es·pi·on·age [ˌkaʊntəˈɛspɪənɪdʒ, -əˈspaɪənɪdʒ; ˌkaʊntərˈespjənɑːʒ] n. U 反間諜活動.

coun·ter·feit [ˈkaʊntəfɪt; ˈkaʊntəfɪt] adj. 1 假的, 偽造的. 2 假裝的, 假冒的.
— n. C 假冒品, 偽造物, 仿造品.
— vt. 1 偽造, 仿造. 2 裝成…的樣子, 假裝.

coun·ter·feit·er [ˈkaʊntəfɪtə; ˈkaʊntəfɪtə(r)] n. C (特指貨幣的)偽造者, 仿冒者.

coun·ter·foil [ˈkaʊntəˌfɔɪl; ˈkaʊntəfɔɪl] n. C 存根, 票根,《支票, 匯票, 收據等的》.

coun·ter·in·tel·li·gence [ˌkaʊntərɪnˈtɛlədʒəns; ˈkaʊntərɪnˌtelɪdʒəns] n. U 反間諜活動.

coun·ter·mand [ˌkaʊntəˈmænd; ˌkaʊntəˈmɑːnd] vt. 取消《命令, 指示, 訂單》.

coun·ter·meas·ure [ˈkaʊntəˌmɛʒə; ˈkaʊntəˌmeʒə(r)] n. C 因應措施, 對策.

coun·ter·of·fen·sive [ˌkaʊntərəˈfɛnsɪv; ˈkaʊntərəˌfensɪv] n. C (對敵方之攻擊的)反擊, 反攻.

coun·ter·pane [ˈkaʊntəˌpen; ˈkaʊntəpeɪn] n. C 床罩(bedspread).

coun·ter·part [ˈkaʊntəˌpart; ˈkaʊntəpɑːt] n. C 1 極相似之物[人]; 副本, 複製品. 2 (加 the 或與所有格連用)對應之物[人]. The Japanese worker does not appear to work harder than his British counterpart. 日本工人不見得比英國工人更勤奮.

coun·ter·point [ˈkaʊntəˌpɔɪnt; ˈkaʊntəpɔɪnt] n. U《音樂》對位法《將兩個(以上)獨立的旋律以和諧的方式融和成主旋律的作曲技巧》.

coun·ter·poise [ˈkaʊntəˌpɔɪz; ˈkaʊntəpɔɪz] vt. 與…平衡, 使平衡.
— n. 1 C 平衡錘. 2 C 制衡力. 3 U 平衡(狀態).

coun·ter·rev·o·lu·tion [ˌkaʊntəˌrɛvəˈluʃən, -ˈlɪuʃən, -ˌrɛvˈ]uʃən; ˈkaʊntərevəˌluːʃn] n. UC (欲將革命成果倒退回原狀的)反革命.

coun·ter·sign [ˈkaʊntəˌsaɪn; ˈkaʊntəsaɪn] n. C 1 (軍事)(盤問對方的)通行暗號. 2 副署, 連署.

— vt. 在〔支票, 文件等〕上副署[連署].

coun·ter·ten·or [ˈkaʊntəˈtɛnə; ˌkaʊntəˈtenə(r)] n. (音樂) UC 上男高音(男聲的最高音域; ↔ bass[參照]); C 上男高音歌手.

count·ess [ˈkaʊntɪs; ˈkaʊntɪs] n. C 1 伯爵夫人《earl, count 的夫人; → duke [參照]》. 2 女伯爵.

*****count·less** [ˈkaʊntlɪs; ˈkaʊntlɪs] adj. 無數的. the countless small islands along the coast 沿岸無數的小島.

coun·tries [ˈkʌntrɪz; ˈkʌntrɪz] n. country 的複數.

coun·tri·fied [ˈkʌntrɪˌfaɪd; ˈkʌntrɪfaɪd] adj. 1 田園風格的. 2 土裡土氣的, 粗俗的.

‡**coun·try** [ˈkʌntrɪ; ˈkʌntrɪ] n. (pl. **-tries**) 1 C 國, 國家; 國土. a civilized country 文明國家/a developing country 開發中國家/So many countries, so many customs.《諺》百里不同風, 千里不同俗《<有多少國家就有多少風俗習慣》. 回 country 為表示「國」之意中最常用的字; 指某國支配權所及的範圍, 特別強調「領土」的意義; → nation, state.
2 C 祖國, 故國; 家鄉; (native country). love one's country 熱愛祖國/the old country 故國/My country is Scotland. 我的家鄉是蘇格蘭.
3 C (★用單數亦可作複數)(加 the) (全體)國民. The whole country rejoiced at the news. 全體國民聽到這個消息都欣喜萬分.
4 U (由地勢, 風景等特徵可看出的)地區, 土地, 地域. the north country 北部地區/open country 空曠的地區/wooded country 森林地帶/Wordsworth country 與(詩人)渥茲渥斯素有淵源的地方.
5 U (加 the)鄉下, 郊外, 鄉間, (↔town). live in the country 住在鄉下/Blake loved to walk in the country round London. 布雷克喜歡到倫敦四周的郊外散步.
6《形容詞性》鄉下的. country life 鄉村生活/a country town 鄉村小鎮.
across country (不經由道路)橫過田野, 越野, (★ across the country 為「全國各地」).
go [*appeal*] *to the country*《主英》(解散國會)詢問群眾的意見, 舉行普選.

country and western n. U 西部鄉村音樂(發源於美國南部, 西部的通俗音樂).

country club n. C 鄉村俱樂部《有社交活動和高爾夫球運動等設施的郊外俱樂部》.

coun·try·folk [ˈkʌntrɪˌfok; ˈkʌntrɪfəʊk] n.《作複數》鄉村居民, 鄉下人.

country gentleman n. C 鄉紳(在鄉村擁有 country house 和大片土地者).

country house n. C (鄉紳的)鄉村大住宅《鎮上的宅邸是 town house》.

coun·try·man [ˈkʌntrɪmən; ˈkʌntrɪmən] n. (pl. **-men** [-mən; -mən]) C 1 同國[同鄉]人. 2 鄉下人; 農民.

country music n. =country and western.

country seat n. C (鄉村地區大地主的)大

宅邸.

*coun·try·side [ˋkʌntrɪ͵saɪd; ˋkʌntrɪsaɪd] n.
Ⓤ 1 鄉村，鄉下. spend the weekend in the
countryside 在鄉下度週末.
2 《集合》(某)鄉村地區的人們.

coun·try·wom·an [ˋkʌntrɪ͵wʊmən, ͵wʊ-;
ˋkʌntrɪ͵wʊmən] n. (*pl.* -wom·en [-͵wɪmɪn, -ən;
-͵wɪmɪn]) Ⓒ 1 同國[同鄉]的女性. 2 村婦.

*coun·ty [ˋkaʊntɪ; ˋkaʊntɪ] n. (*pl.* -ties [~z;
~z]) Ⓒ 1 《美》郡《除 Louisiana 以外，州(state)之
下最大的行政區; → parish》. 2 《英、愛爾蘭》郡
《最大的地方行政區; 後接郡名時作 the *County* of
Oxford, 不接時則作 Oxford*shire*》.

cóunty cóuncil n. Ⓒ《英》郡議會.

cóunty cóurt n. Ⓒ《英、美》郡法院.

cóunty séat n. Ⓒ《美》郡政府所在地.

cóunty tówn n. Ⓒ《英》郡政府所在地.

coup [ku; ku:] (★注意發音)(法語) n. (*pl.* ~s
[~z; ~z]) Ⓒ 1 巧妙的一擊; 成功的創舉，非常成
功.
2 ＝coup d'état.

coup de grâce [kudəˋgrɑs; ͵ku:dəˋgrɑ:s](法
語) n. (*pl.* coups — [͵ku-; ͵ku:-]) Ⓒ《因憐憫而給
予受苦的人或動物》最後的一擊[一槍].

coup d'état [͵kudeˋtɑ; ͵ku:deɪˋtɑ:] (★注意發
音) (法語) n. (*pl.* coups [ˋku-, ˋkuz-; ͵ku:-] —)
Ⓒ政變，武裝叛變.

coupe [kup; ku:p] n. 《美》＝coupé.

cou·pé [kuˋpe; ˋku:peɪ] (法語) n. Ⓒ 1 雙門小
轎車(可供 2-6 人乘坐).
2 雙座馬車(昔日四輪有篷的雙人乘用馬車; 馬車伕
的座位在篷外).

*cou·ple [ˋkʌp!; ˋkʌpl] n. (*pl.* ~s [~z; ~z]) Ⓒ
1 《同種類的東西》兩個. a *couple* of... 《→片語》.
圖couple 與 pair 的不同處在於 couple
所指的兩個並不一定是同樣東西的一對: a *couple*
of shoes which do not make a pair (左右不成雙
的二隻鞋).
2 一對[男女]; 夫婦; 已訂婚的男女; (跳舞時的)
一對; (遊戲等)成為一組的夥伴; (匤遳指人的時
候有時可作複數). an old *couple* and *their* son 一
對老夫婦和他們的兒子/Everyone formed *couples*
and began dancing. 大家成雙成對開始跳舞.
**a cóuple of...* (1)兩個的，兩人的. for *a couple*
of years 兩年《此說法沒有 two years 那麼明確》.
(2)《口》兩三個(人)的，數個的，數人的，(a few,
several)，(★《美》時會省略 of). stay *a couple*
of days 逗留兩三天/eat *a couple* more candies
又多吃了兩顆糖果/Wait *a couple* minutes, please.
《美》請等幾分鐘.
―― *vt.* 1 把(二物)結合[繫在一起]; 連結《*onto, on*
to, with》. The guard's van was *coupled onto*
the last car. 公務車廂與最後一節車廂連在一起.
2 使在一起; 聯想; 《*with*》. We *couple* the name
of Edison *with* the phonograph. 說到愛迪生就會
聯想到留聲機.
―― *vi.* 1 結合. 2 〔動物〕交尾，交配.

cou·plet [ˋkʌplɪt; ˋkʌplɪt] n. Ⓒ《韻律學》對句

─────────────────── course 339

《兩行尾韻相諧的詩句》.

cou·pling [ˋkʌplɪŋ; ˋkʌplɪŋ] n. 1 Ⓤ連結，結
合. 2 Ⓒ連結[接合]物《(火車車廂的)連結器，車
鉤等》.

cou·pon [ˋkupɑn, ˋkju-, ˋkɪu-; ˋku:pɒn] n. Ⓒ
1 (公債，債券等的)息票.
2 回數票《每回撕下一張來使用》，一張回數票.
3 (廣告，商品說明附的)購物優待券，贈品券等.

*cour·age [ˋkɝɪdʒ; ˋkʌrɪdʒ] n. Ⓤ勇敢，勇氣.
a man of great *courage* 非常勇敢
的人/lose *courage* 失去勇氣，喪氣/pluck [mus-
ter, summon] up the *courage* to protest 鼓起勇氣
抗議/I took *courage* from his words. 我從他的話
中獲得了勇氣/I didn't have the *courage* to tell
the truth. 我沒有勇氣說出真相.
hàve the cóurage of one's convíctions 有勇氣
去做[說]自認為正確的事.
tàke one's cóurage in bòth hánds 鼓起勇氣
奮起.

cou·ra·geous [kəˋredʒəs; kəˋreɪdʒəs] adj. 勇
敢的，有勇氣的. 回比起 brave, courageous 對付
危險或困難的決心更強.

cou·ra·geous·ly [kəˋredʒəslɪ; kəˋreɪdʒəslɪ]
adv. 勇敢地.

cou·ri·er [ˋkurɪə, ˋkɝɪə; ˋkʊrɪə(r)] n. Ⓒ 1 緊
急使者，特使. 2 團體旅行的導遊，嚮導.

*course [kors, kɔrs; kɔ:s] n. (*pl.* cours·es
[~ɪz; ~ɪz]) 〖進行〗 1 Ⓤ進行; 經過，
過程. the *course* of life 人生旅程/the *course* of
history 歷史的演變/I can't follow the *course* of
your argument. 我無法瞭解你論點中的脈絡/with
the *course* of time 隨著時光的流逝.
〖前進路線〗 2 Ⓒ前進的路線; 方向. a ship's
course 船的航路/change [keep on] (one's)
course 改變[保持]方向.
3 Ⓒ (比賽等的)跑道; 賽馬場. a golf *course* 高
爾夫球場/a racing *course* 跑道.
回course 指賽馬場或馬拉松、越野賽的路線，而運
動場上徑賽用的跑道或是比賽專用的游泳池水道則
稱作 lane.
4 〖方針〗Ⓒ (行動的)方針，做法. What is the
best *course* of action for us? 對我們而言甚麼是最
好的行動方針?/take one's own *course* 走自己的
路，按自己的意思行動.
〖一連串按照順序的事〗 5 Ⓒ 〖學習〗課程，學分;
學科，科目; 講座. finish an English *course* at
college 在大學修完英語[英美文學]課程/a *course*
of study 一門課程/a *course* book 教科書/I'm tak-
ing five *courses* this year. 今年我修了五門課.
6 Ⓒ (依序端出的菜的)一道，一盤. the main
course 主菜/a dinner of five *courses*＝a five-
course dinner 五道菜的晚餐. 參考西餐與中國菜
不同處在於西餐是將菜依嚴格的順序端出; 這個順
序通常是 hors d'oeuvre, soup, fish, (《英》
entrée), meat, dessert, coffee.

C

a **màtter of cóurse** 理所當然之事.

in **cóurse of...** 在…中. *Our new school build-ing is in course of* construction. 我們的新校舍正在興建中.

in **dùe cóurse** → due 的片語.

in the **cóurse of...** 在…內(during), 在…結束之前. *in the course of* this week 在本週內/I'll answer that question *in the course of* my lec-ture. 我將在我的演講中回答那個問題.

in (*the*) **còurse of tíme** 總有一天, 終於.

in the **nàtural** [**òrdinary**] **còurse of evénts** [**thíngs**] 按正常情況, 按通例.

* *of* **cóurse** [əv`kɔrs, əf-; əv'kɔ:s](★省略 of 時, course 當作 *adv.*使用)(1)當然, 自然. *Of course* we were delighted to see him. 我們當然很高興見到他/"May I sit here?" "*Of course*." 「我可以坐在這裡嗎?」「當然可以」/"You wouldn't object to our plan, would you?" "*Of course* not." 「你不會反對我們的計畫吧?」「當然不會.」

(2)確實, 誠然. *Of course* money can't buy every-thing, but it can solve a lot of problems. 金錢當然不是萬能的, 但卻能解決許多問題.

(3)對了(想起忘記了的事時). "Don't you remem-ber me? I met you last week at the conference." "*Of course*, you're Mr. Smith." 「你不記得我了嗎? 上個星期的會議上我們見過面」「啊! 對了, 你是史密斯先生.」

off **cóurse** 偏離方向.

on **cóurse** 按既定方向. *The plane flew on course.* 這架飛機按原定的方向飛行.

rùn [**tàke**] *its* [**their**] **cóurse** [事態, 疾病等]自然地發展, 按理所當然的趨勢發展. *It's best to let this kind of sickness run its course.* 這種病最好是聽其自然.

stày the **cóurse** 堅持到最後一刻.

— *vt.* 叫獵犬去追….

— *vi.* **1** [雅] [液體]迅速流動. **2** [動物]跑.

***court** [kort, kɔrt; kɔ:t] *n.* (*pl.* **~s** [~s; ~s])

【 四周圍起來來的場所】**1** C [被建築物圍起來來四角的]中庭(courtyard; → garden 回).

2 C [三面被建築物圍住的]死巷.

3 C (常不加冠詞)(網球, 籃球等的)球場. a ten-nis *court* 網球場/The ball is in your *court*. 現在輪到你作決定[出招]了(<球在你的球場裡).

【 進行審判的場所】**4** C 法院; 法庭; U (法院的)公開審理. a *court* of justice [law] = a law *court* 法院, 法庭/a civil [criminal] *court* 民事[刑事]法庭/The *court* is now in session. 現在在開庭中/the High *Court* of Justice (英)高等法院.

5 (加 the)(集合)法官, (包括旁聽者的)法庭.

【 君王所在地】**6** C (常 Court)宮廷, 王宮; U 王室, 皇室. a dinner party at the *court* 宮廷晚宴.

7 C (加 the)(集合)朝臣, 侍臣. the king and the *court* 國王和朝臣們.

8 U C (常 *Court*)(國王, 女王的)召見; 御前會議. *at cóurt* 宮延中. be presented *at court* 被國王召見.

gò to **cóurt** 打官司. We went to *court* when they refused to pay for the damage. 他們一拒賠償損失, 我們便提出告訴.

hòld **cóurt** 舉行召見儀式; 集眾人的尊敬於一身.

in **cóurt** 在法庭, 在法院. appear *in court* 出庭/Silence *in court*! 法庭上保持肅靜!

out of **cóurt** 法庭外, 私下. settle a case *out of court* 在庭外和解案件.

tàke a pèrson to **cóurt** (到法院)對某人提出控訴.

— *vt.* 【 爲了博得好感 】《文章》**1** 向…獻殷勤, 向[女性]求愛.

2 追求, 努力求得, [讚賞等]. *court* favors from the electorate 討好選區內的選民.

3 (事與願違而)招致[危險, 災害等].

— *vi.* 《文章》(男性向女性)求愛; [異性朋友]([從前]交往. ⇨ *n.* **courtship**.

cóurt càrd *n.* C (英)(紙牌的)人頭牌((美) face card)(K, Q, J 三種).

***cour·te·ous** [`kɜtɪəs; 'kɜ:tjəs](★注意發音)*adj.* **1** 謙恭有禮的, 殷勤的. It is very *courteous* of you to pay me a visit. 你真是周到有禮, 還親自來看我. 回 *courteous* 比 polite 更恭敬.

2 有同情心的; 親切的. ⇨ *n.* **courtesy**.

cour·te·ous·ly [`kɜtɪəslɪ; 'kɜ:tjəslɪ] *adv.* 謙恭有禮地; 親切地.

***cour·te·sy** [`kɜtəsɪ; 'kɜ:tɪsɪ] *n.* (*pl.* **-sies** [~, ~z]) **1** U 謙恭有禮, 殷勤; 親切; 好意. The President did me the *courtesy* of replying to my letter. 會長親切地回信給我.

2 C 殷勤[親切]的行爲. return a *courtesy* 回報他人的禮遇/He did me many *courtesies*. 他幫了我許多忙.

by **cóurtesy** 出於禮貌(的); (雖無法律上的權利, 但)獲得允許的[地]. *by courtesy of* the author 承蒙作者的美意(允許轉載等).

court·house [`kort,haus, `kɔrt-; 'kɔ:thaus] *n.* (*pl.* **-hous·es** [-,hauzɪz; -hauzɪz]) C **1** 法院.

2 (美)郡政府大樓.

cour·ti·er [`kortɪə, `kɔrt-, -tjə; 'kɔ:tjə(r)] C (特指昔日的)朝臣, 宮廷的人.

court·li·ness [`kortlɪnɪs, `kɔrt-; 'kɔ:tlɪnɪs] *n.* U 優雅; 謙恭有禮.

court·ly [`kortlɪ, `kɔrt-; 'kɔ:tlɪ] *adj.* 有宮廷氣派的; 優雅的; 謙恭有禮的.

court-mar·tial [`kort`marʃəl, `kɔrt-; ,kɔ:t'ma:ʃl] *n.* (*pl.* **courts-** [`korts-, `kɔrts-; ,kɔ:ts-], **~s**) C 軍事法庭.

— *vt.* (**~s**; (美) **~ed**, (英) **~led**; (美) **~ing**, (英) **~ling**)以軍法審判.

court·room [`kort,rum, `kɔrt-, -,rum; 'kɔ:tru:m, -rum] *n.* C 法庭.

court·ship [`kort-,ʃɪp, `kɔrt-; 'kɔ:t-ʃɪp] *n.* (向女性的)求愛; (動物的)求愛; U C 求愛期.

court·yard [`kort,jard, `kɔrt-; 'kɔ:tja:d] *n.* (中

(被建築物或牆壁所圍住的)中庭.

[courtyard]

✳cous·in [ˋkʌzn; ˈkʌzn] *n.* (*pl.* ~s [~z; ~z]) ⓒ
1 堂[表]兄弟姊妹(亦稱first cóusin).
a second *cousin* 遠房堂[表]兄弟姊妹(父母的堂[表]兄弟姊妹的子女)/a first *cousin* once removed → removed. **2** 親屬, 姻親.

cove [kov; kəʊv] *n.* ⓒ 小灣, 小海灣.

cov·e·nant [ˋkʌvənənt, ˋkʌvnənt; ˈkʌvənənt] *n.* ⓒ **1** (正式的)契約, (嚴肅的)誓約. **2** 《法律》契約書. **3** 《聖經》(the Covenant) (上帝與猶太人訂的)(聖)約.
— *vt.* 句型3 (covenant *to* do/*that* 子句) 立約保證….

Cov·en·try [ˋkɑvəntrɪ, ˋkʌv-; ˈkɒvəntrɪ] *n.* 柯芬特里(英格蘭中部的城市).
sènd a pèrson to Cóventry 《口》(以不說話等方式)排擠〔人〕.

✳cov·er [ˋkʌvɚ; ˈkʌvə(r)] *vt.* (~s [~z; ~z]; ~ed [~d; ~d]; **-er·ing** [-ərɪŋ; -ərɪŋ]) 【 蓋 】
1 蓋, 覆蓋. The desk was *covered* with dust. 桌上盡是灰塵/*Cover* your mouth when you yawn. 打哈欠時要搗住嘴/The whole country was *covered in* snow. 整片土地都爲雪所覆蓋(★ in 爲「整個完全包住」之意, with 則指「覆蓋住表面」(參見下列))/The top of the mountain was *covered with* snow. 山頂上覆蓋著一層雪.
2 加蓋於〔物〕; 在〔頭〕戴帽子; 給…加上封面; 遮蔽…的表面; 《with》. *cover* a pan 蓋好鍋子/a dictionary *covered* in leather 皮面的辭典/*cover* a wall *with* paper 用壁紙貼牆壁.
3 【覆蓋】掩飾, 覆蓋. *cover* one's mistake 掩飾自己的錯誤/*cover* one's annoyance with a grin 咧嘴一笑掩飾自己的煩躁.
【 覆蓋>守護 】 **4** 庇護…, 保護…, (使其避開危險, 事故, 失策等); 掩護; 《棒球》補位近〔壘〕防守. *cover* the retreat of an army 掩護軍隊撤退/The pitcher *covered* first base. 投手補位近一壘防止.
5 看守, 監視; 《比賽》盯住〔對方選手〕. The patrol cars *cover* the whole of the area. 巡邏車巡視整個地區.
【 蓋>範圍達到 】 **6** 賠償, 抵償, 〔費用, 損失等〕; (投保以)確保…的抵償. *cover* the cost 籌措開支款項/My house is *covered* by insurance. 我的房子有保險.

7 (範圍)涵蓋; 包括, 包含; 行進〔某距離, 地區〕. The educational reforms *cover* only primary schools. 這次教育改革只涵蓋小學/We *covered* 2,000 miles in our car. 我們坐車行進了2,000英里.
8 擔任; (報紙, 廣播, 電視)報導, 採訪. The salesman *covers* all major cities on the west coast. 該推銷員負責西海岸所有主要城市的業務/He *covered* the Derby this year. 他報導了今年的達比賽馬大會.
9 〔置於範圍內〕(於射程內)瞄準《with〔手槍等〕》. The policeman *covered* the burglar *with* a pistol. 警察用手槍瞄準那小偷.
cóver for… 代理〔某人〕. Will you *cover for* me during lunch hour? 午餐時你能不能幫我代理一下?
cóver/…/ín (1)填滿, 埋掉, 〔洞穴等〕. (2)在〔通路, 庭院等處〕架設屋頂.
cóver onesèlf 保護自己; (爲防寒)裹住身子, 穿上衣服.
cóver/…/óver 完全覆蓋〔物品〕; 隱瞞〔壞事等〕.
cóver/…/úp[1] 徹底包裹; 掩蓋…, 掩飾…. *cover up* one's mistake 掩飾錯誤.
còver úp[2] 《口》袒護《for〔朋友等〕》.
— *n.* (*pl.* ~s [~z; ~z]) ⓒ 覆蓋(物), 蓋子; 被子; 包裝紙; 信封; (書的)封面《參照「封套」的英語是(book)jacket 或 wrapper》/a book 圖》, the title on the front *cover* 封面的標題/a *cover* to [for] a pot 壺蓋/send a letter under sealed *cover* 寄出一封已封緘的信.
2 隱蔽處, 藏身處; 避難所; 掩蔽物.
3 ⓒ (祕密, 罪行等的)藉口, 託辭.
4 ⓒ (餐桌)一人份的座位和餐具. lay a table with six *covers* 準備六人座的餐桌.
brèak cóver 〔獵物〕從隱蔽的地方跑出來.
from còver to cóver (書的)從第一頁到最後一頁. read a book *from cover to cover* 把一本書從頭讀到尾.
tàke cóver (於隱蔽處)隱蔽, 避難. take *cover* from the gunfire 找隱蔽躲避砲火.
under cóver (1)受保護地. (2)祕密地, 暗地裡.
under sèparate cóver 以另函. The list and other documents are being sent *under separate cover*. 這張表和其他文件以另函寄出.
✳ *under (the) còver of…* (1)在…掩護下, 趁…. We advanced *under cover of* darkness. 我們趁黑夜前進. (2)以…爲藉口. They killed a lot of people *under cover of* self-defense. 他們以自衛爲藉口殺了許多人.

cov·er·age [ˋkʌvərɪdʒ, ˋkʌvrɪdʒ; ˈkʌvərɪdʒ] *n.*
1 ⓐⓤ (保險的)賠償範圍; 賠償金額.
2 ⓐⓤ (報紙, 廣播, 電視等的)報導, 採訪. The ex-president's death attracted international *coverage*. 前總統的去世引起國際媒體的報導.
3 ⓤ (報導, 廣告的)到達範圍; (廣播, 電視的)收聽[收視]範圍, 服務區域.

cov·er·all [ˋkʌvɚˏɔl; ˈkʌvərˏɔːl] *n.* ⓒ (通常

coveralls)(套在衣服外頭上下連身的)工作服((coverall 與 overalls 不同處在於 coverall 的上半身有背和袖; → overall 圖)).

cóver chàrge n. C (飯店, 酒吧等的)服務費(除飲食費之外另收的費用).

cov·ered [ˈkʌvəd; ˈkʌvəd] adj. 有覆蓋物[蓋子, 屋頂等]的.

còvered wágon n. C 《美》(昔日拓荒者用的)篷車.

cóver gìrl n. C 封面女郎(刊登於雜誌封面的美麗少女).

cov·er·ing [ˈkʌvərɪŋ, ˈkʌvrɪŋ; ˈkʌvərɪŋ] n. UC 覆蓋物, 蓋子; 屋頂.

còvering létter n. C 附函; (附隨於產品等的)說明書.

cov·er·let [ˈkʌvəlɪt; ˈkʌvəlɪt] n. C 床罩.

cóver stòry n. C (雜誌的)封面故事.

cov·ert [ˈkʌvət; ˈkʌvət] adj. 《限定》祕密的, 隱蔽的, 悄悄的, (↔ overt).
— n. C (動物藏身的)灌木叢, 叢林.

cov·ert·ly [ˈkʌvətlɪ; ˈkʌvətlɪ] adv. 祕密地; 隱蔽地.

cov·er-up [ˈkʌvəˌʌp; ˈkʌvərˌʌp] n. C 掩蓋, 掩飾(壞事等).

cov·et [ˈkʌvɪt; ˈkʌvɪt] vt. 《文章》覬覦, 垂涎, 〔別人的東西等〕.

cov·et·ous [ˈkʌvɪtəs; ˈkʌvɪtəs] adj. 《輕蔑》貪婪的, 貪心的, 《of》. be covetous of wealth 貪求財富.

cov·et·ous·ly [ˈkʌvɪtəslɪ; ˈkʌvɪtəslɪ] adv. 貪心地.

cov·et·ous·ness [ˈkʌvɪtəsnɪs; ˈkʌvɪtəsnɪs] n. U 貪心, 貪慾.

cov·ey [ˈkʌvɪ; ˈkʌvɪ] n. (pl. ~s) C (鶉鶉等的)一小群.

***cow¹** [kau; kau] n. (pl. ~s [~z; ~z]) C 1 母牛, 乳牛, (一般)牛, (→ ox 參閱). We raise cows to get milk. 我們飼養母牛以獲取牛乳. 2 母獸(象, 鯨, 海豹等).
till the cóws come hóme 《口》永遠地(源自若把牛放了就永遠不會回來).

cow² [kau; kau] vt. 《文章》(以暴力, 威脅等)恫嚇, 脅迫使服從.

***cow·ard** [ˈkauəd; ˈkauəd] n. (pl. ~s [~z; ~z]) C 膽小鬼, 膽怯者, 懦夫.
Only a coward runs away from the enemy. 只有懦夫才不敢面對敵人/Don't be such a coward—the dentist won't hurt you. 不要那麼膽小, 牙醫不會弄痛你的/turn coward 變得膽怯起來.
⇨ adj. cowardly.

***cow·ard·ice** [ˈkauədɪs; ˈkauədɪs] n. U 膽小, 膽怯, 懦弱, (↔ bravery).

cow·ard·ly [ˈkauədlɪ; ˈkauədlɪ] adj. 膽小的, 膽怯的, 懦弱的, (↔ brave, bold).

cow·bell [ˈkauˌbɛl; ˈkaubel] n. C (爲了掌握牛的去向而用的)牛頸鈴.

***cow·boy** [ˈkauˌbɔɪ; ˈkaubɔɪ] n. (pl. ~s [~z; ~z])

C (美國西部, 加拿大的)牛仔; 牧牛人, 牧童.

cow·catch·er [ˈkauˌkætʃə, ˌ·ˌkætʃ-; ˈkauˌkætʃə(r)] n. C (裝置於火車頭前端的)排障器《用來排除鐵軌上的障礙物》.

cow·er [ˈkauə; ˈkauə(r)] vi. (由於恐懼, 寒冷等)蜷縮, 哆嗦, 《down》.

cow·girl [ˈkauˌgɜl; ˈkaugɜːl] n. C 牧牛女子《美國西部》女牛仔.

cow·hand [ˈkauˌhænd; ˈkauhænd] n. = cowboy.

cow·herd [ˈkauˌhɜd; ˈkauhɜːd] n. C 牧牛人.

cow·hide [ˈkauˌhaɪd; ˈkauhaɪd] n. 1 UC (帶毛的)牛皮. 2 U (除去毛、脂肪且經過柔軟處理手續的)牛皮革. 3 C 牛皮鞭.

cowl [kaul; kaul] n. C 1 (修道士的)帽子, 附有帽子的寬鬆長袍.
2 (煙囪, 通風管頂端的)通風帽, 通風蓋, 煙囪帽.
3 (汽車)安裝擋風玻璃與儀表板等的部分.
4 = cowling.

cow·lick [ˈkauˌlɪk; ˈkaulɪk] n. C (無法梳理成順面的)上翹的毛髮(如頭部髮旋等處).

cowl·ing [ˈkaulɪŋ; ˈkaulɪŋ] n. C 飛機的引擎罩.

cow·man [ˈkaumən; ˈkaumən] n. (pl. ~men [-mən; -mən]) C 《美》牧場主人; 《英》牧牛人(cowherd).

co-work·er [koˈwɜkə; kəuˈwɜːkə(r)] n. C 同事, 合作者.

cow·pox [ˈkauˌpɑks; ˈkaupɒks] n. U 《醫學》牛痘《從患有痘瘡的牛身上取出病毒製成疫苗, 接種於人身上以預防天花》.

cow·shed [ˈkauˌʃɛd; ˈkauʃed] n. C (特指擠奶過多用的)牛棚, 牛舍.

cow·slip [ˈkauˌslɪp; ˈkauslɪp] n. C 《植物》1 蓮香花九輪草(長於牧場等的野草; 開黃花, 有香味).
2 《美》= marsh marigold.

cox [kaks; kɒks] n. C 《賽艇的》舵手.
— vt. 擔任…的舵手.

cox·comb [ˈkaks,kom; ˈkɒkskəum] n. C 《古》花花公子, 愛打扮的男人.

cox·swain [ˈkaksṇ, ˈkak,swen; ˈkɒkswein] n. C 《文章》= cox.

coy [kɔɪ; kɔɪ] adj. 〔特指女性〕假裝害羞的, 羞答答的; 〔態度〕腼腆的.

coy·ly [ˈkɔɪlɪ; ˈkɔɪlɪ] adv. 害羞地.

coy·ness [ˈkɔɪnɪs; ˈkɔɪnɪs] n. U 害羞.

coy·o·te [kaɪˈot, kaɪˈotɪ, ˈkaɪot; kɔɪˈəutɪ] n. (pl. ~s, ~) C 郊狼(棲息在北美草原的一種狼; 亦稱 práirie wólf).

coy·pu [ˈkɔɪˌpu; ˈkɔɪpuː] n. (pl. ~s, ~) = nutria.

co·zi·ly [ˈkozɪlɪ; ˈkəuzɪlɪ] adv. 舒適地.

***co·zy** [ˈkozɪ; ˈkəuzɪ] adj. (-zi·er; -zi·est) 《美》舒適的, 溫暖的. a cozy corner (房間裡)暖和舒適的角落/It was cozy in front of the fireplace. 壁爐前面暖和舒適/We live in a cozy little house in a side street. 我們住在小巷內一間舒適的小房子裡.
— n. (pl. -zies) C (填塞棉花的風帽狀)保溫罩(用來罩 teapot 等).

★亦拼作 cosy.

CPU 《略》central processing unit (電腦的中央處理器).

Cr 《符號》chromium.

crab[1] [kræb; kræb] n.

1 C《動物》蟹(→crustacean 圖). crab meat 蟹肉.

2 U蟹肉. crab salad 蟹肉沙拉/canned crab 罐頭蟹肉.

3 (the Crab)《天文》巨蟹(星)座(Cancer).

[cozy]

crab[2] [kræb; kræb] n. C野生的蘋果(樹)(亦稱 cráb ǎpple).

crab[3] [kræb; kræb] vi. (~s; ~bed; ~bing)《口》抱怨, 發牢騷. 《about》.

crab·bed [ˋkræbɪd; ˈkræbɪd] adj. **1** 〔人, 行為等〕乖戾的, 脾氣壞的, 易怒的.

2 〔筆跡〕難辨認的; 〔文體等〕難懂的.

crab·by [ˋkræbɪ; ˈkræbɪ] adj. (pl. ~s [~z; ~s]) C =crabbed 1.

＊crack[1] [kræk; kræk] n. (pl. ~s [~s; ~s]) C

【嗶啪裂裂聲】**1** (雷聲, 槍聲, 鞭打聲等的)爆裂聲(嗶啪, 轟隆, 啪嚓等聲音). a crack of thunder 轟隆隆的雷聲/the crack of a pistol 砰砰的槍聲.

2【裂縫】(a) 裂縫, 裂口, 縫隙. a long crack in the wall 牆上的長裂縫. (b) (門, 窗戶等)略微打開; 《副詞性》打開一點點. He knocked boldly, and the door opened a tiny crack. 他鼓起勇氣敲了門, 結果門微微地開了一條縫.

3【破裂的聲音】(聲音的高低, 強弱等的)突然變化; 變聲.

【啪地的一擊】**4** 《口》猛烈的一擊, 痛打一記. get a crack on the cheek 啪地挨了一記耳光.

5 《口》試, 嘗試. have [take] a crack at 嘗試….

6 《口》俏皮話, 巧妙的回答[一句話]; 開玩笑. Stop making cracks about my baldness! 別再拿我的禿頭開玩笑了!

at the cráck of dáwn 《口》黎明時.

páste [pàper] over the crácks 《口》掩飾(內部的)缺點, 遮掩爛處.

— adj. 《限定》《口》一流的, 頂尖的, (first-rate). a crack player 一流的選手, 頂尖的選手.

— v. (~s [~s; ~s]; ~ed [~t; ~t]; ~ing) vt.

【啪地弄裂】**1** 使產生裂縫, 使(啪地)破裂, 破碎. crack a walnut 把核桃夾破/crack an egg 打一個蛋/The sidewalk was cracked. 人行道上出現裂縫了.

2 使發出尖銳的聲音, 把…啪地弄[打]響. crack a whip 把鞭子用得啪啪響.

3 使(聲音的)腔調突然改變.

4 《口》說(俏皮話).

【割開＞打開】**5** 開(酒瓶等)喝酒. Let's crack (open) a bottle of champagne and celebrate. 我們開一瓶香檳慶祝吧!

6 《口》把(保險箱等)撬開. The safe had been cracked open. 這座保險箱被撬開了.

7 破解. crack a code 破解密碼.

— vi. **1** 裂開, 啪地爆裂[破裂]. The glass cracked when he put hot water into it. 他一把熱開水倒進玻璃杯, 玻璃杯就裂開了.

2 (槍, 鞭子等)發出尖銳的砰砰[嗶啪]聲.

3 (聲音)破嗓, 破聲.

be crácked úp to be... 《口》被高度評價為…(通常用於否定句). Waikiki was not all that it was cracked up to be. 威基基海灘沒有傳聞所說的那麼棒.

crack dówn on... 對…採取強硬的措施, 嚴格取締.

cràck úp 《口》(1)(車, 飛機等)發生事故. (2)精神崩潰; 身體累垮. (3)捧腹大笑.

gèt crácking 《口》(工作等)馬上開始動工; 趕緊.

crack[2] [kræk; kræk] n. U《俚》快克(高純度的海洛因; 藥性強烈的毒品).

crack·down [ˋkrækˌdaun; ˈkrækdaun] n. C堅決的措施, 嚴格取締. 《on 針對…》.

cracked [krækt; krækt] adj. **1** 裂開的; 粉碎的. **2** (聲音)嘶啞的, 破嗓的. **3** 《口》呆的; 精神失常的.

＊crack·er [ˋkrækə; ˈkrækə(r)] n. (pl. ~s [~z; ~z]) C **1** 餅乾(一種無甜味的薄脆餅乾), cheese [soda] crackers 乳酪[蘇打]餅乾. **2** 爆竹, 鞭炮. **3** 聖誕節用的彩柱爆竹(把兩端一拉就發出嗶啪爆裂聲, 飛出糖果等小禮品; 亦稱 Christmas crácker).

crack·er·jack [ˋkrækəˌdʒæk; ˈkrækdʒæk] adj. 《美·俚》出類拔萃的, 最上等[優秀]的. — n. C出類拔萃的人[物].

crack·ers [ˋkrækəz; ˈkrækəz] adj. 《敘述》《英, 口》腦筋有問題的, 精神失常的.

crack·le [ˋkrækl; ˈkrækl] vi. 發出嗶哩啪啦的聲音. — n. **1** U啊哩啪啦的聲音. **2** U(陶器, 玻璃器皿的)碎裂花紋.

crack·ling [ˋkræklɪŋ; ˈkræklɪŋ] n. U **1** 烤乳豬的茶色脆皮. **2** 嗶哩啪啦的聲音.

crack·pot [ˋkrækˌpɑt; ˈkrækpɒt] n. C怪人. — adj. 《限定》古怪的, 思想怪誕的.

cracks·man [ˋkræksmən; ˈkræksmən] n. (pl. -men [-mən; -mən]) C《口》竊賊, (特指)撬開保險箱的竊賊.

crack·up [ˋkrækˌʌp; ˈkrækʌp] n. C **1** (汽車等的)碰撞, 毀損. **2** 《口》(健康, 神經的)衰弱.

-cracy suf. 「由…統治[支配]」, 「…階級」之意. aristocracy. democracy. bureaucracy. plutocracy.

＊cra·dle [ˋkredl; ˈkreɪdl] n. (pl. ~s [~z; ~z]) C

1 搖籃. rock a cradle 搖搖籃.

2 (加 the)(民族, 文化等的)發祥地. Italy was the cradle of the Renaissance. 義大利是文藝復興的發祥地.

3 (加 the)幼年時代. What is learned in the cradle is carried to the grave. 《諺》江山易改, 本性難移(＜在搖籃中學到的東西到死都不會忘記).

C

4 (建造, 修理船等時用的)高架檯; 吊架(吊掛在建築物外壁的工作檯); (電話聽筒的)聽筒架.
from the crádle to the gráve 從搖籃到墳墓, 整整一生, 《用於社會保險的標語等》.
—— *vt.* 把…放進搖籃搖, 把…抱著哄.

cra·dle·song [`kredl͵sɔŋ; 'kreɪdlsɒŋ] *n.* © 搖籃曲(lullaby).

‡craft [kræft; krɑːft] *n.* (*pl.* ~s [~s; ~s], 在 4 作 ~)【技術】 1 ⑪ 技巧; 特殊的技術.
the sculptor's *craft* 雕刻家的技術.
2 © (需要特殊技術的)職業; 手工業. arts and *crafts* 美術工藝.
3 © (集合)同業工會會員.
【 技術產物 】 4 © (特指小型的)船; 飛機(aircraft), 太空船(spacecraft). a fishing *craft* 漁船/Five enemy *craft* were flying in tight formation. 五架敵機以緊密的隊形飛行著(★此時 craft 為 *pl.*).
【 詐欺手段 】 5 ⑪ 狡詐的騙術, 壞主意.

●——與 CRAFT 相關的用語	
hovercraft	氣墊船
landing craft	登陸艇
statecraft	政治手腕
witchcraft	(女巫施的)魔法
woodcraft	木雕, 木工
handicraft	手工藝

—— *vt.* 《通常用被動語態》精巧地製作. furniture *crafted* of rosewood 以紫檀木精心製作的家具.

-craft (構成複合字)(某項工作的)技術; (常輕蔑)(某人的)特技; 搭乘的工具. handi*craft*. witch*craft*. air*craft*.

craft·i·ly [`kræftɪlɪ; 'krɑːftɪlɪ] *adv.* 狡猾地, 狡點地.

craft·i·ness [`kræftɪnɪs; 'krɑːftɪnɪs] *n.* ⑪ 狡猾, 狡點.

crafts·man [`kræftsmən; 'krɑːftsmən] *n.* (*pl.* -men [-mən; -mən]) © 工匠; 工藝家; 技藝熟練的人.

crafts·man·ship [`kræftsmən͵ʃɪp; 'krɑːftsmənʃɪp] *n.* ⑪ (工匠, 工藝家等的)技能; 熟練度.

craft·y [`kræftɪ; 'krɑːftɪ] *adj.* 狡猾的, 狡點的.

crag [kræg; kræg] *n.* © 高高聳立的岩石[山崖].

crag·gy [`krægɪ; 'krægɪ] *adj.* 1 岩石嶙峋的[山崖]; 險峻的[山等].
2 (男子的臉等)坑坑疤疤的, 粗糙的.

cram [kræm; kræm] *v.* (~s; ~med; ~ming) *vt.*
1 把…塞進, 壓進, (*into, in*).
2 塞進(*with*). 3 (口)(人)被迫以填鴨式學習; 填鴨式地學習(學科).
—— *vi.* (口)填鴨式地學習. *cram for* the exam 為了考試強記死背.

cram-full [͵kræm`fʊl; ͵kræm'fʊl] *adj.* 《敘述》

《英、口)塞滿的(*of*).

cram·mer [`kræmɚ; 'kræmə(r)] *n.* © (口) 1 (為了應考)死記硬背的學生. 2 填鴨式教學的教師(學校); 供死記硬背的參考書.

cramp¹ [kræmp; kræmp] *n.* 1 ⑪© (肌肉的)痙攣, 抽筋, 小腿抽搐. get a *cramp* in one's leg 腿抽筋. 2 (cramps)劇烈腹痛.
—— *vt.* 使發生痙攣.

cramp² [kræmp; kræmp] *n.* © 鉗子, 緊鐵, (亦稱 crámp ìron).
—— *vt.* 1 用鉗子〔鐵夾鉗〕固定〔夾住〕.
2 阻礙, 妨礙, (成長, 運動等). *cramp* a person' enthusiasm 潑某人冷水.

cramped [kræmpt; kræmpt] *adj.* 1 狹窄的, 受限制的. 2 (筆跡又小又密而)難辨識的.

cram·pon [`kræmpən; 'kræmpɒn] *n.* © (通常 crampons)鐵鉤底, 釘鞋底, (亦稱 clímbing ìrons, 防滑用).

[crampon]

cran·ber·ry [`kræn͵bɛrɪ, -bərɪ; 'krænbərɪ] *n.* (*pl.* **-ries**) © (植物)越橘屬植物(杜鵑花科的矮樹); 蔓越莓(有酸味, 為製果凍, 果醬等的材料).

‡crane [kren; kreɪn] *n.* (*pl.* ~s [~z; ~z]) ©
1 (鳥)鶴; (俗稱)鷺鷥. 2 起重機; (壁爐裡吊掛鍋子的)懸架.
—— *vi.* (為了看得更清楚)把脖子伸長.
—— *vt.* 伸長(脖子).

cráne flỳ © (蟲)長腳蚊((英) daddy(-)long legs).

cra·ni·a [`krenɪə; 'kreɪnjə] *n.* cranium 的複數.

cra·ni·al [`krenɪəl; 'kreɪnjəl] *adj.* 頭蓋的. th *cranial* bones 頭蓋骨.

cra·ni·um [`krenɪəm; 'kreɪnjəm] *n.* (*pl.* **-ni·a** ~s) © (解剖)頭蓋; 頭蓋骨(skull).

crank [kræŋk; kræŋk] *n.* © 1 (機械)曲柄(可使直線運動[滾動]轉換為滾動[直線運動]的連桿), (直角安裝的)機械臂.
2 (口)怪人; 易怒的人.
3 (美、口)難以取悅的人, 性情乖僻的人.
—— *vt.* 1 轉動曲柄.
2 (轉動曲柄)使[引擎]發動(*up*).

crank·case [`kræŋk͵kes; 'kræŋkkeɪs] *n.* © (汽車等內燃機的)曲軸箱.

crank·shaft [`kræŋk͵ʃæft; 'kræŋkʃɑːft] *n.* © (汽車, 火車等的)曲軸, 轉動曲柄.

crank·y [`kræŋkɪ; 'kræŋkɪ] *adj.* (口) 1 古怪的. 2 (美)暴躁的; 不愉快的. 3 (機械等)運轉不正常的, 有毛病的.

cran·ny [`krænɪ; 'krænɪ] *n.* (*pl.* **-nies**) © (岩壁等的)小裂縫, 龜裂.

crap [kræp; kræp] (鄙) *n.* 1 ⑪ 糞, 屎; [a⑪] 拉屎. 2 ⑪ 胡扯, 廢話.
—— *vi.* (~s; ~ped; ~ping)拉屎.

crape [krep; kreɪp] *n.* ⑪ (用於喪服或臂章上的黑

色)縐紗，縐織物；© 縐紗喪章．

craps [kræps; kræps] n. 《作單數》同時擲兩顆骰子的美式賭博遊戲．

‡**crash** [kræʃ; kræʃ] v. (~**es** [~ɪz; ~ɪz]; ~**ed** [~t; ~t]; ~**ing**) vi. **1** (嘩啦嘩啦，劈哩啪啦地)發出大聲響，發出巨大破裂[墜落，倒下]的聲響．The vase fell from the table and crashed to pieces. 那只花瓶從桌上落下來摔得粉碎/The thunder crashed. 雷聲隆隆．

2 (發出大聲響)碰撞；〔飛機〕墜落．The car crashed into the guardrail. 那輛車撞到護欄上/The plane crashed a few minutes after take-off. 該架飛機在起飛後數分鐘即墜毀．

3 (發出轟鳴聲)移動；挺進，硬闖．crash out of prison 逃獄．

4〔買賣等〕失敗；〔市場〕暴跌．

── vt. **1** (嘩啦嘩啦地)撞壞，砸碎．crash a glass against the wall 把玻璃杯向牆上扔．

2 (來勢猛烈地)推進．crash one's way through the crowd 在人群中硬擠過去．

3 使〔汽車等〕碰撞；使〔飛機〕墜落．

4 《口》〔聚會等〕(未受函邀請而)不請自來(gate-crash).

── n. (pl. ~**es** [~ɪz; ~ɪz]) © **1** (嘩啦嘩啦，轟隆一聲的)巨響；伴隨著巨響的撞毀[墜落，倒下]．the crash of thunder 隆隆的雷聲/The box fell with a crash. 那箱子轟隆一聲掉了下來．

2 (飛機的)墜毀，迫降；(汽車等的)碰撞，車禍．The car crash killed five persons. 在那起車禍中有五人死亡．

3〔買賣等的〕失敗，破產，恐慌．the Crash of 1929 1929年的(華爾街)大恐慌．

── adj. 《限定》應急的，速成的．a crash program 短期密集計畫/take a crash course in French 上法語速成班．

crásh bàrrier n. © 《英》(人車分道的)圍欄；(高速公路的)中央防護欄．

crásh dìve n. © (潛艇的)急速下潛．

crásh hèlmet n. © (賽車手，摩托車騎士等戴的)安全帽．

crash·ing [ˋkræʃɪŋ; ˈkræʃɪŋ] adj. 《限定》《口》十足的，極度的．a crashing bore 極其無聊的傢伙．

crash-land [ˋkræʃˏlænd; ˈkræʃˏlænd] vi. 〔飛機〕迫降． ── vt. 使〔飛機〕迫降．

crass [kræs; kræs] adj. 《文章》愚鈍，反應遲鈍等)非常嚴重的．

-crat suf.「…政治支持者」，「…階級，集團的一員」之意．democrat. airstocrat.

crate [kret; kreɪt] n. © (為運輸及置放水果，瓶罐，家具等所用的)木條板箱，柳條框；一箱的量． ── vt. 把…裝在木條板箱裡．

cra·ter [ˋkretɚ; ˈkreɪtə(r)] n. © **1** 火山口．

2 (炸彈，隕石等在地面上造成的)坑洞；(月球表面的)巨大坑洞．

cra·vat [krəˋvæt; krəˈvæt] n. © 圍頸領巾《舊時用于用來代替領帶的領巾》；領巾．

crave [krev; kreɪv] v. 《文章》殷切地盼望，渴望． ⓘ crave 表示比 desire 更強烈的慾望．

── vi. 渴望，懇求，《for, after》．

cra·ven [ˋkrevən; ˈkreɪvən] adj. 《輕蔑》怯懦膽小的． ── n. © 懦夫，膽小鬼．

crav·ing [ˋkrevɪŋ; ˈkreɪvɪŋ] n. © 殷切的盼望，渴望．

craw·fish [ˋkrɔˏfɪʃ; ˈkrɔːfɪʃ] n. =crayfish.

‡**crawl** [krɔl; krɔːl] vi. (~**s** [~z; ~z]; ~**ed** [~d; ~d]; ~**ing**) **1** (蟲等)爬行；匍匐前進．The snake crawled away. 那條蛇爬走了/The baby crawled across the floor on his hands and knees. 這個嬰兒在地板上爬來爬去．

[參考] crawl 原本用來指蛇和蚯蚓等沒有足的細長生物；→ creep.

2 緩慢地前進[經過]．The cars crawled along the street. 車輛沿著馬路緩慢前行/The days crawled by. 日子慢慢地過去了．

3 〔場所〕充滿《with (蟲等)》．The basement is crawling with cockroaches. 地下室到處都是蟑螂/The square was crawling with young people. 那廣場擠滿了年輕人．

4 (皮膚上有蟲在爬的感覺)發癢，起雞皮疙瘩．A glance at a snake makes my skin crawl. 一看見蛇我就起雞皮疙瘩．

5 《口》(爬行>)卑躬屈膝，(有所企圖地)奉承諂媚．He came crawling to me to ask for a loan. 他來討好我為的就是要借錢．

── n. **1** Ⓤ 爬；緩緩前進，(車等)緩慢行進．go at [on] a crawl 慢吞吞地前進/Traffic slowed to a crawl. 車流很慢．

2 Ⓤ 《游泳》(加the)自由式．do the crawl 游自由式．

crawl·er [ˋkrɔlɚ; ˈkrɔːlə(r)] n. **1** © 爬行的人[物]．**2** (crawls) (嬰兒的)連身爬行衣褲(rompers)．

cray·fish [ˋkreˏfɪʃ; ˈkreɪfɪʃ] n. (pl. ~, ~**es**) © 《動物》螯蝦(→ crustacean ▓).

‑**cray·on** [ˋkreən; ˈkreɪən] n. (pl. ~**s** [~z; ~z]) © 蠟筆；蠟筆畫．with crayons=in crayon 用蠟筆(★在 in crayon 中，crayon 暫時作為Ⓤ). ── vt. 用蠟筆畫．

craze [krez; kreɪz] vt. **1** 使發狂；使狂怒；使狂熱．《通常用被動語態》．be crazed with fear and anxiety 被恐懼和擔憂弄得快要發狂了．

2 使〔陶器等〕產生紋裂花樣． ── n. (一時的)大流行《for》．Large women's hats are the craze this year. 大型的女帽今年大為流行/the current craze for a tour abroad 當前的海外旅遊熱．

cra·zi·er [ˋkrezɪɚ; ˈkreɪzɪə(r)] adj. crazy 的比較級．

cra·zi·est [ˋkrezɪɪst; ˈkreɪzɪɪst] adj. crazy的最高級．

cra·zi·ly [ˋkrezl̩ɪ, ‑zɪlɪ; ˈkreɪzɪlɪ] adv. 發狂似地；狂熱地．

cra·zi·ness [ˋkrezɪnɪs; ˈkreɪzɪnɪs] n. Ⓤ 瘋狂；狂熱．

✲cra·zy [ˋkrezɪ; ˈkreɪzɪ] adj. (-zi·er; -zi·est)《口》 1 發狂的. go crazy with fear 嚇得發狂/That terrible noise is driving me crazy. 那惱人的噪音快把我逼瘋了.

回crazy 比 mad 更爲口語, 也廣泛地用來指「超出常軌」的事物.

2 發瘋似的; 荒唐的, 愚蠢的. a crazy idea 荒唐的主意/You are crazy [It is crazy of you] to swim in the rapids. 想在急流中游泳, 你瘋了不成.

3 〔敍述〕狂熱的, 熱中的, 《about, for, over》. They are crazy about jazz. 他們很迷爵士樂/He's crazy for Jane. 他迷戀珍.

like crázy＝like mad (mad 的片語).

crázy quílt n. C 百衲被, 用布塊[條]縫成的被子.

creak [krik; kri:k] vi. 嘎吱嘎吱作響.
— n. C 嘎吱聲.

creak·y [ˋkrikɪ; ˈkri:kɪ] adj. 嘎吱響的, 摩擦碾軋的.

✲cream [krim; kri:m] n. (pl. ~s [~z; ~z]) 1 U 乳脂《牛奶上面浮著的脂肪成分; 鮮奶油等的原料》. whipped cream 奶泡/put some cream in one's coffee 在咖啡裡加鮮奶油.

2 UC 奶油製[加奶油]的食品[點心], 形似奶油的食品. a chocolate cream 巧克力奶油/(an) ice cream 冰淇淋.

3 UC 《化妝, 潤膚, 使表面有光澤等用的》乳液, 霜[膏]狀物. cold cream 冷霜/shaving cream 刮鬍膏/shoe cream 鞋油.

4 U 《加味》最好的部分, 精華. the cream of society 社會的精英.

5 U 奶油色; 《形容詞性》奶油色的.
— vt. 1 從《牛奶》提取奶油(skim).

2 把…調拌成奶油狀. cream sugar, butter and eggs 把砂糖, 牛油和蛋調拌成奶油狀.

3 用奶油烹調. creamed chicken 奶油焗雞.

crèam/.../óff 精選出《最優良的》. The best students are creamed off and put into the special class. 這些最優秀的學生被選拔出來編成特別班.

crèam chèese n. U 奶油乳酪《柔軟的白乳酪》.

cream·er [ˋkrimɚ; ˈkri:mə(r)] n. C 盛奶油的容器.

cream·er·y [ˋkrimərɪ, ˋkrimrɪ; ˈkri:mərɪ] n. (pl. -er·ies) C 乳製品工廠[商店].

crèam púff n. C 奶油泡芙.

crèam sóda n. U 冰淇淋汽水《帶有香草的味道》.

cream·y [ˋkrimɪ; ˈkri:mɪ] adj. 1 奶油般的, 光滑細膩的; 奶油色的. her creamy skin 她滑嫩的肌膚. 2 含《許多》奶油的; 有奶油味的.

crease [kris; kri:s] n. C 《布, 紙等的》褶痕; 《長褲的》褶線.
— vt. 使《衣服, 紙, 布等》起褶痕; 使《褲子》起皺褶. — vi. 起褶痕; 起皺褶.

✲cre·ate [krɪˋet; kri:ˈeɪt] vt. (~s [~s; ~s]; -at·ed [~ɪd; ~ɪd]; -at·ing) 1 創造; 製作, 創作, 創設, 《新的東西》. God created the world. 上帝創造世界/Shakespeare created Shylock. 莎士比亞創造出夏洛克《這個角色》/All men are created equal. 人生而平等《美國獨立宣言(the Declaration of Independence)中的一句》.

2 〔演員〕首次扮演《某一角色》. create a part 首次演出某一角色.

3 引起, 造成, 《狀態等》. create a sensation 造成轟動.

4 封爲貴族: 句型5 (create A B)授與A《人》以B《爵位》. be created a baron 被授與男爵爵位.
⬦ n. creation, creature. adj. creative.

cre·at·ing [krɪˋetɪŋ; kri:ˈeɪtɪŋ] v. create 的現在分詞, 動名詞.

✲cre·a·tion [krɪˋeʃən; kri:ˈeɪʃn] n. (pl. ~s [~z; ~z]) 1 U 創造; 創作; 創設. (the Creation)《神的》創世. since the Creation (of the world) 創世以來/the creation of life 生命的創造.

2 U 《狀態等的》發生.

3 U 《某階級, 地位等的》任命, 授與爵位.

4 U 《神創造的》世界, 宇宙, 萬物. the whole creation 全世界/the lord of creation 萬物之靈《人類》.

5 C 創造物; 《特指智力, 創造力, 想像力等的》產物, 創作, 創造, 發明. Rock'n'roll is a creation of the young generation. 搖滾樂是年輕一代的產物.

✲cre·a·tive [krɪˋetɪv; kri:ˈeɪtɪv] adj. 有創造力的, 創造(性)的; 獨創(性)的. creative power 創造力/the poet's most creative years 那詩人創作力最旺盛的時期.

cre·a·tive·ly [krɪˋetɪvlɪ; kri:ˈeɪtɪvlɪ] adv. 創造(性)地, 獨創(性)地.

cre·a·tive·ness [krɪˋetɪvnɪs; kri:ˈeɪtɪvnɪs] n. ＝creativity.

cre·a·tiv·i·ty [͵krɪeˋtɪvətɪ; ͵kri:eɪˈtɪvət-] n. U 創造力, 獨創力.

✲cre·a·tor [krɪˋetɚ; kri:ˈeɪtə(r)] n. (pl. ~s [~z; ~z]) 1 C 創造者, 創作者, 創設者. the creator of Peter Pan 彼得潘的創造者.

2 (the Creator)造物主, 神.

✲crea·ture [ˋkritʃɚ; ˈkri:tʃə(r)] n. (★注意發音) (pl. ~s [~z; ~z]) C 1 生物; 《特指人以外的》動物. forest creatures 森林動物.

2 《加表示情感的形容詞》人, 傢伙. one's fellow creatures 同胞/a lovely creature 可愛的女人/The poor creature lost his job. 這可憐的傢伙丟了工作.

3 受支配的人《of》, 唯命是從的人《of》. a creature of impulse 衝動的人/Man is a creature of circumstances. 人是受環境支配的動物.

crèature cómforts n. 《作複數》《提供》物質享受的《事物》《特指衣食住方面》.

crèche [krɛʃ, krɛʃ; kreɪʃ]《法語》n. C 1《美》基督誕生圖. 2《主英》育幼院, 托兒所.

cre·dence [ˋkridņs; ˈkri:dəns] n. U《文章》信, 信任. give [refuse] credence to his statement

ment 相信[不信]他的話.

cre·den·tials [krɪˋdɛnʃəlz; krɪˋdenʃlz] n. 《作複數》(大使, 公使的)國書; 證明信函.

cred·i·bil·i·ty [͵krɛdəˋbɪlətɪ; ͵kredəˋbɪlətɪ] n. U確實性, 真實性.

credibílity gàp n. C(政治人物等的)言行不一; (因而產生的)不信任感.

cred·i·ble [ˋkrɛdəbl; ˋkredəbl] adj. 可信的, 可靠的, 靠得住的, (↔ incredible). The story hardly seems credible. 這則故事似乎不可信.

cred·i·bly [ˋkrɛdəblɪ; ˋkredəblɪ] adv. 從可靠的根據[人]得來地.

‡**cred·it** [ˋkrɛdɪt; ˋkredɪt] n. 【 信任, 信譽 】
1 U信任, 相信. put credit in 信任…/gain [lose] credit 獲得[失去]信任/I can't give credit to such a rumor. 我無法相信這樣的謠言.

2 U好評, 名聲, 信譽. a man of credit 有聲望的人/get credit for an invention 獲得發明的榮譽/Some of the credit should go to Dick. 迪克功不可沒/Give credit where it is due. (無論是誰)該有讚的就得稱讚.

【 成名之事 】 **3** C(通常用單數)成名的人[事物], 增光的東西, ((to)). Being at the top of his class, Robert is a credit to his family. 羅伯特為全班之冠, 是他全家的榮譽.

4 (credits) =credit titles.

5 C(美)(特指大學的)科目學分證明; 學分. get two credits for French 獲得兩個法語學分.

【 交易上的信用 】 **6** U信用; 信用貸款; 信用卡(之使用); (因有信用而被同意的購物款)延期付款. Do you give credit? 你們簽帳嗎?/No credit (given). 概不賒欠(商店的告示)/on credit (→片語)/6 months' credit 六個月的延付期/How will you pay, sir—cash or credit? 先生, 您要付現還是刷卡?

7 UC(銀行等的)存款額. I have credit at the bank. 我在銀行有存款.

8 C(簿記)貸方, 貸記, ((帳簿右側一欄; ↔debit)). Put this on the credit side. 把這筆記入貸方.

dò...crédit =dò crédit to... 成為…的榮譽. do credit to one's school (做了卓越的事而)成為學校的榮譽.

give a pèrson crédit for... (1)相信某人具有…[是…]. We gave you credit for more sense than that. 我們相信你有比這更好的判斷力. (2)將…歸功於某人. He was given no credit for his work. 他的工作沒有得到任何讚賞.

on crédit 簽帳, 以信用貸款. buy [sell] on credit 簽帳買[賣].

tàke (the) crédit (for...) 把…歸功於個人. It was my invention, but Bill took all the credit for it. 那是我的發明, 但比爾把它全歸功於自己.

to a pèrson's [one's] crédit 增加某人的信譽, 為某人增光. It's to your credit that you told the truth. 你說真話, 值得讚揚/a poet with three Faber volumes to his credit 頂著在菲伯出版社出版過三本詩集的名氣光環的詩人.

— vt. **1** 相信, 信任. credit a person's story 相信某人說的事.

2 相信[人]具有…(with). He is not credited with sincerity. 他給人感覺不夠誠懇. Credit me with a little common sense! 請相信我還有點常識!

3 把[榮譽, 行為等]歸於(to). Mr. Smith credits his success to his wife. 史密斯先生把他的成就功勞歸於他的妻子.

4 周轉給[人]((with [金錢]); 貸[款]給 …(to [人]). credit a person with $100=credit $100 to a person 借給[墊付給]某人 100 美元.

字源 CRED「信」: credit, discredit(不信), incredible(不可信的), credentials(證明信函), creed(信條).

cred·it·a·ble [ˋkrɛdɪtəbl; ˋkredɪtəbl] adj. 值得稱讚的, 可敬的, 帶來榮譽的(to).

cred·it·a·bly [ˋkrɛdɪtəblɪ; ˋkredɪtəblɪ] adv. 可敬地, 值得稱讚地.

crédit accòunt n. C(英)賒欠帳戶((美)charge account).

crédit càrd n. C信用卡. We accept all major credit cards. 本店接受所有主要的信用卡.

cred·i·tor [ˋkrɛdɪtɚ; ˋkredɪtə(r)] n. C債權人(↔ debtor); (簿記)貸方.

crédit squèeze n. C(經濟)信用緊縮(政策)((例如透過高利率)).

crédit títles n. (作複數)(電影, 電視)出現在片頭或片尾的製作人、導演、演員等的姓名表.

cre·do [ˋkrido, ˋkredo; ˋkriːdəʊ] n. (pl. ~s) C信條, 主義.

cre·du·li·ty [krəˋdulətɪ, -ˋdɪu-, -ˋdju-; krɪˋdjuːlətɪ] n. U輕信, 容易相信.

cred·u·lous [ˋkrɛdʒələs; ˋkredjʊləs] adj. 輕信(事物)的, 易受騙的.

cred·u·lous·ly [ˋkrɛdʒələslɪ; ˋkredjʊləslɪ] adv. 輕信地; 漫不經心地.

*creed [krid; kriːd] n. (pl. ~s [~z; ~z]) C **1** (宗教上的)信條, 教義; (回)概括教義或教理的信條; → dogma). **2** (泛指)主義.

creek [krik, krɪk; kriːk] n. C **1** (美)小河, 溪, (→ river 參考). **2** (英)小灣, 小港.

creel [kril; kriːl] n. C(釣魚用的)魚簍.

*creep [krip; kriːp] vi. (~s [~s; ~s]; crept; ~ing)【 爬 】 **1** 爬, 爬行, 匍匐前進. The baby can now creep. 這嬰兒現在能爬了. 參考 creep 指四足動物或爬行的人偷偷匍匐前進; → crawl.

2 (常藤等)爬, 蔓生. Vines had crept up the walls. 葡萄藤沿牆向上攀爬.

【 爬著前進 】 **3** 躡手躡腳地走, 緩慢[戰戰兢兢]地走. The mouse crept out of its hole. 那隻老鼠從洞裡慢慢地爬出來/The traffic is just creeping along. (由於交通阻塞)車速猶如爬行一般緩慢.

4 悄悄來到(up; on, upon); [時間]不知不覺地來到[過去]; 漸漸出現. Tom crept up on me from

behind. 湯姆從後面溜到我身邊/Her wedding day *crept* closer and closer. 她的婚期愈來愈近了.

5 【感覺有東西在皮膚上爬】[皮膚] 發癢, 毛骨悚然. Just thinking about snakes makes my flesh *creep*. 一想到蛇我就起雞皮疙瘩.

crèep ín 爬進; 悄悄地走進; [錯誤等] 混入. See that no mistakes *creep in*. 小心不要出錯.

crèep ínto... 爬進…; 悄悄地走進…; 混入….

— *n.* 1 ⓒ 爬; 慢慢走走.

2 ⓒ 《俚》令人厭惡的無聊傢伙.

3 (the creeps) 《口》起雞皮疙瘩[毛骨悚然] 的感覺. get the *creeps* 起雞皮疙瘩.

gìve a pèrson the *crèeps* 《口》使某人起雞皮疙瘩.

creep·er [ˋkripɚ; ˈkriːpə(r)] *n.* 1 ⓒ 爬行物; 爬蟲(昆蟲, 爬蟲類動物等); 攀爬的植物, 藤蔓植物. 2 《美》(creepers) (幼兒穿的) 爬行服; 厚膠底鞋.

creep·y [ˋkripɪ; ˈkriːpɪ] *adj.* (嚇得皮膚) 起雞皮疙瘩的, 毛骨悚然(似)的, 令人畏懼的.

cre·mate [ˋkrimet; krɪˈmeɪt] *vt.* 火化[屍體].

cre·ma·tion [krɪˋmeʃən; krɪˈmeɪʃn] *n.* ⓊⒸ 火葬.

crem·a·to·ri·um [ˌkrimaˋtoriəm, ˌkrɛmə-; ˌkreməˈtɔːriəm] *n.* =crematory.

crem·a·to·ry [ˋkrimaˌtori, ˈkrɛm-, -ˌtɔri; ˈkremətəri] *n.* (pl. **-ries**) ⓒ 火葬場.

Cre·ole [ˋkriol; ˈkriːəʊl] *n.* 1 ⓒ 克里奧人((a) 生於西印度群島、中南美洲的歐洲人; 特指西班牙裔的人; (b) 美國 Louisiana 的法國、西班牙移民的後裔; (c) 歐洲人和克里奧人及黑人的混血兒).

2 Ⓤ 克里奧語((a) 克里奧人所用的混合式法語; (b) 泛指兩個(以上)的民族雜居所產生, 並被視爲母語使用的混合語).

cre·o·sote [ˋkriəˌsot; ˈkrɪəsəʊt] *n.* Ⓤ 雜酚(油) 《醫療防腐用》. — *vt.* 用雜酚處理.

crepe, crêpe [krep; kreɪp] *n.* 1 Ⓤ 縐, 縐織物. 2 ⓒ 法式薄餅(包果醬等吃).

crêpe pàper *n.* Ⓤ 縐紋紙(有縐紋的薄紙; 做假花、包裝、餐巾之用; 亦可僅作 crepe)).

crept [krɛpt; krept] *v.* creep的過去式、過去分詞.

cre·scen·do [krəˋʃɛndo, -ˋsɛn-; krɪˈʃendəʊ] *adv.* (音樂) 漸強地, 漸漸增強地, 《符號 <; ↔ decrescendo).

— *n.* (pl. **-s**) ⓒ 1 (音樂)漸強(的樂節), 漸強音, 音調漸強. 2 (氣勢等)漸強; 《口》高潮.

cres·cent [ˋkrɛsn̩t; ˈkresnt] *n.* 1 上弦月, 新月(→ moon圖). 2 新月形(之物)(通常作the Crescent, 土耳其或回教的象徵). 3 新月形的一排房屋[街道]. ★《英》常用於路名.

— *adj.* 1 新月形的. 2 [特指月亮]漸漸變盈[大]的.

cress [krɛs; kres] *n.* Ⓤ 一種水芹, 水田芥, 《其葉可混在沙拉或三明治中食用).

*　**crest** [krɛst; krest] *n.* (pl. **~s** [~s; ~s]) ⓒ 1 (鳥的)冠, 冠毛. 2 (盔的)羽飾, 前飾. 3 (山)頂;

(波)峰. 4 《紋章》(盾形上的)飾章; (紋章, 信紙, 信封等上的)家徽.

on the crèst of a wáve 在波峰上; 在最得意的時候, 幸運地.

crest·ed [ˋkrɛstɪd; ˈkrestɪd] *adj.* 有冠[冠毛]的, 有羽飾[盔前裝飾, 飾章等]的.

crest·fall·en [ˋkrɛstˌfɔlən, -ˌfɒln; ˈkrestˌfɔːlən] *adj.* 沮喪的, 垂頭喪氣的.

cre·ta·ceous [krɪˋteʃəs; krɪˈteɪʃəs] *adj.* 1 白堊(質)的.

2 (the Cretaceous)《地質學》白堊紀[系]的(約從一億四千萬年前開始持續了七千萬年).

Crete [krit; kriːt] *n.* 克里特島《在地中海東部, 屬於希臘領土; → Balkan圖).

cre·tin [ˋkritn; ˈkretɪn] *n.* ⓒ《醫學》呆小症患者《由於甲狀腺機能障礙導致智力發展遲緩》.

cre·tonne [krɪˋtɑn, ˈkritɑn; ˈkretɒn] *n.* Ⓤ 印花裝飾布(印有大花圖飾的厚印花布).

cre·vasse [krəˋvæs; krɪˈvæs] *n.* ⓒ 冰川的裂縫, 決口.

crev·ice [ˋkrɛvɪs; ˈkrevɪs] *n.* ⓒ (岩石等的)裂縫.

*　**crew**[1] [kru, krɪu; kruː] *n.* (pl. **~s** [~z; ~z]) ⓒ (★用單數亦可作複數) 1 (船的)全體船員; (飛機的)全體機組人員. one of the *crew* 船員之一/The whole *crew* was saved. 全體工作人員都獲救了.

2 (高級船員除外的)全體船員, 全體下級船員. officers and *crew* 高級船員和全體下級船員.

3 (一起共事的)一隊[一組]工作人員.

4 賽艇的全體划船隊員.

5 《口》一群人, 一夥人.

— *vi.* 當船員[機組人員].

crew[2] [kru, krɪu; kruː] *v.* crow[2] 的過去式.

crèw cùt *n.* Ⓤ 平頭.

crew·man [ˋkrumən, ˈkrɪu-; ˈkruːmən] *n.* (pl. **-men** [-mən; -mən]) ⓒ (一名)船員[空服人員等].

crib [krɪb; krɪb] *n.* ⓒ 1 《主美》(四周有圍欄的)嬰兒床((英) cot).

2 (家畜的)飼料棚, 飼料槽.

3 《美》(穀物、鹽等的)圍槽, 倉庫.

4 《口》小抄, (自修)參考書.

— *v.* (**~s**; **~bed**; **~·bing**)《口》*vt.* 作弊, 抄襲, 剽竊. — *vi.* 作弊.

crib·bage [ˋkrɪbɪdʒ; ˈkrɪbɪdʒ] *n.* Ⓤ 一種 2-人玩的紙牌遊戲.

crick [krɪk; krɪk] *n.* ⓒ (通常加 a) (特指頸或背的)疼痛性痙攣.

— *vt.* 引起疼痛性痙攣, 扭傷.

*　**crick·et**[1] [ˋkrɪkɪt; ˈkrɪkɪt] *n.* (pl. **~s** [~s; ~s]) ⓒ《蟲》蟋蟀.

*　**crick·et**[2] [ˋkrɪkɪt; ˈkrɪkɪt] *n.* Ⓤ 板球(英國的代表性運動, 類似棒球; 一隊11人). play *cricket* on the grass 在草地上玩板球.

nòt crícket 《口》不光明正大.

crick·et·er [ˋkrɪkɪtɚ; ˈkrɪkɪtə(r)] *n.* ⓒ 板球運動員.

cried [kraɪd; kraɪd] *v.* cry的過去式、過去分詞.

[cricket²]　　　wicket

cri·er [ˋkraɪɚ; ˈkraɪə(r)] n. C 1 哭[叫]的人，好哭的人(指幼兒).
2 (法庭上的)傳呼員, 法警.
3 (市鎮的)街頭宣告員(亦稱 tòwn críer).

cries [kraɪz; kraɪz] v. cry 的第三人稱、單數、現在式. — n. cry 的複數.

*crime [kraɪm; kraɪm] n. (pl. ~s [~z; ~z]) 1 C (法律上的)罪, 罪行; U (集合)罪行. a capital crime 死罪/commit a crime 犯罪.
◎crime 是根據法律而應受懲罰的罪; sin 是指宗教上、道德上的罪; → offense.
||搭配|| adj.+crime: a serious ~ (重大的犯罪), a terrible ~ (殘暴的罪行), a violent ~ (暴力型犯罪) // v.+crime: prevent (a) ~ (防治犯罪), punish a ~ (處罰犯罪).
2 C (泛指)罪過, 惡行. a crime against humanity 不人道的罪行(《集體大屠殺等》).
3 C (用單數)《口》錯事, 令人羞愧的事. It's no crime to just idle the whole day once in a while. 只是偶爾偷賴一天, 並不算甚麼罪過.
⇨ adj. **criminal**.

Cri·me·a [kraɪˋmiə, krɪ-; kraɪˈmɪə] n. (加the)克里米亞半島(在黑海北岸; 屬烏克蘭領土).

*crim·i·nal [ˋkrɪmən!, ˋkrɪmɪn!] adj. 1 (限定)犯罪的; 刑事罪的(↔ civil). have a criminal record 有前科.
2 罪犯的, 犯罪的. a criminal act 犯罪行為.
3 《口》丟臉的, 可恥的. The Minister's repetition of the same answer is criminal. 該部長反覆應用同樣的話回答是很差勁的(<不符合認知規範的要求期望》). ⇨ n. **crime**.
— n. (pl. ~s [~z; ~z]) C 犯人, 犯罪者. The criminal was sent to prison. 犯人被送進監獄了.

críminal còurt n. C刑事法庭.

críminal láw n. U刑法(↔ civil law).

crim·i·nal·ly [ˋkrɪmən!ɪ, ˋkrɪmnlɪ; ˈkrɪmɪnəlɪ] adv. 刑事上; 犯罪地.

crim·i·nol·o·gy [ˌkrɪməˋnɑlədʒɪ; ˌkrɪmɪˈnɒlədʒɪ] n. U犯罪學.

crimp [krɪmp; krɪmp] vt. 把(布, 餡餅皮等)打摺; (特指用燙髮鉗)把(頭髮)燙捲.
— n. UC 打摺[起皺]的東西; 皺褶, 波形捲, 褶; (通常 crimps)捲髮.

crim·son [ˋkrɪmzn; ˈkrɪmzn] adj. 深紅色的.
— n. U深紅色(紫紅; →見封面裡).
— vi. 變成深紅; (臉色等)變紅.

cringe [krɪndʒ; krɪndʒ] vi. 1 (由於恐懼等)蜷縮, 退縮. The whole nation cringed to this dictator through fear. 全國人民由於恐懼而屈服於這個獨裁者. 2 卑躬屈膝, 阿諛奉承.

crin·kle [ˋkrɪŋk!; ˈkrɪŋkl] vt. 1 把(紙, 布等)(壓)皺, 使捲曲, 《up》.
2 使沙沙作響.
— vi. 1 起皺, 捲曲, 《up》. 2 發出沙沙聲.
— n. C皺, 捲曲; 沙沙聲.

crin·kly [ˋkrɪŋklɪ; ˈkrɪŋklɪ] adj. 起皺的; (頭髮)捲曲的.

crin·o·line [ˋkrɪnlɪn, -ˌin; ˈkrɪnəlɪn] n. C襯架裙(舊時爲了使裙子撐起, 把硬粗布罩在襯架上做成的襯裙).

[crinoline]

crip·ple [ˋkrɪp!; ˈkrɪpl] n. C身體傷殘者, 手腳不便者.
— vt. 1 使(人, 動物)受傷致殘. be crippled for life 終身殘廢.
2 使…喪失能力[機能], 使癱瘓. The railway system was crippled by the typhoon. 鐵路系統因颱風而癱瘓.

cri·ses [ˋkraɪsiz; ˈkraɪsiːz] n. crisis 的複數.

*cri·sis [ˋkraɪsɪs; ˈkraɪsɪs] n. (pl. -ses) C 1 危機, 危急關頭. a food crisis 糧食危機/a financial crisis 財務危機/have a sense of crisis 有危機意識/get over a crisis 度過危機/bring the political situation of the country to a crisis 把國家的政治情勢帶入危機之中.
||搭配|| adj.+crisis: an impending ~ (迫切的危機), a serious ~ (嚴重的危機) // v.+crisis: avoid a ~ (避免危機), cause a ~ (引發危機), overcome a ~ (克服危機).
2 (命運的)關鍵時刻, 轉捩點; (疾病的)決定性時刻, 危險期. a crisis in a person's life 某人生命中的轉捩點/near-death crisis 臨死(的一刻)/His illness has passed the crisis. 他的病已過了危險期. ⇨ adj. **critical**.

*crisp [krɪsp; krɪsp] adj. (~·er; ~·est) 1 (特指食品)脆的, 乾且易碎的. These crackers are no longer crisp. 這些餅乾不脆了/crisp bacon 煎脆的培根.
2 (蔬菜, 水果等)鮮脆的, 新鮮的; 剛做好的. crisp celery 口感爽脆的(新鮮)芹菜/crisp bank notes 新印行(摸起來脆脆)的鈔票.
3 (頭髮)捲曲的, 波浪狀的.
4 (態度等)乾脆俐落的, 爽快的. give a crisp reply 爽快地回答/walk at a crisp pace 步伐俐落.
5 (氣候等)令人神清氣爽的, 感覺奕奕的.
— vt. (煎炸等)使變脆; 使捲縮.
— vi. 變脆.

C

— n. (英)(crisps)馬鈴薯脆片(potato crisps).

crisp·ly [ˋkrɪsplɪ; ˈkrɪsplɪ] adv. 變脆地; 新鮮地.

crisp·ness [ˋkrɪspnɪs; ˈkrɪspnɪs] n. ⓤ脆; 新鮮.

crisp·y [ˋkrɪspɪ; ˈkrɪspɪ] adj. =crisp 1, 2.

criss·cross [ˋkrɪsˏkrɔs; ˈkrɪskrɒs] n. ⓒ十字形, ×字形.

— adj. 十字(形)的, 交叉的.

— adv. 十字狀地(交叉著).

— vt. 在⋯上畫十字形, 作×字形標記; 使十字交叉; 在⋯上交叉往來.

— vi. 作十字交叉; 多次交叉.

cri·te·ri·a [kraɪˋtɪrɪə; kraɪˈtɪərɪə] n. criterion 的複數.

cri·te·ri·on [kraɪˋtɪrɪən; kraɪˈtɪərɪən] n. (pl. **-ri·a**, **~s**) (判斷的)準則, 標準.

✻crit·ic [ˋkrɪtɪk; ˈkrɪtɪk] n. (pl. **~s** [~s; ~s]) ⓒ **1** (文藝, 音樂, 電影等專門的)批評家, 評論家; (泛指)批評的人. a literary critic 文學評論家/The nonfiction movie was praised by the critics. 這部寫真故事改編的影片頗受影評(人)讚譽. **2** 好批評者, 愛評頭論足的人. an out-spoken critic of the present educational system 對現行教育制度敢直言批評的人.

✻crit·i·cal [ˋkrɪtɪk; ˈkrɪtɪk] adj. **1** 批評(家)的, 評論(家)的. a critical essay 評論/The musical was a critical success but a commercial failure. 這部音樂劇頗受好評, 但票房卻失利.

2 批判的, 嚴厲批評的, 挑剔的, (of). The reviewer is sharply critical of the novel. 那評論家毫不留情地批評那本小說/Why are you so critical of me? 你爲甚麼對我這樣百般挑剔?

3 瀕危的; 病危的; 決定性的, 重要的; 千鈞一髮的. His fever is past the critical stage. 他的燒已經過了危險期/critical periods in English history 英國歷史上決定性的(重要)時期/Ability to operate a computer is critical for this job. 會操作電腦是這個工作的必要條件.

⟐ n. 1, 2 是 criticism, critic; 3 是 crisis.

crit·i·cal·ly [ˋkrɪtɪk̩lɪ, -ɪk̩lɪ; ˈkrɪtɪkəlɪ] adv. **1** 批判(性)地; 嚴厲批評地.

2 相當危險地, 千鈞一髮地. My mother is critically ill. 我母親病危.

crit·i·cise [ˋkrɪtəˏsaɪz; ˈkrɪtɪsaɪz] v. (英)= criticize.

✻crit·i·cism [ˋkrɪtəˏsɪzm; ˈkrɪtɪsɪzəm] n. (pl. **~s** [~z; ~z]) ⓤⓒ **1** (對文藝作品等的)批評, (成爲文藝之一部分的)批評, 評論; 批評文章; (一般的)批評. literary criticism 文學批評/The expert offered a few criticisms of our plan. 那位專家對我們的計畫提出了一些批評.

2 批判; 挑剔, 刁難. accept criticism 接受批評/His proposal drew harsh criticism. 他的建議招來嚴厲的批評.

⟐ adj. **critical**. v. **criticize**.

✻crit·i·cize [ˋkrɪtəˏsaɪz; ˈkrɪtɪsaɪz] v. (**-ciz·es** [~ɪz; ~ɪz], **~d** [~d; ~d]; **-ciz·ing**) vt. **1** 批評, 評論. criticize a novel favorably 正面批評一本小說/The teacher criticized his students' compositions. 那老師批評學生們的作文.

2 批判; 挑剔, 非難. The police were severely criticized for firing on the crowd. 警方因爲向群眾開槍而遭到嚴厲的抨擊.

— vi. **1** 批評, 評論. **2** 吹毛求疵.

cri·tique [krɪˋtik; krɪˈtiːk] n. ⓒ (思想, 文藝等的)批評(論文), 評論(篇幅長且有組織的文章).

croak [krok; krəʊk] n. ⓒ (靑蛙, 烏鴉等的)呱[嘎嘎]叫聲, 嘶啞的聲音.

— vt. 用嘶啞的聲音說.

— vi. **1** 呱呱[嘎嘎]叫.

2 發出嘶啞聲, 用嘶啞聲說話.

Cro·a·tia [kroˋeʃə; krəʊˈeɪʃə] n. 克羅埃西亞(位於前南斯拉夫西北部的共和國; 首都 Zagreb).

Cro·a·tian [kroˋeʃən; krəʊˈeɪʃən] adj. 克羅埃西亞(人, 語)的.

— n. **1** ⓤ克羅埃西亞語. **2** ⓒ克羅埃西亞人.

croch·et [kroˋʃe; krəʊˈʃeɪ] n. ⓤ鉤針織品, 鉤針編織(的作品).

— vi. 用鉤針編織.

— vt. 用鉤針編織⋯.

crock¹ [krak; krɒk] n. ⓒ陶製的瓦罐(罈).

crock² [krak; krɒk] n. ⓒ (主英, 口) **1** 破車.

2 老糊塗(常作 old crock).

crock·er·y [ˋkrakərɪ, -krɪ; ˈkrɒkərɪ] n. ⓤ陶器, 瓦器.

Crock·ett [ˋkrakɪt; ˈkrɒkɪt] n. Davy ~ 克洛克特(1786–1836)(美國的邊疆開拓者, 政治家; 戰死於阿拉莫要塞).

croc·o·dile [ˋkrakəˏdaɪl; ˈkrɒkədaɪl] n. **1** ⓒ (動物)鱷(→ alligator). **2** ⓤ鱷魚皮革.

crŏcodile tĕars n. 《作複數》假慈悲(源自鱷魚邊吃獵物邊流淚之說).

cro·cus [ˋkrokəs; ˈkrəʊkəs] n. ⓒ (植物)番紅花屬(的花).

Croe·sus [ˋkrisəs; ˈkriːsəs] n. **1** 克利薩斯(西元前 6 世紀中葉的里底亞國王; 以富有而聞名).

2 (泛指)富豪, 大財主.

croft [krɔft; krɒft] n. ⓒ (英)(特指蘇格蘭地區)住宅附近租來的小農場.

croft·er [ˋkrɔftə; ˈkrɒftə(r)] n. ⓒ (英)(特指蘇格蘭地區)租用小農場的佃農.

crois·sant [krwaˋsaŋ; ˈkrwʌsɑ̃ːŋ] (法語) n. (pl. **~s** [~, ~z; ~z]) ⓒ 可頌 (呈新月形的酥皮麵包).

crom·lech [ˋkramlɛk; ˈkrɒmlek] n. ⓒ (考古學)石室塚墓, 環狀列石, 《史前時代排列成環形的巨大石柱群; 一種 megalith》.

Crom·well [ˋkramwəl, -wɛl, ˋkrʌm-

ˈkrɒmwəl] *n.* Oliver ~ 克倫威爾(1599-1658)《英國的軍人、政治家；清教徒革命的領袖；廢除王政後擔任護國公(Protector)》.

cro·ny [ˈkronɪ; ˈkrəʊnɪ] *n.* (*pl.* **-nies**) C《口》(特指上了年紀的)好朋友.

crook [kruk; krok] *n.* C **1** 彎曲物；(牧羊人的)曲柄杖(shepherd's crook).
2 彎曲，鉤狀(部)，《大黑傘的手把等的》.
3《口》竊賊，騙子.
— *vt.* 使彎曲. *crook one's finger* 彎曲手指《把食指朝上彎曲是表示 "Come here."》.
— *vi.* 彎曲.

[crook one's finger]

crook·ed [ˈkrʊkɪd; ˈkrʊkɪd] *adj.* **1** 彎曲的，不直的；變形的. a *crooked* road 彎彎曲曲的路.
2《口》心術不正的，不誠實的. a *crooked* business 不誠實的生意.

crook·ed·ly [ˈkrʊkɪdlɪ; ˈkrʊkɪdlɪ] *adv.* 彎曲地；狡詐地.

crook·ed·ness [ˈkrʊkɪdnɪs; ˈkrʊkɪdnɪs] *n.* U 彎曲；狡詐.

croon [krun; kruːn] *vt.* **1** 用輕柔感傷的方式唱〔流行歌曲〕. **2** 低聲哼唱.
— *vi.* **1** 感傷地歌唱. **2** 低聲柔和地哼唱.

croon·er [ˈkrunɚ; ˈkruːnə(r)] *n.* C 低聲哼唱者《低聲哼唱感傷歌曲的歌手》.

crop [krɑp; krɒp] *n.* (*pl.* ~**s** [~s; ~s]) C **1** (常 crops)農作物. gather [harvest] a *crop* 收穫作物/the main *crop* 主要作物/The typhoon did great damage to the *crop*(s). 這次颱風對農作物造成重大的損害.
2 收穫(量)，收成. a rich [good] *crop* 豐收/a bad [poor] *crop* of wheat 小麥歉收/My land yields bountiful *crops*. 我的農地收成很好.
3 (通常用單數)(同時湧現的)一群. a *crop* of new writers 新銳作家輩出/The article is a *crop* of lies. 這篇文章全是胡說八道.
4 騎馬用的鞭(亦稱 riding *cròp*；→ cane 圖).
5 (通常用單數)平頭.
— *vt.* (~**s**；~**ped**；~**ping**) **1** 剪(短)；修剪(…的)邊，尖端等. His hair was *cropped* short. 他的頭髮剪成了平頭. **2** 〔動物〕咬去〔草尖〕，吃〔草〕.
cròp óut〔岩石，礦物等〕露出於地面上.
cròp úp〔問題，困難等〕意外出現. Difficult problems have *cropped up* one after another. 困難的問題接踵而來.

crop·per [ˈkrɑpɚ; ˈkrɒpə(r)] *n.* C **1** (加形容詞)有…收成的作物. a good [bad] *cropper* 收成好[不好]的作物.
2《口》(從馬身上的)墜落；慘敗.
còme a cròpper《口》(1)猛摔一跤. (2)一敗塗地.

cro·quet [kroˈke; ˈkrəʊkeɪ] *n.* U 槌球(一種用長桿推進木球的戶外運動).

cro·quette [kroˈkɛt; krɒˈket] *n.* C 炸丸子.

cro·sier [ˈkroʒɚ; ˈkrəʊʒə(r)] *n.* C 權杖(bishop

在舉行儀式等時所持；→ cope² 圖).

‡**cross** [krɔs; krɒs] *n.* (*pl.* ~**es** [~ɪz; ~ɪz]) C
〖十字架〗**1** 釘死犯人的十字架.
2 (the Cross)(釘死基督的)十字架《基督教的象徵；基督受難像〔圖〕).
3〖十字架的象徵〗(the Cross)基督教(國家). the followers of the *Cross* 基督教徒.
4〖背負十字架〗(the Cross)(基督的)受難，考驗，苦難. A sick husband has been her *cross*. 生病的丈夫一直是她所背負的苦難.
5 十字標[塔]，十字形紀念碑[墓碑].
6 十字圖案；十字勳章；十字(用手在胸前等畫十字表示信仰、祝福).
7 十字形的符號(+，×)，×字形. make one's *cross* (文盲代替簽名)畫×字形.
〖交叉(成十字)〗**8** (動植物的)交配，雜交；(兩種不同東西的)混合(物). a *cross between* a horse and a donkey 馬和驢的雜交種.
on the cróss 沿對角線，斜著. cut cloth *on the cross* 沿對角線裁布料.
take ùp one's cróss 背負十字架[苦難]《源自基督受難》.
— (~**es** [~ɪz; ~ɪz]；~**ed** [~t; ~t]；~**ing**) *vt.*
〖使交叉(成十字)〗**1** 使交叉，把〔腳，手臂等〕交叉. *cross* a knife and a fork 把刀叉交叉放置/*cross* one's legs 盤腿，翹腿.
2 和…交叉；橫越，橫過. Bob *crossed* the finish line in second place. 鮑伯第二個通過終點線/*cross* a street 過馬路/The ferry *crosses* the river twice a day. 這艘渡船一天橫渡兩次河.
3 在…上畫橫線；在…上畫橫線去除；[句型3] (cross **A** *off* **B**)(畫橫線)把 A 從 B 上刪除. *Cross* my name *off* the list. 把我的名字從這份名單刪去/*cross*/…/*off* [*out*](→片語).
〖阻擋去路〗**4** 反對，阻撓，干涉. You'd better not *cross* her. 你最好不要阻攔她/They chose death after being *crossed* in love. 他們感情受挫，後來選擇了殉情一途.
5〖前進之路交錯〗和…錯過，錯開；使干擾〔電話等〕. Your letter *crossed* mine (in the post). 你的信跟我的信互相錯過了/The lines are *crossed*. 電話有雜訊.
〖使交會〗**6** 使〔動植物〕異種交配.
— *vi.* **1** 交叉. Two roads *cross* there. 兩條路在那裡交叉.
2 穿過，越過，渡過；轉移到另一方. *cross* to the opposite bank 渡至對岸/*cross* over to the Democrats 轉向民主黨.
3 錯開，錯過. Our letters seem to have *crossed* (in the post). 看來我們的信是互相錯過了.
cròss a person's mínd〔想法等〕突然湧上某人心頭. A solution to the difficulty *crossed* my *mind* while I was waiting for the bus. 我在等公車時突然想到解決這道難題的方法.
cròss a pèrson's pálm (*with sílver*) (1)付錢(給

占星師)(源自用銀幣在對方的手心畫十字)。(2)向人
行賄。

cròss/.../**óff** [**óut**] (畫橫線)把…刪除，刪去。
cross out the last letter *e* 刪掉最後的 *e* 字母。

cròss a pèrson's **páth** 遇見某人。He is one of
the rottenest fellows that have ever *crossed* my
path. 他是我所遇過最壞的人(之一)。

cróss onesèlf 畫十字(指尖依額頭、胸前、兩肩的
順序移動；主要爲天主教的敬
神手勢)。

cróss one's **t's** (**and dòt**
one's **i's**) (口)注意細節((<
不要忘記 t 上面的一橫(和 i
上面的一點)；發音爲 t's [tiz;
ti:z], i's [aɪz; aɪz])。

— *adj.* **1** 發怒的，不高興
的；易怒的。Father was
very *cross about* the broken
window. 父親對打破玻璃窗

[cross oneself]

的事十分生氣/Why are you *cross with* me all the
time? 你爲甚麼老是對我發脾氣?

2 交叉的，斜的，橫的。*cross* streets 交叉路。

cross- (構成複合字) **1** 「相交成直角的，交叉的」
之意。*crossbeam.* **2** 「反的，相反的」之意。*cross-
current. cross-purposes.* **3** 「橫越」之意。*cross-
country.*

cross·bar [ˋkrɔsˏbɑr; ˈkrɒsbɑː(r)] *n.* © 橫木，
橫桿，((足球等球門的橫桿，跳高架的橫桿，字母 H
中的一橫等))。

cross·beam [ˋkrɔsˏbim; ˈkrɒsbiːm] *n.* © ((建
築))橫梁。

cross·bones [ˋkrɔsˏbonz; ˈkrɒsbəʊnz] *n.* (作
複數)交叉的股骨(兩根大腿骨交叉的圖形)。skull
and *crossbones* →見 skull and crossbones。

cross·bow [ˋkrɔsˏbo; ˈkrɒsbəʊ] *n.* © (中世紀
時期所使用的)十字弓(發射石塊、箭)。

[crossbow]

cross·bred [ˋkrɔsˋbrɛd; ˈkrɒsbred] *v.* cross-
breed 的過去式、過去分詞。— *adj.* 雜種的。

cross·breed [ˋkrɔsˋbrid, -ˏbrid; ˈkrɒsbriːd] *v.*
(~s; -bred; ~ing) *vt.* 使(動植物)異種交配。
— *vi.* (動植物)雜交。
— *n.* © 配種，雜種。

cross·check [ˋkrɔsˋtʃɛk; ˈkrɒsˈtʃek] *vt.* (用不
同的方法)做(計算，解答等)的驗算；交叉驗算。

cross·coun·try [ˋkrɔsˋkʌntrɪ; ˏkrɒsˈkʌntrɪ]

adj. **1** (不走道路而)越過山野的。a *cross-country*
race 越野賽跑。
2 (旅行，交通工具等)橫越全國的；全國性的。
— *adv.* 越野地。
— *n.* (*pl.* **-tries**) © 越野賽跑。

cross·cul·tur·al [ˋkrɔsˋkʌltʃərəl,
ˏkrɒsˈkʌltʃərəl] *adj.* 文化之間的，比較文化的。
cross-cultural study of marriage customs 關於結
婚習俗在文化差異上的研究。

cross·cur·rent [ˋkrɔsˏkɜənt; ˈkrɒskʌrən]
n. © **1** (海，河等的)交叉水流。
2 相反的思想[意見]。*crosscurrents* of economy
thought 不同的經濟思潮。

cross·cut [ˋkrɔsˏkʌt; ˈkrɒskʌt] *n.* © (兩點■
的)直線路徑，捷徑。

crossed [krɔst; krɒst] *adj.* **1** 交叉的，畫成十
形的。two *crossed* lines 交叉的兩條線。
2 (支票)畫線的；畫橫線的。

cross·ex·am·i·na·tion
[ˋkrɔsɪɡˏzæmə'neʃən; ˈkrɒsɪɡˏzæmɪ'neɪʃn] *n.* UC
1 ((法律))反詰問(法庭辯論中，詰問已由對方詰問■
的證人)。 **2** 嚴厲的盤問，詰問。

cross·ex·am·ine [ˋkrɔsɪɡˋzæmɪ
ˏkrɒsɪɡˈzæmɪn] *vt.* **1** ((法律))反詰問(證人)((檢察■
訊問被告的證人，律師訊問檢察官的證人))。
2 嚴厲地盤問(人)。

cross·eyed [ˋkrɔsˏaɪd; ˈkrɒsaɪd] *adj.* 鬥雞■
的，斜視的。

cross·fer·ti·li·za·tion [ˋkrɔsˏfɜtləˋzeʃ■
ˏkrɒsˏfɜːtɪlaɪˈzeɪʃn] *n.* U ((生物))異體[異花]受精。

cross·fer·ti·lize [ˋkrɔsˋfɜtl̩ˏa■
ˏkrɒsˈfɜːtɪˏlaɪz] *vt.* 使異體[異花]受精。

cross·fire [ˋkrɔsˏfaɪr; ˈkrɒsfaɪə(r)] *n.* U
1 ((軍事))交叉射擊。 **2** 來自四面八方的盤問。

cross·grained [ˋkrɔsˋgrend; ˈkrɒsgreɪn■
adj. **1** (木材)紋理不規則的，斜紋的。
2 ((口))頑固的，執拗的。

*****cross·ing** [ˋkrɔsɪŋ; ˈkrɒsɪŋ] *n.* (*pl.* ~s [~z; ~■
1 UC 橫過，橫越；橫渡；交叉。We ha■
rough *crossing* on an old ferry. 我們乘舊渡船■
辛地橫渡。
2 © (道路等的)十字路口，行人穿越道，(鐵路的)■
平交道。a railroad *crossing* 鐵路平交道/a zebr■
crossing →見 zebra crossing。
3 UC ((生物))雜交。

cross·leg·ged [ˋkrɔsˋlɛgɪd, -ˋlɛgd; ˈkrɒsleg■
adj. 翹著腿的，盤著腿的。
— *adv.* 翹著腿地，盤著腿地。sit *cross-legged* ■
the floor 在地板上盤腿而坐。

cross·ly [ˋkrɔslɪ; ˈkrɒslɪ] *adv.* 不高興地。

cross·ness [ˋkrɔsnɪs; ˈkrɒsnɪs] *n.* U 不高興■

cross·o·ver [ˋkrɔsˏovɚ; ˈkrɒsˏəʊvə(r)] *n.* ■
1 ((鐵路))(爲使車輛轉移到別的軌道的)轉線軌■
2 U ((美))(從爵士到搖滾等的)曲風轉變；© 交■
音樂(例如在爵士樂中融入其他風格的音樂)。
3 ((英))(越過其他道路的)高架橋。

cross·pur·pos·es [ˋkrɔsˋpɜpəs■
ˏkrɒsˈpɜːpəsɪz] *n.* ((作複數))相反的目的。

at cròss-púrposes 互相矛盾的意圖.

cross-ques·tion [ˈkrɔsˈkwɛstʃən; ˌkrɔsˈkwestʃən] v. =crossexamine.

cross·ref·er·ence [ˈkrɔsˈrɛfərəns; ˌkrɔsˈrefərəns] n. Ⓒ (在同一論文[著作]中的)互相參照.

cross·road [ˈkrɔsˌrod; ˈkrɒsrəʊd] n. (pl. ~s [-z; ~z]) 1 Ⓒ交叉路; (連接幹線道路的)支線.
2 (crossroads)《單複數同形》交叉路口, 十字路口; 岔路, 歧路. democracy at the crossroads 面臨重要抉擇的民主政體.

cross·sec·tion [ˈkrɔsˈsɛkʃən; ˌkrɒsˈsekʃn] n. Ⓒ橫截面; 剖面圖. a crosssection of an engine 引擎的剖面圖/The Army represented a crosssection of Japanese society. 軍隊是日本社會的縮影(指各階層的人都包含在內).

cross·stitch [ˈkrɔsˌstɪtʃ; ˈkrɒsstɪtʃ] n. Ⓒ十字繡針法(使線交叉縫成×形); Ⓤ十字繡.

cross·walk [ˈkrɔsˌwɔk; ˈkrɒswɔːk] n. Ⓒ《美》行人穿越道((英) pedestrian crossing).

cross·ways [ˈkrɔsˌwez; ˈkrɒswez] adv. = crosswise.

cross·wise [ˈkrɔsˌwaɪz; ˈkrɒswaɪz] adv. 1 橫著; 橫越地. 2 交叉地; 斜對著; 成十字形地.

cross·word [ˈkrɔsˌwɝd; ˈkrɒswɜːd] n. (pl. ~s [-z; ~z]) Ⓒ縱橫字謎, 填字遊戲. (亦稱cróssword pùzzle).

crotch [krɑtʃ; krɒtʃ] n. Ⓒ 1 (人的)胯部; (長褲, 褲子等的)褲襠. 2 (樹的)枝幹分歧處.

crotch·et [ˈkrɑtʃɪt; ˈkrɒtʃɪt] n. 《英》《音樂》= quarter note.

crotch·et·y [ˈkrɑtʃətɪ; ˈkrɒtʃɪtɪ] adj. 《口》〔特指老人〕性情執拗古怪的, 固執難纏的.

crouch [kraʊtʃ; kraʊtʃ] vi. 1 〔人, 動物〕彎身, 蹲踞, 蜷縮, 《down》. 2 (由於恐懼而)垂頭喪氣, 蜷縮.
— n. ⓊⒸ蹲伏.

croup [krup; kruːp] n. Ⓤ《醫學》哮吼(特指兒童喉頭和氣管發炎的疾病).

crou·ton [kruˈtɑn; ˈkruːtɒn] (法語) n. Ⓒ油炸過的小麵包塊(放於湯內食用).

crow¹ [kro; krəʊ] n. (pl. ~s [-z; ~z]) Ⓒ(鳥)烏鴉(carrion crow, raven, rook 等的總稱); 烏鴉的叫聲. (as) black as a crow 如烏鴉般漆黑的/A crow caws. 烏鴉嘎嘎叫.
as the cròw flíes 沿直線地.

crow² [kro; krəʊ] vi. (~s; ~ed, 1 罕作 crew; ~ed; ~ing) 1 〔公雞〕啼叫.
2 〔特指嬰兒〕高興地咯咯笑.
3 《口》自誇, 誇耀, 《about》.
crów over... 對〔人的失敗, 不幸等〕感到高興, 幸災樂禍.
— n. Ⓒ 1 (用單數)雞啼聲.
2 (通常用單數)(嬰兒的)咯咯笑聲.

crow·bar [ˈkroˌbɑr; ˈkrəʊbɑː(r)] n. Ⓒ撬棒.

crowd [kraʊd; kraʊd] n. (pl. ~s [-z; ~z]) 【人, 物的聚集】 1 Ⓒ (★重點為團體中的不同個體時, 用單數亦可作複數)群, 群眾, 人群. a crowd [crowds] of refugees 一大批難民/a football crowd 看足球賽的群眾/There was a crowd of students waiting in front of the library. 有一大群學生在圖書館門口等著/A large crowd gathered in the square. 一大群人聚集在廣場上.

┃ 搭配 ┃ adj.+crowd: a huge ~ (一大群人), a small ~ (一小撮人) // crowd+v.: a ~ collects (人群聚集), a ~ breaks up (人群散去).

2 (加the)大眾, 民眾. appeal to the crowd 訴諸大眾.
3 Ⓒ《口》(特殊的)一夥人, 夥伴, 朋友, 同伴. the college crowd 大學生們.
4 Ⓒ (紛亂)堆積之物. a crowd of books on the desk 桌上堆得亂七八糟的書本.
fòllow [mòve with] the crówd 盲從附和, 追隨趨勢. Young people today seem content to follow the crowd. 現今的年輕人似乎滿足於盲目追隨流行.

— v. (~s [-z; ~z]; ~ed [-ɪd; ~ɪd]; ~·ing) vt. 1 〔人〕群聚在, 聚集在, 〔某場所〕. People crowd the beaches on holidays. 假日時人群聚集在海邊/The theater was crowded with young people. 戲院裡擠滿了年輕人.
2 使〔場所〕擠滿, 〔場所〕擠滿, 塞滿. The little boy crowded the cupboard with his toys.=The little boy crowded his toys into the cupboard. 小男孩將他的玩具塞進櫃子裡.
3 (在混亂中)擠, 推〔人〕, (push). Don't crowd me. 別擠我.
— vi. 〔人〕聚集, 挨近, 擠過來. Shoppers crowded around the bargain tables. 顧客們擠在特價品專櫃周圍/crowd into a bus 擠上公車.
cròwd/.../óut 擠出…, 擠掉….

*__**crowd·ed**__ [ˈkraʊdɪd; ˈkraʊdɪd] adj. 擠滿的; 混雜的; 客滿的; 〔行程等〕繁忙的. a crowded train 客滿的火車/a crowded schedule 滿滿的行程/a store crowded with customers 擠滿顧客的商店/I can't deal with such a crowded schedule. 我無法應付排得這麼滿的行程.

*__**crown**__ [kraʊn; kraʊn] n. (pl. ~s [-z; ~z]) 【冠】 1 Ⓒ (戴在頭上, 象徵勝利榮譽的)花冠, 榮譽之冠; 榮譽. a crown of victory 勝利的榮冠/a triple crown (棒球的)三冠王榮銜/the world heavyweight crown 世界重量級冠軍.
【王冠】 2 Ⓒ 王冠(→ regalia 圖). wear the crown 戴王冠.
3 【王冠所象徵的事物】(the crown [Crown])王位, 王權; 君主. succeed to the crown 繼承王位/pay homage to the Crown 向國王致敬.
【王冠之印】 4 Ⓒ (在紋章, 圖案等上面所用的)王冠.
5 Ⓒ克朗(英國的舊五先令銀幣).
【冠>頂點】 6 Ⓒ (頭, 帽子, 山等的)頂部, 頂

點, 頂峰, (top); 頭部(head). the *crown* of a hill 山頂/from *crown* to toe 從頭頂到趾尖.

7 (加 the)極致, 顛峰. the *crown* of Baroque architecture 巴洛克建築風格的極致.

— *vt.* 〖使戴上王冠〗 **1** (a)加冕, 立為君主. *crowned* heads 國王[女王]等.

(b) 〖句型5〗 (crown **A B**)使 A(人)成為 B(君主等). The Pope *crowned* him King. 教皇加冕他成為國王/Elizabeth was *crowned* Queen. 伊莉莎白登基為女王.

2 (作為勝利者的象徵)給…戴上花冠等, 給與…榮譽(*with*). Your effort will be *crowned with* success someday. 你的努力終有一天會成功.

3 (如冠般地)覆於頂上, 蓋上. peaks *crowned* with snow 白雪皚皚的山頂.

4 【裝飾頂點】給…作最後的修飾; 圓滿地結束. The presidency *crowned* his career. 擔任總統一職將他的事業帶到了顛峰/Mary's beautiful hair is her *crowning* glory. 漂亮的頭髮是瑪莉最大的驕傲.

to cròwn (*it*) *áll* (幸運或不幸接連不斷地)到了最後. He failed the exam, his father died, and *to crown* (*it*) *all* he fell seriously ill himself. 他考試不及格, 父親去世, 到最後自己還生了重病.

Cròwn Cólony n. ⒸⒸ(英)英國王直轄殖民地.

cròwn cóurt n. ⒸⒸ(英)刑事法庭.

crown·ing [`kraʊnɪŋ; 'kraʊnɪŋ] adj. (限定)至高無上的, 最高的.

cròwn prínce n. ⒸⒸ(英國以外國家的)王儲(《英國的王儲是 Prince of Wales)).

cròwn príncess [或 ⌐ ⌐ ⌐] n. ⒸⒸ **1** (英國以外國家的)王妃. **2** 女性的王位繼承人.

crow's-feet [`kroz,fit; 'krəʊzfiːt] n. (作複數)(因年老而產生的)眼角的皺紋,「魚尾紋」.

crow's-nest [`kroz,nɛst; 'krəʊznest] n. ⒸⒸ(海事)桅杆瞭望臺.

cru·cial [`kruʃəl, `krɪuʃəl; 'kruːʃl] adj. 《文章》決定性的, 極其重要的, ((to, for 關於…)). a *crucial* moment in the discussion 討論中決定性的時刻/His home run was *crucial to* our victory. 他擊出的全壘打是我們勝利的關鍵. ⇨ n. **crux.**

cru·cial·ly [`kruʃəlɪ, `krɪuʃəlɪ; 'kruːʃəlɪ] adv. 《文章》決定性地.

cru·ci·ble [`krusəbl, `krɪu-; 'kruːsɪbl] n. ⒸⒸ **1** 坩堝. **2** 嚴峻的考驗.

cru·ci·fix [`krusə,fɪks, `krɪu-; 'kruːsɪfɪks] n. ⒸⒸ 基督被釘在十字架上的像.

[crucifix]

cru·ci·fix·ion [,krusə`fɪkʃən, ,krɪu-; ,kruːsɪ'fɪkʃn] n. **1** ⓊⒸ 釘死於十字架上.

2 (the Crucifixion)基督被釘在十字架上; ⒸⒸ基督被釘的圖畫[像].

cru·ci·fy [`krusə,faɪ, `krɪu-; 'kruːsɪfaɪ] vt. (-fies; -fied; ~ing) **1** 釘在十字架上.

2 虐待, 迫害.

‡**crude** [krud, krɪud; kruːd] adj. (**crud·er**; **crud·est**) **1** 天然的, 未經加工的. *crude* oil 原油/*crude* sugar 粗糖.

2 粗俗的, 粗野的, 無教養的. *crude* manners 不規矩.

3 粗糙的; 草率的. a *crude* idea 草率的想法/a *crude* sketch 粗糙的速寫/furniture of *crude* workmanship 粗製家具.

4 不加掩飾的, 露骨的. *crude* facts 赤裸裸的事實/a *crude* joke 露骨的笑話.

crude·ly [`krudlɪ, `krɪudlɪ; 'kruːdlɪ] adv. 天然地; 粗野地; 粗糙地; 粗略地, 大概地; 露骨地.

crude·ness [`krudnɪs, `krɪudnɪs; 'kruːdnɪs] Ⓤ不成熟; 粗俗.

crud·er [`krudɚ, `krɪudɚ; 'kruːdə(r)] adj. crude 的比較級.

crud·est [`krudɪst, `krɪudɪst; 'kruːdɪst] adj. crude 的最高級.

cru·di·ty [`krudətɪ, `krɪudətɪ; 'kruːdɪtɪ] n. (pl. -ties) **1** Ⓤ天然狀態, 未經加工的狀態.

2 Ⓤ幼稚; 粗俗; 粗糙.

3 ⒸⒸ粗俗的行為[話].

‡**cru·el** [`kruəl, `krɪuəl; 'krʊəl] adj. (**more ~**, (美) ~**er**, (英) ~**ler**; **most ~**, (美) ~**est**, (英) ~**lest**) **1** (人, 行為)殘酷的, 殘忍的 (↔ humane). *cruel* treatment 殘酷的對待/Don't be *cruel* to animals. 別虐待動物/It's *cruel* of you to say that. 你說這種話真殘忍啊!

2 〔事物〕艱苦的, 痛苦的; 殘酷的. a *cruel* disease 痛苦的疾病/a *cruel* winter 嚴冬/a *cruel* scene 殘酷的景象. ⇨ n. **cruelty.**

*‡**cru·el·ly** [`kruəlɪ, `krɪuəlɪ; 'krʊəlɪ] adv. 殘酷地, 殘忍地; 痛苦地, 艱苦地. suffer *cruelly* 痛苦煎熬.

cru·el·ties [`kruəltɪz, `krɪuəltɪz; 'krʊəltɪz] cruelty 的複數.

‡**cru·el·ty** [`kruəltɪ, `krɪuəltɪ; 'krʊəltɪ] n. (pl. -ties) **1** Ⓤ殘酷, 殘忍. *cruelty* to animals 虐待動物/have the *cruelty* to do… 極其殘酷地做…/treat a person with *cruelty* 殘酷地對待某人.

2 ⒸⒸ殘酷的行為[話等]. *cruelties* toward the prisoners of war 虐待戰俘的行為. ⇨ adj. **cruel.**

cru·et [`kruɪt, `krɪuɪt; 'kruːɪt] n. ⒸⒸ **1** (餐桌上的)調味瓶(小瓶, 小壺). **2** 調味瓶架(放入數種已搭配好的調味瓶; 亦作 crúet stànd).

cruise [kruz, krɪuz; kruːz] vi. **1** 〔遊艇, 軍艦等〕緩慢航行, 巡航; 〔警車〕(為了巡邏)緩慢行進; (無目的地)漫行, 蹓躂. *cruise* through the Bahamas 搭船漫遊巴哈馬群島/A police car was *cruising* through the

[cruets 1, 2]

park. 警車在公園中巡邏.
2〔汽車, 飛機〕以最省油的速度駕駛.
— vt.〔船, 車等在某地區〕緩慢航行〔行駛〕.
— n. C(以遊覽爲目的的)航行, 巡遊. go on a
cruise 乘船遊覽.

cruis·er [ˋkruzə, ˋkrɪuzə; ˈkruːzə(r)] n. C
1 巡洋艦. 2 娛樂用的汽艇((船艙可住宿; cabin
cruiser). 3 (美)巡邏車.

crumb [krʌm; krʌm] (★注意發音) n. (pl. ~s
[~z; ~z]) 1 C(通常 crumbs) (麵包, 蛋糕等的)碎
屑; 麵包粉; U(柔軟的)麵包心(→ crust
參考).
2 C少許, 片段. a few *crumbs* of learning 一知
半解的學問.

crum·ble [ˋkrʌmbl; ˈkrʌmbl] vi. 1 變成粉碎
〔碎屑〕. 2〔國家等〕崩潰; 〔希望等〕破滅.
— vt. 弄碎, 弄成粉碎.

crum·bly [ˋkrʌmblɪ; ˈkrʌmblɪ] adj. 易碎的, 易
摧毀的, 脆弱的.

crum·my [ˋkrʌmɪ, ˋkrʌmɪ; ˈkrʌmɪ] adj. 《俚》無
價值的, 不好的.

crum·pet [ˋkrʌmpɪt; ˈkrʌmpɪt] n. C(主英)烤
麵餅(一種烤餅).

crum·ple [ˋkrʌmpl; ˈkrʌmpl] vt. 把〔布, 紙等〕
弄皺, 揉得亂七八糟〔皺巴巴〕, 《up》.
— vi. 1 變皺, 揉得亂七八糟〔皺巴巴〕, 《up》.
2 (口)垮掉《up》.

crum·pled adj. 1 全是皺痕(皺巴巴的). 2〔犄
角等〕彎曲的.

crunch [krʌntʃ; krʌntʃ] vt. 咔嚓咔嚓地咀嚼〔食物
等〕; 啪吱啪吱地踩踏〔雪, 落葉等〕. *crunch* pop-
corn 咔嚓咔嚓地吃爆米花.
— vi. 咔嚓咔嚓地咀嚼《on》; 發出咔嚓咔嚓〔沙沙〕
聲. I heard the gravel *crunch* under my feet
as I went. 我走路時聽到小石子在腳底下沙沙
作響.
— n. C 1 (用單數)咔嚓咔嚓的咀嚼(聲); 沙沙
的踩踏(聲). 2 (口)(加the)危機.
when [*if*] *it còmes to the crúnch* (口)危急的
時候(when the crunch comes).

crunch·y [ˋkrʌntʃɪ; ˈkrʌntʃɪ] adj. (咀嚼時發出)
咔嚓咔嚓(聲)的.

cru·sade [kruˋsed, krɪu-; kruːˈseɪd] n. C
1 《歷史》(通常 Crusade)十字軍((由於橫跨 11-13 世
紀, 因此統稱爲 the Crusades)).
2 改革運動《of》, 反對運動《against》, 鼓吹運動
《for》. a *crusade* for women's rights 女權運動.
— vi. 參加十字軍; 參加改革運動《for 推動…;
against 反對…的》.

cru·sad·er [kruˋsedə; kruːˈseɪdə(r)] n. C十字
軍戰士; 改革運動者.

*crush [krʌʃ; krʌʃ] v. (~es [~ɪz; ~ɪz]; ~ed [~t;
~t]; ~ing) vt. 1 (用力)壓壞; 壓得粉
碎, 把香菸在菸灰缸裡按熄/*crush* grapes 榨葡萄/He
crushed the sheet of paper *up* into a ball. 他把
紙揉成一團/In the accident his car was *crushed*
beneath the truck. 在那次事故中, 他的車子被壓
在卡車底下/*crushed* ice 碎冰.
2 粉碎, 毀滅, 〔敵軍, 暴徒等〕; 使(精神方面)崩
垮; 擊潰. *crush* the rebellion 鎮壓叛亂/He had
his hopes *crushed*. 他的希望破滅了.
3 推擠, 塞進. be *crushed* against the wall 被擠
到牆邊/The tourists were *crushed into* a tiny
bus. 這些旅客被塞進一輛小巴士裡.
4 把…弄皺.
— vi. 1 被壓壞; 被壓皺. A linen dress *crushes*
easily. 亞麻布的洋裝容易壓皺.
2 擠進, 蜂擁, 《in, into, through》. Reporters
crushed into the room. 記者們湧進那房間.
— n. 1 U壓壞; 壓碎.
2 C(用單數)擁擠的人群; 雜沓. be caught in
the *crush* 陷在擁擠的人群中.
3 C(通常用單數)(口)(喧鬧的)大集會.
4 U(主英)果汁.
5 C(口)(通常指年輕男女間的)迷戀. have [get]
a *crush* on... 迷戀(人).

crúsh bàrrier n. C護欄(在足球比賽等中阻
擋群眾進入).

crush·ing [ˋkrʌʃɪŋ; ˈkrʌʃɪŋ] adj. 壓倒性的; 嚴
重的.

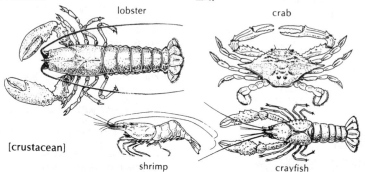

lobster
crab
[crustacean]
shrimp
crayfish

C

***crust** [krʌst; krʌst] *n.* (*pl.* ~s [~s; ~s]) **1** [UC] (硬脆的)麵包皮(的一部分), 餅的外皮(一層). *crust* of bread 麵包皮. [參考] crust 為麵包皮, crumb 為麵包心.

2 [UC] (特指食物的)硬皮; 凍結的雪面. the frozen *crust* of the earth 凍結的地表.

3 [UC] 《地質學》地殼.

—— *vt.* 用硬皮[外殼]覆蓋; 結硬皮[外殼]. an ice-*crusted* highway 結了一層冰的公路.

—— *vi.* 結成堅硬的表皮[外殼], 表層].

crùst óver 表面變硬[凍結].

crus·ta·cean [krʌsˋteʃən; krʌˈsteɪʃn] *n.* [C] 甲殼動物(蝦, 蟹等; →上頁圖).

—— *adj.* 甲殼類的.

crust·y [ˋkrʌstɪ; ˈkrʌstɪ] *adj.* **1** 被硬殼覆蓋的.

2 《通常作限定》屬聲屬色的, 脾氣壞的.

crutch [krʌtʃ; krʌtʃ] *n.* [C] **1** T字形柺杖(★一對柺杖通常作 a pair of crutches). walk on *crutches* 撐T字形柺杖走路.

2 支撐(物); 依靠.

crux [krʌks; krʌks] *n.* [C] (問題等的)最難解決之處, 關鍵. ⇨ *adj.* **crucial**.

※cry [kraɪ; kraɪ] *v.* (**cries**; **cried**; ~**ing**) *vi.* **1** 哭泣; 哭著求(*for*). The little boy began to *cry* when he saw the doctor. 小男孩一看到醫生就哭了起來/A little child was *crying for* a toy car in the store. 一個小孩在店裡哭著想要一輛玩具汽車/*cry* for [with] joy 喜極而泣. [同] cry 是表「哭泣」之意最普通的用語, 發出的聲音比 sob 或 weep 更大.

2 (由於恐懼, 悲哀等)叫喊, 大聲叫, 《out》. The boy *cried out* in pain when he fell. 男孩跌倒時痛得大叫. [同] cry 是表「叫喊」之意最普通的用語; → scream, screech, exclaim, shout, shriek, yell.

3 呼求《out》 *for*). The drowning man *cried* (*out*) *for* help. 那個溺水的男子大聲呼救.

4 〔鳥, 獸〕鳴, 吼叫.

●——表示動物叫聲的動詞		
ass donkey	} 驢	bray 叫
ox 牛		bellow 大聲哞叫 moo 哞哞叫 low 哞哞叫
cat 貓		meow, miaow 喵喵叫 purr 咕嚕咕嚕叫
dog 犬		bark 吠 growl 低聲吼叫 howl 長吠, 嗥叫
frog 蛙		croak 呱呱叫
goat 山羊 sheep 綿羊	}	baa 咩咩叫 bleat 咩咩叫
horse 馬		neigh 嘶鳴 whinny 嘶叫
lion 獅子		roar 吼叫

mouse 老鼠 rat 鼠	}	squeak 吱吱叫
pig 豬		grunt 呼嚕呼嚕叫 squeak 短促地尖叫
snake 蛇		hiss 發嘶嘶聲
tiger 虎		growl 吼叫 roar 咆哮
wolf 狼		howl 嗥叫
bird 鳥		sing 鳴囀 twitter 啁啾 chirp 吱吱叫啁啾
cock rooster	} 公雞	crow 喔喔叫
crow 烏鴉 rook 禿鼻烏鴉	}	caw 嘎嘎叫
dove pigeon	} 鴿子	coo 咕咕叫
duck 鴨		quack 呱呱叫
eagle 鷲 hawk 鷹	}	scream 尖聲鳴叫
hen 母雞		cackle (下蛋後的)咯咯咯咯叫 cluck 咯咯叫
owl 貓頭鷹		hoot 呼呼叫 scream 尖聲鳴叫

—— *vt.* **1** 叫喊, 大叫; [句型3] (cry *that* 子句)叫…, "Help me," *cried* Mr. Smith. 史密斯先生大叫「救命啊!」/She *cried* from the bus that sh would soon be back. 她在巴士中大叫她會馬 回來.

2 大聲通報; 叫賣〔物品〕. The peddler passe *crying* his wares. 小販叫賣著商品走過.

3 流著(淚)哭泣. *cry* bitter tears 悲痛地流淚 哭泣.

crỳ /.../dówn 貶低, 貶損. *cry down* a person plan 貶損某人的計畫.

crỳ one's éyes [héart] òut 痛哭流涕[心碎].

crỳ for... (1)→ cry *vi.* 1, 3.
(2)〔物〕迫切需要…. The lawn is *crying for* rai 這片草皮迫切需要雨水滋潤.

crỳ óff 《口》取消〔約定等〕. Some urgent busi ness came up, so I had to *cry off* from m appointment with him. 發生了緊急事件, 所以我 必須取消與他的約會.

crỳ óut against... 大聲反對….

crỳ óut for... (1)→ cry *vi.* 1, 3. (2)非常需要… The walls are *crying out for* a new coat paint. 這牆壁非得重新粉刷不可.

***crỳ óver...** 為(不幸, 失敗等)悲慟. Jane crie bitterly *over* her dead bird. 珍為她死去的鳥感到 十分傷心.

crỳ over spìlt mílk → It is no use crying ove spilt milk (→ spill[1]).

crỳ onesèlf to sléep 哭著入睡; 忍氣吞聲.

crỳ /.../úp 稱讚…, 捧上天.

—— *n.* (*pl.* **cries**) [C] **1** 叫喊(聲); (鳥, 獸的)鳴叫 聲. give a *cry* of joy [despair] 發出高興[絕望 的叫聲/a *cry* for help 呼救聲/We heard a *cry* o

"Watch out!" 我們聽到一聲大喊「小心!」/the *cries* of owls 貓頭鷹的叫聲。

|[擬聲] *adj.*+cry: an anguished ~ (痛苦的叫聲), a loud ~ (大叫), a sharp ~ (尖銳的叫聲), a wild ~ (狂暴的叫聲) // *v.*+cry: let out a ~ (叫喊出來), utter a ~ (叫喊出來).

2 (表示主義, 主張的)口號; (聲援等的)喝采聲; 輿論, 民眾的不滿之聲. a *cry* for justice 要求正義的呼聲.

3 哭聲, 哭, 哭泣. have a good *cry* 大哭一場.

be a fàr [*lòng*] *crý from...* 與…相距甚遠, 和…大相逕庭. Education today *is a far cry from* what it was in my school days. 現今的教育和我學生時代的教育大不相同.

in fùll crý 〔追捕獵物的一大群獵狗〕同聲吠叫; 〔人〕合力進攻. The police were *in full cry* after the criminal. 警方全力緝捕犯人.

within crý of... 在…聲音傳得到的地方, 非常近地[的].

cry·ba·by [ˋkraɪˌbebɪ; ˈkraɪˌbeɪbɪ] *n.* (*pl.* **-bies**) C (特指小孩的)愛哭鬼; 愛發牢騷的人.

cry·ing [ˋkraɪɪŋ; ˈkraɪɪŋ] *adj.* (限定)(口)迫切的, 不容擱置的. There is a *crying* need for reform in university education. 大學教育的改革刻不容緩.

crypt [krɪpt; krɪpt] *n.* C (特指教堂的)地下室(通常作為埋葬的地方).

cryp·tic [ˋkrɪptɪk; ˈkrɪptɪk] *adj.* 隱密的, 祕密的; 不可思議的.

****crys·tal** [ˋkrɪstḷ; ˈkrɪstḷ] *n.* (*pl.* **~s** [~z; ~z])

1 U 水晶. The water was (as) clear as *crystal*. 水像水晶般晶瑩剔透.

2 C (裝飾, 寶石用的)水晶(球), 水晶製品.

3 U 水晶玻璃(製品).

4 C (化學, 礦物)結晶(體). salt *crystals* 鹽的結晶體. **5** C (美)(鐘錶的)玻璃表面.

6 (形容詞性)水晶(製)的, 水晶質的; (水晶般)透明的; 水晶玻璃製的. a *crystal* necklace 水晶項鏈/a *crystal* stream 清澈的溪流.

crỳstal cléar (1)(玻璃, 水等)完全透明的, 非常清澈的. (2)非常清楚的, 毫無疑問的.

crỳstal báll *n.* C 水晶球(凝視著水晶球作 *crýstal gàzing*(水晶球占卜)).

crys·tal·line [ˋkrɪstḷˌɪn, -ˌaɪn; ˈkrɪstəlaɪn] *adj.*

1 水晶(般)的; 透明的.

2 由結晶體形成的, 結晶(質)的. a *crystalline* lens (眼球的)水晶體.

crys·tal·li·za·tion [ˌkrɪstḷəˋzeʃən, -aɪˋz-; ˌkrɪstəlaɪˈzeɪʃən] *n.* **1** U 結晶作用; C 結晶體.

2 U 具體化.

crys·tal·lize [ˋkrɪstḷˌaɪz; ˈkrɪstəlaɪz] *vt.* **1** 使結晶. **2** 使(想法等)具體化, 使明確.

— *vi.* **1** 結晶. **2** 具體化, 變明確.

CSE [ˋsiɛsˌi; ˈsiːɛsˌiː] (略)(英) Certificate of Secondary Education (中等教育畢業資格考; → GCE).

CT, Ct. (略) Connecticut.

Cu (符號) copper.

cu. (略) cubic.

---

cub [kʌb; kʌb] *n.* C **1** (獅, 虎, 狐, 熊等之)幼獸. **2** =cub scout.

3 (口)新手; 初出茅廬的記者(亦稱 cùb repórter).

Cu·ba [ˋkjubə, ˋkɪubə; ˈkjuːbə] *n.* 古巴(加勒比海的共和國; 首都 Havana; → Caribbean Sea ◨).

Cu·ban [ˋkjubən, ˋkɪubən; ˈkjuːbən] *adj.* 古巴的.

— *n.* C 古巴人.

****cube** [kjub, kɪub; kjuːb] *n.* (*pl.* **~s** [~z; ~z]) C

1 立方體; 立方形物. a *cube* of sugar(一塊)方糖/cut a potato into *cubes* 把馬鈴薯切成丁.

2 (數學)三次方, 立方, (→ square). The *cube* of 3 is 27. 3 的三次方是 27.

— *vt.* **1** 自乘三次. 3 *cubed* is 27. 3 的三次方是 27. **2** 使成立方體(形); 把…切成小方塊(立方體). *cube* potatoes 把馬鈴薯切塊.

cúbe ròot *n.* C (數學)立方根.

cu·bic [ˋkjubɪk, ˋkɪu-; ˈkjuːbɪk] *adj.* **1** 立方形(體)的; 成為立方形(體)的. *cubic* measure 體積, 容積. **2** (數學)三次方的, 立方的; 三次的. a *cubic* centimeter 一立方公分.

cu·bi·cal [ˋkjubɪkḷ, ˋkɪubɪkḷ; ˈkjuːbɪkḷ] *adj.* = cubic 1.

cu·bi·cle [ˋkjubɪkḷ, ˋkɪu-; ˈkjuːbɪkḷ] *n.* C (由大房間隔成的)小房間(更衣室, 電話室等).

cub·ism, Cub·ism [ˋkjubɪzəm, ˋkɪub-; ˈkjuːbɪzəm] *n.* U 立體派, 立體主義, (20 世紀初期抽象派美術的一派; 多採立方體等幾何圖形構圖法).

cub·ist [ˋkjubɪst, ˋkɪubɪst; ˈkjuːbɪst] *n.* C 立體派藝術家.

cúb scòut *n.* C 幼童軍, 小狼, (童子軍的幼年隊員; 通常是 8-10 歲; → boy scout).

****cuck·oo** [ˋkuku, kuˋku; ˈkukuː] *n.* (*pl.* **~s** [~z; ~z]) C **1** 杜鵑鳥(春天飛到英國, 冬天飛回南方; 有在其他種類鳥的鳥巢中產卵的習性).

2 (杜鵑鳥的)鳴聲, 咕咕聲.

cúckoo clòck *n.* C 咕咕鐘.

****cu·cum·ber** [ˋkjukʌmbɚ, ˋkɪu-; ˈkjuːkʌmbə(r)] *n.* (*pl.* **~s** [~z; ~z]) UC 小黃瓜.

(as) còol as a cúcumber 十分鎮靜. Everyone else panicked, but John remained *as cool as a cucumber*. 其他人都慌了, 只有約翰十分鎮靜.

[cuckoo 1]

cud [kʌd; kʌd] *n.* U 反芻的食物(牛、羊等從第一個胃送回口中反芻的食物).

chèw the cúd (1)反芻. (2)(口)(決定前)仔細考慮.

cud·dle [ˋkʌdḷ; ˈkʌdḷ] *vt.* 愛撫地抱緊, 抱著愛撫.

— *vi.* 依偎, 依偎著躺在一起, (*up to*); 互相依偎, (兩人)依偎著睡, (*up together*).

— *n.* C (用單數)擁抱.

cud·dly [ˋkʌdḷɪ; ˈkʌdḷɪ] *adj.* 可人的, 令人想擁抱

的, 令人憐愛的.

cudg·el [ˋkʌdʒəl; ˈkʌdʒəl] n. Ⓒ (短的)棍棒.
take up the cudgels for... 支援⋯, 擁護⋯.
— vt. (~s; (美) ~ed, (英) ~led; (美) ~ing, (英) ~ling)《文章》用短棍打.

cue¹ [kju, kɪu; kjuː] n. Ⓒ **1** (演戲的)提示, 暗示, (臺詞的最後一句話或動作成為另一位演員的表演, 臺詞, 上場時的暗號).
2 (泛指通知開始的)暗示, 信號; 線索.
take one's cue from... (口)向〔人〕學習; 從⋯得到線索.
— vt. 給暗示, 打信號.

cue² [kju, kɪu; kjuː] n. Ⓒ **1** (撞球的)球桿.
2 = queue.

cuff¹ [kʌf, kʌf] n. (pl. ~s) Ⓒ **1** (衣服, 襯衫的)袖口. **2** (美)褲腳的反褶部分((英) turn-up).
3 (口) (cuffs)手銬(handcuffs).
off the cuff (口)沒有準備地, 即席地.
on the cuff (俚)賒欠地, 賒帳地; 分期付款地.

cuff² [kʌf, kʌf] vt. 用掌輕擊〔人, 動物〕.
— n. (pl. ~s) 掌擊.

cuff links n. 《作複數》(兩袖的)袖扣.

cui·sine [kwɪˋzin; kwɪˈziːn] n. Ⓤ 烹飪(法), 菜肴. French *cuisine* 法國菜.

cul-de-sac [ˋkʌldəˋsæk, ˋkʊl-; ˋkʌldəsæk](法語) n. (pl. **culs-** [ˋkʌl-, ˋkʊl-; ˋkʌlz-], ~s) Ⓒ **1** 死巷. **2** 絕境, 困境.

cu·li·nar·y [ˋkjuləˌnɛrɪ, ˋkɪulə-; ˋkʌlɪnərɪ] adj. 烹調的; 廚房的. *culinary* art 烹飪技術.

cull [kʌl; kʌl] vt. **1** 挑選, 挑出.
2 把〔多餘的動物, 水果等〕挑出除去, 揀出.
— n. Ⓒ 剔除, 揀出; (用單數)被剔除[挑出]的動物(指個別的一個或全體).

cul·mi·nate [ˋkʌlməˌnet; ˈkʌlmɪneɪt] vi. 《文章》達到最高點[頂點]; 結束; (*in*). His career *culminated* in the presidency. 他的事業在當上總統時達到顛峰.

cul·mi·na·tion [ˌkʌlməˋneʃən; ˌkʌlmɪˈneɪʃən] n. Ⓤ《文章》(到達)頂點, 高潮.

cu·lottes [kjuˋlɑts; kjuːˈlɒts] n. 《作複數》(女用)褲裙.

cul·pa·ble [ˋkʌlpəbl; ˈkʌlpəbl] adj. 《文章》應受責備的; 有罪的.

cul·prit [ˋkʌlprɪt; ˈkʌlprɪt] n. Ⓒ《文章》犯人; 被告.

cult [kʌlt; kʌlt] n. Ⓒ **1** (宗教的)信仰, 膜拜(儀式), the *cult* of Apollo 阿波羅崇拜.
2 (對人, 主義, 事物的)崇拜. a *cult* figure 偶像人物. **3** 流行, 時尚. Jogging has become a *cult* with us. 慢跑已經在我們之間流行起來了.
4 偽教, 極端的信仰.

cul·ti·va·ble [ˋkʌltəvəbl; ˈkʌltɪvəbl] adj. 可耕種的.

✲cul·ti·vate [ˋkʌltəˌvet; ˈkʌltɪveɪt] vt. (~s [~s; ~s]; **-vat·ed** [~ɪd; ~ɪd]; **-vat·ing**) **1** 耕種, 耕作, 〔土地〕. The settlers

cultivated the wilderness. 這群拓荒者耕作荒地.
2 栽培. *cultivate* roses 栽培玫瑰/*cultivate* oysters 養殖牡蠣.
3 培養, 養成, 〔技能, 興趣, 習慣等〕. His mother tried to *cultivate* her son's interest in art. 他的母親試圖培養兒子對藝術的興趣.
4 《文章》尋求與⋯交往, 要與⋯接近. The student decided to *cultivate* the professor. 這學生決定與教授建立良好關係.
[字源] CULT「耕」: agri*cult*ure, *cult*ure (文化), *cult*ivate (耕作).

cul·ti·vat·ed [ˋkʌltəˌvetɪd; ˈkʌltɪveɪtɪd] adj. **1** 耕作[栽培]的(↔ wild). **2** 文雅的, 有教養的.

cul·ti·vat·ing [ˋkʌltəˌvetɪŋ; ˈkʌltɪveɪtɪŋ] v. cultivate 的現在分詞, 動名詞.

cul·ti·va·tion [ˌkʌltəˋveʃən; ˌkʌltɪˈveɪʃn] n. Ⓤ **1** 耕作; 耕作過的狀態. **2** 栽培; 飼養. **3** (身心的)教育, 教養.

cul·ti·va·tor [ˋkʌltəˌvetɚ; ˈkʌltɪveɪtə(r)] n. Ⓒ **1** 耕作[栽培]者.
2 耕耘機(耕板, 除草等用的農具).

✲cul·tur·al [ˋkʌltʃərəl; ˈkʌltʃərəl] adj. **1** 文化的, 文化性的; 教養的. *cultural* development 文化發展/the *Cultural* Revolution (中國的)文化大革命(1965-69 年左右)/*cultural* history 文化史/a *cultural* barrier 文化的藩籬.
2 栽培的.

cultural anthropology n. Ⓤ 文化人類學.

cul·tur·al·ly [ˋkʌltʃərəlɪ; ˈkʌltʃərəlɪ] adv. 文化上.

✲cul·ture [ˋkʌltʃɚ; ˈkʌltʃə(r)] n. (pl. ~s [~z; ~z]) **1** Ⓤ 教養. a gentleman of breeding and *culture* 有良好教養的人.
2 ⓊⒸ (某民族, 時代的)文化, 文明, 精神文明. Greek *culture* 希臘文化/a people of primitive *culture* 原始文化的民族. [同] culture 指某一民族在精神或藝術上的活動及其產物; civilization 則指技術, 科學等的高度發達, 常指物質文明.
3 (為了提升教養的)訓練, 修養. moral *culture* 德育.
4 Ⓤ 飼養, 養殖. bee *culture* 養蜂.
5 ⓊⒸ 培養(細菌).

cul·tured [ˋkʌltʃɚd; ˈkʌltʃəd] adj. **1** 有教養的, 文雅的.
2 經過養殖[培養]的. a *cultured* pearl 人工養殖的珍珠.

culture gap n. Ⓒ (兩個民族, 國家間等的)文化隔閡.

culture shock n. Ⓒ《突然與外來文化接觸時所感受到的)文化衝擊.

cul·vert [ˋkʌlvɚt; ˈkʌlvət] n. Ⓒ (從道路, 鐵路, 堤防等下面穿過的)排水管, 下水道.

[culvert]

cum·ber·some [ˋkʌmbɚsəm; ˈkʌmbəsəm] adj. 因笨

重〔體積大，數量多〕而難以攜帶的; 累贅的.

cum·mer·bund [ˋkʌmə‚bʌnd; ˈkʌməbʌnd]
n. C 寬腰帶〔束在男子晚禮服內〕.

cu·mu·la·tive [ˋkjumjə‚letɪv; ˈkjuːmjʊlətɪv]
adj. 《文章》累積的, 逐漸增加的.

cu·mu·li [ˋkjumjə‚laɪ, ˋkɪum-; ˈkjuːmjʊlaɪ] *n.*
cumulus 的複數.

cu·mu·lus [ˋkjumjələs, ˋkɪum-; ˈkjuːmjʊləs] *n.*
(*pl.* **-li**) U 《氣象》積雲.

cu·ne·i·form [ˋkjunɪə‚fɔrm, ˋkɪun-, -nɪ‚fɔrm,
kjuˋniə-, kɪu-; ˈkjuːnɪfɔːm] *adj.* 楔形文字的; 楔形
的. *cuneiform* characters 楔形文字〔古代巴比倫,
亞述, 波斯等國所使用〕.

the sun　　fish　　bird　　mountain

[cuneiform characters]

***cun·ning** [ˋkʌnɪŋ; ˈkʌnɪŋ] *adj.* **1** 狡猾的, 狡詐
的, 詭詐的, (→ clever 同). a *cunning* look 狡
猾的表情. **2** 《古》巧妙的.
3 《美、口》(孩子等)可愛的.
— *n.* U **1** 狡猾, 狡詐, 詭詐.
2 《古》靈巧, 巧妙.　　〔巧妙地.
cun·ning·ly [ˋkʌnɪŋlɪ; ˈkʌnɪŋlɪ] *adv.* 狡詐地;
cunt [kʌnt; kʌnt] *n.* C 《鄙》女性的陰部.

‡cup [kʌp; kʌp] *n.* (*pl.* **~s** [~s; ~s]) C
【杯】 **1** (通常指有柄的)茶杯, 杯子. a cof-
fee *cup* 咖啡杯/a *cup* and saucer [ˌkʌpənˋsɔsə,
ˌkʌpənˈsɔːsə(r)] 一組杯碟.
【杯狀物】 **2** (花)萼; (胸罩的)罩杯. **3** 獎杯.
win the *cup* 獲獎. **4** (高爾夫球)球洞(=hole 2
(a)). **5** 聖餐杯(chalice).
【杯中物】 **6** 一杯的量(的飲料)(特指酒); 量杯的
一杯之量(爲½ pint). a *cup* of tea [coffee] 一杯
茶[咖啡]/a *cup* of flour 一量杯麵粉.
7 《雅》命運(之杯), 人生的悲喜) 經歷. drink a
bitter *cup* 嘗盡命運的苦酒/My *cup* is full. 我的杯
已滿(指不幸[幸福]到極點).
in one's *cúps* 《文章》醉(時).

●——主要的餐具			
coffeepot	咖啡壺	cup	杯
dinner plate	餐盤	dish	碟
finger bowl	洗指盆	fork	(餐具的)叉子
glass	玻璃杯	knife	(餐具的)刀
saucer	小碟子	soup plate	湯盤
spoon	匙	teacup	(紅茶)茶杯
teapot	茶壺		

— *vt.* (**~s**; **~ped**; **~ping**) **1** 把〔手掌等〕彎成杯
狀. He *cupped* his hands to drink water from
the stream. 他把手掌彎成杯狀從河裡取水喝.
2 把手掌彎成杯狀圍著…; 用杯[手掌]掬取…. He
sat at the table with his chin *cupped* in one
hand. 他用一隻手托著下巴坐在餐桌旁.

‡cup·board [ˋkʌbəd; ˈkʌbəd] (★注意發音)
n. (*pl.* **~s** [~z; ~z]) C 餐具橱,

碗橱; 櫃子, 橱櫃. a
kitchen *cupboard* 廚房的
碗橱, 餐具橱.

cup·cake [ˋkʌp‚kek;
ˈkʌpkeɪk] *n.* UC 杯形
[紙杯]蛋糕(放到杯狀容器
中烤成的蛋糕).

cùp fínal *n.* C 《英》
(特指足球的)決賽.

cup·ful [ˋkʌp‚ful;
ˈkʌpfʊl] *n.* C 一杯(的
量); (烹飪)量杯一杯的量
(爲½ pint).

Cu·pid [ˋkjupɪd,
ˋkɪupɪd; ˈkjuːpɪd] *n.* **1**
(羅馬神話)丘比特(Venus
之子, 愛神; 手持弓箭,
長有雙翼的裸體美少年;
傳說若是被其箭射中便會
墜入愛河; 相當於希臘神
話的 Eros).

[Cupid 1]

2 C (或 *cupid*) Cupid 的
畫像[雕像].

cu·pid·i·ty [kju`pɪdətɪ,
kɪu-; kjuːˈpɪdətɪ] *n.* U
《文章》(對金錢, 財產等
的)貪慾.

cu·po·la [ˋkjupələ,
ˋkɪu-; ˈkjuːpələ] *n.* C (屋頂上矗立的)小圓塔[圓
頂]; 小圓屋頂.

[cupola]

cup·pa [ˋkʌpə; ˈkʌpə] *n.* C 《英、口》(通常用單
數)一杯茶(< *cup of* tea).

cup-tie [ˋkʌp‚taɪ; ˈkʌp‚taɪ] *n.* C 《英》(特指足球
的)比賽(決賽爲 cup final).

cur [kɜ; kɜː] *n.* C **1** 野狗, 雜種狗.
2 流氓, 無賴.

cur·a·ble [ˋkjurəbḷ, ˋkɪur-; ˈkjʊərəbḷ] *adj.* 〔疾
病〕可治癒的, 能康復的.

cu·ra·çao [ˌkjurəˋso, ˌkɪurə-, ˌkjʊərəˈsəʊ] *n.*
U 庫拉索酒(用酸橙皮調味的甜酒).

cu·rate [ˋkjurɪt, ˋkɪur-; ˈkjʊərət] *n.* C 《英國國
教》(協助 rector 或 vicar 的)助理牧師.

cur·a·tive [ˋkjurətɪv, ˋkɪur-; ˈkjʊərətɪv] *adj.* 有
療效的. — *n.* C 治療藥〔法〕.

cu·ra·tor [kju`retə, kɪu`retə, kjʊərˈeɪtə(r)] *n.*
C (博物館, 圖書館, 動物園等的)館長, 園長.

***curb** [kɜb; kɜːb] *n.* (*pl.* **~s** [~z; ~z]) C **1** 《美》
(人行道的)邊石; 人行道的外沿(《英》kerb).
2 馬勒, 馬口鉗, (穿過馬的下顎, 結在馬銜(bit)
上的鏈子]馬銜.
3 控制(物), 約束(物). put [keep] a *curb* on
spending 控制支出.
— *vt.* **1** 用馬勒駕馭(馬).
2 控制, 抑制, 〔感情, 話語等〕. *Curb* your
tongue! 注意你說的話!/The government should

endeavor to *curb* inflation. 政府應該設法抑制通貨膨脹.

curb·stone [`kɝb,ston; 'kɜːbstəʊn] *n.* C (美)(人行道的一個或一排)邊石(《英》kerbstone).

curd [kɝd; kɜːd] *n.* UC (通常 curds)凝乳; 優酪乳(由牛奶酸化製成; 可食用, 亦可作乳酪的原料). bean *curd* →見 bean curd.

cur·dle [`kɝdl; 'kɜːdl] *vi.* (牛奶, 血)凝結, 凝固.
── *vt.* 使凝結, 使凝固.

*‡**cure** [kjur, kɪur; kjʊə(r)] *vt.* (~s [~z; ~z]; ~d [~d; ~d]; cur·ing) 1 診治, 治癒, 治療; 使(人)康復(of (疾病)). The doctor *cured* him (*of* his disease). 醫生治療他的病. 回 cure 意為治療疾病, 使病人恢復健康; heal 主要指治療傷口、燒傷等; → remedy.
2 改掉(惡癖等); 消除(弊病等); 改正(人)(*of*). *cure* a person's fear of the dark 消除某人對黑暗的恐懼/I must *cure* Ben *of* lying. 我一定要改掉班說謊的毛病.
3 (用燻、醃等方法)貯藏, 保存, 〔魚, 肉等〕; 加工處理〔皮, 菸草等〕.
── *n.* (*pl.* ~s [~z; ~z]) 1 UC 痊癒, 康復; 治療. a complete *cure* 完全康復/undergo a *cure* 接受治療/The patient is past *cure*. 那病人已經無法醫治了/His *cure* will take over three months. 他要痊癒需要三個月以上的時間. 2 C 治療法; 治療劑, 《for》. a sure *cure* for a headache 治頭痛的妙方/take a [the] rest *cure* 實行休養療法.
3 C (惡癖等的)矯正方法; 救濟措施; 對策; 《for》. a *cure* for inflation 通貨膨脹的因應措施.

cure-all [`kjur,ɔl, `kɪur,ɔl; 'kjʊərɔːl] *n.* C 萬靈丹.

cur·few [`kɝfju, -fɪu; 'kɜːfjuː] *n.* UC 1 (戒嚴令等的)宵禁令; 關門(時限).
2 (中世紀歐洲用來通知燈燭, 熄火信號的)晚鐘(聲), 晚鐘鳴響時刻.

cur·ing [`kjurɪŋ, `kɪurɪŋ; 'kjʊərɪŋ] *v.* cure 的現在分詞、動名詞.

cu·ri·o [`kjurɪ,o, `kɪurɪ-; 'kjʊərɪəʊ] *n.* (*pl.* ~s) C 奇玩, 古董.

cu·ri·os·i·ties [,kjurɪ`ɑsətɪz, ,kɪurɪ-; ,kjʊərɪ'bsətɪz] *n.* curiosity 的複數.

*‡**cu·ri·os·i·ty** [,kjurɪ`ɑsətɪ, ,kɪurɪ-; ,kjʊərɪ'bsətɪz] *n.* (*pl.* -ties) 1 [a U] 好奇心. from [out of] *curiosity* 出於好奇/with *curiosity* 懷著好奇心/I was full of *curiosity* about her past. 我對她的過去充滿好奇/*Curiosity* killed the cat. 《諺》(過度的)好奇心會殺死貓(多管閒事而誤了大事; 注意在此例句中, [k] 重複出現了三次; → alliteration).

〔搭配〕*adj.*+curiosity: eager ~ (強烈的好奇心), lively ~ (旺盛的好奇心) // +curiosity: have ~ (有好奇心), show ~ (顯得好奇), arouse (a person's) ~ (激發(某人)的好奇心), satisfy one's ~ (滿足好奇心).

2 C 珍品, 古玩. This camera is quite a *curiosity*. 這臺相機真是個珍品.

curiósity shòp *n.* C 古玩店.

*‡**cu·ri·ous** [`kjurɪəs, `kɪurɪ-; 'kjʊərɪəs] *adj.*
〖 有好奇心的 〗 1 (用於正面含義)好奇心強的(*about* 關於…); 想做…(*to* do); 想知道…(*wh* 子句). Children are *curious* about everything. 孩子們對甚麼都好奇/He was *curious* to see the inside. 他好奇地想看看裡面/I'm *curious how* this is constructed. 我很想知道這是如何構成的.
2 《用於負面含義》愛打探別人隱私的, 好管閒事的. Don't be so *curious about* other people's incomes. 不要那麼愛探聽別人的收入.
〖 引起好奇心的 〗 3 奇特的, 稀奇的, 不可思議的. a *curious* sight 奇異的景象/a *curious* accident 不尋常的事件/*curious* old coins 罕見的古錢/It's *curious that* you don't know it. 真奇怪你竟然不知道這件事.
cúrious to sày 說來奇怪, 這真稀奇.

*‡**cu·ri·ous·ly** [`kjurɪəslɪ, `kɪurɪ-; 'kjʊərɪəslɪ] *adv.*
1 覺得新奇地. The dog stared *curiously* at me. 那隻狗好奇地盯著我看.
2 奇特地, 怪異地. a *curiously* twisted bar 一根被扭曲成奇形怪狀的鐵棒.
3 《修飾句子》奇妙地, 不可思議地. *Curiously* (enough), Jane made no reply. 奇怪的是, 珍沒有回答.

*‡**curl** [kɝl; kɜːl] *n.* (*pl.* ~s [~z; ~z]) 1 UC 捲髮. Mary's hair has a natural *curl*. 瑪莉的頭髮自然捲.
2 U 捲曲(螺旋)狀; C 捲曲(螺旋)狀物. keep one's hair in *curl* 保持頭髮的捲曲/a *curl* of smoke 一縷輕煙.
── *v.* (~s [~z; ~z]; ~ed [~d; ~d]; ~·ing) *vt.*
1 使(頭髮)捲曲. She has her hair *curled*. 她把頭髮弄捲了.
2 使成螺旋狀, 使蜷縮, 扭曲, 捲曲(成圓形); 《up》. The cat *curled* itself (*up*) into a ball. 那隻貓把身體蜷成一團.
── *vi.* 1 (頭髮)捲曲.
2 捲曲; 彎曲; 〔藤蔓等〕捲; 〔紙等〕捲起; 《up》; 〔道路等〕彎曲. The road *curled* around the side of the hill. 這條路順著山丘旁邊蜿蜒而上.
cùrl úp[1] (1)(舒暢地)把身體蜷縮起來. *curl up* on a couch 蜷著身體縮在躺椅上. (2)捲曲, 捲起.
cùrl/.../úp[2] (1)把…捲成圓形(→ *vt.* 2). (2)使…捲[翹]起, 使捲曲.

curl·er [`kɝlɚ; 'kɜːlə(r)] *n.* C 髮捲(用來捲頭髮的器具).

cur·lew [`kɝlu, -lɪu; 'kɜːlju; 'kɜːluː] *n.* C (鳥)麻鷸(一種嘴尖末端成下曲形的水鳥).

[curlew]

curl·ing [`kɝlɪŋ; 'kɜːlɪŋ] *n.* U 冰上石球(在冰上

使圓石盤(cúrling stòne)對著目標(tee)滑出的蘇格蘭遊戲).

[curling]

cúrl·ing írons *n.* 《作複數》燙髮鉗.

***curl·y** [ˋkɝlɪ; ˈkɜːli] *adj.* (**curl·i·er; curl·i·est**) 捲髮的, 捲毛的. *curly hair* 捲髮.

cur·mudg·eon [kɚˋmʌdʒən; kɜːˈmʌdʒən] *n.* C《口》壞脾氣的人; (特指)壞心眼的老人.

cur·rant [ˋkɝənt; ˈkʌrənt] *n.* C **1** 小而無子的葡萄乾. **2**《植物》醋栗(的果實).

cur·ren·cy [ˋkɝənsɪ; ˈkʌrənsi] *n.* (*pl.* **-cies**)
1 UC 通貨; 貨幣. *change foreign currency* 兌換外幣/*paper currency* 紙幣.
2 U 普及, 流行; 流通, 通用. *be in currency* 正在通用[流行]/*gain currency* 傳開/*give currency to false reports* 散布假消息/*The rumor has wide currency.* 謠言傳開了.

‡**cur·rent** [ˋkɝənt; ˈkʌrənt] *adj.* **1** 現在的, 當前的, 最新的. *the current month* [*year*] 本月[今年]/*current topics* [*news*] 當前的話題[新聞], 時事話題[新聞]/*the current issue of Life* 最新一期的《生活》雜誌/*his current interest* 他目前的興趣/*The phrase is no longer in current use.* 現在已不流行使用這種措辭了.
2 通行的, 普及[散布, 流行]的. *follow the current fashions* 追隨流行的時尚.
3《貨幣》流通[通用]的. *current money* 通貨.
— *n.* (*pl.* ~**s** [~s; ~s]) **1** C (空氣, 水等的)流, (特指)海流, 潮流. *a warm current of air* 暖氣流/*an ocean current* 海流/*The current of traffic moved very slowly.* 車流非常緩慢.
2 UC 電流(electric current). *alternating* [*direct*] *current* 交流[直流]電流.
3 C 時代洪流, 潮流, 趨勢, 世界的動向. *the current of public opinion* 輿論的趨勢/*swim with* [*against*] *the current* 順[逆]勢而為.

cúrrent accóunt *n.* C《英》活期存款帳戶(《美》checking account).

cur·rent·ly [ˋkɝəntlɪ; ˈkʌrəntli] *adv.* **1** 現在, 當前. *Jim is currently out of a job.* 吉姆目前失業中. **2** 普遍地.

cur·ric·u·la [kəˋrɪkjələ; kəˈrɪkjələ] *n.* curriculum的複數.

cur·ric·u·lum [kəˋrɪkjələm; kəˈrɪkjələm] *n.* (*pl.* ~**s**, **-la**) C (單科的)課程(進度表).

curriculum vi·tae [kəˌrɪkjələmˋvitaɪ, -ˈvaɪtiː; kəˌrɪkjələmˈviːtaɪ] (拉丁語) *n.* C 履歷表.

cur·ry¹ [ˋkɝɪ; ˈkʌri] *n.* (*pl.* **-ries**) **1** U 咖哩粉

(亦稱 cúrry pòwder).
2 UC 咖哩油; 咖哩菜肴. *curry and rice* 咖哩飯.
— *vt.* (**-ries; -ried**; ~**ing**)用咖哩粉做〔菜〕.

cur·ry² [ˋkɝɪ; ˈkʌri] *vt.* (**-ries; -ried**; ~**ing**)用馬梳[馬刷]梳理清潔.
cùrry fávor (*with...*) 拍[…的]馬屁, (向…)逢迎諂媚.

***curse** [kɝs; kɜːs] *n.* (*pl.* **curs·es** [~ɪz; ~ɪz]) C
【詛咒】 **1** 詛咒(*on, upon* 對於…); 被詛咒之物. *be under a curse* 被詛咒/*call down curses upon a person* 祈求上天降禍於某人/*lay a person under a curse*＝*lay* [*put*] *a curse on* [*upon*] *a person* 詛咒某人.
2【招致詛咒之物】災禍, 災; 禍根, 禍因. *the curse of war* 戰禍/*Ill health was a curse all his life.* 不健康是他一生不幸的根源.
3【詛咒的言辭】咒罵的話, 惡言, 《Damn!, Confound it!, Deuce take it! 等》.
— *v.* (**curs·es** [~ɪz; ~ɪz]; ~**d** [~t; ~t]; curs·ing) *vt.* **1** 詛咒, 咒罵, (↔ bless). *curse one's fate* 咒罵自己的命運/*Curse it!* 該死! **2** 責罵, 謾罵. *She cursed him for causing the accident.* 她因為他闖的禍[意外], 狠狠地罵了他一頓. **3** 使痛苦, 折磨, (*with*)(通常用被動語態). *We were cursed with bad weather during the tour.* 這次旅行期間天氣惡劣, 讓我們吃盡苦頭.
— *vi.* **1** 詛咒, 咒罵.
2 責罵, 惡言辱罵. *He cursed and swore when he hit his thumb with a hammer.* 他的拇指被鎚子鎚到, 於是他破口大罵.

curs·ed [ˋkɝsɪd, kɝst; ˈkɜːsɪd] *adj.*
1 被詛咒的. **2**《口》討厭的, 可恨的, (★常只用來加強語氣; → blessed回). *This cursed machine stopped going again.* 這該死的機器又不動了.

curs·ed·ly [ˋkɝsɪdlɪ; ˈkɜːsɪdli] *adv.* 討厭地, 可惡地.

cur·sive [ˋkɝsɪv; ˈkɜːsɪv] *adj.*〔字體〕手寫體的, 連寫的, (相當於草寫體).

cur·sor [ˋkɝsɚ; ˈkɜːsə(r)] *n.* C《電腦》游標《畫面上表示輸入位置的光點》.

cur·so·ri·ly [ˋkɝsərɪlɪ; ˈkɜːsərəli] *adv.* 草率地, 粗略地.

cur·so·ry [ˋkɝsərɪ; ˈkɜːsəri] *adj.*〔工作等〕草率的; 匆促的.

curst [kɝst; kɜːst] *v.* curse的過去式、過去分詞.
— *adj.* ＝cursed.

curt [kɝt; kɜːt] *adj.* 唐突的, 愛理不理的.

cur·tail [kɝˋtel, kɚ-; kɜːˈteɪl] *vt.* 截短, 縮減, 削減.

cur·tail·ment [kɝˋtelmənt, kɚ-; kɜːˈteɪlmənt] *n.* UC 截短, 縮減, 削減.

‡**cur·tain** [ˋkɝtṇ, -tɪn, -tən; ˈkɜːtn] *n.* (*pl.* ~**s** [~z; ~z]) C **1** 簾, 窗簾. *draw the curtain(s)* 拉窗簾(★大多數指「關上」的意思)/

C

draw the *curtain(s)* aside [apart, back] = open the *curtain(s)* 把窗簾拉開(★單複數的區別在於窗簾是一塊還是兩塊或兩塊以上).

2 (劇場的)幕, 帷幕(→ theater 圖); (戲劇的)開幕, 閉幕; 落幕. The *curtain* rises [falls]. 開幕[落幕].

3 (像幕那樣的)遮擋[掩蔽]物. a *curtain* of mist 一片霧/a *curtain* of fire 彈幕.

dràw a cúrtain over... 結束⋯, 不再談論⋯.

ring dòwn [úp] the cúrtain → ring² 的片語.

— *vt.* 在(窗戶, 房間等)裝上簾子; 用簾子隔開(*off*). *curtain off* a room 用簾子隔開房間.

cúrtain càll *n.* C 觀眾要求演員謝幕的掌聲.

cúrtain ràiser *n.* C 開場戲(於正戲演出前表演的短劇).

curt·ly [ˋkɝtlɪ; ˈkɜːtlɪ] *adv.* 唐突地, 不客氣地.

curt·sey [ˋkɝtsɪ; ˈkɜːtsɪ] *n.* (*pl.* ~s), *v.* (~s; ~ed; ~ing) = curtsy.

curt·sy [ˋkɝtsɪ; ˈkɜːtsɪ] *n.* (*pl.* -**sies**) C (女子的)屈膝禮(通常將右腳向高貴的人行此禮, 微微拉起裙子, 左腳向後, 屈身). make [drop] a *curtsy* (女性)行屈膝禮.

— *vi.* (-**sies**; -**sied**; [curtsy] ~**ing**) 行屈膝禮(*to*).

cur·va·ceous [kɝˋveʃəs; kɜːˈveɪʃəs] *adj.* 《口》〔女性〕曲線美的.

cur·va·ture [ˋkɝvətʃɚ; ˈkɜːvətʃə(r)] *n.* (文章) U (線, 臉部, 脊椎等的)彎曲(狀態); C 彎曲度; 彎曲部分.

curve [kɝv; kɜːv] *n.* (*pl.* ~**s** [~z; ~z]) C **1** 曲線; 彎曲; 彎曲物[部分]. a sharp *curve* in the road 道路的急轉彎/in a *curve* 描成曲線地. 回curve 指一條直線與折角; bend 多指折彎的拐角地方: a hairpin *bend* (U 字形彎曲).

2 《棒球》曲球(亦稱 cúrve bàll).

— *v.* (~**s** [~z; ~z]; ~**d** [~d; ~d]; **curv·ing**) *vi.* 彎曲, 成曲線. The road *curves* sharply to the right. 這條路向右急轉彎.

— *vt.* 使彎曲, 使成曲線. the *curved* surface of a lens 鏡頭的曲面.

curv·ing [ˋkɝvɪŋ; ˈkɜːvɪŋ] *v.* curve 的現在分詞, 動名詞.

cush·ion [ˋkuʃən, -ɪn; ˈkuʃn] *n.* (*pl.* ~**s** [~z; ~z]) C **1** 墊子, 坐墊, 跪墊(禮拜時多跪在上面); (擺設品的)底墊. The *cushions* on the sofa don't match those on the armchairs. 沙發上的墊子與扶手椅上的墊子不搭配.

2 (撞球檯的)橡墊.

3 防止[緩衝]震動用的物品.

— *vt.* **1** (像墊子那樣)緩和, 減輕, 〔衝擊, 精神上的打擊等〕, 吸收〔震動〕. The thick carpet *cush-*

ioned my fall. 這層厚地毯使我不至於跌得太重.

2 保護〔人〕(舒解疲累, 免於激變衝擊).

3 給⋯備好墊子; 用墊子保護. *cushioned* seat 有墊子的座位.

cush·y [ˋkuʃɪ; ˈkuʃɪ] *adj.* 《口》〔工作, 生活等〕輕鬆的. 〔端

cusp [kʌsp; kʌsp] *n.* C (新月, 樹葉等的)尖, 尖

cuss [kʌs; kʌs] 《俚》*n., v.* =curse.

cuss·ed [ˋkʌsɪd; ˈkʌsɪd] *adj.* 《俚》**1** 固執的; 性情乖僻的. **2** =cursed.

cuss·ed·ly [ˋkʌsɪdlɪ; ˈkʌsɪdlɪ] *adv.* 《俚》固執地.

cus·tard [ˋkʌstɚd; ˈkʌstəd] *n.* UC 甜凍(把牛奶, 蛋, 砂糖等攪拌後烘烤而成; 或用類似材料做成淇淋於甜點上的甜料).

cùstard píe *n.* UC 甜凍派(常在鬧劇中拿來互擲).

cústard pòwder *n.* U 甜凍粉.

cus·to·di·an [kʌsˋtodɪən; kʌˈstəʊdjən] *n.* C **1** (文章)監護人, 保護者. **2** (公共建築物等的)管理人.

cus·to·dy [ˋkʌstədɪ; ˈkʌstədɪ] *n.* U **1** 保管, 管理. have (the) *custody* of 保管⋯. **2** (特指法庭規定的)監護(權).

3 拘捕, 拘留, 羈押. in *custody* 被拘留/take a person into *custody* 拘捕某人.

cus·tom [ˋkʌstəm; ˈkʌstəm] *n.* (*pl.* ~**s** [~z; ~z]) **1** UC (社會的)習慣, 風俗, 慣例(《法律》習慣法. keep up a *custom* 保持習慣/follow the Chinese *custom* of politeness 遵從中國人的禮儀習俗/That is the usual *custom* in these parts. 就這幾方面而言, 那是理所當然的事/So many countries, so many *customs*. 《諺》一個地方一個樣(風俗習慣各地皆不同). 回custom 主要指固定化的社會習慣; → habit.

[*adj.*+custom: a cherished ~ (被珍視的習俗), an established ~ (已確立的慣例) // +*v.*+custom: break a ~ (打破慣例), practice a ~ (遵循慣例) // custom+*v.*: a ~ develops (習俗發展), ~ dies out (習俗消失), a ~ exists (習俗尚存).]

2 UC (個人的)習慣. *Custom* is (a) second nature. 《諺》習慣就是第二天性/It's her *custom* to get up early. 早起是她的習慣.

3 U 《文章》(對商店, 商人的)光顧, 惠顧. have a large *custom* 有許多主顧/withdraw [take away] one's *custom* from a store 不再光顧某店.

4 (customs)(通常用複數)關稅(亦稱 cústoms dùty). pay *customs* on watches 付手錶的關稅.

5 ((the) Customs [customs])(作單數)海關. pass [get through] *Customs* 通過海關.

6 《形容詞性》(Customs [customs])海關[關稅]的. *customs* duties 關稅/the *Customs* formalities 報關手續/a *Customs* officer 海關人員.

— *adj.* 《限定》《主美》訂製的, 〔製造業者等〕專做訂貨的, 定製的. *custom* shoes 訂做的鞋子/a *custom* tai lor 專做訂製衣服的裁縫.

●——像 **custom** 與 **customs** 這類名詞

加上 -s 後變成與單數意義不同的名詞：

arm	臂	arms	武器
color	顏色	colors	國旗
custom	習慣	customs	關稅, 海關
force	力量	forces	軍隊
good	利益	goods	商品, 貨物
letter	字母	letters	文學
manner	方法	manners	禮貌
pain	痛	pains	辛苦
spirit	精神	spirits	心境, 情緒

cus·tom·ar·i·ly [ˋkʌstəm͵ɛrəlɪ; ˈkʌstəmərəli] *adv.* 習慣上地，按照慣例地．

＊**cus·tom·ar·y** [ˋkʌstəm͵ɛrɪ; ˈkʌstəməri] *adj.* 按照慣例的，習慣上的，約定俗成的．

cus·tom-built [ˋkʌstəmˋbɪlt; ˈkʌstəmˈbilt] *adj.* 〔房屋，汽車等〕依顧客的要求建造〔製造〕的．

＊**cus·tom·er** [ˋkʌstəmɚ; ˈkʌstəmə(r)] *n.* (*pl.* ~s [~z; ~z]) C **1** 主顧，顧客，老主顧，(→ guest 回)．a regular *customer* 常客/Most of our *customers* are college students. 我們大多數的客人是大學生/The *customer* is king. 顧客至上．

2 (口)(加形容詞)對手；傢伙 (fellow)．a queer *customer* 古怪的傢伙．

cus·tom·house [ˋkʌstəm͵haʊs; ˈkʌstəmhaʊs] *n.* (*pl.* **-hous·es** [-͵haʊzɪz; -haʊziz]) C (主美)海關．

cus·tom-made [ˋkʌstəmˋmed; ˈkʌstəmˈmeɪd] *adj.* 訂做的，依顧客要求所做的，(tailor-made) ↔ ready-made)．

＊**cut** [kʌt; kʌt] *v.* (~s [~s; ~s]; ~; ~·ting) *vt.* 【切】**1** (用刀，刀子等)切，割；剪；砍；弄傷．*cut* one's finger with a knife [on a piece of broken glass] 用刀[玻璃碎片]割破手指/*cut* oneself (用刀等)割傷自己．

回 cut 是表示「切」之意的最普通用語，用牙齒咬斷線等也用 cut；拉斷則用 break；→ chop¹, hew, hack¹.

2 (a)切斷；切成(*in, into*)；砍(樹)；割(草，作物等)；摘(花)；剪(指甲等)；裁(未裁邊的書頁等)；剪(頭髮)．have one's hair *cut* 理髮/*cut* some superfluous branches from the tree 鋸掉樹上多餘的樹枝/*cut* the cake *in* two [*into* halves] 把蛋糕切成兩半/*cut* bread *into* slices 把麵包切片．(b) 句型4 (cut A B)、句型3 (cut B *for* A)為 A 切[切開]B．*Cut* me a slice of cake. 切一塊蛋糕給我/The host *cut* the turkey *for* the guests. 主人切火雞肉給各客人們．(c) 句型5 (cut A B)把 A 切成 B 的狀態．*cut* oneself free [loose] (切斷綁著的繩子等)使成自由之身，逃脫．cut/.../open(→ 片語)/cut/.../short (→片語)．

3(做如切割般的動作)(板球，網球，乒乓球等)為使球旋轉而削(球)，切(球)．

4(如割人一般)(寒風)刺骨；刺傷．The icy wind *cut* us to the bone. 寒風刺骨/Her husband's cruel remarks *cut* her deeply. 她丈夫無情的話深深地傷了她的心．

5【橫切】橫越．The path *cuts* a cornfield. 這條小徑穿越玉米田．

【切〔裁〕製】**6** 雕刻，雕琢，〔雕像等〕；切割〔寶石等〕；裁剪〔衣服等〕．*cut* a diamond 切割一顆鑽石/*cut* a dress from a pattern 照紙樣裁剪洋裝/*cut* steps in a rock 在岩石上挖鑿踩腳處/*cut* a figure out of marble 用大理石雕刻雕像．

7 開鑿(道路)；挖掘，挖通，〔隧道〕．*cut* a canal 開鑿運河/*cut* a road through the forest 開鑿一條貫穿森林的道路．

8 刪除，省略，去掉，〔電影畫面，新聞報導，演講〕；除掉，拆掉．*cut* a speech 縮短演講/*cut* a scene 刪去[剪掉]一個(電影)畫面．

9 減少，削減，〔工資，費用等〕；降低〔價格等〕；縮短(時間)，減少(次數)．The House *cut* the budget for foreign aid. (美國)眾議院削減了援助他國的預算/*cut* the record for the 400 meter race by one second 以一秒之差破了 400 公尺的比賽紀錄/My salary was *cut*. 我被減薪了．

【切斷】**10** 中斷(瓦斯，電力，自來水等的供應)．The water will be *cut* tomorrow in parts of the city. 明天市區部分地區會停水/The storm *cut* all telephone service. 這場暴風雨使電話線路全部中斷．

【切除】**11** (口)蹺(課)．*cut* school [a class] 逃學[蹺課]/The meeting is too important to *cut*. 這次會議太重要了，不能不去．

12 (口)對(人)裝作不認識，不理睬，視而不見．I nodded to her but she *cut* me without a word. 我向她點頭示意，但她卻不理睬，連一句話也不說．

— *vi.* **1** 切；切斷，剪斷；雕刻，刻．*cut at* a person 朝某人砍過去．

2 (刀等)切．The knife didn't *cut* well. 這把刀不好切[不利]．

3 (用刀等)切．This meat *cuts* easily. 這塊肉很容易切．

4 (引擎等)(突然)停止，中斷．

5 (電影，電視等)「卡」；停止攝影．The director said "*Cut*!" 導演說：「卡！」

6 (板球，網球，桌球等)削[切]球．

7 (寒風，言語等)刺骨；刺傷人心．The icy blasts *cut* to the bone. 寒風刺骨．

8 穿過，橫越；抄近路．It's quicker to *cut* through the park. 穿過公園比較快．

9 突然改變方向[前進的路]．The driver *cut* sharply to the left. 那司機突然向左急轉．

be cùt óut for [**to dó**]... 生來便適合(做⋯)．I'm not *cut* out for [to be] a salesman. 我不適合做業務員．

＊**cút acróss...** 穿過⋯走近路；穿過〔好幾層〕；超越．Interest in football *cuts* across classes and ages in Brazil. 在巴西，無論任何階層、任何年齡的人都喜愛足球．

cut and dried [ˋkʌtnˋdraɪd; ˈkʌtnˈdraɪd] 事先準備好的；常規的，通常的，按老規矩的．

C

cùt/.../*báck*¹ (1)修剪〔樹枝等〕. (2)縮小[縮減]…

*cùt báck*² 縮小，削減，《*on*》. cut back on spending 緊縮開支.

cùt bòth wáys〔行為，議論等〕有好處也有壞處；兩面都說得通.

cùt a person déad [*cóld*] 雖然認識，卻裝作不認識某人(→ vt. 12).

* *cùt*/.../*dówn*¹ (1)砍倒〔樹木等〕. The soldiers were *cut down* by machine guns. 士兵們被機關槍射中倒地. (2)(疾病等)使〔人〕病倒. (3)減少…的量. *cut down* one's smoking to ten cigarettes a day 把吸菸量減少至一天十支. (4)縮短〔衣服的〕尺寸.

*cùt dówn*² 減量(*on*). I know I have to *cut down on* sweets. 我知道我必須少吃甜食.

* *cùt ín* (1)插嘴. He rudely *cut in* (*on* our conversation). 他(在我們說話時)無禮地插嘴. (2)擠進. The car *cut in on* me. 那輛車擠到我的車子前面.

cùt into... (1)切入. She *cut into* the cake. 她切蛋糕/His sharp words *cut into* me. 他尖銳的話刺傷了我的心. (2)插嘴打斷；蝕損. *cut into* our talk. 他插嘴打斷了我們的談話/*cut into* one's savings〔支出等〕蝕掉存款.

* *cùt*/.../*óff* (1)切〔剪〕掉〔落〕. *cut off* old branches 把舊枝剪掉.
(2)中斷…，切斷；中止〔瓦斯，自來水，電力等的供應〕；在與…通話中掛斷電話. *cut off* aid 中止援助/Your gas supply will be *cut off* if you don't pay the charge. 如果你不繳費，就要切斷你的天然氣/Operator! I've been *cut off*! 接線生! 我的電話被切斷了!
(3)使(和周圍)隔絕. *cut* oneself *off* from the world 與世隔絕.
(4)不留遺產給…；把…逐出家門. *cut off* one's son without a penny 把兒子逐出家門，不給分文.
(5)〔疾病等〕突然奪去…的生命(通常用被動語態).

cùt/.../*ópen* 切開…；在…上開口. *cut* a parcel *open* 割開包裹.

* *cùt*/.../*óut*¹ (1)剪取…，剪下. *cut out* an article from a newspaper 從報上剪下一篇文章. (2)切下來做…；開闢〔道路〕；裁剪〔衣服〕. *cut out* a path 開出一條小路. (3)除去，刪掉，省略. Why have you *cut* me *out* of the project? 為甚麼把我從這項計畫中除名呢? (4)《口》停止做…(stop). *Cut* it [that] *out*! 停下來!

*cùt óut*² (1)〔引擎等〕突然停止. (2)(汽車為了超車而從車道上)突然駛出.

cùt/.../*shórt* (1)剪短，縮短，縮縮…. Her life was *cut short* by tuberculosis. 她因肺結核而早逝. (2)使…中斷；擋住. I tried to explain, but he *cut* me *short*. 我想解釋，但是他打斷了我的話.

cùt one's *téeth* 〔小兒〕開始長牙齒.

cùt/.../*úp*¹ (1)切碎…. *cut up* meat 把肉切碎.
(2)猛烈抨擊…. Reviewers *cut* the book *up* bad-

ly. 評論家們把這本書貶得一文不值. (3)《口》使悲觀[傷心](通常用被動語態). She was terribly *cut up* by his death. 他的死使她十分傷心.

*cùt úp*² 《美、口》惡作劇，胡鬧.

— n. (*pl.* ~s [~s; ~s]) 【切】 1 ⓒ切，割；剪；砍；(鞭子，劍等的)一擊，一記. give a horse a *cut* 給馬一鞭/make a *cut* at a person with a sword 刺某人一劍.

2 ⓒ(網球，桌球等的)削[切]球；(紙牌)切牌.

3【剪裁法】Ⓤⓒ(衣服的)剪裁方式[法]，樣式；(頭髮)髮型，樣式. a dress of perfect *cut* 剪裁合身的洋裝/a crew *cut* 平頭(源自划船隊員所留的髮型).

【切成的東西】 **4** ⓒ傷口；切口. He came home with many *cuts* on his arms. 他帶著滿手臂的累累傷痕回家來.

5【心靈的創傷】ⓒ嚴酷的行為；尖銳的評論.

6 ⓒ一片，(特指)肉的切片[塊]. a tender *cut* of beef 一塊好切的嫩牛肉.

【削減】 **7** ⓒ刪除，省略，削減. make several *cuts* in the story before publication 出版前刪了幾段故事的內容.

8 ⓒ緊縮；削減；租金[價格]的降低，減低. a *cut* in price(s) 降價.

a cút abóve... 《口》略勝於…. He's a cut above me when it comes to poker. 說到打撲克牌，他比我略勝一籌.

cùt and thrúst 激烈的論戰，爭執.

— adj. 《限定》 **1** 切的，切開的；割的，裁剪的；摘下的. *cut* branches 剪下的樹枝. **2** 緊縮的，縮減的. **3**〔球〕被削擊的.

cut-and-dried, cut-and-dry [ˋkʌtṇˋdraɪd; ˏkʌtn'draɪd], [ˋkʌtṇˋdraɪ; 'kʌtn'draɪ] adj. =cut and dried (cut v. 的片語).

cut·a·way [ˋkʌtəˏwe; 'kʌtəweɪ] n. (*pl.* ~s) 男士穿的大禮服(上衣的前下襬裁成斜角).

cut·back [ˋkʌtˏbæk; 'kʌtbæk] n. ⓒ縮小；削減.

cute [kjut, kɪut; kjuːt] adj. 《口》 **1** 可愛的(回) pretty 更強調小巧可愛). What a *cute* baby! 好可愛的小寶寶! **2** 精明的；聰明伶俐的.

cute·ly [ˋkjutlɪ, ˋkɪutlɪ; 'kjuːtlɪ] adv. 《口》 **1** 可愛地. **2** 伶俐地.

cute·ness [ˋkjutnɪs, ˋkɪut-; 'kjuːtnɪs] n. Ⓤ 《口》 **1** 可愛. **2** 聰明.

cùt gláss n. Ⓤ 鏤花玻璃，雕花玻璃.

cut·i·cle [ˋkjutɪkḷ, ˋkɪut-; 'kjuːtɪkl] n. Ⓤ (指甲根處的)外皮；《解剖》表皮.

cut·lass [ˋkʌtləs; 'kʌtləs] n. ⓒ (舊時水手用的)寬刃小彎刀(→ sword 圖).

cut·ler [ˋkʌtlɚ; 'kʌtlə(r)] n. ⓒ 刀剪商，製作刀剪的工匠.

cut·ler·y [ˋkʌtlərɪ; 'kʌtlərɪ] n. Ⓤ (集合)刀劍；(特指)餐桌上用的刀叉湯匙等.

cut·let [ˋkʌtlɪt; 'kʌtlɪt] n. ⓒ **1** 一人份的肉片[排](通常指品質好的小牛肉和羊肉，用來炸和烤). **2** (外裹麵糰的)炸肉餅.

cut·off [ˋkʌtˏɔf; 'kʌtɒf] n. (*pl.* ~s) **1** Ⓤ切斷

〔水，瓦斯等〕；ⓒ切斷裝置．

2 ⓒ(主美)近路，捷徑．

cut·out [ˋkʌtˏaʊt; ˈkʌtaʊt] *n.* ⓒ **1** 裁下的圖樣．**2** (電)保險裝置；(內燃機的)排氣閥．

cut-price [ˋkʌtˋpraɪs; ˈkʌtˈpraɪs] *adj.* (英)= cut-rate．

cut-rate [ˋkʌtˋret; ˈkʌtˈreɪt] *adj.* (美)(限定)〔商品〕打折扣的，減價的；〔商店〕拍賣的．

cut·ter [ˋkʌtɚ; ˈkʌtə(r)] *n.* ⓒ **1** 切〔割，剪等〕的工具〔機械〕，剪裁〔切割〕器．

2 (金屬等的)切工；(特指)裁剪師．

3 (海事)駁船(軍艦等與陸地聯絡用的小艇)．

4 海岸巡邏艇．**5** (美)(單匹馬拉的)小型雪橇．

[cutters 4, 5]

cut·throat [ˋkʌtˏθrot; ˈkʌtθrəʊt] *n.* ⓒ (雅)兇手．

— *adj.* (限定)激烈的；無情的．*cutthroat* competition 激烈的競爭．

cut·ting [ˋkʌtɪŋ; ˈkʌtɪŋ] *n.* **1** ⓊⒸ切割；裁剪，砍伐．

2 ⓒ(主英)(報刊等的)剪報((美) clipping)．

3 Ⓤ(電影影片的)剪接．

— *adj.* **1** (限定)銳利的；(特指風)寒冷刺骨的．

2 尖刻的，諷刺的．

cut·ting·ly [ˋkʌtɪŋlɪ; ˈkʌtɪŋlɪ] *adv.* 刺骨地；尖刻地．

cut·tle·fish [ˋkʌtlˏfɪʃ; ˈkʌtlfɪʃ] *n.* (pl. ~, ~·es) ⓒ 烏賊，(特指)墨魚，(→ squid)．

cwt (略) hundredweight．

-cy *suf.* **1** 表示「狀態，性質」的名詞字尾．accuracy．democracy．**2** 表示「職業，地位，身份」的名詞字尾．presidency．

cy·a·nide [ˋsaɪəˏnaɪd, -nɪd; ˈsaɪənaɪd] *n.* Ⓤ(化學)氰化物，(特指)氰酸鉀．

cy·ber·net·ics [ˏsaɪbɚˋnɛtɪks; ˏsaɪbəˈnetɪks] *n.* (作單數)控制論，神經機械學．

cy·cla·men [ˋsɪkləmən, -ˏmɛn; ˈsɪkləmən] *n.* ⓒ(植物)仙客來，報春花．

＊cy·cle [ˋsaɪkl; ˈsaɪkl] *n.* (pl. ~s [~z; ~z]) ⓒ **1** 循環，周而復始．the *cycle* of the seasons 季節的循環／run in *cycles* 循環．

2 (循環的)**週期**．on a five-year *cycle* 以五年的週期．

---

czar 365

3 (電)周率，周波．a current of 60 *cycles* 六十周率的電流．

4 自行車(bicycle)；摩托車(motorcycle)．

5 (敍述英雄，重大事件等的)全套詩歌〔故事，傳說〕．the Arthurian *cycle* 亞瑟王傳奇全集．

— *vi.* (~s [~z; ~z]; ~d [~d; ~d]; -cl·ing)騎腳踏車等．go *cycling* 騎腳踏車等兜風．

字源 CYCL「輪」：cycle, bicycle(腳踏車), tricycle(三輪車), cyclone(旋風)．

cy·clic, cy·cli·cal [ˋsaɪklɪk, ˋsɪk-; ˈsaɪklɪk, [-klɪk]; -klɪkl] *adj.* (文章)週期性的；循環的．

＊cy·cling [ˋsaɪklɪŋ, ˋsaɪklɪŋ; ˈsaɪklɪŋ] *v.* cycle 的現在分詞，動名詞．

— Ⓤ騎腳踏車等兜風．

＊cy·clist [ˋsaɪklɪst, ˋsaɪklɪst; ˈsaɪklɪst] *n.* (pl. ~s [~s; ~s]) ⓒ騎腳踏車等的人．

cy·clone [ˋsaɪklon; ˈsaɪkləʊn] *n.* ⓒ **1** 旋風(發生於印度洋的熱帶氣旋；→ typhoon, hurricane)．

2 低氣壓(的總稱)．a tropical *cyclone* 熱帶低氣壓．**3** (俗稱)大暴風，大龍捲風．

cy·clo·tron [ˋsaɪkləˏtrɑn, ˋsɪklə-; ˈsaɪklətrɒn] *n.* ⓒ(物理)迴旋加速器，離子加速器．

cy·der [ˋsaɪdɚ; ˈsaɪdə(r)] *n.* (英)=cider．

cyg·net [ˋsɪgnɪt; ˈsɪgnɪt] *n.* ⓒ小天鵝．

＊cyl·in·der [ˋsɪlɪndɚ; ˈsɪlɪndə(r)] *n.* (pl. ~s [~z; ~z]) ⓒ **1** 圓筒；(數學)圓柱．**2** (機械)(引擎，幫浦等的)汽缸．**3** (左輪手槍的)旋轉彈膛(→ revolver圖)．

cy·lin·dri·cal [sɪˋlɪndrɪk; sɪˈlɪndrɪkl] *adj.* 圓筒(狀)的．

cym·bal [ˋsɪmbl; ˈsɪmbl] *n.* ⓒ(音樂)(通常cymbals)鈸(一種打擊樂器)．

cym·bid·i·um [sɪmˋbɪdɪəm; sɪmˈbɪdɪəm] *n.* ⓒ(觀賞用)蘭花(一種洋蘭)．

cyn·ic [ˋsɪnɪk; ˈsɪnɪk] *n.* ⓒ憤世嫉俗的人，冷嘲熱諷的人，(不相信人的善意)．

— *adj.* =cynical．

cyn·i·cal [ˋsɪnɪk; ˈsɪnɪkl] *adj.* 憤世嫉俗的，冷嘲熱諷的，好挑剔挖苦的．

cyn·i·cal·ly [ˋsɪnɪklɪ, -ɪklɪ; ˈsɪnɪkəlɪ] *adv.* 憤世嫉俗地，冷嘲熱諷地．

cyn·i·cism [ˋsɪnəˏsɪzəm; ˈsɪnɪsɪzəm] *n.* **1** Ⓤ憤世嫉俗的思考方式．**2** ⓒ冷嘲熱諷(挖苦)的話．

cy·no·sure [ˋsaɪnəˏʃʊr, ˋsɪnə-; ˈsɪnəzjʊə(r)] *n.* ⓒ(文章)引人注目(關心)的目標．

cy·pher [ˋsaɪfɚ; ˈsaɪfə(r)] *n., v.* =cipher．

cy·press [ˋsaɪprəs; ˈsaɪprəs] *n.* ⓒ柏樹(枝)(象徵悲哀，常植於墓地)．

Cy·prus [ˋsaɪprəs; ˈsaɪprəs] *n.* 塞浦路斯(地中海東部的海島共和國；首都 Nicosia)．

cyst [sɪst; sɪst] *n.* ⓒ(醫學)囊腫(長於動物組織上，內有液狀物的囊)．

cys·ti·tis [sɪsˋtaɪtɪs; sɪsˈtaɪtɪs] *n.* Ⓤ(醫學)膀胱炎．

czar [zɑr; zɑ:(r)] *n.* ⓒ (常 Czar) **1** (帝俄時代的)沙皇．**2** 專制君主；獨裁者．

C

cza·ri·na [zɑˋrinə; zɑːˈriːnə] *n.* ⓒ (常 *Cza-rina*) (帝俄時代的) 皇后，女沙皇.

Czech [tʃɛk; tʃek] *n.* **1** 捷克(歐洲中部的共和國；首都 Prague). **2** ⓒ 捷克人；ⓤ 捷克語.
── *adj.* 捷克人[語]的；捷克的.

Czech·o·slo·vak [ˌtʃɛkəˋslovæk, -vak; ˌtʃekəʊˈsləʊvæk] *n.* ⓒ 捷克斯洛伐克人.
── *adj.* 捷克斯洛伐克(人)的.

Czech·o·slo·va·ki·a [ˌtʃɛkəsloˋvækɪə, -ˋvak-, -kjə; ˌtʃekəʊsləʊˈvækɪə] *n.* 捷克斯洛伐克《位於歐洲中部的共和國；1918 年建國，二次大戰時領土曾遭瓜分，並被德軍占領；1948 年正式成立捷克斯洛伐克社會主義共和國 Czechoslovakia Socialist Republic；1993 年分裂成捷克共和國 the Czech Republic 和斯洛伐克共和國 the Slovak Republic 兩個獨立國家》.

Czech·o·slo·va·ki·an [ˌtʃɛkəsloˋvækɪən, -ˋvak-, -kjən; ˌtʃekəʊsləʊˈvækɪən] *n.*, *adj.* = Czechoslovak.

D d 𝒟𝒹

D, d [di; di:] *n.* (*pl.* **D's, Ds, d's** [~z; ~z])
1 ⓊⒸ 英文字母的第四個字母.
2 ⓒ (用大寫字母) D 字形物.
3 Ⓤ (音樂) D 音; D 調. → A, a 3 [參考].
4 ⓒ 最低級的東西[作品]; (美) (學業成績的) 丙等 (→ A, a 4 [參考]). a *D* movie 低級的電影.
5 Ⓤ (用大寫字母) (羅馬數字的) 500. *DCCXVI* = 716 (★ C=100, X=10, V=5).

D (略) Democrat; Democratic; Dutch.

d (略) date; denarii, denarius. (《拉丁語》相當於英語的 pence, penny, 在英國舊貨幣制度中當作省略符號使用; 現已不用).

d' [d; d] (《口》do 的縮寫 [語法] 特別用於疑問句的 you 之前). *D'*you know her? 你認識她嗎?

'd [d; d] (《口》) 1 had 的縮寫. You*'d* better go. 你最好去. 2 would 的縮寫. I*'d* like to do so. 我願意這樣做. 3 did 的縮寫(接在 what 等疑問詞後). Where*'d* she go? 她去哪了?

DA (略) district attorney (地方檢察官).

dab[1] [dæb; dæb] *v.* (**~s; ~bed; ~bing**) *vt.* 1 輕拍, 輕觸. She *dabbed* the powder puff *over* her face. 她用粉撲輕輕地拍臉. 2 (用海綿等) 輕按 (物體表面); (漫不經心地) 塗 (漆等).
— *vi.* 輕拍 (*at*).
— *n.* ⓒ 1 (使用海綿等物時的) 輕拍; 輕塗.
2 (塗上的) 少量東西. a *dab* of butter 一點兒 (塗得薄薄的) 牛油.

dab[2] [dæb; dæb] *n.* ⓒ (魚) 比目魚; 黃蓋鰈.

dab·ble [ˋdæb!; ˋdæbl] *vt.* (在水中) 以 [手腳] 撥水嬉戲.
— *vi.* 1 (在淺水中) 用手腳戲水.
2 因興趣而做; (業餘性質的) 涉獵. I *dabble at* gardening. 我喜歡弄弄花草/He *dabbled in* politics. 他涉足政治.

dab·bler [ˋdæblɚ; ˋdæblə(r)] *n.* ⓒ 1 戲水者.
2 因興趣而涉獵事物的人.

da ca·po [dɑˋkɑːpo; dɑːˋkɑːpəʊ] *adv.* (《音樂》) 從頭開始奏, 回到樂曲的開始處.

dace [des; deɪs] *n.* (*pl.* ~) ⓒ 產於美國的小型淡水魚.

dachs·hund [ˋdɑksˏhund, ˋdæksˏhʌnd; ˋdækshʊnd] *n.* ⓒ 臘腸狗 (體長腿短的小型獵犬).

dac·tyl [ˋdæktɪl, -tl̩; ˋdæktɪl] *n.* ⓒ (韻律學) 揚抑抑格 (–⌣⌣).

[dachshund]

dac·tyl·ic [dækˋtɪlɪk; dækˋtɪlɪk] *adj.* (《韻律學》) 揚抑抑格的.

＊dad [dæd; dæd] *n.* (*pl.* ~**s** [~z; ~z]) ⓒ (口) 爹, 爸爸, 父親, 老爸, (指特用於呼喚; →father [參考]). Can I go out to play, *dad*? 爸, 我能出去玩嗎?/Ask your *dad* to help you. 請你爸幫你吧!

dad·dies [ˋdædɪz; ˋdædɪz] *n.* daddy 的複數.

＊dad·dy [ˋdædɪ; ˋdædɪ] *n.* (*pl.* **-dies**) ⓒ (幼兒語) 爹, 爸爸, (→ mammy).

dad·dy(-)long·legs [ˏdædɪˋlɔŋˏlɛgz; ˏdædɪˋlɒŋlegz] *n.* (*pl.* ~) ⓒ (蟲) 1 (主美) 盲蜘蛛 (腳特別細長). 2 (英) 大蚊 (crane fly).

Daed·a·lus [ˋdɛdḷəs; ˋdiːdələs] *n.* (希臘神話) 戴達勒斯 (名工匠建造克里特島 (Crete) 的迷宮和人在空中飛行的翅膀; → Icarus).

dae·mon [ˋdimən; ˋdiːmən] *n.* =demon.

＊daf·fo·dil [ˋdæfəˏdɪl; ˋdæfədɪl] *n.* (*pl.* ~**s** [~z; ~z]) ⓒ 黃水仙 (Wales 地方的象徵; → narcissus).

daf·fy [ˋdæfɪ; ˋdæfɪ] *adj.* (美、口) 愚蠢的; 瘋狂的.

daft [dæft; dɑːft] *adj.* (主英、口) =daffy.

dag·ger [ˋdægɚ; ˋdægə(r)] *n.* ⓒ 1 匕首, 短劍, (→ sword 圖). 2 劍號 (†) (' * '是 asterisk).
at dàggers dráwn (with...) (與…) 互相瞪眼, 敵視, (相互拔劍); (和…) 勢不兩立.
lòok dàggers (at...) (對…) 瞪眼.

da·go [ˋdego; ˋdeɪgəʊ] *n.* (*pl.* ~**s, ~es**) ⓒ (俚) (輕蔑) 義大利 [西班牙, 葡萄牙] 語系的人.

dahl·ia [ˋdæljə, ˋdɑljə, ˋdeljə; ˋdeɪljə] *n.* ⓒ 大麗花.

dai·lies [ˋdelɪz; ˋdeɪlɪz] *n.* daily 的複數.

＊dai·ly [ˋdelɪ; ˋdeɪlɪ] *adj.* (限定) 1 每日的, 日常的. I keep a *daily* record of the temperature. 我每天記錄溫度/*daily* life 日常生活/*daily* activities 日常活動/*daily* matters 日常瑣事.
2 (星期日以外) 每日的; 日報的. a *daily* paper 日報.
— *adv.* 每日地; 不斷地. Traffic accidents happen *daily*. 每天都有交通事故發生.
— *n.* (*pl.* **-lies**) ⓒ 1 日報 (→ periodical).
2 (英、口) (不寄宿的) 女傭, 家庭的臨時女工.

dàily bréad *n.* 每天的糧食, 生計.

dàily hélp *n.* =daily n. 2.

dain·ti·ly [ˋdentḷɪ, -tɪlɪ; ˋdeɪntɪlɪ] *adv.* 1 文雅地, 優雅地. 2 (對食物等) 挑剔地.

dain·ti·ness [ˋdentɪnɪs; ˋdeɪntɪnɪs] *n.* Ⓤ 1 文

雅，優雅。**2**（對食物等的）挑剔。

dain·ty [ˋdentɪ; ˈdeɪntɪ] *adj.* **1** 文雅的，優雅的；美麗（但纖弱）的(delicate)。a *dainty* dress 優雅的服裝。

2（對興趣、食物等）講究的，挑剔的。Few boys are *dainty about* their food. 很少男孩子會挑剔食物。
— *n.* (*pl.* **-ties**) © 美味的食物，珍饈佳肴。

dai·qui·ri [ˋdaɪkərɪ, ˋdækə-; ˈdaɪkɪrɪ] *n.* © 代基里酒(用蘭姆酒、砂糖、檸檬汁或萊姆果汁調成的甜雞尾酒)。

*****dair·y** [ˋdɛrɪ, ˋdεrɪ; ˈdeərɪ] *n.* (*pl.* **dair·ies** [~z; ~z]) © **1** 酪農場；乳製品公司。We have a small *dairy* on our farm. 我們的農場裡有一個小型酪農場。**2** 乳品店。

dáiry càttle *n.*《作複數》乳牛(→beef cattle)。

dáiry fàrm *n.* © 酪農場。

dáiry fàrmer *n.* © 酪農業者。

dair·y·maid [ˋdɛrɪ‚med, ˋdεrɪ-; ˈdeərɪmeɪd] *n.* © 擠牛奶女工，酪農場女工，(milkmaid)。

dair·y·man [ˋdɛrɪmən, ˋdεrɪ-, -‚mεn; ˈdeərɪmən] *n.* (*pl.* **-men** [-mən, -‚mεn; -mən]) © 酪農場工人；酪農場主；乳品製造商，乳品商。

dáiry pròduce *n.* © 乳製品(奶油，乳酪等)。People with high cholesterol should cut down on *dairy produce*. 膽固醇高的人應該少吃乳製品。

da·is [ˋde·ɪs, des; ˈdeɪɪs] *n.* © (設於大廳等的一端的)臺(作爲來賓席、講臺、講壇等)。

*****dai·sy** [ˋdezɪ; ˈdeɪzɪ] *n.* (*pl.* **-sies** [~z; ~z]) © 雛菊；延命菊。

Dak.《略》Dakota.

Da·ko·ta [dəˋkotə, dɪˋkotə; dəˈkəʊtə] *n.* 達科塔地區(美國南北 Dakota 合併地區的舊稱)。

Dal·ai La·ma [dəˋlaɪ‚lɑmə, ˋdɑlaɪ-; ‚dælaɪˈlɑːmə] *n.* 達賴喇嘛(喇嘛教教主，流亡海外的西藏(Tibet)精神領袖)。

dale [del; deɪl] *n.*《詩》山間的平地，谷，山谷。

dal·li·ance [ˋdælɪəns, ˋdæljəns; ˈdælɪəns] *n.* © 《文章》打情罵俏，調情。

dal·ly [ˋdælɪ; ˈdælɪ] *vi.* (**-lies; -lied; ~·ing**) **1** 玩弄，隨便考慮，《with（想法）》；玩弄感情(with)。*dally* with a project 胡亂地審視一項計畫。

2 浪費時間，動作慢吞吞。*dally over* one's work 不認真地慢慢工作。

Dal·ma·tian [dælˋmeʃən, -ˋmeʃən; dælˈmeɪʃən] *n.* © 大麥町犬(帶黑斑點的白色短毛大型犬)。

[Dalmatian]

*****dam¹** [dæm; dæm] *n.* (*pl.* **~s** [~z; ~z]) © 水壩，堰堤。They built a *dam* across the river. 他們攔河築壩。
— *vt.* (**~s** [~z; ~z]; **~med** [~d; ~d]; **~·ming**) **1** 用堤壩攔住（河水等）《*up*》。The stream was *dammed up* by the beavers. 河水被河狸所造的堤壩擋住了。

2 抑制（激動的情緒等）《*up*; *back*》。Her tears long *dammed back* suddenly burst forth. 她強忍了很久的眼淚突然迸流出來。

dam² [dæm; dæm] *n.* © (特指四足獸的)母獸，雌獸，(↔ sire)。

‡dam·age [ˋdæmɪdʒ; ˈdæmɪdʒ] (★注意發音) *n.* (*pl.* **-ag·es** [~ɪz; ~ɪz]) **1** U 損害，損壞。The earthquake caused [did] a lot of *damage to* the village. 地震對這個村莊造成嚴重的損害/We suffered great [heavy] *damage* from the typhoon. 我們因颱風來襲遭受了嚴重的損失/It will take weeks to repair the *damage*. 修復毀損需花上幾週/The *damage* is done. 木已成舟(<傷害已經造成，無法可復>)。

> **[搭配]** *adj.*+damage: extensive ~ (極大的傷害)，permanent ~ (永久的傷害)，serious ~ (甚大的傷害) // *n.*+damage: earthquake ~ (地震造成的破壞)，flood ~ (洪水造成的破壞)，war ~ (戰爭造成的破壞)。

2《法律》(damages) 損失賠償(金)。an action for *damages* 要求損害賠償的訴訟/award *damages* 裁決損失賠償/The court ordered the company to pay us $50,000 (in) *damages*. 法院命令那家公司付給我們五萬美元的損失賠償費。

3《口》(加 the)代價，費用。What's the *damage*? 要花多少錢?
— *vt.* 損害〔事物〕。The crops were badly *damaged* by the storm. 農作物受到暴風雨的嚴重損害/His reputation was seriously *damaged* by the rumor. 謠言嚴重地毀壞了他的名聲。

Da·mas·cus [dəˋmæskəs; dəˈmæskəs] *n.* 大馬士革(敘利亞(Syria)首都)。

dam·ask [ˋdæməsk; ˈdæməsk] *n.* U 花緞，錦緞(的絲綢(麻布))，緞，(用作桌布等)。

dame [dem; deɪm] *n.* © **1** (英)(Dame)夫人，女士。[語法] (1)對地位與 knight 相當的婦人或 knight, baronet 之妻(遺孀)的稱呼；相當於男子的 Sir (→ Lady)。(2)Dame 之後必須加名字，如 Dame Agatha (Christie)，不可只加姓，像 Dame Christie 是錯的。

2《美、俚》女人(woman)。

*****damn** [dæm; dæm] *vt.* (**~s** [~z; ~z]; **~ed** [~d; ~d]; **~·ing**) **1** 貶低，苛評。The book was *damned* by the reviewer. 這本書被這位評論家貶得一文不值。

2〔神〕罰〔人〕下地獄，懲罰；詛咒，咒罵。He was *damned* to working there for the rest of his life. 他遭到餘生都必須在那裡工作的懲罰/In his anger, he *damned* us all. 一氣之下，他詛咒我們所有人/*Damn* you! 該死的!《God *damn* you!「神懲罰你!」的省略說法，與下兩例同》/*Damn* it! 該死!/*Damn* the rain! 該死的雨!〔語法〕damn 作厭煩用時，被認爲是粗俗的字，因此常寫成 d— (d-; dæm; di:; dæm), d—n [dɪn, dæm; diːn, dæm]，[同]若不想說出 damn，可用 darn, dash 等代替。

3 毀滅，使失敗。His foolish actions *damned* …

him. 他因愚蠢的行爲而失敗.

I'll be [I'm] dámned if.... 《口》(1)如果…我就把頭給你, …那怎麼行. *I'll be [I'm] damned if* I know. 我根本不知道. (2)(if 以下省略)哼, 太不像話, (表示驚訝、憤怒、不悅).

— *n.* ⓒ(用單數)《口》一點(也)(用於否定句). I don't care [give] a *damn*. 我一點也不在乎/It isn't worth a *damn*. 它一文不值.

— *adj., adv.* =damned.

— *interj.* =damnation.

dam·na·ble [`dæmnəbl; ˈdæmnəbl] *adj.* **1** 該被詛咒的. **2** 《口》該死的, 可惡的, 糟透了的.

dam·na·bly [`dæmnəblɪ; ˈdæmnəblɪ] *adv.* 《口》可惡地, 糟透地.

dam·na·tion [dæm`neʃən; dæmˈneɪʃn] *n.* ⓤ 下地獄, 毀滅. What in *damnation* do you mean to do? 你到底想做甚麼?《強烈表示憤怒的情緒》

— *interj.* 《口》糟了! 完了! 該死!

damned [dæmd; dæmd] *adj.* **1** 《口》(限定)糟透了的, 豈有此理的, (→ blessed 同). 語法 damned被認爲是粗俗的字, 爲避諱故常寫成d—d, 發音是 [dɪd, dæmd; diːd, dæmd], a *d—d* lie 一派謊言, 全是謊話.

2 被詛咒下地獄的. the *damned* 地獄的亡魂.

— *adv.* 《口》非常, 實在, 極其. It's *damned* hot. 熱死了.

damn·ing [`dæmɪŋ, `dæmnɪŋ; ˈdæmɪŋ] *adj.* 〔證據, 消息等〕極爲不利的. The police discovered *damning* evidence against him. 警方找到了對他極爲不利的罪證/The book sold poorly because of the *damning* criticism in the press. 由於新聞界嚴厲的批評, 這本書銷路很差.

Dam·o·cles [`dæmə,kliz; ˈdæməkliːz] *n.* 《希臘傳說》達摩克利斯《敘拉克(Syracuse)人》.

the sword of Dámocles 達摩克利斯之劍《即使身處榮華之中仍有》迫近的危機; 出自以下故事: 很羨慕國王的Damocles有一次受到國王的邀宴, 被賜坐於王位, 王位上懸著一把如毛髮般的劍, 國王藉此告知Damocles居王位者常處於險境》.

Da·mon [`demən; ˈdeɪmən] *n.* 男子名.

Dámon and Pýthias 《羅馬傳說》達蒙與皮雅斯《Damon代替被判死刑的Pythias入牢, 而救了Pythias的命, 因此Damon and Pythias被視爲「生死之交」的典型》.

✽damp [dæmp; dæmp] *adj.* (~·er; ~·est) 濕氣重的, 潮濕的, 濕潤的. *damp* weather 潮濕的天氣/Wipe off the dirt with a *damp* cloth. 用濕布拭去灰塵/Dry your *damp* clothes at once. 馬上幇乾你的濕衣服/Our house is very *damp*. 我們的房子很潮濕. 同 damp 主要指濕冷, 而 humid 則指又熱又潮濕; → moist.

— *n.* **1** ⓤ濕氣, 水氣. I opened the windows to remove the *damp* from the room. 我打開窗子以去除房間的濕氣.

2 ⓐⓤ令人喪氣的事物. throw a *damp* over the company 掃大家的興/The tight money policy cast a *damp* on industrial growth. 金融緊縮潑了產業成長的冷水.

3 ⓤ(礦坑等的)有毒氣體.

— *vt.* **1** 使潮濕. **2** 削減〔氣力, 熱情〕, 潑…冷水. The defeat didn't *damp* his spirits. 失敗並沒有使他沮喪. **3** 使〔火勢〕減弱.

dàmp/.../dówn 使〔火勢〕減弱; 調低〔樂器〕的聲音.

damp·en [`dæmpən; ˈdæmpən] *v.* =damp.

damp·er [`dæmpə; ˈdæmpə(r)] *n.* ⓒ **1** (爐等的)通風調節閘; (音樂)(鋼琴等的)制音器.

2 使人掃興的人[物], 掃興.

damp·ly [`dæmplɪ; ˈdæmplɪ] *adv.* 潮濕地, 微濕地.

damp·ness [`dæmpnɪs; ˈdæmpnɪs] *n.* ⓤ濕氣.

dam·sel [`dæmzl; ˈdæmzl] *n.* ⓒ《雅》少女, 閨女.

dam·son [`dæmzn; ˈdæmzən] *n.* ⓒ西洋李子《小粒, 呈暗紅色; 一種李子》; 西洋李子樹.

Dan [dæn; dæn] *n.* Daniel的暱稱.

D

✽dance [dæns; dɑːns] *v.* (danc·es [~ɪz; ~ɪz]; ~d [~t; ~t]; danc·ing) *vi.* **1** 跳舞. We *danced* to the music. 我們配合著音樂跳舞/Would you *dance with* me? 你願意與我共舞嗎?

2 跳躍, 雀躍. The girl *danced* for [with] joy. 那女孩高興得雀躍不已.

3 〔樹葉等〕(如婆娑起舞般地)搖曳; 〔心臟等〕跳動. The boat *danced* on the choppy water. 小船在波濤洶湧的水上晃動.

— *vt.* **1** 跳(舞). *dance* a waltz 跳華爾滋, 跳圓舞曲. **2** 使〔人〕跳舞; 搖著哄〔小孩等〕. The mother is *dancing* her baby on her knee. 母親將小寶寶放在她的膝上搖哄著.

— *n.* (*pl.* danc·es [~ɪz; ~ɪz]) ⓒ **1** 舞, 舞蹈; 跳舞, 跳躍. a square [social, folk] *dance* 方塊[社交, 土風]舞/May I have this *dance* (with you)? 我能和你跳這支舞嗎?/He made a little *dance* of joy. 他高興得手舞足蹈了一會兒.

2 舞會. give a *dance* 開舞會/go to a *dance* 參加舞會. 參考 所謂舞會通常不說 dance party, 而是簡單地用 party 一字; 另講究排場的正式場合則特別稱作 ball.

3 舞曲.

4 (加 the)(職業性的, 藝術性的)芭蕾舞, 舞蹈. study the *dance* 研究[學習]芭蕾舞.

dánce hàll *n.* ⓒ舞廳.

✽danc·er [`dænsə; ˈdɑːnsə(r)] *n.* (*pl.* ~s [~z; ~z]) ⓒ跳舞的人, 舞蹈. She is a good *dancer*. 她是個優秀的舞者.

2 職業舞者, 舞蹈家, 舞蹈演員.

danc·ing [`dænsɪŋ; ˈdɑːnsɪŋ] *v.* dance 的現在分詞、動名詞.

— *n.* ⓤ跳舞[舞蹈](的方法); 跳舞[舞蹈]的練習.

dáncing gìrl *n.* ⓒ舞女, 女舞者, (★ dàncing gírl 是「跳著舞的少女」).

dan·de·li·on [`dændl,aɪən, `dændɪ,laɪən; ˈdændɪlaɪən] *n.* ⓒ蒲公英, 西洋蒲公英. 字源 源自古法文中獅子的牙齒(teeth of lion)一語; 葉緣鋸

齒狀的特徵類似獅子的牙齒.

dan·der [ˋdændɚ; ˊdændə(r)] n. U《用於下列片語》

gèt one's [a pèrson's] **dánder ùp**《口》發怒, 使人發怒.

dan·dle [ˋdændl; ˊdændl] vt. (上下晃動地)逗弄〔嬰兒〕.

dan·druff [ˋdændrəf; ˊdændrʌf] n. U (頭的)汙垢, 頭皮屑.

dan·dy [ˋdændɪ; ˊdændɪ] n. (pl. **-dies**) C 1 (特指對服裝很挑剔)喜好打扮的男子.

2《美, 口》第一流的東西, 極品.
— adj.《美, 口》第一流的, 最好的.

Dane [den; deɪn] n. C 1 丹麥人(→ Danish). the Danes (全體)丹麥國民.

2 丹族(9-11 世紀侵略英國的北歐民族).

✻dan·ger [ˋdendʒɚ; ˊdeɪndʒə(r)] n. (pl. ~s [~z; ~z]) 1 UC 危險, 危機; 風險, 危險性; 《of》(✦ safety; → risk 回). Danger ahead! 前方危險!《告示》/Danger past, God forgotten.《諺》過河拆橋(度過危險就忘了上帝)/get into danger 陷入危險/I'm aware of the danger of trusting her. 我覺得相信她是危險的/He risked danger to save his son's life. 他冒著危險救他兒子的命/There is a danger that the patient may develop pneumonia. 這病患有引發肺炎的危險性.

2 C 危險之物[人, 事], 威脅. Atomic bombs are a danger to the human race. 原子彈對人類是個危險的東西/Guard against the danger of fire. 嚴防火災.

[搭配] adj.+danger (1-2): (an) imminent ~ (迫切的危機), (a) serious ~ (嚴重的危機) // v.+danger: face (a) ~ (面對危險), incur (a) ~ (招致危險) // danger+v.: (a) ~ threatens (危險迫近).

○ adj. **dangerous**. v. **endanger**.

✻**be in dánger of...** 有...的危險. This hut is in danger of falling down. 這座茅舍有倒場的危險.

✻**in dánger** 處於危機中; 病危; (→ dangerous [參考]). His life is in danger. 他命在旦夕.

✻**out of dánger** 脫離危險. The patient is out of danger now. 病人現在已經脫離險境.

dánger lìst n. (加the)《口》病危病患名單. be on the danger list 處於病危狀態.

dánger mòney n. U 危險工作津貼.

✻dan·ger·ous [ˋdendʒərəs; ˊdeɪndʒərəs] adj. 危險的, 不安全的. (↔ safe).

a dangerous dog 惡犬/A little learning is a dangerous thing.《諺》學藝不精反誤事(一知半解是危險的)/Smoking is dangerous to health. 吸菸有害健康/It is dangerous to swim in this river.=This river is dangerous to swim in. 在這條河裡游泳很危險. [參考] a dangerous person 是「加害他人者, 危險人物」, 而 a person in danger 是「陷入危險

dan·ger·ous·ly [ˋdendʒərəslɪ; ˊdeɪndʒərəslɪ] adv. 瀕臨危險地; 危險地. She is dangerously ill. 她病情危急.

dan·gle [ˋdæŋgl; ˊdæŋgl] vi. 1 懸盪, 擺動. He sat on a chair with his legs dangling. 他坐在椅子上兩腿晃來晃去.

2 〔追求者等〕纏住, 跟著, 《about, after》.
— vt. 使擺動; 炫耀〔誘惑物〕, 使若隱若現.

Dan·iel [ˋdænjəl; ˊdænjəl] n. 1 男子名. 2 《聖經》但以理(希伯來先知). 3 C 名法官.

Dan·ish [ˋdenɪʃ; ˊdeɪnɪʃ] adj. 丹麥(Denmark)的; 丹麥人[語]的. — n. U 丹麥語.

Dánish pástry n. UC 丹麥酥皮餅(加上水果和核仁烤成的餅狀麵包; 亦作 Danish).

dank [dæŋk; dæŋk] adj. 陰濕的, 潮濕的.

Dan·te [ˋdæntɪ; ˊdæntɪ] n. ~ A·li·ghie·ri [ˌɑlɪˋgjɛrɪ; ˌɑːlɪˊgjeərɪ] 但丁(1265-1321)《義大利詩人; 代表作為《神曲》(The Divine Comedy)》.

Dan·ube [ˋdænjub, ˋdænjub; ˊdænjuːb] n. (加the)多瑙河(發源於德國西南部, 注入黑海).

Daph·ne [ˋdæfnɪ; ˊdæfnɪ] n. 1 《希臘神話》黛芙妮(因不肯接受阿波羅(Apollo)的追求而化身為月桂樹的女神(nymph)).

2 C《植物》(daphne)沈丁香; 月桂樹(laurel).

daph·ni·a [ˋdæfnɪə; ˊdæfnɪə] n. (pl. ~) C《動物》水蚤.

dap·per [ˋdæpɚ; ˊdæpə(r)] adj. 1 〔身材短小的男子〕衣著整潔乾淨的, 瀟灑的. 2 (動作)敏捷的.

dap·pled [ˋdæpld; ˊdæpld] adj. 《動物》有斑點的; 斑駁的. dappled shade (陽光透過樹葉造成的)斑駁的樹蔭.

dap·ple-gray《美》, **-grey**《英》 [ˋdæplˋgre; ˊdæplˊgreɪ] adj. 灰底黑斑的. — n. C 有灰色斑點的馬.

Dar·by and Joan [ˌdɑrbɪənˋdʒon; ˌdɑːbɪənˊdʒəʊn] n. 夫唱婦隨的老夫婦.

Dar·da·nelles [ˌdɑrdˋnɛlz; ˌdɑːdəˊnelz] n. (加the)達達尼爾海峽(連接愛琴海和馬爾馬拉海).

✻dare [dɛr, dær; deə(r)] aux. v. (過去式 dared [~d; ~d], 《古》**durst**)敢, 膽敢…; 厚顏地[無禮地]做…. The children dare not [daren't] tell their father. 孩子們不敢告訴他們的父親/He hardly dare go there again. 他幾乎不敢再去那裡了/Dare he fight me? 他敢和我打架嗎?/How dare you say such a thing to me? 你怎麼敢對我說出這種話來?/I wonder whether he dare admit it. 我想知道他是否有勇氣承認此事.

[語法] (1)主要用於否定句、疑問句、條件句和以 how 開頭的句子. (2)與原形不定詞連用, 第三人稱單數現在式不加 s. (3)疑問句中不用助動詞 do; 否定形用 dare not, 縮寫用 daren't [dɛrnt, dærnt, deənt]. (4)作為助動詞用時多為雅語的場合, 通常作動詞使用.

I dáre sáy 或許(perhaps). [語法] 亦寫作 dare say; 後面的子句不加 that; 亦有附加在句末的情形. I dare say he is well over forty. 我猜他已年過四十了/You're quite right, I dare say. 或許你

都是對的吧！（★這是諷刺的說法）．
— vt. (~s [~z; ~z]; ~d [~d; ~d], (古) durst; ~d; dar·ing) 1 句型3 (dare to do)敢，膽敢…；厚顏地[無禮地]做…；(語法)有時因語調的關係而用原形不定詞)．She does not dare (to) ask for the results of the exams. 她沒有勇氣問考試的結果/He dared to swim across the lake. 他竟敢游泳橫渡此湖/He dared to doubt my sincerity. 他竟敢懷疑我的誠意/Don't (you) dare go into my room! 你敢進我的房間你就試試看！
2 (a)向〔某人〕挑戰(to)(challenge)．He dared me to a fight. 他向我挑戰．(b) 句型5 (dare A to do) A(人)敢的話就試試看(回 為了試驗對方的勇氣而說出令其害怕的話；→ challenge)．I dare you to say that again! 你敢再說一遍試試看！(再說就絕不客氣)．
3 不怕，不在乎．He dares any danger. 他甚麼危險都不怕/dare the holiday traffic 不在乎假日車流而外出．
— vi. 勇敢，鼓起勇氣．When courage is needed, he dares. 必要的時候他會鼓起勇氣/You wouldn't dare! 你不敢！(沒有做那事的勇氣才對)．
— n. C (你如果敢的話就做做看的)挑戰(challenge)．take a dare 接受挑戰．

dare·dev·il [ˈdɛrˌdɛvl], ˈdær-; ˈdeəˌdevl] n. C 蠻勇的人，不要命的人．
— adj. 《限定》蠻勇的，不要命的．　　　　　「寫．

daren't [dɛrnt, dɛrnt; deənt] dare not 的縮

dare·say [ˌdɛrˈse; ˌdeəˈseɪ] v. → I dare say (dare 的片語)．

dar·ing [ˈdɛrɪŋ, ˈdærɪŋ; ˈdeərɪŋ] v. dare 的現在分詞, 動名詞．
— adj. 大膽的, 勇敢的; 魯莽的．a daring driver 魯莽的司機．
— n. U 大膽, 無畏, 勇敢．

dar·ing·ly [ˈdɛrɪŋlɪ, ˈdærɪŋlɪ; ˈdeərɪŋlɪ] adv. 大膽地, 勇敢地．

‡**dark** [dark; dɑːk] adj. (~·er; ~·est) 【 不明亮的 】 1 暗的, 黑暗的, (◆ light, bright)．It was getting dark. 天快黑了/a dark room 陰暗的房間．
2 黑漆漆的, (顏色)深的．She was wearing a dark suit. 她穿著一套深色的套裝/dark red 暗紅色．
3 [頭髮, 眼睛等]黑的; [皮膚]黝黑的; [人]黑[褐]髮淺黑色皮膚的; (→ fair)．She has rather a dark complexion. 她的膚色頗黑．
4 [聲音]低沈的(◆ clear)．
【 不明的 】 5 祕密的; 未知的, 意義不明的．Please keep it dark for a while. 這件事請暫時保密/a dark passage (文章中的)意義不明之處．
【 不明朗的 】 6 陰暗的; 憂傷的; 不高興的．Don't look only on the dark side of life. 不要只看人生的陰暗面/She has a dark countenance. 她滿臉憂鬱．
7 惡毒的, 陰險的．a dark plot 惡毒的陰謀．
⇨ n. darkness. v. darken.
— n. U 1 (加 the)黑暗; 陰暗處．The child

was afraid of the dark. 那小孩怕黑．
2 黃昏, 傍晚．at [until] dark [直到]傍晚/go out alone after dark 在天色變暗後獨自外出/Be sure to come back before dark. 天黑之前一定要回來．
* *in the dark* (1)在黑暗中．A cat can see in the dark. 貓在黑暗中能看見東西．(2)祕密地．keep one's true intent in the dark 隱藏某人真正的意圖．(3)不為人知；蒙在鼓裡．Let's keep him in the dark until we know more. 在我們還沒搞清楚之前先別讓他知道/I was in the dark about the plan. 我對那項計畫一無所知．

Dárk Ãges n. (加 the)黑暗時代《特指 5-10 世紀的歐洲中古時代；為文化的消退期》．

Dárk Cóntinent n. (加 the)黑暗大陸《非洲的舊稱；對歐美人而言, 由於未知的地方多, 又是黑人的大陸, 故名》．

***dark·en** [ˈdarkən; ˈdaːkən] v. (~s [~z; ~z]; ~ed [~d; ~d]; ~·ing) vt. 1 使變暗; 使〔顏色〕變黑, 使變深．My room is darkened by a large tree in front of the window. 我的房間因窗前的大樹而變得陰暗．
2 使陰鬱．Anxiety darkened his face. 憂慮使得他一臉陰鬱．
— vi. 1 變暗, 變黑．The sky suddenly began to darken. 天空忽然開始變黑．
2 變陰鬱．His brows darkened with suspicion. 他因不解而皺眉．
dàrken a pèrson's dóor (麻煩的訪客)登門造訪《通常用於否定句》．Never darken my door again. 永遠不要再踏入我家大門．

dark-haired [ˌdark'hɛrd; ˌdaːk'heəd] adj. 黑髮的．

dàrk hórse n. C 1 黑馬《賽馬時意外獲勝的馬》．2 具有意外實力的競爭對手; (政界, 選舉等中)擁有出乎資料實力的新候選人．

dark·ish [ˈdarkɪʃ; ˈdaːkɪʃ] adj. 1 微暗的．
2 黑漆漆的, 泛黑的．

dark·ly [ˈdarklɪ; ˈdaːklɪ] adv. 1 黑暗地; 陰鬱地; 險惡地．2 模糊地; 祕密地, 暗中地．

***dark·ness** [ˈdarknɪs; ˈdaːknɪs] n. U 1 黑暗, (傍晚時分的)昏暗; 漆黑; (◆ light¹)．He felt his way through the darkness. 他在黑暗中摸索前進/total darkness 一片漆黑/the darkness of her eyes 她的黑瞳．
2 不明, 曖昧; 祕密．All is darkness. 一切不明．
3 惡毒, 陰險．4 (詩)盲目．

dark·room [ˈdarkˌrum, -ˌrʊm; ˈdaːkrʊm] n. C《攝影》暗房．

dark·y [ˈdarkɪ; ˈdaːkɪ] n. (pl. dark·ies) C《口》黑人《帶有輕蔑的語氣》．

***dar·ling** [ˈdarlɪŋ; ˈdaːlɪŋ] n. (pl. ~s [~z; ~z]) C 1 親愛的人, 最愛的人, 心上人．My darling! = Darling! 親愛的！(參考)夫婦, 情侶等稱呼對方時用 darling; dear, dove¹,

honey 等有時亦可用於上述情況)/Ann is Papa's *darling*. 安是爸爸的寶貝.

2 《口》可愛的東西, 棒極了的東西.

— *adj.* 《限定》 **1** 可愛的, 心愛的, 寵愛的. my *darling* wife 我親愛的妻子.

2 《口》有趣的, 極美的. What a *darling* dress! 好漂亮的洋裝啊!

darn[1] [dɑrn; dɑːn] *vt.* (特指)縫補, 補綴, 〔編織物〕. *darn* (a hole in) a sock 補襪子(上的洞).

— *n.* ○縫補處, 補釘.

darn[2], **darned** [dɑrn; dɑːn], [dɑrnd; dɑːnd] 《俚》damn, damned 的委婉說法; → damn.

dárning nèedle *n.* ○縫補針.

dart [dɑrt; dɑːt] *n.* **1** ○飛鏢, 標槍.

2 (darts)《作單數》射飛鏢遊戲(射飛鏢於靶(dart-board)上的室內遊戲). have a game of *darts* 玩射飛鏢遊戲.

3 [a U] 猛衝(dash). The boy made a *dart* at [on] the door. 男孩向門猛衝. **4** ○〔縫級〕縫褶(為了使衣服更合身而縫起的部分).

— *vi.* 急馳, (像箭那樣)飛奔. He *darted* into the hall and up the stairs. 他疾奔進入玄關跑上樓去.

— *vt.* 投擲, 投射, 〔矛, 標槍, 箭, 視線, 光等〕. He *darted* a spear at his enemy. 他向他的敵人擲矛.

[darts 1, 2]

dart·board [ˈdɑrtˌbord, -ˌbord; ˈdɑːtbɔːd] *n.* ○射飛鏢遊戲的靶子(→ dart *n.* 2).

Dar·win [ˈdɑrwɪn; ˈdɑːwɪn] *n.* **Charles Robert** ~ 達爾文(1809–82)《英國博物學家;《物種源始》(the Origin of Species)的作者》.

Dar·win·ism [ˈdɑrwɪnˌɪzəm; ˈdɑːwɪnɪzəm] *n.* U 達爾文學說, 進化論.

***dash** [dæʃ; dæʃ] *v.* (~**es** [~ɪz; ~ɪz]; ~**ed** [~t; ~t]; ~**ing**) *vt.* **1** 猛擲; 猛擊; 猛撞; 潑〔水等〕(*with*). He *dashed* the glass *to* the floor. 他把玻璃杯用力摔到地板上/He *dashed* water *over* us. = He *dashed* us *with* water. 他用水潑我們/The waves *dashed* the shore. 波浪猛拍岸邊.

2 打碎. The glass was *dashed* to pieces. 玻璃杯被打得粉碎.

3 《文章》使〔希望, 精神等〕破滅, 受挫. The news *dashed* our hopes. 那消息粉碎了我們的希望.

4 (英、口)詛咒(damn 的委婉用法; 把 damn 用 d— 的形式省略; →damn 回). *Dash* it all! 可惡!

— *vi.* **1** 衝, (短距離)疾走〔奔馳〕, (rush). She *dashed* downstairs. 她飛奔下樓/I must *dash* or I'll be late. 我得快跑, 否則就要遲到了.

2 衝擊, 衝撞; 撞得粉碎. The waves *dashed against* the rocks. 波浪撞擊岩石.

dàsh/.../óff[1] 一口氣完成…. I *dashed off* the report. 我一口氣趕完報告.

dàsh óff[2] 《口》急忙地走開. He *dashed off* without saying goodbye. 他沒道再見就急忙離去.

— *n.* (*pl.* ~**es** [~ɪz; ~ɪz])【衝】 **1** [a U] 衝, 疾走; 突擊. He made a *dash* for the bus. 他沒命地追趕公車.

2 ○(陸上, 游泳等的)短距離比賽. a 100 meter *dash* 一百公尺賽跑[游泳比賽].

【衝擊】 **3** U (常加 the)(波浪, 雨等的)激烈聲. 潑濺, 潑濺聲.

4 【飛濺的水花】○少量. Put a *dash* of brandy in my tea. 在我的茶裡放一點白蘭地/The whiskey brought a *dash* of color to his pale face. 威士忌使他蒼白的臉有點血色.

【氣勢凌人】 **5** U 精力, 精神.

6 【鋼筆的一畫】○(標點符號的)破折號(—); 摩斯電碼的長畫(⟷ dot).

at a dásh 疾走地; 一口氣地.

cùt a dásh 《口》引人注目, 鋪張門面, 譁眾取寵. She really *cut a dash* in her pink evening gown. 她穿上那件粉紅色晚禮服真是引人注目.

dash·board [ˈdæʃˌbord, -ˌbord; ˈdæʃbɔːd] *n.* ○(汽車, 飛機等的)儀表板.

dash·ing [ˈdæʃɪŋ; ˈdæʃɪŋ] *adj.* **1** 〔攻擊等〕大膽勇猛的, 猛烈的; 精力充沛的.

2 猛衝的. *dashing* waves 飛迸散開的波浪.

3 顯眼的, 奪目的. a *dashing* coat 拉風夾克.

das·tard·ly [ˈdæstədlɪ; ˈdæstədlɪ] *adj.* 《古》卑怯的, 膽小的.

***da·ta** [ˈdetə, ˈdætə, ˈdɑtə; ˈdeitə] *n.* (★本是拉丁語 datum 的複數, 但常作單數)

(成為推論基礎的)資料. These *data* are [This *data* is] incorrect. 這資料不正確/The *data* have [has] been fed into the computer. 這資料已經輸入電腦了.

| 搭配 *adj.*+data: accurate ～ (精確的資料), reliable ～ (可信的資料) // *v.*+data: collect ～ (收集資料), process ～ (處理資料), store ～ (儲存資料).

字源 DA「被給與」: data, date(日期), donate (捐贈), donor (捐贈者).

dáta bànk *n.* ○資料庫(用來收集、保管可利用資料的系統、機構).

data·base [ˈdetəˌbes; ˈdeitəˌbeis] *n.* ○資料庫 (輸入電腦, 隨時可以取用的資料).

dáta pròcessing *n.* U (透過電腦的)資料處理.

***date**[1] [det; deit] *n.* (*pl.* ~**s** [~s; ~s])【日期】 **1** ○日期, 年月日. What's the *date* (today)? = What *date* is it (today)? 今天幾號? (★詢問星期幾時, 用 What day (of the week) is it today?)/the *date* of one's birth 出生日期/Let's fix [set] the *date* of departure. 我們決定出發日期吧!/This letter bears the *date* March 15, 1998. 這封信上的日期是 1998 年 3 月 15 日.

【◉日期的寫法、讀法】

(1) 4 月 3 日寫成 April 3, 寫成 3 April 主要是《英》. 分別讀作 April (the) third, the third

(2) 1998 年 3 月 15 日略寫爲 3/15/'98 (March (the) fifteenth, nineteen ninety-seven)，而《英》通常寫成 15/3/'98 (the fifteenth of March, ...).

(3)日之前的月如爲四個以上的字母組成則可縮寫，如 Apr. 3 等，但若不說出日時，則月名不可縮寫，要寫成 April 1940.

2 Ⓤ 時期，年代. paintings of very early *date* 非常早期的繪畫.

〖日期>約會〗**3** Ⓒ 約會(appointment). I have [made] a *date* for dinner with my fiancée. 我跟我的未婚妻約好去吃晚飯/cancel a *date* 取消約會.

4 Ⓒ (口)約會；《美》約會的對象. ask her for a *date* 向她邀約/have a *date* with her 和她有約/go out on a *date* 出去(和異性的)約會/It's not polite to keep your *date* waiting. 讓約會對方等待是不禮貌的.

brìng...ùp to dáte 把⋯變成最新式的；向⋯提供最新消息. bring a membership list *up to date* 更新[增訂]會員名冊/Could you *bring* me *up to date* on what is happening at the office? 你能告訴我辦公室的最新情況嗎?

* *out of dáte* 過時的[地]；過期的；(→ out-of-date). The expression is [has gone] *out of date* now. 這種說法現在已經不流行了/This passport is *out of date* and you can't use it. 這本護照已經過期，你不能再使用了.

* *to dáte* 迄今爲止. He's done very fine work *to date*. 迄今爲止他工作表現很好.

* *ùp to dáte* (1)=to date. (2)最新式的[地]；具有最新知識的. This dictionary is *up to date*. 這本字典是根據最新資料編成的.

— *v.* (∼s [∼s; ∼s]; dat·ed [∼ɪd; ∼ɪd]; dat·ing) *vt.* **1** 在(信，文件等)上寫上日期. The letter is *dated* April 1, 1998. 這封信的日期是 1998 年 4 月 1 日.

2 測定[推定]⋯的年代. The archaeologist *dated* the bone *to* about 1,000,000 years ago. 考古學家測定這根骨頭爲一百萬年前的遺跡.

3 (口)和⋯約會. I *date* Jane almost every week. 我幾乎每星期都和珍約會.

4 使⋯過時.

— *vi.* **1** 註記日期(*from*). The letter *dates from* May 25. 這封信的日期是 5 月 25 日.

2 開始，起源，(*from*). This university *dates from* the 17th century. 這所大學早在 17 世紀就建立了.

3 過時. Slang tends to *date* quickly. 俚語很快就會過時.

4 (口)(與⋯)約會(*with*). I once *dated with* John. 我和約翰約會過.

dàte báck to... (起源)追溯到⋯. The church in our village *dates back to* the Norman period. 我們村裡教堂的歷史可追溯至諾曼時代.

date² [det; deɪt] *n.* Ⓒ 海棗果(食用)；海棗樹，棗椰樹，(亦稱dáte pàlm).

dat·ed [ˋdetɪd; ˈdeɪtɪd] *adj.* **1** 載明日期的. **2** 過時的，陳腐的. *dated* slang 不流行的俚語/The

---

statistics are *dated*. 這些統計數字太舊了.

date·less [ˋdetlɪs; ˈdeɪtlɪs] *adj.* **1** 沒有日期的. **2** 年代不詳(久遠)的. **3** (永遠)不會過時的.

dáte line *n.* (加 the)國際換日線.

dat·ing [ˋdetɪŋ; ˈdeɪtɪŋ] *v.* date 的現在分詞、動名詞.

[date²]

da·tum [ˋdetəm; ˈdeɪtəm] *n.* (*pl.* **da·ta**) Ⓒ → data.

daub [dɔb; dɔːb] *vt.* **1** 塗抹(顏料，油漆等)於⋯上(*on*)；以⋯塗抹(*with*). I *daubed* white paint *on* the chair. = I *daubed* the chair *with* white paint. 我把椅子塗上白漆.

2 畫(拙劣的畫)；把(顏料)亂塗亂抹.

— *vi.* 畫拙劣的畫.

— *n.* **1** ⓊⒸ 塗料. **2** Ⓒ 弄髒；拙劣的畫.

daugh·ter [ˋdɔtɚ; ˈdɔːtə(r)] *n.* (*pl.* ∼s [∼z; ∼z]) Ⓒ **1** 女兒(⟷son)；媳婦 (daughter-in-law). one's eldest [first-born] *daughter* 長女.

2 女性後裔. *daughters* of Eve 夏娃的女兒們(所有的女性).

daugh·ter-in-law [ˋdɔtərɪnˌlɔ; ˈdɔːtərɪnˌlɔː] *n.* (*pl.* **daugh·ters-**) Ⓒ 媳婦.

daunt [dɔnt, dɑnt; dɔːnt] *vt.* (文章)威嚇，嚇倒；使喪失勇氣.

nòthing dáunted (文章)毫無畏懼地.

daunt·less [ˋdɔntlɪs, ˋdɑnt-; ˈdɔːntlɪs] *adj.* (文章)不屈的；無畏的.

dau·phin, Dau·phin [ˋdɔfɪn; ˈdɔːfɪn] *n.* Ⓒ (歷史)法國王子(的稱號).

Dave [dev; deɪv] *n.* David 的暱稱.

Da·vid [ˋdevɪd; ˈdeɪvɪd] *n.* **1** 大衛(男子名).

2 (聖經)大衛(西元前 1000 年左右以色列的第二代國王；文武雙全的傑出君主).

da Vin·ci [dəˋvɪntʃɪ; dɑˈvɪntʃɪ] *n.* **Le·o·nar·do** [ˌliəˋnɑrdo; ˌliːəˈnɑːdəʊ] ∼ 達文西(1452-1519)(義大利畫家、建築師、科學家).

Da·vis Cup [ˋdevɪsˌkʌp; ˌdeɪvɪsˈkʌp] *n.* (加 the)臺維斯杯(國際網球錦標賽).

dav·it [ˋdævɪt; ˈdævɪt] *n.* Ⓒ (用來吊起船、艇等的)吊艇柱.

Da·vy [ˋdevɪ; ˈdeɪvɪ] *n.* David 的暱稱.

daw·dle [ˋdɔdḷ; ˈdɔːdl] *v.* (口) *vi.* 閒蕩，偷懶.

— *vt.* 浪費(時間等).

[davits]

***dawn** [dɔn; dɔːn] *n.* (*pl.* ~**s** [~z; ~z]) [UC] **1** 黎明，拂曉．The *dawn* is breaking. 天已破曉了/at (the) break of *dawn* = at *dawn* 破曉時分/We worked from *dawn* till dusk. 我們日出而作，日入而息．

2 (加 the)(事物的)**開始**；預兆．before the *dawn* of history 在史前時期．

— *vi.* (~**s** [~z; ~z]; ~**ed** [~d; ~d]; ~·**ing**) 破曉，天亮．It [Day, Morning] *dawned*. 天亮了．

dáwn on [upon]... 開始明白．The truth of the matter is *dawning on* him. 他開始明白事情的眞相．

***day** [de; deɪ] *n.* (*pl.* ~**s** [~z; ~z]) 【一天】 **1** [C] 日，一天，一晝夜．There are twenty-four hours in a *day*. 一天有二十四小時/What *day* (of the week) is it today? 今天是星期幾?(問日期時用 What's the date (today)?)/Have a nice *day*! 祝你有個愉快的一天!

2【一天中的白晝】[UC] 白晝，白天，(daytime; ↔ night)；日光(daylight)．Cockroaches hide themselves during the *day*. 蟑螂白天躲起來/The *days* grow shorter as winter approaches. 隨著冬天的逼近，白晝一天比一天短了/by *day*(→片語)．

> 搭配 *adj.*+day: a bright ~ (晴天)，a dry ~ (乾燥的日子)，a sunny ~ (陽光普照的日子)，a cloudy ~ (陰霾的日子)，a rainy ~ (雨天)，a wet ~ (雨天)．

【特定的日子】 **3** [C] (常 *Day*)(某個特定的)日子；節日，慶祝日．Christmas *Day* 聖誕節/a wedding *day* 結婚紀念日．

4【工作的一天】[C] (作爲工作時間的)一天，工作日．an 8-hour *day* 一天八小時的工作日/My *day* ends at 5 o'clock. 我的工作五點結束．

5【勝敗的一天】[C] (加 the)勝利，比賽．lose [win, carry] the *day* 敗[勝]了/How goes the *day*? 比賽的結果如何?

【特定的日子>時期，期間】 **6** [C] (常 *days*)時代，時期．in *days* gone by [to come] 在過去[將來]/in the *days* of James I 在詹姆斯一世時期/the social problems of the *day* 當前的社會問題/He has seen better *days*. 從前他也有過好日子/She was a good swimmer in her young *days*. 她年輕時是個游泳好手/He was far in advance of his *day*. 他遠遠領先於他的時代．

7【活著的時候】[C] (用 my [his] *days* 等)一生，生命，生涯．He remained single till the end of his *days*. 他一直到死都沒有結婚/Her *days* are numbered. 她剩下的日子屈指可數了．

8 [C] (加 my, his 等)全盛期，活躍期．My *day* is done. 我全盛時期已經過了/Every dog has his *day*. (諺)風水輪流轉(十年河東，十年河西)．

* **áll dày (lóng)** = **àll the dáy** 《副詞性》一整天．We walked *all day*. 我們走了一整天．

àny dáy 《副詞性》隨便哪一天，任何時候．We

expect him to arrive *any day* soon. 我們想他這幾天很快就會到了．

by dáy 在白天(↔ by night)．Most birds can see only *by day*. 大多數的鳥類只有在白天才看得到．

by the dáy 按日，按日計算(錢)．We are hired *by the day*. 我們以按日計酬的方式受雇．

càll it a dáy 《口》結束(一天的工作等)．As it was past 8 p.m. we *called it a day*. 已經晚上八點多了，所以我們就結束了一天的工作．

* **dày after dáy** 《副詞性》日復一日地．I worked hard *day after day*. 我每天努力工作．

dày and níght → night 的片語．

* **dày by dáy** 一天天，逐日，一天天地．It is getting warmer *day by day*. 天氣一天比一天暖起來．

dày ín, dày óut 日復一日，每天．*Day in, day out*, the dog went to the station to wait for its master. 日復一日，那隻狗每天都到車站去等主人．

èvery óther [sècond] dáy = **èvery twó dáys** 每隔一天，每兩天．He works *every other day*. 他每兩天上一次班．

for the dáy 只此一天，當天例外；作爲一天的工作行程(出城辦事等)；今天到此爲止，以此作結，(告別等)．

* **from dày to dáy** (1)天天．He changes his schedule *from day to day*. 他天天改變他的行程．(2)過一天算一天地．He lives *from day to day*. 他過一天算一天．

if a dáy → if 的片語．

* **in a [òne] dáy** 一天內，一朝一夕；短時間內．Rome was not built *in a day*. 《諺》羅馬不是一天造成的(《大工程不是簡簡單單就能完成的)．

* **in thóse dàys** 當時，在那時．Long skirts were in fashion *in those days*. 長裙在當時很流行．

màke a pèrson's dáy 《口》「使成爲某人之日」，(成爲)使某人很高興的日子．It *made* Grandfather's *day* when his granddaughter gave him a picture she had drawn of him. 祖父因爲孫女送他一幅親筆畫的祖父肖像，所以一整天都很高興．

nìght and dáy → night 的片語．

* **óne dày** 《副詞性》(1)(過去的)某一天．Then *one day* a letter came from him. 之後的某一天他捎來一封信．(2)總有一天(=some day)．You will know the truth *one day*. 總有一天你會了解眞相．

òne of thèse (fìne) dáys 近日內，不久．*One of these fine days* he will get his just deserts. 他很快便會遭到報應．

* **sóme dày** 《副詞性》(未來的)某一天，總有一天．He will return to Taiwan *some day*. 總有一天他會回臺灣的．

(the) dày after tomórrow [befòre yésterday] 《副詞性》後天[前天]．語法《美》常省略 the．

* **the òther dáy** 《副詞性》幾天前；最近；先前．I bought this dress *the other day*. 幾天前我買了這件洋裝．

* **thése dàys** 《副詞性》最近，近來，這些日子．I am interested in chess *these days*. 最近我對西洋棋很感興趣．

to a dáy 恰好，一天不差。We were married twenty years ago *to a day*. 我們就是在二十年前的今天結婚的。

*day·break [`de,brek; 'deɪbreɪk] *n.* U 黎明 (dawn). at *daybreak* 破曉時分。

dáy-care cènter n. C 日間托兒所。

day·dream [`de,drim; 'deɪdriːm] *n.* C 白日夢, 空想。— *vi.* 空想, 夢想。

day·dream·er [`de,drimɚ; 'deɪdriːmə(r)] *n.* C 夢想家。

dáy làborer n. C 按日計酬的工人。

*day·light [`de,laɪt; 'deɪlaɪt] *n.* U **1** 日光, 白晝(daytime). A gang of three robbed the bank in broad *daylight*. 三個搶匪在光天化日下搶銀行。
2 拂曉(dawn). at *daylight* 黎明時。
sèe dáylight (1)開始明白真相；看到了(事業等的)遠景, 有成功的希望。I had to think about the problem for quite a while before I *saw daylight*. 這個問題我想了好久才開始明白。(2)[出版品等]問世；[事物]被發表。The book did not *see daylight* until five years after the author's death. 這本書直到作者死了五年後才問世。

day·lights [`de,laɪts; 'deɪlaɪts] *n.* (用於下列片語)
bèat [knóck] the (líving) dáylights out of ... (口)把[人]揍得半死不活。
fríghten [scáre] the (líving) dáylights out of... (口)使[人]嚇得要命, 使大吃一驚。

dàylight sáving tìme n. U (美)夏令時間(夏季把時鐘比標準時間撥快一小時的制度；略作 DST；(英) summer time)。

day·long [`de,lɔŋ; 'deɪlɒŋ] *adj.* 整天的, 終日的。— *adv.* 整天地, 終日地。

dáy nùrsery n. C 日間托兒所。

days [dez; deɪz] *adv.* (美、口)白天, 白晝, (↔ nights)。

dáy schòol n. C (沒有宿舍的日間部)私立學校(→ boarding school; ↔ night school)。

dáy shìft n. C 日班；(集合)日班工人；(↔ night shift)。

*day·time [`de,taɪm; 'deɪtaɪm] *n.* U (加the) 白天, 白晝, (↔ nighttime)。in [during] the *daytime* (副詞性)白天裡, 白晝裡。

day-to-day [`detə`de; 'deɪtə'deɪ] *adj.* (限定) **1** 每日的, 日常的, (daily)。I am tired of the *day-to-day* routine of life. 我對日復一日的單調生活感到厭倦。**2** 過一天算一天的。

dáy trìp n. C (英)一往返的旅行。

daze [dez; deɪz] *vt.* 使發暈；使茫然；(常用被動語態)。He was *dazed* by a blow to the head. 他頭上挨了一拳被打暈了。
— *n.* (用於下列片語)
in a dáze 發暈地；茫然地。

*daz·zle [`dæzl; 'dæzl] *vt.* (~s [~z; ~z]; ~d [~d; ~d]; -zling) **1** (強光)使目眩。I was *dazzled* by the headlights of an approaching car. 我被迎面而來的汽車前燈照得看不清楚。

─────────────── **dead** 375

2 使驚歎。She *dazzles* everybody *with* her wit. 她的機智使得大家驚歎不已。
— *n.* [a U] (被光照耀的)目眩。
2 耀眼的光[物]。

daz·zling [`dæzlɪŋ, `dæzlɪŋ; 'dæzlɪŋ] *adj.* 耀眼的, 目眩的。*dazzling* snow [jewels] 耀眼的雪[寶石]/*dazzling* success 輝煌的成就。

DC, dc (略) da capo; direct current (直流電)。

D. C. (略) District of Columbia.

D-day [`di,de; 'diːdeɪ] *n.* **1** 攻擊發起日(指1944 年6月6日；第二次世界大戰中聯軍在 Normandy 登陸的日子)。**2** C 重大計畫預定日。

DDT [,didi`ti; ,diːdiː'tiː] *n.* U 一種殺蟲劑。

DE (略) Delaware.

de- *pref.* 表「分離, 除去, 降下, 否定等」之意。*de*camp. *de*prive. *de*scend. *de*merit.

dea·con [`dikən; 'diːkən] *n.* C **1** (在早期教會中擔任主教、長老助手的)執事。
2 (天主教, 英國國教等的)副祭司(→ clergyman)；(長老教會等的)執事(由教徒代表擔任)。

*dead [dɛd; ded] *adj.* 【死的】 **1** (a)死的, 已死的, (↔ alive, living, live²)；[植物]枯的。a *dead* body 死屍/He has been *dead* for three years. (=He died three years ago. = It's been [It is] three years since he died.)他已死了三年了/*Dead* men tell no tales. (諺)死無對證(被用來作為殺人滅口的理由)/He was found *dead* in the bathtub. 他被發現陳屍浴缸/I swept up *dead* leaves. 我把枯葉掃起來。⑤表示「已死」狀態的一般用語；→ deceased, late.
(b)(名詞性)(通常加the)(作複數)死者(↔ living)；(作單數)已故者。the *dead* and the living 死者和生者/There were twenty *dead* in the accident. 在那次事故中有二十人喪生。
2 無生命的。A stone is *dead* matter. 石頭是無生命的物質。
【如死般地】 **3** 無生氣的, 失去活力的；[顏色等]暗淡的；[聲音]無回響的。the *dead* season in the garment business 服裝業的淡季/The water was *dead* around us. 我們附近的水都是死水/This town is really *dead* at night. 這個城鎮到了夜裡真是死氣沈沈(沒有遊樂場所之意)。
4 停止活動的；[香菸等]熄滅的；[啤酒等]氣跑光的。a *dead* volcano 死火山/a *dead* mine 廢棄的礦坑。
5 [語言, 思想, 習慣等]現在已經不用的, 過時的。a *dead* language 死的語言(如拉丁文現在已無民族使用；而目前使用的語言稱 living language)。
【不活動的】 **6** [電線等]未通電流的；[電池等]沒電的；(↔ live²)。The telephone line is [went] *dead*. 電話線已被切斷/a *dead* battery 沒電的電池。
7 (敘述)(因寒冷等)無感覺的, 麻痺的, 無感覺的(*to* 對⋯)。My legs feel *dead*. 我的腿沒有感覺了/She is *dead* to pity. 她已經完全沒有憐憫心了。

8 《睡眠》深沈的; 死寂的. He fell into a *dead* sleep. 他睡熟了/the *dead* hours of the night 夜深人靜之時.

9 《口》《敍述》累死了. We're quite *dead*. 我們殆欲斃然了.

【【 沒有活動的空間 】】 **10** 沒有出入口的, 死路的, (→ dead-end).

11 《比賽》〔比賽者或賽球的結果〕出局, 界外. a *dead* player 出局的選手/a *dead* ball 死球(像棒球賽中成爲界外球的滾地球; 其間比賽暫停).

【【 像死亡那樣不可避免的>絕對的 】】 **12** 《限定》確實的, 準確的; 全然的. a *dead* certainty 絕對確定的事/*dead* silence 死寂/He was *in dead* earnest when he threatened to call the police. 他是很認真地威脅要打電話報警/The man came to a *dead* stop. 那個人完全停下來不動.

⇨ *n.* death. *v.* die.

dèad and góne [*búried*] 死了[葬了].

dèad on arrival 送醫途中死亡(略作 DOA).

dèad to the wórld 睡得死死的.

for déad 視爲已經死亡. He was given up for *dead*. 人們認爲他已經沒救而放棄了.

— *adv.* 《口》完全地, 全然地; 恰好, 正好. She was *dead* tired [asleep]. 她筋疲力竭[睡得死死的]/The motor stopped *dead*. 馬達整個停了下來.

cùt a pèrson déad 假裝不認識某人.

dèad béat 《口》累壞了.

dèad sét on [*against*]... 《口》下定決心(做某事)[堅決反對某事].

— *n.* 《U》(加 the)最寂靜[無生氣]的時候; 最寒冷的時候. in the *dead* of night [winter] 在深夜[隆冬].

dèad cénter *n.* 《C》(加 the)(活塞機曲柄及連接桿成一直線時, 造成無法轉動的)死點; 正中心.

dead·en [`dɛdn; 'dedn] *vt.* 減弱〔活力, 力氣等〕; 緩和〔聲音, 痛苦等〕.

dèad énd *n.* 《C》**1** (道路的)盡頭, 死巷.
2 (工作等的)停頓, 僵局.

dead-end [`dɛd`ɛnd; 'ded'end] *adj.* **1** 〔通道〕盡頭的. **2** 〔工作等〕停頓的.

dèad héat *n.* 《C》同時到達終點(賽跑時, 兩人或兩人以上同時到達終點).

dèad létter *n.* 《C》(由於地址不明等)無法投遞的郵件.

dead·line [`dɛd,laɪn; 'dedlaɪn] *n.* 《C》(新聞, 稿件等的)截稿(時間); (最後)期限(time limit). meet [extend] the *deadline* 趕上[延長]截此期限.

dead·lock [`dɛd,lɑk; 'dedlɒk] *n.* 《C》(交涉等的)僵局. come to a *deadlock* 陷入僵局.

*dead·ly [`dɛdlɪ; 'dedlɪ] *adj.* (-li·er, more ~; -li·est, most ~) **1** 致命的, 致死的, 要命的. He received a *deadly* wound. 他受了致命的傷/a *deadly* weapon 致命武器.
2 極有效的. a *deadly* argument against smoking 反對吸菸的有力論點.

3 《限定》不共戴天的, 必死的; 頑固的. one's *deadly* enemy 死敵/a *deadly* combat 殊死戰/a *deadly* hatred 痛恨.

4 《限定》像死(人)的, 如死了般的; 沒有生氣的, 無精打采的. Her *deadly* paleness is due to long illness. 她因爲長期患病所以面如死灰.

5 《限定》《口》非常的, 厲害的. in *deadly* haste 十萬火急地, 慌張地.

● ─ 形容詞＋-ly → 意義轉變了的形容詞

deadly	如死了般的	elderly	逾中年的
likely	可能的	lively	充滿活力的
lonely	孤獨的	lowly	〔地位等〕低的
sickly	生病的	weakly	虛弱的

★原則上, 原來的形容詞加上-ly 後有「有…的傾向的, 像…的」的意思.

— *adv.* **1** 如死了般地. *deadly* pale 面如死灰.
2 《口》非常地, 極度地, (extremely). *deadly* dull [tired] 極其無聊[疲倦].

dèad márch *n.* 《C》送葬進行曲.

dead·pan [`dɛd,pæn; 'dedpæn] *adj.* 《口》故作鎮靜的, 假裝正經的.

dèad réckoning *n.* 《U》航位推算(因爲視線不佳而無法進行天體觀測時, 利用羅盤及實際航其測量以確定[飛機, 船]所在位置的方法).

Dèad Séa *n.* (加 the)死海(位於以色列與約旦國境間; 鹽分很高的湖).

dead·weight [`dɛd,wet; 'dedweɪt], **dèad wéight** *n.* 《C》**1** 靜重(靜止(重)物的重量).
2 自重(車輛等本身的重量).

dead·wood [`dɛd,wʊd; 'dedwʊd] *n.* 《U》《口》沒用的人[物], 沒用的東西. cut out the *deadwood* 除去不要的物品[裁汰冗員].

*deaf [dɛf; def] *adj.* (~·er; ~·est) **1** 聾的; 重聽的. the *deaf* 聾人/He is *deaf* in his right ear. 他右耳聾了.
2 《敍述》不願聽的(to). He was *deaf* to my pleas. 他對我的懇求充耳不聞. ⇨ *v.* deafen.
fàll on dèaf éars 〔忠告等〕被忽視.
tùrn a dèaf éar to... 不願聽….

deaf-aid [`dɛf,ed; 'defeɪd] *n.* 《C》助聽器(hearing aid).

deaf·en [`dɛfən; 'defn] *vt.* 使聾, 使聽不見.

deaf·en·ing [`dɛfənɪŋ, `dɛfnɪŋ; 'defnɪŋ] *adj.* 震耳欲聾的.

deaf-mute [`dɛf`mjut, -`mɪut, -,mjut, -,mɪut, ˌdef`mju:t] *n.* 《C》聾啞者.

dèaf-múte álphabet *n.* ＝manual alphabet.

deaf·ness [`dɛfnɪs; 'defnɪs] *n.* 《U》耳聾.

*deal[1] [dil; di:l] *n.* 《C》(用單數)數量, 數額; 程度. (主要用於下列片語)
a déal (of...) ＝a good [great] deal (of...).
a gòod [grèat] déal (1)大量, 相當的量. He has a *great deal* to do tonight. 他今天晚上有很多事要做. (2)《副詞性》相當地. He feels a *good deal* better than yesterday. 他感覺比昨天好多了.

D

* *a gòod [grèat] déal of...* 大量的(★通常與 *n.* ⒰連用; 若後接 *n.* ⒞時則須用 a large [great] number of...). They drink *a good deal of* tea in England. 在英國，人們喝很多茶.

‡deal² [dil; di:l] *v.* (~**s** [~z; ~z]; **dealt**; ~**ing**) 【 分給 】 **1** 分配(*out*). *vt.* [句型4] (deal A B)、[句型3] (deal B 分[分配]給 A (人)，把 B(撲克牌等)發給 A. *deal out* money *to* [*among*] the victims 發放金錢給受害者/I *dealt out* three candies *to* each child. 我分給每個小孩三顆糖/*Deal* us the cards. 把撲克牌發給我們/I have been *dealt* four aces. 我拿到四張一點.

2 《文章》[句型4] (deal A B)、[句型3] (deal B *to* A)給 A(人)B(打擊等). He *dealt* me a blow in the face. 他一拳打在我的臉上/The loss of the pitcher *dealt* a great blow *to* the team. 失去那位投手造成全隊極大的打擊.

── *vi.* 分發(撲克牌等).

* *déal in...* 經營…; 參與…, 從事…. *deal in* grain 經營穀類生意/Her shop *deals in* women's clothing. 她的店專賣女裝/They don't *deal in* political matters. 他們是不參與政治活動的.

* *déal with...* ⑴應付, 處理; 論及…. I don't know how to *deal with* this problem [that tom-boy]. 我不知道怎樣處理這個問題[應付那個男孩子氣的女孩]/This book *deals with* Buddhism. 這本書談的是佛教. ⑵和…進行交易; 來往, 交際. I *deal with* that company. 我和那家公司有生意往來/She is a difficult person to *deal with*. 她是一個不好應付的人.

── *n.* ⒞ **1** (撲克牌等的)分發; 輪到發牌, 「做莊家」; (撲克牌等的)一局, a new *deal* 新局(→ New Deal)/Whose *deal* is it? 輪到誰發牌?

2 交易, 契約; 《美》(特別是在政壇或商場上)違法交易, 密約. close [strike, cut] a *deal* 完成交易/That's a *deal*. 好, 一言為定《表示契約成立的常用語》.

3 (用單數)《口》(人的)對待, 待遇. get a raw [dirty] *deal* 受到不公平的待遇/give a person a square [fair] *deal* 公平待人.　　　　「具用).

deal³ [dil; di:l] *n.* ⒰樅[松]木; 樅[松]木板《家

* **deal·er** [ˋdilɚ; ˈdiːlə(r)] *n.* (*pl.* ~**s** [~z; ~z]) ⒞
1 經銷商, …業者. a real estate *dealer* = a *dealer* in real estate 不動產業者.

2 (撲克牌等的)發牌人, 「莊家」.

deal·ing [ˋdilɪŋ; ˈdiːlɪŋ] *n.* **1** ⒰對待, 待遇.

2 (dealings) 商業交易(關係); 來往. I had no *deal-ings with* him then. 當時我和他沒有生意上的交易[來往].

dealt [dɛlt; delt] *v.* deal² 的過去式、過去分詞.

dean [din; di:n] *n.* ⒞ **1** (大學的)學院院長, (大學的)訓導長.

2 大教堂或大學附屬教會的)祭司長.

3 (團體等的)長老.

dean·er·y [ˋdinərɪ, -nrɪ; ˈdiːnərɪ] *n.* (*pl.* **-er·ies**) ⒞祭司長宅邸; 祭司長的管區.

‡dear [dɪr; dɪə(r)] *adj.* (**dear·er** [ˋdɪrɚ; ˈdɪərə(r)]; **dear·est** [ˋdɪrɪst; ˈdɪərɪst]) 【 高價的 】 **1** 高

價的, 昂貴的, (↔ cheap, inexpensive). Pork has become very *dear*. 豬肉變得很貴/Vegetables are very *dear* this week owing to the typhoon. 因為颱風, 所以本週菜價高漲.

[語法]和 price 搭配時, at a *high* price(高價)和 The price is *high*. (很貴)的 high 不能以 dear 代替; cheap 也同樣不能和 price 搭配, 所以要用 at a low price, The price is low. 等, 以 low 表示; → expensive 回.

【 貴重的 】 **2** 寶貴的, 貴重的, 《*to*》. hold a thing *dear* 認為某事[某物]珍貴/Life is very *dear to* me. 生命對我來說非常寶貴.

3 親愛的, 心愛的, 可愛的. my *dear* mother 我親愛的母親/Father *dear*! 親愛的爸爸!《極親暱的呼喚》.

Dear Sír [Mádam; Mr. Á; Mrs. Á; Miss Á] (書信開頭的)敬啟者.

[語法]⑴《美》此句前不加 my 表示感情的深厚, My dear... 的語氣反而比較正式;《英》則正好相反.

⑵ Dear 不跟姓和名連用, 如 Dear John Smith 是不對的, 但可說成 *Dear* Mr. Smith; 若是親密的對象, 則作 *Dear* John.

⑶ *Dear* Sir [Madam] 為不知對方姓名時的寫法; 對於公司、團體等則多使用 *Dear* Sirs.

── *n.* (*pl.* ~**s** [~z; ~z]) ⒞可愛的; 親愛的, 《夫婦, 父母和子女之間的呼喚》. Come here, (my) *dears*. 親愛的, 到這裡來/Do be quiet, there's [that's] a *dear*. 乖! 安靜下來.

── *adv.* 高價地, 付出很大代價地. He paid *dear* for the mistake. = The mistake cost him *dear*. 他為錯誤付出很大的代價.

[語法]dear 只與 buy, cost, pay, sell 連用.

── *interj.* (表示吃驚, 悲痛, 焦躁等) *Dear* (me)!=Oh *dear*! 唉呀! 天啊!

dear·ie [ˋdɪrɪ; ˈdɪərɪ] *n.* (口)=deary.

* **dear·ly** [ˋdɪrlɪ; ˈdɪəlɪ] *adv.* **1** 充滿深情地; 深切地. He loves her *dearly*. 他深愛著她.

2 付出重大犧牲地. Their victory was *dearly* bought. 他們的勝利是付出了相當大的代價獲得的.

dear·ness [ˋdɪrnɪs; ˈdɪənɪs] *n.* ⒰ **1** 真摯的愛.

2 昂貴(的事物).

dearth [dɝθ; dɜːθ] *n.* ⒰《文章》不足, 缺乏, 《*of*》(shortage). a *dearth of* food 糧食不足.

dear·y [ˋdɪrɪ; ˈdɪərɪ] *n.* (*pl.* **dear·ies**) ⒞《口》親愛的人(darling)《通常作呼喚》.

‡death [dɛθ; deθ] *n.* (*pl.* ~**s** [~s; ~s]) 【 死 】 **1** ⒰⒞死, 死亡, (↔life). ⒞死亡事故; 死者. from birth to *death* 從出生到死亡/accept [meet] (one's) *death* 迎接死亡/*death with* dignity 有尊嚴, 安樂死/*death* by drowning 溺死/his *death from* a heart attack 他死於心臟病/(as) pale as *death* 臉色死白/No one can avert *death*. 沒有人能避免死亡/She miraculously escaped *death* in the plane crash. 在墜機事件中她奇蹟般地死裡逃生/There's been a *death* in his

family. 他家有人過世了/The earthquake caused more than 5,000 *deaths*. 地震造成五千餘人喪生.

| 搭配 *adj.*＋death: a painful ～ (痛苦而死), a peaceful ～ (安詳辭世), an unexpected ～ (猝死), an untimely ～ (英年早逝) // *v.*＋death: meet one's ～ (過世), face ～ (面對死亡) // death＋*v.*: ～ comes (死神降臨), ～ occurs (過世).

2 (通常 Death)死神(以持鐮刀著黑斗篷的骷髏爲象徵).

3 ©(加修飾語)死法. a natural *death* 壽終正寢/meet a violent *death* 意外死亡/She died a happy [miserable] *death*. 她快樂[悲慘]地死去. 語法 如上例, 在使用 die 的同義字詞時, 可改成 *adv.* (片語): She died happily [miserably].

4 ©(加the)死因, 致命原因, 《*of*》; 如死一般惱人的事物《*of*》. Drinking was the *death* of him. 他是喝酒致死的/The problem was the *death* of me. 這個問題使我煩得要死.

5 Ⓤ 被處決, 死刑; 被殺. The crime is punishable by *death*. 這種罪行可判處死刑.

《完結》**6** Ⓤ(加the)滅亡, 終止, 《*of*》. the *death* of a word 某一詞彙的不再使用/the *death* of all hopes 所有希望的破滅.

⟡ *adj.* **dead, deathly.** *v.* **die.**

at dèath's dóor 快死了, 行將就木. The patient is *at death's door*. 病人快死了.

càtch one's **déath (of còld)** 《口》患重感冒.

dò...to déath 常常使用而了無新意. Bill's joke has been *done to death*. 比爾的笑話了無新意.

pùt a pèrson to déath 《文章》把人處死.

＊ **to déath** (1)…到死爲止, …而死. She was frozen [starved] *to death*. 她凍[餓]死了. (2)極度, 極其. I'm sick *to death* of his boasts. 我對他的自吹自擂厭惡至極.

death·bed [ˋdɛθˌbɛd; ˈdeθbed] *n.* © (通常用單數)臨終的臥床; 臨終. on one's *deathbed* 在臨終床上, 臨終時. 打擊.

death·blow [ˋdɛθˌblo; ˈdeθbləʊ] *n.* © 致命的

déath certĭficate *n.* © 死亡證明書.

déath dùty *n.* Ⓤ©(英)遺產稅(《美》inheritance tax).

death·less [ˋdɛθlɪs; ˈdeθlɪs] 〔名聲等〕不滅的, 不朽的, (undying).

death·like [ˋdɛθˌlaɪk; ˈdeθlaɪk] *adj.* 像死的, 像死了的. a *deathlike* silence 死寂.

death·ly [ˋdɛθlɪ; ˈdeθlɪ] *adj.* **1** 像死一般的. **2** 致命的. a *deathly* wound 致命傷.
— *adv.* **1** 像死一般地. **2** 極端地, 非常地.

déath màsk *n.* © 死人的臉部模型(用石膏複製死者的容貌).

déath pènalty *n.* Ⓤ© 死刑.

déath ràte *n.* © 死亡率(一般以一千人中一年的死亡人數來表示).

death's-head [ˋdɛθsˌhɛd; ˈdeθshed] *n.* © 骷

髏頭(的畫, 雕像)《死亡的象徵》.

déath tòll *n.* © (一般用單數形)(因意外事故等的)死亡人數.

death-trap [ˋdɛθˌtræp; ˈdeθtræp] *n.* © 死亡陷阱(火災時無逃生門的危險建築物; 交通事故頻發的地點等).

déath wìsh *n.* *a* Ⓤ 臨終前的願望.

deb [dɛb; deb] *n.* 《口》＝debutante.

de·bar [dɪˋbɑr; dɪˈbɑː(r)] *vt.* (～**s**; ～**red**; ～**ring**) 《文章》把…排除在外, 擠出, 《*from*》; 禁止, 阻止, (prevent). Women are *debarred from* entering the club. 婦女不能進入那家俱樂部.

de·bark [dɪˋbɑrk; dɪˈbɑːk] *vt.* ＝disembark.

de·bar·ka·tion [ˌdibɑrˋkeʃən; ˌdiːbɑːˈkeɪʃn] *n.* ＝disembarkation.

de·base [dɪˋbes; dɪˈbeɪs] *vt.* 降低…的品質; 貶低〔他人〕, 有損…的人格.

de·base·ment [dɪˋbesmənt; dɪˈbeɪsmənt] *n.* Ⓤ(品質的)降低; (品性的)墮落.

de·bat·a·ble [dɪˋbetəbl; dɪˈbeɪtəbl] *adj.* 可爭論的; 有不同意見的; 爭論中的.

＊**de·bate** [dɪˋbet; dɪˈbeɪt] *v.* (～**s** [～s; ～s]; **-bat·ed** [～ɪd; ～ɪd]; **-bat·ing**) 【討論】**1** 討論, 爭論, 《*about*》. 句型3 (debate *wh*子句、片語)討論…; 《(同一般用於正反兩方對立的正式辯論場合; →discuss). We *debated whether* to support the candidate or not. 我們討論是否支持那位候選人.

2【和自己討論】深思熟慮, 考慮, 盤算. He *debated* the decision in his mind for many hours. 他在心裡對這個決定考慮了好幾個小時.

— *vi.* **1** 爭議, 討論, 《*about, on*》. I *debated with* my friends *about* the question. 我和我的朋友就這個問題進行討論.

2 深思熟慮, 盤算, 《*about, of*》. She *debated about* his offer. 她仔細地考慮他的提議.

— *n.* (*pl.* ～**s** [～s; ～s]) Ⓤ© (立場對立的)辯論, 討論; © 討論會. How about holding a *debate* on women's rights? 開個關於女權運動的討論會如何？/After much *debate*, we decided to spend our holidays in Spain. 經過多次討論之後, 我們決定到西班牙度假/The matter of his successor is still under *debate*. 有關他的繼承人一事, 尚在爭議中.

| 搭配 *adj.*＋debate: a heated ～ (熱烈的辯論), a lively ～ (熱絡的討論) // *v.*＋debate: open a ～ (展開討論), close a ～ (終止討論) // debate＋*v.*: a ～ begins (討論會開始), a ～ ends (討論會結束).

de·bat·er [dɪˋbetɚ; dɪˈbeɪtə(r)] *n.* © 討論者; 討論會的參加者.

de·bauch [dɪˋbɔtʃ; dɪˈbɔːtʃ] *vt.* 《文章》(特指酒和女人等)使〔人〕墮落.
— *n.* © 放蕩; 縱慾狂歡.

de·bauch·er·y [dɪˋbɔtʃərɪ, -tʃrɪ; dɪˈbɔːtʃərɪ] *n.* (*pl.* **-er·ies**)《文章》**1** Ⓤ 放蕩; 縱慾狂歡.

2 © (debaucher*ies*) 放蕩的生活, 放縱的行爲.

de·ben·ture [dɪˋbɛntʃɚ; dɪˈbentʃə(r)] *n.* © 公司債(券).

de·bil·i·tate [dɪˋbɪləˌtet; dɪˈbɪlɪteɪt] *vt.* 《文章》

使衰弱.

de·bil·i·ty [dɪ`bɪlətɪ; dɪ'bɪlətɪ] n. ⓤ《文章》(身體的) 衰弱.

deb·it [`dɛbɪt; 'debɪt] n. ⓒ《簿記》借方, 借記, 《帳簿中靠左邊的一欄; ↔ credit》.
— vt. 把…記入借方帳中. *Debit* Mr. Hill *with* $100. = *Debit* $100 *to* [*against*] Mr. Hill. 把100美元記入希爾先生的借方帳中.

deb·o·nair [͵dɛbə`nɛr, -`nær; ͵debə'neə(r)] adj. 〔特指男性〕英俊而溫文有禮的, 穿著時髦大方而開朗的.

Deb·o·rah [`dɛbərə; 'debərə] n. 女子名.

de·bouch [dɪ`buʃ; dɪ'bautʃ] vi. 〔河等〕(從窄處向寬處)流出.

de·brief [di`brif; di:'bri:f] vt. 聽取〔回航飛行員, 外交官等的〕報告.

de·bris [də`bri; 'debri; 'deɪbri:] (法語) 《★注意發音》 n. ⓤ (被毀物的)碎片堆, 瓦礫, 殘骸.

*debt [dɛt; det] 《★注意發音》 n. (*pl.* ~s [~s; ~s]) ⓤⓒ【 借款 】 **1** 借款, 債務. run [get, fall] into *debt* 負債/get [keep] out of *debt* 還債[不欠債]/I have an outstanding *debt* of 1,000 dollars. 我有一筆1,000美元的債沒還還/pay off all one's *debts* 償清負債.
2《心靈之債》恩情; 義務; 《*for* 對於…》. I owe him a *debt* of gratitude *for* what he did. 對於他所做的一切, 我欠他一份情.
* *be in dèbt to* a *pèrson* =《文章》*be in* a *pèrson's dèbt* 欠某人錢; 受某人的恩情. I am in *debt* to him for $1,000. 我欠他1,000美元/I am deeply *in debt* to him [*in his debt*]. 我深感於他的恩惠.

debt·or [`dɛtər; 'detə(r)] n. ⓒ 借款人, 債務人, 《↔ creditor》; 《簿記》借方.

de·bunk [di`bʌŋk; di:'bʌŋk] vt. 《口》暴露…的真相, 揭穿.

de·but [dɪ`bju, de-, -`bɪu, `debju, -bɪu; 'deɪbju:] (法語) n. ⓒ **1** 首演, 首次登臺, 初次公演. The actress made her *debut* when she was eight. 那位女演員8歲時首次登臺演出. **2** (少女到了某一年紀)首次進入社交界. **3** (工作, 某種活動等的)開端.

deb·u·tante [͵dɛbju`tɑnt, `dɛbjə͵tænt; 'debju:tɑ:nt] (法語) n. ⓒ **1** 首次登臺[首次演出]的女演員. **2** 首次進入社交界的女孩(通常指17-20歲的年輕少女).

Dec. (略) December.

deca- *pref.* 意爲「十(倍)」(→ deci-). *deca*thlon.

*dec·ade [`dɛkɛd, dɛk`ed; 'dekeɪd] n. (*pl.* ~s [~z; ~z]) ⓒ 十年(間)《★「一百年」是 century》. for several *decades* 數十年間/in the recent *decade* 最近十年間.

dec·a·dence [dɪ`kedns, `dɛkədəns; 'dekədəns] n. ⓤ (道德, 文藝等的)衰落, 頹廢(期); 墮落.

dec·a·dent [dɪ`kednt, `dɛkədənt; 'dekədənt] adj. **1** (道德, 文藝等)衰落的, 頹廢的.
2 頹廢派的(特指19世紀末英法興起的風潮, 在藝術上屬於頹廢派).

— n. ⓒ **1** 頹廢派藝術家. **2** 頹廢的人.

Dec·a·logue [`dɛkə͵lɔg, -͵lɑg; 'dekəlɒg] n. 《聖經》(加 the)十誡(亦稱 the Ten Commandments).

de·camp [dɪ`kæmp; dɪ'kæmp] vi. **1** 〔特指軍隊〕撤營. **2** 逃亡.

de·cant [dɪ`kænt; dɪ'kænt] vt. 輕輕地注入〔液體〕; (特指)把〔酒〕倒到其他容器(特指倒入decanter, 並且把沈澱的渣留在原來容器中).

de·cant·er [dɪ`kæntə; dɪ'kæntə(r)] n. ⓒ 細頸盛水[酒]瓶(餐桌上用來裝酒等, 有瓶塞的玻璃瓶).

de·cap·i·tate [dɪ`kæpə͵tet; dɪ'kæpɪteɪt] vt. 《文章》(特指處刑)斬下…的頭.

de·cap·i·ta·tion [dɪ͵kæpə`teʃən, ͵dikæpə-; dɪ͵kæpɪ'teɪʃn] n. ⓤⓒ《文章》殺頭, 斬首(之刑).

[decanter]

de·cath·lon [dɪ`kæθlɑn; dɪ'kæθlɒn] n. ⓤ (奧林匹克的)十項全能運動(★「五項全能運動」是 pentathlon).

*de·cay [dɪ`ke; dɪ'keɪ] v. (~s [~z; ~z]; ~ed [~d; ~d]; ~ing) vi. **1** (逐漸)腐爛, 腐敗, (rot). *decaying* food 腐敗中的食物.
2〔繁榮, 健康等〕衰退. As you get old, your mental and physical powers will *decay*. 上了年紀, 智力和體力都會衰退.
— vt. 使腐敗, 使腐爛. a *decayed* tooth 蛀牙.
— n. ⓤ **1** 腐敗, 腐爛. **2** 衰退, 退化.
fàll into [*gò to*] *decáy* 腐敗, 腐爛; 衰退, 衰敗. Many local traditions have *fallen into decay* in recent years. 近年來許多的地方傳統都已經日漸式微.

de·cease [dɪ`sis; dɪ'si:s]《文章、法律》n. ⓤ 死亡(death).
— vi. 亡故, 死, (→ die同).

*de·ceased [dɪ`sist; dɪ'si:st] adj. 《法律》**1** 已死的, 已故的. his *deceased* wife 他已故的妻子. 語法 特別用於死後不久的場合.
2《名詞性; 單複數同形》(加 the)死者, 故人.

de·ceit [dɪ`sit; dɪ'si:t] n. **1** ⓤⓒ 欺騙, 欺詐, 行騙; (→ deception 同). They used *deceit* to get all her money from her. 他們騙走她所有的錢.
2 ⓒ (陷害人的)詭計. ⇨ v. deceive.

de·ceit·ful [dɪ`sitfəl; dɪ'si:tfʊl] adj. **1** 騙人的; 不正直的. **2**〔言行等〕刻意誤導人的.

de·ceit·ful·ly [dɪ`sitfəlɪ; dɪ'si:tfʊlɪ] adv. 欺騙地, 誘騙地.

de·ceit·ful·ness [dɪ`sitfəlnɪs; dɪ'si:tfʊlnɪs] n. ⓤ 奸詐, 不老實.

*de·ceive [dɪ`siv; dɪ'si:v] vt. (~s [~z; ~z]; ~d [~d; ~d]; -ceiv·ing) 欺騙; 朦騙; (→ cheat同). We were entirely *deceived* by

the advertisement. 我們完全被廣告所騙了/Don't be *deceived* by appearances. 不要被外表所迷惑.

⇨ *n.* **deceit, deception.** *adj.* **deceptive.**

be decéived in... 錯看〔人〕.

decéive a pèrson into dóing 矇騙人使其…, 騙人去做…. His appearance *deceived* me *into thinking* he was a kind man. 我被他的外表所騙, 以為他是個善良的人.

decéive onesèlf 錯想. I seem to have *deceived myself* about him. 我似乎誤會他了.

de·ceiv·er [dɪˋsivɚ; dɪˊsiːvə(r)] *n.* Ⓒ 騙子, 詐欺者.

de·ceiv·ing [dɪˋsivɪŋ; dɪˊsiːvɪŋ] *v.* deceive 的現在分詞, 動名詞.

de·cel·er·ate [diˋsɛləˌret; ˌdiːˊseləreɪt] *vt.* 減低…的速度. — *vi.* 減速. ↦ **accelerate.**

‡**De·cem·ber** [dɪˋsɛmbɚ; dɪˊsembə(r)] *n.* 12月(略作 Dec.; 月的由來見 month 表). in *December* 在 12 月. ★日期的寫法、讀法 → date¹ ◑.

***de·cen·cy** [ˋdisn̩sɪ; ˊdiːsnsɪ] *n.* (*pl.* **-cies** [~z; ~z]) **1** Ⓤ (從社會一般的標準看)體面; 合宜. for *decency*'s sake 爲了體面.

2 Ⓤ莊重, (衣服, 言行等)合乎禮儀. She had the *decency* to apologize. 她還懂得道歉這一點禮貌.

3 Ⓒ (the decenc*ies*)禮貌規矩. observe the *decencies* 遵守規矩. ⇨ *adj.* **decent.**

‡**de·cent** [ˋdisn̩t; ˊdiːsnt] *adj.* **1** (從社會一般的標準看)規矩的, 體面的, (respectable; ↦ indecent). I would like to live in a *decent* house. 我想住像樣點的房子/She seemed a *decent* sort. 她看來是個正經的女人.

2 規規矩矩的; 不淫亂的; (↦indecent). *decent* conduct 規規矩矩的行爲/The movie is far from *decent*. 這部電影非常低俗.

3 (口)不壞的, 可以滿意的; 〔收入等〕相當好的. My son gets a *decent* salary. 我兒子有相當不錯的收入/I can't get a *decent* meal here. 在這裡連像樣的飯菜都吃不到.

4 (口)親切的(kind); 寬容的(generous). It's very *decent* of you to help me. 真謝謝你幫我.

⇨ *n.* **decency.**

de·cent·ly [ˋdisn̩tlɪ; ˊdiːsntlɪ] *adv.* **1** 像樣地; 有禮貌地. **2** (口)相當好地, 相當地. **3** (口)親切地; 寬容地.

de·cen·tral·i·za·tion [ˌdisɛntrələˋzeʃən, diˌsɛn-, -aɪˋz-; ˊsentrəlaɪˊzeɪʃn] *n.* Ⓤ地方分權; (產業, 人口等的)分散.

de·cen·tral·ize [diˋsɛntrəlˌaɪz; ˌdiːˊsentrəlaɪz] *vt.* 把(中央政府的權限、產業、人口等)分散到地方.

de·cep·tion [dɪˋsɛpʃən; dɪˊsepʃn] *n.* **1** Ⓤ欺騙, 矇騙; 受騙. Magicians use *deception*. 魔術師使用障眼法. ◙與 deceit 不同, deception 未必

含有不好的意思.

2 Ⓒ欺騙行爲, 詭騙. find out a *deception* 識破欺騙技倆. ⇨ *v.* **deceive.**

de·cep·tive [dɪˋsɛptɪv; dɪˊseptɪv] *adj.* 騙人的, 迷惑人的, 假裝給人看的. Appearances are *deceptive*. (諺)人不可貌相(外表往往是靠不住的).

⇨ *v.* **deceive.**

de·cep·tive·ly [dɪˋsɛptɪvlɪ; dɪˊseptɪvlɪ] *adv.* 矇騙地, 表裡不一地.

de·cep·tive·ness [dɪˋsɛptɪvnɪs; dɪˊseptɪvnɪs] *n.* Ⓤ不實, 不可靠, 虛假.

deci- *pref.* 意爲「十分之一」(→deca-). *deci*liter

dec·i·bel [ˋdɛsəˌbɛl; ˊdesɪbel] *n.* Ⓒ(物理)分貝《聲音強度等的單位》.

‡**de·cide** [dɪˋsaɪd; dɪˊsaɪd] *v.* (**~s** [~z; ~z]; **-cid·ed** [~ɪd; ~ɪd]; **-cid·ing**) **1** 決定. 句型3 (decide to do/that 子句/wh 子句、片語)決定做…/決定…/對…做出決定, 決心. I have *decided* not to invite him. 我已經決定不邀請他了/It has been *decided* that he (should) be sent. 已經決定讓他去了/Have you *decided* what to do yet? 你已經決定做甚麼了嗎? ◙ decide 含有經過種種考慮之後所作的最終決定之意; → resolve.

2 使決心. 句型5 (decide A to do)〔事物〕使A(人)下決心做…. What has *decided* you to give up smoking? 甚麼使你下決心戒菸的呢?/The accident *decided* me against driving a car again. 因爲這件交通事故使我決定不再開車.

3 解決; 決定(勝負); 對(訴訟等)下判定〔判決〕. 句型3 (decide that 子句)斷定爲…. *decide* a case (訴訟事件)下判決/The home run *decided* the game. 這支全壘打決定了勝負/I *decided* from her accent *that* she must be American. 我從她的口音判斷她是美國人.

— *vi.* **1** 決定, 下決心, 《on》. (語法)on 用於已具體決定的事物上). It is for you to *decide*. 決定權在你/I *decided on* that word processor. 我選定那臺文書處理機/I've *decided on* going tomorrow. 我已經決定明天走/We *decided on* him to be captain of our team. 我們決定選他當我們的隊長/We haven't *decided* about the date of our next meeting yet. 我們還沒有決定下次會議的日期.

2 判決《for 有利於…; against 不利於…》. The judge *decided for* him and *against* me. 法官作出對他有利而對我不利的判決.

⇨ *n.* **decision.** *adj.* **decisive.**

****de·cid·ed** [dɪˋsaɪdɪd; dɪˊsaɪdɪd] *adj.* **1** 確實無疑的, 明確的, (clear). a *decided* difference 明顯的不同/They had a *decided* victory. 很明顯地是他們勝利了. (◙decided 強調事物的明確性; a *decisive* victory 是「決定性的勝利」).

2 堅定的, 斬釘截鐵的. in a *decided* manner 用堅決的態度/'No,' he said in a *decided* tone. 他用堅決的口氣說「不」.

****de·cid·ed·ly** [dɪˋsaɪdɪdlɪ; dɪˊsaɪdɪdlɪ] *adv.* **1** 確實地, 明確地. Christie's mysteries are most *decidedly* interesting. 克莉絲蒂的偵探小說的確很

有趣. **2** 堅定地, 斬釘截鐵地.

de·cid·ing [dɪˋsaɪdɪŋ; dɪˈsaɪdɪŋ] v. decide 的現在分詞, 動名詞.

de·cid·u·ous [dɪˋsɪdʒʊəs; dɪˈsɪdjʊəs] adj. 〔樹〕落葉的(↔ evergreen). deciduous trees 落葉樹.

dec·i·li·ter (美), **dec·i·li·tre** (英) [ˋdɛsəˌlitɚ; ˈdesiˌliːtə(r)] n. ⓒ 公合(一公升的十分之一; 略作 dl.).

dec·i·mal [ˋdɛsəml; ˈdesɪml] adj. 十(爲基準)的; 十進位制的; 小數的. the decimal system 十進位制. — n. ⓒ 小數.

décimal fráction n. ⓒ 小數.

dec·i·mal·i·za·tion [ˌdɛsəməlɪˋzeʃən; ˌdesɪmələˈzeɪʃn] n. ⓤ (貨幣, 度量衡等的) 採用十進位制.

dec·i·mal·ize [ˋdɛsəmlˌaɪz; ˈdesɪməlaɪz] vt. 把(貨幣, 度量衡)定爲十進制.

décimal póint n. ⓒ 小數點.

dec·i·mate [ˋdɛsəˌmet; ˈdesɪmeɪt] vt. 《文章》〔傳染病, 戰爭等〕造成…大量死亡. |字源|「使成爲十分之一」.

de·ci·pher [dɪˋsaɪfɚ; dɪˈsaɪfə(r)] vt. 解讀〔密碼〕(↔ cipher, encipher); 判讀, 辨認.

‡**de·ci·sion** [dɪˋsɪʒən; dɪˈsɪʒn] n. (pl. ~s [~z; ~z]) **1** ⓤⓒ 決定, 結論. (a) decision by majority 取決於多數的決定/We finally reached the same decision. 最後我們達成同樣的決定.

2 ⓒ 《法庭的》判決; 《會議等的》決議(案). The judge reversed the final decision. 法官撤銷了最終的判決.

|搭配| adj.+decision (1-2): a crucial ~ (關鍵的決定), a hasty ~ (倉促的決定), a just ~ (公正的決定) // v.+decision: oppose a ~ (反對某一決議), take a ~ (下決定).

3 ⓤ 決心(to do, that 子句); 決斷力. Your prompt decision saved our lives. 你的果決拯救了我們的生命/a man of decision 有決斷力的人.
⇨ v. decide.

màke the decísion to do 下決心〔決定〕去做….

◆**de·ci·sive** [dɪˋsaɪsɪv; dɪˈsaɪsɪv] adj. **1** 決定性的, 決定〔勝負等〕的. decisive evidence 確證/the decisive battle in a war 決定戰爭勝負的關鍵性戰役(回 決定事物發展方向之意; → decided).

2 〔回答等〕堅決的. refuse a request in a decisive manner 堅決地拒絕請求.

3 明白的, 明確的.
⇨ v. decide. n. decision. ↔ indecisive.

de·ci·sive·ly [dɪˋsaɪsɪvlɪ; dɪˈsaɪsɪvlɪ] adv. **1** 決定性地; 明白地. **2** 堅決地.

‡**deck** [dɛk; dek] n. (pl. ~s [~s; ~s]) ⓒ **1** 《船舶》甲板, 艙面. an upper [a lower] deck 上[下]層甲板/a main deck 主甲板/scrub the deck 刷洗甲板.

2 《主英》《公車等的》地板. the upper [top] deck (巴士的)上層(|參考|「雙層巴士」是double-decker).

3 《主美》(紙牌的)一副(《英》pack).

clèar the décks (清理甲板)準備戰鬥; (清除障

礙)呈待命狀態.

on déck (1)到甲板上. go on deck 到甲板上; 《美》值班. (2)《主美》作好準備; 等待下一個上場. the batter on deck 下一位打者.

— vt. 裝飾(decorate)《with》; 打扮(得漂漂亮亮的)《out》. They are decked out in their Sunday clothes. 他們穿上最好的衣服, 把自己打扮得漂漂亮亮的.

déck chàir n. ⓒ 折疊帆布躺椅(在船上甲板或院子裡用的折疊椅).

de·claim [dɪˋklem; dɪˈkleɪm] v. 《文章》vt. (比手劃腳地)高談闊論.
— vi. 高談闊論; 滔滔雄辯《against 反對…》.

dec·la·ma·tion [ˌdɛkləˋmeʃən; ˌdekləˈmeɪʃn] n. 《文章》 **1** ⓤ 高談闊論; 雄辯術. **2** ⓒ 激辯演說(以達到戲劇性效果爲目的的).

de·clam·a·to·ry [dɪˋklæməˌtori, -ˌtɔrɪ; dɪˈklæmətərɪ] adj. 《文章》演說腔調的; 誇張式的.

[deck chair]

‡**dec·la·ra·tion** [ˌdɛkləˋreʃən; ˌdekləˈreɪʃn] n. (pl. ~s [~z; ~z]) **1** ⓤⓒ 宣言, 布告. make a declaration of war 宣戰.

2 ⓤⓒ 發表, 公布; 《愛等的》表白. a declaration of political views 政見發表.

3 ⓤⓒ (納稅品, 稅金等的)申報; ⓒ 申報單. a customs declaration 海關課稅申報單. ⇨ v. declare.

Declarátion of Indepéndence n. (加the)《美國的》獨立宣言(1776年7月4日).

de·clar·a·tive sentence [dɪˋklærətɪv ˋsɛntəns; dɪˈklærətɪv ˈsentəns] n. ⓒ 《文法》直述句(→見文法總整理 **1. 2**).

‡**de·clare** [dɪˋklɛr, -ˋklær; dɪˈkleə(r)] v. (~s [~z; ~z]; ~d [~d; ~d]; -clar·ing) vt. **1** (a)(正式地)宣布, 宣告; 發表, 公布. declare war against [on, upon] a country 對一國宣戰/declare the results of an election 公布選舉結果/declare one's love 示愛.
(b) |句型5| (declare A B)宣布A是B. He was declared the winner. 他被宣布爲優勝者.

2 (a)表明, 聲明. The candidate declared his position. 候選人表明自己的立場.
(b) |句型3| (declare that 子句)斷言…; |句型5| (declare A B/A to be B)斷言A是B, 表明, 聲明. I declare (that) I am innocent. 我聲明我是清白的/His actions declared him (to be) an honest man. 他的行爲證明他是一個誠實的人.

3 申報. Do you have anything to declare? 你有甚麼要申報的東西嗎?《海關人員的用語》

— vi. 宣言；斷言． *declare against* [*for*] war 聲明反對〔贊成〕戰爭． ⇨ *n.* **declaration**.

declare one**sèlf** (1)陳述自己的意見． (2)表明身分． The man *declared himself* (to be) a detective. 那人表明他是一位刑警．

(*Wèll*,) *I* **declare**! 〔口〕眞奇怪！眞受不了！這就怪了！(表示輕微的驚訝，生氣)

de·clar·ing [dɪˋklɛrɪŋ, ˋklær-; dɪˈkleərɪŋ] *v.* declare 的現在分詞、動名詞．

de·clas·si·fy [diˋklæsəˌfaɪ; diːˈklæsɪfaɪ] *vt.* (**-fies; -fied; ~ing**) 撤銷〔文件等的〕機密等級．

de·clen·sion [dɪˋklɛnʃən; dɪˈklenʃn] *n.* 〔文法〕 U (名詞，代名詞，形容詞的)詞尾變化；C 變格．[參見]動詞的詞尾變化是 conjugation.

de·cli·na·tion [ˌdɛkləˋneʃən, ˌdeklɪˈneɪʃn] *n.* C **1** (物理)(磁針和北極的)偏角． **2** 正式的拒絕．

✲**de·cline** [dɪˋklaɪn; dɪˈklaɪn] *v.* (**~s** [~z; ~z]; **~d** [~d; ~d]; **-clin·ing**) *vt.*

〖 歪向一旁 〗 **1** 【朝向一旁】婉拒；[句型3] (decline *to* do)拒絕做…；(➡ accept). I *declined* his invitation to dinner. 我婉謝他的晚餐邀請／*decline* to accept an appointment 婉拒受命． [回]decline 是「委婉拒絕」之意；→ refuse¹.

2 【偏離基本形】(文法)使〔名詞，代名詞，形容詞〕發生詞尾變化(→ conjugate)．

— vi. 〖 偏向一側 〗 **1** 婉拒，辭退． She respectfully *declined*. 她很禮貌地拒絕了．

〖 偏到下方 〗 **2** (文章)(價格)下降，減少． The birthrate is rapidly *declining* in this country. 該國的出生率正在迅速下降當中．

3 (文章)(土地等)(向下)傾斜(slope)；(太陽)西沈． The mountain road *declines* sharply. 山坡路向下急降．

4 (漸漸地)變衰弱，衰退． His health is *declining* slowly. 他的健康逐漸衰退．

— n. (*pl.* **~s** [~z; ~z]) C (通常用單數) **1** 衰退，衰弱；晚年． the *decline* of the British economy 英國經濟的衰退／The *decline* and fall of the Roman Empire was inevitable. 羅馬帝國的衰亡是不可避免的／in the *decline* of one's life 晚年．

2 (物價等的)下降，下跌；減少． There has been a gradual *decline* in that singer's popularity. 那歌手的聲望一直往下滑．

on the de**clíne** 衰落中，「走下坡」． The institution of marriage appears to be *on the decline*. 結婚制度似乎日漸衰微．

[字源] CLINE 「傾斜」: de*cline*, in*cline*(傾斜)，re*cline*(斜倚)．

de·clin·ing [dɪˋklaɪnɪŋ; dɪˈklaɪnɪŋ] *v.* decline 的現在分詞、動名詞．

de·cliv·i·ty [dɪˋklɪvətɪ; dɪˈklɪvətɪ] *n.* (*pl.* **-ties**) C (文章)斜坡，(向下的)傾斜，下斜，(➡ acclivity)．

de·code [diˋkod; ˌdiːˈkəʊd] *vt.* 譯解〔密碼等〕(➡

encode, code)．

dé·col·le·té [ˌdekɑlˋte, -ˌkɑləˋte; deɪˈkɒlteɪ](法語) *adj.* 〔洋裝等〕露肩的；穿露肩衣服的．

de·com·pose [ˌdikəmˋpoz; ˌdiːkəmˈpəʊz] *vt.* **1** 把…分解(爲成分)． **2** 使腐敗，使變質．

— vi. **1** 分解． **2** 腐敗，變質．

de·com·po·si·tion [ˌdikɑmpəˋzɪʃən, ˌdiːkɒmpəˈzɪʃn] *n.* U **1** 分解(作用)． **2** 腐敗，變質．

de·com·press [ˌdikəmˋprɛs, ˌdiːkəmˈpres] *vt.* 減壓，降低壓力．

de·com·pres·sion [ˌdikəmˋprɛʃən, ˌdiːkəmˈpreʃn] *n.* U 減壓．

de·con·tam·i·nate [ˌdikənˋtæməˌnet, ˌdiːkənˈtæmɪneɪt] *vt.* 淨化．

de·con·tam·i·na·tion [ˌdikənˌtæməˋneʃən, ˌdiːkənˌtæmɪˈneɪʃn] *n.* U 淨化．

de·con·trol [ˌdikənˋtrol, ˌdiːkənˈtrəʊl] *vt.* (**~s; ~led; ~ling**)解除對…的控制．

dé·cor [deˋkɔr; ˈdeɪkɔː(r)](法語) *n.* UC **1** 裝飾，室內裝潢． **2** 舞臺布置．

✲**dec·o·rate** [ˋdɛkəˌret; ˈdekəreɪt] *vt.* (**~s** [~s; ~s]; **-rat·ed** [~ɪd; ~ɪd]; **-rat·ing**)

1 (華麗地)裝飾，裝潢使美化，(*with*). A church is *decorated with* flowers for the wedding. 教堂爲了這場婚禮，裝飾地滿是鮮花／When the victory was announced, they *decorated* the streets *with* the national flag. 當勝利宣布時，他們在街上掛滿了國旗． [回]decorate 主要指用美麗的東西裝飾單調、樸素的場所和建築物之意；adorn 則用於人，使本來美的東西更美．

2 在〔房屋，牆壁等〕塗漆，貼壁紙． I spent the holidays *decorating* the house. 假期中我都在裝潢屋子．

3 向…授勳(*for*). The general *decorated* the soldier *for* his bravery. 將軍頒發勳章讚揚那位英勇的士兵．

dec·o·rat·ing [ˋdɛkəˌretɪŋ; ˈdekəreɪtɪŋ] *v.* decorate 的現在分詞、動名詞．

✲**dec·o·ra·tion** [ˌdɛkəˋreʃən, ˌdekəˈreɪʃn] *n.* (*pl.* **~s** [~z; ~z]) **1** U 裝潢，裝飾． interior *decoration* 室內裝潢．

2 C (decorations)裝飾品． We put Christmas *decorations* on the tree. 我們裝飾聖誕樹．

3 C 勳章． award a *decoration* 授與勳章．

Dec·o·ra·tion Day *n.* (美) = Memorial Day.

dec·o·ra·tive [ˋdɛkəˌretɪv; ˈdekərətɪv] *adj.* (用於正面含義)裝飾性的，作裝潢用的．

dec·o·ra·tor [ˋdɛkəˌretə; ˈdekəreɪtə(r)] *n.* C 裝飾者；室內設計師(interior decorator 的縮略)．

dec·o·rous [ˋdɛkərəs, dɪˋkorəs; ˈdekərəs] *adj.* 很有禮貌的，端莊的．

dec·o·rous·ly [ˋdɛkərəslɪ, dɪˋkorəslɪ; ˈdekərəslɪ] *adv.* 很有禮貌地，端莊地．

de·co·rum [dɪˋkorəm, -ˋkɔr-; dɪˈkɔːrəm] *n.* **1** U 很有禮貌；端莊． **2** C (decorums)禮儀，禮節．

de·coy [dɪˋkɔɪ, ˋdikɔɪ; ˊdiːkɔɪ] *n.* (*pl.* ~s) C
1 引誘物〔裝置〕, 凼, 《引誘鳥接近的活鳥或木製的假鳥、動物》. **2** 引誘(人)接近的圈套; 成為引誘物的物〔人〕, 「誘餌」.
── [dɪˋkɔɪ; dɪˊkɔɪ] *vt.* (~s; ~ed; ~·ing)引誘…接近, 誘惑.

✲de·crease [dɪˋkris, ˏdi-; diːˊkriːs] (★ 與 *n.* 的重音位置不同) *v.* (-creas·es [~ɪz; ~ɪz]; ~d [~t; ~t]; -creas·ing) *vi.* 減少, 變少; 下降. The members *decreased by* 50 *to* 400. 會員減少50人, 變成400人.
── *vt.* 減少, 使下降. You may *decrease* the dose of medicine as you get better. 隨著(你的身體)狀況好轉, 你可以減少藥的劑量. 同 decrease 意為緩慢地逐步遞減; diminish 則是因外力而減少.
── [ˋdikris; ˊdiːkriːs] *n.* (*pl.* -creases [~ɪz; ~ɪz]) UC 減少, 縮小; C 減少的數量〔額〕. a *decrease in* production 產量的減少.

搭配 *adj.*+decrease: a gradual ~ (逐漸減少), a marked ~ (明顯的減少), a rapid ~ (急遽的減少), a slight ~ (些微的減少), a sudden ~ (突然的減少) // *v.*+decrease: cause a ~ (引起減少), show a ~ (顯示減少).
↔ increase.

✲ *on the décrease* 漸漸地減少中, 有減少傾向地. Travel by train has been *on the decrease*. 搭火車旅行有減少的趨勢.

de·creas·ing [dɪˋkrisɪŋ, ˏdi-; dɪˊkriːsɪŋ] *v.* decrease 的現在分詞、動名詞.

de·cree [dɪˋkri; dɪˊkriː] *n.* C **1** 《昔日國王或政府, 教會等發出的》布告, 命令.
2 《主美》判決(特指離婚訴訟); (法院的)命令.
── *vt.* 命令, 決定; 句型3 (decree *that* 子句)決定…, 命令…. Fate *decreed that* she and I (should) marry. 命運注定她該和我結婚.

de·crep·it [dɪˋkrɛpɪt; dɪˊkrepɪt] *adj.* 衰老的, 老態龍鍾的; 〔建築物等〕搖搖欲墜的, 年久失修的.

de·crep·i·tude [dɪˋkrɛpəˏtjud, -ˏtɪud, -ˏtud; dɪˊkrepɪtjuːd] *n.* U 衰老, 老朽; 年久失修.

de·cre·scen·do [ˏdikrəˋʃɛndo, ˏde-; ˏdiːkrɪˊʃendəʊ] *adv.* 《音樂》漸弱地(符號——; ↔ crescendo).

de·cry [dɪˋkraɪ; dɪˊkraɪ] *vt.* (-cries; -cried; ~·ing)《文章》詆毀, 貶低; (公然)責難.

✲ded·i·cate [ˋdɛdəˏket; ˊdedɪkeɪt] *vt.* (~s [~s; ~s]; -cat·ed [~ɪd; ~ɪd]; -cat·ing) **1** 奉獻, (舉行儀式等)供奉(to). She *dedicated* her life *to* the teaching of English. 她一生致力於英語教學/a temple *dedicated to* Zeus 一座供奉宙斯的神殿.
2 把(著作等)呈獻(to). *Dedicated to* my wife. 獻給我的妻子(寫在扉頁等上).

dédicate onesèlf to... 獻身於…, 專心從事….

ded·i·cat·ed [ˋdɛdəˏketɪd; ˊdedɪkeɪtɪd] *adj.* (對工作等)入迷的, 熱心的.

ded·i·ca·tion [ˏdɛdəˋkeʃən; ˏdedɪˊkeɪʃn] *n.*
1 U 奉獻; 供奉, (to). **2** C (書籍等的)獻辭.

de·duce [dɪˋdjus, ˋdɪus, ˋdus; dɪˊdjuːs] *vt.* (從一般的原理)推論; 《邏輯》演繹(↔ induce). 句型3

(deduce *that* 子句)推測…; 《from》. I *deduced from* his speech *that* he was against the plan. 我從他的話推測他反對這項計畫. ⇨ *n.* deduction.

de·duct [dɪˋdʌkt; dɪˊdʌkt] *vt.* 減去, 扣除, 《from》. The rent was *deducted from* my salary. 房租從我的薪水中扣除了.

de·duct·i·ble [dɪˋdʌktəbl; dɪˊdʌktəbl] *adj.* 可減去的, 可扣除的.

de·duc·tion [dɪˋdʌkʃən; dɪˊdʌkʃn] *n.* **1** U 減去, 扣除; C 扣除額; (*v.* deduct).
2 UC 推論; 《邏輯》演繹(法)《從一般的原理推論出一個個事實》(↔ induction); (*v.* deduce).

de·duc·tive [dɪˋdʌktɪv; dɪˊdʌktɪv] *adj.* 推論性的, 推論的; 演繹性的(↔ inductive).

de·duc·tive·ly [dɪˋdʌktɪvlɪ; dɪˊdʌktɪvlɪ] *adv.* 推論地; 演繹地.

✲deed [did; diːd] *n.* (*pl.* ~s [~z; ~z]) C **1** 《主雅》(具有動機或負有責任的)行為, 行動; 實行. do a good *deed* 做善事/*Deeds* are more important than promises. 行動比承諾更重要/Mary is kind in word and (in) *deed*. 瑪莉言行都很善良 (★這種情況 deed 之前的介系詞省略).

搭配 *adj.*+deed: a brave ~ (勇敢的行為), a kind ~ (親切的舉止), a noble ~ (崇高的行誼), a wicked ~ (邪惡的行為) // *v.*+deed: perform a ~ (採取行動).
2 《法律》(有正式簽名, 特指不動產轉讓的)證書, 契據.

deem [dim; diːm] *vt.* 《文章》 句型5 (deem A B/ A *to be* B)認為 A 是 B(consider); 句型3 (deem *that* 子句)認為…. I *deem* it (*to be*) the right method. = I *deem* (*that*) it is the right method. 我認為這是個正確的方法.

✲✲deep [dip; diːp] *adj.* (~·er; ~·est)〖深的〗 **1**
(a)(垂直地看)深的(↔ shallow); profound回); 深度的. a *deep* hole 深洞/the *deep* sea 深海/The river is *deepest* here. 這條河在這一帶最深/This pond is 10 feet *deep*. 這個池有10英尺深.
(b)縱深的; 縱深…的; 寬的, 寬度…的; 位於深處的. a *deep* forest 幽深的森林/a box 5 feet high, 3 feet wide and 4 feet *deep* 一個高5英尺, 寬3英尺, 縱深4英尺的箱子/a *deep* chest 寬厚的胸膛.
2 達到深處的; 來自深處的. a *deep* wound 很深的傷口/make a *deep* bow 深深一鞠躬/give a *deep* sigh 深深吐深深的歎息/Take a *deep* breath. 深吸一口氣.
〖有深意的〗 **3** 〔性質, 程度等〕深的; 強烈的; 〔人〕深入思考的. a *deep* intellect 見識廣博, 睿智/a *deep* reader 深度閱讀者/My love for her is very *deep*. 我對她的愛非常深/He fell into a *deep* sleep. 他沈沈地睡去.
4 深奧的, 難解的. a *deep* meaning 含義深遠/His novels are too *deep* for me. 他的小說對我來說太深奧了.

5 〔聲音〕低沈的. a *deep* bass 低沈的男低音/a *deep* groan 低吟聲.

6 〔顏色〕深的. *deep* blue eyes 湛藍的眼眸.

7 〔季節等〕後期的, 已深的. We are in the *deepest* part of winter. 現在是隆冬.

8 〔人, 心〕埋頭的, 陷入的, 《*in*》 She is *deep* in the study of physics. 她埋首研究物理學/I'm *deep* in debt. 我負債累累/He sat for hours, *deep* in thought. 他坐了幾個鐘頭, 沈思著.

⇨ *n.* depth, deepness. *v.* deepen.

in **dèep** **wáter**(**s**) 〔深陷〕; 〔債務等〕陷入苦境. You'll find yourself *in deep water* if you continue to live beyond your means. 如果你持續這種入不敷出的生活, 將會陷入困境.

— *adv.* (**~·er**; **~·est**) **1** (**a**) 〔垂直地看〕深深地. Breathe *deep*. 深呼吸/Still waters run *deep*. 《諺》靜水流深(表面沈靜而內在熱情〔博學, 深謀等〕). (**b**) 往深處地; 深遠地. He took the boy *deep* into the forest. 他把那男孩帶入林中深處.

2 深深地, 非常地. His remarks cut me *deep*. 他的話深深地傷了我的心.

3 〔夜 等〕深夜. I sat up *deep* into the night watching TV. 我坐著看電視一直到深夜.

— *n.* [U]〔詩〕(加 the)大海(sea).

deep·en [`dipən; 'di:pən] *v.* (**~s** [~z; ~z]; **~ed** [~d; ~d]; **~·ing**) *vt.* **1** 使深(★亦指縱深). This hole is too shallow—*deepen* it a little. 這個洞太淺了——再挖深一點.

2 使〔顏色〕加深; 使〔聲音等〕低沈.

3 加深, 加強, 〔印象, 知識等〕; 使〔憂鬱等〕嚴重. He went to Britain to *deepen* his knowledge of the culture. 他到英國去充實他對英國文化的瞭解.

— *vi.* **1** 變深.

2 〔顏色〕變深; 〔聲音等〕變低沈.

3 〔知識, 印象等〕加深.

deep·freeze [`dip`friz; ˌdi:p'fri:z] *n.* [C]冷凍庫(用低溫使食物快速冷凍).

— *vt.* (**-freez·es**; **-froze**; **-frozen**; **-freez·ing**)快速冷凍(主要指食物).

deep·froze [`dip`froz; ˌdi:p'frəʊz] *v.* deepfreeze 的過去式.

deep·frozen [`dip`frozn̩; ˌdi:p'frəʊzn] *v.* deepfreeze 的過去分詞.

deep-fry [`dip`fraɪ; ˌdi:p'fraɪ] *vt.* (**-fries**; **-fried**; **~·ing**)油炸.

dèep kíss [C]深吻(舌頭交纏的長吻).

deep-laid [`dip`led; ˌdi:p'leɪd] *adj.* 〔計畫等〕祕密安排的, 處心積慮地策劃的. a *deep-laid* scheme 祕密策劃的陰謀.

deep·ly [`dipli; 'di:pli] *adv.* **1** 深深地(★表示「深深地」之意時, 主要用 deep). She bowed *deeply* to me. 她向我深深地一鞠躬.

2 強烈地, 非常地, (程度)深地. Susan loves her mother *deeply*. 蘇珊深深愛她的母親/He was *deeply* offended. 他非常生氣/I am *deeply* interested in

art. 我對藝術深感興趣.

3 〔聲音, 樂器的音色等〕低沈地; 〔顏色〕很深地.

deep·ness [`dipnɪs; 'di:pnɪs] *n.* [U] **1** 深; 深度; 深奧; (depth). **2** 〔聲音的〕低沈; 〔顏色的〕深.

deep-root·ed [`dip`rutɪd, -`rʊtɪd; ˌdi:p'ru:tɪd] *adj.* 〔迷信, 憎恨等〕根深蒂固的, 紮根很深的.

deep-sea [`dip`si; ˌdi:p'si:] *adj.* 深海的; 遠洋的. *deep-sea* fish 深海魚/*deep-sea* fishery [fishing] 遠洋漁業.

deep-seat·ed [`dip`sitɪd; ˌdi:p'si:tɪd] *adj.* 〔信念, 憎恨等〕根深蒂固的, 牢固的.

Dèep Sóuth *n.* (加 the)(美)南方腹地(Georgia, Alabama, Louisiana, Mississippi 等州).

dèep thróat *n.* [C](美, 口)密告者.

deer [dɪr; dɪə(r)] *n.* (*pl.* **~**) [C] 鹿. *deer* hunting 獵鹿/a herd of *deer* 鹿群. [參考]stag, hart, buck, (公鹿); hind, doe, (雌鹿); calf, fawn, (小鹿); venison (鹿肉).

● ——單複數同形的字

*carp 鯉魚	salmon 鮭魚
*trout 鱒魚	deer 鹿
sheep 羊	grouse 松雞
Chinese 中國人	Japanese 日本人
series 一連串	species (生物的)種

★(1)像 Chinese, Japanese 以-ese 結束, 表示「…國人」之意之字皆為單複數同形.
　(2)註有 * 符號的字亦有 ~s 的複數形.

---

deer·skin [`dɪrˌskɪn; 'dɪəskɪn] *n.* [UC]鹿皮.

deer·stalk·er [`dɪrˌstɔkɚ; 'dɪəˌstɔ:kə(r)] *n.* [C]獵鹿帽(前後有帽簷).

de-es·ca·late [di`ɛskəˌlet; ˌdi:'eskəleɪt] *vt.* (逐步地)縮小〔戰爭等〕的規模.

de-es·ca·la·tion [diˌɛskə`leʃən; ˌdi:eskə'leɪʃn] *n.* [U]〔戰爭等的〕逐步縮小.

[deerstalker]

de·face [dɪ`fes; dɪ'feɪs] *vt.* 《文章》使…的外貌變醜; (用油漆, 亂寫的字)弄髒.

de·face·ment [dɪ`fesmənt; dɪ'feɪsmənt] *n.* [U]外貌變醜; 污損.

def·a·ma·tion [ˌdɛfə`meʃən, ˌdi-; ˌdefə'meɪʃn] *n.* [U]中傷, 侮辱, 損害名譽.

de·fam·a·to·ry [dɪ`fæməˌtorɪ, -ˌtɔrɪ; dɪ'fæmətərɪ] *adj.* 損害名譽的, 中傷的.

de·fame [dɪ`fem; dɪ'feɪm] *vt.* 損害…的名譽, 中傷.

de·fault [dɪ`fɔlt; dɪ'fɔ:lt] *n.* [U] **1** 不履行(義務等); 《法律》〔債務〕拖欠. **2** (比賽等的)棄權, 不參加; (法庭的)未出庭, 缺席.

by defáult 由於缺席〔不參加〕. win a game *b(y) default* (因對方棄權)不戰而勝.

in defáult of... 在缺少…時; 因缺少….

— *vi.* **1** 不履行義務; 拖欠債務.

2 (比賽等)棄權不出場;(審判時)未到庭.

de·fault·er [dɪ`fɔltə; dɪ`fɔːltə(r)] *n.* ⓒ **1** (債務等的)不履行者. **2** (審判時)未出庭者.

✳de·feat [dɪ`fit; dɪ`fiːt] *vt.* (~**s** [~s; ~s]; ~**ed** [~ɪd; ~ɪd]; ~**ing**) **1** (戰鬥, 比賽, 選舉等)戰勝, 擊敗. We *defeated* another school in baseball. 我們在棒球比賽中贏了另一個學校/He *defeated* his opponent in the election. 他在選舉中打敗對手. 同 defeat 不一定指決定性的勝利; 說法較 beat 正式, 但語氣較弱; → conquer, overcome.

2 使(意圖, 希望等)落空, 使受挫折. Our hopes [plans] were *defeated*. 我們的希望[計畫]落空了/The problem simply *defeated* me. 我就是不知道該拿這個問題怎麼辦.

— *n.* (*pl.* ~**s** [~s; ~s]) ⓊⒸ **1** 被打倒, 被擊敗; 戰敗, 敗北, (↔ victory). At Saratoga the British army suffered a *defeat* at the hands of the American forces. 英軍在薩拉托加敗給美軍/I acknowledged *defeat*. 我認輸.

┃ 搭配 *adj.*+defeat: a shameful ~ (可恥的失敗), a total ~ (全盤皆輸) // *v.*+defeat: admit ~ (認輸), bring ~ to... (造成…的失敗), inflict ~ on... (打擊…).

2 挫折, 失敗. the *defeat* of one's plan 計畫挫敗.

de·feat·ism [dɪ`fitɪzəm; dɪ`fiːtɪzəm] *n.* Ⓤ 失敗主義. ┃~者.

de·feat·ist [dɪ`fitɪst; dɪ`fiːtɪst] *n.* ⓒ 失敗主義

def·e·cate [`dɛfə͵ket; ˈdefɪ͵keɪt] *vi.* (文章)排便.

def·e·ca·tion [͵dɛfə`keʃən; ͵defɪˈkeɪʃn] *n.* Ⓤ (文章)排便.

✳de·fect [dɪ`fɛkt, `difɛkt; ˈdiːfekt] *n.* (*pl.* ~**s** [~s; ~s]) ⓒ 缺點, 缺陷, 毛病, (fault). a *defect* in [of] character 性格上的缺點/a speech *defect* 語言障礙/They checked the machine for *defects*. 他們檢查機器找出毛病/He pointed out several *defects* in the new law. 他指出了新法中的幾個問題.

┃ 搭配 *adj.*+defect: a minor ~ (小瑕疵), a serious ~ (嚴重的缺失) // *v.* + defect: correct a ~ (改正缺點), repair a ~ (修正缺陷).

— [dɪ`fɛkt; dɪˈfekt] *vi.* (文章)背叛(*from* (主義, 黨派, 國家等)); 投向, 逃向, (*to* (主義, 國家等)). A Cuban diplomat *defected* to the United States. 一位古巴外交官向美國投誠.

de·fec·tion [dɪ`fɛkʃən; dɪˈfekʃn] *n.* ⓊⒸ (文章)背叛, 脫黨, ((*from*)); 逃亡, 叛變, ((*to*)).

de·fec·tive [dɪ`fɛktɪv; dɪˈfektɪv] *adj.* **1** 有缺陷[缺點]的, 不完善的, (↔ perfect). a *defective* car 有毛病的汽車.

2 欠缺的, 不足的. He is *defective* in moral sense. 他缺乏道德心.

de·fec·tive·ly [dɪ`fɛktɪvlɪ; dɪˈfektɪvlɪ] *adv.* 不完美地.

de·fec·tive·ness [dɪ`fɛktɪvnɪs; dɪˈfektɪvnɪs] *n.* Ⓤ 有缺陷[缺點], 不完美.

de·fec·tor [dɪ`fɛktə; dɪˈfektə(r)] *n.* ⓒ 背叛者, 脫黨者; 叛逃者.

D

de·fence [dɪ`fɛns; dɪˈfens] *n.* (英)=defense.

✳de·fend [dɪ`fɛnd; dɪˈfend] *v.* (~**s** [~z; ~z]; ~**ed** [~ɪd; ~ɪd]; ~**ing**) *vt.* **1** 防守, 防禦, 保衛, (↔ attack). We instinctively *defend* ourselves *from* dangers. 我們本能地保護自己免於危險/The boxer successfully *defended* his title (*against* the challenger). 這個拳擊手成功地(擊敗挑戰者)保住了頭銜. 同 defend 是積極地抵禦攻擊; protect 是以防禦物來防守; guard 是對可能發生的危險和災害做好準備.

2 擁護, (法律)為[被告]辯護. *defend* one's ideas 為自己的意見辯護/I disapprove of what you say, but I will *defend* to the death your right to say it. 我並不贊成你所說的, 但我至死都將維護你說話的權利(Voltaire 所言)/He engaged a very expensive lawyer to *defend* him. 他請了一位收費昂貴的律師來為他辯護.

— *vi.* (比賽)防守, 防禦.

⇨ *n.* **defense.** *adj.* **defensive.**

de·fend·ant [dɪ`fɛndənt; dɪˈfendənt] *n.* ⓒ (法律)被告(↔ plaintiff).

de·fend·er [dɪ`fɛndə; dɪˈfendə(r)] *n.* ⓒ 防禦者; 辯護人.

✳de·fense (美), **de·fence** (英)

[dɪ`fɛns; dɪˈfens] *n.* (*pl.* (美) **-fens·es**, (英) **-fenc·es** [~ɪz; ~ɪz]) **1** ⓐⓊ 防禦, 防衛, 守備, (↔ offense, attack). national *defense* 國防/the Department of *Defense* 國防部/Offense is the best *defense*. (諺)攻擊為最佳的防禦.

┃ 搭配 *adj.*+defense: brave ~ (勇敢的防衛), strong ~ (堅強的防禦), vigorous ~ (強而有力的防守), weak ~ (薄弱的防禦) // *v.*+defense: put up a ~ (建築防禦工事).

2 ⓒ 防禦物; (軍事)(defenses)防禦裝置. Vaccination is the best *defense against* typhoid. 注射疫苗是預防傷寒的最佳方法.

3 Ⓤ (比賽)(足球等的)守方, 防守隊員; ⓒ (加the)(★用單數亦可作複數)防守隊[隊員].

4 Ⓤ (法律)(單複數同形)(加the)被告一方(被告及其辯護律師; ↔ prosecution).

5 ⓊⒸ 辯護, 辯明.

⇨ *v.* **defend.** *adj.* **defensive.**

in defense of... 為…辯護; 保衛…. He spoke *in defense of* his actions. 他為自己的行為辯護.

de·fense·less (美), **de·fence·less** (英) [dɪ`fɛnslɪs; dɪˈfenslɪs] *adj.* 無防備的, 無防禦的.

de·fen·si·ble [dɪ`fɛnsəbl; dɪˈfensəbl] *adj.* 能防禦的; 有辯護餘地的, 可聲援的.

de·fen·sive [dɪ`fɛnsɪv; dɪˈfensɪv] *adj.* 防禦的, 自衛(上)的, 防禦性的. *defensive* weapons 防禦武器.

— *n.* Ⓤ (加the)防禦, 守備. ↔ **offensive.**

on the defensive 採取守備位置, 處於備戰狀態.

de·fen·sive·ly [dɪ`fɛnsɪvlɪ; dɪˈfensɪvlɪ] *adv.* 防禦地; 處於戒備狀態地; 採取守勢地.

de·fer[1] [dɪˋfɝ; dɪ'fɜ:(r)] vt. (~s; ~red; ~ring) 延期, 推遲; 〔句型3〕(defer doing) 延期做…. I will *defer starting* until next week. 我將延至下星期動身.
〔字源〕FER〔運送〕: de*fer*, of*fer*(提供), re*fer*(指向), trans*fer*(轉移).

de·fer[2] [dɪˋfɝ; dɪ'fɜ:(r)] vi. (~s; ~red; ~ring)《文章》(表敬意而)遵從, 尊重, 《to》. I *deferred to* his advice. 我遵從他的忠告.

def·er·ence [ˋdɛfərəns; 'defərəns] n. U《文章》1 (對長輩, 權威等表示敬意而)服從. 2 敬意.
in déference to... 尊敬…; 順從….

def·er·en·tial [͵dɛfəˋrɛnʃəl, ͵defə'renʃl] adj.《文章》恭敬的, 表示敬意的.

def·er·en·tial·ly [͵dɛfəˋrɛnʃəlɪ; ͵defə'renʃəlɪ] adv.《文章》恭敬地, 表示敬意地.

de·fer·ment [dɪˋfɝmənt; dɪ'fɜ:mənt] n. U《文章》延期; 擱置.

de·fi·ance [dɪˋfaɪəns; dɪ'faɪəns] n. U 1 反抗(的態度); 挑戰. He hurled his *defiance* in my face. 他當著我的面反抗我.
2 (危險等的)忽視. ⇨ v. **defy**.
in defíance of... 違抗…; 忽視….
sèt...at defíance 忽視….

de·fi·ant [dɪˋfaɪənt; dɪ'faɪənt] adj. 挑戰性的; 反抗性的; 自大的. ⇨ v. **defy**.

de·fi·ant·ly [dɪˋfaɪəntlɪ; dɪ'faɪəntlɪ] adv. 挑戰地; 反抗地.

de·fi·cien·cy [dɪˋfɪʃənsɪ; dɪ'fɪʃnsɪ] n. (pl. **-cies**)
UC 1 不足, 缺乏; 不足額[量]; 《of, in》(↔ sufficiency). a *deficiency of* food 糧食缺乏/*deficiencies in* housing 住屋不足.
2 缺陷, 不完備, 《of, in》. moral *deficiency* 道德上的缺陷/*deficiencies in* character 個性上的諸多缺失.

deficiency disease n. UC (維他命等的)缺乏症, 營養失調.

*****de·fi·cient** [dɪˋfɪʃənt; dɪ'fɪʃnt] adj. 1 欠缺的《in》. Junk food is *deficient in* nutrients. 垃圾食品缺乏營養/Mary is *deficient in* delicacy. 瑪莉不夠體貼[細心]. 2 有缺陷的, 不完備的.

de·fi·cient·ly [dɪˋfɪʃəntlɪ; dɪ'fɪʃntlɪ] adv. 不足地; 不充分地.

def·i·cit [ˋdɛfəsɪt; 'defɪsɪt] n. C 虧損, 赤字; 不足(額); 《↔ surplus》.

de·file[1] [dɪˋfaɪl, ˋdɪfaɪl; dɪ'faɪl] vt.《文章》弄髒, 污染; 玷污. The factory *defiled* the river with its waste. 工廠的廢棄物污染了河川.

de·file[2] [dɪˋfaɪl, ˋdɪfaɪl; 'di:faɪl] n. C (山間的)狹徑, 隘路.

de·file·ment [dɪˋfaɪlmənt; dɪ'faɪlmənt] n. U《文章》(被)弄髒, 污染.

de·fin·a·ble [dɪˋfaɪnəbl; dɪ'faɪnəbl] adj. 可下定義[限定]的.

*****de·fine** [dɪˋfaɪn; dɪ'faɪn] vt. (~s [~z; ~z]; ~d [~d; ~d]; -fin·ing)〖明確表示界限〗1 給〔語句或概念〕下定義; 定義《as》. Speech can be *defined* as a form of communication. 語言可定義為一種溝通的方式.
2 確定…的界限[範圍等]; 使…的輪廓清楚. *define* the boundaries between the two estates 明確劃分兩塊地產的邊界/The contract clearly *defines* the limits of our responsibilities. 契約明確規定我們的責任範圍/The hilltop was sharply *defined* against the sky. 山頂在天空的襯托下輪廓分明.
3 明確表示〔真意, 立場等〕. *Define* your position. 表明你的立場. ⇨ n. **definition**.
〔字源〕FIN〔終止〕: de*fine*, *fin*al(最終的), *fin*ish(完成), *fin*ale(結局).

*****def·i·nite** [ˋdɛfənɪt; 'defɪnɪt] adj. 1 明確的, 清楚的, (clear; ↔ indefinite). Give me a *definite* answer. 給我一個明確的答覆.
〔搭配〕definite+n.: a ~ aim (明確的目標), a ~ promise (確定的承諾), a ~ reason (明確的理由), ~ evidence (明證), ~ proof (明證).
2 確定的, 明確的, 一定的. There is a *definite* time to return the books. 還書時間有一定的期限.

définite árticle n. C (加the)《文法》定冠詞《如 the 等; 用法參照 → the; ↔ indefinite article》.

*****def·i·nite·ly** [ˋdɛfənɪtlɪ; 'defɪnɪtlɪ] adv. 1 明確地, 清楚地. refuse *definitely* 斷然拒絕/He told me so *definitely*. 他十分明確地對我說.
2 明顯地, 斷然地. He is *definitely* wrong. 他絕對是錯的/*Definitely* yes [not]. 絕對是[不是].
3 《口》確實, 正是如此. "Can you do this?" "*Definitely*." 「你能做這件事嗎?」「當然(可以).」 〔語法〕definitely 常用來代替 certainly, of course, yes.

*****def·i·ni·tion** [͵dɛfəˋnɪʃən; ͵defɪ'nɪʃn] n. (pl. ~s [~z; ~z]) 1 UC 定義; (字典等所作的)字義, 解說. Look up the *definition* of 'guy' in your dictionary. 在你的字典裡查 guy 這個字的定義.
〔搭配〕adj.+definition: a brief ~ (簡潔的定義), an exact ~ (正確的定義), a full ~ (完整的定義), a vague ~ (模稜兩可的定義).
2 U (輪廓的)鮮明度; (照片, 電視影像, 收音機聲音等的)清晰度. high-*definition* → 見 high definition.
by definítion 按照定義, 在定義上; (定義上)當然. A murderer is, *by definition*, one who intentionally kills another person. 所謂謀殺者, 在定義上就是蓄意殺害他人者.

de·fin·i·tive [dɪˋfɪnətɪv; dɪ'fɪnɪtɪv] adj. 最終的; 決定性的; (final). a *definitive* proof 決定性的證據.

de·flate [dɪˋflet; dɪ'fleɪt] vt. 1 〔輪胎, 氣球等〕放氣. 2 使〔自信, 自滿等〕受挫. 3 《經濟》緊縮〔通貨〕.
— vi. (放掉氣等而)癟掉, 萎縮. ↔ inflate.

de·fla·tion [dɪˋfleʃən; dɪ'fleɪʃn] n. U 1 《經

濟)通貨緊縮. **2** 放氣. ↔ inflation.

de·flect [dɪˋflɛkt; dɪˈflekt] vt. 使〔子彈, 光線等〕偏離, 使偏斜, 《from, off》. — vi. 偏斜; 轉向.

de·flec·tion [dɪˋflɛkʃən; dɪˈflekʃn] n. ⓊⒸ 偏斜; (計量器指針的)偏差; (光的)曲折.

de·flow·er [diˋflauɚ; ˌdiːˈflauə(r)] vt. 《主雅》姦污, 凌辱, 〔處女〕.

De·foe [dɪˋfo; dɪˈfəu] n. **Daniel** ~ 狄福(1660?-1731)《英國作家;《魯賓遜漂流記》(*Robinson Crusoe*)的作者).

de·fo·li·ant [diˋfoliənt; ˌdiːˈfəuliənt] n. ⓊⒸ 落葉劑.

de·fo·li·ate [diˋfoliˌet; ˌdiːˈfəulieit] vt. 在〔森林等〕噴灑落葉劑.

de·fo·li·a·tion [diˌfoliˋeʃən; ˌdiːfəuliˈeiʃn] n. Ⓤ 去葉, 除葉; 化學去葉.

de·for·est [diˋfɔrɪst, -ˋfɑr-; ˌdiːˈfɔrist] vt. 《美》砍伐〔某地區的〕森林.

de·for·est·a·tion [diˌfɔrɪsˋteʃən, -ˌfɑr-, ˌdif-; diːˌfɔriˈsteiʃn] n. Ⓤ 森林砍伐.

de·form [dɪˋfɔrm; dɪˈfɔːm] vt. **1** 使外觀變醜陋, 使歪扭; 使變形. **2** 使成畸形.

de·for·ma·tion [ˌdifɔrˋmeʃən, ˌdɛfɔr-; ˌdiːfɔːˈmeiʃn] n. Ⓤ **1** 損毀外型; 難看, 醜陋. **2** 畸形.

de·formed [dɪˋfɔrmd; dɪˈfɔːmd] adj. 畸形的; 難看的, 醜陋的.

de·form·i·ty [dɪˋfɔrmətɪ; dɪˈfɔːməti] n. (pl. **-ties**) Ⓤ畸形; Ⓒ (身體的)畸形部分.

de·fraud [dɪˋfrɔd; dɪˈfrɔːd] vt. 從…騙取《of》. She *defrauded* me *of* my property. 她詐取我的財產. → *defraud* 主要指法律用語, 指歪曲或隱蔽事實以奪取他人之物; → swindle.

de·fray [dɪˋfre; dɪˈfrei] vt. (**~s; ~ed; ~ing**)《文章》支付, 負擔, 〔費用, 經費等〕(pay).

de·frost [diˋfrɔst; ˌdiːˈfrɔst] vt. **1** 除去〔冰箱, 汽車的擋風玻璃等的〕霜, 冰. **2** 使〔冷凍食品〕解凍.

de·frost·er [diˋfrɔstɚ; ˌdiːˈfrɔstə(r)] n. Ⓒ (汽車擋風玻璃, 冰箱內等的)除霜裝置.

deft [dɛft; deft] adj. 《文章》(用於正面含義)靈巧的, 熟練的. She is *deft* of hand. 她手很巧.

deft·ly [ˋdɛftlɪ; ˈdeftli] adv. 《文章》靈巧地, 有條不紊地.

deft·ness [ˋdɛftnɪs; ˈdeftnis] n. Ⓤ 靈巧, 巧妙.

de·funct [dɪˋfʌŋkt; dɪˈfʌŋkt] adj. 《法律》已死的 (dead); 〔思想, 法律等〕不再使用的, 過時的.

de·fy [dɪˋfaɪ; dɪˈfai] vt. (**-fies; -fied; ~ing**) **1** 句型5 (defy A to do)挑釁〔激使〕A 去做〔認為不可能去做的事〕. I *defy* you *to* make it public. 我看你敢不敢把它公開. **2** 藐視, 公然反抗, 〔法律, 權威等〕. They *defied* the policeman's order. 他們違抗警察的命令. **3** 《文章》拒絕, 不接受, 〔事物〕. The disaster *defies* (all) description. 這次災害之慘況真是無法言喻.
◇ n. **defiance**. adj. **defiant**.

de Gaulle [dəˋgol; dəˈgəul] n. **Charles** [tʃɑrlz; tʃɑːlz] ~ 戴高樂(1890-1970)《法國的將軍, 政治家、

總統 (1959-69)》.

de·gen·er·a·cy [dɪˋdʒɛnərəsɪ, -ˋdʒɛnrəsɪ; dɪˈdʒenərəsi] n. Ⓤ **1** 退步; 墮落. **2**《生物》退化.

de·gen·er·ate [dɪˋdʒɛnəˌret; dɪˈdʒenəreit] vi. **1** 退步; 墮落. **2**《生物》退化.
— [dɪˋdʒɛnərɪt, -ˋdʒɛnrɪt; dɪˈdʒenərət] adj. 退步的; 墮落的; 退化的.
— [dɪˋdʒɛnərɪt, -ˋdʒɛnrɪt; dɪˈdʒenərət] n. Ⓒ 墮落的人; 退化之物.

de·gen·er·a·tion [dɪˌdʒɛnəˋreʃən, ˌdidʒɛnə-; dɪˌdʒenəˈreiʃn] n. Ⓤ **1** 退步; 墮落. **2**《生物》退化.

deg·ra·da·tion [ˌdɛgrəˋdeʃən; ˌdegrəˈdeiʃn] n. Ⓤ **1** (地位等的)降低. **2** (價值的)降低; 墮落, 落魄狀態.

de·grade [dɪˋgred; dɪˈgreid] vt. **1** 降低…的人格; 降低…的價值. Don't *degrade* yourself by telling such a lie. 你不要撒這樣的謊來貶損自己的人格. **2** 降低…的地位, 職級, (↔ promote).

✲de·gree [dɪˋgri; dɪˈgriː] n. (pl. **~s** [~z; ~z])
1 ⓊⒸ程度, 階段. He is not pleased in the slightest *degree*. 他一點也不高興/We can trust him to a high *degree* [to a certain *degree*]. 我們大可[在相當程度上可以]相信他.
2 Ⓒ(溫度計, 經〔緯〕度, 角度等的)度數(符號是(°); 英美計算溫度採華氏). The temperature was 32 *degrees* Fahrenheit [zero *degrees* centigrade] at 6 a.m. 上午6時的溫度是華氏32度[攝氏零度](0°讀作 zero degrees)/Water boils at 100 *degrees* centigrade. 水在攝氏100度時會沸騰/in [at] 23 *degrees* of north latitude 位於北緯23度.
3 Ⓒ學位, 頭銜, (title). give a bachelor's [master's] *degree* 授與學士[碩士]學位/She took a doctor's *degree* in law. 她取得法學博士學位.
| 搭配 v.＋degree: award a ~ (授與學位), grant a ~ (授與學位), obtain a ~ (拿到學位), receive a ~ (獲得學位).
4 Ⓒ《文法》(adj., adv. 比較級變化的)級別. the positive [comparative, superlative] *degree* 原級[比較級, 最高級].
5 Ⓒ《法律》親等; 《音樂》度(譜上的線[間]).
✲ *by degrees* 逐漸地, 漸漸(地). The patient is getting better *by degrees*. 病人的病情逐漸好轉.
in [to] sóme degrée 稍微, 某種程度地.
to a degrée (1)就某種程度而言, 稍微. What you say is true to a *degree*. 你說的話就某種程度而言是對的. (2)《口》非常, 極. He is fastidious *to a degree* about his food. 他對食物非常挑剔.

de·hu·man·ize [diˋhjumənˌaɪz; ˌdiːˈhjuːmənaiz] vt. 剝奪…的人性, 使非人性化.

de·hy·drate [diˋhaɪdret; ˌdiːˈhaidreit] vt. 將…脫水; 使乾燥.

de·hy·dra·tion [ˌdihaɪˋdreʃən; ˌdiːhaiˈdreiʃn] n. Ⓤ脫水; 乾燥.

de·ice [diˋaɪs; diːˈais] vt. 除去[防止]〔汽車擋風玻璃等的〕的冰結.

de·i·fi·ca·tion [ˌdiəfəˋkeʃən; ˌdiːɪfɪˋkeɪʃn] *n.* U《文章》奉爲神明，神格化；神聖化.

de·i·fy [ˋdiəˌfaɪ; ˈdiːɪfaɪ] *vt.* (**-fies; -fied; ~ing**)《文章》將…奉爲神明，神化，神聖化；視爲神聖.

deign [den; deɪn] *vt.* (文章)(通常用於否定句) 句型3 (deign *to* do) (賞光)做某事. Mrs. Brown didn't *deign to* speak to me at the party. 布朗太太在宴會上(擺著架子)不屑與我交談.

de·ism [ˋdiɪzəm; ˈdiːɪzəm] *n.* U(哲學)理神論，自然神論(以理性和自然爲神存在的基礎).

de·ist [ˋdiɪst; ˈdiːɪst] *n.* U理神論者，自然神論者.

de·i·ty [ˋdiətɪ; ˈdiːɪtɪ] *n.* (*pl.* **-ties**)(文章) 1 C神，女神，(god, goddess)；(the Deity)(基督教的)上帝(God). 2 U神性；神格，神的地位.

dé·jà vu [ˌdeʒɑˋvu, -ˋvju; ˌdeɪʒɑːˈvuː] (法語) U 1 (心理學)似曾相識的錯覺(初次經歷但卻有從前似曾經歷過的錯覺).
2 (口)對某事經歷太多次的感覺.

de·ject [dɪˋdʒɛkt; dɪˈdʒekt] *vt.* 使沮喪.

de·ject·ed [dɪˋdʒɛktɪd; dɪˈdʒektɪd] *adj.* 沮喪的，失ণ的.

de·ject·ed·ly [dɪˋdʒɛktɪdlɪ; dɪˈdʒektɪdlɪ] *adv.* 沮喪地.

de·jec·tion [dɪˋdʒɛkʃən; dɪˈdʒekʃn] *n.* U沮喪，失望.

de ju·re [diˋdʒurɪ, -ˋdʒurɪ; ˌdeɪˈdʒuərɪ] (拉丁語) *adv.* 正當地；合法地. —— *adj.* 正當的；合法的.

Del. (略) Delaware.

Del·a·ware [ˋdɛləˌwɛr, -ˌwær; ˈdeləweə(r)] *n.* 德拉威州(美國東部的州；首府 Dover；略作 DE, Del.).

＊de·lay [dɪˋle; dɪˈleɪ] *v.* (**~s** [~z; ~z]; **~ed** [~d; ~d]; **~ing**) *vt.* 1 延遲，耽誤. *delay* the game 延誤比賽/*delay* one's departure 延後啓程/The plane was *delayed* by a storm. 飛機因暴風雨而誤點.
2 延期；句型3 (delay *do*ing)將…延後. *delay* one's payments 延期支付/He has *delayed* (*mak*ing) the decision to retire. 他延緩(做出)退休的決定. 同delay 指延後一段時間或無限期延長；postpone 則指延至某一確定的期限.
—— *vi.* (故意)拖延，耽誤. If you *delay,* you'll only have to work longer. 如果你拖拖拉拉的話，就必須做得更久.
—— *n.* (*pl.* **~s** [~z; ~z]) UC延遲，拖延，延期. a *delay* of ten minutes 耽擱十分鐘/Do it without *delay.* 馬上做，別拖延/I can afford no further *delay.* 我不能再耽誤了.

de·lec·ta·ble [dɪˋlɛktəbl; dɪˈlektəbl] *adj.*《文章》1 令人高興的，愉快的，(pleasant). 2 美妙的；美味的.

de·lec·ta·tion [ˌdilɛkˋteʃən, dɪˌlɛkˋteʃən; ˌdiːlekˈteɪʃn] *n.* U歡樂，愉快.

del·e·gate [ˋdɛləˌget, -ˋdɛləɡɪt; ˈdelɪgət] *n.* C (被派參加會議等的)代表，使節(團員)；代表者，the Australian *delegates* to the UN 澳洲駐聯合國代表. 注意delegate 係指代表(指個人)，代表團爲 delegation.
—— [-ˌget; -geɪt] *vt.* 1 派遣…爲代表(*to*)；句型5 (delegate **A** *to* do)任命A(某人)爲代表去做(某事). We *delegated* him *to* attend the conference. 我們派他爲代表參加會議.
2 授與(權限等)(*to*).

＊del·e·ga·tion [ˌdɛləˋgeʃən; ˌdelɪˈgeɪʃn] *n.* (**~s** [~z; ~z]) 1 C (集合)代表團，使節團，(→ delegate 注意). a member of the Australian *delegation* to the Atlanta Olympics 澳洲亞特蘭大奧運代表團成員之一. 2 U使節的派遣；代表的任命. 3 U(權限等的)授與，委任.

de·lete [dɪˋlit; dɪˈliːt] *vt.* 消除，刪除，(文字，語句等)(*from*).

del·e·te·ri·ous [ˌdɛləˋtɪrɪəs; ˌdelɪˈtɪərɪəs] *adj.*《文章》(對身體，精神)有害的.

de·le·tion [dɪˋliʃən; dɪˈliːʃn] *n.* U刪除；C刪除的部分.

Del·hi [ˋdɛlɪ; ˈdelɪ] *n.* 德里(印度北部城市；舊時的首都；現在的首都是接鄰的 New Delhi).

＊de·lib·er·ate [dɪˋlɪbərɪt, -brɪt; dɪˈlɪbərət] (★與 *v.* 的發音不同) *adj.* 1 經過仔細[反覆]考慮的；故意的，計畫性的，(↔ accidental). a *deliberate* lie 刻意的謊言.
2 愼重的，深思熟慮的. He is always *deliberate* in speaking. 他說話總是很謹愼.
3 (步伐等)從容的，悠閒的. walk with *deliberate* steps 悠閒地走著.
—— [-ˌret; -reɪt] *v.* (**~s** [~s; ~s]; **-at·ed** [~ɪd; ~ɪd]; **-at·ing**) *vt.* 仔細考慮，審愼考量，句型3 (deliberate *wh*子句，片語)仔細考慮，商討，*deliberate* a question 仔細考慮[愼重商討]問題/We *deliberated* what to do with it. 我們仔細商討該如何處理那件事.
—— *vi.* 仔細考慮；審議；(*upon, about*). The jury *deliberated* for six hours. 陪審團考議了六小時. ⇨ *n.* **deliberation.**

＊de·lib·er·ate·ly [dɪˋlɪbərɪtlɪ, -brɪtlɪ; dɪˈlɪbərətlɪ] *adv.* 1 故意地，蓄意地；深思熟慮地. It is rumored that the fire was started *deliberately.* 謠傳這是件縱火案.
2 愼重地，用心地. He spoke slowly and *deliberately.* 他緩慢謹愼地說著.
3 從容地，不慌不忙地.

de·lib·er·a·tion [dɪˌlɪbəˋreʃən; dɪˌlɪbəˈreɪʃn] *n.* 1 U(經過一段時間)仔細考慮，深思熟慮. after [without] *deliberation* 經過[未經]周詳的考慮. 同deliberation 比 consideration 更愼重.
2 UC審議，商議.
3 U(行動等)愼重，準備周到. ⇨ *v.* **deliberate.**

de·lib·er·a·tive [dɪˋlɪbəˌretɪv; dɪˈlɪbərətɪv] *adj.* 審議的，執行審議的.

＊del·i·ca·cy [ˋdɛləkəsɪ; ˈdelɪkəsɪ] (★注意重音位置) *n.* (*pl.* **-cies** [~z; ~z]) 1 U纖細，優美；柔軟. the *delicacy* of the child's hands 小孩小手的柔軟.
2 U(情趣，感覺等的)纖細，敏感；(測量儀器等

的〕靈敏度，準確度．No one can doubt the *delicacy* of her musical taste. 無人能懷疑她音樂鑑賞的敏銳度．

3 Ⓤ〔體型〕纖細，柔弱．

4 Ⓤ〔問題等的〕棘手，困難；奧妙． negotiations of extreme *delicacy* 極端棘手的談判．

5 Ⓤ體貼，關懷，謹慎．He displayed no *delicacy* in reminding me of my failure. 他毫不留情地提醒我的失敗．

6 Ⓒ美食，佳餚，美味之物．I regard crab as a great *delicacy*. 我認爲蟹是人間美味．

⇨ *adj.* **delicate**.

‡**del·i·cate** [ˋdɛləkət, -kɪt; 'delɪkət] *adj.* 〖 紋理細緻的 〗 **1** 纖細的；優美的，柔嫩的；(→ exquisite 回)．A baby's skin is *delicate*. 嬰兒的皮膚細嫩/She wore a dress of *delicate* silk. 她穿著一件精緻的絲質洋裝．

2 〔感覺等〕敏銳的，敏感的；〔測量儀器等〕靈敏度高的，精確的(precise)．She has a *delicate* sense of smell. 她對氣味很敏感/Man's body is a *delicate* machine. 人體是一部精巧的機器．

3 〖心思細膩的〗體貼的，謹慎[有禮]的，高雅的．a man of *delicate* feelings 心思細膩的人．

4 〔味道鮮美的〕〔食物等〕上等的，高級的；〔味道等〕清淡的，(爽口)味美的．

〖 容易脆弱的 > 難處理的 〗 **5** 纖細的；虛弱的，〔杯子等〕易碎的．He is in *delicate* health. 他體弱多病．

6 需要愼重處理的；〔手術，談判等〕高難度的，〔差異等〕微妙的．The surgeon performed a very *delicate* operation. 外科醫生執行一項非常困難的手術/There is a *delicate* difference in meaning between 'value' and 'worth'. value 和 worth 兩個字在意義上有些微妙的差異．⇨ *n.* **delicacy.**

del·i·cate·ly [ˋdɛləkətlɪ, -kɪtlɪ; 'delɪkətlɪ] *adv.*
1 纖細地；優美地，高雅地．
2 精巧地；微妙地，輕盈地．I put the matter to her as *delicately* as possible. 我盡可能小心地向她提出這個問題．
3 嬌弱地；苗條地．a *delicately* built woman 身材苗條的女人．

del·i·ca·tes·sen [͵dɛləkəˋtɛsn; ͵delɪkə'tesn] *n.* **1** Ⓤ熟食，現成食品，《調製好的肉類、沙拉、乳酪、香腸、罐[瓶]裝食品等》．**2** Ⓒ熟食店．

‡**de·li·cious** [dɪˋlɪʃəs; dɪ'lɪʃəs] *adj.* **1** 非常好吃的．a *delicious* dish 好吃的菜．
回一般表示食物色香味俱全的用語；→ tasty.
2 味道好的．a *delicious* fragrance 芬芳的香味．
3 使人愉悅的．What a *delicious* story! 多麼有趣的故事啊！

de·li·cious·ly [dɪˋlɪʃəslɪ; dɪ'lɪʃəslɪ] *adv.* **1** 好吃地；芬芳地．**2** 令人愉快地．

‡**de·light** [dɪˋlaɪt; dɪ'laɪt] *n.* (*pl.* ~s [~s; ~s])
1 Ⓤ高興，歡喜．Grandfather took *delight* in telling us ghost stories. 祖父非常喜歡講鬼故事給我們聽/I read your letter with great *delight*. 我很高興地看你的信．回delight 比 pleasure 表達更強烈而生動的愉悅．

2 Ⓒ使人高興的事物((to))．The baby was a *delight* to its parents. 嬰兒是父母的喜悅/What a *delight* it is to see you in good health again! 多麼高興看到你又恢復健康了！

to a person's **delight** = *to the* **delight of** *a person* 令某人高興[快樂]的是．*To* our great *delight*, our son came back to us. 最令我們高興的是，兒子回到我們身邊了．

—— *v.* (~**s** [~s; ~s]; ~**ed** [~ɪd; ~ɪd]; ~**ing**) *vt.*
1 使十分高興，使十分快樂．Eliza *delighted* us with her singing. 伊萊莎用歌聲讓我們開心．
2 (be delighted) 〔注意〕此時 delighted 亦可視爲形容詞) **(a)** 非常高興，非常愉快，((at, by, with))．We were *delighted* at [by] the sight of London lying far below us. (從飛機上)鳥瞰倫敦的景色，我們都很興奮/Jane *is delighted with* the doll. 珍十分喜愛那個洋娃娃．
(b) 很愉快((to do))；非常高興((that 子句))．I shall be much *delighted* to see you. 我會很高興看到你/We are *delighted* that you have returned at last. 我們很高興你終於回來了．

—— *vi.* (非常)喜歡，感到快樂，((in))．Tom *delights* in putting difficult questions to the teacher. 湯姆以問老師難題爲樂．

*‖**de·light·ed** [dɪˋlaɪtɪd; dɪ'laɪtɪd] *adj.* (非常)高興的，(相當)愉快的，(→ delight *vt.* 2; → delightful 回)．a *delighted* look [voice] 愉快的神情[聲音]．

de·light·ed·ly [dɪˋlaɪtɪdlɪ; dɪ'laɪtɪdlɪ] *adv.* 高興地，愉快地．

*‖**de·light·ful** [dɪˋlaɪtfəl; dɪ'laɪtfʊl] *adj.* (令人)欣喜的，愉快的；可愛的．*delightful* news to her family 令她家人愉快的消息/We had a *delightful* time at the party. 舞會愉快極了．
回注意 delightful 與 delighted 之不同：She is *delightful*. 意爲「她是個令人愉快的人」，而 She is *delighted*. 意爲「她很愉快」．

de·light·ful·ly [dɪˋlaɪtfəlɪ; dɪ'laɪtfʊlɪ] *adv.* 快樂地，愉快地．

de·lim·it [dɪˋlɪmɪt; di:'lɪmɪt] *vt.* 規定[劃定]範圍[界限]．

de·lim·i·ta·tion [dɪ͵lɪməˋteʃən, ͵dilɪmə-; dɪ͵lɪmɪ'teɪʃn] *n.* Ⓤ範圍的設定[界定，劃定]；Ⓒ界限，邊界．

de·lin·e·ate [dɪˋlɪnɪ͵et; dɪ'lɪnɪeɪt] *vt.* (文章) **1** 勾畫輪廓；描繪．**2** (以文辭)描寫，描述．

de·lin·e·a·tion [dɪ͵lɪnɪˋeʃən; dɪ͵lɪnɪ'eɪʃn] *n.* (文章) **1** Ⓤ勾畫輪廓；Ⓒ圖解．**2** Ⓤ(文辭的)描寫，描述．

de·lin·quen·cy [dɪˋlɪŋkwənsɪ; dɪ'lɪŋkwənsɪ] *n.* (*pl.* -**cies**) **1** ⓊⒸ(通常指未成年人的)不行爲，犯罪．**2** Ⓤ失職，不履行義務，懈怠．

de·lin·quent [dɪˋlɪŋkwənt; dɪ'lɪŋkwənt] *adj.*
1 有過失的，違法的．
2 失職的，懈怠的，不盡責的．

— *n.* ⓒ **1** (特指未成年的)行為不良者. a juvenile *delinquent* 少年犯; 不良少年[少女].

2 失職者.

de·lir·i·ous [dɪˋlɪrɪəs; dɪˋlɪrɪəs] *adj.* **1** 精神錯亂的; 瘋狂狀態的. **2** (如忘掉一切般)熱中的, 忘我的, 《*with*》. ➪ *n.* **delirium**.

de·lir·i·ous·ly [dɪˋlɪrɪəslɪ; dɪˋlɪrɪəslɪ] *adv.* 瘋狂地; 熱中地.

de·lir·i·um [dɪˋlɪrɪəm; dɪˋlɪrɪəm] *n.* Ⓤⓒ **1** 精神錯亂(狀態)(胡言亂語); 瘋狂狀態.

2 渾然忘我(埋首於某事); 欣喜若狂.

delīrium trē·mens [-ˋtrimənz; -ˋtriːmenz] *n.* Ⓤ(醫學)(因濃烈酒精中毒引起的)震顫譫妄症《發抖並產生幻覺》.

‡de·liv·er [dɪˋlɪvɚ; dɪˋlɪvə(r)] *v.* 《~s [~z; ~z]; ~ed [~d; ~d]; -liv·er·ing [-ˋlɪvərɪŋ, -ˋlɪvrɪŋ; -ˋlɪvərɪŋ]》 *vt.* 【從手邊放開>送交對方】 **1** 投遞, 送交, 〔郵件, 物品等〕; 轉達〔口信〕, 《*to*》. *deliver* the mail 投遞郵件/*Deliver* this parcel *to* Mr. Hill. 把這份包裹送交希爾先生/Could you *deliver* my message *to* her? 你能幫我傳話給她嗎?

2 引渡, 交出, 《*to*》. He *delivered* himself (up) *to* the police. 他向警方自首.

3 發動〔攻擊等〕; 給與〔打擊等〕. *deliver* a blow *to* the jaw 揍下巴一拳.

4 發表, 舉行, 〔演講等〕. She *delivered* her lecture in Spanish. 她用西班牙語發表演說.

【從束縛中解放】 **5** 〔文章〕救出; 解放, 《*from*》(→ rescue 圖). *Deliver* us *from* evil. 救我們遠離罪惡《主禱文》(*Lord's Prayer*》).

6 〔醫生等為孕婦〕接生《*of*》; 〔醫生等〕幫助〔嬰兒〕出生. The doctor *delivered* (Mary *of*) a baby boy. 醫生(替瑪莉)接生了一個男嬰.

— *vi.* **1** 送貨. **2** 履行, 實現, 《*on* 〔約定、希望等〕》. We'll be in trouble if they don't *deliver* *on* their promise. 他們若不履行約定, 我們就麻煩了. ➪ *n.* **deliverance, delivery.**

be delívered of... 〔文章〕分娩…; 創作〔作品〕.

delíver onesèlf of... 〔文章〕敍述〔想法等〕.

de·liv·er·ance [dɪˋlɪvərəns, -vrəns; dɪˋlɪvərəns] *n.* Ⓤ(文章)解救, 救出; 釋放; 《*from* 從…》. ➪ *v.* **deliver.**

de·liv·er·er [dɪˋlɪvərɚ, -ˋlɪvrɚ; dɪˋlɪvərə(r)] *n.* ⓒ(文章)解救者; 釋放者.

de·liv·er·ies [dɪˋlɪvərɪz, -vrɪz; dɪˋlɪvərɪz] *n.* delivery 的複數.

‡de·liv·er·y [dɪˋlɪvərɪ, -vrɪ; dɪˋlɪvərɪ] *n.* 《*pl.* **-er·ies**》 **1** Ⓤⓒ(郵件、貨品等的)送達, 運送; 傳達. by special 〔(英) express〕 *delivery* 快遞/make a *delivery* of mail 遞送信件/take *delivery* of a parcel 領取包裹/*Delivery* of mail has been delayed by the heavy snow. 大雪耽誤了郵件的遞送.

2 ⓒ投遞次數; 遞送品. How many *deliveries*

do you have around here every day? 你們這一帶每天送幾次信?

3 Ⓤ引渡, 交出.

4 Ⓤⓒ(演說等的)表達技巧〔方式, 風格〕. His *delivery* was poor. 他的演說技巧很差.

5 Ⓤⓒ分娩.

6 Ⓤ(文章)解放, 釋放.

on delívery 貨到付款. cash on delivery →見 cash on delivery.

de·liv·er·y·man [dɪˋlɪvərɪ͵mæn, -vrɪ-, -mən; dɪˋlɪvərɪmən] *n.* 《*pl.* **-men** [-mən; -mən]》ⓒ 送貨員.

dell [dɛl; del] *n.* ⓒ(雅)(被樹掩蓋的)小谷地.

Del·phi [ˋdɛlfaɪ; ˋdelfaɪ] *n.* 德爾菲《希臘古都; 為 Apollo 神殿的所在地》.

del·phin·i·um [dɛlˋfɪnɪəm; delˋfɪnɪəm] *n.* ⓒ(植物)飛燕草屬(毛茛科).

del·ta [ˋdɛltə; ˋdeltə] *n.* Ⓤⓒ **1** 希臘字母的第四個字母; Δ, δ; 相當於羅馬字母的 d. **2** 三角形物; (特指河口的)三角洲(→ geography 圖).

de·lude [dɪˋlud, -ˋlɪud; dɪˋluːd] *vt.* (文章)欺騙, 矇騙; 句型3 (delude **A** *into* doing)欺騙 **A** 使其…. He *deluded* me *into* expecting her to recover soon. 他騙我讓我以為她很快會復原. ➪ *n.* **delusion.**

delúde onesèlf 想錯, 判斷錯誤. You're *deluding yourself* if you think she will help us. 如果你以為她會幫我們, 你就錯了.

del·uge [ˋdɛljudʒ; ˋdeljuːdʒ] *n.* **1** ⓒ大洪水; (聖經)(the *Deluge*)諾亞(Noah)時候的大洪水.

2 ⓒ(如洪水般)洶湧而至之物; (信件等的)大量湧到.

— *vt.* **1** (文章)使氾濫, 淹沒. **2** 蜂湧而至(通常用被動語態). The office was *deluged with* protest mail. 辦公室裡湧入大批的抗議信.

de·lu·sion [dɪˋluʒən, -ˋlɪuʒən; dɪˋluːʒn] *n.* **1** Ⓤ欺騙; 受騙. **2** ⓒ錯覺; (錯誤的)念頭; (醫學)妄想; (→ illusion 圖). The sick man is under the *delusion* that he is a prince. 那位病人幻想自己是位王子. ➪ *v.* **delude.**

de·lu·sive [dɪˋlusɪv, -ˋlɪus-; dɪˋluːsɪv] *adj.* **1** 假的, 欺騙的; 妄想的. **2** 使人誤解的, 混淆不清的. ➪ *v.* **delude.**

de·luxe, de luxe [dɪˋluks, -ˋlʌks; dəˋlʌks] (法語) *adj.* 華麗的, 豪華的, 鋪張的.

delve [dɛlv; delv] *vi.* 調查, 研究, 探索. We *delved into* lots of old documents. 我們調閱研究了許多舊文件.

de·mag·net·ize [diˋmægnə͵taɪz, ͵diˋmægnɪtaɪz] *vt.* 除去磁性, 使〔磁帶等〕消磁.

dem·a·gog, dem·a·gogue [ˋdɛmə͵gɔg, -͵gɑg; ˋdeməgɒg] *n.* ⓒ煽動群眾者.

dem·a·gog·ic [͵dɛmə`gɑdʒɪk, -`gɑg-; ͵deməˋgɒgɪk] *adj.* 煽動性的, 煽動群眾的.

dem·a·go·gy [ˋdɛmə͵godʒɪ, -͵gɔgɪ, -͵gɑgɪ; ˋdeməgɒgɪ] *n.* Ⓤ(對群眾的)煽動.

‡de·mand [dɪˋmænd; dɪˋmɑːnd] *vt.* 《~s [~z; ~z]; ~ed [~ɪd; ~ɪd]; ~ing》 【要求】 **1** 要求, 請求, 《*of, from*》; 句型3

(demand *to do/that* 子句)(作爲當然的權利)要求
…; (→ claim 回). *demand* one's rights 主張權
利/*demand* payment 要求付款/She *demanded* an
apology *of* [*from*] me. 她要求我道歉/We
demand to be told the whole truth. 我們要求告
知全部的眞相/The policeman *demanded* that I
(should) produce some identification. 警察要我
拿出身分證明.

2 《要求回答》(命令式地)詢問, 查問. "What have
you been doing here all this time?" he *demand-
ed*. 他詢問道:「你一直都在這裡做甚麼?」

3 《事物》需要. The work *demands* great care.
該項工作需要非常小心.

— *n.* (*pl.* ~s [~z; ~z]) **1** ⓒ (作爲權利的強烈)要
求, 請求, 《*for, on; that* 子句》; 被要求之事[物].
The management rejected the workers'
demands for higher wages. 資方拒絕工人加薪的
要求/This work makes great *demands on* my
time and money. 這工作需要我付出非常多的時間
和金錢/a completely unreasonable *demand* 極端
無理的要求/make a *demand that* the prisoners
(should) be freed 要求釋放囚犯.

　搭配 *adj.*+demand: an excessive ~ (過分的要
求), an insistent ~ (強制性的要求), a reason-
able ~ (合理的要求) // *v.*+demand: agree to
a ~ (同意要求), meet a ~ (符合要求).

2 ⓐ Ⓤ 需要(量)《*for*》(⇔supply). supply and *de-
mand* 供需(★注意詞序)/There is a great
demand for simultaneous interpreters. 同步口譯
人才的需求量很大/Is there much *demand for* un-
skilled workers these days? 目前很需要生手(不需
有特殊技術的人員)嗎?

　搭配 *adj.*+demand: (a) brisk ~ (活絡的需
求), (an) enormous ~ (龐大的需求), (a) lim-
ited ~ (有限的需求), little ~ (一點點需求) //
v.+demand: create (a) ~ (創造需求), meet
a ~ (符合需求).

in demánd 有需求的, 暢銷的. Oil is *in* great
demand all over the world. 石油在全世界的需求
量是很大的.

on demánd 《副詞性》一經要求. Catalog *on
demand*. 型錄待索.

de·mand·ing [dɪˋmændɪŋ, -ˋmɑn-;
dɪˋmɑːndɪŋ] *adj.* **1** 《人等》要求嚴格的; 強求的.
2 《工作等》吃緊的, 辛苦的, 《<必須努力的》.

de·mar·cate [dɪˋmɑrket, ˋdimɑr͵ket;
ˈdiːmɑːket] *vt.* 定邊界[界限]; 區分.

de·mar·ca·tion [͵dimɑrˋkeʃən, ͵dimɑːˋkeɪʃn]
n. Ⓤ界限(的訂定); 區分.

de·mean [dɪˋmin; dɪˋmiːn] *vt.* 《文章》降低…的身
分, 貶損.

de·mean·or (美), **de·mean·our** (英)
[dɪˋminɚ; dɪˋmiːnə(r)] *n.* Ⓤ《文章》擧止態度
(behavior).

de·ment·ed [dɪˋmɛntɪd; dɪˋmentɪd] *adj.* 發狂
的, 精神錯亂的, (mad).

de·mer·it [dɪˋmɛrɪt; diːˋmerɪt] *n.* Ⓒ缺點, 毛
病; 過失. ↔ merit.

de·mesne [dɪˋmen, -ˋmin; dɪˋmeɪn] (★注意發
音) *n.* 《法律》Ⓤ土地所有; Ⓒ所有地; 《歷史》莊
園, 領地.

De·me·ter [dɪˋmitɚ; dɪˋmiːtə(r)] *n.* 《希臘神話》
狄蜜特(農業女神; 相當於羅馬神話的 Ceres).

demi- *pref.* 「一半」之意(→ hemi-, semi-).

dem·i·god [ˋdɛmɪ͵gɑd; ˋdemɪgɒd] *n.* Ⓒ (神與
人所生的後代)半神半人(例如海克力斯(Hercules)).

dem·i·john [ˋdɛmə͵dʒɑn; ˋdemɪdʒɒn] *n.* Ⓒ細
頸大罈(以柳條簍筐保護著、口小頸細而瓶身圓胖的
大瓶子).

de·mil·i·ta·ri·za·tion [di͵mɪlɪtəraɪˋzeʃən,
ˈdiː͵mɪlɪtəraɪˈzeɪʃn] *n.* Ⓤ非軍事化, 非武裝化.

de·mil·i·ta·rize [diˋmɪlətə͵raɪz;
͵diːˋmɪlɪtəraɪz] *vt.* 使非軍事化, 使非武裝化. a
demilitarized zone 非軍事區, 非武裝地帶.

de·mise [dɪˋmaɪz; dɪˋmaɪz] *n.* Ⓒ《文章》死亡
(death), 駕崩; 結束. the *demise* of the Soviet
Union 蘇聯的瓦解.

de·mist [diˋmɪst; ͵diːˋmɪst] *v.* 《英》=defrost.

de·mist·er [diˋmɪstɚ; ͵diːˋmɪstə(r)] *n.* 《英》=
defroster.

dem·i·tasse [ˋdɛmə͵tæs; ˈdemɪtæs] 《法語》 *n.*
Ⓒ《飯後喝咖啡用的)小咖啡杯; 小咖啡杯一杯量(的
咖啡).

dem·o [ˋdɛmo; ˈdeməʊ] *n.* (*pl.* ~s) Ⓒ《口》示威
(遊行); 示範錄音(帶); 樣品(車); 《demonstra-
tion 的縮略).

de·mo·bi·li·za·tion [͵dimoblˋzeʃən,
dɪ͵mobl-, -aɪˋz-; ˈdiː͵məʊbɪlaɪˈzeɪʃn] *n.* Ⓤ《軍事》
解除動員, 復員, 解編歸建, 退伍.

de·mo·bi·lize [diˋmobl͵aɪz; diːˋməʊbɪlaɪz] *vt.*
《軍事》使《士兵》歸建, 使退伍.

de·moc·ra·cies [dəˋmɑkrəsɪz; dɪˋmɒkrəsɪz]
n. democracy 的複數.

✲de·moc·ra·cy [dəˋmɑkrəsɪ; dɪˋmɒkrəsɪ]
n. (*pl.* -cies) **1** Ⓤ民主主
義; 民主政治, 民主政體. representative *democ-
racy* 民主代議制/*democracy* and market econ-
omy 民主主義和市場經濟.

2 Ⓒ民主國家[社會]. In a *democracy* everyone
has equal rights and responsibilities. 在民主國家
人人有平等的權利和義務.

⇨ *adj.* democratic. *v.* democratize.

字源 希臘語 demos (人民) + -cracy (統治).

✲dem·o·crat [ˋdɛmə͵kræt; ˈdeməkræt] *n.* (*pl.*
~s [~s; ~s]) Ⓒ **1** 民主主義者.

2 《美》(Democrat)民主黨黨員(共和黨黨員是
Republican).

✲dem·o·crat·ic [͵dɛməˋkrætɪk;
͵deməˈkrætɪk]
adj. **1** 民主的; 民主主義的. *democratic* govern-
ment 民主政治.

2 以民爲主的; 平民的, (迎合)大衆的. a *demo-
cratic* art 大衆藝術[技藝].

3 《美》(Democratic)民主黨的(→ Democrat).
◇ *n.* **democracy.** *v.* **democratize.**

dem·o·crat·i·cal·ly [ˌdɛməˈkrætɪklɪ, -ɪklɪ; ˌdeməˈkrætɪkəlɪ] *adv.* 遵從民主主義地；民主地.

Democrátic Párty *n.* (加 the)《美》民主黨《以 驢(donkey)為象徵；→ the Republican Party》.

de·moc·ra·ti·za·tion [dɪˌmɑkrətəˈzeʃən; dɪˌmɒkrətaɪˈzeɪʃn] *n.* ⓤ民主化.

de·moc·ra·tize [dəˈmɑkrəˌtaɪz; dɪˈmɒkrətaɪz] *vt.* 使民主，使民主化.

de·mo·graph·ic [ˌdimoˈgræfɪk; ˌdeməʊˈgræfɪk] *adj.* 人口統計(學)的.

de·mog·ra·phy [dɪˈmɑgrəfɪ, di-; diːˈmɒgrəfɪ] *n.* ⓤ人口統計學.

de·mol·ish [dɪˈmɑlɪʃ; dɪˈmɒlɪʃ] *vt.* **1** 拆毀，毀壞，〔建築物等〕. 回指以「改建」等為目的而進行的有計畫拆毀時，不用 destroy，而用 demolish. **2** 推翻〔計畫，學說等〕.

dem·o·li·tion [ˌdɛməˈlɪʃən, ˌdimə-; ˌdeməˈlɪʃn] *n.* ⓤⓒ **1** 拆毀；(遭)破壞. **2** 〔學說等的〕推翻.

de·mon [ˈdimən; ˈdiːmən] *n.* ⓒ **1** 鬼；惡魔 (devil). **2** 惡魔般的人；〔工作等的〕「鬼才」，精力過人者，技藝高超者.

de·mo·ni·ac [dɪˈmonɪˌæk; dɪˈməʊnɪæk] *adj.* 惡魔的；魔鬼般的；著魔的.

de·mo·ni·a·cal [ˌdiməˈnaɪək]; ˌdiːməʊˈnaɪəkl] *adj.* =demoniac.

de·mon·ic [dɪˈmɑnɪk; diːˈmɒnɪk] *adj.* 惡魔的；著魔的. demonic possession 惡魔附身，著魔.

de·mon·stra·ble [ˈdɛmənstrəb], dɪˈmɑn-; ˈdemənstrəbl] *adj.* 〔真理等〕可論證的，可證明的.

de·mon·stra·bly [ˈdɛmənstrəblɪ, dɪˈmɑnstrəblɪ; ˈdemənstrəblɪ] *adv.* 明顯地；可以證明地.

❋dem·on·strate [ˈdɛmənˌstret; ˈdemənstreɪt]
(★注意重音位置) *v.* (~s [~s; ~s]; -strat·ed [~ɪd; ~ɪd]; -strat·ing) *vt.* 【 清楚地表示 】 **1** 論證，使明確；〔事物〕證明；句型3 (demonstrate *that* 子句)證明〉. How can you demonstrate that the earth goes round the sun? 你怎麼能證明地球繞著太陽轉呢?/His voice demonstrates his anger. 聽聲音就知道他在生氣.
2 (展示實物、樣本等之)宣傳，說明；句型3 (demonstrate *how* 子句、片語)說明如何去做. She demonstrated how to use the personal computer. 她示範如何(實際)操作個人電腦.
3 把〔感情等〕表露在臉上.
— *vi.* 舉行示威活動. demonstrate for peace [*against* war] 為求和平[反戰]舉行遊行.
◇ *n.* **demonstration.**

dem·on·strat·ing [ˈdɛmənˌstretɪŋ; ˈdemənstreɪtɪŋ] *v.* demonstrate 的現在分詞、動名詞.

❋de·mon·stra·tion [ˌdɛmənˈstreʃən, ˌdemənˈstreɪʃn]
n. (*pl.* ~s [~z; ~z]) **1** ⓤⓒ論證，證明；證據，物證，(proof). a demonstration that honesty is the best policy 誠實為上策的明證.
2 ⓤⓒ現場傳授；現場示範，(新產品等的)實物宣傳. The salesman gave a demonstration of a new car. 推銷員在現場展示新車.
3 ⓒ示威(遊行)，示威活動，(略作 demo). The students held a demonstration against war. 學生們舉行反戰示威.
4 ⓤⓒ(感情等的)表露. ◇ *v.* **demonstrate.**

de·mon·stra·tive [dɪˈmɑnstrətɪv; dɪˈmɒnstrətɪv] *adj.* **1** 明顯表露感情的(特指愛情的). 真情流露的. **2** 實證的，明示[指示]的，《of》.

de·mon·stra·tive·ly [dɪˈmɑnstrətɪvlɪ; dɪˈmɒnstrətɪvlɪ] *adv.* 明白地；實證地.

demònstrative prónoun *n.* ⓒ《文法》指示代名詞(this, these 和 that, those；有時會加上手勢來表達其意).

dem·on·stra·tor [ˈdɛməˌstreta(r); ˈdemənstreɪtə(r)] *n.* ⓒ **1** 論證者，證明者. **2** 現場傳授者；現場示範者，實物說明者. **3** 參與示威者.

de·mor·al·i·za·tion [dɪˌmɔrələˈzeʃən -ˌmɑr-, -aɪˈz-; dɪˌmɒrəlaɪˈzeɪʃn] *n.* ⓤ(軍隊等的)士氣低落.

de·mor·al·ize [dɪˈmɔrəlˌaɪz, -ˈmɑr-; dɪˈmɒrəlaɪz] *vt.* 挫敗(軍隊等的)士氣.

de·mote [dɪˈmot; ˌdiːˈməʊt] *vt.* 《文章》降低…的地位[階級]，降職.

de·mot·ic [dɪˈmɑtɪk; dɪˈmɒtɪk] *adj.* 《文章》民眾的；通俗的.

de·mo·tion [dɪˈmoʃən; ˌdiːˈməʊʃn] *n.* ⓤ《文章)降職，降級.

de·mur [dɪˈmɝ; dɪˈmɜː(r)]《文章》*vi.* (~s; ~red ~·ring)提出異議，反對，《to, at》.
— *n.* ⓤ異議，反對.

de·mure [dɪˈmjʊr, -ˈmɪʊr; dɪˈmjʊə(r)] *adj.* (特指年輕女孩、小孩)保守的，樸素的；裝模作樣的，假正經的.

de·mure·ly [dɪˈmjʊrlɪ, -ˈmɪʊrlɪ; dɪˈmjʊəlɪ] *adv* 含蓄地；裝模作樣地.

den [dɛn; den] *n.* ⓒ **1** 獸穴，(動物園的)籠子. **2** (盜賊等的)巢穴，窩藏處. **3** (口)(舒適的)個人房間(用來工作、閱讀、休息等之場所).

de·na·tion·al·i·za·tion [diˌnæʃnələˈzeʃən, -aɪˈz-; ˌdiːˌnæʃnəlaɪˈzeɪʃn] *n.* ⓤ(國營事業等的)非國有化.

de·na·tion·al·ize [diˈnæʃən]ˌaɪz, -ˌnəl-, ˌdiːˈnæʃnəlaɪz] *vt.* 把(國營事業等)非國有化.

❋de·ni·al [dɪˈnaɪəl, -ˈnaɪl; dɪˈnaɪəl] *n.* (*pl.* ~s [~z ~z]) ⓤⓒ **1** (陳述、謠傳等的)否定，否認. He denial of the rumor was difficult to believe. 她對該傳的否認令人難以置信.
2 (要求、權利等的)拒絕，否決. He gave a fla denial to my request. 他斷然拒絕我的請求. ◇ *v.* **deny.**

de·nied [dɪ'naɪd; dɪ'naɪd] v. deny 的過去式、過去分詞.

de·ni·er [`dɛnjə; 'deniə(r)] n. ⓒ丹尼《絲的粗細單位; 長 450 公尺、重 0.05 公克的絲為一丹尼》.

de·nies [dɪ'naɪz; dɪ'naɪz] v. deny 的第三人稱、單數、現在式.

den·i·grate [`dɛnə,gret; 'denɪgreɪt] vt. 《文章》污蔑, 誹謗.

den·im [`dɛnəm, `dɛnɪm; 'denɪm] n. **1** ⓤ丁尼布《厚斜紋棉布》. **2** (denims)用丁尼布做的衣服《工作衣, 褲等》.

den·i·zen [`dɛnəzn; 'denɪzn] n. ⓒ《文章》棲息物; 居民; 《of》. the denizens of the sea 海洋生物《指魚類》.

*__**Den·mark**__ [`dɛnmark; 'denmɑːk] n. 丹麥《歐洲國家; 首都 Copenhagen; → Scandinavia 圖》. 參考 其國民為 Dane; 語言及其形容詞為 Danish.

de·nom·i·nate [dɪ'nɑmənɪt, -,net; dɪ'nɒmɪneɪt] vt. 《文章》 句型5 (denominate A B) 稱 A 為 B, 命名.

de·nom·i·na·tion [dɪ,nɑmə'neʃən; dɪ,nɒmɪ'neɪʃn] n. **1** 《文章》ⓤ命名; ⓒ名稱, (特指)總稱. **2** ⓒ《文章》種類, 項目. **3** ⓒ宗派, 教派. 回 denomination 一般不用於區別舊教與新教, 而用來區別新教內之各宗派, 如 Baptists 和 Presbyterians 等; 比較大. **4** ⓒ(度量衡, 貨幣等的)單位(名稱)《例如 yen, dollar 等》.

de·nom·i·na·tion·al [dɪ,nɑmə'neʃənl, -nəl; dɪ,nɒmɪ'neɪʃənl] adj. (特定)宗派的, 教派的.

de·nom·i·na·tor [dɪ'nɑmə,netə; dɪ'nɒmɪneɪtə(r)] n. ⓒ《數學》分母《「分子」為 numerator》.

de·no·ta·tion [,dino'teʃən; ,diːnəʊ'teɪʃn] n. **1** ⓤ表示. **2** ⓒ《文詞明示的)意義(即詞句字面上的含意; 隱含的「言外之意」為 connotation).

de·note [dɪ'not; dɪ'nəʊt] vt. 表達, 表示; 句型3 (denote that 子句)表示…的意思. A nod denotes approval [that one approves]. 點頭表示答應. ⇨ n. denotation.

de·noue·ment [,denu'mɑŋ; deɪ'nuːmɑːŋ](法語) n. ⓒ(小說, 戲劇等的)結局, 收場.

de·nounce [dɪ'naʊns; dɪ'naʊns] vt. **1** (公然地)指責《as》. He denounced me as a traitor. 他指責我是叛徒. **2** 告發, 密告, 《to》. **3** (條約等的)宣布[公告]廢除. ⇨ n. denunciation. 字源 NOUNCE「公告周知」: denounce, announce (通知), pronounce (發音), renounce ((正式地)放棄).

*__**dense**__ [dɛns; dens] adj. (dens·er; dens·est) 【密的】 **1** 〔人等〕密集的; 〔森林等〕叢生的. a dense population 高密度的人口／The valley was dense with trees. 那座山谷林木叢生. **2** 〔氣體等〕濃密的. The two ships collided in the dense fog. 兩艘船在濃霧中相撞. 回 dense 也可用來描述比 close, thick 密度更高, 更不易透視的情況. **3** 【過密而滯塞】頭腦笨拙的. He must be a bit

dense if he can't understand such a simple question. 他如果連那麼簡單的問題也不懂的話, 那他腦筋一定有問題. ⇨ n. density.

dense·ly [`dɛnslɪ; 'densli] adv. 濃密地; 密集地. a densely populated area 人口密集的地區.

dense·ness [`dɛnsnɪs; 'densnɪs] n. ⓤ濃密; 密集.

dens·er [`dɛnsə; 'densə(r)] adj. dense 的比較級.

dens·est [`dɛnsɪst; 'densɪst] adj. dense 的最高級.

*__**den·si·ty**__ [`dɛnsətɪ; 'densəti] n. (pl. -ties [~z; ~z]) **1** ⓤ密集(狀態); (人口等的)密度. Tokyo has a high density of population. 東京的人口密度很高. **2** ⓤⓒ《物理、化學》密度, 濃度, 比重. ⇨ adj. dense.

dent [dɛnt; dent] n. ⓒ(撞擊而形成的)坑, 凹痕; 打擊, 重創.
— vt. 使凹陷.
— vi. 凹陷, 凹下.

*__**den·tal**__ [`dɛntl; 'dentl] adj. 牙齒的; 牙科[牙醫學]的. a dental clinic 牙科診所.

dèntal flóss n. ⓤ(清潔牙縫用的)牙線.

*__**den·tist**__ [`dɛntɪst; 'dentɪst] n. (pl. ~s [~s; ~s]) ⓒ牙醫, 牙科醫師. I go to the dentist('s) every Monday. 我每星期一都去看牙醫.

den·tist·ry [`dɛntɪstrɪ; 'dentɪstrɪ] n. ⓤ牙科(學).

den·tures [`dɛntʃəz; 'dentʃəz] n. 《作複數》假牙 (false teeth). I wear dentures. 我戴假牙.

de·nude [dɪ'njud, -'nud; dɪ'njuːd] vt. 《文章》 **1** 使裸露. **2** 從…剝奪, 奪取, 《of》. The poplars are denuded of their leaves. 白楊樹的樹葉全部掉光了.

de·nun·ci·a·tion [dɪ,nʌnsɪ'eʃən, -ʃɪ'eʃən; dɪ,nʌnsɪ'eɪʃn] n. **1** ⓤ(公然的)譴責. **2** (犯罪等的)告發. **3** (條約等的)廢止通告. ⇨ v. denounce.

Den·ver [`dɛnvə; 'denvə(r)] n. 丹佛《美國 Colorado 首府》.

*__**de·ny**__ [dɪ'naɪ; dɪ'naɪ] vt. (-nies; -nied; ~ing) **1** (a)否認, 否定; 句型3 (deny doing/that 子句)否認做…/對…加以否認: (↔ affirm). deny (the existence of) God 否定神(的存在)／deny the charge of bribery 否認被控收賄/You denied having done [that you had done] him any wrong, didn't you? 你否認做過任何對不起他的事, 不是嗎?/It cannot be denied [There is no denying] that you are responsible for it. 你無法否認你有責任之事/deny any involvement in the riot 否認與暴動有任何牽扯.
(b) 句型5 (deny A to be B)否認 A 是 B. She denies him to be her friend. 她否認他是她的朋友.
搭配 deny+adv.: ~ absolutely (完全否認), ~ emphatically (斷然否認), ~ firmly (堅決否認), ~ strongly (強烈否認).

D

2 (a)拒受，不接受，不同意〔要求等〕. I *denied* his request. 我拒絕他的要求.
(b) 句型4 (deny **A B**)、句型3 (deny **B** *to* **A**)拒絕把B給A(某人)，對A(某人)拒絕B. He *denied* nothing *to* his daughter.=He *denied* his daughter nothing. 他對女兒有求必應/The workers were *denied* a 10% wage increase. 勞工被拒調漲10%的薪資.
3 《文章》拒認，否認與…的關係. Peter *denied* Jesus three times. 彼得三次不認耶穌(耶穌的第一位門徒彼得爲求索自保，三次否認與被捕的耶穌有關，見聖經故事). ⇨ *n.* denial.
dený onesélf… 自我節制；杜絕. She is *denying herself* sweets because of her diet. 由於節食，她不吃甜食.

de·o·dor·ant [diˋodərənt; diːˈəʊdərənt] *n.* [U][C]除臭劑(特指狐臭的去除).

de·o·dor·ize [diˋodəˌraɪz; diːˈəʊdəraɪz] *vt.* 去除…的臭味.

*de·part [dɪˋpɑrt; dɪˈpɑːt] *vi.* (~s [~s; ~s]; ~ed [~ɪd; ~ɪd]; ~ing)《文章》**1**〔火車等〕出發(start)；離開(leave)；(↔ arrive). The plane *departs from* Heathrow at 12:30. 飛機十二點半從(倫敦的)希斯羅機場起飛/He *departs for* America next week. 他下週前往美國.
2 脫離，遠離，(習慣等)；偏離(主題等). He *departed from* his habit of dropping into the pub on his way home. 他改掉回家前上酒吧的習慣/His story *departed from* his main theme. 他的話偏離主題了. ⇨ *n.* departure.

de·part·ed [dɪˋpɑrtɪd; dɪˈpɑːtɪd] *adj.* 〔青春，光榮等〕逝去的.
— *n.* 《單複數同形》(加 the)死者(們).

*de·part·ment [dɪˋpɑrtmənt; dɪˈpɑːtmənt] *n.* (*pl.* ~s [~s; ~s]) [C]
1 (公司等的)部(門)，課；(百貨公司的)販賣部. He is head of the publication *department*. 他是出版部主任/The book *department* is on the sixth floor. 圖書部在六樓.
2 《美》(Department)院、部，《英國亦有些部用Office》；《英》(政府機關的)局，課，(→ bureau, division).
3 (大學的)科，學系. the *department* of economics=the economics *department* 經濟系.
4 (法國的)省.
5 《英、口》責任[擔當](的範圍). That's your *department*. 那是你負責的.

● —— 美國各院、部及其首長

除「司法部長」(the Attorney General)外，其餘皆以 Secretary 取代 Department 來表示各院、部的首長.

the Department of Agriculture	農業部
the Department of Commerce	商務部
the Department of Defense	國防部
the Department of Education	教育部
the Department of Energy	能源部
the Department of Health and Human Services	衛生及社會福利部
the Department of Housing and Urban Development	住宅及都市發展部
the Department of the Interior	內政部
the Department of Justice	司法部
the Department of Labor	勞工部
the Department of State	國務院
the Department of Transportation	交通部
the Department of the Treasury	財政部

● —— 英國主要各部及其首長

the Ministry of Agriculture, Fisheries and Food (the Minister of...)	農、漁業及糧食部
the Ministry of Defence	國防部
the Department of Education and Science	教育科學部
the Department of Employment	就業部
the Department of Energy	能源部
the Department of the Environment	環境部
the Foreign and Commonwealth Office (the Secretary of State for Foreign and Commonwealth Affairs)	外交部
the Department of Health and Social Security (the Secretary of State for Social Services)	衛生及社會保險部
the Home Office (the Secretary of State for the Home Department)	內政部
the Department of Trade and Industry	商工部
the Department of Transport	交通部
the Treasury (the First Lord of the Treasury 由首相兼任；實際上該部的大臣爲the Chancellor of the Exchequer)	財政部

★除了以( )特別標示者外，其餘皆可以 Secretary of State for 取代 Department of 或 Ministry of 來表示各該部大臣. Cabinet Ministers 中除各部大臣外，尚有 the Privy Council(樞密院)院長, the Lord Chancellor(大法官)，及 Scotland, Northern Ireland, Wales 的各事務大臣等.

de·part·men·tal [dɪˌpɑrtˋmɛnt], ˌdipɑːtˈmentl] *adj.* (各)部門的；各部[局，課]的.

*depártment stòre *n.* [C]百貨公司(分成許多 departments(販賣部)). We can buy almost everything we need at a *department store*. 在百貨公司幾乎可以買到所有我們需要的東西.

*de·par·ture [dɪˋpɑrtʃɚ; dɪˈpɑːtʃə(r)] *n.* (*pl.* ~z [~z; ~z]) [U][C] **1** 出發；離去；(*from* …; *for* 往…)(↔ arrival). the time of *departure* 出發時間/The singer took [made] his *departure for* Paris *from* London. 那位歌手從倫敦出發前往巴

黎. **2** 偏離，離開；發展；《from》. a *departure from* the norm 背離準則/His discovery marked a new *departure* in physics. 他的發現象徵物理學的新發展. ⇨ *v.* **depart**.

‡de·pend [dɪ`pɛnd; dɪ'pend] *vi.* (~**s** [~z; ~z]; ~**ed** [~ɪd; ~ɪd]; ~**ing**) **1** 仰賴，依靠，《on, upon》. He *depended* on his uncle *for* his school expenses. 他仰仗叔父供給學費/I must *depend upon* myself *for* success. 我要成功就必須靠自己.

2 信賴，指望，《on, upon》. That old map is not to be *depended* on [*upon*]. 那張舊地圖不可靠/You can *depend upon* her *to* come [her *coming*]. = You can *depend upon* it *that* she will come. 你放心，她一定會來的.

3 取決於，視…而定. The rice harvest largely *depends* upon the weather. 稻米的收成主要決定於天氣/*Depending* on what time of day you viewed it, the mountain presented different aspects. 山景會隨觀賞時間的不同而變化多端/That *depends* (on) *how* you behave. 那要看你如何表現了(〔語法〕《口》中省略介系詞；且此句不可用被動語態). ⇨ *n.* **dependence.** *adj.* **dependent.**

depénd upon it 《置於句首或句尾，當副詞片語》沒問題，一定. *Depend upon it*, our team will win the game. 放心，我們這一隊一定會贏的.

Thàt [*It àll*] *depénds.* 《口》視情況〔時間，地點〕而定. "Will you go to the party?" "Well, *that depends*." 「你去不去舞會?」「視情況而定.」

〔字源〕 PEND 「垂掛」: de*pend*, sus*pend* (吊), *pend*ulum (擺錘), *pend*ant (墜子).

de·pend·a·ble [dɪ`pɛndəbḷ; dɪ'pendəbl] *adj.* 可信賴的，可靠〔可仰賴〕的. a *dependable* report 可靠的報告.

de·pend·ant [dɪ`pɛndənt; dɪ'pendənt] *n.* 《英》= dependent.

‡de·pend·ence [dɪ`pɛndəns; dɪ'pendəns] *n.* ⓤ **1** 仰賴，依靠，《on, upon》. Find a job and put a stop to your *dependence* on your parents. 去找份工作，別再依靠父母了. **2** 信賴，指望. She put too much *dependence* on his words. 她太相信他的話了.

⇨ *v.* **depend.** ⟷ **independence.**

de·pend·en·cy [dɪ`pɛndənsɪ; dɪ'pendənsɪ] *n.* (*pl.* -**cies**) ⓒ 屬地，託管地.

‡de·pend·ent [dɪ`pɛndənt; dɪ'pendənt] *adj.* **1** 依賴的，受扶養的，《on, upon》. She is no longer *dependent on* her parents for her living. 她不再依靠父母過日子.

2 依存於，取決於，《on, upon》. Your wages are *dependent on* the number of hours you work. 你的薪資視工作時數而定.

⇨ *v.* **depend.** ⟷ **independent.**

— *n.* ⓒ 《主美》被扶養人，受扶養的親屬.

depèndent cláuse *n.* ⓒ 《文法》從屬子句 (subordinate clause; →見文法整理 **15. 2**).

de·pict [dɪ`pɪkt; dɪ'pɪkt] *vt.* 《文章》(以繪畫，雕刻等)描繪；(以文辭)表達；(describe). The pic-

ture *depicted* the battle vividly. 這幅畫栩栩如生地描繪出那場戰役.

de·pic·tion [dɪ`pɪkʃən; dɪ'pɪkʃn] *n.* ⓤⓒ 《文章》描寫；敘述.

de·pil·a·to·ry [dɪ`pɪlə͵torɪ, -͵tɔrɪ; dɪ'pɪlətərɪ] *adj.* 有脫毛作用的.

— *n.* (*pl.* -**ries**) ⓤⓒ 脫毛劑.

de·plete [dɪ`plit; dɪ'pli:t] *vt.* 《文章》把〔存貨，儲蓄等〕(幾乎)用盡，使枯竭；大量消耗〔體力等〕.

de·ple·tion [dɪ`pliʃən; dɪ'pli:ʃn] *n.* ⓤ 《文章》(幾乎)耗盡，消耗.

de·plor·a·ble [dɪ`plorəbḷ, -`plɔr-; dɪ'plɔːrəbl] *adj.* 可歎的，遺憾的；〔行為等〕不良的，惡劣的，(very bad).

de·plor·a·bly [dɪ`plorəblɪ, -`plɔr-; dɪ'plɔːrəblɪ] *adv.* **1** 可歎地，令人遺憾地，〔行為等〕可惜地. **2** 非常. *deplorably* poor 赤貧.

de·plore [dɪ`plor, -`plɔr; dɪ'plɔː(r)] *vt.* **1** 悲歎，哀悼，〔人之死亡等〕. The whole country *deplored* the President's death. 舉國哀悼總統的逝世. **2** 對…深感遺憾.

de·ploy [dɪ`plɔɪ; dɪ'plɔɪ] *vt.* (~**s**; ~**ed**; ~**ing**) 《軍事》使〔部隊成作戰隊形〕散開.

de·ploy·ment [dɪ`plɔɪmənt; dɪ'plɔɪmənt] *n.* ⓤ 《軍事》(軍隊的)散開，部署.

de·pop·u·late [di`pɑpjə͵let; ͵di:'pɒpjʊleɪt] *vt.* 〔戰爭，饑饉等〕使居民銳減.

de·pop·u·la·tion [͵dipɑpjə`leʃən, di͵pɑp-; diː͵pɒpjʊ'leɪʃn] *n.* ⓤ 居民的銳減，(人口等的)減少傾向.

de·port¹ [dɪ`port, -`pɔrt; dɪ'pɔːt] *vt.* 《僅用於下列用法》

depórt onesèlf 《文章》舉止 (behave).

de·port² [dɪ`port, -`pɔrt; dɪ'pɔːt] *vt.* 把〔不受歡迎的外國人〕驅逐出境，放逐.

de·por·ta·tion [͵dipor`teʃən, -pɔr-; ͵di:pɔː'teɪʃn] *n.* ⓤ 驅逐出境，放逐國外.

de·port·ment [dɪ`portmənt, -`pɔrt-; dɪ'pɔːtmənt] *n.* ⓤ 《文章》(特指年輕女性的)舉止，行為.

de·pose [dɪ`poz; dɪ'pəʊz] *vt.* 廢黜，放逐，〔君王，獨裁者〕；罷免〔高官等〕.

‡de·pos·it [dɪ`pɑzɪt; dɪ'pɒzɪt] *vt.* (~**s** [~s; ~s]; ~**ed** [~ɪd; ~ɪd]; ~**ing**) **1** (小心謹慎地)放置(在特定的地方)(put). The baby was *deposited* in the cot. 嬰兒被放在小床上/*deposit* oneself on a bench 坐在長椅上.

2 寄放(貴重物品等)；儲存〔金錢〕. *Deposit* your suitcase at the cloakroom. 把手提箱存放在行李寄存處吧!/She *deposited* her will *with* her lawyer. 她把遺囑交給律師保管/He *deposited* $1,000 *in* the bank. 他把 1,000 美元存入銀行.

3 付定金〔保證金〕. *deposit* 5% of the price of a car 付汽車總價 5% 的保證金.

4 《地質學》〔風，水等〕使堆積，使沈澱. The flood

deposited mud on the fields. 洪水使田野淤積泥沙.
— *n.* (*pl.* ~**s** [~s; ~s]) C **1** (銀行)存款. The old lady had a large *deposit* in the bank. 那位老太太在銀行裡有一大筆存款/He drew out his bank *deposit* to buy a car. 他把銀行存款提出來買車.

2 定金, 保證金; 押金(將空瓶歸還後即交還等). Tom made a *deposit on* a TV set. 湯姆付了買電視機的定金/He returned the bottle and got his five-cent *deposit* back. 他歸還空瓶並取回5分美元的押金.

3 堆積物, 沈澱物; (酒等的)沈澱; 礦床. a desert with huge oil *deposits* 石油蘊藏豐富的沙漠.

on depósit 存款中.

字源 POSIT「放置」: de*posit*, op*posite* (反方向的), *position* (位置), com*posit*ion (製作(<放在一起)).

depósit accóunt *n.* C (英)定期存款帳戶.

dep·o·si·tion [ˌdɛpəˈzɪʃən, ˌdi-; ˌdepəˈzɪʃn] *n.* **1** U (高官, 元首等)罷免, 免職; (君王等)廢位. **2** C 筆錄, 口供書.

de·pos·i·tor [dɪˈpɑzɪtɚ; dɪˈpɒzɪtə(r)] *n.* C 存款人.

de·pos·i·to·ry [dɪˈpɑzəˌtorɪ, -ˌtɔrɪ; dɪˈpɒzɪtərɪ] *n.* (*pl.* **-ries**) C 保管人; 保管所; 貯藏所; (知識的)「寶庫」.

*de·pot [ˈdipo; ˈdepəʊ] *n.* (*pl.* ~**s** [~z; ~z]) C **1** (美)火車站, (公車, 飛機等交通工具的)站[公車站, 航空站]. A few autos were waiting around the train *depot*. 火車站附近停了幾輛車在等. **2** 倉庫. a coal *depot* 煤庫. **3** (軍事)補給站(在軍隊後方, 負責物資或軍需之補充); 新兵訓練所.

de·prave [dɪˈprev; dɪˈpreɪv] *vt.* 《文章》使墮落, 敗壞.

de·prav·i·ty [dɪˈprævətɪ; dɪˈprævətɪ] *n.* (*pl.* **-ties**)《文章》**1** U 墮落, 腐敗. **2** C 墮落的行為, 惡行.

dep·re·cate [ˈdɛprəˌket; ˈdeprɪkeɪt] *vt.* 《文章》譴責, 反對; (口頭)制止.

dep·re·cat·ing·ly [ˈdɛprɪˌketɪŋlɪ; ˈdeprɪkeɪtɪŋlɪ] *adv.* 不以為然地; 反對地.

dep·re·ca·tion [ˌdɛprəˈkeʃən; ˌdeprɪˈkeɪʃn] *n.* U 《文章》譴責, 反對.

de·pre·ci·ate [dɪˈpriʃɪˌet; dɪˈpriːʃɪeɪt] *vt.* **1** 降低⋯的價格, 降價. **2** 輕視, 貶低. — *vi.* (特指貨物)貶值, 跌價.

de·pre·ci·a·tion [dɪˌpriʃɪˈeʃən; dɪˌpriːʃɪˈeɪʃn] *n.* U **1** 貶值, 跌價. **2** 輕視, 貶低. ⟷ **appreciation**.

de·pre·ci·a·to·ry [dɪˈpriʃɪəˌtorɪ, -ˌtɔrɪ; dɪˈpriːʃjətərɪ] *adj.* **1** 價格低落的. **2** 輕視的, 貶低的.

dep·re·da·tion [ˌdɛprɪˈdeʃən; ˌdeprɪˈdeɪʃn] *n.* C 《文章》(通常 depredations)掠奪的行為; 天災人禍.

*de·press** [dɪˈprɛs; dɪˈpres] *vt.* (~**es** [~ɪz; ~ɪz]; ~**ed** [~t; ~t]; ~**ing**)〖使低下〗**1** 《文章》壓下(控制桿等); 使(路面等)凹陷. To activate the machine you *depress* this lever. 要啟動機器時就壓下這支控制桿. **2** 使失望, 使沮喪. Your remarks *depressed* her greatly. 你的話令她沮喪極了. **3** 削弱(活動等); 使不景氣; 使(股票價格, 租金等)下跌. Rumors of war greatly *depressed* the stock market. 戰爭的謠言使股市大跌.

⟹ *n.* **depression.** *adj.* **depressive.**

字源 PRESS「壓」: de*press*, im*press* (留下印象), sup*press* (壓抑), *press*ure (壓力).

*de·pressed** [dɪˈprɛst; dɪˈprest] *adj.* **1** 灰心的, 沮喪的. I feel very *depressed*. 我感到非常沮喪. **2** (生意等)不景氣的. The north is the most *depressed* part of the country. 北部是全國最不景氣的地區. **3** 被壓低的; (中央)凹陷的.

de·press·ing [dɪˈprɛsɪŋ; dɪˈpresɪŋ] *adj.* 令人灰心[沮喪]的, 沈悶的. *depressing* news 令人憂心[沮喪]的消息.

de·press·ing·ly [dɪˈprɛsɪŋlɪ; dɪˈpresɪŋlɪ] *adv.* 憂鬱地, 沈悶地.

*de·pres·sion** [dɪˈprɛʃən; dɪˈpreʃn] *n.* (*pl.* ~**s** [~z; ~z])〖低下〗**1** 不景氣, 蕭條. the *depression* of the 1930s 1930年代的經濟蕭條. **2** UC 憂鬱; (醫學)憂鬱症. She has been in a state of *depression* since her husband's death. 自從丈夫去世後她一直處於憂鬱中. **3** C 《文章》凹陷, 窪地, 低地. a *depression* in the ground 地面的低窪處. **4** C (氣象)低氣壓.

de·pres·sive [dɪˈprɛsɪv; dɪˈpresɪv] *adj.* **1** 壓抑的, 壓迫的. **2** 令人沮喪的, 憂鬱的, 沈悶的. — *n.* C (醫學)憂鬱症患者.

dep·ri·va·tion [ˌdɛprəˈveʃən, ˌdeprɪˈveɪʃn] *n.* UC **1** (權利, 官職等的)剝奪, 奪去. **2** 喪失, 損失. ⟹ *v.* **deprive.**

*de·prive** [dɪˈpraɪv; dɪˈpraɪv] *vt.* (~**s** [~z; ~z]; ~**d** [~d; ~d]; **-priv·ing**) 從⋯奪去(*of*) (→ rob 同). The accident *deprived* them of their only son. 意外事故奪去了他們獨子的性命/The old man was suddenly *deprived of* his eyesight. 老人突然失明了.

de·prived [dɪˈpraɪvd; dɪˈpraɪvd] *adj.* 貧窮的; 不受眷顧的.

dept. (略) department.

*depth** [dɛpθ; depθ] *n.* (*pl.* ~**s** [~s; ~s]) UC 〖具體深度〗**1** (a)深度. The well has a *depth* of 50 feet [is 50 feet in *depth*]. 井深50英尺/at a *depth* of 4,000 meters 在4,000公尺的深處. (b)縱深(→ breadth, width, length); 厚度. 〖深的地方〗**2** (常 the depths)深淵, 深處; 深海; 內部, 內地. in the *depths* of a forest 在叢林深處.

3 (常 the depth*s*) (內心的)深處；(絕望等的)深淵；盛(夏)，深(秋)，隆(冬). The news plunged him into the *depths* of despair. 這個消息使他陷入絕望的深淵.

〖〖抽象深度〗〗**4** (感情，知識等的)深厚；(顏色的)濃度. The book shows the *depth* of the author's learning. 這本書顯出作者學識的深度/the *depth* of darkness 漆黑. ⇨ *adj.* **deep.** ↔ **height.**

beyond one's dépth (1)水過深之處. Don't go *beyond* your *depth*. 不要到水太深的地方. (2)無法理解的. Mathematical formulas are *beyond* my *depth*. 我對數學公式是一個頭兩個大.

in dépth (1)深度爲(→ 1 (a)). (2)(非表面性地)深入地，徹底地. He studied the problem *in depth*. 他深入研究那個問題.

out of one's dépth=beyond one's depth.

dépth bòmb [chàrge] *n.* ⓒ 深水炸彈《沈到一定深度後爆炸；用來攻擊潛水艇》.

dep·u·ta·tion [ˌdɛpjəˈteʃən; ˌdepjuˈteɪʃn] *n.* **1** ⓤ代理人的任命. **2** ⓒ代表團.

de·pute [dɪˈpjut, ˈpɪut; dɪˈpjuːt] *vt.* 《文章》**1** 任命…爲代理人；〔句型5〕(depute A *to* do) 派遣 A 代理…, John *deputed* his secretary *to* speak for him. 約翰指定祕書代他發言.

2 委任〔工作，權限〕(*to*).

dep·u·tize [ˈdɛpjəˌtaɪz; ˈdepjʊtaɪz] *vt.* 《美》任命…爲代理人. — *vi.* 擔任代理人(*for*).

****dep·u·ty** [ˈdɛpjətɪ; ˈdepjʊtɪ] *n.* (*pl.* **-ties** [~z; ~z]) ⓒ **1** 代理人；代表團之一員. Who'll be your *deputy* while you are away? 你不在時誰是你的代理人?

2 (法國，義大利等的)議員.

3 (形容詞性)代理的，副…. a *deputy* governor 副州長/a *deputy* chairman 副議長；代理議長.

de·rail [diˈrel; dɪˈreɪl] *vt.* 使〔火車等〕出軌，脫軌. — *vi.* 〔火車等〕出軌，脫軌.

de·rail·ment [diˈrelmənt; dɪˈreɪlmənt] *n.* ⓤⓒ出軌，脫軌.

de·range [diˈrendʒ; dɪˈreɪndʒ] *vt.* 弄亂，使…的機能錯亂；使發狂. He is *deranged*. 他精神錯亂了.

de·range·ment [diˈrendʒmənt; dɪˈreɪndʒmənt] *n.* ⓤⓒ混亂；發狂，錯亂.

Der·by [ˈdɑrbɪ, ˈdɝbɪ; ˈdɑːbɪ] *n.* (*pl.* **-bies**) **1** (加the)達比賽馬大賽《每年6月在英國Surrey的Epsom舉行；有時亦指其他地方(例如美國Kentucky)舉行的類似賽馬的比賽》.

2 ⓒ (泛指)(重要的)運動大會；競爭.

3 ⓒ 《美》(*derby*)圓頂禮帽((英)bowler[2]).

[derby 3]

der·e·lict [ˈdɛrəˌlɪkt; ˈderɪlɪkt] *adj.* **1** 〔船舶〕被廢棄的. **2** 《美》怠忽職守的. — *n.* ⓒ **1** 被廢棄之物(廢船，廢車等).

2 被社會遺棄的人，流浪者.

der·e·lic·tion [ˌdɛrəˈlɪkʃən; ˌderəˈlɪkʃn] *n.* ⓤ

---

1 遺棄，拋棄，廢棄. **2** 《文章》怠忽職守.

de·ride [dɪˈraɪd; dɪˈraɪd] *vt.* **1** 嘲弄，嘲笑, (*as*, *for*). **2** 蔑視. ⇨ *n.* **derision.** *adj.* **derisive.**

de·ri·sion [dɪˈrɪʒən; dɪˈrɪʒn] *n.* **1** ⓤ嘲笑，嘲弄. **2** ⓒ嘲笑的對象，笑柄. ⇨ *v.* deride.

de·ri·sive [dɪˈraɪsɪv; dɪˈraɪsɪv] *adj.* **1** 嘲笑的. *derisive* laughter 嘲笑. **2** 可笑的，愚蠢的.

de·ri·sive·ly [dɪˈraɪsɪvlɪ; dɪˈraɪsɪvlɪ] *adv.* 嘲笑地，愚弄地.

de·ri·so·ry [dɪˈraɪsərɪ; dɪˈraɪsərɪ] *adj.* =derisive.

der·i·va·tion [ˌdɛrəˈveʃən; ˌderɪˈveɪʃn] *n.* **1** ⓤⓒ由來，出處，起源. a word of Greek *derivation* 源自希臘文的字. **2** ⓤ(語言學)(字詞等的)衍生. ⇨ *v.* **derive.**

de·riv·a·tive [dəˈrɪvətɪv; dɪˈrɪvətɪv] *adj.* 衍生的；抄襲的，非獨創的. — *n.* ⓒ **1** 衍生物. **2** (語言)衍生字(如 writer(作家)爲 write(書寫)的 derivative).

****de·rive** [dəˈraɪv; dɪˈraɪv] *v.* (**~s** [~z; ~z]; **~d** [~d; ~d]; **-riv·ing**) *vt.* **1** 引出，獲得, (*from*). I always *derive* pleasure *from* reading. 我總是從閱讀中得到樂趣/We *derived* a lot of benefit *from* his teaching. 我們在他的教導下受惠良多.

2 追溯…的起源[由來](*from*)(常用被動語態). This word is *derived from* Old English. 這個字源自於古英語.

— *vi.* 起源於，源自, (*from*). Many English words *derive from* Latin. 許多英文字源自拉丁文/His bitterness *derives from* an unhappy childhood. 他的尖酸刻薄源自不幸的童年. ⇨ *n.* **derivation.** *adj.*, *n.* **derivative.**

der·ma·ti·tis [ˌdɝməˈtaɪtɪs; ˌdɜːməˈtaɪtɪs] *n.* ⓤ(醫學)皮膚炎.

der·ma·tol·o·gist [ˌdɝməˈtɑlədʒɪst; ˌdɜːməˈtɒlədʒɪst] *n.* ⓒ皮膚病學家，皮膚科醫師.

der·ma·tol·o·gy [ˌdɝməˈtɑlədʒɪ; ˌdɜːməˈtɒlədʒɪ] *n.* ⓤ皮膚病學.

der·o·gate [ˈdɛrəˌget; ˈderəʊgeɪt] *vi.* 《文章》減損.

dérogate from... 貶損〔名譽，信用等〕.

der·o·ga·tion [ˌdɛrəˈgeʃən; ˌderəʊˈgeɪʃn] *n.* ⓤ貶低，減損.

de·rog·a·to·ry [dɪˈrɑgəˌtorɪ, -ˌtɔrɪ; dɪˈrɒgətərɪ] *adj.* 《文章》減損[毀損](價值，名譽等)的；輕蔑的. Don't make remarks that are *derogatory* to his reputation. 不准說有損他名譽的話.

der·rick [ˈdɛrɪk; ˈderɪk] *n.* ⓒ **1** 動臂起重機(一種大型起重機；主要用於裝卸船貨).

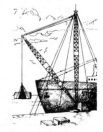

[derrick 1]

2 油井架，鑽油塔，(為開採石油而設於油田)。

der·rin·ger [ˋdɛrɪndʒɚ; 'derɪndʒə(r)] n. C 德林加手槍 (口徑大、短筒的手槍)。

[derringer]

der·vish [ˋdɝvɪʃ; 'dɜːvɪʃ] n. C 回教苦行僧。

de·sal·i·nate [diˋsæləˌnet; diːˈsælɪneɪt] vt. (特指)除去(海水)中的鹽分。

de·sal·i·nize [diˋsæləˌnaɪz; diːˈsælɪnaɪz] vt. =desalinate.

des·cant [ˋdɛskænt; 'deskænt] n. C (音樂)(固定旋律的)伴奏，合聲部；(多聲部的)最高音部。

Des·cartes [deˋkɑrt; deɪˈkɑːt] n. Re·né [rəˋne; rəˈneɪ] ~ 笛卡兒(1596-1650)(法國的哲學家、數學家)。

‡de·scend [diˋsɛnd; diˈsend] v. (~s [~z; ~z]; ~ed [~ɪd; ~ɪd]; ~ing) vi. ‖【下去】‖
 1 (文章)下降(↔ ascend). We descended to the bottom of the canyon. 我們往峽谷底部走下去。(回 在(口)中，通常用 come [go] down.
 2 (道路等)呈下坡. The road descends toward the south. 道路向南下傾。
 3 (祖先留傳下來)(財產，權利，習慣等)傳承，(性格，特質等)被繼承. The portrait descended from father to son. 這幅肖像畫由父親傳給兒子。
 4 (從上方猛撲下來)(文章)突襲，突然造訪，(on, upon). A hawk descended on the rabbit. 老鷹俯衝突襲兔子。
 5 (衰落)淪落，墮落. descend to cheating 淪落到去行騙。
 —— vt. 下(山，階梯等). The party of climbers descended the mountain. 登山隊下山了。
 ♢ n. descent, descendant.
 be descénded from... 為…的子孫。The girl was descended from the royal family. 那個女孩是皇室後裔。

＊de·scend·ant [diˋsɛndənt; diˈsendənt] n. (pl. ~s [~s; ~s]) C 子孫，後裔，(↔ ancestor). a direct descendant of a king 國王的嫡出子嗣。

de·scent [diˋsɛnt; diˈsent] n. **1** UC 降落，下降，(↔ ascent). He made a slow descent into the hole. 他慢慢地下到洞裡去。
 2 C 下坡. a gentle [steep] descent 緩[陡]坡。
 3 U 血統，世系. in direct descent 嫡出的/His wife is of royal descent. 他的妻子出身皇室。
 4 UC (文章)襲擊；突然造訪，(upon, on). make a descent upon... 襲擊…。

‡de·scribe [diˋskraɪb; diˈskraɪb] vt. (~s [~z; ~z]; ~d [~d; ~d]; -scrib·ing) **1** 敘述，(用文辭)描述，(句型3) (describe wh 子句)描寫…. He describes his war experiences in this story. 他在這個故事中描寫其戰爭經歷/Genesis describes how God created the world. 〈創世記〉描述上帝如何創造世界/Can you describe the man you saw here yesterday? 你能描述昨天在這裡看到的那個人嗎? (逐一說明身高，髮型，神情等)/Words cannot describe her beauty. 任何言語也無法形容她的美。
 2 評述，形容，(as). He described himself as a lawyer. 他自稱是律師/He is described as (being) an able politician. 他被評為有作為的政治家/She could almost be described as flippant. 她幾乎可以說得上是輕浮。
 3 描繪…的圖形. The ball described a parabola in the air. 球在空中以拋物線軌跡運動。
 ♢ n. description. adj. descriptive.
 [字源] SCRIBE「書寫」: describe, ascribe(歸因), transcribe(抄寫), inscribe(記下)。

de·scrib·ing [diˋskraɪbɪŋ; diˈskraɪbɪŋ] v. describe 的現在分詞、動名詞。

‡de·scrip·tion [diˋskrɪpʃən; diˈskrɪpʃn] n. (pl. ~s [~z; ~z]) **1** UC 敘述，描寫，(→ narration回). She gave a vivid description of the event. 她將事件做了生動的描述。
 [搭配] adj.+description: an accurate ~ (精準的描述)，a clear ~ (清楚的描述)，a concise ~ (簡潔的描述)，a detailed ~ (詳細的描述)，an objective ~ (客觀的描述)。
 2 C 報導；說明書；相貌的描繪. answering (to) the description 符合外貌特徵的描述。
 3 C (口)種類(回 指細節上有共通點的種類時，多以 all ~ 等修飾; → kind²). people of every description 各式各樣的人/The old chest was full of books, papers, and things of that description. 舊櫃子裡裝滿書籍、文件及諸如此類的東西。
 ♢ v. describe. adj. descriptive.
 beyond description 筆墨所無法表達的(程度). The girl's beauty is beyond description. 那個女孩美得無法形容。

de·scrip·tive [diˋskrɪptɪv; diˈskrɪptɪv] adj. 敘述的，記述性的，描寫的；描寫…的(of). descriptive style 敘述體＆「故事體」為 narrative style)/a book descriptive of the wonders of nature 一本描寫自然界奇觀的書。

de·scry [diˋskraɪ; diˈskraɪ] vt. (-scries; -scried; ~ing) (雅)發現，分辨，(遠處之物)。

des·e·crate [ˋdɛsɪˌkret; 'desɪkreɪt] vt. (文章)玷污…的神聖，褻瀆；將(神聖之物)用於俗事。

des·e·cra·tion [ˌdɛsɪˋkreʃən; ˌdesɪˈkreɪʃn] n. U (文章)玷污神聖，褻瀆。

de·seg·re·gate [diˋsɛgrəget; diːˈsegrɪgeɪt] vt. 廢除(學校等)的種族歧視。

‡des·ert¹ [ˋdɛzɚt; 'dezət] n. (pl. ~s [~s; ~s]) **1** C 沙漠，荒野. the Sahara Desert 撒哈拉沙漠/be stranded in the desert 受困於沙漠中。
 2 C (一般與修飾語連用)不毛之地[時期，時代]. a cultural desert 文化沙漠。
 3 (形容詞性)沙漠的；荒蕪的，不毛的，無人的. a desert island 無人島。

＊de·sert² [dɪˋzɝt; dɪˈzɜːt] v. (~s [~s; ~s]; ~ed

[~ɪd; ~ɪd]; ~·ing] *vt.* **1** 拋棄〔妻子，朋友等〕；擅離〔職守，崗位等〕；從〔軍隊〕逃脫. Mary *deserted* John when he got into trouble with the police. 當約翰和警方牽扯不清時，瑪莉離他而去/His father *deserted* the family when Paul was young. 保羅小時候他父親就拋棄他們全家/The cowardly soldier *deserted* his post. 膽怯的士兵棄守崗位.

⑱語氣中帶有[棄置的東西就算荒廢或陷入困境亦不在乎]之意.

2 離開，從…撤走；〔勇氣等從人身上〕消逝. Farmers *deserted* the land to seek jobs in the city. 農民離棄土地到城裡謀職/His courage *deserted* him at the last moment. 他在最後一刻失去勇氣.

— *vi.* 撤下職務，擅離職守；逃兵. *desert from* the army 逃兵/*desert* to the enemy 倒戈.

⇨ *n.* **desertion.** *adj.* **deserted.**

de·sert³ [dɪˋzɝt; dɪˈzɜːt] *n.* ⓒ (通常 deserts) 應得的回報；(特指)應有的懲罰. He will get his just *deserts*. 他會得到應得的懲罰.

***de·sert·ed** [dɪˋzɝtɪd; dɪˈzɜːtɪd] *adj.* **1** 冷清的；無人居住的，人煙絕跡的. Squatters occupied the *deserted* building. 非法居民侵占了廢屋/The whole street was *deserted*. 整條街空無一人.

2 [限定]〔人〕被拋棄的. The charity gives aid to *deserted* children. 慈善團體援助被遺棄的兒童.

de·sert·er [dɪˋzɝtɚ; dɪˈzɜːtə(r)] *n.* ⓒ 擅離(職守)者；拋棄(家庭等)之人；逃兵.

de·ser·ti·fi·ca·tion [dɪˌzɝtəfəˋkeʃən; ˌdezɜːtɪfɪˈkeɪʃən] *n.* ⓤ (可耕地的)沙漠化(如非洲等地的土地因爲人爲及氣候變化等因素而變得更爲乾燥).

de·ser·tion [dɪˋzɝʃən; dɪˈzɜːʃn] *n.* ⓤⓒ 擅離(職守)；拋棄(家庭等)；(從軍隊)脫逃.

⇨ *v.* **desert².**

***de·serve** [dɪˋzɝv; dɪˈzɜːv] *vt.* (~s [~z; ~z]; ~d [~d; ~d]; -serv·ing)值得做…；與…相稱，有…的價值；[句型3] (deserve *to* do)值得做…. His efforts *deserve* admiration [*to be* admired]. 他的努力值得讚賞/The lion *deserves to* be the king of beasts. 獅子理應爲萬獸之王.

┌圖範┐ deserve＋*n.*: ～ consideration (值得考慮)，～ criticism (應受批評)，～ praise (值得嘉許)，～ respect (值得尊敬)，～ sympathy (值得同情).

desérve íll [*wéll*] *of*... 《文章》應受…懲罰[獎賞]，對…有過[功]. If you succeed in this mission you will have *deserved well of* your country. 你若順利達成這項任務將對祖國大有功勞.

de·serv·ed·ly [dɪˋzɝvɪdlɪ; dɪˈzɜːvɪdlɪ] (★注意發音) *adv.* 理所當然地. The actress is *deservedly* popular. 那位女演員理所當然地受到歡迎.

de·serv·ing [dɪˋzɝvɪŋ; dɪˈzɜːvɪŋ] *v.* deserve 的現在分詞，動名詞.

— *adj.* **1** 《敘述》《文章》應得的，值得的，(worthy). His brave deeds are *deserving of* attention. 他英勇的行爲值得注目.

2 [限定]有功勞的；(經濟等)值得援助的.

des·ic·cant [ˋdɛsəkənt; ˈdesɪkənt] *n.* ⓒ 乾燥劑.

des·ic·cate [ˋdɛsəˌket; ˈdesɪkeɪt] *v.* 《文章》 *vt.* 使(充分)乾燥；將(食物)乾燥處理以便保存. *desiccated* milk 奶粉.

— *vi.* 乾燥.

de·sid·er·a·tum [dɪˌsɪdəˋretəm; dɪˌzɪdəˈrɑːtəm] *n.* (*pl.* **-ta** [-tə; -tə]) ⓒ《文章》渴望之物；絕對需要的東西.

***de·sign** [dɪˋzaɪn; dɪˈzaɪn] *n.* (*pl.* ~s [~z; ~z]) 〖設計，計畫〗 **1** ⓤⓒ 設計(圖)，圖樣；紋樣. a book jacket *design* 書的封套設計/a *design* engineer 設計(工程)師/draft a *design* for a machine 繪出機器的設計圖/a *print* with a flower *design* 有花朵圖案的印花布.

2 ⓤ (小說等的)情節；構想，構思. I have no clear *design* for my next work. 我對於下次的作品目前尚無明確的構想.

3 ⓒ意圖，目的；計畫；(designs)陰謀，企圖. He has *designs* on her property. 他對她的財產意圖不軌. ⑱ design 強調內心對某事的計畫，plan 則指爲實現某一意圖的具體計畫.

by desígn 故意地，有計畫地，(↔ by accident). I do not know whether their meeting was by accident or *by design*. 我不知道他們見面是偶然的還是刻意安排的.

— *v.* (~s [~z; ~z]; ~ed [~d; ~d]; ~·ing) *vt.* **1** 設計；規劃；畫…的圖案；[句型4] (design **A B**)、[句型3] (design **B** *for* **A**)爲了 A 而設計 B. *design* a house [dress] 設計房屋[服飾]/*design* them an auditorium 爲他們設計禮堂.

2 [句型3] (design **A**/*to* do/do*ing*) 計畫 A/做…事；擬定；圖謀. *design* a perfect crime 策劃一項周密的犯罪計畫/He *designs* to be a doctor. 他立志行醫/*design going* abroad 計畫去海外旅行.

3 《文章》預定，意圖，(intend)《*for, as*》；[句型5] (design **A** *to* do)計畫由 A 做…；(常用被動語態). This room is *designed for* my library. 這房間預定要做我的書房/The method is well *designed to* increase your vocabulary. 此方法是精心設計用來增加你的詞彙.

— *vi.* **1** 設計；畫圖樣. He *designs for* a famous dressmaker. 他是一家知名服裝店的設計師. **2** 計畫.

┌字源┐ SIGN [作記號]: de*sign*, *sign* (符號)，*sign*al (信號)，*sign*ify (表示).

des·ig·nate [ˋdɛzɪgˌnet, ˋdɛs-; ˈdezɪgneɪt] *vt.* 《文章》 **1** (明確地)表示.

2 指派，任命，指定，(as)；[句型5] (designate **A** *to* do)指名 A 做…. The place was *designated as* the site of the new dam. 此地被指定爲新水壩的預定地.

3 [句型5] (designate **A B**)把 A 命名爲[稱爲]B.

des·ig·na·tion [ˌdɛzɪgˋneʃən, ˌdɛs-; ˌdezɪgˈneɪʃn] *n.* 《文章》 **1** ⓤ 指派，任命.

2 ⓒ 名稱(name)；稱謂(title).

D

de·sign·ed·ly [dɪ`zaɪnɪdlɪ; dɪ'zaɪnɪdlɪ]（★注意發音）adv. 故意地，有意圖地．

***de·sign·er** [dɪ`zaɪnə; dɪ'zaɪnə(r)] n. (pl. ~s [~z; ~z]) C 設計師，創意者，圖案設計家，設計者．an interior *designer* 室內設計師/an industrial *designer* 工業設計師/a fashion *designer* 服裝設計師．

de·sign·ing [dɪ`zaɪnɪŋ; dɪ'zaɪnɪŋ] adj.《用於負面含義》有計畫的；別有用心的．
— n. U 設計，構思，圖案設計．

de·sir·a·bil·i·ty [dɪ͵zaɪrə`bɪlətɪ; dɪ͵zaɪərə'bɪlətɪ] n. U 渴望的事物．

***de·sir·a·ble** [dɪ`zaɪrəbḷ; dɪ'zaɪərəbḷ] adj. **1** 期望中的，令人滿意的．It is *desirable* that he (should) stop smoking. 他最好是戒菸/Experience is *desirable*, but not essential. 具經驗者佳，無經驗可《求才廣告》. 注意 a *desirable* man 為「受歡迎的男子」, a man who is *desirous* 則是「渴望（某事物）的男子」.
2（有魅力）令人想擁有的〔女性等〕.

de·sir·a·bly [dɪ`zaɪrəblɪ; dɪ'zaɪərəblɪ] adv. 期望中地．

***de·sire** [dɪ`zaɪr; dɪ'zaɪə(r)] vt. (~s [~z; ~z]; ~d [~d; ~d]; -sir·ing) **1** (a)（強烈）期望，欲求，要求；句型3 (desire *to* do/*that* 子句)想做…/希望…. Our country *desires* everlasting peace. 我們國家希望永久和平/Everybody *desires* (*to* have) good health. 每個人都希望身體健康/I have long *desired* to visit the British Museum. 我一直很想去大英博物館/The manager *desires* that you (should) be more punctual. 經理希望你更守時/The treatment produced the *desired* effect. 這種治療達到預期的效果．
(b) 句型5 (desire A *to* do) 希望〔要求〕A 做…. What do you *desire* me to do? 你要我怎麼做？
2（肉體上）渴求〔異性〕.
3 句型3 (desire *that* 子句)（不僅是心裡想）要求實現…; 句型5 (desire A *to* do) 要求 A 做某事；(同 desire 表示比 wish 更強的願望或慾望，語氣上比較強烈). It is *desired* that you (should) do as you were told. 你必須按照規定來做．

lèave líttle [*nóthing*] *to be desíred* 幾乎《完全》無可挑剔．His acting *left nothing to be desired*. 他的演技無懈可擊．
lèave múch [*sómething*] *to be desíred* 有許多[一些]令人不滿之處．The service at this restaurant *leaves much to be desired*. 這家餐廳的服務有很多地方都令人不滿．

— n. (pl. ~s [~z; ~z]) **1** UC 願望，慾望；喜好，《*for/to* do, *of* do*ing*/*that* 子句》. I have not much *desire* for fame. 我不求名聲/She has a strong *desire* to be an actress. 她強烈地希望成為女演員/I have no *desire* of angering him. 我一點也不想激怒他/the nation's *desire that* the tax (should) be repealed 全民要求停止徵稅的呼聲．

搭配 adj.+desire: an earnest ~（真誠的要求），an intense ~（強烈的願望）// v.+desire: arouse a ~（激發慾望），feel a ~（感到慾望的存在），satisfy a ~（滿足需求）.
2 C 希望，要求，《*to* do/*for*》(request). the manager's *desire for* our cooperation 經理希望我們能合作的要求/at the *desire* of...(→片語).
3 UC 性慾《*for*》.
4 C 渴望之物．I am sure you will get your heart's *desire*. 我肯定你將得到你心中渴望的東西．
at the desíre of... 應〔某人〕的要求，如…希望般．I have come here *at the desire of* the King himself. 我遵照國王本人的要求到這裡．
⇨ adj. desirable, desirous.

de·sir·ing [dɪ`zaɪrɪŋ; dɪ'zaɪərɪŋ] v. desire 的現在分詞, 動名詞．

de·sir·ous [dɪ`zaɪrəs; dɪ'zaɪərəs] adj.《文章》《敘述》渴望著的，想要的，(→ desirable 注意). We are all *desirous* of becoming happy [*that* we (should) become happy]. 我們大家都希望幸福．

de·sist [dɪ`zɪst; dɪ'zɪst] vi.《文章》停止，斷念，《*from*》.

‡**desk** [dɛsk; desk] n. (pl. ~s [~s; ~s]) C **1** 桌，寫字檯．an office *desk* 辦公桌/He was at his *desk* when I called. 我去拜訪時，他正坐在桌前．同 desk 為讀書或辦公用的桌子; table 主要為進餐用的桌子．
2（美）(加 the)（報社的）編輯部，主編，責任編輯．
3（傳達室的）詢問臺（旅館的）服務臺．a *desk* clerk（美）(旅館的）櫃臺服務生．
4（形容詞性）桌上用的；桌上的．a *desk* dictionary 桌上型辭典．

desk·top [`dɛsk͵tɑp; 'desktɒp] n. C 桌上型電腦．— adj.（電腦）桌上(用)的（相對於 laptop）．

désk wòrk n. U 案頭工作（文書工作等）．

***des·o·late** [`dɛslɪt; 'desələt]（★與 v. 的發音不同）adj. **1** 無人居住的，無人的；荒涼的．the *desolate* shore 無人的海濱/a *desolate* moor 荒涼的原野．
2〔生活，心等〕寂寞的，孤寂的，孤獨的．With a *desolate* heart she watched the ship disappear into the mist. 她內心孤寂地目送船隻消失在霧中．
— [`dɛsḷ͵et; 'desəleɪt] vt.《文章》**1** 使〔土地等〕無人煙；使荒蕪．
2 使感到寂寞（通常用被動語態）. We will be *desolated* without you. 你不在我們會寂寞的．
⇨ n. desolation.
字源 SOL「孤獨的」: *desol*ate, *sol*e (唯一的), *sol*itary (孤單一人的), *sol*itude (孤獨).

des·o·late·ly [`dɛsḷɪtlɪ; 'desələtlɪ] adv. 荒蕪地，寂寞地．

des·o·la·tion [͵dɛsḷ`eʃən; ͵desə'leɪʃn] n. **1** U 荒蕪，C 荒蕪的土地，廢墟．
2 U 孤獨，寂寞．⇨ v. desolate.

‡**de·spair** [dɪ`spɛr, ͵-`spær; dɪ'speə(r)] n. U 絕望，死心．His death drove his wife to *despair*. 他的死使妻子陷入絕望/We are *in despair* of finding him. 我們沒有希望找到他了．

2 絕望的根源；難以應付之物[人]．The idle boy is the *despair of* his parents. 那懶惰的男孩令父母感到束手無策/He is my *despair*. 我對他已經絕望；他讓我望塵莫及((<他是令我絕望的源頭》)．

— *vi.* (~s [~z; ~z]; ~ed [~d; ~d]; ~ing [-ˋspɛrɪŋ, -ˊspærɪŋ; -ˈspeərɪŋ]) 絕 望，放棄希望(*of*). I *despair of* rising in the world. 我放棄出人頭地的念頭/His life is *despaired of.* 他的生命沒有指望了． ⇨ *adj.* **desperate.**

de·spair·ing [dɪˋspɛrɪŋ, -ˋspærɪŋ; dɪˈspeərɪŋ] *adj.* (限定)感到絕望的，自暴自棄的．

de·spair·ing·ly [dɪˋspɛrɪŋlɪ, -ˋspær-; dɪˈspeərɪŋlɪ] *adv.* 絕望地．

des·patch [dɪˋspætʃ; dɪˈspætʃ] *v.*, *n.* =dispatch.

des·per·a·do [ˌdɛspəˋredo, ˌdɛspəˈrɑːdəu] *n.* (*pl.* ~s, ~es) C 亡命之徒，暴徒．

✲**des·per·ate** [ˋdɛsprɪt, -pərɪt; ˈdespərət] *adj.* **1** [人] 自暴自棄的；膽大妄為的．a *desperate* criminal 亡命之徒．

2 把命豁出去的．I am *desperate for* money. 我極需要錢/He was *desperate to* win. 他拚了命要贏．

3 (行動)不顧一切的，(努力等)拚命的．The girl made *desperate* efforts to escape. 那個女孩拚了命要逃走/*desperate* remedies 最後的非常手段．

4 (事態)極其嚴重的；(康復等)幾乎沒指望的．

⇨ *n.*, *adj.* **despair.**

> [搭配] desperate (3-4) + *n.*: a ~ appeal (非常上訴), a ~ emergency (十萬火急), a ~ illness (病危), a ~ situation (危急的情況), a ~ struggle (拚命奮鬥)．

des·per·ate·ly [ˋdɛsprɪtlɪ, -pərɪtlɪ; ˈdespərətlɪ] *adv.* **1** 絕望地；拚命地，豁出去地．look around *desperately* for help 為了求救拚命向四周看． **2** 絕望地．My grandmother is *desperately* ill. 我的祖母病危． **3** (口)極度地，強烈地．I'm *desperately* serious. 我是極其認真的．

des·per·a·tion [ˌdɛspəˋreʃən, ˌdespəˈreɪʃən] *n.* U 自暴自棄．Her refusal drove him to *desperation*. 她的拒絕使他變得自暴自棄．

des·pi·ca·ble [ˋdɛspɪkɪbl̩; dɪˈspɪkəbl̩] *adj.* 卑鄙的，卑劣的．

des·pi·ca·bly [ˋdɛspɪkɪblɪ; dɪˈspɪkəblɪ] *adv.* 卑鄙地．

✲**de·spise** [dɪˋspaɪz; dɪˈspaɪz] *vt.* (-spis·es [~ɪz; ~ɪz]; ~d [~d; ~d]; -spis·ing) 輕蔑，藐視．He was *despised* by all for cheating. 他因作弊而被大家看不起． ⇦ despise 指對卑鄙、無價值事物的嫌惡或道德上的反感； → disdain, scorn.

⇨ *adj.* **despicable.**

✲**de·spite** [dɪˋspaɪt; dɪˈspaɪt] *prep.* (文章)不管，儘管，任憑，(in spite of). He went ahead *despite* my warning. 他不顧我的警告還是去做了．

de·spoil [dɪˋspɔɪl; dɪˈspɔɪl] *vt.* (文章)奪取，掠奪，(*of*).

de·spond·en·cy [dɪˋspɑndənsɪ; dɪˈspɒndənsɪ] *n.* U (文章)失望，沮喪，洩氣，意志消沈．

de·spond·ent [dɪˋspɑndənt; dɪˈspɒndənt] *adj.*

(文章)失望的，沮喪的．

de·spond·ent·ly [dɪˋspɑndəntlɪ; dɪˈspɒndəntlɪ] *adv.* (文章)失望地．

des·pot [ˋdɛspət, -pɑt; ˈdespɒt] *n.* C 專制君主，獨裁者；暴君．

des·pot·ic [dɪˋspɑtɪk; dɪˈspɒtɪk] *adj.* 專制的；蠻橫的．

des·pot·ism [ˋdɛspət͵ɪzəm; ˈdespətɪzəm] *n.*

1 U 專制(獨裁)(政治)；暴政．

2 C 專制國家，獨裁國家．

✲**des·sert** [dɪˋzɝt; dɪˈzɜːt] (★注意拼法) *n.* (*pl.* ~s [~s; ~s]) UC 甜點(正餐的最後一道；蛋糕、餅、水果、冰淇淋等；從前在英國以水果為主)．What would you like for *dessert*? 你甜點要甚麼?

des·sert·spoon [dɪˋzɝtˏspun, -ˏspun; dɪˈzɜːtspuːn] *n.* C (主英)點心匙(餐後甜點用；大小介於 teaspoon 和 tablespoon 之間)．

✲**des·ti·na·tion** [ˌdɛstəˋneʃən, ˌdestɪˈneɪʃn] *n.* (*pl.* ~s [~z; ~z]) C (旅行等的)目的地，去處；(信件等的)送達處．The ship hasn't arrived at its *destination* yet. 船還沒有到達目的地．

des·tine [ˋdɛstɪn; ˈdestɪn] *vt.* 命中注定(*for*)；[句型5] (destine A to do)命中注定要 A 做⋯，決定由 A 去事⋯；(通常用被動語態)．Ed was *destined* from birth *for* the medical profession [*to* be a doctor]. 埃德生下來就注定要從事醫療工作[當醫生]的/His work was *destined to* fail. 他的工作注定是要失敗的． ⇨ *n.* **destination, destiny.**

✲**des·ti·ny** [ˋdɛstənɪ, -stɪnɪ; ˈdestɪnɪ] *n.* (*pl.* -nies [~z; ~z]) UC (難以逃避的)命運，宿命．It was his *destiny* to fight in the cause of justice. 為正義奮鬥是他的命運． ⇦ fate 暗示命運的多舛、死亡與希望破滅，而 destiny 則以使命感等為重點； → lot¹.

⇨ *v.* **destine.**

des·ti·tute [ˋdɛstə͵tjut, -͵tɪut, -͵tut; ˈdestɪtjuːt] *adj.* **1** (文章)(敘述)毫無⋯的，沒有⋯的，不具有⋯的，(*of*). an island *destitute of* inhabitants 無人島． **2** 非常貧窮的(⇦ destitute 表示比 poor 更嚴重的貧困)．a *destitute* family 赤貧的家庭．

⇨ *n.* **destitution.**

des·ti·tu·tion [ˌdɛstəˋtjuʃən, -ˋtɪu-, -ˋtu-; ˌdestɪˈtjuːʃn] *n.* U 赤貧；匱乏．

✲**de·stroy** [dɪˋstrɔɪ; dɪˈstrɔɪ] *vt.* (~s [~z; ~z]; ~ed [~d; ~d]; ~ing) **1** 毀壞，破壞，(建築物等)；(以燒毀方式)處理；(↔ construct; → demolish ⇦)．The Great Fire of 1666 *destroyed* the building. 1666 年的大火燒毀了這幢建築物/*destroy* one's old letters 焚燒舊信件．

2 (委婉)宰殺(家畜等)．The farmer had to *destroy* a sick horse. 農夫必須殺掉一隻生病的馬．

3 打破(夢想、計畫等)；毀掉(人的一生等)．Don't *destroy* his hopes. 不要打破他的希望．

⇨ *n.* **destruction.**

de·stroy·er [dɪˋstrɔɪəˏ; dɪˈstrɔɪə(r)] *n.* C **1**

D

破壞者. **2** 驅逐艦(專門用來攻擊潛水艇).

de·struct [dɪ`strʌkt; dɪ`strʌkt] *vt.* 摧毀〔發射後發生故障的飛彈〕.

de·struct·i·ble [dɪ`strʌktəb; dɪ`strʌktəbl] *adj.* 可破壞的.

٭de·struc·tion [dɪ`strʌkʃən; dɪ`strʌkʃn] *n.* ［Ｕ］ **1** 破壞(↔ construction); 滅亡, 毀滅. The earthquake caused widespread *destruction*. 地震造成廣大範圍的毀損/ The picture barely escaped *destruction* by fire. 那幅畫險些被大火焚毀.

> ［搭配］ *adj.*+destruction: complete ~ (完全毀滅), total ~ (完全毀滅) // *v.*+destruction: suffer ~ (遭到毀滅).

2 毀滅的原因. Ambition was the general's *destruction*. 野心造成將軍的失敗. ⇨ *v.* **destroy**.

> ［字源］ STRUCT「建築」: de*struct*ion, con*struct*(建造), *struct*ure(構造), in*struct*ion(教導).

٭de·struc·tive [dɪ`strʌktɪv; dɪ`strʌktɪv] *adj.* **1** 破壞性的(↔ constructive). the *destructive* forces of nature 大自然的破壞力.

2 毀滅性的; 有害的; *(to)*. Smoking can be *destructive to* your health. 吸菸有害你的健康.

de·struc·tive·ly [dɪ`strʌktɪvlɪ; dɪ`strʌktɪvlɪ] *adv.* 破壞性地; 嚴重得足以致滅地.

de·struc·tive·ness [dɪ`strʌktɪvnɪs; dɪ`strʌktɪvnɪs] *n.* ［Ｕ］破壞性; 有害性.

des·ul·to·ry [`dɛsl̩͵torɪ, -͵tɔrɪ; `desəltərɪ] *adj.* 《文章》散漫的; 雜亂無章的. *desultory* reading 草率的閱讀.

٭de·tach [dɪ`tætʃ; dɪ`tætʃ] *vt.* (~es [~ɪz; ~ɪz]; ~ed [~t; ~t]; ~ing) **1** 使分開, 使分離, 拆卸, 《from》(↔ attach). He *detached* the key *from* its chain. 他把鑰匙從鏈子上拆下來.

2 《軍事》派遣(軍隊, 軍艦等).

de·tach·a·ble [dɪ`tætʃəb; dɪ`tætʃəbl] *adj.* 可拆卸的; 可分開的.

de·tached [dɪ`tætʃt; dɪ`tætʃt] *adj.* **1** 分開的, 孤立的. a *detached* house (兩旁無鄰接)獨棟的房屋(→ semidetached).

2 無私心的, 超然的; (意見等)公平的.

de·tach·ment [dɪ`tætʃmənt; dɪ`tætʃmənt] *n.*
1 ［Ｕ］分離, 分開, 拆卸.
2 ［Ｕ］超然; 公平.
3 ［Ｃ］(負有特別任務的)特遣隊.

٭de·tail [`ditel, dɪ`tel; `di:teɪl] *n.* (*pl.* ~s [~z; ~z]) **1** ［Ｃ］(個別的)細節, 細目. She paid close attention to the last *detail*. 她對每一個細節都很注意.

> ［搭配］ *adj.*+detail: an essential ~ (絕對必要的細節), an important ~ (重要的細節), a minor ~ (小細節), a trivial ~ (無關緊要的細目).

2 ［Ｕ］(集合)詳細, 細部. There is too much *detail* in his pictures. 他的圖畫得太瑣碎了.

3 ［Ｃ］特遣隊.

gò into détail(s) 詳細敍述, 逐一說明. Then he *went into detail* about his recent trip in France. 接著他詳細敍述最近的法國之旅.

in détail 詳細地; 逐項地, 個別地. Explain *in* greater *detail* [more *in detail, in* more *detail*]. 請更詳細地解釋/He described his adventure *in* minute [vivid] *detail*. 他詳盡地[生動地]描述冒險歷程.

— *vt.* **1** 詳細敍述. **2** 分派(士兵等)特殊任務. ［句型5］ (detail A to do)特別命令 A 去做….

de·tailed [dɪ`teld; `di:teɪld] *adj.* 詳細的.

> ［搭配］ detailed+*n.*: a ~ account (詳盡的說明), a ~ analysis (仔細的分析), a ~ description (詳盡的描述), a ~ plan (詳細的計畫), ~ information (詳盡的情報).

de·tain [dɪ`ten; dɪ`teɪn] *vt.* **1** 留住; 耽擱. Since you are busy, I won't *detain* you. 既然你忙, 我就不留你了. **2** 拘留, 扣押, 羈押. ⇨ *n.* **detention**.

de·tain·ee [͵dite`ni; ͵di:teɪ`ni:] *n.* ［Ｃ］被拘留者, 被羈押者, (因涉及恐怖計畫等嫌疑而遭到拘留).

٭de·tect [dɪ`tɛkt; dɪ`tekt] *vt.* (~s [~s; ~s]; ~ed [~ɪd; ~ɪd]; ~ing) 尋獲, 發現: 查出; 識破(謊言等). He *detected* a gas leak. 他發現瓦斯外洩/ She could not *detect* the humor in his story. 她未能聽出他話中的幽默. ［同］ detect 特指注意到隱藏之物或壞事等而將它找出來; discover 為一般用語, 亦用於偶然發現到的情況.

⇨ *n.* **detection, detective**.

de·tec·tion [dɪ`tɛkʃən; dɪ`tekʃn] *n.* ［Ｕ］發現; 查出, 發覺.

٭de·tec·tive [dɪ`tɛktɪv; dɪ`tektɪv] *n.* (*pl.* ~s [~z; ~z]) ［Ｃ］偵探, 刑警. a private *detective* 私家偵探(《口》private eye).

— *adj.* 偵探的. *detective* work 偵察工作[犯罪搜查]. ⇨ *v.* **detect**.

detéctive stòry *n.* ［Ｃ］偵探小說, 推理小說, (detéctive nòvel).

de·tec·tor [dɪ`tɛktɚ; dɪ`tektə(r)] *n.* ［Ｃ］ **1** 發現者, **2** 探測器; (無線電)檢波器. a lie [metal] *detector* 測謊器[金屬探測器].

dé·tente [de`tɑnt; deɪ`tɑ̃:nt] (法語) *n.* ［ＵＣ］(特指國際間的)緊張關係之緩和, 低盪狀態.

de·ten·tion [dɪ`tɛnʃən; dɪ`tenʃn] *n.* ［Ｕ］ **1** (強行)留住, 留置. **2** 拘留, 扣押, 羈押; (當作處罰)放學後的留校. ⇨ *v.* **detain**.

de·ter [dɪ`tɝ; dɪ`tɜ:(r)] *vt.* (~s; ~red; ~ring)《文章》(恐懼等使人)嚇住, 制止, 《from》.

de·ter·gent [dɪ`tɝdʒənt; dɪ`tɜ:dʒənt] *n.* ［ＵＣ］(合成)清潔劑.

de·te·ri·o·rate [dɪ`tɪrɪə͵ret; dɪ`tɪərɪəreɪt] *vt.* 使變壞, 使降低.

— *vi.* 變壞, 降低. ↔ **ameliorate**.

de·te·ri·o·ra·tion [dɪ͵tɪrɪə`reʃən; dɪ͵tɪərɪə`reɪʃn] *n.* ［Ｕ］惡化, 降低, (↔amelioration).

de·ter·mi·nant [dɪ`tɝmənənt; dɪ`tɜ:mɪnənt] *n.* ［Ｃ］《文章》決定因素[要因].

de·ter·mi·nate [dɪ`tɝmənɪt; dɪ`tɜ:mɪnət] *adj.* 《文章》受限定的; 明確的; 決定性的.

*de·ter·mi·na·tion [dɪˌtɜ˞məˈneʃən; dɪˌtɜːmɪˈneɪʃn] n. (pl. ~s [~z; ~z]) **1** ⓤ(經過多方面考量後下的)決心，決定；果斷力. their *determination to* be independent 他們想獨立自主的決心/his *determination that* his son (should) have a college education 他們讓兒子接受大學教育的決心/a man of *determination* 有決心的人/with *determination* 果斷地.

> 搭配 adj.+determination: great ~ (重大的決定)，firm ~ (堅定的決心)，resolute ~ (果斷的決定) // v.+determination: lose one's ~ (喪失決斷力)，strengthen a person's ~ (加強某人的決心).

2 ⓤⓒ(經過觀察、調查、審判等作出的)決定；確認；測定. the *determination* of the departure time 出發時間的決定/the *determination* of the age of a bone 骨頭年代的測定. ⇨ v. determine.

*de·ter·mine [dɪˈtɜ˞mɪn; dɪˈtɜːmɪn] v. (~s [~z; ~z]; ~d [~d; ~d]; -min·ing) vt. 〖決定〗 **1** 句型3 (determine to do/that 子句) 決定做…/決定[決心]要…. I've firmly *determined* to give up smoking. 我決心戒菸/He *determined* that he would go by himself. 他決定自己去. 同determine 含有完成已決定之事的強烈意志；→ resolve.

2 句型5 (determine A to do) 使 A 決定[決心]去做…. What *determined* you to do so? 是甚麼使你決定這樣做?

3 決定；左右[事情等]. 句型3 (determine wh 子句、片語)決定…. The size of the rice crop is largely *determined* by the weather. 稻米的收穫量主要受氣候的影響/Have you *determined* whom you'll invite to the party? 你決定邀請誰參加舞會了嗎?

4 測定；定出. We can *determine* the ship's position by the stars. 我們可以依據星星來測定船的位置.

── vi. 決心；決定. I *determined* on rising early. = I *determined* to rise early (→ vt. 1). 我決心早起. ⇨ n. determination.

字源 TERMIN「結束」: de*termine*, *termin*al(終了的)，*termin*ate(使告終)，ex*termin*ate(撲滅).

*de·ter·mined [dɪˈtɜ˞mɪnd; dɪˈtɜːmɪnd] adj. 意志堅定的，下定決心的；堅決的. a *determined* woman (想到的事一定要做到)有決心的女人/She is firmly *determined* to be independent. 她下定決心要獨立自主/He said "No!" in a *determined* voice. 他用堅決的語氣說「不」.

de·ter·min·er [dɪˈtɜ˞mɪnɚ; dɪˈtɜːmɪnə(r)] n. ⓒ決定的人[物]；《文法》限定詞(限定名詞適用範圍的詞; a, the, some, his 等).

de·ter·min·ing [dɪˈtɜ˞mɪnɪŋ; dɪˈtɜːmɪnɪŋ] v. determine 的現在分詞、動名詞.

de·ter·min·ism [dɪˈtɜ˞mɪnˌɪzəm; dɪˈtɜːmɪnɪzəm] n. ⓤ《哲學》決定論(否認自由意志 (free will)).

de·ter·rent [dɪˈtɜ˞rənt, -ˈtɛr-; dɪˈterənt] adj. 制止的.

── n. ⓒ阻敵物；(特指對戰爭)有遏阻能力之物《核子武器等》. ⇨ v. deter.

de·test [dɪˈtɛst; dɪˈtest] vt. 十分討厭，厭惡; 句型3 (detest do*ing*)最討厭做…. I *detest* snakes [*lying*]. 我最討厭蛇[說謊].

同detest 表示比 dislike 更強烈的厭惡感; → hate.

de·test·a·ble [dɪˈtɛstəbl; dɪˈtestəbl] adj. 可憎的，令人厭惡的.

de·tes·ta·tion [ˌditɛsˈteʃən, ˌdiːteˈsteɪʃn] n. **1** ⓤ《文章》非常討厭. **2** ⓒ非常討厭的人[物]. ⇨ v. detest.

de·throne [dɪˈθron, di-; dɪˈθrəʊn] vt. 廢黜，罷免.

de·throne·ment [dɪˈθronmənt, di-; dɪˈθrəʊnmənt] n. ⓤ廢黜，罷免.

det·o·nate [ˈdɛtəˌnet, -to-; ˈdetəneɪt] vt. 使(發出巨響)爆炸(explode). ── vi. 爆炸.

det·o·na·tion [ˌdɛtəˈneʃən, -to-; ˌdetəˈneɪʃn] n. ⓤⓒ(發出巨響的)爆炸，爆炸聲.

det·o·na·tor [ˈdɛtəˌnetɚ, -to-; ˈdetəneɪtə(r)] n. ⓒ雷管，引爆裝置；引爆劑；炸藥.

de·tour [ˈditur, dɪˈtur; ˈdiːˌtʊə(r)] (法語) n. ⓒ繞行的路，迂迴的路. make [take] a *detour* 繞道，迂迴. ── vi. 繞道.

de·tract [dɪˈtrækt; dɪˈtrækt] vi. 《文章》(價值、名譽等)貶低，污損. That ugly building *detracts from* the beauty of the view. 那棟難看的建築物有損景色之美.

de·trac·tion [dɪˈtrækʃən; dɪˈtrækʃn] n. ⓤ降低(價值等)；損害.

de·trac·tor [dɪˈtræktɚ; dɪˈtræktə(r)] n. ⓒ詆毀者.

det·ri·ment [ˈdɛtrəmənt; ˈdetrɪmənt] n. 《文章》ⓤ損害，損失；ⓒ造成損害之物(*to*).

to the détriment of... 有損於…. He drank a lot *to the détriment of* his health. 他喝酒過量到了有害健康的地步.

without détriment to... 使無損於….

det·ri·men·tal [ˌdɛtrəˈmɛntl; ˌdetrɪˈmentl] adj. 《文章》有害的，有損的，《*to*》. habits *detrimental* to the health 有害健康的習慣.

De·troit [dɪˈtrɔɪt; dəˈtrɔɪt] n. 底特律(美國 Michigan 東南部的城市；汽車工業中心).

deuce¹ [djus, dus, dus; djuːs] n. **1** ⓒ(紙牌的)2點(的一張)；(骰子的)2點. the *deuce* of hearts 紅心二點的紙牌. **2** ⓤ《球賽》局末平分.

deuce² [djus, dus, dus; djuːs] n. ⓤ《古、俚》惡魔(為粗俗字 devil 的代用語，表示輕微的咒罵、憤怒、驚訝，或表示強烈的否定及加強語氣等; → devil 2). *Deuce* [The *deuce*] take it! 畜生! 糟了! 該死! (★take 用假設語氣現在式)/Who the *deuce* is he? 這傢伙到底是誰?

deut·sche mark, Deut·sche Mark [ˈdɔɪtʃəˌmɑrk; ˈdɔɪtʃəˌmɑːk] n. ⓒ德國馬克(德國的貨幣單位; 略作 DM).

de·val·u·a·tion [ˌdivæljuˈeʃən; ˌdi:vælju'eɪʃn] n. ⓤ《經濟》貨幣貶值.

de·val·ue [diˈvælju; ˌdi:'vælju:] vt. 降低…的價值;《經濟》使〔貨幣〕貶值(一般指與外幣的兌換價格).

dev·as·tate [ˈdɛvəsˌtet; 'devəsteɪt] vt. **1** 使〔國土, 土地等〕荒蕪, 荒廢. **2** 壓倒, 打垮.

dev·as·tat·ing [ˈdɛvəsˌtetɪŋ; 'devəsteɪtɪŋ] adj. **1** 使荒蕪的; 破壞性的. **2**《口》極好的, 驚人的. a devastating beauty 驚為天人的美女.

dev·as·ta·tion [ˌdɛvəsˈteʃn; ˌdevə'steɪʃn] n. ⓤ ⓒ 荒蕪, 荒廢.

‡de·vel·op [dɪˈvɛləp; dɪ'veləp] v. (~s [~s; ~s]; ~ed [~t; ~t]; ~ing) vt. 〖使隱蔽物表現出來〗 **1** 使發達, 使發展; 使發育, 使成長; 發展〔能力, 智力, 趣味等〕. He made great efforts to develop electronics. 他致力於電子學的發展/The camera industry is highly developed in Japan. 日本的照相機工業非常發達/Sports develop our muscles. 運動使我們的肌肉發達.
2 開發〔資源〕; 開墾〔土地〕. We must develop natural resources. 我們必須開發自然資源/develop an area into a new town 將一個地區開發為一個新市鎮.
3 展開〔議論等〕; 詳細說明. Could you develop that idea more in detail? 你能不能把那個構想說得更詳細一些?
4 逐漸產生; 開始患〔病〕. She developed the habit of getting up early. 她漸漸養成早起的習慣/ I am afraid he has developed cancer. 我擔心他患了癌症.
5《美》揭露〔新的事實〕.
6《攝影》使〔底片〕顯影. Could you develop this film for me? 你能替我沖洗這捲底片嗎? 【參考】「放大」是 enlarge,「沖印照片」是 print.
— vi. **1** 發達, 發育, 發展; 發展, 成長, 《into》. A frog develops from a tadpole. 青蛙是由蝌蚪變成的/The little girl of 15 years ago has developed into a beautiful young woman. 15 年前的小女孩已經長大變成一個年輕漂亮的女人/His cold developed into pneumonia. 他的感冒已經轉成肺炎.
2 展開, 發展. No one can tell how the case will develop. 沒有人知道這個案子會如何發展.
3〔新事實等〕出現;〔疱等〕長出. It developed that John was behind the plot. 事態已經很明顯, 約翰就是這陰謀的幕後主使者.
4《攝影》顯影. ⇨ n. development.
〖字源〗 VELOP「包」: develop, envelop(掩蓋), envelope(信封).

de·vel·oped [dɪˈvɛləpt; dɪ'veləpt] adj. 成熟的; 發達的, 已開發的. a developed country 先進國家, 已開發國家.

de·vel·op·er [dɪˈvɛləpɚ; dɪ'veləpə(r)] n. **1** ⓤ《攝影》顯影液.
2 ⓒ 土地開發業者.

de·vel·op·ing cóuntry n. ⓒ 開發中國家.

‡de·vel·op·ment [dɪˈvɛləpmənt; dɪ'veləpmənt] n. (pl. ~s [~s; ~s]) **1** ⓤ 發達, 發展; 發育; 展開. Japan's economic development has been very rapid. 日本的經濟發展一向十分快速/the development of a bud into a flower 蓓蕾綻開成一朵花/ A parent is responsible for his child's development. 父母對子女的成長負有責任.

| 〖搭配〗 adj.＋development: mental ~ (心智的發展), physical ~ (身體發育), social ~ (社會發展), remarkable ~ (顯著的發展) // v.＋development: obstruct ~ (妨礙發展), speed up ~ (加速發展), show ~ (顯示發展).

2 ⓒ 發達〔發展〕的事物;(事件等的)新進展. Nuclear physics is a recent development. 核子物理學是新發展的科學/We'll let you know if there are any fresh developments. 如果有甚麼新進展, 我們會告訴你.
3 ⓤ (地區, 宇宙等的)開發. a land development program 土地開發計畫.
4 ⓒ 已開發的土地; 社區(housing development).
5 ⓤ《攝影》顯影. ⇨ v. develop.

de·vél·op·ment àrea n. ⓒ《英》開發地區(政府對失業率高的地區獎勵其產業開發, 此地區即成為開發地區).

de·vi·ant [ˈdivɪənt; 'di:vjənt] adj. 〔人〕偏離常規的, 不正常的. — n. ⓒ 不正常者.

de·vi·ate [ˈdivɪˌet; 'di:vɪeɪt] vi. 偏離, 脫離, 〔規則等〕. deviate from a rule 違反規則.

de·vi·a·tion [ˌdivɪˈeʃən; ˌdi:vɪ'eɪʃn] n. ⓤ ⓒ (標準、規則等的)背離, 偏離.

de·vi·a·tion·ism [ˌdivɪˈeʃənˌɪzm; ˌdi:vɪ'eɪʃnɪzəm] n. ⓤ (基本信念的)偏離, 偏向.

de·vi·a·tion·ist [ˌdivɪˈeʃənɪst; ˌdi:vɪ'eɪʃnɪst] n. ⓒ 偏離主義者.

＊de·vice [dɪˈvaɪs; dɪ'vaɪs] n. (pl. ~·vic·es [~ɪz; ~ɪz]) **1** ⓒ 器具, 裝置. A can opener is a helpful device. 開罐器是有用的器具.
2 構思; 陰謀, 詭計, (trick). an ingenious device 靈巧的構思.
3 設計(design); 構想圖案; 徽章. ⇨ v. devise.
lèave a pérson to his ówn devíces 悉聽其便; 讓某人自己去辦. My parents leave me to my own devices, instead of interfering all the time. 我的父母並不會老是干涉我, 而是讓我自己作主.

‡dev·il [ˈdɛvl; 'devl] n. (pl. ~s [~z; ~z]) **1** 惡魔, 魔鬼.【參考】通常以有角, 有尾巴, 裂開的腳趾的形態來表示. Talk of the devil and he is sure to

[devil 1]

appear. 《諺》說曹操, 曹操到.

2 《俚》(表示輕微咒罵, 加強語氣或否定等)(**a**)(在疑問詞後加 the)究竟. What the *devil* are you doing? 你到底是做甚麼? (**b**)(加 the)決不. The *devil* he is honest! 他老實才怪呢!

3 (the *Devil*)魔王, 撒旦, (Satan).

4 《口》窮兇惡極者; 殘忍的人; …「鬼」. the *devil* of jealousy 嫉妒鬼.

5 《口》《加形容詞》(…的)傢伙. a poor *devil* 可憐的傢伙.

a [the] dévil of a... 《口》極度…, 非常…. Tom had *a devil of* a time. 湯姆倒了大楣.

between the dèvil and the dèep (blùe) séa 《口》進退兩難.

give the dèvil his dúe 對壞人[討厭的人]也承認其優點, 公正地批評.

gò to the dèvil 滅亡; 墮落. *Go to the devil!* 《俚》滾一邊去! 滾蛋!

like the dévil 拼命地. He ran *like the devil* when the bull started to chase him. 當公牛開始追他時, 他拼命地跑.

The dévil táke it! 《俚》畜生! 該死!

── *vt.* ~s; (美) ~ed, (英) ~led; (美) ~ing, (英) ~ling) 1 將[肉, 蛋等]蘸抹辛辣調味料燒烤.

2 《美》困擾, 使煩惱.

dev·il·ish [ˋdɛvlɪʃ, ˋdɛvḷɪʃ; ˈdevlɪʃ] *adj.* **1** (惡魔般)兇狠殘暴的, 殘忍的. **2** 《口》非常的, 極度的.

dev·il-may-care [ˋdɛvḷmɪˋkɛr, -ˋkær; ˌdevlmeɪˈkeə(r)] *adj.* 無憂無慮的, 逍遙自在的; 無所顧忌的.

dev·il·ment [ˋdɛvḷmənt; ˈdevlmənt] *n.* [UC] 惡行; 惡作劇.

dèvil's ádvocate *n.* [C] (為了辯論)故意唱反調者.

dev·il·try (美), **dev·il·ry** (英) [ˋdɛvḷtrɪ; ˈdevltrɪ], [ˋdɛvḷrɪ; ˈdevlrɪ] *n.* (*pl.* **-tries, -ries**) [C] 無所顧忌的惡作劇.

de·vi·ous [ˋdivɪəs, -vjəs; ˈdiːvjəs] *adj.* **1** 迂迴的. **2** 心術不正的, 不正當的.

de·vi·ous·ly [ˋdivɪəslɪ, -vjəslɪ; ˈdiːvjəslɪ] *adv.* **1** 拐彎抹角地. **2** 不光明正大地.

*de·vise [dɪˋvaɪz; dɪˈvaɪz] *vt.* (~vis·es [~ɪz; ~ɪz]; ~d [~d; ~d]; ~vis·ing [~ɪŋ; ~ɪŋ]) 研究, 想出, Paul *devised* a time machine. 保羅設計了一臺時光機器/He *devised* a plan for making money. 他想出了一個賺錢的方法. ⇨ *n.* device.

de·vi·tal·ize [diˋvaɪtḷˌaɪz, ˌdiːˈvaɪtəlaɪz] *vt.* 減弱[活力]; 剝奪[生氣].

de·void [dɪˋvɔɪd; dɪˈvɔɪd] *adj.* 《敘述》《文章》全無…的, 缺乏…的, 《of》. a soldier who is utterly *devoid of* common sense 一個全無常識的士兵.

dev·o·lu·tion [ˌdɛvəˋluʃən, ˌ-ˋljuʃən, -vḷˈjuʃən; ˌdiːvəˈluːʃn] *n.* [U] (權利, 職責等)移轉, 委任, 轉讓. ⇨ *v.* devolve.

de·volve [dɪˋvɑlv; dɪˈvɒlv] *v.* 《文章》*vt.* 移轉, 委託, [權利, 責任等]《on, upon》.

**── *vi.* [財產等]轉讓《to》; [責任等]移轉《on, upon》.

Dev·on [ˋdɛvən; ˈdevn] *n.* 德文郡《英格蘭西南部的郡》.

Dev·on·shire [ˋdɛvənˌʃɪr, -ˌʃə; ˈdevnʃə(r)] *n.* Devon 的舊稱.

‡**de·vote** [dɪˋvot; dɪˈvəʊt] *vt.* (~s [~s; ~s]; **-vot·ed** [~ɪd; ~ɪd]; **-vot·ing**) **1** 奉獻[時間, 努力, 金錢等]《to》. Miss Harris *devoted* her life *to* primary education. 哈利斯小姐將其畢生都奉獻給孩童教育.

2 全部用作…, 專注《於》…, 《to》. Our next lesson will be *devoted to* composition. 我們下一堂課專供作文.

devóte onesèlf to... 獻身於…, 專心致力於…. She *devoted herself to* her children. 她專心照顧她的孩子們.

*de·vot·ed [dɪˋvotɪd; dɪˈvəʊtɪd] *adj.* **1** 獻身的; 忠實的; 摯愛的; 《to》. a *devoted* friend 忠實的朋友/He is *devoted to* his wife. 他深愛他的妻子.

2 [敘述]埋首[專心]於…的《to》. Bob is *devoted to* reading. 鮑伯埋首於閱讀.

┃ 匹配 *adv.*+devoted: be blindly ~ to... (盲目致力於…), be completely ~ to... (完全沈溺於…), be deeply ~ to... (深深沈迷於…).

de·vot·ed·ly [dɪˋvotɪdlɪ; dɪˈvəʊtɪdlɪ] *adv.* 獻身地; 全心地.

dev·o·tee [ˌdɛvəˋti; ˌdevəʊˈtiː] *n.* [C] 熱愛者, …迷; 忠實信徒. a *devotee* of the theater 戲劇迷.

de·vot·ing [dɪˋvotɪŋ; dɪˈvəʊtɪŋ] *v.* devote 的現在分詞, 動名詞.

*de·vo·tion [dɪˋvoʃən; dɪˈvəʊʃn] *n.* (*pl.* ~s [~z; ~z]) **1** [U] 獻身, 奉獻; 熱中; 《to》. His *devotion to* the study of English history is well-known. 他對英國史研究的熱中是眾所皆知的.

2 [U] 摯愛, 熱愛, 《to》. the mother's *devotion to* her son 母親對兒子的摯愛.

3 (devotions)祈禱, 禮拜. ⇨ *v.* devote.

de·vo·tion·al [dɪˋvoʃənḷ; dɪˈvəʊʃənl] *adj.* **1** 虔誠的, 信仰的. a *devotional* life 信仰虔誠的生活. **2** 祈禱的, 禮拜的.

*de·vour [dɪˋvaʊr; dɪˈvaʊə(r)] *vt.* (~s [~z; ~z]; ~ed [~d; ~d]; -vour·ing [ˋvaʊrɪŋ; ˈvaʊərɪŋ]) 〖吃盡〗 **1** 貪婪地吃, 狼吞虎嚥. The beggar *devoured* the food in no time. 乞丐一下子就把食物吃光了.

2 [瘟疫, 火災等]毀滅(destroy). The fire *devoured* the whole village. 大火把整個村莊都燒光了.

3 貪婪地閱讀. I *devoured* dozens of detective stories during the vacation. 假期中我一口氣讀了數十本偵探小說.

4 使人沈迷, 吸引, 《主要用被動語態》. She is *devoured* by jealousy [curiosity]. 她妒火中燒[滿腹好奇].

de·vour·ing·ly [dɪˋvaʊrɪŋlɪ; dɪˈvaʊərɪŋlɪ]

adv. 貪婪地；貪食地.

de·vout [dɪˈvaʊt; dɪˈvaʊt] *adj.* **1** 虔敬的，虔誠的. **2** 《限定》《願望等》衷心的.

de·vout·ly [dɪˈvaʊtlɪ; dɪˈvaʊtlɪ] *adv.* 虔誠地；〔請求等〕衷心地.

de·vout·ness [dɪˈvaʊtnɪs; dɪˈvaʊtnɪs] *n.* ⓤ虔誠，熱心.

****dew** [djuː, dɪʊ, du; djuː] *n.* ⓤ露水，drops of *dew* 露珠/The *dew* forms on the grass at night. 露水於夜間在草地上凝結而成.

dew·drop [ˈdjuˌdrɑp, ˈdɪʊ-, ˈdu-; ˈdjuːdrɒp] *n.* ⓒ露珠.

dew·lap [ˈdjuˌlæp, ˈdɪʊ-, ˈdu-; ˈdjuːlæp] *n.* ⓒ (牛、火雞等喉部的) 垂肉.

dew·y [ˈdjuɪ, ˈdɪʊɪ, ˈduɪ; ˈdjuːɪ] *adj.* 露濕 (似) 的.

dex·ter·i·ty [dɛksˈtɛrətɪ; dekˈsterətɪ] *n.* ⓤ靈巧，巧妙. with *dexterity* 靈巧地，巧妙地.

dex·ter·ous [ˈdɛkstrəs, -tərəs; ˈdekstərəs] *adj.* 手巧的；靈巧的.

dex·ter·ous·ly [ˈdɛkstrəslɪ, -tərəslɪ; ˈdekstərəslɪ] *adv.* 靈巧地，巧妙地.

dex·trose [ˈdɛkstros; ˈdekstrəʊs] *n.* ⓤ《化學》葡萄糖. 「ous.

dex·trous [ˈdɛkstrəs; ˈdekstrəs] *adj.* =dexter-

di- *pref.* 「兩個的，兩倍的，雙重的」之意 (→bi-). di*chotomy*. di*oxide*.

di·a·be·tes [ˌdaɪəˈbitɪs, -tiz; ˌdaɪəˈbiːtiːz] *n.* ⓤ《醫學》糖尿病.

di·a·bet·ic [ˌdaɪəˈbɛtɪk, -ˈbitɪk; ˌdaɪəˈbetɪk] *adj.* 糖尿病的. — *n.* ⓒ糖尿病患者.

di·a·bol·ic, di·a·bol·i·cal [ˌdaɪəˈbɑlɪk, ˌdaɪəˈbɒlɪk; [-ˈbɑlɪk], -ˈbɒlɪk] *adj.* **1** 惡魔的. **2** 殘忍的；窮兇惡極的. **3** 《口》非常不愉快的.

di·a·bol·i·cal·ly [ˌdaɪəˈbɑlɪklɪ, -ɪklɪ; ˌdaɪəˈbɒlɪkəlɪ] *adv.* 殘忍地；惡魔般地.

di·a·crit·ic [ˌdaɪəˈkrɪtɪk; ˌdaɪəˈkrɪtɪk] *adj.* = diacritical. — *n.* =diacritical mark.

di·a·crit·i·cal [ˌdaɪəˈkrɪtɪk; ˌdaɪəˈkrɪtɪkl] *adj.* 表示區別的，用來區別的.

diacrítical márk *n.* ⓒ區別發音的符號 (例如表示字母a發音不同所用ă, ā, ä的˘, ¯, ¨ 等).

di·a·dem [ˈdaɪəˌdɛm; ˈdaɪədem] *n.* ⓒ《雅》王冠 (crown).

di·ag·nose [ˈdaɪəgˌnos, -ˌnoz; ˈdaɪəgnəʊz] *vt.* 《醫學》診斷 (疾病) *(as).* The patient was *diagnosed as* having cancer. 那位病人經診斷患有癌症.

di·ag·no·ses [ˌdaɪəgˈnosiz; ˌdaɪəgˈnəʊsiːz] *n.* diagnosis 的複數.

di·ag·no·sis [ˌdaɪəgˈnosɪs; ˌdaɪəgˈnəʊsɪs] *n.* *(pl.* **-ses**) ⓤ診斷 (法)；ⓒ診斷結果，診斷書. make a *diagnosis* of a person's disease 診斷某人的病情.

di·ag·nos·tic [ˌdaɪəgˈnɑstɪk, ˌdaɪəgˈnɒstɪk]

adj. 診斷 (上) 的，有助於診斷的.

di·ag·o·nal [daɪˈægən̩; daɪˈægən̩] *adj.* 對角線的；斜線的；斜的. — *n.* ⓒ《數學》對角線；斜線.

di·ag·o·nal·ly [daɪˈægən̩ɪ; daɪˈægənəlɪ] *adv.* 對角線地；斜地.

di·a·gram [ˈdaɪəˌgræm; ˈdaɪəgræm] *n.* ⓒ圖形；圖表；圖解；列車時刻表.

di·a·gram·mat·ic [ˌdaɪəgrəˈmætɪk; ˌdaɪəgrəˈmætɪk] *adj.* 圖表的，圖樣的.

di·a·gram·mat·i·cal·ly [ˌdaɪəgrəˈmætɪklɪ, -ɪklɪ; ˌdaɪəgrəˈmætɪkəlɪ] *adv.* 用圖表，藉由圖樣. show *diagrammatically* 圖示.

****di·al** [ˈdaɪəl, daɪl; ˈdaɪəl] *n.* *(pl.* **~s** [~z; ~z]) ⓒ **1** (鐘、錶、秤、羅盤等的) 字盤，指針盤，刻度盤. read the *dial* of a watch 看錶的數字盤. **2** (電話的) 撥號盤，轉盤. work [spin] the *dial* 撥轉盤. **3** (收音機，電視機的) 選頻鈕，調節鈕. a tuning *dial* 調節鈕.

— *v.* (**~s**; (美) **~ed**, (英) **~led**; (美) **~ing**, (英) **~ling**) *vt.* **1** (撥號碼盤) 打電話給…，撥〔電話號碼〕. The secretary *dialed* London. 祕書撥電話到倫敦/Please *dial* me at home. 請打電話到我家找我/*Dial* 911 (nine one one). 撥911 (〖參考〗美國的911，英國的999是報警的電話號碼).

2 撥〔收音機，電視〕的選頻鈕，扭轉選頻鈕對準…的頻率〔頻道〕.

— *vi.* (撥號) 打電話；撥 (電話)，選 (電臺，電視頻道). Let me *dial* home. 讓我打電話回家.

di·a·lect [ˈdaɪəˌlɛkt; ˈdaɪəlekt] *n.* ⓤⓒ **1** 方言，鄉音. **2** (某職業，階級等特有的) 行話.

di·a·lec·tal [ˌdaɪəˈlɛkt; ˌdaɪəˈlektl] *adj.* 方言的.

di·a·lec·tic [ˌdaɪəˈlɛktɪk; ˌdaɪəˈlektɪk] *n.* ⓤ《哲學》辯證法 (通過辯論達到真理的思考方法).

di·a·lec·ti·cal [ˌdaɪəˈlɛktɪk; ˌdaɪəˈlektɪkl] *adj.* 辯證法的.

díal·ling tóne *n.* (英)=dial tone.

****di·a·logue,** (美) **di·a·log** [ˈdaɪəˌlɔg, -ˌlɑg; ˈdaɪəlɒg] *n.* *(pl.* **~s** [~z; ~z]) ⓤⓒ **1** 對話. At last a *dialogue* has begun between capitalist and socialist states. 資本主義和社會主義國家之間終於開始對話了.

2 (戲劇，小說，電影等的) 對白；對話體的文藝作品；(→monologue). The *dialogue* in that film is very amusing. 那部影片的對白非常有趣.

〖字源〗LOGUE「說話」：dia*logue*, mono*logue* (獨白)，pro*logue* (開場白)，epi*logue* (收場白).

díal tóne *n.* ⓒ(美) (電話的) 表示可以撥號的發信聲.

di·al·y·ses [daɪˈæləˌsiz; daɪˈælɪsiːz] *n.* dialysis 的複數.

di·al·y·sis [daɪˈæləsɪs; daɪˈælɪsɪs] *n.* *(pl.* **-ses**) ⓤⓒ《醫學》透析 (腎臟病患所做的).

****di·am·e·ter** [daɪˈæmətər; daɪˈæmɪtə(r)] *n.* *(pl.* **~s** [~z; ~z]) ⓒ **1** 直徑 (★與「半徑」是radius；→circle 圖). The circle has a *diameter* of five inches. 這圓圈直徑爲五英寸/This tree trunk is about one foot in *diameter*. 這棵樹的直徑約爲一

英尺. **2** 倍《鏡頭, 顯微鏡等的倍率單位》.

di·a·met·ri·cal [ˏdaɪəˋmɛtrɪkḷ; ˌdaɪəˈmetrɪkl] *adj.* **1** 直徑的.
2 〔矛盾, 分歧等〕截然不同的, 相反的.

di·a·met·ri·cal·ly [ˏdaɪəˋmɛtrɪkḷɪ, -ɪklɪ; ˌdaɪəˈmetrɪkəlɪ] *adv.* **1** 沿直徑地.
2 截然不同地. My view and his are *diametrically* opposed to each other. 我的觀點和他的完全相反.

‡di·a·mond [ˋdaɪmənd, ˋdaɪə-; ˈdaɪəmənd] *n.* (*pl.* **~s** [~z; ~z]) **1** [UC] **鑽石,** 金剛石,《4月的誕生石; → birthstone [表]》. The lady wore a three-carat *diamond*. 那位女士戴著一粒三克拉的鑽石.
2 [C] 菱形.
3 [C]《紙牌》方塊牌; (diamond*s*)整組方塊牌. the eight of *diamonds* 方塊八.
4 [C]《棒球》內野; 棒球場.
5 《形容詞性》(**a**) 鑲了鑽石的. a *diamond* ring 鑽戒. (**b**) 菱形的.

dìamond júbilee *n.* [C] 六十週年[有時是七十五週年]紀念(→ jubilee).

dìamond wédding *n.* [C] 鑽石婚《結婚第六十年[有時是第七十五年]紀念》.

Di·an·a [daɪˋænə; daɪˈænə] *n.* **1** 《羅馬神話》黛安娜《月亮女神; 狩獵和處女的守護神; 希臘神話的阿蒂蜜絲(Artemis)》. **2** 女子名.

di·a·per [ˋdaɪəpɚ; ˈdaɪəpə(r)] *n.* **1** [C]《美》尿布(《英》 napkin). **2** [U] 菱形花樣(的布)《麻或棉的毛巾, 餐巾等》.

[diaper 2]

di·aph·a·nous [daɪˋæfənəs; daɪˈæfənəs] *adj.* 《文章》〔紡織品等〕透明的, 半透明的.

di·a·phragm [ˋdaɪəˏfræm; ˈdaɪəfræm] *n.* [C] **1** 《解剖》橫隔膜. **2** (電話聽筒, 擴音器等的)震動膜. **3** 《攝影》(鏡頭的)光圈.

di·a·ries [ˋdaɪərɪz; ˈdaɪərɪz] *n.* diary 的複數.

di·a·rist [ˋdaɪərɪst; ˈdaɪərɪst] *n.* [C] 寫日記的人; 日記作家.

di·ar·rhe·a, di·ar·rhoe·a [ˏdaɪəˋriə; ˌdaɪəˈrɪə] *n.* [U]《醫學》腹瀉. I have *diarrhoea*. 我腹瀉(→ bowel [參考]).

‡di·a·ry [ˋdaɪərɪ; ˈdaɪərɪ] *n.* (*pl.* **-ries**) [C] 日記, 日誌; 日記簿; (→ journal [同]). keep a *diary* (持續地)寫日記/She wrote her *diary* for Oct. 10. 她寫了10月10日的日記.

Di·as·po·ra [daɪˋæspərə; daɪˈæspərə] *n.* (加 the)(古代猶太人被巴比倫人逐出故土後)猶太人的流亡.

di·a·stase [ˋdaɪəˏstes; ˈdaɪəsteɪs] *n.* [U] 澱粉酶, 澱粉酵素.

di·a·ton·ic [ˏdaɪəˋtɑnɪk; ˌdaɪəˈtɒnɪk] *adj.* 《音樂》全音階的. the *diatonic* scale 全音階.

di·a·tribe [ˋdaɪəˏtraɪb; ˈdaɪətraɪb] *n.* [C]《文章》痛斥, 強烈抨擊,《*against*》.

dib·ble [ˋdɪbḷ; ˈdɪbl] *n.* [C] 小鍬, (插秧用)點播機, 掘孔器,《尖形木製挖孔器具; 挖掘種植樹苗、球根等的穴洞》.
— *vt.* 用點播機種植《*in, into*》; 在〔地面〕上用掘孔器挖洞.

[dibble]

dice [daɪs; daɪs] *n.* (die² 的複數) **1** 骰子《通常同時擲兩顆骰子》. It's your turn to throw the *dice*. 現在輪到你擲骰子了.
[語法] dice 本來爲 die² 的複數, 現《英》一顆骰子稱 a dice 或 one of the dice,《美》則都用複數, 單數 die 爲古語, 今罕用.
2 [U] 擲骰子遊戲[賭博].
— *vi.* 玩擲骰子遊戲[賭博]《*with*; *for* 賭…》.
— *vt.* 把〔肉, 蔬菜等〕切丁.
dìce with déath (不顧一切)鋌而走險, 「玩命」.

dic·ey [ˋdaɪsɪ; ˈdaɪsɪ] *adj.* 《口》碰運氣的, 冒險的, (risky).

di·chot·o·my [daɪˋkɑtəmɪ; daɪˈkɒtəmɪ] *n.* (*pl.* **-mies**) [C]《文章》一分爲二, 二分法; 分裂.

Dick [dɪk; dɪk] *n.* Richard 的暱稱.

dick [dɪk; dɪk] *n.* [C] **1** 《鄙》陰莖.
2 《美、俚》警察.

Dick·ens [ˋdɪkɪnz; ˈdɪkɪnz] *n.* **Charles ~** 狄更斯(1812-70)《英國小說家》.

dick·ens [ˋdɪkɪnz; ˈdɪkɪnz] *n.* 《口》(加 the)《當作 devil(惡魔)的代用詞, 用於咒罵、加強語氣等; → devil 2》. The *dickens*! 唉呀! 怎麼搞的!/Who the *dickens* are you? 你到底是甚麼人物[做甚麼的]?

dick·er [ˋdɪkɚ; ˈdɪkə(r)] *vi.* 《口》(買賣時)討價還價《*with*》; 殺價《*for*》.

dick·ey, dick·y [ˋdɪkɪ; ˈdɪkɪ] *n.* (*pl.* **dick·eys, dick·ies**) [C] (襯衫前胸的)蕾絲飾衿《禮服用, 可取下》.

dick·y·bird [ˋdɪkɪˏbɝd; ˈdɪkɪbɜːd] *n.* [C]《幼兒語》小鳥兒.
nòt sày a díckybird 《口》一句話也不說.

dic·ta [ˋdɪktə; ˈdɪktə] *n.* dictum 的複數.

Dic·ta·phone [ˋdɪktəˏfon; ˈdɪktəfəʊn] *n.* [C] 口述錄音機《商標名》.

***dic·tate** [ˋdɪktet, dɪkˋtet; dɪkˈteɪt] *v.* (**~s** [~s; ~s]; **-tat·ed** [~ɪd; ~ɪd]; **-tat·ing**) *vt.* **1** (朗讀或口述)令…用筆記下…, 口述,《*to*》. The president *dictated* a letter *to* his secretary. 董事長口述一封信由祕書記下.
2 強迫, 命令,《*to*》. The employer *dictated* rules *to* the workers. 雇主強迫工人遵守規定.
— *vi.* **1** 令…用筆記下, 口述,《*to*》. He was *dictating to* his typist. 他當時正在口述給他的打字員打字.
2 (強制地)命令, 指揮,《*to*》. No one shall *dic-*

tate to me. = I will not be *dictated to*. 我不受任何人擺布.

——[ˈdɪktet; ˈdɪkteit] *n.* C (通常 dictates) (受良心, 理性等的)支配; 命令, 指示.

***dic·ta·tion** [dɪkˈteʃən; dikˈteiʃn] *n.* (*pl.* ~s [~z; ~z]) 1 U 口授, 口述; C 聽寫, (外語的)聽寫; 聽寫下來的文句. The secretary can take *dictation* in shorthand. 祕書能用速記聽寫/The teacher gave us a French *dictation*. 老師讓我們練習法語聽寫. 2 U 命令, 指揮. ⇨ **dictate**.

at a pèrson's dictátion 根據某人的口授〔聽寫〕; 依照某人指揮(行動).

dic·ta·tor [ˈdɪktetɚ; dɪkˈteitə(r)] *n.* C 獨裁者.

dic·ta·to·ri·al [ˌdɪktəˈtorɪəl, -ˈtɔr-; ˌdiktəˈtɔːriəl] *adj.* 1 獨裁者的; 獨裁的. 2 專橫的.

dic·ta·to·ri·al·ly [ˌdɪktəˈtorɪəlɪ, -ˈtɔr-; ˌdiktəˈtɔːriəli] *adv.* 獨裁地; 蠻橫地.

dic·ta·tor·ship [ˈdɪktetɚˌʃɪp, dɪkˈteitə-; dɪkˈteitəʃip] *n.* 1 U 獨裁政治; C 專制政府, 獨裁國家. 2 UC 獨裁者的權力〔地位, 統治期間〕.

dic·tion [ˈdɪkʃən; ˈdikʃn] *n.* U 1 措辭; 語法; 用詞的選擇〔安排〕. 2 說話的方法〔要領〕; 發音(法).

dic·tion·ar·ies [ˈdɪkʃənˌɛrɪz; ˈdikʃənriz] *n.* dictionary 的複數.

***dic·tion·ar·y** [ˈdɪkʃənˌɛrɪ; ˈdikʃənri] *n.* (*pl.* -ar·ies) C 辭典, 字典. an English-Chinese *dictionary* 英漢辭典/consult a *dictionary* 查字典/Look up the word in the *dictionary*. 這個字請查字典/a biographical *dictionary* 人名辭典/a walking *dictionary* 活字典. 字源 DICT「說」: dictionary, dictation(聽寫), predict(預言), verdict(裁決).

dic·tum [ˈdɪktəm; ˈdiktəm] *n.* (*pl.* ~s, **dic·ta** [~tə; ~tə]) C 1 (專家的)意見, 斷言. 2 格言.

***did** [dɪd; did] *v., aux. v.* do¹ 的過去式. The girls *did* too much talking in class. 女孩們上課時話太多了.

di·dac·tic [daɪˈdæktɪk, dɪˈdæktɪk; daiˈdæktik] *adj.* 1 教訓的(言語, 書籍等). 2 好為人師的, 好說教的.

did·dle [ˈdɪdl; ˈdidl] *vt.* 《口》欺騙; 從〔人〕那裡騙取, 搶奪, (*out of*).

***did·n't** [ˈdɪdnt; ˈdidnt] did not 的縮寫. He *didn't* come after all. 結果他沒有來.

didst [dɪdst; didst] *v., aux. v.* 《古》do¹ thou 的第二人稱, 單數, 過去式(★現在式 doest, dost).

***die**¹ [daɪ; dai] *vi.* (~s [~z; ~z]; ~d [~d; ~d]; **dy·ing**) 1 (a)〔人, 動物〕死; 〔植物〕枯死; (⇆ live)〔老年 old age〕. 他死於癌症〔因年老老邁而死〕/She *died* from overwork 〔a wound〕. 她因工作過度〔受傷〕而死〔語法 通常直接的死因用 of, 間接的死因用 from, 但也有 of 與 from 混用的情形〕/*die by* violence 死於暴力, 受虐而死/*die for* one's country 〔belief〕為國捐軀〔為

信仰獻身〕/The bird *died through* neglect. 小鳥因疏忽而死/*die in* battle [an accident] 死於戰鬥〔意外〕〔語法〕通常戰死及意外死亡都用 be killed; He *was killed* in battle. (他陣亡了)/*die in* poverty 死於窮途潦倒/*die by* one's own hand 自殺. 同 表示「死」的其他動詞有 decease《文章, 法律》, expire《雅》, pass away《委婉的表達方式》, give up the ghost《口》, kick the bucket《俚》等.

(b) 句型2 (用 die A)在 A 的狀態中死去. He *died* young [a bachelor]. 他死時年紀很輕〔仍是單身〕(★上面例句可改寫成 He was young [a bachelor] when he died.).

(c) (用 be dying)垂死; 《口》像要死去一般(*from*). The dog *is dying*, but not dead. 那隻狗已奄奄一息/I'm simply *dying from* boredom. 我簡直無聊得要命.

2〔制度等〕廢止, 消滅; 〔火, 光, 聲音等〕(逐漸)消失, 減弱. The day was *dying* very fast. 一天很快就過去了/His policies *died* with him. 他的政策隨著他的死而停擺〔後繼無人〕/The secret *died* with him. 那個祕密隨他一起埋葬了〔他至死都保守著祕密〕.

——*vt.* (與同源受詞合用)死於…的方式. *die* a natural [peaceful] death = *die* naturally [peacefully] 壽終正寢〔安然而逝〕〔語法 可用此法替換的副詞極多〕/*die* a hero's death 壯烈成仁/a dog's death 死於非命. ⇨ *n.* **death**. *adj.* **dead**.

be dýing for... 《口》對…渴望得要命. He *was dying for* a new car. 他極望擁有一輛新車.

be dýing to do 《口》極想要去…. I'm *dying to* see John again. 我極想再見約翰一面.

*dìe awáy 逐漸消失; 〔風, 聲音, 火, 光, 感情等〕漸弱. The music slowly *died away*. 樂聲慢慢地消失.

*dìe dówn 〔火勢, 興奮, 激動, 聲音, 暴風雨等〕變弱; 平靜. The wind has finally *died down*. 風終於停下來了.

dìe hárd 難以根絕(→ die-hard). Old habits *die hard*. 舊習難改.

dìe in one's *béd* 臥病〔衰老〕而死; 壽終正寢.

dìe in hárness 殉職; 鞠躬盡瘁, (『(馬)還披掛著鞍就死了』的意思).

dìe óff 相繼去世〔枯死〕. The flowers have *died off* until there is only one left. 花相繼枯死只剩一朵了.

*dìe óut 〔全家, 種族等〕滅亡, 滅種; 滅絕; 〔習慣, 思想等〕絕跡, 廢除. The Browns *died out* in the 18th century. 布朗家族於 18 世紀衰亡/Many species is in danger of *dying out*. 許多物種都有滅絕的危機/Our cultural difference are *dying out*. 我們之間的文化差異日益消失.

Nèver sày díe! 別氣餒! 別灰心!

die² [daɪ; dai] *n.* (*pl.* **dice**) C 《英, 古》骰子(★單數罕用; → dice).

The dìe is cást. 大勢已去〔事已成定局無可挽回〕; Caesar 渡 Rubicon 河時所說的名言).

die³ [daɪ; dai] *n.* C 《機械》鍛沖模, (鑄硬幣時所用的)模.

die-hard [ˋdaɪ͵hɑrd; 'daɪhɑːd] *n.* **1** Ⓒ (不接受他人意見等的)頑固者; 頑固的保守政治家.
2 (形容詞性)頑固的; 保守派的, 右派的.
die·sel [ˋdizḷ, ˋdisḷ; 'diːzl] *n.* Ⓒ **1** 柴油機, 內燃機. **2** 柴油車.
diesel èngine *n.* =diesel 1.

✲di·et[1] [ˋdaɪət; 'daɪət] *n.* (*pl.* ~s [~s; ~s]) Ⓒ
1 (日常的)飲食, 食物. a meat *diet* 肉食/a rich *diet* 美食. **2** (由於治療, 節食等原因的)規定飲食; 飲食療法. a sugar-free *diet* 無糖的飲食/Diana is on a *diet*. 黛安娜正在節食/*diet* drink [soda] 減肥飲料[汽水].
— *vt.* 使(人)進行飲食療法; 使減肥.
— *vi.* 進行飲食療法; 控制飲食, 節食. Don't pass me the cake; I'm *dieting*. 別遞給我蛋糕; 我正在節食.

✲di·et[2] [ˋdaɪət; 'daɪət] *n.* (*pl.* ~s [~s; ~s]) Ⓒ **1** 政治[宗教, 國際]會議. **2** (the Diet)國會(日本, 丹麥, 瑞典等的; 「美國國會」是Congress, 「英國議會」是Parliament; → congress 表). a member of the *Diet* 國會議員/The *Diet* is now sitting. 現在國會正在開會.
di·e·tar·y [ˋdaɪə͵tɛrɪ; 'daɪətəri] *adj.* 飲食的.
di·e·tet·ic [͵daɪəˋtɛtɪk; ͵daɪə'tetik] *adj.* 營養(學)的. **(數)營養學.**
di·e·tet·ics [͵daɪəˋtɛtɪks; ͵daɪə'tetiks] *n.* 《作單數》營養學.
di·e·ti·cian, di·e·ti·tian [͵daɪəˋtɪʃən; ͵daɪə'tiʃn] *n.* Ⓒ營養師; 營養學家.

✲dif·fer [ˋdɪfɚ; 'dɪfə(r)] *vi.* (~s [~z; ~z]; ~ed [~d; ~d]; -fer·ing [-frɪŋ, -fərɪŋ; -fərɪŋ])
1 相異, 有區別, 不同, 《from》. Tastes *differ*. 《諺》人各有所好(各人的口味不同)/Cats *differ* from tigers in size. 貓與老虎大小不同/The twins *differ* in that one is a bit heavier than the other. 這對雙胞胎的不同在於一個比另一個重些. ★口語上較常用 be different.
2 意見不同《with》(↔agree). I am sorry to *differ* with [from] you. 很抱歉, 我無法同意你的(看法)/We shouldn't *differ* over trifles. 我們不應該為這種小事意見不和.
⇨ *n.* **difference.** *adj.* **different.**
字源 FER「運」: dif*fer*, of*fer*(提供), pre*fer*(喜歡…的一方), re*fer*(指向).

✲dif·fer·ence [ˋdɪfrəns, ˋdɪfəns, ˋdɪfərəns; 'dɪfrəns] *n.* (*pl.* -enc·es [~ɪz; ~ɪz]) 【差異】 **1** ⓊⒸ差異, 差別; 不同點, 《between 在…之間; from 和…》. the *difference* of a hawk *from* an eagle 鷹與鷲的差別/I see little *difference* in quality *between* the two. 我覺得這兩者在品質上幾乎沒甚麼不同/What's the *difference* if we are late? 我們遲到又有甚麼關係? (<有甚麼差別?)同 difference 是物與物間的具體差別, 而 distinction 則是完全不同的差異.
│搭配│ *adj.*+difference: a great ~ (極大的差別), a remarkable ~ (顯著的差異), a slight ~ (些微的差異) // *v.*+difference: find a ~ (發現差異), notice a ~ (注意到差異處).
2 《a U》差, 差額, 《between 在…之間; in 關於

───────────────

…》. The *difference between* 7 and 17 is 10. 7和17的差是10/pay the *difference* 支付(金錢上的)差額.
3 【意見不同】Ⓒ不和, 爭執; (常 differences)(特指國際間的)紛爭. The two nations settled their *differences* peacefully. 那兩個國家和平地解決了它們的紛爭.
* **màke a dífference** (1)產生差異; 有影響, 重要. It *makes a difference* whether or not you agree. 你贊成與否對事情有很大的影響/It *makes no difference* to me who wins the prize. 誰贏得這個獎項對我來說都無所謂. (2)差別待遇《between》.
màke àll the dífference 大不相同.

✲dif·fer·ent [ˋdɪfrənt, ˋdɪfənt, ˋdɪfərənt; 'dɪfrənt] *adj.* 【不同的】 **1** 不同的, 有差異的, 相異的, 《from》(↔same). This is *different from* what I expected. 這和我預期的不同/My opinion is *different from* yours. 我的看法和你的不同/He looks *different from* his father. 他長得不像他父親/That car is *different from* this one only in color. 那輛車與這輛只有顏色不同而已/take a *different* approach to the problem 對此問題採取不同的研究方式.
│語法│ from 在(美、口)中常用than，(英、口)亦有用 to 代替 from，但不是標準英語.
同 different 含有「互不相容的差異」之意; distinct 則有「能清楚明確劃分的差異」之意.
│搭配│ *adv.*+different: completely ~ (迥然不同的), thoroughly ~ (全然不同的), totally ~ (完全不同的), fundamentally ~ (本質不同的).
2 (形容複數名詞)各別的, 各自的, (separate); 各種的, 各式各樣的, (various). 《諺》Saying and doing are two *different* things. 《諺》說的與做的容易(<說的與做的不一樣)/They went their *different* ways. 他們各走各的路/*different* kinds of birds 各種鳥類.
3 【不平常的】(口)不尋常的(unusual); 特別的(special). Father is quite *different*. He rarely reads a newspaper. 爸爸最近不大尋常. 他很少看報紙. ⇨ *v.* **differ.** *n.* **difference.**
dif·fer·en·tial [͵dɪfəˋrɛnʃəl; ͵dɪfə'renʃl] *adj.* 差別對待的.
— *n.* Ⓒ差別, 級差; 工資級差.
differèntial cálculus *n.* Ⓤ(數學)微分學.
differèntial géar *n.* Ⓒ(機械)差速齒輪[裝置](用於改變汽車左右後輪的旋轉速度, 使之易於轉彎).
dif·fer·en·ti·ate [͵dɪfəˋrɛnʃɪ͵et; ͵dɪfə'renʃɪeɪt] *vt.* **1** 加以區分, 鑑別, 《from》.
2 有效區別(某種特徵). Language *differentiates* man *from* animals. 語言使人有別於動物.
— *vi.* 區分, 區別, 鑑別; 差別待遇, 《between》.
dif·fer·en·ti·a·tion [͵dɪfə͵rɛnʃɪˋeʃən; ͵dɪfərənʃɪ'eɪʃn] *n.* ⓊⒸ **1** 差別, 區別.

2 分化; 特殊化.

dif·fer·ent·ly [`dɪfrəntlɪ, `dɪfəntlɪ, `dɪfərəntlɪ; 'dɪfrəntlɪ] adv. **1** 不同地, 不一樣地, 《from, than》(→ different 語法). My jacket is made differently from [than] yours. 我的夾克做得和你的不一樣.

2 特別地; 各別地; 各式各樣地.

‡dif·fi·cult [`dɪfə,kʌlt, `dɪfəkəlt, -k|t; 'dɪfɪkəlt] adj. **1** 困難的, 艱難的, 《of; to do》(↔ easy). a difficult task [book] 困難的工作[難讀的書]/It is difficult for me [I find it difficult] to solve this problem.= This problem is difficult for me to solve. 對我而言, 這個問題眞是難以解決/a question difficult [a difficult question] to answer 難以回答的問題/a remote village difficult to reach [difficult of access] 難以到達[接近]的窮鄉僻壤. 同 difficult 指「努力, 能力, 知識等方面的困難」; hard 則是指「肉體上, 精神上的困難」.

2 〔人等〕難以取悅的, 難以相處的, 〔狀況, 天氣等〕惡劣的, 難受的. He's very difficult to please. 他很難取悅(= It is very difficult to please him.)/a man difficult to get along with 難以相處的人/a difficult age 艱困的年代/Don't be so difficult. 別這麼瞥扭/The new building makes it difficult for us to see the lake. 這棟新大樓讓我們沒法子清楚眺望湖的景色/a difficult position 兩難的立場/Eliza had a difficult time (in) cooking the dinner. 伊萊莎晚飯煮得很辛苦.

⇨ n. difficulty.

● ──形容詞型 It is ~ (for 片語) to do
It is difficult (for him) to solve the problem.
(對他而言)這個問題難以解決.
It is dangerous for one man to have so much political power.
一個人握有那麼大的政治權力是危險的.
此類的形容詞:

best	better	correct
easy	essential	expedient
important	impossible	natural
necessary	rare	ridiculous
unusual	usual	wonderful

---

dif·fi·cul·ties [`dɪfə,kʌltɪz, -kəltɪz, -k|tɪz; 'dɪfɪkəltɪz] n. difficulty 的複數.

‡dif·fi·cul·ty [`dɪfə,kʌltɪ, -kəltɪ, -k|tɪ; 'dɪfɪkəltɪ] n. (pl. -ties) **1** U 困難, 辛苦. (↔ ease). I've had some difficulty (in) persuading him. 我在說服他的時候花了些工夫/the difficulty of finding employment 找工作的困難/a tourist who has no difficulty with Russian 用俄文溝通沒有困難的旅客.

2 C (通常 difficulties)困難狀態, (特指)生活困

難. He is often in (financial) difficulties. 他經常處於(財務)困境.

3 C 麻煩事; 障礙. One difficulty after another arose. 麻煩事接連發生/The difficulty was that my wife fell sick. 麻煩的是我太太病了.

搭配 adj.+difficulty (1-3): (a) great ~ (巨大的困難), (a) serious ~ (嚴重的困難) // v.+difficulty: encounter (a) ~ (遭遇難題), face a ~ (面對難題), overcome a ~ (克服困難).
⇨ adj. difficult.

*màke [ràise] dífficulties (over...) (對…)訴苦, 抱怨, 面有難色. He made difficulties over his daughter's engagement. 他對他女兒的婚約提出異議.

* with dífficulty 費勁地, 好不容易地; 勉強地. It was only with difficulty that he passed the exam. 他好不容易才通過了考試.

* without (àny) dífficulty = with nò dífficulty (毫)不困難地, 輕鬆地. She has mastered French without difficulty. 她輕輕鬆鬆就精通法文.

dif·fi·dence [`dɪfədəns; 'dɪfɪdəns] n. U (文章)缺乏自信, 靦腆; 客氣. (↔ confidence).

dif·fi·dent [`dɪfədənt; 'dɪfɪdənt] adj. (文章)缺乏自信的; 靦腆的; 客氣的; 《about》(↔ confident).

dif·fi·dent·ly [`dɪfədəntlɪ; 'dɪfɪdəntlɪ] adv. (文章)沒有自信地; 客氣地.

dif·fract [dɪ'frækt; dɪ'frækt] vt. (物理)使〔光波, 聲波, 電波等〕繞射.

dif·frac·tion [dɪ'frækʃən; dɪ'frækʃn] n. U (物理)(光波, 聲波, 電波等的)繞射.

dif·fuse [dɪ'fjuz, -'fɪuz; dɪ'fju:z] (★與 adj. 的發音不同)(文章) vt. **1** 使〔光, 熱, 液體, 氣體等〕發散; 使四散. **2** 使〔知識等〕普及, 傳布. diffuse learning 推廣教育.
—— vi. **1** 擴散; 散布.
2 〔知識〕傳播開來, 普及.
—— [dɪ'fjus, -'fɪus; dɪ'fju:s] adj. **1** 擴散的, 散布的.
2 〔文體, 說話方式等〕散漫的, 雜亂的, 冗長的.

dif·fuse·ly [dɪ'fjuslɪ, -'fɪuslɪ; dɪ'fju:slɪ] adv. (文章)擴散地; 散漫地.

dif·fuse·ness [dɪ'fjusnɪs, -'fɪusnɪs; dɪ'fju:snɪs] n. U (文章)擴散(性); (文體等的)散漫.

dif·fu·sion [dɪ'fjuʒən, -'fru-; dɪ'fju:ʒn] n. U **1** 擴散, 發散; (物理)擴散. the diffusion of a scent 香味的擴散. **2** (知識等的)普及.

‡dig [dɪg; dɪg] v. (~s [~z; ~z]; dug; ~·ging) vt.
【掘】**1** 掘〔地〕; 掘出, 發掘, 〔地裡的番薯, 蟲, 礦物, 遺物等〕挖掘〔洞等〕. The road-men are digging (up) the ground. 築路工人正在挖土/The children dug a big hole. 孩子們掘了一個大洞.
【像箭般地戳】**2** 戳, 刺; 扎進, 插進, 《in, into》. The boy dug his fork into the cake. 男孩把他的叉子插到蛋糕裡.
—— vi. 掘地〔洞等〕; 掘進〔穿〕《in, through, under》. dig through a mine 挖穿礦山/dig under a river 在河底下挖掘.

díg for... 掘著找…；(把手等插進去)搜尋…，*dig for* gold 挖掘黃金/He *dug* about in his pockets *for* his lighter. 他把手插進口袋找打火機，

dìg/.../ín 把(肥料等)鏟進；埋…，

dìg in² (口)一口咬住〔食物〕．

dìg *a pèrson in the ríbs* (爲了引人注意有趣的事等，用肘)戳人的肋骨．

dìg into... (1)挖進…，(2)深入調查…，I've asked the police to *dig into* my husband's disappearance. 我已經請求警方深入調查我丈夫的失蹤，(3)(口)咬住…，When I entered the room he was *digging into* a huge bowl of stew. 我進房間時他正大口大口地吃一大碗的燉肉．

* ***dìg/.../óut*** 掘出…；搜出…，It took me a long time to *dig out* my old school reports. 我花了很長時間才找出我從前的成績單．

dìg *onesèlf ín* (口)(在組織等中)確保自己的職位，站穩腳跟．

* ***dìg/.../úp*** (1)掘出(番薯，樹根等)；發掘…，*dig up* relics of prehistoric times 挖掘史前時代的遺物，(2)(口)搜出…，*dig up* secret information 查出祕密情報．

— *n.* Ⓒ(口) **1** 戳一下，捅一下．Give him a *dig in* the ribs, or he'll fall asleep. 戳戳他的肋骨，不然他要睡著了．

2 挖苦，嘲諷．

3 (考古學的)發掘現場；發掘．

4 (英、口)(*digs*)投宿的地方，借宿，(lodgings)．

* ***di·gest*** [də`dʒɛst, dai`dʒɛst; di`dʒest](★與 *n.* 的重音位置不同) *v.* (~*s* [~s; ~s]; ~*ed* [~ɪd; ~ɪd]; ~*ing*) *vt.* 【 消化 】 **1** 消化；(藥，酒等)幫助…的消化．Food is *digested* in the stomach and bowels. 食物在腸胃中消化．

【 消化得好>抓住要點 】 **2** 「玩味」，理解，I *digested* the moral of my grandfather's story. 我細細地體會祖父話中的教誨．

3 摘要，作概要，*digest* a novel into three pages 將長篇小說摘要成三頁．

— *vi.* 消化，Raw vegetables generally *digest* badly. 生菜一般不易消化，⇨ *n.* digestion.

— [`daɪdʒɛst; `daɪdʒest] *n.* (*pl.* ~*s* [~s; ~s]) Ⓒ 摘要，概要；概說，a *digest* of Tolstoy's *War and Peace* 托爾斯泰《戰爭與和平》的摘要．

di·gest·i·ble [də`dʒɛstəbl, daɪ-; dɪ`dʒestəbl] *adj.* 容易消化的，*digestible* food 容易消化的食物．

di·ges·tion [də`dʒɛstʃən, daɪ-; dɪ`dʒestʃən] *n.* Ⓤ Ⓒ **1** (食物的)消化；消化作用；消化力，I have a good [weak] *digestion*. 我的消化很好[不好]．

2 (知識等的)消化吸收，同化．

⇨ *v.* digest. ↔ indigestion.

di·ges·tive [də`dʒɛstɪv, daɪ-; dɪ`dʒestɪv] *adj.* 消化的，有消化力的，*digestive* organs 消化器官．

digéstive sýstem *n.* Ⓒ 消化系統．

dig·ger [`dɪgɚ; `dɪgə(r)] *n.* Ⓒ **1** 挖掘者．

2 挖掘工具[機械]．

dig·ging [`dɪgɪŋ; `dɪgɪŋ] *n.* **1** Ⓤ 挖掘；採掘，發掘．**2** (*diggings*)(單複數同形)礦區，礦山，(特指金礦)．

dig·it [`dɪdʒɪt; `dɪdʒɪt] *n.* Ⓒ **1** 阿拉伯數字((0 到 9中的各個數字)). a three-*digit* number 三位數．

2 (手的)指(finger)，(腳的)趾(toe)．

* ***dig·i·tal*** [`dɪdʒɪtl; `dɪdʒɪtl] *adj.* **1** 數字的；用數字計算的，a *digital* clock 電子鐘．

2 指[趾](狀)的；有指[趾]的．

3 (通訊，錄音等)數位式的(↔ analog)．

digital compúter *n.* Ⓒ 數位計算機(→analogue computer)「示).

digital wátch *n.* Ⓒ 電子錶(時間用數字顯

dig·ni·fied [`dɪgnə͵faɪd; `dɪgnɪfaɪd] *adj.* 有尊嚴的；莊嚴的；高尚的．

* ***dig·ni·fy*** [`dɪgnə͵faɪ, `dɪgnɪfaɪ] *vt.* (-*fies* [~z; ~z]; -*fied* [~d; ~d]; ~*ing*)給予尊嚴；使莊嚴；給…增光(*with, by*). The President *dignified* our reception *with* his presence. 總統的出席使我們的招待會增光不少．⇨ *n.* dignity.

dig·ni·tar·y [`dɪgnə͵tɛrɪ; `dɪgnɪtərɪ] *n.* (*pl.* -tar·ies) Ⓒ 達官貴人，(政府等的)高官；職位高的神職人員．「數．

dig·ni·ties [`dɪgnətɪz; `dɪgnɪtɪz] *n.* dignity的複

* ***dig·ni·ty*** [`dɪgnətɪ; `dɪgnɪtɪ] *n.* (*pl.* -ties) **1** Ⓤ 尊嚴，尊貴，the *dignity* of labor 勞動的尊貴/human *dignity* 人性的尊嚴/die with *dignity* 死得有尊嚴．

2 Ⓤ 威嚴；品格；面子，體面，a man of *dignity* 具威嚴的人/The king walked with *dignity*. 國王走路很有氣派/He is afraid of losing his *dignity*. 他害怕失去面子．

3 Ⓤ Ⓒ 高位；高的官職．

beneath *one's **dígnity*** 有失體面的，Would it be *beneath* your *dignity* to lend me £100? 借給我一百英鎊不會有失你的面子吧？

stànd on *one's **dígnity*** 計較面子，裝模作樣，He really *stands on* his *dignity* now that he's a professor. 自從當上教授後他相當在意面子．

di·graph [`daɪgræf; `daɪgrɑːf] *n.* Ⓒ 雙母子(如 sh [ʃ; ʃ], ph [f; f] 等表示一個音的兩個字母)．

di·gress [də`grɛs, daɪ-; daɪ`gres] *vi.* (說話者，寫作者)離題，脫離主題，閒扯，(*from*).

di·gres·sion [də`grɛʃən, daɪ-; daɪ`greʃn] *n.* Ⓤ Ⓒ 脫離(正題)，離題，閒扯．

dike [daɪk; daɪk] *n.* Ⓒ **1** 堤，河堤．

2 渠，溝，壕溝．

— *vt.* 築堤保護(農田等)；在…周圍築堤防守．

di·lap·i·dat·ed [də`læpə͵detɪd; dɪ`læpɪdeɪtɪd] *adj.* (建築物等)坍塌的；(汽車，家具，衣物等)破爛的，破舊不堪的，支離破碎的．

[dikes]

di·lap·i·da·tion [də͵læpə`deʃn; dɪ͵læpɪ`deɪʃn] *n.* Ⓤ (建築物等的)

荒廢; 面臨傾毀, 破損.

di·late [daɪˋlet, dɪˊ; daɪˈleɪt] vt. (特指)使(身體的一部分)擴大, 膨脹. with dilated eyes 瞪大眼睛. 参考 特指擴大成圓形.
— vi. **1** 〔特指身體的一部分〕擴大, 膨脹.

2 《文章》詳述(on, upon 對於…). dilate on [upon] one's opinion 詳細陳述自己的意見. 「大.

di·la·tion [daɪˋleʃən; daɪˈleɪʃn] n. U膨脹, 擴

dil·a·to·ry [ˋdɪləˌtorɪ, -ˌtɔrɪ; ˈdɪlətərɪ] adj. 《文章》遲緩的, 拖拉的, 拖延的, (slow).

di·lem·ma [dəˋlɛmə, daɪ-; dɪˈlemə] n. C進退兩難, 兩難的抉擇, 《在可供選擇的兩條路中, 無論選擇那一方都會面臨困境》. I'm in a dilemma about [over] this problem. 對於這個問題我處於進退兩難的困境.

on the hòrns of a dilémma 進退兩難, 左右為難.

dil·et·tan·te [ˌdɪləˋtæntɪ, ˌdɪlɪˈtæntɪ] n. (pl. ~s, -ti) C(一知半解的)門外漢; 業餘愛好者; 藝術愛好者. 「tante的複數.

dil·et·tan·ti [ˌdɪləˋtæntɪ, ˌdɪlɪˈtæntɪ] n. dilet-

dil·i·gence [ˋdɪlədʒəns; ˈdɪlɪdʒəns] n. U勤勉. As a boy, I studied with diligence. 小時候我讀書很用功. ⇨ adj. **diligent**.

dil·i·gent [ˋdɪlədʒənt; ˈdɪlɪdʒənt] adj. **1** 勤勉的; 幹勁十足的(in), (↔lazy).

a diligent student 用功的學生/The carpenters were diligent in their work. 木匠們賣力地工作. 同 diligent 指為自己愛好的事賣力, 亦指為了特定的目的努力; industrious 指生來或習慣性的勤勉.

2 〔工作等〕周密的. ⇨ n. **diligence**.

dil·i·gent·ly [ˋdɪlədʒəntlɪ; ˈdɪlɪdʒəntlɪ] adv. 勤勉地; 周密地. Study diligently. 要用功讀書.

dill [dɪl; dɪl] n. U蒔蘿(繖形科的植物); 蒔蘿葉[果實](酸菜等的香辣調味料).

dil·ly·dal·ly [ˋdɪlɪˌdælɪ; ˈdɪlɪdælɪ] vi. (-lies; -lied; ~ing)《口》(下不了決心地)磨蹭, 浪費時間, (over).

di·lute [dɪˋlut, daɪ-, -ˋlɪut; daɪˈljuːt] vt. **1** 用水沖淡, 稀釋, 〔液體〕(with).

2 削弱〔議論效果, 影響力等〕.
— adj. 〔液體等〕稀釋的; 過淡的.

di·lu·tion [dɪˋluʃən, daɪ-, -ˋlɪuʃən; daɪˈluːʃn] n. U沖淡; C稀釋液(沖淡的液體).

dim [dɪm; dɪm] adj. (~·mer; ~·mest)
〖不清楚的〗 **1** 〔光等〕昏暗的, 模糊不清的, (↔bright). The light is too dim to read by. 這光線太暗無法閱讀.

2 〔聲音等〕微弱的; 〔形影等〕看不清的, 朦朧的; 〔記憶等〕模糊的. the dim outline of a ship in the fog 霧中朦朧的船影/I have only dim memories of that period of my life. 我對生命中的那段日子只有些模糊的記憶.

3 〔眼睛〕模糊不清的; 〔耳朵〕重聽的. Her eyes grew dim with tears. 她的視線因淚水模糊了.

4 《口》遲鈍的, 愚蠢的, (stupid).
— v. (~s; ~med; ~ming) vt. 使昏暗; 使模糊不清. — vi. 昏暗; 模糊不清.

*****dime** [daɪm; daɪm] n. (pl. ~s [~z; ~z]) C《美國, 加拿大的》十分硬幣《原是銀幣, 如今是白銅幣或鎳幣》(→ coin圖). Ten dimes make one dollar. 十個十分硬幣為一美元. 「片語」.

a dìme a dózen 《美、口》=ten a penny (ten)

díme nóvel n. C《美》廉價小說.

*****di·men·sion** [dəˋmɛnʃən; dɪˈmenʃn] n. (pl. ~s [~z; ~z]) C **1** (往縱向, 橫向, 高度各方向的)延伸, 尺寸; 《數學, 物理》空間, 次元. The dimensions of this box are 30cm by 20cm by 10cm. 這個箱子的尺寸是長30公分, 寬20公分, 高10公分/A line has one dimension, a surface two dimensions, a solid body three. 直線是一次元, 平面是二次元, 立體是三次元.

2 (通常dimensions)大小; 規模; 範圍; 重要性. a project of great dimensions 大規模[重要]的事業/the true dimensions of a revolution 革命的實際規模.

3 (問題等)局面, 情況. Wagner added a new dimension to the opera. 華格納為歌劇開創新局面.

di·men·sion·al [dəˋmɛnʃən!; dɪˈmenʃənl] adj.
1 尺寸的. **2** 《與one, two等結合》(…)次元的. one-dimensional 一次元的, 直線的/two-dimensional 二次元的, 面的.

díme stòre n. C《美》(出售可用dime購得的廉價日用品的)雜貨店.

*****di·min·ish** [dəˋmɪnɪʃ; dɪˈmɪnɪʃ] v. (~·es [~ɪz; ~ɪz]; ~ed [~t; ~t]; ~·ing) vt. 減, 減少; 縮小; (→ decrease圖). John's illness diminished his strength. 約翰的病使他體力日漸衰弱.
— vi. 減少; 縮小. Our food supplies are diminishing rapidly. 我們的存糧迅速減少.

diminished responsibílity n. U《法律》減輕的責任《由於精神失常等理由減輕犯罪者的刑事責任》.

di·min·u·en·do [dəˌmɪnjuˋɛndo; dɪˌmɪnjuˈendəʊ] adv. 《音樂》漸弱地 《符號 ⟩; =decrescendo; ↔ crescendo》.

dim·i·nu·tion [ˌdɪməˋnjuʃən, -ˋnɪu-, ˌdɪmɪˈnjuːʃn] n. UC《文章》減少; 縮小.

di·min·u·tive [dəˋmɪnjətɪv; dɪˈmɪnjʊtɪv] adj. 非常小的, 小型的.
— n. C **1** 《語言》指小字尾[後綴]《-let 和-ie 等, 加在名詞後表示「小」》, 指小詞《加上指小字尾的詞, 如birdie, booklet 等》.

2 暱稱《稱 Elizabeth 為 Betty, 稱 Katherine 為 Kate, 稱 father 為 dad 等表示親暱的稱呼》.

dim·i·ty [ˋdɪmətɪ; ˈdɪmətɪ] n. U凸紋棉布《將花樣浮織的棉布; 用於床罩等》.

dim·ly [ˋdɪmlɪ; ˈdɪmlɪ] adv. 昏暗地, 模糊地, 微弱

dim·mer [ˋdɪmɚ; ˈdɪmə(r)] n. C《電燈的》調光器; 《汽車的》近光燈; 停車燈.

dim·ness [ˋdɪmnɪs; ˈdɪmnɪs] n. U昏暗, 微弱.

dim·ple [ˋdɪmpl; ˈdɪmpl] n. C酒窩, 靨. She's got dimples in her cheeks. 她的臉頰上有酒窩.

— *vi.* **1** 出現酒窩. **2** 起漣漪.

— *vt.* **1** 使出現酒窩. **2** 使起漣漪.

din [dɪn; dɪn] *n.* [a U] (不斷的)嘈雜聲, (轟隆轟隆[叮叮噹噹]的)喧鬧聲.

— *v.* (~s; ~ned; ~·ning) *vi.* 發出嘈雜聲, (擾人地)喧鬧. — *vt.* 令人討厭地說個不停(*into*).

‡dine [daɪn; daɪn] *vi.* (~s [~z; ~z]; ~d [~d; ~d]; **din·ing**)《文章》用餐, 吃飯(→ dinner).
The Browns invited me to *dine* with them. 布朗夫婦請我和他們一起用餐/*dine* at Bob's 在鮑伯家吃飯.
— *vt.*《文章》招待某人吃飯. We *dined* the visiting mayors. 我們宴請來訪的市長.
dine off [*on*]... 以…為食. We *dined off* [*on*] steak and salad. 我們吃牛排和沙拉.
dine óut 在外面(特指飯店等)吃飯.

din·er [ˋdaɪnɚ; ˈdaɪnə(r)] *n.* [C] **1** 用餐者.
2《美》(火車的)餐車(dining car).
3《美》(餐車式的)簡易餐廳.

[diner 3]

ding·dong [ˋdɪŋˏdɔŋ; ˌdɪŋˈdɒŋ] *n.* [U] 叮噹, 叮咚, (鐘聲等).
— *adj.* 《口》〔賽跑等〕難分勝負的. a *dingdong* struggle 難分勝負的追逐戰.
— *adv.* 〔鐘響等〕叮噹地.

din·ghy [ˋdɪŋɡɪ; ˈdɪŋɡɪ] *n.* (*pl.* **-ghies**) [C] (比賽[娛樂]用的)小(划)艇; 救生艇, 橡皮艇, (《充氣後使用; 亦稱 rúbber dínghy).

[dinghies]

din·gi·ly [ˋdɪndʒɪlɪ; ˈdɪndʒɪlɪ] *adv.* 暗淡地; 骯髒地.

din·gi·ness [ˋdɪndʒɪnɪs; ˈdɪndʒɪnɪs] *n.* [U] 骯髒.

din·gle [ˋdɪŋɡl; ˈdɪŋɡl] *n.* [C] (樹木茂盛的)小溪谷.

din·gy [ˋdɪndʒɪ; ˈdɪndʒɪ] *adj.* 暗淡的; 燻黑的; 〔衣服, 房間, 旅館等〕骯髒的, 不乾淨的.

din·ing [ˋdaɪnɪŋ; ˈdaɪnɪŋ] *v.* dine 的現在分詞, 動名詞. — *n.* [U] 用正餐.

dín·ing cär *n.* [C] (火車的)餐車.

---

‡dín·ing ròom *n.* [C] (家庭, 旅館的)餐廳.
Next to the *dining room* was a kitchen. 餐廳旁邊是廚房.

[dining room]

dín·ing tàble *n.* [C] 餐桌(→ dinner table).

dink·y [ˋdɪŋkɪ; ˈdɪŋkɪ] *adj.* 《美、口》極小的; 沒有價值的; 《英、口》小巧精緻的(稍舊式的用語).

‡din·ner [ˋdɪnɚ; ˈdɪnə(r)] *n.* (*pl.* ~s [~z; ~z])
1 [UC] (《語法》與形容詞連用, 表示三餐的種類時作 [C]) (一日中最豐盛的)主餐, 正餐; 晚餐. We always have [eat] *dinner* at seven o'clock. 我們總是在七點吃晚餐/They were at *dinner* when the phone rang. 電話響時他們正在吃飯/We invited Mr. Bell to *dinner*. 我們請了貝爾先生來吃飯/What're we having for *dinner*, Mother? 媽媽, 我們晚餐吃甚麼呢?/I'll cook [make] you a nice *dinner*. 我會為你燒頓豐盛的晚餐.
《參考》過去 dinner 指午餐, 現在通常用 dinner 來表示晚餐; 也可以指星期日, 節日等的午餐; → meal¹.
| 《搭配》*adj.*+dinner: an excellent ~ (極棒的晚餐), a heavy ~ (不易消化的晚餐), a simple ~ (簡便的晚餐) // *v.*+dinner: cook ~ (烹調晚餐), make ~ (做晚餐), serve ~ (供應晚餐).
2 [C] (正式的)晚餐(會), 午餐(會), 晚餐(會), (dinner party). They gave [held] a *dinner* in honor of Mr. Smith. 他們為史密斯先生辦了個晚餐會.

dínner jàcket *n.* [C] 《主英》男子的簡式晚禮服(《美》tuxedo)(→ swallow-tailed coat).

dínner pàrty *n.* =dinner 2.

dínner sèrvice [sèt] *n.* [C] 一套餐具.

dínner tàble *n.* [C] (進餐時的)餐桌. Don't talk about such things at the *dinner table*. 在餐桌上不要講這種話.

di·no·saur [ˋdaɪnəˏsɔr; ˈdaɪnəsɔː(r)] *n.* [C] 恐龍.

[dinosaur]

dint [dɪnt; dɪnt] *n.* [C]

《詩》(敲出來的)凹痕，凹坑，(dent)．
by dint of... 藉…的力量；由於…．He succeeded *by dint of* hard work. 他憑著努力工作而成功．

di·o·cese [`daɪə͵sɪs; 'daɪəsɪs] n. C (基督教)主教教區(bishop 管轄的中等教區；一般被細分為 parish)．

Di·o·ny·sus, Di·o·ny·sos [͵daɪə`naɪsəs; ͵daɪə'naɪsəs] n. (希臘神話)戴奧尼修斯(酒神和豐收之神；相當於羅馬神話的巴克斯(Bacchus))．

di·ox·ide [daɪ`ɑksaɪd, -ɪd; daɪ'ɒksaɪd] n. UC 《化學》二氧化物．carbon *dioxide* 二氧化碳．

*dip [dɪp; dɪp] v. (~s [~s; ~s]; ~ped [~t; ~t]; ~·ping) vt. 『浸一下』 **1** (在液體中)浸一浸，沾．The boy *dipped* his biscuit in milk. 那個男孩把他的餅乾在牛奶裡浸了一下/He *dipped* his brush into the paint. 他把他的刷子沾了沾油漆．
2 『伸入掏一下』(為了掏出某物)把(手，湯匙等)伸進(*in, into*)；(用湯匙等)舀取，掏起．Bill *dipped* his hand *into* his pocket for small change. 比爾將手伸進口袋掏零錢/The cook *dipped out* soup *with* a ladle. 廚師用長柄勺舀湯．
3 (為了不使前面來車的駕駛感到刺眼)把(前車燈)調為近光；(旗幟等)把(旗)暫時放低再舉起．The battleship *dipped* its flag in salute. 軍艦把旗幟時降下以表示敬意．
— vi. **1** 浸一浸．The child *dipped* his hands *into* the water. 那個小孩把手浸到水裡來．
2 (太陽)下山．The sun slowly *dipped* below the horizon. 太陽慢慢地落至水[地]平線下．
3 (道路等)變為下坡路，向下斜．
dip ín 吃(…東西)；被別人請(吃…)．
dip into... (1)在…裡浸一浸，泡一泡．(2)粗略調查，瀏覽，抽閱．I *dipped into* 'War and Peace.' 我瀏覽了一下《戰爭與和平》．(3)將手伸進(口袋等)．
dip into one's púrse [pócket, sávings] 動用(自己的)錢，動用存款．I had to *dip into* my *savings* to buy the car. 我必須動用存款來買車．
— n. C **1** 浸；(口)洗澡，游泳．Let's have [take] a *dip* in the ocean. 我們到海裡游一會兒吧! **2** (浸，一勺；一鏟，粗略的調查．
3 (土地，道路的)傾斜，凹處；(價格的)下跌．a *dip* in prices 物價(暫時性的)下跌．

diph·the·ri·a [dɪf`θɪrɪə, dɪp-; dɪf'θɪərɪə] n. U 《醫學》白喉．

diph·thong [`dɪfθɔŋ, `dɪp-; 'dɪfθɒŋ] n. C 《語音學》雙母音([aɪ, aʊ, ɔɪ, o, e, u; aɪ, aʊ, ɔɪ, əʊ, eɪ, u:] 等)．

*di·plo·ma [dɪ`plomə; dɪ'pləʊmə] n. (pl. ~s [~z; ~z]) C (大學等的)畢業證書；合格證書；執照；(→ certificate)．She managed to get her *diploma*. 她總算取得了文憑[畢業了]/You need to submit your high school *diploma* to your employer. 你需要向雇主提交高中畢業證書．

*di·plo·ma·cy [dɪ`ploməsɪ; dɪ'pləʊməsɪ] n. U **1** (國家間的)外交．international *diplomacy* (國

家間的)外交/Skillful *diplomacy* helps to avert war. 巧妙的外交有助於避免戰爭．
2 外交手腕，策略，(tact)．⇨ adj. **diplomatic**.

*dip·lo·mat [`dɪplə͵mæt; 'dɪpləmæt] n. (pl. ~s [~s; ~s]) C **1** 外交官．a career *diplomat* (非僱用民間人士擔任的)職業外交官．
2 有外交手腕的人．

*dip·lo·mat·ic [͵dɪplə`mætɪk; ͵dɪplə'mætɪk] adj. **1** (限定)外交(上)的，外交關係的．More women are now entering the *diplomatic* service. 現在有更多的女性擔任外交職務/The two nations established *diplomatic* relations. 兩國建立了外交關係．
2 有外交手腕的；善於處理人際關係的，不傷害他人感情的．a *diplomatic* answer 婉轉圓滑的回答/You are just being *diplomatic*. 你只是在說客氣話．⇨ n. **diplomacy**.

dip·lo·mat·i·cal·ly [͵dɪplə`mætɪk͵lɪ, -ɪklɪ; ͵dɪplə'mætɪkəlɪ] adv. **1** 外交上；外交地．
2 圓滑地，婉轉地．

di·plo·ma·tist [dɪ`plomətəst; dɪ'pləʊmətɪst] n. =diplomat.

dip·per [`dɪpɚ; 'dɪpə(r)] n. C **1** 長柄勺．
2 (the *Dipper*)→見 Big Dipper, Little Dipper．
3 潛水的鳥類(川烏，水老鴉等)．

dip·so·ma·ni·a [͵dɪpsə`menɪə, ͵dɪpsəˈmeɪnɪə] n. U 酗酒狂，嗜酒癖．

dip·so·ma·ni·ac [͵dɪpsə`menɪ͵æk, ͵dɪpsə'meɪnɪæk] n. C 酗酒狂患者．

*di·rect [də`rɛkt, daɪ-; dɪ'rekt] v. (~s [~s; ~s]; ~·ed [~ɪd; ~ɪd]; ~·ing) vt. 『朝向』
1 將(眼睛，注意力，努力，方針等)對準(*against, at, to, toward*)(turn)．Please *direct* your attention *to* what I'm going to say. 請集中注意力聽我要說的事/Their envy was *directed against* her beauty. 她們的羨慕都是針對她的美麗而來的/All his efforts were *directed toward* world peace. 他一切的努力都是針對著世界和平/I didn't know where to *direct* my steps. 我不知道該往哪裡走．
2 送寄(信，包裹等)(*to*)．Please *direct* these orders *to* the following address. 請將這些預訂的貨品送到下列地址．
3 給(人)指路(*to*)．Please *direct* me *to* the station. 請告訴我到火車站怎麼走．
『導向正確方向』 **4** (a)指導，指示；監督；管理；(公司，企業等)．Prof. Smith *directed* my studies. 史密斯教授指導我的研究/Her father *directs* many companies. 她父親經營許多公司．(b)《文章》[句型3](direct *that* 子句/*wh* 子句)指示，命令；[句型5](direct A *to* do)指示，命令，指揮．The general *directed* that his men (should) retreat.＝The general *directed* his men *to* retreat. 將軍命令他的部下撤退/When a crisis comes, I will *direct how* you should act. 當危機來臨時，我會指示你如何行動．
5 導演(戲劇，電影)；指揮(管弦樂，合唱)．

— *vi.* 指導；指示；(音樂的)指揮.
⇨ *n.* direction.

— *adj.* (~·er; ~·est)〖不繞道的〗 **1** 筆直的，一直線的；直行的. in a *direct* line 筆直地，直線地/He took the *direct* route from here to town. 他從這裡走最近的路線進城/I want a *direct* flight to New York. 我要直飛紐約的班機/*direct* proportion《數學》正比.

2 直接的. *direct* sunlight 直射的陽光/a *direct* election 直接選舉/in *direct* contact with the base by radio. 我以無線電和基地直接聯絡.

3〔限定〕〔親屬等〕直系的. a *direct* descendant 直系後裔.

〖不妥協的〗 **4** 率直的，坦率的. Give me a *direct* answer. 給我直截了當的回答/He's so *direct* he often angers his friends. 他太率直了，以至於常惹朋友生氣.

5〔限定〕絕對的，完全的. His opinion is the *direct* opposite of mine. 他的意見和我的完全相反.
↔ indirect.

— *adv.* 筆直地；直達地；直接地. This plane flies *direct* to New York. 這班飛機直飛紐約/Look at me *direct*. 正眼看我/speak *direct* 直言不諱.

字源 RECT「筆直的」: di*rect*, cor*rect*(正確的), e*rect*(直立的), *rect*ify(改正).

di·rect cúrrent *n.* U《電》直流電(略作 DC, dc；↔ alternating current).

✲di·rec·tion [dəˋrɛkʃən, daɪ-; dɪˈrekʃn] *n.* (*pl.* ~s [~z; ~z])〖方向〗 **1** UC 方向，方位；傾向；方面，領域. He took the opposite *direction*.＝He went in the opposite *direction*. 他往反方向走/in the *direction* of London 往倫敦的方向/from every *direction* 從四面八方/in all *directions* 在四面八方/I have a poor sense of *direction*. 我的方向感很差.

〖往正確方向〗 **2** UC 指導；管理；(音樂的)指揮；(電影的)導演. stage *direction* 舞臺指導/They worked under Mr. Baker's *direction*. 他們在貝克先生的指導下工作.

3 C (常 directions)指示，命令，指揮；(藥，機器等的)用法，說明書. stage *directions* (戲劇的)舞臺指導/*directions* for the use of medicine 藥物使用說明書/ask a person for *directions* to... 要求某人依照指示去做⋯/follow a person's *directions* 遵照某人的指示/give *directions* 給與指示.

di·rec·tion·al [dəˋrɛkʃənl, daɪ-; dɪˈrekʃənl] *adj.* 方向的；《無線電》定向的，測定方位的.

di·rec·tive [dəˋrɛktɪv, daɪ-; dɪˈrektɪv] *n.* C (政府，司令官，公司幹部等下的)指令，命令.

✲di·rect·ly [dəˋrɛktlɪ, daɪ-; dɪˈrektlɪ] *adv.* **1** 筆直地，一直線地. He looked *directly* before [ahead of] him. 他直視正前方.
2 直接地. speak *directly* 直言不諱(＝speak direct)/You're *directly* responsible for this accident. 你對這事故有直接的責任.
3 正好地；完全地；絕對地. The post office is *directly* opposite the station. 郵局在車站的正對

面.

4 立即；《口》不一會兒，不久. I always answer a letter *directly*. 我收到信都會馬上回/I'll be with you *directly*. 我馬上就到你那裡/Summer will be here *directly*. 夏天將至.

— *conj.* 《主英、口》一⋯就⋯(as soon as). *Directly* he saw me, he came up to me. 他一看見我就向我走來.

di·rect narrátion *n.* ＝direct speech.

di·rect·ness [dəˋrɛktnɪs, daɪ-; dɪˈrektnɪs] *n.* U筆直；直接；率直.

di·rèct óbject *n.* C《文法》直接受詞(接受動作的受詞〖句型4〗(S+V+O+O)中的第二個受詞)；例如 I bought him a tie. (我買一條領帶給他)的tie；→ indirect object).

✲di·rec·tor [dɪˋrɛktə, daɪ-; dɪˈrektə(r)] *n.* (*pl.* ~s [~z; ~z]) C **1** 指導者，指導者. the *director* of a campaign 作戰指揮官.
2 (管弦樂團，合唱團的)指揮(conductor)；《戲劇》導演；《電影》導演(亦稱 fílm dìréctor).
3 (公司的)董事，監事，理事；(研究所等的)所長；(政府機關的)局長，長官. a board of *directors* 董事會，理事會.

di·rec·to·rate [dəˋrɛktərɪt, daɪ-; dɪˈrektərət] *n.* **1** UC 理事[董事]等的職務[職位]. **2** C (★用單數亦可作複數) (集合)理事會，幹部會議.

di·rec·tor·ship [dəˋrɛktəˌʃɪp, daɪ-; dɪˈrektəʃɪp] *n.* UC 理事[董事]的職務[任期].

di·rec·to·ry [dəˋrɛktərɪ, ˋrɛktrɪ; dɪˈrektərɪ] *n.* (*pl.* -ries) C 通訊錄；電話簿. a telephone *directory* 電話簿.

di·rèct spéech *n.* U《文法》直接敘述法(direct narration；→見文法總整理 17).

di·rèct táx *n.* UC 直接稅.

dirge [dɝdʒ; dɜːdʒ] *n.* C《文章》輓歌，哀歌，悲歌.

dir·i·gi·ble [ˋdɪrədʒəbl; ˈdɪrɪdʒəbl] *adj.* 《航空》可操縱的. — *n.* C 飛船(airship).

dirn·dl [ˋdɝndl; ˈdɜːndl] *n.* C 緊腰寬裙(由緊身上衣和寬褶的裙子組成的細腰服裝；原為奧地利提洛爾地區的民族服裝).

✲dirt [dɝt; dɜːt] *n.* U **1** 污泥；塵土，塵埃；污垢，不潔之物. She washed the *dirt* off her boots. 她洗掉靴子上的泥土/A detergent removes *dirt* from clothes. 洗衣劑可洗淨衣物上的污垢.
2 泥(mud)；土(soil). a *dirt* road 《美》未加鋪路面的泥土路.
3 不潔之物[行為，書籍，話語等].
4 《口》壞話，(帶惡意的)流言. He yelled *dirt* at them as they departed. 他們離開時，他對著他們咆哮叫罵. ⇨ *adj.* dirty.

dirt-cheap [ˌdɝtˋtʃip; ˌdɜːtˈtʃiːp] *adj.* 《口》非常便宜的，賤如糞土的.

dìrt fármer *n.* C《美、口》自耕農(耕種的土

地為自己擁有的).

dirt·i·er [ˋdɝtɪɚ; ˋdɜːtɪə(r)] adj. dirty的比較級.

dirt·i·est [ˋdɝtɪɪst; ˋdɜːtɪɪst] adj. dirty的最高級.

dirt·i·ly [ˋdɝtɪlɪ, -ɪlɪ; ˋdɜːtɪlɪ] adv. 骯髒地；卑劣地.

✲dirt·y [ˋdɝtɪ; ˋdɜːtɪ] adj. (dirt·i·er; dirt·i·est) 〖髒的〗 **1** 骯髒的, 不乾淨的, 不潔的, (↔ clean). Wash your dirty hands. 洗洗你的髒手/The park was dirty with litter. 公園因亂丟的垃圾而髒亂/a dirty job 粗活.

圓 表示「污穢」的一般用語; → foul.

2 〔核武器〕產生大量輻射塵的.

3 〔計策等〕卑劣的; 〔比賽態度等〕卑鄙的; 〔錢等〕不正當得來的. Bill played a dirty trick on me. 比爾耍我要詐.

4 〔言詞, 話語等〕猥褻的, 淫穢的. dirty talk 淫穢的言語/a dirty mind 汚穢的心靈(的人).

〖令人不悅的〗 **5** 討厭的, 令人不悅的. be in a dirty temper 不高興.

6 〔顏色等〕混濁的.

7 (口) 〔天氣等〕惡劣的. dirty weather (特指航海中遇到的) 惡劣天氣. ⇨ n. dirt.

give a person a dirty look (口) 怒視某人, 用責難的目光看人.

— v. (dirt·ies; dirt·ied; ~·ing) vt. 弄髒, 玷污. I dirtied my trousers with coffee. 咖啡弄髒了我的褲子/dirty one's hands with commercialism 雙手沾滿銅臭味.

— vi. 弄髒. White socks dirty easily. 白襪子容易弄髒.

dirty work n. U **1** 會把人弄髒的工作, 粗活; 為人嫌惡的工作. **2** (口) 無恥的行為; 不正當的行為.

dis- pref. 加在名詞、形容詞、動詞前, 表示「非…, 無…, 相反, 分離, 除去」等意思. disease, displeasure; dishonest, disloyal; discover, discontinue.

dis·a·bil·i·ty [ˌdɪsəˋbɪlətɪ; ˌdɪsəˋbɪlətɪ] n. (pl. -ties) **1** UC 無力, 無能; 無資格.

2 C 身體殘缺; 缺陷. a disability pension 傷殘撫恤金. ↔ ability.

dis·a·ble [dɪsˋebl, dɪz-; dɪsˋeɪbl] vt. 使沒有助益; 使沒有能力, (from 對於…) (↔ enable); 使傷殘. The loss of his arm disabled him from working. 失去一隻手臂使他不能工作/My father was disabled during the war. 我父親在戰爭中受傷殘廢.

dis·a·bled [dɪsˋebld; dɪsˋeɪbld] adj. 有殘疾的 (handicapped). the disabled 《名詞性; 作複數》傷病者[兵]; 殘障者/become disabled in an auto accident 因車禍而傷殘.

dis·a·ble·ment [dɪsˋeblmənt; dɪsˋeɪblmənt] n. U 傷殘.

dis·a·buse [ˌdɪsəˋbjuz, -ˋbɪuz; ˌdɪsəˋbjuːz] vt. 《文章》解除〔人的〕迷惑, 使領悟 (of 《謬誤等》).

✲dis·ad·van·tage [ˌdɪsədˋvæntɪdʒ; ˌdɪsədˋvɑːntɪdʒ] n. (pl. -tag·es [~ɪz; ~ɪz]) **1** C 不利; 不利地位, 不利的立場; 障礙. It is a disadvantage to be unable to speak English. 不會說英語很吃虧.

2 U 損害, 損失. ↔ advantage.

at a disadvantage 處於不利地位. His poor health put him at a disadvantage in his office. 他身體不好這一點使他在工作上很吃虧.

to a person's disadvantage 對某人不利. The rumor worked to his disadvantage. 那個謠言對他很不利.

dis·ad·van·taged [ˌdɪsədˋvæntɪdʒd; ˌdɪsəd'vɑːntɪdʒd] adj. 處於不利處境的 (★ poor 的委婉說法).

dis·ad·van·ta·geous [dɪsˌædvənˋtedʒəs, ˌdɪsædvən-; ˌdɪsædvɑːn'teɪdʒəs] adj. 不利的; 不方便的; (to 對…而言). ↔ advantageous.

dis·ad·van·ta·geous·ly [dɪsˌædvənˋtedʒəslɪ, ˌdɪsædvən-; ˌdɪsædvɑːn'teɪdʒəslɪ] adv. (變成)不利地; 不便地.

dis·af·fect·ed [ˌdɪsəˋfɛktɪd; ˌdɪsəˋfektɪd] adj. 不滿的, 不平的; 不忠的; (to, toward).

dis·af·fec·tion [ˌdɪsəˋfɛkʃən; ˌdɪsəˋfekʃn] n. U 《文章》(對政府等的)不滿, 不平; 不忠.

✲dis·a·gree [ˌdɪsəˋgri; ˌdɪsəˋgriː] vi. (~s [~z; ~z]; ~d [~d; ~d]; ~·ing)

1 不一致, 不同, (with). Your story disagrees with what he says. 你的說法和他所說的有出入.

2 意見不合 (differ); 失和, 爭執; (with 和…; on, about 關於…). You're always disagreeing with your boss. 你老是和你的上司意見不合/Scholars disagree about the origin of language. 學者們對語言起源的問題意見分歧.

3 〔食物, 風俗等〕不適宜, 不適合; 有害; (with). Fish disagrees with me. 魚不合我的胃口/A damp climate disagrees with gout. 潮濕的氣候對痛風不好. ⇨ n. disagreement. ↔ agree.

✲dis·a·gree·a·ble [ˌdɪsəˋgriəbl; ˌdɪsəˋgrɪəbl] adj. **1** 不愉快的, 不順心的. Work and effort are disagreeable to him. 凡是勞動或是要費力的事他都不願意/a disagreeable taste [smell] 不好的味道[氣味].

2 脾氣不好的, 難相處的. a disagreeable fellow to deal with 難以相處的傢伙. ↔ agreeable.

dis·a·gree·a·ble·ness [ˌdɪsəˋgriəblnəs; ˌdɪsə'grɪəblnɪs] n. U 不愉快.

dis·a·gree·a·bly [ˌdɪsəˋgriəblɪ; ˌdɪsəˋgrɪəblɪ] adv. 不愉快地; 脾氣不好地.

✲dis·a·gree·ment [ˌdɪsəˋgrimənt; ˌdɪsəˋgriːmənt] n. (pl. ~s [~s; ~s]) **1** U 不一致, 不同; C 相異點, 意見分歧; 爭吵, 爭論. the disagreement between the members of the committee. 委員會成員間意見的分歧.

| 搭配 adj.+disagreement: (a) bitter ~ (激烈的爭吵), (a) fierce ~ (激烈的爭吵), (a) serious ~ (嚴重的分歧) // v.+disagreement: express (one's) ~ (發表不同的意見), settle a ~ (解決紛爭).

2 U (氣候, 食物等對身體)不適合, 中毒.

⊘ v. disagree. ↔ agreement.
be in disagréement with... 與…意見不合；對
於(飲食等)不習慣.
dis·al·low [ˌdɪsəˋlaʊ; ˌdɪsəˈlaʊ] *vt.* 《文章》不允
許，禁止；不承認. ↔ allow.

✻dis·ap·pear [ˌdɪsəˋpɪr; ˌdɪsəˈpɪə(r)] *vi.* (~s
[~z; ~z]; ~ed [~d; ~d]; -ap-
pear·ing [-əˋpɪrɪŋ; -əˈpɪərɪŋ]) **1** 不見，失蹤. I
watched the car *disappear* slowly around the
corner. 我看著車子慢慢消失在轉角處/When the
maid *disappeared* behind the door, he began to
speak. 女僕的身影一消失門後，他就開始說話了.
🔲disappear 單指看不見而已；→ vanish.
2 不復存在，消失，消滅；無法使用. The money
in her purse had *disappeared* before she knew it.
她錢包裡的錢在她察覺之前就已經不見了.
↔ appear.
dis·ap·pear·ance [ˌdɪsəˋpɪrəns;
ˌdɪsəˈpɪərəns] *n.* ⎕Ū⎕不見，失蹤；消失；消滅.
The *disappearance* of the politician was a great
shock to the nation. 那位政治人物的失蹤對國家造
成很大的衝擊. ↔ appearance.

✻dis·ap·point [ˌdɪsəˋpɔɪnt; ˌdɪsəˈpɔɪnt] *vt.*
(~s [~s; ~s]; ~ed [~ɪd; ~ɪd];
~ing) **1** 使失望，使沮喪；違背…的期待. The
actress *disappointed* her fans with [by] her sud-
den retirement. 這個女演員突然退休使的戲迷大
失所望/The low interest rate *disappointed* the
depositors. 低利率讓存款人感到失望.
2 妨礙(希望，計畫等)的實現，使受挫折. His ill-
ness *disappointed* all his hopes. 他的病使他所有的
希望都破滅了/His father's death *disappointed* his
plans to study abroad. 他父親的死使他打消出國留
學的計畫. ⊘ *n.* disappointment.
✻dis·ap·point·ed [ˌdɪsəˋpɔɪntɪd; ˌdɪsəˈpɔɪntɪd]
adj. **1** 失望的，沮喪的，(*at, in, with; at* do*ing,
to* do). a *disappointed* mother 失望的母親/The
parents are *disappointed* in their son. 這對父母
對他們的兒子感到失望/I'm *disappointed* at the
result [*with* the offer]. 我對結果[提議]感到失望/
We were deeply *disappointed* at hearing [*to*
hear] the news. 聽到這個消息令我們深感沮喪/I'm
very *disappointed* that such a talented person
failed to achieve anything great. 這麼一個有才華
的人做不出甚麼大事來，我感到很失望.
2 〔計畫等〕沒有實現的，受挫的.
dis·ap·point·ing [ˌdɪsəˋpɔɪntɪŋ;
ˌdɪsəˈpɔɪntɪŋ] *adj.* 失望的，期望落空的，掃興的.
The results were *disappointing*. 這個結果令人
失望.
✻dis·ap·point·ment [ˌdɪsəˋpɔɪntmənt;
ˌdɪsəˈpɔɪntmənt] *n.* (*pl.* ~s [~s; ~s]) **1** ⎕Ū⎕C⎕失
望，期望落空. *disappointment* 沮喪地，期望落
空地/(a) *disappointment* in love 失戀.
〔搭配〕*adj.*+disappointment: bitter ~ (難受的
失望)，profound ~ (十分沮喪)，slight ~ (些
許的失望) // *v.*+disappointment: feel ~ (感到
失望)，show 〈one's〉 ~ (顯露出失望的神情).

─────────**disastrous** **417**

2 ⎕C⎕令人失望的東西，使人期望落空之物[人]. He
has always been a *disappointment* to his parents.
他一直都令他的父母失望/I found the novel a *dis-
appointment*. 我覺得這本小說比我預期的要差.
to a pèrson's **disappóintment** 令某人失望的是.
To her *disappointment*, her son grew up to be a
lazy man. 令她失望的是，她的兒子長大後竟成了一
個懶人.
dis·ap·pro·ba·tion [ˌdɪsæprəˋbeʃən,
dɪsˌæprə-; ˌdɪsæprəʊˈbeɪʃn] *n.* 《文章》=disapproval.
dis·ap·prov·al [ˌdɪsəˋpruv!; ˌdɪsəˈpruːvl] *n.*
⎕Ū⎕不贊成，不答應，不認同；責難. The teacher
shook his head in *disapproval*. 老師搖頭不表贊同.
↔ approval.
✻dis·ap·prove [ˌdɪsəˋpruv; ˌdɪsəˈpruːv] *v.* (~s
[~z; ~z]; ~d [~d; ~d]; -prov·ing) *vi.* 不贊成；責
難，《*of*》. He *disapproved of* his daughter mar-
rying the youth. 他不贊成女兒嫁給那個年輕人.
── *vt.* 不贊成，不認可. The committee *disap-
proved* the project. 委員會不認可那個計畫.
⊘ *n.* disapproval. ↔ approve.
dis·arm [dɪsˋɑrm, dɪz-; dɪsˈɑːm] *vt.* **1** 解除武
裝；取走，剝奪，《*of*》；撤除〔裁減〕軍備.
2 緩和，平息，〔疑惑，怒氣等〕，化解〔敵意等〕；
使無害.
── *vi.* **1** 放下武器，解除武裝.
2 撤除〔裁減〕軍備. ↔ arm².
✻dis·ar·ma·ment [dɪsˋɑrməmənt;
dɪsˈɑːməmənt] *n.* ⎕Ū⎕軍備的撤除〔裁減〕，裁軍.
nuclear *disarmament* 裁減核武.
dis·arm·ing [dɪsˋɑrmɪŋ, dɪz-; dɪsˈɑːmɪŋ] *adj.*
〔微笑等〕使人消除戒心的，天真爛漫的.
dis·ar·range [ˌdɪsəˋrendʒ; ˌdɪsəˈreɪndʒ] *vt.* 使
雜亂，使混亂.
dis·ar·ray [ˌdɪsəˋre; ˌdɪsəˈreɪ] *n.* ⎕Ū⎕無秩序，
雜亂，混亂.
dis·as·so·ci·ate [ˌdɪsəˋsoʃɪˌet, -sɪˌet;
ˌdɪsəˈsəʊʃɪeɪt] *vt.* 使分離(dissociate).

✻dis·as·ter [dɪzˋæstər; dɪˈzɑːstə(r)] *n.* (*pl.* ~s
[~z; ~z]) **1** ⎕Ū⎕C⎕(突然來襲而奪
走大量生命，財產的)災害，災禍；災難，不幸. an
air [a traffic] *disaster* 空難〔嚴重的交通事故〕/
The crop failure was a terrible *disaster* for the
country. 農作物歉收是國家的嚴重災難.
〔參考〕disaster 的 ASTER 是「星」，原為占星學用語.
🔲disaster 為表示個人及社會之不幸之最常用字；
→ calamity, catastrophe.
〔搭配〕*adj.*+disaster: a major ~ (大災難)，a
natural ~ (天災) // *v.*+disaster: cause (a) ~
(造成災難)，escape (a) ~ (避免災難)，face
(a) ~ (面臨災難)，suffer (a) ~ (受災難折
磨).
2 ⎕Ū⎕C⎕《詼》慘敗；⎕C⎕失敗之作.
⊘ *adj.* disastrous.
✻dis·as·trous [dɪzˋæstrəs; dɪˈzɑːstrəs] *adj.* 災

害的; 引起災害的; 悲慘的; 損失慘重的. a *disastrous* fire 損失慘重的火災.

dis·as·trous·ly [dɪz`æstrəslɪ; dɪˈzɑːtrəslɪ] *adv.* 悲慘地; 毀滅性地.

dis·a·vow [ˌdɪsəˈvaʊ; ˌdɪsəˈvaʊ] *vt.* 《文章》否認, 否定.

dis·a·vow·al [ˌdɪsəˈvaʊəl; ˌdɪsəˈvaʊəl] *n.* [UC] 否認, 否定.

dis·band [dɪsˈbænd; dɪsˈbænd] *vt.* 解散〔軍隊等〕. — *vi.* 解散.

dis·be·lief [ˌdɪsbəˈlif; ˌdɪsbɪˈliːf] *n.* [U] 不(願)相信, (對教義等的)不信, 懷疑. *disbelief in* medicine 不相信藥物/He stared at her *in disbelief.* 他懷疑地望著她.

dis·be·lieve [ˌdɪsbəˈliv; ˌdɪsbɪˈliːv] *vt.* 不信, 不相信…的話. — *vi.* 懷疑真實性(*in*).

dis·bur·den [dɪsˈbɜdn̩; dɪsˈbɜːdn̩] *vt.* **1** 卸下…擔子, 卸下貨物〔行李〕; 放下〔負擔〕. **2** 放下〔心中的〕負擔.

dis·burse [dɪsˈbɜs; dɪsˈbɜːs] *v.* 《文章》*vt.* (從存款中)支付〔金錢〕. — *vi.* 支出.

dis·burse·ment [dɪsˈbɜsmənt; dɪsˈbɜːsmənt] *n.* [U]《文章》支付, 支出; [C] 付款, 開支, 費用.

disc [dɪsk] *n.* =disk.

dis·card [dɪsˈkard; dɪˈskɑːd] *vt.* **1** 丟棄, 處置, 〔不用的東西, 舊衣服等〕; 捨棄, 拋棄, 〔習慣, 意見, 舊友等〕. **2** 〔紙牌〕打出, 丟出, 〔不用的牌〕. — [ˈdɪskard; ˈdɪskɑːd] *n.* [C] (因不用而)被丟棄的東西; 〔紙牌〕丟出的牌.

dis·cern [dɪˈzɜn, -ˈsɜn; dɪˈsɜːn] *vt.* 《文章》認出〔遠處之物, 模糊之物等〕; 〔句型3〕(discern *that* 子句/*wh* 子句)認出…, 看清…. We *discerned* through the darkness a red light in the distance. 我們透過黑暗看見遠處的紅光/I soon *discerned* (*that*) the man was lying. 我很快就看出來那人在撒謊.

dis·cern·i·ble [dɪˈzɜnəbl̩, -ˈsɜn-; dɪˈsɜːnəbl̩] *adj.* 可辨識的, 能被認出的.

dis·cern·ing [dɪˈzɜnɪŋ, -ˈsɜn-; dɪˈsɜːnɪŋ] *adj.* 有眼光的, 有洞察力的.

dis·cern·ment [dɪˈzɜnmənt, -ˈsɜn-; dɪˈsɜːnmənt] *n.* [U] 眼光; 認識.

***dis·charge** [dɪsˈtʃɑrdʒ; dɪsˈtʃɑːdʒ] *v.* (**-charg·es** [~ɪz; ~ɪz]; **~d** [~d; ~d]; **-charg·ing**) *vt.* 【放出】**1** 放下〔貨物, 乘客等〕(*from*); 從〔船等〕卸貨(*of*). The men *discharged* the cargo *from* the ship [the ship *of* its cargo]. 人們從船上卸下貨物/The airplane *discharged* its passengers. 乘客都下了飛機.

2 發射, 射, 〔槍, 子彈, 箭等〕. *discharge* a rifle 開步槍射擊.

3 排出〔液體〕; 〔煙囪〕排出, 吐出, 〔煙〕; 傾吐〔不滿〕. The pipe *discharges* waste into the river. 管子排出廢水到河裡/*discharge* one's discontent upon a person 對某人吐苦水.

4 《電》使〔蓄電池〕放電.

【從束縛中解放】**5** (從義務, 束縛等)解放; 釋放〔犯人〕; 解雇, 使停止; 使〔軍人〕退伍. *discharge* political prisoners 釋放政治犯/be *discharged from* payment of taxes 免稅/The maid was *discharged*` for theft. 該女僕因偷竊而遭解雇/*discharge* a soldier honorably 光榮退伍(非因懲戒而退伍).

6 【解除束縛】《文章》完成〔義務, 誓約等〕(★從義務中解放, 如釋重負的感覺); 償還〔借款〕. fully *discharge* one's duty 克盡職守/*discharge* one's debt 償還債務.

— *vi.* **1** 〔船或貨車〕卸貨. **2** 〔槍〕發射.

3 〔水〕流出〔河〕注入. The Danube *discharges into* the Black Sea. 多瑙河注入黑海.

4 〔傷口等〕化膿. **5** 放電.

— [dɪsˈtʃɑrdʒ; dɪsˈtʃɑːdʒ] *n.* (*pl.* **-charg·es** [~ɪz; ~ɪz]) **1** [UC] 起貨, 卸貨. *discharge* of a cargo 起貨, 卸貨.

2 [UC] 開砲, 發射. the *discharge* of a revolver 發射左輪手槍.

3 [UC] 〔義務等的〕解除, 免除; (犯人的)釋放; 退伍; 解雇, 免職. get an honorable *discharge* 光榮退伍/a *discharge* from one's debt 債務的免除.

4 [UC] 流出, 排出; [C] 廢棄物; 流出量. industrial *discharges* 工業廢料.

5 [UC] 〔義務的〕履行; 〔借款的〕償還. a full *discharge* of one's duty 充分履行…的義務/the *discharge* of a debt 借款的償還.

6 [UC] 《電》放電.

dis·ci·ple [dɪˈsaɪpl̩; dɪˈsaɪpl̩] *n.* [C] **1** 弟子. **2** (常 Disciple) 耶穌的十二門徒(the Apostles)之一.

dis·ci·pli·nar·i·an [ˌdɪsəplɪˈnɛrɪən, -ˈer-; ˌdɪsɪplɪˈneərɪən] *n.* [C] 使〔學生, 部下等〕嚴守紀律的人; 信仰嚴格紀律的人.

dis·ci·pli·nar·y [ˈdɪsəplɪnˌɛrɪ; ˈdɪsɪplɪnərɪ] *adj.* **1** 訓練的; 有紀律的. **2** 懲戒性的, 懲罰的.

***dis·ci·pline** [ˈdɪsəplɪn; ˈdɪsɪplɪn] *n.* (*pl.* **~s** [~z; ~z]) **1** [U] 訓練; 教養; [C] 訓練〔學習〕法. a Spartan *discipline* 斯巴達式訓練(法)(以嚴格、律為特色).

2 [U] 紀律, 風紀. Teachers are finding it increasingly difficult to maintain *discipline* in schools. 老師們發現愈來愈難維持學校紀律.

3 [U] 懲罰.

4 [C] (大學的)學科; (學問的)範疇. Scholars from various *disciplines* gathered at the congress. 各科學者們在會議上齊聚一堂.

— *vt.* (**~s** [~z; ~z]; **~d** [~d; ~d]; **-plin·ing**) **1** 訓練; 教養. He was strict in *disciplining* his children. 他教養孩子十分嚴格. **2** 懲罰, 懲戒.

disc jockey *n.* =disk jockey.

dis·claim [dɪsˈklem; dɪsˈkleɪm] *vt.* 拒絕, 否認; 聲明放棄.

dis·claim·er [dɪsˈklemɚ; dɪsˈkleɪmə(r)] *n.* [C] 放棄; 否認.

***dis·close** [dɪsˈkloz; dɪsˈkləʊz] *v.* (**-clos·es** [~ɪz; ~ɪz]; **~d** [~d; ~d]; **-clos·ing**) *vt.* **1** 揭露, 透露,

說出，〔祕密等〕；[句型3] (disclose *that* 子句/*wh* 子句)弄清楚…. She would not *disclose* the secret. 她不會說出祕密/The man's identity has not been *disclosed* yet. 那個人的真正身分還未曝光/He was forced to *disclose that* he had been a spy. 他被迫承認他當週間諜/The reporter refused to *disclose who* had told him the story. 記者拒絕透露故事來源.

2 〔打開蓋子等〕揭發，顯露，〔其中的東西〕. He opened the safe, *disclosing* piles and piles of 100-dollar bills. 他打開保險箱，露出成堆的百元美鈔. ⇨ *n.* **disclosure**.

dis·clo·sure [dɪsˋkloʒɚ; dɪsˈkləʊʒə(r)] *n.* Ⓤ 暴露；Ⓒ 揭發的事實，坦白的話.

dis·co [ˋdɪsko; ˈdɪskəʊ] *n.* (*pl.* ~s) (口) =disco-theque.

dis·col·or (美), **dis·col·our** (英) [dɪsˋkʌlɚ; dɪsˈkʌlə(r)] *vt.* 使變色.
— *vi.* 變色，褪色.

dis·col·or·a·tion (美), **dis·col·our·a·tion** (英) [ˌdɪskʌləˋreʃən, dɪsˌkʌlə-; dɪsˌkʌləˈreɪʃn] *n.* Ⓤ 變色；褪色.
2 Ⓒ 污點，污漬.

dis·com·fit [dɪsˋkʌmfɪt; dɪsˈkʌmfɪt] *vt.* (文章) **1** 粉碎，挫敗，〔計畫等〕. **2** 使狼狽，使困惑. **3** 打敗，使敗走.

dis·com·fi·ture [dɪsˋkʌmfɪtʃɚ; dɪsˈkʌmfɪtʃə(r)] *n.* Ⓤ **1** (計畫等的) 失敗. **2** 狼狽，困惑. **3** 敗北.

dis·com·fort [dɪsˋkʌmfɚt; dɪsˈkʌmfət] *n.* **1** Ⓤ 不安；不舒服. **2** Ⓒ 使人不舒服之事，痛苦. ⇨ *adj.* **uncomfortable.** ↔ **comfort.**
— *vt.* 使不舒服；使不安.

dis·com·pose [ˌdɪskəmˋpoz; ˌdɪskəmˈpəʊz] *vt.* (文章)使失去平靜，使不安.

dis·com·po·sure [ˌdɪskəmˋpoʒɚ; ˌdɪskəmˈpəʊʒə(r)] *n.* Ⓤ(文章)心亂；不安.

dis·con·cert [ˌdɪskənˋsɝt; ˌdɪskənˈsɜːt] *vt.* (文章)使狼狽，使慌張，(常用被動語態). He was *disconcerted* to see that his daughter was wearing such a low neckline. 看見女兒穿一件領口開得那麼低的衣服令他不知所措.

dis·con·cert·ing·ly [ˌdɪskənˋsɝtɪŋlɪ; ˌdɪskənˈsɜːtɪŋlɪ] *adv.* 不知所措地.

dis·con·nect [ˌdɪskəˋnɛkt; ˌdɪskəˈnekt] *vt.* 斷絕…的關係，使分離；切斷…的電源[水源等]；掛斷〔電話〕. *Disconnect* the power before opening the machine. 在打開機器之前應先切斷電源.

dis·con·nect·ed [ˌdɪskəˋnɛktɪd; ˌdɪskəˈnektɪd] *adj.* 〔話等〕前後不連貫的，斷斷續續的.

dis·con·so·late [dɪsˋkɑnslɪt; dɪsˈkɒnsələt] *adj.* (文章)悲傷的；垂頭喪氣的；孤寂無助的.

dis·con·so·late·ly [dɪsˋkɑnslɪtlɪ; dɪsˈkɒnsələtlɪ] *adv.* (文章)悲傷地；孤寂無助地.

dis·con·tent [ˌdɪskənˋtɛnt; ˌdɪskənˈtent] *n.* Ⓤ不滿，不平；Ⓒ (通常 discontents) 不滿[不平]的原因. the causes of young people's *discontent*

年輕人不滿的原因.

dis·con·tent·ed [ˌdɪskənˋtɛntɪd; ˌdɪskənˈtentɪd] *adj.* 不滿意的，感到不滿[不平]的 (*with*), (↔ contented). a *discontented* look 不滿的表情/a young man *discontented with* his job 一個對工作感到不滿的年輕人.

dis·con·tent·ed·ly [ˌdɪskənˋtɛntɪdlɪ; ˌdɪskənˈtentɪdlɪ] *adv.* 感到不滿地.

dis·con·tent·ment [ˌdɪskənˋtɛntmənt; ˌdɪskənˈtentmənt] *n.* =discontent.

dis·con·tin·u·ance [ˌdɪskənˋtɪnjʊəns; ˌdɪskənˈtɪnjʊəns] *n.* Ⓤ 停止，中止，廢止.

dis·con·tin·ue [ˌdɪskənˋtɪnju; ˌdɪskənˈtɪnjuː] (文章) *vt.* 停止，中止，〔持續著的事〕(stop)；(暫時)中斷. [句型3] (discontinue *do*ing) 停止 做…. They *discontinued searching* [the search] for the missing man. 他們停止搜尋那個失蹤的人.
— *vi.* 停止，中斷. ↔ **continue.**

dis·con·ti·nu·i·ty [ˌdɪskɑntəˋnuətɪ, -ˋnɪu-, -ˋnju-; ˌdɪskɒntɪˈnjuːətɪ] *n.* (*pl.* **-ties**) **1** Ⓤ間斷，中斷，不連續(性)，(↔ continuity).
2 Ⓒ(文章)段落.

dis·con·tin·u·ous [ˌdɪskənˋtɪnjʊəs; ˌdɪskənˈtɪnjʊəs] *adj.* 不連續的，間斷的，斷斷續續的，(↔ continuous).

****dis·cord** [ˋdɪskɔrd; ˈdɪskɔːd] *n.* (*pl.* ~s [~z; ~z]) **1** Ⓤ不一致，不調和，(↔ concord)；不和，爭吵；意見分歧. an apple of *discord* 紛爭的根源/There is too much *discord* within my family. 我們家常常吵架.
2 (音樂) Ⓤ 不和諧；Ⓒ 不和諧音；(↔ harmony).
3 Ⓒ 噪音，雜音. create *discords* 製造噪音.
be in discord 不調和；不睦(*with*).
[字源] CORD「心」: dis*cord*, ac*cord*(一致), *cord*ial (衷心的), re*cord*(記錄).

dis·cord·ance [dɪsˋkɔrdn̩s; dɪˈskɔːdəns] *n.* Ⓤ **1** 不一致，不調和；不和. **2** (音樂)不和諧.

dis·cord·ant [dɪsˋkɔrdn̩t; dɪˈskɔːdənt] *adj.* **1** 〔意見等〕不一致的，衝突的.
2 〔聲音〕不調和的，不和諧的，吵鬧刺耳的.

dis·cord·ant·ly [dɪsˋkɔrdn̩tlɪ; dɪˈskɔːdəntlɪ] *adv.* 不一致地；吵鬧刺耳地.

dis·co·theque [ˋdɪskə͵tɛk; ˈdɪskəʊtek] (法語) *n.* Ⓒ 迪斯可舞廳(主要指播放熱門音樂供人跳舞的場所；口語稱 disco).

****dis·count** [ˋdɪskaʊnt; ˈdɪskaʊnt] *n.* (*pl.* ~s [~s; ~s]) Ⓒ (商品，票據等的)折扣(金額)，貼現額[率]. We give [make] a *discount* of 10 percent on cash purchases. 現金購買，我們打九折優待.
at a díscount 以折扣價(的)；不能盡信地[的]；(文章)(比以前更)不受重視的，不受歡迎的.
— [ˋdɪskaʊnt, dɪsˋkaʊnt; ˈdɪskaʊnt, dɪˈskaʊnt] *vt.* (~s [~s; ~s]; ~ed [~ɪd; ~ɪd]; ~·ing)
1 將…打折扣，貼現；將〔商品，票據等〕打折扣買

進〔賣出〕. *discount* 10 percent for cash 付現打九折/*discount* shoes at 5% off the fixed price 將鞋子以定價打九五折出售.

2 不全置信. I always *discount* what he says. 對於他所說的話，我總是要打折扣.

dis·coun·te·nance [dɪsˈkauntənəns; dɪˈskauntnəns] *vt.* (文章)反對; 使…洩氣.

dĭscount hŏuse [stŏre] *n.* C 折扣商店, 量販店.

*dis·cour·age [dɪsˈkɝ·ɪdʒ; dɪˈskʌrɪdʒ] *vt.* (**-ag·es** [~ɪz; ~ɪz]; **~d** [~d]; ~d]; -ag·ing) **1** 使沮喪. Don't let that *discourage* you. 別讓那件事使你灰心洩氣/We were *discouraged at* the news. 我們聽到那消息, 都覺得很沮喪.

2 阻止〔人〕(*from* doing); 勸阻〔嘗試, 惡習等〕. The weather *discouraged* the party *from* going any farther. 天氣使晚會無法繼續進行.

⇔ encourage.

字源 COUR「心」: dis*cour*age, *cour*age (勇氣), en*cour*age (鼓勵).

dis·cour·age·ment [dɪsˈkɝ·ɪdʒmənt; dɪˈskʌrɪdʒmənt] *n.* **1** U 失望; 灰心; C 使人失望〔沮喪〕的事物. **2** U 阻止; C 阻止的事物.

⇔ encouragement.

dis·cour·ag·ing [dɪsˈkɝ·ɪdʒɪŋ; dɪˈskʌrɪdʒɪŋ] *v.* discourage 的現在分詞, 動名詞.

— *adj.* 令人沮喪的; 阻止的.

dis·course [ˈdɪskors, dɪˈskors, -ɔrs; ˈdiskɔːs] (文章) *n.* **1** C 演講; 說教; (→ speech 同); 論文, …論; (*on, upon* 關於…).

2 U 會談; (語言)談話.

— [dɪˈskors, -ˈskɔrs; dɪˈskɔːs] *vi.* 作長篇大論 (*on, upon* 關於…).

dis·cour·te·ous [dɪsˈkɝ·tɪəs; dɪsˈkɜːtjəs] *adj.* (文章)失禮的; 粗暴的.

dis·cour·te·ous·ly [dɪsˈkɝ·tɪəslɪ; dɪsˈkɜːtjəslɪ] *adv.* (文章)粗暴地; 不禮貌地.

dis·cour·te·sy [dɪsˈkɝ·təsɪ; dɪsˈkɜːtɪsɪ] *n.* (*pl.* **-sies**)(文章) U 無禮; 粗暴; C 失禮的言行.

*dis·cov·er [dɪˈskʌvɚ; dɪˈskʌvə(r)] *vt.* (**~s** [~z; ~z]; **~ed** [~d; ~d]; -cov·er·ing [-ˈskʌvərɪŋ, -ˈskʌvrɪŋ; -ˈskʌvərɪŋ]) **1** 發現, 找到, 〔未知物〕(→ detect, invent 同). *discover* a new star 發現一顆新星/Mr. and Mrs. Curie *discovered* radium in 1898. 居禮夫婦於 1898 年發現鐳.

2 (a)明白, 領悟 句型3 (discover *that* 子句/*wh* 子句, 片語)明白…. I just can't *discover* the reasons for his anger. 我就是不明白他為何生氣/It was never *discovered who* had done it. 始終沒有查出這件事是誰做的.

(b) 句型5 (discover **A** *to be* **B**)發現 A 為 B. When I opened the box, I *discovered* it *to be* empty. 我打開箱子, 結果發現它是空的. 語法 I

discovered (*that*) it was empty. 的句型更常用.

⇨ *n.* discovery.

dis·cov·er·er [dɪˈskʌvərɚ; dɪˈskʌvərə(r)] *n.* C 發現者.

dis·cov·er·ies [dɪˈskʌvrɪz, -vərɪz; dɪˈskʌvərɪz] *n.* discovery 的複數.

*dis·cov·er·y [dɪˈskʌvrɪ, -vərɪ; dɪˈskʌvərɪ] *n.* (*pl.* **-er·ies**) UC (新)發現(★「發明」是 invention); C 發現物. Newton made many wonderful *discoveries*. 牛頓有許多傑出的發現/man's *discovery of* fire 人類發現火/The *discovery that* he had been deceived was a great shock to him. 發現自己被騙之後, 他非常震驚/an archaeological *discovery* 考古學上的發現(物)/The runaway slave was afraid of *discovery*. 逃亡的奴隸害怕被發現.

搭配 *adj.*+discovery: a dramatic ~ (戲劇性的發現), an epoch-making ~ (劃時代的發現), an exciting ~ (令人振奮的發現), an important ~ (重大的發現), a startling ~ (驚人的發現).

dis·cred·it [dɪsˈkrɛdɪt; dɪsˈkredɪt] *n.* **1** U 不信任, 疑惑. He fell into *discredit* because of his lies. 他的謊言使他的信用破產.

2 U 不名譽, 恥辱; [a U] 丟臉的事〔人〕. The boy is a *discredit to* his family. 那個男孩是他家的恥辱/We know nothing to his *discredit*. 我們沒聽過任何對他的惡評.

— *vt.* **1** 不信任, 懷疑; 無法取信, 令人懷疑.

2 損害信譽(*with*).

dis·cred·it·a·ble [dɪsˈkrɛdɪtəbl; dɪsˈkredɪtəbl] *adj.* 〔行動等〕有損信譽的, 不名譽的, 可恥的.

dis·cred·it·a·bly [dɪsˈkrɛdɪtəblɪ; dɪsˈkredɪtəblɪ] *adv.* 丟臉地, 不名譽地.

*dis·creet [dɪˈskrit; dɪˈskriːt] *adj.* **1** 小心謹慎的, 慎重的. She is *discreet in* her choice of 〔*in* choosing〕 friends. 她慎重擇友.

2 不露鋒芒的, 不引人注目的.

⇨ *n.* discretion. ⇔ indiscreet.

dis·creet·ly [dɪˈskritlɪ; dɪˈskriːtlɪ] *adv.* 謹慎地, 慎重地.

dis·crep·an·cy [dɪˈskrɛpənsɪ; dɪˈskrepənsɪ] *n.* (*pl.* **-cies**) UC (文章)差異, 不一致, 矛盾, (*in, between* 在…之間的). *discrepancy between* theory and practice 理論與實踐間的差距.

dis·crete [dɪˈskrit; dɪˈskriːt] *adj.* (文章)分離的, 區別的, 個別的; 不連續的. Gases are made of *discrete* units called molecules. 氣體是由個別的分子所組成.

*dis·cre·tion [dɪˈskrɛʃən; dɪˈskreʃn] *n.* U **1** (行動, 發言等的)慎重, 謹慎, 斷創, (⇔ indiscretion). Jane used *discretion* in choosing her doctor. 珍一向審慎選擇醫生/with *discretion* 慎重地.

2 判斷〔選擇, 行動〕的自由. at *discretion* 隨自己喜好/The choice of courses is left to students' *discretion*. 選課由學生自行決定.

at a *pèrson's* **discrètion**＝*at the discrètion*

***of** a **pérson** 隨意，任由某人自行決定. Some applicants may be accepted without examination *at the discretion of* the principal. 有些申請人得不經考試，由校長逕行錄取.

dis·cre·tion·ar·y [dɪˋskrɛʃənˏɛrɪ; dɪˋskreʃnəri] *adj.* 《文章》自由裁量的；無條件的.

dis·crim·i·nate [dɪˋskrɪməˏnet; dɪˋkrɪmɪnet] *vt.* 〔特指〕辨別，區別，〔好的事物〕《from》. 囵具有「敏銳地辨別微小差異」之意; distinguish.
— *vi.* **1** 辨別，加以區分. *discriminate between* good and bad 分辨善惡.
2 差別〔待遇〕. Don't *discriminate against* women. 勿歧視女性. ⇨ *n.* **discrimination.**

dis·crim·i·nat·ing [dɪˋskrɪməˏnetɪŋ; dɪˋkrɪmɪneɪtɪŋ] *adj.* **1** 〔鑑賞家等〕具有辨別力的，眼光銳利的. She has a *discriminating* eye for art. 她對藝術有敏銳的鑑賞力. **2** 〔特指種族歧視所導致的〕〔待遇，費用等〕有差別的.

***dis·crim·i·na·tion** [dɪˏskrɪməˋneʃən; dɪˏskrɪmɪˋneɪʃn] *n.* ⓤ **1** 辨別，區別；辨別力，眼光. He shows *discrimination* in his choice of books. 他對選擇書籍有獨到的眼光.
2 差別〔待遇〕《against》. racial [sexual] *discrimination* in employment 雇用上的種族[性別]歧視.

dis·cur·sive [dɪˋskɝsɪv; dɪˋskɜːsɪv] *adj.* 《文章》〔文章，談話等〕散漫的，不著邊際的.

dis·cus [ˋdɪskəs; ˋdɪskəs] *n.* **1** ⓒ (比賽用)鐵餅.
2 (加 the) 擲鐵餅(discus throw).

***dis·cuss** [dɪˋskʌs; dɪˋskʌs] *vt.* (~**es** [~ɪz; ~ɪz]; ~**ed** [~t; ~t]; ~**ing**) 就…協商《with 和〔人〕》; (discuss *wh* 子句、片語/*doing*)討論…/討論關於…. I *discussed* my hopes at length *with* my father. 我和父親詳談了我的願望/We *discussed moving* to Boston. 我們商量搬到波士頓的事/Let's *discuss when* to leave [*when we should* leave]. 我們商量一下何時該出發吧!/*discuss* the subject 討論議題 (塶法]注意 *vt.*，故不用 discuss *about* the subject). 囵discuss 係就某問題、主題互相交換意見，通常為友好地協商；而 argue 係提出根據及自己的主張；→ debate, dispute.
⇨ *n.* **discussion.**

***dis·cus·sion** [dɪˋskʌʃən; dɪˋskʌʃn] *n.* (*pl.* ~**s** [~z; ~z]) ⓤⓒ 商量，談論，討論，《about, on, as to 關於…》. There has been enough *discussion about* the problem. 關於這個問題的討論已經夠多了/We had a family *discussion as to* where to go next weekend. 我們開家庭會議討論下週末要去哪裡/come up for *discussion* 〔問題等〕成爲議題.

塶配 *adj.*+discussion: a frank ~ (坦率的討論), a heated ~ (熱烈的討論), a lively ~ (活絡的討論) // *v.*+discussion: begin a ~ (開始討論), open a ~ (展開討論), end a ~ (結束討論), close a ~ (結束討論).
⇨ *v.* **discuss.**

under discússion (問題等)協商中，正在討論中. I can't give you a definite answer yet as the

matter is still *under discussion*. 該問題尙在討論中，所以我無法給你一個明確的答覆.

discus thrŏw *n.* ⓒ (加 the) 擲鐵餅.

***dis·dain** [dɪsˋden, dɪz-; dɪsˋdeɪn] 《文章》 *n.* ⓤ 藐視，輕蔑；自大. He has *disdain* for people with less education than himself. 他鄙視教育程度比他低的人.
— *vt.* (~**s** [~z; ~z]; ~**ed** [~d; ~d]; ~**ing**)
1 輕視，藐視. The proud man *disdained* my offer of help. 那個驕傲的人看不起我所提供的援助. 囵disdain 指懷有優越感而以高傲的態度加以藐視; → despise, scorn.
2 句型3 (disdain *to do/doing*) 對…不以爲然，對…感到可恥. I *disdain to tell* [*telling*] a lie. 我恥於說謊.

dis·dain·ful [dɪsˋdenfəl, dɪz-; dɪsˋdeɪnfʊl] *adj.* 輕蔑的，倨傲的，《toward 對…》; 鄙視的《of》.

dis·dain·ful·ly [dɪsˋdenfəlɪ, dɪz-; dɪsˋdeɪnfʊlɪ] *adv.* 輕蔑地，倨傲地.

***dis·ease** [dɪˋziz, dɪˋziːz] *n.* (*pl.* ~**es** [~ɪz; ~ɪz]) ⓤⓒ (特定的)疾病；(社會的)弊病. I am suffering from a *disease* of the stomach. 我有胃病/He died of heart *disease*. 他死於心臟病/an infectious *disease* 傳染病/a mental *disease* 心理疾病/*diseases* of society 社會的弊病. 囵disease 泛指「疾病」，但也特別用於疾病名稱或傳染性疾病；→ illness.

塶配 *adj.*+disease: an acute ~ (急性病), a chronic ~ (慢性病), a fatal ~ (致命的疾病), an incurable ~ (不治之症), a serious ~ (重病) // *v.*+disease: catch a ~ (患病), cure a ~ (治癒疾病), treat a ~ (治療疾病).

字源 EASE 「安樂」: dis*ease*, *ease*, *eas*y(舒服的).

dis·eased [dɪˋzizd; dɪˋziːzd] *adj.* 生病的，有病的；病態的. the *diseased* part 患部/a *diseased* mind 病態心理.

dis·em·bark [ˏdɪsɪmˋbɑrk, ˏdɪsɪmˋbɑːk] *vt.* (從船上)把…卸下；使登陸(上岸).
— *vi.* 下船，上岸. ↔ **embark.**

dis·em·bar·ka·tion [ˏdɪsɛmbɑrˋkeʃən, dɪsˏɛm-; ˏdɪsembɑːˋkeɪʃn] *n.* ⓤ 卸貨；登陸，上岸.

dis·em·bod·ied [ˏdɪsɪmˋbɑdɪd; ˏdɪsɪmˋbɒdɪd] *adj.* 《限定》〔靈魂等〕離開肉體的.

dis·em·bow·el [ˏdɪsɪmˋbaʊəl, -ˋbaʊl; ˏdɪsɪmˋbaʊəl] *vt.* (~**s**; (美) ~**ed**, (英) ~**led**; (美) ~**ing**, (英) ~**ling**)取出內臟.

dis·en·chant [ˏdɪsɪnˋtʃænt; ˏdɪsɪnˋtʃɑːnt] *vt.* 使醒悟；使感到幻滅.

dis·en·chant·ment [ˏdɪsɪnˋtʃæntmənt; ˏdɪsɪnˋtʃɑːntmənt] *n.* ⓤ 醒悟；幻滅.

dis·en·gage [ˏdɪsɪnˋgedʒ; ˏdɪsɪnˋgeɪdʒ] *vt.*
1 解開，使脫離；(特指)鬆開〔機械的連動裝置〕. *disengage* the clutch of a car 鬆開汽車的離合器.
2 《軍事》從戰場中撤離〔軍隊〕.
— *vi.* **1** 被解開，脫離，鬆開.

2 《軍事》停止戰鬥。

disengáge onesèlf 脫身，離開，《from》。

dis·en·gaged [͵dɪsənˋgedʒd; ͵dɪsɪnˋgeɪdʒd] *adj.* 《敘述》〔文章〕自由的，空閒的，無拘束的，(free)。 ↔ engaged.

dis·en·gage·ment [͵dɪsɪnˋgedʒmənt; ͵dɪsɪnˋgeɪdʒmənt] *n.* ⓤ(婚約的)解除；解脫，自由，《from》。

dis·en·tan·gle [͵dɪsɪnˋtæŋgl; ͵dɪsɪnˋtæŋgl] *vt.*
1 解開，拆開〔線，頭髮等〕的糾結。
2 解決，擺脫，〔混亂〕《from》。
—— *vi.* 〔糾結等〕解開，拆開；〔糾紛〕解決。

dis·en·tan·gle·ment [͵dɪsɪnˋtæŋglmənt; ͵dɪsɪnˋtæŋglmənt] *n.* ⓤ解開糾結；擺脫。

dis·es·tab·lish [͵dɪsəˋstæblɪʃ; ͵dɪsɪˋstæblɪʃ] *vt.* 廢止〔被設立的事物〕；廢除〔某教會或教派〕被當作國教的待遇。

dis·fa·vor (美)，**dis·fa·vour** (英) [dɪsˋfevɚ; ͵dɪsˋfeɪvə(r)] *n.* ⓤ〔文章〕**1** 厭惡；不贊成。The father looked with *disfavor* upon his daughter's boyfriend. 那位父親不中意他女兒的男朋友。
2 不受歡迎，不受愛戴，《with》。The Prime Minister has fallen into *disfavor with* the people. 首相已不受人民愛戴了。 ↔ favor.

dis·fig·ure [dɪsˋfɪgjɚ; dɪsˋfɪgə(r)] *vt.* 損害外觀，醜化，使難看。

dis·fig·ure·ment [dɪsˋfɪgjɚmənt; dɪsˋfɪgjəmənt] *n.* ⓤ醜化；ⓒ破壞外觀的東西，(物品的)瑕疵。

dis·fran·chise [dɪsˋfræntʃaɪz; dɪsˋfræntʃaɪz] *vt.* 褫奪公權〔選舉權〕(↔ enfranchise)。

dis·fran·chise·ment [dɪsˋfræntʃɪzmənt; dɪsˋfræntʃɪzmənt] *n.* ⓤ褫奪公權〔選舉權〕。

dis·gorge [dɪsˋgɔrdʒ; dɪsˋgɔːdʒ] *vt.* **1** 吐出；〔河水〕流注；《into》。
2 〔口〕被迫交出，「吐出」，〔贓物等〕。

*＊**dis·grace** [dɪsˋgres; dɪsˋgreɪs] *n.* **1** ⓤ恥辱，不名譽。The man's criminal actions have brought *disgrace* on his family. 那個人的罪行使他的家人蒙羞。
2 〔a ⓤ〕使蒙羞的事物〔人〕，恥辱。These slums are a *disgrace* to our city. 這些貧民區是我們城市的恥辱。
3 ⓤ不受歡迎，名譽不好。

fàll into disgráce with... 惹…惱怒。

in disgráce 丟臉，〔口〕(特指小孩)令(大人)不高興，惹人討厭。leave office *in disgrace* (因醜聞等)不名譽地辭職/Bob's *in disgrace* with his parents because he refused to go to school today. 鮑伯今天不肯上學，惹爸爸媽媽不高興。
—— *vt.* **1** 使矇受恥辱。*disgrace* oneself 做丟臉的事。
2 (特指)使〔位居要職的人〕失勢，下臺，《通常用被動語態》。

dis·grace·ful [dɪsˋgresfəl; dɪsˋgreɪsfʊl] *adj.*

可恥的，丟臉的。

dis·grace·ful·ly [dɪsˋgresfəlɪ; dɪsˋgreɪsfʊlɪ] *adv.* 可恥地，丟臉地，不名譽地。

dis·grun·tled [dɪsˋgrʌntld; dɪsˋgrʌntld] *adj.* 不滿的，不高興的，《at, with》。

*＊**dis·guise** [dɪsˋgaɪz; dɪsˋgaɪz] *vt.* (-guis·es [~ɪz; ~ɪz]; ~d [~d; ~d]; -guis·ing) **1** 假扮，改裝，《as》。Portia *disguised* herself *as* a judge. 波西亞假扮成法官。
2 隱瞞〔感情，意圖等〕(hide)；偽裝。There's no *disguising* the fact that she is dishonest. 她不誠實的事實是無法掩飾的/The kidnapper *disguised* his voice. 綁架者偽裝自己的聲音。
—— *n.* (*pl.* -guis·es [~ɪz; ~ɪz]) **1** ⓤ(為了蒙騙他人而)改裝，喬裝；ⓒ喬裝用的服飾。a man in a woman's *disguise* 男扮女裝的人/throw off one's *disguise* 脫去面具；現出原形/wear a *disguise* 喬裝改扮/Her *disguise* did not conceal her identity. 她雖喬裝但卻無法掩飾她的身分。
2 ⓤ假裝，作假，掩飾；ⓒ藉口。The maid made no *disguise of* her feelings. 那個女僕毫不掩飾自己的感情。

in disguíse 化裝的，偽裝的。Some of them were detectives *in disguise*. 他們有幾個人是喬裝打扮的偵探/a blessing *in disguise* (→ blessing 的片語)。

in [*under*] *the disguíse of...* (1)化裝成…，假扮成…。*in the disguise of* a beggar the Prince wandered through the country. 王子扮成乞丐在全國各地流浪。(2)以…為藉口。

*＊**dis·gust** [dɪsˋgʌst, dɪz-; dɪsˋgʌst] *n.* ⓤ(非常的)厭惡；(毛骨悚然般的)令人作嘔，《at 對於…》。He resigned his office *in disgust*. 他厭惡地辭掉了工作/To my *disgust*, his work habits did not improve. 讓我很不高興的是，他的工作習慣一直沒改善/The scene filled me with *disgust*. 這種場面讓我覺得噁心極了。
—— *vt.* (~**s** [~s; ~s]; ~ed [~ɪd; ~ɪd]; ~ing [~ɪŋ; ~ɪŋ]) 使厭惡，使煩擾。The servant's flattery *disgusted* his master. 僕人的奉承令他的主人感到厭煩/I was *disgusted at* [*with*] her mother. 我很不喜歡她母親。

dis·gust·ed [dɪsˋgʌstɪd, dɪz-; dɪsˋgʌstɪd] *adj.* 嫌惡的，厭煩的。a *disgusted* look 厭惡的表情。

dis·gust·ed·ly [dɪsˋgʌstɪdlɪ, dɪz-; dɪsˋgʌstɪdlɪ] *adv.* 十分不悅地，生氣地；噁心地。

*＊**dis·gust·ing** [dɪsˋgʌstɪŋ, dɪz-; dɪsˋgʌstɪŋ] *adj.* 令人作嘔的，實在令人厭惡的。*disgusting* food 令人作嘔的食物/His behavior at the party was *disgusting*. 他在舞會上的行為實在令人討厭。

dis·gust·ing·ly [dɪsˋgʌstɪŋlɪ, dɪz-; dɪsˋgʌstɪŋlɪ] *adv.* 令人噁心地，令人厭惡地。

*＊**dish** [dɪʃ; dɪʃ] *n.* (*pl.* ~**es** [~ɪz; ~ɪz]) ⓒ **1** 碗，(深的)盤子，[參見]此指盛菜餚用的大盤子；而個人所用的盤子是 plate)；(the dish*es*)(餐桌用的)碟，盤，餐具。get out the *dishes* 拿出餐具(準備吃飯)/wash [do] the *dishes* 洗餐具。
2 用盤子盛的菜餚，一盤(菜)；(一份一份的)菜餚，

食物. a *dish* of mashed potatoes 一盤馬鈴薯泥/the main *dish* 主菜/a side *dish* 主菜以外的菜/a cold *dish* (火腿等的)冷盤/What's your favorite *dish*? 你最喜歡吃甚麼菜?/The hamburger is a famous American *dish*. 漢堡是著名的美國食物.

3 盤形(物); 凹陷; 碟形天線.

4 《口》有魅力的女子, 漂亮的小妞.

── *vt.* 以盤子盛裝.

dìsh/…/óut 《口》(1)把⋯分到盤子裡; 分配. Mother *dished out* the soup. 母親把湯分到盤子裡/After the meeting they *dished out* pamphlets about their new religion. 會後他們分發有關新宗教的小冊子. (2)硬提〔勸告, 批評等〕. He is forever *dishing out* unwanted advice. 他總是提出一些沒人要聽的建議.

dìsh/…/úp¹ 把〔菜〕盛入盤中.

*dìsh úp*² 上菜; 《口》(把話)說得委婉動人.

dis·har·mo·ny [dɪs`hɑrmənɪ; ˌdɪs`hɑ:mənɪ] *n.* Ⓤ不和諧, 不一致; 走調. ↔ **harmony**.

dish·cloth [`dɪʃ͵klɔθ; `dɪʃklɔθ] *n.* ⓒ洗〔擦〕盤子用的抹布.

dis·heart·en [dɪs`hɑrtn; dɪs`hɑ:tn] *vt.* 《文章》使氣餒, 使沮喪, (discourage).

dis·heart·en·ing [dɪs`hɑrtnɪŋ, -tnɪŋ; dɪs`hɑ:tnɪŋ] *adj.* 《文章》令人沮喪的.

di·shev·eled (美), **di·shev·elled** (英) [dɪ`ʃɛvld; dɪ`ʃevld] *adj.* 〔頭髮〕凌亂的, 弄亂的; 〔服裝〕邋遢的.

dish·ful [`dɪʃ͵ful; `dɪʃfʊl] *n.* ⓒ一盤; 一盤的量.

*****dis·hon·est** [dɪs`ɑnɪst, dɪz-; dɪs`ɒnɪst] *adj.* 不正直的, 不誠實的; 欺騙的, 不正當的. a *dishonest* answer 不誠實的回答/*dishonest* money 不正當的錢. ⇨ *n.* **dishonesty.** ↔ **honest.**

dis·hon·est·ly [dɪs`ɑnɪstlɪ, dɪz-; dɪs`ɒnɪstlɪ] *adv.* 不正直地; 不正當地.

dis·hon·es·ty [dɪs`ɑnɪstɪ, dɪz-; dɪs`ɒnɪstɪ] *n.* (*pl.* **-ties**) Ⓤ不正直, 不誠實; 不正當; Ⓒ不正當行爲. ↔ **honesty.**

*****dis·hon·or** (美), **dis·hon·our** (英) [dɪs`ɑnə, dɪz-; dɪs`ɒnə(r)] *n.* **1** Ⓤ不名譽, 不體面; 恥辱, 侮辱. I prefer death to *dishonor*. 我寧死也不願受屈辱.

2 ⟨a U⟩成爲不名譽〔恥辱〕之人〔物〕. That rascal is a *dishonor* to our family. 那個壞蛋是我們家族的恥辱.

3 Ⓒ(票據的)拒付, 退票. ↔ **honor.**

── *vt.* **1** 使受恥辱, 玷污⋯的名譽.

2 〔銀行〕拒付〔支票〕, 退票.

dis·hon·or·a·ble (美), **dis·hon·our·a·ble** (英) [dɪs`ɑnərəbl, dɪz-; dɪs`ɒnərəbl] *adj.* 〔行爲等〕可恥的, 不名譽的; 〔人〕不知羞恥的, 卑劣的. ↔ **honorable.**

dis·hon·or·a·bly (美), **dis·hon·our·a·bly** (英) [dɪs`ɑnərəblɪ, dɪz-; dɪs`ɒnərəblɪ] *adv.* 不名譽地; 卑劣地, 卑鄙地.

dis·hon·our [dɪs`ɑnə, dɪz-; dɪs`ɒnə(r)] *n.* (英)=dishonor.

── **disinterestedness** 423

dìsh tòwel *n.* ⓒ(美)抹布(《英》tea towel).

dish·wash·er [`dɪʃ͵wɑʃə, `dɪʃ͵wɒʃə(r)] *n.* ⓒ洗碗的人; 洗碗機.

dis·il·lu·sion [͵dɪsɪ`luʒən, -`lɪu-; ͵dɪsɪ`lu:ʒn] *n.* Ⓤ不再著迷, 醒悟; 幻滅.

── *vt.* 使〔人〕覺醒, 使⋯醒悟; 使感到⋯幻滅; 《常用被動語態》.

[dishwasher]

I am *disillusioned* at [about, with] politics. 我對政治不存有幻想了/I hate to *disillusion* you. (說真的,)我不想讓你失望.

dis·il·lu·sion·ment [͵dɪsɪ`luʒənmənt, -`lɪu-; ͵dɪsɪ`lu:ʒnmənt] *n.* =disillusion.

dis·in·cli·na·tion [͵dɪsɪnklə`neʃən, dɪs͵ɪnklə-; ͵dɪsɪnklɪ`neɪʃn] *n.* ⟨a U⟩《文章》不情願, 厭煩, (*for, toward; to do*). I have a *disinclination* for [*toward*] work. 我對工作感到厭煩.

dis·in·clined [͵dɪsɪn`klaɪnd; ͵dɪsɪn`klaɪnd] *adj.* 《敍述》不情願的, 厭煩的, (*for; to do*). I feel *disinclined* for exercise. 我不想運動/He is *disinclined* to accept our offer. 他不願意接受我們的提案.

dis·in·fect [͵dɪsɪn`fɛkt, ͵dɪsɪn-; ͵dɪsɪn`fekt] *vt.* 消毒.

dis·in·fect·ant [͵dɪsɪn`fɛktənt, ͵dɪsɪn-; ͵dɪsɪn`fektənt] *n.* ⟨UC⟩消毒劑, 殺菌劑.

dis·in·fec·tion [͵dɪsɪn`fɛkʃən, ͵dɪsɪn-; ͵dɪsɪn`fekʃn] *n.* Ⓤ消毒.

dis·in·gen·u·ous [͵dɪsɪn`dʒɛnjuəs, ͵dɪsɪn-; ͵dɪsɪn`dʒenjʊəs] *adj.* 不誠實的; 不坦率的, 言行不一的. ↔ **ingenuous.**

dis·in·her·it [͵dɪsɪn`hɛrɪt, ͵dɪsɪn-; ͵dɪsɪn`herɪt] *vt.* 剝奪⋯的繼承權; 斷絕關係.

dis·in·te·grate [dɪs`ɪntə͵gret; dɪs`ɪntɪgreɪt] *vt.* 使支離破碎, 使分解; 使崩潰, 使瓦解.

── *vi.* 支離破碎, 分解; 〔精神, 物質〕崩潰, 瓦解. The Roman Empire was now *disintegrating*. 羅馬帝國開始瓦解了.

dis·in·te·gra·tion [͵dɪsɪntə`greʃən, dɪs͵ɪntə-; dɪs͵ɪntɪ`greɪʃn] *n.* Ⓤ分解; 崩潰, 瓦解.

dis·in·ter [͵dɪsɪn`tɝ; ͵dɪsɪn`tɜ:(r)] *vt.* (~**s**; ~**red**; ~**ring**)《文章》掘出〔埋藏物〕; (掘墓)取出⋯; 《常用被動語態》.

*****dis·in·ter·est·ed** [dɪs`ɪntərɪstɪd, -`ɪntrɪstɪd, -`ɪntə͵rɛstɪd; dɪs`ɪntrəstɪd] *adj.* 無私的, 大公無私的, (↔ **interested**). a *disinterested* judge 公正的法官. 【注意】uninterested 是「沒有興趣的」之意.

dis·in·ter·est·ed·ly [dɪs`ɪntərɪstɪdlɪ, -`ɪntrɪstɪdlɪ, -`ɪntə͵rɛstɪdlɪ; dɪs`ɪntrəstɪdlɪ] *adv.* 公正地.

dis·in·ter·est·ed·ness [dɪs`ɪntərɪstɪdnɪs,

-ˋɪntrɪstɪd-, ˏɪntəˏrɛstɪd-; dɪsˈɪntrɪstɪnɪs] *n.* Ⓤ 公正無私.

dis·joint·ed [dɪsˋdʒɔɪntɪd; dɪsˈdʒɔɪntɪd] *adj.* 〔說明等〕沒有條理的, 不連貫的.

dis·joint·ed·ly [dɪsˋdʒɔɪntɪdlɪ; dɪsˈdʒɔɪntɪdlɪ] *adv.* 支離破碎地; 不著邊際地.

＊**disk** [dɪsk; dɪsk] *n.* (★(英)常 拼作 disc) (*pl.* ~s [~s; ~s]) ⓒ **1** (平的)圓盤; 平的圓盤狀物; 唱片. **2** (太陽等)看起來平的圓形表面. **3** (解剖)椎間盤. **4** 磁碟(上附磁性物質, 可記錄資料的圓形薄片, 是電腦常用的輔助記憶體; → floppy disk, hard disk).

dísk jòckey *n.* ⓒ(廣播)音樂節目主持人, DJ, 〔在廣播節目中或迪斯可舞廳等一邊播放音樂一邊解說, 或是穿插一些流行話題的節目播音員〕.

‡**dis·like** [dɪsˋlaɪk; dɪsˈlaɪk] *vt.* (~s [~s; ~s] ~d [~t; ~t], -lik·ing)厭惡, 不喜歡, 句型3 (dislike doing)不喜歡⋯. I *dislike* hot weather. 我討厭炎熱的天氣/My father *dislikes seeing* the doctor. 我父親不喜歡看醫生.
囲 dislike 是 表示「厭惡」的 用語; 此外, hate, detest 厭惡的程度依其順序遞增.
語法 與 like 不同, 後面不接不定詞.
── *n.* (*pl.* ~s [~s; ~s]) Ⓤⓒ 厭惡, 反感, 《(for, of)》. Her *dislike* was evident in her glance. 從她匆匆一瞥中便清楚地看出她的厭惡之情/The girl has a *dislike* for [of] snakes. 那女孩討厭蛇/He is full of his likes and *díslikes*. 他這個人愛憎分明. (★與 likes 對比時, 重音會有所變化).
搭配 *adj.* (an) intense ~ (極度的厭惡), (a) strong ~ (強烈的反感), (a) violent ~ (極端的討厭) // *v.*+dislike: express (a) ~ (表達出厭惡), show (a) ~ (表現出反感).
tàke a dislíke to… 開始厭惡⋯, 對⋯起反感.
We were good friends but recently he seems to have *taken a dislike to* me. 我們本來是好朋友, 但他最近似乎有點討厭我.

dis·lik·ing [dɪsˋlaɪkɪŋ; dɪsˈlaɪkɪŋ] *v.* dislike 的現在分詞, 動名詞.

dis·lo·cate [ˋdɪsloˏket, dɪsˋloket; ˈdɪsləʊkeɪt] *vt.* **1** 使⋯的關節脫位, 使脫臼. **2** 使(交通, 計畫, 組織等)混亂.

dis·lo·ca·tion [ˏdɪsloˋkeʃən; ˏdɪsləʊˈkeɪʃn] *n.* Ⓤⓒ **1** 脫臼. **2** 混亂.

dis·lodge [dɪsˋlɑdʒ; dɪsˈlɒdʒ] *vt.* 驅逐; 將〔夾在中間的東西等〕取出, 《from》.

dis·loy·al [dɪsˋlɔɪəl, -ˋlˏ; dɪsˈlɔɪəl] *adj.* 不忠實的; 不誠實的; 不忠誠的, 《to》. ↔ loyal.

dis·loy·al·ly [dɪsˋlɔɪəlɪ, -ˋlˏɪ; dɪsˈlɔɪəlɪ] *adv.* 不忠實地; 不誠實地.

dis·loy·al·ty [dɪsˋlɔɪəltɪ, -ˋlˏtɪ; dɪsˈlɔɪəltɪ] *n.* (*pl.* -ties) Ⓤ 不誠實; 不忠誠; ⓒ 不忠實的行為; 《to》.

＊**dis·mal** [ˋdɪzm]; ˈdɪzməl] *adj.* **1** 陰沈的, 憂鬱的; 洩氣的; (gloomy). a dark and *dismal* day 昏暗而陰沈的一天/a *dismal* smile 憂鬱的微笑/I'm afraid the outlook is rather *dismal*. 我怕前景相當黯淡.
2 (口)慘不忍睹的, 一塌糊塗的. a *dismal* performance 慘不忍睹的表演[演奏]

dis·mal·ly [ˋdɪzml̩ɪ; ˈdɪzməlɪ] *adv.* 陰沈地, 憂鬱地; 洩氣地.

dis·man·tle [dɪsˋmænt]; dɪsˈmæntl] *vt.* **1** 〔建築物, 船等〕的設備[用具]拆除. **2** 分解(機器等), 使解體.

dis·may [dɪsˋme, dɪz-; dɪsˈmeɪ] *n.* Ⓤ 驚慌失措; 憂慮, 失望, 沮喪. We heard the news of the General's death *with dismay*. 聽到將軍逝世的消息, 我們感到驚慌失措/Much *to* my *dismay*, she repeated the secret to everyone. 令我感到失望的是, 她將這個祕密告訴每一個人.
── *vt.* (~s; ~ed; ~ing)使驚慌; 使失望; 《常用被動語態》. I was *dismayed at* the sight. 那景象令我感到驚慌[失望].

dis·mem·ber [dɪsˋmɛmbɚ; dɪsˈmembə(r)] *vt.* **1** 切斷[撕下]⋯的四肢, 肢解. **2** 分割(國家, 土地等).

dis·mem·ber·ment [dɪsˋmɛmbɚmənt; dɪsˈmembəmənt] *n.* Ⓤ 切斷四肢; 瓜分國土.

‡**dis·miss** [dɪsˋmɪs; dɪsˈmɪs] *vt.* (~es [~ɪz; ~ɪz]; ~ed [~t; ~t]; ~ing)
【使離開】 **1** 使離開, 使退去; 使(集會, 隊伍等)解散. The teacher *dismissed* the class when the bell rang. 鈴聲一響老師就下課了.
【趕走】 **2** (文章)解雇, 免職, 《↔ employ》. The secretary was *dismissed* (*from* her job). 祕書被解雇了.
3 忘卻, 拋棄. It did not take them long to *dismiss* him from their memory. 他們沒過多久就把他忘了.
【摒除】 **4** 將〔正在討論的問題等〕告一段落, 摒除, 迅速了結. His complaints were *dismissed* at once. 他的抱怨立刻遭到斥退/They *dismissed* my suggestion *as* (being) ridiculous. 他們認為我的建議荒謬而予以摒棄.
5 (法律)駁回, 不受理. The judge *dismissed* the case. 法官將此案駁回.
搭配 dismiss (4-5) +*n.*: ~ an appeal (駁回上訴), ~ a charge (駁回指控), ~ a claim (退回要求), ~ an objection (斥退異議), ~ an opinion (摒棄意見).
字源 MISS「送」: dis*miss*, *miss*ile (飛彈), *mis*sion (使命團), com*mis*sion (委任).

＊**dis·mis·sal** [dɪsˋmɪs]; dɪsˈmɪsl] *n.* (*pl.* ~s [~z; ~z]) Ⓤ **1** 解散, 打發走. *dismissal* of the servants from the queen's presence 要僕人從女王面前退下.
2 免職, 解雇. The *dismissals* have caused the strike. 解雇事件引發罷工.
3 〔提案等的〕摒棄; (法律)駁回, 不受理.

dis·mount [dɪsˋmaʊnt; ˏdɪsˈmaʊnt] *vt.* **1** 使摔下馬; 使下馬.
2 將〔大砲等〕(從臺座上)取下, 卸下.

— vi. 下(《from 〔馬，自行車等〕)。↔ mount.

Dis·ney [ˋdɪznɪ; ˈdɪznɪ] n. **Walt(er)** ~ 迪士尼
(1901-66)(美籍卡通動畫、動物電影的製作人)。

Dis·ney·land [ˋdɪznɪˌlænd; ˈdɪznɪlænd] n. 迪
士尼樂園(美國 Los Angeles 近郊的遊樂場(由 Walt
Disney 於 1955 年創建)；之後，在佛羅里達、日本
東京近郊、法國的巴黎也建造了類似的遊樂場)。

dis·o·be·di·ence [ˌdɪsəˋbidɪəns;
ˌdɪsəˈbiːdjəns] n. ⓤ不順從，違抗；(規則等的)違
反。*disobedience* to the law 違抗法律。
↔ obedience.

dis·o·be·di·ent [ˌdɪsəˋbidɪənt; ˌdɪsəˈbiːdjənt]
adj. 不順從的，違抗的，《to》。↔ obedient.

dis·o·be·di·ent·ly [ˌdɪsəˋbidɪəntlɪ;
ˌdɪsəˈbiːdjəntlɪ] adv. 違抗地。

dis·o·bey [ˌdɪsəˋbe; ˌdɪsəˈbeɪ] v. (~s [~z; ~z];
~ed [~d; ~d]; ~ing) vt. 不聽從(父母等)的話；不
服從，違背，〔規則等〕。Tom *disobeyed* his
mother by running out to play baseball. 湯姆不
聽媽媽的話，跑出去打棒球/He was punished for
disobeying orders. 他因抗命而受罰。
— vi. 不服從，違反。↔ obey.

dis·o·blige [ˌdɪsəˋblaɪdʒ; ˌdɪsəˈblaɪdʒ] vt. 《文
章》不聽從…的意見；冒犯；給…添麻煩。
↔ oblige.

dis·o·blig·ing [ˌdɪsəˋblaɪdʒɪŋ; ˌdɪsəˈblaɪdʒɪŋ]
adj. 《文章》冒犯的；打擾的；悖人意願的；不親切的。

dis·o·blig·ing·ly [ˌdɪsəˋblaɪdʒɪŋlɪ;
ˌdɪsəˈblaɪdʒɪŋlɪ] adv. 《文章》勉強地；冒犯地；打擾地。

dis·or·der [dɪsˋɔrdə, dɪz-; dɪsˈɔːdə(r)] n. (pl.
~s [~z; ~z]) **1** ⓤ無秩序，混亂，雜亂，(→ con-
fusion回)。His room was in *disorder*. 他的房間
亂七八糟。**2** ⓤⓒ騷動，暴動。social *disor-
der(s)* 社會的動盪不安。**3** ⓤⓒ(身心的)失調；
(較輕微的)病。a mental *disorder* 精神病/I can't
drink because I have a stomach *disorder*. 我不能
喝酒，因為我的胃有毛病。↔ order.
— vt. **1** 使混亂。**2** 使(身心)失調，使生病。

dis·or·der·ly [dɪsˋɔrdəlɪ, dɪz-; dɪsˈɔːdəlɪ] adj.
1 無秩序的，雜亂的。a *disorderly* room 雜亂的
房間。
2 目無法紀的，暴亂的。a *disorderly* mob 暴徒。

dis·or·gan·i·za·tion [dɪsˌɔrgənəˋzeʃən,
ˌdɪsˌɔːr-; dɪsˌɔːgənaɪˈzeɪʃn] n. ⓤ(組織的)崩潰，解
體；混亂。

dis·or·gan·ize [dɪsˋɔrgəˌnaɪz; dɪsˈɔːgənaɪz]
vt. 使…的組織崩潰；使混亂，擾亂。

dis·o·ri·ent [dɪsˋorɪˌɛnt, -ˋor-; dɪsˈɔːrɪent] vt.
(美)使失去方向感；使頭腦混亂。

dis·o·ri·en·tate [ˌdɪsˋorɪənˌtet;
dɪsˈɔːrɪenteɪt] v. (英) = disorient.

dis·own [dɪsˋon, dɪz-; dɪsˈəʊn] vt. 《文章》否認
…是自己的東西；聲明與…無關；斷絕關係；否定。

dis·par·age [dɪˋspærɪdʒ; dɪˈspærɪdʒ] vt. 《文
章》貶低，詆毀；輕視。

dis·par·age·ment [dɪˋspærɪdʒmənt;
dɪˈspærɪdʒmənt] n. ⓤⓒ《文章》非難，詆毀；輕視。

dis·par·ag·ing·ly [dɪˋspærɪdʒɪŋlɪ;

————————————————————————— **disperse** 425

dɪˈspærɪdʒɪŋlɪ] adv. 《文章》輕視地，輕蔑地；貶低地。

dis·pa·rate [ˋdɪspərɪt; ˈdɪspərət] adj. 《文章》本
質不同的(完全無法比較)。

dis·par·i·ty [dɪsˋpærətɪ; dɪˈspærətɪ] n.
(pl. -ties) ⓤⓒ《文章》不同，不等，差異；不一致，
不相配；《between 在…之間的》。

dis·pas·sion·ate [dɪsˋpæʃənɪt; dɪˈspæʃnət]
adj. **1** 不動感情的，冷靜的。**2** (評價)公平的。

dis·pas·sion·ate·ly [dɪsˋpæʃənɪtlɪ;
dɪˈspæʃnətlɪ] adv. 冷靜地；公平地。

dis·patch [dɪˋspætʃ; dɪˈspætʃ] vt. (~es [~ɪz;
~ɪz]; ~ed [~t; ~t]; ~ing) **1** 傳送(信件等)；派遣
(使者等)；《to》。*dispatch* a telegram 拍電報。
2 將(工作，進餐等)儘快結束。
3 (委婉)殺害，處決，(人)。
— n. **1** ⓤ快遞，特派。**2** ⓒ(正式)報告書；急
件，快信。(報社特派記者等的)快報。
3 ⓤ《文章》迅速，快速，(speed)。
with dispátch 《文章》火速地，迅速地，俐落地。

dis·pel [dɪˋspɛl; dɪˈspel] vt. (~s; ~led; ~ling) 使
(霧等)消散，消除；驅除(恐懼感，疑慮等)。His
cheerful face *dispelled* my anxiety about his
health. 他快樂的面容消除了我對他健康的憂慮。

dis·pen·sa·ble [dɪˋspɛnsəbl; dɪˈspensəbl] adj.
可有可無的，非必要的，(↔ indispensable)。

dis·pen·sa·ry [dɪˋspɛnsərɪ; dɪˈspensərɪ] n.
(pl. -ries) ⓒ(醫院等的)藥局。

dis·pen·sa·tion [ˌdɪspɛnˋseʃən, -pɛn-;
ˌdɪspenˈseɪʃn] n. **1** ⓤ《文章》施與，分配。the *dis-
pensation* of charity 慈善捐贈。
2 ⓒ天命，(神的)旨意。The *dispensations* of
Providence continued to favor him. 老天爺不斷
地眷顧他。
3 ⓤⓒ(天主教)特赦(指宗教上的赦免)。

dis·pense [dɪˋspɛns; dɪˈspens] v. (-pens·es [~ɪz;
~ɪz]; ~d [~t; ~t]; -pens·ing) vt. **1** 分配，施與。
dispense food *to* the poor 發放食物給窮人。
2 給(藥)，配(藥)。The druggist *dispensed* the
prescription. 藥劑師按處方配藥。
3 實施，執行，〔法〕。
— vi. 《用於下列片語》
dispénse with... (1)不必要…，不需要…，(do
without...)；免除。Let's *dispense* with formal-
ities. 我們免去俗套吧! (2)不用…。This device
allows us to *dispense* with manual labor. 這個裝
置可以讓我們省掉手動操作。

dis·pens·er [dɪˋspɛnsə; dɪˈspensə(r)] n. ⓒ
1 藥劑師。**2** 販賣機(依使用者需要，送出紙巾、紙
杯、洗潔精、咖啡等的裝置)，(咖啡等的)自動販賣
機；= cash dispenser.

dis·per·sal [dɪˋspɜs; dɪˈspɜːsl] n. ⓤ散布；消
散；解散。

dis·perse [dɪˋspɜs; dɪˈspɜːs] vt. **1** 驅散；使(集
團)解散。The police *dispersed* the demonstra-
tors. 警察驅散示威群眾。回 disperse 比 scatter 散

開得更徹底. **2** 使〔煙，霧等〕消散；使〔光〕分散.
— *vi.* 分散；解散；〔煙等〕消散.
◊ *n.* dispersion.

dis·per·sion [dɪ`spɝʃən, -`spɝʒ-; dɪ`spɜːʃn] *n.*
⟦U⟧弄散；解散；分散；消散. ◊ *v.* disperse.

dis·pir·it [dɪ`spɪrɪt; dɪ`spɪrɪt] *vt.* 《文章》使氣餒.

dis·pir·it·ed·ly [dɪ`spɪrɪtɪdlɪ; dɪ`spɪrɪtɪdlɪ] *adv.* 《文章》氣餒地.

dis·place [dɪs`ples; dɪs`pleɪs] *vt.* **1** 使〔從正常位置〕移動〔移居〕. Someone must have been in this room—the furniture has been *displaced*. 一定有人進過這個房間，因為家具被移動過了.
2 取代；趕出.

displáced pérson *n.* ⟦C⟧（由於戰爭或迫害而被趕出居住地的）難民，流亡者.

dis·place·ment [dɪs`plesmənt; dɪs`pleɪsmənt] *n.* **1** ⟦U⟧移動；移居；取代.
2 ⟦a U⟧（船的）排水量.

✲dis·play [dɪ`sple; dɪ`spleɪ] *vt.* (~**s** [~z; ~z]; ~**ed** [~d; ~d]; ~**ing**) ⟦使看清楚⟧
1 展示，展覽，陳列，〔商品等〕(exhibit). Many kinds of fruit are *displayed* in this shop. 這家店裡陳列著許多種水果.
2 表露，顯露，顯示，〔感情〕(show)；表現出〔能力等〕. The boy *displayed* courage. 那個男孩展現出勇氣.

　⟦搭配⟧ display+*n.*： ~ ability （展現能力），~ affection （示愛），~ appreciation （表示賞識），~ enthusiasm （展現出狂熱），~ ignorance （顯露出無知）.

3 炫耀. *display* one's mink coat 炫耀貂皮大衣.
4 攤開〔報紙等〕. *display* a map 攤開地圖.
— *n.* (*pl.* ~**s** [~z; ~z]) **1** ⟦UC⟧展示，展覽，陳列；⟦C⟧（集合）展覽品. a great *display* of fireworks 煙火表演/a *display* window 展示櫥窗.
2 ⟦UC⟧（感情的）表露；（能力等的）表現，發揮. The child jumped up and down in a *display* of anger. 那個小孩跳上跳下，表示他很生氣/The performance was a *display* of genius. 這次演出是天才的表現.
3 ⟦C⟧（電腦等的）螢幕〔顯像管上的顯示裝置〕.

màke a displáy of... 誇示….

on displáy 展覽中的〔的〕；陳列中的〔的〕. The pictures will be *on display* at the National Gallery until the end of June. 那些畫將在國立美術館展覽到6月底.

✲dis·please [dɪs`pliz; dɪs`pliːz] *vt.* (-**pleas·es** [~ɪz; ~ɪz]; ~**d** [~d; ~d]; -**pleas·ing**) 使不愉快；傷害…的感情；激怒；(↔ please). His carelessness *displeased* the professor. 他的粗心大意讓教授很不高興.

✲dis·pleased [dɪs`plizd; dɪs`pliːzd] *adj.* 不高興的，生氣的. I was *displeased* at his rudeness. 我對他的粗魯感到不悅/She is *displeased with* you. 她對你很不滿意.

dis·pleas·ing [dɪs`plizɪŋ; dɪs`pliːzɪŋ] *adj.* 令人不愉快的，令人生氣的.

dis·pleas·ure [dɪs`plɛʒɚ; dɪs`pleʒə(r)] *n.* ⟦U⟧不愉快，不滿，生氣. feel *displeasure* 感到不快.

dis·port [dɪ`sport, -`sport; dɪ`spɔːt] *vt.* 《文章》（用 *disport* oneself）嬉戲，歡樂.

dis·pos·a·ble [dɪ`spozəbl; dɪ`spəʊzəbl] *adj.* **1** 用後即丟棄的. *disposable* paper cups 用後即丟棄的紙杯. **2** 可自由使用的. *disposable* income （扣除稅金後的）可支配所得.

dis·pos·al [dɪ`spoz; dɪ`spəʊzl] *n.* **1** ⟦U⟧處置，處理；（事情的）解決. the *disposal* of property by sale 以拍賣方式處理財產. **2** ⟦U⟧配置，排列. **3** ⟦C⟧=disposer 2.

at a pèrson's dispósal 任某人自由處置. I'll leave my car at your *disposal*. 我的車任你使用.

✲dis·pose [dɪ`spoz; dɪ`spəʊz] *v.* (-**pos·es** [~ɪz; ~ɪz]; ~**d** [~d; ~d]; -**pos·ing**) *vt.* 《文章》
⟦（依意志）放置⟧ **1** 配置，排列. Mary *disposed* the furniture as she liked. 瑪莉依喜好擺設家具.
⟦轉變成 B 的情緒⟧ ⟦句型3⟧ (dispose A *for* [*to*] B)使 A 轉變成 B 的情緒；⟦句型5⟧ (dispose A *to* do)使 A 想要做…. *dispose* a person *to* idleness 使某人想偷懶/The high salary *disposed* me *to* accept the position. 高薪使我願意接受這份職務.
◊ *n.* 1的意思 disposal, disposition, 2 的意思用 disposition.
— *vi.* 解決事物. Man proposes, God disposes. 《諺》謀事在人，成事在天.

✲*dispóse of...* 處置〔財產等〕；處理…，收拾善後…；駁倒〔議論等〕. *dispose of* garbage 垃圾的處理/*dispose of* one's opponent in the debate 在辯論中駁倒對手.
⟦字源⟧ POSE「放置」: dis*pose*, op*pose* (反對)，pro*pose* (提議)，sup*pose* (假定).

dis·posed [dɪ`spozd; dɪ`spəʊzd] *adj.* 《文章》《敘述》有意…的(*to* do)(willing)；有…傾向的(*to* 〔疾病等〕). Mary wasn't *disposed to* dance that night. 瑪莉那天晚上不想跳舞/My son is *disposed to* colds. 我兒子很容易感冒.

be wèll [*ìll*] *dispósed to* [*toward*]... 對…有好感〔不友善〕.

dis·pos·er [dɪ`spozɚ; dɪ`spəʊzə(r)] *n.* ⟦C⟧ **1** 處理〔處置〕者〔物〕. **2** 污物處理機（裝置在流理臺上碾碎不要的蔬菜、垃圾等的機器）.

✲dis·po·si·tion [ˌdɪspə`zɪʃən; ˌdɪspə`zɪʃn] *n.* (*pl.* ~**s** [~z; ~z]) 《文章》⟦心之所向⟧ **1** ⟦UC⟧性情，氣質. He is of a pleasant *disposition*. 他性情溫和.=He has a pleasant *disposition*.
2 ⟦a U⟧傾向；性向；(*to*; *to* do). She has a *disposition to* jealousy. 她善妒/He has a *disposition to* be lazy. 他生性懶惰.
3 ⟦a U⟧（想…的）心情，意向. I feel a *disposition for* a drink [*to* drink]. 我想喝酒.
⟦配置＞處理⟧ **4** ⟦U⟧配置，排列. the *disposition* of furniture 家具的擺設.
5 =disposal 1. ◊ *v.* dispose.

dis·pos·sess [ˌdɪspə`zɛs; ˌdɪspə`zes] *vt.* 《文章》

奪去, 剝奪, ((of)). They have *dispossessed* me *of* my land. 他們奪走了我的土地.

dis·proof [dɪs`pruf; ˌdɪs'pruːf] *n.* (*pl.* ~s) U 反證; C 成為反證之物[事].

dis·pro·por·tion [ˌdɪsprə`porʃən, -`pɔr-; ˌdɪsprə'pɔːʃn] *n.* U 不均衡, 不相稱; C 不成比例之處.

dis·pro·por·tion·ate [ˌdɪsprə`porʃənɪt, -`pɔr-; ˌdɪsprə'pɔːʃnət] *adj.* 不相稱的, 不成比例的, ((to)); 過度的.

dis·pro·por·tion·ate·ly [ˌdɪsprə`porʃənɪtlɪ, -`pɔr-; ˌdɪsprə'pɔːʃnətlɪ] *adv.* 不成比例地, 不相稱地.

dis·prove [dɪs`pruv; dɪs'pruːv] *vt.* 證明…是錯誤的.

dis·pu·ta·ble [dɪ`spjutəbl, -`spɪut-, `dɪspjutəbl; dɪ'spjuːtəbl] *adj.* 有爭辯餘地的; 值得懷疑的.

dis·pu·ta·bly [dɪ`spjutəblɪ, -`spɪut-, `dɪspjutəblɪ; dɪ'spjuːtəblɪ] *adv.* 有爭辯餘地地.

dis·pu·tant [`dɪspjutənt, dɪ`spjutnt, -`spɪut-; dɪspjuː'tænt] *n.* C ((文章))爭論者.

dis·pu·ta·tion [ˌdɪspju`teʃən; ˌdɪspjuː'teɪʃn] *n.* ((文章)) UC 爭論, 討論. ⇨ *v.* dispute.

dis·pu·ta·tious [ˌdɪspju`teʃəs; ˌdɪspjuː'teɪʃəs] *adj.* ((文章))好爭論的.

✻dis·pute [dɪ`spjut, -`spɪut; dɪ'spjuːt] *v.* (~s [~s; ~s]; -put·ed [~ɪd; ~ɪd]; -put·ing) *vi.* 爭論, 辯論. They *disputed* hotly *about* [*over*] their child's education. 他們激烈地爭論孩子的教育問題. 回 dispute 為感情用事地激烈辯論; → discuss.

— *vt.* 【爭論】 **1** 爭論; 句型3 (dispute *wh* 子句, 片語)爭論…. We *disputed* what course to take. 我們爭論要走哪條路.

2 提出異議; 懷疑. How can you *dispute* my statement? 你怎麼能懷疑我的話呢?

【爭】 **3** 欲阻止〔敵人的攻擊等〕; (排除對手)為爭得…而努力. The soldiers *disputed* every inch of ground. 士兵們寸土必爭/dispute the first place 爭取第一順位.

— *n.* (*pl.* ~s [~s; ~s]) UC 爭論, 辯論; 糾紛. a labor *dispute* 勞工糾紛/This conclusion is open to *dispute*. 這結論尚有待商榷.

搭配 *adj.*+dispute: a bitter ~ (激烈的爭論), a fierce ~ (激烈的辯論), a heated ~ (熱烈的辯論) // *v.*+dispute: cause a ~ (引發爭議), enter into a ~ (展開爭論).

✻ *beyond* [*past*] (*all*) *dispúte* 不容爭辯的, (絕對)無庸置疑的. Tom is, *beyond dispute*, the brightest in our class. 不容爭辯的, 湯姆是我們班上最傑出的學生.

in dispúte 在爭論中的[的]((with)); 未解決[的]. the point *in dispute* 爭議的焦點.

dis·put·ing [dɪ`spjutɪŋ, -`spɪut-; dɪ'spjuːtɪŋ] *v.* dispute 的現在分詞、動名詞.

dis·qual·i·fi·ca·tion [ˌdɪskwɑləfə`keʃən, -kw-; dɪsˌkwɒlɪfɪ'keɪʃn] *n.* **1** U 取消資格; 不合格; 失去資格. C 無資格的理由.

dis·qual·i·fy [dɪs`kwɑlə͵faɪ; dɪs'kwɒlɪfaɪ] *vt.* (**-fies**; **-fied**; **~ing**)取消…的資格; 使無資格; 使不適合. His poor health *disqualified* him *for* [*from* taking] the post. 他的健康狀況不佳使他無法擔任那項職務.

dis·qui·et [dɪs`kwaɪət; dɪs'kwaɪət] ((文章)) *vt.* 使不安, 使擔心; 使動搖.

— *n.* U (心中的)不安, 擔心; (社會的)不安定狀態, 不穩定.

dis·qui·si·tion [ˌdɪskwə`zɪʃən; ˌdɪskwɪ'zɪʃn] *n.* C ((文章))(周密且長篇的)演講, 論述, 論文.

✻dis·re·gard [ˌdɪsrɪ`gard; ˌdɪsrɪ'gɑːd] *vt.* (~s [~z; ~z]; ~·ed [~ɪd; ~ɪd]; ~·ing) 漠視, 輕視; 漫不經心(★語氣沒有 ignore 強烈). I don't think you should *disregard* my opinion. 我認為你不應漠視我的意見.

— *n.* a U 漠視, 輕視; 漫不經心; ((for, of)). She had a complete *disregard for* my feelings. 她完全漠視我的感受.

dis·re·pair [ˌdɪsrɪ`pɛr, -`pær; ˌdɪsrɪ'peə(r)] *n.* U ((文章))破損(狀態); (建築物等的)荒廢, 傾頹. The house is now in a terrible state of *disrepair*. 這房子如今已荒廢破損.

dis·rep·u·ta·ble [dɪs`rɛpjətəbl; dɪs'repjʊtəbl] *adj.* **1** 名聲不好的; 不正派的. **2** 破舊寒酸的. He hardly looks like a professor in those *disreputable* clothes. 他穿著破舊, 簡直看不出是教授.

dis·rep·u·ta·bly [dɪs`rɛpjətəblɪ; dɪs'repjʊtəblɪ] *adv.* 名聲不好地; 破舊寒酸地.

dis·re·pute [ˌdɪsrɪ`pjut, -`pɪut; ˌdɪsrɪ'pjuːt] *n.* U 不名譽; 不受歡迎. The school fell into *disrepute*. 這間學校的風評不佳.

dis·re·spect [ˌdɪsrɪ`spɛkt; ˌdɪsrɪ'spekt] *n.* U 失禮, 無禮.

dis·re·spect·ful [ˌdɪsrɪ`spɛktfəl; ˌdɪsrɪ'spektfʊl] *adj.* 失禮的.

dis·re·spect·ful·ly [ˌdɪsrɪ`spɛktfəlɪ; ˌdɪsrɪ'spektfʊlɪ] *adv.* 失禮地.

dis·rupt [dɪs`rʌpt; dɪs'rʌpt] *vt.* 使〔國家, 政黨, 集會等〕分裂; 使〔交通, 通信等〕混亂.

dis·rup·tion [dɪs`rʌpʃən; dɪs'rʌpʃn] *n.* U (國家, 政黨等的)分裂, 崩潰; (交通, 通信等的)混亂.

dis·rup·tive [dɪs`rʌptɪv; dɪs'rʌptɪv] *adj.* 使分裂的, 使崩潰的. a *disruptive* influence 破壞性的影響.

dis·sat·is·fac·tion [ˌdɪssætɪs`fækʃən, ˌdɪsæt-; 'dɪsˌsætɪs'fækʃn] *n.* U 不滿, 不平. Mother's *dissatisfaction with* her surroundings 母親對周圍環境的不滿.

dis·sat·is·fied [dɪs`sætɪs͵faɪd, dɪ`sæt-; ˌdɪs'sætɪsfaɪd] *adj.* 不滿的; 看似不滿的. a *dissatisfied* look 不滿的樣子/I am very *dissatisfied with* [*at*] the idea. 我對這種想法大為不滿.

dis·sat·is·fy [dɪs`sætɪs͵faɪ, dɪ`sæt-; ˌdɪs'sætɪsfaɪ] *vt.* (**-fies**; **-fied**; **~ing**)使不滿足.

⟺ satisfy.

dis·sect [dɪ`sɛkt; dɪ`sekt] vt. **1** 解剖，切開．
2 仔細分析，剖析，〔文章等〕．

dis·sec·tion [dɪ`sɛkʃən; dɪ`sekʃn] n. **1** Ⓤ 解
剖，切開．Ⓒ 解剖體． **2** Ⓤ 仔細分析．

dis·sem·ble [dɪ`sɛmbl; dɪ`sembl] v. 《文章》 vt.
隱藏，偽裝，〔感情等〕．
— vi. 隱藏真心；佯裝不知．

dis·sem·i·nate [dɪ`sɛmə,net; dɪ`semɪneɪt] vt.
《文章》傳布，普及，〔思想，教義等〕．

dis·sem·i·na·tion [dɪ,sɛmə`neʃən;
dɪ,semɪ`neɪʃn] n. Ⓤ《文章》(思想，教義等的)傳布，
普及．

dis·sen·sion [dɪ`sɛnʃən; dɪ`senʃn] n. ⓊⒸ 意見
相左；不和．family *dissension* 家庭不睦．

dis·sent [dɪ`sɛnt; dɪ`sent] vi. 提出異議；不同意
(*from*)．
— n. Ⓤ 不同意，異議． ⟺ **assent, consent.**

dis·sent·er [dɪ`sɛntɚ; dɪ`sentə(r)] n. Ⓒ **1** 反
對者，提出異議的人． **2** (常 Dissenter)(英)不信奉
英國國教的人(如今多稱作 Nonconformist)．

dis·ser·ta·tion [,dɪsɚ`teʃən; ,dɪsə`teɪʃn] n.
Ⓒ 論文，(特指)博士論文．a doctoral *dissertation*
博士論文．

dis·ser·vice [dɪs`sɝvɪs; ,dɪs`sɜːvɪs] n. ⓊⒸ 傷
害，損害．

dis·si·dent [`dɪsədənt; `dɪsɪdənt] adj. 意見不同
的；反體制的．
— n. Ⓒ 異議分子；反體制者．

dis·sim·i·lar [dɪ`sɪmələ, dɪs`s-; ,dɪ`sɪmɪlə(r)]
adj. 不相似的，不相同的，(*to, from*)． ⟺ **similar.**

dis·sim·i·lar·i·ty [dɪ,sɪmə`lærətɪ, dɪs,s-,
,dɪssɪm-; ,dɪsɪmɪ`lærətɪ] n. (pl. **-ties**) Ⓤ 不相似；
不同；Ⓒ 不同點．

dis·sim·u·late [dɪ`sɪmjə,let, dɪs`s-;
dɪ`sɪmjʊleɪt] v. =dissemble.

dis·sim·u·la·tion [dɪ,sɪmə`leʃən, dɪs,s-,
,dɪssɪm-; dɪ,sɪmjʊ`leɪʃn] n. ⓊⒸ《文章》(感情等的)
隱藏，偽裝．

dis·si·pate [`dɪsə,pet; `dɪsɪpeɪt] vt. **1** 使〔雲，
霧，煙等〕散開；使〔悲哀，疑念等〕消除．
2 浪費(waste)，耗盡．*dissipate* one's fortune 把
財產花光．
— vi. 〔雲，霧，煙等〕消散．

dis·si·pat·ed [`dɪsə,petɪd; `dɪsɪpeɪtɪd] adj. 浪蕩
的，放蕩的．lead a *dissipated* life 過放蕩的生活．

dis·si·pa·tion [,dɪsə`peʃən; ,dɪsɪ`peɪʃn] n. Ⓤ
1 放蕩，浪費． **2** (雲，霧，煙等)散開，消失．

dis·so·ci·ate [dɪ`soʃɪ,et; dɪ`səʊʃɪeɪt] vt. 《文章》
使分離；把…分開來考慮，(*from*)． ⟺ **associate.**
dissóciate onesélf from... 與…斷絕關係；否認
與…有關係．

dis·so·ci·a·tion [dɪ,sosɪ`eʃən, -,soʃɪ-;
dɪ,səʊsɪ`eɪʃn] n. Ⓤ《文章》分離．

dis·so·lute [`dɪsə,lut, -,lɪut, `dɪsl,jut;

'dɪsəluːt] adj. 《文章》放蕩的，品行不端的．

dis·so·lute·ly [`dɪsə,lutlɪ, -,lɪut-, `dɪsl,jut-;
'dɪsəluːtlɪ] adv. 《文章》放蕩地．

dis·so·lu·tion [,dɪsə`luʃən, -`lɪu-, -sl`juʃən;
,dɪsə`luːʃn] n. Ⓤ **1** 分解，解體．
2 (契約等的)解除；(議會等的)解散．
3 (國家等的)崩潰，毀滅． ⇨ v. **dissolve.**

‡**dis·solve** [dɪ`zɑlv; dɪ`zɒlv] v. (~**s** [~z; ~z];
~**d** [~d; ~d]; **-solv·ing**) vt. **1** 使溶
化，使溶解．Water *dissolves* sugar. 水能溶解糖/
She *dissolved* salt in water. 她把鹽溶於水中．
2 解散〔議會等〕；解除，取消，〔契約，婚約等〕．
They *dissolved* Parliament and held a general
election. 他們解散國會並舉行大選．
3 使消滅，使結束．Her smile *dissolved* all his
bitter feelings. 她的微笑使他忘卻了所有的痛苦．
— vi. **1** 溶化，溶解．Salt will quickly *dissolve*
in water. 鹽在水中會迅速溶解． 回 dissolve 是不
加熱就溶化；加熱才熔化的是 melt．
2 〔議會等〕結束．
3 〔關係等〕結束．
4 〔幻影等〕(漸漸)消失；《電影、電視》溶接(上一個
畫面漸漸消失而下一個畫面漸漸顯現的畫面轉換方
式)．His figure *dissolved* into the dark. 他的身
影消失在黑暗中．
5 (哭得)不成人形．She *dissolved* in [into] tears
when she heard the bad news. 她一聽到這個惡
耗，不禁嚎啕大哭． ⇨ n. **dissolution.**
[字源] SOLVE「解開」: dissolve, resolve(作決議)，
solve(解決)，absolve(解放)．

dis·solv·ing [dɪ`zɑlvɪŋ; dɪ`zɒlvɪŋ] v. dissolve
的現在分詞，動名詞．

dis·so·nance [`dɪsənəns; `dɪsənəns] n. **1** Ⓒ
《音樂》不和諧音． **2** Ⓤ (聲音的)不和諧；不調和，
不一致． ⟺ **consonance.**

dis·so·nant [`dɪsənənt; `dɪsənənt] adj. **1** (音
樂)不和諧的，**2** 不調和的，不一致的．

dis·suade [dɪ`swed; dɪ`sweɪd] vt. 《文章》勸阻，
勸…不要做，(*from*)．He *dissuaded* his daughter
from marrying her boyfriend. 他勸女兒不要嫁給
她的男朋友． ⟺ **persuade.**

dis·sua·sion [dɪ`sweʒən; dɪ`sweɪʒn] n. Ⓤ《文
章》勸阻．

dis·taff [`dɪstæf; `dɪstɑːf] n. (pl. ~**s**) Ⓒ 捲線桿
《舊時婦女紡紗用的)．
on the dístaff síde (家族中)母親那一邊的(親
戚)．

‡**dis·tance** [`dɪstəns; `dɪstəns] n. (pl. **-tanc·es**
[~ɪz; ~ɪz])〖間隔〗**1** ⓊⒸ 距離，
路程，(*from* 從…，*to* 到…，*between* 在…之間的)．
What's the *distance from* here *to* the station? 這
裡距離車站有多遠?/keep a safe *distance between*
cars 保持安全車距/at a *distance* of 10 miles 距離
十英里/The school is within easy walking *dis-
tance* of my house. 學校離我家只要輕鬆走幾步路
就到了/The Prime Minister was a short *distance
from* the site where the bomb exploded. 首相距
炸彈爆炸的地點只有一小段距離/The hospital is

some *distance* away. 醫院(離這裡)還有段距離.

2 ⓐⓊ 遠距離, 遠方; 遠; (繪畫)遠景. The sound came from a considerable *distance*. 聲音從很遠的地方傳來/He works quite a *distance* from home. 他在離家很遠的地方工作.

3【時間的間隔】ⓊⒸ (歲月的)間隔; 久遠的歲月. At this *distance* (in time) [At a *distance* of 30 years] it's hard to remember anything clearly. 時隔那麼久[三十年], 很難將甚麼事情都記清楚.

4【心理的隔閡】ⓐⓊ 客氣, 疏遠. He treats everybody with a certain *distance* of manner. 他對任何人都保持一定距離.

【 不同 】**5** ⓊⒸ 差距, 差別, (*between* 在⋯之間的). There was a great *distance* between the two men. 那兩個男人(想法)大不相同.

* **at a dístance** 有相當距離; 在稍遠的地方. You'd see it better *at a distance*. 離遠一點你會看得更清楚.

* **in the dístance** 在遠方, 在遙遠的地方. I saw a flash of lightning *in the distance*. 我看到遠處有一道閃電.

kèep a pèrson at a dístance 不讓某人接近; 疏遠某人.

kèep one's dístance from... 與⋯保持疏遠, 與人保持距離. He's a dangerous man so you'd better *keep your distance from* him. 他是個危險人物, 所以你最好與他保持距離.

— *vt.* **1** (在賽跑等中)拉開距離(outdistance); 追過(outstrip). **2** 使遠離, 不使靠近, (*from*). *distance* oneself *from* 遠離⋯, 不靠近⋯.

✱dis·tant [ˋdɪstənt; ˈdɪstənt] *adj.* 【間隔的】 **1** 遠的, 遠方的; 離開的, (⟷ near). a *distant* view of Mt. Fuji 遠眺富士山/The town is nine miles *distant from* London. 那座城鎮距離倫敦九英里.

回 far 也是「遠」之意, 但與數字合用時, 不論遠近都用 distant, →上面的第 2 例.

2 (時間上)遠的, 遠隔的, (⟷ near). in the *distant* past 很久以前/*distant* ancestors 遠祖.

3【心理上很遠】疏遠的, 冷淡的; (眼睛或表情)遙望似的. She is cool and *distant with* [to] me. 她對我既冷淡又疏遠.

【 關係遠的>淡的 】**4** (限定)遠親的. one's *distant* relatives 遠親.

5 模糊的, 隱約的. She bears a *distant* resemblance *to* her grandmother. 她有點像她祖母.

⊹ *n.* **distance**.

dis·tant·ly [ˋdɪstəntlɪ; ˈdɪstəntlɪ] *adv.* **1** 遠遠地; 離開地, 遠隔地. **2** 疏遠地.

dis·taste [dɪsˋtest; ˌdɪsˈteɪst] *n.* ⓊⒸ 討厭(★程度比 dislike 弱). I have a *distaste for* celery. 我不喜歡吃芹菜/in *distaste* 討厭.

dis·taste·ful [dɪsˋtestfəl; dɪsˈteɪstfʊl] *adj.* 不愉快的, 討厭的. This job is *distasteful* to me. 我不喜歡這個工作.

dis·taste·ful·ly [dɪsˋtestfəlɪ; dɪsˈteɪstfʊlɪ] *adv.* 不愉快地.

dis·tem·per[1] [dɪsˋtɛmpɚ; dɪsˈtempə(r)] *n.* Ⓤ

犬瘟熱(狗、兔等的一種傳染病); 壞脾氣.

dis·tem·per[2] [dɪsˋtɛmpɚ; dɪsˈtempə(r)] *n.* Ⓤ (英)水性塗料(加水稀釋使用, 乾了之後不溶於水).

— *vt.* 用水泥漆粉刷(牆壁等).

dis·tend [dɪˋstɛnd; dɪˈstend] *v.* (文章) *vt.* 使(鼻孔, 胃等)擴張. — *vi.* 擴張.

dis·ten·sion [dɪˋstɛnʃən; dɪˈstenʃn] *n.* Ⓤ (文章)擴張.

dis·till (美), **dis·til** [dɪˋstɪl; dɪˈstɪl] *vt.* (~s; -tilled; -till·ing) **1** 蒸餾. *distilled* water 蒸餾水. **2** 用蒸餾法提煉(威士忌, 香水等)(★「釀造」是 brew). Whisky is *distilled*, while beer is brewed. 威士忌是蒸餾酒, 啤酒是釀造酒.

dis·til·la·tion [ˌdɪstḷˋeʃən, -stɪl-; ˌdɪstɪˈleɪʃn] *n.* **1** Ⓤ 蒸餾; 蒸餾法. **2** ⓊⒸ 蒸餾物(液).

dis·till·er [dɪˋstɪlɚ; dɪˈstɪlə(r)] *n.* Ⓒ 蒸餾酒製造商; 蒸餾器.

dis·till·er·y [dɪˋstɪlərɪ; dɪˈstɪlərɪ] *n.* (*pl.* -er·ies) Ⓒ (威士忌等的)蒸餾酒廠[業](→ brewery).

✱dis·tinct [dɪˋstɪŋkt; dɪˈstɪŋkt] *adj.* (~·er, more ~; ~·est, most ~)

【 區別分明的 】**1** 各別的, 不同的, (*from*)(→ different 回). Reading a book is quite *distinct from* glancing at it. 讀書和瀏覽書是大不相同的.

2 明顯的, 鮮明的, 分明的. a *distinct* outline 鮮明的輪廓/a *distinct* success 顯著的成功/The shape of the house became *distinct* as the mist cleared. 霧散後, 房屋的輪廓變得很清晰/He speaks English with a *distinct* French accent. 他說英語有明顯的法語口音. 回與 clear 相比, distinct 比較著重於輪廓的鮮明, 區別的明顯; 而 obvious 則指一目了然; → clear.

3 備受矚目的, 無與倫比的, (notable).

⊹ *v.* **distinguish.** ⟷ **indistinct.**

✱dis·tinc·tion [dɪˋstɪŋkʃən; dɪˈstɪŋkʃn] *n.* (*pl.* ~s [~z; ~z])

【 (被)區別 】**1** ⓊⒸ 區別, 差別. Make [Draw] a clear *distinction between* good and evil. 明辨善惡/make a *distinction* where there is no difference 雞蛋裡挑骨頭/without *distinction* of sex 無性別之分, 公平地.

2 Ⓒ 差異, 相異(點), (→ difference 回); 特點. What is the *distinction between* hares and rabbits? 野兔和家兔有何不同呢?

【 出類拔萃 】**3** Ⓤ 優秀, 卓越; 著名. a man of literary *distinction* 著名的文學家/John achieved *distinction* as a statesman. 約翰是位傑出的政治家/She dresses *with distinction*. 她衣著出眾.

4 Ⓒ (授勳等)榮譽的象徵.

⊹ *v.* **distinguish.** *adj.* **distinct, distinctive.**

dis·tinc·tive [dɪˋstɪŋktɪv; dɪˈstɪŋktɪv] *adj.* 顯出(與眾)不同的, 顯示特殊性的; 有特色的(*of*); 獨特的.

dis·tinc·tive·ly [dɪˋstɪŋktɪvlɪ; dɪˈstɪŋktɪvlɪ] *adv.* 有特色地；獨特地.

＊**dis·tinct·ly** [dɪˋstɪŋktlɪ; dɪˈstɪŋktlɪ] *adv.* 明白地，明確地；顯然地，無疑地. Pronounce *distinctly*. 準確地發音/He is *distinctly* of Latin origin. 他顯然是拉丁裔.

dis·tinct·ness [dɪˋstɪŋktnɪs; dɪˈstɪŋktnɪs] *n.* Ⓤ明白，明確.

‡**dis·tin·guish** [dɪˋstɪŋgwɪʃ; dɪˈstɪŋgwɪʃ] *v.* (~**es** [~ɪz; ~ɪz]; ~**ed** [~t; ~t]; ~**ing**) *vt.* 〖加以區別〗 **1** 區別，識別，(*from*) (◉指以智慧、判斷力辨別彼此間的不同; → discriminate). Europeans often cannot *distinguish* a Japanese *from* a Chinese. 歐洲人經常無法分辨日本人和中國人/classical music as *distinguished from* popular music 作爲與流行音樂有所區別的古典音樂.

2 《通常與can連用》清楚地看出[聽出]. She couldn't *distinguish* her father in the crowd. 她無法從人群中清楚地看到她父親.

〖使不同於他者〗 **3** 使有別於…，使具有特色. the industriousness that *distinguishes* the people 該國人民的勤奮特質/A long tail *distinguishes* monkeys *from* apes. 長尾巴使猴子有別於猩猩.

4 使引人注目，使有名.

— *vi.* 區別，識別. The dog cannot *distinguish between* colors. 狗無法辨別顏色.

⇨ *n.* **distinction**.

distínguish onesèlf 揚名. He *distinguished himself* in electronics. 他在電子學的領域中很出名.

dis·tin·guish·a·ble [dɪˋstɪŋgwɪʃəbl; dɪˈstɪŋgwɪʃəbl] *adj.* 能區別的，可以明辨的，(*from*).

＊**dis·tin·guished** [dɪˋstɪŋgwɪʃt; dɪˈstɪŋgwɪʃt] *adj.* **1** 傑出[出類拔萃]的，有名的. a *distinguished* singer 優秀的歌手/a writer *distinguished for* his wit 以機智出名的作家.

◉ distinguished 與 famous 不同處在於distinguished 著重於優秀、出類拔萃，而非名氣.

2 超群的，顯著的. *distinguished* services 卓越的貢獻[功績].

3 高尚的，高雅的. The young man looked *distinguished* in a suit. 那年輕人穿起西裝來儀表堂堂.

＊**dis·tort** [dɪsˋtɔrt; dɪˈstɔːt] *vt.* (~**s** [~s; ~s]; ~**ed** [~ɪd; ~ɪd]; ~**ing**) **1** 扭彎，扭曲；使〔影像、聲音等〕變形. Pain *distorted* his face. 他痛得臉都變形了/His mind is *distorted*. 他的心一片混亂/Her face was horribly *distorted* in the photograph. 照片中她的臉嚴重變形.

2 扭曲，曲解，〔事實等〕. The reporter deliberately *distorted* my argument. 記者刻意曲解我的論點. ⇨ *n.* **distortion**.

〔字源〕 TORT「扭曲」: dis*tort*, con*tort* (彎曲)，*tort*ure (折磨)，ex*tort* (勒索).

dis·tor·tion [dɪsˋtɔrʃən; dɪˈstɔːʃn] *n.* **1** Ⓤ扭歪，扭曲；Ⓒ扭彎[扭曲]的東西.

2 Ⓤ歪曲(事實等)，扭曲報導；Ⓒ被扭曲的話.

3 Ⓒ(電波, 光的)失真. ⇨ *v.* **distort**.

＊**dis·tract** [dɪˋstrækt; dɪˈstrækt] *vt.* (~**s** [~s; ~s]; ~**ed** [~ɪd; ~ɪd]; ~**ing**) **1** 轉移，分散，〔思想，注意力等〕(*from*)(◄► attract). Don't *distract* me when I'm trying to work! 我想工作的時候不要分散我的注意力!/Reading *distracts* the mind *from* grief. 閱讀可以排解憂傷.

2 使驚慌失措，使混亂，(通常用被動語態). She was *distracted by* [*with*] grief. 她因悲傷而心煩意亂. ⇨ *n.* **distraction**.

〔字源〕 TRACT「拉」: dis*tract*, abs*tract*(摘要)，ex*tract*(摘錄)，*tract*or(曳引機).

dis·tract·ed [dɪˋstræktɪd; dɪˈstræktɪd] *adj.* 混亂的；發狂般的.

dis·tract·ed·ly [dɪˋstræktɪdlɪ; dɪˈstræktɪdlɪ] *adv.* 混亂地；發狂似地.

dis·trac·tion [dɪˋstrækʃən; dɪˈstrækʃn] *n.* **1** Ⓤ分散注意力，分心；Ⓒ分散注意力的東西. a quiet place free of *distractions* 不會分散注意力的安靜場所.

2 Ⓤ心煩意亂，驚慌；精神錯亂，瘋狂. The dog's continual barking drives me to *distraction*. 狗叫個不停，我快要發瘋了.

3 Ⓒ消遣，娛樂，(relaxation, amusement). ⇨ *v.* **distract**.

dis·train [dɪˋstren; dɪˈstreɪn] *vi.* 《法律》扣押 (*upon*〔人，財物等〕).

dis·trait [dɪˋstre; dɪˈstreɪ] (法語) *adj.* 心神恍惚的，心不在焉的.

dis·traught [dɪˋstrɔt; dɪˈstrɔːt] *adj.* 《文章》心煩意亂的，幾乎發狂的，(*with*).

＊**dis·tress** [dɪˋstrɛs; dɪˈstres] *n.* **1** Ⓤ痛苦，苦惱. The news caused him much *distress*. 這個消息使他十分苦惱/The patient showed signs of *distress*. 病人呈現痛苦的徵狀.

2 〔a Ⓤ〕苦惱的原因. Tom is a *distress* to his mother. 湯姆是他母親心中的煩惱.

3 Ⓤ困乏，窮困；困難，(海事)海難. The family is *in distress* for money. 這一家人十分窮困/a ship *in distress* 遇難的船.

— *vt.* **1** 使痛心，使悲傷. He was deeply *distressed at* my failure. 他對於我的失敗大爲痛心.

2 使窮困.

distréss onesèlf 傷心. Don't *distress yourself* (over it [about it]). 不要(爲這件事)傷心.

dis·tress·ful [dɪˋstrɛsfəl; dɪˈstresfʊl] *adj.* = distressing.

dis·tress·ing [dɪˋstrɛsɪŋ; dɪˈstresɪŋ] *adj.* 令人苦惱的；悲慘的. *distressing* news 令人悲痛的消息.

dis·tress·ing·ly [dɪˋstrɛsɪŋlɪ; dɪˈstresɪŋlɪ] *adv.* 悲慘地.

‡**dis·trib·ute** [dɪˋstrɪbjut; dɪˈstrɪbjuːt] *vt.* (~**s** [~s; ~s]; -**ut·ed** [~ɪd; ~ɪd]; -**ut·ing**) **1** 分配，配給；配送，配發，(*to, among*).

distribute money and food *to* the poor 分送金錢與食物給窮人/Leaflets were *distributed among* the audience. 傳單被分送給聽眾.

2 撒〔種子, 肥料等〕; 塗〔藥等〕;《*over*》; 使〔動植物等〕分布. a widely *distributed* species of moss 分布範圍廣泛的苔蘚類.

〔字源〕 TRIB 〔分給〕: dis*tribute*, con*tribute* (捐贈), *tribute* (貢品), re*tribution* (報應).

dis·trib·ut·ing [dɪ`strɪbjutɪŋ; dɪ`strɪbjuːtɪŋ] *v.* distribute 的現在分詞, 動名詞.

dis·tri·bu·tion [ˌdɪstrə`bjuʃən, -`bɪuʃən, ˌdɪstrɪ`bjuːʃn] *n.* (*pl.* ~s** [~z; ~z]) ⓤⓒ **1** 分配, 配給; 配送, 配發. the even *distribution* of wealth 財富的平均分配/the *distribution* of food and clothes to the disaster areas 災區糧食與衣物的配送.

2 (生物, 語言等的)分布. This plant has a worldwide *distribution*. 這種植物分布在全世界.

dis·trib·u·tive [dɪ`strɪbjətɪv; dɪ`strɪbjutɪv] *adj.* 分配的; 配送的.

dis·trib·u·tor [dɪ`strɪbjətɚ; dɪ`strɪbjutə(r)] *n.* ⓒ **1** 配發者, 配送人.

2 (機械)(內燃機的)配電器.

dis·trict [`dɪstrɪkt; 'dɪstrɪkt] *n.* (*pl.* ~s** [~s; ~s]) ⓒ **1** (具有特色, 有特殊活動的)地區(★通常指比region更小的地區). the East District 東部地區/an agricultural *district* 農業地帶.

2 區, …街. the shopping *district* of a town 城裡的購物區.

3 (按行政, 司法等目的所劃分的)地區; (英)(再將county區分為)區. a school *district* 學區/a judicial *district* (美)法院管轄區(全國約劃分為90區).

dístrict attórney *n.* ⓒ(美)地方檢察官(略作 DA).

Dìstrict of Colúmbia *n.* (加 the)哥倫比亞特區(美國聯邦政府的直轄區, 區內有首都 Washington; 略作 D.C.).

[District of Columbia]

dis·trust [dɪs`trʌst; dɪs'trʌst] *n.* ⓐⓤ 不信任, 懷疑. The people have a *distrust* of the President's diplomatic policies. 人民對總統的外交政策

抱持不信任的態度.

—— *vt.* 不信任, 懷疑. (→ mistrust 同).

dis·trust·ful [dɪs`trʌstfəl; dɪs'trʌstfʊl] *adj.* 不信任的, 懷疑的, 《*of*》.

dis·trust·ful·ly [dɪs`trʌstfəlɪ; dɪs'trʌstfʊlɪ] *adv.* 深感懷疑地.

❊**dis·turb** [dɪ`stɝb; dɪ'stɜːb] *v.* (~**s** [~z; ~z]; ~**ed** [~d; ~d]; ~**ing**) *vt.* **1** 擾亂〔安靜狀態〕; 打擾〔工作等中的人〕. *disturb* the peace 擾亂安寧/The child *disturbed* its mother *at* her work. 那孩子打擾了工作中的母親/Don't *disturb* yourself. 別費心了(不用管我, 請繼續做你的事).

2 使心神不定, 使不安. She was *disturbed* to hear the news. 聽到這消息令她心神不寧.

3 弄亂〔收拾整齊的東西等〕; 攪動〔平靜的水面等〕. Don't *disturb* the papers on my desk. 不要弄亂我書桌上的文件.

—— *vi.* 妨礙(安靜, 睡眠, 工作等). 'Do Not *Disturb*' 「請勿打擾」(旅館房間門口的掛牌).

〔字源〕 TURB 〔弄亂〕: dis*turb*, per*turb* (使心神不寧), *turb*ulent (狂暴的), *turb*id (混亂的).

dis·turb·ance [dɪ`stɝbəns; dɪ'stɜːbəns] *n.* (*pl.* -anc·es** [~ɪz; ~ɪz]) **1** ⓤⓒ 混亂; (社會的)騷動; 妨礙. cause 〔raise〕 a *disturbance* 引起騷動/The students were arrested for *disturbance* of the peace. 學生們因妨礙安寧被捕.

2 ⓤⓒ 心煩意亂, 不安; ⓒ 擔心的原因.

3 ⓤⓒ (在靜止的水面的)攪動.

dis·u·nite [ˌdɪsju`naɪt; ˌdɪsjuː'naɪt] *vt.* 使分裂.
—— *vi.* 分裂.

dis·u·ni·ty [dɪs`junɪtɪ; dɪs'juːnɪtɪ] *n.* ⓤ 不統一, 不和.

dis·use [dɪs`juz; ˌdɪs'juːz] *vt.* 停止使用.
—— [dɪs`jus; ˌdɪs'juːs] *n.* ⓤ 停止使用, 廢棄. fall into *disuse* 不再使用, 廢棄.

di·syl·lab·ic [ˌdɪsɪ`læbɪk; ˌdɪsɪ'læbɪk] *adj.* 兩音節的.

ditch [dɪtʃ; dɪtʃ] *n.* (*pl.* ~es** [~ɪz; ~ɪz]) ⓒ 溝, 渠, 下水道, (排水等用); (天然的)水道. Workmen are digging *ditches*. 工人正在挖掘水溝.

—— *vt.* **1** 挖溝〔渠〕; 用溝〔渠〕圍住.

2 使〔汽車等〕落入溝中; (俚)使〔飛機〕在水上迫降.

3 (俚)把〔車子等〕棄置在半路上; 遺棄〔情人, 朋友等〕.

dith·er [`dɪðɚ; 'dɪðə(r)] *n.* ⓐⓤ (口)心亂, 猶豫, 徬徨. She is all of a *dither*. 她坐立不安.

—— *vi.* 《口》(無法做決定)心裡七上八下.

dit·to [`dɪto; 'dɪtəʊ] *n.* (*pl.* ~**s**) ⓒ 同上, 同前, (the same; 略作 do.). One shirt at £3; *ditto* at £3.50. 一件襯衫3英鎊; 一次買2件只要3.5英鎊. 〔參考〕用於同樣字句的省略; 在表格等上以《"》(*ditto* màrk) 表示.

dit·ty [`dɪtɪ; 'dɪtɪ] *n.* (*pl.* -**ties**) ⓒ 小調, 歌謠.

di·u·ret·ic [ˌdaɪju`rɛtɪk; ˌdaɪjʊə'retɪk] *adj.* 利尿(作用)的.

— *n.* ⓊⒸ利尿劑.

di·ur·nal [daɪˈɝn̩; daɪˈɜːnl] *adj.* 《文章》每日的; 白晝的; (↔ nocturnal).

di·van [ˈdaɪvæn, dɪˈvæn; dɪˈvæn] *n.* Ⓒ長椅, 沙發; (通常放在牆邊; 也可代替床用).

[divan]

*dive [daɪv; daɪv] *vi.* (~**s** [~z; ~z]; ~**d** [~d; ~d], 《美》**dove**; ~**d**; **div·ing**) **1** (頭先下水)跳水; 〔潛水夫, 潛水艇〕潛入, 潛水. *dive in* 〔*into*〕 the water 潛入水中.

2 (為了逃避)衝進, 跑進, 〔*into*〕; (很快地)消失. The fox *dived into* its hole. 狐狸逃入牠的洞穴中. **3** 把手插入〔*into*〔口袋等〕〕. He *dived into* his pocket for some change. 他把手插入口袋找零錢. **4** 埋頭, 專心, 〔*into*〕. He *dived into* his new work with enthusiasm. 他埋頭於新的工作. **5** 〔鳥, 飛機等〕俯衝. The hawk *dived* steeply and caught its prey. 鷹急速俯衝捕捉牠的獵物.

●——《美》《英》變化形不同的動詞		
原形	過去式	過去分詞
dive 跳入	dived《美》dove	dived
forget 忘記	forgot	forgotten《美》forgot
get 得到	got	got《美》gotten
quit 中止	quitted《主美》quit	quitted《主美》quit
wet 弄濕	wetted《主美》wet	wetted《主美》wet
→ learn 表 ★(2)		

— *n.* Ⓒ **1** 跳入, 跳進, 〔*into*〕; 跳水; 潛水; (鳥, 飛機等的)俯衝. She made a beautiful *dive into* the pool. 她以優美的姿勢跳入池中.

2 (口)(特指設在地下室的)逗留談天的低級場所[酒家, 賭場].

dive-bomb [ˈdaɪvˌbɑm; ˈdaɪvbɒm] *vi.* 俯衝轟炸.

— *vt.* 俯衝轟炸.

díve bòmber *n.* Ⓒ俯衝轟炸機.

*div·er [ˈdaɪvɚ; ˈdaɪvə(r)] *n.* (*pl.* ~**s** [~z; ~z]) Ⓒ跳水者; 跳水選手; 潛水夫; 潛水採貝的女性. a pearl *diver* 採珠人(潛水夫)/a scuba *diver* 深海潛水員(使用潛水裝備)/a *diver's* suit → diving suit (見 diving suit)/*Divers* were sent down to look for the missing. 潛水人員潛入水中搜尋失蹤者.

di·verge [dəˈvɝdʒ, daɪ-; daɪˈvɜːdʒ] *vi.* **1** 〔線, 道路等〕分開, 分歧; 分岔《*from*》. The road *diverges* about a mile from here. 這條路在離這裡

約一英里處分成兩條路.

2 〔意見等〕分歧, 不同. Our opinions on the matter *diverged* greatly. 我們對此事的意見分歧頗大. ↔ converge.

di·ver·gence [dəˈvɝdʒəns, daɪ-; daɪˈvɜːdʒəns] *n.* ⓊⒸ **1** (道路等的)分歧; 分岔《*from*》. **2** (意見等的)不同.

di·ver·gent [dəˈvɝdʒənt, daɪ-; daɪˈvɜːdʒənt] *adj.* **1** 〔道路等〕分歧的. **2** 〔意見等〕不同的.

di·verse [dəˈvɝs, daɪ-; daɪˈvɜːs] *adj.* **1** 各式各樣的, 形形色色的. *Diverse* opinions were expressed at the meeting. 在會議中有各種不同的意見. **2** 不同的, 相異的, 《*from*》. ⇨ *n.* diversity.

di·verse·ly [dəˈvɝslɪ, daɪ-; daɪˈvɜːslɪ] *adv.* 各式各樣地.

di·ver·si·fi·ca·tion [dəˌvɝsəfəˈkeʃən, daɪ-; daɪˌvɜːsɪfɪˈkeɪʃn] *n.* Ⓤ多元化, 多樣性.

di·ver·si·fy [dəˈvɝsəˌfaɪ, daɪ-; daɪˈvɜːsɪfaɪ] *v.* (**-fies**; **-fied**; ~**ing**) *vt.* 使多元化; 賦與各種變化. — *vi.* 多元化.

di·ver·sion [dəˈvɝʒən, daɪ-, -ˈʃən; daɪˈvɜːʃn] *n.* ⓊⒸ **1** 偏離; 轉變. The *diversion* of the river changed the barren land. 河川的改道改變了這片不毛之地. **2** 轉移〔注意力等〕的(東西); (軍事)制攻擊, 聲東擊西. **3** 消遣, 娛樂. You need some *diversion*. 你需要出去散散心. ⇨ *v.* divert.

di·ver·si·ty [dəˈvɝsətɪ, daɪ-; daɪˈvɜːsətɪ] *n.* (*pl.* **-ties**) Ⓤ不同; 多樣(性)(variety); Ⓒ不同點.

*di·vert [dəˈvɝt, daɪ-; daɪˈvɜːt] *vt.* (~**s** [~s; ~s]; ~**ed** [~ɪd; ~ɪd]; ~**ing**) 〖改變方向〗 **1** 使〔水等〕改道, 改變…的方向, 《*from A to B* 從 A 到 B》. The course of the river has been *diverted* by the flood. 那條河的流向因洪水而改變了.

2 轉移〔注意力等〕. My attention was frequently *diverted from* work by the noise. 吵雜聲經常使我轉移了對工作的注意力.

3 〔心〕向別處〕使解悶, 使得到消遣, (→ entertain 同). I *diverted* myself *with* (playing) golf. 我打高爾夫球來解悶. ⇨ *n.* diversion.

[字源] VERT「向」: di*vert*, con*vert* (使改變), re*vert* (返回), in*vert* (使逆向).

di·vert·ing [dəˈvɝtɪŋ, daɪ-; daɪˈvɜːtɪŋ] *adj.* 消遣的; 有趣的, 娛樂的, (amusing).

di·vest [dəˈvɛst, daɪ-; daɪˈvest] *vt.* 《文章》 **1** 由…截取, 使脫去, 《*of*》(strip).

2 剝奪〔地位, 權利等〕(deprive). They *divested* the officer *of* his rank. 他們取消了那位軍官的軍階.

*di·vide [dəˈvaɪd; dɪˈvaɪd] *v.* (~**s** [~z; ~z]; **-vid·ed** [~ɪd; ~ɪd]; **-vid·ing**) *vt.* **1** 分割《*into*》. A wall *divided* the yard *into* two sections. 一道牆把院子分隔成二部分/The children were *divided into* two groups. 小孩子被分成兩組/*divide* a cake *in* half [two] 將蛋糕切成兩半(語法 in half, in two 是慣用法, 不可使用 into 代替 in)/*divided* payment 分期付款.

[同]divide 通常指分割一完整物體的情況, 重點在分割後的結果, 有時亦暗示這些部分之間的對立和抗

爭; → separate.

2 分隔; 使疏離: 《*from*》. A narrow strait *divides* Britain *from* the Continent. 一條狹窄的海峽將英國和歐洲大陸隔開.

3 分類, 分門別類. *divide* books according to subject matter 將書籍根據內容分門別類.

4 分配: 《*between, among* 在…之間》; 瓜分《*with*》. *divide* profits *among* shareholders 股東們分配利潤／*Divide* your time adequately *between* study and play. 適當地分配你讀書與休閒的時間／The robbers *divided* up the money *among* themselves. 強盜們分配贓款／She *divided* the cake *with* her sister. 她和妹妹分蛋糕.

5 使〔意見等〕分歧; 使…的意見對立, 使鬧翻. The committee is *divided* in opinion. 委員會意見分歧.

6 《數學》除《↔ multiply》. *divide* 16 *by* 4 十六除以四〔亦作 *divide* 4 *into* 16〕／6 *divided by* 2 is [equals] 3. 六除以二等於三.

— *vi.* **1** 分開《*into*》; 《數學》能除盡《*into*》; 用除法計算. Let's *divide* up *into* three groups. 我們分成三組吧！／3 will not *divide into* 11. 三不能整除十一.

2 意見分歧, 對立. The Government *divided on* [*over*] its foreign policy. 政府在外交政策上意見分歧.

divíde and rúle 分而治之《〔語法〕也做名詞用》.

— *n.* ⓒ **1** 分割, 分裂. **2** 《美》分水嶺. the Great Divide (→見 Great Divide).

di·vid·ed [dəˋvaɪdɪd; dɪˋvaɪdɪd] *adj.* 被分割的; 分裂的.

divíded agàinst itsélf 內部分裂的〔家庭, 國家, 黨派等〕《出自聖經》.

divíded híghway *n.* ⓒ《美》(中間有安全島分開的)高速公路《《英》dual carriageway》.

div·i·dend [ˋdɪvə͵dɛnd; ˈdɪvɪdend] *n.* ⓒ **1** (股票的)股利, 股息. **2** 《數學》被除數《↔ divisor》.

di·vid·er [dəˋvaɪdɚ; dɪˋvaɪdə(r)] *n.* **1** 分開者〔物〕; 屏風, 隔間(用家具). **2** (dividers)兩腳規. a pair of *dividers* 一副兩腳規.

di·vid·ing [dəˋvaɪdɪŋ; dɪˋvaɪdɪŋ] *v.* divide 的現在分詞, 動名詞.

div·i·na·tion [͵dɪvəˋneʃən; ͵dɪvɪˈneɪʃn] *n.* **1** ⓤ占卜. **2** ⓒ(憑直覺的)預言.

****di·vine** [dəˋvaɪn; dɪˋvaɪn] *adj.* (**-vin·er; -vin·est**) 《★表1的意思時無比較級變化》**1** 神的; 神性的; 神授的; 神聖的(holy). the *divine* will 神意／*divine* inspiration 神賜的靈感.

2 如神的, 神聖的. a woman of *divine* beauty 聖潔美麗的女子.

3 《口》極好的, 絕妙的. (★尤其見於女性用語). What *divine* weather! 多麼好的天氣啊！

— *vt.* 《文章》**1** 占卜, 預言; (用探測器)探查(水脈, 礦脈等).

2 看穿〔真相等〕; 言中.

di·vine·ly [dəˋvaɪnlɪ; dɪˋvaɪnlɪ] *adv.* 憑藉神力地; 《口》極好地. dance *divinely* 舞跳得極好.

di·vin·er [dəˋvaɪnɚ; dɪˋvaɪnə(r)] *n.* ⓒ占卜者.

div·ing [ˋdaɪvɪŋ; ˈdaɪvɪŋ] *v.* dive 的現在分詞、動名詞.
— *n.* ⓤ潛水; (游泳)跳水.

díving bòard *n.* ⓒ跳水臺[板].

díving sùit *n.* ⓒ潛水衣.

di·vin·i·ty [dəˋvɪnətɪ; dɪˋvɪnətɪ] *n.* (*pl.* **-ties**) **1** ⓤ神性, 神格. **2** ⓒ神; (the Divinity)(基督教的)上帝(God). **3** ⓤ神學(theology). a Doctor of *Divinity* 神學博士.
⟿ *adj.* **divine**.

di·vis·i·ble [dəˋvɪzəbl; dɪˋvɪzəbl] *adj.* 可分割的; 《數學》可除盡的《*by*》《↔ indivisible》.

[diving suit]

****di·vi·sion** [dəˋvɪʒən; dɪˋvɪʒn] *n.* (*pl.* ~**s** [~z; ~z]) 【〖被〗區分】 **1** ⓤⓒ分割, 區分; 分配. the *division* of labor 分工／the *division* of an hour *into* sixty minutes 一小時分成六十分鐘／The partners made a fair *division* of the profits. 合夥人公平分配利潤.

2 〔ⓤ〕《數學》除, 除法, (↔ multiplication). a *division* sign 除號《÷》.

3 ⓒ部門; (政府機關, 公司等的)部, 局, 課. the sales *division* of a company 公司的銷售部門.

4 ⓒ(★用單數亦可作複數)《軍事》師(→ company ◉).

5 ⓒ《植物》門(★《動物》phylum).

【〖分隔物〗】 **6** ⓒ間隔, 分界(線). A stream forms the *division between* his farm *and* mine. 小溪им成為他的農場和我的農場的分界線.

【〖分開〗】 **7** ⓤⓒ分裂, 不一致; ⓒ《英》(議會的)表決(分成贊成者和反對者兩方). The quarrel caused *division between* us. 爭吵造成我們之間的不和. ⟿ *v.* **divide**.

di·vi·sive [dəˋvaɪsɪv; dɪˋvaɪsɪv] *adj.* 引起意見上不一致的; 分裂的.

di·vi·sor [dəˋvaɪzɚ; dɪˋvaɪzə(r)] *n.* ⓒ《數學》除數(↔ dividend); 約數.

****di·vorce** [dəˋvors, ˋvɔrs; dɪˋvɔːs] *n.* (*pl.* **-vorc·es** [~ɪz; ~ɪz]) **1** ⓤⓒ離婚. sue for a *divorce* 訴請離婚／Tom got [obtained] a *divorce* from his wife. 湯姆獲准與他的妻子離婚.

2 ⓒ(通常用單數)(完全的)分離, 斷絕關係. a *divorce between* word and deed 言行不一.

— *v.* (**-vorc·es** [~ɪz; ~ɪz]; ~**d** [~t; ~t]; **-vorc·ing**) *vt.* **1** 與〔夫〔妻〕離婚; 使(夫婦)離婚. Mrs. Hill *divorced* her husband. 希爾太太與丈夫離婚了／Mr. and Mrs. Hill were *divorced*. 希爾夫婦離婚了／The court *divorced* the couple. 法院准許那對夫婦離婚.

2 使(完全)分離, 使斷絕關係. It is hard to *divorce* pity and [from] love. 同情和愛情是很難

分開的.

—— *vi.* 離婚.

di·vor·cee [də͵vor`si, ͵-͵vɔr-; dɪ͵vɔːˈsiː] *n.* ⓒ 離了婚的人(特指女性).

di·vorc·ing [də`vɔrsɪŋ, ͵-`vɔr-; dɪˈvɔːsɪŋ] *v.* divorce 的現在分詞、動名詞.

di·vulge [də`vʌldʒ; daɪˈvʌldʒ] *vt.* 《文章》洩漏〔祕密〕, 暴露, 《*to*》.

di·vul·gence [də`vʌldʒəns; daɪˈvʌldʒəns] *n.* ⓤ《文章》洩漏祕密, 暴露.

Dix·ie [`dɪksɪ; ˈdɪksɪ] *n.* 《美、口》美國南部各州(特指南北戰爭前蓄奴的東南部各州).

Dix·ie·land [`dɪksɪ͵lænd; ˈdɪksɪˌlænd] *n.* **1** ⓤ 迪克西蘭爵士樂(起源於 New Orleans 的一種爵士音樂). **2** = Dixie.

DIY (略) 《英》 do-it-yourself.

diz·zi·ly [`dɪzəlɪ; ˈdɪzɪlɪ] *adv.* 暈眩地.

diz·zi·ness [`dɪzɪnɪs; ˈdɪzɪnɪs] *n.* ⓤ 暈眩.

＊**diz·zy** [`dɪzɪ; ˈdɪzɪ] *adj.* (**-zi·er; -zi·est**) **1** 令人暈眩的, 頭昏眼花的, (giddy). She felt *dizzy*. 她感到暈眩.

2 《限定》〔高度、速度等〕使人頭暈目眩的. a *dizzy* height 使人暈眩的高度/the *dizzy* pace of change in urban life 都市生活的瞬息萬變.

—— *vt.* 使量眩; 使頭腦混亂.

DJ (略) dinner jacket; disk jockey.

Dja·kar·ta [dʒə`kɑrtə; dʒəˈkɑːtə] *n.* 雅加達(印尼首都). ★亦拼作 Jakarta.

Dji·bou·ti [dʒə`butɪ; dʒɪˈbuːtɪ] *n.* 吉布地(臨 Aden 灣, 位於非洲東部的共和國; 亦作 Jibouti; 首都同名).

DNA [͵diˏenˈe; ͵diːenˈeɪ] *n.* ⓤ《生化學》去氧核糖核酸(成為生物遺傳因子主體的高分子物質).

‡**do**[1] [強 `du, ͵du, 弱 du, də; 強 duː, 弱 du, də, d] *aux. v.* (**does; did**)(do 的變化形是 → **dost; didst; doth.** 和 not 縮寫成 **don't; doesn't; didn't.**

1 《構成疑問句、否定句》(★和一般動詞的原形連用) "*Do* you speak Japanese?" "No, I [we] *do*n't." 「你/你們}會說日語嗎?」「不, 我{我們}不會」/ "*Does* your father know it?" "No, he *does*n't." 「你的父親知道嗎?」「不, 他不知道」/"*Did* Cathy go, too?" "No, she *did* not [*did*n't]." 「凱西去了嗎?」「沒有, 她沒有去」/ (★前三例的 don't, doesn't, did [didn't]為助動詞)/I *did*n't see him yesterday. 我昨天沒看到他/How *did* you solve the problem? 你如何解決這個問題?

2 《用於否定祈使句》別⋯. *Do*n't move. 別動(★ *Do*n't you move. 為更強的命令語氣)/*Do*n't be silly! 別說傻話! 別傻了!

3 《表示強調》(★do 重讀)I *do* wànt it. 我真的想要/He *did* sèe it. 他的確看見了/*Dó* còme! 一定要來!/*Dó* bè quiet! 務必安靜! (★祈使句的強調用法時, 亦可於 be 前面加 do)/Go out, *dó*. 出去!

4 《置於倒裝句的受詞、補語、修飾語之後》Well *do* I remember the scene. 那個情景我記得很清

5 《置於句首或子句開頭的否定詞之後》Not only *did* he agree, but he offered help. 他不僅同意, 且主動伸出援手/Never *did* I dream of meeting him in America. 我作夢也沒想到會在美國遇到他/I wasn't able to go, nor [neither] *did* I want to. 我不能去, 也不想去.

—— [du; duː] 《代替動詞》(**does; did; done; ~ing**)(★代替 be 動詞以外的動詞或包括該動詞的詞組; 但《英》動詞 have 若意為「所有, 狀態」時則重複 have 而不以 do 代替)

1 《用於同一句》Her sister works as hard as she *does* (＝works). 她妹妹像她一樣地努力工作/He went to bed early as he has always *done* (＝gone to bed). 他如往常般很早就上床睡覺了.

2 《用於答句》
(**a**)《在回答問話的句子》"Did you buy the book?" "Yes, I *did* (＝bought it)." 「你買那本書了嗎?」「是的, 我買了」
(**b**)《用於對對方的話表示(輕微的)附和或驚訝的句子》"Eliza got married." "Oh, *did* she?"「伊莱莎結婚了」「噢, 是嗎?」
(**c**)《聽了對方的話後, 以 so, neither為始回答的句子》"You love dogs." "So I *dó*." (＝I love dogs.) 「你愛狗呀!」「我是愛狗啊!」/"I like apples very much." "So *do* Í." (＝I like apples, too.) 「我很喜歡蘋果」「我也是」(★和上例的 So I do. 語序不同, 重音也不同, 請注意)/"I did not go there yesterday." "Neither *did* Í." 「昨天我沒有去那裡」「我也沒有去」

3 《用於附加問句》
You know Professor Smith, *do*n't you? 你認識史密斯教授, 對嗎?/Ben did not come to the meeting, *did* he? 班沒有出席會議, 對嗎? 語法 通常主要子句為肯定句時, 用 do 的否定形式, 若為否定句時則用肯定形式.

—— [du; duː] *v.* (**does; did; done; ~ing**) *vt.*《古》的變化→ **doest; didst; doeth.**

〖〖 執行, 完成 〗〗**1** 做, 執行, (perform); 完成(任務等)(carry out), 實行. What are you *doing* here? 你在這做甚麼?/Don't *do* things by halves. 做事不可半途而廢/All you have to *do* is (to) wait. 你只要等待就好了/The boy *does* too much talking in class. 那男孩上課時話太多了/What can I *do* for you? 我能為你服務嗎? (店員對顧客說的話)/Easier said than *done*. 《諺》說時容易做時難/I *did* my duty. 我已經盡了我的義務了/There is nothing to be *done* about this crisis. 對這危機束手無策/*Do* what you will. 隨你便/*do* the washing [cleaning] 洗衣服[打掃]/*do* one's shopping 購物/"What do you *do*?" "I am a plumber." 「您是做甚麼的?」「我是水管工」

2 做完, 完成, (finish)(通常用過去分詞; 多數情況用完成式或被動語態). The secretary has already *done* the typing. 祕書已經把字打好了/What's *done* cannot be undone. 《諺》覆水難收(已經做了的事無法回到起點)/The construction will

be *done* within a month. 這棟建築會在一個月之內竣工/Get your homework *done* before you go to bed. 睡前把你的家庭作業做好.

〖執行, 工作〗 **3** 做收拾[打掃等]工作. *do* the garden 整理庭園/After dinner, Father helps Mother *do* the dishes. 晚餐後父親幫母親洗盤子/*do* one's hair 整理頭髮[綁頭髮, 梳頭髮].

4 做[買賣, 研究工作等]. *do* business 從商/*do* research 進行研究/The child can *do* sums already. 那孩子已經會計算了.

5 翻譯[某國語言]《(*into*)》. *do* English *into* French 將英語譯成法語.

6 《多數場合用過去分詞》做[英], 煮, 煎, 烤. I want my steak well-*done*. 我要全熟的牛排(指完全熟透的牛排; → rare² 参考).

7 作, 製作, 〔作品等〕; 準備. *do* a painting 繪畫/*do* a report on 製作[寫]關於…的報告/The pub never *does* lunches. 這家酒吧不提供餐點.

〖移動〗 **8** 《口》參觀, 遊覽. *do* (the sights of) the U.S. 遊覽美國.

9 跑過[某一距離]《(cover)》; 用…的速度跑. We have already *done* 20 miles. 我們已經前進 20 英里了/The car can *do* 100 miles an hour. 這輛車每小時可跑 100 英里[時速 100 英里].

〖擔任角色〗 **10** 〔演員〕演[…角色]; 擔任[…角色]. *do* Hamlet 演哈姆雷特/She *did* the hostess very well. 她把女主人的角色扮演得很好.

11 照料. My girl *does* all the cooking in the house. 家裡所有的飯菜都是我女兒做的.

〖對人做〗 **12** 句型4 (do **A** B)、句型3 (do **B** *for* [*to*] **A**) 給 A(人)B(物); 對 A 做 B. A few days' rest will *do* me good. 休養幾天對我會有好處的/*do* a person a kindness 親切對待[人]/Worry has *done* harm *to* his health. 憂慮已經對他的健康造成傷害了/He once *did* a great favor *for* me. 他曾幫過我一個大忙.

13 《英》使[人]滿足. Will this dictionary *do* you? 這本辭典對你有用嗎?

14 《英、口》接待. The host and hostess *did* me well at their house. 主人和女主人在他們家裡熱情招待我.

〖把人除掉〗 **15** 《英、口》欺騙, 詐騙; 整[人]. The jeweller *did* me over a diamond. 這個珠寶商以一顆鑽石擺了我一道/We've been *done*! 我們受騙[被整]了!

━━ *vi.* 〖做〗 **1** 《以某種方法》行動, 做出…的舉動. *Do* as you like [please]. 請便/You've *done* wisely in breaking off with him. 你和他斷絕往來真是明智之舉.

2 《通常加副詞》《以某種方法》過日子, 生活, 《(get along)》; 健康; 〔植物〕生長; 〔事情〕進行順利[不順利]. How's your family *doing*? 你家人好嗎?/His business is *doing* well. 他的事業做得很順利/Everyone studies to *do* well on the tests. 每個人唸書都希望能考高分/The patient is *doing* quite nicely after his operation. 手術後病人的狀況非常良好.

〖完成任務＞足夠〗 **3** 《通常加 will》來得及, 足

━━━━━━ **do** 435

夠; 合適. That *will do* for now. 目前這樣就夠了[已經很多了]/There's nothing but a can of tuna; will that *do*? 甚麼都沒有, 就這罐鮪魚, 行嗎?/That won't *do*. 那樣行不通的/It will not *do* to talk business at dinner. 用餐時談生意不好.

〖被做〗 **4** 《口》《用 doing》被實行(be done); 發生(happen). What's *doing* at the club tonight? 今晚在俱樂部要做甚麼?

be dóne with… ＝have done with…

be to dó with… ＝have…to do with A (2).

could [*can*] *dó with…* 《口》需要…, 想要…. This wall *could* *do with* a coat of paint. 這面牆有必要塗一層漆/It's very hot. I *could* *do with* a glass of beer. 天氣好熱, 我想喝一杯啤酒.

* *dò awáy with…* (1)廢除, 終止, 喪失, 〔法律, 規則等〕. In the U.S. the prohibition law was *done away with* in 1933. 美國在 1933 年廢除了禁酒法令/Our factory is trying to *do away with* waste. 我們工廠正努力清除廢棄物. (2)《口》殺死…(kill). He *did away with* himself. 他自殺了.

dó by… 《口》接待…, 對待…. Do as you would be *done by*. 《諺》己所欲, 施於人/*do* well [badly] *by* one's friends 對朋友好[不好].

dò/…/dówn 《英、口》欺騙; 整[人]; 說[人]壞話. He is not much liked because of his tendency to *do* people *down*. 他不太受人歡迎, 因為說人壞話.

* *dó for…* (1)代替…; 對…有用處. This can will *do for* an ashtray. 這個罐子可以用來代替菸灰缸. (2)《口》殺死…; 毀壞…; 打敗…; 《通常用被動語態》. The boxer was *done for* again. 那拳擊手又輸了. (3)《英、口》為…做家務.

dò/…/ín 《俚》(1)殺死, 除掉. (2)《一般用被動語態》使[人]筋疲力竭(tire/…/out)《同與 exhaust 類似》. You look absolutely *done in*. 你看來累壞了.

dò nóthing but dó → nothing 的片語.

dó a pèrson out of A 欺騙某人而奪走 A, 自某人處奪走 A.

dò/…/óver (1)在〔牆壁等〕重新塗漆. (2)《美》重做; 重新來過. You'd better *do* your homework *over* and get rid of all the errors. 你最好重做家庭作業並改正所有的錯誤.

dò/…/úp (1)包裹…(wrap). (2)繫[鞋帶等]; 扣[衣服]的鈕扣. (3)使盛裝, 使打扮. Mary is *done up* [*does* herself *up*] in silks and furs. 瑪莉以絲質衣服和皮大衣打扮自己. (4)整修; 改裝. His house has been *done up* and looks entirely new. 他的房子經過整修後看起來煥然一新.

* *dó with…* (1)《和疑問詞 what 連用》處置…, 處理…; 對待…. What did you *do with* my bag? 你把我的提袋怎麼了?/The child doesn't know what to *do with* himself. 那孩子不知道自己該怎麼辦才好. (2)《英、口》《用於 can 的否定句》忍受…. I can't *do with* waiting long. 等太久我可受不了. (3)《用 to do with…》和…有關係. Is it anything *to do*

with me? 這事和我有任何關係嗎?

＊*dó without*(...) 沒有(⋯)就將就著[做下去]. If you can't afford a TV, you'll just have to *do without* (one). 如果你買不起電視, 只好將就著用吧!

＊*hàve* [*be*] *dóne with...* 結束⋯; 停止⋯; 和⋯斷絕關係. *Have* [*Are*] you *done with* the magazine? 那本雜誌你看完了嗎?/It'd be better for you to *have done with* such a man. 你最好和那種人斷絕關係.

＊*hàve...to dó with* A (1)與 A 有⋯的關係, 與 A 有關係. 語法 在 have 與 to do 之間插入 something [anything; nothing; a great deal, much; little 等], 表示「有點關係[有點甚麼; 毫無關係; 有很大的關係; 幾乎沒有關係]」等]. I *have* nothing *to do with* the crime. 我和那個案子毫無關係/Does money *have* anything *to do with* this question? 錢和這問題有甚麼關連嗎? (2)(省略 have 的受詞)和 A 有關係; 辦理[處理]A. This book *has* to do *with* cowboy life. 這本書描寫牛仔的生活.

―― [du; duː] *n.* (*pl.* *dos*, *do's*) C (口)盛大宴會, 舞會, 聚會, (party).

dòs and dón'ts 該做和不該做的事(行為、語言等的規則).

do² [do; dəʊ] *n.* (*pl.* ~s) UC (音樂)(固定唱法的)C 音(大音階的第一音; →sol·fa).

DOA (略) dead on arrival.

doc [dɑk; dɒk] *n.* C (口)＝doctor (常作呼喚).

doc·ile [ˋdɑsl; ˋdɑsɪl; ˋdəʊsaɪl] *adj.* 老實的, 溫馴的; 易馴的.

do·cil·i·ty [doˋsɪlətɪ, dɑˋsɪl-; dəʊˋsɪlətɪ] *n.* U 老實; 易馴.

＊**dock¹** [dɑk; dɒk] *n.* (*pl.* ~s [~s; ~s]) **1** UC 船塢(建造、修理船及裝卸船上貨物等用途的設備).

2 C (常 docks)港灣設施, 造船廠(dockyard).

3 C (美)碼頭(pier, quay, wharf).

in dóck (1)(船)進船塢. The ship is *in dock*. 船進船塢了. (2)(英、口)(車等)修理中; 住院中.

―― *vt.* **1** 使(船)進船塢[留下].

2 使(太空船)相接合.

―― *vi.* **1** (船)進船塢. **2** (太空船)相接合.

dock² [dɑk; dɒk] *n.* C (通常加 the)(刑事法庭的)被告席.

dock³ [dɑk; dɒk] *vt.* **1** 剪短(動物的尾巴, 毛髮等). **2** 減少(工資等).

dock·er [ˋdɑkɚ; ˋdɒkə(r)] *n.* C 港口工人, 碼頭裝卸工人, ((美) longshoreman).

dock·et [ˋdɑkɪt; ˋdɒkɪt] *n.* C (小包裹等上面貼的)內容明細標籤, 行李標籤.

dock·yard [ˋdɑkˌjɑrd; ˋdɒkjɑːd] *n.* C 造船廠.

＊**doc·tor** [ˋdɑktɚ; ˋdɒktə(r)] *n.* (*pl.* ~s [~z; ~z]) C **1** 醫生, 醫師, 大夫(呼喚). Go and see a *doctor* at once. 馬上去看醫生/go to the *doctor('s)* 去看醫生/call [send for] a *doctor* 去叫[派人去請]醫生來/be under the *doctor* (英、口)就醫中. 參考 doctor 是醫生的一般用語, 特指

「內科醫生」用 physician, 「外科醫生」用 surgeon; (美) doctor 亦用來指牙醫師(dentist).

2 博士, 博士學位, (作為稱呼加在名字之前, 略作 Dr.). a *doctor's* degree 博士學位/a *Doctor* of Medicine [Letters, Science] 醫學[文學, 理學]博士/a *Doctor* of Philosophy 哲學博士; (美)博士(給予修完博士課程, 論文經審查通過者的一般稱號; 略作 Ph. D., D. Ph(il).). 參考 「學士(學位)」是 bachelor, 「碩士(學位)」是 master.

⇨ *adj.* **doctoral.**

●――男女共同使用的名詞			
artist	藝術家	cook	廚師
cousin	堂[表]兄弟[姊妹]	criminal	犯人
doctor	醫生	enemy	敵人
fool	愚人	foreigner	外國人
friend	朋友	guest	客人
inhabitant	居民	journalist	記者
judge	法官	lawyer	律師
musician	音樂家	neighbor	鄰居
novelist	小說家	parent	父[母]
person	人	professor	教授
scientist	科學家	servant	僕人
speaker	說話者	stranger	陌生人
student	學生	teacher	教師
writer	作家		

★若要明確區別性別, 可在前面加 male, man, boy, (男的); female, lady, woman, girl, (女的)等.

―― *vt.* (口) **1** 治療, 醫治, (人, 疾病).

2 在(飲料, 食物)中加料(*up*).

3 (擅自)在(文件等上)修改, 竄改.

字源 DOC「教」: *doc*tor, *doc*trine (教義), *doc*ile (老實的).

doc·tor·al [ˋdɑktərəl; ˋdɒktərəl] *adj.* 博士的.

doc·tor·ate [ˋdɑktərɪt, -trɪt; ˋdɒktərət] *n.* C 博士學位.

doc·tri·naire [ˌdɑktrɪˋnɛr, -ˋnær; ˌdɒktrɪˋneə(r)] *adj.* 空談理論的; 脫離現實的.

doc·tri·nal [ˋdɑktrɪnl; dɒkˋtraɪnl] *adj.* 教義(上)的; 教理(上)的. ⇨ *n.* **doctrine.**

＊**doc·trine** [ˋdɑktrɪn; ˋdɒktrɪn] *n.* (*pl.* ~s [~z; ~z])

1 UC 教義, 教理, (dogma). the Christian *doctrine* 基督教的教義.

2 C (主美)主義; (政黨等的)信條. the Monroe *Doctrine* 門羅主義(1823 年發表).

⇨ *adj.* **doctrinal.**

＊**doc·u·ment** [ˋdɑkjəmənt; ˋdɒkjʊmənt] *n.* (*pl.* ~s [~s; ~s]) C 公文, 文件, 文獻, (證件, 官方記錄, 證書等). official *documents* 公文/draw up [write out] a *document* 起草[書寫]文件/fill up [sign] a *document* 簽署文件.

―― [ˋdɑkjəˌmɛnt; ˋdɒkjʊment] *vt.* 用文件證明; 用文件證實(陳述, 主張等). a well-*documented* book 一本有豐富佐證資料的書.

＊**doc·u·men·ta·ry** [ˌdɑkjəˋmɛntərɪ, -trɪ;

,dɒkjuˈmentəri] *adj.* 《限定》**1** 文件的，文獻的，源自於文件、文獻的. *documentary* evidence 書面證據. **2** 〔電影，文學，新聞報導等〕記錄事實的. a *documentary* film 記錄片.

— *n.* (*pl.* **-ries** [~z; ~z]) ⓒ (廣播, 電視等的) 記實節目, 記實電視片, 記錄片. a *documentary* on [about] child abuse 有關虐待兒童的記錄片.

doc·u·men·ta·tion [,dɑkjəmɛnˈteʃən; ,dɒkjumenˈteɪʃn] *n.* Ⓤ **1** 證明文件的提出; 根據文獻的證實. **2** 《作為證據的》文件, 證明文書.

dod·der [ˈdɑdɚ; ˈdɒdə(r)] *vi.* 《口》(因年老等而) 搖搖晃晃的, 蹣跚而行的; 顫抖的.

*＊**dodge** [dɑdʒ; dɒdʒ] *v.* (**dodg·es** [~ɪz; ~ɪz]; ~**d** [~d; ~d]; **dodg·ing**) *vt.* **1** 閃身躲開, 閃開. The boxer *dodged* the blow. 拳擊手閃開了這一拳.
2 巧妙地逃避〔困難, 問題等〕, 巧妙地規避〔質問等〕. *dodge* a question 規避問題/*dodge* the law 巧妙地鑽法律漏洞.

— *vi.* (為了避開攻擊等)躲開.

— *n.* ⓒ **1** 躲開. make a quick *dodge* 很快地躲開. **2** 《口》託辭, 朦混. Borrowing money can be a clever *dodge* to avoid paying tax. 貸款可以是逃避納稅的聰明花招.

dódge bàll *n.* Ⓤ 《比賽》躲避球遊戲.

dodg·er [ˈdɑdʒɚ; ˈdɒdʒə(r)] *n.* ⓒ 閃躲者; 《口》狡猾的人, 詭計多端的人.

dodg·y [ˈdɑdʒɪ; ˈdɒdʒɪ] *adj.* 《主英, 口》〔計畫等〕危險的; 〔人〕詭計多端的, 狡猾的.

do·do [ˈdodo; ˈdəʊdəʊ] *n.* (*pl.* ~**es**, ~**s**) ⓒ 渡渡鳥 《產於印度洋諸島的大型鳥; 今已絕種》.

doe [do; dəʊ] *n.* ⓒ 雌鹿[兔，羊，山羊，馴鹿] (➡ buck¹; → deer 參考).

do·er [ˈduɚ; ˈduːə(r)] *n.* ⓒ **1** 做〔某事〕的人 (*of*). a *doer* of evil deeds 做壞事的人.
2 行動家(➡ thinker; talker); 做事的人.

[dodo]

*＊**does** [強 ˋdʌz, ,dʌz; 弱 dəz, dz, ts; 強 dʌz, 弱 dəz, dz] *v., aux. v.* do¹ 的第三人稱、單數、現在式. *Does* your father know it? 你父親知道嗎?

doe·skin [ˈdo,skɪn; ˈdəʊskɪn] *n.* ⓊⒸ 雌鹿的皮; 雌鹿皮做的皮革.
2 Ⓤ 都士金毛料(仿雌鹿皮的高級羊毛織品).

*＊**does·n't** [ˈdʌznt; ˈdʌznt] does not 的縮寫. My father *doesn't* like traveling. 我父親不喜歡旅行.

do·est [ˈduɪst; ˈduːɪst] *v.* 《古》do¹ 的第二人稱、單數、現在式.

do·eth [ˈduɪθ; ˈduːɪθ] *v.* 《古》do¹ 的第三人稱、單數、現在式.

*＊**dog** [dɔg; dɒg] *n.* (*pl.* ~**s** [~z; ~z]) ⓒ **1** 狗; 公狗 (★表示親熱或擬人化時, 多用 he 代替 it). A *dog* is often called man's best friend.

狗常被稱為人類最好的朋友/Barking *dogs* seldom bite. 《諺》會叫的狗不會咬人(虛張聲勢)/Let sleeping *dogs* lie. 《諺》莫惹睡狗(別無事生非).
參考 「母狗」是 bitch, female dog, she-dog;「小狗」是 puppy, pup;「吠」是 bark;「低聲吼叫」是 growl, snarl;「汪汪叫」是 bowwow.
2 (特指雄性)犬科動物(wolf, fox 等).
3 《口》(加形容詞)(…的)像伙(fellow). a dirty *dog* 卑劣的像伙/a lucky *dog* 幸運的像伙.

a dòg in the mánger (自己不要的東西也不肯給別人)佔着茅坑不拉屎的人《出自《伊索寓言》, 一隻狗鑽進牛槽不讓牛吃乾草》.

a dóg's chànce 《口》微小的希望(僅用於否定句). You don't have [stand] *a dog's chance* of winning [to win]. 你連一點點贏的希望都沒有.

a dóg's lìfe 悲慘的生活. He led [He led her] *a dog's life.* 他[他讓她]過着悲慘的生活.

dìe like a dòg 悲慘地[可憐地]死去.

gò to the dógs 《口》落魄; 墮落.

— *vt.* (~**s**; ~**ged**; ~**ging**) (像狗般地)尾隨, 跟蹤, 纏住; 〔特指不幸等〕一直困擾〔人〕. *dog* a person's steps 尾隨某人.

● ——與 **DOG** 相關的用語

police dog	警犬	lapdog	寵物狗
Seeing Eye dog	導盲犬	guide dog	導盲犬
watchdog	看門狗	sheep dog	牧羊犬

dog·cart [ˈdɔg,kɑrt; ˈdɒgkɑːt] *n.* ⓒ **1** 雙輪輕便馬車(沒有車頂, 座位背對背). **2** 狗拉的小貨車.

[dogcart 1]

dóg dàys *n.* 《作複數》(加 the) 三伏天(北半球 7 月初到 8 月中的期間; 這段時間 the Dog Star 正好與太陽一起昇起, 故得此名; 古羅馬人認為酷暑乃因此星所致).

dog-eared [ˈdɔg,ɪrd; ˈdɒgˌɪəd] *adj.* 〔書籍〕書頁摺角的.

dog·fight [ˈdɔgˌfaɪt; ˈdɒgfaɪt] *n.* ⓒ **1** 犬鬥; 混戰. **2** (戰鬥機的)空戰.

[dog-eared]

dog·fish [ˈdɔg,fɪʃ; ˈdɒgfɪʃ] *n.* (*pl.* ~, ~**es**) ⓒ 《魚》角鮫(之類的小型鯊魚).

dog·ged [ˋdɔgɪd; ˈdɒɡɪd] *adj.* 頑固的, 固執的; 不屈的.

dog·ged·ly [ˋdɔgɪdlɪ; ˈdɒɡɪdlɪ] *adv.* 頑固地, 固執地.

dog·ged·ness [ˋdɔgɪdnɪs; ˈdɒɡɪdnɪs] *n.* ⓤ 頑強, 頑固.

dog·ger·el [ˋdɔgərəl, ˋdag-, -grəl; ˈdɒɡərəl] *n.* ⓤ 無聊的詩(特指韻律不好的打油詩).

dog·gie [ˋdɔgɪ; ˈdɒɡɪ] *n.* ⓒ 小狗; 汪汪(幼兒語).

dóg·gie bāg *n.* ⓒ 剩菜袋(飯店供顧客裝吃剩食物的袋子; 表面上的理由是帶回去餵狗).

dog·gone [ˋdɔgˏgɔn; ˈdɒɡɒn] (美、俚) *vt.* 使下地獄, 詛咒, (damn). *Doggone* it! 去死吧!
— *adj.* 該死的.

dog·gy [ˋdɔgɪ; ˈdɒɡɪ] *n.* (*pl.* -**gies**) =doggie.
— *adj.* (限定) **1** (似)狗的. **2** (口)喜歡狗的.

dog·house [ˋdɔgˏhaʊs; ˈdɒɡhaʊs] *n.* (*pl.* -**hous·es** [-ˏhaʊzɪz; -ˏhaʊzɪz]) ⓒ (美)狗窩(kennel).
in the dóghouse (口)失寵(*with*), 有失體面.

dog·ma [ˋdɔgmə, ˋdag-; ˈdɒɡmə] *n.* **1** Ⓤⓒ 教義, 教理. 同 dogma, doctrine, creed 皆稱為「教會所定的教義, 教理」, 但 dogma 意指「不管有無證明, 都要信徒接受的真理」; → creed, doctrine. **2** ⓒ 獨斷之見.

dog·mat·ic [dɔgˋmætɪk, dag-; dɒɡˈmætɪk] *adj.* **1** 教義(上)的, 教理的. **2** (人, 意見等)武斷的.

dog·mat·i·cal·ly [dɔgˋmætɪklɪ, -ɪklɪ, dag-; dɒɡˈmætɪkəlɪ] *adv.* 教義上; 武斷地.

dog·ma·tism [ˋdɔgmə,tɪzəm, ˋdag-; ˈdɒɡmətɪzəm] *n.* ⓤ 武斷; 武斷的態度.

dog·ma·tist [ˋdɔgmətɪst; ˈdɒɡmətɪst] *n.* ⓒ 武斷者; 教條主義者.

do-good·er [ˋduˋgʊdɚ; ˏduːˈɡʊdə(r)] *n.* ⓒ (通常表輕蔑)(不切實際的)社會改革家(慈善家).

dóg pàddle *n.* (口)(通常用單數)(游泳)狗爬式.

dogs·bod·y [ˋdɔgzˏbadɪ; ˈdɒɡzˏbɒdɪ] *n.* (*pl.* -**bod·ies**) ⓒ (英、口)(做令人不愉快的雜活的)「跑腿」, 雜工.

dóg slèd *n.* ⓒ 狗拖的雪橇.

Dóg Stàr *n.* (天文)(加the)天狼星(Sirius).

dog-tired [ˋdɔgˋtaɪrd; ˏdɒɡˈtaɪəd] *adj.* (口)(通常敘述)極疲倦的.

dog·wood [ˋdɔgˏwʊd; ˈdɒɡwʊd] *n.* ⓒ (植物)山茱萸(原產於北美).

doi·ly [ˋdɔɪlɪ; ˈdɔɪlɪ] *n.* (*pl.* -**lies**) ⓒ 小墊巾(用有花邊的紙等做成, 用來墊餐具的小紙巾).

‡do·ing [ˋduɪŋ; ˈduːɪŋ] *v.* do的現在分詞, 動名詞. — *n.* **1** ⓤ 做, 所做之事; 努力. This must be his *doing*. 這一定是他做的.

[dogwood]

2 (口)(*doings*)行為, 所做之事; 事件; 活動; 籌劃. *sayings* and *doings* 言行.

3 (英、口)(必需的)小東西; (忘了名字而叫的)那個.

do-it-your·self [ˏduɪtjɚˋsɛlf; ˏduːɪtjɔːˈself] *adj.* (限定)(口)自己動手做的, 利用閒暇在家動手做的.
— *n.* ⓤ 業餘手工, 利用閒暇在家自己動手做.

dol. (略) dollar.

dol·drums [ˋdaldrəmz; ˈdɒldrəmz] *n.* (作複數)(加the)(赤道附近的)無風帶.
in the dóldrums (口)(1)悶悶不樂. (2)(景氣等)低迷, 不振.

dole [dol; dəʊl] *n.* ⓒ **1** (少量的)救濟品, 配給品, (錢, 食物, 衣服等). **2** (英、口)(加the)失業救濟金. *on the dole* 靠失業救濟金生活.
— *vt.* 施捨, 發放(極少的), (食物, 錢等)(*out*).

dole·ful [ˋdolfəl; ˈdəʊlfʊl] *adj.* 悲傷的; 憂鬱的.

dole·ful·ly [ˋdolfəlɪ; ˈdəʊlfʊlɪ] *adv.* 悲傷地; 憂鬱地.

‡doll [dal, dɔl; dɒl] *n.* (*pl.* ~**s** [~z; ~z]) ⓒ **1** 玩偶, 洋娃娃. A girl's favorite toy is usually a *doll*. 女孩子最喜歡的玩具通常是洋娃娃.
2 (口)美麗的女子.
— *vt.* (口)盛裝打扮(*up*). Mary is all *dolled* up for the party. 瑪莉為出席那宴會而盛裝打扮.

‡dol·lar [ˋdalɚ; ˈdɒlə(r)] *n.* (*pl.* ~**s** [~z; ~z]) ⓒ 元(美國、加拿大、澳大利亞等的貨幣單位, 在各國的幣值不同; 相當於一百分(cents) 符號為 $, $; 略作 dol.; → coin 圖); 1 美元硬幣[紙幣] $10=ten *dollars* 10 美元/$10.35=ten (*dollars*) (and) thirty-five (cents) (語法) 在日常對話中因已知道所指為金額, 故常省略 dollar(s), and, cent(s)).

dol·lop [ˋdaləp; ˈdɒləp] *n.* ⓒ (口)(奶油, 果醬, 馬鈴薯泥等的)一團(*of*).

dóll's hòuse *n.* ⓒ 玩具屋(放置小玩偶和小家具的模型房屋).

dol·ly [ˋdalɪ, ˋdɔlɪ; ˈdɒlɪ] *n.* (*pl.* -**lies**) ⓒ **1** 洋娃娃(幼兒語). **2** (搬運貨物用的)手推車. **3** (電影、電視)移動式攝影機的移動座.

[doll's house]

dol·man sleeve [ˏdalmənˋsliv; ˏdɒlmənˈsliːv] *n.* ⓒ 蝴蝶袖(腋部寬大漸向袖口變窄的袖子; 多與衣身相連).

dol·men [ˋdalmɛn; ˈdɒlmen] *n.* ⓒ 石室冢墓(將一塊巨石平放在幾塊天然形成的直立巨石上的一種墳墓; 於英、法發現的史前遺物).

do·lor·ous [ˋdalərəs; ˈdɒlərəs] *adj.* (文章)悲哀的; 痛苦的; (sad).

[dolmen]

dol·phin [ˋdalfɪn; ˈdɒlfɪn] *n.* ⓒ (動物)海豚.

dolt [dolt; dəʊlt] *n.* ⓒ 笨蛋, 傻瓜.

dolt·ish [`doltɪʃ; 'dəʊltɪʃ] *adj.* 愚蠢的, 笨的.

-dom *suf.* **1** 構成具有「地位, 領域, 國家」之意的名詞. duke*dom*. king*dom*. **2** 構成具有「…的狀態」之意的名詞. free*dom*. wis*dom*.

do·main [do`men; dəʊ'meɪn] *n.* © **1** 領地, 領土; 勢力範圍.

2 (知識, 活動等的)範圍, 領域. the *domain* of medicine 醫學界/That is a problem outside [in] my *domain*. 這是我專門領域外[內]的問題.

*****dome** [dom; dəʊm] *n.* (*pl.* ~s [~z; ~z]) © **1** (半球形的)圓屋頂, 穹窿頂. the *dome* of a church 教堂的圓屋頂.
2 圓屋頂狀之物; (山, 禿頭等的)圓頂. the *dome* of the sky 蒼穹.

[dome 1]

domed [domd; dəʊmd] *adj.* 有圓屋頂的, 圓頂的; 半球形的.

***‡do·mes·tic** [də`mɛstɪk; dəʊ'mestɪk] *adj.* **1** 家庭(內)的; 家務的. goods for *domestic* use 家庭用品/*domestic* life 家庭生活/a *domestic* help 家庭幫傭/*domestic* service 家事, (特指)掃除.

2 家庭的; 愛好做[熱心於]家務的. A *domestic* woman will make a good housewife. 居家型的女人會是個好的家庭主婦.

3 國內的; 國產的(native); (↔foreign). *domestic* news 國內新聞/*domestic* and foreign affairs 國內外事務/*domestic* products 國產品.

4 (動物)由人馴養的, 被馴服的, (↔wild). a *domestic* animal 家畜.
— *n.* © (家庭的, 特指女性的)僕人.

do·mes·ti·cal·ly [də`mɛstɪklɪ, -ɪklɪ; dəʊ'mestɪkəlɪ] *adv.* 家庭性地; 國內地.

do·mes·ti·cate [də`mɛstə‚ket; dəʊ'mestɪkeɪt] *vt.* **1** 馴服[動物](tame).
2 使熟悉家務; 使愛好家庭生活. Marriage has *domesticated* the tomboy. 婚姻使那個野丫頭喜歡上家庭生活.

do·mes·ti·ca·tion [də‚mɛstə`keʃən; dəʊ‚mestɪ'keɪʃn] *n.* Ⓤ 馴化; 教化.

do·mes·tic·i·ty [‚domɛs`tɪsətɪ, də‚mɛs'tɪsətɪ; ‚dəʊmes'tɪsətɪ] *n.* Ⓤ 家庭樂趣; 家庭生活.

do·mestic sci·ence *n.* Ⓤ 家政學(home economics); (學校的)家政課.

dom·i·cile [`daməsl, -‚sɪl; 'dɒmɪsaɪl] *n.* © **1** (文章)住所, 住處. **2** (法律)戶籍.

dom·i·nance [`dɑmənəns; 'dɒmɪnəns] *n.* Ⓤ 優勢, 優越; 支配(力).

*****dom·i·nant** [`dɑmənənt; 'dɒmɪnənt] *adj.* **1** 支配的; (最)有力的, 優勢的; 主要的. the *dominant* (political) party 第一大黨, 多數派/Christianity has achieved a *dominant* place in Western thought. 基督教在西方思想中占有主導的地位.

2 顯眼的; (山峰等)(拔群)高聳的. a *dominant*

peak 主峰.
3 (生物)(遺傳特徵)顯性的(↔ recessive).
4 (人)支配慾強烈的.
字源 DOM「支配」: *dom*inant, *dom*ain (領地), *dom*inion (領土), pre*dom*inant (優勢的).

*****dom·i·nate** [`dɑmə‚net; 'dɒmɪneɪt] *v.* (~s [~s; ~s]; **-nat·ed** [~ɪd; ~ɪd]; **-nat·ing**) *vt.* **1** (用強權)支配(over), 左右…; 占…的主導地位. Africa used to be *dominated* by white people. 非洲過去受白人的統治/Fear *dominated* her mind. 她的心被恐懼所支配.

2 聳立於(山, 塔等)之上, 俯視. A statue of the hero *dominates* the whole town. 那英雄的雕像俯視全鎮.
— *vi.* **1** 支配(over). **2** 聳立(over 在…之上).
⇨ *adj.* **dominant**.

dom·i·na·tion [‚dɑmə`neʃən; ‚dɒmɪ'neɪʃn] *n.* Ⓤ **1** 支配, 統治, (rule). a nation under the *domination* of a foreign army 在外國軍隊統治下的國家. **2** 優勢, 主導地位. overturn male *domination* 推翻男性的主導地位.

dom·i·neer [‚dɑmə`nɪr; ‚dɒmɪ'nɪə(r)] *vi.* 採取專橫的態度, 作威作福, (over 對…).

dom·i·neer·ing [‚dɑmə`nɪrɪŋ; ‚dɒmɪ'nɪərɪŋ] *adj.* 專橫的; 壓制性的. a *domineering* master 專橫的主人.

Dom·i·ni·ca [də`mɪnɪkə, ‚dɑmə'nikə; ‚dɒmɪ'niːkə] *n.* **1** 多明尼加(加勒比海東部的島國; 大英國協成員國之一; 全名爲 the Commonwealth of Dominica; 首都 Roseau). **2** 女子名.

Do·min·i·can [də`mɪnɪkən, ‚dɑmə'nikən; də'mɪnɪkən] *adj.* **1** (天主教)多米尼克(修道)會的. **2** 多明尼加共和國的.
— *n.* © **1** 多米尼克會修道士.
2 多明尼加共和國國民.

Do·min·i·can Re·pub·lic *n.* (加 the)多明尼加共和國(加勒比海的國家; 首都 Santo Domingo).

do·min·ion [də`mɪnjən; də'mɪnjən] *n.* **1** Ⓤ (主詩)統治權, 支配, (over 對…). **2** © 領土 (territory). **3** © (歷史)(常 Dominion)自治領(從前大英帝國領土內若干地區(加拿大, 澳大利亞, 紐西蘭等)的名稱).

dom·i·no [`dɑmə‚no; 'dɒmɪnəʊ] *n.* (*pl.* ~es) © **1** 骨牌(長方形, 以木頭, 骨頭等材料製成; →次頁圖). **2** (dominoes)(作單數)骨牌遊戲(用 28 塊骨牌玩的遊戲).

Don [dɑn; dɒn] *n.* Donald 的暱稱.

don [dɑn; dɒn] *n.* **1** (Don) …先生, …大人, (與英語中 Sir, Mr. 相當的西班牙語敬稱; 例如 Don Juan, Don Quixote 的 Don). **2** © (英)大學教師(特指 Oxford, Cambridge 兩所大學裡的教師).

Don·ald [`dɑnld; 'dɒnld] *n.* 男子名(暱稱 Don).

do·nate [`donet; dəʊ'neɪt] *vt.* **1** 捐贈, 贈送,

[dominoes 2]

《to》. *donate* $1,000 *to a charity* 捐款 1,000 美元給慈善機構. **2** 捐贈(血液, 器官等).
— *vi.* 捐贈, 贈送, 《to》.

do·na·tion [doˋneʃən; dəʊˋneɪʃn] *n.* **1** UC捐贈, 贈送. **2** C捐贈物; 捐款. **3** UC捐血; (器官等)捐贈.

‡**done** [dʌn; dʌn] *v.* do¹ 的過去分詞.
— *adj.* 《敘述》【完成】**1** (人, 工作)已完畢的, 已完成的. When you are *done*, come home at once. 你做完後馬上回家/Well *done*! 做得好!
2 (通常用於構成複合字)〔食物〕煮熟的. I want my steak well-*done*. 我要全熟的牛排.
3 (主要與否定副詞連用)合乎(禮儀等)的, 得體的. That isn't *done*. 那是不行的(違反禮節的).
4 (感歎詞性)好; 知道了.
dóne for 《口》快不行了; 筋疲力竭的.
òver and dóne with → over 的片語.

Don Juan [danˋdʒuən, -ˋdʒɪuən; ˏdɒnˋdʒuːən] *n.* **1** 唐璜(西班牙傳說中的貴族, 好色的花花公子). **2** C誘騙女性的人(lady-killer).

***don·key** [ˋdaŋkɪ, ˋdɔŋkɪ, ˋdʌŋkɪ; ˋdɒŋkɪ] *n.* (*pl.* ~s [~z; ~z]) C **1** (動物)驢(→ ass 參考)(美國民主黨的象徵; 共和黨的象徵是象(elephant)). a stubborn *donkey* 頑固的驢子.
2 笨蛋, 頑固的人. Don't be such a *donkey*! 別那麼笨嘛!
dónkey's yèars (英, 口)很久, 很長的時間, (donkey's ears的諧音). I haven't seen you for *donkey's years*. 我很久沒有見到你了.

don·key·work [ˋdaŋkɪwɝk; ˋdɒŋkɪwɜːk] *n.* U(口)乏味的苦差事.

don·nish [ˋdanɪʃ; ˋdɒnɪʃ] *adj.* (英)像大學教師(don)一樣的; 賣弄學識的; 裝模作樣的.

do·nor [ˋdonɚ; ˋdəʊnə(r)] *n.* C **1** 贈與者, 捐贈者. **2** (醫學)(內臟器官等的)捐贈者; (特指)捐血者(blood donor).

Don Qui·xote [ˏdankɪˋhotɪ, danˋkwɪksət; dɒnˋkwɪksət] *n.* **1** 唐吉訶德(西班牙作家塞凡提斯(Cervantes)的諷刺小說; 此書的主角).
2 C無視現實的理想家.

‡**don't** [dont; dəʊnt] do¹ not 的縮寫. Mr. and Mrs. Smith *don't* live in this town now. 史密斯夫婦現在不住在這鎮上/*Don't* touch the wall. 不要碰牆壁.
dòs and dón'ts → do *n.* 的片語.

do·nut [ˋdonət; ˋdəʊnʌt] *n.* =doughnut.

doo·dle [ˋdudl; ˋduːdl] *vi.* (開會或講電話時等無意識地)亂畫. — *n.* C塗鴉.

***doom** [dum; duːm] *n.* U **1** (通常指壞的或可怕的)命運; 毀滅; 死亡. send a person to his [her] *doom* 殺人, 毀滅某人.
2 (神所定的)末日審判. the day of *doom*=doomsday.
mèet [gò to] one's dóom 滅亡; 死亡.
the cràck of dóom 宣告最後審判開始的雷聲; 世界末日.
— *vt.* (~s [~z; ~z]; ~ed [~d; ~d]; ~·ing) **1** 注定; 由命運決定(to); 句型5 (doom A to do)注定 A 做…; (主要用被動語態). We were *doomed* to failure [to fail]. 我們注定要失敗.
2 宣判(to). The murderer was *doomed* to death. 殺人犯被判死刑.

dooms·day [ˋdumzˏde; ˋduːmzdeɪ] *n.* U (常 Doomsday)最後審判日, 世界末日, (the Judgment Day).
till dóomsday (口)永久地(forever).

‡**door** [dor, dɔr; dɔː(r)] *n.* (*pl.* ~s [~z; ~z]) C **1** 門, 出入口. knock at [on] the *door* 敲門/Shut the *door* behind [after] you. 出去[進來]之後請隨手關門.

> 搭配 *v.*+door: close a ~ (關門), open a ~ (開門), lock a ~ (鎖門), unlock a ~ (打開門鎖), slam a ~ (碰一聲關上門).

2 (通常用單數)門口, 出入口, 正門, (doorway). go through the *door* 穿過正門/There's someone at the *door*. 大門口有人/There's the *door*! 門口在那裡! (快點滾吧).
3 一間, 一戶, (公寓等的)一間房間. He lives two *doors* off [away]. 他住在這邊過去第二間.
4 門, 道路(to). Einstein's theory opened the *door* to the nuclear age. 愛因斯坦的理論開啟了通往核子時代的大門.

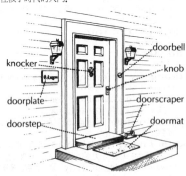

[door 2]

knocker — doorbell — knob — doorscraper — doorplate — doorstep — doormat

ànswer the dóor (走到門口)應門.
at dèath's dóor → death 的片語.

*beh**ìnd** clòsed dóors* 祕密地, 偷偷摸摸地.

by the bàck dóor 走後門; 用不正當的手段.

clòse the dóor to [*on*]... = shut the door to [*on*]...

* *from dòor to dóor* 挨家挨戶; 一間接著一間. The salesman sold books *from door to door*. 推銷員挨家挨戶地推銷書籍.

lày...at a pèrson's dóor 加〔罪, 責任等〕於某人; 怪罪….

lèave the dóor òpen 留有(議論, 交涉等)的餘地[可能性].

* *out of dóors* 戶外, 野外, (outdoors). The wind is cold *out of doors*. 外面風很冷.

shòw a pèrson the dóor 對某人指著門(叫人出去的手勢); 趕人出去.

shòw a pèrson to the dóor 送某人到門口.

shùt the dóor to [*on*]... 對著…把門關上; 拒絕…; 使…不可能. The government's rash act has *shut the door to* peace talks. 政府的草率行動使和平談判無法進行.

within dóors 《文章》在室內(indoors).

door·bell [`dor͵bɛl; ˋdɔːbel] *n.* Ⓒ 門鈴(→ door 圖).

door·jamb [`dor͵dӡæm, `dɔr-; ˋdɔːdӡæm] *n.* Ⓒ (門口的)側柱.

door·keep·er [`dor͵kipɚ; ˋdɔː͵kiːpə(r)] *n.* Ⓒ 看門人, 門房.

door·knob [`dor͵nɑb; ˋdɔːnɒb] *n.* Ⓒ 門的把手.

door·man [`dor͵mæn, -mən; ˋdɔːmən] *n.* (*pl.* **-men** [-͵mɛn, -mən; -mən]) Ⓒ (飯店, 百貨公司等)穿制服的服務生, 門僮, (幫忙開門關門, 叫計程車等).

door·mat [`dor͵mæt; ˋdɔːmæt] *n.* **1** (門前放的)擦鞋墊(→ door 圖).
2 (像門前擦鞋墊般)供踩踏的東西.

door·nail [`dor͵nel, `dɔr-; ˋnel; ˋdɔːneɪl] *n.* Ⓒ 門釘(釘在門上作裝飾用的大頭釘).
(*as*) **dèad as a dóornail** 《口》真的已經死了.

door·plate [`dor͵plet; ˋdɔːpleɪt] *n.* Ⓒ (門口的)門牌(→ door 圖).

door·post [`dor͵post; ˋdɔːpəʊst] *n.* =door-jamb.

door·scrap·er [`dor͵skrepɚ; ˋdɔː͵skreɪpə(r)] *n.* Ⓒ (放在門口的)刮泥架(→ door 圖).

***door·step** [`dor͵stɛp; ˋdɔːstep] *n.* (*pl.* **-s** [~s; ~s]) Ⓒ 門口的臺階(→ door 圖). Leave the package on the *doorstep*. 將包裹置於門前臺階.

door·stop [`dor͵stɑp, `dɔr-; ˋdɔːstɒp] *n.*
1 制門器(使開著的門固定, 不使它猛然砰地關上的裝置).
2 阻門器(為了避免用力開門時門直接撞到牆壁而在地上或牆上裝的塑膠圓頭物).

door-to-door [͵dortə`dor, ˋdɔr-; ͵dɔːtəˋdɔː(r)] *adj.* 〔推銷員等〕一家接著一家的, 挨家挨戶訪問的.

***door·way** [`dor͵we; ˋdɔːweɪ] *n.* (*pl.* **-s** [~z; ~z]) Ⓒ **1** 門口. The door

opened and there she was, standing in the *door-way*. 門一開, 她就站在門口.
2 道路(*to*). Keeping early hours is a *doorway* to health. 早睡早起爲健康之道.

door·yard [`dor͵jɑrd, `dɔr-; ˋdɔːjɑːd] *n.* Ⓒ 《美》大門〔廚房門〕前的庭院.

dope [dop; dəʊp] *n.* **1** Ⓤ 塗布明膠(用於使布等防水, 耐用). **2** Ⓤ《口》麻醉藥, 毒品. **3** Ⓤ《俚》(祕密)情報. **4** Ⓒ《俚》笨蛋.
— *vt.*《口》使喝下[在…中攙入]麻醉藥[興奮劑] (*up*).

do·pey, do·py [`dopɪ; ˋdəʊpɪ] *adj.*《口》**1** 被麻醉(般)的; 昏昏沈沈的. **2** 愚笨的.

Dor·ic [`dɔrɪk, `dɑr-; ˋdɒrɪk] *adj.* (建築)多利斯式的(→ capital 圖). the *Doric* order 多利斯樣式(古希臘最古老的簡樸建築樣式).

Dor·is [`dɔrɪs, `dɑr-; ˋdɒrɪs] *n.* 女子名.

dorm [dɔrm; dɔːm] *n.* 《口》=dormitory.

dor·mant [`dɔrmənt; ˋdɔːmənt] *adj.* (暫時)停止活動的; 〔動物〕冬眠中的; 〔植物〕休眠中的. a *dormant* volcano 休火山.

dor·mer [`dɔrmɚ; ˋdɔːmə(r)] *n.* (建築)屋頂窗.

[dormer]

dórmer wìndow *n.* =dormer.

dor·mice [`dɔr͵maɪs; ˋdɔːmaɪs] *n.* dormouse 的複數.

dor·mi·to·ry [`dɔrmə͵tori, -͵tɔri; ˋdɔːmɪtrɪ] *n.* (*pl.* **-ries**) Ⓒ **1** 《美》(大學的)學生宿舍, 《通常兩人一室》. **2** 大寢室.

dor·mouse [`dɔr͵maʊs; ˋdɔːmaʊs] *n.* (*pl.* **-mice**) Ⓒ (動物)睡鼠(似松鼠的小動物; 有冬眠的習性).

Dor·o·thy [`dɔrəθɪ, `dɑr-; ˋdɒrəθɪ] *n.* 女子名.

Dors. (略) Dorset.

dor·sal [`dɔrsl; ˋdɔːsl] *adj.* (動物)背的, 背部的, 背側的. a *dorsal* fin (魚的)背鰭.

Dor·set [`dɔrsɪt; ˋdɔːsɪt] *n.* 多塞特郡(英格蘭南部的郡, 略作 Dors.).

do·ry [`dorɪ, `dɔrɪ; ˋdɔːrɪ] *n.* (*pl.* **-ries**) Ⓒ 船頭尖而船體狹長的平底船(北美大西洋沿岸的小型漁船).

dos·age [`dosɪdӡ; ˋdəʊsɪdӡ] *n.* **1** Ⓒ (通常用單數)(服藥一次的)劑量, 給藥量. **2** Ⓤ 給藥; 配藥.

dose [dos; dəʊs] *n.* Ⓒ **1** (藥, 特指藥水的)服藥一次的劑量. take three *doses* a day 一天服三次藥.
2 《口》(懲罰, 疾病或討厭的事物)一次發生的程度. I came down with a *dose* of flu. 我有點感冒了.
— *vt.* 使服藥; 給藥.

dos·si·er [`dɑsɪ͵e, `dɑsɪɚ; ˋdɒsɪeɪ] *n.* Ⓒ (有關個人, 事件等的)調查資料.

dost [強 `dʌst, ˌdʌst, 弱 dəst; 強 dʌst, 弱 dəst]
aux. v.《古》do¹ 的第二人稱、單數thou的直述語氣、現在式.

Dos·to·ev·ski [ˌdɑstə`jɛfskɪ; ˌdɒstɔɪ`efskɪ] *n.*
F.M. ~ 杜斯妥也夫斯基(1821-81)《俄國小說家》.

***dot** [dɑt; dɒt] *n.* (*pl.* ~**s** [~s; ~s]) C **1** 點, 小點.
[參考] i, j 的點, 小數點, 省略符號的「…」也稱作dot(s). Be sure to put *dots* on the i's. 記得要在字母 i 上加點.
2 (摩爾斯電碼的)點(↔ dash).
3 點狀物.
òn the dót《口》準時地; 在明確指定的場所. The train arrived *on the dot* of 10. 火車在10點準時到達.
— *vt.* (~**s**; ~**ted**; ~**ting**) **1** 打點, 加點.
2 散布在…《常用被動語態》. The beach was *dotted with* sunbathers. 海灘上零星散布著做日光浴的人/a *dotted* scarf 圓點花樣的圍巾.
dòt one's [the] i's [`aɪz; `aɪz] *and cròss one's [the] t's* [`tiz; `ti:z] 《口》注重細節; 周詳正確, (<在字母 i 上打小點, 在字母 t 上加橫線).

dot·age [`dotɪdʒ; `dəʊtɪdʒ] *n.* U 衰老糊塗. an old man in his *dotage* 年邁糊塗的老人.

dote [dot; dəʊt] *vi.* 過分溺愛(*on, upon*).

doth [強 `dʌθ, dʌθ, 弱 dəθ; 強 dʌθ, 弱 dəθ] *aux. v.*《古》do¹ 的第三人稱、單數、直述語氣、現在式.

dot·ing [`dotɪŋ; `dəʊtɪŋ] *adj.* (限定)過分溺愛的. a *doting* mother 溺愛孩子的母親.

dòtted líne *n.* C 點線(‥‥).

dot·ty [`dɑtɪ; `dɒtɪ] *adj.* 《口》心智不平衡的, 瘋了的; 古怪的, 荒謬的.

*#**dou·ble** [`dʌbl; `dʌbl] *adj.* 【兩倍的】 **1** (a)兩倍的, 加倍的, (★「三倍」是triple).
double pay (特別的)雙倍的工資/do *double* work 做雙倍工作. (b)…的兩倍 [語法] 接在定冠詞或所有格、基數、所有格代名詞、名詞子句之前). pay *double* the price 支付雙倍價錢/Twenty is *double* ten. 20 是10的倍數/Prices are *double* what they were two years ago. 物價是兩年前的兩倍.
2 兩人用的(床, 房間等). a *double* bed 一張雙人床(→ single *adj.* 3, twin bed)/a *double* seat 情人座/a *double* garage 雙車庫/play a *double* role 一個人扮演兩個角色.
【雙重的】 **3** 雙重的, 由兩個組成的. a *double* lock 雙重鎖/a *double* window 雙層的玻璃窗/a gun with a *double* barrel=a *double*-barreled gun 雙管手槍/commit a *double* blunder 犯雙重過失/for a *double* purpose 為雙重目的/receive a *double* blow 受到雙重打擊.
4 【兩面的】(人, 生活等)表裡不一的, 不誠實的; 〔意義〕雙關的, 模稜兩可的. a man with a *double* character 有雙重人格的人/There was a *double* meaning in his words. 他語帶雙關.
5 〔植物〕(花, 植物)重瓣的.

— *adv.* 兩倍地; 雙重地; 雙關地; 雙人地. pay *double* 付兩倍錢/ride *double* on a bicycle 兩人同騎一輛自行車.
— *n.* (*pl.* ~**s** [~z; ~z])【兩倍】 **1** U C 兩倍(的數量, 大小, 價值, 額度等); (威士忌的)雙份(約30 cc.). Twelve is the *double* of six. 12 是6的兩倍/I'll have a whiskey; make it a *double*. 我要一杯威士忌, 雙份的.
2 C 《棒球》二壘安打.
3 【兩者相同的】 C 一模一樣(的人), 酷似的人; (電影, 電視, 戲劇的)替身演員(stand-in). Frances is the *double* of her aunt. 法蘭西絲長得和她姑媽幾乎一模一樣.
4 (double*s*)《作單數》(網球等的)雙打. play (a) *doubles* 雙打. [參考]「單打」是 singles, 「混合雙打」是 mixed doubles.
5 《橋牌》(墩數的)加倍, 雙倍.
6 《賽馬》(馬券的)雙聯.
7 《體育》(加 the; 用單數形)(在同一比賽中的)二連勝.
on the dóuble《口》急速地; (特指軍隊)快步前進地. When I told him I had some money for him, he came *on the double*. 我跟他說有點錢要給他時, 他一下子就跑來了.
— *v.* (~**s** [~z; ~z]; ~**d** [~d; ~d]; **-bling**) *vt.*
1 使加倍; 是…的兩倍. Her boss has *doubled* her salary. 她的老闆把她的薪水往上加了一倍/His deposit *doubles* mine. 他的銀行存款是我的兩倍.
2 使成為雙重; 對摺. *double* a sheet of paper 把一張紙對摺.
3 〔船〕繞著〔岬等〕急轉彎航行.
4 握〔拳頭〕(clench). The man *doubled* his fists in anger. 那男子憤而握拳(想揍人).
5 〔演員〕兼演〔兩個角色〕; 當…的替身; 代替他人〔工作等〕. Tom *doubled* the two parts of the prince and the beggar. 湯姆一人分飾王子和乞丐兩個角色.
6 《橋牌》使〔對手的得墩數、失墩數〕加倍.
— *vi.* **1** 成為兩倍. Production has *doubled* over the last two years. 過去兩年間的生產量已經增加了一倍.
2 《棒球》擊出二壘安打.
3 蜷起; 彎下.
4 急速改變方向, 突然折返, 《*back*》. → double back (片語).
5 代替(*for*); 演〔兼〕兩個角色(*as*). This large box will *double as* a writing desk. 這個大箱子可兼作書桌.
6 《橋牌》使對手的得[失]墩數加倍.
*dòuble báck*¹ 返回. *double back* on one's trail (循原路)折回.
*dòuble /.../ báck*² = double/.../over (1).
dòuble óver = double up (1).
*dòuble /.../ óver*² (1)摺成兩半. *double* the leaf of a book *over* 翻摺書頁. (2) = double/.../up (2).
*dòuble /.../ úp*¹ (1) = double/.../over (1). (2)(痛, 笑等)使…的身體彎曲, 使…直不起身子. He was *doubled up* with a sharp pain. 他因劇痛而挺不起

身子.

dòuble úp[2] (1)(因劇痛，大笑等)彎腰，蹲下來.
(2)(兩人)同室[同宿]. We have only one spare bedroom—would you two mind *doubling up*? 我們只有一間空房，你們兩人不介意同住一間吧？

dóuble àgent n. ⓒ雙面間諜.

dou·ble-bar·reled (美)，**dou·ble-bar·relled** (英) [`dʌbl`bærəld; ˏdʌblˈbærəld] *adj.* 1〔槍〕雙管的《有兩個槍身的》. 2 (英、口)複姓的《以連字號連結；例: Bulwer-Lytton).

dòuble báss [ˏdʌbl`bes; ˏdʌblˈbeɪs] *n.* ⓒ低音提琴(→ stringed instrument 圖).

dou·ble-breast·ed [`dʌbl`brɛstɪd; ˈdʌblˌbrestɪd] *adj.*〔大衣或上衣〕有雙排鈕扣的，對襟的，(→ single-breasted).

dou·ble-check [`dʌbl`tʃɛk; ˈdʌblˈtʃek] *vt.* 再確認，複查. — *vi.* 複查.

dóuble chín n. ⓒ雙下巴.

dóuble cróss n. ⓒ(口)背叛.

dou·ble-cross [`dʌbl`krɔs; ˏdʌblˈkrɒs] *vt.* (口)背叛，出賣，〔友伴〕.

dóuble dáte n. ⓒ(美、口)(兩對男女一同參加的)約會.

dou·ble-deal·er [`dʌbl`dilɚ; ˈdʌblˌdiːlə(r)] n. ⓒ撒謊的人，表裡不一的人，不誠實的人.

dou·ble-deal·ing [`dʌbl`dilɪŋ; ˈdʌblˌdiːlɪŋ] n. ⓤ口是心非，不誠實. — *adj.* 不誠實的.

dou·ble-deck·er [`dʌbl`dɛkɚ; ˈdʌblˌdekə(r)] n. ⓒ雙層巴士[電車].

[double-decker]

dòuble Dútch n. ⓤ(口)莫名其妙不知所云的話.

dou·ble-edged [`dʌbl`ɛdʒd, -`ɛdʒɪd; ˈdʌblˌedʒd] *adj.* 1 雙刃的. 2〔論點等〕正反兩面都討好的.

dòuble féature n. ⓒ(電影的)兩片連映.

dou·ble-glaz·ing [`dʌbl`glezɪŋ; ˏdʌblˈɡleɪzɪŋ] n. ⓤ(窗等的)雙層玻璃.

dou·ble-head·er [`dʌbl`hɛdɚ; ˈdʌblˌhedə(r)] n. ⓒ(美)(棒球等的)連續兩場比賽《同一支隊伍同一日內連續比賽兩場).

dou·ble-joint·ed [`dʌbl`dʒɔɪntɪd;

ˈdʌblˈdʒɔɪntɪd] *adj.* (手指等)關節可任意彎曲的.

dou·ble-park [`dʌbl`pɑrk; ˈdʌblˈpɑːk] *vt.* 使〔車〕(和別的車)並排停車《屬違規停車). — *vi.* 並排停車.

dóuble pláy n. ⓒ(棒球)雙殺.

dou·ble-quick [`dʌbl`kwɪk; ˈdʌblˈkwɪk] (口) *adj.* 極快的. — *adv.* 極快地.

dou·blet [`dʌblɪt; ˈdʌblɪt] n. ⓒ道布萊特上衣《男子的緊身上衣，下身搭配袋狀短褲及長統襪 (hose)；15-17 世紀左右的服飾).

dóuble táke n. ⓒ (美、口)遲鈍的反應《先是未注意到，然後像恍然大悟般大吃一驚的可笑動作).

dóuble tálk n. ⓤ好聽但內容空泛的話；反語，口是心非的話.

dou·bling [`dʌblɪŋ; ˈdʌblɪŋ] v. double 的現在分詞、動名詞.

[doublet]

dou·bly [`dʌblɪ; ˈdʌblɪ] *adv.* 1 加倍地；雙倍地. Make *doubly* sure that everything is ready. 要再確定每件事都已準備妥當.
2 雙重地；兩樣地.

*doubt [daʊt; daʊt] n. (*pl.* ~s [~s; ~s]) ⓤⓒ懷疑，疑慮，不信任，(↔ belief). There is no room for *doubt*. 不容置疑/There is some *doubt whether* she will recover from her illness. = There is some *doubt* of her recovering from her illness. 她是否能復原有些令人懷疑/I have no *doubt that* he is innocent. = I have no *doubt* of his innocence. 我完全相信他是無辜的/The footprints left no *doubt that* the party had gone into the forest. 由足跡看來，那行人無疑已進入森林《語法〕doubt 前如有否定詞，則其後通常接 that 子句).[語法] doubt 是沒有根據的懷疑; suspi-cion 則有點根據地覺得可疑.

[搭配] *adj.*+doubt: a serious ~ (非常懷疑), a slight ~ (有點懷疑) // *v.*+doubt: feel a ~ (感到懷疑), dispel a ~ (釋疑).

beyond dóubt 無庸置疑的，確實的.

* in dóubt (1)不能確定; 可疑; 迷惑不解. I am *in doubt* (about) what to do with this affair. 我不知該如何處理這件事.
(2)〔事物〕不確定，不明朗. The outcome is still *in doubt*. 結果還不確定.

* nó dóubt 《副詞性)(1)確實地；誠然，(★語意上比「確信」稍弱，表示十之八九；→ doubtless). Your idea is interesting, *no doubt*, but it is im-practical. 你的想法確實很有趣，但卻不切實際.
(2)(口)很可能(probably)；一定. You have, *no doubt*, some reason for being here? 你來這裡一定

有甚麼原因吧?

***thròw dóubt on [upon]...** 對…產生懷疑。

***without dóubt** 無疑地, 確實地, (certainly; → doubtless). Jack will *without doubt* deliver this message to her. 傑克必定會把這訊息傳給她的。

— v. (~s [~s; ~s]; ~ed [~ɪd; ~ɪd]; ~ing) *vt.* 懷疑〔 句型3 〕(doubt if [whether]子句)懷疑是否…; 句型3 (doubt that 子句)懷疑…, 不相信…, (→ suspect 2 同)。 I *doubt* the truth of the statement. 我懷疑這份聲明的真實性/I *doubt* it. 我不信/I *doubt whether* [if] he is sane. 我懷疑他神智是否正常/I *doubt* (that) you can finish it in time. 我懷疑[不信]你能及時做完這件事/I don't *doubt that* he will help us. 我相信他會幫助我們。〔語法〕(1)肯定句中也用 whether 子句, if 子句, 但 if 子句較為口語。 用 that 子句時, 表示比懷疑更強烈的不信任。 (2)在否定句、疑問句中通常用 that 子句, 但也有以 but 子句, but that 子句替代的。

— *vi.* 懷疑。 Do you still *doubt*, despite what you have seen? 儘管你親眼目睹了, 你依然懷疑嗎? ↔ believe.

doubt·er [ˈdautɚ; ˈdautə(r)] *n.* © 懷疑的人。

☆doubt·ful [ˈdautfəl; ˈdautfʊl] *adj.* **1** (a) 〔人〕感到懷疑的, 沒有信心的, 《of, about》。 I am [feel] *doubtful* of his success. 我懷疑他是否會成功/Mrs. Harris is very *doubtful about* her son's future. 哈里斯太太對她兒子的未來沒甚麼信心。

(b) 〔用 doubtful wh 子句、片語〕無法決定…的, 猶豫的。 He was *doubtful* (about) *which* way to take. 他無法決定要走哪條路。

2 〔事物〕可疑的, 不明確的; 〔結果等〕不明朗的, make a *doubtful* reply 作不明確的回答/The outcome of the election is *doubtful*. 選舉結果尚未揭曉/It is very *doubtful* whether [if] he is still alive. 他是否還活著很令人懷疑。

3 〔人品, 行為等〕不能信任的, 不可靠的, 可疑的, a *doubtful* character 不可靠的人。⇨ *v., n.* doubt.

● ——形容詞型 **It is ~ wh 子句 [if 子句]**
常用這種句型的形容詞:

It is not *certain when* he came here.
不確定他甚麼時候到這裡來。
It is doubtful whether [if] Bill will come.
比爾是否會來很令人懷疑。
It is questionable whether the man is reliable. 那人是否可靠是個疑問。
It was unknown what they had stolen.
不知道他們偷了甚麼。
It is still undecided when we will begin.
我們還沒有決定甚麼時候開始。

---

doubt·ful·ly [ˈdautfəlɪ; ˈdautfʊlɪ] *adv.* 懷疑地, 可疑地; 沒有自信地; 不明確地。

dòubting Thómas *n.* © 多疑的人《取自聖經中基督的門徒 Thomas 不願輕易相信基督復活的故事》。

***doubt·less** [ˈdautlɪs; ˈdautlɪs] *adv.* 《修飾句子》 **1** 大概(probably). *Doubtless* you have heard the news. 你大概已經聽到這消息了。

2 無疑地, 確實地, (certainly). Dora is *doubtless* the most diligent student in this class. 朵拉無疑是這個班上最用功的學生。〔注意〕doubtless 很少作形容詞用。 同 doubtless 肯定的程度最低, no doubt, undoubtedly, without doubt 肯定的程度依次增強。

doubt·less·ly [ˈdautlɪslɪ; ˈdautlɪslɪ] *adv.* = doubtless.

douche [duʃ; duːʃ] (法語) *n.* Ⓤ (醫療時的)沖洗《如洗淨陰道等》; © 沖洗器。

Doug [dʌg; dʌg] *n.* Douglas 的暱稱。

dough [do; dəu] *n.* Ⓤ **1** 生麵包, 生麵團; (陶土等的)揉好的一團。

2 《美、俚》錢, 現金, (money)。

dough·nut [ˈdonət, -ˌnʌt; ˈdəunʌt] *n.* © 甜甜圈《★也作 donut》。

dough·y [ˈdoɪ; ˈdəuɪ] *adj.* **1** 〔麵包、蛋糕等〕烤熟的; 軟的, 太軟的。 **2** 〔膚色〕蒼白的。

Doug·las [ˈdʌgləs; ˈdʌgləs] *n.* 男子名《暱稱Doug》。

dour [dur, dur, daur; duə(r)] *adj.* 〔態度, 個性等〕悶聲不響的; 繃著臉的, 陰鬱的。

douse [daus; daus] *vt.* **1** 把…浸入水中; 用水澆…。 **2** 《口》熄滅(燈火) (put out)。

☆dove¹ [dʌv; dʌv] *n.* (*pl.* ~s [~z; ~z]) © **1** 鴿子《比 pigeon 小; 和平等的象徵》。 the *dove* of peace 和平鴿。

2 可愛的人(darling). My *dove*! 可人兒!

3 鴿〔主和派的人〕(↔ hawk)。

(as) gèntle as a dóve 非常溫順的。

dove² [dov; dəuv] *v.* 《美》dive 的過去式。

dove·cote [ˈdʌvˌkot; ˈdʌvkəut] *n.* © 鴿棚。

Do·ver [ˈdovɚ; ˈdəuvə(r)] *n.* 多佛《英國東南部的海港; 與對岸Calais的距離是英法間最短的航路》。 the Strait(s) of *Dover* 多佛海峽(→ the English Channel)。

dove·tail [ˈdʌvˌtel; ˈdʌvteɪl] *n.* © 《木工》鳩尾榫; 楔形接榫; 《前端凹凸像展開的鳩尾》。

— *vt.* 把〔兩塊板等〕用榫頭接合。

— *vi.* **1** 接榫。

2 〔兩個以上的事物〕完全符合, 和諧一致。

dow·a·ger [ˈdauədʒɚ; ˈdauədʒə(r)] *n.* © 繼承亡夫財產〔貴族封號〕的寡婦。 a *dowager* queen 前國王的遺孀, 皇太后。

[dovetail]

dow·di·ly [ˈdaudəlɪ; ˈdaudɪlɪ] *adv.* 衣著庸俗地。

dow·dy [ˈdaʊdɪ; ˈdaʊdi] adj. 〔特指女性的服裝〕老式的，土裡土氣的；〔女性〕衣著庸俗的。

dow·el [ˈdaʊəl; ˈdaʊəl] n. ⓒ(木工)合板釘，暗榫，《通常為圓筒形，一頭有釘狀突起，可打入另一頭相對應的凹洞，使兩端緊密接合》。

[dowels]

dow·er [ˈdaʊə; ˈdaʊə(r)] n. ⓒ寡婦在亡夫財產中應繼承的部分。

‡**down**¹ [daʊn; daʊn] adv. 〖向低處〗 **1** (a)(從上)往下地，向下地；在下地；退下地；下降地；(↔ up)。go down 下來/look down 往下看/The sun has gone down. 太陽已經下山了/This medicine goes down easily. 這藥很容易吞/She pulled the blinds down. 她把百葉窗放下來/sit down 坐下。

(b)(從樓上)往樓下地。Father is already down. 父親已經下樓了《二層樓的房子一般房間都在二樓》。

2 (a)往下游地。The river flows down to the sea. 河流流進海裡。

(b)〖隨時間的流逝〗(由前代)向後世。the treasures passed down in the family 這家人的傳家之寶/down to the present day 一直到今天。

(c)〖向地圖的下方〗(從北)向南。go down south 往南走。

3 〖低下來〗橫倒，躺下；倒(在地上)；躺(在床上)。knock a person down 把某人打倒/Many trees fell down. 許多樹倒下了/Keep down, or you'll be shot. 趴下，不然你會被射中的/I think I'll lie down for a while. 我想躺一會兒。

〖降低〗 **4** (地位等)下降，落魄，落(到…為止)；(價格)下跌；(品質，評價等)變差。go [come] down in the world 淪落/from the king down to the cobbler 從國王淪落到補鞋匠/Prices are down. 物價下跌了/The quality of their products has gone down over the years. 這些年來他們的產品品質變差了。

5 (氣勢等)變弱；(健康)變差；(因病)倒下；(心情)消沈。The wind is down. 風勢弱了/The car slowed down. 車子慢下來了/The tide is down. 潮退/go [be] down with illness 病倒/Try and calm down. 好好定下心來吧!

6 〖減少〗(數，量，大小)縮小，減少，縮減。Count from 10 down to zero. 從 10 倒數到 0/cut down the expenses 削減費用/get a three-volume work down to one volume 把三冊一套的作品削減為一冊/wear down the heels of one's shoes 磨損鞋跟/boil soup down 熬湯。

〖到最低的位置>到最低限度〗 **7** 徹底地，到極限地；無可寬貸地。The house has burnt down. 那房子已經燒光了/hunt the fox down 獵到狐狸為止/shout down 向對方大聲斥責使其靜下來。

8 壓制，壓迫。The tyrant kept the people down. 暴君壓迫人民。

9 緊縛著，牢牢地。The pupils are bound by the rules. 小學生被規則緊緊束縛住。

〖牢固地(固定下來)〗 **10** 記下；記在預定表上。take down a lecture 記下上課內容/Put his

address down. 記下他的地址/Bob is down for the coming tennis competition. 鮑伯已預定參加本屆網球賽。

11 用現金，用現款；作為定金。I paid fifty per-cent down for the car. 我已用現金付了一半車款/cash [money] down 《商業》付現。

〖往下>朝四周〗 **12** (從說話者的位置)離開，朝對面；從家到別處。Will you walk down to the school with me? 你要和我一起走路到學校嗎?

13 (英)(從城市)到鄉下；(從內陸)到海岸；離開(大學)(→ go down (8) (go 的片語))。go down to the country [seaside] for the summer 到鄉下[海邊]避暑。

be dówn on [upon]... (口)對…不抱好感，討厭…。She's down on anyone who doesn't support the idea of sexual equality. 她對任何不支持男女平等的人都不抱好感。

be dówn to... (1)落在〔人〕上。It's down to you now to support your family. 家庭的重擔現在落在你身上。(2)只剩下…而已。We're down to our last dollar. 我們只剩下最後一美元了。

dòwn and óut (1)落魄，無法謀生。(→ down-and-out)。(2)〔拳擊〕被擊倒而無法繼續比賽。

dòwn únder (口)往[在]地球的另一邊《對英美來說就是 Australia 和 New Zealand》。

Dówn with...! 排除…! 打倒(政府等)! Down with corrupt politicians! 打倒貪官污吏!

gèt dówn to... → get 的片語。

── prep. **1** 沿…而下；在…下方；向[在]…的下游。go down the stairs 下樓/My uncle lives just down the street. 我的叔叔就住在這條街上再過去一點的地方/We rowed down the river. 我們沿著河流往下划。

2 沿著(道路等)(along)。walk down the road 一路走下去。

3 從(時代)沿革下來。down the ages 自古以來。

── adj. (限定) **1** 向下的；下降的。a down slope 向下的斜坡/Take the down elevator. 請搭往下的電梯/The business took a down trend. 景氣疲軟。

2 (火車，月臺)下行的。a down train 下行火車。[參考] down(下行)在(美)意為「往南」，「往商業區」，在(英)則意為「離開大城市」。

── vt. **1** 把(拳擊對手等)打倒(knock down)；把…打敗，戰勝…。

2 (很快地)喝光，喝下。down a glass of milk 一口氣把一杯牛奶喝光。

── n. **1** ⓒ (downs)不幸，逆境。the ups and downs of life 人生的浮沈。

2 ⓒ (口)厭惡，反感。have a down on a person 討厭某人，對某人抱有反感。

3 Ⓤ (縱橫字謎)縱的題示《在各提示字詞前標上號碼的一覽表；→ across n.》。

down² [daʊn; daʊn] n. Ⓤ **1** (鳥的)絨毛《用來塞枕頭、羽絨被等》。**2** (臉頰等的)汗毛。

down-and-out [ˈdaʊnənˈaʊt, ˈdaʊnəndˈaʊt;

'daʊnənd'aʊt] *adj.* 落魄的, 無法謀生的.
— *n.* Ⓒ 落魄的人.

down·cast [`daʊnˌkæst; 'daʊnkɑ:st] *adj.* **1**
〔人〕意氣消沈的, 頹唐的. **2** 〔目光等〕垂下的;〔臉
等〕朝下的. with *downcast* eyes 垂視的眼睛.

down·er [`daʊnɚ; 'daʊnə(r)] *n.* Ⓤ (口)鎮靜劑.

down·fall [`daʊnˌfɔl; 'daʊnfɔ:l] *n.* Ⓒ **1** 沒落,
滅亡, 垮臺; 垮臺[沒落, 滅亡]的原因. Gambling
was his *downfall*. 賭博是他失敗的原因.
2 (雨, 雪的突然)大降.

down·grade [`daʊnˌgred; 'daʊnˌgreɪd] *vt.* 使
…降級((to))(↔ upgrade). — *n.* Ⓒ 下坡. a
nation on the *downgrade* 國勢漸衰的國家.

down·heart·ed [`daʊn`hɑrtɪd; ˌdaʊn'hɑ:tɪd]
adj. 沮喪的, 垂頭喪氣的.

down·hill [`daʊnˌhɪl, daʊn`hɪl; ˌdaʊn'hɪl] *adj.*
1 (限定)下坡的. **2** (口)輕鬆的, 容易的, (easy).
— *adv.* 向山腳下; 下坡地; 衰落地.
gò downhíll 走下坡; 衰退;〔健康等〕變衰弱.
— Ⓒ 下坡;〔滑雪〕滑降.

Down·ing Street [`daʊnɪŋˌstrit;
'daʊnɪŋˌstrit] *n.* **1** 唐寧街(倫敦政府機關所在的街
道; 首相官邸在十號(No. 10)).
2 英國政府[內閣].

[No. 10 Downing Street]

dòwn páyment *n.* Ⓒ (分期付款的)頭期款.

down·pour [`daʊnˌpor, -ˌpɔr, -ˌpʊr;
'daʊnpɔ:(r)] *n.* Ⓒ 傾盆大雨, 豪雨.

down·right [`daʊnˌraɪt; 'daʊnraɪt] (口) *adj.*
(限定) **1** 完全的, 徹底的, [注意]特指壞的事物;
adv. 也是). a *downright* lie 徹頭徹尾的謊話.
2 直率的, 坦率的.
— *adv.* 完全地, 徹底地, (thoroughly).

Downs [daʊnz; daʊnz] *n.* (作複數)(加 the) 丘陵
地帶(英國南部的白堊層丘陵地帶).

Dówn's sỳndrome *n.* Ⓤ (醫學)唐氏症,
蒙古症, (一種先天性心智發展遲緩症).

down·stairs [`daʊn`sterz, -ˌsterz;
ˌdaʊn'steəz] *adv.* 在樓

下, 在一樓. run *downstairs* 跑到樓下[一樓]/The
kitchen is *downstairs.* 廚房在一樓.
— *adj.* (限定)樓下的, 一樓的. We have a new
downstairs toilet. 我們在一樓有間新的廁所.
— *n.* Ⓤ 樓下. The *downstairs* was rented to a
bookseller. 樓下租給一家書店. ↔ upstairs.

down·stream [`daʊn`strim; ˌdaʊn'stri:m]
adv. 在下游. — *adj.* 下游的. ↔ upstream.

down-to-earth [`daʊntə`ɝθ; 'daʊntə'ɜ:θ]
adj. 腳踏實地的; 實際的, 現實的, (practical).

✳**down·town** [`daʊn`taʊn; ˌdaʊn'taʊn] (主美)
adv. 在[向]商業地區, 在繁華地區, 在(城鎮)中心.
Let's go *downtown* to see the movies. 我們到市
中心去看電影吧!/take a bus *downtown* 搭公車到
市中心.
— *adj.* (限定)繁華地區的, 市中心的. the build-
ings of *downtown* Los Angeles 洛杉磯市中心的建
築物.
— [`daʊnˌtaʊn; 'daʊnˌtaʊn] *n.* Ⓤ 繁華地區, 市
中心. plans to redevelop *downtown* 市中心再開
發計畫. ↔ uptown.

down·trod·den [`daʊn`trɑdn̩; ˌdaʊn'trɒdn̩]
adj. 被(有權者)壓制的, 被虐待的.

✳**down·ward** [`daʊnwɚd; 'daʊnwəd] *adj.*
(限定)向下的, 下降
的, 衰落的. a *downward* slope 下坡.
— *adv.* **1** 向下方, 朝下地; 衰落地. look *down-
ward* in silence 默默地向下看.
2 …以來, 到如今. from the beginning of his-
tory *downward* 有史以來(一直…). ↔ upward.

down·wards [`daʊnwɚdz; 'daʊnwədz]
adv. =downward.

down·wind [`daʊn`wɪnd; ˌdaʊn'wɪnd] *adv.* 順
風地. — *adj.* 順風的.

down·y [`daʊnɪ; 'daʊnɪ] *adj.* **1** 覆蓋著絨毛[汗
毛]的. **2** 絨毛般的; 柔軟的. [字源]down²+y.

dow·ry [`daʊrɪ; 'daʊərɪ] *n.* (*pl.* -ries) Ⓒ (新娘
的)結婚嫁妝.

dowse [daʊs; daʊs] *v.* =douse.

doy·en [`dɔɪən; 'dɔɪən] (法語) *n.* Ⓒ (團體中)最
資深者, 最資深且經驗豐富的人.

doz. (略) dozen(s).

doze [doz; dəʊz] *vi.* 打盹, 打瞌睡.
dòze óff 打瞌睡.
— *n.* [a Ⓤ] 打瞌睡, 打盹. have a *doze* 打盹.

✳**doz·en** [`dʌzn̩; 'dʌzn̩] *n.* (*pl.* ~s [~z; ~z], ~)
Ⓒ (一)打, 十二個. three *dozen* golf
balls 三打高爾夫球/half a [a half] *dozen* apples
半打[六個]蘋果/How many *dozen* eggs shall we
buy? 我們要買幾打蛋?/some *dozens* of pencils 數
打鉛筆. [語法](1)連接數詞時單複數同形. (2)與 *n.*
連用時常把 of 省略, 作 *adj.* 使用. (3)亦用作「約十
個」之意.
✳ *by the dózen* (1)以打為單位. sell eggs *by the
dozen* 以打為單位賣蛋. (2)大量地.
✳ *dózens (and dózens) of...* (1)好幾打的…. (2)
(口)幾十個的…; 非常多的…(lots of...). I have
dozens of letters to write. 我有幾十封信要寫.

in dózens 每打地, 按打地. Pack these oranges *in dozens*. 這些柳橙請按打包裝.

tálk ninetéen to the dózen 《口》喋喋不休.

D. Ph(il). 《略》Doctor of Philosophy.

Dr., 《主英》**Dr** 《略》Doctor.

drab [dræb; dræb] *adj.* **1** 單調的, 乏味的, 無趣的, (dull).

2 淡褐色的, 土黄色的.

drach·ma [ˋdrækmə; ˋdrækmə] *n.* © 德拉克馬銀幣《古希臘的貨幣》; 德拉克馬《現代希臘的貨幣單位》.

Drac·u·la [ˋdrækjulə; ˋdrækjələ] *n.* 德古拉《伯爵》《吸血鬼; 愛爾蘭作家 Bram Stoker 於 1897 年創作小說中的主角》.

***draft** 《美》, **draught** 《英》 [dræft; drɑːft] *n.* (*pl.* ~**s** [~s; ~s])《★作 2, 7 之解釋時《英》亦用 draft》 ▌拉 ▌ **1** ⓤ 《牛, 馬等》拉《車》; © 《網等》牽拉; 一網的漁獲量. They used horses for *draft*. 他們用馬來拉車.

▌《畫線》書寫的 ▌ **2** © 原稿, 草稿;《機械等的》設計草圖(plan). I've made (out) a first *draft* of my thesis. 我擬了一份論文的初稿/a plan in *draft* 起草中的計畫/a *draft* of the house 房屋設計草圖.

▌選拔 ▌ **3** © 《軍事》選拔隊.

4 ⓤ 《美》(加 the) 徵兵, (集合) 被徵召入伍者;《體育》新球員選拔制.

▌抽出 ▌ **5** ⓤ 《把啤酒等從桶中》汲出《放到別的容器》. beer on *draft*=draft beer (→ 見 draft beer).

6 © 喝一口(的量);《藥水等的》一劑之量. at a *draft* 喝一口地, 一口氣地/take a long *draft* of beer 一口飲盡啤酒.

7 © 匯票, 支票; ⓤ© 開匯票[支票]. a *draft* for $10,000 on Chase-Manhattan 由大通曼哈頓銀行開出的一萬美元支票.

▌引進 ▌ **8** ⓤ© 穿堂風, 通風; © 通風裝置[孔]. I feel a *draft* (of air) coming from somewhere. 我覺得有股風吹過來.

9 ⓤ© 《船的》吃水《沈在水中的部分》.

—— *vt.* 《★《美》《英》皆用 draft》 **1** 寫《演說等的》草稿, 起草; 作草圖; 繪製設計圖樣. *draft* a speech 寫演說稿. **2** 選拔;《美》徵募.

dráft bèer *n.* ⓤ《美》生啤酒(《英》draught beer).

draft·ee [dræfˈti; drɑːfˈtiː] *n.* ©《美》被徵召入伍的士兵.

drafts·man [ˋdræftsmən; ˋdrɑːftsmən] *n.* (*pl.* **-men** [-mən; -mən]) © **1** 《法案等的》起草人, 立案人. **2** 《美》製圖者[工]《英》draughtsman).

draft·y [ˋdræftɪ; ˋdrɑːftɪ] *adj.* 《美》通風的《英》draughty).

‡**drag** [dræg; dræg] *v.* (~**s** [~z; ~z]; ~**ged** [~d; ~d]; ~**ging**) *vt.* **1** 拉, 硬拉, 拖曳, 《重物等》(→ draw 同). The old horse *dragged* a heavy cart along. 老馬拖著一輛很重的馬車.

2 把…《硬》拉著去[來]; 把…硬拖進[出]. The daughter *dragged* her father (*out*) to a disco. 女

—— **dragoon** 447

兒硬把父親帶到迪斯可舞廳/Don't *drag* me *into* your quarrels. 不要把我扯進你們的爭吵之中/He always *drags* irrelevant topics *into* a conversation. 他老是把不相關的話題扯到談話中.

3 《用網等》搜索, 打撈,《水底》《*for* 找尋…》. The police *dragged* the lake *for* the body. 警方搜索湖底找尋屍體.

—— *vi.* **1** 〔裙子等〕拖曳. The bride walked down the aisle with her long train *dragging* behind. 新娘拖曳著禮服的長下襬沿著教堂的走道前進.

2 拖著腳走; 緩慢地[慢吞吞地]前進. *drag* behind others 落在別人後面.

3 〔時間〕慢慢流逝;〔事物〕拖延.

dràg one's féet 拖著腳走;《口》故意拖延《工作等》. I want to move to the city, but my wife is *dragging* her *feet*. 我想搬到城裡去, 但是我的妻子一直拖拖拉拉的.

dràg ón 拖延. The sermon *dragged* on so long that I fell asleep. 這場佈道拖得那麼長以至於我睡著了.

dràg /.../óut (1)延長, 拖延,〔聚會, 議論等〕. For form's sake they *dragged* the meeting *out* till dusk. 為了形式上的因素, 他們會將會議拖延到傍晚. (2)費力地將〔事實等〕引出來《*of*》. The police managed to *drag* a confession *out of* the suspect. 警察總算讓嫌疑犯招供了.

dràg /.../úp 《口》重提, 挖出,〔不愉快的事等〕. Whenever I mention promotion, the manager *drags up* the accounting error I made years ago. 每次我提起擢升一事, 經理就會重提我多年前在會計上所犯的錯誤.

—— *n.* **1** ⓤ© 拉, 拖曳; © 《搜索水底用的》拖網 (dragnet).

2 © 妨礙物[者], 累贅, 扯後腿的人,《*on, upon*》;《口》無聊的人[物]. The baby will be a *drag on* the widow. 這個嬰兒會成為這寡婦的累贅.

3 © 《俚》吸進香菸的煙, 抽根[口]菸.

4 ⓤ《俚》《男性穿的》女性衣服. a man in *drag* 穿著女裝[扮裝]的男性.

drag·net [ˋdræg͵nɛt; ˋdrægnet] *n.* © **1** 拖網.

2 《為逮捕犯人等的》搜查網.

***drag·on** [ˋdrægən; ˋdrægən] *n.* (*pl.* ~**s** [~z; ~z]) © **1** 龍《傳說中有翅膀會吐火的怪獸》. St. George killed a fierce *dragon*. 聖喬治殺了一隻兇猛的龍. **2** 《年輕女子的》守護者《監督嚴厲的年邁婦人》.

[dragon 1]

drag·on·fly [ˋdrægən͵flaɪ; ˋdrægənflaɪ] *n.* (*pl.* **-flies**) © 《蟲》蜻蜓(→ insect 圖).

dra·goon [drəˋgun; drəˈguːn] *n.* © 《歷史》龍騎兵《持槍的騎兵》.

—— *vt.* 強迫做…《*into doing*》.

‡**drain** [dren; dreɪn] v. (~s [~z; ~z]; ~ed [~d; ~d]; ~ing) vt. 【排出】**1** 流出，排出，〔水，液體〕《away; off; out》. These pipes *drain* (*off*) rainwater from the roof. 這些管子把雨水從屋頂上排下來.

2 排出〔水槽，池等〕的水；使…乾. They *drained* the swamps in that area to make new farmland. 他們將那地區的沼澤排乾成爲新的農地/The pool is *drained* once a week. 水池每星期排一次水.

【使排空】**3** 喝乾〔玻璃杯中的東西等〕，使〔玻璃杯〕變空. He *drained* his glass of beer and asked for another. 他喝乾了那杯啤酒，又要一杯.

4 使消耗掉，使筋疲力竭；耗盡《of》. The work has *drained* me [my strength]. 這工作使我筋疲力竭/He sank into a chair, *drained*. 他筋疲力竭地倒在椅子上/The battery was *drained* of all its power. 電池的電已耗盡.

— vi. **1** 〔水〕流出〔去〕《off; away》；注入《into》. The rainwater *drains off* [away] through the ditch. 雨水透過水溝排出去/Several small streams *drain into* this lake. 幾條小溪注入這座湖.

2 〔場所的水〕流掉，排水，《into》；流乾，滴乾. This plain *drains into* the ocean. 這片平原的水流入海洋/Let the shrimp *drain* thoroughly before cooking. 在烹調前要完全瀝乾蝦子的水分.

3 〔財產，體力等〕逐漸耗損《away》. His strength *drained away* as he grew older. 隨著年歲的增長，他逐漸衰老了.

— n. ⓒ **1** 下水道，排水溝；排水管；(drains) 排水[下水]設備.

2 〔財產，體力等的〕消耗，外流；使消耗之物. a brain *drain* 人才外流/Taking care of the boy is a great *drain on* her energies. 照顧那男孩使她費了很多心力.

dòwn the dráin 《口》(像排水般)白白浪費，付諸東流. All that time and effort went *down the drain*. 所有的時間和努力都白費了.

drain·age [ˋdrenɪdʒ; ˈdreɪnɪdʒ] n. ⓤ **1** 排水(法). **2** 排水裝置，排水設備. **3** 陰溝水，污水.

drain·board [ˋdren͵bord, -͵bɔrd; ˈdreɪnbɔːd] n. ⓒ《美》(廚房的)瀝板.

drain·ing-board [ˋdrenɪŋ͵bord, -͵bɔrd; ˈdreɪnɪŋbɔːd] n.《英》=drainboard.

drain·pipe [ˋdren͵paɪp; ˈdreɪnpaɪp] n. ⓒ 排水管.

drake [drek; dreɪk] n. ⓒ 雄鴨(★雌鴨爲duck).

dram [dræm; dræm] n. ⓒ **1** 特拉姆(重量單位；十六分之一盎司(約1.8公克)). **2** 《口》(威士忌等的)一口；少量.

‡**dra·ma** [ˋdrɑmə, ˋdræmə; ˈdrɑːmə] n. (pl. ~s [~z; ~z]) **1** ⓒ 戲，劇本，(play). a TV *drama* 電視劇/a five-act *drama* 五幕劇/stage a *drama* 上演一齣戲.

2 ⓤ 戲劇文學，戲劇，舞臺藝術. a student of (the) *drama* 戲劇研究者/Greek *drama* 希臘戲劇.

3 ⓒ 戲劇性事件；ⓤ 戲劇效果. His life was a *drama* itself. 他的一生簡直就是一齣戲.
⇨ *adj.* **dramatic**.

＊**dra·mat·ic** [drəˋmætɪk; drəˈmætɪk] adj. **1** 戲劇的；演戲的. a *dramatic* critic 劇評家/He has no *dramatic* talent. 他沒有演戲天分.

2 戲劇性的；引人注目的，令人印象深刻的；做戲般的. Lincoln's *dramatic* life 林肯戲劇性的一生/Please don't be so *dramatic*! 拜託不要那麼誇張!

dra·mat·i·cal·ly [drəˋmætɪkl͵ɪ, -ɪklɪ; drəˈmætɪkəlɪ] adv. 戲劇性地；顯著地；做戲般地. The number of traffic accidents has *dramatically* increased. 交通事故的數量激增.

dra·mat·ics [drəˋmætɪks; drəˈmætɪks] n. **1** 《作單數》演技；導演手法. **2** 《作複數》(特指業餘的)演戲；做戲般的[誇大的]行爲.

dram·a·tis per·so·nae [ˋdræmətɪs pɚˋsoni, ͵dræmətɪs pɜːˈsəʊniː] (拉丁語) n. (戲劇)(加the)《作複數》劇中人物；《作單數》出場人物表.

dram·a·tist [ˋdræmətɪst; ˈdræmətɪst] n. ⓒ 劇作家，編劇，(playwright).

dram·a·ti·za·tion [͵dræmətəˋzeʃən, -aɪˋz-, ͵dræmətaɪˈzeɪʃn] n. ⓤ 戲劇化；ⓒ 改編成戲劇本.

dram·a·tize [ˋdræmə͵taɪz; ˈdræmətaɪz] vt. **1** 將〔事實，小說等〕編成戲劇. **2** 用演戲的語氣說[表示].
— vi. 誇張地說話.

drank [dræŋk; dræŋk] v. drink 的過去式.

drape [drep; dreɪp] vt. **1** 披，蓋，裝飾，《with, in 以〔布，旗等〕》；鬆弛地掛著〔布，衣服等〕. The coffin was *draped with* the national flag. 棺材上覆蓋著國旗/A blanket was *draped over* [*around*] his shoulders. 他肩上披了一條毯子.

2 緩慢地伸出〔手腳〕. Bill *draped* his feet *over* the desk. 比爾把兩腳伸到書桌上.
— n. (drapes)《美》懸掛的布，窗簾.

drap·er [ˋdrepɚ; ˈdreɪpə(r)] n. ⓒ《英》布商，布料商.

dra·per·y [ˋdrepərɪ, -prɪ; ˈdreɪpərɪ] n. (pl. -per·ies) **1** ⓤ《英》布(類)(《美》dry goods)；布業. **2** ⓤⓒ 有褶綴的優美織物.

dras·tic [ˋdræstɪk; ˈdræstɪk] adj. 強烈的，激烈的；果斷的. *drastic* measures 果斷的決策；猛烈的措施.

dras·ti·cal·ly [ˋdræstɪkl͵ɪ, -ɪklɪ; ˈdræstɪkəlɪ] adv. 激烈地；果斷地.

draught [dræft; drɑːft] n. (主英)=draft.

dráught bèer n. (英)=draft beer.

draught·board [ˋdræft͵bord, -͵bɔrd; ˈdrɑːftbɔːd] n. (英)西洋棋棋盤(《美》checker-board).

draughts [dræfts; drɑːfts] n. 《作單數》《英》西洋棋(《美》checkers).

draughts·man [ˋdræftsmən; ˈdrɑːftsmən] n. (pl. -men [-mən; -mən]) ⓒ (英) **1** =draftsman. **2** 西洋棋棋子(checker).

draught·y [ˈdræftɪ; ˈdrɑːftɪ] *adj.* 《英》＝drafty.

‡draw [drɔː; drɔː] *v.* 《~s [~z; ~z]; drew; drawn; ~·ing》 *vt.* 【拉】 **1** 拉, 拖. *draw* a cart 拉車/*draw* a curtain 拉上[拉開]窗簾/Let's *draw* the boat on to the beach. 我們把船拉上岸邊吧!/ George *drew* her to him and embraced her. 喬治拉她過來擁抱. 回 drag 意爲「用力拉重物」; draw 則多指「平滑地, 徐徐地拉」; → pull.

2 抽出(籤, 紙牌等); (用抽籤方式)抽(獎等). *draw* lots 抽籤.

【畫線＞畫】 **3** 畫(線). *Draw* a straight line with a pencil. 用鉛筆畫一條直線/*draw* a map 畫地圖.

4 (用鉛筆, 鋼筆等)畫(人, 物等)(★使用繪畫用具畫的爲 paint); (用語言)描寫, 描繪. *draw* (a picture of) a dog 畫一隻狗/The hero is the best *drawn* character in this novel. 在這部小說裡主角是描寫得最好的人物.

5 草擬(文件). *draw* a contract 草擬契約.

【拉近】 **6** 吸引, 招引, (人, 人的注意, 關心等) (attract)《*to*》. The event *drew* people's attention *to* politics. 這個事件引起民眾對政治的關心/ The baseball game *drew* a large crowd. 棒球賽吸引了大批觀眾/Honey *draws* bees. 蜜引來蜂.

【引出】 **7** 汲(水等); 抽出(液體)《*from*》. *draw* water *from* a well 從井裡打水/*draw* beer *from* a barrel 從桶裡倒出啤酒/The nurse *drew* blood *from* my arm. 護士從我的手臂上抽血.

8 開(票據, 支票)《*on*》. I *drew* a check for £100. 我開了一張 100 英鎊的支票.

9 取出, 提取, (錢); 取, 領, (工資等)(earn). I *drew* some of my savings *from* the bank. 我從銀行存款中提取一些錢/Bill *draws* a large salary. 比爾領取高薪/*draw* an old age pension 領老人年金.

10 得到(結論, 敎訓等); 獲得, 打聽出, (情報等)《*from*》. What moral can you *draw from* this fable? 你從這寓言能得到甚麼啓示呢?/I could *draw* no further information *from* him. 從他那兒我再也打聽不出甚麼消息了.

11 引起(眼淚, 笑等); 招致(讚許, 責難等) 《*from*》.

12 【拔出】拔出(刀, 手槍, 釘子, 塞子等)《*from*》; 挖出(鳥等)的內臟. *draw* a sword *from* [out of] its sheath 從劍鞘裡拔出劍/I had the decayed tooth *drawn* by the dentist. 我讓牙醫拔掉我的蛀牙/*draw* a turkey 挖出火雞的內臟.

【引入】 **13** 吸(氣); 歎息. *draw* a long sign 長歎了一聲/He *drew* his last breath. 他嚥下最後一口氣.

14 吸進, 捲入, 《*into*》. He didn't want to be *drawn into* the argument. 他不願捲入這場爭論中.

15 (船)吃水. The new yacht *draws* little water. 這艘新遊艇吃水很淺.

【扯平】 **16** 把(比賽)打成平手. The second match was *drawn*. 第二場比賽打成平手.

── *vi.* 【拉, 被拉】 **1** 【被拉般地)動】(加表示位置, 方向的副詞(片語))來, 去; 動. The train

drew into the station. 火車進站/They all *drew* around the table. 他們全都圍著桌子/Christmas is *drawing* near. 聖誕節快到了/His life is *drawing* to a close. 他已行將就木.

2 用(紙牌等)抽籤《*for* 爲了決定…》.

3 【畫線】(用線條)畫圖, 描繪; 製圖. The child *draws* well. 那孩子圖畫得很好.

4 吸引人; 《口》大受歡迎. The opera *drew* (well) in New York. 這齣歌劇在紐約非常受歡迎.

【拔出, 被拔出】 **5** 拔出刀[手槍]等). They were ready to *draw* and fight. 他們就要拔刀決鬥了.

6 (煙囪等的煙)暢通, 通風. This chimney *draws* badly. 這根煙囪排煙不順.

7 (茶等)泡出味道. Give the tea a few minutes to *draw*. 再等幾分鐘讓茶葉泡開.

【打成和局】 **8** (比賽中)打成平手. The teams have *drawn*. 兩隊打成平手.

dràw apárt 離開; (相互)疏遠.

dràw/…/asíde 把…拉到旁邊. He *drew* his friend *aside* and whispered in his ear. 他把朋友拉到一邊說悄悄話.

dràw/…/awáy*[1] 把…縮回; 拉開….

dràw awáy*[2] 退下, 遠離.

dràw awáy from… 從…(迅速)離開; (比賽等)跟…拉開距離. Tom *drew away from* the other runners. 湯姆遙遙領先其他跑者.

dràw báck (1)後退, 退縮. The horse *drew back* in fear. 馬嚇得往後退. (2)撤銷, 縮回, 《*from*》. Our company *drew back from* the agreement. 我們公司撤銷此項協議.

* ***dràw/…/ín*[1]*** (1)把…引進, 把…誘進. The sparkling lights *drew* shoppers *in*. 閃爍的燈光把顧客們吸引進來. (2)吸(氣).

dràw ín*[2] (1)(白天等)縮短(↔ draw out[3]); (一天)將盡. The days *draw in* as winter approaches. 隨著冬天的來臨, 白晝變短了. (2)(火車, 汽車等)到達; (汽車等)開到路邊. Cheers arose as the train *drew in* at the station. 當火車進站時, (群眾)一片歡聲雷動.

dràw/…/óff*[1] (1)脫(襪子等)(↔draw/…/on[1]). *draw* one's gloves *off* 脫掉手套. (2)使(水等)流走, 排掉.

dràw óff*[2] (軍隊等)撤走, 離開.

dràw/…/ón*[1] (1)把…穿上(↔ draw/…/off[1]). *draw* stockings *on* 穿上襪子. (2)鼓勵…; 慫恿… 《*to do*》(特指依他人所言)去做….

dràw on*[2]… 使用…, 利用…; 依賴…. Don't *draw on* your savings. 不要動用你的存款/I *drew on* my imagination for the details of the story. 我運用我的想像力編出故事的細節.

dràw ón*[3] 《雅》(時間等)接近. The wedding day *drew on*. 結婚的日子接近了.

* ***dràw/…/óut*[1]*** (1)把…拉[伸]長; 把…拖長. *draw out* a speech 把演說拖得很長. (2)抽取[出]…; 提取(錢). She *drew out* a handkerchief from her

purse. 她從皮包裡掏出一條手帕.

dràw...óut² (誘)…說出; 打聽出〔情報, 祕密等〕《*of*》. I tried to *draw* him *out*, but he was tight-lipped. 我試圖套出他的話來, 但是他口風很緊.

dràw óut³ (1)(白天)延長, 變長, (↔ draw in²). (2)(火車等)出發, 離站. Everyone waved as the train *drew out* of the station. 火車離站時大家揮手道別.

dràw one*sèlf úp* 站直, 挺胸.

dràw the [*a*] *líne* → line 的片語.

***dràw/.../úp¹** (1)把…拉[扶]起來. A small boat was *drawn up* on the beach. 一艘小船被拉上岸來. (2)把…拉近. He *drew* a chair *up* near the fire. 他拉一張椅子到火爐旁邊. (3)作成, 書寫, 〔文書, 計畫等〕. We *drew up* a contract between the two parties. 我們簽定了一份雙方都同意的合同. (4)使〔軍隊等〕整隊(通常用被動語態).

***dràw úp²** 〔車輛等〕停住, 停止. The train *drew up* at a desolate station. 火車停靠在一個荒涼的車站.

— *n.* ⓒ **1** 拉, 拔; 《口》(特指)拔出(手槍).
2 吸(菸等).
3 抽籤; 抽的籤. the luck of the *draw* 中獎運/I won a color TV in the *draw*. 我抽中了一臺彩色電視機.
4 受歡迎的人[物]; 精彩節目; 滿堂采. This play is a sure *draw*. 這齣戲肯定會賣座.
5 (比賽等的)和局. The match was [ended in] a *draw*. 比賽以和局收場.

be quick on the dráw (1)迅速拔槍. (2)《口》反應敏捷.

draw·back [ˋdrɔ͵bæk; ˊdrɔːbæk] *n.* ⓒ 缺點, 弱點, 不利之處; 障礙.

draw·bridge [ˋdrɔ͵brɪdʒ; ˊdrɔːbrɪdʒ] *n.* ⓒ 活動橋, 吊橋, (→ castle 圖).

[drawbridge]

***draw·er** [drɔr; drɔː(r)] *n.* (*pl.* ~s [~z; ~z]) ⓒ
1 製圖員. **2** 〔票據, 支票等的〕開票人.
3 (桌, 衣櫃, 餐具櫃等的)抽屜. a chest of *drawers* 五斗櫃.
4 (drawers) 燈籠褲, 內褲, (主要指女性用的); 襯褲.

***draw·ing** [ˋdrɔɪŋ; ˊdrɔːɪŋ] *n.* (*pl.* ~s [~z; ~z])
1 ⓤ 畫圖; 描繪; 製圖. *Drawing* was my favorite subject in primary school. 畫圖課是我小學時最喜歡的課.
2 ⓒ 線條畫; 圖形, 設計圖; 素描, 炭筆畫, (用木炭、單色鉛筆、蠟筆等畫的; 與用顏料的painting 有別).
3 ⓒ 抽籤, 抽獎(大會).

dráwing bòard *n.* ⓒ 圖畫板; 製圖板.

dráwing càrd *n.* ⓒ 《美》受歡迎的節目; 受歡迎的演員.

dráwing pìn *n.* ⓒ 《英》圖釘(《美》 thumbtack).

dráwing ròom *n.* ⓒ **1** (客人聚會時亦足夠使用的寬闊)起居室(living room). 【參考】古稱 withdrawing room, 用餐後喝酒談天的男客留在餐廳內, 而女客們「退出至此房間」之意.
2 《美鐵路》專用車室(設有三張床舖和洗手間).

drawl [drɔl; drɔːl] *vi.* (拉長韻母)慢慢地說, 慢吞吞地說.
— *vt.* 慢慢地說(*out*). *drawl out* a reply 慢吞吞地回答.
— *n.* ⓤⓒ 慢吞吞的[拖拖拉拉的]說話方式; 慢吞吞說的話. the Southern *drawl* (美國南部人特有的)拉長韻母慢吞吞地說話方式.

drawn [drɔn; drɔːn] *v.* draw 的過去分詞.
— *adj.* **1** 〔比賽〕打成平手的. a *drawn* game 不分勝負的比賽.
2 (由於痛苦, 恐怖, 悲哀等)〔臉等〕扭曲的.

draw·string [ˋdrɔ͵strɪŋ; ˊdrɔːstrɪŋ] *n.* ⓒ (紮緊袋口等用的)束帶.

dray [dre; dreɪ] *n.* (*pl.* ~s) ⓒ 低而寬的四輪運貨車.

***dread** [drɛd; dred] *vt.* (~s [~z; ~z]; ~ed [~ɪd; ~ɪd]; ~·ing)恐懼, 畏懼, 提心吊膽; 【句型3】 (dread do*ing*/*to* do)不願作…; 【句型3】(dread *that* 子句)擔心…. Cats *dread* water. 貓怕水/Our help *dreads* cooking [*to* cook] for a large group. 我們的僕人不願意為一大堆人燒飯/He *dreaded that* he might be scolded. 他擔心會挨罵.
— *n.* ⓐⓤ 恐懼; 不安, 擔心; ⓒ (通常用單數)害怕的原因. I have a *dread* of snakes. 我怕蛇/He lives in constant *dread* of an earthquake. 他一直生活在地震的陰影中. 【同】dread 指的是因害怕而想躲避某人或某種情況的心情, 比 fear 更強烈; → fear.

***dread·ful** [ˋdrɛdfəl; ˊdredfʊl] *adj.* **1** 可怕的, 令人害怕的, 令人感到恐怖的, (→ horrible【同】). a *dreadful* traffic accident 可怕的車禍/a *dreadful* fate 可怕的命運.
2 《口》煩人的, 討厭的; 糟糕的. What *dreadful* weather! 多麼糟糕的天氣啊!
3 《口》一點也不有趣的, 無聊透的.

***dread·ful·ly** [ˋdrɛdfəlɪ; ˊdredfʊlɪ] *adv.* **1** 《口》極其, 非常, (very). I'm *dreadfully* sorry to be late. 我遲到了, 實在是非常抱歉/It's a *dreadfully* boring film. 這實在是部極其乏味的電影.
2 可怕地, 極其驚人地.

dread·nought [ˋdrɛd͵nɔt; ˊdrednɔːt] *n.* ⓒ 無畏號戰艦(特指 20 世紀初期所製的大型軍艦).

****dream** [drim; driːm] *n.* (*pl.* ~s [~z; ~z]) ⓒ
1 (睡眠中所見的)夢. I had a strange *dream* last night. 昨晚我做了一個怪夢/I saw my mother in a *dream*. 我在夢中見到我母親.

【搭配】*adj.*＋dream: a happy ~ (幸福的夢), a pleasant ~ (愉快的夢), a bad ~ (惡夢), a terrible ~ (恐怖的夢) // *v.*＋dream: awake from a ~ (從夢中醒來), interpret a ~ (解夢).

2 (心中描繪的)夢，理想；空想．He realized his *dream* of becoming an actor. 他實現了成爲演員的夢想/He's the man of my *dreams*. 他是我的夢中情人．

3 (通常用單數)半夢半醒，精神恍惚．live in a *dream* 迷迷糊糊地活著/I was in a *dream* yesterday. 我昨天精神恍惚．

4 《口》夢一般快樂[美妙]的物[人]．

— v. (~s [~z; ~z]; ~ed [drimd; dremt], **dreamt**; ~ing) vi. **1** 夢見(*of*, *about*). She sometimes *dreams* of her dead child. 她有時候會夢見她死去的小孩．

2 夢想，空想．((*of*; *of doing*)). They *dreamed* of (*founding*) a society where all men would be equal. 他們夢想(建立)一個人人平等的社會/I never *dreamed* of meeting you here. 我做夢也沒有想到會在這裡碰到你．

— vt. **1** 夢見．[句型3] (dream *that* 子句)夢見…．I *dreamed* a horrible *dream* last night. 昨晚我做了一個可怕的夢/The girl *dreamed* (*that*) she was the daughter of a billionaire. 那女孩夢見她是一個億萬富翁的女兒．

2 [句型3] (dream *that* 子句)想像…(主要用於否定句). I never *dreamt* that such a thing could happen in this town. 我做夢也沒有想到城裡會發生這種事．

drèam/.../awáy 做夢似地度過，虛度，〔時間〕. Rip *dreamed* his life *away*. 李伯虛度了他的一生．

drèam/.../úp 《口》想出，想到，〔異常的、荒唐的事〕. He wastes his time *dreaming up* impractical schemes. 他把他的時間浪費在空想一些不切實際的計畫上．

dream·er [ˋdrimɚ; ˈdriːmə(r)] n. © 做夢的人；夢想家．

dream·i·ly [ˋdrimɪlɪ; ˈdriːmɪlɪ] adv. 做夢似地；迷迷糊糊地，精神恍惚地．

dream·i·ness [ˋdriminɪs; ˈdriːmɪnɪs] n. Ⓤ 精神恍惚．

dream·land [ˋdrimˌlænd, -lənd; ˈdriːmlænd] n. ＵＣ 理想世界，夢境，童話王國．

dream·less [ˋdrimlɪs; ˈdriːmlɪs] adj. 無夢的，不做夢的；沒有夢想的．

dream·like [ˋdrimˌlaɪk; ˈdriːmlaɪk] adj. 似夢的；非現實的；朦朧的．

dreamt [drɛmt; dremt] v. dream 的過去式、過去分詞．

dream·y [ˋdrimɪ; ˈdriːmɪ] adj. **1** 〔風景等〕似夢的，朦朧的．**2** 〔表情等〕做夢似的；〔人〕不切實際的，空想的．**3** 〔音樂等〕使人心神寧靜的．**4** 《口》妙不可言的．

drear·i·ly [ˋdrɪrɪlɪ, ˋdri-; ˈdrɪərəlɪ] adv. 陰鬱地；沈悶地．

drear·i·ness [ˋdrɪrɪnɪs, ˋdri-; ˈdrɪərɪnɪs] n. Ⓤ 陰鬱；沈悶．

***drear·y** [ˋdrɪrɪ, ˋdri-; ˈdrɪərɪ] adj. (**drear·i·er**; **drear·i·est**) **1** 陰鬱的，沈悶的，寂寞的．a *dreary* December night 一個沈悶的 12 月夜晚．

2 《口》〔話等〕令人生厭的，枯燥乏味的，(dull).

---

dredge¹ [drɛdʒ; dredʒ] n. © 挖泥機[船]《清除水底的泥、垃圾等》．

— vt. 疏浚〔河，湖，港等〕；挖掘〔泥，沙等〕；(*up*).

— vi. 用挖泥機[船]挖掘(*for* 找尋…)．

dredge² [drɛdʒ; dredʒ] vt. 撒〔麵粉等〕(*over*)；在〔某餚上〕撒[塗]…(*with*). *dredge* flour *over* meat 在肉上撒上麵粉．

[dredge¹]

dredg·er¹ [ˋdrɛdʒɚ; ˈdredʒə(r)] n. © 挖泥船《清理河底等的泥》．

dredg·er² [ˋdrɛdʒɚ; ˈdredʒə(r)] n. © 〔砂糖，麵粉等的〕撒粉器具．

dregs [drɛgz; dregz] n. (作複數) **1** (沈在水、飲料等底下的)渣滓，沈澱物．**2** 最下等的東西，渣滓．the *dregs* of society 社會的渣滓．

drench [drɛntʃ; drentʃ] vt. 使…濕透(*with*)(常用被動語態). I was *drenched* to the skin by the heavy rain. 我被大雨淋得濕透．

Dres·den [ˋdrɛzdən; ˈdrezdən] n. 德勒斯登(臨易北河的德國城市；以附近的 Meissen 為中心的高級瓷器產地)．

‡**dress** [drɛs; dres] v. (~es [~ɪz; ~ɪz]; ~ed [~t; ~t]; ~ing) vt. 〖使外表整潔〗 **1** 使…穿衣服，[be dressed in...)穿上…衣服．*dress* a baby 給嬰兒穿衣服/In this kind of work it costs a lot to *dress* oneself properly. 做這種工作要花許多錢才能穿著得體/The widow *is dressed in* black. 那位寡婦穿著黑色的衣服．

2 (美麗地)裝飾．The shop windows were beautifully *dressed* for the Christmas season. 商店櫥窗因聖誕假期而裝飾得很漂亮．

3 使〔軍隊〕整隊，使排隊．

4 梳理，整理，〔頭髮〕. She *dressed* her hair nicely. 她把頭髮梳理得很好．

5 〖修整＞治療〗給〔傷口〕敷藥，包紮，治療．*dress* a wound 包紮傷口，治療傷口．

〖預先準備好〗 **6** (爲了烹調)預先處理好〔雞，蟹等〕；在〔沙拉〕中加調味汁．*dress* a chicken 預先處理雞肉．

— vi. **1** 穿衣服；穿著得體．*Dress* warmly; it's very cold outside. 穿暖和些；外面非常冷/She *dresses* well [badly]. 她的穿著得體[不得體]．

2 穿正式的服裝．You must *dress for* dinner. 你必須穿正式的服裝去參加晚宴．

3 〔軍隊〕排隊，整隊．

drèss/.../dówn 《口》申斥…．

* *drèss úp¹* (1)盛裝，打扮．They are *dressing up* for the ball. 他們爲舞會盛裝打扮．(2)假扮．

drèss/.../úp² (1)使盛裝；使假扮．He *dressed* himself *up* as Santa Claus. 他裝扮成聖誕老人．

D

(2)裝飾打扮…; (修飾言詞)使(談話)有趣, 潤色.
She had her hair all *dressed up* in ribbons. 她用
絲帶裝飾頭髮.
— *n.* (*pl.* ~**es** [~ɪz; ~ɪz]) **1** © 洋裝(婦女、小孩
穿的連身衣裙). put on [take off] a *dress* 穿[脫]
洋裝. **2** Ⓤ衣服; 服裝, 衣著; 正式服裝. Men
are generally careless about *dress*. 男人一般對衣
著都不太注意/Every one present was in full
dress. 出席的每個人都穿著正式服裝/"No *dress*."
「請著便服」(邀請卡上的用語).
— *adj.* (限定)(適於正式場合穿的)服裝[禮服]的;
(聚會等)必須穿著正式服裝的. a pair of *dress*
shoes 一雙正式場合穿的鞋子.

dress círcle *n.* © (劇場等的)二樓正面席(這
是特等席, 坐在這裡的觀眾習慣上會穿晚禮服(eve-
ning dress)).

dréss cóat *n.* © 燕尾服(男子正式晚禮服的上
　　　　　　　　　　　　　　　　　　　　　「衣).

dréss códe *n.* © 服裝規定(於特定時間、場合
所制定的服裝規則).

dress·er[1] [ˋdrɛsɚ; ˈdresə(r)] *n.* © **1** (劇團等
的)服裝師. **2** (加形容詞)服裝穿得…的人. this
year's best *dressers* 今年最會穿衣服的人.

dress·er[2] [ˋdrɛsɚ; ˈdresə(r)] *n.* © **1** (英)餐具
櫥. **2** (美)(常有鏡子的)梳妝臺, 衣櫥. (→ bed-
room ©)

dress·ing [ˋdrɛsɪŋ; ˈdresɪŋ] *n.* **1** Ⓤ穿衣; 打
扮, 裝束.
2 Ⓤ化妝; (頭髮等的)整理.
3 ⓊⒸ(加在沙拉、魚、肉等上面的)調味醬. a
salad *dressing* 沙拉醬.
4 Ⓤ(傷口的)敷藥, 包紮; ©繃帶; 膏藥等.

dress·ing-down [ˌdrɛsɪŋˋdaʊn;
ˌdresɪŋˈdaʊn] *n.* ©(口)責罵. I got a severe
dressing-down for playing truant. 我因曠課而受
到嚴厲的責罵.

dréssing gówn *n.* © 晨袍(穿在睡衣外面的
長袍).

dréssing róom *n.* © 梳
妝室; (劇場, 電視臺等的)化妝
間.

dréssing táble *n.* © (寢
室用的)梳妝臺.

dress·mak·er [ˋdrɛsˌmekɚ;
ˈdresˌmeɪkə(r)] *n.* © 女裝裁縫
師(★男裝裁縫師是 tailor).

dress·mak·ing
[ˋdrɛsˌmekɪŋ; ˈdresˌmeɪkɪŋ] *n.*
Ⓤ女裝裁縫(業); 洋裁(業).

[dressing
gowns]

dréss rehéarsal *n.* (戲劇)(穿上演出服
裝的)彩排.

dréss súit *n.* © 燕尾服(→evening dress ▣).

dress·y [ˋdrɛsɪ; ˈdresɪ] *adj.* **1** (服裝)適合正式場
合的, 盛裝的.
2 華麗的; (人)衣著講究的, 愛打扮的.

drew [dru, drɪu; druː] *v.* draw 的過去式.

drib·ble [ˋdrɪbl; ˈdrɪbl] *vi.* **1** (水等)滴下, 滴落.
2 (嬰兒等)流口水. **3** (球賽)運球.
— *vt.* **1** 使(水等)滴下. **2** (球賽)運[盤]球.
— *n.* © **1** 涓滴, 水滴; 口水; 少量.
2 (球賽)運球.

drib·let [ˋdrɪblɪt; ˈdrɪblɪt] *n.* © 少量, 一滴. in
[by] *driblets* 零零星星地, 一點一點地.

dribs [drɪbz; drɪbz] *n.* (僅用於下列片語)
in dríbs and drábs (口)零零星星地, 一點一
點地.

dried [draɪd; draɪd] *v.* dry 的過去式、過去分詞.
— *adj.* 乾的, 乾燥的; 乾透的. *dried* fish 魚乾/
dried milk 奶粉.

dri·er[1] [ˋdraɪɚ; ˈdraɪə(r)] *adj.* dry 的比較級.

dri·er[2] [ˋdraɪɚ; ˈdraɪə(r)] *n.* © **1** 乾燥工.
2 乾燥物; 烘乾機, (吹乾頭髮用的)吹風機(hair-
drier).

dries [draɪz; draɪz] *v.* dry 的第三人稱、單數、現
在式.

dri·est [ˋdraɪɪst; ˈdraɪɪst] *adj.* dry 的最高級.

*＊**drift** [drɪft; drɪft] *n.* (*pl.* ~**s** [~s; ~s])
〖漂流〗 **1** Ⓤ漂流, 流動; (人口的)移動. the
drift of an iceberg 冰山的漂流/the *drift* of popu-
lation toward urban centers 人口向城市中心的移
動.
2 ⓊⒸ (風、潮汐等緩慢的)流動; 流動的方向.
The *drift* of this current is to the east. 這道海流
流向東方.
3 Ⓤ漂流物; (風吹雪, 砂吹所致的)堆積, 堆積物.
snow *drifts* 雪堆.
〖大體上的流向〗 **4** ⓊⒸ大勢, 動向, 傾向, 趨
勢. a policy of *drift* 順應潮流的政策.
5 Ⓤ主旨, 大意, 大意. I see the general *drift* of his
treatise. 我大體上明白他論文的要旨.
— *v.* (~**s** [~s; ~s]; ~**ed** [~ɪd; ~ɪd]; ~**ing**) *vi.*
1 漂, 漂流. *drifting* clouds 浮雲/We *drifted*
down the river on a raft. 我們乘筏[筏]順河
漂流下去.
2 吹積(堆積物). The snow *drifted* along the
stonewall. 雪在石牆邊吹積成堆.
3 無目標地生活; 流浪; 不斷變換職務[住所].
drift through life 漫無目的地過一生/He *drifted*
from job to job. 他不斷換工作.
— *vt.* **1** 使漂流; 推(吹)…使流動. The small
boat was *drifted* downstream by the current. 小
船順流往下游漂去.
2 漂流(吹)到(某處); 吹積成堆. The snow was
drifted against the front door. 雪被吹到前門積成
一堆.

drift·er [ˋdrɪftɚ; ˈdrɪftə(r)] *n.* © **1** 漂流者; 漂
流物. **2** 流浪者. **3** 漂網漁船.

dríft íce *n.* Ⓤ浮冰.

dríft nèt *n.* ©漂網, 流網.

drift·wood [ˋdrɪftˌwʊd; ˈdrɪftwʊd] *n.* Ⓤ漂
木.

*＊**drill** [drɪl; drɪl] *n.* (*pl.* ~**s** [~z; ~z]) 〖錐子〗 **1**
© 錐, 鑽; 鑽孔機. the dentist's *drill* 牙
醫用的鑽子.

〖像用錐子鑽那樣訓練〗 **2** [UC] (軍隊的)操練；(嚴格的)訓練，反覆練習. a fire *drill* 防火訓練/Professor Brown gave me plenty of *drill* in French. 布朗教授讓我反覆地練習法語. [參考]常用來指團體的訓練，指爲了熟能生巧而反覆進行的嚴格訓練.

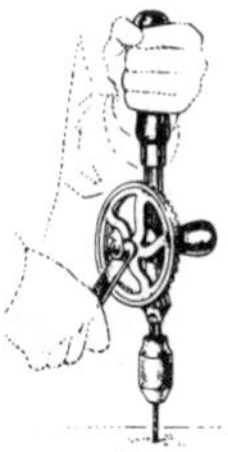

[drill 1]

— *vt.* **1** (用鑽孔機等)鑽洞，鑽出〔洞〕；鑽透. She *drilled* holes in the wood. 她在木頭上鑽好幾個洞.
2 操練，(嚴格)訓練. The teacher *drilled* us in English pronunciation. 老師讓我們反覆練習英語發音.
3 灌輸〔知識，思想等〕《*into*》. Education does not consist only of *drilling* facts *into* children's heads. 教育並不只是把事實灌輸到孩子們的頭腦裡.
— *vi.* **1** 用鑽孔機鑽孔. **2** 接受訓練；反覆練習.

dri·ly [ˋdraɪlɪ; ˈdraɪlɪ] *adv.* **1** 冷淡地；不客氣地；諷刺地. **2** 枯燥無味地，無趣地. **3** 冷靜地.
⇨ *adj.* **dry**.

⁂drink [drɪŋk; drɪŋk] *v.* (**~s** [~s; ~s]; **drank; drunk; ~ing**) *vt.* **1** (**a**) 喝〔液體〕；喝乾《*up*》；吸〔氣體〕. *drink* beer 喝啤酒/I never *drink* coffee. 我從不喝咖啡/*drink* coffee black 喝純咖啡/He *drank* a large glass of water at one gulp. 他一口氣喝了一大杯水. [注意]「(用湯匙)喝湯」用 eat，「服藥」用 take.
(**b**) [句型5] (drink oneself **A**) 喝酒喝到A的狀態. He *drank himself* sick. 他喝酒過多而不舒服.
(**c**) [句型5] (drink **A B**) 把A喝成B的狀態. *drink* a cup dry 乾杯.
2 吸收〔水分等〕. A sponge *drinks* water. 海綿吸收水分.
3 用〔薪水，財產等〕付酒錢《*away*》. He *drinks* all his wages. 他把薪水全(拿去買酒)喝掉了.
4 乾杯祈求〔祝賀〕…《*to*》. Let's *drink* success *to* Tom. 讓我們乾杯預祝湯姆成功.
— *vi.* **1** 喝；喝酒；喝乾《*up*》. We eat and *drink* to keep alive. 飲食乃人生必要之事/My friend *drinks* hard. 我朋友酒量好/If you *drink*, don't drive. 喝酒不開車/*Drink up* and let's leave. 喝完就走.
2 乾杯《*to*》. Let's *drink to* freedom. 讓我們爲自由乾杯.
drìnk/.../awáy 因喝酒而耗盡…；喝酒度過…；喝酒澆〔愁等〕.
drìnk/.../dówn 一次喝乾…，一飲而盡.
drìnk/.../ín 聽〔看〕得入神. I *drank in* the beauty of the landscape. 我陶醉於美景之中/*drink in* his tale 被他的話深深吸引.
drìnk* (*to*) *a pèrson's héalth*=*drìnk a héalth to a pèrson 祝某人的健康而乾杯.
drìnk/.../úp 喝乾，飲盡.
— *n.* (*pl.* **~s** [~s; ~s]) **1** [UC] 飲料. food and *drink* 食物和飲料. **2** [C] 一飲，一杯. Give me a *drink* of water. 給我一杯水/have a *drink* 喝一杯.
3 [U] 含酒精的飲料，酒類；[C] (酒類的)一杯. The loss of his wife drove him to *drink*. 他因喪妻而飲酒/The drunkard wanted another *drink*. 那醉漢想要再喝一杯.
[搭配] *adj.*+drink：a strong ~ (烈酒) // *v.*+drink：fix a ~ (調酒)，make a ~ (調酒)，have a ~ (喝酒)，pour a ~ (倒酒).

drink·a·ble [ˋdrɪŋkəbḷ; ˈdrɪŋkəbl] *adj.* 可以喝的，適於飲用的.

drink·er [ˋdrɪŋkɚ; ˈdrɪŋkə(r)] *n.* [C] **1** 喝…的人. **2** 酒徒. a hard [heavy] *drinker* 酒鬼.

drink·ing [ˋdrɪŋkɪŋ; ˈdrɪŋkɪŋ] *n.* [U] **1** 喝. **2** 喝酒.

drínking fòuntain *n.* [C] (公園等的)噴水式飲水機〔器〕.

[drinking fountain]

drínking wàter *n.* [U] 飲用水.

***drip** [drɪp; drɪp] *v.* (**~s** [~s; ~s]; **~ped** [~t; ~t]; **~ping**) *vi.* **1** 〔水等〕滴落. Sweat *dripped* from his face. 汗水從他的臉上滴落.
2 〔人，物〕滴下水滴. His clothes were *dripping*. 他的衣服在滴水.
— *vt.* 滴〔水等〕. The eaves are *dripping* water. 屋簷正滴著水.
— *n.* **1** [C] 水滴. **2** [U] 滴下，滴落；滴答聲. **3** [C] 《醫學》點滴(注射器).

drip-dry [ˏdrɪpˋdraɪ; ˌdrɪpˈdraɪ] *adj.* 〔衣服等〕掛著滴乾的《不可扭絞，不可熨燙》.

drip-feed [ˋdrɪpˏfid; ˈdrɪpfi:d] *n.* [U] 點滴.

drip·ping [ˋdrɪpɪŋ; ˈdrɪpɪŋ] *n.* **1** [U] 滴下；滴水聲，滴答聲. **2** [C] (通常drippings) 滴落物，水滴. **3** (《美》drippings，《英》[U]) (燒烤魚、肉等所滴下的)脂肪，油.
— *adv.* 滴水般地. She was *dripping* wet. 她濕透了.

⁂drive [draɪv; draɪv] *v.* (**~s** [~z; ~z]; **drove; driv·en; driv·ing**) *vt.* 〖趕，驅趕〗 **1** 趕；趕〔牛，馬等〕，驅趕〔鳥，獸等〕. The cowboy *drove* his cattle to pasture. 牛仔把牛群趕到牧場上去.
2 〔風〕吹動〔雲，雨，雪〕；〔水〕沖走，帶走，〔砂土等〕. The rain was *driven* full into my face by the gust. 突來的一陣狂風把雨吹打到我臉上/The waves *drove* the boat onto the rocks. 浪把小船打上岩礁.
3 任意驅使，苛刻對待，〔人〕. Our boss is always *driving* us hard. 我們的上司總是強迫我們拚命工作.
4 把〔人〕逼入〔驅入〕…，迫使…，《*into*, *to*》；[句型5] (drive **A B**/**A** *to* do) 把A(人)硬驅入B(狀態)/迫使A(人)做…. Vanity *drove* her *into* crime. 虛榮心驅使她犯罪/*drive* a person *to* drink 強迫某人喝酒/The sad news *drove* the poor mother mad [...the poor mother out of her

mind]. 那件疊耗把可憐的母親逼得發瘋了/Despair *drove* him *to* (commit) suicide. 絕望逼得他尋求自殺一途.

【開動】 **5** 駕駛[汽車]; 駕車送[運送]…; 駕馭[馬車]. Can you *drive* a truck? 你會駕駛卡車嗎?/Will you *drive* me to the station? 你能開車送我去火車站嗎?/He *drives* a Ford. 他開福特汽車/He *drives* a taxi. 他開計程車/She *drives* herself to work. 她自己開車去上班. [參考]「騎」車為ride,「開」船為steer,「駕」飛機為fly or pilot.

6 以[動力]發動[啟動][引擎等](一般用被動語態). a ship *driven* by atomic energy 一艘由原子能啟動的船/a diesel-*driven* ship 一艘柴油動力船.

【撞走>敲進】 **7** (a)把[釘子, 樁等]敲進; 穿[洞等]; 掘[井等]. I *drove* a nail into the wall. 我把釘子釘進牆裡/*drive* a hole through steel 把鋼鐵穿一個洞/*drive* a tunnel through the mountain 開一條穿山隧道. (b)通過[提案等]; 鋪設[道路, 鐵路等]. *drive* a new railway across the desert 鋪設穿越沙漠的新鐵路.

8 烙印(*into* 在[人的腦海]). The lesson was *driven into* my head. 這個教訓深深地烙印在我腦海裡.

9 [高爾夫球](從tee 向遠處)擊出[球]; [網球, 板球]用力打[球]; [足球]用力踢[球].

— *vi.* **1** (a)開車; 開車旅行. *Drive* slowly. 把車速放慢/*drive* around town 開車繞市區. (b)[汽車]運行; 被[能]駕駛. The car *drove* away. 車子開走了/This car *drives* easily. 這輛車很好開.

2 [雨]傾盆而下; [風]強勁地吹. The rain *drove* against the windowpanes. 雨水猛烈地敲打窗玻璃.

3 [高爾夫球](從tee)以長打桿(driver)打球; [網球, 板球]抽球; [足球]用力踢球.

＊ *be dríving at...* [口]正要說…. Just exactly what are you *driving* at? 你到底想要說甚麼?

drìve a pèrson báck on... 迫使某人採取[資源, 方法等], 使人不得已重返…. His wife's death *drove* him *back on* his old habit of drinking. 他妻子的死迫使他再度酗酒.

drìve/.../*hóme* 把[釘子等]完全敲入; 使充分理解; 說服. The teacher *drove* his points *home* to them. 老師使他們充分理解要點/That incident *drove home* (to me) the importance of punctuality. 這次事件使我深感守時的重要性.

drìve/.../*ín* (1)把…趕進去, 開進去. (2)把[釘子, 樁等]敲進去. (3)灌輸…, 烙印…. (4)[棒球]將[安打者]送回本壘.

＊ *drìve*/.../*óff* (1)趕走…, 擊退…. *drive off* the enemy 擊退敵人. (2)將…以車帶離.

drìve/.../*óut* 趕出…; 趕走.

drìve úp 開車前來.

lèt dríve at... 瞄準…投擲.

— *n.* (*pl.* ~s [~z; ~z]) **1** [C] 駕車而行, 開車旅行. We went for a *drive* into the country. 我們開車到鄉下兜風/The sea is just a 20-minute

drive from here. 海邊離這兒只要 20 分鐘的車程.

2 [C] (公園內的)汽車專用道; (直通宅邸的)私人車道(driveway).

3 [C] (將家畜, 敵人等)趕走, 驅散. a cattle *drive* 趕牛.

4 [C] (為了某種目的的)運動, 宣傳活動, 政治活動. The company started a new sales *drive*. 該家公司展開了一波新的銷售宣傳活動.

5 [U] 精力, 活力, 慾望; [C] 衝勁. Hunger is one of the strongest human *drives*. 飢餓是最能驅使人的動力之一.

6 [UC] [球技]強打; 球被擊出後的飛行距離.

7 [UC] [機械]傳動(裝置); [電腦]磁碟機. a car with a left-hand *drive* 方向盤在左側的車/a CD-ROM *drive* 光碟機.

drive-in [ˋdraɪ͵ɪn; ˋdraɪvɪn] *n.* [主美] **1** [C] 可直接開車進入(免下車)的電影院, 餐廳等.

2 [形容詞性]免下車的. a *drive-in* theater [bank] 免下車的電影院[銀行].

driv·el [ˋdrɪvl; ˋdrɪvl] *vi.* (~s; [美] ~ed, [英] ~led; [美] ~ing, [英] ~ling) 說傻話.

— *n.* [U] 傻話, 蠢話.

driv·en [ˋdrɪvən; ˋdrɪvn] *v.* drive 的過去分詞.

＊**driv·er** [ˋdraɪvɚ; ˋdraɪvə(r)] *n.* (*pl.* ~s [~z; ~z]) [C] **1** 駕駛(交通工具)的人, (特指)汽車駕駛員, 汽車司機; (公車, 計程車的)駕駛員, 司機; (火車的)司機; (飛機的)駕駛員; 馬車夫等. My son is a good [bad] *driver*. 我兒子是一個好[不好]的駕駛員.

2 趕(牛, 馬, 羊等)的人.

3 [高爾夫球]長打桿(把球打往遠處用的球桿).

dríver's lícense *n.* [C] [美]汽車駕照, 駕駛執照, ([英]) driving licence.

dríver's sèat *n.* [C] (車子的)駕駛座(→ car 圖).

drive·way [ˋdraɪ͵we; ˋdraɪvweɪ] *n.* (*pl.* ~s) [C] 私人車道(從大路通往宅邸, 車庫等的).

[driveway]

driv·ing [ˋdraɪvɪŋ; ˋdraɪvɪŋ] *v.* drive 的現在分詞, 動名詞.

— *n.* [U] 駕駛, 操縱; 推進.

— *adj.* (限定) **1** 推進的. *driving* force 推力.

2 強有力的; 精力充沛的, 充滿活力的.

dríving lícense *n.* [英]=driver's license.

dríving schóol *n.* [C] 駕駛班; 汽車教練場.

driz·zle [ˋdrɪzl; ˈdrizl] vi. 《通常以 it 當主詞》下毛毛雨. It is *drizzling* now. 現在正在下毛毛雨.
— n. ⓊⒸ細雨, 毛毛雨.

driz·zly [ˋdrɪzlɪ; ˈdrizli] adj. 〔天氣等〕細雨濛濛的, 下毛毛雨的.

droll [drol; drəʊl] adj. 〔人, 行為等〕滑稽的, 可笑的.

droll·er·y [ˋdrolərɪ; ˈdrəʊləri] n. (pl. -er·ies) ⓊⒸ滑稽可笑; 滑稽可笑的話[行為].

drom·e·dar·y [ˋdrʌməˌderɪ, ˋdrʌmˈdrɒmədəri] n. (pl. -dar·ies) Ⓒ《動物》單峰駱駝 (Arabian camel)《產於阿拉伯的載人駱駝; 腳程快》.

drone [dron; drəʊn] n. 1 Ⓒ《蟲》雄蜂 (→ bee 參考). 2 Ⓒ懶人. 3 Ⓤ《蜂等的》嗡嗡聲.
— vi. 1 〔蜂, 飛機等〕嗡嗡響.
2 用單調的聲音說[讀, 唱][on, away].
— vt. 用單調的聲音說[讀, 唱]….

drool [drul; druːl] vi.《口》流口水.

*droop [drup; druːp] v. (~s [~s; ~s]; ~ed [~t; ~t]; ~·ing) vi. 1 〔頭〕低下, 垂下; 〔眼〕俯視. a dog with a *drooping* tail 垂著尾巴的狗/My eyelids were *drooping* with tiredness. 我累得眼皮都睜不開了.
2 〔植物〕枯萎, 沒有生氣; 〔人〕沮喪. The flowers were *drooping* in the hot sun. 在烈日下花都枯萎了/Our spirits *drooped* when we heard the news. 我們聽到這消息後心情沮喪.
— vt. 垂下, 低下, 〔頭〕垂[眼](俯視). I *drooped* my head in shame. 我羞愧得低下了頭.
— n. Ⓤ 1 低垂, 下垂. 2 枯萎; 意志消沈.

‡drop [drɑp; drɒp] n. (pl. ~s [~s; ~s]) Ⓒ【滴】
1 滴, 水滴, a *drop* of water 一滴水/*Drops* of sweat ran down his neck. 汗珠順著他的脖子滑下/The rain fell in large *drops*. 雨大滴大滴地落下來.
2 (drops)滴劑《眼藥水等》. eye *drops* 眼藥水.
3 【一滴】(加 a)一點點, 少量的酒. I like my tea with a *drop* of brandy. 我喜歡加一點白蘭地在茶裡/take a *drop* 喝一杯/I have had a *drop* too much. 我酒喝多了點/How about a *drop* of something before dinner? 餐前要不要喝點甚麼?/He does not have a *drop* of courage. 他一點勇氣都沒有.
【滴狀物】4 糖球; 〔耳環, 項鍊, 垂飾等的〕墜子. lemon *drops* 檸檬糖球/cough *drops* 喉糖, 喉片.
【落下(物)】5 落下(物), 投下(物); 墜落; 落下的距離, 落差. Leaning out of the window, I saw the *drop* was at least 20 feet. 我將身子探出窗外, 發現離地面至少有 20 英尺/a *drop* from the tenth story window 從 10 樓窗戶墜落.
6 〔溫度等的〕下降; 〔價格等的〕下跌. a sharp *drop* in prices 價格暴跌.
7 【投下之處】《美》投入口《郵件等的》. a mail [letter] *drop* 郵件投入口.

a dròp in the búcket [*ocean*] 滄海一粟, 微不足道的量.

at the dròp of a hát 突然, 立即, 毫無原因地.

He would burst into anger *at the drop of a hat*. 他會無緣無故地生氣.
— v. (~s [~s; ~s]; ~ped [~t; ~t]; ~·ping) vt.
【使落下】1 落下, 滴下, 〔液體〕. She *dropped* tears reading the letter. 她邊讀信邊落淚/eye lotion into one's eyes 點眼藥水.
2 使〔物〕落下, 投下. One of the guests *dropped* a glass on the floor. 一位客人把玻璃杯掉到地上/She *dropped* a dime in the phone. 她投了十分錢到電話裡.
3 使墜落; 將…射落. *drop* a bird 射落一隻鳥.
【使下降】4 使下降, 使垂下, 將〔幕等〕降下; 將〔眼線〕朝下; 〔口〕使〔人等〕《從交通工具等》下車. *drop* one's head in regret 低頭後悔/The girl shyly *dropped* her eyes. 那女孩羞羞地垂下雙眼/Please *drop* me (off) in front of that shop. 請讓我在那家店前面下車.
5 使〔地位等〕下降; 使〔勢力, 聲音等〕減弱, 降低. *Drop* the speed! 把速度降低!/Tom *dropped* his voice in case he should be overheard. 湯姆把聲音放低以免被人聽見.
【丟下>不見】6 使停止, 中止; 戒掉〔惡習等〕; 與…斷絕關係. *Drop* it! 停止吧!/Let's *drop* the subject. 我們不要再談這個話題了/I've *dropped* the charge against him. 我撤銷對他的控訴/Jack had a quarrel with Gill and *dropped* her. 傑克和吉兒吵架並且不和她來往了.
7 除去, 刪除, 〔名等〕; 省略, 遺漏, 〔文字等〕. 〔*from*〕. John was *dropped from* the team. 約翰被除隊/Many obscene words were *dropped from* the dictionary. 這本字典中刪除了許多猥褻的字.
【滴水滴>一點一點透露】8 略微透露; 無意中說出; 句型4 (drop A B)無意中對 A(人)說出 B. He *dropped* (me) a hint. 他給了我一個暗示.
9 書寫〔短信等〕; 句型4 (drop A B)書寫 B 給 A. *Drop* me a line when you get there. 你到了那裡就寫封簡短的信給我.
— vi. 【落下, 掉下】1 滴下, 垂落, 灑落. Sweat *dropped* from his forehead. 汗水從他的前額滴下.
2 〔突然〕掉下, 掉落; 降落. The paratroops *dropped* from the sky. 空降部隊從空中降落/The ocean floor *drops* sharply one hundred yards. 海底急遽下降 100 碼深.
3 〔突然〕倒下. The runner *dropped* to his knees after the hard race. 在激烈的賽跑後那位跑者突然跪倒在地/*drop* into a chair 猛然癱坐在椅子上/*drop* dead 猝死→片語.
【下降】4 朝下方, 落下, (lower). He was dozing with his head *dropping* forward onto his breast. 他低頭打瞌睡.
5 〔物價, 溫度等〕下降; 〔氣勢等〕減弱; 〔聲音等〕降低. Prices are *dropping*. 物價在下跌/The water level has *dropped*. 水位下降了/Her voice

D

dropped to a whisper. 她的聲音降低爲耳語.
dròp awáy 一個個接連離去, 人去樓空.
dròp báck=drop behind².

*dròp behind*¹... 落在…之後, 被追越. The runner *dropped* far *behind* the others. 這位賽跑選手遠遠落在其他人之後/You've *dropped behind* the rest of the class in math. 你的數學已經落在班上其他人之後.

*dròp behind*² 落後, 落伍.

dròp bý=drop in.

dròp déad 突然倒下而死. The old man might *drop dead* in the street any day. 這老人早晚會暴斃街頭/*Drop dead!* 〔俚〕該死! 〔黑人的話〕.

dròp ín 突然拜訪(on〔人〕); 順道拜訪(at). *Drop in* anytime. 隨時都可以來看我/He *dropped in* on me〔at my house〕. 他順道來〔我家〕看我.

dróp into... (1)陷入…狀態. Emma *dropped into* a deep sleep. 艾瑪陷入沈睡之中. (2)順便到〔咖啡店等〕. I *dropped into* the pharmacy on the way home. 回家途中我順便去了藥房.

*dròp óff*¹ (1)〔數, 量等〕減少, 衰弱. Production has *dropped off* because of the oil shortage. 由於石油短缺而使產量減少. (2)〔口〕不知不覺地睡著, 迷迷糊糊. He *dropped off* to sleep. 他不知不覺地睡著了.

*dròp/...óff*² 〔口〕使〔從交通工具〕下來. Please *drop* me *off* at my office. 請讓我在我的辦公室下車.

dròp óut 中途退學; 與社會脫節; 〔中途〕停止; 落後; (dropout). His son *dropped out* and went to work. 他的兒子中途輟學去工作.

dròp out of... 從…離開, 脫離; 中途退學; 跟不上〔社會〕. *drop out* of use 〔話, 行爲等〕已不被使用/After the scandal he quietly *dropped out of* politics. 在那件醜聞後他悄悄地退出政壇.

lèt...dróp → let¹ 的片語.

dróp cùrtain *n.* © 〔舞臺前的〕垂幕.

drop-kick [`drɑp͵kɪk; ˈdrɒpkɪk] *n.* © 〔足球〕抛球落地反彈時踢出(→ place-kick, punt²).

drop-out [`drɑp͵aʊt; ˈdrɒpaʊt] *n.* © **1** 中途退學者. **2** 〔從社會〕脫離者, 落伍者.

drop-per [`drɑpɚ; ˈdrɒpə(r)] *n.* © **1** 落下的人. **2** 滴管〔讓少量的液體通過並加以計量〕; 〔眼藥等的〕點眼器.

drop-pings [`drɑpɪŋz; ˈdrɒpɪŋz] *n.*《作複數》〔鳥或動物的〕糞.

drop-sy [`drɑpsɪ; ˈdrɒpsɪ] *n.* Ⓤ〔醫學〕水腫.

dross [drɔs; drɒs] *n.* Ⓤ 熔化的金屬表面所形成的〕浮渣; 殘渣, 渣滓.

drought [draʊt; draʊt] *n.* ⓊＣ 〔★注意發音〕〔長期的〕乾旱, 乾旱.

drove¹ [drov; drəʊv] *v.* drive 的過去式.

drove² [drov; drəʊv] *n.* © **1** 〔絡繹不絕地移動的〕羊, 牛等的群. **2** 集體移動的人群.

dro-ver [`drovɚ; ˈdrəʊvə(r)] *n.* © 趕一群家畜

〔去市場〕的人; 家畜販賣業者.

✱drown [draʊn; draʊn] *v.* (~s [~z; ~z]; ~ed [~d; ~d]; ~ing) *vt.* 〖使溺斃〗 **1** 使淹(死), 使溺死. 〔語法〕由於 be drowned (遭溺斃)可同時表示「意外淹死」及「被害溺死」兩義, 爲免誤解, 前者以用不及物動詞較適當(→ *vi.*). Two boys were *drowned* when the boat overturned. 那艘船翻覆使得兩名男孩遭到滅頂/She was *drowned* in her bath. 她被謀殺, 淹死在浴缸裡.

2 使〔房屋, 城鎮, 街道等〕浸水, 淹沒; 浸泡(*in*, *with*). The flood *drowned* the entire village. 洪水把全村都淹沒了/*drown* one's roast beef *with* gravy 把烤牛肉用醬汁浸泡.

〖掩蓋過去使消失〗 **3** 使〔嘈雜聲等〕聽不見, 消除〔其他微弱的聲音等〕(*out*). The actor's voice was *drowned* (*out*) by the sound of applause. 演員的聲音被掌聲淹沒了.

4 掩飾, 忘記, 〔悲傷等〕(*in*). *drown* one's cares *in* drink 藉酒澆愁.

— *vi.* 溺水, 淹死, 溺死. The child *drowned* in the river. 那孩子溺斃於河裡/A *drowning* man will catch at a straw. (諺)狗急跳牆(快淹死的人連稻草也會去抓).

drowse [draʊz; draʊz] *vi.* 打盹, 打瞌睡, 《off》.
— *vt.* 昏昏欲睡地度過〔時間〕《away》.
— *n.* 〔aＵ〕打盹, 打瞌睡, fall into a *drowse* 打瞌睡.

drow-si-ly [`draʊzlɪ, -zɪlɪ; ˈdraʊzɪlɪ] *adv.* 睏倦地, 倦, 睡意.

drow-si-ness [`draʊzɪnɪs; ˈdraʊzɪnɪs] *n.* Ⓤ 睏.

✱drow-sy [`draʊzɪ; ˈdraʊzɪ] *adj.* (-si-er; -si-est) **1** 睏倦的, 昏昏欲睡的. The long speech made me feel *drowsy*. 冗長的演講令我覺得昏昏欲睡. **2** 令人昏昏欲睡的, 使人想睡的; 〔村落等〕沒有生氣的.

drudge [drʌdʒ; drʌdʒ] *vi.* 〔雖單調且辛勞, 但仍〕孜孜不倦地做做〔工作〕.
— *n.* © 孜孜不倦的工作者.

drudg-er-y [`drʌdʒərɪ, -dʒrɪ; ˈdrʌdʒərɪ] *n.* Ⓤ 單調乏味而又辛苦的工作.

✱drug [drʌg; drʌg] *n.* (*pl.* ~s [~z; ~z]) © **1** 藥, 藥品, 藥劑, (→ medicine同). a sleeping *drug* 安眠藥/put a person on *drugs* 〔醫生〕開藥方給某人.

2 毒品, 麻醉劑. use *drugs* 使用毒品/be on *drugs* 上了毒癮.

— *vt.* (~s; ~ged; ~ging) **1** 在〔飲料, 食物〕中攙入麻醉藥〔毒品, 毒藥〕. She *drugged* his brandy. 她在他的白蘭地裡下了藥.

2 給〔病人等〕麻醉藥.

drug-gist [`drʌgɪst; ˈdrʌgɪst] *n.* ©〔美〕**1** 藥劑師/〔英〕chemist). **2** 藥房(drugstore)的經營者.

✱drug-store [`drʌg͵stor, -͵stɔr; ˈdrʌgstɔ:(r)] *n.* (*pl.* ~s [~z; ~z]) ©〔美〕藥房(兼賣香菸、化妝品、雜誌等, 亦有供應咖啡、簡餐的; → pharmacy). She went into the *drugstore* on the corner. 她走進街角的藥房.

Dru-id, dru-id [`drʊɪd, `drɪʊɪd; ˈdru:ɪd] *n.*

© 《歷史》德魯伊特僧侶(古代塞爾特民族的僧侶).

*drum [drʌm; drʌm] *n.* (*pl.* ~**s** [~z; ~z]) ©

1 鼓(→ percussion instrument ▣),
大鼓. He plays the *drums* in a jazz band. 他在
爵士樂隊中擔任鼓手.

2 (像)鼓的聲音. **3** 鼓狀物. an oil *drum* 油桶.
4 鼓膜(eardrum).

— *v.* (~**s**; ~**med**; ~**ming**) *vi.* **1** 打鼓; 擊鼓
演奏.

2 (用手指、腳等)咚咚地拍擊; 發出鼓般的聲音.
His feet *drummed* on the floor. 他的腳在地上咚
咚地踏著.

— *vt.* **1** 咚咚地拍擊.

2 《口》灌輸(思想等)(*into*). The teacher *drummed*
Latin paradigms *into* his pupils. 老師向學生們反
覆講解拉丁語的字形變化.

drùm /... /úp 《口》(大肆宣傳以)招攬(生意等); 爭
取(支持等); 想出 …. The politician is visit-
ing every house trying to *drum up* support. 那
名政客挨家挨戶地拜訪以爭取支持.

drum·beat [ˋdrʌmˏbit; ˈdrʌmbiːt] *n.* © 鼓聲.

drúm májor *n.* © 軍樂隊指揮; 《美》(走在隊
伍前面的)隊長.

drúm majorètte *n.* ©《主美》女的軍樂隊
指揮.

drum·mer [ˋdrʌmɚ; ˈdrʌmə(r)] *n.* © (特指軍
樂隊的)鼓手; 打鼓的人.

drum·stick [ˋdrʌmˏstɪk; ˈdrʌmstɪk] *n.* ©

1 鼓槌.

2 《口》(特指烹調好的)
雞腿(狀如鼓槌).

*drunk [drʌŋk; drʌŋk]
v. drink 的過去分詞.

— *adj.* 《主敍述; →
drunken》 **1** 醉(了)的
(↔ sober). get *drunk*
on [with] beer 喝啤酒
喝醉了/Tom was dead *drunk*. 《口》湯姆喝得爛醉
如泥.

2 陶醉的, 忘我的, (*with*). She was *drunk* with
success. 她陶醉於成功之中.

— *n.* © 醉漢.

drunk·ard [ˋdrʌŋkɚd; ˈdrʌŋkəd] *n.* © 酒鬼;
醉漢.

*drunk·en [ˋdrʌŋkən; ˈdrʌŋkən] *adj.* 《限定; →
drunk》 **1** 喝醉的; 嗜酒的, 經常喝得醉醺醺的. a
drunken man 醉漢, 酩酊大醉者.

2 酒醉引起的. He was fined for *drunken* driv-
ing. 他因酒醉開車被罰款.

drunk·en·ly [ˋdrʌŋkənlɪ; ˈdrʌŋkənlɪ] *adv.* 喝
醉了地.

drunk·en·ness [ˋdrʌŋkənnɪs; ˈdrʌŋkənnɪs]
n. U醉, 酩酊大醉.

drupe [drup, drɪup; druːp] © 有核的果實, 多
肉的果實, (桃、杏等有堅核的果實).

*dry [draɪ; draɪ] *adj.* (**dri·er**; **dri·est**)
【 沒有水分的 】 **1** 乾的, 乾燥的; 乾透的;
(↔ wet). dry grass [leaves] 枯草[葉]/The

[drumsticks]

paint on the bench is not yet *dry*. 長椅上的漆還
沒乾.

2 乾涸的, 沒有水的. The well is *dry*. 井乾了/
The river has run *dry*. 河川完全乾涸了.

3 乾旱的, 不(少)下雨的, (↔ wet). the *dry* sea-
son 乾季/*dry* weather 不(少)下雨的天氣.

4 淚水(奶水, 墨水等)乾不出來的. This pen has
run *dry*. 這隻鋼筆沒有墨水了/There was not a
dry eye at the end of the movie. 這部電影結束時
沒有一個人不哭的/a *dry* cough 乾咳.

5 《口》口渴的. I felt *dry* after a long walk in
the sun. 在太陽底下走了一段長路後, 我覺得口渴.

【 無情趣的, 不加修飾的 】**6** 冷淡的, 冷冰冰的,
(↔ wet). She gave me a *dry* answer. 她給了我
一個冷淡的回答.

7 枯燥乏味的, 無趣的, (dull); [事實等]真實的.
a very *dry* book 非常枯燥乏味的書.

8 [笑話等]面無表情的, 用冷冰冰的表情說的.
dry humor 冷面幽默.

9 [葡萄酒等]不甜的, 無甜味的, (↔ sweet). *dry*
sherry 無甜味的雪利酒.

10 無酒的; [鎭, 州等]禁酒的; (↔ wet). a *dry*
party 不喝酒的宴會/a *dry* state 施行禁酒令的州.

11 [麵包等]不塗奶油的.

(*as*) *drỳ as a bóne* 《口》十分乾燥的.

(*as*) *drỳ as dúst* 《口》枯燥乏味的; 口乾的. His
lecture was *as dry as dust*. 他的演講枯燥乏味.

— *v.* (**dries** [~z; ~z]; **dried** [~d; ~d]; ~**ing**) *vt.*

1 使乾, 使乾燥; 曬乾. *Dry* your wet clothes by
the fire. 把你的濕衣服放在火旁烘乾/*dried* fruit
乾果.

2 使脫水, 擦乾. I'll help you *dry* the dishes. 我
來幫你擦乾盤子/Now *dry* your eyes [tears]. 現
在把眼淚擦乾.

3 使[沼澤, 河等]乾涸, 使枯竭.

— *vi.* **1** 乾. We'll have to wait until the paint
dries. 我們要等到油漆乾了為止.

2 [井, 河等]乾涸, 枯竭.

drỳ /... /óut[1] 使[濕衣服等]乾透.

drỳ óut[2] 乾透.

drỳ /... /úp[1] 使[井, 河等]完全乾涸; 把[盤子等]
擦乾.

drỳ úp[2] 完全乾涸; [資金, 思想等]枯竭. The
well *dried up* in the drought. 這口井在旱災中乾
涸了/New forms of energy must be developed
before oil *dries up*. 在石油枯竭之前必須開發新的
能源.

dry·ad [ˋdraɪəd; ˈdraɪəd] *n.* ©《希臘神話》森林
的精靈.

drỳ báttery *n.* © 乾電池(兩個或兩個以上為
一組的 dry cell); =dry cell.

drỳ cèll *n.* © 乾電池.

dry-clean [ˋdraɪˋklin, -ˏklin; ˏdraɪˈkliːn] *vt.*
乾洗.

drỳ cléaner *n.* ©乾洗業(者); 乾洗劑. the

dry cleaner's 乾洗店.

drỳ cléaning *n.* U乾洗.

drỳ dŏck *n.* C乾船塢(排水後修理船的船塢).

dry·er [ˈdraɪə; ˈdraɪə(r)] *n.* =drier².

drỳ gŏods *n.* 《作複數》《美》布料, 紡織品, (《英》drapery).

drỳ íce *n.* U乾冰.

dry·ly [ˈdraɪlɪ; ˈdraɪlɪ] *adv.* =drily.

dry·ness [ˈdraɪnɪs; ˈdraɪnɪs] *n.* U **1** 乾燥(狀態). **2** 枯燥乏味; 冷淡.

drỳ nùrse *n.* C(幫人帶孩子但不餵奶的)保姆 (→ wet nurse).

drỳ rŏt *n.* U(木材的)乾腐病(腐爛變成粉末狀).

dry·shod [ˈdraɪˌʃɑd; ˌdraɪˈʃɒd] *adj.* 《敍述》不弄濕腳〔鞋〕的.

du·al [ˈdjuəl, ˈdɪuəl, ˈduəl; ˈdjuːəl] *adj.* 《限定》雙重的, 表示二的, 由兩人〔兩個等〕構成的. *dual ownership* 兩人共有/*dual* personality 雙重人格.

dùal cárriageway *n.* C《英》(有中央分隔島的)雙向道路(《美》 divided highway).

dub¹ [dʌb; dʌb] *vt.* (~s; ~bed; ~bing) 句型5 (dub A B) **1** 〔國王, 女王〕(用劍輕輕地碰肩)將 B 授與A(人)(→ accolade圖). *The king dubbed* him knight. 國王封他爲爵士. **2** 《主報紙用語》將 A(人)稱爲 B; 給 A(人)取 B 的綽號.

dub² [dʌb; dʌb] *vt.* (~s; ~bed; ~bing) (電影、廣播) **1** 在〔影片〕上加上新的配音; 譯製〔電影〕的對白; 在〔電影, 廣播, 電視〕上加音響效果. *The movie was dubbed in* Chinese. 那部電影加了中文配音. **2** 將〔已錄音之物〕再錄音〔複製〕.

du·bi·e·ty [djuˈbaɪətɪ, dɪu-, du-; djuːˈbaɪətɪ] *n.* (*pl.* **-ties**)《文章》U懷疑, 疑惑; C令人懷疑的事.

du·bi·ous [ˈdjubɪəs, ˈdɪu-, ˈdu-; ˈdjuːbjəs] *adj.* **1** 〔事情〕引起懷疑的; 〔意義, 價值等〕不確定的, 曖昧的. *give a dubious* reply 給了一個曖昧的回答. **2** 〔人〕持有疑問的(*of, about* 對於…). *My parents are dubious about* my chances of success in the examination. 我的父母對我通過考試的可能抱持懷疑的態度. **3** 〔人, 行爲等〕不能信賴的, 不可靠的.

du·bi·ous·ly [ˈdjubɪəslɪ, ˈdɪu-, ˈdu-; ˈdjuːbjəslɪ] *adv.* 令人懷疑地; 曖昧地.

du·bi·ous·ness [ˈdjubɪəsnɪs, ˈdɪu-, ˈdu-; ˈdjuːbjəsnɪs] *n.* U懷疑; 曖昧, 可疑.

Dub·lin [ˈdʌblɪn; ˈdʌblɪn] *n.* 都柏林《位於愛爾蘭東岸, 愛爾蘭共和國首都》.

du·cal [ˈdjuk!, ˈdɪu-, ˈdu-; ˈdjuːk!] *adj.* 公爵的; 公侯的. ⇨ *n.* duke.

duch·ess [ˈdʌtʃɪs; ˈdʌtʃɪs] *n.* C(常 Duchess)公爵夫人; 女公爵. (★公爵是 duke).

duch·y [ˈdʌtʃɪ; ˈdʌtʃɪ] *n.* (*pl.* **duch·ies**) C(常 Duchy)公爵領地, 公國.

*duck¹ [dʌk; dʌk] *n.* (*pl.* ~s [~s; ~s], ~) C **1** 野鴨; 家鴨; 野 母 鴨〔參考〕公鴨是 drake, 小鴨是 duckling; → poultry圖). U鴨肉. a domestic

duck 家鴨/a wild *duck* 野鴨.

2 C《主英、口》親愛的人(darling).

dùcks and drákes 打水漂.

like wáter off a dùck's báck 《口》甚麼效果也沒有, 毫不在乎. I keep telling him not to come late, but it's *like water off a duck's back.* 我一直叫他不要遲到, 但是一點效果也沒有.

táke to...like a dùck to wáter 《口》對…馬上就習慣, 自然而然學會的, (如鴨之於水般地). She *took* to living in this society *like a duck to* water. 她馬上就習慣這個社會的生活了.

duck² [dʌk; dʌk] *vi.* **1** 突然潛入水中. **2** 《拳擊手等》(爲了不讓頭被打)突然低下頭去. — *vt.* **1** 突然縮回去〔頭〕; 突然彎下〔身體〕. **2** 把〔人, 頭等〕突然按入水中. **3** 躲避, 迴避, 〔危險, 責任, 質問等〕. — *n.* C **1** 突然潛入水中. **2** 把頭〔身體〕突然避開.

duck³ [dʌk; dʌk] *n.* **1** U帆布(作帳篷、帆等用的厚棉布). **2** (ducks)帆布褲.

duck·bill [ˈdʌkˌbɪl; ˈdʌkbɪl] *n.* C《動物》鴨嘴獸.

duck·ling [ˈdʌklɪŋ; ˈdʌklɪŋ] *n.* C小家鴨; 幼野鴨. (→ duck¹〔參考〕). an ugly *duckling* (→見 ugly duckling).

duct [dʌkt; dʌkt] *n.* C **1** (氣體, 液體等的)導管, 輸送管; (地下的)電線管道. **2** 《解剖》管, 脈管.

duc·tile [ˈdʌkt!, -tɪl; ˈdʌktaɪl] *adj.* 〔金屬〕可延展的; 〔塑膠, 黏土等〕形狀容易改變的.

dùct·less glánd [ˈdʌktlɪs-; ˈdʌktlɪs-] *n.* C《解剖》內分泌腺.

dud [dʌd; dʌd] *n.* C《口》無用的人〔物〕.

dude [djud, dɪud, dud; djuːd] *n.* C《美》花花公子.

dúde rànch *n.* C《美》觀光牧場(以城市來的客人爲對象, 備有住宿和娛樂設施).

dudg·eon [ˈdʌdʒən; ˈdʌdʒən] *n.* 《用於下列片語》 *in hìgh dúdgeon* 《文章》(受到極不講理的對待而)非常憤怒地.

*due [dju, dɪu, du; djuː] *adj.* 【 應該的 】 **1** 《敍述》《負債等》應支付的(*to*); 到期的, 期滿的, 應支付給他的錢(★省略to主要是《美》)/ The rent is *due* today. 房租今天到期/Your income taxes are *due* by the 31st of March. 你的所得稅要在 3 月 31 日前繳納. **2** 《敍述》《文章》〔尊敬, 感謝等〕理所當然的, 理應得到的, (*to*). Respect is *due to* old people. 尊敬老人是理所當然的. **3** 《限定》正當的; 適當的(proper); 充分的(sufficient). Drive with *due* care. 駕車要十分小心/I accepted the offer after *due* consideration. 經過充分考慮後, 我接受這項提議. **4** 《敍述》有原因的; 有責任的; (*to*). The accident was *due to* his reckless driving. 那件事故應歸咎於他開車魯莽. **5** 【理應來的】《敍述》預定抵達的; 預定的(*for; to* do). The plane is *due* at 5 p.m. 飛機預定下午 5

點抵達/He was *due for* a pay raise. 該給他加薪了/The book is *due* to be published on Sept. 30. 這本書預定在 9 月 30 日出版. ⇨ *adv.* **duly**.

dúe to... 《介系詞性》由於…, 因爲…, (because of). He succeeded enormously, *due to* his persistence. 他由於堅持到底而得到極大的勝利(＝His enormous success was *due to* his persistence. (→ 4)).

fàll dúe 到支付日期, 期滿.

in dùe cóurse [*tíme*] 在適當時間; 時候一到. Everything will work out *in due course*. 時候到了, 甚麼事情都會解決的.

— *adv.* 正確地(《文法》置於表示方位的副詞(片語)之前). *due* west of the island 島的正西.

— *n.* C **1** (用單數)應付之物; 應得的報酬. receive one's *due* 獲得應有的報酬.

2 (dues) 會費; 稅金, harbor *dues* 入港稅.

give a pèrson his dúe (不論好惡)待某人公平[公正]. To *give him his due*, he has been a great help to us. 說句公道話, 他幫了我們很大的忙.

give the dèvil his dúe → devil 的片語.

du·el [ˋdjuəl, ˋdɪu-, ˋdu-; ˋdjuːəl] *n.* C **1** 決鬥(用劍或手槍進行).

2 一對一的競爭, 比腕力, 「單挑」.

— *vi.* (~s; 《美》~ed, 《英》~led; 《美》~ing, 《英》~ling)決鬥; 競爭(*with* 與…).

du·el·ist 《美》, **du·el·list** 《英》 [ˋdjuəlɪst, ˋdɪu-, ˋdu-; ˋdjuːəlɪst] *n.* C 決鬥者.

du·et [djuˋɛt, dɪu-, du-; djuːˈet] *n.* C (音樂)二重唱(奏); 二重唱(奏)曲. (→ solo).

duff¹ [dʌf; dʌf] *n.* C (加入乾果的)硬布丁.

duff² [dʌf; dʌf] *adj.* 《英, 俚》假的; 無價值的.

duf·fel [ˋdʌf; ˋdʌfl] *n.* **1** C 一種厚毛的粗呢.

2 C 《美》露營[體育]用品的一套.

dúffel bàg *n.* C 行李袋, 用品袋, (用結實的布做成筒形的大袋, 旅行攜帶用).

dúffel còat *n.* C 連帽的粗呢大衣(以粗厚的呢料製成附有兜帽的大衣; 以栓扣(toggles)代替鈕扣).

duf·fer [ˋdʌfə; ˋdʌfə(r)] *n.* C 《口》笨蛋, (特指運動等)笨拙的人.

duf·fle [ˋdʌfl; ˋdʌfl] *n.* ＝duf·fel.

dug¹ [dʌg; dʌg] *v.* dig 的過去式、過去分詞.

dug² [dʌg; dʌg] *n.* C (牛, 狗等)乳房; 奶頭.

du·gong [ˋdugɑŋ, -gɔŋ; ˋduːgɒŋ] *n.* C 儒艮, 海牛, (產於太平洋、印度洋的海洋哺乳類動物).

[duffel coat]

dug·out [ˋdʌgˏaʊt; ˋdʌgaʊt] *n.* C **1** (在山腹或平地挖掘的)防空洞.

2 獨木舟.

3 (棒球)球員席(選手休息處; → baseball 圖).

duke [djuk, dɪuk, duk; djuːk] *n.* (*pl.* ~s [~s; ~s])
C (常 Duke)《英》公爵(英國貴族的最高爵位; 英國以外的國家公爵是 prince; 公爵夫人、女公爵是

duchess). a royal *duke* 王族的公爵/the *Duke* of Edinburgh 愛丁堡公爵.

参考 duke 以下的貴族是 marquis (侯爵)(女性是 marchioness), earl (伯爵)(女性是 countess), viscount (子爵)(女性是 viscountess), baron (男爵)(女性是 baroness).

[dugout 2]

duke·dom [ˋdjukdəm, ˋdɪuk-, ˋduk-; ˋdjuːkdəm] *n.* **1** C 公爵領地. **2** U 公爵的爵位.

dul·cet [ˋdʌlsɪt; ˋdʌlsɪt] *adj.* 《詩》(特指聲音)悅耳的, 甜美的, (sweet).

dull [dʌl; dʌl] *adj.* (~·er; ~·est)《鈍的》 **1** (刀等)鈍的, 不鋒利的, (↔ keen, sharp). a *dull* knife 鈍刀/a *dull* pencil 鈍鉛筆.

2 (頭腦)遲鈍的, 智能低的, (↔ bright); 感覺遲鈍的(*to*)(↔ keen). All work and no play makes Jack a *dull* boy. 《諺》只用功而不玩耍的小孩會變笨/He is *dull* of hearing. 他的聽覺遲鈍.

3 (痛等)不厲害的, 輕微的, (↔ sharp). a *dull* pain 輕微的疼痛.

《不鮮明的》 **4** (色彩, 光線, 聲音等)晦暗的, 低沈的, 不鮮明的, (↔ bright). a *dull* yellow 暗黃色/a *dull* sound 低沈的聲音.

5 (天空, 空氣)陰沈的, 昏暗的, 暗的. *dull* weather 陰天/The sky is *dull*; it looks like rain. 天空陰暗; 看來似乎要下雨.

《笨拙的＞沒有生氣的》 **6** (人, 動物)動作遲緩的, 動作緩慢的; 沒有活力的; (生意等)不興隆的; (↔ active). The street is *dull* on Sundays. 這條街道星期日時冷冷清清的/Business is *dull*. 生意冷清.

7 (書, 說話等)無趣的, 枯燥的. a *dull* teacher (上課)枯燥乏味的老師/His speech was intolerably *dull*. 他的演說枯燥得不得了.

— *v.* (~s [~z; ~z]; ~ed [~d; ~d]; ~·ing) *vt.* **1** 使(刀等)變鈍. **2** 減輕(疼痛等). This medicine will *dull* the pain. 這種藥會減輕疼痛.

3 使(感覺等)遲鈍.

— *vi.* 變鈍.

dull·ard [ˋdʌləd; ˋdʌləd] *n.* C 愚鈍的人, 笨蛋.

dull·ness [ˋdʌlnɪs; ˋdʌlnɪs] *n.* U **1** 鈍氣, 感覺遲鈍. **2** 枯燥. **3** 不活潑; 不景氣.

dul·ly [ˋdʌllɪ, ˋdʌl-; ˋdʌlɪ] *adv.* **1** 遲鈍地; 慢吞吞地; 發呆地. **2** 令人感到乏味地; 不活潑地.

du·ly [ˋdjulɪ, ˋdɪulɪ, ˋdulɪ; ˋdjuːlɪ] *adv.* **1** 正當地, 理所當然地; 恰當地; 充足地. **2** 按時地; 遵守期限地. His debt was *duly* paid. 他的債按時還了. ⇨ *adj.* **due**.

dumb [dʌm; dʌm] *adj.* **1** 啞的. She has been deaf and *dumb* from birth. 她生來聾啞.

2 (由於吃驚)說不出話來的. I was struck *dumb* with terror. 我嚇得說不出話來.

3 無言的; 靜默的, 不多話的. He remained *dumb.* 他保持沈默.

4 不出聲音的.

5 (口)傻的, 頭腦不好的.

dumb·bell [`dʌm͵bɛl; 'dʌmbel] n. C (通常 dumbbells)啞鈴(用來鍛鍊肩部、臂部肌肉; →body building 圖).

dumb·found [dʌm`faʊnd; dʌm'faʊnd] v. = dumfound.

dumb·ly [`dʌmlɪ; 'dʌmlɪ] adv. 無言地, 沈默地.

dumb·ness [`dʌmnɪs; 'dʌmnɪs] n. U 無法說話, 啞; 無言.

dúmb shòw n. **1** C 默劇, 啞劇.

2 U 比手畫腳, 比手勢.

dumb·wait·er [`dʌm͵wetɚ; ͵dʌm'weɪtə(r)] n. C **1** (飯店等的)小型升降機(搬運茶、餐具等).

2 (英) = lazy Susan.

dum·found [dʌm`faʊnd; dʌm'faʊnd] vt. 使(說不出話來那樣)驚愕(常用被動語態).

dum·my [`dʌmɪ; 'dʌmɪ] n. (pl. **-mies**) C **1** 仿製品, 贋品. **2** (百貨店等展示服裝的)人體模型; (腹語術演員使用的)偶人. **3** (英)(嬰兒用的)奶嘴((美) pacifier). **4**「傀儡」(只掛名而實際上由他人操縱的人); (美、口)笨蛋, 蠢貨.

— adj. 假的; 只有外表像的. *dummy* foods (陳列用的)樣品食物.

dúmmy rún n. C 演習, 預演.

***dump** [dʌmp; dʌmp] v. (~**s** [~s; ~s]; ~**ed** [~t; ~t]; ~**ing**) vt. **1** 把(垃圾等)集中起來倒掉, 傾倒, 把(裝在裡面的東西)倒空. The truck *dumped* its sand. 卡車把裝在車上的砂倒盡/*Dump* that box over here. 把那箱子裡的東西倒在這裡.

2 (商業)(向國外市場)傾銷(商品), 拋售(商品).

— vi. **1** 傾倒垃圾(貨物等).

2 (商業)拋售, 傾銷.

— n. C **1** 垃圾場; 垃圾堆.

2 (軍事)(前線的)軍需品堆積場.

dump·er [`dʌmpɚ; 'dʌmpə(r)] n. (英) = dump truck.

dúmper trùck n. (英) = dump truck.

dump·ing [`dʌmpɪŋ; 'dʌmpɪŋ] n. U **1** (將垃圾等)丟棄, 棄置. No *Dumping* (告示)禁倒垃圾/ a *dumping* ground 垃圾場.

2 (商業)拋售, 傾銷.

dump·ling [`dʌmplɪŋ; 'dʌmplɪŋ] n. C 與肉一起煮的小麵團; 加入水果內餡煮(烤)成的布丁.

dumps [dʌmps; dʌmps] n. (僅用於下列片語) (**dòwn**) **in the dúmps** (口)悶悶不樂的.

dúmp trùck n. C (美)傾卸卡車.

dump·y [`dʌmpɪ; 'dʌmpɪ] adj. (口)矮胖的.

dun¹ [dʌn; dʌn] vt. (~**s**; ~**ned**; ~**ning**) (特指)催討(債款)到底.

dun² [dʌn; dʌn] adj. 暗褐色的.

— n. U 暗褐色.

dunce [dʌns; dʌns] n. C 記性差的人, 愚人.

dúnce càp n. C 笨蛋高帽(過去為處罰記性差的學生而讓其戴的圓錐形帽子; 亦稱 dúnce's càp).

dun·der·head [`dʌndɚ͵hɛd; 'dʌndəhed] n. C 愚人.

dune [djun, dɪun, dun; djuːn] n. C (特指海邊的)沙丘(→ geography 圖).

dung [dʌŋ; dʌŋ] n. U (牛、馬等的)糞; 肥料.

dun·ga·ree [͵dʌŋgə`ri; ͵dʌŋgə'riː] n. U 粗藍布, 斜紋粗棉布, (一種粗的棉織品); (英)(dungarees)(作複數)斜紋粗棉布做的長褲(工作服)((美) overalls).

dun·geon [`dʌndʒən; 'dʌndʒən] n. C (歷史)土牢, 地牢, (留存於中世紀的城堡中).

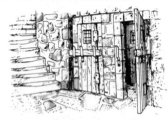

[dungeon]

dung·hill [`dʌŋ͵hɪl; 'dʌŋhɪl] n. C (農場的)糞(肥料)堆.

dunk [dʌŋk; dʌŋk] vt. (口)把(麵包, 蛋糕等)沾…配著吃((in)(飲料)).

Dun·kirk [`dʌnkɝk; 'dʌnkɜːk] n. 敦克爾克(瀕臨多佛海峽的法國港口; 1940 年大批英國軍隊突然從這裡撤回英國).

du·o [`duo; 'djuːəʊ] n. (pl. ~**s**) C **1** 二重奏(唱).

2 二人組的演奏家(藝人).

du·o·dec·i·mal [͵djuə`dɛsəml, ͵dɪuə-, ͵duə-; ͵djuːəʊ'desɪml] adj. 十二的; 以十二為單位的, 十二進位法的.

du·o·de·na [͵djuə`dinə, ͵dɪuə-, ͵duə-; ͵djuːəʊ'diːnə] n. duodenum 的複數.

du·o·de·num [͵djuə`dinəm, ͵dɪuə-, ͵duə-; ͵djuːəʊ'diːnəm] n. (pl. **-na**, ~**s**) C (解剖)十二指腸.

dupe [djup, dɪup, dup; djuːp] n. C 易受騙者, 老好人. — vt. 欺騙.

du·plex [`djuplɛks, 'dɪu-, 'du-; 'djuːpleks] adj. 雙重的, 兩倍的.

— n. C (美)雙層樓公寓(高級的公寓, 每戶擁有上下兩層樓房).

du·pli·cate [`djupləkɪt, `dɪu-, `du-, -͵ket; 'djuːplɪkət](★與 v. 的發音不同) adj. (限定)複製的; 複寫的; 副本的. a *duplicate* copy (畫作等的)複製品/a *duplicate* key 複製的鑰匙.

— n. C **1** (畫作, 照片等的)複製品.

2 (文件等的)謄本; 複寫; 副本; 抄件.

in dúplicate (正副)兩份地. Application forms must be submitted *in duplicate*. 申請書必須提交正副兩份.

— [`djuplə͵ket, `dɪu-, `du-; 'djuːplɪkeɪt] vt. **1** 作…的副本; 複寫, 複製; 將(文件等)作成一式兩份.

a *duplicating* machine 複印機(duplicator).
2 使成爲雙重[兩倍].

du·pli·ca·tion [ˌdjuplə`keʃən, ˌdɪu-, ˌdu-; ˌdju:plɪ`keɪʃn] *n.* **1** ⓤ複製, 複寫; ⓒ複寫物. **2** ⓤ雙重, 兩倍.

du·pli·ca·tor [`djuplə͵ketɚ, `dɪu-, `du-; 'dju:plɪkeɪtə(r)] *n.* ⓒ複印機.

du·plic·i·ty [dju`plɪsətɪ, dɪu-, du-; dju:'plɪsətɪ] *n.* ⓤ口是心非, 表裡不一, 虛僞.

du·ra·bil·i·ty [ˌdjurə`bɪlətɪ, ˌdɪur-, ˌdur-; ˌdjʊərə'bɪlətɪ] *n.* ⓤ耐用, 耐久力; 持久性.

du·ra·ble [`djurəbl, `dɪur-, `dur-; 'djʊərəbl] *adj.*
1 [物品]耐用的, 堅固的; 有耐久性的.
2 [友誼等]長久的, 不變的.

du·ral·u·min [djʊ`ræljə͵mɪn; djʊ'ræljʊmɪn] *n.* ⓤ鋁合金(航空器材使用之強化輕合金).

du·ra·tion [dju`reʃən, dɪu-, du-; djʊə'reɪʃn] *n.* ⓤ持續期間. Please be quiet for the *duration* of the discussion. 在討論期間請保持安靜.

du·ress [`djʊrɪs, `dɪur-, `dur-; djʊə'res] *n.* ⓤ(文章)脅迫; 監禁.

du·ri·an [`dʊrɪən; 'djʊərɪən] *n.* ⓒ榴槤(產於東南亞的水果); 榴槤樹.

‡**dur·ing** [`djurɪŋ, `dɪurɪŋ, `djʊrɪŋ; 'djʊərɪŋ] *prep.* **1** 在…期間, 在…整個過程之中. Mary remained silent *during* dinner. 進餐時瑪莉一直保持沈默/The pupils listened eagerly *during* his speech. 學生們聚精會神地聽他的演講.
2 在…期間. Tom's English improved greatly *during* the three years of his stay in London. 在倫敦停留的三年期間, 湯姆的英文進步很多/A friend came to see me *during* my absence. 我不在時有個朋友來看我.

〔◉ during 與 for〕
during 1 爲「在整個特定期間」之意, 而 for 用於「不特定的期間」. 例如說 stay *for* a month 係指一般性的一個月之久, 如要說「那一個月我待在他那裡」則爲 I stayed with him *during* that month.

字源 DUR「持續」: *dur*ing, *endur*e(忍受), *dura*ble (持久的), *dur*ation (持續期間).

durst [dɝst; dɜ:st] *v., aux. v.* (古) dare 的過去式.

dusk [dʌsk; dʌsk] *n.* ⓤ **1** 薄暮, 黃昏 (★比黃昏時尚有微光的 twilight 還要再暗一點的那段時間). from dawn to *dusk* 從黎明到黃昏/at *dusk* 薄暮時分/*Dusk* fell. 天黑了. **2** 微暗.

dusk·i·ness [`dʌskɪnɪs; 'dʌskɪnɪs] *n.* ⓤ微暗.

dusk·y [`dʌskɪ; 'dʌskɪ] *adj.* **1** 微黑的; (膚色)淺黑的. **2** 微暗的; 模糊的.

‡**dust** [dʌst; dʌst] *n.* **1** (a) ⓤ灰塵, 塵埃. The bookshelves are thick with *dust*. 書架上積滿了灰塵/A TV set easily gathers *dust*. 電視機容易沾染灰塵/*Dust* lay on the table. 桌上覆著一層灰塵. (b) ⓐⓤ去除灰塵[塵埃]. give the desk a quick *dust* 很快抹去桌上的灰塵.
2 ⓐⓤ飛揚的塵土[砂土]. The car that sped by raised a (cloud of) *dust*. 飛馳而過的汽車揚起了

Dutch 461

(一片)塵土.
3 ⓤ粉末狀物; 花粉. gold *dust* 砂金.
4 ⓤ(埋葬場所的)土; (雅)(加 the)屍體, 遺骨, (remains); (死後化爲塵土的)肉體.
⇨ *adj.* **dusty**.

(*as*) *dry* *as* *dust* → dry 的片語.
bite the dust (口)(陣亡或生病)倒下.
in the dust 死去的; 受辱的.
ràise [*màke, kick ùp*] *a dúst* (口)吵鬧, 喧鬧, (*about, over*). My wife really *kicked up* a *dust* when I told her I was going to quit my job. 當我告訴妻子我要辭職時, 她大鬧了一場.
retùrn to dúst 歸於塵土, 死.
thròw dúst in a *pèrson's éyes* (口)欺騙[迷惑]某人(<向他人眼睛拋撒塵土>).

— *v.* (~s [~s; ~s]; ~ed [~d; ~ɪd]; ~ing) *vt.*
1 拭去…的灰塵, 拿撢子[抹布等]擦…, (*off*; *down*). *dust* furniture 擦拭家具
2 在…撒上(*with*); 將…撒於(*over, onto*). The farmer *dusted* the crops *with* chemicals.＝The farmer *dusted* chemicals *over* the crops. 農夫在農作物上撒農藥.

— *vi.* 除去灰塵.

dúst bòwl *n.* ⓒ(多沙暴的)乾燥地帶.

dust·bin [`dʌst͵bɪn; 'dʌstbɪn] *n.* ⓒ(英)垃圾箱((美) garbage can, trash can).

dúst càrt *n.* ⓒ(英)垃圾車((美) garbage truck).

dust·coat [`dʌst͵kot; 'dʌstkəʊt] *n.* (英)＝ duster 3.

dust·er [`dʌstɚ; 'dʌstə(r)] *n.* ⓒ **1** 除塵者; 打掃工. **2** 撢子; 抹布. **3** (美)防塵外衣.

dúst jàcket *n.* ⓒ書的(紙)套(可簡稱爲 jacket).

dust·man [`dʌstmən; 'dʌstmən] *n.* (*pl.* **-men** [-mən; -mən]) ⓒ(英)垃圾收集員, 清潔工人, ((美) garbage collector).

dust·pan [`dʌst͵pæn, `dʌs͵pæn; 'dʌstpæn] *n.* ⓒ畚箕.

‡**dust·y** [`dʌstɪ; 'dʌstɪ] *adj.* (**dust·i·er; dust·i·est**)
1 滿是灰塵的; 灰塵覆蓋的. His study is always *dusty*. 他的書房總是佈滿塵埃.
2 (色彩)暗淡無光澤的, 灰色的.
3 塵狀的; 粉末狀的.

‡**Dutch** [dʌtʃ; dʌtʃ] *adj.* 荷蘭的; 荷蘭人[語]的; 荷蘭式的. 注意「荷蘭」國名的正式名稱爲 the Netherlands, 通稱 Holland; 荷蘭過去在政治、經濟上是英國的勁敵, 因此, 使用此語時常帶有輕蔑之意. *Dutch* cheese [beer] 荷蘭產的乳酪[啤酒].

gò Dútch 各自付帳((with)).

— *n.* **1** ⓤ荷蘭語. *Dutch* is closer to English than German. 荷語比德語更接近英語.
2 (作複數)(加 the)荷蘭人[國民](★個人是 Dutchman, Hollander). The *Dutch* were once worldwide colonialists. 荷蘭人曾經在全世界各地建立殖

民地.

Dùtch áuction *n.* ⒞ 降價拍賣法(拍賣者自動降價直到有買主購買的拍賣方式).

Dùtch cóurage *n.* ⒰(口)趁酒意而生的蠻勇.

Dutch·man [ˋdʌtʃmən; ˋdʌtʃmən] *n.* (*pl.* **-men** [-mən; -mən]) ⒞ 荷蘭的男人(→ Dutch).

Dùtch óven *n.* ⒞ 1 荷蘭鍋(烤東西用的有蓋鐵鍋). 2 磚爐(爐子預先加熱後再烤麵包等).

Dùtch tréat *n.* ⒰⒞ 各自付帳的聚餐[旅行等].

du·te·ous [ˋdjutɪəs, ˋdɪu-, ˋdu-; ˋdjuːtjəs] *adj.* (文章)=dutiful.

du·ti·a·ble [ˋdjutɪəbḷ, ˋdɪu-, ˋdu-; ˋdjuːtjəbl] *adj.* 〔輸入品等〕應納關稅的, 含稅的, (⟷ duty-free).

du·ties [ˋdjutɪz, ˋdɪu-, ˋdu-; ˋdjuːtiz] *n.* duty 的複數.

du·ti·ful [ˋdjutɪfəl, ˋdɪu-, ˋdu-; ˋdjuːtɪfʊl] *adj.* 忠於義務的, 盡責的; 尊敬長輩的, 順從的. a *dutiful* son 孝子.

du·ti·ful·ly [ˋdjutɪfəlɪ, ˋdɪu-, ˋdu-; ˋdjuːtɪfʊlɪ] *adv.* 忠實地, 順從地.

‡**du·ty** [ˋdjutɪ, ˋdɪu-, ˋdu-; ˋdjuːtɪ] *n.* (*pl.* **du·ties**) ⒰⒞【義務】 **1** (道德上, 法律上的)**義務**(⟷ right); 本分; 責任. It is our *duty* to obey the law. 守法是我們的義務/I have a *duty* to him. 我對他有責任/a sense of *duty* 責任感.

2 (常 dut*ies*)任務, 職務. It is the first *duty* of the police to protect citizens. 保衛市民是警察的首要任務/the *duties* of a housewife 家庭主婦的職責.

[搭配] *adj.*+duty (1-2): an official ~ (官方的義務), a public ~ (公眾的責任), a tiresome ~ (叫人厭煩的責任) // *v.*+duty: do one's ~ (盡責), neglect one's ~ (怠忽責任).

【當作義務而繳納的錢】 **3** (常 dut*ies*)稅(金), (特指)關稅. customs *duties* 關稅/death *duty* (英)遺產稅.

dò dúty for... 充當…使用. A box *did duty for* a chair. 箱子充當椅子使用.

(*in*) *dùty bóund to* dò 義不容辭的, 責無旁貸的. Soldiers are (*in*) *duty* bound to fight. 作戰是軍人責無旁貸的義務.

* *òff dúty* 〔特指士兵, 護士〕不值班地, 下班地. She is *off duty* tonight. 她今晚不值班.

* *òn dúty* 值班中, 執勤中. The nurse was *on duty* last night. 這位護士昨夜值夜班.

du·ty-free [ˋdjutɪˋfri, ˋdɪu-, ˋdu-; ˋdjuːtɪˋfriː] *adj.* 無稅的, 免稅的, (⟷ dutiable). *duty-free* goods 免稅品.

dwarf [dwɔrf; dwɔːf] *n.* (*pl.* ~**s**, (罕) **dwarves** [dwɔrvz; dwɔːvz]) ⒞ **1** 侏儒, 矮人, (⟷ giant). **2** 特別小型的動物[植物]. **3**(形容詞性)矮小的, 小型的. a *dwarf* tree 盆景.
— *vt.* **1** 使(植物等)矮小; 阻礙…發育[成長].

2 使…相形之下顯得矮小. I was *dwarfed* by his gigantic frame. 他龐大的身軀使我(相形之下)顯得矮小.

dwarves [dwɔrvz; dwɔːvz] *n.* dwarf 的複數.

*‡**dwell** [dwɛl; dwel] *vi.* (~**s** [~z; ~z]; **dwelt** [~d; ~d]; ~**ing**)(文章)住, 居住. They *dwelt* all their lives in that little village. 他們一生都住在那個小村莊裡. [同]一般多用 live.

* *dwéll on* [*upon*]... (1)老是想著…. Don't *dwell* so much *on* your past. 別老想著你的過去. (2)長篇大論[大作]…; 詳述…. The book *dwells on* the horrors of nuclear war. 這本書詳述核戰的可怕.

-dwell·er [ˋdwɛlɚ; ˋdwelə(r)] (構成複合字)…的居住者, …的居民. town-*dwellers* 城鎮的居民.

dwell·ing [ˋdwɛlɪŋ; ˋdwelɪŋ] *n.* ⒞(文章)住宅, 寓所. [同] dwelling 是社會學或建築學等論文的用字; → house.

dwélling hòuse *n.* ⒞(法律)住宅(用來與營業場所, 店鋪等區別).

dwelt [dwɛlt; dwelt] *v.* dwell 的過去式、過去分詞.

dwin·dle [ˋdwɪndḷ; ˋdwɪndl] *vi.* 變小; 〔人〕瘦; 〔價值, 聲望等〕下跌.

*‡**dye** [daɪ; daɪ] *n.* (*pl.* ~**s** [~z; ~z]) ⒰⒞ **1** 染料. a bottle of yellow *dye* 一瓶黃色染料.

2 染色, 染成的色調. *of the dèepest* [*blàckest*] *dýe* (犯罪等)罪大惡極的, 壞透了的. I'm not sorry he's gone—he was a scoundrel *of the blackest dye*. 他死了我一點都不覺得難過——因為他是個罪無可赦的惡棍.
— *v.* (~**s** [~z; ~z]; ~**d** [~d; ~d]; ~**ing**) *vt.* 將…染色, [句型3] (dye A B)把 A 染成 B(色). She *dyed* her hair (black). 她把頭髮染(成黑)色.
— *vi.* 染. Will this cloth *dye* (well)? 這塊布容易染(好)嗎?

dyed-in-the-wool [ˋdaɪdɪnðəˋwʊl, ˋdaɪdɪnðə-; ˌdaɪdɪnðəˋwʊl] *adj.* (限定)(用於負面含義)不可能改變的, 根深蒂固的, 徹底的, (<「在織之前已染色」的意思). a *dyed-in-the-wool* communist 一個徹頭徹尾的共產主義者.

dye·ing [ˋdaɪɪŋ; ˋdaɪɪŋ] *n.* ⒰ 染色(法); 染色業.

dy·er [ˋdaɪɚ; ˋdaɪə(r)] *n.* ⒞ 染匠, 染工.

dye·stuff [ˋdaɪˌstʌf; ˋdaɪstʌf] *n.* (*pl.* ~**s**) ⒞ 染料.

dye·works [ˋdaɪˌwɝks; ˋdaɪwɜːks] *n.* (*pl.* ~) ⒞ 染坊, 染廠, 染料工廠.

*‡**dy·ing** [ˋdaɪɪŋ; ˋdaɪɪŋ] *v.* die[1] 的現在分詞.
— *adj.* **1** 即將死亡的, 垂死的; 臨終之際的. a *dying* man 垂死的人/*dying* words 臨終的話.

2 即將消滅的; 變弱的; 即將過去的. a *dying* civilization 瀕於滅亡的文明/a *dying* year 即將過去的一年.

till [*to*] *one's dýing dáy* 在有生之年, 一生; 永遠. I shall remember this insult *to my dying day*. 我一輩子都會記得這個恥辱.

dyke [daɪk; daɪk] *n., v.* =dike.

dy·nam·ic [daɪˋnæmɪk; daɪ'næmɪk] *adj.* **1**
〔人〕有活力的，生氣勃勃的．
2 動態的，變動的．Language is a *dynamic*, liv-
ing thing. 語言是一種充滿變化，活生生的東西．
3 動力的；(動)力學的．↔ static.
dy·nam·i·cal·ly [daɪˋnæmɪk]ɪ, -ɪklɪ;
daɪ'næmɪkəlɪ] *adv.* (動)力學上；有活力地．
dy·nam·ics [daɪˋnæmɪks; daɪ'næmɪks] *n.*
1 《作單數》《物理》力學，動力學，(↔ statics).
2 《作複數》《物理的、精神的》原動力，活力．the
dynamics of human behavior 人類行為的原動力．
dy·na·mism [ˋdaɪnə͵mɪzəm; 'daɪnəmɪzəm] *n.*
Ⓤ動力[能]論；活力，動力．
***dy·na·mite** [ˋdaɪnə͵maɪt; 'daɪnəmaɪt] *n.* Ⓤ
1 炸藥．They blasted the rock with *dynamite*.
他們用炸藥爆破岩石．
2 《口》令人感到衝擊的人[物]；出色的人[物]．
— *vt.* 用炸藥爆破．
dy·na·mo [ˋdaɪnə͵mo; 'daɪnəməʊ] *n.* (*pl.* ~s) Ⓒ
1 發電機．**2** 《口》精力充沛的人，精神抖擻的人．
dy·nas·tic [daɪˋnæstɪk; dɪ'næstɪk] *adj.* 王朝

[朝代]的．
dy·nas·ty [ˋdaɪnəstɪ, ˋdaɪnæstɪ; 'dɪnəstɪ] *n.*
(*pl.* **-ties**) Ⓒ王朝．the Stuart *dynasty* 斯圖亞特
王朝/a member of the Krupp *dynasty* 《德國》克魯
伯世家的一員《比喻用法》．
dyne [daɪn; daɪn] *n.* Ⓒ《物理》達因《力的單位；使
質量爲 1 公克的物體產生每秒 1 cm 的加速度》．
dys·en·ter·y [ˋdɪsṇ͵tɛrɪ; 'dɪsntrɪ] *n.* Ⓤ痢疾．
dys·lex·i·a [dɪsˋlɛksɪə; dɪs'leksɪə] *n.* Ⓤ《醫學》
閱讀困難症《拼讀及寫有困難的腦部障礙》．
dys·pep·si·a [dɪˋspɛpʃə, -ʃɪə; dɪs'pepsɪə] *n.* Ⓤ
消化不良(indigestion).
dys·pep·tic [dɪˋspɛptɪk; dɪs'peptɪk] *adj.* 消化
不良的，胃不好的．
— *n.* Ⓒ消化不良[胃不好]的人．
dys·tro·phy [ˋdɪstrəfɪ; 'dɪstrəfɪ] *n.*=muscu-
lar dystrophy.
dz. 《略》dozen(s).

E e ℰℯ

E, **e** [i; i:] n. (*pl.* **E's, Es, e's** [~z; ~z])

1 [UC]《英文字母的第五個字母》.

2 [C]《用大寫字母》E 字形物.

3 [U]《用大寫字母》《音樂》E 音; E 調. →A, a 3 [參考].

4 [C]《用大寫字母》《美》《學業成績的》丁等, 為有補考資格的有條件及格《若補考普通過則為格》. →A, a 4 [參考].

E 《略》earl; east; Easter; eastern; English.

‡each

[itʃ; i:tʃ] *adj.*《限定》每, 各個的, 各…, (→ every ●). *each* year 每年/ *Each* boy (=*Each* of the boys → *pron.*) has a cap on. 每個男孩都戴著帽子/There were trees on *each* side (=both sides) of the river. 這條河兩岸都有樹/*each* one of us 我們中的每一個. [語法](1) 接單數可數名詞. (2)*each* 之前不可再加修飾語. 如: 不可說成 the members' *each* seat, 而要說 *each* member's seat 或 *each* of the members' seats. (3)→ every ●.

*èach tíme*¹ 每一次.

*èach tíme*²... 《連接詞性》每當…. *Each time she came, Jane brought me a nice book.* 珍每次來訪總會帶給我一本好書.

— *pron.* 每個, 各自.

【● **each** 的用法】
(1)人與物皆可用.
(2)原則上作單數用, 但是也有作為複數的情況, each of+複數名詞: *Each* of the children has his [have their] own books.(每一個孩子都有自己的書).
(3)each 和複數代名詞為同位語時, 動詞亦為複數形. We *each* have our own opinion.(我們各有各的意見).
(4)不和否定語連用. 請勿用 *Each* did not fail. 而是使用 *Neither* [*No one*] failed.(誰也沒有失敗).
(5)each 作為人稱代名詞時, 通常是用 his 來代表兩性, 但在嚴謹的法律條文中應使用 his or her, 純為女性議題時則 her 最好; 在簡單的文章中則用 their: *Each* wants to have *his* [*his or her*, *their*] own home.(每個人都想要有自己的家).
★在(1), (2), (3), (4), (5)中的用法(each boy 等)相當於形容詞.

* *èach óther* 互相. They hate *each other*. =

Each hates the other(s). 他們彼此憎恨.

【● **each other** 的用法】
(1)作為及物動詞、介系詞的受詞或所有格(each other's)時, 不能當作主格. They looked at *each other* for a while.(他們互看了一會兒). Tom and Susie introduced *each other's* father(s).(湯姆和蘇西互相介紹自己的父親).
(2)each other 用於兩者之間, one another 用於三者或三者以上, 但此一區別並不嚴格.
(3)each other 作為副詞用時, 解釋為「互相地」, They are friends *each other.* 是錯誤寫法, They are friends with *each other.* 才正確.
★ each other 通常作為及物動詞或介系詞的受詞.

— *adv.* 每一個[一人], 各自地. The books are one pound *each.* 這些書每本一鎊/The teacher gave his pupils a pencil *each.* 老師給他的學生們每人一支鉛筆.

‡ea·ger

[ˈigɚ; ˈi:gə(r)] *adj.* (**-ger·er** [-gərɚ; -gərə(r)], **more ~; -ger·est** [-gərɪst; -gərɪst], **most ~**) **1** (用 eager for [about]) 渴望…; (用 eager *that* 子句)渴望…事情; (用 eager *to* do)熱切地想做…. a man too *eager for* success 一個過分渴望成功的人/I'm *eager for* you to win. 我真希望你能獲勝/Tom is *eager to* go abroad. 湯姆渴望出國/I am *eager that* my son (should) get a good job. 我真希望我兒子能得到一份好工作.

2《人》熱心的, 熱情的;《表情、行為等》充滿熱情的;《慾望等》強烈的; (→ ardent, enthusiastic, passionate 同). Don't be so *eager.* 別那麼心急/He is *eager in* his studies. 他熱中於學習/have an *eager* appetite *for* knowledge 有強烈的求知慾.

ea·ger·ly [ˈigɚlɪ; ˈi:gəlɪ] *adv.* 急切地, 熱切地. The dog wagged its tail *eagerly.* 那隻狗熱烈地搖著尾巴.

ea·ger·ness [ˈigɚnɪs; ˈi:gənɪs] *n.* **1** [UC] 渴望, 慾望, (*for; to* do). his *eagerness for* wealth 他對財富的慾望/have a great *eagerness to* work 有強烈的工作熱忱.

2 [U] 急切, 著急的心情. He controlled his *eagerness.* 他按捺住他著急的心情.

‡ea·gle

[ˈigl; ˈi:gl] *n.* (*pl.* **~s** [~z; ~z]) [C]

1《鳥》鷹. There's an *eagle* flying in the sky. 有一隻鷹在天上飛.

2 鷹徽(美國等的國徽；→ spread eagle).

3 《高爾夫球》比標準桿少兩桿(→ par [參考]).

ea·gle-eyed [ˌigl`aɪd; ˌi:gl`aɪd] adj. 觀察力敏銳的，有觀察力的；明察秋毫的.

ea·glet [`iglɪt; `i:glɪt] n. C(鳥)小鷹.

⁑**ear**¹ [ɪr; ɪə(r)] n. (pl. ~s [~z; ~z]) C【耳】**1** C【耳】the outer [middle, inner] ear 外耳[中耳, 內耳]/put [cup] one's hand behind one's ear 把手擋在耳後(以便聽得清楚)/stop (up) one's ears 塞住耳朵/My ears are ringing. 我耳鳴/an ear, nose and throat doctor 耳鼻喉科醫生.

【作為聽覺器官的耳】**2** C耳朵. I couldn't believe my ears. 我無法相信我的耳朵(不敢相信所聽到的事)/keep one's ears open 注意傾聽/The rumor reached his ears. 謠言傳到他的耳朵裡了.

3【聽的能力】UC耳力, 聽力, 聽覺. a sound sweet [harsh] to the ear 聽起來甜美[刺耳]的聲音/have a quick ear 聽覺敏銳；消息靈通/have a musical ear 有音樂鑑賞力/Walls have ears. 《諺》隔牆有耳/Dogs have good [keen] ears. 狗有靈敏的聽覺.

【像耳朵的東西】**4** C(水壺的)把手.

be àll éars 《口》全神貫注地聽. We were all ears to hear his news. 我們都很注意地聽他的消息.

from èar to éar 《口》嘴巴咧得很大地[笑等].

* ***gìve (an) éar to...*** 傾聽….

go ìn (at) one éar and òut (at) the óther 《口》[聽到的事]左耳進右耳出, 當耳邊風.

hàve an [nò] éar for... 對[音樂等]有[沒有]鑑賞力.

hàve [gàin, gèt, wìn] a pèrson's éar(s) 意見受某人重視；受某人矚目《用於正面含義》. He is an important man in the company and even has the president's ear. 他在這家公司裡是個重要人物, 甚至連總裁也重視他.

hàve [kèep] an [one's] éar to the gróund 注意社會[周遭]的動靜. I'll keep my ear to the ground and let you know if I hear anything important. 我將注意周遭的動靜, 如果聽到甚麼重要的事情, 我會告訴你的.

over hèad and éars (in...) 沈醉於(戀愛等)；熱中[埋頭於](工作)；(因債務)無法脫身. I can't lend you any money—I'm over head and ears in debt as it is. 我一毛錢也不能借給你——我自己已經債臺高築了.

plày(...) by éar 不看樂譜演奏….

plày it by éar 《口》隨機應變. You'll have to play it by ear at the interview. 面試時你必須隨機應變.

tùrn a dèaf éar to... → deaf 的片語.

ùp to one's éars = over head and ears.

ear² [ɪr; ɪə(r)] n. C(麥, 玉米等的)穗.

(be) in the ear 正在結穗.

ear·ache [`ɪrˌek; `ɪəreɪk] n. UC耳痛.

ear·drum [`ɪrˌdrʌm; `ɪədrʌm] n. C耳膜.

ear·ful [`ɪrfʊl; `ɪəfʊl] n. C(用單數)《口》(使人不舒服的)申斥, 責罵.

---

earl [ɝl; ɜ:l] n. C(英)伯爵(夫人是countess；→ duke [參考]).

earl·dom [`ɝldəm; `ɜ:ldəm] n. **1** U伯爵爵位 [身分]. **2** C伯爵領地. ─────級.

ear·li·er [`ɝlɪ; `ɜ:lɪə(r)] adj., adv. early 的比較級.

ear·li·est [`ɝlɪɪst; `ɜ:lɪɪst] adj., adv. early 的最高級.

ear·li·ness [`ɝlɪnɪs; `ɜ:lɪnɪs] n. U早.

ear·lobe [`ɪrˌlob; `ɪələʊb] n. C耳垂.

⁑**ear·ly** [`ɝlɪ; `ɜ:lɪ] adj. (-li·er; -li·est) (↔ late) 【時刻, 時期, 時節早的】**1** 早的. in the early hours of the morning 清早/early spring 早春/It's too early in the year for cherry blossoms to be out. 現在離櫻花季還太早/The bus was two minutes early. 公車早到了兩分鐘/early habits 早睡早起的習慣/an early riser 早起的人/We had an early lunch and set out at 12:30. 我們提早吃中飯, 十二點半便出發了.

2 《限定》初期的, 早期的. in the early part of this century 在本世紀初期/in one's early days 在年輕時/early flowers 早開的花/the earliest civilization 最古老的文明/He is in his early thirties. 他三十出頭.

3 《限定》不久的. at an early date 在近期/on Monday at the earliest 最快也要星期一/at your earliest convenience 請您方便時儘早.

an éarly bìrd → bird 的片語.

kèep éarly hóurs 早睡早起.

─── adv. (-li·er; -li·est) (↔ late) **1** (早上)一大早地；提早地. get up early (in the morning) (早晨)早起/The bus left early. 公車提早開走了.

2 在初期；在早期. The medicine was known as early as the beginning of the nineteenth century. 這種藥最早是在19世紀初發現的/early in life 在小時候.

3 在古時候. Man learned early to use tools. 人類早在古時候就學會使用工具.

[回]early 表示某一期間或一連串事件的「初期」之意, 而 soon 則主要表示距某時間或事件「不久」之意.

èarlier ón 剛開始.

èarly ón 剛開始, (工作, 考試等)一開始.

[語法]和上述 earlier on 同義, 語法則和 later on 類似, on 無任何意義.

èarly to bèd, èarly to ríse 早睡早起.

┌──────────────────────────┐
│ ●── adj. 與 adv. 同形, 以 -ly 結尾

(1)時間的相關用語：

daily	每日(的)	early	早的[地]
hourly	每小時(的)	monthly	每月(的)
nightly	夜晚的[地]	quarterly	一年四次(的)
weekly	每週(的)	yearly	每年(的)

(2)方向的相關用語：

easterly	向東(的)	northerly	向北(的)
southerly	向南(的)	westerly	向西(的)

└──────────────────────────┘

E

ềar·ly wắr·ning sȳs·tem *n.* ⓒ 預警系統
《經由雷達預知敵襲》

ear·mark [ˋɪr͵mɑrk; ˈɪəmɑːk] *n.* ⓒ **1** 耳印
《打印在牛、羊等的耳上以表示所有者的
標誌》. **2** 標記;特徵.
— *vt.* **1** 打耳印,作記號.
2 指定,保留〔資金等〕作特定用途,《*for*》. They
earmarked enough money *for* research work. 他
們保留足夠的款項當作研究費.

ear·muff [ˋɪr͵mʌf; ˈɪəmʌf] *n.* (*pl.* ~s) ⓒ (通常
earmuffs)耳罩《禦寒,隔音等用》.

★earn [ɝn; ɜːn] *vt.* (~s [~z;
~z]; ~ed [~d;~d];
~ing)【獲得】**1** 以工作獲取,
賺,〔錢〕. He *earns* a good
salary [$100,000 a year]. 他
收入頗豐〔年收入10萬美元〕/
He *earned* his living *by*
teaching. 他以教書為生/
earned income 薪資所得.
[earmuffs]
2 獲得,(視為應得而)接受,〔讚賞,名聲〕等).
earn a doctoral degree 獲得博士學位/a well-
earned reputation 應得的名聲/You've worked
hard for months and have certainly *earned* a
holiday. 你已辛苦工作了好幾個月,休假是理所當
然的.
3 句型4 (earn A B)、句型3 (earn B *for* A)為
A 帶來 B. His diligence *earned* him success
[success *for* him]. 勤奮為他帶來了成功.
4 產生〔利息,紅利等〕. My investments *earn*
about 10 percent a year. 我的投資每年約有百分之
十的紅利.

★ear·nest¹ [ˋɝnɪst, -əst; ˈɜːnɪst] *adj.*【認真的】
1 (人) (在意圖,努力方面)認真
[一絲不苟]的;熱中的. She's a very *earnest* per-
son. 她是非常認真的人/Sam is *earnest* about [in,
over] his work. 山姆認真看待他的工作.
2 〔感情,思想等〕真心的,誠摯的. an *earnest*
desire [apology] 衷心的願望〔歉意〕.
[搭配] earnest＋*n.*: an ~ effort (認真的努力),
an ~ hope (由衷的希望), an ~ intention (真誠
的意圖), ~ expectation (真心的期待).
【應以真對待的】**3** 〔事物〕重大的,嚴肅的. Life
is *earnest*. 人生是嚴肅的.
— *n.* Ⓤ 認真,急切,(用於下列用法).
★in (*rèal*) *éarnest* 認真地,誠摯地;正式地.
Are you *in* (*real*) *earnest* in saying so? 你這麼說
是認真的嗎?/The rain is coming down *in earn-
est*. 雨下大了.

ear·nest² [ˋɝnɪst, -əst; ˈɜːnɪst] *n.* ⓐ Ⓤ **1** 預
告,前兆,(*of*). **2** ＝earnest money.

★ear·nest·ly [ˋɝnɪstlɪ, -əstlɪ; ˈɜːnɪstlɪ] *adv.* 認真
地,急切地,殷切地. believe [hope] *earnestly* 信
以為真〔殷切期望〕/If you study *earnestly*, you
can expect to pass the exam. 如果你認真學習,

可望通過考試.

éarnest mòney *n.* Ⓤ《法律》(契約的)定金,
保證金.

ear·nest·ness [ˋɝnɪstnɪs, -əst-; ˈɜːnɪstnɪs] *n.*
Ⓤ 認真,急切,殷切.

★earn·ings [ˋɝnɪŋz; ˈɜːnɪŋz] *n.*《作複數》所得,
工資,(買賣,投資等的)利潤,所賺的錢. hard-
won *earnings* 血汗錢/His *earnings* amount to
several million dollars a year. 他的年收入達數百
萬美元.

ear·phone [ˋɪr͵fon; ˈɪəfəʊn] *n.* ⓒ耳機(→
headphone)《兩耳用的用複數》.

★ear·ring [ˋɪr͵rɪŋ; ˈɪərɪŋ] *n.* ⓒ (常 earrings)耳
環,耳飾. *Earrings* must not be worn at school.
在學校絕不可戴耳環.

ear·shot [ˋɪr͵ʃɑt; ˈɪəʃɒt] *n.* Ⓤ 聽力所及的範圍,
聲音到達的距離(→ eyeshot).
within [*out of*] *éarshot* 在可以聽到的範圍內
[外](*of*).

ear·split·ting [ˋɪr͵splɪtɪŋ; ˈɪəˌsplɪtɪŋ] *adj.*
〔聲音等〕震耳欲聾的.

★earth [ɝθ; ɜːθ] *n.* (*pl.* ~s [~s; ~s])【地球】
1 ⓒ (通常加 the)地球(→ world 圖). ①
every living thing on the *earth* 地球上的所有生
物/return from the moon to the *earth* 從月球回
到地球. 語法 視為行星之一,且與 Venus, Mars
等相對應時通常作(the) Earth.
2 (加 the)地球上的全人類. The whole *earth* was
shocked. 全世界的人都感到震驚.
【地表>土地,土壤】**3** Ⓤ (相對於天空的)地面
(ground), 地上. A bird fell to (the) *earth*. 一隻
鳥掉到地面上.
4 Ⓤ (相對於大海的)陸地(land), where the
earth ends 在陸地的邊緣.
5 ⓊC (相對於岩石的)泥土,土壤. soft *earth* 鬆
軟的泥土/different *earths* 各種土壤/cover the
bulbs with *earth* 以土覆蓋球莖.
[搭配] *adj.*＋earth: barren ~ (不毛之地), fer-
tile ~ (肥沃的土壤) // *v.*＋earth: cultivate the
~ (耕地), plow the ~ (耕地), till the ~ (耕
地).
6 ⓒ (通常用單數) (狐狸等的)洞穴.
7 Ⓤ《英》《電》接地,地線,(《美》ground).
【人世間】**8** Ⓤ (相對於天堂與地獄的)塵世,人
間,凡間.
⇨ *adj.* earthen, earthly, earthy.
come bàck [*dòwn*] *to éarth* (從夢想中清醒而)
回到現實,正視現實.
cóst the éarth《口》價錢昂貴. Your new car is
fantastic—it must have *cost the earth*! 你的新車
真棒——想必非常貴吧!
dòwn to éarth 直率地;現實的[地].
★on éarth (1)在世界上,在世. She was happy
while her husband was *on earth*. 丈夫在世時,她
非常幸福.
(2)《用來加強語氣》《口》(a)《和形容詞最高級連用》世
界上. When I married her I thought I was the
happiest man *on earth*. 和她結婚時我認為自己是

世界上最幸福的人.

(b)《和疑問詞連用》究竟. What *on earth* do you mean? 你到底是甚麼意思?

rùn to éarth[1]《狐狸等》逃進洞穴.

rùn...to éarth[2] 直搗《狐狸等》的洞穴; 終於搜尋到〔人, 物〕. The police *ran* him *to earth* in Liverpool. 警察終於在利物浦逮捕到他.

— *vt.* **1** 將…埋入土中; 〔把樹根等〕用土覆蓋(*up*). **2** 《英》《電》把…接地(《美》ground).

Éarth Dày 《美》地球日《地球環境保護日; 4 月 22 日》.

earth·en [ˋɔθən; ˈɔːθn] *adj.* 泥土(製)的; 陶製的.

earth·en·ware [ˋɔθən͵wɛr, -͵wær; ˈɔːθnweə(r)] *n.* Ⓤ 瓦器, 陶器, 《用低溫燒製, 質地粗而不透明的陶瓷品的總稱》. an *earthenware* pot 陶壺.

Earth-friend·ly [͵ɔθˋfrɛndlɪ; ͵ɜːθˈfrendlɪ] *adj.* 不破壞地球環境的, 保護地球的.

earth·ling [ˋɔθlɪŋ; ˈɜːθlɪŋ] *n.* Ⓒ 《科幻小說中外星人眼中的》地球人.

***earth·ly** [ˋɔθlɪ; ˈɜːθlɪ] *adj.* 《限定》**1** 地球上的, 地上的; 塵世的, 世俗的; (worldly) (↔ heavenly). *earthly* affairs 俗事/the *earthly* paradise 地上的樂園, 人間天堂.

2 物質的; 〔慾望等〕肉體的; (↔ spiritual).

3 《口》《強調否定, 疑問》完全(沒有), 一點也(沒有). Your plan is of no *earthly* use. 你的計畫根本毫無用處/What *earthly* difference does it make? 到底有何不同?

hàve not an éarthly 《英、口》根本毫無希望《後面省略了 chance, hope 等的說法》; 完全不知道《後面省略了 idea 等的說法》.

⁂**earth·quake** [ˋɔθ͵kwek; ˈɜːθkweɪk] *n.* (*pl.* ~**s** [~s; ~s]) Ⓒ **1** 地震 (《口》quake). A severe *earthquake* shook [occurred in] Hualien today. 花蓮今天發生強烈地震/a slight *earthquake* 微震

▸|搭配| *adj.*+earthquake: a powerful ~ (強烈地震), a strong ~ (強震), a small ~ (小地震) // earthquake+*v.*: an ~ devastates... (地震摧毀…), an ~ rocks... (地震搖撼…).

2 《社會的》動盪. a political *earthquake* 政治上的大變動. 「理學等」.

éarth scìence *n.* ⓊⒸ 地球科學(地質學, 地

earth·work [ˋɔθ͵wɝk; ˈɜːθwɜːk] *n.* Ⓒ 《通常 earthworks》《防止敵人攻擊的》防禦工事.

earth·worm [ˋɔθ͵wɝm; ˈɜːθwɜːm] *n.* Ⓒ 《蟲》蚯蚓(→ worm 圖).

earth·y [ˋɔθɪ; ˈɜːθɪ] *adj.* **1** 泥土的, 泥土似的, 土質的. **2** 實際的; 率直的; 樸素的.

3 粗野的, 粗俗的. an *earthy* song [joke] 低俗的歌曲[笑話].

ear·wig [ˋɪr͵wɪg; ˈɪəwɪg] *n.* Ⓒ 《蟲》蠼螋.

⁂**ease** [iz; iːz] *n.* Ⓤ 〖安樂〗**1** 《身心的》舒適, 舒暢; 輕鬆; 安心; 《痛苦等的》減輕. *ease* from pain [care] 痛苦[憂慮]的減輕.

2 《經濟上的》寬裕. a life of *ease* and comfort 寬裕舒適的生活.

---

3 〖容易做到的事〗容易(↔ difficulty). I was surprised at the *ease* with which he undid the knot. 我很驚訝他輕易地就把結解開了.

∗ *at (one's) éase* 輕鬆地, 舒適地, (at home); 安心地, live *at* one's *ease* 舒適地生活/feel *at ease* 覺得安心/Set your mind [heart] *at ease*. 安心吧!

ìll at éase 不安地, 坐立不安地. I felt *ill at ease* in the new surroundings. 在新環境中我覺得不安.

pùt [sèt] a pérson at his éase 使人安心. The doctor's calm manner *put* me *at my ease*. 醫生沈著的態度使我安心下來.

(Stànd) at éase! 《軍隊》稍息! 《號令》

tàke one's éase 休息, 放鬆身心. I made a martini and *took my ease* on the sofa. 我調了一杯馬丁尼酒坐在沙發上輕鬆一下.

wèll at éase 安心地, 怡然地.

∗ *with éase* 容易地, 輕鬆地, (easily). He passed the exam *with ease*. 他輕鬆地通過了考試.

— *v.* (**eas·es** [~ɪz; ~ɪz]; ~**d** [~d; ~d]; **eas·ing**) *vt.* 〖放輕鬆〗**1** 使放鬆; 使安心; (*of*). *Ease* yourself into the chair. 坐到椅子上放鬆一下吧!/*ease* a person's mind 使人安心下來/He *eased* me *of* my pain. 他減輕了我的痛苦.

2 減輕〔疼痛等〕; 緩和〔緊張等〕; 鬆開〔繩索, 皮帶等〕, 使〔衣服等〕寬鬆; 〔逐漸〕減低〔速度等〕. The medicine *eased* my pain. 藥減輕了我的疼痛/The chairman's joke *eased* the tension. 主席的笑話緩和了緊張的氣氛/*ease* a door 使門容易開關/*ease* down the speed of the car 把汽車的速度放慢.

〖輕鬆地做＞從容地做〗**3** 小心翼翼地移動. *ease* a cupboard into the corner 把碗櫃輕輕地推到角落.

— *vi.* **1** 〔痛苦, 緊張等〕減輕; 〔情態, 關係等〕緩和下來(*off*). The pain has started to *ease* now. 疼痛現在已經開始減輕了/The tensions between the two countries have *eased* of late. 兩國間的緊張情勢最近已緩和下來了.

2 〔雨〕變小, 下小雨; 〔汽車等的〕速度降低; (*off*). We set out when the rain had *eased* (*off*). 雨下小一點時我們就出發了. ⇨ *adj.* **easy**.

èase úp [óff] 《口》《減少工作量》輕鬆一下; 放鬆; 減少(*on*). The doctor advised him to *ease up on* alcohol. 醫生勸他要少喝酒.

ea·sel [ˋiz!; ˈiːzl] *n.* Ⓒ 畫架; 黑板架.

eas·i·er [ˋizɪɚ; ˈiːzɪə(r)] *adj., adv.* easy 的比較級.

eas·i·est [ˋizɪɪst; ˈiːzɪɪst] *adj., adv.* easy 的最高級.

[easel]

＊eas·i·ly [ˋizⱡɪ, ˋizɪlɪ; ˊiːzɪlɪ] *adv.* 【輕易地】 **1** 容易地，輕易地；順利地．You can *easily* find the bank. 你很容易就能找到銀行/The work progressed *easily*. 工作進行順利．

2 【容易地>不難地】《強調比較級、最高級等》正確無誤地，確實地．Gloria was *easily* the best singer of that evening. 葛洛莉亞無疑地是那天晚上的最佳歌手．

3 舒適地；悠閒地．live *easily* 悠閒地過日子．

4《通常和may, can連用》十之八九，恐怕．The plane may *easily* by late. 飛機恐怕會誤點．

eas·i·ness [ˋizɪnɪs; ˊiːzɪnɪs] *n.* Ü **1** 容易；《文章等的》平易近人．**2** 輕鬆，無憂無慮，從容．

eas·ing [ˋizɪŋ; ˊiːzɪŋ] *v.* ease 的現在分詞、動名詞．

＊east [ist; iːst] *n.* Ü **1**《通常加the》東，東方，《略作E．→方向的詳細說明請參見south 表》．The sun rises in the *east*. 太陽從東方升起《★勿把 in 與 from 混淆》/The wind is from [in] the *east*. 吹東風．

2 (the east [*E*ast])東部(地區)．He is from the *East* of France. 他來自法國東部．

3 (the *E*ast)東方(the Orient)．the Far [Middle, Near] *East* 遠[中，近]東．

4 (the *E*ast)東歐，東歐(各國)，《從前以蘇聯為中心的共產世界，今已瓦解；↔ the West》．

5《美》(the *E*ast)東部(地區)《特指 Maryland 和 Ohio 以北，Mississippi 河以東，最早開發的大西洋沿岸各州》．

⟡ *adj.* **eastern, easterly.** ↔ **west.**
★以下片語及其例句中的 east 可換上 west, north, south.

dòwn Éast《美、口》到[在]美國 New England《特指 Maine》．

in the éast of... 在…的東部．My uncle lives *in the east of* Spain. 我的叔叔住在西班牙東部．

on the éast (在)東邊．The hotel adjoins a lake *on the east*. 旅館東邊與湖泊銜接．

to the éast of... 在…的東方．The castle lies *to the east of* the town. 城堡在城鎮的東方．

── *adj.* **1** 東方的；向東的，the *east* side [coast] 東側[東海岸]/the area *east* of the river 河東地方．語法地理上，政治上有明確的劃分時多用 north, south, east, west，界限劃分不明確時多用 northern, southern, eastern, western，例如：East Germany, South America；Southern France 等，但也有如 Northern Ireland 的例外用法出現．

2《風》來自東方的．a piercing *east* wind 刺骨的東風．**3** 東部的．

── *adv.* **1** 向東地，向東方地，sail due *east* 向正東航行/The window faces *east*. 那窗戶是朝東/The wind is blowing *east*. 風朝東吹．

2 在…的東方[邊]《*of*》．The city lies (10 miles) *east of* London. 那城市位於倫敦的東方(10英里處)．

bàck Éast《美》(從西部)往東部地區．

Éast Ásia 東亞．

east·bound [ˋistˌbaʊnd; ˊiːstbaʊnd] *adj.*《船等》向東行的．

èast by nórth [sóuth] *n.* 東偏北[南]《略作 EbN [EbS]》．

Éast Chína Séa *n.* 《加 the》(中國)東海．

Éast Cóast *n.* 《加 the》《美國的》東海岸《大西洋沿岸地區》．

Éast Énd *n.* 《加 the》倫敦東區《倫敦市的東區；多碼頭和工廠，低所得工人多居住於此；→ West End》．

＊Easter [ˋistɚ; ˊiːstə(r)] *n.*《基督教》 **1** 復活節《復活節紀念活動，《紀念耶穌復活；日期不一定，若 3 月 21 日適逢月圓，則於其後的第一個星期日舉行，若 3 月 21 日不是月圓，則於其後第一次月圓之日的下一個星期日舉行》．

2 ＝Easter Day.

Éaster Dáy *n.* Ç 復活節．

Éaster ègg *n.* Ç 復活節彩蛋《彩色的水煮蛋和蛋形巧克力等；於復活節食用》．

Éaster Éve *n.* 復活節前夕．

Éaster Ísland *n.* 復活節島《南太平洋上的孤島；智利領土；以長耳長鼻長臉的巨人群像著名；名稱源於該島在 1722 年的 Easter Day 時被發現》．

east·er·ly [ˋistɚlɪ; ˊiːstəlɪ] *adj.* **1** 東的；向東的．**2**《風》從東方來的．
── *adv.* 向[在]東地；《風等》從東邊吹來地．

Éaster Mónday *n.* 復活節的次日《《英》bank holidays 之一》．

＊east·ern [ˋistɚn; ˊiːstən] *adj.* **1**《常 *E*astern》東方的，東部的；向東的，朝東的；《風等》來自東方的；(→ east 語法)．The *eastern* sky was getting light. 東方天色漸白．

2 (*E*astern)東方(風格)的(Oriental)．*Eastern* philosophy 東方哲學．

3《歷史》(*E*astern)東歐的，東方(陣營)的．

4《美》(*E*astern)東部(各州)的．

⟡ *n.* **eastern.** ↔ **western.**

Éastern Chúrch *n.* 《加 the》＝Greek (Orthodox) Church.

east·ern·er [ˋistɚnɚ; ˊiːstənə(r)] *n.* Ç **1** 東部地區的人．**2**《美》(*E*asterner)東部(出生)的人．

Éastern Hémisphere *n.* 《加 the》東半球．

east·ern·most [ˋistɚnˌmost, -məst; ˊiːstənməʊst] *adj.* 極東的．

Éastern (Rōman) Émpire *n.* 《加 the》東羅馬帝國(395-1453)．

Éastern Stándard Tīme *n.* 《美》東部標準時間(→ standard time)．

East·er·tide [ˋistɚˌtaɪd; ˊiːstətaɪd] *n.* 復活節季《指復活節後的若干天[週]》．

Éast Gérmany *n.* 《歷史》東德《前德意志民主共和國的通稱；→ Germany》．

east-north-east [ˌistnɔrθˋist; ˌiːstnɔːθˊiːst] *n.* Ü《通常加the》東北東．
── *adj.* 往東北東的；《風》從東北東的．
── *adv.* 往東北東；《風》從東北東．

[Eastern Hemisphere]

east-south-east [ˌistsauˈθˈist; ˌi:stsauˈθˈi:st] *n.* Ⓤ (通常加the)東南東.
— *adj.* 往東南東的;〔風〕從東南東的.
— *adv.* 往東南東; 〔風〕從東南東.

*__east-ward__ [ˈistwɚd; ˈi:stwəd] *adv.* 在[向]東方. travel *eastward* 到東方旅行.
— *adj.* (向)東方的. 「ward.」

east-wards [ˈistwɚdz; ˈi:stwədz] *adv.* =east-

‡**eas-y** [ˈizɪ; ˈi:zɪ] *adj.* (**eas-i-er; eas-i-est**)
【 容易的 】 **1** 〔事物〕容易的, 不費力的. an *easy* task [problem] 容易的工作[問題].

2 (**a**)(關於人或物)(用 easy of...)容易…的. This word processor is *easy* of handling. 這臺文書處理機很容易操作. (**b**)(用 easy to do...) 很容易…. Spanish will be *easy* (for you) *to* learn. = It will be *easy* (for you) *to* learn Spanish. 西班牙語(對你來說)是容易學的/He's *easy* [an *easy* man] *to* get along with. 他是個容易相處的人/ *easy of* access 容易接近的.

【 輕鬆的 】 **3** 輕鬆的; 安逸的. live an *easy* life 過安逸的生活/Make yourself *easy.* 請放心.

4 〔態度等〕放鬆心情的, 不拘泥的. an *easy* manner 隨和的態度.

【 寬鬆的 】 **5** 〔衣服等〕寬鬆的(↔ tight). an *easy* coat 寬鬆的外套.

6 〔步調等〕不疾不徐的. We set off at an *easy* pace. 我們從容不迫地出發.

7 〔坡道等〕平緩的.
↪ *n.* **ease, easiness.** ↔ **difficult, hard.**

(*as*) *èasy as píe* [ÁBĆ] (口)非常容易地.

èasy on the éye [éar] (口)好看[聽]的.

on èasy térms 以優厚的條件; 以分期付款的方式.
— *adv.* (**eas-i-er; eas-i-est**)(口)輕鬆地; 輕鬆地; 緩慢地. Easy! 輕點! 慢點! 小心!/*Easy* come, *easy* go. 《諺》不要貪得不義之財《易得的東西也易失去》.

Éasier sáid than dóne. 《諺》說得容易做時難.

Éasy dóes it! (口)慢慢來! 別著急!

gò éasy 悠哉地做事.

gò éasy on... (1)有節制地使用…, *Go easy on* the syrup; that's all there is. 糖漿省著點用, 全部就剩這些了. (2)溫和地對待…, *Go easy on* her —she's only a child. 對她溫和點, 她還只是個孩子.

*__take it [things] éasy__ (1)從容地做, 不慌不忙地做. *Take it easy!* 別急! 放輕鬆點! (2)《美、口》(用於祈使句)再見! 不會!

●——形容詞型 **be ~ to do → To do is ~**
He *is hard to please.*
要討好他很難.
→ *To please* him *is hard.*
(=It is hard to please him.)
This problem *is easy to solve.*
這個問題容易解決.
→ *To solve* this problem *is easy.*
(=It is easy to solve this problem.)
此類的形容詞:

comfortable	dangerous	difficult
impossible	interesting	pleasant

éasy chàir *n.* Ⓒ安樂椅.

eas-y-go-ing [ˈizɪˌgoɪŋ; ˈi:zɪˌgəoɪŋ] *adj.* 隨和的; 從容不迫的; 不斤斤計較的. an *easygoing* teacher (不囉嗦)隨和的老師. 「人.」

èasy márk *n.* Ⓒ(口)濫好人; 易受騙上當的

‡**eat** [it; i:t] *v.* (~**s** [~s; ~s]; **ate;** ~**en;** ~**ing**) *vt.* 【 吃 】 **1** 吃, (用湯匙)喝(湯)(→ drink 注意); 用〔餐〕; 把…當作(主食). *eat* bread [lunch] 吃麵包[飯]/This is good to *eat.* 這個好吃[美味]/What do iguanas *eat*? 鬣蜥是吃甚麼維生的呢? 同用 eat 較不禮貌, have 較常用.

【 咬壞 】 **2** 〔害蟲等〕亂咬, 咬破(洞). The moths have *eaten* holes in my dress. 蠹蟲把我的衣服蛀出洞來.

3 破壞; 〔酸等〕腐蝕(金屬); 〔疾病等〕消耗…. The forest was *eaten* (up) by fire. 這片森林被火燒盡.

4 大量地消耗. This old car *eats* gas. 這部舊車很耗油.

5 (口)使焦急, 擔心. What's *eating* you? 你在擔心甚麼?
— *vi.* 吃飯, 進餐. *eat* and drink 吃喝(★通常依此順序)/*eat* up (一點不剩)吃光, 吃完/Have you *eaten* yet? 你吃過飯了嗎?

èat/.../awáy 吃垮…; 侵蝕…. *eat* one's fortune *away* 耗盡某人的財產.

éat one's héart òut → heart 的片語.

éat into... 腐蝕…; 賠掉(積蓄等). Rust had *eaten into* the blade of the old knife. 那把舊刀子的刀口都銹掉了.

èat/.../óut[1] 吃光….

èat óut[2] 在外用餐. We *ate out* at an expensive

restaurant. 我們在一家昂貴的餐廳用餐.

èat out of a pèrson's hánd → hand 的片語.

èat a pèrson out of hòuse and hóme 《口》利用某人請客大吃一番；把某人吃垮.

* *èat/.../úp* (1)(一下子)吃光…；耗盡…. You must *eat up* all your dinner! 你必須把晚餐全部吃完!/Medical expenses *eat up* most of my income. 醫藥費耗去了我大部分的收入.

(2)(用 be eaten up with...)一味…；心中充滿…. When she found a new boyfriend, I *was eaten up with* jealousy. 當她有了新男友時, 我內心充滿了嫉妒.

(3)一口氣走完〔道路, 距離〕. The big car *ate up* the miles and we soon reached our destination. 大車一口氣跑了數英里, 不久我們就到達目的地了.

(4)盲從…；囫圇吞棗. His followers *ate up* his words. 弟子們把他的話照單全收.

èat one's wórds → word 的片語.

eat·a·ble [ˋitəbl; ˈiːtəbl] *adj.* (還算)可吃的(→ edible).
— *n.* ⓒ (通常 eatables) (未經烹調的)食物(烹調過的食物稱 eats).

eat·en [ˋitṇ; ˈiːtn] *v.* eat 的過去分詞.

eat·er [ˋitɚ; ˈiːtə(r)] *n.* ⓒ **1** 吃東西的人[動物]. a big [heavy] *eater* 食量(特)大的人[動物]/a small [light] *eater* 食量少的人[動物]/a plant *eater* 草食動物.
2 《口》適合生吃的水果(蘋果等).

eat·ing [ˋitɪŋ; ˈiːtɪŋ] *n.* ⓤ 吃.

éating àpple *n.* ⓒ 適合生吃的蘋果.

éating hòuse *n.* ⓒ 餐飲店, (簡便的)餐館.

eats [its; iːts] *n.* 《作複數》《口》(烹調過的)食物(→ eatable).

èau de Cológne [ˌodəkəˋlon; ˌəʊdəkəˈləʊn] *n.* ⓤ 古龍水(=water of Köln (德國原產地名)；一種香水).

eaves [ivz; iːvz] *n.* 《作複數》屋簷.

eaves·drop [ˋivzˌdrɑp; ˈiːvzˌdrɒp] *vi.* (~s; ~ped; ~·ping) 偷聽, 竊聽, (on). I didn't mean to *eavesdrop*, but I did overhear you. 我並非有意偷聽但確實無意中聽到你所說的話.

eaves·drop·per [ˋivzˌdrɑpɚ; ˈiːvzˌdrɒpə(r)] *n.* ⓒ 偷聽[竊聽]者.

* **ebb** [ɛb; eb] *n.* ⓤ 〖退潮〗 **1** 退潮(↔ flood, flow). The tide is on the *ebb*. 現在正在退潮.
2 〖退潮>衰退〗衰退(期), 不振. the *ebb* and flow of life 人生的起落.
at a lòw ébb 衰退, 不振. Sarah was *at a low ebb* for several weeks after her mother died. 自從母親去逝後, 莎拉消沉了好幾個星期.
on the ébb 漸減[衰]. Relations between us seem to be *on the ebb*. 我們之間的關係似乎逐漸冷淡了.
— *vi.* **1** 〔潮汐〕退落(*away*)(↔ flow).

2 〔力量等〕衰弱, 減退；〔家道等〕中落, 衰落, (*away*).

ébb tíde *n.* ⓒ **1** 退潮, 落潮(時). **2** 衰退. ↔ flood tide.

EbN 《略》east by north (東偏北).

eb·on·y [ˋɛbənɪ; ˈebənɪ] *n.* (*pl.* **-on·ies**) **1** ⓤ 黑檀, 烏木, (產於熱帶的高級家具材料；亦用於製造鋼琴的黑鍵). **2** ⓒ 黑檀樹, 烏木.
— *adj.* 〔頭髮等〕漆黑的, 黑檀色的；黑檀木的.

EbS 《略》east by south (東偏南).

e·bul·li·ence [ɪˋbʌljəns, ɪˋbʌlɪəns; ɪˈbʌljəns] *n.* ⓤ《文章》沸騰；狂熱；精力旺盛.

e·bul·li·ent [ɪˋbʌljənt, ɪˋbʌlɪənt; ɪˈbʌljənt] *adj.*《文章》沸騰的(boiling)；狂熱的；精力旺盛的.

EC [ˌiˋsi, ˌiːˈsiː] 《略》European Community (歐洲共同體). → European Union.

* **ec·cen·tric** [ɪkˋsɛntrɪk, ɛk-; ɪkˈsentrɪk] *adj.* 〖偏離中心的〗 **1** 〔人, 行為等〕異於尋常的, 古怪的. Many scientists have the reputation of being *eccentric*. 許多科學家以古怪聞名.
2 〔數學〕〔兩個或兩個以上的圓等〕中心點[圓心]不同的(↔ concentric)；偏[離]心的.
3 〔天文〕〔軌道〕非正圓的.
— *n.* ⓒ 奇特的人, 怪人.

ec·cen·tric·i·ty [ˌɛksɛnˋtrɪsətɪ, ˌɛksɛn-, ˌeksenˈtrɪsətɪ] *n.* (*pl.* **-ties**) **1** ⓤ 與眾不同.
2 ⓒ 出人意料的言行, 奇特的行為, 特立獨行.

ec·cle·si·as·tic [ɪˌklizɪˋæstɪk; ɪˌkliːzɪˈæstɪk] *n.* ⓒ (基督教的)傳教士, 牧師.
— *adj.* =ecclesiastical.

ec·cle·si·as·ti·cal [ɪˌklizɪˋæstɪkl; ɪˌkliːzɪˈæstɪkl] *adj.* 基督教教會(制度)的；傳教士的；《civil).

ech·e·lon [ˋɛʃəˌlɑn; ˈeʃəlɒn] *n.* ⓒ **1** 〔軍事〕梯隊, 梯次隊形；(飛機的)梯形編隊.
2 (指揮系統, 事務組織等的)階層, 階級.
in échelon 編成梯隊地.

* **ech·o** [ˋɛko; ˈekəʊ] *n.* (*pl.* ~es [~z; ~z]) 〖回聲〗 **1** 回聲, 回音, hear the *echo* of one's voice 聽到回音.
2 (人的意見, 言論等的)重複, 模仿；(事物的)反映, 影響. an *echo* of Gogh 模仿梵谷/an *echo* from Greek philosophy 希臘哲學的影響.
〖附和〗 **3** 依樣畫葫蘆的人.
4 共鳴；附和. His opinion does not arouse any *echo* in his colleagues. 他的意見並未在同事間引起共鳴.
— *v.* (~es [~z; ~z]; ~ed [~d; ~d]; ~·ing) *vi.* 〔場所〕有回響, 有回聲, (*with*)；〔聲音〕鳴響. The valley *echoed with* his call. = His call *echoed* through [in] the valley. 山谷中迴盪著他的呼喊聲.
— *vt.* **1** 〔場所〕發出…的回聲(*back*). The cave *echoed back* the cry. 洞窟裡傳回呼喊的聲音.
2 照樣模仿, 重複. I just *echoed* his opinion. 我只是重複他的意見罷了.

é·clair [eˋklɛr, eˋklær, ɪ-; eɪˈkleə(r)] (法語) *n.* ⓒ 巧克力奶油泡芙(一種西點).

ec·lec·tic [ɪkˋlɛktɪk, ɛk-; eˈklektɪk] *adj.* 《文章》

〔人，思想等〕不拘一種方法的；折衷的．
— *n.* C 折衷主義者．

ec·lec·ti·cism [ɪkˋlɛktɪˌsɪzəm, ɛk-; eˋklektɪsɪzəm] *n.* U 折衷主義．

e·clipse [ɪˋklɪps, ɪˋklɪps] *n.* **1** C 《天文》(日，月)蝕．a solar [lunar] *eclipse*=an *eclipse* of the sun [moon] 日蝕 [月蝕]/a partial [total] *eclipse* 偏蝕 [全蝕]．**2** UC (名聲，榮耀等)衰退．
— *vt.* **1** 〔某天體〕遮蔽〔另一天體〕．
2 遮掩〔人的名聲等〕；掩蓋…的光芒；使〔幸福等〕蒙上陰影．

e·clip·tic [ɪˋklɪptɪk, i-; ɪˋklɪptɪk] 《天文》 *n.* C 黃道．
— *adj.* **1** 黃道的．**2** 蝕 (eclipse) 的．

e·co-friend·ly [ˌiko'frɛndlɪ, ˌi:kəʊ'frendlɪ] *adj.* 不破壞環境的，保護環境的．*eco-friendly* products 不會污染環境的產品．

ec·o·log·i·cal [ˌikəˋlɑdʒɪk, ˌi:kəˋlɒdʒɪk] *adj.* (社會)生態學(上)的；生態上的．the *ecological* effects of acid rain 酸雨對生態的影響．

ec·o·log·i·cal·ly [ˌikəˋlɑdʒɪklɪ, -ɪklɪ; ˌi:kəˋlɒdʒɪkəlɪ] *adv.* 生態學上；《修飾句子》從生態學的角度來說．

e·col·o·gist [iˋkɑlədʒɪst; i:'kɒlədʒɪst] *n.* C (社會)生態學家．

e·col·o·gy [iˋkɑlədʒɪ, i:'kɒlədʒɪ] *n.* U **1** 生態 (生物與環境的關係)．**2** 生態學；社會生態學．

‡**e·co·nom·ic** [ˌikəˋnɑmɪk, ˌɛk-; ˌi:kəˋnɒmɪk] *adj.* **1** 《限定》經濟(上)的，財政的．the *economic* situation 經濟情勢/an *economic* policy 經濟政策/leave school for *economic* reasons 因經濟問題而輟學/an *economic* migrant 因經濟因素移民的人《為追求更好的物質生活而移民》．
2 經濟學的．
3 經濟的；划算的，有經濟效益的．They closed down the ferry service as it was no longer *economic*. 由於缺乏經濟效益，他們停止了渡輪的營運．

‡**e·co·nom·i·cal** [ˌikəˋnɑmɪk, ˌɛk-; ˌi:kəˋnɒmɪkl] *adj.*

1 〔人〕節約的，儉樸的，《注意》勿與 economic 混淆）．an *economical* person 節儉的人．

2 〔東西〕經濟的，不浪費的，物美價廉的．an *economical* car 經濟型汽車《不耗油的》/an *economical* use of words 言簡意賅．

3 (用 economical of...) 對…節約的．My father is *economical* of his time [money]. 我父親不浪費時間 [金錢]/Nancy is *economical* of her smiles. 南西難得一笑．同 economical 指有目的的節約，frugal 指無關必要與否的節約，thrifty 指安排得當的節約，sparing 有時含有「吝嗇」之意．
⟡ *n.* **economy.** ↔ **wasteful.**

e·co·nom·i·cal·ly [ˌikəˋnɑmɪklɪ, -ɪklɪ; ˌi:kəˋnɒmɪkəlɪ] *adv.* **1** (就)經濟(學)上(而言)．
2 節約地；經濟地．

‡**e·co·nom·ics** [ˌikəˋnɑmɪks, ˌɛk-; ˌi:kəˋnɒmɪks] *n.*

1 《作單數》經濟學．an expert in *economics* 經濟

學專家．**2** 《作複數》經濟狀態 [因素]．They discussed the *economics* of the project. 他們討論那項計畫的經濟效益．

e·con·o·mies [ɪˋkɑnəmɪz, i-; ɪˋkɒnəmɪz] *n.* economy 的複數．

*＊**e·con·o·mist** [ɪˋkɑnəmɪst, i-; ɪˋkɒnəmɪst] *n.* (*pl.* ~**s** [~s; ~s]) C 經濟學家；財經專家 [管理人]．

e·con·o·mize [ɪˋkɑnəˌmaɪz, i-; ɪˋkɒnəmaɪz] *vt.* 節約，節儉．
— *vi.* 節約，縮減開支，《on》．

‡**e·con·o·my** [ɪˋkɑnəmɪ, i-; ɪˋkɒnəmɪ] *n.* (*pl.* **-mies**) **1** U 節約，節省；經濟性．She has no concept of *economy*. 她沒有經濟概念．
2 C 節約行為 [方法]．
3 C (時間，勞力，語言等的)有效利用．an *economy* of words 措辭精簡．
4 《形容詞性》物美價廉的，省錢的．an *economy* car 經濟 [省油] 型汽車（→ economical 2)/the large *economy* size 物美價廉的大型包裝．
5 U (家庭，企業，國家等的)經濟，理財．national *economy* 國家經濟/With high inflation and high unemployment the *economy* is in a terrible state. 嚴重的通貨膨脹與高失業率使(該國)經濟陷入困境．
6 C 經濟機構，經濟組織．
⟡ *adj.* **economic, economical.** *v.* **economize.**

ecónomy clàss *n.* U 經濟艙 (特指客機上的；亦稱 tourist class)；《副詞性》用經濟艙 (→ class 5 語法)．

e·co·sys·tem [ˋikoˌsɪstəm, ˋi:kəʊˌsɪstəm] *n.* C 生態系(統)．

*＊**ec·sta·sy** [ˋɛkstəsɪ, ˋekstəsɪ] *n.* (*pl.* **-sies** [~z; ~z]) UC **1** (得意)忘形，恍惚；欣喜若狂．listen in *ecstasy* 聽得入神．**2** 銷魂；忘我．
3 (詩人等的)出神入化的境界；心曠神怡．**gò** [**gèt, be thròwn**] **into écstasies over...** 對…(得意)忘形，對…忘我．

ec·stat·ic [ɪkˋstætɪk, ɛk-; ɪk'stætɪk] *adj.* 狂喜的；渾然忘我的；心醉神迷的．

ec·stat·i·cal·ly [ɪkˋstætɪklɪ, ɛk-, -ɪklɪ; ɪk'stætɪkəlɪ] *adv.* 狂喜地；入神地．

ECU, ecu [eˋkju, ˋekju; eɪ'kju:] *(略)* European Currency Unit (歐洲通用貨幣單位)．

Ec·ua·dor [ˋɛkwəˌdɔr, ˋekwədɔ:(r)] *n.* 厄瓜多爾(南美國家；首都 Quito)．

ec·u·men·i·cal [ˌɛkjuˋmɛnɪk, ˌi:kju:'menɪkl] *adj.* **1** 全體基督教(會)的．
2 追求全基督教各教派統一的，教會團結運動的．

ec·ze·ma [ˋɛksɪmə, ˋɛgzəmə, -ɪmə, ɪgˋzimə; 'eksɪmə] *n.* U 《醫學》濕疹．

Ed [ed; ed] *n.* Edgar, Edmund, Edward, Edwin 等的暱稱．

ed *(略)* edited (by); edition; editor; education.

-ed *suf.* **1** 構成規則動詞的過去式、過去分詞

2 加在名詞之後構成表示「具有…的」之意的形容詞. beard*ed*. gray-head*ed*.

【●-(e)d 的發音】
字尾是 [t; t] 以外的無聲子音, 加 -(e)d 後發 [t; t]
stopp*ed*, look*ed*, laugh*ed*, miss*ed*, stretch*ed*
字尾是 [d; d] 以外的有聲子音, 加 -(e)d 後發 [d; d]
liv*ed*, kill*ed*, judg*ed*, seiz*ed*, stay*ed*
字尾是 [t; t] 或 [d; d], 加 -(e)d 後發 [ɪd; ɪd]
want*ed*, regard*ed*

注意 (1) -ed 後接 -ly, 而以 -edly 為字尾的副詞中, 字根為單音節者或重音落在字根的最後音節者, 皆讀作 [-ɪdlɪ; -ɪdlɪ] 而與 -ed 之發音無關: 例如 suppos*edly* [sə`pozɪdlɪ; sə`pəʊzɪdlɪ] (比 較: supposed [sə`pozd; sə`pəʊzd]), mark*edly* [`mɑrkɪdlɪ; `mɑːkɪdlɪ] (比 較: marked [mɑrkt; mɑːkt]), assur*edly* [ə`ʃurɪdlɪ; ə`ʃɔːrɪdlɪ] (比 較: assured [ə`ʃurd; ə`ʃɔːd]).
(2) 字根為 -ed 之形容詞的發音 → learned 表.

E·dam [`idəm, `idæm; `iːdæm] *n.* UC 紅球乳酪 (表皮紅色裡面黃色的荷蘭產硬乳酪, 又名伊丹圓形乳酪).

Ed·die, Ed·dy [`ɛdɪ; `edɪ] *n.*=Ed.

ed·dy [`ɛdɪ; `edɪ] *n.* (*pl.* **-dies**) C 旋渦; 小旋風; (霧, 煙, 塵土等的) 渦旋. His boat was caught in an *eddy*. 他的小船被捲入旋渦中.
— *vi.* (**-dies; -died; ~ing**) 起旋渦.

e·del·weiss [`edḷˌvaɪs; `eɪdlvaɪs] (德語) *n.* UC 高山薄雪草, 小白花.《阿爾卑斯山區有名的花》.

E·den [`idṇ; `iːdn] *n.* **1**《聖經》伊甸園 (the Garden of Eden)《神最初讓 Adam 和 Eve 居住的樂園》.
2 (人間的) 樂園 (paradise).

Ed·gar [`ɛdgɚ; `edgə(r)] *n.* 男子名.

[edelweiss]

‡edge [ɛdʒ; edʒ] *n.* (*pl.* **edg·es** [~ɪz; ~ɪz]) C【刃】**1** 刀刃. a sword with two *edges* 兩邊都有刃的刀/a sharp [blunt] *edge* 銳利的[鈍的]刀刃.
【刃狀物】**2** (特指薄而平之物的) 邊緣, 緣; (崖, 岸等的) 邊緣, 邊際; (→ brim, brink, rim 同). the water's *edge* 水邊/the *edge* of a table 桌邊.
3 (屋頂的) 屋簷; (山) 脊, 稜; (岩石等的) 角隅; (立體物的) 邊.
4【緣>端】邊陲位置. at the *edge* of a village 在村莊的盡頭.
【刀刃之銳利】**5** (用單數) (刀刃的) 銳利, (刀的) 鋒利; (慾望, 感情等的) 敏銳, 激烈. give an *edge* to the appetite 食慾大增.
be on édge 焦慮不安的, 急躁的. I was on edge

until I heard he was safe. 直到聽說他平安無事為止, 我一直都忐忑不安.
gìve a pèrson the édge of one's *tóngue*《俚》嚴厲斥責某人.
hàve the édge on [*over*]...《口》比 … 優秀[有利]. He *has the edge on* me when it comes to playing chess. 下西洋棋的話他比我在行.
on the édge of... (1) 在…的邊緣. *on the edge of* a table 在桌邊上. (2) 快要…. *on the edge of* death 瀕臨死亡的邊緣.
tàke the édge òff... 使刀鋒變鈍; 減緩…的衝擊, 使緩和. An aspirin *took the edge off* the pain. 阿斯匹靈減輕了疼痛.
— *vt.* **1** 將…裝上刀刃; 使鋒利, 使銳利, (sharpen). *edge* a knife 磨刀.
2 將…加邊, 將…鑲邊, (*with*). *edge* a collar *with* lace 衣領上加蕾絲邊.
3《加表示方向, 場所的副詞(片語)》使斜著[徐徐]移動. *edge* one's way along the wall 側身順著牆移動.
4=edge/.../out[2].
— *vi.* 側著移動, 緩緩移動.
èdge...ín[2] 插入[話等], 插嘴.
èdge ín[2] 慢慢擠進 (狹窄的場所等).
èdge óut[1] (小心翼翼地) 慢慢出去.
èdge/.../óut[2] 以些微之差勝了….
édge A òut of B 把 A 從 B (公職等) 排擠掉. He was *edged out of* office by a group of younger men. 他的職位被一群年輕人排擠掉了.

edge·ways, edge·wise [`ɛdʒˌwez; `edʒweɪz; [-,waɪz; -waɪz] *adv.* 在邊緣; 斜衬地, 側著地.
gèt a wórd ìn édgeways《口》(他人長談不休時) 設法插嘴.

edg·ing [`ɛdʒɪŋ; `edʒɪŋ] *n.* **1** U 加邊, 鑲邊.
2 UC (衣服的) 飾邊; (花壇的) 邊緣.

edg·y [`ɛdʒɪ; `edʒɪ] *adj.*《口》急躁的 (nervous; → be on edge (edge 的片語)).
⇨ *n.* **edge**.

ed·i·ble [`ɛdəbl; `edɪbl] *adj.* 可食用的, 食用的, (→ eatable). an *edible* frog [snail] 食用蛙[蝸牛]. — *n.* C (通常 edibles) (烹調前的) 食物 (eatables).

e·dict [`idɪkt; `iːdɪkt] *n.* C 敕令, 諭令.

ed·i·fi·ca·tion [ˌɛdəfə`keʃən, ˌɛdɪfɪ`keɪʃn] *n.* U《文章》(精神的) 啟發, 教化.
⇨ *v.* **edify**.

ed·i·fice [`ɛdəfɪs; `edɪfɪs] *n.* C《文章》(誇張) (壯觀的) 建築物.

ed·i·fy [`ɛdəˌfaɪ; `edɪfaɪ] *vt.* (**-fies; -fied; ~ing**) 《文章》教化, (道德上的) 啟發.

Ed·in·burgh [`ɛdṇˌbɝo, `ɛdɪn-, -ə; `edɪnbərə] *n.* 愛丁堡 (蘇格蘭首府).

Ed·i·son [`ɛdəsṇ; `edɪsn] *n.* **Thomas Al·va** [`ælvə] ~ 愛迪生 (1847-1931)《美國發明家》.

‡ed·it [`ɛdɪt; `edɪt] *vt.* (**~s** [~s; ~s]; **~ed** [~ɪd; ~ɪd]; **~ing**) **1** 編輯 (發行) [書籍, 報紙, 雜誌, 電影, 錄音帶等], 擔任編輯 [總編輯]. *edit* a dictionary [textbook] 編輯辭典 [教科書]. 回報

紙、雜誌等編輯他人撰寫的作品；→ compile.

2 修飾〔原稿〕；校訂〔原文〕.

3 〔電腦〕整理，編輯，〔資料〕.

èd·it/.../óut (在編輯過程中)刪除〔語詞〕.

*ed·i·tion [ɪˋdɪʃən, ɪˏdɪʃən; ɪˈdɪʃn] *n.* (*pl.* ~s [~z; ~z]) C **1** (書籍，雜誌，報紙等的)版. a revised and enlarged *edition* 修訂增補版/go through five *editions* (陸續)發行了五版/a cheap [popular, paperback] *edition* 廉價[普及，平裝]本. 參考 同一版的印刷次數是 impression, printing; the second *impression* of the first *edition* (初版第二刷).

2 (一版的)全部發行冊數.

‡**ed·i·tor** [ˋɛdɪtɚ; ˈedɪtə(r)] *n.* (*pl.* ~s [~z; ~z]) C **1** 編輯；校訂者. the chief *editor* = the *editor* in chief 總編輯.

2 主編，(報紙，雜誌的)主筆；評論員，社論執筆人. a sports [feature] *editor* 體育[特刊]編輯.

*ed·i·to·ri·al [ˏɛdəˋtorɪəl, -ˋtor-; ˏedɪˈtɔːrɪəl] *adj.* **1** 編輯的；總編輯[編輯主任]的；主筆的. an *editorial* chair 總編(職位).

2 編輯(上)的. the *editorial* staff (集合)編輯人員.

3 社論的，評論的. an *editorial* article 社論.
— *n.* (*pl.* ~s [~z; ~z]) C (報紙，雜誌的)社論(《英》亦作 leading article, leader).

ed·i·tor·ship [ˋɛdɪtɚˏʃɪp; ˈedɪtəʃɪp] *n.* U 編輯[主編]的地位[職位]；編輯.

Ed·mund [ˋɛdmənd; ˈedmənd] *n.* 男子名.

‡**ed·u·cate** [ˋɛdʒəˏket, ˋɛdʒʊ-; ˈedʒʊkeɪt] *vt.* (~s [~s; ~s]; **-cat·ed** [~ɪd; ~ɪd]; **-cat·ing**) **1** 教育；使受(學校)教育. He was *educated* for (the) law at Harvard. 他是在哈佛受的法律教育/The public must be *educated* about the need to protect nature. 必須教育大眾有關愛護自然的必要性/*educate* oneself 自學，自修.

圖 educate 的字源有「發揮才能」之意，至今亦含有此意；→ teach.

2 (a)培養，訓練，〔興趣，特殊才能等〕. *educate* one's taste in music 培養對音樂的興趣/*educate* the eye to painting 培養鑑賞繪畫的能力.

(b) 句型5 (educate **A** to do)訓練A做…，教導，傳授. *educate* a dog *to* sit up and beg 訓練狗坐起來做乞求的動作.

ed·u·cat·ed [ˋɛdʒəˏketɪd, ˋɛdʒʊ-; ˈedʒʊkeɪtɪd] *adj.* **1** 受過教育的，有教養的，(↔ uneducated). a well-*educated* man 受過良好教育的人/*educated* speech 有教養的人所說的話.

2 (限定)以知識[經驗]為根據的. an *educated* guess 有根據的推測.

ed·u·cat·ing [ˋɛdʒəˏketɪŋ, ˋɛdʒʊ-; ˈedʒʊkeɪtɪŋ] *v.* educate 的現在分詞、動名詞.

‡**ed·u·ca·tion** [ˏɛdʒəˋkeʃən, ˏɛdʒʊ-; ˏedʒʊˈkeɪʃn] *n.* 【教育】 a U 教育. *Education* starts at home. 教育從家庭開始/get [give] a good *education* 接受[給與]良好的教育.

2 a U (學校的)教育課程，教育的種類，…教育. compulsory *education* 義務教育/school *education* 學校教育/college *education* 大學教育.

———————————————— **effect** 473

配置 *adj.* + education: elementary ~ (基礎教育), secondary ~ (中等教育), higher ~ (高等教育), professional ~ (職業教育).

3 【教育成果】 U 學識，教養. a man of little *education* 沒有受甚麼教育的人.

4 U 教育學，教學方法. ⇨ *v.* educate.

*ed·u·ca·tion·al [ˏɛdʒəˋkeʃənˏl, ˏɛdʒʊ-, -ˏnəl; ˏedʒʊˈkeɪʃənl] *adj.* **1** 教育(上)的，有關教育的. one's *educational* background 一個人的學歷/*educational* expenses 教育費用. **2** 具教育性的；有益的. My year in Africa was a very *educational* experience in many ways. 我在非洲一年的時間在許多方面都是相當具有教育意義的經歷.

ed·u·ca·tion·al·ist [ˏɛdʒəˋkeʃənlˏɪst, ˏɛdʒʊ-, -ˏnəl-; ˏedʒʊˈkeɪʃənəlɪst] *n.* =educationist.

ed·u·ca·tion·al·ly [ˏɛdʒəˋkeʃənlɪ, ˏɛdʒʊ-, -ˏnlɪ; ˏedʒʊˈkeɪʃənəlɪ] *adv.* 教育上，教育方面地.

ed·u·ca·tion·ist [ˏɛdʒəˋkeʃənˏɪst, ˏɛdʒʊ-; ˏedʒʊˈkeɪʃnɪst] C 教育學家；教育行政人員.

ed·u·ca·tor [ˋɛdʒəˏketɚ, ˋɛdʒʊ-; ˈedʒʊkeɪtə(r)] *n.* C **1** 教育工作者，教師. **2** =educationist.

Ed·ward [ˋɛdwəd; ˈedwəd] *n.* **1** 男子名.

2 Edward VII [ðəˋsɛvənθ; ðəˈsevnθ] 愛德華七世 (1841-1910) 《英國國王(1901-10)》.

Ed·ward·i·an [ɛdˋwɔrdɪən; edˈwɔːdjən] *adj.* 愛德華(七世時代)的.

-ee *suf.* (★通常讀重音) **1** 構成表示「被…的人」之意的名詞. employ*ee*. pay*ee*.

2 構成表示「在…狀態下的人」之意的名詞. refug*ee*. absent*ee*.

EEC (略) European Economic Community (歐洲經濟共同體).

eel [il; iːl] *n.* (*pl.* ~s, ~) C 《魚》鰻；似鰻的魚《海鰻，海鱔，鱧等》.

-eer *suf.* (★通常讀重音)構成表示「與…有關的人，從事…的人」之意的名詞. mountain*eer*. engin*eer*.
★字尾為 -eer 的名詞多半含輕蔑之意: profit*eer*. racket*eer*.

ee·rie [ˋɪrɪ, ˋɪrɪ; ˈɪərɪ] *adj.* 令人膽怯的；離奇的.

ee·ri·ly [ˋɪrɪlɪ, ˋɪrɪlɪ; ˈɪərəlɪ] *adv.* 令人膽怯地.

ee·ri·ness [ˋɪrɪnɪs, ˋɪrɪ-; ˈɪərɪnɪs] *n.* U 怪誕；膽怯.

ef·face [ɪˋfes, ɛ-; ɪˈfeɪs] *vt.* 消除，拭去，(wipe out)；刪除.

efface onesèlf 使自己不被注意，不露鋒芒.

ef·face·ment [ɪˋfesmənt, ɛ-; ɪˈfeɪsmənt] *n.* U 抹除；刪除.

‡**ef·fect** [əˋfɛkt, ɪˋfɛkt, ɛ-; ɪˈfekt] *n.* (*pl.* ~s [~s; ~s]) 【結果】 **1** U C 結果，結尾. trace from *effect* to cause 從結果追溯到原因/Fever is an *effect* of disease. 發燒是生病所致.

圖 effect 是從原因直接或立即產生的結果；→ consequence; ↔ cause.

【產生結果的力量】 **2** U C 效果，效力；影響. the *effects* of light *on* plants 光對植物的影響/

The new medicine produced an unexpected *effect*. 這種新藥產生意想不到的效果.

|搭配| *adj.*＋effect: a beneficial ～（正面的效果）, a harmful ～（負面的效果）, a far-reaching ～（廣泛的效果）, an immediate ～（馬上見效）// *v.*＋effect: have an ～（有效果）.

3 (effect*s*)〔電影製作等的〕效果《產生特殊的色彩, 音響等的技術》. sound〔lighting〕*effects* 音響〔燈光〕效果.

4〔心理上的效果〕[U][C] 感受, 印象. the general *effect* of this picture 這幅畫的整體印象／Her simple style of dress always gives a pleasing *effect*. 她簡單的衣著風格總是給人良好的印象.

〖(法的效力)〗 5 [U]〔法律等的〕效力; 實施, 施行. The law is still *in effect*. 該法律尚具效力.

6《法律》(effect*s*)〔可搬動的〕所有物, 財產. personal *effects* 個人用品《衣物, 化妝品等》.

bring〔*carry*〕*...into effect* 實行〔實現〕…; 施行〔法律等〕.

* *come into effect*〔法律等〕生效. The new law will *come into effect* next month. 新法下月實施.

for effect 爲了達到效果; 表面上. She's not really sorry—her tears are just *for effect*. 她並不是真的難過, 她只是做個樣子掉掉眼淚而已.

give effect to... 實行〔實現〕….

go into effect＝come into effect.

* *have an effect on...* 對…有影響. The medicine *had* a good *effect on* him. 那種藥對他很有效／Watching violence on TV *has* a bad *effect on* children. 觀看電視上的暴力畫面對兒童有不良影響.

* *in effect* (1)實際上, 事實上; 總之. He is, *in effect*, the leader of the group.（姑且不論名義）事實上他是那團體的領袖.
(2)〔法律等〕施行(中), 具效力, (→ 5).

of no effect 無效的; 無益的.

put...into effect＝bring...into effect.

* *take effect* (1)奏效,〔藥〕見效. The medicine *took effect* at once. 那藥立即見效.
(2)〔法律等〕生效. The new rule will *take effect* on the 1st of next month. 新規定於下個月1日起生效.

to good〔*little, no*〕*effect* 有效〔幾乎無效, 全然無效〕. I warned him, and *to good effect* as he stopped behaving badly. 我警告他而且有效地制止他惡劣的行爲／I pleaded with him, but *to no effect*. 我懇求過他, 但一點用也沒有.

* *to the effect that...* 意思〔大意〕是…. He spoke *to the effect that* he would quit. 他言下之意是想辭職.

to this〔*that, the same*〕*effect* 有這個〔那個, 相同〕的意思. He wrote to her *to this effect*. 他寫信給她的信就有這樣的意思.

with〔*without*〕*effect* 有效地〔無效地〕.

—— *vt.*《文章》(結果上)使產生; 使生效; 達成〔目

的等〕. *effect* a change in foreign policy 使外交政策產生變化.

|字源| FECT「做成」: ef*fect*, af*fect*（影響）, per*fect*（完全的）, de*fect*（缺點）.

*ef·fec·tive [əˋfɛktɪv, ɪ-; ɪˋfektɪv] *adj.* 1 有效果〔效力〕的, 見效的; 有實力的; (→ effectual回). The government should take *effective* measures to promote recycling. 政府應採取有效措施鼓勵回收／This medicine is *effective* in curing a cold. 這種藥能有效治療感冒.

2 有效果的, 令人印象深刻的; 顯著的. an *effective* speech〔speaker〕很有力的演講〔演講者〕.

3〔法律等〕有效的; 實施中的. The agreement will be *effective* as from April 1. 協議將從4月1日起生效.

4 (非名義上)實際的, 現存〔現行〕的. the *effective* membership of the club 俱樂部的實際會員數.

ef·fec·tive·ly [əˋfɛktɪvlɪ, ɪ-; ɪˋfektɪvlɪ] *adv.* 1 有效地, 效果上. 2 事實上. *Effectively* he has no chance of being elected. 事實上他沒希望當選.

ef·fec·tive·ness [əˋfɛktɪvnɪs, ɪ-; ɪˋfektɪvnɪs] *n.* [U] 有效(性), 效果.

ef·fec·tu·al [əˋfɛktʃʊəl, -tʃʊl, ɪ-; ɪˋfektʃʊəl] *adj.* 1《文章》(對目的的達成)有效的, 適當的, 足以生作用的. take *effectual* measures 採取適當措施. 2〔法律等〕有效的.

回 effective 強調能帶來效果的力量, effectual 則強調作爲結果的有效性.

ef·fec·tu·al·ly [əˋfɛktʃʊəlɪ, -tʃʊlɪ, ɪ-; ɪˋfektʃʊəlɪ] *adv.*《文章》1 有效地; 收到充分成果地. 2 事實上, 實際上.

ef·fec·tu·ate [əˋfɛktʃʊˏet, ɪ-; ɪˋfektʃʊeɪt] *vt.*《文章》引發〔某種結果〕; 達到〔目的等〕.

ef·fem·i·na·cy [əˋfɛmənəsɪ, ɪ-; ɪˋfeminəsɪ] *n.* [U] 娘娘腔; 柔弱.

ef·fem·i·nate [əˋfɛmənɪt, ɪ-; ɪˋfeminət] *adj.*《輕蔑》〔男人〕娘娘腔的; 軟弱的.

ef·fer·vesce [ˏɛfəˋvɛs; ˏefəˋves] *vi.* 1〔汽水等〕冒泡, 沸騰;〔氣體〕產生氣泡. 2〔人〕有朝氣, 充滿活力, 興奮.

ef·fer·ves·cence [ˏɛfəˋvɛsn̩s; ˏefəˋvesns] *n.* [U] 1 冒泡, 沸騰. 2 活力, 朝氣, 興奮(狀態).

ef·fer·ves·cent [ˏɛfəˋvɛsn̩t; ˏefəˋvesnt] *adj.* 1 冒泡的, 沸騰的. 2 充滿活力的, 有朝氣的, 興奮的.

ef·fete [ɛˋfit, ɪ-; ɪˋfiːt] *adj.*《文章》〔文明, 政府等〕衰弱乏力的;〔人〕無生氣的, 軟弱的, 虛弱的.

ef·fi·ca·cious [ˏɛfəˋkeʃəs; ˏefəˋkeɪʃəs] *adj.*《文章》(對目的的達成)有效的;〔特指藥品, 治療〕見效的.

ef·fi·ca·cy [ˋɛfəkəsɪ; ˋefikəsɪ] *n.* [U]《文章》效力,〔藥品, 治療等的〕功效.

*ef·fi·cien·cy [əˋfɪʃənsɪ, ɪ-; ɪˋfɪʃənsɪ] *n.* [U] 1 能力, 能幹, 效率高; 效力. He works with *efficiency*. 他工作效率高.

2〔勞動, 機械等的〕效率. promote〔develop〕the *efficiency* of labor 提高勞動效率.

*ef·fi·cient [ə`fɪʃənt, ɪ-; ɪ`fɪʃənt] *adj.* **1** 〔人〕能幹的, 有本事的. an *efficient* secretary 能幹的祕書/She is *efficient* in [at] her job. 她的工作做得心應手.
2 有效率的, 有效果的; 〔機械等〕效率高的. Industrial robots are more *efficient* than human workers. 工業用途機器人比人工更有效率.

ef·fi·cient·ly [ə`fɪʃəntlɪ, ɪ-; ɪ`fɪʃntlɪ] *adv.* 能幹地; 效率高地.

ef·fi·gy [`ɛfədʒɪ; `efɪdʒɪ] *n.* (*pl.* **-gies**) C **1** 像, (特指)雕像, 肖像. **2** (爲詛咒, 憎恨而作的)人偶.
bùrn [*hàng*]*...in éffigy* 焚燒[吊起]〔某人的〕人偶《象徵燒死或絞死其本人》.

[effigy 1]

ef·flo·res·cence [ˌɛflo`rɛsn̩s, -flɔ-; ˌeflɔː`resns] *n.* U《文章》開花(期); (文藝等的)成果, 全盛期.

ef·flo·res·cent [ˌɛflo`rɛsn̩t, -flɔ-; ˌeflɔː`resnt] *adj.* 《文章》正開花的; 全盛的.

ef·flu·ent [`ɛfluənt, `ɛflʊənt; `eflʊənt] *n.* C (來自湖泊, 主流等的)水流; U (下水道, 工廠等排出的)廢水.

ef·flux [`ɛflʌks; `eflʌks] *n.* 《文章》U (液體, 氣體等的)流出; C 流出物.

*ef·fort [`ɛfət; `efət] *n.* (*pl.* **~s** [~s; ~s]) 【努力】 **1** UC 努力, 心力, (*to do*; *at* 對於…); 費力之事; (同)「努力」的最常用語; → endeavor, exertion). It took a lot of *effort* to carry the sofa upstairs. 費好大的勁子把沙發搬到樓上/That was quite an *effort* for a child. 那對小孩而言是相當吃力的事/This work will demand patient *effort*. 這工作需要刻苦耐勞.

〖搭配〗 *adj.*+effort: a great ~ (很大的努力), an honest ~ (誠心的努力), a wasted ~ (徒勞無功的), constant ~(s) (不斷的努力) // *v.*+effort: make an ~ (去努力), require (an) ~ (要努力).

2 【努力的成果】C 精心傑作, 嘔心之作. This book is his best *effort* to date. 這本書是他迄今的最佳傑作.

in an éffort to dò... 努力地做…. John is working hard *in an effort to* pass the examination. 約翰努力用功想通過考試.

* *màke éfforts* [*an éffort*] 努力, 賣命. He made every *effort* to attain the goal. 他傾全力以達成目標.

* *with* (*an*) *éffort* 盡力地, 費力地. *With effort*, you will be able to master the technique. 只要努力, 你就能精通那項技術.

without éffort 毫不費力地, 輕輕鬆鬆地. She passed the exam *without effort*. 她輕輕鬆鬆就通過考試了.

〖字源〗 FORT「強有力的」: ef*fort*, com*fort* (鼓舞精神), *forte*² (強音), *fort* (堡壘), *fort*itude (剛毅).

ef·fort·less [`ɛfətlɪs; `efətlɪs] *adj.* 不費力的, 容易的(easy); 〔動作等〕(不費力且)看來輕鬆的, 十分自然的.

ef·fort·less·ly [`ɛfətlɪslɪ; `efətlɪslɪ] *adv.* 不費力地, 輕鬆自如地.

ef·fron·ter·y [ə`frʌntərɪ, ɪ-; ɪ`frʌntərɪ] *n.* (*pl.* **-ter·ies**) **1** U 厚臉皮, 死皮賴臉; 斗膽放肆. **2** C (常 effronter*ies*) 厚顏無恥的行爲.

ef·fu·sion [ə`fjuʒən, ɪ-, ɛ-, -`frʊʒən; ɪ`fjuːʒn] *n.* UC **1** 《文章》(氣體, 液體的)流出, 噴出; 流出物. *effusion* of blood 出血. **2** 情溢乎辭的表達(特指差勁的詩文等).

ef·fu·sive [ɛ`fjusɪv, ɪ-, -`frʊsɪv; ɪ`fjuːsɪv] *adj.* (情感等)過分露骨的, 言語[態度]誇張的.

ef·fu·sive·ly [ɛ`fjusɪvlɪ, ɪ-, -`frʊ-; ɪ`fjuːsɪvlɪ] *adv.* 過分流露感情地.

ef·fu·sive·ness [ɛ`fjusɪvnɪs, ɪ-, -`frʊ-; ɪ`fjuːsɪvnɪs] *n.* U (言語, 態度等)誇張.

*e.g. [`i`dʒi, ˌi`dʒiː] 例如(通常讀作[fərɪg`zæmpl; fərɪg`zɑːmpl] (for example); 爲拉丁語 exempli gratia (=for example)的縮寫). winter sports, *e.g.* skiing, skating, etc. 冬季運動, 例如滑雪、溜冰等.

e·gal·i·tar·i·an [ɪˌgælə`tɛrɪən, i-, -`ter-; ɪˌgæli`teəriən] *adj.* (政治上, 社會方面)平等主義的.
— *n.* C 平等主義者.

e·gal·i·tar·i·an·ism [ɪˌgælə`tɛrɪən‚ɪzəm, i-, -`ter-; ɪˌgæli`teəriənizəm] *n.* U 平等主義.

egg¹ [ɛg; eg] *n.* (*pl.* **~s [~z; ~z]) C 【 蛋 】 **1** 蛋, 卵; (特指)雞蛋. 〖參考〗蛋白是white, 蛋黃是yolk, yellow, 蛋殼是shell. Most fish and birds come from *eggs*. 大多數的魚和鳥是卵生的/a duck *egg* 鴨蛋/The hen is sitting on *eggs*. 那隻母雞正在孵蛋/lay [hatch] an *egg* 下[孵]蛋.
2 【食用蛋】(…)蛋. a raw *egg* 生蛋/boil an *egg* hard [soft] 煮全熟[半熟]的水煮蛋/break an *egg* 打個蛋/"How would you like your *egg*?" "Soft-boiled, please." 「要吃硬的還是軟的蛋?」「我要軟的.」

[egg¹ 1]

〖搭配〗 *v.*+egg: beat an ~ (打蛋), scramble ~s (炒蛋).

3 =egg cell.
4 【蛋>毛頭孩子>傢伙】《俚》傢伙(fellow). a bad *egg* 壞傢伙, 壞蛋.

as sùre as èggs is [*are*] *éggs* 《口》千真萬確地，無疑地.

hàve [*pùt*] *àll* (*one's*) *éggs in one básket* 《口》把一切投注在一個(事業等)之上，孤注一擲.

●──蛋的烹調種類

a boiled egg	水煮蛋
a soft-boiled egg	半熟的蛋
a hard-boiled egg	全熟的蛋
fried eggs	荷包蛋
a poached egg	水煮荷包蛋
omelet	煎蛋捲
scrambled eggs	炒蛋

egg² [ɛg; eg] *vt.* 煽動，慫恿，唆使，《on》.

ègg and spóon race *n.* ⓒ 參賽者手握湯匙，內置雞蛋賽跑的遊戲.

egg·beat·er [ˋɛgˏbitɚ; ˈegˏbi:tə(r)] *n.* ⓒ 打蛋器.

ègg cèll *n.* ⓒ《生物》卵細胞.

egg·cup [ˋɛgˏkʌp; ˈegkʌp] *n.* ⓒ 蛋杯，盛水煮蛋的小杯子.

egg·head [ˋɛgˏhɛd; ˈeghed] *n.* ⓒ《口》(通常用於負面含義)(以)知識分子(自居者)；書呆子；(highbrow).

egg·plant [ˋɛgˏplænt; ˈegplɑːnt] *n.* ⓒ《主美》《植物》茄；Ⓤⓒ 茄子，(《主英》aubergine).

ègg ròll *n.* ⓒ《美》春捲(《英》spring roll)《中國料理》.

egg·shell [ˋɛgˏʃɛl; ˈegʃel] *n.* ⓒ 蛋殼；易碎物.

ègg tìmer *n.* ⓒ 煮蛋計時器(煮水煮蛋時用來測量時間的沙漏，約三分鐘漏盡).

e·go [ˋigo, ˋɛgo; ˈegəʊ] *n.* (*pl.* ~s) ⓒ 1 自我；自我意識；自我的形象. 2《口》自我中心意識；自信.

e·go·cen·tric [ˏigoˋsɛntrɪk, ˏɛgo-; ˏegəʊˈsentrɪk] *adj.* 以自我為中心的，個人主義的.

e·go·ism [ˋigoˏɪzəm, ˋɛgo-; ˈegəʊɪzəm] *n.* Ⓤ 利己主義，本位主義，(⟷ altruism).

e·go·ist [ˋigoɪst, ˋɛgoɪst; ˈegəʊɪst] *n.* ⓒ 以自我為中心的人，自私自利的人.

e·go·is·tic, e·go·is·ti·cal [ˏigoˋɪstɪk, ˏɛgo-; ˏegəʊˈɪstɪk], [-kḷ; -kl] *adj.* 以自我為中心的；利己主義的.

e·go·is·ti·cal·ly [ˏigoˋɪstɪkḷɪ, ˏɛgo-, -ɪklɪ; ˏegəʊˈɪstɪkəlɪ] *adv.* 利己地.

e·go·tism [ˋigəˏtɪzəm, ˋɛg-; ˈegəʊtɪzəm] *n.* Ⓤ 1 只考慮[寫](過度使用 I, my, me 幾個字). 2 自負. 3 = egoism.

e·go·tist [ˋigətɪst, ˋɛg-; ˈegəʊtɪst] *n.* ⓒ 1 自我為中心的人. 2 自負者. 3 = egoist.

e·go·tis·tic, e·go·tis·ti·cal [ˏigoˋtɪstɪk, ˏɛg-; ˏegəʊˈtɪstɪk], [-kḷ; -kl] *adj.* 以自我為中心的；自負的；任性的.

e·go·tis·ti·cal·ly [ˏigoˋtɪstɪkḷɪ, ˋɛg-, -ɪklɪ; ˏegəʊˈtɪstɪkəlɪ] *adv.* 自私自利地；任性地.

e·gre·gious [ɪˋgridʒəs, ɪˋgridʒɪəs; ɪˈgriːdʒəs] *adj.*《文章》(限定)〔錯誤，愚蠢行為等〕極為嚴重的，過份的.

e·gress [ˋigrɛs; ˈiːgres] *n.* Ⓤ《法律》(特指從建築物，圍牆等地方)外出的權利；出口.

e·gret [ˋigrɪt, -grɛt, ˋɛ-; ˈiːgrɪt] *n.* ⓒ 1《鳥》白鷺(之類). 2 (女帽等的)羽飾.

*E·gypt** [ˋidʒəpt, ˋidʒɪpt; ˈiːdʒɪpt] *n.* 埃及(正式名稱為 the Arab Republic of Egypt；首都 Cairo；官方語言為阿拉伯語).

E·gyp·tian [ɪˋdʒɪpʃən, i-; ɪˈdʒɪpʃn] *adj.* 埃及(人，語)的.
— *n.* 1 ⓒ 埃及人. 2 Ⓤ 古埃及語.

[egret 1]

eh [e, ɛ; eɪ] *interj.* 啊！甚麼？(表示詢問，懷疑，驚奇等意思；或徵求同意). That's really wonderful, *eh*? 那真是太好了，不是嗎？

ei·der·down [ˋaɪdɚˏdaʊn; ˈaɪdədaʊn] *n.* 1 Ⓤ 雌絨鴨的胸部絨毛. an *eiderdown* jacket 鴨絨外套. 2 ⓒ 鴨絨被.

Eif·fel Tower [ˏaɪflˋtaʊɚ; ˏaɪflˈtaʊə(r)] *n.* (加 the)(巴黎的)艾菲爾鐵塔(1889年完成).

*eight** [et; eɪt] *n.* (*pl.* ~s [~s; ~s]) 1 Ⓤ(基數的例示、用法→ five) *n.* Ⓤ(基數的)八. 2 Ⓤ 八時；八分；八歲；八美元[英鎊，分，便士等]；(以前後關係決定計量單位).
3 (作複數)八人；八，八個.
4 ⓒ 八人[八個]一組的東西；八人組成的划船隊.
5 ⓒ (作為文字的)八，8的數字[鉛字].
6 ⓒ (紙牌的)八.
— *adj.* 1 八人的；八的；八個的.
2 (敍述)八歲的.

*eight·een** [eˋtin, ˋeˋtin; ˏeɪˈtiːn] *n.* 1 Ⓤ (基數的)十八. 2 Ⓤ 十八時[下午六時]；十八分；十八歲；十八美元[英鎊，分，便士等]. 3 (作複數)十八個[人].
— *adj.* 十八的；十八個[人]的；(敍述)十八歲的.

*eight·eenth** [eˋtinθ, ˋeˋtinθ; ˏeɪˈtiːnθ] (亦寫成 18th) *adj.* 1 (通常加 the)第十八的. the *eighteenth* century 18 世紀.
2 十八分之一的.
— *n.* (*pl.* ~s [~s; ~s]) ⓒ 1 (通常加 the)第十八(的人，物). 2 (通常加 the)(月的)18 日. the *eighteenth* of May 5月18日. 3 十八分之一.

*eighth** [etθ; eɪtθ] (亦寫成 8th) (★序數的例示、用法→ fifth) *adj.* 1 (通常加 the)第八的. 2 八分之一的.
— *n.* (*pl.* ~s [~s; ~s]) ⓒ 1 (通常加 the)第八(的人，物). 2 (通常加 the)(月的)8 日. 3《音樂》八度(音階)(octave)，第八音. 4 八分之一.

— adv. 第八.

éighth nòte n. ⓒ《美》《音樂》八分音符(《英》quaver; → note 圖).

eight·ies [ˋetɪz; ˈeɪtɪz] n. eighty 的複數.

***eight·i·eth** [ˋetɪθ; ˈeɪtɪəθ] (亦寫成 80th) adj. **1** (通常加 the)第八十的.

2 八十分之一的.

— n. (pl. ~s [~s; ~s]) ⓒ **1** (通常加 the)第八十(的人, 物). **2** 八十分之一.

***eight·y** [ˋetɪ; ˈeɪtɪ] n. (pl. **eight·ies**) **1** Ⓤ(基數的)八十.

2 Ⓤ八十歲; 八十度[美元, 英鎊, 分, 便士等].

3 《作複數》八十個[人].

4 (the eighties)(世紀的)80 年代; (my [his] eighties 等)八十幾歲. the eighteen-eighties 1880 年代/She is in her eighties. 她現在八十多歲了.

— adj. **1** 八十的; 八十個[人]的.

2 《敘述》八十歲的.

Ein·stein [ˋaɪnstaɪn; ˈaɪnstaɪn] n. **Albert** ~ 愛因斯坦(1879-1955)《生於德國的美國物理學家; 相對論的建立者》.

Eir·e [ˋɛrə, ˋɛrə; ˈeərə] n. 愛爾蘭(愛爾蘭共和國的舊稱(1937-49); → Ireland).

Ei·sen·how·er [ˋaɪzṇ‚hauɚ; ˈaɪzən‚hauə(r)] n. **Dwight** [dwaɪt; dwaɪt] **David** ~ 艾森豪(1890-1969)《美國軍人, 第 34 任總統(1953-61)》.

***ei·ther** [ˋiðɚ, ˋaɪðɚ; ˈaɪðə(r)] (◆neither) adj. 《限用單數名詞》

〘兩者中一方的〙 **1** (a)非此即彼的, 兩者中任何一方的, (one or the other). Bring me either one. 隨便拿一個給我/You can put the lamp at either end. 你可以把燈放在任何一端. 語法(1)從三個或三個以上之中挑選時用 any.

(2) either 之前不能放 this, his 等, 不說 his either hand 而說 either of his hands.

(b)無論如何. I'm not sure whether he will come or not, but in either case I'm going to the station. 我不確定他是否會來, 但不管怎樣我都要去車站/Either plan will do. 哪個方案都可行.

〘兩者中隨便哪一方都〙 **2** (a)雙方的, 各自的, (one and the other). At either end was a lamp. 兩端各有一盞燈(★此句中的雙方用 each代替, 就不會被誤解為 1 的意思)/I can write with either hand. 我兩隻手都能寫字. 語法一般用「both+複數名詞」也可以, 不過 either 強調個別性.

(b)《與否定詞連用》(兩個中)哪一個(也不…). I don't like either tie. 我兩條領帶都不喜歡. (=I like neither tie.) 注意兩者中只否定一方時則用not...both (→ both 2).

èither wáy 無論如何. Either way, I don't care. 反正我都無所謂/There was no answer either way. (不論肯定或否定)反正都無答案.

— pron. **1** (兩者中的)任何一方, 兩者之一. Choose either. 請任選一個/Either of you can go. 你們兩人中哪一個去都可以. 語法(1)強調「兩者之一」時通常用 either one: Bring me either one. (無論哪一個皆可, 請隨便拿一個給我).

(2)由於會和以下 2 (a)的意義混淆, 所以 1 的第 2 例

────────── ejection seat 477

句常說成 One of you can go.

(3)從三個以上當中選出一個的情況時, 用 any (one). Any (one) of these books will do. (這裡頭哪一本書都可以).

2 (a)《兩者之中》哪一個都…. Either will serve the purpose. 哪一個都符合這個目的.

(b)《與否定詞連用》哪一個都(不…). I don't know either of them. 他們兩人中我哪一個都不認識(→ adj. 2 (b)). (=I know neither of them.). 語法either 應作單數用, 但在《口》中亦有「either of+複數(代)名詞」用複數動詞的: if either of you are ready (如果你們當中哪一位已經準備備好了).

— conj. (用either **A** or **B** A或者B) (◆neither A nor B). He is either drunk or mad. 他要不是醉了, 就是瘋了/Either you tell her or I will. 你告訴她, 或者我來告訴她/Either he or I am to blame. 不是他就是我該受責備(=Either he is to blame or I am.)/I don't have either money or time. 我既沒錢也沒空.

語法(1) either A or B 中的 A, B 在文法上作用相同(見上第 1, 2 例).

(2) A, B 為主詞時, 動詞的單複數變化與靠近的主詞一致(見上第 3 例). 括弧中的例句較常寫成 Either he or I must be to blame. 在《口》中可使用複數. If either Bill or his sister come(s), they'll be a great help. (如果比爾或他妹妹來的話, 那就太好了). (3)也有 either A or B or C 三者之一的狀況.

— adv. 《與否定詞連用》《接在否定句[子句]後面》…也(不…)(★和肯定句中的 too, also 相對應). If you don't go, I won't either. (=If you don't go, neither will I.) 如果你不去, 我也不去.

語法(1) either 常放在子句的最後, neither 則放在句首, 引導倒裝句.

(2)假設語氣中, 若在意義上含有否定的情況時, 亦可使用 either: If Tom had told me so, or John either, I would have believed it. (如果湯姆這麼告訴我, 或者約翰也這麼說了, 那我就會相信).

e·jac·u·late [ɪˋdʒækjə‚let, ɪˋdʒækju-; ɪˈdʒækjuleɪt] vt. **1** 《文章》不經意地喊出….

2 《生理》(特指)射出[精液].

— vi. 射精.

e·jac·u·la·tion [ɪ‚dʒækjəˋleʃən, ɪ‚dʒækju-; ɪ‚dʒækjuˈleɪʃn] n. ⓊⒸ **1** 《文章》不經意地說出; 突然的喊叫. **2** 《生理》射出, (特指)射精.

e·ject [ɪˋdʒɛkt, i-; ɪˈdʒekt] vt. **1** 噴出, 發射, 射出; 彈出, 《from》. The volcano ejected lava and ashes. 火山噴出熔岩和灰.

2 驅逐, 逐出, 《from》.

e·jec·tion [ɪˋdʒɛkʃən, i-; ɪˈdʒekʃn] n. ⓊⒸ

1 放出(物), 噴出(物), 射出(物).

2 驅逐, 逐出.

ejéction sèat n. Ⓒ《美》(飛機上的)彈射座椅《緊急時人可連同座椅彈出機外, 降落傘同時會打開》.

e·jec·tor [ɪ'dʒɛktə, i-; ɪ'dʒɛktə(r)] n. C 發射[射出]裝置.

ejéctor sèat n. C《英》=ejection seat.

eke [ik; i:k] vt.《用於下列片語》
èke óut... 勉強維持[生計]; 多方籌措以補[不足].
eke out a living 勉強維持生計.

✳e·lab·o·rate [ɪ'læbəret, ə-; ɪ'læbəreɪt]
(★與 adj. 的發音不同) v.
(~s [~s; ~s]; -rat·ed [~ɪd; ~ɪd]; -rat·ing) vt. 仔細做成···; 推敲〔文稿等〕. *elaborate* a theory 周密地建立一個理論.
— vi. 詳述《on, upon 關於···》.
— [ɪ'læbərɪt, ə-, ·læbərət; ɪ'læbərət] adj. 細緻的, 精緻的, 精巧的; 精密的. *elaborate* preparations 周全的準備/The tablecloth was covered with an *elaborate* pattern. 桌布上有精緻的花紋.
[字源] LABOR「勞動」: e*labor*ate, *labor* (勞動), *labor*atory (實驗室), col*labor*ate (合作, 共事).

e·lab·o·rate·ly [ɪ'læbərɪtlɪ, ə-; ·læbrɪt; ɪ'læbərətlɪ] adv. 精緻地; 苦心地; 精巧地.

e·lab·o·rate·ness [ɪ'læbərɪtnɪs, ə-; ·læbrɪt; ɪ'læbərətnɪs] n. 精巧.

e·lab·o·rat·ing [ɪ'læbə,reɪtɪŋ, ə-; ɪ'læbəreɪtɪŋ] v. elaborate 的現在分詞, 動名詞.

e·lab·o·ra·tion [ɪ,læbə'reʃən, ə-; ɪ,læbə'reɪʃn] n. 1 U 仔細製作; 推敲.
2 C 苦心之作.

é·lan [e'lɑ̃, eɪ'lɑ̃:ŋ] (法語) n. U 朝氣, 活力.

e·land ['ilənd; 'i:lənd] n. (pl. ~, ~s) C《動物》大羚羊(產於非洲).

e·lapse [ɪ'læps, ə-; ɪ'læps] vi.《文章》〔時間〕消逝.

e·las·tic [ɪ'læstɪk, ə-; ɪ'læstɪk] adj. 1 有彈性的, 有彈力的; 伸縮自如的. an *elastic* cord [string] 鬆緊帶.
2 〔政策, 計畫等〕靈活的; 可變通[具適應性]的. an *elastic* regulation 有彈性的規定.
— n. U 鬆緊帶, 含橡膠質地的東西(用於絲襪吊帶, 吊褲帶等); C《美》橡皮圈.

elàstic bánd n. C《英》=rubber band.

e·las·tic·i·ty [ɪ,læs'tɪsətɪ, ə-, ,ilæs'tɪsətɪ; ,elæ'stɪsətɪ] n. U 彈性, 彈力; 適應力.

e·late [ɪ'let, i-; ɪ'leɪt] vt. 使興高采烈; 使得意洋洋; 使精神振奮;《通常用被動語態》. be *elated* by one's success 為成功而振奮.

e·lat·ed [ɪ'letɪd, i-; ɪ'leɪtɪd] adj. 興高采烈的; 得意洋洋的;《at》.

e·la·tion [ɪ'leʃən, i-; ɪ'leɪʃn] n. U 興高采烈; 十分得意.

El·ba ['ɛlbə; 'elbə] n. 厄爾巴島(義大利半島西邊的小島; 拿破崙一世流放之地(1814-15)).

✳el·bow ['ɛl,bo; 'elbəʊ] n. (pl. ~s [~z; ~z]) C
【肘】1 (手)肘(→arm¹圖); (衣服的)肘部. It isn't good manners to rest your *elbows* on the table. 把兩肘擱在桌上是不禮貌的.

2【肘狀物】肘形彎管(用於煙囪, 鐵管等的彎曲處); (道路, 河等的)急彎.

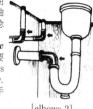

[elbows 2]

at a person's **élbow** 在某人方便之處(一需要之處). This book is always *at* my *elbow*. 這本書一直就放在我手邊.

òut at élbow(s) 〔上衣等〕肘部有破洞的; 〔某人〕衣衫襤褸的, 貧窮的. He always looks so *out at elbow* (that) you wouldn't think he was a millionaire. 他總是衣衫襤褸, 你絕對想不到他是個百萬富翁.

ùp to the [one's] **élbows** (**in...**) 埋首於(工作等).
— vt. (pl. ~s [~z; ~z]; ~ed [~d; ~d]; ~ing) 用肘推[撞]···, 把(身體)擠進···. *elbow* a person aside [off] 把人擠開/*elbow* oneself in 擠進/*elbow* one's way 用手肘(在人潮中)開路前進(→way¹表).

élbow grèase n. U《口》吃重費力的手工(特指需要又擦又磨的手工).

el·bow·room ['ɛlbo,rum, -,rum; 'elbəʊrʊm] n. U (足以擺動臂肘的)寬裕空間; 能自由活動的範圍.

✳eld·er¹ ['ɛldə; 'eldə(r)] adj. (old 的比較級之一; 限定)【年長的】1 年齡大的, 年長的, (↔ younger). one's *elder* brother [sister] 哥哥[姊姊](★《美, 口》此種情況多用 older)/Which is the *elder* (of the two brothers)? (兩兄弟中)哪個是哥哥?/the *Elder* Pitt=Pitt the *Elder* 老彼特(父子同名時, 指父親).
2 前輩的, 老資格的; 居上位的; (senior).
— n. C 1 (兩人中的)年長者. He is my *elder* by two years. 他比我大兩歲.
2 (以 my *elders* 等形式)長輩們, 前輩們. Respect your *elders*. 要尊敬長輩.
3 (部落, 社會等的)長老, 元老.

el·der² ['ɛldə; 'eldə(r)] n. C《植物》接骨木(忍冬科落葉灌木; 果實呈紅色或黑色).

el·der·ber·ry ['ɛldə,bɛrɪ, 'ɛldə-, -bərɪ, -brɪ; 'eldə,berɪ] n. (pl. -ries) C 1 接骨木的果實.
2 =elder².

eld·er·ly ['ɛldəlɪ; 'eldəlɪ] adj. 已逾中年的, 邁入老年的, (★常代替 old 用於委婉的表達方式中). an *elderly* woman 上了年紀的婦女.

èlder státesman n. C (政界的)元老.

✳eld·est ['ɛldɪst; 'eldɪst] adj. (old 的最高級之一; 限定)年紀最大的, 最年長的, (↔ youngest). This is my *eldest* daughter [son]. 這是我的長女[長子]/his *eldest* brother [sister] 他的大哥[大姊](★《美, 口》此種場合亦多用 oldest).

El Do·ra·do [,ɛldə'rado, -'redo; ,eldɔ'rɑ:dəʊ] n. (pl. ~s) 1 黃金國(想像中位於南美亞馬遜河流域內地的黃金國). 2 C (泛指)寶山.

El·ea·nor ['ɛlənə, 'ɛlnə; 'elmə(r)] n. 女子名.

‡e·lect [ɪˋlɛkt, əˋlɛkt; ɪˋlekt] vt. (~s [~s; ~s]; ~ed [~ɪd; ~ɪd]; ~ing) 〖選出〗 **1** (a) 選出；選舉；(用 elect A as [to] B) 選出 A 作為 B；(→ choose 同). They *elected* a chairman last night. 昨晚他們選出了主席/We *elected* him as our Representative. 我們選他出任眾議院議員. (b) 句型5 (elect A B/A 為 B/使 A 做…(★ B 通常不加冠詞). We *elected* John (to be) president of our student body. 我們選約翰擔任學生會會長.

2 〖選擇方針〗(文章)決定，選擇；句型3 (elect to do)選擇做某事. He *elected* suicide rather than go to prison. 他選擇了自殺而非進監獄/When the scandal became public he *elected* to resign. 當醜聞曝光時，他決定辭職.

— adj. 當選的；當選但尚未就任的；(注意置於名詞之後). the President-*elect* (就任前的)總統當選人.

— n. 《作複數》(加 the) **1** (神學)上帝的選民(被上帝選出並賦與永生的人們).

2 被挑選的人們，特權[領導]階級.

字源 LECT「選擇」：*elect*, col*lect* (收集), se*lect* (選擇), neg*lect* (忽略).

‡e·lec·tion [ɪˋlɛkʃən, əˋlɛkʃən; ɪˋlekʃn] n. (pl. ~s [~z; ~z]) UC 選擇；獲選；選舉，選出，選拔任命；當選. become a member by *election* 經選舉成為會員/an *election* campaign 競選活動/a general *election* 大選，普選/a presidential *election* 總統選舉/Mr. Smith's *election* to chairman surprised me. 史密斯先生當選為議長令我很驚訝.

搭配 v.+election：call an ~ (舉行選舉)，hold an ~ (舉行選舉)，run in an ~ (參加競選)，win an ~ (贏得選舉)，lose an ~ (落選).

e·léc·tion dày n. **1** C (泛指)選舉日.

2 (美)(*Election Day*)國民選舉日(11 月第一個星期一的翌日，每逢偶數年選舉國會的全部眾議員和三分之一的參議員，每逢四的倍數年選舉總統和副總統).

e·lec·tion·eer·ing [ɪˌlɛkʃənˋɪrɪŋ, ə-; ɪˌlekʃəˋnɪərɪŋ] n. U 競選活動.

e·lec·tive [ɪˋlɛktɪv, əˋlɛktɪv; ɪˋlektɪv] adj. **1** (文章)選舉的；由選舉產生的. **2** 有選舉權的. **3** (主美)(科目)選修的(optional, ⟷ required, compulsory). *elective* subjects 選修科目.

— n. C (美)選修科目.

e·lec·tor [ɪˋlɛktə, ə-; ɪˋlektə(r)] n. C **1** 選舉人，有選舉權者.

2 (美)總統選舉人(在各州，由公民投票選出總統選舉人，總統選舉人再以普選方式選出總統、副總統；全國的總統選舉人總數和國會議員的人數相同).

e·lec·tor·al [ɪˋlɛktərəl, ə-; ɪˋlektərəl] adj. 選舉(人)的. an *electoral* district 選區/the *electoral* roll [register] 選舉人名冊.

eléctoral cóllege n. C (美)總統大選選舉團(由 elector 2 在各州組成；全國總數 538 人).

e·lec·tor·ate [ɪˋlɛktərɪt, -trɪt; ɪˋlektərət] n. C **1** (★用單數亦可作複數)(一選區，全國等的)選

民，有選舉權者. **2** 選區.

‡e·lec·tric [ɪˋlɛktrɪk, ə-; ɪˋlektrɪk] adj. **1** (限定)電的；發電[送電]的. *electric* power 電力/an *electric* battery [cell] 電池/an *electric* wire 電線/the *electric* field (物理)電場. **2** 電動的. an *electric* fan [washing machine] 電扇[洗衣機]/Is this clock *electric*? 這個鐘是電子鐘嗎？

3 (如電擊般)具衝擊性的；令人感動的. *electric* effect 電擊效果. ⇨ n. electricity.

‡e·lec·tri·cal [ɪˋlɛktrɪk, ə-; ɪˋlektrɪkl] adj. **1** (限定)與電有關的，電的.

an *electrical* engineer 電氣工程師/*electrical* appliances 電氣用品. **2** =electric 3.

e·lec·tri·cal·ly [ɪˋlɛktrɪklɪ, ə-, -ɪklɪ; ɪˋlektrɪkəlɪ] adv. 以電(作用)地；與電有關地；電擊般地.

eléctric blánket n. C 電熱毯.

eléctric cháir n. C (死刑用的)電椅；(加 the)電刑.

eléctric córd n. UC (美)電線((主英) flex).

eléctric cúrrent n. UC 電流.

eléctric éel n. C (魚)電鰻.

eléctric éye n. C 光電池.

eléctric guitár n. C 電吉他.

e·lec·tri·cian [ɪˌlɛkˋtrɪʃən, ə-, ˌɪlɛkˋtrɪʃən; ˌɪlekˋtrɪʃn] n. C **1** 電工；電氣管理員.

2 電學專家；電氣工程師.

‡e·lec·tri·ci·ty [ɪˌlɛkˋtrɪsətɪ, ə-, ˌɪlɛkˋtrɪsətɪ; ˌɪlekˋtrɪsətɪ] n. U **1** 電，電氣. The engine is worked [run, driven] by *electricity*. 這引擎是用電發動的.

2 電流. turn off [on] the *electricity* 關[開]電/*electricity* supply 電流的供給.

3 (遭電擊般的)強烈的感動[激動](特指團體之間彼此感染的情緒). ⇨ adj. electric.

eléctric líght n. U 電光；C 電燈.

eléctric shóck n. U 電擊，觸電.

eléctric stórm n. C (劇烈的)雷雨.

e·lec·tri·fi·ca·tion [ɪˌlɛktrəfəˋkeʃən, ə-; ɪˌlektrɪfɪˋkeɪʃn] n. U **1** 帶電；充電；觸電.

2 (鐵路等的)電氣化.

e·lec·tri·fy [ɪˋlɛktrəˌfaɪ, ə-; ɪˋlektrɪfaɪ] vt. (-fies; -fied; ~ing) **1** 將…通電；將…充電；使[人等]觸電. **2** (供給…電[鐵路，家庭等]電氣化. **3** 使(觸電似地)震驚；使突然緊張；使激動；使興奮.

electro- (構成複合字)表示「電氣」之意.

e·lec·tro·car·di·o·gram [ɪˌlɛktroˋkɑrdɪəˌgræm; ɪˌlektrəʊˋkɑːdɪəʊgræm] n. C (醫學)心電圖.

e·lec·tro·car·di·o·graph [ɪˌlɛktroˋkɑrdɪəˌgræf, -ˌgrɑf; ɪˌlektrəʊˋkɑːdɪəʊɡrɑːf] n. C (醫學)心動電流機，心動電流描記器.

e·lec·tro·cute [ɪˋlɛktrəˏkjut, ə-, -ˏkɪut; ɪˈlektrəkjuːt] vt. 將〔人〕以電椅處死; 使觸電死亡《常用被動語態》.

e·lec·tro·cu·tion [ɪˏlɛktrəˋkjuʃən, ə-, -ˋkɪuʃən; ɪˏlektrəˈkjuːʃn] n. ⓊⒸ 用電擊處死; 觸電死亡.

e·lec·trode [ɪˋlɛktrod, ə-; ɪˈlektrəud] n. ⓒ (常 electrodes) 電極 (→ anode, cathode).

e·lec·trol·y·sis [ɪˏlɛkˋtrɑləsɪs, ə-; ˏilekˈtrɒləsɪs] n. Ⓤ 電解.

e·lec·tro·lyte [ɪˋlɛktrəˏlaɪt, ə-; ɪˈlektrəulaɪt] n. ⓒ 電解物, 電解質, 電解液.

e·lec·tro·lyze [ɪˋlɛktrəˏlaɪz, ə-; ɪˈlektrəulaɪz] vt. 將…電解.

e·lec·tro·mag·net [ɪˏlɛktroˋmægnɪt, ə-; ɪˏlektrəuˈmægnɪt] n. ⓒ 電磁石, 電磁鐵, 電磁體.

e·lec·tro·mag·net·ic [ɪˏlɛktromægˋnɛtɪk, ə-; ɪˏlektrəumægˈnetɪk] adj. 電磁的; 電磁體的.

e·lec·tro·mag·net·ism [ɪˏlɛktroˋmægnəˏtɪzəm, ə-; ɪˏlektrəuˈmægnɪtɪzəm] n. Ⓤ 電磁; 電磁學.

e·lec·tron [ɪˋlɛktrɑn, ə-; ɪˈlektrɒn] n. ⓒ《物「理」電子.

e·lec·tron·ic [ɪˏlɛkˋtrɑnɪk, ə-; ˏilekˈtrɒnɪk] adj. **1** 電子的. **2** 電子工程的.

electrŏnic compúter n. ⓒ 電子計算機.

electrŏnic máil n. Ⓤ 電子郵件《利用電腦與通訊網路傳遞、接受訊息》.

electrŏnic músic n. Ⓤ 電子音樂.

e·lec·tron·ics [ɪˏlɛkˋtrɑnɪks, ə-; ˏilekˈtrɒnɪks] n. 《作單數》電子學, 電子工學.

eléctron mícroscope n. ⓒ 電子顯微鏡.

eléctron tùbe n. ⓒ 電子管《例如真空管》.

e·lec·tro·plate [ɪˋlɛktrəˏplet, ə-; ɪˈlektrəupleɪt] vt. 電鍍《用銀, 鉻》. — n. Ⓤ 《集合》電鍍製品.

e·lec·tro·shock [ɪˋlɛktrəˏʃɑk, ə-; ɪˈlektrəuˏʃɒk] n. 《醫學》**1** ⓒ 電氣休克《治療精神病用》. **2** Ⓤ 電震法《亦稱 elèctroshock thérapy》.

el·e·gance [ˋɛləgəns; ˈelɪgəns] n. **1** Ⓤ 優雅, 高雅, 優美. elegance of dress 服飾優雅. **2** ⓒ 優雅[優美]之物; 高雅的態度[談吐]. **3** Ⓤ《解決方式等》手法高明, 簡潔扼要. ➪ adj. **elegant**.

* **el·e·gant** [ˋɛləgənt; ˈelɪgənt] adj. **1**〔人、態度、文體等〕優雅的, 高尚的. elegant taste 品味高雅/She is elegant in her manners. 她的舉止高雅. 《圓》elegant 的重點在形容嗜好等的高尚; → graceful. **2**〔服裝等〕優雅的, 脫俗的. an elegant dress 雅的禮服. **3**《證明方法等》手法高明的, 俐落的.

el·e·gant·ly [ˋɛləgəntlɪ; ˈelɪgəntlɪ] adv. 優雅地; 手法高明地.

el·e·gi·ac [ˏɛlɪˋdʒaɪˏæk, ə-, ˏɛləˋdʒaɪæk, -ək; ˏelɪˈdʒaɪæk] adj. 輓歌(形式)的, 哀歌(調)的; 充滿哀愁的.

— n. ⓒ (elegiacs) 輓歌形式的詩[歌].

el·e·gy [ˋɛlədʒɪ; ˈelɪdʒɪ] n. (pl. **-gies**) ⓒ 悲歌, 哀歌, 輓歌.

* **el·e·ment** [ˋɛləmənt; ˈelɪmənt] n. (pl. **~s** [~s; ~s]) ⓒ【構成要素】**1** 要素, 成分; (常 elements)社會的構成分子. the chief element of success 成功的主要因素/Cells are elements of living bodies. 細胞是生物體的構成要素.

> 《屬配》adj.＋element: a basic ~ (基本的要素), an essential ~ (必須的要素), a vital ~ (極重要的要素).

2 少部分; 些許(of). There is an element of truth in his story. 他的話中有幾分道理.

3《電熱器》的加溫器.

【物質的要素】**4**《化學》元素. Gold, silver and copper are elements. 金, 銀, 銅是元素.

5《古》四大要素之一《古時候認為自然界是由土(earth)、水(water)、火(fire)、風(air)四大要素(the four elements)構成的》.

6 (the elements)《天候所呈現的》自然力; (特指)暴風雨《自古被視為四大要素之作用》. The elements raged outside. 外面有暴風雨.

【要素＞基本】**7** (the elements)《學問的》原理; 《知識, 技藝的》基礎, 入門.

in one's **élement**《如魚得水般》適得其所[在擅長的本行內], 輕鬆愉快地. Tom is in his element when he is playing baseball. 湯姆打棒球的時候就像如魚得水般地輕鬆愉快.

out of one's **élement**《如離水之魚》不得其所, 非本行地, 非專長地. Mr. Brown was a good teacher, but as a principal he's out of his element. 布朗先生曾是位好老師, 但是當校長就不是他的專長了.

el·e·men·tal [ˏɛləˋmɛntl; ˏelɪˈmentl] adj. **1** 基本的, 本質的. elemental factors 基本因素. **2** 自然力的; 驚人的. elemental forces 自然力. **3**《化學》元素的.

* **el·e·men·ta·ry** [ˏɛləˋmɛntərɪ, -trɪ; ˏelɪˈmentərɪ] adj. 初步的, 基本的. elementary education 初級教育/elementary knowledge 基礎知識/an elementary course in Russian 初級俄語課程/That's elementary, Watson. 華生, 那是輕而易舉的.

eleméntary párticle n. ⓒ《物理》基本粒子.

eleméntary schòol n. ⓒ《美》小學《在英國為 primary school 的舊稱》(→ school 表).

* **el·e·phant** [ˋɛləfənt; ˈelɪfənt] n. (pl. **~**, **~s**; ~s] ⓒ 象《美國共和黨的象徵; 民主黨的象徵為驢(donkey)》. Elephants never forget. 《諺》象絕不會忘記《傳說中象的記憶力很好》/white elephant (→見 white elephant). 《參考》象的牙齒是 tusk, 鼻是 trunk, 象牙是 ivory.

el·e·phan·tine [ˏɛləˋfæntin, -taɪn, -tɪn; ˏelɪˈfæntaɪn] adj. **1** 象(般)的. **2** 巨大的; 笨重遲緩的; (樣子)難看的.

*el·e·vate [ˋɛləˏvet; ˈelɪveɪt] vt. (~**s** [~s; ~s]; **-vat·ed** [~ɪd; ~ɪd]; **-vat·ing**)〖舉起〗**1**《文章》抬高，舉起，高舉；提高《聲音》. elevate one's eyes 將視線向上提高.

Indian African
[elephants]

〖提升〗**2** 提高…的地位；提拔.《to》. elevate a person to the peerage 把某人晉升爲貴族.

3 使《心智等》向上，使高尚；鼓舞. Reading books elevates your mind. 閱讀使你的心智增長.
⋄ n. **elevation**.

el·e·vat·ed [ˋɛləˏvetɪd; ˈelɪveɪtɪd] adj.《文章》**1**《位置，地位等》高的，高架的. an elevated rank 崇高的地位. **2**《思想，文體等》高尚的. an elevated literary taste 高尚的文學品味.

élevated ráilroad (美)〔**ráilway** (英)〕 n. ⓒ 高架鐵路.

el·e·va·tion [ˏɛləˋveʃən; ˏelɪˈveɪʃn] n. **1** 〔a U〕高，高度，海拔，(altitude). The hill is about 300 meters in elevation. 這山丘約 300 公尺高.

2 Ⓤ《文章》提高，向上，晉升. his elevation to the presidency 他晉升到董事長的職位.

3 Ⓤ《文章》格調的高低程度.

4 ⓒ《文章》高處，高地.

5 ⓒ《建築》立體圖 (→ plan).

*el·e·va·tor [ˋɛləˏvetɚ; ˈelɪveɪtə(r)] n. (pl. ~**s** [~z; ~z]) ⓒ **1** (美)電梯 (《英》lift). operate an elevator 操作電梯/Go up to the 14th floor by elevator. = Take the elevator up to the 14th floor. 搭電梯到 14 樓.

2 起卸貨物的裝置《穀物起降機等》；(飛機的)升降舵 (→ airplane 圖).

3 (有穀物起降機的)穀倉 (grain elevator).

[elevator 3]

*e·lev·en [ɪˋlɛvən; ɪˈlevṃ, ə-; ɪˈlevn] (★基數的例示、用法 → five) n. (pl. ~**s** [~z; ~z]) **1** Ⓤ(基數的)十一.

2 Ⓤ十一時；十一分；十一歲；十一美元〔英鎊，分，便士等〕.《以前後關係決定計量單位》.

3(作複數)一個十一人〔人〕.

4 ⓒ(常作複數)一組十一人〔個〕的通稱：足球〔板球等〕隊.

— adj. 十一的；十一個〔人〕的；《敍述》十一歲的.

e·lev·en·ses [ɪˋlɛvənzɪz; ɪˈlevnzɪz] n. (通常作單數)(英、口)上午十一點左右吃的茶點.

*e·lev·enth [ɪˋlɛvənθ; ɪˈlevnθ] (亦寫作 11th)(★序數的例示、用法 → fifth) adj. **1** (通常加 the)第十一的，第十一名的.

2 十一分之一的.

— n. (pl. ~**s** [~s; ~s]) ⓒ **1** (通常加 the)第十一

個(的人，物)；(每月的)11 日. **2** 十一分之一.

at the eléventh hóur 在最後一刻，在千鈞一髮之際. The rescue party arrived at the eleventh hour. 救護隊於最後一刻到達.

elf [ɛlf; elf] n. (pl. **elves**) ⓒ 小精靈(一種 fairy；有時很淘氣，喜歡惡作劇〕.

elf·in [ˋɛlfɪn; ˈelfɪn] adj. 小精靈(似)的；惡作劇的.

elf·ish [ˋɛlfɪʃ, ˋɛlvɪʃ; ˈelfɪʃ] adj. 小精靈似的；(矮小而)頑劣的，惡作劇的.

[elf]

e·lic·it [ɪˋlɪsɪt; ɪˈlɪsɪt] vt.《文章》引出〔眞相等〕；誘出(回答，笑聲等).

e·lide [ɪˋlaɪd; ɪˈlaɪd] vt. (發音時)省略〔一個音或單字的一部分〕.

el·i·gi·bil·i·ty [ˏɛlɪdʒəˋbɪlətɪ; ˏelɪdʒəˈbɪlətɪ] n. Ⓤ **1** 候選資格. **2** 適任，合格(性).

el·i·gi·ble [ˋɛlɪdʒəbḷ; ˈelɪdʒəbl] adj. **1** 具候選資格的，合格的，《for》；有資格的《to do》. eligible for membership 具資格成爲會員/I'm not eligible to enter the contest. 我沒有資格參加比賽.

2 適當的；(特指)適合(成爲配偶)的.

el·i·gi·bly [ˋɛlɪdʒəblɪ; ˈelɪdʒəblɪ] adv. 有候選資格地；適任地.

E·li·jah [ɪˋlaɪdʒə, ə-; ɪˈlaɪdʒə] n.《聖經》以利亞《西元前 9 世紀的希伯來先知》.

*e·lim·i·nate [ɪˋlɪməˏnet, ə-; ɪˈlɪmɪneɪt] vt. (~**s** [~s; ~s]; **-nat·ed** [~ɪd; ~ɪd]; **-nat·ing**) **1** 消除，刪除，《from》. eliminate unnecessary arguments from the essay 刪掉論文中不必要的議論.

回 eliminate 是「刪去」已列入者，exclude 是「排拒」未列入者.

2 淘汰，篩選掉，〔參賽者〕.

3 (認爲不妥而)不加考慮，漠視.

4 (口)「收拾」(「幹掉」之意).

e·lim·i·na·tion [ɪˏlɪməˋneʃən, ə-; ɪˏlɪmɪˈneɪʃn] n. Ⓤⓒ **1** 刪除，排除，消除.

2 (參賽者的)淘汰. elimination matches 預賽.

El·i·ot [ˋɛlɪət, ˋɛljət; ˈeljət] n. **1** 男子名.

2 **George** ~ 艾略特(1819–80)《英國的女小說家，本名是 Mary Ann Evans》.

3 **Thomas Stearns** [stɝnz; stɜːnz] ~ 艾略特 (1888–1965)《生於美國的英國詩人、評論家、詩劇作家》.

e·li·sion [ɪˋlɪʒən; ɪˈlɪʒən] n. Ⓤⓒ (發音時)音的省略(例：I am>I'm; let us>let's).

e·lite, é·lite [ɪˋlit, eˋlit; eɪˈliːt] (法語) n. **1** (常加 the)《亦作複數》出類拔萃的人，菁英分子〔集團〕. an intellectual elite 中堅知識分子.

2 Ⓤ打字機鉛字的尺寸《每英寸可打十二個字母；→ pica》.

e·lit·ism [ɪˋlitɪzəm, e-; eɪˈliːtɪzəm] n. Ⓤ 菁英主義，唯才是用主義.

e·lit·ist [ɪˋlitɪst, e-; eɪˈliːtɪst] *adj.* 重視人才的; 唯才是用的.
— *n.* ⓒ 尊重傑出人才者.

e·lix·ir [ɪˋlɪksə; ɪˈlɪksə(r)] *n.* ⓒ〔雅〕**1** 鍊金藥液 (→philosopher's stone). **2** 長生不老藥; 萬靈丹.

E·liz·a·beth [ɪˋlɪzəbəθ, ə-; ɪˈlɪzəbəθ] *n.* **1** 女子名. **2** Elizabeth I [ðəˋfɜst; ðəˈfɜːst] 伊莉莎白一世(1533-1603)《英國女王(1558-1603)》. **3** Elizabeth II [ðəˋsɛkənd; ðəˈsekənd] 伊莉莎白二世(1926-)《當今的英國女王(1952-)》.

E·liz·a·be·than [ɪˏlɪzəˋbiθən, ə-, -ˋbɛθən, ɪˋlɪzə͵bɛθən; ɪˏlɪzəˈbiːθən] *adj.* 伊莉莎白時代的《特指伊莉莎白一世的時代》; 伊莉莎白女王的.
— *n.* ⓒ 伊莉莎白時代的人[文人].

elk [ɛlk; elk] *n.* (*pl.* ~, ~**s**) ⓒ〔動物〕麋鹿(北歐, 亞洲最大的鹿).

ell [ɛl; el] *n.* ⓒ L [l] 字母; L 字形物.

El·len [ˋɛlɪn, -ən; ˈelɪn] *n.* 女子名(Hellen 的別稱).

el·lipse [ɪˋlɪps, ə-; ɪˈlɪps] *n.* ⓒ〔數學〕橢圓.

el·lip·ses [ɪˋlɪpsiz; ɪˈlɪpsiːz] *n.* ellipsis 的複數.

el·lip·sis [ɪˋlɪpsɪs; ɪˈlɪpsɪs] *n.* (*pl.* -**ses**) **1** ⓤ 省略(部分)《例如將St. Paul's Cathedral 省略成St. Paul's》.
2 ⓤ〔文法〕省略《文法構造上可予以省略; 例如 One of my brothers is in America and the other (is) in France. 便省略掉( )內的字》.
3 ⓒ〔印刷〕省略符號(—, …, *** 等; 如: d—, d—n=damn).

el·lip·tic, el·lip·ti·cal [ɪˋlɪptɪk, ə-; ɪˈlɪptɪk], [-tɪk, -tɪkl] *adj.* **1** 橢圓(形)的. ⇨ *n.* ellipse.
2〔文法〕省略的, 省略掉的;〔語言等〕因省略而難懂的. ⇨ *n.* ellipsis.

el·lip·ti·cal·ly [ɪˋlɪptɪklɪ, ə-, -ɪklɪ; ɪˈlɪptɪkəlɪ] *adv.* 橢圓形地; 省略地.

elm [ɛlm; elm] *n.* **1** ⓒ 榆(樹)(落葉喬木; 榆科).
2 ⓤ 榆木.

El Niño [ɛlˋninjo; elˈniːnjəʊ]《西班牙語》 *n.* 愛爾尼諾海流(每隔數年自厄瓜多爾順著祕魯沿岸南下的暖流; 不但使沙丁魚的捕獲量大爲減少, 也造成全球氣候重大反常, 即所謂聖嬰現象).

el·o·cu·tion [ˏɛləˋkjuʃən, -ˋkɪu-; ˏeləˈkjuːʃn] *n.* ⓤ (強調動作、聲音效果的)演說法; 朗讀法.

[elm 1]

el·o·cu·tion·ist [ˏɛləˋkjuʃənɪst, -ˋkɪu-; ˏeləˈkjuːʃnɪst] *n.* ⓒ 演說[朗誦]專家[教師]; (詩等的)朗誦者.

e·lon·gate [ɪˋlɔŋget; ˈiːlɒŋɡeɪt] *vt.* 拉長, 使伸

長, 延長, (lengthen).
— *vi.*〔物〕伸長, 延長.

e·lon·gat·ed [ɪˋlɔŋgetɪd; ˈiːlɒŋɡeɪtɪd] *adj.* 細長的.

e·lon·ga·tion [ˏiˏlɔŋˋgeʃən, ͵ilɔŋ-; ͵iːlɒŋˈɡeɪʃn] *n.* ⓤ 伸長, 延長; ⓒ 伸長的部分; 延長線.

e·lope [ɪˋlop, ə-; ɪˈləʊp] *vi.* **1**〔特指女性〕私奔《*with*》;〔情侶〕私奔. **2** 離家出走.

e·lope·ment [ɪˋlopmənt; ɪˈləʊpmənt] *n.* ⓤⓒ 私奔; 離家出走.

＊**el·o·quence** [ˋɛləkwəns; ˈeləkwəns] *n.* ⓤ **1** 雄辯, 流利的口才. **2** 流暢的談話; 通順的文章.

＊**el·o·quent** [ˋɛləkwənt; ˈeləkwənt] *adj.* **1**〔人, 話, 文章等〕雄辯的; 達意的. an *eloquent* speaker 雄辯家/The lawyer made an *eloquent* plea for the life of the condemned man. 那位律師爲死刑犯的生命作了一個深具說服力的請求.
2 富於表情的; 善於雄辯的《*of*》. Eyes are more *eloquent* than lips.《諺》眉目比口舌更善表達/Her trembling hands were *eloquent* of her anxiety. 她顫抖的雙手明白地說出了她的憂慮.
【字源】LOQU「說」: *eloqu*ent, col*loqu*ial (口語的), soli*loquy* (自言自語).

el·o·quent·ly [ˋɛləkwəntlɪ; ˈeləkwəntlɪ] *adv.* 雄辯地.

El Sal·va·dor [ɛlˋsælvə͵dɔr; elˈsælvədɔː(r)] *n.* 薩爾瓦多(中美的共和國; 首都San Salvador).

＊**else** [ɛls; els] *adv.* (接於不定代名詞, 疑問詞, 有no-, any-, some- 等的副詞之後)其他, 另外, 此外. Do you need *anything else*? 你還需要別的東西嗎?/Was *anybody else* absent? 還有其他人缺席嗎?/*What else* did you do? 你還做了甚麼事?/In *little* else 應置於修飾語的後面, 但如本句修飾語爲疑問詞時, What did you do *else*? 亦可)/He does *little else* than read books. 他除了讀書之外, 幾乎不做別的事/Besides a taxi, *how else* could I get there? 除了搭計程車之外, 還有甚麼其他方法可以去那兒?/I went *nowhere else*. 我去其他地方.

【語法】(1)somebody else 的所有格通常爲 somebody else's: This isn't my book; it's somebody else's (book). (這不是我的書, 是別人的).
(2)who else 的所有格爲 who else's, 或者 whose else: Who else's book [Whose else] should it be? (那應該是誰的書[誰的東西]呢?)

＊*or* **élse** (1)否則, 要不然,《通常接在祈使句, 有 must, have to 等的句子後》. Make haste, *or else* you will be late. 快一點, 否則你會遲到.
(2)否則(給你好看!)《恐嚇的話》. You behave yourself, *or else*! 你給我檢點一點, 否則就有你受的!

＊**else·where** [ˋɛls͵hwɛr, -͵hwær; ˏelsˈhweə(r)] *adv.*〔文章〕在[往]別處, 在[往]某處. The shop was closed, so we went *elsewhere*. 那家店關門了, 所以我們去別的地方.

e·lu·ci·date [ɪˋlusə͵det, ɪˋlɪus-; ɪˈluːsɪdeɪt] *vt.*

《文章》闡明, 解釋, 〔難解之處等〕; 說明〔理由等〕
(explain).

e·lu·ci·da·tion [ɪ,lusə`deʃən, ɪ,lɪus-; ɪ,luːsɪ`deɪʃn] n. ⓊⒸ《文章》解釋, 說明.

e·lude [ɪ`lud, ɪ`lɪud; ɪ`luːd] vt. **1** 機智地避開〔危險, 追蹤等〕; 逃避, 避免, 〔義務等〕.
2 不爲〔人〕所理解.

e·lu·sive [ɪ`lusɪv, ɪ`lɪusɪv; ɪ`luːsɪv] adj. 難以捉摸的; 難以說明[描述, 記憶]的; 不得要領的. an *elusive* idea 難以理解的想法.

elves [ɛlvz; elvz] n. elf 的複數.

E·ly·si·an [ɪ`lɪʒən, ɪ`lɪʒɪən; ɪ`lɪzɪən] adj. 《希臘神話》Elysium (似)的; 無比幸福的.

E·ly·si·um [ɪ`lɪʒɪəm, ɪ`lɪzɪəm; ɪ`lɪzɪəm] n.
1 《希臘神話》極樂世界(英雄, 善人死後所前往的樂土). **2** Ⓒ理想國, 樂土, (paradise). **3** Ⓤ無上的幸福.

em [ɛm; em] n. Ⓒ M [m] 字母.

'em [əm; əm] pron. 《口》=them.

em- pref. en- 的別體(用於 p-, b-, m- 之前).

e·ma·ci·ate [ɪ`meʃɪ,et; ɪ`meɪʃɪeɪt] vt. 《文章》使消瘦, 使衰弱.

e·ma·ci·a·tion [ɪ,meʃɪ`eʃən, ɪ,mesɪ-; ɪ,meɪsɪ`eɪʃn] n. Ⓤ《文章》消瘦, 衰弱.

É-mãil, é-mãil =electronic mail.

em·a·nate [`ɛmə,net; `eməneɪt] vi. 《文章》
1 〔意見, 提案等〕提出(*from*).
2 〔光, 熱, 氣體等〕發出, 散發, (*from*).

em·a·na·tion [,ɛmə`neʃən; ,emə`neɪʃn] n.
1 Ⓤ散發, 放射, 渲染力, 影響力, (*from*).
2 Ⓒ散發[放射]的東西(香氣, 光等).

e·man·ci·pate [ɪ`mænsə,pet; ɪ`mænsɪpeɪt] vt. 解放(*from*). *emancipate* slaves 解放奴隸.

e·man·ci·pa·tion [ɪ,mænsə`peʃən; ɪ,mænsɪ`peɪʃn] n. Ⓤ解放(*of*); (the *E*mancipation)《美》奴隸解放. the *emancipation* of women 婦女解放, 男女平等/the *Emancipation* Proclamation 《美, 史》奴隸解放宣言(1863 年 1 月 1 日由 Lincoln 總統頒布).

e·man·ci·pa·tor [ɪ`mænsə,petɚ; ɪ`mænsɪpeɪtə(r)] n. Ⓒ解放者.

e·mas·cu·late [ɪ`mæskjə,let; ɪ`mæskjʊleɪt] vt. 《文章》**1** 將…去勢.
2 使無力; 刪除〔文學作品, 法案等〕重要部分.

e·mas·cu·la·tion [ɪ,mæskjə`leʃən; ɪ,mæskjʊ`leɪʃn] n. Ⓤ《文章》去勢; 軟化; 刪除重要部分.

em·balm [ɪm`bɑm; ɪm`bɑːm] vt. **1** 對〔屍體〕進行防腐處理(過去用香料, 香油(balm)防腐).
2 將…銘記在心.

em·bank·ment [ɪm`bæŋkmənt; ɪm`bæŋkmənt] n. **1** Ⓒ堤, 堤岸.
2 (the *E*mbankment)泰晤士河堤大道(在倫敦市內, 沿 Thames 的左岸).

em·bar·go [ɪm`bɑrgo; em`bɑːgəʊ] n. (pl. ~es) Ⓒ **1** (商船)進出港禁令, 封港令.
2 禁止通商, 禁運. **3** (泛指)管制, 禁止.
lày [*pùt, plàce*] an *embargo* on... = lày

[*pùt, plàce*]...under (an) *embargo* 禁止〔商船〕出入港口; 禁止〔貿易等〕.
lìft [*ràise, remòve*] an *embárgo from*... 解除對〔商船〕出入港的禁令; 對〔貿易等〕解禁.
— vt. 禁止…的出港[貿易].

em·bark [ɪm`bɑrk; ɪm`bɑːk] vi. **1** 乘船; 搭飛機; (↔ disembark). The passengers *embarked* for Spain. 旅客乘船[搭機]去西班牙.
2 從事, 著手, (*in, on, upon* 〔事業等〕). leave business and *embark* on a political career 辭掉工作投入政治生涯.
— vt. 使乘船; 用船裝載; 使乘飛機.

em·bar·ka·tion [,ɛmbɑr`keʃən; ,embɑː`keɪʃn] n. **1** Ⓤ乘船; 搭飛機.
2 Ⓤ貨物的裝載; Ⓒ運載物, 裝載的貨物.
3 Ⓤ著手, 開始, (*on, upon* 對〔事業等〕的).

***em·bar·rass** [ɪm`bærəs, -ɪs; ɪm`bærəs] vt. (~es [~ɪz; ~ɪz]; ~ed [~t; ~d]; ~ing) 【使困窘】 **1** (財務上)使拮据, 使陷入困境, (通常用被動語態). The man asked for a loan because he was financially *embarrassed*. 那個人因經濟拮据而請求借貸.
2 使困窘, 使尷尬, 使不好意思, (通常用被動語態). I was *embarrassed* by his flattering remarks. 他的恭維令我不好意思/She was extremely *embarrassed* when she was told her slip was showing. 當有人告訴她襯裙露出來時, 她尷尬極了/*embarrassed* silence 很尷尬的沈默.
⇨ n. **embarrassment**.

em·bar·rass·ing [ɪm`bærəsɪŋ; ɪm`bærəsɪŋ] adj. 使人困窘的, 使人不好意思的, 使人爲難的; 麻煩的.

em·bar·rass·ing·ly [ɪm`bærəsɪŋlɪ; ɪm`bærəsɪŋlɪ] adv. 使人困窘地, 使人爲難地.

em·bar·rass·ment [ɪm`bærəsmənt; ɪm`bærəsmənt] n. **1** Ⓤ困窘; 爲難, 尷尬. without *embarrassment* 不會侷促不安地, 坦然地.
2 Ⓒ困窘的因素; 難以對付之事物.
3 Ⓤ《通常用複數》經濟拮据.

***em·bas·sy** [`ɛmbəsɪ; `embəsɪ] n. (pl. -sies [~z; ~z]) **1** Ⓒ大使館. He is attached to the British *Embassy*. 他被派到英國大使館.
2 Ⓒ(集合)大使館人員.
3 Ⓤ Ⓒ大使的任務[職務].
參考 ambassador (大使); legation (公使館); consulate (領事館).

em·bat·tled [ɛm`bætld; ɪm`bætld] adj. **1** 布陣的, 呈戰鬥隊形的. **2** 〔建築物, 城壁〕具有部署槍枝的雉堞[battlement]的.

em·bed [ɪm`bɛd; ɪm`bed] vt. (~s; ~ded; ~ding) 《通常用被動語態》 **1** 埋入《*in*》; 嵌入, 鑲入, 《*with*》. A plaque was *embedded* in the pavement. 一塊紀念碑被嵌入人行道裡.
2 使銘記於心《*in*》. The incident was *embedded* in her mind. 那次事件深深地烙印在她心裡.

em·bel·lish [ɪm`bɛlɪʃ; ɪm'belɪʃ] vt. **1** 美化, 裝飾, 《with》. *embellish* a dress *with* embroidery 用刺繡裝飾衣服.
2 給〔故事等〕添枝加葉使更有趣《with》.

em·bel·lish·ment [ɪm`bɛlɪʃmənt; ɪm'belɪʃmənt] n. ⓤ裝飾; ⓒ裝飾品.

em·ber [`ɛmbɚ; 'embə(r)] n. ⓒ (通常 embers) 餘燼, (已無火焰但仍赤紅的)餘火, (→ cinder).

em·bez·zle [ɪm`bɛzl; ɪm'bezl] vt. 挪用, 侵占, 私吞, 〔負責保管的款項等〕.

em·bez·zle·ment [ɪm`bɛzmənt; ɪm'bezlmənt] n. ⓤⓒ挪用, 侵吞(罪).

em·bez·zler [ɪm`bɛzlɚ; ɪm'bezlə(r)] n. ⓒ侵占者.

em·bit·ter [ɪm`bɪtɚ; ɪm'bɪtə(r)] vt. **1** 使痛苦, 使悲痛. He was *embittered* by the failure of his plans. 他因自己的計畫失敗而悲傷難過.
2 使憤怒激動.

em·bla·zon [ɛm`blezn; ɪm'bleɪzn] vt. 《文章》**1** 裝飾〔盾, 旗等〕《with 用〔紋章〕》; 裝飾, 美飾, 《with》. **2** 表彰; 宣揚…的名聲.

em·blem [`ɛmbləm; 'embləm] n. ⓒ **1** 象徵 (symbol). The dove is the *emblem* of peace. 鴿子是和平的象徵. **2** 徽章(badge), 標記; 飾章. the *emblem* of a school 校徽.

em·blem·at·ic [ˌɛmbləˈmætɪk; ˌemblə'mætɪk] adj. 象徵性的; 標誌的.

em·bod·i·ment [ɪm`bɑdɪmənt; ɪm'bɒdɪmənt] n. **1** ⓤ具體化; 具體表現, 體現.
2 ⓒ具體的表現; 化身. the *embodiment* of virtue〔evil〕美德〔邪惡〕的化身.

em·bod·y [ɪm`bɑdɪ; ɪm'bɒdɪ] vt. (-bod·ies; -bod·ied; ~·ing) **1** 使具體化, 表現, 《in》. These ideas are *embodied* in the constitution. 這些理念具體表現在憲法中.
2 使…成爲一體; 添加〔構想等〕.

em·bold·en [ɪm`boldn; ɪm'bəʊldən] vt. 使〔人〕大膽, 給予〔人〕勇氣, 句型5 (embolden **A** to do)使 A 有勇氣做….

em·bo·lism [`ɛmbəˌlɪzəm; 'embəlɪzəm] n. ⓒ 《醫學》栓塞(由於血塊, 氣泡等使血管閉塞).

em·bos·om [ɛm`buzəm, -`buzəm; ɪm'bʊzəm] vt. 《詩》把…包圍起來加以保護(通常用被動語態).

em·boss [ɪm`bɔs; ɪm'bɒs] vt. 在〔金屬, 紙等〕上面浮雕; 浮雕出〔花紋, 文字等〕. *embossed* work 浮雕工藝; 凸出的花紋.

em·bow·er [ɛm`baʊɚ; ɪm'baʊə(r)] vt. 《詩》用樹木遮蔽; 包圍; (通常用被動語態).

*__em·brace__ [ɪm`bres; ɪm'breɪs] v. (-brac·es [~ɪz; ~ɪz]; ~d [~t; ~t]; -brac·ing) vt. **1** 〔緊緊抱住〕擁抱, 懷抱, 緊緊抱住, (hug). Mother *embraced* me tenderly and wept. 母親溫柔地抱著我哭泣.
2 〔抱著不放〕《文章》欣然接受〔提議, 主義, 意見等〕; 利用〔機會〕; 主動從事〔職業等〕. He *embraced* the opportunity. 他利用這個機會.

3 〔像擁抱那樣地〕包圍〕包含, 包括. The book *embraces* the whole history of the English language. 這本書包含了整個英語語言史.
— vi. (兩人)相擁.
— n. ⓒ擁抱. hold a baby in a tight *embrace* 緊緊抱著嬰兒.
字源 BRACE「腕」: em*brace*, *brace* (箍扣), *bracelet* (手鐲).

em·bra·sure [ɛm`breʒɚ; ɪm'breɪʒə(r)] n. ⓒ **1** 《築城》(漏斗形的)砲眼, 槍眼, 《外側張開, 使槍砲的射程範圍很廣》.
2 《建築》〔門, 窗之〕內寬外窄的開口(特指城堡的門口或窗戶呈漏斗狀向內側擴展的部分).

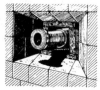

[embrasures]

em·broi·der [ɪm`brɔɪdɚ; ɪm'brɔɪdə(r)] vt. **1** 在…上刺繡; 繡出〔花樣等〕. *embroider* a cushion *with* flowers=*embroider* flowers *on* a cushion 在墊子上繡上花朵.
2 對〔敍述等〕加油添醋, 潤飾.
— vi. 刺繡; 潤飾.

em·broi·der·y [ɪm`brɔɪdərɪ, -drɪ; ɪm'brɔɪdərɪ] n. ⓤ **1** 刺繡, 繡花; 刺繡工藝.
2 (對敍述等)加油添醋, 潤飾.

em·broil [ɪm`brɔɪl; ɪm'brɔɪl] vt. 《文章》**1** 使牽連, 捲入, 《in》(通常用被動語態). *embroil* oneself〔get *embroiled*〕in a quarrel 捲入口角.
2 引發〔事件等之〕糾紛.

em·bry·o [`ɛmbrɪ,o; 'embrɪəʊ] n. (pl. ~s) ⓒ **1** 《植物, 動物》胚, 胚芽; 胚胎(人類受孕後三個月內之胚胎稱 embryo; → fetus).
2 萌芽; 發展的初期.
in émbryo 發展初期的〔地〕, 尚未成熟的〔地〕. Our project is still *in embryo*. 我們的計畫尚未成熟.

em·bry·ol·o·gy [ˌɛmbrɪˈɑlədʒɪ; ˌembrɪ'ɒlədʒɪ] n. ⓤ胚胎學, 胎生學.

em·bry·on·ic [ˌɛmbrɪˈɑnɪk; ˌembrɪ'ɒnɪk] adj.
1 胚芽的, 胚胎的; 胎兒的.
2 未成熟的, 成長初期的.

em·cee [`ɛmsi; 'em'siː] 《口》 n. ⓒ (餘興, 集會等之)司儀(*M*aster of *C*eremonies).
— vt. 主持.
— vi. 擔任司儀.

e·mend [ɪ`mɛnd; ɪ'mend] vt. 校訂; 修改〔本文〕.

e·men·da·tion [ˌimɛnˈdeʃən, -mən-, ˌɛmən'deʃən; ˌiːmen'deɪʃn] n. ⓤ校訂; 修改本文. ⓒ校訂的地方.

em·er·ald [`ɛmərəld, `ɛmrld; 'emərəld] n.

1 ⓒ綠寶石《翠綠色的寶石；5月的誕生石；→ birthstone 表》. **2** Ⓤ翠綠色. **3** 《形容詞性》翠綠(色)的.

èmerald gréen *n.* ⓊⒸ翠綠色.

Èmerald Ísle *n.* (加 the) 翡翠島(愛爾蘭的別稱；由於草地翠綠而得此名).

***e·merge** [ɪˋmɝdʒ; iˊməːdʒ] *vi.* (**e·merg·es** [~ɪz; ~ɪz]; **~d** [~d; ~d]; **e·merg·ing**) **1** 出現《*from, out of* 〔水中等〕》(↔ submerge). Two sailing ships *emerged out of* the mist. 兩艘帆船從霧中出現/ He has *emerged* as a strong rival to the Secretary of State. 他以國務卿的強itz姿態出現.
圖emerge 指隱密某東西的出現, 相對地, appear 則不含此意, 只強調出現本身的意義.
2 〔事實〕明朗化, 出現, 顯露, 顯現出來. New evidence *emerged from* the investigation. 經過調查, 新的證據出現了/It *emerged* that he had accepted the bribe. 他接受賄賂的事實已經很明顯了.
3 擺脫《*from* 〔不利的狀態〕》.

e·mer·gence [ɪˋmɝdʒəns; iˊməːdʒəns] *n.* Ⓤ《文章》出現, 發生; 脫離.

e·mer·gen·cies [ɪˋmɝdʒənsɪz; iˊməːdʒənsiz] *n.* emergency 的複數.

***e·mer·gen·cy** [ɪˋmɝdʒənsɪ; iˊməːdʒənsi] *n.* (*pl.* **-cies**) ⓊⒸ **1** 緊急情況, 非常的事態, 危急; (病人的)緊急狀態, 急病. in an *case of emergency* 在緊急時, 在非常情況下/be ready for *emergencies* 已有應付緊急情況的準備.
圖容 *adj.*＋emergency: a desperate ~ (最糟的緊急狀況), a grave ~ (重大的緊急事件), a serious ~ (嚴重的事件) // *v.*＋emergency: face an ~ (面對緊急情況), meet an ~ (處理緊急狀況) // emergency＋*v.*: an ~ arises (發生緊急事件), an ~ occurs (發生緊急事件).
2 《形容詞性》用於緊急情況的. *emergency* measures 應急對策/an *emergency* landing 緊急著陸/ an *emergency* call 緊急電話.

emérgency bràke *n.* ⓒ緊急煞車.

emérgency dòor [**èxit**] *n.* ⓒ太平門, 安全門.

e·mer·gent [ɪˋmɝdʒənt; iˊməːdʒənt] *adj.* 《限定》新生的; 〔國家等〕新獨立的, 新興的. *emergent* countries in the Third World 第三世界的新興國家.

e·mer·i·tus [ɪˋmɛrətəs; iˊmeritəs] *adj.* 《限定》名譽…(加在職稱後, 作為退職後的稱號). an *emeritus* professor = a professor *emeritus* 名譽教授.

Em·er·son [ˋɛmɚsn̩; ˊeməsən] *n.* **Ralph Wal·do** [ˋwɔldo; ˊwɔːldəu] ~ 愛默生(1803–82)《美國的思想家、詩人》.

em·er·y [ˋɛmərɪ; ˊeməri] *n.* Ⓤ金剛砂(不純的 corundum 的粉末).

émery pàper *n.* Ⓤ(用金剛砂做的)砂紙(主要用於擦金屬或石頭).

e·met·ic [ɪˋmɛtɪk; iˊmetik] 《醫學》*adj.* 催吐的.
— *n.* ⓊⒸ催吐劑, 催吐藥.

***em·i·grant** [ˋɛməgrənt, -ˌgrænt; ˊemigrənt] *n.* (*pl.* ~**s** [~s; ~s]) ⓒ移民, 移居者,《*from; to*》(→ immigrant 圖). He left his country as an *emigrant*. 他離開祖國成為移民.
— *adj.* 移民(他國)的.

em·i·grate [ˋɛməˌgret; ˊemigreit] *vi.* 移居《*to* 〔他國〕》(→ migrate 圖; ↔ immigrate). *emigrate* from Taiwan *to* the United States 從臺灣移民到美國.

em·i·gra·tion [ˌɛməˋgreʃən; ˌemiˊgreiʃn] *n.* Ⓤ **1** (移往他國的)移居(↔ immigration). **2** 移民團; (集合)移民.

é·mi·gré [ˋɛməˌgre; ˊemigrei] (法語) *n.* ⓒ移居者; 流亡者.

Em·i·ly [ˋɛmlɪ; ˊemili] *n.* 女子名.

em·i·nence [ˋɛmənəns; ˊeminəns] *n.* **1** Ⓤ(身分、地位的)顯赫; 卓越, 傑出; 著名. rise to a position of *eminence* 升上高位/a man of *eminence* 知名人士.
2 ⓒ《文章》高地, 高處; 顯著的場所.

***em·i·nent** [ˋɛmənənt; ˊeminənt] *adj.* **1** 著名的, 顯赫的; 地位[身分]高的. an *eminent* novelist 著名小說家/She is *eminent* as a pianist. 她以鋼琴家著稱. **2** 優秀的, 出眾的. a man of *eminent* bravery 極其勇敢的人.

em·i·nent·ly [ˋɛmənəntlɪ; ˊeminəntli] *adv.* 顯著地, 特別地. This book is *eminently* useful for the English teacher. 這本書對英語教師特別有用.

e·mir [əˋmɪr; eˊmiə(r)] *n.* (常 E*mir*) (回教國家的)族長, 酋長, 王侯, 王族.

e·mir·ate [əˋmɪrɪt; əˊmiərət] *n.* ⓒ酋長國.

em·is·sar·y [ˋɛməˌsɛrɪ; ˊemisəri] *n.* (*pl.* **-sar·ies**) ⓒ《文章》使者; (特指)密使.

e·mis·sion [ɪˋmɪʃən; iˊmiʃn] *n.* **1** Ⓤ(光、熱、聲音、氣味等的)放射, 射出, 散發; (氣體等的)排出, 排氣. **2** ⓒ放射[散發]物. ⇨ *v.* emit.

e·mit [ɪˋmɪt; iˊmit] *vt.* (~**s**; ~**ted**; ~**ting**)射出, 散發,〔光、熱等〕, 發出〔聲音、言詞等〕; 噴出〔熔岩等〕. *emit* a scream 發出一聲尖叫.

Em·ma [ˋɛmə; ˊemə] *n.* 女子名.

Em·my [ˋɛmɪ; ˊemi] *n.* (*pl.* ~**s**) 艾美獎(在美國, 每年頒發給優秀的電視節目及演員的獎項).

e·mol·li·ent [ɪˋmɑlɪənt, -lɪənt; iˊmɔliənt] *adj.* 〔藥等〕使皮膚柔軟的, 緩和刺激的.
— *n.* Ⓤ潤滑劑, 緩和劑.

e·mol·u·ment [ɪˋmɑljəmənt; iˊmɔljumənt] *n.* ⓒ《文章》(常 emoluments)薪資, 報酬.

***e·mo·tion** [ɪˋmoʃən; iˊməuʃn] *n.* (*pl.* ~**s** [~z; ~z]) **1** (喜怒哀樂的)情感,《心理》情緒. a man of strong *emotions* 情感強烈的人/His speech appealed to the *emotions* rather than reason. 他的演說訴諸感情而非理性/It is not good to suppress your *emotions* all the time. 經常壓抑情感是不好的.

回 emotion 表示愛憎、喜怒哀樂等心情的激動及興奮，使人衝動的暫時性情緒．→ feeling.

搭配 *adj.* + emotion: a deep ~ (很深的情感)，an uncontrollable ~ (無法控制的情感) // v. + emotion: excite ~ (刺激情感)，betray one's ~(s) (無意中洩漏出情感)，hide one's ~(s) (隱藏情感)．

2 ⓤ激動，感動．weep with *emotion* 感動得哭泣/Her *emotion* was too strong for words. 她激動得說不出話來．

字源 MOT「啟動」; emotion, motion (運動)，motive (動機)，locomotive (火車頭)．

*e·mo·tion·al [ɪˈmoʃənḷ, -ʃnḷ; ɪˈməʊʃənḷ] *adj.* **1** 〔人，性情等〕情緒化的，易受情緒影響的; 情緒激動的，興奮的． She got *emotional* at her own wedding. 她在自己的婚禮上十分激動．

2 訴諸情感的，感人的． The film ends with an *emotional* scene in which the lovers are reunited. 那部電影以情人重聚的感人畫面收場．

3 〔判斷，決定等〕基於感情的，情緒上的． Your thinking is *emotional* rather than rational. 你的想法是感性的而非理性的．

e·mo·tion·al·ly [ɪˈmoʃənḷɪ, -ʃnḷɪ; ɪˈməʊʃnḷɪ] *adv.* 情緒上，感動地; 訴諸情感地; 就感情而言，情緒上． *emotionally* disturbed 情緒不安地/I hate the man so, *emotionally* speaking, I'd like to turn down his offer. 在情感上來說，我很討厭那個人，真想拒絕他的提議．

e·mo·tion·less [ɪˈmoʃənlɪs; ɪˈməʊʃnlɪs] *adj.* 毫無感情的; 毫不動的．

e·mo·tive [ɪˈmotɪv; ɪˈməʊtɪv] *adj.* 感情〔情緒〕的，感情上的; 訴諸情感的．

em·pan·el [ɪmˈpænḷ; ɪmˈpænl] *v.* =impanel.

em·pa·thy [ˈɛmpəθɪ; ˈempəθɪ] *n.* ⓤ(心理)移情作用．

*em·per·or [ˈɛmpərɚ; ˈempərə(r)] *n.* (*pl.* ~s [~z; ~z]) ⓒ皇帝(帝國 (empire) 的元首)，(日本的)天皇，(女皇，皇后為 empress)． the Holy Roman *Emperor* 神聖羅馬帝國皇帝/the *Emperor* Meiji 明治天皇． ⇨ *adj.* imperial.

em·pha·ses [ˈɛmfəˌsiz; ˈemfəsiːz] *n.* emphasis 的複數．

*em·pha·sis [ˈɛmfəsɪs; ˈemfəsɪs] *n.* (*pl.* -ses) ⓤⓒ強調，重點，重視，(*on, upon*). This point deserves special *emphasis*. 這點值得特別強調/That college puts (lays, places) too much *emphasis on* athletics. 那所大學過分注重體育． ⇨ *v.* emphasize. *adj.* emphatic.

with émphasis 致力於，強調．trees standing out with *emphasis* against the snow 矗立的樹木在白雪的襯托下更為明顯．

em·pha·sise [ˈɛmfəˌsaɪz; ˈemfəsaɪz] *v.* (英) = emphasize.

*em·pha·size [ˈɛmfəˌsaɪz; ˈemfəsaɪz] *vt.* (-siz·es [~ɪz; ~ɪz]; ~d [~d; ~d]; -siz·ing) **1** 強調，力主． The teacher *emphasized* the value of reading. 老師強調閱讀的重要性/I wish to *emphasize* that this is only a personal opinion. 我要強調的是這僅是我個人的意見而已． **2** 重視，加強，(文辭)．

3 使〔外形，顏色等〕顯眼，使突出． The bright lipstick *emphasized* her pale complexion. 鮮明的口紅突顯了她蒼白的膚色．

em·pha·siz·ing [ˈɛmfəˌsaɪzɪŋ; ˈemfəsaɪzɪŋ] *v.* emphasize 的現在分詞、動名詞．

em·phat·ic [ɪmˈfætɪk; ɪmˈfætɪk] *adj.* **1** 〔字，音節等〕加強語氣的; 〔文辭表達等〕強調的． an *emphatic* word 加強語氣的字．

2 堅決的; 明確的; 強調的(*about*). his *emphatic* belief 他堅定的信念/My father is *emphatic about* cleanliness. 父親強調整潔的重要．

3 顯著的，醒目的，明顯的． an *emphatic* contrast 明顯的對照． ⇨ *n.* emphasis.

em·phat·i·cal·ly [ɪmˈfætɪkḷɪ, -ɪkḷɪ; ɪmˈfætɪkəlɪ] *adv.* **1** 極力地，果決地．

2 全然地，斷然地．

*em·pire [ˈɛmpaɪr; ˈempaɪə(r)] *n.* (*pl.* ~s [~z; ~z]) **1** ⓒ(常 *Empire*)帝國(特指統治數國或數個領地的宗主國; 其元首為 emperor). the Holy Roman *Empire* 神聖羅馬帝國/the British *Empire* 大英帝國．

2 ⓤ(皇帝的)君權; (帝王的)統治．

3 ⓒ「王國」，龐大的企業組織．
⇨ *adj.* imperial.

Émpire Státe *n.* (加 the)美國 New York 州的別稱．

Émpire Státe Búilding *n.* (加 the)帝國大廈(New York 市的摩天大樓; 地面上有 102 層; 曾是世界最高的建築物)．

em·pir·ic, em·pir·i·cal [ɛmˈpɪrɪk; ɪmˈpɪrɪk], [-k]; -kl] *adj.* **1** 經驗主義的，經驗論的．

2 〔知識，方法〕(較理論更)注重實驗、觀察的(⇔ theoretical)．

em·pir·i·cal·ly [ɛmˈpɪrɪkḷɪ, -ɪkḷɪ; ɪmˈpɪrɪkəlɪ] *adv.* 經驗上地．

em·pir·i·cism [ɛmˈpɪrəˌsɪzəm; ɪmˈpɪrɪsɪzəm] *n.* ⓤ **1** 經驗主義．

2 (哲學)經驗論(17, 18 世紀英國的 J. Lock, G. Berkeley, D. Hume 為其代表人物)．

em·pir·i·cist [ɛmˈpɪrəsɪst; ɪmˈpɪrɪsɪst] *n.* ⓒ **1** 經驗主義者． **2** (哲學)經驗論者．

em·place·ment [ɪmˈplesmənt; ɪmˈpleɪsmənt] *n.* ⓒ(軍事)(堡壘等的)砲座，砲臺．

*em·ploy [ɪmˈplɔɪ; ɪmˈplɔɪ] *vt.* (~s [~z; ~z]; ~ed [~d; ~d]; ~·ing) 【用人員】 **1** 雇用，聘使，使用，〔人，公司等〕，(*as*)(⇔ dismiss; → hire 回). Mr. Green is *employed in* a bank (on "The Times"). 格林先生受雇於銀行 [「泰晤士報」]/*employ* him *as* a full-time teacher 雇用他為專任講師/the *employed* = the employees (集合)工作人員．

2 (文章)使從事(*in*)(通常用被動語態)． Thirty men were *employed in* loading the cargo. 三十

名男工受雇裝貨/The office girl *employed* herself (*in*) copying letters. 那個女職員忙著謄寫信件.

〖 使用某物 〗 **3** 《文章》使用…, 用…, (*as* 作為 …). They decided to *employ* a vacant lot *as* a playground. 他們決定把空地當作運動場使用/A lever was *employed* to move the rock. 以槓桿來移動石頭. 回employ 是比 use 更為正式的字; 常含有將未利用之物活用之意.

4 《文章》花費(時間, 精力等); 消耗, 消磨, 〔時間等〕. He *employs* most of his time *in* reading.= Reading *employs* most of his time. 他把大部分時間用在閱讀上. ⇨ *n.* employment.

— *n.* Ⓤ《文章》雇用(employment). I have been in his *employ* for twenty years. 我在他的公司工作二十年了.

em·ploy·a·ble [ɪm`plɔɪəbl; ɪm'plɔɪəbl] *adj.* 〔人〕適於受雇的, 稱職的.

*＊**em·ploy·ee** [ɪm`plɔɪ·i, ͵ɛmplɔɪˋi; ͵emplɔɪˊiː] *n.* (*pl.* ~**s** [~z; ~z]) Ⓒ受雇者, 從業人員, (↔employer).

> 搭配 *adj.*＋employee: a full-time ~ (全職的員工), a part-time ~ (兼職的員工) // *v.*＋employee: hire an ~ (雇用員工), dismiss an ~ (解雇員工), fire an ~ (開除員工).

● 以-ee 表示「人」的名詞
本身含被動意義, 重音原則上在 -ée.

addressee	收信人	employee*	受雇者
evacuee	難民	examinee	應試者
nominee	被提名者	payee	受款人
trainee	受訓者	trustee	受託人

＊重音亦有例外, 如 employée.

---

em·ploy·er [ɪm`plɔɪ·ɚ, ·ˋplɔɪɚ; ɪm'plɔɪə(r)] *n.* Ⓒ雇主, 雇用者, 老闆, (↔employee); 使用[利用]者(user).

*＊**em·ploy·ment** [ɪm`plɔɪmənt; ɪm'plɔɪmənt] *n.* (*pl.* ~**s** [~s; ~s]) **1** Ⓤ雇用, 受雇. full-time [part-time] *employment* 全職[兼職]/I am at present in the *employment* of Mr. Smith. 我目前受雇於史密斯先生.

2 ⓊⒸ工作, 職業. get [lose] *employment* 就業 [失業]/He has (a) regular *employment*. 他有個固定的工作/His father has been in public *employment* for thirteen years. 他父親擔任公職十三年了. 回employment 是指受雇而工作的職業; → occupation.

> 搭配 *adj.*＋employment: permanent ~ (終身雇用), temporary ~ (短期雇用), well-paid ~ (薪水極佳的職業) // *v.*＋employment: find ~ (找到工作), look for ~ (尋找工作).

3 Ⓤ使用; 差遣; 《文章》工作. the *employment* of every means to an end 為達目的, 不擇手段.

in emploýment 受雇, 就業.

out of emploýment 失業.

emploýment ȧgency *n.* Ⓒ職業介紹所.

emploýment exchȧnge *n.* Ⓒ《英》就業輔導中心(公營).

---

em·po·ri·um [ɛm`porɪəm, ·ˋpɔr·; em'pɔːrɪəm] *n.* Ⓒ《文章》**1** 市場; 大商店. **2** 商業中心.

em·pow·er [ɪm`paʊɚ; ɪm'paʊə(r)] *vt.* 《文章》句型5 (empower **A** *to* do) 給與 A 做…的權限[權力, 權利]. The delegation is *empowered* to sign the treaty. 代表團被授與簽署條約的權利.

*＊**em·press** [`ɛmprɪs; 'emprɪs] *n.* (*pl.* ~**es** [~ɪz; ~ɪz]) Ⓒ女皇帝, 女皇, 皇后, (→ emperor). Her Majesty the *Empress* 女王陛下; 皇后陛下.

emp·tied [`ɛmptɪd; 'emptɪd] *v.* empty 的過去式, 過去分詞. 〔比較級〕

emp·ti·er [`ɛmptɪɚ; 'emptɪə(r)] *adj.* empty 的比較級.

emp·ties [`ɛmptɪz; 'emptɪz] *v.* empty 的第三人稱, 單數, 現在式.

emp·ti·est [`ɛmptɪɪst; 'emptɪɪst] *adj.* empty 的最高級.

emp·ti·ness [`ɛmptɪnɪs; 'emptɪnɪs] *n.* Ⓤ空; 空虛; 無意義; 虛幻; 無知.

*＊**emp·ty** [`ɛmptɪ; 'emptɪ] *adj.* (-**ti·er**; -**ti·est**) **1** 空的, 甚麼都沒有的; 無人的; (↔full; → vacant 回). an *empty* box 空箱/an *empty* table 空無一物的餐桌/an *empty* street 無人的街道/an *empty* house (因外出等) 沒人在的房子; 空屋; 沒有擺設家具的房屋/His hands were *empty*. 他手上甚麼都沒有.

2 空虛的, 虛幻的; 不真實的, 無實質的. an *empty* dream 幻夢/*empty* talk 空談/Never make *empty* promises. 切勿妄下承諾.

3 沒有的, 欠缺的, (*of*). The room was *empty* of furniture. 房間裡連個家具都沒有/words *empty* of meaning 沒意義的話.

fèel émpty 《口》肚子餓了.

on an èmpty stómach 空腹地. Never take aspirin *on an empty stomach*. 空腹時千萬不要服用阿斯匹靈.

— *v.* (-**ties**; -**tied**; ~**ing**) *vt.* **1** 使〔容器〕變空; 從〔容器〕中取出使其變空(*of*《內部》). He *emptied* the glass in one gulp. 他把玻璃杯裡的東西一口喝光/*empty* a briefcase *of* its papers 把公事包裡的文件掏空.

2 倒出〔裡面的東西〕. *empty* the water *from* [*out of*] a pail 倒掉桶裡的水/*empty* milk *into* a glass 把牛奶倒進杯子裡/The police *emptied* their revolvers *into* the rioters. 警察將手槍中的子彈全部射向暴徒. ↔fill.

— *vi.* 變空; 〔河流〕流入(*into*). The Mississippi *empties* into the Gulf of Mexico. 密西西比河流入墨西哥灣.

— *n.* (*pl.* -**ties**) Ⓒ(通常 empt*ies*)空的容器[交通工具](空瓶, 空箱, 空車等).

emp·ty-hand·ed [͵ɛmptɪˋhændɪd; 'emptɪˊhændɪd] *adj.* 徒手的; 空著手(不帶禮物)的; 一無所獲的. send a person away *empty-handed* 甚麼都沒給就把人打發走了.

emp·ty-hend·ed [͵ɛmptɪˋhɛdɪd;

'emp·ti·'head·ed [-'hedɪd] *adj.* 《口》沒腦子的, 愚蠢的.

EMS 《略》European Monetary System 《(EC 的)歐洲貨幣制度》(以 ECU 為單位).

e·mu [`ɪmju, `ɪmu, `iːmjuː] *n.* ⓒ 鴯鶓(似駝鳥而不能飛的大鳥; 產於澳洲).

em·u·late [`ɛmjə,let; `emjʊleit] *vt.* 《文章》努力趕上(勝過); 認真效法.

em·u·la·tion [,ɛmjə'leʃən; ,emjʊ'leiʃn] *n.* ⓤ 《文章》競爭(意識), 對抗; 效法.

e·mul·si·fy [ɪ`mʌlsə,faɪ; ɪ`mʌlsifai] *vt.* (-fies; -fied; ~ing) 乳化, 使成乳狀液.

e·mul·sion [ɪ`mʌlʃən; ɪ`mʌlʃn] *n.* Ⓤⓒ **1** 乳劑, 乳狀液. **2** 《攝影》感光乳劑.

en[1] [ɛn; en] *n.* ⓒ N 字母.

en[2] [ɑŋ; ɒŋ] 《法語》 *prep.* 在…; 當作…; 在…之中.
en masse [ɛn`mæs; ɑːmˈmæs] 一同, 一起.
en passant [ɑŋ`pæsɑŋ; ɑːmˈpæsɑːŋ] 順便, 附帶.
en route [ɑn`rut; ɑːnˈruːt] 途中(*to, for*).

en- *pref.* 《在 p-, ph-, b-, m- 之前則改用 em-》 **1** 加名詞則構成下列意義的動詞. (a) 「放進…之中, 置於…之上」 *en*shrine. *em*body. *en*throne. (b) 「用…圍住, 遮蓋」 *en*circle.
2 加在名詞或形容詞前構成「使成為…」之意的動詞. *en*slave. *en*able.

-en *suf.* **1** 加在形容詞或名詞後構成「使成為…, 使變為…」之意的動詞. deep*en*. strength*en*.
2 加在物質名詞後構成「…的, …製的」之意的形容詞. wood*en*. wool*en*.
3 不規則動詞的過去分詞字尾. tak*en*. brok*en*.
4 少數名詞的複數字尾. ox*en*. child*ren*.

＊en·a·ble [ɪn`ebl; ɪ`neibl] *vt.* (~s [~z; ~z]; ~d [~d; ~d]; -bling) **1** 句型5 (enable A *to* do)使 A 能做…; 給予 A 做…的能力; (↔ disable). His good health *enabled* him *to* work hard. 身體健康使他能努力地工作.
2 使可能, 使可行. Computers *enable* very complicated calculations in a short time. 電腦可在短時間內完成相當複雜的計算.
3 許可, 給予…的權限, a law *enabling* the import of fish 准許魚類進口的法律.
字源 ABLE 「有能力的」: en*able*, (un)*able* 《(不)能夠的》, dis*able* 《使無助益的》.

en·a·bling [ɪn`eblɪŋ, -`eblɪŋ; ɪ`neiblɪŋ] *v.* enable 的現在分詞, 動名詞.

en·act [ɪn`ækt; ɪ`nækt] *vt.* **1** 制定(法律, 法令). **2** 擔任(演員)的角色; 上演(戲劇).

en·act·ment [ɪn`æktmənt; ɪ`næktmənt] *n.* **1** ⓤ (法律, 法令的)制定. **2** ⓒ 法規; 法令, 條例.

en·am·el [ɪn`æml; ɪ`næml] *n.* **1** ⓤ 琺瑯; 陶器的)釉. **2** 亮光漆(塗料). **3** (牙齒的)琺瑯質.
── *vt.* (~s; 《美》 ~ed, 《英》 ~led; 《美》 ~ing, 《英》 ~ling) 將…上琺瑯; 將…上釉; 將…塗上亮光漆.

en·am·el·ware [ɪ`næml,wɛr, -,wær; ɪ`næməlweə(r)] *n.* ⓤ 搪瓷器, 琺瑯鐵器.

en·am·ored 《美》, **en·am·oured** 《英》 [ɪn`æməd; ɪ`næməd] *adj.* 《敘述》傾心的, 迷戀的. She is *enamored* of the popular singer. 她迷戀那位流行歌手.

en bloc [ɛn`blɑk; ɒŋ`blɒk] 《法語》 *adv.* 全部, 歸納在一起.

en·camp [ɪn`kæmp; ɪn`kæmp] *vi.* 露營, 紮營; 布陣.
── *vt.* 使(軍隊等)紮營.

en·camp·ment [ɪn`kæmpmənt; ɪn`kæmpmənt] *n.* ⓤ 露營, 紮營; ⓒ 營地, 營區.

en·cap·su·late [ɪn`kæpsə,let; ɪn`kæpsəleit] *vt.* **1** 將…裝入膠囊; 將…封進內部.
2 加以概括, 歸納, (事實, 情報等).

en·case [ɪn`kes; ɪn`keis] *vt.* (通常用被動語態) **1** 把…裝箱; 收進(*in*).
2 《詼》包住, 裹住, (身體等)(*in*).

-ence *suf.* 與字尾為 -ent 之形容詞對應的名詞字尾; 表示「性質, 狀態, 行為 等」. depend*ence*. abs*ence*. refer*ence*.

en·ceph·a·li·tis [ɛn,sɛfə'laɪtɪs, ɛn,sɛfə-; ,enkefə'laitɪs] *n.* ⓤ 《醫學》腦炎.

en·chain [ɛn`tʃen; ɪn`tʃein] *vt.* **1** 用鎖鏈捆住, 束縛. **2** 吸引(注意等).

en·chant [ɪn`tʃænt; ɪn`tʃɑːnt] *vt.* **1** 迷住, 使出神, (通常用被動語態). The tourists were *enchanted* by the scenery. 遊客被景色所吸引.
2 施加魔法於…. an *enchanted* castle 魔堡(出現於童話中). ≒charm, fascinate.

en·chant·er [ɪn`tʃæntə; ɪn`tʃɑːntə(r)] *n.* ⓒ **1** 有魅力的人. **2** 巫師; 會巫術的人.

en·chant·ing [ɪn`tʃæntɪŋ; ɪn`tʃɑːntɪŋ] *adj.* 令人出神的, 令人陶醉的, 著實可愛動人的.

en·chant·ment [ɪn`tʃæntmənt; ɪn`tʃɑːntmənt] *n.* Ⓤⓒ **1** 魅力; 入迷, 恍惚狀態.
2 魔法; 蠱惑; 著魔.

en·chant·ress [ɪn`tʃæntrɪs; ɪn`tʃɑːntrɪs] *n.* ⓒ **1** 有魅力的女性. **2** 女巫(師), 魔女.

en·ci·pher [ɪn`saɪfə; ɪn`saifə(r)] *vt.* 將…譯成密碼(↔ decipher).

en·cir·cle [ɪn`sɝkl; ɪn`sɜːkl] *vt.* 圍繞, 包圍, by [with] trees 被樹木環繞著/The army *encircled* the town. 軍隊將城鎮包圍了. ≒enclose, surround.

en·cir·cle·ment [ɪn`sɝklmənt; ɪn`sɜːklmənt] *n.* ⓤ 圍繞, 包圍.

en·clave [`ɛnklev; `enkleiv] *n.* ⓒ 被包圍的領地(某一國境內所包圍的他國領土); 孤立的小團體.

＊en·close [ɪn`kloz; ɪn`kləʊz] *vt.* (-clos·es [~ɪz; ~ɪz]; ~d [~d; ~d]; -clos·ing) 【圍繞】 **1** 圍繞, 包圍; 圍住(土地等); (*with, in*). *Enclose* those words *with* [*in*] circles. 把那些字用圓圈圈起來/They *enclosed* the vegetable garden *with* a fence. 他們用籬笆圍住菜園. ≒encircle, surround.
2 【放入某範圍中】將…裝入, 將…附入信封內, (*with*). I *enclose* a check *with* this letter. 隨函附上支票一張/*Enclosed* are our samples. 隨函謹

上本公司的樣品.

字源 CLOSE「關閉」: en*close*, dis*close* (揭發).

en·clos·ing [ɪnˋklozɪŋ; mˊkləʊzɪŋ] v. enclose 的現在分詞、動名詞.

en·clo·sure [ɪnˋkloʒɚ; mˊkləʊʒə(r)] n. **1** [UC] 圍繞. **2** [C] 圍籬(柵欄、圍牆、籬笆等). **3** [C] 圍著之地; 圍內, 場內, 境內. **4** [C] 裝入信封之物 [附件], 裝入物.

en·code [ɛnˋkod; enˋkəʊd] vt. 將…改為符號; 把 [通訊等]變成密碼[暗號, 信號]; (code; ↔ de-code).

en·co·mi·um [ɛnˋkomɪəm; enˋkəʊmjəm] n. (pl. ~s, -mi·a [-mɪə; -mɪə]) [C]《文章》讚頌之辭.

en·com·pass [ɪnˋkʌmpəs; mˊkʌmpəs] vt. 《文章》**1** 包圍, 圍住; 環繞在…的周圍.
2 包含(contain).

en·core [ˋɑŋkor, ˋɑn-, -kɔr; ˋɒŋkɔː(r)] (法語) interj. 安可!《在音樂會等要求再次演出的叫聲》.
— n. [C] **1**「安可!」的叫喊, (用拍手等)表示希望再次演出的期望.
2 (應「安可」之要求)再次表演, 安可曲.
— vt. 要求[演奏者]再演奏; 要求再演唱[歌曲等].

*__en·coun·ter__ [ɪnˋkaʊntɚ; mˊkaʊntə(r)]《文章》 vt. (~s [-z; -z]; ~ed [-d; -d]; -ter·ing [-tərɪŋ, -trɪŋ; -tərɪŋ])【相遇】**1** 偶然遇見, 邂逅. I *encountered* an old classmate unexpectedly. 我意外地遇到一個老同學.
2 遭遇[困難, 危險, 敵人等]. They *encountered* a lot of obstacles in the campaign. 他們在活動中面臨許多障礙.
搭配 encounter + n.: ~ competition (面臨競爭), ~ (a) danger (遭遇危險), ~ (a) difficulty (遇到困境), ~ an objection (遭到反對).
— n. [C] **1** 對抗, 敵對; 會戰(→ pitched bat-tle). **2** 偶然的相遇(with).

*__en·cour·age__ [ɪnˋkɝɪdʒ; mˊkʌrɪdʒ] vt. (-ag·es [-ɪz; -ɪz]; ~d [-d; -d]; -ag·ing)【鼓勵】**1** (a)鼓勵, 激勵, 勉勵; 激發某人去做…. The teacher *encouraged* the students with praise. 老師用稱讚來鼓勵學生們/She was *encouraged* by the news. 她受到那消息的鼓舞/The professor *encouraged* me in my studies. 我的研究受到教授的鼓勵.
(b) 句型5 (encourage **A** *to* do)、句型3 (encourage **A** *to* B)鼓勵[勸誘, 規勸, 促使, 唆使]A去做…[A去做B]. The mother *encouraged* the child to behave himself [*to* good manners]. 那位母親督促孩子要守規矩/My wife *encouraged* me *to* stop smoking. 妻子勸我戒菸.
2 獎勵; 助長. Tom's mother *encouraged* my visits. 湯姆的母親邀我常到她家去/Warm weather *encourages* the growth of plants. 溫暖的氣候促進植物的生長/King Alfred *encouraged* learning throughout England. 阿弗烈德國王獎勵全英國的學習風氣. ↔ discourage.

*__en·cour·age·ment__ [ɪnˋkɝɪdʒmənt; mˊkʌrɪdʒmənt] n. (pl. ~s [-s; -s]) **1** [U] 鼓勵; 獎勵; 促進. receive [take] much encouragement

---

from one's teacher 獲得老師莫大的鼓勵/I gave him *encouragement* to apply for the job. 我鼓勵他去應徵那個工作.
2 [C] 成為勉勵[獎勵]之事物, 刺激. an *encourage-ment to* young people 對年輕人的一種鼓勵.
↔ discouragement.

en·cour·ag·ing [ɪnˋkɝɪdʒɪŋ; mˊkʌrɪdʒɪŋ] v. encourage 的現在分詞、動名詞.
— adj. 鼓勵的, 勉勵的, 給與信心的.

en·cour·ag·ing·ly [ɪnˋkɝɪdʒɪŋlɪ; mˊkʌrɪdʒɪŋlɪ] adv. 鼓勵地, 勉勵地.

en·croach [ɪnˋkrotʃ; mˊkrəʊtʃ] vi. 侵害, 侵犯; [海等]侵蝕, (on, upon 〔他人權利, 時間, 陸地等〕).

en·croach·ment [ɪnˋkrotʃmənt; mˊkrəʊtʃmənt] n. [UC] 侵害, 侵犯; 侵蝕.

en·crust [ɪnˋkrʌst; mˊkrʌst] vt. 覆蓋[表面等] (with); 鑲嵌(with 〔寶石等〕); (通常用被動語態).

en·cum·ber [ɪnˋkʌmbɚ; mˊkʌmbə(r)] vt. (常用被動語態)《文章》**1** 阻礙, 妨礙, [活動等]; 成為…的累贅. **2** 充塞[場所等](with). My room is *encumbered* with books and papers. 我的房間塞滿了書和文件. **3** 使負擔(with 〔重擔等〕).

en·cum·brance [ɪnˋkʌmbrəns; mˊkʌmbrəns] n. [C]《文章》阻礙(物), 妨礙物; 重擔.

-ency suf. 與字尾為 -ent 的形容詞對應的名詞字尾; 表示「性質, 狀態」(→-ence). depend*ency*. fre-qu*ency*.

en·cyc·li·cal [ɛnˋsɪklɪkl, -ˋsaɪk-; mˊsɪklɪkl] [C]《天主教》(羅馬教皇的)通諭《向全世界天主教會頒布的文書》.

*__en·cy·clo·pe·dia, -pae·dia__ [ɪnˌsaɪkləˋpidɪə; ɪnˌsaɪkləʊˋpiːdjə] n. (pl. ~s [-z; -z]) [C]百科全書, 百科辭典; (某一學科的)專業辭典.

en·cy·clo·pe·dic, -pae·dic [ɪnˌsaɪkləˋpidɪk; mˌsaɪkləʊˋpiːdɪk] adj. 〔知識等〕百科全書(式)的, 廣博的.

en·cy·clo·pe·di·cal, -pae·di·cal [ɪnˌsaɪkləˋpidɪkl; mˌsaɪkləʊˋpiːdɪkl] adj. =ency-clopedic.

*__end__ [ɛnd; end] n. (pl. ~s [-z; -z]) [C]【結束】**1** 終了, 結束; 末尾; (↔ beginning). at the *end* of the year 在年底/His life had an un-happy *end*. 他一生以悲劇收場/the *end* of a story 故事的結尾/from beginning to *end* 從頭到尾.
2 死, 臨終; 毀滅. meet one's [the] *end* 死到臨頭, 死亡/The man came to a bad *end* as a result of getting involved with gangsters. 那個人與流氓廝混而不得善終.
搭配 adj. + end: a painful ~ (痛苦的死亡), a peaceful ~ (安詳的死亡), an unfortunate ~ (不幸的死亡), an untimely ~ (英年早逝).
3 結果, 演變, (result, outcome). secure the desired *end* 獲得預期的結果.

4【邊際】界限; 止境; 限度; 邊陲. There's no *end* in sight. 一望無際/the west *end* of the town 城鎮的西陲/We were at the *end* of our food. 我們的糧食吃光了/This is the *end*—I'll never help him again. 這是最後一次, 我不會再幫助他了.

5【終極目標】目的, 目標, 企圖. To what *end* did you do that? 你做那件事的目的何在?/The *end* justifies the means. 《諺》爲達目的, 不擇手段(<目的可以證明手段是正當的)/a means to an *end* 達到目的的手段/This invention is sure to serve a useful *end*. 這發明一定會有用的.

〖 東西的末尾>端 〗 **6** 端, 頂端, 末端; (街道等的)盡頭. the pointed *end* of a knife 刀刃的尖端/both *ends* of a rod 棒子的兩端/I don't know the person on [at] the other *end* of the line. 我不知道電話那頭是誰/Look at the other *end* of the bridge. 看看橋的另一頭/He looked through the wrong *end* of the telescope. 他把望遠鏡用反了.

7 (常 ends)碎片, 殘屑, cigarette ends 菸蒂.

8【美式足球】端[邊]鋒(就攻[守]方而言, 負責前衛線兩端的球員); (一般運動中攻擊或守備的)一方.

at a lòose énd 《英》=at loose ends (2).

* *at an énd* 完結, 告終; 達到限度. The strike is *at an end*. 罷工結束.

at lòose énds (1)處於不安定狀態, 混亂. be *at loose ends* what to do 不知怎麼辦才好. (2)《美》(無工作)賦閒.

at the ènd of the dáy 總而言之, 結果, 《多爲一句帶過, 輕描淡寫的說法》.

bring...to an énd 使…結束. The new weapon is said to have *brought* the war *to an end*. 據說就是這種新武器結束這場戰爭.

* *còme to an énd* 完結, 了結. The battle *came to a* speedy *end*. 戰事很快就結束了.

còme to the ènd of... 耗盡. We *came to the end of* our funds. 我們把資金用光了.

dràw to an énd =come to an end.

ènd ón 尖端向著(某物體)地; (車輛碰撞等)一端碰一端地(用於正面衝撞及追撞). Both drivers were killed when the two cars collided *end on*. 車子迎面對撞, 兩名司機都喪生了.

ènd to énd 首尾相接地, 縱排成一列地. We put all the tables *end to end* for the buffet. 我們把所有的桌子排成一列, 準備辦自助餐會.

from ènd to énd 從一端到另一端, 從頭到尾.

go òff the dèep énd 《口》失去自我控制; 勃然大怒. My father really *went off the deep end* when I told him I'd crashed his car. 當我告訴父親我撞壞了他的車時, 他大發雷霆.

hàve...at one's fingers' énds =have...at one's fingertips (fingertip 的片語).

* *in the énd* 最後, 結果, 最終, 終於. I tried and failed to fix my car several times; *in the end* I called in a mechanic. 我試著修理我的車, 但幾次都失敗了; 最後只好叫技工來.

màke an énd of... 《文章》使結束, 終止.

* *màke* (*bòth*) *ènds méet* 使收支相抵; 量入爲出, 使生活開銷不超過收入. It's difficult to *make ends meet* on my husband's small salary. 以我丈夫的微薄薪資, 要維持生活是很困難的.

nò énd 《口》非常多; 無休止地. The film is praised *no end*. 那部影片倍受讚譽.

nò énd of... 《口》許多的, 無數的; 了不起的. We have *no end of* trouble with our teenage boys. 我們這幾個十來歲的男孩子讓我們有傷不完的腦筋.

* *on énd* (1)豎起, 筆直地. His hair stood *on end*. 他頭髮豎起來(由於恐懼等). (2)連續地. walk hours *on end* 連續步行好幾個鐘頭.

* *pùt an énd to...* 使…結束, 終了; 防止…再發生. The farmer had a fence erected around his orchard to *put an end to* trespassing. 農夫用籬笆把他的果園圍起來以阻止非法侵入.

the ènd of the wórld (1)世界末日; 世界的盡頭. (2)《用於否定句》重要的事. We know that this game is not *the end of the world*. 我們知道這場比賽並非決定性的關鍵.

to nò énd 無結果, 徒勞地, (in vain). I warned him again and again not to swim in that river, but *to no end*. 我一再警告他不要在那條河裡游泳, 但都沒有用.

* *to the* (*bìtter, vèry*) *énd* 直到最後(的關頭), 一直. We shall fight *to the bitter end* and never surrender. 我們將奮戰到最後, 絕不投降.

without énd 無窮地, 永遠地, (endlessly). We pledged to love each other *without end*. 我們發誓永遠相愛.

— *vt.* **1** 結束, 終止; 使作罷, 使終止; (→ conclude回). *end* one's life [days] in happiness 晚年過得幸福快樂/Let's *end* this discussion at once. 我們馬上結束這場討論吧!

2 使是終. His speech *ended* the meeting. 他的發言結束了這場會議.

— *vi.* 結束, 告終, 終結, 了結. The story *ends* happily. 這個故事以喜劇收場.

↔ begin, commence.

ènd by dóing 結果[最後]…, 以…結束. He will *end by marrying* her. 最後他將娶她.

* *énd in...* 以…告終, 結果會…. Their marriage *ended in* divorce. 他們的婚姻以離婚收場.

ènd/.../óff[1] 完結, 結束[演說等], 《by, with》.

ènd óff[2] 中斷.

ènd úp 結果爲…《as》; 以…告終《in》. He *ended up* (as) ruler of his party. 他最後終於當上黨主席/You'll *end up* in the hospital. 你將終進醫院.

ènd úp (*by*) *dóing* 最後做…. We *ended up* giving up the plan. 我們最後還是放棄該計畫.

ènd (*úp*) *with...* 以…結束. The dinner *ended* (*up*) *with* some very nice cheese. 晚餐最後是一道可口的乳酪.

en·dan·ger [ɪn`dendʒɚ; ɪn'deɪndʒə(r)] *vt.* 危害, 危及, 使陷入危險. *endanger* one's life by reckless driving 開車魯莽危及生命/an *endan-*

gered species (生存)受到威脅的物種.

en·dear [ɪnˋdɪr; ɪnˈdɪə(r)] *vt.* 使受喜愛, 使受愛慕, ((to)). The young teacher *endeared* himself *to* his pupils. 那位年輕的老師受到學生的喜愛.

en·dear·ing [ɪnˋdɪrɪŋ; ɪnˈdɪərɪŋ] *adj.* 令人喜愛的. an *endearing* character 討人喜愛的性格, 平易近人的性格.

en·dear·ing·ly [ɪnˋdɪrɪŋlɪ; ɪnˈdɪərɪŋlɪ] *adv.* 令人喜愛地.

en·dear·ment [ɪnˋdɪrmənt; ɪnˈdɪəmənt] *n.*
1 U 親愛的表示; 受到愛慕; 可愛.
2 C 愛的表示((darling, my dear 等話語或愛撫)).

*****en·deav·or** (美), **en·deav·our** (英) [ɪnˋdɛvə; ɪnˈdevə(r)] ((文章)) *vi.* (~s [~z; ~z]; ~ed [~d; ~d]; ~·ing [-vərɪŋ, -vrɪŋ, -vərɪŋ])努力((to do)). He *endeavored* to persuade her. 他努力說服她. ⓓendeavor 比 try 更強調努力的程度, 相當於 try hard.
— *n.* (*pl.* ~s [~z; ~z]) C 努力. They made every *endeavor* to bring about peace. 他們為爭取和平努力不懈. ⓓendeavor 比 effort 更屬文章用語, 特指認真而堅持不懈的努力.

en·dem·ic [ɛnˋdɛmɪk; enˈdemɪk] *adj.* (疾病等)地方性的, 某地方特有的, 風土性的. *endemic* plants 某地特有的植物. ◆ **epidemic**.
— *n.* C 地方性疾病.

end·ing [ˋɛndɪŋ; ˈendɪŋ] *n.* **1** C 結束; 結局, 結尾. A good beginning makes a good *ending*. 《諺》好的開始帶來好的結果/a happy *ending* 美滿的結局, 大團圓. **2** (文法)字尾(變化).

en·dive [ˋɛndaɪv, ˋɑndɪv; ˈendɪv] *n.* C (植物)菊苣萵苣(做沙拉用).

*****end·less** [ˋɛndlɪs; ˈendlɪs] *adj.* **1** 無窮盡的, 無止境的; 不斷的; (→ eternal ⓡ). *endless* chatter 喋喋不休/*endless* complaints 不停的抱怨.
2 (機械)環狀的, 循環的. an *endless* belt 循環式(輸送)帶.

end·less·ly [ˋɛndlɪslɪ; ˈendlɪslɪ] *adv.* 不斷地, 不絕地.

ēndless tápe *n.* C 循環式錄音帶(可以反覆播出同一內容).

en·dorse [ɪnˋdɔrs; ɪnˈdɔːs] *vt.* **1** 在〔支票, 票據等〕的背面簽字[背書]. Please *endorse* this check. 請在這張支票上背書.
2 (文章)贊成, 支持, 〔意見等〕. I can't *endorse* violence. 我不能支持暴力. ⓡ比 approve 更為積極地支持.

en·dorse·ment [ɪnˋdɔrsmənt; ɪnˈdɔːsmənt] *n.* U C 背書; (文章)贊成, 支持.

en·dow [ɪnˋdaʊ; ɪnˈdaʊ] *vt.* 〖 給與 〗 **1** 捐贈資產給〔人, 公共設施等〕; 捐助((with)). He *endowed* a hospital *with* a large sum of money. 他捐一大筆錢給醫院.
2 (文章)授與[賦與]〔人〕((with 能力等))((通常用被動語態)). She is *endowed* *with* intelligence and a sense of humor. 她有天生的智慧和幽默感.

en·dow·ment [ɪnˋdaʊmənt; ɪnˈdaʊmənt] *n.*
1 U (基金的)捐贈.

2 C (通常 endowments)基金(經由捐贈而作為個人或組織收入來源)).
3 C (通常 endowments)(文章)天生的特質(精神上的或身體上的); 天賦的才能.

endówment pólicy *n.* U 人壽保險單.

énd pròduct *n.* C 最終產品, 製成品; 最後結果(→ by-product)).

énd tàble *n.* C (放在沙發等旁邊的)茶几.

en·dur·a·ble [ɪnˋdjʊrəbl̩, -ˋdɪʊr-, -ˋdʊr-; ɪnˈdjʊərəbl̩] *adj.* 能持久的, 耐久的; 可以忍耐的.

*****en·dur·ance** [ɪnˋdjʊrəns, -ˋdɪʊr-, -ˋdʊr-; ɪnˈdjʊərəns] *n.* U 耐力, 持久力; 忍耐, 忍受. A marathon requires great *endurance*. 馬拉松賽跑需要極大的耐力. ⓓendurance 指對難以克服的困難的忍耐力; → patience.
beyond endúrance＝*past endúrance* 無法容忍的, 忍無可忍的. The pain was *beyond* all *endurance*. 這種痛苦是無法忍受的.

endúrance tèst *n.* C 耐力測驗.

*****en·dure** [ɪnˋdjʊr, -ˋdɪʊr, -ˋdʊr; ɪnˈdjʊə(r)] *v.* (~s [~z; ~z]; ~d [~d; ~d]; -dur·ing) *vt.* **1** (不屈服地)忍受, 忍耐, 〔痛苦, 困難等〕(≒ bear〔〕). The pioneers *endured* many hardships. 拓荒者忍受了許多艱難.
2 容忍, 忍受; [句型3](endure *to* do/do*ing*)忍受…; (常用於否定句). I can't *endure* that man. 我受不了那個人/I can't *endure* to listen [*listening*] to this poor music any longer. 這種糟糕的音樂我再也聽不下去了.
≒ bear, stand, tolerate, put up with.
— *vi.* **1** (文章)持續, 持久, (last). Such poetry will *endure* forever. 這樣的詩將永遠流傳下去.
2 忍耐, 忍受.
◇ *n.* endurance. *adj.* endurable, enduring.
字源 DUR「持續」: en*dure*, *dur*ation (持續期間), *dur*ing (在…期間), *dur*able (持久的).

en·dur·ing [ɪnˋdjʊrɪŋ, -ˋdɪʊr-, -ˋdʊr-; ɪnˈdjʊərɪŋ] *v.* endure 的現在分詞, 動名詞.
— *adj.* 持久的; 永久的; (≒ lasting ⓡ). He swore *enduring* love. 他發誓愛情始終不渝/*enduring* peace 持久的和平.

end·ways, end·wise [ˋɛndˏwez; ˈendweɪz; -ˏwaɪz; -waɪz] *adv.* 豎立地; 頂點向前地; 兩端相接地.

en·e·ma [ˋɛnəmə; ˈenɪmə] *n.* C 灌腸; 灌腸劑[器].

en·e·mies [ˋɛnəmɪz; ˈenəmɪz] *n.* enemy 的複數.

*****en·e·my** [ˋɛnəmɪ; ˈenəmɪ] *n.* (*pl.* **-mies**) **1** C 敵人, 仇敵; 反對者; (◆ friend; → foe ⓡ). They were our friends, but now they are our *enemies*. 他們原本是我們的朋友, 但現在是我們的敵人.
2 C (★用單數亦可作複數)(加 the)敵軍, 敵人的艦隊等. The *enemy* was [were] defeated. 敵軍被打敗了.

圈配 *adj.*+enemy (1-2)：a deadly ～ (不共戴天的仇人)，a formidable ～ (可怕的敵人) // *v.*+enemy：conquer the ～ (戰勝敵人)，fight (against) the ～ (與敵人作戰).

3 ⓒ帶來危害之物，有害之物. Disease is the *enemy* of mankind. 疾病是人類的敵人.

4 《形容詞性》敵方的. an *enemy* ship 敵艦 / *enemy* forces 敵軍.

màke an énemy of... 成爲…的敵人.

＊**en·er·get·ic** [͵ɛnɚˋdʒɛtɪk; ͵enəˋdʒetik] *adj.* 精力充沛的，精神飽滿的，充滿活力的. an *energetic* worker 精力充沛的工作者. ⇨ *n.* **energy**.

en·er·get·i·cal·ly [͵ɛnɚˋdʒɛtɪklɪ, ‑ɪklɪ; ͵enəˋdʒetikəli] *adv.* 精力充沛地，充滿活力地，充滿精力地.

en·er·gies [ˋɛnɚdʒɪz; ˋenədʒiz] *n.* energy 的複數.

en·er·gize [ˋɛnɚ͵dʒaɪz; ˋenədʒaiz] *vt.* 使精力充沛，使有活力.

＊**en·er·gy** [ˋɛnɚdʒɪ; ˋenədʒi] *n.* ⓊⒸ **1** 精力，活力，氣力；(說話，動作等的)有力，氣勢. He is full of *energy*. 他精力充沛 / intellectual [mental] *energy* 智力[意志力] / speak with *energy* 說話有力.

圈配 *adj.*+energy：boundless ～ (無限的精力)，untiring ～ (永不懈怠的活力) // *v.*+energy：spend one's ～ (花費精力)，summon (up) one's ～ (振作精神)，waste one's ～ (浪費精力).

2 (常 energi*es*)活動力，力量，能力. All his *energies* were devoted to the experiments. 他的全部精力都投注於實驗上.

3 《物理》能量；能源(燃料等). The world must develop other sources of *energy* than oil. 世界各國必須開發石油以外的其他能源.

en·er·vate [ˋɛnɚ͵vet; ˋenə:veit] *vt.* 《文章》(由於氣候，疾病等)使衰弱無力，(由於怠惰，生活奢侈等)使萎靡不振.

en·fant ter·ri·ble [ɑŋ͵fɑŋtɛˋribl; ͵ɒŋ͵fɒ̃te'ri:blə] (法語) *n.* (*pl.* **enfants terribles**發音與單數相同) ⓒ (言行使人困擾而)令人害怕的人 (原指孩子，原義是 terrible child).

en·fee·ble [ɪnˋfibl; inˈfi:bl] *vt.* 使衰弱，使無力.

en·fold [ɪnˋfold; inˈfəuld] *vt.* 《文章》**1** 包，裹，(*in*). **2** 抱，擁抱.

＊**en·force** [ɪnˋfors, ‑ˋfɔrs; inˈfɔ:s] *vt.* (**-forc·es** [~ɪz; ~iz]; **~d** [~t; ~t]; **-forc·ing**) **1** 實施，施行，(法律等). The police *enforce* laws. 警察執法.

2 強迫，強制，強加；(*on, upon*). Strict discipline was *enforced* on all the students. 所有學生都必須遵守紀律.

3 加強，強化，(論據等)(*with*).

en·force·a·ble [ɪnˋforsəbl, ‑ˋfɔrs‑; inˈfɔ:səbl] *adj.* 能實施[實行]的；可強迫的.

en·force·ment [ɪnˋforsmənt, ‑ˋfɔrs‑; inˈfɔ:smənt] *n.* Ⓤ (法律等的)實施，生效；強制，強迫；強調.

en·fran·chise [ɛnˋfræntʃaɪz; inˈfræntʃaiz] *vt.*
1 賦與…選舉權[公民權]；賦與〔城市〕自治權；(⟷ disfranchise).

2 解放(奴隸等)，使自由，(set free).

en·fran·chise·ment [ɛnˋfræntʃɪzmənt; inˈfræntʃizmənt] *n.* Ⓤ **1** 選舉權[公民權]的賦與. **2** (奴隸等的)解放.

Eng. (略) England; English.

＊**en·gage** [ɪnˋgedʒ; inˈgeidʒ] *v.* (**-gag·es** [~ɪz; ~iz]; **~d** [~d; ~d]; **-gag·ing**) *vt.*

【綁住>扯入活動裡】 **1** 使從事. *engage* oneself in... (→片語).

2 占用，消耗，〔時間等〕. Tennis *engages* all his spare time. 網球占去他所有的空閒時間.

3 使〔人〕捲入《*in*》；引起〔注意，關心等〕. I was *engaged* in a long argument. 我被扯入冗長的紛爭 / The poor girl *engaged* our sympathies. 這可憐的女孩勾起我們的同情.

4 《文章》使交戰；與…交戰. *engage* the enemy 與敵人交戰.

5 使〔齒輪等〕嚙合.

【用約定來約束】 **6** 雇〔人〕. *engage* a lawyer 聘請律師. 同 engage 多是暫時地雇用一個專業人員. → hire.

7 《文章》預訂〔座位等〕(reserve). *engage* a hotel room 預訂一間旅館房間.

8 《文章》(a) 句型3 (engage *to* do)、句型5 (engage one*self to* do)依約做…. I *engage* to be there on time. 我一定會準時到. (b) 句型3 (engage *that* 子句)保證…. I *engage* that he will appear in court tomorrow. 我保證他明天會出庭.

9 使訂婚(通常用被動語態). → engaged 4.

— *vi.* **1** 從事，參加. *engage* in... (→片語).

2 《文章》擔保(*for*).

3 《文章》開始戰鬥，交戰，《*with*》.

4 〔齒輪等〕嚙合. The two wheels *engage*. ＝One wheel *engages* with the other. 兩個齒輪[一個齒輪和另一個]嚙合.

engáge (onesélf) *in...* (1)從事，參與. *engage* in teaching 從事教職. (2)參加；忙於. I *engage* in golf in my spare time. 我在閒暇時勤於打高爾夫球.

engáge onesélf *to...* 與…訂婚.

＊**en·gaged** [ɪnˋgedʒd; inˈgeidʒd] *adj.* **1** (用 engaged in...)從事於…；忙碌的，沒空閒的；(⟷ disengaged). be *engaged* in a discussion [washing the car] 忙著討論[洗車] / Father is *engaged* today. 父親今天很忙.

2 《敘述》(時間)占著(*with*). He is *engaged* with a visitor. 他有訪客，所以沒空.

3 〔廁所等〕使用中的；《英》〔電話〕占線的. The toilet is *engaged*. 盥洗室正在使用中 / (The) number is *engaged*. 《英》這支(號碼的)電話現在忙線中(接續生用語).

4 訂婚的；《敘述》訂了婚的(*to*). an *engaged* couple 訂了婚的一對男女 / Tom and Mary are *engaged*. 湯姆和瑪莉訂婚了 / Mary has *engaged* to Jack. 瑪莉和傑克訂婚了.

‡en·gage·ment [ɪnˈgedʒmənt; ɪnˈɡeɪdʒmənt]

n. (*pl.* ~s [~s; ~s]) **1** C 誓約；契約；(聚會等的)約定 (appointment)；預約．a theater's *engagements with* actors 劇場和演員的契約/a previous *engagement* 先前的約定/I made a luncheon *engagement with* a friend. 我和一個朋友約了吃午飯．

搭配 *adj.*+engagement: a pressing ~ (緊迫的約定), an urgent ~ (緊急的約定) // *v.*+ engagement: accept an ~ (接受預約), cancel an ~ (取消約會), fulfill an ~ (履行約定).

2 C 婚約，訂婚．The *engagement* of Mr. Rogers and Miss Smith was announced yesterday. 羅傑斯先生和史密斯小姐訂婚的消息於昨天宣佈．**3** UC 雇用(期間)；雇用者，**4** C 交戰．

en·gágement rìng *n.* C 訂婚戒指．

en·gag·ing [ɪnˈgedʒɪŋ; ɪnˈɡeɪdʒɪŋ] *v.* engage 的現在分詞、動名詞．

— *adj.* 吸引人的，有魅力的，討人喜歡的 (attractive).

en·gag·ing·ly [ɪnˈgedʒɪŋlɪ; ɪnˈɡeɪdʒɪŋlɪ] *adv.* 迷人地，討人喜歡地．

en·gen·der [ɪnˈdʒɛndɚ; ɪnˈdʒendə(r)] *vt.* (文章)使發生，引起，(某種狀態等)(cause).

‡en·gine [ˈɛndʒən; ˈendʒɪn] *n.* (*pl.* ~s [~z; ~z]) C **1** 機械裝置；引擎，engine 蒸汽機/a jet *engine* 噴射引擎/an internal-combustion *engine* → 見 internal-combustion engine/start an *engine* 發動引擎/The *engine* suddenly stalled. 引擎突然停止了．

2 火車頭 (locomotive).

3 =fire engine.

éngine drìver *n.* C (英)(鐵路)火車司機 ((美) (locomotive) engineer).

‡en·gi·neer [ˌɛndʒəˈnɪr; ˌendʒɪˈnɪə(r)] *n.* (*pl.* ~s [~z; ~z]) C **1** 工程師，技術人員，機工．a civil *engineer* 土木工程師/an electrical *engineer* 電氣工程師[技術人員]/a well-trained *engineer* 受過良好訓練的工程師．

2 (輪船的)輪機手；(美)(鐵路的)火車司機(locomotive engineer；(英)) engine driver). a first *engineer* 一等輪機手．

— *vt.* **1** 設計，監督，(工程等). a well *engineered* bridge 設計完善的橋．

2 進行…的幕後活動，巧妙地[高明地]進行．*engineer* a revolt 陰謀叛亂．

*en·gi·neer·ing [ˌɛndʒəˈnɪrɪŋ; ˌendʒɪˈnɪərɪŋ] *n.* U 工程學；工程技術．electronic *engineering* 電子工程/systems *engineering* 系統工程．

‡Eng·land [ˈɪŋglənd; ˈɪŋglənd] *n.* **1** 英格蘭 ((Great Britain 中除去 Scotland 和 Wales 的部分；首都 London；略作 Eng.)).

2 (外國人俗稱的)英國(指 Great Britain 或 the United Kingdom).

‡Eng·lish [ˈɪŋglɪʃ; ˈɪŋglɪʃ] *adj.* **1** 英格蘭的；英國的．*English* weather is better than that in Scotland. 英格蘭的天氣比蘇格蘭好/the *English* language 英語/the *English* people 英

---

engraft 493

國人民/*English* history 英國史．

2 英格蘭人的；英國人的．Jane is *English*. 珍是英國人/Mr. Hill is an *English* teacher. 希爾先生是一位英國教師((注意「英語教師」是an English teacher 或 a teacher of English)).

3 英語的；用英文寫的．*English* poetry 英詩/*English* grammar 英文文法．

— *n.* **1** U 英語；英語表達．speak in *English* 用英語說/improve one's *English* 提高英文程度/Put it into *English*. 將它譯成英文/British [American] *English* 英式[美式]英語/spoken [written] *English* 說[寫]的英語/It's not *English*. 這不是英語/What is the *English* for 'sakura'? 「櫻花」的英語怎麼說呢？((語法)問特定的字[片語]時，必須加the).

2 ((作複數))英國人；英格蘭人；英軍；(★一個英國人是an Englishman (男)，an Englishwoman (女))，Generally, the *English* are a practical people. 一般來說，英國人是講求實際的民族/There are few *English* in this town. 這個城鎮裡沒甚麼英國人．

in plàin Énglish (1)用淺顯的[易懂的]英語．(2)直率地[坦白地]說．

Énglish bréakfast *n.* C 英國式早餐((通常是一盤培根加蛋等，加上紅茶及吐司；內容比continental breakfast 豐富)).

Énglish Chánnel *n.* (加the)英吉利海峽((在英國南岸和法國北岸之間；其東端為Dover 海峽)).

Énglish hórn *n.* C 英國管(低音的oboe).

‡Eng·lish·man [ˈɪŋglɪʃmən; ˈɪŋglɪʃmən] *n.* (*pl.* **-men** [-mən; -mən]) C **1** 英格蘭男子(→ England 1).

2 英國男子(→ England 2). An *Englishman's* home is his castle. ((諺))英國人的家就是他的城堡((意指尊重個人的獨立自主)). ★全體國民作the English 或 the English people.

Énglish múffin *n.* C (美)英式鬆餅(在英國僅稱 muffin).

Énglish Revolútion *n.* (加the)(英史)英國革命(1688–89)(James II 被放逐，其女 Mary 與其丈夫 William 登上王位；亦稱光榮革命(the Glòrious Revolútion)).

Énglish síckness [dìséase] *n.* (加the)英國病(指由於勞動意願減退，設備投資過少引起的經濟停滯現象).

Éng·lish-speak·ing [ˈɪŋglɪʃˈspikɪŋ; ˌɪŋglɪʃˈspiːkɪŋ] *adj.* 說英語的．the *English-speaking* world (世界上)講英語的地區．

*Eng·lish·wom·an [ˈɪŋglɪʃˌwʊmən, -ˌwu-; ˈɪŋglɪʃˌwʊmən] *n.* (*pl.* **-wom·en** [-ˌwɪmɪn, -ən; -ˌwɪmɪn]) C 英格蘭婦女；英國婦女；(→English-man). He got married to an *Englishwoman*. 他娶了一位英國女子．

en·graft [ɛnˈgræft; ɪnˈgrɑːft] *vt.* **1** 將…接枝．

2 灌輸〔思想，習慣等〕．

en·grave [ɪnˋgrev; ɪnˈgreɪv] vt. **1** 刻，雕刻，《on》；刻上《with》．The lovers *engraved* their initials on the oak tree.=The lovers *engraved* the oak tree *with* their initials. 情侶在橡樹上刻上他們姓名的縮寫字母／*engrave* a stone *with* a name 將名字刻在石頭上．
2 銘刻，銘記，《on, in〔心〕》．

en·grav·er [ɪnˋgrevɚ; ɪnˈgreɪvə(r)] n. ⓒ 雕刻師；雕版匠．

en·grav·ing [ɪnˋgrevɪŋ; ɪnˈgreɪvɪŋ] n. **1** ⓤ 雕版術．**2** ⓒ 雕版《木版，銅版等》．
3 ⓒ (雕版印刷的)版畫，印製品．

en·gross [ɪnˋgros; ɪnˈgrəʊs] vt. **1** 使〔人〕全神貫注〔埋頭〕於…《in》(通常用被動語態)．The boy was *engrossed in* constructing a model plane. 那個男孩埋頭於組合一架模型飛機．
2 按固定格式書寫〔公文等〕．

en·gulf [ɪnˋgʌlf; ɪnˈgʌlf] vt. 《文章》〔大海，大地，大火等〕吞噬；〔國家〕捲入〔戰爭等〕．

en·hance [ɪnˋhæns; ɪnˈhɑːns] vt. 《文章》提高，增加，〔品質，價值，吸引力等〕．

e·nig·ma [ɪˋnɪgmə; ɪˈnɪgmə] n. ⓒ **1** 謎(riddle)．**2** 難以理解的人〔事物〕．

e·nig·mat·ic [͵ɛnɪgˋmætɪk, ͵i-; ͵enɪgˈmætɪk] adj. 謎(似)的，不可解的；〔人物等〕難奇的．

e·nig·mat·i·cal·ly [͵ɛnɪgˋmætɪklɪ, ͵i-, -ɪklɪ; ͵enɪgˈmætɪkəlɪ] adv. 謎似地，不可解地．

en·join [ɪnˋdʒɔɪn; ɪnˈdʒɔɪn] vt. **1** 《文章》命令，對〔某人〕要求責任及義務，《on, upon》．
2 《法律》禁止《from doing》．

✱en·joy [ɪnˋdʒɔɪ; ɪnˈdʒɔɪ] vt. (~s [~z; ~z]; ~ed [~d; ~d]; ~ing) **1** 享受〔樂趣〕，樂於…；|句型3| (enjoy doing)快樂地做…．*enjoy* conversation 盡情交談／How did you *enjoy* your vacation? 你的假期過得如何?／We really [quite] *enjoyed* rowing a boat. 我們很〔非常〕喜歡划船．
2 擁有〔優點等美好事物〕；享受．*enjoy* a good income 收入頗豐／He *enjoys* good health. 他擁有健康／He *enjoyed* great success as a copywriter. 他創作的廣告文案非常成功．
*✱ enjóy onesèlf** 過得愉快，感到快樂．Did you *enjoy yourself* at the theater? 那齣戲好看嗎?

●──以 en- 爲詞首的動詞重音		
原則上重音在第二音節		
enáble	enclóse	encóunter
encóurage	endéavor	endów
endúre	enfórce	engáge
engráve	enjóy	enlárge
enlíghten	enrích	
★主要的例外: énter entertáin énvy		

en·joy·a·ble [ɪnˋdʒɔɪəbl; ɪnˈdʒɔɪəbl] adj. 快樂的，好玩的，有趣的，愉快的．It was really a very *enjoyable* evening. Thank you so much. 今晚玩得眞盡興，太感謝您了(宴會結束客人要離開時所說的應酬話)．

en·joy·a·bly [ɪnˋdʒɔɪəblɪ, -blɪ; ɪnˈdʒɔɪəblɪ] adv. 快樂地，愉快地．

✱en·joy·ment [ɪnˋdʒɔɪmənt; ɪnˈdʒɔɪmənt] n. (pl. ~s [~s; ~s]) **1** ⓤ 享受，愉快，喜悅．I find [take] much *enjoyment* in fishing. 我從釣魚得到許多樂趣／with *enjoyment* 欣然地．圓 enjoyment 是程度上比pleasure強烈，比delight, joy 溫和的喜悅．

> 搭配 adj.+enjoyment: immense ~ (無限的樂趣), intense ~ (極度的快樂) // v.+enjoyment: pursue ~ (追求歡樂), get ~ from... (從…得到樂趣), give ~ to... (給予…樂趣).

2 ⓒ 樂趣，樂事．Housework is an *enjoyment* for her. 家務對她來說是一項樂趣／various *enjoyments* in life 生命中的各種樂趣．
3 ⓤ (美好事物的)擁有，享有．be in the *enjoyment* of good health 擁有健康／the *enjoyment* of natural resources 享有天然資源．

en·kin·dle [ɛnˋkɪndl; ɪnˈkɪndl] vt. 《雅》**1** 點燃〔火〕．**2** 激起，煽動，鼓動，〔熱情，慾望等〕．

✱en·large [ɪnˋlɑrdʒ; ɪnˈlɑːdʒ] v. (-larg·es [~ɪz; ~ɪz]; ~d [~d; ~d]; -larg·ing) vt. **1** 加大，增加，擴大．We are planning to *enlarge* our house. 我們正計畫擴建我們的房子．
2 放大〔照片〕(→develop 參考)．I had the photograph *enlarged*. 我把照片送去放大．
3 增補〔書籍等〕．a revised and *enlarged* edition 修訂增補版．
── vi. **1** 擴大，變大．**2** 《攝影》放大．
3 詳述《on, upon》．Will you please *enlarge on* your proposal? 請詳細說明你的提案好嗎?

en·large·ment [ɪnˋlɑrdʒmənt; ɪnˈlɑːdʒmənt] n. **1** ⓤ 加大，擴大，擴大．**2** ⓤⓒ 放大〔照片〕；(書籍的)增補；(建築物的)擴建(部分)．

en·larg·er [ɪnˋlɑrdʒɚ; ɪnˈlɑːdʒə(r)] n. ⓒ 《攝影》放大機．

✱en·light·en [ɪnˋlaɪtn; ɪnˈlaɪtn] vt. (~s [~z; ~z]; ~ed [~d; ~d]; ~ing) 敎導，啓發，啓蒙．He *enlightened* me on how I should attack the subject. 他敎導我該如何解決這個問題．

en·light·ened [ɪnˋlaɪtnd; ɪnˈlaɪtnd] adj. **1** 受啓發的；受敎化的；啓蒙的；開化的．in those *enlightened* days 在那啓蒙〔開化〕的時代．
2 (對問題)充分理解的；通情達理的．He holds a very *enlightened* attitude toward working women. 他對職業婦女抱持十分開明的態度．

en·light·en·ing [ɪnˋlaɪtnɪŋ, -tnɪŋ; ɪnˈlaɪtnɪŋ] adj. 啓發性的；使〔問題等〕清楚明白的．

en·light·en·ment [ɪnˋlaɪtnmənt; ɪnˈlaɪtnmənt] n. **1** ⓤ 啓發，敎化．
2 (the *E*nlightenment)啓蒙運動〔思潮〕(18 世紀初起於歐洲的思想運動)．

en·list [ɪnˋlɪst; ɪnˈlɪst] vi. **1** 入伍，enlist in the army 從軍．**2** 熱心參加，協助，贊助，《in》．
── vt. **1** 使入伍．**2** 獲得〔援助，同情等〕．

en·lísted mán n. ⓒ《美》士兵《亦包括女性; 略作 EM》.

en·list·ment [ɪn'lɪstmənt; ɪn'lɪstmənt] n. ⓤⓒ 服役(期間); 募兵; (接受徵召)入伍.

en·liv·en [ɪn'laɪvən; ɪn'laɪvn] vt. 使《人》振作[快活]; 使《事物》生動活潑[有生氣]; 使熱鬧.

en·mesh [ɛn'mɛʃ; ɪn'meʃ] vt. (用網)捕捉; 使陷入[困難等].

en·mi·ty ['ɛnmətɪ; 'enmətɪ] n. (pl. -ties) ⓤⓒ 憎恨, 敵意; 不和, 反目; (↔amity). feel enmity against [toward] a person 對某人懷有敵意.

en·no·ble [ɪ'nobl; ɛn'nobl; ɪ'nəʊbl] vt. **1** 使崇高. **2** 封···為貴族.

en·nui ['ɑnwi; 'ɑ:nwi:] (法語) n. ⓤ 厭倦, 倦怠, 無聊.

e·nor·mi·ty [ɪ'nɔrmətɪ; ɪ'nɔ:mətɪ] n. (pl. -ties)《文章》**1** ⓤ 無法無天, 窮凶惡極. He was unaware of the enormity of the offense. 他不曉得這種罪行有多令人髮指. **2** ⓒ (通常 enormities)無法無天的行為, 暴行, 滔天大罪, 重罪.

*__e·nor·mous__ [ɪ'nɔrməs; ɪ'nɔ:məs] adj. 巨大的, 異常大的, 龐大的, (→ huge 同). an enormous building 巨大的建築物/enormous profits 龐大的利益/commit an enormous blunder 鑄下大錯.
字源 NORM「標準」: enormous, normal (普通的), abnormal (異常的).

e·nor·mous·ly [ɪ'nɔrməslɪ; ɪ'nɔ:məslɪ] adv. 非常地, 超乎尋常地; 龐大地.

e·nor·mous·ness [ɪ'nɔrməsnɪs; ɪ'nɔ:məsnɪs] n. ⓤ 龐大, 巨大.

*‡__e·nough__ [ə'nʌf, ɪ'nʌf; ɪ'nʌf] adj. 充分的, 充足的, 《for》; 足以做···《to do》; (→ sufficient, ample 同).

語法 (1)可置於名詞的前後, 但通常置於前面; 此時重音為 enóugh tíme, 通常 enóugh 或 tíme enóugh. (2)僅用於可數名詞的複數或不可數名詞. (3)有些名詞和 enough 連用作形容詞使用, 此時名詞不加冠詞, enough 置於名詞之後: I was fool enough to borrow from her. 我真笨, 竟然向她借錢.

I have enough time [time enough] for the purpose. 我有足夠的時間做這件事/You will soon get better if you take enough care of yourself. 你若是好好照顧自己, 就會康復得很快/Are there chairs enough [enough chairs] to seat 12 persons? 有足夠的椅子給 12 人坐嗎?/That will be enough. 那就足夠了(★ enough 為 be 的補語時, 通常主詞為 this, that, it, 或數詞[含數詞的名詞]).
— n. ⓤ充分, 足夠(的數量), 《for; to do》. I've had quite enough. 我已經吃飽了/Enough has been said. 說夠了; 該說的都說了/There isn't enough for everybody. 不夠分給每個人/Are you enough of a man to do so? 你有膽子這麼做嗎? (＝Are you man enough to do so?)(→ adj. 語法 (3)).

*__enòugh and to spáre__ 綽綽有餘, 充分的量. He has enough and to spare of money.＝He has money enough and to spare. 他的錢綽綽有餘.

*__Enòugh is enóugh.__ 這樣就夠了; 要適可而止《含責備之意》.

enóugh of... 對···已受夠了! Enough of this folly! 受夠了這種傻事! 別再做這種傻事了!/I've had enough of his stupidity. 我受夠了他愚蠢的行為.

have enóugh to dò to dó 做···已經很不容易了. I had enough to do to look after my own children. 我照顧自己的孩子就已經忙不過來了.

have hàd enóugh of... 已經受夠···了, 對···感到厭煩了. We've had enough of this bad weather. 我們已經受夠了這種惡劣天氣.

*__mòre than enóugh__ 過分(地); 充分(地), 綽綽有餘(地). He's done more than enough for his wife. 他對他太太已是仁至義盡了.
— adv. 《通常置於修飾用形容詞、副詞之後》 **1** 足夠地, 充分地, 足以···, 《for; to do》. Bill didn't work hard enough and so he failed. 比爾不夠努力, 所以失敗了/He is a good enough authority on jazz. 關於爵士樂, 他是個足以信賴的權威人士/The meat is done enough. 肉燒得恰到好處/She is old enough to know better. 以她的年齡應該要懂事一點/The gate is wide enough for the car to go through. 門夠寬, 可以讓汽車通過. **2** 相當, 十分, (fairly). We have been here long enough. 我們在這裡已經很久了. **3** 《使意思減弱》還算, 或多或少足以, 好歹, 總算, (rather). She's honest enough, but can you really trust her? 她還算誠實, 但你真能相信她嗎?/Her baby fell ill, and naturally enough, she took care of it all night long. 她的孩子病了, 她看顧一整晚也不算太奇怪的事.

*__be kínd [góod] enóugh to dó__ 體貼地做···. Be kind enough to shut the door. 請把門關上.

cannòt [can nèver] dò enóugh 怎麼···也不夠. I cannot thank you enough. 我對你感激不盡《＜我對你無從謝起》.

óddly [cúriously, stràngely, absúrdly] enòugh... 奇怪的是···.

wèll enòugh 相當好, 還很不錯; 足夠地, 相當地.

en·quire [ɪn'kwaɪr; ɪn'kwaɪə(r)] v. ＝inquire.

en·quir·y [ɪn'kwaɪrɪ; ɪn'kwaɪərɪ] n. ＝inquiry.

en·rage [ɪn'redʒ; ɪn'reɪdʒ] vt. 激怒, 使憤怒. Uncle Bob was enraged with me. 鮑伯叔叔對我很生氣.

en·rap·ture [ɪn'ræptʃɚ; ɪn'ræptʃə(r)] vt. 使著迷, 引人入勝; 使欣喜若狂. be enraptured at [by] the sight 為那景象所吸引.

*__en·rich__ [ɪn'rɪtʃ; ɪn'rɪtʃ] vt. (~es [~ɪz; ~ɪz]; ~ed [~t; ~t]; ~ing) **1** 使富裕, 使富有. Foreign trade has enriched the country. 對外貿易使這個國家富裕起來.

2 使〔心靈，生活等〕充實；使〔收集品，藏書等〕豐富．Experience *enriches* understanding. 經驗會增進瞭解．

3 使〔土地〕肥沃；使〔色彩，味道等〕更濃；提高〔食品〕的營養價值．Nitrates *enrich* the soil. 硝酸鹽使得土壤肥沃/*enriched* uranium 濃縮鈾．

en·rich·ment [ɪnˋrɪtʃmənt; ɪnˈrɪtʃmənt] n. ① 豐富；強化．

en·roll (美), **en·rol** (主英) [ɪnˋrol; ɪnˈrəul] v. (~s; -rolled; -roll·ing) vt. **1** 將…登記在名冊上；登錄. *enroll* a person *on* the voters' list 將某人登記於選舉人名冊上．

2 使入會，使成為會員；使入伍 (*in*). *enroll* oneself *in* the army 投身軍旅/I'd like to *enroll* you *as* a member of our club. 我想讓你成為我們俱樂部的一員．

── vi. **1** 登記，註冊. **2** 加入；入會；入學；入伍. He was not allowed to *enroll in* the college. 他沒有被批准進入那所大學．

en·roll·ment (美), **en·rol·ment** (主英) [ɪnˋrolmənt; ɪnˈrəulmənt] n. ⓊⒸ **1** 登記，註冊；入學；入伍；入會. **2** 登記人數；參加人數；(學籍，會籍等的) 在籍人數．

en·sconce [ɛnˋskɑns; ɪnˈskɒns] vt. 《文章》(詼) 安置；使安穩地坐著. Father *ensconced* himself [was *ensconced*] in his favorite chair. 父親安穩地坐在他心愛的椅子上．

en·sem·ble [ɑnˋsɑmbl; ɑːnˈsɑːmbl] n. Ⓒ

1 (各方面均協調的) 整體；整體效果．

2 (特指女用的) 全套服裝(包括互相搭配的帽子，鞋子等)；(家具，道具等的) 全套．

3 (音樂) 少數人的合唱〔合奏〕；其歌曲；其團體．

en·shrine [ɪnˋʃraɪn; ɪnˈʃraɪn] vt. 《文章》**1** 祀奉，安置，《in》. **2** 珍惜，珍藏；深藏(*in*〔心中等〕)．

en·shroud [ɛnˋʃraʊd; ɪnˈʃraʊd] vt. 《文章》覆蓋，遮蔽；包裹．

en·sign [ˋɛnsaɪn; ˈensaɪn] n. Ⓒ **1** 旗；國旗；船旗，艦旗. **2** [ˋɛnsṇ; ˈensn] (美) 海軍少尉. **3** (表示地位，官職的) 標誌，徽章．

en·si·lage [ˋɛnslɪdʒ; ˈensɪlɪdʒ] n. =silage.

en·slave [ɪnˋslev; ɪnˈsleɪv] vt. 使成為奴隸，俘虜．

en·slave·ment [ɪnˋslevmənt, ɛn-; ɪnˈsleɪvmənt] n. Ⓤ 奴役．

en·snare [ɛnˋsnɛr, -ˋsnær; ɪnˈsneə(r)] vt. 使落入圈套，使掉入陷阱；誘惑，陷害；《通常用被動語態》．

en·sue [ɛnˋsu, -ˋsɪu, -ˋsju; ɪnˈsjuː] vi. 《文章》(必然地) 接著發生；產生(…的) 結果(*from*). The train was derailed, and panic *ensued*. 火車出軌，隨即一片慌亂．

en·su·ing [ɛnˋsuɪŋ, -ˋsɪu-, -ˋsju-; ɪnˈsjuːɪŋ] adj. 《限定》《文章》其次的，接下來的，(following)；接著發生的. the *ensuing* year=the year *ensuing* 下一年．

*****en·sure** [ɪnˋʃur; ɪnˈʃɔː(r)] vt. (~s [-z; -z]; ~d [-d; ~d]; -sur·ing [-ˋʃurɪŋ, -ˈʃʊərɪŋ]) **1** 保證 (句型3) (ensure *that* 子句) 保證…. I can't *ensure* that he will pass the examination. 我不能保證他會通過考試/*Ensure that* you eat plenty of fresh fruit and vegetables. 你一定要吃很多新鮮的水果和蔬菜．

2 (a)確保，使確實. This kind of weather *ensures* a good harvest. 這種好天氣保證會有好收成的. (b) 句型4 (ensure **A** **B**), 句型3 (ensure **B** *for* [*to*] **A**)向A確保[保證]B. I can *ensure* you a job.=I can *ensure* a job *for* you. 我可以保證你有工作．

3 使安全，保護. Life jackets *ensure* us *against* drowning. 救生衣保護我們不會溺斃．

-ent suf. **1** 加在動詞後構成形容詞. depend*ent*.

2 加在動詞後構成表示行為者之名詞. resid*ent*.

en·tail [ɪnˋtel; ɪnˈteɪl] vt. 《文章》**1** 必然伴有…；需要. Success always *entails* diligence. 成功常常要勤勉的．

2 使負擔，使承擔 (〔勞力等〕)(*on*, *upon*). The project will *entail* great expense upon the company. 這個計畫將使公司負擔巨額的費用．

*****en·tan·gle** [ɪnˋtæŋgl; ɪnˈtæŋgl] vt. (~s [-z; -z]; ~d [-d; ~d]; -gling) **1** 使纏入，使陷入，(*in*)；與…有瓜葛(*with*). They *entangled* him *in* a plot. 他們把他捲入一項陰謀之中/Don't *entangle* yourself *with* those people. 別和那些人有瓜葛．

2 使〔線等〕糾結；使糾纏．

en·tan·gle·ment [ɪnˋtæŋglmənt; ɪnˈtæŋglmənt] n. **1** Ⓤ 糾纏，糾結，牽連．

2 Ⓒ 糾紛，混亂；累贅．

en·tente [ɑnˋtɑnt; ɑːnˈtɑːnt] (法語) n. **1** Ⓤ Ⓒ (國家間的) 協約，協商．

回 entente 沒有 alliance(同盟)那麼強的約束力．

2 Ⓤ(單複數同形)協約國．

*****en·ter** [ˋɛntɚ; ˈentə(r)] v. (~s [-z; -z]; ~ed [-d; ~d]; -ter·ing [-tərɪŋ, -trɪŋ; -tərɪŋ]) vt. 【進】**1** 進入〔場所〕；〔子彈等〕射進，穿入，刺入. The thief *entered* the house at the back door [by the open window]. 小偷從後門[從開著的窗戶]進屋(注意進入具體的場所時不用 enter *into* the house；→ enter into... 片語)．

2 進入〔年歲，時代等〕. He *entered* his twenties. 他已是二十來歲的人了．

3 〔進入內心〕浮現(主意等). That idea never *entered* my thoughts. 我從未有過這個念頭．

4 入學；入會；參加(比賽等). She *entered* college last year. 她去年進大學/*enter* a tennis club 加入網球社．

5 進入(…界)；就〔職〕. *enter* the Army 從軍/*enter* the Church 當牧師．

【使入】**6** 使入學；使入會；使參加；《for, in》. *enter* one's child *in* school [at Eton] 使某人的孩子入學[就讀伊頓學院]/She *entered* her terrier *for* [in] a dog show. 她幫她的㹴犬報名參加狗賽．

7 登記〔姓名，細目等〕；輸入〔資料〕. *enter* a

member's name *on* the list 在名冊上登記會員名字/*enter* data into a computer 把資料輸入電腦.

8 《文章》提出〔抗議等〕; 《法律》提起〔訴訟〕. *enter* an action against him 起訴他.

— *vi.* **1** 進入; 入學, 入會, 參加. The bullet *entered* above the knee. 子彈射入膝蓋上方.

2 《戲劇》(在舞臺上)出場(↔ exit², exeunt). *Enter* Hamlet, reading. 哈姆雷特唸著臺詞上場(用於劇本中的舞臺指示; 第三人稱祈使語氣).

✧ *n.* **entrance¹, entry.**

* **énter into...** (1)開始〔交涉等〕; 參與…, 加入…; 締結〔契約, 同盟等〕. She *entered into* conversation with that old woman. 她開始和那個老婦交談. (2)切入〔問題等〕. We can't *enter into* details now. 我們現在還無法談及細節問題. (3)懂得〔…的趣味等〕; 體會, 體諒, 〔他人的心情〕. *enter into* the spirit of a poem 理解詩的精神. (4)介入〔考慮, 計畫等〕. His age didn't *enter into* our decision not to employ him. 他的年齡與我們決定不雇用他無關.

énter on [upon]... (1)《文章》進入, 開始, 〔新生活等〕; 著手〔工作等〕. He *entered on* a diplomatic career. 他踏出外交生涯的第一步. (2)取得…的所有權.

énter (*onesèlf*) **for...** 報名參加. *enter* (*oneself*) *for* a quiz contest 報名參加益智問答比賽.

ènter/.../úp 正式記錄〔必要事項〕.

en·ter·i·tis [ˌɛntəˈraɪtɪs; ˌentəˈraɪtɪs] *n.* U 《醫學》腸炎.

* **en·ter·prise** [ˈɛntəˌpraɪz, ˈɛntə-; ˈentəpraɪz] *n.* (*pl.* **-pris·es** [~ɪz; ~ɪz]) 【大膽的打算】 **1** C 事業; 大事業; 計畫. a commercial *enterprise* 營利事業/start a new *enterprise* 開創新的事業.

2 U 冒險精神, 進取心. a man of great *enterprise* 一個有進取心的人.

3 【實行計畫的組織】U 企業型態, 企業; C 公司. private *enterprise* 私人企業/a large *enterprise* 大企業.

en·ter·pris·ing [ˈɛntəˌpraɪzɪŋ, ˈɛntə-; ˈentəpraɪzɪŋ] *adj.* 有進取心的, 積極主動的, 富於冒險精神的; 活動的.

en·ter·pris·ing·ly [ˈɛntəˌpraɪzɪŋlɪ, ˈɛntə-; ˈentəpraɪzɪŋlɪ] *adv.* 進取地, 積極主動地, 冒險地.

* **en·ter·tain** [ˌɛntəˈten; ˌentəˈteɪn] *v.* (~**s** [~z; ~z]; ~**ed** [~d; ~d]; ~**ing**) *vt.* 【使娛樂】 **1** 使快樂, 娛樂. Now let me *entertain* you with music. 現在我請各位欣賞一段音樂/The audience is very much *entertained* by the show. 這次的演出令觀眾十分開心. 同 entertain 指給予精神上、知性上的快樂; amuse 是很高興、很開心的快樂; divert 以散心爲主.

2 《當成客人》對待, 接待, 招待. We're *entertained at [to]* dinner this evening. 今天晚上有人請我們吃飯.

【 招待>接受 】 **3** 抱有, 心存, 〔希望, 懷疑等〕; 考慮〔提議等〕. He *entertains* some hope of accomplishing it. 他對完成這件事抱著一線希望/I cannot *entertain* such a request. 我不能考慮這樣

的要求.

搭配 entertain + *n.*: ~ a doubt (心存疑惑), ~ an idea (抱有某種想法), ~ an opinion (持有某種意見), ~ a suspicion (心生懷疑).

— *vi.* 招待客人, 款待. She likes to *entertain*. 她很好客.

字源 TAIN「保持」: enter*tain*, con*tain* (包含), main*tain* (保持).

en·ter·tain·er [ˌɛntəˈtenə; ˌentəˈteɪnə(r)] *n.* C 款待者, 請客者; 演藝人員.

en·ter·tain·ing [ˌɛntəˈtenɪŋ; ˌentəˈteɪnɪŋ] *adj.* 令人愉快的, 有趣的.

en·ter·tain·ing·ly [ˌɛntəˈtenɪŋlɪ; ˌentəˈteɪnɪŋlɪ] *adv.* 令人愉快地, 有趣地.

* **en·ter·tain·ment** [ˌɛntəˈtenmənt; ˌentəˈteɪnmənt] *n.* (*pl.* ~**s** [~s; ~s]) **1** U 娛樂, 消遣. watch TV for *entertainment* 看電視消遣/to a person's *entertainment* 令某人感到有趣的是/to the *entertainment* of 喜歡…〔覺得…有趣〕.

2 C 表演會; 餘興節目; 演出. a musical *entertainment* 音樂會; 音樂餘興節目/Las Vegas offers a lot of *entertainment*. 賭城拉斯維加斯有各式各樣的娛樂活動.

3 U 款待, 招待; C 宴會. the roast turkey for Christmas *entertainment* 聖誕宴會用的烤火雞/a farewell *entertainment* 歡送會.

en·thrall, en·thral [ɪnˈθrɔl; ɪnˈθrɔːl] *vt.* (~**s**; en·thralled; en·thrall·ing) 《文章》迷惑, 使入神, 使著迷; 俘虜〔…的心〕. The children were *enthralled* by the fairy tale. 孩子們被童話故事迷住了.

en·throne [ɪnˈθron; ɪnˈθrəʊn] *vt.* **1** 使登上王位, 使即位. **2** 尊崇, 敬仰.

en·throne·ment [ɪnˈθronmənt; ɪnˈθrəʊnmənt] *n.* UC 即位(儀式); 就任(儀式).

en·thuse [ɪnˈθjuz, -ˈθɪuz, -ˈθuz; ɪnˈθjuːz] *v.* 《口》 *vt.* 使狂熱〔熱心〕.

— *vi.* 狂熱, 熱心, 起勁.

* **en·thu·si·asm** [ɪnˈθjuzɪˌæzəm, -ˈθɪuz-, -ˈθuz-; ɪnˈθjuːzɪæzəm] *n.* (*pl.* ~**s** [~z; ~z]) **1** UC 熱情, 熱心, 熱忱. He shows great *enthusiasm* for his work. 他對工作有極大的熱忱/with *enthusiasm* 狂熱〔熱心〕地, 熱心地.

搭配 *v.* + enthusiasm: arouse a person's ~ (激起某人的熱情), display (one's) ~ (顯現熱忱) // enthusiasm + *v.*: one's ~ cools (熱情冷卻), one's ~ dies (熱情消退), one's ~ grows (愈來愈狂熱).

2 C 熱中之物. His *enthusiasm* is stamp collecting. 他熱中的事情是集郵.

en·thu·si·ast [ɪnˈθjuzɪˌæst, -ˈθɪuz-, -ˈθuz-; ɪnˈθjuːzɪæst] *n.* C 熱中者, 狂熱者, …迷. an *enthusiast about* music = a music *enthusiast* 音樂迷.

***en·thu·si·as·tic** [ɪn͵θjuzɪˋæstɪk, -͵θɪuz-, -͵θuz-; ɪn͵θjuːzɪˋæstɪk] *adj.* 狂熱的, 熱心的. an *enthusiastic* football fan 狂熱的足球迷/She became *enthusiastic about* [*over*] modern drama. 她熱中於現代戲劇. 圖 enthusiastic 含有「高度評價, 讚美等」之意, 但並沒有如 eager 般具有「追求目的而狂熱」之意.

歷 enthusiastic+n.: an ~ welcome (熱情的歡迎), ~ applause (熱烈的喝采), ~ approval (熱烈的響應), ~ support (熱情的支持).

en·thu·si·as·ti·cal·ly [ɪn͵θjuzɪˋæstɪk]ɪ, -͵θɪuz-, -͵θuz-, -ɪklɪ; ɪn͵θjuːzɪˋæstɪkəlɪ] *adv.* 狂熱地, 熱心地.

en·tice [ɪnˋtaɪs; ɪnˋtaɪs] *vt.* **1** 誘惑, 誘惑, (→ lure圖). **2** 句型5 (entice A *to* do)、句型3 (entice A *into* doing)誘使 A 做….

en·tice·ment [ɪnˋtaɪsmənt; ɪnˋtaɪsmənt] *n.* **1** U (受)誘惑, (壞事的)引誘. **2** C 誘惑物.

***en·tire** [ɪnˋtaɪr; ɪnˋtaɪə(r)] *adj.* **1** (限定)全部的. the *entire* class 全班/I slept away the *entire* day. 我睡了一整天/In the vacation I read the *entire* works of Milton. 在假期中我讀完米爾頓的全部作品.

圖 whole 與 part 相對. whole 有「完成」之意, 相對於 incomplete (未完成); entire 則指各部分都已齊備無欠缺之意.

2 [一套之物]完整無缺的, 完全的; 無損傷的. an *entire* set of dishes 完整無缺的一組餐具/The ship was still *entire* after the storm. 暴風雨後船仍舊完好無損.

3 《限定》全然的, 徹底的. I was in *entire* ignorance of the matter. 我對這件事全然不知.

***en·tire·ly** [ɪnˋtaɪrlɪ; ɪnˋtaɪəlɪ] *adv.* 全然地, 完全地, 一味, 一心. That's *entirely* wrong. 那完全錯了/He is *not entirely* to blame. 不能全怪他(★ not entirely 是部分否定)/He gave up his life *entirely* to the study of English history. 他全心投入英國史的研究.

en·tire·ty [ɪnˋtaɪrtɪ; ɪnˋtaɪərətɪ] *n.* U《文章》完全, 完整無缺; 全部, 全體. *in its entirety* 完全地; 完整無缺地. The plan was approved *in its entirety*. 該計畫完整地通過.

***en·ti·tle** [ɪnˋtaɪt]; ɪnˋtaɪt]] *vt.* (~s [~z; ~z]; ~d [~d; ~d]; **-tling**) **1** 句型5 (entitle A B)給A(書本等)加上B(書名(title))《常用被動語態》. The magazine is *entitled* "Newsweek." 這本雜誌名為《新聞周刊》.

2 (a) (entitle A to B)把B(權利[資格])給與A, This ticket *entitles* you to a free meal. 憑此券您可免費用餐/Everyone is *entitled* to his own opinion. 每個人都有權利擁有自己的看法. (b) 句型5 (entitle A *to* do)給A 做…的權利[資格]. You are not *entitled* to attend the meeting. 你沒有出席會議的資格.

en·ti·ty [ˋɛntətɪ; ˋentətɪ] *n.* (*pl.* **-ties**) **1** C 明確獨立存在的個體, 實體. **2** U 實際存在, 存在.

en·tomb [ɪnˋtum; ɪnˋtuːm] *vt.*《雅》使入葬, 埋葬.

en·to·mo·log·i·cal [͵ɛntəməˋlɑdʒɪk]; ͵entəməˋlɒdʒɪkl] *adj.* 昆蟲學的.

en·to·mol·o·gist [͵ɛntəˋmɑlədʒɪst; ͵entəˋmɒlədʒɪst] *n.* C 昆蟲學家.

en·to·mol·o·gy [͵ɛntəˋmɑlədʒɪ; ͵entəˋmɒlədʒɪ] *n.* U 昆蟲學.

en·tou·rage [͵antuˋraʒ; ͵ɒntuˋraː3] (法語) C (用單數亦可作複數)隨從, 隨員.

en·tr'acte [an̓ˋtrækt; ˋɒntrækt] (法語) *n.* C 中場休息; 中場休息時的音樂[舞蹈等].

en·trails [ˋɛntrelz; ˋentreɪlz] *n.*《作複數》**1** 內臟; 腸. **2** (地球等的)內部.

***en·trance¹** [ˋɛntrəns; ˋentrəns] *n.* (*pl.* **-tranc·es** [~ɪz; ~ɪz]) **1** C 入口 (*to*) (⬌ exit¹); 正門口, at the *entrance to* a park 在公園的入口處/the front [back] *entrance of* a school 學校的前門[後門]. 注意 entrance to...(通道), entrance of...(入口處), 皆為建築物等的一部分之意.

2 UC 進入(某個場所), 入場; (演員的)登場; (⬌ exit¹; → entry圖). *entrance into* a port 入港/make an *entrance* onto the stage 登臺/He tried to force an *entrance into* the house. 他試著硬闖那棟房屋/No *entrance*. 請勿入內, 禁止進入.《告示》/*Entrance* free. 免費[自由]入場.

3 UC 參加(團體等); 入學; 進入公司; 入會. *entrance into* school 入學.

4 U 入場許可. 入場權. apply for *entrance to* Oxford 申請牛津大學入學許可.

5 UC (新生活等的)開始, 著手; 就職. the President's *entrance into* office 總統的就職.

⬦ *v.* enter.

gàin éntrance to... 得到進入…的許可.
màke [*effèct*] *one's éntrance into...* 順利地進入….

en·trance² [ɪnˋtræns; ɪnˋtrɑːns] *vt.* 使神智恍惚; 使著迷. He was *entranced* with joy. 他高興得渾然忘我/an *entrancing* scene 使人著迷的景色.

éntrance examinãtion *n.* UC 入學考試, 公司等的招考. an *entrance examination* for [*of*] Tokyo University 東京大學的入學考試.

éntrance fèe *n.* C 入場費; 入會費; 入學費用.

en·trant [ˋɛntrənt; ˋentrənt] *n.* C **1** 參加者(*for*〔比賽等〕的). **2** 新成員, 新加入者.

en·trap [ɪnˋtræp; ɪnˋtræp] *vt.* (~s; ~ped; ~ping)《文章》使〔人〕中圈套, 使〔人〕掉入陷阱; 欺騙〔人〕使其去做…(*into*).

***en·treat** [ɪnˋtrit; ɪnˋtriːt] *vt.* (~s [~s; ~s]; ~ed [~ɪd; ~ɪd]; ~ing)《文章》懇求(*for*); 乞求(*of*); 句型5 (entreat A *to* do)懇求A 做…. They *entreated* us *for* financial help. 他們懇求我們給予金錢上的援助/I *entreat* you *to* go and see him. 我求你去看他.

en·treat·ing·ly [ɪnˋtritɪŋlɪ; ɪnˋtriːtɪŋlɪ] *adv.*

懇求地，熱切期望地.

en·treat·y [ɪnˈtritɪ; ɪnˈtriːtɪ] n. (pl. **-treat·ies**) UC (文章)懇求，熱切期望.

en·trée, en·tree [ˈɑntre; ˈɒntreɪ] (法語) n.
1 C (美)主菜; (英)兩道主菜(魚和肉)之間的簡單菜餚. **2** UC 入場許可，入場權(into).

en·trench [ɪnˈtrɛntʃ; ɪnˈtrentʃ] vt. **1** 用壕溝圍住. The enemy was entrenched all around the capital. 敵人固守在首都四周的戰壕中. **2** 堅持〔意見，主張等〕; 確立〔習慣等〕. entrench oneself 進入陣地自衛; 鞏固自己的立場.

en·trench·ment [ɪnˈtrɛntʃmənt; ɪnˈtrentʃmənt] n. **1** C 壕溝. **2** U 掘壕溝; 牢固的防衛.

en·tre·pre·neur [ˌɑntrəprəˈnɝ; ˌɒntrəprəˈnɜː(r)] (法語) n. C (興辦新事業的)企業家，創業者; 承包人; (戲劇，音樂會等的)主辦者，發起人.

en·tries [ˈɛntrɪz; ˈentrɪz] n. entry 的複數.

en·tro·py [ˈɛntrəpɪ; ˈentrəpɪ] n. U (物理)熵 (熱力學上的單位).

en·trust [ɪnˈtrʌst; ɪnˈtrʌst] vt. 託付管理[照顧] (to); 委託，委任，(with). I entrusted him with my property.＝I entrusted my property to him. 我委託他管理我的財產.

＊en·try [ˈɛntrɪ; ˈentrɪ] n. (pl. **-tries**) **1** UC 進入，入場; 入境. make a solemn entry into a town 隆重地進城/No entry. 禁止入內 (告示). 同 entry 多用於比 entrance[1] 更正式的入場. **2** UC 參加，加入; 入學，入會，(to, into). British entry into the EC 英國加入歐洲共同體一事.

> 搭配 v.+entry (1-2): deny ～ (拒絕加入), gain ～ (得到加入許可), permit ～ (允許加入), seek ～ (要求加入).

3 C 入口(to) (entrance); (主美)正門. I saw him at the entry to the park. 我在公園的入口處看到他.
4 UC 入場許可，入場權，(entrance, entree).
5 UC 登記; 登錄; 記入的項目; (辭典的)詞條. This dictionary contains over 40,000 entries. 這部辭典收錄了四萬個以上的詞條.
6 C (比賽等的)參加者，展示作品. There were more than ten entries for [in] the race. 這場賽跑參賽者超過十人. ⇨ v. enter.
make an entry (of...) 登記(…)，登錄(…). The clerk made an entry in his ledger. 那個辦事員在他的底帳上登錄.

éntry vìsa n. C 入境簽證.

en·twine [ɪnˈtwaɪn; ɪnˈtwaɪn] vt. 盤繞，纏繞; 使盤繞，使纏繞. entwine a post with a rope＝entwine a rope around a post 用繩子纏住柱子.

É nùmber n. C E 數(表示食品所含的添加物; 以 E 字母為首).

e·nu·mer·ate [ɪˈnjuməˌret, ɪˈnɪu-, ɪˈnu-; ɪˈnjuːməreɪt] vt. 數出; 列舉.

e·nu·mer·a·tion [ɪˌnjuməˈreʃən, ɪˌnɪu-, ɪˌnu-; ɪˌnjuːməˈreɪʃn] n. U 計數; 列舉.

---

2 C 一覽表，目錄.

e·nun·ci·ate [ɪˈnʌnsɪˌet, -ʃɪ-; ɪˈnʌnsɪeɪt] vt. (文章)**1** (清楚地)發…音(pronounce).
2 發表(意見，學說等); 宣布(主張，提案等).

e·nun·ci·a·tion [ɪˌnʌnsɪˈeʃən, ɪˌnʌnʃɪ-; ɪˌnʌnsɪˈeɪʃn] n. (文章) **1** U 發音(的方法).
2 C (意見等的)宣布，聲明.

en·vel·op [ɪnˈvɛləp; ɪnˈveləp] vt. 包裹(in); 遮蓋，遮蔽. The island was enveloped in a thick fog. 島被籠罩在濃霧中/He enveloped himself in a blanket. 他把自己裹在毛毯裡.

＊en·ve·lope [ˈɛnvəˌlop, ˈɑn-, ˈɛnvəˌləp; ˈenvələup; ～s] C **1** 信封. a return envelope 回郵信封/She sealed the envelope and then addressed it. 她把信封封好，然後寫上姓名地址. **2** 包裹物; 覆蓋物. **3** (熱氣球的)氣囊.

en·vel·op·ment [ɪnˈvɛləpmənt; ɪnˈveləpmənt] n. **1** U 包裹; 包圍.
2 C 包裹物，包裝紙，覆蓋物.

en·ven·om [ɛnˈvɛnəm; ɪnˈvenəm] vt. **1** (雅)在…加[塗]毒藥. **2** 使(言語中)充滿惡意[怨恨]. envenomed words 狠毒的話.

en·vi·a·ble [ˈɛnvɪəbl̩; ˈenvɪəbl] adj. 令人羨慕的. an enviable reputation 令人稱羨的名聲/an enviable man (任何人都會)羨慕的人.

en·vi·a·bly [ˈɛnvɪəblɪ; ˈenvɪəblɪ] adv. 令人羨慕地.

＊en·vi·ous [ˈɛnvɪəs; ˈenvɪəs] adj. **1** 羨慕的，嫉妒的. She gave me an envious glance. 她用羨慕的眼光看了我一下.
2 羨慕的，嫉妒的，(of). She is envious of my good fortune. 她羨慕我的幸運. 同 envious 指「想要」別人所擁有的東西; 而 jealous 則指當其他人擁有自己所渴望之物[人]時，內心油然而生的「反感」. ⇨ n., v. envy.

en·vi·ous·ly [ˈɛnvɪəslɪ; ˈenvɪəslɪ] adv. 嫉妒地，羨慕地.

＊en·vi·ron·ment [ɪnˈvaɪrənmənt; ɪnˈvaɪərənmənt] n. (pl. ～s [-s; ～s]) UC **1** (加 the)(包圍人類的)自然環境. Some factories pollute the environment. 有些工廠污染環境.
2 周圍的狀況，環境. a poor home environment 家境不好. 同 surroundings 僅指周圍狀況，而 environment 則著眼於對人的思想、感情等的影響.

en·vi·ron·men·tal [ɪnˌvaɪrənˈmɛntl̩; ɪnˌvaɪərənˈmentl] adj. 環境的; 周圍的. environmental science 環境科學/environmental pollution 環境污染/environmental issues 環境[保]議題.

en·vi·ron·men·tal·ist [ɪnˌvaɪrənˈmɛntl̩ɪst; ɪnˌvaɪərənˈmentəlɪst] n. C 環境保護主義者.

en·vi·rons [ɪnˈvaɪrənz, ˈɛnvərənz; ɪnˈvaɪərənz] n. (作複數)周圍地區，(城市的)近郊，郊外. Boston and its environs 波士頓及其近郊.

en·vis·age [ɛn`vɪzɪdʒ; ɪn'vɪzɪdʒ] vt. 《文章》想像; 設想, 預想; 句型5 (envisage A doing)想像 A 做…. Can you *envisage* Tom('s) *working* in a garage? 你能想像湯姆在汽車修理廠工作嗎?

en·vi·sion [ɛn`vɪʒən; ɪn'vɪʒn] vt. 《美》=envisage.

en·voy [`ɛnvɔɪ; 'envɔɪ] n. (pl. ~s) C 1 特使, 全權公使, 《大使(ambassador)之下》. 2 使節.

en·vy [`ɛnvɪ; 'envi] n. U 1 嫉妬, 羨慕. He said that out of *envy* of the wealthy family. 他是因爲羨慕那個有錢人家才會說出那番話/I admit that I feel *envy* at [of] his success. 我承認我嫉妬他的成功.

2 (加 the)嫉妬的原因; 羨慕的對象. Anne is the *envy* of all her friends. 安是她所有朋友羨慕的對象.

— vt. (-vies [~z; ~z]; -vied [~d; ~d]; ~ing)嫉妬, 羨慕; 句型4 (envy A B)羨慕A的B. I really *envy* you! 我真羨慕你!/I *envy* you your trip to America. 我好羨慕你可以到美國旅行.

en·wrap [ɛn`ræp; ɪn'ræp] vt. (~s; ~ped; ~·ping) = wrap.

en·zyme [`ɛnzaɪm, -zɪm; 'enzaɪm] n. C 《化學》酶, 酵素.

e·on [`iən, `iɑn; 'iːən] n. C 《無法衡量的》漫長時代《期間》.

EP [ˌi`pi; ˌiː'piː] n. (pl. EP's, EPs) C 密紋唱片, 小型唱片, 慢速唱片, 《每分鐘四十五轉; 源自 *extended play* (record); → LP》.

ep·au·let, ep·au·lette [`ɛpə,lɛt, `ɛpəlɪt; 'epəʊlet] n. C (特指軍官的)肩章.

é·pée [e`pe; eɪ'peɪ] n. C 銳劍《比 foil[2] 重且堅硬, 男性用; →fencing》.

[epaulets]

e·phem·er·al [ə`fɛmərəl; ɪ'femərəl] adj. 短命的; 短暫的.

ep·ic [`ɛpɪk; 'epɪk] n. C 1 敘事詩, 史詩, (→ lyric).

2 敘事詩般的小說[電影等].

— adj. 1 敘事詩的, 史詩的. an *epic* poem 敘事詩. 2 敘事詩般的; 雄偉的, 壯大的.

ep·i·cen·ter (美), **ep·i·cen·tre** (英) [`ɛpɪ,sɛntɚ; 'episentə(r)] n. C 《地學》震央《地球表面在震源(focus)正上方的那一點》.

ep·i·cure [`ɛpɪ,kjʊr, -ˌkɪʊr; 'epɪkjʊə(r)] n. C 講究飲食之人, 美食家, 《對文學等》有雅好之人, 鑑賞家.

ep·i·cu·re·an [ˌɛpɪkjʊ`riən, -kɪʊ`riən; ˌepɪkjʊə'riːən] adj. 1 享樂主義的; 美食家的. an *epicurean* meal 佳餚美饌.

2 (Epicurean)伊比鳩魯學派的.

— n. C 1 享樂主義者; 美食家.

2 (Epicurean)信奉伊比鳩魯(學說)之人.

Ep·i·cu·rus [ˌɛpɪ`kjʊrəs, -ˌkɪʊrəs; ˌepɪ'kjʊərəs] n. 伊比鳩魯(341?-270 B.C.)《希臘哲學家; 主張人生最高境界的善是內心本於優雅的享樂[快樂]所得到的平安》.

ep·i·dem·ic [ˌɛpə`dɛmɪk; ˌepɪ'demɪk] n. C

1 (疾病的)流行, 傳染; (思想, 風俗等的)流行, 盛行. an *epidemic* of cholera 霍亂的流行.

2 流行病, 傳染病, (→ endemic).

— adj. 《疾病》流行性的; (泛指)流行的.

ep·i·der·mis [ˌɛpə`dɝmɪs; ˌepɪ'dɜːmɪs] n. UC《解剖》表皮.

ep·i·glot·tis [ˌɛpə`glɑtɪs; ˌepɪ'glɒtɪs] n. C《解剖》喉頭蓋, 會厭, 《防止食物進入氣管》.

ep·i·gram [`ɛpə,græm; 'epɪɡræm] n. C 警句, 警惕世人的雋語; 諷刺詩; 《例: Experience is the name everyone gives to his mistakes. 經驗是人們爲自己的錯誤所取的名字; → aphorism 同》.

ep·i·gram·mat·ic [ˌɛpəgrə`mætɪk; ˌepɪgrə'mætɪk] adj. 1 警句(式)的; 諷刺詩的.

2 《人》喜好[善用]警句的.

ep·i·lep·sy [`ɛpə,lɛpsɪ; 'epɪlepsi] n. U 癲癇.

ep·i·lep·tic [ˌɛpə`lɛptɪk; ˌepɪ'leptɪk] adj. 癲癇(性)的; 患癲癇的. — n. 癲癇患者.

ep·i·logue, (美) ep·i·log [`ɛpə,lɔg, -ˌlɑg; 'epɪlɒg] n. C 1 (戲劇)收場白, 尾聲, (◆prolog(ue)).

2 (文藝作品的) 後記, 跋; (事件等的)結局.

E·piph·a·ny [ɪ`pɪfənɪ; ɪ'pɪfəni] n. 《基督教》(加the) 主顯節, 顯現節, 《耶穌誕生時東方三博士(Magi)前往朝聖而沿襲下來的慶祝活動; 1 月 6 日; 聖誕節後第十二天, 故又稱 Twélfth Dày》.

e·pis·co·pal [ɪ`pɪskəpl; ɪ'pɪskəpl] adj. 《基督教》1 《文章》主教(bishop)的; 《教會》主教制的.

2 (Episcopal)英國國教的, 聖公會的.

Epíscopal Chúrch n. (加the)聖公會.

e·pis·co·pa·lian [ɪˌpɪskə`peljən, -lɪən; ɪˌpɪskə'peɪlɪən] (基督教) adj. 主教制教會的; (Episcopalian)聖公會的.

— n. C 主教制教會的教徒; (Episcopalian)聖公會教徒.

ep·i·sode [`ɛpə,sod, -ˌzod; 'epɪsəʊd] n. C 1 軼事, 插曲, 插曲. an amusing *episode* in history 歷史上一段有趣的軼聞.

2 (戲劇, 小說等的)插曲, 片段; (連載小說, 電視[廣播]連續劇等的)一篇, 一集. The next *episode* will follow next week. 下週繼續播出續集.

ep·i·sod·ic [ˌɛpə`sɑdɪk, -ˌzɑd-; ˌepɪ'sɒdɪk] adj. 短暫的; 一小段一小段組成的, (整體結構上)鬆散的.

e·pis·tle [ɪ`pɪsl; ɪ'pɪsl] n. C 1 《文章》《諧》《冗長且說教式的》書信, 信函.

2 (the Epistle) (新約聖經中的)使徒書信.

e·pis·to·lar·y [ɪ`pɪstə,lɛrɪ; ɪ'pɪstələri] adj. 《文章》1 書信[通信]的.

2 〔小說等〕書信(體)的.

ep·i·taph [`ɛpə,tæf; 'epɪtɑːf] n. C 墓誌銘, 碑文, 《記載死者生平大事等》.

[epitaph]

ep·i·thet [`ɛpə,θɛt; 'epɪθet] n. C (直接表示特性的)形容詞彙; 綽號. ★例

如: *Merry* England （歡樂的英格蘭）, William *the Conqueror* (征服者威廉).

e·pit·o·me [ɪ`pɪtəmɪ; ɪ`pɪtəmɪ] *n.* C **1** 縮影, 典型. She is the *epitome* of motherhood. 她是母性的典型.
2 梗概, 摘要.

e·pit·o·mize [ɪ`pɪtə͵maɪz; ɪ`pɪtəmaɪz] *vt.*
1 爲…的典型.
2 摘要.

e plu·ri·bus u·num [͵i`plʊrəbəs`junəm; ͵i:'plʊərəbəs'ju:nəm] (拉丁語＝one out of many)「合眾爲一」(以前美利堅合眾國的國訓; 標示於國璽和錢幣上; 但 1956 年以後美國正式的國訓爲 In God We Trust (我們信仰上帝)).

****ep·och** [`ɛpək; 'i:pɒk] *n.* (*pl.* **~s** [~s; ~s]) C
1 時期, 時代, 《以特殊事件爲特徵; → era 同》. the *epoch* of mass communication 大眾傳播的時代. **2** 新紀元, 新時代. The oral method marked an *epoch* in English teaching. 口語教學標記著英語教育的新紀元. **3** 《地質學》《僅次於地質時代「紀」(period)的單位》.

ep·och-mak·ing [`ɛpək͵mekɪŋ; 'i:pɒkmeɪkɪŋ] *adj.* 開創新時代的, 劃時代的. an *epoch-making* event 劃時代的事件.

ep·si·lon [`ɛpsəlɑn, -͵lɑn; ep'saɪlən] *n.* UC 希臘字母的第五個字母; *E*, ε; 相當於羅馬字母的 E, e.

Ep·som [`ɛpsəm; 'epsəm] *n.* 艾普森(英國 Surrey 的城鎮; 以舉行 Derby 與 Oaks 賽馬聞名).

eq·ua·ble [`ɛkwəbl, `ik-; 'ekwəbl] *adj.* 《文章》
1 〔氣溫等〕穩定的. an *equable* climate 穩定的〔溫和的〕氣候.
2 〔人, 氣質〕平靜的, 穩健的.

eq·ua·bly [`ɛkwəblɪ, `ik-; 'ekwəblɪ] *adv.* 《文章》均等地, 一樣地; 平靜地.

****e·qual** [`ikwəl; 'i:kwəl] *adj.* 〖 同等的〗 **1** (a) 〔數量, 程度, 價值等〕相等的, 同等的; 〔人, 物〕同等的, 不相上下的, 《*in*》. The two balls are of *equal* weight [are *equal* in weight]. 這兩個球重量相同/divide an area into three *equal* parts 把一塊區域分成三等分. (b) (用 equal to…) 等於…, 與…相同; 與…相匹敵. Twice two is *equal* to four. 二乘二等於四 《2×2＝4 的讀法; 注意 is *equal* *to* 的介系詞》/Mary is not *equal* to her mother in any respect. 瑪莉在任何一方面都不如她的母親.
2 平等的, 對等的, 《*with*》. Women are *equal* *with* men before the law. 法律之前男女平等.
〖 對等的〗 **3** (用 equal to…) 能勝任…的, 有…能力〔資格〕的. He is *equal* to the honor. 那項榮譽對他而言是實至名歸的/I don't feel *equal* to doing the work. 我覺得無法勝任這項工作 (★不用 *equal* *to* *do* the work).
4 〔戰鬥或競爭等〕平分秋色的, 勢均力敵的; 〔分配等〕公平的. My chances of winning are *equal*. 我的勝算有五成. ⇨ *n.* **equality**.

èqual to the occásion → occasion 的片語.
on èqual térms (*with*…) (以與…)對等(的條

equation 501

件)地. The law now requires women to be employed *on equal terms* with men. 現今的法律要求男女在雇用上必須受到相同的待遇.

òther thìngs bèing équal 其他條件一樣的話. *Other things being equal*, the shortest answer is the best. 若其他條件相同, 最簡短的答案最好.

— *n.* (*pl.* **~s** [~z; ~z]) C 對等〔同等資格〕之人, 同等之物, 相匹敵〔勢均力敵〕者. You are my *equal*; not my inferior or superior. 你和我勢均力敵, 無優劣高下之分.

without (an) équal 無可匹敵的. Cicero was *without* (an) *equal* in eloquence. 西塞羅的辯才無人能及.

— *vt.* (**~s**; 《美》**~ed**, 《英》**~led**; 《美》**~ing**, 《英》**~ling**) **1** 與…相等(be equal to). Two plus three *equals* five. 二加三等於五.
2 不遜於, 相匹敵. John *equals* Henry *in* strength. 約翰的力量不亞於亨利.

〖字源〗 EQU「相等的」: *equal*, *equi*valent (同等的), ad*equate* (適當的), *equi*nox (晝夜等長日).

e·qual·i·tar·i·an [ɪ͵kwɑlə`tɛrɪən, -`ter-; ɪ͵kwɒlɪ'teərɪən] *adj., n.* ＝egalitarian.

****e·qual·i·ty** [ɪ`kwɑlətɪ; ɪ'kwɒlətɪ] *n.* U **1** 相等; 同等; 相同, 同一性. *equality* of size 大小相同. **2** 平等; 均等, 劃一性. They campaigned for racial *equality*. 他們爲爭取種族平等而活動/ *equality* of opportunity 機會均等.
⇦ *adj.* **equal**. ⇔ **inequality**.

on an equálity (*with*…) (與…)對等〔平等〕的.

e·qual·i·za·tion [͵ikwələ`zeʃən, -aɪ`z-; ͵i:kwəlaɪ'zeɪʃn] *n.* U 對等化; 平等化; 均等化.

e·qual·ize [`ikwəl͵aɪz; 'i:kwəlaɪz] *vt.* **1** 使相等, 使同等〔同樣〕, 《*to*, *with*》.
2 使平等; 使一樣.

****e·qual·ly** [`ikwəlɪ; 'i:kwəlɪ] *adv.* **1** 程度一樣地; 同樣地. The two brothers are *equally* bright. 兩兄弟同樣地出色.
2 平等地; 均等地. The property was divided *equally* among the heirs. 財產平均分配給繼承人.
3 同樣也, 同樣地. College students should study hard, but *equally* they should make time for an active social life. 大學生應用功學習, 但也應利用時間積極參與社交活動.

e·qua·nim·i·ty [͵ikwə`nɪmətɪ, ͵ekwə`nɪmətɪ] *n.* U 《文章》沈著, 冷靜, 平靜. with *equanimity* 沈著地.

e·quate [ɪ`kwet; ɪ'kweɪt] *vt.* 認爲…是相同的, 同等看待, 《*with*》. They *equate* religion *with* church-going. 他們認爲宗教就是上教堂.

e·qua·tion [ɪ`kweʒən, -ʃən; ɪ'kweɪʒn] *n.* C 《數學、化學》等式, 方程式. Solve this *equation*. 解這道方程式/a chemical *equation* 化學方程式.
2 U (成)相等; 同等化; 均衡(化). the *equation* of supply and demand 供需的均衡(化).
3 U 同等看待, 視爲相同. the *equation* of

wealth *with* [*and*] happiness 把財富視為幸福.

*e·qua·tor [ɪˋkwetɚ; iˈkweɪtə(r)] *n.* (the; 常 the *Equator*)赤道(→ zone 圖);《天文》天體赤道. an island on the *equator* 赤道上的島/The ship crossed the *equator*. 船橫越赤道.

e·qua·to·ri·al [͵ikwəˋtorɪəl, ͵ɛk-, -ˋtɔr-; ͵ekwəˈtɔːrɪəl] *adj.* **1** 赤道的, 赤道附近的. **2** 赤道正下面(似)的; 酷熱的.

Equatõrial Guínea *n.* 赤道幾內亞(西非 的共和國; 首都 Malabo).

eq·uer·ry [ˋɛkwərɪ; ˈekwərɪ] *n.* (*pl.* -ries) ⓒ (英國王室的)侍從.

e·ques·tri·an [ɪˋkwɛstrɪən; ɪˈkwestrɪən] *adj.* 馬術的; 騎馬的.
— *n.* ⓒ 騎馬者; 馬術家; 馬戲演員.

equi- 《構成複合字》「相等的」之意.

e·qui·dis·tant [͵ikwəˋdɪstənt; ͵iːkwɪˈdɪstənt] *adj.* 等距離的(*from*).

e·qui·lat·er·al [͵ikwəˋlætərəl; ͵iːkwɪˈlætərəl] *adj.* (所有的邊)相等的, 等邊的. an *equilateral* triangle 等邊三角形.

e·qui·lib·ri·um [͵ikwəˋlɪbrɪəm; ͵iːkwɪˈlɪbrɪəm] *n.* ⓊⒸ 平衡狀態, 均衡; 精神[身體]的安定. lose one's *equilibrium* 失去身體的平衡; 心神不定.

e·quine [ˋikwaɪn; ˈekwaɪn] *adj.* 《文章》(似)馬的.

e·qui·noc·tial [͵ikwəˋnakʃəl, ͵iːkwɪˈnɒkʃl] *adj.* 晝夜平分的; 春分[秋分]的; 春分[秋分]前後 的. — *n.* equinox.

e·qui·nox [ˋikwə͵naks; ˈiːkwɪnɒks] *n.* ⓒ 晝夜 等長日(春分或秋分). the autumn(al) *equinox* 秋 分/the vernal [spring] *equinox* 春分.

*e·quip [ɪˋkwɪp; ɪˈkwɪp] *vt.* (~s [~s; ~s]; ~ped [~t; ~t]; ~·ping) (~ing) **1** (用 equip **A** with **B**)將 B 裝入 A, 配備; 將[必要之物]提供[人], 使[某物]具備 [必要之物]; 裝備(*for*; *to* do). Our car is *equipped* with air conditioning. 我們的車裝有空 調/The factory is *equipped* for mass production. 這間工廠配有大量生產的設備. ⓘequip 主要指器具、裝備等齊全, furnish 則為家 具、日常用品的完備. **2** 使具備(*with* [知識等]); 句型3 (equip **A** for **B**)、句型5 (equip **A** to do)為了 B[為了做…]使 A(人)具備應有的能力. He wants to *equip* his son *with* a good education. 他希望他的兒子擁 有良好的教育/He felt well *equipped for* [*to* han- dle] the job. 他覺得他有足夠的能力去做[掌握]這 份工作. ⇨ *n.* equipment.

‡e·quip·ment [ɪˋkwɪpmənt; ɪˈkwɪpmənt] *n.* Ⓤ **1** (軍隊、船等的)裝備, 設備; 配件; (必要的)知識. the necessary *equip- ment* for sailing 航行的必要裝備/fire protection *equipment* 防火設備/the basic *equipment* to make a fine teacher 成為優秀教師的基本素養. **2** 裝備, 準備, 預備.

e·qui·poise [ˋɛkwə͵pɔɪz, ˋi-; ˈekwɪpɔɪz] *n.* Ⓤ

(兩種力量的)平衡(狀態), 均衡.

eq·ui·ta·ble [ˋɛkwɪtəbl; ˈekwɪtəbl] *adj.* 《文章》 公正的(just); 公平的(fair); 正當的.

eq·ui·ta·bly [ˋɛkwɪtəblɪ; ˈekwɪtəblɪ] *adv.* 公平 地, 不偏頗地.

eq·ui·ty [ˋɛkwətɪ; ˈekwətɪ] *n.* Ⓤ **1** 公平; 公 正, 正當性. **2** 《法律》衡平裁定(根據公平正義原則所作的裁定); 衡平法(以公平正義原則補充習慣法(common law) 與制定法(statute law)不備之處的英美法).

e·quiv·a·lence [ɪˋkwɪvələns; ɪˈkwɪvələns] *n.* **1** Ⓤ相等; 等價; 等量; 等義. **2** Ⓒ同等物.

*e·quiv·a·lent [ɪˋkwɪvələnt; ɪˈkwɪvələnt] *adj.* **1** 相等的, 同等的; (用 equivalent to...)與…相等. These two diamonds are *equivalent* in value. 這 兩顆鑽石等價/His request was *equivalent* to an order. 他的要求等於命令. **2** 意義相同的; 相當的, 相匹敵的; (*to*). a sum *equivalent* to £100 ster- ling 相當於 100 英鎊的金額. — *n.* Ⓒ同等物, 等價物, 等量物; 同義語. the *equivalent* of a college education 和大學同等程度 的教育/We cannot find an English *equivalent* for the Chinese 'tao'. 在英語中找不到和中文的 「道」同義的字. 字源 VAL「價值」: equi*val*ent, e*val*uate (評價), *val*ue (價值), *val*id (妥當的).

e·quiv·o·cal [ɪˋkwɪvək!; ɪˈkwɪvəkl] *adj.* **1** (詞 句)可以隨意解釋的, 曖昧的. an *equivocal* reply (故意地)曖昧的回答. ⓘequivocal 比 ambiguous 更正式, 更強調模稜兩可的意味; → ambiguous. **2** (性格、行動等)靠不住的, 可疑的. **3** (結果、態度等)不確實的, 不明確的.

e·quiv·o·cate [ɪˋkwɪvə͵ket; ɪˈkwɪvəkeɪt] *vi.* (故意地)用模稜兩可的字眼; 支吾敷衍; 託辭.

e·quiv·o·ca·tion [ɪ͵kwɪvəˋkeʃən, ɪ͵kwɪvəˈkeɪʃn] *n.* Ⓤ (使用)曖昧的字眼; 託辭; 推卸責任.

er [ə, ɚ, ʌ, ʌː, ɜː] *interj.* 哦, 這個…, 那個…, 《說話猶豫時所發出的聲音》.

-er[1] *suf.* 《構成名詞》 **1** 「做…的人, 物」之意(加在 動詞之後). learn*er*. heat*er*. ★有時亦有「用於…之 物」的意思: read*er* (讀者; 讀本). **2** 「…的居民」之意. New York*er*. villag*er*. **3** 「…的製作者, 關係者」之意. photograph*er*. biograph*er*. bank*er*. **4** 「具有…的人, 物」之意. six-foot*er*. double-deck*er*.

-er[2] *suf.* 《加在形容詞、副詞之後構成比較級》 **1** 通常加在單音節, 或以-y, -ly, -le, -er, -ow等 字尾的雙音節形容詞之後. great*er*. prettt*er*. no- bl*er*. clever*er*. narrow*er*. **2** 加在不以-ly字尾結尾的單音節或雙音節副詞之 後. soon*er*. often*er*.

*e·ra [ˋɪrə, ˋɪrə; ˈɪərə] *n.* (*pl.* ~s [~z; ~z]) Ⓒ **1** 時 代, 年代; 時期. the Clinton *era* 柯林頓時代/ 1911 marked a new *era* in the history of China. 1911 年在中國歷史上代表著一個新時代的開始. ⓘperiod 與時間的長短無關, 一般表示一段期間; age 通常比 era 長, 指以特定的人物、事件為代表的

一個時代；epoch 嚴格地說為 era 的初期.

2 紀元. the Christian *era* 西元.

3 《地質學》代(依時間長短排列為 era, period, epoch).

e·rad·i·cate [ɪˋrædɪ͵ket; ɪˈrædɪkeɪt] *vt.* 《文章》根除, 消滅; 杜絕. *eradicate* weeds 除草/We shall continue our efforts to *eradicate* racial discrimination. 我們應繼續努力消除種族歧視.

e·rad·i·ca·tion [ɪ͵rædɪˋkeʃən; ɪ͵rædɪˈkeɪʃn] *n.* 《文章》根除, 消滅.

e·rad·i·ca·tor [ɪˋrædɪ͵ketɚ; ɪˈrædɪkeɪtə(r)] *n.* U去墨劑.

e·rase [ɪˋres; ɪˈreɪz] *vt.* **1** 抹去, 擦去, 〔文字等〕刪除〔名字等〕《*from*》. Their names were *erased* from the list. 他們的名字從名單上被刪除了.

2 把〔錄過音的卡帶等〕消音; 《主美》擦掉〔黑板上的字等〕.

3 抹去〔記憶等〕.

***e·ras·er** [ɪˋresɚ; ɪˈreɪzə(r)] *n.* (*pl.* ~s [~z; ~z]) C《主美》橡皮擦; 去墨劑; 板擦.

e·ra·sure [ɪˋreʒɚ; ɪˈreɪʒə(r)] *n.* **1** U消除; 刪除. **2** C刪除處; 消除的痕跡.

ere [ɛr, ær; eə(r)] 《詩》 *prep.* 在…之前(before).

ere lóng 不久之後, 很快.

— *conj.* 在…之前, 尚未…時.

Er·e·bus [ˋɛrəbəs; ˈerɪbəs] *n.* 《希臘神話》埃勒伯司(塵世與冥土(Hades)間的黑暗地區).

‡**e·rect** [ɪˋrɛkt; ɪˈrekt] *adj.* **1** 直立的, 筆直的; 〔頭髮等〕豎起的. He was standing *erect*. 他筆直地站著/with hair *erect* 毛髮豎起地.

2 《生理》〔陰莖〕勃起的.

— *vt.* (~s [~s; ~s]; ~ed [~ɪd; ~ɪd]; ~ing)

1 《文章》建立, 建造. *erect* a skyscraper 建造一座摩天大樓/They *erected* a statue in memory of Gandhi. 他們建造了一座雕像紀念甘地. 回*erect* 比 build 更強調建築的含意.

2 使直立, 豎立, 架高, (raise). *erect* a tent 搭帳篷.

3 設立〔組織等〕.

字源 RECT「筆直的」: *erect*, cor*rect* (正確的), di*rect* (直接的), *rect*ify (矯正).

e·rec·tion [ɪˋrɛkʃən; ɪˈrekʃn] *n.* **1** U建立; 直立. **2** U建造; 設立. **3** C建築物. **4** UC《生理》勃起.

e·rect·ly [ɪˋrɛktlɪ; ɪˈrektlɪ] *adv.* 筆直地.

e·rect·ness [ɪˋrɛktnɪs; ɪˈrektnɪs] *n.* U直立, 垂直.

erg [ɝg; ɜːg] *n.* C《物理》爾格(能量的單位).

er·go [ˋɝgo; ˈɜːgəʊ] (拉丁語) *adv.* 因此(therefore).

er·go·nom·ics [͵ɝgəˋnɑmɪks; ͵ɜːɡəʊˈnɒmɪks] *n.* 《作單數》人體工學.

Er·ie [ˋɪrɪ; ˈɪərɪ] *n.* **Lake ~** 伊利湖(北美五大湖之一; → Great Lakes圖).

Er·i·tre·a [͵ɛrɪˋtrɪə; ͵erɪˈtreɪə] *n.* 厄尼特里亞(面向紅海的非洲國家; 首都 Asmara).

er·mine [ˋɝmɪn; ˈɜːmɪn] *n.* (*pl.* ~, ~s) **1** C貂, 銀鼠(褐色毛, 冬季時全身變成純白, 僅尾尖呈黑色; → stoat).

---

erratum 503

2 U貂的白色毛皮.

Er·nest [ˋɝnɪst; ˈɜːnɪst] *n.* 男子名.

e·rode [ɪˋrod; ɪˈrəʊd] *vt.* **1** 〔酸等〕將〔金屬等〕腐蝕; 〔風雨等〕侵蝕; 《*away*》. **2** 〔疾病等〕侵蝕; 慢慢消耗. [ermine 1] 慢慢減少, 〔儲蓄等〕. Cancer has *eroded* the bone. 癌細胞已經蔓延到骨頭了.

— *vi.* 被侵蝕; 被腐蝕.

e·rog·e·nous [ɪˋrɑdʒənəs; ɪˈrɒdʒɪnəs] *adj.* 對性刺激敏感的. an *erogenous* zone 性感帶.

E·ros [ˋɪrɑs, ˋɪ-, ˋɛ-; ˈɪərɒs] *n.* 《希臘神話》伊洛斯(Aphrodite之子, 愛神; 相當於羅馬神話的Cupid).

e·ro·sion [ɪˋroʒən; ɪˈrəʊʒn] *n.* U **1** 侵蝕, 侵蝕作用, 表土流失; 〔金屬等的〕腐蝕.

2 〔疾病等的〕侵蝕; 慢慢消耗〔減少〕.

e·ro·sive [ɪˋrosɪv; ɪˈrəʊsɪv] *adj.* 侵蝕(性)的; 腐蝕性的.

e·rot·ic [ɪˋrɑtɪk; ɪˈrɒtɪk] *adj.* 性愛的, 色情的.

e·rot·i·ca [ɪˋrɑtɪkə; ɪˈrɒtɪkə] *n.* 《作複數》色情書刊, 色情圖畫, 春宮照片.

e·rot·i·cal·ly [ɪˋrɑtɪklɪ, -ɪklɪ; ɪˈrɒtɪkəlɪ] *adv.* 色情地, 好色地.

e·rot·i·cism [ɪˋrɑtə͵sɪzəm; ɪˈrɒtɪsɪzəm] *n.* U **1** 色情性, (藝術的)色情傾向.

2 (異常的)性興奮; 色情.

err [ɝ; ɜː(r)] *vi.* 《文章》 **1** 犯錯, 出錯, 誤…《*in* do*ing*》. I have *erred in* thinking him trustworthy. 我誤以為他值得信賴.

2 (道德上)犯罪; 偏離(正道)《*from*》. *err from* the right path 偏離正道誤入歧途/To *err* is human, to forgive divine. 《諺》犯錯乃人之常情, 寬恕乃神之聖行(犯錯是人所無可避免的).

⟡ *n.* **error**. *adj.* **erroneous**.

字源 ERR「徬徨」: *err*, *err*or (錯誤), *err*ant (離開正道).

***er·rand** [ˋɛrənd; ˈerənd] *n.* (*pl.* ~s [~z; ~z]) C **1** 差事, 差使. Tom was sent on an *errand* to the store. 湯姆被派到那家店去辦事/a fool's *errand* 白跑一趟, 徒勞. **2** 任務, 使命. tell one's *errand* 交代某人要辦的事.

gò on érrands = rún érrands 跑腿《*for* 為…》.

er·rant [ˋɛrənt; ˈerənt] *adj.* 《文章》 **1** 偏離正道的, 誤入歧途的. **2** (追求冒險而)遊歷的. a knight *errant* (中世紀的)遊俠騎士.

er·ra·ta [ɪˋretə, ɛ-, -ˋrɑtə; eˈrɑːtə] *n.* erratum 的複數.

er·rat·ic [əˋrætɪk; ɪˈrætɪk] *adj.* **1** 〔行動, 意見等〕難以捉摸的. **2** 〔機械運作等〕不規則的.

er·rat·i·cal·ly [əˋrætɪklɪ, -ɪklɪ; ɪˈrætɪkəlɪ] *adv.* 難以捉摸地; 不規則地.

er·ra·tum [ɪˋretəm, ɛ-, -ˋrɑt-; eˈrɑːtəm] *n.* (*pl.* **-ta**) C **1** 錯字, 誤排, 誤寫.

2 (errata) 勘誤表.

er·ro·ne·ous [əˋronɪəs, ɛ-; ɪˋrəʊnjəs] *adj.* 《文章》錯誤的, 不正確的. ⇨ *n.* **error.** *v.* **err.**

er·ro·ne·ous·ly [əˋronɪəslɪ, ɛ-; ɪˋrəʊnjəslɪ] *adv.* 錯誤地.

*er·ror [ˋɛrə; ˋerə(r)] *n.* (*pl.* ~**s** [~z; ~z])
1 C 錯誤; 過失. I made an *error* in calculation. 我在計算上犯了個錯/Correct *errors*. 請改正錯誤/printer's *errors* 印刷錯誤/admit [avoid] an *error* 承認[避免]錯誤/an *error* of judgment 判斷上的錯誤. 回error 主要指違反規範、準則而犯的錯誤, mistake 則主要是指判斷上的錯誤; → blunder.

[搭配] *adj.*+error: a common ~ (常見的錯誤), a serious ~ (嚴重的錯誤), a slight ~ (微小的錯誤) // *v.*+error: commit an ~ (犯錯), point out an ~ (指出錯誤).

2 U 錯誤; 錯誤的想法, 不正確的觀念. lead a person *into error* 使人犯錯/fall into *error* 犯錯; 誤解. **3** C 《數學》誤差. **4** C 《棒球》失誤. ⇨ *v.* **err.** *adj.* **erroneous.**

in érror 弄錯了(的). In believing him to be an honest man, I was seriously *in error*. 我竟然相信他是個誠實的人, 真是大錯特錯.

er·satz [ɛrˋzats; ˋeəzæts] (德語) *adj.* 《輕蔑》代用的; 假的.

er·u·dite [ˋɛrʊˌdaɪt, ˋɛrjʊ-; ˋeruːdaɪt] *adj.* 《文章》博學的, 有學識的, (learned).

er·u·dite·ly [ˋɛrʊˌdaɪtlɪ, ˋɛrjʊ-; ˋeruːdaɪtlɪ] *adv.* 博學地.

er·u·di·tion [ˌɛrʊˋdɪʃən, ˌɛrjʊ-; ˌeruːˋdɪʃn] *n.* U 《文章》博學; 學識.

*e·rupt [ɪˋrʌpt; ɪˋrʌpt] *vi.* (~**s** [~s; ~s]; ~**ed** [~ɪd; ~ɪd]; ~**ing**) **1** (火山) 爆發; (噴泉等) 噴起; (蒸氣等) 噴出. The volcano has *erupted* twice this year. 那座火山今年爆發了兩次.

2 (壓抑住的感情等) 迸發; (戰爭, 暴力等) 突然爆發; (疾病等) 突發. The whole audience *erupted* in laughter. 全場觀眾爆出笑聲/Violence *erupted* all over the city because of the food shortages. 由於糧食短缺, 全市暴動四起.

3 出疹, 發疹.

e·rup·tion [ɪˋrʌpʃən; ɪˋrʌpʃn] *n.* U C **1** (戰爭, 暴力等的) 突然爆發; (疾病的) 發生; (感情的) 迸發. an *eruption* of cholera 發生霍亂.

2 (火山的) 噴火; (熔岩等的) 噴出; 噴出物.

3 《醫學》出疹, 疹.

e·rup·tive [ɪˋrʌptɪv; ɪˋrʌptɪv] *adj.* 噴火的; 《醫學》出疹的.

-ery *suf.* → -ry.

er·y·sip·e·las [ˌɛrəˋsɪpləs, ˌɪrə-; ˌerɪˋsɪpɪləs] *n.* U 《醫學》丹毒.

-es *suf.* -s 的別體 (名詞, 動詞的字尾變化).
1 複數名詞的字尾. box*es*. brush*es*. hero*es*.
2 動詞的第三人稱、單數、現在式字尾. miss*es*. mix*es*. go*es*.

es·ca·late [ˋɛskəˌlet; ˋeskəleɪt] *vi.* (戰爭等) 逐漸擴大, 逐步提高.
— *vt.* 逐步擴大[增大, 提高].

es·ca·la·tion [ˌɛskəˋleʃən; ˌeskəˋleɪʃn] *n.* U C 逐步擴大.

es·ca·la·tor [ˋɛskəˌletə; ˋeskəleɪtə(r)] *n.* C 手扶梯.

es·cal·lop [ɛˋskɑləp, ɛˋskæləp; ɪˋskɒləp] *n.*, *v.* =scallop.

es·ca·pade [ˋɛskəˌped, ˌɛskəˋped; eskəˋpeɪd] *n.* C (造成他人困擾的) 古怪行為; 越軌行為; 惡作劇.

*es·cape [əˋskep, ɪ-, ɛ-; ɪˋskeɪp] *v.* (~**s** [~s; ~s]; ~**d** [~t; ~t]; **-cap·ing**) *vi.* **1** 逃, 脫逃; (用 escape from...) 從…中逃出. *escape* from prison 越獄.

2 逃離, 得救, 逃避, (*from, out of*). *escape* from a sinking ship 從下沈中的船脫逃/*escape* by hiding in a cellar 藏於地下室而逃脫.

3 (液體, 氣體等) 洩漏, 溢出, (*from, out of*). Gas was *escaping from* a crack in the pipe. 瓦斯從管子的裂縫中漏出來.

— *vt.* **1** (搶先行動而) 逃過 (追捕等); 逃避, 避免, (災難, 疾病等). He narrowly *escaped* death. 他死裡逃生/*escape* punishment [being punished] 躲過懲罰. [語法] (1) 不用被動語態. (2) 受詞常用被動語態的動名詞; → evade 回.

2 避開 (他人注意); 從 (他人記憶) 中消失. Nothing *escapes* his notice. 凡事都逃不過他的眼睛/His name *escapes* me. 他的名字我想不起來了.

3 不自覺地 (自口中) 發出, 吐露, (說話, 歎息等). A groan *escaped* him [his lips]. 他不自覺地發出呻吟聲.

— *n.* (*pl.* ~**s** [~s; ~s]) **1** U C 逃脫, 逃亡; 避免. People seek *escape* from the heat of the town. 人們設法避開都市的炎熱/Their attempt at *escape* failed. 他們逃離未遂.

2 C 退路; 逃走的辦法; 避難設備. a fire *escape* (→ 見 fire escape).

3 C (水, 祕密等的) 洩漏. an *escape* of gas 瓦斯外洩.

4 a U 逃避現實; C 逃避現實的辦法. find an *escape* from worry *through* music 藉音樂消愁.

hàve a nàrrow [hàirbreadth] escápe 死裡逃生, 九死一生. She *had a narrow escape* when her car skidded off the road into a lake. 她的車子打滑掉進湖裡, 而她驚險地逃過一劫.

màke [màke gòod] one's escápe 巧妙地逃脫.

es·ca·pee [ˌɛskeˋpi, ɪˌskeˋpiː] *n.* C 逃亡者, (特指) 越獄者.

es·cape·ment [əˋskepmənt, ɪ-, ɛ-; ɪˋskeɪpmənt] *n.* C **1** 擒縱器 (控制鐘錶上齒輪的停止與推進, 並保持其在一定速度運轉的裝置).

2 (打字機的) 控制字距裝置.

escápe velócity *n.* U 脫離速度 (脫離地心引力時的速度).

es·cap·ing [əˋskepɪŋ, ɪ-, ɛ-; ɪˋskeɪpɪŋ] *v.* escape 的現在分詞, 動名詞.

es·cap·ism [ə`skepɪzəm, ɪ-, ɛ-; ɪ`skeɪpɪzəm] *n.*
U 逃避現實(主義).

es·cap·ist [ə`skepɪst, ɪ-, ɛ-; ɪ`skeɪpɪst] *n.* C 逃
避現實(主義)者.

es·carp·ment [ɛ`skɑrpmənt; ɪ`skɑ:pmənt] *n.*
C **1** (文章)(因侵蝕及斷層形成的)絕壁, 斷崖.
2 (城牆外側的)陡坡.

es·chew [ɛs`tʃu, -`tʃɪu; ɪs`tʃu:] *vt.* (文章)避免,
避開, 〔(不好的)行動, 食物等〕(avoid).

＊**es·cort** [`ɛskɔrt; `eskɔ:t] *n.* (★與 v. 的重音位置不
同) *n.* (*pl.* ~s [~s; ~s]) C **1** (★用單數亦可作複
數)護衛者, 護衛隊; (犯人等的)押送者, 押解隊;
護衛艦(隊), 護航隊(隊)等. an *escort* ship 護航
船/A large *escort* accompanied the premier. 首
相有大批護衛隨行.
2 C 男伴(陪伴女性參加宴會等); 約會的男性對
象. Jim will be my *escort* at the dance. 吉姆將
是我舞會的男伴.
3 C (團體旅行等的)嚮導, 導遊.
4 U 護衛; 護送; 護航; 嚮導. under police
escort 在警察的護送下.
── [ɪ`skɔrt; ɪ`skɔ:t] *vt.* 護衛, 護送; (特指)陪伴
〔女性〕.

es·cutch·eon [ɪ`skʌtʃən; ɪ`skʌtʃən] *n.* C 飾有
徽章的盾; 盾形.

-ese *suf.* (加在地名, 人名上
構成下列意義的名詞, 形容
詞) **1** 「…國[地方]的」, 「…
人(的)」, 「…語(的)」之意.
Japan*ese*.
2 「…式(的)」, 「…特有的文
體[用語](的)」之意. journal-
ese.

Es·ki·mo [`ɛskə͵mo;
`eskɪməʊ] *n.* (*pl.* ~s, ~es,
~) C 愛斯基摩人; U 愛斯基摩語; (→ Inuit).
── *adj.* 愛斯基摩人[語]的.

[escutcheons]

e·soph·a·gi [i`sɑfə͵dʒaɪ; i:`sɒfəgaɪ] *n.* esopha-
gus 的複數.

e·soph·a·gus (美), **oe·soph-** (英)
[i`sɑfəgəs; i:`sɒfəgəs] *n.* (*pl.* -gi) C (解剖)食道.

es·o·ter·ic [͵ɛsə`tɛrɪk; ͵esəʊ`terɪk] *adj.* (文章)
1 難解的, 深奧的.
2 祕密的, 機密的, (secret).

ESP (略) extrasensory perception(超能力).

esp. (略) especially.

es·pal·ier [ɛ`spæljɚ; ɪ`spæljə(r)] *n.* C (園藝)
1 果樹架, 樹籬等, (使果樹和觀賞植物的枝在上攀
爬的東西). **2** 以果樹架栽培的果樹.

＊**es·pe·cial** [ə`spɛʃəl; ɪ`speʃl] *adj.* (限定)(文章)格
外的, 特別的; 特殊的. 圏 especial 特別強調程度
上的高低, 但一般人喜歡用常用語這個字.

＊**es·pe·cial·ly** [ə`spɛʃəlɪ, -ʃlɪ; ɪ`speʃəlɪ] *adv.*
特別地, 格外地; 尤其, 特
別. It's *especially* cold this morning. 今天早上特
別地冷/I like traveling, *especially* by plane. 我喜
歡旅行, 尤其是搭飛機旅行/They are not *espe-
cially* bright. 他們並非腦筋特別好(★ not *espe-*

――――――――――― **essential** 505

cially 是部分否定). 圏 especially 表「比起其他事
物來格外…, 特別…」之意, 而 specially 則多表「只
為一個目的」之意. 語法 除了以副詞子句為首的句
子之外, 不可在句首用 especially 一字.

Es·pe·ran·to [͵ɛspə`rɑnto, -`ræntə;
͵espə`ræntəʊ] *n.* U 世界語(波蘭人柴門霍夫
(Zamenhof (1859-1917)) 所創之國際語).

es·pi·o·nage [`ɛspɪənɪdʒ, ͵ɛspɪə`nɑʒ;
`espɪənɑ:dʒ] (法語) *n.* U **1** 間諜行為[活動];
2 刺探活動; 諜報組織.

es·pla·nade [͵ɛsplə`ned, -`nɑd; ͵esplə`neɪd] *n.*
C 散步道(特指海岸或湖畔的).

es·pous·al [ɪ`spauz]; ɪ`spaʊzl] UC (文章)
(主義, 學說等的)支持, 採用.

es·pouse [ɪ`spauz; ɪ`spaʊz] *vt.* (文章)支持, 採
用, 〔主義, 學說等〕.

es·pres·so [ɛs`prɛso; e`spresəʊ] (義大利語) *n.*
(*pl.* ~s) 濃縮咖啡(用蒸氣沖泡咖啡粉製成的);
C (一杯的)濃縮咖啡.

es·prit [ɛ`spri; e`spri:] (法語) *n.* U 機智; 才氣. 「精神.

es·prît de côrps [ɛ`spridə`kɔr, -`kɔr;
e͵spri:də`kɔ:(r)] (法語) *n.* U 團隊精神, 團結心.

es·py [ɪ`spaɪ; ɪ`spaɪ] *vt.* (-**pies**; -**pied**; ~**ing**) (文
章)(偶然)發覺, 發現, 看見, 〔遠方或不易看見的
東西〕.

Esq. (略) Esquire.

Es·quire [ə`skwaɪr; ɪ`skwaɪə(r)] *n.* C (主英)
先生, 閣下, 圏考 比 Mr. 更正式的稱呼; 尤其用在
書信上, 略作 Esq. 附於姓名之後; 在美國往往限律
師等使用, 例如 John Williams, *Esq.* (約翰・威廉
先生[閣下]), 此時姓氏與名字皆須書寫; 名字可僅
寫第一個字母; 必要時則附其他頭銜於 Esq. 之後:
J. Williams, *Esq.*, M.A.

-ess *suf.* 構成陰性名詞. heir*ess*. lion*ess*.

＊**es·say** [`ɛsɪ, `ɛse; `eseɪ] *n.* (*pl.* ~s [~z; ~z])
1 評論, 短評; 散文, 隨筆, 小品文. an
essay on modern music 針對現代音樂的短評.
2 [ɛ`se, `ɛse; `eseɪ] (文章)嘗試, 試探.
── [ə`se, `ɛse; `eseɪ] *vt.* (~s; ~ed; ~ing) (文章)
試圖, 句型3 (essay *to* do)嘗試試圖.

es·say·ist [`ɛseɪst; `eseɪɪst] *n.* C 散文作家, 短
評作家.

＊**es·sence** [`ɛsņs; `esns] *n.* (*pl.* -senc·es [~ɪz;
~ɪz]) **1** U 本質; 根本, 最重要素.
He is the *essence* of kindliness. 他本性善良.
2 UC 精髓, 精華(成分); 精油; 香水. meat
essence 肉精. ⇨ *adj.* **essential**.
be of the éssence 非常重要的. Secrecy is *of
the essence* in this matter. 此事以保密爲要.
in éssence 本質上; (姑且不論外表)其實. He is,
in essence, a kind-hearted man. 他其實是個好心
人.

＊**es·sen·tial** [ə`sɛnʃəl; ɪ`senʃl] *adj.* **1** 絕對必
要的, 不可少的; 極重要的;
(用 essential to [for]…)對…而言是絕對必要的(→

necessary回). The sun is *essential to* [*for*] life. 太陽是生命不可或缺的/It is *essential for* you *to* finish the work by this evening. = It is *essential* that you (should) finish the work by this evening. 今晚以前你必須完成那項工作.

2 本質(上)的; 根本的, 基本的; (⟷ accidental). an *essential* difference 本質上的差異.

3〔限定〕精華(般)的, 精粹的. ⇨ *n.* essence.

— *n.* ⓒ(通常 essentials)絕對必要之物; 要點, 本質上的要素. the *essentials* of English grammar 英文文法的基本要素.

es·sen·tial·ly [əˋsenʃəlɪ; ɪˋsenʃəlɪ] *adv.* **1** 本質上; 本來; 其實.

2 必要地 (necessarily). "Must I go?" "Not *essentially*." 「我非得去嗎?」「未必啦.」

Es·sex [ˋɛsɪks; ˊesiks] *n.* 艾塞克斯郡(英格蘭東南部的郡).

est (略) established; estimated.

-est *suf.* 加在形容詞、副詞後構成最高級(關於其種類⇨ -er²). greatest. prettiest. earliest. fastest.

⁑es·tab·lish [əˋstæblɪʃ; ɪˋstæblɪʃ] *vt.* (~es [~ɪz; ~ɪz]; ~ed [~t; ~t]; ~ing)

【 使紮實 】 **1** 創設(設施, 事業等); 建立(國家, 政府等); 制定(法律, 制度等); (→ found²回). The school was *established* in 1650. 該校成立於 1650 年/We have *established* friendly relations with the new government of that country. 我們已經和那個國家的新政府建立了友好關係.

2 安頓〔人〕(*as; in*〔職業, 場所等〕). He *established* himself *as* a conductor in New York. 他以指揮的身分立足紐約/The money was enough to *establish* him *in* business. 這筆錢夠他在事業上打穩基礎了/Now that we are *established in* our new house, we shall be glad to receive visitors. 現在我們已在新家安頓好了, 很歡迎客人來訪.

【 使成為確實之事物 】 **3** 確立〔習慣, 信念等〕; 使〔先例等〕得到普遍承認. The successful concert tour *established* her reputation as a singer. 成功的巡迴演唱會鞏固了她歌手的聲望.

4 證實, 證明,〔事實等〕,〔句型3〕(establish *that* 子句/*wh* 子句)證實…. He *established* his alibi. 他提出了不在場的證明/It has been *established that* the disease is caused by a virus. 那疾病已證實由病毒所致/The police *established where* he was when the crime occurred. 警方已證實案發時他人在何處了.

5【確立體制】規定〔某教會〕為國教教會.

⇨ *n.* establishment.

[字源] STA「站立」: e*stab*lish, *stand* (起立), *stab*le (安定的), *stat*ure (身高).

es·tab·lished [əˋstæblɪʃt; ɪˋstæblɪʃt] *adj.*〔限定〕已確立的; 經證實的. *established* customs 習慣/an *established* fact 確切的事實/an *established* church 國教教會(被採用為國教者; 例如英國國教會(the Church of England)).

⁑es·tab·lish·ment [əˋstæblɪʃmənt; ɪˋstæblɪʃmənt] *n.* (*pl.* ~s [~s; ~s])【建立】 **1** ⓤ 設立, 創設; 樹立; 確立; 制定. the *establishment* of a hospital 醫院的設立/the *establishment* of a new theory 新理論的確立/the *establishment* of the constitution 憲法的制定.

【 經設立之物 】 **2** ⓒ 家庭, (包括傭人等的)一戶人家, (household). keep a large *establishment* (雇有許多傭人)維持一戶大家庭.

3 ⓒ (社會的)設施(學校, 醫院, 公司, 營業場所, 店鋪等). a private *establishment* 私人企業/an educational *establishment* 教育設施.

【 經確立之物 】 **4** ⓤ(單複數同形)(通常 the *E*stablishment)現有的體制(當局), 現有的權力結構.

⁑es·tate [əˋstet; ɪˋsteɪt] *n.* (*pl.* ~s [~s; ~s]) **1** ⓒ 房地產; 私有土地(特指鄉下占地廣的). He had to sell his ancestral *estate*. 他不得不出售祖傳的地產.

2 ⓤ(法律)財產, 資產; 遺產. a man of small *estate* 財產不多的人/real *estate* 不動產/personal *estate* 動產.

[字源] STA「立場, 狀態」: *estate*, *state* (狀態), *statu*e (塑像).

estáte àgent *n.* ⓒ(英)房地產經紀人((美) realtor).

estáte càr *n.* (英)=station wagon.

⁑es·teem [əˋstim; ɪˋstiːm] *vt.* (~s [~z; ~z]; ~ed [~d; ~d]; ~ing) **1** 重視, 看重; 尊重. I *esteem* your advice highly. 我十分重視你的忠告/your *esteemed* letter 大函, 華翰, 尊函.

回 esteem 的尊敬之意比 respect 強.

2〔句型5〕(esteem A (*to be*) B)、〔句型3〕(esteem A *as* B)將 A 看作 B, 認為 A 是 B, (consider, regard). *esteem* the chairmanship (*as*) an honor 把主席的職位視為一項榮譽/I *esteem* myself (*to be*) happy. 我認為自己是幸福的.

— *n.* ⓤ(文章)尊重, 尊敬. have *esteem for* a person 尊敬某人/hold a person in high [low] *esteem* 極為尊敬[瞧不起]某人.

es·thete [ˋɛsθit; ˋiːsθiːt] *n.* (美)=aesthete.

es·thet·ic [ɛsˋθɛtɪk; iːsˋθetɪk] *adj.* (美) =aesthetic.

es·thet·ics [ɛsˋθɛtɪks; iːsˋθetɪks] *n.* (美) =aesthetics.

es·ti·ma·ble [ˋɛstəməbl; ˋestiməbl] *adj.* (文章)值得尊重[尊敬]的, 應該受尊重[尊敬]的. ⇨ *v.* esteem.

⁑es·ti·mate [ˋɛstə͵met; ˋestimeit] (★ 與 *n.* 的發音不同) *vt.* (~s [~s; ~s]; -mat·ed [~ɪd; ~ɪd]; -mat·ing) **1** 估計; 估算, 計算,〔費用等〕(*at*)(→ evaluate回); 評價. *estimate* the size of a room 估算房屋面積/*estimate* the cost [losses] *at* [$]$1,000,000 估計費用[損失]為 100 萬美元(★ 用 to be 替代 at 的情況〔句型5〕).

2〔句型3〕(estimate *that* 子句)評估…, 判斷…(數量, 品質, 狀況等). I *estimate that* the work will cost more than $10,000. 我估計那項工作的花

費在一萬美元以上/He is highly *estimated* among his friends. 他的朋友對他評價很高.

— *vi.* 計算(*for*). *estimate for* the repair of the car 計算修車費.

— [`ɛstəmɪt, -͵met; 'estɪmət] *n.* (*pl.* ~**s** [~s; ~s]) © **1** 概算(書), 估價(單); 估計額. make a rough *estimate of* the expenses 大略估算支出/by *estimate* 以概算方式/at a moderate *estimate* 適度估算.

> |搭配| *adj.*+estimate: a conservative ~ (保守的估計), a long-range ~ (長期的估算), a precise ~ (精確的估算), a preliminary ~ (初步的估算) // *v.*+estimate: give an ~ (估算), submit an ~ (提出估價).

2 評價, 評定, 判斷. form a correct *estimate* of the novel 正確地評價那部小說.

es·ti·mat·ing [`ɛstə͵metɪŋ; 'estɪmeɪtɪŋ] *v.* estimate 的現在分詞、動名詞.

es·ti·ma·tion [͵ɛstə`meʃən; ͵estɪ'meɪʃn] *n.*
1 ⓊＵ評價; 判斷; 意見. In my *estimation*, he is an honest man. 就我個人所見, 他是個誠實的人.
2 © 估計, 估價, 概算.

Es·to·ni·a [ɛs`tonɪə; es'tounɪə] *n.* 愛沙尼亞(波羅的海沿岸的國家; 首都 Tallinn).

es·trange [ə`strendʒ; ɪ'streɪndʒ] *vt.* **1** (特指)使(家庭成員等)不和, 使交惡(*from*). A quarrel *estranged* those two boys *from* each other. 那兩個男孩因吵架而翻臉.
2 脫離, 排斥, 疏遠, 《*from*》. *estrange* oneself *from* politics 遠離政治.

es·trange·ment [ə`strendʒmənt; ɪ'streɪndʒmənt] *n.* Ｕ 不和; 疏離, 疏遠.

es·tu·ar·y [`ɛstʃʊ͵ɛrɪ; 'estjʊərɪ] *n.* (*pl.* **-ar·ies**) © (有潮水漲落的)大河河口, 河口水域; 港灣; (→ geography▨).

ET (略) extraterrestrial.

et al. [ɛt`æl; et'æl] **1** 及其他(物)(拉丁語 and other things 的縮略). **2** 及其他(人)(拉丁語 and others 的縮略; 用於作者名, 法律文件等).

etc. (略) et cetera. |參考| (1) 一般唸成 et cetera. (2) 主要用於商業文書, 參考書等列舉事項之後; 一般則用 and so forth [on], and the like 等. (3) 原則上 etc. 之前要加逗號: beef, pork, mutton, etc. (但如 beef etc. 不作列舉時則不加逗號). (4) 在列舉人名的情況時用 et al. (5) such as..., such...as, like 等不能與 etc. 並用.

et cet·er·a [ɛt`sɛtərə, -͵sɛtrə; ɪt'setərə] (拉丁語)及其他, ⋯等(相當於 and so forth [on], and the like; 通常略作 etc. 使用).

etch [ɛtʃ; etʃ] *vt.* **1** 在(金屬板等)上蝕刻; 用蝕刻法繪製(圖畫等); (→ etching).
2 銘刻(於心), 將⋯銘記在心, 《*in, on*》. The incident was *etched in* his memory. 那事件深深地銘刻在他的記憶之中.

— *vi.* 蝕刻.

etch·ing [`ɛtʃɪŋ; 'etʃɪŋ] *n.* Ｕ蝕刻技法(在塗蠟的銅板上刻出底圖, 然後用酸等將此部分腐蝕後再行製版); © 蝕刻(版畫).

E

*****e·ter·nal** [ɪ`tɝn̩; ɪ'tɜːnl] *adj.* **1** (a)永遠的, 永久的; 永存的; (◆ temporary). the *eternal* God 永恆的上帝. (b)《名詞性》(the *E*ternal)上帝(God).
2 《限定》《口》無休止的, 不停的. *eternal* chatter 喋喋不休.
3 永遠不變的. swear *eternal* love 發誓此情永不渝. 回eternal 指無始也無終, endless 指時間上、空間上沒有終了, everlasting 指無止盡地持續至未來, perpetual 指不停地反覆. ⇨ *n.* eternity.

e·ter·nal·ly [ɪ`tɝn̩ɪ; ɪ'tɜːnəlɪ] *adv.* **1** 永遠地, 永久地; 總是(always). **2** 《口》經常. The girls are *eternally* chatting. 女孩們常閒扯.

eter̃nal tri̇́angle *n.* ©(男女的)三角關係.

e·ter·ni·ty [ɪ`tɝnətɪ; ɪ'tɜːnətɪ] *n.* **1** Ｕ永遠, 無窮; 永存, 永恆的狀態.
2 Ｕ(死後的)永生, 來世. send a person to *eternity* 把某人送到來世, 殺死某人.
3 [a Ｕ]無限的時間. an *eternity* of rain 霪雨綿綿. ⇨ *adj.* eternal.

e·ther [`iθɚ; 'iːθə(r)] *n.* Ｕ **1** (化學)醚, 乙醚, (無色具揮發性的可燃液體; 用於溶劑、麻醉劑等).
2 (詩)(加天)太空, 蒼穹; (被認為瀰漫在其中的)靈氣.

e·the·re·al [ɪ`θɪrɪəl; ɪ'θɪərɪəl] *adj.* **1** 疑非人間所有的; 縹緲的; 絕妙的. *ethereal* beauty 人間罕見的美/*ethereal* music 天籟.
2 (詩)太空的, 蒼穹的.

eth·ic [`ɛθɪk; 'eθɪk] *n.* Ｕ(特定文化, 團體的)價值體系, 道德規範; (個人的)道德觀念; (→ethics).

*****eth·i·cal** [`ɛθɪk; 'eθɪkl] *adj.* **1** 倫理的, 道德的; 倫理學(上)的. an *ethical* theory 道德論.
2 (通常用於否定句、疑問句等)道德(上)合乎道德的; (特指職業上)合乎道德的. It is not *ethical* for a doctor to reveal confidences. 醫生洩露(病人的)祕密是不道德的.

eth·i·cal·ly [`ɛθɪk; -ɪklɪ; 'eθɪkəlɪ] *adv.* 倫理(學)上地; 道德上地.

*****eth·ics** [`ɛθɪks; 'eθɪks] *n.* **1** (作複數)倫理, 道德; 道德觀. *ethics* of the medical profession 醫德. 回ethics 指有關道德的理論規則, morals 則指其實踐.
2 (作單數)倫理學, 道德學. ⇨ *adj.* ethical.

E·thi·o·pi·a [͵iθɪ`opɪə, ͵i͵θɪ'əupjə] *n.* 衣索比亞(非洲東北部的國家; 首都 Addis Ababa).

E·thi·o·pi·an [͵iθɪ`opɪən, ͵i͵θɪ'əupjən] *adj.* 衣索比亞(人)的.
— *n.* © 衣索比亞人.

eth·nic, eth·ni·cal [`ɛθnɪk; 'eθnɪk], [-k], -kl] *adj.* **1** 人種的, 民族的; 某民族特有的. *ethnic* music [clothes] 民族音樂[服裝]/*ethnic* pride 民族榮譽.
2 民族學(上)的(ethnologic(al)).
3 少數民族的. *ethnic* Japanese in San Francisco 舊金山的日裔少數民族.

eth·ni·cal·ly [ˈɛθnɪkļɪ, -ɪklɪ; ˈeθnɪkəlɪ] *adv.*
在民族(學)方面, 民族(學)上的.

ethnic group *n.* C (少數)民族團體(例如美
國東部的愛爾蘭人, 猶太人, 義大利人等的團體).

eth·nog·ra·pher [ɛθˈnɑɡrəfɚ;
eθˈnɒɡrəfə(r)] *n.* C 人種誌學家; 人種誌記錄者.

eth·nog·raph·ic [ˌɛθnəˈgræfɪk;
ˌeθnəʊˈgræfɪk] *adj.* 人種誌學(上)的.

eth·nog·ra·phy [ɛθˈnɑɡrəfɪ; eθˈnɒɡrəfɪ] *n.*
U 人種誌學.

eth·no·log·ic, eth·no·log·i·cal
[ˌɛθnəˈlɑdʒɪk; ˌeθnəʊˈlɒdʒɪk], [-kḷ; -kl] *adj.* 人種學
(上)的.

eth·nol·o·gist [ɛθˈnɑlədʒɪst; eθˈnɒlədʒɪst]
n. C 民族學家, 人種學家.

eth·nol·o·gy [ɛθˈnɑlədʒɪ; eθˈnɒlədʒɪ] *n.* U
民族學, 人種學.

e·thos [ˈiθɑs; ˈiːθɒs] *n.* U (表現於習俗、文化、
思想等中的)民族精神.

eth·yl alcohol [ˌɛθəlˈælkəhɔl, ˌɛθɪl-, -hal;
ˌiːθaɪlˈælkəhɒl] *n.* U 乙醇, 酒精.

＊et·i·quette [ˈɛtɪ,kɛt; ˈetɪket] *n.* U **1** 禮節,
禮儀. It is against *etiquette* to call on a person
early in the morning. 一大清早去拜訪人是不禮貌
的/a breach of *etiquette* 不合禮儀.
2 (行業的)規矩, 道德規範, 不成文法. medical
etiquette 醫界的成規.

Et·na [ˈɛtnə; ˈetnə] *n.* **Mount ~** 埃特納山(Sicily
島上的活火山).

E·ton [ˈitn̩; ˈiːtn] *n.* 伊頓(英國 Berkshire 南部的
都市; Eton College 的所在地).

Eton collar *n.* C 伊
頓領(穿戴在上衣衣領外面
的寬領).

Eton College *n.* 伊
頓公學(英國著名的 public
school).

E·tru·ri·a [ɪˈtrurɪə;
ɪˈtrʊərɪə] *n.* 伊托里亞(義
大利中部一古國).

-ette *suf.* (★通常讀重音)
(構成下列意義的名詞) **1**
「小的」之意. cigar*ette*. **2**
「女性的」之意. usher*ette*.

[Eton collar]

étude [eˈtjud, eˈtɪud, eˈtud; eɪˈtjuːd] (法語; =
study) *n.* C (音樂)練習曲.

et·y·mo·log·i·cal [ˌɛtəməˈlɑdʒɪkḷ;
ˌetɪməˈlɒdʒɪkl] *adj.* 語源(上)的; 語源學(上)的.

et·y·mol·o·gist [ˌɛtəˈmalədʒɪst;
ˌetɪˈmɒlədʒɪst] *n.* C 語源學家[研究者].

et·y·mol·o·gy [ˌɛtəˈmalədʒɪ; ˌetɪˈmɒlədʒɪ] *n.*
(*pl.* **-gies**) **1** U 語源學, 語源研究.
2 C 語源: 語源的記述. 'Royal' and 'regal' have
the same *etymology*. 'royal' 和 'regal' 有相同的語
源.

EU [ˈiˈju, ˌiˈjuː] (略) European Union (歐聯
[盟]).

eu·ca·lyp·tus [ˌjukəˈlɪptəs, ˌjuːkəˈlɪptəs] *n.*
(*pl.* ~**es**) **1** C 尤加利樹(原產於澳洲等地的常綠喬
木; 木質良好, 橡膠, 油的原料; 無尾熊食其葉).
2 U 尤加利(油)油(採
自尤加利樹葉; 有香氣,
可作防腐劑或治療感冒
等).

Eu·cha·rist
[ˈjukərɪst; ˈjuːkərɪst] *n.*
U (基督教)(加 the) **1**
(天主教的)聖體(拜領);
(新教徒的)聖餐(式)
(→Holy Communion).
2 聖餐[聖體拜領]用的
麵包[和葡萄酒].

[eucalyptus 1]

Eu·clid [ˈjuklɪd;
ˈjuːklɪd] *n.* 歐幾里德(西元前 3 世紀的希臘數學家;
幾何學的創始人).

eu·gen·ic [juˈdʒɛnɪk; juːˈdʒenɪk] *adj.* 優生學的;
〔婚姻等〕符合優生學的.

eu·gen·ics [juˈdʒɛnɪks; juːˈdʒenɪks] *n.* 《作單
數》優生學.

eu·lo·gist [ˈjulədʒɪst; ˈjuːlədʒɪst] *n.* C 頌揚者.

eu·lo·gis·tic [ˌjuləˈdʒɪstɪk; ˌjuːləˈdʒɪstɪk] *adj.*
頌揚的.

eu·lo·gize [ˈjulə,dʒaɪz; ˈjuːlədʒaɪz] *vt.* 《文章》稱
讚, 頌揚, 向⋯呈上頌辭.

eu·lo·gy [ˈjulədʒɪ; ˈjuːlədʒɪ] *n.* (*pl.* **-gies**) 《文章》
1 C 頌辭, (特指)頌揚(死者的)德行[功績]的言辭
[文章]. **2** U 稱讚, 頌揚.

eu·nuch [ˈjunək; ˈjuːnək] *n.* C **1** 去勢的男子;
宦官, 太監. (某些東方國家服侍後宮嬪妃的閹臣).
2 (口)無能的男人.

eu·phe·mism [ˈjufə,mɪzəm; ˈjuːfəmɪzəm] *n.*
(修辭學) **1** U 委婉說法.
2 C 婉轉詞語(以 pass away 代替 die, 以 casket
代替 coffin 等的委婉用法).

eu·phe·mis·tic [ˌjufəˈmɪstɪk; ˌjuːfəˈmɪstɪk]
adj. 〔表達等〕委婉說法的, 婉轉的.

eu·phe·mis·ti·cal·ly [ˌjufəˈmɪstɪkļɪ, -ɪklɪ;
ˌjuːfəˈmɪstɪkəlɪ] *adv.* 委婉地, 婉轉地.

eu·pho·ni·ous [juˈfonɪəs; juːˈfəʊnjəs] *adj.* 《文
章》〔聲音, 說話等〕動聽的, 悅耳的.

eu·pho·ny [ˈjufənɪ; ˈjuːfənɪ] *n.* U 《文章》愉悅
的聲響, 輕快的聲調.

eu·pho·ri·a [juˈforɪə; juːˈfɔːrɪə] *n.* U (心理學)
欣快症(有幸福感的病態亢奮狀態); 幸福感.

eu·phor·ic [juˈforɪk; juːˈfɒrɪk] *adj.* 欣快症的;
充滿幸福感的.

Eu·phra·tes [juˈfretiz; juːˈfreɪtiːz] *n.* (加the)
幼發拉底河(流經 Mesopotamia, 與底格里斯河
(the Tigris)匯流後流入波斯灣).

Eur·a·sia [juˈreʒə, -ˈreʃə; jʊəˈreɪʒɪə] *n.* 歐亞大
陸(<*Eur*ope+*Asia*).

Eur·a·sian [juˈreʒən, -ˈreʃən; jʊəˈreɪʒɪən] *adj.*
歐亞(大陸)的; 歐亞混血的.

— *n.* Ⓒ 歐亞混血兒.

eu·re·ka [juˋrikə; juəˈriːkə] (希臘文) *interj.*
《詼》我發現了! 懂了! (I have found it!)《據說是 Archimedes 發現比重原理時所說的話》.

eu·rhyth·mics [juˋrɪðmɪks; juˈrɪðmɪks] *n.*
=eurythmics.

Euro- 《構成複合字》「歐洲的」之意.

Eu·ro·cheque [ˋjurəˏtʃɛk; ˈjuərəʊˏtʃek] *n.* Ⓒ
在歐洲各國通用的信用卡; 其商標名.

Eu·ro·dis·ney [ˋjurəˏdɪznɪ; ˈjuərəʊˏdɪznɪ] *n.*
歐洲迪士尼樂園《位於巴黎近郊; → Disneyland》.

Eu·ro·dol·lar [ˋjurəˏdɑlɚ; ˈjuərəʊˏdɒlə(r)] *n.*
Ⓒ 歐洲美元《存放在歐洲各國銀行並在歐洲金融市場流通的美元》.

‡**Eu·rope** [ˋjurəp; ˈjuərəp] *n.* 歐洲. 参考 英國人多把英國除外; 美國人則把英國包含在內. European 的用法亦同.

‡**Eu·ro·pe·an** [ˏjurəˋpiən; ˏjuərəˈpiːən] *adj.*
歐洲(人)的; 全歐洲的. *European* countries 歐洲各國.
— *n.* (*pl.* ~s [~z; ~z]) Ⓒ 歐洲人; 持全歐洲觀點的人.

Europēan Community *n.* Ⓤ 《加 the》
歐洲共同體《以 EEC 為基礎, 1967 年法國、西德、荷蘭、義大利、比利時、盧森堡等 6 國發起成立, 之後英國、愛爾蘭、丹麥、希臘參加, 成為10國, 接著又有西班牙、葡萄牙加入, 成為 12 國; 略作 EC》.

Europēan Econòmic Commú·nity *n.* Ⓤ 《加 the》歐洲經濟共同體《俗稱 Common Market; 1958 年成立, 1967 年成為 EC 的一部分; 略作 EEC》.

Europēan plàn *n.* Ⓒ 《加 the》《美》歐洲式收費制《膳費另計, 僅收取住宿費和服務費的旅館收費方式; → American plan》.

Europēan Únion *n.* Ⓤ 《加 the》歐聯《盟》《1993 年 11 月由 EC 更名; 有 12 個加盟國的共同體; 略作 EU》.

eu·rhyth·mics [juˋrɪðmɪks; juəˈrɪðmɪks] *n.* 《作單數》韻律體操.

eu·tha·na·si·a [ˏjuθəˋneʒə, -ʒɪə; ˏjuːθəˈneɪzjə] *n.* Ⓤ 安樂死(mercy killing).

e·vac·u·ate [ɪˋvækjuˏet; ɪˈvækjʊeɪt] *vt.*
1 交出, 讓出, 搬出, 撤出, 〔房屋等〕; 從〔危險地帶等〕撤出, 撤退, 撤兵.
2 撤退《軍隊》; 撤走〔居民〕, 使避難, 疏散. *evacuate* children *from* town *to* the country 把孩子們從城鎮疏散到鄉間.
3 空出〔容器等〕《of》. *evacuate* a container *of* air 把容器中的空氣抽走.
4 《生理學》排泄〔糞便等〕; 排空〔腸, 胃等〕.

e·vac·u·a·tion [ɪˏvækjuˋeʃən; ɪˏvækjʊˈeɪʃn] *n.*
Ⓤ Ⓒ **1** 搬出, 交出; 撤退, 撤兵, 避難, 疏散.
2 空出《容器等》.
3 《生理學》排泄; 排泄物.

e·vac·u·ee [ɪˏvækjuˋi, ɪˏvækjuˋi, ·ˋe; ɪˏvækjuˈiː] *n.* Ⓒ 難民, 被疏散的人.

e·vade [ɪˋved; ɪˈveɪd] *vt.* (句型3) (evade **A**/doing)) **1** 巧妙地逃避〔逃脫〕; 避開〔人, 攻擊等〕.

避免做⋯. *evade* arrest 巧妙地逃避追捕/*evade* meeting a person 避免與某人相見/The solution of that problem *evades* me. 我解決不了那個問題.
🔲 evade 兼具 escape(脫離危險等)和 avoid(避開危險等)兩方面的意思, 特指使用巧妙的計策避開.
2 鑽〔法律漏洞等〕; 規避〔責任等〕, 逃避〔義務等〕. *evade* (paying) taxes 逃稅.
3 支吾搪塞〔質問〕. *evade* (answering) a question 規避問題, 不做正面回答.
✧ *n.* evasion. *adj.* evasive.
字源 VADE「走」: evade, invade (侵略), pervade (普及).

e·val·u·ate [ɪˋvæljuˏet; ɪˈvæljʊeɪt] *vt.* 評估, 評價, 鑑定⋯的價值〔數量, 品質, 程度等〕. *evaluate* a student's ability 評估一個學生的能力.
🔲 estimate 是根據大略印象的判斷, evaluate 則是周密謹慎的估估.

e·val·u·a·tion [ɪˏvæljuˋeʃən; ɪˏvæljʊˈeɪʃn] *n.*
Ⓤ Ⓒ 評價, 鑑定.

ev·a·nes·cence [ˏɛvəˋnɛsn̩s; ˏevəˈnesns] *n.*
Ⓤ 《文章》漸漸地消失, 消散; 易逝; 短暫.

ev·a·nes·cent [ˏɛvəˋnɛsn̩t; ˏevəˈnesnt] *adj.*
《文章》(漸漸地) 消失的; 〔印象等〕容易消逝的, (急速地) 變模糊的; 〔幸福等〕短暫的.

e·van·gel·i·cal [ˏivænˋdʒɛlɪk!, ˏɛvən-; ˏiːvænˈdʒelɪkl] *adj.* (常 Evangelical) **1** (依照)福音書的, 福音傳道的. **2** 福音主義的《特指重視新約聖經為絕對權威, 不重視教會儀式等, 新教色彩濃厚的》; 福音(教會)派的.
— *n.* Ⓒ 福音主義者, 福音教派信徒.

e·van·gel·i·cal·ism [ˏivænˋdʒɛlɪkəlɪzm̩, ˏɛvən-; ˏiːvænˈdʒelɪkəlɪzəm] *n.* Ⓤ 福音主義.

e·van·ge·lism [ɪˋvændʒəˏlɪzəm; ɪˈvændʒəlɪzəm] *n.* Ⓤ 福音傳道; 福音主義.

e·van·ge·list [ɪˋvændʒəlɪst; ɪˈvændʒəlɪst] *n.*
Ⓒ **1** (特指狂熱的)福音傳道者.
2 (Evangelist)福音書的作者《Matthew, Mark, Luke, John 等四人》.

e·van·ge·lis·tic [ɪˏvændʒəˋlɪstɪk; ɪˏvændʒəˈlɪstɪk] *adj.* **1** 福音傳道者的; 福音書作者的. **2** 福音傳道者似的, (為傳播己見而)狂熱的.

e·van·ge·lize [ɪˋvændʒəˏlaɪz; ɪˈvændʒəlaɪz] *vi.* 傳福音. — *vt.* 對⋯傳福音.

*e·vap·o·rate** [ɪˋvæpəˏret; ɪˈvæpəreɪt] *v.* (~s [~s; ~s]; **-rat·ed** [~ɪd; ~ɪd]; **-rat·ing**) *vi.* **1** (液體, 固體等)蒸發, 變成蒸氣; 水蒸發. The dew *evaporated* when the sun rose. 太陽升起時, 露水就蒸發了.
2 〔希望, 感情等〕(如蒸氣般地)消失, 消逝. All his hopes *evaporated* when he lost his only son in the war. 當他在戰爭中失去他的獨生子後, 他所有的希望都破滅了.
— *vt.* 使蒸發; 使乾燥, 脫去⋯的水分.
字源 VAPOR「蒸氣」: *evapor*ate, *vapor*, *vap*id (失神的).

e·vãporated mĩlk *n*. ⓤ 煉乳, 無糖煉乳, 《透過蒸發使水分減少的牛奶》.

e·vap·o·ra·tion [ˌɪˌvæpə`reʃən; ɪˌvæpə'reɪʃn] *n*. ⓤ **1** 蒸發(作用); 脫水.
2 (希望等的)破滅.

e·va·sion [ɪ`veʒən; ɪ'veɪʒn] *n*. Ⓤⓒ **1** 巧妙地逃開, 逃避; (責任等的)規避; 託辭. *evasion* of one's duties 逃避責任/tax *evasion* 逃稅.
2 ⓒ逃避[規避]的手段; 藉口. employ *evasions* 使用遁辭.
⇨ *v*. **evade**.

e·va·sive [ɪ`vesɪv; ɪ'veɪsɪv] *adj*. 規避的; 逃避責任的, 故意含糊其辭的. give an *evasive* answer 給與含糊的回答/an *evasive* person 難以捉摸的[顧左右而言他的]人.
⇨ *v*. **evade**.

e·va·sive·ly [ɪ`vesɪvlɪ; ɪ'veɪsɪvlɪ] *adv*. 推卸責任地, 含糊其辭地.

e·va·sive·ness [ɪ`vesɪvnɪs; ɪ'veɪsɪvnɪs] *n*. ⓤ 逃避責任, 含糊其辭.

Eve [iv; iːv] *n*. 《聖經》夏娃(Adam 之妻; 由於蛇的誘惑吃了禁果, 和 Adam 一起被逐出樂園). daughters of *Eve* 女性(強調其強烈的好奇心(Eve 的弱點)).

＊**eve** [iv; iːv] *n*. (*pl*. ~s [~z; ~z]) ⓒ **1** (通常 *Eve*)(節日等的)前一天, 前夕; 慶祝活動的前夕. Christmas *Eve* 聖誕夜/on the *eve* of the festival 在祭典的前夕.
2 (重要事件等的)前夕.
3 (詩)＝evening.
on the éve of... 在…的前夕; 在…即將來臨之際. It looked as if we were *on the eve* of a revolution. 我們好像正處於革命的前夕.

Eve·lyn [`ɛvəlɪn; `ɛvlɪn, `ivlɪn; 'iːvlɪn, 'evlɪn] *n*. 女子名.

 e·ven [`ivən; 'iːvn] *adj*. 〖沒有凹凸的, 一樣的〗 **1** 〔地面等〕平的; 〔表面等〕平滑的. an *even* ridge 平坦的山脊/The floor should be *even*. 地板應該是平的.
2 有規律的(regular); 穩定的, 沒有變化的. an *even* pulse 穩定的脈搏/Prices stay *even*. 物價保持平穩.
3 均一的; 〔顏色等〕均勻的. an *even* tone of voice 無起伏的聲調.
4 〔性情等〕平穩的, 平靜的. an *even* temper 平穩的性情.
〖相同的〗 **5** 同樣高的; 同一平面的; 平行的; (*with*). The tree stands *even with* the roof. 那棵樹和屋頂一樣高.
6 同數[量]的; 勢均力敵的; 〔可能性等〕均等的. an *even* fight 勢均力敵的戰鬥/*even* odds [chances] 均等的機會/an *even* score 同分/We each won three, so we're *even* now. 我們各贏三分, 所以現在平手.
7 公平的. an *even* distribution 公平的分配.

〖齊全的〗 **8** 偶數的(↔ odd); 沒有小數的; 恰好的. an *even* number 偶數/an *even* mile 正好一英里.
9 互不相欠的, 銀貨兩訖的. If I pay you a dollar, we'll be *even*. 如果我付你一美元, 咱們就互不相欠了.
be [*gèt*] *éven with...* 與…扯平[對等]; 向(人)進行報復.
brèak éven 《口》不得也不失. I spent $5,000 and earned $5,000, so I *broke even*. 我花了五千美元, 賺了五千美元, 因此不賺也不虧.
It's èven chánces that... 《口》…的機會一半一半.
— *vt*. **1** 使[地面等]平坦; 均分, 平均, 〔工作等〕; (*out*).
2 使同等; 使互不相欠, 扯平; (*up*). You bought the food, so if I buy the wine that will *even* things *up*. 你買了吃的, 所以如果我買酒, 那就扯平了.
— *vi*. 變均平, 變得有規律; 〔物價等〕穩定; (*out*). Land prices still show no sign of *evening out*. 地價依然沒有穩定的跡象.
— *adv*. **1** 甚至, 連, 即使, (圖法通常置於被修飾的字之前; 被 even 修飾的字須發重音). *Even* Homer sometimes nods. 《諺》智者千慮必有一失(既使是大詩人荷馬也有因打瞌睡而寫錯字的時候) (圖法此例中 even 修飾名詞 Homer)/This game can be enjoyed by everyone, *even* small children. 這遊戲人人都可以玩, 即使是小孩子也沒問題/She didn't *even* look at the letter. 她甚至連瞧都沒瞧過那封信.
2 《與比較級連用》甚至, 更, 還, (still). John did *even* better than was expected. 約翰做得比預期的更好/an *even* worse failure 更糟糕的失敗.
3 甚至可以說, 實際上, (indeed). Eliza is pretty, *even* beautiful [beautiful *even*]. 伊萊莎很漂亮, 甚至可說是個美人.
éven as... 正如[依照]…般; 正當…之時. He went away *even as* you came. 你來的時候他剛好要外出.

＊*èven íf...* 《連接詞性》即使…. I have to go *even if* it rains cats and dogs. 即使下傾盆大雨我也非去不可.
èven nów 《儘管如此》至今仍. He deceived her, but *even now* she loves him. 他騙了她, 但至今她仍愛著他.
èven só 雖然如此. She has a lot of faults; *even so*, she is liked by everybody. 她有許多缺點, 雖然如此, 她仍受大家喜歡.
èven thén 即使那樣, 儘管如此. I apologized, but *even then* she wouldn't speak to me. 我道歉了, 但儘管如此, 她仍不和我說話.
èven thóugh... (1) ＝even if... (2) 即使…但…(★比 though 意思更強). *Even though* he is over eighty, he can walk pretty quickly. 即使他年過80, 但仍走得極快.

e·ven·hand·ed [`ivən`hændɪd; ˌiːvn'hændɪd] *adj*. 不偏不倚的, 公平的, 無私的.

‡**eve·ning** [ˈivnɪŋ; ˈiːvnɪŋ] n. (pl. ~s [~z; ~z]) 〖傍晚〗 1 (a) 〖UC〗傍晚, 黃昏; 晚上. 〖參考〗依人類活動的特定時段來作區分, 與 morning, afternoon 相對; 指一天工作before 後到就寢的時間. come home at nine *in the evening* 晚上九時回家/early [late] *in the evening* 薄暮時/深夜時]/leave for Paris this [*tomorrow*] *evening* 今晚[明晚]前往巴黎/on Monday *evening* 在星期一晚上/The accident took place on the *evening* of last Saturday. 事故發生在上星期六晚上/have [pass, spend] a pleasant *evening* 過了一個快樂的晚上/It will soon be *evening*. 馬上就要天黑了. 〖語法〗「在晚上」的介系詞用 in, 指特定一天的晚上用 on, 但若 this *evening* 前有 this, yesterday, tomorrow, next, last 等時, 則不加 on. (b)《形容詞性》傍晚的, 黃昏的; 晚上的. the *evening* meal 晚飯/the *evening* sky 傍晚的天空. 2 〖人生的黃昏〗〖UC〗晚年; 衰退期; 末期. in the *evening* of one's life 在晚年. 3 〖C〗晚會; (…之)夜. a musical *evening* 音樂晚會.

Good evening! → good 的片語.

of an évening (經常)在晚上(→ of 2 (c)).

évening dréss n. 1 〖U〗晚禮服(不分男用、女用的一般性名稱; → morning dress).

2 〖C〗女晚禮服(男晚禮服稱 dress suit).

évening gòwn n. =evening dress 2.

évening pàper n. 〖C〗晚報. 〖參考〗主要為大眾化(而非專業性或有特定對象)的報紙.

Èvening Práyer (★注意發音 [prɛr; preə(r)]) n. =evensong.

èvening prímrose n. 〖C〗〖植物〗月見草(柳葉菜科).

eve·nings [ˈivnɪŋz; ˈiːvnɪŋz] adv. 《美、口》經常在晚上; 每晚.

èvening stár n. (加 the)黃昏星(日落後可在西邊天空看見; → Venus).

e·ven·ly [ˈivənlɪ; ˈiːvnlɪ] adv. 平平地, 一樣地; 平等地, 對等地, 勢均力敵地, 對等地.

e·ven·ness [ˈivənnɪs; ˈiːvnnɪs] 〖U〗平, 一樣; 平等, 公平; 平靜; 勢均力敵.

e·ven·song [ˈivənˌsɒŋ; ˈiːvnsɒŋ] n. 〖U〗(通常 *E*vensong)《英國國教》晚禱, 黃昏的祈禱;《天主教》晚課; (vespers).

‡**e·vent** [ɪˈvɛnt; ɪˈvent] n. (pl. ~s [~s; ~s]) 〖C〗〖發生的事情〗 1 發生的事情, 事件; 大事件; 儀式慶典. the chief *events* of 1998 1998 年的重要大事/current *events* 時事/an annual *event* 年度大事. It is easy to be wise after the *event*. 《諺》放馬後炮(事情發生後很容易變聰明). 回 event 特指重要的事件; incident 則指隨 event 而起的較小事件.

dress suit

[evening dress]

———————————————— **ever** 511

〖搭配〗adj.＋event: a happy ~ (愉快的事情), a historic ~ (歷史事件), a memorable ~ (值得懷念的事件), a tragic ~ (悲劇性的事件) // event＋v.: an ~ occurs (事件發生), an ~ takes place (事件發生).

2 〖儀式慶典〗(比賽)項目, (表演節目裡的)一項競賽, 一項比賽. track and field *events* 田徑比賽/the main *events* of the day 當天的主要項目.

3 (事情的)結果, 收場. a [the] turn of *events* 事情的收場/as the *event* has shown 從結果可知/Our apprehensions were justified by the *event*. (結果證明推測正確＞)事情正如我們所擔心的那樣.

⟡ adj. eventful, eventual.

* *at áll evènts* 不管怎樣, 無論如何, 總之. *At all events*, be sure to get there on time. 無論如何, 要準時到達.

in ány evènt (將來)不管怎樣.

in thát evènt 在那種情況下; 如果是那樣的話.

in the evènt (1)《主英》結果, 到頭來, 最後. I felt ill and was admitted to hospital, but *in the event* it was nothing serious. 我感到身體不適而住院, 結果並沒什麼大礙. (2)《文章》在…情況下(*of*). *In the event of* rain, the athletic meet will be postponed. 若碰到下雨, 運動會就會延期舉行.

in the evènt that... 《美》假使…, 倘若…. *in the event that* my father dies＝in the event of my father's death 倘若我父親過世.

in the nátural [*òrdinary, etc.*] *còurse of evènts* → course 的片語.

〖字源〗VENT「來」: event, advent (到來), prevent (阻礙), invent (發明).

e·vent·ful [ɪˈvɛntfəl; ɪˈventful] adj. 1 多事的; 〔人生等〕多變故的. an *eventful* year 不平靜的一年. 2 〔會談等〕(將來)重大的(結果的).

e·ven·tide [ˈivənˌtaɪd; ˈiːvntaɪd] n. 〖U〗《詩》黃昏(evening).

e·ven·tu·al [ɪˈvɛntʃʊəl; ɪˈventʃuəl] adj. 《限定》 1 最後的, 結果的. Her *eventual* success is assured. 她最後一定會成功的/his *eventual* wife 最後成為他妻子的女人. 2 (演變中)可能發生的.

⟡ n. event.

e·ven·tu·al·i·ty [ɪˌvɛntʃʊˈælətɪ; ɪˌventʃuˈæləti] n. (pl. -ties) 〖C〗可能發生的(不愉快)事情. provide for every *eventuality* 防範任何可能發生的不測.

e·ven·tu·al·ly [ɪˈvɛntʃʊəlɪ, ɪˈventʃuli; ɪˈventʃuəli] adv. 最後, 結果, (in the end). Don't worry; he will come back home *eventually*. 別操心; 他最後會回來的/*Eventually*, he will marry her. 最後他會與她結婚.

‡**ev·er** [ˈɛvɚ; ˈevə(r)] adv. 〖至今為止從來…〗 1 (a)《用於疑問句》總有一天; 曾經, 從來. Shall we *ever* meet again? 我們還會再見面嗎?/Do you *ever* play chess?—No, never. 你玩過西洋棋嗎?—不, 未曾. (b)《用於否定句》絕不, 從不. Nobody *ever*

comes to see us in this out-of-the-way village. 在這個窮鄉僻壤裡, 不曾有人來看過我們/Don't *ever* do [Never do] that kind of thing again. 別再做那種事了.

(c)《用於 if 子句》不久, 早晚; 無論如何. I wonder if my brother will *ever* come back. 我不曉得我哥哥會不會回來/If you *ever* visit New York, give me a call. 若你來紐約, 打個電話給我.

【◉ ever 和 once】
(1)敍述過去的事情時, 肯定的敍述句中用 once: I *once* saw Naples. Have you *ever* been there? (我曾去那不勒斯. 你去過那裡嗎?)此句的回答是: Yes, I have.; Yes, once.; No, never. 等.
(2)Have you *ever* seen Naples?及 Did you *ever* see Naples? 都可以表示「你曾經去過那不勒斯嗎?」但後者則隱含相反語氣「怎樣也不可能沒去過那不勒斯」.

(d)《用於比較句》至目前為止, 曾經. work *harder* than *ever* 比以往更努力工作/*the greatest* pianist that *ever* lived 有史以來最偉大的鋼琴家/She has as fine a figure as I have *ever* seen. 她是我所見過身材最好的/Now, more than *ever*, we must cooperate to establish permanent peace. 現在, 我們更需合作建立永久的和平. 注意以上用法多為誇張的表達; → 2 (a).

2《口》《用來加強語氣》縱使, 無論如何; 到底, 終究. **(a)**《強調比較》 as much *as ever* I can 我盡可能地/more than *ever* before 比往常任何時候都多/her *best* performance *ever* 她前所未有的最佳演出/the *first* woman *ever* to teach at Harvard 第一位在哈佛任教的女性.

(b)《強調疑問詞》 How *ever* did you find it? 你到底是怎麼找到的?/Who *ever* is that gentleman? 那位先生到底是誰? ★ 第一句亦可用 however.

(c)《no, nothing等的強調》 Nothing *ever* stops their quarreling. 沒有甚麼能阻止他們爭吵/He never *ever* tells a lie. 他從未說謊.

【 在任何時候 】 **3** 經常, 總是; 不斷; 愈來愈…, 益發…. Men were deceivers *ever*. 《諺》男人都是騙子《<常會騙人》/*Ever* louder voices of protest drowned out his speech. 愈來愈大聲的抗議聲浪掩蓋了他的演說/They lived happily *ever* after. 從此他們過著幸福快樂的生活《常用於童話故事的結局》. 語法 除 ever since, yours ever 等片語之外, 其餘為仿古的用法.

(as)…as éver 和往常一樣地. He works *as* hard *as ever*. 他和往常一樣地努力工作.

as éver 和往常一樣地.

Did you éver! 《口》那是真的嗎! 真叫人吃驚!《<Did you *ever* hear [see] such a thing? 你聽[見]過這種事嗎?》.

* *èver sínce*[1]《since 是副詞》《從那時起》就一直.

I've known him *ever since*. 從那時起我就認識他了.

èver sínce[2]…《since 為連接詞或介系詞》從…時起就一直. I've known him *ever since* he was a child. 從他還是個小孩子時我就認識他了.

éver só [*sùch*]《主英, 口》實在, 非常. It's *ever so* hot. 熱死了!/He is *ever such* a nice boy. 他實在是個好孩子.

Èver yóurs, = Yours ever,.

for éver = forever.

* *hárdly* [*scárcely*] *éver* 很少…, 幾乎不…. John *hardly ever* reads books. 約翰很少讀書.

sèldom, if éver (即使有也)極少. I *seldom, if ever*, go to church. 我沒上過幾次教堂.

Yòurs éver, = yours of的片語.

ever-《構成複合字》《用於形容詞, 分詞之前》「經常地…」的意思. *ever*-increasing costs of living 經常增加的生活費.

Ev·er·est [ˋɛvrɪst, ˋɛvərɪst; ˈevərɪst] *n.* **Mount** ~ 埃佛勒斯峰, 聖母峰,《喜馬拉雅山脈的主峰之一, 為世界最高峰; 海拔為 8,848 公尺》.

ev·er·green [ˋɛvɚ͵grin; ˈevəgriːn] *adj.* 常綠的〔樹木〕(↔ deciduous).
— *n.* [C] 常綠植物, 常綠樹.

***ev·er·last·ing** [͵ɛvɚˋlæstɪŋ; ͵evəˈlɑːstɪŋ] *adj.* 【 長存 】 **1** 永遠的, 不朽的 (→ eternal 同). *everlasting* truths 永恆的真理/*everlasting* glory 不朽的榮耀/life *everlasting* 永生 注意也有如上例放在名詞後面的.

2 持久的(perpetual); 耐久的(enduring). *everlasting* snow 長年的積雪.

3《限定》《口》無窮盡的; 不變的; 連續不斷的; 使人厭煩的. her *everlasting* complaints 她永無休止的抱怨.

— *n.* [U] **1** 永久, 永遠. from *everlasting* 開天闢地以來(的). **2**《雅》(the *E*verlasting)上帝.

ev·er·last·ing·ly [͵ɛvɚˋlæstɪŋlɪ; ͵evəˈlɑːstɪŋlɪ] *adv.* 永久地, 無盡地;《口》連續不斷地.

ev·er·more [͵ɛvɚˋmor, ˈmɔr; ͵evəˈmɔː(r)] *adv.*《文》經常地; 直到永遠地; 永久地. swear to love one's newly wedded wife (for) *evermore* 發誓永遠愛新婚的妻子.

***ev·er·y** [ˋɛvrɪ, ˋɛvərɪ; ˈevrɪ] *adj.*《限定》 【 全體中每一個, 所有的 】 **1**《加單數可數名詞》《一個團體裡》無論哪一個, 每個, 所有的. *Every* pupil in the class likes Miss Smith. = *All* the pupils in the class like Miss Smith. 班上每個學生都喜歡史密斯老師/He spent *every* last penny he had. 他花掉了他的每一分錢/Not *every* bird can sing. 並非每一隻鳥都能唱歌《部分否定》.

語法 every 和 any 的差異 → any *adj.* ◉ (1).

2《常加數詞(基數詞, 序數詞), few 等》每…一次的, 每隔…的. *every* hour [day] 每小時[天]/The Olympic Games are held *every* four years [*every* fourth year]. 奧運每四年舉行一次/*Every* third family in this town has a car. 這座城裡每三戶家庭就有一輛汽車/*every* few weeks 每幾個星

期/*every* little while 每過一會兒.

3 盡可能的，充分的，（as much...as possible）（【注意】也使用於不可數名詞前）. I wish you *every* success. 願你萬事成功/You have *every* reason to complain. 你有種種理由可以抱怨.

【◉ every, all, each】
(1) all 是把全體集合在一起看，each 則是把全體的人和物一個個抽出來看，而 every 是把一個個個抽出來，同時強調沒有例外. I have read *all* the books on this shelf. = I have read *every* book on this shelf. (書架上的每一本書我都看了). *Each* boy went his own way. (每一個男孩都各走各的路). 表達這種「各走各的」的情況時，用 each 最為恰當.
(2) every 可放在所有格之後，而 all, each 則不可. her *every* dress (她的每一件衣服); 用 all, each 時分別為 *all* her dresses, *each of* her dresses.

【◉ every＋名詞】
(1) every 所接的單數名詞，特別是涵蓋男女兩性的名詞時，往往接複數代名詞. *Every* citizen respects *their* mayor. (每一個市民都尊敬他們的市長). 比較刻板的說法為 *his or her* mayor.
(2) every 之後有兩個以上的名詞並列時，亦可當單數使用. *Every* man and woman was happy at the news. (男男女女聽了這個消息都感到高興).

èvery ínch → inch 的片語.

èvery lást... (《口》)所有的…，一個…也不剩的. pick up *every last* bit of the fragments 將碎片撿乾淨.

èvery nòw and agáin [*thén*] → now 的片語.

èvery óne¹ 每一個人(一人)(*of*); 每一個(全都). *Every one* of the stamps is rare. 每一張郵票都是很罕見的. (【注意】由於 every 沒有代名詞的用法，所以不能說成 every of... 或 everyone of....).

èvery òne² = everyone.

* *èvery óther...* (1)每隔…. *every other* day 每隔一天，每二天/on *every other* line 〔書寫等〕每隔一行. (2)其他的其他的…. Tom was late, but *every other* boy came in time. 湯姆遲到了，但其他所有的孩子都及時到達.

èvery sécond... = every other... (1).

èvery tíme¹ 每回，每次，總是.

èvery tíme²... (連接詞性)每當…(whenever). *Every time* I call on you, you're out. 每次我去看你，你都不在.

(*in*) *èvery wày* 在各方面. He is *in every way* a gentleman. 他是個道地地的紳士.

ev·ery·bod·y [ˈɛvrɪˌbɑdɪ, -ˌbʌdɪ, -bədɪ; ˈevrɪˌbɒdɪ] *pron.* (作單數)
每個人(everyone)，大家，人人，(回較 everyone 更為通俗的用語). *Everybody* likes Jane. 大家都

喜歡珍/*Everybody's* business is nobody's business. (諺)眾人事無人管/*Not everybody* succeeds in life. 並非每個人都能功成名就(部分否定; → not 4)(【注意】「誰都不…」之意時用 nobody 表示).

[語法] everybody 和 anybody 的差異 → any *adj.* ◉ (1).

【◉ everybody 之後所搭配的代名詞】
《口》中可與 they [their, them] 搭配使用: *Everybody* made up *their* minds. (每個人都下了決心). 嚴格來說應用 his or her mind, 但這種說法比較刻板.

---

ev·ery·day [ˈɛvrɪˈde; ˈevrɪdeɪ] *adj.* (限定)
1 每天的，天天的，(★當做副詞，意指「每天」，亦可以 every day 兩字表示). *everyday* life 日常生活/her *everyday* routine 她每日的例行事務.
2 平日的，平常的. change from one's *everyday* clothes to one's Sunday best 換下便服穿上盛裝.
3 常有的. an *everyday* event 日常瑣事.

ev·ery·one [ˈɛvrɪˌwʌn, -wən; ˈevrɪwʌn] *pron.* = everybody(回較 everybody 稍顯正式). *Everyone* over twenty has a right to vote. 20 歲以上的人都有選舉權/He is kind to *everyone* in the town. 他對鎮上每一個人都很親切.
[語法] everyone 也可以 every one 代替，特別是後面接有 of 片語修飾時，一定要分為兩個字: *every one* of the students (每一個學生都).

ev·ery·place [ˈɛvrɪˌples; ˈevrɪpleɪs] *adv.* (美、口) = everywhere.

ev·ery·thing [ˈɛvrɪˌθɪŋ; ˈevrɪθɪŋ] *pron.*
1 每樣事物，一切事物，萬事. *Everything's* all right now. 現在一切如意/They sell *everything* at that store. 那家店甚麼都賣. [語法](1)與否定詞連用則成為部分否定. You can't buy *everything*. (你不能每樣東西都買); 「你甚麼也不能買」是 You can't buy *anything*. (2)修飾 everything 的形容詞置於後面. *everything* important (所有重要的東西). (3)everything 和 anything 的差異 → any *adj.* ◉ (1).
2 《僅作為補語、受詞; → something 3)最重要的東西(*to*). Health is *everything* to old people. 健康對老人來說比甚麼都重要/Money isn't *everything* in life. 金錢並非生命的全部.

and éverything 《口》以及其他等等. He can cook *and everything*. 他會烹飪和許多其他的事.

ev·ery·where [ˈɛvrɪˌhwɛr, -ˌhwær; ˈevrɪhweə(r)] *adv.*
到處，各處; (口)在[去]各處. My dog goes *everywhere* with me. 我的狗跟著我到處跑/You can't find this article *everywhere*. 這種物品並非到處都有(部分否定). [語法] everywhere 可當代名詞，亦可當連接詞用. *Everywhere* seems to be crowded. 似乎到處都很擠(代名詞的用法)/*Every-*

where (=Wherever) you go, people are much the same. 無論你到甚麼地方，碰到的人都是一樣的《連接詞的用法》.

e·vict [ɪˋvɪkt; ɪˈvɪkt] *vt.* 《文章》把〔房客等〕逐出去《*from*》.　　　　　　　　　〔驅逐，逐出.

e·vic·tion [ɪˋvɪkʃən; ɪˈvɪkʃn] *n.* ⓊⒸ《文章》

*ev·i·dence** [ˋɛvədəns; ˈevidəns] *n.* (*pl.* **-denc·es** [~ɪz; ~ɪz]) **1** Ⓤ根據，證據，《*of*, *for*; *that* 子句》;〔法律〕證據；證人；證詞. a piece of *evidence* 一項證據/on circumstantial *evidence* 根據情況證據〔間接證據〕/a new piece of *evidence* to prove his innocence 一項證明他清白的新證據/These data afford no *evidence for* the theory. 這些資料無法爲此一理論提出任何證明/The attorney has strong *evidence that* she is innocent [*evidence of* her being innocent]. 律師持有有力的證據可以證明她的清白/There was no *evidence against* him [*in his favor*] found at the scene. 現場沒有對他不利[有利]的證據/give false *evidence* 作僞證.

▣evidence 是指能夠證明事實的具體物證(證詞，文件也包含在內)，proof 是根據累積這些物證等而得到的完整證明.

┌─────────────────────────────┐
│搭配 *adj.*+evidence: clear ~ (明確的證據)，│
│conclusive ~ (決定性的證據)，convincing ~ │
│(確鑿的證據) // *v.*+evidence: gather ~ (蒐集│
│證據)，present ~ (提出證據).│
└─────────────────────────────┘

2 Ⓤ徵兆，徵候；跡象，痕跡;《*of*; *that*子句》. Her silence is *evidence of* her anger [*evidence that* she is angry]. 她的沈默代表她在生氣/discover many *evidences* of ancient life 發現了許多古代生活的遺跡.

give [*bèar, shòw*] *évidence of...* 顯示…的跡象[徵候]. The barometer *gives evidence of* an approaching storm. 氣壓計顯示出暴風雨即將來臨的徵兆.

in évidence (1)《形容詞性》找到的；明顯的，顯眼的. His wife was nowhere *in evidence*. 他的妻子行蹤不明. (2)《副詞性》作爲證據[證人]. produce a knife *in evidence* 提出刀子作爲物證.

on the évidence of... 以…作爲根據[證據]的話；基於[人]的證詞.

*ev·i·dent** [ˋɛvədənt; ˈevidənt] *adj.* 明白的，明顯的；確鑿的. It is *evident* that he is satisfied with the result. 顯然他對結果很滿意(★這個句子不能寫成 It is *evident* for him to be satisfied with the result.)/with *evident* pride 一副很神氣的樣子.

▣evident 表「從表面的情況和證據來看是明顯的」之意; → apparent, clear.

┌─────────────────────────────┐
│●──形容詞型　**It is ~ that** 子句 (1)│
│that 子句中用直述語氣; → necessary 匣.│
│　*It is apparent that* our team is winning.│
│　顯然我方隊伍快贏了.│
└─────────────────────────────┘

It is evident that she is happy. 顯然她很快活.

此類的形容詞:

certain	definite	fortunate
likely	obvious	plain
possible	probable	true
uncertain	unfortunate	unlikely

*ev·i·dent·ly** [ˋɛvədəntlɪ; ˈevidəntlɪ] *adv.* **1** 明顯地，明白地，(clearly). You are *evidently* in the wrong. = *Evidently* you are in the wrong. 顯然是你不對. 〔注意〕此句可改寫成: It is *evident* that you are in the wrong.

2〔肯定性降低; 在(美)亦可唸爲 [ˌɛvəˋdɛntlɪ; ˌeviˈdentlɪ]]看來似乎…(seemingly). We *evidently* lost our way. = *Evidently*, we have lost our way. 看來我們好像迷路了.

*e·vil** [ˋivl; ˈiːvl] *adj.* (**more ~,** (美) **~er,** (英) **~ler; most ~,** (美) **~est,** (英) **~lest**)《文章》**1** (道德上)惡的，邪惡的;〔評價等〕壞的. an *evil* man full of *evil* thoughts 充滿邪念的壞人. ▣evil 所指壞的程度比 bad 更強烈，但不及 wicked.

2 (充滿)惡意的，充滿敵意的. an *evil* tongue 讒言；中傷別人的人/He looked at the man with an *evil* gleam in his eye. 他用充滿敵意的眼神看著那個男的.

3 有害的. an *evil* custom 惡習.

4 厄運的，不祥的. an *evil* prophecy 不祥的預言. ↔ **good**.

in an èvil hóur 運勢不好; 不幸. *In an evil hour* I agreed to lend him money. 我運氣眞差，竟然答應借錢給他.

── *n.* (*pl.* **~s** [~z; ~z])《文章》**1** Ⓤ罪惡，惡，邪惡，(↔ good). ideas of good and *evil* 善惡的觀念/do *evil* 作惡/return *evil* for good 恩將仇報.

2 Ⓒ壞事；弊害. a grave [serious] *evil* 重大的弊害/Poverty brings many *evils*. 貧窮帶來許多弊病.

3 Ⓤ厄運，不幸，災禍. wish a person *evil* 希望某人倒楣.

e·vil·do·er [ˋivlˌduɚ; ˈiːvlˌduːə(r)] *n.* Ⓒ《文章》作惡的人，惡人.

èvil éye *n.* Ⓒ (加害)凶眼(按迷信的說法，被這種眼睛看了會遭殃); 充滿憎惡[敵意]的眼神.

e·vil·ly [ˋivlɪ; ˈivlɪ; ˈiːvəlɪ] *adv.* 邪惡地; 具有惡意[敵意]地.

e·vil-mind·ed [ˋivlˋmaɪndɪd; ˈiːvlˌmaɪndɪd] *adj.* 黑心的，心地惡毒的.

e·vince [ɪˋvɪns; ɪˈvɪns] *vt.* 《文章》明白地表示〔感情等〕; 明顯地表現出〔特性，能力等〕. Her remarks *evinced* a very intelligent mind. 她說的話顯示出她不凡的機智.

e·vis·cer·ate [ɪˋvɪsəˌret; ɪˈvɪsəreɪt] *vt.* 《文章》取出…的內臟.

ev·o·ca·tion [ˌɛvoˋkeʃən; ˌevəˈkeɪʃn] *n.* Ⓤ (記憶，感情等的)喚起. ⇨ *v.* **evoke**.

e·voc·a·tive [ɪˋvɑkətɪv, ɪˈvok-; ɪˈvɒkətɪv] *adj.*

喚醒…的，喚起…的，《of〔回憶，感情等〕》. a place *evocative of* one's childhood 使人回憶起童年的地方.

e·voke [ɪˋvok; ɪˈvəʊk] *vt.* 喚起〔記憶，感情等〕；引出，誘出，〔回答，笑等〕《*from*》. Her question *evoked* an angry answer *from* him. 她的問題引起他憤怒的回答/The photograph *evoked* happy memories of our early years together. 這張照片讓我們回憶起小時候在一起的快樂時光.

***ev·o·lu·tion** [͵ɛvəˋluʃən, ·ˋlɪu·, ɛvˋluʃən; ͵iːvəˈluːʃn] *n.* ☐ **1** (自然的、階段性的)發展，成長；展開. the *evolution* of democracy 民主的發展/the *evolution* of events 事件的進展.
2 《生物》進化(論). the theory of *evolution* 進化論. ⬦ *v.* evolve.

ev·o·lu·tion·ar·y [͵ɛvəˋluʃən͵ɛrɪ, ·ˋlɪu·, ɛvˋluʃən·; ͵iːvəˈluːʃnərɪ] *adj.* 發展的，展開的；進化(論)的.

ev·o·lu·tion·ist [͵ɛvəˋluʃənɪst, ·ˋlɪu·, ɛvˋluʃən·, ͵iːvəˈluːʃnɪst] *n.* ☐ 進化論者.

e·volve [ɪˋvɑlv; ɪˈvɒlv] *vt.* 使〔理論，計畫等〕(逐步地)發展；使進化. Dr. Brown has *evolved* a new theory about the origin of the universe. 布朗博士發展出一套宇宙起源的新理論.
── *vi.* (逐步地)發展，展開；《生物》進化. The situation has *evolved into* a more complex problem. 事態已經發展成更複雜的問題/Man *evolved from* the ape. 人類原係類人猿進化而來. ⬦ *n.* evolution.

[字源] VOLVE「捲」: *evolve*, in*volve* (捲入), re*volve* (迴旋), *vol*ume (冊, 卷).

ewe [ju, jo; juː] *n.* ☐ 母羊(→ sheep 參考).

ew·er [ˋjʊɚ; ˈjuːə(r)] *n.* ☐ 寬口水壺《特指昔日沒有自來水設備時，與洗臉盆(basin)一起放在寢室中的水壺；→ washstand》.

ex [ɛks; eks] *n.* (*pl.* ~**es**, ~**'s**) ☐ 《口》(已離婚的)前妻(ex-wife)，前夫(ex-husband)；已分手的男[女]朋友.

[ewer]

ex- *pref.* **1** (a)「自…(向外)，向外」之意. *ex*clude. *ex*port. (b)「完全」之意. *ex*terminate. ★依後接的字母，別體為 ef- (*eff*ace), e- (*e*levate, *e*mit, *e*volve), ec- (*ec*centric, *ec*stasy).
2 (通常加連字號)「以前的，前…」之意. *ex*-president (前總統). *ex*-wife (前妻).

ex. 《略》example; exception; express.

ex·ac·er·bate [ɪgˋzæsɚ͵bet, ɪkˋsæs·; ɪgˋzæsəbeɪt] *vt.* 《文章》**1** 使〔痛苦，疾病等〕惡化，使加劇. **2** 激怒，使氣憤.

ex·ac·er·ba·tion [ɪg͵zæsɚˋbeʃən, ɪk͵sæs·; ɪg͵zæsəˈbeɪʃn] *n.* ☐ 《文章》(感情，疾病等的)惡化；激怒.

***ex·act** [ɪgˋzækt; ɪgˈzækt] *adj.* **1** 正確的，準確的，絲毫不差的. What is the *exact* time? 現在是幾點幾分?/repeat the *exact* words 把話一字不差地重複.

⬜ *exact* 強調完全合乎標準或事實；*accurate* 強調對正確性的要求；*correct* 強調沒有錯誤；*precise* 強調連細微之處都正確無誤.
2 〔測定等〕精密的；〔工作等〕需要嚴密注意的. a man of *exact* mind 思慮周密的人/Mathematics is an *exact* science. 數學是精密的科學.
3 〔規則等〕嚴厲的，嚴格的；嚴謹的；〔性格等〕一絲不苟的. The manager is *exact* in his job. 經理對於自己的工作一絲不苟. ⬦ *n.* exactness, exactitude.
***to be exáct** 嚴格說來. *To be exact*, I am 172.4 cm tall. 準確地說，我的身高是172.4公分.
── *vt.* 《文章》**1** 〔以權力等〕苛徵〔稅金等〕；強迫〔服從，犧牲等〕. *exact* sacrifice *from* the people 強迫人民犧牲. **2** 〔事物，情況等〕迫切需要，強烈要求. The problem *exacted* a great effort to solve it. 這問題需要極大的努力才能解決. ⬦ *n.* exaction.

ex·act·ing [ɪgˋzæktɪŋ; ɪgˈzæktɪŋ] *adj.* **1** 〔教師等〕苛求的，過分嚴厲的.
2 〔工作等〕需要熟練[專心]的，嚴峻的，艱難的.

ex·ac·tion [ɪgˋzækʃən; ɪgˈzækʃn] *n.* **1** ☐ 強索；〔金錢等的〕強制徵收.
2 ☐ 不當的要求；苛稅；強制徵收的款項.

ex·ac·ti·tude [ɪgˋzæktə͵tjud, ·͵tɪud, ·͵tud; ɪgˈzæktɪtjuːd] *n.* ☐ 正確(性)，精密(度)；嚴謹，嚴格. a man of great *exactitude* 極嚴謹的人. ⬦ *adj.* exact.

***ex·act·ly** [ɪgˋzæktlɪ, ɪgˋzæklɪ; ɪgˈzæktlɪ] *adv.* **1** 正確地，嚴密地，(precisely). I don't know *exactly* when he will arrive. 我不清楚他到達的正確時間/What *exactly* [*Exactly what*] do you mean? 你到底是甚麼意思?
2 精確地，恰好地，(just)；完全地. It's *exactly* six twenty-two. 正好是六點二十二分/Mr. Brown is *exactly* the same man that I saw in the bank. 伯朗先生恰好是我在銀行遇見的那個人.
3 《加強回答的語氣》的確如此，(quite so). "Did he say that?" "*Exactly*." 「他那樣說的嗎?」「正是!」
***nòt exáctly** (1) 未必…；其實並不…(not really). Sally did*n't* exactly agree with Bill, but she supported him. 莎莉未必贊同比爾，但她卻支持他. (2) 《口》的確不是…《實際上就是「決不…」的意思》. I do*n't* exactly enjoy doing this, you know! 你知道的，我的確不喜歡做這樣的事情!

ex·act·ness [ɪgˋzæktnɪs; ɪgˈzæktnɪs] *n.* = exactitude.

***ex·ag·ger·ate** [ɪgˋzædʒə͵ret; ɪgˈzædʒəreɪt] *v.* (~**s** [~s; ~s]; **-at·ed** [~ɪd; ~ɪd]; **-at·ing**) *vt.*
1 誇張，誇大；過分重視，對…評價過高. You are *exaggerating* the matter. 你言過其實了/It is impossible to *exaggerate* the importance of education. 再怎麼強調教育的重要性都不為過.
2 使…看起來(比實際)大[好，壞等].
── *vi.* 誇張，誇大其詞. Don't *exaggerate*; just

E

tell me the truth. 不要誇大其詞，告訴我實情就好.
⟐ *n.* **exaggeration.**

ex·ag·ger·at·ed [ɪgˋzædʒə͵retɪd; ɪgˋzædʒəreɪtɪd] *adj.* 誇張的，誇大的.

ex·ag·ger·at·ed·ly [ɪgˋzædʒə͵retɪdlɪ; ɪgˋzædʒəreɪtɪdlɪ] *adv.* 誇張地，誇大地.

ex·ag·ger·a·tion [ɪg͵zædʒəˋreʃən; ɪg͵zædʒəˋreɪʃn] *n.* **1** Ⓤ 誇張；過分重視，評價過高. speak without *exaggeration* 說話不誇張.
2 Ⓒ 誇張的形容. It is no *exaggeration* to say that she is an angel. 說她是天使一點也不誇張.

ex·alt [ɪgˋzɔlt; ɪgˋzɔːlt] *vt.* 《文章》 **1** 提高〔名譽，品質等〕；擢升，提拔，〔官職，地位等〕.
2 歌頌，讚揚. The medieval church despised the body and *exalted* the spirit. 中世紀的(基督教)教會藐視肉體而頌揚靈魂.

ex·al·ta·tion [͵ɛgzɔlˋteʃən; ͵egzɔːlˋteɪʃn] *n.* Ⓤ 《文章》 **1** (精神的)昂揚，意氣風發.
2 (名譽，地位等)提升，晉升.

ex·alt·ed [ɪgˋzɔltɪd; ɪgˋzɔːltɪd] *adj.* **1** 〔地位等〕尊貴的，〔人等〕職位高的.
2 〔目標等〕高尚的，遠大的. an *exalted* literary style 高尚優雅的文體.
3 意氣風發的，in *exalted* spirits 神采奕奕地.

ex·am [ɪgˋzæm; ɪgˋzæm] *n.* 《口》 = examination 1.

ex·am·i·na·tion [ɪg͵zæməˋneʃən; ɪg͵zæmɪˋneɪʃn] *n.* (pl. ~s [~z; ~z]) **1** Ⓒ 考試(*in, on*). an entrance [a graduation] *examination* 入學[畢業]考試/pass [fail (in)] an *examination* 通過[沒通過]考試/take [sit (for)] an *examination* 參加考試，應試/an oral *examination* 口試/a written *examination* 筆試/We're going to have an *examination* in math tomorrow. 明天我們要考數學.
2 ⓊⒸ (進行[接受])調查，檢查，審查；仔細推敲. The police made a careful *examination* of the room. 警察仔細地檢查房間.
 [搭配] adj.+examination: a detailed ~ (詳細的調查), a thorough ~ (徹底的檢查), a superficial ~ (浮面的調查) // v.+examination: do an ~ (做調查), perform an ~ (進行審查).
3 ⓊⒸ (醫生的)診察，檢查. undergo [have] a medical *examination* 接受健康檢查.
4 ⓊⒸ 《法律》(特指法庭律師)對證人的訊問.
on examinátion 根據調查顯示；經過調查；根據測驗.
under examinátion 調查[檢查]中(的)；在審核[檢查]中.
examinátion pàper *n.* Ⓒ 試卷，試題紙；考卷，答案紙.

ex·am·ine [ɪgˋzæmɪn; ɪgˋzæmɪn] *vt.* (~s [~z; ~z]; ~d [~d; ~d], -in·ing) **1** 調查，檢查，審查；加以推敲；[句型3] (examine *wh* 子句)就是否⋯加以審查. The new plan was

closely *examined*. 新計畫經詳細審查/*examine whether* it is possible or not 調查是否可行.
 [同] examine 是表「調查」之意最普遍的用語；investigate, inspect 及 scrutinize 皆比 examine 含有更周密調查之意；→ investigate.
2 《文章》舉行考試(*in, on*). *examine* pupils *in* English 考學生英語. [語法] 考某一門學科的一小部分或特殊部分用 on: *examine* a class *on* Milton (考學生米爾頓的作品).
3 診察，檢查. You should have your throat *examined*. 你應該去檢查喉嚨.
4 《法律》(通常指律師)訊問.

ex·am·i·nee [ɪg͵zæməˋni; ɪg͵zæmɪˋniː] *n.* Ⓒ 應試者；接受審查[檢查]的人. ◀▶ examiner.

ex·am·in·er [ɪgˋzæmɪnɚ; ɪgˋzæmɪnə(r)] *n.* Ⓒ 調查者；查驗官，審查員；主考官；《法律》證人訊問者.

ex·am·in·ing [ɪgˋzæmɪnɪŋ; ɪgˋzæmɪnɪŋ] *v.* examine 的現在分詞、動名詞.

ex·am·ple [ɪgˋzæmpl; ɪgˋzɑːmpl] *n.* (pl. ~s [~z; ~z]) Ⓒ 【例】 **1** 例子，實例，例證. give a typical *example* 舉個典型的例子/*Example* is better than precept. (諺)實例勝於說教(身教重於言教). [同] example 指選自眾多實例中的一個例子，instance 指為證明一般性事實所舉的個別例子.
 [搭配] adj.+example: a classic ~ (代表性的例證), a concrete ~ (具體的例證), a striking ~ (顯著的例證) // example+v.: an ~ illustrates... (實例證明⋯), an ~ shows... (實例顯示⋯).
【 具代表性之例 】 **2** 樣本，範例；(數學等的)例題. a good *example* of Picasso's painting 畢卡索畫作的極佳範例/an arithmetic book full of *examples* 例題豐富的算術課本.
3 (好榜樣)模範，典範，(*of*). Children will follow the *example* of their parents. 小孩會以父母為榜樣.
4 (壞榜樣)警惕，警戒. His failure should be an *example* to you. 他的失敗對你應是個警惕.
by wáy of exámple 舉例來說.
for exámple 例如(縮寫為 e.g.). There are a lot of domestic animals on the farm—cows, horses and pigs, *for example*. 農場裡有許多家畜，例如乳牛，馬和豬.
màke an exámple of... 懲罰⋯以警惕他人. The teacher *made an example of* the boy by keeping him behind after school. 老師罰那男孩放學後留校，以警惕其他學生.
sèt an [a gòod] exámple to... 給⋯樹立榜樣. He *set* an *example* to her. = He *set* her an *example*. 他為她樹立了榜樣.
without exámple 別無此例的；史無前例的，空前的. The play was a hit *without example*. 這齣戲空前的成功.

ex·as·per·ate [ɪgˋzæspə͵ret; ɪgˋzæspəreɪt] *vt.* 使憤怒，使生氣. I was *exasperated* at [by] my own stupidity. 我氣自己的愚蠢.

ex·as·per·at·ed·ly [ɪgˋzæspə͵retɪdlɪ;

ɪgˋzæspəɪɪtɪdlɪ] adv. 被激怒地，惱怒地.

ex·as·per·at·ing·ly [ɪgˋzæspə͵retɪŋlɪ; ɪgˋzæspəreɪtɪŋlɪ] adv. 令人生氣地.

ex·as·per·a·tion [ɪg͵zæspəˋreʃən; ɪg͵zæspəˋreɪʃn] n. Ⓤ憤怒，惱怒，生氣.

ex·ca·vate [ˋɛkskə͵vet; ˈekskəveɪt] vt.
1 挖[洞穴等]; 在[地面等]上挖掘，挖洞. *excavate* the side of a hill 在山坡上挖掘洞穴.
2 挖出[埋藏物等]. *excavate* the ruins of an ancient city 發掘古代城市的遺跡.

ex·ca·va·tion [͵ɛkskəˋveʃən; ͵ekskəˈveɪʃn] n.
1 ⓊⒸ挖掘，開鑿，掘出;《考古學》發掘.
2 Ⓒ(被挖掘的)洞穴，坑道;《考古學》發掘出的遺跡，出土物.

ex·ca·va·tor [ˋɛkskə͵vetɚ; ˈekskəveɪtə(r)] n. Ⓒ挖掘洞穴[開鑿]的人，發掘者;《英》挖掘機，(特指)挖土機(《美》steam shovel).

*__ex·ceed__ [ɪkˋsid; ɪkˈsiːd] vt. (~s [~z; ~z]; ~ed [~ɪd; ~ɪd]; ~ing) **1** 多[大，高]於[by]; 超過，勝過，凌駕，(in). Her expenses *exceeded* her income *by* fifty dollars. 她的開支超出收入 50 美元/He will *exceed* his father *in* height. 他會長得比他父親高.
2 超越…的限度; 超過. The car is *exceeding* the speed limit. 那部車超速了. ⇨ n. **excess.**
[字源] CEED「前往」: ex*ceed*, pro*ceed* (前進), suc*ceed* (成功).

*__ex·ceed·ing·ly__ [ɪkˋsidɪŋlɪ; ɪkˈsiːdɪŋlɪ] adv. 非常地，極度地. an *exceedingly* difficult situation 極困難的情況/get up *exceedingly* early 非常早起床.

*__ex·cel__ [ɪkˋsɛl; ɪkˈsel] v. (~s [~z; ~z]; ~led [~d; ~d]; ~ling)《文章》 vt. 勝過，優於，凌駕; (用 excel A at [in] B) 在 B 上勝過 A(★ surpass 為日常用語). Joe *excels* his older brother *at* swimming [*in* English]. 喬在游泳[英語]方面超越他哥哥(★指「行為」時一般偏好用 at)/*excel* oneself 超越自己.
—— vi. 擅長，傑出，卓越，(in, at). *excel in* music 擅長音樂/He *excels* as a sculptor. 他在雕塑上有極卓越的成就.

*__ex·cel·lence__ [ˋɛksləns; ˈeksələns] n. Ⓤ優秀，卓越，傑出，(in, at). reach a level of true *excellence* in tennis 網球技到達真正卓越的階段. ⇨ v. **excel.** adj. **excellent.**

Ex·cel·len·cy [ˋɛkslənsɪ; ˈeksələnsɪ] n. (pl. -cies) Ⓒ閣下(對大臣，總督，大使，主教及其夫人的尊稱，在(美)則是對總統，州長等的尊稱; 與 His, Her 等人稱代名詞的所有格連用; → majesty 2). Your *Excellency* 閣下(夫人) [注意] Excellency 是指面對面直接的稱呼; 但動詞用第三人稱、單數: Does your *Excellency* mean to go by plane? (閣下的意思是要搭飛機去嗎?))/Your [Their] *Excellencies* 閣下(夫人)(複數時).

*__ex·cel·lent__ [ˋɛkslənt; ˈeksələnt] adj. 出色的，優秀的，傑出的; (分數成績)優等的，A 的，(通常指九十分以上); [注意]通常不用比較級，最高級). *excellent* health 極佳的健康狀況/She is *excellent in* [*at*] composition. 她的文章很

E

出色/*Excellent!* 了不起! 可以! 好的!《表同意》/Martha is an *excellent* pianist. 瑪莎是一位傑出的鋼琴家[鋼琴彈得非常好]/That restaurant serves *excellent* food. 那家餐廳的食物棒極了.
⇨ v. **excel.** n. **excellence.**

*__ex·cel·lent·ly__ [ˋɛksləntlɪ; ˈeksələntlɪ] adv. 出色地，漂亮地，極佳地.

*__ex·cept__ [ɪkˋsɛpt; ɪkˈsept] prep. 除了…外，除此之外. Everybody *except* him agreed. 除了他以外，大家都同意了/I go to school every day *except* Sunday. 除了星期日外，我每天上學/Our boy walks to school *except* when it rains. 除了下雨天外，我們的孩子都走路上學/There was nothing they could *do except soothe* her. 他們所能做的就只有安慰她了([注意]前面有 do 時，except 接下來的不定詞通常用原形不定詞). [語法] except 後面除了用名詞，代名詞外，亦可用(不定詞)片語，子句等.

【◉ except 和 but】
與 but(介系詞)比較的話，except 強調被除外的東西.「除了約翰以外，所有的人都來了」可作 Everybody *but* John came. 也可作 Everybody *except* John came. 前者的重點是「所有的人都來了」，後者的重點是「約翰沒有來」.

---

* *except for...* (1)除了…外，除去(apart from). The room was empty *except for* a shabby bed. = There was nothing in the room *except* a shabby bed. 這房間除了一張老舊的床以外甚麼都沒有(★ 像這樣將 except for 改寫成「否定字＋except」的情形也很多)/*Except for* Bill, they were all in time. 除了比爾外，他們都及時趕到了/We enjoyed the picnic *except for* the cold weather. 我們野餐玩得很開心，唯一美中不足的是天氣太冷. [語法] A except B 用於A和B屬於同類東西，A except for B 用於A和B屬於不同類東西(或B是A的一部分)，但亦有把 except for 當作 except 之意的情況(→上面第 2 個例句).
(2)除非(but for...). I would go *except for* my headache. 除非我頭痛，不然我會去的.

* *except that...* (★省略 that 時必須加上逗點，而 except 就變成連接詞了). (1)除了…這一點; 只是(only). This wouldn't have happened *except that* we were all too tired. 除非我們都太累了，否則這是絕不可能發生的.
(2)除了…之外. Nothing was decided *except that* some step had to be taken at once. 除了立刻採取行動之外，甚麼也無法決定.
—— vt. 把…除外，除去，(from). I can *except* no one *from* the rules. 這些規則我不能讓任何人例外.
⇨ n. **exception.**
—— conj. (口)但是(but). I would walk, *except* it's too hot. 我是想走路去，不過天氣太熱了.
[字源] CEPT「取」: ex*cept*, ac*cept* (接受), con*cept*

(概念).

ex·cept·ing [ɪkˋsɛptɪŋ; ɪkˈseptɪŋ] *prep.* = except (★語氣比 except 更正式).

not〔*without*〕*excepting...* 也包括….

*ex·cep·tion [ɪkˋsɛpʃən; ɪkˈsepʃn] *n.* (*pl.* ~s [~z; ~z]) **1** UC 例外，特例，破例. I'll make an *exception* of [in] this case. 我會把這情況當作特例/The *exception* proves the rule. 《諺》例外適足以證實規則.

2 U 異議，不服；《法律》反對，抗辯，提出異議. ⇨ *v.* except.

màke nò excéption(*s*) 不予例外，不特別看待.

tàke excéption (*to...*) (1)反對〔對…〕，〔對…〕表示異議. (2)〔對…〕感到生氣. I took great *exception to* his remark that I was incompetent. 他說我無能，令我極為生氣.

without excéption 毫無例外.

with the excéption of...〔*that...*〕除了…，除了…的事之外.

ex·cep·tion·a·ble [ɪkˋsɛpʃənəbl, -ʃnəbl; ɪkˈsepʃnəbl] *adj.* 《文章》可反對的，可提出異議的；令人不滿意的.

*ex·cep·tion·al [ɪkˋsɛpʃən, -ʃnəl; ɪkˈsepʃənl] *adj.* **1** 例外的，特例的，異常的. This coldness is *exceptional* in April. 4 月會這麼冷是很不尋常的. **2** 優越的，非凡的. a man of *exceptional* talent 才能非凡的人.

ex·cep·tion·al·ly [ɪkˋsɛpʃən, -ʃnəl; ɪkˈsepʃnəlɪ] *adv.* 異常地，例外地；卓越地；非常地. an *exceptionally* warm day 格外炎熱的日子.

ex·cerpt [ˋɛksɝpt; ˈeksɜːpt] *n.* C (書籍，演講，樂譜等的)摘錄.

*ex·cess [ɪkˋsɛs; ɪkˈses] *n.* (*pl.* ~**es** [~ɪz; ~ɪz])

【過多】 **1** (a) aU 過多，過剩；超出，超過，《over》. an *excess* of production 生產過剩/the *excess* of expenditure *over* income 超過收入的開支.

(b) [ˋɛkˌsɛs; ˈekses] 《形容詞性》超過的，超額的. *excess* baggage (火車，飛機等的)超重的行李/an *excess* fare 補票費；(因換乘高級車廂等而補的)差額車費.

2 aU 多餘；超量〔額〕. a 5% *excess* of imports 5%的入超額.

【過度】 **3** (a) U 過度，過分；無節制. *Excess* of grief made her crazy. 過度的悲傷使她發瘋.

(b) C 《文章》(通常 excesses)過分的行為；暴飲暴食；暴行. refrain from *excesses* 不暴飲暴食；節制過分的行為. ⇨ *v.* **exceed.** *adj.* **excessive.**

in excéss of... 超過…的，比…更多的(more than)；過度的. This is *in excess of* what we need. 這超出我們所需要的.

to excéss 過度地，極端地. go [run] *to excess* 做過頭，走向極端/drink *to excess* 酗酒.

【字源】 CESS「去」: ex*cess*, ac*cess* (接近), pro*cess* (過程), con*cess*ion (讓步).

ex·ces·sive [ɪkˋsɛsɪv; ɪkˈsesɪv] *adj.* 過度的，極端的，過分的，(↔ moderate).

ex·ces·sive·ly [ɪkˋsɛsɪvlɪ; ɪkˈsesɪvlɪ] *adv.* 過度地，極端地，過分地.

*ex·change [ɪksˋtʃendʒ; ɪksˈtʃeɪndʒ] *vt.* (~**-chang·es** [~ɪz; ~ɪz]; ~**d**; ~**d**; **-chang·ing**)【交換】 **1** 交換，互換，(同類物)(★受詞多用複數). Tom *exchanged* seats *with* John. = Tom and John *exchanged* seats. 湯姆和約翰互換座位/*exchange* blows 對打/I never *exchanged* a word with him. 我從未和他交談過.

【調換】 **2** 交換；(用 exchange **A** for **B**)把 **A** 換成 **B**. *exchanged* furs *for* whiskey and rifles 拿毛皮換取威士忌和槍枝.

3 兌換〔貨幣〕. I *exchanged* two dollars for marks. 我把兩美元兌換成馬克.

— *n.* (*pl.* **-chang·es** [~ɪz; ~ɪz]) **1** UC 交換，調換，互換；交流；(說話等的)交談. the *exchange* of yen for pounds sterling 日圓兌換成英鎊/an *exchange* of students between Taiwan and the U.S. 臺灣和美國的學生交流(交換學生)/cultural *exchange* 文化交流/There was an *exchange* of sharp words *between* the two. 兩人間有一番激烈的舌戰.

2 C 交換物，互換物. This camera is a fair [poor] *exchange* for your watch. 用這臺相機換你那隻手錶是很恰當[不恰當]的.

3 U 外幣的兌換；票據的兌換；匯兌(行情).

4 C 交易所. a stock *exchange* 證券交易所.

5 C 電話轉換中心 (telephone exchange).

* *in exchánge* 作爲交換《*for*》；作爲替代. I gave him a book and he gave me a fountain pen *in exchange*. 我給了他一本書，而他給我一枝鋼筆作爲交換.

ex·change·a·ble [ɪksˋtʃendʒəbl; ɪksˈtʃeɪndʒəbl] *adj.* 可交換的，可互換的. *exchangeable* value 交換價值.

exchánge ràte *n.* (加 the)外匯匯率. at the *exchange rate* of NT27 to the dollar 1 美元兌換 27 元新臺幣的外匯匯率.

exchánge stùdent *n.* C 交換學生.

ex·chang·ing [ɪksˋtʃendʒɪŋ; ɪksˈtʃeɪndʒɪŋ] *v.* exchange 的現在分詞、動名詞.

ex·cheq·uer [ɪksˋtʃɛkɚ, ˋɛkstʃɛkɚ; ɪksˈtʃekə(r)] *n.* **1** UC 國庫，公庫.

2 U 《單複數同形》(英)(the *Exchequer*)財政部. *the Chàncellor of the Exchéquer* (英)財政大臣[部長].

ex·cise[1] [ɪkˋsaɪz; ˈeksaɪz] *n.* UC **1** 國內消費稅，貨物稅，(亦稱 éxcise tàx [dùty]), the *excise* (tax) *on* gasoline [liquor] 石油[酒]稅.

2 (娛樂業等的)執照稅.

ex·cise[2] [ɪkˋsaɪz; ekˈsaɪz] *vt.* 《文章》刪除〔文句等〕；切除〔腫瘤等〕.

ex·ci·sion [ɪkˋsɪʒən; ekˈsɪʒn] *n.* 《文章》U 刪除；C 刪除〔切除〕的東西.

ex·cit·a·bil·i·ty [ɪkˌsaɪtəˋbɪlətɪ;

ɪkˌsaɪtəˈbɪlətɪ] *n.* Ⓤ易激動, 易興奮, 易怒.

ex·cit·a·ble [ɪkˈsaɪtəbl; ɪkˈsaɪtəbl] *adj.* 易興奮的; 情緒不安定的; 易怒的; 對刺激敏感的.

✲ex·cite [ɪkˈsaɪt; ɪkˈsaɪt] *vt.* (~**s** [~s; ~s]; **-cit·ed** [~ɪd; ~ɪd]; **-cit·ing**) 〖刺激〗
1 (a)使…興奮. The last five minutes of the match *excited* all the spectators. 比賽的最後 5 分鐘讓所有觀衆都興奮了起來/Don't *excite* yourself! 鎭靜點!
(b) 句型3 (excite A *to* B)、句型5 (excite A *to* do)刺激 A 做 B, 刺激 A 做…. His rude words *excited* me *to* anger. 他無禮的言辭惹火了我.
2 觸動[情感等]; 引起[興奮等]; 激發[想像力等]. Her new hat *excited* envy in her friends. 她的新帽子讓朋友們羨慕不已/*excite* a person's curiosity 引起某人的好奇心.
圖解 excite＋*n.*: ~ admiration (引起讚賞), ~ fear (引起不安), ~ hatred (引起憎恨), ~ the imagination (激發想像), ~ interest (引起興趣).
3 (a)煽動, 引起, [暴亂等]. (b) 句型3 (excite A *to* B)、句型5 (excite A *to* do)唆使 A 做 B [進行…]. The radicals *excited* citizens *to* resistance [*to* resist the oppression]. 激進派煽動人民抵抗[抵抗壓迫].
4 刺激[身體的器官等](stimulate).

ex·cit·ed [ɪkˈsaɪtɪd; ɪkˈsaɪtɪd] *adj.* 〔人〕興奮的 (★ exciting 是「令人興奮的」). an *excited* mob 興奮的群衆.
be [*get*] *excited at* [*about, over*]… 對…感到興奮, 對…感到[變得]激動. All the country *got excited at* the news of victory. 全國都爲這勝利的消息而歡騰.

ex·cit·ed·ly [ɪkˈsaɪtɪdlɪ; ɪkˈsaɪtɪdlɪ] *adv.* 興奮地, 激動地.

✲ex·cite·ment [ɪkˈsaɪtmənt; ɪkˈsaɪtmənt] *n.* (*pl.* ~**s** [~s; ~s]) **1** Ⓤ興奮; (心的)動搖; 熱middle. cry in [with] *excitement* 興奮得大叫/The unexpected visitor caused great *excitement* in the family. 不速之客引起全家人的騷動.
圖解 *adj.*＋excitement: considerable ~ (相當的興奮), intense ~ (強烈的興奮) // excitement＋*v.*: ~ builds (up) (興奮程度增強), ~ mounts (興奮程度增加), ~ dies down (興奮程度減低).
2 Ⓒ刺激(物); 使人興奮 的事物[事件]. The trouble with village life is that there are no *excitements*. 鄉村生活的苦惱在於沒甚麼新鮮刺激的事.

✲ex·cit·ing [ɪkˈsaɪtɪŋ; ɪkˈsaɪtɪŋ] *v.* excite 的現在分詞、動名詞.
— *adj.* 使人興奮的; 刺激性的; 緊張刺激的; 使人魂不守舍的; 使人熱中的; (★ excited 是「自己很興奮的」). an *exciting* game 一場緊張刺激的比賽/an *exciting* story of adventure 刺激的冒險故事.
ex·cit·ing·ly [ɪkˈsaɪtɪŋlɪ; ɪkˈsaɪtɪŋlɪ] *adv.* 刺激.
excl. (略) excluding; exclusive.

✲ex·claim [ɪkˈsklem; ɪkˈskleɪm] *v.* (~**s** [~z; ~z]; ~**ed** [~d; ~d]; ~**ing**) *vi.* 突然叫喊[說出](*in, with* [痛苦, 吃驚, 憤怒等]); 大叫(*at* 見到[聽到]…)(⊜並非像 cry 那樣大聲叫); 責難(*against* 對[不正當等]). We all *exclaimed in* [*with*] delight. 我們全都高興得歡呼起來/*exclaim against* the government's corruption 大聲譴責政府的腐敗.
— *vt.* 發出…的叫聲; 句型3 (exclaim *that* 子句/*wh* 子句)叫出…, 驚歎地說…. He *exclaimed* his horror at the news. 他聽到那消息後嚇得叫了出來/Tom *exclaimed that* he had won. 湯姆大叫他贏了/My daughter *exclaimed how* handsome he was. 我女兒驚歎地說, 他是多麼的英俊啊!
⟳ *n.* exclamation. *adj.* exclamatory.
字源 CLAIM「叫喊」: ex*claim*, pro*claim* (發表宣言), *clam*or (吵鬧聲), re*claim* (取回).

✲ex·cla·ma·tion [ˌɛkskləˈmeʃən; ˌɛkskləˈmeɪʃn] *n.* (*pl.* ~**s** [~z; ~z]) **1** Ⓤ感歎; 呼喊; Ⓒ叫聲; 感歎之言. give an *exclamation* of surprise 發出驚訝的叫聲.
2 Ⓒ《文法》感歎詞; 感歎句; 驚歎號(!).

exclamátion màrk *n.* Ⓒ驚歎號(亦稱 nòte of exclamátion).

exclamátion pòint *n.* 《主美》＝exclamation mark.

ex·clam·a·to·ry [ɪkˈsklæməˌtorɪ, -ˌtɔrɪ; ekˈsklæmətərɪ] *adj.* 大聲叫喊的; 感歎的.

exclàmatory séntence *n.* Ⓒ《文法》感歎句(→見文法總整理 1. 2).

✲ex·clude [ɪkˈsklud, -ˈsklɪud; ɪkˈskluːd] *vt.* (~**s** [~z; ~z]; **-clud·ed** [~ɪd; ~ɪd]; **-clud·ing**) **1** 不讓…進入, 將…關在外面; (用 exclude A from B)把 A 擋在 B 外頭; (→ eliminate ⊜). Reporters were *excluded from* the conference. 記者們被阻擋在會議外.
2 將…摒除在外; (用 exclude A from B) 將 A 摒除在 B 之外; 不予考慮…; 不給…留餘地. The rules of the club *exclude* women *from* membership. 這個俱樂部規定拒收女性會員/First we can *exclude* the possibility of cancer. 首先, 我們可以排除癌症發生的機率.
3 逐出, 開除; 音omit.
⟳ *n.* exclusion. *adj.* exclusive. ↔ include.
字源 CLUDE「關閉」: ex*clude*, con*clude* (結束), pre*clude* (妨礙).

ex·clud·ing [ɪkˈskludɪŋ, -ˈsklɪu-; ɪkˈskluːdɪŋ] *prep.* 除去…, 除去…. Your bill comes to £25, *excluding* tax. 你的帳款不含稅是 25 英鎊.

ex·clu·sion [ɪkˈskluʒən, -ˈsklɪu-; ɪkˈskluːʒn] *n.* Ⓤ **1** 排斥, 除外. **2** 逐出, 排除; 刪除.
⟳ *v.* exclude. *adj.* exclusive. ↔ inclusion.
to the exclúsion of… 排除掉…; 去掉…. Mary devotes her leisure to music *to the exclusion of* all else. 瑪莉把空閒時間完全投入音樂中, 其他甚

麼都不做.

***ex·clu·sive** [ɪk`sklusɪv, ·`sklu·; ɪk`sklu:sɪv] adj. 〖 去除其他的 〗 **1** 排除(其他)的. mutually *exclusive* ideas 相互排斥的(互不相容的)概念.

2 〔團體, 組織等〕排他的; 閉鎖的; 孤僻的. Ann is *exclusive in* her choice of friends. 安在擇友方面很挑剔/an *exclusive* school (一般人家的孩子不能就讀的)貴族學校.

3 (a)不算在內的. The hotel rate usually *exclusive of* meals. 旅館的收費通常不包括膳食費(→片語 exclusive of...).
(b)〔副詞性〕不包括〔數目等的最初和最後數〕. *from* 20 *to* 31 *exclusive* 從 20 到 31, 但不包括 20 和 31.

4 〔限定〕獨占的, 專有的; 〔新聞報導〕獨家的, 特別報導的. enjoy the *exclusive* use of a car 擁有一輛專用座車.

〖 獨一無二的 〗 **5** 〔物品等〕獨一無二的, 高級的; 〔商店等〕專售高級品的; 高價的. an *exclusive* restaurant 高級餐廳/*exclusive* residential quarters 高級住宅區.

6 〔限定〕唯一的(only); 專一的. Money is his *exclusive* interest. 錢是他唯一的興趣.
⇨ *n*. **exclusion**. *v*. **exclude**. ⟷ **inclusive**.

exclúsive of... 除了⋯, 不包括⋯. *Exclusive of* a few minor errors, the paper was perfect. 除了幾個小錯誤, 這份考卷答得很好.

— *n.* ⓒ **1** 〔新聞報導的〕獨家報導, 特別報導. **2** 特定商店等的專賣品.

ex·clu·sive·ly [ɪk`sklusɪvlɪ, ·`sklu·; ɪk`sklu:sɪvlɪ] adv. 僅限(於⋯), 專門地; 排他地; 獨占地.

ex·clu·sive·ness [ɪk`sklusɪvnɪs, ·`sklu·; ɪk`sklu:sɪvnɪs] *n.* ⓤ除外; 排他(性); 獨占.

ex·com·mu·ni·cate [ˌɛkskə`mjunə,ket, ·`mɪun·; ˌekskə`mju:nɪkeɪt] *vt.* 〔天主教〕逐出, 把⋯逐出教會.

ex·com·mu·ni·ca·tion [ˌɛkskə,mjunə`keʃən, ·,mɪun·; ˈekskə,mju:nɪ`keɪʃn] *n.* 〔天主教〕ⓤ逐出教會; ⓒ逐出宣告(文).

ex·cre·ment [`ɛkskrɪmənt; ˈekskrɪmənt] *n.* ⓤ〔文章〕排泄物, (特指)糞便.

ex·cres·cence [ɪk`srɛsṇs; ɪks`kresns] *n.* ⓒ〔文章〕〔動植物, 人體長出來的〕病態腫狀物(瘤, 疣等).

ex·cre·ta [ɛk`skritə; ɪks`kri:tə] *n.* (作複數)〔文章〕排泄物, 分泌物(尿, 汗, 糞便等).

ex·crete [ɪk`skrit; ɪk`skri:t] *vt.* 〔文章〕排泄, 分泌.

ex·cre·tion [ɪk`skriʃən; ɪk`skri:ʃn] *n.* 〔文章〕ⓤ排泄(作用); ⓤⓒ(常 excretions)排泄物, 分泌物.

ex·cru·ci·at·ing [ɪk`skruʃɪˌetɪŋ; ɪk`skru:ʃɪeɪtɪŋ] *adj.* 極痛苦的; 〔痛苦等〕難以忍受的; 《口》(粗俗的笑話等)令人受不了的, 無法形容的(糟糕).

ex·cru·ci·at·ing·ly [ɪk`skruʃɪˌetɪŋlɪ; ɪk`skru:ʃɪeɪtɪŋlɪ] *adv.* 難以忍受地, 非常.

ex·cul·pate [`ɛkskʌl,pet; ˈekskʌlpeɪt] *vt.* 《文章》辯白〔證明〕〔人〕無罪; 洗清〔人〕的嫌疑(*from*). *exculpate* oneself 證明自己的清白.

ex·cur·sion [ɪk`skɜʒən, ·ʃən; ɪk`skɜ:ʃn] *n.* ⓒ遠足; (特定目的地的)短程旅行; (特指團體的)觀光旅遊; (收費低廉的)旅行. make a day *excursion* 當日來回的旅遊/go *on* [*for*] an *excursion* 去遠足.

ex·cur·sion·ist [ɪks`kɜʒənɪst, ·ʃən·; ɪk`skɜ:ʃɪnɪst] *n.* ⓒ遠足者; 觀光客; 到各地周遊旅行的人.

ex·cus·a·ble [ɪk`skjuzəbḷ, ·`skɪuz·; ɪk`skju:zəbl] *adj.* 〔行為等〕可辯解的; 可原諒的.

ex·cus·a·bly [ɪk`skjuzəblɪ, ·`skɪuz·; ɪk`skju:zəblɪ] *adv.* 可辯解地; 理所當然地, 有理由地.

***ex·cuse** [ɪk`skjuz, ·`skɪuz; ɪk`skju:z] (與 n. 的發音不同)《·**cus·es** [~ɪz, ~ɪz]; ~**d** [~d; ~d], ·**cus·ing**》〖原諒〗 **1** 原諒, 寬恕; 句型3 (excuse A's doing/A for doing)原諒 A 的所為; 原諒〔人〕(for). I *excused* his mistake. =I *excused* him for his mistake. 我原諒了他的錯誤/*Excuse* my [me *for*] *interrupting* you. 恕我插嘴打斷你的話. 同與 forgive 比較, excuse 是原諒小的過失; → pardon.

2 (a)免除〔義務, 處罰等〕; 准許中途退席〔離開房間等〕. May I be *excused*? 我可以離開一下嗎? (起身去洗手間等). (b)句型4 (excuse A B), 句型3 (excuse A *from* B)使 A 免除 B. We will *excuse* you (*from*) attendance. =We will *excuse* your attendance. 我們同意你可以不出席/Some students were *excused from* taking the exam. 有些學生不用參加這項考試.

3 作為〔事物〕的理由, 開脫. Nothing can *excuse* her rudeness. 她的粗魯行為是不能原諒的.

* *Excúse me.* (1)抱歉, 對不起, (中途退席, 請求讓路等時的禮貌性用語; 回答用 Sure(ly). 等)(★如請求者ց 兩人或兩人以上則說 Excuse us.). (2)《主美》請原諒, 對不起, (為輕微失禮的道歉用語, 比 Pardon me. 不正式; 也可說 (I'm) sorry.; 回答用 That's all right. 等). (3)《美》你說甚麼? (=What did you say?; Pardon (me)?; 《英》Sorry?)《用上揚語調》.

Excúse me, (but)... 對不起⋯《和不認識的人攀談, 打斷對方的話等情況時》. *Excuse me, (but)* would you tell me the way to the park? 對不起, 你能告訴我怎麼到公園嗎?

excúse onesélf (1)找藉口, 辯解; 道歉. I *excused myself for* arriving so late. 我為我的遲到道歉. (2)說聲「抱歉, 先走一步」後離開; 說「請原諒」致歉. He sneezed and *excused himself*. 他打了噴嚏, 所以說對不起. (3)請求免除⋯(*from*), 謝絕. I *excused myself from* the meeting. 請允許我缺席這場會議.

— [ɪk`skjus, ·`skɪus; ɪk`skju:s] *n.* (*pl.* ·**cus·es** [~ɪz, ~ɪz]) ⓤⓒ **1** 解釋, 辯解; (因缺席等的)致

歉; (excuses)(常指透過第三者的)道歉; (→ apology回). You can find an easy *excuse for* it. 這件事你可以隨便找個藉口/I have nothing to say in *excuse*. 我不知道該怎樣道歉才好/Please make [give] my *excuses* to Anne, and tell her I am sorry to miss her tea party. 代我向安致歉, 並請轉告她我很遺憾未能出席她的茶會.

2 (請求原諒的)理由, 辯解的根據; 藉口(pretext). That is a mere *excuse* for idleness [*being* idle]. 那只是懶惰的藉口/Does he have any *excuse* to stay away from school? 他有甚麼不來上學的理由?

[搭配] *adj.*+excuse (1-2): a good ~ (好藉口), a reasonable ~ (合理的藉口), a plausible ~ (可以接受的理由), a lame ~ (笨拙的藉口) // *v.*+excuse: make up an ~ (編藉口).

3 寬恕, 原諒.

a pòor [*bàd*] *excúse for...* 不合理的藉口; 《口》勉強權充...的東西,《口》The ~ 勉強權充。She is a *poor excuse for a singer*. 她是一個差勁的歌手.

in excúse of... 為...辯解. He offered no explanation *in excuse of* his absence. 他沒有提出任何缺席的理由.

without excúse 《文章》沒有理由地; 不容辯解.

ex·cus·ing [ɪkˈskjuzɪŋ, -ˈskɪuzɪŋ; ɪkˈskjuːzɪŋ] *v.* excuse 的現在分詞、動名詞.

ex·di·rec·to·ry [ˌɛksdəˈrɛktərɪ, -trɪ; ˌeksdɪˈrektərɪ] *adj.* (英)=unlisted 2.

ex·e·cra·ble [ˈɛksɪkrəbl̩; ˈeksɪkrəbl] *adj.* 《文章》
1 〔犯罪等〕可惡的, 可恨的. **2** 糟透的, 惡劣的.

ex·e·cra·bly [ˈɛksɪkrəblɪ; ˈeksɪkrəblɪ] *adv.* 可惡地; 糟透地.

ex·e·crate [ˈɛksɪˌkret; ˈeksɪkreɪt] *vt.* 《文章》
1 厭惡, 憎惡. **2** 咒罵, (內心)詛咒.

ex·e·cra·tion [ˌɛksɪˈkreʃən; ˌeksɪˈkreɪʃn] *n.*《文章》**1** ⓤ厭惡, 憎惡; 咒罵. **2** ⓒ咒罵之辭, 惡言惡語. **3** ⓒ令人討厭的事物[人].

***ex·e·cute** [ˈɛksɪˌkjut, -ˌkɪut; ˈeksɪkjuːt] *vt.* (~s [~s; ~s]; ~·**cut·ed** [~ɪd; ~ɪd]; ~·**cut·ing** [~ɪŋ; ~ɪŋ]) **1** 實行〔計畫, 命令等〕; 執行〔職務〕; 履行〔約定等〕. *execute* a plan 實行計畫.

2 將...執行死刑, 將...處死. The murderer was *executed* three years later. 三年後兇手被處決.

3 《法律》實施〔法律〕, 執行〔判決等〕.

4 製作〔繪畫, 雕刻等〕; 表演〔戲劇〕, 扮演〔角色〕, 演奏〔樂曲〕; 跳著〔舞步〕.

5 《法律》使〔契約, 書面遺囑〕生效.

ex·e·cu·tion [ˌɛksɪˈkjuʃən, -ˈkɪu-; ˌeksɪˈkjuːʃn] *n.* **1** ⓤ(計畫, 命令等的)實行, 執行; (約定等的)履行. the *execution* of a plan 計畫的實行.

2 ⓤⓒ死刑的執行, 處決.

3 ⓤ(法律, 判決等的)實施, 執行; (特指)執行令狀; (契約等)生效.

4 ⓤ(繪畫, 雕刻等的)製作; 表演; 演奏(的情況); 表現, 成果. ⇨ *v.* **execute**.

càrry...ínto [*pùt...ínto, pùt...ín*] *execútion* 實行..., 實施.... The idea won't be *put into exe-*

---

cution. 這個計畫不擬實施.

ex·e·cu·tion·er [ˌɛksɪˈkjuʃənə, -ˈkɪu-; ˌeksɪˈkjuːʃnə(r)] *n.* ⓒ死刑執行人, 劊子手.

ex·ec·u·tive [ɪgˈzɛkjutɪv; ɪgˈzekjʊtɪv] *adj.* 《限定》**1** 實行(上)的; 有執行權力的; 管理的. *executive* talent 執行任務的才幹/an *executive* position in the company 公司幹部[主管]的職位.

2 行政(上)的(→ judicial [參照]).

3 適合管理職務[高級主管]的(針對高級品等而言). an *executive* car 適合高級主管開的汽車/an *executive* house 豪邸.

— *n.* **1** 經營者; (企業, 團體的)董事, 監事, 幹部, 管理階層, 主管級人員; (★用於個人與團體). **2** 行政官(員); (加 the)行政部門. the Chief *Executive*(→ 見 Chief Executive).

ex·ec·u·tor [ɪgˈzɛkjətə; ɪgˈzekjʊtə(r)] *n.* ⓒ **1** (在(美)常作[ˈɛksəˌkjutə; ˈeksɪkjuːtə(r)])實施者, 執行者. **2** 《法律》指定的遺囑執行人.

ex·ec·u·trix [ɪgˈzɛkjətrɪks; ɪgˈzekjʊtrɪks] *n.* ⓒ《法律》女性的指定遺囑執行人.

ex·e·ge·ses [ˌɛksəˈdʒisiz; ˌeksɪˈdʒiːsiːz] *n.* exegesis 的複數.

ex·e·ge·sis [ˌɛksəˈdʒisɪs; ˌeksɪˈdʒiːsɪs] *n.* (*pl.* **-ses**) ⓤⓒ解釋, 注釋, 評注; (聖經的)注釋(學).

ex·em·pla·ry [ɪgˈzɛmplərɪ; ɪgˈzemplərɪ] *adj.* **1** 模範的; 卓越的. **2** 《限定》警示性的.

ex·em·pli·fi·ca·tion [ɪgˌzɛmpləfəˈkeʃən; ɪgˌzemplɪfɪˈkeɪʃn] *n.* ⓤ例證, 舉例說明; ⓒ實例, 範例.

ex·em·pli·fy [ɪgˈzɛmpləˌfaɪ; ɪgˈzemplɪfaɪ] *vt.* (**-fies; -fied; ~·ing**)用例子說明; 舉例證明; 將...作為範例.

ex·empt [ɪgˈzɛmpt; ɪgˈzempt] *vt.* 免除; 使免於...; 《*from* 義務, 危險等》.

— *adj.* 《敘述》被免除的; 豁免的; 《*from*》. be *exempt from* taxes 免稅.

ex·emp·tion [ɪgˈzɛmpʃən; ɪgˈzempʃn] *n.* ⓤⓒ免除《*from*》; (特指)所得稅的課稅免除(項目).

***ex·er·cise** [ˈɛksəˌsaɪz; ˈeksəsaɪz] *n.* (*pl.* **-cis·es**[~ɪz; ~ɪz]) 【使發揮作用】
1 ⓤ(身體的)運動. Jogging is good *exercise*. 慢跑是不錯的運動/lack of *exercise* 缺乏運動/take [get] outdoor *exercise* 做戶外運動.

[搭配] *adj.*+exercise: exhausting ~ (累人的運動), gentle ~ (輕鬆的運動), hard ~ (困難的運動), regular ~ (規律的運動) // *v.*+exercise: engage in ~ (做運動).

2 ⓤ(精神, 能力等的)運作; (權利等的)行使, 運用. the *exercise of* judgment 判斷力的發揮/the *exercise of* presidential power 總統職權的行使.

3 ⓒ體操; 練習題. gymnastic *exercise* 體操, 體育/He is doing *exercise* in English now. 他現在正在做英文習題.

4 ⓒ訓練; 練習; (→ practice回); 《軍事》(常 exercises)演習. an *exercise* of memory 記憶力的

訓練.

〖**修鍊**〗**5** ©禮拜,修行.

6 ©(通常 exercises)儀式,典禮. graduation *exercises* 畢業典禮.

— v. (**-cis·es** [~ɪz; ~ɪz]; **-d** [~d; ~d]; **-cis·ing**) vt. **1** 活動〖手腳等〗,使活動;使〖狗等〗運動. *exercise* one's leg muscles to restore their function 運動腿部肌肉使其回復機能/Jim's *exercising* his dog. 吉姆正在讓狗運動.

2 訓練;練習. *exercise* oneself in riding 練習騎馬.

3 運用;使〖精神,能力等〗發揮作用;行使〖權力等〗;使受到〖影響等〗(*on, upon, over*). You'll know the result eventually; *exercise* a little patience. 你終究會知道結果的. 稍微忍耐點;We must *exercise* our rights as citizens. 我們必須行使我們的公民權/Budhism has *exercised* a great influence *on* the Japanese people. 佛教對日本人產生很大的影響.

〖搭配〗 exercise + n.: ~ authority (行使權力), ~ control (發揮支配力), ~ power (運用權力).

4〈文章〉(用 exercise oneself 或 be exercised)煩惱,憂慮,擔心. She *is* much *exercised* about her health. 她非常擔心自己的健康.

— vi. 做運動〖體操〗;做練習.

ex·er·cis·ing [ˋɛksɚˌsaɪzɪŋ; ˈeksəsaɪziŋ] v. exercise 的現在分詞,動名詞.

ex·ert [ɪgˋzɝt; iɡˈzəːt] vt. **1** 發揮〖力量,技能等〗,使運作;使受到〖影響等〗(*on, upon*). Several politicians *exerted* strong pressure *on* the committee. 數名政治人物向委員會施加強大的壓力.

exért onesèlf 努力. You should *exert yourself* to get better results. 你應該努力爭取更好的成績.

ex·er·tion [ɪgˋzɝʃən; iɡˈzəːʃn] n. **1** UC (身心的)激烈活動;努力(同 exertion 是比 effort 更拼命的努力). He made great *exertions* to pass the test. 他爲了要通過考試盡了很大的努力.

2 U發揮,行使,(*of*). *exertion of* authority 權力的行使.

ex·e·unt [ˋɛksɪənt, ˋɛksɪˌʌnt; ˈeksiʌnt] (拉丁語) vi. (戲劇)〖兩人或兩人以上〗退場(劇本中指示演員動作的說明用語; ↔ enter; → exit²). *Exeunt* Anthony and Cleopatra. 安東尼與克麗歐佩特拉退場.

ex·ha·la·tion [ˌɛksəˋleʃən, ˌɛgzə-; ˌekshəˈleiʃn] n. **1** UC 呼氣(↔ inhalation);散發,蒸發. **2** ©呼出的氣息;散發物.

ex·hale [ɛksˋhel; eksˈheil] vt. 吐出〖氣,煙等〗(↔ inhale);散發〖氣體,氣味等〗. He *exhaled* a deep breath in discouragement. 他沮喪地深歎了一口氣.

— vi. 呼氣;吐出;散發.

*ex·haust [ɪgˋzɔst; iɡˈzɔːst] vt. (~s [~s; ~s]; ~ed [~ɪd; ~ɪd]; ~ing [~ɪŋ; ~iŋ])〖用盡〗**1** 使耗盡,使枯竭,〖資源等〗(常用被動語態). Our supply of food

---

is *exhausted*. 我們的糧食都吃光了.

2 使筋疲力竭,消耗〖體力等〗. be *exhausted* [*exhaust* oneself] from walking 走得筋疲力竭/The marathon runner tried not to *exhaust* himself. 這名馬拉松選手努力保持自己的體力.

〖**毫無剩餘**〗**3** 徹底地研究〖論述〗〖問題等〗. The book raises a lot of questions but does not *exhaust* them. 這本書提出許多問題,但沒有徹底去討論. **4** 從〖容器等〗抽出,弄空,(*of*). *exhaust* a tube *of* air 抽掉管子裡的空氣. ⇨ n. exhaustion.

— n. **1** U排出的廢氣. **2** ©排氣裝置,排氣管(亦稱 exháust pìpe),排氣口. **3** U排氣,排出.

ex·haust·ed [ɪgˋzɔstɪd; iɡˈzɔːstid] adj. 筋疲力竭的(→ tired 同).

exháust fùmes [gàs] n. =exhaust n. 1.

ex·haust·ing [ɪgˋzɔstɪŋ; iɡˈzɔːstiŋ] adj. 令人身心疲憊的.

*ex·haus·tion [ɪgˋzɔstʃən; iɡˈzɔːstʃn] n. U **1** 消耗,枯竭. the *exhaustion* of natural resources 自然資源的枯竭.

2 筋疲力竭. collapse *with* [*from*] *exhaustion* 筋疲力竭而累倒.

*ex·haus·tive [ɪgˋzɔstɪv; iɡˈzɔːstiv] adj. 詳盡的,徹底的. They made an *exhaustive* investigation of the plane crash. 他們徹底調查這次的墜機事件.

ex·haus·tive·ly [ɪgˋzɔstɪvlɪ; iɡˈzɔːstivli] adv. 詳盡地,徹底地.

*ex·hib·it [ɪgˋzɪbɪt; iɡˈzibit] vt. (~s [~s; ~s]; ~ed [~ɪd; ~ɪd]; ~ing [~ɪŋ; ~iŋ])〖對外展示〗**1** 展示,陳列;展出. They *exhibited* the new product at the trade fair. 他們在商品展售會中展出新產品.

2 表露〖感情等〗,顯示〖跡象等〗,(show);誇耀;發揮. He *exhibited* no remorse for his crime. 他對自己的罪行絲毫沒有悔意/*exhibit* the signs of a cold 出現感冒的徵兆/*exhibit* a talent for languages 發揮語言的才能.

3 (爲檢查,審査等而)出示,提出.

— n. © **1** 展示〖陳列〗品;展出的作〖產〗品;(★用作可數名詞或集合名詞皆可).

2 (美)=exhibition 2.

3 (法律)證據;證件;證物.

*ex·hi·bi·tion [ˌɛksəˋbɪʃən; ˌeksiˈbiʃn] n. (pl. ~s [~z; ~z]) **1** aU表示;發揮;(*of*). an *exhibition of* temper 發脾氣/an *exhibition of* one's abilities 才能的發揮.

2 ©展覽會,展示會;評鑑會;(同exposition 的規模較大);公演,公開表演,表演賽,練習賽. stage an *exhibition* 舉辦展覽會/We attended a Gauguin *exhibition* at the Tate. 我們參觀泰德美術館的高更畫展/give an *exhibition* of acrobatics 舉行特技表演/play an *exhibition* (game) 進行練習賽.

3 ©(英)獎學金(來自學校的基金).

màke an exhibítion of onesèlf 出洋相,當眾出醜.

on exhibítion 展出〖陳列〗中(的). Many Chinese

paintings will be *on exhibition* at the City Museum next spring. 明年春季市立美術館將展出多幅國畫.

ex·hi·bi·tion·ism [͵ɛksə`bɪʃən͵ɪzəm; ͵eksɪ`bɪʃnɪzəm] *n.* ᵁ 1 自我表現癖; 異常行爲傾向. 2 《醫學》露陰癖.

ex·hi·bi·tion·ist [͵ɛksə`bɪʃnɪst; ͵eksɪ`bɪʃnɪst] *n.* ᶜ 1 有自我表現慾的人; 有異常行爲傾向的人. 2 《醫學》露陰癖病患, 暴露狂.

ex·hib·i·tor [ɪg`zɪbɪtɚ; ɪg`zɪbɪtə(r)] *n.* ᶜ 參展者.

ex·hil·a·rate [ɪg`zɪlə͵ret; ɪg`zɪləreɪt] *vt.* 《文章》使高興, 使心情愉快; 使振作精神.

ex·hil·a·rat·ing [ɪg`zɪlə͵retɪŋ; ɪg`zɪləreɪtɪŋ] *adj.* 《文章》令人高興的, 使人振奮的.

ex·hil·a·rat·ing·ly [ɪg`zɪlə͵retɪŋlɪ; ɪg`zɪləreɪtɪŋlɪ] *adv.* 《文章》令人興致勃勃地.

ex·hil·a·ra·tion [ɪg͵zɪlə`reʃən; ɪg͵zɪlə`reɪʃn] *n.* ᵁ 《文章》1 (精神的)振奮. 2 興致勃勃的情緒.

ex·hort [ɪg`zɔrt; ɪg`zɔːt] *vt.* 《文章》熱心地規勸, 說服; 告誡; 句型5 (exhort **A** *to* do)、句型3 (exhort **A** *to* **B**) 勸 A 做…; 告誡 A 要做 B. The teacher *exhorted* his pupils *to* do good [*to* good deeds]. 老師勸學生們要行善.

ex·hor·ta·tion [͵ɛgzɔr`teʃən, ͵ɛksə-, -ɔr`teʃən; ͵egzɔː`teɪʃn] *n.* ᵁᶜ 熱心的勸告; 告誡.

ex·hu·ma·tion [͵ɛkshju`meʃən, ͵ɛksju-; ͵ekshjuː`meɪʃn] *n.* ᵁᶜ (屍體等的)挖掘.

ex·hume [ɪg`zjum; `juːm, -ɪum, -um, -um; eks`hjuːm] *vt.* 《文章》1 (特指掘墓而)將(屍體)掘出. 2 挖掘, 揭露, (隱蔽的事實等).

ex·i·gen·cy [`ɛksədʒənsɪ; `eksɪdʒənsɪ] *n.* (*pl.* **-cies**) 《文章》1 ᵁᶜ 緊急(的事態), 危急(的狀況). in this *exigency* 在此緊要關頭. 2 ᶜ (通常 exigenc*ies*) 迫切的必要條件, 緊急事件.

ex·i·gent [`ɛksədʒənt; `eksɪdʒənt] *adj.* 《文章》1 緊急的, 危急的. 2 (指責)過分地[不當地]要求的(*of*); 強求而不容拒絕的.

ex·i·gu·ous [ɪg`zɪgjuəs, ɪk`sɪg-; eg`zɪgjʊəs] *adj.* 《文章》稀少的, 貧乏的.

＊**ex·ile** [`ɛgzaɪl, `ɛksaɪl; `eksaɪl] *n.* (*pl.* **~s** [~z; ~z]) 1 ᵁᶜ 流放, 放逐; 異國生活; 海外流浪, 亡命天涯. The criminal was sent into *exile*. 犯人被流放國外/in *exile* 被流放, 流亡中. 2 ᶜ 被流放者; 在異國生活者; 海外流浪者, 亡命者.
— *vt.* 流放(《*from*; *to*》); 放逐. Napoleon was *exiled to* St. Helena. 拿破崙被流放到聖赫勒拿島.

＊**ex·ist** [ɪg`zɪst; ɪg`zɪst] *vi.* (**~s** [~s; ~s]; **~ed** [~ɪd; ~ɪd]; **~ing**) 1 存在, 實際上有. Unicorns do not *exist*. 獨角獸實際上並不存在. 2 生存(特指在惡劣條件下); (勉強地)維持生命. They *existed on* bread and water for several days. 他們靠麵包和水維持了好幾天. 3 〔事情, 狀況等〕被發現, 發生, (*in*)(occur). Such things *exist* only *in* cities. 這種事只會發生

在都市裡.
字源 SIST「站」: ex*ist*, cons*ist* (組成), ins*ist* (堅持主張), res*ist* (抵抗).

＊**ex·ist·ence** [ɪg`zɪstəns; ɪg`zɪstəns] *n.* 1 ᵁ 存在. Even older children sometimes believe in the *existence* of Santa Claus. 有時候甚至較大的孩子也相信有聖誕老人. 2 ᵁ 生存(life). the struggle for *existence* 生存競爭/during my whole *existence* 在我的一生中/The peasants of the Middle Ages led a miserable *existence*. 中世紀的農民過著悲慘的生活/The boxer led a quiet *existence* in his later years. 這位拳擊手晚年過著平靜的生活. 3 ᵁ (集合)存在的一切事物, 萬物.
còme into existence 產生; 成立. The British welfare state *came into existence* after World War II. 英國的社會福利制度在第二次世界大戰以後建立.
in existence 存在著(的), 現存的. the oldest castle *in existence* 現存最古老的城堡.
out of existence 消失, 不存在. go *out of existence* 消失, 滅亡.

ex·ist·ent [ɪg`zɪstənt; ɪg`zɪstənt] *adj.* 存在的, 現存的(present).

ex·is·ten·tial [͵ɛgzɪs`tɛnʃəl; ͵egzɪ`stenʃl] *adj.* 1 《文章》存在的. 2 存在主義的.

ex·is·ten·tial·ism [͵ɛgzɪs`tɛnʃəl͵ɪzəm; ͵egzɪ`stenʃəlɪzəm] *n.* ᵁ 存在主義.

ex·is·ten·tial·ist [͵ɛgzɪs`tɛnʃəlɪst; ͵egzɪ`stenʃəlɪst] *n.* 存在主義者.
— *adj.* 存在主義(者)的.

ex·ist·ing [ɪg`zɪstɪŋ; ɪg`zɪstɪŋ] *adj.* 《限定》現存的; 現在的(present). the *existing* government 當今的政府.

＊**ex·it**¹ [`ɛgzɪt, `ɛksɪt; `eksɪt] *n.* (*pl.* **~s** [~s; ~s]) ᶜ 1 (公共建築物等的)出口. an *exit from* a railroad station 火車站的出口/an emergency *exit* 太平門. 2 離去; 退出; (演員的)退場; 死去. He made a hasty *exit* from the room. 他急忙走出房間.
↔ **entrance**.
— *vi.* 出去; 退場; 去世.
字源 IT「去」: ex*it*, trans*it* (通行), circu*it* (巡行), intro*it* (率先).

ex·it² [`ɛgzɪt, `ɛksɪt; `eksɪt] (拉丁語) *vi.* 《戲劇》〔一人〕退場《劇本中的動作指示; ↔ enter; → exeunt》. *Exit* Macbeth. 馬克白退場(→ enter *vi.* 2). 語法 用於第三人稱、單數名詞之前, 不作 exits.

ex li·bris [eks`laɪbrɪs, eks`laɪbrɪs; -`laɪbrɪs] (拉丁語) (*pl.* ~) ᶜ 藏書籤, 藏書票, (→ bookplate).

ex·o·dus [`ɛksədəs; `eksədəs] *n.* 1 ᵃ ᵁ 大批人的離去, 集體遷徙; (移民等大批)移居國外. 2 (*E*xodus) 〈出埃及記〉《舊約聖經的一卷》; (the *E*xodus) (描寫以色列人)離開埃及.

ex of·fi·ci·o [͵ɛksə`fɪʃɪ͵o; ͵eksə`fɪʃɪəʊ] (拉丁

語) *adj.* 依據職權的. — *adv.* 依據職權地.

ex·on·er·ate [ɪg`zɑnə͵ret; ɪg`zɔnəreit] *vt.* 〔文章〕澄清…的嫌疑; 證明[宣布]…的無罪.

ex·or·bi·tance [ɪg`zɔrbətəns; ig`zɔ:bitəns] *n.* U 過多, 過分.

ex·or·bi·tant [ɪg`zɔrbətənt; ig`zɔ:bitənt] *adj.* 〔價格, 要求等〕過高的, 過分的, 沒有道理的.

ex·or·bi·tant·ly [ɪg`zɔrbətəntlɪ; ig`zɔ:bitəntli] *adv.* 過分地, 沒有道理地.

ex·or·cism [`ɛksɔr͵sɪzm̩; `eksɔ:sizəm] *n.* U 驅邪, 降魔, 消災; C 驅除邪魔的祈禱[儀式].

ex·or·cist [`ɛksɔrsɪst; `eksɔ:sist] *n.* C 驅除邪魔者, 法師.

ex·or·cize [`ɛksɔr͵saɪz; `eksɔ:saiz] *vt.* **1** 〔用祈禱等〕驅除〔邪魔〕; 從〔人, 場所等〕祛除惡魔. **2** 驅除〔不好的記憶等〕.

ex·o·sphere [`ɛksə͵sfɪr; `eksəʊ͵sfiə(r)] *n.* U 《氣象》外氣層(大氣層的最外層部分; 距離地球 300 -600 英里).

ex·ot·ic [ɪg`zɑtɪk; ig`zɒtik] *adj.* **1** 〔動植物, 語言等〕外來的, 產於外國的, (foreign).
2 異國情調的, 外國風味的; 奇特有趣的.

ex·ot·i·cal·ly [ɪg`zɑtɪk]ɪ, -ɪk]ɪ; ig`zɒtikəli] *adv.* 異國情調地; 奇特地.

*****ex·pand** [ɪk`spænd; ik`spænd] *v.* (~s [~z; ~z]; ~ed [~ɪd; ~id]; ~ing) *vt.* 〖擴大〗 **1** 使鼓起, 使膨脹, (↔contract). Heat *expands* most bodies. 熱會使大多數物體膨脹.
2 擴大, 擴張; 使…發展. We are planning to *expand* our business. 我們正計畫擴展事業.
3 攤開, 伸展, 〔折疊好的東西〕. The peacock *expanded* its tail. 孔雀開屏.
4 展開〔討論等〕; 擴充; 充實…的內容. *expand* an essay *into* a book 將論文擴充成一本書.
5 《數學》展開〔方程式等〕.
— *vi.* **1** 鼓起, 膨脹; 伸展. Metal *expands* when heated. 金屬遇熱膨脹/The buds have not yet *expanded*. 蓓蕾尚未綻開.
2 擴大, 擴張; 〔經濟等〕發展; 發展成《into》. The village has *expanded into* a large town. 這個村莊已發展成大城鎮.
3 進一步詳述《on, upon》. *expand on* one's idea 詳細描述自己的想法.
4 〔人〕變得融洽, 變得愉快. ⇨ *n.* **expansion**.

*****ex·panse** [ɪk`spæns; ik`spæns] *n.* C (常 *expanses*)(海, 大地等的)廣闊. a vast *expanse* of snow 廣闊無垠的雪地/a blue *expanse* of sea 一片藍色的汪洋大海.

ex·pan·sion [ɪk`spænʃən; ik`spænʃn] *n.* U 膨脹. Heating causes the *expansion* of the gas. 氣體受熱會膨脹. **2** UC 擴大, 擴張; 發展, 展開. a rapid *expansion* of trade 貿易的迅速發展/the *expansion* of a building 建築物的擴建.
3 C 被擴大[擴張]的東西; 擴大[擴張]部分; 已發展的事物.

4 C 《數學》展開(式). ⇨ *v.* **expand**.

ex·pan·sive [ɪk`spænsɪv; ik`spænsiv] *adj.* **1** 有膨脹力的, 擴張性的; 膨脹的. **2** 廣闊的, 廣泛的. an *expansive* knowledge of music 對音樂的廣泛知識. **3** 〔人, 性格, 言語等〕直爽的, 活潑的; 〔姿勢等〕誇張的.

ex·pan·sive·ly [ɪk`spænsɪvlɪ; ik`spænsivli] *adv.* 有發展性地; 廣闊地.

ex·pan·sive·ness [ɪk`spænsɪvnɪs; ik`spænsivnis] *n.* U 有膨脹力[擴張性]; 誇大.

ex·pa·ti·ate [ɪk`speʃɪ͵et; ek`speiʃieit] *vi.* 《文章》詳述, 細說, 《on, upon》.

ex·pa·tri·ate [ɛks`petrɪ͵et; eks`pætrieit] *vt.* 將…流放到國外.
expátriate onesèlf 移居海外; 放棄國籍.
— [ɛks`petrɪɪt, -͵et; eks`pætriət] *n.* C 移居外者; 被放逐到國外者; 脫離國籍者.

*****ex·pect** [ɪk`spɛkt; ik`spekt] *vt.* (~s [~s; ~s]; ~ed [~ɪd; ~id]; ~ing) 〖預料〗 **1** **(a)** 預期…; 《加表示時間的副詞[片語]》預料〔人〕會…, I *expect* rain. 我想會下雨/When do you *expect* John back? 你想約翰甚麼時候會回來呢?/All of you are *expected* to attend the party. 你們全部應該都會參加這個宴會. **(b)** 句型3 (*expect* *to* do)想做…; 打算做…. I *expect* to see Bill at the party. 我想我會在宴會上看到比爾/I *expect* to leave tomorrow. 我想明天走. **(c)** 句型3 (*expect* *that* 子句)預料…. I *expect* (*that*) you will succeed. 我預料你會成功/I had *expected* *that* there would be another entrance to the building. 我早就想過應該有另一個入口進這棟樓(→ had 3)./"Will Helen come too?" "I *expect* so." ["I *expect* not."] 「海倫也會來嗎?」「我想會[不會]. 」 **(d)** 句型5 (*expect* A *to* do)預料A大概…. We *expect* the patient to die before long. 我們預料這個病患大概活不了多久了(★與 3 (c)同形, 意思則視上下文而定).
〖希望性預測〗 **2** 《常用進行式》盼望, 期待. I'm *expecting* a letter from him. 我正盼著他的來信.
3 **(a)** 期望, 要求, 《from, of》. Don't *expect* too much *of* me. 不要對我期望過高. **(b)** 句型3 (*expect* *to* do)期待做…. I *expect* to be paid on the first of the month. 我希望每個月 1 號發工資/We *expect* to arrive at Boston at 8:30. 班機預定 8 點 30 分到達波士頓. **(c)** 句型5 (*expect* A *to* do)期待 A 做…; 要求 A 做…. We *expect* you *to* be more careful. 我們希望你更加小心/I *expect* you *to* succeed. 我希望你會成功/He was *expected* to win the first prize. 大家都希望他贏得頭獎.
〖推測〗 **4** 《主英、口》句型3 (*expect* *that* 子句)猜想…, 大概…吧, (think, suppose). I *expect* you've forgotten my name. 我猜你忘記我的名字了. ⇨ *n.* **expectation**, **expectancy**.

as mìght be [*hàve been*] *expécted* 正如所預料地, 果然不出所料; 不愧為…的《of》. As might have been expected, he got angry when he heard

about his son's misbehavior. 果然不出所料，當他聽到自己兒子行爲不良時便氣了起來/as *might be expected of* a scholar 不愧爲學者.

be expécting a báby 懷孕, 待產, (★《口》中省略a baby). She *is expecting* in March. 她的預產期在 3 月.

(*ónly*) *to be expécted* 正如預期地, 理所當然. The accident was *only to be expected* because of his reckless driving. 他開車那麼不小心, 當然會發生意外.

字源 SPECT「看」: ex*pect*, in*spect* (眺望), pro*spect* (遙望), *spect*acle (景象).

● ——以 **ex-** 爲詞首的動詞重音
原則上重音在第二音節.

exgágerate	exált	exámine
excéed	excél	exchánge
excíte	excláim	excúse
exháust	exhíbit	exíst
expánd	expéct	expíre
expláin	explóde	explóre
expréss	exténd	extínguish

★(1)主要的例外:
　éxecùte　　éxercise　　éxile　　éxit
(2)作爲名詞時將重音置於 ex- 者:
　expórt *v.* – éxport *n.*,
　extráct *v.* – éxtract *n.*

---

ex·pect·an·cy [ɪk`spɛktənsɪ; ɪk'spektənsɪ] *n.* (*pl.* **-cies**) **1** [U]期待, 預期, (回 expectancy 比 expectation 更迫不及待). **2** [UC](特指基於統計資料的)被期待[預期]的事物; 估計(*of*). **3** [U]平均壽命(→ life expectancy).

ex·pect·ant [ɪk`spɛktənt; ɪk'spektənt] *adj.* **1** 期待…的, 預期…的, (*of*). *be expectant of* the bride's arrival 期待新娘的到來. **2** 待產的, 懷孕中的. an *expectant* mother 孕婦.

ex·pect·ant·ly [ɪk`spɛktəntlɪ; ɪk'spektəntlɪ] *adv.* 預期地, 期待地.

*****ex·pec·ta·tion** [͵ɛkspɛk`teʃən; ͵ekspek'teɪʃn] *n.* (*pl.* **~s** [~z; ~z]) **1** [U](有時 expectations)期待, 預期, 預料, 期望; (→ expectancy 回). There is little *expectation* of a good harvest. 豐收的希望渺茫/All our *expectations* were realized. 我們所有的期望都實現了/come up to [fall short of] a person's *expectations* 達到[不如]某人的期望. **2** (expectations)有希望(特指繼承遺產). have great *expectations from* a rich relative 極有可能繼承一位富有親戚的遺產.

◊ *v.* **expect.** *adj.* **expectant.**

agàinst àll expectátion(s) = còntrary to (*àll*) *expectátion(s)* 出乎意料. We all expected her to fail, so her success was *contrary to expectation*. 我們本來都預期她會失敗, 因此她的成功則出乎意料.

beyònd (*àll*) *expectátion(s)* 比預期的更好(地), 出乎意料(地).

---

in expectátion of... 期待…; 預料會有…. We hurried down from the mountain *in expectation of* a storm. 我們預料會有暴風雨, 所以急忙下山.

ex·pec·to·rate [ɪk`spɛktə͵ret; ɪk'spektəreɪt] *vt.* 《醫》咳出, 吐出, 〔痰, 血等〕. — *vi.* 咳出; 吐口水.

ex·pe·di·ence [ɪk`spidɪəns; ɪk'spiːdjəns] *n.* = expediency.

ex·pe·di·en·cy [ɪk`spidɪənsɪ; ɪk'spiːdɪənsɪ] *n.* (*pl.* **-cies**) **1** [U](手段等的)恰當, 合宜; 上策. **2** [U]權宜行事; 權宜主義; 私利. **3** =expedient.

ex·pe·di·ent [ɪk`spidɪənt; ɪk'spiːdɪənt] *adj.* 《通常作敍述》**1** 合宜的, 恰當的. **2** (與原則等相反但卻是)上策的; 權宜的; 應急的, 隨機應變的. — *n.* [C]權宜[適當]的手段; 隨機應變的措施.

ex·pe·di·ent·ly [ɪk`spidɪəntlɪ; ɪk'spiːdjəntlɪ] *adv.* 權宜地; 爲求便利地.

ex·pe·dite [`ɛkspɪ͵daɪt; 'ekspɪdaɪt] *vt.* 《文章》**1** 使進展, 促進. **2** 迅速完成〔工作等〕. ◊ *n.* **expedition.**

*****ex·pe·di·tion** [͵ɛkspɪ`dɪʃən; ͵ekspɪ'dɪʃn] *n.* (*pl.* **~s** [~z; ~z]) **1** 遠征, 探險旅行, (具有特定目的(地)的)長途旅行. make an *expedition to* the moon 到月球探險. **2** [C]遠征隊, 探險隊. send an *expedition* to the South Pole 派遣遠征隊至南極探險. **3** [U]敏捷, 迅速. with *expedition* 敏捷地, 迅速地.

ex·pe·di·tion·ar·y [͵ɛkspɪ`dɪʃən͵ɛrɪ; ͵ekspɪ'dɪʃənərɪ] *adj.* 遠征的, 探險的. an *expeditionary* force 遠征軍.

ex·pe·di·tious [͵ɛkspɪ`dɪʃəs; ͵ekspɪ'dɪʃəs] *adj.* 《文章》敏捷的, 迅速的; 效率高的.

ex·pe·di·tious·ly [͵ɛkspɪ`dɪʃəslɪ; ͵ekspɪ'dɪʃəslɪ] *adv.* 《文章》敏捷地, 迅速地.

ex·pel [ɪk`spɛl; ɪk'spel] *vt.* (**~s**; **~led**; **~ling**) 驅逐; 流放, 放逐; (*from*). The student was *expelled from* school. 該名學生已被學校開除了. ◊ *n.* **expulsion.**

字源 PEL「推」: ex*pel*, com*pel* (強迫做…), re*pel* (逐退), pro*pel* (推進).

ex·pend [ɪk`spɛnd; ɪk'spend] *vt.* **1** 花費〔時間, 勞力, 金錢等〕(*on, upon*; *in* do*ing*). 回 expend 是較正式的用字, 一般用 spend. **2** 用盡. *expend* all one's energies 用盡全部的精力. ◊ *n.* **expense, expenditure.** *adj.* **expensive.**

ex·pend·a·ble [ɪk`spɛndəbl; ɪk'spendəbl] *adj.* (爲達到目的而)可消費的; 可花費的; 《軍事》(作戰上)可捨棄的, 可犧牲的.

*****ex·pend·i·ture** [ɪk`spɛndɪtʃɚ, -͵tʃʊr; ɪk'spendɪtʃə(r)] *n.* (*pl.* **~s** [~z; ~z]) **1** [aU]支出, 消費, 消耗, (*of*). The dictionary was compiled with a great *expenditure of* time and effort. 這部字典的編纂耗費大量時間與心血. **2** [UC]支出額, 經費, 費用; 消費額[量]. annual

expenditure 歲出，年度支出．⇨ v. **expend**.

‡ex·pense [ɪkˋspɛns; ɪkˈspens] n. (pl. **-pens·es** [~ɪz; ~ɪz]) 1 (*a* U) 開支，費用，(cost)．at little [almost no] *expense* 幾乎不花甚麼費用/at great *expense* 花了大筆費用/She spared no *expense* to give her child a good education. 她從不吝嗇花錢讓孩子接受良好的教育/I bought the car at an *expense* of £2,000. 我花了兩千英鎊買這輛汽車.

◆ **搭配** *adj.*＋expense: considerable ~ (相當多的費用), enormous ~ (龐大的開支), slight ~ (小額支出) // *v.*＋expense: incur ~ (招致開銷), involve ~ (包括支出).

2 (expenses) (必要的) 經費，… 費用．living *expenses* 生活費/school *expenses* 學費/cut down (on) *expenses* 削減經費.

3 C 需要花錢的事物. Food and clothing are my chief *expense*. 三餐和置裝是我主要的支出項目.

【 過大的支出 】4 U 損失；代價，犧牲．a victory won at great *expense* 以重大犧牲贏得的勝利. ⇨ v. **expend**.

at ány expénse 不惜付任何代價；不惜作出任何犧牲. I want to acquire that painting *at any expense*. 我不惜付任何代價要得到那幅畫.

at grèat [*líttle, nò*] ***expénse*** 花大錢[幾乎不花錢，完全不花錢].

at one's òwn expénse 自費地. I made the trip *at my own expense*. 我自費旅行.

＊*at the expénse of...* (1)以…爲代價. She pursued her career *at the expense of* her family. 她以犧牲家庭爲代價追求她的事業. (2)作出…的犧牲.

at the expénse of *a* pèrson ＝ ***at a pèrson's expénse*** (1)由某人出錢. (2)在使某人受損失[爲難]的情況下；犧牲某人. They had great fun *at my expense*. 他們從作弄我之中得到很大的樂趣.

gò [*pùt...*] ***to the expénse of*** dòing 花錢做… [使…出錢做…].

expénse accòunt n. C (工資以外雇主支付各種經費的)費用明細表；必要費用.

‡ex·pen·sive [ɪkˋspɛnsɪv; ɪkˈspensiv] adj. 高價的，貴的，(◆ cheap, inexpensive). The book is too *expensive* for me. 這本書對我來說太貴了/an *expensive* hobby 很花錢的嗜好/the most *expensive* city in the world 全世界物價最高的城市. 回 expensive 是指比物品的真實價值或者比買方的購買力所費更高的昂貴; costly 指物有所值的昂貴; dear 是 cheap 的反義字, 通常指「過分昂貴」之意; 另外當 price 作主詞時要用 The price is high. 而不用 expensive, costly. ⇨ v. **expend**.

● ——以 **-sive** 爲詞尾的形容詞重音
重音置於 -sive 的前一個音節.

adhésive	decísive	defénsive
excéssive	exclúsive	expénsive
explósive	exténsive	impréssive
impúlsive	inténsive	offénsive
oppréssive	persuásive	progréssive
succéssive		

ex·pen·sive·ly [ɪkˋspɛnsɪvlɪ; ɪkˈspensivli] adv. 花費很多地；價格昂貴地.

‡ex·pe·ri·ence [ɪkˋspɪrɪəns; ɪkˈspiəriəns] n. (pl. **-enc·es** [~ɪz; ~ɪz]) 1 U 體驗，經驗；(從經驗得來的)知識[技能，習慣等]. learn *by* [*from*] *experience* 從經驗中學習/I'm speaking *from* experience. 我這是經驗之談/a man of practical *experience in* teaching at college 有在大學中實際任教經驗的人/I have a lot of [little] *experience in* [of] this kind of work. 我有很多[幾乎沒有]這種工作的經驗.

◆ **搭配** *adj.*＋experience: bitter ~ (痛苦的經驗), direct ~ (直接的經驗), long ~ (長期的經驗), wide ~ (廣泛的經驗) // *v.*＋experience: get ~ (取得經驗), lack ~ (欠缺經驗).

2 C 經歷(過的事情等). I have a personal *experience* of a fire. 我親身經歷過火災/He related his *experiences* in the United States. 他談他在美國的經歷.

— vt. (**-enc·es** [~ɪz; ~ɪz]; ~**d** [~t; ~t]; **-enc·ing**) 經驗，體驗. She *experienced* love for the first time. 她體驗了初戀的滋味/We *experienced* a lot of difficulty finding a suitable house. 我們歷經千辛萬苦才找到一棟合適的房子.

ex·pe·ri·enced [ɪkˋspɪrɪənst; ɪkˈspiəriənst] adj. 有經驗的；老練的，熟練的. He is well *experienced in* hunting. 他是個打獵老手.

ex·pe·ri·enc·ing [ɪkˋspɪrɪənsɪŋ; ɪkˈspiəriənsiŋ] v. experience 的現在分詞、動名詞.

‡ex·per·i·ment [ɪkˋspɛrəmənt; ɪkˈsperimənt] n. (pl. ~**s** [~s; ~s]) 1 C (科學上的)實驗；(實驗性的)嘗試. perform a chemical *experiment* ＝ conduct an *experiment in* chemistry 做化學實驗/make *experiments* on living animals 做動物活體實驗/make an *experiment with* a new method 用新方法實驗. 回 experiment 是以實驗證明理論等, 或以發現未知的東西爲目標; → test.

2 U 實驗.

— [ɪkˋspɛrəˌmɛnt; ɪkˈsperiˌment] vi. 實驗, 試驗, (*on, upon, with*); 嘗試. *experiment with* [*on*] plants 拿植物來實驗.

＊ex·per·i·men·tal [ɪkˌspɛrəˋmɛnt; ˌɛkspɛrəˈmentl; ek,speriˈmentl] adj. 1 實驗的, 根據實驗的. *experimental* psychology 實驗心理學.

2 實驗用的; 試驗的(tentative). *experimental* mice 實驗鼠/an *experimental* flight 試飛.

ex·per·i·men·tal·ly [ɪkˌspɛrəˋmɛntl̩ɪ; ˌɛkspɛrə-; ek,speriˈmentəli] adv. 實驗性地.

ex·per·i·men·ta·tion [ɪkˌspɛrəmɛnˋteʃən, -mən-; ek,sperimenˈteiʃn] n. U 實驗, 實驗工作.

ex·per·i·ment·er [ɪkˋspɛrəməntər; ɪkˈsperiməntə(r)] n. C 實驗者.

‡**ex·pert** [ˈɛkspɝt; ˈekspɜːt] n. (pl. ~s [~s; ~z]) ⓒ 熟練的人，高手；專家，內行人；《at, in, on》(↔ amateur). an *expert* at [in] cooking 烹飪高手/an *expert* in foreign trade 外貿專家.

— [ɪkˈspɝt, ˈɛks*pɝt; ˈekspɜːt] adj. **1** 熟練的，老練的；練達的《at, in》. John is *expert* at [in] skating. 約翰擅長溜冰.

2 專家的，內行的；依據專家的. an *expert* historian 歷史專家/*expert* opinions [advice] 專家的意見[勸告].

ex·pert·ise [ˌɛkspɝˈtiz; ˌekspɜːˈtiːz] n. **1** ⓤ 專門的知識[技術]. **2** ⓒ《主英》專家的報告.

ex·pert·ly [ɪkˈspɝtlɪ, ˈɛkspɝtlɪ; ˈekspɜːtlɪ] adv. 巧妙地；像專家那樣地.

ex·pert·ness [ɪkˈspɝtnɪs, ˈɛkspɝtnɪs; ˈekspɜːtnɪs] n. ⓤ 熟練，老練.

ex·pi·ate [ˈɛkspɪˌet; ˈekspɪeɪt] vt.《文章》(用服刑，賠償等)贖，抵償，〔自己的罪等〕. ~ 贖罪.

ex·pi·a·tion [ˌɛkspɪˈeʃən; ˌekspɪˈeɪʃn] n. ⓤ

ex·pi·ra·tion [ˌɛkspəˈreʃən; ˌekspɪˈreɪʃn] n. ⓤ **1** 吐氣. **2** (契約期限等的)屆滿，期滿.

ex·pire [ɪkˈspaɪr; ɪkˈspaɪə(r)] vi.【吐氣】**1** 吐氣. **2**【吐出最後一口氣】《雅》嚥氣，逝世，(→ die 同). **3**【死＞告終】(法律，專利，休戰等)到期；〔任期等〕屆滿. The guarantee on this cleaner *expires* in six months. 這個吸塵器的保證期是6個月.

字源 SPIRE「呼吸」: ex*pire*, in*spire* (鼓舞), *spirit* (精神), a*spire* (渴望).

ex·pi·ry [ɪkˈspaɪrɪ, ˈɛkspərɪ; ɪkˈspaɪərɪ] n. = expiration 2.

‡**ex·plain** [ɪkˈsplen; ɪkˈspleɪn] v. (~s [~z; ~z]; ~ed [~d; ~d]; ~ing) vt. **1** (a) 說明，解說;[句型3] (explain *wh* 子句、片語) 說明…，解說…. Please *explain* the rules of soccer *to* me. 請向我說明足球規則(★不說 *explain* *me* the rules)/Let me *explain* *what* I meant. 讓我解釋我的意思/The guidebook *explains* *where* to visit and *what* to see. 這本旅遊指南告訴我們該到哪玩及該看些甚麼.

(b) [句型3] (explain *that* 子句) 說明…. I *explained* to the host *that* I had been delayed by a traffic jam. 我向主人說明我是因交通阻塞才遲到的(★不用 *to* explained the host that...).

2 解釋，辯明，闡明；〔事物〕成為…(辯解)的理由; [句型3] (explain *wh* 子句) 解釋…. Can you *explain* your conduct? 你能解釋你的行為嗎?/That *explains* her absence.＝That *explains* *why* she was absent. 那就是她缺席的理由.

— vi. **1** 說明. Let me *explain* about your disease. 讓我說明你的病情. **2** 解釋.

explain/.../*awáy* (1)為(自己的失言、失策等)辯解. (2)透過解釋消除[不安、隔閡等]. The minister *explained* *away* the rise in prices. 部長解釋物價上揚的原因(以安撫民眾的不安).

expláin onesélf (1)解釋自己的行為、動機等. (2)說明自己的意思.

字源 PLAIN「明白的」: ex*plain*, *plain* (明白易懂的).

‡**ex·pla·na·tion** [ˌɛkspləˈneʃən; ˌekspləˈneɪʃn] n. (pl. ~s [~z; ~z]) **1** ⓤ 說明，辯解，辯明. by way of *explanation* 透過說明/He ordered us to cut down the tree without *explanation*. 他沒有解釋就命令我們砍樹/Your conduct requires a word of *explanation*. 你必須替你的行為做一下解釋.

2 ⓒ 說明(的話)，(成為)說明的事實，解說；辯解[辯明](的根據). The manual gives a detailed *explanation* of how to operate the machine. 這本手冊詳細說明該如何操作那部機器/give an *explanation* for one's misconduct 為某人的不當行為提出辯解.

> **搭配** adj.＋explanation: a clear ~ (清楚的解釋), a convincing ~ (有說服力的解釋), a reasonable ~ (合理的解釋) // v.＋explanation: demand an ~ (要求解釋), provide an ~ (給予解釋).

in explanátion of... 作為…的說明[解釋].

ex·plan·a·to·ry [ɪkˈsplænəˌtorɪ, -ˌtɔrɪ; ɪkˈsplænətərɪ] adj. 說明(之用)的；作為說明的《of》.

ex·ple·tive [ˈɛksplɪtɪv; ˈekspliːtɪv] n. ⓒ **1** (因發誓及強調所發出的沒有意義的)感歎詞[句]《Goodness gracious!, Dear me! 等》；咒罵的話《damn, bloody, shit 等》.

2《文法》虛字(行文中有必要但卻沒有特別意義的詞語；例如 There is a tree. 的 there)).

ex·pli·ca·ble [ˈɛksplɪkəbl, ˈeksplɪkəbl; ɪkˈsplɪkəbl] adj.《文章》可說明的.

ex·pli·cate [ˈɛksplɪˌket; ˈeksplɪkeɪt] vt.《文章》說明，說明，(explain).

ex·plic·it [ɪkˈsplɪsɪt; ɪkˈsplɪsɪt] adj. 明白表示的，清楚的；露骨的；詳細的;(↔ implicit). Can't you be a little more *explicit* about your needs? 能否把你的需要再說清楚一點?

ex·plic·it·ly [ɪkˈsplɪsɪtlɪ; ɪkˈsplɪsɪtlɪ] adv. 明確地. He promised me *explicitly* to help me. 他明確承諾過要幫我.

ex·plic·it·ness [ɪkˈsplɪsɪtnɪs; ɪkˈsplɪsɪtnɪs] n. ⓤ 明白.

***ex·plode** [ɪkˈsplod; ɪkˈspləʊd] v. (~s [~z; ~z]; -plod·ed [~ɪd; ~ɪd]; -plod·ing) vi. **1** (火藥，氣體等)爆炸;〔鍋爐等〕爆裂. The bomb *exploded*. 炸彈爆炸.

2〔人〕爆發《with, in〔感情〕》;〔感情〕激發. My father *exploded* with [in] rage. 我父親勃然大怒.

3〔人口等〕急劇增加. The population is *exploding* in those countries. 那些國家的人口爆增.

— vt. **1** 使爆發. *explode* dynamite 引爆炸藥.

2 駁倒〔學說，思想等〕；破除〔迷信〕. The theory was *exploded* by new discoveries. 這學說被新發現推翻了. ◇ n. explosion. adj. explosive.

ex·ploit [ˈɛksplɔɪt, ɪkˈsplɔɪt; ˈeksplɔɪt] n. ⓒ 英

雄行為, 功勳, 功績. military *exploits* 軍功.

— [ɪk`splɔɪt; ik`splɔɪt] *vt.* **1** 不當地利用〔人〕;
壓榨〔工人, 殖民地等〕.

2 開發〔資源, 礦山等〕. *exploit* natural resources
開發天然資源.

ex·ploi·ta·tion [ˌɛksplɔɪ`teʃən; ˌeksplɔi`teɪʃn]
n. ⓊＵ **1** 開發; (經濟上的)利用.

2 自私的利用; 剝削, 榨取.

ex·plo·ra·tion [ˌɛksplə`reʃən, -splo-;
ˌeksplə`reɪʃn] *n.* ⓊＣ **1** 探險, 探勘, 實地調查.
The astronauts made an *exploration* of the
moon. 太空人作月球探險.

2 調查, 研究. This matter needs some *explora-
tion*. 這件事需要加以調查.

ex·plor·a·to·ry [ɪk`splorə,torɪ, -`splorə,tɔrɪ;
ik`splɔrətərɪ] *adj.* (有關)探勘〔調查〕的; 試探性的.

✵**ex·plore** [ɪk`splor, -`splɔr; ik`splɔ:(r)] *vt.* (~**s**
[~z; ~z]; ~**d** [~d; ~d]; ~**·plor·ing**) **1**
探險, 探勘, 實地勘查. Livingstone *explored*
many parts of Africa. 李文斯頓在非洲許多地方探
險. **2** 調查, 探究, (investigate); 探索〔可能性
等〕. We *explored* all possible ways of cutting
expenditures. 我們尋求所有有可能縮減開支的辦法.

✵**ex·plor·er** [ɪk`splorə, -`splɔrə; ik`splɔːrə(r)]
n. (*pl.* ~**s** [~z; ~z]) Ｃ **1** 探險家, 探勘者; 調查
者. Columbus was a great *explorer*. 哥倫布是個
偉大的探險家. **2** (美)資深童子軍(童子軍的年長隊
員; → boy scout).

ex·plor·ing [ɪk`splorɪŋ, -`splɔrɪŋ; ik`splɔːrɪŋ]
v. explore 的現在分詞, 動名詞.

✵**ex·plo·sion** [ɪk`sploʒən; ik`spləʊʒn] *n.* (*pl.*
~**s** [~z; ~z]) Ｃ **1** 爆炸, 炸
裂; (爆炸的)巨響. The *explosion* killed several
passers-by. 爆炸炸死了好幾個路人.

2 (情感的)爆發. an *explosion* of anger [laugh-
ter] 突然的大怒[大笑].

3 (人口等的)爆發性增加, 急增. The world pop-
ulation *explosion* threatens the future of man-
kind. 世界人口激增威脅到人類的未來.
⇨ *v.* **explode**.

ex·plo·sive [ɪk`splosɪv; ik`spləʊsɪv] *adj.* **1** 爆
炸的; 爆炸性的. an *explosive* substance 爆炸物.
2 (即將爆發般)危險的, 一觸即發的; 〔問題等〕爆
炸性的. an *explosive* situation 情勢一觸即發.
3 情緒激動的. **4** (增加等)爆發性的.
5 (語音學)爆(發)音.
— *n.* **1** ⓊＣ 爆炸物; 炸藥.
2 Ｃ(語音學)爆(發)音 [p, b, t, d, k, g; p, b, t,
d, k, g]. 亦稱 stop (閉塞音). ⇨ *v.* **explode**.

ex·plo·sive·ly [ɪk`splosɪvlɪ; ik`spləʊsɪvlɪ]
adv. 爆炸性地.

ex·po [`ɛkspo; `ekspəʊ] *n.* (*pl.* ~**s**) Ｃ(口)(國際)
博覽會(<exposition 2).

ex·po·nent [ɪk`sponənt; ik`spəʊnənt] *n.* Ｃ
1 說明者, 解說者; 說明的東西(*of*). Profes-

sor Smith is an able *exponent* of Hegel. 史密斯
教授是黑格爾的傑出詮釋者.

2 (思想等的)倡導者; 代表人物; 典型. a leading
exponent of agricultural reform 農業改革的主要
倡導者. **3** (數學)(乘方的)指數.

✵**ex·port** [ɪks`port, `ɛksport; ik`spɔːt] (★與 *n.* 的
重音位置不同) *vt.* (~**s** [~s; ~s]; ~**ed**
[~ɪd; ~ɪd]; ~**·ing**) 輸出. Japan *exports* goods to
all parts of the world. 日本把產品輸出到世界各
地.

— [`ɛksport, -pɔrt; `ekspɔːt] *n.* (*pl.* ~**s** [~s; ~s])
1 (a) Ｕ輸出. cotton *for export* 出口的棉花.
(b)(形容詞性)輸出的. the *export* trade 出口貿
易. **2** Ｃ輸出品; (通常 exports)輸出額. Coffee
is an important *export* of Brazil. 咖啡是巴西的重
要輸出品. ⬌ **import**.

(字源) PORT「搬運」: ex*port*, im*port* (輸入), *port*-
able (可攜帶的), re*port* (報告).

ex·port·a·ble [ˌɛks`portəbḷ, -`pɔr-;
ek`spɔːtəbḷ] *adj.* 可輸出的, 適於輸出的.

ex·por·ta·tion [ˌɛkspor`teʃən, -pɔr-;
ˌekspɔː`teɪʃn] *n.* Ｕ輸出; Ｃ輸出品.
⬌ **importation**.

ex·port·er [ɪks`portə, -`pɔrtə; ik`spɔːtə(r)] *n.*
Ｃ輸出業者, 出口商; ⬌ **importer**.

✵**ex·pose** [ɪk`spoz; ik`spəʊz] *vt.* (~**·pos·es** [~ɪz;
~ɪz]; ~**d** [~d; ~d]; ~**·pos·ing**) (朝向正面) **1** (a)
暴露, 使接觸(*to*(外界的影響力)). Don't *expose*
the plant *to* direct sunlight. 別讓這棵植物直接曝
曬於陽光之下/*be exposed to* the public eye 爲大
衆所知/*Expose* your children *to* books as early
as possible. 盡早讓你的孩子接觸書本/A soldier is
often *exposed to* danger. 軍人經常處於危險之中.
(b)使(建築物等)朝向(*to*). a house *exposed to*
the east 朝東的房子.

2 (攝影)使(底片等)曝光.

(暴露於他人眼中) **3** 陳列(商品等)(display).
expose wares for sale in a shopwindow 在櫥窗裡
陳列商品.

4 揭露(祕密, 陰謀等); 暴露, 揭穿, (壞事等);
揭發(犯人等). *expose* a plan to the newspapers
在報上揭發一項計畫. ⇨ *n.* **exposure**.

expose one*sélf* (1)露出(肉體). (2)露出(自己的身
體)(*to*); 遭受(*to*(嘲笑等)). He *exposed himself*
to ridicule by publishing a silly article. 他因爲發
表了一篇愚蠢的文章而受到嘲笑.

(字源) POSE「放置」: ex*pose*, im*pose* (徵收), op-
pose (反對), *pose* (姿勢).

ex·po·sé [ˌɛkspo`ze; ek`spəʊzeɪ] (法語) *n.* Ｃ
(醜聞等的)暴露, 揭發, (exposure).

ex·po·si·tion [ˌɛkspə`zɪʃən; ˌekspəʊ`zɪʃn] *n.*
1 ⓊＣ 說明, 解說, (→ *v.* expound).

2 Ｃ博覽會, 展覽會, (大規模的 exhibition)(→
v. expose).

ex·pos·tu·late [ɪk`spɑstʃə,let; ik`spɒstjʊleɪt]
vi. (文章)規勸; 訓誡; 忠告, 勸告. *expostulate*
with a boy *about* [*on*] his rude behavior 訓誡男
孩其粗暴的行爲.

ex·pos·tu·la·tion [ɪkˌspɑstʃəˈleʃən; ɪkˌspɒstʃʊˈleɪʃn] *n.* 《文章》⑪規勸; ⑥忠告; 訓誡.

*****ex·po·sure** [ɪkˈspoʒɚ; ɪkˈspəʊʒə(r)] *n.* (*pl.* ~s [~z; ~z]) ⑪⑥暴露(在陽光, 風雨, 危險等之中). The color has faded from long *exposure* to the sun. 這顏色由於長期曝曬於陽光下而褪色了.
2 ⑪⑥(祕密, 壞事等的)敗露, 揭發; 發現; 顯露. I was annoyed at the repeated *exposures* of my private life. 我對私生活屢次曝光感到困擾.
3 ⑪(在人前把身體的一部分)露出.
4 ⑥(攝影)曝光, 曝光時間; (底片的)一格, 一張. This film has 36 *exposures*. 這捲底片有36張.
5 [*a* ⑪](房屋等的)朝向(→ expose 1 (b)). a room with an eastern *exposure* 朝東的房間.
⇨ *v.* **expose**.

expósure mèter *n.* ⑥(攝影)曝光表.

ex·pound [ɪkˈspaʊnd; ɪkˈspaʊnd] *vt.* 詳述〔理論, 信條等〕; (特指)解釋〔經典〕.
⇨ *n.* **exposition**.

ex·pres·i·dent [ˌɛksˈprɛzədənt; ˌeksˈprezɪdənt] *n.* ⑥前總統〔總裁〕.

*****ex·press** [ɪkˈsprɛs; ɪkˈspres] *vt.* (~es [~ɪz; ~ɪz]; ~ed [~t; ~t]; ~ing)
〖向外推出〗**1** 表現, 表達, 〔思想, 情感等〕; 句型3(express *wh* 子句)表現…; (★除了人之外, 言語, 表情, 行動等亦可當主詞). I cannot *express* how grateful I am for your kindness. 我無法表達有多感激你對我的好/Her eyes *expressed* her sympathy. 她的眼神流露著同情/The statue *expresses* freedom. 那尊塑像象徵自由.
2 《文章》榨出(油, 果汁等)《*from, out of*》(★一般用 press).
〖快遞寄送〗**3** (英)以限時專送〔快遞〕寄送(→ *adj.* 3 (a)); (美)交快遞公司寄送.
⇨ *n.* **expression**. *adj.* **expressive**.

express onesélf 用語言表達自己的思想〔心情〕; (藉藝術等)表現自我. I can't *express myself* correctly in French. 我無法用法語正確地表達自己的意思.

expréss itsèlf 〔感情〕流露; 〔抽象的東西〕具體化.
── *adj.* (限定)〖清楚的〗〔文章〕**1** 〔願望等〕明白的, 清楚的; 明確表示的. I remained by her side at her *express* wish. 我留在她身邊, 是因為她明白表示希望我留下.
〖目的明確的〗〔文章〕**2** 特別的, 特意的. They came for the *express* purpose of disrupting the meeting. 他們就是專門為了擾亂會議而來.
3 (a)(英)限時專送(郵件)的, 快遞的; (美)快遞公司專送的. (b)快速(電車, 巴士等)的; 高速用的. an *express* ticket 快車票/an *express* highway 高速公路.
── *n.* (*pl.* ~es [~ɪz; ~ɪz]) **1** ⑥快車(電車, 巴士等)(↔ local). I took the 7:00 a.m. *express* to Chicago. 我搭乘上午 7 點的快車到芝加哥.
2 ⑪(英)限時專送, 快遞; (美) special delivery; ⑪⑥(美)快遞公司專送(的貨物等).

by expréss ⑴搭特快車. ⑵(英)用限時專送〔快遞〕(《美》by special delivery); (美)利用快遞公司專

送. send a letter *by express* 以限時專送寄信.
── *adv.* **1** 以快車.
2 《英》以限時專送〔快遞〕; 《美》以快遞公司專送. send a parcel *express* 以限時專送寄包裹.
字源 PRESS「壓」: ex*press*, *press*, op*press* (壓迫), *press*ure (壓力).

*****ex·pres·sion** [ɪkˈsprɛʃən; ɪkˈspreʃn] *n.* (*pl.* ~s [~z; ~z]) ⑪⑥〖表達〗**1** ⑪⑥ (思想, 感情的)表達, 表示. the free *expression* of ideas 思想的自由表達/He offered a feeble *expression* of apology. 他勉為其難地表示抱歉/She gave *expression* to her sorrow. 她顯露悲傷的神情. **2** ⑥措辭, 語法; 語句; 表達(感情等)的方式〔手段〕. We must learn correct English *expressions*. 我們必須學習正確的英語表達方式/an idiomatic *expression* 慣用語句〔語法〕.
搭配 *adj.*＋expression: a colloquial ~ (口語說法), a common ~ (一般措辭), a formal ~ (正式說法), a polite ~ (禮貌性措辭), a rude ~ (不客氣的說法).
3 〖感情的表達〗⑪⑥表情; 聲調. Her face lacks *expression*. 她面無表情.
搭配 *adj.*＋expression: an angry ~ (怒容), a happy ~ (愉快的神情), a serious ~ (一臉正經), a puzzled ~ (滿臉疑惑), a worried ~ (愁容滿面).
4 ⑪表達能力; 感情的表露. Put more *expression* into your singing! 唱歌時再多投入一點感情!
5 ⑥《數學》式.
⇨ *v.* **express**. *adj.* **expressive**.

beyond [*past*] *expréssion* (只能意會)不能言傳的〔地〕. beautiful *beyond expression* 美得無法形容的.

find expréssion 顯露出來, (被)表現出, 《*in*》. The girl's talents have *found expression in* art. 那女孩展現出藝術方面的天分.

ex·pres·sion·ism [ɪkˈsprɛʃənˌɪzəm; ɪkˈspreʃnɪzəm] *n.* ⑪(常 E*xpressionism*)表現派, 印象派; 表現主義, 印象主義(以主觀表達作者的感情為目的, 而非寫實地描寫現實的藝術創作觀).

ex·pres·sion·less [ɪkˈsprɛʃənlɪs; ɪkˈspreʃnlɪs] *adj.* 無表情的, 缺乏表情的.

*****ex·pres·sive** [ɪkˈsprɛsɪv; ɪkˈspresɪv] *adj.* **1** 表達〔表現, 表露〕…的(*of*). some words *expressive* of gratitude 表達謝意的言辭.
2 表情〔表達能力〕豐富的; 意味深長的. *expressive* eyes 很會說話的眼睛/with an *expressive* nod 意味深長的點頭. ⇨ *v.* **express**. *n.* **expression**.

ex·pres·sive·ly [ɪkˈsprɛsɪvlɪ; ɪkˈspresɪvlɪ] *adv.* 表情豐富地; 意味深長地.

ex·pres·sive·ness [ɪkˈsprɛsɪvnɪs; ɪkˈspresɪvnɪs] *n.* ⑪表情豐富; 意味深長.

ex·press·ly [ɪkˈsprɛslɪ; ɪkˈspreslɪ] *adv.* **1** 明白地, 明確地. I *expressly* told him to leave. 我明白地叫他離開. **2** 特別地, 刻意地. a book *express*-

ly written for foreign students 專爲外國學生寫的書.

ex·press·man [ɪk`sprɛsmən; ɪk'spresmæn] *n.* (*pl.* -**men** [-mən; -men]) C(美)快遞公司的工作人員, (特指用卡車)收發貨物的工作人員.

expréss tràin *n.* C快車.

ex·press·way [ɪk`sprɛs͵we; ɪk'spresweɪ] *n.* (*pl.* ~**s**) C(美)高速公路(((英)) motorway).

ex·pro·pri·ate [ɛks`proprɪ͵et; eks'prəʊprɪeɪt] *vt.* (爲公用)徵收〔土地〕; 沒收〔財產等〕; 剝奪…的所有權.

ex·pro·pri·a·tion [ɛks͵proprɪ`eʃən, ͵ɛksproprɪ-; eks͵prəʊprɪ'eɪʃn] *n.* UC(土地等的)徵收; (他人所有權的)剝奪, 沒收.

ex·pul·sion [ɪk`spʌlʃən; ɪk'spʌlʃn] *n.* U驅逐; 革職, 除名, 開除; UC驅逐〔革職, 除名, 開除〕處分. ⇨ *v.* **expel**.

ex·punge [ɪk`spʌndʒ; ɪk'spʌndʒ] *vt.* 《文章》刪除, 塗掉, 〔字句, 姓名等〕(*from*).

ex·pur·gate [`ɛkspɚ͵get, ɪk`spɝget; 'ekspəɡeɪt] *vt.* 《文章》刪除〔書刊, 戲劇等〕不當〔猥褻〕之處.

ex·pur·ga·tion [͵ɛkspɚ`geʃən, ͵ekspə'geɪʃn] *n.* U刪除.

ex·qui·site [`ɛkskwɪzɪt, ɪk`skwɪzɪt; 'ekskwɪzɪt] *adj.* **1** 精美的, 絕妙的; 精巧的, 〔手工藝品等〕製作精緻的. My attention was held by the *exquisite* beauty of her face. 我的注意力被她的絕色美貌所吸引. ▷ exquisite 重在高雅之美, delicate 重在纖細之美.

2 〔疼痛, 快感等〕強烈的, 劇烈的. *exquisite* pain 劇痛. **3** 敏銳的; 精湛的. an *exquisite* palate 敏銳的味覺.

ex·qui·site·ly [`ɛkskwɪzɪtlɪ, ɪk`skwɪzɪtlɪ; 'ekskwɪzɪtlɪ] *adv.* 絕妙地; 精巧地; 強烈地.

ex·qui·site·ness [`ɛkskwɪzɪtnɪs, ɪk`skwɪzɪt-; 'ekskwɪzɪtnɪs] *n.* U絕妙; 精巧.

ex·ser·vice·man [`ɛks`sɝvɪsmæn; ͵eks'sɜːvɪs͵mæn] *n.* (*pl.* -**men** [-mən; -͵men]) C(主英)退役軍人(((美)) veteran).

ex·ser·vice·wom·an [`ɛks`sɝvɪs͵wumən, -͵wu-; ͵eks'sɜːvɪs͵wʊmən, -͵womən; -ən; -͵wɪmən]) *n.* (*pl.* -**wom·en** [-͵wɪmɪn, -ən; -͵wɪmən]) C(主英)女性退役軍人.

ex·tant [ɪk`stænt; 'ekstənt; ek'stænt] *adj.* 〔文件, 繪畫等〕現存的, 殘存的.

ex·tem·po·ra·ne·ous [ɪk͵stɛmpə`renɪəs, ek͵stempə'reɪnjəs] *adj.* 〔演說等〕即席的, 未做準備的, (offhand).

ex·tem·po·ra·ne·ous·ly [ɪk͵stɛmpə`renɪəslɪ; ek͵stempə'reɪnjəslɪ] *adv.* 即席地, 未做準備地.

ex·tem·po·re [ɪk`stɛmpərɪ, -͵ri; ek'stempərɪ] *adv.* 即席地, 即興地, 未做準備地, (offhand).
— *adj.* 即席的, 即興的, 未做準備的.

ex·tem·po·rize [ɪk`stɛmpə͵raɪz;

ɪk'stempəraɪz] *vi.* 《文章》即興演奏〔演說〕.

ꕥex·tend [ɪk`stɛnd; ɪk'stend] *v.* (~**s** [~z; ~z]; ~**ed** [~ɪd; ~ɪd]; ~**ing**) *vt.*

〖伸展〗 **1** 伸開, 展開, 〔手腳, 翅膀等〕; 拉開〔繩索等〕; (→lengthen回). He *extended* his legs. 他伸直雙腿(走累時等的情況).

2 延長〔時間, 距離等〕; 使延長. *extend* the railroad to the next city 把鐵路延長至下個城市/I'll *extend* my visit for a few days. 我要多待幾天.

3 〖展開>擴大〗擴張, 擴大, 〔勢力等〕. *extend* a building 擴建/The company is *extending* its business. 該公司正在擴展業務.

4 〖發揮力量〗全力驅策(比賽的馬匹等). Tom *extended* himself in friendship. 湯姆伸出友誼之手.

〖伸出去碰到〗 **5** 伸出〔手等〕. Tom *extended* his hand in friendship. 湯姆伸出友誼之手.

6 《文章》句型4(extend A B), 句型3(extend B *to* A) 把B(援助等)給A; 向A表示B(問候, 感謝等). I'll *extend* her a warm welcome. = I'll *extend* a warm welcome *to* her. 我會熱烈歡迎她.

┃搭配┃ extend + *n.*: ~ aid (給與援助), ~ one's congratulations (祝賀), ~ an invitation (邀請), ~ one's thanks (致謝).

— *vi.* 《加表示時間, 距離, 範圍等副詞片語》伸展, 持續, 擴大; 達到, 及於. The road *extended* straight to the horizon. 這條路直直地延伸到地平線的盡頭/My visit *extended* into the dinner hour. 我的拜訪一直持續到晚飯時間.

⇨ *n.* **extension, extent.** *adj.* **extensive.**

[字源] TEND「向…發展」: ex*tend*, *tend*ency (傾向), pre*tend* (假裝), in*tend* (意圖).

ex·tend·ed [ɪk`stɛndɪd; ɪk'stendɪd] *adj.* **1** 長期的; (時間)拖長的. The play had an *extended* run. 那齣戲演了很久. **2** 廣泛的; 擴大(範圍)的. **3** 展開的; 伸出的.

ꕥex·ten·sion [ɪk`stɛnʃən; ɪk'stenʃn] *n.* (*pl.* ~**s** [~z; ~z]) **1** U延長; (手腳等的)伸展. the *extension* of a highway (高速)公路的延伸.

2 C延長部分; 擴大〔擴建〕部分; 附加部分. They added another *extension* to their house. 他們又把房子擴建了.

3 C內線(電話), 分機. *extension* 118 內線118, 118號分機.

4 C延期; 緩期, 寬限期間. ask for an *extension* on a loan 申請延長貸款期限.

5 U擴張; UC延伸, 發展範圍. the *extension* of one's territory 領土擴張.

exténsion còrd *n.* C(電的)延長線.

ꕥex·ten·sive [ɪk`stɛnsɪv; ɪk'stensɪv] *adj.* **1** 寬闊的, 廣大的. an *extensive* campus 寬闊的校園.

2 廣泛的; 多方面的; 〔農業〕粗放的; (↔ intensive). *extensive* reading 多方面的閱讀(↔ intensive reading).

3 龐大的, 大量的. suffer *extensive* damage 遭受嚴重的損害. ⇨ *v.* **extend.**

ex·ten·sive·ly [ɪk`stɛnsɪvlɪ; ɪk'stensɪvlɪ] *adv.* 廣闊地; 廣泛地.

ꕥex·tent [ɪk`stɛnt; ɪk'stent] *n.* aU **1** 程度; 範圍; 限度, 界限. The *extent* of the damage is

inestimable. 損失的程度無法估計/to some [a certain] *extent* 到達某種程度/to a considerable *extent* 到達相當的程度/to the full *extent* 在最大限度上(的)/To what *extent* can he be trusted? 能相信他到何種程度呢?

2 寬度; 大小; 長度; 廣大的地區, 擴張(的)範圍). an estate of large *extent* 一大片的土地/a mile in *extent* 一英里長/a vast *extent* of sand 遼闊的沙地. ⇨ v. **extend**.

to the extént of... 在…程度[範圍]內. *to the extent of* one's ability 就能力所及, 盡可能地.

to the [*sùch an*] *extént that...* 到…的程度. The man wasted money *to the* [*such an*] *extent that* he went bankrupt. 那個人揮霍無度, 結果破產了.

ex·ten·u·ate [ɪk`stɛnjʊˌet; ɪk'stenjʊeɪt] *vt.* 《文章》(斟酌情況等而)從輕論斷[罪責, 過失等]; 對[罪責]給與斟酌的餘地. Nothing can *extenuate* his offense. 他的罪行全無斟酌之餘地.

ex·ten·u·a·tion [ɪkˌstɛnjʊ`eʃən; ɪkˌstenjʊ'eɪʃn] *n.* ⓤ情況的斟酌; (罪的)減輕; ⓒ應加以斟酌的事實[情況].

ex·te·ri·or [ɪk`stɪrɪɚ; ɪk'stɪərɪə(r)] *adj.* **1** 外部(側)的(outer); 外面的; (◆ interior)(⑩主要是指物體的「外側」↔ external). the *exterior* wall 外牆. **2** 外來的; 外表的. *exterior* influences 外來的影響.

— *n.* ⓊⒸ **1** 外部, 外面, 表面.

2 外觀, 外型. a man of fine *exterior* 外貌好看的人. **3** (戲劇, 電影等的)外景.

ex·ter·mi·nate [ɪk`stɝməˌnet; ɪk'stɜːmɪneɪt] *vt.* 消滅, 撲滅, [疾病, 害蟲, 危害等]; 杜絕[思想, 信仰等].

ex·ter·mi·na·tion [ɪkˌstɝmə`neʃən; ɪkˌstɜːmɪ'neɪʃn] *n.* ⓤ根絕, 撲滅, 消滅.

＊ex·ter·nal [ɪk`stɝn̩l; ɪk'stɜːnl] *adj.* **1** 外部的(⑩主要是指事物的「外部」↔ exterior); 外在的; 外來的. the *external* ear 外耳/*external* evidence 外來的證據/an *external* force 外力.

2 〔醫學〕外用的. for *external* use only 外用藥(在藥品的標籤上註明非內服藥).

3 外表的, 表面的; 非本質的. an *external* expression of sympathy 表面的同情.

4 與國外有關的; 對外的. an *external* policy 對外政策. ↔ **internal**.

— *n.* (externals)外觀, 外表; 外在狀況; 非本質的東西. Don't judge others by *externals*. 不要從外表評斷別人.

ex·ter·nal·ly [ɪk`stɝn̩lɪ; ɪk'stɜːnəlɪ] *adv.* 外部地; 來自外部地; 外表上.

ex·tinct [ɪk`stɪŋkt; ɪk'stɪŋkt] *adj.* **1** 〔生物等〕已根絕的, 已絕種的; 〔門第等〕已廢絕的.

2 〔火, 生命等〕已熄滅的; 〔信念, 熱情等〕喪失了的. an *extinct* volcano 死火山(→ volcano). ⇨ v. **extinguish**.

ex·tinc·tion [ɪk`stɪŋkʃən; ɪk'stɪŋkʃn] *n.* ⓤ **1** (生物等的)滅絕, 絕種; (門第等的)廢除. be

threatened with *extinction* 瀕臨絕種.

2 熄滅, 消失; (希望等的)破滅.

ex·tin·guish [ɪk`stɪŋgwɪʃ; ɪk'stɪŋgwɪʃ] *vt.* 《文章》**1** 熄滅(燈, 火等)(put out). **2** 使失去〔希望, 熱情等〕; 毀滅, 根滅, 〔生命, 才能等〕. ↔ *n.* **extinction**. *adj.* **extinct**.

ex·tin·guish·er [ɪk`stɪŋgwɪʃɚ; ɪk'stɪŋgwɪʃə(r)] *n.* ⓒ滅火的人[物]; 滅火器(亦稱 fire extinguisher).

ex·tir·pate [`ɛkstɚˌpet, ɪk`stɝpet; 'ekstəpeɪt] *vt.* 《文章》**1** 根絕, 破除, 〔惡習, 迷信等〕.

2 根除〔雜草等〕(uproot).

ex·tir·pa·tion [ˌɛkstɚ`peʃən, ˌekstə'peɪʃn] *n.* ⓊⒸ《文章》根絕, 滅絕.

ex·tol, (美) ex·toll [ɪk`stal, -`stol; ɪk'stəʊl] *vt.* (~s; -tolled; -tol·ling)《文章》頌揚, 讚美.

ex·tort [ɪk`stɔrt; ɪk'stɔːt] *vt.* **1** 敲詐勒索〔錢財等〕; 逼取〔口供, 情報等〕*(from)*.

2 牽強附會地引申出〔意義等〕*(from)*.

ex·tor·tion [ɪk`stɔrʃən; ɪk'stɔːʃn] *n.* **1** ⓤ敲詐勒索; 掠奪; 索價過高; (官員的)恐嚇索財(罪).

2 ⓒ敲詐[掠奪]行爲[而得之物]; 不合理的要價.

ex·tor·tion·ate [ɪk`stɔrʃənɪt; ɪk'stɔːʃnət] *adj.* 〔價格, 要求等〕不合理的, 過分的.

ex·tor·tion·ate·ly [ɪk`stɔrʃənɪtlɪ; ɪk'stɔːʃnətlɪ] *adv.* 不合理地.

ex·tor·tion·er [ɪk`stɔrʃənɚ; ɪk'stɔːʃnə(r)] *n.* ⓒ敲詐勒索者; 強奪者; 貪圖暴利的人.

ex·tor·tion·ist [ɪk`stɔrʃənɪst; ɪk'stɔːʃnɪst] *n.* = extortioner.

＊ex·tra [`ɛkstrə; 'ekstrə] *adj.* 額外的, 追加的; 特別的; 臨時的. He received *extra* pay for working overtime. 他獲得加班津貼/an *extra* edition 特刊/Price $4.50, postage *extra*. 價格 4.5 美元, 郵資另計/go into *extra* innings 《棒球》進入延長賽/an *extra* bus 加開的公車.

— *n.* ⓒ **1** 額外的東西; (需要)外加[另加]費用(之物). Drinks are *extra*. 飲料另外收費.

2 (報紙的)號外, (雜誌的)增刊.

3 臨時雇員; (電影)臨時演員.

— *adv.* **1** 額外地; 另外付費地. pay *extra* for coffee 咖啡另外付費.

2 特別地(unusually). *extra* fine silk 上等絲綢.

ex·tra- *pref.* 表「…外的, 範圍外的; 以外的」之意 (↔ intra-).

＊ex·tract [ɪk`strækt; ɪk'strækt] (★與 *n.* 的重音位置不同) *vt.* (~s [~s; ~s]; ~ed [~ɪd; ~ɪd]; ~ing)【 取出 】**1** 取出, 拔出, 〔栓塞等〕. The dentist *extracted* my bad tooth. 牙醫拔掉我的蛀牙/*extract* the cork from a bottle of wine 拔開酒瓶的軟木塞.

2 設法逼取〔情報, 錢財等〕. I *extracted* her secret *from* her sister-in-law. 我從她兄嫂那裡探聽到她的祕密.

3 (蒸餾, 擠壓等後)取得; 榨出〔果汁等〕. *extract*

juice from an orange 榨柳橙汁.

4 設法得到，努力找尋，〔樂趣等〕，《*from*》. *extract* pleasure from daily routine 從每天的一成不變的生活中發掘樂趣.

5 摘錄，選取；引用. *extract* a passage from the President's speech 引用總統演說中的一節.

— [ˈɛkstrækt; ˈekstrækt] n. **1** [UC] 抽取物；濃縮，精萃，(essence) 濃縮檸檬汁. lemon *extract* 濃縮檸檬汁.

2 [C] 摘錄，選取. quote an *extract* from the Bible 引用聖經一節.

[字源] TRACT「拉」: ex*tract*, at*tract* (吸引)，*tract*or (拖曳機)，re*tract* (縮回).

ex·trac·tion [ɪkˈstrækʃən; ɪkˈstrækʃn] n.
1 [UC] 拔出；拔牙；(情報等的) 設法取得.
2 [U] 抽取；(果汁等的) 榨取〔汁〕.
3 [U]《文章》血統，家世. an American woman of Japanese *extraction* 日裔美籍女子.

ex·trac·tor [ɪkˈstræktɚ; ɪkˈstræktə(r)] n. [C] 抽取裝置；榨汁機.

ex·tra·cur·ric·u·lar [ˌɛkstrəkəˈrɪkjələ; ˌekstrəkəˈrɪkjələ(r)] adj. 正課以外的. *extracurricular* activities 課外活動.

ex·tra·dite [ˈɛkstrəˌdaɪt; ˈekstrədaɪt] vt. 引渡，遣返，〔逃亡國外的犯人〕，《*to*〔國內〕》；接受〔犯犯〕的引渡.

ex·tra·di·tion [ˌɛkstrəˈdɪʃən; ˌekstrəˈdɪʃn] n. [UC] (罪犯的) 引渡.

ex·tra·mu·ral [ˌɛkstrəˈmjʊrəl, -ˈmɪʊ-; ˌekstrəˈmjʊərəl] adj. **1** 〔活動等〕校外的；《美》〔運動〕校外比賽的.
2 城外的，郊外的. ↔ intramural.

ex·tra·ne·ous [ɪkˈstrenɪəs; ɪkˈstreɪnjəs] adj.
1 (本質上) 無關的，本質不同的，《*to*》.
2 外來的，來自外部的. *extraneous* influence 外來的影響.

ex·traor·di·nar·i·ly [ɪkˈstrɔrdn̩ˌɛrəlɪ, ɪkˌstrɔrdn̩ˈɛrəlɪ; ɪkˈstrɔːdnrəlɪ] adv. 異常地，不平凡地，非常地. an *extraordinarily* awkward situation 異常棘手的處境.

*ex·traor·di·nar·y** [ɪkˈstrɔrdn̩ˌɛrɪ; ɪkˈstrɔːdnrɪ] adj. **1** 異常的，不平常的. an *extraordinary* experience 不平凡的體驗／an *extraordinary* idea 非常棒的構想／It is *extraordinary* that a canary should sing at night. 金絲雀竟會在夜晚唱歌，真令人意外.
2 不凡的；非常的；顯著的；驚人的. a man of *extraordinary* strength 力氣驚人的人.
3 [ˌɛkstrəˈɔrdn̩ˌɛrɪ, -trɪ-; ɪkˈstrɔːdnrɪ]《文章》特命的，特派的. an envoy *extraordinary* 特使.
4 《限定》臨時的. an *extraordinary* session (of the Congress) (國會的) 臨時會議.

ex·trap·o·late [ɪkˈstræpəˌlet; ɪkˈstræpəʊleɪt] vt. **1** 《數學》推算〔已知數〕；以外推法求出〔未知數〕. **2** (為推算未知而) 運用〔已知〕；(由已知) 推算〔未知〕.

ex·tra·po·la·tion [ɪkˌstræpəˈleʃən; ɪkˌstræpəˈleɪʃn] n. [U]《數學》外推法，外插法.

ex·tra·sen·so·ry [ˌɛkstrəˈsɛnsərɪ; ˌekstrəˈsensərɪ] adj. 第六感的，超感覺的. *extra-sensory* perception《心理學》超感官知覺，超感覺力，(略作 ESP).

ex·tra·ter·res·tri·al [ˌɛkstrətəˈrɛstrɪəl; ˌekstrətəˈrestrɪəl] adj. 地球[大氣層]外的.
— n. [C] 宇宙人，外星人.

ex·tra·ter·ri·to·ri·al [ˌɛkstrəˌtɛrəˈtorɪəl, -ˈtɔr-; ˈekstrəˌterɪˈtɔːrɪəl] adj.《限定》治外法權的.

ex·trav·a·gance [ɪkˈstrævəgəns; ɪkˈstrævəgəns] n. **1** [U] (金錢等的) 浪費，揮霍. [C] 浪費. **3** [U] 過分；無節制；荒唐古怪；[C] 荒唐的言詞[行為等].

*ex·trav·a·gant** [ɪkˈstrævəgənt; ɪkˈstrævəgənt] adj. **1** 浪費的，揮金如土的，(wasteful)；奢侈的. She has an *extravagant* taste in clothes. 她偏好奢華的服裝.
2 過度的；〔價格等〕過高的；〔言行，想法等〕荒唐的. You are a little *extravagant* in the use of adjectives. 你有點濫用形容詞／demand an *extravagant* price 要求過高的價格.

[字源] VAG「徬徨」: extra*vag*ant, *vag*abond (流浪者)，*vag*ary (善變)，*vag*ue (模糊的).

ex·trav·a·gant·ly [ɪkˈstrævəgəntlɪ; ɪkˈstrævəgəntlɪ] adv. 浪費地；過度地，過分地. The advanced countries use natural resources quite *extravagantly*. 先進國家毫無節制地使用自然資源.

ex·trav·a·gan·za [ɪkˌstrævəˈgænzə, ek,strævəˈgænzə] n. [C] 場面盛大的表演，(電影等的) 豪華超級鉅片.

ex·tra·vert [ˈɛkstrəˌvɝt; ˈekstrəvɜːt] n. = extrovert.

*ex·treme** [ɪkˈstrim; ɪkˈstriːm] adj. (★最高級是 extrem·est, most ~) **1** (通常為限定用法)極度的，極致的. *extreme* pain 劇痛／*extreme* poverty 赤貧／handle with *extreme* care 極其小心地處理.
2 極端的；過度的；(↔ moderate). *extreme* political views 偏激的政治思想／Don't be so *extreme*. 別那麼偏激.
3 《限定》末端的；最後的. the *extreme* ends of a rod 棒的兩端／the *extreme* north of a town 城北端. ⇨ n. extremity.

— n. (pl. ~s [~z; ~z]) [C] **1** 極端；極度；極端的行動[手段，狀態等]. avoid *extremes* 避免極端.
2 (extremes) 兩極端；正反(兩側). *Extremes* meet.《諺》物極必反.
3 末端(之處). at one *extreme* of the island 島突出的一端.

gò [*be drìven*] *to extrémes* 走極端；訴諸非常[偏激]手段.

in the extréme《文章》極端地，極其，(extremely).

*ex·treme·ly** [ɪkˈstrimlɪ; ɪkˈstriːmlɪ] adv. 極端地；極其，非常地，(very).
an *extremely* cold wind 刺骨的寒風／His speech

was *extremely* well-done. 他的演說非常精采.

搭配 extremely+*adj.*: ~ angry (盛怒的), ~ busy (非常忙的), ~ dangerous (極危險的), ~ frightened (驚悚的), ~ rich (大富的), ~ tired (筋疲力竭的).

ex·trem·ism [ɪk`strimɪzəm; ɪk`stri:mɪzəm] *n.* ⓤ (政治上的)偏激[極端]主義, 偏激[極端]論.

ex·trem·ist [ɪk`strimɪst; ɪk`stri:mɪst] *n.* ⓒ 偏激[極端]主義的人, 偏激[極端]論者.

ex·trem·i·ty [ɪk`strɛmətɪ; ɪk`stremətɪ] *n.* (*pl.* **-ties**) **1** ⓒ 頂端, 末端, 盡頭; 端, 邊. at the western *extremity* of the country 在國家的西端. **2** ⓒ (文章)(extrem*ities*)四肢, 手足, 《特指手指、腳趾》. feel the cold in one's *extremities* 覺得手腳冰冷/the upper [lower] *extremities* 上[下]肢. **3** ⓤⓒ 極端; 極度. in an *extremity* of grief 悲慟欲絕的. **4** ⓒ (文章)(通常extrem*ities*)極端方法, 非常手段. **5** (用單數)窘迫狀態, 絕境. I called for help in my *extremity*. 我已山窮水盡, 急需協助. ⇨ *adj.* **extreme**.
to the last extremity 直到臨終, 至死.

ex·tri·ca·ble [`ɛkstrɪkəbl; `ekstrɪkəbl] *adj.* 《文章》可擺脫的, 能解脫的.

ex·tri·cate [`ɛkstrɪ͵ket; `ekstrɪkeɪt] *vt.* 《文章》使擺脫, 解放, 《*from*》.

ex·tri·ca·tion [͵ɛkstrɪ`keʃən; ͵ekstrɪ`keɪʃn] *n.* ⓤ (文章)救出, 脫離, 擺脫.

ex·trin·sic [ɛk`strɪnsɪk; ek`strɪnsɪk] *adj.* (文章) **1** 非本質的; 附帶的, 《*to*》(⟷ intrinsic). questions *extrinsic* to the argument 偏離論點的問題. **2** (原因等)(來自)外部的, 外在的.

ex·tro·ver·sion [͵ɛkstro`vɜʃən, `vɜʒ-; ͵ekstrəʊ`vɜ:ʃn] *n.* ⓤ (心理學)外向(性)(⟷ introversion).

ex·tro·vert [`ɛkstro͵vɜt; `ekstrəʊvɜ:t] *n.* ⓒ (心理學)性格外向的人(⟷ introvert); 熱中社交的人.

ex·trude [ɪk`strud, -`strɪud; ɪk`stru:d] *vt.* 擠壓出, 推出, 《*from*》; 把〔金屬, 塑料等〕從模型中壓出成型.

ex·tru·sion [ɪk`struʒən, -`strɪu-; ɪk`stru:ʒn] *n.* ⓤⓒ 壓模; 成型.

ex·u·ber·ance [ɪg`zjubərəns, -`zɪu-, -`zu-; ɪg`zju:bərəns] *n.* **1** ⓐⓤ 繁茂; 豐富; 精力充沛. 《*of*》. **2** ⓤ 充沛的熱情[精力等].

ex·u·ber·ant [ɪg`zjubərənt, -`zɪu-, -`zu-; ɪg`zju:bərənt] *adj.* **1** (植物)茂盛的. an *exuberant* growth of weeds 雜草叢生. **2** 精力充沛的; 充滿(喜悅, 熱情等)的; (健康等)狀況極佳的. **3** 豐富的; (讚揚等)華麗的. an *exuberant* imag-ination 豐富的想像力.

ex·u·ber·ant·ly [ɪg`zjubərəntlɪ, -`zɪu-, -`zu-; ɪg`zju:bərəntlɪ] *adv.* 繁茂地; 豐富地.

ex·ude [ɪg`zjud, -`zɪud, -`zud, -k`sjud, -`sɪud, -`sud; ɪg`zju:d] *vt.* 流出, 滲出, 《汗等》; 散發《味道等》.
— *vi.* 滲出; 散發.

ex·ult [ɪg`zʌlt; ɪg`zʌlt] *vi.* **1** 欣喜《*at, in, over*》; 歡喜《*to* do》. We *exulted* in our victory. 我們因勝利而欣喜不已/*exult* to hear the news of success 聽到成功的消息而欣喜若狂. **2** 因獲勝而自傲《*over*〔人〕》.

ex·ult·ant [ɪg`zʌltṇt; ɪg`zʌltənt] *adj.* 狂喜的, 歡欣鼓舞的; 因得勝而耀武揚威的.

ex·ult·ant·ly [ɪg`zʌltṇtlɪ; ɪg`zʌltəntlɪ] *adv.* 狂喜地; 得意洋洋地.

ex·ul·ta·tion [͵ɛgzʌl`teʃən, ͵ɛksʌl-; ͵egzʌl`teɪʃn] *n.* ⓤ 狂喜《*at*》; 因勝利而得意洋洋《*over*》.

ex-wife [`ɛks͵waɪf; `eks͵waɪf] *n.* ⓒ 前妻.

-ey *suf.* =-y¹.

‡**eye** [aɪ; aɪ] *n.* (*pl.* ~**s** [~z; ~z]) ⓒ 【眼睛】 **1** 眼睛《也包括眼球, 虹膜, 眼圈》. Jane has lovely *eyes*. 珍有雙可愛的眼睛/He opened [closed] his *eyes*. 他張開[閉上]他的眼睛/meet [avoid] a person's *eye* 與某人視線相遇[迴避某人視線]/from [out of] the corner of one's *eye* 用斜眼看.

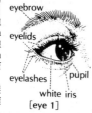

eyebrow
eyelids
pupil
eyelashes
white iris
[eye 1]

參考 西方人的眼睛與毛髮顏色都在身分證等上明確記載. 主要有: blue (藍), brown (棕), hazel (褐), green (綠), gray (灰), black (黑).

搭配 *v.*+eye: avert one's ~s (迴避某人的眼光), blink one's ~s (眨眼), lower one's ~s (向下看), raise one's ~s (向上看), rub one's ~s (揉眼睛), screw up one's ~s (瞇起眼睛), strain one's ~s (弄壞眼睛).

【作為視覺器官的眼睛】 **2** 眼睛; 視覺. I can't believe my *eyes*. 我真不敢相信自己的眼睛(用於目睹難以置信的事物時)/He is blind in one *eye*. 他一隻眼睛看不見/see with the naked *eye* 以肉眼看. **3** (視覺能力)(常用單數)眼睛; 視力; 觀察力; 辨別力. My grandmother has weak *eyes*. 我的祖母視力[眼睛]不好/as far as the *eye* can reach 極目所見, 視力所及/It needs a poet's *eye* to appreciate the work. 這個作品要以詩人的眼光來欣賞. **4** 【看法】(常 eyes)意見, 判斷. In my *eyes* he is nothing but a scoundrel. 在我眼裡他只是一個惡棍罷了/The man is innocent in the *eye(s)* of the law. 依法而言(暫且不談道德觀), 這個男人沒有罪. 【眼狀物】 **5** (馬鈴薯等的)芽; (孔雀等的)翎眼圖案; (針的)穿線孔; (鉤狀釦子的)鉤環; (繩端的)環; 靶心; (眼鏡)鏡片. **6** 《氣象》颱風中心, 颱風眼.

an eye for an eye 「以眼還眼」, 「以牙還牙」, 指以同樣的手段還擊.《源自聖經》

be all eyes (瞪大眼睛)凝視. She *was* all eyes as he opened the jewelry box. 當他打開珠寶盒時, 她眼睛瞪得好大.

before a *pèrson's* (*vèry*) *éyes* = under a person's (very) eyes.

blàck a *pèrson's* *éye* 把某人打成黑眼圈.

by (*the*) *éye* 目測.

càst an éye [*one's éye*(*s*)] *over...* = run an eye [one's eye(s)] over...

càtch a pèrson's éye 引起某人的注意; 被人注意到; 與某人視線交接. The café was so busy I couldn't *catch* the waiter's *eye*. 咖啡廳裡忙成一團, 我沒辦法引起服務生的注意.

clàp éyes on... (口) → clap 的片語.

clòse one's éyes → close 的片語.

crȳ one's éyes òut → cry 的片語.

give an éye to... 注視[注意]....

give a pèrson the éye (口)看某人看得出神; 對某人眉目傳情.

hàve an éye for... 對...有眼光.

hàve an éye to [*on*]... 視...為目標, 著眼於.... Tim always *has an eye to* profit. 提姆一向以賺錢為目標.

hàve one's éye on [*upon*]... = keep an eye on...

hàve èyes in the bàck of one's héad (口)絕無遺漏(<在頭的後面也長眼睛>).

have éyes (*ònly*) *for...* (只)對...感興趣.

hìt a pèrson in the éye 打中某人的眼睛; 對某人而言一目了然.

* *in the éyes of...* 從...的眼中看來, 根據...的看法, (→ 4).

in the pùblic éye 眾所皆知; (在報紙, 電視等中)知名的; 在眾目睽睽之下.

kèep an [*one's*] *éye on...* 注意...; 留神...; 目不轉睛地(照顧)....

kèep an éye òpen = kèep one's éyes òpen (口)提高警覺, 留神, (*for*). Please *keep* your *eyes open for* misprints. 請注意看有沒有排印錯誤.

lày éyes on... (口)看..., 看見....

lòok...in the éye → look 的片語.

màke a pèrson òpen his éyes 使某人目瞪口呆.

màke (*shèep's*) *éyes at...* 向[異性]拋媚眼.

my éye! (口)噯呀! 不會吧! 真想不到! (像這種...)聽了真教人吃驚. "He's a grand person." "Grand person *my eye*!"「他是個偉人」「甚麼偉人, 得了吧!」

nàrrow one's éyes 瞇起眼睛(特指猜疑, 生氣的表情).

òne in the éye for... (口)使...自尊心受挫, 對...是個打擊, (one 是 one blow(一擊)之意).

ònly have éyes for... = have eyes (only) for...

òpen a pèrson's éyes 開拓某人的眼界, 啟發某人, (*to*). Reading the Koran *opened* my *eyes to* the Islamic world. 閱讀可蘭經讓我認識回教世界.

òpen one's éyes 驚訝地瞪大眼睛.

rùn an éye [*one's éye*(*s*)] *over...* 對...(匆匆)一瞥, 掃視.

sèe éye to éye with... (一般用於否定句)與...意見完全一致.

sèt éyes on... = lay eyes on...

shùt one's éyes = close one's eyes (close 的片語).

tàke one's éyes òff(...) (通常用於否定句)把目光(從...)離開. She was so beautiful I couldn't *take* my *eyes off* her. 她美得讓我無法把目光移開.

to the éye 看來是..., 表面上.

tùrn a blìnd éye (*to...*) → blind 的片語.

under a pèrson's (*vèry*) *éyes* 在某人的眼前; 公然地. The building collapsed *under* our *very eyes*. 那棟建築物就在我們眼前倒塌了.

ùp to the [*one's*] *éyes* (*in...*) (工作)忙得不可開交; 陷於(債務)之中. Don't ask me for a loan —I'm *up* to my *eyes in* debt at the moment. 別跟我借錢——我目前還債務纏身呢!

with an éye to... 以...為目標, 企圖.... He works overtime regularly *with an eye to* promotion. 他為了能升遷而經常加班.

with one's éyes òpen 張開眼睛地; 明明知道卻.... It's certainly a hard job, but I took it *with* my *eyes open*. 明明知道這一定是件很困難的工作, 但我還是把它接下來了.

with one's éyes shùt [*clòsed*] 閉著眼地; 不知道地; (連閉著眼睛都能做到地)輕而易舉地.

with hàlf an éye 一眼就...地, 容易地.

— *vt.* (~**s**; ~**d**; ey·ing, ~**ing**)看, 注視; 審視. *eye* a man from head to toe 從頭到腳審視一個人.

eye·ball [ˋaɪˌbɔl; ˈaɪbɔːl] *n.* ⓒ眼球.

èyeball to éyeball (*with...*) (口)(特指生氣時)(和...)互相瞪眼, 面對面(敵視對方).

éye bànk *n.* ⓒ眼庫, 眼角膜銀行.

***eye·brow** [ˋaɪˌbrau; ˈaɪbrau] *n.* (*pl.* ~**s** [~z; ~z]) ⓒ眉, 眉毛, (→ eye 圖). knit one's *eyebrows* 皺眉頭.

ràise one's éyebrows (*at...*) (吃驚, 懷疑, 責難等時)(對...)揚起眉毛.

ùp to the [*one's*] *éyebrows* = up to the [one's] eyes (→ eye 的片語).

eye-catch·ing [ˋaɪˌkætʃɪŋ; ˈaɪˌkætʃɪŋ] *adj.* 引人注目的.

-eyed (構成複合字)長著...眼睛的. one-*eyed*(單眼的)/blue-*eyed*(藍眼睛的).

éye dòctor *n.* ⓒ眼科醫師.

eye·ful [ˋaɪˌful; ˈaɪfʊl] *n.* ａＵ **1** 滿眼(的量) (*of*[淚等]). **2** (口)飽覽; (引人注目之)美好的事物[人], (特指)美女.

gèt [*hàve*] *an éyeful of...* 飽覽....

***eye·glass** [ˋaɪˌglæs; ˈaɪglɑːs] *n.* (*pl.* ~**es** [~ɪz; ~ɪz]) ⓒ **1** 單片眼鏡; (美)ⓒ(英, 古)(eyeglass*es*)眼鏡(spectacles). I can't see well without *eyeglasses*. 我不戴眼鏡就看不清楚.

2 = eyepiece.

eye·lash [ˋaɪˌlæʃ; ˈaɪlæʃ] *n.* ⓒ (一根)睫毛; (the eyelash*es*)(全部的)睫毛; (→ eye 圖).

eye·less [ˋaɪlɪs; ˈaɪlɪs] *adj.* 無眼的; 盲目的.

eye·let [ˋaɪlɪt; ˈaɪlɪt] *n.* ⓒ **1** (鞋等的)鞋帶孔,

(帆等的)繩孔; (金屬的)環孔; (刺繡的)鑲飾小圓孔. **2** 金屬環《使環孔牢固用的》.

*__eye·lid__ [ˋaɪˌlɪd; ˈaɪlɪd] n. (pl. ~s [~z; ~z]) ⓒ 眼瞼, 眼皮, (→ eye 圖). the upper [lower] *eyelid* 上[下]眼皮.
___not bát an éyelid__ → bat³ 的片語.
__eye·lin·er__ [ˋaɪˌlaɪnɚ; ˈaɪˌlaɪnə(r)] n. ⓤ 眼線膏, 眼線筆,《使眼部線條更爲立體的化妝品》.
__eye·o·pen·er__ [ˋaɪˌopənɚ, -ˌopnɚ; ˈaɪˌəʊpnə(r)] n. ⓒ 使人瞠目的事物. His remark was an *eyeopener* to me. 他的話令我瞠目結舌.
__eye·piece__ [ˋaɪˌpis; ˈaɪpiːs] n. ⓒ (望遠鏡, 顯微鏡等的)接目鏡(→ object glass).
__éye shàdow__ n. ⓤ 眼影.
__eye·shot__ [ˋaɪˌʃɑt; ˈaɪʃɒt] n. ⓤ 視野, 眼界, (→earshot). go beyond [out of] *eyeshot* 變得看不見了; 超出視野之外/in [within] *eyeshot* 在視線範圍內.
*__eye·sight__ [ˋaɪˌsaɪt; ˈaɪsaɪt] n. ⓤ 視力, 視覺. She has good [poor] *eyesight*. 她的視力良好[不良].

__éye sòcket__ n. ⓒ 眼窩.
__eye·sore__ [ˋaɪˌsor, -ˌsɔr; ˈaɪsɔː(r)] n. ⓒ (看)不順眼之物, 刺眼[礙眼](之物).
__eye·strain__ [ˋaɪˌstren; ˈaɪstreɪn] n. ⓤ 眼睛疲勞.
__eye·teeth__ [ˋaɪˋtiθ, -ˌtiθ; ˈaɪtiːθ] n. eyetooth 的複數.
__eye·tooth__ [ˋaɪˋtuθ, -ˌtuθ; ˈaɪtuːθ] n. (pl. __eye·teeth__) ⓒ (特指上顎的)犬齒《因位在眼睛正下方而得名》.
___cùt__ one's __éyeteeth__ 懂得世事, 長大懂事,《源自「長出犬齒就成了大人」之意》.
__eye·wash__ [ˋaɪˌwɑʃ, -ˌwɔʃ; ˈaɪwɒʃ] n. ⓤ **1** 眼藥水, 洗眼劑[水]. **2** 《俚》欺騙, 胡說.
__eye·wit·ness__ [ˋaɪˋwɪtnɪs, -ˌwɪt-; ˈaɪˌwɪtnɪs] n. ⓒ 目擊者; 現場證人. an *eyewitness to* the crime 犯罪目擊者.
__ey·rie, ey·ry__ [ˋɛrɪ, ˋærɪ, ˋɪrɪ; ˈɪərɪ] n. =aerie.

E

F f ℱℱ

F, f [ɛf; ef] *n.* (*pl.* **F's, Fs, f's** [~s; ~s])
1 UC 英文字母的第六個字母.
2 C (用大寫字母)F字形.
3 U (用大寫字母)(音樂)F音; F調. → A, a 3 【參考】.
4 C (學業成績的)戊等, 不及格. → A, a 4 【參考】.

F 《略》Fahrenheit (↔ C); French; 《符號》fluorine.

f 《略》feet; female; franc; 《音樂》forte.

fa [fɑ; fɑ:] *n.* UC (音樂)F音(大調[大音階]的第四音; → sol·fa).

Fa·bi·an [ˋfebɪən; ˈfeɪbjən] *adj.* 1 (按兵不動而伺候敵人自亂陣腳或自行滅亡的)迂迴困敵戰術的, 持久戰術的, (源自古代羅馬將軍Fabius). *Fabian tactics* 拖延策略. 2 (政策, 改革等)漸進的. 3 費邊社的(費邊社(Fabian Society)於1884年在英國成立, 主張以緩慢漸進的改革方式實現社會主義).
— *n.* C 費邊社社員.

*__**fa·ble**__ [ˋfebl; ˈfeɪbl] *n.* (*pl.* ~s [~z; ~z]) 1 C 寓言(把動物等擬人化作以警世或諷刺的短篇故事; → allegory, parable). *Æsop's Fables*『伊索寓言』.
2 C 神話(myth), 傳說(legend); U (集合)神話, 傳說. 3 C 無稽之談. ⇨ *adj.* **fabulous.**

fa·bled [ˋfebld; ˈfeɪbld] *adj.* 1 因傳說[寓言]而聞名的; 神話[傳說]中的. 2 虛構的, 杜撰的.

*__**fab·ric**__ [ˋfæbrɪk; ˈfæbrɪk] *n.* (*pl.* ~s [~s; ~s])
1 UC 紡織品, 布(料). a blue *fabric* 藍布/woolen *fabrics* 毛織品.
2 U 構造, 組織; 基礎. the *fabric* of society 社會結構.

fab·ri·cate [ˋfæbrɪͺket; ˈfæbrɪkeɪt] *vt.* 《文章》
1 (搭配零件或材料以)製作, 組合, 裝配.
2 捏造(藉口等); 偽造(文書等).

fab·ri·ca·tion [ͺfæbrɪˋkeʃən; ͺfæbrɪˈkeɪʃn] *n.*《文章》1 U 製作, 裝配.
2 U 偽造; C 虛構的事; 偽造物.

fab·u·lous [ˋfæbjələs; ˈfæbjʊləs] *adj.* 1 (似乎令人)難以置信的, 驚人的, 令人驚愕的; 荒唐的; 非常的. a *fabulous* price 令人咋舌的價錢; 意想不到的高價(用於廣告等).
2 《口》(簡直令人難以置信)絕妙的, 極佳的. Mary is a *fabulous* dancer. 瑪莉是位出色的舞者.
3 傳說的, 出現在傳說[神話]中的; 虛構的.
⇨ *n.* **fable.**

fab·u·lous·ly [ˋfæbjələslɪ; ˈfæbjʊləslɪ] *adv.* 令人難以置信地, 荒唐地; 極度地. *fabulously rich* 鉅富的.

fa·cade, fa·çade [fəˋsɑd, fæˋsɑd; fəˈsɑːd] 《法語》*n.* C 1 (建築物的)正面, 前面, 《特指裝飾富麗堂皇者》. 2 (偽裝的)外觀, 表面, 外表.

[facade 1]

*__**face**__ [fes; feɪs] *n.* (*pl.* **fac·es** [~ɪz; ~ɪz])
【人的臉】1 C 臉, 面孔; 人(指擁有該面孔的人). He has a scar on his *face*. 他臉上有道疤痕/with averted *face* 背過臉去(★須注意此時要省略冠詞; 一般較常使用 with one's *face* averted)/a new *face* 新面孔, 新來的人/I knew only two *faces* in the group. 那群人當中我只認識兩張面孔[兩個人].
2 C 長相, 容貌. a lovely *face* 可愛的臉孔/Her profile is better than her full *face*. 她臉部的側面輪廓比正面好看.
　【搭配】*adj.*+**face** (1-2): a beautiful ~ (美麗的臉龐), a plain ~ (相貌平平), a long ~ (愁眉苦臉), a round ~ (圓臉), a pale ~ (蒼白的臉), a red ~ (面紅耳赤).
3 C 表情, 臉色; (常 faces)愁眉苦臉. a happy [sunny] *face* 一張幸福[開朗]的臉/keep a straight *face* (憋住不笑而)板著臉/Her *face* brightened [fell] at the news. 一聽到那個消息她的臉色就開朗起來[沈了下去].
　【搭配】*adj.*+**face**: an angry ~ (生氣的表情), a cheerful ~ (眉開眼笑), a sad ~ (愁容滿面), a serious ~ (嚴肅的神情), a worried ~ (憂鬱的臉).
4 U 面子, 顏面. lose *face* (→ 片語)/save *face* (→片語).
【物體的面】5 表面, 外表; (建築物等的)正面; (幾何)面. the *face* of the earth 地球的表面/A cube has six *faces*. 立方體有六個面.

6 C (鐘錶等的)字盤，鐘[錶]面；(貨幣，紙牌的)正面。lay the cards *face* up [down] 把紙牌正面朝上[下]。

7 C 外觀，面貌；局面。put a new *face* on 使…爲之一新/change the political *face* of Asia 使亞洲的政治局面改觀。⇨ *adj.* **facial**.

fàce to fáce 面對面地；面臨；(*with*)。They stood *face to face*. 他們面對面站著/come *face to face with* poverty 面對窮困。

flỳ in the fáce of... 公然反抗[權威等]。

hàve the fáce to dó 厚著臉皮地[死皮賴臉地]做…。He *had the face to* tell me to clear off. 他竟然有臉趕我走。

in a **pèrson's fáce** 當著某人的面；面對著某人。She shut the door *in his face*. 她當著他的面把門關上。

in one's fáce 迎面地。He ran with the wind *in his face*. 他迎著風跑。

*★ **in** (**the**) **fáce of...** (1)面臨…，碰到…。He kept his head *in* (*the*) *face* of danger. 面對危險他依然鎮定。(2)不顧…，違背…。go one's own way *in* (*the*) *face* of the world 不顧世俗，我行我素。

lòok...in the fáce → look 的片語。

lòse fáce 丟臉，沒面子。

màke fáces [*a fáce*] (向…)做鬼臉(*at*)；板著臉，皺眉頭(*at*)(不高興的表情)；(嘲弄他人)做出奇怪的[不禮貌的]表情。

*★ **on** one's **fáce** [睡覺等]臉朝下，趴著。fall *on* one's *face* 臉朝下跌倒；徹底失敗。

on the fáce of it 從表面上看，乍看之下。

pùll fáces [*a fáce*]=make faces.

pùt a bòld [*bràve, gòod*] **fáce on...** 面對[困難等]而故作鎮靜。

sàve (*a* pèrson's) **fáce** 挽回(某人的)面子，顧全(某人的)面子。

sàve one's fáce 顧全面子。

sèt one's fáce against... 堅決反對…。

shòw one's fáce 露臉，出現。Recently he has not *shown his face*. 最近不常看到他。

to a **pèrson's fáce** 當著某人的面；坦率地。Tell him so *to his face*. 就當面跟他這樣說吧！

— *v.* (fac·es [~ız; ~ız]; ~d [~t; ~t]; fac·ing) *vt.* 【臉部向著】 **1** 面向，面對著。They sat *facing* each other. 他們面對面坐著/The hotel *faces* the lake. 旅館面對著湖/the picture *facing* p. 25 第25頁上對頁上的圖片。

2 面對[困難，危險等]；正視，毅然承受，[不愉快的事實等]。*face* the enemy boldly 勇敢地面對敵人/*face* (the) facts (視線不迴避地)正視事實/*face* a problem 面對問題。

┃搭配┃ face+n.：~ competition (面對競爭)，~ (a) danger (面臨危險)，~ (a) difficulty (面對困難)，~ disaster (面對不幸)，~ one's responsibility (勇於面對應負的責任)。

3 [困難等]發生在…，向…逼近；面臨(*with*)。A new problem *faced* us. = We were *faced with* a new problem. 我們面臨到新的問題。

【修飾表面】 **4** (用…)覆蓋表面，(用…)貼上[塗

上，粉飾，(*with*)。The wall is *faced with* tiles. 這面牆上貼了瓷磚。

— *vi.* **1** 面對，朝向(某方向)。The house *faces toward* the west. 房屋朝西/a hotel *facing on* the sea 面向海的旅館/the side of a card *facing up* 紙牌向上的那一面。

2 把臉轉向，朝；(軍事)(隊伍)轉變方向。

fàce úp to... 勇敢地面對[敵人，難關等]；正視，毅然承受，[不好的事實等]。

● ——與 **FACE** 相關的用語

boldface	粗體字
poker face	無表情的臉孔，撲克臉
typeface	鉛字面
surface	表面
efface *v.*	刪除
deface *v.*	(以塗鴉等)汚損
face-to-face *adj.*	面對面的
preface	序文
about-face	向後轉

---

fáce càrd *n.* C (美)(紙牌的)人頭牌((英) court card)。

face·cloth [ˈfes͵klɔθ; ˈfeɪsklɒθ] *n.* (*pl.* ~s [-͵klɔðz; -klɒθz]) C 洗臉用毛巾(正方形小毛巾；(美)亦作 washcloth)。

-faced (構成複合字) …臉的，臉孔[表情]…的。red*faced* (臉發紅的)，baby-*faced* (娃娃臉的)。

[face cards]

face·less [ˈfeslıs; ˈfeɪslıs] *adj.* **1** 無臉的；沒有表面的(鐘錶的字盤等)。**2** 匿名的；無名的。

face-lift [ˈfes͵lıft; ˈfeɪslıft] *n.* C (去除臉部皺紋的)美容整型，整容術；(建築物等的)翻新，整修。

fáce pòwder *n.* U 蜜粉(化妝時撲面用的粉)。

face-sav·er [ˈfes͵sevə; ˈfeɪs͵seɪvə(r)] *n.* C 顧全面子的事物[人]((<save one's face → face 的片語))。

face-sav·ing [ˈfes͵sevıŋ; ˈfeɪs͵seɪvıŋ] *adj.* 顧全面子的。

fac·et [ˈfæsıt; ˈfæsıt] *n.* C **1** (多面體，特指寶石的)小平面，刻面，切割面。

2 (複雜事物的某一)面，情況。

fa·ce·tious [fəˈsiʃəs; fəˈsiːʃəs] *adj.* (文章)(說話，人等)滑稽的，愛開玩笑的(★含輕薄，不正經，不合時宜等之意)。

fa·ce·tious·ly [fəˈsiʃəslı; fəˈsiːʃəslı] *adv.* 滑稽地，愛開玩笑地。

fa·ce·tious·ness [fəˈsiʃəsnıs; fəˈsiːʃəsnıs] *n.* U 滑稽；輕佻。

face-to-face [͵festəˈfes; ͵feɪstəˈfeɪs] *adj.*

(限定)面對面的, 相向的. a face-to-face interview 面談, 當面訪談.

face val·ue n. ⓊＣ(貨幣, 郵票, 證券等的)面額, 票面價值; 表面價值. take his promise at face value 接受[相信]他表面[口頭]上的承諾.

fa·cial [ˈfeʃəl; ˈfeɪʃl] adj. 臉的, 臉部的; 臉部用的(面霜等). a facial expression 臉部表情.
— n. ⓊＣ做臉, 臉部按摩(保養).

fac·ile [ˈfæsl, -sɪl; ˈfæsaɪl] adj. (限定) **1** 輕而易舉的, 能輕鬆做到的. a facile task 簡單的工作. **2** (a)《常用於負面含義》膚淺的, 輕易的. facile tears (馬上落下的)不值錢的眼淚. (b)(限定)《口齒》伶俐的; (文筆等)精妙的. a facile writer 文筆流暢的作家. ⇨ n. facility. v. facilitate.

fa·cil·i·tate [fəˈsɪlə‚tet; fəˈsɪlɪteɪt] vt. 《文章》使〔工作等〕變得容易; 助長, 促進, 〔活動等〕. The police held back the crowds to facilitate the work of the firemen. 警察圍擋住(圍觀)的群眾以便於消防人員進行(救火)工作/This computer has facilitated my task. 這部電腦使我的工作輕鬆許多. ⇨ adj. facile. n. facility.

fa·cil·i·ta·tion [fə‚sɪləˈteʃən; fə‚sɪlɪˈteɪʃn] n. Ⓤ《文章》〔事物〕簡化; 助長, 促進.

fa·cil·i·ties [fəˈsɪlətɪz; fəˈsɪlɪtɪz] n. facility 的複數.

fa·cil·i·ty ‡ [fəˈsɪlətɪ; fəˈsɪlətɪ] n. (pl. -ties) 【容易的事】 **1** Ⓤ容易, 便利性. the facility of the task 工作的簡易性. 【能輕易做好事情的能力】 **2**《文章》Ⓤ熟練的本事, 技巧; 靈巧; Ⓒ能力, 才能. write with facility 寫得很流暢/show facility in learning 學習得快[吸收能力強]. 【帶來便利的物品】 **3** Ⓒ (facilities)設施, 設備; (通常 facilities)便利. public [medical] facilities 公共[醫療]設施/facilities of civilization 文明的設備(利器)/facilities for study 研究設備/afford [give] every facility for the students 提供學生各種設施. ⇨ adj. facile. v. facilitate.

fac·ing [ˈfesɪŋ; ˈfeɪsɪŋ] v. face 的現在分詞、動名詞.
— n. **1** Ⓤ(牆壁等)完工後的最外層, 飾面. a house with brick facing 表面鋪磚的房屋. **2** (衣服的)翻領, 護邊. **3** (facings)帶色的鑲邊; (軍服的)領飾, 袖飾, 《表示軍種的有色鑲邊》.

fac·sim·i·le [fækˈsɪmlɪ, -ˈsɪmə‚li; fækˈsɪmɪlɪ] n. **1** Ⓒ (仿照原來的圖畫、書籍等的)摹本, 複製. **2** Ⓤ傳真; Ⓒ (指所傳送的文件)傳真圖像[文字]. in facsimile 複製地[的]; 一模一樣地[的].

[facings 3]

fact ‡ [fækt; fækt] n. (pl. ~s [~s; ~s]) **1** Ⓒ事實; 現實; 真實情況. an obvious fact 明顯的事實/I know it for a fact. 我知道那是事實/We must face the fact that the world's natural resources are limited. 我們必須正視地球的天然資源是有限的事實/Nobody denies that he was there. 沒有人否認當時他在那裡的事實/Tell me nothing but facts. 告訴我實情.

　搭配 adj.＋fact: a basic ~ (基本事實), an established ~ (既定的事實), an important ~ (重要的事實) // v.＋fact: check a ~ (檢驗事實), confirm a ~ (確認事實).

2 Ⓤ(非理論, 幻想等的)實情, 真相, 真實事物, (↔ fiction). a novel based on fact 真人真事(改編)的小說/Fact is stranger than fiction. (諺)現實比小說更離奇. **3** (法律)犯罪事實, 犯罪行為. ⇨ adj. factual.

* **as a mat·ter of fact** 事實上, 說實在地. As a matter [Matter] of fact, I didn't say that. 事實上我並沒有那麼說. 語法 多含有爲以前所說的話給正或辯解之意; 在(口)中有時省略 as a.

fact of life (1)人生的殘酷事實[現實]. Old age is a fact of life. 年老是無法避免的事實. (2)(委婉)(the facts of life)性知識.

* **in fact** (1)實際上. I don't drink alcohol—not only in fact, but on principle. 我不喝酒, 不僅實際上是如此, 這也是我的原則. (2)事實上; 其實(indeed)(更強調所說的話); 的確. I did, in fact, tell him so. 我的確這樣告訴他/He's a good student, in fact up to the top of the class. 他是個好學生, 實際上他就是全班之冠. (3)(與外表, 約定等有別的)實際上; 其實…. She said she was alone. In fact there was someone else there, too. 她說她一個人, 但事實上還有另一個人在.

in point of fact ＝in fact. ★ 語氣比 in fact 強. **The fact (of the matter) is (that)…** 事實是[說實在的]…(★在(口)中有時亦可作Fact is…). The fact (of the matter) is that we were not invited. 其實我們並沒有受到邀請/Fact is, I'm hard up. 說實在的, 我手頭很緊.

fact-find·ing [ˈfækt‚faɪndɪŋ; ˈfækt‚faɪndɪŋ] adj. 調查實情的. a fact-finding committee 調查委員會.

fac·tion [ˈfækʃən; ˈfækʃn] n. **1** Ⓒ (政黨內部的)黨派, 派系. **2** 派系鬥爭, 內訌.

fac·tious [ˈfækʃəs; ˈfækʃəs] adj. 黨派的, 派系的; 黨派心很強[傾軋風氣濃].

fac·ti·tious [fækˈtɪʃəs; fækˈtɪʃəs] adj. 《文章》人爲的, 人工的; 不自然的.

fac·tor ‡ [ˈfæktɚ; ˈfæktə(r), -tɔː; ~z] Ⓒ **1** (產生某種結果的)因素, 要素. Poverty is a chief factor in crime. 貧困是犯罪的主要因素.

　搭配 adj.＋factor: a contributing ~ (造成…的原因之一), a decisive ~ (決定性的因素), an essential ~ (不可或缺的因素). **2** (數學)因數, 因子; (生物)(遺傳)基因(gene). a common factor 公因數.

3 (買賣)經紀商，代理商，(agent)；批發商.

fac·to·ries [ˈfæktrɪz, ˈfæktərɪz; ˈfæktərɪz] *n.* factory 的複數.

‡fac·to·ry [ˈfæktrɪ, ˈfæktərɪ; ˈfæktərɪ] *n.* (*pl.* **-ries**) ⓒ 工廠，製造廠. an auto *factory* 汽車工廠／a *factory* hand 員工，工人. 回 factory 係一般用語；→ mill, workshop.

fáctory fàrm *n.* ⓒ 工廠化畜牧場(採用機械化飼育法，以追求高效率為目標).

fac·to·tum [fækˈtotəm; fækˈtəʊtəm] *n.* ⓒ (常表詼諧)打雜工人[女工]，聽差.

fac·tu·al [ˈfæktʃʊəl; ˈfæktʃʊəl] *adj.* 事實的；根據事實的. *factual* accuracy 有關事實的正確性.

fac·ul·ties [ˈfækltɪz; ˈfækltɪz] *n.* faculty的複數.

‡fac·ul·ty [ˈfækltɪ; ˈfækltɪ] *n.* (*pl.* **-ties**) ⓒ 【能力】 **1** (身體各器官的，精神的)機能，能力. the *faculty* of hearing [sight] 聽力[視力]／the digestive *faculty* 消化功能.
2 天分，能力，(*for*)；才能，技能，手腕，(*of* [*for*] do*ing*, *to* do). have a *faculty* for languages 有語言天分／He had a great *faculty* of making people laugh. 他有引人發笑的非凡本領.
【培養能力的場所】 **3** (大學的)學院. the *faculty* of letters [medicine, science] 文[醫, 理]學院.
4 (集合)(大學學院的)教師，教職員；(某一院[系, 所]的)教授. a meeting of the *faculty* 全體師生會議／The *faculty* are meeting now. 全體教職員正在開會.
[參考] (1)指大學學院中與教育工作有關的全體職員，(美)亦指一所大學[一個學系]或高級中學的全體教職員. (2)視為一個整體時作單數，涉及個別成員時作複數. (3)各個成員為 a faculty member (=a member of (the) faculty).

fad [fæd; fæd] *n.* ⓒ (一時性的)流行；特殊嗜好. Motorcycling is a current *fad* among youngsters. 騎摩托車是年輕人最新流行的活動.

fad·dish [ˈfædɪʃ; ˈfædɪʃ] *adj.* 喜歡趕時髦的.
2 (一時)流行的.

‡fade [fed; feɪd] *v.* (**~s** [~z; ~z]; **fad·ed** [~ɪd; ~ɪd]; **fad·ing**) *vi.* 【褪色】 **1** 褪色. The dress *faded* when it was washed. 那件衣服一洗就褪色.
2 〔花等〕凋謝，枯萎；〔容顏，青春，名聲等〕衰頹；〔病人等〕衰弱. The flowers *faded* in the summer heat. 在夏日的酷暑中, 花兒都凋謝了／Her youth *faded* soon after she became poor. 她變窮後連青春氣息也跟著迅速消逝了／Memory *fades* with age. 記憶隨著年齡衰退／Your son is *fading* fast. 你兒子的身體急遽地衰弱.
【逐漸消失】 **3** 〔顏色〕變淡，褪色，變模糊；〔光〕變暗淡；〔聲音〕變微弱，(*away*). The red sky *faded* into pink. 火紅的天空轉為粉紅／The sounds of the train *faded* (*away*) into the distance. 火車的聲音逐漸遠去.
4 〔感情等〕變得淡薄(*away*).
5 消聲匿跡，消失不見，消逝，(*away*; *out*). The ghost *faded* away. 幻影消失了／Our hopes of find- ing him safe *faded*. 我們希望他平安無事的期待破滅了.
— *vt.* 使(…的顏色)消褪；使凋謝；使衰弱. The sun *faded* (the color of) the curtains. 太陽把窗簾曬得褪色了.

fad·ing [ˈfedɪŋ; ˈfeɪdɪŋ] *v.* fade 的現在分詞、動名詞.

fae·ces [ˈfisɪz; ˈfiːsiːz] *n.* (英)=feces.

fag [fæg; fæg] *v.* (**~s**; **~ged**; **~ging**) *vt.* (口)使疲勞，使筋疲力竭，(*out*)(通常用被動語態). I was *fagged* out after cutting the grass. 割完草後我感到疲憊極了.
— *vi.* **1** (賣力地)拼命工作，勤奮地做，(*at*). He *fagged* (away) *at* his homework. 他努力地做家庭作業.
2 (英)〔public school 的低年級生〕聽任(高年級生的)使喚.
— *n.* **1** ⓒ (英)(在 public school)聽任高年級生使喚的低年級生.
2 ⓤ (英, 口)討厭而累人的工作，苦差事；疲勞，衰弱. What a *fag*! 多麼累人的工作!/brain *fag* 神經衰弱.
3 (俚)香菸，紙捲菸，(cigarette).

fág énd *n.* ⓒ **1** (紡織品頭尾的)布頭，散口邊；(繩索)的散端. **2** 剩餘，殘屑，碎片；(口)菸蒂.

fag·ot (美), **fag·got** (英) [ˈfægət; ˈfægət] *n.* ⓒ **1** 柴捆[把]，束薪. **2** (英)肉丸子(將剁碎的豬內臟混合麵包碎屑捏成丸狀烤成的食物). **3** (俚, 鄙)男同性戀(者).

Fahr. (略) Fahrenheit.

Fahr·en·heit [ˈfærən͵haɪt, ˈfɑrən-; ˈfærənhaɪt] *adj.* 華氏的(略作 F, Fahr.). 75°F (華氏 75 度)讀作 seventy-five degrees Fahrenheit；英美日常生活中用華氏；與攝氏溫度的換算公式是 F=9/5 C+32；→ centigrade.

‡fail [fel; feɪl] *v.* (**~s** [~z; ~z]; **~ed** [~d; ~d]; **~ing**) *vi.* 【缺乏】 **1** 〔素質等方面〕缺乏，不夠，(*in*). He *fails in* sincerity. 他不夠誠懇.
2 〔供應，收成等〕不足，缺乏，中斷；滅絕，消失. The crop has *failed*. 農作物歉收.
【氣力漸不足】 **3** 〔健康，體力等〕衰退，變弱. His health is *failing*.=He is *failing in* health. 他的健康逐漸走下坡.
4 〔機械等〕失靈；〔器官等〕喪失功能. The brakes *failed*. 煞車失靈了／His heart *failed*. 他的心臟停止跳動了(因為心臟麻痺).
5 破產，倒閉. The business *failed* after a year. 一年後生意失敗了.
【力量不足>失敗】 **6** 失敗，搞砸；不及格(→ *vt.* 3)；(*in*)(↔ succeed). *fail* as a painter 當不成畫家／*fail* (*in*) an examination 考試不及格／All their attempts *failed*. 他們的努力全都失敗了.
— *vt.* 【力量不足>起不了作用】 **1** (問題發生時)無助於…，辜負；捨棄. My memory *failed* me.

我想不起來了/Words *fail* me. 我說不出(適當的)話來/My friend *failed* me at the last minute. 在最後關頭我的朋友捨棄了我.

〖失敗〗 **2** …不成, (應該而)未…, 不能…, 《*to do*》. He *failed to* do his duty. 他未履行(應盡的)義務/After all, he *failed to* come. 最後他還是沒來.

3 沒通過〔考試〕, 〔某一科目〕不及格, (→ *vi*. 6). He *failed* Latin. 他拉丁文考試不及格.

4 使〔學生〕不通過(考試)〔不及格〕. He was *failed* for cheating. 他因作弊而沒有通過考試.

⇨ *n*. **failure**.

* **nèver** [nɛt] **fáil to** dó 必定…(→ *vt*. 2). Frank *never fails to* come on Sunday. 法蘭克星期日一定都會來/Don't *fail to* answer letters quickly. 務必儘早回信. 語法(1) 命令句的場合. 如 *Never fail to* answer.... 這樣的說法較爲罕見. (2) never fail to do 表示經常的習慣, 若要表示單次的特定行爲時, 用do not fail to或be sure to等.

— *n*. Ⓤ 失敗(僅用於下列片語)

without fáil 必定, 務必. Come tomorrow *without fail*. 明天務必要來.

fail·ing [ˈfelɪŋ; ˈfeɪlɪŋ] *n*. Ⓒ 弱點, 缺點. I overlooked his *failings*. 我對他的缺點是睜一隻眼, 閉一隻眼.

— *prep*. 如果沒有…, 如果不…; 由於沒有…. *Failing* repayment by Monday, we shall take you to court. 如果到星期一還不還錢, 我們就要到法院告你.

fail-safe [ˈfelˌsef; ˈfeɪlˌseɪf] *adj*. 多重安全的, 裝有自動安全裝置的; 絕對安全的. 《原義爲即使發生故障依然安全無虞》

* **fail·ure** [ˈfeljɚ; ˈfeɪljə(r)] *n*. (*pl*. ~s [~z; ~z])

1 ⓊⒸ 不足, 缺乏, 《*of*》. the recent *failure* of water 近來的水荒/The crop *failures* started a famine. 作物歉收造成饑荒.

2 ⓊⒸ 衰竭, 減退, 《*of, in*》. the *failure of* his memory 他記憶力的衰退/a *failure in* health 健康的衰退.

3 Ⓤ 喪失功能, (機械等的)故障. He died of heart *failure*. 他死於心臟麻痺/engine *failures* 引擎故障/a signal *failure* 號誌故障.

4 Ⓒ 破產, 倒閉.

5 Ⓤ 失敗, 不成功; 不及格; 《*in*》(↔ success). Their enterprise ended in *failure*. 他們的企業最後以失敗告終/*failure in* an examination 考試不及格.

6 Ⓒ (計畫, 努力等的)失敗, 失敗的作品; 失敗的人, 不及格的學生. Repeated *failures* did not discourage him. 一再的失敗並沒有使他氣餒/a social *failure* 跟不上時代的人.

┌─ 搭配 *adj*.+failure (5-6): (a) complete ~ (徹底失敗), (a) total ~ (徹底失敗), (an) utter ~ (完全失敗) // *v*.+failure: avoid ~ (避免失敗), experience ~ (經歷失敗).

7 ⓊⒸ 不履行, 沒有做到, 《*in; to do*》. a *failure in* duty 怠忽職守/Her *failure to* answer my letter worried me. 我擔心她爲甚麼沒有回我的信.

⇨ *v*. **fail**.

* **faint** [fent; feɪnt] *adj*. (~·**er**; ~·**est**)

〖微弱的〗 **1** 〔光, 顏色, 聲音等〕微弱的, 不清楚的, 暗淡的. a *faint* light [odor, sound] 微弱的光〔氣味, 聲音〕/A *faint* blush crept over her face. 她的臉頰上泛起微紅.

2 〔思想等〕模糊的, 不清楚的, 〔希望等〕渺茫的, 稀少的. I haven't the *faintest* idea (of) what you're talking about. 我聽不懂你在說甚麼/There was only a *faint* chance of success. 成功的希望渺茫.

〖無力的〗 **3** 〔身體機能等〕衰弱的, 微弱的, 無力的. His pulse became *faint*. 他的脈搏變弱.

4 〔行動等〕軟弱無力的; 不感興趣的. The enemy retreated after a *faint* attempt to resist. 敵人在稍作抵抗後就撤退了.

5 〔敘述〕暈眩的, 快要昏厥的. feel *faint* 感到暈眩/be *faint* with fatigue 累得乏力.

— *n*. Ⓒ 昏厥, 昏迷. fall down [go off] in a *faint* 昏過去, 不省人事.

— *vi*. (~**s** [~s; ~s]; ~**ed** [~ɪd; ~ɪd]; ~**ing**)昏厥, 暈倒. At the news the little girl *fainted* from shock. 聽到這消息, 那小女孩嚇得昏了過去/*faint away* 昏倒.

faint·heart·ed [ˈfentˈhɑrtɪd; ˈfeɪntˌhɑːtɪd] *adj*. 膽怯的, 沒有志氣的.

faint·ly [ˈfentlɪ; ˈfeɪntlɪ] *adv*. **1** 微弱地; 模糊地, 不清楚地. **2** 虛弱地, 無力地; 提心吊膽地.

faint·ness [ˈfentnɪs; ˈfeɪntnɪs] *n*. Ⓤ **1** 微弱; 虛弱; 懦弱, 沒志氣. **2** 暈眩, 昏厥.

* **fair**¹ [fɛr, fær; feə(r)] *adj*. (**fair·er** [ˈfɛrɚ, ˈfærɚ; ˈfeərə(r)]; **fair·est** [ˈfɛrɪst, ˈfærɪst; ˈfeərɪst])

〖美麗的〗 **1** 〔古〕美麗的(用於女性). a *fair* lady 窈窕淑女/a *fair* visitor 美麗的訪客(指女客).

2 〔皮膚〕白皙的; 〔頭髮〕顏色明亮的, 金色的; 〔人〕金髮白膚的; (→ dark). *fair* hair 金髮/*fair* complexion 白皙的膚色.

3 〔中看的〕〔言詞, 約定等〕花言巧語的, 口頭上的. *fair* words 甜言蜜語/a *fair* promise 隨口說說的承諾.

〖乾淨的〗 **4** 〔印刷, 筆跡等〕好看的, 清楚的. write a *fair* hand 寫得一手好字/Please make a *fair* copy of this letter. 請將這封信謄寫清楚地謄一份.

5 〔性格, 風評等〕沒有污點的, 清白的. a *fair* name 清白的名聲.

〖不違反的〗 **6** 公平的, 公正的, 正當的, (↔ unfair). a *fair* judge 公正的法官/a *fair* decision 公平的判決/a *fair* price 公道的價格/A chairman should be *fair* to each member. 主席應該公平對待每一名成員/He was *fair with* his students. 他對學生很公平.

7 《體育》合乎規則的, 公正的, (↔ foul). a *fair* blow 遵守規則的出拳.

〖不壞的〗 **8** 差強人意的, 不好不壞的. Her English is just *fair*—not good but not bad either. 她

的英文還過得去, 不好也不壞/The patient is only in *fair* condition. 病人的情況只能說尚可. [參考] 在成績評定中通常次於 excellent, good.

9 相當的, 不少的. a *fair* amount of money 相當多的錢/He has a *fair* chance of winning the prize. 他得獎的機會相當大.

〖 令人滿意的 〗 **10** 晴朗的, 晴天的; 非刮風下雨的. a *fair* day 晴天/a *fair* sky 晴空/The weather was *fair*, but not fine. 天氣不錯, 不過並非晴朗無雲. *fair* 有時也用來和 fine 區別, 指天空有些許雲層散佈的好天氣. (◆ foul.

11 〔風〕順風的.

12 有可能的, 有希望的. His prospects of success are exceedingly *fair*. 他很有希望成功.

be in a fàir wáy to dó 很有⋯希望的. He *is in a fair way to* succeed. 他很有希望成功.

Fàir enóugh. 《口》說得對, 很好, 明白了, 《對行動, 意見, 提議等表示贊成》.

Fàir's fáir! 《口》公平相待吧!

— adv. 《連接慣用的特定動詞; 其餘則用 fairly》

1 光明正大地; 遵守規則地. fight *fair* 光明正大地戰鬥.

2 正面地; 巧妙地. The ball hit him *fair* in the face. 球正中他的臉.

3 漂亮地, 清楚地. copy a letter *fair* 清楚地謄寫信件.

4 彬彬有禮地. speak to a person *fair* 謙和地與某人談話.

fàir and squáre (1)光明正大地, 堂堂正正地. (2)正面地; 規規矩矩地, 完全地.

plày fáir (1)光明正大地比賽[作戰]. (2)光明正大地行動, 採取公正合理的態度. He didn't *play fair* with me. 他對我並不公平.

***fair**² [fɛr, fær; feə(r)] n. (pl. ~s [~z; ~z]) ©

1 《英》定期市集, 廟會, 《於節日等定期舉行, 特指買賣家畜、農產品等》.

2 《美》品評會, 評選會, 《家畜、農產等的評選》. an agricultural *fair* 農產品評鑑會.

3 博覽會, 商品展. a book *fair* 書展/an international trade *fair* 國際商展.

4 《慈善目的的》義賣會. a church *fair* 教會的義賣會.

5 《英》=funfair.

a dày after the fáir 馬後砲; 亡羊補牢, 爲時已晚.

fàir báll n. © 《棒球》界內球(◆ foul ball).

fàir gáme n. ⓤ **1** 准許獵捕的動物.

2 (稱讚或攻擊等的)絕佳對象; 容易受騙的人.

fair·ground [ˈfɛrˌgraʊnd, ˈfær-; ˈfeəgraʊnd] n. © (常 fairgrounds)市集場地; 遊樂場; 博覽會場.

***fair·ly** [ˈfɛrlɪ, ˈfær-; ˈfeəlɪ] adv. **1** 公平地, 光明正大地, (◆ unfairly). act *fairly* 光明正大地行動/She didn't treat us *fairly*. 她對我們不公平/It may *fairly* be said that.... 可以說⋯.

2 非常地, 相當地, 頗, 《用於正面含義; → rather, quite 回》. a *fairly* good dictionary 相當好的字典/She cooks *fairly* well. 她菜做得相當好/

It is *fairly* warm. 天氣相當暖和.

3 完全, 簡直, 《★加強語意的字; 加重發音》. be *fairly* caught 被逮個正著/I was *fairly* exhausted after playing a game of basketball. 打完籃球比賽後我簡直是筋疲力竭.

fàirly and squárely=fair and square (fair¹的片語).

fair·mind·ed [ˈfɛrˈmaɪndɪd, ˈfær-; ˈfeəˌmaɪndɪd] adj. 公平的, 公正的.

fair·ness [ˈfɛrnɪs, ˈfær-; ˈfeənɪs] n. ⓤ **1** 公平, 公正. **2** (皮膚的)白皙; 金髮.

in fáirness 公平地(說).

fàir pláy n. ⓤ **1** 公平的比賽(依照規則進行的比賽)(◆ foul play). **2** 光明正大的行爲[態度].

fàir séx n. (加 the) (集合)女性.

fàir sháke n. © 《美、口》公平待遇, 均等的機會.

fair·way [ˈfɛrˌwe, ˈfær-; ˈfeəweɪ] n. (pl. ~s) © **1** 《高爾夫球》球道(tee 和 putting green 之間修剪過的草地區域). **2** 航道, 水路, 《河流, 港灣等水深足夠且無障礙物的航路》.

fair-weath·er [ˈfɛrˌwɛðə, ˈfær-; ˈfeəˌweðə(r)] adj. 《限定》只適於有利可圖時的. a *fair-weather* friend 能同甘不能共苦的朋友.

***fair·y** [ˈfɛrɪ, ˈfærɪ; ˈfeərɪ] n. (pl. **fair·ies** [~z; ~z]) © **1** (a)小精靈, 小仙女, 《出現於童話故事中, 帶給人幸福或災禍》(→ elf, sprite). *Fairies* have magic powers. 精靈具有魔力. (b)《形容詞性》精靈的; 精靈似的, 有魔力的. a *fairy* man [woman] 男[女]精靈/with *fairy* steps 腳步輕盈優美地.

2 《口》男同性戀者.

[fairy 1]

fair·y·land [ˈfɛrɪˌlænd, ˈfærɪ-; ˈfeərɪlænd] n. **1** ⓤ 精靈王國, 仙境. **2** © 夢鄉, 世外桃源.

●——主要的童話	
The Ugly Duckling	醜小鴨
The Tin Soldier	小錫兵
The Little Match Girl	賣火柴的小女孩
The Emperor's New Clothes	國王的新衣
Aladdin and the Wonderful Lamp	阿拉丁神燈
Ali Baba and the Forty Thieves	阿里巴巴與四十大盜
Snow White	白雪公主
Jack and the Bean-Stalk	傑克與豌豆
Little Red Riding Hood	小紅帽

fáiry stòry [tàle] n. © **1** 神話故事, 童話. **2** 假話, 虛構的故事.

fait ac·com·pli [ˌfɛtəkɑmˈpli;

ˌfeɪtkɒmˈpliː] (*pl.* **faits accomplis** [ˌfɛzəkɑmˈpliz; ˌfeɪzəkɒmˈpliː(z)]) (法語) *n.* © 既成的事實 (accomplished fact).

✱faith [feθ; feɪθ] *n.* (*pl.* ~**s** [~s; ~s]) 〖相信〗 **1** ⓤ 信賴, 信任, (*in*). blind *faith* 盲目的信仰/I haven't much *faith in* his ability. 我不太信任他的能力/put *faith in* 信任[信賴]….

⬡belief 通常是基於理性或證據的信念；faith 並非依據道理而是憑藉情感上的信仰.

2 ⓤⓒ 信仰；信心；信念；教義；宗教. have [lose] *faith in* Christianity 信仰[不再相信]基督教/a man of strong *faith* 有堅定信仰[信念]的人/the Christian [Jewish] *faith* 基督[猶太]教(的教義).

〖圖解〗 *adj.*+faith: blind ~ (盲目的信仰), deep ~ (堅定的信仰), enduring ~ (不變的信仰) // *v.*+faith: lose (one's) ~ (不再信賴), shake a person's ~ (動搖某人的信念).

〖信賴關係〗 **3** ⓤ 信義, 真誠, 忠實. an act of good [bad] *faith* 忠誠[不忠誠]的行為/The country did not keep *faith* with her ally. 這個國家對其盟國不守信義.

4 ⓤ 約定, 諾言. He broke *faith* with his friend. 他背棄了和朋友的約定. ⟹ *adj.* **faithful**.

in bàd fáith 不誠實地, 背信地.

in gòod fáith 有誠意地, 誠實地.

fáith cùre *n.* ⓤ 信仰療法(透過信仰和祈禱來治療疾病).

✱faith·ful [ˈfeθfəl; ˈfeɪθfʊl] *adj.* 〖忠實的〗 **1** 忠實的, 誠實的, (*to*). a *faithful* friend [servant] 忠實的朋友[忠誠的僕人]/He is *faithful to* his promises. 他信守諾言/be *faithful in* service 忠於勤務.

2 忠貞的, 堅貞的, (*to*). Ulysses' wife remained *faithful* during his absence. 尤里西斯不在家的這段期間, 他的妻子始終對他忠貞不二.

3 (加 the)《名詞性》《作複數》(特定宗教的)虔誠教徒；(主義, 主張的)忠實的信奉者.

4 〖忠於事實的〗詳實的, 絲毫不差的. a *faithful* copy 詳實的複本/a translation *faithful to* the original 忠於原著的翻譯/a *faithful* account 忠實的記述.

✱faith·ful·ly [ˈfeθfəlɪ; ˈfeɪθfəlɪ] *adv.* **1** 忠實地, 誠實地. He followed the instructions *faithfully*. 他忠實地聽從指示. **2** 詳實地, 照實地. This model ship is *faithfully* reproduced from the original. 這艘模型船是完全按照實物複製的.

Yòurs fáithfully, 敬上, 謹上,《正式或商業書信的結尾語；→ yours 參考》.

faith·ful·ness [ˈfeθfəlnɪs; ˈfeɪθfʊlnɪs] *n.* ⓤ 忠實, 誠實；詳實.

fáith hèaling *n.* =faith cure.

faith·less [ˈfeθlɪs; ˈfeɪθlɪs] *adj.* **1** 不守信的；不誠實的. **2** 不能信賴的, 不可靠的.

faith·less·ly [ˈfeθlɪslɪ; ˈfeɪθlɪslɪ] *adv.* 不誠實地.

faith·less·ness [ˈfeθlɪsnɪs; ˈfeɪθlɪsnɪs] *n.* ⓤ

不誠實.

fake [fek; feɪk] *n.* ⓒ 假貨, 贋品, 仿造；冒充者.

— *adj.* 假的, 偽造的, 仿造的. a *fake* silver brooch 假的銀胸針.

— *vt.* **1** 偽造, 仿造；捏造〔言詞等〕. *fake (up)* a picture 偽造一幅畫.

2 《口》裝作…的樣子, 佯裝. *fake* illness 裝病.

3 〔體育〕做假動作.

— *vi.* **1** 偽造. **2** 《口》假裝. **3** 〔體育〕做假動作.

fak·er [ˈfekə; ˈfeɪkə(r)] *n.* ⓒ 騙子；偽造者；冒充者.

fal·con [ˈfɔlkən; ˈfɔːlkən] *n.* ⓒ 《鳥》隼(狩獵用的猛禽；一般喜歡用雌隼).

fal·con·er [ˈfɔlknə; ˈfɔlkənə; ˈfɔːlkənə(r)] *n.* ⓒ 馴鷹者, 養鷹者.

fal·con·ry [ˈfɔlkənrɪ; ˈfɔːlkənrɪ] *n.* ⓤ **1** 獵鷹. **2** 馴鷹術, 獵鷹訓練技術.

[falcon]

✱fall [fɔl; fɔːl] *vi.* (~**s** [~z; ~z]; **fell**; ~**en**; ~**ing**) 〖落下〗 **1** 落下；〔雨等〕下, 降；〔葉等〕掉落. *fall* from [off] one's horse 從馬上摔下/The rain was *falling* down. 雨不停地下著/The curtain *falls* at 10 p.m. 晚上 10 點落幕〔散場〕.

2 〔落下似的來臨〕〔夜等〕來臨；〔寂靜等〕降臨；〔恐懼, 睡意等〕襲來. Dusk began to *fall*. 暮色低垂/A dead silence *fell upon* the class. 全班一片死寂.

3 〔灑落〕〔歎息等〕宣洩而出；〔言語等〕脫口而出. Words of regret *fell* from his lips. 悔恨的言詞從他口中說了出來.

〖將要落下>射中〗 **4** 〔箭, 子彈〕射中；〔光線, 影子等〕照射；〔視線等〕投向, 停留；〔聲音〕傳到；〔重音〕落在, (*on*). The shell *fell* wide of the mark. 子彈偏離目標/My eye chanced to *fall on* the book. 我的目光碰巧停在那本書上.

5 〔紀念日等〕適逢(*on*)；〔特定的時日〕來臨；〔節日等〕到來. My birthday *falls on* a Sunday this year. 今年我的生日在星期天/Easter *fell* early that year. 那一年復活節來得特別早.

6 〔籤, 獎券等〕抽中；〔遺產等〕歸讓；〔責任等〕落到；〔懷疑等〕落到身上；(*on*, *to*). The lot *fell on* her. 她被抽中了/The responsibility *fell to* him. 責任落到他的肩上.

〖落到〗 **7** (★主要用於負面意義的狀態). (**a**) 《加副詞片語》陷於, 變成(某種狀態). *fall into*…(→片語(2))/*fall to*…(→片語(2))/*fall out of* work 失業. (**b**) 〖句型2〗(fall **A**)成為 A(狀態). *fall* ill [sick] 病了/*fall* asleep 睡著了/The audience *fell* silent. 觀眾靜了下來/The post *fell* vacant. 職位空缺/It *fell* dark. 天黑了.

8 〖進入〗被區分, 被分類, (*into*)(→片語 *fall into*…(4))；屬於(*within*). That topic does not *fall within* the scope of the present study. 該主題不屬於目前研究的範圍.

【下降，朝下傾斜】 **9** 〔溫度，物價等〕下降，降低；〔勢力等〕變弱，衰微；(↔ rise). The temperature *fell* to 10°F. 溫度降到華氏 10 度/Her voice *fell* to a whisper. 她的聲音壓低成耳語/The number of the unemployed has *fallen* greatly. 失業人數大幅減少/The wind is *falling*. 風漸趨平靜/Her spirits *fell* at the news. 聽到這消息她的情緒陷入低潮.

10 〔頭髮，衣服等〕垂下，披垂. Her shawl *fell* over her knees. 她的披肩垂到膝蓋上.

11 〔眼睛〕朝下看，低垂；〔臉〕變成悲傷的〔黯然的〕表情. Her eyes *fell* before my gaze. 在我凝視她之前，她便已將雙眼垂了下來.

12 〔土地〕傾斜，形成下坡；〔河川〕流入，注入，(*into*). The land *falls* away to the lake [to the south]. 土地向湖面[南]傾斜.

【朝下>倒下】 **13** 倒下，跌倒；〔建築物等〕倒塌，坍毀. stumble and *fall* 絆跤跌倒/*fall* to the ground 跌倒在地/The man *fell* down dead. 那人倒下來死了/The building *fell* in the recent earthquake. 那棟大樓在最近的地震中倒塌了.

14 受傷倒下；死亡《尤指戰爭中》. *fall* in battle 陣亡/A tiger *fell* to his rifle. 一頭老虎死於他的步槍下.

15 〔政府等〕垮臺，瓦解，失勢. The party [dictator] *fell* from power. 那個政黨[獨裁者]失勢了.

【陷落】 **16** 〔要塞等〕陷落，攻陷；〔軍隊等〕投降. The castle *fell* without a struggle. 那座城堡毫無抵抗就被攻陷了/The enemy *fell* to our army's attack. 敵軍在我軍的攻擊下投降了.

fàll apárt 碎裂，崩潰，解體.

fàll awáy (1)離去，離棄，(*from*). All his old friends *fell away from* him. 他所有的老朋友都離他而去. (2)衰退，減弱；變瘦；減少. Trade *falls away* during the summer. 夏季時貿易額衰退.

fàll báck 〔軍隊等〕退卻，撤退[back].

＊ **fàll báck on** [**upon**]... 把…作爲(最後的)依據；依賴…. I had saved a little to *fall back on* in case anything happened. 我存了一點錢以備不時之需.

＊ **fàll behínd**[1]... 落在…之後《*in*》. He *fell behind* the others *in* his studies. 他的課業落後其他的人.

fàll behínd[2] 落後；拖欠〔付款〕.

＊ **fàll dówn** (1)倒地，跪倒，(→ 13). (2)《口》挫敗，未能達成，《*on*》. Don't *fall down* on your promise. 不要食言/He'll *fall down* on the job. 他無法勝任這項工作.

fall for... 《口》(1)對〔人〕(突然地)傾心. She *fell for* the pop singer. 她一下子迷上那位流行歌手. (2)受〔言詞等〕所蒙蔽. *fall for* a trick completely 完全被詭計所騙.

fàll fóul of... 與…衝突[撞擊].

＊ **fàll ín** (1)〔屋頂，牆等〕塌陷，崩裂. The ceiling *fell in*. 天花板坍下來了. (2)〔全員〕列隊；〔個人〕進入隊伍. The pupils *fell in* and walked behind the teacher. 小學生們列隊跟在老師後面走. (3)同意；調和；(→ fall in with... (2)).

＊ **fàll into...** (1)掉進，陷入，〔陷阱等〕. *fall into* a pit 掉進坑裡. (2)陷入，進入，〔某種狀態〕. *fall into* (an) error 犯錯/*fall into* bad habits 染上惡習/*fall into* a deep sleep 進入沈睡狀態. (3)(突然)開始…，從事…. *fall into* a rage 勃然大怒/*fall into* conversation with a person 開始與某人談話. (4)被分成，被區分. The history of English *falls* naturally *into* three main periods. 英語的演進很自然地區分爲三個主要時期.

fàll ín with... (1)(偶然相遇而)與…認識. I *fell in with* an old couple from London at the hotel. 我在旅館裡認識了一對來自倫敦的老夫婦. (2)同意，贊成. They all *fell in with* my proposal. 他們全都贊成我的建議.

fàll óff 減少，縮減；〔品質等〕變差. Business has *fallen off* recently. 最近生意很差.

＊ **fàll on** [**upon**]... (1)襲擊…，突擊…. The traveler was *fallen upon* by robbers. 該名旅客遭強盜劫掠. (2)遭遇〔惡運，災難等〕. The country has *fallen upon* hard times. 國家已面臨艱難時期.

＊ **fàll óut** (1)吵架《*with*》. *fall out* over a trivial matter 爲了點小事吵架. (2)〔事物等〕發生，…地進展. Everything *fell out* well. 萬事如意，一帆風順. (3)(用 It falls out that....)結果是…. *It may fall out that* you will see him there. 說不定你會在那裡遇到他. (4)〔軍事〕脫隊.

＊ **fàll over**[1]... 絆到…而跌倒(stumble). *fall over* a rock 被石頭絆倒.

fàll óver[2] 跌倒，倒下.

fàll over onesélf to dó 躍躍欲試，爭著(做).

fàll thróugh 失敗，成爲泡影. The plan *fell through* because of lack of funds. 這項計畫由於資金不足而失敗.

＊ **fàll to...** (1)開始…，著手於…. *fall to* work 開始工作/*fall to* eating 開始吃，《口》陷入〔某種狀態〕. *fall to* sleep 入睡/*fall to* pieces 變得粉碎，《口》it 當主詞》《文章》爲…的義務. *It fell to* me to make the closing speech. 我受命來致閉幕辭.

lèt...fáll → let[1] 的片語.

— *n.* (*pl.* ~**s** [~z; ~z]) **1** ⓊⒸ《美》秋天(autumn)《落葉的季節》；《形容詞性》秋的. Some leaves turn red *in fall*. 有些樹葉在秋天會變紅/in the *fall* of 1980 在 1980 年秋季/the *fall* of life 晚年/the *fall* semester《美》上學期《兩學期制的前一學期；9 月至 1 月》.

2 (falls)瀑布(≈ waterfall〔參考〕). The *falls* are ninety feet high. 這個瀑布有九十英尺高/(The) Niagara *Falls* is one of the grandest spectacles in North America. 尼加拉大瀑布是北美最雄偉的景觀之一(★作專有名詞時通常表示單數).

3 Ⓒ落下，墜落；落下的距離；落差，(↔ rise). He had a *fall* from his horse. 他從馬上摔下來/

the *fall* of a meteor 隕石的墜落.

4 C(雨, 雪等)降下的量, 下(雨, 雪等). a six-inch *fall* of snow 六英寸厚的積雪(量)/We had many heavy *falls* of rain this year. 我們今年下了多場暴雨.

5 C傾斜, 坡度.

6 C(價格等的)下跌; (數量, 溫度的)下降; 衰退, 減退; (◆ rise). a sudden *fall in*〔*of*〕 temperature 溫度的驟降/the steady *fall in* purchasing power 購買力的持續下滑/a *fall in* the wind 風力的減弱.

7 C跌倒; 坍塌. He broke his leg in the *fall*. 他跌下來摔斷了腿/get a bad *fall* 跌得很慘/the *fall* of an old tower 古塔的坍塌.

8 U陷落; (政權等的)崩潰, (當權者等的)下臺, 沒落; (◆ rise). the *fall* of Constantinople 君士坦丁堡的沒落.

9 C(摔角)將對手摔倒.

	──與 FALL 相關的用語		
windfall	被風吹落的果實	rainfall	降雨
downfall	沒落	waterfall	瀑布
nightfall	黃昏	pitfall	陷阱
footfall	腳步	snowfall	降雪
befall	v. 降臨		

fal·la·cious [fə`leʃəs; fə'leɪʃəs] *adj.* 《文章》**1** 謬誤的. **2** 使人迷惑的.

fal·la·cious·ly [fə`leʃəslɪ; fə'leɪʃəslɪ] *adv.* 《文章》謬誤地.

fal·la·cy [`fæləsɪ; 'fæləsɪ] *n.* (*pl.* **-cies**)《文章》U(推理的)謬誤; C謬論.

fall·en [`fɔlən; 'fɔːlən] *v.* fall 的過去分詞.
— *adj.* **1** 落下的, 降下的. *fallen* petals 散落的花瓣/*fallen* snow 積雪. **2** 倒下的; (戰爭中)死亡的. the *fallen* (集合)陣亡者. **3** 陷落的; 滅亡的. a *fallen* city 淪陷的城市. **4** 墜落的; 落魄的.

fáll gùy *n.* C(美、俚)**1** 易受騙的人, 易被利用的人. **2** 代罪羔羊, 替死鬼.

fal·li·bil·i·ty [,fælə`bɪlətɪ; ,fælə'bɪlətɪ] *n.* U《文章》容易出錯.

fal·li·ble [`fæləbl; 'fæləbl] *adj.* 《文章》〔人〕容易[不免]出錯的.

fálling stár *n.* C流星.

fall·out [`fɔl,aut; 'fɔːlaʊt] *n.* U(核子彈爆發所形成的)幅射塵, 原子落塵.

fal·low [`fælo, ˋfælə; 'fæləʊ] *adj.* 〔耕地等〕休耕中的. lie *fallow* 休耕.
— *n.* U休耕地; 休耕.

fál·low dèer *n.* C(動物)(產於歐洲的)黇鹿(黃褐色, 夏天身上會長出白色斑點的小型鹿).

***false** [fɔls; fɔːls] (★注意發音) *adj.* (**fals·er**; **fals·est**)〖錯誤的〗**1** 錯誤的, 與事實相反的, 不正確的. a *false* argument [notion] 錯誤的論證[想法]/a true-*false* test 是非題(只須回答對與錯的測驗).

2 沒有理由的, 毫無憑據的. *false* pride 虛榮心.

〖假的〗**3** 不誠實的, 說謊話的. a *false* witness 作偽證的人/a *false* charge (法律)誣告/under a *false* name 用假名.

4 不誠實的((to)). a *false* friend [lover] 不忠實的朋友[情人]/be *false* to one's promise [word] 不守約定/be *false* to one's country 不忠於國家.

5 偽裝的, 掩飾的; 騙人的. *false* modesty 假謙虛/with a *false* air of indifference 假裝漠不關心地/*false* tears 虛假的眼淚.

〖非真品的〗**6** 人造的. a *false* eye [tooth] 義眼[假牙]/wear *false* eyelashes 戴上假睫毛/a *false* diamond 人工鑽石.

7 假的, 偽造的. a *false* coin 偽幣/a *false* signature 偽造的簽名/a *false* god 邪神.

8 (特指加於植物名上)假…, 仿…. *false* garlic 假蒜頭.

— *adv.* (僅用於下列片語)
plày...fálse 欺騙…, (特指)辜負[情人].

✧ *n.* **falsehood.** *v.* **falsify.** ≒ **wrong, mistaken; dishonest; sham, counterfeit.** ↔ **true; genuine, real.**

fàlse acácia *n.* = acacia 2.

fàlse alárm *n.* C誤發[假]的警報; (引人騷動的)謊報, 謠言.

false·hood [`fɔls,hud; 'fɔːlshʊd] *n.* **1** C謊言, 假話, (→ lie² 同). U說謊. tell a *falsehood* 說謊話. **2** U虛偽; 錯誤; C(個別的)錯誤.

false·ly [`fɔlslɪ; 'fɔːlslɪ] *adv.* **1** 錯誤地; 不正當地. **2** 虛偽地, 不誠實地.

false·ness [`fɔlsnɪs; 'fɔːlsnɪs] *n.* U **1** 錯誤; 不當. **2** 虛偽. **3** 不誠實, 欺騙.

fals·er [`fɔlsɚ; 'fɔːlsə(r)] *adj.* false 的比較級.

fals·est [`fɔlsɪst; 'fɔːlsɪst] *adj.* false 的最高級.

fal·set·to [fɔl`sɛto, -`sɛtə; fɔːl'setəʊ] *n.* (*pl.* ~s) **1** (男性的)假聲(裝出來的高音); (音樂)假聲唱腔. **2** C使用假聲的人; (音樂)假聲歌手.
— *adv.* 用假聲地.

fals·ies [`fɔlsɪz; 'fɔːlsɪz] *n.* 《作複數》(口)胸罩襯墊(使胸部看起來較豐滿).

fal·si·fi·ca·tion [,fɔlsəfə`keʃən, ,fɔːlsɪfɪ'keɪʃn] *n.* UC **1** (文件等的)偽造, 竄改. **2** (事實等的)歪曲; 誤傳. **3** 反證.

fal·si·fy [`fɔlsə,faɪ; 'fɔːlsɪfaɪ] *vt.* (**-fies**; **-fied**; ~ing) **1** 偽造, 竄改, (文書等). *falsify* a will 偽造遺囑. **2** 捏造, 歪曲, (事實等). **3** 證明(揭示)(理論等)的錯誤(◆ verify). **4** 推翻, 辜負, (期待, 信仰等).

fal·si·ty [`fɔlsətɪ; 'fɔːlsətɪ] *n.* (*pl.* **-ties**)《文章》**1** U不真實, 虛假. **2** U不忠實, 背信忘義. **3** C謊言.

***fal·ter** [`fɔltɚ; 'fɔːltə(r)] (★注意發音) *v.* (~s [~z; ~z]; ~ed [~d; ~d]; **-ter·ing** [-tərɪŋ, -trɪŋ; -tərɪŋ]) *vi.* **1** 躊躇, 畏縮; (勇氣, 決心等)動搖, 變弱. My faith in him never *faltered*. 我對他的信心從未動搖.

2 結巴, 口吃. He *faltered* and seemed to grope

for words. 他說話結結巴巴地，好像在搜尋適當的用語．

3 搖搖晃晃地走，蹣跚；樣子滑稽可笑．She took a few *faltering* steps. 她搖搖晃晃地走了幾步． — *vt.* 結巴地說，口吃．

fal·ter·ing·ly [ˈfɔltərɪŋlɪ, -trɪŋ-; ˈfɔːltərɪŋlɪ] *adv.* 蹣跚地；結巴地，吞吞吐吐地；搖晃地．

✱fame [fem; feɪm] *n.* ① **1** 名聲，聲譽．achieve [win, gain] *fame* 贏得名聲/come [rise] to *fame* 成名/a musician of worldwide *fame* 享譽國際的音樂家/his *fame* as a doctor 他身為醫生的名望．

2 風評，評價．good [fair] *fame* 好名聲，名望/ill *fame* 惡評，惡名．⇨ *adj.* famous.

famed [femd; feɪmd] *adj.* 有名的，著名的，《*for*》．This man is *famed for* his magic tricks. 這個人因變魔術而出名．

✱fa·mil·iar [fəˈmɪljə; fəˈmɪljə(r)] *adj.* 【熟悉的】**1** 熟悉的，熟識的，《*to*〔人〕》；常見的，普通的．*familiar* legends 眾所皆知的傳說/The word processor is a *familiar* article now. 文字處理器現在是很普遍的東西/The name is not *familiar to* us. = We are not *familiar with* the name (→ 2). 我們不熟悉這個名字．

2 《敘述》熟悉的，精通的，《*with* 關於…》．My brother is *familiar with* football. 我哥哥[弟弟]很瞭解足球．

【親密的】**3** 親近的，親密的，友好的，《*with*〔人〕》．old *familiar* faces 熟識的臉[人]/a *familiar* friend 親近的朋友/He is *familiar with* many famous men. 他熟識許多名人．

4〔親近的〕輕鬆(不拘禮)的；平易近人的；極親密的《*with*》．a *familiar* greeting [letter] 親切的問候[信]/write in a *familiar* style 用通俗平易的風格書寫．

⇨ *n.* familiarity. *v.* familiarize. ≒intimate.

be on familiar térms with... 與〔人〕關係親密．

màke onesèlf famíliar with... 與〔人〕愈加親近；對〔事物〕精通，越來越熟悉…．

— *n.* ① 熟人；親近的朋友．

fa·mil·i·ar·i·ties [fə,mɪlɪˈærətɪz, fə,mɪljɪˈærətɪz, fə,mɪlɪˈjærətɪz, fə,mɪlɪˈærətɪz] *n.* familiarity 的複數．

✱fa·mil·i·ar·i·ty [fə,mɪlɪˈærətɪ, fə,mɪljɪˈærətɪ, fə,mɪlɪˈjærətɪ; fə,mɪlɪˈærətɪ] *n.* (*pl.* **-ties**) **1** ① 熟悉，精通，《*with* 關於…》；通曉．His *familiarity with* their customs was helpful. 他通曉他們風俗習慣的這一點是很有幫助的/the *familiarity* of his name 他的名氣，他的知名度．

2 ① 親密，深交，《*with*》．be on terms of *familiarity with* one's neighbors 與鄰居關係親密/Their *familiarity* was based on a long friendship. 他們的深交基於長期的友誼．

3 ① 親密，親暱；不客氣，無拘束．*Familiarity* breeds contempt. 《諺》親暱狎侮；近廟欺神．

4 ① (通常 familiarit*ies*) 親暱[無顧忌]的言行《特指對女性》．⇨ *adj.* familiar.

fa·mil·iar·ize [fəˈmɪljə,raɪz; fəˈmɪljəraɪz] *vt.* **1** 使熟練；使親近；《*with*》．*familiarize* the workmen *with* the use of a new machine 使工人熟悉新機器的操作．

2 使家喻戶曉，使普及．*familiarize* the name of a product to consumers 使消費者熟悉產品的名稱．⇨ *adj.* familiar.

fa·mil·iar·ly [fəˈmɪljəlɪ; fəˈmɪljəlɪ] *adv.* **1** 親切地；親暱地，無顧忌地．**2** 一般地，普通地．

fam·i·lies [ˈfæmlɪz, ˈfæməlɪz; ˈfæmələɪz] *n.* family 的複數．

✱fam·i·ly [ˈfæmlɪ, ˈfæməlɪ; ˈfæməlɪ] *n.* (*pl.* **-lies**) **1** ① (用單數) (集合) (構成家庭的)家族，一家人．(a) (全體)家人《雙親和孩子；有時也包括傭人》．We are a *family* of seven. 我們一家有七口/The *family* has just moved out. 那一家人剛剛搬走/the Brown *family* 布朗一家人/His *family* is large. 他家人很多/My *family* are all well. (英)我的家人都很好．

[語法] 在(英)把全體家庭成員看成一集合體時用單數動詞，若以其中一個個成員來看時則用複數動詞．但在(美)這兩種情況通常都用單數動詞．

(b) 本人以外的)家人，家眷．I'm taking my *family* to the seaside. 我正要帶我的家人到海邊去．

(c) (一家的)孩子們，子女．the youngest of a *family* of five 五個兄弟姊妹中最小的/his wife and *family* 他的妻兒．

[搭配] *v.*+family: clothe a ～ (供家人穿暖)，feed a ～ (供家人吃飽)，head a ～ (當家)，provide for a ～ (養家)，support a ～ (養家)．

2 ① (作為社會構成單位的)家族，戶口，家庭．Five *families* live in the building. 這棟大樓裡住著五戶人家/a poor *family* 貧窮人家/a nuclear *family* 核心家庭．

3 ① (★用單數亦可用複數)一族，一門．the *Family* of York 約克家族(英國的王室之一)/an old *family* of the town 城裡的世家/the royal *families* of Europe 歐洲的王室．

4 ① 家世，門第；《主英》名門．a man of *family* 名門之後/a man of no special *family* 沒甚麼家世背景的人．

5 ① (分類上的)同族，類，系統．《語言》語系；《生物》科(→ order, genus)．the *family* of Indo-European languages 印歐語系/animals of the cat *family* 貓科動物．

6 (形容詞性)家族的，家庭的；適合家庭的．a *family* affair 家務事/a *family* car 家庭房車．

in the [a] *fámily wáy* 《口》懷孕(pregnant)．

fàmily Bíble *n.* ① 家庭用聖經《大型聖經，內附有供記錄誕生、結婚、死亡等的空白頁》．

fàmily círcle *n.* ① **1** (加 the)家族圈，全家人．**2** (劇院的)家庭座(票價較便宜的區域)．

fàmily dóctor *n.* ① 家庭醫師．

fàmily màn *n.* (*pl.* **～ men** [～ mən; ～ men]) ① **1** 有家室的男子，有妻兒的男子．

2 家庭至上的男人.
fámily náme n. ©姓(surname).
fámily plánning n. ©家庭計畫, 生育計畫.
fámily skéleton n. ©(不願張揚的)家醜.
fámily trée n. ©家譜, 族譜.

●——表示親族關係的主要用語

father 父親	mother 母親
older brother 兄	older sister 姊
younger brother 弟	younger sister 妹
uncle 伯父, 叔父, 舅父, 姑丈, 姨父	aunt 伯母, 嬸嬸, 舅媽, 姑媽, 姨媽
grandfather (外)祖父	grandmother (外)祖母
cousin 堂[表]兄弟姊妹	niece 姪女, 外甥女
nephew 姪子, 外甥	granddaughter 孫女, 外孫女
grandson 孫子, 外孫	
father-in-law 岳父, 公公	mother-in-law 岳母, 婆婆
brother-in-law 姊夫, 妹夫	

***fam·ine** [ˋfæmɪn; ˈfæmin] n. (pl. ~s [~z; ~z])
1 ⓊC 饑荒. The country is suffering from
famine. 那個國家正在鬧饑荒.
2 ⓐⓊ 缺乏, 欠缺, (物質等的)不足. a water
famine 水荒/a famine of skilled workers 大量短
缺技術工人.
　fam·ished [ˋfæmɪʃt; ˈfæmiʃt] adj.《口》飢腸轆
轆的.

***fa·mous** [ˋfeməs; ˈfeiməs] adj. 1 (用於正面
含義)有名的, 著名的(for), (→
notorious; → distinguished 圖). a famous work
of art 有名的藝術作品/Peitou is famous for its
hot springs. 北投以溫泉聞名/Brighton is famous
as a summer resort. 布來頓是著名的避暑勝地.
2《口》出色的, 極好的, (excellent). a famous
dinner [appetite] 極好的晚餐[胃口]/That's
famous! 好極了! 太精彩了! ⇨ n. fame.
　fa·mous·ly [ˋfeməslɪ; ˈfeiməsli] adv. 1《口》極
好地, 漂亮地, 出色地. 2 有名地.

***fan**¹ [fæn; fæn] n. (pl. ~s [~z; ~z]) © 1 扇
子, 團扇. a folding fan 摺扇.
2 電扇, 風扇; (汽車的)風扇(冷卻引擎用). an
electric fan 電風扇/a ventilating fan 通風扇.
3 扇狀物(展開的孔雀尾巴等).
— v. (~s [~z; ~z]; ~ned [~d; ~d]; ~ning) vt.
1 (用扇子等)搧. He fanned the fire with his
hat. 他用帽子搧火/fan oneself busily 忙著為自己
搧風/fan the embers into a blaze 把餘燼搧出火
來.
2 推波助瀾, 激起, 煽動. fan a quarrel 挑起爭
端/fan the flame(s) 激起燃燒般的熱情.
3 (微風)吹拂. The cool breeze fanned his face.
清涼的微風吹拂他的臉.
4 把(紙牌等)展成扇狀. The peacock fanned his

tail. 孔雀開屏.
— vi. 展成扇狀《out》. The police fanned out
and searched the woods for the boy. 警方成扇形
散開在林中搜尋那個男孩.

***fan**² [fæn; fæn] n. (pl. ~s [~z; ~z]) ©(體育,
電影等的)迷. baseball [movie] fans 棒球
[電影]迷/I'm a great fan of the Beatles. 我是個
披頭四迷. 孕圏 來自 fanatic.
　fa·nat·ic [fəˋnætɪk; fəˈnætik] n. ©盲從者; 狂
熱者, 發了瘋似的人. a religious fanatic 宗教狂熱
份子. — adj. 盲從的; 狂熱的.
　fa·nat·i·cal [fəˋnætɪk]; fəˈnætikl] adj. =
fanatic.
　fa·nat·i·cal·ly [fəˋnætɪk]ɪ, -ɪklɪ; fəˈnætikəli]
adv. 狂熱地; 盲從地.
　fa·nat·i·cism [fəˋnætə،sɪzəm; fəˈnætisizəm]
n. 1 Ⓤ盲從; 狂熱.
2 © 盲從的行為[思想, 個性].
　fan·cied [ˋfænsɪd; ˈfænsid] v. fancy 的過去式,
過去分詞.
　fan·ci·er [ˋfænsɪɚ; ˈfænsiə(r)] n. ©(動植物的)
愛好者, …迷. a bird fancier 愛鳥者/a rose fan-
cier 愛好玫瑰的人.
　fan·cies [ˋfænsɪz; ˈfænsiz] n. fancy 的複數.
— v. fancy 的第三人稱、單數、現在式.
　fan·ci·ful [ˋfænsɪfəl; ˈfænsifol] adj. 1 幻想的,
憑空想像的, 非真實的. a fanciful tale 憑空捏造
的故事. 2 別出心裁的, 奇特的.
3 [藝術家等]愛幻想的, 異想天開的.
　fan·ci·ful·ly [ˋfænsɪfəlɪ; ˈfænsifoli] adv. 幻想
地; 奇特地.
　fán clùb n. ©(演藝人員等的)影[歌]迷俱樂部,
後援會.

***fan·cy** [ˋfænsɪ; ˈfænsi] n. (pl. -cies)【空想】
1 ⓐⓊ (天馬行空的)幻想, 想像(力),
(→ imagination 圖). based on fancy 基於幻想
的/These strange animals are all products of
fancy. 這些奇怪的動物全是憑空捏造出來的/He has
a lively fancy. 他有豐富的想像力.
【憑空捏造的東西】2 © (無中生有的)幻想, 空
想. the fancies of a poet 詩人的幻想.
3 © (無根據的)想法, (直覺性的)想法, 隨想. a
mere idle fancy 毫無根據的空想/a passing fancy
一時的想法, 心血來潮/"I think I heard his
voice." "That's only your fancy." 「我好像聽見他
的聲音了」「那只是你的幻覺罷了」/I have a fancy
that she will be absent. 我總覺得她不會出席.
4 【一時興起的喜好】© (通常用單數)喜好, 愛好,
(liking). follow one's fancy 照自己的喜好去做/
please [suit] a person's fancy 投某人所好.
after a pèrson's fáncy 合某人意的. We have
found a house after our fancy. 我們找到一棟合意
的房子.
*càtch [tàke, strìke] a pèrson's fáncy [the
fáncy of a pèrson]* 合某人的意, 吸引某人. His
latest play has caught the fancy of the public.
他最新的劇作很受大眾歡迎.
hàve a fáncy for… 喜好…, 喜歡…. She has a

fancy for cats. 她愛貓.

tàke a fáncy to... 喜歡…, 中意…. She has taken quite *a fancy to* her English teacher. 她十分迷戀她的英文老師.

— *adj.* **1** 講究的, 重裝飾的, 精巧的. a *fancy* tie 精緻的領帶/a *fancy* cake 花式蛋糕/The pattern is too *fancy* for a living room. 這種樣子對客廳來說太花俏了.

2 〔限定〕〔商品〕特級的, 精選的; 〔商店等〕專營精品(販賣)的. *fancy* fruits and vegetables 精選的水果和蔬菜/a *fancy* restaurant 高級餐廳.

3 〔限定〕〔價格等〕過高的. *fancy* prices 過高的價格. **4** 空想的.

5 〔限定〕驚險技藝(般)的, 需要高度技巧的. a *fancy* dive 花式跳水.

6 〔限定〕〔動植物等〕珍貴品種的, 變種的.

— *vt.* (**-cies; -cied; ~ing**) **1** (a) 想像, 幻想; 回想起. 句型5 (fancy A B/A to be B)、句型3 (fancy A *as* B) 想像 A 爲 B; 句型3 (fancy A's doing)、句型5 (fancy A *doing*) 想像 A 做…. It is hard to *fancy* a life without electricity. 很難想像沒有電的生活/I could not *fancy* her *as* a painter. 我無法想像她當畫家會是甚麼樣子/I sometimes *fancy* myself *to be* the king of a small country. 我有時候想像自己是一個小國的國王/I cannot *fancy* their [them] *speaking* ill of me. 我無法想像他們會說我的壞話.

(b) 《用祈使語氣》請想想看吧(難道不令人吃驚嗎?); 句型3 (fancy doing) 想不到…; 句型3 (fancy A's doing)、句型5 (fancy A *doing*) 想不到 A 竟然會…. (★表示驚訝的感歎句). *Fancy* that! 眞想不到! 怎會有這種事!/Just [Only] *fancy*! 想想看! 《表示「不是很奇怪嗎」之意; 此種用法爲 *vi.*》/Fancy meeting you here! 想不到在這裡碰到你!

2 句型3 (fancy that 子句) 看來似乎是…, 感到好像…, 覺得可能…; 句型5 (fancy A B/A to be B)、句型3 (fancy A *as* B) 猜想 A 是 B. I *fancied* (that) I heard a knock at the door. 我好像聽到了敲門聲/She *fancies* her husband (to be) dead. 她覺得她丈夫可能死了/"Will he come?" "I *fancy* not [I *fancy* so]." 「他會來嗎?」「我想不會來吧 [我想會來的].」 語法 (1) fancy 含有無根據的想像或不明確的感覺之意. (2) 有時亦僅作爲 think, suppose 的同義字使用.

3 〔總覺得〕喜歡, 想做某事. You may select anything you *fancy* from the menu. 你可以從菜單上點你喜歡的任何菜/I *fancy* a drink. 我想喝杯酒.

fáncy onesèlf (1) 自負, 自命不凡. (2)〔自貧地〕以爲…. He *fancies* himself (*as*) a critic. 他自以爲是評論家.

fàncy báll *n.* C 化裝舞會.

fàncy dréss *n.* U 化裝舞會的服裝《fancy ball 時穿的》.

fàncy-dress báll *n.* =fancy ball.

fan·cy-free [ˋfænsıˋfri; ˈfænsıˈfriː] *adj.* 不受(尤指愛情上的)羈絆與影響的; 未(訂)婚的.

fàncy góods *n.* 《主英》《作複數》(婦女用的)化妝品; 裝飾品, 首飾.

fan·cy·work [ˋfænsıˌwɝk; ˈfænsıwɜːk] *n.* U 手工藝(品)《手工刺繡品, 編織品等》.

fan·fare [ˋfæn.fɛr, -ˌfɛr; ˈfænfeə(r)] *n.* C 喇叭等的嘹亮吹奏聲《用喇叭等奏出的雄壯音樂》; U 《樂器的》熱鬧演奏《在歡迎、祝賀等時》.

fang [fæŋ; fæŋ] *n.* C 《狗, 狼等的》牙; 《蛇的》毒牙; 似牙的尖銳物.

fán lètter *n.* C 影迷《球迷等》的信.

fan·light [ˋfæn.laıt; ˈfænlaıt] *n.* C 扇形窗《門或窗的上部採光用的扇形窗》; 《英》=transom 3.

[fangs]

fán màil *n.* U 《集合》影迷《球迷等》的信.

fán·ny bàg [pàck] [ˋfænı-; ˈfænı-] *n.* C 霹靂包《附有腰帶, 供旅行者置放小物件的腰包; 《英》 bum bag》.

fan·ta·sia [fænˋteʒıə, -ʒə, -zıə; fænˈteızjə] *n.* C 《音樂》幻想曲.

[fanlight]

*****fan·tas·tic** [fænˋtæstık; fænˈtæstık] *adj.* **1** 奇特的, 怪異的, 古怪的, (odd, grotesque). a *fantastic* costume 古怪的服裝, 奇裝異服.

2 空想的; 無根據的, 不眞實的. a *fantastic* plan 不切實際的計畫/the *fantastic* fears of children 孩子們莫名的恐懼.

3 出奇的, 令人咋舌的. a *fantastic* price 過高的價格.

4 《口》極好的, 了不起的, (wonderful). This is the most *fantastic* show I've ever seen. 這是我所見過最棒的表演.

fan·tas·ti·cal·ly [fænˋtæstıklı, -ıklı; fænˈtæstıkəlı] *adv.* 異異地; 空想地; 難以相信地.

*****fan·ta·sy** [ˋfæntəsı, ˋfæntəzı; ˈfæntəsı] *n.* (*pl.* **-sies** [~z; ~z]) **1** C 《不著邊際的》空想, 幻想, 夢想, 妄想, (→ imagination 同). the world of *fantasy* 幻想的世界.

2 C 空想的產物; 幻覺; 富於幻想的作品; 《音樂》幻想曲(fantasia); 《心理》白日夢. a *fantasy* fiction 幻想小說.

*****far** [fɑr; fɑː(r)] *adv.* (**far·ther, fur·ther; far·thest, fur·thest**) 〖空間上隔開地〗 **1** 在遠方地, 向遠處, 遙遠地, (↔ near). My hometown is not *far* from Liverpool. 我的家鄉離利物浦不遠/How *far* is it from here to the station? 從這裡到火車站有多遠?/*far* away [off] 在遠方, 遠隔/*far* out at sea 在遙遠的海上.

語法 (1) 通常在否定句和疑問句中單獨作爲地方副詞: With my leg as it is, I can't walk *far*. (我這條腿是走不遠的).

(2)在肯定直述句中通常與其他的地方副詞(片語)連用; far away [off, out, back, into]等.

(3)在肯定直述句中以 a long way (off)等代替 far: He walked *a long way*. (他走了很遠的路).

(4)在與明確表示距離數字的詞連用時, 以 away, distant 代替 far, 如 five miles away [distant].

〖【時間上隔很地】〗 **2** 遙遠地, 久遠地. look *far* into the future 遙想未來/continue *far* into the night 繼續到深夜/That lies *far* back in the mists of prehistory. 那件事深藏在遠古史前時代的迷霧之中.

〖【程度上隔很地】〗 **3** 遠遠地, 非常, 極, (by far). This car is *far* better than that. 這輛車遠比那輛好/This car is (by) *far* the best. 這輛車是極品(→片語 by far)/be *far* different 大大地不同/This book is *far* beyond my comprehension. 這本書遠超出我所能理解的範圍/This sack of potatoes is *far* short of weight. 這袋馬鈴薯輕多了/You are *far* too timid in speaking. 你說話太過膽怯了.

〖用法〗 (1) 除加強比較級、最高級外, 還加強含有「分離、差異」之意的形容詞、副詞(片語)以及 too.

(2) by far 或 far and away 為強調用法.

4 〖名詞性〗遠方, come from *far*/from *far* and near (不論遠近)從各地來(→片語 far and near).

* **as [so] fár as...** 《在(1), (2), (3)中, 肯定句用as far as)(1)直到〔某一地點〕. We walked *as far as* the station. 我們走到火車站為止/We did not walk *so* [*as*] *far as* the station. 我們沒有走到火車站那麼遠的地方.

(2)直到…那麼遠, 直到與…一樣的距離為止. I ran *as far as* I could. 我儘可能跑得遠遠地/We did not walk *so* [*as*] *far as* that. 我們沒有走得那麼遠.

(3)到…的程度, 只要…; 盡…. *as far as* you like 只要你喜歡/*as far as* the eye can see 極目所見/I'll help you *as far as* (is) possible. 我將儘可能地幫助你.

(4)就…(而言). *as* [*so*] *far as* I am concerned 對我而言/Father hasn't been here *as far as* I know. 就我所知, 父親不曾來過這裡.

as fár as...gó → go 的片語.

* **by fár** 遠超過其他地, 超乎尋常地, 極, (★加強最高級、比較級). Nancy is *by far* the best student in the class. 南西遠比班上其他學生要來得優秀/Australia is larger than Taiwan *by far*. 澳洲比臺灣大太多了.

càrry...tòo fár → carry 的片語.

fàr and awáy=by far.

fàr and néar 到處, 毫無遺漏地. The rescue party looked for him *far and near*. 搜救隊到處尋找他.

fàr and wíde 各處, 廣泛地. travel *far and wide* 到各地旅行.

fár be it from mè to dó 《口》我一點也沒有做…

的想法(★ be 表示現在假設語氣, 通常與 but 連用, 置於干涉或批評的話語之前). *Far be it from me to* object (but we should be careful in carrying it out). 我毫無反對之意(但我們應該要小心行事才是).

* **fár [so fár] from...** (1)遠離〔地點〕(→ adv. 1).

(2)遠離〔狀態〕; 遠非, 完全不, (not at all); 非但不. The building is *far from* completion. 這棟建築物離完工尚早/That servant is *far from* a fool. 那僕人一點也不笨/*far from* perfect 一點也不完美/(So) *far from* weeping, the girl burst into laughter. 那女孩非但沒有哭, 甚至還哈哈大笑.

〖注意〗後面不僅可接(動)名詞, 也可接形容詞和副詞.

fàr fróm it 《口》(承接上文之(的部分))遠非如此, 差得遠. He is not kind; *far from it*. 他不友善; 一點也不(<離友善還差得遠呢).

fàr óut → far-out (見 far-out).

gò fár=go a long way (go 的片語).

gò tòo fár → go 的片語.

* **hòw fár** (距離, 程度)多少, 多遠, (→ adv. 1). *How far* can you swim? 你能游多遠?/I don't know *how far* to trust the lawyer. 我不知道能信任這位律師到甚麼程度.

in so fár as...=insofar as...(insofar 的片語).

* **só fár** (1)迄今為止, 直到現在. We haven't had any rain *so far*. 迄今為止一滴雨也沒下過. (2)到此為止(地點, 程度). *So far* this week. 本週到此為止(就此結束).

so fár as...=as far as...

so fár from...=far from...

Só fàr(,) sò góod. 到目前為止都很順利(但以後就不知道了).

tàke...too fár=carry...too far.

thús fàr=so far (1).

— adj. (比較級[最高級]的變化與 adv. 相同)《限定》

1 〖主詩〗(時間, 空間上)遠的, 遙遠的, 向遠方的, (↔ near). a *far* country 遠方的國家/go on a *far* journey 作長途旅行/the *far* future 遙遠的未來/at *far* intervals 間隔長久地.

2 (兩者中)較遠的, 對面的. the *far* end of the room 房間的另一頭/He was talking with a girl in a *far* corner of the room. 他在屋子裡另一個角落和女孩子聊天.

3 (政治上)極端的. He's on the *far* left. 他是極左派.

a fàr crý (1) 距離遠. It is *a far cry* from here to Paris. 這裡離巴黎非常遠. (2) 很大的差距, 非常不同(*from*). This is *a far cry from* the truth. 這與事實相去甚遠.

(fèw and) fàr betwéen → few 的片語.

≒ distant, remote.

far·a·way ['fɑrə'we; 'fɑ:rəweɪ] adj. 《限定》 **1** 遠方的; 很久以前的. a *faraway* place 遙遠的地方. **2** 〔神色等〕恍惚的, 出神的.

farce [fɑrs; fɑ:s] n. **1** ＵＣ 笑劇, 鬧劇, 滑稽戲. **2** Ｃ 滑稽可笑的動作, 愚蠢的行為.

far·ci·cal ['fɑrsɪkl; 'fɑ:sɪkl] adj. 笑劇[鬧劇]的, 笑劇[鬧劇]似的; 極可笑的, 滑稽的; 愚蠢的.

‡fare [fɛr, fær; feə(r)] *n.* (*pl.* ~s [~z; ~z])
【去】 **1** ℂ (交通工具的)**費用**, **票價**,
運費. a bus [taxi] *fare* 公車票價[計程車費]/a
railroad *fare* 火車票價/the first-class *fare* 頭等票
價/How much [What] is the train *fare* to Lon-
don? 到倫敦的火車票是多少錢?

2 ℂ (計程車等的)**乘客**. The cab cruised the
streets in search of *fares*. 計程車在街上繞行尋找
乘客.

3 【過日子>飲食(的好壞)】 Ⓤ吃[喝]的東西.
good [dainty] *fare* 美食佳肴/simple [poor,
coarse] *fare* 粗劣的飲食/a bill of *fare* 菜單.

— *vi.* (~s [~z; ~z]; ~d [~d; ~d]; far·ing)〔文章〕
(★必須加情狀副詞)

【生活, 進展】 **1** 〔人〕**過活**, **生活**. *fare* well 過
得很好; 結果極好/*fare* ill [badly] 不順利; 結果不
佳/How did you *fare* on your journey? 你的旅行
怎麼樣?

2 (以非人稱的 it 等當主詞)〔事物〕**進展**, **進行**. It
will *fare* hard with them. 他們將會有苦頭吃.

Fār Ēast *n.* (加 the)**遠東**(地區)(日本, 中國,
韓國等; → Middle East, Near East).

‡fare·well [ˏfɛrˋwɛl, ˏfær-; ˈfeəwel] *interj.*
〔文章〕**再見! 祝你一路順風!**(★
farewell 為比 good-by 更正式的說法, 含有長時間
別離之意). *Farewell* to arms! 永別了, 戰爭!
(Hemingway 所撰寫的小說書名, 中文譯為《戰地
春夢》).

— *n.* (*pl.* ~s [~z, ~z]) **1** Ⓤℂ**告辭**, **分手**; ℂ
道別的言辭[話語]. exchange *farewells* with the
students 和學生們互道再見.

2 (形容詞性)**告別的**. a *farewell* party 惜別會/make a
farewell speech 致告別辭.

far·fetched [ˋfɑrˋfɛtʃt; ˈfɑːfetʃt] *adj.* 〔比喻,
比較等〕勉強的, 牽強的, 不自然的.

far·flung [ˋfɑrˋflʌŋ; ˈfɑːflʌŋ] *adj.* 廣布的, 廣
泛的.

far·i·na·ceous [ˏfærəˋneʃəs; ˏfæriˈneiʃəs]
adj. 穀粉的; 含澱粉的, 澱粉質的.

far·ing [ˋfɛrɪŋ, ˋfær-; ˈfeəriŋ] *v.* fare 的現在分
詞, 動名詞.

‡farm [fɑrm; fɑːm] *n.* (*pl.* ~s [~z; ~z]) ℂ **1** 農
場(→ field ⊡). run a *farm* 經營農場/
work on a *farm* (受雇)在農場工作/a dairy
[milk] *farm* 酪農場/a *farm* laborer 農場工人.

2 飼養場, 養殖場. a chicken [poultry] *farm* 養
雞場/a pearl *farm* 珍珠養殖場/*farm* animals 畜
養的動物.

— *v.* (~s [~z; ~z]; ~ed [~d; ~d]; ~ing) *vt.*
1 耕作, 耕種, 〔土地〕. My family has *farmed*
this land for 300 years. 我家耕種這片土地已達
300 年之久/They *farm* 200 acres. 他們耕種200
英畝的土地.

2 把…作為飼養場使用.

3 (通常是收費的)看顧, 照料, 〔小孩等〕.

— *vi.* 務農, 經營農場. My father *farmed* in
Lancashire. 我父親在蘭開夏經營農場.

fârm/…/óut (1) 把〔工作〕轉給承包人. (2)《棒球》

把〔選手〕降級至二軍[候補球員]. (3) 寄放〔幼兒,
狗, 貓等〕(*on, to, with*). *farm out* the pets *with*
a neighbor 把寵物寄放在鄰居家.

‡farm·er [ˋfɑrmɚ; ˈfɑːmə(r)] *n.* (*pl.* ~s [~z;
~z]) ℂ農場經營者, 農場主人; 農
夫, 農民, (farmer 指自耕農或佃農; → peasant
參考). a dairy *farmer* 酪農業者/a wheat *farmer*
麥農/a landed [tenant] *farmer* 自耕[佃]農.

*farm·house [ˋfɑrmˏhaʊs; ˈfɑːmhaʊs] *n.*
(*pl.* -hous·es [-ˏhaʊzɪz; -haʊzɪz]) ℂ (農場內)農場
主人的住宅, 農舍.

farm·ing [ˋfɑrmɪŋ; ˈfɑːmiŋ] *n.* Ⓤ農業; 農場
經營; 飼養, 養殖, 「地.

farm·land [ˋfɑrmˏlænd; ˈfɑːmlænd] *n.* Ⓤ農

farm·stead [ˋfɑrmˏstɛd; ˈfɑːmsted] *n.* ℂ 農
場(包含附屬的建築物).

farm·yard [ˋfɑrmˏjɑrd; ˈfɑːmjɑːd] *n.* ℂ 農家
[農場]的庭院(指中庭、房舍四周; → barnyard).

far·off [ˋfɑrˋɔf; ˈfɑːrɒf] *adj.* 遠方的; 遠古的,
old, happy, *far-off* things 快樂遙遠的往事.

far·out [ˋfɑrˋaʊt; ˈfɑːraʊt] *adj.* 《口》 **1** (與一般
社會)距離遙遠的, 不同的; (較一般社會)先進的.
2 非常好的, 極好的. 語法敘述性用法時一般用
far out.

far·ra·go [fəˋrego, fəˋrɑgo; fəˈrɑːgəʊ] *n.* (*pl.*
~es) ℂ混雜物, 大雜燴.

far·reach·ing [ˋfɑrˋritʃɪŋ; ˈfɑːˏriːtʃiŋ] *adj.*
〔影響, 效果等〕深遠的, 廣泛的. The recent
reforms have had *far-reaching* effects. 最近的改
革措施已產生深遠的影響.

far·row [ˋfæro, -ə; ˈfærəʊ] *n.* ℂ同胎生的小
豬; (豬的)分娩. — *vi.* (母豬)產小豬.

far·sight·ed [ˋfɑrˋsaɪtɪd; ˏfɑːˈsaitid] *adj.*
1 (主美)能看得遠的; 遠視(眼)的(long-sighted; ↔
nearsighted). **2** 有先見之明的.

fart [fɑrt; fɑːt] 《鄙》 *vi.* 放屁.
— *n.* ℂ屁.

‡far·ther [ˋfɑrðɚ; ˈfɑːðə(r)] 《far 的比較級; 最
高級是 farthest》 *adv.* **1** (距離等)**更**
遠地; 更向前地, 再往前地. They are *farther*
ahead than we are. 他們遠遠地超前我們/I can
walk no *farther*. = I can't walk any *farther*. 我無
法再往前走了/The lake was *farther* than we had
thought. 那座湖比我們想像中的更遠. 語法《英》較
喜歡用 further.

2 此外, 而且, 更, (besides, moreover). 語法
這個意思通常用 further.

— *adj.* 《限定》 **1** **更遠的**; 再往前的; (兩者中)較
遠的. on the *farther* side of the river 在河的彼
岸. **2** 進一步的; 另外的; 愈發的. 語法這個意思
通常用 further.

far·ther·most [ˋfɑrðɚˏmost, -məst;
ˈfɑːðəməʊst] *adj.* 最遠的.

‡far·thest [ˋfɑrðɪst; ˈfɑːðist] 《far 的最高級;
比較級是 farther》 *adv.* **1** 最遠地.

He sat *farthest* from the fireplace. 他坐在離火爐最遠的地方. 語法(英)較喜歡用 furthest.

2 (程度等)最…地, 最大地. 語法這個意思通常用 furthest.

— *adj.* 最遠的.

at (*the*) *fárthest* 最遠; 最遲; 至多(at most). It's a hundred miles *at the farthest*. 頂多一百英里.

far·thing [`fɑrðɪŋ; 'fɑːðiŋ] *n.* ⃝ **1** 法辛(英國舊幣中面值最小的銅幣; 相當於四分之一便士; 1961 年起停用).

2 《用於否定句》(加 a)一點兒也, 絲毫也. I don't care a *farthing*. 我一點也不在乎.

***fas·ci·nate** [`fæsn͵et; 'fæsineit] *vt.* (~**s** [~s; ~s]; **-nat·ed** [~ɪd; ~id]; **-nat·ing**) **1** 迷惑, 使神魂顛倒. The music *fascinated* everyone in the room. 這音樂使得房裡的每個人都沈醉其中/He was *fascinated* by [with] the girl's blue eyes. 他被那女孩湛藍的眼眸迷住了.

2 瞪眼恐嚇…使動彈不得(如蛇盯住青蛙般).

⇨ *n.* **fascination**. ≒**charm, enchant**.

fas·ci·nat·ing [`fæsn͵etɪŋ; 'fæsineitiŋ] *adj.* 迷人的, 使人神魂顛倒的; 極為美麗的[有趣的]. *fascinating* jewels 美麗迷人的寶石/a *fascinating* adventure story 令人著迷的冒險故事.

fas·ci·nat·ing·ly [`fæsn͵etɪŋlɪ; 'fæsineitiŋli] *adv.* 迷人地, 使人神魂顛倒地.

fas·ci·na·tion [͵fæsn`eʃən; ͵fæsi'neiʃn] *n.* **1** ⃤ 迷惑, 入迷; ⃤⃝ 魅力, 有魅力之處. This kind of music has a *fascination* for me. 這種音樂對我很有吸引力/I gazed at the painting in *fascination*. 我著迷地看著那幅畫.

2 ⃤ (蛇)盯上, 被(蛇)盯上.

fas·cism [`fæʃͺɪzəm; 'fæʃizəm] *n.* ⃤ (通常 *F*ascism)法西斯主義, 獨裁反共的國家社會主義, 《1919 年時由 Mussolini 在義大利提倡; → Nazism》.

fas·cist [`fæʃɪst; 'fæʃist] *n.* ⃝ 法西斯主義信徒, 法西斯主義擁護者; (*F*ascist)(義大利的)法西斯黨員.

— *adj.* 法西斯主義的; (Fascist)法西斯黨員的.

***fash·ion** [`fæʃən; 'fæʃn] *n.* (*pl.* ~**s** [~z; ~z])

【 做法 】 **1** ⃤⃤ 《文章》(事情的)做法, 方式, 作風, (→ way¹ ⃝). The boy has an odd *fashion* of speaking. 那男孩說話的方式怪裡怪氣的/He did the job after [in] his own *fashion*. 他按自己的方法做這份工作/We relished the tea served in the Japanese *fashion*. 我們按日式茶道品茗.

2 【受歡迎的做法】⃤⃝ 流行, 時興, 時髦; (特指女性的)流行服飾; (mode, vogue). come into *fashion* 開始風行/bring the miniskirt into *fashion* 流行迷你裙/follow (the) *fashion* 趕時髦/set [lead] a *fashion* 開創[領導]新時尚/the latest *fashion* in bathing suits 最新的泳裝款式/a dis-

play of spring *fashions* 春裝發表會/It is the *fashion* to wear a leather jacket this year. 今年流行穿皮夾克.

after [*in*] *a fáshion* 好歹, 馬馬虎虎, 多多少少, 還過得去(的). My sister can play the piano *after a fashion*. 我妹妹鋼琴彈得馬馬虎虎.

after the fáshion of... 《文章》像…一樣, 模仿[追求]….

be àll the fáshion 〔服裝, 活動, 行動等〕大流行, 大受歡迎.

in fáshion 流行. That kind of hairstyle is no longer *in fashion*. 那種髮型已經不流行了.

* *out of fáshion* 不合潮流. go *out of fashion* 不流行, 過時.

— *vt.* 製作, 精雕細琢. ⇨ *adj.* **fashionable**.

***fash·ion·a·ble** [`fæʃnəbl, `fæʃənəbl; 'fæʃnəbl] *adj.* **1** 流行的, 現代款式的, 入時的; 時髦的. a *fashionable* hair-do 時髦的髮型.

2 社交界的; 高級的. the *fashionable* world 社交界[圈]/a *fashionable* restaurant 高級餐廳.

⇨ *n.* **fashion**.

fash·ion·a·bly [`fæʃnəblɪ, `fæʃənəblɪ; 'fæʃnəbli] *adv.* 趕時髦地, 入時地. She was very *fashionably* dressed. 她打扮得非常時髦.

fáshion mòdel *n.* ⃝ 時裝模特兒.

***fast**¹ [fæst; fɑːst] *adj.* (~**·er**; ~**·est**)

【 不受動使(快速的)>快的 】 **1** 快的, 迅速的, 敏捷的, (↔ slow). a *fast* horse 快馬/a *fast* speaker 說話快的人/a *fast* train 快車/a *fast* lunch 快餐/a *fast* trip 緊湊的旅行/make a *fast* retreat 迅速撤退. 同fast 強調的重點在於做動作的人或物, 而非運動, 動作本身; → quick, rapid, swift.

2 《敘述》〔鐘錶〕走得快的(↔ slow). This watch is five minutes *fast*. 這支錶快了五分鐘.

3 〔攝影〕〔底片〕高感光度的.

【 不搖晃的>牢靠的 】 **4** 固定的, 牢固的; 不動的, 安定的, (↔ loose; *v.* fasten). take a *fast* grip on a rope 牢牢地握住繩子/The car is *fast* in the mud. 汽車陷在泥沼裡動彈不得.

5 不變心的, 忠實的. a *fast* friendship 不變的友誼.

6 〔顏色〕不變的, 不褪的; 〔睡眠〕不醒的, 深沈的. *fast* colors 不易褪色的顏色/fall into a *fast* sleep 沈睡.

— *adv.* (~**·er**; ~**·est**) **1** 快速地, 敏捷地, (quickly). Light travels much *faster* than sound. 光的傳送比聲音快得多/His health was sinking *fast*. 他的健康急速惡化.

2 不斷地, 不停地. The snow is falling (thick and) *fast*. 大雪紛飛下個不停.

3 牢牢地, 不動地, 堅固地. Hold *fast* to my hand. 握緊我的手/The door was stuck *fast*. 這扇門關得很緊/The ship was held *fast* on the rocks. 這艘船擱淺在暗礁上無法動彈.

4 〔睡眠〕深沈地. He is *fast* asleep. 他睡得很熟.

fast² [fæst; fɑːst] *vi.* (特指基於宗教上的理由)禁食, 齋戒; 絕食; 吃素.

— n. C **1** (特指宗教上的) 禁食, 齋戒; 絕食; 吃素. break one's *fast* 開齋, 停止禁食.
2 禁食日, 禁食期, 齋戒期間.

fast·back [ˋfæst͵bæk; ˈfɑːstbæk] n. C 流線型車身(轎車的車頂自前方到尾部呈流線型); 流線型汽車.

＊**fas·ten** [ˋfæsn̩; ˈfɑːsn̩] v. (**~s** [~z; ~z]; **~ed** [~d; ~d]; **~·ing**) vt. **1** 固定, 綁緊, 繫牢. *fasten* the dog *to* a leash 把狗繫上皮帶/*fasten* a picture *on* the wall with tacks 用圖釘把相片釘在牆上.
◎fasten 是 tie 與 bind 更一般性的用語, 除了表繫牢, 捆綁等意之外, 尚用於以漿糊黏貼, 釘子和圖釘釘上, 把一物附著至另一物上等情形; → tie.
2 鎖上[門等]; 繫好[皮帶等]; 扣上[扣住][鈕扣等]. Please *fasten* your seat belt. 請繫上安全帶. ★ 1, 2 均 unfasten.
3 使〔目光, 注意力, 思考等〕集中於⋯, 《on, upon》. His attention was *fastened on* the suspicious man. 他把注意力集中在那名可疑男子身上.
4 使蒙受, 使背負, 〔罪名, 恥辱等〕《on, upon》. *fasten* a nickname *on* a person 給某人取綽號.
— vi. 〔門等〕關上; 〔鎖等〕扣上, 繫好; 抓緊不放《on》. This door will not *fasten*. 那扇門關不緊.
fàsten/⋯/dówn 把〔箱蓋等〕(用釘子等)牢牢釘住[固定].
fàsten/⋯/úp 牢牢地綁住[繫住, 釘住]. *Fasten up* your coat. 把你上衣的鈕扣扣好.

fas·ten·er [ˋfæsn̩ɚ; ˈfɑːsnə(r)] n. C **1** 使⋯固定[繫牢]的人[物].
2 扣住(衣服), 夾住(紙張)等的金屬配件, 拴扣物, 《拉鍊, 子母扣, 迴紋針等》.

fas·ten·ing [ˋfæsn̩ɪŋ, ˋfæsn̩ɪŋ; ˈfɑːsnɪŋ] n. **1** U 繫牢, 固定. **2** C 繫結物, 拴扣物, 《螺栓, 門閂, 鎖, 鉤狀扣等》.

fàst fóod n. UC 速食(漢堡, 炸雞等).

fast-food [ˋfæst͵fud; ˈfɑːstˈfuːd] adj. 專營速食的, a *fast-food* restaurant 速食店.

fas·tid·i·ous [fæsˋtɪdɪəs, -dʒəs; fəsˈtɪdɪəs] adj. (過分挑剔而)難討好的; 過分講究的; 有潔癖的.

fas·tid·i·ous·ly [fæsˋtɪdɪəslɪ, -dʒəs-; fəsˈtɪdɪəslɪ] adv. 難討好地, (十分)挑剔地.

fast·ness [ˋfæstnɪs; ˈfɑːstnɪs] n. **1** U 固定, 固著; 堅固, 不動. **2** C 要塞, 堡壘.

＊＊**fat** [fæt; fæt] adj. (**~·ter**; **~·test**) **1** 胖呼呼的, 肥胖的, (↔ lean, thin). grow [get] *fat* 長胖[肥]/*fat* fingers 胖嘟嘟的手指/a *fat* pig 肥豬(特指養肥供肉食用). ◎plump¹ 指健康結實; fat 常指「痴肥」, 有輕蔑之意; 委婉地表示「胖」的意思時可用 stout, strong; portly 指體格魁武的樣子; corpulent 則是指肥胖臃腫.
2 〔食品等〕脂肪多的, 油膩的. *fat* meat 肥肉.
3 粗體的; 厚厚的, 飽滿的. a *fat* type 粗體(鉛)字/a *fat* slice of meat 厚肉片/a *fat* wallet 裝得滿滿的錢包.
4 肥沃的. *fat* soil 肥沃的土壤.
5 有利的, 賺錢的. a *fat* job 肥缺.
6 《口》多的, 豐富的. a *fat* income 高收入.
a fàt lót 《口》《反話》完全, 一點也不(not at

all). You were *a fat lot* of help to us. 你可真幫了我們大忙啊(諷刺)!
— n. (pl. **~s** [~s; ~s]) UC 脂肪; 肥肉; (烹調用)油, 牛油. put on *fat* (身體)堆積脂肪, 發胖/fry fish in deep *fat* 用許多油來炸魚.
lìve on [óff] the fát of the lánd 生活奢侈.
The fát is in the fíre. 事情弄糟了, 闖禍了, 這下麻煩了, 《<烹調時油落到火上》.

＊**fa·tal** [ˋfetl; ˈfeɪtl] adj. **1** 致命的, 攸關性命的, 《to 對於⋯》(deadly, mortal). a *fatal* wound 致命傷/The blow proved *fatal* to him. 這對他是致命的一擊.
2 左右命運的, 重大的, 決定性的; 宿命的. The *fatal* hour was approaching. 關鍵時刻已經快到了/a *fatal* mistake 致命的錯誤. ⇨ n. fate.

fa·tal·ism [ˋfetl͵ɪzəm; ˈfeɪtlɪzəm] n. U 宿命論, 命運論.

fa·tal·ist [ˋfetlɪst; ˈfeɪtlɪst] n. C 宿命論者.

fa·tal·is·tic [͵fetlˋɪstɪk; ͵feɪtəˈlɪstɪk] adj. 宿命論的; 相信命運的.

fa·tal·i·ty [feˋtælətɪ, fəˋtælətɪ, fɪˋtælətɪ; fəˈtælətɪ] n. (pl. **-ties**) **1** a U 宿命, 命運, 天數. **2** U (疾病等)致命性, 不治. **3** C (特指洪水, 地震, 颱風等造成致命的)災害, 不幸事故. **4** C (由於災害等造成的)死亡, 死者.

fa·tal·ly [ˋfetlɪ; ˈfeɪtəlɪ] adv. **1** 命中注定地; 不可避免地. **2** 致命地; 無法挽回地. He was *fatally* wounded. 他受到致命傷. **3** 極其不幸地.

fàt cát n. C 《主美, 口》(特指提供巨額政治捐款的)富翁.

＊**fate** [fet; feɪt] n. (pl. **~s** [~s; ~s]) **1** U 命運(的力量), 宿命; (人等的)運勢; (→ destiny ◎). the irony of *fate* 命運的嘲弄/as *fate* would have it 照命運的安排/All the survivors felt that *Fate* had smiled on them. 所有生還者都感到命運之神的眷顧(把Fate擬人化; →3)/We'll let *fate* decide. 就讓命運來決定[聽天由命]吧!
搭配 adj.+fate: a bitter ~ (悲慘的命運), a cruel ~ (殘酷的命運), a hard ~ (艱困的命運) ∥ v.+fate: accept one's ~ (順從命運).
2 C 前途, 前景, (事情的)演變, 結局; U 死, 臨終; 破滅. the *fate* of a bill 法案的成敗[成立, 通過與否]/go to one's *fate* 赴死, 自取滅亡/He met his *fate* bravely. 他勇敢赴死.
3 《希臘, 羅馬神話》(the *Fates*)命運三女神 (亦 稱 the Fàtal Sís-ters).
(as) sùre as fáte 千眞萬確的[地]; 必定的[地].

[the Fates]

fat·ed [ˋfetɪd; ˈfeɪtɪd] adj. 命中注定的; 氣數已盡

F

的. a *fated* city 注定要毀滅的城市.

fate·ful [`fetfəl; 'feɪtful] *adj.* 《文章》**1** 決定命運的, 攸關生死的, 極其重大的. **2** 預言性的, 預測未來的. **3** 致命的, 毀滅性的.

fate·ful·ly [`fetfəlɪ; 'feɪtfulɪ] *adv.* 《文章》決定命運地; 致命地.

‡**fa·ther** [`faðɚ; 'faːðə(r)] *n.* (*pl.* ~s [~z; ~z])
【父親】**1** Ⓒ 父親. a loving *father* 慈愛的父親/take after one's *father* 像父親/I'll tell *Father* about this. 我會告訴父親這件事/The child is *father* of [to] the man. 《諺》孩子是成人之父; 江山易改本性難移; (<從小看大, 三歲看老). 參考 (1)廣義地也包括岳父, 公公, 繼父, 養父. (2)在家庭中, father 前不加冠詞, 作專有名詞用. (3)在《口》中 以 dad, daddy, papa, pa 等代替 father.
2 (加the)父親之情, 父愛. The *father* in him awoke. 他的父愛甦醒了.
3 Ⓒ 像父親一樣的人, 代替父親(的人). He is (a) *father* to these orphans. 他就像這些孤兒的父親一樣.
【祖先】**4** Ⓒ (通常fathers)祖先, 祖宗, (forefather). sleep with one's *fathers* (和祖先一起)長眠地下.
5 Ⓒ 創始人, 開山祖, 鼻祖, (*of, to*). Herodotus is often called the *Father of* History. 希羅多德常被稱為歷史之父/the founding *fathers of* the country 開國元老.
6 Ⓒ (通常fathers)(市鎮, 議會等的)長老, 元老.
【像父親般的存在】**7** (Father)天父, 神(God). the [our] *Father* in heaven 在天上的父[神].
8 (天主教)Ⓒ 神父, 教父; Ⓤ (尊稱, 呼喚)…神父, …師傅. *Father* Brown 布朗神父/the Holy *Father* 羅馬教宗.
── *vt.* **1** 成為…的父親(以身為人父的方式來對待…), 成為…的保護者. That king is said to have *fathered* more than 20 children. 據說那個國王生了二十多個孩子.
2 創立, 創作, [計畫, 構思, 發明等]. He *fathered* the idea and I developed it. 他想出這個主意, 由我加以推展.
◇ *adj.* **fatherly, paternal**.

Fáther Chrístmas *n.* 《主英》=Santa Claus.

fáther fígure *n.* Ⓒ 代替父親的人(被視作倚靠對象的長者).

fa·ther·hood [`faðɚ͵hud; 'faːðəhud] *n.* Ⓤ 父親的身分; 父親的資格; 父愛; 父權. He is looking forward to *fatherhood*. 他很想當爸爸.

fa·ther-in-law [`faðərɪn͵lɔ; 'faːðərɪnlɔː] *n.* (*pl.* **fathers-**) Ⓒ 岳父, 公公, 義父.

fa·ther·less [`faðɚlɪs; 'faːðəlɪs] *adj.* 沒有父親的, 喪父的; 生父不明的, 非婚生子的.

fa·ther·ly [`faðɚlɪ; 'faːðəlɪ] *adj.* 父親般的; 作為父親的. *fatherly* advice 如父親口吻般的勸告.

Fáther's Dày *n.* 《美》父親節(6月的第三個星期日; 臺灣的父親節是8月8日; → Mother's Day).

Fáther Tíme *n.* 時間老人(擬人化的時間; 拿著長柄大鐮刀和沙漏).

fath·om [`fæðəm; 'fæðəm] *n.* (*pl.* ~s; 與數詞連用時《英》多不加s) Ⓒ 噚(測量水深的單位; 六英尺(1.83公尺)). We found a sunken ship about twenty *fathoms down*. 我們在水深約二十噚處找到一艘沈船.
── *vt.* **1** (用測錘等)測量…的深度.

[Father Time]

2 看透, 推測, 〔人心等〕, (通常用於否定句). I couldn't *fathom* his meaning. 我無法理解他的意思.

fath·om·less [`fæðəmlɪs; 'fæðəmlɪs] *adj.* 深不可測的; 難以理解的.

***fa·tigue** [fə`tig; fə'tiːg] *n.* (*pl.* ~s [~z; ~z]) Ⓤ (身心的)疲勞, 疲倦. mental *fatigue* 精神疲勞/sleep off *fatigue* 以睡眠消除疲勞.
2 Ⓒ 辛勞的工作, 勞苦. the *fatigue* of driving all night 徹夜開車的勞累.
3 (軍隊)Ⓒ (非軍務的)雜役; 《美》(fatigues)工作服.
4 ── *vt.* 《文章》使〔人, 金屬〕疲乏. be *fatigued* with [from] work 因工作而感到疲乏/*fatiguing* questions 令人傷神的問題.
📖 fatigue 的語氣比 tire 正式, 意為極度疲勞.

fat·ness [`fætnɪs; 'fætnɪs] *n.* Ⓤ 肥胖; 肥沃.

fat·ten [`fætn̩; 'fætn̩] *vt.* 使〔家畜〕長肥(供肉食用); 使〔土地〕肥沃.

fat·ty [`fætɪ; 'fætɪ] *adj.* 脂肪的, 油膩的; 油膩的.
── *n.* (*pl.* **-ties**) Ⓒ 《口》(輕蔑)胖子.

fa·tu·i·ty [fə`tjuətɪ, ͵-`tɪu-, ͵-`tu-; fə'tjuːətɪ] *n.* (*pl.* **-ties**) Ⓤ 《文章》(自以為是的)愚蠢, 愚昧; Ⓒ 愚蠢的言行.

fat·u·ous [`fætʃuəs; 'fætjʊəs] *adj.* 《文章》愚蠢的, 愚昧的.

fat·u·ous·ly [`fætʃuəslɪ; 'fætjʊəslɪ] *adv.* 《文章》愚蠢地.

***fau·cet** [`fɔsɪt, `fæsɪt, `fɑsɪt; 'fɔːsɪt] *n.* (*pl.* ~s [~s; ~s]) Ⓒ (木桶等的)活栓; 《美》(水管等的)水龍頭(《主英》tap; → bathroom 圖). turn on [off] the *faucet* 開[關]水龍頭.

*‡**fault** [fɔlt; fɔːlt] *n.* (*pl.* ~s [~s; ~s]) **1** Ⓒ 缺點, 缺陷, 短處; 瑕疵, (↔ merit, virtue). a *fault* in the chinaware 陶器上的瑕疵/No one is free from *faults*. 每個人都有缺點.
2 Ⓒ 錯誤, 失策, 過失. The teacher corrected all the *faults* in my essay. 老師把我作文中所有的錯誤都改正過來了.
搭配 *adj.*+fault: a grave ~ (極大的錯誤), a serious ~ (嚴重的錯誤) // *v.*+fault: commit a ~ (犯錯).

3 ⓒ(網球)發球失誤.

4 ⓤ(過失的)責任, 過錯. It wasn't my *fault* that we were late. 我們遲到並非我的錯/The *fault* lies with the administration. 錯誤的責任在於行政當局.

5 ⓒ(地質學)斷層.

at fáult (1)有過失的, 錯誤的. You are *at fault* in thinking I did it for money. 你錯認我是為了錢才這樣做. (2)有責任的, 應受責備的, 《for, in 關於…》. (3)沒有辦法的.

find fáult with... 對…抱怨, 挑…的毛病. She is constantly *finding fault with* her husband. 她老是挑她丈夫的毛病.

to a fáult (甚至可說是缺點般的)過分地, 極端地. He is honest *to a fault*. 他老實得過頭了.

— *vt.* 找…的缺點, 挑…的毛病, 《通常用於疑問句、否定句》.

— *vi.* (地質學)產生斷層.

fault·find·er [`fɔlt,faɪndɚ; ˈfɔːlt,faɪndə(r)] *n.* ⓒ專挑毛病的人, 吹毛求疵的人.

fault·find·ing [`fɔlt,faɪndɪŋ; ˈfɔːlt,faɪndɪŋ] *n.* ⓤ挑剔, 吹毛求疵.

— *adj.* 專挑毛病的, 挑剔的.

fault·i·ly [`fɔltɪlɪ; ˈfɔːltɪlɪ] *adv.* 錯誤地; 不完善地.

*****fault·less** [`fɔltlɪs; ˈfɔːltlɪs] *adj.* 無懈可擊的; 沒有過失[缺點]的.

fault·less·ly [`fɔltlɪslɪ; ˈfɔːltlɪslɪ] *adv.* 無缺點[無可指責]地.

fault·y [`fɔltɪ; ˈfɔːltɪ] *adj.* 有缺點[缺陷]的, 不完善的. *faulty* reasoning 錯誤的推論.

faun [fɔn; fɔːn] *n.* ⓒ(羅馬神話)半人半羊的農牧神; 成群結隊地跟在酒神 Bacchus 之後; 相當於希臘神話中的 satyr.

fau·na [`fɔnə; ˈfɔːnə] *n.* (*pl.* **~s, -nae**) ⓤⓒ(通常加 the)(某地方或某時代的)動物族群, 動物區系; ⓒ動物誌; (→ flora). the flora and *fauna* of Africa 非洲的動植物.

fau·nae [`fɔni; ˈfɔːniː] *n.* fauna 的複數.

*****fa·vor**(美), **fa·vour**(英) [`fevɚ; ˈfeɪvə(r)]

n. (*pl.* **~s** [~z; ~z])【好意】 **1** ⓤ好意; 親切. show *favor* to... 對…表示好意/He looked with *favor* on our plan. 他很欣賞我們的計畫.

【特別的照顧】 **2** 惠顧, 關照, 寵愛, 眷顧; (⟷disfavor). win a person's *favor* 贏得某人的歡心/He lost the queen's *favor*. 他失去皇后的寵愛.

3 ⓤ偏愛, 偏袒, 不公平. administer justice without *favor* 執行公平的審判.

【善意的回應】 **4** 支持; 贊成; 支援; 讚賞, 好評. The singer still enjoys popular *favor*. 那位歌手仍然受到大家的好評.

【好意的表示】 **5** ⓒ善意的行為, 幫忙, 恩惠; (希望對方幫忙的)請求. May I ask a *favor* of you?=Will you do me a *favor*?=I have a *favor* to ask (of) you. 請你幫個忙好嗎?/I don't owe him any *favors*. 我不欠他任何人情.

6 ⓒ(表示好意, 愛情的)小禮物; 紀念品(在宴會等場合送給客人的); 會章, 紀念章, (參加者和會

員佩戴的).

find fávor with... 被〔人〕喜歡, 受〔人〕青睞.

in fávor (1)被喜歡, 受青睞, 《with 〔人〕》. He is trying to get *in favor* with his boss. 他努力想得到上司的賞識. (2)受歡迎的, 流行的. (3)贊成的. All those *in favor* raised their hands. 所有贊成的人都把手舉起來了.

***in* a pérson's *fávor* (1)得某人歡心, 受某人歡迎. The secretary stands high *in his favor*. 那祕書深受他的賞識. (2)對某人有利. The score is 4 to 1 *in our favor*. 比數為 4 比 1, 我方領先.

***in fávor of...* (1)支持…的, 贊成…的. Fifty votes were *in favor of* the bill and three were against it. 贊成該提案的有五十票, 反對的有三票. (2)有利於…地[的]; 選擇…. abandon capitalism *in favor of* controlled economy 捨棄資本主義而採用控制經濟. (3)支付給…, 以…為受款人. draw a check *in favor of* Mr. Smith 開一張以史密斯先生為受款人的支票.

out of fávor (1)不受歡迎, 失寵, 《with 〔人〕》. He fell *out of favor with* the Queen. 他失寵於皇后. (2)不受歡迎, 過時.

— *vt.* (**~s** [~z; ~z]; **~ed** [~d; ~d]; (美)**-vor·ing**, (英)**-vour·ing** [-vrɪŋ, -vərɪŋ; -vərɪŋ]) **1** 向…示好; 親切對待. Fortune *favors* the brave. 《諺》幸運眷顧勇者.

2 支持, 贊成, 支援. He *favors* equal rights for women. 他贊成男女平等/Long hair is *favored* among young people. 蓄(長)髮深受年輕人喜愛.

3 偏愛, 偏袒. The parents *favor* their youngest daughter. 那對父母偏愛他們最小的女兒.

4 《文章》給與, 施恩, 滿足請求, 《with 〔值得高興的事情〕》. The country is scarcely *favored* by nature. 該國家幾乎沒有甚麼天然資源/Would you please *favor* us *with* your presence? 能否請您賞光呢?/He did not even *favor* me *with* a glance. 他連正眼都不瞧我一眼.

5 〔情況, 天氣等〕有利於…, 使…變得容易[可能]. The stormy night *favored* our escape. 暴風雨之夜有利於我們脫逃.

6 《口》容貌像〔親人〕. The baby *favors* its father. 這嬰兒像父親.

*****fa·vor·a·ble**(美), **fa·vour·a·ble**(英) [`fevrəbl, `fevərəbl; ˈfeɪvərəbl] *adj.* **1** 善意的, 贊成的, 《to》; 承諾的. a *favorable* opinion 善意的意見/a *favorable* answer 令人滿意的答案/He is *favorable* to the plan. 他贊同那項計畫.

2 〔狀況等〕順利的, 有利的; 合適的; 《to, for》; 有希望的, 順勢的. a *favorable* wind 順風/a *favorable* opportunity 良機/a *favorable* prospect 有希望的前途/a *favorable* day *for* a picnic 野餐的好日子.

3 可獲得他人好感的, 討人歡喜的, (pleasing). make a *favorable* impression on a person 給某人

好感. ↔ **unfavorable**.

fa·vor·a·bly (美), **fa·vour·a·bly** (英) [ˋfevərəblɪ, ˋfevərəblɪ; ˈfeivərəbli] *adv.* **1** 善意地; 贊成[承諾]地. He spoke *favorably* about you. 他說你的好話/answer *favorably* 滿足(對方)期待地回答. **2** 合適地; 有利地, 順利地.

fa·vored (美), **fa·voured** (英) [ˋfevəd; ˈfeivəd] *adj.* **1** 受寵愛的.
2 被賦與(特權, 才能等)的.

‡**fa·vor·ite** (美), **fa·vour·ite** (英) [ˋfevrɪt, ˋfevərɪt; ˈfeivərit] *n.* (*pl.* ~s [~s; ~s]) © **1** 最愛(人, 物); 受歡迎的人; 最喜愛的東西. She is the teacher's *favorite*. 她是老師最喜愛的學生/The poodle was a great *favorite* with my aunt [a great *favorite* of my aunt's]. 這隻貴賓狗是我姑媽的最愛/(a) fortune's *favorite* 幸運兒/a film *favorite* 受歡迎的影星.
2 (指寵) (國王, 高官等的)寵臣.
3 (加 the)(賽馬, 比賽等的)最有希望獲勝者. I bet a lot of money on the *favorite*. 我在最具冠軍相的馬上下了大注/the *favorite* to succeed to the post 最有希望接替那職位的人.
— *adj.* (限定) 受歡迎的, 最喜愛的; 偏愛的. What is your *favorite* food [book]? 你最喜歡的食物[書]是甚麼?/his *favorite* son 他最疼愛的兒子.

fa·vor·it·ism (美), **fa·vour·it·ism** (英) [ˋfevrɪtˏɪzəm, ˋfevərɪtˏɪzəm; ˈfeivəritizəm] *n.* Ⓤ 偏愛, 偏袒, 徇私.

fa·vour [ˋfevə(r); ˈfeivə(r)] *n.*, *v.* (英)=favor.

fa·vour·a·ble [ˋfevrəbl, ˋfevərəbl; ˈfeivərəbl] *adj.* (英)=favorable.

fa·vour·ite [ˋfevrɪt, ˋfevərɪt; ˈfeivərit] *n.*, *adj.* (英)=favorite.

fawn¹ [fɔn; fɔːn] *n.* **1** © 幼鹿(未滿一歲的鹿; → deer 參考). **2** Ⓤ 幼鹿毛色(淡黃褐色).

fawn² [fɔn; fɔːn] *vi.* **1** (狗等)搖尾乞憐(*on*, *upon*). **2** 奉承, 討好, (*on*, *upon*).

fax [fæks; fæks] *n.* Ⓤ傳真(<facsimile). She sent me a *fax*. 她發傳真給我.
— *vt.* 句型4 (fax A B)、句型3 (fax B to A)把 B 傳真給 A. I *faxed* him the details. 我把詳細資料傳真給他.

faze [fez; feiz] *vt.* (主美、口)使慌張, 使擔憂, (通常用於否定句).

FBI (略) Federal Bureau of Investigation (美國聯邦調查局)(CIA 進行的是國際活動, 而 FBI 則是處理國內犯罪案件).

Fe (符號) ferrum (拉丁語=iron (鐵)).

‡**fear** [fɪr; fɪə(r)] *n.* (*pl.* ~s [~z; ~z]) **1** a Ⓤ 害怕, 恐懼(心理), (*of* 針對…). He turned pale with *fear*. 他嚇得臉色發白/cry from *fear* 嚇哭/draw back in *fear* 因恐懼而退縮/Beth couldn't speak for *fear*. 貝絲怕得說不出話來/He has an intense *fear of* high places. 他有嚴重的懼高症.

◉ fear 是表示「恐懼」之意最普通的字; → dread, fright, terror.

┃ 搭配 *v.*+fear: arouse ~ (引起恐懼), feel ~ (感到恐懼), show ~ (顯得恐懼), tremble with ~ (因恐懼而顫抖), overcome one's ~ (克服恐懼).

2 Ⓤ©(通常 fears)不安, 擔心; Ⓤ (發生壞事的)可能性; 恬念; © 擔心的事, 不安[恐懼]的原因; (↔ hope). There is no *fear of* his deceiving us. 不必擔心他會欺騙我們/Your *fears* that you will lose your friends are unnecessary. 你無需擔心會失去你的朋友/No *fear*! (口)別擔心, 沒事的!
3 Ⓤ (對神等的)敬畏. the *fear of* God 對上帝的敬畏.
* **for fear of...** 由於害怕…, 恐怕….
* **for fear** (*of dòing; that...*) 以免…; 唯恐…. He obeyed the boss *for fear of losing* his job. 他服從上司以免失去工作/I did not tell her *for fear* (*that*) she would be upset. 我沒有告訴她, 免得她難過.
in fear of... (1)害怕…, 掛慮…. *in fear of* discovery 害怕被發現. (2)擔心〔生命的安危〕. [stand] *in fear of* one's life 擔心生命安全.
— *v.* (~s [~z; ~z]; ~ed [~d; ~d]; fear·ing [ˋfɪrɪŋ; ˈfiəriŋ]) *vt.* **1** (a)懼怕; 句型3 (fear to do/doing)害怕…. That child *fears* the dark. 那孩子怕黑/Brave soldiers do not *fear* death [to die, *dying*]. 勇敢的士兵不怕死. ◉ fear 的語氣比 be afraid of 正式. (b) 句型3 (fear to do)由於怕而不能…, 躊躇而不敢…. He *feared* to break the sad news to his wife. 他遲遲不敢向妻子透露這個不幸的消息/Fools rush in where angels *fear* to tread. 愚人橫衝直入天使裏足不前的地方(愚者不將身後計, 好漢不吃眼前虧).
2 擔心; 句型3 (fear that 子句/lest 子句)擔憂…, 掛念…. I *feared* the worst. 我擔心會發生最糟的事/They *feared* (*that*) it would start raining before they reached home. 他們擔心在到家之前就會開始下雨了/It is *feared that* the typhoon will hit Taiwan. 颱風恐怕會侵襲臺灣.
3 (古)敬畏〔神等〕. *fear* God 敬畏上帝.
— *vi.* 害怕, 恐懼; 擔心, 掛念, (*for*). Never *fear*! 不要擔心!/*fear* for his life [health] 擔心他的安危[健康].

‡**fear·ful** [ˋfɪrfəl; ˈfiəfol] *adj.* **1** 可怕的, 嚇人的. a *fearful* accident 可怕的事故.
2 (因恐怖而)畏懼的, 提心吊膽的. wear a *fearful* look 一副膽怯的神情.
3 (敘述)害怕的, 畏懼的, (*of*); 因害怕而(無法做)(*to* do). I am *fearful of* offending him. 我害怕會激怒他/Father was so angry that I was *fearful* to speak to him. 父親是如此地生氣以至於我不敢和他說話.
4 (敘述)擔心的, 掛念的, (*that* 子句, *lest* 子句). The guide seems (to be) *fearful that* it might rain. 導遊似乎擔心會下雨.
5 (口)非常的; 極壞的. The boys are making a *fearful* noise in the room. 那些男孩在房間裡大聲

吵鬧/What a *fearful* mistake! 多麼嚴重的錯誤啊!

fear·ful·ly [ˋfɪrfəlɪ, -flɪ; ˈfɪəfəlɪ] *adv.* **1** 可怕地; 提心吊膽地.

2 《口》非常地, 極端地. The train was *fearfully* crowded. 那輛火車非常擁擠.

fear·ful·ness [ˋfɪrfəlnɪs; ˈfɪəfʊlnɪs] *n.* U 恐怖, 害怕; 嚴重.

***fear·less** [ˋfɪrlɪs; ˈfɪəlɪs] *adj.* 無畏的, 大膽的, 勇敢的; 不害怕的(*of*). a *fearless* soldier 勇敢的士兵/He is a man *fearless of* danger. 他是個不怕危險的男子漢.

fear·less·ly [ˋfɪrlɪslɪ; ˈfɪəlɪslɪ] *adv.* 無畏地, 大膽地.

fear·less·ness [ˋfɪrlɪsnɪs; ˈfɪəlɪsnɪs] *n.* U 大膽, 勇氣.

fear·some [ˋfɪrsəm; ˈfɪəsəm] *adj.* 《詼》〔表情等〕可怕的, 嚇人的.

fea·si·bil·i·ty [͵fizəˋbɪlətɪ; ͵fiːzəˈbɪlətɪ] *n.* U 可行性, 可能性.

fea·si·ble [ˋfizəbl; ˈfiːzəbl] *adj.* **1** 可行的(practicable). **2** 可利用的, 適宜的, (*for*)(suitable). **3** 似乎很有道理的; 似乎存在的.

***feast** [fist; fiːst] *n.* (*pl.* ~s [~s; ~s]) C **1** (主要指宗教上的)節慶, 祭典; 節日, 節慶日. a movable *feast* (→見 movable feast).

2 盛宴, 筵席, 宴會. The billionaire gave a magnificent wedding *feast* for his daughter. 那位億萬富翁為他的女兒舉行盛大的結婚喜宴. 同 banquet 是正式的宴會, feast 是酒菜豐盛的愉快聚會.

3 盛饌, 豐富美食; 使(耳目)享受的樂事, 極大的樂趣. a delicious *feast* 美味的佳肴/What a *feast* of scents! 多麼馥郁的香味啊!/a *feast* for inquisitive minds 滿足求知慾的饗宴.

— *v.* (~s [~s; ~s]; ~ed [~ɪd; ~ɪd]; ~ing) *vt.*
1 《文章》(盛宴)招待, 設宴款待. The guests *feasted* themselves at the reception. 客人們在歡迎會上享受盛宴.

2 使(心靈或耳目)得到享受. They *feasted* their eyes on the beautiful scene. 他們飽覽美景.

— *vi.* **1** 參加宴會, 接受款待.

2 吃, 盡情享受, (*on*). We *feasted* on roast beef and wine. 我們盡情享用烤牛肉和酒.

***feat** [fit; fiːt] *n.* (*pl.* ~s [~s; ~s]) C **1** (特指需要勇氣之)偉大事蹟, 功績. **2** 特技, 大膽驚險的技藝. The acrobat performed a daring *feat*. 特技演員表演大膽驚險的絕技.

***feath·er** [ˋfɛðɚ; ˈfeðə(r)] *n.* (*pl.* ~s [~z; ~z]) C (鳥的一根)羽毛(注意 勿與 wing 混淆); U (集合)(鳥的全部)羽毛(plumage); C 羽飾; 箭翎. (as) light as a *feather* 輕如羽毛, 非常輕/pluck *feathers* 拔羽毛/Fine *feathers* make fine birds. 《諺》人要衣裝, 佛要金裝(羽毛漂亮鳥就顯得漂亮)/Birds of a

wing

quill

[feather]

feather flock together. 《諺》物以類聚(<同樣羽毛的鳥聚集在一起; → a, an 7).

a *feather* in one's *cap* 值得誇耀之物; 榮譽.

in *high* [*fine, good*] *feather* 精神飽滿地[的]; 興高采烈地[的].

— *vt.* **1** 在(帽子等)裝上羽飾(*with*); 在(箭上)裝翎毛. **2** 使(船槳)與水面平行.

feather one's *nest* (特指利用地位等)中飽私囊(源自鳥為了自己的巢舒適而收集羽毛).

fèather bèd *n.* C 羽毛床墊(鋪的床).

feath·ered [ˋfɛðɚd; ˈfeðəd] *adj.* **1** 有羽毛的; 覆蓋羽毛的. our *feathered* friends 我們有羽毛的朋友(鳥). **2** (像鳥一般)迅速的.

feath·er·weight [ˋfɛðɚ͵wet; ˈfeðəweɪt] *n.* C **1** (拳擊、摔角等)羽量級選手.

2 體重[重量]非常輕的人[物]; 無足輕重的人[物].

feath·er·y [ˋfɛðərɪ, ˋfɛðrɪ; ˈfeðərɪ] *adj.* **1** 有羽毛的; 覆蓋羽毛的. **2** 羽毛般的; 輕飄飄的. *feathery* snow 輕飄飄的雪.

***fea·ture** [ˋfitʃɚ; ˈfiːtʃə(r)] *n.* (*pl.* ~s [~z; ~z]) C
【構造】 **1** 臉的五官之一(眼、鼻、口、耳等); (features)面貌, 相貌, 容貌. Every *feature* of her face was attractive. 她臉龐每一部分都很迷人/He was a young man with regular *features*. 他是個五官端正的年輕人.

【事物的面>引人注意的東西】 **2** (顯著的)特徵, 特色; 重點. a striking *feature* 特別顯眼之處, 顯著的特色/the natural *features* of the district 該地區的自然特徵.

3 (表演等的)精彩部分; (報紙、雜誌的)特輯; (電影的)長片; (吸引人的)商品. The magic show is the main *feature* of tonight's program. 魔術表演是今晚的壓軸節目/I read a *feature on* Japanese gardens in a magazine. 我在雜誌上讀到一篇日式庭園的特別報導/several *features* in a bargain sale 特賣中做為號召的幾件商品/make a *feature* of an auction 使拍賣會成為一個高潮.

— *v.* (~s [~z; ~z]; ~d [~d; ~d]; -tur·ing [-tʃərɪŋ, -tʃrɪŋ; -tʃərɪŋ]) *vt.* **1** 成為…的特色, 以…為特徵. Our era is *featured* by great technological progress. 我們這個時代的特色就是科技的長足進步.

2 以…作為號召; 〔報紙等〕特載; 〔電影等〕讓…主演[特別演出]. a film *featuring* Monroe (瑪麗蓮)夢露主演的電影.

— *vi.* 扮演重要角色. Fish *features* largely in our daily food. 魚是我們日常重要的食物.

fea·ture·less [ˋfitʃɚlɪs; ˈfiːtʃələs] *adj.* 無特色的.

Feb. 《略》February.

fe·brile [ˋfibrəl, ˋfɛb-; ˈfiːbraɪl] *adj.* 熱病的; 罹患熱病的, 發燒的.

*****Feb·ru·ary** [ˋfɛbru͵ɛrɪ, ˋfɛbju͵ɛrɪ, -ərɪ; ˈfebrʊərɪ] *n.* 2月(略作 Feb.; 2月的由來見 month 表). in *February* 在2月.

★日期的寫法、讀法 →date[1] ●.

fe·ces [ˈfisɪz; ˈfiːsiːz] n.《作複數》(美、文章)糞便(《英》faeces).

feck·less [ˈfɛklɪs; ˈfeklɪs] adj. 《口》〔努力等〕無益的, 無效果的; 〔人〕無才能的; 不負責任的.

fe·cund [ˈfikənd, ˈfɛk-, -ʌnd; ˈfiːkənd] adj. 《文章》多產的; 〔土地〕肥沃的; 〔人〕富創造力的.

fe·cun·di·ty [fɪˈkʌndətɪ; fɪˈkʌndəti] n. ⓤ《文章》多產; 肥沃; 豐饒.

fed [fɛd; fed] v. feed 的過去式、過去分詞.

‡fed·er·al [ˈfɛdərəl, ˈfɛdrəl; ˈfedərəl] adj. 1 (美)(Federal)(相對於州政府)聯邦政府的, 中央政府的; 美利堅合眾國的(用於與State(州的)相對的國家機關名稱). a Federal tax [law] 聯邦稅[法].

2 聯合的, 聯邦制的; 聯邦政府的. a federal state 聯邦國家.

3 (美史)(Federal)(南北戰爭時期)北部聯盟(the Union)的(↔ Confederate); (獨立戰爭後)聯邦黨的, the Federal army 北軍.

— n. ⓒ(美史)(Federal)支持北部聯盟者(↔ Confederate); 北軍士兵.

Fēderal Būreau of Investigā-tion n. (加the)美國聯邦調查局(略作FBI; → FBI).

fed·er·al·ism [ˈfɛdərəlˌɪzəm, ˈfɛdrəl-; ˈfedərəlɪzəm] n. ⓤ 1 聯邦主義[制度].

2 (美史)(Federalism)聯邦黨的主義.

fed·er·al·ist [ˈfɛdərəlɪst, ˈfɛdrəlɪst; ˈfedərəlɪst] n. ⓒ 1 聯邦主義者.

2 (美史)(Federalist)聯邦黨員[支持者].

— adj. 1 聯邦主義者的.

2 (美史)(Federalist)聯邦黨員[支持者]的.

Fēderal Repūblic of Gērmany n. (加the)德意志聯邦共和國(德國的正式名稱; 1949-90年間為西德的正式名稱).

fed·er·ate [ˈfɛdəˌret; ˈfedəreit] vt. 使結成聯邦, 使聯合. — vi. 結成聯邦, 聯合.

fed·er·a·tion [ˌfɛdəˈreʃən; ˌfedəˈreiʃən] n. 1 ⓤ聯邦制; 聯合; 結成聯邦.

2 ⓒ聯邦(政府); 聯合會, 聯盟, 同盟.

‡fee [fi; fiː] n. (pl. ~s [~z; ~z]) 1 ⓒ(付給醫師、律師、家庭教師等具專業知識者的)謝禮, 報酬; (為獲得特權或特別福利而給付的)費用; (學校, 協會的)收費. an admission fee 入場費/a school fee 學費/a membership fee 會費/The dentist demanded a stiff fee for his treatment. 那個牙醫索取的診療費高得離譜.

┌─────────────┐
│ 圖配 adj.+fee: a fat ~ (豐厚的酬金), a large ~ (巨額的費用) // n.+fee: an admission ~ (入場費), a registration ~ (註冊費) // v.+fee: charge a ~ (收費), waive a ~ (免收費用).
└─────────────┘

2 ⓤ(法律)世襲的財產(特指土地).

‡fee·ble [ˈfibl; ˈfiːbl] adj. (~r; ~st) 1 (身體)虛弱的, 衰弱的. The sick man grew feebler every day. 那位病人日益衰弱. 回 feeble

含有憐憫或輕蔑的口氣; → weak.

2 無力的; 微弱的, 薄弱的, (faint). a feeble cry 微弱的哭聲/a feeble excuse 無力的辯解.

3 〔個性〕軟弱的; 〔智力〕低的. a feeble mind 意志薄弱的人.

fee·ble-mind·ed [ˈfibḷˈmaɪndɪd; ˈfiːblˈmaindid] adj. 低能的; 〔行為等〕愚蠢的.

fee·ble·ness [ˈfibḷnɪs; ˈfiːblnis] n. ⓤ衰弱, 無力; 微弱.

fee·bler [ˈfiblə; ˈfiːblə(r)] adj. feeble的比較級.

fee·blest [ˈfiblɪst; ˈfiːblist] adj. feeble的最高級.

fee·bly [ˈfiblɪ; ˈfiːbli] adv. 虛弱地, 無力地; 微弱地.

‡feed [fid; fiːd] v. (~s [~z; ~z]; fed; ~ing) vt. 【給與食物】 1 (a)給與…食物, 餵養; 飼養; 給〔嬰兒〕餵奶; 給〔病人等〕餵食. He fed the bird out of his hand. 他親手給鳥餵食/She went into another room to feed the baby. 她到另一個房間給嬰兒餵奶.

(b) 句型4 (feed A B)、句型3 (feed B to A)把B餵給A. We fed the leftovers to the cat. 我們拿剩飯餵貓/They feed their dog only meat. = They feed only meat to their dog. 他們只用肉餵狗. 語法意為「臨時性的餵食方式」; 但在(美)亦用於「經常性的餵食方式」之意; → 2.

2 養〔家人等〕; 飼養, 餵養, 〔寵物等〕《on》. He has a family of six to feed. 他有一家六口要養/feed cattle on oats 用燕麥飼養牛 (= (美) feed oats to cattle). 語法含有「經常性的餵食方式」之意時, (英)用 on.

【給與必要之物】 3 (a)補[供]給原料[燃料, 資料等]; 給〔水箱等〕加水. feed a stove 給火爐加煤/Melting snow will feed the river. 融雪將使這條河水量增加. (b) 送入《with 〔原料〕》; 供給…《to, into》. feed a computer with data = feed data into a computer 把資料輸入電腦.

4 使〔虛榮心等〕得到滿足; 激起〔憤怒, 嫉妒等〕; 使〔耳目〕愉悅《on》. Their insult fed his anger. 他們的羞辱激起他的憤怒/The tourist fed his eyes on the scenery. 觀光客飽覽美景.

— vi. 1 〔動物, 幼兒等〕進食, 吃《on, off》. I saw a herd of cows feeding in the pasture. 我看見一群牛在牧場上吃草.

2 《口》《謔》〔人〕用餐, 吃飯.

be féd úp《口》厭倦, 厭煩,《about, with》. I'm fed up with his complaints. 我受夠了他的抱怨.

féed on... 吃…維生, 以…為主食. Cattle feed on grass. 牛以草為主食.

féed/.../úp 使飽食而養胖. You should feed your son up after his illness. 你應該在你兒子痊癒了以後讓他吃胖一點.

— n. (pl. ~s [~z; ~z]) 1 ⓤ飼料, 飼草, 餌. feed for cattle 牛的飼料.

2 ⓒ一餐份量的飼料; (嬰兒的)一餐.

3 ⓒ(用單數)《口》《謔》飯. have a good feed 飽餐一頓.

4 (機械)ⓒ(材料的)輸送裝置; ⓤ(送進的)材料[燃料, 水等]. ⇨ n. food.

feed·back [ˈfid͵bæk; ˈfiːdbæk] n. ⓤ 1 (電

電腦)反饋(輸出(output)的一部分回到輸入(input)一側，使輸出受到影響).

2《口》反應，回響，《*from*》.

feed·box [ˋfid͵bɑks; ˈfiːdbɒks] *n.* C《主美》飼料箱.

feed·er [ˋfidɚ; ˈfiːdə(r)] *n.* C **1** 飼養者，飼育者. **2**《加形容詞》(…的)食者[動物，植物]. a heavy *feeder* 食量大的動物[人]; 養料充分吸收的植物/a gross *feeder* 大食客/He is a quick *feeder*. 他吃得很快. **3** 飼料槽，給食器; 奶瓶(feeding bottle). **4**《英》圍兜. **5** 支流《鐵路，航空的》支線.

féeding bòttle *n.* C 奶瓶.

✱✱feel [fil; fiːl] *v.* (~**s** [~z; ~z]; felt; ~**ing**)
vt.【用手感覺】 **1** 觸摸，摸摸看，觸探; [句型3](feel *wh* 子句)摸摸看就知道…. The doctor *felt* [took] her pulse. 醫生為她把脈/Just how smooth this cloth is. 摸摸看這塊布料有多滑/*feel* the difference in the fabrics 感覺質料的差異.
【用身、心感覺】 **2 (a)** 感覺到，察覺，感受，〔感覺，感情〕，(★通常不用進行式). He *felt* the rain on his face. 他感覺到雨落在臉上/*feel* pain [hunger, sorrow, interest] 覺得痛[餓，難過，有興趣]/I *felt* her eyes on my back. 我覺得她在背後盯著我瞧. **(b)** [句型5](feel **A** *do*/**A** *doing*/**A** *done*)感覺到 A 做…/在做…/被…《★通常不用進行式》. We *felt* the house *shake*. 我們覺得房屋在搖晃.(語法 被動句用 to 不定詞: The house was *felt* to shake.)/I *felt* my heart *beating* violently. 我感到我的心跳得好厲害/*Feeling* himself *insulted*, he got angry. 他覺得被侮辱而生起氣來.
3 (a) 深感…，覺得; (身體上)感受; 《★通常不用進行式》. *feel* the uncertainty of life 深感人生的無常/I *feel* the cold very much. 我覺得非常冷. **(b)** 〔事物〕受到…的影響. Agriculture has *felt* the rapid advances of biotechnology. 農業受到生物科技快速發展的衝擊.
【感到】 **4 (a)** [句型3](feel *that* 子句)想，覺得，(★意為沒有明確根據，只是這麼想). I *feel* (*that*) we shall win. 我覺得我們會贏/He will become a good teacher. 我想他以後一定會成為一個好老師. **(b)** [句型5](feel **A B**/**A** *to be* **B**)認為 A 是 B(★與 2 (b)比較). I *feel* the work (*to be*) too difficult. = I *feel* (*that*) the work is too difficult. 我想這份工作太難了/He *felt* it his duty to help her. 他覺得幫助她是他的責任.
— *vi.*【觸摸而感到】 **1** 摸索，探索; 摸索著尋找，《*for, after*》. He *felt* in his pocket *for* his lighter. 他在口袋裡摸索著找打火機/*feel* (around) *after* the switch in the dark 在黑暗中摸索找開關.
2 有感覺，感到. Can plants *feel*? 植物有感覺嗎?/My toes don't *feel* at all. 我的腳趾完全沒有感覺.
3 [句型2](feel **A**)有 A(般)的感覺. The air *feels* cold. 空氣感覺起來很冷/The linoleum *felt* cool and smooth against his soles. (亞麻)油地氈給他的腳掌涼涼滑滑的感覺/How do your new shoes *feel*? 你的新鞋子穿起來感覺如何?/This cloth *feels* as if it were silk. 這塊布摸起來的感覺有如

絲綢一般.
【用心感受】 **4** [句型2](feel **A**)感受到 A，(★用進行式意思大致相同). *feel* cold [sleepy, sad, happy] 感到冷[想睡，難過，快樂]/*feel* ill at ease 侷促不安，心神不寧/*feel* at home 感覺很自在/I *felt* (like) a complete fool. 我覺得自己是個大傻瓜/How do you *feel* [How are you *feeling*] today? 你今天覺得如何?/I didn't *feel* quite myself this morning. 今天早上我覺得身體不太舒服.
5【感覺】 [句型2](feel **A**)覺得是 A，感到像 A 那樣(加上表狀態的副詞(子句)); 有…的意見[想法]《*about, on, toward* 關於…》. I *feel* certain (that) he will agree. 我想他一定會同意/I *feel* sure (certain) of her recovery. 我相信她一定會康復的/How do you *feel about* the consumption tax? 你對消費稅有什麼看法?/I *feel* differently *about* the plan. 我對這計畫有不同的意見.
fèel for... 對〔人〕感到同情. I really *feel for* you. 我真的很同情你.
fèel frée《口》(通常用於祈使句)不要客氣; 自在地使用…(to do). "May I use your car?" "*Feel free.*"「我可以借用你的車嗎?」「請便」/*Feel free* to express your opinion. 請盡情地把自己的意見表達出來.
✱ *fèel líke...* (1)想要…; 想吃[喝]…. I *feel like* a glass of cold water. 我想要一杯冰水.
(2)(常用 feel like do*ing*)想做…. I don't *feel* much *like talking* right now. 現在我不太想多談/Let's go out if you *feel like* it. 如果你願意的話，我們就一起出去吧!
(3)〔東西〕摸上去像…(→ *vi.* 3); 〔事物〕發生…的感覺. This *feels* (to me) *like* real leather. (我覺得)這摸起來像真皮/It *feels like* rain. 好像要下雨了.
(4) 產生…的感覺(→ *vi.* 4).
fèel úp to...《口》覺得能夠勝任〔工作等〕(通常用於否定句、條件句). I don't *feel up to* seeing anyone today. 我今天沒法見任何人.
✱ *fèel one's wáy* (1)摸索著前進(→ way[1] 表). They *felt* their *way* along the dark corridor. 他們沿著黑暗的走廊摸索著前進. (2)小心地行動. I'm new in this country so I'm still *feeling* my *way*. 我剛到這個國家，所以事事在摸索中.
fèel/.../óut 探詢〔人〕的意向; 探聽〔狀況等〕. Let's *feel* him *out* on the problem. 我們去問他對這個問題的想法吧.
— *n.* C(用單數) **1** 手感，觸感; 觸摸. be rough to the *feel* = have a rough *feel* 手感很粗糙/I like the *feel* of nylon against my skin. 我很喜歡尼龍貼著皮膚的感覺/Let me have a *feel* of the rug. 讓我摸一摸這塊地毯.
2 感覺，氣氛. I don't like the *feel* of this place. 我不喜歡這地方的氣氛.
gèt the féel of... 開始熟悉….
feel·er [ˋfilɚ; ˈfiːlə(r)] *n.* C **1**《動物》(通常 feel-

ers)觸角，觸手，觸鬚．

2 試探《為了試探他人意向的詢問，提議等》．I'll put out a few *feelers* on the subject. 我會就此問題做些試探．

*feel·ing [`filɪŋ; 'fi:lɪŋ] *n.* (*pl.* ~s [~z; ~z])

1 U感覺(sensation)，觸覺．There was no *feeling* in my left leg. 我的左腿沒有感覺了．

2 C(用單數)知覺，…感，意識，心情，(*of*)．a *feeling of* cold [hunger, happiness] 冷[餓，快樂]的感覺/have a guilty *feeling* 有罪惡感．

[搭配] *adj.*+feeling: a deep ~ (深厚的感情)，an intense ~ (激烈的感情)，a strange ~ (奇妙的感覺)，a tender ~ (溫柔的感覺)，an uneasy ~ (不安的感覺) // *v.*+feeling: arouse a ~ (喚起情感)，excite a ~ (激發情感)．

3 C(用單數)意見，想法，(漠然的)印象；感覺，預感；((*that* 子句))．It is my *feeling* [My *feeling* is] *that* something is wrong with him. 我覺得他有點不大對勁/People have a *feeling that* a silent man is dangerous. 人們覺得沈默的人具危險性．

4 [a U](給人的)印象；(感受到的)氣氛．A great city has a *feeling* of strain and hurry. 大城市有一種緊張和匆促的氣氛．

5 UC(通常 feelings)感情，心情．hurt a person's *feelings* 傷害某人的感情．[同] feeling 是與理性、判斷力相對，表示感情的一般用語；→ emotion, sentiment, passion．

6 U對人的感情(心)，體諒．He did not show much *feeling* for his wife. 他對妻子不大體貼．

7 U興奮，感動，激情；反感，敵意．His words stirred up strong *feeling* on both sides. 他的話引起雙方強烈的反感．

8 [a U]感受力，鑑賞力，(*for* 對於…)．He has a nice *feeling for* painting [words]. 他對繪畫[語言]有很好的感受力．

—— *adj.* (限定) **1** 善感的；有同情心的．a *feeling* heart (有)同情心的人．

2 動人的，充滿感情的．He addressed the audience in *feeling* language. 他用動人的語句對聽眾演講．

feel·ing·ly [`filɪŋlɪ; 'fi:lɪŋlɪ] *adv.* 富有感情地，懇切地，令人感動地；同情地．speak *feelingly* 懇切地訴說．

feet [fit; fi:t] *n.* foot 的複數．

feign [fen; feɪn] *vt.* (文章) **1** 假裝，佯裝；[句型3](feign *that* 子句)裝作…．a *feigned* illness 裝病/He *feigned* madness. = He *feigned that* he was mad. 他裝瘋．**2** 偽造(藉口，假話等)．a *feigned* name [voice] 假名[聲]．⇨ *n.* **feint**.

feint [fent; feɪnt] *n.* C **1** (體育)虛擊；(軍事)佯攻．**2** 假象，偽裝．make a *feint* of working 假裝在工作．

—— *vi.* 佯攻，虛擊，((*at, on, upon, against*))．

feld·spar [`fɛld,spɑr, `fɛl-; 'feldspɑ:(r)] *n.* U(礦物)長石．

fe·lic·i·tate [fə`lɪsə,tet; fə'lɪsɪteɪt] *vt.* (文章)向(人)致祝辭((*on, upon*))．

fe·lic·i·ta·tion [fə,lɪsə`teʃən; fə,lɪsɪ'teɪʃn] *n.* UC(文章)(通常 felicitations)祝賀，祝辭，((*on, upon* 對於…))．

fe·lic·i·tous [fə`lɪsətəs; fə'lɪsɪtəs] *adj.* (文章)(表現等)巧妙的，恰當的；(人)措辭有技巧的．a *felicitous* reply 巧妙的回答．

fe·lic·i·tous·ly [fə`lɪsətəslɪ; fə'lɪsɪtəslɪ] *adv.* 巧妙地，恰當地．

fe·lic·i·ty [fə`lɪsətɪ; fə'lɪsətɪ] *n.* (*pl.* **-ties**)(文章) **1** U非常的幸福．**2** U(表現等的)巧妙，恰當；C恰當的表現，措辭巧妙的辭句．

fe·line [`filaɪn; 'fi:laɪn] *adj.* **1** (動物)貓(科)的．**2** 像貓的；(動作等)輕快優美的；陰險的．

—— *n.* C貓科動物(貓，獅，豹等)．

fell¹ [fɛl; fel] *v.* fall 的過去式．

fell² [fɛl; fel] *vt.* **1** 砍倒[樹木]．**2** (文章)把(人)打[摔]倒(knock down)．

fell³ [fɛl; fel] *adj.* (雅)可怕的，兇猛的．

*fel·low [`fɛlo; 'feləʊ] *n.* (*pl.* ~s [~z; ~z]) C

1 (口)(★發音亦作 [`fɛlə; 'felə])

(a)(通常加形容詞)(…的)男人，傢伙．He is a jolly good *fellow*. 他是個風趣的好人/What a *fellow*! 好傢伙!/He was killed there, poor *fellow*. 可憐的傢伙，他就是在那裡遇害的/My dear *fellow*! 嗨! 老兄! (親暱的稱呼)．[語法](1)含有親愛之情或輕蔑之意．(2)代替 man, boy, 不用於女性．(3)常用於親暱或輕蔑的稱呼．

(b)(加 a)(泛指)人(★用法與 one 相同；有時委婉地指自己)．He doesn't give a *fellow* anything. 他從來不曾給人甚麼東西過/What can a *fellow* do in such a case? 這種情況(我)該怎麼辦呢?

2 (a)(通常 fellows)夥伴(們)，同事；同類的人；(國家，行業，身分等相同，或有共同境遇，利害關係，命運等的人)．*fellows* at school 同窗，同學/a *fellow* in crime 共犯．

(b)(形容詞性)夥伴的，同事的，同志的．a *fellow* countryman 同胞/a *fellow* student 同學/a *fellow* passenger 同車[船，機]的乘客．

3 一雙(一對)中之一(用於手套，鞋子，襪子等)．the *fellow* of this glove 這副手套的一隻．

4 (英大學)特別研究員(屬 college)．

5 (美)大學研究所受領獎學金的研究生，支薪的研究員．

fellow feeling *n.* U同情；相互理解；同類意識；連帶感((*with*))．

*fel·low·ship [`fɛlo,ʃɪp, `fɛlə,ʃɪp; 'feləʊʃɪp] *n.* (*pl.* ~s [~s; ~s]) **1** C夥伴關係，(同甘共苦的)情誼，their *fellowship* in crime 他們同惡共犯．

2 U友情，親密的交往，友好關係，((*with*))．enjoy [have] good *fellowship* with the neighbors 與鄰居和睦相處．

3 C團體，協會．

4 C特別獎學金; (受領特別獎學金的)大學研究生[研究員]的身分．be awarded a *fellowship* 被頒與

獎學金.

fèllow tráveler n. Ⓒ **1** 旅伴.

2 (特指共產黨的)同路人, 同情者.

fel·on [ˋfɛlən; ˈfelən] n. Ⓒ《法律》重罪者(→fel·ony).

fe·lo·ni·ous [fəˋlonɪəs, fɛ-; fəˈləʊnjəs] adj. 《法律》重罪的.

fel·o·ny [ˋfɛlənɪ; ˈfeləni] n. (pl. **-nies**) ⓊⒸ《法律》重罪(殺人, 放火, 竊盜等; →misdemeanor).

fel·spar [ˋfɛl͵spɑr; ˈfelspɑː(r)] n. 《主英》=feldspar.

felt¹ [fɛlt; felt] v. feel 的過去式、過去分詞.

felt² [fɛlt; felt] n. Ⓤ 毛氈, 毛氈製品. a felt hat 毛氈帽.

félt-tìp(ped) pén n. Ⓒ (以毛氈爲筆芯的)簽字筆、彩色筆、自來水筆等.

‡fe·male [ˋfimel; ˈfiːmeɪl] adj. **1** 女性的; 女性(特有)的; (→feminine 同). the female sex 女性/female clothing 女裝/a female doctor 女醫生/a female weakness 女性特有的弱點. **2** 〔動物, 植物〕雌的, 雌性的; 〔(機械)凹的, 陰的. a female bird [flower] 母鳥[雌花]/a female screw 螺母.

— n. (pl. ~s [~z; ~z]) Ⓒ **1** (a) 女性, 婦女, 〔特指作爲統計上或科學上的用語〕. The patients in this study consisted of 30 males and 25 females. 這項研究中的病患有30名男性, 25名女性. (b) 《口》女人. **2** (動植物的)雌性. ↔ male.

‡fem·i·nine [ˋfɛmənɪn; ˈfemɪnɪn] adj. **1** 女性的, 女的. feminine readers 女性讀者. 同 feminine 與 female 不同, 限用於人; 而且不僅表示性別, 亦多強調「具備女性特質」之意.

2 女性化的, 有女人氣質的; 〔男人〕像女人般的, 娘娘腔的. Her room had a very feminine atmosphere. 她的房間很有女孩子的味道/He spoke in a high, feminine voice. 他用女孩般尖細的聲音說話.

3 《文法》〔名詞, 形容詞等〕陰性的(→gender 參考).
⇨ n. **femininity**. ↔ masculine.

fem·i·nin·i·ty [͵fɛməˋnɪnətɪ; ͵femɪˈnɪnəti] n. Ⓤ女性氣質; 女人味; 娘娘腔; 女性.

fem·i·nism [ˋfɛmə͵nɪzəm; ˈfemɪnɪzəm] n. Ⓤ 女性主義, 男女平等主義, 女權運動.

fem·i·nist [ˋfɛmənɪst; ˈfemɪnɪst] n. Ⓒ 女性主義者, 男女平等主義者.

fem·o·ra [ˋfɛmərə; ˈfemərə] n. femur 的複數.

fe·mur [ˋfimɚ; ˈfiːmə(r)] n. (pl. ~s, **fem·o·ra** [ˋfɛmərə; ˈfemərə]) Ⓒ《解剖》大腿骨.

FEN [ˋɛf͵iˋɛn, fɛn; fen] n. 美軍遠東廣播網(the Far East Network 的縮略).

fen [fɛn; fen] n. Ⓒ (常 the fens)沼地, 沼澤地帶, 《特指英格蘭東部的沼澤地帶》.

‡fence [fɛns; fens] n. (pl. **fenc·es** [~ɪz; ~ɪz]) Ⓒ **1** 圍欄, 柵欄, 圍牆, 籬笆. a barbed-wire fence 以鐵絲刺網做成的圍欄/a picket fence 樁欄《(木樁上端削成尖狀)/a snow fence 防雪柵欄. **2** 《口》買賣贓物的人.

sìt [**be**] **on the fénce** 《口》觀望, 〔衡量得失)見

風轉舵.

— v. (**fenc·es** [~ɪz; ~ɪz]; ~**d** [~t; ~t]; **fenc·ing**) vt. 把…用圍欄[圍牆等]圍住, 圍上; 把…用柵欄[圍牆]隔開[防禦]. The building was fenced (about) with olive trees. 那棟建築物四周被橄欖樹給包圍.

— vi. **1** 擊劍. **2** 迴避(議論, 問題等).

fénce/.../ín 把…用圍欄[圍牆等]圍起來.

fénce/.../óff 把…用柵欄[圍牆等]隔開; 擋開; 迴避(問題等).

fenc·er [ˋfɛnsɚ; ˈfensə(r)] n. Ⓒ 擊劍選手, 劍術家.

fenc·ing [ˋfɛnsɪŋ; ˈfensɪŋ] v. fence 的現在分詞、動名詞.

— n. Ⓤ **1** 擊劍, 劍術. 參考 使用的劍有 foil, épée, saber. **2** (集合)圍欄, 柵欄; 柵欄[圍牆等]的材料.

fend [fɛnd; fend] vt. 閃躲, 防衛, 擋開, (off; away). fend off a blow 閃開一擊.

fend·er [ˋfɛndɚ; ˈfendə(r)] n. Ⓒ **1** 《美》(汽車等的)擋泥板, 擋泥器, (《英》wing; → car 圖); (自行車的)擋泥板(→ bicycle 圖). **2** (壁爐的)爐圍(防止煤炭滾出). **3** (火車頭, 電車前面的)排障器, 緩衝裝置; 《主美》(汽車的)保險桿(bumper). **4** (海事)(船的)護舷裝置(爲預防與其他船隻或碼頭等碰撞而吊掛在船側的舊輪胎, 繩索等).

fen·nel [ˋfɛnl; ˈfenl] n. Ⓒ 茴香(水芹屬草本植物; 莖葉可食用, 葉和果實可作香料).

fer·ment [ˋfɝmɛnt; ˈfɜːment] n. **1** Ⓒ 酵母, 酵素; Ⓤ 發酵. **2** ⓐⓊ 騷動; 興奮, (人心, 社會的)動搖.

— [fɚˋmɛnt; fəˈment] vt. **1** 使發酵. Beer is fermented with yeast. 啤酒利用酵母菌發酵. **2** 使(興奮)沸騰起來; 使吵雜喧鬧. ferment a riot 煽起暴動.

— vi. **1** 發酵. **2** 騷動, 興奮, 紛擾.

fer·men·ta·tion [͵fɝmɛnˋteʃən, -mɛn-; ͵fɜːmenˈteɪʃn] n. Ⓤ 發酵(作用); 興奮, 激動, (人心的)動搖.

fern [fɝn; fɜːn] n. Ⓒ《植物》羊齒(類); Ⓤ (集合)羊齒類植物.

fern·y [ˋfɝnɪ; ˈfɜːni] adj. 羊齒植物茂密的; 羊齒植物般的.

fe·ro·cious [fəˋroʃəs, fɪ-; fəˈrəʊʃəs] adj. **1** 兇猛的, 兇暴的, 殘忍的. ferocious animals 猛獸. **2** 《口》劇烈的, 激烈的, 厲害的. a ferocious thirst [cold wave] 十分的口渴[強烈的寒流].

fe·ro·cious·ly [fəˋroʃəslɪ, fɪ-; fəˈrəʊʃəsli] adv. 《口》兇猛地, 殘忍地; 極度地.

fe·roc·i·ty [fəˋrɑsətɪ, fɪ-; fəˈrɒsəti] n. (pl. **-ties**)《文章》**1** Ⓤ 兇猛, 殘忍, 兇性. **2** Ⓒ 殘暴的行爲.

fer·ret [ˋfɛrɪt; ˈferɪt] n. Ⓒ《動物》白鼬, 雪貂(用於滅鼠、獵兔等).

— *vt.* **1** 用雪貂獵捕〔兔子等〕(*out*).
2 搜出〔犯人等〕;查出〔祕密等〕;(*out*).
— *vi.* **1** 用雪貂狩獵.
2 (口)搜索(*for*). *ferret* about [around] *for* missing papers 四處搜尋遺失的文件.

fer·ried [ˋfɛrɪd; ˈferɪd] *v.* ferry 的過去式、過去分詞.

fer·ries [ˋfɛrɪz; ˈferɪz] *n.* ferry 的複數.
— *v.* ferry 的第三人稱、單數、現在式.

Fer·ris wheel [ˋfɛrɪs͵hwil; ˈferɪswiːl] *n.* ⓒ (主美)(遊樂園的)摩天輪((主英) big wheel)(Ferris 源自發明者之名).

[Ferris wheel]

fer·ro·con·crete [͵fɛrəˋkɑnkrit, -kənˋkrit; ͵ferəʊˈkɒŋkriːt] *n.* Ⓤ 鋼筋混凝土.

fer·rous [ˋfɛrəs; ˈferəs] *adj.* 鐵的, 含鐵的.

fer·rule [ˋfɛrəl; ˈferuːl] *n.* ⓒ (手杖, 雨傘等的)金屬包頭;(加強接合部分的)金屬箍, 金屬環.

fer·ry [ˋfɛrɪ; ˈferɪ] *n.* (*pl.* **-ries**) ⓒ **1** 渡船, 渡輪(汽船). We took the *ferry* across the bay. 我們乘渡船橫渡海灣.
2 港口, 渡船碼頭. We arrived at the *ferry* at 10 p.m. 我們晚上 10 點抵達渡船碼頭.
3 (新造的飛機)自行飛抵指定的交貨地.
— *v.* (**-ries, -ried; ~ing**) *vt.* **1** 用渡船[輪]運送〔乘客, 汽車等〕;用飛機[汽車等]運送, 使(新造的飛機)自行飛抵首都的起飛地. I asked him to *ferry* me across the river. 我請他用渡船送我過河/A school bus *ferries* students between the station and the campus. 校車來回車站和校園之間載送學生. **2** 用渡船渡過〔河川等〕.
— *vi.* 用渡船擺渡.

fer·ry·boat [ˋfɛrɪ͵bot; ˈferɪbəʊt] *n.* ⓒ 渡船, 渡輪.

fer·ry·man [ˋfɛrɪmən; ˈferɪmən] *n.* (*pl.* **-men**

[-mən; -mən]) ⓒ 渡船夫, 渡船業者.

fer·tile [ˋfɜtl; ˈfɜːtaɪl] *adj.* **1** (土地)肥沃的, 富饒的;多產的(*of*). *fertile* land 肥沃的土地/*fertile* rain 豐沛的雨水/a *fertile* writer 多產作家/The district is *fertile* of oranges. 該地盛產橘子.
2 能生育的;(生物)(卵子等)受精的.
3 (人或心靈)富有的(*in*〔創造力等〕). a mind *fertile in* wit 充滿機智的心靈.
↔ barren, sterile, infertile.

fer·til·i·ty [fɜˋtɪlətɪ; fəˈtɪlətɪ] *n.* Ⓤ 肥沃;多產;(創造力等的)豐富;(生物)繁殖力.

fer·til·i·za·tion [͵fɜtləˋzeʃən, -aɪˋz-, ͵fɜːtəlaɪˈzeɪʃn] *n.* Ⓤ 肥沃, 施肥;(生物)受精[受孕](作用).

fer·ti·lize [ˋfɜtl͵aɪz; ˈfɜːtəlaɪz] *vt.* **1** 使(土地)肥沃, 施肥. **2** (生物)使受精[受孕].

fer·ti·liz·er [ˋfɜtl͵aɪzɚ; ˈfɜːtəlaɪzə(r)] *n.* ⓊⒸ 肥料.

fer·vent [ˋfɜvənt; ˈfɜːvənt] *adj.* 熱烈的, 熾熱的. a *fervent* desire 強烈的慾望.

fer·vent·ly [ˋfɜvəntlɪ; ˈfɜːvəntlɪ] *adv.* 熱烈地.

fer·vid [ˋfɜvɪd; ˈfɜːvɪd] *adj.* (文章)熱烈的, 熱情的.

fer·vid·ly [ˋfɜvɪdlɪ; ˈfɜːvɪdlɪ] *adv.* (文章)熱烈地.

fer·vor, fer·vour (英) [ˋfɜvɚ; ˈfɜːvə(r)] *n.* Ⓤ 熱情, 熱烈. religious *fervor* 宗教的熱忱.

fes·tal [ˋfɛstl; ˈfestl] *adj.* (文章) **1** 假日的, 慶典的. **2** 熱鬧的, 歡樂的.

fes·ter [ˋfɛstɚ; ˈfestə(r)] *vi.* (傷口等)化膿, 潰爛.
— *vt.* 使化膿;使潰爛;使痛苦.

fes·ti·val [ˋfɛstəvl; ˈfestəvl] *n.* (*pl.* ~**s** [~z; ~z]) ⓒ **1** 國定假日, 節日;(定期的)慶祝活動, 慶典, 紀念活動. church *festivals* 教會的節日(Christmas 或 Easter 等)/hold a *festival* 舉行慶典.
2 (定期舉辦的)文化活動, 節日, …節. a music *festival* 音樂節/the *Festival* of Roses 玫瑰節.

fes·tive [ˋfɛstɪv; ˈfestɪv] *adj.* (文章) **1** 節日的, 喜慶的. **2** 熱鬧的. in a *festive* mood 處在過節的氣氛當中;歡樂地.

fes·tiv·i·ty [fɛsˋtɪvətɪ; feˈstɪvətɪ] *n.* (*pl.* **-ties**) (文章) **1** Ⓤ 歡樂, 節日氣氛;歡宴.
2 ⓒ (festivities)慶典;慶祝活動.

fes·toon [fɛsˋtun; feˈstuːn] *n.* ⓒ 花綵(將花、葉、緞帶等編成帶狀, 兩端懸掛成半圓形的裝飾物);花綵雕飾(家具、陶器等的圖案).
— *vt.* 將…結成花綵;用花綵裝飾…(*with*).

[festoon]

fe·tal [ˋfitl; ˈfiːtl] *adj.* 胎兒的(→ fetus).

fetch [fɛtʃ; fetʃ] *v.* (~**es** [~ɪz; ~ɪz]; ~**ed** [~t; ~t]; ~**ing**) *vt.* 〖拿來〗 **1** (去)把…拿來, 帶來, 請來, (*from*); 句型4 (fetch A B) 句型3 (fetch B for A)拿 B (來)給 A; (語法)原本 fetch 即有 go and bring 之意, 然而在(口)中亦有 go and fetch 之說法; → bring). (go and) fetch a

doctor 去請醫生來/Please *fetch* me a piece of paper. = Please *fetch* a piece of paper *for* me. 請拿一張紙給我.

2【帶來利益】《口》〔商品〕賣得…價錢. [句型4] (fetch **A B**)為 A 帶來 B 的收入. *fetch* a good price 賣得好價錢/His ideas never *fetched* him a nickel. 他的想法從來沒有為他賺到一分錢.

【帶來>引出】**3** 引出, 誘出,〔眼淚, 笑聲等〕《from》. The pitiful tale *fetched* tears *from* the girl [*to* her eyes]. 這個悲哀的故事使得那個女孩流下了淚來.

4 發出〔呻吟, 歎息等〕. Janet *fetched* a deep sigh of relief. 珍妮特大大地鬆了一口氣.

— *vi.*〔獵犬〕叼回獵物.

fètch and cárry(為人)跑腿, 聽人差遣.

fetch·ing [ˈfɛtʃɪŋ; ˈfetʃiŋ] *adj.* 《口》有魅力的, 迷人的.

fete, fête [fet; feit] *n.* ⓒ **1** 節慶, 慶典.

2(特指在戶外為募款而舉辦的)宴席, 盛宴.

— *vt.* 為〔人〕設宴慶祝(通常用被動語態).

fet·id [ˈfɛtɪd, ˈfitɪd; ˈfetid] *adj.* 《文章》〔特指汙水〕發出惡臭的, 味道難聞的.

fet·ish [ˈfitɪʃ, ˈfɛtɪʃ; ˈfetiʃ] *n.* ⓒ **1** 崇拜物(被原始人認為具有魔力且神聖的木片, 動物等). **2** 盲目崇拜的對象. make a *fetish* of 盲目崇拜….

fet·ish·ism [ˈfitɪʃ͵ɪzṃ, ˈfɛtɪʃ-; ˈfetiʃizəm] *n.* ⓊⒸ 拜物教; 盲目崇拜.

fet·lock [ˈfɛt͵lɑk; ˈfetlɔk] *n.* ⓒ (馬的)距毛(生於馬蹄後部的上方); 球節(長距毛的部分).

fet·ter [ˈfɛtɚ; ˈfetə(r)] *n.* ⓒ **1** (通常 fetters)(犯人腳上戴的)腳鐐(→ manacle).

2 (fetters)束縛, 拘束(物).

— *vt.* 給…戴上腳鐐;《文章》束縛, 拘束. be *fettered* by tradition 為傳統所束縛.

fet·tle [ˈfɛtḷ; ˈfetl] *n.* Ⓤ (身心的)狀況.

in gòod [fìne] féttle 精力充沛的.

fe·tus [ˈfitəs; ˈfiːtəs] *n.* ⓒ 胎兒(就人類而言係指懷孕三個月至分娩期間的胎兒; → embryo).

feud [fjud, fiud; fjuːd] *n.* ⓊⒸ (部落, 家族間的)世仇, 宿怨; (長期的)不和, 反目.

— *vi.* 反目.

feu·dal [ˈfjudḷ, ˈfiudḷ; ˈfjuːdl] *adj.* **1** 封建制度的. the *feudal* system [age] 封建制度[時代].

2 領地的, 封地的. **3** 〔態度, 人際關係等〕封建的.

feu·dal·ism [ˈfjudḷ͵ɪzṃ, ˈfiudḷ-; ˈfjuːdəlizəm] *n.* Ⓤ 封建制度(亦作 féudal sỳstem). 封建主義.

feu·dal·is·tic [͵fjudḷˈɪstɪk, ͵fiudḷ-; ͵fjuːdəˈlistik] *adj.* 封建制度的, 封建主義的; 封建的.

***fe·ver** [ˈfivɚ; ˈfiːvə(r)] *n.* **1** ⓐⓊ (比平常的體溫高的)發燒, 發燒. run a *fever* 發燒/develop a *fever* 發燒/Dick is in bed with a *fever*. 狄克發燒臥病在床/My daughter has a slight [high] *fever*. 我的女兒有一點發燒[發高燒]/A *fever* subsides. 退燒了.

[參考]「量體溫」是 take one's temperature.

2 Ⓤ 熱病. scarlet [typhoid, yellow] *fever* 猩紅熱[傷寒, 黃熱病].

3 ⓐⓊ 狂熱, 極度興奮. a *fever* of excitement 極度興奮/in a *fever* 在發燒狀態; 狂熱地/He seems to have a gambling *fever*. 他好像著了賭博的迷似地.

fe·vered [ˈfivɚd; ˈfiːvəd] *adj.* 《限定》**1** 有熱度的, 發燒的. **2** 狂熱的, 極度興奮的. **3** 異常的.

fever heat *n.* Ⓤ **1** 發燒(體溫 37℃以上, 因生病所造成的高燒). **2** 極度的興奮.

***fe·ver·ish** [ˈfivərɪʃ; ˈfiːvəriʃ] *adj.* **1** 有微熱的, 發燒的. Your face looks *feverish*. 你的臉看起來有點發燒. **2** 極其興奮的, 狂熱的; 焦躁的. a *feverish* endeavor 拚命的努力.

fe·ver·ish·ly [ˈfivərɪʃlɪ; ˈfiːvəriʃli] *adv.* 〔工作等〕狂熱地, 拚命地.

***few** [fju, fiu; fjuː] *adj.* (~**·er**; ~**·est**) **1** (加a)少數的, 一些的, 少許的, (→ several 同). I have a *few* friends. 我的朋友不多/a *few* days after his arrival 在他到達後的幾天.

2 (不加a)很少的, 幾乎沒有的, (↔ many). I have *few* friends. 我的朋友很少[我幾乎沒有朋友]/a man of *few* words 沈默寡言的人/Very *few* people know it. 幾乎沒有人知道這件事. [語法] few 常常可譯為否定語氣, 但英文並非否定句.

> 【◉(1) few 與 little】
> 兩者皆為「少的」之意, 而 few 與 many 一樣都與複數可數名詞連用, little 和 much 則與不可數名詞連用: few [many] boys; little [much] water.
> 【◉(2) a few 與 few】
> a few 表示肯定的(「有一些」), few 則表示否定的(「沒多少」), 但兩者的差異並非指數量的多寡, 而是區域概念上的不同: You have made a *few* mistakes. ((雖然不多, 但)你犯了一些錯誤)/You have made *few* mistakes. ((原以為會更多, 但)你只犯了一點點的錯誤). 後一句有稱讚的意思.

èvery fèw mínutes [hóurs, dáys] 每隔幾分鐘[小時, 天].

(fèw and) fàr betwéen 極其難得的, 隔很長時間才發生的. Such kind people are *few and far between*. 這麼好的人真是難得一見.

nò féwer than... 多達…(強調數量之多; → not fewer than...). *No fewer than* five hundred students were present. 出席的學生竟多達五百人.

* **nòt a féw...** 《文章》不少的, 相當多的. I made *not a few* mistakes in my composition. 我的作文有不少錯誤.

nòt féwer than... 不比…少, 至少有…(at least), (→ no fewer than...). *Not fewer than* fifty students were present. 至少有五十個學生出席.

ònly a féw... 僅有少數的, 極少的, (few). We have *only a few* minutes left. 我們只剩下幾分鐘

了.

quite a few... 《口》相當多的(★ quite *few...* 則指「極少數的」). Quite a *few* houses were burnt down. 許多房屋被燒毀.

— *pron.* 《作複數》**1** 少數, 少數的人[物], (《語法》與其形容詞用法相同, 因之不定冠詞的有無而意義有所不同). We expected many visitors, but *few* [only a *few*] came. 我們原本期待會有很多客人, 結果卻只來了少數幾位/We didn't expect any visitors, but a *few* came. 我們原本不期待會有甚麼客人, 結果卻來了好幾位/*Few* [Not a *few*] of the crew survived. 僅有少數[有不少]船[機]員生還.

2 (加 the)少數者, 僅限於少數人[特權階級], (⟷ the many). one of the chosen *few* 少數被選上的人之一.

quite a few 《口》相當多(的人[物]). Quite a *few* (*of* them) agreed. (他們當中)相當多人同意了.

fey [fe; feɪ] *adj.* 《輕蔑》(人, 行動等)古怪的; 脫離現實的.

fez [fɛz; fez] *n.* (*pl.* ~(**z**)**es**) Ⓒ 土耳其帽(氈製品; 通常爲紅色, 飾有黑色帽纓).

ff 《略》《音樂》fortissimo.

fi·an·cé [ˌfiənˈse, ˌfiˌɑnˈse, fiˈɑnse; fɪˈɑːnseɪ] 《法語》*n.* Ⓒ 未婚夫.

fi·an·cée [ˌfiənˈse, ˌfiˌɑnˈse, fiˈɑnse; fɪˈɑːnseɪ] 《法語》*n.* Ⓒ 未婚妻.

fi·as·co [fɪˈæsko; fɪˈæskəʊ] *n.* (*pl.* ~**s**, ~**es**) ⓊⒸ (成爲笑柄般的)大失敗, 大出洋相.

fi·at [ˈfaɪət, ˈfaɪæt; ˈfaɪæt] *n.* ⓊⒸ 《文章》(出自權威者的)命令.

fib [fɪb; fɪb] *n.* Ⓒ 《口》(無傷大雅的)小謊話.
— *vi.* (~**s**; ~**bed**; ~**bing**)《口》扯小謊.

fib·ber [ˈfɪbɚ; ˈfɪbə(r)] *n.* Ⓒ 《口》說小謊的人.

fi·ber (美), **fi·bre** (英) [ˈfaɪbɚ; ˈfaɪbə(r)] *n.* (*pl.* ~**s** [~z; ~z]) **1** Ⓒ (動植物的)纖維; Ⓤ 纖維質, 纖維組織. nerve *fibers* 神經纖維/Get plenty of *fiber* in your daily diet. 每天的飲食中要攝取大量的纖維.

2 Ⓤ (紡織原料的)纖維; Ⓤ (布的)質料. cotton *fiber* 棉纖維/Nylon is a synthetic *fiber*. 尼龍是合成纖維.

3 Ⓤ (人的)特質, 性格; 本質.

fi·ber·board (美), **fi·bre·board** (英) [ˈfaɪbɚˌbord, -ˌbɔrd; ˈfaɪbəbɔːd] *n.* Ⓤ 纖維板(一種新建材).

fi·ber·glass (美), **fi·bre·glass** (英) [ˈfaɪbɚˌɡlæs; ˈfaɪbəɡlɑːs] *n.* Ⓤ 玻璃纖維.

fi·ber·scope (美), **fi·bre·scope** (英) [ˈfaɪbɚˌskop; ˈfaɪbəskəʊp] *n.* Ⓒ 纖維內視鏡(利用玻璃纖維所製造的儀器).

fi·bre [ˈfaɪbɚ; ˈfaɪbə(r)] *n.* 《英》＝fiber.

fi·brous [ˈfaɪbrəs; ˈfaɪbrəs] *adj.* 纖維的; 纖維

狀[質]的.

fick·le [ˈfɪkl; ˈfɪkl] *adj.* 多變的, 變化無常的, 三心兩意的. a *fickle* girl 善變的女孩.

fic·tion [ˈfɪkʃən; ˈfɪkʃn] *n.* **1** Ⓤ (文藝類的)小說, 創作, (⟷ nonfiction). science *fiction* 科幻小說(略作 SF, sf)/a work of *fiction* 一部小說[作品].
〔參考〕fiction 是各種類型文學創作(short story, novel, romance 等)的總稱.

2 ⓊⒸ 虛構, 虛構的故事, 杜撰, (⟷ fact). Fact [Truth] is stranger than *fiction*. 《諺》現實比虛構故事更離奇(生活中發生的事往往出乎人意料之外).

fic·tion·al [ˈfɪkʃən!; ˈfɪkʃnl] *adj.* 虛構的; 小說的; 故事的.

fic·tion·al·ize [ˈfɪkʃənˌaɪz; ˈfɪkʃnlaɪz] *vt.* 把[歷史事實等]故事[小說]化.

fic·ti·tious [fɪkˈtɪʃəs; fɪkˈtɪʃəs] *adj.* **1** 非眞實的, 虛構的, 想像出來的. a *fictitious* report 不實的報告/under a *fictitious* name 使用假名.

2 假的, 偽造的. a *fictitious* name 使用假名.

fid·dle [ˈfɪdl; ˈfɪdl] *n.* Ⓒ **1** 《口》《謔》小提琴(violin). **2** 《俚》欺詐.

(*as*) *fit as a fiddle* 非常健康, 壯碩硬朗.

play second fiddle 擔任配角, 當助手, 《to》.
— *vi.* 《口》拉小提琴.
— *vt.* **1** 《口》用小提琴演奏[曲子].

2 《俚》造假, 篡改, [數字, 金額等].

fiddle about [*around*] 《口》閒蕩地[無所事事地]度過.

fiddle with... 《口》玩弄···, 撫弄···.

fid·dler [ˈfɪdlɚ; ˈfɪdlə(r)] *n.* Ⓒ **1** 《口》《謔》小提琴手. **2** 《俚》騙子.

fid·dle·sticks [ˈfɪdlˌstɪks; ˈfɪdlstɪks] *interj.* 胡說八道! 無稽之談! (較舊式的用法).

fid·dling [ˈfɪdlɪŋ, -dlɪŋ; ˈfɪdlɪŋ] *adj.* 《限定》無足輕重的, 無聊的.

fi·del·i·ty [faɪˈdɛlətɪ, fə-; fɪˈdelətɪ] *n.* Ⓤ **1** 忠實, 誠實; 貞節. *fidelity* to one's friends 對朋友的誠信. 〔同〕fidelity 比 loyalty 責任感更強.

2 忠實(*to* 對[實物等]); 正確, 精確, 逼眞. with strict *fidelity* to historical facts 絕對忠於史實.

3 (通信)(錄音, 錄影, 影像的)傳眞度(→ hi-fi). 〔字源〕FID「相信」: *fid*elity, con*fid*e (吐露祕密), con*fid*ent (確信的), dif*fid*ent (缺乏自信的).

fidg·et [ˈfɪdʒɪt; ˈfɪdʒɪt] *vi.* (心神不寧地)坐立不安, 忐忑不安.
— *vt.* 使侷促不安.
— *n.* Ⓒ 《口》**1** (常 the fidget*s*)侷促[忐忑]不安, 定不下心. in a *fidget* 忐忑不安/have the *fidgets* 侷促不安. **2** 毛毛躁躁的人(特指小孩).

fidg·et·y [ˈfɪdʒɪtɪ; ˈfɪdʒɪtɪ] *adj.* 《口》侷促[忐忑]不安的, 焦躁的, 不安定的.

Fi·do [ˈfaɪdo; ˈfaɪdəʊ] *n.* 《美》費多(常給狗取的名字).

field [fild; fiːld] *n.* (*pl.* ~**s** [~z; ~z]) Ⓒ 【廣闊的土地】**1** (沒長樹木的)原野. an open *field* 遼闊的原野/*field* flowers 野花.

2 (冰，雪等覆蓋的)一大片野地. a *field* of snow 大雪原.

〖 具有用途的廣闊土地 〗 **3** (通常四周圍著樹籬、水溝等的)農田，田地；牧地，草原；(fields) (泛指)田地，田園. a *field* of barley=a barley *field* 大麥田/a rice *field* work out in the *fields* 在田裡工作. 圖 field 是指已劃分界線的田地；farm 則涵括 fields 及其之外之住宅或附屬之建築物等.

[fields 3]

4 (天然資源的)產地. an oil *field* 油田/a gold *field* 金礦.

5 (使用某種用途、目的的)場所，使用地. a flying [training] *field* 飛行[教練]場.

6 (旗子等的)底 (相對於圖案而言)，底色.

〖 活動場所 〗 **7** (足球等的)運動場[比賽場地]. a football *field* 足球場.

8 (陸上比賽的)體育場，田賽運動場，((field 在 track 內側))；(加 the) (集合)田徑比賽.

9 (棒球)(加 the)內外野(→ infield, outfield)，(狹義)外野；守備方.

10 (加 the) (集合)全體參加比賽者；上場者.

11 戰場，戰地，(battlefield)；戰鬥. fall in the *field* 戰死.

〖 活動範圍 〗 **12** (研究，活動，交易等的)領域，範疇，方面. Ancient history isn't [is outside] my *field*. 上古史不是我專攻的領域/open up a new *field* for journalism 為業界開創新局面.

13 (望遠鏡，照相機等的)視界，視野.

14 (物理)場. a magnetic *field* 磁場.

hòld the fíeld 固守陣地，(戰鬥，比賽等)毫不退讓，((*against* 針對…)).

in the fíeld (1)參戰，上戰場. (2)參加比賽.

tàke the fíeld 開始作戰[比賽].

—— (球賽) *vt.* **1** (內外野手)接球傳回封[刺]殺跑者. **2** (選手，球隊)擔任守備.

—— *vi.* (擔任內外野手)防守，守備.

● 與 FIELD 相關的用語

magnetic field	磁場	ice field	冰原
playing field	比賽場地	minefield	地雷區
cornfield	玉米田	oil field	油田
airfield	機場(跑道)	paddy field	水田
goldfield	金礦區	battlefield	戰場
snowfield	雪原	coalfield	煤田

F

fíeld dày *n.* ⓒ **1** (軍事)野外演習日. **2** ((主美))(學校的)運動會之日；(動植物學等的)野外研究[採集]日. **3** 能盡情歡鬧的日子；特別愉快的時刻.

fíeld·er [ˋfildɚ; ˈfiːldə(r)] *n.* ⓒ (棒球)外[內]野手. a left *fielder* 左外野手/a *fielder's* choice 野手選擇(外[內]野手傳球時不傳向一壘封殺打者，而傳給其他壘封殺跑者).

fíeld evènt *n.* ⓒ 田賽(項目)(跳高，跳遠，投擲等；→ track event).

fíeld glàsses *n.* (作複數)(野外用)雙眼望遠鏡.

fíeld hòckey *n.* Ⓤ ((美))陸上曲棍球.

fíeld hòspital *n.* ⓒ 野戰醫院.

fíeld màrshal *n.* ((英))陸軍元帥(((美)) general of the army).

fíeld mòuse *n.* (*pl.* — **mice** [-ˌmaɪs; -maɪs]) ⓒ (動物)野鼠，田鼠.

fíelds·man [ˋfildzmən; ˈfiːldzmən] *n.* (*pl.* **-men** [-mən; -mən]) ⓒ (板球)(守備方的)外場員.

fíeld tèst *n.* ⓒ (新產品等的)實地測試.

fíeld-test [ˋfildˌtɛst; ˈfiːldtest] *vt.* 實地測試.

fíeld trìp *n.* ⓒ (實地)參觀旅行，野外調查旅行.

fíeld·work [ˋfildˌwɝk; ˈfiːldwɜːk] *n.* Ⓤ **1** (學術上的)野外研究[工作]，實地考察，田野工作. **2** (軍事)臨時野戰工事.

fiend [find; fiːnd] *n.* ⓒ **1** 惡魔；(惡魔般)殘酷的人(常作稱呼). **2** ((口))熱中某某嗜好的人，…狂[迷]. a golf *fiend* 高爾夫球迷[狂].

fiend·ish [ˋfindɪʃ; ˈfiːndɪʃ] *adj.* **1** 惡魔般的，殘忍的. **2** ((口))[計畫等]非常巧妙的；[困難等]極度的. ～·ly

fiend·ish·ly [ˋfindɪʃlɪ; ˈfiːndɪʃlɪ] *adv.* ((口))極度地.

*****fierce** [fɪrs; fɪəs] *adj.* (**fierc·er**; **fierc·est**) **1** 兇暴的，兇猛的. a *fierce* animal 猛獸/look *fierce* 長相兇狠的. **2** [風雨，感情等]激烈的，厲害的. a *fierce* storm 猛烈的暴風雨/*fierce* hatred 強烈的恨意/a *fierce* fight 激烈的戰鬥.

fierce·ly [ˋfɪrslɪ; ˈfɪəslɪ] *adv.* 兇猛地；猛烈地，激烈地. ～·ness

fierce·ness [ˋfɪrsnɪs; ˈfɪəsnɪs] *n.* Ⓤ 兇猛；激烈.

*****fier·y** [ˋfaɪrɪ; ˈfaɪərɪ] *adj.* (**fier·i·er**; **fier·i·est**) **1** 火的，火焰的；燃燒的. a *fiery* furnace 火光熊熊的爐子.

2 火似的，像火燒一般熱的[紅的]. a *fiery* taste 火辣味/a *fiery* red ruby 鮮豔的紅寶石.

3 [情緒等]激動的，熱烈的. a *fiery* nature 激動的性格/a *fiery* speech 激昂的演說. ⇨ *n.* fire.

fi·es·ta [fɪˋɛstə; fɪˈestə] (西班牙語) *n.* ⓒ (西班牙，中南美洲的)祭典，宗教節日；(泛指)假日，慶典.

FIFA [ˋfifə; ˈfiːfə] *n.* 國際足球聯盟(源自法語 *Fédération Internationale de Football Association* (主辦 World Cup)).

fife [faɪf; faɪf] *n.* (*pl.* ~s) C (軍樂隊的)橫笛.

fif‧teen [fɪf`tin, `fɪf`tin; ˌfɪf`tin] *n.* **1** U (基數的)15，十五.

2 U 十五時；十五分；15歲；十五美元[英鎊，美分，便士等].

3 《作複數》十五個[人].

4 U (網球)(每局的)第一個得點(→ forty 3).

—— *adj.* 十五的；十五個[人]的；《敍述》15歲的. *fifteen* boys 十五個男孩/He is *fifteen*. 他15歲.

[fife]

fif‧teenth [fɪf`tinθ, `fɪf-; ˌfɪf`tinθ] (亦寫作 15th) *adj.* **1** (通常加 the)第十五的，第十五個的. **2** 十五分之一的.

—— *n.* (*pl.* ~s [~s; ~s]) C **1** (通常加 the)第十五(的人或物). **2** 十五分之一. **3** (通常加 the)(每月的)第十五日.

fifth [fɪfθ; fɪfθ] (亦寫作 5th) *adj.* **1** (通常加 the)第五的. the *fifth* year of Chenkuan 貞觀五年(★亦作 Chenkuan 5)/the *fifth* man from the left 左起第五個人.

2 五分之一的. a *fifth* part of the territory 領土的五分之一.

—— *adv.* 第五地. come in *fifth* in a race 賽跑跑第五名.

—— *n.* (*pl.* ~s [~s; ~s]) C **1** (通常加 the)第五個(的人或物). Beethoven's *Fifth* (Symphony) 貝多芬第五號(交響曲)/Henry the *Fifth* 亨利五世(亦寫作 Henry V).

2 (通常加 the)(每月的)第五日. the *fifth* [5th] of March＝March the *fifth* [5th] 3月5日(→ date¹ ◉).

3 五分之一. a [one] *fifth* 五分之一/three *fifths* 五分之三.

take [plead] the fifth 《美、口》**1** 行使沈默權(憲法第五修正案(the Fifth Amendment) 中記載本項權利).

2 《一般》不予置評(*on*).

Fifth Ávenue *n.* 第五街(位於 New York 市 Manhattan 的繁華街道).

fifth cólumn *n.* C 第五縱隊(戰時與外敵相呼應而企圖擾亂內部的秘密顛覆組織).

fifth-generation [ˌfɪfθ‚dʒɛnə`reʃən; fɪfθ‚dʒɛnə`reʃ(ə)n] *adj.* (電腦)第五代的(指具備人工智慧，可自行判斷決定的電腦；繼第四代之後受到世人的矚目).

fif‧ties [`fɪftɪz; `fɪftɪz] *n.* fifty 的複數.

***fif‧ti‧eth** [`fɪftɪθ; `fɪftɪθ] (亦寫作 50th) *adj.* **1** (通常加 the)第五十的，第五十個的.

2 五十分之一的.

—— *n.* (*pl.* ~s [~s; ~s]) C **1** (通常加 the)第五十個(的人或物). **2** 五十分之一.

fif‧ty [`fɪftɪ; `fɪftɪ] *n.* (*pl.* **-ties**) **1** U (基數字為 L).

2 U 50 歲；五十度[美分，美元，英鎊，便士等]. a man of *fifty* 50 歲的男人.

3 《作複數》五十人，五十個.

4 (a) (my [his] *fifties* 等)(年齡上)50 到 59 歲. a man *in his* *fifties* 五十來歲的男人. (b) (the *fifties*)(世紀的)五〇年代. the (nineteen) *fifties* 1950 到 1959 年，(世紀的)五〇年代.

—— *adj.* **1** 五十的，五十人[個]的.

2 《敍述》50 歲的.

fif‧ty-fif‧ty [ˌfɪftɪ`fɪftɪ; ˌfɪftɪ`fɪftɪ] *adj.* 各半的，均等的. a *fifty-fifty* chance 一半一半的機會.

—— *adv.* 各半地，均等地.

go fifty-fifty 均攤，平分，〔負擔或利益等〕.

fig [fɪg; fɪg] *n.* C **1** 無花果；無花果樹.

2 《口》(加 a) 微不足道的事物([語法]於否定句中作副詞用，意為「一點兒也(不)」). I don't care a *fig* (*for*) 我不在乎. 我一點兒也不在乎說甚麼.

fig. (略) figure(圖). *Fig.* 3 圖 3.

fight [faɪt; faɪt] *v.* (~s [~s; ~s]; **fought**; ~ing) *vi.* 戰鬥，爭鬥，打架，《*against*, *with*》戰鬥，奮鬥，拼命努力，《*for* 追求[為了]…》. *fight* valiantly *against* an enemy [a temptation] 勇敢地與敵人[誘惑]戰鬥/Italy *fought* with Germany *against* the Allies. 義大利和德國聯合對抗盟軍/desperately *fight for* survival 為了存活而奮鬥/*fight for* one's country 為祖國而戰.

[語法]注意介系詞的用法；而 fight with... 也可指「與…並肩作戰」.

—— *vt.* **1** 與〔敵人，壞天氣等〕戰鬥；爭；(為得)〔獎等〕奮鬥，爭逐. The ship *fought* the gale. 那艘船與強風搏鬥/We *fought* the fire. 我們奮力滅火/*fight* a prize 爭逐獎項.

2 進行〔戰鬥，競爭等〕. *fight* a good fight 奮戰；打一場勝仗/The race was very closely *fought*. 這次賽跑是一場勢均力敵的比賽/*fight* a duel 決鬥/*fight* an election 投入選戰.

3 使〔雞，狗等〕互鬥.

fight báck¹ 反擊，回擊.

fight /... /báck² 忍住〔淚水等〕.

fight it óut 戰鬥到底；透過鬥爭解決.

fight /... /óff 擊退…，不使…接近. *fight off* a cold 治好感冒.

fight óver... 為了…打架. Two dogs are *fighting over* a bone. 兩隻狗為了一根骨頭打架.

fight shý of... → shy 的片語.

fight one's wáy 奮力[辛苦]前進.

—— *n.* (*pl.* ~s [~s; ~s]) C **1** 戰鬥；打架，格鬥，(→ combat, quarrel 同)；拳擊賽. give [make] a *fight* 交戰/have a *fight* 打架/a free *fight* (敵我雙方不分的)混戰/a sham *fight* 模擬戰.

2 C (為達到目的而展開的)戰爭，鬥爭；爭論；競爭. a *fight* against crime 打擊犯罪/a *fight*

existence 生存的鬥爭.

[搭配] *adj*＋fight (1-2)：a desperate ～ (決一死戰), a heroic ～ (勇敢的戰鬥) // *v.*＋fight：cause＋fight：a ～ breaks out (戰爭爆發).

3 ⓤ鬥志；戰鬥力. show *fight* 顯示鬥志.

put ùp a gòod [*pòor*] *fíght* 奮力一戰[未戰先衰].

fight·er [ˋfaɪtɚ; ˈfaɪtə(r)] *n.* ⓒ **1** 戰士，鬥士. a *fighter* for freedom 自由鬥士.

2 職業拳擊手(prizefighter). **3** 戰鬥機.

fight·ing [ˋfaɪtɪŋ; ˈfaɪtɪŋ] *n.* **1** ⓤ戰鬥，鬥爭. street *fighting* 巷戰.

2 (形容詞性)戰鬥(用)的. a *fighting* force 戰鬥部隊/*fighting* spirit 鬥志.

fíghting chánce *n.* ⓒ (雖然困難但)只要努力仍可勝利[成功]的機會.

fig·ment [ˋfɪgmənt; ˈfɪgmənt] *n.* ⓒ (文章)虛構，編造；假話.

fig·u·ra·tive [ˋfɪgjərətɪv, ˋfɪgərətɪv, ˋfɪgrətɪv; ˈfɪgərətɪv] *adj.* 比喻的；轉意的，轉用的；(⟷ literal)；多比喻的，文采華麗的.

fig·u·ra·tive·ly [ˋfɪgjərətɪvlɪ, ˋfɪgərə-, ˋfɪgrə-; ˈfɪgərətɪvlɪ] *adv.* 比喻地.

***fig·ure** [ˋfɪgjɚ, ˋfɪgɚ; ˈfɪgə(r)] *n.* (*pl.* ～s [～z; ～z]) ⓒ【形狀＞外型】**1** (人的)姿態，人影；體型，體格；容姿，風采. I could not make out the *figure* in the dark. 黑暗中我看不出那個人影是誰/Susan has a good *figure*. 蘇珊身材很好.

2 (通常加形容詞)人物，名人. the great *figures* of the age 那時代的重要人物/a prominent political *figure* 著名的政治人物.

【形狀的表現】**3** (繪畫，雕刻的)人物，像，肖像. the *figure* of the queen on the coin 硬幣上的女王肖像.

4 (數學)圖形；圖樣，圖案，花紋. a geometrical *figure* 幾何圖形/beautiful *figures* embroidered on velvet 天鵝絨上繡的美麗圖案.

5 圖，圖解，插圖. See *Figure* [*Fig.*] 3. 見圖 3.

【數的用法】**6** 數字，數；(數字的)位，位數. Arabic *figures* 阿拉伯數字/double [two] *figures* 二位(數)/in six *figures* 以六位數(10 萬到 99 萬)/You must write the number in words, not *figures*. 你必須用文字寫那個數目，不要用數字.

7 (表示量，額的)數字；價格. I sold the picture for a high *figure*. 我以高價售出那幅畫.

8 (figures)計算，算術. He is poor at *figures*. 他不擅長算術[計算能力很差].

cùt a...fígure 顯露…的姿態. *cut a* brilliant [conspicuous, fine] *figure* 大放異彩，嶄露頭角/*cut a* poor [sorry] *figure* 露出可憐[難堪]的樣子.

kèep one's fígure 保持好身材，使不肥胖.

lòse one's fígure 身材變形，變胖.

— *v.* (～s [～z; ～z]) ～**d** [～d; ～d], **-ur·ing** *vt.* 【在心中賦與形狀】**1** 在心中描繪，想像；《美，口》[句型3] (figure *that* 子句)想，以為；[句型5] (figure **A** to be **B**)以為 **A** 是 **B**. The teacher fig-

---

-ured (*that*) John was asleep. = The teacher *figured* John *to be* asleep. 老師以為約翰睡著了.

2 用花紋[圖案]裝飾. The walls are *figured* with arabesque patterns. 牆上裝飾著阿拉伯式的圖案.

— *vi.* (以…)聞名；扮演(…的)角色；引人注目，嶄露頭角. *figure as* a great statesman 以偉大的政治家聞名/The general *figured in* the last war. 這位將軍在上次的戰爭中聲名大噪.

fígure/.../ín 《美》將…計算[考慮]在內. When you *figure in* the plane fare, it'll be an expensive trip. 若你把機票費用計算在內的話，這次旅費就會變得很貴.

fígure on... 《主美》把…計畫在內；對…抱著太大的期望. I may be able to go with you, but don't *figure on* it. 我也許能和你一起去，但先別抱太大的希望.

**fígure/.../óut* (1)計算出，估計，〔總數 等〕. I asked the carpenter to *figure out* the repairing cost. 我請木匠估算修理費.

(2)《主美》理解…，明白…；(考慮後的結果)解決…. I can't *figure out* why Jane cut me on the street. 我不明白為甚麼珍在路上假裝不認識我/We must *figure out* how to deal with the inflation. 我們必須弄清楚該如何因應通貨膨脹.

Thàt fígures. 《口》那是理所當然的，果然不出所料.

fig·ured [ˋfɪgjɚd, ˋfɪgɚd; ˈfɪgəd] *adj.* 有圖案的.

fígure éight 《美》, **fígure of éight** 《英》 *n.* ⓒ8字形；8字形滑行《花式溜冰規定的項目之一》.

fig·ure·head [ˋfɪgjɚˌhɛd, ˋfɪgɚ-; ˈfɪgəhed] *n.* ⓒ **1** 船頭像《裝飾在帆船船頭的雕像》.

2 名義上的領袖，「傀儡」.

fígure of spéech *n.* ⓒ修辭，比喻，(metaphor 或 simile 的總稱).

fígure skàting *n.* ⓤ花式溜冰.

fig·u·rine [ˌfɪgjɚˋrin; ˌfɪgəˈriːn] *n.* ⓒ小雕像.

fig·ur·ing [ˋfɪgjərɪŋ, ˋfɪgərɪŋ, ˋfɪgrɪŋ; ˈfɪgərɪŋ] *v.* figure 的現在分詞、動名詞.

Fi·ji [ˋfidʒi; ˌfiːˈdʒiː] *n.* 斐濟《紐西蘭北方，南太平洋上的獨立國家，首都 Suva》.

[figurehead 1]

fil·a·ment [ˋfɪləmənt; ˈfɪləmənt] *n.* ⓒ **1** (一根)纖維；細絲.

2 (電燈泡的)燈絲.

fil·bert [ˋfɪlbɚt; ˈfɪlbət] *n.* ⓒ榛樹(的果實)《產於歐洲的灌木；果實可食用》.

filch [fɪltʃ; fɪltʃ] *vt.* 《口》偷竊，順手牽羊.

***file**[1] [faɪl; faɪl] *n.* (*pl.* ～s [～z; ～z]) ⓒ **1** (文件等的)文書櫃，文件夾，卷宗，檔案. This

file is for bills, and that is for receipts. 這個文件
夾用來放帳單, 而那個則是用來放收據的.
2 〔文件, 報紙等的〕合訂本. a *file* of receipts 收據
的合訂本/a *file on* the UN 聯合國〔資料的〕合訂本.
3 〔電腦〕檔案〔匯集於同一檔名中的相關資料〕.
The information is in a *file* in my computer. 那
些資料儲存在我電腦的檔案裡.

> 搭配 *n.*+file: a backup ~ (備份檔案), a mas-
> ter ~ (主要檔案) // *v.*+file: copy a ~ (複製檔
> 案), create a ~ (建立檔案), erase a ~ (刪除
> 檔案), print a ~ (列印檔案).

on file 存檔; 整理記錄.
— *v.* (~s [~z; ~z]; ~d [~d; ~d]; *fil·ing*) *vt.* **1** 把
〔文件等〕歸檔(*away*); 建檔. Please *file* (*away*)
these documents. 請將這些文件歸檔.
2 〔文章〕〔法律〕提出〔提議, 申請書, 訴狀等〕. *file*
an application for admission to a school 提出入
學申請書/*file* a suit against a company 對公司提
出告訴.
— *vi.* (美)提議, 申請. *file for* a driving license
申請駕駛執照.

file[2] [faɪl; faɪl] *n.* (*pl.* ~s [~z; ~z]) ⓒ 縱隊, 縱
列, 列, (→ rank[1]). The customers formed a
file outside the shop. 顧客們在店外排成一列.
(*in*) *single* [*indian*] *file* 一列縱隊.
— *vi.* 縱列前進, 魚貫而入[出].

file[3] [faɪl; faɪl] *n.* ⓒ 銼
刀.
— *vt.* 用銼刀修磨, 用銼
刀銼[磨].

fil·i·al [ˈfɪlɪəl, -ljəl; ˈfɪljəl] *adj.* (文章)子女的, 身
為子女(應做)的.

fil·i·bus·ter [ˈfɪlə,bʌstɚ; ˈfɪlɪbʌstə(r)] (美) *n.*
ⓤⓒ (藉由冗長的發言等)阻撓議事.
— *vi.* 阻撓議事進行.

fil·i·gree [ˈfɪləˌgri; ˈfɪlɪgriː] *n.* ⓤⓒ 金[銀]絲細
工的裝飾品).　　　　　　　　　　　　　　　　　　　[詞.

fil·ing [ˈfaɪlɪŋ; ˈfaɪlɪŋ] *v.* file 的現在分詞、動名

fil·ings [ˈfaɪlɪŋz; ˈfaɪlɪŋz] *n.* (作複數)銼屑.

Fil·i·pi·no [ˌfɪləˈpino; ˌfɪlɪˈpiːnəʊ] *n.* (*pl.* ~s)
ⓒ 菲律賓人. **1** 菲律賓語〔依據 Tagalog 語制定
的 Philippines 官方語言〕.
— *adj.* **1** 菲律賓人的. **2** 菲律賓語的.

fill [fɪl; fɪl] *v.* (~s [~z; ~z]; ~ed [~d; ~d];
~ing) *vt.* 【裝滿】 **1** 使〔容器等〕充滿; 裝滿
(*with*). a glass *filled* to the brim 倒得滿滿的玻璃杯/*fill* a small room *with* furni-
ture 在小房間裡擺滿家具.
2 (a)將...裝滿(*into*). *fill* water *into* a bucket
將水桶裝滿水.
(b) 句型4 (fill **A B**)、句型3 (fill B *for* A)把 A

注滿B. He *filled* me a glass of milk. = He
filled a glass of milk *for* me. 他幫我倒了一杯
牛奶.
3 使〔人的心〕充滿...(*with*). The story *filled*
him *with* terror. 這則故事使他充滿恐懼/Sorrow
filled her heart. 她滿心悲傷/I was *filled with*
joy when I heard the news. 那個消息[新聞]令我
欣喜若狂.
4 將〔容器, 場所等〕充滿, 塞滿; 使遍布. The
crowd *filled* the street. 人群擠滿了街道.
【填補空處】 **5** 堵塞, 填補, 〔洞穴, 縫隙等〕,
(*with*), 鑲補(蛀牙); 填充; (英) stop). *fill*
holes *with* cement 用水泥把洞堵住.
6 填補〔空位〕; 占有〔職位〕; 擔任〔職務〕. We
have found a man to *fill* the position. 我們已經
找到遞補這個職位的人選.
7 〔滿足〕滿足, 因應, 〔要求, 需要〕; 供應〔訂貨〕;
調配〔藥方〕. This book *fills* the need for a good
history of ancient Ireland. 這本書滿足了人們想充
分瞭解古愛爾蘭歷史的需求/*fill* an order [a pre-
scription] 〔供應訂貨[調配藥方〕.
— *vi.* **1** 充滿, 裝滿, (*with*). Her eyes *filled*
with tears. 她熱淚盈眶/The hall soon *filled* to
overflowing. 大廳很快就爆滿了.
2 鼓漲; 〔帆〕鼓滿風.

fill/.../in[1] (1)填滿〔洞穴等〕. (2)填寫〔文件等〕;
記錄〔事項〕. *fill in* the blanks 在空白處填寫/*fill
in* the names 填寫姓名.
fill in[2] (1)消磨[打發]時間. (2)(臨時的)代理, 代
班, 「代打」, (*for*). I'll *fill in* for him if he's
sick. 如果他病了, 我可以代理他.
fill a person in (口)對某人詳述(*on* 關於...). I
asked him to *fill* me *in on* the details. 我請他告
訴我細節.
fill/.../out[1] (美)在〔文件等〕上填寫(fill/.../in[1] (2)).
fill out[2] 〔臉, 身體等〕變豐腴, 胖起來.
fill/.../up[1] 填滿〔空處〕; 裝滿.
fill up[2] 裝滿; 〔水溝等〕填滿.
— *n.* **1** (加 my, his 等)(能滿足慾望的)足夠(;
(甚至不能再多加一點的)充分. drink [eat] one's
fill 喝[吃]飽/have one's *fill of* 對...十分滿足, 充
分享受...; 對...厭煩, 膩煩...
2 ⓒ 填裝物; 足以填滿的量; 一杯(的量), 一次的
量. a *fill* of tobacco 一根(菸斗的)菸(草).
⇨ *adj.* full.

fill·er [ˈfɪlɚ; ˈfɪlə(r)] *n.* ⓒ 填裝者[物]; 裝填
的工具〔玻璃吸管等〕. **2** ⓐⓤ 填充物.

fil·let [ˈfɪlɪt; ˈfɪlɪt] (★ *n.* 和 *v.* 於釋義 **2** 中亦拼作
filet, (美)亦發音為[fɪˈle; fɪˈleɪ]) *n.* ⓒ **1** (束髮
用的)髮飾緞帶, 髮帶.
2 (肉, 魚的)切片; 里脊肉(上等).
— *vt.* **1** 用帶繩綁[裝飾][頭髮].
2 (烹飪)將...切片.

fill·ing [ˈfɪlɪŋ; ˈfɪlɪŋ] *n.* **1** ⓤ 填裝.
2 ⓤ (醫學)(齲齒的)填充; ⓒ 填料.
3 ⓒ 填充物, (派, 三明治等的)餡.
— *adj.* 〔食物等〕可餵飽肚子的, 味道濃的.

fill·ing sta·tion *n.* ⓒ 加油站(service sta-

tion)《提供修理服務; 亦稱 gas station《美》, petrol station《英》》.

fil·lip [ˈfɪləp; ˈfɪlip] *n.* © **1** 彈指.
2 刺激, 激勵, (*to* 對於…).
— *vt.* **1** 用指彈…; 彈[指]使活動. **2** 刺激, 激勵.

fil·ly [ˈfɪlɪ; ˈfili] *n.* (*pl.* **-lies**) © 小母馬(通常未滿 4 歲; 小公馬稱爲 colt; → horse[參考]).

*film [fɪlm; film] *n.* (*pl.* **~s** [~z; ~z]) **1** © 薄皮, 薄膜. a *film* of ice over the pond 池面的薄冰/A *film* of dust covered the desk. 書桌上積了一層灰.
2 UC 《攝影》軟片, 膠捲. a roll [spool] of *film* 一捲軟片/color *film* 彩色軟片/develop (a) *film* 沖洗底片/load *film* into a camera＝load a camera with *film* 裝底片.
3 UC 電影(作品); 影片; (the films) (集合)電影, 電影界[工業]. a silent *film* 默片/a documentary *film* 紀錄片/go to see a *film* 去看電影/make a *film* 拍電影/work [be] in *films* [正]在電影界工作.
4 《形容詞性》電影的. a *film* fan 電影迷/a *film* library 電影資料館(保存影片, 幻燈片等的資料館)/a *film* studio 電影製片廠/a *film* company 電影公司.
— *vt.* **1** 覆上薄皮[薄膜]; (眼淚)使(眼睛)模糊.
2 拍攝; 將(小說等)拍攝成電影. The newsmen came to *film* the demonstration. 新聞記者前來拍攝遊行畫面.
— *vi.* **1** 披覆上薄皮; 弄模糊; 《over》. Her eyes *filmed* over with tears. 她淚眼朦朧.
2 拍成電影; 拍攝電影. This script will *film* easily. 這劇本很容易拍成電影/They've been *filming* in Tailand for the new James Bond movie. 他們到泰國拍攝新的「〇〇七」電影.

fílm ràting (電影的)分級制度. 《美》G, NC-17, PG, PG13, R, X; 《英》U, PG, 15, 18, 依序限制愈嚴格.

fílm stàr *n.* © 電影明星.

film·strip [ˈfɪlm͵strɪp; ˈfilmstrip] *n.* UC 幻燈片《視聽教材》.

film·y [ˈfɪlmɪ; ˈfilmi] *adj.* **1** 薄膜(似)的.
2 朦朧的, 模糊的.

*fil·ter [ˈfɪltɚ; ˈfiltə(r)] *n.* (*pl.* **~s** [~z; ~z]) © 過濾器, 濾紙, 濾嘴; 《攝影》濾光鏡(片). an air *filter* 空氣清淨器/a *filter* cigarette 濾嘴香菸.
— *v.* (**~s** [~z; ~z]; **~ed** [~d; ~d]; **~ter·ing** [-tərɪŋ, -trɪŋ; -təriŋ]) *vt.* 過濾, 濾除, (污物等). *filter* water through charcoal 用木炭過濾水/*filter out* the dirt 把污物過濾掉.
— *vi.* 過濾; 透過; (思想等)滲透(*into*); (傳聞等)走漏消息. Sunlight *filtered through* the thick leaves. 陽光穿過濃密的樹葉.

fílter pàper *n.* UC 濾紙.

fílter tìp *n.* © 有濾嘴的香菸; (香菸的)濾嘴.

fil·ter-tipped [͵fɪltɚˋtɪpt; ͵filtəˈtipt] *adj.* (香菸)有濾嘴的.

filth [fɪlθ; filθ] *n.* U **1** 污物, 不潔物; 骯髒.
2 無禮[下流]的話; 猥褻的言語[書籍].

---

filth·i·ly [ˈfɪlθəlɪ; ˈfilθili] *adv.* 污穢地; 下流地.

filth·i·ness [ˈfɪlθɪnɪs; ˈfilθinis] *n.* U 骯髒; 下流, 卑劣.

filth·y [ˈfɪlθɪ; ˈfilθi] *adj.* **1** 不潔的, 骯髒的, (→ foul[同]). **2** 猥褻的, 下流的, 卑劣的. use *filthy* language 口出穢言.

fil·tra·tion [fɪlˈtreʃən; filˈtreiʃn] *n.* U 過濾(作用).

fin [fɪn; fin] *n.* © **1** (魚)鰭; (海豹等的)鰭狀器官. **2** (飛機, 火箭等的)垂直安定翼(→airplane 圖).

*fi·nal [ˈfaɪnḷ; ˈfainl] *adj.* **1** (限定)最終的, 最後的, (→ last¹ [同]). the *final* chapter of a book 書的最後一章. **2** 最後的, 決定性的, 確定的. the *final* aim 最終目的/the *final* ballot (決定當選人的)最終投票/This decision is *final*. 這項決定已告確定(不容變更).
— *n.* (*pl.* **~s** [~z; ~z]) © **1** 最終[最後]的事物.
2 (常 finals) (比賽的)決賽. Our team reached the *finals* of the tournament. 我們這隊晉級錦標賽決賽.
3 (常 finals) 期末考. study for (one's) *finals* 爲準備期末考而讀書.
4 (當天報紙的)最後一刷.
[字源] FIN「終了」: *final*, *finish* (結束), *infinite* (無限的), *finale* (結束樂章, 終曲).

fi·na·le [fɪˈnɑlɪ; fiˈnɑːli] *n.* © 《音樂》結束樂章, 終曲; 《戲劇》最後一幕, 場場; (劇中事件的)結局, 大團圓.

fi·nal·ist [ˈfaɪnḷɪst; ˈfainəlist] *n.* © 參加決賽的人.

fi·nal·i·ty [faɪˈnælətɪ; faiˈnæləti] *n.* U 終結, 定局, 結尾; 決定性的動作或話語. He shook his head with an air of *finality*. 他斬釘截鐵地搖頭.

fi·nal·ize [ˈfaɪnḷ͵aɪz; ˈfainəlaiz] *vt.* 結束, 完成, 終了; 決定.

*fi·nal·ly [ˈfaɪnḷɪ; ˈfainəli] *adv.* **1** 最後. And, *finally*, I should like to thank you all. 最後, 我要感謝各位.
2 終於, 最後, (at last). After a long search I *finally* found the letter under a pile of books. 我找了很久, 最後終於在一堆書下面找到了那封信.
[同] finally 是表示「最後的」之意最普遍的字; after all 用於結果不如事先所預期的情況(一般加在句[子句]末); at last 則表示經過許多的失敗或困難, 但最後終能圓滿完成, 不用於否定句.
3 最終地; 決定性地. settle a matter *finally* 把事情[問題]做個了結.

*fi·nance [fəˈnæns, ˈfaɪnæns; faiˈnæns] *n.* (*pl.* **-nanc·es** [~ɪz; ~ɪz]) **1** U 財政, 財務; 財政學. public *finance* 國家財政/the Minister [Ministry] of *Finance* (日本, 中華民國等的)財政部長[財政部]. **2** (finances) (特指政府, 企業的)財務狀態; 財源; 收入, 年收入. His *finances* are low. 他的財務狀況不佳.
— *vt.* (**-nanc·es** [~ɪz; ~ɪz]; **~d** [~t; ~t]; **-nanc·ing**)爲…籌措資金; 提供資金, 提供融資.

finance a new venture 籌措新事業的資金/His grandfather *financed* his education. 他祖父資助他教育經費.

‡**fi·nan·cial** [fə`nænʃəl, faɪ`nænʃəl; faɪ`nænʃəl]
adj. 財政的, 財務的; 金融的; 金融界的. *financial* ability 財力/*financial* circles =the *financial* world 金融界.

fi·nan·cial·ly [fə`nænʃəlɪ, faɪ`nænʃəlɪ; faɪ`nænʃəlɪ] *adv.* 財政方面, 財政上.

finàncial yéar *n.* C (英)會計年度(英國為自4月6日起算的一年期間); (美) fiscal year).

fin·an·cier [ˌfɪnən`sɪr, ˌfaɪnən-; faɪ`nænsɪə(r)] *n.* C 財政家; 資本家; 金融業者.

finch [fɪntʃ; fɪntʃ] *n.* C (鳥)雀科鳴禽.

‡**find** [faɪnd; faɪnd] *vt.* (~s [~z; ~z]; found; ~·ing)〖 發現 〗 **1** (稍加留意就能)發現. You *find* koalas [Koalas are found] only in Australia. 只有在澳洲才看得到無尾熊/You'll *find* a church across the street. 那教堂就在馬路對面. ⬛⬛ find 這個字在此「尋找」的意思很弱, 大約是相當於「有…」之意.

2 【找到目標點】到達(目標等), 達到, (reach). The arrow hits its mark. 箭射中目標.

〖 發現 〗 **3** 【偶然發現】(偶然)發現, (忽然)遇到; 句型5 (find **A** B/A *doing*/A *done*)發現A是B/A在做…/A被…. I *found* a coin on the side-walk. 我在人行道上看到[撿到]一枚硬幣/She *found* a man dead [*dying, injured*]. 她發現一個死了[垂死, 受傷]的人.

4 (雅) 句型5 (find **A** B) 〔特定的時間、時代〕發現A(人)正在做B;〔信件〕看出[對方] (關於健康狀況, 近況等的禮貌表現). Sunday afternoon *found* him reading a magazine in the garden. 他星期日下午在院子裡看雜誌/I hope this letter *finds* you in good health. 希望你身體健康.

5 【搜尋出】(經搜尋而)找到, 發現, (⟷ lose); (求之而)得到; 設法安排, 騰出, [時間]; 設法張羅, 籌措, [費用等]. *find* the missing key 找到遺失的鑰匙/*find* a good job 找到好工作/The ring was nowhere to be *found*. 到處都找不到那只戒指/I can't *find* time to read the book. 我找不出時間來讀那本書.

6 找到, 想出, 計算出. *find* the solution to a problem 想出問題的解決辦法/*find* the area of a triangle 求出三角形的面積.

7 (法律) 句型5 (find **A** B) 判定[認定]A是B; 句型3 (find *that* 子句)判定…. The jury *found* the defendant guilty. 陪審團判決被告有罪.

〖 自然地發現 〗 **8** (a) 句型3 (find *that* 子句)(根據經驗、調查等)瞭解到, 獲知; 認為, 感到. I *found* (*that*) I was wrong. 我知道我錯了. (b) 句型5 (find **A** B/A *to be* B)認為A即B, 瞭解到. I *found* the book (*to be*) tedious. = I *found* that the book was tedious. (讀了之後)我發現這本書很乏味/You will *find* it hard to learn English. 你會明白學英語是很難的/How do you *find* your new car? 你覺得你的新車開起來如何?

〖 為…而找到 〗 **9** 句型4 (find **A** B)、句型3 (find B *for* A)為[幫]A找到B. Please *find* me an opening. = Please *find* an opening *for* me. 請幫我找個(工作的)空缺.

10 供應, 供給; 提供《*in*》; (provide). This hotel does not *find* meals. 這家旅館不供應三餐/He *found* his employees *in* working clothes. 他提供工作服給雇員/all *found* (→片語).

àll fóund (當作雇用條件)供膳宿. get $200 a week and all *found* 週薪200美元, 供膳宿.

* *fínd* **A** *in* **B** 在B之中找到A; 明白B是A. *find* consolation *in* the bottle 在酒中找到慰藉/I *found* a good friend *in* him. (經過交往後)我發現他是個好朋友.

* *fínd*/.../óut¹ (1)找出; 識破〔某人的真面目, 醜陋的事等〕. *find out* a criminal 找出犯人/I thought you were honest; now I have *found* you *out*. 我本來以為你很誠實, 如今終於看穿你的真面目了. (2)(經過留意或調查等而)發現, 知道,《*that* 子句, *wh* 子句、片語》. The teacher *found out* why Jerry was late for school. 老師知道傑瑞為甚麼上學遲到了.

* *fínd óut*² 知道真相; 得到(有關…的)訊息《*about* 關於…》.

* *fínd onesélf* (1)(甦醒或察覺到時)發現自己在[是]…; 感覺(健康或心情等)…, 感到…. He awoke to *find* himself in the hospital. 他醒來發現自己在醫院裡/How do you *find yourself* today? 你今天覺得如何? (2)認清自己的天賦[力量]; 認清該走的路. Most people don't begin to *find themselves* until they work in society. 大多數人要等到了踏入社會工作才開始認清自己(的方向).

* *fínd one's wáy* 費勁地前進; 摸索著走[到], 好不容易才到達,《*to*》; (→ way¹ 表).

●──動詞變化　**find** 型		
[aɪ; aɪ]	[aʊ; aʊ]	[aʊ; aʊ]
bind 捆綁	bound	bound
find 尋獲	found	found
grind 磨碎	ground	ground
wind 纏繞	wound	wound

— *n.* C 發現; 發現物; 拾獲物. make a great *find* 發現難得的好東西.

find·er [`faɪndɚ; `faɪndə(r)] *n.* C **1** 發現者; 拾獲(某物)的人.

2 (照相機、望遠鏡等的)取景器, 測景器.

find·ing [`faɪndɪŋ; `faɪndɪŋ] *n.* **1** U 發現; C 發現物, 拾獲物.

2 C (法律)認定, 決定, (陪審員的)裁定.

3 UC 心得, 調查結果[報告].

‡**fine**¹ [faɪn; faɪn] *adj.* (**fin·er; fin·est**) 〖 已完成的 〗 **1** 上等品質的;〔金, 銀等〕高純度的. *fine* sugar 精[細砂]糖/*fine* gold 純金.

2 優秀的, 傑出的; 精巧的. a *fine* musician 傑出的音樂家.

3 優雅的, 高雅的; 裝作高雅的樣子的. She has a *fine* manner of speaking. 她談吐優雅.

〖不粗的>細的〗**4** 〔顆粒〕細小的(↔ coarse); 〔線等〕細的; 〔刀刃等〕尖的, 銳利的. *fine* powder 細粉末/*fine* rain 細雨/*fine* tuning 微調/a *fine* pen 筆尖細字用的筆/*fine* print 小號鉛字的(印刷)《指比較小的字體》.

5 〔限定〕〔感覺等〕敏銳的, 細膩的; 〔區別等〕微小的, 細微的. an artist of *fine* sensibilities 感受力敏銳的藝術家/the *fine* distinction between the two sounds 兩種聲音的細微差異.

〖無可挑剔〗**6** 好看的, 精彩的, 出色的, (★有時用作反諷). *fine* potatoes (大而)好的馬鈴薯/a man of *fine* presence 風度翩翩的男士/have a *fine* time 度過美好的時光/That's *fine*. 太棒了! 精彩極了!/That's a *fine* excuse! (諷刺)多好的藉口啊!/"Have some coffee?" "*Fine*." 「要不要喝點咖啡?」「好啊(就這麼辦)」(★若以"I'm fine." 來取代 "Fine.", 則代表「已經夠了」, 兩者意思相反).

7 優美的, 美麗的; 貌美的. her *fine* little hands 她美麗的小手.

8 〔天氣〕晴朗的, 好的, (→ fair¹ 10 參考); 〔氣候等〕宜人的. 注意〔英〕廣義亦指「沒有下雨」之意. a spell of *fine* weather 持續的好天氣/a *fine* day 晴天.

9 〔敍述〕健康的, 心情舒適的. "How are you?" "*Fine*, thank you." 「你好嗎?」「很好, 謝謝.」

fíne and (口)(副詞性)真的, 極度地. I was *fine and* startled. 我真的嚇了一跳.

òne fíne dáy [*mórning*] (副詞性)某一天[早晨]《用於故事等; fine 沒有特別的意義》.

— *adv.* (口) **1** 很好地, 很恰當地. Maggie is doing *fine* in school. 瑪姬在學校裡表現得很好/That job suited me *fine*. 那份工作很適合我.

2 細碎地, 細地. Chop the onion *fine*. 把洋蔥切碎.

*__fine²__ [faɪn; faɪn] *n.* (*pl.* ~s [~z; ~z]) C 罰金, 罰款. She paid a *fine* for illegal parking. 她付了違規停車的罰款.

— *vt.* 向…科處罰金, 句型4 (fine **A B**)對 A 課以 B(罰金); (*for*). He was *fined* fifty dollars *for* speeding. 他因為超速罰款 50 美元.

fíne árts *n.* (加 the)美術(特指繪畫、雕刻, 但有時亦包括建築、音樂、詩、舞蹈、工藝等).

fine·ly [ˈfaɪnlɪ; ˈfaɪnlɪ] *adv.* **1** 極好地, 出色地, 漂亮地. **2** 細微地; 精巧地. *finely*-ground pepper 磨得很細的胡椒.

fine·ness [ˈfaɪnnɪs; ˈfaɪnnɪs] *n.* U **1** 美觀, 漂亮, 出色. **2** 品質優良; 精純, 精湛, 高雅. **3** 細微, 細緻; 纖細, 微小.

fin·er [ˈfaɪnɚ; ˈfaɪnə(r)] *adj.* fine 的比較級.

fin·er·y [ˈfaɪnɚɪ; ˈfaɪnərɪ] *n.* U 華麗的服飾《包括裝飾品》.

fi·nesse [fəˈnɛs; fɪˈnes] (法語) *n.* U **1** 精湛的技巧, 熟練; 手段, 手腕. **2** 策略, 計策.

fin·est [ˈfaɪnɪst; ˈfaɪnɪst] *adj.* fine 的最高級.

*__fin·ger__ [ˈfɪŋɡɚ; ˈfɪŋɡə(r)] *n.* (*pl.* ~s [~z; ~z]) C **1** (手的)指頭(參考特指大拇指

(thumb)以外的手指: 腳趾是 toe). the index [first] *finger* 食指(★若從大拇指數起食指就成了 second finger, 以下依此類推)/the middle [long, second] *finger* 中指/the ring [third] *finger* 無名指/the little [fourth] *finger* 小指/He pointed his *finger* at the tower. 他用手指指著那座塔/hold a thing between *finger* and thumb 用拇指和手指把東西捏住/*finger* marks on the wall 牆上的指印.

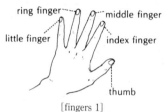

[fingers 1]

2 指頭狀之物, 細長之物; (手套的)指頭部分; (鐘錶等的)指針. a *finger* of cake 一小條蛋糕.

3 (液體等的深度測量單位)指幅. two *fingers* of gin (從玻璃杯底量起)約 2 指深的琴酒.

búrn one's fíngers (多管閒事而)倒楣, 嘗到苦頭, 「灼傷手指」.

cróss one's fíngers (口)把中指交叉在食指之上《祈求願望實現的手勢》.

háve a fínger in èvery píe (口)甚麼事都要插上一腳.

háve...at one's fíngers' énds = have...at one's fingertips (fingertip 的片語).

líft a fínger = lift a hand (hand 的片語).

one's fíngers are àll thúmbs 笨拙.

póint the [a] *fínger at...* (口)公然指責….

pùt one's fínger on... (口)明確地指出〔錯誤等〕, 一語道破. I can't quite *put* my *finger on* the cause of the trouble. 我無法確切指出故障的原因.

— *vt.* **1** 用手指觸摸, 撫弄. He *fingered* the gun in his pocket for reassurance. 為了再次確定, 他摸摸衣袋裡的槍. **2** (用手指)彈奏〔樂器〕.

fínger álphabet *n.* C (聾啞人使用的)手語字母(→ manual alphabet 圖).

fínger bówl *n.* C (端上餐桌)洗手指用的盛水小缽, 洗指缽.

fin·ger·ing [ˈfɪŋɡərɪŋ, ˈfɪŋɡrɪŋ; ˈfɪŋɡərɪŋ] *n.* U **1** 用手指撥弄. **2** (音樂)指法, 運指法.

fin·ger·post [ˈfɪŋɡɚˌpost; ˈfɪŋɡəpəʊst] *n.* C (用手指圖形指示的)路標.

fin·ger·print [ˈfɪŋɡɚˌprɪnt; ˈfɪŋɡəprɪnt] *n.* C 指紋.

fin·ger·stall [ˈfɪŋɡɚˌstɔl; ˈfɪŋɡəstɔːl] *n.* C 指套.

fin·ger·tip [ˈfɪŋɡɚˌtɪp; ˈfɪŋɡətɪp] *n.* C 指尖. *háve...at one's fíngertips* 有…可隨時利用; 精通….

fin·ick·y [ˈfɪnɪkɪ; ˈfɪnɪkɪ] *adj.* 《口》挑剔的, 過分注意[講究]的, 《*about* 對[服裝等]》.

fi·nis [ˈfaɪnɪs; ˈfaɪnɪs] 《拉丁語》*n.* ⓒ (用單數) 終, 完, 劇終, (end) (用於書或電影的結尾等).

‡**fin·ish** [ˈfɪnɪʃ; ˈfɪnɪʃ] *v.* (~**es** [~ɪz; ~ɪz]) ~**ed** [~t; ~t] ~**ing**) *vt.* **1** 結束, 了結. 句型3 (finish *do*ing) 結束…; 完成, 做完, 《*off*; *up*》; (★不可用不定詞當受詞). Have you *finished* your homework? 你的功課做完了嗎?/finish a book 讀完[寫完]一本書/finish (*writing*) a letter 寫完一封信/The school building will soon be *finished*. 校舍最近即將落成/finish school (通常指從義務教育買最後階段的學校) 畢業.

2 給…(最後的)加工, 使完美, 潤飾. The workman *finished* the iron rod with a file. 那工人用銼刀把鐵棒磨細.

3 吃光, 用完[物品], 《*up*; *off*》. finish a spool of thread 用完一捲線.

4 《口》毆打; 收拾, 解決; 殺死《*off*》. He *finished off* the wounded deer. 他把受傷的鹿殺了.

— *vi.* **1** 結束, 終結, 完結. He *finished* before anyone else. 他最早做完/His horse will *finish* third, at best. 他的馬頂多跑第三.

2 [人] 做完《*with*》; 斷絕關係, 分手, 《*with*》; (★通常用完成式). Have [Are] you *finished with* the paper? 你報紙看完了嗎?(★Are you...? 中的 finished 為形容詞; → finished 1)/I've *finished with* Tim. 我和提姆絕交了/My son has *finished with* gambling. 我兒子戒賭了.

— **commence.**

— *n.* (*pl.* ~**es** [~ɪz; ~ɪz]) **1** ⓒ (用單數) 結束了, 結局. The race had a close *finish*. 這次賽跑以些微的差距結束/cross the *finish* (line) 越過終點(線).

2 [a ⓤ] 加工(的方法); 磨, 擦; ⓤ 加工材料. The car had a shiny *finish*. 那輛車擦得很亮.

fíght to a [*the*] *fínish* 奮鬥到底.

字源 FIN「完結」: *fin*ish, *fin*al (最終的), infinite (無限的).

fin·ished [ˈfɪnɪʃt; ˈfɪnɪʃt] *adj.* **1** 《口》(敘述)〔人〕做完(工作等); 斷絕關係《*with*》; [事情]完成, 結束. The carpenter was *finished* by five o'clock. 那木匠在五點之前結束工作.

2 (通常作限定)完結的, 完成的, (complete). *finished* goods 成品.

3 [教養, 技術等]無可挑剔的, 完美的, 優雅的. a *finished* gentleman 高雅的紳士/finished manners 優雅的態度.

4 (敘述)破滅的, 無法挽救的. My company has gone bankrupt. I'm *finished*. 我的公司破產了. 我完蛋了.

fin·ish·ing [ˈfɪnɪʃɪŋ; ˈfɪnɪʃɪŋ] *adj.* 最後的; 完成的. put the *finishing* touches to a painting 為畫作最後的修飾.

— *n.* ⓤ 最後加工.

fínishing schòol *n.* ⓒ 社交禮儀進修學校 (對即將進入社交界的女性施以社交禮節、儀表等的教育訓練).

fi·nite [ˈfaɪnaɪt; ˈfaɪnaɪt] *adj.* 有限的, 有限制的; 《數學》有限的; 《文法》限定的. ↔ infinite.

*‡**Fin·land** [ˈfɪnlənd; ˈfɪnlənd] *n.* 芬蘭(北歐的共和國; 首都 Helsinki; → Scandinavia 圖).

Finn [fɪn; fɪn] *n.* ⓒ 芬蘭人.

Finn·ish [ˈfɪnɪʃ; ˈfɪnɪʃ] *adj.* 芬蘭的; 芬蘭人[語]的. — *n.* ⓤ 芬蘭語.

fiord [fjɔrd; fjɔːd; fjɔːd] *n.* ⓒ 峽灣.

fir [fɝ; fɝː(r)] *n.* ⓒ 冷杉[樅]樹; ⓤ 冷杉[樅]木.

‡**fire** [faɪr; faɪə(r)] *n.* (*pl.* ~**s** [~z; ~z]) 【火】 **1** ⓤ 火; 火焰 (flame). There is no smoke without *fire*. 《諺》無風不起浪, 事出必有因.

2 ⓒ (取暖, 炊事用的)火, 爐火, 灶火; 《英》爐. build [make] a *fire* 生火/kindle a *fire* 點火/People ran out leaving *fires* burning. 人們跑了出去, 讓火繼續燃燒著/an electric [a gas] *fire* 《英》電[煤氣]爐.

搭配 *v.*+fire: light a ~ (生火), extinguish a ~ (滅火), put out a ~ (滅火) // fire+*v.*: a ~ dies down (火漸漸變小), a ~ goes out (火熄滅).

3 ⓤⓒ 失火, 火災. A *fire* broke out. 發生火災了/There were several *fires* last night. 昨晚發生了數起火災.

【如火般的東西】 **4** ⓤ (像火焰般的)輝煌, 燦爛; (寶石等的)光輝. the *fire* of the sunset 夕陽餘暉.

5 ⓤ (如燃燒般的)熱情, 興奮; 活力; 豐富的想像力. the *fire* of love 愛火/filled with poetic *fire* 充滿了詩意的熱情.

【砲火】 **6** ⓤ 射擊, 開火; 砲火. The enemy opened [ceased] *fire*. 敵人開始[停止]射擊.

⟹ *adj.* fiery.

betwèen twò fíres 遭受兩方砲轟; 被兩面夾攻.

càtch fíre 著火. Dry dead leaves *catch fire* easily. 乾枯的樹葉容易著火.

gò through fíre and wáter 赴湯蹈火, 冒各種危險.

‡ *on fíre* (1)著火, 失火. His house is *on fire*. 他的房子失火了. (2)熱中. (3)(身體的某部分)刺痛. My tongue is *on fire*. 我的舌頭辣得發熱.

plày with fíre 玩火; 插手管危險的事.

pùll out of the fíre → pull 的片語.

sèt fíre to... 點火燒…, 放火燒….

sèt...on fíre (1) =set fire to…. (2)煽動[感情等], 使…激動. The idea *set* him *on fire*. 這個想法令他激動不已.

sèt the wórld [《英》*the Thámes*] *on fíre* (做出轟轟烈烈, 驚天動地的事而)出名(通常用於否定句、疑問句、條件句). Mike is a good pitcher, but he has never *set the world on fire*. 麥克是個優秀的投手, 但他從未有驚人的表現.

strìke fíre (用火柴等)劃[打]出火(花).

tàke fíre (1)著火. (2)興奮; 熱中.

ùnder fíre (1)遭到砲火襲擊. (2)受到非難[批評]. His policies came *under fire*. 他的政策受到非難.

非難.

— v. (~s [~z; ~z]; ~d [~d; ~d]; fir·ing) vt.
【點燃】 **1** 點燃, 使燃燒; 點燃(導火線等), 使
〔炸藥等〕爆炸[爆破]. *fire* a house 放火燒屋/*fire*
dynamite 引爆炸藥.

2 給〔火爐, 鍋爐, 發動機等〕補充燃料.

3【使燃燒起來】激起〔感情等〕; 使〔人〕興奮; 使熱
中. The description of the scene *fired* her imag-
ination. 那情景的描述激發了她的想像/She is *fired*
with the desire to go to Paris. 她滿腦子想著要去
巴黎.

【燒製】 **4** 燒製〔磚塊, 陶器等〕; 烘焙〔茶葉等〕.

【開砲】 **5** 射擊〔槍, 砲彈等〕; 發出〔嚴厲的責難,
質問等〕. The man *fired* his rifle *at* the states-
man [*on* the crowd]. 那個人用來福槍朝那位政治
家[人群]射擊/*fire* a shot 開槍.

6〔口〕用力[突然]猛擲. The shortstop *fired* the
ball to first base. 那個游擊手將球快傳一壘.

7【開砲】趕跑〔口〕開除, 解雇. He got *fired*
(from his job). 他被開除了.

— vi. **1** 著火, 燃燒; 〔引擎等〕點火.

2 開砲(*at, on*); 〔槍〕射擊. Fire! 射擊! 〔號令〕/
The pistol failed to *fire*. 這隻手槍無法射擊.

fìre awáy (1)連續開槍(*at*). (2)〔口〕接連不斷地提
出〔持續〕(*with* 〔質問等〕). The reporters *fired*
away with sharp questions. 記者們不斷提出尖銳
的問題.

fìre úp 生氣, 激動.

● ——與 FIRE 相關的用語

backfire	逆火	crossfire	交叉射擊
gunfire	砲火	cease-fire	停火
campfire	營火	bonfire	烽火
gas fire	煤氣爐	wildfire	野火
misfire	熄火	hellfire	地獄之火

---

fìre alàrm *n.* ⓒ 火警; 火警警報器.

fire·arm [ˋfaɪrͺɑrm; ˈfaɪərɑːm] *n.* ⓒ (通常
firearms) (可攜帶的小型)槍砲, 武器.

fire·ball [ˋfaɪrͺbɔl; ˈfaɪəbɔːl] *n.* ⓒ 火團; (核子
彈〔原子彈〕爆炸時產生的)火球.

fire·boat [ˋfaɪrͺbot; ˈfaɪəbəʊt] *n.* ⓒ 消防艇.

fire·brand [ˋfaɪrͺbrænd; ˈfaɪəbrænd] *n.* ⓒ
1 燃燒的木柴[木頭]. **2** (騷動的)肇事者, 煽動者.

fire·brick [ˋfaɪrͺbrɪk; ˈfaɪəbrɪk] *n.* ⓊⒸ 耐
火磚.

fìre brigàde *n.* ⓒ (英)消防隊.

fire·crack·er [ˋfaɪrͺkrækɚ; ˈfaɪəͺkrækə(r)]
n. ⓒ 爆竹, 鞭炮.

fire·damp [ˋfaɪrͺdæmp; ˈfaɪədæmp] *n.* Ⓤ (礦
坑內的)沼氣.

fìre depàrtment *n.* ⓒ (美) (城市的)消防
署; 消防隊.

fire·dog [ˋfaɪrͺdɔg; ˈfaɪəͺdɒg] *n.* = andiron.

fire-eat·er [ˋfaɪrͺitɚ; ˈfaɪərͺiːtə(r)] *n.* ⓒ
1 吞火魔術師. **2** 動輒吵架的人, 脾氣暴躁的人.

fìre èngine *n.* ⓒ 消防車.

fìre escàpe *n.* ⓒ 火災避難設施(安全出口, 太

平門, 太平梯, 防火梯等).

fìre extìnguisher *n.* ⓒ 滅火器.

fìre fìghter *n.* ⓒ 消防隊員.

fire·fly [ˋfaɪrͺflaɪ; ˈfaɪəflaɪ] *n.* (*pl.* **-flies**) ⓒ
(蟲)螢火蟲.

fire·guard [ˋfaɪrͺgɑrd; ˈfaɪəgɑːd] *n.* = fire
screen.

fìre hòuse *n.* ⓒ (美)= fire station.

fìre hỳdrant *n.* ⓒ 消防栓(= hydrant).

fìre insùrance *n.* Ⓤ 火災保險.

fìre ìrons *n.* (作複數)火爐用具(火鉗, 撥火
棒, 火鏟等).

fire·light [ˋfaɪrͺlaɪt; ˈfaɪəlaɪt] *n.* Ⓤ (火爐, 壁
爐等的)火光.

*fire·man** [ˋfaɪrmən; ˈfaɪəmən] *n.* (*pl.* **-men**
[-mən; -mən]) ⓒ **1** 消防隊員. The *firemen* soon
put out the fire. 消防隊員很快把火撲滅了.

2 (鍋爐的)火夫; (鐵路的)司爐工; (美)(海軍的)
輪機兵.

3 (俚)(棒球)救援投手(relief pitcher).

✱fire·place [ˋfaɪrͺples; ˈfaɪəpleɪs] *n.* (*pl.*
-plac·es [~ɪz; ~ɪz]) ⓒ (安裝
在牆壁上的)暖爐, 壁爐. They arranged the
chairs around the *fireplace*. 他們把椅子排在壁爐
周圍.

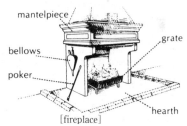

mantelpiece
grate
bellows
poker
hearth
[fireplace]

fire·plug [ˋfaɪrͺplʌg; ˈfaɪəplʌg] *n.* ⓒ 消防栓.

fire·proof [ˋfaɪrͺpruf; ˈfaɪəpruːf] *adj.* 耐火
(性)的, 不可燃的. a *fireproof* curtain 防火[不易
燃]窗簾.

— vt. 使耐火[不燃].

fire·rais·ing [ˋfaɪrͺrezɪŋ; ˈfaɪəͺreɪzɪŋ] *n.* Ⓤ
(英)放火.

✱fire·side [ˋfaɪrͺsaɪd; ˈfaɪəsaɪd] *n.* (*pl.* **~s** [~z;
~z]) ⓒ **1** (加 the)爐邊(家庭團聚的地方). He sat
at the *fireside* and warmed his feet. 他坐在爐邊
暖腳.

2 (團聚時的)家庭; (加 the)家庭生活, 全家團聚.

3 (形容詞性)爐邊的; 輕鬆的, 全家團聚的. a
fireside chat 爐邊閒談; 「圍爐夜話」(美國總統在收
音機或電視中播出的談話節目).

fìre stàtion *n.* ⓒ 消防站, 消防隊.

fire·trap [ˋfaɪrͺtræp; ˈfaɪətræp] *n.* ⓒ (火災時

易燃的, 沒有逃生出路的)危險建築物.

fire·wa·ter [ˋfaɪrˌwɔtɚ, -ˌwɑtɚ; ˈfaɪəˌwɔːtə] *n.* C(口)(詼)烈酒(特別指威士忌等的蒸餾酒).

fire·wood [ˋfaɪrˌwʊd; ˈfaɪəwʊd] *n.* U木柴, 柴薪.

fire·work [ˋfaɪrˌwɝk; ˈfaɪəwɜːk] *n.* C 1 (通常 fireworks)煙火; 煙火會.

2 (fireworks)(口)(怒氣大發, 大發雷霆; 展現機智; 優秀的演技(表演).

fir·ing [ˋfaɪrɪŋ; ˈfaɪərɪŋ] *v.* fire 的現在分詞、動名詞.

── *n.* **1** U(槍)發射, 開砲; 點火. **2** UC(陶器等的)燒製.

firing line *n.* (加 the)(軍隊)火線(攻擊的最前線); (通常指活動的)最前線, 先鋒. be in the *firing line* of... 位於(攻擊、責難等)的先鋒[正面].

✻firm¹ [fɝm; fɜːm] *adj.* (~·**er**; ~·**est**) **1** 堅硬的, (肌肉等)結實的. *firm* ground 堅固的地面; (對海而言的)陸地/a *firm* fruit (果肉)結實的水果. [同]hard 意為質地的堅硬, solid 意為內部塞滿東西的結實; firm 則較近 solid, 並且具有受壓後會恢復原狀的彈性.

2 牢固的, 不動搖的, 穩定的. a *firm* concrete base 牢固的水泥地基.

3 (信念等)堅定的, 不變的. a *firm* friendship 堅定的友誼/*firm* in one's faith 信仰堅定.

4 斷然的, 強硬的, 嚴格的, (*with*). a *firm* attitude 強硬的態度/He is not *firm* with his children. 他對他的孩子並不嚴格.

[搭配] firm (3-4)＋*n.*: a ~ belief (堅定的信念), a ~ expression (堅定的表情), a ~ promise (堅實的約定), a ~ refusal (堅決的拒絕), a ~ tone (強硬的口氣).

5 (商業)(價格等)穩定的.

── *adv.* 斷然地, 堅定地, (firmly)(★通常與 hold, stand 連用). hold *firm* to... 握緊…; 堅守…/stand *firm* 站穩; 決不退讓.

── *vi.* 變堅固; 變果斷; (*up*).

[字源] FIRM 「堅固」: firm, af*firm*(斷言), con*firm*(確信).

✻firm² [fɝm; fɜːm] *n.* (*pl.* ~**s** [~z; ~z]) C 商號, 商店, 公司行號, (嚴格來說是兩人或兩人以上合資經營而非法人組織的企業). I work for a *firm* of publishers. 我在一家出版公司工作/a law *firm* (美)(公司性質的)法律事務所.

✻firm·ly [ˋfɝmlɪ; ˈfɜːmlɪ] *adv.* **1** 堅固地, 堅定地. **2** 斷然地, 斬釘截鐵地.

firm·ness [ˋfɝmnɪs; ˈfɜːmnɪs] *n.* U堅固; 強硬; 堅定的態度.

✻✻✻first [fɝst; fɜːst] *adj.* 【最初的】 **1** (通常加 the)(順序)第一的, 最先的, (與 one 對應的序數詞; 略作 1st), 第一代的; 最初的, 開始的, 最前面的; (↔last)([語法]作為敘述形容詞時, 有時可不加 the. His horse was *first* in the race. (他的馬最先抵達)). the *first* week of the month

這個月的第一週/read the *first* two [few] pages 讀開始的兩[幾]頁/the *first* train 第一班[頭班]列車/the *first* and last chance for me 對我而言, 最初也是最後的機會/Is this your *first* visit to our country? 您是初次來到敝國嗎?/Tom was the *first* student to finish [who finished] writing the answers. 湯姆是最先寫好答案的學生/Who is *first* in strength here? 這裡誰的力氣最大?/twenty-*first* 第二十一的/one hundred and *first* 第一百零一的.

2 (最初的>初步的>一點兒的)(加the)微不足道的, 最少的, (用於否定句、疑問句、條件句). He does not know the *first* thing about driving. 他完全不會開車/We hadn't the *first* idea who would win the race. 我們完全不知道誰會贏得這場比賽.

3 【第一順位的】最重要的, 主要的, 基本的; 首位的; 最高的, 第一流的. Let's discuss *first* things first. 我們先討論最重要的事情吧!/a problem of the *first* importance 最重要的問題/Alex has won *first* prize. 亞歷士贏得了首獎(★注意無冠詞).

at first hánd (非傳聞而是)直接地, 第一手地.

at first síght → sight 的片語.

for the fírst tíme 第一次. I went to the British Museum *for the first time* in my life. 我生平第一次去大英博物館/I met my cousin Ken *for the first time* in five years. 隔了五年我才又見到我的表弟肯.

in the fírst pláce (1) 首先(用於列舉的情形). (2) 本來. He has something to tell, or he wouldn't be here *in the first place*. 他一定想說些甚麼, 要不然他應該是不會來的.

(the) first thíng (作為副詞片語)(口)無論如何, 首先要. I'll call him *first thing* in the morning. 明天早上我第一件事就是打電話給他.

── *adv.* **1** 首先, 在第一位, (↔last). stand *first* 站第一位.

2 (比起任何事物來)第一, 最先, 最初, 首先, (↔last). I will read *first* and then you follow me. 我先唸, 然後你們跟著我唸/Safety *first*. 安全第一(標語)/I must *first* ask my mother before I go. 在我走之前必須先問問過我媽.

3 初次(for the first time). When I *first* saw you, I thought you were older. 第一次看到你的時候, 我以為你年紀比較大/You were more affectionate when we were *first* married. 我們剛結婚時你比較溫柔.

4 寧可, 寧願. I'll see you hanged [damned] *first*. 誰會做那種事呀!(<我寧可看你被吊起來; 表強烈拒絕的常用語).

cóme fírst (1)最重要的. My family *comes first*, my work second. 家庭第一, 工作第二. (2)(競賽等)得到第一名.

first and fóremost 首先, 最重要的是…, 首要之務是….

first and lást 全部; 徹頭徹尾, 所有各方面. He is an educator *first and last*. 他是個不折不扣的教育家.

Fìrst cóme, fìrst sérved. 《諺》先到的先服務《機會均等，毫不偏袒》.

* *fìrst of áll* 首先，第一. *First of all* I would like to express my thanks for all your help. 首先，我要感謝你們提供的所有援助/I am *first of all* a man. 首先，我是個(男)人.

fìrst óff 《口》第一，最初；立刻，馬上. He headed for the hotel *first off*. 他立刻前往旅館.

— *n.* (*pl.* ~s [~s; ~s]) **1** ⓒ (通常加 the) 《★單數亦可作複數》第一個人[物]，第一件事，第一個做…的人[物]《*to* do》; (the First)一世. Jim was the *first* to help me. 吉姆是第一個幫助我的人/She was among the *first* who arrived. 她和那群人最先抵達/Elizabeth the *First* 伊莉莎白一世《★亦可寫作 Elizabeth I》.

2 ⓒ (通常加 the) (每月的)第一天，一號，《略作 1st》. the *first* of May=May (the) *first* 5 月 1 日 (→ date¹ ●).

3 ⓒ (比賽等的)第一名，冠軍；優勝者.

4 Ⓤ (汽車的)一檔，低速檔；《棒球》一壘.

at fìrst 開始時，起先，最初，《★ at last》. I didn't believe him *at first*. 一開始我並不相信他的話《★其後通常接『但是後來…』》. 【注意】「第一(首先)」則爲 first(ly)，in the first place.

from fìrst to lást 自始至終，始終.

from the (vèry) fìrst 從一開始. I hated this job *from the first*. 我從一開始就討厭這份工作.

fìrst áid *n.* Ⓤ 急救.

fìrst báse *n.* Ⓤ《棒球》一壘.

first-born [ˋfɝstˋbɔrn; ˈfɜːstˌbɔːn] *adj.*《限定》長子的. — *n.* ⓒ 長子[長男，長女]，頭胎.

* **fìrst cláss** *n.* Ⓤ (列車，客船，飛機等的)頭等艙;(郵件的)第一類《(美)是指封口的書信、包裹、明信片等;(英)則爲快遞郵件》. We have a few seats left in *first class*. 我們的頭等艙尚有幾個空位.

* **first-class** [ˋfɝstˋklæs; ˈfɜːstˈklɑːs] *adj.* **1** 第一流的，最高級的;最好的，優秀的. a *first-class* hotel 一流的旅館/a *first-class* work 優秀的作品.

2 (交通工具等的)頭等的. a *first-class* ticket [passenger] 頭等艙的票[乘客].

3 (郵件的)第一類的《在(英)相當於快遞郵件，在(美)則指封口書信、小型包裹、明信片》.

— *adv.* 乘坐頭等艙地;第一類(郵寄)地. travel *first-class* 搭乘頭等艙旅行.

fìrst degrée *n.* Ⓤ **1** (燒燙傷)一級《三級中最輕微的》. **2** (謀殺)一級《在美國是最嚴重的，英國則是最輕微的》.

first-degree [ˋfɝstdɪˋgri; ˈfɜːstdɪˈɡriː] *adj.*《限定》**1** (燒燙傷)一級的. **2** (謀殺)一級的.

fìrst flóor *n.* ⓒ《美》一樓《英》ground floor);《英》二樓.

first-foot [ˋfɝstˋfut; ˈfɜːstˈfut] *n.* (加 the)《蘇格蘭》元旦的首位訪客《→ first-footing》.

first-foot·ing [ˋfɝstˌfutɪŋ; ˈfɜːstˌfutɪŋ] *n.* Ⓤ《蘇格蘭》成爲元旦的首位訪客《除夕晚上一過 12 點，即外出拜訪友人以成爲首位訪客的習俗;據說滿頭黑髮的首位訪客會帶來幸運》.

fìrst frúits *n.*《作複數》最初的成果;第一批收成物[果實].

first-hand [ˋfɝstˋhænd; ˈfɜːstˈhænd] *adj.* (非傳聞的)直接的，第一手的. *firsthand* information 第一手資料. — *adv.* 直接地.

fìrst lády *n.* (加 the) (有時 First Lady)美國總統[州長]夫人;(某一行業，領域的)女性第一人，女傑.

fìrst lieuténant *n.* ⓒ《美陸、空軍》中尉.

first·ly [ˋfɝstlɪ; ˈfɜːstlɪ] *adv.* 第一，首先，《★與 first adv. 2 相同，於列舉時使用; secondly, …lastly 等》.

fìrst náme *n.* ⓒ (與姓相對的)名《有三個以上的姓名相連時，此字則指除了姓以外的所有名字; → Christian name 參考》.

fìrst níght *n.* ⓒ (戲劇，歌舞等的)首演之夜.

fìrst offénder *n.* ⓒ 初犯，初次犯法者.

fìrst pérson *n.* 《文法》(加 the)第一人稱《→見文法整理 4. 1》.

* **first-rate** [ˋfɝstˋret; ˌfɜːstˈreɪt] *adj.* **1** 最高級的，頭等的，第一流的. a *first-rate* pianist 第一流的鋼琴家.

2 《口》極好的，優秀的，(excellent). His wife cooked us a *first-rate* meal. 他太太爲我們燒了一桌好菜.

first-string [ˋfɝststrɪŋ; ˈfɜːststrɪŋ] *adj.*《主美》(運動)(選手)一軍的，正式的.

firth [fɝθ; fɜːθ] *n.* ⓒ《主蘇格蘭》峽灣，(河的)入海口.

fis·cal [ˋfɪskl; ˈfɪskl] *adj.* 財政的，會計的.

fìscal yéar *n.* ⓒ《美》會計年度《在美國是指從 10 月 1 日起的一年間;《英》financial year》.

❋**fish** [fɪʃ; fɪʃ] *n.* (*pl.* ~, ~es [~ɪz; ~ɪz]) 語法 通常複數形作 fish; 特指一條一條或提到種類的區別時才用 fishes. **1** ⓒ (特指)食用魚. A whale is not a *fish*. 鯨不是魚類/catch a lot of *fish* 捕到許多魚/a shoal of *fish* 魚群/The *fish(es)* in this lake are of many varieties. 這座湖裡的魚種類很多.

2 Ⓤ魚肉. fresh [dried] *fish* 鮮[乾]魚/The Japanese eat more *fish* than the English. 日本人魚吃得比英國人多.

a prétty [fìne, níce] kèttle of físh → kettle 的片語.

drìnk like a físh《口》牛飲.

have òther físh to frý 另有更重要的事情要做.

like a físh out of wáter《口》(如上了岸的魚般)無法得心應手.

— *v.* (~es [~ɪz; ~ɪz]; ~ed [~t; ~t]; ~·ing) *vt.* 在(河等)捕[釣]魚. I've never *fished* this lake. 我不曾在這湖釣魚.

— *vi.* **1** 捕魚，釣魚，釣. go *fishing* in the lake 到湖上釣魚.

2 刺探〔情報等〕《for》; 欲獲取《for》. She *fished* in her handbag *for* a pen. 她在手提包裡摸索找鋼

筆/*fish for* a secret 刺探祕密/*fish for* compliments 欲求得讚賞.

fish/.../óut 把(魚)捕盡; (搜尋中)拉出, 掏出.

fish/.../úp 拉[撈]起.

fish and chips [ˏfɪʃənˋtʃɪps; ˏfɪʃənˈtʃɪps] *n.* (作複數)(英)炸魚加薯條(大眾化餐點; 鱈魚等的炸魚再加上炸薯條)

fish·er·man [ˋfɪʃəmən; ˈfɪʃəmən] *n.* (*pl.* **-men** [-mən; -mən]) ⓒ漁夫, 漁民; 釣魚者; (→ angler 回). The *fishermen* had a good haul that day. 漁夫們那天捕到了好多魚.

fish·er·y [ˋfɪʃərɪ; ˈfɪʃərɪ] *n.* (*pl.* **-er·ies**) 1 ⓤ漁業, 水產(養殖)業.
2 ⓒ(通常 fisher*ies*)漁場; 養魚場.

fish-éye léns [ˋfɪʃˏaɪ-; ˈfɪʃˏaɪ-] *n.* ⓒ魚眼鏡頭, 超廣角鏡頭.

fish fínger *n.* (英)=fish stick.

fish háwk *n.* ⓒ(鳥)鶚(一種以魚為主食的鷹) [「魚鈎」

fish-hook [ˋfɪʃˏhuk; ˈfɪʃˏhuk; ˈfɪʃhok] *n.* ⓒ釣鈎,

fish·ing [ˋfɪʃɪŋ; ˈfɪʃɪŋ] *n.* (*pl.* **~s** [~z; ~z]) 1 ⓤ捕魚; 捕魚業. live by *fishing* 以捕魚維生. 2 ⓒ漁場, 釣場.

fishing líne *n.* ⓒ(英)釣線((美) fishline).

fishing ród *n.* ⓒ釣竿.

fish·line [ˋfɪʃˏlaɪn; ˈfɪʃlaɪn] *n.* ⓒ(美)釣線((英) fishing line).

fish·mon·ger [ˋfɪʃˏmʌŋɡɚ; ˈfɪʃˏmʌŋɡə(r)] *n.* ⓒ(主英)魚販, 魚商.

fish·net [ˋfɪʃˏnɛt; ˈfɪʃnet] *n.* ⓒ魚網.

fish·pond [ˋfɪʃˏpɑnd; ˈfɪʃpɒnd] *n.* ⓒ魚池, 養魚塘.

fish stíck *n.* ⓒ(主美)炸魚條, 炸魚排, 《沾裏麵包粉油炸的細長魚肉條; 炸過之後的東西》.

fish·y [ˋfɪʃɪ; ˈfɪʃɪ] *adj.* 1 (形狀, 氣味, 味道等)像魚的; 腥臭的. 2 (眼睛)呆滯的, 無表情的. 3 (口)(說話等)可疑的; 騙人的.

fis·sile [ˋfɪsl, ˋfɪsɪl; ˈfɪsaɪl] *adj.* 1 (文章)易裂的. 2 (物理)核分裂性的.

fis·sion [ˋfɪʃən; ˈfɪʃn] *n.* ⓤ 1 分裂. 2 (生物)分裂. 3 (物理)核分裂(亦稱 nùclear físsion).

fis·sure [ˋfɪʃɚ; ˈfɪʃə(r)] *n.* ⓒ(文章)(岩石, 地面等的)裂縫, 縫隙, 龜裂.

fist [fɪst; fɪst] *n.* (*pl.* **~s** [~s; ~s]) ⓒ拳, 拳頭. shake one's *fist* at a person 對某人揮拳(欲打人狀)/Harry clenched his *fist*. 哈利緊握著拳頭/The boy ran with a coin in his *fist*. 那男孩拳頭裡握著一枚錢幣跑了.

fit[1] [fɪt; fɪt] *adj.* (**~ter**; **~test**) 1 (a) 適合的, 適宜的, ((for)); stories *fit* for children 適合兒童的故事. 回比是 suitable, proper, appropriate, apt 等意義更廣泛的一般用語.
(b)適合(to do). This water is not *fit* to drink. 這水不宜飲用/a seaside town *fit* for old people to live in 適合老人居住的濱海城鎮/Change your

clothes—you're not *fit* to be seen. 去換件衣服, 穿這樣不恰當.
2 (文章)(行為等)得當的, 正確的, 合宜的. It is not *fit that* you should make so much noise. = It is not *fit for* you to make so much noise. 你那麼大聲喧嘩是不對的.
3 勝任的, 適宜的, ((for)); 有資格[能力]的((to do)). He is not *fit for* [to do] such a job. 他不適合做這份工作/a man *fit for* nothing 百無一用之人.
4 準備妥當的((for)); 就要…的, 幾乎要做…的, ((to do)). I walked and walked till I was *fit to* drop. 我走了又走, 直到我幾乎要倒下為止/We laughed *fit to* kill ourselves. 我們簡直快笑死了.
5 (敘述)身體好的; 健康的, 強健的. The team was *fit for* the game. 這支隊伍在這場比賽中的表現相當好/Are you feeling [keeping] *fit*? 你身體健康嗎?

(*as*) *fit as a fíddle* → fiddle 的片語.

sèe [*thínk*] *fít* 覺得合適(to do). I shan't complain if you *see fit* to fire him. 如果你認為開除他是正確的, 我絕不會有異議/Do as you *think fit*. 照你認為合適的做吧!

— *v.* (**~s** [~s; ~s]; **~ted** [~ɪd; ~ɪd], (美)亦作 **fit**; **~ting**) *vt.* 【適合】 1 (不使用進行式)適合, 適宜. This coat does not *fit* me any more. 這件外套我已經穿不下了(★[相稱]是 become 或 suit)/Emily's dress did not *fit* the occasion. 愛蜜莉的穿著不適合這種場合/Does this key *fit* the lock? 這把鑰匙可以打開那個鎖嗎?/The theory doesn't *fit* the facts. 該理論與事實不符.

【使適合】 2 (不使用進行式)使適合, 使適宜, ((to)); 試穿((on)); (衣服)試樣, [人]試衣, (通常用被動語態)). I'll *fit* my schedule *to* yours. 我會配合你的行程/*fit* a coat *on* (oneself) 試穿上衣/go to the tailor's to be *fitted* 去裁縫店試衣.
3 (緊密地)裝上, 納入, ((into, in)). *fit* a cork *into* a bottle 把塞子塞入瓶口/*fit* six appointments *into* one day 一天內排進六個約會
4 句型5 (fit A to do)、句型3 (fit A for B [doing])使A能勝任B; 使A具備B的能力[資格]. Hard training has *fitted* them *for* [to make] a trip to outer space. 嚴格的訓練使他們能勝任外太空的航行/He isn't *fitted for teaching* Japanese. 他沒有教授日文的資格.
5 裝有…, 裝備…, ((with)); 安裝((to)). The gun was *fitted with* a silencer. 這支槍裝有滅音器/*fit* new tires *to* a car 為汽車裝上新輪胎.

— *vi.* (通常加表示情況, 地方的副詞(片語))符合, 適合; 適應; 吻合. The door *fits* badly. 這扇門關不緊/Some people cannot *fit into* society. 有些人不能適應社會.

fit/.../ín[1] 使適合…; 把…(順利)安裝; 為…安排時間[地點等]. *fit in* a lens 裝上鏡頭/I can *fit* you *in* next Tuesday. 我可以把你排在下星期二(《我能將你納入(我的行程)》.

fit ín[2] 適合, 調和, ((with)).

fit/.../óut 為了…配備(必要之物)((for)). *fit out*

a ship (*for* a voyage) (爲了航海)將船配備好必需的物品.

fit/.../**úp** (1)裝備…; 配備…, 備置…, 《with》. a factory *fitted up with* every labor-saving device 一間備有各項節省勞力設備的工廠. (2)爲[人]安排《with》.

— *n.* [a U](加形容詞)(衣服等的)合身. a perfect [tight] *fit* 完全合身[緊身]/The shoes were a bad *fit* and hurt his feet. 那雙鞋子不合腳, 把他的腳弄痛了.

fit² [fɪt; fɪt] *n.* [C] **1** (疾病的)發作; 痙攣, 昏厥, 不省人事. have a *fit* of coughing 一陣咳嗽/go into *fits* 昏厥.

2 (感情的)突發; (一時的)隨性, 衝動. burst into a *fit* of laughter [weeping] 突然大笑[哭泣]起來/in a *fit* of anger 一時氣憤/He has *fits* of depression now and then. 他有時會突然覺得憂鬱.

by fìts and stárts (口)時做時輟地; 突然興起地〔開始做等〕.

gìve a pèrson a fít (口)使某人大吃一驚.

hàve a fít 突然發作; (口)大吃一驚.

fit·ful [ˈfɪtfəl; ˈfɪtfol] *adj.* 突發性的; 斷斷續續的; 反覆無常的, 容易變化的.

fit·ment [ˈfɪtmənt; ˈfɪtmənt] *n.* [C] (常 fitments)(房間的)設備, 配備好的家具.

fit·ness [ˈfɪtnɪs; ˈfɪtnɪs] *n.* [U] **1** 適合, 恰當, 《for》. **2** 健康.

fit·ter [ˈfɪtɚ; ˈfɪtə(r)] *n.* [C] 試衣裁縫(爲顧客試衣並作修改的裁縫); (機械等的)安裝[裝配]工.

fit·ting [ˈfɪtɪŋ; ˈfɪtɪŋ] *adj.* 適當的, 相稱的.

— *n.* [C] **1** 試衣. a *fitting* for a suit 試穿西裝/a *fitting* room (服裝店等的)試衣間.

2 (機械的)附件, 零件.

3 〔主英〕(通常 fittings)(房間等的)設備, 家具. gas *fittings* 瓦斯裝置.

fit·ting·ly [ˈfɪtɪŋlɪ; ˈfɪtɪŋlɪ] *adv.* 合適地, 恰當地.

✲five [faɪv; faɪv] *n.* (*pl.* **~s** [~z; ~z]) **1** [U](基數的) 5, 五. *Five* and four are [make, equal] nine.=*Five* plus four is [makes, equals] nine. 五加四等於九/*Five* from seven [Seven minus *five*] leaves two. 七減五等於二/Six times *five* is thirty. 六乘五得三十(→ n. 14 語法)/Ten divided by *five* gives two. 十除以五等於二/Chapter *Five* 第五章/Act *Five* 第五幕(the fifth act)/*five* and twenty 二十五(twenty-five 的舊式說法; 保留在說年齡等方面).

2 [U]五時, 五分; 5歲; 五美元[英鎊, 美分, 便士等]; 《量詞名稱由前後關係決定》. They arrived at *five* past *five*. 他們五點五分到達/at *five* o'clock 在五點(指「五點整」時, 加 o'clock 會較明確)/a child of *five* 五歲的孩子/The thermometer stands at *five* (degrees). 溫度計顯示爲五度.

3 《作複數》五人; 五個. *Five* (of the students) are absent. 五位(學生)缺席/There were *five* of us. 我們(一共)五個人/a mother of *five* (children) 五個孩子的母親/Choose one from among these *five*. 從這五個當中挑一個吧!

4 [C]五人[五個]一組; (特指)籃球隊.

5 [C](紙牌)五點. **6** [C](作爲文字的)五, 五的數字[鉛字].

— *adj.* **1** 五人的; 五個的. *five* children 五個孩子/*five* apples 五個蘋果/a number of *five* figures 五位數.

2 〔敘述〕五歲的(★限定用法是 a *five*-year-old boy). I was *five* then. 當時我五歲.

five-and-ten [ˌfaɪvənˈtɛn; ˌfaɪvənˈten] *n.* 《美, 口》=dime store.

five-day week [ˌfaɪvˈdeˈwik; ˌfaɪvdeˈwiːk] *n.* [a U]每週工作五日制, 週休二日制, 《星期六、星期日休息》.

five·fold [ˈfaɪvˈfold; ˈfaɪvfəold] *adj.* 五層的; 五倍的.

— *adv.* 五層地; 五倍地.

fíve o'clòck shádow *n.* [a U]《口》(早晨刮過)下午五時左右又長出來的短鬚.

five pènce *n.* 《英》 **1** [U]五便士(的金額).

2 [C]五便士硬幣(→ coin 圖).

fiv·er [ˈfaɪvɚ; ˈfaɪvə(r)] *n.* [C]《美, 口》五美元紙鈔.

five-star [ˈfaɪvˈstɑr; ˈfaɪvstɑː] *adj.* 〔旅館等〕五星級的, 最高級的, 《從最普通的 one-star 到 five-star》.

✲fix [fɪks; fɪks] *v.* (**~es** [~ɪz; ~ɪz]; **~ed** [~t; ~t]; **~ing**) *vt.* 【固定下來】 **1** 固定, 安裝. Father *fixed* a shelf to the wall. 父親在牆上裝了一個架子/*fix* a tent by means of pegs 用樁將帳篷固定/*fix* oneself at a writing desk 端坐在書桌前.

2 把〔視線, 注意力, 心思等〕集中, 專注, 《on》; 《文章》凝視〔人〕《with 以[…的目光]》. She *fixed* her eyes *up on* the film star. 她目不轉睛地看著那個電影明星/He cannot *fix* his attention *on* anything for long. 他無法長時間集中注意力在任何一件事情上/My sister *fixed* me *with* an angry stare. 姊姊對我怒目而視.

3 牢牢吸引住〔目光, 注意力等〕. The unusual sight *fixed* my attention. 那不尋常的景象牢牢地吸引住我的目光.

4 把〔思想, 制度等〕固定下來, 定居; 牢記《in 在〔心, 記憶〕之中》. Carlyle *fixed* his residence at Chelsea. 卡萊爾在雀喜定居下來/an attempt to *fix* English spelling 試著去統一(混亂的)英文拼法/*Fix* his words *in* your mind [memory]. 要把他的話牢記在心[記憶]中.

5 使〔染料〕顏色固著; 《攝影》定影; 使〔液體〕凝固. 【確定】 **6** 確定〔時間, 價格等〕; 把…(作爲事實)確定下來, 決定; 句型3 (fix *to* do/*wh* 片語、子句)決定做…/決定…. Let's *fix* the date for the next meeting. 我們來確定下次會議的日期/The price of the used car was *fixed at* 1,000 dollars. 這輛舊車的價錢定爲 1,000 美元/We've *fixed* (when) to leave. 我們已經決定出發(的日期).

7 把〔犯罪, 責任等〕歸於, 使負擔, 《on》. The

blame was *fixed on* him. 把錯誤歸到他頭上.
〖〖使恢復原狀〗〗 **8** 修理, 調整, 〔機械等〕安置.
fix a flat tire 修理爆胎/get the television *fixed*
修理電視/You can't *fix* the wrong you've done.
你無法挽回你已造成的錯誤/Wait till I *fix* my job.
等我把工作處理好.

9 《主美, 口》整理(*up*). *Fix* (*up*) your room
before you go out to play. 出去玩之前先收拾好你
的房間.

10 【返還】《俚》「做掉」; 向…報復, 以牙還牙.

〖〖調整>做好準備〗〗 **11** 《主美》烹調, 做〔飯菜, 飲
料〕; 句型4 (fix A B), 句型3 (fix B *for* A)為
A 準備 B. *fix* breakfast 做早餐/Please *fix* me a
cocktail. 請幫我調一杯雞尾酒.

12 《口》收買, 用不正當的手段操縱〔比賽〕. *fix* a
race 操縱一場比賽.

fíx on [*upon*]... 確定…, 決定…, 選定…. *fix
on* a date for the recital 決定獨奏[獨唱]會的日
期/We've *fixed on* starting next Sunday. 我們決
定下星期日出發.

fíx/.../*úp*¹ 《口》(1)修理…, 修好…, (2)解決…; 安
排…, 準備…, (3)準備…, 籌措…, 提供…,
(*with*). Jim *fixed up* his son *with* a car. 吉姆為
他兒子準備了一輛汽車. (4)約定〔日期等〕; 與〔人〕
商妥(*with*). Let me *fix* you *up with* a date for
the meeting. 讓我跟你確定一下會議的日期/I have
fixed up with Tom to meet his partners at 7:00
tomorrow evening. 我已經同湯姆講定明晚七點見
他的合夥人.

*fix úp*² 《美》盛裝(dress up).

— *n.* ○ **1** 《口》(通常加 a)困境, 窘境. I'm in a
real *fix*. 我真是進退兩難. **2** (根據觀測等決定船,
飛機的)方位. **3** 《俚》(毒品的)注射, 一次注射量.

fix·a·tion [fɪkˋseʃən; fɪkˈseɪʃn] *n.* ○ **1** 固定,
固著; 安裝, 安置. **2**《攝影》定影. **3**《心理學》執
著; (泛指)病態的執著.

fix·a·tive [ˋfɪksətɪv; ˈfɪksətɪv] *n.* ⓊⒸ 定色劑;
《攝影》定影液.

*fixed [fɪkst; fɪkst] *adj.* **1** 固定的, 安置的. a
fixed seat 固定的座位.

2 〔金額, 利率等〕已決定的, 固定的. a *fixed* date
確定的日期/*fixed* property [income] 固定的資產
[收入]/at a *fixed* price 以定價(販賣, 購買等).

3 〔視線等〕集中不動的; 僵硬的. a *fixed* gaze 凝
視.

4 〔決心等〕堅定不移的, 不動搖的. a *fixed* pur-
pose 堅定的目標.

5 〔敘述〕《口》有準備的(*for*). We were not *fixed*
too well *for* food [money]. 我們準備的食物[金
錢]不足.

fix·ed·ly [ˋfɪksɪdlɪ; ˈfɪksɪdlɪ] (★注意發音) *adv.*
固定地; 一動也不動地; 堅定不移地.

fíxed stár *n.* ○《天文》恆星(→ planet).

fix·er [ˋfɪksɚ; ˈfɪksə(r)] *n.* ○ 調停者, 收拾局面
的人, 《以私下調解賺取非法利益的幕後者》.

fix·i·ty [ˋfɪksətɪ; ˈfɪksəti] *n.* Ⓤ 固定(性); 不
變(性).

*fix·ture [ˋfɪkstʃɚ; ˈfɪkstʃə(r)] *n.* (*pl.* ~s [~z;
~z]) ○ **1** (通常 fixtures) (附屬於房屋, 房間的)
固定裝置, 附帶工程部分, 《例如浴缸, 洗臉檯, 固
定的衣櫃等, 相對於 movable》. lighting *fixtures* 照明
器具. **2** 預定舉行日; 例行賽會[慶典]. **3**《口》固
定(某一職位, 地位)的人; 常客.

fizz [fɪz; fɪz] *n.* **1** *a*Ⓤ 嘶嘶聲. **2** Ⓤ《口》氣泡
飲料《香檳, 汽水等》. gin *fizz* 泡沫琴酒.
— *vi.* 發出嘶嘶聲; 冒氣泡.

fiz·zle [ˋfɪz!; ˈfɪzl] *vi.* **1** 發出微弱的嘶嘶聲.
2《口》(開始很好但)以失敗告終, 虎頭蛇尾,《*out*》.

fiz·zy [ˋfɪzɪ; ˈfɪzi] *adj.* 〔飲料等〕氣泡性的.

fjord [fjord; fjɔːd; fjɔːd] *n.* = fiord.

FL, Fla.《略》Florida.

flab [flæb; flæb] *n.* Ⓤ《口》贅肉.

flab·ber·gast [ˋflæbɚˌgæst; ˈflæbəɡɑːst] *vt.*
《口》使大吃一驚(通常用被動語態). be *flabbergast-
ed* 驚訝得目瞪口呆.

flab·bi·ly [ˋflæbɪlɪ; ˈflæbɪlɪ] *adv.*《口》鬆弛地;
無力地.

flab·bi·ness [ˋflæbɪnɪs; ˈflæbɪnɪs] *n.* Ⓤ《口》
(肌肉等的)鬆弛; 無力.

flab·by [ˋflæbɪ; ˈflæbɪ] *adj.*《口》**1** 〔肌肉等〕鬆
弛的, 不結實的. **2** 沒精神的, 無力的.

flac·cid [ˋflæksɪd; ˈflæksɪd] *adj.*《文章》〔肌肉
等〕鬆弛的, 柔軟的; 無力的, 軟弱的.

flag*¹ [flæg; flæg] *n.* (*pl.* ~s [~z; ~z]) Ⓒ **1
旗幟《國旗, 軍艦旗, 司令旗, 商店的小
旗等的總稱》; → banner, pennant, standard,
ensign, bunting. The *flag* flew over the build-
ing. 這面旗子在大樓頂隨風翻飛.

〖圖解〗 *adj.*＋flag: a colorful ~ (五彩繽紛的旗
子), the national ~ (國旗) // *v.*＋flag: hang
out a ~ (懸掛旗幟), hoist a ~ (升旗), raise a
~ (升旗), lower a ~ (降旗), wave a ~ (揮舞
旗幟).

2 旗狀物《塞特種獵犬等的》蓬鬆尾巴.

lòwer [*strìke*] *one's flág* (表示敬禮, 投降)降
旗; (議論等)認輸投降.

shòw the flág (會議等)短暫露面.

under the flág of... 在…的旗下效力, 受…的
保護.

— *vt.* (~s; ~ged; ~ging) **1** 懸旗於…, 懸旗裝
飾. **2** (用旗, 手臂等)發信號使〔汽車, 列車等〕停
下(*down*).

flag² [flæg; flæg] *n.* Ⓒ 板石(flagstone); (flags)
石板路.

flag³ [flæg; flæg] *n.* Ⓒ 鳶尾屬的各種植物(菖蒲
科, 有長形劍狀葉片).

flag⁴ [flæg; flæg] *vi.* (~s; ~ged; ~ging) **1** 〔植
物等〕凋落, 枯萎. **2** 〔氣力〕變弱, 衰弱.

flag·el·late [ˋflædʒəˌlet; ˈflædʒəleɪt] *vt.*《文
章》鞭打.

flag·el·la·tion [ˌflædʒəˋleʃən; ˌflædʒəˈleɪʃn]
n. Ⓤ《文章》鞭打.

flag·eo·let [ˌflædʒəˋlɛt; ˌflædʒəʊˈlet] *n.* Ⓒ 哨

笛(六孔豎笛).

flag·man [ˋflægmən; ˈflægmən] n. (pl. **-men** [-mən; -mən]) © (比賽等的)揚旗者, 旗手; (平交道等的)信號手.

flag·on [ˋflægən; ˈflægən] n. © (餐桌用的)大酒壺(有蓋、壺嘴及把手).

flag·pole [ˋflægˌpol; ˈflægpəul] n. © 旗竿.

fla·gran·cy [ˋflegrənsɪ; ˈfleigrənsi] n. Ⓤ (文章)兇暴, 窮凶惡極.

fla·grant [ˋflegrənt; ˈfleigrənt] adj. (文章)(壞人等)惡名昭彰的, 聲名狼藉的; (犯罪等)兇殘的.

[flagon]

fla·grant·ly [ˋflegrəntlɪ; ˈfleigrəntli] adv. 窮凶惡極地.

flag·ship [ˋflægˌʃɪp; ˈflægʃip] n. © **1** 旗艦(艦隊司令所乘的軍艦, 懸有司令旗). **2** (同種物中的)最高級品.

flag·staff [ˋflægˌstæf; ˈflægstɑːf] n. (pl. ~s) =flagpole.

flag·stone [ˋflægˌston; ˈflægstəun] n. © 板石, 鋪路石板.

flail [flel; fleil] n. © 連枷(過去用來使麥等脫殼).
— vt. 用連枷打(穀物).

flair [flɛr; fleə] n. [a U] 天賦, 第六感, (與生俱來的)資質, (for). have a *flair for* music 有音樂天分.

flak [flæk; flæk] (德語) n. Ⓤ **1** (軍事)(集合)高射砲, 高射砲火. **2** (口)抨擊.

*** flake** [flek; fleik] n. (pl. ~s [~s; ~s]) © **1** (雪等的)一片, 一瓣; (剝落的塗料等的)薄片. *flakes* of snow 雪片/The paint came [peeled] off in *flakes*. 油漆一片片地剝落下來.
2 薄片(食品). corn*flakes* 玉米片.
— vi. (成薄片)剝落(off; away); (雪等)一片片飄落. Paint was *flaking* from the door. 門上油漆剝落下來.

flak·y [ˋflekɪ; ˈfleiki] adj. 薄片(狀)的; 易成薄片的.

flam·boy·ance [flæmˋbɔɪəns; flæmˈbɔiəns] n. Ⓤ (文章)華麗; 花俏.

flam·boy·ant [flæmˋbɔɪənt; flæmˈbɔiənt] adj. (文章) **1** 火焰似的; 華麗的. **2** 花俏的; (人, 態度)浮誇的.

*** flame** [flem; fleim] n. (pl. ~s [~z; ~z]) **1** [U C] (常flames)火焰, 火舌. Sulphur burns with a blue *flame*. 硫磺燃燒時火焰是藍色的/The forest was *in flames* for three days. 那片森林燒了三天/burst into *flame(s)* 呼地突然燒了起來.

[搭配] v.+flame: kindle a ~ (點燃火焰), put out a ~ (熄滅火焰) // flame+v.: a ~ burns (火焰燃燒), a ~ goes out (火焰熄滅).

2 © 火焰似的顏色(光輝). the *flames* of sunset 落日餘暉.
3 © (尤指戀愛的)激情, 熱情. *flames* of anger 怒火, 火冒三丈.

4 © (口)戀人, 情人, 心上人. Mary's old *flame* 瑪莉的舊情人.
— vi. (~s [~z; ~z]; ~d [~d; ~d]; flam·ing)
1 有火焰地燃燒, 燒起來, (out; up). The fire *flamed* (up) brightly. 火熊熊地燃燒著.
2 像火焰似地閃耀; (臉色)一下子漲紅.
3 (熱情之火)燃燒; 勃然大怒; (out; up). He *flamed up* with rage. 他氣得火冒三丈.

fla·men·co [fləˋmɛŋko; fləˈmeŋkəu] n. (pl. ~s) © 佛朗明哥舞(西班牙安達盧西亞地區的舞蹈(舞曲)).

fláme thròwer n. © 噴火器, 火焰發射器.

flam·ing [ˋflemɪŋ; ˈfleimiŋ] v. flame 的現在分詞, 動名詞.
— adj. (限定)燃燒時有火焰的; 灼熱的; (顏色等)紅焰般的; 熱烈的.

fla·min·go [fləˋmɪŋɡo, flæ-; fləˈmiŋɡəu] n. (pl. ~s, ~es) © (鳥)紅鶴, 火鶴.

flam·ma·ble [ˋflæməbl; ˈflæməbl] adj. 易燃的, 可燃性的, (↔ nonflammable). [參考] flammable 為工商業用語, 不易被誤解, 因此在(美)比同義的 inflammable 更常用.

flan [flæn; flæn] n. © 水果餡餅(一種以果醬、乳酪、果實等為餡的餅(tart)).

Flan·ders [ˋflændɚz; ˈflɑːndəz] n. 法蘭德斯(包括比利時西部、荷蘭西南部、法國北部的地區). ⇨ adj. Flemish.

flange [flændʒ; flændʒ] n. © (車輪的)輪緣(鐵軌的)凸緣.

flank [flæŋk; flæŋk] n. ©
1 (特指動物的)脅, 側腹.
2 (山, 建築物等的)側面; (軍事)(部隊, 艦隊等的)側面, 翼. attack the enemy on the right *flank* 從敵人的右翼進攻.
— vt. (常用被動語態) **1** 置(配置)於…的側面(兩側). a road *flanked* with sycamores 兩側有懸鈴木的林蔭路. **2** (軍事)從側面進攻.

[flanges]

flan·nel [ˋflænl; ˈflænl] n. **1** Ⓤ 法蘭絨(一種毛織物). **2** (flannels)法蘭絨製品(特指板球等比賽用的褲子); (美)法蘭絨內衣. **3** © (英)法蘭絨布巾(洗臉, 洗澡, 擦地等用).

flan·nel·ette [ˌflænlˋɛt; ˌflænlˈet] n. Ⓤ 棉質法蘭絨.

*** flap** [flæp; flæp] v. (~s [~s; ~s]; ~ped [~t; ~t]; ~·ping) vt. **1** 拍動; 使拍動, 使飄動. The bird *flapped* its wings madly. 那隻鳥拼命地拍動翅膀/The wind was *flapping* the curtains. 風吹動著窗簾.
2 拍打; (用扁平物)拍打, 猛拍. *flap* a newspaper at flies 用報紙打蒼蠅.
— vi. **1** 拍動; (旗)振翅; 飄動. The flag was *flapping* in the breeze. 旗子在風中飄揚.
2 使勁拍打(at). *flap at* a moth with a newspaper 用報紙使勁地打飛蛾.

3〔鳥〕振翅飛走(*away*; *off*).

— *n.* (*pl.* ~s [~s; ~s]) C **1** 啪噠啪噠(的聲音[動作]); 振翅(聲), 飄動. the *flap* of a sail against a mast 船帆拍打桅杆的啪噠聲.

2(用扁平物的)一記輕拍(聲); 打巴掌(的啪噠聲).

3 片狀下垂物(信封的封口處, 口袋的外蓋, 帽子的軟寬邊, 桌子的折板等).

4〔航空〕(飛機的)襟翼, 阻力板. (→airplane 圖).

5(口)(加 a)興奮[慌張]的狀態. be in a *flap* 感到興奮[慌張].

flap·jack
[ˋflæpˏdʒæk; ˈflæpdʒæk] *n.* C **1**(主美)(厚的)煎餅(pancake). **2**(英)甜燕麥餅(混合燕麥、奶油、蜂蜜等烤成的餅乾).

[flaps 3]

flap·per [ˋflæpɚ; ˈflæpə(r)] *n.* C **1** 拍擊者. **2**(魚的)寬鰭.

*flare [flɛr, flær; fleə(r)] *vi.* (~s [~z; ~z]; ~d [~d; ~d]; **flar·ing** [ˋflɛrɪŋ, ˋflærɪŋ; ˈfleərɪŋ]) **1**(瞬間的)閃耀, 搖曳. The bonfire was *flaring* in the wind. 營火在風中搖曳. **2**〔玻璃杯等〕呈喇叭花形展開; 〔裙子〕下襬向外張開.

flare úp (1)〔火〕忽然燒起來. (2)〔人〕勃然大怒; 〔暴動, 疾病等〕(再次)爆發.

— *n.* (*pl.* ~s [~z; ~z]) **1** a U (瞬間的)火焰的閃耀, 搖曳的火焰; (猛然燒的)火焰, 閃光. There was a sudden *flare* as she struck a match. 她一劃火柴火花就突然迸了出來.

2 C 閃光信號; 照明彈.

3 C (怒氣等的)爆發.

4 UC (裙子或褲子的)下襬張開部分.

flared [flɛrd, flærd; fleəd] *adj.* 〔褲子, 裙子等〕下襬張開的, 呈倒漏斗形的.

flare-up [ˋflɛrˏʌp, ˋflærˏʌp; ˈfleərʌp] *n.* C **1** 突然燃燒. **2** 激怒; (暴動, 疾病等的)爆發, 復發, 復燃.

*flash [flæʃ; flæʃ] *v.* (~·es [~ɪz; ~ɪz]; ~ed [~t; ~t]; ~·ing) *vi.* **1** 閃爍, 閃光; (燈)突然點著(*on*). (→ shine 圖). Lightning *flashed* in the night sky. 閃電劃過夜空/All the lights in the house *flashed* on together. 屋裡所有的燈同時點亮.

2〔想法等〕突然浮現, 閃現. An idea *flashed* across his mind. 他突然興起一個念頭.

3(像閃光般地)閃過, 猛然出現. A car *flashed* by [past]. 一輛汽車急馳而過.

— *vt.* **1** 使〔火、光等〕閃耀; 突然朝向. The lighthouse *flashed* its beams through the fog. 那座燈塔的光芒穿過濃霧/*Flash* your light over here. 把你的燈光打到這裡.

2 突然地投以(視線等); (口)〔卡片, 鈔票等〕一晃; 炫耀. He *flashed* a smile at the girl. 他向那個女

孩微笑/*flash* one's membership card [ticket] 晃地一下炫耀會員證[票].

3 迅速傳送(消息). The news was *flashed* over the land. 這個消息迅速傳遍全國.

— *n.* (*pl.* ~·es [~ɪz; ~ɪz]) **1** C 閃光, 閃爍. *flash of* lightning 閃電/run like a *flash* (如閃電般)飛奔.

2 C (心思, 表情等所表現的)閃爍, 瞬間的光輝. I saw a *flash of* hope on his face. 我看到他臉上閃過一絲希望.

3 C 瞬間, 極短的時間. in [like] a *flash*(→片語).

4 C (廣播, 電視的)新聞快報.

5 C (電影)瞬間場面, 閃景; UC (攝影)閃光(裝置, 攝影).

6 C (俚)(男性暴露狂)瞬間暴露性器官.

a flásh in the pán 一時的成功, 虎頭蛇尾, 曇花一現. 《此意源自於火藥在槍膛中爆發, 結果子彈卻沒有射出來》.

in a flásh 轉瞬間, 即刻.

like a flásh ＝in a flash.

quíck as a flásh〔頂嘴等〕很快地.

— *adj.* **1**(限定)瞬間的, 緊急的. **2**(口)俗豔的, 炫耀的. a very *flash* car 非常奢華的汽車.

flash·back [ˋflæʃˏbæk; ˈflæʃbæk] *n.* U 倒敘(電影, 小說等回到過去的場景); C 倒敘的鏡頭, 回想畫面.

flash·bulb [ˋflæʃˏbʌlb; ˈflæʃbʌlb] *n.* C (攝影)閃光燈泡.

flásh càrd *n.* C 閃視卡片(用於瞬間識別單字等的語言教學用卡片).

flash·er [ˋflæʃɚ; ˈflæʃə(r)] *n.* C **1**(汽車, 交通號誌等的)自動閃光裝置. **2**(俚)暴露狂.

flásh gùn *n.* C (攝影)閃光槍(點燃閃光燈泡的裝置).

flash·i·ly [ˋflæʃɪlɪ; ˈflæʃɪlɪ] *adv.* 華麗俗氣地.

*flash·light [ˋflæʃˏlaɪt; ˈflæʃlaɪt] *n.* (*pl.* ~s [~s; ~s]) C **1**(美)手電筒(《英》torch). **2**(攝影)閃光燈, 閃光裝置. **3**(燈塔等的)閃光; 旋轉信號燈.

flash·y [ˋflæʃɪ; ˈflæʃɪ] *adj.* **1** 俗麗的, 廉價的, 虛有其表的; 誇耀的. **2** 曇花一現的, 短時間的.

flask [flæsk; flɑːsk] *n.* C **1**(實驗用的)燒瓶. **2**(盛裝士忌等的)攜帶用小酒壺. **3**(英)熱水瓶, 保溫瓶, (thermos [vacuum] flask).

[flask 2]

flat [flæt; flæt] *adj.* (~·ter; ~·test)〖平的〗 **1 平的, 平坦的; 〔臉等〕扁平的. a *flat* cake 扁平的蛋糕/a *flat* floor 平坦的地板/a *flat* roof 平的屋頂.

2〔器皿等〕扁平的, 淺的. Most coins are round and *flat*. 硬幣大多是圓圓扁扁的.

〖略為上升的〗 **3**(置於名詞之後)(音樂)降半音的, 變音的, (符號 ♭; ↔sharp). B *flat* 降B調.

〖變成平的〗 **4**(敘述)平緩的; 緊靠(壁面)的, 平臥(於地面)的. They lay *flat* on the floor. 他們平躺在地板上/He stood with his back *flat* against

the wall. 他的背緊貼著牆站著.

5 〔輪胎〕漏氣的, 爆裂的; 〔電池〕用盡的, 電用完的. One of the tires went *flat*. 其中一個輪胎沒氣了/Unfortunately I got a *flat* tire. 很不幸我的車爆胎了.

〖〔沒有變化的〕〗**6** 〔價格, 費率等〕均一的, 無變動的; 〔市場等〕不景氣的; 〔限定〕〔色彩〕同樣的. a *flat* price 相同的價格/Sales are *flat*. 銷售不景氣.

7 單調的, 平淡的; 乏味的; 〔啤酒, 碳酸飲料等〕沒氣的. a *flat* picture 單調的圖畫/a *flat* joke 無趣的笑話/This beer tastes *flat*. 這啤酒沒氣了/feel *flat* 覺得無聊; 感到乏味.

8 〔限定〕冷淡的; 乾脆的, 直截了當的, 斷然的; 完全的. a *flat* refusal 斷然的拒絕.

fàll flát (1)直挺挺地倒下, *fall flat* on one's face 臉朝下跌倒. (2)終歸失敗; 沒有效果. His piano performance *fell flat*. 他的鋼琴演奏沒有受到聽眾的歡迎.

— *adv.* **1** 平直地, 平坦地; 緊靠地. *flat* against the wall 〔身體〕緊貼著牆壁.

2 〔音樂〕音調下降地, sing [play] slightly *flat* 唱歌〔演奏〕有點降音.

3 = flatly 1.

4 恰好地, 正好地. He ran the 100 meters in ten seconds *flat*. 他一百公尺剛好跑了十秒.

5 〔口〕完全地, 徹底地. He was *flat* broke. 他完全破產了.

flàt óut 〔口〕(1)全速地; 全力地. We must work *flat out* to finish this job by six o'clock. 我們必須全力以赴在六點之前完成這項工作. (2)〔說話等〕毫不客氣地.

— *n.* (pl. ~s [~s; ~s]) C **1** 平面; 平坦部分. He struck her with the *flat* of his hand. 他打她一巴掌. **2** (低的)平地; (河邊的)低地, 沼澤地; (通常 flats)淺灘, 沙洲. **3** 漏氣〔爆裂〕的輪胎. **4** 〔音樂〕降半音; 降記號(♭).

*　**flat²** [flæt; flæt] *n.* (pl. ~s [~s; ~s]) C 〔主英〕**1** (樓房的)一層, 公寓, (〔美〕apartment) (每戶獨立但屬於同一層樓的房間). I would rather live in a house than a *flat*. 我比較喜歡住獨棟獨戶的房子, 不喜歡住公寓.

2 (flats) (公寓式的)共同住宅. a block of *flats* (一幢)公寓, (〔美〕an apartment house).

flat·car [`flæt͵kɑr; 'flætkɑ:(r)] *n.* C 平臺貨車, 平臺式的鐵路貨車.

flat·fish [`flæt͵fɪʃ; 'flætfɪʃ] *n.* (pl. ~, ~·es) C 比目魚, 鰈(魚)類的總稱.

flat·foot·ed [`flæt`fʊtɪd; 'flæt'fʊtɪd] *adj.* **1** 扁平足的.

2 〔口〕〔決心等〕堅定的; 〔拒絕等〕斷然的.

flat·i·ron [`flæt͵aɪən, -͵aɪrn; 'flæt͵aɪən] *n.* C 熨斗, 舊式熨斗, (裝進木炭加熱才能使用的舊式熨斗).

flat·let [`flætlɪt; 'flætlɪt] *n.* C 〔英〕(一間)小公寓.

flat·ly [`flætlɪ; 'flætlɪ] *adv.* **1** 〔拒絕等〕斷然地, 非常冷淡地. turn down an offer *flatly* 斷然地拒

絕提議. **2** 平坦地; 單調地; 沒精神地.

flat·ness [`flætnɪs; 'flætnɪs] *n.* U **1** 平坦. **2** 單調; 沒精神. **3** 斷然的態度.

flàt spín *n.* C 〔航空〕平旋下墜.

gò into a flàt spín 處於平旋下墜的狀態; 〔口〕驚慌失措.

*　**flat·ten** [`flætn; 'flætn] *v.* (~s [~z; ~z]; ~ed [~d; ~d]; ~·ing) *vt.* **1** 將…弄平(out); 使〔輪胎〕沒氣. *flatten* oneself against the wall 身體緊貼著牆壁.

2 擊倒, 壓扁. The hurricane *flattened* all the buildings. 颶風毀損了所有的建築物.

3 打倒; (用議論等)駁倒, 反駁.

— *vi.* 變平.

*　**flat·ter** [`flætɚ; 'flætə(r)] *vt.* (~s [~z; ~z]; ~ed [~d; ~d]; -ter·ing [-tərɪŋ, -trɪŋ; -tərɪŋ]) **1** 諂媚, 奉承, 極度誇讚, (about, on). My husband *flattered* me *about* [on] my housekeeping. 我丈夫奉承我家務做得好/"What a beautiful voice!" "Oh, you are *flattering* me." 「多麼悅耳的聲音啊!」「噢, 您真是過獎了!」

2 使高興, 使得意, (含有輕率的意味)(常用被動語態). feel *flattered* 覺得高興/They were highly *flattered* by the President's presence. 總統蒞臨令他們大為得意/"May I ask your advice?" "I'm *flattered*." 「我可以徵求你的意見嗎?」「榮幸之至。」

3 使…比實際上好看. This portrait *flatters* the general. 將軍的這幅肖像比他本人好看.

　⇨ *n.* **flattery**.

flátter onesèlf 自大, 得意洋洋, 自以為…, (that 子句). I *flatter* myself that I played the sonata very well. 我自認為我奏鳴曲彈奏得非常好.

flat·ter·er [`flætərɚ; 'flætərə(r)] *n.* C 阿諛奉承者.

flat·ter·ing [`flætərɪŋ, -trɪŋ; 'flætərɪŋ] *adj.* **1** 〔肖像, 照片等〕看起來勝過本人〔實物〕的. This picture is a little too *flattering*. 這張照片比實際上來得好看.

2 使人高興(般)的; 使得到享受的(to 〔眼, 耳等〕); 有希望的.

*　**flat·ter·y** [`flætərɪ, `flætrɪ; 'flætərɪ] *n.* (pl. -ter·ies [~z; ~z]) U 阿諛奉承; C 恭維之辭. Sarah is very responsive to *flattery*. 莎拉對恭維十分敏感(指一聽到他人的恭維就立刻沾沾自喜).

　⇨ *v.* **flatter**.

flàt tíre *n.* C 爆胎. He [His car] got a *flat tire*. 他的車爆胎了.

flat·top [`flæt͵tɑp; 'flættɒp] *n.* C 〔美、口〕航空母艦.

flat·u·lence [`flætʃələns; 'flætʃʊləns] *n.* U 〔醫學〕胃腸氣脹(胃或腸積滿氣體).

flat·u·lent [`flætʃələnt; 'flætʃʊlənt] *adj.* 胃腸脹氣的, (因脹氣而)腹部鼓起的.

flaunt [flɔnt, flɑnt; flɔ:nt] *vi.* 〔輕蔑〕炫耀.

— *vt.* 誇耀, 誇示.

flau·tist [ˋflɔtɪst; ˈflɔːtɪst] n. =flutist.

***fla·vor** (美), **fla·vour** (英) [ˋflevɚ; ˈfleɪvə(r)]
n. (pl. ~s [~z; ~z]) 1 ⓊⒸ (獨特的)味道, 風味; Ⓒ香味(料). This soup is lacking in *flavor*. 這道湯沒味道/a strong *flavor* of garlic 一股強烈的蒜頭味/We have three *flavors* of ice cream —vanilla, chocolate and strawberry. 我們的冰淇淋有三種口味—香草, 巧克力和草莓.
2 Ⓤ 情趣, 風味; 氣味, 氣息. His speech had an unpleasant *flavor*. 他話裡透露出不愉快的氣息[火藥味].
— v. (~s [~z; ~z]; ~ed [~d; ~d]; (美) **-vor·ing**, (英) **-vour·ing** [-vrɪŋ, -vərɪŋ; -vərɪŋ]) vt. 加味道; 增添情趣 (with). *flavor* a drink *with* lemon 在飲料中加入檸檬味/a cinnamon-*flavored* cake 肉桂口味的蛋糕.

fla·vor·ing (美), **fla·vour·ing** (英) [ˋflevrɪŋ, ˋflevərɪŋ; ˈfleɪvərɪŋ] n. Ⓤ 調味料, 香料; Ⓤ加味, 調味, 風味.

fla·vor·less (美), **fla·vour·less** (英) [ˋflevɚlɪs; ˈfleɪvəlɪs] adj. 乏味的, 無趣的.

fla·vour [ˋflevɚ; ˈfleɪvə(r)] n., v. (英)=flavor.

flaw [flɔ; flɔː] n. Ⓒ 1 (寶石, 陶器等的)裂痕, 瑕疵. A *flaw* in a gem lowers its value. 寶石上的瑕疵會降低它的價值. 2 缺陷, 缺點; (文件, 契約等的)缺失, 不周之處. a fatal *flaw* (in his character) 他個性上致命的缺陷.
— vt. 使有裂痕; 使損毀[無效]. This china is *flawed*. 這個瓷器有裂痕.

flaw·less [ˋflɔlɪs; ˈflɔːlɪs] adj. 無瑕疵的, 無缺點的. Though born in Venice, he speaks *flawless* English. 雖然他在威尼斯出生, 卻能說一口標準的英語.

flaw·less·ly [ˋflɔlɪslɪ; ˈflɔːlɪslɪ] adv. 無瑕疵地, 完美地.

flax [flæks; flæks] n. Ⓤ 亞麻(夏季開藍色小花的一年生草本植物; 其纖維可製成線或紡織品, 種子可榨取亞麻籽油); 亞麻纖維; 亞麻色.

flax·en [ˋflæksn; ˈflæksən] adj. 1 (頭髮等)亞麻色的, 淡黃色的. 2 亞麻的, 亞麻製的.

flay [fle; fleɪ] vt. (~s; ~ed; ~ing) 1 剝[動物]的皮; 剝[獸皮, 樹皮]. 2 嚴厲批評; 痛斥.

flea [fli; fliː] n. Ⓒ (蟲)蚤, 跳蚤.
with a *flea* in one's **ear** 挨罵[碰釘子]而垂頭喪氣地[離去等].

flea·bite [ˋfli͵baɪt; ˈfliːbaɪt] n. Ⓒ 1 蟲[蚤]咬的痕跡. 2 輕微的痛苦[麻煩, 不便等].

fléa màrket n. Ⓒ跳蚤市場(販賣零星二手貨、舊貨的露天市場).

fleck [flɛk; flek] n. Ⓒ 1 (光線或顏色等造成的)斑點, 污點; (皮膚上的)雀斑.
2 (固體的)小顆粒, 微片, (液體的)小滴, (speck). *flecks* of dust 微塵.
— vt. 使有斑點, 使成斑駁. The grass under

the trees was *flecked* with light. 樹下的草地上有斑駁的光影.

fled [flɛd; fled] v. flee 的過去式、過去分詞.

fledged [flɛdʒd; fledʒd] adj. 1 (雛鳥)羽毛豐滿的, 能飛出巢窩的.
2 成熟[獨立]的, 長大的. (→ full-fledged).

fledg·ling, fledge·ling [ˋflɛdʒlɪŋ; ˈfledʒlɪŋ] n. Ⓒ 1 剛長羽毛的雛鳥.
2 無經驗的年輕人, 新手.

***flee** [fli; fliː] v. (~s [~z; ~z]; fled; ~ing) vi. 1 逃逸, 逃, (from). He *fled* in terror. 他嚇得逃走了/He *fled from* Nazi Germany in the 1930s. 他逃離 1930 年代納粹統治下的德國/*flee from* responsibility 逃避責任.
2 (忽然)消失; [時間等]消逝. The smile *fled* from her face. 笑容從她臉上消失.
— vt. 逃離, 逃避, 避開, (→ flight²).
flee the country 逃亡到海外, 到國外避難.

fleece [flis; fliːs] n. 1 Ⓒ (一頭羊一次剪的)羊毛.
2 Ⓤ 羊毛狀之物(白雲, 白雪, 白髮等).
— vt. 1 剪[羊]的毛.
2 (口)掠奪, 剝削, 敲詐, (of).

fleec·y [ˋflisɪ; ˈfliːsɪ] adj. 羊毛製的; 蓋著羊毛的; 〔紡織品等〕像羊毛的; 〔雲, 頭髮等〕輕柔鬆軟的.

***fleet¹** [flit; fliːt] n. (pl. ~s [~s; ~s]) Ⓒ (★用單數亦可作複數) 1 艦隊. the destruction of the Spanish *fleet* 西班牙艦隊的潰敗.
2 船隊; (飛機, 汽車等的)一群[隊]. a *fleet* of buses (屬於一家公司的)全部公車.

fleet² [flit; fliːt] adj. (詩)[腳步]飛快的, 迅速的.

fléet ádmiral n. Ⓒ(美)海軍艦隊司令官.

fleet·ing [ˋflitɪŋ; ˈfliːtɪŋ] adj. (時間)飛逝的; 瞬間的, 短暫的. *fleeting* happiness 片刻的快樂.

fleet·ing·ly [ˋflitɪŋlɪ; ˈfliːtɪŋlɪ] adv. 瞬間地, 短暫地.

Fléet Strèet n. 佛利特街(倫敦的報社街); (英國的)新聞界.

Flem·ish [ˋflɛmɪʃ; ˈflemɪʃ] adj. 法蘭德斯的; 法蘭德斯人[語]的. ⇨ n. Flanders.
— n. (加 the)《作複數》(集合)法蘭德斯人; Ⓤ法蘭德斯語.

***flesh** [flɛʃ; fleʃ] n. Ⓤ 1 (a) (人或動物身體一部分的)肉(→ bone, skin). The dog's teeth bit into my *flesh*. 那隻狗的牙齒咬透了我的肉. (b)食用肉, 獸肉, (與魚肉、雞肉有別; 通常用 meat). The *flesh* of pigs is called pork. 豬的肉叫豬肉. (c)(植物可供食用的)果肉, 葉肉.
2 肌肉, 肥胖, lose [gain, put on] *flesh* 少了[長了]肉, 瘦[胖]了.
3 (人的)皮膚, 肌膚; 肉色(帶粉紅色的淡黃色; 亦稱 flésh cólor). a woman of fair *flesh* 皮膚白皙的女人.
4 (加 the)肉體(與「靈魂, 精神」相對應; ↔ soul, spirit). The spirit is willing, but the *flesh* is weak. 心有餘而力不足(源自聖經).
5 (人因有肉體而具有的)獸性, (作爲人的)人性; (加the)肉慾, 情慾. the sins of the *flesh* 肉慾之罪.
6 (集合)人類; 生物. all *flesh* 眾生, 全人類.

⊹ adj. **fleshy**.

flèsh and blóod (1)(活著的)肉體; 血肉之軀; 人性. We are only *flesh and blood*; we can't work like machines. 我們只是血肉之軀, 不能像機器那樣(無休止地)工作. (2)(用 my [his] (own) flesh and blood 等)自己的骨肉至親, 親人.

gò the wáy of àll flésh「行眾生之路」(《對「死」的委婉說法》), 去世.

in the flésh (1)以肉體形式, 活著的. (2)實物的[地]; 本人的[地]. I've heard him over the phone, but I've never seen him *in the flesh*. 我在電話裡聽過他的聲音, 但從未見過他本人.

— *vt.* 使內容更詳細; 使長肉; (*out*; *with*).

flesh-col·ored (美), **flesh-col·oured** (英) [ˈflɛʃ͵kʌlɚd; ˈfleʃ͵kʌləd] *adj.* 肉色的, 膚色的.

flesh·ly [ˈflɛʃlɪ; ˈfleʃli] *adj.* (雅)肉(慾)的; 肉感的.

flesh·pot [ˈflɛʃ͵pɑt; ˈfleʃpɔt] *n.* ⓒ (the flesh-pots)奢華生活; (通常 fleshpots)聲色場所.

flésh wòund *n.* ⓒ (未損及骨骼、內臟的)輕傷, 皮肉之傷.

flesh·y [ˈflɛʃɪ; ˈfleʃi] *adj.* **1** 多肉的, 肥胖的. She is, if anything, on the *fleshy* side. 她算是身材豐滿的. **2** (植物, 水果等)多肉質的. a *fleshy* fruit 果肉豐實的水果.

fleur-de-lis [͵flɝdəˈli; ͵flɜːdəˈliː] (法語) *n.* (*pl.* **fleurs-de-lis** [͵flɝdəˈliz; ͵flɜːdəˈliːz]) ⓒ **1** (植物)鳶尾; 鳶尾花. **2** 百合花形圖案; (或 fleurs-de-lis)法國皇家徽章.

[fleurs-de-lis 2]

flew [flu, fliu; fluː] *v.* fly¹ 的過去式.

flex¹ [flɛks; fleks] *n.* ⓤⓒ (主英)(電氣的)延長線((美) electric cord).

flex² [flɛks; fleks] *vt.* 彎曲(手臂等).

flex·i·bil·i·ty [͵flɛksəˈbɪlətɪ; ͵fleksəˈbiləti] *n.* ⓤ 易曲性, 韌性; 柔軟度; 彈性.

***flex·i·ble** [ˈflɛksəbḷ; ˈfleksəbəl] *adj.* **1** 易彎曲的, 可彎曲的; 柔韌的. the giraffe's *flexible* neck 長頸鹿可隨意彎曲的脖子. **2** 柔軟的; 可變通的; 有彈性的. a *flexible* policy 彈性的政策.

flex·i·bly [ˈflɛksəblɪ; ˈfleksəbli] *adv.* 易彎曲地; 柔韌地; 可變通地.

flex·i·time, flex·time [ˈflɛksə͵taɪm; ˈfleksɪ͵taɪm; ˈflɛks-; ˈfleks-] *n.* ⓤ 彈性工時(在工作總時數不變的前提下, 允許員工有某種程度的自由來安排工作時間的制度).

flick [flɪk; flik] *n.* ⓒ **1** (用鞭子, 手指等)輕輕的一擊; 啪噠聲. **2** (the flicks)(口)電影.

— *vt.* **1** (用鞭子等)輕打; (用指尖)輕彈; 突然輕輕地啟動. *flick* the switch on [off] 啪地一聲打開[關掉]開關.

2 (用手, 手帕等)把(灰塵, 蒼蠅等)輕輕拂去(*away*; *off*). The horse *flicked* away the flies with its tail. 那匹馬用尾巴把蒼蠅趕走.

***flick·er** [ˈflɪkɚ; ˈflikə(r)] *vi.* (~s [~z; ~z]; ~ed

[~d; ~d]; **flicker·ing** [ˈflɪkərɪŋ, -krɪŋ; ˈflikərɪŋ]) **1** (光等)閃爍, 搖曳; (希望等)閃現. The candle *flickered out* in the wind. 燭火在風中閃動著熄滅了. **2** (樹葉等)搖動, 輕微顫動. *flickering* shadows 晃動的影子.

— *n.* ⓒ **1** (通常用單數)(光的)閃爍, 搖曳; 閃爍的光[火焰等]. I saw the *flicker* of a candle through the window. 透過窗子我看到燭光閃爍.

2 (加 a)(希望, 恐懼等的)閃現. a *flicker* of hope 希望乍現.

flíck knífe *n.* ⓒ (英)彈簧刀((美) switch-blade).

flied [flaɪd; flaɪd] *v.* fly¹ 6 的過去式、過去分詞.

fli·er [ˈflaɪɚ; ˈflaɪə(r)] (★亦拼作flyer) *n.* ⓒ **1** 飛行員. **2** 特快列車, 直達車. **3** (美)廣告傳單. **4** (美, 口)(買賣上的)投機.

flies [flaɪz; flaɪz] *v.* fly¹ 的第三人稱、單數、現在式. ● fly¹·² 的複數.

*‖**flight**¹ [flaɪt; flaɪt] *n.* (*pl.* ~s [~s; ~s]) ‖ 飛行 ‖ **1** ⓤ 飛翔, 飛行; ⓒ (一次的)飛行; 航空旅行; 飛行距離. shoot down a bird in *flight* 擊落一隻飛鳥/make [take] a *flight* from London to Paris 從倫敦(搭機)飛往巴黎/How was your *flight*? 這趟飛行如何?

2 ⓒ (飛機)的航次, 班次. All *flights* were grounded because of fog. 因為起霧, 所有班機都停飛了/*Flight* 509 from New York 從紐約起飛的第 509 次班機(★ 509 讀作 [ˈfaɪv ͵o ˈnaɪn; ˈfaɪv͵əʊˈnaɪn]).

3 ⓒ (飛鳥等的)群, 一群; (空軍)飛行隊. a *flight* of wild geese 一群野雁.

‖ 飛快的移動 ‖ **4** ⓤ (時間的)飛逝. the *flight of years* 歲月的流逝.

5 ⓒ (思想, 想像力等的)飛躍, 奔馳. a *flight of fancy* 想像力的馳騁.

‖ 飛行距離>升降距離 ‖ **6** ⓒ (樓梯上下兩平臺之間的)一段階梯, (樓梯的)一段. a *flight* of stairs 一段樓梯/My room is two *flights* up. 我的房間要再上兩段樓梯.

⊹ *v.* fly¹.

in [of] the fìrst flíght (主英)一流地[的]; 處於領導地位的[的], 領先的.

[a flights¹ 6]

b landing

flight² [flaɪt; flaɪt] *n.* **1** ⓤⓒ 逃走, 逃脫. a thief in *flight* 逃亡中的小偷.

2 ⓒ (經濟)(因經濟危機等而導致的)資金抽離.

⊹ *v.* flee.

pùt...to flíght 使(敵人等)敗逃.

tàke (to) flíght 逃走.

flíght attèndant *n.* ⓒ (飛機的)空服人員(為了避免強調性別(如 stewardess 等)而採用的中

性用語).

flíght contròl n. 1 ⓤ飛航管制. 2 ⓒ飛航管制中心[所].

flight dèck n. ⓒ 1 (航空母艦的)飛行甲板. 2 (飛機的)駕駛艙.

flight·less [ˋflaɪtlɪs; ˈflaɪtlɪs] adj. 〔鳥〕不能飛的.

flīght lieuténant n. ⓒ〔英、空軍〕上尉.

flight recòrder n. ⓒ飛行紀錄器, 黑盒子, (black box).

flíght sèrgeant n. ⓒ飛行士官.

flīght sìmulator n. ⓒ模擬飛行訓練裝置, 飛行訓練用的模擬機.

flight·y [ˋflaɪtɪ; ˈflaɪtɪ] adj. 〔特指女性的言行〕反覆無常的; 輕浮的. a flighty girl 見異思遷的女孩. ┌地.

flim·si·ly [ˋflɪmzɪlɪ; ˈflɪmzɪlɪ] adv. 很薄地; 脆弱

flim·si·ness [ˋflɪmzɪnɪs; ˈflɪmzɪnɪs] n. ⓤ薄; 脆弱.

flim·sy [ˋflɪmzɪ; ˈflɪmzɪ] adj. 1 〔布等〕薄而輕的. 2 易損壞的. a flimsy hut 不夠牢固的小屋. 3 〔藉口, 論點等〕站不住腳的, 薄弱的.
— n. (pl. -sies) ⓒ(薄的)複寫紙(以打字機打複本等時用).

flinch [flɪntʃ; flɪntʃ] vi. 畏怯, 退縮, (at); 退卻(from). flinch from one's duty 逃避義務/He flinched from telling his father the truth. 他沒有勇氣把眞相告訴他父親.

*__fling__ [flɪŋ; flɪŋ] v. (~s [~z; ~z]; flung; ~ing) vt. 〖投擲〗 1 〔投擲物, 場所, 方向副詞(片語)〕用力地〔粗魯地〕投擲, 扔, (→throw圖), 摔. fling the papers on the desk 把文件扔在桌上/The horse flung its rider to the ground. 那匹馬把騎士摔到地上.
〖突然移動〗 2 (通常加地方, 方向副詞(片語)) (a)突然動〔手臂, 頭等〕; (用 fling oneself)猛撲; 急忙穿上(on); 急忙脫下(off). The girl flung her arms around her father's neck. 那女孩用力抱住她父親的脖子/She flung herself into the water. 她突然跳進水中/fling on a bathrobe 急忙披上浴袍. (b)急忙派遣, 調派, 〔軍艦等〕. fling troops into the front 趕緊派遣部隊到前線.
〖突然陷入某種狀態〗 3 (a)使陷於(into). The news flung him into a rage. 這消息令他憤怒. (b) 句型5 (fling A B) (急遽粗暴地)使 A 成為 B 的狀態. fling the door open [shut] 猛然將門打開 [關上].
— vi. (加地方, 方向副詞(片語))衝, 猛衝. He flung out of the room in anger. 他生氣地衝出房間.

*__fling__/.../óff¹ [awáy] 把...扔掉.

__fling__ óff² 生氣地〔突然地〕走掉.

__fling__ onesèlf into... (1)猛然地坐到[沙發等]; 投入[某人的懷中]. (2)熱心投入, 投身, 〔職務, 政治運動等〕. He flung himself into his work. 他全心投入工作. (3)急忙穿上[衣服]. fling oneself into one's clothes 急忙穿上衣服.
— n. (pl. ~s [~z; ~z]) ⓒ 1 (用力地)投擲, 扔. 2 弗林舞(亦稱 Highland flíng; 一種活潑的蘇格蘭舞蹈).

hàve [tàke] a flíng at... 嘗試....

hàve one's [a] flíng (口)放縱, 狂歡.

flint [flɪnt; flɪnt] n. 1 ⓤ燧石(一種石英, 非常堅硬; 史前時代的石器材料). 2 ⓒ打火石, 打火機的打火石. a flint and steel 打火石和火鐮, 打火的用具.

flint·lock [ˋflɪntˌlɑk; ˈflɪntlɒk] n. ⓒ(從前的)燧發槍(的點火裝置).

[flintlock]

flint·y [ˋflɪntɪ; ˈflɪntɪ] adj. 1 (似)燧石的; 極堅硬的. 2 冷酷的, 無情的.

flip [flɪp; flɪp] v. (~s; ~ped; ~ping) vt. 1 用指甲[手指]輕彈; 輕拋; 輕拍. flip a coin 用手指彈硬幣/flip the ash off a cigar 把雪茄菸灰輕輕地彈掉. 2 猝然移動〔書頁等〕. flip an egg over 把(煎鍋上的)蛋迅速翻面/flip the switch on 打開開關/He flipped over the pages of the book. 他快速地翻著書.
— vi. 1 猝然移動; (用手指, 鞭子等)輕彈, 輕打, (at). 2 (俚)大怒; 著迷, 熱中.

__flíp through...__ 快速翻動〔書頁等〕. flip through the pages of a book 草草翻閱一本書.
— n. 1 ⓒ用手指輕彈; 輕打; 猝然移動. 2 ⓤⓒ加入砂糖、雞蛋等的一種雞尾酒.
— adj. (口)=flippant.

flip·pan·cy [ˋflɪpənsɪ; ˈflɪpənsɪ] n. ⓤ輕薄, 輕率; 狂妄無禮.

flip·pant [ˋflɪpənt; ˈflɪpənt] adj. 輕薄的; 〔態度, 回答等〕無禮的, (對重要的事情)輕率的.

flip·per [ˋflɪpɚ; ˈflɪpə(r)] n. ⓒ 1 (海豹等的)鰭狀肢, 鰭足. 2 (潛水用的)蛙鞋(以橡膠或塑膠製成; → scuba diving 圖).

flíp sìde n. ⓒ(口)唱片的 B 面(A 面為主要曲目或收錄主打歌的那一面).

flirt [flɜt; flɜːt] vi. 1 調情, 嬉戲, (with). I found him flirting with his secretary. 我看到他和祕書調情. 2 (並非認眞地)考慮(with〔想法〕). Jim flirted with the idea of studying economics. 吉姆動了唸經濟學的念頭.
— n. ⓒ輕浮的人(特指女性).

flir·ta·tion [flɜˋteʃən; flɜːˈteɪʃn] n. ⓤⓒ調情, 打情罵俏, (with); 調戲(with).

flir·ta·tious [flɜˋteʃəs; flɜːˈteɪʃəs] adj. (喜愛)調情的.

flit [flɪt; flɪt] vi. (~s; ~ted; ~ting)〔鳥等〕輕快地飛翔, 掠過, (about; by); 輕快地移動(about; by); 來回地飛[動](about). A cloud flitted over the moon. 一片雲飄過月亮/flit about in a new car 開車到處兜風.

‡**float** [flot; fləʊt] v. (~**s** [~s; ~s]; ~**ed** [~ɪd; ~ɪd]; ~**ing**) vi. 【浮】 **1** (在液體表面, 水面, 空中等)浮, 漂浮, (⇔ sink). The paper boat *floated* down the stream. 紙船順著小河漂流/white clouds *floating* in the sky 飄浮在空中的白雲/I cannot swim, but I can *float* for several seconds. 我不會游泳, 但我能漂浮個幾秒鐘.
2 〖念頭等〗(在內心)浮現.
【漂流】 **3** 漂流, 浮動; 如流水般地[自然地]行動; 四處遊蕩. A fragrance *floated* on the night air across the lawn. 香味隨著晚風飄過草坪/Flora *floated* down the stairs. 弗蘿拉翩然地下樓/*float* from job to job 工作換來換去.
4 〖主要用進行式〗〖謠言等〗散播; (口)〖東西〗在那一帶; (*about, around*). Have you seen my watch *floating about*? 你有沒有在那兒看到我的手錶?
5 〖財政〗〖外匯市場〗浮動.
— vt. **1** 使浮起; 使漂流, 使浮動. *float* a paper boat on the stream 把一隻紙船放在小溪上漂流. **2** 提出, 拿出, 〖意見, 計畫等〗. *float* an idea [plan] 提出想法[計畫]. **3** 創設〖公司等〗; 使〖貨幣匯率〗浮動.
— n. C **1** (泛指)飄浮之物; (附在釣線和魚網上的)浮標. **2** (遊行的)花車. **3** (水上飛機的)浮筒.
float·a·tion [floˈteʃən; fləʊˈteɪʃn] n. = flotation.
float·ing [ˈflotɪŋ; ˈfləʊtɪŋ] adj. **1** 浮起來的.
2 浮動的, 不固定的; 〖商業〗流動的, 變動的.
flóating brídge n. C 浮橋.
flóating dóck n. C 浮船塢.
flóating vóte n. UC (亦可作集合)(選舉的)游離票.

[floating dock]

‡**flock**[1] [flɑk; flɒk] n. (pl. ~**s** [~s; ~s]) C (★用單數亦可作複數) **1** (動物, 鳥等, 尤指羊的)群(→ herd 圆). a *flock* of wild geese 雁群/a shepherd tending his *flock* 照顧羊群的牧羊人.
2 (口)(人的)群, 群眾. A *flock* of fans encircled the singer. 一群歌迷圍著那位歌手/*flocks* of people 成群的人/come in *flocks* 蜂湧而來.
3 (集合)(一間教會的)信徒, 會眾; (一家的)子女; (一所學校的)學生.
— vi. (~**s** [~s; ~s]; ~**ed** [~t; ~t]; ~**ing**)群集, 聚集, (*together*); 成群結隊地前往(*to, into*). Young people *flock* to large cities. 大批年輕人湧入大城市.
flock[2] [flɑk; flɒk] n. C 羊毛束, 毛[棉]束; (通常 flocks)羊毛, 棉絮, (用來塞墊子等).
floe [flo; fləʊ] n. C (海上的)大浮冰.
flog [flɑg, flɔg; flɒg] vt. (~**s**; ~**ged**; ~**ging**)
1 用鞭子抽. **2** (英, 俚)出售〖贓物等〗.
flóg a déad hórse → horse 的片語.
flóg...to déath (口)反覆[同樣的話], 要求等]
flog·ging [ˈflɑgɪŋ, ˈflɔgɪŋ; ˈflɒgɪŋ] n. UC (作

為體罰的)鞭打.

‡**flood** [flʌd; flʌd] n. (pl. ~**s** [~z; ~z]) C **1** 洪水; 〖聖經〗(the *F*lood)諾亞的大洪水(→ Noah). Several houses were carried away by the great *flood*. 數間房屋被洪水沖走了.
2 氾濫, 蜂湧而至, 大量. a *flood* of light 一片光明/a *flood* of fan mail 堆積如山的崇拜者的信件/weep *floods* of tears 淚如雨下.
3 漲潮, 潮水的最高點, (⇔ ebb). ebb and *flood* 落潮和漲潮/The tide is now at the *flood*. 潮水現在已漲到最高點.
in flóod 〖河川〗氾濫的, 滿溢的.
— v. (~**s** [~z; ~z]; ~**ed** [~ɪd; ~ɪd]; ~**ing**) vt.
1 使〖河川等〗氾濫; 使〖場所〗淹水(*with*). rivers *flooded* by the heavy rain 因豪雨而氾濫的河川/After many hours of torrential rain, 1,400 homes were *flooded*. 連續數個小時的豪雨後, 有 1,400 戶淹水.
2 〖光, 聲音等〗充滿; 使充滿(*with*). Sunlight *flooded* the room. 陽光充滿房間/Election campaigners *flooded* the streets *with* handbills. 助選員在街上大量散發傳單.
3 〖信等〗大量湧至, 湧進; 使大量湧到(*with*). Inquiries have *flooded* our office.=Our office has been *flooded* with inquiries. 大量的詢問湧入我們辦公室.
— vi. **1** 〖河川〗氾濫; 〖場所〗淹水; 〖潮水〗上漲.
2 大量湧到, 湧進, (*in*); 溢出. Marriage proposals *flooded* in. 求婚者蜂湧而至.
be flóoded óut 因洪水而被迫離開家園. Most of the villagers *were flooded out*. 大部分的村民都因洪水而被迫離開家園.
flood·gate [ˈflʌd͵get; ˈflʌd͵geɪt] n. C (常 floodgates) **1** 水閘門, 防洪閘門.
2 (感情等的)宣洩管道.
flood·light [ˈflʌd͵laɪt; ˈflʌd͵laɪt] n. UC 強力照明(燈), 探照燈, (用於建築物外部及運動場等的全面性照明).
— vt. (~**s**; ~**ed**, **-lit**; ~**ing**)以投射燈照亮.
flood·lit [ˈflʌd͵lɪt; ˈflʌd͵lɪt] v. floodlight 的過去式, 過去分詞.
flóod tíde n. C **1** 漲潮, 升潮. **2** 最高潮, 全盛期. ⇔ ebb tide.

‡**floor** [flor, flɔr; flɔː(r)] n. (pl. ~**s** [~z; ~z]) C **1** 地面, 地板. a bare *floor* 不舖東西的地板/stamp on the *floor* 踩地板(妨礙演講等).
搭配 v.+floor: mop a ~ (拖地板), polish a ~ (擦亮地板), scrub a ~ (洗刷地板), sweep a ~ (掃地).
2 (通常作單數)(某種特殊目的的)地板. the dance *floor* (夜總會等的)舞池/the factory *floor* 工廠的作業樓面.
3 (建築物的)樓層. His office is on the third *floor*. 他的辦公室在三樓(英)四樓)/the top *floor* 頂樓. 參考 (1) story 用於表示整個建築物的樓數,

而 floor 則表示建築物內部特定的樓層。(2)《英》一樓稱爲 the ground floor，《美》則稱 the first floor (有時稱 the ground floor)，而二樓《英》稱 the first floor，《美》稱 the second floor，三樓《英》稱 the second floor，《美》爲 the third floor，依此類推，《英》與《美》相差一樓，請注意。

4 (海洋，山洞等的)底(bottom). the *floor* of the cave 洞底/the ocean *floor* 海底.

5 (價格，工資等的)最低額，底價，(↔ ceiling). a wage *floor* 最低工資/go through the *floor* 〔價格〕低於底價.

6 (加the)議場，議員席(與講臺、旁聽席相對)；(議會中的)發言權. be on the *floor* 在議會發言〔審議〕中/give him the *floor* 賦予他發言權.

tàke the flóor (在會場等)起來發言；(爲了跳舞)到舞池裡去.

— *vt.* **1** 鋪上地板；用…鋪地板(*with*). *floor* a house 爲房子鋪地板/The approach is *floored* *with* bricks. 門口的通道上鋪著磚.

2 把…打倒在地；《口》擊敗，駁倒. *floor* the opponent at one blow 一拳擊倒對手.

-floor 《構成複合字》「…層樓高的」. a twenty-*floor* building 二十層樓高的建築.

floor·board [ˋflɔr͵bord; ˋflɔːbɔːd] *n.* ⓒ地板.

flóor hòckey *n.* ⓤ《美》室內曲棍球(規則與曲棍球(field hockey)相同).

floor·ing [ˋflorɪŋ, ˋflɔrɪŋ; ˋflɔːrɪŋ] *n.* ⓤ地板；(集合)地板；地板材料.

flóor làmp *n.* ⓒ《美》落地燈(《英》standard lamp)《放在地板上的高桿檯燈》.

flóor lèader *n.* ⓒ《美》(政黨的)議會領袖.

flóor shòw *n.* ⓒ《夜總會等的)歌舞表演.

floor·walk·er [ˋflor͵wɔkɚ, ˋflɔr-; ˋflɔː͵wɔːkə(r)] *n.* ⓒ《美》(在百貨公司等的)賣場督導員(《英》shopwalker).

flop [flɑp; flɒp] *v.* (**~s**; **~ped**; **~ping**) *vi.* **1** 劈啪作響地動，晃動. The brim of my hat *flopped* in the wind. 我的帽緣被風吹得劈啪亂動.

2 猛然倒下〔落下〕；重重地坐下. *flop* (down) into a chair 一屁股坐在椅子上.

3 《口》〔出版，演出等〕失敗.

— *vt.* 啪噠地動；猛然丟下〔重物〕.

— *n.* ⓒ **1** (用單數)啪噠啪噠的跳動，劈啪作響(的聲音)；(田徑比賽的)跳高(亦可使用設計者的名字 Fósbury [ˋfazbərɪ; ˈfɒzbəri] flòp 來表示). The fish fell with a *flop* onto the floor. 魚啪噠一聲落到地上.

2 《口》慘敗；失敗者.

— *adv.* 劈啪作響地，猛然地. fall *flop* 撲通一聲〔猛然地〕落下[下].

flop·py [ˋflɑpɪ; ˈflɒpɪ] *adj.* **1** 鬆軟的；〔質地等〕鬆軟下垂的. **2** 《口》弱的(weak).

— *n.* =floppy disk.

flòppy dísk *n.* ⓒ《電腦》磁碟片(儲存資料用的磁碟片).

Flo·ra [ˋflorə, ˋflɔrə; ˈflɔːrə] *n.* 女子名.

flo·ra [ˋflorə, ˋflɔrə; ˈflɔːrə] *n.* (*pl.* ~**s**, **-rae**) ⓤ (通常加the)(一地區或一時期的)植物群，植物生態；ⓒ植物誌；(→ fauna). the *flora* of Caucasia 高加索的植物.

flo·rae [ˋflori, ˋflɔri; ˈflɔːriː] *n.* flora 的複數.

flo·ral [ˋflorəl, ˋflɔrəl; ˈflɔːrəl] *adj.* **1** 花(般)的；植物(群)的.

2 飾以花的，描繪花的. a *floral* design 花卉圖案.

Flor·ence [ˋflorəns, ˋflɑr-; ˈflɒrəns] *n.* 佛羅倫斯(義大利中部的城市).

Flor·en·tine [ˋflorən͵tin, ˋflɑr-; ˈflɒrəntaɪn] *adj.* 佛羅倫斯(人)的. — *n.* ⓒ佛羅倫斯人.

flo·ri·cul·ture [ˋflori͵kʌltʃɚ, ˋflɔ-; ˈflɔːrɪkʌltʃə(r)] *n.* ⓤ (特指溫室的)花卉栽培(法)，園藝.

flor·id [ˋflorɪd, ˋflɑrɪd; ˈflɒrɪd] *adj.* **1** 《文章》〔詞藻等〕過度修飾的，華麗的；花俏的.

2 〔臉色等〕紅潤的，氣色好的.

Flor·i·da [ˋflorədə, ˋflɑr-; ˈflɒrɪdə] *n.* 佛羅里達州(美國大西洋岸東南端的州；略作 FL, Fla.).

flor·in [ˋflorɪn, ˋflɑr-, ˋflɔrɪn; ˈflɒrɪn] *n.* ⓒ弗洛林銀幣(指英國以前二先令的銀幣).

flo·rist [ˋflorɪst, ˋflɔr-, ˋflɑr-; ˈflɒrɪst] *n.* ⓒ花商；花卉栽培業者. a *florist's* 花商；花店.

floss [flɔs; flɒs] *n.* ⓤ粗絲線(繭的絲)；絲棉(以粗絲製成)；繡花絲線(亦稱 flòss sílk；是一種刺繡用，沒有捻的散絲).

floss·y [ˋflɔsɪ; ˈflɒsɪ] *adj.* (繭的)絲的；絲棉般的；蓬鬆的.

flo·ta·tion [floˋteʃən; fləʊˈteɪʃn] *n.* **1** ⓤ浮，漂浮；浮動.

2 ⓤⓒ (公司的)設立；證券發行[發售].

flo·til·la [floˋtɪlə; fləʊˈtɪlə] *n.* ⓒ小艦隊(驅逐艦等小型軍艦隊).

flot·sam [ˋflatsəm; ˈflɒtsəm] *n.* ⓤ (遇難船隻的)碎片，漂浮殘骸，漂流貨物，(→ jetsam).

flòtsam and jétsam (1)(漂於水上或沖到岸邊的)漂流殘骸，漂流貨物. (2)不要的東西，破爛物. (3)流浪漢.

flounce¹ [flaʊns; flaʊns] *n.* ⓒ (裝飾袖口、裙子等的)荷葉邊.

flounce² [flaʊns; flaʊns] *vi.* (由於興奮)突然動作；(怒氣沖沖地)掉頭離去. *flounce* out of the room 生氣地離開房間.

— *n.* ⓒ突然的動作，身體急促的扭動.

floun·der¹ [ˋflaʊndɚ; ˈflaʊndə(r)] *vi.* **1** (在水，泥等中)扭動，掙扎；掙扎著前進.

[flounces¹]

2 張皇失措；犯錯誤. The pupil *floundered* through his explanation. 那學生語無倫次地辯解了一番.

floun·der² [ˈflaʊndɚ; ˈflaʊndə(r)] *n.* (*pl.* ~**s**, ~) ⓒ《魚》比目魚, 鰈(之類).

✲flour [flaʊr; flaʊə(r)] *n.* Ⓤ麵粉, 小麥粉, 麵包 (→meal²). Bread is made from *flour*. 麵包是麵粉做的/a cup of sifted *flour* 一杯篩過的麵粉. — *vt.* 撒上(麵)粉.

✲flour·ish [ˈflɝɪʃ; ˈflʌrɪʃ] *v.* (~**es** [~ɪz; ~ɪz]; ~**ed** [~t; ~t]; ~**ing**) *vi.* **1** 〔動植物等〕茂盛. Grass-eating animals *flourish* in this region. 這個地區的草食動物很多.

2 發達, 繁榮, 興旺; 〔人〕活躍. Sculpture *flourished* in ancient Greece. 雕刻在古希臘十分盛行/His business is *flourishing*. 他生意興隆.

— *vt.* **1** (大幅度地)揮舞〔武器, 手臂等〕. *flourish* a sword 揮舞著劍/He greeted the crowd by *flourishing* his hat. 他揮舞帽子向群眾致意.

2 炫耀, 誇耀.

— *n.* ⓒ **1** (武器, 手臂等的)揮舞.

2 誇大的動作; 誇耀. The head waiter led us with a *flourish* to a table for two. 領班以誇張的手勢帶我們到一張兩人座的桌子.

3 華麗的裝飾; (文字等的)花體字; 華麗的表現方式. His sentences are full of *flourishes*. 他的文章堆滿了華麗的詞藻. **4** (喇叭)華麗的吹奏, 裝飾奏.

[flourish 3]

flóur mìll *n.* ⓒ製麵粉機; 麵粉工廠.

flour·y [ˈflaʊrɪ; ˈflaʊərɪ] *adj.* (麵)粉(狀)的; 到處是粉的.

flout [flaʊt; flaʊt] *vt.* (文章)嘲笑, 愚弄, 嘲弄. *flout* a person's orders 藐視某人的命令.

✲flow [flo; fləʊ] *vi.* (~**s** [~z; ~z]; ~**ed** [~d; ~d]; ~**ing**) 〖流〗 **1** 流. The Thames *flows* east into the North Sea. 泰晤士河東流入北海/Oil *flowed out of* the new oil well. 石油從新油井流出來/Blue blood *flows* in her veins. 她有貴族的血統.

〖搭〗 flow+*adv.*: ~ calmly (靜靜地流), ~ rapidly (快速地流), ~ slowly (慢慢地流), ~ smoothly (平順地流), ~ steadily (穩定地流).

〖流動〗 **2** 〔人, 車等〕川流不息, 來來往往. The crowd *flowed* by. 群眾熙來攘往/Traffic *flows* slowly in the heart of a city. 市中心交通流動很緩慢.

3 〔衣服, 頭髮等〕輕飄飄地懸垂; (被風吹拂而)飄動. Her black hair was *flowing* down her back. 她的黑髮飄散在背上.

〖流出〗 **4** 〔話, 思緒等〕流暢. Words seemed to *flow* from his pen. 文字好像從他的筆尖源源不斷地流出來.

5 發生, 產生. His actions *flowed from* the very purest of motives. 他的行為出自最純粹的動機.

〖流溢〗 **6** 〔潮〕漲起, 滿出, (↔ ebb). The tide

---

flows twice a day. 潮水一天漲兩次.

7 洋溢(*with*). Her heart was *flowing with* pity for the poor. 她對貧困的人滿懷同情.

— *n.* (*pl.* ~**s** [~z; ~z]) **1** ⓒ(通常用單數)流, 流出, 流入, 《*of*》; 流出[流入]量. There was a steady *flow of* water from the spring. 不斷有水從泉口湧出/a *flow of* 1,000 gallons per hour 每小時1,000加侖的流量.

2 ⓒ(通常用單數)流動. the *flow of* population into towns 移入都市的人口流動.

3 Ⓤ(加the)漲潮, 滿潮, (↔ ebb). The tide is on the *flow*. 正在漲潮.

flow·chart [ˈflo͵tʃɑrt; ˈfləʊ͵tʃɑːt] *n.* ⓒ流程圖 (亦稱 flów diàgram).

✲flow·er [ˈflaʊɚ, flaʊr; ˈflaʊə(r)] *n.* (*pl.* ~**s** [~z; ~z]) **1** ⓒ花; 花草, 花卉; (→bloom 圖). *Flowers* are out. 花開了/arrange *flowers* 插花/pick *flowers* in the field 在田野間採花/The rose is the national *flower* of England. 玫瑰是英國的國花/No *flowers*. 懇辭花圈花籃《訃文用語》.

[flower 1]

〖搭〗 *v.*+flower: grow ~s (養花), plant ~s (種花), water ~s (澆花) // flower+*v.*: ~s bloom (開花), ~s fade (花枯萎了).

2 Ⓤ開花, 盛開; 開花期. The poppies are in *flower* now. 罌粟花盛開/come into *flower* (草木)開花.

3 Ⓤ(雅)(通常加the)精華, 精萃. the *flower of* chivalry 騎士精神的精華.

4 Ⓤ最盛期; 青春. die in the *flower of* (one's) youth 死於年輕力壯時期. ⇨ *adj.* **flowery**.

— *vi.* 花開; 〔才能等〕發揮; 繁榮. As a poet he *flowered* in his twenties. 作為詩人, 二十歲是他的最盛期/a *flowering* plant 開花植物.

flówer arràngement *n.* Ⓤ插花, 花道.

flówer bèd *n.* ⓒ花壇.

flow·ered [ˈflaʊɚd, flaʊrd; ˈflaʊəd] *adj.* 開花的; 覆蓋花朵的; 有花紋[花卉圖案]的. *flowered* silk 有花卉圖案的絲綢.

flówer gìrl *n.* ⓒ賣花女; 《主美》(婚禮中走在新娘前面)花童.

flow·er·ing [ˈflaʊərɪŋ; ˈflaʊərɪŋ] *n.* ⓐ Ⓤ開花(期); 全盛期.

flow·er·less [ˈflaʊɚlɪs; ˈflaʊəlɪs] *adj.* 不開花的.

flow·er·pot [ˈflaʊɚ͵pɑt; ˈflaʊəpɒt] *n.* ⓒ花盆.

flówer shòp *n.* ⓒ花店.

flow·er·y [ˈflaʊrɪ, ˈflaʊərɪ; ˈflaʊərɪ] *adj.* **1** 覆蓋花朵的; 像花的. *flowery* fields 開滿花的田野/a *flowery* design 花卉圖案.

2 (通常表輕蔑)(詞藻)過於華麗的. *flowery* lan-

guage 華麗詞藻.

flow·ing [ˋfloɪŋ; ˈfləʊɪŋ] *adj.* **1** 流動的. *flowing* water 流水.

2 流動般的; 流暢的; 〔頭髮, 衣服等〕飄垂[蓬鬆]的. *flowing* locks 垂下的瀏海.

flown [flon; fləʊn] *v.* fly¹ 的過去分詞.

*****flu** [flu, flɪu; fluː] *n.* ⓤ《口》流行性感冒(< influenza). have (the) *flu* 得了流行性感冒.

fluc·tu·ate [ˋflʌktʃʊˏet; ˈflʌktʃʊeɪt] *vi.* 〔市價等〕變動, 波動, 起伏. Prices continued to *fluctuate*. 物價持續波動/*fluctuate* between hopes and fears 忽喜忽憂.

fluc·tu·a·tion [ˏflʌktʃʊˋeʃən, flʌktʃʊˈeɪʃn] *n.* ⓤⒸ 變動, 起伏, 波動.

flue [flu, flɪu; fluː] *n.* Ⓒ (煙囪的)煙道, 煙管; 暖氣管.

flu·en·cy [ˋfluənsɪ, ˋflɪuənsɪ; ˈfluːənsɪ] *n.* ⓤ (說話, 文章等的)流利, 流暢. speak with *fluency* 流暢地說話.

*****flu·ent** [ˋfluənt, ˋflɪuənt; ˈfluːənt] *adj.* 〔說話等〕流暢的, 流利的; 〔人〕善辯的. He speaks *fluent* English.＝He is a *fluent* speaker of English.＝He is *fluent* in English. 他講一口流利的英語/a *fluent* liar 善於說謊的人.

flu·ent·ly [ˋfluəntlɪ, ˋflɪuəntlɪ; ˈfluːəntlɪ] *adv.* 流暢地, 流利地.

fluff [flʌf; flʌf] *n.* (*pl.* ~s) **1** ⓤ (毛毯等的)軟毛, 絨毛; Ⓒ 蓬鬆的一團. a *fluff* of fair hair 一頭蓬鬆的金髮. **2** Ⓒ《口》失敗; (演員)念錯臺詞; (比賽, 廣播, 演奏等)的失誤.

—— *vt.* **1** 使起毛; 使蓬鬆[鬆散](*out*; *up*)〔輕輕拍打〕. *fluff* out [*up*] a pillow 把枕頭拍鬆.

2《口》把…弄錯; 念錯〔臺詞〕; 〔比賽〕失誤. *fluff* one's lines 念錯臺詞.

fluff·y [ˋflʌfɪ; ˈflʌfɪ] *adj.* 絨毛(般)的; 起毛的; 蓬鬆的.

*****flu·id** [ˋfluɪd, ˋflɪuɪd; ˈfluːɪd] *n.* (*pl.* ~s [~z; ~z]) ⓤⒸ **1** 流體(雖是液體(liquid)和氣體(gas)的總稱, 但實際上多指液體; → liquid).

2 飲料, 流質的食物. The doctor told him to take plenty of *fluids*. 醫生叫他多吃流質的食物. **3** 體液, 分泌液.

—— *adj.* **1** 流動的; 流質的. *fluid* substances 流動性物質(液體和氣體). **2** 〔狀況等〕流動的, 不定的, 不穩定的; 〔意見等〕易改變的. At this time the political situation is very *fluid*. 在這個時候政局很不穩定.

〔至於〕 FLU 「流」: *fluid*, *fluent* (流暢的), influ*ence* (影響).

flu·id·i·ty [fluˋɪdətɪ, flɪu-; fluːˈɪdətɪ] *n.* ⓤ 流動性.

flúid óunce *n.* Ⓒ 液量盎司(《美》1/16品脫＝約29.6 cc;《英》1/20品脫＝約28.4 cc).

fluke [fluk, flɪuk; fluːk] *n.* Ⓒ (用單數)《口》僥倖; (撞球的)僥倖擊中.

fluk·ey, fluk·y [ˋflukɪ, ˋflɪukɪ; ˈfluːkɪ] *adj.* 《口》僥倖命中的, 僥倖的.

flung [flʌŋ; flʌŋ] *v.* fling 的過去式、過去分詞.

flunk [flʌŋk; flʌŋk] 《主美、口》 *vt.* **1** 在〔考試項目〕中失敗, 不及格. *flunk* a test [an exam] 考試不及格/*flunk* math 數學不及格.

2 給〔學生〕打不及格分數, 當掉.

—— *vi.* 失敗, 不及格(*in* 在〔考試〕中).

flúnk óut (因成績不佳)退學.

flun·key [ˋflʌŋkɪ, ˋflʌŋkɪ] *n.* (*pl.* ~s) ＝flunky.

flun·ky [ˋflʌŋkɪ, ˋflʌŋkɪ] *n.* (*pl.* -kies) Ⓒ **1** (穿制服的)男僕, 雜務工. **2** 《輕蔑》阿諛奉承者.

flu·o·res·cence [ˏfluəˋrɛsn̩s, ˏflɪu-; fləˈresns] *n.* ⓤ 螢光; 螢光性.

flu·o·res·cent [ˏfluəˋrɛsn̩t, ˏflɪu-; fləˈresnt] *adj.* 螢光性的; 發出螢光的.

fluorescent lámp *n.* Ⓒ 螢光燈.

flu·o·ri·date [ˋfluərəˏdet; ˈflɔːrɪdeɪt] *vt.* 在〔飲用水裡〕添加氟化物(為防治齲齒).

flu·o·ride [ˋfluəˏraɪd; ˈflɔːraɪd] *n.* ⓤⒸ《化學》氟化物.

flu·o·rine [ˋfluəˏrin, ˋflɪu-, -rɪn; ˈflɔːriːn] *n.* ⓤ《化學》氟(非金屬元素; 符號 F).

flur·ry [ˋflɝɪ, ˋflʌrɪ] *n.* (*pl.* -ries) Ⓒ **1** (一陣的)疾風; (伴隨著風的)陣雪[陣雨]. **2** 慌亂, (內心的)動搖; 《商業》(股票市場的)小波動. a *flurry* of activity in the White House 白宮內的一波行動.

in a flúrry 慌張地, 驚慌地.

—— *vt.* (-ries; -ried; ~ing)使慌張, 使驚慌, 《通常用被動語態》.

*****flush¹** [flʌʃ; flʌʃ] *v.* (~es [~ɪz; ~ɪz]; ~ed [~t; ~t]; ~ing) *vi.* 【湧出】 **1** 〔水等〕湧出, 噴出. Pull the string, and the water *flushes*. 拉繩子水就會噴出來.

2 〔血突然迸出〕〔人, 臉等〕突然變紅, 發紅; 臉紅. He *flushed* with excitement. 他激動得臉都紅了/He *flushed* into (a) rage. 他氣得滿臉通紅.

〔同〕flush 是因興奮、生氣等而臉紅; → blush.

—— *vt.* 【使湧出】 **1** 讓水湧出; 用水沖洗, 沖刷. *flush* the toilet 沖馬桶/*flush* a thing down the toilet 把(難以處置的)東西用抽水馬桶沖下去.

2 〔臉, 面頰〕一下子變紅; 使〔人〕臉紅(*with*); 《通常用被動語態》. The setting sun *flushed* the high roof. 落日染紅那高聳的屋頂/They were *flushed* with anger [fever, wine]. 他們由於生氣[發燒, 喝酒]而臉紅.

【使氣勢旺盛】 **3** 使得意, 使興奮, (*with*)《通常用被動語態》. Our team was *flushed* with victory. 我們的球隊由於獲勝而意氣風發.

—— *n.* (*pl.* ~es [~ɪz; ~ɪz]) **1** Ⓒ (通常用單數)(水等的)流出, 湧出; 沖洗, 沖水. The dam gave way and sent a great *flush* of water down the valley. 水壩潰決大量的水湧向谷地.

2 Ⓒ (通常用單數)(臉, 面頰等的)紅暈, (突然)變紅; 發燒; 臉紅. His pale face showed a *flush* of excitement. 他蒼白的臉露出興奮的紅暈.

3 ⓒ (通常用單數)得意, 意氣風發; 興奮, 激動. in the full *flush* of hope 充滿希望而十分激動.

4 ⓊＵ (嫩葉, 新芽等)突然發芽. the general *flush* of grass in April 4 月裡遍地發芽的嫩草.

5 Ⓤ 精力充沛, 精力旺盛. Those boys are in the *flush* of youth. 那些男孩們充滿了青春活力.

— *adj.* **1** (敘述)同樣高度的, 同一平面的, 《with》; 平的; 鄰接的《with》. The swollen river was *flush* with its banks. 河水上漲時水位與河岸齊高.

2 (敘述)《口》豐富的; 很多的《of〔金錢〕》. Tom is *flush* of money since he got paid today. 湯姆今天領到薪水, 荷包滿滿. **3** 注滿水的.

flush² [flʌʃ; flʌʃ] *vt.* 把〔鳥等〕(嚇得)飛起來; 把…趕走《*from, out of*》. The police *flushed* the students *out of* the building. 警察把學生趕出那幢建築物. — *vi.* 〔鳥等〕驚飛.

flush³ [flʌʃ; flʌʃ] *n.* ⓒ (紙牌)同花(紙牌中同一花色的一組牌; → straight flush, royal flush).

flúsh tòilet *n.* ⓒ 抽水馬桶(源自flush¹ *n.* 1).

flus·ter [ˋflʌstɚ; ˈflʌstə(r)] *vt.* 使慌張, 使緊張不安.

— *n.* ⒶⓊ 慌張, 緊張不安, 手足無措. in a *fluster* 慌張地, 緊張不安〔手足無措〕地.

*****flute** [flut, flut; fluːt] *n.* (*pl.* ~**s** [~s; ~s]) ⓒ 長笛, 橫笛, (→ woodwind 圖). He plays the *flute* well. 他橫笛吹得好.

— *vi.* 吹橫笛.

— *vt.* **1** 用橫笛演奏. **2** 在…刻出凹槽.

flut·ing [ˋflutɪŋ, ˋflut-; ˈfluːtɪŋ] *n.* ⓊＣ (常 flutings)(集合)凹槽裝飾.

flut·ist [ˋflutɪst, ˋflut-; ˈfluːtɪst] *n.* ⓒ《美》橫笛演奏者.

*****flut·ter** [ˋflʌtɚ; ˈflʌtə(r)] *v.* (~**s** [~z; ~z]; ~**ed** [~d; ~d]; -ter·ing [-tərɪŋ, -tərɪŋ]) *vi.* 〔使旗等〕飄動; 〔花瓣等〕飛舞. The sails *fluttered* in the wind. 船帆在風中飄動.

2 〔鳥等〕拍翅, 振翅飛翔. A butterfly was *fluttering* from flower to flower. 一隻蝴蝶在花間飛舞.

[fluting]

3 〔脈搏等〕不規則地跳動; 〔心臟〕快速地跳動; 〔眼皮等〕跳動. My heart was *fluttering* as I opened the envelope. 我打開信封時心撲通撲通地跳.

4 〔人〕慌張地來回走動, 打轉, 《*about, around* 在…的周圍》. Mother *fluttered about* the house checking that everything was ready for the party. 母親在屋子裡到處走來走去, 檢查宴會的準備工作是否都做好了.

— *vt.* **1** 使飄動; 使啪嗒啪嗒地振動; 使抖動. *flutter* the pages of a book 嘩嘩地翻書.

2 使〔心〕撲通撲通跳, 使〔人〕慌張〔擔心〕.

— *n.* (*pl.* ~**s** [~z; ~z]) **1** ⓒ (用單數)振翅; 飄揚; 〔心臟〕悸動. a loud *flutter* of birds' wings 響亮的鳥振翅聲.

---

2 〔加 a〕〔心的〕不安, 慌張; 〔局勢的〕騷動. be in a *flutter* 感到不安/fall into a *flutter* 驚慌不安/make〔cause〕a great *flutter* 使社會騷動.

3 Ⓤ 〔唱片, 錄音帶的〕顫音; 〔航空〕機翼顫震.

4 ⓒ (通常用單數)《主英、口》(小)賭.

flu·vi·al [ˋfluvɪəl, ˋfluː-; ˈfluːvjəl] *adj.* 河的; 河形成的.

flux [flʌks; flʌks] *n.* **1** ⓒ (用單數)流, 流動; 漲潮. a *flux* of words 滔滔不絕的話.

2 Ⓤ 〔文章〕不斷的變化, 變遷, 變動. be in a state of *flux* 處於不斷變化之中/Language is subject to constant *flux*. 語言不斷變化.

3 Ⓤ 〔化學〕熔劑, 焊劑,《使金屬易熔作焊接用》.

*****fly¹** [flaɪ; flaɪ] *v.* (**flies**; **flew**; **flown**; ~**ing**; ★過去式、過去分詞 *vi.* 4, *vt.* 2 用 **fled**, *vi.* 6 用 **flied**) *vi.* 〖飛〗 **1** 〔鳥, 飛機, 子彈等〕飛; 〔人〕飛行, 搭飛機前往. Crows are *flying* about in the sky. 烏鴉在空中飛來飛去/The party *flew* nonstop from New York to Paris. 那一行人從紐約直飛巴黎.

〖飛也似地移動〗 **2** 飛奔, 飛馳, 疾行; 〔時間〕飛逝; 〔錢〕飛快地耗盡. The boy *flew* down the steps to meet us. 那男孩奔下臺階來迎接我們/ *Fly* for a doctor! 快去請醫生!/Time *flies*.《諺》光陰似箭.

3 〔旗, 頭髮, 衣服等〕飄動, 在風中飛舞, 搖動. The Union Jack was *flying* on the mast. 英國國旗在桅上飄揚.

4 (過去式、過去分詞用 fled)逃走, 逃避,《★代替 flee》. *fly* for one's life 逃命.

5 〖句型2〗(fly **A**)突然成為 A 的狀態. The door *flew* open. 刹那間門突然打開.

〖使飛翔〗 **6** (過去式、過去分詞用 flied)《棒球》擊出高飛球. *fly* out 擊出界外高飛球.

— *vt.* **1** 使飛, 飛行, 飛越. *fly* a very long distance 飛很遠的距離/*fly* the Pacific (搭飛機)飛越太平洋.

2 (過去式、過去分詞用 fled)逃離, 逃避,《★代替 flee》. *fly* the country 逃到國外, 亡命海外.

3 使飛; 放〔風箏〕; 使〔旗等〕飄揚; 駕駛〔飛機〕; 用飛機運送, 空運. The children are *flying* paper planes. 孩子們在玩紙飛機/*fly* the soldiers over to the front 空運士兵上前線. ⇨ *n.* **flight¹**.

flý at... 襲擊…; 斥責, 痛罵….

flý hígh《口》有雄心壯志; 轟轟烈烈地做.

flý into... 突然變成…, *fly into* a passion [rage, temper] 勃然大怒.

flý into píeces 呈碎片四處飛散.

lèt flý¹... 射出〔子彈等〕; 罵出〔斥責的話〕《*at* 朝著…》. The boy *let fly* a stone *at* the dog. 男孩對那隻狗丟石頭.

lèt flý² 發射; 大罵《*at* 朝著…》.

— *n.* (*pl.* **flies**) ⓒ **1** 飛. **2** (常 flies)褲子前面的鈕扣〔拉鍊〕遮蓋; 帳篷的入口門簾. **3**《棒球》高飛球.

on the flý 〔球〕未落地時; 忙碌地.

*fly² [flaɪ; flaɪ] *n.* (*pl.* **flies**) © **1** 蒼蠅. A swarm of *flies* buzzed around his head. 一群蒼蠅在他的頭周圍嗡嗡地飛來飛去.

2 (釣魚的)蠅鉤, 毛鉤. *fly* fishing →見 fly fishing.

a [*the*] *flý in the óintment* 美中不足之處; 使人掃興的事.

fly³ [flaɪ; flaɪ] *adj.* (主英、口)精明的.

fly-by-night [`flaɪbaɪ,naɪt; 'flaɪbaɪnaɪt] *adj.* (金錢方面)無信用的, 無責任感的, 《<趁夜逃走以躲避債券等》.

— *n.* © (金錢方面)不能信任的人.

fly·catch·er [`flaɪ,kætʃə; 'flaɪ,kætʃə(r)] *n.* © **1** 捕蠅器. **2** 鶲(鶲科小鳥); (植物)捕蠅草.

fly·er [`flaɪə; 'flaɪə(r)] *n.* =flier.

flý físhing *n.* ⓤ 用蠅鉤釣魚.

fly·ing [`flaɪɪŋ; 'flaɪɪŋ] *adj.* **1** 飛的; 空中飄的, 飄揚的. **2** 如飛般迅速的; 行動靈敏的. **3** 十萬火急的, 倉促的. *a flying* visit 倉促的訪問.

with flýing cólors → color 的片語.

— *n.* ⓤ 飛, 飛行. nonstop *flying* 直飛/*flying* clothes 飛行服.

flýing bóat *n.* © 飛艇, 飛船.

flýing búttress *n.* ©(建築)拱扶垛(支撑教堂等外壁的拱形支架)

flýing dóctor *n.* © (澳洲等地搭飛機到遠處看診的)急救醫生.

flýing físh *n.* © 飛魚.

[flying boat]

flýing ófficer *n.* ©(英)空軍中尉.

flýing sáucer *n.* © 飛碟.

flýing squád *n.* ©(警察的)特別機動小組.

flýing stárt *n.* © **1** 助跑起步[動]((帆船比賽等從出發點前起步[動])). **2** 好的開始.

fly·leaf [`flaɪ,lif; 'flaɪli:f] *n.* (*pl.* **-leaves** [-,livz; -li:vz]) © (書的)蝴蝶頁(封面後面、封底前面的空白頁).

fly·o·ver [`flaɪ,ovə; 'flaɪ,əʊvə(r)] *n.* © **1** (美) (慶典等時的)空中分列式((英) flypast). **2** (英)(立體交叉結構的)高架道路, 陸橋, ((美) overpass).

fly·pa·per [`flaɪ,pepə; 'flaɪ,peɪpə(r)] *n.* ⓤ 捕蠅紙.

fly·past [`flaɪ,pæst, -,pɑst; 'flaɪpɑ:st] *n.* (英) =flyover 1.

fly·swat·ter [`flaɪ,swɑtə; 'flaɪ,swɒtə(r)] *n.* © 蒼蠅拍.

fly·trap [`flaɪ,træp; 'flaɪtræp] *n.* © 捕蠅器; 食蟲植物(捕蠅草, 豬籠草等).

fly·weight [`flaɪ,wet; 'flaɪweɪt] *n.* © (拳擊、摔跤等的)蠅量級選手.

fly·wheel [`flaɪ,hwil; 'flaɪwi:l] *n.* ©(機械)飛輪.

FM (略) frequency modulation.

f-num·ber [`ɛf,nʌmbə; 'ɛf,nʌmbə(r)] *n.* ©《攝影》f值, 焦距比數(表相機光圈的明暗度, 數字越小越亮; 用法如 f: 1.8).

foal [fol; fəʊl] *n.* © 幼馬(騾, 驢等), 小馬,《特指未滿一歲者》.

— *vi.* 〔馬等〕產子.

*foam [fom; fəʊm] *n.* ⓤ **1** 泡沫(★ bubble 的聚集物; → froth 圖). gather *foam* 起泡沫.

2 (口吐的)唾沫, 白沫; 〔馬等的〕汗沫.

— *vi.* ~**s** [~z; ~z]; ~**ed** [~d; ~d]; ~**ing** 起泡沫; 化為泡沫消失; 吐白沫. His enthusiasm *foamed* away [*off*] quickly. 他的狂熱很快就如泡沫般煙消雲散了/The soda *foamed* over the top of the glass. 蘇打水在玻璃杯口上起泡沫.

fóam at the móuth 〔狂犬等〕口吐白沫; (口沫橫飛地)大怒.

fóam rúbber *n.* ⓤ 海綿, 泡沫乳膠.

foam·y [`fomɪ; 'fəʊmɪ] *adj.* 充滿泡沫的; 〔波浪等〕起泡沫的; 泡沫(似)的.

fob¹ [fab; fɒb] *n.* © 放懷錶的口袋; 錶鏈(亦作 fób chàin); 垂露出口袋外的錶鏈).

fob² [fab; fɒb] *vt.* (~**s**; ~**bed**; ~**bing**)欺騙, 矇騙. ★除下面片語外皆為(古).

fób/.../óff 對…不予考慮, 摒棄.

fo·cal [`fokl; 'fəʊkl] *adj.* 焦點的. ⇨ *n.* focus.

fócal léngth [**dístance**] *n.* ⓤ 焦距.

fócal póint *n.* ©焦點; (活動的)中心.

fo·ci [`fosaɪ; 'fəʊsaɪ] *n.* focus 的複數.

fo·c'·sle, fo·c's'·le [`foks!; 'fəʊksl] =forecastle.

*fo·cus [`fokəs; 'fəʊkəs] *n.* (*pl.* ~**es** [~ɪz; ~ɪz], **fo·ci**) ⓤⓒ **1** (鏡片等的)焦點; 焦距. take the *focus* 對焦/The hyperbola has two *foci*. 雙曲線有兩個焦點. **2** (興趣, 注意等的)中心, 集中點. The conference was the *focus* of world attention. 這會議為當今世界注目的焦點. **3** (地震的)震央; (醫學)病灶, 病巢.

* bríng...into fócus 對準[相機等的]焦點, 把焦點對準[拍攝對象]; 使…與焦點一致.

in fócus 焦點對準的; 清晰的.

* out of fócus 焦點未對準的; 模糊不清的. My memory of that period is somewhat *out of focus*. 我對當時的記憶有點模糊.

— *v.* (~**es**, ~**ses** [~ɪz; ~ɪz]; ~**ed**, ~**sed** [~t; ~t]; ~**ing**, ~**sing**) *vt.* **1** 使(照相機等)的焦點對準(*on*); 使焦點對準[被拍攝物]; 使(光線)集中在焦點上. *focus* a telescope *on* the moon 把望遠鏡鏡頭的焦點對準月球/The stunned boxer couldn't *focus* his eyes. 暈眩的拳擊手不能集中他的視線.

2 集中[注意力等](*on*). Tom tried to *focus* his attention *on* reading. 湯姆嘗試把他的注意力集中

在閱讀上.

— *vi.* **1** 〔照相機等〕焦點對準;〔光線等〕集中在焦點上. **2** 〔關心, 注意力等〕集中(*on*). The author *focuses on* a young Jew's life in London. 作者把焦點集中在倫敦的一位猶太青年的生活.

fod·der [ˋfɑdɚ; ˋfɒdə(r)] *n.* **1** (家畜的)飼料, 飼草, 〔乾草, 稻草, 麥稈, 玉米莖等〕.

2 〔輕蔑〕唾手可得而無價值的人[物]. factory *fodder* 集中工廠的勞動者/cannon *fodder* 砲灰《指前線的士兵》.

foe [fo; fəʊ] *n.* ⓒ(文章)敵人, 仇敵; (競爭等的)對手; 反對者; (↔ friend). a political *foe* 政敵. ◇ foe 比 enemy 更強烈, 多帶有「不共戴天的敵人」之意.

foehn [fen; feɪn] (德語) *n.* ⓊⒸ(氣象)焚風(越過山脈吹下來的乾燥熱風).

foe·tal [ˋfit!; ˋfiːtl] *adj.* =fetal.

foe·tus [ˋfitəs; ˋfiːtəs] *n.* =fetus.

＊fog [fɑg, fɔg; fɒg] *n.* (*pl.* ~s [~z; ~z]) ⓊⒸ **1** 霧, 煙霧, (→ haze¹ ◇). London used to be known as the city of *fog*. 倫敦素以霧都聞名/We often have bad *fogs* in winter. 我們這裡冬天經常有大霧.

2 (攝影)(照片, 底片的)朦朧, 模糊.

in a fóg (口)困惑的, 不知如何是好的.

— *vt.* (~s; ~ged; ~ging) **1** 霧[煙霧]籠罩; 使模糊. **2** (口)使(人, 問題)混亂, 使困惑.

fog·bound [ˋfɑg͵baʊnd, ˋfɔg-; ˋfɒgbaʊnd] *adj.* 被濃霧籠罩的;〔船, 飛機等〕因霧而無法航行的.

fo·gey [ˋfogɪ; ˋfəʊgɪ] *n.* (*pl.* ~s)=fogy.

fog·gy [ˋfɑgɪ, ˋfɔgɪ; ˋfɒgɪ] *adj.* **1** 起霧的, 濃霧的. It was a *foggy* morning. 那是個起霧的早晨.

2 〔思想等〕模糊的, 朦朧的. be *foggy* with sleep 睡得昏沈沈的/I hadn't the *foggiest* (idea). (口)我連一點概念也沒有.

fog·horn [ˋfɑg͵hɔrn, ˋfɔg-; ˋfɒghɔːn] *n.* ⓒ(船的)霧號; (口)粗濁的聲音.

fóg làmp *n.* ⓒ(汽車的)霧燈.

fóg lìght *n.* =fog lamp.

fo·gy [ˋfogɪ; ˋfəʊgɪ] *n.* (*pl.* -gies) ⓒ落伍頑固的人. ★通常用 old fogy.

foi·ble [ˋfɔɪbl; ˋfɔɪbl] *n.* ⓒ(性格上的)弱點, 缺點.

foil¹ [fɔɪl; fɔɪl] *n.* **1** Ⓤ箔(金屬薄片; → leaf 3). gold [silver, tin] *foil* 金[銀, 錫]箔/aluminum *foil* 鋁箔.

2 ⓒ陪襯, 襯托, 《*to*, *for*》; 陪襯物, 襯托物, 《*to*, *for*》. The easygoing John is a good *foil* to his energetic younger brother. 悠哉悠哉的約翰正好襯托出他那精力充沛的弟弟.

3 ⓒ(建築)(哥德式建築等的)葉形裝飾.

foil² [fɔɪl; fɔɪl] *n.* ⓒ鈍劍(附有鈍頭, 一種擊劍用劍); → fencing).

foil³ [fɔɪl; fɔɪl] *vt.* (文章)使(人, 計畫等)失敗[受阻](通常用被動語態). He was *foiled* in the plot. 他的陰謀失敗了.

foist [fɔɪst; fɔɪst] *vt.* 強迫推銷, 騙售, 〔假貨等〕(*on*). *foist* (off) some bad goods *on* customers 硬把一些劣貨賣給顧客.

＊fold¹ [fold; fəʊld] *v.* (~s [~z; ~z]; ~ed [~ɪd; ~ɪd]; ~ing) *vt.* 【使重疊】 **1** 摺疊(*up*), 對摺. *fold* a shirt neatly 把襯衫摺得整整齊齊的/*fold* a piece of paper into four 把一張紙摺成四摺/*fold down* (the corner of) a page 摺起一頁(的)角/*fold back* one's shirt sleeves 摺起襯衫袖子.

2 交叉〔手臂〕, 使〔手〕交叉; (環繞雙手而)抱緊. He listened to my story with his arms *folded* [with *folded* arms]. 他抱著雙臂聽我說話/The mother *folded* her child to her breast. 母親將孩子緊抱在胸前.

【纏繞】 **3** 纏繞(*about*, *around* 在…周圍). *fold* a neckerchief *about* one's neck 將領巾圍在脖子上/*fold* a handkerchief *around* the pendant (與下面例句同義).

4 包, 裹. *fold* the pendant in a handkerchief 把手飾包在手帕裡(→上一例句)/hills *folded* in mist 被霧籠罩的群山.

— *vi.* **1** 摺疊, 可摺疊, (★亦用於 句型2). a *folding* bed 摺疊床/Cardboard does not *fold* easily. 厚紙板不易摺疊/This garden chair *folds* flat. 這張花園座椅可以疊平.

2 (口)(演出等)(因失敗而)中止;〔事業〕破產, 倒閉, 失敗, (*up*).

fóld/.../ín 將〔雞蛋等〕一點一點地加入(粉中).

fóld A into B 將 A 一點一點地加入 B 中. Gently *fold* beaten eggs *into* batter. 將打過的蛋一點一點地加入麵糊中攪拌.

— *n.* (*pl.* ~s [~z; ~z]) ⓒ **1** 摺縫, 摺; 摺疊部分. hide in the *folds* of the curtain 藏在窗簾摺縫裡. **2** (山谷等的)低處.

fold² [fold; fəʊld] *n.* ⓒ **1** (特指關羊的)圍欄, 羊棚, (→ pen²). **2** (★用單數亦可作複數)(加(the)(羊棚中的))羊群. **3** (★用單數亦可作複數)(加 the)(一教會的)教徒們.

-fold *suf.* 《(加在表數量或數詞的形容詞之後構成形容詞, 副詞)》表「…倍的[地], …重的[地]」之意. three*fold*. mani*fold*.

fold·a·way [ˋfoldə͵we; ˋfəʊldəweɪ] *adj.* 摺疊式

fold·er [ˋfoldɚ; ˋfəʊldə(r)] *n.* ⓒ **1** 文件夾(將厚紙對摺而成). **2** 摺疊式印刷物[小冊子].

fólding dóor *n.* ⓒ百摺門.

fo·li·age [ˋfolɪɪdʒ; ˋfəʊlɪɪdʒ] *n.* Ⓤ(集合)樹葉(整棵樹或整株草的葉片). The dense *foliage* above screened off the hot sun. 上面濃密的樹葉擋住了烈日.

fo·li·o [ˋfolɪ͵o, -ljo; ˋfəʊlɪəʊ] *n.* (*pl.* ~s) **1** Ⓤ對開紙(高多為 40 公分左右; → quarto, octavo); ⓒ對開本, in *folio* 對摺的(紙).

2 (形容詞性)對摺[開]的. a *folio* edition 對開本.

＊folk [fok; fəʊk] *n.* (*pl.* ~, ~s [~s; ~s]) **1** (作複數)《(美)通常 folks》(★ people 較為普遍) (**a**) (一般的)人們. Some *folk* believe in ghosts. 有些人相信鬼.

(b)《加修飾語》(…的)人們，一夥人，(★表親切感，但有時帶有輕蔑的意味). young [old] *folk(s)* 年輕[老]人/country [town] *folk* 鄉下[都市]人.

2 (folks)《口》《家屬》: 親屬，親戚;《尤指雙親的情況尤多》; 各位(親切的招呼). How are your *folks*? 你家裡人都好嗎?

fólk dànce *n.* [UC]土風舞，民族舞蹈; 土風舞曲，民族舞曲.

folk‧lore [ˈfokˌlor, -ˌlɔr; ˈfəʊklɔː(r)] *n.* [U]民間風俗(自古流傳下來的民間傳說，習俗等); 民俗學.

fólk mùsic *n.* [U]民間音樂，民俗音樂.

fólk sìnger *n.* [C]民謠歌手.

*__**fólk sòng**__ *n.* [C]民謠; 民歌. She sang a Scottish *folk song* in a gentle voice. 她以優美的聲音唱一首蘇格蘭民謠.

folk‧sy [ˈfoksɪ; ˈfəʊksɪ] *adj.* 《主美、口》融洽的，和藹的.

fólk tàle *n.* [C]民間故事[傳說].

‡fol‧low [ˈfalo, -ə; ˈfɒləʊ] *v.* (~**s** [~z; ~z]; ~**ed** [~d; ~d]; ~**ing**) *vt.* 【隨之而來】**1** (依序)跟隨而來，接著; 應…結果而生; 繼…之後; 繼任(→ succeed 同). Monday *follows* Sunday. 過了星期日之後是星期一/The car crash was *followed* by [with] a fire. 汽車相撞之後便起火了/Our main product is wheat, *followed* by corn and potatoes. 我們的主要農產品是小麥，其次是玉米和馬鈴薯/He will *follow* his father as a physician. 他將繼承他的父親當一名醫生/Strange incidents *followed* each other. 奇怪的事情接踵而至 (★ *follow* one after another 較符合邏輯，而此 follow 為 *vi.*).

2 跟隨…之後而來[去]，跟隨. The boy *followed* me in [into the garden]. 那個男孩跟著我進去[進花園]/He was taking a walk *followed* by his dog. 他的狗跟在身後一起散步.

【追趕】**3** (a)追趕，尾隨其後; 追求. Stop *following* me! 別跟在我後面!/*follow* fame 追求名聲. (b)〔故事，電影等〕描述. The story *follows* a boxer. 那故事在描述一位拳擊手.

4 (始終)以目光追隨，目不轉睛; 逐行看[唸]〔朗誦中的教科書，演奏中的樂譜等〕; 全神貫注. He *followed* my movements with intense concentration. 他全神貫注地注視著我的一舉一動/Most Americans *follow* the World Series. 大部分的美國人都十分關切世界大賽的發展.

【循線前進】**5** 循著〔道路等〕而行，沿…走. *follow* the footprints in the snow 循著雪地上的足跡而行.

6 領會，理解，〔話，議論等〕，明白…的道理. I don't *follow* you. 我不明白你的意思.

【跟隨】**7** 服從〔指示等〕，遵守〔規則等〕; 信奉〔教義等〕. *follow* an example 依照例子 / *follow* Kant 信奉康德學說/We all *followed* her advice and failed. 我們都聽她的勸告而失敗了.

8 從事〔職業〕. *follow* the profession of teaching 從事教學工作.

── *vi.* **1** 跟隨而去[來]. The leader went first, and the others *followed*. 領隊走在最前面，其他人跟在後頭.

2 接著〔繼而〕發生，繼之而起. His death *followed* soon after his hospitalization. 他入院後不久就過世了/I think you will be interested in what *follows*. 你一定會對後來發生的事感興趣.

3 (通常用 It follows that….)必然的結果為…; 必然產生…的結果;《from》. It *follows* from this *that* he was aware of the fact. 由此可知他早就知道真相了.

4 瞭解. I don't *follow*. 我不懂.

*__**as fóllows** 如下. His arguments are [He argued] *as follows*: …. 他的論點如下: …. 【語法】此片語的 follows 與主要子句主詞的單、複數及動詞時態無關，恆加 s.

fóllow in *a pèrson's stéps* → step 的片語.

fóllow /…/óut 貫徹.

fóllow súit → suit 的片語.

fóllow thróugh[1] (1)(網球、棒球、高爾夫球)(擊出球後)繼續揮動球拍[球棒，球桿]. (2)貫徹到底(with).

fóllow /…/ thróugh[2] 貫徹…到底.

*__**fóllow /…/ úp** (1)緊追不捨; 貫徹到底. The police *followed* up the clue and found the criminal. 警察緊密追查線索且找到犯人. (2)更進一步地行動. *follow* up a victory 乘勝追擊.

to fóllow 接著，再來. What is the dish *to follow*? 下一道菜是甚麼?/*To follow*, we'll have some sorbet, please. 再來要果汁雪泥(在餐廳等點菜).

●──從譯文上看易於混淆的 *vi.* 和 *vt.*

(1)不及物動詞(注意避免遺漏介係詞)

add to one's income	增加收入
agree with him	贊成他
apologize to the class	向班上所有的人道歉
complain about [*of*] one's job	抱怨自己的工作
consent to the request	答應請求
insist on one's innocence	堅持自己是無辜的

(2)及物動詞(注意勿加介係詞)

approach the cave	接近洞穴
attend a meeting	出席會議
discuss a problem	討論問題
enter a room	進房間
follow him	跟隨他
leave Japan	離開日本
reach the station	到達火車站
resemble one's father	像父親

---

*__**fol‧low‧er** [ˈfaloɚ; ˈfɒləʊə(r)] *n.* (*pl.* ~**s** [~z; ~z]) [C] **1** (主義，學說等的)信奉者，追隨者，信徒. a *follower* of Marxism 馬克思主義的信徒. **2** 追蹤者; 追求者. **3** 隨從人員，僕人.

‡fol‧low‧ing [ˈfalowɪŋ; ˈfɒləʊɪŋ] *adj.* 【限定】**1** (加 the)其次的，後續的，(◆ preceding, previous). in the *follow-*

ing year=in the year *following* 明年, 翌年/He told me that he would come back the *following* day [month]. 他告訴我他將於次日[下個月]回來. 語法上一句若以直接敍述法表示則爲 He said to me, "I will come back *tomorrow* [*next month*]." **2** (加 the)以下的, 下述的, 下列的, (↔ foregoing). the *following* quotation 以下的引文.
— *n.* **1** ⓤ(單複數同形)(加 the)下述(事項), 下列(事項). The *following* is what he said [are his words]. 以下敍述爲他所說的/Read the *following* carefully. 仔細閱讀下列事項.
2 🅰ⓤ (集合)隨從; 門生; 追隨者, 支持者; 捧場者. The singer has a large *following*. 那歌星有許多歌迷.
— *prep.* 繼…之後, 在…之後. *Following* the dinner, there'll be a dance. 預定晚餐後要跳舞.
fol·low-through [ˋfaloˏθru; ˏfɔləʊˈθruː] *n.* ⓊⒸ **1** (網球, 棒球, 高爾夫球等的)順勢動作(擊中球後的弧形動作). **2** (把事情)徹底完成.
fol·low-up [ˋfaloˏʌp; ˋfaləʊˏʌp] *n.* 🅰ⓤ **1** 追求; 追蹤調查; (新聞的)後續報導(對已報導的新聞追蹤報導). **2** (形容詞性)繼續的. a *follow-up* report 追蹤調查報告.
***fol·ly** [ˋfalɪ; ˋfɒlɪ] *n.* (*pl.* **-lies** [~z; ~z]) **1** ⓤ愚蠢(foolishness). an act [a piece] of *folly* 愚蠢的行動/It is *folly* to believe that. 相信那件事是不智之舉. **2** Ⓒ愚蠢的行動, 愚蠢的想法[計畫等]; 品行不端. commit a *folly* 做蠢事.
fo·ment [foˋmɛnt; fəʊˈment] *vt.* 助長, 挑起, 〔紛爭, 叛亂等〕.
fo·men·ta·tion [ˏfomənˈteʃən, -mɛn-; ˏfəʊmenˈteɪʃn] *n.* ⓤ (紛爭, 叛亂等的)助長, 煽動.
***fond** [fand; fɒnd] *adj.* (~**er**; ~**est**) **1** (fond of...) 喜歡…的. He is *fond* of dogs [playing the violin]. 他愛狗[拉小提琴]/Jane became *fond* of him in spite of herself. 珍不由自主地喜歡上他.
2 (限定)有感情的, 慈祥[溫柔]的. He had a *fond* feeling for his nephew. 他非常疼愛他的姪兒.
3 (限定)(感情過分深入地)寵愛的, 盲目溺愛的. a *fond* mother 溺愛孩子的母親.
4 (限定)(期望過多)思慮欠周(不切實際)的, 一廂情願的; 糊裡糊塗的. She has a *fond* belief that Brian still loves her. 她一廂情願地相信布萊恩仍舊愛她.
fon·dant [ˋfandənt; ˈfɒndənt] *n.* Ⓒ軟糖(入口即溶的軟糖).
fon·dle [ˋfandl; ˈfɒndl] *vt.* 愛撫, 撫弄, 〔嬰兒, 寵物等〕.
fond·ly [ˋfandlɪ; ˈfɒndlɪ] *adv.* **1** 充滿感情地, 溫柔地. **2** 愚蠢地; 輕信地.
fond·ness [ˋfandnɪs; ˈfɒndnɪs] *n.* **1** 🅰ⓤ喜愛(*for*). **2** ⓤ鍾愛; 溺愛.
fon·du, fon·due [ˋfandu, fanˋdu; fɒnˈduː] *n.* ⓊⒸ 瑞士小火鍋(在小型淺鍋中用白酒將乳酪溶化, 再把切成一口大小的麵包片或蔬菜魚蝦等, 用長叉蘸上熱而濃稠的乳酪食用).

font [fant; fɒnt] *n.* Ⓒ **1** (基督教)洗禮盆, 聖水盆. **2** (詩)泉(fount).
***food** [fud; fuːd] *n.* (*pl.* ~**s** [~z; ~z]) **1** ⓤ食物, 糧食; (與飲料相對而言的)食品; (動植物的)養料, 飼料, 肥料. an article of *food* 食品/liquid [solid] *food* 流質[固體]食物/*food* and drink 飲食/*food*, clothing, and shelter 食, 衣, 住.

[font 1]

搭配 *adj.*+food: appetizing ~ (開胃菜), delicious ~ (美味的食物), heavy ~ (油膩的食物), nourishing ~ (營養食品), plain ~ (清淡的食物) // *v.*+food: cook ~ (做菜), serve ~ (上菜).
2 Ⓒ食品(★指各個[各式各樣]的種類). canned [frozen] *foods* 罐頭[冷凍]食品(類).
3 ⓤ (心靈的)糧食; (思考, 深思的)素材; 餌食. mental *food* 精神食糧/*food for* reflection 省思的材料/be *food for* fishes 成爲魚食, 溺死.
⇨ *v.* feed.
fóod chàin *n.* Ⓒ(生態學)食物鏈(泛指小型生物成爲更大型生物的食物之連鎖關係).
fóod pòisoning *n.* ⓤ食物中毒.
fóod pròcessor *n.* Ⓒ食物調理機(刴碎、攪拌肉類、蔬菜的機器).
food·stuff [ˋfudˏstʌf; ˈfuːdstʌf] *n.* (*pl.* ~**s**) Ⓒ (常 foodstuffs)糧食, 食品.
***fool** [ful; fuːl] *n.* (*pl.* ~**s** [~z; ~z]) Ⓒ **1** 傻子; 被捉弄的人. He is not such a *fool* as to do it. 他不至於蠢到會做出這樣的事情(語法 enough 的例示中, fool 不加冠詞)/He is no *fool*. 他可不是個笨蛋(相當精明). **2** (侍候中世紀王侯貴族的)弄臣, 小丑.
⇨ *adj.* foolish.
*mⓐke a fóol of... 愚弄, 欺騙, 〔人〕. I don't like being *made a fool of*. 我不願意被愚弄/
mⓐke a fóol of oneself 做蠢事, 出醜.
plⓐy the fóol (故意)裝傻.
— *vt.* 愚弄; 欺騙; (make a fool of). He was *fooled* by her good looks. 他被她的美貌所騙/The boy was *fooled into* losing [*fooled out of*] all his money. 那個男孩所有的錢都被騙走了.
— *vi.* **1** 做蠢事. **2** 作怪逗趣, 戲弄.
fòol aróund [*abóut*] (1)做蠢事; 閒蕩, 遊手好閒. (2)玩弄(*with*). It's dangerous to *fool around* with electricity. 不小心處理電是很危險的.
fòol/.../awáy 浪費(時間, 金錢等).
fool·er·y [ˋfulərɪ; ˈfuːlərɪ] *n.* (*pl.* **-er·ies**) ⓤ不智之舉, 愚蠢; Ⓒ愚蠢的言行, 愚蠢的想法.
fool·har·di·ness [ˋfulˏhardɪnɪs; ˈfuːlˏhɑːdɪnɪs] *n.* ⓤ魯莽, 冒失.

F

fool·har·dy [ˈfulˌhɑrdɪ; ˈfuːlˌhɑːdɪ] adj. 魯莽的，冒失的.

⁕fool·ish [ˈfulɪʃ; ˈfuːlɪʃ] adj. **1** 愚蠢的，傻的，(→ silly, stupid回). How *foolish* I was to trust him! 我多麼傻啊! 竟然相信了他/It was *foolish* of me [I was *foolish*] to count on his help. 我真是太傻了，竟指望他的幫助/He is being *foolish* again. 他又做傻事了/Don't be *foolish*. 別說[做]傻事了.

2 荒謬的，可笑的，愚蠢的. a *foolish* idea 荒唐的想法/look *foolish* 看起來呆頭呆腦的.

⇨ *n.* fool; foolishness; folly. ↔ wise.

fool·ish·ly [ˈfulɪʃlɪ; ˈfuːlɪʃlɪ] adv. **1** 愚蠢地，呆頭呆腦地. act *foolishly* 做蠢事.

2 愚笨地，傻裡傻氣地. I *foolishly* believed him. 我愚蠢地相信了他.

fool·ish·ness [ˈfulɪʃnɪs; ˈfuːlɪʃnɪs] *n.* U愚笨，傻氣; C愚蠢行為.

fool·proof [ˈfulˌpruf; ˈfuːlˌpruːf] adj. (口)(用具等)(任何人都會操作)極其簡單的. a *foolproof* camera 傻瓜相機.

fools·cap [ˈfulˌskæp; ˈfuːlskæp] *n.* U大頁紙 《裁紙規格; 英美不同，一般從 12×15 英寸到 13.5×17 英寸》.

fóol's cáp *n.* C小丑帽(圓錐形，尖端掛有小鈴).

⁕⁕⁕foot [fut; fut] *n.* (*pl.* **feet**) 【腳】 **1** C(人，動物的)腳，足, 《腳踝以下部分; → leg 參考], body 圖》. stand [hop] on one *foot* 單腳站立[跳]/Ducks have webbed feet. 鴨子掌上有蹼.

[fool's cap]

【腳的動作】 **2** U步行，徒步. on *foot* (→片語)/by *foot* 徒步.

3 UC步伐，步履，步調. He is sure [swift] of *foot*. 他的步伐很穩[快]/have a light *foot* 步伐輕快/walk with heavy *feet* 腳步沈重地走.

4 《作複數》(英，古)《集合》步兵. *foot* and horse 步兵和騎兵/three hundred *foot* 步兵三百人.

【表單位】 **5** C英尺(=12 英寸, 1/3 碼; 30.48 釐米[公分]; 略寫 ft.). He is six *feet* tall. =He stands six *feet* (tall). 他六英尺高/a cubic [square] *foot* 一立方[平方]英尺/four *foot* [*feet*] nine and a half 四英尺九英寸半 (語法) 後接數詞時，在口語中也用 foot 取替 feet)/a two-*foot* rule 兩英尺長的尺.

【用腳敲拍】 **6** C(韻律學)音步(構成一行詩中具有固定節奏的單位; 例如: ǀ Í wán ǀ derèd ǀ lóne ǀ lý ás ǀ ǎ clóud ǀ 其中兩條直線之間的部分爲 1 foot).

【物的底部】 **7** C(物)的足部(桌子等)的腳; (襪子等)的腳部部分. the *foot* of a boot 長統靴的

腳板部分.

8 C(通常加 the)(物的)最底部; (山等的)山腳，山麓; (書頁的)底下部分. the *foot* of a ladder 梯腳/They met at the *foot* of the bridge. 他們在橋頭[尾]相見/Footnotes are notes at the *foot* of a page. 注腳即是書頁下面的注解.

9 【最下位】 C(加 the)末座; 最末尾，最下位; (↔ head). He took his place at the *foot* of the table. 他坐在桌子的最末座/a pupil at the *foot* of the class 班上(成績)最差的學生.

dràg one's **féet** → drag 的片語.

gèt [**hàve**] **còld féet** (口)害怕.

hàve one **fóot** in the **gráve** (口)一隻腳已踏進墳墓(瀕臨死亡般的狀態).

kèep one's **féet** 站得很穩; 行動謹慎.

on one's **féet** (1)站著(→to one's feet). I can't stay on my *feet* any longer. 我站不住了/be light on one's *feet* 腳步輕快. (2)(經濟上)自主，獨立; (病癒後)復原. stand *on* one's (own) *feet* 獨立，自立/set a person *on* his *feet* 使人獨立[東山再起].

⁕on fóot (1)徒步，步行，go to school on *foot* 步行上學. (2)(計畫等)著手，開始進行，進行中. There is a conspiracy on *foot*. 策劃一項陰謀/set a campaign on *foot* 開始[發起]一項運動.

pùt one's **bèst fóot fòrward** (1)竭盡全力. (2)全速前進.

pùt one's **féet úp** (口)雙腳(擺平)置於某物上(盤腿而坐的姿勢).

pùt one's **fóot dòwn** (1)立定腳跟. (2)(口)採取強硬態度，堅決反對.

pùt one's **fóot in** one's **móuth** 《主美，口》= **pùt** one's **fóot in it** 《主英，口》說錯話，笨手笨腳而做錯事，搞砸事情.

sèt fóot in [**on**]... 把腳踏進...; 拜訪...; 踏上.... I'll never *set foot in* this house again. 我再也不踏進這個房子了.

swèep a **pérson off** his **féet** → sweep 的片語.

to one's **féet** 換成站姿(→ on one's feet). get [rise] *to* one's *feet* 站起來/spring [struggle] *to* one's *feet* 猛然地[好不容易]站起來/bring a person *to* his *feet* 使人站起來.

under a **pérson's féet** 阻礙著某人. I hate it when the children are home on holiday—they're always getting *under* my *feet*. 我討厭孩子們放假在家——他們老是打擾我.

●——作複數時母音發生變化的名詞	
單數	複數
child 孩子	children
foot 腳	feet
goose 鵝	geese
tooth 牙齒	teeth
louse 蝨	lice
mouse 老鼠	mice
man 男人	men
woman [ˈwumən; ˈwumən] 女人	women [ˈwɪmɪn; ˈwɪmɪn]

— *vt.* **1** 編織〔襪子〕的底.
2《口》付〔帳〕. *foot* the bill 付帳.
fóot it《口》走路, 步行.

foot·age [ˋfʊtɪdʒ; ˈfʊtɪdʒ] *n.* ⓤ影片(的英尺數);(影片的)一段連續鏡頭. a terrible piece of *footage* of a mass murder 大屠殺的恐怖電影片段.

foot-and-mouth disease [͵fʊtənˋmaʊθdɪ͵ziz; ͵fʊtənˈmaʊθdɪˌziːz] *n.* ⓤ口蹄疫(豬牛羊的口蹄傳染病).

‡**foot·ball** [ˋfʊt͵bɔl; ˈfʊtbɔːl] *n.* (*pl.* ~s [~z; ~z]) **1** ⓤ足球. a *football* match 足球比賽. 〖參考〗通常《美》指 American football (美式足球),《英》指 association football (足球)或 rugby football (橄欖球).
2 ⓒ足球、橄欖球所用的球.
3 ⓒ被踢來踢去的問題[人].

[American football]　[rugby football]　[association football]

foot·board [ˋfʊt͵bord, -͵bɔrd; ˈfʊtbɔːd] *n.* ⓒ (牀的)牀尾豎板(↔ headboard);踏腳板, 踏臺;(上下電車等用的)踏板.

foot·bridge [ˋfʊt͵brɪdʒ; ˈfʊtbrɪdʒ] *n.* ⓒ人行橋;(供行人穿越鐵道的)天橋.

foot·ed [ˋfʊtɪd; ˈfʊtɪd] *adj.* 〔酒杯等〕有腳的, 高腳的.

-footed《構成複合字》…腳的. flat-*footed*. web-*footed*.

-foo·ter [-ˋfʊtɚ; -ˈfʊtə(r)]《構成複合字》「身高…的人[物]」. a six-*footer* (身高6呎的人).

foot·fall [ˋfʊt͵fɔl; ˈfʊtfɔːl] *n.* ⓒ腳步聲;腳步.

fóot·fàult [ˋfʊt͵fɔlt; ˈfʊtfɔːlt] *n.* ⓒ《網球》發球時踏線或越線.
— *vi.* 發球時踏線.

foot·hill [ˋfʊt͵hɪl; ˈfʊthɪl] *n.* ⓒ (通常 foot-hills)山腳下[山麓]的小丘. the Alpine *foothills* 阿爾卑斯山山麓的小丘.

foot·hold [ˋfʊt͵hold; ˈfʊthəʊld] *n.* ⓒ立腳處, 立足點;(通常加 a)穩固的立場[根據地]. get [gain, establish] a *foothold* 獲得立足點.

foot·ing [ˋfʊtɪŋ; ˈfʊtɪŋ] *n.* [a ⓤ]〖立腳處〗
1 立腳處, 立足點;腳下. miss [lose] one's *footing* 失足.
〖立足點〗**2** 立場;位置, 地位. speak on the *footing* of a friend 站在朋友的立場說話/get [gain, obtain] a *footing* in the firm 在公司裡占有一席之地.
3 關係, 關連,《with》. on an equal [a friendly]

── **for** 593

footing with 與…同等資格[關係友好].
4《軍事》編制, 體制. on a peace [war] *footing* 按平時[戰時]編制.

foot·lights [ˋfʊt͵laɪts; ˈfʊtlaɪts] *n.*《作複數》
1 腳燈(→ theater 圖).
2 (加 the)演藝界;舞臺.

foot·ling [ˋfʊtlɪŋ; ˈfʊtlɪŋ] *adj.* 無價值的, 不足取的.

foot·loose [ˋfʊt͵lus; ˈfʊtluːs] *adj.* 自由行動的, 無拘無束的, 隨心所欲的. *footloose* and fancy-free 自由自在, 無拘無束.

foot·man [ˋfʊtmən; ˈfʊtmən] *n.* (*pl.* -men [-mən; -mən]) ⓒ男僕, 侍者,《穿制服, 爲顧客領路、安排桌位的人》.

foot·note [ˋfʊt͵not; ˈfʊtnəʊt] *n.* ⓒ (書的)註腳.

foot·path [ˋfʊt͵pæθ; ˈfʊtpɑːθ] *n.* ⓒ (原野, 林間等的)小徑(步行者用), 步道.

foot-pound [ˋfʊtˋpaʊnd; ˈfʊtpaʊnd] *n.* ⓒ《物理》呎磅(能的單位;使一磅重之物升高一英尺所需的能量).

foot·print [ˋfʊt͵prɪnt; ˈfʊtprɪnt] *n.* ⓒ足跡.

fóot ràce *n.* ⓒ賽跑, 競走.

fóot rùle *n.* ⓒ (英)一英尺長的尺.

foot·sie [ˋfʊtsɪ; ˈfʊtsɪ] *n.* ⓤ(僅用於下列片語)
plày fóotsie (1)《口》(與…)互相碰腳調情《with》. (2)《美、俚》勾搭《with》.

foot·sore [ˋfʊt͵sor, -͵sɔr; ˈfʊtsɔː(r)] *adj.*《敘述》腳痛的.

‡**foot·step** [ˋfʊt͵stɛp; ˈfʊtstep] *n.* (*pl.* ~s [~s; ~s]) ⓒ **1** 腳步;一步的距離;(footsteps) 步伐. He watched the girl's graceful *footsteps*. 他注視著那個女孩的優雅走姿.
2 腳步聲. I heard someone's *footsteps* approaching. 我聽見有人接近的腳步聲.
3 足跡.
4 踏板, 臺階.
fòllow in a pèrson's fóotsteps =follow in a person's steps (step 的片語).

foot·stool [ˋfʊt͵stul; ˈfʊtstuːl] *n.* ⓒ (放在椅子前面的)腳凳.

fóot wàrmer *n.* ⓒ暖腳器.

foot·wear [ˋfʊt͵wɛr, -͵wær; ˈfʊtweə(r)] *n.* ⓤ《商業》(集合)鞋類(長靴, 短靴, 拖鞋等).

[footstool]

foot·work [ˋfʊt͵wɝk; ˈfʊtwɜːk] *n.* ⓤ(體育、舞蹈)步法.

fop [fɑp; fɒp] *n.* ⓒ《輕蔑》花花公子, 愛打扮的人.

fop·pish [ˋfɑpɪʃ; ˈfɒpɪʃ] *adj.*《輕蔑》(男性)(對服裝)過分考究的, 過分愛打扮的.

‡**for** [強 fɔr, ͵fɔr, 弱 fɚ; 強 fɔː(r), 弱 fə(r)] *prep.* 〖目的, 目標〗**1** 爲了〔目的, 用途〕. play

golf *for* exercise [recreation] 為了運動[消遣]打高爾夫球/money *for* paying the bills 用於付帳的錢/a house *for* rent 房屋出租/What is this knife *for*? 這把刀是做甚麼用的?

2 為求得…，為得到…. go out *for* some fresh air 出去呼吸新鮮空氣/a strong desire *for* fame 渴求名聲/A beggar asked me *for* some money. 乞丐向我乞討/They came *for* our aid. 他們來求我們幫助([參考]如作 came *to* our aid 則為「來幫助我們」之意).

3 為了(準備)…. prepare *for* a wedding 準備婚禮/Are you ready *for* (taking) the test? 你準備好[接受]測驗了嗎?/store up firewood *for* the winter 儲存柴薪準備過冬.

〖目標 > 方向〗 **4** 向[某場所]，去…. start *for* Boston 動身前往波士頓/Ann has already left *for* school. 安已經去學校了/a train (bound) *for* Brighton 開往布來頓的火車/a ticket *for* Paris 去巴黎的票.

5 給[人]. Here is a letter *for* you. 這是你的信/Bob, there's a call *for* you. 鮑伯，有一通找你的電話.

6 對…，…方面的. My brother has no ear *for* music. 我的哥哥對音樂沒有鑑賞力.

7 適合[活動]；適合(做). These books are not fit *for* juvenile readers. 這些書不適合青少年讀者/a good spot *for* angling 適合釣魚的好地方.

8 (非常…)而…([語法]與 too, enough 的形容詞[副詞]連用). The scene is *too* beautiful *for* words. 那景色之美言語無法形容/This is important *enough for* separate treatment. 此事極為重要必須個別處理.

〖有益、無益〗 **9** 對於…. It is good *for* your health to keep early hours. 早睡早起有益健康/This map is useful *for* [to] tourists. 這地圖對觀光客很有用(★亦有如上之例句以 to 代替者)/Fortunately *for* me.... 對我而言幸運的是….

10 為了…的(利益). government *for* the people 民享的政府/a table reserved *for* his family 保留給他們全家的座位/What can I do *for* you? 需要我幫忙嗎? 需要什麼東西嗎?/[店員等的用語]I bought this book *for* my son. = I bought my son this book. 我為我的兒子買了這本書.

11 贊成…；對…有利(⬌ against). There was no argument *for* or against the proposal. 沒有任何贊成或反對那項議案的論點/His wife was (all) *for* traveling. 他的妻子十分贊成旅行.

12 為了…；對…表示敬意. A reception was given *for* the Japanese foreign minister. 為日本外交部長舉行歡迎會.

〖代用、交換〗 **13** 代替…，作…的代用品[代理]，作為…的象徵(的). write a letter *for* a person 代人寫信/use a box *for* a chair 用箱子代替椅子/the MP *for* Canterbury 代表坎特伯里的議員/He paid

the money *for* me. 他代我付款(★如換成 to me 則意思不同，為「付給我」之意)/N stands *for* 'north.' N 代表北/What's the French *for* 'garden'? 法文的 garden 怎麼說?

14 和…交換；對於…；…的金額. I did the work *for* nothing. 我毫無報償地做了那件事/give [pay] ten dollars *for* the book = buy the book *for* ten dollars 花十元買那本書/draw a bill *for* $10,000 開出一張一萬美元的支票.

15 對…，作為…的報酬. be awarded a prize *for* one's service 因服務而獲頒獎/Thank you very much *for* your kindness. 非常感謝你的好意. ★構成 an eye *for* an eye, tit *for* tat, word *for* word 等片語；請參閱各名詞詞條.

〖同等、比例〗 **16** 等於…，是…. nominate him *for* one's successor 指定他為繼承人/I know it *for* a fact. 我知道這件事是事實/He was mistaken *for* a foreigner. 他被誤認為外國人/We gave him up *for* lost. 我們認為他已死亡而放棄了(★如同此例，for 的後面有時也連接形容詞和分詞)/They ate some toast *for* breakfast. 他們吃幾片吐司當早餐.

17 針對[數量]，每…，([語法]與 every, each 及數詞連用). For (every) three who passed, there were two who failed. 每三個人及格就有兩個人不及格.

18 與…比較，作為…. Jim looks old *for* his age. 吉姆看起來比實際年齡大/It's rather cold *for* October. 就 10 月來說這種天氣算是相當冷的/For an Italian, he speaks English remarkably well. 就義大利人而言，他的英文說得相當好.

〖範圍、限定〗 **19** [某時間、距離]之間；僅僅…；限於…；經過[時間]；([語法]在動詞後面經常被省略)(→ during ◉). stay (*for*) a month 逗留一個月/We have known each other *for* ten years. 我們相識已有十年/They pursued the enemy *for* miles and miles. 他們追擊敵人好幾英里/This winter has been the coldest *for* 《英》[《美》*in*] several years. 今年冬天是這幾年以來最冷的.

20 在[特定日期、時間](的)；正值[某個季節等]，…時. I've made an appointment with him *for* 2 o'clock. 我跟他約好 2 點/She set the alarm *for* 5 o'clock. 她把鬧鐘定在 5 點/come home *for* Christmas 聖誕節時返鄉.

21 (其他事情姑且不論)關於…，就…而言，在…方面. He is all right *for* money. 金錢方面他不成問題的《他有足夠的錢》/So much *for* this evening. 今晚不過就是這樣了/He had no equal *for* swimming. 在游泳方面他是無人能匹敵的.

22 (用 for **A** to do [to be])《引導真正主詞》A 做…[是…]([語法]for 所接的名詞[代名詞]成為其後不定詞的真正主詞). It is difficult for the couple to live together any longer. 那對夫妻很難再共同生活了/This book is too difficult *for* you to read. 這本書對你而言太難了/There is no need *for* you to obey him. 你沒有必要聽從他/For a man to be so upset, something must have happened. 一個男人會變得那麼沮喪，一定發生了甚麼事.

【原因，理由】**23** 由於⋯，爲了⋯，由於⋯的緣故；《前接比較級》由於⋯而更加⋯．The children jumped *for* joy. 孩子們高興得跳起來/He is sorry *for* his error. 他爲自己的過錯而難過/*for* this reason 由於這個緣故/Rome is famous *for* its historic spots. 羅馬因史蹟聞名/be praised *for* one's good deeds 因善行受到表揚/criticize a person *for* being late 因某人遲到而責備他/She loves her husband all the better *for* his faults. 她因爲丈夫的缺點反而更愛他．

(*as*) *for mé* 就我來說，是我的話，《★置於句首；→ as for...》《as *prep.* 的片語》．

for áll[1] → all *adj.* 的片語．

for áll[2] 《連接詞性》儘管⋯．*For all* that he has lots of money, he's far from being happy. 儘管他有許多錢，他一點也不快樂．

for àll I cáre → care *v.* 的片語．

for àll I knów 就我所知，大概．He is dead, *for all I know.* 就我所知，他已經死了．

hàd it nót bèen for... = if it had not been for... (if 的片語)

Thàt's [*Thére's*] *...fòr you!* 《常表諷刺》這才稱得上是⋯！⋯大概就是如此而已吧！*There's* a fine rose *for you!* 這可真是朵好玫瑰啊！/*That's* gratitude *for you!* 那可要感激你啦！真是受不了你！

wère it nót for... = if it were not for... (if 的片語)

— *conj.* 正是⋯，理由是⋯的(緣故)．You must be ill, *for* you look so pale. 你一定生病了，因爲你臉色很蒼白/One day John—*for* such was the boy's name—went to the forest. 有一天約翰——就是那個男孩的名字——去了森林．語法 (1) for 引導的子句接在主要子句之後，敍述其說話的根據．(2) 在口語中常用 because, as；→ because ●．

for·age [ˈfɔrɪdʒ, ˈfɑr-; ˈfɔrɪdʒ] *n.* ⓤ (牛馬等的)飼料，芻秣．
— *vi.* 搜尋飼料[糧食]；《口》搜尋每個角落《*about*; *for*》．

for·ay [ˈfɔre, ˈfɑre; ˈfɔreɪ] *n.* (*pl.* ~**s**) ⓒ 侵略，掠奪；插手《*into* 對(不熟悉的事等)》．make a *foray* into politics 插手干預政治．
— *vi.* 侵略《*in, into*》．

for·bad [fɚˈbæd; fəˈbæd] *v.* forbid 的過去式．

for·bade [fɚˈbæd; fəˈbæd] *v.* forbid 的過去式．

for·bear[1] [fɔrˈbɛr, fɚ-, -ˈbær; fɔːˈbeə(r)] *v.* (~**s**; **-bore**; **-borne**; ~**ing**) *vi.* 《文章》**1** 暫緩進行(某事)；節制；《*from* doing》．*forbear from* inquiring into the matter further 暫緩進一步探究那個問題．**2** 忍耐，忍住，《*with*; *from* doing》．I cannot *forbear with* his insolence. 我無法忍受他的傲慢無禮．
— *vt.* 句型3 (forbear doing/*to* do)《文章》暫緩做⋯，節制而不⋯；按捺著[感情]，忍著⋯．*forbear to* cry out 忍住不哭．

for·bear[2] [ˈfɔrˌbɛr, -ˌbær; ˈfɔːbeə(r)] *n.* = forebear．

for·bear·ance [fɔrˈbɛrəns, fɚ-, -ˈbærəns; fɔːˈbeərəns] *n.* ⓤ 《文章》節制，自制(力)；忍耐．

寬容．

*for·bid [fɚˈbɪd; fəˈbɪd] *vt.* (~**s** [~z; ~z]; **-bade, -bad**; ~**den**; ~**ding**)
1 (a) 不得⋯，禁止，不准；句型3 (forbid doing) 禁止做⋯；(forbid A's doing) A 不得做⋯；(forbid *that* 子句) 禁止做⋯；(→ prohibit 同)．◆ allow．My father *forbade my using* his car [*that* I (should) use his car]. 父親不許我用他的車(★此句亦可變換成其他句型(→(b)，(c)；My father *forbade* me the use of his car [me *using* his car, me *to* use his car])．).
(b) 句型5 (forbid A *to* do/A *doing*) A 不得⋯，不准 A⋯．I *forbid* you to smoke. 我不准你抽菸/I *forbid* you *contradicting* me. 不許你反對我．
(c) 句型4 (forbid A B) 禁止 A 做[到] B．I *forbid* you my house. 不許你進出我的家．
2 妨礙，使無法⋯．句型5 (forbid A *to* do) 妨礙 A 做⋯．The typhoon *forbids* air travel. 空中交通因颱風中斷/Lack of money *forbade* him *to* continue his studies. 因學費不足使他無法完成學業．

Gòd [*Hèaven*] *forbíd!* 絕對沒有那回事！但願不致如此！《*that* 子句》．

for·bid·den [fɚˈbɪdn; fəˈbɪdn] *v.* forbid 的過去分詞．
— *adj.* 被禁止的，禁止的，嚴禁的．

forbìdden frúit *n.* (加 the)《聖經》禁果《亞當和夏娃背叛上帝而食用》；不被允許的性行爲．

for·bid·ding [fɚˈbɪdɪŋ; fəˈbɪdɪŋ] *adj.* 〔場所，態度等〕難以接近的；險惡的，可怕的．

for·bid·ding·ly [fɚˈbɪdɪŋlɪ; fəˈbɪdɪŋlɪ] *adv.* 難以接近地；令人毛骨悚然地．

for·bore [fɔrˈbor, fɚ-, -ˈbɔr; fɔːˈbɔː(r)] *v.* forbear[1] 的過去式．

for·borne [fɔrˈborn, fɚ-, -ˈbɔrn; fɔːˈbɔːn] *v.* forbear[1] 的過去分詞．

*force [fors, fɔrs; fɔːs] *n.* (*pl.* **forc·es** [~ɪz; ~ɪz]) 【物理性的力量】**1** (a) ⓤ (自然，身體的)力量；勢力，the *force* of gravity 重力/The *force* of the wind broke the windows. 強風把窗戶給吹破了/He pulled the rope with all his *force*. 他使出全力拉繩子．
(b) ⓒ (自然現象的)力量．the *forces* of nature 大自然的威力；同 *force* 多指發揮出來且表現在外的力量；→ power．
2 ⓤ 暴力，武力；威力；壓力．use [employ] *force* on a person 對某人動粗/resort to *force* 訴諸武力[暴力]/The police used *force* to scatter the crowd. 警方動員警力驅散群眾．
【具有武力的團體】**3** ⓒ (常 forces) 軍隊，軍；部隊．the U.S. Air *Force* 美國空軍/the (armed) *forces* 全軍，三軍，《陸、海、空軍的總稱》/the allied *forces* 盟軍/a guerrilla *force* 游擊隊．
4 ⓒ (以共同目的行動的)一隊，總人數．
【精神的力量】**5** ⓤ 毅力；氣魄；力量．his *force*

of mind 他的意志力.

【影響力】 **6** U影響力, 效果. the powerful *force* of public opinion 輿論的強大力量/owing to the *force* of circumstances 迫於情勢(不得已而⋯).

7 C(造成影響的)**勢力**, 權力. a *force* in financial circles 商界的一股勢力/the two major *forces* of the world 世界的兩大勢力.

8 U說服力; 震撼力; (言辭, 文章中)動人之處; 眞意, 旨趣. His argument had great *force*. 他的議論很有說服力.

bring...into fórce =put...into force.

by fórce 利用暴力; 強迫地, 強制性地.

còme into fórce 〔法律等〕施行, 產生效力.

in fórce (1)人多勢眾地, 大舉地. (2)〔法律等〕有效的〔地〕, 實施中的〔地〕. The law remains *in force*. 這項法律仍然有效.

jòin fórces (與⋯)合作(*with*).

pùt...into fórce 實施〔法律等〕.

— *vt.* (**forc·es** [~ɪz; ~ɪz]; ~**d** [~t; ~t]; **forc·ing**)

【用力推擠或強迫】 **1** (a) 句型5 (force A *to* do) 強迫 A 做⋯(→ compel 同). He *forced* us *to* submit to his orders. 他迫使我們服從他的命令/You may urge a child to eat, but you cannot *force* him (*to*). 你能催促孩子吃, 但無法強迫他(吃)/I *forced* myself *to* look at the dead body. 我硬著頭皮去看那具屍體.

(b)《加副詞片語》強力迫使(做⋯). *force* books *into* a bag 把書本勉強裝入袋子/*force* him *into* submitting [submission] 逼迫他服從/*force* a bill *through* Parliament 迫使議會通過法案.

2 壓壞[開], 猛力地破壞[打開等]; 句型5 (force A B)猛力迫使 A 成為 B 的狀態. Prices were *forced* down by overproduction. 生產過剩迫使物價下跌/They *forced* the door open. 他們用力把門頂開.

3 強行得到, 奪取, 摘下(*from*, *out of*). He *forced* his way through the crowd. 他從人群中擠過去(→ way[1] 表)/The robbers *forced* an entry into the bank. 強盜闖進銀行/*force* a confession *from* [*out of*] the suspect 對嫌犯逼供.

4 強作[笑臉等]; 勉強發出[力量, 聲音等](*out*). *force* a smile 強顏歡笑, 苦笑/*force* one's voice (*out*) 勉強發出聲音.

5 強迫⋯接受; 強迫推銷(*on*, *upon*). The passage *forced* itself *upon* our attention. 這一段文章使我們不得不注意它/Love cannot be *forced*. (諺)愛是不能勉強的.

6 人工栽培[植物]; 對[學生](教以艱深的課業)實施速成教育.

forced [fɔrst, fɔrst; fɔːst] *adj.* 強迫的, 強制性的; 勉強做的, 不自然的. *forced* labor 強制勞動/a *forced* smile 苦笑.

fòrced lánding *n.* UC (飛機的)迫降, 緊急著陸.

fòrced márch *n.* C《軍隊》急行軍.

force-fed [ˈfɔrsˌfɛd, ˈfɔrs-; ˈfɔːsfed] *v.* force-feed的過去式, 過去分詞.

force-feed [ˈfɔrsˌfid, ˈfɔrs-; ˈfɔːsfiːd] *vt.* (~**s**; **-fed**; ~**ing**)強迫[人, 動物]吃[喝].

force·ful [ˈfɔrsfəl, ˈfɔrs-; ˈfɔːsfʊl] *adj.* 〔人, 性格等〕強而有力的, 堅強的; 激烈的; 〔文體等〕有說服力的.

force·ful·ly [ˈfɔrsfəlɪ, ˈfɔrs-; ˈfɔːsfʊlɪ] *adv.* 有力地.

force·ful·ness [ˈfɔrsfəlnɪs, ˈfɔrs-; ˈfɔːsfʊlnɪs] *n.* U有力(的程度).

force·meat [ˈfɔrsˌmit, ˈfɔrs-; ˈfɔːsmiːt] *n.* U(作塡料用的)加有調味香料的碎肉.

for·ceps [ˈfɔrsəps; ˈfɔːseps] *n.* (作複數)(外科, 牙科用的)鑷子, 鉗子. a pair of *forceps* 一把鉗子/a *forceps* delivery 產鉗分娩(以產鉗夾住胎兒頭部).

force-out [ˈfɔrsˌaut; ˈfɔːsaut] *n.* C《棒球》出局, 封殺.

for·ci·ble [ˈfɔrsəbl̩, ˈfɔrs-; ˈfɔːsəbl̩] *adj.* 《限定》**1** 強迫的; 用暴力的. a *forcible* entry 非法侵入(住宅). **2** 〔人, 言辭〕有說服力的.

for·ci·bly [ˈfɔrsəblɪ, ˈfɔrs-; ˈfɔːsəblɪ] *adv.* **1** 用暴力地; 強迫地, 強制性地. **2** 強而有力地; 強烈地.

forc·ing [ˈfɔrsɪŋ, ˈfɔrs-; ˈfɔːsɪŋ] *v.* force 的現在分詞, 動名詞.

ford [fɔrd, ford; fɔːd] *n.* C (能以徒步或騎馬等渡過河流的)淺灘.
— *vt.* 渡過[河流]的淺灘.

***fore** [for, fɔr; fɔː(r)] *adj.* 《限定》(時間上或空間上)在[前面的; (特指交通工具的)前部的; (↔ back, hind[1]). the *fore* part of a ship 船舶前部.
— *adv.* (在)前面, (在)前方; 在船頭(的那方)(→ ship圖); 在[向](飛機的)前部; (↔ aft).

fòre and áft 從船頭到船尾, 整條船內; 在船頭與船尾, 包含前部與後部.

— *n.* (加the)前部, 前面; 船頭.

to the fóre (1)在前面; 處於醒目之處[地位]. come *to the fore* 嶄露頭角, 引起世人注目. (2)〔人, 金錢等〕在手邊的, 隨時可用的.

fore- *pref.* 「前部的, 先行的; 預先的」之意. *fore*arm. *fore*runner. *fore*see.

fore-and-aft [ˌfɔrənˈæft, ˈfɔr-, -ənd-; ˌfɔːrəndˈɑːft] *adj.* 《海事》從船頭到船尾的, 縱向的. *fore-and-aft* rigged 有縱帆裝置的(以呈前後方向的三角形帆為主體; → square-rigged).

fore·arm[1] [ˈfɔrˌɑrm, ˈfɔr-; ˈfɔːrɑːm] *n.* C前臂(從手肘到手腕; → upper arm; → arm 圖).

fore·arm[2] [forˈɑrm, fɔr-; fɔːrˈɑːm] *vt.* 使預先武裝; 使做好萬全的準備(通常用被動語態).

fore·bear [ˈfɔrˌbɛr, ˈfɔr-, -ˌbær; ˈfɔːbeə(r)] *n.* C (通常 forebears)祖宗, 祖先, (ancestor).

fore·bode [forˈbod, fɔr-; fɔːˈbəud] *vt.* 《文章》**1** 預示, 預告[災難等]. **2** 預感; 句型3 (forebode *that* 子句)預感⋯. She *foreboded* her husband's death [*that* her husband would die]. 她感到她丈夫的死[她丈夫會死].

fore·bod·ing [forˈbodɪŋ, fɔr-; fɔːˈbəudɪŋ] *n.* UC《文章》(不祥的)預感, (凶事的)前兆.

***fore·cast** [forˈkæst, fɔr-; ˈfɔːkɑːst] *vt.* (~**s**;

~s]; ~, ~**ed** [~ɪd; ~ɪd]; ~·**ing**)預報〔天氣〕；預想，預測〔句型3〕(forecast *that* 子句/*wh* 子句)預報…，是否有…. *forecast that* the weather will be fine 預報天氣將好轉/Rain is *forecast* for this evening. 預報今夜有雨/He correctly *forecast* the result of the game. 他正確地預測出比賽的結果.
圖 forecast 特別用於天氣預報；→ predict.
— *n.* ⓒ (天氣的)預報；預想，預測，預告. The weather *forecast* says (that) [According to the weather *forecast*] it will snow tomorrow. 天氣預報說明天會下雪.

fore·cas·tle [foks; ˈfəuksl] *n.* ⓒ **1** (船舶)艏艛. **2** (艏艛下的)水手艙. ★依照發音亦可拼作 fo'c'sle, fo'c's'le.

fore·close [forˈkloz, fɔr-; fɔːˈkləuz] *vt.* 取消〔抵押品〕贖回權.
— *vi.* 取消贖回權.

fore·clo·sure [forˈkloʒɚ, fɔr-; fɔːˈkləuʒə(r)] *n.* ⓊⒸ 取消抵押品贖回權.

fore·court [ˈfor,kort, ˈfɔr-; ˈfɔːkɔːt] *n.* ⓒ **1** (建築物的)前庭.
2 (網球)前場(↔ backcourt).

fore·doomed [forˈdumd, fɔr-; fɔːˈduːmd] *adj.* 《文章》注定的(*to*).

fore·fa·ther [ˈfor,faðɚ, ˈfɔr-; ˈfɔː,faːðə(r)] *n.* ⓒ (通常 forefathers)祖先，祖宗(ancestor).

fore·fin·ger [ˈfor,fɪŋgɚ, ˈfɔr-; ˈfɔː,fɪŋgə(r)] *n.* ⓒ 食指(亦稱 first [index] finger).

fore·foot [ˈfor,fut, ˈfɔr-; ˈfɔːfut] *n.* (*pl.* **-feet** [-,fit; -fiːt]) ⓒ (四腳動物的)前足.

fore·front [ˈfor,frʌnt, ˈfɔr-; ˈfɔːfrʌnt] *n.* (加 the)最前面的；(戰鬥等的)最前線. be in the *forefront* of one's era 走在時代的最前端.

fore·go·ing [forˈgo·ɪŋ, fɔr-; ˈfɔːgəuɪŋ] 《文章》 *adj.* 《限定》前述的，上述的.
— *n.* Ⓤ (單複數同形)(加 the)前述[上述]之事[物]，↔ following.

fore·gone [forˈgɔn, fɔr-; fɔːˈgɒn] *adj.* 以前的，過去的；已知的. a *foregone* conclusion 一開始即在預料之中的結論[結果].

fore·ground [ˈfor,graund, ˈfɔr-; ˈfɔːgraund] *n.* (加 the) **1** (繪畫，攝影，風景等的)前景(↔ background).
2 最顯著的位置[地位]，最前面. try to keep oneself in the *foreground* 設法使自己一直在顯著的位置.

fore·hand [ˈfor,hænd, ˈfɔr-; ˈfɔːhænd] *adj.* 〔網球等〕正手拍的. — *n.* ⓒ 正手拍. ↔ backhand.

＊**fore·head** [ˈfɔrɪd, ˈfar-, -əd, ˈfor,hɛd; ˈfɒrɪd] (★注意發音) *n.* (*pl.* ~s [~z; ~z]) ⓒ 額，前額，(→ head 圖). A high *forehead* is regarded as a sign of intelligence. 額頭高被視為是聰明的象徵.

＊**for·eign** [ˈfɔrɪn, ˈfar-, -ən; ˈfɒrən] *adj.* **1** 外國的；外來的；對外的；在外的；(↔ domestic, home, interior). *foreign* countries 外國/a *foreign* language 外語/*foreign* goods 外國貨/the U.S. *foreign* policy 美國的外交政策/

---

forepart 597

foreign aid 對外援助/*foreign* mail [trade] 外國郵件[對外貿易].
2 《敍述》非固有的；異質的；無關的；不相容的. That kind of joke is *foreign to* my nature. 那種笑話不合我的性格.
3 《限定》外來的，從外部帶進來的. remove *foreign* matter from the wound 從傷口取出異物.

fóreign affáirs *n.* 《作複數》外交事務.

＊**for·eign·er** [ˈfɔrɪnɚ, ˈfar-, -ənɚ; ˈfɒrənə(r)] *n.* (*pl.* ~s [~z; ~z]) ⓒ 外國人.
In summer London is full of *foreigners*. 夏天倫敦滿是外國人. 圖 foreigner 雖為一般用語，但略帶輕蔑的語感；alien 或 stranger 則無.

fóreign exchánge *n.* Ⓤ 外匯.

fóreign mínister *n.* ⓒ (英國以外的)外交部長.

Fóreign Óffice *n.* (加 the)(英國的)外交部(略稱；<the Foreign and Commonwealth Office).

Fóreign Sécretary *n.* Ⓤ (加 the)(英)外相(略稱；→ department).

fore·knowl·edge [ˈfor,nɑlɪdʒ, ˈfɔr-; ˌfɔːˈnɒlɪdʒ] *n.* Ⓤ 預知，預見，(*of*).

fore·land [ˈforlənd, ˈfɔr-; ˈfɔːlənd] *n.* ⓒ 岬(cape).

fore·leg [ˈfor,lɛg, ˈfɔr-; ˈfɔːleg] *n.* ⓒ (四腳動物的)前腿.

fore·lock [ˈfor,lɑk, ˈfɔr-; ˈfɔːlɒk] *n.* ⓒ 瀏海，垂在前額的頭髮.

fore·man [ˈformən, ˈfɔr-; ˈfɔːmən] *n.* (*pl.* **-men** [-mən; -mən]) ⓒ **1** (工人等的)工頭，領班.
2 陪審團主席. ★女性為 forewoman.

fore·mast [ˈfor,mæst, ˈfɔr-; ˈfɔːmɑːst] *n.* ⓒ (海事)前檣(離船頭最近的桅；→sailing ship 圖).

＊**fore·most** [ˈfor,most, ˈfɔr-, -məst; ˈfɔːməust] *adj.* **1** 《限定》(加 the)最前的，最先的，先頭的. the *foremost* troops of an army 軍隊的先鋒部隊.
2 (地位，重要性等)第一的，第一流的，主要的. the *foremost* statesman of our time 當代首屈一指的政治家/The problem was *foremost* in his mind. 在他的心中想的盡是這個問題.
— *adv.* 最先地，第一地. He was *foremost* an artist. 他是個頂尖的藝術家.
fírst and fóremost → first 的片語.

fore·name [ˈfor,nem, ˈfɔr-; ˈfɔːneɪm] *n.* ⓒ 《文章》(相對於姓的)名(first [Christian] name).

fore·noon [forˈnun, fɔr-; ˈfɔːnuːn] *n.* ⓒ 《文章》上午(morning).

fo·ren·sic [fəˈrɛnsɪk, fo-; fəˈrensɪk] *adj.* 法庭的，與法庭有關的；用於法庭的.

forénsic médicine *n.* Ⓤ 法醫學.

fore·or·dain [ˌforɔrˈden, ˌfɔr-; ˌfɔːrɔːˈdeɪn] *vt.* 《文章》預先決定〔命運等〕.

fore·part [ˈfor,part, ˈfɔr-; ˈfɔːpɑːt] *n.* ⓒ 前部；最初的部分.

fore·run·ner [for`rʌnə; `fɔːˌrʌnə(r)] n. C 1 先驅者; 先人. 2 預兆, 前兆.

fore·sail [for`sel, `for-; `fɔːseil] n. C《海事》前桅帆(→ sailing ship圖)．　式.

fore·saw [for`sɔ, for-; fɔːˈsɔː] v. foresee的過去

*__fore·see__ [for`si, for-; fɔːˈsiː] vt. (~s [-z; -z]; -saw; -seen; ~ing)預見, 預知, 預測, 預料; 句型3 (foresee *that*子句/*wh*子句)預見…. Nobody can *foresee when* the war will end. 沒有人能預測戰爭甚麼時候會結束. ⇨ n. foresight.

fore·see·a·ble [for`siəbl, for-; fɔːˈsiːəbl] adj. 可預見的. the foreseeable future 可預知的(不久的)將來.

fore·seen [for`sin, for-; fɔːˈsiːn] v. foresee 的過去分詞.

fore·shad·ow [for`ʃædo, for-, -ə; fɔːˈʃædəu] vt.《文章》成爲[未來事件]的前兆, 預示.

fore·shore [for`ʃor, `for-; `fɔːʃɔː(r)] n. C (加 the)濱, 水邊.

fore·short·en [for`ʃɔrtn, for-; fɔːˈʃɔːtn] vt.《繪畫》前縮法作畫(愈向遠處即愈加以縮小的畫法).

fore·sight [`for,sait, `for-; `fɔːsait] n. U 1 先見(之明), (對將來的)遠見. lack of *foresight* 缺少遠見. 2 (基於遠見的)周全準備. ⇨ v. foresee. ◆ hindsight.

[foreshortening]

fore·sight·ed [`for,saitid, `for-; `fɔːsaitid] adj. 有先見之明的.

fore·skin [`for,skin, `for-; `fɔːskin] n. C《解剖》包皮.

*__for·est__ [`fɔrist, `fɑr-, -əst; `fɔrist] n. (pl. ~s [~s; ~s]) 1 C (遠離村落的大)森林, 山林, U 森林地帶. (★比 wood 規模更大, 有野獸居住之大自然森林). primeval *forests* 原始森林/a vast tract of thick *forest* 廣大的密林地區/a *forest* fire 森林火災.
2 C (通常用單數)林立之物. a *forest* of chimneys 煙囱林立.

fore·stall [for`stɔl, for-; fɔːˈstɔːl] vt.《文章》先發制[人]; 搶在前面阻止[計畫等].

for·est·er [`fɔristə, `fɑr-, -əst-; `fɔristə(r)] n. C 1 森林管理員; 林務官. 2 林業工人, 樵夫.

for·est·ry [`fɔristri, `fɑr-, -əst-; `fɔristri] n. U 森林學; 造林; 林業.

fore·taste [`for,test, `for-; `fɔːteist] n. aU 預嘗; 先試. It was a warm February day that gave you a *foretaste* of spring. 這溫暖的 2 月天讓你先嗅到了春天的氣息.

fore·tell [for`tɛl, for-; fɔːˈtel] vt. (~s; -told; ~ing)《文章》預告, 預言. 圖foretell 原先暗含預

言未來的超自然能力, 如今與 predict 比較起來, 還是多少含有此意.

fore·thought [`for,θɔt, `for-; `fɔːθɔːt] n. U 深謀遠慮; 先見.

fore·told [for`told, for-; fɔːˈtəuld] v. foretell 的過去式, 過去分詞.

*__for·ev·er__ [fə`ɛvə; fəˈrevə(r)] adv. 1 永久地, 永遠地. Mr. Smith decided to live in Taiwan *forever*. 史密斯先生決定永遠住在臺灣/ War will not last *forever*. 戰爭不會永久持續. 2 (通常與進行式連用)不斷地, 總是. That absent-minded fellow is *forever* forgetting his hat. 那個心不在焉的傢伙老是忘記自己的帽子.
forèver and èver 永久地, 永遠地.

fore·warn [for`wɔrn, for-; fɔːˈwɔːn] vt. 預先警告(*of*); 句型4 (forewarn A *that*子句)事先警告A…. *Forewarned* (is) forearmed.《諺》警戒即警備(＞有備無患).

fore·wom·an [`for,wumən, `for-, -ˌwum-; `fɔːwumən] n. (pl. -wom·en [-ˌwimin, -ˌwimən; -ˌwimin]) C 1 (工人的)女工頭, 女領班. 2 陪審團女主席. ◆男性爲 foreman.

fore·word [`for,wɜd, `for-; `fɔːwɜːd] n. C (特指作者以外的人寫的)前言, 序文, (→ preface). Professor Smith was kind enough to write a *foreword* for my book. 承蒙史密斯教授好意爲我的書寫序.

for·feit [`fɔrfit; `fɔːfit] vt. (由於犯罪、過失、不履行等)喪失, 被沒收, [地位、財產、權利等]. The building was *forfeited* to the Government. 那棟建築被政府沒收.
— n. UC (加 the)(由於犯罪、疏忽、違約等的)遭處罰而失去[已失去]之物, 賠償損失; 罰款. His health was the *forfeit* of heavy drinking. 他酗酒的代價是賠上自己的健康.
— adj.《文章》被沒收的(*to* 於…).

for·fei·ture [`fɔrfitʃə; `fɔːfitʃə(r)] n. U (地位、財產、權利等的)喪失, 沒收[被沒收].

for·gath·er [fɔr`gæðə, fɔːˈgæðə(r)] vi.《文章》(和睦地)聚會.

for·gave [fə`gev; fəˈgeiv] v. forgive 的過去式.

forge[1] [fɔrdʒ, fɔrdʒ; fɔːdʒ] n. C 1 鍛鐵爐, 2 冶煉場, 鐵匠鋪.
— vt. 1 鍛[鐵]; 鍛造. 2 想出[構想, 計畫等]. 3 僞造[文書, 署名, 貨幣等]. *forge* a check [passport] 僞造支票[護照].

forge[2] [fɔrdʒ, fɔrdʒ; fɔːdʒ] vi. 1 徐緩平穩地前進[移動].
2 突然加速[前進], 向前進, (*ahead*).　「者.

forg·er [`fɔrdʒə, `fɔrdʒə; `fɔːdʒə(r)] n. C 僞造

for·ger·y [`fɔrdʒəri, `for-; `fɔːdʒəri] n. (pl. -ger·ies) 1 UC (文書, 貨幣, 藝術品等的)僞造; (法律)僞造(文書)罪. 2 C 僞造物, 贗品; 僞造文書.

*__for·get__ [fə`gɛt; fəˈget] v. (~s [~s; ~s]; -got; -got·ten, (美) -got; ~·ting) vt.
[[忘記]] 1 忘, 忘記; 句型3 (forget *that*子句/*wh*子句)忘記…; 句型3 (forget *doing*)忘記做…

(↔ remember)〔語法〕(1)就過去的記憶而言. (2)這種情況不用不定詞; → 2). I *forget* [have *forgotten*] his name. 我忘了他的名字(★此時的「忘記」並非 forgot(過去式)，現在式「我現在想不起來」的意思較強)/He *forgot* (*that*) it was his wife's birthday. 他忘記了那是他妻子的生日/I have *forgotten how* to play mahjong. 我忘了如何打麻將/I shall never *forget hearing* him play Beethoven. 我永遠不會忘記聽過他演奏的貝多芬.

2 忽略；〔句型3〕(forget *to* do) 忘記，忽略做…(〔語法〕(1)就今後應該做的行為而言. (2)這種情況不用動名詞; → 1). Don't *forget* your duty. 不要怠忽職守/Don't *forget* the bellboy. 不要忘記侍者(的小費)/Don't *forget to* come tomorrow. 別忘了明天要來/I've *forgotten to* bring my camera. 我忘了帶我的照相機/He *forgot to* shut the window. 他忘了關窗.

3 忘記把…放在哪裡, 忘了帶走…. I *forgot* my umbrella. 我忘了拿雨傘. 〔語法〕同時表示場所時則用 leave: I *left* my hat in the train. (我將帽子忘在火車上了).

〖有意識地忘記〗 **4** (有意識[努力]地)忘掉, 不去想; 不顧及, 無視. Unpleasant experiences are best *forgotten*. 不愉快的事情最好忘掉.

— *vi.* 忘記((*about*)). He *forgot* all *about* the party. 他完全忘了聚會這回事/Now *forget about* yourself and go to sleep. 現在忘掉你(擔心)的事去睡覺吧!

Forgét (*about*) *it!* (1) 別放在心上! 沒關係! 不客氣! (不必表示禮貌或抱歉). (2) 絕對禁止[不行] (對提案強烈否定).

forgét onesèlf (1)忘我, 心不在焉; 失去自制力, 做出蠢事. (2)(不顧己身)盡力為人.

for·get·ful [fə`gɛtfəl; fə'getfʊl] adj. **1** 健忘的; 忘記的. He is a very *forgetful* fellow. 他是一個非常健忘的人/He jumped with joy, *forgetful of* all his cares. 他高興得跳起來, 把所有憂慮都忘了. **2** 不經心的, 怠忽的. Don't be *forgetful of* others. 別忘了要顧及他人.

for·get·ful·ly [fə`gɛtfəlɪ; fə'getfʊlɪ] *adv.* 不經心而忘掉地, 疏忽地.

for·get·ful·ness [fə`gɛtfəlnɪs; fə'getfʊlnɪs] *n.* Ⓤ健忘, 健忘症; 不認真(的個性), 疏忽.

for·get-me-not [fə`gɛtmɪˏnɑt; fə'getmɪnɒt] *n.* Ⓒ勿忘我(紫草科多年生草本植物; 信實、真誠之愛的象徵).

for·giv·a·ble [fə`gɪvəbl; fə'gɪvəbl] *adj.* 〔過失等〕可原諒的, 可寬恕的.

for·give [fə`gɪv; fə'gɪv] *v.* (~**s** [~z; ~z]; -**gave**; -**giv·en**; -**giv·ing**) *vt.* **1** (a)原諒, 寬恕, 〔人, 罪過等〕. *forgive* a sinner 寬恕(宗教, 道德上的)罪人/*Forgive* me. 原諒我/

[forget-me-not]

---

forklift 599

Please *forgive* the wrongs he has done you. 請原諒他對你所做的錯事. 回與 excuse 相較, forgive 為原諒更重大的過失, 忘卻報復、怒氣等; → pardon.

(b)〔句型3〕(forgive A *for* doing) 原諒A做…事; 〔句型4〕(forgive A B) 原諒 A 的B(罪過等). Please *forgive* me for saying such a terrible thing. 請原諒我說出這樣惡劣的話/I'll never *forgive* myself *for* not *having* gone to his aid. 我永遠無法原諒自己沒有去幫他的忙(我覺得非常抱歉)/We all want to be *forgiven* our sins. 我們全都希望我們的罪能得到赦免/I *forgave* him his rudeness. 我原諒他的無禮(〔注意〕不可將間接受詞 him 加上介系詞當成副詞片語置於句末).

2 免除〔債務等〕;〔句型4〕(forgive A B) 免除A的B. I *forgave* (him) his debt. 我將他的債務一筆勾銷.

— *vi.* 原諒. He doesn't *forgive* easily. 他不輕易原諒人.

forgive and forgét 不念舊惡.

for·giv·en [fə`gɪvən; fə'gɪvn] *v.* forgive 的過去分詞.

for·give·ness [fə`gɪvnɪs; fə'gɪvnɪs] *n.* Ⓤ(罪過等的)原諒, 寬恕; 寬大.

for·giv·ing [fə`gɪvɪŋ; fə'gɪvɪŋ] *v.* forgive 的現在分詞、動名詞.
— *adj.* 〔性格等〕寬大的, 不挑剔的.

for·giv·ing·ly [fə`gɪvɪŋlɪ; fə'gɪvɪŋlɪ] *adv.* 寬大地.

for·go [fɔr`go; fɔː'gəʊ] *vt.* (~**es** [~z; ~z]; -**went**; -**gone**; ~**ing**)(文章)放棄〔樂趣等〕; 作罷, 死心. I had to *forgo* my vacation this year because of work. 由於工作, 我只好放棄今年的假期了.

for·gone [fɔr`gɔn, -`gɑn; fɔː'gɒn] *v.* forgo 的過去分詞.

for·got [fə`gɑt; fə'gɒt] *v.* forget 的過去式/(美) forget 的過去分詞.

for·got·ten [fə`gɑtn; fə'gɒtn] *v.* forget 的過去分詞.

fork [fɔrk; fɔːk] *n.* (*pl.* ~**s** [~s; ~s]) Ⓒ 〖叉子〗 **1** (餐桌用的)叉子. eat with (a) knife and *fork* 用刀叉吃東西. 〖叉狀物〗 **2** (農業用的)耙, 草叉, (→gardening 圖). **3** 分叉物; (道路的)分岔; (河川的)分流處; (樹的)分枝. I took the right *fork* of the road. 我走右邊的岔路. **4** (自行車等)前輪上面的分叉桿.
— *vt.* 用耙[叉]叉起. *fork* hay into a wagon 將乾草用叉堆上貨車.
— *vi.* 〔道路等〕分岔; 〔樹枝〕分叉; 〔人〕走右[左]邊岔路.

forked [fɔrkt, `fɔrkɪd; fɔːkt] *adj.* 分歧的, 分叉的. a *forked* road 岔路.

fork·lift [`fɔrkˏlɪft; 'fɔːklɪft] *n.* Ⓒ堆高機((起

卸貨物用的起重機).

for·lorn [fɚ`lɔrn; fə'lɔːn] *adj.* 《雅》**1** 孤獨的; 被遺棄的; 可憐的; 絕望的. a *forlorn* look 絕望的表情.

2 荒涼的, 荒廢的.

forlòrn hópe *n.*

[forklift]

Ⓒ (通常用單數)渺茫的希望; 無成功希望的計畫.

[form; fɔːm] *n.* (*pl.* ~s [~z; ~z])

‡form 【外形】**1** ⓊⒸ 形狀, 外形; 姿態, 外貌. A new plan began to take *form* in my mind. 一項新計畫開始在我的腦海中成形/a fiend in human *form* 具有人形的惡魔.

2 Ⓒ 人影, 物影. He saw strange *forms* in the fog. 他在霧中看見奇怪的影子.

3 Ⓒ 形態, 樣子; 種類. Steam is a *form* of water. 蒸氣是水的一種形態/He is fond of any *form* of gambling. 他喜好各種賭博/Their discontent took the *form* of a riot. 他們用暴動來宣洩不滿.

【與內容相對的形式】**4** Ⓤ 型(pattern); (藝術等的)表現形式, 風格(style), (↔ content[1]). literary *form* 文學形式/a stereotyped *form* of excuse 老套的藉口/The novel has no *form*. 那本小說不具格式.

5 《文法》Ⓤ 形式; Ⓒ 語態. the plural *form* of 'leaf' 'leaf' 的複數(形).

6 Ⓒ (填寫用的)表格(blank); 格式; 雛形. a registration [an order] *form* 登記[訂貨]表格/fill in [out, up] an application *form* 填寫申請表.

【成爲標準的形式】**7** Ⓤ 禮儀; 慣例; 做法; Ⓤ (得體的, 粗俗的)擧止. The ancient *forms* observed in the church 教堂中遵行的古儀/It was perfectly good *form* to do so. 這樣做完全合乎禮節.

8 [a Ⓤ] (運動選手的)姿態. She has (a) beautiful running *form*. 她跑步的姿態優美.

【形式的好壞＞狀況】**9** Ⓤ (運動選手, 賽馬等的)體能狀況, 身體狀況; 健康良好, 有朝氣. be in (good [top]) *form* 處於良好[最佳]的體能狀況/be out of *form* 體能狀況不佳/The old poet spoke in great *form*. 這位老詩人精神奕奕地說話.

【情況＞進度情形】**10** Ⓒ (英) (public school 等的)學年, 年級, (美) grade)(通常從第一 *form* (一年級)到第六 *form* (六年級)). be in the third *form* 就讀三年級.

11 Ⓒ (英) (學校, 教室用的沒有椅背的)長板凳.
⇨ *adj.* **formal**.

* **in [under] the fórm of...** 以…的形式, 以…的姿態. Churches are often built *in the form of* a cross. 教堂通常建造成十字架的形式/Water *in the form of* vapor is a great enemy of books. 水氣乃書之大敵.

tàke fórm 採取[模糊不清事物]的形體, 可見輪廓; 具體化. The island gradually *took form* in the fog. 島在霧中漸漸地顯出輪廓/A new plan began to *take form* in my mind. 一個新計畫開始在我心中成形.

— *v.* (~s [~z; ~z]; ~ed [~d; ~d]; ~ing) *vt.* **1** 使成形, 形成, 《into》. The girl *formed* the clay *into* a doll. = The girl *formed* a doll *from* [*out of*] the clay. 那個女孩用黏土做成泥娃娃.

2 《文法》(依照文法)構(詞)造(句).

3 整頓; 排成(行列, 隊形等); 編排(人等)《into》[列, 團體等). I *formed* my students *into* small groups for discussion practice. 我將學生分成小組以進行討論練習.

4 養成, 形成, (個性, 習慣等). Try to *form* good habits while young. 要趁年輕養成好習慣.

5 重新製造; 組織; 成立. *form* a committee 成立一個委員會.

6 成爲, 構成, 形成. Twelve citizens *form* a jury. 十二位市民組成一個陪審團.

7 構思出, 想出, 心中懷有, (計畫, 主意等). *form* an opinion 想出一個意見/I *formed* the impression that he was lying. 我有個感覺, 他是在說謊.

— *vi.* **1** 成形; 能做成, 產生. A thick sheet of ice has *formed* over the pond. 池面結了一層厚厚的冰/A new idea began to *form* in my mind. 有個新構想開始在我心中醞釀.

2 列隊《up》.
⇨ *n.* **formation**.

‡for·mal [`fɔrml; 'fɔːml] *adj.* **1** 正式的; 公式的; 合乎形式的; 重視形式的; 合乎禮儀的, (↔ informal). a *formal* invitation 正式邀請(函)/*formal* dress 禮服/*formal* education 正規(學校)教育/pay a *formal* call on the King 朝覲[謁見]國王.

2 (人, 態度, 說話等)講究形式的, 拘謹的, 鄭重的, 拘於禮儀的, (↔ casual, informal). *formal* expressions 正式的措辭/Don't be so *formal*! 別一本正經的! (放輕鬆點)/The party last night was too *formal*. 昨晚的宴會太拘謹了.

3 (與內容相對)形式的, 形式上的; 外表的; 徒具形式的. a *formal* resemblance 外表上的類似/mere *formal* courtesy 只是形式上的禮貌.

4 (圖案, 設計等)呈幾何圖形的, 形狀工整的.
⇨ *n.* **form, formality**.

form·al·de·hyde [fɔr`mældə,haɪd; fɔː'mældɪhaɪd] *n.* Ⓤ (化學)甲醛(溶液爲甲醛水; → formalin).

for·ma·lin [`fɔrməlɪn; 'fɔːməlɪn] *n.* Ⓤ 福馬林(甲醛的水溶液; 爲防腐劑、消毒劑).

for·mal·ism [`fɔrml,ɪzəm; 'fɔːməlɪzəm] *n.* Ⓤ (特指藝術, 宗教上的)形式主義.

‡for·mal·i·ty [fɔr`mælətɪ; fɔː'mælətɪ] *n.* (*pl.* -ties [~z; ~z]) **1** Ⓤ 重形式[禮儀]; 拘泥形式, 拘謹. treat a person with due *formality* 以禮相待.

2 Ⓒ (通常 *formalities*)正式程序, 禮節. legal *formalities* 法律程序.

3 Ⓒ 形式上的事. The inspection was a mere *formality*. 這只不過是形式上的調查而已.

F

$\hookrightarrow$ *adj.* **formal**.

for·mal·ize [ˈfɔrmḷˌaɪz; ˈfɔːməlaɪz] *vt.* (特指法律上)正式作成(契約等)(指作成文件等); 具備…形式; 將…形式化.

for·mal·ly [ˈfɔrmḷɪ; ˈfɔːməlɪ] *adv.* **1** 形式上, 就形式而言. **2** 正式地; 拘謹地; 形式地.

for·mat [ˈfɔrmæt; ˈfɔːmæt] *n.* ⓒ **1** (書本等的)版面, 格式, 開本.
2 (電視節目等的)構成, 編排, 設計.
3 (電腦)格式化, (文書處理系統的)格式.
— *vt.* **1** 整理(書本)的格式.
2 《電腦》排列(資料).

for·ma·tion [fɔrˈmeʃən; fɔːˈmeɪʃn] *n.* **1** Ⓤ 形成, 組成, 組織, 構成, the *formation* of an athletic society 體育協會的創立.
2 Ⓤⓒ (軍隊等的)隊形, 編隊, (軍機的)編隊. battle *formation* 戰鬥隊形 / *formation* flying 編隊飛行.
3 ⓒ 組成物; 《地質學》地層, 岩層.

form·a·tive [ˈfɔrmətɪv; ˈfɔːmətɪv] *adj.* 形成的; 促進發展的. The boy is in his *formative* years. 這個男孩正值發育期.

‡**for·mer**[1] [ˈfɔrmɚ; ˈfɔːmə(r)] *adj.* 《限定》**1** 前面的, 以前的, 過去的; 原來的. in *former* times [days] 以前, 從前 / the [a] *former* prime minister 前任(首相).
2 (加 the)((前述的)在兩者中)前者的; 《代名詞性》前者《★指複數名詞時則作複數》; (↔ the latter). I prefer the *former* plan to the latter. 我認為(二者之中)先前的計畫比後者要好/Of the Scandinavians and the Latins, the *former* are generally taller than the latter. 斯堪地那維亞人及拉丁人相較之下, 前者的身材普遍較後者高.

for·mer[2] [ˈfɔrmɚ; ˈfɔːmə(r)] *n.* ⓒ《英》…年級學生(《美》grader)(→ form *n.* 10).

‡**for·mer·ly** [ˈfɔrmɚlɪ; ˈfɔːməlɪ] *adv.* 以前, 從前, 原先, (↔latterly).
Formerly it took 30 days to go from Tokyo to London. 以前從東京到倫敦要花三十天的時間.

For·mi·ca [fɔrˈmaɪkə; fɔːˈmaɪkə] *n.* Ⓤ 福米加板, 耐火板, (覆於桌面等的)耐熱塑膠板; 《商標名》.

fòr·mic ácid [ˈfɔrmɪk-; ˈfɔːmɪk-] Ⓤ《化學》甲酸, 蟻酸.

for·mi·da·ble [ˈfɔrmɪdəbḷ; ˈfɔːmɪdəbl] *adj.*
1 (敵人等)令人畏懼的, 難纏的; (工作等)棘手的. a *formidable* political opponent 難纏的政敵.
2 可怕的; 多得[大得]嚇人的. a *formidable* amount of literature 數量龐大的文獻.

for·mi·da·bly [ˈfɔrmɪdəblɪ; ˈfɔːmɪdəblɪ] *adv.* 難於付地; 可怕地; 驚懼地.

form·less [ˈfɔrmlɪs; ˈfɔːmlɪs] *adj.* 無形狀的; 不定形的; 形狀不完整的.

fòrm of addréss *n.* ⓒ 頭銜, 稱謂, 敬稱, 《用於與人攀談或寫信時對對方正式的稱呼, 敬稱; 例如: Mr., Dr., Reverend, Lord 等》.

*‡**for·mu·la** [ˈfɔrmjələ; ˈfɔːmjʊlə] *n.* (*pl.* ~s [~z; ~z], -lae) **1** ⓒ (進行某事的)準則, 常規, (*for*). There is no *formula for* success. 成功並沒有一定的法則.

2 ⓒ (問候等的)慣用語句(如初次見面的 "How do you do?" 與信尾的 "Faithfully yours," 等).
3 ⓒ《數學》公式; 《化學》化學式. a structural *formula* 構造式.
4 ⓒ (藥劑, 飲料等的)處方, 配方, 調製[調合]法; Ⓤ《美》嬰兒專用調配奶(加糖以水稀釋).

for·mu·lae [ˈfɔrmjəˌli; ˈfɔːmjʊliː] *n.* formula 的複數.

for·mu·late [ˈfɔrmjəˌlet; ˈfɔːmjʊleɪt] *vt.*
1 明確[有系統]地闡述(主義, 問題的癥結等).
2 擬定, 完整規劃, (計畫等).
3 以公式表示; 處方, 配製.

for·mu·la·tion [ˌfɔrmjəˈleʃən; ˌfɔːmjʊˈleɪʃn] *n.* **1** Ⓤ 明確[有系統]的敘述; 構想; 公式化.
2 ⓒ 有系統而明確的陳述.

for·ni·ca·tion [ˌfɔrnɪˈkeʃən; ˌfɔːnɪˈkeɪʃn] *n.* Ⓤ (特指未婚男女的)肉體關係, 私通.

for·sake [fɚˈsek; fəˈseɪk] *vt.* (~s; -sook; -sak·en; -sak·ing)《文章》**1** 抛棄(朋友, 家人, 土地等). **2** 放棄(信仰, 思想等); 戒掉(惡習等). *forsake* one's ideals for moneymaking 為賺錢而抛棄理想.

for·sak·en [fɚˈsekən; fəˈseɪkən] *v.* forsake 的過去分詞.

for·sook [fɚˈsuk; fəˈsʊk] *v.* forsake的過去式.

for·swear [fɔrˈswɛr, ˈswær; fɔːˈsweə(r)] *vt.* (~s; -swore; -sworn; ~·ing)《文章》立誓戒掉(惡習等); 矢口(堅決)否認; (句型3)(forswear do*ing*) 發誓不做….
forswéar onesélf 作偽證.

for·swore [fɔrˈswor, ˈswɔr; fɔːˈswɔː(r)] *v.* forswear 的過去式.

for·sworn [fɔrˈsworn, ˈswɔrn; fɔːˈswɔːn] *v.* forswear 的過去分詞.

for·syth·i·a [fɚˈsɪθɪə, fɔr-, ˈsaɪθ-, -θjə; fɔːˈsaɪθjə] *n.* Ⓤ《植》連翹.

*‡**fort** [fort, fɔrt; fɔːt] *n.* (*pl.* ~s [~s; ~s]) ⓒ 城堡, 要塞, 堡壘, (→ fortress 同). The enemy surrounded the *fort*. 敵人把城堡包圍了.
hòld the fórt 堅守崗位, 克盡職守; (代人)盡義務. When the boss is away on a trip, I have to *hold the fort*. 當老闆外出時我必須留守崗位.

forte[1] [fort, fɔrt; ˈfɔːteɪ] *n.* ⓒ (通常加 my, his 等)特長, 擅長(的領域).

for·te[2] [ˈfɔrtɪ, -te; ˈfɔːtɪ] 《音樂》*adj.* 強的, 強音的.
— *adv.* 強音地; 有力地; (略作 f).
— *n.* ⓒ 強音(樂句). ↔ **piano**[2].

*‡**forth** [forθ, fɔrθ; fɔːθ] *adv.* **1** 《雅》向前, 向前方.
2 外出, 露出. They set *forth* on their long voyage. 他們出航作長途旅行.
3 《雅》(時間上)往前, …以後[之後], (onward). from that day *forth* 從那天以後(一直…).
and só fórth → and 的片語.
bàck and fórth → back 的片語.

forth·com·ing [ˌforθˈkʌmɪŋ, ˈforθ-;

[ˌfɔːθˋkʌmɪŋ] adj. **1** 即將到來的, 近期的; 接下來的, 下次的. a catalog of *forthcoming* books 近期將出版的圖書目錄/in the *forthcoming* week 在下星期內.
2 〔敘述〕〔事物〕隨要隨有的, 手邊即有的, 《常用於否定句》. The promised money was not *forthcoming*. 原定的款項未來及湊足.
3 〔口〕表明願意的; 積極的; 持合作態度的; 《常用於否定句》.

forth·right [forθˋraɪt, forθ-; ˋfɔːθraɪt] adj. 〔態度, 說話等〕直率的, 不拐彎抹角的.

forth·with [forθˋwɪθ, forθ-, ﹣ˋwɪð; ˌfɔːθˋwɪθ] adv. 《文章》立即(at once).

for·ties [ˋfɔrtɪz; ˋfɔːtɪz] n. forty 的複數.

*   **for·ti·eth** [ˋfɔrtɪθ; ˋfɔːtɪəθ] (通常寫作 40th) adj. **1** (通常加the)第四十的. **2** 四十分之一的. — n. (pl. ~s [~s; ~s]) © **1** (通常加the)第四十個(人, 物). **2** 四十分之一.

for·ti·fi·ca·tion [ˌfɔrtəfəˋkeʃən, ˌfɔːtɪfɪˋkeɪʃn] n. **1** ⓤ以堡壘鞏固; 防禦; 強化. **2** © (通常 fortifications)防禦設施(指瞭望臺、牆垣、壕溝等). **3** ⓤ (養分, 酒精濃度的)強化.

for·ti·fy [ˋfɔrtə͵faɪ; ˋfɔːtɪfaɪ] vt. (**-fies; -fied; ~ing**) **1** 把〔城市〕變成要塞, 在〔堤壩等〕築防禦工事. **2** (在肉體, 精神方面)強化〔機能〕; 鼓舞〔士氣等〕. **3** 強化〔食品營養價值〕(添加維他命等).
⟡ n. **fortification**.

for·tis·si·mo [forˋtɪsə͵mo; fɔːˋtɪsɪməʊ] 《音樂》adj. 最強音的, 最強的.
— adv. 最強地, 最強音地, 《略作 ff》.

for·ti·tude [ˋfɔrtə͵tjud, -͵tɪud, -͵tud; ˋfɔːtɪtjuːd] n. ⓤ (遇痛苦, 苦難, 逆境等)處變不驚, 堅忍不拔, 不屈不撓.

*   **fort·night** [ˋfɔrtnaɪt, ˋfɔrt-, -nɪt, -nət; ˋfɔːtnaɪt] n. (pl. ~s [~s; ~s]) © (通常用單數)《主英》兩星期, 十四天. within a *fortnight* 兩週以內/I haven't seen him during the past *fortnight*. 我兩個星期沒看見他了/today *fortnight*=a *fortnight* today 兩星期後的今天; 兩星期前的今天. [字源] 出自 fourteen nights.

fort·night·ly [ˋfɔrtnaɪtlɪ, ˋfɔrt-, -nɪt-, -nət-; ˋfɔːtnaɪtlɪ] 《主英》adj. 每兩週一次的; 〔雜誌等〕隔週發行的.
— adv. 隔週地, 兩星期一次地.

FORTRAN [ˋfɔr͵træn; ˋfɔːtræn] n. ⓤ《電腦》式譯語言(一種工程、機械用的電腦程式語言).

for·tress [ˋfɔrtrɪs, -trəs; ˋfɔːtrɪs] n. © 要塞, 城堡, 堡壘. 回 *fortress* 比 fort 的規模大且具永久性; 通常會形成都市而有守備軍隊駐紮.

for·tu·i·tous [forˋtjuətəs, -ˋtɪu-, -ˋtu-; fɔːˋtjuːɪtəs] adj. 《文章》意料之外的, 偶然的.

for·tu·i·tous·ly [forˋtjuətəslɪ, -ˋtɪu-, -ˋtu-; fɔːˋtjuːɪtəslɪ] adv. 意料之外地, 偶然地.

*   **for·tu·nate** [ˋfɔrtʃənɪt; ˋfɔːtʃnət] adj. **1** 好運的, 僥倖的, 《in》; 幸運的《in doing, to do》; (→ lucky 回). a *fortunate* man 幸運的男子/Mrs. Chamberlain is *fortunate in having* [*fortunate* (enough) to have] a house like this. 張伯倫太太有這樣的房子真是幸運.
2 〔事物〕幸運的《for》; 好運的《that 子句》. It is *fortunate for* Taiwan *that* it is surrounded by the seas. 臺灣四面環海是很幸運的(★本句亦可轉換為 Taiwan is *fortunate in being surrounded....*=Taiwan is *fortunate* (enough) *to* be surrounded....; → 1).
↔ **unfortunate**.

*   **for·tu·nate·ly** [ˋfɔrtʃənɪtlɪ; ˋfɔːtʃnətlɪ] adv. 幸運地, 幸好, (↔unfortunately). *Fortunately*, the weather cleared up. 幸虧天氣轉晴了/The girl jumped out of the way just in time, *fortunately*. 幸好那女孩及時跳開了.

*   **for·tune** [ˋfɔrtʃən; ˋfɔːtʃuːn] n. (pl. ~s [~z; ~z]) 〖運〗**1** ⓤ命運, 運氣, (→ luck, lot). (fortunes)(命運)的興衰, 浮沈. a stroke of good *fortune* 幸運(的事)/by good [bad] *fortune* 幸運[不幸]地/I had the good *fortune* to be chosen. 我很幸運被選上了/try one's *fortune* 碰碰運氣/share a person's *fortunes* 與某人同甘共苦.
2 (Fortune)命運之神. *Fortune* favors the brave. 《諺》命運之神眷顧勇者.
3 © (未來的)命運, 運勢, (destiny). The gypsy examined my palm and told (me) my *fortune*. 那吉普賽人看我的手相替我算命.
〖好運〗**4** ⓤ幸運(↔ misfortune); 成功, 繁榮 (prosperity). He had the (good) *fortune* to survive the crash. 他在車禍中倖免於死/seek one's *fortune* 尋求出人頭地之路.
〖隨幸運而來的事物〗**5** ⓤ© 財產, 財富, a man of *fortune* 大富翁/make a [one's] *fortune* 發財, 致富/Margaret inherited a large *fortune*. 瑪格莉特繼承了大筆財產.
[搭配] adj.+fortune: an enormous ~ (巨大的財富), a vast ~ (巨大的財富) // v.+fortune: accumulate a ~ (累積財富), come into a ~ (獲得財富), squander a ~ (揮霍財產).
⟡ adj. **fortunate**.
a small fórtune 《口》一大筆錢, 巨款. That vintage car of his must be worth *a small fortune*. 他那輛古董車一定值不少錢.

for·tune-tell·er [ˋfɔrtʃən͵tɛlɚ; ˋfɔːtʃən͵telə(r)] n. © 占卜者, 算命師.

*   **for·ty** [ˋfɔrtɪ; ˋfɔːtɪ] n. (pl. -ties) **1** ⓤ(基數)四十, 40, 四十. **2** ⓤ40歲; 四十度[分, 美元, 英鎊, 分(錢), 便士等].
3 ⓤ《網球》(每局的)第三個得點 (→ thirty).
4 《作複數》四十人; 四十個.
5 (用 my [his] forties 等)40-49 歲(的年齡層). He was in his *forties*. 他四十多歲.
6 (用 the forties)(世紀的)四○年代. the eighteen *forties* 1840 年代/in the early *forties* 四○年代初期.

— *adj.* 四十的；四十個[人]的；《敘述》40 歲的.

fòrty wínks *n.*《單複數同形》《口》(短時間的)
午睡，打盹. have [take] *forty winks* 打盹兒.

fo·rum [`forəm, `fɔrəm] *n.* ⓒ **1**《古代
羅馬城市中的》大廣場，公共集會場，《商業市場，
兼舉行審判、政治活動等的公開集會的場所》. **2** 論
壇. **3** 法院，法庭.

✽for·ward [`fɔrwəd; `fɔːwəd] *adv.* **1** 向[在]
前方；向前，在前，前進地；(⬌
backward). go *forward* 前進／step *forward* 向前
走／lean *forward* 向前傾／help the movement *for-
ward* 推動那項活動.

2 (時間上)向前，向將來. from this time *for-
ward* 從此之後，今後／put [bring] the clock *for-
ward* 把時鐘(的指針)向前撥.

3 向外，向表面；朝向顯處地. bring *forward* a
difficult problem 提出難題.

lòok fórward to... → look 的片語.

— *adj.* **1**《限定》前方的，在前方的；向前的；(船，
列車等)前面部分的；(⬌ backward). a *forward*
movement 前進／First class is in the *forward*
part of the plane. 頭等艙在飛機的前面部分.

2〔思想等〕前進的，進步的. a *forward* opinion
前衛的想法／The country is *forward* in industry.
那個國家工業發達.

3《敘述》〔工作，計畫等〕大有進展的，接近完成的.
I am not very far *forward with* my work. 我的
工作進展不大.

4 比平時早的；〔植物等〕早成長[開花等]的；〔人〕
早熟的，老成的. a *forward* summer 比往年來得
早的夏天.

5《特指年輕人》好出風頭的，魯莽的. Is Tom go-
ing to marry such a *forward* girl? 湯姆當真要和
那麼魯莽的小姐結婚嗎?

6《敘述》樂意的(*with*)；樂意做⋯的((*to* do))；
(ready, eager). He was always *forward with*
help [*to* help]. 他總是樂意幫助別人.

7《限定》《商業》期貨的，遠期的.

— *n.* ⓒ《球賽》前鋒，前衛，《略作 fwd》.

— *vt.* (~**s** [~z; ~z]; ~**ed** [~ɪd; ~ɪd]; ~**ing**)
1 轉遞〔郵件等〕(*to*). He asked to have his mail
forwarded to his new address. 他要求把郵件轉到
他的新地址／Please *forward*. 請轉遞(標示於信件等
之上). **2**〔文章〕發送〔商品等〕. **3** 促進，推展〔計
畫等〕. They worked to *forward* the cause of
peace. 他們為推展和平運動而努力.

fórwarding àgent *n.* ⓒ 運輸業者[公司].

for·ward-look·ing [`fɔrwəd‚lʊkɪŋ;
`fɔːwəd‚lʊkɪŋ] *adj.* (具有能力)洞悉發展的；向前看
的；積極的.

for·ward·ness [`fɔrwədnɪs; `fɔːwədnɪs]
ⓤ 多管閒事；冒失，唐突；(季節等)提早到來；
(人)早熟.

for·wards [`fɔrwədz; `fɔːwədz] *adv.* =
forward 1.

for·went [fɔr`wɛnt; fɔː'went] *v.* forgo 的過去
式.

fos·sil [`fɑsl; `fɒsl] *n.* ⓒ **1** 化石. *fossils* of rep-

---

tiles 爬蟲類的化石. **2** 《口》《輕蔑》(通常 an old
fossil)落伍的人；迂腐的思想.

— *adj.*《限定》化石的，化石化的. *fossil* fuel 化石
燃料(煤，石油，天然氣等)／*fossil* shells 貝殼化
石.

fos·sil·i·za·tion [‚fɑslaɪ`zeʃən, ‚fɒslaɪ`zeɪʃn]
n. ⓤ 化石化；僵化；守舊.

fos·sil·ize [`fɑsl‚aɪz; `fɒsɪlaɪz] *vt.* 使成化石；使
落伍. — *vi.* 成為化石；落伍.

Fos·ter [`fɑstə, `fɑs-; `fɒstə(r)] *n.* Stephen
Col·lins [`kɑlɪnz; `kɒlɪnz] ~ 福斯特(1826-64)《美
國的作曲家》.

✽fos·ter [`fɑstə, `fɑs-; `fɒstə(r)] *vt.* (~**s** [~z; ~z];
~**ed** [~d; ~d]; **-ter·ing** [-tərɪŋ, -trɪŋ; -tərɪŋ])
〖培育〗 **1** 助長，促進；獎勵. A developing
country should do all it can to *foster* domestic
industries. 開發中國家應該盡其所能促進國內工業
的發展. **2** 懷抱〔希望等〕. **3** 收養；照顧. *foster*
an orphan 收養孤兒.

fóster chìld *n.* ⓒ 養子[女].

fóster fàther [**mòther**] *n.* ⓒ 養父
[養母].

fóster pàrent *n.* ⓒ 養父母.

fought [fɔt; fɔːt] *v.* fight 的過去式、過去分詞.

✽foul [faʊl; faʊl] *adj.* (~**er**; ~**est**) 〖髒的〗
1 髒的，不乾淨的，污穢的. a *foul* pig-
pen 骯髒的豬舍／*foul* linen (送洗的)髒衣物／a *foul*
smell 惡臭. 回 foul 指使人噁心的髒和臭，表示比
filthy 更強烈的不快感；⬌ clean.

2〔言語等〕猥褻的，下流的. *foul* talk 猥褻的話.

〖做法卑劣的〗 **3** 邪惡的；殘酷的；不正當的；卑
劣的；(⬌ fair¹). a *foul* deed 卑劣的行為／a *foul*
murder 殘酷的謀殺.

4《限定》《體育》違反比賽規則的，犯規的，不守規
則的，(⬌ fair¹). play a *foul* game 用不正當手段
比賽／a *foul* blow (拳擊的)犯規動作／a *foul* ball
(棒球的)界外球(⬌ fair ball).

5《口》令人不愉快的，討厭的；糟透了的. We had
a *foul* time at the picnic. 我們的野餐很不愉快／a
foul meal 糟透了的一餐.

〖情況惡劣的〗 **6**〔天氣等〕惡劣的(⬌fair¹)；〔海
岸等〕(有暗礁)危險的；《海事》〔風〕逆向的. *foul*
weather 惡劣的天氣／a *foul* wind 逆風.

7〔道路〕污穢的；《海事》〔纜索等〕糾結的，紊亂的
〔煙斗，煙囪等〕(被灰塵，煤灰等)堵塞的. The road
was too *foul* for us to pass. 路太泥濘我們過不去.

by fàir mèans or fóul → means 的片語.

through fàir (wèather) and fóul 在任何情況
下，不管幸或不幸.

— *v.* (~**s** [~z; ~z]; ~**ed** [~d; ~d]; ~**ing**) *vt.*
1 弄髒，污染；敗壞〔名譽〕. water *fouled with*
oil 被油污染的水／His reputation was *fouled* by
the scandal. 他的名譽被這件醜聞污損了.

2《比賽》〔對手〕犯規；《棒球》〔球〕出界.

3〔異物〕堵塞〔煙囪等〕；使〔纜索等〕糾結；〔纜索〕

被弄亂.

— vi. 1 變髒. 2 堵塞; 糾結; 變亂.

fóul/.../úp 把 … 搞砸, 把 … 弄亂. The rain *fouled up* our picnic. 這場雨把我們的野餐搞砸了.

— n. ⓒ(比賽)犯規; (棒球)界外球.

fóul líne n. ⓒ(比賽)邊線.

foul·ly [ˈfaʊllɪ; ˈfaʊlɪ] adv. 骯髒地; 猥褻地; 兇惡地; 卑劣地, 不正當地.

foul-mouthed [ˈfaʊlˈmaʊðd, -θt; ˈfaʊlmaʊðd] adj. 嘴巴不乾淨的, 說下流話的.

foul·ness [ˈfaʊlnɪs; ˈfaʊlnɪs] n. Ⓤ 1 骯髒.

2 不正當. 3 天氣惡劣.

fóul pláy n. Ⓤ 1 (比賽的)犯規(↔fair play). 2 (殺人等的)罪行.

fóul típ n. ⓒ(棒球)擦棒球.

foul-up [ˈfaʊlˌʌp; ˈfaʊlʌp] n. ⓒ(口)混亂, 一團糟.

found[1] [faʊnd; faʊnd] v. find 的過去式、過去分詞.

***found**[2] [faʊnd; faʊnd] vt. (~s [~z; ~z]; ~ed [~ɪd; ~ɪd]; ~ing) 1 (用基金)創立, 創設, 創建. The school was *founded* in 1950. 這學校創立於 1950 年. ▣establish 有創立之後使其鞏固確立下來之意, 而 found 沒有這種永久經營的含意.

2 建造(on, upon). a church *founded on* a huge rock 建在一塊大岩石上的教堂.

3 根據(on, upon). a novel *founded on* facts 根據事實創作的小說.

***foun·da·tion** [faʊnˈdeʃən; faʊnˈdeɪʃn] n. (pl. ~s [~z; ~z]) 1 Ⓤ(常 foundations)(建築物的)地基, 基礎(工程); (事物的)基礎; 底座; 根基. lay the *foundation(s)* of a house 打房子的地基/a concrete *foundation* 混凝土地基/Agriculture is the *foundation* on which the country rests. 農業是這個國家的基礎.

▣ adj.＋foundation: a firm ~ (堅固的基礎), a secure ~ (牢固的基礎), a strong ~ (強大的基礎), a weak ~ (薄弱的基礎).

2 Ⓤ根據, 依據. His story has no *foundation*. 他的話毫無根據.

3 Ⓤ創立, 創設, 《通常用捐贈的基金》. the *foundation* of a hospital 醫院的設立.

4 ⓒ(用基金設立的)設施(學校, 醫院等).

5 ⓒ基金; 獎學基金; 財團, the Rockefeller *Foundation* 洛克斐勒基金會.

6 ＝foundation cream.

foundátion créam n. Ⓤ粉底霜, 粉底乳.

foundátion gárment n. Ⓤ(支持及調整體型用的)女性緊身內衣(束褲, 束腰等).

foundátion stóne n. ⓒ基石(刻有紀念文字, 奠基時設置的石塊); 基礎石, 地基石.

found·er[1] [ˈfaʊndɚ; ˈfaʊndə(r)] n. ⓒ創立者, 創始人; 基金捐贈者; 締造者.

found·er[2] [ˈfaʊndɚ; ˈfaʊndə(r)] vi. 1 (船)進水

沈沒. 2 (馬)(累得)倒下. 3 (計畫, 事業等)失敗.

found·ling [ˈfaʊndlɪŋ; ˈfaʊndlɪŋ] n. ⓒ(雅)撿來的孩子, 棄兒.

found·ry [ˈfaʊndrɪ; ˈfaʊndrɪ] n. (pl. -ries) 1 ⓒ鑄造廠. 2 Ⓤ鑄造; (集合)鑄造品.

fount [faʊnt; faʊnt] n. ⓒ(詩)泉; 源, 源頭.

***foun·tain** [ˈfaʊntn, -tɪn, -tən; ˈfaʊntɪn] n. (pl. ~s [~z; ~z]) ⓒ 1 (人造的)噴泉. The *fountain* is playing. 噴泉在噴水.

2 (主要是公設的)噴水式飲水器(drinking fountain).

3 (詩)泉; 水源.

4 源泉, 源頭. The man was a *fountain of* knowledge. 那個人知識豐富宛如永不枯竭之泉.

5 (美)＝soda fountain.

foun·tain·head [ˈfaʊntnˌhɛd, -tɪn-, -tən-; ˈfaʊntɪnhed] n. ⓒ(雅)(通常用單數)水源; 源泉, 根源.

fóuntain pén n. ⓒ自來水筆.

***four** [for, for, for(r); for(r)] n. (pl. ~s [~z; ~z]) Ⓤ 1 (基數的)4, 四, 四. 2 Ⓤ(基數的)4, 四. 2 Ⓤ四時; 四分; 四歲; 四美元[英鎊, 便士等]; (以前後關係決定計算單位).

3 (作複數)四人, 四個.

4 ⓒ四人(四個)一組的事物; (船)四人賽艇; 其四名划船手; Ⓤ四匹馬. a coach [carriage] and *four* 四匹馬拉的馬車.

5 ⓒ(作為文字的)四, 4 的數字[鉛字].

6 ⓒ(紙牌的)點數為四的牌; (骰子的)四點.

on àll fóurs 趴著; 四肢著地, 匍匐.

— adj. 1 四人的; 四個的; 四隻的.

2 (敘述)四歲的.

four·fold [ˈforˌfold, ˈfor-; ˈfor̩fəʊld] adj. 四重的; 四倍的.

— adv. 四重地; 四倍地.

Four-H Club [ˌforˈetʃˌklʌb, ˌfor-, ˌforˈeɪtʃˌklʌb] n. (美)四健會(敎導農村靑年農業技術和家庭經濟的組織; 源自於 head, heart, hands, health).

four-in-hand [ˈforɪnˌhænd, ˈfor-; ˌforɪnˈhænd] n. ⓒ 1 (美)活結領帶(→bow tie). 2 (一人駕馭)四匹馬拉的馬車; 四匹一組的馬.

four-leaf clover, **four-leaved clover** [ˌforˌlifˈklovɚ, ˌfor-; ˌforˌliːfˈkləʊvə(r), [-ˌlivd-], -liːvd-] n. ⓒ四葉苜蓿(據說會為發現者帶來幸運).

four-let·ter word [ˌforˌlɛtɚˈwɝd, ˌfor-; ˌforˌletəˈwɜːd] n. ⓒ四字經(與排泄、性等禁忌有關, 在人前忌諱使用的話語; 多由四個字母拼成; shit, cunt 等), 髒話.

four-post·er [ˈforˈpostɚ, ˈfor-; ˌforˈpəʊstə(r)] n. ⓒ(有四根帷柱的)大床.

four·score [ˈforˈskor, ˈforˈskor, ˌforˈskɔː(r)] (雅) adj., n. Ⓤ八十(的).

four·some [ˈforsəm, ˈfor-; ˈforsəm] n. ⓒ(特指遊戲或比賽時)四人一組; (高爾夫球)雙打(四人分成兩組進行).

four·square [ˈforˈskwɛr, ˈfor-, -ˈskwær]

ˌfɔː'skweə(r)] adj. 1 〔建築物〕正方形的.
2 率直的, 正直的; 穩固的.

four-star [ˋfor͵star, ˋfɔr-; ˈfɔːstɑː] adj. 《美軍》
四星的;《飯店, 餐廳等》一流的, 高級的,《次於最
高級的 five-star》.

four·teen [forˋtin, for-; ˌfɔːˈtiːn] n. 1 ⓤ
(基數的)14, 十四. 2 ⓤ十四
時; 十四分; 14 歲; 十四美元[英鎊, 分(錢), 便士
等];《作複數》十四人; 十四個.
— adj. 十四的; 十四個[人]的;《敘述》14 歲的.

four·teenth [forˋtinθ, for-; ˌfɔːˈtiːnθ]《亦寫
作 14th》 adj. 1 (通常加 the)
第十四的. 2 十四分之一的.
— n. (pl. ~s [~s; ~s]) 1 (通常加 the)第十四
(的人, 物). 2 (通常加 the)(每月的)14 日. 3 十
四分之一.

fourth [forθ, forθ; fɔːθ]《亦寫作 4th》(★ 序數
的例示, 用法 → fifth) adj. (通常加
the)第四的. 2 四分之一的.
— n. (pl. ~s [~s; ~s]) 1 (通常加 the)第四(的
人, 物). Edward the *Fourth* 愛德華四世《亦寫作
Edward IV》. 2 (通常加 the)(每月的)4 日. 3 四
分之一.
— adv. 第四.

fòurth diménsion n. (加 the)第四度空間
《指時間》.

Fòurth of Julý n. (加 the)《美》獨立紀念日
《7 月 4 日; 亦稱 Indépendence Dày》.

four-wheel [forˋhwil, ˋfor-; ˌfɔːˈwiːl] adj. 四
輪式的; 四輪驅動的. *four-wheel* drive 四輪驅動
《也可寫爲 4WD》.

fowl [faul; faul] n. (pl. ~s [~z; ~z], ~) 1 ⓒ雞;
家禽; 食用家禽《亦包括野禽; 野鴨, 火雞, 野雞
等》. keep *fowls* 養雞[家禽].
2 ⓤ雞肉; 禽肉.
3 ⓤ《加修飾語》《集合》…鳥. water *fowl* 水鳥/
wild*fowl* 野鳥/sea*fowl* 海鳥.

fox [faks; fɒks] n. (pl. ~es [~ɪz; ~ɪz]) 1 ⓒ
狐; 雄狐《★雌狐爲 vixen》. as sly as a *fox*
(和狐狸一樣地)十分狡猾/*Foxes* yelp [bark]. 狐狸
嗥叫[號叫]. 2 ⓤ狐皮. 3 ⓒ《口》狡猾的像伙;
令人著迷的年輕女子[男子]. an old *fox* 狡猾的老
狐狸.
— vt. 《口》欺騙〔人〕, 使上當.

fox·glove [ˋfaks͵glʌv; ˈfɒksglʌv] n. ⓒ《植物》
毛地黃《玄參科》.

fox·hole [ˋfaks͵hol; ˈfɒkshəʊl] n. ⓒ《軍事》散
兵坑《兩三人用的小型掩蔽坑》.

fox·hound [ˋfaks͵haund; ˈfɒkshaʊnd] n. ⓒ
狐獵, 獵狐狗《爲獵狐而訓練的獵犬》.

fox·hunt [ˋfaks͵hʌnt; ˈfɒkshʌnt] n. ⓒ獵狐《放
獵犬追狐, 獵者騎馬在後面追趕的一種英國古老的
貴族運動》.

fòx hùnting n. ⓤ獵狐.

fòx térrier n. ⓒ狐狼《過去用來獵狐的小型
狗; 如今作爲寵物》.

fox-trot [ˋfaks͵trat; ˈfɒkstrɒt] n. ⓒ狐步舞《一
種四拍子的交際舞》; 狐步舞曲.

---

fox·y [ˋfaksɪ; ˈfɒksɪ] adj. 似狐的; 性感的; 狡猾的.

foy·er [ˋfɔɪə; ˈfɔɪeɪ] 《法語》 n. ⓒ《劇場, 旅館等
的)休息室; 大廳.

Fr. 《略》Father; France; French; Friday.

fr. 《略》franc(s).

fra·cas [ˋfrekəs; ˈfrækɑː] n. (pl. 《美》~es [~ɪz;
~ɪz], 《英》~ [ˋfrækaz; ˈfrækɑːz]) ⓒ《互毆的》大吵
大鬧.

frac·tion [ˋfrækʃən; ˈfrækʃn] n. (pl. ~s
[~z; ~z]) ⓒ 1 (a)小部分, 些微;
碎片, 片段. The accident happened in a *fraction*
of a second. 那件事故在一轉眼之間就發生了.
(b)(加 a)《副詞性》一點點, 僅僅. The patient is
not a *fraction* better. 病人的病情一點都沒有好轉.
2 《數學》分數(包括小數; → integer). a decimal
fraction 小數.

frac·tion·al [ˋfrækʃənḷ; ˈfrækʃənl] adj. 1 些
微的, 少量的. 2 《數學》分數的.

frac·tious [ˋfrækʃəs; ˈfrækʃəs] adj. 《兒童,
病人等》難以取悅的, 暴躁的;《動物》(反抗地)難應
付的.

frac·ture [ˋfræktʃə; ˈfræktʃə(r)] 《文章》 n.
1 ⓤ碎, 破碎. ⓤⓒ《醫學》骨折, 挫傷. a com-
pound [simple] *fracture* 複雜[單純]骨折.
2 ⓒ裂縫, 裂痕.
— vt. 使斷裂; 使骨折. He *fractured* his leg
while skiing. 他的腿在滑雪時骨折了.
— vi. 割破; 碎裂; 打斷; 骨折.

frag·ile [ˋfrædʒəl, -dʒɪl; ˈfrædʒaɪl] adj. 1 易碎
的, 脆弱的. a *fragile* teacup 易碎的茶杯/The
parcel was labeled 'Fragile'. 包裹上貼著「易碎」的
標記/Happiness is a very *fragile* thing. 幸福是非
常脆弱的東西. 圆 frail 是表示非常纖細柔弱的.
2 《體質》弱的, 虛弱的.

fra·gil·i·ty [fræˋdʒɪlətɪ, frə-; frəˈdʒɪlətɪ] n. ⓤ
脆弱; 虛弱.

frag·ment [ˋfrægmənt; ˈfrægmənt] n. (pl. ~s
[~s; ~s]) ⓒ 1 碎片, 破片, 碎塊. The vase
broke into *fragments*. 那花瓶打碎了/There wasn't
a *fragment* of truth in his statement. 他的陳述沒
有一絲的真實性.
2 未完成作品的一部分《特指藝術品》; 文章的一
部分.
— [ˋfrægmɛnt; frægˈment] vi. 破碎.
— vt. 打碎.

frag·men·tar·y [ˋfrægmən͵tɛrɪ;
ˈfrægməntərɪ] adj. 破片[碎片]的; 片段的;《會話
等》斷斷續續的. *fragmentary* clues 不完整的線索.

frag·men·ta·tion [͵frægmənˈteʃən;
͵frægmenˈteɪʃn] n. ⓤⓒ《炸彈, 岩石等的)爆炸,
碎裂; 分裂.

fra·grance [ˋfregrəns; ˈfreɪɡrəns] n. (pl.
-granc·es [~ɪz; ~ɪz]) ⓤⓒ芳香, 香氣, (→ smell
圆); ⓤ香, 芳香, 香味. the *fragrance* of the
spring air 春天空氣中的芳香氣息.

***fra·grant** [ˈfreɡrənt; ˈfreiɡrənt] *adj.* 香的, 有香味的. *fragrant* flowers 芳香的花.

fra·grant·ly [ˈfreɡrəntlɪ; ˈfreiɡrəntlɪ] *adv.* 芳香地, 發出香氣地.

***frail** [frel; freil] *adj.* (~·er; ~·est) **1** 脆的, 易損壞的, 不堅固的. a *frail* chair 不牢固的椅子.

2 〔身體〕弱的, 虛弱的. a *frail*, sickly child 體弱多病的孩子/a *frail* constitution 虛弱體質.

回 生來就虛弱的體質, 或者用於強調身體的纖弱; → weak.

3 〔希望等〕渺茫的; 道德觀念薄弱的;〔根據等〕不足的.

frail·ty [ˈfreltɪ; ˈfreiltɪ] *n.* (*pl.* **-ties**) **1** ⓤ 脆弱; 易壞. **2** ⓤ 虛弱; 意志薄弱, 禁不起誘惑. *Frailty*, thy name is woman. 弱者, 你的名字是女人《Shakespeare 的劇作 *Hamlet* 中的話》. **3** ⓒ (道德上的)弱點, 缺點.

***frame** [frem; freim] *n.* (*pl.* ~**s** [~z; ~z])

〖架構〗 **1** ⓒ (建築物, 機械等的)架構, 骨架. the *frame* of a bicycle [a bicycle *frame*] 自行車的骨架.

2 ⓊⒸ (人, 動物的)身軀, 體格, 骨架. She has a slender *frame*. 她有苗條的身材/a man of commanding *frame* 體格魁梧的男人.

3 ⓒ 結構; 組織, 構造 (★作此意義時通常用 framework). the *frame* of society 社會結構.

〖框架〗 **4** ⓒ (窗等的)框; 畫框; (frames) (眼鏡)框. a window *frame* 窗框/a portrait set in a *frame* 裝上框的肖像.

5 ⓒ (園藝)玻璃罩, 小型溫室; (框型的)工作檯(刺繡架等).

6 ⓒ (用單數)背景, 環境.

7 ⓒ (電影)(軟片的)一格;(電視)影像的一個畫面.

fràme of mínd (加修飾語)(一時的)情緒, 心情. a gay *frame* of mind 愉快的心情/I'm in no *frame* of mind to talk. 我沒有心情說話.

— *vt.* (~**s** [~z; ~z]; ~**d** [~d; ~d]; **fram·ing**)

〖裝框〗 **1** 嵌到框裡, 給…裝框, 框住. *frame* a picture 把畫裝入畫框/Her face was *framed* with pretty blonde hair. 美麗的金髮襯托出她的臉龐.

2 (a)使適應, 做得很合適, (*for*). He is not *framed for* hard work. 他不適於艱苦的工作. (b)〖句型5〗 (*frame* A *to* do)使 A 做…. This shelter is not *framed to* resist a storm. 這避難所並非為抵禦暴風雨而造的.

〖作出〗 **3** 構架, 建造. *frame* the settings on the stage 在舞臺上搭布景.

4 想出, 擬出,〔計畫等〕; 歸結〔想法等〕. *frame* a plot 策劃謀反.

5 (文章)說出(話), 用言語表達. His lips could not *frame* the words. 他說不出這些話.

6 【捏造】(口)誣賴(無辜的人)(捏造偽證等).

frame-up [ˈfremˌʌp; ˈfreimʌp] *n.* ⓒ (口)(為了誣賴某人的)捏造.

***frame·work** [ˈfremˌwɜk; ˈfreimwɜːk] *n.*

(*pl.* ~**s** [~s; ~s]) ⓒ **1** 框架; 骨架, 骨骼. within the *framework* of diplomatic negotiations (不訴諸武力而)在外交磋商的架構下. **2** 組織, 體制. the *framework* of society 社會體制.

fram·ing [ˈfremɪŋ; ˈfreimɪŋ] *v.* frame 的現在分詞, 動名詞.

franc [fræŋk; fræŋk] *n.* ⓒ 法郎(法國、比利時、瑞士等國的貨幣單位; 略作 fr(s)., f), 一法郎.

***France** [fræns; frɑːns] *n.* 法國(歐洲的共和國; 首都 Paris). ⇨ *adj.* **French**.

Fran·ces [ˈfrænsɪs; ˈfrɑːnsɪs] *n.* 女子名(男子名為 Francis).

fran·chise [ˈfræntʃaɪz; ˈfræntʃaɪz] *n.* **1** ⓤ (通常加 the) 選舉權; 參政權; 公民權.

2 ⓒ (主要)(官方, 自治體等給與的)特許, 特權(產品在某地區的銷售[專賣]權). a government *franchise* 政府的特許.

3 ⓒ 可行使特權的地區.

Fran·cis [ˈfrænsɪs; ˈfrɑːnsɪs] *n.* **1** 男子名(女子名為 Frances).

2 St. ~ 聖方濟(1181?-1226)(義大利修士).

Fran·cis·can [frænˈsɪskən; frænˈsɪskən] *adj.* 聖方濟的; 聖方濟修會的.

— *n.* ⓒ 聖方濟修會修士(以清貧與愛為宗旨).

Franco- (構成複合字)法國(的). *Franco-Italian*(法義的).

Frank¹ [fræŋk; fræŋk] *n.* ⓒ 法蘭克人; (the Franks)法蘭克族(征服高盧人建立法國的日耳曼民族的一個部族).

Frank² [fræŋk; fræŋk] *n.* 男子名.

***frank¹** [fræŋk; fræŋk] *adj.* (~·er, more ~; ~·est, most ~)直率的, 坦白的, 毫無隱瞞的; 公開的, 公然的. a *frank* countenance (無隱瞞的)坦誠的表情/Let me hear your *frank* opinion. 讓我聽聽你坦誠的意見/The newcomer wasn't *frank* with us *about* his past. 新來的人並沒有向我們坦承他的過去/*frank* enmity 公然的敵意.

to be fránk with you 直率地[坦白地](對你)說.

frank² [fræŋk; fræŋk] *vt.* 在(郵件)上蓋上免付郵資證明的截記.

frank³ [fræŋk; fræŋk] *n.* (美、口)=frankfurter.

frank·furt·er [ˈfræŋkfətər; ˈfræŋkfɜːtə(r)] *n.* ⓒ 法蘭克福香腸(用豬肉和牛肉混合燻製而成的香腸).

frank·in·cense [ˈfræŋkɪnˌsɛns; ˈfræŋkɪnsens] *n.* ⓤ 乳香(樹脂所製, 宗教儀式上用以焚點的香料).

fránking machìne *n.* ⓒ (英)計算寄送郵件費用的機器(美)postage meter)(寄送大量郵件時, 可印上郵資另付的字樣來取代貼郵票的機器).

Frank·lin [ˈfræŋklɪn; ˈfræŋklɪn] *n.* Benjamin ~ 富蘭克林(1706-90)(美國政治家、作家).

***frank·ly** [ˈfræŋklɪ; ˈfræŋklɪ] *adv.* **1** 直率地, 坦白地. Mary admitted her mistake *frankly*. 瑪莉坦承她的錯誤.

2 (修飾全句; 通常置於句首)直率地說(frankly

speaking).

* **fránkly spéaking** 坦白地說. *Frankly speaking,* I don't think we have a chance. 坦白說, 我認爲我們沒有機會.

frank·ness [ˈfræŋknɪs; ˈfræŋknɪs] *n.* ⓤ 直率, 無隱瞞.

fran·tic [ˈfræntɪk; ˈfræntɪk] *adj.* 狂亂的, 狂熱的; 拚命的. She was *frantic* with grief. 她悲傷得發瘋了/a *frantic* endeavor to escape 拚命要逃走.

fran·ti·cal·ly [ˈfræntɪkl̩ɪ; ˈfræntɪkəlɪ] *adv.* 狂亂地; 拚命地.

fra·ter·nal [frəˈtɝnl̩, fre-; frəˈtɜːnl] *adj.* **1** 《限定》兄弟的; 兄弟般的. *fraternal* love 手足之情. **2** 友愛的. **3** 異卵雙生的.

fra·ter·nal·ly [frəˈtɝnl̩ɪ, fre-; frəˈtɜːnəlɪ] *adv.* 兄弟般地.

fra·ter·ni·ty [frəˈtɝnətɪ; frəˈtɜːnətɪ] *n.* (*pl.* -ties) **1** ⓒ(美)兄弟會(主要以社交爲目的的大學男性社團; → sorority).

2 ⓤ《文章》兄弟關係; 兄弟之愛; 友愛.

3 ⓒ《加強語氣》團體, 結社; 《通常加 the》(★用單數亦可作複數)同行. the legal *fraternity* 法律界, 律師同行們.

frat·er·ni·za·tion [ˌfrætɚnɪˈzeʃən, -naɪˈze-; ˌfrætənaɪˈzeɪʃn] *n.* ⓤ 親切交往, 親善.

frat·er·nize [ˈfrætɚˌnaɪz, ˈfret-; ˈfrætənaɪz] *vi.* **1** (兄弟般地)親切交往(*with*).

2 親善(特指占領軍對被占領國人民等).

frat·ri·cide [ˈfrætrəˌsaɪd, ˈfretrə-; ˈfrætrɪsaɪd] *n.* 《法律》 **1** ⓤ 殺兄弟[姊妹]的行爲.

2 ⓒ 殺兄弟[姊妹]的犯人.

fraud [frɔd; frɔːd] *n.* **1** ⓤ 詐欺, 詐騙; ⓒ 詐欺行爲, 不正當手段. be accused of *fraud* 被控詐欺/commit a number of *frauds* 犯了數起詐欺案.

2 ⓒ 騙子; 贋品, 騙人之物.

fraud·u·lence [ˈfrɔdʒələns; ˈfrɔːdjʊləns] *n.* ⓤ《文章》詐騙, 欺騙; 不正當.

fraud·u·lent [ˈfrɔdʒələnt; ˈfrɔːdjʊlənt] *adj.* 《文章》詐騙的, 欺騙的; 不正當的; 以詐騙方式取得的.

fraught [frɔt; frɔːt] *adj.* 《文章》《敘述》充滿(危險等)的. an event *fraught with* important consequences 隱藏著嚴重後果的事件.

fray¹ [fre; freɪ] *v.* (~s; ~ed; ~ing) *vt.* **1** 磨損[布, 繩等]的邊緣[末端]. *frayed* pants 磨破的褲子. **2** 使磨破; 使勞心費神.
— *vi.* 末端磨損; 磨破; 勞心費神.

fray² [fre; freɪ] *n.* (*pl.* ~s) ⓒ《雅》爭 吵, 衝 突; 混戰. join in the *fray* 加入混戰.

fraz·zle [ˈfræzl̩; ˈfræzl] *n.* ⓒ《口》(通常爲單數)破破爛爛, 亂七八糟; 筋疲力竭.
be bèaten [*bùrnt, wòrn*] *to a frázzle* 疲憊不堪.

freak [frik; friːk] *n.* ⓒ **1** 畸形的人[動物, 植物].
2 《口》稀奇的事件; 古怪的人. **3** 反覆無常. **4** 《俚》《加修飾語》…狂, …迷. a film *freak* 電影迷.
— *adj.* 《限定》怪異的, 奇妙的. a *freak* event 奇怪的事件.
— *vi., vt.* 《用於下列片語》

frèak óut 《口》喪失自制力; (特指吸毒後)產生幻覺.

frèak/.../óut 《口》讓[人]興奮[不安]; (吸毒等)讓[人]產生幻覺.

freak·ish [ˈfrikɪʃ; ˈfriːkɪʃ] *adj.* 反覆無常的; 異常的, 古怪[特異]的; 畸形的.

freck·le [ˈfrɛkl̩; ˈfrekl] *n.* ⓒ (常 freckles)雀斑, 小斑點.

Fred [frɛd; fred] *n.* Alfred, Frederick 的暱稱.

Fred·dy [ˈfrɛdɪ; ˈfredɪ] *n.* =Fred.

Fred·er·ick [ˈfrɛdərɪk, ˈfrɛdrɪk; ˈfredrɪk] *n.* 男子名.

free [fri; friː] *adj.* (frè·er; frè·est)
〖 不被束縛的 〗 **1** 〔物〕未縛住的, 不固定的; 〔動物〕沒拴住的. the *free* end of a string 繩子未綁住[鬆開]的那端/Our dog is usually *free*. 我家的狗幾乎都不拴的.

2 自由的, 自由獨立的, 能自由行動的. a *free* country 自由國家, 自由主義的國家/*free* people (歷史)(非奴隸的)自由民/The prisoner wished to be *free*. 囚犯渴望自由.

3 (a)自主的, 自發的; 隨意的. a *free* offer of services 主動提供的免費服務/*free* will → 見 free will/ I give you *free* choice of these books. 我讓你自由選擇這些書.
(b)《敘述》可隨意做…的(*to* do). You are *free to* go now. 現在你可以自由離開了.

4 不客氣的, 無禮的, 放肆的, 《*with*》. Her manner is rather *free*. = She is rather *free* in her manner. 她的舉止相當放肆/make *free with*... (→片語)

5 不拘泥形式的, 無拘束的, 〔文體等〕自由奔放的. *free* spirit 自由精神/a *free* translation (非逐字翻譯的)意譯(↔ literal translation)/He gave *free* play to his imagination. 他讓想像像自由馳騁.

6 〔態度, 動作等〕無拘束的, 自由舒暢的. be *free* and open 隨意而坦率/her *free* movement in dancing 她瀟灑的舞姿.

〖 不爲工作束縛的 〗 **7** 空閒的, 沒有事要忙的, 《↔ busy》. I am *free* this evening. 我今晚有空/have little *free* time 幾乎沒空.

〖 不受金錢約束的 〗 **8** 慷慨的, 大方的, 《*with*》; 豐富的, 豐潤的. Joe is *free with* his money. 喬用錢慷慨大方/He is rather *free with* his advice, isn't he? 他太愛給人建議了, 不是嗎?

9 免費的; 免稅的. a *free* ticket 免費入場券/Admission is *free*. 免費入場/a *free* school 免學校/*free* imports 免稅的進口商品.

〖 被解放的 〗 **10** 不再使用的; 〔房間, 座位等〕空著的. He waited for the bathroom to be *free*. 他等浴室空出來.

11 無障礙的, 可自由通行的; (出入, 使用, 參加)自由的, 開放的. The way was *free* for our

advance. 這條路我們可以自由通行/The gallery is *free* to all. 這間畫廊免費開放給所有的人參觀/a *free* fight → fight *n.* 1.

12 《敍述》沒有(*from, of*). *free* from... (→片語)/ *free* of... (→片語(1)).

⇨ *n.* freedom.

féel frée to do 能夠自由地…《常用於祈使句》. Please *feel free* to ask questions. 請自由發問.

for frée 《口》免費地.

frèe and éasy 無顧慮的; 不拘無束的. lead a *free and easy* life 過無拘無束的生活.

* *frée from...* 沒有(討厭的事物), 擺脫…, 無…之憂的. *free from* care 無憂無慮/a day *free from* wind 無風的日子/a harbor *free from* ice 不凍港.

* *frée of...* (1)擺脫了(絆腳石)的; 免除…的. *free of* charge 免費/*free of* taxes 免稅/get *free of* debt 擺脫債務/The harbor is now *free of* ice. 港口現在解凍了.

(2)離開, 在…之外. The boat was *free of* the pier. 船離開了碼頭.

(3)《文章》能自由出入…的, 能自由使用的. My teacher made me *free of* his library. 我的老師讓我自由取閱他的藏書.

háve one's hánds frée (1)空閒, 沒有要事.

(2)隨心所欲.

màke frée with... (1)擅自使用.

(2)對…態度隨便.

* *sèt...frée* 釋放, 解放, 《*from*》. set a prisoner *free* 釋放犯人/The hostages were *set free* 10 hours later. 人質在 10 個小時後被釋放.

—— *adv.* 自由地; 免費地; 鬆開地. run *free* 自由地到處跑/Children (are) admitted *free*. 兒童免費入場.

—— *vt.* (~**s** [~z; ~z]; ~**d** [~d; ~d]; ~**ing**) **1** 使自由, 解放, 釋放, 《*from*》. *free* the people *from* bondage 將人們從束縛中解放出來/birds *freed from* the cage 從籠中放出來的鳥.

2 使(人, 物)能動; 解開, 拆開. She *freed* her dress *from* the rose bush. 她解開被玫瑰叢鉤住的衣服.

3 使逃脫, 使免除, 《*from, of*》. *free* oneself *from* anxiety [*of* a foolish idea] 免除憂慮[愚蠢的想法].

-free 《構成複合字》加在名詞後成為表示「沒有…」之意的形容詞. duty-*free*. trouble-*free* 「沒有問題[無需擔心]的.

frèe ágent *n.* ⓒ (不受契約等約束而)有自主權的人; 《體育》自由契約選手.

frèe associátion *n.* ⓤ 《心理學》自由聯想.

free·bie, free·bee [ˋfribɪ; ˈfriːbɪ] *n.* ⓒ 《主美、口》免費品, 贈品.

frèe·boot·er [ˋfriˏbutɚ; ˈfriːˏbuːtə(r)] *n.* ⓒ 海盜.

free·born [ˋfriˏbɔrn; ˌfriːˈbɔːn] *adj.* (非奴隸)生而自由的.

freed·man [ˋfridmən; ˈfriːdmæn] *n.* (*pl.* **-men** [-mən; -mən]) ⓒ (從奴隸身分解放出來的)自由民.

‡free·dom [ˋfridəm; ˈfriːdəm] *n.* (*pl.* ~**s** [~z; ~z]) 【 沒有束縛 】 **1** ⓤ (從束縛、恐懼等的)解放; (義務等的)免除, 沒有義務. *free dom from* prejudice 不持偏見.

【 自由 】 **2** ⓤⓒ 自由; 自由的身分; 獨立自主; (做…的)自由(*to do*); (→ liberty 同). academic *freedom* 學術自由/He had little *freedom* of action. 他幾乎沒有行動自由/the *freedom* to choose one's occupation 選擇職業的自由.

| 搭配 | *adj.*+freedom: complete ~ (完全的自由), limited ~ (有限度的自由) // *v.*+freedom: grant ~ (給予自由), achieve ~ (獲得自由), lose one's ~ (失去自由).

3 ⓤ (a)(出入, 使用的)自由, 權利. have the *freedom of* a friend's library 享有使用友人藏書的自由. (b)(榮譽)市民權. be given the *freedom of* the city 被推舉為榮譽市民.

【 沒有拘束 】 **4** ⓤ 悠然自得, 自由奔放, 自由自在, 毫無顧慮; 放肆; ⓒ 放縱的行為. He laughed with the utmost *freedom*. 他毫無顧慮地大笑.

⇨ *adj.* free.

frèe énterprise *n.* ⓤ 自由企業(制度)《基於自由經濟制度》.

frèe fáll *n.* ⓤ 自由落下《除重力之外無其他外力的情況》; 打開降落傘之前的下墜.

free-for-all [ˋfrifɚˏɔl; ˈfriːfərˏɔːl] *n.* ⓒ 《口》可自由參加的辯論[格鬥, 比賽等].

frèe hánd *n.* (加 a)自由的行動; 自由處理. give a person a *free hand* 讓某人自由行動[處理]/have a *free hand* 自由地行動.

free·hand [ˋfriˏhænd; ˈfriːˏhænd] *adj., adv.* (不用尺或圓規等而)徒手畫的[地].

free·hand·ed [ˋfriˋhændɪd; ˌfriːˈhændɪd] *adj.* 慷慨的, 大方的.

free·hold [ˋfriˏhold; ˈfriːˏhəʊld] *n.* ⓤ (不動產等的)自由保有(權); ⓒ 自由保有的不動產.

free·hold·er [ˋfriˏholdɚ; ˈfriːˏhəʊldə(r)] *n.* ⓒ 自由保有(權)者.

frèe kíck *n.* ⓒ 《足球》自由球.

free·lance [ˋfriˏlæns; ˈfriːˏlɑːns] *n.* ⓒ **1** 自由記者[演員等], 自由業者. **2** 無黨派政治家, 無契約運動員.

—— *adj.* 非專屬的, 自由的.

—— *vi.* 以非專屬[無所屬]的身分活動.

‡free·ly [ˋfrilɪ; ˈfriːlɪ] *adv.* **1** 自由地, 隨意地, 任意地. The cattle are roaming *freely* in the pasture. 牛群在牧場上自由地走動.

2 〔工具〕無故障地, 圓滑地(運作等).

3 直率地, 無顧慮地. laugh *freely* 無顧慮地笑/ Speak to me *freely*. 坦率地對我說.

4 積極地, 樂意地, (readily). He *freely* agreed to help us. 他樂意幫助我們.

5 慷慨地; 大量地. give one's money away *freely* 大方地把錢給人/sweat *freely* 大量出汗.

free·man [ˋfrimən; ˈfriːmən] *n.* (*pl.* **-men** [-mən; -mən]) ⓒ **1** (非奴隸或農奴的)自由民(→

freedman)；公民. **2** 榮譽市民.

Free·ma·son [ˈfriːˌmesn̩, ˌfriˈmesn̩; ˈfriːmeɪsn̩] n. ⓒ(有時 *f* reemason)共濟會會員(以互助和友愛為目的的祕密結社的共濟會一員).

Free·ma·son·ry [ˈfriˌmesn̩rɪ, ˌfriˈmesn̩rɪ; ˈfriːmeɪsn̩rɪ] n. ⓤ **1** 國際性友愛團體主義[制度]；《集合》友愛團體成員.

2 (*f* reemasonry) (興趣等相同者之間的)共同感.

frèe pórt n. ⓒ自由港《各國船隻皆可進出的港口，或貨物輸出輸入均免關稅的貿易港》.

frée·post [ˈfriˌpost; ˈfriːpəʊst] n. ⓤ《英》(郵件的)費用由收件人支付[另行支付](的方式)《收件人為公司，協會等》.

frèe préss n. ⓤ出版報導的自由.

fre·er [ˈfriə; ˈfriːə(r)] adj. free 的比較級.

free·si·a [ˈfriʒə, ˈfriʒɪə; ˈfriːzjə] n. ⓒ《植物》小蒼蘭(菖蒲科球根植物；花有香味).

fre·est [ˈfriːɪst; ˈfriːɪst] adj. free 的最高級.

free·stand·ing [ˈfriˈstændɪŋ; ˌfriːˈstændɪŋ] adj. 〔雕刻，建築物等〕無支撐物而能直立的.

free·stone [ˈfriˌston; ˈfriːstəʊn] n. ⓤ從任何方向都能切開的岩石(砂岩，石灰岩等).

free·style [ˈfriˌstaɪl; ˈfriːstaɪl] n. ⓤ《游泳》自由式.

free·think·er [ˈfriˈθɪŋkə, ˌfriˈθɪŋkə(r)] n. ⓒ自由思想家(特指宗教上，不信奉基督教的人或無神論者).

frèe thrów n. ⓒ《籃球》罰球.

frèe tráde n. ⓤ自由貿易(制度).

frèe vérse n. ⓤ自由詩(不依照一定格律的詩).

free·way [ˈfriˌwe; ˈfriːweɪ] n. (pl. ~s) ⓒ《美》(多車道的)高速公路(通常不收費).

free·wheel [ˌfriˈhwil, ˌfriˈwiːl] vi. 自行車[汽車]靠慣性滑行(下坡等時).

— n. ⓒ飛輪(如自行車的後輪般，不踩踏板亦能靠慣性轉動的車輪).

frèe wíll n. ⓤ自由意志，自由選擇. of one's own *free will* 自由意志地，出於自願地.

frèe wórld n. (加the)(相對於共產集團的)自由世界.

‖freeze [friz; friːz] v. (**freez·es** [~ɪz; ~ɪz]; **froze; fro·zen; freez·ing**) vi. **1** 凍結，結冰，《over》. Water *freezes* at 32°F. 水在華氏 32 度結冰/The pond *froze* over. 池塘結冰了.

2 凍結(to). The plank *froze* to the ground. 厚板與地面凍結在一起.

3 〔食品〕冷凍. Strawberries don't *freeze* well. 草莓冷凍後就不好吃了.

4 《以it當主詞》〔天氣〕結冰般地寒冷，酷寒. It *froze* hard last night. 昨夜天氣酷寒.

5 〔人〕凍僵，冷得刺骨；〔植物〕凍壞，因霜凍而枯萎. I'm *freezing*. 我快凍僵了/*freeze* to death 凍死.

6 〔熱情等〕冷卻下來，變冷淡.

7 (由於恐懼，打擊等)呆住，身體縮成一團；〔身體〕僵住. Jane *froze* at the sight of a snake. 珍看到蛇而嚇得縮成一團/a half-*frozen* look 幾近僵硬的表情/*Freeze*! 不許動!

— vt. **1** 使凍結. The north wind *froze* the water pipes. 北風使水管凍結/The pond was *frozen* over. 池塘結冰了.

2 使〔人〕凍僵，凍傷；使凍死；使〔植物〕因霜而枯萎. The poor match girl was *frozen* to death. 可憐的賣火柴女孩凍死了.

3 (為了保存而)冷凍…(→chill). *freeze* meat in the freezer 將肉凍在冷凍庫裡/*frozen* fish 冷凍的魚.

4 〔恐懼，打擊等〕使呆住，使毛骨悚然；使〔表情等〕僵硬. his *freezing* gaze 他那令人毛骨悚然的凝視/He stood *frozen* with terror. 他嚇得呆若木雞.

5 凍結〔工資，物價等〕(於一定的水準)；凍結〔存款〕；凍結〔外國資產〕. *frozen* assets 凍結資產.

frèeze a pèrson's blóod = *màke a pèrson's blòod fréeze* 使某人膽戰心驚.

frèeze /.../óut (1)《口》趕走，逐出，攆走. Competition from big companies has *frozen* them *out* of the market. 大公司的競爭已經將他們逐出市場. (2)《美》由於寒冷而無法舉辦(儀式等).

frèeze úp 凍結；《口》〔人〕(態度)僵硬；冷淡. The lock has *frozen* up. 鎖結冰了.

frèeze /.../úp (通常用被動語態)使…凍結，使…結冰無法動.

— n. 〔aU〕 **1** 結冰；嚴寒期. a late *freeze* 遲來的嚴寒. **2** (物價等的)凍結. a price [wage] *freeze* 物價[薪資]凍結.

freeze-dry [ˈfrizˌdraɪ; ˈfriːzˌdraɪ] vt. (**-dries; -dried; ~·ing**)加以冷凍乾燥.

freez·er [ˈfrizə; ˈfriːzə(r)] n. ⓒ **1** 冷凍庫；(冰箱內的)冷凍室. **2** 冰淇淋製造器.

freez·ing [ˈfrizɪŋ; ˈfriːzɪŋ] v. freeze 的現在分詞，動名詞.

— adj. **1** 凍結的；(如冰般)寒冷[冷冷]的. It's *freezing* cold in this room. 這個房間非常冷(副詞用法). **2** 冷淡的，冷冰冰的.

— n. ⓤ冷凍，凍結；冰點 (freezing point).

frèezing compártment n. ⓒ(冰箱裡的)冷凍庫.

frèezing póint n. ⓒ冰點(→ boiling point).

‖freight [fret; freɪt] (★注意發音) n. (pl. ~s [~s; ~s]) **1** ⓤ貨運. send goods by *freight* 以貨運寄送貨物.

[參考] (1)《英》不常用於陸上運輸. (2)《美》通常指「普通貨運」，與 express(快遞)相對.

2 ⓤ《主美》貨物(以船、鐵路、飛機運送).

3 ⓤ運費，運費，《美》《英》主要指船運或空運的貨物運費；此外的運費稱為 carriage.

4 ⓒ《美》運貨火車(freight train).

— vt. **1** 運送. **2** 裝貨於《with》. *freight* a ship *with* coal 將煤裝上船.

frèight cár n. ⓒ《美》貨車(《英》goods waggon).

freight·er [ˈfretə; ˈfreɪtə(r)] n. ⓒ貨船；貨物

運輸(飛)機.

freight·lin·er [ˈfretˌlaɪnɚ; ˈfreɪtlaɪnə(r)] n. ⓒ(主英)貨櫃列車.

freight train n. ⓒ(美)運貨火車((英) goods train).

✱**French** [frɛntʃ; frentʃ] adj. 法國的; 法國人的; 法語的; 法國式的. speak English with a *French* accent 說法國腔的英語/*French* bread (→見 French bread).

⬦ n. **France**.

— n. **1** ⓤ法語. a teacher of *French* = a *Frénch* téacher 法語教師(a *Frénch* téacher 是「法國籍教師」).

2 (作複數)(加the)法國人, 法國國民, 《全體》.

參考 一個個別的法國人是 Frenchman.

Frénch béan n. ⓒ(英)菜豆.

Frénch bréad n. ⓤ法國麵包(圓棍狀).

Frénch dréssing n. ⓤ法式沙拉調味醬(拌沙拉用, 主要材料爲醋和油; 美國用沙拉醬和番茄醬拌成的濃醬亦稱此名).

Frénch fríes, Frénch fríed potátoes n. 《作複數》(美)炸薯條(炸切細的馬鈴薯條; (英) (potato) chips).

Frénch hórn n. ⓒ法國號(→ brass instrument 圖).

Frénch kíss n. ⓒ法國式接吻(舌頭交纏纏綿的吻).

Frénch léave n. ⓤ擅自(沒向主人告辭而)離開. take *French* leave 擅自離席, 不告而別.

✱**French·man** [ˈfrɛntʃmən; ˈfrentʃmən] n. (pl. **-men** [-mən; -mən]) ⓒ法國人; 法國男人(★女性爲 Frenchwoman).

Frénch Revolútion n. (加the)法國大革命(1789-99).

Frénch tóast n. ⓤ法式吐司(在蛋和牛奶中浸透, 用煎鍋烤的吐司).

Frénch wíndows n. 《作複數》落地窗, 法式窗(有兩扉, 兼作門用; 通往庭院、陽臺).

French·wom·an [ˈfrɛntʃˌwʊmən; ˈfrentʃˌwʊmən] n. (pl. **-wom·en** [-ˌwɪmɪn; -ˌwɪmɪn]) ⓒ法國女性, 法國女人, (★男性爲 Frenchman).

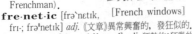
[French windows]

fre·net·ic [frəˈnɛtɪk, frɪ-; frəˈnetɪk] adj. 《文章》異常興奮的, 狂熱似的.

fren·zied [ˈfrɛnzɪd; ˈfrenzɪd] adj. 狂熱的; 狂亂的.

fren·zy [ˈfrɛnzɪ; ˈfrenzɪ] n. ⓐⓤ狂熱, 興奮; 發狂, 狂亂. in a *frenzy* 發狂似地.

fre·quen·cies [ˈfrikwənsɪz; ˈfriːkwənsɪz] n. frequency 的複數.

✱**fre·quen·cy** [ˈfrikwənsɪ; ˈfriːkwənsɪ] n. (pl. **-cies**) **1** ⓤ頻繁, 頻頻

發生. with *frequency* 頻繁地/The *frequency* of his phone calls annoys me. 他的電話頻繁叫我受不了. **2** ⓒ頻率; 次數; (統計)頻度. **3** ⓒ(物理)頻率; (電)頻率. high [low, medium] frequency →見 high [low, medium] frequency.

fréquency modulátion n. ⓤ(電)調幅(廣播), FM, (略作 FM; → AM).

✱**fre·quent** [ˈfrikwənt; ˈfriːkwənt](★與 v. 的重音位置不同) adj. **1** 頻繁的, 頻頻發生的. They make *frequent* trips to Europe. 他們經常去歐洲/Railway accidents are *frequent* of late. 近來頻頻發生鐵路事故.

2 慣常的; 經常出入的. a *frequent* visitor at a club 俱樂部的常客.

— [frɪˈkwɛnt; frɪˈkwent] vt. (~**s** [~s; ~s]; ~**ed** [~ɪd; ~ɪd]; ~**ing**)《文章》經常走訪, 經常出入, (場所); 經常聚集. Bill *frequents* cheap bars. 比爾經常出入便宜的酒吧.

✱**fre·quent·ly** [ˈfrikwəntlɪ; ˈfriːkwəntlɪ] adv. 經常地, 頻繁地. He phoned me *frequently* last week. 上星期他頻頻打電話給我. 回 通常與 often 同義, 但比 often 更拘泥於形式, 特別多用於間隔或有規律的反覆情形下.

fres·co [ˈfrɛsko; ˈfreskəʊ] n. (pl. ~**s**, ~**es**)

1 ⓤ壁畫法(在塗抹濕灰泥的牆壁上作水彩畫).

2 ⓒ壁畫.

✱**fresh** [frɛʃ; freʃ] adj. (~**er**; ~**est**) 【 新鮮的 】 **1** 新鮮的, 鮮活的, (↔stale); 剛做出來[摘取]的(*from*); (→ new 回). *fresh* vegetables 新鮮蔬菜/*fresh* eggs 新鮮的蛋/*bread fresh* from the oven 剛出爐的麵包/*fresh* footprints in the snow 雪上剛踏不久的腳印.

2 〔消息等〕新的, 最新的; 〔計畫等〕新訂的. *fresh* news 新消息/a *fresh* approach to a problem 問題的全新處理方法.

3 〔顏色等〕鮮豔的; 〔印象等〕鮮明的, 栩栩如生的. His sudden death is still *fresh* in our memory. 他驟逝這件事仍清楚地留在我們的記憶中.

4 〔空氣等〕新鮮的; 〔氣息等〕清新的. Go out and get a breath of *fresh* air. 出去呼吸一下新鮮空氣.

5 精神飽滿的, 精力充沛的; 精神回復的. a *fresh* complexion 精神飽滿的面容/look *fresh* 看起來精力充沛/I felt *fresh* after a short nap. 小睡以後我感到精神飽滿.

6 〔風〕相當大的; 《敍述》(口)〔天氣〕有風且冷的. 【 自然狀態的 】 **7** 〔限定〕〔食品〕(未經煮熟和加工)生的, 生鮮的. *fresh* meat [fish] 生肉[魚].

8 〔食品〕不含鹽分的; 〔水〕淡水的; (↔salt). *fresh* butter 無鹽奶油/*fresh* water 淡水. 【 經驗淺的 】 **9** 新手的, 未熟練的, 剛出道的(*from*); a teacher *fresh* from school 剛從學校畢業的教師/green and *fresh* 初出茅廬的.

10 (口)厚顏的, 傲慢無禮的; 《敍述》(特指對異性)放肆的. a *fresh* kid 輕薄的少年/get *fresh* with a woman 對女性態度輕浮.

(as) frèsh as páint [a dáisy, a róse] 精神飽滿.

Frèsh Páint 《英》《告示》油漆未乾(Wet Paint).

in the frèsh áir 於[在]戶外[野外].

màke [gèt] a frèsh stárt 重新開始, 從頭做起.
— *adv.*《主要構成複合字》新地; 剛剛, 剛做完….
fresh-baked bread 剛出爐的麵包.

fresh·en [ˋfrɛʃən; ˈfreʃn] *vi.* 〔風〕變強, 更涼.
— *vt.* **1** 使新鮮; 使〔外貌等〕一新.
2 使恢復精力; 使精神飽滿.

frèshen onesèlf úp = frèshen úp (由於洗澡, 換衣服等)精神變得舒爽.

fresh·er [ˋfrɛʃɚ; ˈfreʃə(r)] *n.*《英、口》=
freshman.

fresh·ly [ˋfrɛʃlɪ; ˈfreʃlɪ] *adv.* **1**《置於過去分詞之前》剛…地. *freshly* baked cookies 剛烤好的餅乾.
2 新鮮地; 清新地; 精神飽滿地.

fresh·man [ˋfrɛʃmən; ˈfreʃmən] *n.* (*pl.* **-men** [-mən; -mən]) © (大學的)一年級學生, 新生. the *freshman* class 一年級.

 參考 (1)亦用於女生. (2)《美》亦用於高中學生. (3)各學年名稱 → senior.

fresh·ness [ˋfrɛʃnɪs; ˈfreʃnɪs] *n.* U 新, 新鮮; 清新; 精神飽滿;《口》厚臉皮. We guarantee the *freshness* of all our foodstuffs. 我們保證所有我們的食物都是新鮮的.

fresh·wa·ter [ˋfrɛʃˌwɔtɚ; ˈfreʃˌwɔːtə(r)] *adj.*《限定》淡水的; 生活在淡水中的; (↔ saltwater). *freshwater* fish 淡水魚.

fret¹ [frɛt; fret] *v.* (**~s; ~ted; ~ting**) *vi.* 苦惱, 煩躁, 發愁. *fret* over [*about*] trifles 為小事發愁 / Babies often *fret* in hot weather. 嬰兒在天熱時經常顯得煩躁.
— *vt.* **1** 使苦惱, 使煩躁, 使發愁.
2〔銹, 水等〕腐蝕; 使磨損.
— *n.* © (通常用單數)《口》苦惱, 煩躁, 擔憂. in a *fret* 焦慮不安, 煩躁.

fret² [frɛt; fret] *n.* © 回紋(飾); 格子狀飾品.
— *vt.* (**~s; ~ted; ~ting**) 用回紋裝飾; 飾上格子紋路[花樣].

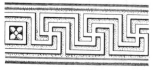

[fret²]

fret³ [frɛt; fret] *n.* © 琴格(吉他等弦樂器指板上的弦柱).

fret·ful [ˋfrɛtfəl; ˈfretfol] *adj.* 苦惱的, 煩躁的, 惱怒的, 易怒的.

fret·saw [ˋfrɛtˌsɔ; ˈfretsɔː] *n.* © 鋼絲鋸, 鏤鋸.

fret·work [ˋfrɛtˌwɜk; ˈfretwɜːk] *n.* U 回紋飾; 浮雕; 明暗斑駁的花紋.

Freud [frɔɪd; frɔɪd] *n.* **Sigmund** ~ 佛洛伊德 (1856-1939)《奧地利醫師, 精神分析學的創始者》.

Freud·i·an [ˋfrɔɪdɪən; ˈfrɔɪdɪən, -jən] *adj.* 佛洛伊德的; 佛洛伊德學說[學派]的.
— *n.* © 佛洛伊德學派的人, 佛洛伊德主義者.

Frèudian slíp *n.* ©《口》佛洛伊德式失言《不

小心說溜嘴表露出真意》.

FRG (略) Federal Republic of Germany (德意志聯邦共和國).

Fri. (略) Friday.   「末的.

fri·a·ble [ˋfraɪəbl; ˈfraɪəbl] *adj.* 易碎的, 易成粉

fri·ar [ˋfraɪɚ, fraɪr; ˈfraɪə(r)] *n.* © 托鉢修士.
 同與 monk 不同, friar 為四處求施捨同時傳教.

fric·as·see [ˌfrɪkəˋsi; ˈfrɪkəsiː] (法語) *n.* UC 《烹調》燉肉丁《切成適口大小的肉塊、蔬菜等經燉煮後, 再拌上濃厚的白色醬汁而成的菜肴》.
— *vt.* 燉[肉丁].

fric·a·tive [ˋfrɪkətɪv; ˈfrɪkətɪv]《語音學》*adj.* 由摩擦產生的.
— *n.* © 摩擦(子)音《[f, θ, v, z; f, θ, v, z]等》.

*****fric·tion** [ˋfrɪkʃən; ˈfrɪkʃn] *n.* (*pl.* **~s** [~z; ~z])
1 U 摩擦;《物理》摩擦(力). Tires wear down because of *friction* between the rubber and the road surface. 輪胎因橡膠與路面產生摩擦而磨損.
2 UC 不和, 口角. *friction* between the two families 兩家的不和.

*****Fri·day** [ˋfraɪdɪ; ˈfraɪdɪ] *n.* (*pl.* **~s** [~z; ~z])
 (★星期的例示、用法 → Sunday)
1 © (通常不加冠詞)星期五《作作 Fri.》.
2《形容詞性》星期五的.
3《副詞性》《口》在星期五; (Fridays)《主美、口》每星期五.

fridge [frɪdʒ; frɪdʒ] *n.* ©《主英、口》(家庭的)冰箱《源自 re*frige*rator》.

fridge-freez·er [ˋfrɪdʒˌfrizɚ; ˈfrɪdʒˌfriːzə(r)] *n.* ©《英》雙門冰箱《冷藏室和冷凍室分開》.

fried [fraɪd; fraɪd] *v.* fry¹ 的過去式、過去分詞.

*****friend** [frɛnd; frend] *n.* (*pl.* **~s** [~z; ~z]) ©
1 朋友, 友人, (→ companion 同).
He has many acquaintances but few *friends*. 他認識的人很多, 但朋友很少 / my *friend* 我的朋友《確知其人且特定的朋友》/ a *friend* of mine 我的一位朋友 / one of my *friends* 我朋友中的一個 / an old *friend* of my father's 父親的老朋友 / our mutual *friend* 我們共同的朋友.

 搭配 *adj.*+friend: a close ~ (親近的朋友), a false ~ (不誠實的朋友), a good ~ (好朋友), an old ~ (老朋友), a true ~ (真誠的朋友).

2 朋友, 同志, 夥伴, (↔ enemy, foe); 支持者, 贊助者. a *friend of* the truth 支持真理者 / He is no *friend to* me. 他不是我的朋友 / Christ teaches that we must love all men, *friend* or foe. 耶穌教導我們必須愛所有的人, 不論朋友或敵人.

3 同事, 朋友, 夥伴. dumb *friends* 不會說話的朋友《狗, 馬, 鳥等》/ business *friends* 生意上的朋友.

4《文章》有助益的事[物]. His natural caution proved to be his great *friend*. 他天生的警戒心對他有很大的助益.

5 (基督教)《Friend》教友派 (the Society of Friends)的一員, 基督教教友派教徒.

6《用於呼喚等》朋友;「我[我們]的朋友」.

語法 通常與 my, our 等連用, 對親密的對象、經常見面的人使用. Good morning, my (good) *friend*. 你早, 我的朋友/my honourable *friend* (我的)朋友《英國國會議員間的稱呼》/my learned *friend* (我的)朋友《英國法庭上律師間的稱呼》.

⇨ *adj.* **friendly**.

* **be friends with...** 與⋯友好. Tom *is friends with* John. 湯姆和約翰是朋友/You must *be friends with* everyone. 你要和大家好好相處.

注意 主語雖是單數亦用 friends(亦用於下列語).

màke friends (1)交朋友. (2)成為朋友, 變得友好, 《with》. John *made friends with* Peter again. 約翰和彼得言歸於好.

friend·less [ˈfrɛndlɪs; ˈfrendlɪs] *adj.* 沒有朋友的.

friend·li·er [ˈfrɛndlɪə; ˈfrendlɪə(r)] *adj.* friendly 的比較級.

friend·li·est [ˈfrɛndlɪɪst; ˈfrendlɪɪst] *adj.* friendly 的最高級.

friend·li·ness [ˈfrɛndlɪnɪs; ˈfrendlɪnɪs] *n.* U 友情; 好意; 親切; 友好, 親善.

☀**friend·ly** [ˈfrɛndlɪ; ˈfrendlɪ] *adj.* (**-li·er; -li·est**) **1** 親splash 的, 友好的, 朋友關係的, 《with》. Jane is very *friendly with* Mary. 珍和瑪莉非常友好/be on *friendly* terms *with* a person 和某人友好.

2 友好的, 親切的, 親善的, 和藹可親的, 《to, toward》. We always get a *friendly* welcome at the Browns'. 在布朗家我們總是受到親切的歡迎/a *friendly* atmosphere 友好的氣氛/in a *friendly* way 友善地.

搭配 friendly+*n.*: a ~ attitude (親切的態度), a ~ manner (親切的態度), a ~ smile (友善的微笑), ~ advice (善意的忠告), ~ relations (友好的關係).

3 我方的; 友好的; 好意的; 《to, toward》(⟷ hostile). a *friendly* nation 友好國家.

4 有利的, 有助益的, 《to》. We left port with the aid of a *friendly* wind. 我們順風出港.

— *n.* (*pl.* **-lies**) C 友誼賽《不作為聯賽等的正式比賽》(亦作 friendly mátch).

-friendly (構成複合字)「對⋯有幫助[方便]的」. user-*friendly* [電腦等]方便使用者操作的, 使用方便的.

☀**friend·ship** [ˈfrɛndʃɪp, ˈfrɛnʃɪp; ˈfrendʃɪp] *n.* (*pl.* ~**s** [~s; ~s]) **1** U 友誼, 友情, 友愛. *Friendship* is one of the most important human relationships. 友情是最重要的人際關係之一.

搭配 *adj.*+friendship: a close ~ (親密的友誼), a firm ~ (穩固的友情) // *v.*+friendship: break up a ~ (斷絕友情), form a ~ (建立友誼), keep up a ~ (保持友誼).

2 C 至交, 友好關係. a *friendship* agreement 友好協定.

fri·er [ˈfraɪə; ˈfraɪə(r)] *n.* =fryer.

fries [fraɪz; fraɪz] *v.* fry[1] 的第三人稱、單數、現在式. — *n.* fry[1] 的複數.

frieze [friz; friz] *n.* C **1** 《建築》雕帶《古代建築柱頂上相當於橫樑的部分》. **2** 牆壁等上部的帶狀裝飾.

frig·ate [ˈfrɪgɪt; ˈfrɪgɪt] *n.* C **1** 護航艦《(美)介於巡洋艦和驅逐艦之間; (英)比驅逐艦小的護衛艦》. **2** 《歷史》三桅戰艦《1750-1850 年間裝有大砲的快速帆船》.

[frieze 2]

☀**fright** [fraɪt; fraɪt] *n.* (*pl.* ~**s** [~s; ~s]) **1** U (強烈的)恐怖, 驚愕; C 恐怖的體驗, 震驚. get [have] a *fright* 大吃一驚/take *fright* at a peal of thunder 因打雷而受驚嚇/give a person a *fright* 使某人大吃一驚.

同 fright 是突然或一時的驚恐; → fear.

2 C (用單數)《口》極醜的[討厭的, 滑稽的]人[物]. Her hair looked a *fright*. 她的頭髮看起來很嚇人.

⇨ *v.* **frighten**.

☀**fright·en** [ˈfraɪtn̩; ˈfraɪtn] *vt.* (~**s** [~z; ~z]; ~**ed** [~d; ~d]; ~**ing**) **1** 使驚嚇, 使驚駭. The explosion *frightened* the villagers. 爆炸聲使村民們驚恐/I was much *frightened* at the sight. 我看見那景象十分害怕.

同 frighten 意為給予一時強烈的驚嚇; scare 的意為大致相同, 但用於因驚恐而停止行動的場合; alarm 意為面臨緊急的危險而使人感到恐懼; terrify 則強調強烈的恐懼心情.

2 嚇走《away; off》; 使嚇得做⋯《into》; 使嚇得不做⋯《out of》. I *frightened* the dog *away* by yelling at it. 我對那隻狗大吼把牠嚇走了/They *frightened* him *into* submission [*out of* going to the police]. 他們嚇得他屈服[不敢去報警]了.

☀**fright·ened** [ˈfraɪtnd; ˈfraɪtnd] *adj.* 受驚的; 畏懼的, 害怕的. a *frightened* child 受驚的孩子/She is *frightened of* snakes. 她怕蛇[習慣性的]/She was *frightened at* the sight. 她看見那景象大吃一驚[暫時的].

fright·en·ing [ˈfraɪtnɪŋ, -tnɪŋ; ˈfraɪtnɪŋ] *adj.* 駭人的.

fright·en·ing·ly [ˈfraɪtnɪŋlɪ, -tnɪŋlɪ; ˈfraɪtnɪŋlɪ] *adv.* 駭人地, 令人驚恐地.

fright·ful [ˈfraɪtfəl; ˈfraɪtfʊl] *adj.* **1** 可怕的, 駭人的, 令人毛骨悚然的. a *frightful* groan 令人毛骨悚然的呻吟聲.

2 《口》極度的, 極大的; 討厭的, 非常令人不快的, 異常的. a *frightful* bore 極為無聊的人/a *frightful* amount of work 多得可怕的工作.

fright·ful·ly [ˈfraɪtfəlɪ; ˈfraɪtfʊlɪ] *adv.* **1** 《口》極度地, 非常地, (very). **2** 可怕地, 駭人地.

frig·id [ˈfrɪdʒɪd; ˈfrɪdʒɪd] *adj.* **1** 冷凍般寒冷的, 極冷的; 寒帶的(→ temperate, torrid). **2** [態度, 待人等]冷淡的, 不客氣的.

3〔女性〕性冷感的.

fri·gid·i·ty [frɪˋdʒɪdətɪ; frɪˈdʒɪdəti] *n.* Ⓤ 極
冷; 冷淡.

frig·id·ly [ˋfrɪdʒɪdlɪ; ˈfrɪdʒɪdli] *adv.* 冷淡地.

Frígid Zòne *n.* (加 the)寒帶(→ zone 圖).

frill [frɪl; fril] *n.* **1** Ⓒ(通常 frills)(服裝、窗簾等
的)褶邊, 荷葉邊.
2 (frills)無用的裝飾; 裝腔作樣, 矯飾.

frill·y [ˋfrɪlɪ; ˈfrili] *adj.* 滿是褶邊的; 裝飾的.

fringe [frɪndʒ; frindʒ] *n.* (*pl.* **fring·es** [~ɪz; ~ɪz])
Ⓒ **1** (桌布、披巾等邊緣的)繸, 流蘇; 裝飾周圍之
物. a *fringe* of trees around the pond 圍繞池塘
的樹木.
2 邊緣; (離開中心的)外圍, 周邊; 次要的事物.
We live on the *fringes* of a big city. 我們住在大
城市的邊緣/the *fringes* of a subject 問題的表面.
3 (動植物的)鬚; (主英)(女性額前的)瀏海.
── *vt.* 在…邊緣加以裝飾, 鑲邊(*with*). Flower-
ing bushes *fringed* the roadside. 開花的灌木叢沿
路生長.

fríge bènefit *n.* Ⓒ額外福利, 福利待遇.
(本薪以外的津貼; 有薪休假、退休金等).

frip·per·y [ˋfrɪpərɪ; ˈfripəri] *n.* (*pl.* **-per·ies**)
1 Ⓤ(服飾品的)便宜而俗麗的裝飾; Ⓒ(常
fripper*ies*)便宜而俗麗的衣服(物品).
2 Ⓤ(說話, 態度等的)炫耀, 裝模作樣.

Fris·bee [ˋfrɪzbɪ; ˈfrizbiː] *n.* Ⓒ飛盤(塑膠製圓
盤, 投擲遊戲用; 商標名).

frisk [frɪsk; frisk] *vi.* (動物, 兒童等)蹦跳, 雀
躍; (蹦跳著)嬉鬧.
── *vt.* (口)搜身(從衣服上方開始用兩手觸摸身體
查看有無兇器等).

frisk·i·ly [ˋfrɪskɪlɪ; ˈfriskili] *adv.* 雀躍地; 嬉鬧地.

frisk·y [ˋfrɪskɪ; ˈfriski] *adj.* 蹦跳的, 快活的, 活
潑的; 嬉鬧的, 歡鬧的.

frit·ter¹ [ˋfrɪtɚ; ˈfritə(r)] *vt.* 一點一點地浪費(時
間, 金錢等), 消耗(精力), (*away*).

frit·ter² [ˋfrɪtɚ; ˈfritə(r)] *n.* Ⓒ油炸餅(把切細
的水果, 肉, 蔬菜等裹上麵粉油炸).

fri·vol·i·ty [frɪˋvɑlətɪ; frɪˈvɒləti] *n.* (*pl.* **-ties**)
1 Ⓤ輕薄, 輕浮.
2 Ⓒ(通常 frivolit*ies*)輕薄的言行; 無聊的行為.

friv·o·lous [ˋfrɪvələs, ˋfrɪvləs; ˈfrɪvələs] *adj.*
1 輕薄的, 輕浮的, 不莊重的. a *frivolous* girl 輕
浮的女孩. **2** 無價值的, 無聊的.

friv·o·lous·ly [ˋfrɪvələslɪ, ˋfrɪvləslɪ; ˈfrɪvələsli]
adv. 輕薄地.

frizz [frɪz; friz] *vt.* 使(頭髮)鬈曲(*up*).
── *vi.* (頭髮)鬈曲(*up*).
── *n.* [aⓊ]鬈髮, 捲毛.

friz·zle [ˋfrɪzl; ˈfrizl] *v.* (口) *vt.* 用油吱吱地炸
(肉等), (煎脆).
── *vi.* (熱油, 油炸物等)發出吱吱聲.

friz·zy [ˋfrɪzɪ; ˈfrizi] *adj.* (口)(頭髮)細而鬈曲的.

fro [fro; frəʊ] *adv.* (僅用於下列片語)
* **tò and fró** (於兩處)來來往往地, 往返地; 前後
地, 左右地. The pendulum is swinging *to* and
fro. 鐘擺來回搖擺.

frock [frɑk; frɒk] *n.* Ⓒ(基督教神職人員, 托鉢
僧等的)長上衣, 僧袍.

fróck còat *n.* Ⓒ男禮服大衣(19 世紀後半曾一
度流行的男子禮服).

***frog** [frag, frɔg; frɒg] *n.* (*pl.* ~**s**
[~z; ~z]) Ⓒ **1** (動物)蛙(參考
蟾蜍是toad(→ 圖); →tadpole).
Frogs croak. 蛙鳴.
2 盤花鈕扣(軍服, 唐裝, 睡衣上
裝等飾扣).
3 (口)(輕蔑)(*Frog*)法國人(由於
愛吃蛙之故).
hàve a fróg in the [*one's*]
thròat (口)(由於喉嚨痛使得)聲
音嘶啞.

frog·man [ˋfrag͵mæn, ˋfrɔg-;
ˈfrɒgmən] *n.* (*pl.* **-men** [-͵mɛn,
-mən; -mən]) Ⓒ(特指陸海軍的)
潛水員, 蛙人.

[frock coat]

frol·ic [ˋfralɪk; ˈfrɒlɪk] *vi.* (~**s**; **-icked**; **-ick·ing**)
嬉戲, 歡鬧, (*about*).
── *n.* Ⓒ歡鬧; 歡樂的聚會(遊戲); Ⓤ高興的
心情.

frol·ic·some [ˋfralɪksəm; ˈfrɒlɪksəm] *adj.* 嬉
鬧的, 歡樂的.

****from** [強 ˋfram, ͵fram, ˋfrʌm, ͵frʌm, 弱 frəm;
強 frɒm, 弱 frəm, frm] *prep.* (◆to)【基
點】**1** 從(某地點). fly *from* London *to*
Paris 從倫敦飛往巴黎/The town is 3 miles *from*
the place. 該城鎮離那地方 3 英里/rise *from* the
chair 從椅子上站起來/*from* above 從上方/The
dog appeared *from* behind the curtain [under
the table]. 狗從窗簾後面[桌子下面]出現(★
behind the curtain [under the table] 都是 from 的
受詞; 下例亦同)/Take one *from* among these
apples. 從這些蘋果中拿一個吧!/The signal was
not visible *from* where I stood. 從我站的地方看
不見信號.
2 從(現在, 過去, 未來的某時)(→ since *prep.* 的
語法; ◆ till). The library is open *from* nine
till [*to*] five o'clock. 圖書館從九點開放到五點/
three years *from* now 從現在起三年以後/*from*
now [then] on 從現在起[從當時起]一直(★若用
that night 代替 now, 就解釋成「從那晚起一直」)/
from birth 自出生後/I know him *from* his child-
hood. 從他小時候我就認識他/*from* before the
war 從戰前.
3 【變化, 發展】從(某物, 某狀態). a develop-
ment *from* friendship *into* love 從友誼到愛情的
發展/pass *from* one job *to* another 從一個工作轉
換到另一個/translate *from* English *into* [*to*]
French 從英文翻譯為法文.
4 從…(開始). count *from* one *to* ten 從一數到
十/*from* the first *to* the last scene 從第一幕到最
後一幕/(*from*) 10 *to* 20 people 約10個到20個人

(【語法】在此 from...to 的限定用法中, from 常被省略)/These bags are *from* 12 dollars. 這些袋子的價格從(最低的)12 美元起.

【根源】**5** 從…(來的), 來自於…. a gift *from* my uncle 我叔叔給的禮物/quotations *from* the Bible 引自聖經的字句/speak *from* memory 根據記憶陳述/Where do you come [are you] *from*? 你來自何處? (★本用法不限定於問「籍貫」, 亦可用來問「現居的地區、城市等」).

6 用〔原料, 材料〕的. Beer is made *from* barley. 啤酒是大麥做的(★與 be made of... 不同→make *A* from *B* (make 的片語))/paint *from* nature [life]/an adaptation *from* Ibsen's drama 易卜生劇本的改編.

7 從, 由於, 因, 〔原因, 動機, 根據〕; 由…(看), die *from* drinking too much 死於飲酒過量(【語法】與 die of... 不同→die[1] 1)/act *from* a sense of duty 基於責任感而行動/*from* necessity 基於必要/*From* [Judging *from*] his expression, we suspected him of lying. 從他的表情判斷, 我們懷疑他在說謊.

【分離】**8** 從…(離開). stay away *from* home 離家/Keep away *from* the dog! 別靠近那隻狗!/be absent *from* school 沒去上學.

9 有別於, 與…(不同). My opinion differs *from* yours. 我的意見和你的不同/know good *from* evil 辨別善惡/tell a wolf *from* a dog 辨別狼與狗.

10 從…(除去). if we take 4 *from* 10 若將 10 減 4/separate cream *from* milk 從牛奶中分離出奶油/Eliminate unnecessary words *from* the sentence. 請刪除句中多餘的字/Death has released him *from* his suffering. 死亡讓他從痛苦中解脫/be free *from* work 不用工作.

11 【防止, 保護】從…. Illness prevented me *from* attending the party. 我因病無法出席宴會/defend one's child *from* danger 保護子女免於危險/A big tree gave us shelter *from* the rain. 一棵大樹供我們避雨.

from nòw ón 從現在起(一直), 從今以後(→from 2).

from A to B 【語法】A, B 的部分是名詞; 這種形式的片語中, 即使名詞本來是可數名詞, 也不能有冠詞. (1)(A, B 為不同名詞)從 A 到 B, 從 A 向 B. *from* head to foot 從頭到腳, 全身.
(2)(A, B 為同一名詞)從(一個)A 到(另一個)A. *from* end *to* end 從一端到另一端/Bees are flying *from* flower *to* flower. 蜜蜂從一朵花飛到另一朵花/Customs differ *from* country *to* country. 風俗習慣各國不同.

●——**from A to B** 的慣用片語
(1)原則上 A 和 B 都不加冠詞.
(2)重音為 from À to B́.
　(a)A 和 B 為同一字:
　from coast to coast 《美》從東岸到西岸, 全國

各地
from cover to cover (書的)從頭到尾
from day to day 一天天
from door to door 挨家挨戶
from hand to hand 經過轉手
from side to side 從一邊到另一邊
　(b)A 和 B 為不相同的字:
from A to Z 自始至終
from bad to worse 越來越糟
from beginning to end 從頭到尾
from first to last 自始至終
from hand to mouth 僅能餬口
from Maine to California 全美國
from rags to riches 從赤貧到大富
from stem to stern 從船頭到船尾(到處)
from the cradle to the grave 從搖籃到墳墓, 一生
from top to bottom [toe] 從頭到腳

frond [frɑnd; frɒnd] *n.* C (蕨類, 棕櫚類等的)葉; (海草等的)葉狀體.

‖front [frʌnt; frʌnt] (★注意發音) *n.* (*pl.* [~s; ~s]) C 【前部, 前面】**1** (通常加 the)(物的)前部; (建築物等的)前面, 正面; (紙, 貨幣等的)表面; (報紙, 書籍等的)前頁; 開端; (*of*) (↔back, rear), a seat in the *front* of the bus 公車前方座位/The *front* of the car was dented. 這輛車的前部被碰凹了/the *front* of an envelope 信封的正面/the *front* of a book 書的封面.

2 (衣服, 襯衫的)前胸, 胸前部分. the *front* of a dress 禮服的胸前部分.

3 【人, 身體的前面】(人的)臉; (通常用單數)面容, 態度. with a brazen [smiling] *front* 以無恥[微笑]的態度.

4 (通常加 the)面向[沿著]街道[河川等]的土地; 海濱[湖邊]步道. a house on the (water) *front* 水邊的房子.

【前面的位置】**5** 前方, 前面的場所. (→片語 at the front).

【活動的前面】**6** (軍事)(最)前線, 戰線; (泛指)最前線, 第一線. The company went to the *front*. 連隊上了前線/This question is at the *front* today. 這是今天最令人關心的問題.

7 (思想, 政治, 社會的)陣線. the labor *front* 勞工陣線/the popular [people's] *front* 人民陣線.

8 (氣象)鋒, 鋒面. a cold [warm] *front* 冷[暖]鋒.

9 《口》門面, 招牌; (掛名的)代表者; (不法行為的)掩護者.

at the frónt (1)在正面[前面]的; (站在)前頭的. I found a seat *at the front*. 我找到前面的座位. (2)公開的.

còme to the frónt 出現在前面; 變得引人注目, 變得有名.

in frónt 在前(的); 在前部(的). walk *in front* 走在前面.

＊in frónt of... (1)在…的前面; 在…的正面; 在…

的前方；(↔ at the back of...). The foreigner was standing *in front of* the building. 那個外國人站在建築物的前面/There is a car parked illegally *in front of* my house. 有一輛汽車違規停放在我的房子前面.

(2)在〔人〕的面前，在有…的地方. You mustn't use such words *in front of* ladies. 不可在女性面前使用那種字眼.

in the frónt of... 在…的前部(的)；在…的前面. I'm used to sitting *in the front of* a bus. 我通常坐在公車的前面.

— *adj.* 《限定》《最》前部的；正面的；外面的. the *front* row 前排/a *front* seat 前座/a *front* yard 前院.

— *vt.* **1** 〔建築物〕面向，面對. The hotel *fronts* the lake. 這旅館面對湖畔.

2 在…的正面裝上(*with*)，以…裝飾正面(*with*)《通常用被動語態》. a store *fronted with* glass 正面飾以玻璃的店鋪.

— *vi.* **1** 朝向，對著(某方位)，(*on, upon, onto, to, toward*). My room *fronts on* the street [*fronts* (*toward* the) *west*]. 我的房間面向街道[面西].

2 《口》成為掛名的代表者(*for*).

front·age [`frʌntɪdʒ; ˈfrʌntidʒ] *n.* ⓒ (建築物，地皮的)正面(寬度)，範圍；(建築物的)座向.

fron·tal [`frʌntl; ˈfrʌntl] *adj.* 《限定》 **1** 前面的，正面的；向正面的〔裸體(畫)等〕. a *frontal* attack 《軍事》正面進攻. **2** 《解剖》前額的.

front bench [ˌfrʌnt`bɛntʃ; ˌfrʌntˈbentʃ] *n.* ⓒ (英)(加 the)前座(內閣閣員和反對黨領導人在下議院的最前排座位；↔ backbench)；(加 the)《單複數同形》(集合)內閣閣員及反對黨領導人.

front·bench·er [ˌfrʌnt`bɛntʃɚ; ˌfrʌntˈbentʃə(r)] *n.* ⓒ (英)(下議院)坐在最前排座位者.

frónt désk *n.* ⓒ (旅館的)詢問處，服務臺，(→ hotel 圖).

frónt dóor *n.* ⓒ 正門，前門.

fron·tier [frʌn`tɪr, frʌn-, `frʌntɪr, `frʌn-; ˈfrʌn.tɪə(r)] *n.* (*pl.* ~s [~z; ~z]) ⓒ **1** (美)(加 the)(開拓時期西部的)邊境，邊遠地區，(鄰接未開發地帶的開拓區). Cowboys helped to open up the *frontier*. 牛仔幫助開發邊境.

2 國境，邊疆，(border). the *frontier* between China and Vietnam 中國和越南的邊界/Music knows no *frontiers*. 音樂沒有國界.

3 (常 frontiers) (學問等)最尖端的(領域). the *frontiers* of linguistics 語言學的最新領域.

fron·tiers·man [frʌn`tɪrzmən, frʌn-; ˈfrʌntɪr-, ˈfrʌn-; ˈfrʌn.tɪəzmən] *n.* (*pl.* **-men** [-mən; -mən]) ⓒ 邊境開拓者；邊境[邊疆]的居民.

fróntier spírit *n.* ⓤ (美)拓荒精神.

fron·tis·piece [`frʌntɪs.pis, `frʌn-; ˈfrʌntispiːs] *n.* ⓒ (通常用單數) (書的)卷首插圖.

frónt líne *n.* ⓤ (加 the) (戰爭的)前線；(活動等的)第一線.

frónt màn *n.* ⓒ (組織的)代表人，《口》(掩護

不法行為的)幕後人物.

front-page [`frʌnt`pedʒ; ˌfrʌntˈpeidʒ] *adj.* 《限定》《口》《新聞》應刊登在報紙頭版的.

frònt páge *n.* ⓒ (報紙的)頭版；(書的)扉頁. make the *front page* (作為重要新聞)刊登在報紙的頭版.

frònt róom *n.* ⓒ (房屋)靠外面的房間(適宜作為客廳等用的房間).

frònt rúnner *n.* ⓒ (賽跑等)跑在前頭者；勝算十足的人.

‡frost [frɔst; frɒst] *n.* (*pl.* ~s [~s; ~s]) **1** ⓤ 霜；ⓒ 降霜的寒冷天氣[時期]；降霜. The ground was covered with *frost*. 地面上覆著霜/We had a severe *frost* this morning. 今天早晨霜結得很厚/early *frosts* (秋天的)早霜/late *frosts* (春天的)晚霜.

2 ⓤ (結霜般的)寒氣，寒冷；冰凍；(英)冰點下的溫度. The *frost* is keen. 寒冷刺骨/There was [were] 10 degrees of *frost* last night. (英)昨夜冷至冰點以下10度(因為華氏的冰點是32度，如果用華氏表示則為華氏22度(攝氏約零下5.5度)).

3 ⓒ 《口》落空的活動[計畫等]，失敗.

— *vt.* **1** 在…降霜覆上；凍壞[凍死]〔植物等〕 *frosted* windows 結霜的窗戶.

2 使〔玻璃等〕表面呈霜色；在〔糕餅等〕上撒糖霜(frosting).

— *vi.* 被霜所覆蓋(*over*; *up*). ⇨ *adj.* **frosty**.

frost·bite [`frɔst.baɪt; ˈfrɒstbaɪt] *n.* ⓤ 凍傷，凍瘡. suffer from *frostbite* 凍傷，生凍瘡.

frost·bit·ten [`frɔst.bɪtn; ˈfrɒst.bɪtn] *adj.* 被凍傷的，生凍瘡的；〔植物〕受霜害的.

frost·bound [`frɔst.baʊnd; ˈfrɒst.baʊnd] *adj.* 〔地面等〕結霜的，結凍的.

frost·i·ly [`frɔstəlɪ; ˈfrɒstili] *adv.* 嚴寒地；冷淡地.

frost·ing [`frɔstɪŋ; ˈfrɒstiŋ] *n.* ⓤ **1** (玻璃，金屬等的)毛面. **2** (糕餅的)糖霜(icing)《用砂糖，奶油等做成》.

frost·y [`frɔstɪ; ˈfrɒsti] *adj.* **1** 結霜的；嚴寒的. a *frosty* morning 結霜的[嚴寒的]早晨.

2 被霜覆蓋(般)的；〔頭髮等〕灰白的.

3 冷冰冰的，冷淡的.

froth [frɔθ; frɒθ] *n.* **1** Ⓐⓤ (啤酒等的)泡沫；(馬，狂犬等口吐的)白沫，Ⓒ froth 與 foam 同屬bubble 的聚積物，但 foam 的用法較普通，含義較廣.

2 ⓤ 無價值之物；廢話，空談.

— *vi.* 起泡沫；口吐白沫.

froth·y [`frɔθɪ; ˈfrɒθi] *adj.* **1** 泡沫的；泡沫多的. **2** (有表意輕蔑)(內容)無聊的，沒有價值的.

‡frown [fraʊn; fraʊn] *v.* (~s [~z; ~z]; ~ed [~d; ~d]; ~·ing) *vi.* **1** 皺眉，蹙額，(*at*)(不悅，困惑，沈思的表情)；面有難色，作出不悅的表情，(*on, upon*). Don't *frown at* me. 別對我皺眉頭/He *frowns on* his wife's wasting money. 他不喜歡妻

子那樣揮霍/Smoking in public is often *frowned upon* today. 近來在公共場所抽菸常會引人嫌惡.

2 〔由下往上看高聳的絕壁等〕顯出壓迫感.

— *vt.* 皺眉蹙額表示〔反對, 不悅等〕.

— *n.* (*pl.* ~s [~z; ~z]) C 皺眉, 蹙額; 難色, 不悅〔不贊成〕的表情; 沈思的神情. with a *frown* 皺眉地, 臉色不悅地; 沈思地/The young girl wore a worried *frown* on her brow. 那年輕女孩擔心得皺起眉頭.

frow·zy [ˈfrauzɪ; ˈfrauzɪ] *adj.* 《主英》**1** 〔人, 衣服等〕骯髒的, 邋遢的. **2** 〔房屋, 房間等〕有霉味的, 窒悶的; 髒亂的.

froze [froz; frəuz] *v.* freeze 的過去式.

fro·zen [ˈfrozn; ˈfrəuzn] *v.* freeze 的過去分詞.
— *adj.* **1** 結凍的; 極冷的. a *frozen* pond 結冰的池塘/the *frozen* Arctic 嚴寒的北極.
2 〔食品〕冷凍的. *frozen* meat 冷凍肉.
3 冷淡的, 無情的.
4 〔資產, 價格等〕被凍結的. *frozen* wages 被凍結的薪資.

fruc·ti·fy [ˈfrʌktəˌfaɪ; ˈfrʌktɪfaɪ] *v.* (-fies; -fied; ~ing) 《文章》*vi.* 〔植物〕結果實; 〔努力等〕有成果. — *vt.* 使結果實; 使有成果.

fru·gal [ˈfrugl; ˈfruːgl] *adj.* **1** 〔生活方式〕儉樸的, 節儉的, 節約的 (*of*, *with*), (↔ wasteful; → economical 同), lead a *frugal* life 過儉樸的生活/be *frugal* of one's expenses 節省開支. **2** 〔三餐等〕花費少的, 節省的, 儉樸的.

fru·gal·i·ty [fruˈgælətɪ, frɪu-; fruːˈgælətɪ] *n.* (*pl.* -ties) U 樸素, 節儉; C (通常 frugali*ties*) 樸素的生活方式.

fru·gal·ly [ˈfruglɪ; ˈfruːgəlɪ] *adv.* 樸素地; 節省地.

⁂fruit [frut, frɪut; fruːt] *n.* (*pl.* ~s [~s; ~s]) **1** UC 水果. fresh *fruit* 新鮮水果/My father does not eat much *fruit*. 我父親不大吃水果/We can grow most *fruits* in this climate. 在這種氣候下我們能栽培大多數的水果. 語法 此字通常為不可數名詞, 作集合名詞使用, 若指各個水果或水果種類時則為可數名詞.

> 搭配 *adj.*+fruit: canned ~ (罐裝水果), frozen ~ (冷凍水果), ripe ~ (熟的水果), unripe ~ (未熟的水果).

2 UC (一般指植物的)果實; (fruit*s*) (總稱)蔬菜作物, 產物. bear *fruit*(→ 片語)/harvest the *fruits* of the field 收割田裡的作物/A tree is known by its *fruit*. 樹(的好壞)要由果實判斷(聖經).

3 C (常 fruit*s*)(努力等的)成果; (好的, 壞的)結果; 報償, 回報. the *fruit*(*s*) *of* one's labor 辛勞的成果.

bèar frúit 〔植物〕結果實; 〔努力等〕有成果, 成功. This plant *bears* good *fruit*. 這株植物會結出好吃的果實.

— *vi.* 〔植物〕結果實. ⇨ *adj.* fruitful, fruity.

fruit·cake [ˈfrutˌkek, ˈfrɪut-; ˈfruːtkeɪk] *n.* UC 水果蛋糕(摻有乾果、核桃、檸檬皮等, 還常添加葡萄酒、白蘭地的蛋糕).

fruit·er·er [ˈfrutərə, ˈfrɪut-; ˈfruːtərə(r)] *n.* C (有店鋪的)水果商.

⁎fruit·ful [ˈfrutfəl, ˈfrɪut-; ˈfruːtfʊl] *adj.* **1** (內容上)成果豐碩的; 有益的, 有利的; 產生…的《〔好效果〕等). *fruitful* labors 成果豐碩的工作/a *fruitful* lecture 很有收穫的課/a *fruitful* research 成果豐碩的研究/Our discussions were most *fruitful*. 我們討論的成果相當豐富.
2 結實纍纍的; 多產的; 〔土壤等〕肥沃的. a *fruitful* tree 果實纍纍的樹. ↔ fruitless.

fruit·ful·ly [ˈfrutfəlɪ, ˈfrɪut-; ˈfruːtfʊlɪ] *adv.* 成果豐碩地; 有益地, 有利地.

fruit·ful·ness [ˈfrutfəlnɪs; ˈfruːtfʊlnɪs] *n.* U 成果豐碩, 有益.

fru·i·tion [fruˈɪʃən, frɪu-; fruːˈɪʃn] *n.* U 《文章》**1** (目標等的)達成, 實現; (努力等的)成果, 成就. come to *fruition* 獲得成就/bring one's hopes to *fruition* 實現希望, 使希望成真.
2 (植物的)結果實.

frúit knífe *n.* C 水果刀.

⁎fruit·less [ˈfrutlɪs; ˈfruːtlɪs] *adj.* **1** 沒效果的, 無益的. *fruitless* efforts 徒勞無功的努力/a *fruitless* discussion 沒有結果的討論.
2 不結果實的; 不毛的. ↔ fruitful.

fruit·less·ly [ˈfrutlɪslɪ; ˈfruːtlɪslɪ] *adv.* 無益地; 沒成果地.

frúit machíne *n.* C 《英》吃角子老虎(畫有水果圖案的一種賭具; 《美》slot machine).

frúit sálad *n.* UC 《美》水果果凍(作為甜點); 《主英》水果沙拉.

fruit·y [ˈfrutɪ, ˈfrɪutɪ; ˈfruːtɪ] *adj.* **1** 有水果味〔香〕的; 水果般的. **2** 《口》〔聲音〕甜美的, 清晰亮的; 《俚》〔說話〕(涉及性方面等)露骨的.

frump [frʌmp; frʌmp] *n.* C 《口》(穿著打扮)俗邋遢的女人.

⁎frus·trate [ˈfrʌstret; frʌˈstreɪt] *vt.* (~s [~s ~s]; -trat·ed [~ɪd; ~ɪd]; -trat·ing) **1** 使〔計畫等〕失敗, 使受挫; 使〔人〕失敗. *frustrate* the terrorists in their attempt 使恐怖分子的企圖失敗.
2 使〔某人〕有挫折感, 使沮喪. I felt very *frustrated* when he refused to join us. 當他拒絕參加時我感到非常洩氣.

frus·trat·ing [ˈfrʌstretɪŋ; ˈfrʌstreɪtɪŋ] *adj.* 使人洩氣的, 使人失望的. the *frustrating* reaction of the audience 令人失望的觀眾的反應.

frus·tra·tion [frʌsˈtreʃən; frʌˈstreɪʃn] *n.* UC **1** 失敗, 挫折. **2** 《心理》慾求不滿.

⁂fry¹ [fraɪ; fraɪ] *v.* (fries; fried; ~ing) *vt.* 油炸〔煎, 炒〕(→ cook 表). *fried* eggs 荷包蛋(亦有兩面都煎的情形)/fry up cold food 將已冷的食物炒〔煎〕熱.
— *vi.* 成為油炸〔煎, 炒〕物, 炸〔煎, 炒〕好. Rice is *frying* in the pan. 正在用平底鍋炒飯.
— *n.* (*pl.* fries) C **1** 《烹飪的》油炸物.
2 《美》(通常指戶外舉行的)油炸食物野餐會.

fry² [fraɪ; fraɪ] *n.* (*pl.* ~) Ⓒ小魚, 魚苗.

fry·er [ˋfraɪɚ; ˈfraɪə(r)] *n.* Ⓒ **1** 《主美》適合油炸的雛雞肉. **2** 油炸用的深鍋.

frý·ing pān *n.* Ⓒ平底鍋.
lèap [jùmp] out of the frýing pàn into the fíre 逃離小難更遭大難; 每況愈下, 越弄越糟.

frý pàn *n.* =frying pan.

ft. 《略》feet; foot; fort.

fuch·sia [ˋfjuʃə, ˋfju-, -ʃɪə; ˈfjuːʃə] (★注意發音) *n.* **1** Ⓒ倒掛金鐘(觀賞用灌木; 花朵垂掛如鐘; 原產於熱帶美洲; 柳葉草科). **2** Ⓤ紫紅色.

fuck [fʌk; fʌk] 《鄙》 *vi.* 性交. — *vt.* 與…性交.
Fúck it! 該死! 去他的!
Fúck you! (罵對方)去死!
— *n.* Ⓒ (通常用單數)性交.

fuck·ing [ˋfʌkɪŋ; ˈfʌkɪŋ] 《鄙》(僅強調憤怒的情緒而不表示具體的意義) *adj.* 可惡的, 過分的. I couldn't understand a *fucking* word of it. 我完全聽不懂那句話.
— *adv.* 極, 非常. It's so *fucking* ridiculous. 真是太可笑了.

fud·dle [ˋfʌdl; ˈfʌdl] *vt.* 《飲酒等》使〔人, 頭腦〕迷糊.

fud·dy-dud·dy [ˋfʌdɪˌdʌdɪ; ˈfʌdɪˌdʌdɪ] *n.* (*pl.* **-dud·dies**) Ⓒ《口》落伍的人, 守舊的人.

fudge [fʌdʒ; fʌdʒ] *n.* **1** Ⓤ牛乳軟糖(以巧克力、奶油、牛奶、砂糖製成的軟糖). **2** Ⓒ廢話; 胡說八道; 欺騙.

‡fu·el [ˋfjuəl, ˋfjuəl; ˈfjuəl] *n.* (*pl.* ~s [~z; ~z]) **1** ⓊⒸ燃料. Coal is used as [for] *fuel.* 煤炭當作燃料使用/a *fuel* tank 燃料箱. **2** Ⓤ引起衝動的事物. The boy's excuse was *fuel* to his father's rage. 那個男孩的狡辯令他父親怒不可抑.
— *v.* (~s; 《美》 ~ed, 《英》 ~led; 《美》 ~ing, 《英》 ~ling) *vt.* 為…補充燃料; 使〔憤怒等〕火上加油, 對…推波助瀾. *fuel* ships at sea 在海上為船隻補充燃料.
— *vi.* 補充燃料(*up*).

fug [fʌg; fʌg] *n.* ⓐⓊ《主英、口》(擁擠的房間內)窒悶的空氣.

fu·gi·tive [ˋfjudʒətɪv, ˋfɪu-; ˈfjuːdʒɪtɪv] *adj.* **1** 《限定》逃跑的, 逃亡中的, 逃脫的. a *fugitive* criminal 逃犯. **2** 《雅》易逝的, 短暫的; 即興的. *fugitive* pleasures 短暫的快樂. **3** 《美術》〔顏色〕褪色的, 變淡的. a *fugitive* color 易褪的顏色.
— *n.* 逃亡者; 亡命者; 難民. *fugitives* from the front 前線的逃兵.

fugue [fjug, fɪug; fjuːg] *n.* 《音樂》Ⓒ賦格曲.

-ful *suf.* (★ 1, 2 為 [-fəl; -fəl], 3 為 [-ful; -fol]) **1** 《加在名詞之後構成形容詞》「具有…性質的, 充滿…」之意. beauti*ful.* care*ful.*
2 《加在動詞之後構成形容詞》「易…的, 動輒…的」之意. forget*ful.* wake*ful.*
3 《加在名詞之後構成名詞》「滿滿(一杯)…的量」之意. cup*ful.* hand*ful.* ★複數為 -fuls (偶也-sful) two spoon*fuls* of sugar (兩匙的砂糖).

ful·cra [ˋfʌlkrə; ˈfʊlkrə] *n.* fulcrum 的複數.

ful·crum [ˋfʌlkrəm; ˈfʊlkrəm] *n.* (*pl.* ~**s**, **-cra**) Ⓒ(槓桿的)支點, 支撐處.

‡ful·fill《美》, **ful·fil**《主英》 [fʊlˋfɪl; fʊlˈfɪl] *vt.* (~**s** [~z; ~z]; **-filled** [~d; ~d]; **-fill·ing**) **1** 履行, 實行, 〔約定, 義務, 命令等〕完成〔工作等〕. *fulfill* a promise [one's mission] 實踐諾言[完成使命]. **2** 達成〔目的等〕; 實現, 達成, 〔要求〕; 符合〔條件等〕. I think this candidate best *fulfills* our requirements. 我認為這個候選人最符合我們的要求/His prophecy was *fulfilled.* 他的預言實現了.
圈配 fulfill (1-2)+*n.*: ~ a condition (符合條件), ~ one's duty (盡義務), ~ an engagement (達成約定), ~ expectations (達成期望).
fulfíll onesèlf 充分發揮自己的能力.

ful·fill·ment《美》, **ful·fil·ment**《主英》 [fʊlˋfɪlmənt; fʊlˈfɪlmənt] *n.* ⓊⒸ **1** 實行, 執行; 實現; 滿足. **2** (成功後的)滿足感. My work gives me a great sense of *fulfillment.* 工作給予我很大的滿足感.

‡full [fʊl; fʊl] *adj.* (~**·er**; ~**·est**) 【充滿的】 **1** 滿的, 充滿的, 擠滿的, 《*of*》(➜ empty). a *full* cup of coffee 滿滿一杯咖啡/The tank is *full* of water. 水箱裝滿了水/Don't speak with your mouth *full.* 嘴裡有食物時請勿說話/a train *full* of passengers 坐滿乘客的火車[電車]/The train was *full* (*up*). 火車客滿/a composition *full* of grammatical errors 一篇滿是文法錯誤的作文.
2 (a)肚子填飽的, 吃飽的. Eat till you are *full.* 你要吃到飽喔! /on a *full* stomach 肚子飽飽的.
(b)《敘述》(內心, 頭腦等)填滿的, 盤據的, 《*of*》. My heart is too *full* for words. 內心激動得說不出話來/The farmers were *full* of complaints. 農夫們心中滿是牢騷/the freshmen *full* of life and joy 充滿生氣與喜悅的新鮮人.
【無不足的】 **3** 完全的, 全部的; 最大限度的; 〔生活等〕充實的, 盡*full* marks [a *full* mark] 得滿分/The roses are in *full* bloom. 玫瑰盛開/*full* employment 充分就業/*full* tide 滿潮, 漲潮/a *full* text 全文/a *full* member 正式會員/a *full* professor 正教授(通常用於與 associate professor 以下的教授區別時)/tell a *full* story 把事情說完整/run at *full* speed 全速奔馳.
圈配 full+*n.*: a ~ description (完整的紀錄), a ~ report (完整的報告), ~ authority (最大的權限), ~ knowledge (完整的知識), ~ support (完全的支持).
4 《加表示數量的詞》整整的, 滿…, (➜ fully). a *full* mile 整整一英里/five *full* years=a *full* five years 五年整.
【夠多的】 **5** 充分的, 豐盛的; 詳細的《*on*》. a *full* meal 豐盛的一餐/Santa Claus has a *full* beard. 聖誕老人有滿臉的大鬍子/His report was very *full on* the financial aspects. 他的報告在財

務方面相當詳細.

6 〔臉等〕豐滿的, 圓鼓鼓的. a *full* face 胖嘟嘟的臉/a *full* figure 豐盈的身材(婉轉地指肥胖者).

7 〔充分用布使衣服〕寬鬆的, 多褶的.

8 〔限定〕〔聲音〕宏亮的;〔(樂) 音〕豐富的, 優美的;〔顏色, 味道等〕濃厚的;〔通常指葡萄酒等〕濃郁的(rich). ⇨ v. fill. *adv.* fully.

— *n.* ⓤ(通常加 the)充分, 完整; 全部; 全盛. I cannot tell you the *full* of it. 我不能全部都告訴你.

at the fúll 達到〔抵達〕頂點;〔花等〕盛開地〔的〕;〔潮水〕漲潮地〔的〕.

in fúll 不予省略地; 全部; 全額. Write your name in *full*. 寫下你的全名.

* *to the fúll* [*fúllest*] 最大限度; 非常. enjoy oneself *to the full* [*fullest*] 盡情享樂(直到心滿意足).

— *adv.* **1** 從正面(straight), 直接地. The ball hit the boy *full* in the face. 那顆球正中那男孩的臉.

2 非常(very)(★除了 full well 以外的用法都是《詩》或《古》); 充分地(fully). He knew *full* well that he didn't have long to live. 他十分明白自己將不久於人世了.

fùll áge *n.* ⓤ成年.

full-back [ˋfʊlˎbæk; ˈfʊlbæk] *n.* ⓒ《足球、曲棍球》後衛.

full-blood·ed [ˋfʊlˋblʌdɪd; ˌfʊlˈblʌdɪd] *adj.* 〔限定〕**1** 血統純的, 純種的; 純粹的.
2 血氣方剛的, 熱情的; 精力旺盛的.

full-blown [ˋfʊlˋblon; ˌfʊlˈbləʊn] *adj.* **1** 〔花〕盛開的. **2** 充分發展的; 全面性的〔戰爭, 成功等〕.

full-bod·ied [ˋfʊlˋbɑdɪd; ˌfʊlˈbɒdɪd] *adj.* 〔酒等〕濃醇的.

full-dress [ˋfʊlˋdrɛs; ˌfʊlˈdres] *adj.* **1** 〔穿〕正式服裝的, 穿著禮服的, 盛裝的. a *full-dress* uniform 正式軍裝.
2 正式的. a *full-dress* debate 正式辯論.

full-fash·ioned [ˋfʊlˋfæʃənd; ˌfʊlˈfæʃnd] *adj.* 《美》〔女裝〕編織〔剪裁〕十分合身的.

full-fledged [ˋfʊlˋflɛdʒd; ˌfʊlˈfledʒd] *adj.* 《主美》〔鳥〕羽毛豐滿的(能飛的);〔受過訓練而〕能獨當一面的. a *full-fledged* translator 完全合格的譯者.

full-grown [ˋfʊlˋgron; ˌfʊlˈgrəʊn] *adj.* 〔特指動植物〕完全長大〔成熟〕的.

fùll hóuse *n.* ⓒ額滿, 客滿;〔紙牌〕葫蘆《手上的五張牌中有三張同點數及另兩張同點數》.

full-length [ˋfʊlˋlɛŋkθ, -ˋlɛŋθ; ˌfʊlˈleŋθ] *adj.* **1** 〔照片, 繪畫, 鏡子等〕全身的, 照全身的;〔衣服〕長達足跟的. **2** 〔小說, 戲劇等〕標準長度的(小說為 400-500 頁左右).

fùll márks *n.* 《作複數》《英》滿分(《美》亦使用於比喻時).

fùll móon *n.* (加 the 或 a)滿月, 月圓, (→ moon 圖).

fùll náme *n.* ⓒ(不省略的)全名《例如不寫

T. S. Eliot 而寫 Thomas Stearns Eliot》.

full·ness [ˋfʊlnɪs; ˈfʊlnɪs] *n.* ⓤ滿, 充滿; 完全, 充分; 豐富; 滿足. a feeling of *fullness* 充實感, 滿足感.

full-page [ˋfʊlˎpedʒ; ˈfʊlˌpeɪdʒ] *adj.* (特別指報紙廣告等)全面的, 全版的.

full-scale [ˋfʊlˋskel; ˌfʊlˈskeɪl] *adj.* **1** 〔繪畫, 圖面, 模型等〕原尺寸的, 實物大小的.
2 〔限定〕全面的; 全力以赴的; 完整的〔著述等〕.

fùll stóp *n.* ⓒ句號, 句點, (《主美》 period).
come to a full stop 完全停止〔終了〕.

fùll tíme *n.* ⓤ正常〔標準〕工作時間(上班) 一職, (→ part time).

full-time [ˋfʊlˋtaɪm; ˌfʊlˈtaɪm] *adj.* 標準工作時間(制)的; 全職的, 專任的; (→ part-time). a *full-time* teacher 專任教師/a *full-time* job 全職工作;《口》(忙得)無暇休息的工作.
— *adv.* 專任地.

***ful·ly** [ˋfʊlɪ; ˈfʊlɪ] *adv.* **1** 十分; 完全地, 充分地. be *fully* satisfied 極為滿意的/The captain never *fully* trusted his men. 隊長從未完全信任他的隊員.
2 足足, 至少. I walked *fully* ten miles. 我走了足足十英里.

ful·ly-fash·ioned [ˋfʊlɪˋfæʃənd; ˌfʊlɪˈfæʃnd] *adj.* 《英》=full-fashioned.

ful·ly-fledged [ˋfʊlɪˋflɛdʒd; ˌfʊlɪˈfledʒd] *adj.* 《英》=full-fledged.

ful·mi·nate [ˋfʌlməˎnet; ˈfʌlmɪneɪt] *vi.* 《文章》強烈地反對〔責難〕(*against, at*).

ful·mi·na·tion [ˌfʌlməˋneʃən; ˌfʌlmɪˈneɪʃn] *n.* ⓤ嚴厲的譴責.

ful·some [ˋfʊlsəm, ˋfʌl-; ˈfʊlsəm] *adj.* 《文章》〔恭維等〕過分的.

fum·ble [ˋfʌmbl; ˈfʌmbl] *vi.* **1** (笨拙地)摸索. The child *fumbled* (about) in the drawer *for* a pencil. 那個孩子翻遍抽屜找鉛筆.
2 (沒把握地)觸弄; (不知所措地)扒弄. *fumble at* (opening) the lock (試圖打開而)觸弄著鎖/The girl blushed and *fumbled with* her handkerchief. 那個女孩紅著臉扒弄自己的手帕.
3 《棒球》(球)漏接, 失球.
— *vt.* **1** 笨拙地處理; 摸索; 造成…失誤.
2 《棒球等》漏接〔球〕, 失球.
fùmble one's wáy 用手摸索著〔笨手笨腳地〕前進.
— *n.* ⓒ做錯, 失誤;《棒球等》失球, 漏接.

fume [fjum, fɪum; fjuːm] *n.* ⓒ(通常 fumes)強烈刺鼻的臭氣, (有害或難聞的)氣, 蒸氣, 煙. the strong *fumes* of acid 強烈酸性臭氣.
— *vt.* 使〔木材等〕冒煙.
— *vi.* **1** 冒煙, 燻. **2** 《口》極為生氣.

fu·mi·gate [ˋfjuməˎget, ˋfɪu-; ˈfjuːmɪgeɪt] *vt.* 以煙燻消毒〔房間, 衣服等〕.

fu·mi·ga·tion [ˌfjuməˋgeʃən; ˌfjuːmɪˈgeɪʃn] *n.* ⓤ煙燻消毒(法).

***fun** [fʌn; fʌn] *n.* ⓤ **1** 嬉戲; 戲謔, 玩笑. Uncle Sam is full of *fun*. 山姆叔叔老愛說笑. **2** 趣味, 樂趣. We had lots of *fun* at the

picnic. 我們野餐玩得很開心/What *fun*! 多麼好玩!
3 有趣的事[人]。 George is good *fun* at parties.
喬治在聚會上很風趣/It is great *fun* playing golf
with you. 和你一起打高爾夫球實在很愉快.
注意 不作 *a* good [*a* great] *fun*.
4 《主美》《形容詞性》有趣的, 愉快的. a *fun*
gathering 愉快的聚會. ⇨ *adj.* **funny**.
* **for fún** (1)為了樂趣. I play the violin just *for*
fun. 我拉小提琴只是為了樂趣. (2)開玩笑似的, 半
開玩笑的.

for the fún of it 鬧著玩地.

in fún = for fun (2).

like fún 《口》(1)絕對不是… (not at all). She's a
beauty! *Like fun* (she is)! 說她是個美人, 門都沒
有! (2)順利地[暢銷等]; 猛烈地.

* **máke fún of...** 取笑, 捉弄. It's not nice to
make fun of others. 取笑別人是不好的.

póke fún at...=make fun of...

‖func·tion [ˋfʌŋkʃən; ˈfʌŋkʃn] *n.* (*pl.* ~s [~z;
~z]) ⓒ 【 作用 】 **1** 機能, 功能,
(本來的)作用. the *function* of the brain 腦的機
能. **2** 《數學》函數.
3 (人, 事物的)職位, 任務, 職務. the *function*
of a university 大學的任務/discharge several
functions 完成多項任務.
4 官方[正式]的儀式, 典禮; (正式的)社交聚會.
court *functions* 宮廷儀式.

— *vi.* **1** 《機械等》運轉. The motor is not *func-
tioning* properly. 馬達運轉不正常.
2 有…作用; 達成職責, 發揮功能; 《*as*》發揮原
來的作用[機能]. This radio also *functions* as an
alarm clock. 這個收音機也有鬧鐘的功能.

func·tion·al [ˋfʌŋkʃən; ˈfʌŋkʃn̩əl] *adj.* **1** 機
能上的, 官能上的. a *functional* disease 《醫學》機
能性疾病(非器官(organ)本身, 而是與器官功能相
關的疾病). **2** 功能本位的; 實用的; 具有實用功能
的. **3** 《敍述》能夠動作的; 可發揮功能的. **4** 《數
學》函數的.

func·tion·al·ism [ˋfʌŋkʃən.ɪzəm;
ˈfʌŋkʃn̩əlɪzəm] *n.* ⓤ (建築, 設計等的)功能主義.

func·tion·al·ly [ˋfʌŋkʃənlɪ; ˈfʌŋkʃn̩əlɪ] *adv.*
機能上.

func·tion·ar·y [ˋfʌŋkʃən.ɛrɪ; ˈfʌŋkʃn̩ərɪ] *n.*
(*pl.* -**ar·ies**) ⓒ 《通常表輕蔑》官吏; 職員; 小公務員.

fúnction wòrd *n.* ⓒ《文法》功能詞(主要用
於表示句子關係的詞; 介系詞, 連接詞, 助動詞等).
↔ content word).

‖fund [fʌnd; fʌnd] *n.* (*pl.* ~s [~z; ~z]) ⓒ
【 資本 】 **1** 資本, 基金, 專款; 預備金.
found [establish] a *fund* 設立基金/raise a *fund*
for the relief of the poor 為救濟貧民募款.
2 (funds)財源, 現款; (英)(the funds) 國債, 公
債. My *funds* are running low. 我的積蓄快沒有
了/'No *funds*' (銀行)「無存款」(發給支票戶的
意思).
【 貯藏 】 **3** (通常用單數)累積(store). a *fund* of
information 資訊的累積/Grandfather has a *fund*
of amusing old tales. 爺爺熟知許多有趣的老故事.

— *vt.* **1** 資助〔活動, 組織等〕. We are looking
for an organization to *fund* our research pro-
ject. 我們正在找一個團體資助我們的研究計畫.
2 《經濟》將〔短期借款〕轉為長期公債.
[字源] FUND「基礎」: *fund*, *fund*amental (基礎
的), *found*ation (基礎).

‖fun·da·men·tal [.fʌndəˋmɛntl; ˌfʌndəˈmentl]
adj. **1** 基礎的, 根本的, 基本的, (basic), take
a *fundamental* course in mathematics 上數學基礎
課程/a *fundamental* change 根本性的改變[變革].
2 主要的, 必需的, 重要的, 《*to*》(essential).
This book is *fundamental to* a true understand-
ing of Christianity. 這本書對於真正瞭解基督教是
不可或缺的.
— *n.* ⓒ (常 fundamentals)基礎, 基本, 根本;
原理. the *fundamentals* of baseball 棒球的基本
規則.

fun·da·men·tal·ism [.fʌndəˋmɛntl.ɪzəm;
ˌfʌndəˈmentəlɪzəm] *n.* ⓤ (基督教的)基本教義論
(信奉聖經, 反對進化論).

fun·da·men·tal·ist [.fʌndəˋmɛntl.ɪst;
ˌfʌndəˈmentəlɪst] *n.* ⓒ 基督教信奉基本教義論者.

fun·da·men·tal·ly [.fʌndəˋmɛntl.ɪ;
ˌfʌndəˈmentəlɪ] *adv.* 根本地, 本質地.

‖fu·ner·al [ˋfjunərəl, ˋfɪu-; ˈfjuːnərəl] *n.* (*pl.*
~s [~z; ~z]) ⓒ **1** 葬禮, 喪禮;
(通常用單數)出殯行列. at a *funeral* 在葬禮上/
attend a *funeral* 參加葬禮/Beethoven was given
a state *funeral*. 貝多芬被予以國葬.
2 《形容詞性》葬禮[喪禮]的. a *funeral* service
葬禮/*funeral* rites 葬儀/a *funeral* march 葬禮進
行曲.
It [That] is a pèrson's (òwn) fúneral. 《口》只
與本人有關(不關他人之事). Do as you will; *it's*
your *funeral*. 隨你的意思去做吧; 那是你自己的事.

fúneral dirèctor *n.* ⓒ 殯儀業者(under-
taker).

fúneral hòme [(美) **pàrlor**] *n.* ⓒ 殯儀
館.

fu·ne·re·al [fjuˋnɪrɪəl, fɪu-; fjuːˈnɪərɪəl] *adj.*
1 陰鬱的, 令人難過的. **2** 適於喪禮的.

fun·fair [ˋfʌn.fɛr; ˈfʌnfeə(r)] *n.* ⓒ (英)(用 拖
車拉著到各地的)流動遊樂場((美) amusement
park).

fun·gi [ˋfʌndʒaɪ; ˈfʌŋgaɪ] *n.* fungus 的複數.

fun·gous [ˋfʌŋgəs; ˈfʌŋgəs] *adj.* **1** 蕈狀的; 靠
菌類生長的. **2** 突然生長蔓延的.

fun·gus [ˋfʌŋgəs; ˈfʌŋgəs] *n.* (*pl.* -**gi**, ~**es**) (植
物) ⓒ 真菌; ⓤ 真菌類(mushroom, toadstool,
mold, mildew 等).

fu·nic·u·lar [fjuˋnɪkjələ., fɪu-; fjuːˈnɪkjʊlə(r)]
n. ⓒ 登山纜車, 纜索鐵路, (亦作 funicular ráil·
way).

funk [fʌŋk; fʌŋk] *n.* ⓒ **1** (用單數)《口》恐慌,
驚恐, (fear). in a *funk* of 驚恐…/in a blue
funk 害怕地. **2** 懦夫.

— vt. 害怕，退縮。— vi. 畏縮，退縮。

funk·y [ˈfʌŋkɪ; ˈfʌŋkɪ] adj. **1** 〔爵士樂〕帶有鄉土味的，藍調風格的。

2 〔俚〕流行的；帥氣的，出色的；很有魅力的。

fun·nel [ˈfʌnl; ˈfʌnl] n. ⓒ **1** (汽船，火車等的)煙囪。**2** 漏斗。

— v. (~s; 《美》~ed, 《英》~led; 《美》~ing, 《英》~ling) vt. 使流經漏斗(那樣狹窄的地方)。**2** 把[手等]做成漏斗形。

— vi. 經過狹窄的地方。

fun·ni·er [ˈfʌnɪr; ˈfʌnɪə(r)] adj. funny 的比較級。

fun·ni·est [ˈfʌnɪɪst; ˈfʌnɪɪst] adj. funny 的最高級。

fun·ni·ly [ˈfʌnɪlɪ; ˈfʌnɪlɪ] adv. 滑稽地，有趣好笑地；奇怪地。funnily enough 《英》極其奇怪地(《美》funny enough)。

***fun·ny** [ˈfʌnɪ; ˈfʌnɪ] adj. (-ni·er; -ni·est) **1** 好笑的，滑稽的，好玩的，(→ amusing 同)。funny stories 滑稽故事/Don't be funny. 別開玩笑，正經點。

2 《口》反常的，古怪的，(strange)。It's funny he didn't know that. 真奇怪，他會不知道那件事/funny enough 《美》極其奇怪地(《英》funnily enough)。

3 《口》〔行動等〕奇怪的，可疑的。

4 《口》〔身體，情緒〕不舒服的，稍感不適的。I felt a bit funny and wanted to lie down. 我覺得有點不舒服想躺下來。

fúnny bòne n. ⓒ《口》(肘部的)尺骨之端(碰撞時會發麻的部位)。

***fur** [fɝ; fɜː(r)] n. (pl. ~s [~z; ~z]) **1** Ⓤ (覆蓋貓、兔身上柔軟的)毛，毛皮。The bodies of most mammals are covered with fur. 大多數哺乳類動物的身體被柔毛覆蓋著。

2 (a) ⓒ (一隻貂，狐，海豹的)毛皮(→ leather 參考)；(furs)毛皮製品(圍巾，披肩，大衣，墊氈等)。a lady in furs 穿毛皮大衣的貴婦/a fine fox fur 高級的狐皮/trade furs for guns 用毛皮交換槍。(b)《形容詞性》毛皮(製)的。a fur coat 毛皮大衣/a fur stole 毛皮披肩。

3 Ⓤ (生病時舌上長的)舌苔；(水壺口和內側等的)水垢。⇨ adj. furry.

— v. (~s; ~red; ~ring) vi. (水壺等)生水垢；(舌)生舌苔。

— vt. 使…生水垢；使(舌)長舌苔。

fur·bish [ˈfɝbɪʃ; ˈfɜːbɪʃ] vt. **1** (通常指)磨光[擦亮][長期不用之物]；檢修。

2 重新溫習[忘記的知識等]。

*fu·ri·ous [ˈfjʊrɪəs, ˈfɪʊ-; ˈfjʊərɪəs] adj. **1** 激怒的，狂怒的，(with, at; to do)。The boss got furious with me [at what I had done; to know what I had done]. 上司對我[由於我所做的；得知我所做的]大發雷霆。

2 〔暴風雨等〕激烈的，猛烈的；〔行動，速度等〕狂烈的。a furious storm 猛烈的暴風雨/at a furious

speed 狂烈的速度。

圖配 furious＋n.: a ~ argument (激烈的辯論)，a ~ controversy (激烈的爭論)，a ~ quarrel (激烈的口角)，~ activity (激烈的活動)。

⇨ n. fury.

fu·ri·ous·ly [ˈfjʊrɪəslɪ, ˈfɪʊ-; ˈfjʊərɪəslɪ] adv. 狂暴地；激烈地。work furiously 拚命地工作[學習]。

furl [fɝl; fɜːl] vt. 捲起[帆，旗 等]；摺攏，收起[傘，扇等]。

— vi. 捲起；摺疊起。

fur·long [ˈfɝlɔŋ; ˈfɜːlɒŋ] n. ⓒ 浪(長度單位；一英里的八分之一；約 201 公尺)。

fur·lough [ˈfɝlo; ˈfɜːləʊ] n. ⒰Ⓒ (特指在外的公務員，軍人等)休假。go home on furlough 休假回家。

fur·nace [ˈfɝnɪs, -əs; ˈfɜːnɪs] n. ⓒ 爐，火爐；熔爐；(普通，地下室裝的)暖氣鍋爐爐。

***fur·nish** [ˈfɝnɪʃ; ˈfɜːnɪʃ] vt. (~es [~ɪz; ~ɪz]; ~ed [~t; ~t]; ~ing) **1** 〔文章〕(a)供給，提供，準備，[必需品]，(provide)。The school furnishes all the textbooks. 學校準備所有的課本。(b)供給，提供，(with〔物〕)；供應[於〔人〕)。furnish a person with necessary information＝furnish necessary information to a person 向某人提供必要的情報 [語法]《美》亦可用 匝型4》furnish a person necessary information)/She furnished herself with a toilet set. 她備有一整套的化粧用品。

圖配 furnish＋n.: ~ aid (提供援助)，~ an answer (提供答案)，~ an example (備有例子)，~ an explanation (備有說明)，~ proof (提供證據)。

2 為[房子，房間]配備家具(→ equip 同)。The house is poorly furnished. 這房子的家具少得可憐/furnished rooms to let 房間出租。家具俱全。

fur·nish·ings [ˈfɝnɪʃɪŋz; ˈfɜːnɪʃɪŋz] n.《作複數》**1** 家具，陳設；設備。參考比 furniture 範圍更廣，包括窗簾、浴室、自來水、瓦斯、電話等設備。**2**《美》服飾品；衣料。

***fur·ni·ture** [ˈfɝnɪtʃɚ; ˈfɜːnɪtʃə(r)] n. Ⓤ《集合》(住宅，房間的)家具，日用器具；(辦公室等的)辦公用品。a piece [an article] of furniture 一件家具/a suite [set] of furniture 一套家具/We don't have much furniture. 我們沒有很多家具/a store specializing in office furniture 專售辦公用品的店/garden furniture 庭園家具(庭園或屋外用的桌椅等)。

● ——各種家具

bed	床	table	桌子
chair	椅子	stool	凳子
cupboard	餐具櫃	desk	書桌
couch	長沙發	sofa	沙發
bookcase	書櫃	wardrobe	衣櫥
chest	大箱	cabinet	陳列櫃
sideboard	餐具櫃		
grandfather('s) clock	落地式大擺鐘		

F

fu·ror, 《主英》**fu·rore** [ˈfjurɔr, ˈfɪu-; ˈfjʊərɔ:(r)], [ˈfjuror, fjuˈrɔrɪ; fjʊəˈrɔ:rɪ] n. ⓐⓊ
1 (突發的)強烈興奮[惱怒].
2 狂熱的流行時尚[讚賞].

fur·ri·er [ˈfɝɪɚ; ˈfɝ:rɪə(r)] n. ⓒ 皮貨商[匠].

fur·row [ˈfɝo, -ə; ˈfʌrəʊ] n. ⓒ **1** (旱田耕壟 (ridge)之間的)犂溝, 畦; (車的)轍. **2** (特指額上的)深皺紋.
— vt. 犂, 在…上築壟埂; 使(臉)上起皺紋.

fur·ry [ˈfɝɪ; ˈfɝ:rɪ] adj. 柔毛的; 像毛皮般柔軟的; 毛皮(製)的. ⇨ n. fur.

fur·ther [ˈfɝðɚ; ˈfɝ:ðə(r)] adv. 《far 的比較級; 最高級是 furthest》 **1** (時間, 距離等)更早地, 更遠地, 《from》(→ farther 語法). I can walk no *further*. 我再也走不動了/A mile *further*, and we shall be at our journey's end. 再走一英里, 我們就到達旅途的終點/*further* back than the 16th century 追溯到 16 世紀以前/Nothing is *further from* my thoughts (than that). 那是我想都不曾想到過的事.
2 更進一步地, 更深地, 繼續地. inquire *further* into the affair 進一步調查此事.
3 更, 此外, 而且, (★通常用 furthermore).
— adj. 《far 的比較級》《限定》 **1** 更遠的, 遠方的, (語法 這一意思按理說該用 farther, 但實際上多使用 further). on the *further* side of the road 在路的那一頭.
2 更多的, 更進一步的. ask for *further* details 要求更詳細的說明.
till fúrther nótice 在另行通知之前, 在有新的變更之前(保持現狀).
— vt. 《文章》助長, 促進, 推動. *further* public welfare 推動公共福利.

fur·ther·ance [ˈfɝðɚəns, -ðrəns; ˈfɝ:ðərəns] n. Ⓤ《文章》助長, 促進, 推動.

fúrther educátion n. Ⓤ《英》成人教育 (以受完義務教育但沒上正規大學的人為對象).

fur·ther·more [ˈfɝðɚ͵mor, ˈfɝðə-, -͵mɔr; ͵fɝ:ðəˈmɔ:(r)] adv. 而且, 此外, 不僅如此, (→ further 3).

fur·ther·most [ˈfɝðɚ͵most; ˈfɝ:ðəməʊst] adj. = furthest.

fur·thest [ˈfɝðɪst; ˈfɝ:ðɪst] adv., adj. 《far 的最高級; 比較級是 further》= farthest. 參考 在《口》中 furthest 比 farthest 常用.

fur·tive [ˈfɝtɪv; ˈfɝ:tɪv] adj. 《文章》偷偷摸摸的, 鬼鬼祟祟的, 祕密的. Dora gave a *furtive* glance at the teacher. 朵拉偷看老師一眼.

fur·tive·ly [ˈfɝtɪvlɪ; ˈfɝ:tɪvlɪ] adv. 《文章》怕人看見地, 掩人耳目地.

fu·ry [ˈfjʊrɪ, ˈfɪurɪ; ˈfjʊərɪ] n. (pl. **-ries** [~z; ~z])
1 Ⓤⓒ (通常用單數)狂怒, 大怒. fly into a *fury* 勃然大怒/Jane is in one of her *furies*. 珍又在大發雷霆了. 回 fury 是接近發狂般的大怒; → anger.
2 ⓐⓊ 激情, (感情的)激發《(氣候等的)狂暴, 猛烈, 兇惡. The storm raged in all its *fury*. 暴風雨猛烈地肆虐/My tooth ached like *fury*. 我的牙齒劇痛.

furze [fɝz; fɝ:z] n. Ⓤ《植物》金雀花 (gorse)《歐洲野生豆科灌木; 開黃花》.

***fuse**[1] [fjuz, fɪuz; fju:z] n. (pl. **fus·es** [~ɪz; ~ɪz]) ⓒ《電》保險絲; (炸彈等的)引信, 導火線. The *fuse* has blown. 保險絲熔斷了.

— vt. **1** 在…接上保險絲[引信], 導火線. **2** 使…的保險絲熔斷.
— vi. 《電器用品[設備]的)保險絲熔斷.

fuse[2] [fjuz, fɪuz; fju:z] vt. **1** (用熱)使(金屬等)熔化; 使(金屬等)熔合(*together*). **2** 使合而為一, 使聯合. [fuse[1]]
— vi. **1** (用熱)熔化; 熔合. **2** 合而為一, 合併. ⇨ n. fusion.

fu·se·lage [ˈfjuzl͵ɪdʒ, ˈfɪu-, -͵ɑʒ; ˈfju:zəlɑ:ʒ] n. ⓒ (飛機的)機身(→ airplane 圖).

fu·si·ble [ˈfjuzəbḷ, ˈfɪu-; ˈfju:zəbl] adj. 易熔化的, 可熔性的.

fu·sil·lade [͵fjuzlˈed, ͵fɪu-; ͵fju:zɪˈleɪd] n. ⓒ **1** 一齊[連續]射擊. **2** (問題, 批評等的)連續發問, 集中, a *fusillade* of heavy rain 連日的豪雨.

fu·sion [ˈfjuʒən, ˈfɪu-; ˈfju:ʒn] n. **1** Ⓤ (金屬等的)熔解, 融合; ⓒ 熔解物.
2 Ⓤ《物理》核融合 (亦稱 nùclear fúsion).
3 Ⓤⓒ (泛指)融合, (政黨等的)聯合, 合併. **4** (音樂)融合(爵士)樂. ⇨ v. fuse[2].

***fuss** [fʌs; fʌs] n. ⓐⓊ **1** (些微小事引起的)大騷動, 大驚小怪, 小題大作. make much [a great] *fuss about* [*over*] trifles 對瑣事大驚小怪/get into a *fuss* 焦急, 焦慮/What's all the *fuss about*? 究竟在騷動些甚麼?
2 爭吵, 爭執. have a *fuss* with one's colleagues 與同事發生爭執.
kick úp a fúss 大吵大鬧.
màke [cáuse] a fúss 《口》(因受害等而)訴苦, 提出意見.
màke a fúss of... 溺愛, 討好(人).
— vi. 焦慮不安; 小題大作, 大驚小怪, 《about〔小事〕》. Don't *fuss (about)*. 別急躁, 公車很快就來/He's always *fussing about* his health. 他老是對自己的健康小題大作.
— vt. 使(人)焦慮不安[慌張]. I'm not *fussed* (about such things). 《英、口》我才不(為這種事)擔心呢!
fúss over... 為…(的事)煩擾. My parents have long ceased to *fuss over* my grades. 我的父母早就不為我的成績煩擾了.

fuss·i·ly [ˈfʌsɪlɪ; ˈfʌsɪlɪ] adv. 煩人地; 慌慌張張地.

fuss·i·ness [ˈfʌsɪnɪs; ˈfʌsɪnɪs] n. Ⓤ煩人.

fuss·y [ˈfʌsɪ; ˈfʌsɪ] adj. 《輕蔑》 **1** 煩躁的, 煩人的, 《about〔小事〕》; (性質, 動作等)慌慌張張的. a *fussy* old lady 煩人的老太太/Frances is too *fussy about* clothing. 法蘭西絲對服裝太挑剔了.

2 〔服裝, 家具等〕過分裝飾的, 過於講究的.

3 〔美〕〔工作等〕麻煩的.

fust·y [ˋfʌstɪ; ˈfʌstɪ] *adj.* **1** 發霉臭的, 使人透不過氣的. **2** 古板的, 落伍的.

fu·tile [ˋfjut], ˋfɪu, -tɪl; ˈfjuːtaɪl] *adj.* 《文章》 **1** 〔行為〕徒勞的, 無用的, (useless). The prisoner made a *futile* attempt to escape. 囚犯企圖越獄失敗. **2** 〔人〕無足輕重的, 微不足道的.

fu·til·i·ty [fjuˋtɪlətɪ, fɪu-; fjuːˈtɪlətɪ] *n.* (*pl.* -ties) 《文章》 **1** [U] 無效, 無益.

2 [C] (常 futilit*ies*) 徒勞的行動[言詞]; 無價值的事物; 無聊的言行.

‡**fu·ture** [ˋfjutʃɚ, ˋfɪu-; ˈfjuːtʃə(r)] *n.* (*pl.* ~s [~z; ~z])【未來】 **1** (加 the) 未來, 將來. Who can foretell the *future*? 誰能夠預言未來?/look far ahead into the *future* 前瞻未來.

> 搭配 *adj.*＋future: the distant ~ (遙遠的未來), the immediate ~ (不遠的未來) // *v.*＋ future: face the ~ (面對未來), predict the ~ (預測未來).

2 [UC] 《文法》(加 the) 未來式(future tense).

【推測未來】 **3** [C] 前途, 前景, (prospect); [U] 《口》成功的可能性. a young man with a *future* 有前途的青年/There's no *future* in that business. 那個事業沒有前途/in the not too distant *future* 在不遠的未來.

> 搭配 *adj.*＋future: a bleak ~ (黯淡的前途), a bright ~ (光明的未來), a promising ~ (有希望的未來), an uncertain ~ (不確定的未來).

4 《商業》(futures) 期貨(契約). deal in *futures* 進行期貨交易/the *futures* market 期貨市場.

in fúture 將來, 今後. I'll be more careful *in future*. 今後我會更加小心.

* *in the fúture* (1) 在未來, 將來, 今後. I'll buy a larger house *in the future*. 將來我要買一幢更大的房子. (2) 《主美》＝in future.

in the néar fúture 不久, 在不久的將來.

— *adj.* 《限定》 **1** 未來的, 將來的, 今後的. in *future* ages 在後世/my *future* wife 我未來的妻子.

2 《文法》未來(式)的.

fu·ture·less [ˋfjutʃɚlɪs, ˋfɪu-; ˈfjuːtʃələs] *adj.* 沒有前途的, 前途無望的.

fúture ténse *n.* 《文法》(加 the) 未來式(→見文法總整理 6. 3).

fu·ture·ism [ˋfjutʃɚˌɪzəm; ˈfjuːtʃərɪzəm] *n.* [U] 未來派(20世紀初興起於義大利的前衛藝術運動).

fu·tur·is·tic [ˌfjutʃɚˋrɪstɪk, ˌfɪu-; ˌfjuːtʃəˈrɪstɪk] *adj.* **1** 未來派的. **2** 超現代的.

fu·tu·ri·ty [fjuˋturətɪ, fɪu-, -ˋtɪur-, -ˋtjur-; fjuːˈtjʊərətɪ] *n.* (*pl.* -ties) **1** [U] 未來, 將來.

2 [C] (常 futurit*ies*) 未來的事件[展望].

fuzz [fʌz; fʌz] *n.* **1** (口) [U] 絨毛, 細毛; 毛茸茸的東西; (fluff); [a U] 薄薄的毛[鬍鬚等].

2 (作複數)《俚》(加 the) 警察, 警官.

fuzz·y [ˋfʌzɪ; ˈfʌzɪ] *adj.* 《口》 **1** 起毛的; 有絨毛(般)的. a *fuzzy* blanket 毛絨絨的毯子.

2 〔輪廓〕模糊的, 不清楚的. a *fuzzy* photo 模糊的照片.

-fy *suf.* 《加在名詞、形容詞之後構成動詞》「使成為…, …化, 變成…」之意. beauti*fy*. intensi*fy*. puri*fy*.

G g *Gg*

G, g [dʒi; dʒiː] *n.* (*pl.* **G's, Gs, g's** [~z; ~z])
  1 UC 英文字母的第七個字母.
  2 C (用大寫字母)G 字形物.
  3 U (用大寫字母)(音樂)G音; G調→A, a 3 参考.
G¹ [dʒi; dʒiː] *n.* (美)普級電影(適合各種年齡層的電影; 源自 general).
G² (略) German; Germany; Gulf.
g (略) gram(s); gramme(s).
GA (略) General Assembly (聯合大會); Geor-
Ga (符號) gallium. ⌐ gia.
Ga. (略) Georgia.
gab [gæb; gæb] (口) *n.* U 饒舌, 空談.
  hàve the gíft of the gáb 能言善道.
  — *vi.* (~s; ~bed; ~bing)喋喋不休, 空談.
gab·ar·dine [ˈgæbəˈdin; ˌgæbəˈdiːn] *n.* **1** U 軋別丁(一種斜紋布料).
  2 C (主英)工人套在衣服外作為保護的寬鬆外套.
gab·ble [ˈgæbl; ˈgæbl] *vi.* 急促而含糊地說(莫名其妙的話); (鵝等)呱呱叫.
  — *vt.* 急促而含糊地說(*out*).
  — *n.* U 急促而含糊的話.
gab·er·dine [ˈgæbəˌdin, ˌgæbəˈdin; ˌgæbəˈdiːn] *n.* =gabardine.
ga·ble [ˈgebl; ˈgeɪbl] *n.* C (建築)山形牆.
ga·bled [ˈgebld; ˈgeɪbld] *adj.* (建築)有山形牆的.

[gables]

Ga·bon [gæˈbon, gɑ-; gæˈbɒn] *n.* 加彭(非洲西南部沿幾內亞灣的國家; 首都 Libreville).
Ga·bri·el [ˈgebrɪəl; ˈgeɪbrɪəl] *n.* **1** 男子名.
  2 (聖經)加百列(大天使(archangels)之一; 告知聖母瑪利亞懷有基督).
gad [gæd; gæd] *vi.* (~s; ~ded; ~ding)(口)(為了玩樂而)遊蕩, 閒逛, (*about; around*). She *gads about* (town) every weekend. 她每週末都在(市區)閒逛.
gad·a·bout [ˈgædəˌbaut; ˈgædəbaʊt] *n.* C 「(口)遊蕩的人, 閒逛的人.
gad·fly [ˈgædˌflaɪ; ˈgædflaɪ] *n.* (*pl.* **-flies**) C
  1 (牛, 馬身上的)虻. **2** 討人厭者, 糾纏不清的人.
gadg·et [ˈgædʒɪt; ˈgædʒɪt] *n.* C (口)(方便小巧的)小器具, (裝置巧思的)小機械(裝置), (開罐器, 開瓶器, 扣環等物).
gadg·et·ry [ˈgædʒətrɪ; ˈgædʒɪtrɪ] *n.* U (口)(集合)小工具類, 小巧的機械類.

Gael [gel; geɪl] *n.* 蓋爾人(蘇格蘭高地, 愛爾蘭和馬恩島的塞爾特人; → Celt).
Gael·ic [ˈgelɪk; ˈgeɪlɪk] *adj.* 蓋爾人[語]的.
  — *n.* U 蓋爾語(塞爾特語系諸語之一; 用於蘇格蘭高地, 愛爾蘭, 馬恩島); (特指)蘇格蘭高地人的蓋爾語.
gaff [gæf; gæf] *n.* (*pl.* ~s) C 魚鉤(用來把上鉤的大魚從水中拉上來的有柄鐵鉤).
gaffe [gæf, gɑf; gæf] *n.* (*pl.* ~s) C (口)(指社交上的)失態.
gaf·fer [ˈgæfə; ˈgæfə(r)] *n.* C (口)老先生.
gag [gæg; gæg] *n.* C **1** 箝口具. **2** 堵嘴, 言論箝制. **3** 插科打諢(為了逗觀眾笑而表演的噱頭和滑稽動作等).
  — *v.* (~s; ~ged; ~ging) *vt.* **1** 塞住…的嘴.
  2 強迫使緘默, 壓制…的(自由)發言.
  — *vi.* **1** 因喉嚨吞不下(食物)而作嘔(*on*).
  2 (演員)插科打諢.
ga·ga [ˈgɑgɑ; ˈgɑːgɑː] *adj.* (通常作敘述)(俚)(上了年紀)糊塗的; 腦筋有問題的. *go gaga* 變得老糊塗.
gage¹ [gedʒ; geɪdʒ] *n.* C **1** 抵押品, 擔保品.
  2 挑戰的表示(中世紀騎士扔出手套或帽子的動作); 挑戰.
gage² [gedʒ; geɪdʒ] *n., v.* =gauge.
gag·gle [ˈgægl; ˈgægl] *n.* C **1** 鵝群. **2** 喧鬧的人群, (特指)一群女人.
*****gai·e·ty** [ˈgeətɪ; ˈgeɪətɪ] *n.* (*pl.* **-ties** [~z; ~z])
  1 U 開朗, 歡樂, 快活. The *gaiety* of the party cheered me up. 派對的歡樂氣氛讓我也快活了起來.
  2 a U 華美, 華麗, 花俏. (a) *gaiety* of dress 華麗的服裝. **3** UC (通常 gaieties)歡樂, 狂歡, the *gaieties* of the bicentenary 兩百週年紀念日的狂歡慶祝活動. ⇨ *adj.* **gay**.
*****gai·ly** [ˈgelɪ; ˈgeɪlɪ] *adv.* 歡樂地; 華麗地, 花俏地. The couple laughed together *gaily*. 那對夫婦一起愉快地大笑.
*****gain** [gen; geɪn] *v.* (~s [~z; ~z]; ~ed [~d; ~d]; ~ing) *vt.* 《獲得喜愛的東西》 **1** 到手, 獲得. *gain* information 得到情報/*gain* experience 獲得經驗/The thief *gained* entry through an unlocked window. 那個小偷從未上鎖的窗子進入.
  同 gain 是爭取到有價值的東西; ⇨ obtain.
  2 贏得(↔ lose). *gain* the first prize 贏得首獎.
  搭配 gain (1-2) + *n.*: ~ approval (獲得承認), ~ freedom (獲得自由), ~ a right (獲得權利), ~ satisfaction (得到滿足), ~ sympathy (得到同情).

3 句型4 (gain **A B**)、句型3 (gain **B** *for* **A**)使 A 獲得 B. His good nature *gained* him many friends. 他善良的本性使他交到許多朋友.

4 賺到, 掙到, (⟷ lose). *gain* one's living 掙得 生活費/I *gained* a thousand dollars on the deal. 那筆交易我賺到一千美元.

〖 多得 〗 **5** 增加〔力氣, 重量等〕. I have *gained* four kilograms. 我增加了四公斤/The car *gained* speed. 這輛車加速了.

6 〔鐘錶〕走快. (⟷ lose). My watch *gains* one minute a day. 我的錶一天快一分鐘(→ vi. 3).

〖 獲得>達到目標 〗 **7** (文章)(經過努力)到達. *gain* the top of a hill 登上山頂.

— *vi.* **1** 得益, 受益, (*by, from*)(⟷ lose). No one will *gain* by the change of the regulations. 沒有人會因為規則改變而得到好處.

2 增加, 增進; 變好; (*in*). The sick man is *gaining* (*in* health) daily. 這個病人的(健康狀況) 一天比一天更好.

3 〔鐘錶〕走快(⟷ lose). My watch *gains* by one minute a day. 我的手錶每天快一分鐘(★若無 by 則成為 *vt.*).

4 趕上(*on, upon* 〔前方物〕); 拋開(*on, upon* 〔追 趕者〕). The car behind was rapidly *gaining on* us. 後面那輛汽車很快地向我們追來.

gàin /.../*óver* (透過說服等)把…爭取過來. My persuasion *gained* him *over* to our side. 經由我 的勸說使他支持我們這一邊.

— *n.* (*pl.* ~**s** [~z; ~z]) **1** [UC]獲得財富, 收益, 利 益, (⟷loss). be eager for *gain* 汲汲於營利/get a net *gain* of 100 dollars 得到 100 美元的淨利.

搭配 *adj.*+gain: considerable ~ (相當多的收 益), substantial ~ (極高的獲利), material ~ (實質上的利益), personal ~ (個人的收益) // *v.*+gain: seek ~ (尋求財富), derive ~ from... (從…中獲利).

2 [C] (常 gains)獲得的東西, 賺取(的金額). the *gains* from his business 他作生意的收益/No *gains* without pains. (諺)不勞則無穫(沒有勞苦就 沒有收穫).

3 [C]增加, 增大. a *gain in* weight 體重的增加.

⟿ *adj.* **gainful**.

gain·ful [ˋgenfəl; ˈɡeinfʊl] *adj.* (文章) **1** 有利益 的, 收益多的. **2** 〔職業等〕有收入的, 有報酬的.

gain·ful·ly [ˋgenfəlɪ; ˈɡeinfʊli] *adv.* (文章)收 益多地, 有利地; 有報酬地.

gain·said [gensˋsed, -ˋsed; ˌɡeinˈseid] *v.* gain·say 的過去式、過去分詞.

gain·say [gensˋse; ˌɡeinˈsei] *vt.* (~**s**; **-said**, ~**ed**; ~**ing**)(雅)否定; 反駁; (用於否定句、疑問句). There is no *gainsaying* it. 那是不容否定的.

gait [get; ɡeit] *n.* [C]步態, 走路的姿態; (馬等) 的跑法. an awkward *gait* 笨拙的走路姿態.

gai·ter [ˋgetɚ; ˈɡeitə(r)] *n.* (通常 gaiters)綁 腿, 鞋罩, (布製, 皮製等; 從膝蓋以下到腳踝, 或

僅覆蓋腳踝). a pair of leather *gaiters* 一副皮 綁腿.

gal [gæl; ɡæl] *n.* 《口》=girl.

gal. (略) gallon(s).

ga·la [ˋgelə; ˈɡɑːlə] *n.* [C]節日, 節日慶祝; 歡慶. — *adj.* 節日的; 歡慶的. a *gala* day 節日, 慶典/ in *gala* (dress) 盛裝地.

ga·lac·tic [gəˋlæktɪk; ɡəˈlæktik] *adj.* 《天文》銀 河的.

Ga·la·pa·gos Islands [gəˋlɑpə,gos `ailəndz; ɡəˈlæpəɡəsˈailəndz] *n.* (加 the)加拉巴哥 群島(在南美洲厄瓜多爾西方的太平洋上, 屬於厄瓜多 之群島; 多珍奇動物).

gal·ax·y [ˋgæləksɪ; ˈɡæləksi] *n.* (*pl.* **-ax·ies**) **1** (the Galaxy)銀河, (the Milky Way); 銀河系. **2** [C]一群傑出的人[物]; (美女, 名人等)星光雲集. a *galaxy* of film stars 影星雲集.

*gale** [gel; ɡeil] *n.* (*pl.* ~**s** [~z; ~z]) [C] **1** (通常 持續好幾小時的)強風, 疾風, (→ wind¹ 同). It is blowing a *gale*. 颳著強風/The roof was torn off by the *gale*. 屋頂被強風吹走.

2 《氣象》大風(時速51-101公里, 比breeze強, 比 storm 弱).

3 (通常 gales)爆發(*of* 〔感情, 笑 等〕的). *gales of* laughter 一陣爆笑聲.

Gal·i·le·an [ˌgæləˋliən; ˌɡæliˈliːən] *n.* [C] **1** 加 利利人. **2** (加 the)加利利人(異教徒對基督教的稱 呼). — *adj.* 加利利(人)的.

Gal·i·lee [ˋgæləˌli; ˈɡæliliː] *n.* 加利利(巴勒斯坦 北部地區; 基督傳道的地方).

Gal·i·le·o [ˌgæləˋlio; ˌɡæliˈleiəu] *n.* ~ **Ga·li·lei** [ˌgæləˋle·i; ˌɡæliˈleii] 伽利略((1564-1642))義大利 的天文學家、數學家、物理學家; 證明地動說是正 確的).

gall¹ [gɔl; ɡɔːl] *n.* [U] **1** 非常苦的東西; 苦頭, 難 受的東西, the *gall* of repentance 悔恨之痛楚.

2 (忘不掉的)怨恨, 遺恨.

3 (俚)厚臉皮, 厚顏無恥. *write* [*díp* one's *pèn*] *in gáll* (批評等)下筆尖 酸刻薄.

gall² [gɔl; ɡɔːl] *n.* [C] (動物, 特指馬的背上出現 的)擦傷, 鞍傷. — *vt.* **1** 擦傷…的皮膚. **2** 使煩躁, 使惱怒.

gal·lant [ˋgælənt; ˈɡælənt] *adj.* **1** 英勇的, 勇敢 的, (brave). a *gallant* soldier 勇敢的士兵.

2 華麗的, 出色的. **3** 〔物〕雄偉的, 壯麗的.

4 [gəˋlænt; ɡəˈlænt] 《雅》(男性)對女性殷勤的. — [ˋgælənt, gəˋlænt; ˈɡælənt] *n.* [C]《雅》**1** 情 夫; 時髦青年. **2** 對女性殷勤的男子.

gal·lant·ly [ˋgæləntlɪ; ˈɡæləntli] *adv.* **1** 勇敢 地, 出色地. **2** 華麗地. **3** [gəˋlæntlɪ; ɡəˈlæntli] 《雅》對女性溫柔地〔殷勤地〕.

gal·lant·ry [ˋgæləntrɪ; ˈɡæləntri] *n.* (*pl.* **-ries**) [UC]《雅》**1** 勇敢, 勇敢行為. **2** 對女性的殷勤.

gall·blad·der [ˋgæl,blædɚ; ˈɡɔːl,blædə(r)] *n.* [C]膽囊.

gal·le·on [ˋgælɪən, ˋgæljən; ˈɡæliən] *n.* [C]西班 牙大帆船(15-17 世紀時由西班牙建造, 有三層〔四

層]甲板的大帆船).

[galleon]

*gal·ler·y [ˈɡælərɪ, -lrɪ; ˈɡælərɪ] n. (pl. -ler·ies [~z; ~z]) C 1 畫廊; 美術館. Her painting was exhibited at a *gallery* in Paris. 她的畫在巴黎一家畫廊中展出.
2 頂層樓座, 低價位區, (劇場, 音樂廳等票價最低的頂層座位); (★用單數亦可作複數)頂層樓座觀眾. We used to see plays from the *gallery*. 我們以前常坐在頂層樓座看戲.
3 (議會等)旁聽席; (★用單數亦可作複數)旁聽者. the press *gallery* (議會的)新聞記者席; 記者團.
4 (突出的)廊道, 樓座, (教堂, 大廳等突出於牆外的座位).
5 走廊, 迴廊, (單側, 有時兩側開放).
plày to the gállery 迎合頂層樓座觀眾的演出, 迎合大眾的喜好.

[galleries 4]

gal·ley [ˈɡælɪ; ˈɡælɪ] n. (pl. ~s) C 1 槳帆船(古代、中世紀時兼用槳和帆的大型船; 由奴隸和犯人划槳); 古代希臘、羅馬的軍艦.
2 (船, 飛機內的)廚房.
3 (艦艇用的)大型艇.
4 (印刷)活字盤, 檢字盤, (放排版鉛字的長方形淺盤); = galley proof.

[galleys 1]

gálley pròof n. C(印刷)校樣, 印樣.
gálley slàve n. C 划槳帆船的奴隸(犯人).

Gal·lic [ˈɡælɪk; ˈɡælɪk] adj. 1 高盧(Gaul)的; 高盧人的. 2 (常表詼諧)法國(人)的.
gal·li·cism, Gal·li·cism [ˈɡæləˌsɪzm; ˈɡælɪsɪzəm] n. [U][C](在他種語言中出現的)法文諺語.
gall·ing [ˈɡɔlɪŋ; ˈɡɔːlɪŋ] adj. 令人氣憤的, 可恨的, 《to》.
gal·li·um [ˈɡælɪəm; ˈɡælɪəm] n. U(化學)鎵(金屬元素; 符號 Ga).
gal·li·vant [ˈɡæləˌvænt, ˌɡæləˈvænt; ˌɡælɪˈvænt] vi. (口)(通常 gallivanting)(特指與異性一起)閒逛(about; around). go *gallivanting* 去閒逛.

*gal·lon [ˈɡælən; ˈɡælən] n. (pl. ~s [~z; ~z]) C 1 加侖(液體容量單位, 相當於4 quarts; (美)是3.785公升, (英)是4.546公升). the price of gasoline per *gallon* 一加侖汽油的價格. 2 加侖(量穀物、水果等的單位, 相當於八分之一 bushel (約4.5公升)).

*gal·lop [ˈɡæləp; ˈɡæləp] n. (pl. ~s [~s; ~s]) C (通常作單數) 1 飛奔, 跑步, 《馬最快的跑法; 有時四條腿會同時離開地面; 按 walk, amble, trot, canter, gallop的順序愈來愈快》.
2 (馬等)疾馳. Let's have a *gallop* across the field. 我們騎馬疾馳過原野吧!
at a gállop = (at) *fùll gállop* 全速地.
—— vi. 1 (馬, 騎者)疾馳.
2 急忙地做, 趕緊; 迅速地收拾; 快速地說(讀), (through). *gallop* through [over] a book 很快地翻閱一本書.
—— vt. 使(馬)疾馳.

trot
walk

[gallop 1]

gal·lows [ˈɡæloz, -əz; ˈɡæləʊz] n. (pl. ~, ~·es) C 1 絞刑架. 2 (加重)絞刑.
còme to the gállows 被處絞刑.
gall·stone [ˈɡɔlˌston; ˈɡɔːlstəʊn] n. C膽結石.
Gal·lup poll [ˈɡæləpˌpol; ˈɡæləpˌpəʊl] n. 蓋洛普民意調查(由美國統計學家 George H. Gallup (1901-84)設立的民意調查機構執行).
ga·lore [ɡəˈlor, -ˈlɔr; ɡəˈlɔː(r)] adv. 《緊接於名詞後面》多, 大量, 《通常指好的東西》. On her 80th birthday there were presents *galore*. 她過80歲生日時收到一大堆禮物.
ga·losh [ɡəˈlɑʃ; ɡəˈlɒʃ] n. C(通常galoshes)長統

膠鞋(通常為橡膠製，雨天或下雪時套在鞋子上).

ga·lumph [gə`lʌmf; gə`lʌmf] *vi.* (口) **1** 得意洋洋地走. **2** 腳步笨重地走.

gal·van·ic [gæl`vænɪk; gæl`vænɪk] *adj.* **1** (直流)電的《特指以化學作用產生的》. **2** 使(觸電般)震驚(驚愕)的；如同電擊般造成的.

gal·va·nism [`gælvə,nɪzəm; `gælvənɪzəm] *n.* ⓤ **1** 電流(化學作用產生的直流電)，直流電. **2** (利用電流的)電療法.

[galoshes]

gal·va·nize [`gælvə,naɪz; `gælvənaɪz] *vt.* **1** 於〔鐵等〕鍍鋅. *galvanized* iron 鍍鋅鐵板, 白鐵皮. **2** 刺激, 使振奮. be *galvanized* into action 突然採取行動.

gal·va·nom·e·ter [,gælvə`nɑmətər; ,gælvə`nɒmɪtə(r)] *n.* ⓒ (電)電流計(用以檢測微弱電流).

Ga·ma [`gæmə; `gɑːmə] *n.* **Vasco da ～** 達伽馬 (1469?-1524)《葡萄牙航海家》; 發現好望角航路》.

Gam·bi·a [`gæmbɪə; `gæmbɪə] *n.* (加 the)干比亞(非洲西部的國家; 大英國協成員國之一; 首都 Banjul).

gam·bit [`gæmbɪt; `gæmbɪt] *n.* ⓒ **1** (西洋棋)開局棋法(為取得優勢而以犧牲步兵(pawn)等方法展開棋賽). **2** (議論, 事業等的)開端, (談話的)起頭, 話頭.

***gam·ble** [`gæmbl; `gæmbl] *v.* (～s [～z; ～z]; ～d [～d; ～d]; -bling) *vi.* **1** 賭博; 賭錢(on). *gamble* at cards 用撲克牌賭博/*gamble on* the horses 下賭注賭馬.
2 投機; (不知道結果而)孤注一擲; 有所期待地行動; (on). I am *gambling on* a radically new approach. 我把希望全部寄託在全新的方法上/He *gambled on* the war coming to an early end. 他指望戰爭會早日結束.
— *vt.* **1** 賭掉, 輸光, (away). He *gambled away* the entire sum in a week. 他一個星期就把全部的錢都輸光了. **2** 賭(錢等)(on).
≒bet, wager, stake.
— *n.* ⓒ 賭博, (用單數)投機; 冒險. They took a *gamble* buying those shares. 他們冒著風險買那些股票.

gam·bler [`gæmblə; `gæmblə(r)] *n.* ⓒ 賭博者, 賭徒; 做投機買賣的人.

gam·bling [`gæmblɪŋ, `gæmblɪŋ; `gæmblɪŋ] *n.* ⓒ 賭博.

gam·bol [`gæmbl; `gæmbl] *n.* ⓒ (通常 gambols)(小羊, 小孩等的)跳躍, 雀躍, 嬉鬧.
— *vi.* (～s; (美) ～ed, (英) ～led; (美) ～ing, (英) ～ling)跳躍, 嬉鬧, (about).

***game**[1] [gem; geɪm] *n.* (*pl.* ～s [～z; ～z])
【遊戲】 **1** ⓒ 遊戲; 娛樂; 樂趣; 趣事; (同不單指玩樂, 一般指有規則的遊戲; → play). He knows a lot of card *games*. 他會玩許多種撲克牌的遊戲/indoor *games* 室內遊戲.
2 ⓤ 開玩笑, 取笑. He often speaks in *game*. 他經常喜歡說笑.
3 ⓒ 遊戲器材(遊戲用的棋盤, 棋子等). toys and *games* 玩具和遊戲器材.
【當作娛樂的狩獵】 **4** ⓤ (a)(集合)打獵或垂釣的獵物. Deer are good *game*. 鹿是很好的獵物. (b)獵物[鳥, 獸]的肉. Red wine goes well with *game*. 紅酒適合搭配肉類.
【比賽勝負的遊戲】 **5** ⓒ (a)競賽, 比賽, 勝負, (→ match[2] 同); (網球等的)一局(網球中 game 累積為 set; set 累積為 match(比賽)). a close *game* 勝負難分的比賽/play (have) a *game* of basketball 打一場籃球/We watched the baseball *game* on TV yesterday evening. 昨晚我們看電視轉播這場棒球比賽/no *game* (棒球)比賽無效/win (lose) a *game* at (of) chess 下西洋棋獲勝(敗北)/play a fair *game* 公平競賽/the *game* of life 人生的競賽.
圖圖 *adj.*+game: a called ～ (取消的比賽), a drawn ～ (勝負未決的比賽), an exciting ～ (刺激的比賽), a heated ～ (激烈的比賽), a one-sided ～ (偏袒一方的比賽).
(b)(games)運動會. The Olympic *Games* are held every four years. 奧林匹克運動會每四年舉行一次.
(c)(games)(英)(學科的)競賽, 運動.
6 ⓤⓒ 比賽狀況; 勝利; 得分. How [What] is the *game*? 比賽的勝負如何?/The *game* is yours. 你獲勝了/The *game* is 4 to 3. 得分是 4 比 3.
7 【有競爭性的事情】ⓒ(口)行業, 事業. the acting *game* 演藝事業.
【致勝的計策】 **8** ⓒ 謀略, 計畫, 手段. the *game* of politics 政治謀略/None of your *games*! 別耍花招!/The *game* is up. 策略終告失敗, 成功無望/What's your *game*? 你在玩甚麼把戲?
***bèat** a pèrson at his òwn gáme 以其人之道還治其人之身.
be òff [òn] one's gáme (在比賽中)(選手)的狀況不佳[良好].
gàme of chánce 賭運氣的遊戲(輪盤等).
gàme of skíll 較量技藝的比賽(西洋棋等).
gàme, sèt, and mátch to [Smith] (網球)(史密斯)獲得壓倒性勝利.
gìve the gáme awáy 洩漏祕密(意圖等).
hàve the gáme in one's hánds 穩操勝算.
màke gáme of a pèrson 嘲笑某人, 拿某人開玩笑.
plày the gáme (通常用於祈使句、否定句)遵守規則; 堂堂正正地做. It's not *playing* the game to look at your opponent's hand. 看對方手中的牌並不光明正大.
— *adj.* **1** 勇敢的, 充滿鬥志的. He's a *game* little boy. 他是個勇敢的小男孩.
2 (敘述)有十足勇氣(做…)的. be *game* for [to

do] any adventure 有勇氣從事各種冒險.
— *vi.* 《文章》賭博.

game² [ɡem; ɡeɪm] *adj.* 〔特指腳〕跛的.

gáme bírd *n.* ⓒ 獵鳥《狩獵法允許獵捕的鳥類; 特指 grouse, pheasant 等》.

gáme-cock [ˋɡem͵kɑk; ˈɡeɪmkɒk] *n.* ⓒ 鬥雞用的公雞.

gáme físh *n.* ⓒ 供垂釣的魚.

game-keep-er [ˋɡem͵kipɚ; ˈɡeɪmkiːpə(r)] *n.* ⓒ 禁獵區管理人《負責飼養保護私有土地內的獵物》.

gáme làw *n.* ⓒ 《通常 game laws》狩獵法.

game-ly [ˋɡemlɪ; ˈɡeɪmlɪ] *adv.* 勇敢地, 不屈不撓地.

games-man-ship [ˋɡemzmən͵ʃɪp; ˈɡeɪmzmənʃɪp] *n.* ⓤ 取巧戰術《不違反遊戲規則, 但運用心理攻防而非全憑技藝》.

gam-ing [ˋɡemɪŋ; ˈɡeɪmɪŋ] *n.* ⓤ 賭博.

gáming tàble *n.* ⓒ 賭桌.

gam-ma [ˋɡæmə; ˈɡæmə] *n.* ⓤⓒ 希臘字母的第三個字母; Γ, γ; 相當於羅馬字母的 g.

gámma ràys *n.* 《作複數》《物理》伽瑪射線.

gam-mon [ˋɡæmən; ˈɡæmən] *n.* 《主英》**1** ⓤ 臘肉, 醃燻豬脇肉, 《腹脇下方連著後腿部分的豬肉》. **2** ⓤ 《燻》火腿.

gam-ut [ˋɡæmət; ˈɡæmət] *n.* ⓒ 《通常加 the》 **1** 《音樂》音階; (聲音, 樂器的)音域. **2** 整個範圍, 全部. *During that short time we ran the whole gamut of moods from despair to ecstasy.* 短時間內我們便經歷了從絕望到狂喜的所有心情.

gam-y [ˋɡemɪ; ˈɡeɪmɪ] *adj.* **1** 勇敢的, 不屈不撓的. **2** (獵物的肉)(尤指稍微腐壞而)氣味[味道]重的.

gan-der [ˋɡændɚ; ˈɡændə(r)] *n.* ⓒ 公鵝[雁] (→ goose 參考).

Gan-dhi [ˋɡɑndɪ, ˋɡɑndi, ˋɡændi, ˋɡændɪ; ˈɡændiː] *n.* 甘地(1869-1948)《印度獨立運動的領袖》.

‡gang [ɡæŋ; ɡæŋ] *n.* (*pl.* ~**s** [~z; ~z]) ⓒ 《★用單數亦可作複數》 **1** (一起工作的工人, 奴隸, 囚犯等的)一群, 一組. *A gang of roadmen are repairing the road.* 一組修路工人正在整修道路.
2 (歹徒等的)一幫, 一夥; 暴力團體, 幫派組織; 不良少年團體; 《★團體中單獨的個人為 gangster》. *He was attacked by a gang of youths in the street.* 他在街上被一幫不良少年襲擊/*A gang of thieves broke into the bank.* 一夥盜賊闖進銀行.
3 《口》(青少年的)玩伴《★沒有負面的意思》. *Boys need gang life.* 男孩子們需要團體生活.
— *vi.* 組成幫派, 成群結黨, 《*up*》, 結夥行動 (*together*》.
— *vt.* 《美, 口》結夥襲擊.
gàng úp on [against]... 《口》結夥襲擊; 集體反對.

Gan-ges [ˋɡændʒiz; ˈɡændʒiːz] *n.* 《加 the》恆河《印度東北部的大河, 注入孟加拉灣》.

gang-ling [ˋɡæŋɡlɪŋ; ˈɡæŋɡlɪŋ] *adj.* (身體)瘦長的.

gan-gli-on [ˋɡæŋɡlɪən; ˈɡæŋɡlɪən] *n.* (*pl.* **-gli-a** [-ɡlɪə; -ɡlɪə], ~**s**) ⓒ **1** 《解剖》神經節. **2** 《醫學》腱鞘囊腫.

gang-plank [ˋɡæŋ͵plæŋk; ˈɡæŋplæŋk] *n.* ⓒ 《船舶》舷梯《從舷門 (gangway)架到碼頭上的橋板》.

gan-grene [ˋɡæŋɡrin, ˋɡæn-, ɡæŋˋɡrin, ɡæn-; ˈɡæŋɡriːn] *n.* ⓤ 《醫學》壞疽, 脫疽, 《血液供給不足所造成的組織壞死》.

[gangplank]

gan-gre-nous [ˋɡæŋɡrənəs, ˋɡæn-; ˈɡæŋɡrɪnəs] *adj.* 壞疽的, 罹患壞疽的.

gang-ster [ˋɡæŋstɚ; ˈɡæŋstə(r)] *n.* ⓒ 幫派 (gang)成員, 黑社會的一員. *a gangster movie* 黑社會電影.

gang-way [ˋɡæŋ͵we; ˈɡæŋweɪ] *n.* (*pl.* ~**s**) ⓒ **1** 《船舶》舷門《船側腹的出入口》; = gangplank; 船內通道.
2 《英》(劇院等的)成排座位間的通道(aisle); 擠開人牆而形成的通路. *Gangway, please!* 請讓路!

gan-net [ˋɡænɪt; ˈɡænɪt] *n.* (*pl.* ~**s**, ~) ⓒ 塘鵝 (潛入海中捕魚的大型海鳥).

gan-try [ˋɡæntrɪ; ˈɡæntrɪ] *n.* (*pl.* **-tries**) ⓒ **1** 高架起重機, (其)吊架《供移動式起重機移動的鐵架懸樑》. **2** 《鐵路》跨軌號誌高架《裝設數個號誌燈的高架鋼橋》. **3** 火箭的移動式發射臺.

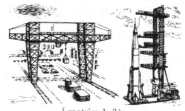
[gantries 1, 3]

gaol [dʒel; dʒeɪl] 《★注意發音》 *n., v.* 《英》=jail. 注意 其複合字見 **jail-**.

gaol-er [ˋdʒelɚ; ˈdʒeɪlə(r)] *n.* 《英》=jailer.

‡gap [ɡæp; ɡæp] *n.* (*pl.* ~**s** [~s; ~s]) ⓒ 【縫隙】 **1** (牆壁, 圍籬等的)裂縫, 洞, 破洞; 縫隙; 空地; 《*in, between*》; 缺陷; 空缺; 《*in*》. *see through a gap in a wall* 透過牆上的縫隙看/*She has a gap between her two front teeth.* 她兩顆門牙間有空隙.
2 隔閡, 差異, 差距, 《*between*〔意見, 個性, 身分等〕的》. *a wide gap between their views* 他們彼此意見的嚴重歧異/*the generation gap* 代溝.
3 山谷中的道路, 山徑; 峽谷.
【間隔】 **4** 間隔, 間隙, 空白《*in*》. *a gap in a conversation* 談話的中斷/*a gap in one's mem-*

ory 記憶中的空白.

fill [**brìdge, clòse, stòp**] *a gáp* (*in...*) (1)堵塞(⋯的)空隙. (2)彌補(⋯的)缺точ.

gape [gep, gæp; geip] *vi.* **1** (由於驚訝, 好奇心等)目瞪口呆地凝視(*at*). The child *gaped* at me as though he were seeing a ghost. 那孩子見到鬼似地町著我看. **2** 裂得很大, 裂開.
— *n.* ⓒ **1** 大裂縫, 裂口, 間隙. **2** 目瞪口呆.

‡**ga·rage** [gə`raʒ, gə`rɑdʒ, `gærɑʒ; `gærɑ:dʒ] *n.* (*pl.* **-rag·es** [~ɪz; ~ɪz]) ⓒ **1** (汽車的)車庫(→ house 圖). put the car (away) in the *garage* 把車停到車庫裡.
2 汽車修理廠(兼賣汽油).
— *vt.* 把(汽車)開進車庫[修理廠].

garáge sàle *n.* ⓒ(美)舊物拍賣(源於在自家的車庫舉行).

garb [garb; gɑ:b] *n.* ⓤ(雅)(某種職業, 時代, 民族所特有的)服裝, 裝束.
— *vt.* (雅)使穿衣(通常用被動語態). The young man was *garbed* in a leather jacket and blue jeans. 那個年輕人穿著皮外套和藍色牛仔褲.

‡**gar·bage** [`garbɪdʒ; `gɑ:bɪdʒ] *n.* ⓤ **1** (主美)(廚房的)垃圾, 剩菜殘羹. They collect our *garbage* three times a week. 他們一星期來收三次垃圾. 同garbage 主要指廚房的食物殘渣等, rubbish 和 trash 主要指紙, 瓶, 破布等乾的垃圾.
2 (口)破舊東西; 愚蠢的事物[話, 想法等].

gárbage càn *n.* ⓒ(美)(廚房的)垃圾桶(通常為圓形大鐵桶; (英) dustbin).

gárbage collèctor *n.* ⓒ(美)收垃圾的人((英) dustman).

gárbage trùck *n.* ⓒ(美)垃圾車, 清潔車((英) dust cart).

gar·ble [`garbl; `gɑ:bl] *vt.* 歪曲, 篡改, 擅自引用, [報告, 著作等]「務生.

gar·çon [gar`sɔŋ; `gɑ:sɒŋ] (法語) *n.* ⓒ侍者, 服務生.

‡**gar·den** [`gardṇ, `gardm; `gɑ:dn] *n.* (*pl.* ~s [~z; ~z]) **1** ⓤⓒ庭園, 花園, 菜園, 果園. a back *garden* 後花園/a kitchen *garden* 菜園/a roof *garden* 屋頂花園/Do you have much *garden*? 你家的院子大嗎? 同garden 通用於表示圍起來種植花草, 水果, 蔬菜的土地; → court, yard.
2 ⓒ(通常 gardens)公園, 遊樂園; 植物園, 動物園. botanical [zoological] *gardens* 植[動]物園/Kensington *Gardens* (倫敦的)肯辛頓公園.
3 ⓒ(通常 Gardens)⋯園, ⋯街, ⋯廣場, (語法)在前面加專有名詞等而作街道或廣場名). 12 Palace *Gardens* 宮廷街 12 號.
4 (形容詞性)庭園(用)的, a *garden* plant 園藝植物/a *garden* flower 園藝花卉.
— *vi.* 從事園藝活動, 在庭園中栽培植物.

gárden bàlsam *n.* ⓒ(植物)鳳仙花.

gárden cíty *n.* ⓒ(主英)花園都市(多綠地, 公園等的住宅城市; 興起於 20 世紀初).

---

‡**gar·den·er** [`gardnɚ, `gardnɚ; `gɑ:dnə(r)] *n.* (*pl.* ~s [~z; ~z]) ⓒ園丁, 花匠; 造園業者; 園藝家. We have a *gardener* prune our trees once a year. 我們一年請花匠修剪樹木一次.

gar·de·nia [gar`dinɪə, -njə; gɑ:`di:njə] *n.* ⓒ梔子屬植物.

gar·den·ing [`gardnɪŋ, `gardnɪŋ; `gɑ:dnɪŋ] *n.* ⓤ造園, 園藝; 園藝造景(術). Most Englishmen are fond of *gardening*. 英國人大都喜歡園藝.

[gardening]

Gàrden of Éden *n.* (加 the) =Eden 1.

gárden pàrty *n.* ⓒ園遊會.

gárden súburb *n.* ⓒ(主英)庭園式住宅區(並非獨立的 garden city, 而是在大城市郊外所造的住宅區).

gar·gan·tu·an [gar`gæntʃʊən; gɑ:`gæntjʊən] *adj.* 巨大的, 宏偉的.

gar·gle [`gargl; `gɑ:gl] *vi.* 漱口.
— *n.* **1** (a ⓤ)漱口. **2** ⓤ ⓒ 漱口水.

gar·goyle [`gargɔɪl; `gɑ:gɔɪl] *n.* ⓒ(怪人像, 怪獸狀的)滴水嘴(常見於哥德式建築).

gar·ish [`gɛrɪʃ, `gærɪʃ; `geərɪʃ] *adj.* **1** 俗麗的, 耀眼的. **2** 過分裝飾的; 色彩過分鮮豔的.

gar·ish·ly [`gɛrɪʃlɪ, `gærɪʃlɪ; `geərɪʃlɪ] *adv.* 俗麗地; 過分裝飾地; 色彩過分鮮豔地.

gar·land [`garlənd; `gɑ:lənd] *n.* ⓒ **1** 花環, 花冠; 花飾(用花, 葉, 樹枝編結, 通常戴在頭上或掛在頸上). **2** (勝利, 名譽的)榮冠.

[gargoyles]

— *vt.* 在⋯的頭上戴上花冠; 用花環裝飾.

gar·lic [`garlɪk; `gɑ:lɪk] *n.* ⓤ(植物)蒜(百合科, 辛香料). a clove of *garlic* 一片蒜瓣.

‡**gar·ment** [`garmənt; `gɑ:mənt] *n.* (*pl.* ~s [~s; ~s]) ⓒ(文章) **1** (一件)衣服(可指襯衫, 外套, 褲子, 裙子等). her working *garment* 她的工作服.
2 (garments)(穿著的)一套衣服; 服裝, 衣著, 衣料. a sale of winter *garments* 冬裝特賣/The shop specializes in ladies' *garments*. 這家店專賣女裝.

gar·ner [`garnɚ; `gɑ:nə(r)] *vt.* (雅)把(穀物等)收穫貯藏(*up*; *in*).

gar·net [`garnɪt; `gɑ:nɪt] *n.* **1** ⓤⓒ石榴石(紅色者可作為寶石; 1 月的誕生石; → birthstone

gar·nish [ˈgɑrnɪʃ; ˈgɑːnɪʃ] vt. **1** 修飾, 裝飾, 《with》. **2** 在〔菜餚〕上加裝飾, 配上, 《with》. The cook *garnished* the potatoes *with* parsley. 廚師在馬鈴薯上加上〔切碎的〕荷蘭芹〔西洋芹〕.
— n. ⓒ **1** 〔菜餚上的〕裝飾菜. **2** 裝飾.

gar·ret [ˈgærɪt; ˈgærət] n. ⓒ 頂樓, 〔特指小而暗的〕閣樓(attic).

gar·ri·son [ˈgærəsn; ˈgærɪsn] n. ⓒ **1** 守備部隊, 駐紮部隊. **2** 〔守備部隊的〕駐紮地, 要塞.
— vt. **1** 在〔要塞, 城鎮等〕設駐軍.
2 使〔軍隊〕駐守.

gar·ru·li·ty [gəˈrulətɪ; gæˈruːlətɪ] n. Ⓤ《文章》饒舌.

gar·ru·lous [ˈgærələs, ˈgærjələs; ˈgærələs] adj. 《文章》喋喋不休的, 饒舌的.

gar·ter [ˈgɑrtɚ; ˈgɑːtə(r)] n. **1** ⓒ 襪帶, 吊襪帶, (《英》suspender), a pair of *garters* 一副襪帶. **2** (the Garter)嘉德勳位〔勳章〕〔英國最高的勳位〔勳章〕; 亦稱 the Órder of the Gárter; → insignia 圖〕.
— vt. 用襪帶繫住〔襪子〕, 用吊襪帶吊住〔襪子〕.

gárter bèlt n. ⓒ《美》吊襪腰帶〔束在腰上的女用寬吊襪帶; 《英》suspender belt〕.

‡**gas** [gæs; gæs] n. (pl. ~·**es**, 《英》~·**ses** [~ɪz; ~ɪz]). **1** ⓊⒸ 氣, 氣體, 瓦斯, (→liquid 參考). Oxygen is a colorless *gas*. 氧是無色的氣體. **2** 〔a Ⓤ〕〔燃料用〕瓦斯, 煤氣. turn on [off] the *gas* 打開〔關上〕瓦斯/natural *gas* 天然氣/coal *gas* 煤氣/cook on a low *gas* 用小火烹調. **3** Ⓤ《美, 口》汽油(gasoline 的縮略). **4** Ⓤ〔軍事等的〕毒氣(poison gas); 催淚瓦斯(tear gas); 麻醉用瓦斯〔牙科醫生用的笑氣(laughing gas)等〕. **5** Ⓤ《口》空談, 閒聊. **6** ⓒ〔用單數〕《美, 俚》令人非常愉快的事.
⬦ adj. gaseous, gassy.
stèp on the gás 《口》踩〔汽車的〕油門, 加速; 趕緊.
— v. (~·**es**, ~·**ses**; ~·**sed**; ~·**sing**) vt. **1** 供應瓦斯. **2** 使…瓦斯中毒; 〔戰爭中〕用毒氣攻擊.
— vi. **1** 放出氣體. **2** 《口》空談.

gas·bag [ˈgæs͵bæg; ˈgæsbæg] n. ⓒ **1** 〔氣球, 飛艇的〕氣囊. **2** 《口》〔輕蔑〕饒舌者(windbag).

gás bùrner n. ⓒ 瓦斯爐的爐口.

gás chàmber n. ⓒ 毒氣〔死刑〕室〔第二次世界大戰中納粹所創設〕.

gás còoker n. ⓒ《英》瓦斯爐(《美》gas range).

gas·e·ous [ˈgæsɪəs, ˈgæsjəs, ˈgæz-; ˈgæsjəs] adj. **1** 氣體的, 瓦斯的; 瓦斯狀態的, 具瓦斯特性的. **2** 空的; 無實體的.

gás fìre n. ⓒ 瓦斯暖爐.

gás fìtter n. ⓒ 瓦斯設備安裝〔修理〕工.

gás fìttings n. 《作複數》瓦斯設備.

gas guz·zler [ɡæsˈɡʌzlɚ; ɡæsˈɡʌzlə(r)] n. ⓒ《美, 口》耗油量大之〔大型〕汽車.

gas-guz·zling [ɡæsˈɡʌzlɪŋ; ɡæsˈɡʌzlɪŋ] adj. 《美, 口》〔汽車〕耗油量大的.

gash [gæʃ; gæʃ] n. ⓒ **1** 深而長的切傷, 傷口; 〔地面等的〕裂縫, 裂痕.

— vt. 割出深而長的傷口, 切傷.

gas·hold·er [ˈgæs͵holdɚ; ˈgæs͵həʊldə(r)] n. ⓒ 瓦斯槽.

gas·i·fi·ca·tion [͵gæsəfəˈkeʃən; ͵gæsɪfɪˈkeɪʃn] n. Ⓤ 氣化.

gas·i·fy [ˈgæsə͵faɪ; ˈgæsɪfaɪ] v. (-fies; -fied; ~·ing) vt. 使氣化.
— vi. 成為氣體, 氣化.

gás jèt n. ⓒ 瓦斯爐的爐口(gas burner); Ⓤ 瓦斯火焰.

gas·ket [ˈgæskɪt; ˈgæskɪt] n. ⓒ 墊圈〔防止瓦斯等外漏的薄填塞物〕.

gás làmp n. ⓒ 煤氣燈.

gas·light [ˈgæs͵laɪt; ˈgæslaɪt] n. Ⓤ **1** 煤氣燈〔光〕. **2** 煤氣燈燈頭.

gas·man [ˈgæs͵mæn; ˈgæsmæn] n. (pl. -men [-͵mɛn; -men]) ⓒ **1** 瓦斯驗錶員〔收費員〕. **2** =gas fitter.

gás màsk n. ⓒ 防毒面具.

gas·o·hol [ˈgæsəhɔl; ˈgæsəhɔːl] n. Ⓤ 酒精汽油混合燃料〔在汽油內加入酒精, 為內燃機用燃料〕.

‡**gas·o·line, gas·o·lene** [ˈgæs͵lin, ˈgæs-, ͵gæz-; ˈgæsəliːn] n. Ⓤ《美》汽油, 揮發油, (《英》petrol). ★《美, 口》中亦略作 gas. Put ten gallons of *gasoline* in the tank, please. 請在〔汽車的〕油箱裡加 10 加侖汽油.

gas·om·e·ter [gæsˈɑmətɚ; gæˈsɒmɪtə(r)] n. ⓒ **1** 瓦斯計量表〔實驗室用的〕. **2** 瓦斯槽.

***gasp** [gæsp; gɑːsp] v. (~s [~s; ~s]; ~ed [~t; ~t]; ~·ing) vi. 喘氣, 喘息, 痛苦地呼吸; 喘不過氣來(with, in, at〔驚恐, 生, 生氣〕). The swimmer raised his head and *gasped* for breath. 那名泳者抬起頭拼命吸氣/The spectators *gasped* with [in] horror when the performer fell. 當表演者跌下來時, 全場觀眾嚇得目瞪口呆.
— vt. 喘著氣說(out; forth). Running home, the boy *gasped* out the news to his parents. 那男孩跑回家, 喘著氣告訴父母這個消息.
— n. (pl. ~s [~s; ~s]) ⓒ 喘氣, 喘息. a *gasp* of horror 嚇得屏息.
at one's [the] làst gásp (1)筋疲力竭地. (2)臨終, 奄奄一息之際.
to the làst gásp 至死方休, 直到最後.

gás rànge n. ⓒ《美》瓦斯爐.

gás rìng n. ⓒ 環形的輕便瓦斯爐.

gas·ses [ˈgæsɪz; ˈgæsɪz] n. 《美》gas 的複數.
— v. gas 的第三人稱、單數、現在式.

gás stàtion n. ⓒ《美》加油站; 加油服務站(→ filling station).

gás stòve n. ⓒ 瓦斯爐〔非取暖用〕.

gas·sy [ˈgæsɪ; ˈgæsɪ] adj. **1** 氣體的, 氣態的, 氣體狀的. **2** 充滿氣體的; 含有氣體的. **3** 《口》吹牛的.

gás tànk n. ⓒ《美》瓦斯槽; 〔汽車等的〕油箱.

gas·tric [ˋgæstrɪk; ˈgæstrik] *adj.* 胃的.

gástric júice *n.* [U][C] (生理)胃液.

gástric úlcer *n.* [C] (醫學)胃潰瘍.

gas·tri·tis [gæsˋtraɪtɪs; gæˈstraitis] *n.* [U] (醫學)胃炎.

gas·tro·nom·ic [͵gæstrəˋnɑmɪk; ͵gæstrəˈnɔmik] *adj.* 美食的, 美食家的.

gas·tron·o·my [gæsˋtrɑnəmɪ; gæsˈtrɔnəmi] *n.* [U] 美食的藝術; 某一地區的烹調(法).

gas·tro·scope [ˋgæstrə͵skop; ˈgæstrəskəup] *n.* [C] (醫學)胃內視鏡(即一般所稱的「胃鏡」).

gas·works [ˋgæs͵wɝks; ˈgæswəːks] *n.* (*pl.* ~) [C] 瓦斯(製造)廠.

***gate** [get; geit] *n.* (*pl.* ~s [~s; ~s]) [C] **1** 大門, 出入口, (城市的關口、城牆、便門、木門等的總稱). the main *gate* 正門/the front [back] *gate* 前[後]門/The *gate* was left open. 那扇門開著.
2 (門的)扇, 門扉, (包括木製、鐵製的柵門, 格子門, 絞鏈門, 橫開門, 下拉式的門等; → gateway). The *gates* were closed. 門扉掩閉. ★由兩扇以上構成的門則用複數形 gates.
3 (機場的)登機門(候機室的登機出口; 標示號碼).
4 (河堰, 水壩等的)閘門(floodgate, water gate); (收費公路等的)收費站(tollgate).
5 (運動會, 展覽會等的)門票總收入; 入場總人數.

ga·teau [gɑˋto; ˈgætəu] (法語) *n.* (*pl.* ~s, ~x [~z; ~z]) [U][C] 用水果, 果仁等裝飾的大型奶油蛋糕(原義指一般的「蛋糕」).

gate-crash [ˋget͵kræʃ; ˈgeitkræʃ] *v.* (口) *vi.* (舞會等)未經邀請擅自闖入.
— *vt.* 不請自來(舞會等).
★ *vi.*, *vt.* 亦可僅作 crash.

gate-crash·er [ˋget͵kræʃɚ; ˈgeit͵kræʃə(r)] *n.* [C] (口)(舞會等的)不速之客.

gate·house [ˋget͵haʊs; ˈgeithaus] *n.* (*pl.* **-hous·es** [-͵haʊzɪz; -hauziz]) [C] (公園等入口處的)值班守衛辦公室.

gate·keep·er [ˋget͵kipɚ; ˈgeit͵kiːpə(r)] *n.* [C] 守衛, 看門人.

gate·leg(ged) table [ˋget͵lɛg(d)ˋteb!; ͵geitleg(d)ˈteibl] *n.* [C] 摺疊式圓桌(桌腳推向外側便可支撐摺疊式桌面的桌子).

gate·post [ˋget͵post; ˈgeitpəust] *n.* [C] 門柱.
between yòu and mè and the gátepost → between 的片語.

[gatelegged table]

***gate·way** [ˋget͵we; ˈgeitwei] *n.* (*pl.* ~s [~z; ~z]) [C] **1** (有門的)出入口, (拱形的)通道, (★門扉為 gate(s)). A car was blocking the *gateway*. 有一輛汽車堵住了通道.
2 入口, 門戶, (*to*). CKS Airport is now the main *gateway* to Taiwan. 中正機場現在是臺灣的主要(出入)門戶.
3 途徑, 方法, 手段, (*to* 通往…). a *gateway to* success 通往成功之路.

***gath·er** [ˋgæðɚ; ˈgæðə(r)] *v.* (~s [~z; ~z]; ~ed [~d; ~d]; -er·ing [~ɪɳ, ˋgæðrɪɳ; -əriɳ]) *vt.* 【收集】**1** 集中, 聚集; 搜集, 收集; (*together*). The child *gathered* his toys *together* and put them in the box. 那個孩子將他的玩具中在一起放進箱子/We have *gathered* all the necessary information on this matter. 我們已經收集到這件事情所有的必要情報/*gather* material from all sources available 從所有可能的來源收集資料.
📖 gather 是表「收集」之意最普遍的用語, 含有「從一處或一群中收集」的意思; → assemble, collect.
2 採, 收穫, 採集, (花, 果實等)(*up*, *in*). *gather* flowers 採花/The boys were *gathering* nuts. 男孩們在採集堅果/*gather* honey (from the hives) (從蜂巢中)採蜜/*gather* (*in*) crops 採收農作物.
【增加收集】**3** 積存, 儲蓄. *gather* wealth 積聚財富.
4 逐漸增加, 增加. *gather* strength 養精蓄銳〔病人〕恢復體力/*gather* speed 加速/*gather* flesh 長肉/The guitar is *gathering* dust in the attic. 那把吉他放在閣樓裡沾染灰塵(放著沒用)/A rolling stone *gathers* no moss. (諺)滾石不生苔(→ moss).
【集中於一點】**5** 集中〔精力, 智慧, 思想等〕; 振作〔勇氣〕. He *gathered* all his energies to move the stone. 他用盡全力想移動這塊石頭.
6 【匯集訊息】推測, 推斷, (*from*); 句型3 (*gather that* 子句)推斷為…. *gather* his meaning 推測他的意思/I *gather*, *from* what he said, *that* he'll agree with us. 根據他所說, 我推測他會同意我們的看法.
【拉往中心】**7** 〔衣物等〕包裹住身體. He *gathered* the blanket around his legs. 他用毛毯裹住自己的腳.
8 緊緊抱著. *gather* a dog in one's arms 把小狗緊抱在手臂.
9 〔縮小〕縮小, 使收縮; 使皺起, 皺〔眉〕; 在〔布, 裙子等〕縫衣褶(*up*). *gather* one's brows 皺眉/*gather* (*up*) a skirt at the waist 在裙子的腰部打皺摺.
— *vi.* **1** 集攏, 聚集. People *gathered* in crowds to hear his speech. 人們群聚起來聽他演講/Many friends *gathered* around him. 許多朋友聚集在他的四周.
2 逐漸增加, 增加; 積存. Dust *gathered* on the books. 書本上積了灰塵.
3 〔瘡等〕生膿, 化膿.
4 緊縮, 收縮; 皺縮.
gàther onesèlf úp [*togéther*] 振作精神; 鼓起勇氣.

***gàther/.../úp** 收拾〔散落的東西〕; 聚〔收〕集…; 蜷曲〔手腳, 身體〕. *Gather up* your things; we're leaving. 收拾東西; 我們要走了.
— *n.* [C] (通常 gathers)(衣服的)衣褶.

*gath·er·ing [ˋgæðərɪŋ, ˋgæðərɪŋ; ˈgæðəriŋ] *n.* (*pl.* ~s [~z; ~z]) **1** ⓒ聚集, 集合, 集會. organize a social *gathering* 籌備聯歡會. 回 gathering 主要爲非正式且氣氛融洽的集會; → meeting. **2** Ⓤ聚集, 收集, 採集. **3** Ⓤ腫; ⓒ腫塊.

GATT [gæt; gæt] (略) *n.* 關稅暨貿易總協定《*G*eneral *A*greement on *T*ariffs and *T*rade 的縮略》.

gauche [goʃ; gəʊʃ] (法語) *adj.* 不習慣於社交的, 不圓滑的; 笨拙的.

gau·cho [ˋgautʃo; ˈgaʊtʃəʊ] *n.* (*pl.* ~s) ⓒ高楚人《居住於南美彭巴(大草原)的牧民; 西班牙人和印第安人的混血後裔》.

gaud [gɔd; gɔːd] *n.* ⓒ廉價裝飾品; 俗麗的裝飾物.

gaud·i·ly [ˋgɔdɪlɪ; ˈgɔːdili] *adv.* 華麗而俗氣地.

gaud·i·ness [ˋgɔdɪnɪs; ˈgɔːdinis] *n.* Ⓤ俗麗.

gaud·y [ˋgɔdɪ; ˈgɔːdi] *adj.* 《服裝, 文體等》華麗而俗氣的, 華麗而廉價的.

gauge [gedʒ; geidʒ] (★注意發音) *n.* ⓒ **1** 標準尺寸, 規格,《子彈的直徑, 針的粗細, 鋼板的厚度等》;《散彈槍的》口徑《以彈匣的裝彈數爲計量單位; 散彈槍的 gauge 愈小, 則 caliber 愈大》. a 20-*gauge* shot gun 20 號口徑的獵槍. **2** 測量儀器. a pressure *gauge* 壓力計/a rain *gauge* 雨量計/a wind *gauge* 風速計. **3** 評價[判斷]的尺度, 基準. The number of fan letters is a *gauge* of an actor's popularity. 影迷的來信數量是衡量一位藝人受歡迎程度的標準. **4**《鐵路》軌距, 軌幅,《軌軌的間距》. the broad [narrow] *gauge* 寬軌[窄軌]/the standard *gauge* 標準軌距(1.435 公尺; 英美的鐵道軌距).
tàke the gáuge of... 估計…; 評價…
— *vt.* **1** (正確地)測定. A hygrometer *gauges* the humidity of the air. 濕度計是用來測量空氣的濕度. **2** 評價(estimate); 判定(judge). *gauge* the effect of comics on children 判斷漫畫對小孩子的影響.

Gau·guin [goˋgæn; ˌgəʊˈgæn] *n.* Paul ~ 高更 (1848-1903)《法國畫家》.

Gaul [gɔl; gɔːl] *n.* **1** 高盧《隸屬古羅馬帝國的一部分; 包括今義大利北部和法國等地區》. **2** ⓒ高盧人.

gaunt [gɔnt, gɑnt; gɔːnt] *adj.* **1**〔人〕骨瘦如柴的, 憔悴的. a *gaunt* old man 瘦骨嶙峋的老人. 回 gaunt 指骨瘦如柴的樣子; → thin. **2**〔場所, 土地〕荒涼的, 恐怖的.

gaunt·let [ˋgɔntlɪt, ˋgɑnt-; ˈgɔːntlit] *n.* ⓒ **1** 鐵手套《中世紀騎士武裝時所戴的鐵手套; 表面用鐵片等包裹的皮製手套; → armor圖》. **2** (工作, 騎馬, 擊劍時戴的)長手套.
take [pick] ùp the gáuntlet 接受挑戰.
[參考] 中世紀騎士提出決鬥時, 將鐵手套扔向對方面前, 若對方接受挑戰則將之拾起.
throw [fling] dòwn the gáuntlet 挑戰.

gaunt·ness [ˋgɔntnɪs; ˈgɔːntnis] *n.* Ⓤ乾瘦; 荒涼.

gauze [gɔz; gɔːz] *n.* Ⓤ **1** 薄紗,《醫療用的》紗布. **2** (細的)鐵絲網.

gauz·y [ˋgɔzɪ; ˈgɔːzi] *adj.* 薄紗般的, 薄而透明的.

gave [gev; geiv] *v.* give 的過去式.

gav·el [ˋgævl; ˈgævl] *n.* ⓒ (法官, 主席, 拍賣商等用的)木槌.

ga·votte [gəˋvɑt; gəˈvɒt] *n.* ⓒ嘉禾舞《18 世紀時流行於法國一種輕快的四分之四拍的舞蹈》; 嘉禾舞曲.

gawk [gɔk; gɔːk] *n.* ⓒ笨手笨腳的人, 呆頭呆腦的人. — *vi.* (口)呆呆看著(*at*).

gawk·y [ˋgɔkɪ; ˈgɔːki] *adj.* 愚蠢的, 笨拙的.

*gay [ge; gei] *adj.* (~·er; ~·est) **1** 愉快的, 快活的, 明快的, 輕快的. the *gay* voices of children 孩子們的歡樂聲/*gay* music 輕快的音樂. 回強調歡樂與快樂的感受; → merry. [注意]因 gay 漸多用於 4 的意義, 1-3 的意義已漸趨少用.
2 豔麗的, 鮮豔的. *gay* colors 鮮豔的顏色/This dress is too *gay* for Jane. 這件洋裝對珍來說太鮮豔了.
3 放蕩的, 輕浮的. lead a *gay* life 過放蕩的生活.
4 (口)同性戀的, 男[女]同性戀的, (homosexual). a *gay* bar 同性戀酒吧.
— *n.* (*pl.* ~s [~z; ~z]) ⓒ(口)男同性戀者.
⟐ **n. gaiety, gayety,** *adv.* **gaily, gayly.**

gay·e·ty [ˋgeətɪ; ˈgeiəti] *n.* =gaiety.

gay·ly [ˋgelɪ; ˈgeili] *adv.* =gaily.

gay·ness [ˋgenɪs; ˈgeinis] *n.* Ⓤ愉快; 鮮麗.

*gaze [gez; geiz] *vi.* (**gaz·es** [~ɪz; ~ɪz]; ~d [~d; ~d]; **gaz·ing**) (由於吃驚, 高興, 感到興趣而)盯著看, 凝視(*at, into, on, upon*). What are you *gazing* at? 你盯著甚麼看呀?/She *gazed into* my eyes inquiringly. 她用懷疑的眼光看我.
— *n.* ⓐⓊ凝視, 盯著看. look with a fixed *gaze* 目不轉睛地看/The man's steady *gaze* worried the boy. 那個人不斷地盯著那男孩看, 教他覺得很緊張.

ga·ze·bo [gəˋzebo; gəˈziːbəʊ] *n.* (*pl.* ~s) ⓒ涼亭; 陽臺.

ga·zelle [gəˋzɛl; gəˈzel] *n.* (*pl.* ~, ~s) ⓒ小羚羊《產於非洲、西亞等地體型小且外型好看的羚羊(antelope)》.

ga·zette [gəˋzɛt; gəˈzet] *n.* ⓒ **1**《主要作爲報紙名稱》…報. the Westminster *Gazette*「西敏報」. **2** 官報; 公報.

gaz·et·teer [ˌgæzəˋtɪr, ˌgæzəˋtɪə(r); ˌgæzəˈtiə(r)] *n.* ⓒ地名辭典.

GB (略) Great Britain.

GCE (略)《英》General Certificate of Education (普通教育證書[證明測驗]《一種國家考試或其合格證書; 分爲 A level 及比其低的 O level, 後者已廢止. 以 A level 作爲大學入學資格的認定》).

[gazelle]

GCSE 《略》《英》General Certificate of Secondary Education (中等教育普通證書)《把原來 CSE (中等教育證書)和 GCE 的 O level 合為一本證書; 取得此證書者便可進入社會, 或者繼續求學再取得 A level 後進入大學)。

GDP 《略》gross domestic product (國內生產毛額)。

Ge 《符號》germanium.

‡**gear** [gɪr; gɪə(r)] n. (pl. ~s [~z; ~z]) **1** [UC] 排檔,《使齒輪相互嚙合而成的》傳動裝置; [C] 齒輪. high [low] gear 高速[低速]檔/top [bottom] gear 最高[最低]速檔/reverse gear 回動裝置, 倒車裝置/shift gears 換檔, 變速.

2 [C] 機組《用於特定用途的輪軸, 如千斤頂等的組合》. an aircraft's landing gear 飛機降落裝置.

3 [U] 工具, 設備, 整套用具. fishing [hunting, camping] gear 釣魚[狩獵, 野營]用具.

in géar 已與齒輪扣連《的》; 運轉中《的》.

in hígh [lów] géar 高速[低速]《狀態)地《的》; 運轉效率高[低]地《的》.

out of géar 齒輪鬆脫《的》; 無法運作《的》.

— vt. **1** 給〔機器〕裝上齒輪; 使驅動《to》. gear an engine to the front wheels 使引擎驅動前輪.

2 使適合. gear production to demand 使生產合乎需要.

— vi. **1** 齒輪嚙合《into》; 機器搭配好《with》.

2 適應《with》.

gèar/.../dówn¹ 〔車〕換成低檔.

gèar dówn² 換低檔.

gèar/.../úp¹ (1)〔車〕換成高速檔; 加速….(2)使作好準備《for; to do》《通常用被動語態》. The country was geared up for war. 該國已作好應戰的準備.

gèar úp² 換高速檔; 提高效率; 準備好. The country was gearing up for war. 該國正努力備戰.

gear·box [ˋgɪr͵bɑks; ˋgɪəbɒks] n. [C] 《汽車的》變速裝置.

gear·lev·er [ˋgɪr͵lɛvɚ; ˋgɪəˏliːvə(r)] n. 《英》= gearshift.

gear·shift [ˋgɪr͵ʃɪft; ˋgɪəˏʃɪft] n. 《美》《汽車的》排檔桿《→ car 圖》.

gear·stick [ˋgɪr͵stɪk; ˋgɪəˏstɪk] n. 《英》= gearlever.

geck·o [ˋgɛko; ˋgekəʊ] n. (pl. ~s, ~es) [C] 《動物》壁虎, 守宮《產於熱帶; 壁虎科》.

gee [dʒi; dʒiː] interj. 《美、口》唉呀! 哦咿! 《表示驚訝, 讚歎等, 亦作 gèe whíz!》.

gee-gee [ˋdʒidʒi; ˋdʒiːdʒiː] n. [C] 《英》《詼》《幼兒語》馬.

[gecko]

geese [gis; giːs] n. goose 的複數.

gee·zer [ˋgizɚ; ˋgiːzə(r)] n. [C] 《俚》怪人, 古怪的

老頭.

Gei·ger counter [ˋgaɪgɚ͵kaʊntɚ; ˋgaɪgəkaʊntə(r)] n. [C] 蓋氏計數管《輻射能測定器》.

gei·sha [ˋgeʃə; ˋgeɪʃə] (日語) n. [C] (pl. ~, ~s) 藝妓《亦作 géisha gìrl》.

gel [dʒɛl; dʒel] n. [UC] 凝膠, 凝膠體,《膠質溶液凝結成凍狀物質; 如洋菜凍、明膠等》.

— v. (~s; ~led; ~·ling) = jell.

gel·a·tin, gel·a·tine [ˋdʒɛlətn; ˋdʒelətɪn] n. [U] 明膠, 動物膠.

ge·lat·i·nous [dʒəˋlætnəs; dʒəˋlætɪnəs] adj. 明膠狀[質]的, 膠質的.

geld [gɛld; geld] vt. 閹割〔牛, 豬, 馬等〕.

geld·ing [ˋgɛldɪŋ; ˋgeldɪŋ] n. [C] 閹過的動物,《特指》閹過的馬《→ horse 參考》.

gel·ig·nite [ˋdʒɛlɪg͵naɪt; ˋdʒelɪgnaɪt] n. [U] 硝酸炸藥《以硝酸和甘油做的炸藥》.

‡**gem** [dʒɛm; dʒem] n. (pl. ~s [~z; ~z]) [C] **1** 寶石. A lot of gems were stolen. 許多寶石被偷走了. 回 precious stone 為「寶石」的一般用語; gem 是加工打磨而成之物; 而 jewel 則是用寶石做成的飾物.

2 《如寶石般》貴重之物[人]; 精品; 《of》. gems of English poetry 英詩中之精萃.

— vt. (~s; ~med; ~·ming) 給…鑲寶石; 《用寶石》裝飾《with》.

Gem·i·ni [ˋdʒɛmə͵naɪ; ˋdʒeminaɪ] n. 《天文》雙子《星》座; 雙子宮《十二宮的第三宮; → zodiac》; [C] 雙子座的人《於 5 月 21 日至 6 月 20 日之間出生的人》.

Gen. 《略》General; Genesis.

gen [dʒɛn; dʒen] n. [U] 《英、口》《正確的》情報《on 關於…的》.

gen·darme [ˋʒɑndɑrm; ˋʒɑːndɑːm] (法語) n. [C] 《特指法國的》憲兵.

gen·der [ˋdʒɛndɚ; ˋdʒendə(r)] n. [UC] **1** 《文法》性,《名詞等》的陰陽性. 參考 這個字指的是文法上的性別; 雖然英文文法中亦不強調性別, 但有些語言則會區分 masculine(陽性), feminine(陰性), neuter(中性)等用語.

2 《文章》性, 性別,《特指不同社會角色的扮演》.

Gene [dʒin; dʒiːn] n. Eugene 的暱稱.

gene [dʒin; dʒiːn] n. [C] 《生物》基因, 遺傳因子.

ge·ne·a·log·i·cal [͵dʒinɪəˋlɑdʒɪk!; ͵dʒiːnɪˏ͵dʒiːnjəˋlɒdʒɪkl] adj. 家譜的, 族譜的; 系統的. genealogical tree 系統樹狀圖《《樹枝狀的》族譜圖》.

ge·ne·a·log·i·cal·ly [͵dʒinɪəˋlɑdʒɪk!ɪ; ͵dʒiːnɪˏ͵dʒiːnjəˋlɒdʒɪkəlɪ] adv. 在家譜[族譜]上; 系統地.

ge·ne·al·o·gist [͵dʒinɪˋælədʒɪst; ͵dʒiːnɪˋælədʒɪst] n. [C] 族譜學者.

ge·ne·al·o·gy [͵dʒinɪˋælədʒɪ, ͵dʒɛnɪ-, -ˋɑlədʒɪ; ͵dʒiːnɪˋælədʒɪ] n. **1** [U] 族圖學, 族譜學;《動植物的》系統研究. **2** [C] 《人的》家譜, 血統; 族譜圖(family tree);《動植物的》系統.

gen·er·a [ˋdʒɛnərə; ˋdʒenərə] n. genus 的複數.

‡**gen·er·al** [ˋdʒɛnərəl, ˋdʒɛnrəl; ˋdʒenərəl] adj. **1** 一般的, 總體的,《↔ special, particular》; 全體的; 普通的, 普通的; 公眾

的. *general* principles 一般原則/a *general* meeting 總會/for the *general* good 爲了公衆利益/in *general* use 廣泛使用的/the *general* opinion on the present Cabinet 對於現任內閣的輿論/the *general* public 一般大衆/The hot weather has been *general*. 到處都已是炎熱的天氣了。圆表示「適用於大部分」的情況, 程度較 common 高, 較 universal 低.

2 (非專門的, 非特殊的)一般的, 不限於某部門[範圍]的, (↔ special); 普遍的; 各式各樣的. *general* education (相對於專業教育而涉及多種科目的)通才教育/a *general* magazine 非專業性雜誌/*general* knowledge 常識/a *general* reader 一般讀者.

3 大概的, 概括的, 大體的, (↔ specific); 籠統的. a *general* plan 概略的計畫/He gave me a *general* idea of the duties of an air traffic controller. 他告訴我航管控制員職責的籠統概念/*general* outlines 概要/speak in *general* terms 用一般措辭說話.

4 《附於官名》…長(官), 總…. a governor *general* 總督/Secretary *General* 祕書長/a *general* manager 總經理.

* *as a gèneral rúle* 在一般情況下, 大體上, 通常 (in general). *As a general rule*, Japanese tourists like to act together. 一般而言, 日本觀光客喜歡集體行動.

in a gèneral wáy 一般說來, 通常地, 大體上. I agree with what you say *in a general way*. 整體上[大致上]我贊同你所說的.

— *n.* C **1** 陸軍[(美)空軍, 海軍陸戰隊]上將; 陸軍將官(亦稱 gèneral ófficer); 將軍(略作 gen., Gen.); (★ 海軍上將是 admiral). a lieutenant [major] *general* (→見 lieutenant general)/a full *general* 陸軍上將/a four-star *general* (美)陸軍上將(指 full general).

2 (*General*; 作呼喚)將軍; 《加在名字之前》…將軍; (★適用於各軍階的將官). *General* MacArthur 麥克阿瑟將軍.

* *in gèneral* ⑴一般說來, 就整體而言, 大體上, (generally). They were, *in general*, kind to newcomers. 大致上說來, 他們對新進人員很親切.

⑵一般的. students *in general* 全體學生.

Gèneral Assèmbly (of the Unìted Nátions) *n.* (加 the)聯合國大會(略作 GA).

gèneral delívery *n.* U(美)存局候領(郵件); 存局候領處; ((英)poste restante). send a letter *general delivery* 以存局待取方式寄郵件/address the letter to "Mr. Jim Brown, (c/o) *General Delivery*, Welton Post Office" 在那封信上寫上「存局候領, 威爾頓郵局, 吉姆·布朗先生收」.

gèneral éditor *n.* C 總編輯, 編輯主任, 主編.

gèneral eléction *n.* C 大選, 普選.

Gèneral Eléction Dày *n.* (美)大選日(四年一度的總統選舉日; 11月第一個星期一隔天的星期二).

gèneral héadquarters *n.* 《單複數同形》總司令部(略作 GHQ).

gèneral hóspital *n.* C 綜合醫院.

gen·er·al·ise [ˈdʒɛnərəlˌaɪz, ˈdʒɛnrəl-; ˈdʒenərəlaɪz] *v.* (英)＝generalize.

gen·er·al·is·si·mo [ˌdʒɛnərəlˈɪsəˌmo, ˌdʒɛnrəl-; ˌdʒenərəˈlɪsiməu] *n.* (*pl.* ~s) C (陸、海、空三軍全體的)大將軍, 最高統帥, 總司令, (指英、美以外國家的).

gen·er·al·i·ty [ˌdʒɛnəˈrælətɪ; ˌdʒenəˈræləti] *n.* (*pl.* -ties) **1** C 一般原則, 通則; 籠統的表達; 通論. **2** 《文章》《作複數》(通常加 the)大部分, 大半, 大多數, (*of*)(majority). the *generality* of people 大多數人. **3** U 一般性, 普遍性.

gen·er·al·i·za·tion [ˌdʒɛnərələˈzeʃən, ˈdʒɛnrəl, -aɪˈz-; ˌdʒenərəlaɪˈzeɪʃn] *n.* **1** C 一般而論; 籠統的概論; 歸納性的結論. He made a sweeping *generalization* about the poor English of Japanese students. 他概括地下了結論, 認爲日本學生的英文程度普遍低落.

2 U 一般化; 概括的敍述; 歸納.

***gen·er·al·ize** [ˈdʒɛnərəlˌaɪz, ˈdʒɛnrəl-; ˈdʒenərəlaɪz] *v.* (-iz·es [~ɪz; ~ɪz]; ~d [~d; ~d]; -iz·ing) *vi.* **1** 泛論, 概述. It's dangerous to *generalize* about any country. 對於任何國家只作概括性的論述是危險的.

2 (不觸及細節而)籠統地敍述.

— *vt.* **1** 使一般化; 概括而言.

3 引出, 歸納, (一般法則等). **3** 使普及.

***gen·er·al·ly** [ˈdʒɛnərəlɪ, ˈdʒɛnrəlɪ; ˈdʒenərəli] *adv.* **1** 普通, 通常, (usually) o'clcok. Father *generally* goes to bed before 11 o'clock. 父親通常在11點以前就寢.

2 普遍地, 廣泛地, 對任何人而言都…. The theory is *generally* accepted. 這項理論廣泛爲人所接受/It is *generally* believed that…. 一般相信…/She was *generally* popular among her classmates. 她受到班上所有同學的喜愛.

3 大致上, 大體上. His opinion is *generally* correct. 他的意見大體上是正確的.

* *gènerally spéaking＝spèaking génerally* 《修飾句子》一般說來, 大體而言. *Generally speaking*, Chinese are hard workers. 一般說來中國人是勤勞的工作者.

gèneral of the ármy *n.* C (美)陸軍總司令((英)field marshal).

Gèneral Pòst Òffice *n.* (加 the)(英)郵政總局(位於倫敦; 略作 GPO).

gèneral práctice *n.* U (不特指某科別的)一般門診.

gèneral practítioner *n.* C (非專科)普通科醫師(在某地區開業, 不限特定的科別; 略作 GP).

gèneral stáff *n.* U 《單複數同形》《軍事》(集合)參謀, 幕僚.

gèneral stóre n. © 《美》雜貨店，百貨行.

gèneral stríke n. © 集體罷工.

***gen·er·ate** [`dʒɛnə͵ret; ˋdʒenəreɪt] vt. (~s [~s; ~s]; -at·ed [~ɪd; ~ɪd]; -at·ing) 產生，發生，〔電，熱，光，摩擦等〕；產生，招致，〔結果等〕. generate electricity by nuclear power 核能發電/Friction generates heat. 摩擦會產生熱/The advertising campaign generated a lot of business for the company. 宣傳活動為公司爭取到許多生意.

‡**gen·er·a·tion** [͵dʒɛnəˋreʃən; ͵dʒenəˋreɪʃn] n. (pl. ~s [~z; ~z]) 1 © (集合)代，世代，同一世代[時代]的人. the young [rising] generation 年輕的一代/the present [coming] generation 當代[下一代]的人.

2 © 世代，代，一代，(從上一代出生到下一代出生的期間；約三十年). a generation ago 一代以前，約三十年前/the generation gap 代溝.

3 © (家族的)代. His family has lived in this city for many generations. 他的家族在這城市已經住了好幾代.

4 ⓤ 發生，產生，肇生. the generation of electricity by atomic energy 利用原子能發電.

5 © (同時代[時期]由同一雛形作成的)型，類型. the latest generation of personal computers 最新型[最新一代]個人電腦(總稱).

gen·er·a·tive [ˋdʒɛnə͵retɪv; ˋdʒenərətɪv] adj. 有生產力的，生成的. generative grammar 《語言》衍生文法.

gen·er·a·tor [ˋdʒɛnə͵retə; ˋdʒenəreɪtə(r)] n. © 1 發電機(dynamo). 2 瓦斯[蒸氣]產生器.

ge·ner·ic [dʒəˋnɛrɪk; dʒɪˋnerɪk] adj. (限定) 1 (一定的屬[類，群]全體共通的；一般性的；《文法》總稱的. 2 《生物》屬(genus)的.

gen·er·os·i·ties [͵dʒɛnəˋrasətɪz, ͵dʒenəˋrɒsətɪz] n. generosity 的複數.

‡**gen·er·os·i·ty** [͵dʒɛnəˋrasətɪ; ͵dʒenəˋrɒsətɪ] n. (pl. -ties) 1 ⓤ 慷慨. thanks to the generosity of Mr. Smith 感謝史密斯先生的厚待.

2 ⓤ 寬宏大量；高潔. treat the captives with generosity 寬待俘虜/He showed us great generosity when we lost our fortune. 當我們失去財產時，他仍寬待我們.

3 © (通常generosities)慷慨[寬宏大量]的行為.

‡**gen·er·ous** [ˋdʒɛnərəs, ˋdʒɛnrəs; ˋdʒenərəs] adj. 1 慷慨的，不吝嗇的，(liberal; ⬌ mean)；大方的. She was generous in giving help to the poor. 她慷慨地幫助窮人/My uncle is generous with his money. 我叔叔用錢很大方. 2 寬宏大量的，寬厚的；高潔的. a generous nature 寬厚的天性/It is very generous of you to forgive me. 你能原諒我真是太寬宏大量了.

3 豐富的，充裕的. a generous table 豐盛的一桌(菜)/a generous harvest 豐收.

4 〔土地〕肥沃的；〔酒〕味道濃厚的.

⬥ n. generosity.

gen·er·ous·ly [ˋdʒɛnərəslɪ, ˋdʒɛnrəslɪ; ˋdʒenərəslɪ] adv. 1 慷慨地. 2 寬宏大量地. 3 豐富地，充分地，綽綽有餘地.

gen·e·ses [ˋdʒɛnə͵siz; ˋdʒenəsi:z] n. genesis 的複數.

gen·e·sis [ˋdʒɛnəsɪs; ˋdʒenəsɪs] n. (pl. -ses) 1 ⓊⒸ《文章》起源(origin). 2 (Genesis)〈創世記〉《舊約聖經的第一卷》.

ge·net·ic [dʒəˋnɛtɪk; dʒɪˋnetɪk] adj. 1 基因的；遺傳學的. 2 起源的.

ge·net·i·cal·ly [dʒəˋnɛtɪklɪ; dʒɪˋnetɪkəlɪ] adv. 遺傳學地；發生論地.

genètic códe n. ⓤ (加the)《生物》遺傳密碼(去氧核糖核酸(DNA)分子中四個化學元素的排列，可決定生物特質).

genètic enginéering n. ⓤ 遺傳基因工程(學).

ge·net·i·cist [dʒəˋnɛtə͵sɪst; dʒɪˋnetɪsɪst] n. © 遺傳學者.

ge·net·ics [dʒəˋnɛtɪks; dʒɪˋnetɪks] n. 《作單數》遺傳學.

Ge·ne·va [dʒəˋnivə; dʒɪˋni:və] n. 日內瓦(瑞士西南部的城市).

Genèva Convéntions n. 《作複數》(加the)日內瓦公約(關於戰時傷病兵、俘虜等之處理的國際協定).

Gen·ghis Khan [ˋdʒɛn͵gɪzˋkɑn, ˋdʒɛn͵gɪz͵͵gɛŋgɪsˋkɑn] n. 成吉思汗(1162-1227)《蒙古可汗；曾征服亞洲大部分地區和歐洲東部).

ge·ni·al [ˋdʒinjəl; ˋdʒi:njəl] adj. 1 〔人或態度等〕和藹可親的，親切的，友好的，(friendly). a genial smile 親切的微笑. 2 〔氣候，天氣〕溫和的. a genial climate 溫和的氣候.

ge·ni·al·i·ty [͵dʒinɪˋælətɪ, -n`jæl-, -͵njɪˋælətɪ͵dʒi:nɪˋælətɪ] n. (pl. -ties) 1 ⓤ 和藹可親，親切，友好. 2 © (通常genialities)友好的表情[行為，言詞等].

ge·ni·al·ly [ˋdʒinjəlɪ; ˋdʒi:njəlɪ] adv. 和藹可親地；溫和地.

ge·nie [ˋdʒinɪ; ˋdʒi:nɪ] n. (pl. ~s, ge·ni·i) © (阿拉伯故事中的)魔神，精靈.

ge·ni·i [ˋdʒinɪ͵aɪ; ˋdʒi:nɪaɪ] n. genie, genius 4 的複數.

gen·i·tal [ˋdʒɛnət̩; ˋdʒenɪtl] adj. (限定)生殖(器)的. the genital organs (外)生殖器.
— n. (genitals) 外生殖器，外陰部.

gen·i·ta·lia [͵dʒɛnɪˋteljə, ·ˋtelɪə; ͵dʒenɪˋteɪlɪə, ·ˋteɪljə] n. 《作複數》《解剖》外生殖器，外陰部，(genitals).

gen·i·tive [ˋdʒɛnətɪv; ˋdʒenɪtɪv] 《文法》adj. 屬格的，所有格的.
— n. ⓤ 屬格，所有格；© 屬格[所有格]的詞.

gènitive cáse n. ©《文法》屬格(相當於現代英語中的所有格(possessive case)；→見文法總整理 3, 4).

***gen·ius** [ˋdʒinjəs; ˋdʒi:njəs] n. (pl. ~·es [~ɪz; ~ɪz], ge·ni·i)【固有的天資】 1 ⓤ 天才；ⓐⓤ《文

分，天賦；(優秀的)素質；(特殊的)才能，特殊技能．((for)). a man of *genius* 天才/He has a real *genius for* music. 他非常有音樂天分．

2 ⓒ天才；智商很高的人．Einstein was a *genius* in physics. 愛因斯坦是物理學的天才．

【 固有的精神 】 **3** ⓤ (通常加the) (某民族，時代等普遍的)特質，精神；(制度，語言等的)特徵，傾向．the *genius* of the Elizabethan age 伊莉莎白女王時代的精神/the *genius* of Christianity 基督教的真義．

4【民族[時代]精神的守護者】ⓒ (文章)守護神．

Gen·o·a [ˈdʒɛnəwə, dʒəˈnoə; ˈdʒɛnəʊə] *n.* 熱那亞(義大利西北部的海港城市；義大利名 Genova)．

gen·o·cide [ˈdʒɛnə͵saɪd; ˈdʒɛnəʊsaɪd] *n.* ⓤ 民族[集體]大屠殺(尤指第二次世界大戰中納粹對猶太人的屠殺)．

gen·re [ˈʒɑnrə; ˈʒɑːnrə] (法語) *n.* ⓒ **1** 種類，類型；(特指美術，文學的)形式，體裁．**2** 描繪日常生活景象與主題的畫作．

gent [dʒɛnt; dʒent] *n.* ⓒ (主英，口) (詼)紳士，男子，(gentleman)．Gents →見 Gents.

gen·teel [dʒɛnˈtil; dʒenˈtiːl] *adj.* **1** 貌似高尚的，裝作高貴樣子的．live in *genteel* poverty 過著貧困卻喜歡充闊的生活．

2 (古) (諷刺)高雅的，有教養的．⇨ *n.* gentility.

gen·teel·ly [dʒɛnˈtillɪ, ˈ·tilɪ; dʒenˈtiːlɪ] *adv.* 裝作高尚地．

gen·tian [ˈdʒɛnʃən, ·ʃɪən; ˈdʒenʃɪən] *n.* ⓊⒸ 龍膽(龍膽科的多年生草本植物；種類很多，根部是胃腸藥的原料)．

gen·tile, Gen·tile [ˈdʒɛntaɪl; ˈdʒentaɪl] *n.* ⓒ **1** (猶太人眼中所見的)外國人；(特指)基督教徒．**2** (泛指)異教徒．
— *adj.* **1** 非猶太人的．**2** 異教徒的．

gen·til·i·ty [dʒɛnˈtɪlətɪ; dʒenˈtɪlətɪ] *n.* ⓤ 裝作高尚，假斯文；彬彬有禮，有教養．
⇨ *adj.* genteel.

****gen·tle** [ˈdʒɛntl; ˈdʒentl] *adj.* (~r; ~st)
【 溫和的 】 **1** 溫柔的，親切的，和藹的，(→ mild 同)．in a *gentle* voice 用溫柔的聲音/Be *gentle with* that cat. 對那隻貓溫柔點．

2 平穩的，不激烈的，輕柔的；(坡)平緩的．a *gentle* wind 和風 ((比 moderate 弱))/be *gentle* to [on] the stomach 〔藥性〕不傷胃的((沒有太大的副作用))/a *gentle* slope 緩坡．

3 (馬，犬等)馴服的，聽話的．(as) *gentle* as a lamb (像小羊一樣)溫馴的．

【 溫和的＞有教養的 】 **4** (限定) (古)家世好的；高雅的，有禮貌的．a youth of *gentle* birth [blood] 家世良好的青年/*gentle* manners 優雅的舉止．

gen·tle·folk(s) [ˈdʒɛntl͵fok(s); ˈdʒentlfəʊk(s)] *n.* (作複數)家世良好的人．

*‡***gen·tle·man** [ˈdʒɛntlmən; ˈdʒentlmən] *n.* (pl. -men) ⓒ **1** 紳士(有教養，重名譽，富同情心的)；貴婦[女士]為 lady)．a fine *gentleman* 高尚的紳士/Behave like a *gentle-*

---

man! 請保持紳士風度!/Mr. Barron is a true English *gentleman* in every way. 巴倫先生是道道地地的英國紳士．

2 先生(對男子的客氣稱呼，女性為 lady)．Who is that *gentleman*? 那位先生是誰?

3 (gentlemen) 諸位(當全體成員皆為男性時的呼喚)；(Gentlemen) 諸位先生(並非給個人而是給公司等信件的抬頭；→ sir 2★)．Ladies and *gentle-men!* 各位女士先生! (對諸位男女的呼喚)．

4 (英) (the Gentlemen('s) [gentlemen('s)]) (作單數)男廁(公共廁所的標示；亦有只寫 Men 的；女廁 → lady 5)．

5 (加俚)議員((*from* (美)，*for* (英)從…選出的)．

gen·tle·man-at-arms [ˈdʒɛntlmənət͵ɑrmz; ͵dʒentlmənətˈɑːmz] *n.* (pl. -tle-men- [-mən·; -mən·]) ⓒ (英) (於重大儀式中陪侍英王的四十名侍衛之一)儀仗侍衛．

gentleman fármer *n.* ⓒ (pl. gentle-men farmers) 鄉紳，大地主，(擁有田地或替人經營田地但自己不耕種者)．

gen·tle·man·ly [ˈdʒɛntlmənlɪ; ˈdʒentlmənlɪ] *adj.* 紳士的．

géntlemen's agréement *n.* ⓒ 君子協定(沒有法律的強制約束力，但不遵守就不能算是一位君子)．

gen·tle·men [ˈdʒɛntlmən; ˈdʒentlmən] *n.* gentleman 的複數．

****gen·tle·ness** [ˈdʒɛntlnɪs; ˈdʒentlnɪs] *n.* ⓤ 溫和，親切．The nurse cared for the patient with great *gentleness*. 那位護士極為親切地看護病人．

gen·tler [ˈdʒɛntlɚ; ˈdʒentlə(r)] *adj.* gentle 的比較級．

géntle séx *n.* ⓤ (加the) (單複數同形) (集合)女性(★目前被視為一種性別歧視的用法)．

gen·tlest [ˈdʒɛntlɪst, ·tlɪst; ˈdʒentlɪst] *adj.* gentle 的最高級．

gen·tle·wom·an [ˈdʒɛntl͵wʊmən, ·͵wu-; ˈdʒentl͵wʊmən] *n.* (pl. -wom·en [-͵wɪmɪn, ·wɪmən]) ⓒ (古)上流社會的女性，貴婦，(lady)．

****gen·tly** [ˈdʒɛntlɪ; ˈdʒentlɪ] *adv.* **1** 溫和地，溫柔地．Speak a little more *gently* to your father. 對你父親說話要溫和些．

2 平穩地，安靜地．Lift the vase *gently*. 輕輕地拿起花瓶/gently, now. 嘿，安靜點(走路等)/a *gently* sloping hill 緩緩傾斜的山丘．

3 有身分地，有教養地．*gently* born [bred] 家世[教養]好的．

gen·try [ˈdʒɛntrɪ; ˈdʒentrɪ] *n.* (作複數) (通常加the)紳士階級(僅次於 nobility (貴族階級)的群體)．

Gents, Gents' [dʒɛnts; dʒents] *n.* (作單數) (通常加the) (英，口)男廁((美) men's room)．

gen·u·flect [ˈdʒɛnju͵flɛkt; ˈdʒenjuːflekt] *vi.* (文章)(做禮拜時)單腳屈膝．

*‡***gen·u·ine** [ˈdʒɛnjuɪn; ˈdʒenjoɪn] *adj.* **1** 真品的，真正的，非贗品[人造]的；

(authentic, real). *genuine* Persian carpets 眞的波斯地毯/a *genuine* (picture by) Raphael 拉斐爾(畫)的眞品.
2 〔感情，行動等〕非假裝的，由衷的，(sincere) 道地的. *genuine* sorrow 由衷的哀傷/Victoria's smile was *genuine*. 維多利亞的微笑是發自內心的.
3 〔動物等〕血統純正的，純種的.
4 完全的，無雜質的；不虛其名的. He's a *genuine* aristocrat [liberal]. 他是個眞正的貴族[百分之百的自由主義者]. ⟷ false.

gen·u·ine·ly [ˋdʒɛnjʊɪnlɪ; ˈdʒɛnjɔɪnli] *adv.* 純粹地；眞誠地，發自內心地.

gen·u·ine·ness [ˋdʒɛnjʊɪnɪs; ˈdʒɛnjɔɪnnis] *n.* U眞實；誠實.

ge·nus [ˋdʒinəs; ˈdʒiːnəs] *n.* (*pl.* **gen·er·a**) U
1 〔生物〕屬. ★例如: Homo sapiens 的 *Homo* 爲 genus; *sapiens* 表示 species (種).
2 (泛指)種類. ⇨ *adj.* **generic**.

geo- 〔構成複合字〕「地球，土地」的意思.

ge·o·cen·tric [ˌdʒioˋsɛntrɪk; ˌdʒiːəʊˈsentrik] *adj.* 由地球的中心所見[測量]的；以地球爲中心的. a *geocentric* universe 以地球爲中心的宇宙.

Geof·frey [ˋdʒɛfrɪ; ˈdʒefri] (★注意發音) *n.* 男子名.

ge·og·ra·pher [dʒiˋɑɡrəfɚ; dʒɪˈɒɡrəfə(r)] *n.* C地理學家.

ge·o·graph·ic, ge·o·graph·i·cal [ˌdʒiəˋɡræfɪk; dʒɪəˈɡræfik], [-kl; -kl] *adj.* 地理學(上)的，地理(學)的. A country's economy is partly determined by its *geographical* features. 一個國家的經濟狀況有部分決於地理上的特徵.

ge·o·graph·i·cal·ly [ˌdʒiəˋɡræfɪklɪ, -ɪklɪ; dʒɪəˈɡræfikəli] *adv.* 地理學上，在地理(學)方面.

ge·og·ra·phies [dʒiˋɑɡrəfɪz; dʒɪˈɒɡrəfɪz] *n.* geography 的複數.

‡ge·og·ra·phy [dʒiˋɑɡrəfɪ; dʒɪˈɒɡrəfi] *n.* (*pl.* **-phies**) **1** U地理學. human [physical] *geography* 人文[自然]地理學.
2 C (某區域的)地理特徵；地勢，地形. the *geography* of Alaska 阿拉斯加的地理狀況.

ge·o·log·i·cal [ˌdʒiəˋlɑdʒɪkl; ˌdʒiːəʊˈlɒdʒikl] *adj.* 地質學(上)的；地質的.

ge·ol·o·gist [dʒiˋɑlədʒɪst; dʒɪˈɒlədʒɪst] *n.* C地質學家.

ge·ol·o·gy [dʒiˋɑlədʒɪ; dʒɪˈɒlədʒi] *n.* U **1** 地質學. *Geology* teaches us a lot about the origin of the earth. 地質學能教導我們許多有關地球起源的知識. **2** (某區域的)地質.

ge·o·met·ric, ge·o·met·ri·cal [ˌdʒiəˋmɛtrɪk; ˌdʒiːəʊˈmetrik], [-k; -kl] *adj.* 幾何學(上)的，幾何學的. a *geometric* pattern [design] 幾何圖案/*geometric* progression 幾何級數，等比級數.

ge·o·met·ri·cal·ly [ˌdʒiəˋmɛtrɪklɪ, -ɪklɪ; ˌdʒiːəʊˈmetrikəli] *adv.* 幾何學上[方面].

ge·om·e·try [dʒiˋɑmətrɪ; dʒɪˈɒmətri] *n.* (*pl.* **-tries** [~z; ~z]) U幾何學. *Geometry* is a branch of mathematics. 幾何學屬於數學的分支.
2 C圖形，圖案.

ge·o·phys·ics [ˌdʒioˋfɪzɪks; ˌdʒiːəʊˈfiziks] *n.* 〔作單數〕地球物理學.

ge·o·po·li·ti·cal [ˌdʒiopəˋlɪtɪkl; ˌdʒiːəpəʊˈlitikl] *adj.* 地緣政治學(上)的.

ge·o·pol·i·tics [ˌdʒioˋpɑlətɪks; ˌdʒiːəʊˈpɒlitiks] *n.* 〔作單數〕地緣政治學.

George [dʒɔrdʒ; dʒɔːdʒ] *n.* **1** 男子名.
2 **George** I [-ðəˈfɜst; -ðəˈfɜːst] 喬治一世(1660-1727)《英國國王(1714-27)》.
3 **George** VI [-ðəˈsɪksθ; -ðəˈsiksθ] 喬治六世(1895-1952)《英國國王(1936-52)；伊莉莎白二世之父》.
4 **Saint ~** 聖喬治(England 的守護神)《.
by George 哎呀！的確如此！也好！《表示驚訝，拿定主意，贊成等；語氣比 by God 弱》.

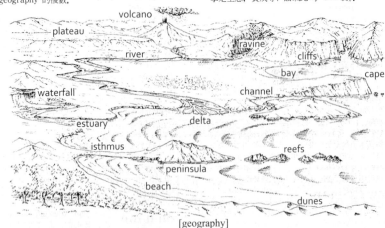

[geography]

geor·gette [dʒɔrˋdʒɛt; dʒɔːˊdʒet] *n.* ⓤ喬其紗《(特指)絹織透明薄紗；女裝衣料》.

Geor·gia [ˋdʒɔrdʒə, -dʒjə; ˊdʒɔːdʒjə] *n.* **1** 喬治亞州《美國南部的州；首府 Atlanta；略作 GA, Ga.》. **2** 喬治亞《位於黑海東岸，土耳其北方的共和國；CIS 成員國之一；首都 Tbilisi》.

Geor·gian [ˋdʒɔrdʒən, -dʒjən; ˊdʒɔːdʒjən] *adj.* **1** (英國)喬治王時代的《George I 至 George IV 的時期(1714-1830)，此時期稱為 the four Georges；或指 George V 至 George VI 的時期(1910–52)》. **2** 喬治王朝風格的. *Georgian* architecture 喬治王朝風格的建築. **3** (美國)喬治亞州的. **4** 喬治亞共和國的.
— *n.* ⓒ **1** 喬治王朝時代的人[作家，詩人]. **2** (美國)喬治亞州居民. **3** 喬治亞國民.

Ger. (略)German; Germany.

Ger·ald [ˋdʒɛrəld; ˊdʒerəld] *n.* 男子名.

Ger·al·dine [ˋdʒɛrəldͺin; ˊdʒerəldiːn] *n.* 女子名.

ge·ra·ni·um [dʒəˋreniəm, -njəm; dʒɪˊreɪnjəm] *n.* ⓒ天竺葵《天竺葵屬的多年生園藝植物》.

Ge·rard [dʒəˋrɑrd; dʒeˊrɑːd] *n.* 男子名.

ger·i·at·ric [ͺdʒɛrɪˋætrɪk; ͺdʒerɪˊætrɪk] *adj.* 老人病(科)的.

ger·i·at·ri·cian [ͺdʒɛrɪəˋtrɪʃən; ͺdʒerɪəˊtrɪʃin] ⓒ老人病(科)醫生.

ger·i·at·rics [ͺdʒɛrɪˋætrɪks; ͺdʒerɪˊætrɪks] *n.* 《作單數》老人病學，老年醫學(→ gerontology ⓡ).

[geranium]

germ [dʒɝm; dʒɜːm] *n.* (*pl.* ~s [~z; ~z]) ⓒ 【芽】 **1** 細菌，病菌，病原菌. cold *germs* 感冒病菌/This milk is free from *germs*. 這牛奶經過殺菌. **2** (種子的)胚芽，胚，嫩芽. **3** (某事物的)萌芽，徵兆，預兆. the *germ* of an idea 《a project》某想法[計畫]的萌芽.

Ger·man [ˋdʒɝmən; ˊdʒɜːmən] *adj.* 德國[德意志]的；德國人[德語]的；德國式[風格]的；《略作 G, Ger.》. He speaks English with a *German* accent. 他說英語帶有德國口音.
◇ *n.* Germany.
— *n.* (*pl.* ~s [~z; ~z]) **1** ⓒ德國人. the *Germans* 德國人. **2** ⓤ德語. *German* is spoken in Germany, Austria and part of Switzerland. 德語通行於德國、奧地利、和瑞士的一部分地區.

Gèrman Democrātic Repúblic *n.* (加 the)《歷史》德意志民主共和國《前東德；首都 East Berlin；→ Germany》.

ger·mane [dʒɝˋmen, dʒɝ-; dʒɜːˊmeɪn] *adj.* 《文章》(想法，言辭等)有密切關係的，與特定事項相關的，《(to)》.

Ger·man·ic [dʒɝˋmænɪk, dʒɝ-; dʒɜːˊmænɪk] *adj.* **1** 德國(人)風格的，德國(人)式的. **2** 日耳曼民族的；日耳曼語系的.
— *n.* ⓤ日耳曼語系《印歐語系之一；包括英語、德語、荷蘭語、挪威語、瑞典語、丹麥語等》.

ger·ma·ni·um [dʒɝˋmeniəm, -njəm; dʒɜːˊmeɪniəm] *n.* ⓤ《化學》鍺《稀有金屬元素；符號 Ge》. 「疹.

Gèrman méasles *n.* 《通常作單數》德國麻

Gèrman shépherd (dòg) *n.* ⓒ《美》德國牧羊犬《作警犬，導盲犬用》.

✻Ger·ma·ny [ˋdʒɝmənɪ; ˊdʒɜːmənɪ] *n.* 德意志《第二次世界大戰後分裂為東德(East Germany)和西德(West Germany)，1990 年 10 月統一；略作 G；首都 Berlin》. *Germany* has produced many great composers. 德國出了許多偉大的作曲家. ◇ *adj.* German, Germanic.

ger·mi·cide [ˋdʒɝməͺsaɪd; ˊdʒɜːmɪsaɪd] *n.* ⓤⓒ殺菌劑.

ger·mi·nate [ˋdʒɝməͺnet; ˊdʒɜːmɪneɪt] *vi.* (種子)發芽；開始發育；(思想，感情等)產生，發展.
— *vt.* 使(種子)發芽；使發育；培育.

ger·mi·na·tion [ͺdʒɝməˋneʃən; ͺdʒɜːmɪˊneɪʃn] *n.* ⓤ發芽；培育，發展.

gérm wàrfare *n.* ⓤ細菌戰.

ger·on·tol·o·gy [ͺdʒɛrənˋtɑlədʒɪ; ͺdʒerɒnˊtɒlədʒɪ] *n.* ⓤ老人學. ⓡ geriatrics 係從醫學上研究老年人，而 gerontology 非僅探討老化現象，亦研究社會上的老人問題等.

ger·ry·man·der [ˋdʒɛrɪͺmændɚ, ˋdʒɛrɪ-; ˊdʒerɪmændə(r)] *n.* (為己黨利益與策略而做的)選區改劃.
— *vt.* (為有利於某一黨派而)改劃[選區]. [字源] 源自 gerry＋sala*mander*；美國麻薩諸塞州州長 Gerry 擅自將選區改劃成類似 salamander(蠑螈)的形狀.

Ger·trude [ˋgɝtrud; ˊgɜːtruːd] *n.* 女子名.

ger·und [ˋdʒɛrənd, -ʌnd; ˊdʒerənd] *n.* ⓒ《文法》動名詞《→見文法總整理 **9. 2**》.

ges·ta·tion [dʒɛsˋteʃən; dʒeˊsteɪʃn] *n.* **1** ⓤ懷孕；ⓒ(用單數)懷孕期. **2** ⓤ(計畫，理想等的)孕育，醞釀；ⓒ(用單數)醞釀期.

ges·tic·u·late [dʒɛsˋtɪkjəͺlet; dʒeˊstɪkjʊleɪt] *vi.* 《文章》(一邊說話或不說話而)用手勢[姿態，比手劃腳]來表達.

ges·tic·u·la·tion [ͺdʒɛstɪkjəˋleʃən, dʒɛsͺtɪk-; dʒeͺstɪkjʊˊleɪʃn] *n.* ⓤⓒ《文章》動作，肢體語言，手勢.

✻ges·ture [ˋdʒɛstʃɚ; ˊdʒestʃə(r)] *n.* (*pl.* ~s [~z; ~z]) **1** ⓒ《配合說話或不說話的)示意動作，手勢；肢體語言，動作. He made a *gesture* of assent [dissent]. 他做了一個贊成[不贊成]的動作/express impatience by *gesture* 以肢體動作表達不耐煩/with expansive *gestures* 用誇張的動作.

G

〖图型〗 *adj.*+gesture: an angry ~ (憤怒的動作), a friendly ~ (友善的動作), an impatient ~ (不耐煩的動作), a rude ~ (粗魯的動作) // *v.*+gesture: use a ~ (使用手勢).

2 ⓒ (心情自然流露的) 言行舉止, 心意的表達; (和內心想法不一致的) 態度, 表情, 裝模作樣. As a *gesture* of apology he bought some flowers for her. 爲了表示歉意, 他買花送她/The refusal was a mere *gesture*. 那次拒絕不過是裝個樣子罷了.

— *vi.* 作動作示意, 打手勢. Father *gestured* to me to leave the room. 父親用手勢暗示我離開房間.

ge·sund·heit [gəˈzuntait; gəˈzʊnthait] (德語) *interj.* 保重! (有人打噴嚏時說)

‡**get** [gɛt; gɛt] *v.* (~**s** [~s; ~s]; **got**; **got**, (美) **got·ten**; ~**ting**) *vt.* 〖得到〗 1 (a) 得到, 取得, 獲得, (〖表達「得到」之意的一般用字〗; → obtain); (付出代價) 得到, 買到. *get* a new ball-point pen 得到[買到] 一支新原子筆/*get* information 得到情報/Where did you *get* that idea? 你從哪裡獲得那種想法?/Subtract two from six and you *get* four. 六減二得四.

(b) 〖句型4〗 (get A B)、〖句型3〗 (get B for A) 爲A取得[買到] B. Helen *got* him a tie. = Helen *got* a tie *for* him. 海倫爲他買了一條領帶/*get* him a job with the bank 替他在那銀行安排一份工作.

2 掙得, 賺得, (earn); 贏得(win); 達成(attain); 獲得, 取得, (評價, 點數等). *get* money 賺錢/*get* a living 掙得生活費/*get* one's end 達到目的/*get* first prize 贏得首獎/*get* an A in math 數學成績得A.

3 收到, 接到, (receive); 得到; (〖較 receive 口語〗. *get* a letter 收到信/*get* an [no] answer 得到[沒得到] 回答/Did you *get* your salary? 你拿到薪水了嗎?/*get* permission 得到允許/*get* consent 得到同意.

4 〖得到想法, 知識, 技能等〗(〖口〗)明白, 理解, (understand); (透過學習)學會; 精通(master); 聽懂. "Do you *get* me?" "No, I don't (*get* you)." 「你明白我的意思嗎?」「不, 我不明白」/I *get* your point. 我知道你想說甚麼/*Get* it? 懂嗎? (省略 Do you))/Don't *get* me wrong. 別誤會我/I didn't *get* your last name. 我沒聽清楚您貴姓.

5 〖爲得到而準備〗(a)張羅, 準備(飯菜等)(prepare). Mary is busy *getting* lunch. 瑪莉正忙著準備午餐.

(b) 預約(位子等)(book). *get* a flight tonight 預約今晚的飛機.

6 〖得到並保有〗(〖口〗)(用 have got)保有. Gertie has [Gertie's] *got* blonde hair. 葛蒂一頭金髮/I *haven't got* much time to play. 我沒甚麼時間玩.

7 (用 have got *to* do)必須做…; 一定會去做…. You've *got* to finish your homework quickly. 你必須快點做完你的家庭作業/You *haven't got to* hurry. 你不用急/You've *got* to be joking. (你一

定在開玩笑 >)開玩笑的吧! 〖語法〗有時省略 have 成爲 got to *do*, 但 haven't 不可省略.

〖得到>拿〗 8 (a)(〖加副詞(片語)〗)拿, 帶去, 拿去. *get* a book from the desk 從書桌上拿本書/*get* the baby to bed 讓嬰兒睡覺.

(b)拿來(fetch) (〖句型4〗(get A B)、〖句型3〗(get B for A)爲A去拿B. Please *get* me the French dictionary on that shelf. 請幫我拿那邊書架上的法語辭典/Shall I *get* you some more coffee? = Shall I *get* some more coffee *for* you? 要我再幫你拿點咖啡嗎?

(c)〖定期取得, 獲得〗接收(廣播等); 定期購閱(報紙等). I used to *get* 'The Washington Post'. 我以前都看「華盛頓郵報」.

(d)〖獲取利益, 帶來〗以…的價錢賣出(fetch). My car *got* $3,000. 我的車賣到 3,000 美元賣出.

〖得到病痛〗 9 生(病)(catch). I think I'm *getting* a cold. 我想我感冒了/*get* measles from my brother 被我哥哥傳染麻疹.

10 受到(刑罰). *get* a blow on the head 頭部被打了一拳/He *got* ten years for his crime. 他被判刑 10 年.

〖得到某種狀態〗 11 〖句型5〗 (get A *done*) (a)(〖使役動詞〗)使〔請〕A…. I *got* my watch *re-paired*. 我的錶修好了/I *got* my room *cleaned* by the maid. 我讓女傭打掃我的房間.

(b)(〖被動語態〗)A 被…. We *got* the windowpanes *broken*. 我們的窗玻璃被打破了.

(c)(〖自己做〗)把 A…. I will *get* the work *done* in a week. 我要在一星期內把工作做完. 〖語法〗get 可以用 have 替代, 但口語中仍多用 get. 作(a)的解釋時重點在 get, 作(b), (c)解釋時重點在 *done*.

12 〖句型5〗 (get A B/A do*ing*) 使A成爲B的狀態/使A做…. Tom *got* his hands dirty. 湯姆把手弄髒了/*get* one's feet wet 把腳弄濕/*get* every-thing right again 讓一切再恢復正常/*get* supper ready 把晚餐準備好/*get* her pregnant 讓她懷孕/*get* the machine *running* 使機器運作.

13 〖句型5〗 (get A *to* do)使A做…. I *got* him *to* repair my watch. 我叫他修理我的手錶(→11 (a))/I couldn't *get* the car *to* go faster. 我沒辦法把這輛車開得更快了(〖語法〗若使用 have 則省略 to; *have* the car go...).

〖捉住〗 14 捉住, 逮捕. The police *got* the robber. 警方捉住那個強盜了.

15 〖找到傳達的對方〗(a)和…連絡上; 叫…(〖on〔電話等〕〗). 〖句型4〗(get A B)使A與B取得連繫, 爲A叫B出來. Did you *get* Paris? 你接通巴黎了嗎?/*Get* me Frank *on* the telephone. 叫法蘭克接電話.

(b)接應(電話(鈴聲)). I'll *get* it. 我來接.

16 〖搭交通工具〗趕上, 搭乘, (火車等). I'll *get* the 8:30 train for Taipei. 我要搭 8:30 的火車去臺北.

17 (子彈, 打擊等)打中. The blow *got* him in the eye. 那一擊正中他的眼睛.

18 (〖口〗)使心煩意亂; 使感動; 使困擾, 使苦惱. His conceit *got* me. 他的自大令我生氣/The mel-

ancholy music *got* me. 那憂傷的音樂令我大爲感動/This problem really *got* me. 這個問題的確難倒我了.

19 《俚》把…狠狠地教訓一頓; 報復; 殺死;《棒球》出局. I'll *get* you yet [for that]. 我會報復的 [有仇必報].

— *vi.* 【達到】 **1** 〔加表示場所的副詞(片語)〕達到, 到達, (某場所, 位置, 狀態), (arrive) (get to...→片語). When did you *get* there? 你甚麼時候到那裡的?/My father *got* home late last night. 我的父親昨夜很晚到家/We *got* as far as we could that day. 那天我們盡全力趕路.

【達到某種狀態】 **2** (a) 句型2 (get A) 成爲〔變成〕A的狀態(become). It is *getting* warmer day by day. 天氣一天比一天暖和/get quite well 痊癒/He *got* angry at the news. 他聽到那個消息就生氣了/*get* tired 變了.

(b) 句型2 (get *to* do) 將要能…;《美》變得能夠…. He will *get* to like his work. 他會漸漸喜歡的工作/*get* to be friends with him (漸漸地)和他成爲朋友/Why did you *get* to play baseball this morning? 爲甚麼你今天早上會去打棒球?/I *got* to know him better as time went on. 認識愈久, 我也愈瞭解他.

3 《口》 句型2 (get *done*) 被…. He *got* scolded for mischief. 他由於頑皮而被責罵/We *got* caught in the rain. 我們(中途)碰到下雨/The water pipes *got* frozen overnight. 一夜之間水管都結冰了. 語法(1)be done 表示動作, 狀態的被動語態, get done 只表示動作的被動語態. (2)動作對主詞不利時常用 get done.

4 《口》 句型2 (get *do*ing) 開始…. *get* *talking* about the affair 開始談到那件事/Come on, let's *get* going. 走吧, 我們動身吧!

gèt abóut (1)四處走, 走動; (病後)開始走動. I used to *get* *about* more than I do now. 以前我比現在更常到處走動. (2)〔流言蜚語等〕傳開, 傳播. News *gets* *about* very quickly in a small town. 小鎭裡消息傳得很快. (3)爲社交目的東奔西走.

gèt abóve onesélf 變得自高自大.

* *gèt acróss*[1] (1)渡過, 越過, (河, 橋等). The current was so rapid that we could not *get* *across* on foot. 水流太急, 我們無法涉水過去. (2)《口》〔話等〕被〔人〕理解(*to*). My speech didn't *get* *across* to the audience. 聽眾無法理解我的演說內容.

* *gèt acróss*[2]... (1)渡過, 穿過, 〔河, 橋, 道路等〕; 越過〔國境等〕. *get* *across* a road 過馬路. (2)《主英, 俚》使…生氣.

gèt.../acróss[3] (1)使渡過…. (2)《口》使理解…, 使明白…, 《*to* 人》. *get* one's point *across* (*to* one's superiors) 讓(上司)理解自己的觀點.

gét A acróss[4] B 使A渡過B(河, 道路等). The commander *got* the troops *across* the river. 指揮官使部隊渡過河.

gét áfter... 追…. (2)糾纏不休的逼迫(*to* do).

gèt ahéad (1)前進, 進步. (2)成功. *get* *ahead* in the world 出頭, 嶄露頭角.

gèt ahéad of... 超過…, 勝過…. Let's *get*

ahead *of* them. 我們超越他們吧!

* *gèt alóng* (1)走開, 離去. I have to be *getting* *along* now. 我該回去了/Get *along* (with you)! 《口》走開! 滾開! 別胡扯!

(2)設法應付過去; 過日子; (get *on*[2], go along). He's *getting* *along* well in his new job. 他逐漸適應新工作/How are you *getting* *along*? 你過得怎麼樣?

(3)和睦相處, 相處得很好, (get *on*[2]) 《*with*》. Bruce and the company president *get* *along* well together. 布魯斯和公司總裁相處得很好.

(4)前進, 進展順利, 《*with* 〔工作等〕》(get *on*[2]). How are you *getting* *along* *with* your English? 你英語學得怎麼樣?

gèt aróund[1]《英》*róund*》=get about.

* *gèt aróund*[2] 《英》*round*]... (1)說服…, 勸說…使其同意. Ted knows how to *get* *around* his mother. 泰德知道怎樣說服他母親.

(2)巧妙地迴避, 巧妙地逃避, 〔法律, 規則等〕. He tried to *get* *around* the rule. 他想鑽規則的漏洞.

gèt aróund[3] 《英》*róund*] *to* (*do*ing) 好不容易抽出時間(做), 好不容易有空(做). After a long delay I *got* *around* *to* *writing* to my parents. 耽擱了很久, 我總算有空寫信給我爸媽.

* *gét at...* (1)伸手可得, 接近…, (reach). Put that knife where the children can't *get* *at* it. 把那把刀放在孩子們拿不到的地方/I couldn't *get* *at* you at the party. 舞會上我無法接近你身邊(由於人多等).

(2)查明, 追究出, 〔事實等〕. *get* at the bare facts 查明眞相.

(3)《口》(用 be getting at...)意指…(imply). What are you *getting* *at*? 你想說甚麼?

(4)惡言惡語地攻擊[批評]. She's always *getting* *at* her colleagues. 她總是責備她的同事.

(5)《俚》買通…, 賄賂…. Somebody must have *got* *at* the witness before he could testify. 一定有人在證人出庭作證前用錢買通他.

* *gèt awáy*[1] (1)離開; 出發. Get *away* (with you)! 走開!

(2)(沒有被捉到而)順利地逃脫, 逃掉(*from*); 休息. Can you *get* *away* *from* the meeting for a few minutes? 你能在開會時溜出來幾分鐘嗎?/*get* *away* *from* it all 擺脫一切去(休假).

(3)戒除(*from* 〔習慣〕); 移開視線(*from* 從〔現實等〕)(一般用於否定句). There's no *getting* *away* *from* the fact that.... 不容否認…的事實.

gèt.../awáy[2] 使…離開; 使…逃掉; 清除(不用的東西). *get* the children *away* from the fire 叫孩子們遠離火.

gèt awáy with... (1)(盜賊等)偷走…. The robbers *got* *away* *with* three Rembrandts. 強盜劫走了三幅林布蘭的畫.

(2)順利避開責難[批評]而能將事情應付過去. The accused lied and hoped to *get* *away* *with* it. 被告

說了謊, 希望可就此蒙混過去.

*_gét báck_[1] (1)回來, 歸來, (return); 重新上臺執政. When did you _get back_ from your trip? 你何時旅行回來的?/_get back to_ normal 回復常態/_get back to_ work again 復職/The Conservatives hope to _get back_ at the next election. 保守黨期望在下次選舉中奪回執政權.

(2)退後. _Get back_; it might explode! 退後; 它可能會爆炸! (3)((口))報復(_at_).

*_gèt/.../báck_[2] 把…拿回來; 使…回到(原處). I'm trying to _get_ my money _back_ from him. 我想從他那裡拿回我的錢.

gét behind[1]... (1)落後於…. (2)支持…, 後援…. (3)看穿…的底細.

gét behind[2] 落後. I'm _getting behind_ in my work. 我的工作(進度)落後了.

gét by[1]... 通過…的旁邊, 通過; 毫無怨言地完成. Such careless work won't _get by_ me. 我無法通融這麼草率的工作(品質).

gét by[2] (1)通過. Please let me _get by_. 請讓我過去. (2)((口))沒有費太大的力氣便順利達成; 勉強過活, 應付過去. I can't _get by_ without a job. 沒有工作便無法過活.

*_gèt dówn_[1] 下來(_from_). _Get down from_ there right now. 馬上從那裡下來/_get down_ on one's knees 跪拜.

gét down[2]... 下…. while _getting down_ the steep stairs 從很陡的樓梯下來時.

gèt/.../dówn[3] (1)使…下來(_from_〔高處〕).

(2)寫下…(write down). _get down_ a message 記下訊息[口信].

(3)(總算)喝下去. The medicine tasted awful but I managed to _get_ it _down_. 這藥味苦, 但我總算喝下去了.

(4)((口))令人鬱悶. This endless rain _gets_ everybody _down_. 下不停的雨令所有的人都煩惱不已.

gèt dówn to... 認真研究[處理]…; 動手做…. Now, let's _get down to_ work. 好了, 我們好好工作吧!

gèt hóme (1)回到家(→ _vi._ 1). (2)瞭解, 達成溝通, (_to_). Bob's remark about me _got home to_ me. 我完全瞭解鮑伯對我的評語.

*_gét ín_[1] (1)進入(房屋, 房間等). She _got in_ and the taxi started. 她坐進去後計程車就駛離. (2)〔火車等〕進站, 到達. When does our bus _get in_? 我們的巴士甚麼時候到? (3)當選為議員. (4)入學. (5)參加(_on_, _at_).

*_gét ín_[2]... 搭〔公車, 火車等〕(→_get on_[1]... 語法). She _got in_ the car. 她坐轎車.

*_gèt/.../ín_[3] (1)把…放進. (2)(從外面)叫〔人〕來. _Get_ the doctor _in_. 請醫生來. (3)買進…. _get in_ some kerosene for the winter 買煤油準備過冬用. (4)插進〔話等〕. _get_ a word _in_ 打岔說句話. (5)收集〔錢等〕; 收穫, 收割, 〔農作物〕. (6)讓…入學.

*_gét ínto_[1]... (1)進入…裡面. The children got

into the narrow corner behind the sofa. 孩子們鑽進沙發後面狹窄的角落. (2)乘〔車, 船等〕. _get into_ a car [boat] 上車[船]. (3)陷入, 變成, 〔某種狀態〕; 開始…, 養成〔習慣等〕, 學會. _get into_ trouble 惹上麻煩/_get into_ a rage 勃然大怒/_get into_ a habit 養成習慣. (4)((口))穿〔衣物, 鞋子等〕. _get into_ one's boots 穿上長靴. (5)進〔學校等〕. Jack had the luck to _get into_ Harvard. 傑克有幸進入哈佛大學. (6)((口))〔人被某種感情〕迷住, 沖昏頭. I don't know what's _got into_ her. 我不知道是甚麼念頭沖昏她的頭.

gét A ínto[2] _B_ (1)使A進入B. _get_ a horse _into_ the stable 牽馬進馬廄. (2)使A陷於〔變成〕B的情形. I _got_ myself _into_ debt. 我債務纏身/_get_ them _into_ trouble 讓他們惹上麻煩.

gét it ((口))(1)理解(understand)(→ get _vt._ 4). (2)挨罵, 受罰.

*_gèt óff_[1] (1)(從公車, 火車, 馬, 自行車等)下來(↔ _get on_[2]). I _get off_ at the next station. 我在下一站下車. (2)出發, 離開, 〔賽跑等的〕起跑; 〔郵件等〕被寄送. _get off_ to a good [bad] start 起步順利[不順], 躲避; 〔工作等〕做完. _get off_ early and go to the dentist 提早離開去看牙醫. (4)(罪等)逃脫, 擺脫; 解決了事(_with_ 以〔輕的刑罰〕).

*_gèt/.../óff_[2] (1)把…剝掉, 解開, 脫下. _Get_ your wet coat _off_. 脫掉你的濕外套. (2)使脫身; 使避免; (_with_; _without_). The lawyer _got_ his client _off with_ a light sentence. 那律師使他的當事人只受到輕微的刑罰. (3)送, 把…送走; 郵寄〔發送〕出…. I have to _get_ the children _off_ every morning. 我每天早晨必須送孩子出門/_get off_ a telegram [letter] 拍出一份電報[寄一封信].

*_gèt off_[3]... (1)從〔公車, 火車, 馬, 汽車等〕下來(↔ _get on_[1]...)(★ 亦有_get out of_[1]... (1) 的用法). They _got off_ the train. 他們下火車. (2)離開…, 離去…. _get off_ the track 離開跑道. (3)由…中脫身; 收工; 出發. (4)離開〔工作〕, 停止. _get off_ drugs 停止(使用)毒品/I don't _get off_ work until 7 p.m. 我要到晚上7點才下班. (5)免除〔麻煩事等〕.

gét A óff[4] _B_ (1)從B(交通工具)下來; 把A自B中除去. Please _get_ all the passengers _off_ the bus. 請讓所有乘客下車/_get...off_ one's chest (→ chest 片語). (2)讓A自B中免除罪責.

gèt óff with... ((主英, 口))與〔異性〕情投意合.

*_gét on_[1]... 搭乘〔車, 船, 馬等〕(↔ _get off_[3]...). _get on_ the bus 搭公車.

語法 _get on_ 通常指「騎上」馬,「騎上」自行車以及「搭上」飛機, 船, 火車, 公車等載送許多乘客的公共交通工具; _get in_ 指乘計程車, 轎車等載一人或數人的交通工具; → take 回.

*_gèt ón_[2] (1)搭乘(↔ _get off_[1]). Open the door for yourself before _getting on_. 上車前請自己開車門. (2)生活下去, 做下去, (get along). He seems to be _getting on_ quite well in the company. 他在那家公司似乎做得不錯/How is your father _getting on_? 令尊近況如何?

(3)進步, 進展, (get along); 成功. _get on_ in the

world 出人頭地，飛黃騰達．

(4)相處融洽，關係良好，《with》(get along)．The new typist *gets on* very well *with* everyone at the office. 新打字員和辦公室裡每個人都處得很好．

(5)(中斷後)再繼續(《with》)．get on with the business at hand 再繼續做手頭上的事．

(6)(用 be getting on)上了年紀，年華老去．I'm *getting on* (in years). 我已上了年紀．

gèt /.../ón³ 把…穿上，穿．Get your coat *on*. 把外套穿上．

gèt ón for... 《主英》接近…《通常用進行式》．My grandma is *getting on for* ninety. 我的祖母(快) 90 歲了/It's *getting on for* lunch. 快到午餐時間了．

gèt ón to [onto]... (1)《口》與…聯絡．I'll *get on to* the head office at once. 我會馬上與總公司聯絡．

(2)《口》識破…的壞事[壞行為]．The manager finally *got on to* her when he discovered a lot of money in her desk. 經理在她桌子裡發現大筆款項，終於看穿她的真面目．

(3)搭乘[交通工具等](get on¹...)．

(4)著手做…，開始談…．Let's *get on to* the next topic. 我們開始談下一個主題吧！

* **gèt óut¹** (1)外出，出去；出發；逃出去．Get out! 滾出去！滾蛋！(2)〔祕密等〕洩漏出去．The secret *got out*. 祕密洩漏了．

* **gèt /.../óut²** (1)把…取出，拉出…；把…拿到外面．It's time to *get* our winter clothes *out*. 是該把冬衣拿出來的時候了．

(2)發表…；出版…．

(3)總算說[話]說出口．I was so angry I couldn't *get* any words *out*. 我氣得甚麼話也說不出來．

(4)〔污垢等〕脫落，消除．

* **gèt óut of¹...** (1)從〔場所〕出來，出去；《主美》從〔車，船等〕下來．get out of the room 從房間出來/get out of the car 下車．

(2)擺脫〔危險，困難，義務等〕；戒除〔惡習等〕．get out of difficulty 擺脫困境/get out of the bad habit 戒除惡習/He always tries to *get out of* (doing) his duty. 他總想逃避責任．

(3)超出…範圍以外．get out of sight [reach] 看不見[拿不到]/Get out of the way! 讓開！別擋路！

* **gèt A óut of²** B (1)使A擺脫B(危險，困難，義務等)；使A去掉B(習慣等)；把A從B去除．get him out of trouble [the burning house] 使他擺脫困境[從失火的屋子逃出來]/Get the stone out of the way. 把石頭從路上移開．

(2)將A自B(範圍等)移出．I can't *get* my work *out of* my mind for a moment. 我時時刻刻都掛記著我的工作．

(3)從B打聽到A；從B引出A；從B得到A(利益等)．The police could not *get* anything *out of* him. 警方無法從他那打聽到任何事情/What did you *get out of* your tour? 你從此次旅行中獲得甚麼？

* **gét óver¹...** (1)越過…．get over the wall 翻牆而過/get over the river 渡過河流．(2)從〔疾病〕復原．

I *got over* my cold. 我的感冒好了．(3)戰勝…，克服…．get over difficulties 克服困難/get over one's sorrow 從悲痛中恢復過來/get over the shock of 從震驚中平復過來．

gét A over² B 使A越過B．We *got* him *over* the wall. 我們助他翻過牆去．

* **gèt /.../óver³** (1)結束，解決，〔麻煩的工作〕．Let's get this work *over*. 我們把這項工作處理掉吧！

(2)明白，理解，〔某事物〕(to〔人〕)．

(3)使越過…．get the cattle and horses *over* 讓牛群和馬群通過．

* **gèt óver⁴** 越過，渡過．get over to the other side 到對面去．

gèt...óver with (《口》=get/.../over³ (1).

gèt one's ówn báck on... 《口》對…進行報復．

gét róund¹ 《英》=get around¹.

gét round²... 《英》=get around²...

gèt róund to (doing) 《英》=get around to (doing).

* **gèt thróugh¹** (1)〔穿越；通過〔考試〕．The mountain pass seemed too narrow for the heavy artillery to *get through*. 山徑似乎過於狹小，重型火炮難以通過．

(2)〔法案〕(由議會等)通過．The bill *got through*. 法案(在議會)通過了．

(3)(做完，結束；設法；渡過，闖過．

(4)到達，達到；(用電話等)聯絡上，讓人理解(自己說的話)；《to》．I can't *get through* to Ben. 我無法和班溝通/We *got through* to Boston finally. (電話)總算和波士頓接通了．

gèt /.../thróugh² (1)使通過〔穿越〕．(2)使〔法案等〕通過；使〔人〕通過〔考試〕．(3)使瞭解，使明白，(to)．Can't I *get* this *through* to you? 我沒辦法讓你明白這件事嗎？

* **gét thróugh³...** (1)通過…，穿越…；通過〔考試〕．get through a number of gates 通過數道門．

(2)〔法案等在議會〕通過．The bill *got through* Congress. 法案在議會通過了．

(3)把…做完，結束；把〔錢等〕用完；設法繼續做…；擺脫，get through a job 做完一項工作/get through a book 讀完一本書/get through a day 度過一天．

gèt A thróugh⁴ B (1)使A穿越〔經過〕B．(2)使A(人)通過B(考試等)．

* **gèt thróugh with...** (1)結束…，做完…．Give me a call when you *get through with* your work. 事情辦完後打個電話給我．

(2)處理完畢；不再使用．I've *got through with* that bike. 我不需要那輛腳踏車了．

* **gét to...** (1)到達…；看到〔小說等的某場面，地方等〕；(reach)．get to the station 抵達車站/get to the most exciting part of the thriller 讀到這篇驚悚故事最精采的部分．(2)著手，開始…，get to work [talking] 開始工作[談話]/Get to the point. 說重點．(3)與…聯絡；與…相通．None of my

hints *get to* him. 他不懂我的任何暗示.

* *gèt togéther*[1] (1)集合(聚會, 社交活動等)(→ get-together). Let's *get together* to celebrate his promotion. 我們齊聚慶祝他升遷吧! (2)(討論的結果)意見一致. We finally *got together* on that point. 我們終於就該點達成共識.

gèt/.../togéther[2] 把...集合.

gèt/.../únder 控制(火勢); 鎮壓(叛亂)(subdue). The fire was *got under* in an hour. 火災一個小時內就控制住了.

* *gèt úp*[1] (1)起身, 起來, (★ wake up 是「醒來」); (病後)離床. I *got up* at seven o'clock this morning. 今天早上我 7 點起床. (2)站起來(stand up). *get up* from the chair 從椅子上站起來; (3)登上, 爬上. (4)(風, 浪等)變得猛烈, 越來越厲害.

* *gèt/.../úp*[2] (1)使...起床[下床]; 拿起..., 使...立起; 叫醒; 立起. Go and *get* him *up*, or he'll be late for school. 去叫他起床, 否則他上學會遲到/ Can you *get up* this pole? 你能把這支竿子立起來嗎? (2)準備, 舉辦(舞會, 展覽會等); 完成. *get up* a party for their 20th wedding anniversary 籌備結婚 20 週年的慶祝派對/His new book is well *got up*. 他的新書很好(印刷, 裝訂等). (3)(英)特別用功學習. I have to *get up* my French for the exam. 我必須特別用功讀法語準備考試. 使...打扮; 使...化裝成(as). *get* oneself *up* as a gypsy 化裝成吉普賽人. (5)煽起, 引起, 〔某種感情〕. *get up* one's courage 激發勇氣.

* *gèt úp*[3]... (1)登上..., (2)騎(馬等).

gèt úp to... (1)達到...; 趕上.... We *got up to* page 94 last time. 上次我們讀到第 94 頁. (2)(口)策劃(惡作劇等).

get·a·way [ˋɡɛtə͵we; ˈɡetəwei] *n.* (*pl.* ~s)(口) **1** (U)逃亡, 逃走. make one's *getaway* 逃亡. **2** (C)(賽跑, 汽車的)起跑.

get-to-geth-er [ˋɡɛttə͵ɡɛðɚ; ˈɡettəˌɡeðə(r)] *n.* (C)(口)(朋友等融洽的)聚會, 聯歡會.

Get·tys·burg [ˋɡɛtɪz͵bɝɡ; ˈɡetizbəːɡ] *n.* 蓋茨堡(美國 Pennsylvania 南部的城鎮; 南北戰爭的決戰場).

Gèttysburg Addréss *n.* (加 the)蓋茨堡演說(1863 年林肯總統在 Gettysburg 國家公墓落成典禮上發表的演說; 因文中提到"government of the people, by the people, for the people"(民有, 民治, 民享的政府)而聞名).

get-up [ˋɡɛt͵ʌp; ˈɡetˌʌp] *n.* (C)(口) **1** (怪異的, 不顯眼的)打扮, 服裝. **2** 外觀; (書等的)式樣.

get-up-and-go [͵ɡɛtʌpənˋɡo; ͵ɡetʌpənˈɡəu] *n.* (U)(口)積極, 衝勁.

get-well [ɡɛt͵wɛl; ˈɡetˌwel] *adj.* (口)祝福(病人)早日康復的(卡片等).

gey·ser [ˋɡaɪzɚ, ˋɡaɪsɚ; ˈɡaizə(r)] *n.* (C) **1** 間歇(噴)泉. **2** [ˋɡizɚ; ˈɡiːzə(r)](英)(瓦斯)熱水器.

Gha·na [ˋɡɑnə; ˈɡɑːnə] *n.* 迦納(非洲的共和國; 大英國協成員國之一; 首都 Accra).

ghast·ly [ˋɡæstlɪ; ˈɡɑːstli] *adj.* **1** 恐怖的, 可怕的, (horrible); (口)極差的. It was a *ghastly* sight, and I had to look away. 那景象真是可怕, 我不得不將目光移開.

2 (文章)蒼白的(pale); 鬼一般的. a *ghastly* look 死人般蒼白的臉色.

gher·kin [ˋɡɝkɪn; ˈɡəːkin] *n.* (C)(小型的)小黃瓜(做泡菜用).

ghet·to [ˋɡɛto; ˈɡetəu](義大利語) *n.* (*pl.* ~s, ~es) (C) **1** 少數民族居住區(特指受到社會歧視或貧困的人們所居住的貧民窟). **2** (昔日歐洲城市中的)猶太人區.

***ghost** [ɡost; ɡəust] *n.* (*pl.* ~s [~s; ~s]) (C) **1** 鬼, 幽靈. Do you believe in *ghosts*? 你相信有鬼嗎?/a *ghost* story 鬼故事.

2 模糊的輪廓, 影子, 幻影. He's the mere *ghost* of his former self. 他(由於衰弱等)宛若昔日的影子.

3 重像, 鬼影, (影像品質不良的電視畫面).

give úp the ghóst (口)死; 絕望. (→ die 圖).

— *v.* =ghostwrite.

ghost·ly [ˋɡostlɪ; ˈɡəustli] *adj.* 鬼(般)的; 模糊不清的. a *ghostly* figure in the darkness 黑暗中一個模糊的人影.

ghóst tówn *n.* (C)幽靈城鎮, 鬼城, (居民因移居他處的城鎮; 特指美國西部由於礦山封閉而破落荒涼的城鎮).

ghost·write [ˋɡost͵raɪt; ˈɡəustˌrait] *v.* (~s; -wrote; -writ·ten; -writ·ing) *vt., vi.* (著作等)代筆(for 為(人)).

ghost·writ·er [ˋɡost͵raɪtɚ; ˈɡəustˌraitə(r)] *n.* (C)代筆人.

ghoul [ɡul; ɡuːl] *n.* (C) **1** 食屍鬼(回教國家傳說中掘墓吃死屍的惡鬼).

2 使人想起惡鬼的人, 殘忍的人.

ghoul·ish [ˋɡulɪʃ; ˈɡuːliʃ] *adj.* 惡鬼般的, 殘忍的.

GHQ (略) General Headquarters 總司令部.

GI [͵dʒiˋaɪ; ͵dʒiːˈai] *n.* (*pl.* GI's, GIs)(口)(C)美國大兵(特指第二次世界大戰及越戰的美國陸軍士兵). a *GI* haircut 美國大兵髮型. [字源] GI 源自 *government issue* (政府補給品)的字首.

***gi·ant** [ˋdʒaɪənt; ˈdʒaiənt] *n.* (*pl.* ~s [~s; ~s]) (C) **1** (傳說等中出現的)巨人; (泛指)彪形大漢. a one-eyed *giant* 獨眼巨人/He always has several *giants* for his bodyguard. 他總是有幾名彪形大漢當他的保鏢.

2 非凡的人(物); 特大的動[植]物. *giants* in the business world 商業鉅子.

3 (形容詞性)巨大的; 巨人般的; 特大的. *giant* size 特大的尺寸/a man of *giant* strength 大力士. ⇨ *adj.* gigantic.

gi·ant·ess [ˋdʒaɪəntɪs; ˈdʒaiəntis] *n.* (C)女巨人; 身材高大的女人.

gíant kíller *n.* (C)專門剋制頂尖高手的人(打倒比自己有實力的人、隊伍等).

gíant pánda *n.* (C)(動物)(大)貓熊(→panda).

gib·ber [ˋdʒɪbɚ, ˋɡɪbɚ; ˈdʒibə(r)] *vi.* 快而不清楚地說, 嘰哩咕嚕地說.

gib·ber·ish [ˈdʒɪbərɪʃ, -brɪʃ; ˈdʒɪbəriʃ] *n.* ⓤ不知所云的話; 莫名其妙的話.

gib·bet [ˈdʒɪbɪt; ˈdʒɪbɪt] *n.* ⓒ〖歷史〗絞刑臺, 絞架(處刑後將受刑者吊著示眾).

gib·bon [ˈgɪbən; ˈgɪbən] *n.* ⓒ長臂猿(臂長, 無尾; 類人猿中體型最小者; 產於東南亞).

gib·bous [ˈgɪbəs; ˈgɪbəs] *adj.* **1** (限定)〔月球, 行星等〕凸圓的, 凸狀的. the *gibbous* moon 凸月(介於半月和滿月之間; → moon 圖). **2** 駝背的.

gibe [dʒaɪb; dʒaɪb] *vi.* 嘲諷, 嘲弄, *(at, about)*.
— *n.* ⓒ嘲諷, 嘲弄.

gib·lets [ˈdʒɪblɪts; ˈdʒɪblɪts] *n.* 《作複數》(雞, 鴨, 鵝等)(可食用的)內臟.

Gi·bral·tar [dʒɪbˈrɔltɚ; dʒɪˈbrɔːltə(r)] *n.* 直布羅陀(西班牙南端的小牛島, 爲英國屬地; 有海軍、空軍基地).

gid·di·ly [ˈgɪdɪlɪ; ˈgɪdɪli] *adv.* 眼花地, 暈眩地, 頭暈地.

gid·di·ness [ˈgɪdɪnɪs; ˈgɪdɪnɪs] *n.* ⓤ暈眩; 輕浮.

gid·dy [ˈgɪdɪ; ˈgɪdi] *adj.* **1** 頭暈的, 暈眩的, (dizzy). I feel *giddy*. 我覺得頭暈.
2 (限定)使人感覺暈眩的. a *giddy* precipice [height] (看了)教人暈眩的峭壁[高度].
3 (限定)好玩樂的, 輕浮的. a *giddy* young girl 輕浮的年輕女孩.

‡**gift** [gɪft; gɪft] *n.* (*pl.* ~**s** [~s; ~s]) ⓒ〖贈品〗
1 禮物, 贈品. a *gift* coupon贈品券/a *gift* shop 禮品店/make a *gift* of… 贈與/be showered with birthday *gifts* 收到許多生日禮物.
圓 gift 是書寫用語, 予人文雅的感覺; →present².
[搭配] *adj.*＋gift: an extravagant ~ (奢華的禮物), a generous ~ (慷慨的禮物), a kind ~ (眞誠的禮物), a thoughtful ~ (貼心的禮物).
2 【天賦】天賦, 才能, 《*for, of*》(→ talent圓). the *gift* of tongues 語言天分/a person of many *gifts* 多才多藝的人/Tom has a *gift for* painting. 湯姆有繪畫天分.
3 《英, 口》容易到手的東西, 不勞而獲的事情. The test was an absolute *gift*. 這次測驗相當簡單.
4 ⓤ贈與; 贈與權. by free *gift* 免費地/The position is in his *gift*. 他有權受贈該職位.
a gift from the gods (意想不到的)幸運, 上天的恩賜.
Don't look a gift horse in the mouth. 《諺》不要挑剔所收到的禮物(源自觀察馬的牙齒就可以知道其年齡).
— *vt.* **1** 贈與(通常用被動語態). These books were *gifted* by the retired president. 這些書是已退休的校長所贈與的.
2 賦與(*with* 〔才能, 特質等〕)(→ gifted). a man *gifted with* great talents 一個非常有才能的男子.

‡**gift·ed** [ˈgɪftɪd; ˈgɪftɪd] *adj.* (天生)有才能的, 有天賦的(*with*). a *gifted* painter [child] 有天分的畫家[小孩]/be *gifted* with creative talent 天生具有創造的才能.

gift-wrap [ˈgɪftˌræp; ˈgɪftˌræp] *vt.* (~**s**; ~**ped**; ~**ping**)將…包裝成禮品(通常用被動語態).

---

gig [gɪg; gɪg] *n.* ⓒ **1** 輕型的二輪單馬車. **2** (裝載於船上的)小艇(主要供船長使用).

‡**gi·gan·tic** [dʒaɪˈgæntɪk; dʒaɪˈgæntɪk] *adj.* 巨人般的; 巨大的, 無比巨大的, 極大的. a *gigantic* building 巨大的建築物/a *gigantic* tree 巨樹/This will be a *gigantic* problem. 這將是一個大問題.
⇨ *n.* giant. ≒huge, enormous.

gig·gle [ˈgɪgl; ˈgɪgl] *vi.* 咯咯笑, 吃吃地笑, 尖聲地笑. The young girls were *giggling* among themselves. 這群年輕女孩們彼此咯咯笑著.
— *vt.* 咯咯笑著表示….
— *n.* ⓒ尖聲的笑(→ laugh 圓).

gig·o·lo [ˈdʒɪgəˌlo; ˈdʒɪgələʊ] *n.* (*pl.* ~**s**) ⓒ舞男; 女子供養的情人, 小白臉.

Gi·la mon·ster [ˈhilə`mɑnstɚ; ˌhiːləˈmɒnstə(r)] *n.* ⓒ希拉毒蜥(產於美國西南部、墨西哥北部).

Gil·bert [ˈgɪlbɚt; ˈgɪlbət] *n.* 男子名.

gild¹ [gɪld; gɪld] *vt.* (~**s**; ~**ed**, gilt; ~**ing**) **1** 貼上金箔, 鍍金. a *gilded* coach 鍍金的馬車.
2 把…裝飾成金色, 使閃閃發亮.
gild the lily 破壞(原本就很漂亮的東西), 做不必要的裝飾.

gild² [gɪld; gɪld] *n.* ＝guild.

Gilded Age *n.* (加 the)(南北戰爭後約 30 年間美國的)鍍金時代; (浮華的)繁榮時代.

gild·ing [ˈgɪldɪŋ; ˈgɪldɪŋ] *n.* ⓤ **1** 鍍金, 塗金. **2** 鍍金的材料(金, 金箔等).

Gill [dʒɪl; dʒɪl] *n.* **1** 女子名.
2 ⓒ(普通作 gill)年輕女子, 女孩; 情人.
Jack and Gill [*Jill*] 年輕男女.

gill¹ [gɪl; gɪl] *n.* ⓒ (通常 gills) (魚等的)鰓.

gill² [dʒɪl; dʒɪl] *n.* ⓒ吉耳(容量單位; 相當於四分之一品脫(pint); (美)約 0.12 公升, (英)約 0.14 公升).

gilt [gɪlt; gɪlt] *v.* gild¹ 的過去式、過去分詞.
— *n.* ⓤ金箔, 鍍金材料.

gilt-edged [ˈgɪltˈɛdʒd; ˈgɪltˈedʒd] *adj.* **1** 鍍上金邊的. **2** (投資安全上)最優良的(證券).

gim·crack [ˈdʒɪmˌkræk; ˈdʒɪmkræk] *adj.* (口)虛有其表的, 便宜貨的; 無價值的.

gim·let [ˈgɪmlɪt; ˈgɪmlɪt] *n.* ⓒ附把手的小螺絲錐(→ auger).

gim·mick [ˈgɪmɪk; ˈgɪmɪk] *n.* ⓒ(口)(爲博人喜歡或引人注意的)花招, 噱頭, 手法, 《服飾, 宣傳文字等》.

[gimlet]

gin¹ [dʒɪn; dʒɪn] *n.* ⓤ琴酒(以黑麥爲原料, 加上 juniper(杜松子)果實味道的蒸餾酒).

gin² [dʒɪn; dʒɪn] *n.* ⓒ **1** 軋棉機(cotton gin). **2** 陷阱(捕鳥獸用).

gin·ger [ˈdʒɪndʒə; ˈdʒɪndʒə(r)] n. Ⓤ **1** 薑.
2 《口》精力, 活力. **3** 薑黃色, 黃褐色.
—— vt. 使有活力, 使振奮.

ginger ále n. Ⓤ 薑汁汽水(添加薑味的汽水).

ginger béer n. Ⓤ 薑汁啤酒(一種汽水; 薑味
比 ginger ale 更濃).

gin·ger·bread [ˈdʒɪndʒəˌbrɛd; ˈdʒɪndʒəbred]
n. Ⓤ 薑餅(添加薑味香料並加入糖蜜的糕餅).

ginger gróup n. Ⓒ 《政黨等內部的》激進派
(造成上層幹部的壓力).

gin·ger·ly [ˈdʒɪndʒəlɪ; ˈdʒɪndʒəlɪ] adv. 謹慎地,
小心翼翼地.

gin·ger·snap [ˈdʒɪndʒəˌsnæp; ˈdʒɪndʒəsnæp]
n. Ⓒ 《主美》加入蜜糖和薑所作成的扁平餅乾.

ging·ham [ˈɡɪŋəm; ˈɡɪŋəm] n. Ⓤ 條紋[方格]
棉布(用來製作少女服飾, 桌布等).

ging·ko, gink·go [ˈɡɪŋko, ˈdʒɪŋko; ˈɡɪŋkəʊ]
n. (pl. ~s, ~es) Ⓒ 《植物》銀杏(源自日語「銀杏」的
發音).

gin·seng [ˈdʒɪnsɛŋ, -sɪŋ; ˈdʒɪnseŋ] n. Ⓒ **1** 人
參. **2** 人參的根(補品). [字源] 源自中文的「人參」.

Gip·sy, gip·sy [ˈdʒɪpsɪ; ˈdʒɪpsɪ] n. 《主英》=
gypsy.

gi·raffe [dʒəˈræf; dʒɪˈrɑːf] n. Ⓒ 長頸鹿.

gird [ɡɜd; ɡɜːd] vt. (~s; ~ed, girt; ~ing)《古,
雅》**1** 《用帶》束, 紮; 繫《with》; 繫《帶 to》《up》;
佩帶《劍等》《on》. **2** 圍繞, 包圍, 《with》.
gírd onesèlf for... 下定…決心擺好架勢《做好準
備》.

gird·er [ˈɡɜdə; ˈɡɜːdə(r)] n. Ⓒ 《土木、建築》樑;
(通常是鋼筋製的)鋼樑(支
撐橋、大樓等).

gir·dle [ˈɡɜdl; ˈɡɜːdl] n.
Ⓒ **1** 束腰《女用內衣; 束
於腰際以勒緊身體》. **2**
帶, 腰帶. **3** 《雅》圍繞
的)帶狀物, 環.
—— vt. **1** 《用帶》纏繞.
2 《用帶狀物》圍繞, 包
圍, 《about; around》.

[girders]

girl [ɡɜl; ɡɜːl] n. (pl.
~s [~z; ~z]) Ⓒ
【年輕的(未婚)女性】**1** 女孩, 少女, 年輕女子,
(↔ boy). a cute *girl* 可愛的女孩/a *girls'* school
女子學校/a *girl* in her teens 十幾歲的少女.
[搭配] adj.+girl: an attractive ~ (吸引人的女
孩), a charming ~ (迷人的女孩), a clever ~
(伶俐的女孩), a delicate ~ (纖弱的女孩), a
pretty ~ (漂亮的女孩), a sensitive ~ (敏感的
女孩).
2 《口》《常加 my, his 等》女兒(daughter, ↔ boy).
How old is your *girl*? 你女兒幾歲?
3 【受雇用的女性】女店員, 女職員; 女工; 《古》女
傭. an office *girl* (→見 office girl)/a flower
girl 賣花女/a shop*girl* 女店員.

4 《口》《通常加 my, his 等》女朋友, 《女性》情人
(sweetheart).
5 《口》女子《不論年齡、已婚或未婚》.
6 《形容詞性》少女的; 少女般的. a *girl* student
一位女學生.

girl Fríday n. (pl. girls —, — Fridays) Ⓒ
女助理[祕書](→ man Friday).

*****girl·friend** [ˈɡɜlˌfrɛnd; ˈɡɜːlfrend] n. (pl. ~s
[~z; ~z]) Ⓒ **1** 《親密的》女朋友, 《女性》情人, (↔
boyfriend). Bill hates his *girlfriend's* brother.
比爾討厭他女友的哥哥[弟弟].
2 女性朋友. Anne is out tonight with her *girl-
friends.* 安今晚和幾個女性朋友出去了.

girl guíde n. Ⓒ 《英》女童軍團員.

Girl Guídes n. 《單複數同形》《加 the》《英》女童
軍(《美》the Girl Scouts; → Boy Scouts).

girl·hood [ˈɡɜlhʊd; ˈɡɜːlhʊd] n. Ⓤ 少女時代;
少女身分.

girl·ie, girl·y [ˈɡɜlɪ; ˈɡɜːlɪ] adj. 《限定》《口》
《雜誌等》刊載裸體[色情]照片的.

girl·ish [ˈɡɜlɪʃ; ˈɡɜːlɪʃ] adj. **1** 像女孩的.
2 符合女孩特質的, ↔ boyish.

girl·ish·ly [ˈɡɜlɪʃlɪ; ˈɡɜːlɪʃlɪ] adv. 女孩[少女]地.

girl·ish·ness [ˈɡɜlɪʃnɪs; ˈɡɜːlɪʃnɪs] n. Ⓤ 女孩
[少女]特質.

girl scóut n. Ⓒ 《美》女童軍的成員.

Girl Scóuts n. 《單複數同形》《加 the》《美》女童
子軍(《英》the Girl Guides; → Boy Scouts).

gi·ro [ˈdʒaɪro; ˈdʒaɪərəʊ] n. (pl. ~s) Ⓒ 《英》《銀行
等的》轉帳制度, 《特指》郵政通儲轉帳制度《正式名
稱是 Nàtional Gíro》.

girt [ɡɜt; ɡɜːt] v. gird 的過去式、過去分詞.

girth [ɡɜθ; ɡɜːθ] n. **1** ⒰Ⓒ 《文章》周圍(的尺
寸); 腰圍(的尺寸). My *girth* has been increas-
ing lately. 最近我的腰圍變粗了.
2 Ⓒ 《馬等的》肚帶(→ harness 圖).

gist [dʒɪst; dʒɪst] n. Ⓒ 《加 the》要點, 要旨. the
gist of his speech 他演說的要點.

*****give** [ɡɪv; ɡɪv] v. (~s [~z; ~z]; gave; giv·en;
giv·ing) vt. 【給與】**1** 《免費地》給與, 贈
與, [句型4] (give A B)、 [句型3] (give B to A)把
B 給與A. The little boy *gave* his friend a birth-
day present [*gave* a birthday present to his
friend]. 這小男孩送生日禮物給他的朋友/My uncle
gave me this album. 我叔叔送我這本相簿/What
did he *give* (to) you? 他給了你甚麼?/Who did
you *give* the tie *to*? 你把領帶給了誰? (=《文章》
To whom did you *give* the tie?)/*give* $500 to the
church 捐 500 美元給教會/*give* blood 捐血/*give*
her a sedative 給她一劑鎮靜劑.
[語法] (1)用被動語態表達時通常有兩種形式: I was
given this album by my uncle. 及 This album
was *given* (to) me by my uncle. (2) it 作直接受詞
時, 通常不放在最後: I *gave* it *to* him.
2 授與, 給與《勸告等》; [句型4] (give A B)、
[句型3] (give B to A)把 B (名稱, 名譽, 地位等)授
與[贈與, 給與]A, 把 B (好意, 勸告, 祝福, 問候
等)給與 A. John was *given* first prize. 約翰得到

首獎/*give* (him) a hint (給他)一個暗示/Let's *give* her a big hand. 讓我們給她熱烈的掌聲/*Give* my love *to* Meg. 代我問候梅格.

3 給與〔機會，權利等〕；句型4 (give A B) A得到 B. I can do it if you *give* me a chance. 如果你給我機會，我就能做(好)這件事.

4 句型4 (give A B)、句型3 (give B to A)把 B 分配給 A；把 B 指定給 A. I was *given* the contract for this work. 我得到這件工作的契約/*give* an actor a role=give a role *to* an actor 給演員一個角色.

5 〔集中地給與〕句型4 (give A B)、句型3 (give B to [for] A)把 B(時間等)給與 A，向 A 提供〔獻出〕B(生命，精力等). *Give* your health more attention. = *Give* more attention *to* your health. 多留意你自己的健康/His father *gave* his life *for* his country. 他的父親把一生都獻給了國家.

〖交換〗**6** (a)賣；句型4 (give A B)、句型3 (give B to A)把 B 賣給 A；《*for* 〔以…價格〕》. The storekeeper *gave* the camera (*to* Mr. Lee) *for* one thousand dollars. 店主以一千美元把相機賣(給李先生)了.
(b)付〔錢〕；句型4 (give A B)、句型3 (give B to A)把 B 付給 A；《*for* 〔以…代價〕》. Davy *gave* (Sally) twenty dollars *for* the work. 大衛付(莎莉)20 美元的工資.
(c)給與；句型4 (give A B)、句型3 (give B to A)把 B 給與 A；《*for*; *to do*》. I would *give* anything *for* [*to* know] the truth. 為了(知道)眞相我眞願付出任何代價.

〖交出〗**7** 句型4 (give A B)、句型3 (give B to A) (a)把 B 寄託〔託付〕給 A；把 B 親手交給 A. *Give* the porter your bag to carry. 請把你的行李交給服務生搬運/I'd like to *give* the responsibility to someone else. 我想把責任託付給他人.
(b)把 B(手臂等)伸給 A. Ann *gave* him her cheek to kiss. 安把臉湊過去讓他親吻/He *gave* his hand *to* the visitors. 他(為了握手)把手伸向訪客.
(c)句型4 (give A B)為 A(人)叫 B(人)接電話，幫 A 接通 B(地點，號碼)的電話. Please *give* me Mr. Jones [the police station]. 請接瓊斯先生[警察局].

〖給與動作＞使實現〗**8** (a)做〔某種行為〕(★受詞通常是由動詞衍生出來，形態相同的名詞). *give* a jump 跳一下/*give* a cry of joy 歡呼/*give* a cough [sigh] 咳嗽〔歎氣〕/Please *give* a quick look at this letter. 請很快地看一下這封信.
(b)句型4 (give A B)對 A 做 B(行為)(★B(直接受詞)通常是與動詞形態相同的名詞). *give* him a kick in the shin 踢一下他的腳脛/*give* the door a push [pull] 推〔拉〕一下門/*Give* me a ring when you're off duty. 你下班時打個電話給我.
(c)給與〔命令，同意，約定，刑罰等〕；下達，宣布，〔判決等〕；句型4 (give A B)把 B 給與 A. *give* orders 下命令/*give* the class a test in English 對全班作英語測驗/He was *given* three years. 他被判三年徒刑.

give 645

〖給與(實現的)機會〗**9** 舉辦，舉行，〔會議等〕；演(戲)；發表〔演奏，演講等〕；句型4 (give A B)、句型3 (give B for A)為 A 舉辦 B. *give* a vocal recital 舉辦獨唱音樂會/*give* a lecture 演講；講課/*give* a speech 發表演說/The opera was *given* again in 1975. 那齣歌劇在 1975 年重新演出/*give* Mary a garden party=*give* a garden party *for* Mary 為瑪莉舉辦一場戶外宴會.

〖給與原因〗**10** 句型5 (give A to do)使 A 做…(通常用被動語態). *give* a person *to* understand [know, believe] that... (→片語)

〖給與＞供給〗**11** (a)交出…；發生…；生產(produce)；句型4 (give A B)、句型3 (give B to A)向 A 供給 B (supply). My cows have stopped *giving* milk. 我的乳牛不產乳了/The sun *gives* us light and heat. 太陽供給我們光和熱/Sue *gave* him two daughters. 蘇為他生了二個女兒.
(b)句型4 (give A B)、句型3 (give B to A)(作為結果而)使 A 產生〔引起，帶來〕B；把 B(疾病等)傳給 A. Music *gives* us pleasure. 音樂帶給我們快樂/I'm sorry to *give* you all this trouble. 很抱歉給你添麻煩/The legend *gave* the name *to* the place. 這裡的地名源自傳說/Take care not to *give* the children your cold. 小心別把感冒傳染給孩子們.

〖出示〗**12** 表示；陳述〔意見等〕；句型4 (give A B)、句型3 (give B to A)向 A 提示 B；向 A 表達〔陳述，表明〕B(想法等). *give* the signal to fire 做出開砲〔射擊〕信號/*give* an example 舉例/*give* evidence 出示證據/*give* an account of the incident 說明事件原委/*Give* your opinion. 請提出你的意見/*give* signs of an illness 出現病徵/The thermometer *gives* 33° [thirty-three degrees]. 溫度計顯示為 33 度/Bob *gave* his name *to* the receptionist. 鮑伯把他的名字告訴櫃臺人員.

〖給與對方＞讓步〗**13** 讓步；句型4 (give A B)、句型3 (give B to A)對 A 作出 B 的讓步(concede). *give* place *to*... (→ place 的片語)/I *give* you that point in this argument. 就此論題而言我同意你那個觀點.

— *vi.* 〖給與〗**1** 捐贈，贈送；施捨. She *gives* generously to some charity every month. 她每個月都慷慨地捐錢給慈善機構.

〖給與＞讓步，變，變弱〗**2** (在壓力下)彎曲，凹陷；倒塌；崩壞. The railing *gave* under his weight. 欄杆被他壓壞了.

3 〔氣候〕暖和；〔霜，雪〕融化. It's very cold now, but it will soon begin to *give*. 現在很冷，但很快就會暖和起來的.

〖給與接近，眺望等〗**4** 〔窗〕面對，向著，《*on, upon, onto*》；眺望《*on, upon, onto*》；〔通路等〕通向《*into*》. His study *gives on* the park. 他的書房面對公園/A narrow corridor *gave into* a wide hall. 狹窄的走廊通向寬闊的大廳.

Dòn't gíve mé thát. 《口》我眞不敢相信那樣的

事; 我才不吃那一套.

give and táke (1)(在同等的條件下)互相讓步, 彼此妥協. (2)交換意見, 商量.

* ***give*/.../*awáy*** (1)給與《金錢, 所有物等》; (免費)贈送. The old man *gave* his entire fortune *away*. 那老人把所有的財產都送光了. (2)頒(獎等). (3)(一不小心地)洩露, 暴露, 揭發, (祕密等). Harold *gave away* the secret by laughing. 哈洛德笑了起來, 結果洩露了祕密/*give* oneself *away* 露出馬腳/Don't *give* me *away*. 不要讓別人知道我的來歷. (4)錯過, 失去, (機會等). (5)(婚禮上)(通常由父親把新娘)交給新郎.

give*/.../*báck (1)歸還, 送回…; (用 give (A) back *B* 或 give *A B* back 或 give *B* back (to A))把 B 歸還[取回]給 A. Be sure to *give* this book *back* (to me) when you're through. 你看完後一定要把這本書歸還(給我)/The long vacation will *give* him *back* his health. 度個長假可使他恢復健康. (2)使(聲音)回響; 使(光)反射.

give*/.../*fórth = give/.../off; give/.../out[1] (2), (3).

* ***give ín***[1] 屈服, 投降, 《to》. The hijackers showed no sign of *giving in*. 劫機者沒有投降的跡象/He finally *gave in to* my views. 他終於同意我的看法.

give*/.../*ín[2] 交出…《to》. *Give in* your examination papers. 把你的考卷交上來.

give it (to) a pèrson (hót [stráight]) 《口》責罰[責罵]某人.

Give me... 《用於祈使句》我寧可要…(I prefer). *Give* me the good old times! 我寧可要過去美好的時光!

give of... 《文章》不吝惜地使用[給與](金錢, 時間等). Mr. Brown *gives of* his money to help the homeless. 布朗先生不吝惜地出錢救濟無家可歸的人/*give* freely *of* one's time (to do) (為了做…)騰出時間而不覺得可惜.

* ***give*/.../*óff*** 發出, 散發, (煙, 氣味等). Wool *gives off* an unpleasant smell when it burns. 羊毛燃燒時會散發難聞的氣味/This wild flower *gives off* a sweet scent. 這朵野花散發出香味.

give on [onto]... → *vi.* 4.

give or táke... 《口》相差約…. It will cost a hundred dollars, *give or take* a few dollars. 那要花 100 美元, 可能會多幾塊或少幾塊.

* ***give*/.../*óut***[1] (1)分發, 分配, (distribute). The examination papers are *given out* by the teacher. 考卷是由老師發的.
(2)(特指)發出(聲音). The device *gives out* a high-pitched sound. 這個裝置會發出尖銳的聲響.
(3)公布, 發表. It was *given out* that the mayor had resigned. 市長辭職的消息已經公布了.

give óut[2] 《口》用完; 筋疲力竭; 停止運轉. The food *gave out* just before we were rescued. 食物剛好在我們獲救前全部吃光了/The car *gave out* (on me). 車子(的引擎)熄火了.

give óver[1] 《英、口》停止《通常用於祈使句》. Do *give over*! 停下來!

give*/.../*óver[2] (1)把…交付, 託付; 委託; 《to》. *give over* a package *to* his keeping 將包裹交給他保管/*give* him *over to* the law 把他交給警方.
(2)把(場所, 時間等)分配給…, 作為, 《to》(通常用被動語態). The first floor is *given over to* the press section. 一樓作為記者席.
(3)使(人)埋頭, 使(人)沈迷, 《通常用被動語態》奉獻(時間, 一生等); 《to》. He is *given over to* drinking and gambling. 他沈迷於飲酒和賭博.
(4)《英、口》停止《★受詞主要用 doing》. I've *given over trying* to convince him. 我已不求他相信我了.

give onesèlf úp (1)投降. (2)熱中, 沈迷, 《to》. She's *giving herself up to* love. 她正沈醉在愛河裡.

give a pèrson to understánd [knów, believe] that... 使某人認為[相信]…; 告訴某人…. Steve *gave* me *to understand that* he would not come. 史提夫告訴我他不來了/We were *given to know that* he had broken his leg. 我們得知他腿斷了的消息.

* ***give*/.../*úp***[1] (1)不再指望…, 對…絕望; 對(病人等)不再抱有復原的希望. She *gave up* her attempt without a word. 她一句話都沒說就放棄努力了/*give* one's child *up* for [as] lost 對孩子完全絕望(當作沒這個孩子了)/The doctor has *given up* our grandfather. 醫生對我們祖父的病情不再抱有希望.
(2)放棄; 轉讓, 讓與, 《to》. *give up* the wrecked ship 放棄遇難的船隻/The fort was *given up* to the enemy. 要塞落入敵人之手/*give up* one's seat *to* an old man 把座位讓給老人/The fugitive *gave* himself *up to* the police. 逃犯向警方自首.
(3)放手; 把…賣掉; 辭職. *give up* one's position as a teacher 辭去教職.
(4)戒除(酒, 菸, 遊蕩等)《★受詞主要用 doing》; 與…斷絕關係[往來]. You had better *give up* smoking. 你最好把菸戒掉/*give up* (eating) meat 不再吃肉/Nancy *gave up* her lover for the sake of her family. 南西為了家人斷絕跟男友交往.
(5)奉獻(時間, 一生等)《to》.

* ***give úp***[2] 不再指望, 放棄. Don't *give up*; keep trying. 不要絕望, 繼續做下去.

give úp on... 《口》對…不再抱有希望, 表示絕望. I *give up on* you; you don't know even the basics of arithmetic. 我對你沒輒了, 你連基本的算術都不會/*give up on* life 對人生絕望.

give upon... → *vi.* 4.

— *n.* ⓤ 彈性; (人的)適應性.

┌─────────────────────────────┐
● ── **give A to B 的慣用片語**
　give birth to...　　　　把…生下來
　give color to...　　　　使…顯得可信
　give (an) ear to...　　 傾聽…
　give an eye to...　　　 注視…
　give place to...　　　　讓座[路]給…
└─────────────────────────────┘

give rise to...	引起…，導致…
give heed to...	對…注意
give vent to...	把…攤[表示]出來
give voice to...	對…發表意見
give way to...	向…屈服

● ── give＋動作名詞的表達方式
→ have, make, take, 表.

give chase	追趕
give a cough	咳嗽
give a cry	喊叫
give a jump	跳起來
give a look	看一下
give a sigh	歎氣
give a smile	微笑
give a try	嘗試
give a yawn	打哈欠
give a yell	大叫

give-and-take [ˋɡɪvənˋtek; ͵ɡɪvən'teɪk] *n.*
Ⓤ **1** 相互讓步，妥協. **2** 交談，意見的交換.

give·a·way [ˋɡɪvə͵we; 'ɡɪvəweɪ] *n.* (*pl.* ~s) Ⓒ
《口》**1** (祕密等的)不小心洩露; (用單數) (隱密事物的)出乎意料之外的證據.
2 《美》特價品; (招攬顧客的)贈品.
3 《美》(電臺, 電視的)有獎徵答節目.

giv·en [ˋɡɪvən; 'ɡɪvn] *v.* **1** give 的過去分詞.
2 《特別用法》(a) 《和名詞連用》如果有…的話. *Given*
your health and ability, one is certain to succeed.
一個人如果能擁有健康和能力就一定會成功
(★ If one is *given* your health and ability 之意).
(b) 《和 that 子句連用》假定…. *Given* that this is
true, what should we do? 假如這是真的, 我們該
怎麼辦呢?
── *adj.* **1** 《限定》被給與的; 一定的; (某)特定的.
A test must be finished within a *given* period of
time. 考試必須在規定的時間內完成(並非定下統一
的規定時間, 而是依照實際情況作出規定).
2 (用 be given to...) 有…傾向的; 時常…的; 有…
習慣的; 喜愛…的. He is *given* to taking a walk
after dinner. 他有晚餐後散步的習慣.

gìven náme *n.* 《美》=Christian name.

giv·er [ˋɡɪvɚ; 'ɡɪvə(r)] *n.* Ⓒ 給與者, 贈與者, 捐
贈人.　　　　　　　　　　　　　　　　「名詞.

giv·ing [ˋɡɪvɪŋ; 'ɡɪvɪŋ] *v.* give 的現在分詞, 動

Gi·za [ˋɡizə; 'ɡi:zə] *n.* 吉薩《埃及北部近開羅的城
市; 有人面獅身像和金字塔》.

giz·zard [ˋɡɪzɚd; 'ɡɪzəd] *n.* Ⓒ **1** (鳥類的)砂
囊. **2** 《俚》(人的)胃.

Gk (略) Greek.

gla·cé [ɡlæˋse; 'ɡlæseɪ] (法語) *adj.* **1** 〔水果等〕
裏上糖衣的. **2** 〔皮, 布等〕光滑的.

gla·cial [ˋɡleʃəl, -ɪəl; 'ɡleɪsjəl] *adj.* **1** 冰的; 冰
河的; 冰河時代的.
2 《口》冰冷的; 〔態度等〕冷淡的.

glácial époch *n.* (加 the)《地質學》冰(河)
期, 冰河時代, 《當時北半球大部分爲冰雪所覆蓋》.

*__**gla·cier**__ [ˋɡleʃɚ; 'ɡlæsjə(r)] *n.* (*pl.* ~s [~z; ~z])
Ⓒ 冰河. A *glacier* is, in effect, a river of ice. 冰
河實際上就是結冰的河川.

glad [ɡlæd; ɡlæd] *adj.* (~der, more ~; ~dest,
most ~) **1** 《敍述》〔人〕高興的, 快活的, 快
樂的, 感到高興的, 《*at*, *of*, *about*》; 高興的(《*to*
do; *that* 子句》); (→ happy 同). I'm so *glad*. 我太
高興了/I am [feel] *glad* at the news. 我很高興聽
到這個消息/His parents are very *glad about* his
success [*that* he has succeeded]. 他的父母非常高
興他成功了/He'd be *glad of* your help. 他會非常
高興能有你的幫助/I am *glad to* see you. 我很高
興見到你/I would be *glad* if you would be quiet.
《諷刺》如果你能安靜些, 我會很高興的(相當於 Be
quiet!).
2 《敍述》樂意做…(《*to* do》) (willing). I'll be *glad*
to go with you. 我很樂意和你一起去/"Will you
drive the car for me?" "I'd be *glad to*." 「你願意
幫我開車嗎?」「當然好!」(《語法》被委託做某事時所作
的回答; 要記得加 to).
3 《限定》高興的, 快樂的, 令人高興的, (《語法》不
用於人). *glad* news [reports] 好消息/her *glad*
countenance 她那快樂的表情.
⇨ *v.* **gladden**. ↔ sad.

glad·den [ˋɡlædn; 'ɡlædn] *vt.* 使…快樂.

glade [ɡled; ɡleɪd] *n.* Ⓒ《雅》森林中的空地.

glad·i·a·tor
[ˋɡlædɪ͵etɚ;
'ɡlædɪeɪtə(r)] *n.* Ⓒ《古
代羅馬的》劍鬥士《在競
技場上使用眞劍決勝負
以娛樂觀衆的奴隸和
俘虜》.

[glade]

glad·i·o·li
[͵ɡlædɪˋolaɪ;
͵ɡlædɪ'əʊlaɪ] *n.*
gladiolus 的複數.

glad·i·o·lus [͵ɡlædɪˋoləs; ͵ɡlædɪ'əʊləs] *n.*
(*pl.* **-li**, ~**es**) Ⓒ 劍蘭, 唐菖蒲, 《菖蒲科多年生草本
植物》.

*__**glad·ly**__ [ˋɡlædlɪ; 'ɡlædlɪ] *adv.* 快樂地, 高興地,
樂意地. I'm sure he'll help *gladly*. 我肯定他會樂
意幫忙的/"Will you come with me?" "*Gladly*."
「要一起來嗎?」「好啊!」

glad·ness [ˋɡlædnɪs; 'ɡlædnɪs] *n.* Ⓤ 快樂, 高
興.　　　　　　　　　　　　　　　　　「our.

glam·or [ˋɡlæmɚ; 'ɡlæmə(r)] *n.* 《美》= glam-

glam·or·ize [ˋɡlæmə͵raɪz; 'ɡlæməraɪz] *vt.* 使
迷人, 給與…魅力; 美化.

glam·or·ous [ˋɡlæmərəs, ˋɡlæmrəs;
'ɡlæmərəs] *adj.* 有魅力的, 迷人的. a *glamorous*
movie star 有魅力的電影明星.

glam·or·ous·ly [ˋɡlæmərəslɪ, ˋɡlæmrəslɪ;
'ɡlæmərəslɪ] *adv.* 迷人地.

*__**glam·our**__, 《美》**glam·or** [ˋɡlæmə;

'glæmə(r)] n. Ⓤ 《注意》《美》通常亦拼作 glamour)
1 魅力, 誘惑力; (特指女性)令人著迷的美, 性感魅力; 魔力. the *glamour* of moonlight on the tropical sea 月光照耀在熱帶海洋上的迷人之美/the *glamour* of the actress 那位女演員的魅力.

2 《體微口》《形容詞性》有魅力. a *glamour* girl [boy] 有魅力的女孩[男孩].

✱glance [glæns; glɑːns] n. (*pl.* **glanc·es** [~ɪz; ~ɪz]) Ⓒ **1** 一瞥, 匆匆地看一眼, 《at, into, over》(→ glimpse 同). take [give] a *glance* at [over] the newspaper 瀏覽一下報紙/The two women exchanged *glances* when they passed each other. 當她們擦肩而過時, 這兩個女人匆匆地互看一眼/A *glance* at his eyes told me he was lying. 看一下他的眼睛我就知道他在撒謊/cast a *glance* at 看…一眼/steal a *glance* at his passport 偷偷地瞄一眼他的護照.

> 《搭配》 adj.+glance: a curious ~ (好奇的一眼), a knowing ~ (心照不宣的一眼), a quick ~ (匆匆一瞥), a suspicious ~ (狐疑的一眼).

2 透露; 諷刺.

3 閃耀; 閃光(flash).

4 (子彈等)斜過, 掠過.

at a glánce 一看, 一瞥. He recognized me *at a glance*. 他一眼就認出我來.

at fírst glánce 乍看, 一瞥. It seemed easy *at first glance*. 乍看之下似乎很容易.

— vi. (**glanc·es** [~ɪz; ~ɪz]; ~**d** [~t; ~t]; **glanc·ing**) **1** 瞄一眼; 轉眼目光. The girl *glanced* at him and smiled. 那女孩看他一眼, 並微微一笑/He *glanced* up from his paper and looked at her. 他將視線從報紙上移開然後看著她/*glance through* a magazine 瀏覽一下雜誌/*glance over* a letter 略讀一封信/*glance away* from him 遠離他的視線.

2 (子彈等)擦過, 掠過. The bullet *glanced* off the wall. 子彈從牆上擦過.

3 (說話, 寫作時)簡略提及《at, over》; 《話》偏離主題《off, from》; 影射《at》. He only *glanced* at the incident without comment. 他只是略微提及那個事件, 並沒有做任何評論.

4 閃耀, 閃爍. The sun *glanced* on the swords and spearheads. 陽光照在劍和矛上, 閃耀著光芒.

glanc·ing [ˈglænsɪŋ; ˈglɑːnsɪŋ] v. glance 的現在分詞, 動名詞.

gland [glænd; glænd] n. Ⓒ 《解剖》腺體.

glan·du·lar [ˈglændʒələr; ˈglændjʊlə(r)] adj. 《解剖》腺體的.

✱glare [glɛr; gleə(r)] n. ⒶⓊ **1** 閃爍耀眼的光, 刺眼的光芒. the *glare* of the sun on the water 水面上閃爍耀眼的陽光. **2** 怒目而視. He gave me an angry *glare*. 他憤怒地瞪了我一眼.

3 花俏庸俗, 鮮豔刺目.

in the gláre of públicity 眾目睽睽之下.

— v. (~**s** [~z; ~z]; ~**d** [~d; ~d]; **glar·ing**

[ˈglɛrɪŋ, ˈglærɪŋ; ˈgleərɪŋ] vi. **1** 閃閃發光, 發出耀眼光芒. The sun *glared* down upon the sand. 陽光閃耀地照在沙灘上.

2 怒視. The two stood *glaring at* each other. 這兩個人站著怒目相視.

— vt. 瞪眼表示《憤怒等》.

glar·ing [ˈglɛrɪŋ, ˈglærɪŋ; ˈgleərɪŋ] adj. **1** 閃閃發光的, 發出耀眼光芒的. the *glaring* headlights of a car 汽車刺眼的頭燈.

2 非常醒目的; 清楚明白的. There is a *glaring* error on page ten. 第10頁有一個明顯的錯誤.

3 怒視(的樣子)的.

glar·ing·ly [ˈglɛrɪŋlɪ, ˈglærɪŋlɪ; ˈgleərɪŋlɪ] adv. 閃光耀眼地; 醒目地.

Glas·gow [ˈglæsgo, ˈglæz-, ˈglæsko; ˈglɑːzgəʊ] n. 格拉斯哥《英國蘇格蘭南部西岸的大城市、海港》.

glas·nost [ˈglæsnɑst; ˈglɑːsnɒst] 《俄語》 n. Ⓤ 資訊公開.

✱✱glass [glæs; glɑːs] n. (*pl.* ~**es** [~ɪz; ~ɪz]) **1** Ⓤ 玻璃; 類似玻璃的物質. *Glass* breaks easily. 玻璃容易碎裂/two panes of *glass* 兩片窗玻璃/opaque *glass* 毛玻璃/strengthened *glass* 強化玻璃.

2 Ⓒ (特指玻璃製的)杯子, 玻璃杯. 《注意》cup (通常指的是附有杯耳的)茶杯. a wine*glass* (高腳)酒杯/raise one's *glass* to… 舉杯祝賀…/She clinked her *glass* on [against] mine. 她把杯子輕碰了一下我的杯子.

3 Ⓒ 一杯的量. two *glasses* of water 兩杯水/I drink a *glass* of milk every morning. 我每天早上喝一杯牛奶.

4 Ⓤ (集合)玻璃製品; 玻璃器皿; (glassware). *glass* and china 玻璃製品及陶瓷器/table *glass* 餐桌用玻璃器皿.

5 Ⓒ 《主英、口》鏡子(looking glass). Look at yourself in the *glass*. 照照鏡子看看你自己.

6 Ⓒ 透鏡; 望遠鏡; 顯微鏡; 氣壓計; 砂漏. a magnifying *glass* 放大鏡/The *glass* is rising [falling]. 氣壓計的讀數正在上升[下降].

7 (glasses)眼鏡(spectacles, eyeglasses); 雙筒望遠鏡. a pair of *glasses* 一副眼鏡/Mr. Smith wears *glasses*. 史密斯先生有戴眼鏡/My father put on *glasses* to read the newspaper. 我父親戴上眼鏡看報紙.

8 《形容詞性》玻璃(製)的. a *glass* door 玻璃門/a *glass* bottle 玻璃瓶/Those who live in *glass* houses should not throw stones. 《諺》自己有缺點最好別說別人(<住在玻璃屋的人不該拿石頭丟人).

— vt. 給…裝上玻璃; 用玻璃蓋上.

gláss blówer n. Ⓒ 吹玻璃工人.

gláss cútter n. Ⓒ 玻璃切割工; 玻璃切割刀.

glass·ful [ˈglæsˌful; ˈglɑːsfʊl] n. Ⓒ 一(玻璃)杯(的量). a *glassful* of water 一杯水.

glass·house [ˈglæsˌhaʊs; ˈglɑːshaʊs] n. (*pl.* **-hous·es** [-ˌhaʊzɪz; -haʊzɪz]) Ⓒ **1** 《英》溫室(greenhouse). **2** 玻璃工廠.

glass·ware [ˈglæsˌwɛr, -ˌwær; ˈglɑːsweə(r)] n. Ⓤ (集合)玻璃製品(特指餐具).

gláss wóol n. Ⓤ 玻璃棉(隔熱、隔音用的

材料).

glass·works [ˋglæsˏwɝks; ˈglɑːswɜːks] n. (pl. ~) C 玻璃工廠.

glass·y [ˋglæsɪ; ˈglɑːsɪ] adj. **1** 玻璃質的; 玻璃般的; 〔水面等〕如鏡面般的. a glassy sea 平靜無波的海面. **2** 〔表情等〕心不在焉的, 發呆似的.

glau·co·ma [glɔˋkomə; ɡlɔːˈkəumə] n. U《醫學》青光眼.

glaze [glez; ɡleɪz] vt. **1** (用光滑的東西)覆蓋; 在〔陶器等表面〕上釉; 加上(砂糖, 糖漿等)糖衣; 上光. glaze leather 給皮革上光.
2 給〔窗子等〕裝玻璃.
— vi. 〔目光〕呆滯.
— n. **1** U 上釉; UC 有光澤的表面; C 釉彩.
2 C(烹飪)(紅燒的)佐料醬汁.

gla·zier [ˋgleʒɚ; ˈɡleɪzjə(r)] n. C 安裝門窗玻璃的師傅, 玻璃工人; 玻璃店.

*#**gleam** [glim; ɡliːm] n. (pl. ~s [~z; ~z]) C **1** 微弱的光線[閃光], 微光, (★特指持續不久的反光). the gleam of a lighthouse 燈塔的微弱光芒/the first gleam of the sun (日出時的)第一道曙光/the gleam of a new car 新車的閃閃光亮/with a victorious gleam in one's eye 眼裡閃現著勝利光芒. **2** (機智, 希望等的)一閃, 閃現. a gleam of hope 一絲希望/a gleam of wit 靈機一動.
— vi. (~s [~z; ~z]; ~ed [~d; ~d]; ~·ing) **1** 閃爍; 發出微光; 一閃一閃地發光. A beacon gleamed in the distance. 信號燈在遠處閃爍.
圖 gleam 指透(通)過某物[空間], 或以較暗的物體[空間]為背景所發出的光; → shine.
2 〔感情等〕(在眼中)閃現; 〔希望等〕隱現. Enmity gleamed in his eyes. 他的眼中現敵意.

glean [glin; ɡliːn] vt. **1** 撿拾[落穗]; 收集[資訊等]. He gleaned information from various periodicals. 他從各種期刊收集資訊.
2 從〔田地〕撿拾落穗.
— vi. 拾落穗.

glean·er [ˋglinɚ; ˈɡliːnə(r)] n. C 拾落穗的人; 收集消息的人.

glean·ings [ˋglinɪŋz; ˈɡliːnɪŋz] n. 《作複數》 **1** 收集到的落穗. **2** 收集的東西; 收集的情報.

glee [gli; ɡliː] n. **1** U 歡喜, 快樂, 愉快. with glee 歡欣鼓舞地, 愉悅地.
2 C (三部以上男聲為主的)無伴奏合唱曲.

glee club n. C 合唱團.

glee·ful [ˋglifəl; ˈɡliːful] adj. 歡欣鼓舞的, 欣喜的, 高興的.

glee·ful·ly [ˋglifəlɪ; ˈɡliːfulɪ] adv. 歡欣鼓舞地, 欣喜地.

glen [glɛn; ɡlen] n. C 峽谷, 山谷, (特指蘇格蘭和愛爾蘭的)).

glib [glɪb; ɡlɪb] adj. **1** 能言善道的, 侃侃而談的.
2 虛有其表的; 缺乏誠意的, 隨隨便便的.

glib·ly [ˋglɪblɪ; ˈɡlɪblɪ] adv. 能言善道地.

*#**glide** [glaɪd; ɡlaɪd] vi. (~s [~z; ~z]; glid·ed [~ɪd; ~ɪd]; glid·ing) **1** 滑, 滑動; 滑行; 《航空》滑翔. I saw a kite glide, drawing a circle in the air. 我看見一只風箏在空中盤旋打轉/The iceboat glided

---

over the frozen lake. 冰上滑艇滑過結冰的湖面/The car slowly glided to a stop. 汽車慢慢地滑行然後停住.
圖 glide 比 slide 更強調不出一聲輕輕滑過之意.
2 〔時間等〕不知不覺地消逝, 經過, 《by; along》. The weeks glided by. 幾星期一晃眼就過去了.
— n. (pl. ~s [~z; ~z]) C **1** 滑行, 滑動; 滑翔. the graceful glide of a dancer 舞者優雅滑行的舞姿. **2** (音樂)滑音; 圓滑線; (slur).

*#**glid·er** [ˋglaɪdɚ; ˈɡlaɪdə(r)] n. (pl. ~s [~z; ~z]) C **1** 滑翔翼. We went for a flight in a glider. 我們去乘滑翔翼.
2 (美)(置於陽臺等處的)鞦韆(式)吊椅.

[glider 2]

glim·mer [ˋglɪmɚ; ˈɡlɪmə(r)] n. C **1** 微弱的(閃爍)的光, 微光. There was a glimmer of light at the end of the tunnel. 隧道盡頭閃著一道微光.
2 略有所感[所知]之事; 微量. There was only a glimmer of hope for his recovery. 他康復的希望微乎其微.
— vi. 閃爍; 發出微光. The stars were glimmering in the sky. 星星在夜空中閃爍.
圖 glimmer 指自微弱[遠處]的光源斷斷續續地放出亮光; → shine.

*#**glimpse** [glɪmps; ɡlɪmps] n. (pl. glimps·es [~ɪz; ~ɪz]) C **1** 瞥見, 瞬間一瞥. catch [have] a glimpse of 瞥見/I got only a glimpse of him as he ran past. 他跑過去的時候我只瞥見他一眼.
圖 glance 是刻意地稍微看一下, glimpse 是不經意瞥見了; 因此類似 give a glance 的用法, 在此要寫成 get a glimpse.
2 感覺[了解]一下(of); 略微顯現(of). occasional glimpses of her intelligence 她偶爾顯露的聰穎.
— v. (glimps·es [~ɪz; ~ɪz]; ~d [~d; ~d]; glimps·ing) vt. 瞥見; 一瞬間看見. I glimpsed my former teacher in the crowd. 我在人群中瞥見了以前的老師.
— vi. 看一眼, 一瞥, 《at》.

glimps·ing [ˋglɪmpsɪŋ; ˈɡlɪmpsɪŋ] v. glimpse 的現在分詞, 動名詞.

glint [glɪnt; ɡlɪnt] n. C 閃亮, 閃光.
— vi. 閃閃發亮, 閃閃發光. His glasses glinted in the sun. 他的眼鏡在陽光下閃閃發光. 圖 glint 指瞬間一閃的亮光; → shine.

glis·sade [glɪˋsɑd, ·ˋsed; ɡlɪˈsɑːd] n. C **1** (登山)滑降, 制動下滑, 《在冰, 雪的陡坡, 不用雪橇或滑板, 以十字鎬等工具來控制, 以站姿或坐姿緩慢向下移動). **2** (特指芭蕾舞的)滑步.

*#**glis·ten** [ˋglɪsn̩; ˈɡlɪsn̩] (★注意發音) vi. (~s

[~z; ~z]; ~**ed** [~d; ~d]; ~**ing**)閃閃[亮晶晶]地發光, 閃閃發亮, ((with)). Her eyes were *glistening with tears.* 她的眼睛閃動著淚光/The dew *glistened* on the grass. 草地上的露珠閃閃發亮.
回 glitter 表示金屬的亮光; glisten 表示液體表面的亮光; → shine.

*glit·ter [ˋglɪtɚ; ˋglɪtə(r)] vi. (~**s** [~z; ~z]; ~**ed** [~d; ~d]; -**ter·ing** [-tərɪŋ, -trɪŋ; -tərɪŋ])閃閃發光, 閃閃發亮, ((with)).(→ glisten 回). All is not gold that *glitters.* = All that *glitters* is not gold. ((諺)) 發亮的東西不一定是黃金/Her jewels *glittered* in the firelight. 她的珠寶在爐火輝映之下閃閃發亮.
— *n.* 1 光芒, 光輝. the *glitter* of diamonds 鑽石的光輝/with a mischievous *glitter* in one's eyes 淘氣的眼神. 2 燦爛華麗, 光彩奪目.

glit·ter·ing [ˋglɪtərɪŋ, ˋglɪtrɪŋ; ˋglɪtərɪŋ] adj. 閃閃發亮的, 光彩奪目的. a *glittering* performance 非常出色的演奏[演出].

gloam·ing [ˋglomɪŋ; ˋgləʊmɪŋ] n. U(詩)(加the)黃昏, 傍晚時分.

gloat [glot; gləʊt] vi. 自滿地[心懷不軌地愉快地]看(over, on, upon). The old miser *gloated over* his gold. 那個老守財奴沾沾自喜地盯著自己的金子看.

gloat·ing·ly [ˋglotɪŋlɪ; ˋgləʊtɪŋlɪ] adv. 自滿得意地.

glob·al [ˋglobl; ˋgləʊbl] adj. 1 全球的, 全世界的, 世界性的. *global* problems 世界性的問題/a *global* war 全球戰爭/*global* warming (溫室效應所引起的)全球高溫化.
2 球狀的.
3 總括的, 整體的.

glob·al·ism [ˋglobl͵ɪzəm; ˋgləʊblɪzəm] n. U 全球相互依賴論, 世界化主義.

glob·al·ly [ˋgloblɪ; ˋgləʊblɪ] adv. 全球地, 全世界地; 全體地.

*globe [glob; gləʊb] n. (pl. ~**s** [~z; ~z]) C 【球】 1 球, 球體. 2 【圓形物】(加the)地球, 世界, (earth); 地球儀. circle the *globe* 環繞地球[世界]一周.
3 球狀物(燈罩, 金魚缸等).

[the globe]

globe·fish [ˋglob͵fɪʃ; ˋgləʊbfɪʃ] n. (pl. ~, ~**es**) C((魚))河豚.

Glóbe Théatre n. (加the)環球戲院(倫敦泰晤士河南岸的劇院; 莎士比亞的戲劇多在此首演; 建於 1599 年).

globe·trot·ter [ˋglob͵trɑtɚ; ˋgləʊb͵trɒtə(r)] n. C (經常)環遊世界者.

glob·u·lar [ˋglɑbjəlɚ; ˋglɒbjʊlə(r)] adj. 1 球狀的, 球形的. 2 由小球構成的.

glob·ule [ˋglɑbjul; ˋglɒbjuːl] n. C (特指液體的)小球體, 小滴, 粒.

glock·en·spiel [ˋglɑkən͵spil; ˋglɒkənʃpiːl] (德語) n. C鐵琴(→ xylophone).

[glockenspiel]

*gloom [glum; gluːm] n. (pl. ~**s** [~z; ~z]) 1 U晦暗, 微暗; (★沒有 darkness 那麼暗) the green *gloom* of the trees around me 我四周樹木的綠蔭.
2 UC憂鬱, 陰沈; 意志消沈. The father's illness cast a *gloom* over the whole family. 父親的病使全家陷入愁雲慘霧之中/sink into *gloom* 陷入憂鬱中.

gloom·i·ly [ˋglumɪlɪ; ˋgluːmɪlɪ] adv. 憂鬱地, 陰沈地.

*gloom·y [ˋglumɪ; ˋgluːmɪ] adj. (gloom·i·er; gloom·i·est) 1 晦暗的, 微暗的; 陰暗的; 陰鬱的; (★不僅指黑暗, 而且含有陰鬱之意). *gloomy* skies 陰沈的天色/a *gloomy* room 微暗[陰暗]的房間.
2 憂鬱的, 情緒低落的; 沒有希望的. Mary felt very *gloomy* after losing her job. 瑪莉失業之後情緒十分低落/*gloomy* prospects 悲觀的前景.
⇔ n. gloom. ↔ cheerful.

Glo·ri·a [ˋglorɪə, ˋglɔr-; ˋglɔːrɪə] n. 1 女子名.
2 C (加the) (以 Gloria 開頭的)榮耀讚美詩(歌頌上帝的讚美詩).

glo·ries [ˋglorɪz, ˋglɔrɪz; ˋglɔːrɪz] n. glory 的複數.

glo·ri·fi·ca·tion [͵glorəfəˋkeʃən, ͵glɔr-, ͵glɔːrɪfɪˋkeɪʃn] n. U(文章)讚美; 美化.

glo·ri·fy [ˋglorə͵faɪ, ˋglɔr-; ˋglɔːrɪfaɪ] vt. (-**fies**; -**fied**; ~**ing**)(文章) 1 稱讚, 讚賞, 〔人, 業績, 能力等〕. The whole nation *glorified* the astronauts. 舉國讚揚太空人的表現. 2 榮耀[上帝] 3 給…帶來光榮. 4 美化. *glorify* war 美化戰爭.

*glo·ri·ous [ˋglorɪəs, ˋglɔr-; ˋglɔːrɪəs] adj. 1 光榮的, 名譽的, 光輝的, 輝煌的. *glorious* achievements 輝煌的成就.
2 壯麗的, 莊嚴的; 出色的. a *glorious* sunset 壯麗的日落.
3 ((口))十分愉快的; 極好的, 絕妙的. We had a *glorious* time at the party. 我們在舞會上玩得非常開心. ⇔ n. glory.

glo·ri·ous·ly [ˋglorɪəslɪ, ˋglɔr-; ˋglɔːrɪəslɪ] adv. 壯麗地; 極好地; 輝煌地.

Glórious Revolútion n. (加the)(英史)光榮革命(→ English Revolution).

*glo·ry [ˋglorɪ, ˋglɔrɪ; ˋglɔːrɪ] n. (pl. -**ries**)
1 U光榮, 榮譽; 名聲. win military

glory 建立軍功/He was crowned with *glory*. 他得到榮譽.

2 ⓒ 帶來榮譽的物[人]; 值得誇耀的事物. The chief *glory* of the district is the grand old castle. 該地區最值得誇耀的就是這座宏偉的古堡.

3 Ⓤ 壯麗, 壯觀; 燦爛. The sun sank beyond the sea in all its *glory*. 落日絢爛地沒入海中.

4 Ⓤ 全盛, 鼎盛, 繁榮的顛峰. France was in her *glory* in the reign of Louis XIV. 法國在路易十四統治時期達到全盛.

5 Ⓤ (對上帝等的)讚美. *glory* to God 對上帝的讚美. ⇨ *adj*. **glorious**. *v*. **glorify**.

bàsk [bàthe] in (*a person's*) *reflècted glóry* (託身邊有名的人之福)自己也沾光.

gò to glóry 《口》升天, 死亡.

— *vi*. (**-ries; ~ried; ~ing**) 歡喜; 自豪; (*in*). *glory* in one's success 因成功而歡喜.

gloss[1] [glɔs; glɒs] *n*. Ⓐ Ⓤ **1** 光澤, 色澤, (→ luster Ⓡ). put a *gloss* on an old wooden table 使舊木桌(上漆等)變得有光澤.

2 虛假的外表; 虛飾.

— *vt*. 使有光澤.

glóss over... 粉飾..., 掩飾.... He tried to *gloss over* all his embarrassing errors. 他試圖掩蓋他所有難堪的錯誤.

gloss[2] [glɔs; glɒs] *n*. Ⓒ **1** (古書, 教科書等行間, 空白旁處所記的)注釋, 解釋. **2** = glossary.

— *vt*. 為...加注釋; 作...的說明.

glos·sa·ry [ˈɡlɑsərɪ, ˈɡlɔs-; ˈɡlɒsərɪ] *n*. (*pl*. **-ries**) Ⓒ 術語辭典; (書籍卷末等所附的)用語一覽表.

gloss·y [ˈɡlɔsɪ; ˈɡlɒsɪ] *adj*. 有光澤的, 有色澤的, (⇔ mat[2]). a *glossy* magazine (英)= slick *n*. 2.

glot·tal [ˈɡlɑtl; ˈɡlɒtl] *adj*. 聲門的.

glòttal stóp *n*. Ⓒ(語音學)聲門(閉)塞音.

glot·tis [ˈɡlɑtɪs; ˈɡlɒtɪs] *n*. Ⓒ(解剖)聲門.

✲**glove** [glʌv; glʌv] *n*. (*pl*. ~s [~z; ~z]) Ⓒ **1** 手套(通常指每個手指分開的手套). → mitten. three pairs of *gloves* 三副手套/He is wearing new *gloves*. 他戴著新手套/Peter put [pulled] on *gloves* before going out. 彼得出門前戴上手套/Take your *gloves* off. 把手套脫掉/throw away like an old *glove* 像丟舊手套般地丟棄.

2 (棒球用)手套; (拳擊用)手套(boxing glove).

fìt like a glóve 完全吻合[相合]. These shoes *fit like a glove*. 這雙鞋十分合腳.

hàndle [trèat]...with kìd glóves 非常溫柔地[慎重地]對待....

take òff the glóves to... (戰爭, 爭辯等)認真地比賽, 較勁.

take ùp the glóve 接受挑戰(→ gauntlet 參考).

thròw dòwn the glóve 正式提出挑戰.

glòve compàrtment *n*. Ⓒ(汽車前座放小物件的)置物箱.

glóve pùppet *n*. Ⓒ布袋[掌中]戲木偶.

✲**glow** [glo; gləʊ] *n*. Ⓐ Ⓤ《赤熱》**1** 赤熱(的光); 光, 光輝. the *glow* of red-hot

---

iron 燒得熾紅的鐵所發出的光/the pale *glow* of a firefly 螢火蟲微弱的光/the evening *glow* 晚霞.

2 燃燒般的顏色; 紅暈. the *glow* on her cheeks 她臉頰上的紅暈.

3 赤熱的感覺 發熱; (精神的)高昂. a pleasant *glow* after jogging 慢跑後全身發熱的舒暢感覺/in a *glow* of enthusiasm 熱情洋溢地.

— *vi*. (~**s** [~z; ~z]; ~**ed** [~d]; ~**ing**) **1** 灼熱而發光; 發白熱光; (沒有火焰的)燃燒. The iron *glowed* cherry red. 鐵被燒得通紅.

2 發光, 閃耀. Fireflies *glow* in the dark. 螢火蟲在黑暗中發光. 同 glow 是沒有火焰(有時甚至是不發熱)的發光; → shine.

3 像燃燒般地發光; (身體)發熱; (臉)發紅. The whole mountain *glows with* autumn tints. 滿山的楓葉像火一般燃燒.

4 (因激動而)發熱. *glow with* enthusiasm 熱情洋溢.

glow·er [ˈɡlaʊɚ; ˈɡlaʊə(r)] *vi*. 怒目而視(*at*).

glow·er·ing·ly [ˈɡlaʊrɪŋlɪ, ˈɡlaʊərɪŋlɪ; ˈɡlaʊərɪŋlɪ] *adv*. 怒目而視地.

glow·ing [ˈɡloɪŋ; ˈɡləʊɪŋ] *adj*. **1** 白熱的, 灼熱的. *glowing* iron 赤熱的鐵. **2** 熱情洋溢的; 極力讚揚的. He gave a *glowing* account of his new job. 他興奮地談論自己的新工作. **3** (臉頰等)發熱的, 發紅的. with *glowing* cheeks 臉頰發紅地. **4** 像燃燒般發光的.

glow·ing·ly [ˈɡloɪŋlɪ; ˈɡləʊɪŋlɪ] *adv*. 白熱地; 發光地; 熱心地.

glow·worm [ˈɡloˌwɝm; ˈɡləʊwɜːm] *n*. Ⓒ 無翅發光蟲(螢火蟲等的幼蟲; → firefly).

glu·cose [ˈɡlukos, ˈɡlɪu-; ˈɡluːkəʊs] *n*. Ⓤ(化學)葡萄糖.

✲**glue** [glu, ɡlɪu; ɡluː] *n*. Ⓤ 黏合劑, 漿糊, 膠, 膠水. — *vt*. (~**s** [~z; ~z]; ~**d** [~d; ~d]; **glu·ing, glue·ing**) **1** 用黏合劑[膠, 膠水]黏(*to*). *glue* two pieces of wood together 將兩塊木片黏在一起.

2 使糾纏; (視線等)緊盯著不放; (*to*)(通常用被動語態). Your daughter always remains *glued to* you. 你的女兒總是黏著你/He sat with his eyes *glued to* the TV screen. 他坐在那兒, 眼睛直盯著電視螢幕.

glue·y [ˈɡlui, ˈɡlɪu; ˈɡluːɪ] *adj*. 膠(質)的; 黏的.

glu·ing [ˈɡluɪŋ, ˈɡlɪuɪŋ; ˈɡluːɪŋ] *v*. glue 的現在分詞, 動名詞.

glum [ɡlʌm; ɡlʌm] *adj*. 悶悶不樂的, 憂鬱的.

glum·ness [ˈɡlʌmnɪs; ˈɡlʌmnɪs] *n*. Ⓤ 悶悶不樂, 憂鬱.

glum·ly [ˈɡlʌmlɪ; ˈɡlʌmlɪ] *adv*. 悶悶不樂地, 憂鬱地.

glut [ɡlʌt; ɡlʌt] *vt*. (~**s**; ~**ted**; ~**ting**) **1** 使吃飽; 使滿足; 使膩. *glut* one's appetite 充分滿足食慾. **2** 過度供應(*with*).

— *n*. Ⓒ(用單數)(商品等的)供應過剩; 過多; 吃飽.

glu·ten [ˈɡlutn̩, ˈɡlɪutn̩; ˈɡluːtən] *n*. Ⓤ(化學)

穀膠; 麵筋.

glu·ti·nous [ˋglutɪnəs, ˋglɪu-; ˈgluːtɪnəs] *adj.* 膠質的; 黏的, 黏性的.

glut·ton [ˋglʌtn̩; ˈglʌtn̩] *n.* ⓒ **1** 暴食者, 貪吃者. **2** 猛讀書的人; 極其熱心的人(*for*). a glutton for work 工作狂.

glut·ton·ous [ˋglʌtn̩əs; ˈglʌtn̩əs] *adj.* **1** 食量大的, 貪吃的. **2** 貪婪的(*of*); 熱中的(*of*).

glut·ton·ous·ly [ˋglʌtn̩əslɪ; ˈglʌtn̩əslɪ] *adv.* 狼吞虎嚥地.

glut·ton·y [ˋglʌtn̩ɪ; ˈglʌtn̩ɪ] *n.* ⓤ 食量大, 暴飲暴食.

glyc·er·in (美), **glyc·er·ine** (主英) [ˋglɪsrɪn, -sərɪn; ˈglɪsərɪn], [-rɪn, -sə͵rin; -riːn] *n.* ⓤ(化學)甘油.

gly·co·gen [ˋglaɪkədʒən, -dʒɪn; ˈglaɪkəudʒən] *n.* ⓤ(化學)肝糖, 動物澱粉.

gm (略) gram(s).

G-man [ˋdʒi͵mæn; ˈdʒiːmæn] *n.* (*pl.* **-men** [-͵mɛn; -men]) ⓒ(美、口)聯邦調查局(FBI)探員.

GMT (略) Greenwich Mean Time.

gnarl [nɑrl; nɑːl] (★以gn開頭的字, g不發音) *n.* ⓒ(樹木等的)節, 瘤.

gnarled [nɑrld; nɑːld] *adj.* 〔樹幹或樹枝〕多節〔瘤〕的; 〔手等〕粗糙的.

gnash [næʃ; næʃ] *vt.* 磨〔牙〕, 咬〔牙〕. gnash one's teeth 咬牙切齒.

gnat [næt; næt] *n.* ⓒ叮人(吸血)小蟲的俗稱, 蚋, ((英)包括蚊子等(mosquito)).

stráin at a gnát 拘泥於小事.

gnaw [nɔ; nɔː] *v.* (**~s; ~ed; ~ed, gnawn; ~ing**) *vt.* **1** 啃; 咬開(洞). A mouse has gnawed a hole in the cupboard. 有隻老鼠把餐櫥咬出個洞來. 同 與bite相比, gnaw係指一點一點反覆地啃著硬物. **2** 不斷地煩擾, 折磨. Jealousy gnawed her heart. 嫉妒啃嚙著她的心.

— *vi.* **1** 啃咬. gnaw at〔on〕a bone 啃骨頭. 參考 gnaw a bone 指把骨頭咬碎, gnaw at〔on〕a bone 則是為了吃骨頭上的肉而啃骨頭.

2 使不停地苦惱, 折磨(*at*).

gnawn [nɔn; nɔːn] *v.* gnaw 的過去分詞.

gnome [nom; nəum] *n.* ⓒ 地精(傳說住在山洞和地底下守護財寶的小矮人).

GNP, gnp (略) gross national product (國民生產毛額).

gnu [nu, nɪu, nju; nuː, njuː] *n.* (*pl.* **~s, ~**) ⓒ牛羚, 角馬, (一種產於非洲的大型羚羊).

[gnome]

‖‖go [go; gəu] *vi.* (**~es** [~z; ~z]; **went; gone; ~ing**) 〖去〗 **1** 去, 前往, (→ come◉) (用法通常與表去處的副詞to〔towards〕等連用). Where did you go yesterday? 昨天你去哪裡了?/

go to the station 去車站/go overseas 去外國/My son has gone to America to study medicine. 我兒子已經去美國學醫了.

語法 (1) have gone 表示「去了, 目前不在這裡」之意; 在(美)有以 have gone 表示「曾經去過」之意: Have you ever gone (=been) to Venice? (你去過威尼斯嗎?) (2) (美、口)有後面直接接動詞原形的: I'll go see him tomorrow. (我明天去看他) (=go to see, go and see).

2 〔交通工具等〕走, 行駛. This car is going (at) 60 km an hour. 這輛車以60公里的時速行駛.

〖離開〗 **3** 離開, 離去; 出發. I must be going now. 我現在必須走〔離開〕了/Winter has gone and spring has come. 冬天走了春天來了/The guests are all gone. 客人們都走了/On your mark, get set, go! 各就各位, 預備, 開始!

4 〔時間〕過去, 消逝. Time goes fast. 時光飛逝.

〖沒有了〗 **5** 沒有了, 消失了; 耗盡; 作廢; 放棄, 死心; 消逝. Has your toothache gone? 你牙疼好了嗎?/War must go. 戰爭必須停止/This typewriter must go. 這部打字機必須報廢/If you wash that dress too often the color will go. 那件衣服老是洗的話, 那件衣服會褪色的/Poor Brown has [is] gone. 可憐的布朗已經死了.

語法 go 的完成式有 have gone 和 be gone, 但 be gone 強調狀態; All that money is gone away. 所有的錢都飛了(強調「現在一毛都沒有了」)/All that money has gone on books. 所有的錢都花在買書上頭.

6 折斷, 壞, 破. That branch may go at any moment. 那根樹枝隨時都有可能會折斷/His eyesight was going. (那時)他的視力不斷地減退/My shoes are going. 我的鞋子快要壞了.

〖去＞移動〗 **7** (a)〔機器〕開動. go by electricity 以電力發動/My watch isn't going. 我的錶不走了. (b)〔人〕做某種動作. When he walks, he goes like this. 他走路就是這個樣子.

8 〔事物〕進行, 進展, keep the conversation going 繼續談/Things are going well with us. 我們的事情進展得很順利/The math test went all right. 這次數學考得不錯/The case went against him. 這個案件他敗訴了.

9 擴大, 流傳, 散布; 通行. The rumor went all over the town. 謠言傳遍了全鎮.

〖達到〗 **10** 到達; 〔路等〕通往(*to*). The rope didn't go to the ground. 繩子的(長度)沒到達地面/This road goes to Atlanta. 這條路通往亞特蘭大.

11 (加副詞片語)被放置, 被存放在, 〔某個適當的場所〕. Where does this desk go? 這張桌子要放到哪裡呢?/That box goes on the top shelf. 那個箱子是要放到最上層的架子上.

12 被給與〔遺產, 獎賞等〕. First prize went to Tom. 首獎被湯姆奪下.

13 起作用, 被用來…, (*to*); 有助於(*to do*). those qualities that go to the making of a good teacher 那些有助於成為一位好教師的特質/This goes to prove his innocence. 這有助於證明他的

清白.

〖達到某種狀態〗**14**《用「go＋to 片語」的形式，表示動作、狀態的開始》go to sleep 入睡/go to law 訴諸法律/go to press 付印/go to ruin 變成廢墟/go to pieces 破成碎片.

15 句型2 (go **A**)變成 A 的狀態. go blind 失明/He went mad. 他瘋了/His company went bankrupt. 他的公司破產了/go out of date 跟不上時代. ★通常用於不好的狀態; → come 6 (a).

16【達到某種狀態而發出聲音】鳴響，發出聲音; 〔鐘〕報時. There goes the bell. 鐘響了/Bang! went the rifle. 來福槍碰地一聲響了/It has just gone five. 鐘剛敲過五點.

〖正是某種狀態〗**17** 正是…這樣的詞句，寫的是…那樣. as the saying goes 正如諺語所說/Thus went his farewell speech. 他的告別辭是這樣說的.

18 句型2 (go **A**)向來都是 A. The natives of the island go naked. 這座島上的原住民向來不穿衣服.

as fàr as...gó 單就…來說. He was all right as far as money went. 單就錢來說他還算可以.

as...gó 就一般…說來，就…的標準說來，就…說來. Susie is an obedient wife, as wives go nowadays. 就現代妻子的角色來說，蘇茜算是很順從的妻子/as things go 從這種情況說來，一般說來.

＊**be góing** 《加副詞片語》正要去，正要去. "Where are you going?" "I am going to the station."「你要去哪裡?」「我正要去火車站.」

＊**be gòing to dó** (1)將要…; 很快就…; (→ be about to do (about 的片語) 語法). It's going to rain. 快下雨了/My daughter is going to be 8 years old next month. 下個月我女兒就滿八歲了. (2)打算要…. When are you going to ask her for a date? 你打算甚麼時候向她邀約呢? 語法 亦可和 go, come 連用，寫成 be going to go [come], 和 I'm going [coming]. 意思相同.

＊**gò abóut**[1] (1)(四處)走來走去，來回走動; 往來《with》. She's going about after recovering from her illness. 她病癒後到處走動. (2)〔傳聞等〕散播開來，散布. The rumor went about that the King was ill. 國王生病的謠言四處流傳著. (3)〔船〕改變航路.

gò about[2]... 努力著手解決〔工作，問題等〕; 進行…《doing》. How do we go about solving this problem? 我們該如何解決這個問題呢?

gò about one's **búsiness** → business 的片語.

gó after... 追…; 追求…. go after a robber 追強盜/go after a girl 追逐女孩子/go after the presidency 角逐總統職位.

＊**gó against...** 反抗，違背; 反對; 對…不利. It goes against my conscience to help him in this case. 在這種情況下幫他違背我的良心/Things went against us. 情勢對我們不利.

gò ahéad → ahead 的片語.

＊**gò alóng** (1)進行，繼續. You will find the book easier as you go along. 這本書你一直讀下去就會覺得比較容易了. (2)同行，一起走，(→ go along with... (1)). If you go, I'll go along. 你去我就去.

gò a lóng wày (1)走很遠的路. (2)耐用，持續. (3)〔人〕出頭. (4)起很大的作用. The meeting will go a long way toward restoring peace in the Middle East. 這個會議對恢復中東和平能起很大的作用.

gò alóng with... (1)和…一起走. (2)是…的一部分; 附在…. Two tapes go along with the tape-recorder if you pay cash. 如果你付現買這臺錄音機的話，會附贈兩卷錄音帶. (3)同意. They readily went along with our proposal. 他們馬上同意了我們的提案.

Gò alóng with you! 《口》去你的! 別胡扯!

＊**gò and dó** 去做…(go to do); (愚蠢地)特意去…. Did you go and see him at the hotel? 你到旅館去看過他了嗎? 語法 (1)在口語及祈使句中，go and see 比 go to see 常用. (2)《美、口》亦有用 go see 的情況.

＊**gò aróund**[1] [《英》**róund**] (1)=go about[1] (1). (2)(一個接一個地)到處《doing》. Don't go around telling lies like that. 不要到處去散布那樣的謊言. (3)〔病〕流行〔話等〕流傳，傳播. There's a lot of flu going around. 流行性感冒正在流行/There's a rumor going around that Mr. Benson is going to quit. 到處都在謠傳班森先生要辭職了. (4)傳送給(大家); 繞一圈. I'm afraid there aren't enough cakes to go around. 我怕蛋糕不夠發給每一個人. (5)繞道而行; 順便(繞道)去一下.

gó around[2]... 環遊…一周; 繞行…. go around the world 環遊世界.

gó at... (1)攻擊…(指在殿鬥、爭論等中). (2)致力於…; 拼命做….

＊**gò awáy** 走開，離去.

gò awáy with... 拿著…逃走; 和…私奔. Go away with you! = Go along with you!

＊**gò báck** (1)返回，歸來，回去《to》(就時間的角度而言，說話、思緒等發展的)返回，回想，《to》; 重新再開始《to〔暫時不做的事〕》. Let's go back home at once. 我們馬上回家吧!/Let's go back to the first point. 我們回到第一個論點吧!/Tommy went back to smoking again. 湯米又開始抽菸了. (2)追溯《to》. His family goes back to the Pilgrim Fathers. 他的家族可以追溯到清教徒移民時期/Its history goes back to 1215. 那段歷史可追溯到1215年.

gò báck on... 違背〔諾言等〕; 背叛〔人〕.

gò beyónd... 越過…; 在…的範圍之外.

＊**gò bý**[1] (1)〔經過〕;〔時間〕過去. He went by without noticing me. 他沒有注意到我就走過去了/Several days went by. 幾天過去了. (2)〔機會等〕錯過了，尚未利用就失去了.

gó bý[2]... (1)經過…的旁邊. (2)根據…作出判斷〔行動〕. go by the rules 按照規則做/There is very little to go by. 可以依據的線索極少.

gò by [**under**] **the náme of...** 使用…的名字; 以…之名為人所知; 被稱做…. He goes by the

name of Nat here. 他在這裡用納特這個名字.

* ***gò dówn***[1] (1)〔太陽, 月亮等〕沒於〔地平線下〕;〔船等〕沈沒;〔人〕沈溺. We watched the sun *go down*. 我們看著太陽西沈.
(2)下降, 下, (→ descend 同)); 落下; 下坡; 衰微; 吞下. This area has been *going down* these past several years. 這地區近年來衰落了/The pill won't *go down*. 這顆藥丸吞不下去.
(3)〔價格, 溫度等〕下降, 減少. I'm sure that the temperature has *gone down* below zero. 我確定氣溫已降到零度以下.
(4)〔風, 海等〕平靜下來, 減弱下來; 消腫.
(5)倒下; 〔向敵人等〕屈服. *go down before* one's enemy 向敵人屈服.
(6)〔話語等〕被記下, 被記錄; 傳下來, 留下來. *go down* in history 留在歷史上.
(7)達到, 及於, (*to*)).
(8)〔英〕(休假, 畢業等時)離開大學.

gó down[2]... 下…, 降落….

gò dówn with... (1)〔提案, 說明等〕被…接受, 被…認可. Such a story does not *go down with* me. 這樣的話不能讓我信服.
(2)〔口〕患〔急病〕. My mother has *gone down with* the flu. 我母親得了流行性感冒.

gò fár = go a long way.

* ***gó for...*** (1)出去〔散步等〕. *go for* an outing 去郊遊.
(2)去取〔叫, 拿〕…. *go for* a doctor 去請醫生.
(3)〔口〕〔人, 狗〕向…襲擊; 攻擊….
(4)愛好…; 對…有好感; 〔美〕支持…, 贊成…. I don't *go for* detective stories. 我不看看偵探小說.
(5)以〔某價錢〕賣出; 值〔多少錢〕. The car *went for* £1,000. 這輛車賣了 1,000 英鎊.
(6)可適用於…, 合宜於…; 以…可行. What I said about music *goes for* painting, too. 我所說的有關音樂方面的事亦可適用於繪畫.

gò for nóthing 毫無用處.

gò fórward (1)前進; 〔計畫等〕進展.
(2)使前進, 使進展, (*with*〔計畫等〕)).

* ***gò ín***[1] (1)進入〔裡面〕. We *went in* and met the manager. 我們進去見經理.
(2)〔太陽, 月亮等〕隱入雲中.
(3)參加〔比賽等〕. *Go in* and win. 祝你比賽勝利《鼓勵的話》.

gó in[2]... 進入…(enter).

* ***gò ín for...*** (1)接受〔考試, 測驗〕; 參加〔比賽項目等〕.
(2)習慣於…; (作爲興趣, 運動)愛好…. I *go in for* jogging. 我愛慢跑.

* ***gò dóing*** (1)去…. We *went swimming* in the river. 我們去河裡游泳〔注意〕不用 *to* the river〕.
(2)一邊…一邊走. The boys *went singing* down the street. 孩子們在街上一邊唱一邊走.
(3)做出…. Don't *go blaming* your father. 不要責怪你的父親.

●── go ~ing 的慣用片語

go boating	去划船
go climbing	去登山
go dancing	去跳舞
go fishing	去釣魚
go hunting	去打獵
go riding	去騎馬
go sailing	去航行
go shooting	去打獵
go shopping	去買東西
go skiing	去滑雪
go swimming	去游泳
go walking	去散步

★上面的用法和 She *went away singing*. (她唱著歌走開了)的結構不同.

* ***gó into...*** (1)進入…; 從事〔職業等〕; 加入…. Let's *go into* the shade. 我們到蔭涼處吧!/*go into* business [the Air Force] 進入商界[加入空軍]. (2)變成〔某種狀態〕. *go into* hysterics 變得歇斯底里. (3)調查…; 論述…; 考慮…. *go into* a problem carefully 仔細地研究問題/*go into* details 深入細節, 追根究底. (4)穿〔衣服〕. (5)〔除法中除數〕被包含於〔數值較大的數字〕中. 2 *goes into* 6 three times. 6 中含 3 個 2, 6 除以 2 得 3/5 won't *go into* 7. (=5 *into* 7 won't *go*.) 5 無法整除 7.

gò it alóne 獨立做, 單獨行動.

* ***gò óff***[1] (1)離去, 出發; 逃走;〔演員〕離開舞臺. They *went off* in a hurry before I could stop them. 在我可以阻止他們之前, 他們便已匆忙逃走了.
(2)〔槍等〕發射; 爆發; 〔鬧鐘〕突然鳴響起來. A bomb *went off* near the police box. 一個炸彈在警察崗亭附近爆炸.
(3)消失; 中止; 變得不能使用. The pain will soon *go off*. 疼痛很快就會消失/The water supply *went off*. 停水了/The light *went off* at the height of the party. 燈在宴會最熱鬧的時候熄了.
(4)〔英〕〔食物等〕變壞, 變得不能吃〔喝〕;〔品質, 效果等〕下降, 減低. This meat has *gone off*. 這塊肉已經變質了/That paper has really *gone off* under its new editor. 那家報紙在新的主編手裡品質變差了. (5)入睡; 失去意識.
(6)〔某種事態〕發生; 〔事情〕進展. The conference *went off* well. 會議進行順利.
(7)〔物品〕銷售一空.

gó off[2]... (1)離開…. *go off* the rails 脫軌.
(2)不再喜歡…; 失去對…的興趣. I've *gone off* tea. 我不喜歡喝茶了.

gò óff with... 和…私奔; 拿了…逃走.

* ***gò ón***[1] (1)〔向前〕進; 繼續; 〔照舊〕繼續做…(*doing*)); 繼續(*with, in*)). We *went on* to the next room. 我們繼續走到下一個房間/How long will this rain *go on*? 這場雨要下多久呢?/He is gone, but his work *goes on*. 他死了, 但他的事業仍繼續下去/*go on speaking* 繼續講/I *went on with* my reading. 我繼續讀書/*Go on* and eat it. 別客氣請用.

(2)持續至〔…〕《to》；接下去《做新的事》《to do》. *go on to* details 接下去研究細節/The doctor *went on to* examine my chest. 醫生接下去檢查我的胸部.

(3)〔時間〕過去. as time *goes on* 隨著時間過去.

(4)繼續下去, 進行下去. We can't *go on* like this. 我們不能這樣下去.

(5)發生. What's *going on* here? 這裡發生甚麼事了? 怎麼了?

(6)滔滔不絕地講《about 關於…》;《口》罵《at》.

(7)《口》〔用祈使語氣〕難道是真的! 別胡扯! (亦作 *Go on* with you.)

(8)〔燈〕亮.

gó on²… (1)上…; 出去〔旅行等〕. *go on* the stage 登臺/*go on* a journey 出去旅行.

(2)憑…作出判斷; 根據…行動. There is so little information to *go on* that it will be difficult to find the missing girl. 手上掌握的資訊太少, 這樣很難找到那失蹤的女孩.

(3)開始接受…; 接受〔援助〕; 開始服用〔藥物等〕. *go on* welfare 接受社會福利救助.

gó on³… = **gò ón for…** 接近…《通常用進行式》. My grandpa is *going on* eighty. 我的祖父快八十歲了/It must be *going on* (for) 6 o'clock. 看來快六點了吧!

* **gò óut** (1)出去, 外出, 到〔外地〕去;〔女性〕出來工作; 去〔聚會, 遊樂場所等〕. The old man rarely *goes out* now. 那個老人很少外出. (2)發送〔請束等〕; 公布〔告示等〕. We can't cancel the party now—the invitations have already *gone out*. 我們現在不能取消舞會——請帖已經發出去了. (3)〔火, 燈等〕熄滅, 關掉, 落伍, 過時. Big hats have *gone out*. 大帽子已經過時了. (4)睡著, 不醒人事. (5)〔內閣〕辭職. (6)〔潮水〕退去. (7)〔心〕被吸引住;〔同情心等〕產生《to》. Her heart *went out* to John. 她很同情約翰.

gò óut of… (1)從…出去, 離去. (2)〔熱情, 氣力等〕因…而失去, 消逝. (3)因〔…的狀態〕而失去, 失去…. *go out of* fashion [use] 過時〔不能使用〕.

gò óut with… 與〔異性〕交往, 約會《通常用進行式》.

* **gó óver…** (1)越過…, 渡過…. We have already *gone over* this year's budget. 我們已經超過過本年度的預算. (2)實地查看…; 詳細調查…; 反覆…; 複習…. *go over* the books for mistakes 仔細查看帳簿有沒有甚麼錯誤.

gò óver² (口)《加副詞》評價得很好〔很壞〕; 受〔不受〕歡迎; 進行得好〔不好〕. His performance *went over* very well [badly]. 他的演出評價非常好〔壞〕. (2)轉向; 改行《to》.

gò róund (英)=go around¹.

gó so fàr as to dó 甚至…. He *went so far as to* say that he knew absolutely nothing of it. 他甚至說他對此事一無所知.

* **gó through¹…** (1)穿越, 通過…; 在…中擴展. *go through* a stop sign 闖過停止號誌/The smoke *went through* the whole building. 煙霧擴散至整棟大樓.

(2)經歷〔痛苦等〕. *go through* a series of misfortunes 經歷種種不幸/*go through* hell in the army 撐過軍隊中流血流汗的經歷.

(3)把…〔全面地〕調查; 搜索…. *go through* a report in detail 詳細地研究報告書/The maid *went through* the room, but she didn't find the ring. 女僕仔細地搜遍那房間, 但沒有找到那只戒指.

(4)把…〔全部〕做完; 把〔全部課程〕結束; 把…用完. *go through* the book three times 把書讀了三遍/*go through* college 大學畢業.

gò thróugh² 〔議案〕通過; 結束;〔交易〕完成, 談妥.

gò thróugh with… 把…進行到底, 完成…. I didn't see how I could *go through with* it. (那時)我不認為我有辦法完成它.

gò togéther (1)同行. (2)相稱. Do this tie and my jacket *go well together*? 這條領帶和我的外套相稱嗎? (3)(男女)交往, 相愛《通常用進行式》.

gò tòo fár 走過頭; 過分. He *went too far* in his joking. 他玩笑開得過分了.

gò únder (1)沈沒. (2)〔人, 事業〕失敗, 垮臺, 潦倒. The firm has *gone under*. 那家公司倒閉了. (3)屈服, 輸《to》.

* **gò úp¹** (1)上去; 上升; 增長. Prices always seem to be *going up*. 物價似乎一直在上漲.

(2)〔房屋等〕建造.

(3)爆炸; 燃燒. The ship *went up* in flames. 那艘船燒起來了.

(4)〔無顧忌地朝對方〕走近. The child *went up to* the lady. 這小孩直向那婦人走去.

* **gó úp²…** 登上…(climb). *go up* a mountain 登山/*go up* the stairs 爬[上]樓梯.

* **gó with…** (1)和…一起走〔離去〕; 伴隨…. duties that *go with* citizenship 伴隨公民權而來的義務. (2)贊同…; 與…意見一致. (3)與…相配, 適合…. Red wine *goes with* meat. 紅葡萄酒與肉類相配. (4)《口》=go out with…

* **gó without…** 沒有…也可以; 沒有…也能忍受. Some people can't *go without* coffee. 有些人非得喝咖啡不可.

It gòes without sáying that… → say 的片語.

to gó (口)〔接於名詞後〕剩下的;〔從今以後〕預定結束的;(美)〔餐廳的食物〕外帶的. We only have ten days *to go* before the deadline. 距離期限只剩十天了/Do you have food *to go*? 你們有外帶的食物嗎?(在餐廳)

Where do we gò from hére? 我們何去何從呢?

Whò góes there? 是誰?《站崗哨兵的問話》.

—— n. (pl. ~es 〔~z; ~z〕) **1** 回去, 進行.

2 回《口》順利進行的事〔物〕. It's no *go*. 無法辦妥/make a *go* of it 使之成功.

3 回《口》精力, 精神. full of *go* 精力充沛/The old driver still has plenty of *go* in him. 那位老司機依然精力充沛.

4 回《口》嘗試;《通常用單數》(比賽等的)順序. at one *go* 一氣呵成/Have a *go* at it. 試試看.

意義的]話(貶低官樣文章等的說法).

gob·bler [`gɑblə; ˋɡɒblə(r)] n. ⓒ 雄火雞.

go·be·tween [`ɡobə͵twin; ˋɡəʊbɪ͵twiːn] n. ⓒ (居間)幹旋者, 仲介商, 中間人.

Go·bi [`ɡobɪ; ˋɡəʊbɪ] n. (加the)戈壁大沙漠(涵蓋蒙古東南部和中國北部的沙漠高原).

gob·let [`ɡɑblɪt; ˋɡɒblɪt] n. ⓒ 高腳杯.

gob·lin [`ɡɑblɪn; ˋɡɒblɪn] n. ⓒ (淘氣而醜惡的)小妖精; (特指對人懷有惡意的)小惡魔.

go·by [`ɡo͵baɪ; ˋɡəʊbaɪ] n. Ⓤ(英、口)(加the)走過(下列片語).

gìve...the gó·by 避開…, 裝作沒看見…而走過.

go·cart [`ɡo͵kɑrt; ˋɡəʊkɑːt] n. ⓒ 1 (幼兒的)學步車. 2 嬰兒車. 3 手推車. 4 =go-kart.

*god [ɡɑd; ɡɒd] n. (pl. ~s [~z; ~z]) 1 (God) (一神教, 特指基督教的)神, 上帝, 造物主. Christians believe in *God*. 基督教徒相信上帝(的存在)/*God* is the maker and ruler of the world. 上帝是世界的創造者和統治者/the Almighty (*God*)=*God* Almighty 全能的上帝/the Lord *God* 天主.

> 搭配 *v.*+god: praise God (讚美神), pray to God (向神祈禱), thank God (感謝神), worship God (崇拜神).

2 ⓒ (多神教的)神; (特指希臘、羅馬神話的)男神(★女神為goddess). The ancient Greeks thought the *gods* lived on Mt. Olympus. 古希臘人認為眾神住在奧林帕斯山上.

●──希臘、羅馬神話中主要的神		
希臘	羅馬	…之神
Zeus	Jupiter	主神
Apollo	Apollo	太陽神; 音樂、詩、預言等之神
Hermes	Mercury	商業、雄辯之神
Eros	Cupid	愛神
Ares	Mars	戰神
Helios	Sol	太陽神
Poseidon	Neptune	海神
Dionysus	Bacchus	酒神

3 ⓒ 神像; 偶像(idol); 崇拜的對象; 像神一般受人崇敬者.

4 (口)(the gods)劇場頂樓座位(的觀眾)(gallery).

by Gód! 對天發誓! 必定, 絕對; 可惡的傢伙!

> 参考 避免使用表感歎詞中的God, 而改以Heaven, Golly, Goodness, Gosh等來表示.

for Gód's sàke → sake 的片語.

Gòd bléss...! 神祝福…!

Gòd dámn you [it]! 該死的!

Gòd forbíd (that)... …毫無辦法, …這下糟了.

Gòd knóws → know 的片語.

Gód sàve the Quéen [Kíng] 「天佑吾皇」(英國國歌)《根據國王是女性或男性而分別使用Queen和King》(★ save 為假設語氣現在式).

---

be on the gó (口)忙碌地來回走動; 不停地活動; 忙個不停.

goad [ɡod; ɡəʊd] n. ⓒ 1 (趕家畜用的頂端尖的)刺棒. 2 催促(人)的事[物]; 刺激.
── vt. 用刺棒趕[家畜等]《on》; 慫恿[人]《on》; 慫恿[刺激]使…《into; to do》. She *goaded* him *into* divorcing [*to* divorce]. 她慫恿他離婚.

go·a·head [`ɡoə͵hɛd; ˋɡəʊəhed] adj. 《限定》(口)有進取心的; 有衝勁的.
── n. Ⓤ (通常加the)許可著手做某事; 前進的命令[號令]《(前進)的信號》.

*goal [ɡol; ɡəʊl] n. (pl. ~s [~z; ~z]) ⓒ 1 (努力等的)目標(aim); 目的, 目的地[物]. attain [achieve] one's *goal* 達成目標/What is your *goal* in life? 你的人生目標是甚麼?/His *goal* was to be a great statesman. 他的目標是成為一位偉大的政治家.

> 搭配 *adj.*+goal: an immediate ~ (短期的目標), a long-term ~ (長期的目標) // *v.*+goal: set a *goal* (設立目標), reach one's ~ (達成目標), realize one's ~ (實現目標).

2 (足球等的)球門; (射門的)得分; (賽跑的)終點(線). get [make, kick, score, win] a *goal* (進球)得分/reach the *goal* 到達終點/keep *goal* 作守球員(★注意不加冠詞)/win by two *goals* to one 以2比1獲勝.

goal·ie [`ɡolɪ; ˋɡəʊlɪ] n. 《口》=goalkeeper.

goal·keep·er [`ɡol͵kipɚ; ˋɡəʊl͵kiːpə(r)] n. ⓒ (冰上曲棍球, 英式足球等的)守門員.

góal lìne n. ⓒ (足球等的)球門線.

góal pòst n. ⓒ球門柱《足球等球門兩側的柱子》.

*goat [ɡot; ɡəʊt] n. (pl. ~s [~s; ~s], ~) ⓒ 1 山羊. 参考 公的為he-goat或billy goat; 母的為she-goat或nanny goat; 小羊為kid; 叫聲為bleat或baa. 2 (俚)色鬼. 3 (美、口)=scapegoat.

gèt a person's góat (口)使某人憤怒[焦急].

goat·ee [ɡoˋti; ɡəʊˋtiː] n. ⓒ 山羊鬚.

goat·herd [`ɡot͵hɝd; ˋɡəʊthɜːd] n. ⓒ牧羊人.

goat·skin [`ɡot͵skɪn; ˋɡəʊtskɪn] n. 1 Ⓤ山羊皮(革).
2 ⓒ 山羊皮製上衣; (裝葡萄酒等的)山羊皮囊.

gob¹ [ɡɑb; ɡɒb] n. ⓒ 1 (口)(黏性物質的)塊. 2 (美、口)(通常 gobs)大量. earn *gobs* of money 賺很多錢.

gob² [ɡɑb; ɡɒb] n. ⓒ《美、俚》(海軍)水兵.

gob³ [ɡɑb; ɡɒb] n. ⓒ《英、俚》口(mouth).

gob·ble¹ [`ɡɑbl; ˋɡɒbl] vt. 狼吞虎嚥《up》.
── vi. 狼吞虎嚥《up》.

gob·ble² [`ɡɑbl; ˋɡɒbl] vi. 〔雄火雞〕咯咯叫; 〔人生氣時〕說話聲音如同火雞般.
── n. ⓊⒸ火雞(般)的聲音.

gob·ble·dy·gook, -de·gook [`ɡɑbl͵dɪ͵ɡuk; ˋɡɒbldɪɡuːk] n. Ⓤ(口)難解的[沒有

Gòd wílling 如係天意; 一切順利的話. They will be successful, *God willing.* 一切順利的話, 他們將會成功.

Gòod [Mỳ, Òh] Gód! 天啊!《表示驚訝、恐懼等激烈的感情》. Oh, *my God,* what shall I do? 噢, 天啊! 我該怎麼辦呢?

in Gód's nàme (與疑問詞連用)究竟.

Thànk Gód! 謝天謝地!

god·child [ˈɡɑd͵tʃaɪld; ˈɡɒdtʃaɪld] n. (pl. **-chil-dren** [-͵tʃɪldrən, -drɪn, -dən; -͵tʃɪldrən]) C 教子《男性為godson, 女性為goddaughter; → godparent》.

god·dam, -damn [ˈɡɑdˈdæm; ˈɡɒddæm] adj., adv. =damned.

god·daugh·ter [ˈɡɑd͵dɔtɚ; ˈɡɒd͵dɔ:tə(r)] n. C 教女(→ godchild; ↔ godson).

‡**god·dess** [ˈɡɑdɪs; ˈɡɒdɪs] n. (pl. ~es [~ɪz; ~ɪz]) C 1 (特指希臘、羅馬神話的)女神(★男神為god). the *goddess* of heaven 天之女神(Juno). 2 絕世美女.

●——希臘、羅馬神話中主要的女神		
希臘	羅馬	…之女神
Hera	Juno	婚姻女神
Aphrodite	Venus	美與愛之女神
Athena	Minerva	智慧、藝術等之女神
Artemis	Diana	月與狩獵之女神
Demeter	Ceres	農業女神

god·fa·ther [ˈɡɑd͵faðɚ; ˈɡɒd͵fɑ:ðə(r)] n. C 教父(→ godparent; ↔ godmother).

god-fear·ing, God-fear·ing [ˈɡɑd͵fɪrɪŋ; ˈɡɒd͵fɪərɪŋ] adj. 敬畏上帝的; 虔信基督教的; 虔誠的.

god-for·sak·en [ˈɡɑdfɚˈsekən; ˈɡɒdfə͵seɪkən] adj.《限定》〔場所〕可怕的, 荒涼的, 沈寂的.

god·head, God·head [ˈɡɑdhɛd; ˈɡɒdhed] n. 1 U 神格, 神性. 2 (the Godhead)神.

god·less [ˈɡɑdlɪs; ˈɡɒdlɪs] adj. 1 不信神的, 不虔誠的. 2 邪惡的, 邪惡的, (wicked).

god·like [ˈɡɑd͵laɪk; ˈɡɒdlaɪk] adj. 如神的; 與神相稱的.

god·li·ness [ˈɡɑdlɪnɪs; ˈɡɒdlɪnɪs] n. U 虔誠.

god·ly [ˈɡɑdlɪ; ˈɡɒdlɪ] adj.《文章》虔誠的, 敬神的.

god·moth·er [ˈɡɑd͵mʌðɚ; ˈɡɒd͵mʌðə(r)] n. C 教母(→ godparent; ↔ godfather).

god·par·ent [ˈɡɑd͵pɛrənt, -͵pær-, -͵per-; ˈɡɒd͵peərənt] n. C 教父[教母]《出席基督教的洗禮儀式並擔任教子(godchild)的監護人; 男性為godfather, 女性為godmother》.

god·send [ˈɡɑd͵sɛnd; ˈɡɒdsend] n. C 意外的幸運, 天賜之物.

god·son [ˈɡɑd͵sʌn; ˈɡɒdsʌn] n. C 教子(→ godchild; ↔ goddaughter).

god·speed [ˈɡɑd͵spid, ˈ·ˈspid; ͵ɡɒdˈspi:d] n. U《古》(旅行中等的)幸運.

go·er [ˈɡoɚ; ˈɡəʊə(r)] n. C 1 常去的人;《作為複合字的第二要素》往…去的人. → churchgoer, theatergoer.

2 《口》活躍而努力不懈的人.

Goe·the [ˈɡetɪ; ˈɡɜ:tə] n. **Jo·hann** [ˈjohan; ˈjəʊhɑ:n] **Wolf·gang** [ˈvalfɡæŋ; ˈvɒlfɡæŋ] **von** [fən; fən] ~ 歌德(1749-1832)《德國詩人、作家》.

go-get·ter [ˈɡoˈɡɛtɚ; ˈɡəʊˈɡetə(r)] n. C 精明能幹的人; 有本領的人.

gog·gle [ˈɡaɡl; ˈɡɒɡl] vi. 1 〔眼珠〕轉動.

2 (吃驚地)睜大眼睛(at).

— n. (goggles)《作複數》護目鏡(潛水者、摩托車騎士等所戴的緊貼臉龐的大型眼鏡). ski *goggles* 滑雪用的護目鏡. ★a pair of goggles (一副護目鏡)通常作單數.

gog·gle-eyed [ˈɡaɡl͵aɪd; ˈɡɒɡlaɪd] adj. 眼珠轉動的; 眼珠突出的; (吃驚地)睜大眼睛的.

Gogh [ɡo; ɡəʊ] n. **Vincent** [ˈvɪnsənt; ˈvɪnsənt] **van** [væn; væn] ~ 梵谷(1853-90)《荷蘭畫家》.

go-go [ˈɡo͵ɡo; ˈɡəʊɡəʊ] adj. 阿哥哥舞的. *go-go* dancing 阿哥哥舞.

‡**go·ing** [ˈɡoɪŋ; ˈɡəʊɪŋ] v. go 的現在分詞、動名詞.

— n. (pl. ~s [~z; ~z]) 1 UC (常加my, his 等)去, 離去; 退出; 出發; 死去. his unexpected *going* 他突然的出發[退出, 死去]/comings and *goings* → coming.

2 U 進行速度.

3 U 進行狀況, 進展. Persuading him will be very heavy *going.* 想說服他是非常困難的.

4 U 道路[行走]狀況. We were late because the *going* was so rough. 因路太難走, 所以我們遲到了.

while the gòing is góod 為了不使情況更糟(而離開, 停止等).

— adj. 1《限定》活動中的;〔裝置等〕正常運轉的;〔事業, 生意等〕順利進行的. a *going* business 興隆的生意.

2 (通常置於「最高級+名詞」之後)現存的. Oliver is the best fellow *going.* 奧利弗是時下最好的人.

3《限定》現行的, 現在的. the *going* rate [price] 實際的行情[價格], 時價.

●——與 GOING 相關的用語	
seagoing	遠洋航線用的
thoroughgoing	完全的
ongoing	進行中的
easygoing	隨和的
outgoing	出去的
foregoing	上述的

go·ing-o·ver [ˈɡoɪŋˈovɚ; ͵ɡəʊɪŋˈəʊvə(r)] n. (pl. **goings-**) C《口》1 仔細的檢查; 嚴密的搜索. 2 痛罵.

go·ings-on [ˈɡoɪŋzˈɑn; ͵ɡəʊɪŋzˈɒn] n.《作複

數)《口》(通常指不正當的)行爲，舉動；事件；騷動等。

goi·ter (美)，**goi·tre** (英) [ˋɡɔɪtɚ; ˈɡɔɪtə(r)] n. [UC]《醫學》甲狀腺腫。

go-kart [ˋɡoˏkɑrt; ˈɡəʊˏkɑːt] n. [C]《比賽、遊戲用的敞篷式》小型汽車。

‡**gold** [ɡold; ɡəʊld] n. [U] **1** (a)金《金屬元素；符號 Au》；黃金。Is your ring made of gold? 你的戒指是金(製)的嗎？
(b)《形容詞性》金的，金製的；金色的《回形容頭髮，「金色」的太陽時用 golden》。gold coins 金幣/a gold watch 金錶/a gold medal 金牌/I painted a miniature plane gold. 我把模型飛機漆成金色。
2 (集合)金幣；財產，財富，(wealth). pay in gold 用金幣支付/greed for gold 貪財。
3 (如黃金般的)貴重物，極好[美，出色]的東西；心靈[行爲]之美。a heart of gold 高貴的心靈，擁有高貴心靈的人。
4 金色；金黃色。hair of gold 金髮。

gold·beat·er [ˋɡoldˏbitɚ; ˈɡəʊldˏbiːtə(r)] n. [C]金箔工。

Góld Còast n. (加 the)黃金海岸《位於西非的前英國殖民地；今爲 Ghana 的一部分》。

góld dígger n. [C]淘金者，採金業者。

góld dùst n. [C]金粉。

‡**gold·en** [ˋɡoldn; ˈɡəʊldən] adj. **1** 金色的，金黃色的；金碧輝煌的；(→ gold 回)。golden hair 金髮/a golden sunset 燦爛耀眼的落日。
2 金的，金製的，(gold). worship golden idols 崇拜黃金偶像。
3 (限定)極好的；極高價值的；極爲有利的。a golden opportunity 絕佳的機會。
4 (限定)〔人〕非常幸運的，將來有希望的；受歡迎的。a golden boy in our company 我們公司的明日之星。
5 (限定)〔時代等〕繁榮的，全盛的。the golden age (→見 golden age)。

gólden áge n. (加 the)黃金時代，全盛期；(常 the Golden Age)《希臘、羅馬神話》黃金時代《所謂傳說中人人幸福的上古時代；→the silver age》。

Gólden Fléece n. (加 the)《希臘神話》金羊毛。

Gólden Gáte n. (加 the)金門灣《美國舊金山灣的入口，Golden Gate Bridge(金門大橋)橫跨其上》。

gólden júbilee n. [C]五十週年紀念(→jubilee)。

gólden méan n. (加 the)中庸(之道)。

gólden retríever n. [C]金黃色獵犬《狩獵水禽的中型犬》。

gólden rúle n. (加 the)金科玉律，山上寶訓《爲最重要的教誨；特指基督在山上垂訓所說的 Do to others as you would be done by. (你希望人家怎樣待你，你也要怎樣待人)》；鐵則。

gólden séction n. (加 the)《數學、美術》黃金分割。

Gólden Státe n. (加 the)美國 California 的俗稱。

gólden wédding (annivèrsary) n. [C]金婚紀念《結婚五十年的紀念日[儀式]》。

gold·field [ˋɡoldˏfild; ˈɡəʊldfiːld] n. [C]金礦[採金]地。

gold·finch [ˋɡoldˏfɪntʃ; ˈɡəʊldfɪntʃ] n. [C]金翅雀類《鳴禽；產於歐洲和美洲》。

gold·fish [ˋɡoldˏfɪʃ; ˈɡəʊldfɪʃ] n. (pl. ～, ～es) [C]金魚。

góld léaf n. [U]金箔。

góld médal n. [C]《體育》金牌。

góld médalist [(英) **médallist**] n. [C]《體育》金牌得獎者，優勝者。

góld míne n. [C] **1** 金礦。**2** 收入高的生意[工作]，財源。

góld rùsh n. [C]淘金熱《湧往新發現金礦的熱潮；特指 1849 年美國加州的著名淘金熱》。

gold·smith [ˋɡoldˏsmɪθ; ˈɡəʊldsmɪθ] n. [C]金匠。

góld stándard n. (加 the)金本位制度。

‡**golf** [ɡɑlf, ɡɔlf; ɡɒlf] n. [U]高爾夫球。play golf 打高爾夫球。
— vi. 打高爾夫球。go golfing 去打高爾夫球。

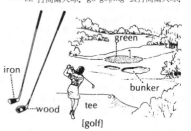

[golf]

gólf báll n. [C] **1** 高爾夫用的球。**2** 電動打字機上的球形字頭。

gólf clùb n. [C] **1** 高爾夫球俱樂部(的建築物)。**2** 高爾夫球桿。

gólf còurse n. [C] 高爾夫球場。

golf·er [ˋɡɑlfɚ, ˋɡɔlfɚ; ˈɡɒlfə(r)] n. [C]打高爾夫球的人；高爾夫球迷。

gólf línks n. [C] (pl. ～)高爾夫球場。

Gol·go·tha [ˋɡɑlɡəθə; ˈɡɒlɡəθə] n. (聖經)各各他《基督被釘死在十字架上的山丘，在 Jerusalem 附近》。

gol·ly [ˋɡɑlɪ; ˈɡɒlɪ] interj. 《口》哎呀！天啊！《表示驚訝等；god 的委婉說法》。

gon·do·la [ˋɡɑndələ; ˈɡɒndələ] n. [C] **1** 平底輕舟《義大利 Venice 用的狹長平底船，小划船》。**2** (氣球等的)吊艙，吊籃；(空中纜索吊掛的)纜車。

[gondola 1]

gon·do·lier [ˌgɑndəˋlɪr; ˌgɒndəˈlɪə(r)] *n.* Ⓒ 威尼斯平底輕舟的船夫.

gone [gɔn; gɒn] *v.* go 的過去分詞.

— *adj.* **1** 離去的; 過去的; 消失的; (→go *vi.* 3, 5). How long will you be *gone*? 你要去多久?/I have many sweet memories of *gone* summers. 對逝去的夏季我有許多美好的回憶. **2** 快死去的; 死了的; (→go *vi.* 5).

3 沒有希望的, 絕望的. a *gone* case 絕望的事例; 沒希望的病人.

fàr góne (1)〔疾病, 精神異常等〕加重的. (2)深深陷入(債務等中)的.

gon·er [ˋgɑnɚ; ˈgɒnə(r)] *n.* Ⓒ《口》無可救藥的[完蛋的]人[事、物].

gong [gɔŋ, gɑŋ; gɒŋ] *n.* Ⓒ 銅鑼; 鑼(→percussion instrument 圖).

gon·na [ˋgɑnə; ˈgɒnə] 依 going to 的發音大致拼寫而成(→be going to do (go 的片語)).

gon·or·rhe·a, gon·or·rhoe·a [ˌgɑnəˋriə; ˌgɒnəˈrɪə] *n.* Ⓤ 淋病.

goo [gu; gu:] *n.* Ⓤ《口》**1** (膠水般的)黏糊狀物. **2** 孩子氣般多愁善感的話語.

*****good** [gud; gʊd] *adj.* (**bet·ter**; **best**) (通常⇔bad)【好的】**1** 好的, 無可挑剔的, 出色的; 質佳的; 好吃的; 極棒的; 《成績評定》好的《次於 excellent》. This is a *good* dictionary. 這是本好字典/a *good* restaurant 好的餐廳/France produces *good* wine. 法國出產好酒/It tastes *good*. 味道很好《也可以只用 Good!》/He speaks *good* English. 他說一口流利的英語/We're *good* friends. 我們是好朋友/come of a *good* family 出身於良好家庭/be in *good* taste 有品味, 興趣高尚.

2 〔人〕善良的, 有品德的, 行爲端正的, (⇔evil); 〔特指孩子〕有禮貌的. *good* deeds 善行/lead a *good* life 過舒適的生活/His uncle was a *good* citizen. 他的叔叔是個好公民/a girl of *good* manners 舉止端莊的女孩/Be *good* while I'm gone. 我走了以後要乖乖的/Now, don't make so much noise. There's [That's] a *good* boy. 好了, 別那麼吵鬧. 那樣才乖.

3 《限定》可敬的(★作爲呼喚時含有尊崇的意味, 但有時亦帶有諷刺感). My *good* man [sir]. 拜託! 先生《含有驚訝、不信、抗議等諷刺意味》/My *good* friend. 我的好朋友; 唉, 你呀.

4 (加 the)《名詞性; 作複數》善良的人們, 好人. Some say only the *good* will go to heaven. 有人說只有好人才能上天堂.

5【品質好的】新鮮的(fresh), 未腐敗變質的; 無瑕的. This meat is not *good* any more. 這肉已經不新鮮了.

6【狀態好的】結實的, 健康的; 安全的; 確實的; 正當的〔理由等〕. His hearing is still *good*. 他的聽覺仍很靈敏/*good* teeth 牙齒很好/in *good* spirits 精神好的.

【待人好的】**7** 親切的(kind); 有同情心的; 交情好的. It is very *good* of you to come and see me. 你來看我真是太好了/She was *good* to me when I was in trouble. 當我有困難時她待我很好/How *good* of you! 你眞好!/Be *good* enough [Be so *good* as] to post this letter. 請你把這封信投入郵筒.

【對己有益的>滿足的】**8** 快活的(pleasant), 高興的, 愉快的, 心情好的. We had a very *good* evening. 我們度過了一個愉快的晚上/a *good* joke 一個有趣的笑話/*good* news 好消息/This flower smells *good*. 這朵花聞起來很香.

【使人滿意的】**9** 合適的(suitable), 得當的; 方便的; 相當的; 有效的; 有益的, 有幫助的; 《*for*》. a piece of *good* advice 一個恰當的忠告/You shouldn't be absent from work without *good* cause. 你不該無端地不來工作/This water is *good* to drink. 這水可以喝/Smoking is not *good for* the health. 抽菸對健康不好/Every man is *good for* something. 人各有所長/This ticket is *good for* six days. 這張票的有效期間是六天/be *good for* nothing (→nothing 的片語)/Is this medicine any *good for* constipation? 這種藥對便祕有效嗎?

10 拿手的, 有本事的, 《*at*》. Michael is *good at* swimming. = Michael is a *good* swimmer. 邁可擅長游泳/be *good at* languages 擅長語言/a *good* workman 有本領的工匠/She is no *good* as an actress. 她不是一位好的女演員.

【充分的】**11** 《限定》〔分量, 尺寸等〕充分的, 足夠的; 相當多的; 有相當數目[量]的. have a *good* drink 暢飲/He had a *good* look at her picture. 他仔細地端詳她的照片/They took [had] a *good* rest. 他們有足夠的休息/take *good* care of 好好照顧…/give a person a *good* whipping [scolding] 痛打[罵]某人/a *good* day's work 耗時一整天的工作/Chicago is a *good* five miles from here. 芝加哥離這裡足足有五英里.

語法 good 有時在意義上爲副詞性, 修飾其後的形容詞: a *good* long stay (相當長時間的逗留) (比較: a *pretty* long stay).

12 《感歎詞性》好的, 行; 就這樣; 《回答對方》. "I'll meet you at three o'clock tomorrow." "*Good* [Very *good*]!" 「我明天三點和你見面」「就這樣!」

● —— 作不規則變化的形容詞、副詞

原級		比較級	最高級
bad ill	壞的	worse	worst
far	遠的	farther further	farthest furthest
good well	好的	better	best
late	遲的	later latter	latest last
little	少的 小的	less 《口》littler	least 《口》littlest
many much	多的	more	most

G

old 老的	older / elder	oldest / eldest

★有關兩種變化形的用法請參看各詞條。

G

* *as good as...* 和一一樣；差不多(almost)．It is *as good as* completed. 幾乎完成了．

Be good! 《母親對小孩的叮嚀語》要乖乖地喲! 別淘氣! (→ *adj.* 2)

* *Good afternoon!* 《午後的問候語》(1) [ˋ--ˊ] 午安! (2)《罕用》[ˋ--ˇ-用上升語調] 再見!

good and [ˋgʊdṇ; ˈgʊdn] 《口》非常(very)．He was *good and* tired by the time he finished. 工作結束時，他已經筋疲力盡了．

Good day! [ˋ-ˊ] 日安; [ˋ-ˋ用上升語調] 再見! 《白天的正式問候語》．

* *Good evening!* 《晚上的問候語》(1) [ˋ--ˊ] 晚安! (2)《罕用》[ˋ--ˋ-用上升語調] 再見!

good for... (1)= *adj.* 9. (2)《口》恭喜…，…真行．Bill won first prize! *Good for him!* 比爾得了首獎? 他真了不起!/"I've passed the exam." "*Good for you.*" 「我通過考試了」「真不錯!」

Good God! → god 的片語．

Good grief! 《口》《總算告個段落鬆口氣》唉呀!

* *Good morning!* 《早上的問候語》(1) [ˋ--ˊ] 早安! 日安! (2)[ˋ--ˋ-用上升語調] 再見!

* *Good night!* 再見! 《夜間告別時說》; 晚安! 《夜間告別時說》．

hold good → hold 的片語．

in good time (比約定時間)提早地，足足有餘地; 準時地．

* *make/.../good* (1)履行[諾言]; 達到，完成，[目的]．Bob *made good* what he had said he'd do. 鮑伯說到的都做到了．(2)償付，賠償…; 支付…．*make good* all the losses 賠償全部損失．(3)證明〔責任，主張等的正確性〕．

make good (2)成功．He'll *make good* as a photographer. 他當攝影師會成功的．

too good to be true 太好而不可能是真的(→ too 1 (b))．

— *n.* [U] 1 利益，目的，(benefit; ♦ harm); 希望的事物．Take a walk regularly; it will do you *good*. 規律性的散步對你會有很大的幫助/I'm saying this for your (own) *good*. 我說這話是為了你(自己)好/to [for] the *good* of the community 為了社區的利益/What *good* was his advice? 他的勸告又有甚麼用? 《反話》．

2 善，美德; 善良; (♦ evil)．do *good* 行善/know *good* from evil 分辨善惡．

come to good 有好結果，進行順利．

come to no good 沒有好結果，失敗．His schemes will *come to no good*. 他的計畫不會有好結果．

for good (*and all*) 永久地(permanently)．Has Bob left the company *for good* this time? 鮑伯這一次永遠離開公司了嗎?

no good 沒有用．It's *no good* crying about the loss. 這次的損失哭也沒用．

to the good 有利，淨賺．I bought the house for $70,000 and sold it for $80,000, so I'm $10,000 *to the good*. 這棟房子我以七萬美元買進，八萬美元賣出，所以淨賺了一萬美元．

up to no good 做不好的事，搞鬼，圖謀不軌．

— *adv.* 《美、口》很好地，非常，(well)．I don't see too *good*. 我的眼睛無法看得很清楚．

Good Book *n.* (加 the)聖經(the Bible)．

good-by(e), good·by(e)

[gʊdˋbaɪ; ˌgʊdˈbaɪ] *interj.* 再見．

— *n.* (*pl.* ~s [~z; ~z]) [UC] 告別，辭別; 辭行(→ farewell ★)．say *good-by* (to...) (向…)告別，道別，告辭; 對…死心/wave *good-by* to... 向…揮手告別/They said their *good-bys* to each other. 他們相互道別．

字源 God by with ye! (上帝與你同在)的縮略．

good-for-noth·ing [ˋgʊdfɚˌnʌθɪŋ; ˈgʊdfəˌnʌθɪŋ] *adj.* 沒有用的，無價值的．

— *n.* [C] 無用的人，懶人．

* **Good Friday** *n.* 受難日《復活節(Easter)前的星期五; 基督受難紀念日》．

good-heart·ed [ˋgʊdˋhartɪd; ˌgʊdˈhɑːtɪd] *adj.* 好心的，親切的，有同情心的，(kindly); 善意的．

good hu·mor *n.* [C] (通常用單數)愉快的心情．in a *good humor* 和藹可親地．

good-hu·mored (美)，
good-hu·moured (英) [ˋgʊdˋjumɚd; -ˋhjumɚd; ˌgʊdˈhjuːməd] *adj.* 心情愉快的，高興的; 和藹可親的．

good·ish [ˋgʊdɪʃ; ˈgʊdɪʃ] *adj.* 《限定》1 相當好的．2 〔大小，長度等〕相當的，很可觀的．

good-look·ing [ˋgʊdˋlʊkɪŋ; ˌgʊdˈlʊkɪŋ] *adj.* 〔面貌，姿態等〕好看的，漂亮的．

good looks *n.* 《作複數》美貌．

good·ly [ˋgʊdlɪ; ˈgʊdlɪ] *adj.* 《雅》《限定》1 〔量，程度等〕相當的．2 漂亮的，美麗的．

* **good-na·tured** [ˋgʊdˋnetʃɚd; ˌgʊdˈneɪtʃəd] *adj.* 脾氣好的，親切的，性情溫和的，厚道的，(♦ ill-natured)．a *good-natured* young man 敦厚的青年．

good-na·tured·ly [ˋgʊdˋnetʃɚdlɪ; ˌgʊdˈneɪtʃədlɪ] *adv.* 脾氣好地，性情溫和地，和藹地．

good·ness [ˋgʊdnɪs; ˈgʊdnɪs] *n.* [U] 1 好，優良; 長處．The *goodness* of a dictionary is known only after long use. 一本字典的優點只有在用了很長一段時間之後才知道．

2 善良; 美德; 親切; 同情．His *goodness* will be remembered by all who knew him. 所有認識他的人都會記得他的善良．

3 精華，(食物等的)營養成分．Cooking food too much destroys a lot of its *goodness*. 食物煮得太久會破壞許多營養成分．

4 《感歎詞性》天啊! 唉呀! 《代替 God 的委婉表達，表示吃驚，憤怒等》．

for goodness' sake → sake 的片語．

Goodness gracious! 天啊!

Gòodness knóws =God knows (know的片語).

Gòodness mé! 天啊! 怎麼回事!

hàve the góodness to dó 好意地做…. The young man *had the goodness to* show me the way. 那年輕人好心地為我指路.

My góodness! = Goodness me!

Thànk góodness! 謝天謝地! (Thank God!)

good·night [ˏgud`naɪt; ˏɡud'naɪt] *n.* ⓒ 再見《夜間告別時的問候語》.

‡**goods** [gudz; ɡudz] *n.* 《作複數》 [語法]不用 many 或數詞修飾 **1** 商品(merchandise), 物品(wares). canned *goods* 罐頭食品/leather *goods* 皮革製品.

2 《英》火車載運的貨物(《主美》freight). a *goods* station 貨運車站.

3 家產, 動產《現金, 證券等金融資產除外》; 所有物. household *goods* 家庭用品/a person's *goods* and chattels 《法律》某人的全部財產.

4 《美》《常作單數》織物, 衣料, (cloth).

deliver [come ùp with] the góods 《俚》不負所望, 履行承諾.

gòod Samáritan *n.* ⓒ 《聖經》好心的撒瑪利亞人; 同情受難者的人.

gòod sénse *n.* ⓤ 良知, 智慧, 正確的判斷力.

góods tràin *n.* ⓒ 《英》貨運火車《美》freight train).

góods wàggon *n.* ⓒ 《英》《鐵路》貨車(《美》freight car》.

gòod wíll *n.* =goodwill 1.

good·will [`gud`wɪl; ˏɡud'wɪl] *n.* ⓤ **1** 好意, 善意; 關懷; 友善. Clare showed great *goodwill* toward us. 克雷兒對我們表現得非常友善/On earth peace, *goodwill* toward men. 把和平給予大地, 把友善給予眾人《源自聖經》/a *goodwill* visit to Canada 到加拿大的親善訪問.

2 《商業上的》信用; (店的)商譽.

gòod wórd *n.* **1** ⓒ 《通常用單數》善意的言詞. put in a *good word* for a person 為某人說好話, 推薦某人. **2** 《加 the》《主美》喜訊.

gòod wórk *n.* ⓒ 《常用 good works》善行.

good·y¹ [`gudɪ; 'ɡudɪ] *n.* (*pl.* **good·ies**) ⓒ 《口》(通常 goodies) **1** 好吃的甜食, 甜點, (糖果, 糕餅等). **2** 特別好的東西, 精品, 想得到的東西.

— *interj.* 好開心啊! 太好吃了! 棒極了! 《特別是小孩子常用》.

good·y², **good·y-good·y** [`gudɪ; 'ɡudɪ], [`gudɪˏgudɪ; ˏɡudɪ'ɡudɪ] *n.* (*pl.* **(-)good·ies**) ⓒ 偽善者, 假正經的人. — *adj.* 假正經的.

goo·ey [`gu; 'ɡuːɪ] *adj.* 《口》**1** 甜而黏的.

2 過細的; 傷感的.

goof [guf; ɡuːf] *n.* (*pl.* ~**s**) ⓒ 《俚》**1** 傻瓜, 蠢人, 笨手笨腳老做錯事的人. **2** 《主美》錯誤, 差錯. — *vi.* 《美, 俚》犯錯.

goof·y [`gufɪ; 'ɡuːfɪ] *adj.* 《俚》愚蠢的, 傻的.

goon [gun; ɡuːn] *n.* ⓒ 《口》**1** 傻瓜, 蠢人.

2 《主美》(受僱的)暴力集團分子, 威嚇人的人.

‡**goose** [gus; ɡuːs] *n.* (*pl.* **geese**) **1** ⓒ 《鳥》鵝 (→poultry 圖), 母鵝《參看》公鵝是gan-

---

der; 小鵝是 gosling; wild goose 則為野生的雁). All his *geese* are swans. 《諺》敝帚自珍, 言過其實《<以為自己的鵝都是天鵝》. **2** ⓤ 鵝肉. **3** ⓒ 傻瓜, 笨蛋, 《主指女性》.

còok a pèrson's góose 《口》破壞某人的計畫[機會].

kill the góose that làys the gòlden égg(s) 《諺》殺雞取卵, 因小失大.

goose·ber·ry [`gus͵berɪ, `guz-, -͵berɪ; 'ɡuzbərɪ] *n.* (*pl.* **-ries**) ⓒ 《植物》醋栗, 醋栗果, (果實可做果醬).

goose·flesh [`gus͵flɛʃ; 'ɡuːsfleʃ] ⓤ 雞皮疙瘩《因寒冷, 恐懼等而起的》.

góose pìmples *n.* =gooseflesh.

[gooseberry]

góose stèp *n.* ⓒ 《用單數》《行進時的》正步《膝蓋不彎, 把腳高高抬起大步跨出的步子》.

GOP, G.O.P. 《略》Grand Old Party.

go·pher [`gofɚ; 'ɡəʊfə(r)] *n.* ⓒ 《動物》囊地鼠 《囊地鼠科, 產於北美, 中美》.

Gor·ba·chev [`gɔrbə͵tʃɔf; ˏɡɔːrbɑːtʃɔf] *n.* Mikhail [`maɪkail; 'miːkaɪl] Sergeevich [ser`ɡeɪvɪtʃ; seərˈɡeɪvɪtʃ] ~ 戈巴契夫(1931-)《俄國政治家; 前蘇聯最後一任共產黨總書記、總統》.

[gopher]

Gor·di·an knot [`ɡɔrdɪən ˏnɑt; ˏɡɔːdjən'nɒt] 《加the》《希臘傳說》哥帝爾斯之結(Gordius [`gɔrdɪəs; 'ɡɔːdjəs] 為古代小亞細亞地方的國王; 他打了一個複雜的結, 據說唯有亞洲的統治者才能解開此結, 然而 Alexander 大帝卻是直接以利劍斬斷此結); 極難之事.

cùt the Gòrdian knót 快刀斬亂麻.

gore¹ [gor, gɔr; ɡɔː(r)] *n.* ⓤ 《雅》凝血, 血塊.

gore² [gor, gɔr; ɡɔː(r)] *n.* ⓒ 三角布《特指為加大洋傘、某種裙子、帆等所用的布》; (衣物的)襠幅.

gore³ [gor, gɔr; ɡɔː(r)] *vt.* 《動物》用角[牙]頂[刺].

gorge [ɡɔrdʒ; ɡɔːdʒ] *n.* ⓒ **1** 峽谷, 山谷.

2 《雅》咽喉(throat).

màke a pèrson's gòrge ríse 令某人作嘔, 令某人感到厭惡.

— *vt.* (用 gorge oneself) 吃飽, 塞飽, 《on》. The ravenous boy *gorged himself on* meat and potatoes. 那個飢腸轆轆的男孩吃肉和馬鈴薯填飽肚子. — *vi.* 吃飽.

gor·geous [`ɡɔrdʒəs; 'ɡɔːdʒəs] *adj.* **1** 壯盛的 (splendid), 華美的. a *gorgeous* reception room 豪華的接待室.

2 《口》出色的; 快樂的, 愉快的. She has a *gor-*

geous pair of legs. 她有一雙美腿/a *gorgeous* trip 愉快的旅行.

gor·geous·ly [ˋgɔrdʒəslɪ; ˈgɔːdʒəslɪ] *adv.* 豪華地; 出色地.

gor·geous·ness [ˋgɔrdʒəsnɪs; ˈgɔːdʒəsnɪs] *n.* ⓤ豪華, 華美; 出色.

Gor·gon [ˋgɔrgən; ˈgɔːgən] *n.* **1** 《希臘神話》蛇髮女妖《據說其髮爲蛇, 凡看見的人皆會化爲石, 是女妖三姊妹之一; → Medusa》.

2 ⓒ (gorgon) 醜惡[可怕]的女人.

go·ril·la [gəˋrɪlə; gəˈrɪlə] *n.* 《★注意重音位置》ⓒ大猩猩(產於非洲; 大猩猩屬).

gor·mand·ize [ˋgɔrmənˌdaɪz; ˈgɔːməndaɪz] *vi.* 《文章》(愉快地)拼命吃, 狼吞虎嚥.

gorse [gɔrs; gɔːs] *n.* =furze.

gor·y [ˋgorɪ, ˋgɔrɪ; ˈgɔːrɪ] *adj.* **1** 《雅》血跡斑斑的; 〔打鬥, 慘案等〕流血的.

2 〔小說, 電影等〕血腥的, 暴力的.

gosh [gɑʃ; gɒʃ] *interj.* 天啊! 唉呀! 啊! 嘖! 《表示驚奇、高興等; God 的委婉說法》.

by Gósh! = by God! 《god 的片語》.

gos·ling [ˋgɑzlɪŋ; ˈgɒzlɪŋ] *n.* ⓒ小鵝(→ goose 參考).

go-slow [ˌgoˋslo; ˌgəʊˈsləʊ] *n.* ⓒ《英》(勞工的)怠工策略(《美》slowdown).

gos·pel [ˋgɑspl; ˈgɒspl] *n.* **1** ⓤ福音(基督與其使徒的教誨); (宣稱世人因耶穌基督而得救贖的)基督教教義.

2 ⓒ (Gospel) 福音書(新約聖經中有 Matthew, Mark, Luke, John 四部福音書).

3 =gospel truth.

4 ⓒ《諺》主義, 信條.

góspel trúth *n.* 《加 the》《口》絕對的眞理.

gos·sa·mer [ˋgɑsəmɚ; ˈgɒsəmə(r)] *n.* **1** ⓤⓒ(飄浮在空中或掛在草木上纖細的)小蜘蛛絲[網]. (as) light as *gossamer* (如)蛛絲般地輕盈.

2 ⓤ極輕且薄之物, 薄紗.

***gos·sip** [ˋgɑsəp; ˈgɒsɪp] *n.* (*pl.* ~s [~s; ~s]) **1** ⓤⓒ流言, 閒話; 閒談; 閒話家常. idle *gossip* 閒聊; 廢話/There's a lot of *gossip* going around about those two. 有很多關於那兩人的流言蜚語正在流傳當中/They are having a good *gossip*. 他們聊得正高興/the *gossip* column (報紙等的)花邊新聞, 隨筆專欄. 2 在中古英語中表示(參加小孩子洗禮的)教父母(godparent); 由教父母與父母親等親密朋友之間的閒談引申而來.

2 ⓒ愛說閒話的人(特指女性); 多嘴的人, 長舌婦. a dreadful *gossip* 酷愛說長道短的人.

── *vi.* (~s [~s; ~s]; ~ed [~t; ~t]; ~ing) 散布(撰寫)流言; 閒聊; 《about 關於…》.

gos·sip·y [ˋgɑsəpɪ; ˈgɒsɪpɪ] *adj.* **1** 愛說閒話的; 愛聊天的. **2** 〔雜誌等〕充斥花邊新聞的.

got [gɑt; gɒt] *v.* get 的過去式、過去分詞.

語法表示「擁有」之意的 have got (=have), 《美》一樣用 have got, 而不說成 have gotten; 而在《口》

中則常省略 have, 只說 got, 而變成 got=have 的情況: I *got* fifty dollars. (我有 50 美元).

Goth [gɑθ, gɔθ; gɒθ] *n.* ⓒ **1** 哥德人《日耳曼民族的一個部族, 於 3-5 世紀間侵略羅馬帝國》.

2 野人, 蠻人.

Goth·ic [ˋgɑθɪk; ˈgɒθɪk] *adj.* **1** 《建築》哥德式的(→ baroque, rococo). **2** 哥德族的; 哥德語的. **3** 《印刷》哥德體的. **4** 《文學》哥德派的(喜用怪誕題材). a *Gothic* novel 怪誕小說.

── *n.* **1** ⓤ《印刷》哥德體(black letter; → italic, roman). **2** 哥德語(哥德族(Goths)的語言).

Góthic árchitecture *n.* ⓤ哥德式建築《12-16 世紀盛行於西歐的建築形式, 以尖形拱門, 聳立的尖塔等爲特色》.

[Gothic architecture]

got·ta [ˋgɑtə; ˈgɒtə] *v.* 《主美、口》=have [has] got to; have [has] got a; 《★非正式用法》. I *gotta* go. 我得走了/*Gotta* pencil? 你有鉛筆嗎?

got·ten [ˋgɑtn; ˈgɒtn] *v.* 《美》get 的過去分詞. 《★《英》除了 ill-gotten 等複合字之外, 一般少用 got-ten, 而《美》則 gotten 比 got 常用(→ got 語法).

gouge [gaudʒ; gaʊdʒ] *n.* ⓒ圓鑿.

── *vt.* 以圓鑿去鑿, 雕刻〔木材〕; (打架等時)挖出〔對方的眼珠〕《out》.

gou·lash [ˋgulæʃ, -lɑʃ; ˈguːlæʃ] *n.* ⓤⓒ匈牙利牛肉湯(以紅辣椒粉調味, 燉煮牛肉與蔬菜的匈牙利式菜肴[湯]).

gourd [gord, gɔrd, gurd; gʊəd] *n.* ⓒ《植物》葫蘆(的果實).

gour·mand [ˋgurmənd; ˈgʊəmənd] 《法語》*n.* ⓒ老饕, 好吃者.

gour·met [ˋgurme; ˈgʊəmeɪ] 《法語》*n.* ⓒ美食家, 講究吃的人.

gout [gaut; gaʊt] *n.* ⓒ痛風.

gout·y [ˋgautɪ; ˈgaʊtɪ] *adj.* 罹患痛風的; 痛風的.

Gov., gov. 《略》government; governor.

***gov·ern** [ˋgʌvɚn; ˈgʌvn] *v.* (~s [~z; ~z]; ~ed [~d; ~d]; ~ing) *vt.* **1** 統治, 治理, (rule). The King *governed* his country very wisely. 國王英明地統治他的國家.

2 管理, 經營; 管制. The principal *governs* a school. 校長管理學校/In the United States the law *governing* the sale of alcohol varies from state to state. 在美國, 管制酒類販賣的法律因州而異.

3 左右, 支配, 影響; 〔人, 行爲等〕; 決定; 《常用被動語態》. Man's life is often *governed* by chance. 人的一生常受機運支配.

4 抑制, 控制, 〔感情等〕(control). *Govern* your impulses. 控制你的衝動/It is not easy to *govern* yourself. 控制自己並不容易.

5《文法》〔動詞, 介系詞〕支配〔受詞〕.

— *vi.* 統治; 管理. The English sovereign reigns but does not *govern*. 英國國王在位而不執政(指其實際上不過問政治). 〔字源〕源於「掌舵」.

⋄ *n.* government.

gov·ern·ess [ˋɡʌvənɪs; ˋɡʌvnɪs] *n.* (*pl.* ~·es) ⓒ (特指從前寄宿在雇主家中的)女家庭教師.

gov·ern·ing [ˋɡʌvənɪŋ; ˋɡʌvnɪŋ] *adj.* (限定) 支配[管理, 營運]的. the *governing* classes 管理階級/the *governing* body of a college 大學董事會.

‡gov·ern·ment [ˋɡʌvənmənt, ˋɡʌvənmənt; ˋɡʌvnmənt] *n.* (*pl.* ~s [~s; ~s]) **1** ⓤ 政治, 統治, 行政. a form of *government* 政治型態[民主政體, 專制政體等]/*government* of the people, by the people, for the people 民有, 民治, 民享的政治(→ Gettysburg Address).

圖配 *adj.* + government: clean ~ (清廉的政治), corrupt ~ (腐敗的政治), effective ~ (有效率的行政), good ~ (良好的行政), strong ~ (強而有力的行政).

2 ⓤ 政體. democratic *government* 民主政體.

3 ⓒ (常 the Government) 政府; 《英》內閣(cabinet); (★《英》常以單數形作複數). The *Government* is [are] intending to carry out a tax reform. 政府打算進行稅制改革/the United States *Government* 美國政府/form a *government* 《英》組織內閣.

4 ⓤ 支配; 管理, 經營, 經辦.

5 ⓤ《文法》支配(句子中某一字詞的形式受到另一字詞的控制).

gov·ern·men·tal [ˌɡʌvɚˋmɛnt‚ ˌɡʌvɚˋmɛnt‚; ˌɡʌvnˋmentl] *adj.* 《限定》政府的; 政治的; 國立的, 國營的.

góvernment bónd *n.* ⓒ 國債.

góvernment íssue *n.* ⓒ 《美》政府發配的補給品(略作 GI).

góvernment párty *n.* ⓒ 執政黨.

‡gov·er·nor [ˋɡʌvənə, ˋɡʌvnə, ˋɡʌvənə; ˋɡʌvnə(r)] *n.* (*pl.* ~s [~z; ~z]) ⓒ **1** (美國的)州長; (地方政府)首長; (殖民地等的)總督. He is the *governor* of the State of Georgia. 他是喬治亞州州長.

2 (醫院, 美術館等公共設施的)院[館]長; (銀行等的)總裁, 主管, 董事長; 理事; (監獄, 看守所等的)典獄長, 所長.

3 (機械)(速度, 壓力, 溫度等的)調節器.

---

4 《主英、俚》老爸, 老闆, 老爺, 《指父親或雇主等; 亦用於呼喚》.

gòvernor géneral *n.* (*pl.* **governors** —, — **generals**) ⓒ (通常 Governor General)總督《特指在大英國協中獨立國家或殖民地等地方代表英國國王者》.

gov·er·nor·ship [ˋɡʌvənəˏʃɪp, ˋɡʌvnəˏ, ˋɡʌvənəˏʃɪp; ˋɡʌvənəʃɪp] *n.* ⓤⓒ 州長[總督, 理事等]的職務[地位, 任期].

Govt., govt. (略) government (政府).

*gown [ɡaʊn; ɡaʊn] *n.* (*pl.* ~s [~z; ~z])

〖寬鬆的外衣〗**1** ⓒ (英、古)(婦女穿的)袍(特指作爲正式禮服的寬鬆長洋裝; → dress, costume). Dorothy wore a beautiful evening *gown*. 桃樂絲穿了一件漂亮的晚禮服/a wedding *gown* (女性穿的)結婚禮服, 新娘禮服.

2 ⓒ 晨袍, 睡袍, (nightgown); (化妝時穿的)罩袍, 家居寬袍, (dressing gown); (實驗人員, 護理人員等的)白袍; (外科醫生的)手術服(通常爲綠色).

〖當制服的長袍〗**3** ⓒ 長袍(象徵職業、地位的穿著, 通常爲黑色; 法官、律師的法袍, 教授、畢業生參加典禮的學士服, 神職人員的僧袍等).

4 ⓤ (集合)大學人士(教授與學生), town and *gown* 市民與大學人士(特指 Oxford, Cambridge 兩所大學城而言).

[gowns 1, 3]

GP (略) general practitioner; Grand Prix.

GPO (略)《英》General Post Office.

Gr. (略) Greece; Greek.

gr. (略) gram(s); gross; grain.

*grab [ɡræb; ɡræb] *v.* (~s [~z; ~z]; ~·bed [~d; ~d]; ~·bing) *vt.* **1** 抓取, 攫取; 強奪. Max *grabbed* me abruptly by the arm. 麥克斯突然抓住我的手臂/*grab* a purse 奪取錢包. 圖 grab 表示粗暴地抓取; → catch.

2 奪取; (不正當地, 迅速地)占領, 霸占. *grab* land 霸占土地/We'll arrive late, so *grab* some seats for us at the cinema. 我們會晚點到, 所以先幫我們在電影院裡占幾個位置.

3 (口)很快吃掉(食物等). *grab* a sandwich during the ten-minute recess 趁著 10 分鐘休息時間很快吃個三明治.

— *vi.* 抓(住)，想要抓住…，《*at, for, onto*》. He grabbed at me, but missed. 他想要抓住我，但是沒有抓到.

— *n.* ⓒ抓；攫取.

màke a gráb at [*for*]… 想抓住….

ùp for grábs《口》可取得的，能隨便拿的；容易到手的.

gráb bàg *n.* ⓒ《美》摸彩袋.

Grace [gres; greɪs] *n.* 女子名.

‡grace [gres; greɪs] *n.* (*pl.* **grac·es** [~ɪz; ~ɪz])

〖優美〗 **1** ⓤ優美，優雅，溫柔，高雅. dance with *grace* 優雅地跳舞.

2 ⓤⓒ (通常 graces)(吸引人的)優點，長處，魅力；風度. social *graces* 社交上的風度.

3《希臘神話》(the Graces)掌管愛、魅力和喜悅的三位年輕的姊妹女神.

〖待人親切〗 **4** ⓤ好意，善意；恩惠；眷顧，關照. by special *grace* 出於特別的好意/an act of *grace* 特別待遇；恩典，赦免.

5〖親切＞特別關照〗ⓤ寬限，支付[清帳]的寬限(期間). I'll give you two weeks' *grace* to get it done. 我寬限你兩個星期把它做完.

〖神的恩典，恩寵〗 **6** ⓤ《基督教》上帝的恩典和愛，恩寵；慈悲. by the *grace* of God 承蒙主恩《特指公文中以英國國王的名義加上的詞句》.

7〖對恩寵的感謝〗ⓤⓒ (飯前、飯後簡短的)感恩禱告. say *(a) grace* before a meal 飯前禱告.

〖參考〗飯前 grace 的典型例子: For what we are about to receive may the Lord make us truly thankful. Amen. (為了我們將領受的，願主使我們真心感謝，阿們).

8〖該施恩惠者的地位〗ⓤ (Grace)閣下，夫人閣下，(★公爵(duke)，公爵夫人(duchess)，對主教〔司教〕(archbishop)的敬稱；呼喚時用 Your *Grace*, His [Her] *Grace*, Their *Graces*). Her *Grace*, the Duchess of York 約克公爵夫人閣下.

✧ *adj.* **graceful, gracious**.

by (the) gráce of… 託…之福.

fàll from gráce (1)《fall 是動詞》墮落；(人)失寵，惹人不愉快，人緣變得不佳. (2)《fall 是名詞》墮落；失寵，惹人不愉快，人緣變差.

hàve the gráce to dó 親切地做…；欣然地做…；識趣地做…. He didn't even *have the grace* to apologize. 他甚至沒有道歉的雅量.

in a pèrson's góod [*bàd*] *gráces* 受某人歡迎[討厭].

with (a) bàd gráce 勉強地，不樂意地.

with (a) gòod gráce 欣然，爽快地，大大方方地. Henry paid me back what he owed me *with good grace*. 亨利欣然把他欠我的錢還給我.

yèar of gráce 西元. in this *year of grace* 1998 在西元 1998 年這一年.

— *vt.* 《文章》(飾)使優美；使…增光；使…有榮譽. The Pope came from Rome to *grace* the event. 教皇從羅馬來訪使得此一活動倍增光彩.

‡grace·ful [ˈgresfəl; ˈgreɪsfʊl] *adj.* **1** 優美的，優雅的，高貴的，高雅的. a *graceful* dancer 優雅的舞者/What a *graceful* flower arrangement! 這盆花插得多麼優美呀! 回graceful 指從內在自然流露的優雅; → elegant, gracious.

2〔態度，禮節等〕令人舒服的；合宜的. He made a very *graceful* apology. 他很有雅量地致歉.

✧ *n.* **grace**. ↔ **graceless**.

grace·ful·ly [ˈgresfəlɪ; ˈgreɪsfʊlɪ] *adv.* 優美地，優雅地，高雅地.

grace·less [ˈgreslɪs; ˈgreɪslɪs] *adj.* **1**〔舉止〕不優美[不優雅]的；〔人，態度等〕難看的，粗俗的.

2 粗魯的，不懂禮貌的.

grace·less·ly [ˈgreslɪslɪ; ˈgreɪslɪslɪ] *adv.* 粗魯地，沒有禮貌地，粗俗地.

‡gra·cious [ˈgreʃəs; ˈgreɪʃəs] *adj.* **1** 親切的(kind)，善意的，和藹可親的；和善有禮的(polite). His wife is a very *gracious* hostess. 他的妻子是一位非常和藹可親的女主人/The Duchess was *gracious* enough to attend our garden party. 公爵夫人十分親切地蒞臨我們的園遊會. 回graceful 指人、動物在外表及舉止上的優美; 而 gracious 本來是指人的性情溫和有禮貌，若用來描述人的態度時則意指居上位者對在下位的人表示親切.

2 優雅的；品味高尚的；舒適的. *gracious* living 優雅舒適的生活.

3〔神〕仁慈的，慈悲的.

4〔限定〕《文章》(用於對國君的尊稱)〔國王，女王等〕仁慈的.

✧ *n.* **grace**. ↔ **gracious**.

Gòod(ness) grácious! = Gràcious góodness [Héaven]! = Gràcious mé! = My grácious! = Gracious! 天啊! 唉呀! 不得了啊!《表示吃驚、憤怒等》.

gra·cious·ly [ˈgreʃəslɪ; ˈgreɪʃəslɪ] *adv.* 殷勤地；和藹地；優雅地；慈悲地.

gra·cious·ness [ˈgreʃəsnɪs; ˈgreɪʃəsnɪs] *n.* ⓤ 親切，和藹；慈悲.

grack·le [ˈgrækl; ˈgrækl] *n.* ⓒ《鳥》美洲黑羽擬椋鳥(產於北美).

grad [græd; græd] *n.* ⓒ《口》(大學的)畢業生.

gra·da·tion [greˈdeʃən; grəˈdeɪʃn] *n.* **1** ⓤ 階段性的變化[增加，上升]. *gradation* in shade and color 濃淡和色彩的逐漸變化.

2 ⓒ (通常 gradations) (變化的)階段，程度. several *gradations* of red 紅色的幾種色階.

‡grade [gred; greɪd] *n.* (*pl.* ~s [~z; ~z]) ⓒ **1** 等級，階級(rank)；程度(degree). The pupil has a high *grade* of intelligence. 那學生的智商很高/Eggs are sold in *grades*. 雞蛋分等級出售.

2《美》(低、中、高等學校的)學年，年級，(《英》form)；同年級的全體學生. Geography is introduced in the fifth *grade*. 五年級開始學地理/What *grade* are you in? 你上幾年級?

〖參考〗美國通常為 6–3–3 制或 8–4 制，所以 6 歲進小學；若為 6–3–3 制的情形，則 the seventh grade 相當於國中一年級，而 the tenth grade 相當

於高中一年級; → school .

3 (the grade*s*)＝grade school.

4 《美》成績, 分數, 評分等級, (《A, B, C 等》; 《英》mark). He got a good *grade* [a *grade* B] in English. 他英語這一科的成績爲 B. 〔参考〕普通是以 A (Excellent「優」), B (Good「良」), C (Fair, Average「普通」), D (Passing, Below Average「尚可」), F (Failure「不及格」) 來表示.

5 《美》(鐵路, 道路等的)坡度(gradient). an up [a down] *grade* 上[下]坡道/The train went up a steep *grade*. 火車駛上陡坡.

⇨ *adj.* gradual.

at gráde 《美》在同一平面.

Gràde Á (形容詞性)上等貨的, 最高級的.

màke the gráde 做得好, 成功; 達到必要的標準. Oliver could not *make the grade* as an actor after all. 奧立佛仍然稱不上是一名好演員.

ùp to gráde 達到標準, 〔品質等〕合格.

— *v.* (~s [~z; ~z]; grad·ed [~ɪd; ~ɪd]; grad·ing) *vt.* **1** 按等級分類; 分等. The apples are *graded* according to color and size. 這些蘋果按顏色和大小分級.

2 爲〔答案等〕批分數; 給〔學生〕打分數. The teachers are busy *grading* term papers. 教師們忙著批改期末報告.

3 把…的坡度弄平.

— *vi.* 階段性變化(*into, to*); 逐漸變化(*up; down*).

〔字源〕GRAD「階段」: *grade*, *grad*ual (逐漸的), *grad*uate (畢業), *grad*ation (階段性變化).

gráde cròssing *n.* Ⓒ《美》(平面道路的)交叉(路口) (《鐵路》平交道; 《英》level crossing).

gráde pòint áverage [(英)／——′—; ─′————] *n.* Ⓒ《美》學業成績平均值(A＝4, B＝3, C＝2, D＝1, F＝0 以此計算; 例: 如果有 2 科均爲 A, 3 科均爲 B, 1 科爲 D 的話, 則平均值爲 3 點; 略稱 GPA).

grad·er [ˋgredɚ; ˈgreɪdə(r)] *n.* Ⓒ《美》…年級學生(《英》former). a fourth *grader* 小學四年級學生／a seventh *grader* 中學一年級[小學七年級]學生.

gráde schòol *n.* Ⓒ《美》小學(elementary school).

gráde separàtion *n.* Ⓒ《美》(道路等的)立體交叉.

gra·di·ent [ˋgredɪənt, -dʒənt; ˈgreɪdjənt] *n.* Ⓒ **1** (道路, 鐵路軌道等的)坡度, 傾斜, (grade). a *gradient* of 1 in 五分之一的坡度.

2 (溫度, 氣壓等的)變化度, 梯度.

grad·ing [ˋgredɪŋ; ˈgreɪdɪŋ] *v.* grade 的現在分詞, 動名詞.

*grad·u·al** [ˋgrædʒʊəl, -dʒʊl; ˈgrædʒʊəl] *adj.* **1** 逐漸的, 漸次的, 階段性的. The improvement has been *gradual*. 進步是漸進的.

2 (傾斜面)緩和的. The road makes a *gradual* rise until it reaches the hilltop. 這條路緩緩地上坡直達山頂.

*grad·u·al·ly** [ˋgrædʒʊəlɪ, -dʒʊlɪ, -dʒəlɪ; ˈgrædʒʊəlɪ] *adv.* 漸漸地, 逐漸地, 慢慢地, (by

degrees). The seasons change *gradually* in Japan. 在日本, 四季逐漸地變化/I *gradually* understood what was going on. 我慢慢瞭解這是怎麼一回事了.

G

*grad·u·ate** [ˋgrædʒʊˌet; ˈgrædjʊeɪt] (★與 *n., adj.* 的發音不同) *v.* (~s [~s; ~s]; -at·ed [~ɪd; ~ɪd]; -at·ing) *vi.* 畢業 (*from*). *graduate* with honors 以優異的成績畢業／His father *graduated from* Yale in 1950. 他父親 1950 年畢業於耶魯大學.

〔参考〕(英)主要指拿到學士學位的大學畢業, 而 (美)還可用來指高中以下學校的畢業.

— *vt.* **1** 《美》(文章)《大學》讓…畢業. John was *graduated* from Harvard in 1978. 約翰 1978 年畢業於哈佛大學.

2 爲[計量器等]劃分刻度; 使[稅率等]分級累進, 分等級. a *graduated* glass 刻有度數的玻璃容器.

— [ˋgrædʒʊɪt; ˈgrædʒʊət] *n.* (*pl.* ~s [~s; ~s]) Ⓒ **1** 畢業生, (→ *vi.* 〔参考〕). a high school *graduate* 高中畢業生／a *graduate in* law 法學院畢業生／a *graduate* of London University 倫敦大學畢業生／Our company is recruiting new *graduates*. 我們公司正在招聘剛畢業的學生.

2 《主美》研究生(postgraduate).

〔参考〕大學部學生稱爲 undergraduate.

— [ˋgrædʒʊɪt; ˈgrædʒʊət] *adj.* 《限定》 **1** 畢業生的; 拿到學士學位的.

2 《主美》研究所的(postgraduate).

gráduate schòol *n.* Ⓒ《主美》研究所.

gráduate stùdent *n.* Ⓒ《主美》研究生.

grad·u·at·ing [ˋgrædʒʊˌetɪŋ; ˈgrædjʊeɪtɪŋ] *v.* graduate 的現在分詞, 動名詞.

*grad·u·a·tion** [ˌgrædʒʊˈeʃən; ˌgrædjʊˈeɪʃn] *n.* (*pl.* ~s [~z; ~z]) **1** Ⓤ 畢業(→ graduate *vi.* 〔参考〕). On (his) *graduation* from college, Mr. Garrison went to Australia. 蓋瑞森先生大學一畢業就去澳洲.

2 Ⓒ《美》畢業典禮(commencement); 《英》大學畢業典禮, 學位授與典禮.

3 Ⓒ (尺, 體溫計等的)刻度, 分度線; Ⓤ 刻度, 分度.

graf·fi·ti [grəˈfitɪ; grəˈfiːtiː] *n.* 《作複數》(牆壁等上的)塗鴉.

graft[1] [græft; grɑːft] *n.* Ⓒ **1** 嫁接用的芽[穗, 枝]; 嫁接的植物, 接木.

2 《醫學》移植用的活組織部分(皮膚, 骨頭等). a skin *graft* 移植用皮膚.

— *vt.* **1** 嫁接, 接枝, (*in, into, on, upon*); 給…接木.

2 《醫學》移植(皮膚, 骨頭, 器官等).

graft[2] [græft; grɑːft] 《主美》 *n.* Ⓤ (特指)瀆職, 受賄, 貪污(所得).

— *vi.* 瀆職, 受賄, 貪污.

Gra·ham [ˋgreəm; ˈgreɪəm] *n.* 男子名.

gra·ham [ˋgreəm; ˈgreɪəm] *adj.* 《美》(去除麥糠

的)全麥的 (whole-wheat). *graham* crackers [bread] 全麥餅乾[麵包].

Grail [grel; greɪl] *n.* (加 the)=Holy Grail.

＊**grain** [gren; greɪn] *n.* (*pl.* ~**s** [~z; ~z]) **1** U (集合)穀物, 穀類, (以穀粒爲收成的稻科食用植物, 如 corn, wheat, rice, oats 等, 其穀粒(英)亦稱 corn). The farmers harvested the *grain*. 農夫們採收穀物.

2 C 穀物的種子, 穀粒; (砂, 鹽等的)粒. a *grain* of wheat 一粒小麥.

3 C 極少量, 鮮少, (常與否定詞連用). There is not a *grain* of truth in his story. 他說的話中一句眞話也沒有.

4 U (常加 the)(木材, 石, 布, 肉等的)紋理, 木紋, 石紋, 肌理. woods of fine [coarse] *grain* 木紋細[粗]的木材.

5 C 喱(重量的最小單位; 0.0648公克; 略作 gr.).

against the gráin (1)逆著紋理(→ 4). (2)違反本性, 使人不悅. It really goes *against the grain* for me to have to take orders from a younger man. 必須服從比自己年輕的人的命令實在令我感到不服氣.

tàke...with a gràin [pìnch] of sált 酌量[以保留態度]聽取[人的話等].

grained [grend; greɪnd] *adj.* **1** 顆粒狀的; 表面粗糙的. **2** 有木紋的; 塗成木紋的. **3** (與其他字詞連用關顆粒的). fine-*grained* 顆粒細緻的.

gráin èlevator *n.* C (備有起降機的)穀倉.

＊**gram** [græm; græm] *n.* (*pl.* ~**s** [~z; ~z]) C 公克(重量單位; 略作 g, gm, gr.).

-gram (構成複合字)「寫有…的東西」之意. tele*gram*. dia*gram*.

＊**gram·mar** [ˋgræmɚ; ˈgræmə(r)] *n.* (*pl.* ~**s** [~z; ~z]) **1** UC 文法; (作爲學科的)文法; 文法研究. English *grammar* 英文文法. **2** C 文法書. **3** U 語言的正確用法, (標準)語法, (usage); 說法, 寫法. bad *grammar* 錯誤的語法.

gram·mar·i·an [grəˋmɛrɪən, -ˋmær-, -ˋmer-; grəˈmeərɪən] *n.* C 文法學家.

grámmar schòol *n.* C **1** (英)普通中學(通常學生爲11-16歲, 將來大都打算進大學, 因此又設有爲期兩年的 sixth form; 目前這種學校已經很少; → school表). **2** (美)小學(八年制; 特指五年級到八年級之間; 或是介於小學和 high school 之間的公立學校等; → elementary [primary] school).

＊**gram·mat·i·cal** [grəˋmætɪk!; grəˈmætɪkl] *adj.* 文法的; 文法上的; 符合文法的, 文法上正確的. This sentence is *grammatical* but not natural. 這個句子在文法上是正確的, 但並不自然.

gram·mat·i·cal·ly [grəˋmætɪk!ɪ, -ɪklɪ; grəˈmætɪkəlɪ] *adv.* 文法上, 單就文法而言. *grammatically* correct 文法上正確的.

gramme [græm; græm] *n.* (主英)=gram.

Gram·my [ˋgræmɪ; ˈgræmɪ] *n.* (*pl.* ~**s**, **-mies**) C (美)葛萊美獎(一年一度的音樂大獎).

gram·o·phone [ˋgræmə‚fon; ˈgræməfəʊn] *n.* C (英)留聲機((美) phonograph). 參考 gramophone 如今已很少使用, 而以 record player 代替.

gram·pus [ˋgræmpəs; ˈgræmpəs] *n.* C (動物)虎鯨(一種似海豚的海洋哺乳類動物).

gran [græn; græn] *n.* (口)=granny 1.

Gra·na·da [grəˋnɑdə; grəˈnɑːdə] *n.* 格拉納達(西班牙南部的城市; 有 Alhambra 宮和其他古蹟).

gran·a·ry [ˋgrænərɪ; ˈgrænərɪ] *n.* (*pl.* **-ries**) C **1** 穀倉. **2** 穀倉(地帶).

＊**grand** [grænd; grænd] *adj.* (~**er**; ~**est**) 【大而宏偉的】 **1** 宏偉的, 雄壯的; 壯麗的; 豪華的. Look at this *grand* view of the ocean. 看看這大海的壯麗景色/They held a wedding in *grand* style. 他們舉行一場盛大的婚禮. 同 grand, stately, majestic, magnificent 均有「使人銘記在心」之意, 其中 grand 一般用語, 意爲「讓人感受強烈的壯麗、豪華」.

2 崇高的, 偉大的; 莊嚴的. a *grand* old man 威嚴的長者; (某領域、範疇的)老前輩, 權威/a *grand* lady 高貴的淑女.

3 【自以爲崇高的】驕傲自大的, 裝作很了不起的樣子的. put on a *grand* air 擺出一副高傲的姿態/She is too grand to speak to us. 她驕傲得不屑和我們說話.

【價值高的】 **4** (最)重要的; 主要的. the *grand* staircase (前門正面的)大樓梯/a *grand* mistake 嚴重的錯誤.

5 【了不起的】(口)快樂的, 愉快的, 很棒的. We had a *grand* time at the picnic. 我們郊遊野餐玩得開心極了/I'm feeling *grand*. 我覺得很愉快.

【大的＞全體的】 **6** (限定)完全的, 總括的. the *grand* total 總計, 累計.

◇ *n.* grandeur, grandness.

— *n.* (*pl.* ~**s**, 2 爲~) C **1** (口)=grand piano. **2** (俚)一千美元[英鎊等].

gran·dad [ˋgræn‚dæd; ˈgrændæd] *n.* C (口)爺爺(也用來稱呼一般老人).

grand·aunt [ˋgrænd‚ænt; ˈgrændɑːnt] *n.* =greataunt.

Grànd Cányon *n.* (加 the)大峽谷(美國 Arizona 西北部 Colorado 河上游的大峽谷; 國家公園).

Grànd Cànyon Státe *n.* (加 the)美國 Arizona 的俗稱.

＊**grand·child** [ˋgræn‚tʃaɪld, ˋgrænd‚tʃaɪld; ˈgræntʃaɪld] *n.* (*pl.* **-chil·dren** [-‚tʃɪldrən; -‚tʃɪldrən]) C 孫子, 孫女, 外孫, 外孫女, (→ granddaughter, grandson).

grand·dad [ˋgræn‚dæd; ˈgrændæd] *n.* =grandad.

＊**grand·daugh·ter** [ˋgræn‚dɔtɚ, ˋgrænd‚dɔtɚ; ˈgræn‚dɔːtə(r)] *n.* (*pl.* ~**s** [~z; ~z]) C 孫女, 外孫女, (↔ grandson).

gran·dee [grænˋdi; grænˈdiː] *n.* C 大公(昔日西班牙、葡萄牙地位最高的貴族).

＊**gran·deur** [ˋgrændʒɚ, -dʒur; ˈgrændʒə(r)] *n.* U (文章) **1** 雄壯, 宏偉; 莊嚴; 壯麗. the *gran*-

deur of the Rocky Mountains 落磯山脈的宏偉.
2 (精神的)崇高, 偉大; (外貌, 態度的)威嚴(dignity). the *grandeur* of his character 他高尚的人格.

‡grand·fa·ther [ˈgrænˌfɑðɚ, ˈgrænd-; ˈgrændˌfɑːðə(r)] *n.* (*pl.* ~s [~z; ~z]) C **1** 祖父. my *grandfather* on my mother's side (=my mother's father)外祖父, 外公. **2** 祖先.

grándfather('s) clóck *n.* C (落地箱型的)老爺鐘.

gran·dil·o·quence [grænˈdɪləkwəns; grænˈdɪləkwəns] *n.* U《文章》大言不慚; 誇張的表現.

gran·dil·o·quent [grænˈdɪləkwənt; grænˈdɪləkwənt] *adj.*《文章》大言不慚的; 誇張的〔表現等〕.

gran·di·ose [ˈgrændɪˌos; ˈgrændɪəʊs] *adj.* **1**《文章》壯麗的; 宏偉的. **2** 裝模作樣的, 做作的.

gránd júry *n.* C《美》《法律》大陪審團(決定(被告)被控訴的事實是否交付法院裁判; 由12-23人組成).

[grandfather clock]

grand·ly [ˈgrændlɪ; ˈgrændlɪ] *adv.* 壯麗地, 崇高地, 威嚴地; 裝作一副很了不起的樣子.

*‡**grand·ma** [ˈgrænmɑ, ˈgræmmɑ, ˈgræmɑ, ˈgræmə, ˈgrændmɑ; ˈgrænmɑː] *n.* (*pl.* ~s [~z; ~z]) C《口》奶奶, 外婆, (grandmother; ↔ grandpa).

‡grand·moth·er [ˈgrænˌmʌðɚ, ˈgrænd-; ˈgrænˌmʌðə(r)] (*pl.* ~z; ~z]) C **1** 祖母. my *grandmother* on my father's side (=my father's mother)祖母, 奶奶. **2** (女性的)祖先.

grand·ness [ˈgrændnɪs; ˈgrændnɪs] *n.* U 雄偉; 壯麗; 偉大.

Gránd Óld Párty *n.* (加 the)《美》共和黨的別名(略作 GOP, G.O.P.).

gránd ópera *n.* UC 大歌劇(只有歌唱沒有對白, 主題嚴應莊重).

*‡**grand·pa** [ˈgrænpɑ, ˈgræmpɑ, ˈgræmpə, ˈgrændpɑ; ˈgrænpɑː] *n.* (*pl.* ~s [~z; ~z]) C《口》爺爺, 外公, (grandfather; ↔ grandma).

grand·par·ent [ˈgrænˌpɛrənt, ˈgrænd-, -ˌper-; ˈgrænˌpeərənt] *n.* C 祖父, 祖母, 外祖父, 外祖母, (→ grandfather, grandmother).

gránd piáno *n.* C 大鋼琴, 平臺式鋼琴.

grand prix [grɑnˈpri; grɑːnˈpriː] (法語) *n.* (*pl.* grand**s** — [grɑn-; grɑːn-]) (常 Grand Prix) C **1** 頭獎, 大獎. **2** 一級方程式賽車.

gránd slám *n.* C **1** (運動比賽中的)大滿貫(網球和高爾夫球)一季的主要比賽中全勝. **2** 《棒球》滿壘全壘打. **3** 《紙牌》大滿貫(十三墩牌(trick)全吃).

---

‡grand·son [ˈgrænˌsʌn, ˈgrænd-; ˈgrænsʌn] *n.* ~s [~z; ~z] C 孫子, 外孫, (↔ granddaughter).

grand·stand [ˈgrænˌstænd, ˈgrænd-; ˈgrændstænd] *n.* C (通常設於運動場、賽馬場等有屋頂的)大看臺; (集合)看臺上的觀眾.

grándstand pláy *n.* C《美》(比賽者)存心引人注意的賣弄、表演.

gránd tóur *n.* C《英史》歐洲大旅行(從前英國上流社會青年作爲完成教育的最終課程所做的旅遊).

grand·un·cle [ˈgrændˈʌŋk]; ˈgrændˈʌŋkl] *n.* =great-uncle.

grange [grendʒ; greɪndʒ] *n.* **1** C《主英》農莊(包括附屬建築物、房屋). **2**《美》(the Grange) 農業保護者協會.

gran·ite [ˈgrænɪt; ˈgrænɪt] *n.* U 花崗岩, 花崗石.

Gránite Státe *n.* (加 the)美國 New Hampshire 的俗稱.

gran·nie [ˈgrænɪ; ˈgrænɪ] *n.* =granny.

gran·ny [ˈgrænɪ; ˈgrænɪ] *n.* (*pl.* -nies) C《口》 **1** 奶奶, 外婆, (grandmother). **2** 老奶奶, 老太太.

Grant [grænt; grɑːnt] *n.* **Ulysses Simp·son** [ˈsɪmpsn̩; ˈsɪmpsn̩] ~ 格蘭特(1822-85)《美國南北戰爭時北軍的總司令; 第18任總統(1869-77)》.

‡grant [grænt; grɑːnt] *vt.* (~s [~s; ~s]; ~ed [~ɪd; ~ɪd]; ~ing) **1**《文章》給與, 授與〔句型4〕(grant A B)、〔句型3〕(grant B to A)把B 給與[授與]A. *grant* him a bounty=*grant* a bounty *to* him 發給他獎金/The student was *granted* a scholarship. 那位學生被頒發獎學金.
2 答應, 許可〔句型4〕(grant A B)、〔句型3〕(grant B to A)對A答應B, 向A許可[應允]B. *grant* a wish 滿足願望/Father *granted* me my request. 父親答應了我的請求/We were *granted* permission to go abroad. 我們獲准出國.
3 承認…的正確性, 認可; (在議論中)讓步;〔句型3〕(grant *that* 子句) 承認…的正確性;〔句型4〕(grant A *that* 子句)向A承認…;〔句型5〕(grant A *to* be) 承認A爲…. We *grant* his sincerity. = We *grant that* he is sincere. = We *grant* him *to* be sincere. 我們承認他很誠實. 同 grant 含有在議論中同意對方意見的積極態度之意; → concede.
4《法律》〔句型4〕(grant A B)、〔句型3〕(grant B to A)將B轉讓給A. *grant* him property=*grant* property *to* him 將財產轉讓給他.

gránted [*gránting*] (*that*)... 假定…; 就算…, 即使…. *Granted* [*Granting*] (*that*) the aim is all right, how do you proceed with your plan? 假設目標正確, 你要如何實行你的計畫呢?

* **táke...for gránted** 認爲…是理所當然的, 對〔人的存在, 行動等〕(視爲理應如此)不特別關心. Children today *take* computers *for granted*. 現在的孩子視電腦爲理所當然.

tāke it for gránted that... 視…爲理所當然. I took it *for granted that* you would come to the reception. 我以爲你一定會來赴宴.

— *n.* **1** ⓒ 被授與及[支付]之物, (特指由國家發給大學, 學生等的)津貼, 補助金, 研究獎助金. research *grants* 研究獎助金/make a *grant* in aid 發給補助金/British university students receive a *grant* from the Government. 英國的大學生接受政府的獎學金/provide a *grant* toward the cost of publication 提供經費補助出版的開支.

2 ⓤ 授與, 發給; 許可. the *grant* of a patent 專利的許可.

gran·u·lar [ˈɡrænjələˋ; ˈɡrænjʊlə(r)] *adj.* **1** 由(小)顆粒構成的; 粒狀的. **2** 表面粗糙的.

gran·u·late [ˈɡrænjəˏlet; ˈɡrænjʊleɪt] *vt.* 使成顆粒(狀); 使…的表面粗糙.

grānulated súgar *n.* ⓤ 砂糖.

gran·ule [ˈɡrænjul; ˈɡrænjuːl] *n.* ⓒ 小粒, 微粒.

‡**grape** [ɡrep; ɡreɪp] *n.* (*pl.* ~s [~s; ~s]) ⓒ **1** 葡萄(的一顆果實)(★由於葡萄是一粒粒成串的, 因此通常用複數). a bunch of *grapes* 一串葡萄/Wine is made from *grapes*. 葡萄酒是由葡萄釀造的. **2** 葡萄藤(grapevine).

grape·fruit [ˈɡrepˏfrut, -ˏfrut; ˈɡreɪpfruːt] *n.* (*pl.* ~, ~s) ⓒ 葡萄柚(芸香科柑橘屬; 果實像葡萄般結實成簇); 柚樹.

grāpe súgar *n.* ⓤ 葡萄糖.

grape·vine [ˈɡrepˏvaɪn; ˈɡreɪpvaɪn] *n.* ⓒ **1** 葡萄樹[藤]. **2** (加 the) (祕密的)情報網, 傳遞消息的非正式途徑; 流言蜚語. on [through] the *grapevine* 經由謠傳/The *grapevine* has it that.... 根據內幕消息顯示….

*‡**graph** [ɡræf; ɡrɑːf] *n.* (*pl.* ~s [~s; ~s]) ⓒ 曲線圖, 圖表. draw a *graph* 畫圖表/This *graph* shows how imports rose during last year. 這張曲線圖顯示去年進口增長情形.

— *vt.* 描繪曲線圖, 使圖表化.

-graph (構成複合字)「寫, 記錄, 抄寫; 寫的東西; 書寫的工具」等意.

<table>
<tr><td colspan="2">●——與 -GRAPH 相關的用語</td></tr>
<tr><td>telegraph</td><td>電信, 電報</td></tr>
<tr><td>radiograph</td><td>X光照片</td></tr>
<tr><td>homograph</td><td>同形異義字</td></tr>
<tr><td>monograph</td><td>學術論文</td></tr>
<tr><td>autograph</td><td>親筆簽名</td></tr>
<tr><td>polygraph</td><td>測謊器</td></tr>
<tr><td>paragraph</td><td>段落</td></tr>
<tr><td>mimeograph</td><td>油印機</td></tr>
<tr><td>lithograph</td><td>石版畫</td></tr>
<tr><td>seismograph</td><td>地震儀</td></tr>
<tr><td>photograph</td><td>照片</td></tr>
<tr><td>bar graph</td><td>長條圖</td></tr>
</table>

graph·ic [ˈɡræfɪk; ˈɡræfɪk] *adj.* **1** [描寫等]生動的, 逼眞的. **2** 《限定》用圖(表)表示的, 曲線圖的. **3** 《限定》筆記的, 筆寫的.

graph·i·cal·ly [ˈɡræfɪklɪ; ˈɡræfɪkəlɪ] *adv.* **1** 像畫般地; 生動地. **2** 透過圖表(graph)地.

grāphic árts *n.* 《作複數》(加 the)平面藝術《書法、繪畫、照片、印刷美術等平面創作藝術的總稱; → plastic arts》.

graph·ics [ˈɡræfɪks; ˈɡræfɪks] *n.* 《作複數》= graphic arts.

graph·ite [ˈɡræfaɪt; ˈɡræfaɪt] *n.* ⓤ (礦物)石墨(鉛筆芯, 潤滑劑, 油漆等的成分).

gra·phol·o·gy [ɡræˈfɑlədʒɪ; ɡræˈfɒlədʒɪ] *n.* ⓤ 筆跡學(根據筆跡判斷性格).

grāph páper *n.* ⓒ 方格紙, 製圖用紙.

-graphy (構成複合字)「描繪[書寫, 記述, 記錄等]方式; …技術, …學」之意.

<table>
<tr><td colspan="2">●——與 -GRAPHY 相關的用語</td></tr>
<tr><td>lexicography</td><td>辭典編纂</td></tr>
<tr><td>lithography</td><td>石版印刷</td></tr>
<tr><td>orthography</td><td>拼字法</td></tr>
<tr><td>pornography</td><td>色情文學</td></tr>
<tr><td>autobiography</td><td>自傳</td></tr>
<tr><td>bibliography</td><td>書誌學</td></tr>
<tr><td>oceanography</td><td>海洋學</td></tr>
<tr><td>topography</td><td>拓蹼學</td></tr>
<tr><td>photography</td><td>攝影</td></tr>
<tr><td>telegraphy</td><td>電信</td></tr>
<tr><td>geography</td><td>地理學</td></tr>
<tr><td>calligraphy</td><td>書法</td></tr>
<tr><td>biography</td><td>傳記</td></tr>
</table>

grap·nel [ˈɡræpnəl; ˈɡræpnl] *n.* ⓒ (小船用的)多爪錨.

grap·ple [ˈɡræpl; ˈɡræpl] *vi.* **1** 揪打, 扭打, 《*with*》. They *grappled with* each other for a while. 他們相互扭打了一會兒. **2** 解決(問題, 困難等)《*with*》. Tom is *grappling with* a mathematical problem. 湯姆正在努力解答一個數學問題.

— *vt.* (美)一把抓住.

‡**grasp** [ɡræsp; ɡrɑːsp] *v.* (~s [~s; ~s]; ~ed [~t; ~t]; ~·ing) *vt.* 〖牢牢抓住〗**1** 抓牢, 握緊. He *grasped* the rope and pulled it. 他抓緊繩索用力拉/*Grasp* all, lose all. (諺)貪多必失(<抓住所有的東西, 必失去所有的東西).

回 作爲「抓」之意而言, grasp 比 take 更強烈表示以手緊握之意; → catch, grip.

2 理解(understand). He quickly *grasped* the idea of my proposal. 他很快就理解我的提議.

— *vi.* 想要抓住(主要用於下列片語).

grásp at... 想要抓住…; 把握(提案, 機會等). The drowning man *grasped at* the rope. 那個溺水的人想抓住繩索/She *grasped at* the idea immediately. 她立刻掌握到這個想法.

— *n.* ⓐⓤ **1** 緊抓, 緊握. Leo had a solid *grasp* on the rail. 里歐握緊住欄杆.

2 理解, 領會. He has a good *grasp* of com-

puter science. 他十分精通電腦.

3 管理, 支配; 掌控.

beyond** a **pèrson's gràsp (1)在某人的手抓不到之處. (2)爲某人所不能理解的. I have always found Kant's philosophy *beyond* my *grasp*. 我總覺得康德的哲學超出我的理解能力.

in the gràsp of a **pèrson** = **in** a **pèrson's gràsp** 在某人手中; 受某人支配.

within the gràsp of a **pèrson** (1)在某人的手抓得到之處. Don't give up when victory is *within* your *grasp*. 勿輕言放棄就要到手的勝利. (2)在某人的理解範圍內.

grasp·ing [ˋɡræspɪŋ; ˈɡrɑːspɪŋ] *adj.* 吝嗇的; 貪婪的, 貪得無饜的.

‡grass [ɡræs; ɡrɑːs] *n.* (*pl.* **~es** [~ɪz; ~ɪz]) **1** [U C]草, 牧草(主要指家畜吃的低矮植物); 麥, 稻, 玉蜀黍等稻科植物以及其他的牧草)(★指草的種類時爲[C]). a leaf [blade] of *grass* 一片草葉/We saw cattle feeding on the *grass*. 我們看見牛群在吃草.

2 [U]草地, 草原, 牧草地; 草坪. Keep off the *grass*. 請勿踐踏草坪(告示)/The *grass* is (always) greener on the other side of the fence [hedge]. (諺)別人的東西比較好(<籬笆那頭的草(總是)比較綠).

3 [U](俚)大麻(marijuana).

4 (英, 俚)告密者, 情報提供者, 線民.

at gráss [家畜]放到牧草地的; [人]休息中的.

gò to gráss [家畜]放到牧場上; [人]休息.

lèt the gráss gròw under one's **fèet** 浪費光陰; 坐失良機; (通常用於否定句).

pùt [**sènd, turn òut**] ...**to gráss** 將[牛等]放到牧草地上; 將[人]解雇.

— *vt.* **1** 覆以草皮(*over*). **2** (美)放牧.

— *vi.* **1** (英, 俚)向警察密告, 告密. (*on* 犯罪的同夥)).

*grass·hop·per [ˋɡræsˏhɑpɚ; ˈɡrɑːsˏhɒpə(r)] *n.* (*pl.* **~s** [~z; ~z]) [C] 蚱蜢, 蝗蟲, 蟋蟀, (指蝗蟲科, 蟋蟀科的昆蟲).

grass·land [ˋɡræsˏlænd; ˈɡrɑːslænd] *n.* [U] 牧草地; 草原.

gráss ròots *n.* (單複數同形) **1** 一般大眾, 農民, (與權力階層, 知識階層相對的「草根」群眾). get the support of the *grass roots* 獲得一般大眾的支持. **2** 根本的事實, 基礎.

grass-roots [ˋɡræsˏruts; ˈɡrɑːsruːts] *adj.* (限定)草根的, 出身基層的.

gràss wídow *n.* [C](有時表詼諧)丈夫不在身邊的妻子; 與丈夫分居[離婚]的女性.

gràss wídower *n.* [C](有時表詼諧)妻子不在身邊的丈夫; 與妻子分居[離婚]的男性.

grass·y [ˋɡræsɪ; ˈɡrɑːsɪ] *adj.* 長草的; 覆蓋著草的; 草茂密的, 長滿草的; 草(般)的, 草色的.

grate¹ [ɡret; ɡreɪt] *n.* [C] **1** (壁爐等的)爐柵(→ fireplace 圖). **2** (窗, 門, 排水口等的)鐵柵 (grating¹). **3** 壁爐.

grate² [ɡret; ɡreɪt] *vt.* **1** 磨碎; (用刨絲器等)磨碎. *grate* cheese 把乳酪磨碎.

2 使磨得吱吱響, 使摩擦出聲.

— *vi.* **1** 摩擦; 發出摩擦聲. The chalk *grated* on [*against*] the blackboard. 粉筆在黑板上發出吱吱聲. **2** 使煩躁(*on*, *upon*); 使刺耳(*on*, *upon*). His accent *grates* *upon* my ear. 他的口音聽起來令我感到刺耳.

‡grate·ful [ˋɡretfəl; ˈɡreɪtful] *adj.* [[感激]] **1** (敘述)感謝的; 內心感激的(*to* A for B 因爲B而感謝A(人); *that* 子句; *to* do)). I am *grateful* (*to* you) *for* your kindness. 我感謝你的好意/He is *grateful* *that* you helped him. 他很感激你幫他/She will be *grateful* *to* learn that you are accompanying her. 她若知道你要陪她一起來, 一定會很感激的. [回] grateful 專用於對人表示感謝時; → thankful.

2 (限定)表感謝的. a *grateful* letter 感謝函.

[[使生感謝之心]] **3** 令人高興的, 令人愉快的; 使人感到的. *grateful* warmth 令人愉快的溫暖/a *tree* that gives a *grateful* shade 有涼爽樹蔭的樹.

⇨ *n.* **gratitude**.

[字源] GRAT「高興的」: con**grat**ulate (祝賀), **grate**ful, **grat**ification (感謝).

grate·ful·ly [ˋɡretfəlɪ; ˈɡreɪtfulɪ] *adv.* 感謝地, 表示感激地. Mary smiled *gratefully* when I offered to help. 當我伸出援手時, 瑪莉感激地微笑.

grat·er [ˋɡretɚ; ˈɡreɪtə(r)] *n.* [C] 刨絲器(→ utensil 圖).

grat·i·fi·ca·tion [ˏɡrætəfəˋkeʃən; ˏɡrætɪfɪˈkeɪʃn] *n.* (文章) **1** [U]滿意; 高興.

2 [U]滿足, 滿足感. **3** [C]使滿足的事物.

*grat·i·fy [ˋɡrætəˏfaɪ; ˈɡrætɪfaɪ] *vt.* (**-fies** [~z; ~z], **-fied** [~d; ~d], **~ing**)(文章) **1** 使[人]滿足; 使愉快, 使高興, (常用被動語態). We are *gratified* at [*with*] the results of his work. 我們對他工作的成果感到滿意.

2 滿足[需要, 慾望等]. Mr. Smith *gratified* her wish to have a holiday. 史密斯先生滿足了她想休假的願望.

grat·i·fy·ing [ˋɡrætəˏfaɪɪŋ; ˈɡrætɪfaɪɪŋ] *adj.* (文章)令人滿足的; 令人高興的. The result is most *gratifying* to me. 這結果令我極爲滿意.

grat·i·fy·ing·ly [ˋɡrætəˏfaɪɪŋlɪ; ˈɡrætɪfaɪɪŋlɪ] *adv.* (文章)令人滿足地.

grat·in [ˋɡrætən; ˈɡrætæŋ] (法語) *n.* [U](烹飪)用烤麵包碎片、牛油及碎乳酪做成的派皮.

grat·ing¹ [ˋɡretɪŋ; ˈɡreɪtɪŋ] *n.* [C] (置於窗子、排水口等處用鐵製或木製的)格子, 欄柵.

grat·ing² [ˋɡretɪŋ; ˈɡreɪtɪŋ] *adj.* 令人氣惱的; 刺耳的.

grat·ing·ly [ˋɡretɪŋlɪ; ˈɡreɪtɪŋlɪ] *adv.* 刺耳地.

grat·is [ˋɡretɪs; ˈɡreɪtɪs] (文章) *adv.* 免費地.

— *adj.* (敘述)免費的.

*grat·i·tude [ˋɡrætəˏtjud, -ˏtɪud, -ˏtud; ˈɡrætɪtjuːd] *n.* [U]感謝, 感激. Let me express my *gratitude* to you *for* your valuable instruc-

tion. 讓我對你寶貴的指教表示感謝/with deep *gratitude* 銘感在心地/out of *gratitude* 報恩地.
⇨ *adj.* grateful.

┃搭配┃ *adj.*+gratitude: heartfelt ~ (滿心的感謝), profound ~ (由衷的感謝), sincere ~ (誠摯的感謝) // *v.*+gratitude: feel ~ (感謝), show ~ (表示謝意).

gra·tu·i·tous [grə`tjuətəs, -`tɪu-, -`tu-; grə'tju:itəs] *adj.* 《文章》 **1** 免費的; 不要報酬的. **2** 沒有理由的, 毫無根據的.

gra·tu·i·tous·ly [grə`tjuətəslɪ, -`tɪu-, -`tu-; grə'tju:itəslɪ] *adv.* 《文章》免費地; 無報酬地.

gra·tu·i·ty [grə`tjuətɪ, -`tɪu-, -`tu-; grə'tju:əti] *n.* (*pl.* -ties) C **1** 《文章》小費, 賞錢. **2** 《英》退役獎金.

***grave**[1] [grev; greɪv] *n.* (*pl.* ~s [-z; ~z]) C **1** 墓, 墓穴; 墓地, dig a *grave* 掘墓(穴)/buried in a *grave* 下葬/Her grandmother has been laid in the *grave*. 她的祖母已下葬/carry a secret to the *grave* 至死都不洩密.

回grave 特指在地下挖掘的墓穴; → tomb, sepulcher, churchyard.

2 《雅》(常加the)死亡; 毀滅. drink oneself into an early *grave* 酗酒過度而早逝/life beyond the *grave* 來生.

dig one's **òwn** *gráve* 自掘墳墓.
from the **cràdle** *to the* **gráve** →cradle 的片語.
hàve one fóot in the **gráve** → foot 的片語.
màke a pèrson **túrn** *in his* **gráve** 使(死者)在地下難以安息.
Sòmeone is **wálking** *over* [*on, across*] *my* **gráve**. 有人從我墳上走過(突然無故戰慄時的說法).

***grave**[2] [grev; greɪv] *adj.* (**grav·er; grav·est**) **1** 重大的, 嚴重的, 不簡單的; 危險的. *grave* responsibility 重責大任/a *grave* situation [problem] 嚴重的事態[問題]/The patient is in a *grave* condition. 這個患者的病情嚴重.
2 認真的, 嚴肅的; 凝重的. He looked *grave* when he told us the bad news. 他告訴我們這個壞消息時面色凝重. 回grave 表示因專注於重要事情而表現出嚴肅、難以親近的態度; → solemn.
3 〔顏色〕暗淡的, 不顯眼的.
4 〔語音學〕低音的; 抑音符號(`)的.
⇨ *n.* gravity.

gràve áccent *n.* C〔語音學〕抑音符號(例如法語 à la mode 中 à 上面的`).

grave·dig·ger [`grev,dɪgɚ; 'greɪv,dɪgə(r)] *n.* C 掘墓人.

grav·el [`grævl; 'grævl] *n.* U (集合)砂礫, 小石子. (→ stone回). a *gravel* walk 砂石路.
── *vt.* (~s; 《美》~ed, 《英》~led; 《美》~ing, 《英》~ling)《常用被動語態》 **1** 在〔道路等〕上鋪砂礫. **2** 《英》使困惑; 使慌張; 使焦躁.

grav·el·ly [`grævəlɪ; 'grævəlɪ] *adj.* **1** 多砂礫的; 鋪砂礫的; 由砂礫構成的. **2** 聲音粗而沙啞的.

grave·ly [`grevlɪ; 'greɪvlɪ] *adv.* 重大地; 認真地; 嚴肅地.

grav·en [`grevən; 'greɪvn] *adj.* 《文章》雕的, 雕刻的. a *graven* image 雕像; 偶像.

grave·stone [`grev,ston; 'greɪvstəʊn] *n.* C 墓石, 墓碑.

grave·yard [`grev,jard; 'greɪvjɑːd] *n.* C 墓地(回表示墓地的一般用語; → cemetery, church-yard).

grav·i·tate [`grævə,tet; 'grævɪteɪt] *vi.* **1** 被引力吸引, 因重力作用而運動. 《toward, to》.
2 被吸引《toward, to》. Industry *gravitates toward* [*to*] towns. 工業向城鎮集中.

grav·i·ta·tion [,grævə`teʃən; ,grævɪ'teɪʃn] *n.* U 〔物理〕引力, 重力; 引力[重力]作用. the law of *gravitation* 引力定律/universal *gravitation* 萬有引力.

***grav·i·ty** [`grævətɪ; 'grævəti] *n.* U **1** 〔物理〕(地心)引力, 重力. The force of *gravity* holds objects to the ground. 地心引力使物體停留在地上.
2 重量, 重. the center of *gravity* 重心/specific *gravity* 比重.
3 重大, 重要性. He failed to grasp the *gravity* of the situation. 他未能瞭解事態的嚴重性.
4 認真, 嚴肅; 凝重; 沈著. behave [speak] with *gravity* 舉止嚴肅[以嚴肅的口吻說話]/His *gravity* befits his position as a judge. 他的沈著很適合他法官的職位. ⇨ *adj.* grave[2].

gra·vure [`grevjɚ, -jʊr; grə'vjʊə(r)] *n.* U 凹版印刷(術); C (照相)凹版印刷.

gra·vy [`grevɪ; 'greɪvɪ] *n.* U **1** (烹飪時產生的)肉汁. **2** 滷汁. **3** 《俚》意外的獲利, 橫財.

grávy bòat *n.* C 肉汁盤(通常做成船形).

grávy tràin *n.* C (加the)《俚》易賺到錢的好差事[機會]. get on the *gravy train* 輕易地賺大錢, 大撈一筆, (<表示搭上「不勞而獲」的列車).

***gray** (美), **grey** (英) [gre; greɪ] *adj.* (~·er; ~·est) **1** 灰色的. 〔臉色〕蒼白的. *gray* eyes 灰色的眸子/Lynn wore a *gray* coat. 琳穿了一件灰色的外套.
2 陰沈的, 陰鬱的; 昏暗的; 沈悶的. a *gray* sky 灰暗的天空.
3 〔頭髮〕灰白的, 〔人〕頭髮半白的. *gray* hair 白頭髮/He is going *gray*. 他頭髮漸漸斑白了.
── *n.* (*pl.* ~s [-z; ~z]) **1** UC 灰色, 鉛灰色.
2 U 昏暗; 灰色的衣服[布]; 灰色的顏料. He was dressed in *gray*. 他穿著灰色的衣服.
3 U (美)(或 Gray)南軍的士兵(源自南北戰爭時士兵制服的顏色; 北軍為blue).
── *v.* (~s; ~ed; ~·ing) *vt.* 使成為灰色.
── *vi.* **1** 成為灰色. His hair was *graying* at the temples. 他的兩鬢漸漸斑白. **2** 高齡化. the *graying* of our society 我們社會的高齡化現象.

gràv área *n.* C 灰色地帶(分不清楚的, 曖昧不清的區域).

gray·beard (美), **grey·beard** (英) [`gre,bɪrd; 'greɪ,bɪəd] *n.* C (常指有智慧的)老人.

gray-head·ed 《美》, **grey-head·ed**
《英》[ˋgreˋhɛdɪd; ˌɡreɪˈhedɪd] adj. 白頭髮的.

gray·ish 《美》, **grey·ish** 《英》[ˋgreɪʃ;
ˈɡreɪʃ] adj. 灰色的.

gráy màtter n. ⓤ《解剖》(腦, 脊髓的)灰白
質(→ white matter);《口》智力,「頭腦」.

***graze**[grez; greɪz] v. (**graz·es** [~ɪz; ~ɪz]; ~**d**
[~d; ~d]; **graz·ing**) vi. 〔家畜〕(在牧場上)吃草.
Sheep and cows were *grazing* in the pasture. 牛
羊在牧場上吃草.
— vt. **1** 使〔家畜〕(在牧場等)吃草. They *graze*
cattle on the hillside. 他們把牛放在山坡上吃草.
2 利用〔草原等〕放牧.
[字源]與 grass(草)同字源.

graze[grez; greɪz] vt. 輕輕擦過, 擦過; 擦破
〔皮膚等〕. — vi. 擦過.
— n. ⓒ **1** 擦. **2** 擦傷.

graz·ing[ˋgrezɪŋ; ˈɡreɪzɪŋ] n. ⓤ **1** 牧草地.
2 放牧.

Gr. Br., Gr. Brit.(略)Great Britain.

GRE(略)《美》Graduate Record Exam(研究生
入學考試)(進入研究所的重要參考指標).

***grease**[gris; griːs] n. ⓤ **1**(融化後柔滑的)動
物脂;油脂. Leave the *grease* on your plate—it's
not good for you. 把油脂留在你的盤子裡——吃它
對你沒有好處的. **2** 潤滑油(機械用).
— [griz, gris; griːz] vt. 在…上塗油; 用油弄髒…;
在〔機械等上〕塗潤滑油. *Grease* the hinges to stop
the door squeaking. 在門樞上塗油, 別讓門咯吱咯
吱地響.

gréase gùn n. ⓒ 滑油槍(潤滑油注入器).

greas·er[ˋgrisɚ, ˋgrizɚ; ˈɡriːzə(r)] n. ⓒ **1**
(給機械)上油的人. **2**(美, 鄙)(輕蔑)拉丁裔美國
人, 墨西哥人.

grease·paint[ˋgis͵pent; ˈɡriːspeɪnt] n. ⓤ油
彩(演員化妝用; 以顏料加油脂製成之物).

greas·i·ly[ˋgrisɪlɪ, -zɪlɪ; ˈɡriːzɪlɪ] adv. 油膩地;
滑溜溜地; 奉承地.

greas·y[ˋgrisɪ, ˋgrizɪ; ˈɡriːzɪ] adj. **1** 沾上油的,
油污的.
2〔食物等〕油膩的; 富含脂肪的.
3 油狀的; 滑溜溜的.
4《口》〔態度, 口氣等〕奉承阿諛的, 諂媚的.

***great**[gret; greɪt] adj. (~**er**; ~**est**)
【偉大的】**1** (a)了不起的, 偉大的,
(◆ little). a *great* man偉人(★a large man是
「魁梧的人」. → big圖)/one of the *greatest* compos-
ers of the age 當代最偉大的作曲家之一. (b)
《名詞性》(一般 greats)偉人, 知名人士, 權威.
(the great's); 作複數)偉人人物, 顯貴. the *greats*
of the stage 演藝圈的重量級人物.
2 (the Great)…大帝; 偉大的…(加在歷史上有名
人物的名字上強調其偉大; 通常置於名字之後).
Alexander the *Great* 亞歷山大大帝.
3〔身分, 個性, 目的等〕高貴的. a *great* lady 貴
婦/a *great* family 名門/the *great* world 上流社
會/a *great* ideal 崇高的理想.
【重要的】**4**《限定》重大的, 重要的. a *great*

occasion 盛大的儀式/It's no *great* matter. 這不是
甚麼重要的事.
【出色的】**5**《口》(a)極好的, 出色的;〔體能狀
況, 心情〕極佳的. a *great* idea 很棒的主意/That's
great. 好極了(略作 *Great!*)/We had a *great* time.
我們玩得很愉快/Your car looks *great*. 你的車看
起來很棒/I feel *great*. 我覺得棒極了/It is *great* to
see so many old familiar faces. 能見到這麼多老
朋友真是太棒了.
(b)最適當的, 正合理想的,《for》. a *great* spot
for honeymooning 蜜月旅行的最佳地點.
6《敘述》《口》(a)精通的, 拿手的, 擅長的,《at》;
熟悉的《on》. He's *great* at golf. 他擅長高爾夫球.
(b)熱中的《on, at》. My aunt's *great* on eti-
quette. 我姑媽最講究禮儀.
【巨大的】**7** (a)大的(→ big圖). a *great*
house 大房子/a *great* city 大城市/a diamond of
great size 巨鑽. (b)《副詞性》非常地, 厲害
地. a *great* big fish 非常大的魚.
8 數量大的, 多的, 大量的. a *great* amount 大
量/the *great* majority 大多數/a *great* distance 遠
距離/a *great* while ago 很久很久以前.
9《限定》名副其實的, 非凡的, …的. We are
great friends. 我們是摯友/He will be a *great*
help to you. (以後)他會幫你大忙的/a *great*
reader 非凡的讀者/*great* sorrow 非常悲傷/a mat-
ter of *great* importance [significance] 極為重要
的事情/It is a *great* honor to meet you here
today. 今天您能撥冗前來, 我們感到十分的榮幸/a
great lover of classical music 非常熱中古典音樂
的樂迷/a *great* fool 大傻瓜.
10《限定》愛用的〔語言等〕; 喜歡的.
11 「…代」的, *great*-aunt(→ great-aunt).
★重複 great 則表示又隔一代; great-great-grand-
mother 是「祖母的祖母」.

a **grèat mány** → many adj. 的片語.

a **grèat óne for...** 熱中於…的人; …的「高手」;
(常諷刺). He's a *great one* for telling other peo-
ple what to do. 他是個指使別人做東做西的高手.

the **grèater [grèatest] párt of...** …的大部分;
…的大半; (★與此相對應之動詞的單複數→(a)
part of... (part of的片語)[語法]). *The greatest part
of* these years was spent in reading. 這些年大部
分時間都花在讀書上/*The greater part of* the
audience were students. 大部分的觀眾是學生.
— adv.《口》順利地, 平順地. be going *great*〔工
作〕順利進行/get along *great* with the boss 與上
司相處融洽.

great-aunt[ˋgretˋænt; ˌɡreɪtˈɑːnt] n. ⓒ 祖
父母的姊妹.

Grèat Bàrrier Réef n. (加 the)大堡礁
《位於澳洲東北海域, 世界最大的珊瑚礁群》.

Grèat Béar n. (加 the)《天文》大熊星座.

***Grèat Brítain** n. 大不列顛(島)《由 Eng-
land, Scotland, Wales

構成; 亦僅作 Britain; 加上 Northern Ireland 便是 United Kingdom; 略作 GB, Gr. Br., Gr. Brit.)。《俗稱》英國。*Great Britain* in summer is full of tourists. 英國在夏天時到處都是遊客。

Grēat Chárter *n.* (加 the)《英史》大憲章(→ Magna Charta)。

grēat círcle *n.* [a U] 大圓(通過地球中心的截面與地球表面相交所截得的圓)。

great-coat [ˋgretˌkot; ˈgreɪtkəʊt] *n.* C 厚大衣(主要用於軍隊)。

Grēat Dáne *n.* C 大丹狗(壯碩有力的大型犬)。

Grēat Dípper *n.* (加 the) = Big Dipper.

Grēat Divíde *n.* (加 the)美洲大陸分水嶺(Rocky 山脈)。

Grēater Lóndon *n.* 倫敦都會區(包括舊倫敦市和舊 Middlesex 的 county; 其市議會(Greater London Council)已於 1986 年廢止, 權責移交給各 borough 和政府機關)。

Grēater Mánchester *n.* 曼徹斯特都會區(Manchester 市與其周邊地區合併後所形成的郡)。

grēatest cōmmon méasure *n.* (加 the)《數學》最大公因數(略作 GCM)。

great-grand-daugh-ter [ˌgretˋgrænˌdɔtɚ; ˌgreɪtˈgrænˌdɔːtə(r)] *n.* C 曾孫女, 曾外孫女。

great-grand-fa-ther [ˌgretˋgrænˌfɑðɚ, -ˋgrænd-; ˌgreɪtˈgrænˌfɑːðə(r)] *n.* C 曾祖父, 外曾祖父。

great-grand-moth-er [ˌgretˋgrænˌmʌðɚ, -ˋgrænd-; ˌgreɪtˈgrænˌmʌðə(r)] *n.* C 曾祖母, 外曾祖母。

great-grand-par-ent [ˌgretˋgrænˌpɛrənt, -ˋgrænd-; ˌgreɪtˈgrænˌpeərənt] *n.* C 曾祖父[母], 外曾祖父[母]。

great-grand-son [ˌgretˋgrænˌsʌn, -ˋgrænd-; ˌgreɪtˈgrænsʌn] *n.* C 曾孫, 外曾孫。

great-heart-ed [ˋgretˋhɑrtɪd; ˈgreɪtˈhɑːtɪd] *adj.* **1** 心胸開闊的; 慷慨的。**2** 勇敢的。

Grēat Lákes *n.* (加 the)五大湖(位於美、加國界之間; Superior, Huron, Michigan, Erie, Ontario 等五個湖)。

[the Great Lakes]

---

grēat·ly [ˋgretlɪ; ˈgreɪtlɪ] *adv.* **1** 大大地, 非常地。That's *greatly* exaggerated. 那實在太誇張了。**2** 偉大地; 出色地; 寬大地。

great·ness [ˋgretnɪs; ˈgreɪtnɪs] *n.* U **1** 偉大; 高貴。Lincoln's *greatness* 林肯的偉大。**2** 重大, 重要性; 著名; 卓越。**3** 大; 大量。

Grēat Pláins *n.* (加 the)大平原(從 Rocky 山脈以東到 Mississippi 河的廣大乾燥地帶)。

Grēat Pówers *n.* (加the)(世界)強權, 大國。

great-un-cle [ˋgretˋʌŋkl; ˌgreɪtˈʌŋkl] C 舅[叔]公(祖父母的兄弟)。

Grēat Wáll (of Chína) *n.* (加 the)(中國的)萬里長城。

Grēat Wár *n.* (加 the)第一次世界大戰(1914 -18) (World War I)。

grebe [grib; griːb] *n.* C 鷿鷉(一種水鳥; 鷿鷉科)。

Gre·cian [ˋgriʃən; ˈgriːʃn] *adj.* (古代)希臘的, 希臘式的。*Grecian* architecture 希臘建築。[參考] 通常用於指文化、風格、風貌、容貌等的特色, 除此以外用 Greek。

Grēcian nóse *n.* C 希臘鼻(從側面看自額頭到鼻尖成一直線; → Roman nose 圖)。

Gre·co-Ro·man [ˌgrikoˋromən, ˌgrɛko-; ˌgrekəʊˈrəʊmən] *adj.* 希臘, 羅馬(式)的。

Greece [gris; griːs] *n.* 希臘(歐洲東南部的共和國; 首都 Athens; 略作 Gr.; 形容詞為 Greek, Grecian; →Balkan 圖)。ancient *Greece* 古希臘。

greed [grid; griːd] *n.* U 貪心, 貪婪。*greed* for money 貪財。

greed·i·ly [ˋgridɪlɪ, -dlɪ; ˈgriːdɪlɪ] *adv.* 貪心地, 貪婪地。

greed·i·ness [ˋgridɪnɪs; ˈgriːdɪnɪs] *n.* U 貪心。

greed·y [ˋgridɪ; ˈgriːdɪ] *adj.* (**greed·i·er; greed·i·est**) **1** 貪心的; 非常想要的(*for*); 渴望…的(*to do*)。a *greedy* merchant 貪心的商人/Don't be so *greedy for* money. 別那麼貪財。**2** 貪吃的, 嘴饞的。a *greedy* boy 貪嘴的男孩。

Greek [grik; griːk] *adj.* 希臘的(→Grecian [參考]); 希臘人的; 希臘語的; (略作 Gk, Gr.)。the *Greek* alphabet 希臘字母。
— *n.* (*pl.* ~s [~s; ~s]) **1** C 希臘人。**2** U 希臘語。ancient [classical] *Greek* 古希臘語。*It's (all) Gréek to me.* 《口》那是我完全無法理解的。

Grēek álphabet *n.* (加 the)希臘字母, 希臘文字。

Grēek (Órthodox) Chúrch *n.* (加 the)《基督教》希臘正教教會(11 世紀前後自天主教分出; 根據地在 Istanbul)。

green [grin; griːn] *adj.* (~er; ~est) 〖綠的, 綠油油的〗 **1** 綠(色)的。I love the blue sky and the *green* grass. 我愛藍天和青草地。**2** 〔土地, 樹木等〕覆以綠草[葉]的。*green* fields and hills 青山綠野。**3** 青菜的, 蔬菜的。We eat a fresh, *green* salad every day. 我們每天都吃新鮮的蔬菜沙拉。

4 臉色發青的((*with* 因(暈船, 嫉妒等)));〔目光〕露出妒意的. a *green* eye 嫉妒的眼神/She was *green with* jealousy (envy). 她嫉妒[羨慕]得臉都綠了.

5 〔有綠色的〕不下雪的;〔氣候〕(異常)溫暖的. a *green* Christmas 無雪的(溫暖的)聖誕節(與a white Christmas 相對)/a *green* winter 暖冬.

〖 尚青澀的 〗**6** 〔水果等〕未成熟的, 青的. *green* bananas 尚未成熟的香蕉.

7 (口)未成熟的, 沒有經驗的; 幼稚的; 易受騙的. *green* in experience 經驗生澀的/a *green* youth 楞小子.

〖 翠綠新鮮的 〗**8** 〔記憶等〕鮮明的, 活生生的; 有生氣的; 年輕的. The scene is still *green* in my memory. 那景象我仍記憶猶新.

9 〔木材等〕生的, 未乾燥的, 未加工的. *green* lumber 生木材/*green* herring 生鯡魚.

— *n.* (*pl.* ~s [~z; ~z]) **1** UC 綠, 綠色; 草綠色. *Green* suggests envy. 綠色使人想到嫉妒.
2 (a) C 綠色的東西; U 綠色的顏料. (b) U 綠色的衣服[布]. The girl was dressed in *green*. 那女孩穿著綠色衣服.
3 C 草地, 綠地; (高爾夫球場)高爾夫球場(→ golf 圖). a village *green* 村中綠地[公地(common)].
4 (*green*s) (集合)青菜, 蔬菜; (又)裝飾用的綠葉[枝]. Christmas *green*s 聖誕節裝飾用的樹(樅樹和冬青樹).

green·back [ˈɡrinˌbæk; ˈɡriːnbæk] *n.* C (美)美鈔(背面為綠色之故).

grēen bēan *n.* C (植物)青豆.

grēen bèlt *n.* UC (城市周圍禁建的)綠化地帶.

grēen cárd *n.* C **1** (美)(外國人在)美國國內的工作許可證, 綠卡. **2** (英)海外汽車傷害保險證.

grēen còrn *n.* U (美)嫩玉米穗, 甜玉米, (烹飪用).

green·er·y [ˈɡrinərɪ, ˈɡrinrɪ; ˈɡriːnərɪ] *n.* U (集合)綠葉, 綠色的草木.

green-eyed [ˈɡrinˌaɪd; ˈɡriːnaɪd] *adj.* **1** 有綠眼的. **2** 嫉妒心強的. the *green-eyed* monster 綠眼怪物(為嫉妒, 吃醋的象徵).

grēen fíngers *n.* (作複數)(主英)園藝的才能, 「綠手指」, ((美) green thumb).

green·fly [ˈɡrinˌflaɪ; ˈɡriːnflaɪ] *n.* (*pl.* ~, -flies) C (英)(綠色的)蚜蟲.

green·gage [ˈɡrinˌɡedʒ; ˈɡriːnɡeɪdʒ] *n.* C (植物)一種西洋李(黃綠色的小果實可食用).

green·gro·cer [ˈɡrinˌɡrosɚ; ˈɡriːnˌɡrəʊsə(r)] *n.* C (英)蔬果商; 蔬果店的老闆.

green·gro·cer·y [ˈɡrinˌɡrosərɪ, -srɪ; ˈɡriːnˌɡrəʊsərɪ] *n.* (*pl.* -cer·ies) **1** C (英)蔬菜水果店. U 蔬菜水果業. **2** U 蔬菜水果.

green·horn [ˈɡrinˌhɔrn; ˈɡriːnhɔːn] *n.* C **1** 生手, 新手, (主男性). **2** (易受騙的)不成熟的人, 不懂人情世故者, (主男性).

*****green·house** [ˈɡrinˌhaʊs; ˈɡriːnhaʊs] *n.* (*pl.* -hous·es [-ˌhaʊzɪz; -haʊzɪz]) C 溫室. grow vegetables in a *greenhouse* 在溫室裡栽植蔬菜.

---

grēenhouse effèct *n.* U 溫室效應(大氣溫度的上升; 被認為是因大氣中的二氧化碳增加所致).

green·ish [ˈɡrinɪʃ; ˈɡriːnɪʃ] *adj.* 稍帶綠色的, 淡綠的.

Green·land [ˈɡrinlənd; ˈɡriːnlənd] *n.* 格陵蘭(位於加拿大東北方, 為世界第一大島; 丹麥屬地).

grēen líght *n.* C 〔前進(!)的〕綠燈(表示允許其著手去做的意思).

green·ness [ˈɡrinnɪs; ˈɡriːnnɪs] *n.* U 綠色; 綠; 新鮮; 未成熟.

grēen pépper *n.* C 青椒(sweet pepper).

green·room [ˈɡrinˌrum; ˈɡriːnrʊm] *n.* C (劇場)(加進)的演員休息室, 後臺.

grēen tēa *n.* U 綠茶(★「紅茶」是black tea).

grēen thúmb *n.* C (美)園藝的才能, 「綠拇指」, ((主英) green fingers).

Green·wich [ˈɡrɪnɪdʒ, ˈɡrɛn-, -ɪtʃ; ˈɡrenɪdʒ] *n.* 格林威治(London 郊外 Thames 河南岸地區; 以前皇家天文臺位於此處, 將通過這裡的經線定為本初子午線(經度零度); 該天文臺今位於 East Sussex).

Grēenwich Mēan Tīme, Grēenwich Tīme *n.* U 格林威治標準時間(世界標準時間; 略作 GMT).

Green·wich Vil·lage [ˈɡrɛnɪtʃˈvɪlɪdʒ; ˌɡrenɪtʃˈvɪlɪdʒ] *n.* 格林威治村(New York 市 Manhattan 區西南部, 為藝術家, 作家集居的地區).

*****greet** [grit; griːt] *vt.* (~s [~s; ~s]; ~ed [~ɪd; ~ɪd]; ~ing) **1** 問候; 迎接; 招呼; ((*with, by*)). Mrs. Parker *greeted* him *with* a smile. 派克太太微笑著迎接他/His speech was *greeted by* shouts of derision. 他的演講被喝倒彩.
2 〔景象等〕觸(…的目), 〔聲音等〕入(…的耳). A magnificent view of the sea *greeted* us. 大海壯闊的景色呈現在我們的眼前.

*****greet·ing** [ˈgritɪŋ; ˈgriːtɪŋ] *n.* (*pl.* ~s [~z; ~z]) **1** C 問候, 行禮. "Good morning" and "Good evening" are *greetings*. 「早安」和「晚安」是問候語.

> 搭配 *adj.*+greeting: a friendly ~ (親切的問候), a hearty ~ (真心的問候), a warm ~ (溫馨的問候) // *v.*+greeting: exchange ~s (相互問候).

2 (greetings) 寒暄; 賀辭; 賀電, 賀卡. Christmas [birthday] *greetings* 聖誕節[生日]的祝賀(卡)/Season's *Greetings* 節日的祝福(聖誕卡的賀詞; 這種卡片較適合給非基督徒)/(Give) best my *greetings* to your brother. 請代我問候你哥哥.
3 C (英)信件的開頭稱呼(Dear Sir 等).

grēeting càrd *n.* C (生日, 畢業等的)賀卡.

gre·gar·i·ous [grɪˈgɛrɪəs, -ˈgær-, -ˈger-; grɪˈgeərɪəs] *adj.* **1** 喜好社交的, 社交的.
2 〔動物, 人〕群居的, 群居性的.

gre·gar·i·ous·ness [grɪˈgɛrɪəsnɪs, -ˈgær-, -ˈger-; grɪˈgeərɪəsnɪs] *n.* U 社交性; 群居性.

Gre·go·ri·an calendar

[grɛˋɡorɪənˋkæləndɚ; ˌgrɪˌgɔːrɪənˋkælɪndə(r)] n. (加 the)葛利果曆，新曆，(現行的太陽曆；英國從 1752年開始使用).

Gregōrian chánt n. C葛利果聖歌(無伴奏的宗教祈禱吟唱，在天主教教會中詠唱).

Greg·o·ry [ˋɡrɛɡərɪ; ˋɡreɡəri] n. 男子名.

grem·lin [ˋɡrɛmlɪn; ˋɡremlin] n. C(口)(傳說在機器、引擎中搗蛋的)小妖怪.

Gre·na·da [ɡrɪˋnedə; ɡrəˋneɪdə] n. 格瑞那達 (位於加勒比海東南部的共和國，大英國協成員國之一；首都 St. George's).

gre·nade [ɡrɪˋned; ɡrɪˋneɪd] n. C手榴彈，槍榴彈；開炸煙.

gren·a·dier [ˌɡrɛnəˋdɪr; ˌɡrenəˋdɪə(r)] n. C
1 (常 Grenadier)英國禁衛步兵第一團的士兵. the *Grenadiers* = the Grenadier Guards.
2 (過去的)榴彈兵.

Grènadier Guárds n. (加 the)英國禁衛步兵第一團(the Grenadiers).

grew [ɡru, ɡrɪu; ɡruː] v. grow 的過去式.

grey [ɡre; ɡreɪ] adj., n., v. 《英》= gray.

grèy área n. 《英》= gray area.

grey·beard [ˋɡreˌbɪrd; ˋɡreɪˌbɪəd] n. 《英》= graybeard.

grey-headed [ˌɡreˋhɛdɪd; ˌɡreɪˋhedɪd] adj. 《英》= gray-headed.

grey·hound [ˋɡreˌhaʊnd; ˋɡreɪhaʊnd] n. C
靈猩(腿長而漂亮，作獵犬、賽狗用；→ hound).
[注意]英美都拼作 grey-.

Gréyhound (bùs) n. C灰狗巴士(美國 Greyhound 巴士公司的長途巴士).

grey·ish [ˋɡreɪʃ; ˋɡreɪiʃ] adj. 《英》= grayish.

[greyhound]

grid [ɡrɪd; ɡrɪd] n. C **1** 格柵；行李架(裝在汽車頂放行李用). **2** 烤架，烤網，(gridiron). **3** (地圖的)棋盤格(地圖上因經線、緯線交錯而成的方格).

grid·dle [ˋɡrɪdl; ˋɡrɪdl] n. C(烤餅用的)圓鐵板，烤盤.

grid·dle·cake [ˋɡrɪdlˌkek; ˋɡrɪdlˌkeɪk] n. UC (以圓烤盤燒成的)烤餅，煎餅.

grid·i·ron [ˋɡrɪdˌaɪɚn; ˋɡrɪdˌaɪən] n. C
1 烤肉架，烤肉網，(grill)(烤魚或肉). **2** 《美》(美式)足球場(畫有平行白線，乍看似烤網).

grid·lock [ˋɡrɪdˌlɑk; ˋɡrɪdlɒk] n. C《美》(市區的)交通阻塞.

[gridiron 1]

*　**grief** [ɡrif; ɡriːf] n. (pl. ~s [~s; ~s]) **1** U深深的悲傷，悲痛. His parents were in deep *grief*. 他的父母悲慟欲絕. [同]grief 指因特定的原因而強烈

地悲傷，但時間比較短；→ sorrow.

[搭配] adj.+grief: bitter ~ (悲慟), intense ~ (強烈的悲痛), profound ~ (深沉的悲痛) // v.+ grief: feel ~ (感到悲痛), suffer ~ (受悲痛之苦).

2 C悲痛的緣由；不幸，傷心事. His conduct was a great *grief* to his mother. 他的所作所為讓他母親傷心. ⇨ v. grieve. adj. grievous.

bring...to grief 使…遭受不幸；使…失敗.
còme to grief 遭受不幸；失敗. He *came to grief* driving too fast on a mountain road. 他在山路上超速開車而慘遭不幸.

Gòod [Grèat] grief! 《口》天啊! 糟糕!

grief-strick·en [ˋɡrifˌstrɪkən; ˋɡriːfˌstrɪkən] adj. 極度悲傷的，悲傷過度的.

griev·ance [ˋɡrivəns; ˋɡriːvns] n. C抱怨，不滿；抱怨的緣由，不滿的原因. Sam has [nurses] a *grievance* against his employer. 山姆對雇主不滿.

*　**grieve** [ɡriv; ɡriːv] v. (~s [~z; ~z]; ~d [~d; ~d]; .griev·ing) vi. 悲痛，傷心. *grieve for* one's dead son 為死去的兒子悲痛/*grieve about* [over] one's misfortune 為自己的不幸感到悲傷.

[同]grieve 是表「悲傷」之意最普遍的用語；→ lament, mourn.

— vt. 使悲傷. President Kennedy's death *grieved* the whole nation. 甘迺迪總統之死使全國悲慟/I am very *grieved at* [to] hear] the news. 聽到這個消息，我感到非常的難過.

griev·ous [ˋɡrivəs; ˋɡriːvəs] adj. 《限定》《文章》
1 令人悲傷的，悲慘的. We lamented the *grievous* accident. 我們為那悲慘的意外感到哀痛.
2 悲哀的；痛苦的. a *grievous* cry 哀嚎.
3 極嚴重的；重大的；極大的. a *grievous* crime 重罪. **4** 極痛苦的，難以承受的.

griev·ous·ly [ˋɡrivəslɪ; ˋɡriːvəsli] adv. 可悲地；劇烈地. The number of traffic accidents have *grievously* increased in recent years. 近幾年來交通事故的件數均劇增.

grif·fin, grif·fon [ˋɡrɪfɪn; ˋɡrɪfin], [ˋɡrɪfən; ˋɡrɪfən] n. C獅身鳥首獸(有鷹首、翅膀、獅身的想像動物).

[griffin]

*　**grill** [ɡrɪl; ɡrɪl] n. (pl. ~s [~z; ~z]) C **1** 烤架，烤網，(gridiron).
2 烤肉；用烤網烤的肉.
3 = grillroom.
— v. (~s [~z; ~z]; ~ed [~d; ~d]; ~ing) vt. **1** 用烤網烤，燒烤，[肉等]，(→ cook 表). *grill* a hamburger 烤漢堡肉. **2** (口)拷問，嚴厲審問.
— vi. 被(以烤網)烤，被燒烤.

grille [ɡrɪl; ɡrɪl] n. C格柵，鐵柵，鐵柵窗，(銀行、郵局等的)裝鐵柵的窗口；鐵柵門.

grill·room [ˋɡrɪlˌrum; ˋɡrɪlrom] n. C(以燒烤食物等為主的)簡易餐廳；旅館等的附設餐廳.

*　**grim** [ɡrɪm; ɡrɪm] adj. (~·mer; ~·mest) **1** 嚴厲

的; 嚴肅的; 無可爭辯的《事實等》. a *grim* expression 嚴肅的表情/Our prospects were *grim*. 我們的前景險惡艱難.

2 不屈不撓的, 堅定的. *grim* determination 堅定的決心.

3 殘酷的, 無情的. a *grim* battle 拼命一搏的戰鬥.

4 陰森可怕的, 恐怖的.

5 《口》不愉快的, 討厭的. *grim*, stormy weather 令人討厭的壞天氣.

gri·mace [grɪˋmes; grɪˋmeɪs] *n.* ⓒ 怪樣; 鬼臉. The boy made *grimaces* at the monkey. 那男孩對猴子做鬼臉.
— *vi.* 愁眉苦臉《at》. *grimace* with pain 痛得直皺眉.

grime [graɪm; graɪm] *n.* ⓤ 污垢; 煤灰.
— *vt.* 弄髒《with》.

grim·ly [ˋgrɪmlɪ; ˋgrɪmlɪ] *adv.* **1** 嚴厲地; 殘酷地. **2** 令人不快地, 陰沈地.

Grimm [grɪm; grɪm] *n.* **Ja·kob** [ˋdʒakɒp; ˋjɑːkɒp] ~ 格林(1785-1863)《德國語言學家; 因與弟 **Wil·helm** [ˋvɪlhɛlm; ˋvɪlhelm] ~ (1786-1859) 共編《格林童話》而聞名》.

grim·ness [ˋgrɪmnɪs; ˋgrɪmnɪs] *n.* ⓤ 嚴厲; 陰森森恐怖.

grim·y [ˋgraɪmɪ; ˋgraɪmɪ] *adj.* 髒的; 佈滿煤灰的.

*****grin** [grɪn; grɪn] *v.* (~s [~z; ~z]; ~ned [~d; ~d]; ~·ning) *vi.* **1** 《露齒》一笑《with 〔高興, 滿足等〕》. Jimmy was *grinning* with delight. 吉米高興得咧嘴而笑/*grin* from ear to ear 咧嘴大笑.

2 〔狗等〕(由於痛苦或生氣而)露出牙齒.

[grin 1]

— *vt.* 露齒笑著表示〔贊成, 高興, 輕蔑等〕; 露〔齒〕. He *grinned* his approval. 他莞爾一笑表示同意.

grìn and béar it 《口》(即使痛苦亦不表露而)咧嘴苦笑.

— *n.* ⓒ 露齒而笑《回smile 則不露牙齒; → laugh》. Hilary always has a silly *grin* on her face. 希拉蕊總是咧著嘴傻笑. **2** 露齒.

tàke 〔*wìpe*〕 *the grìn off* a *pèrson's fáce* 《口》收起某人臉上的笑容, 使某人垂頭喪氣. *Take the grin off* your silly *face!* 不要再傻笑了!/The teacher's words *wiped the grin off* his *face*. 老師的話使他變得愁眉苦臉.

*****grind** [graɪnd; graɪnd] *v.* (~s [~z; ~z]; ~·ing) *vt.* 〖磨碎〗 **1** 把〔穀物等〕磨碎; 把…磨碎做…; 絞碎〔肉〕. *grind* coffee beans 磨碎咖啡豆/*grind* wheat *into* flour at a mill 在麵粉廠把小麥磨成麵粉.

2 磨〔粉等〕製成. That machine *grinds* flour. 那部機器是用來磨麵粉的.

3 〖壓住〗強烈地壓迫, 摧殘, 《down》; 踐踏《under〔腳〕下》(常用被動語態). The poor were *ground down* by the oppressive government. 窮

人飽受暴政摧殘.

〖使摩擦〗 **4** 使磨得吱吱響; 發出碾軋聲. She *ground* her teeth in anger. 她氣得咬牙切齒.

5 持柄轉動〔白等〕; 搖奏〔手風琴〕. *grind* a coffee mill 轉動磨咖啡豆機.

6 〔磨利, 磨光〕磨〔刀〕; 磨光〔玻璃〕. *grind* a knife 磨菜刀.

7 〔磨進〕苦心地教, 反覆地灌輸, 《into》. *grind* grammar *into* the boy 把文法灌輸到那男孩的頭腦裡.

— *vi.* **1** 磨; 磨粉; 轉動白.

2 變成粉末, 能磨成粉. This wheat *grinds* well. 這小麥可以磨得很細.

3 磨得吱吱響. a *grinding* sound 碾磨的吱吱聲.

4 《口》苦幹; 勤學苦讀《away; at; for》. *grind for* an exam 為考試拼命用功.

grìnd/.../*dówn* 磨細…; 壓損…; 壓迫…, 虐待…, 《~, up》.

grìnd/.../*óut* (1)捻熄〔香菸等〕. (2)《輕蔑》絞盡腦汁把〔作品〕寫出來; 〔音樂〕演奏帶有拖泥帶水.

grìnd to a hált 〔汽車等〕使〔煞車〕停止; 〔作用, 行進等〕逐漸地停止.

— *n.* **1** ⓤ 磨, 磨碎; 研磨; 碾軋. **2** [a U] 單調費力的工作; 苦學. **3** ⓒ 《美、口》苦幹的人; 用功的學生.

grind·er [ˋgraɪndɚ; ˋgraɪndə(r)] *n.* ⓒ **1** 粉碎機(磨咖啡豆機等); 研磨機; 磨石; 磨工; 研磨者. a coffee *grinder* 磨咖啡豆機. **2** 《口》臼齒 (molar).

grind·stone [ˋgraɪnd͵ston, ˋgraɪnd-; ˋgraɪndstəʊn] *n.* ⓒ 旋轉式磨石.

kèep one's nóse to the gríndstone 《口》忙碌地工作.

*****grip** [grɪp; grɪp] *v.* (~s [~s; ~s]; ~ped [~t; ~t]; ~·ping) *vt.* **1** (用手等)抓牢, 握緊, 《回比grasp 抓得更緊》. He *gripped* her arm, restraining her. 他抓住她的手臂制止她/*grip* the road (well) 〔輪胎〕抓地力強/The boat was *gripped* by the ice. 船被冰凍住了.

2 強烈地吸引〔興趣, 注意等〕; 抓住〔人心〕; 強烈地訴求. My attention was *gripped* by a strange sound in the distance. 我的注意力被遠處一個奇怪的聲音吸引住/Terror *gripped* her heart. 恐懼占據了她的心.

— *vi.* 緊抓, 握牢, 《on》. The wheels didn't *grip on* the icy road and the car skidded. 車輪在結冰的路面上無法抓地, 於是車子便打滑了.

— *n.* (*pl.* ~s [~s; ~s]) **1** ⓒ (通常用單數)抓緊, 握牢; (球拍等的)握法. He took [got] a *grip* on the rope. 他抓緊繩子/The player has a strong *grip*. 那位選手握力很強.

2 [a U] 控制, 支配. Raymond got a *grip* on his emotions. 雷蒙控制住自己的感情.

3 [a U] 理解(力). He has a good *grip* on the situation. 他十分瞭解狀況.

4 C (用具, 槍等的)握的部分, 把手, 柄. (→ revolver▣).

5 C (美, 口)旅行箱.

at gríps with... 和…揪在一起.

còme [gèt] to gríps with... 與〔人〕扭扯; 認眞地處理〔問題等〕.

gèt [tàke] a gríp on onesèlf (口)控制自己; 振奮精神.

lòse one's gríp 喪失控制力, 無法瞭解, (on).

gripe [graɪp; graɪp] vt. **1** 使腹部絞痛.

2 (美, 俚)使煩躁, 苦惱, 痛苦.

— vi. **1** 腹痛. **2** (俚)(不停地)抱怨.

— n. (俚) **1** (the gripes)肚子絞痛. **2** C 牢騷.

grip·ping [ˈɡrɪpɪŋ; ˈɡrɪpɪŋ] adj. 令人全神貫注的; 十分有趣的. a *gripping* story 一個十分有趣的故事.

gris·ly [ˈɡrɪzlɪ; ˈɡrɪzlɪ] adj. 毛骨悚然的, 陰森可怕的.

grist [ɡrɪst; ɡrɪst] n. U (古)製粉用的穀物.

grist to the [a pèrson's] míll 對某人有利之物.

gris·tle [ˈɡrɪsl̩; ˈɡrɪsl] n. U 軟骨(烹調用的肉; 解剖學用語爲 cartilage).

grist·ly [ˈɡrɪslɪ; ˈɡrɪslɪ] adj. 軟骨(般)的.

grist·mill [ˈɡrɪstˌmɪl; ˈɡrɪstmil] n. 麵粉廠.

grit [ɡrɪt; ɡrɪt] n. U **1** (集合)砂, 砂礫, (特指堵塞於機器內等的). **2** (口)倔强; 不屈不撓; 勇氣. — vt. (~s; ~ted; ~ting)(用於下列片語)

grìt one's téeth 咬牙切齒; 咬緊牙關(堅强的意志, 忍耐的表情).

grits [ɡrɪts; ɡrɪts] n. (美)(單複數同形)粗玉米粉(美國南部常於早餐時食用).

grit·ty [ˈɡrɪtɪ; ˈɡrɪtɪ] adj. **1** 砂的; 含砂的; 滿是砂的. **2** (口)有勇氣的; 不屈不撓的.

griz·zle [ˈɡrɪzl̩; ˈɡrɪzl] vi. (英, 口)(特指孩子)哭鬧, 嗚咽, 哭啼. **2** 抱怨(about 關於…).

griz·zled [ˈɡrɪzl̩d; ˈɡrɪzld] adj. **1** 灰色的; 夾雜灰色的. **2** (頭髮)斑白的.

griz·zly [ˈɡrɪzlɪ; ˈɡrɪzlɪ] adj. =grizzled.

— n. (pl. **-zlies**)=grizzly bear.

grízzly bèar n. C 灰熊(鉤形長指爪, 通常爲棕色或灰色的大熊; 產於北美西部).

*＊**groan** [ɡron; ɡrəʊn] n. (pl. ~s [~z; ~z]) C

1 呻吟聲, 哼哎聲; (抱怨的)嘰哩咕嚕聲. He gave a *groan* of pain. 他發出一聲痛苦的呻吟.

2 吱吱咯咯聲.

— v. (~s [~z; ~z]; ~ed [~d; ~d]; ~ing) vi.

1 呻吟, 發出哼哎聲(with〔痛苦, 煩惱等〕; at看〔聽〕見); 發牢騷(with〔不滿等〕; about, over).
Ted was *groaning* with pain. 泰德痛得一直呻吟.

2 發出吱吱咯咯聲(〔餐桌, 書架等〕被壓得吱吱響(with); 受苦, 被壓迫, (under, beneath〔重擔, 壓制等〕). a *groaning* board 擺滿佳餚的餐桌/The wooden floor *groaned* under the weight of the new piano. 木頭地板在新鋼琴的重壓下吱吱咯咯作響/The people *groaned* under the heavy burden of taxation. 人民不堪重稅壓迫/men *groaning* with

cash 錢太多的人.

— vt. 呻吟著說, 痛苦地說, (out).

groats [ɡrots; ɡrəʊts] n. (作複數)碾碎的燕麥.

*＊**gro·cer** [ˈɡrosɚ; ˈɡrəʊsə(r)] n. (pl. ~s [~z; ~z]) C 食品雜貨商(出售麵粉, 咖啡, 砂糖, 米, 罐頭等食品及肥皂, 蠟燭, 火柴等雜貨). a *grocer's* (shop) 食品雜貨店.

*＊**gro·cer·y** [ˈɡrosərɪ, -srɪ; ˈɡrəʊsərɪ] n. (pl. **-cer·ies** [~z; ~z]) **1** C 食品雜貨店. Go and get some bread and some eggs from the *grocery*. 到雜貨店買點麵包和蛋.

2 U 食品雜貨業. Our *grocery* is not a big business. 我們的雜貨店只是小本生意.

3 (groceries)食品雜貨類. a bagful of *groceries* 滿滿一袋的食品雜貨.

grócery stòre n. (美)=grocery 1.

grog [ɡrɑɡ, ɡrɔɡ; ɡrɒɡ] n. U 攙水烈酒(用蘭姆酒等烈酒加水稀釋; 船員等常喝).

grog·gy [ˈɡrɑɡɪ, ˈɡrɔɡɪ; ˈɡrɒɡɪ] adj. (口)(敍述)(因被毆打, 生病或喝醉)搖搖晃晃的, 東倒西歪的.

groin [ɡrɔɪn; ɡrɔɪn] n. C **1** (解剖)腹股溝, 鼠蹊. **2** (建築)穹稜(拱形屋頂(vault)交接處).

[groins 2]

groom [ɡrum, ɡrʊm; ɡruːm] n. C **1** 馬伕, 馬僕. **2** 新郎(bridegroom; ⟷ bride). the bride and *groom* 新娘和新郎.

— vt. **1** 刷洗〔馬〕. **2** 打扮, 使整潔, (通常用 groom oneself 或用被動語態). be well [badly] *groomed* 打扮得體[不合宜]. **3** 使〔人〕作好準備, 訓練〔人〕, (for; as). *groom* him *as* a presidential candidate 訓練他成爲總統候選人.

grooms·man [ˈɡrumzmən, ˈɡrumz-; ˈɡruːmzmən] n. (pl. **-men** [-mən; -mən]) C 男儐相, 伴郎, (best man; ⟷ bridesmaid).

groove [ɡruv; ɡruːv] n. C **1** (刻在唱片、門檻等表面上的)細槽.

2 老套, 常規; (行動, 想法的)習慣, 慣例.

fàll [gèt] into a gróove 落於俗套.

— vt. 在…上挖槽.

groov·y [ˈɡruvɪ; ˈɡruːvɪ] adj. (俚)愉悅的, 非常滿足的.

*＊**grope** [ɡrop; ɡrəʊp] vi. (~s [~s; ~s]; ~d [~sən-; ~t]; **grop·ing**) **1** 摸索; 搜尋(for). The passen-

ger *groped* in his pocket *for* some small change. 那乘客在他的口袋裡搜尋一些零錢/She *groped for* the light switch in the dark. 她在黑暗中摸索電燈開關.

2 探索, 暗中摸索, 《*after, for*〔想法, 事實等〕》. Harry *groped for* an answer to the teacher's questions. 哈瑞摸索著想找出老師所提問題的解答.

gròpe one's wáy 摸索著前進(→ way¹ 表).

grop·ing·ly [ˋgropɪŋlɪ; ˈgrəʊpɪŋlɪ] *adv.* 摸索著; 在黑暗中摸索著[地].

* **gross** [gros; grəʊs] (★注意發音) *adj.* (~**er**; ~**est**)
【 大得礙眼的 】 **1** 〔人到了難看的地步〕肥胖的, 臃腫的. I feel rather sorry for him—he's *gross* and bald. 我頗爲他感到難過——他又胖又禿頭.
【 厲害的 】 **2** 嚴重的; 〔錯誤等〕顯而易見的, 顯眼的. a *gross* error 明顯的錯誤/a *gross* insult 極大的侮辱.
3 濃密的, 茂盛的. the *gross* vegetation of the island 島上茂密的植物.
【 大略的>整體的 】 **4** (限定)總體的, 整體的; 〔重量〕總重的(↔ net). the *gross* amount (不扣除任何的)總額.
【 粗俗的 】 **5** 〔言行〕粗野的, 下流的. *gross* manners 粗野的舉止/*gross* words 粗話.
6 〔食物〕粗劣的. a *gross* feeder 不挑剔食物的人.
— *n.* (*pl.* ~, ~**es**) ⓒ **1** 一籮(12打, 即144個). a *gross* of pencils 一籮鉛筆/Shopkeepers often buy small items by the *gross*. 店家常常按籮批進小商品. **2** (加 the)(收入等未稅)總額; 總體; 總計.
in the gróss (美) = *in gróss* (英)大量地; 以批發方式地; 大體上.
— *vt.* 獲得…的總收入. Our business *grosses* about a million dollars a year. 我們的生意總收入年約一百萬美元.

gròss doméstic próduct *n.* ⓤ國內總生產毛額(略作 GDP).

gròss íncome *n.* ⓊⒸ (經濟)總收入, 毛額.

gross·ly [ˋgroslɪ; ˈgrəʊslɪ] *adv.* **1** 極大地, 非常. His account of what happened is *grossly* exaggerated. 他對於所發生的事的說詞實在太過誇大了. **2** 粗野地, 下流地.

gròss nátional próduct *n.* ⓤ國民生產毛額(略作 GNP).

gross·ness [ˋgrosnɪs; ˈgrəʊsnɪs] *n.* ⓤ粗野, 下流.

* **gro·tesque** [groˋtɛsk; grəʊˈtesk] *adj.* **1** 怪誕的, 怪異的, 古怪的. a *grotesque* figure with a human face and an animal's body 人面獸身的怪像. **2** 可笑的, 滑稽的. The whole situation was *grotesque*. 這整件事情就像一場鬧劇/*grotesque* mistakes 荒謬的錯誤.
— *n.* **1** ⓤ(加 the)怪異風格(繪畫, 雕刻等).
2 ⓒ怪異繪畫〔人物〕.

gro·tesque·ly [groˋtɛsklɪ; grəʊˈtesklɪ] *adv.* 奇怪地, 怪誕地; 令人毛骨悚然地.

gro·tesque·ness [groˋtɛsknɪs; grəʊˈteskvnɪs] *n.* ⓤ怪異; 恐怖.

grot·to [ˋgroto; ˈgrɒtəʊ] *n.* (*pl.* ~**s**, ~**es**) ⓒ
1 (特指石灰岩的)洞穴. **2** (人造的)庭園洞室, 岩

屋《昔日流行於庭園內建造》.

grouch [graʊtʃ; graʊtʃ] *n.* ⓒ **1** 脾氣壞的人; 愛發牢騷的人. **2** (通常用單數)不高興.
— *vi.* 抱怨; 露出不高興的表情.

grouch·y [ˋgraʊtʃɪ; ˈgraʊtʃɪ] *adj.* 不高興的; 愛發牢騷的.

※ **ground**¹ [graʊnd; graʊnd] *n.* (*pl.* ~**s** [~z; ~z])
【 土地 】 **1** ⓤ土地; 土壤(soil). The *ground* is fertile. 這塊地很肥沃.
2 (*grounds*) 場地; 建地; (建築物四周的)土地, 庭園. the *grounds* of the palace 宮殿的庭園.
3 ⓒ (常 *grounds*) (爲某種目的所用的)場所, …場(地); 運動場. a football *ground* 足球場/a hunting *ground* 獵場/fishing *grounds* 漁場.
【 土地的表面 】 **4** (加 the)地面, 地表. Ned was lying on the wet *ground*. 奈德躺在濕濕的地上/The injured bird fell to the *ground*. 這隻受傷的鳥墜落地面.
5 ⓊⒸ (美)(電)接地, 地線, ((英) earth).
【 水中的地表 】 **6** ⓤ海底. Our boat touched *ground*. 我們的船觸到了淺灘.
7 (*grounds*) (沈在容器底部的)渣滓, 沈澱物; (主指咖啡的)殘渣. coffee *grounds* 咖啡渣.
【 大地般的地基>根基 】 **8** ⓊⒸ (常 *grounds*) 根據; 理由; 基礎, 根基, 底座. a *ground* for divorce 離婚的理由/On what *grounds* did you refuse? 你憑甚麼理由拒絕?/My nephew was excused *on the ground* [*on the grounds*] *of* his youth. 我的侄子因為年幼而被原諒了/I have good *grounds* for anxiety. 我有充分的理由來擔心.
9 ⓒ (繪畫, 噴漆, 刺繡等的)底子, 底色. a design of pink roses on a white *ground* 白底粉紅色玫瑰的花樣/*ground* color 底色.
10 ⓤ立足點, 立場; 意見. be on firm *ground* 處於安全的立場; 掌握確切的事實[證據]/We couldn't find any common *ground* in our discussion. 我們在討論中找不到任何共同點.
above gróund 活著(alive).
be búrned to the gróund 〔建築物等〕全部燒毀.
below gróund 死後入土安葬了[的].
bréak frésh [*néw*] *gróund* 開墾處女地; 開拓新局面.
bréak gróund (1)挖掘; 耕耘. (2)(開工典禮時)破土, 動工; 著手於(事業等).
cóver gróund (1)走一段距離; 完成若干進度, 順利進展. They have *covered* a lot of *ground* in this project. 他們這個計畫已有很大的進展. (2)(研究, 報告等)涉及某些範圍. a study *covering* much *ground* 一項廣泛的研究.
cút the gróund from únder a pérson [*a pérson's féet*] 先發制人地挫敗某人的計畫; 推翻某人議論(論點成立)的根據.
fàll to the gróund 墜落地面; 〔計畫等〕失敗.
from the gròund úp 從頭開始; 完全地, 徹底地.
gàin gróund (1)逼退敵人; 前進; 進步; 趕上(與

…的)差距((on)). The publicity campaign helped the candidate *gain ground on* his rivals. 宣傳活動幫助該候選人趕上了與對手的差距.

(2)擴大影響力; 普及. The big bang theory has *gained* a lot of *ground* in recent years. (宇宙起源的)大爆炸說在近年來已廣泛受到認同.

gèt off the gróund[1] 起飛; 順利開始.

gèt...off the gróund[2] 使…起飛; 開始….

give gróund 被迫撤退, 退出, 離開; 讓步.

gò to gróund (1)(狐狸等)逃進洞穴.

(2)(犯人等)躲藏起來.

hòld [*kèep*] *one's gróund* 堅守陣地, 不退卻; 堅持自己的主張.

kìss the gróund → kiss 的片語.

lòse gróund (1)退出, 退卻; 讓步. (2)(健康狀態等)惡化; 人氣(受歡迎度)衰落. The Prime Minister *lost* a lot of *ground* when the scandal became public. 醜聞公開後總理的聲望大為跌落.

on the gróund(s) that... mean... 根據…理由, Bill was fired *on the ground(s) that* he was often absent. 比爾常缺席, 所以被開除了.

rùn...into the gróund (美, 口)(1)將…做過頭; 囉嗦地說明. (2)嚴加責難; 嚴厲批評.

shìft one's gróund 改變立場, 改變(主張的)論據.

stànd one's gróund =hold one's ground.

— *vt.* **1** 使放在地面; 使設置於地面. *ground* arms (爲投降而)放下武器, 將武器擺在地上.

2 以 … 做爲根據((on, in)). *On* what do you *ground* your argument? 你的論辯以甚麼爲根據呢?

3 教導人打基礎((in [某一科目])). He is well *grounded in* mathematics. 他的數學基礎很紮實.

4 (航空)令(飛機, 飛行員等)不得起飛, 使停留在陸地上. The airplane was *grounded* by the storm. 這架飛機因爲暴風雨的關係無法起飛.

5 (美)(電)將…連接於地上, 接上地線, ((英) earth).

6 使(船隻)擱淺. The ship was *grounded* on the reef. 船碰到暗礁擱淺了.

— *vi.* **1** 掉落地面; 碰到地面.

2 (船隻)擱淺. **3** (棒球)擊出滾地球.

gròund óut (棒球)擊出滾地球而被封殺出局.

— *adj.* (限定) **1** 地面上的, 陸地上的. *ground* forces 地面部隊. **2** (動物)陸地上的, (植物)生長在陸地上的. **3** 基礎的, 根本的.

●──與 GROUND 相關的用語

pleasure ground	遊樂場
proving ground	實驗場(所)
burial ground	墓地
recreation ground	運動場
campground	營地
underground	地下鐵
fairground	博覽會會場
playground	遊樂場; 運動場
foreground	前景
background	背景

ground[2] [graʊnd; graʊnd] *v.* grind 的過去式、過去分詞.

— *adj.* (限定)研磨過的, 磨成粉的; 搓磨過的, 擦[刷, 磨]過的. *ground* glass 毛玻璃, 磨砂玻璃/*ground* pepper 胡椒粉/*ground* meat 絞肉.

gróund báll *n.* =grounder.

gróund crèw *n.* ◯(★用單數亦可作複數) (航空)地勤人員.

ground·er [ˈgraʊndɚ; ˈgraʊndə(r)] *n.* ◯(棒球、板球)滾地球(ground ball).

gròund flóor *n.* ◯(英)(加 the)一樓((美) first floor → floor [參考]).

gèt ín on the gròund flóor 從一開始便參與某項工作[計畫等].

ground·hog [ˈgraʊndˌhɑg, -ˌhɔg; ˈgraʊndˈhɒg] *n.* ◯(美)(動物)美洲土撥鼠(woodchuck).

Gróundhog Dày *n.* (美)2 月 2 日((Candlemas (聖燭節); 據說這一天土撥鼠從冬眠中醒來, 爬出洞穴, 若是牠看見自己的影子, 則再繼續多眠 6 週, 若爲陰天則表示春天即將來臨)).

ground·ing [ˈgraʊndɪŋ; ˈgraʊndɪŋ] *n.* ◯ 基礎訓練; 基礎知識.

ground·less [ˈgraʊndlɪs; ˈgraʊndlɪs] *adj.* 無根據的; 無理由的, 無緣無故的. His fears are *groundless.* 他的恐懼是沒有緣由的.

ground·less·ly [ˈgraʊndlɪslɪ; ˈgraʊndlɪslɪ] *adv.* 毫無根據地.

ground·nut [ˈgraʊndˌnʌt, ˈgraʊnˌnʌt; ˈgraʊndˌnʌt] *n.* ◯ 落花生.

gróund plàn *n.* ◯(建築物的)平面圖; 初步計畫, 計畫的大綱.

gróund rènt *n.* ◯◯(特指建築物的)地租.

gróund rùle *n.* ◯(常 ground rules)(行爲的)基本原則, 程序規則.

ground·sheet [ˈgraʊndˌʃit; ˈgraʊndˌʃiːt] *n.* ◯ 鋪地防潮布(例如露營時鋪在地上等的防水布).

grounds·man [ˈgraʊndzˌmæn; ˈgraʊndzmən] *n.* (*pl.* **-men** [mɛn; mən]) ◯(主英)(賽馬場, 大庭園的)管理員.

gróund stàff *n.* ◯(★用單數亦可作複數) (英) **1** 比賽場[球場]的維修人員(全體).

2 =ground crew.

gróund swèll *n.* ◯ **1** (風暴餘波的)大浪.

2 (輿論等的)急遽匯合.

gróund wàter *n.* ◯ 地下水.

ground·work [ˈgraʊndˌwɝk; ˈgraʊndwɜːk] *n.* ◯ **1** 地基; 基礎.

2 基本原理; 基礎研究; 基礎訓練.

ᕒgroup [grup; gruːp] *n.* (*pl.* ~s [~s; ~s]) ◯ (★1, 2 用單數亦可作複數)

〖人或物的集合〗 **1** 群; 集體, 團體. a *group of* islands 群島/in a *group* 成群結隊地/a *group of* twelve (tourists) 12 個人[觀光客]的團體/A *group of* children are playing in the yard. 一群

孩子在院子裡玩耍.

2 (利害、信條、年齡或種族等相同的)**群體**, 同儕, 團體, 派. a pop *group* 流行樂團(演奏流行音樂的團體)/a racial *group* 種族.

3 型. a blood *group* 血型.

4 (化學)基;(數學)群;(語言)語系,(語言)群. the Germanic *group* (of languages)日耳曼語系.

— *v.* (~s [~z; ~z]; ~ed [~t; ~t]; ~ing) *vt.* 聚集, 收集; 把…分類, 分組, 分門別類. The teacher *grouped* all the pupils (together) in the hall. 老師把全體學生集合在大禮堂/The roses on exhibition are *grouped* together by colors. 展覽中的玫瑰是按顏色歸類的.

— *vi.* 聚集, 成群. The members *grouped* (together) around the table. 會員圍聚在桌子四周.

gróup cáptain *n.* ⓒ(英)空軍上校.

group·ie [ˋgrupɪ; ˋgruːpɪ] *n.* ⓒ(口)熱情女歌迷, 歌友會的女歌友,(到處追隨著名歌星的少女).

group·ing [ˋgrupɪŋ; ˋgruːpɪŋ] *n.* ⓤ分組; 分類; ⓒ已分門別類(分組)之物, 組, 群, 堆.

gróup insúrance *n.* ⓤ團體保險.

gróup práctice *n.* ⓤⓒ(醫學)聯合診療(由各科醫生共同合作進行).

gróup thérapy *n.* ⓤ(心理)集體療法.

grouse[1] [graus; graus] *n.* (*pl.* ~) ⓒ(鳥)松雞科的各種鳥類(是歐美重要的獵鳥).

grouse[2] [graus; graus] *vi.* (口)抱怨, 發牢騷,《*about* 關於…》.

— *n.* ⓒ(口)抱怨, 牢騷.

* **grove** [grov; grəuv] *n.* (*pl.* ~s [~z; ~z]) ⓒ **1** 樹林, 樹叢, 小森林. There is a *grove* of birch trees behind the house. 屋後有一片樺樹林.

2 (特指柑橘類的)果園(→ orchard). the Sardinian hills covered with olive *groves* 遍布著橄欖樹林的薩丁尼亞山丘.

3 (Grove)…街, …路,《用於街道名稱》. Keats *Grove* 濟慈大道.

grov·el [ˋgrɑvl, ˋgrʌvl; ˋgrɒvl] *vi.* (~s; (美)~ed, (英)~led; (美)~ing, (英)~ling) **1** (在強而有力者面前畏懼地)匍匐, 屈服. *grovel* before the king 臣服在國王面前. **2** 卑躬屈膝.

✵**grow** [gro; grəu] *v.* (~s [~z; ~z]; **grew**; **grown**; ~ing) *vi.* (生長)**1** (草木)生長, 發芽; 成長;《*from, out of*》. Seeds must have air and water to *grow*. 種子發芽需要空氣和水/The lily *grows* from a bulb. 百合從球莖上長出來/Mosquitos *grow* in swamps. 蚊子在溼地中孳生/His suspicions *grew out of* nothing in particular. 他的懷疑全是憑空猜測.

(長大)**2** (生物等)成長, 生長. I have *grown* five centimeters since last April. 從去年4月以來我長高了5公分/Let's see how the potato shoot *grows*. 我們來瞧瞧馬鈴薯的芽是怎麼長大的.

3 (草木)孕育, 成長, 繁盛. Bamboo *grows* only in warm countries. 竹子僅生長於氣候溫暖的國家/Bananas *grow* wild in the Philippines. 在菲律賓, 香蕉是野生的.

4 (大小、數量、程度等)增加. *grow in* experience 經驗豐富/Her books have *grown in* popularity recently. 她的書最近頗受歡迎/My anxiety *grew* as I waited for Peter to return. 我的焦慮因為等待彼得歸來而不斷蔓延.

(變化)**5** (句型2) (grow A/*to* do)逐漸變成 A/習慣做…(become)(★含有漸漸變化的意思). His face *grew* paler than before. 他的臉變得比以前蒼白/It *grew* cold. 天氣變冷了/Alice will *grow* to like playing the piano. 愛麗絲將會漸漸喜歡彈鋼琴/Your store certainly has *grown to* be a big business. 你們的店規模的確愈來愈大了.

— *vt.* (使生長, 成長)(特指)栽培(植物、作物);使長大;培養(興趣等). I *grow* orchids in my greenhouse. 我在溫室裡栽植蘭花/This tree *grows* new leaves in spring. 這棵樹在春天長出新葉/Girls like to *grow* their hair long. 女孩們喜歡留長髮.

(同) 指(養育, 培育)之意時, grow 用於植物, breed 用於動物, raise 則兩者皆可用. ⇨ *n.* **growth**.

grow awáy from... 與(雙親, 夫, 妻, 朋友等)疏遠, 與…的關係變壞.

* *grow into...* (1)長成…; 發展成…. The town *grew into* a large city. 那城鎮發展成大都市. (2)(大到)足以穿…. Ken will *grow into* his brother's clothes by the end of the year. 到年底肯就(大得)可以穿他哥哥的衣服了. (3)習慣於….

grow on [upon]... 愈來愈喜歡(人、態度、藝術品等); 逐漸能接受(了習慣, 想法等). This picture *grew on* me. 我愈來愈喜歡這幅畫了.

grow on trées 非常容易到手, 到處都有,《通常用於否定句》. Money doesn't *grow on trees*. 錢要辛苦去賺才有(<錢財並非長在樹上隨手可得).

grow óut of... (1)產生自…, 起因於…. My desire to become a doctor *grew out of* looking after my sickly brother. 我想當醫生的念頭是起因於照顧我那病弱的弟弟. (2)(長大到)穿不下…. My daughter has *grown out of* this dress. 我的女兒已經大得穿不下這件衣服了. (3)(心智年齡漸長而)擺脫(惡習等). I hope John will soon *grow out of* reckless driving. 我希望約翰能快點成熟些, 不再亂開車了.

* *grow úp* (1)(人)成長, 長大成人. Children *grow up* so quickly. 孩子們真這麼快/I want to be an astronaut when I *grow up*. 我長大後要當太空人/I *grew up* in London. 我在倫敦長大.

(2)產生; 發展. A dispute *grew up* among them. 他們之間發生了爭執.

(3)《用祈使語氣》別孩子氣; 說話別那麼幼稚.

grow·er [ˋgro·ə; ˋgrəuə(r)] *n.* ⓒ **1** 栽培者. apple *growers*=*growers* of apples 蘋果果農.

2 以…方式生長的植物(通常與形容詞連用). This kind of bean is a quick [fast] *grower*. 這是一種長得很快的豆子.

grow·ing [ˋgroɪŋ; ˋgrəuɪŋ] *adj.* 增加的, 增大

的. a *growing* interest 愈來愈濃厚的興趣/*Growing* numbers of Taiwanese take their vacations abroad. 愈來愈多臺灣人出國度假.

grów·ing páins *n.*《作複數》**1** 小兒四肢關節痛(常誤認爲是發育迅速所導致).

2《比喩》(企業)初創期的問題.

*****growl** [graul; graol] *v.* (**~s** [~z; ~z]; **~ed** [~d; ~d]; **~·ing**) *vi.* **1** (動物發怒表示威脅的)咆哮, 怒吼, (*at*) (→ dog 參考). The dog *growled* at the passing cat. 那隻狗對經過旁的貓狂吠.

2 抱怨, 怒罵, (*at*). Father always *growls at* me. 父親總是怒斥我.

3〔雷等〕隆隆作響, 轟隆響.

— *vt.* 吼叫, 斥責. *growl* (*out*) a warning 大聲斥喝警告.

— *n.* (*pl.* **~s** [~z; ~z]) C **1** (狗等的)吠叫聲. I jumped when I heard a loud *growl* behind me. 我一聽見背後狗聲大吠就跳了起來. **2** 抱怨聲.

grown [gron; grəon] *v.* grow 的過去分詞.

— *adj.* 成長[生長]的; 被〔草等〕覆蓋的. a *grown* man 成人/home-*grown* tomatoes 自家種的番茄/a moss-*grown* stone 覆滿靑苔的石頭.

‡**grown-up** [ˋgronˏʌp; ˏgrəonˋʌp] *adj.* **1** 成年的, 成人的. Your son is *grown-up* now, isn't he? 你的兒子已經長大成人了吧? **2** 像大人似的; 適合成人的.

— [ˋgronˏʌp; ˋgrəonʌp] *n.* (*pl.* **~s** [~s; ~s]) C 大人, 成年人, (圖小孩子稱呼大人的用語, 由大人以小孩子的立場來說; 此字與 adult 一詞同義但略爲口語). That French movie is for *grown-ups*, and not for you. 那部法國電影是給大人看的, 不是給你看的.

‡**growth** [groθ; grəoθ] *n.* (*pl.* **~s** [~s; ~s]) **1** ⓐᵁ 增長, 增加; 擴大. the rapid *growth* of [in] suburban population 郊區人口的激增/a sudden *growth* of houses in the district 該地區房屋數量的激增.

2 U 成長, 生長, 發育; 發展. The pupils studied the *growth* of beans. 學生們研究豆子的生長/reach full *growth* 完全長大; 成熟/They were surprised at the city's rapid *growth*. 他們對這城市的快速發展感到驚訝/China's economic *growth* 中國的經濟發展[成長].

3 U 栽培, 生產, 出產. These lemons are of foreign *growth*. 這些檸檬是外國產的.

4 C (通常用單數)成長[生長]之物; 長出之物, 變長之物, (草木, 鬍鬚等). a five-days' *growth* of beard 長了五天的鬍子.

5 C 腫瘤, (醫學)腫瘤; 贅生物. a cancerous *growth* 癌細胞增殖. ⇨ *v.* grow.

grub [grʌb; grʌb] *v.* (**~s**; **~bed**; **~·bing**) *vt.* 把…根除, 掘出, (*up*; *out*); 翻掘出來. *grub up* the roots of a tree 把樹根挖出來.

— *vi.* 掘地.

— *n.* **1** C (特指甲蟲類的)幼蟲, 蠐螬, 蛆.

2 U (口)食物.

grub·by [ˋgrʌbɪ; ˋgrʌbɪ] *adj.* 骯髒的, 不潔的.

Grúb Strèet *n.* U 格拉布街(以前英國倫敦窮苦文人集居的街道).

grudge [grʌdʒ; grʌdʒ] *n.* C 恨, 惡意. *bèar* [*hòld*, *hàve*] *a grúdge against...* 對…懷恨; 對…感到憤慨.

òwe a pèrson a grúdge 懷恨某人.

— *vt.* **1** 句型4 (grudge A B)、句型3 (grudge B to A) 捨不得[不願]把 B 給 A, 勉強答應[承認]; 句型3 (grudge *doing*) 勉強做…, 不願做…. His parents *grudge* him nothing. 他的父母甚麼都捨得給他/They *grudged* him the money to continue his researches. 他們不肯給他經費讓他繼續研究.

2 句型4 (grudge **A** **B**)妒忌 A(擁有)的 B. You surely don't *grudge* us our wonderful prosperity. 你們當然不會是妒忌我們人人驚奇的繁榮吧!

grudg·ing [ˋgrʌdʒɪŋ; ˋgrʌdʒɪŋ] *adj.* 勉強的, 不情願的.

grudg·ing·ly [ˋgrʌdʒɪŋlɪ; ˋgrʌdʒɪŋlɪ] *adv.* 勉強地, 不情願地.

gru·el [ˋgrʊəl, ˋgrɪʊəl; grʊəl] *n.* U (病人的)麥片粥(燕麥片加牛奶[水]煮成).

gru·el·ing《美》, **gru·el·ling**《英》 [ˋgrʊəlɪŋ; ˋgrʊəlɪŋ] *adj.* 使人筋疲力盡的; 激烈的; 嚴厲的. a *grueling* race 激烈的比賽.

grue·some [ˋgrusəm, ˋgrɪu-; ˋgru:səm] *adj.* (與死亡等有關)令人毛骨悚然的, 恐怖的, 可怕的. a *gruesome* murder 令人毛骨悚然的謀殺.

grue·some·ly [ˋgrusəmlɪ, ˋgrɪu-; ˋgru:səmlɪ] *adv.* 毛骨悚然地.

gruff [grʌf; grʌf] *adj.* **1**〔態度, 說話方式等〕直率的, 粗俗的, 魯莽的.

2〔人的聲音〕破鑼嗓子的, 粗啞的, 難聽的.

gruff·ly [ˋgrʌflɪ; ˋgrʌflɪ] *adv.* 粗魯地.

gruff·ness [ˋgrʌfnɪs; ˋgrʌfnɪs] *n.* U 粗魯.

*****grum·ble** [ˋgrʌmbl; ˋgrʌmbl] *v.* (**~s** [~z; ~z]; **~d** [~d; ~d]; **-bling**) *vi.* **1** 抱怨, 發牢騷, (*at, over, about* 關於…) (圖持續不太愉快地(喃喃地, 小聲地)抱怨; → complain). Mr. Barclay is always *grumbling* about his low salary. 巴克萊先生老是爲他微薄的薪水而發牢騷/The students *grumbled* over their assignments. 學生們抱怨學校功課. **2**〔雷等〕隆隆作響.

— *vt.* 抱怨, 發牢騷, 對…不滿. 句型3 (grumble *that* 子句)抱怨…. *grumble* (*out*) a reply 不服地回答/The pupils *grumbled that* the teacher assigned them too much homework. 學生們抱怨老師出太多家庭作業.

— *n.* **1** C 不平, 不滿之聲, 怨言. 「怨者.

2 U (雷等的)隆隆聲.

grum·bler [ˋgrʌmblɚ; ˋgrʌmblə(r)] *n.* C 愛抱

grum·bling·ly [ˋgrʌmblɪŋlɪ; ˋgrʌmblɪŋlɪ] *adv.* 喃喃地, 發牢騷地.

grump·i·ly [ˋgrʌmpɪlɪ; ˋgrʌmpɪlɪ] *adv.* 不高興地.

grump·y [ˋgrʌmpɪ; ˋgrʌmpɪ] *adj.* (口)脾氣壞的, 不高興的.

grunt [grʌnt; grʌnt] *vi.* **1**〔豬等〕打呼, 發出

嚕聲. **2** 呻吟，嘟囔，《*with*〔痛苦，不平等〕》；抱怨.
— *vt.* 嘟囔，嘰咕，《*out*》.
— *n.* ⓒ〔豬等的〕呼嚕聲.
gryph·on [ˋgrɪfən; ˈgrɪfn] *n.* =griffin.
Gt. Br., Gt. Brit. (略) Great Britain.
Guam [gwɑm; gwɑːm] *n.* 關島(太平洋西部 Mariana 群島的主島；美國屬地).
gua·no [ˋgwɑno; ˈgwɑːnəʊ] *n.* ⓤ 鳥糞，糞化石，(作為天然肥料的海鳥糞).
****guar·an·tee** [ˏɡærənˋti; ˌɡærənˈtiː] *n.* (*pl.* ~s [~z; ~z]) ⓒ **1** (產品品質、修理等的)保證，保證書；(泛指)保證. There is a two-year *guarantee* on the clock. = The clock has [carries] a two-year *guarantee*. 這座鐘附 2 年的保證.
2 《口》保證(物). Effort alone is no *guarantee* of success. 光是努力並不能保證成功.
3 =guaranty 1, 2.
4 被保證人.
5 保證人(guarantor).
— *vt.* (~s [~z; ~z]; ~d [~d; ~d]; ~ing) **1** 保證(物的品質，付款，實行等)；向…保證(*against* 不受(損害等))；﹝句型5﹞ (guarantee **A** B/A to **B**)保證 A 是 B. This television is *guaranteed* for two years. 這臺電視機的保證期是 2 年/My uncle *guaranteed* my debts. 我伯父擔任我的借款保證人/The jeweler *guaranteed* the diamond (*to be*) genuine. 那位珠寶商保證這顆鑽石是真品.
2 保證，約定；﹝句型3﹞ (guarantee *to* do/*that* 子句)保證做/保證是…；﹝句型4﹞ (guarantee **A** B/A *that* 子句)、﹝句型3﹞ (guarantee **B** *to* A)向 A 保證 B，I *guarantee* to take over his responsibilities. 我保證承擔他的責任/I cannot *guarantee* his safety [him safety; *that* he'll be safe]. 我不能保證他的安全.
guar·an·tor [ˋɡærəntɚ, -ˏtɔr; ˌɡærənˈtɔː(r)] *n.* ⓒ(法律)(特指債務上的)保證人.
guar·an·ty [ˋɡærəntɪ; ˈɡærəntɪ] *n.* (*pl.* -ties) ⓒ **1** (法律)保證(契約)，保證書，(即保證在當事人不履行義務時，代為償還債務、履行義務等的契約(書)). **2** (法律)擔保(物). **3** =guarantee 1.
*guard [ɡɑrd; ɡɑːd] *n.* (*pl.* ~s [~z; ~z]) 【守衛者】**1** ⓒ守衛，門房；衛兵；護衛(者)；警衛人員，(美)管理人員. Two *guards* were watching the gate of the building. 有兩個守衛在看守這棟樓的大門/a crossing *guard* 鐵路平交道管理員.
2 ⓐ(★用單數亦可作複數)護衛隊；警衛隊. the premier's *guard* 首相的護衛(們). ⓑ (the *Guards*)(英)禁衛軍團((the Lifeguards, the Horse Guards 等的總稱).
3 ⓒ(英)(火車的)列車長／(美) conductor). a *guard*'s van (英)列車長室.
【防範物】**4** ⓒ防護物(防止損傷、危險等的護罩、護板之類). a mud*guard* (汽車的)擋泥板／a shin *guard* (運動用的)護腿.
【防衛】**5** ⓤ警戒，監視；警備；警惕；防護.
6 ⓤ(西洋劍、拳擊等的)防禦姿勢[動作].

---

kèep guárd 放哨，警戒.
* off (one's) *guárd* 未提防地. Kay was caught *off guard* by the question. 凱一不小心被這個問題考倒了.
* on (one's) *guárd* 警惕，警戒，《*against*》. Be *on your guard against* pickpockets. 提防扒手.
stànd guárd 站崗；看守(*over*).
— *v.* (~s [~z; ~z]; ~ed [~d; ~d]; ~ing) *vt.* **1** 守護，護衛；警衛，警戒，《*against, from*》(→ defend同). Two night watchmen *guard* the factory. 兩名守夜警衛看守工廠.
2 看守，監視(囚犯，俘虜等).
— *vi.* 警戒，防範，《*against*》. You have to *guard against* catching cold. 你要預防感冒.
guard·ed [ˋɡɑrdɪd; ˈɡɑːdɪd] *adj.* **1** 〔說話〕慎重的，謹慎的. **2** 小心看守著的，受嚴密監視的.
guard·ed·ly [ˋɡɑrdɪdlɪ; ˈɡɑːdɪdlɪ] *adv.* 謹慎地，慎重地.
guard·house [ˋɡɑrdˏhaʊs; ˈɡɑːdhaʊs] *n.* (*pl.* -hous·es [-ˏhaʊzɪz; -haʊzɪz]) ⓒ(軍事)禁閉所；衛兵營房.
*guard·i·an [ˋɡɑrdɪən; ˈɡɑːdjən] *n.* (*pl.* ~s [~z; ~z]) ⓒ **1** 管理員，守護者；保護者. The U.N. should be a *guardian* of world peace. 聯合國應設是世界和平的守護者.
2 (法律)(未成年人的)監護人(⟷ward). The court appointed a *guardian* for the orphaned child. 法院為那個孤兒指定監護人.
3 (The Guardian)衛報(英國Manchester的日報).
guàrdian ángel *n.* ⓒ(守護人或土地的)守護天使；像守護天使一般的人.
guard·i·an·ship [ˋɡɑrdɪənˏʃɪp; ˈɡɑːdjənʃɪp] *n.* ⓤ
1 (法律)監護人的地位[責任，任期].
2 保護，監護；管理. The relics are under the mayor's *guardianship*. 這遺跡歸屬市長的管轄.

[guardian angels]

guard·rail [ˋɡɑrdˏrel; ˈɡɑːdreɪl] *n.* ⓒ **1** 扶手，欄杆，(道路的)護欄. **2** (鐵道上防止脫軌而裝設的)護軌.
guard·room [ˋɡɑrdˏrum, -ˏrʊm; ˈɡɑːdrʊm] ⓒ (一間)衛兵室；禁閉室.
guards·man [ˋɡɑrdzmən; ˈɡɑːdzmən] *n.* (*pl.* -men [-mən; -mən]) ⓒ **1** 警衛，守衛，看守者. **2** (美)(屬於州的)國民兵. **3** (英)皇家禁衛軍(→ guard 2 (b)).
Gua·te·ma·la [ˏɡwɑtəˋmɑlə; ˌɡwɑːtəˈmɑːlə] *n.* 瓜地馬拉(中美洲的共和國；首都 Guatemala City).
gua·va [ˋɡwɑvə; ˈɡwɑːvə] *n.* ⓒ 番石榴(其果實，

可生食或做成果凍等);番石榴樹(開白花的桃金孃科樹木;產於熱帶美洲).

gu·ber·na·to·ri·al [ˌgjubənəˈtorɪəl, ˌgɪu-, -ˈtɔr-; ˌgjuːbənæˈtɔːrɪəl] *adj.* 《美》《文章》州長的(★ governor 的形容詞). a *gubernatorial* election 州長選舉.

[guava]

gudg·eon [ˈgʌdʒən; ˈgʌdʒən] *n.* ⓒ **1** 白楊魚(產於歐洲的鯉科小淡水魚;易捕捉,供食用或釣餌用). **2** 容易受騙的人.

gue·ril·la, guer·ril·la [gəˈrɪlə; gəˈrɪlə] *n.* ⓒ 游擊隊隊員,非正規軍士兵. a *guerilla* war 游擊戰.

‡guess [gɛs; ges] *v.* (~·es [~ɪz; ~ɪz]; ~ed [~t; ~t]; ~·ing) *vt.* **1** 猜,猜測;推測,揣測. 句型3 (guess *wh* 子句、片語/*that* 子句)猜測…; 句型5 (guess A *to be* B)推測 A 是 B. No one can *guess* the true reason. 沒有人能猜出真正的原因/Can you *guess* how old that teacher is? 你猜得出那位老師幾歲嗎?/I would *guess* him *to be* [*guess that* he is] around forty. 我會猜他大約 40 歲/I *guess* her age *at* [*as*] forty-five. 我猜她 45 歲.

2 說中(推測),猜對[謎語]. *Guess* what I have in my hand. 猜猜我手裡有甚麼/*Guess* what. 猜猜看發生了甚麼事(★用於會話的起始).

— *vi.* **1** 推測(*at*). Can you *guess* *at* my weight? 你能猜出我的體重嗎?/You are merely *guessing*. 你只不過是胡亂猜測罷了.

2 猜中. You didn't *guess* right. 你沒有猜對.

I guéss... 《美、口》認為,想. *I guess* you're right. 我想你是對的/"Will it be fine tomorrow?" "*I guess* so [not]." 「明天會是晴天嗎?」「我想是的[不是]」(★ so 代替 that 子句)/*I guess* I'll go to bed. 我想我該去睡覺了(★用 I guess I will... 「我想我會…」).

kèep a pèrson guéssing 不讓某人知道(重要的事);(不告知而)使某人焦慮不安. *Keep* him *guessing* about the result. 不要把結果告訴他,吊他胃口.

— *n.* (*pl.* ~·es [~ɪz; ~ɪz]) ⓒ 猜測,推測,臆測. a pretty wild *guess* 毫無根據的瞎猜/My *guess* is that he won't go. 我的推測是他不會去/You've missed every *guess* so far. 到目前為止你都沒有猜對.

[搭配] *adj.*+guess: a lucky ~ (幸運猜對的猜測), a rough ~ (隨便的猜測), a shrewd ~ (聰明的猜測) // *v.*+guess: have a ~ (猜一猜), take a ~ (猜一猜).

at a guéss = by guéss 憑推測,憑猜測,瞎猜地. *At a guess*, I would say that the car cost $25,000. 我猜這輛車值二萬五千美元.

It's ànybody's guéss. 這是大家無法確定的事.

màke [*hàve, tàke* 《美》] *a guéss* 推測. make a *guess* at the final result 推測最後的結果.

guess·work [ˈgɛsˌwɝk; ˈgeswɜːk] *n.* Ⓤ 猜測.

‡guest [gɛst; gest] *n.* (*pl.* ~s [~s; ~s]) ⓒ **1** (a) (應邀出席宴會、餐會、家庭聚會等的)客人,賓客, (↔ host) (回商店等的顧客爲 customer). We'll have three *guests* tomorrow evening. 明天晚上我們會有三位客人.

[搭配] *adj.*+guest: a distinguished ~ (貴客), an unexpected ~ (意外造訪的客人), an un-invited ~ (不速之客), a welcome ~ (受歡迎的客人).

(b) (形容詞性)受邀請的;客串的,客座的. a *guest* speaker 應邀演講者/a *guest* professor 客座教授/a *guest* artist (電視、廣播等的)客串藝人,特別來賓.

2 (旅館的,寄宿等的)旅客;(餐廳、劇場等的)賓客;(用 a person's guest)(某人的)客人. The new hotel can accomodate 1,000 *guests*. 這家新旅館可容納一千位房客/Tom is coming to this theater as *my guest*. 湯姆是我邀請來劇場的客人.

be a person's guést (1)成爲(某人)的客人,接受招待. Please be my *guest* at this restaurant. 在這家餐廳請讓我來作東.

(2)《口》(用 Be my guest!)請便,不要客氣. "May I have a look at your garden?" "*Be my guest.*" 「我可以參觀你的花園嗎?」「請便.」

— *vi.* 《口》(在電視、電臺)客串演出.

guest·house [ˈgɛstˌhaʊs; ˈgesthaʊs] *n.* (*pl.* -·hous·es [-ˌhaʊzɪz; -haʊzɪz]) ⓒ 《美》(與主房分開而獨立的)客房;《英》簡便旅館,臨時供旅客住宿的民房.

guèst of hónor *n.* ⓒ (典禮等的)貴賓.

guest·room [ˈgɛstˌrum; ˈgestrʊm] *n.* ⓒ 客房.

guf·faw [gʌˈfɔ, gəˈfɔ; gʌˈfɔː] *n.* ⓒ 大笑,儍笑. break out into loud *guffaws* 突然大聲狂笑.

— *vi.* 大聲狂笑,哈哈大笑.

‡guid·ance [ˈgaɪdns; ˈgaɪdns] *n.* Ⓤ **1** 指示,引導;指導. Under his *guidance*, I managed to accomplish my task. 在他的指導之下,我總算完成了工作.

2 學生指導,諮詢,輔導. vocational *guidance* 職業輔導.

3 (飛彈等用雷達或紅外線等的)導引.

‡guide [gaɪd; gaɪd] *n.* (*pl.* ~s [~z; ~z]) ⓒ **1** (特指旅行的)導遊,嚮導, (→ courier);路標(指示現在的位置、方向等的箭頭等). I hired a *guide* for my sightseeing. 我請了一位觀光導遊/Here's a *guide* to the cycling course. 這裡有一個腳踏車行進路線的路標.

2 (行動的)指南,指導方針;指導者,諮詢者. The Bible is my *guide* in everything. 聖經是我做一切事情的指南/Test scores are not always a good *guide* to real ability. 考試成績並不一定代表真正的能力.

3 旅遊指南(guidebook);指導手冊;入門書,指南(*to*). I bought a *guide* to the gallery at the entrance. 我在美術館的入口買了一本參觀指南/a *guide* to antique furniture 古董家具的入門書.

4 (常 Guide) =girl guide.

5 《機械》導桿, 運轉操控裝置.

— vt. (~s [~z; ~z]; guid·ed [~ɪd; ~ɪd]; guid·ing)

1 嚮導, 引領. Can you *guide* me through the museum? 你能帶我參觀博物館嗎?/a *guided* tour 有嚮導帶領的旅行.

2 給與〔人〕方針; 循著路開, 引導, 〔車等〕. a *guiding* principle 指導原則/Don't be *guided* by a passing fancy. 別被一時的胡想沖昏了頭.

guide·book [ˋgaɪd͵bʊk; ˈgaɪdbʊk] n. C 旅遊指南; (博物館等的)參觀指南, 導覽手冊.

guíded míssile n. C 導向飛彈.

guíde dòg n. C 導盲犬.

guide·line [ˋgaɪd͵laɪn; ˈgaɪdlaɪn] n. C 1 (洞穴等的)導引繩.

2 (常 guidelines) (政府等決定的)指導方針, 綱領, 目標原則. *guidelines* for would-be investors 給有志於投資者的指南.

guide·post [ˋgaɪd͵post; ˈgaɪdpəʊst] n. C 1 路標. 2 =guideline 2.

guid·ing [ˋgaɪdɪŋ; ˈgaɪdɪŋ] v. guide 的現在分詞, 動名詞.

guild [gɪld; gɪld] n. C 基爾特(中世紀商人、勞工為互助和學徒研習而組織的同業公會; 如今尚存於協會、俱樂部、工會等名稱中). the *guild* of tailors 裁縫工會.

guil·der [ˋgɪldɚ; ˈgɪldə(r)] n. C 基爾德(荷蘭的貨幣單位); 一基爾德銀幣.

guild·hall [ˋgɪld͵hɔl; ͵gɪldˈhɔːl] n. 1 C 市政廳, 鄉[鎮]公所; 市[鎮]會館; (town hall).

2 (the Guildhall) 倫敦市政廳.

3 C 中世紀基爾特會館(→ guild).

guile [gaɪl; gaɪl] n. U 《文章》狡猾; 詭計.

guile·ful [ˋgaɪlfəl; ˈgaɪlfʊl] adj. 《文章》狡猾的, 奸詐的.　　　　　　　　　　　　　　　　　「猾地.

guile·ful·ly [ˋgaɪlfəlɪ; ˈgaɪlfʊlɪ] adv. 《文章》狡

guile·less [ˋgaɪllɪs; ˈgaɪllɪs] adj. 不奸詐的; 不欺騙的, 正直的.　　　　　　　　　　　　　「地.

guile·less·ly [ˋgaɪllɪslɪ; ˈgaɪllɪslɪ] adv. 正直

guil·le·mot [ˋgɪlə͵mɑt; ˈgɪlɪmɒt] n. C 海鳥, 海鳩之類的海鳥.

guil·lo·tine [ˋgɪlə͵tin; ͵gɪləˈtiːn] n. C 1 斷頭臺(法國大革命時用於處刑; 源自提倡使用此物者的名字).

2 《機械》(紙等的)切紙機.

3 《醫學》(用來切割扁桃腺等用的)切除器.

4 《英》(加 the) (議會的)限時討論.

— vt. 1 在斷頭臺上斬首. 2 《英》(議會中)限時〔討論〕.

‡guilt [gɪlt; gɪlt] n. U 1 犯法, 犯罪行為; 有罪(◆ innocence). admit one's *guilt* 認罪/The prosecutor established the *guilt* of the accused. 檢察官確定被告有罪. 2 (對於惡行所必須承擔的)責任, 罪. 3 罪惡感, 內疚. a sense [feeling] of *guilt* 罪惡感.

guilt·i·er [ˋgɪltɪɚ; ˈgɪltɪə(r)] adj. guilty 的比較級.　　　　　　　　　　　　　　　　　「級.

guilt·i·est [ˋgɪltɪɪst; ˈgɪltɪɪst] adj. guilty 的最高

guilt·i·ly [ˋgɪltəlɪ, -tɪlɪ; ˈgɪltɪlɪ] adv. 有罪地; 內疚地.

guilt·i·ness [ˋgɪltɪnɪs; ˈgɪltɪnɪs] n. U 有罪; 內疚.

guilt·less [ˋgɪltlɪs; ˈgɪltlɪs] adj. 1 無罪的, 清白的. 2 不知的; 沒有的; 《of》.

‡guilt·y [ˋgɪltɪ; ˈgɪltɪ] adj. (guilt·i·er; guilt·i·est) 1 有罪的; 犯罪的(《of》; (◆ innocent, not-guilty). He was proved *guilty* of murder. 他的謀殺罪名成立/The jury decided he was not *guilty* of the crime. 陪審團裁定他沒有犯罪/The accused pleaded 'not *guilty*'. 被告宣稱「無罪」.

2 觸犯(不道德的或違反社會的行為、過失等)的. You have been *guilty* of indiscretion. 你犯了不夠謹慎的錯誤/Harry is often *guilty* of losing his temper. 哈瑞常犯發脾氣的毛病.

3 自知有罪的, 內疚的, 心中有愧的. a *guilty* conscience 內疚的心/I feel very *guilty* about the accident. 對於這件事故, 我感到非常的內疚.

Guin·ea [ˋgɪnɪ; ˈgɪnɪ] n. 幾內亞(非洲西部濱大西洋的共和國; 首都 Conakry; 原係法國屬地).

guin·ea [ˋgɪnɪ; ˈgɪnɪ] n. C 幾尼(英國過去的金幣, 也是貨幣單位; 舊制中相當於 21 shillings).

Guìn·ea-Bis·sáu [-bɪˋsaʊ; -bɪˈsaʊ] n. 幾內亞比索(非洲西部的共和國; 首都 Bissau).

guìnea fòwl n. C 珠雞(原產於非洲的雉科食用家禽).

guìnea pìg n. C

1 豚鼠, 天竺鼠, (與 marmot 是完全不同的動物).

2 實驗用的動物.

Guìn·ness Bóok of Recórds [͵gɪnɪs-; ͵gɪnɪs-] n. (加 the) 金氏世界記錄.

guise [gaɪz; gaɪz] n. C (通常用單數)《文章》

[guinea fowl]

1 (主要用於在 a...guise)外觀, 外表. old ideas *in a new guise* 新瓶裝舊酒, 換湯不換藥.

2 偽裝, 假裝.

in the guíse of... 《古》穿…的服裝, 作…打扮.

under the guíse of... 裝作…的樣子, 戴上…假面具. *Under the guise of* friendship he joined our group and then betrayed our secrets. 他假裝友善加入我們的團體, 然後洩漏我們的祕密.

‡gui·tar [gɪˋtɑr; gɪˈtɑː(r)] (★注意重音位置) n. (pl. ~s [~z; ~z]) C 吉他. Tom is playing the *guitar*. 湯姆正在彈吉他/pluck [strum] a *guitar* 撥響吉他/an electric *guitar* 電吉他.

gui·tar·ist [gɪˋtɑrɪst; gɪˈtɑːrɪst] n. C 吉他手.

gulch [gʌltʃ; gʌltʃ] n. C 《美》(特指美國西部的)峽谷.

gul·den [ˋɡʊldən; ˈɡʊldən] *n.* (*pl.* ~s, ~) ⓒ = guilder.

‡**gulf** [ɡʌlf; ɡʌlf] *n.* (*pl.* ~s [~s; ~s]) ⓒ **1** 灣(略作 G). the *Gulf* (of Mexico) 墨西哥灣(→ Caribbean Sea 圖)/the (Persian) *Gulf* 波斯灣. 回 gulf 通常比 bay 更深更大, 灣口狹窄而灣內廣大; 但實際作為地名時, 有像 Hudson *Bay* (哈得孫灣)那樣大的, 也有像 the *Gulf* of Panama(巴拿馬灣)那樣小的.
2 (地表等的)深淵.
3 (意見等的)鴻溝, 隔閡. the *gulf* between East and West 東方和西方之間的隔閡/looking back across the *gulf* of twenty years 回顧20年前的事.

Gúlf Státes *n.* (加 the) **1** 墨西哥灣沿岸各州(美國自 Texas 至 Florida).
2 波斯灣沿岸諸國(Iran, Iraq, Kuwait 等產油國).

Gúlf Stréam *n.* (加 the)墨西哥灣流(自墨西哥灣沿美國東海岸向東北流至歐洲北海沿岸的暖流; 英國便是因此緯度雖高但多季溫暖).

Gúlf Wár *n.* (加 the)波灣戰爭(1991 年以美軍為首的聯軍與伊拉克之間的戰爭).

gull[1] [ɡʌl; ɡʌl] *n.* ⓒ海鷗(sea gull)(鷗科的各種海鳥).

gull[2] [ɡʌl; ɡʌl] *n.* ⓒ容易受騙上當的人.

gul·let [ˋɡʌlɪt; ˈɡʌlɪt] *n.* ⓒ(口)食道; 喉嚨.

gul·li·bil·i·ty [͵ɡʌləˋbɪlətɪ; ͵ɡʌləˈbɪlɪtɪ] *n.* Ⓤ輕信.

gul·li·ble [ˋɡʌləbl; ˈɡʌləbl] *adj.* 輕信(事物)的, 容易上當受騙的.

gul·li·bly [ˋɡʌləblɪ; ˈɡʌləblɪ] *adv.* 輕信地, 容易上當受騙地.

Gul·li·ver's Travels [͵ɡʌləvəzˋtrævlz; ͵ɡʌlɪvəzˈtrævlz] *n.* 《格列佛遊記》(英國 Jonathan Swift 所著的諷刺小說).

gul·ly [ˋɡʌlɪ; ˈɡʌlɪ] *n.* (*pl.* -lies) ⓒ **1** (因下大雨而在山丘斜面形成的)深溝. **2** (人造的)深溝, 水道.

gulp [ɡʌlp; ɡʌlp] *vt.* **1** 大口喝下去, 大口地喝, 《down》. gulp down a glass of water (咕嚕咕嚕地)大口喝下一杯水. **2** 忍住, 抑制, 忍耐, 〔眼淚, 悲哀等〕《down; back》.
—— *vi.* **1** 大口喝下去《down》.
2 (因吃驚, 恐懼等)停止呼吸, 屏息.
—— *n.* ⓒ大口喝下去; 屏息.
at òne gúlp 一口, 一口氣地.

‡**gum**[1] [ɡʌm; ɡʌm] *n.* (*pl.* ~s [~z; ~z]) **1** Ⓤ樹膠(採自於各種植物枝幹的黏稠液體); (彈性)橡膠(以樹膠液為原料製成之物)(rubber).
2 Ⓤ口香糖(chewing gum).
3 (英) = gumdrop.
4 Ⓤ似樹膠的植物性物質(樹脂(resin) 等); 膠水.
5 ⓒ橡膠樹(分泌橡膠的樹; 桉樹等).
6 Ⓤ眼屎.
—— *v.* (~s; ~med; ~ming) *vt.* 用膠水黏合[使固定]; 用膠塗…的表面.

—— *vi.* 覆蓋膠(質物), 有黏性.
gùm...úp (口)把(計畫等)弄糟. *gum up* the works 把工作搞得一塌糊塗.

gum[2] [ɡʌm; ɡʌm] *n.* ⓒ(通常gums)牙齦, 牙床.

gum·bo [ˋɡʌmbo; ˈɡʌmbəʊ] *n.* (*pl.* ~s) **1** ⓒ秋葵(okra)(→圖); 蔬菜). **2** Ⓤ秋葵湯(用秋葵的果實和肉、蔬菜等煮成的美式湯點).

gum·boil [ˋɡʌm͵bɔɪl; ˈɡʌmbɔɪl] *n.* ⓒ齒齦膿腫.

gúm bóots *n.* (作複數)橡膠靴.

gum·drop [ˋɡʌm͵drɑp; ˈɡʌmdrɒp] *n.* ⓒ《主美》橡皮糖(以阿拉伯樹膠或果膠製成並裹上砂糖的糖果; (英)gum).

gum·my [ˋɡʌmɪ; ˈɡʌmɪ] *adj.* **1** 黏的, 黏性的.
2 塗有樹膠的. **3** 膠質的.

gump·tion [ˋɡʌmpʃən; ˈɡʌmpʃn] *n.* Ⓤ(口)(一定要完成某事的)魄力[意慾]; 機智; 毅力; 膽量.

gum·shoe [ˋɡʌm͵ʃu, ͵ʃu; ˈɡʌmʃuː] *n.* ⓒ(美)(通常 gumshoes)橡膠套鞋.

gúm trèe *n.* ⓒ **1** 橡膠樹(亦可僅作 gum).
2 (澳洲英語)桉樹.

‡**gun** [ɡʌn; ɡʌn] *n.* (*pl.* ~s [~z; ~z]) ⓒ【槍】 **1** 大砲; 槍, 步槍; (口)手槍; 開砲信號; (賽跑用)手槍, 信號槍, 開跑信號. an air *gun* 空氣槍/a sporting *gun* 獵槍/a machine *gun* 機關槍/carry [charge, fire] a *gun* 攜帶[裝填, 發射]槍.
回 gun 是槍砲類最普遍的用語; → cannon, rifle, shotgun.

┃搭配┃ *v.*+gun: aim a ~ (把槍瞄準), draw a ~ (拔槍), fire a ~ (開槍射擊), load a ~ (裝填子彈) // gun+*v.*: a ~ fires (槍擊發), a ~ goes off (開砲射擊).

2 (似槍之物)(塗料等的)噴槍, 噴霧器, (spray gun); (加潤滑油用的)滑油槍(grease gun).
3 大砲的發射; 禮砲, 信號砲. a salute of twenty-one *guns* 二十一響禮砲.
4 (英)狩獵隊的射擊手; (美) = gunman.
jùmp the gún (1)(比賽)起跑槍聲未響前即起跑, 偷跑. (2)不等待許可即行動; 過早行動.
stíck to one's gúns 堅守自己的立場, 堅持自己的主張.
—— *v.* (~s; ~ned; ~·ning) *vt.* 用槍射擊; (美、口)使(車)加速.
—— *vi.* 用槍射擊.
gùn/.../dówn 用槍擊倒[射死]….
gún for... 伺機殺傷[人]; 謀求[地位等]. (通常用進行式). 　　　　　　　　　　　　　　 [艇]

gun·boat [ˋɡʌn͵bot; ˈɡʌnbəʊt] *n.* ⓒ砲艦, 砲

gùnboat díplomacy *n.* Ⓤ武力外交.

gún contròl *n.* Ⓤ槍砲管制(法).

gun·cot·ton [ˋɡʌn͵kɑtn; ˈɡʌn͵kɒtn] *n.* Ⓤ火(藥)棉.

gun·dog [ˋɡʌn͵dɔɡ; ˈɡʌnˌdɒːɡ] *n.* ⓒ(打獵時用的)獵狗.

gun·fight [ˋɡʌn͵faɪt; ˈɡʌnfaɪt] *n.* ⓒ(美、口)手槍[步槍]的槍戰.

gun·fire [ˋɡʌn͵faɪr; ˈɡʌnˌfaɪə(r)] *n.* Ⓤ開砲; 砲火; 槍聲[砲擊](的聲音).

gun·lock [ˋɡʌn͵lak; ˈɡʌnlɒk] *n.* ⓒ槍的發射裝

置，槍機．

gun·man [ˋgʌnˏmæn, -mən; ˈgʌnmən] *n.*
(*pl.* **-men** [-ˏmɛn, -mən; -mən]) C 持槍歹徒(特指
殺手、強盜等)．

gun·met·al [ˋgʌnˏmɛtl; ˈgʌnˏmetl] *n.* U
1 砲銅(一種青銅；從前用來做砲身的材料)．**2**
砲銅色(暗灰色)．　　　　　　　　　　「兵．

gun·ner [ˋgʌnɚ; ˈgʌnə(r)] *n.* C 砲手；(軍事)砲

gun·ner·y [ˋgʌnərɪ; ˈgʌnərɪ] *n.* U 槍砲射擊法．

gun·ny·sack [ˋgʌnɪˏsæk; ˈgʌnɪsæk] *n.* C 麻
布袋．

gun·point [ˋgʌnˏpɔɪnt; ˈgʌnpɔɪnt] *n.* U 槍口．
at gúnpoint 在槍口威脅下．

*****gun·pow·der** [ˋgʌnˏpaʊdɚ; ˈgʌnˏpaʊdə(r)] *n.*
U 火藥(亦可僅作 powder)．*Gunpowder* is an
explosive. 火藥屬爆裂物．

Gúnpowder Plòt *n.* (加 the)(英史)火藥陰
謀事件(1605 年 11 月 5 日企圖炸毀英國議會的陰謀；
→ Guy Fawkes Night [Day])．

gun·run·ner [ˋgʌnˏrʌnɚ; ˈgʌnˏrʌnə(r)] *n.* C
(特指政府反對派所利用的)軍火走私者．

gun·run·ning [ˋgʌnˏrʌnɪŋ; ˈgʌnˏrʌnɪŋ] *n.* U
軍火走私．

gun·shot [ˋgʌnˏʃɑt; ˈgʌnʃɒt] *n.* **1** U 射程．
2 C (射出的)槍[砲]彈．**3** C 射擊．

gun·smith [ˋgʌnˏsmɪθ; ˈgʌnsmɪθ] *n.* C 槍砲
匠，槍械(製造修理)工．

gun·wale [ˋgʌnl; ˈgʌnl] *n.* (★注意發音) C (船
舶)舷緣．

gup·py [ˋgʌpɪ; ˈgʌpɪ] *n.* (★注意發音)(*pl.* **-pies**)
C 虹鱂(色彩美麗的小型熱帶魚)．

gur·gle [ˋgɝg̣l; ˈgɜːgl] *vi.* **1** (水等)潺潺[汩汩]
地流．I heard water *gurgling* somewhere. 我聽
見甚麼地方有潺潺的流水聲．
2 (嬰兒、動物等的喉嚨)發出咯咯聲．
— *vt.* 喉嚨咯咯作響地說．
— *n.* U C (發出)汩汩聲，咯咯聲．

gu·ru [ˋguru; ˈguruː] *n.* C **1** (特指印度教的)領
袖，精神導師．**2** (口)精神上的指導者．

gush [gʌʃ; gʌʃ] *vi.* **1** (液體)噴出，湧出，((out;
forth))．Blood *gushed* out [forth] from the
wound. 血從傷口湧出．**2** 〔常指女性〕滔滔不絕地
說話(over 關於…)．Helen was *gushing* over her
son. 海倫滔滔不絕地說著她兒子的事．
— *vt.* 噴出，湧出．
— *n.* a U **1** (液體的)迸出，湧出，噴出．a
gush of water from the tank 從水槽湧出的水/
The oil came out in a *gush.* 油一下子就噴出了．
2 (感情、話語等的)激發，迸發．a *gush* of anger
[enthusiasm] 怒氣[熱情]的迸發．

gush·er [ˋgʌʃɚ; ˈgʌʃə(r)] *n.* C **1** (不需以幫浦
來抽取的)自動噴出井．
2 情緒激動滔滔不絕地說話的人．

gush·ing [ˋgʌʃɪŋ; ˈgʌʃɪŋ] *adj.* **1** (限定)噴出的，
湧出的．**2** (感情迸發而)滔滔不絕地說話的．

gus·set [ˋgʌsɪt; ˈgʌsɪt] *n.* C 襯料(衣服腋下等為
加強定型所用的三角形[菱形]布塊)．

gust [gʌst; gʌst] *n.* C **1** 一陣強風(→ blast

回)；陣雨；突來的一陣煙[火焰等]．a violent
gust of wind 一陣狂風/The wind blew in *gusts*.
強風一陣一陣地吹．**2** (情感，特指怒氣的)爆發．
in a sudden *gust* of anger 勃然大怒．
— *vi.* (強風)一陣一陣地吹．

gus·to [ˋgʌsto; ˈgʌstəʊ] (西班牙語) *n.* U 發自內
心的快樂；熱情．She played the piano with
great *gusto*. 她熱情澎湃地彈奏鋼琴．

gust·y [ˋgʌstɪ; ˈgʌstɪ] *adj.* 強烈陣風的；刮風的
〔天氣等〕．

gut [gʌt; gʌt] *n.* **1** (a) U C 消化器官，(特指)腸
胃．the large [small] *gut* 大[小]腸．(b) (口) C
(用單數)(特指凸出的)肚子．his beer *gut* 他的啤
酒肚．(c) (guts)內臟，腸，(bowels)．(d) (guts)
(作單數) C 狼吞虎嚥的人，食量大的人．
2 (guts)(單複數同形)(口)膽量，勇氣，氣魄；毅
力．a man without *guts* 沒有氣魄的男人/Show
some *guts*. 拿出點骨氣來吧！
3 (guts)(機械內的)運轉裝置．
4 U (弦樂器，球拍，外科手術等的)羊腸線；(釣
魚用的)蠶絲囊線．
hàte a pèrson's gúts (口)非常討厭某人．
swèat [wòrk] one's gúts òut (口)拼命工作．
— *adj.* (限定)本能的，直覺的．
— *vt.* (~s; ~ted; ~ting) **1** 取出〔動物等〕的內
臟．*gut* a fish 挖出魚的內臟．
2 〔特指火災〕破壞…的內部(常用被動態態)．The
building was *gutted* by fire. 建築物的內部被火燒
毀了．　　　　　　　　　　　　　　「修的課程．

gút còurse *n.* C (美、俚)營養學分，簡單易

Gu·ten·berg [ˋgutnˏbɝg; ˈguːtnbɜːg] *n.*
Jo·hann [dʒoˋhæn; dʒəʊˈhæn] ~ 古騰堡(1398?
-1468)(德國的活版印刷術發明者)．

gut·less [ˋgʌtlɪs; ˈgʌtlɪs] *adj.* (口)缺乏勇氣的，
沒有魄力的，膽小的．

guts·y [ˋgʌtsɪ; ˈgʌtsɪ] *adj.* (口)有膽量的，有魄力
的，有精神的．

gut·ter [ˋgʌtɚ; ˈgʌtə(r)] *n.* C **1** (道路的)排水
溝．
2 屋簷下的排水管(→ house 回)．
3 (加 the)貧民窟．You'll finish up in the *gutter*.
你終將潦倒而終/pick a person out of the *gutter*
使某人脫離貧民窟[窮困]的生活．
4 (保齡球)球道兩側的溝．
— *vt.* 在…開溝渠；在…設排水溝．
— *vi.* **1** 形成溝；形成渠流溝．**2** 〔蠟燭〕淌蠟．

gútter prèss *n.* C (★用單數亦可作複數)(加
the)(集合)煽情的三流報紙．

gut·ter·snipe [ˋgʌtɚˏsnaɪp; ˈgʌtəsnaɪp] *n.*
C 在貧民窟成長的孩子，流浪兒．

gut·tur·al [ˋgʌtɚəl; ˈgʌtərəl] *adj.* 喉的；〔聲
音〕從喉中發出的；粗啞的．

*****guy**[1] [gaɪ; gaɪ] *n.* (*pl.* ~s [~z; ~z]) C **1** (主美、
口)傢伙，人，(fellow)．He's a nice *guy*. 他是個
好人．**2** (英)(常 Guy)蓋伊·福克斯的肖像(→ Guy

Fawkes Night). **3**《主英、口》樣子滑稽的人.
— vt. 學〈人〉的樣子逗笑[開玩笑].

guy[2] [gaɪ; gaɪ] n. (pl. ~s) ⓒ **1** 支索, 拉索,《把東西懸起或固定用的繩子, 纜索, 鐵絲等》.
2《帳篷的》張索.

[guys[2]]

Guy·a·na [gaɪˋænə; gaɪˊænə] n. 蓋亞納《南美東北岸的共和國; 首都 Georgetown; 大英國協成員國之一》.

Gùy Fáwkes Nìght [Dày] n. (英) 蓋伊・福克斯日《Gunpowder Plot 的紀念日(11月5日); 抬著這次陰謀的主謀者蓋伊・福克斯的肖像遊行示眾後焚燒並燃放煙火》.

guz·zle [ˋgʌzl; ˈgʌzl] vt. 《口》狼吞虎嚥, 狂飲. guzzling wine 狂飲用的酒.

＊gym [dʒɪm; dʒɪm] n. (pl. ~s [~z; ~z]) 《口》
1 ⓒ 體育館, 健身房, (gymnasium). Some women were doing aerobics in the gym. 有幾個女人在健身房裡跳有氧舞蹈.
2 Ⓤ 體育, 體操, (gymnastics). gym shoes 運動鞋/a gym suit 運動衣.

gym·na·si·a [dʒɪmˋneziə, -zjə; dʒɪmˈneɪzjə] n. gymnasium 的複數.

gym·na·si·um [dʒɪmˋneziəm, -zjəm; dʒɪmˈneɪzjəm] n. (pl. ~s, -si·a) ⓒ **1** 體育館, 室內運動場, (gym). **2** 大學預科《特指德國培養學生升大學的中等學校》.

gym·nast [ˋdʒɪmnæst; ˈdʒɪmnæst] n. ⓒ 體操[體育]教師; 體操專家; 體操選手.

gym·nas·tic [dʒɪmˋnæstɪk; dʒɪmˈnæstɪk] adj. 體操[體育]的.

gym·nas·tics [dʒɪmˋnæstɪks; dʒɪmˈnæstɪks] n. 《作複數》體操(exercises);《作單數》體育(gym).

gy·ne·col·o·gist (美), **gy·nae·col·o·gist** (英) [ˌdʒaɪnɪˋkɑlədʒɪst, ˌgaɪnɪ-; ˌgaɪnɪˈkɒlədʒɪst] n. Ⓤ 婦產科醫生.

gy·ne·col·o·gy (美), **gy·nae·col·o·gy** (英) [ˌdʒaɪnɪˋkɑlədʒɪ, ˌgaɪnɪ-; ˌgaɪnɪˈkɒlədʒɪ] n. Ⓤ 婦產科醫學, 婦產科.

gyp [dʒɪp; dʒɪp] 《俚》 n. Ⓤ 詐騙, 騙子.
— vt. (~s; ~ped; ~ping)騙, 詐騙.

gyp·sum [ˋdʒɪpsəm; ˈdʒɪpsəm] n. Ⓤ《礦物》石膏, 石膏粉, (水泥、熟石膏的原料, 亦可作肥料).

gyp·sy (主美), **gip·sy** (主英) [ˋdʒɪpsɪ; ˈdʒɪpsɪ] n. (pl. -sies) ⓒ **1** (常 Gypsy)吉普賽人《散布在世界各地, 從事占卜、音樂師、焊補、馬匹買賣等工作, 到處流浪的高加索人; → Romany》.
2《口》像吉普賽的人; 喜好流浪的人.

gy·rate [ˋdʒaɪret; dʒaɪəˈreɪt] vi. 《文章》(在軸、固定點的周圍)旋轉, 回轉.

gy·ra·tion [dʒaɪˋreʃən; dʒaɪəˈreɪʃn] n. Ⓤ《文章》旋轉, 回轉.

gy·ro [ˋdʒaɪro; ˈdʒaɪrəʊ] n. (pl. ~s) 《口》
1 =gyroscope. **2** =gyrocompass.

gy·ro·com·pass [ˋdʒaɪro͵kʌmpəs; ˈdʒaɪərəʊ͵kʌmpəs] n. ⓒ 回轉羅盤《利用 gyroscope 製作的裝置》.

gy·ro·scope [ˋdʒaɪrə͵skop; ˈdʒaɪərəˈskəʊp] n. ⓒ 陀螺儀, 回轉儀,《應用陀螺原理製作的機械; 用來維持船舶、飛機等的穩定》.

[gyroscope]

gy·ro·scop·ic [͵dʒaɪrəˋskɑpɪk; ͵dʒaɪərəˈskɒpɪk] adj. 陀螺儀[回轉儀]的, 應用陀螺儀[回轉儀]原理的.

[gymnastics]

parallel bars　　side horse

horizontal bar　balance beam

H h

H, h [etʃ; eɪtʃ] *n.* (*pl.* H's, Hs, h's [`etʃɪz;ˈeɪtʃɪz])
1 [UC] 英文字母的第八個字母.
2 [C] (用大寫字母) H 字形物.
dròp one's h's [ˈetʃɪz; ˈeɪtʃɪz] (本應發音的)字首 h
不發音(例如 hot 發 [ɑt; ɒt], hair 發 [ɛr; eə(r)] 的
音; 寫作 'ot, 'air; 倫敦口音(Cockney)的特徵).

H¹ (符號) hydrogen; (略) hard (表示鉛筆的硬度;
↔ B).

H², h (略) height; hour(s).

ha [hɑ; hɑː] *interj.* 哈! 喂! 啊!(表示驚訝, 喜悅,
懷疑, 猶豫等). *Ha! ha!* 哈! 哈!(笑聲)

ha. (略) hectare(s).

ha·be·as cor·pus [ˈhebɪəsˈkɔrpəs;
ˌheɪbɪəsˈkɔːpəs] (拉丁語) *n.* [U] (法律)人身保護令
(為調查拘押是否合法而傳被拘押者出庭的命令).

hab·er·dash·er [ˈhæbɚˌdæʃɚ;
ˈhæbədæʃə(r)] *n.* **1** (美)男士服飾用品經銷商.
2 (英)服飾附件經銷商(賣鈕扣, 線, 緞帶等).

hab·er·dash·er·y [ˈhæbɚˌdæʃərɪ, -ˌʃrɪ;
ˈhæbədæʃərɪ] *n.* (*pl.* **-er·ies**) **1** (美) [U] 男子服飾
用品; [C] 男子服飾用品店.
2 (英) [U] 服飾用品類; [C] 服飾用品店.

*✱**hab·it** [ˈhæbɪt; ˈhæbɪt] *n.* (*pl.* **~s** [~s; ~s])
【 已成習慣的事物 】 **1** [UC] (做某種事
的)習慣, 癖好. acquire a *habit* 養成習慣/get
[fall] into bad *habits* 養成惡習/break [drop, give
up] the *habit* of smoking 戒掉吸菸的習慣/sit up
late by [out of] *habit* 由於習慣而晚睡/It is a
habit with him [It is his *habit*] to read the
newspaper at breakfast. 吃早餐時看報是他的習
慣. ⑤ habit 主要指個人無意識的習慣或癖好;
practice 是指有意識地, 有規則地所養成的習慣或
風俗; ⇨ custom.
2 [C] (動植物的)習性, 特性. the rat's feeding
habits 老鼠覓食的習性.
3 [UC] 氣質, 性格; 體質. a cheerful *habit* of
mind 開朗的性格/a lean *habit* of body 瘦的體質.
【 穿在身上之物 】 **4** [C] (特殊的)衣服. a monk's
[nun's] *habit* 修士[修女]服/a riding *habit* 女子騎
馬裝. ⇨ *adj.* habitual.
*✱ *be in the hàbit of dóing* 有…的癖好, 有…的
習慣. *I am in the habit of going* to bed early.
我有早睡的習慣.
fàll [gèt] into the hàbit of dóing 養成…的習
慣[癖好].
gèt out of the hàbit of dóing 擺脫[停止]…的
習慣[癖好].

hàve a [the] hàbit of dóing = be in the habit
of doing.
màke a hàbit of dóing 使…變成習慣.

hab·it·a·ble [ˈhæbɪtəbl; ˈhæbɪtəbl] *adj.* (建築
物等)適於居住的, 能住的.

hab·i·tat [ˈhæbəˌtæt; ˈhæbɪtæt] *n.* [C] **1** (動物
的)棲息地, (植物的)自然生長之地. the lion's nat-
ural *habitat* 獅子的自然棲息地. **2** 經常能看到人
[物]的地方, 逗留談天的地方.

hab·i·ta·tion [ˌhæbəˈteʃən; ˌhæbɪˈteɪʃn] *n.*
(文章) **1** [U] 居住. a house unfit for *habitation*
不適合居住的房屋. **2** [C] 住家, 住處.

hab·it-form·ing [ˈhæbɪtˌfɔrmɪŋ;
ˈhæbɪtˌfɔːmɪŋ] *adj.* (麻醉藥劑, 迷幻藥等)有習慣性
的, 易上癮的.

*✱**ha·bit·u·al** [həˈbɪtʃʊəl, -tʃʊl; həˈbɪtʃʊəl] *adj.*
1 (限定) 經常的, 通常的, 常有的. Tom took
his *habitual* place at the table. 湯姆坐他經常坐的
餐桌位置. **2** 習慣的, 積習的. a *habitual* drinker
有酒癮的人. ⇨ *n.* habit.

ha·bit·u·al·ly [həˈbɪtʃʊəlɪ, -tʃʊlɪ; həˈbɪtʃʊəlɪ]
adv. 經常地, 通常地; 習慣地, 習以為常地.

ha·bit·u·ate [həˈbɪtʃʊˌet; həˈbɪtʃʊeɪt] *vt.* (文
章)使(人)習慣(*to*)(常用被動語態或 habituate one-
self)(accustom). I was *habituated to* a life of
idleness at that time. 當時我過慣了怠惰的生活/
habituate oneself to cold weather 使自己習慣於寒
冷氣候.

ha·bi·tu·é [həˈbɪtʃʊˌe, həˌbɪtʃʊˈe; həˈbɪtʃʊeɪ]
(法語) *n.* [C] 常客.

ha·ci·en·da [ˌhɑsɪˈɛndə; ˌhæsɪˈendə] (西班牙語)
n. [C] (中南美的)大農場, 大牧場; 大農場上的主要
住宅.

hack¹ [hæk; hæk] *vt.* **1** (用斧頭等)砍, 劈. ⑤
hack 指亂砍亂劈; → cut. **2** (砍除草木, 藤蔓等)
開墾(土地), 開闢(道路). They *hacked* their way
through the bush. 他們在灌木叢中開路前進.
— *vi.* **1** 砍, 劈, (*at*). **2** 頻頻地乾咳. a *hack-
ing* cough 激烈的乾咳.
— *n.* [C] **1** 刻痕; 劈砍. **2** 短促乾咳.

hack² [hæk; hæk] *n.* [C] **1** (美·口)計程車(的
司機). **2** (美)出租馬車. **3** (為稿費而寫作的)商
業作家, 三流作家. **4** 出租的馬; (普通的)乘用
馬. **5** 老馬, 無用的馬.
— *vi.* **1** (美·口)開計程車. **2** (英)(用普通的速
度)在路上騎馬前進.

hack·er [ˈhækɚ; ˈhækə(r)] *n.* [C] 駭客(非法侵入

他人電腦網路的人).

hack·les [`hæklz; 'hæklz] n. 《作複數》(公雞或狗等的)細長頸羽[毛](搏鬥時會豎立).

hack·ney [`hæknɪ; 'hæknɪ] n. (pl. ~s) © 乘用馬; 出租馬車.

háckney càrriage [càb] n. © 出租馬車; 計程車.

hack·neyed [`hæknɪd; 'hæknɪd] adj. 〔特指格言或成語〕陳腔濫調的, 老套的.

hack·saw [`hæk͵sɔ; 'hæksɔː] n. © 弓形鋼鋸《鋸切金屬用的鋸子》.

†had [強 `hæd, ͵hæd, 弱 həd, hɛd, əd, ɛd, ɪd; 強 hæd, 弱 həd, əd, d] v. have 的過去式、過去分詞.

[hacksaw]

— aux. v. have 的過去式.
[注意] v., aux. v. 在口語中常把 had 縮寫成 'd [d; d], 把 had not 縮寫成 hadn't [`hædnt; 'hædnt].
1 「had+過去分詞」構成直述語氣過去完成式. The writer *had finished* writing the book before he left China. 那位作家在離開中國前已經寫完了那本書.
2 「had+過去分詞」構成假設語氣過去完成式. If you *had come* earlier, you could have seen Tom. 如果你那時早來一點, 你就能看到湯姆了.
3 「had+hoped [intended, thought, supposed, expected等]」表示預測, 希望等未能實現. I *had hoped* that the rain would stop soon. 我原本希望雨很快就會停(實際上並沒有停).
had bétter [*bést*] dò → better1, best 的片語.
had ráther... → rather 的片語.

had·dock [`hædək; 'hædək] n. (pl. ~s, ~) © 黑線鱈(鱈(cod)科的食用魚, 盛產於北大西洋).

[haddock]

Ha·des [`hediz; 'heɪdiːz] n. **1** (希臘神話)陰間, 冥府. **2** (口)(通常用 hades)地獄(Hell).

†had·n't [`hædnt; 'hædnt] had not 的縮寫. I *hadn't* expected him to come. 我沒有想到他會來.

hadst [強 `hædst, ͵hædst, 弱 hədst, ədst, dst; 強 hædst, 弱 hədst, ədst] v., aux. v. (古)與第二人稱、單數、主格 thou 對應的 have 的過去式.

haemo- (英)參照以 hemo- 為首的字.

haft [hæft; hɑːft] n. © (文章)(刀, 短劍, 斧頭等)柄, 把手.

hag [hæg; hæg] n. © **1** 女巫(witch). **2** (壞心眼的)醜老太婆, 巫婆.

hag·gard [`hægəd; 'hægəd] adj. (因疲勞, 擔憂, 饑餓等)憔悴的, 枯瘦的, 〔人, 臉等〕. a *haggard* old woman 一位枯槁的老婦.

hag·gis [`hægɪs; 'hægɪs] n. [UC] 羊肚(將羊內臟切碎塞入胃囊中燉煮的蘇格蘭菜肴).

hag·gle [`hægl; 'hægl] vi. (爲價格, 交易條件)爭論, 爭執. We *haggled about* the price with the seller. 我們和賣主交涉價格/Don't *haggle over* a small sum of money. 不要爲了一點小錢爭吵還價.
— n. © (就價格等)爭論, 討價還價; 殺價.

Hague [heg; heɪg] n. (加 The)海牙(荷蘭的行政中心, 政府機關所在地; 正式的首都是 Amsterdam).

hah [hɑ; hɑː] interj. =ha.

ha-ha [hɑ`hɑ; hɑː'hɑː] interj. 哈哈!(笑聲).
— n. © 哈哈笑聲.

haiku [`haɪku; 'haɪkuː] (日語) n. (pl. ~) © 俳句.

†hail[1] [hel; heɪl] n. **1** [U]雹, 冰雹. **2** © (加 a)下冰雹似的落下(*of*). a *hail* of bullets 一陣槍林彈雨/He faced a *hail* of questions. 他面對接二連三的質問.
— v. (~s [~z; ~z]; ~ed [~d; ~d]; ~ing) vi. **1** (主要以 it 當主詞)下冰雹. It *hailed* for a long time. 冰雹下了很久.
2 〔毆打, 咒罵等〕像下冰雹似地降落. Stones came *hailing* down on their heads. 石塊像下冰雹似地落到他們頭上.
— vt. 使〔拳頭, 咒罵等〕像冰雹似地落下〔降落〕(*on, upon*). The boxer *hailed* blows *on* his opponent. 拳擊手一拳接著一拳打在他的對手身上/The crowd *hailed* down curses *on* the traitor. 群眾的咒罵聲如冰雹似地落在那叛國者身上.

†hail[2] [hel; heɪl] v. (~s [~z; ~z]; ~ed [~d; ~d]; ~ing) vt. **1** (狂熱地)歡呼迎接~. *hail* the triumphant general 歡呼迎接凱旋歸來的將軍.
2 向…大聲地叫, 叫著使…停下. Let's *hail* a taxi. 我們叫一輛計程車吧!/The captain *hailed* a passing vessel. 船長朝一艘駛過的船隻大聲叫喊.
3 [句型5] (hail A B), [句型3] (hail A *as* B)高呼 A 爲 B, 歡呼 A 爲 B. The citizens *hailed* him (*as*) their leader. 人民歡呼擁戴他爲領導者.
háil from... 〔船〕來自…; 〔人〕是…出身. Where does that liner *hail from*? 那艘郵輪是從甚麼地方來的?
within háiling dìstance (在)聲音可到達的地方(*of*).
— n. © 招呼, 歡呼, 高呼.
— interj. 《古, 詩》歡迎! 萬歲! Hail [All *hail*] to you! 歡迎!

hail·stone [`hel͵ston; 'heɪlstəʊn] n. © 冰雹塊[粒].

hail·storm [`hel͵stɔrm; 'heɪlstɔːm] n. © 伴隨冰雹而來的暴風, 降雹.

†hair [her, hær; heə(r)] n. (pl. ~s [~z; ~z]) 【毛】 **1** (a) [U](集合)毛髮, 頭髮; 體毛. a young girl with blond [golden] *hair* 金髮姑娘/Nearly all Chinese have dark *hair*. 幾乎所有的中國人頭髮都是黑的/Have [Get] your *hair*

cut. 你該理髮了/Jane is doing her *hair* (up) in her room. 珍正在她的房間裡梳理頭髮.

[搭配] *adj.*+hair: long ～ (長髮), short ～ (短髮), curly ～ (捲髮), straight ～ (直髮), glossy ～ (有光澤的頭髮) // *v.*+hair: brush one's ～ (梳頭髮), comb one's ～ (梳頭髮).
(b) Ⓒ(一根)毛, 毛髮. My father has a few gray *hairs*. 我的父親有幾根灰髮. **2** Ⓤ(植物表皮上生的)毛.

3 〔一根毛的量〕Ⓒ(加 a)一丁點兒. The falling rock missed the climber by a *hair*. 落下來的岩石差一點擊中登山者/a *hair's* breadth=a hairbreadth(→ 見 hairbreadth)/be not worth a *hair* 一文不值. ⇨ *adj.* **hairy.**

gèt [be] in a *pèrson's háir* 《口》(糾纏)困擾某人, 增添某人的麻煩.

kèep one's háir òn 《英、口》冷靜, 不要生氣, (通常用祈使語氣).

lèt one's háir dòwn (1)〔女性〕解開頭髮. (2)《口》放輕鬆; 別拘泥.

màke a *pèrson's háir stànd on énd* 使某人直打哆嗦(<使某人毛骨悚然).

nòt tùrn a háir 《口》處之泰然.

split háirs 作(不必要的)細微區分; 在雞毛蒜皮的事情上爭論不休; (→ hairsplitting).

tèar one's háir (*òut*) (悲傷, 生氣過度)亂扯頭髮, 顯露情感. The loss is nothing to *tear* your *hair* about. 這種程度的損失不值得你太過悲傷.

to a háir 絲毫不差地, 精確地. Tom can imitate the singer *to a hair*. 湯姆能維妙維肖地模仿那位歌手.

hair·breadth [ˈhɛrˌbrɛdθ, ˈhær-; ˈheəbretθ] *n.* **1** Ⓒ(加 a)(僅有一根頭髮般的)極短的距離. The passengers escaped death by a *hairbreadth*. 乘客們千鈞一髮死裡逃生.
2 〔形容詞性〕間不容髮的, 千鈞一髮的, 險些兒的. a *hairbreadth* escape 千鈞一髮死裡逃生.

***hair·brush** [ˈhɛrˌbrʌʃ, ˈhær-; ˈheəbrʌʃ] *n.* (*pl.* ～**es** [～ɪz; ～ɪz]) Ⓒ髮刷, 毛刷, (→ brush 圖). She arranged her hair with a *hairbrush* and a comb. 她用髮刷和梳子整理頭髮.

***hair·cut** [ˈhɛrˌkʌt, ˈhær-; ˈheəkʌt] *n.* (*pl.* ～**s** [～s; ～ts]) Ⓒ理髮; 髮型. I must have [get] a *haircut*. 我必須理個髮了.

hair·do [ˈhɛrˌdu, ˈhær-; ˈheədu:] *n.* (*pl.* ～**s**) Ⓒ 《口》(女性的)髮型; 做頭髮.

***hair·dress·er** [ˈhɛrˌdrɛsɚ, ˈhær-; ˈheəˌdresə(r)] *n.* (*pl.* ～**s** [～z; ～z]) Ⓒ美髮師. She always has her hair done by a famous *hairdresser*. 她一向由一位著名的美髮師幫她做頭髮.

[語法] (英) hair-dresser 原可同時用來指美容師及理髮師, 但近來有與(美)相同的傾向, 稱呼以女性為對象的美容師為 hair-dresser('s), 以男性為對象的理髮師為 barber('s).

hair·dress·ing [ˈhɛrˌdrɛsɪŋ, ˈhær-; ˈheəˌdresɪŋ] *n.* Ⓤ做頭髮, (特指)美髮.

hair-dri·er [ˈhɛrˌdraɪɚ, ˈhær-; ˈheəˌdraɪə(r)]

---

n. Ⓒ吹風機.

-haired 《構成複合字》…毛[髮]的. short-*haired* 短髮的/curly-*haired* 捲毛的.

hair·i·ness [ˈhɛrɪnɪs, ˈhær-; ˈheərɪnɪs] *n.* Ⓤ 多毛.

hair·less [ˈhɛrlɪs, ˈhær-; ˈheəlɪs] *adj.* 沒有毛的, 沒有頭髮的, 禿的, (bald).

hair·line [ˈhɛrˌlaɪn, ˈhær-; ˈheəlaɪn] *n.* Ⓒ
1 (特指額頭上的)髮際線.
2 一根頭髮的寬度; 〔形容詞性〕非常細的. a *hairline* crack 極細的裂縫.

hair·net [ˈhɛrˌnɛt, ˈhær-; ˈheənet] *n.* Ⓒ髮網.

hair·piece [ˈhɛrˌpis, ˈhær-; ˈheəpi:s] *n.* Ⓒ(男用)假髮.

hair·pin [ˈhɛrˌpɪn, ˈhær-; ˈheəpɪn] *n.* **1** Ⓒ髮夾. **2** 〔形容詞性〕〔道路〕像髮夾般彎曲的. a *hairpin* bend U字形急轉彎處.

hair-rais·ing [ˈhɛrˌrezɪŋ, ˈhær-; ˈheəˌreɪzɪŋ] *adj.* 恐怖的, 使人毛骨悚然的. a *hair-raising* experience 令人膽顫心驚的經驗.

hair-re·stor·er [ˈhɛrɪˌstɔrɚ; ˈheərɪˌstɔːrə(r)] *n.* ⓊⒸ生髮劑.

hairs·breadth, hair's-breadth [ˈhɛrzˈbrɛdθ, ˈhærz-, -ˌbrɛdθ; ˈheəzbretθ] *n.* = hairbreadth.

háir shírt *n.* Ⓒ粗毛衫(粗糙, 質地差; 為昔日苦行僧等所穿).

hair·split·ting [ˈhɛrˌsplɪtɪŋ, ˈhær-; ˈheəˌsplɪtɪŋ] *n.* Ⓤ拘泥小節; 強詞奪理.
— *adj.* 吹毛求疵的; 強詞奪理的.

hair·spring [ˈhɛrˌsprɪŋ, ˈhær-; ˈheəsprɪŋ] *n.* Ⓒ(鐘錶的)游絲, 細彈簧.

hair·style [ˈhɛrˌstaɪl, ˈhær-; ˈheəstaɪl] *n.* Ⓒ髮型.

hair·y [ˈhɛrɪ, ˈhær-; ˈheərɪ] *adj.* **1** 多毛的, 毛茸茸的, (★此字通常不用來指須髮). *hairy* arms 多毛的手臂. **2** 毛製的; 如毛的.

Hai·ti [ˈheti; ˈheɪtɪ] *n.* 海地(位於西印度群島中的伊斯帕尼奧拉島西部, 占全島面積三分之一, 為最早的黑人共和國; 首都 Port-au-Prince (太子港)).

hake [hek; heɪk] *n.* (*pl.* ～**s**, ～) Ⓒ狗鱈(鱈(cod)科的高級食用魚).

Hal [hæl; hæl] *n.* Henry, Harold 的暱稱.

ha·la·tion [heˈleʃən, hæˈleʃən; həˈleɪʃn] *n.* Ⓤ 光暈, 暈影, 光暈作用, (照片, 電影, 電視畫面上, 某部分很亮而導致周圍模糊的現象).

hal·cy·on [ˈhælsɪən, ˈhælsɪan; ˈhælsɪən] *n.* Ⓒ **1** 神翠鳥(傳說冬至時分會在海上築巢孵小鳥, 此時能使海面風平浪靜, 是一種神話中的鳥; 一般被認為是魚狗). **2** (鳥)翠鳥, 魚狗.
— *adj.* (限定)《文語》平靜的, 穩定的, 平穩的. *halcyon* days 幸福平穩的時期.

hale [hel; heɪl] *adj.* 《雅》〔特指老人〕健壯的, 精神矍鑠的, 精力充沛的, (主要用於下列片語).
hàle and héarty 〔特指老人, 病癒者〕健壯的, 精力充沛的.

☆half [hæf; hɑːf] n. (pl. **halves**) **1** ⓊⒸ 一半，二分之一；約半數. the latter *half* of the twentieth century 20 世紀後半葉/two years and a *half* 兩年半(=two and a *half* years)/Two *halves* make a whole. 兩個一半合成一個[整體]/Your *half* is bigger than mine. 你的那一半比我的這一半大/*Half* (of) the eggs were stolen. 有半數的雞蛋被偷了/*Half* of the apple [it] was rotten. 那顆蘋果[這個東西]有一半爛掉了.

[語法]half of 與名詞連用時，亦有省略 of 的情形，而此時的 half 則爲形容詞(→ half *adj.* 1)；相對於此，若與代名詞(如前面例句中的 it)連用時則不可省略 of；又 half of+(代)名詞時，其動詞與(代)名詞的單複數一致.

2 Ⓤ(不用冠詞)(時間的)半，三十分(鐘). at *half* past seven 七點半.

3 Ⓒ(美、口)五角銀幣(half dollar)；(英、口)半品脫[英里].

4 Ⓒ(足球等比賽的)前半場，後半場；(棒球)(一局中的)半局，下半局.

5 Ⓒ(英)半學年(二學期制中的一學期).

6 =halfback. ⇨ v. **halve**.

...and a half (口)出色的⋯，顯著的⋯. How attractive! She's a woman *and a half*! 多麼有魅力啊! 她眞是位出色的女性!/That's a problem *and a half*. 問題十分嚴重.

by half (1)一半. The price of rice was up *by half* as compared with twenty years before. 米價比二十年前漲了五成. (2)甚，太. The essay is too long *by half*. 此篇論文太過冗長了.

＊by halves 半途而廢地(通常用於否定句)) He never does anything *by halves*. 他做事情從不半途而廢.

go halves (*with* a pèrson) *in* [*on*]... (與某人)平分[均分]⋯，go halves *in* the cost of the trip 各付一半旅費.

＊in half (1)二等分地，(各)一半地. cut a log *in half* 把木頭劈成兩半. (2)(變成)一半地. cut the number of employees *in half* 裁減半數的員工.

in [*into*] *halves* =in half (1).

— *adj.* (通常作限定) **1** 一半的，二分之一的. *half* an hour=a *half* hour 半小時，三十分鐘/a *half* pound 半磅/*half* a dozen=a *half* dozen 半打/*Half* the students were absent. 半數學生缺課/*Half* his work is done. 他的工作已經完成一半了/have *half* a mind to do... 有點想去做⋯.

[語法]half 置於冠詞或人稱代名詞的所有格之前. 但(美)亦可使用 a half+普通名詞代替 half a+普通名詞: *half* a mile=a *half* mile (半英里).

2 不完全的，不徹底的. You have only a *half* acquaintance with the subject. 你對這個問題只是一知半解.

be half the battle (口)如同已贏得[成功]一半的. The first blow *is half the battle*. 先下手爲強.

half the time → time 的片語.

— *adv.* **1** (僅)一半；中途. petals *half* white and *half* pink 半白半粉紅的花瓣/He turned to me *half* rising. 他站起來側向著我/I *half* wished to go abroad with my fiancée. 我有點想和未婚夫到國外去/She is *half* Japanese and *half* French. 她一半日本，一半法國的血統.

2 到相當的程度，有幾分；相當地. The boy was *half* dead from walking a long time. 那個男孩走了好久，已經累得半死了/She was *half* crazy with fear. 她嚇得快瘋了.

3 (常加過去分詞)不完全地，不徹底地. Don't leave things *half* done. 做事不可半途而廢/The chicken was only *half* cooked. 這隻雞只有半熟.

half and half =half-and-half *adv.*

half as much [*many*, *large*, *etc.*] *again* (A) (*as...*)→ again 的片語.

＊half as much [*many*] (...) *as...* 僅⋯的一半(of ⋯). I have only *half* as *many* books *as* you. 我的書只有你的一半.

not half (1)(口)一點也不⋯(not at all)(〈連一半也沒⋯〉). Dick is *not half* stupid. 狄克一點也不笨. (2)(英、口)非常地，非比尋常地，非常(口)((反諷》). She didn't *half* get angry. 她非常地生氣.

half-and-half [ˈhæfṇ`hæf; ˌhɑːfənd`hɑːf] *adj.* 各半的；兩者等量混合的.
— *adv.* 等分地，各半(地). split the cost *half-and-half* 平分費用.
— *n.* Ⓤ(美)牛奶和奶油各半所混合的飲料；(英)麥酒(ale)和黑啤酒(porter)各半混合的啤酒.

half-back [ˈhæf,bæk; `hɑːfbæk] *n.* Ⓒ(美式足球)半衛[跑衛](選手)；半衛[跑衛]守備位置.

half-baked [ˈhæf`bekt; ˌhɑːf`beikt] *adj.* **1** 烤得半熟的. **2** (計畫，方案等)考慮不周的，不完善的；(口)(人)未經世故的；頭腦不好的，愚蠢的.

half blood *n.* Ⓒ **1** 異父[異母]兄弟[姊妹]. **2** 混血兒.

half-breed [ˈhæf,brid; `hɑːfbriːd] *n.* (輕蔑)Ⓒ混血兒(美)特指美洲印第安人和白人結合所生的孩子).

half brother *n.* Ⓒ異父[異母]兄弟.

half-caste [ˈhæf,kæst; `hɑːfkɑːst] *n.* (輕蔑)Ⓒ混血兒(美)特指歐洲人和亞洲人結合所生的孩子).

half cock *n.* Ⓤ(槍械的)半擊發狀態((撞針半扣而保險栓鎖著的狀態).
go off (*at*) *half cock* (1)(槍械)呈半擊發狀態. (2)操之過急[準備不足]而失敗.

half dollar *n.* Ⓒ(美國，加拿大的)五角硬幣(現在不常用). → coin 圖).

half-heart-ed [ˈhæf`hɑrtɪd; ˌhɑːf`hɑːtɪd] *adj.* 興趣缺缺的，不熱心的，(↔whole-hearted). a *halfhearted* attempt 興趣缺缺的嘗試.

half-heart-ed-ly [ˈhæf`hɑrtɪdlɪ; ˌhɑːf`hɑːtɪdlɪ] *adv.* 不感興趣地，興趣缺缺地.

half-hol-i-day [ˈhæf`hɑlə,de; ˌhɑːf`hɒlədeɪ] *n.* (pl. ~s) Ⓒ半天休假，上半天班.

half-hour [ˈhæf`aʊr; ˌhɑːf`aʊə(r)] *n.* Ⓒ半小

時，三十分鐘；…點半《零點三十分，九點三十分等》. a *half-hour* of sleep 三十分鐘的睡眠.

half-hour·ly [ˋhæfˋaʊrlɪ; ˌhɑːfˈaʊəlɪ] *adj.* 每三十分鐘的，每半小時的.
— *adv.* 每三十分鐘地，每隔半小時地.

half-length [ˋhæfˋlɛŋθ, -ˋlɛŋθ; ˌhɑːfˈleŋθ] *adj.* 半身(像)的(→ full-length).

half-life [ˋhæf͵laɪf; ˈhɑːflaɪf] *n.* ⓒ(物理)(放射性元素[基本粒子]的)半衰期(原子[基本粒子]數降到半數所需的時間).

half-mast [ˋhæfˋmæst; ˌhɑːfˈmɑːst] *n.* ⓤ降半旗的位置(旗竿或船桅的中間位置，致哀或作為船隻遇難信號而降旗至此處). fly [hang] a flag at *half-mast* 降半旗.

half-moon [ˋhæfˋmun; ˌhɑːfˈmuːn] *n.* ⓒ半月(→ moon圖)；半月形(之物).

hálf nélson *n.* ⓤ(摔角)側面肩下握頸《從對手背後以一臂自其腋下插入而反抑其頸》.

hálf nòte *n.* ⓒ(美)(音樂)二分音符《(英) minim；→ note圖》.

half·pence [ˋhepəns; ˈheɪpəns] (★注意發音) *n.* halfpenny 的複數.

half·pen·ny [ˋhepnɪ, ˋhepənɪ; ˈheɪpnɪ] (★注意發音) *n.* (*pl.* 在 1 中發音為 **-nies** [~z; ~z]，2 則為 **-pence** [-pəns; -pəns]) ⓒ **1** 半便士銅幣(英國的貨幣；現已不用；→ penny).
2 半便士的金額. three *halfpence* 1.5 便士.
3 (形容詞性)半便士的.

half-pen·ny·worth [ˋhepnɪ͵wɝθ, ˋhepənɪ-; ˈheɪpnɪwɜːθ] *n.* ⓒ(通常用單數)值半便士之物；極少量.

hálf síster *n.* ⓒ異父[異母]姊妹.

half-tim·bered [ˋhæfˋtɪmbəd; ˌhɑːfˈtɪmbɜːd] *adj.* (結構為)木骨架構造的《在框柱等骨架結構的木材之間砌以泥、磚等》.

[half-timbered]

half-time [ˋhæfˋtaɪm; ˌhɑːfˈtaɪm] *n.* **1** ⓤ(足球賽等的)中場休息時間《中間的休息》.
2 (形容詞性)中場休息時間的.

half-tone [ˋhæfˋton; ˈhɑːftəʊn] *n.* **1** ⓒ網版(插圖，畫).
2 ⓤ(繪畫，攝影明暗的)間色，半調色.
3 ⓤ(美)(音樂)半音.

half-truth [ˋhæf͵truθ; ˈhɑːftruːθ] *n.* (*pl.* ~s [-͵truðs; -truːðz]) ⓒ(刻意)對事實真相只作片面的陳述[說明]《通常是為了欺瞞對方》.

＊**half·way** [ˋhæfˋwe; ˌhɑːfˈweɪ] *adv.* **1** 在[到]中途. We are *halfway* home already. 我們已經在回家的半路上了.
2 一半，不完全地. The measure went only *halfway* toward resolving the crisis. 該項對策只解決了一半的危機.
mèet a pèrson halfwáy (1)在途中迎接[人].
(2)(拉近彼此間的差異)[與人]妥協.
— *adj.* **1** 中途的. a *halfway* point 中間點/a *halfway* line (足球，橄欖球等的)中線.
2 不徹底的，不完全的. Never do a *halfway* job. 做事絕不要半途而廢.

hálfway hòuse *n.* ⓒ **1** (主要)兩城鎮中間位於道路兩旁的旅店. **2** 折衷之物[方案等](compromise). **3** (幫助剛出獄者，精神病患等重回社會的)中途之家.

half-wit [ˋhæf͵wɪt; ˈhɑːfwɪt] *n.* ⓒ愚蠢的人，笨蛋.

half-wit·ted [ˋhæfˋwɪtɪd; ˌhɑːfˈwɪtɪd] *adj.* 愚笨的.

hal·i·but [ˋhæləbət, ˋhɑləbət; ˈhælɪbət] *n.* ⓒ大比目魚《繁殖於北方海域的大型食用魚》.

[halibut]

hal·i·to·sis [͵hæləˋtosɪs; ͵hælɪˈtəʊsɪs] *n.* ⓤ(醫學)呼氣惡臭，口臭.

＊**hall** [hɔl; hɔːl] *n.* (*pl.* ~s [~z; ~z]) ⓒ
【 大的房舍 】 **1** 會館，禮堂，大廳. a public *hall* 公共禮堂.
2 (團體，同業公會等的)辦公室，總部.
3 公眾的集會場所；娛樂場所(舞廳，音樂廳等). a banquet *hall* 宴會廳/a concert *hall* 音樂廳.
4 (英)(鄉村地主的)大宅邸，莊園.
5 宿舍，(學生)會館. a *hall* of residence 學生宿舍/the Students' *Hall* 學生會館.
【 大房間 】 **6** 講堂，教室.
7 (英)大餐廳. dine in *hall* 在大餐廳用餐(★這裡不用加冠詞).
8 (豪門富宅的)大廳；門廳，大門，玄關. He hung up his hat and coat in the *hall*. 他將帽子及外套掛在玄關.
9 (美)走廊，通道，(hallway). Don't run down the *halls* in school. 不要在學校的走廊上跑步.

● ——與 **HALL** 相關的用語

guildhall	市政府; 鄉鎮公所
dance hall	舞廳
town hall	鄉鎮公所, 市公所
beer hall	啤酒屋
study hall	(學校的)自習室
Whitehall	英國政府; 英國政府機關
music hall	音樂廳
city hall	市政廳

---

hal·le·lu·iah, -lu·jah [ˌhælə`lujə, -`lujə; ˌhælɪ`luːjə] *interj.* 哈利路亞《希伯來語的「讚美神」》. — *n.* © 讚美上帝的頌歌[歡呼].

Hal·ley's comet [ˌhælɪz`kɑmɪt; ˌhælɪz`kɒmɪt] *n.* (天文)哈雷彗星《約每七十六年出現一次; 英國天文學家 Edmund Halley 預言此彗星將會週期性地出現》.

hall·mark [`hɔl,mɑrk; `hɔːlmɑːk] *n.* © 1 (用以保證金, 銀, 白金製品純度的)檢驗證明印記. 2 品質保證戳記, 保證單, 鑑定書. Bravery is the *hallmark* of a good hunter. 勇敢是優秀獵人的標記. — *vt.* 給…蓋上(品質保證的)戳記.

字源 源自倫敦 Goldsmiths' Hall 的檢驗印記.

***hal·lo, -loa** [hə`lo; hə`ləʊ] *interj.* **1** (要對方注意)哈囉, 喂, (hello). **2** (英)(電話中的)喂(hello). **3** (驅使獵犬而喊叫)去! 喂! — *n.* (*pl.* ~s) © 啊[喂]的叫聲. — *vt.* 向[人]喊喂[啊]; 叫[獵犬]去. — *vi.* 叫喂[啊].

Hall of Fame *n.* (加)(美)名人堂《位於 New York 市, 為紀念偉人, 有功者的光榮事蹟; 也有專門類別的 the Baseball Hall of Fame (棒球名人堂; 位於 New York 州 Cooperstown)》.

hal·loo [hə`lu; hə`luː] *interj.* =hallo.

hal·low [`hælo, -ə; `hæləʊ] *vt.* 《文章》視…為神聖, 把…視為神聖之物來崇拜.

hal·lowed [`hæləd; `hæloud] *adj.* 《文章》**1** 被視為神聖的. **2** 神聖的.

Hal·low·een, Hal·low·e'en [ˌhælo`in, ˌhalo`in; ˌhæləʊ`iːn] *n.* 萬聖節前夕(All Saints' Day 前夕, 即 10 月 31 日之夜, 在美國或蘇格蘭孩子們會熱鬧地過節; 製作 jack-o'-lantern (南瓜燈籠), 還有去附近鄰居家敲門叫說 "Trick or treat!" (不給糖就搗蛋!), 跟鄰居要糖菓).

hall·stand [`hɔl,stænd; `hɔːlstænd] *n.* © 門廳衣帽櫥《有衣帽架, 傘架, 鏡子等》.

hal·lu·ci·na·tion [hə,lusn`eʃən, -,lru-; hə,luːsɪ`neɪʃn] *n.* 回 幻覺, 妄想.

hall·way [`hɔl,we; `hɔːlweɪ] *n.* (*pl.* ~s) © 《美》玄關, 門廳; 走廊, 通道.

[hallstand]

ha·lo [`helo; `heɪləʊ] *n.* (*pl.* ~s, ~es) **1** © (基督像或聖徒像頭部的)光輪, 光環. **2** © (太陽, 月亮等的)光暈. **3** 回 (環繞著人或事物的)榮耀, 光榮.

[haloes 1]

***halt**[1] [hɔlt; hɔːlt] *n.* (*pl.* ~s [~s; ~s]) © **1** (用單數)(暫時)停止, 中止. bring the procession to a *halt* 終止進行/The big turbine slowly came to a *halt*. 大渦輪慢慢地停下來. **2** (英)(鐵路)暫設[簡易]的小車站《無車站職員、房舍等》. — *v.* (~s [~s; ~s]; ~ed [~ɪd; ~ɪd]; ~ing)《文章》 *vi.* 停止行進. *Halt*! 立定!《軍隊口令》/They halted near the bridge. 他們停留在橋的附近. — *vt.* 使停止行進. Traffic was *halted* for several hours by the accident. 這場車禍使交通停滯了幾個小時.

halt[2] [hɔlt; hɔːlt] *vi.* 猶豫; 躊躇而行; 囁嚅地說. make a *halting* speech 吞吞吐吐地說話.

hal·ter [`hɔltɚ; `hɔːltə(r)] *n.* © **1** (馬的)韁繩《繫在頭部供牽引的繩子或皮帶; → harness 圖》. **2** (絞刑用的)絞索, 絞繩. **3** =halterneck.

hal·ter·neck [`hɔltɚ,nɛk; `hɔːltə(r)nek] *n.* © 露背裝《在背後用帶子綁住固定, 露出背及手臂的服裝》. — *adj.* 露背裝的.

halt·ing [`hɔltɪŋ; `hɔːltɪŋ] *adj.* 躊躇的, 猶豫的.

halt·ing·ly [`hɔltɪŋlɪ; `hɔːltɪŋlɪ] *adv.* 〔說話等〕猶豫地, 不敏捷地, 吞吞吐吐地.

halve [hæv; hɑːv] *vt.* **1** 把…二等分; 平分. I *halved* the money with my pal. 我把錢和同伴平分了. **2** 減半〔薪資, 供應等〕. ⇨ *adj., n.* half.

halves [hævz; hɑːvz] *n.* half 的複數.

***ham** [hæm; hæm] *n.* (*pl.* ~s [~z; ~z]) **1** 回回 火腿. a slice of *ham* 一片火腿. **2** © (a) (通常 hams)(主要指動物的)大腿內側; 臀部. (b) 腿窩, 腿彎, (膝部後側的凹處). **3** © 《俚》外行; (表演過火的)差勁演員. **4** © 《俚》火腿族《取得執照的業餘無線電玩家》. — *v.* (~s; ~med; ~·ming)《俚》 *vi.* 〔演員〕過火誇張的表演. — *vt.* 過火誇張地演出〔角色或戲劇〕.

ham and eggs *n.* 火腿蛋《切薄的火腿加上煎蛋; 在英國通常當作早餐食用》.

Ham·burg [`hæmbɝg; `hæmbɜːg] *n.* **1** 漢堡《德國北部城市, 為該國最大貿易港》. **2** (=hamburg) =hamburger.

字源 BURG「鎮」: Ham*burg*, Gettys*burg* (蓋茨堡), Pitts*burgh* (匹茲堡), Edin*burgh* (愛丁堡).

***ham·burg·er** [`hæmbɝgɚ; `hæmbɜːgə(r)] *n.* (*pl.* ~s [~z; ~z]) **1** =

H

hamburger steak. **2** ⓒ 漢堡. **3** Ⓤ《美》絞牛肉.

hámburger stéak *n.* ⓒ 漢堡牛肉餅.

ham-fist-ed [`hæm,fɪstɪd; ,hæm'fɪstɪd] *adj.*
《主英》=ham-handed.

ham-hand-ed [`hæm,hændɪd; 'hæm,hændɪd]
adj. 笨手笨腳的; 拙劣的.

Ham-let [`hæmlɪt; 'hæmlɪt] *n.* 哈姆雷特(Shake-
speare 的四大悲劇之一; 該劇的主角).

ham·let [`hæmlɪt; 'hæmlɪt] *n.* ⓒ **1** 小部落.

2《英》(沒有教會的)小村(→ village, city 圖).

***ham·mer** [`hæmə; 'hæmə(r)] *n.* (*pl.* ~**s**
[~z; ~z]) ⓒ【 鎚子 】 **1** 鎚子, 鐵
鎚. a wooden *hammer* 木槌.
【 鎚狀物 】 **2** (槍隻的)撞針 (鋼琴的)琴槌, (拍
賣時用的)木槌 (鈴球比賽用的)鈴球.
3 (解剖)(中耳的)鎚骨.

còme [*be*] *under the hámmer* 被拍賣.

hámmer and tóngs 猛然地, 激烈地. be [go]
at it *hammer and tongs* 拚命地做[打鬥等].

— *v.* (~**s** [~z; ~z]; ~**ed** [~d; ~d]; **-mer·ing**
[-mərɪŋ, -mrɪŋ; -mərɪŋ]) *vt.* **1** 用鎚子鎚[釘子等].
hammer nails *into* a board 把釘子釘在木板上.
2 把…釘牢, 釘死. *hammer down* a lid 釘住蓋子.
3 把…用鎚子打成. *hammer* a pan out of cop-
per 把銅塊鎚製成平底鍋.
4 灌輸[話語, 想法等](*into*). I intend to *ham-*
mer this idea *into* the students' heads. 我想灌輸
學生這個想法.
5《口》(在戰爭, 比賽等中)把…打得落花流水.

— *vi.* 用鎚子敲; 不停(用力)地敲擊(*at, on*).
hammer on the desk with one's fist 不斷地用拳
頭敲打桌子.

hàmmer awáy at... (1)持續不斷地打….
(2)孜孜不倦地做…; 反覆地說…. *hammer away*
at mathematics 孜孜不倦地學習數學.

hàmmer/.../hóme (1)把[釘子]釘得很牢. (2)灌輸
[思想等].

hàmmer/.../óut (1)用鎚子敲…使伸長[變平].
(2)拚命地想出[辦法等]. The two sides *ham-*
mered out an agreement. 雙方努力達成了協議.

hàmmer and síckle *n.* (加 the)鐵鎚和鐮
刀(前蘇聯國旗; 鐵鎚代表工人, 鐮刀代表農民).

hámmer thròw *n.* (加 the)《比賽》擲鈴球.

ham·mock [`hæmək; 'hæmək] *n.* ⓒ (帆布或
網狀)吊床. sleep in a *hammock* 睡在吊床上.

ham·per¹ [`hæmpə; 'hæmpə(r)] *vt.* 《文章》妨
礙, 阻礙, 打擾. My movements were *hampered*
by the heavy overcoat. 厚重的外套讓我行動不方
便. ≒hinder, obstruct.

ham·per² [`hæmpə; 'hæmpə(r)] *n.* ⓒ (通常有
蓋的)大型籃子(放置食
品或換洗衣物).

**Hamp·stead
Heath**
[,hæmpstɛd'hiθ,
,hæmpstɪd-;
,hæmpstɪd'hi:θ] *n.* 位於
倫敦西北部廣大的天然

[hampers²]

公園.

ham·ster [`hæmstə; 'hæmstə(r)] *n.* ⓒ《動物》
倉鼠《作寵物或實驗用; → rodent 圖》.

ham·string [`hæm,strɪŋ; 'hæmstrɪŋ] *n.* ⓒ 腿
窩的肌腱, 膕旁腱, 腿後腱.

— *vt.* (~**s**; -**strung**; ~**ing**) **1** 割斷…的腿腱.

2 削減力量; 使無力. *hamstring* a project 抽掉一
項計畫.

****hand** [hænd; hænd] *n.* (*pl.* ~**s** [~z; ~z]) ⓒ
【 手 】 **1** 手(手腕到指尖部分; → arm
圖); (動物)形狀似手的部分(猴子的前足, 螃蟹的
螯等). Each *hand* has five fingers. 每隻手有五根
指頭/wash one's *hands* 洗手; 上廁所/open
[shut] one's *hand* 張開[合上]手(指)/clap one's
hands 拍手/She was leading her grandmother
by the *hand*. 她牽著祖母的手引路/with one *hand*
用單手/with both *hands* 用雙手; 傾全力.

⊡ *v.*＋hand: burn one's ~ (燙手), cut one's
~ (切[傷]手), lower one's ~ (把手放下), raise
one's ~ (舉手), wave one's ~ (揮手), rub
one's ~s (搓手), wring one's ~s (握緊雙手).

【 指示 】 **2** (鐘錶, 儀器等的)指針. the hour
[minute, second] *hand* 時針[分針, 秒針]/set the
hands forward 調快時針.

3 側, 方向, 方面. on [at] your right [left]
hand 在你的右[左]側/on all *hands*＝on every
hand 在四面八方.

【 手中 】 **4** (常 hands)所有; 管理, 支配. pass
into the *hands* of... 歸…所有/I'll leave this mat-
ter in your *hands*. 我要把這件事交給你負責/The
castle has fallen into the *hands* of our enemy.
城堡已落入敵人手中.

5【 手中的牌 】(紙牌)一盤, 一回合; 手上的牌; 玩
牌者. play a *hand* of cards 打一回牌/have a
good *hand* 有副好牌.

【 勞動人手 】 **6** 人手, 工作的人手. (→ head 4
參照); (主 hands)工匠, 全組人員. a hired *hand*
雇工/a factory *hand* 工廠工人/a farm *hand* 農場
工人.

7 (a) (通常用單數)本領, 技能(skill); 巧妙, 手法.
paint with a delicate *hand* 用精細的筆法作畫.
(b) 能手, 有特殊技術者. a real *hand* at problem
solving 解決問題的高手/a good [poor] *hand* at
cooking 烹飪好手[拙劣者]/an old *hand* (→見 old
hand).

【 動手 】 **8** (用單數)參加, 參與. have [take] a
hand in a plan 參與計畫.

9 (通常用單數)援助, 幫助. give a person a
(helping) *hand* 給某人幫助/lend a person a
(helping) *hand* 對某人伸出援手.

【 拍手＞同意 】 **10** (加 a)拍手, 喝采,
(applause). give a person a (big) *hand* 向人(熱
烈)鼓掌/get [receive] a huge *hand* 受到熱烈的喝
采.

11 (通常用 her hand)結婚的約定[承諾]. ask

for *her* **hand** (in marriage) 向她求婚.
〖手寫之物〗 **12** (通常用單數)筆跡(handwriting); (正式的)簽名(signature). Mary writes (in) a beautiful [plain] **hand**. 瑪莉寫得一手漂亮的[工整的]字／The letter was written in the Queen's own **hand**. 這封信是女王親筆寫的.
at fīrst hánd → first *adj.* 的片語.
* **at hánd** (1)在手頭上. I have no money *at hand*. 我身無分文. (2)在近期. My birthday is near *at hand*. 我的生日就快到了.
at sècond hánd → second¹ 的片語.
at the hánd(s) of *a pèrson* = **at a pèrson's hánd(s)** 來自某人, 出自某人之手. I received rough treatment *at his hands*. 我受到他粗暴的對待.
* **by hánd** (1)(不用機器)用手. wash clothes *by hand* 用手洗衣服. (2)親手轉交的. a letter delivered *by hand* 一封親手轉交的信.
chànge hánds (物)易主, 易手.
èat [fèed] out of *a pèrson's* **hánd** (1)從人的手裡吃東西. (2)(口)聽命於人.
from hànd to hánd 從一人到另一人; 所有權不斷易手.
from hànd to móuth 勉強度日.
hànd and fóot (1)手腳不得動彈地. tie a person *hand and foot* 將人的手腳綁住. (2)竭力地. wait on a person *hand and foot* 竭力地服待某人.
* **hànd in [and] glóve with...** (壞事地)和…密切合作, 共謀.
* **hànd in hánd** (1)手拉手; 攜手合作. do a job *hand in hand* 協力做一件事. (2)(事物)相伴, 相隨. My proposal goes *hand in hand* with your idea. 我的建議和你的想法一致.
hànd over hánd [físt] (攀爬繩子等時)雙手交替使用地; 穩定而迅速地, 一步一步順利地.
hànds dówn (垂手>)不費力地, 容易地. He won the race *hands down*. 他輕而易舉地贏得比賽.
Hànds óff! 不許碰! 不許動手! 不許干涉!
Hànds úp! (1)把手舉起來! (投降的表示). (2)請舉手. *Hands up* who knows what D-Day is. 知道甚麼是 D-Day 的人請舉手.
hànd to hánd 親密接觸; 靠近, 挨近. battle *hand to hand* 短兵相接的戰鬥.
hàve *one's* **hánds fùll** 忙得不可開交.
hòld hánds (男女)手牽手, 手拉手.
* **in hánd** (1)拿在手中; 手頭上(的). with a flashlight *in hand* 手中拿著手電筒／cash *in hand* 手頭的現款. (2)在掌握中的, 在控制的, 在支配下(的). The army had the revolt *in hand*. 軍隊壓制住了叛亂. (3)(著手)準備中的, 進行中的. put the work *in hand* 著手工作.
jòin hánds (1)握緊兩手; 互相拉手(*with*). (2)攜手, 協力, 《*with*》.
kèep *one's* **hánd ìn** 常常練習(以免生疏).

lày (*one's*) **hánds on...** (1)抓住…; 得到…. (2)對(人)施暴. (3)尋找…的下落(find). (4)(牧師將手放在人的頭上)施以堅信禮; 授與聖職.
lìft a hánd [fínger] (to do) (口)費舉手之勞(做…)(通常用於否定句). He didn't *lift a hand* to help me. 他沒有幫找一點忙.
lìve from hànd to móuth 勉強度日, 過著過一天算一天的生活.
òff hánd 不加準備地(的), 即席地(的). *Off hand*, I would say that the trip will cost nearly ten thousand dollars. 現在馬上要說的話, 我想這次旅行將花費近一萬元.
off *a pèrson's* **hánds** 不再是某人的責任[任務].
on hánd (1) =in hand (1). (2)在近處. I'll be *on hand* in case you need me. 當你需要我時, 我就在你身邊. (3)出席, 在場.
on *a pèrson's* **hánds** (1)成為某人的責任(↔ off a person's hands). a problem *on my hands* 我必須解決的問題. (2)有多餘的. I had time *on my hands*. 我有多餘的時間.
on (*one's*) **hànds and knées** 趴下.
* **on the óne hànd...on the óther (hànd)...** 一方面…, 另一方面…. *On the one hand* they serve excellent food at the restaurant, but *on the other* (*hand*) they don't wait on you very well. 那家餐廳一方面提供很棒的食物, 但另一方面卻沒有提供很好的服務.
out of hánd (1)當場, 立即. My suggestion was rejected *out of hand*. 我的建議立刻被否決了. (2)失去控制. The riot got *out of hand*. 暴動失去控制了.
pùt *one's* **hánd to...** 着手[工作等].
sèt *one's* **hánd to...** (1) =put one's hand to.... (2)(文章)在(條約等)上簽名.
tàke...in hánd 承受, 處理(事物); 負責照料(問題兒童等).
thròw ùp *one's* **hánds** (1)迅速舉起雙手. (2)因恐懼而停止(放棄).
to hánd (1)在手邊, 手所能及之處. Always keep this dictionary *to hand*. 總是把這本字典帶在身邊. (2)在手中. come *to hand* 到手; 找到.
tùrn *one's* **hánd to...** 着手(新的領域等); 開始.
wàsh *one's* **hánds of...** 與(人, 事物)斷絕關係, 洗手不幹….
with a hìgh hánd 高壓地, 傲慢地, (待人等).
— *vt.* (~s [~z; ~z]; ~ed [~ɪd; ~ɪd]; ~ing)
1 句型4 (hand A B)、句型3 (hand B to A) 將 B 交給 A, 將 B 給 A. *Hand* me the newspaper. = *Hand* the newspaper *to* me. 拿報紙給我. **2** 攙扶. The driver *handed* the old man into his car. 駕駛員攙扶老人上車.
hànd/.../aróund 依序傳遞(食物等).
hànd/.../báck 親手歸還(退回)(*to*).
* **hànd/.../dówn** (1)將…(從高處)遞下. Would you *hand down* the dictionary from the top shelf? 能不能請您將放在書架上層的字典拿下來? (2)將…作爲遺產留下(*to*); 把(傳統, 習慣等)傳給(後代). This watch was *handed down to* me

from my father. 這支錶是我父親留給我的. (3)《主美》發表…; 宣佈[決定, 判決等]. (4)給與[用過的衣服]《to; → hand-me-down》.

*__hànd /.../ín__ 親自繳交…, 提出[文件, 答案等]. *Hand in* your homework tomorrow. 明天交作業.

__hànd /.../ón__ (1)將…依次傳送. *Hand* this pamphlet *on* to your friends. 讓你的朋友傳閱這本小冊子. (2) =hand /.../down (2).

__hànd /.../óut__ (1)分配…. The awards were *handed out* to every member of the team. 將獎品分給每一個隊員. (2)免費贈送….

*__hànd /.../óver__ (1)送交…; 讓出[地位, 任務等]《to》. The criminal was *handed over to* the police. 罪犯被送交給警察. (2)傳達, 轉接, [打電話過來的人等]《to》.

__hànd /.../róund__ =hand /.../around.

*__hand·bag__ [`hænd͵bæg, `hæn͵bæg; 'hændbæg] *n.* (*pl.* ~s [~z; ~z]) © 手提包, 肩掛式背包; (★《美》亦使用, 但 purse 較普遍); (旅行用的)手提包. She took the keys from her *handbag.* 她從手提包裡拿出鑰匙串.

__hànd bàggage__ *n.* ⓤ 《美》手提行李(→ hand luggage).

__hand·ball__ [`hænd͵bɔl, `hæn͵bɔl; 'hænd͵bɔːl] *n.* 1 ⓤ (比賽) (a)《主美》回力球(將球打在牆上讓對方接的遊戲). (b)手球(將球投入對方球門便得分的球類運動). 2 © 回力球, 手球用的球.

__hand·bar·row__ [`hænd͵bæro, `hæn͵bæro, -ə; 'hænd͵bærəʊ] *n.* © (擔架式的)貨物搬運工具; (兩輪的)手推車.

__hand·bill__ [`hænd͵bɪl, `hæn͵bɪl; 'hændbɪl] *n.* © 傳單, 廣告傳單.

__hand·book__ [`hænd͵bʊk, `hæn͵bʊk; 'hændbʊk] *n.* © 手冊; 旅遊指南(guidebook).

__hánd bràke__ *n.* © (汽車等的)手煞車.

__hand·cart__ [`hænd͵kɑrt, `hæn-; 'hændkɑːt] *n.* © (通常為兩輪的)手推車.

[handcart]

__hand·clap__ [`hænd͵klæp, `hæn͵klæp; 'hændklæp] *n.* © (用單數)拍手. a slow *handclap* (表示不滿)慢吞吞的拍手.

__hand·clasp__ [`hænd͵klæsp, `hæn͵klæsp; 'hændklɑːsp] *n.* © (緊緊的)握手.

__hand·cuff__ [`hænd͵kʌf, `hæn͵kʌf; 'hændkʌf] *n.* (*pl.* ~s) © (通常 hand-cuffs)手銬, put a person *in handcuffs* 給人戴手銬.
— *vt.* 給[人]上手銬.

__-handed__ 《構成複合字》…手的. right*handed.* a one-*handed* man (獨臂的男子).

[handcuffs]

__Han·del__ [`hændl; 'hændl] *n.* George Freder-ick ~ 韓德爾(1685-1759)《生於德國而入英國籍的作曲家》.

*__hand·ful__ [`hænd͵fʊl, `hæn͵fʊl; 'hændfʊl] *n.* (*pl.* ~s [~z; ~z]) © 1 一把, 一握. a *handful* of flour 一把麵粉.
2 少數, 少量. Only a *handful* of activists controlled the meeting. 只有少數分子操縱會議.
3 (口)難控制的人[動物, 物, 事]. A little boy is quite a *handful*. 一個小男孩就夠麻煩的了.

__hand·gun__ [`hænd͵gʌn; 'hændgʌn] *n.* © 《主美》手槍(pistol).

*__hand·i·cap__ [`hændɪ͵kæp; 'hændɪkæp] *n.* (*pl.* ~s [~s; ~s]) © 1 (比賽上的)障礙, 不利條件, 劣勢. The player overcame a heavy *handicap.* 那位選手克服了極為不利的條件/play golf with a *handicap* of three 讓三桿的條件打高爾夫球.
2 附加不利條件的比賽(賽馬, 高爾夫球等).
3 不利, 困難; (身體上的)缺陷. Not speaking the language is quite a *handicap* in a foreign country. 在外國不會講當地的語言是很不利的.
— *vt.* (~s [~s; ~s]; ~ped [~t; ~t]; ~ping)對[比賽者等]附加不利條件; 使[人]處於不利狀況. I was *handicapped* by a bad car. 不好的車對我很不利.

__hand·i·capped__ [`hændɪ͵kæpt; 'hændɪkæpt] *adj.* (身心)有障礙的, 有缺陷的. the *handicapped* 《作複數》殘障者.

__hand·i·craft__ [`hændɪ͵kræft; 'hændɪkrɑːft] *n.* 1 © 手工藝, 手工(業); 手工製品, 手工藝品.
2 ⓤ 熟練[靈巧]的手工.

__hand·i·er__ [`hændɪɚ; 'hændɪə(r)] *adj.* handy 的比較級.

__hand·i·est__ [`hændɪɪst; 'hændɪɪst] *adj.* handy 的最高級.

__hand·i·ly__ [`hændɪlɪ; 'hændɪlɪ] *adv.* 1 方便地, 容易使用地. 2 容易地, 輕鬆地. 3 手法巧妙地, 靈巧地.

__hand·i·ness__ [`hændɪnɪs; 'hændɪnɪs] *n.* ⓤ 1 便利, 容易使用. 2 手法巧妙, 靈巧.

__hand·i·work__ [`hændɪ͵wɝk; 'hændɪwɜːk] *n.* 1 ⓤ 手工; © 手工藝品. 2 ⓤ (人的)製作物, 作品.

*__hand·ker·chief__ [`hæŋkɚtʃɪf, -͵tʃif; 'hæŋkətʃif] *n.* (*pl.* ~s [~s; ~s]) © 手帕; (古)領巾(neckerchief). She wiped away her tears with a *handkerchief.* 她用手帕拭去眼淚.

*__han·dle__ [`hændl; 'hændl] *n.* (*pl.* ~s [~z; ~z]) © 【抓住的部份】1 把手, 柄; (杯子等的)把手. hold a frying pan by the *handle* 握住煎鍋的柄.
[參考] 自行車, 摩托車等的把手為 handlebar, 汽車的方向盤為 (steering) wheel.
【成為線索之物】2 (口)頭銜(title).
3 可乘之機, 藉口, 線索.

[handles 1]

— *v.* (~s [~z; ~z]; ~d [~d; ~d]; -dling) *vt.* **1** 觸摸, 摸弄; 用手處理[使用]. *handle* a knife and fork skillfully 靈巧地使用刀叉/Fragile— *handle* with care. 易碎品——請小心搬運.

2 處理, 對待, [人或動物]; 應對. *handle* a customer politely 禮貌地對待顧客.

3 應付, 處理, 討論, [問題等]; 擔當[責任]. *handle* a difficult situation with tact 巧妙地處理困難的局面.

4 處理, 買賣, 經營, [商品]. That shop doesn't *handle* alcoholic drinks. 那家店不賣酒類.

— *vi.* 被處置, 能操作. This plane *handles* poorly at higher altitudes. 這架飛機在較高的高度時不易操縱.

han·dle·bar [ˋhændḷˌbɑr; ˈhændlbɑː(r)] *n.* C **1** (常 handlebars)(自行車等的)把手(→ bicycle 圖). **2** 八字鬍(亦作 hàndlebar moustáche; 八字形的鬍子).

han·dler [ˋhændlɚ; ˈhændlə(r)] *n.* C (特指警犬的)訓練員.

han·dling [ˋhændlɪŋ, -dlɪŋ; ˈhændlɪŋ] *v.* handle 的現在分詞, 動名詞.

hánd lùggage *n.* U (英)手提行李(→ hand baggage).

hand·made [ˋhændˋmed, ˋhæn-; ˌhændˈmeɪd] *adj.* 手製的, 手工做的, (↔ machine-made).

hand-me-down [ˋhænmɪˌdaʊn; ˈhænmɪˌdaʊn] 《口》 *adj.* 別人用過的, 舊的; 現成的, 價廉的.

— *n.* (通常用 hand-me-downs)別人穿過的舊衣服((主英, 口) reach-me-down).

hand·out [ˋhændˌaʊt; ˈhændaʊt] *n.* (*pl.* ~s [~s; ~s]) C **1** (免費的宣傳用)小冊子; (在教室等分發的)講義, 資料.

2 (給報社的)新聞稿(特指政府所發布的消息等).

3 (分配給貧民等的)救濟物品.

hand·paint·ed [ˌhændˋpentəd; ˌhændˈpeɪntɪd] *adj.* 手塗的.

hand·picked [ˋhændˋpɪkt; ˌhændˈpɪkt] *adj.* **1** 手摘的. **2** 特別挑選的[委員, 候選人等].

hand·rail [ˋhændˌrel; ˈhændreɪl] *n.* C 扶手, 欄杆.

hand·saw [ˋhændˌsɔ, ˋhæn-; ˈhændsɔː] *n.* C (單手使用的)手鋸.

hand·set [ˋhændˌsɛt, ˋhæn-; ˈhændˈset] *n.* C (電話的)聽筒(指一般送話器和受話器合為一體者).

hand·shake [ˋhændˌʃek, ˋhæn-; ˈhændʃeɪk] *n.* (*pl.* ~s [~s; ~s]) C 握手. He greeted each visitor *with* a friendly *handshake*. 他親切地和每一位訪客握手致意.

hand·some [ˋhænsəm; ˈhænsəm] *adj.* (-som·er, more ~; -som·est, most ~) **1** (男性)五官端正的, 英俊的; (女性)容貌美麗的, 高雅的, 端莊的. a *handsome* young man 英俊的年輕男子/Miss Brown has a *handsome* figure. 布朗小姐外型秀麗. 同 handsome 用於男性時表示勻稱的美, 用於女性時則表示兼具知性, 風度的美; → beautiful.

2 (物)氣派的, 堂皇的. a *handsome* old house 氣派的古宅.

3 (大小, 數量等)可觀的; (禮物, 行為等)慷慨的, 熱情的. make a *handsome* contribution to the church 捐贈可觀的款項給教堂.

Hàndsome ís that [as] hàndsome dóes. 《諺》慷慨仁慈始為美(He who does handsomely is handsome. (舉止大方者才有風度之意).

hand·some·ly [ˋhænsəmlɪ; ˈhænsəmlɪ] *adv.* 美麗地, 漂亮地; 慷慨地.

hand·som·er [ˋhænsəmɚ; ˈhænsəmə(r)] *adj.* handsome 的比較級.

hand·som·est [ˋhænsəmɪst; ˈhænsəmɪst] *adj.* handsome 的最高級.

hands-on [ˌhændzˋɑn; ˌhændzˈɒn] *adj.* 《限定》實際的, 實地的.

hand·spring [ˋhænˌsprɪŋ, ˋhænd-; ˈhænsprɪŋ] *n.* C 翻筋斗(兩手著地翻轉).

hand·stand [ˋhændˌstænd; ˈhændstænd] *n.* C 倒立.

hand-to-mouth [ˋhændtəˋmaʊθ, ˋhæntə-, ˌhændtəˈmaʊθ] *adj.* 《限定》勉強度日的, 過一天算一天的, 糊口的. lead a *hand-to-mouth* life 過著勉強糊口的日子.

hand·work [ˋhændˌwɝk; ˈhændwɜːk] *n.* U 手工, 手工藝.

hand·writ·ing [ˋhændˌraɪtɪŋ; ˈhændˌraɪtɪŋ] *n.* (*pl.* ~s [~z; ~z]) **1** U 筆跡; 筆法. His *handwriting* is very hard to read. 他的筆跡很難辨識.

2 C 手寫物, 親筆.

hand·writ·ten [ˋhændˌrɪtṇ; ˈhændˌrɪtn] *adj.* 手寫的.

hand·y [ˋhændɪ; ˈhændɪ] *adj.* (hand·i·er; hand·i·est) 《技術高的》 **1** 靈巧的, 手法巧妙的, 高明的. We want a secretary quite *handy* with a calculator. 我們需要一位擅長計算機操作的女祕書.

《手頭上有的》 **2** (口)手頭的, 馬上可用的; 最近的. keep an English-Chinese dictionary *handy* 隨身攜帶一本英漢辭典/at a *handy* post office 在最近的郵局.

3 方便的; (小船, 工具等)容易使用的. a *handy* manual for beginners 便於初學者使用的手冊.

còme in hándy [úseful] (必要時)派得上用場的, 方便的, 《*for*》.

hand·y·man [ˋhændɪˏmæn; ˈhændɪmæn] *n.*
(*pl.* **-men** [-mən; -mən]) C 以雜役為業者, 雜務
工; 樣樣精通者.

*✻**hang** [hæŋ; hæŋ] *v.* (~**s** [~z; ~z]; **hung**, ~**ed**
[~d; ~d]; ~**ing**) (★ *vt.* 2, 3, *vi.* 3 的過
去式、過去分詞用 hanged, 其 他 則 用 hung) *vt.*
【從上垂下】 **1** 懸掛, 吊, 掛, (*on; from*). A
lot of ornaments were *hung on* the Christmas
tree. 許多裝飾品掛在聖誕樹上.

2 吊死(人), 處以絞刑. He *hanged* himself in
grief. 他由於悲傷而上吊自殺/The murderer was
hanged for his crime. 該謀殺犯因罪被處絞刑.

3 (口)咒罵 (★ damn 的委婉說法; 通常用祈使語
氣或被動語態). *Hang* it (all)! 該死!/Be *hanged*
(to you)! = *Hang* you! 你媽的!/I'll be *hanged* if
he isn't the criminal. 他絕對是要犯(如果他不是罪
犯那就把我吊死好了).

4 垂下(頭). The boy *hung* his head in shame
[grief]. 男孩因慚愧[傷心]而垂下頭.

【將一端固定】 **5** 將(門等)(用鉸鏈)裝上; 把
(鐘)懸吊(於鐘樓等); 掛, 安裝, (窗簾等). *hang* a
door on its hinges 用鉸鏈把門裝上/*hang* new cur-
tains at [over] the windows 將新的窗簾掛在窗上.

6 懸掛(畫 等)(*on*); 掛在, 裝飾, (場所)(*with*).
hang a new picture *on* the wall 在牆上掛一幅新
畫/a wall *hung with* a large tapestry 掛著一張大
壁毯的牆.

7 貼(壁紙).

【懸在半空】 **8** (美)使(陪審團)的判決懸而未決.

—— *vi.* 【由上垂下】 **1** 垂下, 垂掛, 懸掛.
Sparkling jewels *hung* from her ears. 閃耀的珠
寶懸垂於她的雙耳/Several portraits *hung on* the
wall. 好幾幅肖像畫掛在牆壁上.

2 蒙上, 壓, ((*over, on* …之上)). a huge rock
hanging over the stream 一塊大岩石突出於溪流
之上/The danger of a coup d'état still *hangs
over* the country. 這國家依然蒙受政變的危險/
There's a problem *hanging over* me. 有個問題懸
在我心頭.

3 被絞死.

【倚靠】 **4** 倚靠; 緊抱住. The little girl was
hanging around her father's neck. 小女孩緊緊抱
住她父親的脖子.

5 (情況等)關連到…, 受…左右, ((*on*)). Everything
hangs on your answer. 一切都取決於你的答覆.

【懸空】 **6** 懸空, 漂浮. The hummingbird
seemed to *hang* in the air. 那隻蜂鳥看起來像浮在
空中似的.

7 (事物)懸而未決; 迷惑, 猶豫. let things
hang as long as possible 盡量拖延, 不要讓事情
解決.

hàng abóut[1] (口)徘徊, 閒蕩.

hàng about… (口)徘徊於(場所)的四周. Don't
hang about the building after dark. 天黑以後不
要在那棟建築物四周閒蕩.

hàng aróund[1] = hang about[1].

háng around[2]… = hang about[2]…

hàng báck 躊躇, 猶豫.

háng on[1]… (1) → *vi.* 2, 5. (2)仔細聆聽(話語等),
注意地聽. They *hung on* their leader's every
word. 他們仔細聆聽領袖的每一句話.

✻ hàng ón[2] (口) (1)堅持, (頑強地)繼續做. *Hang
on* until the rescue crew gets to us. 要堅持到搜
救隊找到我們為止. (2)緊緊握住, 抱住不放. *Hang
on* tight! 抓緊! (3)(稍)等一下; 不掛斷(電話)(hold
on).

háng onto [*on to*]… (1)緊緊握住(繩子等).
hang on to a rope 緊緊抓著繩子. (2)(口)緊抓著
(權力, 地位等); 不肯放下, 不肯處理, (所有物).
She still *hangs onto* the old letters from her
friend. 她依然不願丟掉她朋友寄來的舊信件.

hàng/…/óut[1] (將(洗濯物)掛出晾乾, (2)將(旗
幟, 招牌等)掛於戶外.

hàng óut[2] (1)將身體探出去; 垂下. (2)(俚)作為住
處; 作為逗留場所.

hàng togéther (1)團結. We must all *hang
together* to overcome this crisis. 我們必須團結以
度過危機. (2)(相互)融洽; (說話, 報告等)有條
理.

hàng/…/úp[1] (1)掛…, 吊起. Don't throw your
coat on the chair. *Hang* it *up*. 不要把你的外套扔
在椅子上, 把它掛起來. (2)延遲…, 挽留(人); 打
擾….

hàng úp[2] 掛斷電話(↔ hang on[2]).

háng upon… = hang on[1]…

—— *n.* U (通常加 the) **1** 懸掛狀態, 下垂狀態, 垂
懸狀態. the *hang* of a dress 洋裝的下垂樣子.

2 (口)(機器, 工具等的)用法, 訣竅(knack); (話
語, 問題等的)大意, 旨趣. get the *hang* of ski-
ing 學會滑雪的訣竅.

hang·ar [ˋhæŋɚ, ˋhæŋɡɑr; ˈhæŋə(r)] *n.* C (飛
機的)庫房(→ airport 圖).

hang·dog [ˋhæŋˏdɔɡ; ˈhæŋdɒɡ] *adj.* (限定)(表
情)羞愧的, 感到內疚的, 卑屈的.

hang·er [ˋhæŋɚ; ˈhæŋə(r)] *n.* C **1** 披掛衣物的
木架, 衣架; 吊鉤, 懸鏈, 掛鉤.
2 張貼[懸掛]東西的人.

hang·er-on [ˏhæŋɚˋɑn, -ˋɔn; ˏhæŋərˈɒn] *n.*
(*pl.* **hangers-on**) C 跟班, 嘍囉.

hang-glid·er [ˋhæŋˏɡlaɪdɚ; ˈhæŋˏɡlaɪdə(r)] *n.* C
滑翔翼.

[hang-glider]

hang·ing [ˋhæŋɪŋ; ˈhæŋɪŋ] *n.* **1** UC 絞
刑. **2** (hangings) 壁
毯, 布幔, (門)簾子.
3 U 張貼, 懸掛.

hang·man [ˋhæŋmən; ˈhæŋmən] *n.* (*pl.* **-men** [-mən; -mən])
C 絞刑行刑者.

hang·nail [ˋhæŋˏnel; ˈhæŋneɪl] *n.* C (指甲邊
的)肉刺, 逆臚.

hang·o·ver [ˋhæŋͺovɚ; ˊhæŋͺəʊvə(r)] n. C
1 宿醉. **2** (昔日的)遺物, 遺跡, ((習慣, 制度, 氣質等)).

hang-up [ˋhæŋͺʌp; ˊhæŋʌp] n. C (俚)煩惱的原因, 情結. She's got a real *hangup* about her figure. 她非常在意自己的身材.

hank [hæŋk; hæŋk] n. C **1** (線)一束, 一捆, ((線的長度單位; 棉線爲840碼, 毛線爲560碼)). **2** 一捆, 一束, ((線, 繩子, 鉛絲等)).

han·ker [ˋhæŋkɚ; ˊhæŋkə(r)] vi. ((口))嚮往, 憧憬, ((after, for)); 渴望((to do)). She *hankers* after jewelry. 她渴望擁有珠寶首飾.

han·ker·ing [ˋhæŋkərɪŋ, ˋhæŋkrɪŋ; ˊhæŋkərɪŋ] n. C ((口))嚮往, 憧憬, 願望, ((for, after)).

han·ky, han·kie [ˋhæŋkɪ; ˊhæŋkɪ] n. (pl. **-kies**) C ((口))手帕(handkerchief).

han·ky-pan·ky [ˋhæŋkɪˋpæŋkɪ; ͺhæŋkɪˊpæŋkɪ] n. U ((口))欺騙; (性方面)下流的行爲.

Hanoi [hɑˋnɔɪ; hæˊnɔɪ] n. 河內(越南首都).

Han·o·ver [ˋhænovɚ; ˊhænəʊvə(r)] n. **1** 漢諾威((德國西北部工商業城市)). **2** 漢諾威((英國王朝(1714-1901)的名稱)).

Han·sard [ˋhænsɚd, ˋhænsɑrd; ˊhænsɑːd] n. C (用單數)(英國)國會議事錄.

han·som [ˋhænsəm; ˊhænsəm] n. C 雙座馬車((可乘坐二人而由一匹馬拉動的雙輪馬車; 在計程車普及之前, 作出租馬車之用)).

[hansom]

hánsom cáb n. =hansom.

hap·haz·ard [ͺhæpˋhæzɚd; ͺhæpˊhæzəd] adj. 偶然的; 隨便的, 敷衍了事的. Don't be *haphazard* about your reading. 讀書不可漫不經心.
— adv. 偶然地; 隨便地, 敷衍地.

hap·haz·ard·ly [ͺhæpˋhæzɚdlɪ; ͺhæpˊhæzədlɪ] adv. 偶然地; 隨便地.

hap·less [ˋhæplɪs; ˊhæplɪs] adj. ((詩))倒楣的, 不幸的.

***hap·pen** [ˋhæpən, -pn̩; ˊhæpən] v. (**~s** [-z; -z]; **~ed** [-d; -d]; **~ing**) vi. **1** 發生, 產生, ((事情)爆發((to)). Such a thing can't *happen* in England. 這種事在英國不可能發生/Let me know at once if anything *happens* to Father. 萬一父親發生甚麼事, 要馬上通知我/What

happened to him? 他發生甚麼事了?/Friendship don't just *happen*. 友誼不是(未做任何努力就)偶然發生的.

((同)表「發生」之意, 以 happen 爲最常用的字; → chance, occur, take place.

2 偶然((做…. (a) (句型2) (happen *to* do) Uncle George *happened* to drop in. 喬治叔叔正巧來訪/Do you *happen to* know a certain Dr. Long? 你是不是正巧認識龍大夫?
(b) (加方向副詞) I *happened along* [*by*] when the fight was starting. 鬥毆發生時, 我碰巧經過.
(c) (用 it (so) happens that...) *It* (*so*) *happened that* Bill was from Chicago. 湊巧比爾是從芝加哥來的.

as it háppens 偶然; 碰巧, 不巧. *As it happens*, I won't be able to come to the party tonight. 真不巧, 我無法參加今晚的宴會.

háppen on [*upon*]... 偶然遇見, 偶然發現. I *happened on* an old classmate in a London pub. 我在倫敦的一家小酒吧偶然遇到一位老同學.

(字源) HAP「偶然」(happen, happy (幸運的), perhaps (或許, 說不定), haphazard (偶然的)).

***hap·pen·ing** [ˋhæpənɪŋ, -pnɪŋ; ˊhæpnɪŋ] n. (pl. **~s** [-z; -z]) C **1** (常 happening*s*) (發生的)事情, 事件. There was a strange *happening* in the old castle. 那座古堡裡發生了奇怪的事. **2** (主美)即興表演(戲劇等的即興演出).

hap·pi·er [ˋhæpɪɚ; ˊhæpɪə(r)] adj. happy 的比較級.

hap·pi·est [ˋhæpɪɪst; ˊhæpɪɪst] adj. happy 的最高級.

***hap·pi·ly** [ˋhæpɪlɪ, -pɪlɪ; ˊhæpɪlɪ] adv. **1** 幸福地, 快樂地. The king and his wife lived *happily* ever after. 國王和王后從此過著幸福快樂的日子(童話故事結束的句子)/ He did not die *happily*. 他悲慘地死去 / They danced *happily* until after midnight. 他們快樂地跳舞直到午夜過後.
2 (修飾句子)幸運地, 幸好. *Happily* he did not die. = He did not die, *happily*. 幸好他並沒有死(→ 1 的例句).
3 合適地, 適切地. an idea *happily* expressed 被適切地表達出的意見.
4 欣然地, 愉悅地. He said he would *happily* lend me the money I needed. 他說他很高興借給我所需的錢.

***hap·pi·ness** [ˋhæpɪnɪs; ˊhæpɪnɪs] n. U **1** 幸福, 愉快, 滿意, 滿足; 幸運. in perfect *happiness* 完美幸福/I wish you *happiness*. 祝您幸福/Like all *happiness*, it did not last long. 就像所有的幸福一樣, 它並沒有持續很久. **2** (言辭等)恰當, 貼切.

***hap·py** [ˋhæpɪ; ˊhæpɪ] adj. (**-pi·er; -pi·est**) 【 好運的 】 **1** 幸運的, 幸福的, (lucky). by a *happy* chance [coincidence] 運氣好/a *happy* ending 喜劇收場/(I Wish You) (A) *Happy* New Year! 祝您新年快樂!/(相當於「恭賀新禧!」)/Many *happy* returns (of the day)! 祝您喜慶延年! (祝福生日等每年都能夠重複到來的賀辭)!

2 幸福的，開心的，(⟷ unhappy). *happy* people 幸福的人們/a *happy* face 快樂的臉龐.

〖 高興的 〗**3** 〔敘述〕高興的(*to do; that* 子句); 高興地做…的(*to* do); 愉快的，滿足的，(*about, with*). I am *happy* to see you here. 我非常高興能在此見到你/I shall be *happy* to attend the wedding. 我很高興去參加婚禮/I am extremely *happy* that my son passed the entrance examination. 我極為高興兒子通過入學考試/My daughter was *happy about* her Christmas presents. 我女兒對她的聖誕禮物非常滿意/The player was not *happy with* the salary offered. 該選手對所提供的薪水不滿意. 回 happy 係對「因緣際會的巧妙」而高興的心情; glad 則強調「高興的心情本身」.

4 〔滿意的＞合適的〕〔言辭，行動等〕貼切的，恰當的，合適的，巧妙的. a *happy* choice of words 高明的用字遣辭/a *happy* turn of expression 巧妙的說法.

hap·py-go-luck·y [ˋhæpɪˏgoˋlʌkɪ; ˏhæpɪgəʊˋlʌkɪ] *adj.* 悠哉的，輕鬆的，無憂無慮的.

ha·ra·ki·ri [ˋhɑrəˋkɪrɪ, ˋhærə-; ˏhærəˋkɪrɪ](日語) *n.* 匚切腹自殺.

ha·rangue [həˋræŋ; həˋræŋ] *n.* 匚《文章》(鼓動聽眾的)慷慨激昂的演說，雄辯.
— *vt.* 《文章》向…高談闊論. *harangue* the crowd 向群眾發表熱情的演說.

ha·rass [ˋhærəs, həˋræs; ˋhærəs] *vt.* **1** (一而再地)使困擾，使痛苦. be *harassed* by repeated questions 被反覆的問題所困擾. **2** 反覆襲擊以困擾〔敵人〕.

ha·rass·ment [həˋræsmənt, ˋhærəs-; ˋhærəsmənt] *n.* 匵煩惱，困擾; 騷擾，干擾. sexual *harassment* 性騷擾.

har·bin·ger [ˋhɑrbɪndʒɚ; ˋhɑːbɪndʒə(r)] *n.* 匚《文章》預兆; 先驅，先鋒(forerunner); 前兆; (*of*). a *harbinger of* a storm 暴風雨的前兆.

✲**har·bor** (美), **har·bour** (英)
[ˋhɑrbɚ; ˋhɑːbə(r)] *n.* (*pl.* ~s [~z; ~z]) 匵匚 **1** 港，港灣，(碼頭設備齊全的地方)〔水域〕; → port¹, haven回). Seattle has a fine natural *harbor.* 西雅圖擁有天然良港. **2** 避難所，藏匿處. Homes are a *harbor* from the world. 家是世間的避風港.
— *vt.* **1** 提供藏匿處[避難所]，窩藏〔人犯等〕; 隱瞞. He *harbored* fugitives in his basement. 他將逃犯藏匿在地下室. **2** 內心懷有〔惡意等〕. *harbor* a hatred 懷有仇恨.

✲✲**hard** [hɑrd; hɑːd] *adj.* (~·er; ~·est)
〖〔物品〕堅硬的 〗**1** 〔物品〕堅硬的，牢固的，(⟷ soft; →firm¹回). Diamond is the *hardest* natural substance known to man. 就人類所知，鑽石是最堅硬的天然物質/as *hard* as marble [stone] 堅硬如(大理)石的/He tied the string in a *hard* knot. 他打了一個牢牢的繩結.

2 〔身體〕強壯的，結實的. a *hard* constitution 體格健壯.

〖〔質地〕堅硬的 〗**3** 刺耳的; (看起來)難受的，

————————————— **hard** 699

刺眼的. the *hard* notes of the trumpet 小喇叭刺耳的音質/a *hard* color 刺眼的顏色.

4 〔水〕硬質的(含鈣等鹽類，肥皂不易起泡沫; ⟷ soft).

5 (通俗用法)發硬音的(例如 c, g 分別不發 [s; s], [dʒ; dʒ], 而發 [k; k], [g; g] 的情形; ⟷ soft).

〖 難的 〗**6** 難的，困難的，(*to do; of*); (→ difficult 回). a *hard* question (*to* answer) 難(以回答的問)題/It will be *hard* for us to defeat the opponent team. 我們將難以打敗敵隊/I find it *hard to* believe that he did such a thing. 令人難以置信，他竟做了這樣的一件事/John is *hard to* please. = John is a *hard* person *to* please. 約翰是一個難以取悅的人/Grandpa is *hard of* hearing. 祖父耳背[重聽].

〖 難耐的 〗**7** 艱苦的，艱難的. a *hard* task 艱辛的工作/Father has seen a lot of *hard* times. 父親經歷了許多艱苦的時光.

8 〔天氣等〕嚴酷的，狂暴的. *hard* gusts of wind 猛烈的陣風.

〖 難耐的＞激烈的 〗**9** 〔人〕猛烈的，過度的. a *hard* drinker 酒鬼.

10 〔動作等〕強烈的，用力的. a *hard* blow 猛力一擊/a *hard* slap on the cheek 一記重重的耳光.

11 酒精成份[含量]高的; 〔藥物〕致癮的，毒性強的; 〔色情文學〕猥褻的; (⟷ soft). *hard* liquor [drink] 烈酒(通常為蒸餾酒)/*hard* drug 強烈且會上癮的(麻)藥/*hard* porn 猥褻的色情文學.

12 費盡精神的，熱中的. a *hard* worker 勤奮工作的人/*hard* thinking 絞盡腦汁.

〖 難以打動的 〗**13** 〔人，感情等〕嚴厲的，嚴肅的; 無情的，冷酷的. a *hard* master 嚴厲的主人/*hard* feelings 冷酷的[憎恨的]感情.

14 〔交易等〕不妥協的，寸步不讓的. a *hard* bargain (討價還價)毫不讓步的買賣.

15 〔資料，事實等〕可信賴的，無庸置疑的. the *hard* facts of life 生命中不容爭辯的事實.

↷ *v.* **harden.**

be hárd on... (1)對…苛刻. Don't *be* so *hard on* him. 別對他那麼嚴苛. (2)〔事物〕令…難受. His son's death *was* pretty *hard on* him. 兒子的死令他難以承受.

be hárd úp (口)困乏的(*for*); 欠缺錢的.

hárd and fást (規則，習慣等)嚴格的，不能變更的. a *hard and fast* rule 嚴格的法則，鐵則.

háve a hárd tíme (of it) 受苦，受難，遭殃.

tàke a hárd líne (交涉等)採取強硬路線[手段]. The principal *takes a hard line* with delinquent students. 校長對不良學生態度強硬.

the hárd wày (副詞性)辛勞地. men who have come up *the hard way* 辛苦熬出頭的男性.

— *adv.* (~·er; ~·est) **1** 拼命地，熱中地. work *hard* 拼命工作[用功]/look *hard* at the opponent 死盯著對手看.

2 劇烈地，激烈地，極度地. It rained *hard.* 雨下

得很大.

3 費勁地, 好不容易地. *hard*-earned money 辛苦錢, 好不容易才到手的錢.

4 堅硬地, 堅實地. freeze *hard* 凍得硬梆梆地.

5 接近地, 貼近地. A policeman followed *hard* on their heels. 一個警察緊緊跟在他們後面/The hut stood *hard* by the river. 小屋就在河邊.

be hàrd pút (*to it*) 非常為難((*to do*)). I'd be *hard put* to give you the reason. 要我告訴你理由實在很為難.

gò hárd with... 使〔人〕遭殃, 嚴厲對待〔人〕, 使〔人〕陷入困境.

hàrd and fást 〔繩結等〕牢牢地.

hárd at it 《口》拚命地工作.

● —— hard 與 hardly 的差異

形容詞直接作副詞用或加 -ly 成為副詞其義不同的單字(→ quick 表).

clean	全然地	cleanly*[1]	乾淨地
deep	深深地	eeply	嚴重地
hard	拚命地	hardly	幾乎不
high	高高地	highly	非常地
just	恰好	justly	公平地
late	延遲地	lately	近來
low	(高度)低	lowly*[2]	(程度)低
most	最	mostly	大部分
pretty	相當地	prettily	漂亮地
short	突然	shortly	不久

＊1 發音為 [ˋklɛnlɪ; ˈklɛnlɪ] 時是形容詞.
＊2 多作形容詞使用.

---

hard·back [ˋhɑrdˌbæk; ˈhɑːdˌbæk] *n.* C 硬面書[精裝本](↔ paperback).

hard·bit·ten [ˋhɑrdˋbɪtn̩; ˌhɑːdˈbɪtn̩] *adj.* 〔人〕難對付的, 頑強的, 頑固的; 冷酷無情的.

hard·board [ˋhɑrdˌbord; ˈhɑːdˌbɔːd] *n.* U 硬板(表面光滑的硬質纖維板).

hard·boiled [ˋhɑrdˋbɔɪld; ˌhɑːdˈbɔɪld] *adj.*
1 〔蛋等〕煮得全熟的(↔ soft-boiled). **2** 不摻感情的, 實際的, 現實的. **3** 〔推理小說等〕理智(派)的(不帶感傷而客觀簡潔地敘述).

hàrd cásh *n.* U 現金(與支票等相對而言).

hàrd cópy *n.* U 《電腦》可讀的電腦資料(以印表機輸出的可讀資料).

hàrd córe *n.* U (the)《單複數同形》(指社會、政治運動中頑強的)核心人物.

hàrd-córe *adj.* 《限定》**1** 核心的, 成為核心的; 堅定的; 強硬的; 純粹的, 正式的.
2 露骨的(色情文學等).

hard·cov·er [ˋhɑrdˋkʌvɚ; ˈhɑːdˌkʌvə(r)] *n.* =hardback.

hàrd dísk *n.* C 《電腦》硬碟(資料記憶容量大於軟碟的磁碟片).

hard·en [ˋhɑrdn̩; ˈhɑːdn̩] *v.* (~s [~z; ~z]; ~ed [~d; ~d]; ~ing) *vt.* **1** 使〔物〕堅硬, 堅固. Then

the dish of clay is *hardened* in a fire. 然後, 將黏土製的器皿放入火中燒硬.

2 使(內心)無情[冷酷], 使麻木[頑固], 《*to*》. *harden* one's heart against... 冷酷對待…/a *hardened* criminal 頑固的犯人/be *hardened* to poverty 對貧窮麻木(了).

3 使堅強, 鍛鍊…, 使強健. *harden* the body 鍛鍊身體.

— *vi.* **1** 變堅固, 變硬. This type of rock is formed from lava when it has cooled and *hardened*. 這種岩石是在熔岩冷卻凝固之後形成的.
2 變強壯, 有耐久力.
3 變得無情; 變得麻木[頑固]. ↔ soften.

hard·head·ed [ˋhɑrdˋhɛdɪd; ˌhɑːdˈhedɪd] *adj.*
1 實際的, 精明的. **2** 頑固的.

hard·heart·ed [ˋhɑrdˋhɑrtɪd; ˌhɑːdˈhɑːtɪd] *adj.* 硬心腸的, 冷酷的.

har·di·er [ˋhɑrdɪɚ; ˈhɑːdɪə(r)] *adj.* hardy 的比較級.

har·di·est [ˋhɑrdɪɪst; ˈhɑːdɪɪst] *adj.* hardy 的最高級.

har·di·ness [ˋhɑrdɪnɪs; ˈhɑːdɪnɪs] *n.* U **1** 強健. **2** 大膽; 厚顏.

hàrd lábor *n.* U 勞役(作為刑罰).

hard-line [ˋhɑrdˋlaɪn; ˌhɑːdˈlaɪn] *adj.* 〔主義等〕強硬的.

hard-lin·er [ˋhɑrdˋlaɪnɚ; ˌhɑːdˈlaɪnə(r)] *n.* C 強硬派(的人).

＊**hard·ly** [ˋhɑrdlɪ; ˈhɑːdlɪ] *adv.* 幾乎不…(→ barely 語法). I could *hardly* believe my eyes. 我幾乎無法相信自己的眼睛(太不可思議)/That is *hardly* possible. 那簡直是不可能的/There was *hardly* a soul on the street. 大街上幾乎不見人影/His parents were *hardly* less pleased than he with his success. 對於他的成功, 雙親的喜悅不在他之下/*Hardly* a day passed, without more news of political bribery. 每天都有關於政治貪汚的新聞.

語法 (1) hardly 原則上置於被修飾語之前; 但修飾含有助動詞的動詞片語時, 則置於助動詞之後. (2)「我幾乎走不動了」此意在會話上有時以 I can*not* hard-ly walk. 表達, 但 not 是多餘的. (3)含蓄表達法, 有時和 not at all 幾乎是相同的意思: I can *hardly* ask my father for more money. (我難以開口向父親要更多的錢).

hàrdly ány... = scarcely any... (scarcely 的片語).

＊*hárdly A befòre* [*whèn*] *B* 一B 就 A. The man had *hardly* seen [*Hardly* had the man seen] the policeman *before* [*when*] he ran away. 他一看到警察就逃走了(=As soon as the man saw the policeman, he ran away.).
★注意 Hardly had... 的排列順序.

hàrdly éver 幾乎沒有…, 難得…. I *hardly ever* see my uncle. 我難得見到叔叔.

＊**hard·ness** [ˋhɑrdnɪs; ˈhɑːdnɪs] *n.* U **1** 硬度, 堅固. Teak is noted for its *hardness*. 柚木以堅實著稱. **2** 難度, 困難. **3** 無情, 冷酷.

hărd pálate n. ⓒ《解剖》硬顎.

hărd séll n. Ⓤ (常加 the)強迫推銷(的行為)
(↔ soft sell).

*__**hard·ship**__ [ˋhardʃɪp; ˈhɑːdʃɪp] n. (*pl.* ~s [~s;
~s]) ⓊⒸ (貧困, 疾病等的)苦難, 辛苦; 困境. go
through all kinds of *hardships* 經歷了種種的
苦難.
┃ 搭配 v.+hardship: ease ~ (減輕苦難), endure
~ (忍受痛苦), impose ~ (使受苦難), over-
come ~ (克服困難), suffer ~ (受苦).

hărd shóulder n. ⓒ《主英》高速公路路肩.

hard-top [ˋhardˌtap; ˈhɑːdtɔp] n. ⓒ 有固定金
屬頂蓬, 窗與窗之間無支柱之汽車.

*__**hard·ware**__ [ˋhardˌwɛr, -ˌwær; ˈhɑːdweə(r)] n.
Ⓤ **1** 五金, 鐵器類. **2** 武器[兵器]類. **3** 硬體
《電腦的硬體設備; 一般指相對於 software(軟體)的
機械設備本身》. We bought some sophisticated
hardware for our office. 我們購入了一些辦公室用
的精密硬體設備.

hard·wood [ˋhardˌwud; ˈhɑːdwud] n. Ⓤ 硬木
《橡樹, 桃花心木等》, 硬木材; ⓒ 闊葉樹; (↔soft-
wood). a *hardwood* table 硬木桌子.

hard·won [ˋhardˋwʌn; ˌhɑːdˈwʌn] adj. 好不
容易獲勝[到手]的. a *hard-won* victory 好不容易
獲得的勝利/*hard-won* earnings 拚命工作所得到的
收入.

hard·work·ing [ˌhardˋwɝkɪŋ; ˌhɑːdˈwɜːkɪŋ]
adj. 勤奮的, 賣力地工作的. a *hardworking*
nation 勤勞的民族.

Har·dy [ˋhardɪ; ˈhɑːdɪ] n. **Thomas ~** 哈代(1840
-1928)《英國小說家, 詩人》.

*__**har·dy**__ [ˋhardɪ; ˈhɑːdɪ] adj. (-di·er; -di·est) **1**
強壯的, 強健的. a *hardy* man
[horse] 壯碩的男性[馬匹]. **2** 大膽的, 魯莽的.
3 《植物》耐寒性的.

*__**hare**__ [hɛr, hær; heə(r)] n. (*pl.* ~s [~z; ~z]) ⓒ 野
兔《體型較 rabbit 大, 且非穴居性》. →rodent 圖).
(as) mǎd as a Mǎrch hǎre 全然瘋狂地, 非常
興奮[狂暴]地《3月是野兔的發情期》.

hǎre and hóunds n. Ⓤ 獵兔遊戲《扮兔子
的兩人邊跑邊撒紙, 扮獵犬者以紙片為線索在後追
逐的戶外遊戲》.

hare·brained [ˋhɛrˋbrend, ˋhær-;
ˈheəbreind] adj. 《人, 想法等》輕率的, 魯莽的.

hare·lip [ˋhɛrˋlɪp, ˋhær-, -ˌlɪp; ˌheəˈlɪp] n. ⓒ
兔唇.

har·em [ˋhɛrəm, ˋhær-, ˋher-; ˈhɑːriːm] n. ⓒ 閨
房《回教國家男性禁入的婦女房間》.

har·i·cot [ˋhærɪˌko; ˈhærɪkəʊ] n. ⓒ《英》四
季豆.

hark [hark; hɑːk] vi. 《古》(專心)傾聽(*to*)《主要用
祈使語氣》. *Hark*, the birds are singing! 聽啊! 鳥
在歌唱!
hǎrk báck 《獵犬》為搜尋獵物臭跡而返回.
hǎrk báck to... 《口》返回…; 言歸正傳, 回到主
題[之前的話題].

Har·lem [ˋharləm; ˈhɑːləm] n. 哈林區《New
York 市 Manhattan 東北部的一區; 居民多為黑人》.

Har·le·quin [ˋharləkwɪn, -kɪn; ˈhɑːlɪkwɪn] n.
ⓒ **1** 諧角, 丑角, 《啞劇(panto-
mime)中出現的滑稽人物》.
2 (harlequin)小丑, 滑稽, 耍寶
之人.

har·lot [ˋharlət; ˈhɑːlət] n. ⓒ
《古》妓女, 賣淫者.

*__**harm**__ [harm; hɑːm] n. Ⓤ
(物質或精神上的)傷
害, 損害, 危害. bodily *harm*
肉體的危害/I meant no *harm*.
我並無惡意/What's the *harm*
of it? 究竟那裡不好? 回 *harm*
指程度輕於 injury, 亦用於無關
疼痛的抽象性損失. ↔ good.

[Harlequin]

┃ 搭配 adj.+harm: great ~ (重大的損害), seri-
ous ~ (嚴重的損害), irreparable ~ (不可挽救
的損害) // v.+harm: cause ~ (帶來危害), suf-
fer ~ (遭受損害).

còme to hárm 遭受危害, 遭遇不幸. Let her go
alone—she'll *come to* no *harm*. 讓她一個人去吧!
不會有危險的.

* **dò hárm** 傷害(*to*). The drought has *done* great
harm to the crops. 乾旱使農作物大受損害.

out of hàrm's wáy 安全地, 在安全之處.

── vt. 危害, 損害, 傷害. Nobody was *harmed*
in the earthquake. 此次地震中無人死傷/Words
can never *harm* me. 我不在乎別人的說詞.

*__**harm·ful**__ [ˋharmfəl; ˈhɑːmful] adj. 有害的,
危及…的(*to*). a *harmful* insect
害蟲/a *harmful* plant [snake] 有毒的植物[蛇]/It
is *harmful to* the health to sit up late at night.
熬夜有害健康.

harm·ful·ly [ˋharmfəlɪ; ˈhɑːmfulɪ] adv. 有害地.

harm·ful·ness [ˋharmfəlnɪs; ˈhɑːmfulnɪs] n.
Ⓤ 危害(的事物).

*__**harm·less**__ [ˋharmlɪs; ˈhɑːmlɪs] adj. **1** 無害的,
無損及…的(*to*). a *harmless* insect 無害的昆蟲.
2 非惡意的, 無惡意的; 無罪的. Jack
played a *harmless* trick on us. 傑克對我們開了一
個沒有惡意的玩笑/Many *harmless* passengers
were taken hostage by the terrorists. 許多無辜
的乘客被恐怖分子綁架作為人質.

harm·less·ly [ˋharmlɪslɪ; ˈhɑːmlɪslɪ] adv. 不加
傷害地; 無惡意地.

harm·less·ness [ˋharmlɪsnɪs; ˈhɑːmlɪsnɪs] n.
Ⓤ 無害(的事物); 天真.

har·mon·ic [harˋmanɪk; hɑːˈmɔnɪk] adj.
1 《音樂》和聲的; 泛音的. *harmonic* tones 泛音
(調). **2** 調和的. ── n. ⓒ《音樂》泛音; 和聲.

har·mon·i·ca [harˋmanɪkə; hɑːˈmɔnɪkə] n.
ⓒ 口琴(mouth organ).

har·mo·nies [ˋharmənɪz; ˈhɑːmənɪz] n. har-
mony 的複數.

*__**har·mo·ni·ous**__ [harˋmonɪəs; hɑːˈməʊnjəs]

adj. **1** 和睦的, 和諧的. 《*with*》. a *harmonious* group of people 一群關係融洽的人.
2 調和的, 協調的. 《*with*》. parts *harmonious with* the whole 與整體協調的各部分.
3 悅耳的, 旋律優美的. a *harmonious* sound 悅耳的聲音.

har·mo·ni·ous·ly [harˋmonɪəslɪ; haːˋməʊnɪəslɪ] *adv.* 調和地; 旋律優美地; 融洽地.

har·mo·ni·um [harˋmonɪəm; haːˋməʊnɪəm] *n.* C (腳踏式) 風琴.

har·mo·nize [ˋharməˏnaɪz; ˋhaːmənaɪz] *vt.* **1** 使調和[一致]《*with*》. *harmonize* a building *with* the landscape 使建築物與風景融為一體.
2 《音樂》為[旋律]配上和音.
— *vi.* **1** 調和; 和諧, 和睦; 《*with*》. His tie didn't *harmonize with* his suit. 他的領帶與衣服不配. **2** 《音樂》以和聲唱. *harmonize* on a song 配上和聲唱歌.

‡har·mo·ny [ˋharmənɪ; ˋhaːmənɪ] *n.* (*pl.* **-nies**) UC **1** 調和, 一致; 和睦. The new coach restored *harmony* to the team. 那位新教練使隊裡恢復了和諧.
2 《音樂》和聲, 和聲學. ↔ discord, disharmony.
* *in* [*out of*] *hármony* 協調[不協調]地; 和睦[不和睦]地; 《*with*》. The natives live *in harmony with* nature. 原住民與自然和諧共處.

*har·ness [ˋharnɪs; ˋhaːnɪs] *n.* UC **1** (馬與馬車相繫的整套)挽具, 馬具. **2** (狗的)項圈和皮繩; (降落傘的)吊帶.
in hárness (1)(馬)套上馬具. (2)從事日常的工作. die *in harness* 死於工作中, 殉職.
wórk in dòuble hárness (夫婦)共同工作.
— *vt.* **1** 套挽具於[馬]; 用馬具拴住《*to*》. **2** 利用[自然之力]. *harness* the energy of the river to produce electricity 利用河川的水力發電.

Har·old [ˋhærəld; ˋhærəld] *n.* 男子名.

*harp [harp; haːp] *n.* (*pl.* ~s [~s; ~s]) C 豎琴.
— *vi.* **1** 彈豎琴. **2** 嘮叨地反覆述說《*on, upon*》.

harp·ist [ˋharpɪst; ˋhaːpɪst] *n.* C 豎琴演奏家.

har·poon [harˋpun; haːˋpuːn] *n.* C (繫著繩索的)魚叉《主要用於捕鯨》.
— *vt.* 用魚叉射擊, 用魚叉捕殺.

harp·si·chord [ˋharpsɪˏkɔrd; ˋhaːpsɪkɔːd] *n.* C 《音樂》大鍵琴《鋼琴的前身》.

[harpsichord]

Har·py [ˋharpɪ; ˋhaːpɪ] *n.* (*pl.* **-pies**) C **1** (希臘, 羅馬神話)鳥身女妖《具有女人的臉孔和身體, 鳥的翅膀和腳爪的貪婪怪物》.
2 (*harpy*) 殘忍的人, 貪婪的人.

har·ri·dan [ˋhærədən; ˋhærɪdən] *n.* C 壞脾眼的老婆婆, 老巫婆, 化身為老太婆的妖怪.

[Harpy]

har·ri·er [ˋhærɪə; ˋhærɪə(r)] *n.* C **1** 獵兔犬《獵兔用的獵犬》. **2** 越野賽跑者. **3** (鳥)鷂(一種鷹).

Har·ri·et [ˋhærɪət, ˋhærɪɪt; ˋhærɪət] *n.* 女子名.

har·row [ˋhæro, -ə; ˋhærəʊ] *n.* C 耙子, 碎土器. 《將泥土搗碎整平的農具; 由牽引機等拖動》.
— *vt.* **1** 耙碎整平[掘起的土]. **2** 《文章》使煩惱, 使痛苦.

Har·row (School) [ˋhæroˏskul, -ə-; ˋhærəʊˏskuːl] *n.* 哈羅公學《London 西北部著名的 public school》.

har·row·ing [ˋhærəwɪŋ; ˋhærəʊɪŋ] *adj.* 痛苦的, 痛徹心扉的, 痛切的. a *harrowing* experience 痛苦的經驗.

Har·ry [ˋhærɪ; ˋhærɪ] *n.* Henry 的暱稱.

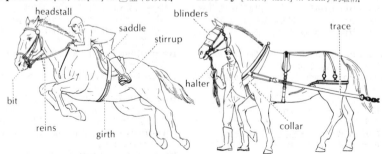

[harness 1]

har·ry [ˈhærɪ; ˈhærɪ] vt. (-ries; -ried; ~ing)《文章》 **1** 掠奪, 蹂躪; 不斷劫掠騷擾. The Vikings often *harried* the English coast in the Middle Ages. 維京人在中世紀時經常騷擾英國沿海地帶.
2 (不斷地)使〔人〕苦惱, 持續地折磨, 《for; into doing》. Tom was *harried into accepting* the job by his wife. 湯姆被妻子不斷嘮叨, 只好接受這份工作.

*__harsh__ [harʃ; haːʃ] adj. (~er; ~est) **1** 〔手〔舌〕感〕粗糙的, 粗澀的; 刺眼的; (聲音嘶啞)刺耳的, 難聽的. This cloth feels *harsh* to the touch). 這塊布摸起來很粗糙/a *harsh* light 刺眼的光線〔光亮〕/Primary colors are a little too *harsh*. 原色看起來稍嫌強烈.
2 〔人, 行為等〕嚴厲的; 殘酷的; 〔氣候〕嚴酷的. Perhaps I was too *harsh* on [to, with] him. 我或許對他太苛刻了/*harsh* punishment 嚴懲/a *harsh* winter 嚴冬.
harsh·ly [ˈharʃlɪ; ˈhaːʃlɪ] adv. **1** 粗糙地, 粗澀地; 刺耳〔眼〕地; 粗野地. **2** 嚴厲地; 殘酷地.
harsh·ness [ˈharʃnɪs; ˈhaːʃnɪs] n. Ⓤ粗糙; 荒涼; 嚴厲.
hart [hart; haːt] n. (pl. ~s, ~)Ⓒ雄鹿(通常指五歲以上的赤鹿(red deer); 雌鹿為hind; →deer〔參考〕).
har·um-scar·um [ˈhɛrəmˈskɛrəm, ˌhɛərəmˈskɛærəm; ˌhɛərəmˈskɛərəm] 《口》 adj. 輕率的, 冒失的.
— adv. 魯莽地, 冒失地.
Har·vard (University) [ˈharvəd͵junəˈvɜsɪtɪ; ˈhaːvəd͵juːnɪˈvɜːsɪtɪ] n. 哈佛大學(1636年創立, 為美國最古老的大學; 位於Massachusetts的Cambridge).

*__har·vest__ [ˈharvɪst, -vəst; ˈhaːvɪst] n. (pl. ~s [~s; ~s]) **1** ⓊⒸ收穫, 收割; 收穫物, 產量. We had a good [poor] *harvest* of wheat. 我們的小麥豐收〔歉收〕/The rice *harvest* will be rich this year. 今年稻米的收成會很好.
2 ⓊⒸ收穫期. The weather was good at (the) *harvest* this year. 今年收穫期間風調雨順.
3 Ⓒ(用單數) (行為等的)結果, 收穫, 回報. Ted is reaping the *harvest* of his efforts. 泰德正在享受他努力的成果.
— vt. 收割(農作物). The farmer *harvested* his crops. 農夫收割農作物了.
har·vest·er [ˈharvɪstɚ; ˈhaːvɪstə(r)] n. Ⓒ收穫者, 收割的人; 收割機(農機).
hárvest féstival n. Ⓒ(英)(在教堂舉行的)收穫感恩儀式, 豐收慶典.
hárvest hóme n. Ⓤ(英)(昔日的)豐年祭, 收穫節.
hárvest móon n. Ⓒ中秋月(秋分前後的滿月).
Har·vey [ˈharvɪ; ˈhaːvɪ] n. 男子名.

*__has__ [強 ˈhæz, ˌhæz, 弱 həz, əz; 強 hæz, 弱 həz, əz, z, s] v., aux. v. have的第三人稱、單數、直述語氣、現在式.
has-been [ˈhæz͵bɪn; ˈhæzbiːn] n. Ⓒ《口》過去曾紅極一時的人[物]; 過去〔從前〕的〔落伍過

時〕的人[物].
hash [hæʃ; hæʃ] n. **1** ⓊⒸ大鍋菜, 雜燴, 《通常是將烹調過(所剩)的肉及蔬菜再煮過的料理》.
2 Ⓒ(用單數)拼湊, 混雜.
3 Ⓒ重蒸, 重煮〔烤, 煎〕.
*__make a hásh of...__ 《口》使〔事物〕亂七八糟.
— vt. **1** 〔肉、蔬菜〕切碎, 切細.
2 《口》使〔事物〕亂七八糟, 搞砸, 《up》.
hash·eesh, hash·ish [ˈhæʃiʃ; ˈhæʃiːʃ] n. Ⓤ大麻葉(印度大麻頂端的嫩葉; 麻藥的原料).

*__has·n't__ [ˈhæznt; ˈhæznt] has not的縮寫. John *hasn't* come yet. 約翰還沒來.
hasp [hæsp; haːsp] n. Ⓒ(門、窗、皮包等的)鎖扣, 鐵扣, 鉤環.

staple
[hasp]
padlock

has·sle [ˈhæs; ˈhæsl] (美、口) n. Ⓒ激烈的爭論, 口角.
— vi. 發生口角.
has·sock [ˈhæsək; ˈhæsək] n. Ⓒ **1** 跪墊(厚而紮實, 下跪祈禱時使用). **2** =tussock.
hast [強 ˈhæst, ˌhæst, 弱 həst, əst, st; 強 hæst, 弱 həst, əst, st] v., aux. v. (古)have的第二人稱、單數、直述語氣、現在式(主詞為thou).

*__haste__ [hest; heɪst] n. Ⓤ **1** 急忙, 急速, 迅速, (→ hurry 同). with all possible *haste* 盡速/More *haste*, less speed. 《諺》欲速則不達(<越急則(易因絆跤等)使速度越慢》.
2 性急, 急急忙忙. *Haste* makes waste. 《諺》忙中有錯. ⇨ adj. **hasty**.
*__in háste__ 急忙地, 慌張地. I left home *in haste* and forgot to bring any money. 我急急忙忙地出門而忘了帶錢.
*__make háste__ 趕緊. *Make haste*, or you'll be late. 快一點, 否則你會遲到的.

*__has·ten__ [ˈhesn; ˈheɪsn] v. (~s [~z; ~z]; ~ed [~d; ~d]; ~ing) vt. **1** 催趕, 催促, 催, 〔人〕. He *hastened* his wife to get ready. 他催妻子快點準備好. **2** 提早, 促進. *hasten* agricultural modernization 促進農業現代化.
— vi. 急忙(to); 急忙做…(to do). *hasten* to her rescue 急忙去救她/I must *hasten to* add that I do not mean to blame him. (為了避免誤解)我必須趕緊解釋我並無意責備他.

*__hast·i·ly__ [ˈhestlɪ, -tɪlɪ; ˈheɪstɪlɪ] adv. 急忙地, 性急地; 慌忙地. She *hastily* left the room. 她急忙

[hassock 1]

[慌張]地離開房間.

hast·i·ness [ˋhestɪnɪs; ˈheɪstɪnɪs] *n.* Ⓤ急忙; 輕率.

***hast·y** [ˋhestɪ; ˈheɪstɪ] *adj.* (**hast·i·er; hast·i·est**) **1** 急忙的, 緊急的. make a *hasty* departure 急急忙忙地出發. **2** 輕率的, 冒失的. a *hasty* choice 輕率的選擇. **3** 性急的, 沒耐性的.

⋄ *n.* **haste.** *v.* **hasten.**

‡**hat** [hæt; hæt] *n.* (*pl.* ~**s** [~s; ~s]) Ⓒ 帽子(有帽緣的; → bonnet, cap). a man *in* a black *hat* 戴黑帽的男人/put on a *hat* 戴帽子/Take your *hat* off. 脫帽!

> 圈配 *n.*+hat: a felt ~ (毛氈帽), a fur ~ (毛皮帽), a silk ~ (絲綢帽) // *v.*+hat: wear a ~ (戴着帽子), raise one's ~ (舉起帽子).

hàt in hánd 帽子(脫下)拿在手裡; 謙恭地, 鞠躬哈腰. He came to me *hat in hand* and asked for a loan. 他向我這裡鞠躬哈腰地要求借錢.

pass (aróund) the hát (為募集捐款)傳遞帽子.

tàke one's hát òff (to) (常用來表示敬意).

tàlk through one's hát (口)說謊話, 吹牛.

under one's hát 秘密地, 隱藏地. Keep it *under your hat.* 你要保守這個秘密.

[hats]　　　[caps]

hat·band [ˋhæt͵bænd; ˈhætbænd] *n.* Ⓒ 帽子的緞帶[絲帶].

hatch¹ [hætʃ; hætʃ] *v.* (~**es**; ~**ed**; ~**ing**) *vt.* **1** 孵, 孵化, 〔蛋, 小鳥, 魚苗等〕(*out*). Don't count your chickens before they are *hatched.* (諺)勿打如意算盤/The salmon are *hatched* in fresh water. 鮭魚在淡水中孵化.

2 謀劃, 策劃, 〔陰謀等〕(*up*).

— *vi.* 〔蛋, 魚苗等〕孵化, 孵出, (*out*).

— *n.* Ⓤ 孵化; Ⓒ 同一窩孵出的小雞[鳥], 同一批孵化的魚苗.

hatch² [hætʃ; hætʃ] *n.* Ⓒ **1** (船甲板的)升降口, 船艙口, (hatchway); 升降口的蓋板; (飛機機身的)出入口[門].

2 半門扉(上下開合式門的下半扇); (牆壁, 天花板, 地板等的)開口; 送菜口(在廚房和餐廳之間); 水閘.

hatch·back [ˋhætʃ͵bæk; ˈhætʃbæk] *n.* Ⓒ 掀背式轎車(車背有上下開啓式的轎車).

hatch·er·y [ˋhætʃərɪ; ˈhætʃərɪ] *n.* (*pl.* -er·ies) Ⓒ (魚, 雞的)孵卵所, 孵化場.

hatch·et [ˋhætʃɪt; ˈhætʃɪt] *n.* Ⓒ **1** 手斧; 小斧頭. **2** =tomahawk.

bùry the hátchet 媾和, 捐棄前嫌.

[hatchback]

hatch·et-faced [ˋhætʃɪt͵fest; ˈhætʃɪtfeɪst] *adj.* 臉龐削瘦的.

hátchet màn *n.* Ⓒ (口)職業殺手; 受雇去毀謗他人破壞其名譽的人.

hatch·way [ˋhætʃ͵we; ˈhætʃweɪ] *n.* (*pl.* ~**s**) Ⓒ (船舶)(甲板的)升降口, 艙口, (hatch).

***hate** [het; heɪt] *vt.* (~**s** [~s; ~s]; **hat·ed** [~ɪd; ~ɪd]; **hat·ing**) **1** 憎恨, 厭惡. *hate* unfairness 憎恨不公平/I *hate* rats and snakes. 我厭惡老鼠和蛇. 同 hate 表示敵意, 憎惡, 含有試圖加害的意思; 而 dislike 比 hate 程度輕; detest 則是向對方表示輕蔑之意, 比 hate 強烈. ⟷ love.

2 (a) 句型3 (hate *to* do/do*ing*) 討厭做…, 不想做…; (口)對…感到抱歉. Most writers *hate being* [*to be*] criticized. 大部分作家討厭被人批評/I *hate to* trouble you. 給您添麻煩了, 真抱歉.

(b) 句型5 (hate A doing/A *to* do)討厭A做…; 句型5 (hate A *to* do)不希望A…. Kate *hates* her husband *smoking.* 凱特討厭丈夫抽菸/I *hate* you *to be* troubled over such trifles. 我不想為這樣無聊的事來麻煩你(★(美)亦作I *hate for* you *to be* troubled....).

3 (口) 句型3 (hate *to* do/do*ing*) 很不願做…, 感到抱歉(be sorry). I *hate* (*having*) to say this, but.... 我很不願這麼說, 但…. ⋄ *n.* **hatred.**

— *n.* Ⓤ 憎恨, 嫌惡.

***hate·ful** [ˋhetfəl; ˈheɪtfʊl] *adj.* **1** 可憎的, 可惡的. That *hateful* old thing! 那個可惡的老傢伙!

2 充滿憎惡的. He looked at me with *hateful* eyes. 他用充滿憎恨的眼睛看著我.

hate·ful·ly [ˋhetfəlɪ; ˈheɪtfʊlɪ] *adv.* 可惡地.

hate·ful·ness [ˋhetfəlnɪs; ˈheɪtfʊlnɪs] *n.* Ⓤ 可惡.

hath [強 ˋhæθ, ͵hæθ, 弱 həθ, əθ; 強 hæθ, 弱 həθ, əθ] *v., aux. v.* (古) have 的第三人稱、單數、直述語氣、現在式.

hat·ing [ˋhetɪŋ; ˈheɪtɪŋ] *v.* hate 的現在分詞、動名詞.

hat·less [ˋhætlɪs; ˈhætlɪs] *adj.* 無帽的.

hat·rack [ˋhæt͵ræk; ˈhætræk] *n.* Ⓒ 帽架.

***ha·tred** [ˋhetrɪd; ˈheɪtrɪd] *n.* ⓐⓊ 憎恨, 嫌惡; 怨恨; (*of, for*)(⟷love). have a *hatred of* evil 憎恨邪惡/stare at a person with *hatred* 憎恨地瞪某人. ⋄ *v.* **hate.**

> 圈配 *adj.*+hatred: (a) bitter ~ (恨到骨裡), (a) blind ~ (盲目的憎恨), (an) intense ~ (強烈的憎恨) // *v.*+hatred: arouse ~ (激起憎恨), feel ~ (感到仇恨).

hat·ter [ˋhætɚ; ˈhætə(r)] *n.* Ⓒ 製帽者; 帽商.

(as) **mád as a hátter** 極瘋狂; 非常憤怒.

hát trìck *n.* [C] 帽子戲法《足球等一名球員在一場比賽中連續得三分; 板球裡一名投手連續使三人出局》.

haugh·ti·ly [ˋhɔtɪ, -tɪlɪ; ˈhɔːtɪlɪ] *adv.* 傲慢地, 驕傲地.

haugh·ti·ness [ˋhɔtɪnɪs; ˈhɔːtɪnɪs] *n.* [U] 傲慢, 不遜.

***haugh·ty** [ˋhɔtɪ; ˈhɔːtɪ] *adj.* (**-ti·er; -ti·est**)《文章》傲慢的, 自大的, 不遜的. her *haughty* disdain for her father 她對父親的傲慢與輕視.
[同] haughty 含自恃甚高輕視他人的意思, 比 proud 還要強烈.

***haul** [hɔl; hɔːl] *v.* (**~s** [~z; ~z]; **~ed** [~d; ~d]; **~ing**) *vt.* **1** (用力)拖拉, 牽曳, (up). *haul* a machine into the barn 使動將機器拖進倉庫/*haul* in a fish 把(釣到的)魚拉到手邊. [同] 與 pull 相比, haul 所含吃力地拖拉重物之意較強.
2 (用車子等)運輸, 運送. Their company *hauls* goods all over the country. 他們的公司將商品運送到全國各地.
— *vi.* 拖拉(on, at). *haul* on [at] the end of the rope 拉著繩端.
haul dòwn the flág [cólors] 降旗; 投降.
— *n.* [C] **1** (用單數)(用力)拉; 搬運.
2 運送物; 運送量; (用單數)運送距離. a long *haul* 長的運送距離[時間], 較長的路程.
3 (一次的)獲得量[額];《口》獲得物. a fishing *haul* 一次收網的漁獲量.

haul·age [ˋhɔlɪdʒ; ˈhɔːlɪdʒ] *n.* [U] **1** 用力拖拉; 運送. **2** 牽引力[量]. **3** 運費, 運送費.

haul·er [ˋhɔlə; ˈhɔːlə(r)] *n.* [C]《美》運輸業者, 運輸公司.

haul·ier [ˋhɔljə; ˈhɔːljə(r)] *n.*《英》=hauler.

haunch [hɔntʃ, hɑntʃ; hɔːntʃ] *n.* [C] **1** (通常 haunch*es*)(人, 四腳獸的)臀部和大腿.
2 (鹿, 羊等食用動物的)腿, 腰肉.

***haunt** [hɔnt, hɑnt; hɔːnt] *vt.* (**~s** [~s; ~s]; **~ed** [~ɪd; ~ɪd]; **~ing**) **1** [幽靈等]時常出沒. That house is said to be *haunted* by its former occupant's ghost. 據說那幢房子常有前任屋主的幽靈出現.
2 [想法, 回憶等]縈繞於心(通常用被動語態). Jim was *haunted* by the idea of death. 吉姆為死亡的念頭所困擾.
3 常去[場所]. Housewives *haunt* the shop. 家庭主婦們常去那家店.
— *n.* [C] **1** 常去的場所, 逗留談天的地方; (罪犯的)巢穴. The bar on Broadway is a favorite *haunt* of actors. 位於百老匯的那間酒吧是演員最愛駐足流連之地.
2 (動物的)出沒棲息之地.

haunt·ed [ˋhɔntɪd, ˈhɑntɪd; ˈhɔːntɪd] *adj.* 有鬼魂出現[出沒]的. a *haunted* house 鬼屋.

haunt·ing [ˋhɔntɪŋ, ˈhɑntɪŋ; ˈhɔːntɪŋ] *adj.* 常縈繞心頭的, 忘不了的. a *haunting* melody 難忘的旋律.

haute cou·ture [ˌotkuˋtur; ˌəʊtkuːˈtʊə(r)]

(法語) *n.* [U] 最新流行的服飾《(集合)高級流行女裝(精品)店; 原義是 high sewing》.

Ha·van·a [həˋvænə; həˈvænə] *n.* **1** 哈瓦那《Cuba 首都; 港埠》. **2** [C] 哈瓦那雪茄.

****have** [(強) hæv, hæv, 弱 hæv, əv; 強 hæv, 弱 həv, əv, v] *vt.* (**has; had; hav·ing**)

〖 持有 〗 **1** (手中)持有, 擁有. What *do* you *have* [《英》What *have* you] in your right hand? 你右手拿著甚麼?
2 擁有, 所有, 持有, 有, (資產等). He *doesn't* have [《英》He *hasn't*] much money. 他不太有錢.
[同] have 是表示「持有」意思中最普遍的用語; → own, possess.
3 有(兄弟, 朋友等); 有[時間等]. George *had* a son. 喬治有一個兒子/I don't *have* enough time for reading. 我沒有足夠的時間讀書.
4 具有(屬性, 特徵); 含有. A donkey *has* long ears. 驢子有長耳朵[耳朵長]/*have* a good memory 記憶力好/Nobody thought that he *had* it in him. 喬都沒想到他有這樣的能力/June *has* thirty days. = There are thirty days in June. 6 月有 30 天/This flat *has* two bedrooms. 這間公寓有兩間寢室/Do you *have* books for children? 有讓小孩看的書嗎?《對店員等說》.
5 (a)懷有, 具有, 表示, 〔心中疑惑, 思想, 情感等〕. *have* no fear of death 不怕死/Who can *have* pity on such a person? 誰會同情這樣的人?/Do you *have* any questions? 你有任何問題嗎?/She has progressive ideas on education. 她對教育有先進的見解. (b)(有 [have 的+抽象名詞+ to do) 有〔(做…的)善心等〕. The old man *had* the kindness *to* show me the way. 那位老人親切地為我指明了路.

〖 義務, 身負任務 〗 **6** 句型3 (have *to* do) (a)必須做…, I'll *have to* find another job. 我必須找別的工作/We *had to* get up at six that morning. 那天早上我們必須六點起床/You *have to* be in the office by nine o'clock. 你必須九點前來上班/Something *has to* be done immediately. 必須立刻採取行動才是/All you *have to* do is (to) meet him there. 你只需到那裡跟他碰面就好了.
(b)【有義務>理所當然】一定…, 毫無疑問《★動詞通常是 be). You *have to* be joking. 你在開玩笑吧《<一定是在開玩笑》/This *has to be* his original plan. 這一定是他原定的計畫.

〖 [◉](1) **have to 與 must**〗
(1) have to 與 must 相較, have to 指的是受約定, 事情約束的義務性責任, 在口語中較常用, 但其「必須」的含意較弱.
(2) have to 的否定 have not to [have not to]表示「不必做…」(need not)的意思: You *don't have to* attend the meeting. (你不必出席這個會議).
(3) must 沒有未來式、過去式、完成式, 因此時態上以 have to 代替(參照上述例句); 但在時態

一致時的 that 子句中可將 must 當作過去式使用: I thought that I *must* ask him for help. (我以為我必須向他求助).

【◉(2)**have to** 等的發音】
have to, has to, had to 通常分別發 [ˋhæftə; ˈhæftə] [ˋhæstə; ˈhæstə] [ˋhættə; ˈhættə] 的音.

7 有〔必須做的事等〕, 必須做…. We *have* five English classes a week. 我們每週有五堂英文課/I *have* a lot of work *to* do today. 我今天有很多事情要做/I *have* nothing *to* say. 我無話可說.
[語法]常在受詞後面加上不定詞 to.

【〔領受>接收〕**8** 接受, 收到, 得到, 到手. *have* bad news from home 從家裡得到壞消息/There was not a loaf of bread to be *had* on that island. 那座島上連一條麵包也沒有/May I *have* your name, please? 能否告訴我你的名字?/May I *have* that old magazine if you don't need it any more? 假如你不再需要那本舊雜誌, 可不可以給我?
[語法]have 一般不用被動語態, 但在此意上, 用被動語態亦不罕見.

9 〔吃 進〕吃, 喝, (→ eat 同). *have* (one's) breakfast 吃早飯/Susie *had* sandwiches for lunch. 蘇西午餐吃三明治/I'll *have* beer. 我要喝啤酒/*Have* another drink. 再喝一杯.

10 〔接受〕允許, 忍受, 〔用於否定句〕. I am not *having* any of those lies. 我絕不容許有那樣的謊言/I'll *have* none of your wild schemes. 我絕不接受你那些瘋狂的計畫.

【〔進行活動〕**11** 做〔行為等〕. (a)〔用 have a+名詞〕做…一次〔表示僅限一次的行為〕. Jim *had* a look at his watch. 吉姆看了〔一下〕錶/*have* a bath 洗澡/*have* a chat 聊天/*have* a cry 哭泣/*have* a fight 打架/*have* a talk 談話. (b)〔have+不加冠詞的(不可數)名詞〕 *have* exercise in the open air 在戶外運動.

● — have+動作名詞的慣用片語 → give, make, take 表.	
have a chat	閒談
have a conversation	談話
have a cry	哭泣
have a dream	做夢
have a drink	飲, 喝
have a fight	打架
have a look	看
have a quarrel	吵架
have a shave	刮鬍子
have a sleep	睡覺
have a smoke	抽根菸
have a talk	交談
have a walk	散步
have a wash	洗〔身體〕

12 舉辦, 召開. *have* a staff meeting 召開員工大

會/*have* a welcome party in his honor 為他舉辦歡迎會.

【〔具有>經歷〕**13** 經歷; 享受〔好事〕; 遭遇〔壞事〕, 遭受; 罹患〔疾病等〕. We *have* a humid climate here. 此地氣候潮溼/*have* a good time 度過快樂的時光/*have* a bad time 吃苦頭/I *had* a hard time finding my key. 我找了半天才找到鑰匙/*have* a headache 頭痛/*have* a (slight) cold 患(輕微)感冒/*have* (the) flu 得流行性感冒/*have* breast cancer 罹患乳癌/*have* a bad accident 發生嚴重事故/*have* a bad dream 做惡夢.

14 獲得, 生, 〔小孩〕. 注意男性亦可當主詞. I'm *having* a baby next month. 我下個月就要有〔生〕小孩了.

【〔具有某種狀態>承受, 被〕**15** 句型5 (have A *done*) (★在(a)中的 have, 及在(b), (c)中的過去分詞皆讀重音)(a)使〔讓〕A…. *have* a new suit made 做一套新西裝/*have* one's hair *trimmed* 修剪頭髮/*have* one's photograph *taken* 給自己拍照. (b)A 被…. I *had* my pocket *picked* in the bus. 我在公共汽車上被扒了. (c)做完, 完成, A. He *had* his homework *done* before supper. 他在晚飯前就把家庭作業做完了〔[語法]與 *had done* his homework 的意思幾乎相同〕.

16 句型5 (have A B) 將 A 弄成 B; 句型5 (have A do*ing*) 讓 A 做…. I'll *have* everything ready by Sunday. 星期日以前我會準備好一切/I won't *have* my son *doing* nothing. 我不會讓兒子遊手好閒/It's so nice to *have* my daughter *living* next door. 女兒就住在隔壁真是太好了.

17 〔通常加地方副詞, 方向副詞〕將…帶〔讓…〕去〔來〕(場所, 方向); 把〔人〕當作客人迎接, 招待. *have* /…/back(→ 片語)/We're *having* some guests over〔around, round〕tomorrow. 明天我們請了一些客人來/We are very happy to *have* you with us this evening. 我們很高興今晚您能蒞臨.

18 句型5 (have A do) (★在(a)中的 have, (b)中的不定詞讀重音; 而 let, make 也有相同的句型)(a)使〔讓〕A…. I *had* my secretary *type* the letter. 我要祕書打這封信/Ned *had* his elder sister *help* him with his homework. 奈德請姊姊幫忙做家庭作業/Do to others as you would *have* others *do* to you. 希望別人怎麼待你, 就怎麼待別人〔己所不欲, 勿施於人〕. (b)被 A〔人, 事〕…, I don't like to *have* anyone *come* now. 現在我不願意任何人來.

【〔持有>支配〕**19** 〔口〕(a)打敗, 教訓, 戰勝, 〔對手, 人等〕. You *had* me in the argument. 在這場爭論中我輸給你了. (b)〔俚〕欺騙, 詐騙. Fred, you're being *had*. 弗萊德, 你被騙了.

【◉(3)疑問句, 否定句的用法】
疑問句與否定句在〔美〕及 **7** 以下的〔英〕用法中, 與一般動詞一樣使用助動詞 do. 而〔英〕用法在 **1** ～**6** 的情形下, 現在式通常不用 do, 但過去式則常用 do:
Have you any brothers? (你有兄弟嗎?)/I *haven't* many friends here. (我在這裡沒甚麼朋

友)/*Had* he [*Did* he *have*] many friends in those days? (那時候他有許多朋友嗎?)

根據 do 的使用法亦可區分爲習慣性或有關現在的:

Do I *have* to clean my room every day? (我必須每天打掃房間嗎?)/*Have* I to clean my room now? (我現在必須打掃房間嗎?)

─────────────────

be nòt háving àny 《口》不諒解[贊成, 協助等].

háve/.../báck (1)拿回來[借出的東西等]. *have* the money *back* 把錢要回來. (2)接回[分離的配偶等].

have hád it 《口》(1)已經厭煩了; 膏盡(辛勞等). (2)已經完了(死亡, 失敗, 筋疲力竭等); 錯過(最後的)機會等. The doctor said "He's *had it*". 醫師說:「他已經不行了.」

háve/.../ín (1)叫來, 請來, [醫生, 工匠等]. We are *having* some neighbors *in* this evening. 今晚我們要招待幾位鄰居. (2)儲存, 購入, 〔物品〕.

＊*háve it* (1)主張, 堅持己見; 說. Socrates *has it*: we must know ourselves. 蘇格拉底曾說: 我們必須瞭解自我/Gossip [Report, Rumor] *has* it that.... 謠傳...〔★注意主詞不加冠詞〕. (2)(投票等)獲勝. The ayes *have it*. 多數贊成(議會中的宣布詞). (3)《口》(答案等)明白, 想出. I *have* [*I've got*] it at last. 我終於想出答案了. (4)《口》受罰. Let the boy *have it*. 讓那個男孩接受處罰吧.

háve it cóming (1)由自己本身(的行爲、個性等)導致的狀況(自作自受). The neighbors are hard on him, but he *had it coming* to him. 鄰居們對他很壞, 但這是他自找的.

háve it ín for... 《口》對...懷有惡意[懷恨在心].

háve it in óne to dó 《口》有做...的能力. She doesn't *have it in* her to hurt a fly. 她(如此溫柔)連一隻蒼蠅都傷害不了.

＊*háve/.../ón* 把〔衣服, 鞋等〕穿在身上(→ wear 同). *have* a coat [hat] *on* 穿著外套[戴著帽子]/ *have* shoes [glasses] *on* 穿著鞋子[戴著眼鏡].

háve...ón² 預定.... We *have* nothing *on* tonight. 今晚我們沒有任何安排.

＊*háve ònly to dó* 只需...即可. You *have only to* stand in front of this door. It will open by itself. 你只需站在這扇門前. 門就會自動打開.

háve...óut (1)拔去〔牙齒等〕. (2)(充分商量, 交談後)加以解決〔問題等〕. *have* it *out* with a person 和某人討論得出結果(★除 it 之外也可用 the matter 等作受詞). (3)《英》把...做到最後, 貫徹到底.

háve...to dó with A → do¹ 的片語.

háve...to onesèlf 獨佔.... 把...當作個人專用. My sister *has* two rooms *to herself*. 我姊姊一個人用兩間房間.

háve...úp 《英、口》(向法庭)控告, 傳喚〔人〕. (通常用被動語態).

＊*háve yét to dó* 尚未..., 從現在必須做.... We *have yet to* discover an effectual remedy for cancer. 目前尚未找到治療癌症的有效方法.

You háve me thére. (1)輸了一著. (2)我不知道.

── [強 `hæv, ˌhæv, 弱 həv, əv; 強 hæv, 弱 həv,

─────────────────

əv, v] *aux. v.* (**has; had; háv·ing**) **1** 以「have+過去分詞」表示直述語氣的現在完成式.

(**a**)《完成、結果》I *have* just *finished* reading the novel. 我剛剛閱讀完這本小說.

(**b**)《經驗》*Have* you ever *read* "Hamlet"? 你讀過《哈姆雷特》嗎?

(**c**)《繼續》Mother *has been* ill in bed for ten days. 母親臥病在床已經 10 天了.

(**d**)《在表示時間、條件的副詞子句中表示未來某時的完成》Wait till I *have finished* writing this letter. 等我寫完這封信.

2 「had+過去分詞」→ had.

3 用「will [shall]+have+過去分詞」表示直述語氣的未來完成式(★表示以未來某時爲基準的「完成、結果」,「經驗」以及「繼續」). They *will have finished* the road repairs by next week. 他們在下週之前會把路修好/My uncle *will have been* in Chicago for five weeks next Sunday. 算到下個星期天的話, 我叔叔就在芝加哥待了五週了/If I read "Romeo and Juliet" again, I *will* [*shall*] *have read* it four times. 如果我再讀一次《羅密歐與茱莉葉》的話, 就已經讀四次了.

〔注意〕有時表示對目前的經驗, 完成等的推測: You *will have heard* the news. (我想你已經聽過這個消息了.)

4 (**a**) 置於 may, can, must 等助動詞的現在式之後, 表示「過去」,「完成」,「經驗」等. Ted *may have told* a lie. 泰德可能說謊/The party *cannot have arrived* yet. 那群人應該還沒到達/The student *must have read* my book. 那位學生一定讀過我的書. 〔參考〕有關「助動詞的過去式+have+過去分詞」請參見各助動詞的過去式.

(**b**) 以「完成不定詞」,「完成分詞」,「完成動名詞」表示主要動詞之前的時間. The old man is supposed to *have been* a millionaire. 那位老人以前一定是一個百萬富翁/*Having finished* her work, Kate went to bed. 凱特做完工作後, 就上床睡覺/I remember *having heard* you talk about her. 我記得曾聽過你談她的事.

〔語法〕(1)在表示未來概念的動詞 hope, expect 等之後用完成不定詞, 則表示「未來完成」: I *hope to have done* my homework by noon. (我希望在正午之前做完家庭作業).

(2)完成不定詞用於助動詞 ought, 動詞 hope, intend, think, suppose 等過去式之後則表示動作沒有實現(→ had 3): You *ought to have told* the truth. (你應該說實話(實際上並沒有說)).

have gót → get *vt.* 6.

have gòt to dó → get *vt.* 7.

ha·ven [ˈhevən; ˈheivn] *n.* ⓒ **1** 港. 同與 harbor 比較, haven 較常用於書寫用語; 其「避風浪的停泊處」之意較強; → harbor, port¹. **2** 避難所; 安息的場所. The home should be a *haven* from the troubles of the world. 家應該是遠離世俗紛擾的避風港.

☆have·n't [ˋhævn̩t; ˈhævnt] have not 的縮寫. I *haven't* seen Kate this week. 這週我一直沒有見到凱特.

hav·er·sack [ˋhævɚˌsæk; ˈhævəsæk] n. ⓒ 乾糧袋, 背袋.

[haversacks]

☆hav·ing [ˋhævɪŋ; ˈhævɪŋ] v., aux. v. have 的現在分詞, 動名詞.

hav·oc [ˋhævək; ˈhævək] n. ⓤ《文章》大破壞, 浩劫; 大混亂.
màke hávoc of... = plày hávoc among [with]... 肆意破壞, 弄得亂七八糟, 引起大混亂.

haw[1] [hɔ; hɔː] n. ⓒ 山楂(hawthorn)果; 山楂.

haw[2] [hɔ; hɔː] vi. 嘔嘔嚕嚕(通常用於下列片語).
hùm and háw 嘔嘔嚕嚕, 吞吞吐吐.

☆Ha·wai·i [həˋwajə, həˋwajə, həˋwaɪ·i, həˋwɑ·i; həˈwaɪiː] n. **1** 夏威夷州(美國第五十個州; 由 the Hawaiian Islands 所組成; 略作 HI). **2** 夏威夷島(夏威夷群島中最大的島).

Ha·wai·ian [həˋwaɪjən, -ˋwajən; həˈwaɪiən] adj. 夏威夷的; 夏威夷人[語]的.
— n. ⓒ 夏威夷人; ⓤ 夏威夷語.

Hawãiian Íslands n. (加 the)夏威夷群島.

☆hawk[1] [hɔk; hɔːk] n. (pl. ~s [~s; ~s]) ⓒ **1** 鷹; (鳶, 隼等較小的)猛禽. have eyes like a *hawk* 有鷹一般(銳利)的眼睛. **2** 鷹[強硬]派的人(↔ dove). The *hawks* think we should solve this crisis by military action. 強硬派的人認為我們必須以軍事行動解決這一危機.
— vi. 用鷹狩獵.

hawk[2] [hɔk; hɔːk] vt.《文章》兜售, 叫賣, [物品].

hawk·er[1] [ˋhɔkɚ; ˈhɔːkə(r)] n. ⓒ 以鷹行獵者, 養鷹的人.

hawk·er[2] [ˋhɔkɚ; ˈhɔːkə(r)] n. ⓒ 小販, 沿街叫賣者.

hawk-eyed [ˋhɔkˌaɪd; ˈhɔːkaɪd] adj. 目光敏銳的; 眼尖的.

hawk·ish [ˋhɔkɪʃ; ˈhɔːkɪʃ] adj. 如鷹般的; 鷹派的.

haw·ser [ˋhɔzɚ; ˈhɔːzə(r)] n. ⓒ《船舶》大纜(拴[拉]船的粗(鋼)纜).

haw·thorn [ˋhɔˌθɔrn; ˈhɔːθɔːn] n. ⓒ 山楂(薔薇科灌木, 結小的紅果實(haw); 花為白色或紅色的; 英國常用作樹籬).

Haw·thorne [ˋhɔˌθɔrn; ˈhɔːθɔːn] n.

Na·than·iel [nəˋθænjəl; nəˈθænjəl] ~ 霍桑(1804 -64)(美國小說家).

☆hay [he; heɪ] n. ⓤ 乾草(家畜的飼料; 短草, 以 alfalfa, clover 等製作). Make *hay* while the sun shines.《諺》打鐵趁熱.
hit the háy《俚》上床, 睡覺.

[hawthorn]

hay·cock [ˋheˌkɑk; ˈheɪkɒk] n. ⓒ (旱田上處處堆積的)乾草堆(→ haystack).

Hay·dn [ˋhaɪdn̩, ˋhedn̩; ˈheɪdn] n. **Franz Joseph** ~ 海頓(1732-1809)(奧地利作曲家).

háy fèver n. ⓤ 乾草熱, 花粉熱, 過敏性鼻炎.

hay·fork [ˋheˌfɔrk; ˈheɪfɔːk] n. ⓒ 乾草叉; 乾草堆放[移動]機.

hay·loft [ˋheˌlɔft,; ˈheɪlɒft] n. ⓒ 乾草堆置場(建造於廄房, 馬廄內的小閣樓或棚頂).

hay·mak·er [ˋheˌmekɚ; ˈheɪmeɪkə(r)] n. ⓒ **1** 曬製乾草的人[機器]. **2**《美, 口》痛打.

hay·mak·ing [ˋheˌmekɪŋ; ˈheɪmeɪkɪŋ] n. ⓤ 曬製乾草.

hay·rick [ˋheˌrɪk; ˈheɪrɪk] n. =haystack.

hay·stack [ˋheˌstæk; ˈheɪstæk] n. ⓒ (在屋外堆積成圓錐狀或峰狀的)大乾草堆(雨水無法滲入).
lòok for a nèedle in a háystack → needle 的片語.

[haystack]

hay·wire [ˋheˌwaɪr; ˈheɪwaɪə(r)] adj.《敘述》《俚》混亂的, 故障的; 瘋狂的.
gò háywire《俚》一場糊塗; 發瘋.

haz·ard [ˋhæzɚd; ˈhæzəd] n. **1** ⓒ 危險(→ risk 同); 冒險. There are lots of *hazards* involved in winter mountain climbing. 多天登山危險重重. **2** ⓤ 偶然, 運氣. **3** ⓒ《高爾夫球》障礙地區.
at àll házards 即使冒一切危險, 務必.
— vt. **1** 斷然地冒險而為, 碰運氣一試. *hazard* a guess 冒險猜測. **2**《生命等》處於險境.

haz·ard·ous [ˋhæzɚdəs; ˈhæzədəs] adj. 危機的, 危險重重的; 聽天由命的. a *hazardous* enterprise 投機事業.

haz·ard·ous·ly [ˋhæzɚdəslɪ; ˈhæzədəslɪ] adv. 冒險地; 聽天由命地.

*haze[1] [hez; heɪz] *n.* (*pl.* **haz·es** [~ɪz; ~ɪz]) UC

1 靄, 霧, 煙霧. The distant mountain was just visible through the *haze*. 透過霧靄遠山隱約可見. 回haze 指因煙、塵、水蒸氣而造成視野不佳; 程度比 mist 輕, 水分極少; fog 濃度高, 幾乎擋住視野.
2 朦朧的狀態, 意識模糊[混亂]. My mind was in a *haze* after drinking so much. 我喝得太多以致於有點神智不清.

haze[2] [hez; heɪz] *vt.* 《美》欺侮[新生].

ha·zel [ˋhez; ˋheɪzl] *n.* **1** C 榛(樺樹科的落葉灌木); = hazelnut. **2** U 淡褐色(榛果的顏色).
— *adj.* 淡褐色的.

ha·zel·nut [ˋhezl̩nət, -ˏnʌt; ˋheɪzlnʌt] *n.* C 榛果(蛋形, 可食用).

ha·zi·ly [ˋhezl̩ɪ, -zɪlɪ; ˋheɪzɪlɪ] *adv.* 朦朧地.

ha·zi·ness [ˋhezmɪs; ˋheɪzɪnɪs] *n.* U 朦朧; 不明瞭.

ha·zy [ˋhezɪ; ˋheɪzɪ] *adj.* **1** 朦朧的, 有煙霧的. a *hazy* day 霧濛濛的一天. **2** 《想法, 記憶等》模糊的, 不確定的.

[hazelnut]

HB (略) hard black 《鉛筆的硬度; 介於 H 與 B 之間》.

H-bomb [ˋɛtʃˏbɑm; ˋeɪtʃbɒm] *n.* C 氫彈(源於 hydrogen *bomb*; → A-bomb).

HDTV (略) high-definiton television.

He (符號) helium.

*he [(強)ˋhi, ˏhi, (弱) ɪ, hɪ; hiː, (弱) iː, ɪ, hɪ] *pron.* (*pl.* **they**) (人稱代名詞) 第三人稱, 男性, 單數, 主格; 主格he, 受格him, 所有格his, 反身代名詞himself)
(通常接之前出現表示男性的名詞)他, 那個男子. Tom is my younger brother. *He* (=Tom) is a bright boy. 湯姆是我的弟弟. 他是個聰明的孩子. 語法(1)亦指性別不明的人, 動物的雄性及被擬人化當成男性的 tree, sun 等: The sun made *his* appearance. (太陽露臉了). (2)大寫的He, His, Him 即指 God 或 Christ. (3)同時代表男、女兩種性別的字(如 teacher, everybody), 其代名詞常以 *he* or *she*, *him* or *her* 來表示, 書寫時也用 he/she, s/he, (s)he 表示.
hé who [*that*]... 《雅》任何做…的人, 凡…者, (★通常作 those who). *He who* is afraid of asking is ashamed of learning. 懼求教者恥於學.
— [hi; hiː] *n.* (*pl.* **hes** [hiz; hiːz]) C 男子. Is your baby [Is it] a *he* or a she? 你的寶寶是男孩還是女孩?
2 (通常用連字號連接後續詞語)(動物的)雄性. a *he*-goat 公羊. ↔ **she**.

*head [hɛd; hed] *n.* (*pl.* **~s** [~z; ~z], 5 ~) C
【頸(neck)以上的部分】**1** 頭, 頭部; 頭髮. Don't put your *head* out of the window. 不要把頭伸出窗外/hit a person on the *head* 打某人的頭/hang [drop] one's *head* in shame 羞愧地低著頭/shave one's *head* 剃髮, 剃頭/have a good

head of hair 頭髮濃密 / The general's treason may cost him his *head*. 該將軍可能會因叛國罪被處死.
搭配 *adj.*＋head: a bald ~ (禿頭), a hairy ~ (頭髮濃密), a well-shaped ~ (好看的頭型) // *v.*＋head: raise one's ~ (抬頭), nod one's ~ (點頭), shake one's ~ (搖頭).

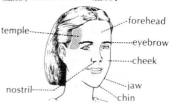

temple / forehead / eyebrow / cheek / nostril / jaw / chin

[head 1]

2 (作為尺寸單位的)一個頭. My horse won the race by a *head*. 我的馬以一個頭之差贏得這場比賽/Tom is a *head* taller than Ken. 湯姆比肯高出一個頭.

3 頭腦, 腦筋; 智力, 才能. have a very clear *head* 頭腦極為清晰/have no *head* for chemistry 對化學一竅不通/weak in the *head* 頭腦不靈光/Two *heads* are better than one. 《諺》三個臭皮匠勝過一個諸葛亮(<兩個人的智力勝過一個人).

【頭數】**4** 人數; 人. a dinner at ten dollars a [per] *head* 每人10美元的餐點/count *heads* 數人頭/wise *heads* 賢人. 參考hand 是從勞動的角度指人, 相對地 head 則從頭腦的角度指人.

5 (*pl.* ~) (數動物時的)頭, 頭數. ten *head* of cattle 十頭牛.

【最前頭】**6** (a)首長, 頭目, 統率者. the *head* of a family [school] 家長[校長]/the *head* of state 元首(君主立憲國家的天皇[女王]; 總統制國家的總統)/the *head* of the division 部長.
(b)《形容詞性》首領(chief), …長. a *head* cook 主廚/a *head* nurse 護士長.

7 首位, 首席, (隊伍等的)最前列(↔ foot). at the *head* of the procession [class] 在隊伍的最前列[班上第一名].

【頭部＞頂部＞上層】**8** (包心菜等的)結球; 頭狀花; (穀物的)穗(栖); (膿腫, 腫瘡的)膿頭. come to a *head* (→片語)/a *head* of cabbage [lettuce] 一顆包心菜[萵苣].

9 (工具的)頭部, 頭; (錄音機的)磁頭; (打擊樂器的)皮面. the *head* of a nail [pin] 釘子[別針]的頭.

10 項目, 標題, 詞條. a chapter *head* 一章的標題.

11 頂端, 上部. the *head* of a hill 山頂/The title should be written at the *head* of the page. 題目應寫在該頁的上端.

12 (桌子的)上座(host(主人)的座位)(↔ bottom);

船首(bow). sit at the *head* of a table 坐於餐桌的上座.

13 (床，睡椅等的)朝頭的方向.

14 (河等的)貯水(爲利用水力而在高處儲存的水);落差，水壓，蒸氣壓力. have a good *head* of water [steam] 水壓[蒸氣壓力]高.

15 (河流等的)源頭，水源；(湖的)上端，湖源，(河水流入的一端). the *head* of the Tansui River 淡水河的源頭.

16 岬(★主要用於地名). Diamond *Head* 鑽石角(突出於夏威夷檀香山附近的海面).

【表面】 **17** (常 heads)(硬幣的)正面(有人頭像的一面；↔ tail；→ coin ⑪). *Heads* I win, tails you win. (擲硬幣)正面我贏，反面則我贏.

18 (倒進杯裡的啤酒上面形成的)泡沫；(英)(牛奶表面的)乳脂. give a *head* to beer (倒啤酒時)讓啤酒起泡.

19 (口)頭痛(headache).

above a *person's* **head** = over a person's head (1), (2).

bring/.../to a **head** 把(事態)逼入危機，使達頂點.

bùry one's **head** *in the sánd** 閉眼不看現實，逃避困難的情況(像鴕鳥遇到危險把頭埋進沙中一樣).

* *còme into one's* **héad** 浮現腦海[心頭]. The idea *came into* my head by accident. 這一念頭突然浮現我的腦海.

come to a **head** (1)(膿腫)化膿. (2)(事態)到達決裂點[頂點]. The crisis *came to a head* when the terrorists killed their hostages. 在恐怖分子殺了人質之際危機達到頂點.

ènter one's **héad** = come into one's head.

* *from* **hèad** *to* **fóot** 從頭到腳，全身；完全地，全部地. Jack trembled *from head to foot* at the news. 傑克聽到那則消息，渾身顫抖不已.

gèt it into one's **héad** (1)(口)十分瞭解(*that* 子句). (2)(錯誤地)認定(*that* 子句)；突然決定；忽然想到；(*to* do). Kate has *got it into* her *head* that everyone hates her. 凱特以為大家都討厭她.

give a person his **héad** (口)讓某人隨意而爲(源自騎馬時讓馬自由漫步).

gò to a person's **head** (1)(酒)使某人醉，(2)使某人高興；使某人得意忘形.

hàve a gòod **head** *on one's* **shóulders** 有良好的學識[判斷力]；有能力，精明能幹.

hèad and **shóulders** *above...* 比…高過頭和肩；遠勝於….

hèad **fírst** 頭向前地，頭朝下地；勇往直前地，莽撞地. He plunged *head first* into the water. 他頭朝下地跳入水中.

hèad over **héels** = **hèels** *over* **héad** (1)頭朝下地，倒栽蔥地；急忙地，魯莽地. (2)完全地. I am *head over heels* in debt. 我債臺高築.

hèads or **táils** 正面還是反面(擲硬幣的人讓對方決定要正反面時所說的話；→ n. 17).

kèep one's **héad** 沈著，冷靜，(↔ lose one's head).

kèep one's **héad** *above* **wáter** (1)將頭探出水面；免於溺水. (2)免於負債，設法度日.

lày heads **togèther** 聚首商洽.

* *lòse one's* **héad** (1)驚慌失措，熱中(*over*)；(↔ keep one's head). (2)被斬首.

màke **héad** (排除困難)向前，前進；抵抗(*against*).

màke **head** *or* **táil** *of...* 明白…(通常用於否定句). I couldn't *make head or tail of* Joe's story. 我一點都不明白喬的話.

* *off one's* **héad** 發瘋地[的]，精神錯亂地[的].

on one's **héad** (1)(用頭)倒立. stand *on one's head* 倒立. (2)歸於[成爲]自身的責任；(罪過，報應等)落在身上.

out of one's **héad** (美) = off one's head.

over a person's **héad** = *over the* **héad** *of a person* (1)在某人的頭上(的)；(危險等)迫在眉睫(的). (2)(太難而)無法理解的，(3)越過某人的頭.

pùt **heads** *togèther* = lay heads together.

shàke one's **héad** → shake 的片語.

stànd on one's **héad** (1)(用頭)倒立，(2)(用standing on one's head的形式)(口)輕易地，很簡單地.

tàke it into one's **héad** (1)忽然想到(*to* do). She *took it into* her *head* to learn Russian. 她突然想學俄文，(2)(錯誤地)認爲(*that* 子句).

tùrn a person's **héad** 使某人驕傲自滿；(戀愛等)使某人神魂顛倒.

upon one's **héad** = on one's head.

— *v.* (~**s** [-z; -z]; ~**ed** [-ɪd; -ɪd]; ~**ing**) *vt.*

1 居…之首，率領；爲…的首腦，爲…的領導者. *head* a procession 站在隊伍的前頭/Mr. West *heads* this group. 威斯特先生帶領這一組.

2 朝…行進，朝著…，(*for, toward*). *head* the car *toward* town 把車子向鎮上開/We should be *headed for* world peace. 我們應該朝世界和平的目標努力.

3 (道具)戴在頭上；摘(切)(草木)的頂端，修剪，(*down*)；切下(魚等)的頭. The tiepin was *headed* with a small ruby. 這個領帶夾鑲著一小粒紅寶石.

4 (足球)用頭頂(球)，頭錘.

— *vi.* 【向前】前進，朝…去，(*for, toward*). It's time to *head* back [home]. 該回去[回家]了/Where are you *heading for*? 你要去哪裡?/The troops *headed for* the fortress. 這支部隊朝要塞挺進/The economy is *heading toward* a recession. 經濟開始衰退.

hèad/.../ **óff** (1)搶先上前攔住，阻止. *head off* a quarrel by peaceful negotiation 平心靜氣地交涉避免吵架. (2)岔開…的路徑.

hèad **óut** (1)(美、口)出發，出去，(2)(美)到達重要的轉捩點.

☆head·ache [ˈhɛd͵ek; ˈhedeɪk] *n.* (*pl.* **~s** [-s; -s]) C **1** 頭痛. I have a slight *headache* today. 我今天有些頭痛/She suf-

fers from persistent *headaches*. 她有經常頭痛的毛病/I stayed in bed that day with a bad [splitting] *headache*. 那天我的頭非常痛[痛得快裂開]，一直躺在床上.

2 《口》令人頭痛的事, 煩惱[擔心]的事. Bad weather is a *headache* for farmers. 惡劣的天候是農夫的煩惱.

●——表主要病名、症狀的語詞			
appendicitis 闌尾炎		asthma	哮喘
high blood pressure 高血壓			
low blood pressure 低血壓			
burn	燙傷	cancer	癌
chill	著涼	cold	感冒
cough	咳嗽	diarrhea	痢疾
fever	發燒	flu	流行性感冒
German measles 德國麻疹			
headache	頭痛	hurt	受傷
measles	麻疹	mumps	流行性腮腺炎
nausea	噁心	pain	疼痛
pneumonia	肺炎	polio	小兒麻痹症
stomachache 腹痛		toothache	牙痛
tuberculosis 結核病		typhoid	傷寒
ulcer	潰瘍		
whooping cough 百日咳			

head·band [ˋhɛd͵bænd; ˋhedbænd] *n.* C 束髮帶《爲防止頭髮垂下等, 而將其紮在頭部》.

head·board [ˋhɛd͵bord, -͵bɔrd; ˋhedbɔːd] *n.* C (在床前端的)床頭板《→footboard; → bedroom 圖》.

head·dress [ˋhɛd͵drɛs; ˋheddres] *n.* C 《特指女性的》頭飾, 頭巾.

-headed 《構成複合字》…頭的; 頭腦…的. *two-headed* (雙頭的). clear *headed* (頭腦清醒的).

head·er [ˋhɛdɚ; ˋhedə(r)] *n.* C **1** 《口》頭朝下的一跳; 倒栽葱. **2** 《足球》頭錘.

head-first [ˋhɛdˋfɝst; ͵hedˋfɜːst] *adv.* =head first (head 的片語).
— *adj.* =headlong.

head·gear [ˋhɛd͵gɪr; ˋhed͵gɪə(r)] *n.* U 《通常用複數》頭上所戴之物《帽子, 頭盔等的總稱》.

head·hunt·er [ˋhɛd͵hʌntɚ; ˋhed͵hʌntə(r)] *n.* C **1** 獵人頭族的人. **2** (從其他公司等)物色人才者, 負責挖角的人.

head·hunt·ing [ˋhɛd͵hʌntɪŋ; ˋhed͵hʌntɪŋ] *n.* U **1** 獵人頭. **2** 挖角.

head·ing [ˋhɛdɪŋ; ˋhedɪŋ] *n.* **1** C (印刷品的開頭或章、節前所印的)標題, 詞條. **2** U (飛機, 船等的)方向, 航向. **3** U《足球》頭錘.

head·land [ˋhɛdlənd; ˋhedlənd] *n.* C 海角, 岬.

head·less [ˋhɛdlɪs; ˋhedlɪs] *adj.* **1** 無頭的, 無首的. **2** 沒有首領(指揮者)的. **3** 愚蠢的, 笨的.

head·light [ˋhɛd͵laɪt; ˋhedlaɪt] *n.* C 《火車頭, 汽車等的》頭燈, 前燈, 《⟷ taillight; → car 圖》.

head·lamp [ˋhɛd͵læmp; ˋhedlæmp] *n.* =headlight.

head·line [ˋhɛd͵laɪn; ˋhedlaɪn] *n.* (*pl.* ~s [~z; ~z]) **1** C (報紙, 雜誌等的)標題. **2** 《廣播》(headlines) (新聞播報前後的)內容提要. Here is the news. First, the *headlines*. 現在播報新聞, 首先是新聞提要《新聞播報員的固定用語》.
hit [*gò into, màke*] *the héadlines* 被報紙大肆宣揚, 出名.

head·long [ˋhɛd͵lɔŋ, -͵lɑŋ; ˋhedlɒŋ] *adv.* **1** 頭朝下地, 頭朝前地. plunge *headlong* into the water 頭朝下地躍入水中.
2 魯莽地; 性急地; 輕率地. run *headlong* into another person's room 魯莽地闖進別人的房間.
— *adj.* 倒栽葱的; 猛進的. make a *headlong* rush at the enemy 奮勇地衝入敵陣.

head·man [ˋhɛdmən; ˋhedmæn] *n.* (*pl.* **-men** [-mən; -men]) C 首領, 隊長.

head·mas·ter [ˋhɛdˋmæstɚ; ͵hedˋmɑːstə(r)] *n.* (*pl.* ~s [~z; ~z]) C 校長《《英》特指中小學的; 《美》特指私立男子學校的; → principal》.

head·mis·tress [ˋhɛdˋmɪstrɪs, -trɛs; ͵hedˋmɪstrɪs] *n.* C 女校長《《英》特指中小學的; 《美》特指私立女子學校的》.

héad óffice *n.* C 總部, 總公司, (→branch).

head-on [ˋhɛdˋɑn, -ˋɒn; ˋhedˋɒn] *adj.* (兩車)頭對頭的, 正面的. a *head-on* collision 正面衝突[撞擊].
— *adv.* (朝)正面地, 迎頭地, 〔反對等〕. meet a problem *head-on* 正面處理問題.

head·phones [ˋhɛd͵fonz; ˋhedfəʊnz] *n.* 《作複數》耳機. a set of *headphones* 一副耳機.

head·quar·ters [ˋhɛdˋkwɔrtɚz, -͵kw-; ͵hedˋkwɔːtəz] *n.* 《單複數同形》(軍隊, 警察等的)總部, 司令部, 大本營, 總署; 根據地; (公司的)總公司; (略作 HQ, hq). The Eighth Air Force has its *headquarters* in Massachusetts. 第八空軍總部[司令部]位於麻薩諸塞州.

head·rest [ˋhɛd͵rɛst; ˋhedrest] *n.* C 頭靠, 頭墊, 《特指汽車座位等的》.

head·room [ˋhɛd͵rum, -͵rʊm; ˋhedrʊm] *n.* U 淨空空間(隧道或橋樑與過往車、船的間隙; 人的頭與汽車車頂的間距).

head·set [ˋhɛd͵sɛt; ˋhedset] *n.* C 《主美》耳機《兼有耳機及麥克風》.

head·ship [ˋhɛd͵ʃɪp; ˋhedʃɪp] *n.* UC 首長的地位[任期]; 《英》校長的地位[任期].

head·stall [ˋhɛd͵stɔl; ˋhed͵stɔːl] *n.* C 馬籠頭 (→ harness 圖).

head·stone [ˋhɛd͵ston; ˋhedstəʊn] *n.* C **1** 基碑《爲表示墓中死者頭部位置而設立; 通常刻有碑文》. **2** =keystone 1.

head·strong [ˋhɛd͵strɔŋ; ˋhedstrɒŋ] *adj.* 頑固的, 剛愎自用的. a *headstrong* person 剛愎自用的人/a *headstrong* desire 任性自私的願望.

head·way [ˋhɛd͵we; ˋhedweɪ] *n.* U 前進, 進

步; (船的)速度, 船速. make little *headway* 進展
不大, 不太順利.

héad wínd n. © 頂頭風, 逆風.

head-word [ˋhɛdˌwɝd; ˈhedwɜːd] n. © (辭
典, 目錄等的)詞條, 標題.

head-y [ˋhɛdɪ; ˈhedɪ] adj. **1** (酒)容易使人喝醉
的, 強烈的; 使人陶醉的(大成功等). a *heady*
wine 容易使人喝醉的酒.
 2 (思想, 行動, 個性等)鲁莽的, 急躁的, 冒失的.

✲**heal** [hil; hiːl] v. (~**s** [~z; ~z]; ~**ed** [~d; ~d];
~**ing**) vt. **1** 治癒, 治療, (傷, 疾病, 病人), (→
cure 同); (文章)使(人)恢復健康(of). heal a
person *of* his sickness 替某人治病/Physician,
heal thyself. (諺)木匠家中無凳坐(<醫生, 先治好
自己吧). **2** 消除(煩惱, 不和等).
 —— vi. (傷)治好, 治癒. The wound will *heal*
in a week or so. 傷口大約一週左右就會痊癒.
 hèal úp [*óver*] (傷)痊癒, 治好.

heal-er [ˋhilɚ; ˈhiːlə(r)] n. © 治療的人[物],
藥; 消除(煩惱等)的人[物, 事]. Time is a great
healer. 時間是最好的治療.

✲**health** [hɛlθ; helθ] n. **1** Ⓤ 健康, 健全, (↔
illness); (身心的)健康狀態. Smok-
ing is not good for the *health*. 吸菸有害健康/ask
[inquire] after a person's *health* 詢問某人的健康
狀況[情況], 探望某人/have [be in, enjoy] good
health (身體)健康/My grandfather is still in
mental and bodily *health*. 我的祖父仍然身心健朗.
┃ 搭配 adj.+health: bad ~ (不健康), ill ~ (不
┃ 健康), poor ~ (不健康) // v.+health: main-
┃ tain one's ~ (維持健康), recover one's ~ (恢
┃ 復健康), ruin one's ~ (損害健康).
 2 (形容詞性)健康(上)的, 保健的, 衛生的. a pro-
gram about *health* matters 有關健康問題的節目/
the *health*-care industry 醫療保健業.
 ⟡ adj. healthy, healthful.
 drìnk (**to**) *a* **pèrson's héalth** = **drìnk a**
 héalth to *a* **pèrson** 為某人的健康乾杯(下一句片
 語為這類用語之一例).
 Yòur [**To yòur**] (**gòod**) **héalth!** 祝您健康!
 (固定的乾杯用語).

héalth cènter n. © (英)衛生所.
héalth clùb n. © 健身俱樂部, 健身中心.
héalth fòod n. ⓊⒸ 健康[天然]食品.
health-ful [ˋhɛlθfəl; ˈhelθfʊl] adj. **1** (場所,
食物等)有益於健康的, 增進健康的. **2** (道德, 精
神方面)健全的, 有益的. live in a *healthful* envi-
ronment 居住於有益健康的環境.
health-i-er [ˋhɛlθɪɚ; ˈhelθɪə(r)] adj. healthy
的比較級.
health-i-est [ˋhɛlθɪɪst; ˈhelθɪɪst] adj. healthy
的最高級.
health-i-ly [ˋhɛlθəlɪ, -θɪlɪ; ˈhelθɪlɪ] adv. 健康
地, 健全地; 有益健康地.
health-i-ness [ˋhɛlθɪnɪs; ˈhelθɪnɪs] n. Ⓤ 健

康; 健全.
héalth sèrvice n. Ⓤ 公共醫療制定.

✲**health-y** [ˋhɛlθɪ; ˈhelθɪ] adj. (**health-i-er**;
health-i-est) **1** 健康的; (精神, 態
度等)健全的. a *healthy* baby 健康的嬰兒/a
healthy curiosity 有正常的好奇心.
 ┃ 同 healthy 是表「健康的」之意的最普遍用語; 通常
 意味著某段時期持續的身心健康; → sound, well,
 wholesome.
 2 有益健康的(healthful); (道德)健全的. a
healthy climate 有益健康的氣候/*healthy* reading
for the young 適合年輕人的健康讀物.
 3 (看上去)顯得健康的; 使人感到健康的. a
healthy appearance 健康的外表/a *healthy* appe-
tite(顯示健康的)好胃口.
 ⟡ n. health. ↔ sick, unhealthy.

✲**heap** [hip; hiːp] n. (pl. ~**s** [~s; ~s]) © **1** (層層
重疊之物的)堆, 堆積. a *heap* of books
on the desk 書桌上堆積如山的書.
 2 (口)(a)大量, 許多, (a lot). a *heap* of home-
work 一堆家庭作業/There was *heaps* of money
in the cave. 那間山洞裡金錢堆積如山/There are
heaps of pencils in the drawer. 抽屜裡有一大堆
鉛筆. 語法 通常用 a heap of..., heaps of... 的形
式, 動詞的單複數與接在 of 後面的名詞一致. (b)
(副詞性)(heaps)很, 非常. I am feeling
heaps better today. 今天我感覺很好.
 àll of a héap (口)(1)撲通(倒下), 筋疲力竭.
fall *all of a heap* 撲通倒地. (2)完全, 徹底. All
the boys were struck [knocked] *all of a heap*
when they heard the news. 聽到那則新聞, 男孩
們全都嚇破膽子. (3)突然.
 in a héap (1)堆積如山地[的], 成堆地[的], 累積
地[的]. The puppies were sleeping *in a heap*. 這
些小狗睡成一堆. (2) =all of a heap (1).
 —— vt. (~**s** [~s; ~s]; ~**ed** [~t; ~t]; ~**ing**) **1** 堆積,
堆積如山, (up); 使…堆積如山, 把…堆得滿滿的;
大量給與(人); (with). *heap* up riches [wealth]
累積財富/one *heaped* teaspoonful of salt 滿滿一
茶匙的鹽/*heap* the dish *with* fried fish 盤內堆滿
了炸魚/*heap* a person *with* gifts 送某人很多禮物.
 2 大量[經常]給與(物品, 讚揚, 侮辱等)(on,
upon). *heap* gifts *on* a person 送某人一大堆[堆
積如山的]禮物.

✲**hear** [hɪr; hɪə(r)] v. (~**s** [~z; ~z]; **heard**;
hear-ing [ˋhɪrɪŋ; ˈhɪərɪŋ]) vt. (★ 3 以外的
情形不用進行式) **1** 聽, 能聽見, (→listen 同). I
heard a loud noise downstairs. 我聽到樓下有很大
的聲音/Can you *hear* me? 你聽得到我說話嗎?/
Not a sound was to be *heard*. 寂靜無聲.
 2 (a) 句型5 (hear A *do*)聽到 A 做…(★此句型在
被動語態時用 to do 表示). I *heard* Jane *mutter*
something to herself. = Jane was *heard* to mut-
ter something to herself. 我聽到珍在自言自語/To
hear him on the phone, you would take him for
a Frenchman. = If you *heard* him on the phone,
....聽他講電話, 你會以為他是法國人. (b) 句型5
(hear A *do*ing)聽到 A 正在做…. We *hear* birds

singing in the trees. = Birds are *heard singing* in the trees. 我們聽見鳥兒在樹上歌唱. (c) 〔句型5〕 (hear **A** *done*) 聽到 A 被…. I have never *heard* the song *sung* by a Japanese singer. 我不曾聽過日本歌星演唱那首歌.
3 (側耳)聽, 傾聽, 注意聽, (listen to); 旁聽; 〔句型3〕 (hear *wh* 子句)聽…. *hear* Brahms 聽布拉姆斯的(音樂)/*hear* a concert on the radio 用收音機聽演奏會.
4 (a)耳聞, 聽到, 得知, 〔消息, 通知等〕. I have *heard* nothing of the actor lately. 近來都沒聽說那位演員的消息. (b) (用 I hear that…)聽到…的傳聞, 聽說…. *I hear* (*that*) Mr. Smith has been taken ill. 我聽說史密斯先生病了.
5 聆聽(抱怨, 訴苦, 陳情等); 聽取; 《法律》審理〔案件〕(try). My parents would not *hear* me at all. 父母親完全不肯聽我說.
—— *vi.* **1** 聽得見, 聽. My grandfather can't *hear* very well. 我的祖父重聽. **2** 被(人)訴說, 被告知; 聽說.

* **hear about...** 聽到關於…, 得知. Have you *heard about* the result of the game? 你聽到有關比賽結果的消息嗎?/I have *heard* a lot *about* you. 久仰大名.

* **hear from...** 收到來自…的消息[信函, 電話等]. I *heard from* my uncle abroad the other day. 前幾天我收到國外叔叔的來信.

Hear, hear! 贊成! 好哇!(聽眾表贊同時的喊叫聲).

* **hear of...** (1)聽到…的傳聞, 聽說有…, 聽說在…. I've never *heard of* anyone doing such a cruel thing. 我從沒聽說過有人做出這麼殘酷的事. (2)聽取…, 允許…, 〔主要用於否定句, 通常加 will, would〕. Mother would not *hear of* my going to England. 母親不同意我到英國去.

hear a person **out** 把某人的話聽完. *Hear* me *out* before you go. 在你走之前請聽我把話說完.

hear say (*that*)... (口)聽說[傳聞]…. I've *heard say* (*that*) Joe has gone back to America. 聽說喬回美國去了.

hear tell of... (口)聽說…, 傳聞…. I've *heard tell of* his sickness. 聽說他病了.

I hear (*that*).... → *vt.* 4 (b).

make one**self heard** (1)(大聲地)使(自己的聲音)聽得見. (2)使(對方)接受, 聽從(意見等).

heard [hɜd; hɑːd] *v.* hear 的過去式, 過去分詞.

* **hear·er** [ˈhɪrɚ; ˈhɪərə(r)] *n.* (*pl.* **~s** [~z; ~z]) © (相對於說話者的)聽者, 聽眾, (↔ speaker).

* **hear·ing** [ˈhɪrɪŋ; ˈhɪərɪŋ] *n.* (*pl.* **~s** [~z; ~z])
1 © 聽覺, 聽力; 聽. lose one's *hearing* 失聰/hard of *hearing* 重聽的, 聽不清楚的/sharp *hearing* 敏銳的聽覺/a *hearing* test 聽力檢查.
2 © 聽取; 請…聆聽. Let's give the student a *hearing*. 我們聽聽那個學生的意見吧./a public [an open] *hearing* 公聽會/get a *hearing* 得到發表意見的機會.
3 ⓤ 聽得見的距離[範圍]. *within hearing* 在聽得見的地方(的)/I called out to him, but he was

already *out of hearing*. 我大聲叫喚他, 但是他已經走遠, 聽不見了/I foolishly talked about that in his *hearing*. 我笨得在他聽得見的地方講那件事.
héaring àid *n.* © 助聽器.
heark·en [ˈhɑrkən; ˈhɑːkən] *vi.* 《雅》傾聽 (*to*).
Hearn [hɜn; hɜːn] *n.* **Laf·cad·i·o** [læfˈkædɪ‚o; læfˈkædɪəʊ] ~ 赫恩(1850-1904)《由美國歸化為日本籍的英國作家, 改名小泉八雲》.
hear·say [ˈhɪr‚se; ˈhɪəseɪ] *n.* ⓤ 間接聽到, 傳聞, 謠傳, 風聞.
hearse [hɜs; hɜːs] *n.* © 靈車.

‡**heart** [hɑrt; hɑːt] *n.* (*pl.* **~s** [~s; ~s])
〖 心臟, 胸 〗 **1** © 心臟; 胸, 胸部. the beating [throbbing] of the *heart* 心臟的跳動/The *heart* pumps blood to all parts of the body. 心臟輸出血液到身體各部位/cross one's *heart* 在胸前劃十字/My *heart* stood still. (因驚嚇等)心臟幾乎停止了跳動/My *heart* thumped. 我的心蹦蹦跳.

┌─ 〔搭配〕 heart+*v*.: one's ~ beats (心跳), one's ~ jumps (心蹦蹦跳), one's ~ pounds (心撲通地跳), one's ~ races (心狂跳), one's ~ stops (心跳停止).

〖 心中的情感 〗 **2** © 心, 心情, 情緒. a man of two *hearts* 三心兩意的男人/a *heart* of gold 高貴的心靈/My *heart* bleeds for 覺得…很可憐;《常用諷刺》…真可悲呀!/harden [steel] one's *heart* against 對(人)硬著[鐵石]心腸/pour out one's *heart* to 向(人)吐露真情/The film moved [stirred, touched] my *heart*. 這部電影感動了[打動, 觸動]我心. ⓢ heart 意味著情感, 情緒方面, 相對地, mind 則表示理解, 思考, 記憶等方面理性的大腦活動.

┌─ 〔搭配〕 *adj.*+heart: a broken ~ (破碎的心), a cold ~ (冷漠的心), a hard ~ (鐵石心腸), a tender ~ (溫柔的心), a warm ~ (溫暖的心).

3 〔親情〕 ⓐⓤ 愛, 人情味, 同情心. Richard won the *heart* of the most beautiful girl in town. 理查贏得鎮上第一美女的芳心/a man of *heart* 有同情心的人/have a [no] *heart* 有[沒有]同情心.
4 © (成為愛情對象的)人. a sweet [dear] *heart* 心愛的人.
5 〔強烈的意志〕ⓤ 熱情; 魄力; 勇氣; 精力. have no *heart* to study Chinese 沒心學中文/He really put his *heart* into this work. 他在這件工作上投注了相當的心力/lose [take] *heart* 失去[提起]勇氣[精神]/His *heart* was not in the job. 他的心思根本不在工作上.
〖 類似心臟狀的東西 〗 **6** © 心形物; (紙牌)紅心牌; (hearts)一對紅心. the ace [king] of *hearts* 紅心 A[國王].
7 © (加 the)中心(部分), 中央; (花, 水果等的)心, 核; (問題, 事件等的)核心, 本質. live in the *heart* of Paris 住在巴黎的市中心/get [go] to the *heart* of the matter 觸及問題的核心/the *Heart* of

England 英國的中心《沒有特別明確的地理定義; 用來吸引觀光客興趣的說法》.

⇨ *adj.* **hearty.** *v.* **hearten.**

after a *pèrson's (òwn) héart* 合某人(自己)的心意, 某人中意的類型的. a politician *after my own heart* 我欣賞的政治人物.

＊*at héart* (1)內心裡, 本意, 本質上. He's not a bad fellow *at heart.* 他本質上不是個壞人. (2)心情〔上〕. young *at* [*in*] *heart* 〔老人等〕心境年輕/ sick *at heart* → sick² 的片語.

＊*brèak* a *pèrson's héart* 使某人傷心[心碎] He *broke* his mother's *heart* by giving up his studies. 他放棄學業讓母親心碎.

brèak one's héart 悲痛欲絕. I *broke* my *heart* over my sweetheart's death. 我對愛人之死感到悲痛欲絕.

＊*by héart* 背誦. Learn Gray's 'Elegy' *by heart.* 背下格雷的〈輓歌〉/say a poem *by heart* 背詩.

clòse to a *pèrson's héart* = near to a person's heart.

Cròss my héart (and hòpe to díe). 《口》絕對是真的, 不會錯.

èat one's héart òut 悲號, 痛哭.

èat one's héart òut (for...) 不為人知地煩惱(...), 暗地裡(為...)苦惱.

fìnd it in one's héart to dò 想要做...(通常接在 cannot, could not 之後). I couldn't *find it in* my *heart* to forgive her for lying to me. 我打從心底不想原諒她對我的欺騙.

＊*from (the bòttom of) one's héart* 打從心裡[底]. Kate hates Jim *from the bottom of* her *heart.* 凱特打從心裡討厭吉姆.

hàve a chànge of héart 心意轉變.

hàve...at héart 《文章》心裡掛念著, 企盼著, 〔事物〕對...關心.

hàve one's héart in... 對...有興趣[很關心].

hàve one's héart in one's bóots 失望.

hàve one's héart in one's móuth [*thróat*] 擔心害怕, 提心吊膽.

hàve one's héart in the rìght pláce 心地善良[正直, 友善]的人.

hàve the héart to dò 有做...的勇氣, 有氣魄, 《通常用於否定句, 疑問句》. I didn't *have the heart* to tell her my opinion of her talent. 我沒有勇氣告訴她對她才能的看法.

hèart and sóul (1)全心全意. put one's *heart and soul* into political reform 為政治改革奉獻全部心力. (2) = with all one's heart.

in one's hèart (of héarts) 在心中, 偷偷地; 內心深處.

lày...to héart 〔忠告等〕牢記在心.

lòse one's héart to... 愛慕..., 被...奪走心.

nèar to a *pèrson's héart* 對某人而言(最)重要的; 對某人而言(最)懷念[喜愛]的. a problem *near* to my *heart* 對我來說最重要的問題.

＊*sèt one's héart on* [*upon*]*...* 渴望..., 熱中.... My son's *heart* is *set on* going to France. 我的兒子一心一意想去法國.

＊*tàke...to héart* (1)為...苦惱, 憂慮..., 發愁. Don't *take* this defeat *to heart* too much. 別為這次的失敗太過苦惱. (2) = lay...to heart.

tàke...to héart 溫柔接納〔人〕.

tèar a *person's héart* 使某人傷心.

to one's hèart's contént → content² 的片語.

wèar one's héart on [*upon*] *one's slèeve* 非常率直, 坦白說出心中的事, 《特指愛慕之情等》.

＊*with àll one's héart (and sóul)* 全心全意地; 打從心底(樂意地), 衷心地. I'll help you *with all* my *heart.* 我非常樂意幫助你.　〔悲歎.

heart·ache [ˈhɑrtˌek; ˈhɑːteɪk] *n.* Ⓤ心痛.

héart attàck *n.* ⓒ心臟病發作.

heart·beat [ˈhɑrtˌbit; ˈhɑːtbiːt] *n.* ⓊⒸ心跳.

heart·break [ˈhɑrtˌbrek; ˈhɑːtbreɪk] *n.* Ⓤ心碎, 難以忍受之苦.

heart·break·ing [ˈhɑrtˌbrekɪŋ; ˈhɑːtbreɪkɪŋ] *adj.* 令人心碎的, 極其悲痛[難過]的.

heart·bro·ken [ˈhɑrtˌbrokən, -ˌbrokən; ˈhɑːtˌbrəʊkən] *adj.* 悲慟欲絕的. She was *heartbroken* when her child died. 在孩子死時她悲慟欲絕.

heart·burn [ˈhɑrtˌbɜn; ˈhɑːtbɜːn] *n.* Ⓤ胃[心口]灼熱.

-hearted 《構成複合字》(有)...心的. good-*hearted.* warm-*hearted.*

heart·en [ˈhɑrtn̩; ˈhɑːtn̩] *vt.* 《文章》鼓勵[人], 使鼓起勇氣, 使振作精神, 《on; up》. be *heartened* (*up*) by the good news 因好消息而精神振奮/ *heartening* news 令人振奮[鼓舞]的消息.

⇨ *n.* **heart.**

héart fàilure *n.* Ⓤ心臟麻痺, 心臟衰竭.

heart·felt [ˈhɑrtˌfɛlt, -ˌfɛlt; ˈhɑːtfelt] *adj.* 《文章》〔感謝等〕衷心的(sincere).

＊**hearth** [hɑrθ; hɑːθ] *n.* (★注意發音) *n.* (*pl.* ~s [~s; ~s]) Ⓒ **1** 爐床(壁爐(fireplace)裡面和前面鋪有石子或磚塊的地面; → fireplace 圖).

2 壁爐邊; 家庭(聚集團圓的地方).

hearth·rug [ˈhɑrθˌrʌg; ˈhɑːθrʌg] *n.* Ⓒ壁爐前的地毯.

＊**heart·i·ly** [ˈhɑrtɪ, -ɪlɪ; ˈhɑːtɪlɪ] *adv.* **1** 衷心地, 誠懇地. laugh *heartily* 開懷地笑/I am most *heartily* ashamed. 我真的感到很慚愧. **2** 熱心地, 起勁地. study English *heartily* 起勁地學英語. **3** 食慾旺盛地, 飽滿地. eat one's dinner *heartily* 晚飯吃得飽飽地.

heart·i·ness [ˈhɑrtɪnɪs; ˈhɑːtɪnɪs] *n.* Ⓤ誠實, 誠意, 真心; 有活力.

heart·land [ˈhɑrtˌlænd; ˈhɑːtlænd] *n.* Ⓒ中心區域, (一國的)心臟地帶.　〔的.

heart·less [ˈhɑrtlɪs; ˈhɑːtlɪs] *adj.* 無情的, 冷酷

heart·less·ly [ˈhɑrtlɪslɪ; ˈhɑːtlɪslɪ] *adv.* 無情地, 冷酷地.

heart·less·ness [ˈhɑrtlɪsnɪs; ˈhɑːtlɪsnɪs] *n.* Ⓤ無情, 冷酷.

heart·rend·ing [ˋhɑrt͵rɛndɪŋ; ˈhɑːtˌrendɪŋ] *adj.* 令人心碎的, 悲痛的.

heart·sick [ˋhɑrt͵sɪk, -ˏsɪk; ˈhɑːtsɪk] *adj.* 《主雅》悲痛的, 沮喪的.

heart·strings [ˋhɑrt͵strɪŋz; ˈhɑːtstrɪŋz] *n.* 《作複數》(內心深處的)情感, 心弦. touch a person's *heartstrings* 觸動某人心弦(深受感動).

heart-to-heart [ˋhɑrttəˋhɑrt; ˌhɑːttəˈhɑːt] *adj.* 沒有心機的, 真誠坦率的. I had a *heart-to-heart* talk with him. 我和他敞開胸懷地談心.

heart-warm·ing [ˋhɑrt͵wɔrmɪŋ; ˈhɑːtwɔːmɪŋ] *adj.* 溫暖人心的〔友善等〕, 令人愉快的〔親切等〕.

***heart·y** [ˋhɑrtɪ; ˈhɑːtɪ] *adj.* (**heart·i·er; heart·i·est**) 《真誠的》1 《限定》衷心的, 誠摯的, 溫暖的. The family gave us a *hearty* welcome. 這家人熱誠地歡迎我們.
    [搭配] hearty+*n*.: a ~ greeting (誠摯的問候), ~ appreciation (衷心的感謝), ~ congratulations (真誠的祝賀), ~ laughter (開懷大笑), ~ praise (真誠的稱讚).
《精神飽滿的》2 熱心的; 有精神的; 有力的. give a *hearty* push 用力推一把/hale and *hearty* 〔老人, 病癒者等〕很健康(的).
3 《有精神的》食慾極佳的《限定》旺盛的〔食慾〕; 食量大的. a *hearty* eater 食量大的人.
4 《吃飽喝足的》《限定》〔餐食〕豐盛的; 〔食物〕有營養的. have a *hearty* meal 飽餐一頓.

‡**heat** [hit; hiːt] *n.* (*pl.* ~**s** [~s; ~s]) 《高溫》1 Ⓤ 熱, 熱度. The sun gives us *heat* and light. 太陽給予我們光和熱/prepare food by using *heat* 用加熱的方法處理食物.
2 《*a*Ⓤ 暑熱, 炎熱; 溫度. escape the summer *heat* 避暑/the *heat* of the water in the flask 燒瓶中的水溫/in the *heat* of summer 在炎夏時節.
    [搭配] *adj.*+heat: burning ~ (燃燒般炎熱), intense ~ (酷熱), intolerable ~ (受不了的熱) // *v.*+heat: avoid the ~ (避開高熱), stand the ~ (忍耐炎熱).
3 Ⓤ 暖氣〔設備〕. Gas *heat* is cheaper than electric. 用瓦斯的暖氣比用電氣便宜.
《發燒》4 Ⓤ 熱心; 興奮, 激情; 白熱化狀態. deliver a speech with *heat* 熱情洋溢的演說.
5 《激烈的競爭》Ⓒ (比賽, 賽跑等的)一個賽次. trial [preliminary] *heats* 預賽/the final *heat* 決賽.
6 Ⓤ (香辣調味料刺鼻的)辛辣.
7 Ⓤ (雌性動物的)發情期, 交尾期. ⇨ *adj.* **hot**.
in the héat of... 在…的白熱階段; 熱中…. *in the heat of* the battle [argument] 在猛烈的戰鬥中〔爭論得面紅耳赤〕/*in the heat of* the moment (突然)生氣, 激動.
— *v.* (~**s** [~s; ~s]; ~**ed** [~ɪd; ~ɪd]; ~**ing**) *vt.*
1 使…變熱, 把…加熱, 使暖和, (*up*) (⟷ cool).
heat a room 使房間暖和/*heat* the soup 熱一熱湯/*heat* water for coffee 燒開水沖咖啡.
2 使興奮《主要用被動語態》.
— *vi.* 變熱, 變暖和, (*up*). The engine of the

car has *heated up*. 那輛汽車的引擎暖了了.

heat·ed [ˋhitɪd; ˈhiːtɪd] *adj.* 1 加熱的, 熱的. a *heated* swimming pool 溫水游泳池.
2 激烈的, 興奮的; 憤怒的. We had a *heated* argument about that point. 我們針對那論點展開激烈的爭論.

heat·ed·ly [ˋhitɪdlɪ; ˈhiːtɪdlɪ] *adv.* 激烈地, 興奮地.

***heat·er** [ˋhitɚ; ˈhiːtə(r)] *n.* (*pl.* ~**s** [~z; ~z]) Ⓒ 加熱器, 暖氣設備. an electric [oil] *heater* 電暖爐〔用汽油為燃料的暖爐〕.

heath [hiθ; hiːθ] *n.* 1 Ⓒ (石南叢生的)荒原.
2 Ⓤ Ⓒ 石南(叢生於英國, 北歐等荒野的杜鵑科常綠灌木; 開吊鐘狀的小花).

hea·then [ˋhiðən; ˈhiːðn] *n.* (*pl.* ~**s**, ~) Ⓒ
1 異教徒(基督教徒、猶太教徒、伊斯蘭教徒等指稱非其教派的人; → pagan). 2 《口》無宗教信仰者; 未開化者, 野蠻人; 不懂規矩沒有禮貌的人.
— *adj.* 1 異教(徒)的; the *heathen* (集合)異教徒. 2 《口》無宗教信仰的; 野蠻的.

hea·then·ish [ˋhiðənɪʃ; ˈhiːðənɪʃ] *adj.* 異教(徒)的.

heath·er [ˋhɛðɚ; ˈheðə(r)] *n.* Ⓤ 石南屬植物《英國山區中常見的一種石南屬常綠灌木; → heath).

Heath·row [ˋhiθ͵ro; ˈhiːθrəʊ] *n.* 希斯羅(位於倫敦西部地區; 當地有國際機場).

***heat·ing** [ˋhitɪŋ; ˈhiːtɪŋ] *n.* Ⓤ 加熱; 暖氣, 暖氣設備. We use gas for *heating*. 我們用瓦斯加熱的暖氣設備.

heat·stroke [ˋhit͵strok; ˈhiːtstrəʊk] *n.* Ⓤ 中暑.

[heather]

***heave** [hiv; hiːv] *v.* (~**s** [~z; ~z]; ~**d** [~d; ~d], 《海事》**hove**; ~**ing**) *vt.* 《舉起》1 舉起〔重物〕; 《海事》拉, 拖曳, (纜繩, 錨鏈等); (*up*). *heave* a heavy box *up* onto the bank 拉起大箱子到岸上.
2 《口》(費力)拋出. *heave* an anchor overboard 把錨拋入海中.
3 《從口中發出》發出〔歎息, 呻吟〕; 吐出, 嘔出, 〔食物〕(*up*). *heave* a groan 發出呻吟聲/*heave* a sigh 歎一口氣.
— *vi.* 1 (有規律地)起伏, 翻滾; 隆起, 鼓起. The patient's chest was *heaving* painfully. 病人的胸口痛苦地上下起伏著. 2 噁心, 嘔吐, (*up*).
3 《海事》拉, 捲, (*at, on*); 〔船朝某一方向[以某種方式]〕前進, 行駛.
— *n.* Ⓒ 1 (用力)提起. With a *heave* they lifted the machine into the van. 他們用力搬起機械,

把它裝入貨車. **2** (用單數)(波浪等的)起伏; 起. **3** (用力)扔.

‡heav·en [ˋhɛvən; ˈhevn] n. (pl. ~s [~s; ~s])【天上】 **1** ⓤ天國, 天堂, (基督教中的神、天使、被神救的人所居住的地方; ↔ hell). an inhabitant of *heaven* 天堂的居民.

2 (*Heaven*(s))神, 天, (God). Only the righteous can enter the Kingdom of *Heaven*. 只有正直的人才能進天國/the justice of *Heaven* 天譴/*Heaven* helps those who help themselves. 天助自助者.

3【極樂】ⓊⒸ((口)天國(般的地方), 樂園; 非常幸福的狀態. The weekend trip to Florida was *heaven*. 週末的佛羅里達之旅真是愉快極了.

4 ⓊⒸ(通常the heavens)天, 天空, (sky; ↔ earth). The *heavens* are bright with stars tonight. 今夜星空燦爛.

By Héaven! 以上天爲證！噯呀！天啊！(→ by God! (god 的片語)).

for héaven's sàke → sake 的片語.

Gòod Héaven(s)! 天哪！噯呀！(驚訝, 哀憐時發出的聲音).

* *gò to héaven* 升天, 死去.

Héaven fòrbid! → forbid 的片語.

Héaven knóws → know 的片語.

in héaven (1)(已死)在天國; (幸福地)似乎在天國, 相當滿足. (2)(口)到底, 究竟. Why *in heaven* did you do that? 你究竟爲甚麼要做那種事？

mòve héaven and éarth → move 的片語.

Thànk Héaven(s)! 太感謝了！太好了！感謝老天!

* **heav·en·ly** [ˋhɛvənlɪ; ˈhevnlɪ] adj. **1**(限定)天上的, 天國的, (↔ earthly). *heavenly* angels 天使們.

2(限定)天的, 天空的, (↔ earthly). a *heavenly* body 天體.

3 天國般的, 神聖的; 超凡的. *heavenly* bliss 無比的幸福.

4(口)極好的, 絕妙的. I'm so tired; it'll be simply *heavenly* to have a rest. 我非常疲倦; 要是能休息一下就太好了.

heav·en·ward [ˋhɛvənwəd; ˈhevnwəd] adv. 朝天空, 向著天國.
—— adj. 朝天空的, 向著天國的.

heav·en·wards [ˋhɛvənwədz; ˈhevnwədz] adv. (英)=heavenward.

heav·i·er [ˋhɛvɪə; ˈhevɪə(r)] adj. heavy 的比較級.

heav·i·est [ˋhɛvɪɪst; ˈhevɪɪst] adj. heavy 的最高級.

* **heav·i·ly** [ˋhɛvɪlɪ, -ɪlɪ; ˈhevɪlɪ] adv.【重重地】 **1** 重重地, 沈重地. Susie hung *heavily* on my arm. 蘇西沈甸甸地靠在我的手臂上.

2 吃力地; 笨重地; 遲鈍地. tread *heavily* 踏著沈重的步伐/My son's illness rests *heavily* on my mind. 我兒子的病沈重地壓在我的心頭.

【過度地】**3** 濃密地; 密集地. a *heavily* populated country 人口稠密的國家.

4 劇烈地, 嚴重地, 嚴厲地. It's raining *heavily* outside. 外面在下大雨/smoke *heavily* 菸抽得兇/Jim was fined *heavily* for the traffic violation. 吉姆因違反交通規則而被重罰.

heav·i·ness [ˋhɛvɪnɪs; ˈhevɪnɪs] n. ⓤ **1** 重, 重量. **2** 不活潑; 笨拙. **3** 憂傷; 悲痛.

‡heav·y [ˋhɛvɪ; ˈhevɪ] adj. (heav·i·er; heav·i·est)【有份量的】 **1** 重的, 比重大的, (↔ light). Gold is *heavier* than lead. 黃金比鉛重/How *heavy* is your baggage? 你的手提袋有多重?/a tall, *heavy* man 一個高大壯碩的男人.

2【沈重的】充滿的(with). vines *heavy* with grapes 結實纍纍的葡萄樹/a speech *heavy* with meaning 意義深長的演說.

3【過重的>劇烈的】大量的; 激烈的, 強烈的, 劇烈的. a *heavy* drinker [smoker] 酒[菸]癮極大的人/a *heavy* snow 大雪/*heavy* fighting 激戰/*heavy* damage [losses] 重大損失/Traffic is *heavy* today. 今天交通擁擠.

【成爲重擔的>困難的】**4** 重大的, (責任, 負擔等)重的. a *heavy* responsibility [burden] 重任[重擔].

5 難以忍受的, 苛刻的, 費力的, 難的. *heavy* taxes 重稅/a *heavy* problem 難題.

6〔食物〕難消化的, 油膩的, 不清淡的, (↔ light). Chinese food is *heavy* on my stomach. 中國菜在我的胃裡不好消化.

7〔道路等〕難走, 泥濘.

【心情沈重的】**8** 悲傷的; 沒有活力的, 憂鬱的. a heart *heavy* with sorrow 滿腔悲愴/*heavy* news 噩耗; 重大新聞(→ 4)/feel *heavy* in the head 頭很沈重.

【沈悶的】**9**〔天空, 天氣等〕陰沈的, 陰鬱的. a *heavy* sky 陰沈的天空/a *heavy* atmosphere 陰鬱的氣氛.

10〔戲劇等〕嚴肅的, 莊重的;〔敍述〕(口)嚴格的〔父親等〕; 嚴厲的(on). be *heavy* on one's children 對子女相當嚴厲.

11【無趣的】〔藝術作品, 文章等〕單調乏味的, 枯燥的. a *heavy* book 枯燥乏味的書/a *heavy* author 風格沈悶的作家.

12【笨重的】〔動作〕緩慢的, 笨拙的;〔人〕遲鈍的. a *heavy* tread 沈重的步伐/have a *heavy* hand 手不靈巧.

find a pèrson [a thìng] hèavy góing 發現某人難以相處[事情很難處理].

lie héavy on [upon]… 使負擔過重, 使苦惱.

heav·y-du·ty [ˋhɛvɪˋdjutɪ, -ˋdɪu-, -ˋdu-; ˈhevɪˌdjuːtɪ] adj.〔衣服, 輪胎, 機械等〕特別堅固耐用的, 耐久的.

heav·y-hand·ed [ˋhɛvɪˋhændɪd; ˈhevɪˌhændɪd] adj. **1** 笨拙的, 冒失的, (clumsy). **2**〔態度〕專橫的;〔言行〕粗魯的, 粗野的.

heav·y-heart·ed [ˋhɛvɪˋhɑrtɪd;

['hɛvɪ,hɑːtɪd] *adj.* 心情沈重的，憂鬱的.

hĕavy hýdrogen *n.* U(化學)重氫.

hĕavy índustry *n.* U重工業.

heav·y-lad·en [ˈhɛvɪˈledn̩; ˈhɛvɪˈleɪdn̩] *adj.*
1 負荷重的. **2** (雅)憂心忡忡的.

hĕavy métal *n.* U **1** 重金屬. **2** (口)重金屬
(節奏強烈的搖滾樂).

hĕavy wáter *n.* U(化學)重水.

heav·y-weight [ˈhɛvɪˌwet; ˈhɛvɪweɪt] *n.* C
1 平均重量以上的人(動物, 物品).
2 (拳擊, 摔角, 健美等的)重量級選手.
— *adj.* 重量級的.

He·bra·ic [hɪˈbreɪk; hiːˈbreɪɪk] *adj.* 希伯來的;
希伯來人的; 希伯來語的; 希伯來文化的.

He·bra·ism [ˈhibrɪˌɪzəm; ˈhiːbreɪɪzəm] *n.* U
1 希伯來主義(以猶太教道德, 法律, 禮儀等為基礎
的文化體系; → Hellenism).
2 希伯來語法.

He·brew [ˈhibru, ˈhibrɪu; ˈhiːbruː] *n.* **1** C 希
伯來人; (近代的)猶太人(Jew).
2 U 希伯來語(略作 Heb.).
— *adj.* = Hebraic.

Heb·ri·des [ˈhɛbrəˌdiz; ˈhebrɪdiːz] *n.* (加 the)
赫布里底群島(Scotland 西北部的英屬群島).

heck [hɛk; hek] *interj.* (俚)該死的! 呸! (表示困
惑, 憤怒等; hell 的委婉用語).
— *n.* U 出人意料的事(物), a *heck* of a dis-
tance 非常長的距離.

heck·le [ˈhɛkl̩; ˈhekl̩] *vt.* 對(演說者等)不斷質問,
喝倒彩.

heck·ler [ˈhɛklɚ; ˈheklə(r)] *n.* C 起哄者, 質問
者.

hec·tare [ˈhɛktɛr, ·tær; ˈhekteə(r)] *n.* C 公頃
(面積單位; 一百公畝, 一萬平方公尺; 略作 ha.).

hec·tic [ˈhɛktɪk; ˈhektɪk] *adj.* 激動的, 興奮的,
狂熱的; 忙亂的. the *hectic* pace of our life 我們
生活忙亂的節奏.

hecto- (構成複合字)「一百」之意. *hecto*gram
[-gramme] 100 克(100 g; 略作 hg.) / *hecto*pascal
100 帕(斯卡)(100 pascal; 與 millibar 相當; 略作
hpa).

Hec·tor [ˈhɛktɚ; ˈhektə(r)] *n.* 赫克特(Homer
所著 *Iliad* 中, Troy 的勇士).

hec·tor [ˈhɛktɚ; ˈhektə(r)] *vt.* (文章)大聲喝斥;
欺凌.

✲**he'd** [強 ˈhid, ˌhid, 弱 id, ɪd, hɪd; 強 ˈhiːd, ˌhiːd,
弱 iːd, ɪd, hɪd] he had, he would 的縮寫.

✲**hedge** [hɛdʒ; hedʒ] *n.* (*pl.* **hedg·es** [~ɪz; ~ɪz])
C **1** 樹籬, 柵欄. (→ house 圖). a
beautiful *hedge* around the farmhouse 圍繞這間
農舍的美麗樹籬 / trim a *hedge* 修剪樹籬.
2 界(線), 隔間; 障礙.
3 (對危險, 損失, 損價等的)預防; 防禦(預防)措
施. a *hedge* against inflation 通貨膨脹的預防措
施.
— *vt.* **1** 以樹籬圍住. The park is *hedged* (in)
with lilacs. 公園四周環繞著紫丁香樹籬.
2 包圍, 圍繞; 使之無法動彈(*in, about, around*;

---

with 用(障礙物)). I am *hedged* in with diffi-
culties. 我身陷困境.
3 為防止損失而採取適當的手段.
— *vi.* **1** 圍(修剪)樹籬.
2 (避免受牽連而)閃爍其詞, 採取曖昧的態度.
Stop *hedging* and give me a straight answer. 不
要閃爍其詞, 給我一個明確的答覆.
3 採取防禦措施. *hedge* against the prospect of
inflation 採取預防措施抑止可能發生的通貨膨脹.
hèdge one's bét 兩頭下注(為了避免全部損失也在
另一邊下賭注(資金等)).

hedge·hog [ˈhɛdʒ,hɑg, -,hɔg, -,hɒg; ˈhedʒhɒg]
n. C (動物) **1** 刺蝟. **2** (美)豪豬.

hedge·row
[ˈhɛdʒ,ro; ˈhedʒrəʊ] *n.*
C (種植作為樹籬用的)
一排灌木, 樹籬.

hèdge spárrow
n. C 籬雀(常見於英國、
歐洲大陸的小型鳴禽).

[hedgehog 1]

he·don·ism
[ˈhidn̩,ɪzəm; ˈhiːdəʊnɪzəm] *n.* U(哲學、心理學)
享樂說; 享樂主義.

he·don·ist [ˈhidn̩ɪst; ˈhiːdəʊnɪst] *n.* C 享樂主
義者.

he·don·is·tic [ˌhidn̩ˈɪstɪk; ˌhiːdəˈnɪstɪk] *adj.*
享樂主義的; 享樂的.

hee·bie-jee·bies [ˈhibɪˈdʒibɪz; ˈhiːbɪˈdʒiːbɪz]
n. 《作複數》(加 the)(口)(源自恐懼, 不快的)焦躁.

heed [hid; hiːd] (文章) *vt.* 留心, 注意. *Heed* my
words! 好好聽我說!
— *n.* U注意, 留意; 當心.
≒ **attention, notice.**
give [pày] hèed to... 留心…, 注意…. The
man *gave* no *heed* to our complaints. 那個人沒
注意聽我們的抱怨.
tàke hèed 注意, 留心, (*of*).

heed·ful [ˈhidfəl; ˈhiːdfʊl] *adj.* 《文章》深切注意
的, 留心謹慎的, (*of*).

heed·less [ˈhidlɪs; ˈhiːdlɪs] *adj.* 《文章》不留神
的, 不注意的, (*of*). *Heedless* of my warnings,
the boys dived into the river. 那些男孩無視我的
警告, 跳入了河裡.

heed·less·ly [ˈhidlɪslɪ; ˈhiːdlɪslɪ] *adv.* 《文章》不
注意地, 不留神地.

hee-haw [ˈhi,hɔ; ˈhiːhɔː] *n.* UC **1** 驢的叫聲.
2 狂笑.
— *vi.* **1** (驢子)叫. **2** 狂笑.

✲**heel**[1] [hil; hiːl] *n.* (*pl.* ~**s** [~z; ~z]) C **1** (人
的)腳跟(→ body 圖). The shoes hurt
my *heels*. 這雙鞋會咬腳(穿了會使腳後跟疼).
2 (heels) (動物的)後腳.
3 (鞋, 襪等的)腳後跟(的部分). There's a hole
in my *heel*—will you sew it up for me? 我的襪跟
有一個洞, 你能否替我補一下?

4 (鞋的)後跟; 形狀似後跟之物《滑雪板的後端, 小提琴弓的頂端等》.

5 《主美, 俚》粗野[討厭]的人.

at a pèrson's héels 緊隨於某人之後. He ran out with the dog *at his heels*. 他跑出去, 一隻狗緊跟在身後.

at the héels of... 緊接在…後面, 接踵於…之後.

brìng/.../to héel 使(人)依循規則[想法]行事; 使(人)就範; 使(狗)跟在身後.

còme to héel 非常守規矩, 順從;(狗)跟著來.

còol one's héels (口)(使長時間)等候, 苦候.

dòwn at (the) héel(s) 穿著後跟磨平的鞋; 襤褸的, 邋遢的; 寒酸的, 潦倒的.

dràg one's héels=dràg one's féet (→ drag 的片語).

kìck one's héels=cool one's heels.

on a pèrson's héels=at a person's heels.

on the héels of...=at the heels of...

tàke to one's héels 一溜煙地逃跑, 拔腿而逃. The burglar *took* to his *heels*. 那個賊馬上拔腿就跑.

tùrn on [upon] one's héel 突然轉變方向.

under the héel of a pèrson 被人踐踏, 遭人虐待.

upon the héels of...=at the heels of...

— *vt.* 在(鞋子等)上裝後跟.

— *vi.* (特指狗)緊跟於後.

heel² [hil; hi:l] *v.* 《海事》*vi.* (船)(因風或貨物等)傾斜(*over*).

— *vt.* 使(船)傾倒(*over*).

heft [hɛft; heft] 《英, 方言》《美, 口》*n.* ⓤ 重量.

— *vt.* 舉起…稱重量; 舉起.

heft·y [ˋhɛftɪ; ˈhefti] *adj.* (口) **1** 大而重的.

2 (農夫等)魁梧健壯的. **3** 相當的, 許多的.

He·gel [ˋhegl; ˈheigl] *n.* **Ge·org** [geˋɔrk; geiˈɔːk] **Wil·helm** [ˋvɪlhɛlm; ˈvilhelm] **Fried·rich** [ˈfridrɪk; ˈfriːdrik] ~ 黑格爾(1770-1831)《德國哲學家》.

he·gem·o·ny [hɪˋdʒɛmənɪ, ˋhɛdʒə͵monɪ; hiˈgemani] *n.* ⓤ 領導權, 霸權, 主導權, 《特指國際間的》.

He·gi·ra [hɪˋdʒaɪrə, ˋhɛdʒərə; ˈhedʒɪrə] *n.* (加 the) **1** 西元 622 年 Mohammed 從 Mecca 逃亡至 Medina 的事件. **2** (始於 622 A.D.) 回教紀元.

he-goat [ˋhi͵got; ˈhiːgəut] *n.* ⓒ 公羊. ↔ she-goat.

heif·er [ˋhɛfɚ; ˈhefə(r)] *n.* ⓒ (尚未生過小牛的) 小牝牛.

heigh-ho [ˋhe͵ho, ˋhaɪ͵ho; ͵heiˈhəu] *interj.* 嗨荷, 嗳喲, (表示失望, 厭倦等的聲音); 唉(歎息聲).

✲height [haɪt; hait] *n.* (*pl.* ~**s** [~s; ~s])
【 高度 】 **1** ⓤⓒ 高度, 高; 身高 (stature). (→ highness 圓). This building rises to a *height* of over 100 meters. 這棟建築物高度超過 100 公尺/My *height* is six feet. = I am six feet in *height*. 我的身高是 6 英尺.

2 ⓒ 高度; 標高, 海拔, (altitude). fly at a

height of 3,000 meters 以 3,000 公尺的高度飛翔/the *height* above sea level 海拔.

【 高處 】 **3** ⓒ 高處(位置). look down from a great *height* 從非常高的地方鳥瞰.

4 【頂點】ⓒ (常加 the) 絕頂; 極度; 極致, 最高潮. Fur coats are in the *height* of fashion now. 現在正流行穿皮大衣/in the *height* of one's vigor 血氣方剛(的時候)/the *height* of summer 盛夏.

5 ⓒ (常 heights) 高地, 丘陵. The castle is built on the *heights* commanding the sea. 這座城堡建築在高地上, 可將大海盡收眼底.

 ⇨ *adj.* **high.** *v.* **heighten.** ↔ **depth.**

✲height·en [ˋhaɪtn; ˈhaitn] *v.* (~**s** [~z; ~z]; ~**ed** [~d; ~d]; ~·**ing**) *vt.* **1** 使…增高, 提高. The builders will *heighten* the ceiling when they rebuild the room. 建築商在重建房間時會把天花板加高.

2 增加(量); 加強(程度). A joke or two will *heighten* the effect of your speech. 說一兩個笑話會使你的演說更生動.

— *vi.* **1** 變高, 增高. **2** 增加; 增強.

 ⇨ *n.* **height.** ↔ **lower.**

hei·nous [ˋhenəs; ˈheinəs] *adj.* 《文章》(犯罪, 罪犯)可憎的, 極惡的.

✲heir [ɛr, ær; eə(r)] (★注意發音) *n.* (*pl.* ~**s** [~z; ~z]) ⓒ **1** 繼承人, 嗣子, 繼承者, (*to*). the *heir* to the estate 遺產繼承人/Dick fell *heir* to the fortune. 狄克繼承了那筆財產(★注意不加冠詞)/an Imperial *heir* 皇位繼承人.

2 後繼者, 接班人, (*to, of*). an *heir* to one's father's intelligence 繼承其父才智的人/an *heir* of democracy 追隨民主的人. ⇨ 女性爲 **heiress**.

hèir appárent *n.* (*pl.* **heirs** —) ⓒ《法律》法定繼承人(只要被繼承者死亡, 繼承便確定).

heir·ess [ˋɛrɪs, ˋærɪs; ˈeəris] *n.* ⓒ 女繼承人《特指大資本家的》. ⇨ 男性爲 **heir**.

heir·loom [ˋɛr͵lum, ˋær-, ͵lum; ˈeəluːm] *n.* ⓒ **1** 祖傳物(傳家寶, 家產等). **2** 《法律》法定繼承之動產(繼承不動產時附帶繼承之).

hèir presúmptive *n.* (*pl.* **heirs** —) ⓒ《法律》推定繼承人(目前享有繼承權, 但若有更具優先權的繼承人出生, 便會喪失繼承權).

He·ji·ra [hɪˋdʒaɪrə, ˋhɛdʒərə; ˈhedʒɪrə] *n.* = Hegira.

held [hɛld; held] *v.* hold 的過去式, 過去分詞.

Hel·en [ˋhɛlɪn, -ən; ˈhelin] *n.* 女子名.

✲hel·i·cop·ter [ˋhɛlɪ͵kɑptɚ, ˋhi-; ˈhelikɒptə(r)] *n.* (*pl.* ~**s** [~z; ~z]) ⓒ 直升機. Two *helicopters* were sent out to rescue the crew from the sinking ship. 派出兩架直升機前往搜救沈船上的船員.

he·li·o·graph [ˋhilɪə͵græf; 　　　　　　　　　　　[heliograph]

ˈhiːlɪəʊɡrɑːf] n. © 日光反射信號機(用鏡子反射日光發信號的裝置).

— vt. 用日光反射信號機發送(情報).

He·li·os [ˈhiːlɪˌɑs; ˈhiːlɪɒs] n. (希臘神話)希里阿斯(太陽神; 相當於羅馬神話的Sol).

he·li·o·trope [ˈhiːljəˌtrop, ˈhɪlɪə-; ˈheljətrəʊp] n. **1** © 天芥菜屬植物(具有向陽性, 花朵芳香, 用於香料). **2** ⓤ 淡紫色.

hel·i·port [ˈhɛləˌpɔrt; ˈheləpɔːt] n. © 直升機機場(直升機用的機場).

he·li·um [ˈhiːlɪəm; ˈhiːlɪəm] n. ⓤ《化學》氦(稀有氣體元素; 符號He).

*‡**hell** [hɛl; hel] n. (pl. ~s [~z; ~z]) **1** ⓤ (a) (常 Hell)地獄(↔ heaven), the torture of hell 地獄的煎熬/The road to hell is paved with good intentions.《諺》只有善心而無善行, 還是會下地獄的(<下地獄的路是由善意所鋪成的).

(b)冥府, 陰間, (Hades).

2 ⓤⓒ 地獄般的場所[狀態]; 非常痛苦. a hell on earth 人間煉獄/The battle turned into an absolute hell. 這場戰爭十分慘烈/I went through hell until I had the bad tooth extracted. 一直到蛀牙拔掉後, 我才從痛苦中解脫.

3 ⓤ《俚》究竟[語法 以in (the) hell, the hell 的形式, 接於疑問詞之後表強調]. Where in hell have you been all night? 你一整晚到底在哪裡?/What the hell has happened? 究竟發生甚麼事了?

*a héll of a...《口》不尋常的[非常的, 極度的]…. a hell of a good guy 這像伙真不錯/have a hell of a time 倒楣透了.

*(còme) héll or hìgh wáter (副詞性)無論發生甚麼事, 不管如何(★come是假設用法).

*for the héll of it《口》純粹好玩地, 鬧著玩地.

*gìve a pèrson héll《口》(1)嚴厲訓斥某人. (2)給某人吃苦頭.

*Gò to héll! 該死! 畜生!

*like héll《口》(1)非常, 格外. (2)絕對不…. Lend more money to that idle fellow? Like hell I will! 再借錢給那個懶蟲? 絕對免談!

*plày héll with...《口》(1)給與…很大的損害, 使…一塌糊塗. (2)《英》嚴厲地訓斥.

*To héll with...! …該死!

*‡**he'll** [強ˈhil, ˌhil, 弱il, ɪl, hɪl; hiːl] he will 的縮寫.

hell-bent [ˌhɛlˈbɛnt; ˌhelˈbent] adj. (敘述)為…而不顧一切的(on).

Hel·lene [ˈhɛlin; ˈheliːn] n. © 《文章》(特指古代)希臘人(Greek).

Hel·len·ic [hɛˈlɛnɪk, -lin-; heˈliːnɪk] adj. **1** 希臘的; 希臘人的, (源自希臘的古名Hellas).

2 (特指西元前8世紀至Alexander大帝去世(323 B.C.)為止的)古希臘文化[歷史, 語言]的(→ Hellenistic).

Hel·len·ism [ˈhɛlɪnˌɪzəm, -lən-; ˈhelɪnɪzəm] n. ⓤ 古希臘(文化)(古希臘文化, 與Hebraism 並稱為西方文化源流; 狹義是指Alexander大帝去世以後至奧古斯都大帝即位(27 B.C.)期間遍及整個地中海沿岸的希臘文化).

Hel·len·is·tic [ˌhɛlɪnˈɪstɪk, -lən-; ˌhelɪˈnɪstɪk] adj. (狹義的)希臘文化的(→ Hellenic).

hell-fire [ˈhɛlˈfair, -ˌfair; ˈhelˌfaɪə(r)] n. ⓤ 地獄之火, 業屬之火; 地獄之刑罰[折磨].

hell·ish [ˈhɛlɪʃ; ˈhelɪʃ] adj. **1** 地獄的, 地獄般的.

2《口》可怕的, 討厭的, (terrible). I had a hellish day today. 今天真是槽透了.

*‡**hel·lo** [hɛˈlo, həˈlo, ˈhɛlo, ˈhʌlo, (強調時)ˈhɛlˈlo, ˈhʌlˈlo; həˈləʊ] interj. **1** 喂, 嗨; 喲, 哈囉, 喂喂, (喚起對方注意的招呼聲)啊呀, 嗳喲, (驚奇之聲). Hello, Betty! 嗨! 貝蒂!

2 (電話用語)喂(hallo). Hello, this is Smith speaking. 喂, 我是史密斯.

— n. (pl. ~s [~z; ~z]) © 表問候[稱呼]的招呼語. The girl gave me a cheerful hello. 那個女孩愉快地向我打了一聲招呼/Say hello to your wife for me. 代我向你太太問候.

— vt., vi. (對人)說哈囉[打招呼].

helm [hɛlm; helm] n. **1** © 舵柄, 舵輪; 舵, 操舵裝置.

2 ⓤ (加the) (組織, 國家等的)統治[領導](權). take [assume] the helm of state 掌國家之舵(治國).

*be at the hélm (1)掌舵. (2)領導, 主宰, (of).

[helm 1]

*‡**hel·met** [ˈhɛlmɪt; ˈhelmɪt] n. (pl. ~s [~s; ~s]) © **1** 頭盔; (士兵用)鋼盔, (機車騎士用)安全帽. wear a helmet 戴鋼盔[安全帽].

2 (中世紀騎士等用的)頭盔(→ armor 圖).

hel·met·ed [ˈhɛlmɪtɪd; ˈhelmɪtɪd] adj. 戴頭盔的.

helms·man [ˈhɛlmzmən; ˈhelmzmən] n. (pl. -men [-mən; -mən]) © 舵手.

*‡**help** [hɛlp; help] v. (~s [~s; ~s]) ~ed [~t; ~t]; ~·ing) vt. 【予以助力】 **1** 幫助(人), 幫忙, 援助. Help me with my homework. 幫我做家庭作業(★不說Help my homework.)/May [Can] I help you? (店員對顧客)我能為你效勞嗎? (一般)有何貴幹? 有何指教?

(b) (加方向副詞(片語))幫助(人)做…, 助某人一臂之力. help his father up the stairs. 吉姆扶他父親上樓梯/help the boy out of the ditch 協助男孩從水溝裡爬出來/The nurse helped Peter into the wheelchair. 那位護士扶彼得坐入輪椅/He was kind enough to help me on [off] with my coat. 他很好心, 幫我穿[脫]外套.

同 help 強調積極的幫助; → aid, assist.

(c) 句型3 (help (to) do)幫助做…; 句型5 (help A (to) do)幫助A做…. Tom helped Mary (to) carry the heavy suitcase. 湯姆幫瑪莉提那只沈重的手提箱/Sam was helped to find his watch. 別人幫山姆找他的手錶. 語法 《美》通常用原形不定詞,

《英》此種用法亦益趨普遍; 但被動語態中一定用加 to 的不定詞.

【 進餐時服務 】 **2** 句型3 (help A *to* B) 替 A (人)取 B(食物等). All the guests were *helped to* some beer. 所有的客人都被斟了些啤酒/*help* oneself (*to...*)→片語).

3 分配(食物等); 裝, 盛. *help* the gravy 盛肉汁發給(各人).

【 有用處 】 **4** 句型3 (help (*to*) do)有益於做…; 句型5 (help A (*to*) do)有益於 A 做…; 語法 關於 to 的有無 → I (c)). *help* (*to*) foster a new spirit 有助於培育新精神/Good luck *helped* him (*to*) rise quickly in the political world. 幸運之神助他在政界竄升/The new job *helped* (*to*) relieve her sorrow. 新工作有助於減輕她的悲傷.

5 【助長】促進, 提高. *help* the cause of world peace 促進世界和平的目標/*help* the spread of birth control 促進節育的推廣.

【 使逃出危險、困難 】 **6** 拯救, 救濟, 〔受困中的人等〕. My father *helped* me out of my financial difficulties. 我父親幫助我脫離經濟困境.

7 治療〔疾病等〕, 使舒服. This medicine will not *help* your cold. 這種藥治不好你的感冒.

【 迴避做某事 】 **8** 〔接在 can, cannot 之後〕防止, 避免; 阻止. I cannot *help* it. 我實在沒辦法/It cannot be *helped*. (那是)不得已的/He didn't do more than he could *help*. 能夠不做的事他就不做 語法 more than he *couldn't help* (doing) 的說法較合邏輯; →片語 can't help doing)/Bob can't *help* the way he thinks. 鮑伯(即使想改變也)無力改變自己的思考方式.

— *vi.* 幫助, 幫忙; 有用; 幫忙(*with*). Help! Fire! 救命 啊!失火了!/Every little bit *helps*. 《諺》天生我才必有用/*help with* the washing 幫忙洗.

cànnot hèlp bùt dó 《美、口》沒有辦法不…. I *couldn't help but* laugh at the clown. 只要一看見這個小丑, 我就沒辦法不笑.

* *cànnot hèlp dóing* 沒辦法不…; 不得不…. I *cannot help admiring* his courage. 我不得不佩服他的勇氣.

cànnot hèlp a pèrson [*a pèrson's*] *dóing* 對某人…感到無能為力. I *cannot help* my wife getting emotional over our son's behavior. 我太太對兒子的行為如此情緒化, 但我也無能為力.

* *hèlp/.../óut¹* (1)援助〔人〕. John fell into a hole and I *helped* him *out*. 約翰掉進洞裡, 我協助他爬起來. (2)幫〔一點〕忙, *help* one's mother *out* in the shop 幫媽媽妈分擔一點店裡的工作.

hèlp óut² 幫助, 幫忙, 出力.

* *hèlp onesèlf* (1)自行取用(*to*〔食物等〕). *Help yourself to* more potato chips. 你再拿些洋芋片吧! (2)自立, 不依賴他人. *help oneself* out of the water 自己爬出水面/Heaven [God] helps those who *help themselves*. 《諺》天助自助者. (3)壓抑自己(的感情等)(用於否定句). (4)擅自取用[使用]; 盜用; 《*to*》.

So hèlp me (*Gód*)! 天地爲證! 千眞萬確! *So help me*, I never received money from him. 我向天發誓不曾收過他的錢.

語法 正式宣誓的場合加上 God.

— *n.* (*pl.* ~s [~s; ~s]) 【 援助 】 **1** U 幫助, 忙; 援助, 救濟. cry for *help* 呼救/with [by] the *help* of a dictionary 借助於辭典.

搭配 *adj.*+help: invaluable ~ (珍貴的幫助), timely ~ (適時的幫助) // *v.*+help: ask for ~ (請求援助), give ~ (給予協助), need ~ (需要援助), receive ~ (接受幫助).

【 會有助益的事物 [人、方法] 】 **2** C 有用的事物; 會有助益的人. My son is a great *help* to me. 我兒子是我的得力幫手.

3 U C 女傭, 雇員. Help Wanted 徵求雇員(求才廣告). (b)《主美》《作複數》員工們.

4 U 治療法; 救濟手段; 退路; 《*for*》. There is no *help* for this disease. 這種病無藥可救/That matter is settled and there's no *help for* it. 那件事已塵埃落定, 做甚麼都於事無補了.

be beyond hèlp 〔病患等〕無可救藥〔沒救〕.

be of hèlp 有用, 有助益, (be helpful). Can I *be of help* with your suitcase? 要我幫你拿手提箱嗎?/Can I *be of* (any) *help* to you? 我能幫你甚麼忙嗎?

* **help·er** [ˋhɛlpɚ; ˈhelpə(r)] *n.* (*pl.* ~s [~z; ~z]) C 幫助(者).; 備, 補, 助手. a household *helper* (做家務的)女傭.

help·ful [ˋhɛlpfəl; ˈhelpfʊl] *adj.* 有助益的, 有用的; 有益的; (*to*). Betty is very *helpful* to her mother. 貝蒂是她母親的得力助手/a *helpful* suggestion on the matter 對此問題有益的建議.

help·ful·ly [ˋhɛlpfəlɪ; ˈhelpfʊlɪ] *adv.* 有幫助地, 有用地.

help·ful·ness [ˋhɛlpfəlnɪs; ˈhelpfʊlnɪs] *n.* U 有幫助, 有用; 有益.

* **help·ing** [ˋhɛlpɪŋ; ˈhelpɪŋ] *n.* (*pl.* ~s [~z; ~z]) **1** U 幫助, 援助.

2 C 《食物等》一份, 一杯. a small *helping* of beans 一小盤豆子/a second *helping* 再來一份.

help·less [ˋhɛlplɪs; ˈhelplɪs] *adj.* **1** (沒有幫助就)無法自立的; 身體無法行動自如的. The old woman was completely *helpless* after the stroke. 這位老太太中風後身體完全不能動彈.

2 孤立無助的; 無防備的. *helpless* children 無所依靠的孩子.

3 (表情、舉止等)困惑的, 疑惑的. have a *helpless* look 滿臉的困惑.

help·less·ly [ˋhɛlplɪslɪ; ˈhelplɪslɪ] *adv.* 無能為力地, 孤立無援地; 無力地.

help·less·ness [ˋhɛlplɪsnɪs; ˈhelplɪsnɪs] *n.* U 無能為力; 無力.

help·mate [ˋhɛlp͵met; ˈhelpmeɪt] *n.* C 幫助者, 夥伴; 配偶(多指妻子).

Hel·sin·ki [ˋhɛlsɪŋkɪ; ˈhelsiŋkɪ] *n.* 赫爾辛基《芬蘭首都》.

hel·ter-skel·ter [ˋhɛltɚˋskɛltɚ; ˌheltəˈskeltə(r)] *adv.* 《口》驚惶失措, 慌張地.
— *n.* C《主英》(遊樂場所中的)螺旋狀溜滑梯.

helve [hɛlv; helv] *n.* C (斧, 鎚等的)柄.

hem¹ [hɛm; hem] *n.* C (布, 衣服等的)褶邊, 邊緣, 縫邊, (摺疊並縫合的).
— *vt.* (~s; ~med; ~ming) 1 將[布, 衣服等]縫邊, 鑲邊.
2 包圍, 圍繞, 《in; about; around》. This city is *hemmed* in on three sides by the mountains. 這座城市三面環山.

hem² [hɛm; hm] *interj.* 嗯《清嗓子, 引起他人注意或表示懷疑》.
— *vi.* (~s; ~med; ~ming) 發嗯聲, 清喉嚨; 吞吞吐吐.
hèm and háw 吞吞吐吐, (發喘聲而)支吾其詞.

he-man [ˋhiˋmæn; ˈhiːmæn] *n.* (*pl.* **-men** [-ˋmɛn; -men]) C《口》(詼)體格魁梧的男子.

hemi- *pref.* 「半」之意(→ demi-, semi-).

Hem·ing·way [ˋhɛmɪŋˌwe; ˈhemiŋˌwei] *n.* **Ernest** ~ 海明威(1899-1961)《美國小說家》.

***hem·i·sphere** [ˋhɛməsˌfɪr; ˈhemiˌsfiə(r)] *n.* (*pl.* ~**s** [~z; ~z]) C 1 (球, 地球, 天體的)半球. Taiwan is in the northern *hemisphere.* 臺灣位於北半球. 2 (解剖) (腦的)半球. cerebal *hemispheres* 大腦半球.

hem·i·spher·i·cal [ˌhɛməˋsfɛrɪk; ˌhemiˈsferikl] *adj.* 半球的.

hem·line [ˋhɛmlaɪn; ˈhemlain] *n.* C (裙子, 婦女禮服等的)底線, 下襬縫邊.

hem·lock [ˋhɛmlɑk; ˈhemlɒk] *n.* 1 C (美)鐵杉(產於北美、亞洲的常綠針葉樹木). 2 C (植物)毒胡蘿蔔; U 從毒胡蘿蔔中提煉的毒藥.

he·mo·glo·bin [ˋhiməˋglobɪn, ˌhemə-; ˌhiːməʊˈgləʊbɪn] *n.* U(生化學)血紅蛋白, 血紅素.

he·mo·phil·i·a [ˌhiməˋfɪlɪə, ˌhemə-; ˌhiːməʊˈfiliə] *n.* U(醫學)血友病.

he·mo·phil·i·ac [ˌhiməˋfɪlɪæk, ˌhemə-; ˌhiːməʊˈfiliæk] *n.* C 血友病患者.

hem·or·rhage [ˋhɛmərɪdʒ, ˋhɛmrɪdʒ; ˈhemərɪdʒ] *n.* UC(醫學)出血. cerebral *hemorrhage* 腦出血.

hem·or·rhoids [ˋhɛməˌrɔɪdz, ˋhɛmˌrɔɪdz; ˈhemərɔɪdz] *n.* (作複數)(醫學)痔(俗稱 piles).

hemp [hɛmp; hemp] *n.* U 1 麻, 大麻. 2 大麻纖維(用於纏繩, 紡織品). 3 麻醉藥(hashish).

hem·stitch [ˋhɛmˌstɪtʃ; ˈhemstitʃ] *n.* U (將靠近縫邊的線抽掉而縫製的)垂紋.
— *vt.* 抽絲結紋.

[hemstitch]

****hen** [hɛn; hen] *n.* (*pl.* ~**s** [~z; ~z]) C 1 母雞(→ poultry 圖). 參考 公雞爲 cock, 在(美)主要

稱爲 rooster. 2 《形容詞性, 構成複合字》雌《雞以外的鳥, 龍蝦, 蟹, 鮭魚等之雌性》. a hen pheasant 雌雉/a pea*hen* 雌孔雀(peacock(公孔雀)).

hence [hɛns; hens] *adv.* 《文章》1 因此, 從而. The work needs to be done; *hence,* I will do it. 既然這項工作一定得做, 那麼就由我來做.
語法 hence 之後常省略動詞: *Hence* the phrase "bell the cat". (因此才有「給貓繫鈴」的片語).
2 (a) 從此處, 從此世. go *hence* 去世, 逝世.
(b) 從今以後, 今後. a year *hence* (從現在起)一年後.

hence·forth [ˌhɛnsˋforθ, -ˋforθ; ˌhensˈfɔːθ] *adv.* 《文章》從此, 從今以後.

hence·for·ward [ˌhɛnsˋforwəd; ˌhensˈfɔːwəd] *adv.* = henceforward.

hench·man [ˋhɛntʃmən; ˈhentʃmən] *n.* (*pl.* **-men** [-mən; -mən]) C 1 (政治人物等的)黨羽, 走狗, 爪牙. 2 忠實的追隨者[支持者].

hen·coop [ˋhɛnˌkup, -ˌkʊp; ˈhenkuːp] *n.* C 雞籠, 雞棚, 雞窩.

hen·na [ˋhɛnə; ˈhenə] *n.* U 1 指甲花(產於埃及, 中東的千屈菜科灌木). 2 指甲花染料(取自指甲花的葉子; 紅褐色, 特作爲染髮用).

hén pàrty *n.* C《口》只有女性的聚會(原爲男性奚落女性聚會的用語; 女性將此稱之爲 tea party; → stag party).

hen·pecked [ˋhɛnˌpɛkt; ˈhenpekt] *adj.* 老婆當家的, 怕老婆的, (<被母雞欺負的). a *henpecked* husband 怕老婆的丈夫.

Hen·ry [ˋhɛnrɪ; ˈhenrɪ] *n.* 1 男子名.
2 **Henry** VIII [-ðɪˋetθ; -ðɪˈeitθ] 亨利八世(1491 -1547)《Elizabeth I 的父親, 確立了英國國教》.

hep·a·ti·tis [ˌhɛpəˋtaɪtɪs, ˌhepəˈtaɪtɪs;] *n.* U (醫學)肝炎.

Hep·burn [ˋhɛpbɝn; ˈheɜːn] *n.* 1 **Audrey** ~ 奧黛莉·赫本(1929-93)《美國電影女星》.
2 **James Curtls** [ˋkɝtəs; ˈkɜːtəs] ~ (1815-1911)《美籍傳教士、醫生; 赫本式羅馬字拼法的創始者》.

hept(a)- (構成複合字)「七」之意.

hep·ta·gon [ˋhɛptəˌgɑn; ˈheptəgən] *n.* C 七角形, 七邊形.

****her** [強 ˋhɝ, ˌhɝ, 弱 ɚ, hɚ; 強 hɜː(r), 弱 hə(r), ɜː, ə] *pron.* 1 《she 的受格》她. send *her* a letter=send a letter to *her* 寄信給她/Tom will marry *her.* 湯姆要娶她.
2 《she 的所有格》她的. *her* hair 她的頭髮.
3 《口》=she (be 動詞的補語, 接於表示比較的 than, as 之後). It's *her* that is to blame. 是她不對/John always gets up earlier than *her.* 約翰總是比她早起.

He·ra [ˋhɪrə, ˋhɪrə; ˈhɪərə] *n.* 《希臘神話》希拉《Zeus 之妻, 婚姻及已婚女性之神; 相當於羅馬神話的 Juno》.

her·ald [ˋhɛrəld, hɛrld; ˈherəld] *n.* C 1 (昔日正式宣布國家大事的)傳令官; 掌禮官.

2 通報者, 傳令者, 《常用於報紙名稱》. The New York *Herald Tribune*《紐約前鋒論壇報》.

3 前兆, 預兆; 先驅者. *heralds* of bad weather 壞天氣的預兆.

— *vt.* 《文章》預告…的來臨, 預報. The invention of the steam engine *heralded* a new era. 蒸汽機的發明預告了新時代的來臨/a much *heralded* rookie pitcher 賽前極爲看好的新投手.

he·ral·dic [hε'rældɪk; he'rældɪk] *adj.* **1** 紋章(學)的. **2** 傳令〔掌禮〕官的; 傳令的.

her·ald·ry [`hεrəldrɪ, `hεrldrɪ; 'herəldrɪ] *n.* (*pl.* **-ries**) **1** ⓤ紋章學. **2** ⓒ紋章.

*__**herb**__ [ɜb, hɜb; hɜːb] *n.* (*pl.* **~s** [~z; ~z]) ⓒ **1** 藥草, 食用〔香料〕植物, 香草. A stew should be flavored with *herbs*. 燉煮食品必須加香草調味.

2 草本植物, 草.

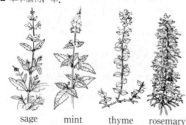

sage   mint   thyme   rosemary
[herbs]

her·ba·ceous [hɜ'beʃəs; hɜː'beɪʃəs] *adj.* 草本植物的; 草狀的, 非木質的; 〔顏色, 形狀等〕葉狀的. a *herbaceous* border 種植花草的花壇邊緣.

herb·age [`ɜbɪdʒ, `hɜb-; 'hɜːbɪdʒ] *n.* ⓤ (集合)牧草, 草.

herb·al [`ɜbl, `hɜb l; 'hɜːbl] *adj.* 草藥的, 草本的. *herbal* medicine 草藥, 中藥.

— *n.* ⓒ植物誌.

herb·al·ist [`ɜblɪst, `hɜblɪst; 'hɜːbəlɪst] *n.* ⓒ 草藥醫; 藥草採集者.

Her·bert [`hɜbət; 'hɜːbət] *n.* 男子名.

herb·i·cide [`hɜbə‚saɪd; 'hɜːbɪsaɪd] *n.* ⓒ除草劑.

her·biv·o·rous [hɜ'bɪvərəs; hɜːˈbɪvərəs] *adj.* 〔動物〕草食(性)的(→ carnivorous, omnivorous).

her·cu·le·an [hɜˈkjulɪən, ‚hɜːkjə'lɪən; ‚hɜːkjo'liːən] *adj.* **1** 需要極大力量〔極大努力〕的; 非常困難的. a *herculean* labor 非常困難的工作. **2** (有時Herculean)力大無比的; 非常勇敢的. **3** (Herculean)海克力斯(Hercules) (般)的.

Her·cu·les [`hɜkjə‚liz; 'hɜːkjoliːz] *n.* 《希臘, 羅馬神話》海克力斯(Zeus [Jupiter]之子; 完成了十二項艱鉅任務的大力士).

*__**herd**__ [hɜd; hɜːd] *n.* (*pl.* **~s** [~z; ~z]) ⓒ **1** (動物的)群, (特指)牛〔馬〕群. a *herd* of cattle [zebras] 牛〔斑馬〕群. 回鳥, 羊的群爲flock; 狼, 獵犬等的群爲pack; 魚群爲school, shoal; 蟲群爲

swarm. **2** (**a**) 《人》群. (**b**) 《輕蔑》(加the)群衆, 大衆. the common *herd* 一般大衆.

— *vt.* **1** 聚集, 群集, 〔動物, 人〕. The guide *herded* us into the castle. 嚮導將我們集合到城堡裡.

2 看管〔家畜〕.

— *vi.* 聚集, 成群, 《together》.

herds·man [`hɜdzmən; 'hɜːdzmən] *n.* (*pl.* **-men** [-mən; -mən]) ⓒ照顧家畜的人〔飼養者〕.

✲✲✲here [hɪr; hɪə(r)] *adv.* 【(說話者所在的)這裡】 **1** 在〔於, 向〕這裡; 《(加表示運動, 方向的動詞)往這裡, 朝這裡, (↔ there). The traffic accident happened right *here*. 那起交通事故正是發生於此/Come *here* again tomorrow. 明天再到這裡來/She will be *here* in five minutes. 她五分鐘後會到/*Here* is your hat. (一面遞過去一面說)這是你的帽子/*Here* are your gloves. 你的手套在這裡/*Here* in California we have fine weather all the year round. 加州這裡一年四季氣候宜人.

【○句首的 here】

(1)表示「這裡有…」之意時, here 置於句首, 主詞與動詞倒裝(→ there 4): *Here* are your books. (你的書在這裡).

(2)爲引起對方注意或加強語氣, here 置於句首, 此時, 如主詞是名詞, 則主詞與動詞倒裝; 如主詞是代名詞, 則不倒裝(→ there 3): *Here* come the boys. (瞧, 那些男孩來了)/*Here* they come. (瞧, 他們來了).

---

2 《置於名詞之後而具形容詞性》在這裡的, 這個的, 這裡的. The students *here* are all from Ohio. 這裡的學生都來自俄亥俄州.

3 在此時, 在今世. Nobody is *here* forever. 沒有人能永世長存.

【(說話者心中的)這裡】 **4** 在這點上, 在這裡(在)此時, 目前, 現在. *Here* the author is wrong. 這裡作者的(看法)有誤/*Here* the story ends. 這故事到此結束.

5 《感歎詞性》喂(在遞東西給某人時)《; 嗳.

6 《名詞性; 多爲介系詞〔動詞〕的受詞》這裡. from *here* 從這裡/near *here* 靠近這裡/around *here* 在這附近.

hère and nów 現在就在這裡, 立刻.

*__ *hère and thére* (1)到處, 四處. There were daffodils blooming *here and there*. 水仙花到處開放. (2)有時.

Hère gòes! 開始吧!

Hère I àm. 我回來啦; 啊, 到了.

*__ *Hère it ís.* 喏, 在這裡; 喏, 這就是; 請. (遞交物品, 金錢時的用語; 適用於 it 所代表的東西明確清楚時).

Hére! 是! 有! (點名時的應答; 更有禮貌的說法是加 sir [madam, 《主美, 口》ma'am]).

Hère's sómething for you. 這個(送)給你.

Hère's to…! 爲祝…的健康(和幸福)而乾杯!

hère, thère and éverywhere 到處, 四處, 不論在何處.

*__ *Hère we áre.* (1)(尋找的東西)就在這裡; 找到了.

(2)我們終於到了.

Hère we gó! 那麼開始吧!

Hère we gò agáin! 《口》(討厭的事)又來了!

*＊***Hère you áre.** 喏, 請: 你要的東西在這裡(將東西交給別人時的用語; → Here it is., Here you go.); 啊, (原來)在這裡.

Hère you gó. 喏, 請, (將東西交給別人時的用語; 比 Here you are. 更爲通俗的說法).

nèither hère nor thére 離題, 與本題無關; 不重要的. Your preference is *neither here nor there*—I'm the one who will decide. 你的喜好並不重要, 作決定的人是我.

Sèe hére! =Look (here)! (look 的片語).

here·a·bouts [ˌhɪrəˋbaʊts, ˋhɪrəˌbaʊts; ˈhɪərəˌbaʊts] adv. 在這附近, 在這一帶, (★《美》亦作 hereabout).

*＊**here·af·ter** [hɪrˋæftɚ; ˌhɪərˈɑːftə(r)] adv. 《文章》 **1** 今後(after this), 從此以後. *Hereafter,* I will trust no man. 今後我誰也不相信.

2 在來世, 在死後的世界.

— n. ⓤ **1** 將來. in the long *hereafter* 在遙遠的將來. **2** (常加 the)來世.

here·by [hɪrˋbaɪ, ˌhɪəˈbaɪ] adv. 《文章》《法律》藉此, 據此(by this), 在此, 此一結果.

he·red·i·tar·y [həˋrɛdəˌtɛrɪ; hɪˈredɪtərɪ] adj. **1** 遺傳(性)的; 遺傳的. a *hereditary* disease 遺傳性疾病. **2** [財產, 地位, 權利]世襲的; [習慣, 信仰等]祖傳的, 代代相傳的.

he·red·i·ty [həˋrɛdətɪ; hɪˈredɪtɪ] n. ⓤ 遺傳; 遺傳特徵.

here·in [hɪrˋɪn, ˌhɪərˈɪn] adv. 《文章》《法律》在此中, 於此, (in this). Enclosed *herein* are your credentials. 你的證件隨函寄上.

here·of [hɪrˋɑv, ‑ˋɑf, ‑ˋɒ‑, ˌhɪərˈɒv] adv. 《文章》《法律》關於此點(of this).

*＊**here's** [hɪrz; hɪəz] here is的縮寫. *Here's* your hat. → here adv. 1).

her·e·sy [ˋhɛrəsɪ; ˈherəsɪ] n. (pl. **‑sies**) **1** ⓤⓒ (特指基督敎正統所認爲的)異端.

2 ⓒ (泛指)(反對定論的)異說.

her·e·tic [ˋhɛrətɪk; ˈherətɪk] n. ⓒ 異端者.

he·ret·i·cal [həˋrɛtɪkḷ; hɪˈretɪkl] adj. 異端的.

here·to [hɪrˋtu; ˌhɪəˈtuː] adv. 《文章》於此, 於此文件.

here·to·fore [ˌhɪrtəˋfor; ˌhɪətʊˈfɔː(r)] adv. 《文章》至今, 至此, (until now).

here·with [hɪrˋwɪθ, ‑ˋwɪð; ˌhɪəˈwɪð] adv. 《主商業》**1** 同此; 並此(附上). the price list enclosed *herewith* 隨函附上價目表. **2** 立卽.

her·it·a·ble [ˋhɛrətəbḷ; ˈherɪtəbl] adj. 可繼承的; 遺傳性的.

*＊**her·it·age** [ˋhɛrətɪdʒ; ˈherɪtɪdʒ] n. (pl. **‑ag·es** [‑ɪz; ‑ɪz]) ⓒ (通常用單數) **1** (從過去傳下來的文化)遺產, 傳統. a rich historical and cultural *heritage* 豐富的歷史文化遺產 /'Kabuki' is Japanese *heritage*. 歌舞伎是日本文化的遺產.

2 遺產, 繼承之遺產, (→ legacy 圈); 祖傳之物; 父母遺留的權利[地位等]. give up one's *heritage* for love 爲了愛情而放棄遺產.

her·maph·ro·dite [hɝˋmæfrəˌdaɪt; hɜːˈmæfrədaɪt] n. ⓒ 男女兩性兼具者, 陰陽人; 《動物》雌雄兩性動物; 《植物》雌雄同株.

Her·mes [ˋhɝmiz; ˈhɜːmiːz] n. 《希臘神話》荷米斯(Zeus 最小的兒子, 諸神的使者; 學問, 藝術, 商業, 辯論之神; 相當於羅馬神話中的Mercury).

her·met·ic [hɝˋmɛtɪk; hɜːˈmetɪk] adj. 密封的, 密閉的, 不透氣的. a *hermetic* seal 焊接密閉.

her·met·i·cal·ly [hɝˋmɛtɪkḷɪ, ‑ɪklɪ; hɜːˈmetɪkəlɪ] adv. 完全地(密封[密閉]).

her·mit [ˋhɝmɪt; ˈhɜːmɪt] n. ⓒ (特指基於宗敎原因的)隱士, 隱者, 隱居者.

her·mit·age [ˋhɝmɪtɪdʒ; ˈhɜːmɪtɪdʒ] n. ⓒ **1** 隱士的住所, 草堂, 茅舍. **2** (遠離人煙的)獨屋, 偏僻房舍.

hérmit cráb n. ⓒ 《動物》寄居蟹.

her·ni·a [ˋhɝnɪə, ‑njə; ˈhɜːnjə] n. ⓤⓒ 《醫學》疝, 疝氣; (特指)脫腸.

*＊**he·ro** [ˋhɪro, ˋhɪro; ˈhɪərəʊ] n. (pl. **‑es** [~z; ~z]) ⓒ 〖英雄〗 **1** 英雄; 受崇拜的人; 《希臘神話》神人. Lincoln is a national *hero* of the USA. 林肯是美國的國家英雄.

2 (建立功勳的)勇士, 英雄, (體育比賽等的)主將, 英雄. a much decorated *hero* 得到許多勳章的英雄/Mike was the *hero* of the baseball game. 麥克是該場棒球比賽的英雄.

〖中心人物〗**3** (詩, 戲劇, 小說等的)(男)主角, 主要人物. ⇔ adj. **heroic.** 女性爲 **heroine.**

Her·od [ˋhɛrəd; ˈherəd] n. 《聖經》希律王(基督誕生時殘忍的猶太暴君).

He·rod·o·tus [həˋrɑdətəs; heˈrɒdətəs] n. 希羅多德(485?‑425? B.C.)《希臘歷史學家》.

*＊**he·ro·ic** [hɪˋro·ɪk, hə‑, hɛ‑; hɪˈrəʊɪk] adj. **1** 英雄的, 英雄般的; 堪稱英雄的. *heroic* acts 英雄事蹟.

2 勇敢的, 英勇的; 超人的. put up a *heroic* resistance 勇敢的反抗.

3 [方法]冒險的, 大膽的. a *heroic* treatment 冒險的治療法.

4 [詩]吟詠英雄[神人]的; [文體, 表現等]雄偉的; 誇張的.

5 《美術》〖雕刻等〗大於實體的[超過等身的].

— n. (heroics) **1** 英雄詩, 史詩. **2** 誇張的措辭[感情].

he·ro·i·cal·ly [hɪˋro·ɪkḷɪ, hə‑, hɛ‑; hɪˈrəʊɪkəlɪ] adv. 英雄般地, 英勇地; 大膽地.

her·o·in [ˋhɛro·ɪn; ˈherəʊɪn] n. ⓤ 海洛因(用嗎啡製成的白色粉末狀麻醉劑).

*＊**her·o·ine** [ˋhɛro·ɪn; ˈherəʊɪn] (★注意發音) n. (pl. **‑s** [~z; ~z]) ⓒ **1** 巾幗英雄, 女傑. Joan of Arc is a French *heroine*. 聖女貞德是法國女傑. **2** (詩, 戲劇, 小說等的)女主角, 女英雄. ⇔ 男性爲 **hero.**

her·o·ism [ˋhɛro·ˌɪzəm; ˈherəʊɪzəm] (★注意發

音) *n*. 1 [C] 英雄般的行為. 2 [U] 英勇, 勇敢.

her·on [ˋhɛrən; ˈherən]
n. (*pl*. ~s, ~) [C] (鳥) 鷺, 蒼鷺.

[heron]

héro wòrship
n. [U] 英雄崇拜.

her·pes [ˋhɝpiz; ˈhɜːpiːz] *n*. [U] (醫學) 疱疹.

Herr [hɛr; heə(r)] (德語) *n*. (*pl*. **Her·ren** [ˋhɛrən; ˈherən]) 1 …君, 先生, 閣下, (相當於英語的 Mr.). 2 [C] 德國紳士.

her·ring [ˋhɛrɪŋ; ˈherɪŋ] *n*. (*pl*. ~, ~s) [C] (魚) 鯡, red herring (→ red herring).

her·ring·bone [ˋhɛrɪŋˏbon; ˈherɪŋbəʊn] *n*. [C] 1 鯡魚骨. 2 人字形, 鯡魚骨形(圖樣). 3 (建築) (石材, 磚等的) 人字形(箭尾形)排列.

hers [hɝz; hɜːz] *pron*. (she 的所有格代名詞) 1 (單複數兩同形) 她的所有物 (語法) 「her + 名詞」的替代形式, 在可從上下文中確定名詞的情況下使用). His car was blue; *hers* was red. 他的車是藍色的; 而她的是紅色的. 2 (用 of hers) 她的(語法) 接在 a(n) (this, that, no) + 名詞之後). an old friend of *hers* 她的一個老友/this hat of *hers* 她這頂帽子.

her·self [hɚˋsɛlf; hɜːˈself] *pron*. (*pl*. **them·selves**) (she 的反身代名詞) 1 (加強語氣)(a)(與主詞同格)她自己, 她親自. The Queen *herself* wrote the letter. 女王親自寫了這封信. (b)(與受詞同格)將(對)她本人. I spoke to the actress *herself*. 我和那位女演員本人說話. 2 (反身用法時, 發音為 [hɚˏself; hɜːˏself], 發音時重音落於動詞部分)將(對)她自己. Susie seated *herself* on the sofa. 蘇西坐在沙發上/Beth looked at *herself* in the mirror. 貝絲凝望著映照在鏡子中的自己. 3 本來的[正常的]她自己. be *herself* (→ oneself 的片語). ★關於片語 → oneself.

hertz [hɝts; hɜːts] *n*. (*pl*. ~) [C] (物理) 赫(振動數, 頻率等, 周波數的單位; 每秒一周波; 略作 Hz, Hz).

he's [強 ˋhiz, ˏhiz, 弱 iz, ɪz, hiz, hɪz; 強 hiːz, 弱 hɪz, ɪz] he is, he has的縮寫. *He's* in the garden. 他在庭院裡/*He's* eaten the apple. 他吃了那個蘋果.

hes·i·tan·cy [ˋhɛzətənsɪ; ˈhezɪtənsɪ] *n*. [U] 猶豫, 躊躇, 不果斷.

hes·i·tant [ˋhɛzətənt; ˈhezɪtənt] *adj*. 猶豫的, 曖昧的; 勉強的, 不得已的. I'm rather *hesitant* about employing him. 我真不想僱用他.

hes·i·tant·ly [ˋhɛzətəntlɪ; ˈhezɪtəntlɪ] *adv*. 猶豫地; 勉強地.

hes·i·tate [ˋhɛzəˏtet; ˈhezɪteɪt] *vi*. (~s [~s; ~s]; -tat·ed [~ɪd; ~ɪd]; -tat·ing) (猶豫) 1 猶豫, 躊躇, (about, at, in); 迷惑 (between). without *hesitating* 毫不猶豫/*hesitate* (about) what to buy 不知買甚麼好/*hesitate between* two courses 在兩條路之間猶豫不決. 2 猶豫[討厭]做…(to do). Don't *hesitate* to ask if you want anything. 如果想要甚麼, 請直說. 3 (言語支吾)吞吞吐吐. *hesitate* in replying 吞吞吐吐地回答.

hes·i·tat·ing [ˋhɛzəˏtetɪŋ; ˈhezɪteɪtɪŋ] *v*. hesitate 的現在分詞, 動名詞.

hes·i·tat·ing·ly [ˋhɛzəˏtetɪŋlɪ; ˈhezɪteɪtɪŋlɪ] *adv*. 猶豫地, 遲疑不決地; 吞吞吐吐地.

*****hes·i·ta·tion** [ˏhɛzəˋteʃən; ˏhezɪˈteɪʃn] *n*. (*pl*. ~s [~z; ~z]) 1 [U] 猶豫, 躊躇, 休止, 中斷. I have no *hesitation* in telling the truth. 我毫不猶豫地說出事實真相/without a moment's *hesitation* 一刻也不猶豫. 2 [UC] 吞吞吐吐.

het [hɛt; het] *adj*. (僅用於下列片語) *hèt úp about...* (口)因…而興奮(著急).

het·er·o·dox [ˋhɛtərəˏdɑks, ˋhɛtrə-; ˈhetərəʊdɒks] *adj*. 1 (人, 思想等)非正統的, 異端的, (↔ orthodox). 2 (泛指)未被公認的, 和一般看法不同的.

het·er·o·dox·y [ˋhɛtərəˏdɑksɪ, ˋhɛtrə-; ˈhetərəʊdɒksɪ] *n*. (*pl*. **-dox·ies**) 1 [U] 非正統, 異端. 2 [C] 異端邪說. ↔ orthodoxy.

het·er·o·ge·ne·ous [ˏhɛtərəˋdʒinɪəs, -njəs; ˏhetərəʊˈdʒiːnjəs] *adj*. 異種的, 異質的; 由相異成分構成的, 不劃一的. a *heterogeneous* collection of stones 各式各樣的岩石採集. ↔ homogeneous.

het·er·o·sex·u·al [ˏhɛtərəˋsɛkʃʊəl, ˏhetərəʊˈsekʃʊəl] *adj*. 異性的; 異性戀的. — *n*. [C] 異性戀者. ⇨ homosexual.

heu·ris·tic [hjuˋrɪstɪk; hjʊəˈrɪstɪk] *adj*. (教育) 啟發式的(由學習者自行發現道理的學習過程); 有助於學習[啟發]的.

heu·ris·tics [hjuˋrɪstɪks; hjʊəˈrɪstɪks] *n*. (作單數)啟發式教學法.

hew [hju, hu; hjuː] *v*. (~s; ~ed; ~ed, hewn; ~ing) *vt*. 1 (以斧, 劍等)砍; 伐, 劈, (down; away; off). *hew down* a giant pine 砍倒一棵大松樹. 回 與 cut 相比, hew 指以大型器具去砍伐大型物. 2 砍[刻]成; 開闢(道路, 森林等). *hew* a statue *from* [*out of*] marble 以大理石雕刻雕像/*hew* a path [*hew* one's *way*] through a forest 開闢一條穿過森林的路. — *vi*. 1 (用斧, 劍等)砍; 刻上(at). 2 (美)恪守, 奉行(to (規定等)), 堅守. *hèw to the líne* (美、口)遵守規定.

hew·er [ˋhjuɚ; ˈhjuːə(r)] *n*. [C] (木, 石等的)砍伐者; 煤礦工.

hewn [hjun, hun; hjuːn] *v*. hew 的過去分詞.

hex(a)- (構成複合字)「六」的意思.

hex·a·gon [ˋhɛksəˏgɑn, -gən; ˈheksəgən] *n*. [C] 六角形, 六邊形.

hex·am·e·ter [hɛksˋæmətɚ; hekˈsæmɪtə(r)] *n*. [C] (韻律學)六音步的詩(一行有六個音節).

‡hey [he; heɪ] *interj.* 喂! 嘿! 啊! 哎呀!《引人注意或表示驚訝, 喜悅, 疑問等》. *Hey*, waiter! 喂, 服務生!

Hèy présto! 嘿, 說變就變! 一, 二, 三!《魔術師變戲法時所說的話》.

hey·day [ˋhe͵de; ˈheɪdeɪ] *n.* C《用單數》全盛期, 最高潮. My sons are in the *heyday* of youth. 我的兒子們正當青春年少的黃金年華.

Hg 《符號》hydrargyrum (拉丁語=mercury).

HI 《略》Hawaii.

‡hi [haɪ; haɪ] *interj.* **1** 《口》嗨, 你好,《與關係親近的人之間的問候語; 亦作Hí thère!, Hi ya! [ˋhaɪ·jə; ˈhaɪ·jə]》. **2** 《英》喂! 嗨!《引起注意的聲音》(hey).

hi·a·tus [haɪˋetəs; haɪˈeɪtəs] *n.* (*pl.* ~**es**, ~) C《通常用單數》《文章》罅隙, 中斷.

hi·ber·nate [ˋhaɪbɚ͵net; ˈhaɪbəneɪt] *vi.* **1** 《動物》冬眠, 過冬. **2** 〔人〕避寒; 蟄伏, 退隱.

hi·ber·na·tion [͵haɪbɚˋneʃən; ͵haɪbəˈneɪʃn] *n.* U冬眠.

hi·bis·cus [haɪˋbɪskəs, hɪ-; hɪˈbɪskəs] *n.* C芙蓉《葵科木槿屬的草本植物; 美國夏威夷州的州花》.

hic·cough [ˋhɪkʌp, ˋhɪkəp; ˈhɪkʌp] *n.*, *v.* = hiccup.

hic·cup [ˋhɪkʌp, ˋhɪkəp; ˈhɪkʌp] *n.* C《常hic-cups》打嗝; 打嗝的聲音. have [get] the *hiccups* 打嗝.

— *vi.* (~**s**; ~**ed**, ~**ped**; ~**ing**, ~**ping**) 打嗝, 發出打嗝似的聲音.

hick [hɪk; hɪk] *n.* C《主美, 口》鄉下人.

hick·o·ry [ˋhɪkrɪ, ˋhɪkərɪ; ˈhɪkərɪ] *n.* (*pl.* **-ries**) **1** C山胡桃《產於北美的胡桃科樹木; 果實可食用》. **2** U山胡桃木《質地堅硬, 用來製造家具或其他器具的柄, 把手等》; C山胡桃木製的球棒.

[hickory]

hid [hɪd; hɪd] *v.* hide¹ 的過去式、過去分詞.

hid·den [ˋhɪdn; ˈhɪdn] *v.* hide¹ 的過去分詞.

— *adj.* 隱藏的, 祕密的.

hide¹ [haɪd; haɪd] *v.* (~**s** [~z; ~z]; **hid; hid, hid·den; hid·ing**) *vt.* **1** 隱藏, 窩藏. *hide* a Christmas present under the bed 把聖誕禮物藏在床底下.

2 遮蔽, 遮掩, 使看不見. The sun was *hidden* by thick clouds. 太陽被厚厚的雲層遮住.

3 隱瞞, 保密,《*from*》. I'm not *hiding* anything *from* you. 我對你沒有任何隱瞞. 同 hide 為「隱藏」的一般說法, 亦可用於無隱瞞意圖的情形: Clouds *hid* the moon from sight. (雲遮住了月光; → 2); → conceal.

— *vi.* 隱藏, 潛伏. A policeman found the robber *hiding* in the warehouse. 警察發現那個強盜躲在倉庫裡.

hìde one's héad (羞愧或困惑而)低下頭[掩住臉]; 沈默; 躲藏.

hìde óut 隱藏, 躲避警察耳目.

* **híde onesèlf** 躲藏, 藏身. The wounded tiger *hid himself* in the bushes. 那隻受傷的老虎躲在叢林裡.

— *n.* 《英》=blind 3.

hide² [haɪd; haɪd] *n.* C **1** (特指大型獸類的)皮《可指生皮或熟皮兩種》. → leather [參考].

2 《開玩笑》(人的)皮膚.

tàn a pèrson's híde 《口》(用鞭子)痛打某人一頓; 猛揍.

hide-and-seek [ˋhaɪdṇˋsik; ˈhaɪdnˈsiːk] *n.* U捉迷藏. play (at) *hide-and-seek* 玩捉迷藏.

hide·a·way [ˋhaɪdə͵we; ˈhaɪdəweɪ] *n.* (*pl.* ~**s**) C《美、口》藏匿處; 隱居遁世之地.

hide·bound [ˋhaɪd͵baund; ˈhaɪdbaʊnd] *adj.* 保守頑固的, 心胸狹窄的,《<「用皮捆綁」般地乾瘦的》.

hid·e·ous [ˋhɪdɪəs; ˈhɪdɪəs] *adj.* **1** 不忍卒睹的, 毛骨悚然的, 醜惡的. make a *hideous* face 做出恐怖的表情. **2** 可恨的; 恐怖的. *hideous* crimes 令人憎恨的罪行.

hid·e·ous·ly [ˋhɪdɪəslɪ; ˈhɪdɪəslɪ] *adv.* 可怕地; 令人毛骨悚然地.

hide·out [ˋhaɪd͵aut; ˈhaɪdaʊt] *n.* C《口》隱匿處.

hid·ing¹ [ˋhaɪdɪŋ; ˈhaɪdɪŋ] *v.* hide 的現在分詞、動名詞.

— *n.* U隱藏, 藏匿. be [stay] in *hiding* 躲藏著/go into *hiding* 躲起來/come out of *hiding* (從藏匿處)露面, 現身/a *hiding* place 藏身處.

hid·ing² [ˋhaɪdɪŋ; ˈhaɪdɪŋ] *n.* C《口》鞭打, 毆打, 痛打. That naughty child needs a good *hiding*. 那個淘氣的小孩需要好好地打一頓.

hi·er·ar·chi·cal [͵haɪəˋrɑrkɪkḷ; ͵haɪəˈrɑːkɪkl] *adj.* 階級組織[制度]的, 階層的, 聖職階級制的.

hi·er·ar·chy [ˋhaɪə͵rɑrkɪ; ˈhaɪərɑːkɪ] *n.* (*pl.* **-chies**) UC (泛指)階級組織[制度]《上級對下級具有控制權的金字塔形官僚制度, 軍隊組織等》; 階級支配制.

hi·er·o·glyph [ˋhaɪrə͵glɪf, ˋhaɪrə-; ˈhaɪərəʊglɪf] *n.* = hieroglyphic.

hi·er·o·glyph·ic [͵haɪərəˋglɪfɪk, ͵haɪrə-; ͵haɪərəʊˈglɪfɪk] *n.* C **1** (古埃及等的)象形文字, 圖畫文字. decipher *hieroglyphics* 解讀象形文字.

2 (hieroglyphic*s*)用象形文字的書記法[文書]; 難以辨讀的書籍[文字].

— *adj.* **1** 象形文字(般)

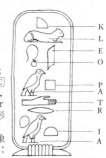

[hieroglyphics]

的. **3** 用象形文字書寫的; 難以辨讀的.

hi-fi [`haɪ͵faɪ; ˌhaɪˈfaɪ]《口》 n. 1 ⓒ 高傳眞音響設備(收音機, 錄音機, 電唱機). **2** ⓤ《通信》高傳眞(high fidelity).
— adj. 高傳眞的.

hig·gle·dy-pig·gle·dy [`hɪgldɪ`pɪgldɪ; ˌhɪgldɪˈpɪgldɪ]《口》adv. 雜亂無章地; 紊亂地.
— adj. 雜亂無章的; 紊亂的.

‡high [haɪ; haɪ] adj. (~·er; ~·est)【高大的】**1** 〔通常指與生命物體的高度〕高的; 在高處的; 從〔往〕高處的. a high mountain 高山/a high fence 高圍牆/the bright stars high in the sky 高掛在天空中明亮的星星. ⓝ high 除了指「高」之外, 還有大的意思, 而 tall 的「高」多包含細長之意. 因此形容人要用 tall, 形容山要用 high. 不過, 也有兩者不特別區分使用的情形: a high [tall] tree (高高的樹).
2 〔兼有長的意思〕有…的高度, 〔人〕身高有…. The Eiffel Tower is 984 feet high. 艾菲爾鐵塔有 984 英尺高/Jim is nearly seven feet high. 吉姆身高將近 7 呎〔語法〕此一用法的 high 可與 in height 或 tall 代換使用.

【水準高的】**3** 〔經濟價值〕高的; 花費大的, 〔生活, 食物等〕奢侈的. Prices are very high in this city. 這個城市的物價很高/high living 奢侈的生活.
4 〔身分, 地位等〕高的, 高貴的, 高級的, 高等的. a man of high rank 地位高的人.
5 高度的, 高級的, 高等的. a higher court 高等法院/high animals 高等動物/high fidelity, higher education → 見 high fidelity, higher education. 〔語法〕這種用法通常使用比較級 higher.
6 〔人格, 思想〕崇高的, 高尚的. a man of high character 品格高尚的人.
7 〔聲音〕高的, 高亢的, 尖銳的; 〔色彩〕濃厚的. sing in a high tone 用高音唱歌.
8 激烈的, 非常的; 〔思想等〕極端的, 偏激的. high words 激烈的言詞/a high conservative 極端的保守黨員/He is in high favor with the manager. 他是經理極為器重的人.
9 【具重要性的】主要的; 重要的, 重大的, 嚴重的. commit a high crime against the state 犯下叛國的滔天大罪.

【高昂的】**10** 〔限定〕〔時間, 時期〕正盛的, 完全成熟的. (the) high season 旺季/high summer [noon] 盛夏[正午].
11 【情緒好的】有精神的. The players of our team were all in high spirits. 我們隊上的選手個個精神飽滿.
12《口》〔敍述〕〔喝酒〕醉了的; 〔吸毒〕精神恍惚的.
13《語音學》〔母音〕舌位高的, 高舌音的. a high vowel 高母音 ([i; iː], [u; uː] 等).
↪ n. height, highness. ↔ low.

hìgh and drý (1)〔船〕擱淺. (2)〔人〕爲時勢所淘汰; 被抛棄; 孤獨無助. He ran away with another woman and left his family high and dry. 他跟另外一個女人跑了, 抛棄了自己的家人.

hìgh and lów (不分尊卑貴賤)所有階級的. Men and women, high and low, took part in the demonstration. 不分男女、貴賤都參加了這次示威遊行.

hìgh and míghty《口》傲慢.

* **It is hìgh tíme...** 已是不得不…的時候. It is high time for you to go to bed. = It is high time (that) you went to bed. 到了你們必須睡覺的時間了. 〔語法〕在 that 子句中通常用(假設法)過去式; high 有時亦被省略.

— adv. (~·er; ~·est) **1** 高高地, 往[在]高處; 在[往](河的)上游. a lark singing high up in the sky 一隻在高空中歌唱的雲雀/I can jump higher than you. 我能跳得比你高.
2 強烈地, 激烈地; 高昂地. The wind blows high. 風猛烈地吹/the feeling of enmity running high 滿腔仇恨/speak high 高聲談話.
3 〔評價, 評論等〕高; 〔目標等〕高. stand high in public estimation 社會評價高/aim high 期望很高.
4 費用高; 奢侈地. live high 奢侈地生活/play high 豪賭, 孤注一擲.
〔語法〕high 通常修飾動詞; highly 則多修飾形容詞, 過去分詞, 並非指物體或地點的「高」; → highly.

hìgh and lów 上上下下; 到處. I searched high and low for my lighter but couldn't find it. 我到處都找遍了, 就是找不到我的打火機.

— n. **1** ⓤ 高處; 天; (→片語).
2 ⓒ 高水準; 最高紀錄, 最高值. Prices have reached a new high. 物價達到新高點.
3 ⓒ《氣象》高氣壓中心.
4 ⓤ《汽車》的高速檔.

from on hígh 從高處; 從天上.

* **on hígh** (在)高處的; (在, 往)天上的. fly a flag on high 讓旗幟高高地飄揚.

hígh·ball [`haɪ͵bɔl; ˈhaɪbɔːl] n. ⓒ《美》冰威士忌蘇打(在威士忌中混和蘇打水再放入冰塊, 以高腳杯盛放).

hígh blóod prèssure n. ⓤ 高血壓.

hígh·born [`haɪ͵bɔrn; ˈhaɪbɔːn] adj. 出身高貴的.

hígh·boy [`haɪ͵bɔɪ; ˈhaɪbɔɪ] n. (pl. ~s) ⓒ《美》(寢室用的)高腳衣櫥, 五斗櫃 (《英》tallboy).

hígh·brow [`haɪ͵braʊ; ˈhaɪbraʊ]《口》《常表輕蔑》 n. ⓒ 知識分子, 有教養的人; 自忖學識廣博的人; (↔ lowbrow).
— adj. 知識分子的, 擺出博學的架子(的人)的.

hígh chàir n. ⓒ 兒童專用椅(吃飯時用的高腳椅).

Hígh Chúrch n. (加 the)高教會(派)(注重教會儀式和權威, 爲英國國教的一派; → Low Church).

high-class [`haɪ`klæs; ˌhaɪˈklɑːs] adj. **1** 高級的, 上等的; 一流的.
2 社會地位高的; 上流社會的.

[highboy]

hígh commíssioner *n.* C 高級外交專員《通常與大使同等級，派駐於殖民地等行使行政權》.

Hígh Cóurt (of Jústice) *n.* (加 the)《英》高等法院《民事訴訟案件最高審理機構》.

high-definition [ˋhaɪ͵dɛfəˋnɪʃən; ˋhaɪ͵defɪˋnɪʃn] *adj.* 高解析度的, 高畫質的. *high-definition* television 高畫質電視(略作 HDTV).

hígh·er [ˋhaɪɚ; ˋhaɪə(r)] *adj.* (high 的比較級) **1** [高度等]更高的. **2** 高等的. the *higher* mammals 高等哺乳類動物.

hígher educátion *n.* U 高等[大學]教育.

high·est [ˋhaɪɪst; ˋhaɪɪst] *adj.* (high 的最高級) [高度等]最高的.
at one's híghest 達到顛峰狀態.
at the híghest (1)在最高的位置. (2)無論怎麼高都.

hígh explósive *n.* UC 高爆炸藥.

hígh fidélity *n.* U (通信)高傳真(hi-fi).

high·fli·er [ˋhaɪ͵flaɪɚ; ˋhaɪflaɪə(r)] *n.* C (有能力的)野心家.

high-flown [ˋhaɪˋflon; ˋhaɪfləʊn] *adj.* **1** (非常)有野心的. **2** [言辭等]誇張的, 誇大的.

hígh fréquency *n.* UC (電)高頻率.

hígh géar *n.* U(美)高速檔《(英) top gear; → high *n.* 4).

high-grade [ˋhaɪˋgred; ˋhaɪˋɡreɪd] *adj.* 品質優良的, 高級的.

high-hand·ed [ˋhaɪˋhændɪd; ˋhaɪ͵hændɪd] *adj.* 高壓的; 傲慢的. in a *high-handed* manner 以高壓的態度.

high-heel·ed [ˋhaɪˋhild; ˋhaɪˋhiːld] *adj.* [鞋]高跟的.

hígh júmp *n.* (加 the)(比賽)跳高.

high·land [ˋhaɪlənd; ˋhaɪlənd] *n.* **1** UC (常 highlands)高地, 山地, (↔ lowland). **2** (the Highlands)蘇格蘭高地(位於蘇格蘭北部, 今日仍保有塞爾特人的語言、習慣; → the Lowlands).

high·land·er [ˋhaɪləndɚ; ˋhaɪləndə(r)] *n.* C **1** 高地的(原)住民. **2** (Highlander)蘇格蘭高地住民.

high-lev·el [ˋhaɪˋlɛvl; ˋhaɪ͵levl] *adj.* 《限定》[會議, 談判等]高階層的, 上層的. The matter was decided by *high-level* talks between the two organizations. 這個問題已由兩個團體間的高層會談作出決定.

high·light [ˋhaɪ͵laɪt; ˋhaɪlaɪt] *n.* C **1** (繪畫, 相片等)最明亮的部分. **2** (新聞, 事件等的)要點, 最重要[有趣]的部分[場面]; 壓軸, 精彩處. Niagara Falls was the *highlight* of our trip. 尼加拉瀑布是我們這趟旅行的重頭戲.
— *vt.* 強調; 使顯著, 使引人注目. This article *highlights* the strong points of the U.S. economy. 這篇文章強調了美國經濟的優勢.

high·ly [ˋhaɪlɪ; ˋhaɪlɪ] *adv.* (→high *adv.* [語法]) **1** 非常地, 很; 高度地. *highly* spiced meat 香料下得很重的肉/Such an occur-

----------------------- **high-sounding** 727

rence is *highly* unlikely. 像這種事情是不太可能發生的.

> [歷史] highly+*adj.*: ~ dangerous (高危險性的), ~ educated (極有教養的), ~ probable (極有可能的), ~ skilled (手腕高明的), ~ unlikely (沒啥希望的).

2 (評價等)高地; 大受讚揚地. a *highly* honored soldier 受到高度讚揚的士兵/think [speak] *highly* of a person 給予某人高度的評價[對某人大為讚揚].

3 以高價; 以高薪. *highly* paid laborers 拿高薪的工人.

high·ly-strung [ˋhaɪlɪˋstrʌŋ; ͵haɪlɪˋstrʌŋ] *adj.* 神經過敏的.

high-mind·ed [ˋhaɪˋmaɪndɪd; ˋhaɪ͵maɪndɪd] *adj.* 高潔的, 高尚的; 具有崇高理想的.

high·ness [ˋhaɪnɪs; ˋhaɪnɪs] *n.* **1** U 高, 高度, (↔ lowness). [同義字] highness 指高的狀態, height 指測量的高度; the *highness* of the fence (那座牆的雄偉); the *height* of the fence (那座牆的高度).
2 (Highness)殿下, 皇妃殿下, (對皇族等的尊稱). His Royal *Highness* 殿下/His [Her] Imperial *Highness* 殿下[皇妃殿下]/(對英國等的皇室的稱呼). [語法](1) His [Her, Your] Highness 可作爲 he [she, you] (主格)或 him [her, you] (受格)使用, 皆視爲第三人稱單數. (2) Highness 的前面, 大多加 Royal, Imperial, Serene 等; → majesty.

high-oc·tane [ˋhaɪˋaktɛn; ˋhaɪ͵ɒkteɪn] *adj.* [汽油等]高辛烷值的.

high-pitched [ˋhaɪˋpɪtʃt; ˋhaɪpɪtʃt] *adj.* **1** [聲音等]高的, 高而尖銳的. **2** [屋頂等的斜度]陡斜的.

high-pow·ered [ˋhaɪˋpauɚd; ˋhaɪ͵pauəd] *adj.* **1** [機械等]高馬力的; 高性能的. **2** [人]精力充沛的.

high-pres·sure [ˋhaɪˋprɛʃɚ; ˋhaɪˋpreʃə(r)] *adj.* **1** 高壓的, 耐高壓的. **2** [人, 態度等]高壓的.

high-rank·ing [ˋhaɪˋræŋkɪŋ; ˋhaɪ͵ræŋkɪŋ] *adj.* 高級的.

high-rise [ˋhaɪ͵raɪz; ˋhaɪ͵raɪz] *adj.* (限定)[建築物]高層的. a *high-rise* building 高層建築物.
— *n.* C 高層建築物; 高樓.

high·road [ˋhaɪ͵rod, ˋˋrod; ˋhaɪˈrəʊd] *n.* C **1**《主英》主要[幹線]道路, 公路. **2** =highway 2.

hígh schóol *n.* C **1**《美》高等學校, 中等學校. Kate will enter (a) *high school* this year. 凱特今年要上中學了/He graduated from (a) *high school* last year. 他去年從中學畢業. [參考]可分別指美國六年制小學以上的 junior high school (三年)和 senior high school (三年), 或兩者的統稱, 也指八年制小學以上的 high school(四年); → school[圖].
2《形容詞性》(美)高等學校的. a *high school* student 高中生.

hígh séas *n.* (加 the)公海, 外海.

high-sound·ing [ˋhaɪˋsaundɪŋ;

'haɪˌsaʊndɪŋ] *adj.* 〔言語，想法等〕誇張的.

high-speed [ˋhaɪˋspid; ˊhaɪspiːd] *adj.* 高速的. a *high-speed* engine 高速引擎.

high-spir·it·ed [ˋhaɪˋspɪrɪtɪd; ˊhaɪˋspɪrɪtɪd] *adj.* 勇敢的; 精神抖擻的; 血氣方剛的.

hígh spòt *n.* ⓒ最重要的部分，最精彩的場面.

hígh strèet *n.* ⓒ(英)大街，要道，((常High Street))((美) main street).

hígh téa *n.* ⓤ(英)茶點(傍晚飲茶時附有簡單的魚，肉等餐點; 也可以此當作晚餐; 此種飲食習慣主要見於英國北部; → meal¹ 參考)).

hígh-téch [-ˋtɛk; -ˋtek] *adj.* (限定)高科技的.

hígh technólogy *n.* ⓤ尖端科技，高科技.

high-tension [ˋhaɪˋtɛnʃən; ˊhaɪˋtenʃn] *adj.* 高(電)壓的.

hígh tíde *n.* ⓒ **1** 滿潮(時). **2** 全盛期，頂點.

hígh tréason *n.* ⓤ叛國罪.

hígh wáter *n.* ⓒ滿潮; (河等的)高水位.

hígh-wáter màrk *n.* ⓒ **1** 高潮標，滿潮標; (河，湖的)高水位線[點]. **2** 最高水準; (繁榮，發展等的)頂點，顛峰.

high·way [ˋhaɪˌwe; ˊhaɪweɪ] *n.* (*pl.* ~s [~z; ~z]) ⓒ **1** (主要公路，高速公路，街道，主要道路，(連接都市的主要道路); (水上，陸上的)主要通路; (→ way¹ 圖).
2 邁向目標等的常軌，大道，捷徑. There is no *highway to* success. 成功без有捷徑.

Híghway Códe *n.* ⓒ(加the)(英)交通規則(指南).

high·way·man [ˋhaɪˌwemən, ˊhaɪˋwe-; ˊhaɪweɪmən] *n.* (*pl.* -men [-mən; -mən]) ⓒ馬賊(指從前常騎馬出沒於路上襲擊路人的盜賊).

hi·jack [ˋhaɪˌdʒæk; ˊhaɪdʒæk] *vt.* **1** 搶劫(運送中的貨物). **2** 劫持(飛機，船，卡車等).
— *vi.* 劫持.
— *n.* ⓒ劫持事件.

hi·jack·er [ˋhaɪˌdʒækɚ; ˊhaɪdʒækə(r)] *n.* ⓒ **1** (飛機等的)劫持犯，劫機犯. **2** (搶劫貨物等的)劫匪，強盜.

*hike [haɪk; haɪk] *v.* (~s [~s; ~s]; ~d [~t; ~t]; **hik·ing**) *vi.* 遠足，徒步旅行. go *hiking* in a hilly district 到丘陵地帶遠足.
— *vt.* (主美，口) **1** 突然拉高(*up*); 突然推[移]動. *hike up* one's trousers 把褲子拉上去.
2 (物價，工資等)突然上漲.
— *n.* ⓒ **1** 健行; 徒步旅行. go on a *hike* 去遠足. **2** (美)(物價，工資等)上漲. a new *hike* in wages 新的工資調漲.

hik·er [ˋhaɪkɚ; ˊhaɪkə(r)] *n.* ⓒ徒步旅行者.

*hik·ing [ˋhaɪkɪŋ; ˊhaɪkɪŋ] *n.* ⓤ遠足，徒步旅行.
圖hiking 強調走路，picnic 強調吃野餐.

hi·lar·i·ous [həˋlɛrɪəs, hɪ-, haɪ-, -ˋlær-, -ˋler-; hɪˋleərɪəs] *adj.* (文章) **1** 熱鬧的，歡樂的，高興的. **2** (說話等)非常好笑的，令人捧腹的.

hi·lar·i·ous·ly [həˋlɛrɪəslɪ, hɪ-, haɪ-, -ˋlær-,

-ˋler-; hɪˋleərɪəslɪ] *adv.* (文章)熱鬧地，歡樂地.

hi·lar·i·ty [həˋlærətɪ, hɪ-, haɪ-; hɪˋlærətɪ] *n.* ⓤ(文章) **1** 熱鬧，歡樂; 大笑. **2** 可笑，滑稽.

hill [hɪl; hɪl] *n.* (*pl.* ~s [~z; ~z]) ⓒ **1** 丘，小山(比mountain 低，在英國通常指兩千英尺以下的山). climb a *hill* 登山/a rocky *hill* 崎嶇的山陵.
2 (螞蟻，鼴鼠等的)土堆.
3 堆土(保護農作物等的根).
4 斜坡. go up [down] a steep *hill* 爬上[下]陡峭的斜坡.
over the híll (口)過了顛峰時期.
up hill and down dále (跋山涉谷>)遠道而來[到遙遠的地方去]; (尋找等)一處不漏地.

hill·bil·ly [ˋhɪlˌbɪlɪ; ˊhɪlˌbɪlɪ] *n.* (*pl.* -lies) **1** ⓒ (美，口)(輕蔑)鄉下人，山裡人，(特指生長在美國東南部)山區(出身)的人.
2 ⓤ牛仔音樂，鄉村民謠(也叫 hillbilly mùsic)(發源於美國東南部山區的民謠).

hill·ock [ˋhɪlək; ˊhɪlək] *n.* ⓒ小丘，小土堆.

hill·side [ˋhɪlˌsaɪd; ˌhɪlˋsaɪd] *n.* ⓒ山坡，山腰.

hill·top [ˋhɪlˌtɑp; ˊhɪltɒp] *n.* ⓒ小山頂.

hill·y [ˋhɪlɪ; ˊhɪlɪ] *adj.* 多丘陵的，多起伏的; 險峻的.

hilt [hɪlt; hɪlt] *n.* ⓒ(刀，短劍，工具等的)柄，把.
(ùp) to the hílt (1)(深)到刀柄; 咻地刺入. (2)徹底地; 完全地.

him [強 hɪm, ˌhɪm, 弱 ɪm, hɪm; 強 hɪm, 弱 ɪm] *pron.* (he的受格) **1** 他，對他. wake *him* up 叫醒他/tell *him* a story=tell a story to *him* 給他講個故事.
2 (口)=he (be動詞的補語，接在表示比較的than, as之後). It's *him* that is to blame. 都是他的錯/Mike is shorter than *him*. 麥克比他矮.

Hi·ma·la·yan [hɪˋmɑljən, -ˋmɑləjən, ˌhɪməˋleən; ˌhɪməˋleɪən] *adj.* 喜馬拉雅(山脈)的.

Hi·ma·la·yas [hɪˋmɑljəz, -ˋmɑləjəz, ˌhɪməˋleəz; ˌhɪməˋleɪəz] *n.* (加the)(作複數)喜馬拉雅山脈(亦作 the Himalàya Móuntains).

him·self [強 hɪmˋsɛlf, 弱 ɪmˋsɛlf 強 hɪmˋself, 弱 ɪmˋself] *pron.* (*pl.* **them·selves**)(he 的反身代名詞) **1** (強調用法)(a)(與主詞同格)他自己，他. My father made this desk *himself*. 我父親親手做了這張桌子.
(b)(與受詞同格)將[對]他本人. I met the President *himself*. 我見到了總統本人.
2 (反身用法); himself 發[hɪmˋsɛlf; hɪmˋself]，句子重音落在動詞上)將[對]他自己. Hal absented *himself* from the meeting. 哈爾沒有參加聚會/Bob ought to be ashamed of *himself*. 鮑伯應當感到慚愧/Sam cut *himself* with a knife. 山姆用小刀割傷了自己.
3 原來的[平常的]他. be *himself* (→ oneself 的片語). ★關於片語 → oneself.

hind¹ [haɪnd; haɪnd] *adj.* (~**er**; ~**most**)(限定)(成對的東西中)在後的，後面的，(↔ fore). The hunter shot the deer in one of the *hind* legs. 獵

人朝那隻鹿的後腿開了一槍。

hind² [haɪnd; haɪnd] n. (pl. ~s, ~) © 母鹿《特指三歲以上的赤鹿(red deer); 公鹿爲 hart; → deer 參考》).

hin·der¹ [ˋhɪndɚ; ˈhɪndə(r)] vt. (~s [~z; ~z]; ~ed [~d; ~d]; -der·ing [ˋhɪndrɪŋ, ˋhɪndərɪŋ; ˈhɪndərɪŋ]) **1** 妨礙, 妨害, 阻礙; 阻礙〔進展, 成長等〕. Stop *hindering* my work! 別妨礙我的工作!/ Susan was *hindered* in her homework by phone calls. 蘇珊因爲電話聲, 沒辦法繼續做家庭作業. 同 hinder 是妨礙事情的開始、進行等, impede 妨礙進行中的事物, 使其發展緩慢, obstruct 則是因阻礙物對自由順序的發展產生障礙, 以上三個詞強調之處各有不同.
2 妨害; 句型3 (hinder A *from* do*ing*)妨害 A 〔人〕做…. A heavy rainfall *hindered* me *from going* out. 一場滂沱大雨使我不能外出.
⇨ n. **hindrance**.

hind·er² [ˋhaɪndɚ; ˈhaɪndə(r)] adj. 《hind¹ 的比較級》在後的, 後面的, 後方的, 後方的. 語法 與 hind 不同, hinder 可用於不成對的東西. the *hinder* end of a train 火車的最尾端.

Hin·di [ˋhɪndi, ˋhɪnˋdi; ˈhɪndiː] n. ⓤ 印地語《屬於印歐語系, 印度北部居民所使用的語言; 印度的官方語言》.
— adj. 印地語的.

hind·most [ˋhaɪnd‚most, ˋhaɪn-; ˈhaɪndməʊst] adj. hind¹ 的最高級.

hind·quar·ters [ˋhaɪndˋkwɔrtɚz, ˋhaɪn-; ˈhaɪndˌkwɔːtəz] n. 《作複數》(獸的)後肢和臀部.

hin·drance [ˋhɪndrəns; ˈhɪndrəns] n. (pl. -dranc·es [~ɪz; ~ɪz]) **1** ⓤ 妨害, 障礙. without *hindrance* 無障礙. **2** © 障礙物, 成爲妨礙的東西〔人, 事〕, (*to*). a *hindrance* to progress 進步的障礙. ⇨ v. **hinder**.

hind·sight [ˋhaɪnd‚saɪt, ˋhaɪn-; ˈhaɪndsaɪt] n. ⓤ 後知後覺(↔ foresight). a *hindsight* comment 事後之見, 馬後砲.

Hin·du [ˋhɪndu, ˋhɪnˋdu; ˌhɪnˈduː] n. (pl. ~s [~z; ~z]) © **1** 印度敎敎徒.
2 印度人《印度北部的(原)住民》; (泛指)印度人.
— adj. 印度人的; 印度敎的.

Hin·du·ism [ˋhɪndu‚ɪzəm; ˈhɪnduɪzəm] n. ⓤ 印度敎《以婆羅門敎爲基礎, 加入印度敎敎義的宗敎; 深入印度社會各階層的信仰; 信奉 caste 制度和 karma》.

Hin·du·sta·ni [‚hɪndʊˋstænɪ, -ˋstɑnɪ; ‚hɪndʊˈstɑːnɪ] n. ⓤ 印度斯坦語(Hindi 語中混合阿拉伯語、波斯語等的語言; 在印度北部和巴基斯坦作爲官方及一般通用語言).

hinge [hɪndʒ; hɪndʒ] n. (pl. hing·es [~ɪz; ~ɪz]) © **1** 鉸鏈; 關節. The door swings on two *hinges*. 這扇門靠兩副鉸鏈開關. **2** 關鍵, 要點. *off the hinges* (1)鉸鏈脫落. (2)(身體、精神的)失常.
— vt. 在〔門, 箱蓋上等〕裝鉸鏈. a *hinged* door 裝上鉸鏈的門.
— vi. **1** 藉鉸鏈轉動.

2 依…而定, 決定, 《*on, upon*》. The success of the project *hinges on* your effort. 這計畫能否成功在於你的努力.

⁕hint [hɪnt; hɪnt] n. (pl. ~s [~s; ~s]) © **1** 暗示, 略微透露, 提示; 線索, 機會. Mr. Brown gave me a *hint* but I did not get it. 布朗先生給了我暗示, 可是我卻不解其意 / Mary dropped some *hints* that she was unwilling. 瑪莉暗示她並不願意.
搭配 adj.+hint: a clear ~ (清楚的提示), a plain ~ (明白的提示), a vague ~ (模糊的暗示) // v.+hint: catch a ~ (得到暗示).
2 (常 hints)有益的忠告; 小小的經驗; 《*on; for*》. *hints on* mountaineering 登山的心得/practical *hints for* young drivers 給年輕駕駛的實用忠告.
3 (加 a)(僅有一點點的)極少量; 微弱的記號[徵兆, 跡象]. There was not a *hint* of truth in the story. 這個故事純屬虛構/There was a *hint* of rain in the air. 好像有一點要下雨的跡象.
tàke a [the] hint (受暗示而)感覺到, 領悟; 會意.
— v. (~s [~s; ~s]; ~ed [~ɪd; ~ɪd]; ~ing) vt. 暗示, 略微透露, 有意無意地說: 句型3 (hint *that* 子句)暗示做…. Nellie *hinted that* she might get married soon. 奈莉暗示她可能很快就要結婚了.
— vi. 略微透露, 透露, 暗示; 指桑罵槐, 《*at*》. *hint at* the answer 透露答案.

hin·ter·land [ˋhɪntɚ‚lænd; ˈhɪntəlænd] n. © **1** (海岸, 河岸等的)後方地區; (都市, 港口等的)周圍地區. **2** (常 hinterlands)內地, 僻壤.

⁕hip¹ [hɪp; hɪp] n. (pl. ~s [~s; ~s]) © **1** 髖部, (→ back 圖). stand with one's hands on one's *hips* 兩手叉腰(撐著兩肘)站著《常表挑戰的姿態》/sway one's *hips* in walking 走路時扭腰擺臀/fall on one's *hips* 跌個四腳朝天/A man's *hips* are generally narrower than a woman's. 男的臀圍一般比女人的小.
參考 (1) hip 指腰部(waist)以下橫向突出的部分; 中文的「屁股」指的是其後方稍低的柔軟部分, 約略相當於英語的 buttock. (2)由於一般指突出的兩個部分, 所以ときく用複數.
2 股關節.
3 (四肢動物)相當於人臀部的部分.

hip² [hɪp; hɪp] interj. 喝采等的聲音. Hip, hip, hurrah! 加油! 加油! 加油! (歡呼聲).

hip³ [hɪp; hɪp] adj. 《俚》精通的《*to* 〔最新的時尚, 式樣, 風格〕》.

hip·pie [ˋhɪpɪ; ˈhɪpɪ] n. © 嬉皮《穿著奇裝異服, 吃迷幻藥等反現行體制及價值觀的年輕人, 多抱持反戰思想與和平主義論調; 出現於 1960 年代》.

hip·po [ˋhɪpo; ˈhɪpəʊ] n. (pl. ~s)《口》= hippopotamus.

Hip·poc·ra·tes [hɪˋpɑkrə‚tiz; hɪˈpɒkrətiːz] n. 希波克拉底(460?-377? B.C.)《希臘醫生; 醫學之父》.

hip·po·pot·a·mi [ˌhɪpəˈpɑtəˌmaɪ; ˌhɪpəˈpɒtəmaɪ] *n.* hippopotamus 的複數.

hip·po·pot·a·mus [ˌhɪpəˈpɑtəməs; ˌhɪpəˈpɒtəməs] *n.* (*pl.* **~es, -mi**) ⓒ《動物》河馬.

hip·py [ˈhɪpɪ; ˈhɪpɪ] *n.* (*pl.* **-pies**) =hippie.

✲hire [haɪr; haɪə(r)] *vt.* (**~s** [~z; ~z]; **~d** [~d; ~d]; **hir·ing**) **1** 雇用〖人〗. *hire* a maid 雇用女傭/the *hired* help (臨時)雇用的人. 囘hire 主要指雇用臨時的僕人, 工人, 日薪制工作人員; employ 指工人, 辦事員, 專門職員等較長期的雇用; → engage.
2 租用, 租債〖物品〗. They *hired* a bus for the picnic. 他們租了一輛巴士要去野餐.
囘hire 指臨時付錢租用; rent 指每隔一定的時間支付一定的金額來租賃房間, 房屋, 土地等; lease 則是正式簽約租賃土地, 房屋等.
hìre /...ōut[1] 出租.... We *hire out* every kind of bicycle available. 本店出租各類自行車.
hìre óut[2] *=híre onesèlf óut* 被雇用. Kate *hires* (*herself*) *out* as a baby-sitter every week-end. 凱特每個週末都受雇看顧嬰兒.
— *n.* ⓤ **1** 〖物品的〗租金, 使用費, 租借費; (付給受雇者的)工資, 薪水. **2** 租借; 雇用.
for [*on*] *híre* 出租用的, 出租的; 拿工資的. *For Hire* 空車〖計程車的標示〗/a truck *for* [*on*] *hire* 出租卡車.

hire·ling [ˈhaɪrlɪŋ; ˈhaɪəlɪŋ] *n.* ⓒ《通常表輕蔑》雇工; 為錢工作者.

hire-pur·chase [ˈhaɪrˈpɝtʃəs; ˌhaɪəˈpɜːtʃəs] *n.* ⓤ《英》分期付款方式〖亦作 hire-pùrchase plán; 《美》installment plan〗.

hir·er [ˈhaɪrɚ; ˈhaɪərə(r)] *n.* ⓒ雇主; 出租人.

hir·ing [ˈhaɪrɪŋ; ˈhaɪərɪŋ] *v.* hire 的現在分詞, 動名詞.

hir·sute [ˈhɝsut, -sɪut, -sjut; ˈhɜːsjuːt] *adj.*《文章》〖特指男性〗多毛的.

✲his [強 hɪz, 弱 ɪz, hɪz; 強 hɪz, 弱 ɪz] *pron.*
1 (he 的所有格)他的. *his* car 他的車.
2 (he 的所有代名詞) (a) (單複數同形)他的東西. 〖匣法〗代替「his+名詞」, 在從上下文中可清楚知道所省略的名詞為何的情況下使用). The house is *his*. 這間房子是他的/Cathy's eyes are black and *his* are brown. 凱西的眼睛是黑的而他的是褐色的. (b) (of his)他的〖匣法〗接在 a(n) [this, that, no]+名詞之後). an old friend of *his* 他的一個老友/this car of *his* 他這輛車.

His·pan·ic [hɪsˈpænɪk; hɪˈspænɪk] *adj.* **1** 西班牙的. **2** 拉丁美洲(裔)的.
— *n.* ⓒ (住在美國的)拉丁美洲裔居民.

✲hiss [hɪs; hɪs] *v.* (**~es** [~z; ~ɪz]; **~ed** [~t; ~t]; **~ing**) *vi.* **1** 〖蛇, 鵝, 蒸氣, 空氣等〗嘶地一聲, 發出嘶聲. The rattlesnake *hissed* before it struck. 響尾蛇在進攻之前發出嘶嘶聲.
2 (為表示不滿, 反感等)發出噓聲(*at*). The spectators *hissed at* the umpire. 觀眾對裁判發出不滿

的噓聲.
— *vt.* **1** 向〖人〗發出噓聲表示不滿, 指責〖讓其沈默〗; 發出噓聲轟走(演員等)(*off*)(常用被動語態). The actress was *hissed off* the stage. 那位女演員被噓聲趕下舞臺.
2 以噓聲表示〖責難, 不滿等〗. They *hissed* their disapproval *at* him. 他們發出噓聲表示對他的不滿.
— *n.* (*pl.* **~es** [~ɪz; ~ɪz]) ⓒ **1** 嘶嘶〖噓噓〗聲. speak with slight *hisses* (齒間漏氣)帶有嘶嘶聲說話. **2** 噓噓聲(表示不滿, 責難等).

his·ta·mine [ˈhɪstəˌmin, -mɪn; ˈhɪstəmiːn] *n.* ⓤ《生化學》組織胺(在體內引起過敏的一種物質).

✲his·to·ri·an [hɪsˈtorɪən, -ˈtɔr-; hɪˈstɔːrɪən] *n.* (*pl.* **~s** [~z; ~z]) ⓒ歷史學家.

✲his·tor·ic [hɪsˈtorɪk, -ˈtɑrɪk; hɪˈstɒrɪk] *adj.* **1** 歷史上有名[重要]的, 歷史性的, 留在歷史上的. a *historic* day 歷史性的日子/ *historic* sites 史蹟, 名勝古蹟/The town is *historic*. 這城鎮有著古老的歷史. 囘historic 主要是「歷史上顯著的」或「歷史悠久」的意思; historical 主要是「歷史上實存的[發生的]」或「有關歷史的」之意.
2 有歷史的, 記載於史書上的, (↔ prehistoric). within *historic* times 在可考的歷史時代.
↪ *n.* **history**.

✲his·tor·i·cal [hɪsˈtorɪkl̩], -ˈtɑrɪk], -ˈtɔrɪk]; hɪˈstɒrɪkl̩] *adj.* **1** 歷史的, 歷史上的; 實際上有過的; (→historic 囘).
torical person 歷史人物/a *historical* fact 史實.
2 有關歷史的, 根據史實的(非虛構, 傳說的); 〔研究等〕歷史性的. a *historical* novel 歷史小說/a *historical* study of English 英語發展史的研究/from a *historical* point of view 從歷史的觀點來看.
↪ *n.* **history**.

his·tor·i·cal·ly [hɪsˈtorɪkl̩ɪ, -ˈtɑrɪkl̩ɪ, -ˈtɔrɪk-, -ɪkl̩ɪ; hɪˈstɒrɪkəlɪ] *adv.* 歷史上; 以歷史的觀點來看.

histórical présent *n.* ⓤ《加the》《文法》歷史的現在式(為能栩栩如生地描寫過去的事而運用現在時態; 亦稱為 històric présent).

his·to·ries [ˈhɪstrɪz, ˈhɪstərɪz; ˈhɪstərɪz] *n.* history 的複數.

✲his·to·ry [ˈhɪstrɪ, ˈhɪstərɪ; ˈhɪstərɪ] *n.* (*pl.* **-ries**) **1** ⓤ歷史; 歷史學; (學科)歷史; 過去的事. study ancient [medieval, modern] *history* 研究古代[中古, 近代]史/world *history* 世界史/before the dawn of *history* 史前/ *History* repeats itself. 歷史不斷重演/But all this is *history*. 然而這都已成為過去.
2 ⓒ (歷)史書; 歷史劇. There are a lot of good *histories* of England. 有很多好的英國史書/Shake-speare's *histories* 莎士比亞的歷史劇.
3 ⓒ (人的)經歷; 履歷; 病歷. a personal *history* 履歷.
4 ⓒ (事物的)由來, 緣故. This name has a long *history*. 這個名字由來已久.
↪ *adj.* **historic**, **historical**.
màke hístory 創造歷史, 寫下歷史.

his·tri·on·ic [ˌhɪstrɪˈɑnɪk; ˌhɪstrɪˈɒnɪk] *adj.* 《文章》**1** 演員的; 戲劇的.

2 〔語言等〕像演戲的，做作的，裝模作樣的.

his·tri·on·ics [ˌhɪstrɪˋanɪks; ˌhɪstrɪˋɒnɪks] *n.*
〔文章〕**1**〔作單數〕(戲劇的)演出(法).

2〔作複數〕如演戲般的言語[動作].

※hit [hɪt; hɪt] *v.* (~**s** [~s; ~s]; ~; ~**ting**) *vt.*
〖給與打擊〗**1** 打，揍，擊，敲；[句型4]
(hit **A B**)給A(人)以B(一擊). Frank *hit* me on
the cheek. 法蘭克打我一記耳光(★比 Frank *hit*
my cheek. 更常用)/Jack *hit* Bob another blow.
傑克又給了鮑伯一拳. ⑯hit與beat不同，僅表示
一次的打擊〗≈ knock, strike.

2〔天災，不幸等〕襲擊，給與痛擊. A heavy
storm *hit* California. 暴風雨襲擊加州.

3〔棒球〕擊出〔安打〕. *hit* a single [double, home
run] 擊出一支一壘安打[二壘安打，全壘打].

〖碰到，碰撞〗**4** 撞上，碰到，〔交通工具，拋擲
物等〕打中〔目標〕，打〔猜中〕，(↔ miss). Our
car was *hit* by a truck. 我們的車被卡車撞了/The
ball *hit* Sam hard in the eye. 球重重地擊中了山
姆的眼睛.

5 扔，打中，〔物體〕《*against, on, upon*》. He *hit*
his head *against* the wall. 他用頭撞牆.

6 使命中《*with*》(↔ miss). *hit* the bull's eye *with*
a dart 用飛鏢射中靶心.

〖碰巧命中〗**7**〔口〕(偶然)遇到，碰見；發現；
想起，想到. They *hit* oil in their first attempt.
他們初次嘗試就挖到了石油/*hit* the correct
answer 想到正確的解答.

8 非常合適，適合. The dress did not *hit* my
fancy. 這件衣服不合我意.

— *vi.* **1** 打，揍，毆打《*at*》. Mike *hit* at the
boy. 麥克毆打那個男孩.

2 碰到，相撞，《*against, on, upon*》. The truck
hit against the wall. 那輛卡車撞上了牆.

hìt báck 報復，報仇，反擊，《*at*》.

hìt belów the bélt → belt 的片語.

hìt hóme = strike home (strike的片語).

hìt it 回答得好，猜對；解答問題. You've *hit* it.
答對了，答得好!

hìt it óff 〔口〕相處融洽，性情相合，《*with*》.
Bill *hits* it off with Nancy. 比爾和南西一見如故.

hìt/.../óff 巧妙地描述[模仿]. *hit off* dogs and
cats 模仿狗貓.

＊hìt on... 忽然想到；偶然發現. *hit on* a new
idea 想到一個新主意.

hìt or míss《副詞性》聽天由命地，漫無準則地.

hìt óut against... = hit out at... (1).

hìt óut at... ...(1)極力貶損，猛烈攻擊. (2)毆打….

hìt upon... = hit on...

hìt a pèrson when he is dówn〔口〕落井下石.

hìt a pèrson where it húrts (mòst) 打擊[攻
擊]某人的痛處.

— *n.* (*pl.* ~**s** [~s; ~s]) ⓒ〖撞，碰，命中〗
1 打擊；相撞；命中. make a *hit* at the boy's
jaw 對準那個男孩的下巴揍過去.

2【實現了的計畫】(特指演奏會，歌曲，戲劇等的)
成功，受歡迎；暢銷曲. The play was a big *hit*
on Broadway. 這齣戲在百老匯很受歡迎/The

singer is going to be a *hit*. 這位歌手會非常走紅.

3 諷刺，挖苦，諷刺的言辭，《*at*》; 捉住要點的言
辭，一針見血的評語. barbed *hits* 帶刺的[刻薄的]
挖苦.

4〔棒球〕安打. a three-base *hit* 三壘安打.

màke a hít (with...) (因…)大獲成功博得別人
喜歡，受人歡迎，受(異性)歡迎.

hit-and-run [ˋhɪtᵊnˋrʌn; ˌhɪtn'rʌn] *adj.* **1**《棒
球》打帶跑的. **2**《汽車》撞人後逃走的；撞車後逃
走. *hit-and-run* driving 開車肇事後逃走.

hitch [hɪtʃ; hɪtʃ] *vt.* **1** (以繩，鉤等)掛住；拴住
〔馬，牛等〕《*to*》. *hitch* (*up*) a horse *to* a post
[cart] 把馬拴在柱子[馬車]上. **2** 用力移動[拉扯，
拉上]. *hitch up* one's pants 拉上褲子.

— *vi.* **1** 絆[鉤]住，纏住，《*in, on, onto*》. The
kite *hitched in* a tree. 風箏被鉤在樹上.

2《口》= hitchhike.

— *n.* ⓒ **1** (暫時)拴著，繫結；索結. tie a half
hitch in the rope 在繩子上打了個半結.

2 使勁移動[拉扯，上移].

3 障礙；妨礙. The wedding went off without a
hitch. 婚禮順利完成.

＊hitch·hike [ˋhɪtʃˌhaɪk; ˋhɪtʃhaɪk] *vi.* (~**s** [~s;
~s]; ~**d** [~t; ~t]; **-hik·ing**) 搭便車旅行. We
hitchhiked from London to Manchester. 我們從
倫敦到曼徹斯特一路搭便車旅行.

hitch·hik·er [ˋhɪtʃˌhaɪkɚ; ˋhɪtʃhaɪkə(r)] *n.* ⓒ
搭便車旅行的人. The *hitchhiker* stuck out his
thumb. 這個搭便車旅行者豎起大拇指(攔車).

hith·er [ˋhɪðɚ; ˋhɪðə(r)] 〔古〕*adv.* 向這裡(here;
↔ thither). Come *hither*. 過來.

hìther and thíther〔文章〕到處.

hith·er·to [ˌhɪðɚˋtu; ˌhɪðə'tu:] *adv.*《文章》迄
今，至今[此].

Hit·ler [ˋhɪtlɚ; ˋhɪtlə(r)] *n.* **A·dolf** [ˋædalf,
ˋædɔlf, ˋed-; ˋɑːdɒlf] ~ 希特勒(1889-1945)《發起
第二次世界大戰的德國獨裁者；德國首相、總統
(1933-45)》.

hít màn *n.* ⓒ《俚》殺手(killer).

hit-or-miss [ˋhɪtɚˋmɪs, ˌhɪtɚ'mɪs] *adj.* 隨便
的，漫無準則的，聽天由命的. a *hit-or-miss* way
of doing things 漫無準則的做事方法.

hit·ter [ˋhɪtɚ; ˋhɪtə(r)] *n.* ⓒ打擊者.

HIV (略) 人類免疫不全病毒(human im-
munodeficiency virus).

＊hive [haɪv; haɪv] *n.* (*pl.* ~**s** [~z; ~z]) ⓒ **1** 蜂房
(beehive). **2** 蜂房內的蜜蜂群. **3** 喧嚷的場所；嘈
雜的人群. a *hive* of industry 吵雜的工業區.

— *vt.* **1** 使〔蜜蜂〕進蜂箱. **2**〔蜜蜂將蜂蜜〕積聚於
蜂巢. (為將來)貯備〔東西〕.

— *vi.* **1**〔蜜蜂〕住進蜂房. **2**〔人〕群居.

hìve óff (1)《主英，口》躲藏起來. (2)《主英》分出
來獨立(*from*).

hives [haɪvz; haɪvz] *n.* 〔單複數同形〕《醫學》蕁麻疹.

HM (略) His [Her] Majesty (陛下).

h'm [hm; hm] *interj.* 哼《疑問, 懷疑, 不贊成, 不滿時發出的聲音; 亦作 hm, hmm》.

HMS 《略》His [Her] Majesty's Ship (英國軍艦); His [Her] Majesty's Service ((英國)公務) (→ OHMS).

ho [ho; həʊ] *interj.* 嗬! 喂! 啊!《表示高興, 笑, 驚訝, 懷疑, 引起注意等的聲音》.

hoard [hord, hord; hɔːd] *n.* ⓒ **1** 貯存物, (金錢, 財寶, 食物等的)儲蓄, 累積. a squirrel's *hoard* of nuts 松鼠儲存的堅果.
2 (知識, 事實等的)累積, 蒐集. a *hoard* of folk tales 民間故事的蒐集.
— *vt.* **1** 在別人看不見的地方貯藏〔金錢, 物品, 食物等〕(*up*);〔想法等〕藏在心中.
2 (物品不足時等)囤積. Anticipating war, they began to *hoard* (*up*) food. 他們預期戰爭即將爆發, 開始囤積食物.
— *vi.* 儲存; 囤積.

hoard·ing [ˈhordɪŋ, ˈhɔrdɪŋ; ˈhɔːdɪŋ] *n.* ⓒ (英) **1** (臨時設在建築[修護]工地周圍的)板垣.
2 告示板[廣告看板] ((主美) billboard).

hoar·frost [ˈhor͵frɔst, ˈhɔr-; ˈhɔːfrɒst] *n.* ⓤ 霜, 白霜. (→ black frost, white frost).

hoarse [hors, hors; hɔːs] *adj.* 〔聲音〕嘶啞的, 沙啞的;〔人〕聲音嘶啞的, 聲音沙啞的. speak in a *hoarse* voice 聲音嘶啞地講話/I am *hoarse* from yelling so much. 我因為叫嚷得太大聲所以聲音啞了.

hoarse·ly [ˈhorslɪ, ˈhɔrs-; ˈhɔːslɪ] *adv.* 聲音嘶啞地.

hoarse·ness [ˈhorsnɪs, ˈhɔrs-; ˈhɔːsnɪs] *n.* ⓤ (聲音)嘶啞.

hoar·y [ˈhorɪ, ˈhɔrɪ; ˈhɔːrɪ] *adj.* 〔頭髮〕白的, 〔人〕頭髮白了, 白髮的. a *hoary* head 滿頭白髮.

hoax [hoks; həʊks] *n.* ⓒ 騙〔作弄〕人, 惡作劇. a *hoax* call 惡作劇〔作弄人〕的電話.
— *vt.* 作弄〔人〕, 使上當; 作弄〔人〕使 …(*into* do*ing*). Bill *hoaxed* the people *into thinking* he was a policeman. 比爾作弄人們使他們誤以為他是警察.

hob [hab; hɒb] *n.* ⓒ **1** 火爐內側的橫架《用於保溫鍋子, 水壺等器具及燒湯等用的金屬架》.
2 (投環遊戲的)目標樁.

hob·bies [ˈhabɪz; ˈhɒbɪz] *n.* hobby 的複數.

hob·ble [ˈhabl; ˈhɒbl] *vi.* **1** 蹣跚地走行; 一瘸一跛地走(*along*). *hobble along* on one's aching feet 拖著疼痛的腳一瘸一跛地走.
2 笨拙的作法[言語].
— *vt.* **1** 使…一瘸一跛地走行.
2 〔馬, 驢等〕(使其無法逃跑而)縛住兩腳.

＊hob·by [ˈhabɪ; ˈhɒbɪ] *n.* (*pl.* **-bies**) ⓒ **1** 嗜味, 愛好; 喜愛的話題. Fishing is one of the most popular *hobbies*. 釣魚是一種相當受歡迎的嗜好/cooking as a *hobby* 以烹飪為嗜好/What *hobbies* do you have [go in for]? 你有沒有甚麼興趣[嗜好]呢?/make a *hobby* of farming 以

耕作為嗜好. 回hobby 常用於致力於做本行以外的事情, pastime 是文章用語, 表示「消遣, 娛樂」之意; 讀書或音樂欣賞等也包含在 pastime 中.
2 ＝hobbyhorse.

hob·by·horse [ˈhabɪ͵hɔrs; ˈhɒbɪhɔːs] *n.* ⓒ
1 竹馬(在竿上裝有馬頭的玩具; 小孩跨騎在上面玩耍).
2 (旋轉木馬的)木馬; 搖馬(小孩坐在上面, 前後搖動著玩的馬狀玩具).

hob·gob·lin [ˈhab͵gablɪn; ˈhɒbɡɒblɪn] *n.* ⓒ 搗蛋的小精靈; 妖魔鬼怪.

hob·nail [ˈhab͵nel; ˈhɒbneɪl] *n.* ⓒ 鞋釘, 平頭釘, (釘在厚重的鞋或長靴底部以防滑, 頭大而短的釘子).

[hobbyhorse 1]

hob·nob [ˈhab͵nab; ˈhɒbnɒb] *vi.* (~s; ~bed; ~bing) (口)親密[熟稔]地交往; 開懷暢飲(酒) (*with*).

ho·bo [ˈhobo; ˈhəʊbəʊ] *n.* (*pl.* ~s, ~es) ⓒ《美, 俚》流動工人; 流浪漢, 無業遊民.

hock[1] [hak; hɒk] *n.* ⓒ **1** (四足動物後腿的)關節, 蹠蹠關節, (相當於人的腳踝).
2 (豬等腿部的)肉.

hock[2] [hak; hɒk] 《俚》 *vt.* 典當.
— *n.* ⓤ 典當(通常用於下列片語).
in hóck (1)典當; 借錢. (2)入獄.

＊hock·ey [ˈhakɪ; ˈhɒkɪ] *n.* ⓤ 《比賽》《主美》冰上曲棍球 (ice hockey); 《主英》陸上曲棍球 (field hockey).

ho·cus-po·cus [ˈhokəsˈpokəs; ͵həʊkəsˈpəʊkəs] *n.* ⓤ **1** 魔術師的咒語; 魔術, 戲法. **2** 詐騙, 欺騙.

hod [had; hɒd] *n.* ⓒ **1** 磚斗《用來放磚瓦, 灰泥等, 附有長柄便於搬運的木製箱型容器》.
2 煤斗 (coal scuttle).

hodge·podge [ˈhadʒ͵padʒ; ˈhɒdʒpɒdʒ] *n.* 《主美》 ＝hotchpotch.

hoe [ho; həʊ] *n.* ⓒ 鋤頭(用於鋤草, 耕土等).
— *vt.* 用鋤頭耕[掘]〔土〕; 用鋤頭鋤〔雜草〕. The ground was newly *hoed*. 這塊地才剛耕過.
— *vi.* 用鋤頭耕, 用鋤頭鋤雜草.

＊hog [hag, hɔg, hɒg; hɒg] *n.* (*pl.* ~s [~z; ~z]) ⓒ **1** 豬. 參考 (英) hog 和 pig 是同一物, 《美》hog 特指養育成熟的豬, pig 指(一百二十磅以下的)小豬.
2 (像豬般)狼吞虎嚥的人; 貪婪的人; 不潔的人.
gò (the) whòle hóg (口)全力以赴.
lìve hìgh on [off] the hóg 《美, 口》過著侈的

生活.
— vt. (~s; ~ged; ~·ging)《口》獨自占有. Al
hogged the box of candy. 艾爾獨占了那盒糖果.
hòg the róad 猛開快車.

hog·gish [ˋhɑgɪʃ; ˋhɒgiʃ] adj. 像豬一樣的; 狼吞
虎嚥的, 貪婪的; 不潔的.

hogs·head [ˋhɑgz͵hɛd, ˋhɔgz-, ˋhɒgz-, -zɪd;
ˋhɒgzhed] n. C 1 大桶(特指容納 63-140 加侖之
物). 2 容量單位(通常為 63 美加侖, 或 52.5 英加
侖, 相當於 238.48 公升).

hog·wash [ˋhɑgwɑʃ; ˋhɒgwɒʃ] n. U 1 (剩飯
等的)豬食. 2 無用的東西, 廢話.

hoi pol·loi [ˋhɔɪpəˋlɔɪ; ͵hɔɪˋpɒlɔɪ] (希臘語) n.
《作複數》(加 the)《輕蔑》大眾, 庶民.

*hoist [hɔɪst; hɔɪst] vt. (~s [~s; ~s]; ~ed [~ɪd;
~ɪd]; ~·ing)《旗等》升起;(用纜繩, 起重機等)將
〔重物〕拉上來, 吊上來. hoist cars on board 把
車吊到船上.
— n. 1 C 升降機, 滑輪裝置;《主英》貨物用升降
機. 2 UC 向上推; 往上吊; 升起. Give me a
hoist (up). 拉我一把.

*hold¹ [hold; həʊld] v. (~s [~z; ~z]; held;
~·ing) vt. 【保持】1 手上拿著;
抓, 握, 抓〔握〕住; 抱, 抱住. The boy was hold-
ing a mouse by the tail. 這男孩抓著一隻老鼠的尾
巴/They held their sides with laughter at his
joke. 他們聽了他講的笑話不禁捧腹大笑.
2 支撐〔物體〕, 托住〔重量〕. This beam won't
hold the weight of the second story. 這根屋樑恐
怕撐不住第二層樓的重量.
3 (a) 句型3《加副詞片語》保持…於…; 句型5
(hold A B)保持 A 於 B(位置, 狀態等)(★ hold A
to be B的句型 →14). Could you help me hold this pic-
ture straight for a while? 請你幫我把這幅畫扶正
一下好嗎?/I held the door open until everyone
had left. 我拉住門直到大家都出來為止/Hold your-
self still. 不要動/She held her head up bravely.
她勇敢地昂起頭(眼睛不往下看). (b)保持, 持續,
維持,〔位置, 狀態等〕. The glider was holding
5,000 feet. 滑翔機保持在 5,000 英尺(的高度).
【抑制住】4 抑制, 壓住; 控制; 使遵守(約定,
義務). hold one's breath 屏氣, 緊張地屏住氣息/
Hold your tongue! 不要說話! 閉嘴!/There is no
holding him. 對他真是沒有辦法的(<對付不了)/We
will hold him to his word. 我們會要他遵守諾言的.
5 留住〔人〕; 使不能逃走, 捕抓, 扣押, 拘留.
The man was held in police custody. 這個男子被
警方拘留.
6 引起〔注意, 興趣等〕. Her queer look held my
attention. 她那古怪的表情引起了我的注意.
7 (預備使用而有所)保留, 保管; 預約. We should
hold some of the food in reserve. 我們應當留一
些糧食儲備起來.
【能持有】9 能裝入〔某容量〕; 容納〔某人數〕.
This jug holds one pint. 這個水壺能裝一品
脫/This minibus holds 25 persons. 這輛小型巴士
可載 25 人.
【保有】9 擁有, 保有〔保持〕〔財產, 權利, 紀

錄, 學位等〕. The duke holds a lot of land. 這位
公爵擁有許多土地/He still holds the heavy-
weight title. 他仍然保有重量級的冠軍頭銜.
10 具有, 擁有〔職務, 地位等〕. He holds the
rank of colonel. 他官拜上校.
11 占領〔場所〕, 置於統治下; 守衛〔陣地, 要塞
等〕. The town was held by the troops for a
week. 這座城鎮被軍隊占領了一週/The garrison
held the fort against the enemy. 守軍堅守碉堡抗
敵.
【使具有>舉行】12 舉辦, 召開,〔會議, 祭典
等〕; 舉行, 舉辦,〔儀式〕. The election is going
to be held next Sunday. 選舉將在下星期日舉行/
We held a pleasant conversation with the old
man. 我們和那個老人談得很愉快.
搭配 hold+n.: ~ a ceremony (舉行慶典), ~
an examination (舉辦考試), ~ a festival (舉
辦節慶), ~ a meeting (舉行會議), ~ a wed-
ding (舉行婚禮).
【心中具有】13 抱有〔想法, 仇恨等〕. He holds
an optimistic opinion. 他抱持樂觀的看法/Ted
holds no ill feelings toward you. 泰德對你完全沒
有惡意.
14 (a) 句型3 (hold that 子句)認為…, 看做, 主
張, 相信. The villagers hold that the old man
was guilty. 村民都認為那個老人有罪. (b) 句型5
(hold A B / A to be B)認為 A 是 B, 看做, 判定.
Susan held herself responsible for the fire. 蘇珊
認為這次火災責任在她/We hold these truths to
be self-evident. 我們認為這些真理不辯自明(美國獨
立宣言首句). (c)《加副詞片語》視為, 看〔人〕.
hold a person in contempt [respect, esteem] 蔑
視〔尊重〕某人.
— vi. 【持續】1 (某種位置, 狀態等)持續, 繼續
保持現狀; 句型2 (hold A)保持 A 的狀態. Hold
still or I'll shoot you. 別動! 否則就開槍/hold
aloof (from...) 與…保持距離, 保持超然.
2 【持續的效力】有效力; 適用, 通用. This holds
for most of us. 這適用於我們大部分的人/The prom-
ise I made them still holds. 我的承諾仍然有效.
3 【持續>受得住】能保持原狀; 不會斷, 不會壞.
This rope isn't very strong; it won't hold. 這根
繩子不太結實, 恐怕支撐不住.
4 等待(直到對方接聽)(電話用語; 也說 hold the
line).
hòld /.../ agàinst a pérson《口》因…對某人抱
持偏見.
* *hòld /.../ báck* (1)制止住, 阻擋; 抑止; 妨礙…的
進步, 扯後腿. The police held back the crowd.
警察攔住了(蜂湧而來的)人群. (2)隱瞞, 保密,〔事
實等〕; 壓抑〔感情等〕. hold back one's anger 壓
抑怒氣/I think he is holding something back
from us. 我認為他對我們隱瞞了甚麼/As I listened
to the touching story, it was difficult to hold
back my tears. 聽到這個悲慘的故事, 淚水不禁奪

眍射出.

hòld by... 支持; 堅守.

* **hòld /.../ dówn** (1)壓制〔人〕; 抑制〔物價, 聲音等〕. Our company is trying to *hold down* the prices of its goods. 我們公司努力壓低產品的價格. (2)《口》維持〔地位等〕; 繼續〔工作等〕.

hòld /.../ fórth[1] 發表, 提出, 提交.

hòld fórth[2] 長篇大論, 說敎, 《on》. *hold forth on* one's war experiences 大談戰場上的經驗.

hòld góod 有效. This agreement *holds good* for a year. 這項協議有效期限一年.

hòld one's gróund → ground[1] 的片語.

hòld /.../ ín 抑制, 壓抑, 〔怒火等〕.

Hóld it! (不掛電話)等一下; 不要動《在照相館拍照時的用語》.

* **hòld /.../ óff**[1] (1)使遠離, 使不能靠近. They *held off* the enemy for three days. 他們抗敵三天. (2)延期; 暫緩. They *held off* choosing Mike as captain. 他們暫緩選麥克擔任領隊.

hòld óff[2] (1)不靠近, 離開. (2)未開始《from, on〔行動等〕》. (3)〔雨〕停了.

* **hòld ón**[1] (1)持續, 繼續. The north wind *held on* all day. 北風整天吹個不停. (2)支持, 堅持. We have to *hold on* until the rescue team gets here. 我們必須堅持下去, 直到救援隊到達這裡. (3)等待; 不要掛斷(電話)《↔ hang up》. *Hold on* a minute! 稍等一下!

hòld ón to... (1)固守〔執著〕. (2)緊緊握住. *Hold on* to the rail. 緊抓住扶手.

* **hòld /.../ óut**[1] 伸出; 提供. *hold out* the hand of friendship 伸出友誼之手.

* **hòld óut**[2] (1)堅持, 不屈服; 忍受, 《against》. The explorers *held out against* the cold. 探險家們不畏嚴寒. (2)《口》隱瞞《on》; 不答應要求《on》. Why are you *holding out* on me? 你為甚麼要對我隱瞞? (3)強烈要求《for》. The workers *held out for* better working conditions. 勞方強烈要求更好的工作條件.

hòld /.../ óver 延後〔問題, 決定等〕, 延期. Let's *hold* the problem *over* till the next session. 這個問題留待下次開會再討論吧!

hòld one's ówn 不屈, 不敗, 《against》; 〔病人〕硬撐住.

hòld to... (1)緊抓不放. The girl *held* fast *to* her father's sleeve. 那個女孩緊緊抓住父親的衣袖. (2)堅守…. You oughtn't *to hold to* such a strange opinion. 你不要堅持這樣古怪的意見.

hòld...togéther[1] 使統一〔團結〕; 使鞏固; 使結合在一起, 使彙攏, 使連接在一起. John *holds* the group *together* with his personality. 約翰以他的個人魅力使這個團體團結起來.

hòld togéther[2] 團結, 整合.

* **hòld /.../ úp** (1)舉〔手等〕; 拿起, 支撐. Tom *held up* the medal high for all to see. 湯姆高高舉起獎

章給大家看/*Hold up* your hands! (持槍威嚇等)把手舉起來! (2)阻礙, 妨礙, 〔行進, 行動等〕; 使遲. The ferry was *held up* by a dense fog. 渡船因為濃霧動彈不得. (3)(持槍)遏止〔人, 車等〕; 當強盜搶刧〔銀行等〕. Masked men *held up* the stagecoach. 一夥蒙面歹徒搶刧了驛馬車.

hòld with... (1)贊成〔同意〕; 偏袒…. (2)忍受, 忍耐, 《用於否定句》. I can't *hold with* such a politician. 我無法容忍這種政客.

—— *n.* (*pl.* ~s [~z; ~z]) 〖把握〗 **1** ⓊⒸ 把握; 把持; 把手; 握法, 持法. I couldn't break Sam's *hold* on my arm. 我的胳膊被山姆抓住, 掙脫不了.

2 ⓊⒸ 支配力, 勢力, 掌握, 《on, over》. Nancy has a *hold on* [*over*] her husband. 南西管得住她丈夫.

3 Ⓤ 理解力, 判斷力, 《of, on》. We admire his *hold on* the situation. 我們佩服他對情況的判斷力.

4 〖可抓之處〗Ⓒ 把手, 柄; (攀岩等時的)可攀附之處, 可踏足之處. There were no *holds* for hand or foot on the rock. 那座岩石全無手腳可攀附之處.

5 Ⓒ (摔角)擒拿法.

* **càtch hóld of...** 抓住〔物〕; 捉住〔人〕, 捕捉. He *caught hold of* the rope. 他抓住繩子.

gèt hóld of... (1) = catch hold of... (2)弄到手; 與〔人〕取得聯繫. Where did you *get hold of* such a fine ring? 你從哪裡得到這麼漂亮的戒指?/I couldn't *get hold of* him at his office. 我打過電話到公司找他, 但仍沒聯絡上.

kèep hóld of... (抓住)不放. *Keep hold of* my hand if you're afraid. 如果你害怕就抓緊我的手.

lày hóld of... = catch hold of...

lòse hóld of... 放手, 失去; 失去對…的控制. He *lost hold of* the rope and fell into the river. 他抓不住繩子, 掉到河裡去了.

on hóld (1)保留了一陣子; 〔飛機等〕(等待降落許可)待機. be put *on hold* 〔計畫等〕擱置. (2)〔人〕在電話中等候.

tàke [sèize] hóld of... = catch hold of...

hold[2] [hold; həʊld] *n.* Ⓒ 船艙.

hold·all [ˈholˌɔl; ˈhəʊldɔːl] *n.* Ⓒ 《主英》(旅行用的大型)帆布袋.

hold·er [ˈholdə; ˈhəʊldə(r)] *n.* (*pl.* ~s [~z; ~z]) Ⓒ **1** 所有者, 持有者, 保持者. the *holder* of the title to the house 這棟房屋的所有權人/the *holder* of the world record for the high jump 跳高的世界紀錄保持者.

2 支撐〔放置〕的器具; (容器的)底座. a cigarette *holder* 香菸用的菸嘴/a toothbrush *holder* 挿放牙刷的器具.

● —— 與 HOLDER 相關的用語

freeholder	(不動產的)自由保有權的所有者
householder	戶長
landholder	土地所有者
leaseholder	租地人
penholder	鋼筆桿

shareholder	股東
smallholder	小自耕農
stockholder	股東

hold·ing [ˋholdɪŋ; ˈhəʊldɪŋ] *n.* **1** ⓤ 抓[被抓]; 保持[被保持].

2 ⓒ 所有地, 佃耕地; (常 holdings)所有財產; 股份. small*holding* →見 smallholding.

3 ⓤ 《球賽》持球(籃球, 排球等的犯規動作).

hólding còmpany *n.* ⓒ 控股公司《透過持有其他公司的股份而控制該公司》.

hold·up [ˋhold͵ʌp; ˈhəʊldʌp] *n.* **1** ⓤⓒ (持槍搶劫, 銀行, 列車等的)強盜行為. a bank *holdup* 搶劫銀行(事件).

2 ⓒ (運輸, 交通等的)停滯; 延遲. a traffic *holdup* 交通阻塞.

hole [hol; həʊl] *n.* (*pl.* ~s [~z; ~z]) ⓒ **1** 穴, 破洞; 凹處; 隙縫. make a *hole* 挖洞(繫穴)(→片語 make a hole in...)/dig a deep *hole* 挖深洞/The man peeped through a *hole* in the wall. 那個男人從牆上的洞往裡頭窺視.

2 《高爾夫球》(a)球洞《果嶺上的洞》. (b)從球座(tee)至球洞的區域.

3 (獸類住的)穴, 巢, (burrow). a rabbit *hole* 兔子窩.

4 《口》狹窄的家[場所].

5 《口》苦境, 窘境, 困境. The mistake got Jimmy into a *hole*. 這個錯誤使吉米陷入了窘境.

6 《口》缺點, 瑕疵. The argument is full of *holes*. 該論點漏洞百出.

a róund pég in a squàre hóle = a squàre pég in a ròund hóle 不適任的人.

in èvery hòle and córner 各個角落, 到處. He looked for his watch *in every hole and corner*. 他到處找自己的手錶.

in the hóle 《美、口》缺錢, 負債; 造成赤字.

màke a hóle in... 《口》用去一大筆〔存款等〕; 造成虧空. Buying a new car *made a* big *hole in* my savings. 買新車用去我一大筆存款.

pìck hóles [a hóle] in... 對…吹毛求疵. He always *picks holes in* my proposals. 他老是挑我提案的毛病.

— *vt.* **1** 開孔, 挖掘〔隧道等〕.

2 《高爾夫球》把〔球〕打進洞.

●──與 HOLE 相關的用語	
black hole	黑洞
pigeonhole	狹小的房間
loophole	槍眼; 狹縫
pothole	道路上的坑洞
keyhole	(門的)鑰匙孔
armhole	袖孔
manhole	(下水道等的)進入口
buttonhole	鈕扣眼
water hole	水窪

hole-and-cor·ner [ˋholənˋkɔrnɚ; ͵həʊləndˈkɔːnə(r)] *adj.* 《限定》祕密的, 不公開的.

hol·i·day [ˋhɑlə͵de; ˈhɒlədeɪ] *n.* (*pl.* ~s [~z; ~z]) ⓒ **1** 假日, 休假日; 節日, 紀念日. a legal *holiday* (美國的)法定假日, 公休日/a bank *holiday* (英國的)銀行假日, 公休日/celebrate a *holiday* 慶祝節日. **2** 休假(的一日); 《主英》(常 holidays)休假(期間)((《主美》vacation; →vacation《參考》). take a week's *holiday* 休假一週/Christmas *holidays* 聖誕節假期/She spent the summer *holidays* in France. 她在法國過暑假/They're going to Canada for their *holiday*(s). 他們要去加拿大度假.

màke holiday 休假, 休假娛樂.

on hóliday 《主英》休假中. Hal is away *on holiday* today. 哈爾今天休假.

hol·i·day·mak·er [ˋhɑlǝde͵mekɚ; ˈhɒlǝdɪ͵meɪkǝ(r)] *n.* ⓒ 《英》假日的遊客.

ho·li·er [ˋholɪɚ; ˈhəʊlɪǝ] *adj.* holy 的比較級.

ho·li·est [ˋholɪɪst; ˈhəʊlɪɪst] *adj.* holy 的最高級.

ho·li·ness [ˋholɪnɪs; ˈhəʊlɪnɪs] *n.* **1** ⓤ 神聖.

2 (Holiness) 教宗陛下《對羅馬教宗的敬稱》.

〖語法〗第二人稱的主格和受格皆用 Your Holiness, 第三人稱的主格和受格皆用 His Holiness; 皆視為第三人稱單數.

Hol·land [ˋhɑlǝnd; ˈhɒlǝnd] *n.* 荷蘭(the Netherlands(正式名稱)的通稱). ⇨ *adj.* **Dutch**.

Hol·land·er [ˋhɑlǝndɚ; ˈhɒlǝndǝ(r)] *n.* ⓒ 荷蘭人. the *Hollanders* 荷蘭國民(★一般為 the Dutch).

hol·ler [ˋhɑlɚ; ˈhɒlǝ(r)] 《主美、口》*vi.* 叫喊, 叫嚷, 《at》. — *vt.* 叫喊. — *n.* ⓒ 叫(聲).

hol·lo, hol·loa [ˋhɑlo, hǝˋlo; ˈhɒlǝʊ] *interj.*, *n.* (*pl.* ~s), *v.* =hallo, halloo.

hol·low [ˋhɑlo, ˋhɑlǝ; ˈhɒlǝʊ] *adj.* (~·er, more ~; ~·est, most ~)〖中空的〗**1** 空的, 空洞的, (↔ solid). He hid in a big *hollow* tree. 他藏在一個大樹洞裡.

2 下陷的, 凹陷的. *hollow* eyes 凹陷的眼睛/a *hollow* place in the ground 地上的坑洞.

〖空虛的〗**3** 〔感情, 語言等〕無誠意的, 表面的; 虛偽的. *hollow* friendship 虛假的友情/*hollow* promises 空洞的承諾.

4 〔聲音〕無力的, 空洞的; 〔心情等〕空虛的. speak in a *hollow* voice 有氣無力地講話.

— *n.* (*pl.* ~s [~z; ~z]) ⓒ **1** 凹坑, 坑窪; (樹幹, 岩石等的)洞; 穴(hole). the *hollow* of one's hand 手掌. **2** 窪地, 盆地; 山谷. a wooded *hollow* 樹木繁茂的山谷. **3** 空虛的感覺, 空洞. She had an aching *hollow* in her heart. 在她心中有一股沈痛的空虛之感.

— *vt.* 形成空洞, 挖空, 剜空; 使成凹陷《out》. *hollow* a canoe *out* of a log 挖空圓木做獨木舟.

hol·low·ly [ˋhɑlolɪ, ˋhɑlǝlɪ; ˈhɒlǝʊlɪ] *adv.* **1** 空洞地, 凹陷地. **2** 空虛地; 不誠實地.

hol·low·ness [ˋhɑlonɪs, ˋhɑlǝnɪs; ˈhɒlǝʊnɪs] *n.* ⓤ 空洞; 空虛; 不誠實.

hol·ly [`halɪ; 'hɒlɪ] *n.*
(*pl.* **-lies**) UC **1** (植物)西
洋多青, 美國多青等, (細葉
多青屬). **2** 西洋多青帶有紅
果實的葉子(用於聖誕節的裝
飾).

[holly]

hol·ly·hock [`halɪ‚hak,
‚hɔk; 'hɒlɪhɒk] *n.* C (植
物)蜀葵.

Hol·ly·wood
[`halɪ‚wud; 'hɒlɪwʊd] *n.* **1**
好萊塢(美國 California 的 Los Angeles 西北地區;
美國電影、電視製作中心地). **2** U 美國電影業
[界].

hol·o·caust [`halə‚kɔst; 'hɒlɪkɔːst] *n.* C **1**
(文章)(把人, 動物)完全燒殺殆盡; (特指用火焚或
毀滅性武器的)大屠殺. **2** (the
Holocaust)(第二次世界大戰中納
粹對猶太人的)大屠殺.

hol·o·gram [`halə‚græm;
'hɒləʊgræm] *n.* C 立體照片(利用
雷射光線的立體影像).

hol·o·graph [`halə‚græf;
'hɒləʊgrɑːf] *n.* C (文章)親筆文件
[文書].

Hol·stein [`holstaɪn;
'hɒlstaɪn] *n.* C (主美)荷仕登(菲
[holster]

仕蘭)乳牛(一種有黑白斑點的優等乳牛).

hol·ster [`holstɚ; 'həʊlstə(r)] *n.* C (繫於皮帶
上的)放手槍用的皮套.

✱**ho·ly** [`holɪ; 'həʊlɪ] *adj.* (**-li·er; -li·est**) **1** 神聖
的, 獻給上帝的; 神的, 宗教(上)的. a
holy war 聖戰/*holy* precincts 聖域/a *holy* day 宗
教上的祭典[慶祝]日.
2 〔人, 生活〕虔誠的, 堅定信仰的, 侍奉上帝的;
德高的, 聖者般的. lead a *holy* life 過有信仰的生
活.

Holy Bíble *n.* (加 the)聖經(the Bible).

Hóly Cíty *n.* (加 the)聖城(各宗教教徒視爲聖
地的都市; Jerusalem, Rome, Mecca 等).

Hóly Commúnion *n.* U (基督教)(新教
的)聖餐禮; (天主教的)聖體拜領(信徒領受麵包
和葡萄酒, 作爲基督肉體和血的象徵; 此類儀式亦
作 Eucharist).

Hóly Fáther *n.* (加 the)羅馬教宗的尊稱.

Hóly Ghóst *n.* (加 the) = Holy Spirit.

Hóly Gráil *n.* (加 the)聖杯(基督在最後的晚
餐時所用的酒杯; 亞瑟王傳說中的騎士(Galahad)曾
找到此聖杯; 亦作 the Grail).

Hóly Lánd *n.* (加 the)(基督教的)聖地(Pal-
estine (巴勒斯坦)).

Hóly Rōman Émpire *n.* (加 the)神聖
羅馬帝國(962-1806).

Hóly Scrípture(s) *n.* (加 the) = Holy
Bible.

Hóly Spírit *n.* (加 the)聖靈(三位一體的第三
位; → Trinity).

●——美國的法定假日(**legal holidays**)

New Year's Day	元旦	1月1日
Martin Luther King Day	金恩紀念日	1月15日(因州而異)
Lincoln's Birthday	林肯誕辰	2月12日(有些州爲2月的第一個星期一)
Washington's Birthday	華盛頓誕辰	2月22日(大部分的州是2月的第三個星期一)
Good Friday	耶穌受難日	復活節前的星期五
Memorial [Decoration] Day	陣亡將士紀念日	5月的最後一個星期一
Independence Day	獨立紀念日	7月4日
Labor Day	勞動節	9月的第一個星期一
Columbus Day	哥倫布紀念日	10月的第二個星期一
General Election Day	大選日	11月的第一個星期一的翌日(星期二)
Veterans Day	退伍軍人節	11月11日
Thanksgiving Day	感恩節	11月的第四個星期四
Christmas Day	聖誕節	12月25日

●——英國的銀行假日(**bank holidays**)＊英格蘭和威爾斯的假日

New Year's Day	元旦	1月1日
Good Friday	耶穌受難日	復活節前的星期五
Easter Monday	復活節翌日	復活節翌日的星期一
May Day	勞動節	5月的第一個星期一
Bank Holiday	銀行假日	5月的最後一個星期一
Bank Holiday	銀行假日	8月的最後一個星期一
Christmas Day	聖誕節	12月25日
Boxing Day	節禮日	聖誕節的翌日(如遇星期一則改爲其翌日)

Hóly Wèek n. (加 the) 聖週(復活節前一週; 亦作 **Pássion Wèek** (受難週)).

Hóly Wrít n. [U] (常加 the) 聖經.

hom·age [ˋhɑmɪdʒ, ˋɑm-; ˈhɔmidʒ] n. [U]
1 《文章》尊敬, 敬意, (to). We should pay *homage* to this great novelist. 我們應向這位偉大的小說家致敬.
2 《歷史》(封建時代對君主的)盡忠, 盡臣下之責.

‡**home** [hom; həom] n. (pl. ~**s** [~z; ~z])
【居住】**1** [UC] 自家, 自宅; 家庭(生活). There's no place like *home*. 《諺》金窩銀窩不如自家窩/He is absent [away] from *home*. 他不在家/Men make houses, women make *homes*. 男人治屋, 女人治家/leave *home* (因工作等而)離家; 離家自立/come from a good *home* 出身於家世良好的家庭(此處 home 指家世, 門第)/He is now staying in his *home* in Chicago. 他現在待在芝加哥的家裡.
圖 house 一般指建築物, 而 home 除建築物之外還包含家庭生活場所應有的舒適, 溫暖.
2 [C] 《美》家, 住宅, (house). They bought a big *home* in a suburb. 他們在郊外買了一幢大房子/the Robert *home* 羅伯特家的住宅.
3 [C] (小孩, 病人等的)收容場所, …之家, (★有用 institution 等取代的趨勢). an orphan *home* 孤兒院/an old people's [folk's] *home* 養老院.
【故鄉, 根據地】**4** [U] 故鄉, 老家; 故國, 祖國. Where's your *home*? 你的家鄉是哪裡?/a letter from *home* 家書.
5 [C] (動物的)棲息地; (植物的)自然生長地; 原產地. The *home* of the tiger is India. 老虎的原產地是印度.
6 [C] 發源地, 中心地. America is the *home* of baseball. 美國是棒球的發源地/Athens is the *home* of Greek civilization. 雅典是希臘文明的發源地.
7 [返回的場所] [UC] 《棒球》本壘 (home base); (比賽)終點. get [reach] *home* (safe) 安全跑回本壘.
***at hóme** (1)在家裡, 在故鄉[祖國](的); 在國內(的) (↔ abroad). My father isn't *at home*. 我父親現在不在家/Taiwanese abroad are quite different from Taiwanese *at home*. 旅居海外的臺灣人與在國內的臺灣人有很大的不同/Coke is as popular in Taiwan as it is *at home* in the U.S. 可口可樂在臺灣一如在美國國內一樣暢銷. 圖法一般指特定的家時, 介系詞用 in; → home 1 最後一項. (2)(在家)接見客人的日子 [時間]. The master is not *at home* to anyone today. 主人今天誰都不見. (3)精通, 熟諳, (in). Bill is not *at home in* any of the social sciences. 比爾不是社會科學的專家. (4)輕鬆地, 舒適地, (at ease). Tom and Jim feel *at home* with each other. 湯姆和吉姆關係融洽.
hòme awáy from hóme 《美》 = 《英》 **hòme from hóme** (別處)卻如在自家一般自在舒暢的場所.
màke onesèlf at hóme (像在家裡似的)輕鬆安樂, 舒適, 《常用祈使語氣》. Sit on the sofa, and

make yourself at home. 請坐, 放輕鬆點(別拘束).
── adj. 《限定》**1** 自宅的, 自家的; 家(用)的; 在家庭中的; 自製的. a happy *home* life 快樂的家庭生活/*home* cooking 家常菜[料理].
2 本國的, 祖國的; 故鄉的. His *home* country is Germany. 他的祖國是德國/the *home* government 本國政府.
3 國內的; 國產的; (domestic; ↔ foreign). *home* affairs 國內問題; 內政/*home* trade 國內貿易/*home* products 國產品.
4 本地的, 故鄉的, (↔ away, visiting); 總部的, 主要的. the *home* baseball team 地主(棒球)隊/the company's *home* office 總公司.
5 正中要害的, 嚴厲的. a *home* truth 殘酷的事實.
── adv. 【往家去】**1** 向[在]家, 向[在]自宅; 回家; 向故鄉; 向本國. *home* [get] *home* 到家/write *home* 寫信回家/on one's way *home* from school 從學校回家途中/see a person *home* 送某人回家/Mother is not *home* yet. 媽媽還沒回家.
2 《主美, 口》在家(at home). stay *home* 待在家. 圖法 be at home 是「在家」, be home 是「回到家」之意思, 用法應有區別.
【向中心＞向要害部位】**3** (朝瞄準的地方)猛然地, 狠狠地; 抓住要害地, 一針見血地. drive a nail *home* 把釘子敲平/The matador thrust the sword *home*. 那鬥牛士狠狠地將劍刺中(牛的)要害/You must drive your point *home* to him. 你必須讓他徹底理解你的觀點.
bring A hóme to B 使 B(人)深感[深切地明白] A. This book will *bring* the harm of smoking *home* to the public. 這本書使大眾深切地瞭解吸菸的害處/His letter has *brought home* to me that.... 他的信讓我深切領悟到….
***còme hóme** (從外面)回家, 回鄉; (從海外)歸國. Did your father *come home* late last night? 你父親昨夜晚歸嗎?
còme hóme to... 使人深切明白[痛切感受]. The grim truth *came home to* Sue. 蘇深切地感受到這殘酷的事實.
drive/.../hóme → drive 的片語.
gèt hóme → get 的片語.
***gò hóme** (1)回家; 回國. (2)(箭等)中靶; (推測, 言語等)命中, 強烈地打動人心. The criticism [bullet] *went home*. 那批評直指痛處[那子彈命中了].
strìke hóme = **hìt hóme** → strike 的片語.
── vi. (~s; ~d; hom·ing) 回家[故鄉]; (鴿子)歸巢.
hòme ín on... (1)(飛機, 飛彈等)(由自動導引裝置)引導向某地[某目標]飛行. (2)(一般)鎖定[目標].
hòme báse n. [U]《棒球》本壘.
home·bod·y [ˋhom͵bɑdɪ; ˈhəombɔdi] n. (pl. **-bod·ies**) [C] 以家庭為生活重心的人; 不喜歡外出的人.

home·com·ing [ˋhom͵kʌmɪŋ; ˈhəʊmˏkʌmɪŋ] n. **1** ⓤ (特指長期離開後的)歸國，回家，回鄉. **2** ⓒ (美) (大學，高中等通常一年舉行一次的)校友會.

Hōme Cóunties n. 《作複數》(加 the) (英) 倫敦周圍諸郡.

hōme económics n. ⓤ (通常作單數)家政學(domestic science)；家政科.

home·grown [ˋhomˋgron; ˈhəʊmˏgrəʊn] adj. 〔蔬菜等〕產於國內的，本地栽培的.

hōme hélp n. ⓒ (主英)家庭護理員(為看護老人，病患等而由當地市鎮村派遣的外派護理員).

home·land [ˋhom͵lænd; ˈhəʊmlænd] n. ⓒ (加 my, his 等)祖國，本國.

home·less [ˋhomlɪs; ˈhəʊmlɪs] adj. 無家可歸的，無宿處的. the homeless 無家可歸者，無宿處的人／Many people were made homeless by the flood. 這次洪水使得許多人無家可歸.

home·like [ˋhom͵laɪk; ˈhəʊmlaɪk] adj. 如在家中的；安適的. a homelike atmosphere 如家庭般的氣氛.

home·li·ness [ˋhomlɪnɪs; ˈhəʊmlɪnɪs] n. ⓤ **1** (美)不好看，**2** 質樸，樸素. **3** 平凡.

*****home·ly** [ˋhomlɪ; ˈhəʊmlɪ] adj. (-li·er, more ~; -li·est, most ~) 【 家庭的>日常生活的>平凡的 】 **1** (美)〔人，臉等〕不好看的，不漂亮的. (→ ugly 參考). a rather homely face 並不好看的臉. **2** 樸素的；適合家庭的. homely food (每天的)家常菜. **3** 司空見慣的，日常的，平凡的.

home·made [ˋhomˋmed; ˈhəʊmmeɪd] adj. **1** 自製的，手製的. a homemade apple pie 自製的蘋果派／homemade bombs 土製炸彈. **2** 粗製的，簡樸的.

home·mak·er [ˋhom͵mekɚ; ˈhəʊmˏmeɪkə(r)] n. ⓒ (美)操持家務者；家管. 參考 逐漸取代 housewife(家庭主婦)之意；也包含男性在內.

hōme móvie n. ⓒ 於自宅中製作的家庭電影.

Hóme Óffice n. (加 the) (英)內政部.

ho·me·op·a·thy [͵homɪˋɑpəθɪ; ͵həʊmɪˈɒpəθɪ] n. ⓤ (醫學)順勢療法，同毒療法，(即於 19 世紀盛行之「以毒攻毒」說法，主張對病患施予在健康人身上會產生類似該病症狀的藥物或治療).

hōme pláte n. =home base.

Ho·mer [ˋhomɚ; ˈhəʊmə(r)] n. 荷馬(西元前 8 世紀左右希臘最偉大的敘事詩詩人；據傳係 Iliad 和 Odyssey 的作者).

hom·er [ˋhomɚ; ˈhəʊmə(r)] n. ⓒ (口)(棒球)全壘打(home run).

home·room [ˋhom͵rum; ˈhəʊmˏru:m] n. ⓤⓒ (美)課餘輔導的教室，時間，全體學生).

hōme rúle n. ⓒ 地方自治.

hōme rún n. ⓒ (棒球)全壘打.

home·sick [ˋhom͵sɪk; ˈhəʊmsɪk] adj. 思鄉病的，鄉愁的. be [become, get] homesick 想家，患思鄉病.

home·sick·ness [ˋhom͵sɪknɪs; ˈhəʊmsɪknɪs] n. ⓤ 思鄉，鄉愁. He suffered from homesickness all the time he was abroad. 他在國外期間飽受思鄉之苦.

home·spun [ˋhom͵spʌn; ˈhəʊmspʌn] adj. **1** 在家紡織的，手織的；手織布製的. homespun cloth 手織的布. **2** 樸素的，單純的；平凡的. homespun tales 老生常談.
— n. ⓤ 手織的布；手織毛料(質地較粗，供手織用的羊毛料).

home·stay [ˋhom͵ste; ˈhəʊmˏsteɪ] n. (pl. ~s) ⓒ (主美)客居外國家庭期間(留學生等住進當地一般家庭，廣泛體驗生活).

home·stead [ˋhom͵stɛd, ˋhomstɪd; ˈhəʊmsted] n. ⓒ **1** (含有附屬建築物和建地的)宅地，農場. **2** ⓒ (美)自耕農場.

home·stead·er [ˋhom͵stɛdɚ, ˋhomstɪdɚ; ˈhəʊmstedə(r)] n. ⓒ (美)承領自耕農場者.

home·stretch [ˋhomˋstrɛtʃ; ˈhəʊmˈstretʃ] n. ⓒ **1** (賽馬)直線跑道(接近終點的直線跑道；(英)亦作 hōme stráight；→ backstretch). **2** (工作等的)最終階段，末尾.

home·town [ˋhom͵taun; ˈhəʊmˏtaʊn] n. ⓒ (加 my, his 等)出生地；現在居住的城鎮.

home·ward [ˋhomwɚd; ˈhəʊmwəd] adv. 向家；向本國. This ship is homeward bound. 這艘船航向祖國[在歸航途中].
— adj. 向家[本國]的，在歸途中的.

home·wards [ˋhomwɚdz; ˈhəʊmwədz] adv. =homeward.

*****home·work** [ˋhom͵wɝk; ˈhəʊmwɜːk] n. **1** 習題，家庭作業，預習. Have you done [finished] your homework? 你的家庭作業做完了嗎?

> 搭配 v.+homework: assign ~ (指定功課), get ~ (拿到作業), give ~ (出家庭作業), hand in ~ (繳交作業), mark ~ (打作業分數).

2 在家的工作；(外面的重要工作)先在家中預備，做預先準備.

home·y [ˋhomɪ; ˈhəʊmɪ] adj. (美、口)〔場所等〕安適的，舒適的，像自己的家似的.

hom·i·ci·dal [͵hɑməˋsaɪd|; ͵hɒmɪˈsaɪdl] adj. 殺人的；殺人狂的；殺人狂[癖]的.

hom·i·cide [ˋhɑmə͵saɪd; ˈhɒmɪsaɪd] n. 《法律》 **1** ⓤ 殺人(罪)；ⓒ 殺人行為. involuntary homicide 過失殺人. 同 homicide 為不論有否殺人動機的一般用語；→ manslaughter, murder. **2** ⓒ 殺人犯.

hom·i·ly [ˋhɑml͵ɪ; ˈhɒmɪlɪ] n. (pl. -lies) ⓒ **1** 說教(特指根據聖經的). **2** (冗長而令人生厭的)說教，訓誨，責備.

hom·ing [ˋhomɪŋ; ˈhəʊmɪŋ] adj. 《限定》 **1** 歸巢[巢]的；〔鴿子等〕有歸巢性的. homing instinct 歸巢的本能. **2** 〔飛彈等〕自動導向的.

hóming pígeon n. ⓒ 傳信鴿.

ho·mo [ˋhomo; ˈhəʊməʊ] n. (pl. ~s) (口) =homosexual.

ho·moe·op·a·thy [ˌhomɪˈɑpəθɪ; ˌhəʊmɪˈɒpəθɪ] *n.* =homeopathy.

ho·mo·ge·ne·i·ty [ˌhoməˈdʒəˈniətɪ; ˌhɒməʊdʒəˈniːətɪ] *n.* Ⓤ同種；同質；等質，均質．

ho·mo·ge·ne·ous [ˌhoməˈdʒiːnɪəs; ˌhɒməˈdʒiːnjəs] *adj.* 同種的；同質的；均質的(由同質的部分所組成的整體)．The culture of Japan is said to be very *homogeneous*. 一般認為日本文化的組成同質性頗高． ↔ **heterogeneous.**

ho·mog·e·nize [hoˈmɑdʒəˌnaɪz; hɒˈmɒdʒənaɪz] *vt.* 使均質．*homogenized* milk 均質牛奶．

hom·o·graph [ˈhoməˌɡræf; ˈhɒməʊɡrɑːf] *n.* Ⓒ同形異義字(拼法相同的異義字；ball(球)和 ball(舞會)等；也有如 bow [bo; bəʊ](弓) 和 bow [baʊ; baʊ](鞠躬)這種發音不同的情況)．

hom·o·nym [ˈhomə,nɪm; ˈhɒmənɪm] *n.* **1** =homophone 2. **2** (一般)=homograph.

hom·o·phone [ˈhomə,fon; ˈhɒməʊfəʊn] *n.* Ⓒ **1** 同音異字(cat 的 *c* 和 keep 的 *k* 等)．**2** 同音異義字(air 和 heir；our 和 hour 等)．

Homo sa·pi·ens [ˈhomoˈsepɪˌɛnz; ˌhəʊməʊˈseɪpɪenz] (拉丁語) *n.* (現在的)人，人類(學名；homo 是「人」，sapiens 是「智慧」)．

ho·mo·sex·u·al [ˌhomoˈsɛkʃʊəl; ˌhɒməʊˈsekʃʊəl] *adj.* 同性戀的． — *n.* Ⓒ同性戀者． ➡ **heterosexual.**

ho·mo·sex·u·al·i·ty [ˌhoməsɛkʃʊˈælətɪ; ˌhɒməʊsekʃʊˈælətɪ] *n.* Ⓤ同性戀．

hom·y [ˈhomɪ; ˈhəʊmɪ] *adj.* =homey.

Hon. (略) Honorable.

Hon·du·ras [hɑnˈdʊrəs; hɒnˈdjʊərəs] *n.* 宏都拉斯(中美洲中部的共和國；首都 Tegucigalpa)．

hone [hon; həʊn] *n.* Ⓒ(特指削刀用的)磨刀石．

— *vt.* 在磨刀石上磨；磨鍊(技術等)．

‡**hon·est** [ˈɑnɪst; ˈɒnɪst] *adj.* 《無偽的》〚人，行為〛正直的；不說謊的，誠實的；公正的；(↔ dishonest) an *honest* young man 正直的年輕人/It was *honest* of Pete to confess he was partly guilty. 皮特承認自己部分有罪，(他這樣做)是很誠實的/*honest* dealings 公平的交易．

2 〔利益等〕用正當手段得到的．He is making an *honest* living. 他正正當當地賺錢(生活)．

3 〔言辭等〕無偽的，誠實的，率直的．You should give an *honest* account of the matter. 你應該誠實說明那件事．

4 〔物品等〕純正的，未摻雜的．*honest* coffee [butter] 純咖啡(奶油)．

hònest to Gód [*góodness*] 《口》當眞的，我發誓．

to be (*quite*) *hónest* (*about it* [*with you*]) 直說，坦白說．

— *adv.* (感歎詞性)《口》眞正地，無疑地，(truthfully). I didn't eat the cake, *honest* (I didn't)! 我沒有把那塊蛋糕弄掉，眞的!

hon·est·ly [ˈɑnɪstlɪ; ˈɒnɪstlɪ] *adv.* **1** 正直地，誠實地；公正地．confess *honestly* 老實地招認/I can't *honestly* say I still love him. 我如果還說我

還愛著他的話，那我就是在說謊．

2 老實說地；眞地．*Honestly*, I can't work with you any longer. 說眞話，我無法再和你共事．

hon·est-to-good·ness [ˌɑnɪstəˈgʊdnɪs; ˌɒnɪstəˈɡʊdnɪs] *adj.* (限定)《口》純正的，純粹的．

‡**hon·es·ty** [ˈɑnɪstɪ; ˈɒnɪstɪ] *n.* Ⓤ正直；誠實；公正．(↔ dishonesty) *Honesty* is the best policy. 《諺》誠實爲上策/I could not, *in* (*all*) *honesty*, accept his offer. 老實說，我不能接受他的提議．

‡**hon·ey** [ˈhʌnɪ; ˈhʌnɪ] *n.* (*pl.* ~s [~z; ~z]) **1** Ⓤ蜂蜜，花蜜．words (as) sweet as *honey* 甜言蜜語．**2** Ⓤ甜，甜味；甜的東西．**3** Ⓒ《主美，口》親愛的(darling)(主要對妻子，孩子，丈夫，情人等的呼喚)．*Honey*, will you go shopping for me? 親愛的，你替我去買東西好嗎?

hon·ey·bee [ˈhʌnɪ,bi; ˈhʌnɪbiː] *n.* Ⓒ蜜蜂．

hon·ey·comb [ˈhʌnɪ,kom; ˈhʌnɪkəʊm] *n.* Ⓒ **1** 蜂巢．**2** 蜂巢狀之物；龜甲形狀．

hon·ey·combed [ˈhʌnɪ,komd; ˈhʌnɪkəʊmd] *adj.* (敍述)(蜂巢狀)滿是洞眼的(with).

hon·ey·dew [ˈhʌnɪ,dju, -,du; ˈhʌnɪdjuː] *n.* Ⓤ蜜(夏天時在樹木和草本植物上爬行的蚜蟲(aphid)等分泌在葉子上的甘露；螞蟻以此爲食)．

hóneydew mèlon *n.* Ⓒ蜜瓜(一種muskmelon；瓜皮呈淡黃色)．

hon·eyed [ˈhʌnɪd; ˈhʌnɪd] *adj.* **1** 加蜜而甜的；多蜜的．**2** (言辭等)如蜜般甜的．

hon·ey·moon [ˈhʌnɪ,mun; ˈhʌnɪmuːn] *n.* Ⓒ **1** 蜜月，新婚旅行的(休假)，(原意指新婚第一個月)．Mr. and Mrs. West are on their *honeymoon*. 威斯特夫婦正在度蜜月/The *honeymoon* will be spent abroad. 要去國外度蜜月．

2 (比喻)蜜月期(最初親密期間)．The *honeymoon* is over; the politicians of the new faction are already criticizing each other. 蜜月期結束；新派系的政治人物們已開始相互批評．

— *vi.* 度蜜月．

hon·ey·suck·le [ˈhʌnɪ,sʌk; ˈhʌnɪsʌkl] *n.* ⓊⒸ忍冬(初夏開放，芬芳的白色，黃色或桃色的花；蔓性植物；忍冬屬)．

Hong Kong [ˈhaŋˈkaŋ; ˈhɒŋˈkɒŋ] *n.* 香港(中國大陸東南沿岸貿易商港，曾爲受英國管轄的殖民地，已於 1997 年歸還中國)．

honk [hɔŋk, ˈhaŋk; hɒŋk] *n.* Ⓒ **1** 雁的叫聲．**2** (汽車的)喇叭聲等(似雁叫的刺耳聲音)．

— *vi.* (雁)叫．The geese flew above the lake, *honking* loudly. 雁大聲叫著飛過湖．

— *vt.* 鳴(汽車喇叭)．When a pedestrian stepped out into the road, I *honked* my horn. 有一個行人走到馬路上來，所以我就按喇叭．

Hon·o·lu·lu [ˌhɑnəˈlulə, -lu; ˌhɒnəˈluːluː] *n.* 檀香山(美國 Hawaii 的首府；位於歐胡(Oahu)島)．

‡**hon·or** (美)，**hon·our** (英) [ˈɑnə; ˈɒnə(r)]

n. (*pl.* **~s** [~z; ~z])【 高的評價 】 **1** Ⓤ(非常)尊敬; (衷心的)敬意. pay *honor* to the King 向國王致敬/All *honor* to the brave! 向勇士致敬!

2 Ⓤ名聲, 面子; 信用; (↔dishonor). win great *honor* 獲得很高的名聲/He preserve one's *honor* 保留面子/He stained the *honor* of his school. 他敗壞母校的聲譽/The national *honor* is at stake. 國家的聲譽岌岌可危.

3【博得尊敬之物】Ⓤ信義, 節操. a man of *honor* and principle 重信守節之士.

【 尊敬的結果 】 **4** Ⓤ名譽, 榮譽, 榮耀, 光榮; 特殊待遇, 特權(privilege). a point of *honor* 有關名譽的事/a guest of *honor* 貴賓.

5 Ⓒ(用單數)引以為榮[驕傲]的人[事]. Dr. Smith is an *honor* to his profession. 史密斯博士是同業的驕傲/I regard the award as a great *honor*. 這個獎對我來說是極大的榮耀/It is a great *honor* to have the Prime Minister here this evening. (文章)今晚首相能蒞臨真是無上的榮耀.

6 (honors) 表彰, 褒獎, (勳章, 獎狀等的授與).

7 (honors) (對賓客等的)禮儀; 禮遇. the last [funeral] *honors* 葬儀.

8 (honors) (大學等的)優等; (形容詞性)資優(生)的, with (highest) *honors* (最)優等, (最)優秀的成績, (畢業, 考試合格等的)/an *honors* graduate 資優畢業生/an *honors* degree 《英》資優畢業學位.

9【榮耀的崇高地位】(Honor)閣下(對法官, 市長等地位高的人的尊稱; 不用 You, He, She, 而分別以 Your, His, Her 加 Honor 來取代, 都作第三人稱單數). "Your *Honor*," said the lawyer, addressing the judge. 「法官大人」, 律師稱呼法官.

be bóund in hónor to dǒ=*be (in) hónor bóund to dǒ*=be on one's honor to do.

be on one's hónor to dǒ 為了顏面[道義]應該做…. The boys *were on* their honor *to* keep the secret. 那些男孩們為了面子必須保守這個祕密.

dǒ hónor to a pèrson=*dǒ a pèrson hónor* (1)成為某人的光榮. Jim's success *did honor to* his parents. 吉姆的成功使他的父母親臉上有光. (2)對某人表示敬意.

gìve one's wòrd of hónor 以名譽擔保[發誓].

hàve the hònor of dóing [*to dǒ*] 具有做…的光榮, 謹做…. I *have the* honor *to* inform you that.... 我謹向您報告….

* *in hónor of* a pèrson=*in a pèrson's hónor* 對某人表示敬意; 紀念某人; 祝賀某人. hold a farewell party *in honor of* the retiring professor 為退休教授舉行歡送會.

on one's hónor 以名譽擔保, 發誓. I promise *on* my *honor* not to tell a lie again. 我以人格保證再也不說謊.

pùt a pèrson on his hónor 使某人以其名譽發誓.

— *vt.* (**~s** [~z; ~z]; **~ed** [~d; ~d]; 《美》**-or·ing**, 《英》**-our·ing** [-nərɪŋ, -nrɪŋ; -nərɪŋ])

【 表示敬意 】 **1** 尊敬. Everyone wishes to be *honored*. 每個人都希望受到尊敬.

2 給與名譽[榮譽]. We felt highly *honored* by the presence of the prime minister. 首相的蒞臨使我們感到非常光榮.

3【表示敬意>注重協定】承兌(票據, 支票, 信用卡等); (限期)支付; 遵守(協定等). We expect you to *honor* the agreement [your promise]. 我們期待您遵守協定[您的承諾].

＊**hon·or·a·ble**（美）, **hon·our·a·ble**
(英) [ˈɑnərəbl, -nrəbl; ˈɒnərəbl] *adj.* **1** 值得尊敬的; 守信義的, 高潔的; (↔ dishonorable). an *honorable* priest 可敬的牧師/Tom's *honorable* behavior toward his superiors 湯姆對上司恭敬的態度.

2 名譽[光榮]的, 成為榮譽的. hold an *honorable* position 居於有名譽的地位.

3 表示敬意, 與(對方的)名譽相稱. He received *honorable* treatment. 他受到隆重的禮遇.

4 有身分的, 地位高的; 著名的; 高貴的(noble). come of an *honorable* family 名門出身.

5 (Honorable) (一般加the)冠於人名的尊稱(略作 Hon.). the *Honorable* Mr. Justice Johnson 強生法官大人.

【參考】hono(u)rable 在《英》用於伯爵(earl)的第二個兒子以下的貴族子弟, 閣員, 高等法院法官, 國會議員等, 《美》則用於閣員, 國會議員等; 比此地位高的人, 《英》用 the Right *Honourable*, 更高的則用 the Most *Honourable*.

hon·or·a·bly （美）, **hon·our·a·bly** （英） [ˈɑnərəblɪ, -nrəblɪ; ˈɒnərəblɪ] *adv.* 與名譽相稱地; 體面地, 出色地.

hon·o·ra·ri·um [ˌɑnəˈrɛrɪəm, -ˈrær-, -ˈrɛr-; ˌɒnəˈreərɪəm] *n.* (*pl.* **-s**, **-ri·a** [-rɪə; -rɪə]) Ⓒ(勞心工作的)報酬, 謝禮, 《領受者獲得之金額多寡不一定).

hon·or·ar·y [ˈɑnəˌrɛrɪ; ˈɒnərərɪ] *adj.* **1** 作為榮譽授與的(官階, 學位等). an *honorary* degree 榮譽學位. **2** [地位等]榮譽職的, 無報酬的. an *honorary* post [office] 榮譽職.

hon·or·if·ic [ˌɑnəˈrɪfɪk; ˌɒnəˈrɪfɪk] *adj.* 表示尊敬的(用語); 尊稱的, 敬語的.
— *n.* Ⓒ敬語(特指日語等東方語言中的).

hónor sýstem *n.* Ⓒ《美》榮譽(考試)制度《考試時無人監考, 信任學生的道德).

hon·our [ˈɑnə; ˈɒnə(r)] *n.*, *v.* (英)=honor.

hon·our·a·ble [ˈɑnərəbl, -nrəbl; ˈɒnərəbl] *adj.* (英)=honorable.

hooch [hutʃ; huːtʃ] *n.* Ⓤ《美·俚》(特指便宜[私釀]的)威士忌.

* **hood** [hud; hʊd] *n.* (*pl.* **~s** [~z; ~z]) Ⓒ 【 包頭之物 】 **1** 頭巾; (附著於外套, 外衣等領子上的)兜帽. a riding *hood* (騎馬用)頭巾((以

[hoods 1, 2]

前婦女，兒童用的）.

〖 似頭巾之物 〗 **2** 學士服背部垂著的布（根據顏色表示不同的學位）.

3 《英》（汽車，(手推)嬰兒車等折疊式的）車篷；(照相機的)遮光罩；(廚房的)煙囪帽.

4 《美》(汽車)的引擎蓋(《英》bonnet；→car 圖).

— vt. 以頭巾遮蓋，戴頭巾.

-hood suf. **1** 接在名詞、形容詞之後構成表示「身分，狀態，性質等」的抽象名詞. boy*hood*. false-*hood*. **2** 接在名詞之後表示「集團，階級等」的人的群體. brother*hood*. priest*hood*.

hood·lum [ˋhudləm; ˈhu:dləm] n. ⓒ《口》不良少年；暴力分子.

hoo·doo [ˋhudu; ˈhu:du:] n. (pl. ~s) ⓒ《主美、口》不吉利之物[人]；瘟神；不幸.

hood·wink [ˋhud͵wɪŋk; ˈhudwɪŋk] vt. 蒙蔽，欺騙.

hoo·ey [ˋhuɪ; ˈhu:ɪ] n. Ⓤ《美、俚》愚蠢的事[話]，胡說.

hoof [huf, huf; hu:f] n. (pl. ~s [~s; ~s], **hooves**) ⓒ **1** 蹄. **2** (有蹄動物的)腳.

on the hóof (家畜)尚未被宰.

under the hóof (of...) 遭受(…)踐踏.

hoofed [huft, huft; hu:ft] adj. 有蹄的.

hook [huk; hʊk] n. (pl. ~s [~s; ~s]) ⓒ 〖 鉤 〗 **1** (固定[掛]東西的)鉤，掛鉤；釣鉤 (fishhook)；(電話的)聽筒掛架. hang a coat on the hook 把上衣掛在掛鉤上.

〖 鉤狀物 〗 **2** (河等的)彎曲部.

3 (割草、樹枝的)鉤狀的鐮刀.

4 (拳擊)鉤拳(彎肘施予之打擊)；(高爾夫球、棒球等)左曲球，曲球，(球會飛向與投球手手臂相反的方向；此種投球[擊球]法；↔ slice). 〖 段 〗

by hòok or (by) cróok 用種種方法，「不擇手段」. *hòok, líne, and sínker* (副詞片語)《口》全部地，完全地(源自魚將釣鉤，線，鉛墜全部吞入的意思). He swallowed my tale hook, line, and sinker. 他完全全相信我的話.

òff the hóok 《口》擺脫困難. Jack lied to get his friend off the hook. 傑克為了使朋友脫離麻煩而說謊.

on the hóok 《口》陷於困難.

— v. (~s [~s; ~s]; ~ed [~t; ~t]; ~ing) vt. **1** 用鉤子鉤住，用鉤掛住；用釣鉤釣(魚等). hook up a skirt 扣好裙子的鉤子／hook a big salmon 釣上一條大鮭魚.

2 (開玩笑)勾引，釣到，(結婚對象等，特指男性)；《俚》俘虜. hook a husband 釣到一個老公.

3 將…弄成[彎成]鉤狀. hook one's elbow 將手肘彎曲.

— vi. **1** 用鉤[掛]住，用別針別住. **2** 弄成鉤狀，彎成鉤狀.

hook·ah [ˋhukə; ˈhʊkə] n. ⓒ 水菸管.

hooked [ˋhukɪd, hukt; hʊkt] adj. **1** 鉤狀彎曲的. a hooked beak 鉤形的鳥喙／a hooked nose 鉤鼻. **2** 帶鉤的. **3** (敘述)(像用別針別住般)無法彈的. **4** 著迷的(on). He neglects his homework because he's completely hooked on video

---

games. 他沈迷於電視遊樂器，不管家庭作業.

hook·er [ˋhukə; ˈhʊkə(r)] n. ⓒ《主美、俚》妓女.

hook·ey [ˋhukɪ; ˈhʊkɪ] n. =hooky.

hook-nosed [ˋhuk͵nozd; ˈhʊknəʊzd] adj. 鷹鉤鼻的.

hook-up [ˋhuk͵ʌp; ˈhʊkʌp] n. ⓊⒸ **1** 《主美》(收音機，電話等零件[附屬品]的)接線(圖)，線路(圖). **2** (電臺間的)聯播，轉播.

hook·worm [ˋhuk͵wɜm; ˈhʊkwɜ:m] n. **1** ⓒ 鉤蟲，十二指腸蟲. **2** Ⓤ 十二指腸蟲症.

hook·y [ˋhukɪ; ˈhʊkɪ] n. Ⓤ《美、口》逃學(僅用於下列片語)

plày hóoky 逃學.

hoo·li·gan [ˋhulɪgən; ˈhu:lɪgən] n. ⓒ 不良少年，流氓.

hoo·li·gan·ism [ˋhulɪgən͵ɪzəm; ˈhu:lɪgənɪzəm] n. Ⓤ 流氓行為；集體暴力(例如足球比賽或賽馬的觀眾鬧事之類).

hoop [hup, hup; hu:p] n. ⓒ **1** (木桶等的)箍. **2** (呼拉圈等的)環；(馬戲表演中供動物穿越的)圈. **3** 箍，裙環，(以前婦女用於撐展裙子的鯨骨[鐵]製的環).

gò through the hóop(s) 受考驗，吃苦.

pùt a pèrson through the hóop(s) 讓某人吃苦頭.

— vt. 在(木桶等)上加箍；裝環.

hoop-la [ˋhuplɑ, ˈhuplɑ; ˈhu:plɑ:] n. Ⓤ **1** (以獲取贈品為目的的)投環遊戲. **2** 《主美》誇大的宣傳；大鬧.

[hoop skirt]

hóop skìrt n. ⓒ 用環圈撐開的裙子.

hoo·ray [huˋre, huˋre; hʊˈreɪ] interj., n. (pl. ~s) =hurrah.

hoot [hut; hu:t] vi. **1** 〔貓頭鷹〕呼呼叫；發出呼呼的聲音；〔喇叭，汽笛等〕鳴叫. **2** (嘲笑、不贊成等的)噓聲[喝倒彩](at). They hooted (with laughter) at his suggestion. 他們對他的提議喝倒彩(嘲笑).

— vt. **1** 〔警笛等〕鳴響. **2** 喝倒彩. **3** 以噓聲表示〔嘲笑，不贊成等〕.

— n. ⓒ **1** (貓頭鷹的)呼呼叫聲. I heard the hoot of an owl among the trees. 我聽到貓頭鷹在樹叢裡叫. **2** 警笛，汽笛.

3 (嘲笑、不贊成等的)噓聲，嘲笑聲.

a hóot = twò hóots 《口》一點點；(用於否定句)毫不(at all). The book is not worth a hoot. 這本書一文不值.

hoot·er [ˋhutə; ˈhu:tə(r)] n. ⓒ **1** (呼呼叫的)貓頭鷹. **2** 《英》(上班、下班時的)笛聲；警笛，汽笛.

H

hoo·ver [`huvə; ˈhuːvə(r)] 《英》 *n.* C 吸塵器《源於商標名》.
— *vt.* 以吸塵器清理〔地毯等〕.

hooves [huvz, huvz; huːvz] *n.* hoof 的複數.

***hop**¹ [hɑp; hɒp] *v.* (~**s** [~s; ~s]; ~**ped** [~t; ~t]; ~**ping**) *vi.* **1** 〔人〕單腳跳. *hop* about for joy 高興得蹦蹦跳跳.

2 〔小鳥, 青蛙, 蝗蟲等〕併足蹦跳. The frog *hopped* from stone to stone. 那隻青蛙在石頭上跳來跳去.

3 《口》忽然移動. *hop* in [out of] the car 跳上[跳下]車子.

4 《口》(特指乘飛機)到處飛; 短程旅行. I *hopped* over to Hong Kong for the weekend. 我飛到香港去渡週末.

— *vt.* **1** 跳過. *hop* a ditch [fence] 跳過構渠[籬笆]. **2** 《口》跳上〔交通工具〕. **3** 《口》(搭飛機)橫越, 飛越.

hòp alóng 單腿跳著走; 蹦蹦跳跳地去.

— *n.* C **1** (人的)跳躍, 單腳跳, 單腿跳著走; (鳥, 青蛙等的)併足跳. He cleared the puddle with a *hop.* 他跳過水坑.

2 《口》(搭飛機)飛行的一程(的距離), (途中不著陸的)短距離飛行. I slept throughout the *hop* to Hong Kong. 我在飛往香港的途中一直在睡覺.

on the hóp 《口》(1)突然地, 冷不防地; (catch... on the hop)出其不意地…. His early arrival *caught* me *on the hop.* 他提早到來讓我措手不及. (2)忙碌, 忙亂. I'm worn out —I've been *on the hop* all day. 我累癱了, 因為整天忙來忙去的.

hop² [hɑp; hɒp] *n.* C **1** 啤酒花(桑科多年生蔓草植物). **2** (通常hops)啤酒花乾燥的雌花(使啤酒帶苦味).

[hop² 2]

***hope** [hop; həʊp] *n.* (*pl.* ~**s** [~s; ~s]) **1** UC 希望, 期待. a vain [faint, slight] *hope* 無法實現[渺茫]的希望/lose *hope* 失望/The teacher's words raised his *hopes.* 老師的話燃起了他的希望/She fulfilled her *hopes* at last. 她終於如願以償了/The news brought new *hope* to Jack. 這消息給傑克帶來新的希望.

[搭配] *adj.*+hope: an eager ~ (強烈的希望), an earnest ~ (熱切的希望), a sincere ~ (誠摯的希望) // *v.*+hope: cherish a ~ (懷抱希望), have a ~ (擁有希望), crush a person's ~s (粉碎某人的希望).

2 UC 希望, 期望, 期待, 《*of*; *of do*ing; *that* 子句》. He has no *hope* of success. 他沒有成功的希望/The crew gave up *hope* of being rescued. 船員們放棄了獲救的希望/Do you have any *hope* that you'll be elected? 你有當選的希望嗎?

3 C 受期望的人[物], 希望. a *hope* of the musical world 樂壇的希望.

beyond (àll) hópe (完全)沒有可能[希望].

* ***in hópes of...*** [*that*...] = ***in the hópe of...*** [*that*...] 期待著, 希望…. Mary lives in the hope that her son will return someday. 瑪莉一直希望有一天她的兒子會回來.

— *v.* (~**s** [~s; ~s]; ~**d** [~t; ~t]; **hop·ing**) *vt.*

1 希望, 期待. [句型3] (hope *to* do/*that* 子句)做…/期望…. I *hope* (that) I can be of service to you. 我希望能為你效勞/I *hope* to paint the Bay of Naples someday. 我希望有一天將那不勒斯灣畫下來/When may I *hope* to see you again? 我甚麼時候能再見到你?

[語法] (1)在口語中, 通常省略連接詞 that. (2)hope 的過去式後面接完成式不定詞的情況, 表示希望沒有實現. I *hoped* to have seen her mother. (我原本希望見到她的母親(但並沒有見到)). (3)We *hope* the scheme *succeeds* [*will succeed*]. (我們希望這計畫成功). 此種情況下, 用現在式更能強調實現的可能性.

[同] wish 和 hope 作為名詞, 動詞各有以下的區別: wish 意味著不可能的事, 或與可能性的有無無關, 意味著「想要」; 相反地, hope 是「期望」有可能實現的事: I *wish* I were an inch taller. (我希望自己再高一英寸)/I *hope* I'll be a writer. (我希望將來成為一位作家).

2 [句型3] (hope *that* 子句)《以 I 當主詞》(期望性地)想是…, 但願如此, 相信. I *hope* (that) you enjoyed your trip. = You enjoyed your trip, I *hope.* 想想, 你的旅行很愉快吧/"Do we have a test on Friday?" "I *hope* (we do) not." 「我們星期五會有測驗嗎?」「但願沒有」/"Is his sister coming, too?" "I certainly *hope* so." 「他妹妹也來嗎?」「我相信一定會」(so=she is).

[語法] (1)在口語中, 通常省略 that.
(2)I *hope* (that)…. 用於自己或對方等「想著所期望的事」的意思; ⟷ I am afraid, I fear.

— *vi.* 期望, 期待, 《*for*》抱著希望. All we could do was *hope for* a miracle. 我們只有希望奇蹟出現/Victory is not to be *hoped for* under the circumstances. 在這種情況下勝利是無望的.

hòpe against hópe (*that*...) 對…抱著一線希望.

hòpe for the bést 希望一帆風順, 希望進展順利. Our prospects are not very bright; we can only wait and *hope for the best.* 我們的前景並不看好; 我們只能等待並祈求一帆風順.

hópe chèst *n.* C 《美》嫁妝箱(《英》 bottom drawer)《從前少女作結婚準備, 收存衣物, 日常用品等的箱子》; 嫁妝.

***hope·ful** [`hopfəl; ˈhəʊpfʊl] *adj.* **1** 充滿希望的, 抱著希望的, 樂觀的, 《*about*》; 期望著, 期待著, 《*that* 子句》. a very *hopeful* person 非常樂觀的人/Beth was [felt] *hopeful* of her success as a pianist. 貝絲希望她能成為一位成功的鋼琴家/The mayor was *hopeful* that things would change for the better. 市長期

待事態會好轉.

2 有希望的, 有前途的. a *hopeful* physicist 有前途的物理學家/Prospects for Mike's promotion seemed *hopeful*. 麥克的升遷似乎有希望.
↔ hopeless.

— *n.* C 有前途的人. a young *hopeful* 年輕有為的人;《諷刺》前途令人擔心的人.

hope·ful·ly ['hopfəlɪ; 'həʊpfʊlɪ] *adv.* **1** 抱有希望地, 樂觀地; 有望地. He spoke *hopefully* about the possibility of world peace. 他樂觀地述說世界和平的可能性. **2**《修飾句子》但願, 順利的話, 可能的話. *Hopefully*, this project will be completed within a year. 順利的話, 這項計畫一年內就可以完成.

hope·ful·ness ['hopfəlnɪs; 'həʊpfʊlnɪs] *n.* U 抱著希望; 有可能, 有希望.

***hope·less** ['hoplɪs; 'həʊplɪs] *adj.* **1** 絕望的, 不抱希望的, 死心的,《of》. I was *hopeless of* getting a pay raise. 我對加薪已經死心了/He has a *hopeless* feeling about his future. 他對自己的前途感到絕望.
2 無望的, 絕望的;〔人, 疾病等〕無計可施的, 難以挽救的. Economic conditions in that country are quite *hopeless*. 那個國家的經濟狀況已無藥可救了/He is a *hopeless* fool. 他是個無藥可救的傻瓜.
3《口》毫無用處的, 無能的; 不行的, 笨拙的, 不擅長的,《at, with》. I'm *hopeless at* foreign languages. 我對外語一竅不通.
↔ hopeful.

hope·less·ly ['hoplɪslɪ; 'həʊplɪslɪ] *adv.* **1** 絕望地, 不抱希望地. **2** 無望地, 無計可施地. The problem is *hopelessly* complicated now. 這個問題現在已經是相當複雜而無藥可救了.

hope·less·ness ['hoplɪsnɪs; 'həʊplɪsnɪs] *n.* U 絕望; 無計可施; 絕望的狀態.

Ho·pi ['hopɪ; 'həʊpɪ] *n.* (*pl.* ~, ~s) **1** (the Hopi(s); 作複數)荷比族(住在美國 Arizona, 是北美原住民的一族); C 荷比族人. **2** U 荷比語.

hop·ing ['hopɪŋ; 'həʊpɪŋ] *v.* hope 的現在分詞, 動名詞.

hop·per ['hopə; 'hɒpə(r)] *n.* C **1** 單足跳躍者; 跳蟲(跳蚤, 蝗蟲等).
2 漏斗形裝置(將穀物, 煤炭等送入機器的裝置, 從底部出口流入別的容器的漏斗形容器).

hop·scotch ['hap,skatʃ; 'hɒpskɒtʃ] *n.* U 跳房子(兒童遊戲).

hŏp, stĕp [skĭp] and júmp *n.* (加 the)三級跳遠.

Hor·ace ['hɔrɪs, 'har-, -əs; 'hɒrɪs] *n.* 賀瑞斯(65 -8 B.C.)《羅馬詩人》.

[hopper 2]

horde [hord, hɔrd; hɔːd] *n.* C **1** (常 hordes)一大群的人, 群眾;(動物的)大群. swarming *hordes* of ants 成群的螞蟻.

***ho·ri·zon** [hə'raɪzn; hə'raɪzn] *n.* (*pl.* ~s [~z; ~z]) C 【與天空的界線】 **1** (通常用單數)地平線, 水平線. A dark cloud appeared *on the horizon*. 地平線上出現烏雲/出現了不尋常的徵兆.
【邊界線>界限】 **2** (通常 horizons)(思考, 知識, 經驗, 興趣等的)範圍, 界線; 視野. He is a man of very limited *horizons*. 他是個視野狹隘的人/Studying at a university broadened his *horizons*. 到大學唸書開拓了他的視野.

***hor·i·zon·tal** [,hɔrə'zantl, ,har-; ,hɒrɪ'zɒntl] *adj.* **1** 水平的, 橫的; (↔ vertical). a *horizontal* level [line] 水平面[線]/*horizontal* stripes 橫條紋.
2 水平面的; 平的.
— *n.* C 水平的線[面].

horizŏntal bár *n.* C (體操用的)單槓《亦為體育比賽名稱; → gymnastics 圖》.

hor·i·zon·tal·ly [,hɔrə'zantlɪ, ,har-; ,hɒrɪ'zɒntəlɪ] *adv.* 水平地; 橫地; 平地.

hor·mone ['hɔrmon; 'hɔːməʊn] *n.* C 《生理》荷爾蒙.

***horn** [hɔrn; hɔːn] *n.* (*pl.* ~s [~z; ~z]) C 【角】
1 (獸的)角; 鹿角. a bull's *horns* 牛角/grow *horns* 長角.
2 (蝸牛等的)角, 觸角; (貓頭鷹等的)角狀羽毛.
【角製物】 **3** (角製的)杯, 鞋拔(shoehorn), 火藥筒等. a drinking *horn* 角製[角形]的杯.
4 號角. blow a *horn* 吹號角; 鳴警笛.
5 警笛;《音樂》= French horn, English horn; (泛指)銅管樂器. an auto [a motor] *horn* 汽車的喇叭/a fog *horn* 霧笛.

blŏw one's ŏwn hŏrn 《美、口》自誇, 吹牛.
drăw [pŭll] in one's hŏrns (1)(比以前)消極, 謹慎. (2)(費)節約.
tăke the bŭll by the hŏrns → bull¹ 的片語.

— *vt.* 以角抵刺.

hŏrn ín 《俚》闖入, 插嘴,《on》. The man tried to *horn in on* our conversation. 那個人想要插入我們的談話.

horned [hɔrnd; hɔːnd] *adj.* 有角的; 角狀的(突起)的.

hŏrned ówl *n.* C 《鳥》鴟鵂.

hor·net ['hɔrnɪt; 'hɔːnɪt] *n.* C 《蟲》大黃蜂(大型蜂類, 被刺會有劇痛).

horn·less ['hɔrnlɪs; 'hɔːnlɪs] *adj.* 無角的.

hŏrn of plénty *n.* = cornucopia 1.

horn·pipe ['hɔrn,paɪp; 'hɔːnˌpaɪp] *n.* C 角笛舞(昔日流行於英國水手間的活潑舞蹈); 角笛舞曲.

horn-rimmed ['hɔrn'rɪmd; 'hɔːnrɪmd] *adj.* 〔眼鏡〕角[玳瑁, 塑膠]製鏡架的.

horn·y ['hɔrnɪ; 'hɔːnɪ] *adj.* **1** (限定)角(製)的; 角質的. **2** 似角般堅硬的. a laborer's *horny* hands 工人堅硬粗糙的手. **3** 《鄙》好色的, 猥褻的;

勃起的, 發情的.

hor·o·scope [ˋhɔrəˌskop, ˋharə-; ˋhɒrəskəup]
n. © **1** 占星, 占星術,《根據人出生時的星位測定人的命運》. **2**《為斷定命運的》天體觀測. **3**（占星用的）星象圖.

hor·ren·dous [hɔˋrɛndəs, ha-; həˋrendəs] *adj.*
非常恐怖的;《口》很討厭的, 非常可怕的.

***hor·ri·ble** [ˋhɔrəbḷ, ˋhar-; ˋhɒrəbl] *adj.* **1** 非常可怕的, 毛骨悚然的. a *horrible* dream 非常可怕的噩夢/commit a *horrible* crime 犯下駭人聽聞的罪行. ⊡ horrible 意為令人汗毛直豎的恐懼, 厭惡, terrible 是感到心神不寧的不安, awful 為令人敬畏的恐懼, dreadful 則意味著不吉利, 陰森恐怖. **2**《口》（令人毛骨悚然般的）討厭的, 極不愉快的; 非常嚴重的. a *horrible* mistake 嚴重的錯誤/We had a *horrible* time at the party. 那次聚會我們非常不愉快. ⬥ *n.* **horror**.

hor·ri·bly [ˋhɔrəblɪ, ˋhar-; ˋhɒrəblɪ] *adv.* **1** 可怕地, 恐怖地. The man died *horribly* in the fire. 那個人在火災中慘死. **2**《口》嚴重地, 非常地. a *horribly* confusing problem 非常棘手的問題.

***hor·rid** [ˋhɔrɪd, ˋhar-; ˋhɒrɪd] *adj.* **1** 可怕的, 令人戰慄的. a *horrid* experience 可怕的經驗.
2《口》非常討厭的; 太過分的(*to*). What a *horrid* thing to say! 你說這話太過分了!

hor·rid·ly [ˋhɔrɪdlɪ, ˋhar-; ˋhɒrɪdlɪ] *adv.* 可怕地,《口》非常地.

hor·rif·ic [hɔˋrɪfɪk, ha-; hɒˋrɪfɪk] *adj.* 可怕的, 毛骨悚然的. a *horrific* murder occurred in that house. 那幢房子發生了可怕的凶殺案.

hor·ri·fy [ˋhɔrəˌfaɪ, ˋhar-; ˋhɒrɪfaɪ] *vt.* (**-fies**; **-fied**; **~ing**) **1** 使恐懼, 使驚悸, 使驚駭,《常用被動語態》. a *horrifying* scene 令人恐懼的景象/All the children were *horrified at* [*to* hear] the ghost story. 孩子們聽了鬼故事後無不汗毛直豎/We were all *horrified* to see the plight of the refugees on TV. 看到電視上難民們受苦的模樣, 我們全都感到無比震驚.
2《口》使反感, 使厭煩, 使煩膩,《通常用被動語態》. Bill was *horrified* to learn the truth. 比爾知道真相後目瞪口呆[感到豈有此理].

***hor·ror** [ˋhɔrə, ˋharə; ˋhɒrə(r)] *n.* (*pl.* ~**s** [~z; ~z]) **1** (**a**) ⓤ（令人毛骨悚然的）恐懼, 戰慄. She screamed in *horror*. 她恐懼得尖叫起來/To his *horror*, he found himself face to face with a bear. 可怕的是, 他發現自己面前出現一頭熊. (**b**) (the horror**s**) 非常的恐懼[煩惱, 悲傷等]. The sight gave her the *horror*s. 這景象令她戰慄.
2 ⓐⓤ（令人毛骨悚然之程度的）厭惡. I have a great *horror* of spiders. 我非常討厭蜘蛛.
3 © 極厭惡的人[物]. Cockroaches are my *horror*. 我非常厭惡蟑螂.
4 © 《口》令人嫌惡之物. His latest film is a *horror*. 他最新的這部影片實在糟透了.
5《形容詞性》令人感到恐怖的. a *horror* story 驚悚小說/a *horror* movie 恐怖電影.
⬥ *adj.* **horrible, horrid**.

hor·ror-strick·en [ˋhɔrəˌstrɪkən, ˋhar-; ˋhɒrəstrɪkən] *adj.* 驚嚇的, 戰慄的. We were *horror-stricken* to hear that the plane had crashed. 我們聽到飛機墜毀的消息都嚇壞了.

hor·ror-struck [ˋhɔrəˌstrʌk, ˋhar-; ˋhɒrəstrʌk] *adj.* =horror-stricken.

hors d'oeu·vre [ɔrˋdʌvrə, ɔːˋdɜːvrə] (法語)
n. © (*pl.* ~, ~**s**) 主菜前的小菜, 開胃菜.

*****horse** [hɔrs; hɔːs] *n.* (*pl.* **hors·es** [~ɪz; ~ɪz])
【 馬 】 **1** © 馬. ride a *horse* 騎馬/The knight mounted a white *horse*. 那位騎士騎著一匹白馬/*Horses* neigh [whinny]. 馬嘶/You can lead a *horse* to water but you can't make it drink. 《諺》牽馬臨河易, 逼馬飲水難(比喻逼人做他不願做的事是徒勞的).
參考 小馬為colt(雄), filly(雌); 小型馬為pony, 種馬為stallion, stud[1]; 去勢馬為gelding; →ass, donkey, mare, steed.
2 © 已發育的雄馬 (★雌馬為mare).
3《作複數》(集合)騎兵. light [heavy] *horse* 輕[重]騎兵/*horse* and foot 騎兵和步兵.
【 與馬形狀相似之物 】 **4** © (體操用的)馬《鞍馬 (side horse)和跳馬 (vaulting horse)》; 木馬; (兒童玩的)木馬 (rocking horse); 烘衣架; 鋸木架 (sawhorse), 有腳的架子.
a hórse of anóther [*a dífferent*] *cólor*《口》(與某事)完全不同的事[問題].
báck the wróng hórse (預測錯誤)賽馬時下錯賭注; 支持到失敗的一方.
èat like a hórse 拼命地吃; 食量很大; (⟷ eat like a bird (bird的片語)).
flòg a dèad hórse 鞭打死馬, 拚命努力想扭轉已成定局之事, (比喻徒勞無益).
Hóld your hórses!《口》沈住氣!
pùt the cárt before the hórse → cart的片語.
(stráight) from [*out of*] *the hòrse's móuth*《口》由出自可靠來源的(的); 直接來自[聽]本人的.
— *vi.* 騎馬去, 騎馬.
hòrse aróund [*abóut*]《口》無聊地喧鬧.

***horse·back** [ˋhɔrsˌbæk; ˋhɔːsbæk] *n.* ⓤ 馬背.
on hórseback 騎著馬, 騎馬(的).
— *adv.*《美》在馬背上. go *horseback* 騎馬去.

hórse chéstnut
n. © (植物)七葉樹(果)《在英國, 兒童用線穿過茶褐色的果實 (conker), 互相扔來扔去使其破碎, 以此玩耍》.

[horse chestnut]

horse·flesh
[ˋhɔrsˌflɛʃ; ˋhɔːsfleʃ] *n.* ⓤ **1** (集合) (特指騎馬用的)馬. **2** 馬肉.

horse·fly [ˋhɔrsˏflaɪ; ˈhɔːsflaɪ] *n.* (*pl.* **-flies**) ⓒ《蟲》虻類(聚集在牛馬身上).

Hórse Guárds *n.* 《英》(加 the) 禁衛軍騎兵第二團.

horse·hair [ˋhɔrsˏhɛr, -ˏhær; ˈhɔːsheə(r)] *n.* ⓤ馬的毛(鬃毛, 尾巴; 以前用來作爲沙發中的塡充物等).

horse·laugh [ˋhɔrsˏlæf; ˈhɔːslɑːf] *n.* ⓒ(大聲而粗野的)笑.

horse·man [ˋhɔrsmən; ˈhɔːsmən] *n.* (*pl.* **-men** [-mən; -mən]) ⓒ騎馬者; 馬術師; (★女性爲horsewoman).

horse·man·ship [ˋhɔrsmənˏʃɪp; ˈhɔːsmənʃɪp] *n.* ⓤ馬術, 騎馬法.

hórse ópera *n.* ⓒ《美、俚》西部片(以美國西部爲主題的電影, 電視等).

horse·play [ˋhɔrsˏple; ˈhɔːspleɪ] *n.* ⓤ喧鬧.

horse·pow·er [ˋhɔrsˏpaʊɚ; ˈhɔːsˏpaʊə(r)] *n.* (*pl.* ~) ⓤⓒ馬力(功率的單位; 1 馬力是 750 watts; 略作 HP, hp). 《美》much [《英》many] *horsepower* 馬力強/a 30 *horsepower* engine 30 匹馬力的引擎.

hórse ràce *n.* ⓒ(一次的)賽馬.

hórse ràcing *n.* ⓤ賽馬.

horse·rad·ish [ˋhɔrsˏrædɪʃ; ˈhɔːsˏrædɪʃ] *n.* 1 ⓒ《植物》山葵(原產於東南歐、北美; 十字花科). 2 ⓤ芥末《將山葵磨碎做成的調味料》.

hórse sènse *n.* ⓤ《口》普通的常識.

[horseradish 1]

horse·shoe [ˋhɔrsˏʃu, ˋhɔrsˏʃu, -ˏʃɪu; ˈhɔːsˈʃuː] *n.* ⓒ 1 馬蹄鐵. A *horseshoe* over the door is used as a good luck charm. 門上方的馬蹄鐵是當作幸運符的(迷信).
2 馬蹄形[U字形]物.
3 (horseshoes)《作單數》擲蹄鐵《扔馬蹄鐵使其套在柱子上的遊戲》.

horse·trad·ing [ˋhɔrsˏtredɪŋ; ˈhɔːsˏtreɪdɪŋ] *n.* ⓤ精明的討價還價.

horse·whip [ˋhɔrsˏhwɪp; ˈhɔːshwɪp] *n.* ⓒ馬鞭(騎馬用).

horse·wom·an [ˋhɔrsˏwʊmən, -ˏwʊm-; ˈhɔːsˏwʊmən] *n.* (*pl.* **-wom·en** [-ˏwɪmɪn; -ˏwɪmɪn]) ⓒ女性騎馬者; 女騎師; (★男性爲horseman).

hors·y [ˋhɔrsɪ; ˈhɔːsɪ] *adj.* 1 馬(般)的.
2 愛馬的; 愛賽馬的.

hor·ti·cul·tur·al [ˏhɔrtɪˋkʌltʃərəl; ˏhɔːtɪˋkʌltʃərəl] *adj.* 園藝的.

hor·ti·cul·ture [ˋhɔrtɪˏkʌltʃɚ; ˈhɔːtɪkʌltʃə(r)] *n.* ⓤ園藝; 園藝學.

hor·ti·cul·tur·ist [ˏhɔrtɪˋkʌltʃərɪst; ˈhɔːtɪkʌltʃərɪst] *n.* ⓒ園藝家.

ho·san·na [hoˋzænə; həʊˋzænə] *interj.* 和撒那!(讚美上帝的感歎詞; 源自聖經).

— *n.* ⓒ和撒那之聲.

hose¹ [hoz; həʊz] (★注意發音) *n.* ⓤ《作複數》 1 《主商業》(集合)長統襪(stockings). panty *hose* (→見 panty hose)/three pairs of silk *hose* 三雙絲襪. 2 (從前男子穿的)緊身褲.

hose² [hoz; həʊz] *n.* ⓤⓒ橡皮水管.
— *vt.* 用橡皮水管澆水[澆水淸洗]《*down*; *out*》. We shouldn't *hose* the garden during the water shortage. 我們不應該在缺水的時候用水管接水澆花/The car was dirty, so I *hosed* it *down*. 那輛汽車髒了, 所以我用水管接水將它沖洗一番.

ho·sier [ˋhoʒɚ; ˈhəʊzɪə] *n.* ⓒ《英》襪子、男性內衣等的銷售業者.

ho·sier·y [ˋhoʒərɪ, -ʒrɪ; ˈhəʊzɪərɪ] *n.* ⓤ《英》(集合)襪子、男性內衣類.

hos·pice [ˋhɑspɪs; ˈhɒspɪs] *n.* ⓒ 1 朝聖者的招待所(特指宗敎團體經營的).
2 安寧照護機構(照顧癌症末期病患等的臨終醫院).

***hos·pi·ta·ble** [ˋhɑspɪtəbl, hɑsˋpɪtəbl; hɒˋspɪtəbl] *adj.* 殷勤款待(客人, 外地人)的, 熱情接待的; 非排斥性的, 寬容的; 《*to*》. hospitable treatment 殷勤款待/Mr. and Mrs. Jones were *hospitable* to the unexpected guests. 瓊斯夫婦熱情款待這些突然來訪的客人.

hos·pi·ta·bly [ˋhɑspɪtəblɪ, hɑsˋpɪtəblɪ; hɒˋspɪtəblɪ] *adv.* 熱情招待地; 寬容地.

***hos·pi·tal** [ˋhɑspɪtl, ˋhɑsˏpɪtl; ˈhɒspɪtl] *n.* (*pl.* ~**s** [-z; -z]) ⓒ醫院. a general *hospital* 綜合醫院/a children's *hospital* 兒童醫院. [語法]hospital 不僅指建築物, 而且還表示「醫療場所」. 通常《美》加冠詞, 而《英》則不加. go to [into] (the) *hospital* (入院)/She's in (the) *hospital*. (她住院中)/leave (the) *hospital* (出院)/be sent to (the) *hospital* (被送入醫院).

[字源] HOSPIT「殷勤款待」: *hospit*al, *hospit*able (款待), *hospi*ce (收容所), *host* (招待客人的主人), *host*el (招待所), *hotel* (旅館).

***hos·pi·tal·i·ty** [ˏhɑspɪˋtælətɪ; ˏhɒspɪˋtælətɪ] *n.* ⓤ(對客人, 外地人)殷勤招待, 款待. Thank you for your kind *hospitality*. 感謝你的盛情款待.
⇨ *adj.* hospitable.

hos·pi·tal·i·za·tion [ˏhɑspɪtḷəˋzeʃən, -aɪˋz-; ˏhɒspɪtəlaɪˋzeɪʃən] *n.* ⓤ住院(治療); 住院期間.

hos·pi·tal·ize [ˋhɑspɪtḷˏaɪz; ˈhɒspɪtəˏlaɪz] *vt.* 使住院. Jim must be *hospitalized* at once. 吉姆必須立刻住院.

***host¹** [host; həʊst] *n.* (*pl.* ~**s** [~s; ~s]) ⓒ 1 (招待賓客的)主人; (大會等的)主辦者[國家, 學校, 團體]; (★女性爲hostess; ↔ guest; 複數 hosts 則男女通用). Mike acted as *host* at the party. 麥克擔任宴會的主持人/Italy plays *host* to many foreigners in winter. 義大利在多天時會湧入許多外國人(像主人般招待)(★注意省略冠詞)/the *host* country for the next summit meeting 下次高峰會議的主辦國.

2 (電視、廣播節目等的)主持人. act as *host* for a TV show〔a TV show *host*〕主持電視節目〔電視節目主持人〕.

3 (旅館, 旅社的)老闆, 經營者.

4 (寄生動物寄生的)宿主(⟷ parasite).

— *vt.* 擔任〔招待會等〕的司儀; 招待客人; 擔任〔國際會議等〕的主辦國; 當〔節目〕主持人. *host* a party 主辦宴會.

***host²** [host; həʊst] *n.* (*pl.* ~s [~s; ~s]) ⓒ 大群, 眾多. a *host* of rivals 許多競爭對手/make *hosts* of troubles 製造許多麻煩.

hos·tage [ˋhɑstɪdʒ; ˋhɒstidʒ] *n.* ⓒ 人質; 抵押(品). The hijackers took 〔held, kept〕 the pilot (as a) *hostage*. 那些劫機犯將駕駛當作人質(★注意有無冠詞).

hos·tel [ˋhɑst!; ˋhɒstl] *n.* ⓒ **1** ＝youth hostel.

2 《英》(學生, 年輕勞工住的)宿舍, 招待所.

hos·tel·er (美), **hos·tel·ler** (英) [ˋhɑstl̩ə; ˋhɒstlə(r)] *n.* ⓒ 投宿於青年旅館的人.

***host·ess** [ˋhostɪs; ˋhəʊstɪs] *n.* (*pl.* ~·es [~ɪz; ~ɪz]) ⓒ **1** (招待賓客的)女主人(★男性爲 host). Mrs. White is an excellent *hostess*. 懷特夫人是一位優秀的女主人(使宴主盡歡).

2 (夜總會等的)女領班(主要工作是監督女侍, 將客人引導至座位等).

3 (客機的)空中小姐, 女空服員, (air hostess; → flight attendant).

●──以字尾表示男女區別的名詞

(1)陽性[男性]名詞＋字尾＝陰性[女性]名詞

男		女	
actor	演員	actress	女演員
baron	男爵	baroness	男爵夫人
duke	公爵	duchess	女公爵
emperor	皇帝	empress	女皇
god	神	goddess	女神
heir	繼承人	heiress	女繼承人
hero	英雄	heroine	女英雄
host	主人	hostess	女主人
prince	王子	princess	公主
shepherd	牧羊人	shepherdess	女牧羊人
steward	男空服員	stewardess	女空服員
usher	帶位員	usherette	女帶位員
waiter	服務生	waitress	女服務生

(2)陽性[男性]名詞＝陰性[女性]名詞＋字尾

男		女	
bridegroom	新郎	bride	新娘
widower	鰥夫	widow	寡婦

★至於不根據字尾變化原則, 而採用另一名詞的
→ brother 表.

hóst fàmily *n.* ⓒ 住宿家庭(接受外國留學生的家庭).

***hos·tile** [ˋhɑst!, -tɪl; ˋhɒstaɪl] *adj.* **1** 有敵意的, 持反感的; 敵對的, 反對(意見)的; 《*to*》(⟷ friend-

ly). a *hostile* attitude 敵對的態度/Joe is *hostile to* Women's Lib. 喬反對婦女解放運動.

2 敵方的. a *hostile* army 敵軍.

hos·til·i·ty [hɑsˋtɪlətɪ; hɒˋstɪlətɪ] *n.* (*pl.* **-ties**)

1 ⓤ 敵意; 敵對, 反對. We have no *hostility* toward you. 我們對你並無敵意.

2 (hostil*ities*)戰鬥(狀態), 交戰; 敵對行爲. ope[cease] *hostilities* 開戰[停戰].

****hot** [hɑt; hɒt] *adj.* (~·ter; ~·test)【高溫的】**1** 熱的; 〔身體等〕發燒的; (⟷ cold). I lik coffee *hot*. 我喜歡趁熱喝咖啡/the *hottest* seaso of [in] the year 一年中最熱的季節/Aren't yo *hot* in that overcoat? 穿那件大衣你不覺得熱嗎?

【仍是熱的＞剛做好的】**2** 剛做好[出爐]的, 熱呼呼的; 〔消息, 錢幣等〕最新的, 嶄新的. *hot* new 最新的消息/young men *hot* from school 剛從學校畢業的年輕人.

3 〔獵物的氣味, 足跡〕新的; 接近〔獵物等〕的; 接近〔謎題的正確答案〕. The police were *hot* on th trail of the criminal. 警察緊追在犯人後面/get ho (→片語).

4 (俚)剛偷來的(〔一看就知道是偷來的東西〕).

【燃燒似的】**5** 〔胡椒等〕辛辣的; 〔顏色, 味道等強烈的. make soup *hot* with pepper 加胡椒使湯變辣.

6 〔個性, 行動等〕激烈的, 易激動的; 興奮的. a *hot* debate 激烈的辯論/He has a *hot* temper. 他脾氣不好.

7 熱心的, 熱烈的; 著迷的(《*on*》). He spent hi life in *hot* pursuit of fame. 他一生醉心於追求功名/Kate is *hot* on skiing. 凱蒂熱愛滑雪.

8 有放射性的; 通(高壓)電的; 〔機械等〕不停使用的.

9 《口》好色的, 煽情的, 激起情慾的.

— *adv.* **1** 熱地, 炎熱地.

2 激烈地; 熱烈地; 興奮地; 憤怒地.

gèt hót (1)變熱; 《口》興奮; 憤怒; 著迷; 拚命努力. *get hot* over an argument 激烈爭論. (2)《口》靠近〔獵物, 搜尋之物〕; 〔謎題等〕幾乎快答對了. You're *getting* really *hot*. 你的答案已相當接近了

hòt under the cóllar 《口》生氣. I got ho *under the collar* when the pupil kept answering me back. 這個學生不斷跟我頂嘴, он我氣炸了.

màke it (too) hót for... 《口》使…覺得很不好受.

nòt so [too, that] hót 《口》不如預期好; 〔身體狀況等〕不太好. I'm *not* feeling *so hot* today. 我今天覺得不太舒服.

— *vi.* (~s; ~·ted; ~·ting) (用於下列片語)

hòt úp (主英、口)變得激烈; 變得危急.

hot-air balloon [ˋhɑtˏɛr bəˋlun, -blˋ jˏhɒtˋeə bəˏluːn] *n.* ⓒ 熱氣球.

hot·bed [ˋhɑtˏbɛd; ˋhɒtbed] *n.* ⓒ **1** (栽培植物的)溫床.

2 (壞事等的)溫床, 巢穴. a *hotbed* of vice [radi calism] 罪惡[偏激思想]的溫床.

hot-blood·ed [ˋhɑtˋblʌdɪd; ˏhɒtˋblʌdɪd] *adj* 易興奮的; 性急的, 魯莽的; 熱情的. Latin peopl

are said to be *hot-blooded.* 據說拉丁人很熱情.

hót càke n. C 烤餅, 薄煎餅.
sèll [*gò*] *like hót càkes* 《口》能很快賣出.

hotch·potch [ˋhɑtʃ͵pɑtʃ; ˈhɒtʃpɒtʃ] n. **1** C (通常用單數)混雜, 湊集.
2 U 大雜燴(一種羊肉和蔬菜合煮的濃湯).

hòt cròss búu n. C 畫有十字形的麵包點心 《在 Good Friday 或 Lent 時吃》.

hòt dòg n. C 熱狗; 燻紅腸(塞入麵包中作成熱狗).

ho·tel [hoˋtɛl; həʊˈtel] n. (pl. ~s [~z; ~z]) (★注意重音的位置) C 旅館, 旅社, (比 inn 規模大, 具有現代化的設備). keep [run] a *hotel* 經營旅館/She put up [stayed] at a seaside *hotel.* 她住在海邊的旅館/a resort *hotel* 觀光旅館(度假[避暑, 避寒]用).

[hotel]

配 adj.＋hotel: a quiet ~ (安靜的旅館) // n.＋hotel: a luxury ~ (豪華旅館) // v.＋hotel: check in at a ~ (登記旅館住宿), check out of a ~ (辦旅館退房手續), stay at a ~ (住在旅館).

ho·tel·i·er [hoˋtɛlɪ͵jɚ; həʊˈtelɪeɪ] (法語) n. ＝hotel-keeper.

ho·tel-keep·er [hoˋtɛl͵kipɚ; həʊˈtel͵kiːpə(r)] n. C 旅館的經營者.

hot·foot [ˋhɑt͵fʊt; ˈhɒtfʊt] 《口》 adv. 火急地.
── vi. 《常以 it 當受詞》急忙[匆忙]地趕去. I *hotfooted* it to the airport. 我十萬火急地趕去機場.

hot·head [ˋhɑt͵hɛd; ˈhɒthed] n. C 易激動的人; 魯莽的人; 性急的人; 冒失鬼.

hot·head·ed [ˋhɑtˋhɛdɪd; ˈhɒt͵hedɪd] adj. 易發怒的; 魯莽的; 性急的.

hot·house [ˋhɑt͵haʊs; ˈhɒthaʊs] n. (pl. **-hous·es** [-͵haʊzɪz; -haʊzɪz]) C 溫室(greenhouse).

hòt líne n. C **1** 熱線(兩國領袖間在發生緊急情況時使用的直通電話[電信]線路). **2** 電話諮詢服務. a poison *hot line* 中毒諮詢服務電話.

hot·ly [ˋhɑtlɪ; ˈhɒtlɪ] adv. **1** 興奮地; 憤怒地; 激烈地; 固執地. argue *hotly* 激烈地爭論/be *hotly* pursued(被人)緊追不捨. **2** 發熱地, 炎熱地.

hòt plàte n. C 輕便電爐(用電加熱菜餚用的鐵板).

hòt ròd n. C 《美、俚》(中古車)改裝成的高速汽車.

hòt spòt n. C **1** 《口》(戰爭, 政爭等)不穩定的地帶. **2** 《美、口》花街柳巷; 夜總會.

hòt spríng n. C 溫泉; (通常 hot springs)溫泉地區.

hòt stúff n. C 《口》能力傑出的人[物]; 性感的女性; 淫穢之物(春宮電影, 黃色書刊等).

hot-tem·pered [ˋhɑtˋtɛmpɚd; ˈhɒtˈtempəd] adj. 性急的, 易怒的.

Hot·ten·tot [ˋhɑtn͵tɑt; ˈhɒtntɒt] n. **1** C 霍騰托人(南非原住民). **2** U 霍騰托語.

hòt wár n. C 「熱戰」(積極訴諸武力的戰爭; ↔ cold war).

hòt wáter n. U **1** 熱水. **2** 《口》苦境.
gèt into [*be in*] *hòt wáter* 陷入苦境.

hòt-wáter bòttle [bàg] n. C (橡膠, 陶等製成的)熱水瓶.

hound [haʊnd; haʊnd] n. (pl. ~s [~z; ~z]) C
1 獵犬. a pack of *hounds* 一群獵犬/set the *hounds* on a fox 放獵犬去追一隻狐狸.
2 卑鄙的人, 可惡的人.
── vt. **1** 用獵犬狩獵. **2** (不斷地)糾纏[人]; (一再)指責. Film stars are often *hounded* by the press. 電影明星常受到新聞媒體的糾纏.

hour [aʊr; ˈaʊə(r)] n. (pl. ~s [~z; ~z]) **1** C 【時間的單位】一小時, 六十分, (→ minute, second). the *hour* between 2 and 3 p.m. 下午兩點到三點間的一小時/*hour* after *hour* (一個小時又一個小時的)好幾個小時/*hour* by *hour* 每一小時, 時時刻刻/work eight *hours* a day 一天工作八小時/study for *hours* (and *hours*) [for *hours* together] 持續著好幾個小時的書/have five *hours* of sleep 睡五小時/The hotel is within an *hour's* drive of the airport. 那間旅館距離機場不到一個小時的車程/The *hours* slipped away. 時間不知不覺地溜走了/half an *hour*＝a half *hour* 半小時, 三十分, (→ half adj. 1 語法)/a quarter of an *hour* 十五分, 一刻鐘.
2 C 一小時的距離[行程]. The waterfall is an *hour* away from here. 那瀑布距這裡有一小時的路程.
【時段】**3** (hours)上班[工作]時間. business [school] *hours* 營業[上課]時間/after *hours* 下班後/office *hours* (→見 office hours).
4 C (上課的)時間, 時段; (吃飯等的)時間. during our dinner *hour* 在我們吃晚餐時.
【時刻】**5** C 時刻(time); 整點, ...點整. at the appointed *hour* 在約定的時刻/at a late [an early] *hour* 在晚些[早些]時候/The *hour* is 3:30. 時間是三點三十分(3:30 讀作 three thirty)/This clock strikes the *hours*. 這個時鐘每小時報時一次. 參考 二十四小時制表示整點時用 hour(s)取代

o'clock: 0200 *hours* (午夜兩點)《讀作 zero two hundred hours》/1700 *hours* (十七點, 下午五點)《讀作 seventeen hundred hours》.

【時期】 **6** ⓒ (通常 hours) (某一特定的)時間, 時期, 期間. an idle *hour* 無所事事的時間/rush *hour*(s) 交通尖峰時間.

7 ⓒ (某一特殊的)時候, 時期, 時機. in the *hour* of need 萬一/Now is the *hour* when we should be united. 現在正是我們應該團結起來的時候了.

8 (加 the)現在, 目前; 現代. the problem of the *hour* 當前的問題/the man of the *hour* 當前眾所矚目的(男)人.

9 (加 my, his 等所有格)死期. Father's *hour* has come. 父親已到了生命盡頭.

at àll hóurs 在任何時候, 總是. He has a bad habit of phoning his friends *at all hours*. 他有不看時間隨時打電話給朋友的壞習慣.

at the elèventh hóur → eleventh 的片語.

* **by the hóur** (1)按小時計算. work *by the hour* 按小時計酬地工作. (2)持續幾小時. read comics *by the hour* 連續看幾小時的漫畫.

(èvery hóur) on the hóur 在(每個)整點. The trains for Chicago leave *every hour on the hour*. 開往芝加哥的火車每個整點發車《一點整、二點整、三點整…之意》.

in a gòod [hàppy] hóur 湊巧; 幸好.

in an èvil hóur 在不湊巧的時候; 不幸地.

kèep gòod [règular] hóurs 過規律的生活.

kèep èarly hóurs 早睡早起; 提早開始[結束]工作; 提早回家.

kèep làte [bàd] hóurs 晚睡晚起.

hour·glass [`aur͵glæs; ˈauəglɑːs] *n.* ⓒ (一小時用的)沙漏計時器.

hóur hànd *n.* ⓒ (鐘錶的)短針, 時針, (→ hand 2).

hou·ri [`hurɪ, `haurɪ; ˈhuərɪ] *n.* ⓒ (回教)天堂的仙女.

hour·ly [`aurlɪ; ˈauəlɪ] *adj.* **1** 每一小時的, 一小時一次的. an *hourly* flight 每隔一小時的班機.

2 持續不斷的. in *hourly* dread of being discovered 不斷地提心吊膽生怕被發現.

— *adv.* **1** 每一小時地, 一小時一次地. The clock strikes *hourly*. 時鐘每小時報時一次.

2 不斷地, 總是.

‡**house** [haus; haus] (★與 *v.* 的發音不同) *n.* (*pl.* hous·es [`hauzɪz; ˈhauzɪz] ★注意發音) ⓒ **1** 房子, 住宅, 房屋, (→ home ⓡ); (集合)住在同一屋簷下的人, 家庭. a brick *house* 磚造房屋/a *house* to let (英) [for rent (美)] 出租的房子/Mr. Brown's *house* 布朗先生的房子[家]《常省略 house》/He does not have a *house* of his own. 他沒有屬於自己的房子/The whole *house* is out. 全家都外出了.

ⓡ house 是指人所居住的建築物(building)的普通用語; 一般指適於一家人居住的一幢房屋, 但廣義上從簡易小屋至豪華住宅都包括在內; → cottage, dwelling, mansion, residence.

【搭配】 *v.*+house: build a ~ (蓋房子), enlarge a ~ (擴建房子), knock down a ~ (拆除房屋), rebuild a ~ (重建房屋), renovate a ~ (整修房子).

2 (學校的)宿舍, 集體宿舍; 公寓(boarding house); (集合)全體寄宿生; (英)(為校內分抗比賽等編成的)組. a regatta between two *houses* 兩個宿舍之間的划船對抗比賽.

3 (通常作為複合字的構字成分, 或加修飾語)(特定目的的)建築; …小屋; (動物的)住處; 倉庫. a school*house* 校舍/a dog*house* 狗屋/a car *house* 車庫/a snail's *house* 蝸牛殼.

4 娛樂場所; 戲院; 旅館. a picture [movie] *house* 電影院/a public *house* 酒吧(酒館).

5 (通常用單數)(集合)觀眾, 聽眾. The whole *house* burst into laughter. 全場觀眾都哄堂大笑.

6 (一次的)演出, 集會.

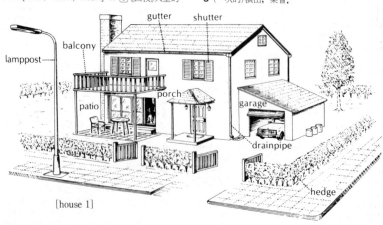

[house 1]

（図中のラベル）lamppost, balcony, patio, gutter, shutter, porch, garage, drainpipe, hedge

7 (the House)議院, (特指)下議院; (日本的)議事堂; (集合)議員. enter the *House* 成為(下議院)議員 / the Upper [Lower] *House* 上[下]議院.
8 (名門)血統, 一家人, 家族, (特指王侯, 貴族等). come from an ancient *house* 出身世家/the House of Windsor 溫莎家族(現在的英國皇室).
9 (a)公司, 商會, 商店, (特指家族合夥的公司行號). a publishing *house* 出版社/a trading *house* 貿易商會.
(b)《形容詞性》〔印刷品〕在公司[部門]內部傳閱的. a *house* magazine 對內發行的雜誌, 公報.
bring dòwn the (whòle) hóuse 《口》(演技, 人等)博得滿堂喝采, 轟動全場.
clèan hóuse (1)打掃[整理]房間. (2)袪除弊害, 除去不合適的人[物].
hòuse and hóme (強調團圓)家庭.
kèep a gòod hóuse 過奢侈的生活; 奢華地款待客人.
* ***kèep hóuse*** 料理家務, 做家事. It is not easy to keep house for a large family. 料理大家庭的家務並非易事.
mòve hóuse 《主英》搬家.
on the hóuse (飲料等)免費的, 由老闆[店主]請客的. It was my birthday, so the landlord gave me a drink *on the house.* 因為是我的生日, 所以房東請我喝了一杯酒.
plày hóuse 辦家家酒.
pùt [sèt] one's hóuse in órder 整理房間; 整頓事務; (在品行上)改邪歸正.
sèt up hóuse (togèther) (共同)成家, 建立家庭.
— [haʊz; haʊz] *vt.* **1** (臨時)收容留宿; 〔建築物等〕容納. The hotel *houses* more than 200 people. 這家旅館能住兩百多人. **2** 供給住宅. *house* the homeless people 供無家可歸的人住宿.
3 收置, 藏放, 〔物品〕. The garage can *house* three cars. 這間車庫能停三輛汽車.

● ――與 HOUSE 相關的用語	
opera house	歌劇院
clubhouse	俱樂部
terrace house	有陽臺的房子
coffeehouse	咖啡廳
dwelling house	住所
clearinghouse	票據交換所
ranch house	牧場主人的住宅
steakhouse	牛排館
summerhouse	避暑別墅
penthouse	閣樓
country house	鄉村住宅
warehouse [storehouse]	倉庫
customhouse	海關
farmhouse 農舍 greenhouse 溫室	
lighthouse 燈塔 courthouse 法院	

hóuse àgent *n.* 《英》=estate agent.
hóuse arrèst *n.* ⓤ 監禁家中, 軟禁. under *house arrest* 被軟禁在家中.
house·boat [ˋhaʊs‚bot; ˋhaʊsbəʊt] *n.* ⓒ 水上

住家, 船屋, 《配有生活必要設備的居住用船》.
house·bound [ˋhaʊs‚baʊnd; ˋhaʊsbaʊnd] *adj.* (因病等)無法外出的, 閉門不出的.
house·boy [ˋhaʊs‚bɔɪ; ˋhaʊsbɔɪ] *n.* (*pl.* ~**s**) ⓒ (家庭的)雜工, 男僕.
house·break·er [ˋhaʊs‚brekə; ˋhaʊs‚breɪkə(r)] *n.* ⓒ (特指白天侵入的)小偷, 闖空門的人. 囘 夜間侵入的小偷為 burglar.
house·bro·ken [ˋhaʊs‚brokən; ˋhaʊsbrəʊkən] *adj.* 《美》(狗, 貓等)經(家居衛生習慣)訓練完成而得以在家中飼養的.
hóuse càll *n.* ⓒ 出診.
house·coat [ˋhaʊs‚kot; ˋhaʊskəʊt] *n.* ⓒ 女性的家居服(特指就寢前或剛起床時穿的).
house·craft [ˋhaʊs‚kræft; ˋhaʊskrɑ:ft] *n.* ⓤ 《主英》家政學.
house·fly [ˋhaʊs‚flaɪ; ˋhaʊsflaɪ] *n.* (*pl.* -**flies**) ⓒ (蟲)家蠅(最常見的一種蒼蠅; → insect 圖).
house·ful [ˋhaʊs‚fʊl; ˋhaʊsfʊl] *n.* ⓒ 滿屋. a *houseful* of furniture [guests] 滿屋子的家具[客人].
‡**house·hold** [ˋhaʊs‚hold, -‚old; ˋhaʊshəʊld] *n.* (*pl.* ~**s** [-z; -z]) **1** (★用單數亦可作複數)(集合)家屬, 家眷, 全家人, 《包括傭人在內的住在家裡所有的人》; 家庭, 一戶. the head of the *household* 戶長/manage one's *household* 料理家務(處理得井井有條).
2 《形容詞性》家庭的, 家務的; 普通的, 不稀奇的. keep *household* accounts 記錄家庭收支帳目/a *household* word [name] 家喻戶曉的日常用語[名字].
house·hold·er [ˋhaʊs‚holdə, -‚oldə; ˋhaʊshəʊldə(r)] *n.* ⓒ 戶長, 家長.
‡**house·keep·er** [ˋhaʊs‚kipə; ˋhaʊski:pə(r)] *n.* (*pl.* ~**s** [-z; -z]) ⓒ **1** 管家《代替主婦料理家務, 指揮女傭等》. A *housekeeper's* jobs include cleaning, cooking, buying food, etc. 管家的工作包括打掃, 作飯及採買食物等. **2** 《美》(一家的)主婦. a good *housekeeper* 善於打理家務的主婦.
* **house·keep·ing** [ˋhaʊs‚kipɪŋ; ˋhaʊski:pɪŋ] *n.* ⓤ 家務(的料理), 家政.
hóuse lìghts *n.* 《作複數》(劇場的)觀眾席照明燈光.
house·maid [ˋhaʊs‚med; ˋhaʊsmeɪd] *n.* ⓒ 女傭, 女僕.
hòusemaid's knèe *n.* ⓤ 膝蓋黏液囊腫《因長期用膝跪著所引起的發炎》.
house·man [ˋhaʊsmən; ˋhaʊsmən] *n.* (*pl.* -**men** [-mən; -mən]) ⓒ 《英》見習醫生, 實習醫生, 《《主美》intern》.
house·moth·er [ˋhaʊs‚mʌðə; ˋhaʊs‚mʌðə(r)] *n.* ⓒ 女舍監.
hòuse of cárds *n.* ⓒ **1** 紙牌屋《用紙牌橫一張豎一張地堆立搭成》.
2 快要倒下之物, 不可靠的計畫.

Hòuse of Cómmons *n.* (加 the) (英國的)下議院.

Hòuse of Cóuncilors *n.* (加 the) (日本的)參議院.

Hòuse of Lórds *n.* (加the) (英國的)上議院.

Hòuse of Represéntatives *n.* (加 the) (美國的)眾議院 (→congress); (日本的)眾議院.

hóuse pàrty *n.* Ⓒ 家庭宴會(在別墅等舉辦為期數日之外宿宴會); (集合)被招待的客人.

hóuse physìcian *n.* Ⓒ (醫院, 旅館等的)駐院內科醫師.

house-proud [ˈhaʊsˌpraʊd; ˈhaʊspraʊd] *adj.* 講究家務整理和擺設的.

house·room [ˈhaʊsˌrum; ˈhaʊsrʊm] *n.* Ⓤ (家庭等)供人居住[放東西]的場所, 空間. I would not give *houseroom* to those things. 這些東西送給我也不要(<沒有擱置的地方).

Hòuses of Párliament *n.* (加 the) 英國國會(的上議院和下議院); (英國的)國會大廈(美國的國會大廈是 the Capitol).

[the Houses of Parliament]

hóuse spàrrow *n.* Ⓒ (鳥)家雀(普通的麻雀).

hóuse sùrgeon *n.* Ⓒ (醫院的)駐院外科醫生.

house-to-house [ˈhaʊstəˌhaʊs; ˌhaʊstəˈhaʊs] *adj.* 逐戶的, 挨家挨戶的. The police made a *house-to-house* search for the criminal. 警察挨家挨戶地搜捕罪犯.

house·top [ˈhaʊsˌtɑp; ˈhaʊstɒp] *n.* Ⓒ 屋頂.

hóuse tràiler *n.* =trailer 3.

house-trained [ˈhaʊsˌtrend; ˈhaʊsˌtreɪnd] *adj.* (英)=housebroken.

house·warm·ing [ˈhaʊsˌwɔrmɪŋ; ˈhaʊsˌwɔːmɪŋ] *n.* Ⓒ 慶祝喬遷的(宴會).

✽**house·wife** [ˈhaʊsˌwaɪf; ˈhaʊswaɪf] *n.* (*pl.* **-wives** [-vz; -vz]) Ⓒ (一家的)家庭主婦; 料理家務者(女性). Ellen is a good *housewife*. 艾倫是一位能幹的家庭主婦.

house·wife·ly [ˈhaʊsˌwaɪflɪ; ˈhaʊswaɪflɪ] *adj.* **1** 像家庭主婦的.
2 很會整理家務的; 善於持家的.

house·wif·er·y [ˈhaʊsˌwaɪfrɪ, -fərɪ, ˈhʌzɪfrɪ;

[ˈhaʊswɪfərɪ] *n.* Ⓤ 家事, 家政, (housekeeping).

house·work [ˈhaʊsˌwɝk; ˈhaʊswɜːk] *n.* Ⓤ 家事. do (the) *housework* 做家事.
注意 勿與 homework「家庭作業」混淆.

hous·ing [ˈhaʊzɪŋ; ˈhaʊzɪŋ] *n.* Ⓤ **1** 供給住宅; (形容詞性)(供)住宅的. improve *housing* 改善居住狀況/the *housing* problem 住宅問題.
2 住屋, 住宅. It is difficult to find *housing* in the center of town. 在市中心很難找房子.
3 架構(機械, 零件的框架, 圍欄等).

hóusing devèlopment *n.* Ⓒ (美)(住宅)社區.

hóusing estàte *n.* (英)= housing development.

hóusing pròject *n.* Ⓒ (主美)(低收入家庭住的)公營(住宅)社區.

Hous·ton [ˈhjustən; ˈhjuːstən] *n.* 休士頓(美國 Texas 東南部的城市; NASA(美國航空暨太空總署)所在地).

hove [hov; həʊv] *v.* heave 的過去式、過去分詞.

hov·el [ˈhʌvl, ˈhɑvl; ˈhɒvl] *n.* Ⓒ **1** 破房子, 簡陋的小屋, 陋室.
2 儲藏室; 畜舍.

✽**hov·er** [ˈhʌvɚ, ˈhɑvɚ; ˈhɒvə(r)] *vi.* (~s [-z; -z]; ~ed [-d; -d]; ~·ing [-vərɪŋ, -vrɪŋ; -vərɪŋ]) **1** (鳥等)在空中的某處飛翔, 盤旋, (直升機)停在空中, 《over 在…的上空》. The boys saw a helicopter *hovering over* their tent. 那些男孩看見直升機在他們帳篷的上空盤旋.
2 徘徊, 徬徨, 《around, about 在…的四周》. A wolf *hovered around* the hut. 有匹狼在那間小屋的四周徘徊/the men *hovering about* Beth 圍繞[逗留]在貝絲身邊的男人們/*hover* between life and death 在生死之間徘徊.
3 徘徊; 迷惑(between 在…之間). *hover between* hope and despair 徘徊在希望與絕望之間.

hov·er·craft [ˈhʌvɚˌkræft, ˈhɑvɚˌkrɑːft] *n.* Ⓒ 氣墊船(向下噴射高壓氣體, 使船身上浮前進; 英, 法間多佛海峽上的交通船).

✽**how** [haʊ; haʊ] *adv.* (疑問副詞) 【用甚麼手段, 方法】 **1** 如何, 用甚麼方法[手段]; 怎樣. "*How* do you go to school?" "I go by bus." 「你怎麼上學?」「我搭公車」/*How* did the fire break out? 這場火災是怎麼發生的?/I don't know *how* to play chess. 我不會下西洋棋/"*How* do you like your coffee?" "Black." 「你喜歡喝甚麼樣的咖啡?」「黑[純]咖啡」/I can't tell *how* the bird got out of the cage. 我不知道那隻鳥是如何從籠子裡跑出來的.

[hovercraft]

【何種狀態】 **2** (a)怎樣地, 如何地. *How* was the bride dressed? 新娘穿了甚麼樣的禮服?/*How* will the weather be tomorrow? 明天天氣如何?/"*How* was your weekend?" "Great!" 「週末過得如

何?」「棒極了!」(b)《特指健康狀況》何種狀態, 病情如何. *How* are you? (→片語)/*How* did you find the injured? 傷患們的情況如何? (★根據上下文, 此句也可按1的用法解釋爲「你怎樣找到傷患的?」).

【何種程度】 **3** 《其後緊接形容詞, 副詞》多少. *How* many books are there on the desk? 桌子上有幾本書?/*How* much milk is left in the bottle? 瓶子裡還剩多少牛奶?/*How* far is it from here to the station? 從這裡到火車站有多遠?/*How* wide is this river? 這條河有多寬?/It is amazing *how* many stamps he has collected. 他收集的郵票多得令人吃驚.

【何種原因】 **4** 爲甚麼, 爲何種理由[目的]; 有何種打算. *How* (in the world) did you happen to be in the park last night? 你昨晚(究竟)爲甚麼會在公園裡呢?/*How* can I leave my child alone? 我怎麼能留下孩子獨自一人呢?(不可能的)/*How* do you mean? 你的意思[打算]是? (=What do you mean?)

【何種程度】 **5** 《強調》《用於感歎句》(啊)多麼…! 何等…(啊)! *How* fast the train runs! 這輛火車開得多麼快呀!/*How* tall Peter is! 彼得長得好高啊! (=What a tall boy Peter is!)

【◉(1) How, What 之感歎句的詞序】
How+形容詞[副詞]+主詞+動詞+!或How+形容詞+a[an]+名詞+主詞+動詞+!; 然而後者一般多用What+a[an]+形容詞+名詞+主詞+動詞+!的形式; 當名詞爲複數, 如What pretty dolls you have! (你的洋娃娃多麼可愛啊!)時, 不可說成 How pretty dolls….

【◉(2)感歎句中的省略部分】
how 所修飾的副詞, 或「主詞+動詞」等(在上下文意思明確時)往往被省略: *How* (fast) the greyhound ran! (這輛「灰狗」巴士開得多麼快啊!)/*How* nice (it is) of you to think of my family! (你眞好! 還考慮到我的家人).

【如何地】 **6** 《關係副詞》做…的方法, 依某種程序做…. Watch *how* I kick the ball. 看我怎麼踢球?/This is *how* the decision was reached. 這就是達成這項決定的方式(>是這樣決定的). 語法(1) how 不和先行詞連用. 如要用的話, 上句中的 how 要改成 the way in which. (2) how 在句中作關係副詞時, 比作疑問副詞的時候發音要輕.

7 《連接詞的用法》《口》是. Father told me *how* he had met Jim in the park. 父親告訴我他(是怎麼會)在公園碰到吉姆. 同 與 (the fact) that 意思差不多, 但 how 比 that 更能表示出對這一事實的濃厚興趣, 感情等.

and hów 《口》很, 非常; 正是這樣. "It's cold today, isn't it?" "*And hów!*" 「今天好冷喔, 對不對?」「沒錯!」

* ***Hów abóut…?*** (1)《做…》如何? 《用於建議某人做某事時》. *How about* a cup of hot coffee? 要不要來杯熱咖啡?/*How about* going for a walk in the park with me? 和我一起去公園散步好嗎? 語法有時在非正式口語的情下會使用 *How's about…*? (2)

(會)怎麼樣? *How about* you? 你有甚麼意見[想法, 希望等]?/*How about* your promise to pay back the money? 你答應要還錢的事怎麼樣了?
Hòw abóut thát! 《口》你沒想到吧! 不賴吧[很棒吧]!

* ***Hòw áre you?*** (1)你好嗎? 你好. 參考 對熟識者的問候語, 一般以下列方式回答: Fine(, thanks). (And) hòw are yóu? (謝謝,)不錯. 你呢? (2)健康狀況如何?
Hòw are you dóing? 《主美、口》你好嗎?
Hòw cóme…? 《口》爲甚麼…? 怎麼會…? (Why [How] is it that…?) (★後面的(字的)順序與肯定句相同). *How come* Will is not coming with us? 威爾爲甚麼不同我們一道來?

* ***How do you do?*** [`haʊdəjə`du, `haʊdəjʊ`du, `haʊdəji`du, `haʊdjə`du, `haʊdju`du, `haʊdɪ`du; ˌhaʊdjʊ'duː] (1)《初次見面時》您好. (2)《美》你好(How are you? (1)). ★(1), (2)的回答都是 How do you do?
Hòw do you líke…? → like 的片語.
Hòw ís it (that)…? 《強調》是甚麼原因[怎麼搞的]? *How is* [*was*] *it (that)* the accident happened? 這件事故是怎麼發生的?

* ***Hòw múch is* [*are*] *…?*** 一價錢[金額]多少? *How much is* this camera? 這臺照相機多少錢? 語法可省略爲 How much?
Hòw só? 爲何是這樣? 怎麼說呢? 爲甚麼? You say Steve is a liar. *How so?* 你說史提夫是個騙子, 爲甚麼?
Hòw's thát? (1)那是怎麼回事? 怎麼說呢? (2)請再說一遍, 你說甚麼?

— *n.* ⓒ (通常加the)方法, 辦法. He knows the *how* and the why of it. 他知道做這件事的方法和理由.

How·ard [`haʊəd; 'haʊəd] *n.* 男子名.

how·dah [`haʊdə; 'haʊdə] *n.* ⓒ 象轎《象或駱駝背上馱著的座席, 通常有華蓋》.

[howdah]

how·dy [`haʊdɪ; 'haʊdɪ] *interj.* 《美、口》嗨! 你好! (How do you do? 的縮寫).

how·ev·er
[haʊˋɛvɚ; haʊˈevə(r)]
adv. **1** 無論…也; 無論多麼…也. *However* (=No matter how) hard the work is, they will go through with it. 無論這項工作有多麼棘手, 他們都要做到底/The villagers, *however* poor (they were), were kind to others. 這個村子的村民無論多窮, 對人都是和和氣氣的.
語法 however 置於形容詞, 副詞的前面, 引導表讓步的副詞子句; 子句中的 may 爲文章用語; 故常用 no matter how 取代.

2《連接詞性》無論怎樣…也，無論用甚麼方法會做…．*However* we do it, we cannot get to the lake in an hour. 無論怎麼做，我們也不可能在一小時內趕到湖邊/You may act *however* you wish. 你可以隨心所欲地行動．

3《強調》《口》到底怎麼回事，究竟怎樣，(★ how 的強調用法；一般以為分成 how ever 兩字較 however 來得正確). *However* else did Nelly solve the problem? 奈莉究竟用了甚麼別的方法來解決這個問題？

— *conj.* 然而，可是；不過；(同雖然與 but 相同，皆用來連接語氣轉換的句子，但卻比 but 更接近於文章用語，且語氣亦較 yet, still 弱). The issue, *however*, should be considered more carefully. 然而，這個問題應該再加以仔細考慮/I intended to visit you. *However*, a friend of mine called on me. 我本打算去看你，可是我有個朋友來訪/This is a rule. *However*, there are a few exceptions to it. 這是規定，不過仍有部分例外. 语法however 往往可於前後加上逗點再插進句中，但也可如上句放在句首或句尾．

how·itz·er [ˈhaʊɪtsə; ˈhaʊɪtsə(r)] *n.* C《軍事》榴彈砲．

*****howl** [haʊl; haʊl] *vi.* (~s [~z; ~z]; ~d [~d; ~d]; ~·ing) **1**《狼，狗等》嚎叫. The dog *howled* all night. 這隻狗叫了一整晚．

2《風等》呼呼地吹，呼嘯；《收音機，麥克風》發出嘰嘰的雜音. The wind was *howling* around the cabin. 風在小屋的四周呼呼地吹著．

3《人，特指兒童》號啕大哭. The child *howled* with pain. 這個小孩痛得大哭大叫．

4 大笑；大聲嘲笑. *howl* with laughter 捧腹大笑/*howl* at the decision 大聲嘲笑這個決定.

hòwl/.../dówn 以叫嚷聲奚落《演講者等》，使其說不出話來《聲音聽不清楚》．

— *n.* (~s [~z; ~z]) C **1**《狼，狗等的》嚎叫. I could hear the *howls* of wolves in the forest. 我可以聽到森林裡的狼嚎．

2《風等的》呼嘯聲．

3 吵嚷聲，大聲嚷叫；(大聲)笑，嘲笑聲. a *howl* of protest 一陣叫嚷般的抗議/give a *howl* of rage 發出怒吼．

howl·er [ˈhaʊlə; ˈhaʊlə(r)] *n.* C **1** 吼叫的野獸；吼叫[發怒]者. **2**《口》大失敗，大錯誤．

howl·ing [ˈhaʊlɪŋ; ˈhaʊlɪŋ] *adj.* **1** 吼叫的，哭號的. **2**《限定》《口》非常的；極端的. a *howling* success 極大的成功．

*****how's** [haʊz; haʊz]《口》how is 的縮寫. *How's* business? 生意還好吧？/*How's* everything? 一切還好吧？

how-to [ˈhaʊˈtu; ˈhaʊˌtuː] *adj.*《限定》《美、口》教導如何去做的. a *how-to* book《實用》入門書．

hoy·den [ˈhɔɪdn; ˈhɔɪdn] *n.* C野丫頭，頑皮女孩．

HP, hp《略》horsepower;《英》hire-purchase.

HQ, hq《略》headquarters《總部》．

hr《略》hour, hours.

HRH《略》His [Her] Royal Highness.

hrs《略》hours.

hub [hʌb; hʌb] *n.* C **1** 轂《車輪的中樞》，(車輪的)輪軸. (→ bicycle 圖). **2**《活動，重要性，興趣等的》中心，中樞. Detroit is the *hub* of the U.S. auto industry. 底特律是美國汽車工業的中心．

hub·bub [ˈhʌbʌb; ˈhʌbʌb] *n.* a U **1** 嘈雜聲. **2** 騷動. in a *hubbub* 鬧哄哄地．

hub·by [ˈhʌbɪ; ˈhʌbɪ] *n.* (*pl.* **-bies**) C《口》老公(husband).

hub·cap [ˈhʌbˌkæp; ˈhʌbkæp] *n.* C《汽車的》輪蓋．

huck·le·ber·ry [ˈhʌklˌbɛrɪ, -bərɪ; ˈhʌklbərɪ] *n.* (*pl.* **-ries**) C **1**《植物》越橘《杜鵑花科；多見於北美、南美》. **2** 越橘的果實《可做成果醬食用》.

[huckleberry]

Huck·le·ber·ry Finn [ˈhʌklˌbɛrɪˈfɪn, -bərɪ-; ˈhʌklˌbərɪˈfɪn] *n.* 哈克《Mark Twain 小說裡的人物，是充滿朝氣，活潑愛冒險的男孩；→ Tom Sawyer》．

huck·ster [ˈhʌkstə; ˈhʌkstə(r)] *n.* C **1**《水果，蔬菜等的》小販，叫賣商人. **2**《美》《常表輕蔑》《收音機，電視機的》廣告商，廣告業者，廣告文案撰寫者．

hud·dle [ˈhʌdl; ˈhʌdl] *vt.* **1** 胡亂地湊集[堆積]《together; up》胡亂地裝入. *huddle* the captives into a hut 強迫俘虜擠進小屋．

2 (huddle oneself 或 be huddled) 蜷曲身體縮成一團《up》. The kittens were all *huddled up* in a box. 小貓們全都蜷縮在一只箱子裡．

— *vi.* **1** 互相推擠；群集；擁擠；擠來擠去《together》. They *huddled together* to keep warm. 他們緊挨著彼此的身子取暖．

2 蜷曲身體，蜷縮.

— *n.* C **1**《人》一群，《物》群集.

2 密談. go into a *huddle* 開始密談．

Hud·son [ˈhʌdsn; ˈhʌdsn] *n.* (加 the) 哈德遜河《流經美國 New York 州東部；河口在 New York 市》．

Hùdson Báy *n.* 哈德遜灣《加拿大東北部的大海灣》．

*****hue**[1] [hju, hɪu; hjuː] *n.* (*pl.* ~s [~z; ~z]) **1** C色《color》，a variety of *hues* 各種顏色. **2** UC色彩，色調，(tint). bright [dark] *hue* 亮[暗]色．

hue[2] [hju, hɪu; hjuː] *n.* C叫喊《僅用於下列片語》．*hùe and crý* (1)追捕犯人的喊聲，邊喊邊追 raise a *hue and cry* 發出追捕犯人的叫喊《大叫「小偷！」「殺人犯！」等》. (2)大聲責難《against 對於…》

huff [hʌf; hʌf]《口》*vt.* 使《人》發怒.

— *vi.* **1** 發怒，生氣. **2** 氣喘吁吁.

— *n.* C《用單數》生氣，憤慨. go [get] into

huff 發怒，生氣.

huff·i·ly [ˋhʌfɪlɪ; ˈhʌfɪlɪ] *adv.* 憤怒地；傲慢地.

huff·ish [ˋhʌfɪʃ; ˈhʌfɪʃ] *adj.* =huffy.

huff·y [ˋhʌfɪ; ˈhʌfɪ] *adj.* 《口》**1** 易怒的，動不動就勃然大怒的；慍怒的，生氣的.

2 擺架子的，傲慢的.

*hug [hʌg; hʌg] vt. (~**s** [~z; ~z]; ~**ged** [~d; ~d]; ~**ging**) 【抱著不放】**1** (充滿感情地)緊抱；抱緊〔行李等〕. The old woman *hugged* the boy tightly. 那位老太太緊緊地抱著這個男孩.

2 抱持，固守，〔想法，偏見等〕. *hug* a foolish idea 抱著愚蠢的想法.

3 〔不分離〕〔船，車，人等〕緊挨…而行，沿…前進. This road *hugs* the bank. 這條路緊沿著河岸.

***húg onesèlf on* 〔*for, over*〕… 暗自慶幸.**

— *n.* C 抱緊, 擁抱. She gave me a *hug* and boarded the train. 她抱了我一下，然後便上火車.

*huge [hjudʒ, hɪudʒ, judʒ; hjuːdʒ] *adj.* (**hug·er**; **hug·est**) **1** 巨大的；極大的；(↔tiny). a *huge* ship 巨大的船／New York is a *huge* city. 紐約是個大都市. ◎ enormous 強調大得不均勻且異乎尋常；vast 強調寬度範圍之大；huge 表示外型，數量等非常之大.

2 《口》非常的，嚴重的. make a *huge* blunder 犯了嚴重的錯誤.

huge·ly [ˋhjudʒlɪ, ˋhɪu-, ˋju-; ˈhjuːdʒlɪ] *adv.* 《口》非常地.

huge·ness [ˋhjudʒnɪs, ˋhɪu-, ˋju-; ˈhjuːdʒnɪs] *n.* U 巨大.

hug·er [ˋhjudʒɚ, ˋhɪu-, ˋju-; ˈhjuːdʒə(r)] *adj.* huge 的比較級.

hug·est [ˋhjudʒɪst, ˋhɪu-, ˋju-; ˈhjuːdʒɪst] *adj.* huge 的最高級.

hug·ger-mug·ger [ˋhʌgɚˏmʌgɚ; ˈhʌgəˏmʌgə(r)]《主古》 *n.* U 祕密；雜亂，混亂.

— *adj.* 祕密的；雜亂的.

— *adv.* 祕密地；雜亂地.

Hugh [hju, hɪu; hjuː] *n.* 男子名.

Hu·go [ˋhjugo, ˋhɪugo; ˈhjuːgəʊ] *n.* **Vic·tor** [ˋvɪktɚ; ˈvɪktə(r)] ~ 雨果(1802-85)《法國詩人、小說家、劇作家》.

Hu·gue·not [ˋhjugəˏnɑt, ˋhɪu-; ˈhjuːgənəʊ] *n.* C 雨格諾教徒(16-17 世紀的法國新教徒).

huh [hʌ; hʌ] *interj.* 哈! 哇! 哼!《表示驚奇，輕蔑，責難等》.

hu·la, hu·la-hu·la [ˋhulə; ˈhuːlə], [ˋhuləˋhulə; ˏhuːləˈhuːlə] *n.* C 草裙舞《夏威夷的民族舞蹈》.

hulk [hʌlk; hʌlk] *n.* C **1** 身體龐大的人[動物].

2 (只有船體的)廢船(代替倉庫)；被廢棄的交通工具[建築物]；殘骸.

hulk·ing [ˋhʌlkɪŋ; ˈhʌlkɪŋ] *adj.* (通常作限定)大而笨拙的；體積龐大的. a *hulking* big desk 笨重的大書桌.

hull[1] [hʌl; hʌl] *n.* C **1** (穀物，水果等的)皮，殼；(豆類的)莢；(草莓等的)蒂.

2 (泛指物品的)覆蓋物，外皮.

— *vt.* 把皮[殼，莢]去掉.

---

hull[2] [hʌl; hʌl] *n.* C (除去桅桿，煙囱等的)船的本體.

hul·la·ba·loo [ˋhʌləbəˏlu, ˋhʌləbəˋlu; ˏhʌləbəˈluː] *n.* (*pl.* ~**s**) C (通常用單數)喧嘩，吵嚷聲.

hul·lo [həˋlo; həˈləʊ] *interj., n.* (*pl.* ~**s**), *v.* 《主英》=hello.

*hum [hʌm; hʌm] v. (~**s** [~z; ~z]; ~**med** [~d; ~d]; ~**ming**) *vi.* **1** 〔蜜蜂，陀螺，機械等〕嗡嗡作響. I heard bees *humming*. 我聽到蜜蜂嗡嗡地叫著.

2 哼唱(閉口從鼻子哼出旋律)；用鼻哼歌. My mother often *hums* (to herself) while cooking. 我媽媽經常邊做菜邊哼歌.

3 《口》〔事業等〕有活力，景氣好. Business was *humming*. 生意興隆／The factories are *humming* again with their former energy. 這些工廠又恢復昔日的活力了.

4 〔躊躇地〕發嗯嗯聲《考慮時發出的聲音》.

— *vt.* **1** 用鼻音哼歌. *hum* a lullaby to a baby 哼搖籃曲給寶寶聽. **2** 用鼻音對〔某人〕哼歌使…. *hum* a baby to sleep 哼搖籃曲哄寶寶入睡.

***hùm and háw* 支支吾吾，遲疑.**

— *n.* C (用單數) **1** (蜜蜂，陀螺，機械等的)嗡嗡聲；鼻音. the *hum* of wasps [a fan] 大胡蜂[電風扇]的嗡嗡聲.

2 吵雜聲，(遠處傳來的車聲等)噪音. a *hum* of voices from downstairs 樓下傳來的嘈雜聲.

3 〔躊躇，考慮時的〕嗯嗯聲. *hums* and haws 嗯嗯呃呃聲，支支吾吾聲.

*hu·man [ˋhjumən, ˋhɪumən, ˋjumən; ˈhjuːmən] *adj.* **1** 人的；人類的；(↔ divine). *human* life 人的生命／*human* behavior 人的行為／*human* history 人類的歷史／*human* affairs 有關人的事物／*human* happiness 人類的幸福.

2 有人性的，通人情的；人類與生俱來的；(↔inhuman; → humane 回). The professor is quite *human* and easy to talk to. 那教授很有人情味，也很親切／To err is *human*, to forgive divine. (諺)犯錯乃人之常情，寬恕乃神之聖行／This time he was defeated at chess; he's only *human*. 這次下棋他輸了；他畢竟是凡人.

— *n.* C 人，世人，(human being)；(加 the) 人類.

[字源] HUM, HOM「世人」: *hum*an, *hum*ane (有人性的), *Homo* sapiens (人).

hùman béing *n.* C 人，世人. Mom, I'm no doll. I'm a *human being*. 媽，我不是個傀儡. 我是個(有自我主張的)人. 回 man 強調人類抽象或一般的特徵，而 human being 則重在表示人與動物，妖精，神祇，幽靈等之間的區別.

hu·mane [hjuˋmen, hɪuˋmen, juˋmen; hjuːˈmeɪn] *adj.* 有人情(味)的，親切的，慈悲為懷的，人道的，(↔ inhumane, cruel). receive *humane* treatment 受到人道的對待／We should

devise a more *humane* way of killing animals. 我們應該想出更人道的[痛苦少的]方法來捕殺動物/ As a *humane* person, I detest violence and cruelty. 作為一個有人性的人, 我憎恨暴力和兇殘.

回 human 主要在表示人的客觀特徵, humane 則強調人情味.

hu·mane·ly [hju`menlı, hıu`men-; ju`men-; hju:`meınlı] *adv.* 慈悲為懷地, 親切地, 人道地.

hūman immunodeficiency vīrus *n.* Ⓤ (加 the) → HIV.

hu·man·ism [`hjumən‚ızəm, `hıu-; `hju:mənızəm] *n.* Ⓤ **1** 人本[人文]主義, 人類(至上)主義, 《比較於神靈, 自然界更重視人(性)》. **2** (或 *H*umanism) 人文學(特指文藝復興時期人文學者對希臘, 羅馬文學的研究).

hu·man·ist [`hjumən‚ıst, `hıu-; `hju:mənıst] *n.* Ⓒ **1** 人本主義者; 人道主義者(humanitarian). **2** (或 *H*umanist) 人文學者, 人文主義者, 《特指文藝復興時期研究希臘, 羅馬文學的人》.

hu·man·is·tic [‚hjumən`ıstık, ‚hıu-; ‚hju:mə`nıstık] *adj.* **1** 人本主義的, 人類至上的. **2** 人文學(者)的, 人文主義(者)的.

hu·man·i·tar·i·an [hju‚mænə`tɛrıən, hıu-, -`ter-, ‚hjumænə-, ‚hıu-; hju:‚mænı`teərıən] *adj.* 人道主義的; 博愛(主義)的.
— *n.* Ⓒ 人道主義者; 博愛主義者.

hu·man·i·tar·i·an·ism [hju‚mænə`tɛrıən‚ızəm, hıu-, -`ter-, ‚hjumænə-, ‚hıu-; hju:‚mænı`teərıənızəm] *n.* Ⓤ 人道主義; 博愛(主義).

***hu·man·i·ty** [hju`mænıtı, hıu-; hju:`mænətı] *n.* (*pl.* -**ties** [~z; ~z]) **1** Ⓤ《單複數同形》(集合)人類, 世人, (mankind). for the good of *humanity* 為了人類的福祉/Nuclear weapons are a threat to all *humanity*. 核子武器是全人類的威脅. **2** Ⓤ 人性, 人的本性. Some people believe *humanity* is fundamentally good. 有人相信人性本善. **3** Ⓤ 慈悲, 人情, 博愛. treat the prisoners with *humanity* 善待囚犯. **4** (the humanit*ies*)人文科學《哲學, 史學, 文學, 語言學等; 與自然科學, 社會科學有所區別》; (希臘, 拉丁)古典文學[語言學].

hu·man·ize [`hjumən‚naız, `hıu-; `hju:mənaız] *vt.* **1** 使人性化, 使有人性. machines *humanized* in the film 電影裡具有人性的機器. **2** 使有慈悲心; 教化.
— *vi.* 變得有人性; 變得慈悲.

hu·man·kind [`hjumən‚kaınd, `hıu-; ‚hju:mən`kaınd] *n.* 《文章》=mankind 1.

hu·man·ly [`hjumənlı, `hıu-; `hju:mənlı] *adv.* **1** 用人的能力(地). I'll do all that is *humanly* possible to protect you. 我會盡一切人事來保護你. **2** 似人類地; 有人情味地.

hūman nāture *n.* Ⓤ 人性, 人情.

hūman ráce *n.* Ⓤ (加 the)人類.

hūman relátions *n.* 《單複數同形》人與人之間的關係; 《通常用單數》(企業, 集團等的)人際關係研究.

hūman ríghts *n.* 《作複數》人權.

***hum·ble** [`hʌmbl, `ʌm-]; `hʌmbl] *adj.* (~r, ~st) 〖(低的, 劣的)〗 **1** 〖地位, 身分等〗低的, 卑賤的; 〔人〕身分低的. a *humble* position 低下的地位/a man of *humble* social standing 社會地位低的人. **2** 〔事物〕粗陋的, 寒酸的; 貧乏的. a *humble* meal 粗茶淡飯/a *humble* fortune 微薄的財產. 注意 humble 有時用於說話者對有關自身的事情表示謙虛: It is my *humble* opinion that.... (拙見以為…). 〖對自己評價低的〗 **3** 〔人, 態度〕謙遜的, 謙虛的, 卑躬屈膝的, 不高傲的, (↔proud). a *humble* attitude 謙虛的態度/You should accept his offer in a *humble* way. 你應該謙虛地接受他的建議. 回 humble 是含有卑屈的「謙遜」; →lowly, modest.
èat hùmble píe 低聲下氣地道歉; 甘願忍受屈辱.
— *vt.* 使卑下, 貶抑; 使謙虛. You need not *humble* yourself before your boss. 你不必在你的老闆面前低聲下氣的. **2** 降低地位.

hum·bler [`hʌmblə, `ʌm-; `hʌmblə(r)] *adj.* humble 的比較級.

hum·blest [`hʌmblıst, `ʌm-; `hʌmblıst] *adj.* humble 的最高級.

hum·bly [`hʌmblı, `ʌm-; `hʌmblı] *adv.* **1** 謙遜地, 卑屈地. **2** (地位, 身分等)低下地, 卑微地. be *humbly* born 出身寒微. **3** 樸素地, 寒酸地.

hum·bug [`hʌm‚bʌg; `hʌmbʌg] *n.* **1** ⓊⒸ 詐欺, 欺騙. **2** Ⓒ 詐欺者, 騙子. **3** ⓊⒸ 吹牛, 謊話.
— *vt.* (~s; ~ged; ~ging)欺騙, 詐騙, 〔人〕; 欺騙使…《*into* doing》; 騙取《*out of*》. John tried to humbug me *into* buying the car. 約翰想騙我買這輛車.

hum·ding·er [‚hʌm`dıŋə; ‚hʌm`dıŋə(r)] *n.* Ⓒ 《口》非常優秀的人[物].

hum·drum [`hʌm‚drʌm; `hʌmdrʌm] *adj.* 極其平凡的, 單調的, 無聊的.

Hume [hjum, hıum; hju:m] *n.* David ~ 休謨 (1711-76)《出生於蘇格蘭的哲學家》.

hu·mid [`hjumıd, `hıumıd; `hju:mıd] *adj.* 〔空氣, 氣候〕潮濕的, 濕氣重的, (→ damp 回). *humid* weather 潮濕的天氣.

hu·mid·i·fi·er [hju`mıdə‚faıə, hıu-; hju:`mıdıfaıə(r)] *n.* Ⓒ 增濕器.

hu·mid·i·fy [hju`mıdə‚faı, hıu-; hju:`mıdıfaı] *vt.* (-**fies**; -**fied**; ~**ing**)使潮濕, 使濕潤.

***hu·mid·i·ty** [hju`mıdıtı, hıu-; hju:`mıdətı] *n.* Ⓤ 濕氣; 濕度. high [low] *humidity* 濕度高[低].

hu·mil·i·ate [hju`mılı‚et, hıu-; hju:`mılıeıt] *vt.* 使蒙羞, 損傷…的自尊心. I was never so *humiliated* in my life. 我這輩子從未受過這樣的恥辱/*humiliate* oneself 羞恥, 顏面盡失.

hu·mil·i·at·ing [hju`mɪlɪ,etɪŋ, hɪʊ; hjʊ'mɪlɪeɪtɪŋ] adj. 屈辱的, 丟臉的.

hu·mil·i·a·tion [hju,mɪlɪ`eʃən, hɪʊ, ,hɪʊ; hjʊ;mɪlɪ'eɪʃn] n. 丟臉, 蒙羞; © 屈辱, 恥辱, 沒面子. a sense of humiliation 屈辱感.

*∗**hu·mil·i·ty** [hju`mɪlətɪ, hɪʊ; hjʊ'mɪlətɪ] n. U 謙虛, 謙遜; 卑下. learn humility 學習謙虛/natural humility 天生的謙虛.

hum·ming·bird [`hʌmɪŋ,bɝd; 'hʌmɪŋbɜːd] n. (鳥) 蜂鳥(身體極小, 振翅時會發出蜜蜂般的聲音; 吸花蜜; 產於美國).

[hummingbird]

hum·mock [`hʌmək; 'hʌmək] n. © 小山, 丘; (沼澤地帶微凸的)林地; (冰原的)冰丘.

*∗**hu·mor** (美), **hu·mour** (英) [`hjumɚ, `hɪʊ; `jʊ; hjʊːmə(r)] n. (pl. ~s [~z; ~z]) 【液】 1 U (生物)液(血液, 淋巴液, 樹汁等); © (古)(生理)體液. [參考] 中古時代認為人類有血液, 黏液, 黃膽汁, 黑膽汁四種體液(humors), 它的不同組合決定人的體質與性格.

【體液的特定組合>氣質】 2 U 氣質, 性情, 性格. Every man has his humor. (諺)每個人都有自己獨有的氣質.

3 © (文章)(通用單數)心情, 心境. be in a good [bad] humor 心情好[不好]/I am in no humor for reading now. 我現在沒有心情讀書/in the humor for dancing (=in a humor to dance) 很想跳舞.

4 U 幽默, 滑稽; 理解[表現]幽默的能力. have a good sense of humor 很有幽默感/George's story was full of humor. 喬治的故事很幽默. 同 wit 表示智慧性的詼諧; humor 則著重於心理, 情緒上的喜感.

[搭配] adj.+humor: bitter ~ (尖酸的幽默), childish ~ (孩子氣的幽默), good-natured ~ (善意的幽默), lively ~ (令人發噱的幽默), sarcastic ~ (挖苦式的幽默), subtle ~ (巧妙的幽默).

∻ adj. humorous.

out of húmor 不高興, 生氣. The unexpected happening put Bill out of humor. 突然發生這種事使比爾很不高興.

— vt. 迎合, 順應; [人]; 哄[小孩]. humor a child 哄小孩.

hu·mor·esque [,hjumə`rɛsk, ,hɪʊ; ,hjʊːmə'resk] n. (音樂)幽默曲(輕快而愉悅的樂曲).

hu·mor·ist [`hjumərɪst, `hɪʊ; `jʊ; hjʊːmərɪst] n. © 1 幽默作家, 喜劇演員. 2 有幽默感的人.

*∗**hu·mor·ous** [`hjumərəs, `hɪʊ; 'hjʊːmərəs] adj. [人]富幽默感的, 詼諧的, 滑稽的; [事物]滑稽的, 可笑的. The writer is very humorous. 這個作家的(作品)十分幽默/a humorous story [performance] 滑稽的故事[表演].

∻ n. humor.

hu·mor·ous·ly [`hjumərəslɪ, `hɪʊ; `jʊ; 'hjʊːmərəslɪ] adv. 滑稽地, 非常有趣地; 嬉鬧地.

hu·mour [`hjumɚ, `hɪʊ, `jʊ; hjʊːmə(r)] n., v. (英)=humor.

hump [hʌmp; hʌmp] n. 1 © (駱駝, 佝僂病患者的)隆肉, (背部的)峰. Some camels have one hump, and others have two. 有些駱駝是單峰的, 有些是雙峰的. 2 © 圓[小]丘, 土堆. 3 U (英, 口)(加the)不愉快, 煩悶, 憂鬱. This job gives me the hump. 這項工作使我煩悶.
— vt. 使[背等]隆起, 弄彎, (up).
— vi. (圓圓地)隆起來.

hump·back [`hʌmp,bæk; 'hʌmpbæk] n. © 駝背; 駝背的人.

hump·backed [`hʌmp,bækt; 'hʌmpbækt] adj. 駝背的.

humph [hmmm; mm, mmm, həmf, həh] interj. 哼!(表示疑惑、不滿、輕蔑等的聲音).

Hump·ty Dump·ty [`hʌmptɪ`dʌmptɪ; ,hʌmptɪ'dʌmptɪ] n. 矮胖蛋形人(在下列童謠中出現的蛋形人).

[Humpty Dumpty]

Humpty Dumpty sat on a wall,
Humpty Dumpty had a great fall;
All the King's horses and all the King's men
Couldn't put Humpty Dumpty together again.
(蛋形人坐在牆上/蛋形人摔到地上/就算是國王所有的人馬/也無法讓蛋形人恢復原狀)

hu·mus [`hjuməs, `hɪʊ; 'hjʊːməs] n. U 腐植質; 腐植土.

Hun [hʌn; hʌn] n. © 1 匈奴人(於 4-5 世紀侵略歐洲各地的亞洲游牧民族).
2 (常 hun)(藝術等的)破壞者, 野蠻人.

hunch [hʌntʃ; hʌntʃ] n. © 1 (口)預感, 第六感; 直覺. I have a hunch that John will pass the exam. 我直覺認為約翰會通過考試.
2 (駱駝, 佝僂病患者等的)隆肉, 峰, (hump).
pláy one's húnch 憑預感[直覺]做事.
— vt. 弓起[背等].

hunch·back [`hʌntʃ,bæk; 'hʌntʃbæk] n. = humpback.

hunch·backed [`hʌntʃ,bækt; 'hʌntʃbækt] adj. =humpbacked.

*∗∗**hun·dred** [`hʌndrəd, -drɪd, -dəd; 'hʌndrəd] n. (pl. ~s [~z; ~z]) 1 © (★放在數詞或表示數詞的形容詞之後時, 複數形通常為 hundred)100, 百. a hundred 一百(★one hundred 為加強語氣)/five hundred 五百/two or three hundred 兩三百/some [about a] hundred 約一

百/two *hundred* (and) sixty-three 二百六十三(★百位數後面有次位數時, hundred 的後面加 and, 其縮略形式主要用於(美))/in eighteen *hundred* 在1800年(★通常寫成 in 1800)/in nineteen hundred and one 在1901年(★ in 1901 多讀作 in nineteen o [o; əʊ] one)/a batting average of five *hundred* 五成的打擊率(0.500 的讀法).

2 (hundreds)幾百, 數百; 許多; (★ of+複數名詞). for *hundreds* of thousands of ants 幾十萬隻[多得數不清]的螞蟻.

3 [C]一百個[人, 歲]; (英)一百英鎊; (美)一百美元(紙幣). Few people live to [to be] a *hundred*. 只有少數人活到一百歲/the seventeen *hundreds* 18 世紀(1700-99).

a hùndred to óne 百分之九十九, 極可能地, (《以一百對一的或然率》). It's *a hundred to one* he'll win. 他十之八九會贏.

* *by húndreds* = *by the húndred*(s) 成百地, 許多. Soldiers were killed *by hundreds*. 好幾百個士兵被殺.

— *adj.* **1** 一百的; 一百個[人]的, 一百歲的. within a *hundred* days 一百天之內/He weighs over a *hundred* kilograms. 他重達一百多公斤.

2 多數的. Housewives have a *hundred* things to do. 家庭主婦有好多事要做.

a hùndred and óne 很多的, 非常多的. I can't meet you today—I have *a hundred and one* things to do. 我今天不能跟你見面, 因爲我有一大堆的事要做.

a [one] hùndred percént 全面地, 完全地. a *hundred percent* wrong 百分之百錯誤.

hun·dred·fold [ˈhʌndrədˌfoɪd, -ˌfold, -drɪd-, -dəd-; ˈhʌndrədfəʊld] *adj.* 一百倍的; 一百層的.

— *adv.* 一百倍地; 一百層地.

✲hun·dredth [ˈhʌndrədθ, -drɪdθ, -dədθ; ˈhʌndrətθ] *adj.* **1** (通常加 the)第一百(個)的.

2 百分之一的.

— *n.* (*pl.* ~s [~s; ~s]) [C] **1** 第一百個.

2 百分之一的. a [one] *hundredth* 百分之一/seven *hundredths* 百分之七.

hun·dred·weight [ˈhʌndrədˌwet, -ˌwet, -drɪd-, -dəd-; ˈhʌndrədweɪt] *n.* (*pl.* ~s; 前面加數詞時爲 ~) [C]重量單位(英國是二十分之一噸, 即112 磅(約 50.8 公斤); 美國是 100 磅(約 45.36 公斤); 略作 cwt.

hung [hʌŋ; hʌŋ] *v.* hang 的過去式、過去分詞.

Hun·gar·i·an [hʌŋˈgɛrɪən, -ˈger-; hʌŋˈgeərɪən] *adj.* 匈牙利的; 匈牙利人的; 匈牙利語的.

— [C]匈牙利人; [U]匈牙利語.

Hun·ga·ry [ˈhʌŋgərɪ; ˈhʌŋgərɪ] *n.* 匈牙利(歐洲中部的共和國; 首都 Budapest).

✲hun·ger [ˈhʌŋgɚ; ˈhʌŋgə(r)] *n.* **1** [U]餓; 空腹(感), 飢餓. die of *hunger* 餓死/

suffer from *hunger* 餓得難受/The meal satisfied his *hunger*. 這頓飯塡飽了他的肚子.

2 [a U]渴望, 盼望, (*for, after*). The boy has a *hunger for* adventure. 這個男孩渴望去冒險/satisfy one's *hunger for* knowledge 滿足對知識的渴望.

— *vi.* **1** 飢餓, 肚子餓.

2 渴望, 渴求, (*for, after*). *hunger for* fame [adventure] 渴望名聲[冒險].

húnger màrch *n.* [C]飢餓遊行(失業者, 生活困苦者等爲抗議生活困難而舉行的).

húnger strìke *n.* [C]絕食抗議.

hun·gri·er [ˈhʌŋgrɪɚ; ˈhʌŋgrɪə(r)] *adj.* hungry 的比較級.

hun·gri·est [ˈhʌŋgrɪɪst; ˈhʌŋgrɪɪst] *adj.* hungry 的最高級.

hun·gri·ly [ˈhʌŋgrɪlɪ; ˈhʌŋgrəlɪ] *adv.* **1** 飢餓地; 空腹(似)地, 狼吞虎嚥地.

2 渴望地, 渴求地.

✲hun·gry [ˈhʌŋgrɪ; ˈhʌŋgrɪ] *adj.* (**-gri·er**; **-gri·est**) **1** 飢餓的, 空腹的; 顯出飢態的. go *hungry* (吃不成飯)餓肚子; (食物不足)飢餓/*hungry* work 使人容易餓肚子的工作/Babies cry when they are *hungry*. 嬰兒一餓就哭/wear a *hungry* look 一臉飢餓的樣子.

2 渴望的, 渴求的, (*for, after*). He felt *hungry for* affection. 他渴望關愛/be *hungry for* further news 渴望知道更進一步的消息. ⟡ *n.* hunger.

hunk [hʌŋk; hʌŋk] *n.* [C](口)(麵包, 肉等的)一大塊, 厚片. a *hunk* of cheese 一片厚乳酪.

hun·kers [ˈhʌŋkɚz; ˈhʌŋkəz] *n.* 《作複數》(口)臀部.

on one's húnkers 蹲下來.

✲hunt [hʌnt; hʌnt] *v.* (~**s** [~s; ~s]; ~**ed** [~ɪd; ~ɪd]; ~**ing**) *vt.* 【追尋】 **1** 狩獵(獵物). *hunt* hares 獵兔/The cat *hunted* mice. 貓捉老鼠. 回(英)不用槍或使用獵犬去獵狐狸、鹿、兔時用 hunt, 用槍射鳥時用 shoot; (美)在這兩種情形下都用 hunt.

2 仔細搜索(場所)(*for* 尋找…). The hunters *hunted* the woodland *for* foxes. 獵人在森林中仔細搜尋狐狸的蹤跡/He *hunted* the room *for* his fountain pen. 他在房間裡到處尋找鋼筆.

3 尋找, 尋求, (工作, 房屋等); 追捕(犯人等). *hunt* strawberries 尋找草莓/*hunt* a house to let 尋找出租的房子.

【趕走】 **4** 趕走, 逐出, (*away*). *hunt* a stray dog *away* 趕走野狗.

— *vi.* **1** 打獵, 狩獵, (*for*). go *hunting for* deer 去獵鹿. **2** 搜尋, 尋求, (*for, after*). I *hunted* through the Bible *for* the passage. 我翻遍了聖經就爲了要找那一節.

hùnt/.../dówn 追捕, 搜捕…. The police *hunted* the criminal *down* in a remote village. 警察在一個偏僻的村莊追捕到了犯人.

hùnt/.../óut 把(獵物)趕出來, 搜尋.

hùnt/.../úp 煞費苦心把…尋出, 找到.

— *n.* (*pl.* ~s [~s; ~s]) [C] **1** (用單數)獵, 狩獵;

《英》獵狐. go on a deer *hunt* 去獵鹿. ★常作複合字: a bear-*hunt* (獵熊), a hare-*hunt* (獵兔).

2 狩獵隊; 狩獵俱樂部; 狩獵地, 狩獵區.

3 搜索; 追蹤. The sheriff went out on a *hunt* for the wanted man. 警長出馬搜捕那名通緝犯.

***hunt·er** [ˋhʌntɚ; ˈhʌntə(r)] n. (pl. ~s [~z; ~z]) C **1** 獵人, 狩獵者, (★《英》指獵狐者時多用 huntsman; → hunt 圖).

2 獵犬; 獵馬. My dog is a good *hunter*. 我的狗是隻好獵犬.

3 探尋者(*after, for*). a gold *hunter* 淘金者/an autograph *hunter* 收集(名人等)的簽名的人.

***hunt·ing** [ˋhʌntɪŋ; ˈhʌntɪŋ] n. U **1** 狩獵(《英》特指獵狐(fox hunting);《美》包括 shooting; → hunt 圖).

2 探索, 探求, 追求. house *hunting* 找房子.

húnting gròund n. C 獵區, 獵場.

húnting hòrn n. C 狩獵用號角[喇叭].

hunt·ress [ˋhʌntrɪs; ˈhʌntrɪs] n. C《主雅》女獵人.

hunts·man [ˋhʌntsmən; ˈhʌntsmən] n. (pl. -men [-mən; -mən]) C **1** (通常指男性的)獵人.

2 管理獵犬者(獵狐時指揮所有的獵犬).

hur·dle [ˋhɝdl; ˈhɜːdl] n. **1** C (障礙賽跑, 馬術比賽用的)欄, 障礙物.

2 (比賽)(hurdles)《作單數》障礙賽跑, 跨欄賽跑. run the 110 meter *hurdles* 跑110公尺跨欄賽跑.

3 C (應克服的)障礙, 困難. We still have to overcome several *hurdles*. 我們仍須克服若干障礙.

4 C 能移動的臨時性柵欄.

— vt. **1** 躍(欄). **2** 闖過, 克服, 〔障礙, 困難〕.

— vi. 參加跨欄[障礙]賽跑.

hur·dler [ˋhɝdlɚ; ˈhɜːdlə(r)] n. C 跨欄賽跑者.

húrdle ràce n. C (比賽)跨欄賽跑.

hur·dy-gur·dy [ˋhɝdɪͺɡɝdɪ; ˈhɜːdɪͺɡɜːdɪ] n. (pl. -dies) C《口》絞弦琴(比較小型的 barrel organ).

***hurl** [hɝl; hɜːl] vt. (~s [~z; ~z]; ~ed [~d; ~d]; ~ing) **1** (a) 投擲, 投, 《at 朝向目標》. The mob *hurled* stones *at* the police. 暴民向警察投擲石塊. (b) (用 hurl oneself)飛身, 飛撲, 飛撲. The guard *hurled* himself *at* the thief. 警衛飛身撲向小偷/*hurl oneself* into the political world 投身政界.

2 不斷加以〔責難等〕《at》. The spectators *hurled* curses *at* the dirty boxer. 觀眾不斷地咒罵那卑鄙的拳擊手.

hurl·er [ˋhɝlɚ; ˈhɜːlə(r)] n. C 投擲者;《美、口》(棒球的)投手.

hurl·y-burl·y [ˋhɝlɪͺbɝlɪ; ˈhɜːlɪͺbɜːlɪ] n. U 喧囂, 混亂.

Hu·ron [ˋhjurən, ˋhɪu-; ˈhjʊərən] n. Lake ~ 休倫湖(北美五大湖之一; → Great Lakes 圖).

***hur·rah** [həˋrɔ, həˋrɑ, hu-; hʊˈrɑː] interj. 萬歲! 加油! (表示歡喜, 稱讚, 鼓勵等). Hurrah for our team! 我們的球隊萬歲!/Hip, hip, hurrah! 加油, 加油, 加油! (喝采聲).

— n. C 歡呼萬歲聲, 歡呼聲.

— vi. 高呼萬歲, 歡呼.

***hur·ray** [həˋre, hu-; hʊˈreɪ] interj., n. (pl. ~s), v. (~ed; ~ing) =hurrah.

***hur·ri·cane** [ˋhɝɪͺken; ˈhʌrɪkən] n. (pl. ~s [~z; ~z]) C **1** 颶風(特指西印度群島一帶的; → typhoon, cyclone). **2** (感情等的)爆發.

húrricane làmp n. C (有玻璃燈罩的)防風煤油燈.

***hur·ried** [ˋhɝɪd; ˈhʌrɪd] v. hurry 的過去式、過去分詞.

— adj. 急忙的; 被催促的; 草率的. We made a *hurried* departure. 我們匆匆出發.

hur·ried·ly [ˋhɝɪdlɪ; ˈhʌrɪdlɪ] adv. 急忙地, 慌張地.

hur·ries [ˋhɝɪz; ˈhʌrɪz] v. hurry 的第三人稱、單數、現在式.

***hur·ry** [ˋhɝɪ; ˈhʌrɪ] v. (-ries; -ried; ~ing) vi. 趕快, 急著去; 慌忙, 匆忙做. There's no need to *hurry*. 不必急/You needn't have *hurried*. 你(雖然很趕但)不必急/Mr. Brown *hurried* into the room. 布朗先生匆匆地進了房間/She *hurried* through her homework. 她急急忙忙做完家庭作業.

— vt. 催〔人〕趕快, 催促; 使迅速去[帶來]; 使趕忙做《into》. The injured were *hurried* to the hospital. 負傷者被急忙送往醫院/You must not allow yourself to be *hurried into* a conclusion. 你絕不可以倉促就下結論.

2 急忙做〔事等〕; 催促. *hurry* supper 催促〔人〕吃晚飯; 匆忙地吃晚飯/I *hurried* my clothes on. 我匆匆忙忙穿好衣服.

hùrry alóng[1] 急著去.

hùrry/.../alóng[2] 使⋯趕快去[做]. We must *hurry* the work *along* in order to meet the deadline. 為了趕上截止日期, 我們必須趕快把這件事做好.

hùrry awáy[1] 迅速離去.

hùrry/.../awáy[2] 使⋯迅速離開.

hùrry óff[1]=hurry away[1].

hùrry/.../óff[2]=hurry/.../away[2].

hùrry/.../óver 趕緊做好〔工作等〕.

* *hùrry úp*[1] 趕快《主要用於祈使語氣》. *Hurry up*, if you want to take the 4:00 train. 如果你想坐四點的火車就得趕快.

hùrry/.../úp[2] 使⋯趕快.

— n. U **1** 急; 慌忙. What's the *hurry*? We've plenty of time. 急甚麼? 我們有的是時間.

圖 haste 指因周圍情況或本人熱心而行動迅速; hurry 指由於興奮, 混亂而引發不必要的匆忙行為.

2 匆忙之必要《用於否定句、疑問句》. There is no *hurry* about returning the book to me. 不必急著把這本書還給我.

* *in a húrry* (1)急忙, 慌忙. write a letter *in a hurry* 草草地寫信. (2)《口》輕而易舉, 簡單地, 《通常用於否定句》. (3)《口》高興地, 願意地, 《通常用於否定句》. No one will call on him *in a hurry*.

不會有人願意去拜訪他的.

*in one's **húrry** (**to** dò)* 趕緊(想做⋯), 過分急於(想做⋯). *In* his *hurry* to take the bus, he bumped into a lamppost. 他因為急著想搭上公車, 結果撞上了路燈燈柱.

in nò húrry to dò 不急著做⋯; 不輕易做⋯; 不願意做⋯. Uncle was *in no hurry* to lend the money. 叔父並沒有痛痛快快地把錢借給我.

*hurt [hɝt; hɜːt] v. (~**s** [~s; ~s]; ~; ~**ing**) vt. **1** 使受傷, 傷害[肉體]. Susan *hurt* her knee badly when she fell. 蘇珊跌了一跤, 膝蓋受了重傷/Be careful not to get *hurt* [*hurt* yourself]. 小心不要受傷了/He was slightly *hurt* in the traffic accident. 他在車禍中受了點小傷.

圖 hurt 的重點在於因負傷所受之痛苦; → injure, wound[1].

2 使疼痛. My shoe *hurts* my heel. 我的鞋子磨得我腳跟好痛/"You're *hurting* me, Martin," she said, disengaging herself from his embrace. 她掙脫馬汀的擁抱, 說:「馬汀, 你弄痛我了.」

3 傷害, 損害, 使受害. This incident will *hurt* Bob's career. 這次事件將會使鮑伯的事業受到(不良)的影響/The storm *hurt* our fence. 那場暴風雨弄壞了我們家的籬笆.

4 傷害[感情等]; 傷害[人]的感情. I can't bear to *hurt* her feelings; she's so sensitive. 我不忍心傷害她的感情; 她是那樣地敏感/Sticks and stones will [may] break my bones, but names [words] will never *hurt* me. 不管你怎麼說我都不在乎(棒子扔石頭雖然可以打傷我, 但壞話卻不能; 小孩子被咒罵時回嘴所說的話).

5 《以 it 當主詞》《口》對⋯而言是件大事, 有不良影響, 《用於否定句, 疑問句》. *It* wouldn't *hurt* you to spend more time studying. 花更多的時間用功不會使你吃虧的.

— vi. **1** 痛. My left arm still *hurts*. 我的左手臂依然疼痛.

2 弄痛; 傷痛感情. We must face the truth even though it *hurts*. 再難過我們也得面對真相/My shoes *hurt*. 我的鞋子穿起來腳會痛.

3 《以 it 當虛主詞》《口》有害, 不妥, 《用於否定句, 疑問句》. It won't *hurt* to pay a dollar or two more. 多付幾塊錢算不了甚麼.

— n. (pl. ~**s** [~s; ~s]) **1** ⓒ 創傷, 傷; 肉體上的痛苦. The mother tried to soothe her child's *hurt*. 那母親想要減輕孩子的疼痛.

2 Ⓤⓒ (精神上的)痛苦, 傷; 損害, 損害; (*to* 對於⋯). The boy's failure in the examination caused a lot of *hurt to* his parents. 這男孩考試沒考好, 傷了父母親的心/The incident did great *hurt to* American prestige. 這事件使美國的威信大受損害.

hurt·ful [ˋhɝtfəl; ˈhɜːtfʊl] adj. 有害的, 造成傷害的, (*to*); 傷害(情緒)的. The glaring light is *hurtful* to the eyes. 強光對眼睛有害.

hur·tle [ˋhɝtl; ˈhɜːtl] vi. **1** 衝撞, 碰撞, (*against*). The car skidded and *hurtled against* the guardrail. 那輛汽車側滑撞上了護欄.

2 (來勢兇猛, 發出聲音地)猛衝[飛行]. The boomerang *hurtled* through the air. 那回力棒咻地一聲從空中飛過.

*hus·band [ˋhʌzbənd; ˈhʌzbənd] n. (pl. ~**s** [~z; ~z]) ⓒ 丈夫(↔wife). *husband* and wife 夫妻, 夫婦, (★這種用法不加冠詞)/John will make a good *husband* and father. 約翰會是個好丈夫和好父親.

— vt. 《文章》節約, 節省著利用.

hus·band·ry [ˋhʌzbəndrɪ; ˈhʌzbəndrɪ] n. Ⓤ 《文章》**1** 耕作, 農業. **2** 節約, 節省. **3** 家政.

*hush [hʌʃ; hʌʃ] n. [a U] (喧鬧後的)靜寂, 沈默. A *hush* fell over the classroom. 教室裡鴉雀無聲.

— v. (~**es** [~ɪz; ~ɪz]; ~**ed** [~t; ~t]; ~**ing**) vt. 使安靜, 使緘默. The mother *hushed* her crying baby to sleep. 那母親哄著啼哭的寶寶入睡.

— vi. 安靜, 沈默, 《用於祈使語氣, 作為感歎詞使用》. 發音為 [ʃ; ʃ]. Hush! 安靜! 別出聲! 噓!

húsh /⋯/ **úp** 遮掩[醜聞, 事件等]. The management tried to *hush up* the scandal. 資方想要掩飾這項醜聞.

hush·a·by [ˋhʌʃəˌbaɪ; ˈhʌʃəbaɪ] interj. 乖乖睡覺《哄幼兒入睡時的用語》.

hush-hush [ˋhʌʃˏhʌʃ; ˈhʌʃhʌʃ] adj. 《口》〔計畫等〕祕密的.

húsh mòney n. Ⓤ 遮羞費.

husk [hʌsk; hʌsk] n. ⓒ (通常 husk*s*) (穀物, 果實的)外皮, 殼, (美)玉蜀黍的皮, (→ hull[1]).

— vt. 剝除[穀物, 果實]的外殼, 外皮.

husk·i·ly [ˋhʌskɪlɪ; ˈhʌskɪlɪ] adv. 嗓子〔聲音〕沙啞地, 嘶啞地.

husk·i·ness [ˋhʌskɪnɪs; ˈhʌskɪnɪs] n. Ⓤ 聲音沙啞.

húsking bèe n. ⓒ(美)剝玉米殼的聚會《鄰居, 友人聚集過來幫忙; 亦簡稱 husking).

husk·y[1] [ˋhʌskɪ; ˈhʌskɪ] adj. **1** 《口》〔人〕壯碩的, 體格高大的.

2 〔人〕聲音啞啞的; 〔聲音〕沙啞的, 嘎聲的.

hus·ky[2] [ˋhʌskɪ; ˈhʌskɪ] n. (pl. **-kies**) ⓒ 哈斯基犬《愛斯基摩人用來拉雪橇》.

hus·sar [huˋzɑr; hʊˈzɑː(r)] n. ⓒ (歐洲各國的)輕騎兵.

hus·sy [ˋhʌsɪ, ˋhʌzɪ; ˈhʌsɪ] n. (pl. **-sies**) ⓒ 淘氣的女孩, 野丫頭; 潑婦.

hus·tings [ˋhʌstɪŋz; ˈhʌstɪŋz] n. 《單複數同形》(加 the) 競選演說[活動]; (美)政見發表會會場;《源自以往英國國會議員競選演說用的講臺》.

hus·tle [ˋhʌsl; ˈhʌsl] vi. **1** 趕忙; 精力充沛地做, 乾淨俐落地做, 幹勁十足地做. The maid *hustled* to get dinner ready. 女佣趕著把晚餐做好. **2** 推開往前進. *hustle through* a crowd 從人群中擠過去.

3 (美, 俚)〔妓女〕拉客.

— vt. **1** 粗暴地推[推]《常加副詞(片語)》. He was *hustled* out of the room. 他被強行推出房間.

2 迫使做⋯(*into* do*ing*). The prisoners were

hustled into working. 囚犯們被強制做工.

3 《美、俚》以欺騙手段強行推銷, 把…騙到手. *hustle*

— *n.* 回勿忙的事[動作], 急急忙忙. *hustle and bustle* 擁擠混亂.

hus·tler [ˈhʌslɚ; ˈhʌslə(r)] *n.* ⓒ 《口》**1** 活躍分子, 能幹的人. **2** 騙子. **3** 《美、俚》妓女.

＊hut [hʌt; hʌt] *n.* (*pl.* ~s [~s; ~s]) ⓒ **1** 小屋, 簡陋的房子, (粗糙的 *cabin*). *The hermit lived in a wooden hut.* 那位隱士住在一幢小木屋裡.

2 《軍事》臨時營房.

hutch [hʌtʃ; hʌtʃ] *n.* ⓒ **1** (放兔子等的)欄圈, 籠子, 箱子. **2** (貯藏穀物等的)箱子, 桶子; 櫥櫃. **3** 小房子, 簡陋的小屋.

hy·a·cinth [ˈhaɪəˌsɪnθ; ˈhaɪəsɪnθ] *n.* ⓒ《植物》風信子; 風信子的花.

hy·ae·na [haɪˈinə; haɪˈiːnə] *n.* =hyena.

hy·brid [ˈhaɪbrɪd; ˈhaɪbrɪd] *n.* ⓒ《動植物的》雜種. *a hybrid* from [of] *a bison and a cow* 美國野牛和乳牛所生的雜種牛.

— *adj.* 雜種的, 混血的; 混合的. *a hybrid dog* 雜種狗.

hy·brid·ize [ˈhaɪbrɪdˌaɪz; ˈhaɪbrɪdaɪz] *vt.* 使〔兩種異種動物或植物〕交配, 使雜交; 配出…的雜種.

— *vi.* 交配[產生]雜種.

Hyde Park [ˈhaɪdˌpɑrk; ˈhaɪdpɑːk] *n.* 海德公園(倫敦市中心著名的大公園; 西鄰 Kensington Gardens).

hy·dra [ˈhaɪdrə; ˈhaɪdrə] *n.* **1** (*Hydra*)《希臘神話》海蛇怪(Hercules 所剷除的巨大海蛇; 傳說有九個頭, 斬去一個頭就生出兩個). **2** 難根除的禍害. **3** ⓒ 水螅(一種棲息於淡水的腔腸動物).

hy·dran·gea [haɪˈdrɛndʒə, ˈ·ˈdrændʒɪə, ·dʒə; haɪˈdreɪndʒə] *n.* ⓒ《植物》八仙花, 繡球花, 紫陽花.

hy·drant [ˈhaɪdrənt; ˈhaɪdrənt] *n.* ⓒ (設於街道上的)消防栓, 給水栓.

hy·drate [ˈhaɪdret, ·drɪt; ˈhaɪdreɪt] *n.* ⓤⓒ《化學》水化合物.

hy·drau·lic [haɪˈdrɔlɪk; haɪˈdrɔːlɪk] *adj.* 水力的; 水[液]壓(式)的. *a hydraulic* brake 水[液]壓制動器.

hy·drau·lics [haɪˈdrɔlɪks; haɪˈdrɔːlɪks] *n.* 《作單數》水力學, 應用流體力學.

hydro- 《構成複合字》水的, 氫的.

hy·dro·car·bon [ˌhaɪdroˈkɑrbən, ·bən; ˌhaɪdrəˈkɑːbən] *n.* ⓒ《化學》碳氫化合物, 烴.

hy·dro·chlo·ric acid [ˌhaɪdrəˈklorɪk ˈæsɪd, ·ˈklɔr·; ˌhaɪdrəʊˈklɒrɪkˈæsɪd] *n.* ⓤ《化學》鹽酸.

hy·dro·e·lec·tric [ˌhaɪdroɪˈlɛktrɪk; ˌhaɪdrəʊɪˈlektrɪk] *adj.* 水力發電的. *a hydro-electric* power station 水力發電廠.

hy·dro·foil [ˈhaɪdroˌfɔɪl; ˈhaɪdrəʊfɔɪl] *n.* ⓒ (水

[hydrofoil]

——————————————————— **hyperbolic** 759

翼船等的)水翼; 水翼船.

＊hy·dro·gen [ˈhaɪdrədʒən, ·dʒɪn; ˈhaɪdrədʒən] *n.* ⓤ《化學》氫(符號 H). *In chemistry water is a compound of hydrogen and oxygen.* 就化學的角度分析, 水是氫和氧的化合物.

hýdrogen bómb *n.* ⓒ 氫彈.

hýdrogen peróxide *n.* ⓤ《化學》過氧化氫(雙氧水 Oxyful(商標名)就是這種水溶液).

hy·dro·pho·bi·a [ˌhaɪdrəˈfobɪə, ˌhaɪdrəˈfəʊbjə] *n.* ⓤ **1** 狂犬病, 恐水症. **2** 對水的病態恐懼.

hy·dro·plane [ˈhaɪdrəˌplen; ˈhaɪdrəʊpleɪn] *n.* ⓒ **1** 水上滑行艇(擦過水面疾馳的高速汽艇). **2** (潛水艇上下移動用的)水平舵.

hy·dro·pon·ics [ˌhaɪdrəˈpɑnɪks; ˌhaɪdrəʊˈpɒnɪks] *n.*《作單數》《農業》水耕法, 水栽法.

hy·dro·ther·a·py [ˌhaɪdroˈθɛrəpɪ; ˌhaɪdrəʊˈθerəpɪ] *n.* ⓤ《醫學》水療法(於溫泉等合化學物質的水中做運動).

hy·drox·ide [haɪˈdrɑksaɪd, ·ɪd; haɪˈdrɒksaɪd] *n.* ⓤ《化學》氫氧化物.

hy·e·na [haɪˈinə; haɪˈiːnə] (★注意發音) *n.* ⓒ 土狼(產於亞洲、非洲, 外形似犬, 主食腐肉; 嗥聲被比喻作魔鬼的笑聲).

＊hy·giene [ˈhaɪdʒin, ˈhaɪdʒɪˌin; ˈhaɪdʒiːn] *n.* ⓤ衛生, 清潔; 衛生學; 保健法. public *hygiene* 公共衛生.

hy·gien·ic [ˌhaɪdʒɪˈɛnɪk; haɪˈdʒiːnɪk] *adj.* **1** 衛生的, 清潔的. **2** 衛生學的; 衛生上的, 保健上的.

hy·gi·en·ics [ˌhaɪdʒɪˈɛnɪks; haɪˈdʒiːnɪks] *n.*《作單數》衛生學.

hy·gien·ist [ˈhaɪdʒɪənɪst; ˈhaɪdʒiːnɪst] *n.* ⓒ **1** 衛生學家. **2** 《美》(牙科)保健醫師(déntal hygíenist).

hy·grom·e·ter [haɪˈgrɑmətɚ; haɪˈgrɒmɪtə(r)] *n.* ⓒ 濕度計.

Hy·men [ˈhaɪmɛn; ˈhaɪmən] *n.* **1** 《希臘、羅馬神話》婚姻之神. **2** (hymen)《解剖》處女膜.

＊hymn [hɪm; hɪm] *n.* (*pl.* ~s [~z; ~z]) ⓒ 讚美詩, 聖歌; (泛指)讚美歌. *a funeral hymn* 追悼歌.

— *vt.* 《詩》唱讚美詩歌頌〔神等〕; 唱讚美詩表示〔讚頌等〕.

hym·nal [ˈhɪmnəl; ˈhɪmnəl] *n.* ⓒ 讚美詩集.

hymn·book [ˈhɪmˌbʊk; ˈhɪmbʊk] *n.* =hymnal.

hyper- *pref.* 表「在…之上」, 超過, 過度」之意(↔ hypo-).

hy·per·bo·la [haɪˈpɝbələ; haɪˈpɜːbələ] *n.* (*pl.* ~s, -bo·lae [-ˌbəli; -bɪliː]) ⓒ《數學》雙曲線.

hy·per·bo·le [haɪˈpɝbəlɪ, -lɪ; haɪˈpɜːbəlɪ] *n.*《修辭學》**1** ⓤ誇張. **2** ⓒ誇張法(*The sweat ran down his face in rivers.* (汗水像河流一樣從他臉上滾流而下)等的表達方式).

hy·per·bol·ic [ˌhaɪpɚˈbɑlɪk; ˌhaɪpəˈbɒlɪk]

adj. **1** 誇張的, 誇大的. **2** 《數學》雙曲線(圖形)的.

hy·per·crit·i·cal [ˌhaɪpɚˈkrɪtɪk]; ˌhaɪpəˈkrɪtɪkl] *adj.* 嚴苛批評的, 貶損的, 吹毛求疵的.

hy·per·mar·ket [ˈhaɪpɚˌmarkɪt; ˈhaɪpəˌmɑːkɪt] *n.* ⓒ 《英》 (位於郊外的) 大型超級市場, 量販超市.

hy·per·sen·si·tive [ˌhaɪpɚˈsɛnsətɪv; ˌhaɪpəˈsensətɪv] *adj.* 神經過敏的, 過於神經質的, 《*to, about*》; 《醫學》過敏症的. Be careful what you say to him—he's *hypersensitive to* criticism. 跟他說話要小心, 因為他對批評非常敏感.

hy·per·ten·sion [ˌhaɪpɚˈtɛnʃən; ˌhaɪpəˈtenʃən] *n.* ⓤ 過度緊張; 《醫學》高血壓.

****hy·phen** [ˈhaɪfən; ˈhaɪfn] *n.* (*pl.* ~s [~z; ~z]) ⓒ 連字號(符號 -). Write the word with a *hyphen*. 寫這個字要加上連字號.
— *vt.* =hyphenate.

【◉連字號的使用方法】

(1)連接 2 個以上的單字形成複合字: passer-by(行人), father-in-law(岳 父, 公 公), good-looking(漂亮的), how-to(提供入門指導的).

(2)有時可以連字號暫時將數個單字連接在一起, 構成一個形容詞: a five-year-old boy(5 歲大的男孩).

(3)區分單字的音節: 有時在另起新行時必須在前一行行尾斷字處標示連字號.

(4)書寫數詞, 分數時: twenty-four(24), three-fourths(4 分之 3).

(5)為了對連續 2 個母音的不同發音加以區別時: cooperate [koˈɑpəˌret; kəʊˈppəreɪt] (合作), reelect [ˌriəˈlɛkt; ˌriːɪˈlekt] (重選).

(6)清楚顯示詞頭: trans-Siberian (橫越西伯利亞的), re-create [ˌrikrɪˈet; ˌriːkriːˈeɪt] (再創造).

---

hy·phen·ate [ˈhaɪfənˌet; ˈhaɪfəneɪt] *vt.* 用連字號連接[劃分] [單字, 詞彙等].

hy·phen·at·ed [ˈhaɪfənˌetɪd; ˈhaɪfəneɪtɪd] *adj.* 加連字號的, 用連字號連接的.

hy͞phenated Américan *n.* ⓒ 外裔[歸化]的美國人《German-American (德裔美國人), French-American (法裔美國人)等》.

hyp·no·ses [hɪpˈnosiz; hɪpˈnəʊsiːz] *n.* hypnosis 的複數.

hyp·no·sis [hɪpˈnosɪs; hɪpˈnəʊsɪs] *n.* (*pl.* -ses) ⓤ ⓒ 催眠(狀態).

hyp·not·ic [hɪpˈnɑtɪk; hɪpˈnɒtɪk] *adj.* **1** 催眠的; 催眠術的.
2 《藥物等》有催眠作用的.
— *n.* ⓒ 催眠劑, 安眠藥.

hyp·no·tism [ˈhɪpnəˌtɪzəm; ˈhɪpnətɪzəm] *n.* ⓤ **1** 催眠術. **2** 催眠(狀態).

hyp·no·tist [ˈhɪpnətɪst; ˈhɪpnətɪst] *n.* ⓒ 催眠師.

hyp·no·tize [ˈhɪpnəˌtaɪz; ˈhɪpnətaɪz] *vt.*
1 對…施催眠術. **2** 使《某人》著迷.

hy·po[1] [ˈhaɪpo; ˈhaɪpəʊ] *n.* ⓤ《攝影》定影劑.

hy·po[2] [ˈhaɪpo; ˈhaɪpəʊ] *n.* (*pl.* ~s)《口》= hypodermic.

hypo- *pref.* 表「在…之下, 以下, 輕微」之意(◆ hyper-).

hy·po·chon·dri·a [ˌhaɪpəˈkɑndrɪə, ˌhɪp-; ˌhaɪpəʊˈkɒndrɪə] *n.* ⓤ《醫學》憂鬱症, 疑病症, 臆想病, 《沒有生病卻深信自己有病的症狀, 常常會經驗到疼痛的感覺》.

hy·po·chon·dri·ac [ˌhaɪpəˈkɑndrɪˌæk, ˌhɪp-; ˌhaɪpəʊˈkɒndrɪæk] *adj.* 憂鬱症的, 臆想病的.
— *n.* ⓒ 憂鬱症[臆想病]患者.

hy·poc·ri·sy [hɪˈpɑkrəsɪ; hɪˈpɒkrəsɪ] *n.* (*pl.* -sies) **1** ⓤ 偽善, 假裝老實的樣子.
2 ⓒ 偽善行為.

hyp·o·crite [ˈhɪpəˌkrɪt; ˈhɪpəkrɪt] *n.* ⓒ 偽善者, 偽君子, 虛偽的人.

hyp·o·crit·i·cal [ˌhɪpəˈkrɪtɪk]; ˌhɪpəˈkrɪtɪkl] *adj.* 偽善的, 偽善性質的, 虛偽的, 假裝的.

hyp·o·crit·i·cal·ly [ˌhɪpəˈkrɪtɪk]ɪ, -ɪklɪ; ˌhɪpəˈkrɪtɪkəlɪ] *adv.* 偽善地.

hy·po·der·mic [ˌhaɪpəˈdɝmɪk; ˌhaɪpəʊˈdɜːmɪk]《醫學》*adj.* (向)皮下的, 在皮下的. *hypodermic* injection 皮下注射/a *hypodermic* syringe 皮下注射器.
— *n.* ⓒ **1** 皮下注射. **2** 皮下注射器.

hy·pot·e·nuse [haɪˈpɑtṇˌus, -ˌrus, -ˌjus, -z; haɪˈpɒtənjuːz] *n.* ⓒ《數學》直角三角形的斜邊.

hy·poth·e·ses [haɪˈpɑθəˌsiz; haɪˈpɒθɪsiːz] *n.* hypothesis 的複數.

****hy·poth·e·sis** [haɪˈpɑθəsɪs; haɪˈpɒθɪsɪs] *n.* (*pl.* -ses) ⓒ 假設; 假定, 前提. draw a *hypothesis* 假設/We conducted our researches on the *hypothesis* that the disease is contagious. 我們以假設這種疾病具有傳染性為前提來進行研究.

hy·po·thet·i·cal [ˌhaɪpəˈθɛtɪk]; ˌhaɪpəʊˈθetɪkl] *adj.* 假說的, 臆測的; 根據假說的; 包含假設的.

****hys·te·ri·a** [hɪsˈtɪrɪə, hɪsˈtɛrɪə; hɪˈstɪərɪə] *n.* ⓤ **1**《醫學》歇斯底里症.
2 病態的興奮; (群眾等的) 異常興奮, 狂熱.

hys·ter·ic [hɪsˈtɛrɪk; hɪˈsterɪk] *adj.* = hysterical.

****hys·ter·i·cal** [hɪsˈtɛrɪk]; hɪˈsterɪkl] *adj.* **1** 歇斯底里的; 患歇斯底里症的; 異常興奮的. a *hysterical* outburst of tears 歇斯底里的大哭/He became *hysterical* when he saw his son run over. 他看到自己的兒子被(車)輾過, 變得歇斯底里.
2《口》非常滑稽的 (very funny).

hys·ter·i·cal·ly [hɪsˈtɛrɪk]ɪ, -ɪklɪ; hɪˈsterɪkəlɪ] *adv.* 歇斯底里地, 異常興奮地.

****hys·ter·ics** [hɪsˈtɛrɪks; hɪˈsterɪks] *n.* (常作複數)歇斯底里(的發作); 病態的興奮. have [fall into, go into] *hysterics* 變得歇斯底里.

Hz, hz (略) hertz.

I i ℐ𝒾

I, i [aɪ; aɪ] *n.* (*pl.* **I's, Is, i's** [~z; ~z])
1 ⓤⓒ 英文字母的第九個字母.
2 ⓒ (用大寫字母)I 字形物.
3 ⓤ (羅馬數字的)一. III＝3／IX＝9／Page viii 第八頁《常用來表示書內序文的頁碼》.
crŏss *one's* **t́'s** (**and dŏt** *one's* **í's**) → cross 的片語.

I¹ [強 `aɪ, ˌaɪ, 弱 aɪ, ə; aɪ] *pron.* (*pl.* **we**) 《人稱代名詞; 第一人稱、單數、主格; 所有格 my, 受格 me, 所有格代名詞 mine, 反身代名詞 my-self》我. *I* am a high school student. 我是高中生／Shall *I* get you some more coffee? 要我再給你一些咖啡嗎?／Either he's wrong or *I* am. 不是我錯就是他錯／It is *I*. 是我《語法在口語中通常用 It is me.》／It is *I* whom she hates. ＝《口》It's *me* she hates. 她恨的是我／She is loved by her, aren't *I*? 她是愛我的, 不是嗎? (★此時通常用 aren't I, 較少用 amn't I, ain't I《口》).
語法(1)與其他(代)名詞並列時, 依照第二、三、一人稱的順序: You, he and *I* must go. 我們一定要走了. (2)以前把小寫 i 去掉上面的點代表「我」, 後因不夠醒目才改用大寫.

I² 《符號》iodine; 《略》Island(s); Isle(s).

IA, Ia. 《略》Iowa.

-ial *suf.* 構成「…(那樣)的, …性質的」之意的形容詞. edito*rial*. finan*cial*. colo*nial*.

i·amb [`aɪæmb; 'aɪæmb] *n.* ⓒ 《韻律學》抑揚格《音步(foot)由抑揚[× ‑]的雙音節構成》.

i·am·bi [aɪˈæmbaɪ; aɪˈæmbaɪ] *n.* iambus 的複數.

i·am·bic [aɪˈæmbɪk; aɪˈæmbɪk] *adj.* 《韻律學》抑揚格的.

i·am·bus [aɪˈæmbəs; aɪˈæmbəs] *n.* (*pl.* **-bi, ~es**)＝iamb.

I·an [ɪən; ɪən] *n.* 男子名.

-ian *suf.* 構成「與…有關的(人, 物); 屬於…的(人, 物)」等之意的形容詞[名詞]. Brazil*ian*. gram*marian*. civil*ian*. reptil*ian*.

I·be·ri·a [aɪˈbɪrɪə; aɪˈbɪərɪə] *n.* ＝Iberian Peninsula.

I·be·ri·an [aɪˈbɪrɪən; aɪˈbɪərɪən] *adj.* 伊比利(半島)的; 西班牙的; 葡萄牙的.

Ibērian Península *n.* (加 the)伊比利半島《在歐洲西南部, 即西班牙、葡萄牙兩國的領土所在》.

i·bex [`aɪbɛks; 'aɪbeks] *n.* (*pl.* **~es, ~**) ⓒ 野生山羊《棲息在阿爾卑斯山, 庇里牛斯山等處; 長有巨型彎曲的頭角》.

ibid. [`ɪbɪd, ˌaɪbɪd; 'ɪbɪd] 《略》ibidem.

ib·i·dem [ɪˈbaɪdɛm; ɪˈbaɪdem] (拉丁語) *adv.* (出處)同上[同前]; 和前面引文出於同書[章]《略作 ibid.》.

i·bis [`aɪbɪs; 'aɪbɪs] *n.* (*pl.* **~es, ~**) ⓒ 《鳥》朱鷺.

-ible *suf.* 構成「能…, 可…」之意的形容詞. pos*sible*. admis*sible*. permis*sible*. vis*ible*. 注意依據動詞詞尾的不同也有作 -able 的, 但發音相同.

IBM 《略》International Business Machines Corporation《國際商業機器公司; 電腦商標, 亦為公司名稱》.

[ibis]

Ib·sen [`ɪbsṇ; 'ɪbsn] *n.* **Hen·rik** [`hɛnrɪk; 'henrɪk] ~ 易卜生(1828-1906)《挪威的劇作家、詩人》.

IC 《略》integrated circuit (積體電路).

-ic *suf.* 構成「…的, …性質的, …式的, 屬於…的, 由…做的, 含…的」之意的形容詞(→-ical). histor*ic*. econom*ic*. sympathet*ic*.

-ical *suf.* 構成「像…的, …性質的; 與…相關的」之意的形容詞. histor*ical*. econom*ical*. biolog*ical*. 注意-ic 和 -ical 有時含義不同, 如 econom*ic* (經濟(學)的), econom*ical* (經濟上的, 節約的); histor*ic* (歷史上著名的), histor*ical* (歷史上的)等.

Ic·a·rus [`ɪkərəs, `aɪ-; 'ɪkərəs] *n.* 《希臘神話》伊卡洛斯《以父親德狄勒斯(Daedalus)所作的蠟翼飛向天空, 因太靠近太陽以致蠟翼溶化而墜死海中》.

ICBM 《略》intercontinental ballistic missile (洲際彈道飛彈).

ice [aɪs; aɪs] *n.* (*pl.* **ic·es** [~ɪz; ~ɪz]) **1** ⓤ 冰《湖, 河等水面上凍結的》; 冰(的平面). a piece [block] of ~ 一片[塊]冰／Water turns into *ice* at 32°F. 水在華氏 32 度時會結成冰／The *ice* began to melt. 冰開始融化.
2 ⓒ 冰凍甜食(凍果露, 果汁雪泥等); 《主英》冰淇淋. Two *ices*, please. 請給我兩份冰淇淋(叫點心時).

be [**skăte**] **on thĭn ĭce** (如履薄冰般)處於極危險的狀態[境地].

brĕak the ĭce (事業等的)開創, (困難等的)解決; 打破沈悶的局面; 《<破冰開出航道》. Rosa tried to *break the ice* by offering us a cocktail. 羅莎請我們喝雞尾酒, 想活絡一下氣氛.

cùt nò íce (*with* a *pérson*) 《口》(對某人) (幾乎) 沒有效果，沒有用，沒有影響.

on íce (1)在冰上的. (2)《口》(爲留待以後處理而)預先擱置，保留. We'll put your plans *on ice* until next week. 我們會把你的提案保留到下週.

— *vt.* 1 使結凍；用冰將…(全部)覆蓋《*up*; *over*》；(特地用冰)冷却. The lake was *iced over*. 整個湖面都結冰了.

2 在(糕餅、水果等)上面撒上糖衣(icing).

— *vi.* 冰凍，(完全)被冰覆蓋，《*over*; *up*》.

íce àge *n.* ⓒ(地質學)(常 Ice Age)冰河時期 (glacial epoch).

íce àx, íce àxe *n.* ⓒ(登山用)冰鎬.

íce bàg *n.* ⓒ《美》冰袋《英》ice pack)，冰枕.

ice·berg [ˋaɪsˏbɝg; ˈaɪsbɜːg] *n.* ⓒ冰山. the tip of the [an] *iceberg* 冰山的一角(照字面解釋或作比喻用).

ice·boat [ˋaɪsˏbot; ˈaɪsbəʊt] *n.* ⓒ冰上滑行船.

ice·bound [ˋaɪsˏbaʊnd; ˈaɪsbaʊnd] *adj.* 冰封的 (冰凍成一大片而無法靠近(移動等)).

ice·box [ˋaɪsˏbɑks; ˈaɪsbɒks] *n.* ⓒ 1 《美》電冰箱(refrigerator).

2 冰箱[庫](只能冷藏，不能製冰).

ice·break·er [ˋaɪsˏbrekɚ; ˈaɪsˏbreɪkə(r)] *n.* ⓒ破冰船.

ice·cap [ˋaɪsˏkæp; ˈaɪskæp] *n.* ⓒ(極地，高山等的)冰帽，萬年雪.

ice·cold [ˋaɪsˋkold; ˈaɪskəʊld] *adj.* 冰冷的.

‡íce crèam [(英) ˴ ˊˊ] *n.* ⓊⒸ冰淇淋. The child ate two *ice creams*. 這個孩子吃了兩份冰淇淋.

ice-cream cone [ˋaɪsˋkrim͵kon; ˈaɪskriːmˏkəʊn] *n.* 1 甜筒(放冰淇淋的圓錐形容器，用薄脆甜餅(wafer)做成，亦簡稱 cone).

2 甜筒冰淇淋.

íce cùbe *n.* ⓒ(冰箱內製冰器做成的)冰塊.

iced [aɪst; aɪst] *adj.* 1 冰凍過的. *iced* coffee 冰咖啡/*iced* water 冰水.

2 加了糖衣(icing)的. *iced* fruit 蜜餞.

íce fìeld *n.* ⓒ冰原.

íce hòckey *n.* Ⓤ(比賽)冰上曲棍球.

ice·house [ˋaɪsˏhaʊs; ˈaɪshaʊs] *n.* (*pl.* **-hous·es** [-ˏhaʊzɪz; -haʊzɪz])ⓒ冰庫，(特指地下的)冷藏室.

Ice·land [ˋaɪslənd; ˈaɪslənd] *n.* 冰島(位於北大西洋的大島；共和國；首都 Reykjavik; → Scandinavia 圖).

Ice·land·er [ˋaɪsləndɚ; ˈaɪsləndə(r)] *n.* ⓒ冰島人.

Ice·land·ic [aɪsˋlændɪk; aɪsˈlændɪk] *adj.* 冰島的；冰島人的；冰島語的.

— *n.* Ⓤ冰島語.

íce lòlly *n.* ⓒ《英》冰棒《美》Popsicle).

ice·man [ˋaɪsˏmæn, -mən; ˈaɪsmæn] *n.* (*pl.* **-men** [-ˏmɛn, -mən; -men])ⓒ《美》送冰人，冰販.

íce pàck *n.* 1 《英》=ice bag. 2 =pack ice.

íce pìck *n.* ⓒ冰錐(鑿冰用的錐子).

íce skàte *n.* ⓒ(通常 ice skates)溜冰鞋；(冰鞋上的)冰刀. a pair of *ice skates* 一雙溜冰鞋.

ice-skate [ˋaɪsˏsket; ˈaɪsskeɪt] *vi.* 溜冰.

ice-skat·ing [ˋaɪsˏsketɪŋ; ˈaɪsskeɪtɪŋ] *n.* Ⓤ溜冰.

-ician *suf.* 1 加在 -ic(s) 結尾的字之後表示「…家，精於…的人」之意. mathemat*ician*. mus*ician*. techn*ician*.

2 加在不是 -ic(s) 結尾的字之後則表示「從事…職業的人」之意. beaut*ician*.

i·ci·cle [ˋaɪˏsɪkl, ˋaɪsɪkl; ˈaɪsɪkl] *n.* ⓒ冰柱，垂冰.

i·ci·ly [ˋaɪslɪ, ˋaɪsɪlɪ; ˈaɪsəlɪ] *adv.* 冷若冰霜地；冷淡地.

ic·ing [ˋaɪsɪŋ; ˈaɪsɪŋ] *n.* Ⓤ(加在糕餅上的)糖衣，糖霜，(除砂糖外還加上奶油、香料、蛋白等).

i·con [ˋaɪkɑn; ˈaɪkɒn] *n.* ⓒ 1 (希臘正教)聖像(基督、聖徒、天使等的). 2 (泛指)像，肖像.

i·con·o·clast [aɪˋkɑnəˏklæst; aɪˈkɒnəʊklæst] *n.* ⓒ反對偶像崇拜者；提倡破除舊習者.

i·con·o·clas·tic [aɪˏkɑnəˋklæstɪk, ͵aɪkɑnə-aɪˏkɒnəʊˈklæstɪk] *adj.* 反對偶像崇拜的；提倡破除舊習的.

-ics *suf.* 「…學，…論等」之意，構成學術領域的名稱. phys*ics*. mathemat*ics*. econom*ics*.

ICU (略) intensive care unit.

*i·cy [ˋaɪsɪ; ˈaɪsɪ] *adj.* (**i·ci·er**; **i·ci·est**) 1 冰的，似冰的，覆冰的. *icy* streets 結冰的街道/Be careful—the road is *icy*. 小心，路上結冰.

2 冰冷的，極寒冷的. *Icy* winds blew all day. 整天吹著刺骨的寒風.

3 冷漠的，冷淡的. an *icy* look 冷淡的目光/an *icy* welcome 冷淡的接待. ⇨ *n.* **ice**.

ID (略) Idaho.

*I'd [強 ˋaɪd, ˏaɪd, 弱 aɪd, əɪd, əd; aɪd] I would [should, had]的縮寫. *I'd* like to play tennis. 我想打網球.

I·da [ˋaɪdə; ˈaɪdə] *n.* 女子名.

Ida. (略) Idaho.

I·da·ho [ˋaɪdəˏho, ˋaɪdɪˏho; ˈaɪdəhəʊ] *n.* 愛達荷州(美國西北部的州；略作 ID, Ida.).

ID card [ˋaɪˋdiˏkɑrd; ˈaɪˈdiːˏkɑːd] *n.* ⓒ身分證(identity [identification] card).

-ide *suf.* 《化學》表示「…化合物」之意. ox*ide*. brom*ide*.

*i·de·a [aɪˋdiə, aɪˋdɪə; aɪˈdɪə] *n.* (*pl.* ~s [~z; ~z])ⓒ【心中浮現之事物】 1 想法，觀念；思想；思考；(→ concept, notion 圖). an abstract *idea* 抽象概念/a fixed *idea* 既有的觀念/the basic *ideas* of Darwin 達爾文的基本思想/I was Mike's *idea* to throw the party. 是麥克要舉辦這場派對的/The very *idea* of deceit was abhorrent to him. 光是想到欺騙別人就令他覺得厭惡.

(圖解) *adj.* + idea: a concrete ~ (具體的想法)，a confused ~ (混亂的想法)，a correct ~ (正確的想法)，a vague ~ (模糊的想法).

2 【突然產生的念頭】主意，念頭，想法，構想，…

happy *idea* occurred to me. 我忽然想到一個好主意/He's a man of *ideas*. 他很會出點子/That's a good *idea*! 這是一個好主意!/I've got an *idea*! 我有個主意!

【搭配】 *adj.*+idea: a brilliant ~ (聰穎的想法), a clever ~ (機靈的想法), a sudden ~ (突然的念頭) // *v.*+ideas: think of an ~ (想出主意), hit on an ~ (想到點子).

【明確的思想】 **3** 意見, 見解. their political *ideas* 他們的政治見解/He has progressive *ideas* on education. 他對教育有很先進的看法/What's your *idea* on that problem? 關於那個問題你的意見如何?/His *idea* was that his son had to decide his future course for himself. 他認為兒子應該要自己決定未來的出路.

4 目的; 計畫. My *idea* is to stay there for a few days. 我的計畫是在那裡待個幾天/He doesn't have any *idea* of resigning. 他完全沒有辭職的打算.

【模糊不清的感覺】 **5** 念頭, 直覺, 預感. I have an *idea* I've seen you somewhere before. 我覺得好像以前在甚麼地方見過你.

6 想像, 推測; 估計; 知識, 理解. get an *idea* of... (→片語)/I tremble at the bare *idea* of his death. 我光想到他的死就感到害怕/I haven't the least *idea* (of) who said so. 我完全不知道是誰這樣說的(【語法】(1)此種意義為 U 的用法: I didn't have much *idea* where I was going. (我不曉得自己該去哪兒). (2) of+wh 子句時,《口》通常省略 of).

gèt an idéa of... (大體上)知道….

gèt the idéa 知道; 以為(*that* 子句).

give A an idéa of B 讓 A (大體上)知道 B. The essay will *give* you *an idea of* what Oxford is like. 你可以從這篇散文知道牛津(大學)的概況.

hàve an idéa of... (1) 大體上知道…, 瞭解…. (2) 打算…(*do*ing).

have no idéa (1)毫無所知, 不能理解,《*of, that* 子句, *wh* 子句》. I have no *idea* what he means. 我完全不知道他是甚麼意思/"Do you know where the singer lives?" "I have no *idea*." 「你知道那個歌星住哪裡嗎?」「我完全不知道」(★《口》亦可省略 I have, 僅說 No idea.). (2)沒有打算(*of do*ing).

pùt idéas into *a person's* ***héad*** 使某人(胡思亂想而)抱有過大的期望.

The* (vèry) *idéa!* = *Whàt an idéa! (這)真叫人驚訝! 真是胡鬧!

Whàt's the* (bìg) *idéa? (做這種事)究竟有甚麼企圖?

● ──名詞型 ~ wh 子句、片語
用此種形式的名詞:
She is in *doubt whether* she should marry him. 她在猶豫是否要跟他結婚.
I have no *idea what* the word means. 我完全不知道這個字是甚麼意思.
There is no *reason why* I should thank him.

沒有道理要我感謝他.
He could not answer my *question who* the batter was. 他無法回答我那位打擊手是誰.

*i·de·al [aɪˈdiəl, aɪˈdil, aɪˈdɪəl; aɪˈdiəl] *adj.* 【理想的】 **1** 理想的, 完美的; 最理想的, 最好的. This is an *ideal* place to live in. 這是最理想的住處/It's an *ideal* day for fishing. 今天是釣魚的好日子/an *ideal* way of life 理想的生活方式.

2【只是觀念上的】想像(上)的, 空想的; (◆ real). A utopia is an *ideal* society. 烏托邦是一個想像的社會. ⇨ *adv.* **ideally.**

── *n.* (*pl.* ~s [~z; ~z]) C (常 ideals) 理想; 理想的人[物], 典型. His father had high *ideals*. 他的父親有很高的理想/She was the *ideal* of women in those days. 她是當時女性的典範.

i·de·al·ism [aɪˈdiəl, aɪˈdil-, aɪˈdɪəl-; aɪˈdɪəlɪzəm] *n.* U **1** 理想主義(◆ realism).
2【哲學】觀念論, 唯心論, (◆ materialism).
3【藝術】觀念主義.

i·de·al·ist [aɪˈdiəlɪst, aɪˈdil-, aɪˈdɪəl-; aɪˈdɪəlɪst] *n.* C **1** 理想主義者, 理想家.
2【哲學】觀念論者, 唯心論者.
3【藝術】觀念主義者.

i·de·al·is·tic [ˌaɪdɪəlˈɪstɪk, -diəl-, aɪˌd-; aɪˌdɪəˈlɪstɪk] *adj.* **1** 理想主義的.
2 觀念論的; 非現實的.

i·de·al·i·za·tion [aɪˌdiələˈzeʃən, -ˌdɪəl-, -aɪˈz-; aɪˌdɪəlaɪˈzeɪʃn] *n.* U 理想化; C 理想化之物.

i·de·al·ize [aɪˈdiəl,aɪz, aɪˈdɪəl-; aɪˈdɪəlaɪz] *vt.* 把…理想化.

i·de·al·ly [aɪˈdiəlɪ, aɪˈdɪəlɪ; aɪˈdɪəlɪ] *adv.* **1** 理想地; 觀念上. This dictionary is ideally suited to high-school students. 這本字典極適合高中生使用.
2《修飾句子》理想上, 就理想而言. *Ideally*, English teaching in schools should be more practical. 理想上, 學校的英語教學應該更為實際.

*i·den·ti·cal [aɪˈdɛntɪkl; aɪˈdentɪkl] *adj.* **1** 同一個的, the *identical* person 同一人, 本人/This is the *identical* book he was reading last month. 這正是他上個月讀的書.
2 同樣的, (用 identical with [to]...) 與…同樣的,《完全相似》; 一致(*with*). His hat is *identical with* mine. 他的帽子跟我的一樣.

i·den·ti·cal·ly [aɪˈdɛntɪkl̩ɪ, -ɪklɪ; aɪˈdentɪkəlɪ] *adv.* 完全相同地.

idèntical twín *n.* C 同卵雙胞胎(中的一個).

*i·den·ti·fi·ca·tion [aɪ,dɛntəfəˈkeʃən; aɪ,dentɪfɪˈkeɪʃn] *n.* U **1** 確定為相同; (身分等的)確認, 證明. The *identification* of the body was difficult. 要確認屍體的身分很困難.
2 證明身分之物. Boris showed his passport as *identification*. 伯里斯出示護照以證明他的身分.
3 同等化, 同等看待; 同感.

identificátion càrd n. ⓒ身分證(identity card)(亦略作 ID card).

i·den·ti·fied [aɪ`dɛntə‚faɪd; aɪ'dentɪfaɪd] v. identify 的過去式、過去分詞.

i·den·ti·fies [aɪ`dɛntə‚faɪz; aɪ'dentɪfaɪz] v. identify 的第三人稱、單數、現在式.

✱**i·den·ti·fy** [aɪ`dɛntə‚faɪ; aɪ'dentɪfaɪ] v. (**-fies; -fied; ~ing**) vt. **1** 確定(確認是特定的人[物]); 辨別(是誰或是甚麼); 確認…的身分. How can you *identify* that book as yours? 你如何認定這本書是你的呢?/The police *identified* the body as that of Fred Jones. 警方確認死者是弗瑞德·瓊斯.

2 將…視爲同一, 認同, 《*with*》. Don't *identify* appearance *with* reality. 不要把表面與實際混爲一談.

── vi. 有同感《*with*》; 有共鳴, 認爲自己也相同, 《*with*》. My sister always *identifies with* the heroine of a TV drama. 我姊姊總把自己想成電視劇的女主角.

idéntify onesèlf 出示身分, 自報姓名.

idéntify onesèlf [*be idéntified*] *with...* 與…的感情[利害, 行動]一致[相同]; 有同感. He *was identified with* the party. 他認同該政黨.

✱**i·den·ti·ty** [aɪ`dɛntətɪ; aɪ'dentɪtɪ] n. (*pl.* **-ties** [~z; ~z]) **1** Ⓤ一致, 相同. They are united by *identity* of interests. 他們由於利害一致所以結合在一起.

2 ⒰Ⓒ特定的人[物]; (人的)身分; (物的)原貌. The police have discovered his real *identity*. 警察查出了他眞正的身分/keep one's *identity* secret 隱瞞身分/a case of mistaken *identity* 弄錯人(的一個例子).

3 ⒰Ⓒ自身的特性; 個性. He didn't want to lose his *identity* in a large city. 他不想在大城市中迷失自己的本性.

idéntity càrd n. =identification card.

i·de·o·gram [`ɪdɪə‚græm, `aɪdɪə-; 'ɪdɪəʊgræm] n. Ⓒ表意文字(單一的符號或字元便可表達某一概念或事物); 例如中文字).

i·de·o·graph [`ɪdɪə‚græf, `aɪdɪə-; 'ɪdɪəʊgrɑːf] n. =ideogram.

i·de·o·log·i·cal [‚aɪdɪə`lɑdʒɪk!; ‚aɪdɪə'lɒdʒɪkl] adj. 意識型態的.

i·de·ol·o·gy [‚aɪdɪ`ɑlədʒɪ, ‚ɪd-; ‚aɪdɪ'ɒlədʒɪ] n. (*pl.* **-gies**) ⒰Ⓒ意識型態(個人, 階級, 政黨等所持有關政治、經濟、社會等各種基本主義、概念的整體).

id·i·o·cy [`ɪdɪəsɪ; 'ɪdɪəsɪ] n. (*pl.* **-cies**) **1** Ⓤ愚蠢; Ⓒ愚蠢的行爲. **2** Ⓤ白痴(idiot).

id·i·o·lect [`ɪdɪə‚lɛkt; 'ɪdɪəʊlekt] n. Ⓒ《語言》個人語(某個人所使用的所有語彙).

✱**id·i·om** [`ɪdɪəm; 'ɪdɪəm] n. (*pl.* **~s** [~z; ~z]) Ⓒ **1** 慣用語, 成語, 《兩個或兩個以上的字構成特定意義的片語, 而原來的字則脫離其本身的含義; 例如

put up with, for good 等).

2 (某人, 地區, 國家等特有的)語法((繪畫, 音樂等)獨特的表現(方法). the *idiom* of students 學生用語.

id·i·o·mat·ic [‚ɪdɪə`mætɪk; ‚ɪdɪə'mætɪk] adj. **1** 慣用語的, 多慣用語的. an *idiomatic* phrase 慣用語.

2 的確像該語言的, 有該語言特色的. Mr. Mori speaks *idiomatic* English. 莫利先生說的英語很道地.

id·i·o·mat·i·cal·ly [‚ɪdɪə`mætɪk!ɪ, -ɪklɪ; ‚ɪdɪə'mætɪkəlɪ] adv. (語言的)習慣用法上[地]; 的確有該語言特色地.

id·i·o·syn·cra·sy [‚ɪdɪə`sɪnkrəsɪ, -`sɪŋ-; ‚ɪdɪə'sɪŋkrəsɪ] n. (*pl.* **-sies**) Ⓒ **1** (個人的)突出的特徵[風格]; 特異的性質[體質].

2 《口》奇特的行爲, 怪癖, 奇特的習性.

id·i·o·syn·crat·ic [‚ɪdɪəsɪn`krætɪk; ‚ɪdɪəsɪŋ'krætɪk] adj. 個人特有的, 獨特的.

id·i·ot [`ɪdɪət; 'ɪdɪət] n. Ⓒ **1** 《口》大笨蛋.

2 《心理》白痴(智力比 imbecile 低).

id·i·ot·ic [‚ɪdɪ`ɑtɪk; ‚ɪdɪ'ɒtɪk] adj. 白痴的, 愚蠢的. Susan made a really *idiotic* suggestion. 蘇珊提了一個非常愚蠢的建議.

✱**i·dle** [`aɪd!; 'aɪdl] adj. (**~r; ~st**) **1** (人)懶惰的, 遊手好閒的, 怠惰的, (→ lazy 同). Tom is an *idle* student. 湯姆是懶惰的學生/Don't be *idle*. 別偷懶.

2 無所事事的, 空閒的; 沒在使用的, 沒在動的. *idle* machines 沒在使用的機器/*idle* money 游資/spend many *idle* hours 耗掉許多空閒的時間.

3 無助益的, 無用的; 無根據的. *idle* rumors 空穴來風(的謠言)/waste time in *idle* talk 浪費時間閒扯/It will be *idle* to try to persuade her. 不要浪費時間說服她.

── v. (**~s** [~z; ~z]; **~d** [~d; ~d]; **i·dling**) vt. 虛度, 白白浪費, 〔時間等〕《*away*》. Don't *idle away* your time. 不要虛度光陰.

── vi. **1** 偷懶, 懶散度日, 《*about*》.

2 (機器等)空轉.

✱**i·dle·ness** [`aɪd!nɪs; 'aɪdlnɪs] n. Ⓤ懶惰, 無所事事. live in *idleness* 懶散地過日子.

i·dler[1] [`aɪdlɚ; 'aɪdlə(r)] n. Ⓒ懶人, 遊手好閒的人; 不肯吃苦的人.

i·dler[2] [`aɪdlɚ; 'aɪdlə(r)] adj. idle 的比較級.

i·dlest [`aɪdlɪst; 'aɪdlɪst] adj. idle 的最高級.

i·dling [`aɪdlɪŋ; 'aɪdlɪŋ] v. idle 的現在分詞、動名詞.

i·dly [`aɪdlɪ; 'aɪdlɪ] adv. 偷懶地; 無所事事地; 徒勞地. He spent the evening sitting *idly* in an armchair. 他坐在扶手椅上無所事事地過一晚.

✱**i·dol** [`aɪd!; 'aɪdl] n. (*pl.* **~s** [~z; ~z]) Ⓒ **1** (當作崇拜對象的)偶像. worship *idols* 崇拜偶像.

2 崇拜的目標, 偶像. a teenage *idol* 青少年的偶像.

màke an ídol of... 崇拜…, 把…視爲偶像.

i·dol·a·ter [aɪ`dɑlətɚ; aɪ'dɒlətə(r)] n. Ⓒ **1** 偶像崇拜者. **2** 崇拜者. an *idolater* of wealth 唯財

富是從者，崇拜財富的人.

i·dol·a·trous [aɪˋdɑlətrəs; aɪˈdɒlətrəs] *adj.* **1** 崇拜偶像的. **2** 盲目崇拜[讚美，熱愛]的.

i·dol·a·try [aɪˋdɑlətrɪ; aɪˈdɒlətrɪ] *n.* Ⓤ **1** 偶像崇拜. **2** 盲目崇拜[讚美，熱愛].

i·dol·ize [ˋaɪdḷˏaɪz; ˈaɪdəlaɪz] *vt.* 把…偶像化；極端崇拜[讚美，熱愛]….

i·dyll [ˋaɪdḷ; ˈɪdɪl] *n.* Ⓒ 牧歌，(特指)田園詩；田園景致，有田園風味的事件[故事].

i·dyl·lic [aɪˋdɪlɪk; ɪˈdɪlɪk] *adj.* 田園詩的；田園風格的，悠閒恬適的.

i.e. [ˏaɪˋi; ˌaɪˈiː] 即，換言之，《拉丁語 id est (= that is (to say)) 的縮寫；除較正式的文章外，通常寫成 that is》.

-ie *suf.* →-y³.

IAEA 《略》 International Atomic Energy Agency.

****if** [ɪf, f; ɪf] *conj.* **1** 《引導假設子句或條件子句》 (**a**) **假如…的話** (語法 在 if 子句中表示未來時，通常使用現在式). *If* he comes, I'll be glad to talk with him. 如果他來，我會很高興跟他談談/Let's go swimming *if* it doesn't rain tomorrow. 明天如果不下雨我們就去游泳吧!/*If* you go, then Mike will go. 如果你去，麥克就會去(★亦可使用 If..., then... 這種句型)/*If* you have finished with that book, give it back to me. 倘若你已看完那本書，那就還給我吧!/*If* it was raining, why didn't you take a taxi? 如果那時在下雨，你爲甚麼沒搭計程車呢?/*If* left alone, do you think you can handle it by yourself? 你一個人應付得來嗎?(★省略了 If 後面的 you are).

(**b**) **如果肯[有意]…的話；如果能…的話**；(語法 此時在 if 子句中使用 will 或 would，表示客氣的說法). *If* she'll listen to me, I'll tell her the story. 如果她肯聽，我會把事情告訴她/*If* you will wait a minute, I'll call him. 如果您能稍候，我就叫他來/*If* my son won't pay, I'll have to. 如果我兒子不肯付帳，我就得付/*If* you would lend me your camera until Tuesday, I should be very happy. 假如你能把相機借我用到星期二，那我就太高興了.

(**c**) 《假設的意義較弱》**如果…的話**. *If* his English has a slight French accent, it is because he spent his boyhood in France. (如果你覺得)他的英文有些法國腔，那是因爲他小時候在法國待過.

2 《引導與現在事實相反的假設子句》**假設是…的話；要是[萬一]…的話；即使是…的話也**(even if)；(語法 在if子句中要使用過去式(原則上不論主詞爲單數或複數，be 動詞皆爲 were；→ was)，而主要子句中要使用(should, would, could 等)助動詞過去式). *If* I were you, I'd study harder. 我若是你，一定更用功/*If* I could drive, I would take you home. 我要是會開車，就送你回家《實際上並不會開車，所以也無法送》.

3 《引導與過去事實相反的假設子句》**假設當時是…的話，假如曾是…的話；即使曾經是…的話也**(even if)；(語法 通常在 if 子句中要使用 had＋過去分詞，在主要子句中要使用助動詞過去式(should, would, could 等)＋have＋過去分詞，但若像第二個例句中主要子句的內容爲現在時，須採用 2 的形式). *If* he had studied harder, he would have passed the exam. 倘若(當時)他再用功些，大概考試就及格了/*If* the bank hadn't lent us the money, we wouldn't be in business today. 要不是銀行貸款給我們，公司早就破產關門了.

4 《引導表示將來不大可能實現的事物之子句》《與 should, were to 連用》**萬一是…的話；如果(萬一)…的話；即使萬一…的話也**(even if). *If* I should be late, tell everyone to wait. 萬一我遲到，請大家等一等.

> **【◉ if 的省略】**
> 2，3，4 爲《文章》《雅》的情形時，有時會省略 if，而將助動詞或 were 置於主詞之前：Were I to live to be one hundred years old (=*If* I were to...), I should never forget that sad event. (即使活到一百歲，我也絕對忘不了那件悲傷的事)/Had I known (=*If* I had known), I would have told you. (我若已知道，就會通知你了)/Should you remember her name (=*If* you should remember...), please let me know. (如果你想起她的名字，請告訴我).

5 《引導表示語義有所保留的子句》**即使…也，儘管…也**，(even if). Even *if* it rains tomorrow, I will go. 即使明天下雨我也要去/*If* a child falls, it rarely hurts him. 小孩即使跌倒也不太會受傷(★ it 指「跌倒」)/I don't mind *if* you smoke. 我不會介意你抽菸的/*If* she was displeased, she never showed it. 儘管她感到不愉快，也絕不露在臉上.

6 《習慣性發生的條件》**當…之時總是，每當…就**，(語法 if 子句與主要子句的動詞時態要一致). His wife complains, *if* she speaks. 他老婆一開口就是抱怨/*If* it was not too cold, I went for a walk every morning. 如果天氣不太冷的話，我每天早晨都會去散步.

7 《引導表示選擇的名詞子句》**是否…，是不是…**，(whether) (語法 if 子句可以作 know, ask, wonder, see, doubt 等的受詞；if 子句是比 whether 子句較不正式的說法，有時亦可如 whether 子句般在後面加上 or not；→ whether 1). Liza is wondering *if* anybody has come to see her. 莉莎在想到底有沒有人來看過她/I will ask him *if* his brother will come to the party. 我會問他是否他哥哥要來參加聚會/Go and see *if* it's Bill. 去看看是不是比爾/Let me know *if* the rumor is true (*or not*). 告訴我那個傳聞是眞是假.

8 《引導表示希望，驚訝，憤怒等的子句》(語法 if 子句單獨存在時常與 only 連用，或使用否定句). *If* I could see her again! 要是我能再見她一面該有多好!《省略了表示結果的 I would be very happy. (我將會很高興)之類的主要子句》/*If only* you'd be more careful. 你要是更小心點就好了!/*If* it isn't

I

you! 但願不是你!

if a dáy [*a pénny, an óunce, an ínch, etc.*] 就算只有一天[一便士, 一盎斯, 一英寸等]; (時間[金額, 重量, 長度等]的)確, 毫無疑問地. The house is ten years old *if a day* (=*if it's a day* old). 那棟房屋確實已有十年的歷史了/This fish weighs thirty pounds, *if an ounce*. 這條魚一定有30 磅重.

if and whén... 假如…的話, 那時. *If and when* you come to Kyoto, visit the Japanese garden. 假如你來京都, 一定要去看看日式庭園.

if ány → any 的片語.

if ánything → anything 的片語.

If it had nót bèen for... 如果(當時)沒有…的話. *If it had not been* (=Had it not been) *for* your help, I should have drowned. 當時如果不是你救了我, 我大概已經淹死了.

If it were nót for... 如果沒有…的話. *If it were not* (=Were it not) *for* your illness, I would take you to the party with me. 如果你沒生病, 我就帶你去參加宴會.

if nécessary 如有需要. I will do it *if necessary*. 必要的話我就做.

if nót(...) (1)如果不是[沒有]…的話. Are you free this afternoon? *If not*, I will call on you tomorrow. 今天下午有空嗎? 如果沒空, 明天再拜訪你. (2)即使不是[沒有]…也. His grandfather looks more than seventy, *if not* eighty, years old. 他祖父看起來即使沒有80歲, 也有70多歲了.

if ónly... → only 的片語. → 參照 if 8.

if póssible → possible 的片語.

if só 假如這樣的話.

if you líke → like[1] 的片語.

What if...? → what 的片語.

— *n.* (*pl.* ~s) ⓒ條件, 假設. There are too many *ifs* in his statement. 他的話有太多的「如果」.

-i·fy *suf.* 《-fy 的別體》構成「…化」等意義之動詞. simpl*ify*. qual*ify*. gas*ify*.

ig·loo [`ɪglu; `ɪgluː] *n.* (*pl.* ~s) ⓒ冰屋《愛斯基摩人的屋子; 通常用冰雪做成的磚塊砌成蒙古包狀》.

ig·nite [ɪg`naɪt; ɪg`naɪt] *vt.* 將…引燃, 點火; (點火)燒.
— *vi.* 著火; 燃燒起來. Gasoline *ignites* easily. 汽油很容易起火燃燒.

ig·ni·tion [ɪg`nɪʃən; ɪg`nɪʃn] *n.* **1** Ⓤⓒ著火, 引燃. **2** ⓒ(汽車引擎等)的點火裝置.

ig·no·ble [ɪg`nobl; ɪg`nəubl] *adj.* 《雅》不名譽的, 可恥的; 《古》出身[身分]卑微的(↔ noble).

ig·no·bly [ɪg`noblɪ; ɪg`nəublɪ] *adv.* 《雅》卑微地; 下流地.

ig·no·min·i·ous [ˌɪgnə`mɪnɪəs; ˌɪgnəu`mɪnɪəs] *adj.* 《文章》可恥的, 不名譽的; 應受鄙視的.

ig·no·min·y [`ɪgnəˌmɪnɪ; `ɪgnəmɪnɪ] *n.* (*pl.* **-min·ies**)《文章》Ⓤ不名譽, 丟臉, 不體面; ⓒ可

恥的行為.

ig·no·ra·mus [ˌɪgnə`reməs; ˌɪgnə`reɪməs] (拉丁語) *n.* ⓒ無知的人.

✲ig·no·rance [`ɪgnərəns; `ɪgnərəns] *n.* Ⓤ **1** 無知, 未受教育. I'm ashamed of my *ignorance*. 我對自己的無知感到羞愧/*Ignorance* is bliss. 《諺》無知就是福.

[搭配] *adj.*+ ignorance: abysmal ~ (徹底的無知), complete ~ (完全的無知) // *v.*+ ignorance: show (one's) ~ (顯示無知), admit one's ~ (承認無知).

2 不知道(的事)(*of*). All his friends were in *ignorance of* his aim. 他所有的朋友都不知道他的目的何在.

✲ig·no·rant [`ɪgnərənt; `ɪgnərənt] *adj.* **1** 〖人〗無知的, 未受教育的, 無教養的. John is quite *ignorant*. 約翰是相當無知的.

2 顯示出無知[無教養]般的. He expressed a very *ignorant* opinion about politics. 他對政治的看法非常無知.

3 (用 ignorant of [about]...) 不知道…, (用 ignorant *that* 子句[*wh* 子句])不知道[不清楚]…事. I am quite *ignorant of* French. 我對法語一無所知/We were *ignorant* (*of* the fact) *that* the store was closed on Thursdays. 我們不知道那間店星期四休息. 「知地.

ig·no·rant·ly [`ɪgnərəntlɪ; `ɪgnərəntlɪ] *adv.* 無

✲ig·nore [ɪg`nor, ·`nɔr; ɪg`nɔː(r)] *vt.* (~s [~z; ~z]; ~d [~d; ~d]; -nor·ing) 忽視; 無視. The driver *ignored* the stop-light. 那個司機對紅燈視若無睹/John *ignored* my advice. 約翰不理會我的勸告/I greeted Mr. Roberts, but he *ignored* me. 我向羅伯特先生打招呼, 他卻不理我.

[同] ignore 表示故意不去注意不想知道的事物; 比 disregard 或 neglect 有更多故意的感覺.

ig·nor·ing [ɪg`norɪŋ, ·`nɔr·; ɪg`nɔːrɪŋ] *v.* ignore 的現在分詞、動名詞.

i·gua·na [ɪ`gwanə; ɪ`gwɑːnə] *n.* ⓒ大鬣蜥蜴《草食性大蜥蜴; 產於熱帶美洲》.

i·kon [`aɪkɑn; `aɪkɒn] *n.* =icon.

IL (略) Illinois.

il- *pref.* in-[1,2] 的別體《用於字母 l 之前》.

[iguana]

Il·i·ad [`ɪlɪəd; `ɪlɪəd] *n.* (加 the)伊里亞德(Homer 所作歌詠特洛伊戰爭的敍事史詩; → Odyssey).

✲ill [ɪl; ɪl] *adj.* (**worse**; **worst**) 〖狀態不佳的〗 **1** 《通常作敍述》生病的(↔ well). fall [be taken] *ill* 生病/My mother was *ill* in bed with influenza. 我母親因感冒臥病在床/He is critically [seriously] *ill*. 他病危[病得很重].

[語法] 在這個意義時, 《英》become [get] *ill* (生病)等作敍述用法時用 ill 或 unwell, a sick man(病人), the sick(病人(們))等作限定用法時則用 sick; 《美》則限定、敍述均用 sick, ill 也可作敍述用法, 但多用於文章.

【搭配】 *adv.*＋ill: gravely ～ (重病), incurably ～ (不治之症), slightly ～ (小病), terminally ～ (末期病症).

2 (敍述)(美)想嘔吐的, (胸部)噁心的, ((主英)) sick). The sight made me ill. 那情景使我噁心.

3 (限定)不高興的, 不愉快的. an ill temper 心情不愉快.

4 (限定)不滿足的; 不完全的; 不好的. ill health 不健康/ill success 不成功.

【有害的】 **5** (限定)惡的; 壞的; 有害的. ill manners 沒禮貌/the ill effects of smoking 吸菸的害處/Ill news runs apace. ((諺))壞事傳千里(＜不好的傳聞迅速擴散).

6 (限定)有惡意的, 不親切的. ill will 惡意, 敵意, 憎惡/ill feelings 反感/ill treatment 虐待.

7 (限定)不吉利的, 不幸的. ill luck 不幸/It is an ill wind that blows nobody (any) good. (→ blow[1] *vt.* 2).

— *adv.* (**worse; worst**) **1** 壞, 不正當地; 不親切地; 懷有惡意地. You always take things ill. 你總是從壞的方面看事物.

2 不巧地, 不幸地, 運氣不好地.

3 不完全地, 不充份地; 幾乎不…. I could ill afford a trip to England. 我付不起到英國旅行的費用.

gò íll with... 對…而言不恰當. It will go ill with you if you tell him that. 告訴他那件事對你而言並不恰當.

ill at éase → ease 的片語.

spèak íll of... → speak 的片語.

thìnk íll of... → think 的片語.

— *n.* **1** [U]壞, 惡行, (做)做壞事.

2 [C] (常出)不幸, 災難. He doesn't know the ills of life yet. 他尚不知人生的苦難.

＊I'll [ail; ail] I will [shall]的縮寫. I'll marry next month. 我下個月要結婚.

Ill. (略) Illinois.

ill-ad·vised [ˋɪləd'vaɪzd; ͵ɪləd'vaɪzd] *adj.* 不明智的; 欠考慮的, 魯莽的.

ill-bred [ˋɪlˋbrɛd; ͵ɪlˋbred] *adj.* 沒教養的, 不懂規矩的, 沒禮貌的.

＊il·le·gal [ɪˋlig, ɪlˋil; ɪˋli:gl] *adj.* **違法的**, 非法的, (↔ legal). an illegal alien 非法入境者/A right turn is illegal here. 在這兒右轉是違法的/It is illegal to sell alcohol to minors. 賣酒給未成年人是違法的.

il·le·gal·i·ty [͵ɪlɪˋgælətɪ, ͵ɪlɪˋgælətɪ] *n.* (*pl.* **-ties**) [U]違法; 不合法. **2** [C]不法行為.

il·le·gal·ly [ɪˋliglɪ, ɪlˋilglɪ; ɪˋli:gəlɪ] *adv.* 非法地.

il·leg·i·bil·i·ty [ɪ͵lɛdʒəˋbɪlətɪ, ͵ɪlɛdʒ-, ͵ɪˋlɛdʒ-; ͵ɪ͵ledʒəˋbɪlətɪ] *n.* 字跡無法辨認; 難讀.

il·leg·i·ble [ɪˋlɛdʒəbl, ɪlˋlɛdʒ-; ɪˋledʒəbl] *adj.* 字跡說不出的, 讀不出的; 難讀的. The letter was written in illegible handwriting. 這封信的筆跡難以辨認.

il·leg·i·bly [ɪˋlɛdʒəblɪ, ɪlˋlɛdʒ-; ɪˋledʒəblɪ] *adv.* 難讀地.

il·le·git·i·ma·cy [͵ɪlɪˋdʒɪtəməsɪ, ͵ɪlɪ-; ͵ɪlɪˋdʒɪtəməsɪ] *n.* [U] **1** 非法, 違法.

2 私生, 庶出, 非婚生.

il·le·git·i·mate [͵ɪlɪˋdʒɪtəmɪt, ͵ɪlɪ-; ͵ɪlɪˋdʒɪtəmət] *adj.* **1** 違法的, 不合法的; 違反規定的.

2 私生的, 庶出的. an illegitimate child 私生子.

il·le·git·i·mate·ly [͵ɪlɪˋdʒɪtəmɪtlɪ, ͵ɪlɪ-; ͵ɪlɪˋdʒɪtəmətlɪ] *adv.* 不合法地.

ill-fat·ed [ˋɪlˋfetɪd; ͵ɪlˋfeɪtɪd] *adj.* 不幸的(宿命的), 運氣不佳的.

ill-fa·vored (美), **ill-fa·voured** (英) [ˋɪlˋfevəd; ͵ɪlˋfeɪvəd] *adj.* (人的容貌)醜的, 難看的.

ill-got·ten [ˋɪlˋgɑtn; ͵ɪlˋgɒtn] *adj.* 用不正當手段獲得的. He lived comfortably on his ill-gotten gains. 他拿不義之財過著安樂舒適的生活.

ill-hu·mored (美), **ill-hu·moured** (英) [ˋɪlˋjuməd, -ˋhjuməd, -ˋhɪu-; ͵ɪlˋhju:məd] *adj.* 不愉快的.

il·lib·er·al [ɪˋlɪbərəl, ɪˋlɪbrəl, ɪlˋl-; ɪˋlɪbərəl] *adj.* 心地狹窄的; 不寬容的.

il·lic·it [ɪˋlɪsɪt, ɪlˋlɪs-; ɪˋlɪsɪt] *adj.* 違法的; 被禁止的. illicit trading 非法買賣/They had an illicit love affair. 他們兩人私通. 「不正當地.

il·lic·it·ly [ɪˋlɪsɪtlɪ, ɪlˋlɪs-; ɪˋlɪsɪtlɪ] *adv.* 非法地,

il·lim·it·a·ble [ɪˋlɪmɪtəbl, ɪlˋlɪm-; ɪˋlɪmɪtəbl] *adj.* 無限的, 無窮的. illimitable space 浩瀚無垠的宇宙.

Il·li·nois [͵ɪləˋnɔɪ, -ˋnɔɪz; ͵ɪlɪˋnɔɪ] *n.* 伊利諾州 ((美國中部的州; 略作IL, Ill.)).

il·lit·er·a·cy [ɪˋlɪtərəsɪ, ɪlˋlɪt-; ɪˋlɪtərəsɪ] *n.* [U] 不會讀寫識字, 文盲; 無學識, 未受教育, (↔ literacy).

il·lit·er·ate [ɪˋlɪtərɪt, -trɪt; ɪˋlɪtərət] *adj.* **1** 不會讀寫識字的, 文盲的. The man is illiterate but quite intelligent. 那個人雖然不會讀寫識字, 但很聰明. **2** (口)無學識的; 未受教育的.

— *n.* [C]文盲; 未受教育的人.

ill-man·nered [ˋɪlˋmænəd; ͵ɪlˋmænəd] *adj.* 沒禮貌的, 沒規矩的. an ill-mannered child 不懂禮貌的孩子.

ill-na·tured [ˋɪlˋnetʃəd; ͵ɪlˋneɪtʃəd] *adj.* 居心不良的, 乖戾的, (↔ good-natured).

＊ill·ness [ˋɪlnɪs; ˋɪlnɪs] *n.* (*pl.* ～**es** [~ɪz; ~ɪz]) **1** [U]病(的狀態)(↔ health). She died of illness, not of old age. 她死於疾病, 而不是因為年老. 回 illness意為患病的狀態[期間]; → disease, sickness.

2 [C] (特指)病(disease). Mr. Murphy is suffering from a serious illness. 墨菲先生罹患重病/Aunt Alice has not recovered from her illness yet. 愛麗絲姑媽的病還沒有好.

【搭配】 *adj.*＋illness: an acute ～ (急性病), a chronic ～ (慢性病), a fatal ～ (致命的病), a slight ～ (小病), a sudden ～ (急病) // *v.*＋illness: cure an ～ (治癒疾病), treat an ～ (治療疾病).

il·log·i·cal [ɪˋlɑdʒɪk!, ɪlˋl-; iˋlɔdʒɪkl] adj. 〔人〕不講理的,〔思想,議論〕不合邏輯的,不合理的.

il·log·i·cal·ly [ɪˋlɑdʒɪk!ɪ, ɪlˋl-, -ɪklɪ; iˋlɔdʒɪkəli] adv. 不講理地,不合理地.

ill-o·mened [ˋɪlˋomɪnd, -mənd; ˌɪlˋəumend] adj. 不吉利的; 運氣不好的, 不幸的.

ill-starred [ˋɪlˋstɑrd; ˌɪlˋstɑːd] adj. 〔雅〕惡運的, 運氣不佳的.

ill-tem·pered [ˋɪlˋtɛmpəd; ˌɪlˋtempəd] adj. 易怒的, 急躁的, 暴躁的; 難於接近的.

ill-timed [ˋɪlˋtaɪmd; ˌɪlˋtaɪmd] adj. 機遇不好的, 錯過時機的.

ill-treat [ɪlˋtrit; ˌɪlˋtriːt] vt. 虐待, 折磨. I hate parents who ill-treat their children. 我非常厭惡虐待自己孩子的父母.

ill-treat·ment [ɪlˋtritmənt; ˌɪlˋtriːtmənt] n. Ⓤ虐待.

＊il·lu·mi·nate [ɪˋlumə͵net, ɪˋlɪum-; iˋluːmɪneɪt] vt. (~s [~s; ~s]; -nat·ed [~ɪd; ~ɪd]; -nat·ing) 【賦與光】**1** 照, 照亮, (light up). The sudden flash of light illuminated every corner of the room. 突如其來的閃光照亮了房間的每一個角落/The room was dimly illuminated by a few candles. 幾根蠟燭微弱地照著這個房間.
2 〔文章〕闡明, 釋明, 〔問題的所在, 意味等〕. illuminate one's point 闡明自己的看法〔觀點〕.
3〔賦與精神上的光明〕〔文章〕啓發, 教化.
【〔用光〕裝飾】**4** 用燈光裝飾, 用燈泡〔燈管, 霓虹燈〕裝飾, 〔建築物, 街道等〕. The stage was brilliantly illuminated. 舞臺被燈光照得非常耀眼.
5〔用色彩裝飾〕以色彩裝飾[抄本, 卷軸等開頭的字母].

il·lu·mi·na·tion [ɪ͵lumə`neʃən, ɪ͵lɪum-; ɪ͵luːmɪˋneɪʃn] n. **1** Ⓤ照明; 照明的強度.
2 (illuminations)燈彩, 燈飾, 霓虹燈飾.
3 Ⓒ (通常illuminations)(抄本等的)彩飾.
4 Ⓤ〔文章〕闡明, 說明, 闡釋.

ill-use [ɪlˋjuz; ˌɪlˋjuːz] vt. 虐待; 濫用.

＊il·lu·sion [ɪˋluʒən, ɪˋlɪuʒən; ɪˋluːʒn] n. (pl. ~s [~z; ~z]) **1** Ⓒ幻覺, 錯覺; Ⓒ幻影, 幻象. an optical illusion 視覺錯覺/I think I was seeing illusions because of my fever. 我想我是因為發高燒才產生幻覺.
2 Ⓒ幻想; 誤會, 誤認; 判斷錯誤, (特指對自己的)妄信. Mr. Smith is under a strange illusion about Japanese people. 史密斯先生對日本人有種奇怪的誤解/She is (laboring) under the illusion that her dream will come true. 她幻想自己的夢

[illumination 3]

想有一天會實現/I have no illusions about my future. 我對自己的未來不抱幻想(很清楚有多少程度的可能性). ▣illusion是因爲外在因素的影響, 把實際並不存在的事物誤認爲存在; delusion是相信跟真相完全相異的事物, 由於精神錯亂所造成, 不容易治癒, 且有負面含義.

il·lu·sion·ist [ɪˋluʒənɪst, ɪˋlɪu-; ɪˋluːʒənɪst] n. Ⓒ魔術師, 變戲法的人, (sory.)

il·lu·sive [ɪˋlusɪv, ɪˋlɪu-; ɪˋluːsɪv] adj. = illusory.

il·lu·so·ry [ɪˋlusərɪ, ɪˋlɪu-; ɪˋluːsəri] adj. 《文章》基於幻覺〔錯覺〕的; 實際上不存在的, 假想的, 虛構的.

＊il·lus·trate [ˋɪləstret, ɪˋlʌstret; ˋɪləstreɪt] vt. (~s [~s; ~s]; -trat·ed [~ɪd; ~ɪd]; -trat·ing) **1** 說明, (用例子)證明, (with); 作爲…的例證〔解說, 實例〕. Please illustrate that statement with some examples. 請舉例說明那段文字/His actions during the fire illustrated his bravery. 火災發生時他所採取的行動足以說明他的勇氣.
2 在〔書等〕加進插圖, 在〔書等〕加入《with〔插圖〕》; 圖解…. The author illustrated the book with many pictures. 那位作家在書內附上許多插圖.

il·lus·trat·ing [ˋɪləstretɪŋ, ɪˋlʌstretɪŋ; ˋɪləstreɪtɪŋ] v. illustrate 的現在分詞, 動名詞.

＊il·lus·tra·tion [͵ɪləsˋtreʃən, ɪ͵lʌsˋtreʃən; ͵ɪləˋstreɪʃn] n. (pl. ~s [~z; ~z]) **1** Ⓒ例子, 實例, (of). That accident was a good illustration of his carelessness. 那件意外正可以說明他的粗心大意.
2 Ⓒ插圖; 圖表, (→ book圖). The book has many color illustrations. 這本書有許多彩色插圖.
3 Ⓤ (藉由畫, 實例等的)說明, 例證. by way of illustration 透過例證/Illustration with examples is very useful in teaching children. 教孩子時舉例說明很有效果.

il·lus·tra·tive [ɪˋlʌstrətɪv, ˋɪləs͵tretɪv, ɪˋlʌs͵tretɪv; ˋɪləstrətɪv] adj. 有助於說明的; 能作例證〔解說〕的《of》. illustrative slides 解說用幻燈片/These episodes are illustrative of his character. 這些小事件很能顯示出他的個性.

il·lus·tra·tor [ˋɪləs͵tretə, ɪˋlʌs͵tretə; ˋɪləstreɪtə(r)] n. Ⓒ插畫家.

il·lus·tri·ous [ɪˋlʌstrɪəs; ɪˋlʌstrɪəs] adj. 《文章》**1** 有名的, 著名的. an illustrious scientist 著名的科學家.
2 輝煌的, 顯赫的. Churchill's illustrious career as a statesman 邱吉爾輝煌的政治生涯.

ILO (略) International Labor Organization.

im- pref. in-[1,2] 的別體(用於 b, m, p 之前).

＊I'm [強 aɪm, ͵aɪm, 弱 aɪm, əm; aɪm] I am 的縮寫. I'm a teacher of English. 我是英語教師.

＊im·age [ˋɪmɪdʒ; ˋɪmɪdʒ] (★注意發音) n. (pl. ~·es [~ɪz; ~ɪz]) Ⓒ【像】**1** 像; 肖像; 〔神, 佛之〕像, 偶像. an image of the Virgin Mary 聖母瑪利亞的雕〔肖〕像/They worship images. 他們崇拜偶像.

2 《口》酷似的人[物](*of*). You are the *image of* your father. 你跟你的父親像極了.
3 《光學》(鏡子, 鏡片等反映出的) (影)像.
〔**心中浮現之像**〕**4** (現已不存在之人的)面容; (心中描繪之)像; 形象. My dead mother's *image* is still fresh in my mind. 我已故的母親的面容在我的心中依然清晰/The company tried to improve its *image* after the scandal. 這家公司在醜聞案發生後致力於改善形象.
5 〔**理想的樣子**〕象徵; 典型. Henry Ford is the *image* of success. 亨利・福特是成功的典範.
— *vt.* 塑[描繪]…的像; 在心中描繪…, 想起…的容貌.

im·age·ry [ˋɪmɪdʒrɪ, -dʒərɪ; ˈɪmɪdʒərɪ] *n.* Ⓤ (集合)心中描繪的影像[意象], 形象, 《特指詩等文學作品中所用的》.

＊**i·mag·i·na·ble** [ɪˋmædʒɪnəbl, ɪˋmædʒnəbl; ɪˈmædʒɪnəbl] *adj.* 可想像的, 想像的到的. It was the worst crime *imaginable*. (我)想不出來還有甚麼罪行比這更殘暴的了/every *imaginable* difficulty 一切想像的到的困難. 〔語法〕通常用形容詞的最高級或 all 等之後表示強調.

＊**i·mag·i·nar·y** [ɪˋmædʒəˌnɛrɪ; ɪˈmædʒɪnərɪ] *adj.* 想像中的, 虛構的, 實際不存在的, (◆ real). The unicorn is an *imaginary* beast. 獨角獸是想像出來的野獸/an *imaginary* number 《數學》虛數.

＊**i·mag·i·na·tion** [ɪˌmædʒəˋneʃən; ɪˌmædʒɪˈneɪʃn] *n.* (*pl.* ~s [~z; ~z]) **1** ⓊⒸ 想像; 想像力, 創意. excite [stir] a person's *imagination* 激發某人的想像力/exercise [use] one's *imagination* 運用想像力/That boy has too much *imagination*. 那男孩的想像力太豐富了/That writer really has a wonderful *imagination*. 那位作家確實有非常豐富的想像力. 〔同〕imagination 是指將現實不存在的事物, 以富有意識和創造力的方式加以想像, 係藝術創造的根源; fancy 通常指隨心所欲的想像, fantasy 是不切實際的「空想」.
〔搭配〕*adj.* ＋imagination: a creative ~ (馳騁的想像力), a poor ~ (貧乏的想像力), a vivid ~ (鮮活的想像力) // *v.* ＋imagination: fire the [a person's] ~ (激發(某人)的想像力), stimulate the [a person's] ~ (刺激(某人)的想像力).
2 Ⓤ 想像物, 實際不存在的東西. Those troubles are all his *imagination*. 那些麻煩都是他想像出來的.

i·mag·i·na·tive [ɪˋmædʒəˌnetɪv; ɪˈmædʒɪnətɪv] *adj.* **1** 想像力豐富的, 富有創意的. an *imaginative* child 想像力豐富的孩子.
2 想像的, 想像性質的. an *imaginative* story 想像的[從想像產生的]故事.

i·mag·i·na·tive·ly [ɪˋmædʒəˌnetɪvlɪ; ɪˈmædʒɪnətɪvlɪ] *adv.* 富有想像力地, 出於想像地.

＊**i·mag·ine** [ɪˋmædʒɪn; ɪˈmædʒɪn] *vt.* (~s [~z; ~z]; ~d [~d; ~d]; -in·ing) **1** (a)想像; 〔句型3〕 (imagine do·ing) 想像 做…; 〔句型3〕 (imagine *that* 子句/*wh* 子句、片語)想像為…; (★通常不用進行式). Can you *imagine* such

--- imitate 769

a thing? 你能想像得出這樣的事情嗎?/I can't *imagine* (my) *asking* for his help. 我簡直無法想像要求他幫忙/*Imagine* (that) you're traveling to the moon. 想像一下你正要到月球旅行/They *imagined* who had discovered the plot. 他們在猜想是誰識破陰謀的.
(b) 〔句型5〕 (imagine A B/A *to be* B)想像A是B; 〔句型5〕 (imagine A do·ing) 想像 A 在 做; 〔句型5〕 (imagine A *as* 片語)想像A為…. *Imagine* yourself (*to be*) left alone in a jungle. 想像一下你一個人留在叢林裡/I had *imagined* his wife *as* a very intellectual woman. 我原先猜想他的妻子是個非常明理的人/Can you *imagine* him *being* madly in love? 你想像得出他正在熱戀中嗎?
2 〔句型3〕 (imagine *that* 子句/*wh*子句、片語)認為…, 推測…, (★通常不用進行式). I *imagine* they will call from the station. 我想他們會從車站打電話來(〔語法〕that 常被省略)/I can't *imagine* why he hasn't come home yet. 我想不出他為甚麼還沒回到家/"Did he pass the examination?" "Yes, I *imagine* so." 「他通過考試了嗎?」「我想是吧!」
3 認定, 〔句型3〕 (imagine *that* 子句/do·ing)認定…/認定在做…. "Don't you hear any strange noise?" "No, you're just *imagining* it." 「有沒有聽到甚麼奇怪的聲音?」「沒有, 是你神經過敏.」
(*Just*) i·*mág·ine* (*it*)! 你仔細想想(這事毫無道理), 怎麼會, 《不贊成某人的提案等, 表示責難》.

i·mag·in·ing [ɪˋmædʒɪnɪŋ; ɪˈmædʒɪnɪŋ] *v.* imagine 的現在分詞、動名詞.

i·mam [ɪˋmɑm; ɪˈmɑːm] *n.* Ⓒ **1** (回教的)導師.
2 (I·mam)祭司《回教國家的宗教[政治]指導者(的稱謂)》.

im·bal·ance [ɪmˋbæləns; ɪmˈbæləns] *n.* Ⓤ 不均衡, 不平衡(狀態), 失調, (★ unbalance 為動詞). the trade *imbalance* 貿易不平衡.

im·be·cile [ˋɪmbəsl, -ˌsɪl; ˈɪmbɪsiːl] *adj.* 低能的, 愚笨的; 愚鈍的.
— *n.* Ⓒ 《心理》痴呆的人《智能比moron低, 比idiot 高》; 愚蠢的人.

im·be·cil·i·ty [ˌɪmbəˋsɪlətɪ; ˌɪmbɪˈsɪlətɪ] *n.* (*pl.* -ties) **1** Ⓤ 低能; 愚蠢. **2** 愚蠢的行為.

im·bibe [ɪmˋbaɪb; ɪmˈbaɪb] *vt.* 《文章》**1** (特指)喝, 飲《含酒精成分的》飲料. **2** 吸, 吸入, 〔空氣, 水等〕. **3** 吸收〔知識等〕.

im·bro·glio [ɪmˋbroljo; ɪmˈbrəʊliəʊ] (義大利語) *n.* (*pl.* ~s) Ⓒ 混亂狀態; (事件, 不睦, 爭論等的)糾葛; 糾紛.

im·bue [ɪmˋbju, -ˋbɪu; ɪmˈbjuː] *vt.* 《文章》使浸透; 向〔人〕灌輸[鼓吹]《*with*》《通常用被動語態》. The student was *imbued with* new ideas. 這個學生深受新觀念的影響.

IMF (略) International Monetary Fund.

＊**im·i·tate** [ˋɪməˌtet; ˈɪmɪteɪt] *vt.* (~s [~s; ~s]; -tat·ed [~ɪd; ~ɪd]; -tat·ing)
1 模仿, 仿效; 效法, 以…為模範. A parrot can

imitate human speech. 鸚鵡能學人說話/Children often *imitate* their elders. 小孩常模仿大人/You should *imitate* his way of life. 你應該學他的生活方式.

2 仿造; 冒充, 偽造. The painter *imitated* one of Rembrandt's pictures. 這位畫家臨摹了一幅林布蘭的畫.

im·i·tat·ing [ˋɪməˌtetɪŋ; ˈimiteitiŋ] v. imitate 的現在分詞, 動名詞.

✽im·i·ta·tion [ˌɪməˋteʃən; ˌimiˈteiʃn] n. (pl. ~s [~z; ~z]) **1** Ⓤ仿效, 模仿; 模擬, 仿造. learn by *imitation* 透過模仿來學習.

2 Ⓒ仿製品, 偽造, 贗品. Her diamond was an *imitation*. 她的鑽石是假的.

3 Ⓒ模仿. The comedian gave an *imitation* of the singer. 喜劇演員模仿那位歌手.

4 〔形容詞性〕仿造的, 假的. *imitation* pearls 人造珍珠/an *imitation* flower 人造花.

in imitation of... 模擬…; 模仿….

im·i·ta·tive [ˋɪməˌtetɪv; ˈimitətiv] adj. 模仿的, 模仿性的; 好學樣的, 好模仿的. Children are often *imitative* of their parents. 孩童經常模仿父母親.

im·i·ta·tor [ˋɪməˌtetɚ; ˈimiteitə(r)] n. Ⓒ模仿的人〔動物〕; 仿效者; 〔畫, 文學等的〕臨摹者. Chaucer had a lot of *imitators*. 模仿喬叟的人很多.

im·mac·u·late [ɪˋmækjəlɪt; iˈmækjulət] adj. 《文章》**1** 潔白無垢的, 完美無瑕的, 一塵不染的.
2 純潔的, 潔白的; 沒有缺點的.

im·mac·u·late·ly [ɪˋmækjəlɪtlɪ; iˈmækjulətli] adv. 《文章》乾淨地; 無缺點地.

im·ma·nent [ˋɪmənənt; ˈimənənt] adj. 《文章》〔某種特質〕內在的, 內在性的, 《in》.

im·ma·te·ri·al [ˌɪməˋtɪrɪəl; ˌiməˈtiəriəl] adj. **1** 不重要的, 不成問題的, 《to 對於…》(unimportant). Money is *immaterial* to me. 金錢對我來說並不重要.
2 非物質性的, 無形的, (⟷material).

im·ma·ture [ˌɪməˋtʊr, -ˋtɪur, -ˋtjur; ˌiməˈtjuə(r)] adj. **1** 未成熟的; 發展未完成的. *immature* fruit 未成熟的水果. **2** 〔言行等〕孩子氣的 (childish), 〔計畫等〕不成熟的.

im·ma·tu·ri·ty [ˌɪməˋtʊrətɪ, -ˋtɪur-, -ˋtjur-; ˌiməˈtjuərəti] n. Ⓤ未成熟, 未完成.

im·meas·ur·a·ble [ɪˋmɛʒərəbḷ, ɪmˋ-, -ˋmɛʒərə-; iˈmeʒərəbl] adj. 不可測的; 廣大無邊的, 無限的. the *immeasurable* space of the universe 浩瀚無垠的宇宙.

im·meas·ur·a·bly [ɪˋmɛʒərəblɪ; iˈmeʒərəbli] adv. 不可測地, 無限地.

im·me·di·a·cy [ɪˋmidɪəsɪ; iˈmiːdjəsi] n. Ⓤ緊急(性); 直接(性); 即時(性).

✽im·me·di·ate [ɪˋmidɪɪt; iˈmiːdjət; iˈmiːdjət] adj. 〖【直接的】〗**1** 直接的.

an *immediate* cause 直接原因/*immediate* information 直接得到的情報/Mr. Lee is my *immediate* boss. 李先生是我的直屬上司.

2 〔刻不容緩的〕即刻的, 立刻的; 目前的. an *immediate* reply 立刻回答/The medicine had an *immediate* effect. 這種藥立即見效/in the *immediate* future 在不久的將來/The government's *immediate* concern is to free the hostages. 政府當前關心的事是解救人質.

3 〔沒有距離的〕最近的, 鄰接的; 身邊的. an *immediate* neighbor 隔壁鄰居/My *immediate* family consists only of my wife and my daughter. 我身旁的家人僅有妻子和女兒.

〔字源〕 MEDI「中間」: im*medi*ate, *medi*um (中間), inter*medi*ate (中間的).

✽im·me·di·ate·ly [ɪˋmidɪtlɪ, ɪˋmidjətlɪ; iˈmiːdjətli] adv. **1** 立刻, 立即. I have to write (to) her *immediately*. 我必須立刻寫信給她/*immediately* after the accident 就在事故發生後.

2 直接地; 接近地. *immediately* outside the door 就在門外/I am *immediately* concerned with the matter. 我跟這件事有直接的關係.
— conj. 《主英, 口》一…就…. *Immediately* I came home, the telephone rang. 我一踏入家門電話就響了.

✽im·me·mo·ri·al [ˌɪməˋmorɪəl, ˌɪmmə-, -ˋmɔr-; ˌiməˈmɔːriəl] adj. 已不復記憶的, 許久之前的, 太古時代的, 非常古老的. an *immemorial* custom 古老的習俗.

from [*since*] *time immemórial* 自遠古以來.

✽im·mense [ɪˋmɛns; iˈmens] adj. 《用於正面義》**1** 龐大的; 廣大的; 多得無法數的. an *immense* amount of money 巨額款項/It is of *immense* importance that this plan (should) succeed. 最重要的是這計畫能順利完成.
2 《口》出色的, 精彩的, 絕妙的. What an *immense* success! 多麼了不得的成功啊!

im·mense·ly [ɪˋmɛnslɪ; iˈmensli] adv. **1** 非常地, 甚爲, (very much). I am *immensely* grateful for your help. 我非常感謝你的幫忙.
2 龐大的; 廣大的.

im·men·si·ty [ɪˋmɛnsətɪ; iˈmensəti] n. (pl. **-ties**) 《文章》**1** Ⓤ巨大, 廣大; 無限. the *immensity* of the number 數量之龐大.
2 ⓐⓊ 或(immensit*ies*) 龐大的物品, 大量. There was only an *immensity* of sea. 唯有廣大無邊的海洋.

im·merse [ɪˋmɜs; iˈmɜːs] vt. **1** 浸入, 沈入, 《in》. *Immerse* the cloth *in* the boiling dye. 把布料浸入滾沸的染料中.
2 使陷入, 使沈迷, 《in》(通常用被動語態或 immerse oneself). I *immersed myself in* my studies. 我埋首於研究之中.

im·mer·sion [ɪˋmɜʃən; iˈmɜːʃn] n. **1** Ⓤ浸入; 埋頭.
2 ⓊⒸ(基督教)浸禮(全身浸入水中的受洗儀式 (baptism)).

*im·mi·grant [ˋɪməgrənt, -ˏgrænt; ˈimigrənt]
(★注意重音位置) n. (pl. ~s [~s; ~s]) © (從外國
或其他地區來的)移居者, 移民, 遷入者, (回 指爲
取得公民權及永久居留權而遷入的移民, 此爲移
居國對移民的用字; 移出國則稱其爲emigrant).
There are many *immigrants* from Japan in
Brazil. 巴西有許多來自日本的移民.
字源 MIGR「轉移」: im*migr*ant, e*migr*ant (移民),
*migr*ate (移居).

im·mi·grate [ˋɪməˏgret; ˈimigreit] vi. (從外
國, 其他地方)移居(*into*, *to*). ↔ emigrate.

im·mi·gra·tion [ˏɪməˈgreʃən; ˏimiˈgreiʃn] n.
UC 1 (從外國, 其他地方)移居; 出入境管理(辦
事處). pass through *immigration* at the airport
通過機場的入境管理臺.
2 移民團體; (集合)移民. ↔ emigration.

im·mi·nence [ˋɪmənəns; ˈiminəns] n. U 迫在
眉睫, 緊迫; © 迫在眉睫的危險.

im·mi·nent [ˋɪmənənt; ˈiminənt] adj. 迫在眉睫
的, 緊迫的, 似乎即將發生的. We were in *immi-
nent* danger. 我們隨時都可能有危險.

im·mi·nent·ly [ˋɪmənəntlɪ; ˈiminəntli] adv.
迫在眉睫地, 迫切地.

im·mo·bile [ɪˋmobl, ɪmˋm-, -bɪl, -ˏbɪl;
ɪˈməubail] adj. 《文章》不動的, 不能動的; 固定的;
靜止的. He stood *immobile*, staring out of the
window. 他動也不動地站著, 凝視著窗外.

im·mo·bil·i·ty [ˏɪmoˋbɪlətɪ, ˏimmo-,
ˏɪməʊˈbiləti] n. U《文章》不動; 固定; 靜止.

im·mo·bi·li·za·tion [ɪˏmobḷəˋzeʃən,
ɪmˏmo-, ˏɪmob-, ˏimmob-, -aɪˋz-; iˏməubilaiˈzeiʃn]
n. U 使不能動; 固定住.

im·mo·bi·lize [ɪˋmoblˏaɪz, ɪmˋmo-;
iˈməubilaiz] vt. 使不能動, 使固定.

im·mod·er·ate [ɪˋmadərɪt, ɪmˋmad-, -drɪt;
ɪˈmɒdərət] adj. 無節制的, 過度的, (↔ moder-
ate). *immoderate* eating 沒有節制的飲食.

im·mod·er·ate·ly [ɪˋmadərɪtlɪ, ɪmˋmad-,
-drɪtlɪ; iˈmɒdərətli] adv. 過度地.

im·mod·est [ɪˋmadɪst, ɪmˋmad-; iˈmɒdist] adj.
1 不謹慎的; 不慎重的, 不客氣的, 厚臉皮的. *im-
modest* remarks 不慎重的言談. 2 (通常指女性)沒
規矩的, 行爲不檢點的. ↔ modest.

im·mod·est·ly [ɪˋmadɪstlɪ, ɪmˋmad-;
iˈmɒdistli] adv. 輕率地; 厚臉皮地; 不檢點地.

im·mod·es·ty [ɪˋmadɪstɪ, ɪmˋmad-; iˈmɒdisti]
n. (pl. -ties) 1 U 不慎重; 不客氣; 厚臉皮.
2 © 輕率的言行.

im·mo·late [ˋɪməˏlet; ˈiməuleit] vt. 把…作爲
供品[祭禮]殺死.

im·mo·la·tion [ˏɪməˋleʃən; ˏiməuˈleiʃn] n. U
當作[被當成]供品, 祭祀.

im·mor·al [ɪˋmɔrəl, ɪmˋm-, -ˋmɑr-; iˈmɒrəl]
adj. 不道德的(→ amoral); 品行不端正的; 〔書籍
等〕淫穢的. To accept a bribe is *immoral*. 受賄
是違反道德的. ↔ moral.

im·mo·ral·i·ty [ˏɪmɔˋrælətɪ, -ˏmɑ-, -mɑr-,
-mo-; ˏiməˈræləti] n. (pl. -ties) 1 U 不道德; 品

行不端正, 行爲不檢點.
2 © (通常immoral*ities*)不道德[不良]的行爲.

*im·mor·tal [ɪˋmɔrtḷ; iˈmɔːtl] adj. 永遠不死的,
不朽的, 永久繼續的, (↔ mortal). Do you think
man's soul is *immortal*? 你認爲人的靈魂不滅嗎?/
the *immortal* words of Shakespeare 莎士比亞的
不朽名言.
— n. © 1 不死之人; 有不朽名聲的人(特指作
家, 演員等).
2 (通常 the immortals)希臘, 羅馬的眾神.

im·mor·tal·i·ty [ˏɪmɔrˋtælətɪ, ˏimɔːˈtæləti]
n. U 不死, 不滅; 永生; 不朽的名聲.

im·mor·tal·ize [ɪˋmɔrtḷˏaɪz; iˈmɔːtəlaiz] vt.
使不滅; 給與…不朽的名聲.

im·mov·a·ble [ɪˋmuvəbḷ, ɪmˋmuv-; iˈmuːvəbl]
adj. 1 無法移動的; 固定的.
2 不能(輕易)改變的, 鞏固的.
— n. (immovable*s*)《法律》不動產 (↔ mov-
ables).

im·mov·a·bly [ɪˋmuvəblɪ, ɪmˋmuv-;
iˈmuːvəbli] adv. 不動地, 鞏固地.

im·mune [ɪˋmjun, ɪˋmɪun; iˈmjuːn] adj. 《通常作
敍述》1 (已能夠)免疫的(*to*, *from*, *against* 對於
〔疾病〕). Now your child is *immune from* [*to*]
measles. 現在你的孩子已經對麻疹免疫了.
2 不受影響的, 不動搖的, (*to*, *against* 對於…).
I'm *immune to* any insult. 我對任何侮辱都泰然處
之. 3 免除的(*from*). Cameras are not *immune
from* customs duty. 照相機不能免稅.

im·mu·ni·ty [ɪˋmjunətɪ, ɪˋmɪu-; iˈmjuːnəti] n.
U 1 免疫, 免疫性. 2 免除; 豁免; (*from*).
immunity from taxation 免稅/*immunity from*
attack 避免遭受攻擊.

im·mu·ni·za·tion [ˏɪmjunəˋzeʃən, -aɪˋz-;
ˏimjunaiˈzeiʃn] n. UC 免疫(用注射等).

im·mu·no·de·fi·cien·cy
[ˏɪmjunodɪˋfɪʃənsɪ; ˏimjuːnədiˈfiʃnsi] n. U《醫學》
免疫不全, 缺乏免疫, (→ HIV).

im·mu·nize [ˋɪmjəˏnaɪz, ɪˋmju-; ˈimjunaiz] vt. 使
免疫(*against* 對於…); 使…有免疫性.

im·mure [ɪˋmjur, ɪˋmɪur; iˈmjʊə(r)] vt. 《文章》
禁閉, 監禁, (imprison).

im·mu·ta·bil·i·ty [ɪˏmjutəˋbɪlətɪ, -ˏmɪut-,
ˏɪmjut-, -mɪut-, ˏimm-; iˏmjuːtəˈbiləti] n. U《文
章》不變(性).

im·mu·ta·ble
[ɪˋmjutəbḷ, ɪˋmɪut-;
iˈmjuːtəbl] adj. 《文章》
不能變更的, 不變的.

imp [ɪmp; imp] n. ©
1 小鬼, 小魔鬼.
2 頑童.
⇨ adj. impish.

*im·pact [ˋɪmpækt;
ˈimpækt](★與 v. 的重音

[imp 1]

位置不同) *n.* (*pl.* ~s [~s; ~s]) UC **1** 衝擊; 衝突; 《*on, against*》. The vase broke on *impact* with the floor. 那個花瓶因墜地受到震擊而破碎.
2 強烈的影響, 效果, 《*on*》. What will the *impact* of this event be on our country? 這個事件對我們國家會產生甚麼樣的影響?
— *v.* [ɪmˈpækt; ɪmˈpækt] 《主美》 *vi.* 給予衝擊[影響]《*on*》. The war will *impact* on the price of gasoline. 這場戰爭將會衝擊石油價格.
— *vt.* 使…受到衝擊[影響].

im·pact·ed [ɪmˈpæktɪd; ɪmˈpæktɪd] *adj.* 《牙科》(牙齒)長不出來的(新齒被其他牙齒與顎骨卡住, 生長受到阻礙的狀態)).

im·pair [ɪmˈpɛr, -ˈpær; ɪmˈpeə(r)] *vt.* 《文章》損害; 使變弱; 減少(份量, 價值等). Overwork *impaired* his health. 超量工作傷了他的身體.

im·pair·ment [ɪmˈpɛrmənt, -ˈpær-; ɪmˈpeəmənt] *n.* U 《文章》損害, 損傷; 減少.

im·pa·la [ɪmˈpælə, -ˈpɑ-; ɪmˈpɑːlə, -ˈpælə] *n.* C (動物)黑斑羚(產於非洲的中型羚羊(antelope); 彈跳力極佳).

im·pale [ɪmˈpel; ɪmˈpeɪl] *vt.* 《文章》刺入, 刺殺. The soldier *impaled* his enemy *on* his sword. 那個士兵用劍刺殺了敵人.

im·pale·ment [ɪmˈpelmənt; ɪmˈpeɪlmənt] *n.* U 《文章》刺入.

im·pal·pa·ble [ɪmˈpælpəbl; ɪmˈpælpəbl] *adj.* 《文章》**1** 觸摸不到的; 察覺不到的. **2** 難以理解的; 不易掌握的. *impalpable* distinctions 微妙的差異.

im·pan·el [ɪmˈpæn!; ɪmˈpænl] *vt.* (~s; 《美》~ed, 《英》~led; 《美》~ing, 《英》~ling)《法律》從陪審員名冊中挑選(陪審員).

im·part [ɪmˈpɑrt; ɪmˈpɑːt] *vt.* 《文章》**1** 告知, 傳達, (消息, 知識等)《*to*》. There was no way to *impart* the news to him. 沒有辦法把這消息告訴他. **2** 把…(分)給…, 給與, 授予, 《*to*》.

*im·par·tial [ɪmˈpɑrʃəl; ɪmˈpɑːʃl] *adj.* 公正的; 無偏見的; 不偏袒(任何一方)的. We want your *impartial* opinion. 我們想聽聽你公正的意見/A judge should be completely *impartial*. 法官應該絕對公正無私. ↔ partial.

im·par·ti·al·i·ty [ˌɪmpɑrˈʃælətɪ, -ʃɪˈæl-; ˈɪmˌpɑːʃɪˈælətɪ] *n.* U 公平, 公正.

im·par·tial·ly [ɪmˈpɑrʃəlɪ; ɪmˈpɑːʃəlɪ] *adv.* 公平地.

im·pass·a·ble [ɪmˈpæsəbl; ɪmˈpɑːsəbl] *adj.* 不能通行的, 不能穿越的.

im·passe [ɪmˈpæs, ˈɪmpæs; æmˈpɑːs] (法語) *n.* C (通常用單數) **1** 死路, 死巷子.
2 僵局. We have reached an *impasse* in our negotiations. 我們的協商陷入了僵局.

im·pas·sioned [ɪmˈpæʃənd; ɪmˈpæʃnd] *adj.* 《文章》充滿熱情的, 熱烈的. an *impassioned* glance 熱情的眼神/We listened to his *impas-sioned* speech. 我們聆聽他熱情洋溢的演說.

im·pas·sive [ɪmˈpæsɪv; ɪmˈpæsɪv] *adj.* 《文章》不顯露感情的, 無動於衷的; 冷靜的. Arthur remained *impassive* as his wife scolded him. 亞瑟即使被妻子責罵也依舊無動於衷.

im·pas·sive·ly [ɪmˈpæsɪvlɪ; ɪmˈpæsɪvlɪ] *adv.* 《文章》無感情地; 沈著地, 冷靜地.

im·pas·siv·i·ty [ˌɪmpæˈsɪvətɪ, ˌɪmpæˈsɪvətɪ] *n.* U 無感情; 冷靜.

*im·pa·tience [ɪmˈpeʃəns; ɪmˈpeɪʃns] *n.* U **1** 無法忍耐, 不耐煩, 焦躁; 急躁; (↔ patience). We waited for him with *impatience*. 我們焦急地等他. **2** 渴望《*for*》. My *impatience* to go and see him increased daily. 我一天比一天更加渴望去見他.

*im·pa·tient [ɪmˈpeʃənt; ɪmˈpeɪʃnt] *adj.* **1** 難以忍受的《*at, of, with*》; 急躁的, 性急的, (↔ patient). Dad is in an *impatient* mood today. 父親今天沒甚麼耐性/Robert grew *impatient* of [*at, with*] his wife's delay. 羅伯特愈來愈無法忍受妻子的拖拖拉拉/I got *impatient with* the noisy children. 我受不了那些吵鬧的孩子.
2 (用 impatient to do)非常(想做…), 躍躍試; 焦急地等待著《*for*》. I was *impatient* to leave for home. 我急著想回家/Walter was *impatient for* his test results. 華德迫不及待地想知道考試的結果.

im·pa·tient·ly [ɪmˈpeʃəntlɪ; ɪmˈpeɪʃntlɪ] *adv.* 不耐煩地, 急躁地; 性急地, 焦躁不安地.

im·peach [ɪmˈpitʃ; ɪmˈpiːtʃ] *vt.* **1** 彈劾, 告發, 〔公務員〕《*for, of, with* 〔罪等〕》.
2 《文章》懷疑〔人格, 公正等〕.

im·peach·ment [ɪmˈpitʃmənt; ɪmˈpiːtʃmənt] *n.* UC 彈劾, 指控, 告發; 非難, 責難.

im·pec·ca·ble [ɪmˈpɛkəbl; ɪmˈpekəbl] *adj.* 《文章》沒有缺點的, 沒有過失的. *impeccable* manners 無可挑剔的舉止/Mr. Wang speaks *impeccable* English. 王先生說得一口漂亮的英語.

im·pec·ca·bly [ɪmˈpɛkəblɪ; ɪmˈpekəblɪ] *adv.* 無缺點地.

im·pe·cu·ni·ous [ˌɪmpɪˈkjunɪəs, -ˈkɪun-; ˌɪmpɪˈkjuːnjəs] *adj.* 《文章》沒有錢的, 貧窮的.

im·pede [ɪmˈpid; ɪmˈpiːd] *vt.* 《文章》妨礙, 阻礙, 〔進展等〕, (→ hinder[1] 同)). An unwillingness to compromise *impeded* the peace talks. 不願妥協的情緒阻礙了和平會談.

im·ped·i·ment [ɪmˈpɛdəmənt; ɪmˈpedɪmənt] *n.* C **1** 《文章》阻礙, 障礙, 《*to*》.
2 語言障礙(特指口吃).

im·ped·i·men·ta [ˌɪmpɛdəˈmɛntə, ˌɪmˌpɛd-; ɪmˌpedɪˈmentə] *n.* 《作複數》軍隊的裝備; (礙手礙腳的)行李.

im·pel [ɪmˈpɛl; ɪmˈpel] *vt.* (~s; ~led; ~ling) **1** 驅使, 催促, 逼迫, 《*to*》. 句型5 (impel A to do) 迫使 A(人)做 …. The poor boy was *impelled to* theft by hunger. 那個可憐的男孩因為飢餓不得不偷東西.
2 推進, 推動. The engine is too small to

impel such a big car. 這部引擎太小，無法驅動這麼大的車。 ⇨ *n.* **impulse**.

〖字源〗PEL「推」: im*pel*, com*pel* (強制), dis*pel* (消除), ex*pel* (趕出).

im·pend [ɪm`pɛnd; imˈpend] *vi.* **1** 〔危險等〕迫近. **2** (好像快掉下來那樣地)垂掛(*over* 在…上面).

im·pend·ing [ɪm`pɛndɪŋ; imˈpendɪŋ] *adj.* 〔危險等〕迫在眉睫的. signs of an *impending* storm 暴風雨即將來臨的徵兆.

im·pen·e·tra·ble [ɪm`pɛnətrəbl; imˈpenɪtrəbl] *adj.* **1** 無法穿透(penetrate)的; 穿不過去的; 無法通過的(*to*). This wall is *impenetrable* to heat. 這道牆可以隔熱.

2 看不透的, 看不出去的. We were in an *impenetrable* fog. 我們在伸手不見五指的濃霧中.

3 無法理解的, 難懂的, 費解的.

4 不願接受的(*to* 〔批評等〕).

im·pen·i·tence [ɪm`pɛnətəns; imˈpenɪtəns] *n.* U〔文章〕不知悔改.

im·pen·i·tent [ɪm`pɛnətənt; imˈpenɪtənt] *adj.* 〔文章〕不知悔改的.

im·per·a·tive [ɪm`pɛrətɪv; imˈperətɪv] *adj.* **1** 命令的. I don't like the *imperative* tone of his voice. 我討厭他那命令式的口氣.

2 〔文章〕絕對必要的; 緊急的. It was *imperative* that we (should) start at once. 我們必須立刻出發. **3** 〔文法〕祈使語氣的.

— *n.* 〔文法〕(加 the)祈使語氣(亦作 impérative móod; →見文法總整理 **1. 2** 及 **6. 6**); C 祈使語氣的動詞形態; 祈使句(imperative sentence; →見文法總整理 **1. 2**).

im·per·a·tive·ly [ɪm`pɛrətɪvlɪ; imˈperətɪvlɪ] *adv.* 命令地; 強制地.

im·per·cep·ti·ble [͵ɪmpɚ`sɛptəbl; ͵impəˈseptəbl] *adj.* 〔變化等〕(無法察覺地)細微的, 微小的. an *imperceptible* difference 極其細微的差異.

im·per·cep·ti·bly [͵ɪmpɚ`sɛptəblɪ; ͵impəˈseptəblɪ] *adv.* 不知不覺地; 細微地, 一點點地.

*＊**im·per·fect** [ɪm`pɝfɪkt; imˈpɝfɪkt] *adj.* **1** 有缺點的, 不完美的, (↔ perfect). He returned the coat because it was *imperfect*. 他把那件外套退回去, 因為它有瑕疵.

2 不充分的. an *imperfect* knowledge of grammar 模糊的文法觀念.

im·per·fec·tion [͵ɪmpɚ`fɛkʃən; ͵impəˈfekʃn] *n.* **1** U不完整, 不充分; 不完美.

2 C缺點, 缺陷. No man is without some *imperfections*. 沒有人是完美的.

im·per·fect·ly [ɪm`pɝfɪktlɪ; imˈpɝfɪktlɪ] *adv.* 不完美地; 不充分地.

*＊**im·pe·ri·al** [ɪm`pɪrɪəl; imˈpɪərɪəl] *adj.*

〖帝國的〗**1** 帝國的; (英史)(常 I*mperial*)大英帝國的. an *imperial* army 帝國的陸軍.

2 根據英國度量衡法的. an *imperial* bushel 英制的蒲式耳度量衡法(→ bushel).

〖皇帝的〗**3** 皇帝的; 皇室的. His [Her] *Imperial* Majesty 陛下(→ highness 2 語法)/the

Imperial Household 皇室.

4 有威嚴的, 堂堂的. ⇨ *n.* **empire; emperor**.

— *n.* C皇帝髯(蓄在下唇及下巴的拿破崙三世式鬚髯).

im·pe·ri·al·ism [ɪm`pɪrɪəl͵ɪzəm; imˈpɪərɪəlɪzəm] *n.* U **1** 帝國主義(政策). **2** 帝政, 帝業.

im·pe·ri·al·ist [ɪm`pɪrɪəlɪst; imˈpɪərɪəlɪst] *n.* C (有時 I*mperialist*)帝國主義者.

— *adj.* 帝國主義的; 帝國主義方式的.

[imperial]

im·pe·ri·al·is·tic [ɪm͵pɪrɪəl`ɪstɪk; im͵pɪərɪəˈlɪstɪk] *adj.* 帝國主義的.

im·per·il [ɪm`pɛrəl, ·ɪl; imˈperəl] *vt.* (~s; (美) ~ed, (英) ~led; (美) ~·ing, (英) ~·ling) 〔文章〕使陷於危險之中, 危及.

im·pe·ri·ous [ɪm`pɪrɪəs; imˈpɪərɪəs] *adj.* 〔文章〕**1** 蠻橫跋扈的, 傲慢的, 妄自尊大的. **2** 迫在眉睫的, 緊急的.

im·pe·ri·ous·ly [ɪm`pɪrɪəslɪ; imˈpɪərɪəslɪ] *adv.* 傲慢地.

im·per·ish·a·ble [ɪm`pɛrɪʃəbl; imˈperɪʃəbl] *adj.* 〔文章〕不滅的, 永遠的, 不朽的; 長長久久的.

im·per·ma·nent [ɪm`pɝmənənt; imˈpɝmənənt] *adj.* 〔文章〕不持久的, 易變的, 短暫的.

im·per·me·a·ble [ɪm`pɝmɪəbl; imˈpɝmjəbl] *adj.* 〔文章〕無法流通的(*to* 〔液體等〕), 不會滲透的.

im·per·son·al [ɪm`pɝsṇl, ·`pɝsnəl; imˈpɝsṇl] *adj.* **1** 非個人的, 不顯露[不包含]個人情感的. His remarks were quite *impersonal*. 他的話完全不帶個人情感.

2 非人的, 不具人性的. *impersonal* forces 非人力所造成的力量(自然的力量).

3 〔文法〕無人稱的.

im·per·son·al·ly [ɪm`pɝsṇlɪ, ·`pɝsnəlɪ; imˈpɝsnəlɪ] *adv.* 非個人地.

im·per·son·ate [ɪm`pɝsṇ͵et; imˈpɝsəneɪt] *vt.* **1** 裝成…的模樣; 模仿(人的外表, 聲音, 舉止等). He was arrested for *impersonating* a policeman. 他因冒充警察而被逮捕.

2 扮演(劇中)角色.

im·per·son·a·tion [ɪm͵pɝsṇ`eʃən, im͵pɝs-; im͵pɝsəˈneɪʃn] *n.* UC模仿; 喬裝; 扮演. The comedian did a brilliant *impersonation* of the prime minister. 那個喜劇演員把首相模仿得唯妙唯肖.

im·per·son·a·tor [ɪm`pɝsṇ͵etɚ; imˈpɝsəneɪtə(r)] *n.* C飾演(某個角色)的人; 模仿的人.

im·per·ti·nence [ɪm`pɝtṇəns; imˈpɝtɪnəns] *n.* **1** U狂妄; 魯莽; C無禮的言行.

2 U不合適, 不恰當.

im·per·ti·nent [ɪmˋpɝtṇənt; ɪmˈpɜːtɪnənt] *adj.* **1** 狂妄的; (特指對於長輩等)無禮的. an *impertinent* fellow 放肆的傢伙.

2 不合適的; 不相關的. an *impertinent* question 不適當的[不相關的]問題.

im·per·ti·nent·ly [ɪmˋpɝtṇəntlɪ; ɪmˈpɜːtɪnəntlɪ] *adv.* 狂妄地; 不相關地.

im·per·turb·a·bil·i·ty [͵ɪmpɚ͵tɝbəˋbɪlətɪ; ˈɪmpə͵tɜːbəˈbɪlɪtɪ] *n.* Ⓤ(文章)沈著, 鎮定, 冷靜.

im·per·turb·a·ble [͵ɪmpɚˋtɝbəbḷ; ͵ɪmpəˈtɜːbəbl] *adj.* (文章)不易動搖的, 沈著的, 冷靜的.

im·per·turb·a·bly [͵ɪmpɚˋtɝbəblɪ; ͵ɪmpəˈtɜːbəblɪ] *adv.* (文章)不易動搖地, 沈著地, 冷靜地.

im·per·vi·ous [ɪmˋpɝvɪəs; ɪmˈpɜːvjəs] *adj.* (文章) **1** 不易受影響的, 固執己見的, (*to*). He is *impervious* to criticism. 他不易受批評影響.

2 透不過的(*to*); 不會滲透的. This coat is *impervious* to rain. 這件外套可以防雨.

im·pet·u·os·i·ty [ɪm͵pɛtʃuˋɑsətɪ, ɪm͵pɛt-; ɪm͵petjʊˈɒsətɪ] *n.* (*pl.* **-ties**) Ⓤ(文章)性急; 猛烈; Ⓒ衝動的言行.

im·pet·u·ous [ɪmˋpɛtʃuəs; ɪmˈpetʃʊəs] *adj.* (文章) **1** (人, 行動)衝動的, 性急的, 莽撞的. an *impetuous* youth 莽撞的年輕人.

2 急速的; 猛烈的, 激烈的. with *impetuous* speed 飛快地.

im·pet·u·ous·ly [ɪmˋpɛtʃuəslɪ; ɪmˈpetʃʊəslɪ] *adv.* (文章)性急地; 激烈地.

im·pe·tus [ˋɪmpətəs; ˈɪmpɪtəs] *n.* Ⓤ Ⓒ **1** (物體活動的)驅力.

2 原動力; 推動力.

3 誘因; 刺激. The war gave an *impetus* to technological development. 這場戰爭促進工業技術的發展.

im·pi·e·ty [ɪmˋpaɪətɪ; ɪmˈpaɪətɪ] *n.* (*pl.* **-ties**) (文章) **1** Ⓤ不敬神, 不虔誠.

2 Ⓒ(常 impiet*ies*)不敬的言行. ⇨ *adj.* **impious**.

im·pinge [ɪmˋpɪndʒ; ɪmˈpɪndʒ] *vi.* (文章) **1** 侵犯, 侵害, (*on, upon*). The new law *impinges* on freedom of speech. 這項新法侵害言論自由. **2** 撞擊, 衝擊.

im·pi·ous [ˋɪmpɪəs; ˈɪmpɪəs] *adj.* (★注意發音) (文章)不敬神的; 不虔誠的; (↔ pious). ⇨ *n.* **impiety**.

im·pi·ous·ly [ˋɪmpɪəslɪ; ˈɪmpɪəslɪ] *adv.* 不敬神地.

imp·ish [ˋɪmpɪʃ; ˈɪmpɪʃ] *adj.* 小鬼(般)的, 頑皮的. ⇨ *n.* **imp**.

imp·ish·ly [ˋɪmpɪʃlɪ; ˈɪmpɪʃlɪ] *adv.* 頑皮地, 淘氣地.

imp·ish·ness [ˋɪmpɪʃnɪs; ˈɪmpɪʃnɪs] *n.* Ⓤ淘氣, 頑皮.

im·plac·a·ble [ɪmˋplekəbḷ, -ˋplæk-; ɪmˈplækəbl] *adj.* (文章)(憎惡等)難以平息的; (敵人等)懷恨在心的.

im·plant [ɪmˋplænt; ɪmˈplɑːnt] (★與 *n.* 的重音位置不同) *vt.* **1** (文章)深植, 灌輸, (*in, into* (等)). **2** 種植(樹木等). **3** (醫學)移植(細胞組織等); 植入.
— [ˋɪmplænt; ˈɪmplɑːnt] *n.* Ⓒ(醫學)移植的細胞組織.

im·plau·si·ble [ɪmˋplɔzəbḷ; ɪmˈplɔːzɪbl] *adj.* 不像是真的, 難以置信的, (↔ plausible). His excuse for arriving late was quite *implausible*. 他遲到的藉口實在令人難以相信.

im·ple·ment [ˋɪmpləmənt; ˈɪmplɪmənt] *n.* Ⓒ用具, 器具, 工具. farm *implements* 農具/kitchen *implements* 廚房用具.

圓 implement 是指為達成一定目的所用之工具; 尤其像有關農耕、園藝的簡單工具(rake, hoe, spade 等); → instrument, tool, utensil.
— [-͵mɛnt; -ment] *vt.* 實施, 實行, 履行, (計畫等). To *implement* this recommendation, several laws were passed. 已通過若干法律來實行此項建議案.

im·ple·men·ta·tion [͵ɪmpləmɛnˋteʃən; ͵ɪmplɪmenˈteɪʃn] *n.* Ⓤ實施, 實行, 執行.

im·pli·cate [ˋɪmplɪ͵ket; ˈɪmplɪkeɪt] *vt.* (文章)顯示(他人)與⋯有關; 使捲入; (*in* (壞事)).

im·pli·ca·tion [͵ɪmplɪˋkeʃən; ͵ɪmplɪˈkeɪʃn] *n.* (文章) **1** Ⓤ Ⓒ含義; 言外之意; (*v.* imply). understand the *implications* of his remarks 瞭解他話中的含義/The proposal has far-reaching *implications*. 這項提案有深遠的意義.

2 Ⓤ(犯罪, 責任等的)牽連(*v.* implicate).

*＊**im·plic·it** [ɪmˋplɪsɪt; ɪmˈplɪsɪt] *adj.* 【默認的 】(文章) **1** 默示的(*in*); 含蓄的, 不明言的; (↔ explicit). *implicit* consent 默許/This is *implicit* in our agreement. 這隱含在我們的協定中.

2 (盲目地認可的)(限定)確信不疑的, 絕對的. *implicit* obedience 絕對的服從.

im·plic·it·ly [ɪmˋplɪsɪtlɪ; ɪmˈplɪsɪtlɪ] *adv.* (文章)默示地; 深信不疑地.

*＊**im·plore** [ɪmˋplor, -ˋplɔr; ɪmˈplɔː(r)] *vt.* (~**s** [~z; ~z]; ~**d** [~d; ~d]; **-plor·ing** [-ˋplorɪŋ, -ˋplɔrɪŋ; -ˈplɔːrɪŋ]) **1** 句型5 (implore A to do) 熱切地請求[懇求]A(人)做⋯, She *implored* her husband to give up drinking. 她求她丈夫不要再喝酒了. **2** 央求, 懇求, 苦求, 哀求, (*for*). He *implored* the judge's mercy. ＝He *implored* the judge *for* mercy. 他懇請法官發發慈悲.

im·plor·ing·ly [ɪmˋplorɪŋlɪ, -ˋplɔrɪŋ-; ɪmˈplɔːrɪŋlɪ] *adv.* 哀求地, 央求地.

*＊**im·ply** [ɪmˋplaɪ; ɪmˈplaɪ] *vt.* (**-plies** [~z; ~z]; **-plied** [~d; ~d]; ~**ing**) **1** (a)暗指, 暗示. Her smile *implied* her consent. 她微笑默許.

(b) 句型3 (imply *that* 子句)暗指, 暗示. Do you mean to *imply that* I'm wrong? 你是在暗示我錯了嗎?

2 意含⋯; 句型3 (imply *that* 子句)含有⋯的意思. Your test scores *imply that* you need to study more. 你的考試分數表示你需要更加用功讀書.

⇨ *n.* **implication**.

∗im·po·lite [ˌɪmpəˋlaɪt; ˌɪmpəˈlaɪt] *adj.* 沒禮貌
的, 無禮的. It is *impolite* of him to come so
late. 他來得這樣遲實在沒禮貌. **♦ polite.**

im·po·lite·ly [ˌɪmpəˋlaɪtlɪ; ˌɪmpəˈlaɪtlɪ] *adv.*
沒禮貌地, 無禮地, 沒規矩地.

im·po·lite·ness [ˌɪmpəˋlaɪtnɪs; ˌɪmpəˈlaɪtnɪs]
n. [U][C] 失禮, 無禮, 沒規矩.

im·pol·i·tic [ɪmˋpɑləˌtɪk; ɪmˈpɒlɪtɪk] *adj.* 《文
章》不得當的; 不智的, 失策的.

im·pon·der·a·ble [ɪmˋpɑndərəbl;
ɪmˈpɒndərəbl] *adj.* 《文章》 **1** 無法評價的, (重要性)
無法衡量的. **2** 沒有重量的; 很輕的; 極少的.
— *n.* [C] (通常 imponderables) 無法計量的事物
(感情或權威等).

∗im·port [ɪmˋport, ˋɪm·port; ɪmˈpɔːt] (★ 與 *n.*
的重音位置不同) *vt.* (~**s** [~z; ~z];
~**ed** [~ɪd; ~ɪd]; ~**ing**) 【運入】 **1** 輸入, 進口
《*from*》. *imported* cars 進口車子/Japan *imports*
coffee *from* Brazil. 日本從巴西進口咖啡.
2 引進, 導入, 《*into*》.
【包含在內】 **3** 《雅》含有…之意, 意味著. What
does this *import*? 這是甚麼意思?
— [ˋɪmport, -pɔrt; ˈɪmpɔːt] *n.* (*pl.* ~**s** [~s; ~s])
1 [U] 輸入; [C] (通常 imports) 輸入品. *import*
duties 進口稅/the excess of *imports* over
exports 入超.
2 [U] (通常加 the) 《文章》旨趣, 意義. grasp the
import of his words 領會他話中的含義.
3 [U] 《文章》重要性 (importance). a matter of
great *import* 非常重要的事情. **♦ export.**

∗im·por·tance [ɪmˋportns; ɪmˈpɔːtns] *n.*
[U] **1** 重要性, 重大性. a
matter of great *importance* 極重要的事情/What
he says is of no *importance* to me. 他說的話對
我來說一點也不重要/I attach little *importance*
to a person's appearance. 我認為人的外表並不重
要/It is of paramount *importance* that you fin-
ish the work today. 最重要的是你今天一定要完成
這項工作. 回 importance 是最常用來表示「重要
性」的字. → consequence, significance, weight.
图图 *adj.* + importance: primary ~ (最重要
的), (the) utmost ~ (沒有比這更重要的),
vital ~ (極重要的), relative ~ (相對而言重要
的), secondary ~ (次要的).
2 (人物) 有勢力, 有地位 [影響力]. a person of
importance 重要人物.
3 自負, 自大. Bob is full of his own *import-
ance*. 鮑伯非常自負/He behaves toward his men
with an air of *importance*. 他對下屬頤指氣使.

∗im·por·tant [ɪmˋportnt; ɪmˈpɔːtnt] *adj.*
【重要的】 **1** 重要的, 重
大的; 寶貴的, 《*to* 關於…》. This matter is very
important to us. 這件事對我們十分重要/I'm going
to tell you something *important*. 我要跟你說一件
重要的事/It is *important* that you (should) keep
this a secret. = It is *important* for you to keep

---

imposing 775

this a secret. 重要的是你要對此保密/It is *impor-
tant* for the sailors to pay attention to the
weather forecast. 注意天氣預報對水手來說是很重
要的.
2 (社會上) 有勢力的, (從地位、影響力來說) 顯要
的. a very *important* person 重要人物, 貴賓,
《略作 VIP》/The politician has a lot of *impor-
tant* titles. 那位政治人物有許多顯赫的頭銜.
3 [妄自尊大的] 擺架子的, 妄自尊大的. He al-
ways has an *important* manner. 他經常擺出一副
很了不起的樣子. ⇨ *n.* **importance**.
Mòre [*Mòst*] *impórtant...* (修飾句子) 更 [最] 重
要的是. You must attend classes regularly and,
more important, you must attend to the lec-
tures. 你不但要準時去上課, 更重要的是你還要好
好聽講.

im·por·tant·ly [ɪmˋportntlɪ; ɪmˈpɔːtntlɪ]
adv. 重要地, 重大地; 自大地, 擺架子地.

im·por·ta·tion [ˌɪmporˋteʃən, -pɔr-;
ˌɪmpɔːˈteɪʃn] *n.* **1** [U] 輸入. **2** [C] 輸入品; (特指
從外國) 引入的事物 [詞語等]. **♦ exportation.**

im·port·er [ɪmˋportə, -ˏpɔr-; ɪmˈpɔːtə(r)] *n.*
[C] 進口商, 進口業者; 輸入國. **♦ exporter.**

im·por·tu·nate [ɪmˋpɔrtʃənɪt; ɪmˈpɔːtjʊnət]
adj. 《文章》 **1** 糾纏不休的, 煩人的.
2 緊迫的, 緊急的.

im·por·tu·nate·ly [ɪmˋpɔrtʃənɪtlɪ;
ɪmˈpɔːtjʊnətlɪ] *adv.* 《文章》煩人地, 執拗地.

im·por·tune [ˌɪmpəˋtjun, -ˋtɪun, -ˋtun,
ɪmˋpɔrtʃən; ˌɪmpɔːˈtjuːn] *vt.* 《文章》 **1** 向 [人] 強求,
一再要求, 《*for*》 句型5 (importune **A** *to* do) 向
A [人] 糾纏不休地請求….
2 使煩, 以…煩, 《*with*》.

im·por·tu·ni·ty [ˌɪmpəˋtjunətɪ, -ˋtɪun-,
-ˋtun-; ˌɪmpɔːˈtjuːnətɪ] *n.* (*pl.* **-ties**) [U][C] 《文章》執
拗, 糾纏.

∗im·pose [ɪmˋpoz; ɪmˈpəʊz] *v.* (~**pos·es** [~ɪz;
~ɪz]; ~**d** [~d; ~d]; **-pos·ing**) *vt.* **1** 課 [稅等]; 使承
擔 [義務等], 《*on, upon*》. A special tax was
imposed on imported cars. 進口車被課特別稅.
2 強加…; 以欺騙手段強加…; 《*on, upon* [人]》.
He always *imposes* his will *upon* others. 他總是
把自己的意志強加於人/*impose* junk *on* a tourist
把不值錢的東西硬賣給觀光客.
— *vi.* 添麻煩, 不請自來. I hope I'm not *impos-
ing*. 希望我沒有打攪你. ⇨ *n.* **imposition**.
∗ *impóse on* [*upon*]... (1) 打攪…. I don't like to
impose on you. 我不希望打攪你. (2) 乘機, 利用,
[別人的弱點等]; 欺騙…, 《*on, upon*》. James *imposed on* my
good nature. 詹姆斯利用我善良的天性.
impóse onesèlf 好管閒事, 好出風頭; 硬纏著, 不
請自來, 《*on, upon* [人, 別人]》.
图图 **POSE** 「放置」: im*pose*, com*pose* (構成), dis-
pose (處置), op*pose* (反對).

im·pos·ing [ɪmˋpozɪŋ; ɪmˈpəʊzɪŋ] *adj.* 堂皇的,

雄偉的. an *imposing* building 宏偉的建築物.

im·pos·ing·ly [ɪm`pozɪŋlɪ; ɪm'pəʊzɪŋlɪ] *adv.*
堂皇地.

im·po·si·tion [͵ɪmpə`zɪʃən; ͵ɪmpə'zɪʃn] *n.*
1 ⓤ(稅等的)徵收; (義務等的)承擔; ((on,
upon)). **2** ⓒ課稅品((on, upon)); 稅; 負擔; 罰.
3 ⓤⓒ(不合理的)強迫; 爲難. **4** ⓒ(弱點等
的)利用. ⇨ *v.* impose.

im·pos·si·bil·i·ty [͵ɪmpɑsə`bɪlətɪ, ɪm͵pɑs-;
ɪm͵pɒsə'bɪlətɪ] *n.* (*pl.* **-ties**) ⓤ不可能; ⓒ不可能
的事; 不可能發生的事. I cannot do *impossibil-
ities*. 我沒辦法做不可能的事.

＊im·pos·si·ble [ɪm`pɑsəbl; ɪm'pɒsəbl] *adj.*
1 (事物)不可能的, 做不
到的; 不會有的, 不可能發生的, ((↔ possible)). It
is an *impossible* plan. 這是不可能實現的計畫/It
will be *impossible* for me to come. 我不可能會
來/It is *impossible* that he should have forgotten
about our appointment. 他不可能會忘記了我們的
約會.

━━━━━━━━━━━━━━━━━━━━━━━
| 語法 (1)不能以人當主詞而說成 I am *impossible*
| to do so. 應說 It is *impossible* for me to do
| so. (我做不到)或 I am *unable* to do so. → pos-
| sible 2. (2) He is *impossible* to beat. (沒人能打
| 敗他)中, He 是 beat 的受詞, 本句可改寫爲 It is
| *impossible* to beat him.
━━━━━━━━━━━━━━━━━━━━━━━

━━━━━━━━━━━━━━━━━━━━━━━
| 搭配 *adv.*＋impossible: absolutely ～ (絕對不
| 可能), completely ～ (完全不可能), almost ～
| (幾乎不可能), practically ～ (實際上不可能).
━━━━━━━━━━━━━━━━━━━━━━━

2 不容易的, 勉強的; 矛盾的; 不可信的. It's an
impossible story. 不可能有這種事/It is *impossible*
that he knows the secret. 他不可能知道這個祕密.
3 (口)無法忍耐的, 很討厭的, 很不愉快的. His
manners are simply *impossible*. 他的態度實在叫人
受不了/an *impossible* fellow 令人厭惡的傢伙/
What an *impossible* situation! 多麼令人難以忍受
的情況啊!

im·pos·si·bly [ɪm`pɑsəblɪ; ɪm'pɒsəblɪ] *adv.* 不
可能地, 無法接受地. an *impossibly* expensive
diamond 一顆貴得離譜的鑽石. 語法 impossibly 可
修飾形容詞、副詞, 但不可修飾動詞.

im·post [`ɪmpost; 'ɪmpəʊst] *n.* ⓒ稅, (特指)進
口稅.

im·pos·tor [ɪm`pɑstɚ; ɪm'pɒstə(r)] *n.* ⓒ冒名
頂替的人; 騙子.

im·pos·ture [ɪm`pɑstʃɚ; ɪm'pɒstʃə(r)] *n.* ⓤⓒ
(文章)詐騙, 欺騙(行爲), ((特指冒名頂替的)詐騙).

im·po·tence [`ɪmpətəns; 'ɪmpətəns] *n.* ⓤ
1 無力量, 無力氣. **2** 陽萎, 性無能.

im·po·tent [`ɪmpətənt; 'ɪmpətənt] *adj.* **1** 無
力氣的, 無力量的; 無能力的; ((to do)). I felt
quite *impotent* to help the victims. 我感到自己無
力幫助這些受害者. **2** 陽萎的, 性無能的.

im·pound [ɪm`paʊnd; ɪm'paʊnd] *vt.* **1** 將(家
畜等)關在欄中, 圍住.
2 (法律)拘留, 監禁, (人); 扣押. *impound* sto-
len goods 扣押偷來的東西.

im·pov·er·ish [ɪm`pɑvərɪʃ, -vrɪʃ; ɪm'pɒvərɪʃ]
vt. (常用被動語態) **1** 使貧窮. Many families
were *impoverished* by the drought. 許多人家因旱
災而變窮. **2** 使(土地等)貧瘠. *impoverished* soil
貧瘠的土壤.

im·prac·ti·ca·bil·i·ty [ɪm͵præktɪkə`bɪlətɪ,
ɪm͵præk-; ɪm͵præktɪkə'bɪlətɪ] *n.* ⓤ不可能實行.

im·prac·ti·ca·ble [ɪm`præktɪkəbl;
ɪm'præktɪkəbl] *adj.* **1** (計畫等)無法實行的, 難以
實現的. Most of his schemes are quite *impracti-
cable*. 他大部分的計畫都相當難以實行.
2 不實用的; 無法使用的; 沒有用的. This road
is *impracticable* during the winter. 這條路冬天無
法通行.

im·prac·ti·ca·bly [ɪm`præktɪkəblɪ;
ɪm'præktɪkəblɪ] *adv.* 不可能實行地.

im·prac·ti·cal [ɪm`præktɪk]; ɪm'præktɪkl]
adj. (人、事物)不實際的, 不實用的; 不切實際的;
不合常規的; 欠考慮的. an *impractical* dreamer
不切實際的夢想家/an *impractical* idea 不切實際的
想法.

im·pre·ca·tion [͵ɪmprɪ`keʃən, ͵ɪmprɪ'keɪʃn]
n. (文章) ⓒ詛咒; 咒語; ⓤ咒罵, 詛咒.

im·preg·na·bil·i·ty [ɪm͵prɛgnə`bɪlətɪ,
ɪm͵prɛg-; ɪm͵pregnə'bɪlətɪ] *n.* ⓤ無法攻克, 難以
攻破; 堅固.

im·preg·na·ble [ɪm`prɛgnəbl; ɪm'pregnəbl]
adj. (文章) **1** (雕堡等)無法攻陷的, 難以攻破的.
They are safe inside an *impregnable* fortress.
他們安全地藏身於難以攻破的雕堡中.
2 堅定的, 不會動搖的.

im·preg·nate [ɪm`prɛgnet; ɪm'pregneɪt] *vt.*
1 (文章)使懷孕, 使受孕; (生物)使受精.
2 使充滿, 使瀰漫, ((with 〔香味, 藥等〕)). a
cloth *impregnated* with alcohol 浸透酒精的布片.

im·pre·sa·ri·o [͵ɪmprɪ`sɑrɪ͵o; ͵ɪmprɪ'sɑːrɪəʊ]
(義大利語) *n.* (*pl.* **-s**) ⓒ(芭蕾, 歌劇, 音樂會等的)
主辦人, 經紀人.

＊im·press [ɪm`prɛs; ɪm'pres] (★與 *n.* 的重音位置
不同) *vt.* (～es [~ɪz; ~ɪz]; ～ed [~t; ~t]; ～ing)
〖 銘刻於(心) 〗 **1** 使感動; 使銘記; 使留下強烈
印象. The book *impressed* me a great deal. 這
本書給我很深的印象/I was deeply *impressed* by
his speech. 我的話深深地感動了我.
2 (a) 使(人)留下印象, (impress A with B) 使
A 對 B 留下印象; 使強烈感覺到((on)). The boy
tried to *impress* the girl *with* his courage. 那男
孩想讓那女孩對他的勇氣留下深刻的印象/The
teacher's words were strongly *impressed* on the
students' minds. 教師的話深深地銘刻在學生心中.
(b) (伴隨副詞使用)給予(…的)印象; 給(人)深刻
的印象((as)). Her manner *impressed* him favor-
ably [unfavorably]. 她的態度讓他有好感[不好的
印象]/He *impressed* me *as* a man of great abil

ity. 他給我非常能幹的印象.

【 蓋印 】 **3** 蓋印，刻印，把…蓋上[加上]印記.
impress a pattern on the cotton cloth = *impress* the cotton cloth with a pattern 在棉布上印花樣/ The trademark is *impressed* on the plastic by machines. 這個商標是用機器刻印在塑膠上的.

— [`ımprɛs; 'ımprɛs] *n.* © (雅)蓋印，刻印; (蓋印的)痕跡，印記. This older cousin has left an enduring *impress* on my life. 這位堂[表]兄給我留下一輩子也難以忘懷的印象.

[字源] PRESS 「蓋」: im*press*, de*press* (壓下), op*press* (壓迫), sup*press* (抑制).

‡**im·pres·sion** [ım`prɛʃən; ım'preʃn] *n.* (*pl.* ~s [~z; ~z]) 【 銘刻於心 】 **1** ⓤ 感動，受感動; 銘感(於心). His speech made a strong *impression* on all the students. 他的一席話使全體學生深受感動/receive a deep *impression* 深受感動.

2 © 印象. He made a good *impression* on me. 他給了我一個好印象/What were your first *impressions* of Taiwan? 你對臺灣的第一印象是甚麼?/We got the *impression* that he would trust us. 我們覺得他會幫助我們.

[搭配] *adj.*+impression (1-2): an agreeable ~ (令人愉快的印象), a false ~ (錯誤的印象), a lasting ~ (持久的印象), a vague ~ (模糊的印象), a vivid ~ (鮮明的印象).

3 © (常用單數)(模糊的)**感覺**; 感想; 想法. I have the *impression* that we've met somewhere before. 我印象中好像在哪裡見過你.

4 © 模仿(特指藝人等有趣地模仿別人的舉止動作). Bob did [gave] his *impression* of our teacher. 鮑伯模仿老師的樣子[動作].

【 蓋印 】 **5** ©(文章)蓋印，印記; 痕跡. im*pressions* of rubber boots on the snow 雪地上膠鞋的鞋印.

6 © (常用單數)印刷(物); 一刷 (同一版一次印刷的總份數; → edition[參考]). the fourth *impression* of the third edition 第三版第四刷.

under the impréssion that... 覺得…，認為…; 誤以為…. I was *under the impression that* he agreed with us. 我覺得他同意我們了.

im·pres·sion·a·ble [ım`prɛʃənəbl, -ʃnə-; ım'preʃnəbl] *adj.* 〔人〕容易感動的，敏感的; 容易受影響的.

im·pres·sion·ism [ım`prɛʃən‚ızəm; ım'preʃnɪzəm] *n.* (常 Impressionism)印象主義，印象派，《特指19世紀後半葉法國的繪畫風格，特指爲強調光影和色彩在繪畫上的表現》.

im·pres·sion·ist [ım`prɛʃənıst; ım'preʃnɪst] *n.* © (常 *I*mpressionist)印象派畫家，印象派藝術家. — *adj.* 印象派的.

im·pres·sion·is·tic [ım‚prɛʃən`ıstık; ım‚preʃə'nıstık] *adj.* 印象主義的，印象派的; (僅)基於印象的.

‡**im·pres·sive** [ım`prɛsıv; ım'presıv] *adj.* 給人強烈印象的; 令人感動的; 令人印象深刻的; 驚人的. He has achieved an *impressive* success. 他獲得了驚人的成功/an *impressive* performance 令人難忘的表演.

im·pres·sive·ly [ım`prɛsıvlı; ım'presıvlı] *adv.* 令人印象深刻地.

im·pres·sive·ness [ım`prɛsıvnıs; ım'presıvnıs] *n.* ⓤ 印象深刻.

im·print [`ımprınt; 'ımprınt] *n.* © **1** 蓋印，刻印; 痕跡. a thumb *imprint* 拇指印/The police found the *imprints* of feet in the sand. 警方在沙灘上發現了腳印.

2 出版印記《書籍在書名頁(title page)的下方或其背面印的出版社名、發行年份、版次等字樣》.

— [ım`prınt; ım'prınt] *vt.* **1** 蓋印; 留[痕跡等]; 《on》; 蓋於…，加[戳記]，《with》.

2 銘記(on, in〔心中等〕). That scene was *imprinted* on my memory. 那情景深深烙印在我的記憶中.

im·print·ing [ım`prıntıŋ; ım'prıntıŋ] *n.* ⓤ 《生物學》印痕(作用)《剛出生或孵化不久的動物對特定的個體或物體建立起深刻持久的行爲模式》.

‡**im·pris·on** [ım`prızn̩; ım'prızn] *vt.* (~s [~z; ~z]; ~ed [~d; ~d]; ~·ing) **1** 把…關進牢裡，入獄. Jake was *imprisoned* for fraud. 傑克因詐欺入獄. **2** 監禁，禁錮. The hostages were *imprisoned* in a hotel room. 人質被禁錮在旅館的一個房間裡.

im·pris·on·ment [ım`prızn̩mənt; ım'prıznmənt] *n.* ⓤ 入獄，下獄; 拘留，監禁. life *imprisonment* 無期徒刑.

im·prob·a·bil·i·ty [‚ımprɑbə`bılətı, ım‚pr-; ım‚prɒbə'bılətı] *n.* (*pl.* -ties) ⓤ 似乎不可能的事; © 似乎不可能發生的事情.

‡**im·prob·a·ble** [ım`prɑbəbl; ım'prɒbəbl] *adj.* 似乎不可能的; 似嫌牽強的; 只怕未必是真的; (◆ probable). It is *improbable* that such a thing will happen again. 這樣的事只怕未必會再發生/That is an *improbable* explanation of the word's origin. 這樣解釋這個字的起源似嫌牽強.

im·prob·a·bly [ım`prɑbəblı; ım'prɒbəblı] *adv.* 不大可能地.

im·promp·tu [ım`prɑmptu, -tɪu, -tju; ım'prɒmptju:] *adj.* 即席的，即興的. I'm going to give an *impromptu* talk. 我即席發言.

— *adv.* 無準備地，即席地，即興地.

— *n.* © 即興的事物(演說，演奏，詩的朗誦等); (特指)即興曲.

‡**im·prop·er** [ım`prɑpɚ; ım'prɒpə(r)] *adj.* **1** (場所，目的等)不適當的，不合宜的，(◆ proper). A T-shirt is *improper* for a formal dinner. T 恤並不適合正式的晚宴場合.

2 錯誤的; 不妥當的; 下流的，品味低的. It would be *improper* to decline his invitation. 拒絕他的邀請恐怕不妥/He made an *improper* joke. 他講了一個低級的笑話.

impròper fráction *n.* ©《數學》假分數.

im·prop·er·ly [ɪmˋprɑpɚlɪ; ɪmˋprɔpəlɪ] *adv.* 不適當地；錯誤地；下流地.

im·pro·pri·e·ty [͵ɪmprəˋpraɪətɪ, ͵ɪmpəˋpraɪətɪ; ͵ɪmprəˋpraɪətɪ] *n.* (*pl.* **-ties**)《文章》 1 ⓊＵ不適當. 2 ⓊＵ不正確, 錯誤. 3 ⓊＵ沒禮貌；下流. 4 ⓒＣ無禮的言行.

‡im·prove [ɪmˋpruv; ɪmˋpruːv] *v.* (~s [~z; ~z]; ~d [~d; ~d]; -prov·ing) *vt.*
〖使更好〗 1 改良, 改善；使提升[進步]. You should *improve* your English. 你應該加強你的英語能力/A week's rest has greatly *improved* my health. 一週的休養使我的身體狀況好多了.
2 (藉由耕種, 擴建等)提高(土地, 建築物等)的價值.
〖使更加善用〗 3 利用, 活用. He *improved* his idle hours by practicing the violin. 他利用空閒時間練習小提琴.
— *vi.* 被改良, 被改善；好轉. Her manners are *improving.* = She's *improving* in manners. 她的言行舉止有規矩多了/Your English has *improved* remarkably. 你的英語已有顯著的進步.
impróve on [upon]... 將...加以改良[改進]；創作[製造]比...更好的東西. This paper can be *improved upon.* 這篇論文可以有再改得更好/Some writers never *improve on* their first book. 有些作家無法寫出比處女作更好的作品.

‡im·prove·ment [ɪmˋpruvmənt; ɪmˋpruːvmənt] *n.* (*pl.* ~s [~s; ~s]) 1 ⓊＵ改良, 改善；提升, 進步. the *improvement* of physical strength 體力的增進/There was a great deal of *improvement* in her English. 她的英語大有進步.
2 ⓒＣ經改良[改善]之處[部分]；比以前[先前]進步的事物. The new product has several *improvements.* 新產品有幾處做了改良/I think this model is an *improvement over* [*on*] the last one. 我認為這一款型式比上一款進步/The patient showed a considerable *improvement* on the second day. 第二天那個病人的情況明顯好轉.
[搭配] *adj.*+improvement: a marked ~ (顯著的進步), a slight ~ (些微的進步), a vast ~ (極大的進步) // *v.*+improvement: carry out an ~ (進行改良), undergo an ~ (接受改良).
⇨ *v.* **improve.**

im·prov·i·dence [ɪmˋprɑvədəns; ɪmˋprɔvɪdəns] *n.* ⓊＵ《文章》缺乏遠見, 欠缺考慮；浪費.

im·prov·i·dent [ɪmˋprɑvədənt; ɪmˋprɔvɪdənt] *adj.*《文章》無先見之明的, 莽撞的；浪費的.

im·prov·i·dent·ly [ɪmˋprɑvədəntlɪ; ɪmˋprɔvɪdəntlɪ] *adv.* 漫不經心地；揮霍地.

im·prov·ing [ɪmˋpruvɪŋ; ɪmˋpruːvɪŋ] *v.* improve 的現在分詞, 動名詞.

im·prov·i·sa·tion [͵ɪmprəvaɪˋzeʃən, -prəvəˋze-; ͵ɪmprəvaɪˋzeɪʃn] *n.* 1 Ｕ即興創作(活動). 2 ⒞即興演奏；即興作品(詩, 歌, 音樂等).

im·pro·vise [ˋɪmprə͵vaɪz, ͵ɪmprəˋvaɪz; ˋɪmprəvaɪz] *vt.* 1 即席創作(詩, 歌, 音樂等)；當場演奏；即興做(舉行)... The groom had to *improvise* a speech. 新郎不得不即席致詞.
2 臨時湊成[作成].
— *vi.* 即席創作(詩, 歌, 音樂等)；即席演奏.

im·pru·dence [ɪmˋprudns, ˋpru-; ɪmˋpruːdəns] *n.* 1 Ｕ輕率, 莽撞, 考慮不周詳.
2 ⒞輕率[莽撞]的言行舉止.

im·pru·dent [ɪmˋprudnt, ˋpru-; ɪmˋpruːdənt] *adj.* 輕率的, 不謹慎的, 莽撞的, (◆ prudent). It would be *imprudent* of you to offer him the job without interviewing him. 你不面試便給他這份工作, 太輕率了吧!

im·pru·dent·ly [ɪmˋprudntlɪ, ˋpru-; ɪmˋpruːdəntlɪ] *adv.* 輕率地, 莽撞地.

im·pu·dence [ˋɪmpjədəns, -pju-; ˋɪmpjʊdəns] *n.* 1 Ｕ死皮賴臉, 厚顏無恥；無禮.
2 ⒞厚顏無恥的言行舉止.

‡im·pu·dent [ˋɪmpjədənt, -pju-; ˋɪmpjʊdənt] *adj.* 厚顏無恥的, 死皮賴臉的；狂妄自大的, 愛出風頭的. Dan was very *impudent* to his superiors. 丹對長輩很沒禮貌.

im·pu·dent·ly [ˋɪmpjədəntlɪ, -pju-; ˋɪmpjʊdəntlɪ] *adv.* 厚臉皮地；狂妄自大地.

im·pugn [ɪmˋpjun, -ˋpɪun; ɪmˋpjuːn] *vt.*《文章》對(某人的行為, 品性等)抱持懷疑態度.

‡im·pulse [ˋɪmpʌls; ˋɪmpʌls] *n.* (*pl.* **-puls·es** [~ɪz; ~ɪz]) 1 ⓊＣ衝動(*to do*)；(內心的)興致；驅力. a man of *impulse* 容易衝動的人/*impulse* buying (→ *impulse* buying)/an *impulse* buy 衝動買下的東西/I had an *impulse* to strike him. 我有一股衝動想揍他/under the *impulse* of sympathy 受到同情心的驅使.
[搭配] *adj.*+impulse: an irresistible ~ (無法抗拒的衝動), a strong ~ (強烈的衝動), a sudden ~ (突然的衝動) // *v.*+impulse: control an ~ (控制衝動), feel an ~ (感到衝動).
2 ⒞(物理的)衝擊；(急劇的)推進力；刺激. the *impulse* of a propeller 螺旋槳的推進力.
⇨ *adj.* **impulsive.** *v.* **impel.**
on impulse 衝動地. I didn't really need the radio—I just bought it *on impulse.* 我並非真正需要那臺收音機, 我只是一時衝動才買的.

im·pul·sive [ɪmˋpʌlsɪv; ɪmˋpʌlsɪv] *adj.* 1 衝動的, 受一時情感所驅使的. I'm sorry for my *impulsive* behavior. 我對於一時衝動之舉感到很抱歉. 2 (有)推進力的.

ímpulse búying *n.* Ｕ衝動購物.

im·pul·sion [ɪmˋpʌlʃən; ɪmˋpʌlʃn] *n.* 1 Ｕ促進；推進；刺激；衝擊. 2 ⒞推進力；衝動.

im·pul·sive·ly [ɪmˋpʌlsɪvlɪ; ɪmˋpʌlsɪvlɪ] *adv.* 衝動地.

im·pul·sive·ness [ɪmˋpʌlsɪvnɪs; ɪmˋpʌlsɪvnɪs] *n.* Ｕ受衝動之驅使.

im·pu·ni·ty [ɪmˋpjunətɪ, -ˋpɪun-; ɪmˋpjuːnətɪ] *n.* Ｕ《文章》懲罰[危害, 損害等]之免除, 免罰, 無

受責難，無罪．

with impúnity 不受處罰[懲罰]地；無患地，免受害地；無事地．You cannot kill a man *with impunity* except in war. 除了在作戰時，否則殺人不會是無罪的．

im·pure [ɪmˋpjʊr, -ˊpɪʊr; ɪmˈpjʊə(r)] *adj.*
1 (成分)不純的．*impure* metal 含雜質的金屬．
2 污穢的，不潔的．*impure* water 污水．
3 不純潔的；淫亂的．

im·pu·ri·ty [ɪmˋpjʊrətɪ, -ˊpɪʊr-; ɪmˈpjʊərətɪ] *n.*
(*pl.* **-ties**) **1** ⓤ不純；污染；不潔．**2** ⓒ (常 impurit*ies*)雜質；褻瀆[不道德]的言行舉止．

im·pu·ta·tion [͵ɪmpjuˋteʃən; ͵ɪmpjuːˈteɪʃn] *n.*
(文章) **1** ⓤ歸咎，歸罪，歸責(於某人)．
2 ⓒ責難；詆毀；揭發．

im·pute [ɪmˋpjut, -ˊpɪut; ɪmˈpjuːt] *vt.* (文章)把(罪，責任，缺點等)歸於…，歸罪[歸責，歸咎]於…，((to)). They *imputed* the accident *to* my carelessness. 他們把那件意外事故歸因於我的不小心．

IN (略) Indiana.

✲in [強 ˋɪn, ͵ɪn, 弱 ɪn, ŋ n; ɪn] *prep.* 【在裡面】**1** 在(某場所，地方等)之中，在…的內部；(位)於…(當中)，(位)在…．*in* (英)[on (美)] the street 在街上/a flower pot *in* the window 放在窗戶(內側)的花盆/We swam *in* the lake. 我們在湖中游泳/There are two birds *in* the cage. 籠中有兩隻小鳥/Einstein was born *in* a city *in* Germany. 愛因斯坦出生於德國的城市/He sat *in* the corner. 他坐在角落/She was *in* the kitchen. 她在廚房裡/She looked at herself *in* the mirror. 她看著鏡中的自己/look up the number *in* a telephone directory 用電話簿查電話號碼．

┌─────────────────────────────┐
【●場所與介系詞】
國家，大都市或說話者居住的城鎮等「概念上範圍寬廣的」地方，通常用 in；而狹隘的場所，或雖屬寬廣的場所但被視爲「地點」時，通常用 at: The plane stopped *at* Paris on the way to London. (該次班機在飛往倫敦途中於巴黎短暫停留)/My daughter lives *in* Paris. (我女兒住在巴黎)．
└─────────────────────────────┘

2 (口)到[往]…之中，到…的內部，(→ into 1 圖)；(↔ out of). come *in* a room 進入房間/put the clothes *in* a suitcase 把衣服放進行李箱/Get *in* the car! 上車!

3 (口)(爲進入…而)經過[通過]…(through)，從…經過．Go *in* the door on your right. 從你右邊的門進去．

4 加入…(之中)，成爲…的一員；從事[職業，工作等]．Tom is *in* the army. 湯姆是軍人/My father is *in* a golf club. 我父親是高爾夫球俱樂部的會員/He has been *in* business these ten years. 他這十年來都在商場上打滾．

5 (某人)具有(某種特質，個性等). Smith doesn't have it *in* him to be a leader. 史密斯並未具備領導人的特質．

【身在其中地>裏著】**6** 被…蓋[包，披，蒙]著；(身上)穿著[衣服等]，戴著[裝飾品]，(→ with 6 注意). I met an old woman *in* black. 我遇見一位穿黑衣裳[喪服]的老婦人/The girl was walking *in* red shoes. 那個女孩穿著紅鞋子走路/a gentleman *in* glasses 戴眼鏡的紳士．

【(在時間)[期間]內】**7** 在…(期間)，時值…之間，(during). I met the author died *in* March, 1879. 本文[書]作者死於1879年3月/I was born *in* spring. 我春天出生/It is warm *in* the daytime, but is very cold at night. 白天暖和，但夜晚就變得很冷/*in* (the) future 將來/*in* my childhood 在我孩提時代/My uncle is *in* his sixties. 我叔叔現在六十多歲/Yesterday was the coldest day *in* ten years. 昨天是這十年來最冷的一天/I visited Boston for the first time *in* five years. 這是我五年來首次造訪波士頓．

8 在[時間，期間]結束時(→ after 1 圖法)；在…之間[內]，經過…. *in* ten minutes. 再過十分鐘表演就要開始了/He learned French *in* six months. 他(不到)六個月就學會法語了(參考 He studied French *for* six months. (他學了六個月的法語))/Britain has changed much *in* forty years. 英國在四十年間改變很大．

【處於某項活動或狀況之中】**9** 做著…地，正在…之際[時]．*in* school 上課中，在學/My grandfather is *in* the hospital. 我祖父(現在)住院了/Be careful (*in*) crossing the railroad. 小心穿越平交道[穿越平交道時要當心]．

10 在…(的狀態)中；顯得…；臨…之時．walk *in* the rain 雨中漫步/My parents are both *in* good health. 我的雙親都很健康/Please do it *in* a hurry. 請趕快做/The work is still *in* progress. 這件工作尚在進行中/I couldn't find my key *in* the dark. 在黑暗中我找不到我的鑰匙．

11 在…的心情[情緒]，被…的感情所驅使．The man shouted *in* anger. 那個人氣得大吼大叫/*in* despair 絕望地/*in* bewilderment 迷惑地．

【朝向某方向或目標】**12** 以…爲目標，爲…目的…. How many hours a day do you spend *in* reading? 你一天花幾小時讀書呢?/When a crow came, the sparrows flew away *in* all directions. 烏鴉一來，麻雀就向四面八方飛走/They held a party *in* honor of his decoration. 他們舉行宴會慶祝他獲頒勳章．

13 由於…所以；爲著…目的．He acted *in* his own interest. 他的一舉一動都是爲著自己的利益/*In* his grief over the death of his only son, he forgot everything else. 他悲慟哀悼獨子的亡故，其他事都不復記憶．

【把特定部分…】**14** (a) 在(整體)的一部分，在…處，…的周圍．a wound *in* the right arm 右手臂上的傷口/He hit me *in* the face. 他打我的臉．(b) (比例上)全體中，每…，nine *in* ten 十之八九．

【就特定部分】**15** (就數量，程度，性質等而

言)在…方面(的); 在…範圍(內)(的); 關於…(的). They are five *in* number. 他們的人數是五個[五人]/three meters *in* breadth 寬三公尺/I am weak *in* mathematics. 我的數學很弱/*in* my opinion 就我的意見而言/I'm the tallest *in* my school. 我是學校裡個子最高的.

【以特定形式】 **16** 以…形式, 成爲…而, 以…排列[配置]. Let's sit *in* a circle. 我們圍坐成一圈吧./Some animals live *in* groups. 某些動物群居[成群地]生活/Some dictionaries are published *in* two volumes. 有些辭典分成兩冊出版/The names are arranged *in* alphabetical order. 名字依字母順序排列/"How would you like the money?" "All *in* tens." 「你需要何種面額?」「全部都要十元的.」

17 分作…, 分成…. We cut the pie *in* two. 我們把派切成兩半/The letter was folded *in* three. 那封信折成三折.

18 在所謂…的人[物]身上[本身]; 當作…(的)(as). I found a real friend *in* Alex. 我在亞歷士身上發現到眞正的朋友[即所謂「瞭解到眞正的朋友」爲何]/The man said nothing *in* reply. 那個人甚麼也沒回答.

【以特定手段】 **19** 藉由[用, 以, 按照]…. Write your answers *in* English. 用英文寫答案/Please do it (*in*) this way. 請照這樣做.

20 以…爲材料; 使用…, 以…(的). a statue *in* bronze 銅像/I received a note written *in* pencil. 我收到一張用鉛筆寫的便條.

in so [as] fár as... → insofar 的片語.

* *in that...* 就…而言; 由於…所以(because). I was fortunate *in that* I could study under Dr. Smith. 我是如此幸運, 能跟著史密斯博士從事研究/Television can be harmful *in that* it makes your mind passive. 由於電視使人的心智變得被動, 所以它可說是有害的.

●──關於範圍、空間
　　in, into, out of, through 的比較
(1)與表示動作的動詞連用

go *in* [*into*] the tennis court
走進網球場

come *in* [*into*] the house
走進屋裡

go *out of* the tennis court
走出網球場

go *out of* the house
走到屋外

walk *through* the garden
穿過花園

go *through* the tunnel
穿過隧道
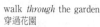

(2)與表示狀態的動詞連用

stay *in* the tennis court
待在網球場裡面

stay *in* the house
待在屋內

stay *out of* the tennis court
待在網球場外面

stay *out of* the house
待在屋外

★「上下關係」, 「線、面」的比較 → up 表, on 表.

── *adv.* 【向裡面】 **1** 向裡面; 在裡面; 向內部; 在內部; (↔ out). Please come *in*! 請進!/Call the children *in*. 叫孩子們進來.

2 接近; 到達, 來到. The train is *in*. 火車到了/Spring is *in*. 春天來了.

【在裡面】 **3** 在家(at home); 在家裡, 在屋裡; 在房間裡. Is your mother *in*? 令堂在家嗎?

【位於中央>蓬勃發展】 **4** 流行(in fashion); 當…的時令. Long skirts are *in* this year. 今年流行長裙/Melons are *in* now. 現在正是甜瓜上市的時候.

5 掌握政權(in power); 任要職(in office); 《棒球、板球》擔任攻擊的一方. The Conservatives are *in*. 現在是保守黨執政.

6 《火》持續燃燒. keep the fire *in* 讓火燒著

be ín at... 〔最後等〕在場, 到場. *be in at the death* 看著獵物死亡; 看著事物完成. *be in at the kill* → kill 的片語.

be ín for... (1)《口》〔常指不愉快的事〕即將會體驗到. We *are in for* trouble. 我們遇到麻煩了. (2)參加(比賽等). (3)(be in for it) 《口》似乎碰到麻煩事, 似乎要倒霉了.

be [gèt] ín on... 《口》參加…; 清楚知道〔祕密等〕, 與…有關係.

be (wèll) ín with... 《口》與…親密, 感情好.

gò ín for... → go 的片語.

hàve (gòt) it ín for... 《口》對…懷恨.

ìn and óut 進進出出; 時隱時現; 到處都. He's been *in and out* of the office all afternoon. 整個下午他都在辦公室裡進進出出.

── *adj.* (限定) **1** 內部的, 在裡面的; 向內的; 進來[去]. an *in* patient 住院病人/the *in* door 入口專用的門.

2 執政的; 《口》流行的. That disco is the *in* place to go. 那間狄斯可舞廳是目前最受歡迎的地方.

── *n.* © (通常 the ins) (政府)執政黨; 現任者. the *ins* and outs 執政黨與在野黨.　　　　「原本本.

the ìns and óuts (of...) (…的)表裡, 詳情, 原

in. 《略》 inch, inches.

in[1]- *pref.* 「在內, 向內」之意. **1** (★在字母 l 之前爲 il-; 在 b, m, p 之前爲 im-; 在 r 之前爲 ir-). *in*clude. *in*fluence. *in*spire.

2 (in 的 adv. 用法). *in*born. *in*coming. *in*sight.

in²- *pref.*「無，不是…」之意(★亦依後接字母變化為 il-, im-, ir-; → in¹-). *incorrect. insane.*

-in 《構成複合字》意指「(抗議)集會，集體活動」. sit-*in.* teach-*in.*

in·a·bil·i·ty [ˌɪnəˋbɪlətɪ; ˌɪnəˈbɪlətɪ] *n.* ⓤ 無力; 無能為力《*to* do》. I'm impatient with his *inability* to make decisions. 我沒耐性忍受他的猶豫不決. ⇨ *adj.* **unable.**

in·ac·ces·si·bil·i·ty [ˌɪnək͵sɛsəˋbɪlətɪ, ͵ɪnæk-; ˈɪnækˌsesəˈbɪlətɪ] *n.* ⓤ 難以接近; 難以獲得.

in·ac·ces·si·ble [ˌɪnəkˋsɛsəbl̩, ͵ɪnæk-; ͵ɪnækˈsesəbl̩] *adj.* 《文章》難接近的; 到達不了的; 難得到的.

in·ac·cu·ra·cy [ɪnˋækjərəsɪ; ɪnˈækjʊrəsɪ] *n.* (*pl.* **-cies**) 1 ⓤ 不正確.
2 ⓒ 不正確的事物; 錯誤, 不準確.

in·ac·cu·rate [ɪnˋækjərɪt; ɪnˈækjʊrət] *adj.* 不正確的, 有錯誤的.

in·ac·tion [ɪnˋækʃən; ɪnˈækʃn̩] *n.* ⓒ 無所事事, 不活動, 不活潑, 懶惰.

in·ac·tive [ɪnˋæktɪv; ɪnˈæktɪv] *adj.* 不活躍的; 不活動的, 懶惰的. an *inactive* volcano 休火山.

in·ac·tiv·i·ty [ˌɪnækˋtɪvətɪ; ͵ɪnækˈtɪvətɪ] *n.* ⓤ 不活躍; 不活動; 懶惰; 有氣無力.

in·ad·e·qua·cy [ɪnˋædəkwəsɪ; ɪnˈædɪkwəsɪ] *n.* (*pl.* **-cies**) 1 ⓐⓤ 不足, 不完全.
2 ⓒ (常 inadequac*ies*)不足之處; 令人不滿意之處.

***in·ad·e·quate** [ɪnˋædəkwɪt; ɪnˈædɪkwət] *adj.* 不適當的; 不充分的, (人)(能力等方面)不勝任的, 不合適的; (用 inadequate to... [for..., *to* do])不適於…(做…), 不合適的. *inadequate* information 不完整的情報/Ten dollars is *inadequate* to pay the bill. 10 美元是不夠付帳的/He may be *inadequate for* [*to*] the job. 他可能不適合這份工作.

in·ad·e·quate·ly [ɪnˋædəkwɪtlɪ; ɪnˈædɪkwətlɪ] *adv.* 不適當地; 不充分地.

in·ad·mis·si·ble [ˌɪnədˋmɪsəbl̩; ͵ɪnədˈmɪsəbl̩] *adj.* 難以承認的; 不容許的, 不能接受的.

in·ad·ver·tence [ˌɪnədˋvɝtn̩s; ͵ɪnədˈvɜːtəns] *n.* ⓤ 《文章》不注意, 疏忽.

in·ad·ver·tent [ˌɪnədˋvɝtn̩t; ͵ɪnədˈvɜːtənt] *adj.* 《文章》由於不注意[疏忽]的; 偶然的, 非故意的.

in·ad·ver·tent·ly [ˌɪnədˋvɝtn̩tlɪ; ͵ɪnədˈvɜːtəntlɪ] *adv.* 《文章》不注意地, 粗心地.

in·ad·vis·a·ble [ˌɪnədˋvaɪzəbl̩; ͵ɪnədˈvaɪzəbl̩] *adj.* 不妥的; 不明智的.

in·al·ien·a·ble [ɪnˋeljənəbl̩, -ˋelɪən-; ɪnˈeɪljənəbl̩] *adj.* 《文章》不能轉讓的; (權利等)不可剝奪的.

in·ane [ɪnˋen; ɪˈneɪn] *adj.* [話等]完全無意義的; 非常愚蠢的.

in·an·i·mate [ɪnˋænəmɪt; ɪnˈænɪmət] *adj.*
1 無生命的. an *inanimate* object 無生物.
2 無生氣的, 無精打采的.

in·an·i·ty [ɪnˋænətɪ; ɪˈnænɪtɪ] *n.* (*pl.* **-ties**)《文章》1 ⓤ 無意義; 愚蠢. 2 ⓒ 愚蠢的言行.

in·ap·pli·ca·ble [ɪnˋæplɪkəbl̩; ɪnˈæplɪkəbl̩] *adj.* 不能適用的, 不能應用的, 不適當的, 不合適的.

in·ap·pro·pri·ate [ˌɪnəˋproprɪɪt; ͵ɪnəˈprəʊprɪət] *adj.* 不適當的, 不相稱的, 《*for, to*》.

in·apt [ɪnˋæpt; ɪnˈæpt] *adj.* 《文章》不適當的, 不相稱的, 《*for*》; 拙劣的, 笨拙的.

in·ap·ti·tude [ɪnˋæptəˌtjud, -ˌtɪud, -ˌtud; ɪnˈæptɪtjuːd] *n.* ⓤ 不恰當, 不合適, 不適當, 《*for* 對於…》.

in·ar·tic·u·late [ˌɪnɑrˋtɪkjəlɪt; ͵ɪnɑːˈtɪkjʊlət] *adj.* 《文章》1 [發音]不清楚的, [言語]含糊的.
2 (由於興奮, 感動等而)說不出話的; (意見等)沒有明確表達的. the *inarticulate* masses of America 美國的沈默大眾.

in·ar·tis·tic [ˌɪnɑrˋtɪstɪk, ͵ɪnɑːˈtɪstɪk] *adj.* [作品等]非藝術性的; [人]不懂藝術(特指繪畫)的.

in·as·much [ˌɪnəzˋmʌtʃ, ͵ɪnəzˈmʌtʃ] *adv.* 《僅用於下列用法》
inasmúch as... 《連接詞性》《文章》因為是…, 由於是…, (because).

in·at·ten·tion [ˌɪnəˋtɛnʃən; ͵ɪnəˈtenʃn̩] *n.* ⓤ 不注意, 疏忽.

in·at·ten·tive [ˌɪnəˋtɛntɪv; ͵ɪnəˈtentɪv] *adj.* 不注意的, 漫不經心的, 《*to*》.

in·au·di·ble [ɪnˋɔdəbl̩; ɪnˈɔːdəbl̩] *adj.* 聽不見的, 聽不到的.

in·au·di·bly [ɪnˋɔdəblɪ; ɪnˈɔːdəblɪ] *adv.* 聽不見地.

in·au·gu·ral [ɪnˋɔgjərəl, ɪnˋɔgərəl; ɪnˈɔːgjʊrəl] *adj.* 《限定》就職的; 就職典禮的. an *inaugural* address 就職演說/an *inaugural* ceremony 就職典禮.
— *n.* ⓒ (美國總統等的)就職演說.

in·au·gu·rate [ɪnˋɔgjəˌret, -ˋɔgə-; ɪˈnɔːgjʊreɪt] *vt.* 1 (舉行儀式)使[總統, 省長等高官]正式就職(通常用被動語態). Mr. Clinton was *inaugurated* as President. 柯林頓先生正式就任總統. 2 (舉行儀式)開始啓用[公共設施等].
3 《文章》開創[重要的時代[時期]等]; 開始[新事業, 新政策等]. The space shuttle *inaugurated* a new era in the exploitation of space. 太空梭開創探索宇宙的新紀元.

in·au·gu·ra·tion [ɪnˌɔgjəˋreʃən, -ˋɔgə-; ɪˌnɔːgjʊˈreɪʃn̩] *n.* ⓤⓒ 1 就任; 就職典禮.
2 (公共設施等的)落成典禮; 通車典禮; 開幕典禮.
3 《文章》(某一重要時代等的)開始; 落成; 通車; 開幕.

Inaugurátion Dày *n.* (加 the)(美)總統就職日(當選翌年的1月20日).

in·aus·pi·cious [ˌɪnɔˋspɪʃəs; ͵ɪnɔːˈspɪʃəs] *adj.* 《文章》不吉利的, 不祥的; 運氣不佳的, 不幸的.

in·board [ˋɪnˌbord, -ˌbɔrd; ˈɪnbɔːd] *adj.* 在船裡的, 在機艙裡的.
— *adv.* 在船內, 在機艙內.

in·born [ɪn`bɔrn; ˌɪn`bɔːn] *adj.* 生來的, 天生的; 與生俱來的. He has an *inborn* talent for music. 他生來便具有音樂的才華.

in·bred [ɪn`brɛd; ˌɪn`bred] *adj.* **1** 天生的, 生來的.

2 同系繁殖的, 近親交配的.

in·breed·ing [ɪn`bridɪŋ; ˌɪn`briːdɪŋ] *n.* Ⓤ同系繁殖, 近親交配.

Inc. (略) incorporated (法人組織的). Dover Publications, *Inc.* 多佛出版股份有限公司.

In·ca [`ɪŋkə; `ɪŋkə] *n.* Ⓒ **1** 印加人 (16 世紀被西班牙征服之前, 在祕魯具有高度文化的南美原住民族 (the Incas) 中的一員).

2 印加帝國統治者 (特指皇帝).

in·cal·cu·la·ble [ɪn`kælkjələb!; ɪn`kælkjʊləb!] *adj.* **1** 數不盡的, 無數的, 無法計算的, 龐大的. The drought did *incalculable* damage to the nation's farmland. 旱災對該國的農田造成不可估量的損害.

2 不可預料的, 不確定的; (人的資質, 感情等) 靠不住的, 易變的. Her *incalculable* moods are very trying. 她的喜怒無常叫人無法忍受.

in·cal·cu·la·bly [ɪn`kælkjələblɪ; ɪn`kælkjʊləblɪ] *adv.* 數不勝數地, 無數地.

in·can·des·cence [ˌɪnkən`dɛsns; ˌɪnkæn`desns] *n.* Ⓤ白熱(狀態); 白熱光.

in·can·des·cent [ˌɪnkən`dɛsnt; ˌɪnkæn`desnt] *adj.* **1** 白熱的; 發白熱光的.

2 光輝的, 閃爍的; (感情等) 熾烈的.

in·can·ta·tion [ˌɪnkæn`teʃən; ˌɪnkæn`teɪʃn] *n.* (文章) **1** Ⓒ咒語; 符咒. **2** Ⓤ念咒語.

in·ca·pa·bil·i·ty [ˌɪnkepə`bɪlətɪ; ɪnˌkep-; ɪnˌkeɪpə`bɪlətɪ] *n.* Ⓤ **1** 無能, 無用.

2 無資格; 不能勝任.

*✱**in·ca·pa·ble** [ɪn`kepəb!; ɪn`keɪpəb!] *adj.* **1** 無能的, an *incapable* secretary 沒有能力的祕書.

2 (用 incapable of doing) 無能力做⋯; (用 incapable of...) 不會做⋯, He is *incapable of doing* the work. 他不會做這工作.

3 (就個性而言 (某人)) 不會⋯的 (of doing). Pat is *incapable of hurting* anyone. 派特的個性是不可能傷害任何人的.

in·ca·pac·i·tate [ˌɪnkə`pæsəˌtet; ˌɪnkə`pæsɪteɪt] *vt.* (文章) **1** 使(人)無能力(for, from). The accident *incapacitated* him *for* work *from* working. 那次意外使他失去了工作能力.

2 剝奪⋯的資格.

in·ca·pac·i·ty [ˌɪnkə`pæsətɪ; ˌɪnkə`pæsətɪ] *n.* ⓐⓊ(文章)無能力(for; to do); 無資格.

in·car·cer·ate [ɪn`karsəˌret; ɪn`kɑːsəreɪt] *vt.* (文章)入獄, 監禁; 關入.

in·car·cer·a·tion [ɪnˌkarsə`reʃən; ɪnˌkɑːsə`reɪʃn] *n.* Ⓤ(文章)下獄, 監禁; 禁閉.

in·car·nate [ɪn`karnɪt; ɪn`kɑːnɪt] *adj.* (★與 *v.* 的發音不同) *adj.* 擬人化的, 呈人形的. That man is the devil *incarnate*. 那個人就是惡魔的化身.

語法 incarnate 通常置於名詞之後.
— [ɪn`karnet; `ɪnkɑːneɪt] *vt.* **1** 擬人化, 使成人形; 使化身(*in, as*).

2 (人)是 (美德等) 的典型; 將 (思想, 精神) 具體化, 實現, 《*in, as*》. The spirit of the times was *incarnated in* these poets. 時代的精神具體地展現在這些詩人身上.

in·car·na·tion [ˌɪnkɑr`neʃən; ˌɪnkɑː`neɪʃn] *n.*
1 Ⓤ(超自然的存在)化爲人身, 擬人(狀態).
2 Ⓒ化身, 具體化. Crusoe is the very *incarnation* of individualism. 克魯索就是個人主義的具體表現.

in·case [ɪn`kes; ɪn`keɪs] *v.* =encase.

in·cau·tious [ɪn`kɔʃəs; ɪn`kɔːʃəs] *adj.* 《文章》不謹慎小心的; 輕率的.

in·cau·tious·ly [ɪn`kɔʃəslɪ; ɪn`kɔːʃəslɪ] *adv.* 輕率地.

in·cen·di·ar·y [ɪn`sɛndɪˌɛrɪ; ɪn`sendjərɪ] *adj.* 《限定》**1** 起火的; 造成火災的.
2 放火的, 縱火的.

incéndiary bómb *n.* Ⓒ燃燒彈.

in·cense¹ [`ɪnsɛns; `ɪnsens] *n.* Ⓤ香; 香料.

in·cense² [ɪn`sɛns; ɪn`sens] *vt.* 《文章》使激怒 (常用被動語態).

in·cen·tive [ɪn`sɛntɪv; ɪn`sentɪv] *n.* ⓊⒸ刺激 (的事物), 獎勵, 誘因, 動機, 《to》. Grades are not always an *incentive* to harder study. 成績不一定是使人更加用功的誘因.

in·cep·tion [ɪn`sɛpʃən; ɪn`sepʃn] *n.* Ⓒ《文章》最初, 開端, 開始, 《beginning》.

*✱**in·ces·sant** [ɪn`sɛsnt; ɪn`sesnt] *adj.* 不停的, 不斷的. I'm tired of her *incessant* chatter. 我受不了她的喋喋不休.

in·ces·sant·ly [ɪn`sɛsntlɪ; ɪn`sesntlɪ] *adv.* 不斷地.

in·cest [`ɪnsɛst; `ɪnsest] *n.* Ⓤ亂倫.

in·ces·tu·ous [ɪn`sɛstʃʊəs; ɪn`sestjʊəs] *adj.* **1** 亂倫的. **2** 由近親者結成的, 排外的.

*✱**inch** [ɪntʃ; ɪntʃ] *n.* (*pl.* ~es [~ɪz; ~ɪz]) Ⓒ **1** 吋 (十二分之一英尺; 2.54 公分; 亦用於表示雨量, 氣壓; 符號爲 ″; 例如 1′ 3″ =one foot three *inches* (一英尺三英吋)). He is two *inches* taller than I. 他比我高兩英吋 / one *inch* of rainfall 一英吋的降雨量.

2 些微(金額, 程度, 量等). He won't give an *inch* on this point. 對於這一點他寸步不讓.

*by **ínches** (1)以幾英吋 (些微) 之差. The bullet missed him *by inches*. 那顆子彈差一點就射中他. (2)一點點地, 逐漸地. The old man is recovering *by inches*. 那個老人漸漸康復.

*èvery **ínch** 《作副詞片語》完全地, 道地. Dr. Thompson was *every inch* a scholar. 湯普森博士是個道道地地的學者.

*if an **ínch** → if 的片語.

*ínch by **ínch** 漸漸地, 一點一點地. The soldiers crawled forward *inch by inch*. 那些士兵們慢慢地向前爬.

*within an **ínch** of... 幾乎⋯, 差一點就達成⋯.

John came *within an inch of* winning the match. 約翰差一點兒便贏得比賽。

— *vi.* 一點一點地移動，緩緩向前。 We *inched* through the crowd. 我們緩緩地穿過人群向前移動。

— *vt.* 一點一點地動。

in·cho·ate [ɪnˋkoɪt; ˈɪnkəveɪt] *adj.* 《文章》〔願望，計畫等〕剛開始的，未完成[未達成]的；未完全發展的。

in·ci·dence [ˋɪnsədəns; ˈɪnsɪdəns] *n.* 1 [a U] (病，犯罪等的)發生率，發生範圍。There is an unusually high *incidence* of leukemia in this district. 這個地區白血病的罹患率特別高。

2 [U]《物理》入射，投射。

★**in·ci·dent** [ˋɪnsədənt; ˈɪnsɪdənt] *n.* (*pl.* ~**s**; ~s] [C] 1 (隨之而來的)事件，小事件，(特指故事，戲劇，電影等中的)事件，(happening; → event 同)。The old man told us about an amusing *incident*. 那老人告訴我們一個有趣的小故事/without *incident* 毫無意外地。

2 事件；紛爭；(★常用來委婉地指叛亂，戰爭，火山爆發，工廠爆炸等)。The government refused to comment on the *incident* at the border. 政府拒絕就邊境的事件發表評論。

— *adj.*《敘述》《文章》容易發生的；附帶的，必然伴隨而來的，《to》。the evils *incident* to human society 人類社會必然有的弊病。

[字源] CID「落」= *incident*, *accident* (事故), *coincide*nce (巧合)。

in·ci·den·tal [ˌɪnsəˋdɛntl; ˌɪnsɪˈdentl] *adj.* 1 伴隨著…發生的，必然相隨的，《to》。the duties *incidental* to a job 工作必然有的責任。

2 附帶[伴隨]性質的，非主要的；偶發的，臨時的。*incidental* expenses 臨時支出，雜費。

— *n.* [C] 1 附帶[伴隨]的事[物]。

2 (incidentals) 雜費，雜項。

in·ci·den·tal·ly [ˌɪnsəˋdɛntl̩ɪ; ˌɪnsɪˈdentlɪ] *adv.* 1 (修飾句子)附帶地，順便提一下，(by the way)。*Incidentally*, I saw Philip the other day. 順便提一下，前幾天我看到菲利浦。

2 伴隨地；臨時地。

in·cin·er·ate [ɪnˋsɪnəˌret; ɪnˈsɪnəreɪt] *vt.* 把〔垃圾等〕燒成灰，燒掉丟棄。

in·cin·er·a·tion [ɪnˌsɪnəˋreʃən; ɪnˌsɪnəˈreɪʃn] *n.* [U]燒成灰。

in·cin·er·a·tor [ɪnˋsɪnəˌretɚ; ɪnˈsɪnəreɪtə(r)] *n.* [C](垃圾等的)焚化爐。

in·cip·i·ent [ɪnˋsɪpɪənt; ɪnˈsɪpɪənt] *adj.*《文章》剛開始的；〔疾病〕初期的。

in·cise [ɪnˋsaɪz; ɪnˈsaɪz] *vt.* 切割；雕刻。

in·ci·sion [ɪnˋsɪʒən; ɪnˈsɪʒn] *n.* [UC]切割；雕刻；切口；《醫學》切口；切開的傷口(痕跡)。

in·ci·sive [ɪnˋsaɪsɪv, -zɪv; ɪnˈsaɪsɪv] *adj.*《用於正面含義》單刀直入的；尖銳的。*incisive* criticism 尖銳的批評。

in·ci·sor [ɪnˋsaɪzɚ; ɪnˈsaɪzə(r)] *n.* [C]《解剖》門牙(→ tooth 圖)。

in·cite [ɪnˋsaɪt; ɪnˈsaɪt] *vt.* 1 [句型3] (incite A

to B)、[句型5] (incite A *to* do) 驅使[刺激，煽動] A(人)參與[去做]B。They're trying to *incite* the laborers *to* go on strike. 他們想煽動工人發起罷工。

2 (煽動[刺激]人)引起。*incite* a riot 煽起暴動。

in·cite·ment [ɪnˋsaɪtmənt; ɪnˈsaɪtmənt] *n.* 1 [U]刺激，激勵，煽動(*to*)。

2 [C]刺激[煽動]的言行[事物]；誘因(*to*)。an *incitement* to rebellion 叛亂的誘因。

in·ci·vil·i·ty [ˌɪnsəˋvɪlətɪ; ˌɪnsɪˈvɪlətɪ] *n.* (*pl.* -**ties**)《文章》1 [U]無禮。[C]無禮的言行。

incl. (略) including, inclusive.

in·clem·en·cy [ɪnˋklɛmənsɪ; ɪnˈklemənsɪ] *n.* [U]《文章》(天氣的)險惡，狂風暴雨；嚴酷。

in·clem·ent [ɪnˋklɛmənt; ɪnˈklemənt] *adj.*《文章》〔氣候，天氣〕狂風暴雨的，險惡的；嚴酷的。*inclement* weather 險惡的天氣。

★**in·cli·na·tion** [ˌɪnkləˋneʃən; ˌɪnklɪˈneɪʃn] *n.* (*pl.* ~**s** [~z; ~z]) 1 [UC] (常 inclinations)喜好，愛好，(*to*, *toward*, *for*)；意願(*to* do)。Follow your own *inclinations*. 做自己想做的事/I have no *inclination* *for* sports. 我不喜歡運動/I feel no *inclination* *to* go to her party. 我一點也不想去參加她的派對。

2 [C] (通常用單數)《文章》傾向(*to*)，有…的傾向(*to* do)；脾氣。have an *inclination* *to* meanness 不懷好意/This car has an *inclination* *to* skid. 這輛汽車容易打滑。

3 [C]《文章》傾斜面；斜坡。

4 [C] (通常用單數)傾斜，傾，偏；彎曲(身體)。give a slight *inclination* of one's head 頭稍微傾斜/the *inclination* of the hill 山坡的傾斜度。

★**in·cline** [ɪnˋklaɪn; ɪnˈklaɪn] *v.* (~**s** [~z; ~z]; ~**d** [~d; ~d]; **-clin·ing**) *vt.* 1 偏斜，使傾斜；低〔頭等〕；彎曲(身體)。*incline* a bicycle against the wall 把腳踏車斜靠在牆上/She *inclined* her head in greeting. 她點頭致意。

2 使(人心)向著…(*to*, *toward*)；[句型5] (incline A *to* do)使A(人)有意去做…。I *inclined* my ear *to* the speaker. 我注意聽演講者說的內容/This experience *inclined* me *to* study abroad. 這次經驗使我萌生出國留學的意願。

— *vi.* 1 傾，傾斜；彎身，彎腰；(用 incline to [toward]…)向…傾斜；彎腰。From here the land *inclines* *toward* the sea. 陸地從這裡向大海傾斜。

2 (心)向著，傾向，有意…，(*to*, *toward*)；想(*to* do)。My heart *inclined* *to* Bob. 我的心向著鮑伯。

3 有…的傾向(*to*, *toward*; *to* do)。I *incline* *to* leanness in summer. 我一到夏天就容易瘦下來。

— [ˋɪnklaɪn, ɪnˋklaɪn; ˈɪnklaɪn] *n.* [C]傾斜面；斜坡。The truck sped down the steep *incline*. 那輛卡車沿著陡坡急馳而下。

[字源] CLINE「傾斜」= *incline*, *recline* (倚靠)，*decline* (婉拒)。

*in·clined [ɪnˋklaɪnd; ɪnˈklaɪnd] *adj.* **1** (用 in-clined *to* do...) 想做…的. I'm *inclined to* try again. 我想再試一次.

2 〔敘述〕(個性, 體質上)有…傾向的((*to* do)). Many people are *inclined to* put on weight in winter. 許多人一到冬天就容易發胖.

3 傾斜的.

in·close [ɪnˋkloz; ɪnˈkləʊz] *v.* = enclose.

in·clo·sure [ɪnˋkloʒɚ; ɪnˈkləʊʒə(r)] *n.* = enclosure.

*in·clude [ɪnˋklud, -ˋklɪud; ɪnˈkluːd] *vt.* (~s [~z; ~z]; -clud·ed [~ɪd; ~ɪd]; -clud·ing) **1** 包括, 包含; (→ contain 同). The price does not *include* the case. 這個價錢不包括盒子/£15.20, postage *included* [*including* post-age] 含郵資共 15 英鎊 20 便士/Your duties *include* making tea. 你的工作還包括沏茶.

2 把…包括在內((*in, among, with*)〔表, 總額, 類別等〕). Please *include* a dozen eggs on the list. 請在單子上加一打雞蛋/The tax is *included in* the book's price. 書價已含稅/I hate to be *includ-ed* with such people. 我討厭被視爲這種人.

↔ exclude.

[字源] CLUDE 「關閉」: in*clude*, con*clude* (下結論), ex*clude* (排除).

*in·clud·ing [ɪnˋkludɪŋ, -ˋklɪud-; ɪnˈkluːdɪŋ] *v.* include 的現在分詞, 動名詞.

—— *prep.* 包括…. I have invited eight friends, *including* three girls. 我邀請了八個朋友, 其中包括三個女孩子.

in·clu·sion [ɪnˋkluʒən, -ˋklɪu-; ɪnˈkluːʒn] *n.*

1 ⓤ 包含, 被包含; 包括.

2 ⓒ 被包含之物; 含有物. ⇨ *v.* include.

*in·clu·sive [ɪnˋklusɪv, -ˋklɪu-, -zɪv; ɪnˈkluːsɪv] *adj.* **1** 包括一切[許多]的. an *inclusive* report 總結報告.

2 計算在內的, 〔特指金額等〕包括在內的, 列入計算的, ((*of*)). This list is *inclusive of* the past members of the group. 這份名單包括該團體以前的成員.

3 包括(數字, 星期等的)開始和結束的(★放在數字, 星期等之後). from Monday to Thursday *inclusive* 從星期一到星期四(〔注意〕包括星期一和星期四; 〔美〕通常作 from Monday *through* Thurs-day). ⇨ *v.* include. ↔ exclusive.

in·clu·sive·ly [ɪnˋklusɪvlɪ, -ˋklɪu-, -zɪv-; ɪnˈkluːsɪvlɪ] *adv.* 包括一切地, 總括地.

in·cog·ni·to [ɪnˋkɑgnɪ,to; ˌɪnkɒgˈniːtəʊ] (義大利語) *adj.* 〔敘述〕隱姓埋名的; 微服出巡的; 化名的.

—— *adv.* 匿名地; 微服出巡地; 化名地. The Prince traveled *incognito*. 王子微服出遊.

—— *n.* (*pl.* ~s) ⓒ匿名(者).

in·co·her·ence [ˌɪnkoˋhɪrəns; ˌɪnkəʊˈhɪərəns] *n.* ⓤ前後不一致; 不連貫; 無邏輯, 無條理.

in·co·her·ent [ˌɪnkoˋhɪrənt; ˌɪnkəʊˈhɪərənt] *adj.* 〔言語, 思想等〕前後不一致的, 牛頭不對馬嘴的, 前後矛盾的; 不連貫的; 無條理的. He made an *incoherent* reply. 他的回答語無倫次.

in·co·her·ent·ly [ˌɪnkoˋhɪrəntlɪ, ˌɪnkəʊˈhɪərəntlɪ] *adv.* 前後矛盾地, 無條理地.

in·com·bus·ti·ble [ˌɪnkəmˋbʌstəbḷ; ˌɪnkəmˈbʌstəbl] *adj.* 不能燃燒的.

*in·come [ˋɪn,kʌm, ˋɪŋ,kʌm; ˈɪŋkʌm] *n.* (*pl.* ~s [~z; ~z]) ⓤⓒ收入, 所得; 所得金額; (↔ outgo). a low [high] *income* 低[高]收入/earned *income* 工作所得的收入/She has an *income* of $50,000 a year. 她年收入 5 萬美元/I have lived on a meager *income* all my life. 我一輩子都靠著微薄的收入過日子.

[搭配] *adj.* + income: an annual ~ (年收入), a monthly ~ (月收入), a small ~ (微薄的收入), a comfortable ~ (寬裕的收入), a large ~ (豐厚的收入).

live beyond one's **íncome** 寅吃卯糧, 過著入不敷出的生活.

íncome tàx *n.* ⓤ所得稅.

in·com·ing [ˋɪn,kʌmɪŋ; ˈɪnkʌmɪŋ] *adj.* 《限定》 **1** 進來的, 來到的. the *incoming* tide 漲潮.

2 繼之而來的, 後繼的. the *incoming* governor 繼任的州長. ↔ outgoing.

in·com·mode [ˌɪnkəˋmod; ˌɪnkəˈməʊd] *vt.* 《文章》擾亂, 妨礙, 使苦惱; 使感到不便.

in·com·mu·ni·ca·ble [ˌɪnkəˋmjunɪkəbḷ, -ˋmɪun-; ˌɪnkəˈmjuːnɪkəbl] *adj.* 無法說出的, 不能以語言表達的; 不能傳達的.

in·com·mu·ni·ca·do [ˌɪnkə,mjunɪˋkado, -ˌmɪun-; ˌɪnkəmjuːnɪˈkɑːdəʊ] *adj.* 《敘述》無傳達方法的; 〔犯人等〕遭監押禁見的.

in·com·pa·ra·ble [ɪnˋkɑmpərəbḷ, -prə-; ɪnˈkɒmpərəbl] *adj.* **1** 舉世無雙的, 無法匹敵的. an *incomparable* masterpiece 無與倫比的傑作.

2 (沒有共同標準而)無法比較的((*with, to*)).

in·com·pa·ra·bly [ɪnˋkɑmpərəblɪ, -prə-; ɪnˈkɒmpərəblɪ] *adv.* 舉世無雙地, 無與倫比地.

in·com·pat·i·bil·i·ty [ˌɪnkəm,pætəˋbɪlətɪ; ˈɪnkəm,pætəˈbɪlətɪ] *n.* ⓤ互不相容; (個性等的)無法和諧共存. They divorced on grounds of *incompatibility* of temperament. 他們由於個性不合而離婚了.

in·com·pat·i·ble [ˌɪnkəmˋpætəbḷ; ˌɪnkəmˈpætəbl] *adj.* 互不相容的, 勢不兩立的; (個性)格格不入的((*with*)); 〔兩種事物〕互不相容的.

in·com·pe·tence [ɪnˋkɑmpɪtəns; ɪnˈkɒmpɪtəns] *n.* ⓤ(法律上)無能力; 無資格.

in·com·pe·tent [ɪnˋkɑmpətənt; ɪnˈkɒmpɪtənt] *adj.* 無能的; 無資格的; 無能力的((*to* do)). Ted is *incompetent to* teach English. 泰德沒有資格教英語.

—— *n.* ⓒ無資格者; 無能力者.

in·com·plete [ˌɪnkəmˋplit; ˌɪnkəmˈpliːt] *adj.* 不完全的, 不充分的; 未完成的; (↔ complete). an *incomplete* set of Dickens's works 不完整的狄

更斯全集/His tenth symphony was left *incomplete*. 他留下第十號交響曲沒有完成.

in·com·plete·ly [ˌɪnkəm`plitlɪ; ˌɪnkəm'pli:tlɪ] *adv.* 不完全地.

in·com·plete·ness [ˌɪnkəm`plitnɪs; ˌɪnkəm'pli:tnɪs] *n.* U 不完全.

in·com·pre·hen·si·bil·i·ty [ˌɪnkɑmprɪˌhɛnsə`bɪlətɪ, ɪnˌkɑm-; ɪnˌkɒmprɪhensə'bɪlətɪ] *n.* U 無法理解.

in·com·pre·hen·si·ble [ˌɪnkɑmprɪ`hɛnsəbl, ɪnˌkɑm-; ɪnˌkɒmprɪ'hensəbl] *adj.* 不能理解的, 不可思議的, 《to》.

in·com·pre·hen·si·bly [ˌɪnkɑmprɪ`hɛnsəblɪ, ɪnˌkɑm-; ɪnˌkɒmprɪ'hensəblɪ] *adv.* 不可思議地, 不能理解地.

in·com·pre·hen·sion [ˌɪnkɑmprɪ`hɛnʃən, ɪnˌkɑm-; ɪnˌkɒmprɪ'henʃn] *n.* U 不能理解, 不能領悟.

in·con·ceiv·a·ble [ˌɪnkən`sivəbl; ˌɪnkən'si:vəbl] *adj.* **1** 無法想像的《to》, 難以置信的. It is *inconceivable* to me that he would do such a thing. 我無法想像他會做這樣的事. **2** 《口》(幾乎)不可能是真的, 不可思議的. at an *inconceivable* speed 以出奇的速度.

in·con·ceiv·a·bly [ˌɪnkən`sivəblɪ; ˌɪnkən'si:vəblɪ] *adv.* 無法想像地; 非常地.

in·con·clu·sive [ˌɪnkən`klusɪv, -`klu-; ˌɪnkən'klu:sɪv] *adj.* (議論, 證據, 行為等)非決定性的; 不得要領的.

in·con·clu·sive·ly [ˌɪnkən`klusɪvlɪ, -`klu-; ˌɪnkən'klu:sɪvlɪ] *adv.* 非決定性地; 不得要領地.

in·con·gru·i·ty [ˌɪnkɑŋ`gruətɪ, -kəŋ-, -n`gru-, -`griu-; ˌɪnkɒŋ'gru:ətɪ] *n.* (*pl.* **-ties**) **1** U 不協調, 不相稱, 不一致. **2** C 不協調的行為[事物等].

in·con·gru·ous [ɪn`kɑŋgruəs; ɪn'kɒŋgruəs] *adj.* **1** 不相稱的, 不和諧的, 《with》. Her style of dress is quite *incongruous* with her age. 她的服裝造型和她的年齡一點兒也不相稱. **2** 不合時宜的; 不協調的.

in·con·gru·ous·ly [ɪn`kɑŋgruəslɪ; ɪn'kɒŋgruəslɪ] *adv.* 不和諧地, 不相稱地.

in·con·se·quen·tial [ˌɪnkɑnsə`kwɛnʃəl; ˌɪnkɒnsɪ'kwenʃl] *adj.* 不重要的, 微不足道的.

in·con·sid·er·a·ble [ˌɪnkən`sɪdərəbl, -`sɪdrə-; ˌɪnkən'sɪdərəbl] *adj.* (數量)少的, (價值)不值得考慮的.

in·con·sid·er·ate [ˌɪnkən`sɪdərɪt, -`sɪdrɪt; ˌɪnkən'sɪdərət] *adj.* (對人的感情等)不能體諒他人的, 不體恤的.

in·con·sid·er·ate·ly [ˌɪnkən`sɪdərɪtlɪ, -`sɪdrɪt-; ˌɪnkən'sɪdərətlɪ] *adv.* 不能體諒他人地.

in·con·sis·ten·cy [ˌɪnkən`sɪstənsɪ; ˌɪnkən'sɪstənsɪ] *n.* (*pl.* **-cies**) **1** U 不一致, 矛盾; 前後不連貫. **2** C 矛盾的[前後不一致的]言行.

*****in·con·sis·tent** [ˌɪnkən`sɪstənt; ˌɪnkən'sɪstənt] *adj.* **1** (思想, 意見等)不一致的, 矛盾的; (用 inconsistent with...)與…不一致. Her

actions are *inconsistent* with her words. 她的言行不一. **2** (思想, 方針等)不連貫的; 前後不一致的, 前後矛盾的. His story is *inconsistent* in many places. 他說的話有多處矛盾. ↔ **consistent**.

in·con·sis·tent·ly [ˌɪnkən`sɪstəntlɪ; ˌɪnkən'sɪstəntlɪ] *adv.* 矛盾地, 不一致地; 不連貫地.

in·con·sol·a·ble [ˌɪnkən`soləbl; ˌɪnkən'səuləbl] *adj.* (不幸, 悲哀等)無法慰藉的; (人)傷心欲絕的, 非常沮喪的.

in·con·spic·u·ous [ˌɪnkən`spɪkjuəs; ˌɪnkən'spɪkjuəs] *adj.* 不顯眼的, 不引人注目的.

in·con·spic·u·ous·ly [ˌɪnkən`spɪkjuəslɪ; ˌɪnkən'spɪkjuəslɪ] *adv.* 不顯眼地.

in·con·stan·cy [ɪn`kɑnstənsɪ; ɪn'kɒnstənsɪ] *n.* U 《文章》易變, 善變; 見異思遷, 不專一.

in·con·stant [ɪn`kɑnstənt; ɪn'kɒnstənt] *adj.* 《文章》(人, 行為等)易變的, 善變的; 見異思遷的, 不專一的. an *inconstant* lover 善變的情人.

in·con·test·a·ble [ˌɪnkən`tɛstəbl; ˌɪnkən'testəbl] *adj.* (證據等)無可置辯的, 不容置疑的, 正確無誤的.

in·con·ti·nence [ɪn`kɑntənəns; ɪn'kɒntɪnəns] *n.* U (醫學)(大小便)失禁; 不能自制.

in·con·ti·nent [ɪn`kɑntənənt; ɪn'kɒntɪnənt] *adj.* (醫學)(大小便)失禁的; 不能自制的.

in·con·tro·vert·i·ble [ˌɪnkɑntrə`vɝtəbl, ɪnˌkɑn-; ˌɪnkɒntrə'vɜ:təbl] *adj.* 無可置辯的, 顯然正確的.

in·con·ven·ience [ˌɪnkən`vinjəns; ˌɪnkən'vi:njəns] *n.* **1** U 不便, 不適宜; 麻煩. Please come if it is no *inconvenience* to you. 倘若沒有甚麼不方便就請你來一下. **2** C 不便[為難]的事. Having to park so far away is an *inconvenience*. 車子必須停得這麼遠, 實在很不方便. — *vt.* 《文章》給…添麻煩; 使…感不便. I hope I'm not *inconveniencing* you. 希望我沒有打擾到您.

*****in·con·ven·ient** [ˌɪnkən`vinjənt; ˌɪnkən'vi:njənt] *adj.* 不便的, 不方便的; 不適宜的; 麻煩的, 為難的; (↔ convenient). This is an *inconvenient* area for shopping. 這一區購物不方便/It is *inconvenient* to live so far from where I work. 住在離我工作地點這麼遠的地方很不方便/The visitor arrived at an *inconvenient* hour. 這位訪客來得真不是時候.

in·con·ven·ient·ly [ˌɪnkən`vinjəntlɪ; ˌɪnkən'vi:njəntlɪ] *adv.* 不方便地; 不適宜地.

in·cor·po·rate [ɪn`kɔrpəˌret; ɪn'kɔ:pəreɪt] *vt.* **1** 使(兩個或兩個以上的事物)合併, 結合; 使合併《with》; 添加《in, into》. We'll *incorporate* your ideas *in* [*into*] our plan. 我們會把你的意見納入我們的計畫中/The two counties were *incorporated*. 這兩個縣合併為一.

2 使…成爲法人(組織).
— vi. 合併(*with*).

in·cor·po·rat·ed [ɪnˋkɔrpəˌretɪd; ɪnˈkɔːpəreitid] adj. **1** 被合成一體的, 合併的, 結合的. **2** 法人組織的; 《美》有限公司的;《略作 Inc.; 在公司名稱末尾寫上 Inc.; → limited company》.

in·cor·po·ra·tion [ɪnˌkɔrpəˋreʃən; ɪnˌkɔːpəˈreiʃn] n. Ⓤ合併, 結合.

in·cor·po·re·al [ˌɪnkɔrˋporɪəl, ˋpɔr-; ˌɪnkɔːˈpɔːriəl] adj. 《文章》無實體的, 無形的.

in·cor·rect [ˌɪnkəˋrɛkt; ˌinkəˈrekt] adj. **1** 不正確的, 錯的, (↔ correct). *incorrect* information 錯誤的資訊/Her answer was *incorrect*. 她的答案錯了. **2** 〔舉止等〕不合適的, 不適當的. *incorrect conduct* 不適當的行爲.

in·cor·rect·ly [ˌɪnkəˋrɛktlɪ; ˌinkəˈrektli] adv. 錯誤地, 不正確地. The machine will break down if you operate it *incorrectly*. 倘若你操作錯誤, 這臺機器就會故障.

in·cor·rect·ness [ˌɪnkəˋrɛktnɪs; ˌinkəˈrektnis] n. Ⓤ不正確.

in·cor·ri·gi·ble [ɪnˋkɔrɪdʒəbl, ˋkɑr-; inˈkɔridʒəbl] adj. 《文章》〔惡劣的人, 習慣等〕無法矯正的, 根深蒂固的, 積習難改的.

in·cor·rupt·i·ble [ˌɪnkəˋrʌptəbl; ˌinkəˈrʌptəbl] adj. **1** 〔官員等〕無法收買的. **2** 〔物質等〕不腐敗的;〔道德等〕不頹廢的.

in·crease [ɪnˋkris; inˈkriːs] v. (-creas·es[~ɪz; ~iz]; ~d[~t; ~d]; -creas·ing)《↔ 與 n. 的重音位置不同》 vt. 增加, 增添; 使增大, 使增多. The factory *increased* the number of its employees. 這家工廠增加員工的人數/He *increased* his income by his own exertions. 他靠自己的努力增加收入/The rate of interest was *increased*. 利率上升.
— vi. 增加, 增多; 增大;《*in*》. Imported cars have *increased* in number. 進口車的數量增加/The city is fast *increasing* in population. 這座城市的人口急速增加/*increase* in popularity 更加流行/My salary *increased* by five percent this year. 我今年加薪百分之五.
— [ˋɪnkris; ˈinkriːs] n. (pl. -creas·es [~ɪz; ~iz]) ⓊⒸ增加, 增大; Ⓒ增加量. We have to put a stop to the *increase* in prices. 我們必須停止價格的上揚/There was a large *increase* in production. 生產量大幅增長.

┃[搭配] adj.+increase: a gradual ~ (緩慢的增加), a marked ~ (顯著的增加), a rapid ~ (急速的增加), a slight ~ (微幅的增加), a sudden ~ (突然的增加) // v.+increase: cause an ~ (造成增加), show an ~ (顯示增加).
↔ decrease.

on the íncrease 逐漸增長中, 正在增加. Crime in big cities is *on the increase*. 大城市中的犯罪案件正逐漸增加中.

┌─────────────────────────────┐
│ ●──名詞, 動詞同形但重音位置不同
│ 如íncrease n., incréase v. 之類, 一般是 n. 的
│ 重音在第一個音節, v. 的重音在第二個音節. 母
│ 音本身的發音常因是否重音節而發生變化.
│ 此類的名詞:
│
│ attribute   conduct   contrast
│ convert   decrease   digest
│ export   extract   import
│ insult   present   progress
│ protest   record   suspect
└─────────────────────────────┘

in·creas·ing [ɪnˋkrisɪŋ; inˈkriːsiŋ] v. increase 的現在分詞, 動名詞.

in·creas·ing·ly [ɪnˋkrisɪŋlɪ; inˈkriːsiŋli] adv. 漸增地; 愈來愈…, 逐漸地; (★多用來指負面的事). It is *increasingly* difficult to lead a healthy life in big cities. 在大城市裡愈來愈難保持健康的生活.

in·cred·i·bil·i·ty [ɪnˌkrɛdəˋbɪlətɪ, ɪnˌkrɛdə-; inˌkrediˈbiləti] n. Ⓤ難以置信.

in·cred·i·ble [ɪnˋkrɛdəbl; inˈkredəbl] adj. **1** 難以置信的, 無法相信的, (↔ credible). an *incredible* story of adventure 難以置信的冒險故事/His story sounds *incredible*. 他的話聽來很難叫人相信/It is *incredible* that he should have won the first prize. 真令人無法相信, 他竟然得到第一名. **2**《口》不可思議的, 驚人的. His memory is *incredible*. 他的記憶力(好得)令人吃驚.

in·cred·i·bly [ɪnˋkrɛdəblɪ; inˈkredəbli] adv. 難以置信地.

in·cre·du·li·ty [ˌɪnkrəˋdulətɪ, ˋdɪul-, ˋdjul-; ˌinkriˈdjuːləti] n. Ⓤ不輕信; 相當懷疑.

in·cred·u·lous [ɪnˋkrɛdʒələs; inˈkredʒuləs] adj. **1**《限定》〔表情等〕不信的, 懷疑的, (↔ credulous). with an *incredulous* look 一副懷疑的表情. **2**《敘述》不輕信的, 難以置信的, 懷疑的, 《*of, about*》. He was *incredulous of* the rumor. 他不相信這種謠傳.

in·cred·u·lous·ly [ɪnˋkrɛdʒələslɪ; inˈkredʒuləsli] adv. 相當懷疑地, 疑心重重地.

in·cre·ment [ˋɪnkrəmənt, ˋɪŋk-; ˈinkrimənt] n.《文章》Ⓤ〔價值, 金額等的〕增加, 增多; Ⓒ增加量. Our salary goes up in small annual *increments*. 我們的薪水每年調高一點點.

in·crim·i·nate [ɪnˋkrɪməˌnet; inˈkrimineit] vt. 使負罪, 顯示有過失, 使有罪;〔證據等〕顯示…有罪〔過失〕. A witness is not bound to give testimony which would *incriminate* him. 證人沒有必要提出會使自己負罪的證詞.

in·crim·i·na·tion [ɪnˌkrɪməˋneʃən, ˌɪnkrɪmə-; inˌkrimiˈneiʃn] n. Ⓤ使負罪.

in·crust [ɪnˋkrʌst; inˈkrʌst] v. =encrust.

in·crus·ta·tion [ˌɪnkrʌsˋteʃən; ˌinkrʌsˈteiʃn] n. Ⓤ(用外皮等)覆蓋表面; Ⓒ堅硬的表皮.

in·cu·bate [ˋɪnkjəˌbet, ˋɪŋk-; ˈinkjubeit] vt. **1** 孵〔蛋〕, 孵化. **2** 人工孵化〔卵〕. **3** 培養〔細菌等〕.

4 籌劃, 醞釀,〔計畫, 構想等〕.
— vi. 1 孵蛋;〔蛋〕被孵化.
2〔醫學〕〔疾病〕潛伏.

in·cu·ba·tion [ˌɪnkjʊˈbeʃən, ˌɪŋk-; ˌɪnkjʊˈbeɪʃn] n. ⓤ 1 孵蛋; 孵化. 2 (疾病的)潛伏(期).

in·cu·ba·tor [ˈɪnkjʊˌbetɚ, ˈɪŋk-; ˈɪnkjʊbeɪtə(r)] n. ⓒ 孵化器; (早產兒的)保溫箱.

in·cu·bi [ˈɪnkjʊˌbaɪ; ˈɪnkjʊˌbaɪ] n. incubus 的複數.

in·cu·bus [ˈɪnkjəbəs; ˈɪnkjʊbəs] n. (pl. -bi, ~es)1 夢魔(相傳會侵犯睡眠中婦女的惡魔). 2 惡夢(nightmare).

in·cul·cate [ɪnˈkʌlket, ˈɪnkʌlˌket; ˈɪnkʌlkeɪt] vt.《文章》反覆地教誨灌輸〔思想, 習慣等〕(in);對〔人〕諄諄教誨(with).

in·cum·ben·cy [ɪnˈkʌmbənsɪ; ɪnˈkʌmbənsɪ] n. (pl. -cies)1 ⓤ (牧師, 公職等的)任職; ⓒ 任職期間. 2 ⓒ 義務.

in·cum·bent [ɪnˈkʌmbənt; ɪnˈkʌmbənt] adj. 1《文章》使負有義務的(on, upon). It is incumbent on you to take care of her. 照顧她是你的義務. — n. ⓒ 1 (英國國教領聖俸的(現任)牧師. 2 (公職的)現任者.

in·cur [ɪnˈkɝ; ɪnˈkɜː(r)] vt. (~s; ~red; ~ring)《文章》(自身)招致, 蒙受, 受到,〔危險, 責難, 懲罰, 損失等〕. He incurred her hatred. 他受到她的厭惡.

in·cur·a·ble [ɪnˈkjʊrəbl, -ˈkɪʊr-; ɪnˈkjʊərəbl] adj.〔疾病等〕無法治癒的, 無法矯正的. Your optimism is entirely incurable. 你的樂觀主義實在是無可救藥了.

in·cur·a·bly [ɪnˈkjʊrəblɪ, -ˈkɪʊr-; ɪnˈkjʊərəblɪ] adv. 無法治癒地.

in·cu·ri·ous [ɪnˈkjʊrɪəs, -ˈkɪʊr-; ɪnˈkjʊərɪəs] adj. 不好奇的, 不關心的.

in·cur·sion [ɪnˈkɝʒən, -ˈkɝʃ-; ɪnˈkɜːʃn] n. ⓒ 《文章》突襲, 侵略; (突然的)入侵.

Ind. (略) India; Indian; Indiana; Indies.

in·debt·ed [ɪnˈdɛtɪd; ɪnˈdetɪd] adj. (敘述)1 蒙恩的, 受惠的, (to). I am indebted to you for your many kindnesses. 承蒙您多方親切的關照, 非常感謝. 2 負債的, 欠債的, (to).

in·debt·ed·ness [ɪnˈdɛtɪdnɪs; ɪnˈdetɪdnɪs] n. ⓤ 負債; 蒙受恩惠.

in·de·cen·cy [ɪnˈdisṇsɪ; ɪnˈdiːsnsɪ] n. (pl. -cies)
1 ⓤ 不禮貌; 沒有品味.
2 ⓒ 下流[猥褻]的行為.

＊**in·de·cent** [ɪnˈdisṇt; ɪnˈdiːsnt] adj. 1 下流的; 淫猥的, 猥褻的. indecent words 下流話.
2 《口》很不像話的; 丟人的, 難為情的. John ate his lunch with indecent haste. 約翰狼吞虎嚥地把中飯解決了. ↔ decent.

indécent assáult n. ⓤⓒ 強迫猥褻(的行為).

indécent expósure n. ⓤ 公然猥褻(的行為)(特指男性暴露生殖器).

in·de·cent·ly [ɪnˈdisṇtlɪ; ɪnˈdiːsntlɪ] adv. 下流地; 淫猥地.

── indefinite 787

in·de·ci·pher·a·ble [ˌɪndɪˈsaɪfrəbl, -fərə-; ˌɪndɪˈsaɪfərəbl] adj. 無法辨識的, 辨認不出的.

in·de·ci·sion [ˌɪndɪˈsɪʒən; ˌɪndɪˈsɪʒn] n. ⓤ 優柔寡斷.

in·de·ci·sive [ˌɪndɪˈsaɪsɪv; ˌɪndɪˈsaɪsɪv] adj.
1〔人〕優柔寡斷的, 不果斷的, 猶豫不決的. He is too indecisive to be a good leader. 他太優柔寡斷, 成不了優秀的領導者.
2 非決定性的; 模稜兩可的. an indecisive answer 曖昧的回答.

in·de·ci·sive·ly [ˌɪndɪˈsaɪsɪvlɪ; ˌɪndɪˈsaɪsɪvlɪ] adv. 優柔寡斷地; 非決定性地.

in·dec·o·rous [ɪnˈdɛkərəs, ˌɪndɪˈkorəs; ɪnˈdekərəs] adj.《文章》不禮貌的, 粗魯的; 品味低劣的.

in·dec·o·rous·ly [ɪnˈdɛkərəslɪ, ˌɪndɪˈkorəslɪ; ɪnˈdekərəslɪ] adv. 無禮地.

＊**in·deed** [ɪnˈdid, n̩ˈdid, ˈɪnˈdid; ɪnˈdiːd] adv. 【確實地】1 的確, 正如您所說. "How lovely the rose is!" "Yes, indeed." 「多麼漂亮的玫瑰!」「是啊, 的確.」語法 用於回應對方的話時.
2 的確, 無疑地. A friend in need is a friend indeed.《諺》患難見真情(★ need 與 indeed 押韻)/ Thank you very much indeed. 實在非常謝謝你/ His speech was very good indeed. 他的演說的確很不錯. 語法 多如上例用在「very＋形容詞[副詞]」之後.
3 【眞正】《文章》實際上, 甚至. The man is very gifted, indeed a genius. 這個人非常有才華, 眞是個天才/That's possible—indeed likely. 有可能──很有可能.
4《感歎詞性》噢! 嗳喲! 不會吧! (表示驚訝, 懷疑, 諷刺等). "I thought Tom came from Wales." "Indeed! And what made you think so?"「我還以為湯姆是威爾斯人.」「眞的! 你為甚麼會這樣認為呢?」

indeed A, but B 的確是A但是B. Indeed he is not rich, but he looks very happy. 他確實並不富有, 然而他看來卻十分快樂.

in·de·fat·i·ga·ble [ˌɪndɪˈfætɪgəbl; ˌɪndɪˈfætɪgəbl] adj.《文章》〔勞動者等〕不知疲倦的; 有耐性的. an indefatigable champion of human rights 不屈不撓的人權擁護者.

in·de·fen·si·ble [ˌɪndɪˈfɛnsəbl; ˌɪndɪˈfensəbl] adj. 1 無法防禦[進攻]的,〔陣地等〕守不住的.
2〔行為等〕沒有辯護[辯解]餘地的, 無法申辯的.

in·de·fin·a·ble [ˌɪndɪˈfaɪnəbl; ˌɪndɪˈfaɪnəbl] adj. 無法下定義的; 難以言明的, 無形容的, 說不清楚的.

＊**in·def·i·nite** [ɪnˈdɛfənɪt; ɪnˈdefɪnət] adj. 1 不明確的, 模糊的, 不清楚的, (↔ definite). receive an indefinite report 收到一份不明確的報告/The plans are still indefinite. 這些計畫尚未確定. 2〔時間, 數量等〕未決定的, 不定的. an in-

definite period of time 不確定長度的期間.

in·def·i·nite ár·ti·cle *n.* C (通常加 the)《文法》不定冠詞(a 或 an; 用法等 → a, an; ↔ definite article).

in·def·i·nite·ly [ɪn`dɛfənɪtlɪ; ɪn'definitlɪ] *adv.*
1 無期限地, 無限地, 永遠地. The speech seemed to last *indefinitely*. 這演說好像沒完沒了.
2 籠統地, 不明確地.

in·del·i·ble [ɪn`dɛləbl; ɪn'delɪbl] *adj.* 《文章》
1 難以消除的, 消除不了的. *indelible* ink 洗不掉的墨水. 2 無法抹去的, 永久留下的.

in·del·i·ca·cy [ɪn`dɛləkəsɪ; ɪn'delɪkəsɪ] *n.* (*pl.* -cies) 1 U 無禮; 粗俗.
2 C 無禮[粗俗]的言行.

in·del·i·cate [ɪn`dɛləkət, -kɪt; ɪn'delɪkət] *adj.* 無禮的, 不合宜的; 粗野的.

in·dem·ni·fi·ca·tion [ɪn,dɛmnəfə`keʃən; ɪn,demnɪfɪ'keɪʃn] *n.* U (被)補償[保障]; C 補償物, 補償金.

in·dem·ni·fy [ɪn`dɛmnə,faɪ; ɪn'demnɪfaɪ] *vt.* (-fies; -fied; ~ing) 1 保障(人)(*from, against* 免於⋯). 2 給與(人)補償[賠償](*for*).

in·dem·ni·ty [ɪn`dɛmnətɪ; ɪn'demnətɪ] *n.* (*pl.* -ties) 1 U (損害, 損失, 傷害等的)保障, 補償, 賠償, (compensation).
2 C 補償金, 賠償金.

in·dent [ɪn`dɛnt; ɪn'dent] *vt.* 1 使⋯呈鋸齒狀刻痕, 刻上刻紋.
2 把(段落(paragraph)的第一行)內縮.
── [`ɪndɛnt, ɪn`dɛnt; 'ɪndent] *n.* C 1 鋸齒刻痕; 刻紋; 凹痕. 2 (段落的)首行縮排.

in·den·ta·tion [,ɪndɛn`teʃən; ,ɪnden'teɪʃn] *n.*
1 U 加上鋸齒狀[刻痕], 有刻紋. 2 C 刻紋, 鋸齒刻紋. 3 =indention 1.

in·den·tion [ɪn`dɛnʃən; ɪn'denʃn] *n.* C 1 (每段第一行)內縮; 字的縮進. 2 凹痕, 凹陷處.

in·den·ture [ɪn`dɛntʃɚ; ɪn'dentʃə(r)] *n.* C 契約, 合同, 《通常製成正副兩份》; (通常 indentures) (從前的)師徒契約.

‡in·de·pend·ence [,ɪndɪ`pɛndəns; ,ɪndɪ'pendəns]
n. U 獨立(*from*), 自主, 自立, (↔ dependence); 獨立性. India achieved *independence from* England without war. 印度未經戰爭便脫離英國而獨立/I have lived a life of *independence*. 我一直過著獨立的生活.

┌─[搭配]─ *v.*+independence: declare ~ (宣布獨立), grant ~ (承認獨立), struggle for ~ (為獨立而奮鬥), win ~ (贏得獨立), lose one's ~ (失去獨立).

In·de·pénd·ence Dày *n.* 《美》獨立紀念日, 美國國慶日, (7月4日; 亦稱the Fourth of July).

‡in·de·pend·ent [,ɪndɪ`pɛndənt; ,ɪndɪ'pendənt]
adj. 【 自立的 】 1 獨立的, (脫離⋯而)獨立的; 自主的, 自立的; (用 independent of...)從⋯獨立[自立]的. Almost all the French colonies in Africa had become *independent* by 1960. 法國在非洲的殖民地到 1960 年幾乎都已經獨立了/Our children are now *independent of* us. 我們的孩子現在已離開我們獨立生活了.
2 具獨立性的; 不容易受其他影響的; 自由的. She is a very *independent* woman. 她是個非常獨立的女人.
3 (人)財務上自給自足的; (人, 收入, 財產等)不需工作便能生活下去的. Martha is a woman of *independent* means. 瑪莎是個有獨立收入的女人.
【 獨自的 】 4 個別的; 獨自的; 無關連的(*of*). He made the same discovery through *independent* research. 他透過個人的研究而有(與此)相同的發現/Jealousy is *independent of* sex. 嫉妒和性別無關.
5 【中立的】不受任何政黨約束的; 無所屬的. an *independent* candidate 無黨派的候選人.
⇨ *n.* independence. ↔ dependent.
── *n.* 無黨派候選人[議員]; 不受任何政黨約束的(無黨派)投票者.

in·de·pend·ent·ly [,ɪndɪ`pɛndəntlɪ; ,ɪndɪ'pendəntlɪ] *adv.* 獨立地; 自立地; 無關連地(*of*). He went into the publishing business *independently of* his father. 他不仰賴父親, 獨立從事出版事業.

in·de·scrib·a·ble [,ɪndɪ`skraɪbəbl; ,ɪndɪ'skraɪbəbl] *adj.* 難以形容的, 難以描繪的.

in·de·scrib·a·bly [,ɪndɪ`skraɪbəblɪ; ,ɪndɪ'skraɪbəblɪ] *adv.* 《美等》難以描述地.

in·de·struct·i·ble [,ɪndɪ`strʌktəbl; ,ɪndɪ'strʌktəbl] *adj.* 《文章》[堅固等]無法破壞的.

in·de·ter·mi·na·ble [,ɪndɪ`tɝmɪnəbl; ,ɪndɪ'tɜːmɪnəbl] *adj.* 無法決定的, 無法確定的; 無法解決的.

in·de·ter·mi·nate [,ɪndɪ`tɝmɪnɪt; ,ɪndɪ'tɜːmɪnət] *adj.* 《文章》不確定的, 含糊的. My future is *indeterminate* as yet. 我的前途未卜.

‡in·dex [`ɪndɛks; 'ɪndeks] *n.* (*pl.* ~·es [~ɪz; ~ɪz], -di·ces [~ɪz; ~ɪz]) C 1 (書的)索引; (圖書館的)卡片索引, 目錄, (card index). Look the subject up in the *index* at the back of the book. 在書末的索引中查詢這個主題.
2 (數學)指數(5^2 的 2 等); (物價等的)指數(亦稱 index number), the price *index* 物價指數.
3 (文章)指示物, 指標.
4 (儀器等的)指針(參考 鐘錶的針是 hand).
── *vt.* 1 附上索引. 2 把[項目]列入索引.

índex càrd *n.* C 索引卡片.

índex fìnger *n.* C 食指(forefinger; → finger 圖).

índex nùmber *n.* C (物價等的)指數.

‡In·di·a [`ɪndɪə, `ɪndjə; 'ɪndjə] *n.* 印度, 印度共和國, 《印度半島及其北部廣大的區域; 大部分屬於印度共和國(the Republic of India); 印度共和國首都 New Delhi》.

Índia ínk *n.* U 《美》墨; 墨汁.

✱In·di·an [ˈɪndɪən, ˈɪndʒən; ˈɪndjən] *n.* (*pl.* ~s [~z; ~z]) **1** © 美洲大陸的原住民，(美洲)印第安人，(→ Native American).
2 © 印度人.
3 UC 印第安語(指多種美洲印第安語中的一種).
— *adj.* **1** 美洲大陸原住民的，(美洲)印第安的.
2 印度的；印度人的.

In·di·an·a [ˌɪndɪˈænə; ˌɪndɪˈænə] *n.* 印第安納州《美國中西部的州；略作 IN, Ind.》.

Índian clùb *n.* © (瓶形的)體操用棍棒.

Índian córn *n.* U(主英)玉蜀黍(的顆粒)；玉米(《主英》maize；《美》corn).

Índian fíle *n.* U 一列縱隊.

Índian hémp *n.* U(植物)印度大麻《從中可提煉 marijuana》.

Índian ínk *n.* = India ink.

Índian Ócean *n.* (加 the)印度洋.

Índian súmmer *n.* © **1** 深秋[初冬]時氣候溫和的日子. **2** 晚年穩定的生活.

Índia pàper *n.* U 聖經紙(薄而強韌的高級印刷用紙)；多作爲辭典用紙.

Índia rúbber *n.* UC 彈性橡皮(可製成玩具或橡皮擦).

✱in·di·cate [ˈɪndəˌket; ˈɪndɪkeɪt] *vt.* (~s [~s; ~z]; -cat·ed [~ɪd; ~ɪd]; -cat·ing)
〖指示〗**1** 用手指指著，使(人的注意)向著…；指示(駕駛人，汽車，轉彎的方向). He *indicated* the tall man in the corner. 他指著角落裡那個高個子的男人／*indicate* right 指向右轉.
〖顯示〗**2** 暗示；(事物)是…的標誌；[句型3] (indicate 接 *that* 子句／*wh* 子句，片語)暗示，表示. *indicate* one's approval with a nod 點頭表示贊成／Fever *indicates* sickness. 發燒是生病的徵兆／The lights *indicated that* someone was still up. 這些燈光表示有人還沒睡.
3[用言語表示]表明；[句型3] (indicate 接 *that* 子句)指出…，簡單敍述…. He *indicated that* he had no interest in the project. 他明白表示對那項計畫沒有興趣.
4 [病等]需要(原爲醫學用語；常用被動語態). Some rest and quiet is certainly *indicated*. 休息和安靜是必須的.

in·di·cat·ing [ˈɪndəˌketɪŋ; ˈɪndɪkeɪtɪŋ] *v.* indicate 的現在分詞、動名詞.

in·di·ca·tion [ˌɪndəˈkeʃən; ˌɪndɪˈkeɪʃn] *n.*
1 U 指示，指出，表示. **2** UC 徵兆，標記；暗示. I gave her some flowers as an *indication* of my gratitude. 我送花給她表示我的感謝／There is every *indication* that the patient will recover soon. 各種跡象顯示該病患很快就會康復.

in·dic·a·tive [ɪnˈdɪkətɪv, ˈdɪkɪtɪv; ɪnˈdɪkətɪv] *adj.* **1** (敍述)《文章》顯示的，表示的，指示的；象徵的，(*of*). His manner was *indicative* of his innocence. 他的態度顯示他是無辜的.
2 (文法)直述語氣的.
— *n.* (文法)(加 the)直述語氣(亦稱爲 indìcative móod)；© 直述語氣的字詞(變化). (→見文法總整理 **1. 2**).

in·di·ca·tor [ˈɪndəˌketə; ˈɪndɪkeɪtə(r)] *n.* ©
1 指示(物)，(變化、異常等的)指標物.
2 指示器(計時[量]器，指針，方向指示裝置等).

in·di·ces [ˈɪndəˌsiz; ˈɪndɪsiːz] *n.* index 的複數.

in·dict [ɪnˈdaɪt; ɪnˈdaɪt] (★注意發音) *vt.* (正式)控告，起訴，(*for* …罪)(→ convict 參考). He was *indicted* for murder. 他以謀殺罪被起訴.

in·dict·a·ble [ɪnˈdaɪtəbl; ɪnˈdaɪtəbl] (★注意發音) *adj.* (人)應被起訴的；能加以起訴[控告]的.

in·dict·ment [ɪnˈdaɪtmənt; ɪnˈdaɪtmənt] (★注意發音) *n.* **1** U 起訴，控告.
2 © 訴訟狀，起訴書.

In·dies [ˈɪndɪz, ˈɪndiz; ˈɪndɪz] *n.* 《作複數》(加 the)西印度群島(West Indies)；東印度群島(East Indies).

✱in·dif·fer·ence [ɪnˈdɪfrəns, ˈdɪfərəns; ɪnˈdɪfrəns] *n.* U **1** 不關心，冷淡，(*to, toward*). treat a person with cold *indifference* 對某人冷淡／Charles showed *indifference* toward her feelings. 查理漠不關心她的感受.
2 不重要. The election was a matter of *indifference* to such people. 對這些人而言這次選舉是無足輕重的事.

✱in·dif·fer·ent [ɪnˈdɪfrənt, ˈdɪfərənt; ɪnˈdɪfrənt] *adj.* 〖隨便那個均可的〗**1** 不關心的，冷淡的，不在乎的，(用 indifferent to [toward]…)對…不關心的，冷漠的. Hilda is *indifferent* to politics. 希爾達對政治不感興趣／You mustn't remain *indifferent* toward the sufferings of others. 你不可再漠視別人的痛苦.
2 不好不壞的；一般的；平凡的，普通的. a very *indifferent* carpenter 技術極爲平庸的木匠／a boxer of *indifferent* skills 技巧普通的拳擊手.

in·dif·fer·ent·ly [ɪnˈdɪfrəntlɪ, ˈdɪfərəntlɪ; ɪnˈdɪfrəntlɪ] *adv.* 冷漠地.

in·dig·e·nous [ɪnˈdɪdʒənəs; ɪnˈdɪdʒɪnəs] *adj.* 《文章》(特指動植物)原生的，土生土長的，(*to* 〔地方〕). Koalas are *indigenous* to Australia. 無尾熊是原生於澳洲的動物.

in·di·gent [ˈɪndədʒənt; ˈɪndɪdʒənt] *adj.* 《文章》貧窮的.

in·di·gest·i·ble [ˌɪndəˈdʒɛstəbl; ˌɪndɪˈdʒestəbl] *adj.* **1** 〔食物〕不能消化的，難消化的. **2** 〔事實，思考方式等〕不易理解的；難以接受的. The report is just a collection of *indigestible* facts and statistics. 那份報告書只是把不易理解的事實和統計數據彙整起來而已.

in·di·ges·tion [ˌɪndəˈdʒɛstʃən; ˌɪndɪˈdʒestʃən] *n.* U 消化不良，不能消化.

✱in·dig·nant [ɪnˈdɪgnənt; ɪnˈdɪgnənt] *adj.* 憤慨的，憤怒的，(*at, over, about* 對〔不義之事等〕；*with* 對〔人〕). He gave an *indignant* response. 他作出憤慨的答覆／You don't need to be so *indignant about* such a trifle. 你不必爲那種雞毛蒜皮的小事生這麼大的氣／She was *indignant with* her

husband for neglecting her. 她很氣丈夫冷落她. 回indignant 是書寫用語, 含有對不平之事感到憤慨之意; angry 則是一般用語, 主要指個人的憤怒.

in·dig·nant·ly [ɪnˈdɪgnəntlɪ; ɪnˈdɪgnəntlɪ] *adv.* 憤慨地.

***in·dig·na·tion** [ˌɪndɪgˈneʃən; ˌɪndɪgˈneɪʃn] *n.* Ⓤ憤慨, 憤怒, 怒氣, ((at, over, about 對[不義之事等]; against, with 對[人])). The unfair decision filled me with *indignation*. 不公正的決定教我憤怒. 回indignation 特指對卑劣和不公正所發之正義感的怒氣; → anger.

in·dig·ni·ty [ɪnˈdɪgnətɪ; ɪnˈdɪgnɪtɪ] *n.* (*pl.* **-ties**) ((文章)) **1** Ⓤ侮辱(感), 屈辱, 恥辱.
2 Ⓒ侮辱的言行.

in·di·go [ˈɪndɪˌgo; ˈɪndɪgəʊ] *n.* Ⓤ靛藍(染料); 靛藍色(亦稱為 indigo blúe; →見封面裡).

***in·di·rect** [ˌɪndəˈrɛkt; ˌɪndɪˈrekt] *adj.*
【繞道的】 **1** 〔道路等〕彎曲的, 繞道的, 迂回的. We took the *indirect* route to the coast. 我們繞路到海岸.
【不直接的】 **2** 間接的, 間接性的. an *indirect* result 間接的結果/*indirect* lighting 間接照明.
3 〔回答等〕委婉的. The lawyer gave me an *indirect* answer. 那律師向我委婉地回答我. ⇆ direct.

in·di·rect·ly [ˌɪndəˈrɛktlɪ; ˌɪndɪˈrektlɪ] *adv.* 間接地, 間接性地; 委婉地. The man answered my question *indirectly*. 這個人委婉地回答了我的問題.

índirect narrátion *n.* Ⓤ((文法))間接敘述法(→見文法總整理 17).

índirect óbject *n.* Ⓒ((文法))間接受詞((句型4))(S+V+O+O)中的第一個受詞; 例如 I bought him a tie. (我買了條領帶給他)的 him; → direct object).

índirect spéech *n.* =indirect narration.

in·dis·cern·i·ble [ˌɪndɪˈzɝnəbl̩; `-ˈsɝn-; ˌɪndɪˈsɜːnəbl̩] *adj.* ((文章))(太小或太暗而)難以看清楚的; 難以識別的; 看不見的.

in·dis·ci·pline [ɪnˈdɪsəplɪn; ɪnˈdɪsɪplɪn] *n.* Ⓤ無紀律; 缺乏訓練.

in·dis·creet [ˌɪndɪˈskrit; ˌɪndɪˈskriːt] *adj.* 〔特指發言等〕輕率的, 未經思考的, 不智的. His *indiscreet* remark revealed our plans to our rivals. 他輕率的言談讓我們的計畫被競爭對手得知.

in·dis·creet·ly [ˌɪndɪˈskritlɪ; ˌɪndɪˈskriːtlɪ] *adv.* 未經思考地; 輕率地, 不智地.

in·dis·cre·tion [ˌɪndɪˈskrɛʃən; ˌɪndɪˈskreʃn] *n.* **1** Ⓤ欠考慮, 未經思考, 輕率.
2 Ⓒ輕率的言行; 不謹慎的言行((亦委婉地指情節較輕的犯罪, 不道德的行為等)).

in·dis·crim·i·nate [ˌɪndɪˈskrɪmɪnɪt; ˌɪndɪˈskrɪmɪnət] *adj.* (善惡等)不分的; 不加別的; 〔事物, 行為等〕雜亂的. an *indiscriminate*

reader 甚麼書都讀的人/*indiscriminate* bombing 不加區別的轟炸.

in·dis·crim·i·nate·ly [ˌɪndɪˈskrɪmənɪtlɪ; ˌɪndɪˈskrɪmɪnətlɪ] *adv.* 不加區別地; 不分青紅皂白地.

***in·dis·pen·sa·ble** [ˌɪndɪˈspɛnsəbl̩; ˌɪndɪˈspensəbl̩] *adj.* 不可缺少的, 絕對必要的, (用 indispensable to [for]...)對...是不可或缺的(→ necessary 回). Air is *indispensable* to life. 空氣是生命不可或缺的要素.

in·dis·pen·sa·bly [ˌɪndɪˈspɛnsəblɪ; ˌɪndɪˈspensəblɪ] *adv.* 必定地; 不可缺少地.

in·dis·posed [ˌɪndɪˈspozd; ˌɪndɪˈspəʊzd] *adj.* ((敘述))((文章)) **1** (委婉)身體微恙的, 不舒服的. He is *indisposed* with influenza. 他得了流行性感冒.
2 不願意...的, 討厭...的, (to do). He appears *indisposed* to go with us. 他似乎不願意跟我們一起去.

in·dis·po·si·tion [ˌɪndɪspəˈzɪʃən; ˌɪndɪspəˈzɪʃn] *n.* ⓊⒸ((文章)) **1** (身體)不適. **2** 不願.

in·dis·pu·ta·ble [ˌɪndɪˈspjutəbl̩; `-ˈspjʊt-; ɪnˈdɪspjʊtəbl̩; ˌɪndɪˈspjuːtəbl̩] *adj.* 不容置疑的, 明白的, *indisputable* evidence 不容置疑的證據.

in·dis·pu·ta·bly [ˌɪndɪˈspjutəblɪ; `-ˈspjʊt-; ɪnˈdɪspjʊtəblɪ; ˌɪndɪˈspjuːtəblɪ] *adv.* 不容置疑地, 明白地.

in·dis·sol·u·ble [ˌɪndɪˈsɑljəbl̩; ɪnˈdɪsljʊbl̩; ˌɪndɪˈsɒljʊbl̩] *adj.* ((文章))不能分解[溶解]的; 無法破壞的; 〔友情的緣份等〕解不開的; 無法切斷的.

***in·dis·tinct** [ˌɪndɪˈstɪŋkt; ˌɪndɪˈstɪŋkt] *adj.* 不清晰的; 不明瞭的; 模糊的, (⇆ distinct). *indistinct* voices 模糊的聲音/I have only an *indistinct* recollection of my grandfather. 我對爺爺只有一點模糊的記憶.

in·dis·tinct·ly [ˌɪndɪˈstɪŋktlɪ; ˌɪndɪˈstɪŋktlɪ] *adv.* 不明瞭地; 模糊地.

in·dis·tinct·ness [ˌɪndɪˈstɪŋktnɪs; ˌɪndɪˈstɪŋktnɪs] *n.* Ⓤ不明瞭; 模糊.

in·dis·tin·guish·a·ble [ˌɪndɪˈstɪŋgwɪʃəbl̩; ˌɪndɪˈstɪŋgwɪʃəbl̩] *adj.* 無法區別的, 無法辨別的, ((from)).

***in·di·vid·u·al** [ˌɪndəˈvɪdʒʊəl, -dʒʊl; ˌɪndɪˈvɪdjʊəl] *adj.*
1 ((限定))個別的; 單一的; (⇆ collective). a dormitory with *individual* rooms 一間間房間的宿舍/Each *individual* person should do his best. 每一個人都應盡自己最大的努力.
2 ((限定))個人的, 屬於個人的; 只有一人的. an *individual* matter 個人問題/This work is his *individual* effort. 這份成果是他個人努力所得.
3 〔態度, 舉止等〕個人特有的, 獨特的. He is a man of *individual* humor. 他是一個具有獨特幽默感的人.
— *n.* (*pl.* ~s [~z; ~z]) Ⓒ **1** 個人; 個體; (團體的)成員. Society is made up of *individuals*. 社會是由個人所組成.
2 ((口))人, 人物, (person). Tom is a difficult *individual*. 湯姆是個很難相處[應付]的人/What an *individual*! 多麼怪異的人啊!
字源 「不可 divide 的」.

in·di·vid·u·al·ism [ˌɪndə`vɪdʒʊəl͵ɪzəm, -dʒʊl-; ͵ɪndɪ`vɪdʒʊəlɪzəm] n. ⓤ 個人主義; 《委婉》利己主義.

in·di·vid·u·al·ist [ˌɪndə`vɪdʒʊəlɪst, -dʒʊl-; ͵ɪndɪ`vɪdʒʊəlɪst] n. ⓒ 個人主義者; 《委婉》利己的人.

in·di·vid·u·al·is·tic [ˌɪndə`vɪdʒʊəl`ɪstɪk, -dʒʊl-; ˈɪndɪ͵vɪdʒʊə`lɪstɪk] adj. 個人主義(者)的; 《委婉》利己的.

in·di·vid·u·al·i·ty [ˌɪndə͵vɪdʒʊ`ælətɪ; ˈɪndɪ͵vɪdʒʊ`ælətɪ] n. (pl. **-ties**) **1** ⓤ 個性.
2 ⓒ (通常 individualities)個人的興趣〔嗜好等〕.

in·di·vid·u·al·ize [ˌɪndə`vɪdʒʊəl͵aɪz, -dʒʊl-; ͵ɪndɪ`vɪdʒʊəlaɪz] vt. **1** 使…具獨特性.
2 個別處理; 特別記述.

in·di·vid·u·al·ly [ˌɪndə`vɪdʒəlɪ, -dʒʊl-; ͵ɪndɪ`vɪdʒʊəlɪ] adv. **1** 個別地, 單獨地, 一個個地, (separately; ↔ collectively). Each student prepared his program *individually*. 每個學生各自訂定自己的計畫.
2 《修飾句子》個別來說; 就個人而言. *Individually*, they are all nice people. 個別來說, 他們都是好人.
3 有個性地; 以獨特的做法.

in·di·vis·i·ble [ˌɪndə`vɪzəbl; ͵ɪndɪ`vɪzəbl] adj. 無法分割(divide)的, 不可分的; 〔數〕不能整除的. 7 is *indivisible* by 3. 七不能被三整除.

in·di·vis·i·bly [ˌɪndə`vɪzəblɪ; ͵ɪndɪ`vɪzəblɪ] adv. 無法分割地.

In·do·chi·na [`ɪndo`tʃaɪnə; ͵ɪndəʊ`tʃaɪnə] n. 印度支那(半島), 中南半島, 《包括緬甸, 泰國, 寮國, 高棉, 越南, 馬來半島等區域》.

in·doc·tri·nate [ɪn`dɑktrɪn͵et; ɪn`dɒktrɪneɪt] vt. 《文章》《通用於負面含義》向〔人〕灌輸, 給〔人〕洗腦, 《with 〔教條(doctrine)等〕》.

in·doc·tri·na·tion [ɪn͵dɑktrɪ`neʃən, ͵ɪndɑk-; ɪn͵dɒktrɪ`neɪʃən] n. ⓤ《文章》《通用於負面含義》(思想等的)灌輸.

in·do·lence [`ɪndələns; `ɪndələns] n. ⓤ《文章》怠惰.

in·do·lent [`ɪndələnt; `ɪndələnt] adj. 《文章》怠惰的, 懶惰的; 無精打采的.

in·do·lent·ly [`ɪndələntlɪ; `ɪndələntlɪ] adv. 懶惰地; 無精打采地.

in·dom·i·ta·ble [ɪn`dɑmətəbl; ɪn`dɒmɪtəbl] adj. 《文章》不屈不撓的; 不易屈服的. *indomitable* courage 不屈不撓的勇氣.

In·do·ne·sia [ˌɪndo`niʃə, -ʒə; ͵ɪndəʊ`niːʒə] n. **1** 印度尼西亞共和國, 印尼, 《正式名稱爲 the Republic of Indonesia; 首都 Djakarta》.
2 印度尼西亞《除菲律賓以外的馬來群島總稱》.

In·do·ne·sian [ˌɪndo`niʃən, -ʒən; ͵ɪndəʊ`niːʒən] adj. 印尼的; 印尼人〔語〕的.
— n. ⓒ 印尼人; ⓤ 印尼語.

‡in·door [`ɪn͵dor, -`dɔr; `ɪndɔː(r)] adj. 《限定》屋內的; 在室內舉行的, 室內的, (↔ outdoor). Ping-pong is an *indoor* game. 乒

乓球是室內運動.

‡in·doors [ɪn`dorz, -`dɔrz; ͵ɪn`dɔːz] adv. 在屋內; 向屋內, (↔ outdoors). Let's go *indoors*. 我們進屋裡去吧/The weather was so bad that I had to stay *indoors*. 天氣太糟了, 我必須待在屋裡.

in·dorse [ɪn`dɔrs; ɪn`dɔːs] v. =endorse.

in·du·bi·ta·ble [ɪn`djubɪtəbl, -`dɪu-, -`du-; ɪn`djuːbɪtəbl] adj. 《文章》《證據等》不容置疑的, 確實的.

in·du·bi·ta·bly [ɪn`djubɪtəblɪ, -`dɪu-, -`du-; ɪn`djuːbɪtəblɪ] adv. 《文章》不容置疑地, 確實地.

*in·duce [ɪn`djus, -`dɪus, -`dus; ɪn`djuːs] vt. (**-duc·es** [~ɪz; ~ɪz]; **~d** [~t; ~t]; **-duc·ing**)
〖引導至某方向〗 **1** 〖句型5〗(induce A to do)說服A〔人〕去做…, 勸說, 誘導. Nothing will *induce* me *to* resign. 任何事也不能使我辭職/I was *induced to* buy the house. 我被說服買下這間房屋.
2 引起. His sickness was *induced* by overwork. 他的病是因爲工作過度所致.
3 《邏輯》歸納(↔ deduce).
〖字源〗 DUCE「引導」: in*duce*, de*duce* (演繹), re*duce* (減少).

in·duce·ment [ɪn`djusmənt, -`dɪus-, -`dus-; ɪn`djuːsmənt] n. ⓤⓒ 誘導物; 誘因, 動機, 《to do》. Money is not always an *inducement* to work. 金錢並不一定是工作的誘因.

in·duct [ɪn`dʌkt; ɪn`dʌkt] vt. 《常用被動語態》《文章》 **1** 使〔人〕正式就任《into 〔聖職等〕》.
2 《美》使〔人〕加入〔團體, 組織〕《to, into》; 使服兵役.

in·duc·tion [ɪn`dʌkʃən; ɪn`dʌkʃn] n. **1** ⓤⓒ《文章》《特指聖職的》就職典禮; 協會〔團體, 組織〕的加入(儀式); 《主美》《特指軍隊的》入伍典禮.
2 ⓤ 誘導; 誘發; (電)感應.
3 ⓤⓒ《邏輯》歸納(法)(↔ deduction); 歸納推理(所得結論). ⇨ v. induct, induce.

in·duc·tive [ɪn`dʌktɪv; ɪn`dʌktɪv] adj. **1** 歸納(法)的, 歸納性的, (↔ deductive). the *inductive* method 歸納法.
2 《電》電〔磁力〕感應的.

in·duc·tive·ly [ɪn`dʌktɪvlɪ; ɪn`dʌktɪvlɪ] adv. 歸納性地.

*in·dulge [ɪn`dʌldʒ; ɪn`dʌldʒ] v. (**-dulg·es** [~ɪz; ~ɪz]; **~d** [~d; ~d]; **-dulg·ing**) vt. **1** 縱容, 放任, 〔人〕. Gertrude *indulges* her children too much. 葛楚德太放縱她的孩子了.
2 沈溺於〔慾望等〕. She *indulged* her love of ice cream. 她非常愛吃冰淇淋.
〖搭配〗 indulge + n.: ~ one's appetite (放縱食慾), ~ a desire (沈迷慾望), ~ a taste (沈迷於興趣).
— vi. 沈溺, 縱情享樂, 《in》. She is *indulging in* luxury. 她奢華無度.

indúlge onesèlf in... 沈溺於…，熱中於…，He often *indulges himself in* daydreams. 他常沈溺於空想中。

in·dul·gence [ɪnˋdʌldʒəns; ɪnˊdʌldʒəns] *n.*
1 Ⓤ嬌寵，縱容，放任。
2 Ⓤ沈溺(*in*)；為所欲為；Ⓒ嗜好，愛好。I don't like his constant *indulgence in* gambling. 我不喜歡他一直沈迷於賭博。
3 (天主教) Ⓤ免罪；Ⓒ贖罪券。

*in·dul·gent [ɪnˋdʌldʒənt; ɪnˊdʌldʒənt] *adj.* 溺愛的；放任的，縱容的；(對他人的過失等)寬容的。an *indulgent* father 溺愛(子女)的父親/He's *indulgent* to his daughter. 他溺愛他的女兒。

in·dul·gent·ly [ɪnˋdʌldʒəntlɪ; ɪnˊdʌldʒəntlɪ] *adv.* 放任地；縱容地。

In·dus [ˋɪndəs; ˊɪndəs] *n.* (加 the)印度河(印度西北部的大河)。

in·dus·tri·al [ɪnˋdʌstrɪəl; ɪnˊdʌstrɪəl] *adj.* 產業的；工業的；產業[工業]上的；工業用的；(★勿與industrious混淆)。an *industrial* worker(產業所聘用的)勞工/an *industrial* nation 工業國/*industrial* design 工業設計/*industrial* relations (企業內的)勞資關係/*industrial* waste 工業廢料。⇨ *n.* **industry**.

indústrial áction *n.* Ⓤ(英)產業抗議行動(罷工，合法抗爭等)。

indústrial árts *n.* (加 the)(美)(作單數)(作為學科的)工藝。

indústrial estáte *n.* (英) = industrial park.

in·dus·tri·al·ism [ɪnˋdʌstrɪəlˌɪzəm; ɪnˊdʌstrɪəlɪzəm] *n.* Ⓤ工業(立國)主義，工業主義。

in·dus·tri·al·ist [ɪnˋdʌstrɪəlɪst; ɪnˊdʌstrɪəlɪst] *n.* Ⓒ工業家，工廠負責人。

in·dus·tri·al·i·za·tion [ɪnˌdʌstrɪələˋzeʃən, -aɪˌz-; ɪnˌdʌstrɪəlaɪˊzeɪʃn] *n.* Ⓤ工業化。

in·dus·tri·al·ize [ɪnˋdʌstrɪəlˌaɪz; ɪnˊdʌstrɪəlaɪz] *vt.* 使(國家，地區，經濟等)工業化。

in·dus·tri·al·ly [ɪnˋdʌstrɪəlɪ; ɪnˊdʌstrɪəlɪ] *adv.* 產業[工業]方面；產業上，工業上。

indústrial párk *n.* Ⓒ(美)工業園區。

Indústrial Revolútion *n.* (歷史)(加 the)工業革命(18世紀後半期到19世紀初英國隨著機械化而在產業及社會組織上發生的巨大變革)。

indústrial schóol *n.* Ⓒ **1** 職業學校。
2 (美)(提供職業訓練的)少年觀護所。

indústrial únion *n.* Ⓒ產業工會(以某一產業的全體工人為對象，不分職業別均可加入)。

in·dus·tries [ˋɪndəstrɪz, ˋɪnˌdʌstrɪz; ˊɪndəstrɪz] *n.* industry 的複數。

*in·dus·tri·ous [ɪnˋdʌstrɪəs; ɪnˊdʌstrɪəs] *adj.* 勤勉的，努力工作的，(★勿與industrial混淆；→ diligent 同)。Tom is an *industrious* student. 湯姆是個勤奮的學生。⇨ *n.* **industry**.

in·dus·tri·ous·ly [ɪnˋdʌstrɪəslɪ; ɪnˊdʌstrɪəslɪ]

adv. 勤勉地。

in·dus·tri·ous·ness [ɪnˋdʌstrɪəsnɪs; ɪnˊdʌstrɪəsnɪs] *n.* Ⓤ勤勉。

*in·dus·try [ˋɪndəstrɪ, ˋɪnˌdʌstrɪ; ˊɪndəstrɪ] *n.* (*pl.* **-tries**) **1** ⓊⒸ產業，工業；Ⓒ產業，…業，(產業的各部門)；(*adj.* industrial). the expansion of Japanese *industry* 日本產業的擴展/heavy *industry* 重工業/the car *industry* 汽車工業/the tourist *industry* 旅遊業。

┌──────────────────────┐
│ 搭配 *adj.*+industry：a basic ~ (基礎產業)，a high-tech ~ (高科技產業)，a key ~ (關鍵產業)，light ~ (輕工業) // *v.*+industry：build up (an) ~ (建立工業)，develop (an) ~ (發展工業)。
└──────────────────────┘

2 Ⓤ(集合)產業界人士(包括經營者和股東)；產業界。
3 Ⓤ勤勉，孜孜不倦，(*adj.* industrious). a man of *industry* 勤奮的人/He worked with *industry*. 他工作勤奮。

in·e·bri·ate [ɪnˋibrɪˌet; ɪˊniːbrɪeɪt] (文章) *vt.* 使醉。
─── [ɪnˋibrɪt; ɪˊniːbrɪət] *adj.* 醉的，酩酊大醉的。
─── [ɪnˋibrɪɪt, -ˌet; ɪˊniːbrɪət] *n.* Ⓒ醉漢，酒鬼。

in·ed·i·ble [ɪnˋɛdəbl; ɪnˊedɪbl] *adj.* (文章)不宜食用的，不能吃的。

in·ef·fa·ble [ɪnˋɛfəbl; ɪnˊefəbl] *adj.* (文章)(喜悅等)無法用言語表達的，言語無以形容的。

in·ef·fec·tive [ˌɪnəˋfɛktɪv; ˌɪnɪˊfektɪv] *adj.* (事物)無效果的，效果差的；(人)無用的，無能力的。Our methods were *ineffective*. 我們的方法成效不彰/an *ineffective* minister 無能的部長。

in·ef·fec·tive·ly [ˌɪnəˋfɛktɪvlɪ; ˌɪnɪˊfektɪvlɪ] *adv.* 無效果地。

in·ef·fec·tu·al [ˌɪnəˋfɛktʃʊəl, -tʃʊl; ˌɪnɪˊfektʃʊəl] *adj.* (事物)無效果的，徒勞的；(人)無法達成目標的。an *ineffectual* protest 無效[徒勞]的抗議。

in·ef·fi·cien·cy [ˌɪnəˋfɪʃənsɪ; ˌɪnɪˊfɪʃnsɪ] *n.* Ⓤ無效率；能力不足。

in·ef·fi·cient [ˌɪnəˋfɪʃənt; ˌɪnɪˊfɪʃnt] *adj.* (機器等)效率不佳的，無效率的；(人)無能的，能力不足的。

in·ef·fi·cient·ly [ˌɪnəˋfɪʃəntlɪ; ˌɪnɪˊfɪʃntlɪ] *adv.* 效率低地。

in·e·las·tic [ˌɪnɪˋlæstɪk; ˌɪnɪˊlæstɪk] *adj.* **1** 無彈力的，無彈性的。**2** 無適應性的；不知變通的。

in·el·e·gance [ɪnˋɛləgəns; ɪnˊelɪgəns] *n.* Ⓤ
1 不優美，不成熟。**2** 粗魯，粗俗。

in·el·e·gant [ɪnˋɛləgənt; ɪnˊelɪgənt] *adj.* **1** (姿態等)不優美的，不雅的，不高尚的。
2 粗魯的，粗俗的。

in·el·i·gi·bil·i·ty [ˌɪnɛlɪdʒəˋbɪlətɪ, ɪnˌɛlɪdʒə-; ɪnˌelɪdʒəˊbɪlətɪ] *n.* Ⓤ無資格，不合格。

in·el·i·gi·ble [ɪnˋɛlɪdʒəbl; ɪnˊelɪdʒəbl] *adj.* (文章)無參選資格的，不足以被選出的，(*for*; *to* do). A married woman is *ineligible to* enter the contest. 已婚婦女無資格參加這項比賽。

in·ept [ɪnˋɛpt; ɪˊnept] *adj.* (文章) **1** (非常)不合

適的, 完全不相宜的. an *inept* joke 不符時宜的笑話. **2** 無能的; 笨拙的.

in·ep·ti·tude [ɪn`ɛptə,tjud, -,tɪud, -,tud; ɪ'neptɪtjuːd] *n.* U《文章》**1** 牛頭不對馬嘴, 不適當. **2** 無能, 笨拙.

in·e·qual·i·ty [,ɪnɪ`kwɑlətɪ; ,ɪnɪ'kwɒlətɪ] *n.* (*pl.* **-ties**) **1** UC 不平等, 不均等, (↔ equality). *inequality* of opportunity 機會不均等.
2 C (通常 inequali*ties*) (特指刑罰等的) 不公平, 有差別. ⇨ *adj.* **unequal.**

in·eq·ui·ta·ble [ɪn`ɛkwɪtəbl; ɪn'ekwɪtəbl] *adj.*《文章》不公平的, 不公正的.

in·eq·ui·ty [ɪn`ɛkwɪtɪ; ɪn'ekwətɪ] *n.* (*pl.* **-ties**) 《文章》**1** U 不公正; 不公平.
2 C 不公平[不公正]的事物.

in·e·rad·i·ca·ble [,ɪnɪ`rædɪkəbl; ,ɪnɪ'rædɪkəbl] *adj.*《文章》根深蒂固的, 難以根絕的; 〔個性, 本能的〕改不掉的.

in·ert [ɪn`ɝt; ɪ'nɜːt] *adj.* **1** 無活力的; 無活動力的.
2 〔化學〕惰性的 (不起化學變化的).
3 〔人〕不活潑的, 遲鈍的, 無生氣的.

in·er·tia [ɪn`ɝʃə; ɪ'nɜːʃə] *n.* U **1** 惰性 (不實行動, 改變等); 〔物理〕慣性. through *inertia* 由於惰性. **2** 不活動, 不活潑; 懶惰.

inértia sélling *n.* U 《主英》強行推銷 (單方面把非訂購的物品送去並要求對方付款).

in·es·cap·a·ble [,ɪnə`skepəbl; ,ɪnɪ'skeɪpəbl] *adj.* 逃不掉的, 不可避免的.

in·es·ti·ma·ble [ɪn`ɛstəməbl; ɪn'estɪməbl] *adj.* (大到) 無法計計的; (價值) 無法估算的. Your help is *inestimable* to us. 你的幫助對我們來說是彌足珍貴. ［字源］「無法 estimate 的」.

in·ev·i·ta·ble [ɪn`ɛvətəbl; ɪn'evɪtəbl] *adj.* **1** 不可避免的; 必然的, 當然的. Death is *inevitable* to all living creatures. 死亡對一切生物來說都是不可避免的的/It is *inevitable* that the cease-fire negotiations will break down. 停戰和談一定會破裂.
2 《限定》(口) (對某人來說) 必然會伴隨著出現的, 慣例的. a Japanese tourist with his *inevitable* camera 相機不離身的日本觀光客.
3 (加 the)《名詞性》無法逃避的東西[命運]. accept the *inevitable* 認命.

in·ev·i·ta·bly [ɪn`ɛvətəblɪ; ɪn'evɪtəblɪ] *adv.* 必然地; 一定地. Students who don't study hard *inevitably* fail the exam. 不努力用功的學生一定無法通過考試.

in·ex·act [,ɪnɪg`zækt; ,ɪnɪg'zækt] *adj.* 不準確的, 不正確的; 不精確的.

in·ex·act·i·tude [,ɪnɪg`zæktə,tjud, -,tɪud, -,tud; ,ɪnɪg'zæktɪtjuːd] *n.* U 不準確, 不精確.

in·ex·cus·a·ble [,ɪnɪk`skjuzəbl, -'skıuz-; ,ɪnɪk'skjuːzəbl] *adj.* 無可辯解的; 不可饒恕的. an *inexcusable* fault 不可寬恕的錯誤.

in·ex·haust·i·ble [,ɪnɪg`zɔstəbl; ,ɪnɪg'zɔːstəbl] *adj.* **1** 消耗不完的. her *inexhaustible* patience 她那無窮盡的耐心. **2** 不知疲倦的. an *inexhaustible* runner 不知疲倦的跑者.

in·ex·haust·i·bly [,ɪnɪg`zɔstəblɪ; ,ɪnɪg'zɔːstəblɪ] *adv.* 無窮盡地.

in·ex·o·ra·ble [ɪn`ɛksərəbl; ɪn'eksərəbl] *adj.*《文章》(以人力) 無論如何變不了的, 無法防止的; (對別人的懇求等) 無動於衷的, 不寬恕的, 無情的.

in·ex·o·ra·bly [ɪn`ɛksərəblɪ; ɪn'eksərəblɪ] *adv.* 毫不寬恕地.

in·ex·pe·di·en·cy [,ɪnɪk`spidɪənsɪ; ,ɪnɪk'spiːdjənsɪ] *n.* U《文章》不便; 不合宜; 不智.

in·ex·pe·di·ent [,ɪnɪk`spidɪənt; ,ɪnɪk'spiːdjənt] *adj.*《文章》不便的, 不合宜的; (對目的來說) 不適當的.

in·ex·pen·sive [,ɪnɪk`spɛnsɪv; ,ɪnɪk'spensɪv] *adj.* 價格不高的, 低廉的, (↔ dear, expensive). a well-made, *inexpensive* camera 物美價廉的照相機. 同 inexpensive 並 沒 有 cheap (不值錢) 的感覺, 僅表示價格低廉而已; → cheap.

in·ex·pen·sive·ly [,ɪnɪk`spɛnsɪvlɪ; ,ɪnɪk'spensɪvlɪ] *adv.* 低廉地.

in·ex·pe·ri·ence [,ɪnɪk`spɪrɪəns; ,ɪnɪk'spɪərɪəns] *n.* U 無經驗; 不成熟; 不習慣.

in·ex·pe·ri·enced [,ɪnɪk`spɪrɪənst; ,ɪnɪk'spɪərɪənst] *adj.* 沒經驗的, 經驗不足的; 不習慣的; 不夠成熟的.

in·ex·pert [,ɪnɪk`spɝt; ɪn'ekspɜːt] *adj.* 不夠成熟的; 笨拙的; 外行的.

in·ex·pert·ly [,ɪnɪk`spɝtlɪ; ɪn'ekspɜːtlɪ] *adv.* 不夠成熟地; 拙劣地.

in·ex·pli·ca·ble [ɪn`ɛksplɪkəbl; ,ɪnɪk'splɪkəbl] *adj.* 無法說明的, 不可理解的, 費解的.

in·ex·pli·ca·bly [ɪn`ɛksplɪkəblɪ; ,ɪnɪk'splɪkəblɪ] *adv.* 難以理解地; 難以說明地; 難以理解[說明]的是….

in·ex·press·i·ble [,ɪnɪk`sprɛsəbl; ,ɪnɪk'spresəbl] *adj.* 〔感情等〕難以形容的, 很難用語言表達的.

in·ex·tin·guish·a·ble [,ɪnɪk`stɪŋwɪʃəbl; ,ɪnɪk'stɪŋwɪʃəbl] *adj.*《文章》〔火, 焰, 感情等〕無法熄滅的.

in·ex·tri·ca·ble [ɪn`ɛkstrɪkəbl; ɪn'ekstrɪkəbl] *adj.*《文章》**1** 無法逃脫(般)的.
2 〔結等〕解不開的; 〔問題, 混亂等〕無法解決的.

in·ex·tri·ca·bly [ɪn`ɛkstrɪkəblɪ; ɪn'ekstrɪkəblɪ] *adv.* 無法解決地.

inf. (略) inferior; infinitive; information.

in·fal·li·bil·i·ty [ɪn,fælə`bɪlətɪ, ɪn,fælə-; ɪn,fælə'bɪlətɪ] *n.* U 絕對不會犯錯, 無過錯.

in·fal·li·ble [ɪn`fæləbl; ɪn'fæləbl] *adj.* **1** 〔人〕絕對不會犯錯的, 沒有錯的.
2 〔事物〕必然有效果的; 絕對確實的.

in·fal·li·bly [ɪn`fæləblɪ; ɪn'fæləblɪ] *adv.* 絕無謬誤地, 千真萬確地; 《口》必然地, 絕對地.

in·fa·mous [`ɪnfəməs; 'ɪnfəməs] *adj.* (★注意發音) **1** 聲名狼藉的.
2 〔犯罪等〕眾人皆知的, 壞了名譽的.

in·fa·my [ˋɪnfəmɪ; ˈɪnfəmɪ] n. (pl. **-mies**) **1** U 壞名聲，臭名，毀壞名譽. **2** C (常 infam*ies*)卑劣(的行爲)，眾人皆知的惡行.

*__in·fan·cy__ [ˋɪnfənsɪ; ˈɪnfənsɪ] n. U **1** 幼小；幼兒期，幼年時期. I have known George since his *infancy*. 從喬治還是嬰孩時我就認識他了.
　2 (存在的)初期，搖籃期，未發達的狀態. Linguistics was then still in its *infancy*. 那時語言學還不發達.

*__in·fant__ [ˋɪnfənt; ˈɪnfənt] n. (pl. ~s [~s; ~s]) C **1** 幼兒(通常指 7 歲以下). a mother surrounded by her *infants* 小孩子們圍繞身旁的母親.
　2 (形容詞性)幼兒(期)的；幼兒用的；初期的. an *infant* industry 草創階段的產業.
　3 (法律)未成年的((美))指未滿 21 歲；((英))指未滿 18 歲).

in·fan·ti·cide [ɪnˋfæntə͵saɪd; ɪnˈfæntɪsaɪd] n. **1** UC 殺嬰(罪). **2** C 殺嬰者.

in·fan·tile [ˋɪnfən͵taɪl, -təl, -tɪl; ˈɪnfəntaɪl] adj. **1** 幼兒的，幼稚的.
　2 (常表輕蔑)孩子氣的(childish). *infantile* behavior 幼稚的舉止.

in·fan·try [ˋɪnfəntrɪ; ˈɪnfəntrɪ] n. U (單複數同形)(集合)步兵；步兵隊；(→ cavalry). an *infantry* regiment 步兵團.

in·fan·try·man [ˋɪnfəntrɪmən; ˈɪnfəntrɪmən] n. (pl. **-men** [-mən; -mən]) C (一名)步兵.

ínfant schòol n. C ((英))幼稚園(通常教育 5 歲到 7 歲的孩子).

in·fat·u·ate [ɪnˋfætʃu͵et; ɪnˈfætjʊeɪt] vt. 使(人)(癡戀般地)迷戀，使醉心，(*with*)((通常用被動語態)). Jack is *infatuated* with Mary. 傑克迷戀著瑪莉.

in·fat·u·a·tion [ɪn͵fætʃuˋeʃən; ɪn͵fætjʊˈeɪʃn] n. U 醉心，迷戀，熱中；C 使人迷醉的事物.

*__in·fect__ [ɪnˋfɛkt; ɪnˈfekt] vt. (~s [~s; ~s]; ~ed [~ɪd; ~ɪd]; ~ing [~ɪŋ; ~ɪŋ]) **1** 使(人等)感染(通常爲空氣傳染)，使傳染，(infect **A** with **B**) 把 B 傳染給 A；把病菌[疾病]傳染給…. an *infected* person 染病的人/The inhabitants were *infected* with malaria. 那些居民染上了瘧疾.
　2 使(人)受…影響(*with*)；(情緒，舉止等)傳給(周圍的人). Her happiness *infected* her friends. 她的快樂感染了她的朋友.

*__in·fec·tion__ [ɪnˋfɛkʃən; ɪnˈfekʃn] n. (pl. ~s [~z; ~z]) **1** U 感染，傳染，(通常爲空氣傳染；→ contagion). Some insects are a cause of *infection*. 某些昆蟲是傳染病源. **2** C 傳染病. pass on an *infection* 把病傳給別人.

*__in·fec·tious__ [ɪnˋfɛkʃəs; ɪnˈfekʃəs] adj. **1** 傳染[感染]的；傳染性的；傳染病的；(→ contagious 同). an *infectious* disease 傳染病/Is mumps *infectious*? 腮腺炎會傳染嗎?
　2 (心情，舉止等)傳給他人的，影響他人的. His smile is *infectious*. 他的微笑很有感染力.

*__in·fer__ [ɪnˋfɝ; ɪnˈfɜː(r)] vt. (~s [~z; ~z]; ~red [~d; ~d]; -fer·ring [-ˋfɝɪŋ, -ˈfɜːrɪŋ]) 推測〔（句型3〕(infer that 子句/wh子句、片語)推測為…/推測是否為…，推理，推論，(*from*). I *infer* from your statement that you disagree with me. 我從你的話推測你並不同意我的意見.

in·fer·ence [ˋɪnfərəns; ˈɪnfərəns] n. **1** U 推測，推定；推論，推理. by *inference* 依照推測.
　2 C 推論出來的事實；推測的結論. draw [make] an *inference* 作出推論/This is only an *inference*. 這僅僅是推論而已.

in·fer·en·tial [͵ɪnfəˋrɛnʃəl; ͵ɪnfəˈrenʃl] adj. 推論的，依推測的.

*__in·fe·ri·or__ [ɪnˋfɪrɪɚ; ɪnˈfɪərɪə(r)] adj. **1** (文章)下級的，地位低於他人的；(用 inferior to...)等級[地位]上…低的. His position is *inferior* to mine. 他的地位比我低.
　2 (品質，價值等)次等的，(用 inferior to...)比…低劣的；平均以下的；粗糙的. This coffee is *inferior* to that in quality. 這種咖啡的品質上比那種杯差/feel *inferior* (to...) 感到(比…)品質差，(對…)懷有自卑感/A technically backward country produces *inferior* goods. 技術落後的國家產品品質自然較差.
　— n. C (特指工作上)在下位者，部下，屬下. 【注意】inferior 作「屬下」之意時常帶有輕蔑的語氣，故多不常使用. ↔ superior.

*__in·fe·ri·or·i·ty__ [ɪn͵fɪrɪˋɔrətɪ, -ˋɑr-, ɪn͵fɪr-; ɪn͵fɪərɪˈɒrətɪ] n. U 次等；下級；劣等，粗糙. feelings of *inferiority* 自卑感/The *inferiority* of the product was obvious. 這種產品一看就知道品質很糟. ↔ superiority.

inferiórity còmplex n. C (精神分析)自卑情結，自卑感，(↔ superiority complex).

in·fer·nal [ɪnˋfɝnḷ; ɪnˈfɜːnl] adj. **1** 地獄(般)的. **2** 惡魔(似)的，窮兇惡極的. **3** (限定)(口)可惡的，討厭的. an *infernal* liar 可惡的騙子.

in·fer·nal·ly [ɪnˋfɝnḷɪ; ɪnˈfɜːnəlɪ] adv. **1** 魔鬼般地，殘忍地. **2** (口)可惡地.

in·fer·no [ɪnˋfɝno; ɪnˈfɜːnəʊ] (義大利語) n. (pl. ~s) C **1** 地獄. **2** 地獄般的場所[狀態].

in·fer·tile [ɪnˋfɝtḷ; ɪnˈfɜːtaɪl] adj. **1** (土地)不肥沃的(barren)，貧瘠的. **2** 無繁殖力的. ↔ fertile.

in·fer·til·i·ty [͵ɪnfɚˋtɪlətɪ; ͵ɪnfəˈtɪlətɪ] n. U 貧瘠；不孕.

in·fest [ɪnˋfɛst; ɪnˈfest] vt. (有害之物)聚集，成群出現，猖獗，蔓延. Our dog is *infested* with fleas. 我們的狗身上滿是跳蚤.

in·fes·ta·tion [͵ɪnfɛsˋteʃən; ͵ɪnfeˈsteɪʃn] n. U 群集，群襲，猖獗；C 成群.

in·fi·del [ˋɪnfədḷ; ˈɪnfɪdəl] n. C (古)(輕蔑) **1** 無宗教信仰的人.
　2 (歷史)(基督徒或回教徒眼中的)異教徒.

in·fi·del·i·ty [͵ɪnfəˋdɛlətɪ; ͵ɪnfɪˈdelətɪ] n. (pl. **-ties**) UC (文章) **1** 無宗教信仰.
　2 不貞，不忠；背信棄義(的行爲).

in·field [ˋɪn͵fild; ˈɪnfiːld] n. (棒球、板球) **1** (加

the)內野(→ baseball 圖).

2 ©(★用單數亦可作複數)(集合)全體內野手.
↔ outfield.

in·field·er [ˈɪnˌfildɚ; ˈɪnfiːldə(r)] n. ©《棒球、板球》內野手(↔ outfielder).

in·fight·ing [ˈɪnˌfaɪtɪŋ; ˈɪnˌfaɪtɪŋ] n. U
1《拳擊》近擊, 近身戰.
2 (組織內激烈的)內部鬥爭, 勾心鬥角, 內閧.

in·fil·trate [ɪnˈfɪltret; ˈɪnfiltreɪt] vt. 使潛入; 使〔液體〕浸透;《in, into》
— vi. 潛入; 滲透.

in·fil·tra·tion [ˌɪnfɪlˈtreʃən; ˌɪnfɪlˈtreɪʃn] n.
U 潛入; 滲透.

in·fi·nite [ˈɪnfənɪt; ˈɪnfɪnət] adj. 無限的, 無際的; 龐大的; 無數的;《數學》無限的. Natural resources are not *infinite*. 天然資源並非無限/ *infinite* space 無垠的宇宙/He examined the patient with *infinite* care. 他非常細心地診察病人. ↔ finite.
[字園] FIN「終了」: in*finite*, de*fine* (定義), *final* (最終的), *finish* (完成).

in·fi·nite·ly [ˈɪnfənɪtlɪ; ˈɪnfɪnətlɪ] adv. 無限地; 無窮地; 極大地.

in·fin·i·tes·i·mal [ˌɪnfɪnəˈtɛsəml; ˌɪnfɪnɪˈtesɪml] adj. 極小的, 極微的;《數學》無限小的.

in·fin·i·tes·i·mal·ly [ˌɪnfɪnəˈtɛsəmlɪ; ˌɪnfɪnɪˈtesɪməlɪ] adv. 極小地;《數學》無限小地.

in·fin·i·tive [ɪnˈfɪnətɪv; ɪnˈfɪnətɪv] n. ©《文法》不定詞(→見文法總整理8).

in·fin·i·tude [ɪnˈfɪnəˌtjud, -ˌtɪud, -ˌtud; ɪnˈfɪnɪtjuːd] n.《文章》U 無限; U 無限的量, 無限大的數.

in·fin·i·ty [ɪnˈfɪnətɪ; ɪnˈfɪnətɪ] n. **1** U 無限; 無限之物(宇宙, 時間等). the *infinity* of the universe 宇宙之無限. **2** [a U] 無限的數[量].

in·firm [ɪnˈfɜm; ɪnˈfɜːm] adj. **1** 體弱的, 虛弱的. [同] infirm 是因體質或高齡, 疾病等產生的持續性衰弱; → weak. **2**《意志》薄弱的; 優柔寡斷的. be *infirm* of purpose 意志薄弱的.

in·fir·ma·ry [ɪnˈfɜmərɪ, -mrɪ; ɪnˈfɜːmərɪ] n. (pl. **-ries**) © **1** (學校, 工廠等的)醫務室, 保健室. **2** (小型)醫院.

in·fir·mi·ty [ɪnˈfɜmətɪ; ɪnˈfɜːmətɪ] n. (pl. **-ties**)《文章》**1** U 衰老, 虛弱. **2** © (特指由於年老的身體)缺陷, 疾病; (精神上的)衰竭.

in·flame [ɪnˈflem; ɪnˈfleɪm] v. **1** 使〔人〕發怒, 使激動; 煽動〔感情〕. His speech *inflamed* the audience. 他的演說煽動了聽眾的情緒. **2** 使發炎. ⟫ n. inflammation.

in·flamed [ɪnˈflemd; ɪnˈfleɪmd] adj. 激動的; 發炎的. *inflamed* eyes 充血的眼睛.

in·flam·ma·ble [ɪnˈflæməbl; ɪnˈflæməbl] adj. **1** 易燃的, 可燃性的. (★ inflammable 雖有字首 in-, 但仍與 flammable 同義; ↔ nonflammable). **2**〔人, 個性〕易激動的, 易怒的.

in·flam·ma·tion [ˌɪnfləˈmeʃən; ˌɪnfləˈmeɪʃn] n. [U C] **1**《醫學》炎症. an *inflammation* of the lungs 肺炎(症狀)/*inflammation* of the eye 眼睛充

血. **2** 激動; 憤怒, 勃然大怒. ⟫ v. inflame.

in·flam·ma·to·ry [ɪnˈflæməˌtorɪ, -ˌtɔrɪ; ɪnˈflæmətərɪ] adj. **1** 激怒(人)的; 煽動性的. an *inflammatory* speech 煽動性的演說.
2《醫學》炎症(性質)的; 發炎的.

in·flat·a·ble [ɪnˈfletəbl; ɪnˈfleɪtəbl] adj. 可膨脹的.

in·flate [ɪnˈflet; ɪnˈfleɪt] v.《文章》 vt. **1** (用空氣, 瓦斯等)使膨脹. *inflate* a tire [balloon] 在輪胎[氣球]內注入空氣使其膨脹.
2 使得意.
3《經濟》使〔通貨〕膨脹; 使〔物價〕上漲.
— vi. 膨脹. ↔ deflate.

in·flat·ed [ɪnˈfletɪd; ɪnˈfleɪtɪd] adj. **1**〔言語等〕誇張的, 誇大的;〔人〕趾高氣揚的, 得意的.
2 (因充氣等)膨脹的.

＊in·fla·tion [ɪnˈfleʃən; ɪnˈfleɪʃn] n. (pl. **-s** [~z; ~z]) [U C] **1**《經濟》通貨膨脹, 物價上漲, 通貨貶值(deflation). check [curb] *inflation* 抑制通貨膨脹/The government is trying to reduce [bring down] the rate of *inflation*. 政府正試圖使通貨膨脹率下降.
2 膨脹. **3** 得意; 誇張.

in·fla·tion·ar·y [ɪnˈfleʃənˌɛrɪ; ɪnˈfleɪʃnərɪ] adj. 通貨膨脹的, 誘發通貨膨脹的.

in·flect [ɪnˈflɛkt; ɪnˈflekt] vt. **1** 改變〔聲音等的〕音調. **2**《文法》使字尾變化(→ conjugate, decline).

in·flec·tion [ɪnˈflɛkʃən; ɪnˈflekʃn] n. **1** U (聲音等)音調的變化, 抑揚. **2**《文法》U 字尾變化 (→conjugation, declension); © 字尾(名詞字尾 -s, 動詞字尾 -s, -ed, -ing 等).

in·flec·tion·al [ɪnˈflɛkʃənl; ɪnˈflekʃnl] adj.《文法》(有)字尾變化的.

in·flex·i·ble [ɪnˈflɛksəbl; ɪnˈfleksəbl] adj.
1 不會彎曲的, 無法彎曲的.
2〔人〕不屈的, 堅定的;〔思想, 規定等〕不會改變的, 固定的.

in·flex·i·bly [ɪnˈflɛksəblɪ; ɪnˈfleksəblɪ] adv. 不屈地.

in·flex·ion [ɪnˈflɛkʃən; ɪnˈflekʃn] n.《英》= inflection.

in·flex·ion·al [ɪnˈflɛkʃənl; ɪnˈflekʃnl] adj.《英》= inflectional.

in·flict [ɪnˈflɪkt; ɪnˈflɪkt] vt. (特指)使負擔〔令人不快之事物〕; 給予〔打擊〕; 使負〔傷等〕; 施加;《on, upon》. Do not *inflict* pain *on* others. 不要將痛苦加諸在別人身上.

in·flic·tion [ɪnˈflɪkʃən; ɪnˈflɪkʃn] n. **1** U (刑罰等的)施加, (苦痛, 打擊等的)給予.
2 © 刑罰; 痛苦; 重擔.

in·flight [ɪnˈflaɪt; ˈɪnˈflaɪt] adj. 《限定》飛行中的, 機內的;〔餐飲, 電影等〕.

in·flow [ˈɪnˌflo; ˈɪnfləʊ] n. U 流入; © 流入物; (↔ outflow).

✻in·flu·ence [ˈɪnfluəns, -fluəns; ˈɪnfluəns] *n.* (*pl.* **-enc·es** [~ɪz; ~ɪz])

1 [UC]影響, 感化; 影響力; (*on, upon* 對於…). the *influence* of the moon *on* the tides 月亮對潮汐的影響/The poet had a great *influence on* his friends. 這個詩人對其朋友有很大的影響力.

> 搭配 *adj.*＋influence: a beneficial ~ (良好的影響), a direct ~ (直接的影響), a far-reaching ~ (廣泛的影響), a harmful ~ (有害的影響), a lasting ~ (深遠的影響).

2 [U]勢力, 權勢, (*over, with* 對於…), a person of *influence* 有權勢的人/I used my *influence* in his favor. 我運用我的勢力使他有利/He has considerable *influence with* the police. 他在警界相當有勢力.

3 [C]有影響力的人[物]; 有權勢者. Fred is a bad *influence* on our son. 弗瑞德對我們兒子有不好的影響/My uncle is an *influence* in local politics. 我的伯父是地方政界上有影響力的人物.

under the influence of... 受到…的影響, 受…(左右)支配. The boy is *under the influence of* his older brother. 那位少年受到他哥哥的影響.

— *vt.* (**-enc·es** [~ɪz; ~ɪz]; **~d** [~t; ~t]; **-enc·ing**)

1 影響; 感化; 操縱, 左右, 支配. The weather *influences* the crops. 天氣影響作物生長/He was greatly *influenced* by his teacher. 他受到他的老師很大的影響.

2 [句型5] (influence **A** *to* do) 促使 A(人)去做…. Her father *influenced* her *to* change her mind. 她父親促使她改變心意.

> 字源 FLU 「流動」: in*flu*ence, *flu*ent (流暢的), *flu*id (流體), in*flu*enza (流行性感冒), super*flu*ous (多餘的).

in·flu·enc·ing [ˈɪnfluənsɪŋ, -fluənsɪŋ; ˈɪnfluənsɪŋ] *v.* influence 的現在分詞、動名詞.

***in·flu·en·tial** [ˌɪnfluˈɛnʃəl, -fluˈ-; ˌɪnfluˈenʃl] *adj.* 有影響力的; 有勢力的, 有力的. His desire to live abroad was *influential* in his decision to become a diplomat. 居住國外的願望對他決心成為外交官有很大的影響/an *influential* politician 有影響力的政治家.

***in·flu·en·za** [ˌɪnfluˈɛnzə, -fluˈ-; ˌɪnfluˈenzə] *n.* [U](醫學)流行性感冒((口)略作 flu).

in·flux [ˈɪnˌflʌks; ˈɪnflʌks] *n.* [UC]流入, 流進, (人或物)湧入, 湧到.

in·fo [ˈɪnfo; ˈɪnfəu] *n.* [U]((口)情報, 消息, (< information).

***in·form** [ɪnˈfɔrm; ɪnˈfɔːm] *v.* (**~s** [~z; ~z]; **~ed** [~d; ~d]; **~ing**) *vt.* (文章) 1 通知, 報告, 告訴(人), (用 inform **A** of [about] B)通知 A(人)B(事). They *informed* me *of* the birth of a son by telephone. 他們打電話通知我兒子出生的消息/*inform* the police *about* the man 將該名男子報警處理/Why wasn't I *informed*? 爲甚麼不告訴我?/Keep me *informed of* the chang-

es in the stock prices. 隨時向我報告股市的動態.

2 [句型4] (inform A *wh*子句, 片語/**A** *that* 子句)告訴[通知]A(人)…. He wrote to *inform* me *when* he would leave for Japan. 他來信告知我他何時啓程去日本/Tommy *informed* me *that* the tourists had arrived. 湯米通知我遊客已經到了.

— *vi.* 密告, 打小報告, (*against, on*). He *informed against* his friend. 他密告他的朋友.

***in·for·mal** [ɪnˈfɔrml; ɪnˈfɔːml] *adj.* 1 非正式的. an *informal* visit 非正式的訪問/an *informal* party 簡單[非正式]的宴會/*informal* talks 非正式會談.

2 (服裝、態度、談吐等)平常的, 不拘禮儀的, 輕鬆的. *informal* clothes 便服/I like the *informal* atmosphere of this office. 我喜歡這辦公室輕鬆的氣氛/"Hi!" is an *informal* greeting. 「嗨!」是一般口頭的問候語. ↔formal.

in·for·mal·i·ty [ˌɪnfɔrˈmælətɪ; ˌɪnfɔːˈmælətɪ] *n.* (*pl.* **-ties**) 1 [U]非正式, 不拘形式.

2 [C]不拘禮儀的舉止.

in·for·mal·ly [ɪnˈfɔrmlɪ; ɪnˈfɔːmli] *adv.* 非正式地; 輕鬆地.

in·for·mant [ɪnˈfɔrmənt; ɪnˈfɔːmənt] *n.* [C]

1 (語言, 文化調查等的)資料提供者.

2 通風報信者, 線民, 情報提供者.

***in·for·ma·tion** [ˌɪnfɚˈmeʃən; ˌɪnfəˈmeɪʃn] *n.* [U] 1 情報, 訊息, 消息; 知識; 通知, 報告; (*about, on* 關於…). useful [valuable] *information* 有用的[有價值的]情報/a man of much *information* 消息靈通的人/The police yesterday obtained two useful pieces [bits] of *information about* the murderer. 昨天警察獲得兩則有關該殺人犯的有用情報/I want a good deal of *information* on [*about*] this matter. 我需要大量關於此事的資訊/For further *information* please contact our branch office nearby 若須進一步的資訊, 請就近向我們的分店洽詢.

> 同 knowledge 是從調查、研究、觀察等獲得的完整知識; information 則包括不確實的片面訊息.

> 搭配 *adj.*＋information: accurate ~ (正確的資訊), detailed ~ (詳盡的資訊), misleading ~ (誤導的訊息), reliable ~ (可靠的訊息) // *v.*＋information: gather ~ (收集資料), have ~ (握有資料), provide ~ (提供資料).

2 服務臺, 詢問處, (→ information desk). visitors' *information* 旅客諮詢處/Dial *information* and ask for Mr. Bell's phone number. 打電話給服務臺詢問貝爾先生的電話號碼.

in·for·ma·tion desk *n.* [C](旅館, 車站等的)服務臺, 詢問處, ((英) inquiry office).

in·for·ma·tive [ɪnˈfɔrmətɪv; ɪnˈfɔːmətɪv] *adj.* 給與資料[知識]的; 知識性的. an *informative* lecture 內容充實的演講/an *informative* book (知識上)使人獲益甚多的書.

in·formed [ɪnˈfɔrmd; ɪnˈfɔːmd] *adj.* 有情報的, 有教養的. well [ill]-*informed* 熟知[不熟悉]的/*in- formed* sources 消息來源.

in·formed con·sent *n.* [U](醫學)知後同意

《經過醫師將特定的手術過程和危險說明後，患者表示的同意》.

in·form·er [ɪnˋfɔrmɚ; ɪnˈfɔːmə(r)] n. C 1 告密者(特指以報酬為目的者), 線民. 2 情報提供者.

in·frac·tion [ɪnˋfrækʃən; ɪnˈfrækʃn] n. 《文章》 U (對規則, 法律等的)違反; C 違反的行為.

in·fra·red [͵ɪnfrəˋrɛd; ͵ɪnfrəˈred] adj. 紅外線的. infrared rays 紅外線/infrared film 紅外線軟片.

in·fra·struc·ture [ˋɪnfrə͵strʌktʃɚ; ˈɪnfrə͵strʌktʃə(r)] n. C (維持社會運作所必需的)基礎設施, 基層建設, (道路, 醫院, 學校, 發電廠, 交通通訊機構等).

in·fre·quen·cy [ɪnˋfrikwənsɪ; ɪnˈfriːkwənsɪ] n. U 稀少, 罕見.

in·fre·quent [ɪnˋfrikwənt; ɪnˈfriːkwənt] adj. 不常發生的, 稀少的, 少見的, 罕見的.

in·fre·quent·ly [ɪnˋfrikwəntlɪ; ɪnˈfriːkwəntlɪ] adv. 偶爾地, 稀罕地.

in·fringe [ɪnˋfrɪndʒ; ɪnˈfrɪndʒ] v. 《文章》 vi. 侵害, 觸犯, 《on, upon》. infringe upon the rights of the people 侵害人民的權利.
— vt. 破壞, 違反, 〔法律, 協定等〕; 侵害〔權利等〕.

in·fringe·ment [ɪnˋfrɪndʒmənt; ɪnˈfrɪndʒmənt] n. 《文章》 U 違反; 侵害; C 侵害的行為.

in·fu·ri·ate [ɪnˋfjʊrɪ͵et, ˋfɪʊr-; ɪnˈfjʊərɪeɪt] vt. 激怒.

in·fuse [ɪnˋfjuz, ˋfɪuz; ɪnˈfjuːz] vt. 《文章》 1 注入, 灌輸, 引發, 〔思想, 感情等〕《into》; 灌輸《with》. The teacher's praise infused the student with confidence. 老師的讚許讓這學生充滿了自信. 2 泡, 浸漬〔茶葉等〕.
— vi. 〔茶等〕泡出味道.

in·fu·sion [ɪnˋfjuʒən, ˋfɪus-; ɪnˈfjuːʒn] n. 1 UC 注入; 灌輸; (醫學)(生理食鹽水等的)注入, 點滴. 2 U 浸, 泡. 3 C 浸泡出的汁液(像茶葉等在水、沸水中浸泡而形成的汁液).

-ing suf. 1 接在動詞原形之後, 構成現在分詞、動名詞. 2 構成具有「動作, 結果, 材料等」之意的名詞(★這種情況亦有附於名詞後方者). parking. building. carpeting.

*__in·gen·ious__ [ɪnˋdʒinjəs; ɪnˈdʒiːnjəs] (★注意發音) adj. 1 〔人〕有發明才能的; 〔裝置〕靈巧的, 富於創意的; (★勿與 ingenuous 混淆). an ingenious person 富有創造力的人. 2 〔物〕巧妙地做成的, 巧妙的, 精巧的; 〔想法等〕獨創的. an ingenious method 巧妙的方法.
⇨ n. ingenuity.

in·gen·ious·ly [ɪnˋdʒinjəslɪ; ɪnˈdʒiːnjəslɪ] adv. 靈巧地; 巧妙地, 精巧地.

in·gé·nue [ˋæʒɛ͵ny; ˈænʒeɪnjuː] (法語) n. C (特指戲劇、電影中扮演)天真少女(的角色[演員]).

*__in·ge·nu·i·ty__ [͵ɪndʒəˋnuətɪ, -ˋnɪu-, -ˋnju-; ͵ɪndʒɪˈnjuːətɪ] n. U 發明的才能, 獨創力, 創造力; (所作之物的)巧妙, 精巧. It will need a lot of ingenuity to solve this puzzle. 需要非常靈活的頭腦才能開解這個難題/the ingenuity of this toy 這

---

inhale 797

件玩具的精巧設計.
⇨ adj. ingenious.

in·gen·u·ous [ɪnˋdʒɛnjʊəs; ɪnˈdʒenjʊəs] adj. 《文章》 1 正直的; 率直的; (★勿與 ingenious 混淆). 2 純真的, 天真的.

in·gen·u·ous·ly [ɪnˋdʒɛnjʊəslɪ; ɪnˈdʒenjʊəslɪ] adv. 《文章》率直地; 純真地.

in·gen·u·ous·ness [ɪnˋdʒɛnjʊəsnɪs; ɪnˈdʒenjʊəsnɪs] n. U《文章》率直; 純真.

in·gest [ɪnˋdʒɛst; ɪnˈdʒest] vt. 攝取〔食物〕.

in·glo·ri·ous [ɪnˋglorɪəs, -ˋglɔr-; ɪnˈglɔːrɪəs] adj. 《文章》不名譽的, 可恥的.

in·glo·ri·ous·ly [ɪnˋglorɪəslɪ, -ˋglɔr-; ɪnˈglɔːrɪəslɪ] adv. 《文章》不名譽地.

in·got [ˋɪŋgət; ˈɪŋgət] n. C (金屬的)條[塊], 鑄塊, (常是磚形的金屬塊); (金, 銀的)條, 塊.

in·grained [ɪnˋgrend; ͵ɪnˈgreɪnd] adj. 根深蒂固的. an ingrained prejudice 根深蒂固的偏見.

in·gra·ti·ate [ɪnˋgreʃɪ͵et; ɪnˈgreɪʃɪeɪt] vt. 《文章》(通常用於下列片語)
ingrátiate onesélf with... 討好⋯, 博得⋯的歡心.

in·gra·ti·at·ing [ɪnˋgreʃɪ͵etɪŋ; ɪnˈgreɪʃɪeɪtɪŋ] adj. 逢迎的, 討好的; 討人喜歡的.

in·gra·ti·at·ing·ly [ɪnˋgreʃɪ͵etɪŋlɪ; ɪnˈgreɪʃɪeɪtɪŋlɪ] adv. 逢迎地, 討好地; 討人喜歡地.

in·grat·i·tude [ɪnˋgrætə͵tjud, -͵tɪud, -͵tud; ɪnˈgrætɪtjuːd] n. U 忘恩負義, 不知感恩.

in·gre·di·ent [ɪnˋgridɪənt; ɪnˈgriːdjənt] n. C (麵包, 點心等的各種)材料, 原料; 成分, 構成要素. all the ingredients for making those cookies 做餅乾所需的全部材料.

in-group [ˋɪn͵grup; ˈɪngruːp] n. C (★用單數亦可作複數)(常表輕蔑)小團體(相同利益者所組成的排他性團體).

*__in·hab·it__ [ɪnˋhæbɪt; ɪnˈhæbɪt] vt. (~s [~s; ~s]; ~·ed [~ɪd; ~ɪd]; ~·ing) 〔人, 生物等〕居住, 住. This kind of scorpions inhabit the desert. 這種蠍子居住在沙漠中./The tree was inhabited by a family of squirrels. 這棵樹上住著一窩松鼠.
圖 inhabit 很少用來指個人於特定地方居住, 多指團體於某區域棲身; → live[1].

in·hab·it·a·ble [ɪnˋhæbɪtəbl̩; ɪnˈhæbɪtəbl] adj. 適宜居住的, 可居住的.

*__in·hab·it·ant__ [ɪnˋhæbətənt; ɪnˈhæbɪtənt] n. (pl. ~s [~s; ~s]) C 居民, 居住者; 棲息的動物. The village has only about a hundred inhabitants. 這個村莊僅有百位左右的居民/Wild birds are the only inhabitants of that small island. 那座小島僅有野鳥棲息.

in·ha·la·tion [͵ɪnhəˋleʃən, ͵ɪnhəˈleɪʃn] n. U 吸入(↔ exhalation); C 吸入劑.

in·hale [ɪnˋhel; ɪnˈheɪl] vt. 吸〔氣, 香菸的煙等〕, 吸入肺裡, (↔ exhale).
— vi. 吸氣; 吸菸.

in·hal·er [ɪnˋhelɚ; ɪnˋheɪlə(r)] n. ⓒ 吸入器.

in·har·mo·ni·ous [ˌɪnharˋmonɪəs; ˌɪnhɑːˋməʊnjəs] adj. 《文章》不和諧的, 不調和的; 不和的.

*__**in·her·ent**__ [ɪnˋhɪrənt; ɪnˋhɪərənt] adj. 〔特質等〕固有的, 與生俱來的, 天生的, 本來的, 《in》. inherent rights 與生俱來的權利/These qualities are inherent in his nature. 這些特質是他生來就有的/Danger is inherent in the job of a policeman. 警察的工作本來就有危險性.

in·her·ent·ly [ɪnˋhɪrəntlɪ; ɪnˋhɪərəntlɪ] adv. 天生地; 本來地, 本質上.

*__**in·her·it**__ [ɪnˋhɛrɪt; ɪnˋherɪt] v. (~s [~s; ~s]; ~ed [~ɪd; ~ɪd]; ~ing) vt. **1** 繼承〔財產, 身分等〕《from》. He inherited his father's house. 他繼承父親的房屋/She inherited a million dollars from her father. 她從她父親那裡繼承了一百萬美元.

> 歷配 inherit＋n.: ~ an estate (繼承不動產), ~ a fortune (繼承財產), ~ land (繼承土地), ~ money (繼承金錢), ~ a title (繼承爵位).

2 遺傳〔個性, 體質等〕《from》. Nicholas inherits his brown eyes from his father. 尼古拉的棕色眼睛遺傳自他的父親/He inherited his grandfather's ability to make money. 他遺傳了祖父賺錢的才能.
3 承續〔地位, 方針, 狀況等〕《from〔前任者〕》.
— vi. 成為繼承人.

*__**in·her·it·ance**__ [ɪnˋhɛrətəns; ɪnˋherɪtəns] n. (pl. ~anc·es [~ɪz; ~ɪz]) **1** ⓒ (通常用單數)繼承的財產; 遺產; (→ legacy 同). divide an inheritance 分遺產/He received a large inheritance from his uncle. 他從叔〔伯〕父那裡得到一大筆遺產.
2 Ⓤ繼承. She has the right of inheritance. 她有繼承權.

inhéritance tàx n. ⓊⒸ (美)遺產稅((英)death duty).

in·her·i·tor [ɪnˋhɛrətɚ; ɪnˋherɪtə(r)] n. ⓒ繼承人, 承繼者, (heir, heiress).

in·hib·it [ɪnˋhɪbɪt; ɪnˋhɪbɪt] vt. **1** 抑制, 克制, 壓抑, 〔情感, 行為等〕. Vincent inhibited all his impulses. 文生克制了自己所有的衝動/I was inhibited by my elders. 我被長輩們制止住了.
2 禁止, 阻止, 〔人等〕《from》. Her shyness inhibited her from singing in public. 她的腼腆使她怯於在眾人面前唱歌.

in·hib·it·ed [ɪnˋhɪbɪtɪd; ɪnˋhɪbɪtɪd] adj. 〔人, 個性〕受壓抑的, 自我克制的.

in·hi·bi·tion [ˌɪnɪˋbɪʃən, ˌɪnhɪ-; ˌɪnhɪˋbɪʃn] n. ⓊⒸ **1** (感情, 衝動等的)壓抑, 克制.
2 《心理》抑制, 控制.

in·hos·pi·ta·ble [ɪnˋhɑspɪtəbl; ˌɪnhɒˋspɪtəbl] adj. **1**〔人〕不擅款待的, 不好客的, 不親切的, 冷淡的. **2**〔土地等〕貧瘠的, 不宜人居的.

in·hos·pi·ta·bly [ɪnˋhɑspɪtəblɪ; ˌɪnhɒˋspɪtəblɪ] adv. 不親切地, 冷淡地.

in·hu·man [ɪnˋhjumən, -ˋhɪumən, -ˋjumən; ɪnˋhjuːmən] adj. 〔人, 行為等〕不近人情的, 冷酷的; 不具人性的 (⟷ human).

in·hu·mane [ˌɪnhjuˋmen, -hɪuˋmen, -juˋmen; ˌɪnhjuːˋmeɪn] adj. 〔人, 行為等〕無同情心的, 不人道的, (⟷ humane).

in·hu·mane·ly [ˌɪnhjuˋmenlɪ, -hɪuˋmen-, -juˋmen-; ˌɪnhjuːˋmeɪnlɪ] adv. 無情地; 不人道地.

in·hu·man·i·ty [ˌɪnhjuˋmænətɪ, -hɪu-, -juˋmæn-; ˌɪnhjuːˋmænətɪ] n. (pl. -ties) **1** Ⓤ 殘酷, 殘忍, 不近人情, 不人道.
2 ⓒ (常 inhumanities)殘忍的[不人道的]行為.

in·im·i·cal [ɪnˋɪmɪk], ɪˋnɪmɪkl] adj. 《文章》有敵意的, 敵對的; 不利的, 有害的; 《to》.

in·im·i·ta·ble [ɪnˋɪmətəbl; ɪˋnɪmɪtəbl] adj. 《文章》無法仿效的; 無可比擬的, 無與倫比的.
> 字源 「不能 imitate 的」.

in·iq·ui·tous [ɪˋnɪkwətəs; ɪˋnɪkwɪtəs] adj. 《文章》不正當的; 邪惡的.

in·iq·ui·ty [ɪˋnɪkwətɪ; ɪˋnɪkwɪtɪ] n. (pl. -ties) **1** Ⓤ 罪大惡極, 邪惡. **2** ⓒ 不正當的行為.

*__**in·i·tial**__ [ɪˋnɪʃəl; ɪˋnɪʃl] adj. 《限定》最初的, 開頭的, 最早產生的; 初期的. an initial letter 開頭的字母/an initial salary 起薪.
— n. (pl. ~s [~z; ~z]) ⓒ **1** (initials) (姓名, 地名等的)開頭字母, 字首的開頭字母. G.B.S. are the initials of George Bernard Shaw. G.B.S. 是喬治·伯納·蕭(蕭伯納)的開頭字母.
2 (字首的)開頭字母, 起首字母.
— vt. (~s; (美) ~ed, (英) ~led; (美) ~ing, (英) ~ling)寫起首字母; 用起首字母簽名. Please initial this document to show that you have read it. 請在這份文件上簽上你姓名的起首字母表示你已過目了.

in·i·tial·ly [ɪˋnɪʃəlɪ; ɪˋnɪʃəlɪ] adv. 最初地, 開頭地; 最初是….

in·i·ti·ate [ɪˋnɪʃɪˌet; ɪˋnɪʃɪeɪt] (★與 n. 的發音不同)《文章》vt. **1** 開始, 著手. They initiated the reforms. 他們著手改革.
2 (通過一定的手續)使入會, 使加入, 《into》《常用被動語態》. We were initiated into the club together. 我們一起參加了這個俱樂部.
3 授與; 啓蒙, 教導; 《into》《常用被動語態》. I was initiated into the pleasures of reading Shakespeare by Mr. Bass. 巴斯先生教導引領我學習體會念讀莎士比亞作品的樂趣.
— [ɪˋnɪʃɪt, -ˌet; ɪˋnɪʃɪət] n. ⓒ 入門者, 初學者; (新)入會者; 被傳授[祕傳]的人.

in·i·ti·a·tion [ɪˌnɪʃɪˋeʃən; ɪˌnɪʃɪˋeɪʃn] n. 《文章》 **1** Ⓤ 開始, 著手. **2** Ⓤ 加入; ⓒ 入會儀式; 成年儀式. **3** Ⓤ 啓蒙; (祕密的)傳授.

*__**in·i·ti·a·tive**__ [ɪˋnɪʃɪˌetɪv, ɪˋnɪʃɪətɪv; ɪˋnɪʃɪətɪv] n. (pl. ~s [~z; ~z])
1 ⓒ 領先優勢, 主導權, 主動權; 創制權, 提議權. have [lose] the initiative in the negotiations 握有[喪失]主導權.
2 Ⓤ 創辦事業的才能, 創業才能. He displayed great initiative in starting the company. 他在與

辦這家公司上展現了極佳的才能.

on one's òwn inítiative 主動地, 自發地. Jeff did that research *on his own initiative.* 傑夫主動從事這項研究.

tàke the inítiative 率先行動(*in*). The government has *taken the initiative in* renewing relations with that country. 政府率先恢復與該國的關係.

in·ject [ɪn`dʒɛkt; ɪn`dʒekt] *vt.* **1** 注射〔藥劑, 液體等〕(*into* 〔人〕); 爲〔人等〕注射(*with*). They *injected* him *with* new drugs. 他們爲他注射新藥.

2 導入, 引進, 〔新事物, 意見等〕; 灌輸; (*into*). I *injected* a little humor *into* my lectures. 我在演講中增添了一些幽默.

in·jec·tion [ɪn`dʒɛkʃən; ɪn`dʒekʃn] *n.* (*pl.* ~s [~z; ~z]) 1 [UC] 注入, 注射; (資本等的)投入, give an *injection* 注射/two *injections* of penicillin 注射兩劑盤尼西林. **2** [C] 注射液.

in·ju·di·cious [͵ɪndʒu`dɪʃəs, -dʒɪʊ-; ͵ɪndʒuː`dɪʃəs] *adj.* (文章)〔人, 行爲等〕思慮不周的, 輕率的, 不智的.

in·ju·di·cious·ly [͵ɪndʒu`dɪʃəslɪ, -dʒɪʊ-; ͵ɪndʒuː`dɪʃəslɪ] *adv.* (文章)莽撞地, 輕率地.

in·junc·tion [ɪn`dʒʌŋkʃən; ɪn`dʒʌŋkʃn] *n.* [C] (文章)命令; (法律)(法院發出的)命令, 禁令.

in·jure [`ɪndʒɚ; `ɪndʒə(r)] *vt.* (~s [~z; ~z]; ~d [~d; ~d]; -jur·ing) **1** 傷害, 使受傷, 傷及. *injure* one's knee 傷及膝蓋/Four persons were seriously *injured* in that car accident. 有四人在那次車禍中受重傷/Too much coffee will *injure* your health. 咖啡喝得太多有害健康. 回 *injure* 的重點在因受傷而使機能或價值遭受損害: → hurt, wound[1].

2 傷害, 損害, 創傷, 〔感情, 名譽等〕. His words *injured* my pride. 他的話傷害了我的自尊心/His error *injured* his reputation. 他的過失傷及了他的名聲. ⇨ *n.* injury.

in·jured [`ɪndʒɚd; `ɪndʒəd] *adj.* **1** 受傷的, 負傷的. the dead and the *injured* (事故的)死傷者.

2 感情受傷害的. her *injured* feelings 她受傷害的感情/an *injured* look 受委屈的表情.

in·ju·ries [`ɪndʒərɪz; `ɪndʒərɪz] *n.* injury的複數.

in·jur·ing [`ɪndʒərɪŋ; `ɪndʒərɪŋ] *v.* injure的現在分詞, 動名詞.

in·ju·ri·ous [ɪn`dʒʊrɪəs, -`dʒɪʊ-; ɪn`dʒʊərɪəs] *adj.* **1** 有害的, 使受害的, 《*to*》. Air pollution is *injurious* to all living things. 空氣汙染對一切生物都有害. **2** 〔言語等〕侮辱性的, 惡意中傷的.

in·ju·ry [`ɪndʒərɪ; `ɪndʒərɪ] *n.* (*pl.* -ries) [UC] **1** 傷害, 受傷, 負傷, (→ harm 回). Greg received [got] a serious *injury* in the accident. 葛列格在那次事故中受了重傷.

[搭配] *adj.*+ injury: a fatal ~ (致命傷), a slight ~ (輕傷) // *v.*+ injury: inflict an ~ (使負傷), suffer an ~ (受傷).

2 損害, 損傷. The storm did considerable *injury* to the crop. 暴風雨使農作物蒙受相當大的損害.

─────────────── **inlet** 799

3 (感情, 名譽等的)傷害; 侮辱. His remark was an *injury* to her pride. 他的話傷了她的自尊心.

dò a person an ínjury 《口》使某人負傷.

dò oneself an ínjury 《口》受傷.

⇨ *v.* injure.

ínjury tìme *n.* [U] 補傷害時間(足球, 橄欖球等比賽中爲了補足因球員負傷而中斷的時間而把比賽時間延長).

***in·jus·tice** [ɪn`dʒʌstɪs; ɪn`dʒʌstɪs] *n.* (*pl.* -tic·es [~ɪz; ~ɪz]) **1** [U]不公平, 不義; 不正當; (⬌ justice). He stood up against *injustice.* 他勇敢地對抗不義.

2 [C] 不公平[不義]的行爲. You do me an *injustice.* 你對我做了一件不公平的事.

ink [ɪŋk; ɪŋk] *n.* 墨水; 印刷用油墨. write in (red) *ink* 用(紅)墨水寫/fill a pen with blue *ink* 把鋼筆注滿藍墨水.

─ *vt.* 用墨水寫[塗, 弄髒].

ink·ling [`ɪŋklɪŋ; `ɪŋklɪŋ] *n.* [a U] 暗示, 稍微透露; 稍有感覺, 略知. He got an *inkling of* how serious the situation was. 他略微覺到事態的嚴重性/I had no *inkling that* he was sick. 我完全不知道他生病了.

ink·pad [`ɪŋkpæd; `ɪŋkpæd] *n.* [C] 印臺.

ink·pot [`ɪŋkpɑt; `ɪŋkpɒt] *n.* [C] 墨水瓶.

ink·stand [`ɪŋk͵stænd; `ɪŋkstænd] *n.* [C] 墨水瓶架.

ink·well [`ɪŋk͵wɛl; `ɪŋkwel] *n.* [C] 墨水池(特指固定在書桌上的).

ink·y [`ɪŋkɪ; `ɪŋkɪ] *adj.* (文章) **1** 墨水似的; 漆黑的, 全黑的. *inky* darkness 漆黑.

2 被墨水沾汚的. *inky* fingers 沾到墨水的手指.

in·laid [ɪn`led; ͵ɪn`leɪd] *adj.* 有嵌花裝飾的. a box with an *inlaid* top of silver 蓋子有銀飾嵌花的箱子/an *inlaid* design 鑲嵌圖案.

***in·land** [`ɪnlənd; `ɪnlənd] *adj.* (限定) **1** 內地的, 內陸的; 遠離海岸的. an *inland* city 內地[內陸]城市. **2** (英)國內的. *inland* mail 國內郵件.

─ [ɪn`lænd, `ɪnlənd; ͵ɪn`lænd] *adv.* 往[在]內地, 向[在]內地. go [live] far *inland* 深入[居]內地.

ínland révenue *n.* **1** [U](英)國內稅收 ((美) internal revenue).

2 (the *I*nland *R*evenue)(英)國稅局((美) Internal Revenue Service).

Ínland Séa *n.* (加 the) **1** (日本)瀨戶內海. **2** [C] (*inland sea*)內海.

in·law [`ɪn͵lɔ; `ɪnlɔː] *n.* [C] 《口》(通常 inlaws)沒有血緣關係的親戚(夫[妻]之父、母等), 姻親.

in·lay [`ɪn͵le; `ɪnleɪ] *n.* (*pl.* ~s) **1** [U] 鑲嵌(工藝); 鑲嵌材料. **2** [C] 鑲嵌圖案. **3** [C] 嵌體(治療齲齒用的鑲嵌物).

[inlay 1]

in·let [`ɪn͵lɛt; `ɪnlet] *n.* [C] **1** 港灣. **2** (河等的)

入(海)口 (↔ outlet).

in·mate [ˈɪnmet; ˈɪnmeɪt] *n.* ⓒ(醫院, 養老院等的)入院者;(監獄的)入獄者.

in·most [ˈɪnˌmost, -məst; ˈɪnməʊst] *adj.* (限定)最深處的 (↔ outmost); 內心最深處的, 藏在心底的.

✲inn [ɪn; ɪn] *n.* (*pl.* ~s [~z; ~z]) ⓒ客棧, 旅店. stay at an *inn* 住旅店. [參見] inn 指兼營旅館和餐飲的鄉下舊式客棧; 現代的稱爲 hotel.

the inns of Cóurt (英)(四大)律師協會(位於倫敦, 有授予律師資格權的四個協會).

[inn]

in·nards [ˈɪnədz; ˈɪnədz] *n.* (作複數)(口)
1 內臟, 胃腸.
2 (機械等的)內部. ★由 inwards 演變而來.

in·nate [ɪˈnet, ɪnˈnet; ɪˈneɪt] *adj.* (限定)(個性等)與生俱來的, 天生的, 先天的. an *innate* sense of humor 天生的幽默感.
↔ acquired.

in·nate·ly [ɪˈnetlɪ, ɪnˈnetlɪ; ɪˈneɪtlɪ] *adv.* 天生地, 先天地.

✲in·ner [ˈɪnə; ˈɪnə(r)] *adj.* (限定) 1 內部的, 在內部的, 裡面的, 深處的, (interior; ↔ outer). an *inner* room 內室/an *inner* court 院子, 內院.
2 精神上的, 心靈的; 祕密的. the *inner* life 精神生活/You should listen to your *inner* voice. 你應該傾聽自己內心的聲音.

ínner cíty *n.* ⓒ內城區(特指大都市內低收入者密集居住的地區).

in·ner·most [ˈɪnəˌmost, -məst; ˈɪnəməʊst] *adj.* =inmost.

ínner túbe *n.* ⓒ(輪胎的)內胎.

in·ning [ˈɪnɪŋ; ˈɪnɪŋ] *n.* 1 ⓒ(棒球)…局, …回合. the top [first half] of the seventh *inning* 七局上/the bottom [second half] of the seventh *inning* 七局下.
2 (innings)(單複數同形)活躍時期, (某人)得意的時期.

inn·keep·er [ˈɪnˌkipə; ˈɪnˌkiːpə(r)] *n.* ⓒ旅店老闆.

✲in·no·cence [ˈɪnəsns; ˈɪnəsəns] *n.* Ⓤ 1 無罪, 清白, (↔ guilt). He tried to prove his *innocence*. 他想要證明自己的清白.
2 天眞爛漫; 無知. the *innocence* of a child 孩子的天眞/I told him in all *innocence* that I had once loved her. 我天眞地告訴他我以前曾愛過她.

✲in·no·cent [ˈɪnəsnt; ˈɪnəsənt] *adj.* 1 無罪的; 沒有犯罪的(of); 無辜的 (↔ guilty). The policeman arrested an *innocent* man. 這個警察逮捕了一個無辜的人/He is *innocent* of the crime. 他沒有犯這樁罪/an *innocent* victim 無辜的受害者(指沒有關係卻受害的人).
2 天眞的, 天眞爛漫的. an *innocent* child 天眞的小孩.
3 無惡意的; 無害的. his *innocent* remark 他並無惡意的話.
4 單純的; 不世故的.
— *n.* ⓒ天眞的人(特指孩童); 清白的人; 無罪的人; 單純的人.

in·no·cent·ly [ˈɪnəsntlɪ; ˈɪnəsntlɪ] *adv.* 無罪地; 天眞地.

in·noc·u·ous [ɪˈnakjʊəs; ɪˈnɒkjʊəs] *adj.* (文章)無害的; (蛇等)無毒的; (言行等)無惡意的.

in·no·vate [ˈɪnəˌvet; ˈɪnəʊveɪt] *vi.* 刷新, 革新.

in·no·va·tion [ˌɪnəˈveʃən; ˌɪnəʊˈveɪʃn] *n.* 1 ⓒ新事物, 新方法. technical *innovations* 技術創新. 2 Ⓤ刷新, 革新. the *innovation* of the land system 土地制度的改革.

in·no·va·tor [ˈɪnəˌvetə; ˈɪnəʊveɪtə(r)] *n.* ⓒ革新者.

in·nu·en·do [ˌɪnjuˈɛndo; ˌɪnjuːˈendəʊ] *n.* (*pl.* ~s, ~es) ⓒ(文章)諷刺挖苦; 指桑罵槐.

In·nu·it [ˈɪn(j)uɪt; ˈɪn(j)uːɪt] *n.* =inuit.

✲in·nu·mer·a·ble [ɪˈn(j)umərəbl, ɪnˈn-, -ˈnjum-; -ˈnum-; ɪˈnjuːmərəbl] *adj.* 數不清的, 無數的, 眾多的. Laura has tried *innumerable* times to contact him. 蘿拉試了無數次想跟他聯絡.
[字源] NUMER「數」: in*numer*able, *numer*ous (多數的), *number* (數字).

in·oc·u·late [ɪnˈakjəˌlet; ɪnˈɒkjʊleɪt] *vt.* 預防注射(against 針對…); 預防接種(with 疫苗等). I was *inoculated against* cholera. 我接種了霍亂預防針.

in·oc·u·la·tion [ɪnˌakjəˈleʃən; ɪˌnɒkjʊˈleɪʃn] *n.* Ⓤⓒ(預防)接種; 打預防針.

in·of·fen·sive [ˌɪnəˈfɛnsɪv; ˌɪnəˈfensɪv] *adj.* (人, 物, 或動作等)無害的; (人, 態度等)不會招致厭惡的.

in·op·er·a·ble [ɪnˈapərəbl; ɪnˈɒpərəbl] *adj.*
1 (醫學)(腫瘤等)不能動手術的, 無法處理的.
2 (計畫等)不可能實施的.

in·op·er·a·tive [ɪnˈapəˌretɪv, -ˈapərətɪv, -ˈaprətɪv; ɪnˈɒpərətɪv] *adj.* (法律, 規則)無效力的.

in·op·por·tune [ɪnˌapəˈtjun, ɪnˌap-, -ˈtrun, -ˈtun; ɪnˈɒpətjuːn] *adj.* 不合時宜的; 不湊巧的.

in·op·por·tune·ly [ɪnˌapəˈtjunlɪ, ɪnˌap-, -ˈtrun, -ˈtun; ɪnˈɒpətjuːnlɪ] *adv.* 不合時宜地.

in·or·di·nate [ɪnˈɔrdnɪt; ɪnˈɔːdɪnət] *adj.* (文章)過度的, 極度的, (excessive).

in·or·di·nate·ly [ɪnˈɔrdnɪtlɪ; ɪnˈɔːdɪnətlɪ] *adv.* (文章)過度地.

in·or·gan·ic [ˌɪnɔrˈgænɪk; ˌɪnɔːˈgænɪk] *adj.*
《化學》無機的，非有機的，(◆ organic)．Minerals are *inorganic*. 礦物是無機物．

ìnorganic chémistry *n.* ⓤ無機化學．

in·pa·tient [ˈɪnˌpeʃənt; ˈɪnˌpeɪʃnt] *n.* ⓒ住院病人，(◆ outpatient)．

＊in·put [ˈɪnˌput; ˈɪnpʊt] *n.* (*pl.* ~s [~s; ~s]) ⓤⓒ
(通常用單數) **1** 《電、機械》輸入(*to*)；《電腦》輸入《輸入電腦的資料》；(◆ output)．

2 (資本，力量等的)投注(物)(*to*)．

—— *vt.* (~s; ~, ~ted; ~ting)把[資料]輸入〔電腦〕．

ìnput/óutput (電腦) *n.* ⓤⓒ 輸入輸出．

—— *adj.* 輸入輸出的．

in·quest [ˈɪnkwɛst; ˈɪnkwest] *n.* ⓒ審訊；驗屍(coroner's inquest)．

in·qui·e·tude [ɪnˈkwaɪəˌtjud, -ˌtɪud, -ˌtud; ɪnˈkwaɪətjuːd] *n.* ⓤ《文章》擔心，不安．

＊in·quire [ɪnˈkwaɪr; ɪnˈkwaɪə(r)] *v.* (~s [~z; ~z]; ~d [~d; ~d]; -quir·ing) *vt.* 詢問，問；[句型3] 詢問是否…，質問，打聽；(用 inquire **A** of **B**)向 B 詢問 A. *inquire* the time 問時間／*inquire* her name 問她的名字／I *inquired* what the little boy wanted. 我問這小男孩想要甚麼／She *inquired* of Mr. Wright *whether* he would attend the meeting. 她問萊特先生是否會出席會議(★用 of 爲《文章》)．

—— *vi.* 詢問，打聽信息；(用 inquire about...) 詢問有關…，He wants to *inquire about* what happened. 他想打聽究竟發生了甚麼事．

[同] ask, question, interrogate, inquire 中，ask 最常用；inquire 的語氣比 ask 正式；interrogate 則含有「盤問」或較正式的「質問」之意．

＊*inquíre after...* 向…問安，問候健康情形．Thank you for *inquiring after* me. 謝謝你對我的問候．

inquíre for... 求見…；詢問〔店中〕是否有〔某物品〕．I've *inquired for* the book at every bookseller's in town. 我已經到過城裡的每一間書店去找這本書了．

＊*inquíre into...* 調查…，探究…，*inquire into* the causes of an accident 調查事故的原因．

[字源] QUIRE「尋求」: in*quire*, ac*quire* (獲得)，re*quire* (需要)．

in·quir·er [ɪnˈkwaɪrə; ɪnˈkwaɪərə(r)] *n.* ⓒ訪問者；探索者；調查者．

in·quir·ing [ɪnˈkwaɪrɪŋ; ɪnˈkwaɪərɪŋ] *v.* inquire 的現在分詞，動名詞．

—— *adj.* 很想知道的，好奇心強的．

in·quir·ing·ly [ɪnˈkwaɪrɪŋlɪ; ɪnˈkwaɪərɪŋlɪ] *adv.* 懷疑地．

＊in·quir·y [ɪnˈkwaɪrɪ, ˈɪnkwərɪ; ɪnˈkwaɪərɪ] *n.* (*pl.* -quir·ies [~z; ~z]) **1** ⓒ調查；質問；打聽；探究；(*into*, *about* 關於…的)．hold an *inquiry into* the cause of an air crash 調查飛機失事的原因／*inquiries about* the product 關於這項產品的查詢．

2 ⓤ詢問，質問，查問．a letter of *inquiry* 詢問函．

＊*màke an inquíry* [*inquíries*] 調查，查問，打聽，(*about*, *into*)．No *inquiry* was *made into* the incident. 對該事件沒有進行過調查．

on inquíry 打聽，調查．

inquíry óffice *n.* ⓒ(英)詢問處，服務臺，(information desk)．

in·qui·si·tion [ˌɪnkwəˈzɪʃən; ˌɪnkwɪˈzɪʃn] *n.*
1 ⓒ(特指嚴厲的)調查，審訊．

2 《天主教》(the *I*nquisition)異端審訊所，宗教法庭，(13世紀時設置，用以處罰異端者，於19世紀廢除)．

in·quis·i·tive [ɪnˈkwɪzɪtɪv; ɪnˈkwɪzətɪv] *adj.* 很想知道的；愛打聽(關於他人之事)的，好刺探的．

in·quis·i·tive·ly [ɪnˈkwɪzɪtɪvlɪ; ɪnˈkwɪzətɪvlɪ] *adv.* 很想知道地；愛打聽地．

in·quis·i·tor [ɪnˈkwɪzətə; ɪnˈkwɪzɪtə(r)] *n.* ⓒ
1 審問者．

2 《天主教》(*I*nquisitor) (舊時的)異端審訊官，宗教法庭審判官．

in·quis·i·to·ri·al [ɪnˌkwɪzəˈtorɪəl, ˌɪnkwɪzə-; ɪnˌkwɪzɪˈtɔːrɪəl] *adj.* 《文章》**1** 異端審訊(官)的．

2 (通常指責)如同異端審訊官般的；嚴厲審問的．

in·road [ˈɪnˌrod; ˈɪnrəʊd] *n.* ⓒ(通常 inroads) (向敵方領土等的)攻擊，侵入，侵略．

màke ínroads into [*on, upon*]... 侵入…；耗費〔時間等〕．

in·rush [ˈɪnˌrʌʃ; ˈɪnrʌʃ] *n.* ⓒ湧入，流入；侵入．

＊in·sane [ɪnˈsen; ɪnˈseɪn] *adj.* **1** 發狂的，瘋狂的，(爲)精神病患的，(◆ sane)．Bill became *insane* and was sent to a mental hospital. 比爾發瘋被送入精神病院．[同] insane 的重點在於因精神障礙而無法適應社會生活；→ mad．

2 (口)瘋狂的，荒唐的．an *insane* plan 瘋狂的計畫．*n.* insanity．

in·sane·ly [ɪnˈsenlɪ; ɪnˈseɪnlɪ] *adv.* 瘋狂地．

in·san·i·tar·y [ɪnˈsænəˌtɛrɪ; ɪnˈsænɪtərɪ] *adj.* 不衛生的；有害健康的，◆ sanitary．

in·san·i·ty [ɪnˈsænətɪ; ɪnˈsænətɪ] *n.* (*pl.* -ties)
1 ⓤ瘋狂，精神錯亂，(◆ sanity)．

2 ⓒ瘋狂的行爲，荒唐的事．

in·sa·tia·ble [ɪnˈseʃɪəbl, -ˈseʃə-; ɪnˈseɪʃəbl] *adj.* 不知足的，貪婪的，貪得無厭的，(*of*)．

in·sa·tia·bly [ɪnˈseʃɪəblɪ, -ˈseʃə-; ɪnˈseɪʃəblɪ] *adv.* 不知足地，貪婪地．

in·scribe [ɪnˈskraɪb; ɪnˈskraɪb] *vt.* **1** 寫，刻，雕，〔文字等〕，(*in*, *into*, *on* 〔石，樹，書等上〕)；記於(*with*)．*inscribe* her name *on* the inside of the ring = *inscribe* the inside of the ring *with* her name 在戒指的內側刻上她的名字．

2 銘記(於心)．

3 (寫上名字等)呈獻〔書籍等〕(*to*, *for*)．

in·scrip·tion [ɪnˈskrɪpʃən; ɪnˈskrɪpʃn] *n.* ⓒ
題記[銘刻]之物；銘，碑文；(貨幣等的)銘刻；(書籍等的)獻辭．read the *inscription* on a tomb-

stone 讀刻在墓石上的碑文. ⇨ *v.* **inscribe**.

in·scru·ta·ble [ɪn`skrutəbl̩, -`skrɪut-; ɪn`skruːtəbl] *adj.* 《文章》(人, 行動等)深不可測的, 難以理解的.
an *inscrutable* smile 難以理解的微笑.

in·scru·ta·bly [ɪn`skrutəblɪ, -`skrɪut-; ɪn`skruːtəblɪ] *adv.* 捉摸不定地; 不可解地.

*in·sect [`ɪnsɛkt; `ɪnsekt] *n.* (*pl.* ~**s** [~s; ~s]) Ⓒ **1** 昆蟲. **2** (籠統的說法)蟲(包括昆蟲以外的蜘蛛, 蜈蚣等). The garden is full of *insects* in summer. 夏天院子裡盡是昆蟲.

　[字源] SECT「切」: in*sect*(蟲<「由分解的身體各部分所組成」), *section* (片段), dis*sect* (解剖), *sect* (派別).

in·sec·ti·cide [ɪn`sɛktə͵saɪd; ɪn`sektɪsaɪd] *n.* ⓊⒸ 殺蟲劑.

in·sec·ti·vore [ɪn`sɛktə͵vor, -͵vɔr; ɪn`sektɪ͵vɔː(r)] *n.* Ⓒ 食蟲動物(植物).

in·sec·tiv·o·rous [͵ɪnsɛk`tɪvərəs, -`tɪvrəs; ͵ɪnsek`tɪvərəs] *adj.* 吃昆蟲的, 食蟲的.

in·se·cure [͵ɪnsɪ`kjʊr, -`kɪʊr; ͵ɪnsɪ`kjʊə(r)] *adj.*
1 不安全的; 不安定的, 不可靠的. a rather *insecure* foundation 相當不牢固的地基/*insecure* evidence 不確實的證據.
2 (人, 事物)靠不住的; (人)感到不安的; 沒有自信的, 無信心的. an *insecure* person 缺乏自信的人/I feel *insecure* about my job. 我對自己的工作沒有安全感.

in·se·cure·ly [͵ɪnsɪ`kjʊrlɪ, -`kɪʊr-; ͵ɪnsɪ`kjʊəlɪ] *adv.* 不安定地; 不可靠地; 沒有自信地.

in·se·cu·ri·ty [͵ɪnsɪ`kjʊrətɪ, -`kɪʊrətɪ; ͵ɪnsɪ`kjʊərətɪ] *n.* Ⓤ **1** 不安全; 不安定.
2 沒有自信; 不安.

in·sem·i·nate [ɪn`sɛmə͵net; ɪn`semɪneɪt] *vt.* 使受精, 使人工授精.

in·sem·i·na·tion [ɪn͵sɛmə`neʃən, ͵ɪnsɛmə-; ɪn͵semɪ`neɪʃn] *n.* Ⓤ受精. artificial *insemination* 人工授精.

in·sen·sate [ɪn`sɛnset, -sɪt; ɪn`senseɪt] *adj.* 《文章》**1** 沒有感覺的; 無生命的. **2** 缺乏理性的; 愚蠢的.

in·sen·si·bil·i·ty [ɪn͵sɛnsə`bɪlətɪ, ͵ɪn͵sɛnsə-ɪn͵sensə`bɪlətɪ] *n.* Ⓤ《文章》**1** 無感覺, 遲鈍; 不關心, 冷淡; (*to* 對於…). **2** 無意識; 不省人事.

in·sen·si·ble [ɪn`sɛnsəbl̩; ɪn`sensəbl] *adj.* 《文章》**1** (敘述)感覺不到的, 沒感覺的, 感覺遲鈍的, (*to, of*) (insensitive); 未察覺的《*of*). be *insensible* to pain 感覺不到疼痛.
2 失去意識的, 不省人事的. He was still lying *insensible*. 他依然躺著不省人事.
3 (察覺不到地)細微的(很少的).

in·sen·si·bly [ɪn`sɛnsəblɪ; ɪn`sensəblɪ] *adv.* 《文章》察覺不到地, 一點點地.

in·sen·si·tive [ɪn`sɛnsətɪv; ɪn`sensətɪv] *adj.*
1 無感覺的, 感覺不到的, 感受遲鈍的, (*to*). in*sensitive* to heat 感覺不到熱的/*insensitive* to problems 對問題遲鈍的.
2 無感受力的, 無法敏銳察覺他人心情的.

in·sep·a·ra·ble [ɪn`sɛpərəbl̩, -`prə-; ɪn`sepərəbl] *adj.* 不可分離的, 無法分開的, (*from*). *inseparable* friends 形影不離的朋友/The two are *inseparable from* one another. 這二者互不可分.

in·sep·a·ra·bly [ɪn`sɛpərəblɪ, -`prə-; ɪn`sepərəblɪ] *adv.* 不可分離地, 無法分開地.

*in·sert [ɪn`sɛt; ɪn`sɜːt] (★與 *n.* 的重音位置不同) *vt.* (~**s** [~s; ~s]; ~**ed** [~ɪd; ~ɪd]; ~**ing**) **1** 插入, 插進, 嵌入, (*in, into, between*). insert a key in a lock 把鑰匙插入鎖中/He *inserted* his hand *into* the hole and pulled out a small gold box. 他把手伸進洞裡取出一個小金盒.
2 寫入, 添加, (字詞等); 刊載(啓事, 廣告等); (*in, into, between*). The teacher *inserted* a definite article *between* the preposition and the noun. 老師在介系詞和名詞之間加了一個定冠詞/They *inserted* an announcement of their daughter's engagement *in The Times*. 他們在『泰晤士報』上刊登了女兒的訂婚啓事.
—— [`ɪnsɛt; `ɪnsɜːt] *n.* Ⓒ 插入物; (報紙, 雜誌, 書籍等的)插頁(廣告).

in·ser·tion [ɪn`sɛʃən; ɪn`sɜːʃn] *n.* **1** Ⓤ插入, 插進. **2** Ⓒ插入物, 插入字句; 添寫, 填入; 插

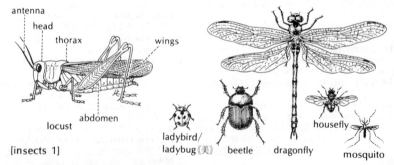

antenna
head
thorax
wings

abdomen
locust

[insects 1]

ladybird/
ladybug(美)　beetle　dragonfly

housefly

mosquito

頁廣告〔傳單〕.

in-ser-vice [.ɪn`sɜvɪs; .ɪn`sɜːvɪs] *adj.* 《限定》在職的，任職中的. *in-service* training 在職訓練.

in-set [ɪn`sɛt; .ɪn`set] *vt.* (~s; ~; ~ting) 插進，插入，〔圖版等〕(*in, into*)；插入《*with*》.
── [`ɪn.sɛt; `ɪnset] *n.* ⓒ 插頁圖，照片；(大圖中)插入的小圖.

in-shore [`ɪn.ʃor, -.ʃɔr; .ɪn`ʃɔː(r)] *adj.* 《限定》近海岸〔陸地〕的；(風)向海岸〔陸地〕的. *inshore* fishing 近海漁業.
── *adv.* 接近海岸〔陸地〕；朝向海岸〔陸地〕；(↔ offshore).

‖in·side [`ɪn`saɪd; .ɪn`saɪd] *n.* (*pl.* ~s [-z; ~z]) ⓒ 【 內 部 】 **1** 內部，內側，內面，(↔ outside). the *inside* of the garage 車庫內部/the *inside* of a hand 手掌/lock the door from [on] the *inside* 由裡面將門反鎖/I painted the *inside* of the box red. 我把箱子內部塗成紅色.
2 人行道靠房屋的一側，(棒球)內側(本壘板上靠打者那一側).
3 內容；(公司等的)內部；內情. The secret was leaked by someone on the *inside*. 那個祕密被內部的某個人洩露出來.
4 【身體的內部】(口)(通常 insides)肚子，腹部. I have a pain in my *insides*. 我肚子痛.
5 【心的內部】內心.
inside óut 《副詞性》(1)翻過來地. You have your sweater on *inside* out. 你的毛衣穿反了.
(2)(口)徹底地，完全地. He knows the book trade *inside* out. 他對賣書這一行瞭若指掌.
── [`ɪn.saɪd; `ɪnsaɪd] *adj.* 《限定》**1** 內部的，在內部的，內側的，內面的；屋內的；(↔ outside). *inside* walls 內牆/an *inside* seat (列車等的)靠走道的座位.
2 祕密的；(只限於)圈內的. *inside* information 內情/the *inside* story 內幕消息.
3 (棒球)(投球)內側的(↔ outside). an *inside* pitch 內角球.
── [`ɪn.saɪd; `ɪnsaɪd] *adv.* 在內部，在裡面，在屋內；向內，向屋內，(↔ outside). Please come *inside*. 請進.
inside of... (1)《主美》=inside *prep.* (2)(口)在…之內. *inside* of an hour 一小時之內.
── [ɪn`saɪd; .ɪn`saɪd] *prep.* 在…的裡面，在…的內部，(within 回). *inside* the house 在屋裡/*inside* the body 在體內.

in-sid-er [ɪn`saɪdə; .ɪn`saɪdə(r)] *n.* ⓒ 內部的人；會員，熟悉內情的人，消息靈通人士，(↔ outsider).

insíder déaling [**tráding**] *n.* Ⓤ (股票的)內線交易(依據只有內部人士才能獲得的消息所進行的違法交易).

ínside tráck *n.* (加 the)內圈的跑道；(美)有利的立場.

in-sid-i-ous [ɪn`sɪdɪəs; ɪn`sɪdɪəs] *adj.* 《文章》
1 暗中策劃的；狡詐的，陰險的.
2 (病情等)不知不覺地發展的.

in-sid-i-ous-ly [ɪn`sɪdɪəslɪ; ɪn`sɪdɪəslɪ] *adv.*

────────── **insight** 803 ──────────

《文章》偷偷地，私下地；陰險地；(病情等)不知不覺地(惡化等).

‖in·sight [`ɪn.saɪt; `ɪnsaɪt] (★注意重音位置) *n.* (*pl.* ~s [-s; ~s]) Ⓤⓒ 觀察力《*into*》；真知灼見；眼力，洞察力. a man of *insight* 具洞察力的人/He has a special *insight* into people. 他對人有特殊的洞察力/The book gave me an *insight* into life in medieval Europe. 這本書使我清楚地瞭解中世紀的歐洲生活.

in-sig-ni-a [ɪn`sɪgnɪə; ɪn`sɪgnɪə] *n.* 《作複數》(集合)標誌，徽章，證章，《表示地位等級或職務等》.

[the Insignia of the Order of the Garter]

in-sig-nif-i-cance [.ɪnsɪg`nɪfəkəns; .ɪnsɪg`nɪfɪkəns] *n.* Ⓤ 不重要，無足輕重；無意義.

‖in·sig·nif·i·cant [.ɪnsɪg`nɪfəkənt; .ɪnsɪg`nɪfɪkənt] *adj.* 不重要的，無足輕重的；無意義的. an *insignificant* change 不重要的變更/an *insignificant* person 無足輕重的人.

in-sig-nif-i-cant-ly [.ɪnsɪg`nɪfəkəntlɪ; .ɪnsɪg`nɪfɪkəntlɪ] *adv.* 無足輕重地；無意義地.

in-sin-cere [.ɪnsɪn`sɪr; .ɪnsɪn`sɪə(r)] *adj.* 不誠實的；無誠意的；偽善的.

in-sin-cere-ly [.ɪnsɪn`sɪrlɪ; .ɪnsɪn`sɪəlɪ] *adv.* 不誠實地；偽善地.

in-sin-cer-i-ty [.ɪnsɪn`sɛrətɪ; .ɪnsɪn`serətɪ] *n.* Ⓤ 不誠實；無誠意；偽善.

in-sin-u-ate [ɪn`sɪnju.et; ɪn`sɪnjʊeɪt] *vt.* 《文章》
1 拐彎抹角地說〔不愉快的事等〕，指桑罵槐《句型3》(insinuate *that* 子句/*wh* 子句)暗示….
2 使…逐漸地〔巧妙地〕進入《*into*》. He tried to *insinuate* himself *into* his boss's favor. 他試圖用各種不著痕跡的手段取得老闆的寵信.

in-sin-u-a-tion [ɪn.sɪnju`eʃən; ɪn.sɪnjʊ`eɪʃn] *n.* 《文章》Ⓤ 拐彎抹角地說，指桑罵槐；ⓒ 影射.

in-sip-id [ɪn`sɪpɪd; ɪn`sɪpɪd] *adj.* **1** 沒味道的，淡而無味的，味道不好的. **2** 無趣的，乏味的.

in-si-pid-i-ty [.ɪnsɪ`pɪdətɪ; .ɪnsɪ`pɪdətɪ] *n.* Ⓤ 沒味道；無聊.

‖in·sist [ɪn`sɪst; ɪn`sɪst] *v.* (~s [-s; ~s]; ~ed [-ɪd; ~ɪd]; ~ing) *vi.* **1** 堅持…；強調. He *insisted* on his innocence. 他堅稱他自己無罪(★此句可替換成 *vt.* 1 的例句).
2 強烈要求，央求，《on, upon》. She *insisted* on marrying him. 她一定要嫁給他/They *insisted* on

my dismissing him. 他們一定要我辭退他/I'll take the examination if you *insist*. 如果你堅持的話,我會去考試。

> |搭配| insist (1-2)+*adv*.: ~ absolutely (絕對地堅持), ~ firmly (堅決地堅持), ~ strongly (強烈地堅持), ~ stubbornly (死硬地堅持).

── *vt*. |句型3| (insist *that* 子句) **1** 堅決主張…。He *insisted that* he was innocent. 他堅稱自己是無辜的(→ *vi*. 1)。

2 強烈要求(做某事)(→ *vi*. 2)。I *insist that* he (should) appear without delay. 我堅持要他馬上來(★用 ...he appear 時, appear 是假設語氣現在式)。

> |字源| SIST「站立」: in*sist*, as*sist* (協助(<立於一旁)), con*sist* (構成), per*sist* (堅持), re*sist* (抵抗)。

in·sis·tence [ɪn`sɪstəns; ɪn`sɪstəns] *n*. |UC| 主張; 堅持; 勉強; 《*on, upon*》。my *insistence on* his quitting smoking 我堅持要他戒菸/I had a physical examination at my wife's *insistence*. 我在妻子的堅持下接受健康檢查。

in·sist·ent [ɪn`sɪstənt; ɪn`sɪstənt] *adj*. **1** 強烈要求的, 堅持的, 《*on, upon*; *that* 子句》。their *insistent* protests 他們的強烈抗議/He was *insistent on* paying for us. 他堅持要替我們付帳/Tom was *insistent that* we (should) go together. 湯姆堅持要我們一起去。**2** 〔顏色, 聲音, 音調等〕十分引人注意的, 顯眼的。

in·sist·ent·ly [ɪn`sɪstəntlɪ; ɪn`sɪstəntlɪ] *adv*. 強求地, 堅持地, 頑固地。

in si·tu [ɪn`saɪtu, -tɪu, -tu; ɪn-`saɪt(j)uː] (拉丁語) 在本來的地點, 在原來的位置。

in·so·far [͵ɪnso`far; ͵ɪnsəʊ`fɑː(r)] *adv*. ★亦作 in so far. 《用於下列片語》

insofár as... 在…的範圍內, 以…為限。*Insofar as* I know, things are going fine. 就我所知, 事情進行得很順利。

in·sole [`ɪn͵sol; `ɪnsəʊl] *n*. |C| 鞋的內底; 鞋墊。

in·so·lence [`ɪnsələns; `ɪnsələns] *n*. **1** |U| 傲慢, 無禮, 自大。**2** |C| 傲慢[專橫]的言行舉止。

in·so·lent [`ɪnsələnt; `ɪnsələnt] *adj*. 〔人, 態度等〕傲慢的, 無禮的, 自大的。

in·so·lent·ly [`ɪnsələntlɪ; `ɪnsələntlɪ] *adv*. 傲慢地, 自大地, 無禮地。

in·sol·u·ble [ɪn`saljəbl; ɪn`sɒljʊbl] *adj*. **1** 〔問題等〕不能解決的, 無法解釋的。**2** 〔物質等〕不溶解的。

in·sol·ven·cy [ɪn`salvənsɪ; ɪn`sɒlvənsɪ] *n*. |U| (借款)無法償還; 破產。

in·sol·vent [ɪn`salvənt; ɪn`sɒlvənt] *adj*. 無法償還的; 破產的。

in·som·ni·a [ɪn`samnɪə; ɪn`sɒmnɪə] *n*. |U| 失眠「症。

in·som·ni·ac [ɪn`samnɪ͵æk; ɪn`sɒmnɪæk] *n*. |C| 失眠症患者。
── *adj*. 失眠症的。

in·so·much [͵ɪnsə`mʌtʃ, -so-; ͵ɪnsəʊ`mʌtʃ] *adv*. 《用於下列片語》

insomúch as... = inasmuch as... (inasmuch的片語)

insomúch that... 如此地, 在[到]…的程度; 因之故。

in·sou·ci·ance [ɪn`susɪəns; ɪn`suːsjəns] (法語) *n*. |U| 漫不經心; 漠不關心; (indifference)。

in·sou·ci·ant [ɪn`susɪənt; ɪn`suːsjənt] (法語) *adj*. 漫不經心的; 漠不關心的; (indifferent)。

****in·spect** [ɪn`spɛkt; ɪn`spekt] *vt*. (~s [~s; ~s]; ~ed [~ɪd; ~ɪd]; ~ing) **1** 詳細調查, 檢查, 查核。The man *inspected* the building site. 那個人詳細檢查那塊建築工地。|同| inspect 主要在調查是否有疏忽或缺點; → examine。

2 (官方或正式地)視察; 審查; 檢閱; 閱兵。Some officials came to *inspect* our school. 有數名官員來我們學校視察。

> |字源| SPECT「觀看」: in*spect*, a*spect* (某一角度, 外觀), ex*pect* (預期), per*spect*ive (透視畫法), *spect*ator (觀眾)。

****in·spec·tion** [ɪn`spɛkʃən; ɪn`spekʃn] *n*. |UC| **1** 檢查, 調查, 查核。safety *inspection* 安全檢查/We gave the airplane a thorough *inspection*. 我們徹底檢查了那架飛機/On (closer) *inspection*, it was found to be human blood. 在(詳細地)檢查之後, 發現那是人的血。

2 視察, 檢閱。They made an *inspection* of the plant. 他們視察了那家工廠。

> |搭配| *adj*.+inspection (1-2): a detailed ~ (詳細的檢查), a superficial ~ (敷衍的檢查) // *v*.+inspection: carry out an ~ (執行檢查), conduct an ~ (施行檢查)。

****in·spec·tor** [ɪn`spɛktɚ; ɪn`spektə(r)] *n*. (*pl*. ~s [~z; ~z]) |C| **1** 檢查者[官員], 檢閱者, 稽查人員。a school *inspector* 督學。

2 (美、英)階級次於警長(superintendent)的警官 (→ policeman |參考|)。

****in·spi·ra·tion** [͵ɪnspə`reʃən; ͵ɪnspə`reɪʃn] *n*. (*pl*. ~s [~z; ~z]) **1** |U| 靈感。An artist often draws his *inspiration* from natural beauty. 藝術家常從自然的美當中獲取靈感。

2 |U| 鼓勵, 激勵; 刺激。Her English improved under the *inspiration* of her teacher. 在老師的鼓勵之下, 她的英語進步了/Our cheers gave *inspiration* to the team. 我們的加油鼓舞了球隊的士氣。

3 |C| 給予靈感[鼓勵]的人[物]。He was a constant *inspiration* to his friends. 他不斷地鼓勵他的朋友們。

4 |C| (突然想到的)妙計, 好主意。Just then I had an *inspiration*. 就在那時我突然想到一個好主意。

****in·spire** [ɪn`spaɪr; ɪn`spaɪə(r)] *vt*. (~s [~z; ~z]; ~d [~d; ~d]; -spir·ing) **1** (a) 使〔某人〕振奮; 鼓舞, 激勵, 〔某人〕; (*to* 朝…)。His mother's words *inspired* him to a better life. 他母親的話鼓舞他朝更好的生活努力。

(b) |句型5| (inspire **A** *to* do) 激勵[鼓勵]A(人)…。His success story *inspired* us *to* make more effort. 他成功的故事激勵我們要更加努力。

2 激發, 使產生, 〔感情, 思想等〕, 《*in, into* (人

等）》；激勵起〔某人等〕《with》. He *inspired* new hope *in* the audience. 他激起觀眾的新希望/Mr. Bell, the coach, *inspired* the team *with* courage. 教練貝爾先生激起了全隊的士氣.

| 搭配 inspire+n.: ~ admiration (引起讚賞), ~ love (激起愛情), ~ loyalty (引發忠誠), ~ respect (引發敬意).

3 給予…靈感.

字源 SPIRE「呼 吸」: in*spire* , ex*pire* （吐 氣）, *spir*it （精神）, con*spire* （共謀）.

in·spired [ɪn`spaɪrd; in'spaiəd] *adj.* 〔人, 工作等〕獲得靈感（般）的; 傑出的, 出色的.

in·spir·ing [ɪn`spaɪrɪŋ; in'spaiəriŋ] *v.* inspire 的現在分詞、動名詞.
— *adj.* 激勵的; 賦予靈感的.

inst. [ɪnst; inst, 'ɪnstənt] (略) （商業文書）本月的 (→ instant *adj.* 4). on the 19th *inst.* 於本月 19 日.

in·sta·bil·i·ty [ˌɪnstə`bɪlətɪ; ˌinstə'biləti] *n.* Ⓤ 不穩定; 情緒不穩定; 見異思遷, 善變.
↪ *adj.* unstable.

in·stall [ɪn`stɔl; in'stɔːl] *vt.* (~s [~z; ~z]; ~ed [~d; ~d]; ~ing) 【安置】 **1** 安裝, 設置, 備置, 裝設, 〔裝置等〕. They *installed* three computers in the office. 他們在辦公室安裝了三部電腦/I had a telephone *installed* last week. 我上星期裝了電話.
【使登上某地位或席位】 **2** （正式舉行儀式）使〔某人〕就任, 任命〔某人〕. Gregory was *installed* as chairman. 格瑞哥里正式就任主席.
3 使就位; 使安頓; 《in》. He *installed* himself *in* a chair. 他在椅子上坐好/We *installed* ourselves *in* our new house. 我們在新居住進新居了.

in·stal·la·tion [ˌɪnstə`leʃən; ˌinstə'leiʃn] *n.* **1** Ⓤ 就任（典禮）; 任命. **2** Ⓤ 設置; Ⓒ 裝置, 設備.

in·stall·ment （美）, **in·stal·ment** （英）[ɪn`stɔlmənt; in'stɔːlmənt] *n.* (*pl.* ~s [~s; ~s]) Ⓒ **1** （按月繳納等的）分期付款; （付款等）一次的數額. We are paying for the car by monthly *installments*. 我們按月分期繳納車款.
2 （連載文章等的）一回; （電視連續劇等的）一集. The novel first appeared in *installments* in a weekly magazine. 那部小說最初在週刊上連載.

installment plàn *n.* Ⓒ （常加 the）（美）分期付款（（英）hire-purchase）.

in·stance [`ɪnstəns; 'instəns] *n.* (*pl.* -stanc·es [~ɪz; ~iz]) Ⓒ
1 例子, 實例, (→ example 回). He gave [cited] several *instances* of her cruelty. 他舉了幾個她殘忍的實例.
2 情況, 場合, (case). in this [that] *instance* 在這[那]種情況下.
at the ínstance of... = *at* a *pèrson's ínstance* 應某人要求, 按照[根據]某人的建議. *At the instance of* the doctor, he took a vacation. 他照醫生的建議休假了.
* *for ínstance* 例如. You'll need some comfortable shoes: *for instance*, when you are hiking. 你需要一雙舒適的鞋子, 譬如說在你行的時候.

in the first ínstance 首先; 第一步. If you want to see the manager, you should *in the first instance* ask his secretary for an appointment. 如果你想見經理, 首先應該跟他的祕書預約.
— *vt.* （文章）舉…為例.

‡in·stant [`ɪnstənt; 'instənt] *adj.* 【急迫的】 **1** 立即的, 即刻的. an *instant* answer 立即回答/*instant* death 當場死亡.
2 （限定）〔食物〕稍加處理即可食用的, 速食的, 即溶的. *instant* coffee 即溶咖啡.
3 （限定）緊急的, 急迫的. an *instant* need for reform 改革的迫切需要.
4 （現今的）本月的（主要用於商業文書; 置於日期之後; 縮寫為 inst.）.
— *n.* (*pl.* ~s [~s; ~s]) Ⓒ 瞬間, 瞬息, (→moment 回).
for an ínstant 片刻之間. He left the room *for an instant*—not more than thirty seconds. 他離開房間才一下子而已——不超過三十秒/Not *for an instant* did I think he would break his promise. 我想都沒想過他會不守承諾.
in an ínstant 立刻, 馬上. Wait here—I'll be back *in an instant*. 在此稍候, 我馬上回來.
on the ínstant 當場, 立即.
* *the ínstant* (*that*)... （連接詞性）一…就[馬上] Let me know *the instant* his letter arrives. 他的信一到便馬上通知我.
this ínstant （副詞性）現在立刻. Stop teasing the dog *this instant*! 現在立刻停止戲弄那隻狗!

in·stan·ta·ne·ous [ˌɪnstən`tenɪəs; ˌinstən'teinjəs] *adj.* 當場立刻的, 瞬間的. *instantaneous* death 猝死.

in·stan·ta·ne·ous·ly [ˌɪnstən`tenɪəslɪ; ˌinstən'teinjəsli] *adv.* 當場即刻地, 瞬間地.

* **in·stant·ly** [`ɪnstəntlɪ; 'instəntli] *adv.* 馬上, 當場立刻, (at once). Nora recognized me *instantly*. 娜拉馬上就認出了我.

‡in·stead [ɪn`stɛd; in'sted] *adv.* 取而代之地; 反之, 反而. Meg didn't go to the movies; she went to a play *instead*. 梅格沒去看電影, 反而去看了一場戲/Yesterday he did not do his homework. *Instead*, he went to the party with Beth. 昨天他沒做家庭作業, 反而和貝絲去參加派對.
* *instéad of...* 取代…; 不…而…. I'll go *instead of* you. 我代替你去/Let's stay home *instead of* going out. 我們不要出門, 就待在家裡吧!/We went to the town by train *instead of* by bus. 我們不搭巴士而搭火車去城裡.

in·step [`ɪn,stɛp; 'instep] *n.* Ⓒ **1** 腳背. **2** （鞋, 襪等的）腳背部分.

in·sti·gate [`ɪnstə,get; 'instigeit] *vt.* 煽動, 唆使, 《to》; 句型5 (instigate **A** *to* do)唆使A(人)去(做某事). He *instigated* the workers *to* strike. 他煽動工人罷工.

in·sti·ga·tion [ˌɪnstəˈgeʃən; ˌɪnstɪˈgeɪʃn] *n.*
U 煽動，唆使．at the *instigation* of 受…的唆使．

in·sti·ga·tor [ˈɪnstəˌgetə; ˈɪnstɪgeɪtə(r)] *n.*
C 煽動者．

in·still (美), **in·stil** (英) [ɪnˈstɪl; ɪnˈstɪl] *vt.*
(~s; -stilled; -still·ing) 1 《文章》把〔感情, 思想
等〕逐漸灌輸，使滲入，《in, into》．
2 把〔液體〕一點點一點點地注入．

***in·stinct** [ˈɪnstɪŋkt; ˈɪnstɪŋkt] (★注意重音位置)
n. (*pl.* ~s [~s; ~s]) U C 1 本能；衝動；(常
instinct*s*)直覺．the *instinct* of animals 動物的本
能/act on *instinct* 依本能行動/Small children
learn to walk by *instinct*. 幼兒依本能學走路．
2 天分，天賦，《*for*》．an *instinct* for the stage
舞臺天分/He's got an *instinct for* making
money. 他有賺錢的本領．

***in·stinc·tive** [ɪnˈstɪŋktɪv; ɪnˈstɪŋktɪv] *adj.* 本
能的，本能上的；天性的．Animals have an
instinctive fear of fire. 動物天性怕火．

in·stinc·tive·ly [ɪnˈstɪŋktɪvlɪ; ɪnˈstɪŋktɪvlɪ]
adv. 本能上[地]．

***in·sti·tute** [ˈɪnstəˌtjut, -ˌtɪut, -ˌtut;
ˈɪnstɪtjuːt] *vt.* (~s [~s; ~s];
-tut·ed [~ɪd; ~ɪd]; -tut·ing) 《文章》1 設立，創設
〔委員會等〕；制定〔規則, 法令等〕．institute a gov-
ernment 組織政府/New laws were *instituted* by
Congress. 國會制定了幾項新法律．
2 開始〔調查, 研究等〕．*institute* inquiries into
the case 著手該事件的調查．
── *n.* (*pl.* ~s [~s; ~s]) C 1 (主要指為振興學術、
教育、藝術等的)協會，學會；(其)所在建築．
2 研究單位；(主要指理工科的)大學，學院．the
Massachusetts *Institute* of Technology 麻省理工
學院(略作 M.I.T.)．

in·sti·tut·ing [ˈɪnstəˌtjutɪŋ, -ˌtɪut-, -ˌtut-;
ˈɪnstɪtjuːtɪŋ] *v.* institute 的現在分詞、動名詞．

***in·sti·tu·tion** [ˌɪnstəˈtjuʃən, -ˈtɪu-, -ˈtu-;
ˌɪnstɪˈtjuːʃn] *n.* (*pl.* ~s [~z;
~z]) 【設置】1 U 設立，設置；制定．the *insti-
tution* of a new committee 新委員會的設置．
2 C (社會的，教育的，宗教的)機構(學校, 醫院,
教會等；→ home 3)；機構的建築物．a charitable
institution 慈善機構/an educational *institution* 教
育機構/a mental *institution* 精神病院．
【已固定的事物》3 C 習慣，慣例；制度．In
America slavery as an *institution* disappeared a
long time ago. 在美國，奴隸制度早就消聲匿跡了．
4 C (口, 詼)耳熟能詳的人[事, 物]；長期與某地
發生聯繫的人[物]．

in·sti·tu·tion·al [ˌɪnstəˈtjuʃənl, -ˈtɪu-, -ˈtu-;
ˌɪnstɪˈtjuːʃənl] *adj.* 1 制度(上)的；習慣(上)的．
2 協會的，(特指)慈善團體的；(當作)機構的．

in·sti·tu·tion·al·ize [ˌɪnstəˈtjuʃənlˌaɪz,
-ʃnəl-; ˌɪnstɪˈtjuːʃənlˌaɪz] *vt.* 1 使制度化．
2 把〔衰老病弱者, 酒精中毒者等〕收容於機構中．

***in·struct** [ɪnˈstrʌkt; ɪnˈstrʌkt] *vt.* (~s [~s;
~s]; ~ed [~ɪd; ~ɪd]; ~ing) 【指示】1 (a)
句型5 (instruct **A** *to* do)指示[命令]A(人)做…．
He *instructed* us *to* get there by noon. 他指示我
們中午之前要到達那裡．
(b) 句型4 (instruct **A** *wh*子句、片語/**A** *that* 子
句)使[教]A(某人)知道…．They *instructed* Peter
how to deal with the matter. 他們教彼特如何處
理那個問題．
2 【指導】教，教導，傳授給，〔某人〕，《in》．Fred
instructed the boys *in* swimming. 弗瑞德教男孩
們游泳．同 instruct 是指有組織、有系統地傳授知
識或技術；→ teach．
3 (法律)句型4 (instruct **A** *that* 子句)(正式地)
把…傳達給[通知]A(某人)．
字源 STRUCT「堆積」: in*struct*, con*struct* (建造),
*struct*ure (構造)．

***in·struc·tion** [ɪnˈstrʌkʃən; ɪnˈstrʌkʃn] *n.*
(*pl.* ~s [~z; ~z]) 1 U 教
學，傳授；教育，指導，《in》．the level of
instruction 教育水準/under *instruction* 教育[訓
練]中/Miss Robinson gives *instruction in* piano.
魯賓遜小姐教授鋼琴．
2 C (常 instructions)命令，指示；(使用方法等
的)說明書．follow *instructions* 遵照指示/give
them *instructions* to finish the job by five
o'clock 指示他們在五點之前須完成工作/Read the
instruction book before using. 使用前請閱讀說明
書(產品等的注意事項)．
3 C (電腦)指令(讓電腦執行特定程式的機械語
言)．

in·struc·tion·al [ɪnˈstrʌkʃənl; ɪnˈstrʌkʃənl]
adj. 教育(上)的．

***in·struc·tive** [ɪnˈstrʌktɪv; ɪnˈstrʌktɪv] *adj.* 有
教育意義【具啟發性】的，有益的，有幫助的．His
lecture was both interesting and *instructive*. 他
的演說既有趣又具啟發性/My visit to their mod-
ern factory was very *instructive*. 我參觀他們的現
代化工廠獲益匪淺．

in·struc·tive·ly [ɪnˈstrʌktɪvlɪ; ɪnˈstrʌktɪvlɪ]
adv. 有益地．

***in·struc·tor** [ɪnˈstrʌktə; ɪnˈstrʌktə(r)] *n.* (*pl.*
~s [~z; ~z]) C 教師；指導人；(美)(大學的)專任
講師(→ professor 表)．a golf *instructor* 高爾夫
球教練/an *instructor* in English＝an English
instructor 英語老師．

***in·stru·ment** [ˈɪnstrəmənt; ˈɪnstrəmənt]
n. (*pl.* ~s [~s; ~s]) C
1 (特指供精密作業用的)儀器；計量儀表．optical
instruments 光學儀器/surgical *instruments* 外科
手術儀器．同 instrument 指外科手術用的精密儀器
等；→ implement．
2 樂器(亦稱 mùsical ínstrument)．stringed [wind,
percussion] *instruments* 弦[管, 打擊]樂器．
3 手段；被當作工具利用的人，(人的)「工具」．I
don't like being used as an *instrument* of the
government. 我不願意被利用作政府的走狗．
4 (特指法律上的)文件．

in·stru·men·tal [͵ɪnstrə`mɛntl]; ͵ɪnstrʊ`mentl] *adj.* **1** 成為工具的；有作用的，有幫助的；《to, in》. Mr. Millor was *instrumental in* my getting the job. 米勒先生幫助我找到了工作. **2** 樂器的，用樂器的，(◆ vocal). *instrumental music* 器樂.

in·stru·men·tal·ist [͵ɪnstrə`mɛntlɪst; ͵ɪnstrʊ`mentəlɪst] *n.* 樂器演奏家，樂器演奏者，(◆ vocalist).

in·stru·men·ta·tion [͵ɪnstrəmɛn`teʃən; ͵ɪnstrʊmen`teɪʃn] *n.* [U] **1** 樂器編曲法；管弦樂的編曲. **2** (操縱飛機, 船舶等的全部)儀器.

ínstrument bóard [pánel] *n.* [C] (飛機, 汽車等的)儀表板.

in·sub·or·di·nate [͵ɪnsə`bɔrdṇɪt, -dṇɪt; ͵ɪnsə`bɔːdṇət] *adj.* 《文章》[下級]不順從的，反抗的.

in·sub·or·di·na·tion [͵ɪnsə͵bɔrdṇ`eʃən; ͵ɪnsə͵bɔːdɪ`neɪʃn] *n.* [UC] (文章)不順從，反抗.

in·sub·stan·tial [͵ɪnsəb`stænʃəl; ͵ɪnsəb`stænʃl] *adj.* **1** 無實體[實質]的；想像的. **2** 不堅固的，脆弱的；[飲食等]吃下去沒有飽足感的.

in·suf·fer·a·ble [ɪn`sʌfrəbl, -fərə-; ɪn`sʌfərəbl] *adj.* [態度]難以容忍的；令人討厭的.

in·suf·fi·cien·cy [͵ɪnsə`fɪʃənsɪ; ͵ɪnsə`fɪʃnsɪ] *n.* (*pl.* -cies) **1** [a U](質或量)不足，不充分. (an) *insufficiency* of time 時間不夠. **2** [C] (常 insufficiencies)不足之處，缺點.

in·suf·fi·cient [͵ɪnsə`fɪʃənt; ͵ɪnsə`fɪʃnt] *adj.* 不充分的，不足的，《for》(◆ sufficient). The width of the road is *insufficient for* safe driving. 那條道路的寬度對行車安全而言是不夠的.

in·suf·fi·cient·ly [͵ɪnsə`fɪʃəntlɪ; ͵ɪnsə`fɪʃntlɪ] *adv.* 不充分地.

in·su·lar [`ɪnsələ, `ɪnsjʊ-; `ɪnsjʊlə(r)] *adj.* **1** 島嶼[海島]的；島嶼特有的；住在島上的. **2** 島民(般)的；島國的，島國特性的，褊狹的. *insular* prejudice 狹隘的偏見.

in·su·lar·ism [`ɪnsələrɪzm, `ɪnsjʊ-; `ɪnsjʊlərɪzəm] *n.* [U] 孤立主義；島國狹隘的特性.

in·su·lar·i·ty [͵ɪnsə`lærətɪ, ͵ɪnsjʊ-; ͵ɪnsjʊ`lærətɪ] *n.* [U] **1** 島國，海島(國家). **2** 島國偏狹的特性.

in·su·late [`ɪnsə͵let, `ɪnsjʊ-; `ɪnsjʊleɪt] *vt.* **1** 使[電線等]絕緣；把…保溫；給…隔音；《from; against》. Our house is well *insulated against* the cold. 我們的房屋能充分阻隔寒冷. **2** 保護，隔離，《from》.

in·su·la·tion [͵ɪnsə`leʃən, -sjʊ-; ͵ɪnsjʊ`leɪʃn] *n.* [U] (電)絕緣體；隔熱[保溫]材料；隔音材料；絕緣(狀態).

in·su·la·tor [`ɪnsə͵letə, `ɪnsjʊ-; `ɪnsjʊleɪtə(r)] *n.* [C] (電的)絕緣體[物](隔電瓷瓶，絕緣器等).

in·su·lin [`ɪnsəlɪn, -sjʊ-; `ɪnsjʊlɪn] *n.* [U] 胰島素《胰臟分泌的荷爾蒙；取自牛、羊、豬等而提煉成治療糖尿病的藥).

in·sult [`ɪnsʌlt; `ɪnsʌlt] (★與 v. 的重音位置不同) *n.* (*pl.* ~s [~s; ~s]) [UC] 侮辱. subject a person

---

to *insult* 使某人受辱/suffer *insults* 受到侮辱/It is a gross *insult* to us. 這對我們是莫大的侮辱.

àdd ìnsult to ínjury 對受傷者加以侮辱；禍不單行.

── [ɪn`sʌlt; ɪn`sʌlt] *vt.* (~s [~s; ~s]; ~ed [~ɪd; ~ɪd]; ~·ing) 侮辱；對…無禮. He *insulted* me by calling me a fool. 他叫我傻瓜, 用這種方式侮辱我.

in·sult·ing [ɪn`sʌltɪŋ; ɪn`sʌltɪŋ] *adj.* 侮辱的, 無禮的. He made some *insulting* remarks about my English ability. 他語帶侮辱地批評我的英語能力.

in·su·per·a·ble [ɪn`supərəbl, -`sɪu-, -`sju-; ɪn`suːpərəbl] *adj.* 《文章》[困難等]難以超越的, 無法克服的.

in·sup·port·a·ble [͵ɪnsə`portəbl, -`pɔrt-; ͵ɪnsə`pɔːtəbl] *adj.* [痛苦, 態度等]難以忍受的, 無法容忍的.

‡**in·sur·ance** [ɪn`ʃʊrəns; ɪn`ʃɔːrəns] *n.* **1** [a U]保險; 保險契約; 保險業. fire *insurance* 火災險/automobile [car] *insurance* 汽車險/health *insurance* 健康保險/life *insurance* 人壽保險/social *insurance* 社會保險/He took out (an) *insurance* on his life. 他投保了壽險.

2 [U]保險金, 保險費. receive $100,000 in *insurance* 領取十萬美元的保險金/He set his house on fire in order to collect the *insurance*. 他為了領取保險金放火燒自己的房子.

3 [a U]防備; 保證; 提防; 《against 對於…》. as an *insurance against* theft 供防盜之用.

insúrance àgent [bróker] *n.* [C]保險業務員.

insúrance còmpany *n.* [C]保險公司.

insúrance pòlicy *n.* [C]保險契約, 保單.

‡**in·sure** [ɪn`ʃʊr; ɪn`ʃɔː(r)] *vt.* (~s [~z; ~z]; ~d [~d; ~d]; -sur·ing) **1** 為[生命, 財產等]投保, (用 insure A against B)為 A 投保 B 險; 為…投保《for [金額]》. Our house is *insured against* fire. 我們的房屋保了火險/How much are you *insured for*? 你保了多少錢的險呢?

2 [保險公司]承保.

[同義] SURE「確實的」: insure, *sure* (確信), as*sure* (保證), en*sure* (保證).

in·sured [ɪn`ʃʊrd; ɪn`ʃɔːd] *adj.* 投保的; 在保險範圍內的. the *insured* 《名詞性》被保險人《個人或團體》.

in·sur·er [ɪn`ʃʊrə; ɪn`ʃɔːrə(r)] *n.* [C]保險業者[公司].

in·sur·ing [ɪn`ʃʊrɪŋ; ɪn`ʃɔːrɪŋ] *v.* insure 的現在分詞, 動名詞.

in·sur·gent [ɪn`sɝdʒənt; ɪn`sɜːdʒənt] 《文章》*adj.* 《限定》造反的, 謀反的.

── *n.* [C]造反者, 謀反者; (政黨內的)反對派黨員.

in·sur·mount·a·ble [͵ɪnsə`mauntəbl; ͵ɪnsə`maʊntəbl] *adj.* 無法超越的; 無法克服的.

in·sur·rec·tion [ˌɪnsəˈrɛkʃən; ˌɪnsəˈrekʃn] n. ⓊⒸ《文章》造反，暴動，叛亂.

in·tact [ɪnˈtækt; ɪnˈtækt] adj. 《敘述》未經觸及的；未受損傷的；保持原狀的. The package was left *intact* by the thieves. 這包裹沒有被小偷動過.

in·ta·glio [ɪnˈtæljo, -ˈtaljo; ɪnˈtɑːlɪəʊ] 《義大利語》 n. (pl. ~s) Ⓤ《寶石等的》凹雕；Ⓒ有凹雕的寶石.

in·take [ˈɪnˌtek; ˈɪnteɪk] n. 1 ⓊⒸ收穫(量)；攝取(量)；採用人員. the daily *intake* of food 每日的食物攝取量/the annual *intake* of students 每年的新生錄取人數.
2 Ⓒ(水, 瓦斯, 空氣等的)入口, 吸入孔.

in·tan·gi·bil·i·ty [ɪnˌtændʒəˈbɪlətɪ, ˌɪntæn-; ɪnˌtændʒəˈbɪlɪtɪ] n. Ⓤ不能觸摸；無法理解.

in·tan·gi·ble [ɪnˈtændʒəbl; ɪnˈtændʒəbl] adj. 1 不能觸摸的；無實體的, 無形的.
2 不可捉摸的, 無法理解的.

in·te·ger [ˈɪntədʒə; ˈɪntɪdʒə(r)] n. Ⓒ《數學》整數(→ fraction).

in·te·gral [ˈɪntəɡrəl; ˈɪntɪɡrəl] adj. 《限定》1 (為了完整)絕對必要的；(作為整體)不可少的, 絕對不可缺的. an *integral* part 不可缺少的部分[零件]. 2 完整的, 完全的；整體的. 3 《數學》整數的；積分的.
— n. Ⓒ《數學》積分.

integral calculus n. Ⓤ《數學》積分學.

in·te·grate [ˈɪntəˌɡret; ˈɪntɪɡreɪt] vt. 〖合而為一〗1 把(部分)結合起來(*into*)；使結合成一體(*with*). I'm trying to *integrate* my ideas *with* theirs. 我試著將我的意見與他們的結合起來.
2 使完整, 使完全. 3 使(異教徒等)獲得社會平等待遇；使種族歧視不復存在；(↔ segregate).

integrated circuit n. Ⓒ《電子工學》積體電路(略作 IC).

in·te·gra·tion [ˌɪntəˈɡreʃən; ˌɪntɪˈɡreɪʃn] n. Ⓤ 1 (由部分朝向全體的)結合, 合併, 集成.
2 種族歧視的廢止(↔ segregation).

in·teg·ri·ty [ɪnˈtɛɡrətɪ; ɪnˈteɡrətɪ] n. Ⓤ 〖完全〗1《文章》完整性；完全的狀態. the *integrity* of a text 原文的完整性.
2 【完美的人格】清廉, 高潔. a man of *integrity* 高潔的人.

in·teg·u·ment [ɪnˈtɛɡjəmənt; ɪnˈteɡjʊmənt] n. Ⓒ(生物)外皮(皮膚, 果皮, 貝殼等).

in·tel·lect [ˈɪntlˌɛkt; ˈɪntəlekt] n. (pl. ~s [~s; ~s]) 1 Ⓤ智能, 智慧. a man of great *intellect* 有大智慧的人.
2 Ⓒ智者；(加 the) (集合)知識分子, 有識之士. the *intellect*(s) of the age 當代的知識分子.

in·tel·lec·tu·al [ˌɪntlˈɛktʃʊəl, -tʃʊl; ˌɪntəˈlektjʊəl] adj. 知識的, 智力的；有智能的, 有智慧的, (→ intelligent ⓡ). *intellectual* powers [faculties] 智能/an *intellectual* occupation 勞心的職業/the *intellec-*

tual class 知識階級.
— n. Ⓒ知識分子, 有識之士. The coffee houses were a meeting place for *intellectuals*. 咖啡屋是知識分子聚集的地方.

in·tel·lec·tu·al·ly [ˌɪntlˈɛktʃʊəlɪ, -tʃʊl, ˌɪntəˈlektjʊəlɪ] adv. 有理解力地；在知識方面.

✱in·tel·li·gence [ɪnˈtɛlədʒəns; ɪnˈtelɪdʒəns] n. Ⓤ 1 智能, 才智, 智力；理解力, 領悟力；聰明. a person of ordinary *intelligence* 才智平庸的人/A dolphin is a mammal with high *intelligence*. 海豚是智力很高的哺乳動物/Chimpanzees have the *intelligence* to use a stick as a tool. 黑猩猩具有把木棍當作工具使用的能力.

> 搭配 adj.+intelligence: average ~ (普通的智力), normal ~ (正常智力), low ~ (低智商), outstanding ~ (傑出的才智), remarkable ~ (卓越的才智).

2 (有關敵國等的)情報, 軍事情報；情報機關. The spy was collecting *intelligence*. 那個間諜在收集情報. (ɪ IQ)

intelligence quotient n. Ⓒ智商(略作 IQ).

intelligence test n. Ⓒ《心理》智力測驗.

✱in·tel·li·gent [ɪnˈtɛlədʒənt; ɪnˈtelɪdʒənt] adj. 有才智的；高智慧的；領悟力高的, 腦筋好的；聰明的. Some dogs are very *intelligent*. 有些狗非常聰明/a very *intelligent* young man 極聰明的年輕人/*intelligent* life 有智慧的生物(可與人類匹敵, 具有智能的生物)/The pupil asked the teacher some *intelligent* questions. 那個學生問老師一些很聰明的問題.
ⓡ *intelligent* 意為聰明, 理解力強, 亦可指動物 *intellectual* 意為智力經訓練後具備處理高層次問題的能力；例如通常講到小孩可說 intelligent, 而不用 intellectual；→ clever.

in·tel·li·gent·ly [ɪnˈtɛlədʒəntlɪ; ɪnˈtelɪdʒəntlɪ] adv. 理解力佳地；聰明地.

in·tel·li·gent·si·a [ɪnˌtɛləˈdʒɛntsɪə, -ˈɡɛntsɪə; ɪnˌtelɪˈdʒentsɪə] (俄語) n. Ⓤ(單複數同形)(通常加 the)知識分子, 知識階級.

in·tel·li·gi·bil·i·ty [ɪnˌtɛlɪdʒəˈbɪlətɪ; ɪnˌtelɪdʒəˈbɪlɪtɪ] n. Ⓤ可理解性, 明白易懂.

in·tel·li·gi·ble [ɪnˈtɛlɪdʒəbl; ɪnˈtelɪdʒəbl] adj. 〔話語, 文章〕可理解的, 明白易懂的, 明瞭的.

in·tel·li·gi·bly [ɪnˈtɛlɪdʒəblɪ; ɪnˈtelɪdʒəblɪ] adv. 明瞭地, 明白易懂地.

In·tel·sat [ˈɪntlˌsæt; ˈɪntelˌsæt] n. 國際商業衛星通信組織；其通信衛星.

in·tem·per·ance [ɪnˈtɛmpərəns, -prəns; ɪnˈtempərəns] n. Ⓤ(行為, 特指飲食方面的)無節制, 飲酒無度, 暴飲暴食.

in·tem·per·ate [ɪnˈtɛmpərɪt, -prɪt; ɪnˈtempərət] adj. 〔行為, 特指飲食〕過度的, 暴飲暴食的.

in·tem·per·ate·ly [ɪnˈtɛmpərɪtlɪ, -prɪtlɪ; ɪnˈtempərətlɪ] adv. 無節制地, 過度地.

✱in·tend [ɪnˈtɛnd; ɪnˈtend] vt. (~s [~z; ~z]; ~ed [~ɪd; ~ɪd]; ~ing

〖〖 具有意圖 〗〗 **1** 意圖, 意欲, 打算. I *intended* no harm in doing so. 我這樣做並無惡意/What do you *intend* by that word? 你說那句話是甚麼意思?/The museum will be opened next fall, as was originally *intended*. 照最初的計畫, 這座博物館將在明年[今年]秋天開館.

2 句型3 (intend to do/doing)打算, 想要做…, (→ mean¹ 同); (文章) 句型3 (intend *that* 子句)打算…, I *intend* to start at once. 我打算馬上開始/What do you *intend* doing about this problem? 關於這個問題, 你打算怎麼做?/I *intended* that he (should) get the money. 我打算把錢給他.

3 (文章) 句型5 (intend **A** *to* do)打算使 A(人)做 …, We *intend* our son *to* go there at once. 我們打算讓兒子立刻去那裡.

4 【打算做為…用途等】認為[人, 物](適當而)派去 (*for*), 將…視為(as). (通常用被動語態). This gift is *intended* for you. 這份禮物要送給你/This lotion is *intended* to be applied after shaving. 這種刮鬍水是在刮鬍後使用的/His son was *intended* for the church. 他的兒子被派任聖職/This is *intended* as a joke. 這只是個玩笑.

⟐ *n*. **intention.**

字源 TEND「向」: intend, tendency (傾向), attend (照料), extend (延伸).

in·tend·ed [ɪnˋtɛndɪd; ɪnˈtendɪd] *adj.* **1** 故意的, 刻意的. **2** 預定的; 未來的.
— *n.* C (通常加 my, his 等, 用單數)(口語; 有時表詼諧)未婚夫, 未婚妻.

in·tense
[ɪnˋtɛns; ɪnˈtens] *adj.* (-tens·er, more ~; -tens·est, most ~)
1 (程度)強烈的, 激烈的. *intense* heat 酷熱; 高溫/*intense* pain 劇痛/There is *intense* competition to enter this university. 進這所大學競爭十分激烈.

搭配 intense + *n*.: ~ activity(激烈的行動), ~ desire(強烈的慾望), ~ dislike(極度反感), ~ excitement(極度興奮), ~ interest(濃厚的興趣).

2 (有時表輕蔑)[人](過於)情緒化的; [表情]緊張的. Jane has few friends because she is too *intense*. 珍因為太情緒化了, 所以沒甚麼朋友.

in·tense·ly [ɪnˋtɛnslɪ; ɪnˈtenslɪ] *adv.* 強烈地, 激烈地; 認真地.

in·tens·er [ɪnˋtɛnsɚ; ɪnˈtensə(r)] *adj.* intense 的比較級.

in·tens·est [ɪnˋtɛnsɪst; ɪnˈtensɪst] *adj.* intense 的最高級.

in·ten·si·fi·ca·tion [ɪn͵tɛnsəfəˋkeʃən; ɪn͵tensɪfɪˈkeɪʃn] *n.* U 強化, 加強; 增大.

in·ten·si·fi·er [ɪnˋtɛnsə͵faɪɚ; ɪnˈtensɪfaɪə(r)] *n.* C (文法)加強詞(加強形容詞、動詞、副詞等詞意的詞); very, absolutely, completely 等).

in·ten·si·fy [ɪnˋtɛnsə͵faɪ; ɪnˈtensɪfaɪ] *v.* (-fies; -fied; ~·ing) *vt.* 使強烈, 使(更為)激烈; 增強, 加劇; 強化. *intensify* our efforts 加強努力.
— *vi.* 變激烈, 變得(更為)激烈.

in·ten·si·ty [ɪnˋtɛnsətɪ; ɪnˈtensətɪ] *n.* U **1**

(感情的)激烈的, 強烈; 意志的集中. the *intensity* of his anger 他憤怒的激烈程度.
2 (熱, 光, 聲音等物理性質的)強度.
⟐ *adj.* **intense.**

*in·ten·sive** [ɪnˋtɛnsɪv; ɪnˈtensɪv] *adj.* **1** 集中的; 〔農業 等〕集約的; (↔ extensive). *intensive* reading 精讀(↔ extensive reading)/I took an *intensive* course in German. 我選修德語的密集課程/*intensive* care (對重病者的)加護.
2 =intense.
3 《文法》加強詞意的. *intensive* adverbs 加強性副詞(very 等).
— *n.* C《文法》加強詞.

intènsive cáre ùnit *n.* C加護病房(略作 ICU).

in·ten·sive·ly [ɪnˋtɛnsɪvlɪ; ɪnˈtensɪvlɪ] *adv.* 集中地; 激烈地(intensely).

*in·tent** [ɪnˋtɛnt; ɪnˈtent] *adj.* **1** 專心的, 專注的; 熱中的; 〔intent on [upon]…〕對…專注的; 熱中的. Jane was *intent* on her knitting. 珍專注於編織. **2** (用 intent on [upon]…)一心想(做)…的. He's *intent* on climbing Mt. Everest. 他一心想攀登聖母峰.
3 (表情, 目光等)專注的, 一意的. with an *intent* look 以專注的目光.
— *n.* U **1** 意圖; 意志; 決心(*to* do). criminal *intent* (法律)犯罪意圖/He came with *intent* to say good-by to her. 他來是打算向她說再見.
2 旨趣, 意義, 意思.

to àll inténts (and púrposes) 就各方面而言; 事實上.

*in·ten·tion
[ɪnˋtɛnʃən; ɪnˈtenʃn] *n.* (*pl.* ~s [~z; ~z]) UC 意圖, 意向; 意志(*to* do, *of* doing); 最終計畫. Have you heard of his *intention* to resign? 你有沒有聽說他打算辭職?/Mr. Green came to Taiwan with the *intention of studying* Taiwanese history. 格林先生來臺灣的目的是研究臺灣史/I do not doubt that your *intentions* are honorable. 我相信你的意圖是光明正大的/He broke the vase by *intention*. 他故意將花瓶打破/without *intention* 不是故意地; 一不留神地.

搭配 *v*.+intention: change one's ~ (改變意圖), hide one's ~ (隱藏心意), reveal one's ~ (表明意圖), state one's ~ (陳述意向).

⟐ *v.* **intend.**

gòod inténtions 善意; 誠意. with *good intentions* 善意地/Good acts are better than *good intentions*. 善行勝過善意.

*in·ten·tion·al** [ɪnˋtɛnʃənl, -ʃnl; ɪnˈtenʃənl] *adj.* 故意的, 有意的; 有計畫的, 預謀的, (↔ accidental). an *intentional* foul 故意犯規.

in·ten·tion·al·ly [ɪnˋtɛnʃənlɪ, -ʃnlɪ; ɪnˈtenʃnəlɪ] *adv.* 故意地, 有意地; 有計畫地.

in·tent·ly [ɪnˋtɛntlɪ; ɪnˈtentlɪ] *adv.* 熱中地, 專

注地.

in·ter [ɪnˋtɝ; ɪnˈtɜ:(r)] *vt.* (~s; ~red; ~·ring) 《文章》埋葬〔屍體〕.

inter- *pref.* 「在…之間, 在…之中; 相互的[地]」之意. *inter*change. *inter*national. *inter*state.

in·ter·act [ˏɪntɚˋækt; ˏɪntərˈækt] *vi.* 相互作用, 互動, 《with》.

in·ter·ac·tion [ˏɪntɚˋækʃən; ˏɪntərˈækʃn] [UC] 相互作用, 互動, 《with》; 相互關聯(*between* …間的).

in·ter·ac·tive [ˏɪntɚˋæktɪv; ˏɪntərˈæktɪv] *adj.* **1** 相互作用的.
2 《電腦》互動式的《電腦和使用者可以互相作某種程度上的溝通》.

in·ter·bred [ˏɪntɚˋbrɛd; ˏɪntəˈbred] *v.* interbreed 的過去式、過去分詞.

in·ter·breed [ˏɪntɚˋbrid; ˏɪntəˈbri:d] *v.* (~s; -bred; ~·ing) *vt.* 使〔動植物〕異種交配.
— *vi.* 異種交配.

in·ter·cede [ˏɪntɚˋsid; ˏɪntəˈsi:d] *vi.* 《文章》求情; 從中調停. Mr. Ward *interceded with* the president *for* me. 沃德先生爲我向總裁說情.
◊ *n.* intercession.

in·ter·cept [ˏɪntɚˋsɛpt; ˏɪntəˈsept] *vt.* **1** 在中途攔截〔搶奪〕〔人, 交通工具等〕; 竊聽〔通訊等〕.
2 截斷〔光, 水, 熱等〕《*from*》; 妨礙, 攔阻, 〔通路, 行動等〕.

in·ter·cep·tion [ˏɪntɚˋsɛpʃən; ˏɪntəˈsepʃn] *n.* [UC] 半路攔截〔搶奪〕; 截斷; 妨礙, 攔阻.

in·ter·cep·tor [ˏɪntɚˋsɛptɚ; ˏɪntəˈseptə(r)] *n.* [C] **1** 搶奪〔攔截〕的人〔物〕. **2** 《軍事》攔截機.

in·ter·ces·sion [ˏɪntɚˋsɛʃən; ˏɪntəˈseʃn] **1** [U] 說情; 調停. **2** [UC] 爲他人祈禱〔祈求〕.
◊ *v.* intercede.

in·ter·change [ˏɪntɚˋtʃendʒ; ˏɪntəˈtʃeɪndʒ] *vt.* 替換; 使〔兩物〕交替; 交換. *interchange* the two parts 交換兩個零件.
— [ˋɪntɚˏtʃendʒ; ˈɪntətʃeɪndʒ] *n.* **1** [UC] 替換; 交換; 交替. **2** [C] 《高速公路的》立體交流道.

in·ter·change·a·ble [ˏɪntɚˋtʃendʒəbl; ˏɪntəˈtʃeɪndʒəbl] *adj.* 可交換的《with》, 可互換的.

in·ter·change·a·bly [ˏɪntɚˋtʃendʒəblɪ; ˏɪntəˈtʃeɪndʒəblɪ] *adv.* 可交換地; 無區別地.

in·ter·cit·y [ˋɪntɚˋsɪtɪ; ˏɪntəˈsɪtɪ] *adj.* 大都市間的《交通工具等》.

in·ter·col·le·gi·ate [ˏɪntɚkəˋlidʒɪɪt, -dʒɪt; ˏɪntəkəˈli:dʒɪət] *adj.* 大學之間的; 大學間對抗的.

in·ter·com [ˋɪntɚˏkɑm; ˈɪntəkɒm] *n.* [C] 《口》《飛機, 船, 同一建築物內的》內部通話裝置.

in·ter·com·mu·ni·cate [ˏɪntɚkəˋmjunəˏket, -ˏmɪun-; ˏɪntəkəˈmjuːnɪkeɪt] *vi.* **1** 相互聯絡〔通信〕《with》.
2 〔房間等〕互通《with》.

in·ter·com·mu·ni·ca·tion [ˏɪntɚkəˏmjunəˋkeʃən, -ˏmɪun-;

ˏɪntəkəˏmjuːnɪˈkeɪʃn] *n.* [U] 相互聯絡〔通信〕.

in·ter·con·ti·nen·tal [ˏɪntɚˏkɑntəˋnɛntl; ˈɪntəˏkɒntɪˈnentl] *adj.* 大陸間的, 洲際的.

intercontinental ballistic missile *n.* [C] 洲際彈道飛彈(略作 ICBM).

in·ter·course [ˋɪntɚˏkors, -ˏkɔrs; ˈɪntəkɔːs] *n.* [U] 《文章》交際; 交流; 《國家間的》往來; 意見的交換. social *intercourse* 社交. 注意 由於容易聯想到 2 的意義, 因此 1 不常使用.
2 性交(sexual intercourse).

in·ter·de·pend·ent [ˏɪntɚdɪˋpɛndənt; ˏɪntədɪˈpendənt] *adj.* 相互依存的, 相互依賴的.

in·ter·dict [ˋɪntɚˏdɪkt; ˈɪntədɪkt] *n.* [C] 《法律》(正式的)禁止, 禁令.

in·ter·dis·ci·pli·nar·y [ˏɪntɚˋdɪsəplˏnɛrɪ; ˏɪntəˈdɪsɪplɪnərɪ] *adj.* 學科間的, 涉及兩個(以上)學科的.

†in·ter·est [ˋɪntərɪst, ˋɪntrɪst; ˈɪntrəst] *n.* (*pl.* ~s [~s; ~s]) 【關心】 **1** [UC] 興趣; 好奇感; 《*in* 對於…》; [U] 極有趣味, 有趣. I have [take] an *interest in* music. 我對音樂有興趣/Rosemary shows a strong *interest in* baseball. 羅絲瑪莉對棒球表現出極大的興趣/He lost all *interest in* life. 他覺得人生已是索然無味/The story will attract *interest*. 這件事將引人注目/a problem of great scientific *interest* 會成爲科學焦點的問題/What he told us is of no *interest* to me at all. 我對他告訴我們的事一點興趣都沒有.
搭配 *adj.*＋interest: an active ~ (強烈的興趣), a deep ~ (深厚的興趣), a keen ~ (強烈的興趣) // *v.*＋interest: arouse (a person's) ~ (激起(某人的)興趣), feel an ~ in... (對…有興趣).
2 [C] 引起興趣的事物; 關心的事; 興趣. a man of wide *interests* 興趣廣泛的男人/His two great *interests* in life were poetry and music. 他人生的兩大興趣是詩歌與音樂.
【利害關係】 **3** [C] (常 interests) 利益; 利益關係; 私利. We have an *interest* in that company. 我們和那家公司有(利害)關係/American *interests* in the Middle East 美國在中東的利益/look after one's own *interest* 謀求私利.
4 [U] 利息; 利率. at low [high] *interest* 以低[高]利/They pay eight percent *interest* on the loan. 他們的貸款要付百分之八的利息/The money earned 5% *interest* a year. 那些錢一年有5%的利息.
5 【利害相同的人們】 [C] (通常 interests) (集合)同行, 同業; 利益相關者. the steel *interests* 鋼鐵業者/the labor *interests* 勞方.
have an interest in... (1)對…抱有興趣(→ 1).
(2)與…有(利害)關係(→ 3).
in the interest(s) of... 爲了…(的利益).
in [to] the interest of a person ＝ *in [to] a person's interest* 爲了某人的利益.
take an interest in... 對…有興趣(→ 1).
with interest (1)有興趣地. I read this book *with interest*. 我興致勃勃地讀了這本書.

(2)附帶利息地；附贈品地。If you'll lend me the money, I'll repay it *with interest*. 如果你借這筆錢給我，我將連本帶利地歸還。

— *vt*. (~**s** [~s; ~s]; ~**ed** [~ɪd; ~ɪd]; ~**ing**) 使人有興趣，使產生興趣，引起(人)的興趣，(*in* 對於…)。My father *interested* me *in* tennis. 我父親使我對網球產生興趣/He *interested* himself *in* collecting stamps. 他有興趣收集郵票/Can I *interest* you *in* (buying) this car? 我能引起你買這輛車的興趣嗎?/Baseball doesn't *interest* me. 我對棒球沒興趣。

‡in·ter·est·ed [ˈɪntərɪstɪd, -rəs-, ˈɪntrɪstɪd, -trəs-, ˈɪntəˌrɛstɪd; ˈɪntrəstɪd] *adj*. **1** 感興趣的；關心的；(用interested in…)對…有興趣的，感到興趣的((*to* do)(↔ uninterested)。his *interested* look 他感興趣的表情/I am *interested* to hear his lecture. 我對於聽他演講頗感興趣/She got *interested in* classical music when she was at high school. 她在高中時對古典音樂產生興趣/Anyone *interested* may apply. 只要有興趣者誰都可以報名。

2 有(利害)關係的，參與的，投資的；不公正的；(↔ disinterested)。an *interested* party 有利害關係的一方/My father was once *interested in* shipping. 我的父親曾經投資海運業。⇨ *v*. **interest**.

in·ter·est·ed·ly [ˈɪntərɪstɪdlɪ, -rəs-, ˈɪntrɪstɪdlɪ, -trəs-, ˈɪntəˌrɛstɪdlɪ; ˈɪntrəstɪdlɪ] *adv*. 感到興趣[關心]地；從本身的利害關係來考量。

ínterest gròup *n*. ⓒ利益集團。

‡in·ter·est·ing [ˈɪntərɪstɪŋ, -rəs-, ˈɪntrɪstɪŋ, -trəs-, ˈɪntəˌrɛstɪŋ; ˈɪntrəstɪŋ] *adj*. 有趣的，引起興趣的，(→ amusing ⓘ)。an *interesting* story 有趣的故事/an *interesting* book 有趣的書/I have something *interesting* to tell you. 我有件趣事要告訴你/Birds are *interesting* to watch. = It is *interesting* to watch birds. 觀察鳥類很有趣/It is *interesting* that people often come to look like their companion animals. 人常常長得很像自己的寵物，真有趣。⇨ *v*. **interest**.

in·ter·est·ing·ly [ˈɪntərɪstɪŋlɪ, -rəs-, ˈɪntrɪstɪŋlɪ, -trəs-, ˈɪntəˌrɛstɪŋlɪ; ˈɪntrəstɪŋlɪ] *adv*. 有趣地，有趣的是。

ínterest ràte *n*. ⓒ利率。

in·ter·face [ˈɪntəˌfes; ˈɪntəˌfeɪs] *n*. ⓒ **1** 分界面；共有領域。**2** (電腦)界面。
— *vt*. 連結，傳動，(*with*)。
— *vi*. 傳動(*with*)。

‡in·ter·fere [ˌɪntəˈfɪr; ˌɪntəˈfɪə(r)] *vi*. (~**s** [~z; ~z]; ~**d** [~d; ~d]; **-fer·ing**) **1** 妨礙，擾亂，(用interfere with…)妨礙…；〔利害等〕衝突(*with*)。He *interfered with* my sleep. 他妨礙我的睡眠。

2 干涉，干預，(*in, with*)。His mother always *interferes in* his private affairs. 他的母親老是干涉他的私事。

3 (體育)犯規妨礙(對方的運動員)。

‡in·ter·fer·ence [ˌɪntəˈfɪrəns; ˌɪntəˈfɪərəns]

---

n. ⓤ **1** 妨礙，阻礙，打攪，(*with*)；(利害的)衝突(*with*)。The oil crisis was a serious *interference with* our industry. 石油危機對我國的產業來說是嚴重的障礙。

2 干涉，干預，介入，(*in*)。I don't like his *interference in* my work. 我不喜歡他干涉我的工作。

3 (物理)(電波)干擾；(收音機，無線電的)雜訊，干擾。

4 (體育)犯規妨礙對方球員。

in·ter·fer·ing [ˌɪntəˈfɪrɪŋ; ˌɪntəˈfɪərɪŋ] *v*. interfere 的現在分詞，動名詞。

in·ter·fer·on [ˌɪntəˈfɪrɑn; ˌɪntəˈfɪərɒn] *n*. ⓤ (生化學)干擾素(於感染病毒細胞內產生的蛋白質；防止病毒的繁殖)。

in·ter·im [ˈɪntərɪm; ˈɪntərɪm] (文章) *adj*. (限定)中間的；暫時的，臨時的，(temporary)。an *interim* report 期中報告。
— *n*. ⓤ 中間時期，間歇時間，(meantime)。in the *interim* 在間歇之時，在過渡期間。

‡in·te·ri·or [ɪnˈtɪrɪə; ɪnˈtɪərɪə(r)] *adj*. (限定) **1** 內部的，內面的；屋內的；(↔ exterior)。*interior* decoration [design] 室內裝潢[設計]。

2 內地的，內陸的。

3 國內的(domestic；↔ foreign)。*interior* trade 國內貿易。
— *n*. (*pl*. ~**s** [~z; ~z]) ⓒ (通常用單數) **1** 內部，內側；屋內。the *interior* of the car 車的內部/The *interior* of the building is in good condition, but the exterior needs repairing. 這棟建築物的內部狀況很好，但外部需要整修。

2 內地，內陸。The explorers journeyed into the *interior* of the country. 探險家深入那個國家的內陸。

3 (the *I*nterior)內政，內務。the Department of the *Interior* (美)內政部。

intèrior décorator [desígner] *n*. ⓒ 室內裝潢師[設計師]。

in·ter·ject [ˌɪntəˈdʒɛkt; ˌɪntəˈdʒekt] *v*. (文章) *vt*. 突然插(話)。
— *vi*. 突然插話。

in·ter·jec·tion [ˌɪntəˈdʒɛkʃən; ˌɪntəˈdʒekʃn] *n*. **1** ⓒ (文法)感歎詞，感歎語，(Oh!, Ouch!, Dear me! 等)。

2 (文章) ⓤ 突然插話；ⓒ 插入的話。

in·ter·lace [ˌɪntəˈles; ˌɪntəˈleɪs] *vt*. **1** 使交織(*with*)。**2** 使交錯。

in·ter·lard [ˌɪntəˈlɑrd; ˌɪntəˈlɑːd] *vt*. 在〔演說，文章等〕插入(*with*〔引文，照片等〕)。

[interlace 2]

in·ter·lock [ˌɪntəˈlɑk; ˌɪntəˈlɒk] *vt*. 使組合，使連結。
— *vi*. 組合，連結。

in·ter·loc·u·tor [ˌɪntɚˈlɑkjətɚ; ˌɪntəˈlɒkjʊtə(r)] *n.* ⓒ《文章》參加談話的人，對話者，對談者.

in·ter·lop·er [ˌɪntɚˈlopɚ; ˈɪntəˌləʊpə(r)] *n.* ⓒ《文章》干涉他人事情的人，多管閒事的人.

in·ter·lude [ˈɪntɚˌlud, -ˌlɪud; ˈɪntəluːd] *n.* ⓒ
1 (工作等的)休息時間.
2 填補間歇時間的音樂[短劇等]；《音樂》間奏曲.
3 (戲劇，電影等的)休息時間，中場時間.

in·ter·mar·riage [ˌɪntɚˈmærɪdʒ; ˌɪntəˈmærɪdʒ] *n.* ⓤ 1 異族結婚，異族通婚.
2 近親結婚.

in·ter·mar·ry [ˌɪntɚˈmærɪ; ˌɪntəˈmærɪ] *vi.* (-ries; -ried; -·ing) 1 通婚《with《與不同種族的人》》. 2 近親結婚.

in·ter·me·di·ar·y [ˌɪntɚˈmidɪˌɛrɪ; ˌɪntəˈmiːdjərɪ] *adj.* 1 居間的，斡旋的；中間人的.
2 中間的.
— *n.* (*pl.* -ar·ies) ⓒ 中間人，斡旋者，仲裁者.

***in·ter·me·di·ate** [ˌɪntɚˈmidɪɪt; ˌɪntəˈmiːdjət] *adj.* 〔時間，場所，性質等〕中間的，中級程度的. I'm taking the *intermediate* course in English. 我在上中級英語課程.
— *n.* ⓒ 中間物，仲介者〔物〕.

in·ter·ment [ɪnˈtɝmənt; ɪnˈtɜːmənt] *n.* ⓤⓒ《文章》埋葬.

in·ter·mez·zo [ˌɪntɚˈmɛtso, -ˈmɛdzo; ˌɪntəˈmetsəʊ] (義大利語) *n.* (*pl.* ~s, -mez·zi [-tsi, -dzi; -tsiː, -dziː]) ⓒ 間奏曲.

in·ter·mi·na·ble [ɪnˈtɝmɪnəbl; ɪnˈtɜːmɪnəbl] *adj.* 無終止的；〔演講等〕冗長的.

in·ter·mi·na·bly [ɪnˈtɝmɪnəblɪ; ɪnˈtɜːmɪnəblɪ] *adv.* 無終止地；冗長地.

in·ter·min·gle [ˌɪntɚˈmɪŋgl; ˌɪntəˈmɪŋgl] *vt.* 使混合《with》. — *vi.* 混合《with》.

in·ter·mis·sion [ˌɪntɚˈmɪʃən; ˌɪntəˈmɪʃn] *n.* ⓒ《美》(電影，戲劇等的)中場休息時間(《英》interval).

in·ter·mit·tent [ˌɪntɚˈmɪtn̩t; ˌɪntəˈmɪtənt] *adj.* 隱隱約約的；斷斷續續的.

in·ter·mit·tent·ly [ˌɪntɚˈmɪtn̩tlɪ; ˌɪntəˈmɪtəntlɪ] *adv.* 隱隱約約地；斷斷續續地.

in·tern[1] [ɪnˈtɝn; ɪnˈtɜːn] *vt.* (特指由於政治因素)拘禁，拘留，〔人〕.

in·tern[2], **in·terne** [ˈɪntɝn; ˈɪntɜːn] *n.* ⓒ《主美》實習醫生，見習醫生，《在醫院實習的醫科畢業生》；《英》houseman).

***in·ter·nal** [ɪnˈtɝnl; ɪnˈtɜːnl] *adj.* 1 內部的；體內的；〔藥等〕內服的. *internal* bleeding 內出血／*internal* organs 內臟.
2 國內的，內政的. *internal* affairs 國內事務，內政／*internal* trade 國內貿易.
3 內在的. *internal* evidence 內在的證據(可從文件等的內容看到的證據). ↔ external.

in·ter·nal-com·bus·tion engine [ɪnˈtɝnl̩kəmˈbʌstʃən ˌɛndʒən; ɪnˈtɜːnlkəmˈbʌstʃən ˌendʒɪn] *n.* ⓒ 內燃機.

in·ter·nal·ize [ɪnˈtɝnlˌaɪz; ɪnˈtɜːnlaɪz] *vt.* (透過學習、經驗)把〔行為模式，原理等〕內化，消化吸收成為自己的東西.

in·ter·nal·ly [ɪnˈtɝnl̩ɪ; ɪnˈtɜːnəlɪ] *adv.* 內部地，裡面地；在國內.

intèrnal médicine *n.* ⓤ 內科，內科醫學.

intèrnal révenue *n.* ⓤ《美》國內稅收(《英》inland revenue).

Intèrnal Révenue Sèrvice *n.* (加 the)《美》國稅局(《英》Inland Revenue).

***in·ter·na·tion·al** [ˌɪntɚˈnæʃənl̩, -ˈnæʃn̩l̩; ˌɪntəˈnæʃənl] *adj.* 國際的，國際上的；國家間的. an *international* conference 國際會議／an *international* language 國際語言／an *international* call 國際電話／The Prime Minister's remark caused an *international* reaction. 首相的話引起國際間的反應.
— *n.* ⓒ 國際比賽(的選手).

Internàtional Atòmic Energy Àgency *n.* (加 the)國際原子能總署(略作 IAEA).

Internàtional Còurt of Jústice *n.* (加 the)國際法庭.

internàtional dáte lìne *n.* (加 the)國際換日線(亦簡稱 date line).

以大約東經[西經] 180°的子午線為基準，該線的東側比西側的日期早一天，此乃國際上的公用法。

[international date line]

In·ter·na·tio·nale [ˌɪntənæˈʃənl̩; ˌɪntənæʃəˈnɑːl] (法語) *n.* (加 the)國際歌(最早於 1871 年被法國的社會主義者所傳唱的革命歌曲).

in·ter·na·tion·al·ism [ˌɪntɚˈnæʃənlˌɪzm̩, -ʃn̩l-; ˌɪntəˈnæʃənlɪzəm] *n.* ⓤ 國際主義.

in·ter·na·tion·al·i·za·tion [ˌɪntɚˌnæʃənləˈzeʃən, -ʃn̩lə-, -aɪˈz-; ˈɪntəˌnæʃnəlaɪˈzeɪʃn] *n.* ⓤ 由國際管理；國際化.

in·ter·na·tion·al·ize [ˌɪntɚˈnæʃənlˌaɪz, -ʃn̩l-; ˌɪntəˈnæʃnəlaɪz] *vt.* 把…由國際管理；使國際

化.

In·ter·nă·tion·al Lă·bor Organiză-tion n. (加 the)(聯合國的)國際勞工組織(略作 ILO).

internătional lắw n. ⓤ國際法.

in·ter·na·tion·al·ly [ˌɪntɚˈnæʃənlɪ, -ʃnəlɪ; ˌɪntəˈnæʃənəlɪ] adv. 國際地, 國際上.

Internătional Mónetary Fùnd n. (加 the)國際貨幣基金(略作 IMF).

Internătional Olýmpic Com-mĭttee n. (加 the)國際奧林匹克委員會(略作 IOC).

internătional relátions n. (作單數) 國際關係學.

in·ter·ne·cine [ˌɪntɚˈnisɪn, -saɪn; ˌɪntəˈniːsaɪn] adj. (文章)(戰爭等)相互殘殺的; 死亡眾多的.

in·tern·ee [ˌɪntɝˈni; ˌɪntɜːˈniː] n. ⓒ 被拘留者, 俘虜.

in·tern·ment [ɪnˈtɝnmənt; ɪnˈtɜːnmənt] n. 1 ⓤ拘留, 拘禁. 2 ⓒ拘留[拘禁]期間.

in·ter·plan·e·tar·y [ˌɪntɚˈplænəˌtɛrɪ; ˌɪntəˈplænɪtərɪ] adj. 行星間的.

in·ter·play [ˈɪntɚˌple; ˈɪntəpleɪ] n. ⓤ相互作用, 相互影響.

In·ter·pol [ˈɪntɚˌpɑl; ˈɪntəˌpɒl] n. ⓤ《單複數同形》國際刑警組織(International Criminal Police Organization 的縮寫).

in·ter·po·late [ɪnˈtɝpəˌlet; ɪnˈtɜːpəʊleɪt] vt. (文章) 1 在[書等]中插入新的語句; 把[語句]插入書等[改]本文]. 2 隨意篡改[本文].

in·ter·po·la·tion [ɪnˌtɝpəˈleʃən; ɪnˌtɜːpəʊˈleɪʃn] n. (文章) 1 ⓤ (書等中的)插入語句; (本文的)隨意篡改. 2 ⓒ被插入的語句; 被篡改的部分.

in·ter·pose [ˌɪntɚˈpoz; ˌɪntəˈpəʊz] v. (文章) vt. 1 (在別人說話等時)插入[話, 異議等]. 2 使插入(between, among, in). — vi. 介入, 調解; 插嘴.

in·ter·po·si·tion [ˌɪntɚpəˈzɪʃən; ɪnˌtɜːpəˈzɪʃn] n. (文章) 1 ⓤ調解; 干涉. 2 ⓒ插入物.

*in·ter·pret [ɪnˈtɝprɪt; ɪnˈtɜːprɪt] v. (~s [~s; ~s]; ~ed [~ɪd; ~ɪd]; ~ing) vt. 1 解釋, 說明; 解[夢, 謎等]. How do you interpret this sentence? 你怎麼解釋這個句子呢?/This poem is variously interpreted. 這首詩可作多種解釋.
2 理解, 判斷, (as). He interpreted her silence as agreement. 他把她的沈默當成是同意.
3 口譯. interpret Spanish into English 將西班牙文口譯成英文/She interpreted the speech skillfully. 她很有技巧地口譯了那場演說.
4 把[戲劇, 音樂等](按照自己的詮釋)表演, 演奏. He interpreted the part of Hamlet in a new way. 他用新的方式詮釋哈姆雷特一角.
— vi. 當口譯. Will someone interpret for me? 哪一位能替我口譯?

in·ter·pre·ta·tion [ɪnˌtɝprɪˈteʃən;

ɪnˌtɜːprɪˈteɪʃn] n. (pl. ~s [~z; ~z]) ⓤⓒ 1 解釋, 說明; 判斷, 理解. It depends on the interpretation of the situation. 那要看怎麼解釋該情況.
2 (基於自己的詮釋所做的)表演, 演奏. make one's own interpretation of a sonata 依自己的詮釋演奏奏鳴曲.
3 口譯.

in·ter·pre·ta·tive [ɪnˈtɝprɪˌtetɪv; ɪnˈtɜːprɪtətɪv] adj. 解釋的, 說明的, 具說明性質的.

*in·ter·pret·er [ɪnˈtɝprɪtɚ; ɪnˈtɜːprɪtə(r)] n. (pl. ~s [~z; ~z]) ⓒ 1 口譯員, 口譯者. She acted as interpreter when we were in Poland. 我們在波蘭時她擔任口譯員. 2 解釋[說明]的人.

in·ter·ra·cial [ˌɪntɚˈreʃəl, -ʃɪal; ˌɪntəˈreɪʃl] adj. (婚姻, 友善等)(不同)種族間的; 包含各種種族的.

in·ter·reg·na [ˌɪntɚˈrɛgnə; ˌɪntəˈregnə] n. interregnum 的複數.

in·ter·reg·num [ˌɪntɚˈrɛgnəm; ˌɪntəˈregnəm] n. (pl. ~s, -na) ⓒ空位期間(新元首就任前的無元首期間); 中斷期間.

in·ter·re·lat·ed [ˌɪntərɪˈletɪd; ˌɪntərɪˈleɪtɪd] adj. 有相互關係的.

in·ter·re·la·tion [ˌɪntərɪˈleʃən; ˌɪntərɪˈleɪʃn] n. ⓤ相互關係. the interrelation between supply and demand 供需的相互關係.

in·ter·ro·gate [ɪnˈtɛrəˌget; ɪnˈterəʊgeɪt] vt. 詢問; 質問; 審問; (→ inquire 同).

in·ter·ro·ga·tion [ɪnˌtɛrəˈgeʃən; ɪnˌterəʊˈgeɪʃn] n. ⓤⓒ詢問; 質問; 審問.

interrogátion màrk [pòint] n. ⓒ (文法)問號(question mark).

in·ter·rog·a·tive [ˌɪntəˈrɑgətɪv; ˌɪntəˈrɒgətɪv] adj. 疑問的; 質問的; (文法)疑問詞的. an interrogative pronoun 疑問代名詞/an interrogative sentence 疑問句(→見文法總整理1.2).
— n. ⓒ疑問詞.

in·ter·ro·ga·tor [ɪnˈtɛrəˌgetɚ; ɪnˈterəʊgeɪtə(r)] n. ⓒ詢問者; 質問者.

in·ter·rog·a·to·ry [ˌɪntəˈrɑgəˌtorɪ, -ˌtɔrɪ; ˌɪntəˈrɒgətərɪ] adj. 表示疑問的; (表情, 聲音等)質問的.

*in·ter·rupt [ˌɪntəˈrʌpt; ˌɪntəˈrʌpt] v. (~s [~s; ~s]; ~ed [~ɪd; ~ɪd]; ~ing) vt. 1 使[工作等]中止, 中途停止, 中斷. My work was interrupted by the call. 我的工作被那通電話打斷了.
2 打擾, 妨礙, [工作中的人, 說話者等]. Don't interrupt me while I'm speaking. 我說話的時候不要打擾我.
3 擋住, 阻礙, [視野等]. The skyscraper interrupts the view of Mt. Fuji. 那棟摩天大樓擋住了富士山的景色.
— vi. 1 中斷, 中途停止. 2 打擾; 干預; 插嘴. Excuse me for interrupting. 對不起我打擾一下.

── *n.* ⓒ《電腦》干擾，中斷．

***in·ter·rup·tion** [ˌɪntəˈrʌpʃən; ˌɪntəˈrʌpʃn] *n.* (*pl.* ~**s** [~z; ~z]) Ⓤⓒ**中斷**；妨礙，打擾；阻斷；ⓒ妨礙物，阻礙物．He spoke for thirty minutes without *interruption*. 他不間斷地講了三十分鐘/*interruption* of water service (水管的)斷水．

in·ter·sect [ˌɪntəˈsɛkt; ˌɪntəˈsekt] *vt.* 橫穿；與⋯交叉．
── *vi.* 〔兩條道路、線等〕相交，交叉．

in·ter·sec·tion [ˌɪntəˈsɛkʃən; ˌɪntəˈsekʃn] *n.*
1 Ⓤ橫切；交錯．
2 ⓒ(特指兩條道路的)交叉點．

in·ter·sperse [ˌɪntəˈspɝs; ˌɪntəˈspɜːs] *vt.* (文章)散布，散置，(*in, among*)；點綴(*with*)(通常用被動語態)．His lectures are *interspersed with* jokes. 他的演講經常穿插笑話．

in·ter·state [ˌɪntəˈstet; ˌɪntəˈsteɪt] *adj.* (美國等的)州與州之間的，州際的．

in·ter·stel·lar [ˌɪntəˈstɛlə; ˌɪntəˈstelə(r)] *adj.* 星與星之間的，星際的．

in·ter·stice [ɪnˈtɝstɪs; ɪnˈtɜːstɪs] *n.* ⓒ《文章》(通常 interstices) 小空隙；裂縫．

in·ter·twine [ˌɪntəˈtwaɪn; ˌɪntəˈtwaɪn] *vt.* 使纏結〔纏繞〕(*with*)．
── *vi.* 〔藤蔓等〕盤繞，纏繞．

***in·ter·val** [ˈɪntəvl; ˈɪntəvl] (★注意重音位置) *n.* (*pl.* ~**s** [~z; ~z]) ⓒ **1** (時間的)**間隔**，距離；間歇．He returned to the stage after an *interval* of seven years. 隔了七年後他重返舞臺/There was a long *interval* between the question and the answer. 在發問和回答之間隔了一段很長的時間．
2 (空間的)**間隔**，距離．There are *intervals* of about five meters between the trees. 樹與樹之間大約有五公尺的間隔．
3 《英》(戲劇，音樂會等的)中場時間，休息時間，(《美》intermission)．There is a ten-minute *interval* between Act II and Act III of the play. 在戲劇的第二幕和第三幕之間有十分鐘的中場休息時間．
4 《音樂》音程．
at íntervals 每隔⋯時間[距離]；有時；不少地方；到處．Visitors came *at long intervals*. 偶有來訪者．
at íntervals of... 每隔⋯，以⋯的間隔．Trains leave this station *at intervals of* ten minutes. 火車每隔十分鐘從這個車站開出．
in the íntervals(s) 在(這)期間．Peter will go to Egypt next March; *in the interval* he is studying Arabic. 彼得3月要去埃及，在這之前他要學阿拉伯語．

in·ter·vene [ˌɪntəˈvin; ˌɪntəˈviːn] *vi.*
〖進入其間〗**1** 在⋯之間發生，經過⋯，(*between*)．Only a week *intervened between* the two conferences. 兩個會議之間僅隔一星期．

2 (因事情等發生而)打擾，干擾．We'll arrive on Friday if nothing *intervenes*. 如果沒有意外的話，我們將在星期五抵達．
3 進行調解(*between*)；幹旋，調停，(*in*)．The committee had to *intervene in* the labor dispute. 委員會必須調解勞資間的爭議．
4 干涉，介入，(*in*)．

in·ter·ven·tion [ˌɪntəˈvɛnʃən; ˌɪntəˈvenʃn] *n.* Ⓤ **1** 插入，介於其間．**2** 調解，仲裁，調停．
3 干涉，介入．

***in·ter·view** [ˈɪntəˌvju, -ˌvɪu; ˈɪntəvjuː] *n.* (*pl.* ~**s** [~z; ~z]) ⓒ **1** 會見，面談．a job *interview* 求職面試/go for an *interview* 去接受面談．
2 (記者等的)採訪，會見，訪問．The President gave an *interview* for reporters. 總統會見記者．
── *vt.* 接見，會見；〔記者等〕訪問，採訪，〔人〕．Reporters *interviewed* the actress at the theater. 記者們在劇院訪問了那位女演員/Bob will be *interviewed* for the job. 鮑伯將接受那份工作的面試．

in·ter·view·ee [ˌɪntəvjuˈi; ˌɪntəvjuːˈiː] *n.* ⓒ 接受面談[訪問]的人．

in·ter·view·er [ˈɪntəˌvjuə, -ˌvɪuə; ˈɪntəvjuːə(r)] *n.* ⓒ接見者，會晤者；訪問記者，採訪者．

in·ter·weave [ˌɪntəˈwiv; ˌɪntəˈwiːv] *vt.* (~**s**; -**wove**; -**wove**, -**wo·ven**; -**weav·ing**)使交錯編織；使交織(*with*)．

in·ter·wove [ˌɪntəˈwov; ˌɪntəˈwəʊv] *v.* interweave 的過去式、過去分詞．

in·ter·wo·ven [ˌɪntəˈwovən; ˌɪntəˈwəʊvən] *v.* interweave 的過去分詞．

in·tes·tate [ɪnˈtɛstet, -tɪt; ɪnˈtesteɪt] *adj.* 《主法律》未立遺囑的，遺囑未提及的．

in·tes·ti·nal [ɪnˈtɛstɪnl; ɪnˈtestɪnl] *adj.* 腸的，腸內的．

in·tes·tine [ɪnˈtɛstɪn; ɪnˈtestɪn] *n.* ⓒ《解剖》(通常大腸小腸合稱 the intestines). the large [small] *intestine* 大[小]腸．

in·ti·ma·cy [ˈɪntəməsɪ; ˈɪntɪməsɪ] *n.* (*pl.* -**cies**)
1 Ⓤ親密，熟悉，(*with*)．
2 ⓒ(通常 intimacies)表示親密的言行．
3 Ⓤ《委婉》性關係(*with*)．⇨ *adj.* intimate.

***in·ti·mate** [ˈɪntəmɪt; ˈɪntɪmət] (★與 *v.* 的發音不同) *adj.* 〖親密的〗**1** 親密的；密切的(*with*)；有親密感情的，融洽的．He has a lot of *intimate* friends. 他有很多密友[參考]an *intimate* friend 有時會令人誤解為 **2** 的含意，故改用 a *close* friend 意思更清楚．
2 《委婉》有性關係的(*with*)．
3 〖親密的＞熟悉的〗〔知識等〕詳盡的；精通的(*with*)．He has an *intimate* knowledge of American history. 他精通美國史．
〖秘密的〗**4** 個人的，私下的，(private)；心底的，內心的．She revealed her *intimate* thoughts to her best friend. 她向她最好的朋友透露她內心的想法．⇨ *n.* intimacy.
on ìntimate térms with... 和⋯親密，和⋯有親

密關係; (委婉)和…有性關係.
— n. C 知己, 密友, (intimate friend; → adj.
1 參考).
— [ˋɪntəˏmɛt; ˈɪntɪmeɪt] vt. (文章)透露, 提示;
句型3 (intimate that 子句)暗示…(hint). The
President *intimated that* he would make an
important announcement. 總統暗示他將要作一重
大的宣布.

in·ti·mate·ly [ˋɪntəmɪtlɪ; ˈɪntɪmətlɪ] adv. 親密
地; 密切地; 私下地.

in·ti·ma·tion [ˏɪntəˋmeʃən; ˌɪntɪˈmeɪʃn] n.
UC 暗示, 提示.

in·tim·i·date [ɪnˋtɪməˏdet; ɪnˈtɪmɪdeɪt] vt.
(文章)脅迫, 恐嚇使…(into).

in·tim·i·da·tion [ɪnˏtɪməˋdeʃən;
ɪnˏtɪmɪˈdeɪʃn] n. UC 威脅, 脅迫.

in·tim·i·da·tor [ɪnˋtɪməˏdetɚ;
ɪnˈtɪmɪdeɪtə(r)] n. C 脅迫者.

in·to [ˋɪntu, ˋɪntu, ˋɪntə, ˈɪntʊ] (★ [ˋɪntu; ˈɪntu]
主要用於句末, [ˋɪntu; ˈɪntʊ] 用於母音之前,
[ˋɪntə; ˈɪntə] 用於子音之前) prep.

【朝向當中】 1 往…之中, 進入…之內, (⟷ out
of…). We went *into* the room. 我們走進房裡
/Someone is looking *into* the house. 有人向房子
裡面窺探. 回 in 一般表示「靜止, 存在於內部」;
into 則表示「向內部[定點]移動」.

2 直朝…的方向, 直向…. The girl looked
silently *into* the sky. 那個女孩默默地凝望著天空/
The car ran *into* a tree. 那輛車直衝向樹.

【進入】 3 (a)進入(某期間). He worked far
into the night. 他工作到深夜.
(b)從事(活動, 調查等). go *into* politics 進入政
界/do research *into* the causes of cancer 研究導
致癌症的原因.

4 (a)陷入…, 落到…; 把…弄到手. They got
into difficulties. 他們陷於困難之中/come *into* an
estate 把土地弄到手.
(b)(口)迷戀…, 熱中…. Mary's now *into* pop
music. 瑪莉現在迷上熱門音樂.

5 【進入別的狀態 > 變化】成爲…. The rain
changed *into* snow. 雨變成了雪/Put the follow-
ing sentence *into* English. 請把以下的句子譯成英
文/Milk is made *into* butter and cheese. 牛奶可
製成奶油和乳酪.

6 【進入當中 > 分割】(數學)除…. 3 *into* 27 is 9. 3
除 27 等於 9.

【⦿ vt.＋A into B】
具有說服, 強制, 誘惑, 欺騙等意義以及「使A做
B」之意的及物動詞:
(1) He tricked her *into* signing the paper. (他
騙她在文件上簽名)
　　主要用於此句型的及物動詞: awe, beguile,
deceive, delude, hoax, hurry, mislead, sur-
prise.
(2)有些及物動詞可將 into B 代換爲 to do: The
advertisements lured people *into* buying [*to*
buy] the shampoo. (這些廣告吸引人們買這種

洗髮精).
　　此類主要的及物動詞: bribe, coax, drive,
entice, persuade, provoke, seduce, tempt,
stimulate, urge.
(3)有些及物動詞若將 into B 換爲 out of B 則表
示相反的意義(不使B做): He argued his son
into going back to school. (他說服兒子回到
學校)/He argued his son *out of* his deci-
sion. (他說服兒子改變決定)
　　此類主要的及物動詞: frighten, persuade, rea-
son, shame.

****in·tol·er·a·ble** [ɪnˋtɑlərəb!; ɪnˈtɒlərəbl] adj.
不能忍受的, 無法容忍的. *intolerable* heat 受不了
的熱/His arrogance is *intolerable*. 他的傲慢態度
令人無法忍受.

in·tol·er·a·bly [ɪnˋtɑlərəblɪ; ɪnˈtɒlərəblɪ] adv.
不能忍受地, 無法容忍地.

in·tol·er·ance [ɪnˋtɑlərəns; ɪnˈtɒlərəns] n.
U 1 (對異議, 異教, 不同種族等的)不寬容, 心胸
狹窄. 2 (對藥品等的)過敏反應.

in·tol·er·ant [ɪnˋtɑlərənt; ɪnˈtɒlərənt] adj.
1 不寬容的; (特指宗教上)不容忍異端的; 偏狹
的; 不接納的(of). He's *intolerant* of *others'*
beliefs. 他不願接納別人的信仰. 2 過敏的(of).

in·tol·er·ant·ly [ɪnˋtɑlərəntlɪ; ɪnˈtɒlərəntlɪ]
adv. 不寬容地.

in·to·na·tion [ˏɪntoˋneʃn; ˌɪntəʊˈneɪʃn] n.
UC (語音學)聲調, 音調; (聲音的)抑揚.

in·tone [ɪnˋton; ɪnˈtəʊn] vt. 吟誦(祈禱文, 詩歌
等); 用平板的聲調說話.

in·tox·i·cant [ɪnˋtɑksəkənt; ɪnˈtɒksɪkənt] n.
(文章) n. C 致醉物, (特指)酒類.
— adj. 醉人的.

in·tox·i·cate [ɪnˋtɑksəˏket; ɪnˈtɒksɪkeɪt] vt.
(文章)(酒等)使(人)醉; 使陶醉; 使興奮; 使入迷.
The man became *intoxicated with* [*by*] his own
success. 那個男人陶醉於自己的成功之中.

in·tox·i·ca·tion [ɪnˏtɑksəˋkeʃən;
ɪnˏtɒksɪˈkeɪʃn] n. U(文章)喝醉, 醉的狀態; 陶醉.

intra- pref. 「裡面的, 在內的, 在…內部(的)」之
意(⟷ extra-). *intra*mural.

in·trac·ta·ble [ɪnˋtræktəb!; ɪnˈtræktəbl] adj.
(文章)(人, 行動)難掌握的; 不容易緩和的; 倔強
的.

in·tra·mu·ral [ˏɪntrəˋmjʊrəl, ˏ-ˈmɪʊrəl;
ˏɪntrəˈmjʊərəl] adj. 《限定》 1 限於校內的. *intra-
mural* games 校內比賽. 2 市內的; 組織內的.
⟷ extramural.

in·tran·si·gence [ɪnˋtrænsədʒəns;
ɪnˈtrænsɪdʒəns] n. U(文章)不妥協.

in·tran·si·gent [ɪnˋtrænsədʒənt;
ɪnˈtrænsɪdʒənt] adj. (文章)(人, 行動)不妥協的,
不讓步的.

in·tran·si·tive [ɪnˋtrænsətɪv; ɪnˈtrænsətɪv]

《文法》*adj.* 不及物動詞的(↔ transitive).
— *n.* ⓒ不及物動詞.

in·tran·si·tive·ly [ɪnˋtrænsətɪvlɪ; ɪnˈtrænsɪtɪvlɪ] *adv.* 《文法》不及物地, 作為不及物動詞.

intrànsitive vérb *n.* ⓒ《文法》不及物動詞(略作 vi., v.i.)(→見文法總整理6. 2).

in·tra·ve·nous [͵ɪntrəˋvinəs; ͵ɪntrəˈviːnəs] *adj.* (向)靜脈內的. an *intravenous* injection 靜脈注射.

in·trench [ɪnˋtrɛntʃ; ɪnˈtrentʃ] *v.* =entrench.

in·trep·id [ɪnˋtrɛpɪd; ɪnˈtrepɪd] *adj.* 《文章》(人, 行動)無懼的, 勇敢的, 大膽的.

in·tre·pid·i·ty [͵ɪntrəˋpɪdətɪ; ͵ɪntrɪˈpɪdəti] *n.* ⓤ《文章》無畏, 勇猛.

in·tri·ca·cy [ˋɪntrəkəsɪ; ˈɪntrɪkəsi] *n.* (*pl.* **-cies**)《文章》**1** ⓤ混雜; 錯綜複雜.

2 ⓒ (常 intrica*cies*)複雜的事物. I haven't quite mastered the *intricacies* of the English language. 我還無法完全掌握英語的複雜困難.

in·tri·cate [ˋɪntrəkɪt; ˈɪntrɪkət] *adj.* 《文章》混雜的; 錯綜複雜的; (複雜而)需耗費心思才能解決的. an *intricate* story 複雜的故事/an *intricate* system of roads 迷宮似的道路網.

in·tri·cate·ly [ˋɪntrəkɪtlɪ; ˈɪntrɪkətli] *adv.* 《文章》複雜地.

in·trigue [ɪnˋtrig, ˋɪntrig; ɪnˈtriːg] *n.* ⓤ策劃陰謀; ⓒ陰謀. a political *intrigue* 政治陰謀.
— [ɪnˋtrig; ɪnˈtriːg] *vt.* 使感到極其有趣, 大大激起…的興趣. I was *intrigued* with [by] his lecture. 他的演講令我深感興味.
— *vi.* 耍陰謀, 密謀.

in·trigu·ing [ɪnˋtrigɪŋ; ɪnˈtriːgɪŋ] *adj.* 有趣的, 津津有味的. ★明顯具有「激起好奇心」的含義.

in·trin·sic [ɪnˋtrɪnsɪk; ɪnˈtrɪnsɪk] *adj.* 《文章》(價值, 性質等)本來就具備的, 本質的, 《in, to》本來的, 原有的, (↔ extrinsic).

in·trin·si·cal·ly [ɪnˋtrɪnsɪklɪ, -ɪklɪ; ɪnˈtrɪnsɪkəli] *adv.* 就本質而言; 本來.

in·tro [ˋɪntro; ˈɪntrəʊ] *n.* (*pl.* ~s)《口》= introduction.

intro- *pref.* 「向內, 在內, 進入內部」之意. *intro*spection. *intro*duce. *intro*vert.

✳in·tro·duce [͵ɪntrəˋdjus, -ˋdɪus, -ˋdus; ͵ɪntrəˈdjuːs] *vt.* (**-duc·es** [~ɪz; ~ɪz]; **-d** [~t; ~t]; **-duc·ing**)【使第一次見面】
1 介紹(人); (用 introduce **A** to **B**)把 A 介紹給 B. Mr. Austin, may I *introduce* my uncle to you? 奧斯汀先生, 請容我向您介紹我叔叔/Would you *introduce* me to the manager? 能否請你向經理介紹我?/Barbara stood up and *introduced* herself. 芭芭拉站起來自我介紹.
2 使(人)初次經驗[接觸新知]《to, into》. I was first *introduced* to golf in America. 我第一次學打高爾夫球是在美國.

【初次引進】**3** 把(思想, 技術, 流行, 風俗等)(最初)引進, 帶來, 傳入, 《into, to》. Many French customs were *introduced* into [to] the United States. 許多法國的風俗習慣被引進美國/Robots were *introduced* into the factory. 機器人被引進工廠/Foreign sailors *introduced* the disease *into* the island. 外籍船員將這種病帶到島上.
4 提出(議題, 議案等)《to, into, before》; 提出(話題等)《into》. *introduce* a bill *into* [*before*] Congress 向議會提出法案.
5 《文章》納入, 插入, 《into》.
【開始】**6** 開始(談話, 文章, 演奏等)《with》. He *introduced* his speech *with* a joke. 他以笑話開始他的演講.

【●介紹方法範例】
A: Betty, this is my brother Sam.
貝蒂, 這是我哥哥山姆.
B: I'm very glad to meet you. 很高興認識你.
C: It's a pleasure to meet you. 我也是.
[注意]介紹的順序: 被介紹的雙方為同性時先向年長者, 上司介紹; 為異性則先向女性介紹.

[字源] DUCE「引導」: intro*duce*, re*duce* (減少), pro*duce* (生產), se*duce* (誘惑).

in·tro·duc·ing [͵ɪntrəˋdjusɪŋ, -ˋdɪus-, -ˋdus-; ͵ɪntrəˈdjuːsɪŋ] *v.* introduce 的現在分詞, 動名詞.

✳in·tro·duc·tion [͵ɪntrəˋdʌkʃən; ͵ɪntrəˈdʌkʃn]
n. (*pl.* ~**s** [~z; ~z]) **1** ⓤⓒ (人的)介紹. a letter of *introduction* 介紹信/My wife made the *introductions*. 我太太負責介紹.
2 ⓒ入門書, 概論書, 《to》. An *Introduction* to Computers 《電腦入門》(書名).
3 ⓤ (最初)引進, 傳入; ⓒ被傳入之物. ask for the *introduction* of foreign capital 尋求外資的引進/Color television is a recent *introduction* to that country. 彩色電視最近才傳入那個國家.
4 ⓒ (書等的)序論, 序言. [參考]introduction 置於 preface 之後, 內容上與正文有更密切的關係.
5 ⓒ最前面的部分; 《音樂》序曲, 前奏.

in·tro·duc·to·ry [͵ɪntrəˋdʌktərɪ, -trɪ; ͵ɪntrəˈdʌktərɪ] *adj.* 介紹的; 傳入的; 序論的; 入門的.

in·tro·spec·tion [͵ɪntrəˋspɛkʃn; ͵ɪntrəʊˈspekʃn] *n.* ⓤ內省, 自我反省.

in·tro·spec·tive [͵ɪntrəˋspɛktɪv; ͵ɪntrəʊˈspektɪv] *adj.* 內省的, 自我反省的.

in·tro·ver·sion [͵ɪntrəˋvɜʃən, -ʒən; ͵ɪntrəʊˈvɜːʃn] *n.* ⓤ《心理》內向性(↔ extroversion).

in·tro·vert [ˋɪntrə͵vɜt; ˈɪntrəʊvɜːt] *n.* ⓒ《心理》內向的人, 內斂型的人, (↔ extrovert).

✳in·trude [ɪnˋtrud, -ˋtrɪud; ɪnˈtruːd] *v.* (~**s** [~z; ~z]; **-trud·ed** [~ɪd; ~ɪd]; **-trud·ing**) *vt.* 把(意見等)強加(於), 強迫, 《on, upon》; 把…硬擠(入)《into》. He *intrudes* his views *on* everyone. 他硬要大家接受他的看法.

— *vi.* 硬擠入；侵入；《*into*》；好出風頭；打擾《*on, upon*》. Am I *intruding*? 我有沒有打擾到你們?/They *intruded on* our privacy. 他們侵犯了我們的私生活.

in·trud·er [ɪnˋtrudɚ, ˋtrɪudɚ; ɪnˋtruːdə(r)] *n.* ⓒ 侵入者，闖入者，妨害者，好管閒事的人.

in·tru·sion [ɪnˋtruʒən, ˋtrɪuʒən; ɪnˋtruːʒn] *n.* **1** ⓤ (意見等的)強迫接受；好管閒事；侵入，闖入. **2** ⓒ 強迫接受的行為；侵害行為.

in·tru·sive [ɪnˋtrusɪv, ˋtrɪu-; ɪnˋtruːsɪv] *adj.* 強迫接受的；侵入的；好管閒事的.

in·tu·it [ˋɪntjuɪt, -tɪu-, -tu-, ɪnˋtjuɪt, ˋtrɪu-, ˋtu-; ɪnˋtjuːɪt] *vt.* 憑直覺知道….
— *vi.* 憑直覺知道.

in·tu·i·tion [ˌɪntuˋɪʃən, -tɪu-, -tju-; ˌɪntjuːˈɪʃn] *n.* ⓤ直覺；直覺能力.

in·tu·i·tive [ɪnˋtjuɪtɪv, ˋtrɪu-, ˋtu-; ɪnˋtjuːɪtɪv] *adj.* 直覺的；憑直覺知道的.

In·u·it [ˋɪnjuɪt; ˋɪnjɪut] *n.* (*pl.* ~s, ~) **1** ⓒ 伊努伊特族的人(也就是 Eskimo，但 Eskimo 的語義予人輕蔑感，所以(特別在加拿大)喜歡用此字表示). **2** ⓤ 伊努伊特語.
— *adj.* 伊努伊特(語)的.

in·un·date [ˋɪnənˌdet, -ʌn-, ɪnˋʌndet; ˋɪnʌndeɪt] *vt.* 《文章》 **1** 使浸入，使氾濫，(常用被動語態). The town was *inundated* by the river. 那個鎮被河水淹沒了. **2** 使氾濫《*with*》；(用 be inundated with...) (大量)湧來，蜂湧而至.

in·un·da·tion [ˌɪnənˋdeʃən, ˌɪnʌn-; ˌɪnʌnˈdeɪʃn] *n.* ⓤⓒ 《文章》洪水，氾濫；充斥；蜂湧而至.

in·ure [ɪnˋjur; ɪˋnjʊə(r)] *vt.* (經長時間)使〔人〕習慣《*to* 對於…》(通常用被動語態).

in·vade [ɪnˋved; ɪnˋveɪd] *vt.* (~s [~z; ~z]; -vad·ed [~ɪd; ~ɪd]; -vad·ing) **1** 侵略(他國等)，入侵. In 1939 Germany *invaded* Poland. 1939 年德國入侵波蘭. **2** 侵犯〔權利等〕；〔疾病〕侵襲；〔聲音，氣味等〕擴散. Nobody wants to have his privacy *invaded*. 誰都不希望隱私權受侵害. **3** (大量地)湧來，蜂湧而入. Each summer London is *invaded* by tourists. 每年夏天都有大批遊客湧入倫敦. ⇨ *n.* invasion.
字源 VADE「到」: in*vade*, e*vade* (避開), per*vade* (遍及).

in·vad·er [ɪnˋvedɚ; ɪnˋveɪdə(r)] *n.* ⓒ 侵略者，入侵者；侵略國〔軍〕；侵犯者.

in·va·lid¹ [ˋɪnvəlɪd; ˋɪnvəliːd] *n.* (*pl.* ~s [~z; ~z]) ⓒ 病人，病弱者，(特指長期患病的人). My mother has been an *invalid* for many years. 我的母親已經臥病多年.
— *adj.* **1** 病弱的，生病的. **2** 病人用的. an *invalid* diet 病人膳食.
— [ˋɪnvəˌlɪd; ˋɪnvəliːd] *vt.* 使〔人〕病弱(通常用被動語態). She was *invalided* by old age. 她年老病弱.

in·val·id² [ɪnˋvælɪd; ɪnˋvælɪd] *adj.* 無根據的；無價值的；(特指法律上)無效的；(↔ valid).

in·val·i·date [ɪnˋvæləˌdet; ɪnˋvælɪdeɪt] *vt.* 使無效；使不具價值.

***in·val·u·a·ble** [ɪnˋvæljəbl, ˋvæljuəbl; ɪnˋvæljuəbl] *adj.* (簡直無法估算價值的)非常有價值的，無比貴重的. The library houses an *invaluable* collection of medieval records. 那間圖書館收藏著一批無比珍貴的中世紀古籍/Thank you for your *invaluable* comments on my essay. 感謝你對我的文章所提的寶貴意見.
參考 invaluable 所表示的「珍貴性」比 valuable 更強，是書寫用語.
參考「沒有價值的」是 valueless.

in·var·i·a·ble [ɪnˋvɛrɪəbl, -ˋver-, -ˋvær-; ɪnˋveərɪəbl] *adj.* 無變化的，始終如一的.

in·var·i·a·bly [ɪnˋvɛrɪəblɪ, -ˋver-, -ˋvær-; ɪnˋveərɪəblɪ] *adv.* 無變化地，始終如一地，不變地；一定地.

***in·va·sion** [ɪnˋveʒən; ɪnˋveɪʒn] *n.* (*pl.* ~s [~z; ~z]) ⓤⓒ **1** 侵略，侵入. the *invasion* of Africa by European powers 歐洲列強對非洲的侵略. **2** (權利等的)侵犯. *invasion* of privacy 隱私權的侵犯. ⇨ *v.* invade.

in·va·sive [ɪnˋvesɪv; ɪnˋveɪsɪv] *adj.* 侵略〔侵入〕的；侵犯的.

in·vec·tive [ɪnˋvɛktɪv; ɪnˋvektɪv] *n.* ⓤ 《文章》咒罵；猛烈抨擊；ⓒ (通常 invectives) 惡言，詛咒.

in·veigh [ɪnˋve; ɪnˋveɪ] *vi.* 猛烈抨擊；痛罵；《*against*》.

in·vei·gle [ɪnˋvigl, -ˋvegl; ɪnˋveɪgl] *vt.* 《文章》誘騙，引誘〔人〕，《*into*》；欺騙〔人〕使其做…《*into* do*ing*》. She *inveigled* into *buying* the coat. 她受騙買了那件大衣.

***in·vent** [ɪnˋvɛnt; ɪnˋvent] *vt.* (~s [~s; ~s]; ~ed [~ɪd; ~ɪd]; ~·ing) **1** 發明，創造，想出，〔新的東西，思想〕. Edison *invented* many useful things. 愛迪生發明了許多有用的東西.
回 invent 是創造在此之前不存在的東西和新方法；discover 是發現雖已存在但不為人知的東西.
2 捏造，編造，偽造，〔謊言等〕. The whole story was *invented* by Tom. 整個故事都是湯姆編造的.

***in·ven·tion** [ɪnˋvɛnʃən; ɪnˋvenʃn] *n.* (*pl.* ~s [~z; ~z]) **1** ⓤ 發明，創造；發明才能，創造力. the *invention* of the printing press 印刷機的發明/Necessity is the mother of *invention*. 《諺》需要乃發明之母. **2** ⓒ 發明物，被發明的東西. The word processor is a marvelous *invention*. 文字處理器真是個了不起的發明. **3** ⓤⓒ 編造，捏造，虛構. Don't believe this obvious *invention*. 別相信，這一看就知道是虛構的.

in·ven·tive [ɪnˋvɛntɪv; ɪnˋventɪv] *adj.* 有發明才能的，富有創造力的.

***in·ven·tor** [ɪnˋvɛntɚ; ɪnˋventə(r)] *n.* (*pl.* ~s [~z; ~z]) ⓒ 發明家〔者〕，創造〔創作〕者.

in·ven·to·ry [ˋɪnvənˌtorɪ, -ˌtɔrɪ; ˋɪnvəntrɪ] *n.*

(*pl.* **-ries**) ©財產[存貨]目錄[清單]; (物品等的)清單; 庫存貨.

── *vt.* (**-ries; -ried; ~ing**)編製財產[庫存貨]目錄[清單].

in·verse [ɪn`vɝs; ˌɪn`vɜ:s] *adj.* 《限定》〔順序, 位置, 方向等〕顛倒的, 相反的. *inverse* proportion 《數學》反比.

── *n.* U相反; 倒數; 相反的東西.

in·verse·ly [ɪn`vɝslɪ; ˌɪn`vɜ:slɪ] *adv.* 相反地.

in·ver·sion [ɪn`vɝʒən, -ʒən; ɪn`vɜ:ʃn] *n.* U倒置, 倒轉, 反轉; 《文法》倒裝, 顛倒詞序, (→見文法總整理 16).

in·vert [ɪn`vɝt; ɪn`vɜ:t] *vt.* 使反向, 使上下顛倒, 倒轉.

in·ver·te·brate [ɪn`vɝtəbrɪt, -ˌbret; ɪn`vɜ:tɪbreɪt] *adj.* 無脊椎的, 無脊骨的, (↔ vertebrate).

── *n.* ©無脊椎動物.

invẽrted cõmmas *n.* (作複數)《英》引號 (quotation marks) (‘ ' 或 " ").

*__in·vest__ [ɪn`vɛst; ɪn`vest] *v.* (**~s** [~s; ~s]; **~ed** [~ɪd; ~ɪd]; **~ing**) *vt.* 【 用衣服包裹 】 **1** 使穿上; 使包住; 《*with*, *in*》. The castle is *invested with* fog. 那座城堡被霧籠罩著.

【 給予地位等 】 **2** 《文章》授與, 給予, 〔人〕, 《*with*》. He was *invested with* full authority. 他被授與全權. **3** 使就任.

【 給予>投入 】 **4** 投資; 投注〔金錢, 時間等〕, 《*in*》. My sister *invested* all her savings *in* stocks. 我妹妹把全部存款投資在股票上/*invest* a lot of time *in* preparation 投入許多時間做準備.

⇨ *n.* 2, 3 為 investiture; 4 為 investment.

── *vi.* 投資; 《口》花錢; 《*in*》. I'll *invest in* a new car. 我要花錢買輛新車.

[字源] VEST「衣服」: in*vest*, di*vest* (脫下), *vest* (背心).

*__in·ves·ti·gate__ [ɪn`vɛstəˌget; ɪn`vestɪgeɪt] *vt.* (**~s** [~s; ~s]; **-gat·ed** [~ɪd; ~ɪd]; **-gat·ing**)調查; 研究; 偵查〔嫌疑犯〕. The police *investigated* the cause of the car accident. 警方調查車禍的原因. [同] investigate 是為使真相大白而採用比 examine 更為詳細、嚴密的方法所做的調查研究.

── *vi.* 調查; 研究; 《*into*》.

*__in·ves·ti·ga·tion__ [ɪnˌvɛstə`geʃən; ɪnˌvestɪ`geɪʃn] *n.* (*pl.* **~s** [~z; ~z]) UC調查; 研究. The accident is *under investigation*. 這件事故正在調查當中/They are making an *investigation* into the problem. 他們正在對這個問題進行調查/on *investigation* 經調查.

[搭配] *adj.*+investigation: (a) close ~ (縝密的調查), (a) detailed ~ (詳細的調查), (a) thorough ~ (徹底的調查) // *v.*+investigation: conduct an ~ (進行調查), conclude an ~ (結束調查).

in·ves·ti·ga·tor [ɪn`vɛstəˌgetər; ɪn`vestɪgeɪtə(r)] *n.* ©調查者; 研究者.

in·ves·ti·ture [ɪn`vɛstətʃər; ɪn`vestɪtʃə(r)] UC授職, 授權; 授職[權]儀式, 授與儀式.

*__in·vest·ment__ [ɪn`vɛstmənt; ɪn`vestmənt] *n.* (*pl.* **~s** [~s; ~s]) **1** U投資, 出資.

2 ©投資額; 投資物. Education is an *investment* in the future. 教育是對未來的投資/make an *investment* of £2,000 in securities 投資證券二千英鎊.

in·ves·tor [ɪn`vɛstər; ɪn`vestə(r)] *n.* ©投資者, 出資者.

in·vet·er·ate [ɪn`vɛtərɪt; ɪn`vetərət] *adj.* 《限定》〔文章〕根深蒂固的; 積習難改的. an *inveterate* smoker 有菸癮的人.

in·vid·i·ous [ɪn`vɪdɪəs; ɪn`vɪdɪəs] *adj.* 〔文章〕

1 〔說話, 態度等〕令人反感的, 教人生氣的.

2 〔地位等〕招人嫉妒的, 讓人產生敵意的.

in·vig·i·late [ɪn`vɪdʒəˌlet; ɪn`vɪdʒɪleɪt] *vi.* 《文章》《英》監考.

in·vig·i·la·tor [ɪn`vɪdʒəˌletər; ɪn`vɪdʒɪleɪtə(r)] *n.* ©《文章》《英》監考人.

in·vig·or·ate [ɪn`vɪgəˌret; ɪn`vɪgəreɪt] *vt.* 使精力充沛; 給予活力.

in·vin·ci·bil·i·ty [ɪnˌvɪnsə`bɪlətɪ, ˌɪnvɪnsə-; ˌɪnˌvɪnsɪ`bɪlətɪ] *n.* U《文章》無敵, 不敗.

in·vin·ci·ble [ɪn`vɪnsəbl; ɪn`vɪnsəbl] *adj.* 《文章》無法打敗的, 征服不了的, 無敵的. an *invincible* team 不敗的隊伍.

Invĩncible Armáda *n.* (加 the)《歷史》無敵艦隊(→ Armada).

in·vi·o·la·ble [ɪn`vaɪələbl; ɪn`vaɪələbl] *adj.* 《文章》不可侵犯的; 神聖的. 《<violate (侵犯)》.

in·vi·o·late [ɪn`vaɪəlɪt, -ˌlet; ɪn`vaɪələt] *adj.* 《雅》〔法律, 場所等〕不可侵犯的; 未遭損害的; 神聖的.

in·vis·i·bil·i·ty [ˌɪnvɪzə`bɪlətɪ, ɪnˌvɪzə-; ɪnˌvɪzə`bɪlətɪ] *n.* U看不見; 隱匿.

*__in·vis·i·ble__ [ɪn`vɪzəbl; ɪn`vɪzəbl] *adj.* **1** 看不見的, 視力之外的, (↔ visible); 無形的, 察覺不到的. an *invisible* man 隱形人/Air is an *invisible* substance. 空氣是看不見的物質/Mt. Fuji is *invisible* behind the skyscrapers. 富士山被那棟棟摩天大樓遮擋住/Bacteria are *invisible* to the naked eye. 肉眼看不見細菌.

2 〔特指盈虧〕不記載於帳簿上的; 不顯現於表面的《統計等》; 不被公布的. *invisible* earnings 無形收入《觀光客帶來的收入等》/*invisible* trade 無形貿易.

invĩsible ĩnk *n.* U隱形墨水.

in·vis·i·bly [ɪn`vɪzəblɪ; ɪn`vɪzəblɪ] *adv.* 看不見地.

*__in·vi·ta·tion__ [ˌɪnvə`teʃən; ˌɪnvɪ`teɪʃn] *n.* (*pl.* **~s** [~z; ~z]) **1** UC邀請, 招待. a letter of *invitation* 邀請函/at [on] the *invitation* of the mayor 受市長招待/Thank you very much for your kind *invitation*. 非常感謝你的盛情款待.

2 ©邀請函, 請帖, 請柬. *Invitations* to our party will be sent out tomorrow. 我們宴會的請帖

將於明天寄出.

[搭配] adj.+invitation (1-2)：a cordial ～（誠心的邀請），a formal ～（正式的邀請）// v.+invitation：accept an ～（應邀），decline an ～（拒絕邀請），extend an ～（發出邀請〔函〕），get an ～（受邀）.

3 《UC》勸誘，誘惑，魅力，《to；to do》．an *invitation* to crime [to commit a crime] 犯罪的誘惑.

＊in·vite [ɪn`vaɪt; ɪn'vait] vt. (～s [～s; ～s]; -vit·ed [～ɪd; ～ɪd]; -vit·ing)

【邀請】**1** 邀請〔人〕，招待；（用 invite **A** to [for] **B**）邀請 A 參加 B．I want to *invite* Mr. Potter *to* [*for*] dinner. 我想邀請波特先生吃晚飯／Thank you for *inviting* me. 謝謝你邀請我.

2 要求，請求，〔提出問題，意見等〕．Nobody *invited* my opinion. 沒有人請我提出意見.

【引誘】**3** [句型5] (invite **A** to do) 勸〔促使〕A〔人〕做…；引誘〔誘惑〕A〔人〕做…．Let's *invite* Ken *to* join our club. 我們勸肯參加我們的俱樂部吧!／The heat of the afternoon *invited* us to take a nap. 下午的炎熱使我們想打瞌睡.

4 〔事物〕招致，引起，〔危險，困難等〕．invite suspicion 招致懷疑／Her big hat *invited* laughter. 她的大帽子引人發笑.

＊in·vit·ing [ɪn`vaɪtɪŋ; ɪn'vaitiŋ] v. invite 的現在分詞、動名詞.
— adj. 吸引人的，誘人的．It's difficult to turn down such an *inviting* offer. 很難去拒絕這樣吸引人的提議.

in·vit·ing·ly [ɪn`vaɪtɪŋlɪ; ɪn'vaitiŋli] adv. 吸引人地，smile *invitingly* 迷人地微笑著.

in·vo·ca·tion [ˌɪnvə`keʃən; ˌinvəu'keiʃn] n.
1 《U》祈求〔祈願〕（神的保佑等）．
2 《C》祈禱；祈禱的話；咒語． ⇨ v. invoke.

in·voice [`ɪnvɔɪs; 'invɔis]《商業》n. 《C》發貨清單，發票． — vt. 向…送發清單單；開…的發票.

in·voke [ɪn`vok; in'vəuk] vt. 《文章》**1** 向〔神等〕祈求〔保佑〕，祈禱．*invoke* God 向神祈求.
2 懇求，請求，〔幫助，保護等〕.
3 訴諸，行使，實施，〔法律，權威等〕.
4 召喚〔靈魂等〕． ⇨ n. invocation.

in·vol·un·tar·i·ly [ɪn`vɑlənˌtɛrəlɪ; in'vɔləntərəli] adv. 不知不覺地；自動自發地.

in·vol·un·tar·y [ɪn`vɑlənˌtɛrɪ; in'vɔləntəri] adj. **1** 不知不覺的；非故意的；不受控制的；無意識的．**2** 《生理》〔肌肉等〕不隨意的.

＊in·volve [ɪn`vɑlv; in'vɔlv] vt. (～s [～z; ～z]; ～d [～d; ～d]; -volv·ing) **1** 使〔人〕涉入，使發生關係；（用 involve **A** in B）使 A 涉入 B；牽涉〔壞事〕《with》．They will be *involved* in the dispute. 他們會捲入這場爭論／A total of 30 players got *involved* in a mass fight. 一共有30名運動員捲入打群架的事件中／I don't want to get *involved* with the police. 我不想和警方有瓜葛／He *involved* himself deeply *in* the plot. 他涉入這起謀殺的程度很深.

2 （必然地）包含，伴隨；必定會有，表示．My promotion will *involve* a lot more work. 我的晉升必然伴隨更多的工作／The art of winning tennis *involves* technique and guts. 網球致勝之道在於技術和膽量／There is no risk *involved* in this operation. 這項手術沒有危險性.

3 吸引…的注意；使涉首；《in》（通常用被動語態）．Julia was *involved* in her crossword puzzle. 茱莉亞沈浸於她的填字遊戲.

[字源] VOLVE「旋，捲」：involve, revolve（旋轉），evolve（發展）.

in·volved [ɪn`vɑlvd; in'vɔlvd] adj. **1** 錯綜的，複雜的．an *involved* problem 複雜的問題.
2 有關係的《in》；有很深關係的《with》〔異性〕.

in·volve·ment [ɪn`vɑlvmənt; in'vɔlvmənt] n. 《UC》捲入；牽連；〔麻煩的〕牽扯.

in·volv·ing [ɪn`vɑlvɪŋ; in'vɔlviŋ] v. involve 的現在分詞、動名詞.

in·vul·ner·a·bil·i·ty [ˌɪnvʌlnərə`bɪlətɪ, ɪnˌvʌl-, -nrə-; inˌvʌlnərə'biləti] n. 《U》無法傷害；百攻不破.

in·vul·ner·a·ble [ɪn`vʌlnərəbl, -nrə-; in'vʌlnərəbl] adj. 無法傷害的；百攻不破的；〔議論等〕無懈可擊的.

＊in·ward [`ɪnwəd; 'inwəd] adj. 《限定》**1** 內部的，在裡面的，內側的．the *inward* wall of the building 建築物內部的牆壁.
2 精神上的，內心的，內在的．*inward* struggles 內心的掙扎／I agreed to their marriage, but I had many *inward* doubts. 我同意他們的婚事，但我的內心有許多疑問.
3 向內部的．an *inward* push on the door 在門內側頂住的力量． ↔ outward.
— adv. **1** 向內，向中心．curve *inward* 向內彎曲．**2** 在內心，在心中.
— n. 《口》(inwards) 內臟.

in·ward·ly [`ɪnwədlɪ; 'inwədli] adv. **1** 在內部，在裡面．**2** 在內心；暗地裡.

in·wards [`ɪnwədz; 'inwədz] adv. =inward.

IOC International Olympic Committee（國際奧林匹克委員會）.

i·o·dine [`aɪəˌdaɪn, -dɪn, -ˌdin; 'aiəudi:n] n. 《U》《化學》碘（非金屬元素；符號 I）.

i·on [`aɪən, `aɪɑn; 'aiən] n. 《C》《物理、化學》離子.

-ion suf. 構成「動作，狀態等」之意的名詞．union. completion. version.

●──動詞＋-ion →名詞		
動詞		名詞
create	創造	creation
classify	分類	classification
organize	組織	organization
resign	辭職	resignation
extend	延伸	extension
suppose	推測	supposition
recognize	認出	recognition
divide	分割	division

describe	描述	descri*ption*
resume	重新開始	resum*ption*
redeem	買回	rede*mption*
move	移動	mo*tion*
solve	解決	solu*tion*
compel	強迫	comp*ulsion*
receive	接受	rece*ption*
destroy	破壞	destr*uction*
add	加	add*ition*

I·o·ni·a [aɪˋonɪə, -njə; aɪˈəʊnjə] n. 愛奧尼亞(小亞細亞西岸的古希臘殖民地).

I·o·ni·an [aɪˋonɪən, -njən; aɪˈəʊnjən] adj. 愛奧尼亞(人)的.
— n. ⓒ 愛奧尼亞人.

Iōnian Séa n. (加 the)愛奧尼亞海(希臘和義大利南部之間的海).

I·on·ic [aɪˋɑnɪk; aɪˈɒnɪk] adj. **1** 愛奧尼亞(人)的. **2** (建築)愛奧尼亞式的(→ capital 圖).

i·on·i·za·tion [ˌaɪənəˋzeʃən, -aɪˋz-; ˌaɪənaɪˈzeɪʃn] n. ⓤ(化學)電離作用, 離子化.

i·on·ize [ˋaɪənˌaɪz; ˈaɪənaɪz] (化學) vt. 使離子化.
— vi. 離子化.

i·on·o·sphere [aɪˋɑnəˌsfɪr; aɪˈɒnəˌsfɪə(r)] n. ⓒ (加 the)電離層.

i·o·ta [aɪˋotə; aɪˈəʊtə] n. **1** ⓒ 希臘字母的第九個字母；I, ι; 相當於羅馬字母的I, i. **2** *a* ⓤ 些微(用於否定句). There isn't an *iota* of worth in the proposal. 這個提案一點價值也沒有.

IOU [ˋaɪˏoˋju; ˌaɪəʊˈjuː] n. (pl. ~s, ~'s) ⓒ 借據 (*I owe you* 的縮寫；如借據上寫的 *IOU* $50(茲借 50 美元)).

I·o·wa [ˋaɪəwə; ˈaɪəʊə] n. 愛荷華州(美國中西部的州；略作 IA, Ia).

IPA (略) International Phonetic Alphabet (國際音標)(用來作為發音符號).

IQ (略) intelligence quotient(智商).

Ir (符號) iridium.

Ir. (略) Ireland; Irish.

ir- pref. in-[1,2] 的別體(用於 r 之前).

IRA (略) Irish Republican Army (愛爾蘭共和軍)(以與北愛爾蘭合併為目標, 由天主教徒所組成的反英地下組織).

I·ran [aɪˋræn, ɪˋrɑn; ɪˈrɑːn] n. 伊朗(亞洲西南部的回教共和國, 舊稱 Persia; 首都 Teheran).

I·ra·ni·an [ɪˋrenɪən; ɪˈreɪnjən] adj. 伊朗的；伊朗人[語]的. — n. **1** ⓒ 伊朗人. **2** ⓤ 伊朗語.

I·raq [iˋrɑk; ɪˈrɑːk] n. 伊拉克(亞洲西南部的國家, 首都 Baghdad).

I·ra·qi [iˋrɑkɪ; ɪˈrɑːkɪ] adj. 伊拉克的；伊拉克人[語]的. — n. **1** ⓒ 伊拉克人. **2** ⓤ 伊拉克語.

i·ras·ci·ble [aɪˋræsəbl, ɪˋræsə-; ɪˈræsəbl] adj. (文章)愛發脾氣的, 脾氣暴躁的, 易怒的.

i·rate [ˋaɪret, aɪˋret; aɪˈreɪt] adj. (文章)發怒的, 憤怒的.

IRBM (略) intermediate range ballistic missile (中程彈道飛彈).

ire [aɪr; ˈaɪə(r)] n. ⓤ(雅)憤怒(anger).

Ire. (略) Ireland.

***Ire·land** [ˋaɪrlənd; ˈaɪələnd] n. **1** 愛爾蘭(島) (北大西洋東北部的島嶼, 位於大不列顛群島西側；分為愛爾蘭共和國(the Republic of Ireland)和北愛爾蘭(Northern Ireland)). **2** 愛爾蘭共和國(首都 Dublin).

I·rene [aɪˋrin; aɪˈriːnɪ] n. 女子名.

ir·i·des·cence [ˌɪrəˋdɛsn̩s, ˌɪrɪˈdesns] n. ⓤ彩虹色(因目視角度之不同, 顏色會有所改變).

ir·i·des·cent [ˌɪrəˋdɛsn̩t, ˌɪrɪˈdesnt] adj. 彩虹色的.

i·rid·i·um [aɪˋrɪdɪəm, ɪ-; ɪˈrɪdɪəm] n. ⓤ(化學)銥(稀有金屬元素；符號 Ir).

i·ris [ˋaɪrɪs; ˈaɪərɪs] n. **1** ⓒ(解剖)(眼球的)虹膜 (→ eye 圖). **2** ⓒ 鳶尾屬植物(鳶尾, 唐菖蒲, 蝴蝶花等)；鳶尾屬植物的花. **3** (*I*ris) (希臘神話)艾莉絲(彩虹女神).

***I·rish** [ˋaɪrɪʃ; ˈaɪərɪʃ] adj. 愛爾蘭的；愛爾蘭人的；愛爾蘭語的. an *Irish* bull=bull[3]. — n. **1** (作複數)(加 the) (全體)愛爾蘭人. **2** ⓤ 愛爾蘭語.

Írish cóffee n. ⓤ愛爾蘭咖啡(甜咖啡中加入愛爾蘭威士忌, 再覆上奶泡而成).

Írish·man [ˋaɪrɪʃmən; ˈaɪərɪʃmən] n. (pl. -men [-mən; -mən]) ⓒ愛爾蘭人；愛爾蘭男人.

Írish potáto n. ⓤⓒ(美)(普通的)馬鈴薯.

Írish stéw n. ⓤⓒ愛爾蘭燉肉(用馬鈴薯、洋蔥、肉等燜燉的菜餚).

Írish·wom·an [ˋaɪrɪʃˌwʊmən; ˈaɪərɪʃˌwʊmən] n. (pl. -wom·en [-ˌwɪmɪn, -ən; -ˌwɪmɪn]) ⓒ愛爾蘭女人.

irk [ɝk; ɜːk] (文章) vt. (通常以 it 當主詞)使焦躁；使厭煩；使為難.

irk·some [ˋɝksəm; ˈɜːksəm] adj. 令人焦躁的；令人討厭的.

🔹**i·ron** [ˋaɪən; ˈaɪən] n. (pl. ~s [~z; ~z]) 〖鐵〗 **1** ⓤ鐵(金屬元素；符號 Fe); (食物, 身體等內含的)鐵質；含鐵質的藥劑. The bridge is made of *iron*. 這座橋是鐵造的/Strike while the *iron* is hot. (諺)打鐵趁熱(不要放過好機會). **2** ⓤ(鋼鐵般)堅強、堅定. a man of *iron* 意志堅強的人；堅定的人. **3** (形容詞性)鐵製的, 鐵的；鐵一般的；堅硬的；堅定的. an *iron* stove 鐵製火爐/an *iron* will 鋼鐵般的堅強意志/an *iron* constitution 像鐵一樣強健的體格. 〖鐵製品〗 **4** ⓒ熨斗；烙鐵. an electric *iron* 電熨斗. **5** ⓒ鐵製品；鐵器. **6** ⓒ(高爾夫球)鐵桿(桿頭是鐵做的；→ golf 圖). a 7 *iron* 7 號鐵桿. **7** (irons)手銬, 腳鐐. Put him in *irons* for the time being. 暫時先把他銬上.
***irons in the fíre** 待辦之事(過去把鐵片放進火中燒熱當熨斗用). He has (too) many *irons in the*

fire. 他有太多的事要做.
— *v*. (~s [~z; ~z]; ~ed [~d; ~d]; ~ing) *vt*. 熨,
燙, 〔衣服等〕. *iron* a shirt 燙襯衫.
— *vi*. 熨燙; 〔布等〕燙平. This cloth *irons* well.
這塊布很容易熨燙.
ìron/.../*óut* (1)熨燙〔衣服〕, 熨平〔皺褶等〕.
(2)《口》解決〔問題, 困難等〕; 消除〔障礙等〕. *iron
out* the difficulties 解決困難.

Íron Áge *n*. (加 the)《考古學》鐵器時代(→
Stone Age, Bronze Age).

i·ron·clad [ˋaɪənˋklæd; ˈaɪənklæd] *adj*. 鐵甲
的. — *n*. ⓒ《歷史》(19 世紀的)鐵甲艦.

ìron cùrtain *n*. (加 the)鐵幕(前蘇聯及其他
共產主義國家與西方各國家之間的藩籬).

ìron gráy *n*. Ⓤ鐵灰色, 灰白色.

*i·ron·ic [aɪˋrɑnɪk; aɪˈrɒnɪk] *adj*. 嘲弄的, 反諷
的. It is *ironic* that the company went bank-
rupt shortly after he was promoted to manager.
諷刺的是, 他升上經理不久公司就破產了.

i·ron·i·cal [aɪˋrɑnɪkl; aɪˈrɒnɪkl] *adj*. =ironic.

i·ron·i·cal·ly [aɪˋrɑnɪk -ˏɪklɪ; aɪˈrɒnɪkəlɪ]
adv. 諷刺地, 嘲弄地, (說反話)譏諷地. *Iron-
ically*, he died the day after he inherited a large
fortune. 諷刺的是, 他於繼承一大筆遺產的翌日身
亡.

i·ron·ing [ˋaɪənɪŋ; ˈaɪənɪŋ] *n*. Ⓤ熨燙. an
ironing board 燙衣臺.

ìron lúng *n*. ⓒ鐵肺《人工呼吸器》.

i·ron·mon·ger [ˋaɪənˏmʌŋgə;
ˈaɪənˏmʌŋgə(r)] *n*. ⓒ《英》五金商人.

i·ron-on [ˏaɪənˋɑn; ˈaɪənˈɒn] *adj*. 用熨燙便可貼
上的.

ìron rátions *n*.《作複數》《登山者, 士兵等的》
應急口糧《少量巧克力等高熱量食物》.

ìron·work [ˋaɪənˏwɝk; ˈaɪənwɝːk] *n*. Ⓤ鐵
製品.

ìron·works [ˋaɪənˏwɝks; ˈaɪənwɝːks] *n*. (*pl.*
~) ⓒ鋼鐵廠. He works in an *ironworks*. 他在一
家鋼鐵廠工作.

*i·ro·ny [ˋaɪrənɪ; ˈaɪərənɪ] *n*. (*pl.* -nies [~z; ~z])
1 Ⓤ挖苦; 嘲弄; 反諷, 諷刺, 譏諷. His stories
are full of *irony*. 他的故事充滿諷刺.
📖 irony 是指用與本意相反的語詞, 含沙射影地挖
苦人; 例如 nice *adj*. 3, fine[1] *adj*. 6; 不像 sar-
casm 那樣含有惡意.
2 Ⓤⓒ生命中最不願發生的事卻終究發生的矛盾狀
況; 具有諷刺性的事情. the *irony* of fate 命運的
諷刺. ➪ *adj*. ironic, ironical.

Ir·o·quois [ˋɪrəˏkwɔɪ, -ˏkwɔɪz; ˈɪrəkwɔɪ] *n*.
(*pl.* ~) (加 the)易洛魁族《由部分北美洲印第安部族
組成》; ⓒ易洛魁族的一員; Ⓤ易洛魁語.
— *adj*. 易洛魁族的.

ir·ra·di·ate [ɪˋredɪˏet; ɪˈreɪdɪeɪt] *vt*. **1** 使明亮,
照耀; 使〔臉〕容光煥發. **2** 放射[照射]X 光等;
發出[光線等].

ir·ra·di·a·tion [ɪˏredɪˋeʃən, ɪˏredɪ-; ɪˏreɪdɪˈeɪʃən]
n. Ⓤⓒ放射; 照射.

ir·ra·tion·al [ɪˋræʃənl, ɪrˋæʃ-; ɪˈræʃənl] *adj*.

---

1 不合理的, 不合邏輯的; 荒謬的; (→ unreason-
able 回). his *irrational* behavior 他荒謬的舉動.
2 喪失理性的, 不連貫的. ↔ rational.

ir·ra·tion·al·i·ty [ɪˏræʃəˋnælətɪ, ˏɪrræʃə-;
ɪˏræʃəˈnælətɪ] *n*. Ⓤ不合理; 不理性.

ir·ra·tion·al·ly [ɪˋræʃənlɪ, ɪrˋæʃ-; ɪˈræʃənəlɪ]
adv. 不合理地.

ir·rec·on·cil·a·ble [ɪˋrɛkənˏsaɪləbl, ɪrˋɛk-;
ɪˈrekənsaɪləbl] *adj*. 〔人等〕不願和解的; 不協調的;
〔思想, 行動等〕勢不兩立的; 不調和的; 對立的;
《*with*》.

ir·re·cov·er·a·ble [ˏɪrɪˋkʌvərəbl, ˏɪrrɪ-
-vrə-; ˏɪrɪˈkʌvərəbl] *adj*. 不能挽回的, 不可能收回
的; 不可能回復的.

ir·re·cov·er·a·bly [ˏɪrɪˋkʌvərəblɪ, ˏɪrrɪ-
-vrə-; ˏɪrɪˈkʌvərəblɪ] *adv*. 不可能回復地.

ir·re·deem·a·ble [ˏɪrɪˋdiməbl, ˏɪrrɪ-;
ˏɪrɪˈdiːməbl] *adj*. **1** 無法改革的, 無法補救的.
2 〔公債等〕不償還的; 〔紙幣等〕不能兌換成硬幣
的.

ir·re·deem·a·bly [ˏɪrɪˋdiməblɪ, ˏɪrrɪ-;
ˏɪrɪˈdiːməblɪ] *adv*. 無法補救地.

ir·re·duc·i·ble [ˏɪrɪˋdjusəbl, ˏɪrrɪ-, -ˋdɪus-
-ˋdus-; ˏɪrɪˈdjuːsəbl] *adj*. 不能減少的; 不能縮小的.

ir·ref·u·ta·ble [ɪˋrɛfjʊtəbl, ɪrˋɛf-,
ˏɪrɪˋfjutəbl, ˏɪrrɪ-, -ˋfɪutə-; ɪˈrefjʊtəbl] *adj*.《文章》
不能反駁的, 無可辯駁的.

*ir·reg·u·lar [ɪˋrɛgjələ, ɪrˋɛg-; ɪˈregjʊlə(r)]
adj. **1** 〔時間等〕不規則的, 不定
期的; 〔習慣等〕不規律的. keep *irregular* hours
(起床, 就寢時間)生活不規律的/The patient's
breathing was *irregular*. 病人的呼吸不規則/He
writes home at *irregular* intervals. 他不定期寫信
回家.
2 〔形狀等〕不整齊的; 不筆直的; 不勻稱的. an
irregular coastline 彎曲的海岸線/These apples
are *irregular* in shape. 這些蘋果形狀歪七扭八的.
3 〔行動等〕越軌的, 不符合規範的. his *irregular*
behavior 他不檢點的行為.
4 《文法》不規則(變化)的; 《軍事》非正規軍的.
➪ *n*. irregularity. ↔ regular.
— *n*. ⓒ《軍事》(通常 irregulars)非正規士兵.

ir·reg·u·lar·i·ty [ɪˏrɛgjəˋlærətɪ, ˏɪrrɛg-,
ɪˏrɛg-, ɪrˏɛg-; ɪˏregjʊˈlærətɪ] *n*. (*pl.* -ties)
1 Ⓤ不規則性, 不合標準, 不整齊; 違法.
2 ⓒ不規則之物[事]; 不法行為, 違規行為.
3 (irregularit*ies*)不正當的行為; (道路等的)高低
不平.

ir·reg·u·lar·ly [ɪˋrɛgjələlɪ, ɪrˋɛg-;
ɪˈregjʊləlɪ] *adv*. 不規則地; 不合常律地; 不整齊地.

irrégular vérb *n*. ⓒ《文法》不規則動詞(→
見文法總整理 **6. 1** 及不規則動詞表).

ir·rel·e·vance [ɪˋrɛləvəns, ɪrˋɛl-; ɪˈreləvəns]
n. **1** Ⓤ不恰當; 離題, (與當前的問題)無關.
2 ⓒ無關係的事; 文不對題的發言.

ir·rel·e·van·cy [ɪˋrɛləvənsɪ, ɪrˋɛl-; ɪˈreləvənsɪ] n. (pl. -cies) =irrelevance.

ir·rel·e·vant [ɪˋrɛləvənt, ɪrˋɛl-; ɪˈreləvənt] adj. 無關係的(to); 不恰當的; 離題的, 不相干的. Your question is *irrelevant* to the present subject. 你的問題和現在所談的毫不相干.

ir·rel·e·vant·ly [ɪˋrɛləvəntlɪ, ɪrˋɛl-; ɪˈreləvəntlɪ] adv. 無關係地; 不恰當地.

ir·re·li·gious [͵ɪrɪˋlɪdʒəs, ͵ɪrɪ-; ͵ɪrɪˈlɪdʒəs] adj. 〔人或行為等〕反宗教的; 無宗教的; 不敬的.

ir·re·me·di·a·ble [͵ɪrɪˋmidɪəbl, ͵ɪrɪ-; ͵ɪrɪˈmiːdjəbl] adj. 〈文章〉不能醫治的; 無可挽回的.

ir·re·mov·a·ble [͵ɪrɪˋmuvəbl, ͵ɪrɪ-; ͵ɪrɪˈmuːvəbl] adj. 不能移動的; 不能除掉的; 不能撤職的.

ir·rep·a·ra·ble [ɪˋrɛpərəbl, ɪrˋɛp-; ɪˈrepərəbl] adj. 不能修理的; 不能復原的.

ir·rep·a·ra·bly [ɪˋrɛpərəblɪ, ɪrˋɛp-; ɪˈrepərəblɪ] adv. 不能修理地.

ir·re·place·a·ble [͵ɪrɪˋplesəbl, ͵ɪrɪ-; ͵ɪrɪˈpleɪsəbl] adj. 無法替換的; 不能取代的; 寶貴的.

ir·re·press·i·ble [͵ɪrɪˋprɛsəbl, ͵ɪrɪ-; ͵ɪrɪˈpresəbl] adj. 〔人或感情等〕壓抑不住的, 控制不住的.

ir·re·proach·a·ble [͵ɪrɪˋprotʃəbl, ͵ɪrɪ-; ͵ɪrɪˈprəʊtʃəbl] adj. 無可指責的; 沒有缺點的, 無可挑剔的.

ir·re·sist·i·ble [͵ɪrɪˋzɪstəbl, ͵ɪrɪ-; ͵ɪrɪˈzɪstəbl] adj. 1 不可抵擋的; 無法打敗的; 〔衝動等〕抑制不住的. 2 具難以抵抗的魅力的.

ir·re·sist·i·bly [͵ɪrɪˋzɪstəblɪ, ͵ɪrɪ-; ͵ɪrɪˈzɪstəblɪ] adv. 無法抗拒地.

ir·res·o·lute [ɪˋrɛzə͵lut, ɪrˋɛz-, -͵lut, -ˋrɛz]͵jut; ɪˈrezəluːt] adj. 無決斷力的.

ir·res·o·lute·ly [ɪˋrɛzə͵lutlɪ, ɪrˋɛz-, -͵lut, -ˋrɛz]͵jut; ɪˈrezəluːtlɪ] adv. 優柔寡斷地.

ir·res·o·lu·tion [ɪ͵rɛzəˋluʃən, ͵ɪrrɛz-, ͵ɪ͵rɛz-, ɪr͵rɛz-, -ˋlɪu-, -z]ˋjuʃən; ͵ɪrezəˈluːʃn] n. U 無決斷力, 優柔寡斷.

ir·re·spec·tive [͵ɪrɪˋspɛktɪv, ͵ɪrɪ-; ͵ɪrɪˈspektɪv] adj. 〔用於下列片語〕

irrespéctive of... 不顧…, 不管…, *irrespective of* age and sex 不拘年齡性別/*irrespective of* whether you like it or not 不管你是否喜歡.

ir·re·spon·si·bil·i·ty [͵ɪrɪ͵spɑnsəˋbɪlətɪ, ͵ɪrɪ-; ˈɪrɪ͵spɒnsəˈbɪlətɪ] n. U 不負責任.

ir·re·spon·si·ble [͵ɪrɪˋspɑnsəbl, ͵ɪrɪ-; ͵ɪrɪˈspɒnsəbl] adj. 1 〔人, 行動等〕不負責任的, 沒有責任感的. 2 沒有責任的, 毋需承擔責任的.

ir·re·spon·si·bly [͵ɪrɪˋspɑnsəblɪ, ͵ɪrɪ-; ͵ɪrɪˈspɒnsəblɪ] adv. 不負責任地.

ir·re·triev·a·ble [͵ɪrɪˋtrivəbl, ͵ɪrɪ-; ͵ɪrɪˈtriːvəbl] adj. 〈文章〉不能復原的; 無法挽回的.

ir·rev·er·ence [ɪˋrɛvərəns, ɪrˋɛv-; ɪˈrevərəns] n. U 不敬, 無禮.

ir·rev·er·ent [ɪˋrɛvərənt, ɪrˋɛv-; ɪˈrevərənt] adj. 〔人, 行為等〕不敬的, 無禮的.

ir·re·vers·i·ble [͵ɪrɪˋvɜsəbl, ͵ɪrɪ-; ͵ɪrɪˈvɜːsəbl] adj. 1 不能倒轉的, 不能翻轉的; 不可逆轉的. 2 =irrevocable.

ir·rev·o·ca·ble [ɪˋrɛvəkəbl, ɪrˋɛv-; ɪˈrevəkəbl] adj. 〈文章〉不可取消的; 不可更改的.

ir·rev·o·ca·bly [ɪˋrɛvəkəblɪ, ɪrˋɛv-; ɪˈrevəkəblɪ] adv. 不可取消地.

ir·ri·gate [ˋɪrə͵get; ˈɪrɪgeɪt] vt. 1 〔以人工溝渠等〕引水〔進土地〕; 灌溉. 2 《醫學》沖洗〔傷口等〕.

ir·ri·ga·tion [͵ɪrəˋgeʃən, ͵ɪrɪˈgeɪʃn] n. U 灌溉; 《醫學》沖洗.

ir·ri·ta·bil·i·ty [͵ɪrətəˋbɪlətɪ, ͵ɪrɪtəˈbɪlətɪ] n. U 易怒, 煩躁, 焦躁.

ir·ri·ta·ble [ˋɪrətəbl; ˈɪrɪtəbl] adj. 1 易怒的; 急躁的. 2 《生物, 醫學》易感受到〔接觸, 光, 熱等的〕刺激性的; 過敏的.

ir·ri·ta·bly [ˋɪrətəblɪ; ˈɪrɪtəblɪ] adv. 易怒地; 焦躁地.

ir·ri·tant [ˋɪrətənt; ˈɪrɪtənt] adj. 焦躁的; 刺激性的. — n. C 刺激物; 刺激劑.

*ir·ri·tate [ˋɪrə͵tet; ˈɪrɪteɪt] vt. (~s [~s; ~s]; -tat·ed [~ɪd; ~ɪd]; -tat·ing) 1 使焦躁, 激怒. His foolish questions *irritated* the teacher. 他愚蠢的問題激怒了老師/The mother was *irritated with* her son. 那個母親被兒子弄得很惱火. 同 irritate 比 annoy 給人更強烈的不愉快感; →bother. 2 刺激; 使疼痛, 使刺痛. The smoke *irritated* my eyes. 煙燻得我眼睛疼痛.

ir·ri·tat·ing [ˋɪrə͵tetɪŋ; ˈɪrɪteɪtɪŋ] adj. 1 使焦躁的. 2 使疼痛的.

ir·ri·ta·tion [͵ɪrəˋteʃən, ͵ɪrɪˈteɪʃn] n. 1 U C 焦躁; 激怒, 惱怒; C 使人煩躁的事物. 2 C 痛處, 疼痛; U C 《醫學》刺激; 發炎.

ir·rup·tion [ɪˋrʌpʃən; ɪˈrʌpʃn] n. C 《文章》闖進, 侵入, (into).

is [強 ɪz, ͵ɪz, 弱 z, s, ɪz; 強 ɪz, 弱 z, s] aux. v. be 的第三人稱、單數、直述語氣、現在式(★其詳細的意義、用法→be). 注意 輕讀的[z; z]用在母音及[z, ʒ, dʒ; z, ʒ, dʒ]以外的有聲子音之後; [s; s]用在[s, ʃ, tʃ; s, ʃ, tʃ]以外的無聲子音之後.

is. (略) island(s); isle(s).

I·saac [ˋaɪzək; ˈaɪzək] n. 男子名.

Is·a·bel, Is·a·bel·le [ˋɪzə͵bɛl, -bl; ˈɪzəbel] n. 女子名.

I·sa·iah [aɪˋzeə, -ˋzaɪə; aɪˈzaɪə] n. 1 男子名. 2 《聖經》以賽亞〈希伯來的先知〉; 〈以賽亞書〉《舊約聖經的一卷》.

ISBN 《略》International Standard Book Number 〈國際標準圖書編號〉.

-ise *suf.* 《英》=-ize.

-ish *suf.* 1 附於名詞之後構成「屬於…的, 關於…的」, 「像…的, 如…一般的」, 「帶有…的, 彷彿…的」, 「《口》〈關於時間和年齡〉約…的, …左右的」之意的形容詞. Turk*ish*. fool*ish*. child*ish*. thirty*ish* (三十歲左右的).

注意 字尾 -ish 如 childish 往往具有負面的含義(★

注意與 child*like* 的區別).

2 附於形容詞之後構成具「稍帶…的, 有點兒…的」之意的形容詞. brown*ish*. long*ish*. young*ish*.

***Is·lam** [`ɪsləm, ɪs`lam; ɪz`lɑːm] *n.* [U] **1** 伊斯蘭教, 回教. **2** (集合)伊斯蘭教[回教]徒; 伊斯蘭教[回教]世界.

　Is·lam·ic [ɪs`læmɪk, -`lɑmɪk; ɪz`læmɪk] *adj.* 伊斯蘭教[回教] (徒)的.

‡**is·land** [`aɪlənd; `aɪlənd] *n.* (*pl.* ~s [~z; ~z]) [C] **1** 島. the Hawaiian *Islands* 夏威夷群島/a desert *island* 荒島/an *island* country 島國.

2 島狀物; (如島般)孤立之物. No man is an *island*. 沒有人能獨自一人存在.

3 (馬路正中央的)安全島(traffic island, 《美》safety island).

　is·land·er [`aɪləndɚ; `aɪləndə(r)] *n.* [C] 島民, 島上居民.

　isle [aɪl; aɪl] *n.* [C] 島, (特指)小島. (參考) 主要用於詩詞或作為專有名詞的一部分使用). the British *Isles* (→見 British Isles).

　is·let [`aɪlɪt; `aɪlɪt] *n.* [C] 小島.

　ism [`ɪzəm; `ɪzəm] *n.* [C] 主義, 學說, 體系, 思想.

　-ism *suf.* **1** 構成具「主義, 教義, 學說, 體系」之意的名詞. capital*ism*. Marx*ism*. mystic*ism*.

2 構成具「行為模式, (異常)狀態, 特徵」等之意的名詞. hero*ism*. mechan*ism*. alcohol*ism*. Americ*anism*.

‡**isn't** [`ɪznt, `ɪzn̩; `ɪznt] is not 的縮寫(→ be ●). It's cold today, *isn't* it? 今天很冷, 不是嗎?

　i·so·bar [`aɪsə.bɑr; `aɪsəʊbɑː(r)] *n.* [C] 《氣象》等壓線.

***i·so·late** [`aɪs.et, `ɪs-; `aɪsəleɪt] *vt.* (~s [~s; ~s]; **-lat·ed** [~ɪd; ~ɪd]; **-lat·ing**) **1** 使孤立 《醫學》隔離(傳染病患者等). The village was *isolated* by the heavy snow. 該村因大雪而與外界隔絕/The man with an infectious disease was *isolated*. 那位患傳染病的男人被隔離了.

2 使(細菌等)分離.

　i·so·lat·ed [`aɪs.etɪd, `ɪs-; `aɪsəleɪtɪd] *adj.* 孤立的; 被隔離的; 被分離的. He leads an *isolated* life. 他過著遺世獨立的生活.

　i·so·la·tion [.aɪs`eʃən, .ɪs-; .aɪsə`leɪʃn] *n.* [U] **1** 孤立; (病人等的)隔離. **2** 分離.

　i·so·la·tion·ism [.aɪs`eʃənɪzm; .aɪsə`leɪʃnɪzəm] *n.* [U] 《常表指責》(國際政治上的)孤立主義.

　i·so·la·tion·ist [.aɪs`eʃənɪst; .aɪsə`leɪʃnɪst] *n.* [C] 孤立主義者.

　i·sos·ce·les [aɪ`sɑs.iz; aɪ`sɒsɪliːz] *adj.* 《數學》等腰的. an *isosceles* triangle 等腰三角形.

　i·so·therm [`aɪsə.θɝm; `aɪsəʊθɜːm] *n.* [C] 《氣象》等溫線.

　i·so·tope [`aɪsə.top; `aɪsəʊtəʊp] *n.* [C] 《物理, 化學》同位素.

　Is·ra·el [`ɪzrɪəl; `ɪzreɪəl] *n.* **1** 以色列《猶太人於 1948 年建立的國家; 首都 Jerusalem》.

---

2 《歷史》以色列王國《昔日在 Palestine 北部》.

　Is·rae·li [ɪz`relɪ; ɪz`reɪlɪ] *n.* (*pl.* ~**s**, ~) [C] 以色列國民, (現代的)以色列人.
　— *adj.* 以色列國(民)的.

　Is·ra·el·ite [`ɪzrɪəl.aɪt; `ɪz.rɪəlaɪt] *n.* [C] (昔日的)以色列人, 希伯來人, 猶太人.
　— *adj.* (昔日的)以色列人的, 猶太(人)的.

‡**is·sue** [`ɪʃu, `ɪʃju, `ɪsju; `ɪʃuː] *v.* (~**s** [~z; ~z]; ~**d** [~d; ~d]; **-su·ing**) *vt.* 【 發出 】 **1** 發行, 出版, [印刷物等] 發布, 頒佈; 發出. *issue* stamps 發行郵票/The magazine is *issued* every week. 這本雜誌每週發行一次/The officer *issued* orders for the attack. 那個軍官發佈攻擊命令/The wound *issued* a lot of blood. 那個傷口流出大量鮮血.

(搭配) issue＋*n.*: ~ an invitation (發出邀請函), ~ a license (發放執照), ~ a passport (發給護照), ~ a statement (發表聲明).

2 支付; 供給〔衣服, 彈藥等〕(*to*); 發給(*with*). New uniforms were *issued to* the soldiers. 新的制服已發給士兵了.
　— *vi.* 【 發出 】 **1** 出去, 出來; 流出, 《*from*》. Smoke is *issuing from* the volcano. 煙正從那座火山冒出來.

2 產生, 發生, 出現, 《*from*》. Laughter *issued from* the crowd. 群眾發出笑聲.
　— *n.* (*pl.* ~**s** [~z; ~z]) 【 發出, 出現 】 **1** [a U] 發行, 發行; 刊行; [C] 發行[刊]物; [C] 發行冊數; (雜誌等的)…期[號]; (單行本的)…版. an *issue* of bonds 債券的(單回)發行/the *issue* of a new edition 新版的出刊/new *issues* of bank notes 新發行的紙幣/I read the article in the April 5 *issue* of *Life* magazine. 我在 4 月 5 日出刊的《生活》雜誌上讀到這篇文章.

2 [a U] 流出; [C] 流出物; 出口. an *issue* of blood 出血.

【 產生之物 】 **3** [C] 問題, 論點, 爭論點. What's the most important *issue* of today's meeting? 今天會議最重要的議題是甚麼?/Don't make an *issue* of it; just forget about it. 不要再爭論這個問題, 把它忘了.

(搭配) *adj.*＋issue: a burning ~ (緊急的問題), a sensitive ~ (敏感的問題) // *v.*＋issue: address an ~ (面對問題), settle an ~ (解決爭端).

4 [C] 結果, 結局. bring a matter to an *issue* 使事情得到解決.

5 [U] (單複數同形)《古》《法律》子孫, 後代. die without *issue* 死時無後.

6 [C] 《軍事》配給品.

at issue 爭議中(的); 重要的; 〔人〕不一致的. That's not the point *at issue* today. 那不是今天爭議的重點.

join [take] issue with... 反對〔人, 意見等〕.

　is·su·ing [`ɪʃuɪŋ, `ɪʃjuɪŋ; `ɪʃuːɪŋ] *v.* issue 的現在

分詞、動名詞.

-ist *suf.* 構成「做…的人，從事…的人，…主義者」之意的名詞《此類名詞通常亦可作形容詞使用》. tour*ist*. typ*ist*. commun*ist*.

Is·tan·bul [ˌɪstænˈbul, ˌɪstɑn-; ˌɪstænˈbʊl] *n.* 伊斯坦堡《土耳其最大的城市; 舊稱 Constantinople》.

isth·mus [ˈɪsməs; ˈɪsməs] *n.* C 地峽《→ geography 圖》. the *Isthmus* of Panama 巴拿馬地峽.

✳it [強 ˈɪt, ˌɪt, 弱 ɪt, t; ɪt] *pron.* (人稱代名詞的第三人稱、中性、單數、主格及受格; 所有格 its; 複數 they(主格), them(受格), their(所有格); 反身代名詞 itself(單數), themselves(複數))那; 那(是); (把)那; (在)那

1 Arthur took the book and gave *it* to me. 亞瑟把書拿來給我/"What's this?" "*It*'s a pencil." 「這是甚麼東西?」「鉛筆」/"Who is *it*?" "*It*'s me." 「是誰呀?」「是我」《應門時等的對話》

【注意】It 用以代指除人以外到敘述過或已提及之物《例一》, 或無關性別的人(嬰兒或小孩)或性別不明《例三》及表示動物等.

2 《表示天氣、季節、時間、距離、(模糊不清的)狀況、狀態等時作主詞; 中文多不譯出》*It* is raining. 下雨了/*It* is warm today. 今天很暖和/*It* is winter. 正值冬季/*It*'s ten o'clock now. 現在十點整/How far is *it* from Taipei to Kaohsiung? 從臺北到高雄有多遠?/How long does *it* take to get there? 到那裡要花多久的時間?/*It* can't be helped. 這是沒有辦法的/*It* is the same with her. 對她也是一樣的.

3 《作動詞的主詞, 後接 that 子句, 但是與 4 不同, that 子句不可取代 it 成為主詞》*It* seems *that* Edwin is satisfied with our program. 艾德恩似乎對我們的節目很滿意/*It* follows from this *that* you are wrong. 你是因為這件事才會弄錯/*It* (so) happened *that* he was a doctor. 碰巧他是個醫師.

4 《放在句首, 取代其後之 to do, doing, that 子句, wh 子句等成為形式上的主詞; 這些子句、片語往往能取代 it 成為主詞》*It* is fun *to* play tennis. = To play tennis is fun. 打網球很有趣/*It* is so kind *of you to* invite us. 感謝你好意邀請我們《→ of 19》/*It* is almost impossible *for* him *to* solve the problem. 他不大可能解決這個問題/*It* is no use *crying* over spilt milk. 《→ spill *vt.*》/*It* is evident *that* she made a mistake. 她顯然犯了錯誤/*It* doesn't matter *who* wins the game. 誰贏了比賽並不重要/*It* is said *that* he will soon marry the president's daughter. = He is said to be about to marry the president's daughter. 聽說他即將要跟董事長的女兒結婚.

5 《取代其後之 to do, doing, that 子句等成為形式上的受詞》We found *it* difficult *to* change the

plan. 我們發現難以改變此一計畫/You can depend on *it that* things will get better. 你可以指望事情會好轉/I will make *it* clear *that* he is wrong. 我會清楚地證明他是錯的.

6 《用於 it...*that* 子句的強調句》*It* was my bicycle *that* he stole. 他偷走的是我的腳踏車/*It* is I *who* [*that*] am to blame. 是我不好/*It* was not Tom but his father *that* I saw. 我看見的不是湯姆而是他的父親/*It* was because of the rain *that* we came back. 就是因為這場雨我們才回來.

7 《口》《在特殊慣用句中作為(一般由不及物動詞或名詞轉成及物動詞的)動詞、介系詞之受詞; 中文多不譯出》fight *it* out 奮戰到底/Shall we foot *it* or bus *it*? 我們走路去, 還是搭公車去?/I like *it* here very much. 我非常喜歡這裡/I had a bad time of *it*. 我碰上了倒楣的事.

8 《名詞性》《捉迷藏的》「鬼」.

Thát's it. → that 的片語.

Thís is it. 《口》問題就在這裡.

●──以 it 當主詞表示天氣的動詞

It *blows* hard.	風很大.
It *clears up*.	天晴了.
It *drizzles*.	下毛毛雨.
It *freezes*.	天寒地凍.
It *hails*.	在下冰雹.
It *pours*.	大雨傾盆.
It *rains*.	下雨了.
It *sleets*.	雨雪紛飛.
It *snows*.	下雪了.
It *thunders*.	打雷了.

It. 《略》Italian; Italy.

ital. 《略》italic(s).

✳I·tal·ian [ɪˈtæljən, ə-, aɪˈtæljən; ɪˈtæljən] *adj.* 義大利的; 義大利人的; 義大利語的. an *Italian* opera 義大利歌劇. ⇨ *n.* Italy.
── *n.* (*pl.* ~s [~z; ~z]) **1** C 義大利人.
2 U 義大利語.

✳i·tal·ic [ɪˈtælɪk; ɪˈtælɪk] 《印刷》*adj.* 斜體的.
── *n.* C (通常 italics)斜體字《強調字句或表示外來語、書名、雜誌名、報紙名、船名等時用; → Gothic, roman》. in *italics* 用斜體/*Italics* mine. 斜體是我寫的《在原稿等上修改者的致意辭》.

i·tal·i·cize [ɪˈtæləˌsaɪz; ɪˈtælɪsaɪz] *vt.* 把…用斜體(印刷); 《為表示斜體》在…下畫線.

✳It·a·ly [ˈɪtlɪ; ˈɪtəlɪ] *n.* 義大利《南歐的共和國; 首都 Rome》.

itch [ɪtʃ; ɪtʃ] *n.* C **1** 癢. **2** (通常用單數)《口》(躍躍欲試的)強烈慾望, 渴望. I have an *itch* for a computer. 我想擁有一臺電腦.
── *vi.* **1** 〔人、身體等〕癢, 刺癢, 〔人〕感覺到癢. I *itch* all over. 我全身發癢.
2 《口》(通常用 be itching)躍躍欲試(*to do*); 渴望(*after, for*). I've *been itching* to tell you about it. 我一直很想要把她的事告訴你/My son is *itching for* a bicycle. 我的兒子很想要一輛自行車.

itch·y [ˈɪtʃɪ; ˈɪtʃɪ] *adj.* 〔身上等〕發癢的, 〔人〕感覺

癢的；《口》渴望[想要做]…而感到躍躍欲試的.

it'd [ˋɪtəd; ˈɪtəd] it would [had] 的縮寫. I thought *it'd* start to rain before long. 我想很快就要開始下雨了.

-ite *suf.* **1** 「屬於(某民族、國家、地方等)的人，…的子孫[信奉者]等」之意. Israel*ite*. Tokyo*ite*. Michigan*ite* (密西根州人). **2** 「礦物，鹽類，製品等」之意. Bakel*ite*. dynam*ite*.

i·tem [ˋaɪtəm; ˈaɪtəm] *n.* (*pl.* ~s [~z; ~z]) ○ **1** (一覽表，目錄裡等的)條款，項；項目；品種；條款，條目. *items* of clothing 衣物款式/ Did you check all the *items* on the shopping list? 你核對過購物單上所有的項目了嗎？ **2** (報導等的)一條，一則；(電視的)一則新聞. an *item* of news 一則新聞/local *items* 地方新聞. *item by item* 逐條地，一條一條地.

i·tem·ize [ˋaɪtəmˌaɪz; ˈaɪtəmaɪz] *vt.* 分條記載…；把…分項；記錄[各項目]的明細.

it·er·ate [ˋɪtəˌret; ˈɪtəreɪt] *vt.* (文章)重複；反覆地說.

it·er·a·tion [ˌɪtəˋreʃən; ˌɪtəˈreɪʃn] *n.* ○ 重複，反覆.

i·tin·er·ant [aɪˋtɪnərənt, ɪ-; ɪˈtɪnərənt] *adj.* 《限定》(傳教士，法官，商人等)巡迴的；到處旅遊的. an *itinerant* library 巡迴圖書館.

i·tin·er·ar·y [aɪˋtɪnəˌrɛrɪ, ɪ-; aɪˈtɪnərərɪ] *n.* (*pl.* **-ar·ies**) ○ **1** 旅程，旅行計畫. **2** 旅遊指南；遊記.

-itis *suf.* **1** 「…炎(症)」之意. appendic*itis*. hepat*itis*. **2** 《詼》「…迷，…狂」之意. audio*itis* (音響發燒病).

it'll [ˋɪtl̩; ˈɪtl̩] it will 的縮寫. I think *it'll* start to rain before long. 我想很快就要下雨了.

its [ɪts; ɪts] *pron.* 它的(it 的所有格；後面常接名詞). The dog is wagging *its* tail. 那隻狗在搖尾巴/The earth rotates on *its* axis. 地球以地軸為軸心自轉. 注意不要與 it's 混淆.

it's [ɪts; ɪts] it is [has] 的縮寫. Ah, *it's* too late. 唉呀，太晚了/*It's* stopped snowing. 雪停了.

it·self [ɪtˋsɛlf; ɪtˈself] *pron.* (*pl.* **them·selves**) (it 的反身代名詞) **1** 《強調用法；在句中要發重音》自身，本身. She was kindness *itself*. 她是仁慈的化身/The law *itself* is meaningless without real enforcement. 法律本身若沒有被實際

執行即會變得毫無意義. **2** 《反身用法；動詞發重音》自己. The dog was scratching *itself*. 那隻狗自己在搔癢.
★相關的片語 → oneself.

-ity *suf.* = -ty[1].

I've [aɪv; aɪv] I have 的縮寫. *I've* often heard your name. 我經常聽到你的名字.

-ive *suf.* 構成「與…有關的，有…傾向的，時常…的等」之意的形容詞. act*ive*. instruct*ive*. offens*ive*. explos*ive*.

i·vied [ˋaɪvɪd; ˈaɪvɪd] *adj.* 長滿常春藤的.

i·vo·ry [ˋaɪvrɪ, ˋaɪvərɪ; ˈaɪvərɪ] *n.* (*pl.* **-ries** [~z; ~z]) **1** ○ 象牙；(河馬，海象等的)牙；象牙色. chessmen made of *ivory* 象牙製的西洋棋. **2** ○ 《口》(常 ivories)象牙雕刻[製品]；(特指)鋼琴的鍵盤.
— *adj.* 象牙製的；象牙色的；似象牙的. an *ivory* carving 象牙雕刻/an *ivory* suit 象牙色的衣服.

Ívory Cóast *n.* (加the) **1** 象牙海岸(昔日為法國在西非的殖民地). **2** 象牙海岸共和國(象牙海岸於 1960 年獨立所成立的共和國(Côte d'Ivoire)；首都 Yamoussoukro).

ívory tówer *n.* ○ 象牙塔(特指象徵與現實脫離的學術思想及生活等).

i·vy [ˋaɪvɪ; ˈaɪvɪ] *n.* ○ (植物)(各種的)常春藤.

Ívy Léague *n.* (加 the) 《美》常春藤名校(Harvard, Yale, Princeton, Pennsylvania, Columbia, Cornell, Brown, Dartmouth 等東部著名大學合起來的俗稱)(由上述八所大學組成的體育聯盟).

[ivy]

-ization *suf.* 以 -ize 結尾的動詞以此字尾轉變成名詞(→-ize 注意). civil*ization*. neutral*ization*.

-ize *suf.* 構成「使成為…，使…化，成為…，…化等」之意的動詞. modern*ize*. western*ize*. fossil*ize*. 注意(1)《英》常用 -ise 作為 modern*ise* 等字的字尾. (2)名詞為 -ization.

J j

J，j [dʒe; dʒeɪ] *n.* (*pl.* **J's, Js, j's** [~z; ~z])
1 ⓤⓒ 英文字母的第十個字母.
2 ⓒ (用大寫字母)J 字形物.

Ja. (略) January.

jab [dʒæb; dʒæb] *v.* (~**s**; ~**bed**; ~**bing**) *vt.* **1** (用
枴杖, 手指等尖物)刺, 戳, 捅; 突然刺進. *jab*
him in the back *with* a pencil 用鉛筆戳他的背/
jab a knife *into* his back 在他的背後捅一刀.
2 《拳擊》以刺拳攻擊(快而狠的).
—— *vi.* **1** 刺; 戳; 對準⋯而刺(*at*).
2 《拳擊》以刺拳攻擊(*at*).
—— *n.* ⓒ **1** 刺; 出其不意的襲擊.
2 《拳擊》刺拳. I threw a left *jab* to his jaw. 我
給他的下巴一個左刺拳.
3 《口》注射.

jab·ber [ˋdʒæbɚ; ˈdʒæbə(r)] *vi.* 喋喋不休地說.
—— *vt.* (聽不清地)急促地說.
—— *n.* ⓤ 快而急促的交談.

ja·bot [ʒæˋbo; ˈʒæbəʊ] (法語) *n.* ⓒ (女裝上衣,
襯衫等的)胸部褶飾(主要為花邊).

Jack [dʒæk; dʒæk] *n.* John 的暱稱.

jack [dʒæk; dʒæk] *n.* ⓒ **1** (或作 *J*ack)(普通的)
男人, 人. *Jack* and Gill [Jill] 年輕男女/Every
Jack has his Jill. 《諺》人各有偶(無論是怎樣的男人
都有適合他的女人).
2 (紙牌)傑克(knave). the *jack* of spades 黑桃
傑克.
3 《機械》起重器, 千斤頂.
4 《電氣》(麥克風或耳機插頭(plug)的)插入口.
5 (表示國籍的)船首旗.
6 (動物的)雄性; (特指)公驢.
before you can [*could*] *say Jàck Róbinson*
《口》剎那間; 突然.
Jàck of áll tràdes and màster of nóne.
《諺》樣樣皆通, 樣樣稀鬆(甚麼都會做, 卻沒有一樣
精通).
—— *vt.* (用起重器等)托起, 抬起, 《*up*》. You'll
have to *jack up* the car and change the tire. 你
必須用千斤頂把汽車頂起才能換輪胎.

jack·al [ˋdʒækɔl;
ˈdʒækɔːl] *n.* ⓒ 豺(一種
犬科的肉食動物; 產於亞
洲、非洲; 覓食其他動物
吃剩的獵物).

jack·ass [ˋdʒækˏæs;
ˈdʒækæs] *n.* ⓒ **1** 公驢.
2 傻瓜, 笨蛋.

[jackal]

jack·boot [ˋdʒækˏbut; ˈdʒækbuːt] *n.* ⓒ (通常
為 jackboots) (過膝的)軍用長統靴.

jack·daw [ˋdʒækˏdɔ; ˈdʒækdɔː] *n.* ⓒ (鳥)穴鳥
(產於歐洲、亞洲、北非; 小型烏鴉; 以吵鬧的叫聲
和偷東西出名).

✲jack·et [ˋdʒækɪt; ˈdʒækɪt] *n.* (*pl.* ~**s** [~s; ~s])
ⓒ 《上衣》 **1** (西裝等的)外套. He
was wearing a green *jacket* and brown trousers.
他穿著綠色的外套和棕色的長褲/The suit consisted
of a *jacket*, waistcoat, and trousers. 這套西裝包
括外套、背心和長褲.
《包裹物》 **2** 書的書套, 封套, (dúst jàcket)
(主英) wrapper; → cover 參考); (美)(唱片的)封
套((主英) sleeve).
3 馬鈴薯等的皮. potatoes boiled in their *jackets*
帶皮煮的馬鈴薯.

Jàck Fróst *n.* 霜, 嚴寒, 《把嚴寒擬人化》.

jack·ham·mer [ˋdʒækˏhæmɚ;
ˈdʒækˏhæmə(r)] *n.* ⓒ (美)(利用壓縮空氣的)手提
鑽岩機.

jack-in-the-box [ˋdʒækɪnðəˏbɑks;
ˈdʒækɪnðəbɒks] *n.* ⓒ 打開蓋子玩偶即彈起的玩
偶箱.

jack·knife [ˋdʒækˏnaɪf; ˈdʒæknaɪf] *n.* (*pl.*
-knives [-ˏnaɪvz; -naɪvz]) ⓒ **1** 《大型摺疊式的)
小刀, 水手刀.
2 《游泳》屈體跳水(一種跳水方式).
—— *vi.* (聯結車等轉彎時車頭與拖車形成的)彎折,
折角.

jack-of-all-trades [ˏdʒækəvˋɔlˏtredz;
ˏdʒækəvˈɔːltreɪdz] *n.* (*pl.* **jacks-**) ⓒ 萬能先生, 萬
事通, (→ jack 的片語).

jack-o'-lan·tern [ˋdʒækəˏlæntən, ˏdʒækˏl-;
ˈdʒækəʊˏlæntən] *n.* ⓒ
1 南瓜燈(在南瓜上挖
出眼睛、鼻子、嘴巴,
當中插蠟燭; 萬聖節前
夕(Halloween)小孩子
做來玩).
2 鬼火, 磷火.

jack·pot
[ˋdʒækˏpɑt; ˈdʒækpɒt]
n. ⓒ **1** (撲克牌)在一
對傑克或更大的牌出來
前可以累積賭注的一種
遊戲; 其賭金. **2** (吃角子老虎機器吐出全部硬幣
歸中獎者的)大獎; (在比賽或猜謎中, 正確答案出

[jack-o'-lantern 1]

現爲止的)累積獎金.

hit the jackpot 《口》(撲克牌等)贏得累積賭注〔獎金〕; 賺大錢; 獲得大成功.

jáck ràbbit *n.* ⓒ《動物》長耳大野兔(產於北美、中美; 耳朵和後腳特別長).

Jack·son [`dʒæksn̩] *n.* 傑克森 **1** 《美國密西西比州首府》. **2 Andrew ～** (1765-1845)《美國第 7 任總統(1829-37)》.

Ja·cob [`dʒekəb, `dʒekəp; `dʒeɪkəb] *n.* **1** 男子名. **2** 《聖經》雅各《以撒(Isaac)的次子, 亞伯拉罕(Abraham)的孫子; 以色列人的祖先》.

Jac·o·be·an [͵dʒækə`biən; ͵dʒækəʊ'biːən] *adj.* James 一世時代的.

Ja·cuz·zi [dʒə`kuzɪ; dʒə'kuːzɪ] *n.* ⓒ《商標名》按摩浴缸.

jade¹ [dʒed; dʒeɪd] *n.* **1** ⓊⓊ《礦物》翡翠, 玉. **2** 翡翠色(顏色由濃綠到白綠).

jade² [dʒed; dʒeɪd] *n.* ⓒ **1** 衰老的馬. **2** 《輕蔑》淫婦; 「浪女」(輕佻的女人).

jad·ed [`dʒedɪd; 'dʒeɪdɪd] *adj.* 筋疲力竭的, 厭倦的.

jag [dʒæg; dʒæg] *n.* ⓒ 鋸齒狀的凹凸; (岩石等的)尖突; (衣服等的)鉤破之處.
— *vt.* (～s; ～ged; ～ging) **1** 使(邊緣)成鋸齒狀. **2** 把(衣服等)鉤破.

jag·ged [`dʒægɪd; 'dʒægɪd] *adj.* 邊緣成鋸齒狀的; (鋸齒般)尖銳的. the *jagged* end of a broken bottle 破瓶子尖銳的邊緣/a mountain peak with a *jagged* crest 山頂成鋸齒狀的山峰.

jag·ged·ly [`dʒægɪdlɪ; 'dʒægɪdlɪ] *adv.* 鋸齒狀地.

jag·uar [`dʒægjʊ, `dʒægjʊɑ,ɑr; 'dʒægjʊə(r)] *n.* ⓒ 美洲虎(產於美國南部、中南美洲, 似豹的貓科動物).

[jaguar]

jail [dʒel; dʒeɪl] 《(英) gaol》 *n.* (*pl.* ～s [～z; ～z]) ⓒ 監獄, 牢房, 看守所; 拘留所(→ prison 注意). ten days in *jail* 拘留十天/be put in *jail* = be sent to *jail* 關入監獄/break *jail* 逃獄.
— *vt.* 拘留, 監禁, 關進監獄. He was *jailed* for his crime. 他因犯罪而坐牢.

jail·bird [`dʒel͵bɝd; 'dʒeɪlbɜːd] *n.* ⓒ《口》慣犯, 經常入獄的人, 《(英) gaolbird》.

jail·break [`dʒel͵brek; 'dʒeɪlbreɪk] *n.* ⓒ 越獄《(英)亦作 gaolbreak》.

jail·er, jail·or [`dʒelɚ; 'dʒeɪlə(r)] *n.* ⓒ (監獄的)獄吏, 獄卒, 看守員, 《(英) gaoler》.

Ja·kar·ta [dʒə`kɑrtə; dʒə'kɑːtə] *n.* = Djakarta.

JAL [dʒæl, `dʒe͵e`εl; dʒæl, 'dʒeɪ͵eɪ'el] (略) Japan Air Lines (日本航空).

ja·lop·y [dʒə`lɑpɪ; dʒə'lɒpɪ] *n.* (*pl.* **-lop·ies**) ⓒ (詼)破舊的汽車, 老爺車.

jam¹ [dʒæm; dʒæm] *n.* Ⓤ果醬. strawberry *jam* 草莓果醬/spread blueberry *jam* on the toast 在吐司上塗藍莓果醬.

---

jangle 827

jam² [dʒæm; dʒæm] *v.* (～s [～z; ～z]; ～med [～d; ～d]; ～ming) *vt.* **1** 塞, 塞進, 《into》. The clerk *jammed* his papers *into* his desk. 那位辦事員把他的文件塞進桌子(的抽屜)裡.

2 塞滿(場所); 使充滿, 堵塞. The hall was *jammed with* young boys and girls. 大廳裡擠滿了年輕男女/The singer's fans *jammed* the doorway. 那位歌手的歌迷把入口堵塞了.

3 猛壓; 把(手, 手指等)壓傷, 夾傷. *jam* on the brakes (→片語)/My finger got *jammed* in the door. 我的手指被門夾傷了.

4 使(機器, 工具等)(部分堵住)不動; (無線電)(放出同一頻率的電波等)干擾(通信, 廣播等). The typewriter carriage is *jammed*. 打字機的滑架卡住不能動了.

— *vi.* **1** 擠滿, 擠進(*into*); 擁擠, 相互推擠, 《*together*》. *jam into* a crowded bus 擠進一輛擁擠的公車.

2 卡住; (機器, 工具等)(部分卡住)無法運轉, 《*up*》. This door will *jam*. 這扇門會卡住.

3 《口》即興演奏爵士樂.

jàm /.../ **ón** 用力踩[踏] (煞車等). He *jammed* the brakes on. 他緊急煞車.

— *n.* (～s [～z; ～z]) ⓒ **1** (人, 物)擁擠得無法動彈的狀態; 堵塞, 擁擠, 混亂. a traffic *jam* 交通堵塞. **2** 《口》困難, 窘境. get into [out of] a *jam* 陷入[擺脫]困境.

Ja·mai·ca [dʒə`mekə; dʒə'meɪkə] *n.* 牙買加(位於加勒比海西印度群島; 大英國協成員國之一; 首都 Kingston).

Ja·mai·can [dʒə`mekən; dʒə'meɪkən] *adj.* 牙買加的, 牙買加人的.
— *n.* ⓒ 牙買加人.

jamb [dʒæm; dʒæm] *n.* ⓒ《建築》側柱, 邊框, (門, 窗等兩側支柱中的一根).

jam·bo·ree [͵dʒæmbə`ri; ͵dʒæmbə'riː] *n.* ⓒ **1** 喧鬧的聚會[集會]. **2** 童子軍大會(全國性[國際性]大會).

James [dʒemz; dʒeɪmz] *n.* **1** 男子名(Jacob 的別稱). **2** 《聖經》雅各(基督的門徒; 指 St. James the Greater(大雅各)和 St. James the Less(小雅各)兩人). **3** 〈雅各書〉(新約聖經的一卷). **4 James I** [ðə`fɝst; ðə'fɜːst] 詹姆斯一世(1566-1625) 《英國斯圖亞特王朝的第一代國王(1603-25)》. **5 James II** [ðə`sεkənd; ðə'sekənd] 詹姆斯二世(1633-1701)《英國國王(1685-88); Charles I 之子; 因光榮革命而被流放》.

jam·packed [`dʒæm`pækt; 'dʒæmpækt] *adj.* 《口》擠滿的(*with*). a bus *jampacked* with commuters 擠滿通勤者的公車.

jám sèssion *n.* ⓒ 爵士音樂即興演奏會.

Jan. (略) January.

Jane [dʒen; dʒeɪn] *n.* 女子名.

Jan·et [`dʒænɪt; 'dʒænɪt] *n.* Jane 的暱稱.

jan·gle [`dʒæŋgl̩; 'dʒæŋgl̩] *vt.* **1** 使(鐘, 鈴等)

叮噹響, 使〔鑰匙串, 硬幣等〕叮玲噹琅響.

2 使〔神經〕焦躁, 使煩躁.

— *vi.* **1** 〔鐘, 鈴等〕叮噹響, 〔鑰匙串等〕叮玲噹琅響. **2** (大聲地)爭吵. **3** 〔聲音等〕聒噪(*on* 〔耳朵, 神經等〕).

— *n.* ⓤ刺耳的聲音; 叮叮噹噹的聲音.

jan·i·tor [ˋdʒænətɚ; ˋdʒænɪtə(r)] *n.* ⓒ **1** 《主美》(大樓等的)管理員. **2** 門警, 守衛.

‡**Jan·u·ar·y** [ˋdʒænjuˏɛrɪ, ˋdʒænjʊərɪ; ˋdʒænjʊərɪ] *n.* 1月(略作 Ja., Jan.; 1月的由來見 month表)). in *January* 在 1 月. ★日期的寫法、讀法 → date¹●.

Ja·nus [ˋdʒenəs; ˋdʒeɪnəs] *n.* (羅馬神話)傑納斯(古羅馬之神; 頭的前後都有面孔, 守護門戶; January (1 月)即取自此神之名).

Jap. (略) Japan; Japanese.

[Janus]

‡**Ja·pan** [dʒəˋpæn, dʒæ-; dʒəˈpæn] *n.* 日本(略作 Jap., Jpn., JPN; 首都 Tokyo). the history of *Japan* 日本的歷史/Today *Japan* is one of the richest countries in the world. 目前日本是世界上最富裕的國家之一.

ja·pan [dʒəˋpæn, dʒæ-; dʒəˈpæn] *n.* ⓤ漆; 漆器.

— *vt.* (~s; ~ned; ~ning) 塗漆.

Japán Cúrrent *n.* (加 the)日本洋流, 黑潮, (Black Stream).

‡**Jap·a·nese** [ˏdʒæpəˈniz; ˏdʒæpəˈniːz] *adj.* 日本(人)的; 日語的. a camera of *Japanese* make 日本製的照相機/the *Japanese* language 日語.

— *n.* (*pl.* ~) **1** ⓒ日本人. the *Japanese* (全體)日本人. **2** ⓤ日語. *Japanese* is my native language. 日語是我的母語/She is a teacher of *Japanese*. = She teaches *Japanese*. 她是日語教師〔教日語〕.

Japanése-Américan *adj.* 日美(間)的.

— *n.* ⓒ日裔美國人. 参考移民至美居住的第一代日本人稱 Issei(一世), 其子為 Nisei(二世), 其孫為 Sansei(三世).

Jap·a·nol·o·gist [ˏdʒæpəˈnɑlədʒɪst; ˏdʒæpəˈnɒlədʒɪst] *n.* ⓤ日本學者, 日本研究家.

Jap·a·nol·o·gy [ˏdʒæpəˈnɑlədʒɪ; ˏdʒæpəˈnɒlədʒɪ] *n.* ⓤ日本學.

ja·pon·i·ca [dʒəˋpɑnɪkə; dʒəˈpɒnɪkə] *n.* ⓒ(植物)(產於日本的)山茶.

‡**jar¹** [dʒɑr; dʒɑː(r)] *n.* (*pl.* ~s [~z; ~z]) ⓒ **1** (廣口)瓶, 罐. a jam *jar* 果醬瓶.

2 一瓶的量〔內容物〕. a *jar* of honey 一罐蜂蜜.

*﹡**jar²** [dʒɑr; dʒɑː(r)] *v.* (~s [~z; ~z]; ~red [~d; ~d]; ~ring [ˋdʒɑrɪŋ; ˈdʒɑːrɪŋ]) *vi.* **1** 發出刺耳聲, 嘎嘎響. The bicycle brakes *jar*. 這輛腳踏車的煞車

會發出刺耳的嘎嘎響.

2 給與不快的感覺((*on*, *upon*)). The way he speaks *jars* on my nerves. 他說話的方式讓我神經緊繃.

3 (發出刺耳的聲音)碰觸((*against*, *on*, *upon*)). The car *jarred against* the guardrail. 那輛汽車的一聲擦過護欄.

4 〔意見等〕不一致, 衝突; 〔顏色等〕不調和((*with*)). Your view *jars with* mine. 你的意見和我的不一致.

— *vt.* **1** 使發出刺耳聲. **2** 使震動; 使嘎嘎作響. The earthquake *jarred* the house very hard. 地震用力搖撼著房屋. **3** 使焦躁, 使震驚.

— *n.* (*pl.* ~s [~z; ~z]) ⓒ **1** 刺耳的聲音, 嘎嘎聲. **2** 使(神經)焦躁的事物; 衝擊, 震驚.

jar·ful [ˋdʒɑrˏful; ˈdʒɑːfʊl] *n.* ⓒ一瓶〔罐〕的量.

jar·gon [ˋdʒɑrgən, dʒɑ`gɑn; ˈdʒɑːgən] *n.* **1** ⓤ意義不明的話〔文章〕, 莫名其妙的話. babble *jargon* 嘮叨地說些莫名其妙的話.

2 ⓤⓒ行話, (同行者所通用的)術語; ⓤ充滿專門術語的話. medical *jargon* 醫學術語. 参考以 baseball *jargon* 為例則有 hit and run(打帶跑), slider(滑球), tag out(觸殺出局).

jas·mine, jas·min [ˋdʒæsmɪn, ˋdʒæz-; ˈdʒæsmɪn] *n.* ⓤⓒ茉莉(木犀科灌木; 鐘形的黃、白、淡紅色芳香的花).

jas·per [ˋdʒæspɚ; ˈdʒæspə(r)] *n.* ⓤ(礦物)碧玉(普通為紅、黃或褐色的不透明石英).

jaun·dice [ˋdʒɔndɪs, ˋdʒɑn-; ˈdʒɔːndɪs] *n.* ⓤ **1** (醫學)黃疸(病).

2 偏見; 羨慕, 嫉妒, (jealousy).

jaun·diced [ˋdʒɔndɪst, ˋdʒɑn-; ˈdʒɔːndɪst] *adj.* **1** 患黃疸(病)的.

2 嫉妒的, 有偏見的. take a *jaundiced* view of the peace movement 對和平運動持有偏見.

jaunt [dʒɔnt, dʒɑnt; dʒɔːnt] *n.* ⓒ(為了玩樂的)外出, 遊覽, 短程旅行. take 〔go on〕 a *jaunt* 去遊玩.

— *vi.* 作短程旅行((*about*; *around*)).

jaun·ti·ly [ˋdʒɔntɪlɪ, ˋdʒɑnt-; ˈdʒɔːntɪlɪ] *adv.* 愉快地; 時髦地.

jaun·ty [ˋdʒɔntɪ, ˋdʒɑn-; ˈdʒɔːntɪ] *adj.* **1** 愉快的, 開朗的. **2** 時髦的, 花俏的.

Ja·va [ˋdʒɑvə; ˈdʒɑːvə] *n.* 爪哇(印度尼西亞的主島; 首都 Djakarta 的所在地).

Jav·a·nese [ˏdʒævəˈniz; ˏdʒɑːvəˈniːz] *adj.* 爪哇的; 爪哇人的; 爪哇語的.

— *n.* (*pl.* ~) **1** ⓒ爪哇人. **2** ⓤ爪哇語.

jave·lin [ˋdʒævlɪn; ˈdʒævlɪn] *n.* ⓒ標槍; (比賽)(加 the) =javelin throw.

jávelin thrów *n.* (加 the)(比賽)標槍.

‡**jaw** [dʒɔ; dʒɔː] *n.* (*pl.* ~s [~z; ~z]) **1** ⓒ顎, (jaws) (人的)口部; (→ chin圖; → head圖). the lower 〔upper〕 *jaw* 下〔上〕顎/I punched him on the *jaw*. 我一拳打在他嘴上.

2 (jaws) (虎頭鉗等)夾住東西的部分.

3 ⓤⓒ(口)無聊的話, 饒舌. Cut the *jaw*! = Hold your *jaw*! 住嘴!

the jáws of déath 死地, 絕境. in 〔out of〕

the jaws of death 陷入[逃出]絕境.

— *vi.* 《口》喋喋不休，嘮叨.

jaw‧bone [`dʒɔ`bon, ‑ˌbon; 'dʒɔːbəʊn] *n.* C 顎骨，(特指)下顎骨.

jaw‧break‧er [`dʒɔˌbrekɚ; 'dʒɔːˌbreɪkə(r)] *n.* C 《口》1 難唸[像會咬到舌頭那樣]的字，難發的音，繞口令，(tongue twister).

2 一種非常硬的糖果[口香糖].

jay [dʒe; dʒeɪ] *n.* (*pl.* **‑s**) C 《鳥》樫鳥(羽毛顏色漂亮，叫聲吵鬧；烏鴉科).

jay‧walk [`dʒeˌwɔk; 'dʒeɪwɔːk] *vi.* 不守交通規則[信號]地穿越馬路.

jay‧walk‧er [`dʒeˌwɔkɚ; 'dʒeɪwɔːkə(r)] *n.* C 不守交通規則[信號]穿越馬路的人.

ᴊjazz [dʒæz; dʒæz] *n.* U 1 爵士樂. a *jazz* band [singer] 爵士樂隊[歌手]/I like *jazz* music. 我喜歡爵士樂.

2 《俚》吹牛皮，胡扯，胡說八道.

and all that jázz 《俚》以及其他此類無聊的東西[事].

— *vi.* 演奏爵士樂，配合著爵士樂跳舞.

— *vt.* 用爵士樂風格演奏[編曲].

jàzz/.../úp 《口》使...興奮；把...花俏地裝飾.

jazz‧y [`dʒæzɪ; 'dʒæzɪ] *adj.* 《口》1 爵士樂(風格)的.

2 興奮的，活潑奔放的；〔色彩等〕花俏的.

ᴊjeal‧ous [`dʒɛləs; 'dʒeləs] *adj.*

〖 小心以防被拿走的 〗1 小心守護的，不粗心大意的，謹慎的. They are *jealous of* their liberty. 他們小心維護著自身的自由/watch with a *jealous* eye 謹慎小心地守望.

〖 想要別人東西的 〗2 嫉妒的，羨慕的，《of》(→ envious 圖). I was *jealous of* him for getting such a good job. 我很羨慕他得到了那麼好的工作/Are you *jealous* of his success? 你嫉妒他的成就嗎?

3 (關於感情)猜忌心重的，吃醋的；(jealous of [*that* 子句]) 嫉妒[⋯事]. John is insanely *jealous of* his wife. 約翰非常猜忌他的妻子/My wife is *jealous that* I have several women friends. 我老婆猜忌我有幾個女性朋友. ⇨ *n.* jealousy.

jeal‧ous‧ly [`dʒɛləslɪ; 'dʒeləslɪ] *adv.* 〔守護等〕謹慎小心地，十分注意地；嫉妒地.

jeal‧ous‧y [`dʒɛləsɪ; 'dʒeləsɪ] *n.* (*pl.* **‑ous‧ies** [~z; ~z]) 1 U 羨慕，嫉妒；吃醋，猜忌；C 羨慕[妒忌]的話[行為]. He showed his *jealousy* of his colleague's promotion. 看得出他嫉妒同事的升遷.

〖搭配〗 *adj.*+jealousy: bitter ~ (極度的嫉妒)，blind ~ (盲目的嫉妒)，intense ~ (強烈的嫉妒) // *v.*+jealousy: arouse ~ (引起妒意)，feel ~ (妒火中燒).

2 U 《文章》十分用心警戒，很強的警戒心. his *jealousy* of his own privacy 他對個人隱私的維護.

Jean [dʒin; dʒiːn] *n.* 女子名.

jean [dʒin, dʒen; dʒeɪn] *n.* (*pl.* ~**s** [~z; ~z]) 1 U 斜紋布(織成細紋的紮實棉布).

2 (jeans) (用斜紋布製成的)牛仔褲[工作服]. He was wearing *jeans* and a white T-shirt. 他穿著牛

仔褲和白色T恤. 〖字源〗源於「熱那亞(Genoa)之布」.

jeep [dʒip; dʒiːp] *n.* C 吉普車(馬力強的小型四輪傳動汽車；原為美國的軍車).

jeer [dʒɪr; dʒɪə(r)] *vi.* (大聲地)嘲笑，嘲弄. The audience *jeered* at the speaker. 聽眾嘲笑這位演講者.

— *vt.* 嘲笑.

— *n.* C 嘲笑，譏諷，嘲弄，開玩笑.

jeer‧ing‧ly [`dʒɪrɪŋlɪ; 'dʒɪərɪŋlɪ] *adv.* 譏諷，嘲弄.

Jef‧fer‧son [`dʒɛfɚsn̩; 'dʒefəsn̩] *n.* **Thomas** ~ 傑佛遜(1743–1826)(美國第3任總統(1801–09)；美國獨立宣言的起草人).

Je‧ho‧vah [dʒɪ`hovə; dʒɪ'həʊvə] *n.* 耶和華(Yahveh)(舊約聖經中的創世主).

je‧june [dʒɪ`dʒun, ‑`dʒɪun; dʒɪ'dʒuːn] *adj.* 《文章》1 〔特指所寫的題材〕枯燥乏味的，極其無趣的.

2 《主美》幼稚的.

Je‧kyll [`dʒikl̩, `dʒɛkl̩; 'dʒiːkɪl, 'dʒekɪl] *n.* 吉祥博士(R. L. Stevenson 的小說 *The Strange Case of Dr. Jekyll and Mr. Hyde* 中的人物；一喝藥就變成邪惡的 Hyde [haɪd; haɪd]).

Jèkyll and Hýde *n.* C 雙重人格者.

jell [dʒɛl; dʒel] *vi.* 1 變成果凍(jelly)狀.

2 《口》(計畫，意見等)定案，統合.

jel‧lo [`dʒɛlo; 'dʒeləʊ] *n.* U =jelly.

＊**jel‧ly** [`dʒɛlɪ; 'dʒelɪ] *n.* UC (*pl.* **‑lies** [~z; ~z]) 果凍(在果汁中加入凝膠洋菜等和糖煮後冷卻凝結的食品；→ mold 圖)；果凍狀之物，膠狀物. Children like *jelly* for dessert. 小孩子喜歡的甜點是果凍.

— *vt.* (**‑lies; ‑lied; ~ing**) 使成果凍(狀).

jel‧ly‧bean [`dʒɛlɪˌbin; 'dʒelɪbiːn] *n.* C 豆形軟糖.

jel‧ly‧fish [`dʒɛlɪˌfɪʃ; 'dʒelɪfɪʃ] *n.* (*pl.* ~, ~**es**) C 水母，海蜇.

jélly ròll *n.* C 《主美》瑞士捲(塗上果凍捲起的鬆軟蛋糕；《英》Swiss roll).

jem‧my [`dʒɛmɪ; 'dʒemɪ] *n.* (*pl.* **‑mies**)《英》= jimmy.

Jen‧ni‧fer [`dʒɛnɪfɚ; 'dʒenɪfə] *n.* 女子名.

Jen‧ny [`dʒɛnɪ; 'dʒenɪ] *n.* Jane 的暱稱.

jeop‧ard‧ize [`dʒɛpɚdˌaɪz; 'dʒepədaɪz] *vt.* 《文章》使處於險境，使受危困，使陷入險境，(endanger).

jeop‧ard‧y [`dʒɛpɚdɪ; 'dʒepədɪ] *n.* U 《文章》危險，危難，(特用於下列片語).

in jéopardy 處於危險中. The scandal put the politician's future *in jeopardy*. 醜聞使那位政治人物的前途陷入危機.

jer‧bo‧a [dʒɚ`boə; dʒɜː'bəʊə] *n.* C 《動物》

[jerboa]

跳鼠《用尾巴和長後腳跳躍; 夜行性; 產於非洲、亞洲》.

jer·e·mi·ad [͵dʒɛrəˋmaɪəd, -æd; ͵dʒɛrɪˋmaɪəd] n. © 《雅》(不斷的) 哀歎.

Jer·e·mi·ah [͵dʒɛrəˋmaɪə; ͵dʒɛrɪˋmaɪə] n. **1** (聖經)耶利米(希伯來文的先知; 責難哀歎時代的亂象).**2** 〈耶利米書〉(舊約聖經的一卷).

Jer·e·my [ˋdʒɛrəmɪ; ˋdʒɛrɪmɪ] n. 男子名.

Jer·i·cho [ˋdʒɛrə͵ko; ˋdʒɛrɪkəʊ] n. (聖經)耶律哥(位於巴勒斯坦(Palestine)的古代城市).

*__jerk__ [dʒɝk; dʒɜːk] n. (pl. ~s [~s; ~s]) © **1** 急拉, 急推, 急扭. with angry jerks of the head 氣得急揮頭.
2 (臉, 手腳等的) 痙攣.
3 《美、俚》蠢人, 混蛋.

give(...)a jérk 急拉, 急推, 急扭, (…). The lineman gave the rope a sharp jerk. 那個架線工人猛拉了一下繩子.

with a jérk 猛力地; 一氣呵成地; 一震地. The train started with a jerk. 火車猛然一震地開動了.
── vt. 急拉, 急推, 急扭等. Tom jerked my tie. 湯姆猛拉我的領帶.
── vi. **1** 急動; 晃動. The train jerked to a stop. 火車猛然地停下來. **2** 抽搐, 痙攣.
✧ adj. jerky.

jerk·i·ly [ˋdʒɝkəlɪ; ˋdʒɜːkɪlɪ] adv. 抽搐地; 搖晃著.

*__jerk·y__ [ˋdʒɝkɪ; ˋdʒɜːkɪ] adj. **1** 急動的; 晃動的; 抽搐的; 不圓滑的〔說話方式等〕. a jerky bus 搖晃的公車/jerky limbs 痙攣的四肢.
2 《美、口》愚蠢的, 呆笨的; 不像樣的.
✧ n., v. jerk.

Jer·ry [ˋdʒɛrɪ; ˋdʒerlɪ] n. Gerald, Geraldine, Gerard, Jeremy 的暱稱.

jer·ry-built [ˋdʒɛrɪ͵bɪlt; ˋdʒerɪbɪlt] adj. 造價便宜〔胡亂建造〕的.

Jer·sey [ˋdʒɝzɪ; ˋdʒɜːzɪ] n. (pl. ~s) **1** 澤西島《位於英吉利海峽》.
2 © 產於澤西島的乳牛《牛乳中脂肪含量高; 淡茶色的乳牛》.

jer·sey [ˋdʒɝzɪ; ˋdʒɜːzɪ] n. (pl. ~s) Ⓤ 平織(機織或針織而成具有伸縮性的布料); © 針織的運動套衫).

Je·ru·sa·lem [dʒəˋrusələm, -ˋrɪu-; dʒəˋruːsələm] n. 耶路撒冷(巴勒斯坦(Palestine)的古都; 現為以色列首都; → the Holy City).

Jerūsalem ártichoke [UC] (植物)菊芋(產於美國的菊科多年生草本; 塊莖可食用).

Jes·si·ca [ˋdʒɛsɪkə; ˋdʒesɪkə] n. 女子名.

Jes·sie [ˋdʒɛsɪ; ˋdʒesɪ] n. 男子[女子]名.

*__jest__ [dʒɛst; dʒest] n. 《文章》 (pl. ~s [~s; ~s]) ©
1 笑話, 俏皮話. break [drop] a jest 說笑話[俏皮話]. ⓘ jest 是比 joke 更舊式的用語; 與 joke 不同, 往往含有嘲諷的意思.
2 笑料, 笑柄. His foolish error made him the jest of the office. 他愚蠢的錯誤使他成為辦公室裡

的笑柄.

in jést 開玩笑地, 戲謔地. I only said it in jest. 我只是在開玩笑說說而已.
── vi. **1** 開玩笑(with); 說俏皮話. Mr. Thomson is not a man to jest with. 湯姆森先生不是一位可以開玩笑的人.
2 嘲笑, 嘲諷, (at). Don't jest at your opponent's errors. 不要嘲笑你對手的失誤.

jest·er [ˋdʒɛstə; ˋdʒestə(r)] n. © **1** 愛說笑話的人, 愛開玩笑的人.
2 (中古世紀王侯、貴族豢養的)小丑, 弄臣.

Jes·u·it [ˋdʒɛzjʊɪt, ˋdʒɛzjʊ-; ˋdʒezjʊɪt] n. ©
1 (天主教)耶穌會的信徒[教友](1534 年由 Saint Ignatius Loyola 所創).
2 《輕蔑》(或作 jesuit)陰謀家, 詭辯家; 偽善者.

Je·sus [ˋdʒizəs; ˋdʒiːzəs] n., interj. =Jesus Christ.

⚹Jēsus Chríst n. 耶穌基督(上帝之子, 基督教創始人; → Christ).
── interj. 《鄙》天啊!

*__jet__¹ [dʒɛt; dʒet] n. (pl. ~s [~s; ~s]) © **1** (液體, 氣體, 蒸氣等的)噴出, 射出; 噴出物. send up a jet of water 噴出水上來.
2 噴嘴, 噴射口, 筒口. a gas jet 瓦斯噴嘴.
3 噴射機(jet plane).

by jét 搭乘噴射(客)機.
── v. (~s; ~·ted; ~·ting) vi. **1** 噴出, 射出. Oil jetted from underground. 石油從地下噴出來.
2 搭乘噴射機旅行. The president jets around the world in the company's plane. 董事長搭乘噴射機環遊世界.
── vt. 噴出, 射出; 用噴射機運送.

jet² [dʒɛt; dʒet] n. Ⓤ **1** (礦物)黑玉(一種煤, 作首飾用). **2** 黑玉色, 發亮的烏黑色, 漆黑.

jet-black [ˋdʒɛtˋblæk; ͵dʒetˋblæk] adj. 黑玉的, 漆黑的.

jét éngine n. © 噴射引擎.

jét làg n. [UC] 時差效應(因搭飛機在短時間內飛越許多時區導致生理時鐘失調、疲勞、反應遲鈍等症狀).

jet-lin·er [ˋdʒɛt͵laɪnə; ˋdʒetlaɪnə(r)] n. © 噴射客機.

jét pláne n. © 噴射機.

jet-pro·pelled [͵dʒɛtprəˋpɛld; ͵dʒetprəˋpeld] adj. **1** 噴射式的, 噴射推進式的. **2** 《口》超高速的.

jét propúlsion n. Ⓤ 噴射推進.

jet·sam [ˋdʒɛtsəm; ˋdʒetsəm] n. Ⓤ 拋棄貨物(緊急時為使船身減輕而投棄的貨品; 特指被沖上海岸之物; → flotsam).

jét sèt n. (加 the)《口》「噴射族」(終日以噴射機到處旅遊的有錢有閒階級).

jét sètter n. © 《口》「噴射族」階級的人.

jét strèam n. © (氣象)噴射氣流.

jet·ti·son [ˋdʒɛtəsn̩, -zn̩; ˋdʒetɪsn̩] vt. **1** (船、飛機等遇難時)拋棄(貨物, 裝備).
2 拋棄, 捨棄, (不要的, 沒有用的, 累贅的東西等).

jet·ty [ˋdʒɛtɪ; ˋdʒetɪ] n. (pl. -ties) © **1** 防波堤.
2 棧橋(pier), 碼頭(wharf).

[jetty 2]

巡不前，左右移動。**2** 畏縮後退，逃避，《*at*》.

jibe [dʒaɪb; dʒaɪb] *v.*, *n.* =gibe.

jif·fy [ˋdʒɪfɪ; ˈdʒɪfɪ] *n.* ⟨*a* U⟩(口)一會兒，瞬間.
in a jíffy 馬上(地). I'll be with you *in a jiffy*.
我馬上就到你那裡去.

jig [dʒɪg; dʒɪg] *n.* ⓒ 吉格舞(一種快節奏的輕快舞
曲; 通常是四分之三拍); 吉格舞曲.
── *vi.* (~s; ~ged; ~ging) **1** 跳吉格舞; 演奏吉
格舞曲. **2** 急遽地上下動.

jig·ger [ˋdʒɪgɚ; ˈdʒɪgər] *n.* ⓒ **1** 計酒類分量的
小杯子; 一杯的分量(約 1 盎斯半).
2(美、口)(忘了叫甚麼的)小器具(《一下子想不出名
稱時的代稱).

jig·gered [ˋdʒɪgɚd; ˈdʒɪgəd] *adj.* 《敘述》《英、
口)吃驚的; 筋疲力竭的. I'm *jiggered* if I know.
我怎麼會知道.

jig·gle [ˋdʒɪgl; ˈdʒɪgl] 《口》*vt.* 輕快頻繁地搖動.
── *vi.* 輕搖.
── *n.* ⓒ 輕搖.

jig·saw [ˋdʒɪgˏsɔ; ˈdʒɪgsɔː] *n.* ⓒ **1** 鋼絲鋸(鋸
條細密附有框子，可以將木板隨意鋸成想要的形
狀). **2** =jigsaw puzzle.

jígsaw pùzzle *n.* ⓒ 拼圖.

Jill [dʒɪl; dʒɪl] *n.* 女子名.

jilt [dʒɪlt; dʒɪlt] *vt.* 拋棄[情人]; 拋棄[未婚夫[妻]].

Jim [dʒɪm; dʒɪm] *n.* James 的暱稱.

Jìm Crów *n.* (美、口) **1** ⓒ(輕蔑)黑人.
2 ⓤ對黑人(制度上，系統化)的歧視; (形容詞性)
黑人專用的. a *Jim Crow* car [school] 黑人專車
[學校].

Jim·my [ˋdʒɪmɪ; ˈdʒɪmɪ] *n.* =Jim.

jim·my [ˋdʒɪmɪ; ˈdʒɪmɪ] *n.* (*pl.* **-mies**) ⓒ(美)鐵
橇(盜賊用於撬開門窗等的工具).

jin·gle [ˋdʒɪŋgl; ˈdʒɪŋgl] *vi.* **1** 鈴鈴[叮噹]地響;
[雪橇等]叮噹前進. Our sleigh bells *jingled*
across the snow. 我們的雪橇響著叮噹鈴聲划過雪
地.
2 [詩句，標語，廣告詞等]簡單、重複、朗朗上口
的詞句[韻律].
── *vt.* 使叮噹[鈴鈴]響. He *jingled* the coins in
his pocket. 他把口袋裡的硬幣弄得叮噹響.
── *n.* ⓒ **1** 叮噹[鈴鈴]聲.
2 簡單、重複、朗朗上口的詩句[標語，廣告詞等].

Jìngle Bèlls *n.* 耶誕鈴聲(聖誕節時唱的歌).

jin·go [ˋdʒɪŋgo; ˈdʒɪŋgəʊ] *n.* (*pl.* ~es) ⓒ(外交政
策)主戰論者; 盲目的愛國者.
by jíngo (口)絕對! 一定! (表示強烈的主張，驚
訝等).

jin·go·ism [ˋdʒɪŋgoˏɪzm; ˈdʒɪŋgəʊɪzəm] *n.* ⓤ
主戰論，強硬外交(政策)(《輕蔑)盲目的愛國主義.

jinx [dʒɪŋks; dʒɪŋks] *n.* (口)不祥之物[人]; 糾纏的
厄運，災禍. ── *vt.* (口)給⋯帶來不幸.

jit·ter·bug [ˋdʒɪtɚˏbʌg; ˈdʒɪtəbʌg] *n.* ⓒ 吉魯巴
《兩人共舞，四分之二拍的輕快舞蹈); 跳吉魯巴的
舞者.

J

━━━━━━━━━━━━━━━━━

Jew [dʒu, dʒɪu; dʒuː] *n.* (*pl.* ~s [~z; ~z]) ⓒ(常
表輕蔑) **1** 猶太人(→ Israeli)，希伯來人
(Hebrew). *Jews* are Semitic people. 猶太人是閃
族. **2** 猶太教徒.

jew·el [ˋdʒuəl, ˋdʒɪuəl; ˈdʒuːəl] *n.* (*pl.* ~s
[~z; ~z]) ⓒ **1** 寶石; 寶石飾物. wear
jewels 穿戴寶石/The queen owns some of the
finest *jewels* in the world. 皇后擁有好幾顆世界上
最美的寶石. ⓘ jewel 與 gem 同義，但多特指高級
的、加工後作隨身裝飾品之物; → gem.
2 貴重的人[物]，寶物. Our maid is a real *jewel*.
我們的女傭真是家裡的重要人物.
3 (手錶等的)嵌石. an 18-*jewel* watch 內含十八
個嵌石的手錶.

jéwel bòx *n.* ⓒ珠寶盒，首飾盒.

jew·eled (美)，**jew·elled** (英) [ˋdʒuəld,
ˋdʒɪuəld; ˈdʒuːəld] *adj.* 鑲寶石的. a *jeweled* ring
鑲寶石的戒指.

jew·el·er (美)，**jew·el·ler** (英) [ˋdʒuələ;
ˈdʒuːələ(r)] *n.* ⓒ **1** 寶石商，珠寶商. **2** 寶石匠.

jew·el·ry (美)，**jew·el·ler·y** (英)
[ˋdʒuəlrɪ, ˋdʒɪuəlrɪ; ˈdʒuːəlrɪ] *n.* ⓤ (集合)珠寶;
(鑲寶石的)首飾; (★ jewel 為 ⓒ). The duchess
wore a satin gown and dazzling *jewelry*. 公爵夫
人身著綢緞長袍，佩戴著目的珠寶.

Jew·ess [ˋdʒuɪs; ˈdʒuːɪs] *n.* ⓒ(常表輕蔑)猶太
女人.

Jew·ish [ˋdʒuɪʃ; ˈdʒuːɪʃ] *adj.* (像)猶太人的. the
Jewish community of the city 城市中的猶太人社
區.
──*n.* ⓤ(口)意第緒語(Yiddish).

Jèwish Cálendar *n.* (加 the)猶太曆(因一
年為 354 日，故每 3 年多加 1 個月).

jew's-harp
[ˋdʒuzˏharp, ˋdʒɪus-,
ˋdʒɪuz-; ˏdʒuːzˈhɑːp] *n.*
ⓒ (常 *J*ew's-harp)單簧
口琴，口弦，(含在口中
用食指撥奏的一種小型
金屬製樂器; 亦作
jews'-harp).

[jew's-harp]

jib[1] [dʒɪb; dʒɪb] *n.* ⓒ
1 (船舶)船首三角帆
(→ sailboat 圖). **2** 懸臂(起重機卸貨時使用之迴
旋臂).

jib[2] [dʒɪb; dʒɪb] *vi.* (~s; ~bed; ~bing) **1** 〔馬〕逡

jit·ters [`dʒɪtəz; ˈdʒɪtəz] n. 《作複數》《口》《加 the》緊張, (心情)煩躁, 惶惶不安.
　　hàve the jítters 惶惶不安, 煩躁.

jit·ter·y [`dʒɪtərɪ; ˈdʒɪtərɪ] adj. 《口》惶惶不安的, 煩躁的, 畏止不安的.

jive [dʒaɪv; dʒaɪv] n. 1 ⓒ搖擺樂《一種速度輕快的爵士樂》; 搖擺舞.
　　2 ⓤ《美·俚》假話, 胡說八道.
　　— vi. 演奏搖擺樂; 跳搖擺舞.

Jo [dʒo; dʒəu] n. Joseph, Josephine 的暱稱.

Joan [dʒon, ˈdʒoən, dʒoˈæn; dʒəun] n. 女子名.

Joan of Arc [ˌdʒonəvˈark, dʒoˈæn-; ˌdʒəunəvˈɑːk] n. 聖女貞德(1412-31)《百年戰爭中拯救法國的少女》.

Job [dʒob; dʒəub] (★注意發音) n. 《聖經》1 約伯《〈約伯記〉的主角; 以堅忍著稱》.
　　2 〈約伯記〉《舊約聖經的一卷》.

✱✱**job** [dʒab; dʒɒb] n. (pl. ~s [~z; ~z]) ⓒ 1 工作《零工, 家庭副業, 承包工作, 臨時工等》. a full-time [part-time] job 全職[兼職]工作/odd jobs 零工/do a daily job 做日常工作/quit a job 辭去工作/do a side job 兼職, 打工/I prefer an outdoor job to an office job. 我偏愛外務工作, 不喜歡坐辦公室的工作. 《同》job 除表臨時的「工作」或「副業」之外; 亦可表正式的「職業」, 但比 occupation 更口語化; → occupation.
　　2 職責, 任務, (task). It's my job to look after the baby. 照顧這個孩子是我的工作/I have the job of reporting the result to the boss. 我有職責向老闆報告結果.
　　3 職業, 職位, 工作, (《同》比 position 更具普通性). He has a job as a bus driver. 他的職業是公車司機/get a job in [with] an insurance company 在保險公司任職.
　　　│圈圖│ adj.＋job (1-3): a demanding ~ (煩重的工作), an easy ~ (輕鬆的工作), a regular ~ (安定的工作), a tiresome ~ (無聊的工作) // v.＋job: apply for a ~ (謀職), lose one's ~ (失業).
　　4 《口》費勁的工作. I've had quite a job (in) convincing him. 我好不容易才說服了他.
　　5 《俚》犯罪; 強盜《《英·口》假公濟私的行為.
　　a bàd [gòod] jób (1)吃虧[佔便宜]的工作; (做得)不好的[好的]工作. That carpenter has done a very good job. 那個木匠做得很好.
　　(2)《英·口》差勁[好]的人[物, 事]. It's a good job the parcel was insured. 幸虧包裹保了險.
　　jùst the jób 《口》適合要求[正想要]之物. A glass of cold lager is just the job on a hot afternoon. 炎熱的下午來杯冰啤酒再恰當不過了.
　　màke a (gòod) jób of... 把…(出色地)完成. She's made a quick job of her shopping. 她很快就買好東西.
　　màke the bést of a bàd jób 設法收拾不利的局面; 不屈服於困難[惡劣的條件]而奮鬥.

on the jób (1)任職, 工作的. He's new on the job. 他剛任職.
　　(2)工作中; 執行職務中. You are not allowed to drink on the job. 工作中不許喝酒.
　　out of a jób 失業中, 沒有工作.
　　pùll a jób 《俚》去搶劫, 當強盜.
　　— vi. (~s; ~bed; ~bing) 1 做大盤(買賣); 包工(給其他人做). a jobbing carpenter 包工木匠.
　　2 做股票[商品]買賣仲介(→ jobber 3).
　　3 (工作上為私利)做不正當的勾當.

job·ber [`dʒabɚ; ˈdʒɒbə(r)] n. 1 做零工的人; 包工的人.
　　2 批發商, 大盤商.
　　3 《英》(證券交易所的)場內經紀人(不與一般顧客交易, 僅處理 broker 間的仲介業務).

job·bing [`dʒabɪŋ; ˈdʒɒbɪŋ] adj. 《限定》《英》做零工的, 臨時雇用的.

job·less [`dʒablɪs; ˈdʒɒblɪs] adj. 失業的, 沒工作的. the jobless 失業者.

jòb lòt n. ⓒ 整批出售的各類商品, 一堆廉價物品.

Jòb's cómforter n. ⓒ 想安慰人卻反而使對方更難過的人《〈約伯記〉》.

jock [dʒak; dʒɒk] n. 1 ＝jockey. 2 ⓒ運動員.

✱**jock·ey** [`dʒakɪ; ˈdʒɒkɪ] n. (pl. ~s [~z; ~z]) ⓒ 賽馬的騎師. The jockey was a mere child. 那位騎師只不過是個孩子.
　　— v. (~s; ~ed; ~ing) vt. 1 騎術騎[馬], 乘馬.
　　2 欺瞞, 欺騙; 騙…使做[某事] (into doing). The old man was jockeyed into contracting with the company. 那位老人被騙與那家公司簽訂契約.
　　— vi. 騎乘(賽馬).
　　jòckey for position 不擇手段想要取得有利的地位《源自賽馬時騎師擠開對手而處於有利的位置》.

jock·strap [`dʒak͵stræp; ˈdʒɒkstræp] n. ⓒ (男運動選手穿在短褲內的)下體保護物.

jo·cose [dʒoˈkos; dʒəuˈkəus] adj. 《雅》開玩笑的, 愛開玩笑的, 風趣的, 滑稽的.

jo·cose·ly [dʒoˈkoslɪ; dʒəuˈkəuslɪ] adv. 《雅》詼諧地, 滑稽地.

jo·cos·i·ty [dʒoˈkasətɪ; dʒəuˈkɒsətɪ] n. (pl. -ties)《雅》ⓤ滑稽, 詼諧; ⓒ滑稽的言行舉止.

joc·u·lar [`dʒakjələ; ˈdʒɒkjulə(r)] adj. 《文章》愛開玩笑的; 愛鬧的, 滑稽的, 可笑的.

joc·u·lar·i·ty [͵dʒakjəˈlærətɪ; ͵dʒɒkjuˈlærətɪ] n. (pl. -ties)《文章》ⓤ愛鬧, 詼諧; ⓒ愛鬧的言行[動作], 開玩笑.

joc·u·lar·ly [`dʒakjələlɪ; ˈdʒɒkjuləlɪ] adv. 《文章》愛鬧地, 詼諧地.

joc·und [`dʒakənd, ˌʌnd; ˈdʒɒkənd] adj. 《詩》快活的(cheerful); 歡愉的(merry).

jo·cun·di·ty [dʒoˈkʌndətɪ; dʒəuˈkʌndətɪ] n. (pl. -ties)《詩》ⓤ快活, 開朗; ⓒ開朗的言辭[行為].

jodh·purs [`dʒadpəz, ˈdʒod-; ˈdʒɒdpəz] n. 《作複數》馬褲.

Joe [dʒo; dʒəu] n. 男子名; Joseph 的暱稱.

✱**jog** [dʒag; dʒɒg] v. (~s [~z; ~z]; ~ged [~d; ~d] ~·ging) vt. 輕推; (用手或手臂)稍微推[撞]; 喚起

〔記憶等〕. I *jogged* his elbow, but he still ignored me. 我〔用手〕輕碰他的手肘，但是他依然不理我/*jog* a person's memory 喚起某人的記憶.
— *vi.* **1** 嘎嗒嘎嗒地移動. A cart was *jogging* down the stony path. 小推車順著石頭路嘎嗒嘎嗒地往前移動. **2** 〔人〕設法進〔撐〕下去；〔事情〕總算有所進展. Matters *jogged* along somehow. 事情總算有了進展. **3** 慢慢地跑步〔為了健康〕慢跑. I walked hurriedly, *jogging* part of the way. 我走得很急，有時還小跑步/My dad goes *jogging* every morning. 我父親每天早晨慢跑.
— *n.* C **1** 輕推，輕搖，輕碰；喚起〔記憶〕. I gave his arm a *jog* to attract his attention. 我輕碰他的手臂想引他注意/That gave my memory a *jog*. 那喚起我的記憶. **2** 徐行；慢跑；(馬)緩緩而行. have a *jog* 跑一跑.

jog·ger [ˈdʒɑɡɚ; ˈdʒɔɡə(r)] *n.* C 慢跑者.
jog·ging [ˈdʒɑɡɪŋ; ˈdʒɔɡɪŋ] *n.* U 慢跑.
jog·gle [ˈdʒɑɡl; ˈdʒɔɡl] (口) *vt.* 〔輕輕地〕搖.
— *vi.* 搖晃.
— *n.* C 輕輕的搖晃〔搖動〕.
jóg tròt *n.* [a U] (馬)緩緩而行；慢慢地有規律的步調.
Jo·han·nes·burg [dʒoˈhænɪsˌbɔɡ, jo-; dʒəʊˈhænɪsbɔːɡ] *n.* 約翰尼斯堡(南非共和國最大的城市；鑽石、黃金的產地).
John [dʒɑn; dʒɔn] *n.* **1** 男子名. **2** 《聖經》(a) = John the Baptist. (b) **Saint** ~ 使徒約翰(耶穌基督的十二使徒之一；〈約翰福音〉的作者). **3** 〈約翰福音〉〈新約聖經的一卷〉. **4** 約翰王(1167?-1216)(英國國王(1199-1216)；1215 年被迫簽署大憲章 (Magna Charta)).
john [dʒɑn; dʒɔn] *n.* C (美、俚)廁所.
Jóhn Búll *n.* 約翰牛(擬人化的英國；典型的英國人；→ Uncle Sam).
John·ny [ˈdʒɑnɪ, ˈdʒɔnɪ; ˈdʒɒnɪ] *n.* (*pl.* **-nies**)
1 John 的暱稱.
2 C (常 johnny)(主英、口) 男人，像伙，(fellow).
Jóhn the Báptist *n.* 《聖經》施洗約翰(為耶穌基督施洗的人).

[John Bull]

j‡**join** [dʒɔɪn; dʒɔɪn] *v.* (~s [~z; ~z]; ~ed [~d; ~d]; ~ing) *vt.* 〖連接〗 **1** 連結，繫，接合，《to》；連結，接合. *join* the end of a rope *to* another 把繩子的一端接到另一端/The city is *joined to* the capital by a railroad. 這座城市以鐵路和首都相連接. ⊙ join 所表示的接合比 connect 更緊密，但通常指外在的接合，不像 unite 有完整意味.
2 使接合；(藉由結婚，友情等而)結合；合併. *join* the two boards *together* with glue 用膠水把兩塊板子黏起來/be *joined in* marriage 結婚.
〖聚在一起〗 **3** 參與，參加；加入；聚在一起，碰頭，會合. *join* the army 從軍/*join* an expedition 參加遠征隊/*join* a church 入教，信教/I'll *join* you in your walk later. 等會我跟你一起散步.
4 〔河流，道路等〕和…匯合. Many creeks *join* the Mississippi along its course. 許多支流在中途與密西西比河匯流.
— *vi.* **1** (人的意見，友誼等)結合，達成一致，《with〔人〕；in〔意見等〕》. I *join with* you *in* that belief. 我和你信念一致/Mother *joins with* me *in* sending you our best regards. 《書信用語》家母與我一起問候您.
2 〔道路，河流等〕匯合，聚在一起，(meet)；連接，鄰接(border). The two roads *join* at this point. 那兩條路在這裡交會/His property and mine *join* on the north side. 他的土地和我的土地的北邊鄰接.
3 參加，入夥，《in》. He never *joins in* (with us). 他絕不入夥〔加入我們〕/*join in* a game 參加遊戲. ⇨ *n.* join.
jòin hánds [fórces] → hand, force 的片語.
jòin úp (1) 合流；合併；碰頭；《with》. (2) 服兵役，入伍.
— *n.* C (兩物的)連接處，接合點；匯流處；接縫，接頭.
join·er [ˈdʒɔɪnɚ; ˈdʒɔɪnə(r)] *n.* C **1** 木工，(裝修房屋，製作家具的)木匠. **2** (口)(為了廣結人緣)參加許多團體〔俱樂部等〕的人.
join·er·y [ˈdʒɔɪnərɪ; ˈdʒɔɪnərɪ] *n.* U **1** 木工業，木匠業. **2** (集合)木工製品.

j‡**joint** [dʒɔɪnt; dʒɔɪnt] *n.* (*pl.* ~s [~s; ~s]) C **1** 接頭處，接縫，接合部〔處〕；接頭. Water leaks from the *joint* in the pipe. 水從管子接縫處漏出來. **2** 關節. finger *joints* 手指關節.
3 (帶骨的)大肉塊(供 roast 用；約 1.8 公斤最合適). We always have a *joint* of lamb for Sunday lunch. 星期日的午餐我們總是吃大塊的(烤)羊肉. **4** (俚)人們聚集逗留之處(小酒館，賭場，鴉片菸館等). ⇨ *v.* join.
out of jóint (1)脫臼(的). He knocked his thumb *out of joint* playing volleyball. 他打排球時大拇指脫臼了.
(2)(步調)混亂的，亂糟糟的. The times are *out of joint*. 紛亂的時代.
— *adj.* 《限定》共同的，協同的；聯合的，連帶的；共有的. a *joint* author 合著的作者/a *joint* statement 聯合聲明/make *joint* efforts 合作/a *joint* study 共同研究/*joint* responsibility 連帶責任/*joint* ownership 共有(權).
— *vt.* **1** 用接頭(joint)連接，接合. **2** (特指)把〔大塊肉〕從各個關節切開；把〔肉〕切成大塊的.
jòint accóunt *n.* C (銀行的)共同帳號(如夫妻的).
joint·ed [ˈdʒɔɪntɪd; ˈdʒɔɪntɪd] *adj.* 有接頭〔接縫〕的；有節的，有關節的.
joint·ly [ˈdʒɔɪntlɪ; ˈdʒɔɪntlɪ] *adv.* 共同地，協同地.
jòint-stóck còmpany *n.* C 股份公司.

joist [dʒɔɪst, dʒɔɪs; dʒɔɪst] *n.* ⓒ(建築)桁，樑，托樑，地板擱柵，《支撐天花板或地板的橫木》。

‡joke [dʒok; dʒəok] *n.* (*pl.* ~**s** [~s; ~s]) ⓒ **1** 玩笑，俏皮話，(→ jest 同)；一笑置之的小事。in *joke* 開玩笑地/for [as] a *joke* 鬧著玩地/make a *joke* 開玩笑，說笑/crack a *joke* 說笑話/I did not see his *joke*. 我沒聽懂他的笑話(的含意)/Our teacher rarely tells a *joke*. 我們的老師難得說笑/It is [goes] beyond a *joke*. 這已不算是開玩笑了。

搭配 *adj.*+joke: a dirty ~ (黃色笑話)，a funny ~ (好笑的笑話)，a good ~ (不錯的笑話)，a sick ~ (噁心的笑話)，a silly ~ (愚蠢的笑話)。

2 嘲弄，惡作劇。a practical *joke* 惡作劇/The *joke* was on me. 那個玩笑是針對我的/Ben can't take a *joke*. 班開不起玩笑。
nò jóke 《口》(不是在開玩笑) 嚴肅的事。
plày a jóke on… 開…的玩笑；把…當成笑柄。
— *vi.* 說笑話，開玩笑，說俏皮話。You must be *joking*. 你是在開玩笑吧!/*joke with* him *about* his new moustache 拿他新留的髭鬚開玩笑。
jòking apárt [*asíde*] 姑且不說笑。

jok·er [ˋdʒokɚ; ˋdʒəokə(r)] *n.* ⓒ **1** 愛說笑話[開玩笑]的人，詼諧的人。**2** 《撲克牌》鬼牌。

jok·ing·ly [ˋdʒokɪŋlɪ; ˋdʒəokɪŋlɪ] *adv.* 開玩笑地，戲謔地。

jol·li·fi·ca·tion [͵dʒɑləfəˋkeʃən; ͵dʒɒlɪfɪˋkeɪʃn] *n.* ⓤⓒ 《口》歡鬧(merrymaking)。

jol·li·ty [ˋdʒɑlətɪ; ˋdʒɒlətɪ] *n.* ⓤ 歡樂，愉快。

*jol·ly [ˋdʒɑlɪ; ˋdʒɒlɪ] *adj.* (**-li·er**; **-li·est**) **1** 歡樂的，愉快的，高興的。a *jolly* laugh 開懷一笑/Mr. Robson is a *jolly* person. 羅伯遜先生是個有趣的人。ⓢjolly的重點在於性格開朗且容易與人相處；→ merry。
2 《英、口》極好的，快樂的，心情好的。That's a *jolly* doll, Susie. 蘇西，那是一個很好玩的洋娃娃哦!/The weather's rather *jolly* today. 今天天氣相當宜人。
3 《口》(委婉)微醉的。
— *adv.* 《英、口》很，非常，(very)。I had a *jolly* good time with my girlfriend. 我和我的女友玩得很愉快/You've done *jolly* well. 你做得很好。
— *vt.* (**-lies**; **-lied**; ~**ing**) 取悅，奉承，恭維，(*along*)。She was successfully *jollied along* and lent him some money. 她被他奉承得心花怒放，於是把錢借給了他。

Jŏlly Rŏger *n.* (加the)海盜旗(★亦可作可數名詞)。

jolt [dʒolt; dʒəolt] *vi.* 顛簸[搖晃]著前進，搖動。The wagon *jolted* along the rough path. 那輛貨車在高低不平的小路上顛簸前進。
— *vt.* **1** 使搖動。**2** 猛撞。

[Jolly Roger]

3 《副詞片語》造成…(精神上的)震驚。The sound of the phone ringing *jolted* me out of my daydream. 電話鈴聲使我從白日夢中驚醒過來。
— *n.* ⓒ **1** (猛烈的)搖動，顛簸。The carriage suddenly moved with a *jolt*. 馬車猛然地搖動。
2 衝擊；精神上的衝擊，震驚。

jolt·y [ˋdʒoltɪ; ˋdʒəoltɪ] *adj.* (交通工具等)搖晃的。

Jon·a·than [ˋdʒɑnəθən; ˋdʒɒnəθən] *n.* **1** 男子名。**2** ⓒ(英、古)(擬人化)美國(人)；典型的美國人；《亦稱 Brŏther Jónathan；如今通常用 Uncle Sam》。

Jones [dʒonz; dʒəonz] *n.* 男子名。
kèep úp with the Jóneses 《口》為了不輸給鄰居而裝門面。

jon·quil [ˋdʒɑŋkwɪl, ˋdʒɑn-; ˋdʒɒŋkwɪl] *n.* **1** 《植物》黃水仙，長壽花(一種 narcissus)。**2** ⓤ 淡黃色。

Jor·dan [ˋdʒɔrdn; ˋdʒɔːdn] *n.* **1** 約旦(阿拉伯半島北部的王國；首都 Amman)。
2 (加the)約旦河(流經巴勒斯坦(Palestine)地區的河，經加利利湖注入死海)。

Jor·da·ni·an [ˋdʒɔrdenɪən; dʒɔːˋdeɪnɪən] *adj.* 約旦的。
— *n.* ⓒ 約旦人。

Jo·seph [ˋdʒozəf; ˋdʒəozɪf] *n.* **1** 男子名。
2 (聖經)約瑟(聖母瑪利亞之夫，基督之父；拿撒勒(Nazareth)的木匠)。

Jo·se·phine [ˋdʒozəˏfin; ˋdʒəozɪfiːn] *n.* 女子名。

josh [dʒɑʃ; dʒɒʃ] 《美、口》*vi.* 開玩笑；揶揄。
— *vt.* (沒有惡意地)戲弄。

Josh·u·a [ˋdʒɑʃʊə; ˋdʒɒʃwə] *n.* **1** 男子名。
2 (聖經)約書亞(Moses 的繼承者)。

jos·tle [ˋdʒɑsl; ˋdʒɒsl] *vt.* (用手肘等粗暴地)推，頂，撞。He was *jostled* out of the room. 他被擠出房間/*jostle* one's way out of the crowd 從人群中推擠出來。
— *vi.* **1** 互相推擠；撞。*jostle through* the crowd 從人群中推擠過去。**2** 爭奪，競爭。Ben and I *jostled* with each other for the position. 班和我相互爭奪那個職位。

jot [dʒɑt; dʒɒt] *n.* ⓒ (加a)些許，極少量，《通常用於否定句》(參考)希臘字母中的 ι (iota)稱作 jot，因為希臘字母中 ι 是最小的字母)。There is not a *jot* of evidence. 一點證據也沒有。
— *vt.* (~**s**; ~**ted**; ~**ting**) 匆匆記下，立即寫下，(*down*)。I *jotted down* his phone number on a slip of paper. 我在紙條上匆匆記下他的電話號碼。

jot·ter [ˋdʒɑtɚ; ˋdʒɒtə(r)] *n.* ⓒ 匆匆寫下[記下]的人；便箋簿。

jot·ting [ˋdʒɑtɪŋ; ˋdʒɒtɪŋ] *n.* ⓤⓒ 匆匆記下；ⓒ (通常 jottings)摘要，備忘錄。

joule [dʒaul, dʒul; dʒuːl] *n.* ⓒ(物理)焦耳(能量的單位)。

‡jour·nal [ˋdʒɝnl; ˋdʒɜːnl] *n.* (*pl.* ~**s** [~z; ~z]) ⓒ **1** 日記，日誌。Scott kept a *journal* of his journey to the South Pole. 史考特保留著[記下]他南極探險的日誌。ⓢdiary 通常指個人的日記，journal 則帶有公共記錄的意味。

2 日記本，日誌冊．a ship's *journal* 航海日誌．

3 日報，報紙；(定期)刊物，雜誌(★特用於學會等機關雜誌刊名)．a monthly *journal* 月刊/(the) *Journal* of Linguistics《語言學期刊》．

字源 JOUR「一日」：*jour*nal, *jour*nalism (新聞業)，*jour*ney (旅行)．

jour·nal·ese [ˌdʒɝnḷˋiz, -ˋis; ˌdʒɜːnəˈliːz] *n.* Ü (輕蔑)新聞文體(通常用於報刊、雜誌，表現誇張，多爲陳腔濫調的鬆散文體)．

＊jour·nal·ism [ˋdʒɝnḷˌɪzəm; ˈdʒɜːnəlɪzəm] *n.* Ü **1** 新聞業(報紙、雜誌、電視、收音機等的新聞報導(節目)的採訪、執筆、編輯、經營等)；新聞界，雜誌出版界．I want to go into *journalism* when I graduate. 我畢業後想進入新聞界．

2 ＝journalese．

‡jour·nal·ist [ˋdʒɝnḷɪst; ˈdʒɜːnəlɪst] *n.* (*pl.* ~s [~s; ~s]) Ⓒ **1** 新聞業者，新聞雜誌記者(經營者)．She's a *journalist* on [with] *The Times*. 她是《泰晤士報》的記者．

2 寫日記的人．

jour·nal·is·tic [ˌdʒɝnḷˋɪstɪk; ˌdʒɜːnəˈlɪstɪk] *adj.* 新聞雜誌(業)的；新聞業特有的；新聞記者(作風)的．

‡jour·ney [ˋdʒɝnɪ; ˈdʒɜːnɪ] *n.* (*pl.* ~s [~z; ~z]) Ⓒ **1** 旅遊，旅行．make a *journey* 旅行/go on a *journey* 去旅行/We broke our *journey* at Paris. 我們在旅行途中順路去巴黎/Mother is away on a *journey*. 母親旅行去了．

回 journey 通常指陸上的長途旅行；不一定含有再回來之意；→ travel．

搭配 *adj.*＋journey: a dangerous ~ (危險之旅)，a long ~ (長途之旅)，a pleasant ~ (愉快之旅)，a safe ~ (安全之旅) // *n.*＋journey: a train ~ (火車之旅) // *v.*＋journey: start on a ~ (開始旅行)，set out on a ~ (啓程去旅行)．

2 行程．a *journey* of five days ＝ a five-day *journey* 五日的旅程/Paris is a day's *journey* by train from here. 從這裡坐火車到巴黎要一天的行程．

one's jòurney's énd (雅)(1)旅途的終點．(2)人生旅途的終點．

— *vi.* (~s; ~ed; ~ing)旅行．They *journeyed* across Antarctica in a snowmobile. 他們乘坐雪上摩托車越過南極大陸．

字源 JOUR「一日」：*jour*ney, *jour*nal (日記)，ad*jour*n (散會)．

jour·ney·man [ˋdʒɝnɪmən; ˈdʒɜːnɪmən] *n.* (*pl.* **-men** [-mən; -mən]) Ⓒ (學徒期滿的)工匠(修完了apprentice應學的技能，但尙未成爲master)．

joust [dʒʌst, dʒaʊst; dʒaʊst] *n.* Ⓒ (中世紀的)馬上長槍比武(兩名騎士相對衝鋒，在擦身而過的際用長槍把對方刺下馬)．

— *vi.* 進行馬上長槍比武(*with*)．

Jove [dʒov; dʒəʊv] *n.* 《羅馬神話》＝Jupiter 1.

By Jóve! (英、口)(表示強調，驚喜等)我發誓！的確！嗳唷！眞是！

jo·vi·al [ˋdʒovjəl, -vɪəl; ˈdʒəʊvjəl] *adj.* 《文章》(特指老人等)愉快的，快活的，(hearty)．a *jovial*

[joust]

laugh 歡笑/a *jovial* disposition 活潑的性情．

jo·vi·al·i·ty [ˌdʒovɪˋælətɪ; ˌdʒəʊvɪˈælətɪ] *n.* Ü 《文章》快活，愉快，好心情．

jo·vi·al·ly [ˋdʒovjəlɪ, -vɪəlɪ; ˈdʒəʊvjəlɪ] *adv.* 《文章》愉快地，快活地．

jowl [dʒaʊl, dʒoʊl; dʒaʊl] *n.* Ⓒ **1** 顎(jaw)；下顎．**2** 臉頰(cheek)．

chèek by jówl → cheek 的片語．

‡joy [dʒɔɪ; dʒɔɪ] *n.* (*pl.* ~s [~z; ~z]) **1** Ü (非常的)喜悅，高興，(*at, in, of*) (↔ sorrow; → enjoyment 回)．tears of *joy* 高興的眼淚/Our *joy* at being reunited at last was inexpressible. 我們最後終於團聚的喜悅是無法表達的/be filled with *joy* ＝be full of *joy* 充滿喜悅/find [take] no *joy* in physical exercise 無法從運動中得到樂趣/In spring birds begin to sing the *joy* of living. 春天裡小鳥開始歌唱生命的喜悅/His *joy* showed on his face. 他的喜悅表現在臉上．

搭配 *adj.*＋joy: boundless ~ (無窮的喜悅)，constant ~ (永恆的喜悅)，deep ~ (深深的喜悅)，great ~ (非常的喜悅) // *v.*＋joy: experi- ence ~ (感到喜悅)，feel ~ (感到喜悅)．

2 Ⓒ 喜悅的原因．The child was a *joy* to his family. 這個孩子是他家的開心果/It's a great *joy* to see you return home safely. 眞高興看見你平安到家/A thing of beauty is a *joy* for ever. 美的事物是永恆的喜悅(John Keats 的詩句)．

⇨ *adj.* joyful, joyous．

for jóy 因爲喜悅，由於高興．weep *for joy* 喜極而泣/leap *for joy* 高興得跳起來．

＊ *to a pèrson's jóy* ＝ *to the jòy of* a pèrson 使人高興的是．To her parents' *joy* [*To the joy of* her parents], the girl grew up to be very beauti- ful. 使她父母高興的是，女孩長大後變得非常美麗．

with jóy 高興地．shout [laugh] *with joy* 高興地大叫[大笑]．

＊joy·ful [ˋdʒɔɪfəl; ˈdʒɔɪfʊl] *adj.* **1** 〔人〕高興的，快活的，歡喜的，喜悅的；(注意 此意在口語時較常使用 happy)．What are you so *joyful* about? 你爲甚麼這樣高興？/with a *joyful* look in one's eyes 喜悅之情洋溢於眉目之間．

2 〔事物〕令人高興的，充滿喜悅的．*joyful* news＝

a *joyful* piece of news 令人高興的消息/a *joyful* atmosphere 快樂的氣氛.

 ⇨ *n.* **joy.**

joy·ful·ly [ˋdʒɔɪfəlɪ; ˈdʒɔɪfəli] *adv.* 高興地, 快活地.

joy·ful·ness [ˋdʒɔɪfəlnɪs; ˈdʒɔɪfəlnɪs] *n.* ⓤ 高興, 快樂.

joy·less [ˋdʒɔɪlɪs; ˈdʒɔɪlɪs] *adj.* 〔內心等〕不高興的, 不快樂的; 〔生活等〕沒有歡樂的, 沈悶寂寞的.

joy·less·ly [ˋdʒɔɪlɪslɪ; ˈdʒɔɪlɪslɪ] *adv.* 無趣地, 沈悶寂寞地.

joy·ous [ˋdʒɔɪəs; ˈdʒɔɪəs] *adj.* 《主詩》高興的, 快活的, 喜悅的, 愉快的.

joy·ous·ly [ˋdʒɔɪəslɪ; ˈdʒɔɪəsli] *adv.* 《詩》高興地.

joy·ride [ˋdʒɔɪˌraɪd; ˈdʒɔɪraɪd] *n.* ⓒ《口》**1** 駕車兜風(特指魯莽開車或擅自使用他人的汽車).
　2 魯莽的行動.

joy·stick [ˋdʒɔɪˌstɪk; ˈdʒɔɪstɪk] *n.* ⓒ《飛機等的)操縱桿.

J.P. 《略》Justice of the Peace (治安法官).

Jpn, JPN 《略》Japan, Japanese.

Jr., jr. 《略》junior.

ju·bi·lant [ˋdʒublənt, ˋdʒɪu-; ˈdʒuːbɪlənt] *adj.* 《文章》(因勝利等)歡聲雷動的, 歡呼的; 充滿喜悅〔歡樂)的.

ju·bi·lant·ly [ˋdʒubləntlɪ, ˋdʒɪu-; ˈdʒuːbɪləntli] *adv.* 歡聲雷動地; 充滿歡樂地.

ju·bi·la·tion [ˌdʒublˋeʃən, ˌdʒɪu-; ˌdʒuːbɪˈleɪʃn] *n.* ⓤ《文章)歡呼, 歡呼聲; 歡喜; ⓒ慶祝活動.

ju·bi·lee [ˋdʒublɪ, ˋdʒɪu-; ˈdʒuːbɪliː] *n.* ⓒ **1** 週年紀念(五十週年紀念, 二十五週年紀念等). a diamond *jubilee* 六十週年(有時爲七十五週年)紀念/a golden *jubilee* 五十週年紀念/a silver *jubilee* 二十五週年紀念.
　2 節慶日, 過年, 節日; 慶祝活動, 慶典.

Ju·dah [ˋdʒudə, ˋdʒɪudə; ˈdʒuːdə] *n.* 《歷史》猶大王國(古希伯來分裂時位於南方的王國; 首都Jerusalem).

Ju·da·ic [dʒuˋdeɪk, dʒɪu-; dʒuːˈdeɪɪk] *adj.* 猶太人的; 猶太教的.

Ju·da·ism [ˋdʒudɪˌɪzəm, ˋdʒɪu-; ˈdʒuːdeɪɪzm] *n.* ⓤ猶太教; 猶太教信仰; 猶太主義; 猶太人的風俗.

Ju·das [ˋdʒudəs, ˋdʒɪu-; ˈdʒuːdəs] *n.* **1** 《聖經》(加略人)猶大(十二門徒之一, 後來背叛基督).
　2 ⓒ叛徒, 謀反者.

✲judge [dʒʌdʒ; dʒʌdʒ] *n.* (*pl.* **judg·es** [~ɪz; ~ɪz]) ⓒ **1** 法官, 推事. a presiding *judge* 審判長/a preliminary [an examining] *judge* 初審推事.
　2 (比賽等的)裁判, 評審; 裁決人; 判定〔鑑定)人. be a beauty contest *judge* 擔任選美比賽的評審.

　┃搭配┃*adj.*+**judge** (1-2): a harsh ~ (嚴格的評審), an impartial ~ (公正的評審), a lenient ~ (寬大的評審), a wise ~ (有智慧的評審).

　3 (藝術品等的)鑑定家. a *judge* of horses [pic-

tures] 馬[繪畫]的鑑定家/a keen *judge* of humanity 擅長識人的人/I am no *judge* of wine. 我不是酒的行家.

　┃搭配┃*adj.*+**judge**: a capable ~ (有本事的行家), a competent ~ (能幹的行家), a discriminating ~ (有鑑賞力的行家), a shrewd ~ (敏銳的行家), a sound ~ (穩健的行家).

　4 (*J*udges)《作單數)〈士師記〉《舊約聖經的一卷).

— *v.* (**judg·es** [~ɪz; ~ɪz]; ~**d** [~d; ~d]; **judg·ing**) *vt.* **1** 判決〔人, 事件); 句型5 (judge **A** **B**) 判決A爲B. *judge* a prisoner [case] 判決犯人〔訴訟〕/The court *judged* the accused innocent. 法庭判決被告無罪.

　2 審判; 審查; 鑑定; 評價; 句型5 (judge **A** **B**) (審查後)判定A爲B. *judge* horses 鑑定馬的(優劣)/My dog was *judged* the best in the contest. 這次比賽的狗被評爲最優.

　3 (a)判定[推定], 估計, 判斷; 句型3 (judge *that* 子句)判斷…, 思考; 句型3 (judge *wh* 子句)判斷…. *judge* the height of a building 判斷[估計]建築物的高度/*judge* a person by appearances 以貌取人/*Judge* for yourself *whether* you can do it in a day. 你自己衡量能否在一天內做完這件事. (b) 句型5 (judge **A** **B**/**A** to be **B**)判斷〔認爲〕A是B. From his accent I *judged* him (to be) an American. 從他的口音, 我判斷他是美國人/He *judged* it wiser to remain silent. 他認爲保持沈默較爲明智.

— *vi.* **1** 裁判, 下判決.
　2 審判; 審查; 鑑定, 判定; 評價.
　3 判斷, 考慮, (*of*). I cannot *judge of* its value. 我無法判定它的價值/As far as I can *judge*, I'm afraid you are wrong. 依我的判斷, 恐怕你錯了.

　⇨ *n.* **judgment.**

　✲*júdging from* [*by*]… = *to júdge from* [*by*]… 根據…判斷[觀察]. *Judging from* what we've heard, he will resign soon. 根據我們所聽到的消息來判斷, 他就要辭職了.

judge·ment [ˋdʒʌdʒmənt; ˈdʒʌdʒmənt] *n.* 《英》=judgment.

judg·ing [ˋdʒʌdʒɪŋ; ˈdʒʌdʒɪŋ] *v.* judge 的現在分詞, 動名詞.

✲judg·ment [ˋdʒʌdʒmənt; ˈdʒʌdʒmənt] *n.* (*pl.* ~**s** [~s; ~s])

　1 ⓤⓒ判決, 宣判. pronounce *judgment on* the murderer 宣判凶嫌的罪行/pronounce a *judgment* of acquittal [conviction] 宣告無罪[有罪].

　2 ⓒ判決確定的債務; 確定債務判決書.

　3 ⓒ神的審判, 天譴, 報應, 災難. It is a *judgment* on you for telling a lie. 這是你說謊的報應.

　4 ⓤ判斷力, 鑑定力; (經深思熟慮後所做的)判斷. a man of sound [poor] *judgment* 判斷力很好[差]的人/He lost his *judgment* at the insult. 他因受到侮辱而失去判斷力(變得不分青紅皂白).

　5 ⓤⓒ判斷; 審判, 審查; 鑑定, 評價; ⓒ意見. an error of *judgment* 判斷錯誤/act as one's own *judgment* directs 按照自己的判斷行事/make hasty *judgments* 做出匆促的判斷/In my *judg-*

ment the scheme is sure to fail. 依我判斷那個計畫一定會失敗. ⇨ v. **judge**.

against *one's* ***bètter júdgment*** 出於無奈, 本非所願.

pàss júdgment on... 對…下判決; 判斷…; 責難…, 批判…, The court *passed judgment on* the guilty youth. 法院判決這個犯罪青年的罪行.

sìt in júdgment on... (1)審判…, *sit in judgment on* a case 審判案件. (2)對…大肆批評.

Júdgment Dày *n.* (加 the)《神學》最後審判日, 世界末日.

ju·di·ca·ture [`dʒudɪkətʃə, `dʒɪu-; ˈdʒuːdɪkətʃə(r)] *n.* **1** ⒰審判(權), 司法權.

2 ⒰審判[司法]事務; 法官職位[任期].

3 ⒞法院, 司法部; (★用單數亦可作複數)(集合)法官.

ju·di·cial [dʒu`dɪʃəl, dʒɪu-; dʒuːˈdɪʃl] *adj.* **1** 審判的, 司法的; 審判上的; 法庭的; 判決的. *judicial* power 司法權/a *judicial* precedent 判例/bring *judicial* proceedings against a person 對某人正式提起訴訟, 控告某人. [參考]「行政的」是 executive, 「立法的」是 legislative.

2 法官的, 法官似的.

3 有判斷力的; 公正的. have a *judicial* mind 有公正判斷的心[態度].

ju·di·cial·ly [dʒu`dɪʃəlɪ, dʒɪu-; dʒuːˈdɪʃəlɪ] *adv.* 司法上; 依據審判地.

ju·di·ci·ar·y [dʒu`dɪʃɪˌɛrɪ, dʒɪu-; dʒuːˈdɪʃərɪ] *adj.* 司法的; 法庭[法院]的; 法官的.

— *n.* (*pl.* **-ar·ies**) ⒞ **1** 司法部; 司法制度.

2 (★用單數亦可作複數)(集合)法官.

ju·di·cious [dʒu`dɪʃəs, dʒɪu-; dʒuːˈdɪʃəs] *adj.*《文章》明智的, 深思熟慮的(sensible); 判斷正確的.

ju·di·cious·ly [dʒu`dɪʃəslɪ, dʒɪu-; dʒuːˈdɪʃəslɪ] *adv.*《文章》明智地, 深思熟慮地.

Ju·dith [`dʒudɪθ, `dʒɪu-; ˈdʒuːdɪθ] *n.* 女子名.

ju·do [`dʒudo, `dʒɪudo; ˈdʒuːdəʊ] (日語) *n.* ⒰柔道.

●——源自日語的英語			
gingko	銀杏	hara-kiri	切腹自殺
jinricksha	人力車	judo	柔道
karaoke	卡拉 OK	karate	空手道
kamikaze	神風特攻隊	mikado	天皇
sake	清酒	Shinto	神道
shogun	將軍	soy	醬油
tycoon	大亨	Zen	禪

Ju·dy [`dʒudɪ, `dʒɪudɪ; ˈdʒuːdɪ] *n.* Judith 的暱稱.

*jug [dʒʌg; dʒʌg] *n.* (*pl.* ~s [~z; ~z]) ⒞ **1** (英)(帶柄的廣口)罐, 壺((美) pitcher). She poured me some water from a *jug*. 她拿水壺斟水給我.

2 (美)壺(可用軟木塞封口, 細壺嘴, 帶握柄的陶[玻璃]壺[罈]).

[jugs]

---

3 一罐[壺]的量. a *jug* of water 一罐水.

jug·ger·naut [`dʒʌgəˌnɔt; ˈdʒʌgənɔːt] *n.* ⒞無法抗拒的強大力量[行動]; 使人犧牲的事物(迷信, 戰爭等).

jug·gle [`dʒʌgl; ˈdʒʌgl] *vi.* **1** 耍把戲, 變戲法; (把兩個以上的球, 刀, 盤子等拋向空中)玩雜耍. be skillful at *juggling with* oranges 拋接柳橙的技術很好.

2 歪曲; 欺騙, 《*with*》. *juggle with* the truth 歪曲事實.

— *vt.* **1** 巧妙地耍弄, 用…玩雜耍; 拋接〔球〕. *juggle* knives 拋接刀子.

2 欺騙; 篡改, 歪曲. *juggle* the facts [books] 掩蓋事實[篡改帳目]/He *juggled* her *out of* her money. 他騙取她的錢.

3《體育》〔球等〕接不穩(→ fumble).

— *n.* ⒰⒞ **1** 技藝, 雜技. **2** 欺騙, 詐欺.

jug·gler [`dʒʌglə; ˈdʒʌglə(r)] *n.* ⒞ **1** 魔術師; 雜技師; 特技人員. **2** 騙子.

Ju·go·slav [`jugoˌslɑv, -ˌslæv; ˌjuːgəʊˈslɑːv] *n., adj.* = Yugoslav.

Ju·go·sla·vi·a [ˌjugoˈslɑvɪə, -vjə; ˌjuːgəʊˈslɑːvjə] *n.* = Yugoslavia.

jug·u·lar [`dʒʌgjələ, `dʒuː-; ˈdʒʌgjʊlə(r)]《解剖》*adj.* 喉部的, 頸部的.

— *n.* ⒞頸靜脈(亦作 júgular vèin).

*juice [dʒus, dʒɪus; dʒuːs] *n.* (*pl.* **juic·es** [~ɪz; ~ɪz])【汁液】 **1** ⒰⒞(蔬菜, 水果等的)汁, 液; 肉汁(★指種類時為⒞). fruit *juice* 果汁/grape *juice* 葡萄汁.

2 ⒰⒞(常 juices)體液, 分泌液. gastric *juices* 胃液.

3【濃縮的精華>能量的來源】⒰《俚》電流; 石油, 液體燃料. ⇨ *adj.* **juicy**.

— *vt.* 榨[壓]出…的汁; 給…加汁.

jùice*/.../ ***úp (美, 口)(1)打起…精神. (2)使得…有趣. (3)補充…燃料.

juic·er [`dʒusə, `dʒɪu-; ˈdʒuːsə(r)] *n.* ⒞(美)榨汁機, 果汁機.

juic·i·ness [`dʒusɪnɪs, `dʒɪu-; ˈdʒuːsɪnɪs] *n.* ⒰水分充足[多汁].

juic·y [`dʒusɪ, `dʒɪu-; ˈdʒuːsɪ] *adj.* **1** 〔水果等〕多汁的, 水分充足的.

2 (口)(傳聞等)使引起興趣的.

3 (口)有活力的, 有生氣的.

4 (口)有賺頭的, 有利可圖的. ⇨ *n.* **juice**.

ju·jube [`dʒudʒub, `dʒɪudʒɪub; ˈdʒuːdʒuːb] *n.* ⒞ **1**《植物》棗樹; 棗子.

2 棗子口味的膠糖; (加甜味的)藥片(帶有棗子等的水果香味).

juke·box [`dʒukˌbɑks, `dʒɪu-; ˈdʒuːkbɒks] *n.* ⒞自動點唱機(投進硬幣後按鈕, 即可聽到自己所選的歌曲).

Jul. (略) July.

ju·lep [`dʒulɪp, `dʒɪu-; ˈdʒuːlɪp] *n.* ⒰⒞(美)在碎

冰中加砂糖，威士忌和薄荷葉調成的雞尾酒(亦稱作 mint júlep)).

Jul·ia [ˋdʒuljə, ˋdʒɪul-; ˈdʒuːljə] *n.* 女子名.

Jul·ian [ˋdʒuljən, ˋdʒɪul-; ˈdʒuːljən] *n.* 男子名.

Júlian cálendar *n.* (加 the)儒略曆(Julius Caesar 制定的舊太陽曆).

Ju·li·et [ˋdʒuljət, ˋdʒɪul-; ˈdʒuːljət] *n.* **1** 女子名.
2 茱麗葉(Shakespeare 名劇 *Romeo and Juliet* 中的女主角).

Ju·lius Cae·sar [ˈdʒuljəsˋsizɚ; ˈdʒuːljəsˈsiːzər] *n.* → Caesar.

Ju·ly [dʒʊˋlaɪ, dʒɪu-; dʒuːˈlaɪ] *n.* **7** 月(略作 Jul.; 7 月的由來見 month 表). in *July* 在 7 月.
★日期的寫法、讀法 → date¹ ◉.

jum·ble [ˋdʒʌmbl; ˈdʒʌmbl] *vt.* 使雜亂, 使(物, 思想等)混亂(*up*; *together*). Don't *jumble* up those papers. 不要弄亂那些文件.
— *vi.* 變得混亂.
— [ⓐ] 混亂, 雜亂; 混雜(之物), 雜亂的一堆.

júmble sàle *n.* C(英)(借教堂等進行舊物品的)拍賣, 義賣, ((美) rummage sale).

jum·bo [ˋdʒʌmbo; ˈdʒʌmbəʊ] (口) *n.* (*pl.* ~s) C 體型大的人[動物, 物]; 巨無霸噴射客機.
[參考]此字的由來是 19 世紀後半由倫敦動物園賣給美國馬戲團巨象的名字.
— *adj.* (限定)巨型的, 特大的, 大得出奇的. a *jumbo* hamburger 巨無霸漢堡.

jùmbo jét *n.* C巨無霸噴射客機.

jump [dʒʌmp, dʒʌmp; dʒʌmp] *v.* (~ed [~t; ~t]; ~·ing) *vi.* **1** 跳, 跳躍, (→ leap 同)跳躍; (加副詞(片語))跳…, *jump* high 跳得高/*jump* up [down] 跳上去[下來]/*jump* aside 跳到一邊/The boys *jumped* over a stream. 男孩們跳過小溪/The man hailed a taxi and *jumped* into it. 那個人招了一輛計程車然後跳上去/The boxer *jumped* to his feet. 那個拳擊手一躍而起/The girl *jumped* out of her chair. 那個女孩從椅子上跳了起來/*jump* for joy 雀躍/*jump* to one's death 跳下自殺.
2 突然轉移(話題等); 匆匆做出(結論等). *jump* from one topic to another 換話題/*jump* to a conclusion → conclusion 的片語.
3 (心)跳動, 怦怦跳; 猛然一跳. My heart *jumped* at the news. 我聽到那個消息嚇了一跳.
4 (物價等)急漲; 急增; 躍增. The stock *jumped* in value. 這支股票急漲.
5 遺漏[掉落]部分; (電影)跳片. This typewriter *jumps.* 這部打字機會跳行.
— *vt.* 跳越; 離開(軌道等). *jump* a fence [ditch] 跳過圍牆[溝渠]/*jump* the track [rails] (火車)脫軌.
2 使(馬等)跳躍, 使跳過, 使(孩子等在膝蓋上)跳. *jump* a horse over a fence 縱馬跳過籬笆.
3 (口)猛地跳向; 急襲.
4 (美、俚)跳上, 跳下, (汽車等).

5 (口)逃票搭乘(貨物列車等).
6 把…跳過不讀(skip), 略去. He *jumped* the third chapter. 他把第三章跳過不讀.
* **júmp at...** (1)撲向…. The police dog *jumped* at the thief. 那隻警犬撲向小偷. (2)高興地應允(邀請, 請求等); 撲向(機會). *jump at* an offer 高興地接受(提議).

júmp into... (1)跳入…; 熱中…. (2)一躍成為…. *jump into* popularity 突然受歡迎.

júmp on... (1)跳向…, 撲向…. (2)(口)責備…. She really *jumps* on me whenever I start to disagree with her. 只要我一與她意見不合, 她就嚴厲指責我.

júmp to it (口)(通常用祈使語氣)(1)趕快. (2)立刻著手.

— *n.* (*pl.* ~s [~s; ~s]) C **1** 跳躍, 躍起, (→ spring 同); (比賽)跳項目, 一跳的距離[高度]; (應跳過的)障礙物. at a [one] *jump* 一躍/give [make] a *jump* 一跳/the broad [(英) long] *jump* (比賽)跳遠/the high *jump* (比賽)跳高.
2 (話題等)突然轉移, 急轉; 跳躍.
3 (心臟等)猛跳; (the jumps)心神不寧, 煩躁, 心驚膽戰. My heart gave a *jump* at the sight. 那副景象令我心驚膽戰/give a person a *jump* 令某人心驚膽戰/get the *jumps* 煩躁.
4 (物價等)的急漲, 急速上升; 躍進. a *jump* in prices 物價的暴漲.
5 (書本等的)瀏覽; 略過不唸.

be [stày] óne jùmp ahéad (口)(比人)搶先一步; 技高一籌.

gèt [hàve] the júmp on... (口)(1)超越…, 搶在…之前. We have *got the jump* on our competitors with this new product. 我們因這項新產品而超越了對手. (2)勝過…, 領先….

on the júmp (口)東奔西跑, 奔忙.

jump·er¹ [ˋdʒʌmpɚ; ˈdʒʌmpə(r)] *n.* C **1** 跳躍者; 跳躍選手(跳高, 跳遠等).
2 (蚤等)跳蟲.

jump·er² [ˋdʒʌmpɚ; ˈdʒʌmpə(r)] *n.* C **1** (船員等的)工作上衣. **2** (美)女性或兒童穿的無袖連身服裝; (jumpers)兒童穿的連身褲(rompers). **3** (英)(套衫式)毛衣.

jump·i·ly [ˋdʒʌmpɪlɪ; ˈdʒʌmpɪlɪ] *adv.* 煩躁地; 心驚膽戰地.

jump·i·ness [ˋdʒʌmpɪnɪs; ˈdʒʌmpɪnɪs] *n.* U驚惶, 煩躁.

júmp·ing [ˋdʒʌmpɪŋ; ˈdʒʌmpɪŋ] *n.* UC跳躍.
— *adj.* 跳躍的.

[jumpers² 2]

jùmp·ing-óff plàce [pòint] *n.* C (大規模旅行, 計畫等的)出發地[點].

júmp ròpe *n.* (美)U跳繩; C(跳繩用的)繩子((英) skipping-rope).

júmp sùit *n.* C **1** 跳傘[傘兵]服; 上下連身的工作服. **2** 上下連身套裝(下為褲子的服飾; 兒童, 女性穿).

jump·y [ˋdʒʌmpɪ; ˈdʒʌmpɪ] *adj.* **1** 跳躍的; 急遽

跳動的. **2** 《口》驚惶的, 焦躁的; 心驚肉跳的.

Jun. 《略》June.

***junc·tion** [`dʒʌŋkʃən; `dʒʌŋkʃn] n. (pl. ~s [~z; ~z]) **1** [UC] 接合, 結合; 連接, 聯合; 連絡. a junction of fact and fiction 事實和創作的結合.

2 [C] 接合點, 交叉點; (河)的匯流點. a road junction 交叉路口/the junction of two rivers 兩條河的匯流點.

3 [C] (鐵路的) 聯絡站, 轉車的車站. a railroad junction 聯絡站, 轉車站.

junc·ture [`dʒʌŋktʃə; `dʒʌŋktʃə(r)] n. **1** [UC] 接合, 連結; [C] 接合點, 接縫.

2 [C] 《文章》時刻, 場合; 重要時刻, 危險關頭; 危機. at this juncture 在這重要時刻, 在此當口.

***June** [dʒun, dʒɪun; dʒuːn] n. 6月《略作 Jun.; 6月的由來見 month 裏》. in June 在6月.

★日期的寫法、讀法→date[1] ◉

June bríde n. [C] 6月新娘《從羅馬時代起傳說6月結婚會特別幸福》.

Jung·frau [`juŋ,frau; `juŋfrau] n. (加 the) 少女峰《瑞士南部阿爾卑斯山中的高峰; 海拔4,158公尺》.

***jun·gle** [`dʒʌŋgl; `dʒʌŋgl] n. (pl. ~s [~z; ~z]) [C] **1** (通常加 the) (特指熱帶地方的)密林, 叢林; 密林地帶. the law of the jungle 叢林法則《弱肉強食》/They explored the jungles of central Africa. 他們在中非的叢林探險.

2 糾紛紛亂的東西, 雜亂的東西. the jungle of tax laws 複雜的稅法.

3 生存競爭激烈之處. a blackboard jungle 紀律混亂的學校[班級]/the jungle of business 競爭激烈的商業界/The center of a big city is often called a concrete jungle. 大都會的中心區常被稱為水泥叢林.

jùngle gým n. [C] 立體方格鐵架《幼稚園等中用鐵槓縱橫交錯而成的運動器材》.

***jun·ior** [`dʒʌnjə, `dʒɪun-; `dʒuːnjə(r)] adj. **1** 年少的, 年幼的(to); 較年輕的; 第二代的; (★ junior 在父子同名時用來指子, 而在同名的兩兄弟、同班學生的情況下則指較年幼者; 略作 Jr.; ◆ senior). Henry Smith, Jr. [jr.] 小亨利·史密斯; 亨利·史密斯二世/He is two years junior to me. = He is junior to me by two years. 他比我小二歲(→ n. 1 的用例).

2 後進的; 後繼的; 下級的, 地位較低的. a junior officer 下任[下級]軍[警]官/a junior partner 下任經營的律師事務所, 合股公司裡的次要負責人[經營者](→ senior adj. 3).

3 《美》(高級中學, 大學)比最高學年低一學年的.

—— n. (pl. ~s [~z; ~z]) [C] **1** (通常加 my, his 等)年幼者, 較年幼者. He is two years my junior. = He is my junior by two years. 他比我小兩歲.

2 (通常加 my, his 等)後進(者), 後輩, 後繼者; 下級[職位較低]者.

3 《美》(高級中學, 大學)比最高學年(senior)低一學年的學生(★ 在四年制學校指三年級學生, 在三年制學校指二年級學生, 在二年制學校指一年級學生).

I'm a junior at Harvard University. 我是哈佛大學三年級學生.

4 《美》(自己的)兒子. Junior is at his friend's house now. 我兒子現在他的朋友家裡.

jùnior cóllege n. [C]《美》二年制專科學校.

jùnior hígh schóol n. [C]《美》國民中學《在 elementary school 和 senior high school 之間, 通常包括第七、八、九年級》(美).

jùnior schóol n. [C]《英》小學《教育七歲到十一歲間的兒童; → infant school》.

ju·ni·per [`dʒunəpə, `dʒɪun-; `dʒuːnɪpə(r)] n. [C] 山刺柏; 西洋杜松, 杜松等.《檜科的常綠灌木》.

junk[1] [dʒʌŋk; dʒʌŋk] n. **1** 《口》(集合)廢棄物, 舊貨, 廢鐵, 紙片, 破爛物等. **2** 《口》廢物.

3 《俚》麻醉品, (有時指)海洛因.

junk[2] [dʒʌŋk; dʒʌŋk] n. [C] 中國式平底帆船.

junk·et [`dʒʌŋkɪt; `dʒʌŋkɪt] n. **1** [UC] 凝乳(在牛奶中加凝乳酸素使其凝固而成的甜食).

2 [C] 宴會. **3** [C] 《美, 口》野餐; (以視察等名目進行的)公費旅遊.

[junk[2]]

júnk fóod n. [U] (口)(缺乏營養的)垃圾食物(爆米花, 洋芋片之類).

junk·et·ing [`dʒʌŋkɪtɪŋ; `dʒʌŋkɪtɪŋ] n. [UC] (口)宴會, 高興喧鬧.

jun·kie [`dʒʌŋkɪ; `dʒʌŋkɪ] n. [C] 《俚》有海洛因毒癮的人; 有毒癮的人.

júnk máil n. [U] 垃圾郵件(對整批大量發出的廣告郵件的蔑稱).

jun·ky [`dʒʌŋkɪ; `dʒʌŋkɪ] n. (pl. -kies) = junkie.

Ju·no [`dʒuno, `dʒɪuno; `dʒuːnəʊ] n. 《羅馬神話》朱諾(Jupiter 之妻, 天后, 婚姻之神; 相當於希臘神話中的 Hera).

Ju·no·esque [,dʒuno`ɛsk, ,dʒɪun-; ,dʒuːnəʊ`esk] adj. 〔女性〕高貴美麗的; 有魅力的.

jun·ta [`dʒʌntə; `dʒʌntə] (西班牙語) n. [C] **1** (革命後成立的)革命政權. **2** (西班牙, 義大利, 南美等的)議會; 會議.

***Ju·pi·ter** [`dʒupətə, `dʒɪu-; `dʒuːpɪtə(r)] n. **1** 朱比特(羅馬神話的主神, 雷神; 相當於希臘神話中的 Zeus; → Juno). **2** 《天文》木星.

Ju·ras·sic [dʒu`ræsɪk; dʒuə`ræsɪk] adj. (地質學)侏羅紀(時期)的.

ju·rid·i·cal [dʒʊ`rɪdɪkl, dʒɪu-; ,dʒʊə`rɪdɪkl] adj. **1** 司法(上)的. juridical days 開庭日期.

2 法律(上)的; 法學的.

ju·ris·dic·tion [,dʒʊrɪs`dɪkʃən, ,dʒʊərɪs`dɪkʃn] n. [U] **1** 裁判權; 司法權; 管轄權; 權力; 支配. have [exercise] jurisdiction over 對…具[行使]裁判權; 統轄….

2 管轄範圍, 管轄區域. come within my jurisdiction 來到我的管轄範圍內/be outside my jurisdiction 在我的管轄範圍之外.

ju·ris·pru·dence [ˌdʒʊrɪsˈprudn̩s; ˌdʒʊərɪsˈpruːdəns] n. ⓤ **1** 法律學, 法理學, 法學. medical *jurisprudence* 法醫學.

2 法律體系; (一國的)司法組織; …法. English *jurisprudence* 英國法.

ju·rist [ˈdʒʊrɪst, ˈdʒɪʊr-; ˈdʒʊərist] n. ⓒ **1** 法律學者, 法學家; 法學系學生; 法學士.

2 法律專家(律師, 法官等).

ju·ror [ˈdʒʊrə, ˈdʒɪʊr-; ˈdʒʊərə(r)] n. ⓒ《法律》陪審員(juryman)《★指全體時用 jury》.

***ju·ry** [ˈdʒʊrɪ, ˈdʒɪʊrɪ; ˈdʒʊəri] n. (pl. **-ries** [~z; ~z]) ⓒ《★用單數亦可作複數》**1**《法律》(集合)陪審, 陪審團《從一般市民中選出十二人組成, 只做出有罪或無罪的裁定(verdict), 不作刑罰的判決; 個人是 juror, juryman; → convict【參考】》. The *jury* returned a verdict of guilty. 陪審團做出有罪的裁定.

2 (集合)(比賽等的)評審委員會, 評審團. The *jury* chose Jane Douglas as Miss America. 評審委員會選出珍·道格拉斯爲美國小姐.

júry bòx n. ⓒ (法庭的)陪審(團)席.

ju·ry·man [ˈdʒʊrɪmən, ˈdʒɪʊrɪ-; ˈdʒʊərɪmən] n. (pl. **-men** [-mən; -mən]) ⓒ 陪審員(juror).

ju·ry·wom·an [ˈdʒʊrɪˌwʊmən; ˈdʒʊərɪˌwʊmən] n. (pl. **-women** [-ˌwɪmən; -ˌwɪmən]) ⓒ 女性陪審員.

***just** [dʒʌst, dʒəst, dʒest; dʒʌst] adj. (~**er**, **more** ~; ~**est**, **most** ~) **1**《人, 行爲, 判斷等》正確的(right), 公正[公平]的(fair), (◆unjust). a *just* decision 公正的決定/a *just* man 正直的人, 正義之士/He is fair and *just* in judgment. 他的判斷是公正的.

2 當然的, 恰當的; 正當的, 合法的. receive one's *just* deserts 得到應得的報酬/a *just* claim 正當的要求.

3 不是沒有理由的, 合理的; 有充分根據的. a *just* opinion 合理的意見/a *just* suspicion 有充分依據的懷疑/It is only *just* that he should be angry. 他生氣是理所當然的.

4 準確的(accurate). a *just* scale [description] 準確的尺度[描述].

— adv. **1** 恰好, 僅僅, 正好, 精確地, (exactly; ◆about). It weighs *just* a pound. 正好一磅重/That is *just* the point. 那正是問題所在/Fred's flat was *just* as she had imagined it. 弗瑞德的公寓正如她所想像的一樣/I know *just* how he feels. 我完全可以理解他的感受《★ just 修飾 how 子句》/ *just* at that time 就在那時候/*Just* then a knock was heard. 就在那時候聽到敲門聲.

2 剛才, 方才, 剛…, 《★和完成式連用; 《口》有時《美》和過去式連用》. has *just* arrived. = 《口》He *just* arrived. 他剛到達/I had *just* sat down when the baby started to cry. 我才剛坐下嬰兒就哭了.

3 馬上《★和現在[進行]式連用》. I'm *just* finish-ing. 我馬上就完成.

4 好不容易地, 勉強地, 僅僅, (barely)《★常和 only 連用》. She has *just* come of age. 她剛成年/ There was only *just* enough food for us. 我們的食物勉強夠吃/I only *just* made it by a hair. 我在千鈞一髮之際終於完成了/I *just* missed the last bus. 我剛好錯過最後一班公車.

5 只是, 只不過, 僅是, (only). *Just* a minute [moment], please. 請稍等/I'm *just* an ordinary citizen. 我只是個平凡的市民/It makes me happy *just* to see you. 只要見到你我就開心/It's *just* that I wanted you to know this. 我只是想讓你知道這件事/(I'm) *just* looking. 只是看一下《★店員招呼時, 客人所說的話》.

6《口》暫且, 且請, 《★用於祈使句以緩和語氣》. *Just* sit down, please. 暫且請坐/Can I *just* use your phone? 可以借一下電話嗎?

7《口》《強調》非常(quite), 實在(really). It's *just* splendid! 實在出色!/I'm *just* starving. 我實在餓壞了/I *just* don't like oysters. 我實在不喜歡牡蠣. ⇨ n. **justness**. v. **justify**.

just abòut (1)差不多, 大概; 幾乎(very nearly). *just about* here 大概在這裡/He has lost *just about* everything. 他幾乎失去了所有的東西. (2)勉勉強強. "Can we catch the 7:30 train?" "*Just about.*"「我們可以趕上七點半的火車嗎?」「很勉強.」

júst as… (1)恰與…一樣, 就像…, 正像…. Things developed *just as* you said. 事情正如你所說的那樣發展. (2)就在…的時候. He came *just as* I was going out. 我正要出去的時候他來了.

jùst in cáse → in case (case 的片語).

jùst nòw = now (的片語).

jùst só → so¹ 的片語.

【字源】 JUST「正當的」: just, justice (正義), justify (證明)~爲正當.

***jus·tice** [ˈdʒʌstɪs; ˈdʒʌstɪs] n. (pl. **-tic·es** [~ɪz; ~ɪz]) **1** ⓤ 正直, 正義; 公正, 公平; 公正的言行; 公平的處理; (fairness; ◆injustice). social *justice* 社會正義/a sense of *justice* 正義感/ I doubt the *justice* of the decision. 我懷疑這項決定的公正性.

2 ⓤ 正當; 正確; 合理. I see the *justice* of your claim. 我明白你的要求是正當的/with *justice* →片語.

3 ⓤ 司法; 審判, 裁判, 制裁. a court of *justice* 法院/administer *justice* 審判/fugitives from *justice* 逍遙法外的逃犯/a miscarriage of *justice* 誤審.

4 ⓒ 法官, 推事. 【參考】《美》一般指聯邦, 州的最高法院法官;《英》指最高法院法官, 習慣上加 Mr. Mr. *Justice* Brown(布朗法官).

5 ⓤ (*Justice*) 正義女神《將其擬人化, 蒙著雙眼, 手持秤與劍》.

bring...to jústice 將(人)移送法辦.

***dò jústice to...= dò...jústice* (1)公平地對待[判]…. *do justice to* a person's opinion 公平地評判他人的意見/To *do* him *justice*, he is an able man. 憑心而論, 他是個有能力的人. (2)使…的優點

[長處]得以充分發揮. This photo does not *do full justice to* her. 這張照片沒有把她的美拍出來. (3)(津津有味地)大吃⋯; 完全理解[欣賞]⋯, I can't *do justice to* the novel. 我無法完全理解這本小說(的優點).

in jústice to... 公正地評判⋯; 爲了對⋯公平. *In justice to* her, I must say that she did her best. 說她沒有盡全力對她是不公平的.

with jústice (1)公正地, 光明正大地. treat all *with justice* 平等地對待眾人. (2)正當的, 合理的. He complained *with justice* of his pitiful salary. 也難怪他會抱怨他那少得可憐的薪水.

Jústice of the Péace *n.* Ⓒ 治安法官 《負責審判輕微犯罪行爲的法官; 在美國具有主持結婚儀式之權; =magistrate; 略作 J.P.》.

jus·ti·fi·a·ble [ˋdʒʌstə.faɪəbl; ˋdʒʌstɪfaɪəbl] *adj.* 被認爲正當的, 正當的, 可辯護的, 可辯解的, 理所當然的. The lawyer pleaded *justifiable* homicide for her. 律師辯護說她殺人是出於正當防衛.

jus·ti·fi·a·bly [ˋdʒʌstə.faɪəblɪ; ˋdʒʌstɪfaɪəblɪ] *adv.* **1** 正當地. **2** 《修飾句子》⋯也並非沒有道理. The policeman *justifiably* got angry. 那個警察會生氣是有原因的.

jus·ti·fi·ca·tion [.dʒʌstəfəˋkeʃən; .dʒʌstɪfɪˋkeɪʃn] *n.* **1** Ⓤ認爲正當, 證明爲正當 《*for*》; 正當化, 辯護, 《*for*》. You have [There is] no *justification for* your behavior. 你無法證明你的行爲是正當的/He spoke at length in *justification* of himself. 他詳細地解釋自己的清白.

2 ⓊⒸ使⋯得以合理化的事實[理由]《*for* 〔事物〕》. ⇨ *v.* justify.

＊**jus·ti·fy** [ˋdʒʌstə.faɪ; ˋdʒʌstɪfaɪ] *vt.* (**-fies** [~z; ~z]; **-fied** [~d; ~d]; **~·ing**) **1** 使⋯正當化, 證明⋯的正當性; 辯護, 辯明. His behavior is impossible to *justify*. (任何人也)無法合理解釋他的行爲/In what way do you *justify* your neglect of duty? 你要如何辯明你的怠忽職守?

2 使〔事物〕正當化, 使合理化, 成爲辯解的理由. Poverty does not *justify* theft. 貧窮不足以使竊盜行爲合理化/The end *justifies* the means. 爲達目的, 不擇手段.

⇨ *n.* justice, justification. *adj.* just.

---

juxtaposition 841

be jústified in dóing 做⋯是合乎道理的; 做⋯是無妨的. You *are justified in thinking* so. 你這樣想是合理[無妨]的.

jústify onesèlf 證明自身(的行爲)是正當的, 爲自己辯解. She tried to *justify herself* on the ground of self-defense. 她試著以正當防衛的理由爲自己辯解.

字源 JUST「正當的」: justice, just (公正的), justify (證明⋯爲正當).

just·ly [ˋdʒʌstlɪ; ˋdʒʌstlɪ] *adv.* **1** 公正地, 公平地; 正確地. be *justly* punished 受到應有的懲罰, 遭到理所當然的報應.

2 《修飾句子》正當地, 當然地. They are *justly* proud of their daughter. She is so beautiful. 他們當然會以女兒爲榮, 她是那麼地漂亮.

just·ness [ˋdʒʌstnɪs; ˋdʒʌstnɪs] *n.* Ⓤ **1** 正直, 公正. **2** 正當性.

jut [dʒʌt; dʒʌt] *vi.* (**~s**; **~·ted**; **~·ting**) 突出, 伸出, 《*out*; *forth*》. The wharf *juts out* into the harbor. 碼頭延伸至港灣.

Jute [dʒut, dʒɪut; dʒuːt] *n.* Ⓒ 朱特人; (the Jutes) 朱特族(5, 6世紀入侵英國東南部 Kent 郡, 並定居在那裡的日耳曼民族).

jute [dʒut, dʒɪut; dʒuːt] *n.* Ⓤ(植物)黃麻, 印度麻; 黃麻纖維, 《帆布, 麻袋等的材料》.

ju·ve·nile [ˋdʒuvənḷ, ˋdʒɪu-, -nɪl, -.naɪl; ˋdʒuːvənaɪl] *adj.* **1** 青少年的, 適合青少年的, 供青少年用的. *juvenile* literature 青少年文學/*juvenile* slang 年輕人用的俚語.

2 年輕的; 未成熟的, 孩子氣的.

— *n.* Ⓒ **1** (文章)青少年(young person).

2 少年角色的(演員).

jùvenile córt *n.* Ⓒ 少年法庭. 罪.

jùvenile delínquency *n.* Ⓤ (青)少年犯

jùvenile delínquent *n.* Ⓒ (青)少年犯.

jux·ta·pose [.dʒʌkstəˋpoz; .dʒʌkstəˋpəʊz] *vt.* 《文章》把⋯並置, 並列.

jux·ta·po·si·tion [.dʒʌkstəpəˋzɪʃən; .dʒʌkstəpəˋzɪʃn] *n.* Ⓤ《文章》並置, 並列.

J

K k *K k*

K, k [ke; keɪ] *n.* (*pl.* **K's, Ks, k's** [~z; ~z]).
1 ⓊⒸ 英文字母的第十一個字母。
2 Ⓒ (用大寫字母)K 字形物。

K 《符號》 kalium (拉丁語＝potassium)。

k. (略) kilogram(s)；karat(克拉；K)。

Ka·bul [ˋkɑbʊl; ˋkɑːbl, -bʊl] *n.* 喀布爾《阿富汗首都》。

kail [kel; keɪl] *n.* ＝kale.

Kai·ser, kai·ser [ˋkaɪzɚ; ˋkaɪzə(r)] *n.* Ⓒ 《歷史》皇帝《德意志帝國、奧地利帝國、神聖羅馬帝國的統治者》。

kale [kel; keɪl] *n.* 1 ⓊⒸ 捲葉菜，搧葉甘藍。
2 Ⓤ 甘藍菜湯。

ka·lei·do·scope [kəˋlaɪdəˌskop; kəˋlaɪdəskəʊp] *n.* Ⓒ 1 萬花筒。 2 (通常用單數)(顏色，形狀等)像萬花筒般經常變化的東西。

[kaleidoscope 1]

ka·lei·do·scop·ic [kəˌlaɪdəˋskɑpɪk; kəˌlaɪdəˋskɒpɪk] *adj.* 1 萬花筒般的。 2 〔光景，顏色，印象等〕不斷地(五花八門地)變化的。

Kam·chat·ka [kæmˋtʃætkə; kæmˋtʃætkə] *n.* 堪察加半島《位於鄂霍次克海與白令海之間的半島》。

Kam·pu·che·a [ˌkæmpəˋtʃɪə; ˌkæmpəˋtʃiːə] *n.* 柬埔寨(Cambodia)的舊稱(1976-89)。

Kan. (略) Kansas.

kan·ga·roo [ˌkæŋgəˋru; ˌkæŋgəˋruː] *n.* (*pl.* ~**s**) Ⓒ 《動物》袋鼠。

kàngaroo cóurt *n.* Ⓒ 《口》私設的法庭；非法的審判。

Kans. (略) Kansas.

Kan·sas [ˋkænzəs; ˋkænzəs] *n.* 堪薩斯州《美國中部的州；首府 Topeka；略作 KS, Kan., Kans.》。

Kant [kænt; kænt] *n.* **Im·man·u·el** [ɪˋmænjʊəl; ɪˋmænjʊəl] ~ 康德(1724-1804)《德國哲學家》。

ka·o·lin, ka·o·line [ˋkeəlɪn; ˋkeɪəlɪn] *n.* Ⓤ 高嶺土，白瓷土，《製瓷業用，藥用》。

ka·pok [ˋkepɑk; ˋkeɪpɒk] *n.* Ⓤ 木棉，木絲棉，《包著木棉樹種子的絲質纖維，用於填塞枕頭、被子》。

kap·pa [ˋkæpə; ˋkæpə] *n.* ⓊⒸ 希臘字母的第十個字母；K, κ；相當於羅馬字母的 K, k。

Ka·ra·chi [kəˋrɑtʃɪ; kəˋrɑːtʃɪ] *n.* 喀拉蚩《巴基斯坦南方的城市、海港》。

Kar·a·o·ke [ˌkɑrɪˋokɪ; kɑrɪˋəʊkɪ] (日語) *n.* Ⓒ 卡拉 OK (的機器)。 2 Ⓤ 唱卡拉 OK。

kar·at [ˋkærət; ˋkærət] *n.* ＝carat 2.

ka·ra·te [kəˋrɑtɪ; kəˋrɑːtɪ] (日語) *n.* Ⓤ 空手道。

Kar·en [ˋkærən; ˋkærən] *n.* 女子名。

kar·ma [ˋkɑrmə, ˋkɜrmə; ˋkɑːmə] *n.* Ⓤ 1 《佛教、印度教》業；因果報應。 2 宿命，命運。

Kash·mir [kæˋʃmɪr; kæʃˋmɪə(r)] *n.* 喀什米爾《位於印度北方 Afghanistan 和 Tibet 之間的地區》。

Kate [ket; keɪt] *n.* Catherine, Katherine 的暱稱。

Kath·er·ine [ˋkæθrɪn, ˋkæθərɪn; ˋkæθərɪn] *n.* 女子名。

ka·ty·did [ˋketɪˌdɪd; ˋkeɪtɪdɪd] *n.* Ⓒ 螽斯，紡織娘，《產於北美的昆蟲》。

kay·ak [ˋkaɪæk; ˋkaɪæk] *n.* Ⓒ 小皮艇《愛斯基摩人以海豹皮做的小舟》；(船賽用的)小艇。

[kayak]

kay·o [ˋkeˋo; keɪˋəʊ] (口) *vt.* 《拳擊》擊倒《將 KO 單字化形成之詞》。
— *n.* (*pl.* ~**s**) Ⓒ 擊倒。

Ka·zakh·stan [ˌkazɑkˋstɑn; ˌkɑzɑːkˋstɑːn] *n.* 哈薩克《前蘇聯中亞境內的共和國；CIS 成員國之一；首府 Alma Ty》。

K.C. (略) King's Counsel.

Keats [kits; kiːts] *n.* **John** ~ 濟慈(1795-1821) 《英國浪漫派詩人》。

ke·bab [kəˋbɑb; kəˋbɒb] *n.* Ⓒ 烤肉串《把肉和蔬菜串起來烤的菜肴；亦拼作 kabob》。

keel [kil; kiːl] *n.* Ⓒ 《船》的龍骨《→ centerboard 圖》。 lay down the *keel* 《造船的第一步驟》安龍骨。 *on an éven kéel* 《船》成為水平位置；保持平衡；〔事物〕平靜的[地]，穩當的[地]。
— *vi.* 〔船〕傾倒，傾覆；突然倒下，暈倒，《over》. The boat *keeled over* in the wind. 小船在風中傾覆了/She suddenly *keeled over* in a

faint. 她突然暈倒.

— vt. (為了修理或清掃)把〔船〕傾倒; 使暈倒; 《over》.

keen [kin; ki:n] adj. (~·er; ~·est) 【 銳利的 】

1 〔刀刃等〕銳利的, 鋒利的, (sharp; ↔ dull, blunt). as keen as a razor 和剃刀一樣鋒利《亦可解釋「非常熱心的」)/The knife has a keen edge. 這把刀的刀刃鋒利.

2 〔感覺等〕敏銳的(↔ dull). be keen of hearing 聽覺敏銳/Dogs have a keen sense of smell. 狗的嗅覺敏銳/He has a very keen mind. 他有非常敏銳的頭腦.

【 激烈的 】 **3** 激烈的, 強烈的; 凜烈的; 〔聲音〕尖銳的; (intense). keen hunger 強烈的飢餓/keen cold 刺骨的寒冷/a keen pain 劇痛/keen competition 激烈的競爭/A keen wind blows here in the winter. 這裡冬天寒風刺骨.

4 〔熱烈的〕熱心的《about》. a keen student 用功的學生/He is keen about going. 他渴望去/as keen as a razor → 1.

be kêen on... (口)對…著迷, 熱中於…; 對…極關心. Peter was keen on Jane. 彼得迷戀著珍/He's very keen on his work. 他對他的工作非常熱中.

be kêen to dó (英)熱切希望…, I'm very keen to go to Paris. 我很想去巴黎.

keen·ly [`kinlɪ; 'ki:nlɪ] adv. 銳利地; 熱心地; 猛烈地; 激烈地. be keenly interested 有強烈的興趣/Her absence was keenly felt. 強烈感受到她不在.

keen·ness [`kinnɪs; 'ki:nnɪs] n. Ⓤ尖銳; 銳利; 激烈; 熱心.

keep [kip; ki:p] v. (~s [~s; ~s]; kept; ~·ing)

vt. 【 帶在手邊 】 **1** (a)保留, 保有; 不使離開; 繼續保持; 保存《for 為了…》. keep a stick in one's hand 手裡一直拿著拐杖/You may keep this camera as long as you like. 這個照相機你儘管留著用/You may keep the change. 把零錢留著《>不用找了》/Keep your seats, please. 請不要離開座位/I'll keep these bags for future use. 我會保留這些袋子以備日後使用.

(b) 句型4 (keep A B)、句型3 (keep B for A) 為 A(人)保留 B, 確保. Can you keep me this seat [keep this seat for me] until I come back? 你能幫我保留這位子直到我回來嗎?

2 擁有; 雇用. I can't afford to keep a car. 我養不起一輛車/We used to keep a housemaid. 我們曾經雇了一個女傭.

3 〔商店〕把〔貨物〕擺設於店內; 庫存, 貯藏. Do you keep blue china? 你店裡有出售青磁嗎?/Sorry, we don't keep it in stock. 很抱歉, 我們沒有存貨.

4 〔珍藏〕保存[保管]〔食物, 貴重的東西等〕, 貯備〔錢等〕. My grandfather keeps old letters. 我祖父保存著一些舊信/keep the keys 保管鑰匙/He keeps several hundred bottles of wine in his cellar. 他在他的地窖裡儲存著數百瓶酒/Banks keep our money. 銀行保管我們的錢/We keep our

money in the bank. 我們把錢存放在銀行.

5 【使留在手邊】挽留, 使…停留. I won't keep you long. 我不會耽誤你很久/I wonder what's keeping him so long. 我在想甚麼使他耽擱這麼久/Bob was kept in the room. 鮑伯被關在房間裡.

【 在身邊照料 】 **6** 扶養, 照顧, 〔家屬等〕, (support). He has a large family to keep. 他要扶養一個大家庭.

7 飼養〔動物等〕. keep cows [sheep] 養牛[羊]/Do you like to keep pets? 你喜歡養寵物嗎?

【 固守, 維持 】 **8** 守衛, 保護, 防衛, 〔場所等〕; 阻礙;《from, against》. keep goal (橄欖球, 足球等)守球門/They kept their castle against the enemy. 他們防守城堡抵禦敵人/May God keep you (from harm)! 願上帝保佑你(遠離傷害)!

9 管理, 經營〔店等〕. Mr. Grundy keeps a camera shop. 格倫迪先生經營一家照相機店/keep house (→ house的片語).

10 遵守〔約定, 規則等〕; 保守〔祕密〕; 慶祝〔節日等〕; 舉行〔儀式等〕. keep a secret 保守祕密/Cathy kept her promise to be there on time. 凱西遵守諾言準時到達那裡/keep the Sabbath 守安息日/They stopped keeping her birthday when she turned forty. 她到四十歲就不再過生日了.

11 【保持習慣】記〔帳, 日記等〕; 做〔記錄等〕. keep accounts [books] 記帳/My mother has kept a diary for ten years. 我母親已寫了十年的日記.

【 保持(狀態) 】 **12** 保持〔某種動作, 狀態〕. keep silence 保持沈默/This clock keeps good [bad] time. 這個鐘很準[不準]/keep (a) watch (→ watch的片語)/keep one's bed=keep to one's bed(→片語 keep to... (1)).

13 【加副詞片語】保持〔…的狀態〕; 使繼續保持…; 句型5 (keep A B/A doing [done])使 A 保持 B 的狀態, 使 A 持續…, 使保持. keep him in prison 讓他坐監/Keep her in bed until I bring the doctor. 讓她躺在床上直到我把醫生請來/The policemen kept the crowd at a distance. 警察使群眾保持一段距離/Keep your eyes on the road while you're driving. 你開車時要看著路/keep a person prisoner 拘留某人/Keep yourself clean. 保持身體乾淨/Keep the door closed. 讓門關著/I'm sorry to have kept you waiting so long. 我很抱歉讓你等了這麼久.

● ——動詞型 句型5 (~ A doing)

(1)感官動詞

feel	感覺(A 在…)
hear	聽見(A 在…)
see	看見(A 在…)
smell	聞到(A 在…)
watch	看到(A 在…)
listen to	聽到(A 在…)
look at	看著(A 在…)

(2)感官動詞以外的及物動詞

catch	發現(A 在⋯)
find	發現(A 在⋯)
get	使(A)習慣(於⋯)
hate	討厭(A 在⋯)
have	使(A⋯)
imagine	想像(A 在⋯)
keep	保持(A⋯的狀態)
leave	讓(A)持續(⋯的狀態)
like	喜歡(A⋯)
start	使(A)開始(⋯)

— *vi.* 〖持續某種狀態〗 **1** (加副詞(片語))保持〔某種狀態(位置)〕；句型2 (keep **A**)保持 A 的狀態，繼續 A 的狀態；句型2 (keep do*ing*)繼續⋯．It's best to *keep* indoors in weather like this. 這種天氣最好待在家裡/*keep* (to the) left [right](→ 片語 keep to... (1))/The ship *kept* close to the shore. 船緊挨著岸前進/They *kept* out of sight. 他們一直在看不見的地方/Are you *keeping* busy? 你一直很忙嗎?/They *kept* silent. 他們保持沈默/Jane *kept weeping* for an hour. 珍續哭了一小時/*Keep going* straight. 繼續往前直走.

〖保持良好狀態〗 **2** 〔食物等〕持久不壞，能保存；〔好天氣等〕持續; (last). 'Tofu' doesn't *keep* well in the summer. 豆腐夏天時不易保存〔容易壞〕.

kèep abréast of [*with*]... → abreast 的片語.

kéep after... (1)追逐〔犯人等〕．(2)(口)不斷勸說(*to* do).

kéep at[1].. 堅持做下去，不灰心地做⋯．*Keep at* it and you will eventually master Russian. 堅持下去，你終究會精通俄語的.

kéep A at[2] *B* 使 A(人)繼續做 B．The professor *kept* his students *at* their studies. 教授使他的學生繼續研究.

＊*kèep/.../awáy*[1] 使⋯不接近(*from*)．What's been *keeping* you *away*? 甚麼事使你不能來呢?/The baby should be *kept away from* the heater. 不應該讓嬰兒靠近電熱器.

＊*kèep awáy*[2] 不靠近(*from*)．*Keep away from* me! 不要靠近我!

＊*kèep/.../báck*[1] (1)使⋯不靠近；制止⋯，抑制⋯．The Prime Minister's bodyguards could not *keep* the crowd *back*. 首相的護衛無法使群眾不靠近．(2)使〔消息等〕不被知道，隱瞞，(*from*〔人〕)．The news was *kept back from* the public. 這個消息被隱瞞不爲大眾所知．(3)扣除，扣減，(*from*〔金額，薪資〕).

＊*kèep báck*[2] 抑制；退縮，不靠近(*from*)．*Keep back from* here; it's dangerous. 別靠近這裡；這裡有危險.

kèep/.../dówn[1] (1)壓制〔叛亂，物價，怒氣等〕；鎮壓〔人民等〕．*keep down* a revolt 鎮壓叛亂/Flora could not *keep down* her anger. 弗蘿拉無法抑制她的怒氣．(2)不使〔吃下的食物〕吐出.

kèep dówn[2] 使身體伏下〔蹲下〕．We all *kept down*, so they couldn't see us. 我們全都蹲下來，這樣他們就看不見我們了.

kèep èarly hóurs → hour 的片語.

kéep from[1]... 避開⋯；停止⋯，抑制⋯．*keep from* danger 避開危險/I could not *keep from* laughing. 我忍不住笑了.

kéep A from[2] *B* 對 B(人)隱瞞 A(事物)；保護 A(人)使不遭受 B(災害等)(→ *vt.* 8). I'm not *keeping* anything *from* you. 我沒有隱瞞你任何事/I can't *keep* this news *from* him any longer. 我再也不能對他隱瞞這個消息了.

＊*kèep...from dóing* 使〔人〕不能做⋯．Sickness *kept* me *from attending* the party. 生病使我無法出席宴會/I was *kept from entering* my own home by this dog. 這隻狗使我進不了自己的家.

kèep...góing 使⋯繼續(活)下去，使堅持下去，Will fifty dollars *keep* you *going* until the end of the month? 五十美元夠你維持到月底嗎?/We *kept* the project *going* all by ourselves. 我們完全靠自己將計畫繼續下去.

kèep ín[1] 閉居家中，待在屋內．The old lady *keeps* in most of the day. 那老太太每天多半待在家裡.

＊*kèep/...ín*[2] (1)使⋯關在裡面；不准〔人〕外出；罰〔學生〕留下來．*Keep* the dog *in*. 把狗關起來/They were *kept in* by the heavy rain. 他們因大雨而留在家裡．(2)壓抑，隱藏，〔情感〕．He couldn't *keep* his anger *in*. 他無法壓抑他的怒氣．(3)使〔火〕不熄滅．Let's *keep* the fire *in*. 我們讓火繼續燃燒吧!

kèep ín with... (口)與⋯友好相處.

kèep óff[1] 離開，不靠近．*Keep off*. 禁止進入(草地等)(告示).

kèep/...óff[2] 不使⋯靠近，避開⋯．They built a fire to *keep* the wild animals *off*. 他們生火使野獸不得靠近.

kéep óff[3]... (1)不靠近⋯．*Keep off* the grass. 請勿踐踏草坪(告示)．(2)控制〔飲酒等〕；迴避〔話題等〕．*keep off* (the subject of) religion 不觸及宗教問題.

kéep A óff[4] *B* 使 A 不靠近 B．*Keep* your dirty hands *off* that book. 不要用你的髒手碰那本書.

kèep/...ón[1] (1)繼續雇用〔人〕．We decided to *keep* the housekeeper *on* for a while. 我們決定繼續雇用那個女管家一陣子．(2)把〔衣服等〕穿著不脫下．Jeff *kept* his overcoat *on*. 傑夫依然穿著他的大衣.

kèep ón[2] 繼續下去(*with*)．I'll *keep on* until I pass the examination. 我將堅持下去直到通過考試爲止/*keep on* with one's studies 繼續研究.

＊*keep òn dóing* 繼續做⋯，不停地做⋯，*Keep on doing* what you're doing. 繼續做你現在正在做的事情/The boy *kept on asking* stupid questions. 那個男孩不斷提出愚蠢的問題．[語法] keep doing (→ *vi.* 1) 較 keep on doing 語氣爲弱，後者有反復不停的意思.

kèep onesèlf to onesèlf =keep to oneself.

kèep/…/óut [1] 使〔人，動物，冷空氣等〕不能進入〔屋內〕. Close the gate to *keep out* stray dogs. 把門關上以防野狗進來／We all wore sweaters to *keep out* the cold. 我們都穿上了毛線衣以禦寒.

kèep óut [2] 待在外面. *Keep out!* 禁止入內!《告示》.

kèep A out of [1] B 使A不進入B，把A關在B之外. *keep* the ants *out of* the house 不讓螞蟻進屋裡／*Keep* religion *out of* politics. 使宗教在政治〔勢力所及的範圍〕之外.

kèep out of [2]… 不進入…之中；和…不發生關係. I suggest you *keep out of* this. 我勸你不要捲入這件事.

kèep to… (1)留在〔某位置〕；不離開…. *Keep to* the left [right]. 靠走左側〔右側〕／I had to *keep to* my bed for ten days. 我〔因病〕必須臥床十天.
(2)(牢牢地)遵守；執著於…；限定在…. *keep to* one's promise 信守諾言／It's going to be difficult to *keep to* the original budget. 要遵守最初的預算將會很困難.

kèep togèther [1] 合在一起，團結.

kèep…togèther [2] 使…在一起；使…團結. She *kept* her lover's letters *together* in a small box. 她把她情人的信一起放在一個小盒子裡.

kèep…to onesèlf [1] 使…成為自己個人的東西，獨占…；不把〔消息等〕告訴別人，祕而不宣. My son *kept* the news *to himself* for a while. 我的兒子把這消息暫時保密起來.

kèep to onesèlf [2] 不介入別人的事；不與人交往；獨居. The man likes to *keep to himself*. 那男人喜歡獨處.

kèep/…/únder 抑制…，壓制…. The firemen *kept* the fire *under*. 消防隊員控制住火勢／The tyrant *kept* the people *under*. 暴君壓制人民.

* ***kèep/…/úp*** [1] (1)使…保持高的狀態；維持，支撐，〔價格，精神等〕. *Keep* your head *up*. 請把頭抬高／He had to work harder to *keep up* his standard of living. 他必須更辛勤地工作以維持他的生活水準／They sang cheerful songs to *keep up* their spirits. 他們唱愉快的歌以提振精神.
(2)維持…，繼續…. *keep up* one's reputation 保持名聲／*keep up* an attack 繼續攻擊／*keep* it *up* 堅持下去／I just can't *keep* my summer house *up* any longer. 我真的沒辦法再負擔我這間避暑別墅〔的開銷〕了.
(3)使〔人〕不能睡，弄醒. I was *kept up* all night by the sound of waves. 潮浪聲使我徹夜未眠.

kèep úp [2] 照原樣繼續下去，(威勢)不減、不屈於〔疾病，悲哀等〕. The rain *kept up* for three days. 雨連下了三天／Julia somehow managed to *keep up* under difficult circumstances. 茱莉亞在艱困的情況下還是設法撐下去.

* ***kèep úp with…*** 不落後於…. I can't *keep up with* you. You walk too fast. 我跟不上你，你走得太快了／I tried to *keep up with* the times. 我努力跟上時代／I find it difficult to *keep up with* my studies. 我覺得我的學業很難跟得上.

— *n.* **1** ⓤ生活必需品；生活費. I live with my married daughter and pay her for my *keep*. 我和已出嫁的女兒住在一起並付給她我的生活費.

2 ⓤ照顧，保存. leave the dog in her *keep* for the weekend 周末託她照顧小狗.

3 ⓒ城堡最堅實部分，城堡的主樓，(→ castle).

for kéeps 《口》永久地，一直地，(forever). I gave the typewriter to him *for keeps*. 我把打字機送給了他／He left his wife *for keeps*. 他永遠離開他的妻子了.

＊keep·er [ˋkipɚ; ˈkiːpə(r)] *n.* (*pl.* ~**s** [~z; ~z]) ⓒ **1** 守衛者；養育者；看守人，警衛；管理人；保管者；經營者；所有人；飼主. Am I my brother's *keeper*? 我是我的兄弟的看守人嗎? (我不知道!)《殺死 Abel 的 Cain 對神這樣說》／We asked the *keeper* some questions about the elephants. 我們問了飼養員某幾個關於象的問題／He is now the *keeper* of the museum. 他現在是博物館的館長.

2 《作為複合字的一部分》keep 的人.

● ——與 KEEPER 相關的用語

housekeeper	家庭主婦	
goalkeeper	(英式足球等的)守門員	
innkeeper	客棧的主人	
shopkeeper	小商店店主	
beekeeper	養蜂人	timekeeper	計時員
storekeeper	店主	gatekeeper	門房
bookkeeper	簿記員	doorkeeper	門房
---

keep·ing [ˋkipɪŋ; ˈkiːpɪŋ] *n.* ⓤ **1** 保有；保持，保存，保管；維持. be in safe [good] *keeping* 得到安全的保管[保存]／The documents are no longer in my *keeping*. 那些文件已不再由我保管.

2 保護，照顧；扶養.

3 (規則等)遵守；(循習俗等的)慶祝.

in kéeping with… 《文章》與…協調[一致]. This proposal is not *in keeping with* our plans. 這個建議和我們的計畫不符.

out of kéeping with… 《文章》與…不相配[不調和].

keep·sake [ˋkipˏsek; ˈkiːpseɪk] *n.* ⓒ紀念品. I keep my late mother's ring as a *keepsake*. 我保存著我已故母親的戒指作為紀念品.

keg [kɛg; keg] *n.* ⓒ小桶(通常容量為8-10加侖).

Keith [kiθ; kiːθ] *n.* 男子名.

Kel·ler [ˋkɛlɚ; ˈkelə(r)] *n.* Helen (**Adams**) ~ 海倫・凱勒(1880-1968)《美國女作家；克服自幼即有的盲、聾、啞三重障礙而獻身於社會福利運動》.

ke·loid [ˋkilɔɪd; ˈkiːlɔɪd] *n.* ⓤ(醫學)瘢瘤.

kelp [kɛlp; kelp] *n.* ⓤ **1** 大型褐藻(海帶、黑海帶、馬尾藻等漂浮性的大型海藻、巨藻).

2 海草灰《含碘》.

Kelt [kɛlt; kelt] *n.* =Celt.

Kelt·ic [ˋkɛltɪk; ˈkeltik] *adj.* =Celtic.

Ken [kɛn; ken] *n.* Kenneth 的暱稱.

Ken. (略) Kentucky.

ken [kɛn; ken] *n.* ⓤ知識的範圍.
beyond [*outside*] *a person's kén* 在某人的知識[瞭解]範圍之外.

Ken·ne·dy [ˋkɛnədɪ; ˈkenidi] *n.* **John Fitz·ger·ald** [fɪtsˋdʒɛrəld; fitsˈdʒerəld] ～ 甘迺迪(1917-63)(美國第 35 任總統(1961-63); 於任總期中在德州的達拉斯遇刺身亡).

ken·nel [ˋkɛnl; ˈkenl] *n.* ⓒ **1** (大型的)狗舍((美) doghouse). **2** (通常 kennels)養狗場; 飼犬[寵物]保管所.
— *vt.* (～**s**; (美) ～**ed**, (英) ～**led**; (美) ～**ing**, (英) ～**ling**) 把…放進狗舍; 在養狗場飼養.

Ken·neth [ˋkɛnɪθ; ˈkeniθ] *n.* 男子名(暱稱 Ken).

Ken·sing·ton Gardens
[ˋkɛnzɪŋtənˋgardnz, -ˈgardinz; ˌkenziŋtənˈgaːdnz] *n.* (常作單數)肯辛頓公園(倫敦西部的公園).

Kent [kɛnt; kent] *n.* 肯特(英格蘭東南部的郡).

Ken·tuck·y [kənˋtʌkɪ; kenˈtʌki] *n.* 肯塔基州(美國中東部的州; 首府 Frankfort; 略作 KY, Ky., Ken.).

Ken·ya [ˋkɛnjə; ˈkenjə] *n.* 肯亞(東非的共和國; 1963 年脫離英國而獨立; 首都 Nairobi).

kep·i [ˋkɛpɪ; ˈkeipi] *n.* ⓒ平頂帽(法國軍人所戴).

kept [kɛpt; kept] *v.* keep 的過去式、過去分詞.

kerb [kɝb; kəːb] *n.* (英)=curb.

kerb·stone [ˋkɝb͵ston; ˈkəːbstəun] *n.* (英)=curbstone.

[kepi]

ker·chief [ˋkɝtʃɪf; ˈkəːtʃif] *n.* (*pl.* ～**s**) ⓒ頭巾(女性包頭或圍頸用, 通常為方巾); 頸巾(neckerchief), 圍巾(scarf).

ker·nel [ˋkɝnl; ˈkəːnl] *n.* ⓒ **1** (果實的)仁(核仁; 核桃等的仁, 可食用); (稻, 麥等的)粒, 穀粒. **2** (問題等的)核心, 主要重點.

[kerchief]

ker·o·sene, ker·o·sine [ˋkɛrə͵sin, ͵kɛrəˋsin; ˈkerəsiːn] *n.* ⓤ(美)煤油((英) paraffin oil).

kes·trel [ˋkɛstrəl; ˈkestrəl] *n.* ⓒ(鳥)茶隼(產於歐洲的小型鷹).

ketch [kɛtʃ; ketʃ] *n.* ⓒ雙桅帆船(兩支桅上張掛縱帆的船).

ketch·up [ˋkɛtʃəp; ˈketʃəp] *n.* ⓤ番茄醬(亦作 catchup, catsup).

✻ket·tle [ˋkɛtl; ˈketl] *n.* (*pl.* ～**s** [~z; ~z]) ⓒ燒水壺, 水壺. The *kettle* is boiling. 壺裡的水開了/Put the *kettle* on, Polly. 波莉, 去燒壺開水.

a prétty [*fíne, níce*] *kéttle of físh* 為難的處境, 一團糟.

ket·tle·drum [ˋkɛtl͵drʌm; ˈketldrʌm] *n.* ⓒ定音鼓(打擊樂器; timpani 是由數個 kettledrums 組成; → percussion instrument ⑩).

Kew Gardens [͵kjuˋgardnz, -ˋgardinz, ͵kɪu-, ͵kjuˈgaːdnz] *n.* (常作單數)(國立)基尤植物園(Royal Botanic Gardens(皇家植物園)的通稱; 在倫敦西郊外 Richmond 的 Kew 的大植物園).

✻key [ki; kiː] *n.* (*pl.* ～**s** [~z; ~z]) ⓒ **1** 鑰匙(鎖是 lock); 鑰匙狀物. a bunch of *keys* 一串鑰匙/Just put the *key* in the lock and turn it. 把鑰匙放進鎖裡一轉就行了/This is the wrong *key* to [for] this door. 這不是開這扇門的鑰匙.
2 關鍵, 線索, 門路, 祕訣, (*to* [解決問題]). the *key* to this mystery 解答這個謎的關鍵/the *key* to good health 健康的祕訣/This book offers a *key* to good writing. 這本書提供了寫好文章的方法/a *key* to mastering English 精通英語的祕訣.
3 (軍事上, 政治上的)重要地點, 要衝. Gibraltar is the *key* to the Mediterranean Sea. 直布羅陀是地中海的門戶[要衝].
4 (鋼琴, 打字機等的)鍵.
5 (音樂)(大調, 小調的)調. a sonata in the *key* of F minor 一首 F 小調的奏鳴曲.
6 (聲音的)調子; (思想, 感情, 表現, 行動等的)基調, 式樣. speak in a high [low] *key* 用高亢[低沉]的聲調說話/in a minor *key* 哀傷地/She's singing off [out of] *key*. 她走音了.
out of kéy with... 不適合於….
— *adj.* (限定)重要的, 主要的. *key* figures 重要人物/a *key* position 要職/a *key* role 重要角色/*key* industries 主要工業/*key* points 重點.
— *vt.* (～**s**; ～**ed**; ～**ing**) **1** 使(樂器等)的調子符合, 為…調音; 使相合; (*to*). The instruments were *keyed* to C major. 樂器都按 C 大調調音/The speech was *keyed* to the understanding of the young audience. 這場演說配合了年輕聽眾的理解力.
2 把…鍵上; 把(資料)(敲鍵)輸入. I can *key* the data into the computer in a few seconds. 我能在幾秒鐘內就把這些資料輸入電腦.
kéy/.../ín (1)鍵入(電腦的資料等). (2)調整.
kéy/.../úp 使(人)興奮[緊張]; 提高…的音調. Everyone was *keyed up* for the big game. 大家都為這場大賽感到興奮.

key·board [ˋki͵bord; ˈkiːbɔːd] *n.* ⓒ(鋼琴, 打字機等的)鍵盤(一列列的(key)); (keyboards)鍵盤樂器(樂器); → 次頁 ⑩.
— *vt.* (電腦)鍵入(資料).
— *vi.* (電腦等的)操作鍵盤.

keyed [kid; kiːd] *adj.* 有鍵的. a *keyed* instrument 有鍵[鍵盤]樂器(鋼琴, 風琴等).

key·hole [ˋki͵hol; ˈkiːhəul] *n.* ⓒ(門的)鑰匙孔.

kéy mòney *n.* ⓤ(英)(租屋人付的)保證金, 押金.

key·note [ˋki͵not, ˋkiˋnot; ˈkiːnəut] *n.* ⓒ **1** (音樂)主音. **2** 主旨, 要點, (政策等的)綱領.

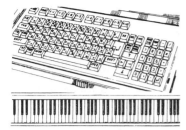

[keyboards]

— vt. 《口》極力主張，強調，〔意見等〕.

kéynote addréss [spéech] n. C《政黨大會等的》政治方針演說《紋述黨的基本政策、方針等》.

kéy pùnch n. C《美》穿孔機《幫電腦卡等穿孔的機器》.

key·punch·er [ˋkiˏpʌntʃɚ; ˈkiːˏpʌntʃə(r)] n. C《美》穿孔機的操作員.

kéy rìng n. C 鑰匙環，鑰匙圈，《可穿著數枚鑰匙》.

kéy sìgnature n. C《音樂》調號《在五線譜的最前頭，用♯, ♭表示》.

kéy stàtion n. C 主臺，主播電臺，《廣播或電視網的中心臺》.

key·stone [ˋkiˏston; ˈkiːstəun] n. C 1 《建築》《拱門的》拱心石，拱頂石.
2 《意見，信念等的》要點，主旨；根本原理.

[keystone 1]

kéy wòrd n. C《為了解答密碼、文章等的》關鍵字.

kg (略) kilogram(s).

KGB [ˏkeˏdʒiˋbi; ˏkeɪdʒiːˈbiː] n. (加 the)《前蘇聯》國家安全委員會《祕密警察或間諜網的總部》.

kha·ki [ˋkɑkɪ, ˋkækɪ; ˈkɑːkɪ] n. 1 U 卡其色，土黃色. 2 U 卡其色的布料；C《常 khakis》卡其色的軍服〔制服〕.
— adj. 卡其色的，土黃色的.

khan [kɑn, kæn; kɑːn] n. C《常 Khan》可汗《蒙古等中亞諸國的最高統治者的稱號》.

kHz (略) kilohertz.

kib·butz [kɪˋbuts; kɪˈbʊts]《希伯來語》 n. (pl. **kib·but·zim** [kɪˋbutsɪm; ˏkɪbʊˈtsiːm]) C 基布茲《Israel 的集體農場》.

※**kick** [kɪk; kɪk] v. (~s [~s; ~s]; ~ed [~t; ~t]; ~ing) vt. 1 (a) 踢. kick a ball 踢球／I was kicked by a horse the other day. 前些日子我被馬踢了／Carl kicked the ball high in the air. 卡爾把球踢得很高／He was kicked down the stairs. 他被踢下樓／Somebody kicked me in the shin in the darkness. 有人在黑暗中踢我的腳脛. (b) 句型5 (kick A B) 踢 A 使成 B 的狀態. He kicked the door shut. 他踢門使其闔上.
2 〔足球等〕踢球《得分》. kick a goal 進球得分.
— vi. 【踢】 1 踢. The baby kicked and cried.

那嬰兒又踢又哭／I kicked at the ball. 我踢了那顆球《語法》He kicked a ball. 是實際上踢到了球，He kicked at a ball. 則指做了「踢」的動作，但腳不一定有碰到球》／This horse kicks when anyone comes up from behind. 這匹馬逢人從後方靠近就踢.
2 〔槍，砲等〕反衝，產生後座力；〔特指球〕彈起來.
3 〔踢腳〕《口》抱怨，反對. kick against [at] the rules 《公然》違反規則／kick against fate 反抗命運.

kìck/.../aróund [abóut][1] 《口》(1)冷淡地對待，虐待，〔人〕. (2)從各個角度考慮，反覆考慮，〔計畫等〕. Kick this idea around in your meeting. 在你們的會議上討論這個提議.

kìck aróund [abóut][2] ... 《口》(1)在〔場所〕閒逛，徘徊. I enjoy kicking about the countryside. 我喜歡在鄉間閒逛. (2)被擱置於〔某場所〕.

kìck aróund [abóut][3] 《口》(1)遊蕩，到處流浪. I was just kicking around while I was in London. 當我在倫敦時我鎮日遊蕩. (2)未受到注意，被忽略.

kìck/.../báck[1] (1)把…踢回去；對…反擊. I kicked the ball back to him. 我把球踢回給他. (2)《俚》把〔收到的一部分錢〕作為回扣付給…；退錢；還錢.

kìck báck[2] 回擊.

kìck/.../óff[1] (1)把…踢開. (2)把〔鞋等〕踢掉.

kìck óff[2] 《足球》開球，開始賽球；《口》《活動等》開始. The party kicked off with the boss's speech. 宴會以董事長的演說開始.

kìck onesélf 自責；懊悔，《for》.

kìck/.../óut 攆走，開除，〔人〕，《of 從…》. Max was kicked out of school for his frequent misbehavior. 麥斯因屢次行為不檢而被學校開除.

kìck/.../úp 踢起〔灰塵等〕；引起〔紛爭等〕.

— n. (pl. ~s [~s; ~s]) 1 踢，踢腳. The young man gave a kick at the door. 那個年輕人踢了門一腳.
2 U《槍，砲的》反衝，後座力.
3 C《足球》踢；踢球. a free [penalty] kick 自由球〔罰球〕.
4 C《口》《常 kicks》抱怨，牢騷.
5 C《口》《強烈的》興奮，刺激. get a kick from [out of] 從…得到極大的樂趣.
6 U《口》《威士忌等的》刺激性；精力，力氣.
gèt the kíck 被炒魷魚.
gìve a pèrson the kíck 《俚》把某人炒魷魚.
(jùst) for kícks 《口》只為了尋求刺激；《不為了利益而》只是好玩.
on [off] a kíck 《俚》正在[不再]熱中.

kick·back [ˋkɪkˏbæk; ˈkɪkbæk] n. C《俚》
1 《通常指以不正當手段賺得的》回扣；收取回扣.
2 尖銳的反駁；強烈的反應.

kick·er [ˋkɪkɚ; ˈkɪkə(r)] n. C 踢者；踢球者；愛踢的馬.

kick·off [ˋkɪkˏɔf; ˈkɪkɒf] n. (pl. ~s) C 1 《足

球)開球；球賽開始． **2** 《口》開始．

kick-start [ˋkɪkˌstɑrt; ˈkɪkˌstɑːt] *n.* ⓒ(摩托車等的)腳踏起動裝置．

*‡**kid** [kɪd; kɪd] *n.* (*pl.* ~s [~z; ~z]) **1** ⓒ小山羊(→goat 參考)． **2** (a) ⓤ小山羊皮． (b)《形容詞性》小山羊皮的．*kid* gloves 小山羊皮手套． **3** (a) ⓒ《口》小孩(child)；《美、口》年輕人．Be quiet; the *kids* are asleep. 安靜點，孩子們睡了． (b)《形容詞性》《美、口》較年幼的(younger)．my *kid* brother [sister] 我的弟弟[妹妹]．

hàndle [*trèat*]...*with kìd glóves* → glove 的片語．

— *v.* (~s; ~ded; ~ding)《口》 *vt.* 嘲弄；捉弄；哄騙．

— *vi.* 開玩笑，嘲弄．You're *kidding*! = No *kidding*! 你是在開玩笑吧！別開玩笑了！/Just *kidding*. = I'm just *kidding*. 開玩笑的．

kid·dy, kid·die [ˋkɪdɪ; ˈkɪdɪ] *n.* (*pl.* **-dies**) ⓒ《口》小孩，小傢伙．

kid-glove [ˋkɪdˌglʌv; ˈkɪdglʌv] *adj.* 《限定》〔處事待人等〕過分講究的，考慮周到的．

kid·nap [ˋkɪdnæp; ˈkɪdnæp] *vt.* (~s; ~ped, 《美》~ed; ~ping, 《美》~ing) 誘拐；綁架，劫持〔人〕．The child was *kidnapped* by a man in a blue coat. 那孩子被一個穿藍色外套的人綁架了．

kid·nap·er 《美》, **kid·nap·per** [ˋkɪdˌnæpɚ; ˈkɪdnæpə(r)] *n.* ⓒ誘拐犯，綁架者．

kid·nap·ing 《美》, **kid·nap·ping** [ˋkɪdnæpɪŋ; ˈkɪdnæpɪŋ] *n.* ⓤⓒ誘拐；綁架．

kid·ney [ˋkɪdnɪ; ˈkɪdnɪ] *n.* (*pl.* ~s) **1** ⓒ腎臟；(可食用的)動物腎臟． **2** *a* ⓤ《文章》性格，氣質；種類．

kídney bèan *n.* ⓒ菜豆，四季豆；扁豆．

kídney machìne *n.* ⓒ人工腎臟．

kíd's [**kíds'**] **stùff** *n.* ⓤ《口》只適於小孩子的事物；輕而易舉的事．

Kil·i·man·ja·ro [ˌkɪlɪmənˋdʒɑro, ˌkɪlɪmənˈdʒɑːrəʊ] *n.* 吉力馬札羅山(坦尚尼亞(Tanzania)東北部的山；非洲的最高峰(5,895 m))．

*‡**kill** [kɪl; kɪl] *v.* (~s [~z; ~z]; ~ed [~d; ~d]; ~ing) *vt.* 【殺死】 **1** 殺死；使〔植物〕枯死．Cain *killed* Abel. 該隱殺了亞伯/The shock *killed* him. 他休克死亡/Care *killed* the cat. → care 的片語/Lung cancer is *killing* her. 肺癌正在一點一滴地消蝕她的生命．/She is dying of lung cancer.)/The frost *killed* all the flowers in my garden. 霜摧毀了我花園裡所有的花/My dad will *kill* me if he finds out! 我爸如果知道會殺了我的！(語法) kill a person 多用在「氣極敗壞到想殺人的地步」(I'll kill him! 我要殺了他！))．

(同) kill 是表「殺死」之意最常見的用語；→ murder, assassinate, slay, slaughter．

2 (用 be killed) (因事故、戰爭等)喪生．Her father *was killed* in a traffic accident. 她的父親死於一場車禍．

【使人險些死去】 **3** 《口》使疼痛不堪；使筋疲力竭．My feet are *killing* me. 我的腳痛得要命．

4 《口》完全征服；使毫無抗拒之力；使感到極好笑．Bill's joke really *killed* us. 比爾的笑話真笑死我們了．

【使處於死了般的狀態】 **5** 使〔效果、氣勢等〕變弱，削弱；抑制；使終止，使停止．*kill* interest 掃興/*kill* pain 減輕痛苦/*Kill* the engine. 關掉引擎/His death *killed* our hopes. 他的去世使我們絕望．

【使消除】 **6** 消磨〔時間〕．I read magazines to *kill* time. 我看雜誌來消磨時間/He *killed* an hour by walking around in the park. 他藉著在公園裡到處走走打發了一個小時．

7 刪減，刪除，〔原稿、文章等〕；否決，撤銷，〔議案等〕．The editor *killed* the story. 編輯刪除了那則報導/The bill was *killed* in Congress. 那議案在議會被否決．

— *vi.* 殺死，殺人；〔植物〕枯死．

kìll/.../*óff* 滅絕…，殺光…．The frost *killed off* all the vegetables in my garden. 霜凍死了我園裡所有的蔬菜．

kìll onesèlf 自殺，(由於過失等)招致身亡(注意 基於自由意志而自殺者，用 commit suicide 比較正確)．He *killed himself* while tampering with a gun. 他誤觸槍枝意外身亡．

kìll...with kíndness 對〔人〕過分親切反造成他人的困擾；幫〔人〕倒忙；寵壞〔孩子等〕．

— *n.* **1** (加 the) (特指狩獵)捕殺．

2 *a* ⓤ (狩獵的)獵獲物(★亦作集合名詞)．

be ìn at the kíll (狩獵中)獵物被殺時在場；看到(事件等)的定局．

kill·er [ˋkɪlɚ; ˈkɪlə(r)] *n.* ⓒ **1** 致命者，殺人者，殺手．

2 《形容詞性》殺死的；致死的，致命性的．a *killer* disease 致命的疾病/a *killer* quake 《口》造成傷亡的地震．

kíller whàle *n.* ⓒ逆戟鯨，虎鯨，《海豚科》會兇暴地襲擊其他的鯨魚)．

kill·ing [ˋkɪlɪŋ; ˈkɪlɪŋ] *n.* ⓤ殺害；殺人；ⓤⓒ(狩獵中對獵物的)捕殺．

màke a kílling 《口》(做生意)突然賺大錢．

— *adj.* **1** 殺死的；致命的，致死的；使枯死的．*killing* waste 致命的有毒廢棄物．

2 使人筋疲力竭的，要命的；無法忍受的；〔步調等〕(速度)驚人的．The work was *killing*. 這工作累死人了．

kill·ing·ly [ˋkɪlɪŋlɪ; ˈkɪlɪŋlɪ] *adv.* 瀕臨死亡地；《口》非常厲害地．

kill·joy [ˋkɪlˌdʒɔɪ, ˈkɪldʒɔɪ] *n.* (*pl.* ~s) ⓒ潑冷水者，掃興者．

kiln [kɪln, kɪl; kɪln] *n.* ⓒ(燒製磚瓦、陶器等的)窯，爐．

[kiln]

*‡**ki·lo** [ˋkɪlo, ˈkɪlo; ˈkiːləʊ] *n.* (*pl.* ~s [~z; ~z]) 《口》 **1** =kilogram.

2 =kilometer.

kilo- 《構成複合字》具「千」之意.

kil·o·cal·o·rie [ˋkɪlo͵kælərɪ; ˈkɪləʊ͵kæləri] *n.* C 大卡, 1,000 卡.

kil·o·cy·cle [ˋkɪlə͵saɪk; ˈkɪləʊ͵saɪkl] *n.* C 千周(現多用 kilohertz).

***kil·o·gram**, **(英) kil·o·gramme** [ˋkɪlə͵græm; ˈkɪləʊgræm] *n.* (*pl.* ~**s** [~z; ~z]) C 公斤(1,000 公克; 略作 kg, k).

kil·o·hertz [ˋkɪlə͵hɝts; ˈkɪləhɜːts] *n.* (*pl.* ~) C 千赫(周波數的單位; 略作 kHz).

kil·o·li·ter (美), kil·o·li·tre (英) [ˋkɪlə͵litɚ; ˈkɪləʊ͵liːtə(r)] *n.* C 公秉(1,000 公升; 略作 kl).

***kil·o·me·ter (美), kil·o·me·tre (英)** [ˋkɪlə͵mitɚ, kɪˋlɑmətɚ; ˈkɪləʊ͵miːtə(r)] *n.* (*pl.* ~**s** [~z; ~z]) C 公里(1,000 公尺; 略作 km).

kil·o·watt [ˋkɪlə͵wɑt; ˈkɪləʊwɒt] *n.* C 瓩(1,000 瓦特; 略作 kw).

kil·o·watt-hour [ˋkɪlə͵wɑt`aʊr; ͵kɪləʊwɒtˈaʊə(r)] *n.* C 瓩時(一小時一千瓦的電力; 略作 kwh).

kilt [kɪlt; kɪlt] *n.* C 蘇格蘭裙(蘇格蘭高地的男子或軍人所穿, 多由格子呢製成, 有褶襉的短裙; 亦指兒童或女性穿的與其相似的裙子).

ki·mo·no [kəˋmonə; kɪˋməʊnəʊ] (日語) *n.* (*pl.* ~**s**) C **1** 和服. **2** (特指女性穿的)寬鬆的晨衣(dressing gown).

kin [kɪn; kɪn] *n.* 《文章》《作複數》家屬; 親屬, 親戚. We are *kin.* 我們是親戚/His *kin* accepted his bride as their new in-law. 親戚們接受他的新娘成爲家族的新成員.

be nò kín to... 和…沒血緣關係.

nèar of kín 近親的.

(one's) nèxt of kín 《單複數同形》最近的親屬; 近親.

━ *adj.* 《敘述》血緣的, 親戚的, 《to》.

[kilt]

***kind¹** [kaɪnd; kaɪnd] *adj.* (~**·er**; ~**·est**) **1** 親切的, 和藹的, 有同情心的, 仁慈的, 《to》(↔ unkind; → kindly 同). **(a)**《關於人》She is the *kindest* woman I have ever met. 她是我所見過最親切的女性/Be *kind* to your neighbors. 對你的鄰居要和善/Would you be *kind* enough to post this letter? = Would you be so *kind* as to post this letter? 能請你幫個忙將這封信寄出嗎?

(b)《關於行爲等》Do at least one *kind* act every day. 要日行一善/It is very *kind* of you. 你眞好/It was very *kind* of you to do that. 非常感謝你做那件事/How *kind* of you! 你眞好!

2 溫和的, 無害的, 《to 《眼睛, 皮膚等》》.

3 《限定》《用於書信等》源自內心的(cordial).

➪ *n.* **kindness.**

━━━━━━━━━━ **kind** 849

● ━━━形容詞型 **It is ~ of 人 to do**
It is very *kind* of you *to say* so.
你這樣說眞是太好心了.
It is wicked of him *to deceive* such a young girl. 他欺騙這樣年輕的女孩眞是太壞了.
此類形容詞多表示人的特質.

brave	careless	clever
courageous	cruel	decent
foolish	generous	good
honest	impudent	mean
naughty	nice	right
rude	silly	stupid
thoughtful	wise	wrong

***kind²** [kaɪnd; kaɪnd] *n.* (*pl.* ~**s** [~z; ~z]) C 種類, various [different] *kinds* of toys 各式各樣的玩具/this *kind* of trees=trees of this *kind* 這種樹(語法 同一意義亦可作 *these* *kind* of trees, 這是受了 these trees 的影響而產生的說法; these *kind*s of trees 是「這些種類的樹木(有二類以上的情況下用)」)/What *kind* of job do you like? 你喜歡哪一種職業?(語法 kind 的後面接的名詞即使是可數名詞單數, 標準文法中亦無 a job 等加了冠詞的用法; 不過在口語的 What kind of...?句型中, 倒是可以見到 a job 等加了不定冠詞的用法)/Is that some *kind* of joke? 你在開玩笑吧?/I said nothing of the *kind*. 我沒說過這種話.

回 kind 指定義上較嚴格的種類, 而 sort 所指的種類則比較模糊. → variety.

* *a kínd of...* 一種…; 大致稱得上是…的. English is *a kind of* international language these days. 英文是當今的一種國際語言.

* *àll kínds of...* 所有種類的…. all *kinds of* possibilities 各種可能性.

in kínd (1)(不是以現金支付而是)以實物, 以貨物. Payments are accepted in cash or *in kind*. 可用現金支付, 也可以實物支付.
(2)以同樣方法, 同樣地. He insulted me, and I repaid him *in kind*. 他侮辱了我, 所以我也以同樣方法回敬他.
(3)實質上, 本質上. They are different *in kind*, not merely in degree. 它們不只是程度不同, 而且在本質上亦不同.

kínd of 《口》《副詞性》有點兒, 稍微. I *kind of* enjoyed it. 我有點欣賞它/She was *kind of* nervous. 她有點緊張. 語法 口語中常這樣使用, 以表現些微的感覺; 也寫作 kind o', kinda, kinder.

of a kínd (1)同種類的. cases *of a kind* 同一類的事件/two *of a kind* 同一性質的兩件事.
(2)(那樣也算是)一種的. He was not without attractiveness *of a kind*. 他多少也算有點魅力.
(3)徒有虛名的, 蹩腳的. wine *of a kind* 劣等酒.

字源 KIN 「親屬」: kin, kind (種類), kindred (親戚), king (王).

kind·a, kind·er [ˋkaɪndə; ˈkaɪndə],
[ˋkaɪndə; ˈkaɪndə(r)] *adv.* 《俚》＝kind of (kind²
的片語).

kin·der·gar·ten [ˋkɪndəˌgɑrtn;
ˈkɪndəˌgɑːtn] (德語) *n.* ⓒ幼稚園(→ school表).

*️**kind·heart·ed** [ˋkaɪndˋhɑrtɪd;
ˈkaɪndˌhɑːtɪd]
adj. 好心的, 有同情心的, 親切的. a kindhearted
man 好心的人/a kindhearted attitude 親切的態
度.

kind·heart·ed·ly [ˋkaɪndˋhɑrtɪdlɪ;
ˈkaɪndˌhɑːtɪdlɪ] *adv.* 親切地, 好心地.

kin·dle [ˋkɪndl; ˈkɪndl] *vt.* **1** 點燃; 生火. kindle
a fire 生火.

2 激起, 引發, [感情等]. My story kindled their
interest. 我所講述的事引起他們的興趣/The insult
kindled his anger. 這侮辱激怒了他.

3 照亮, 使明亮. The rising sun kindled the dis-
tant peaks. 旭日照亮了遠處的群峰.

— *vi.* **1** 著火, 燃燒. This wood will not kindle.
這木材不易燃燒.

2 發亮, 明亮. His eyes were kindling with ex-
citement. 他的眼睛興奮得亮了起來.

3 興奮, 激動.

kind·li·ness [ˋkaɪndlɪnɪs; ˈkaɪndlɪnɪs] *n.* ⓤ親
切, 好心; ⓒ親切的行為. ⇨ *adj.* **kindly**.

kin·dling [ˋkɪndlɪŋ; ˈkɪndlɪŋ] *n.* ⓤ **1** 引火物,
引火木片. **2** 點火; 燃燒; 興奮.

*️**kind·ly¹** [ˋkaɪndlɪ; ˈkaɪndlɪ] *adj.* (-li·er, more
~, -li·est, most ~) 親切的, 溫柔的, 和藹的; 善意
的. a kindly old man 態度和藹的老人/kindly
words of advice 善意的忠告/Ellen's kindly eyes
were on her. 愛倫溫柔地看著他.

回 kindly 與 kind 的不同處在於 kindly 含有把親切
顯露在外(如表現在態度上)的意思. 再者, 也多用
在對於比自己弱小、年幼的晚輩.

*️**kind·ly²** [ˋkaɪndlɪ; ˈkaɪndlɪ] *adv.* **1** 親切地, 和
藹地, 溫柔地; 溫和地; 善意地. Mike kindly
drove me to the airport. 麥克好意載我到機場/
The chief spoke kindly of the plan. 經理對此計
畫提出善意的意見/Thank you kindly. 衷心感謝.

2 請, 配合(做…), (please) (★有時含有諷刺之
意). Would you kindly help me? 請你幫助我好
嗎?/Would you kindly open the window? 請你打
開窗子好嗎?

tàke kíndly to... 樂意接受…; 變得喜歡…; 習
慣於…. Few nobles took kindly to the loss of
their privileges. 很少有貴族心甘情願放棄他們的特
權/I don't take kindly to being told lies. 我不喜
歡別人對我說謊.

*️**kind·ness** [ˋkaɪndnɪs; ˈkaɪndnɪs] *n.* (*pl.* ~es
[~ɪz; ~ɪz]) **1** ⓤ親切, 溫柔; 體
貼. They did it out of sheer kindness. 他們這樣
做完全是出於好意/with kindness 親切地/He had
the kindness to carry my baggage for me. 他親

切地為我提行李. (＝He was kind enough [so
kind as] to carry my baggage for you.)

2 ⓒ親切的行為. Will you do [show] me a
kindness? 請你幫我個忙好嗎? (＝May I ask a
favor of you?)/Thank you for your many kind-
nesses. 感謝你好意幫了這麼多忙.

kind o' [ˋkaɪnd-ə; ˈkaɪnd-ə] *adv.* 《俚》kind of
(kind² 的片語).

kin·dred [ˋkɪndrɪd; ˈkɪndrɪd] *n.* **1** 《作複數》親
戚, 親屬.

2 ⓤ血緣關係, 親屬關係.

— *adj.* 《限定》《文章》親屬關係的, 血緣的; 同類的.

kíndred spírit *n.* ⓒ志趣相投的人. John
and I are kindred spirits. 約翰和我志趣相投.

ki·net·ic [kɪˋnɛtɪk, kaɪ-; kɪˈnetɪk] *adj.* 《物理》
動的; 動力學的(↔ static). kinetic energy 動能.

ki·net·ics [kɪˋnɛtɪks, kaɪ-; kɪˈnetɪks] *n.* 《作單
數》《物理》動力學(↔ statics).

King [kɪŋ; kɪŋ] *n.* Martin Luther ~, Jr. 金恩
(1929-68)《美國牧師; 以黑人民權運動領袖的身份
獲諾貝爾和平獎(1964); 遇刺身亡》.

*️**king** [kɪŋ; kɪŋ] *n.* (*pl.* ~s [~z; ~z]) ⓒ **1** 王,
國王, 君主, (↔queen), the King of
England 英國國王/King Alfred 阿佛烈大帝/King
George II 國王喬治二世(II讀作the second)/He
was crowned king. 他被擁戴為王. 語法指特定的
國王時通常字首用大寫.

圖解 *v.*+king: anoint a ~ (為新王塗油象徵其
神聖地位), depose a ~ (罷黜君王), serve a ~
(服侍君王) // king+*v.*: a ~ reigns (稱帝), a ~
abdicates (退位).

2 (各領域的)大王, 巨擘, 鉅子, 最優者. an oil
king 石油大王.

3 (動物, 植物等的)王. the king of birds 百鳥之
王(鷹)/The lion is the king of beasts. 獅子是萬
獸之王.

4 (紙牌)老K; (西洋棋)國王, 王棋, (→ chess
圖).

5 (Kings)〈列王紀(上、下)〉《舊約聖經的兩卷》.
⇨ *adj.* **kingly**.

kíng cráb *n.* ⓒ《動物》鱟.

*️**king·dom** [ˋkɪŋdəm; ˈkɪŋdəm] *n.* (*pl.* ~s [~z;
~z]) ⓒ **1** 王國(由 king 或 queen 統治). The
king ruled (over) a large kingdom. 國王統治國
土廣大的王國/the kingdom of Heaven 天國, 神
界/the United Kingdom →見 United Kingdom.

2 (學問等的)領域. Anything is possible in the
kingdom of the imagination. 在想像的世界中甚麼
事都是有可能的.

3 (動物, 植物等的)界. the animal [vegetable,
mineral] kingdom 動[植, 礦]物界.

kíngdom cóme *n.* ⓤ《口》來世, 天國(<
Thy kingdom come. 「神的天國降臨」(出自聖經中
的句子)). go to kingdom come 到天國去, 死.

king·fish·er [ˋkɪŋˌfɪʃə; ˈkɪŋˌfɪʃə(r)] *n.* ⓒ
《鳥》翠鳥, 魚狗.

Kíng Jámes Vèrsion *n.* (加the) ＝
the Authorized Version.

King Kong
[`kɪŋ`kɑŋ; 'kɪŋ'kɑŋ] 大金
剛(在電影等中出現的大猩
猩).

King Léar n. 李爾王
《Shakespeare 的四大悲劇
之一; 此劇中的主角》.

[kingfisher]

king·ly [`kɪŋlɪ; 'kɪŋlɪ]
adj. 《文章》國王的; 適合
國王的; 國王似的.

king·mak·er [`kɪŋ,mekɚ; 'kɪŋ,meɪkə(r)] n.
Ⓒ政界的幕後黑手(<製造國王的人).

King of Kíngs n. (加 the) 萬王之王(指上帝
或基督).

king·pin [`kɪŋ,pɪn; 'kɪŋpɪn] n. Ⓒ 1 (保齡球)
主球瓶, 一號球瓶, 《三角形前面頂點的球瓶》; 五
號球瓶《在三角形的中心》.
2 《口》(集團的)中心人物. The gang broke up
when their *kingpin* was jailed. 這幫派在他們的主
腦入獄後就解散了.

Kíng's Cóunsel n. 王室法律顧問(亦作爲集
合名詞; 地位比普通的 barrister 高; 略作 K. C.;
女王在位時作 Queen's Counsel).

Kíng's Énglish n. (加 the) (有敎養的英國
人所使用的)標準英語, 純正英語, 《女王在位時作
the Queen's English》.

Kíng's évidence n. Ⓤ《英》求英王寬待的
證據(嫌犯爲求減刑而提出不利其他共犯的證詞; 女
王在位時候稱爲 Queen's evidence; 《美》 state's
evidence).

king·ship [`kɪŋʃɪp; 'kɪŋʃɪp] n. Ⓤ 1 國王的身
分[地位]; 王位, 王權.
2 君主統治, 君主政體.

king-size, king-sized [`kɪŋ,saɪz;
'kɪŋsaɪz], [`kɪŋ,saɪzd; 'kɪŋsaɪzd] adj. 《口》比標準
尺寸大的, 特大[長]的, 大型的.

kink [kɪŋk; kɪŋk] n. Ⓒ 1 (毛髮, 繩, 鏈等的)扭
結, 纏繞. 2 (性格的)乖僻, 古怪, 反覆無常.
— vt. 使糾纏[扭結].
— vi. 糾纏, 扭結.

kink·y [`kɪŋkɪ; 'kɪŋkɪ] adj. 1 〔頭髮等〕糾結的,
捲曲的. 2 《口》古怪的, 乖僻的; (性)變態的.

kins·folk [`kɪnz,fok; 'kɪnzfəʊk] n. 《文章》(作
複數)親戚, 親屬.

kin·ship [`kɪnʃɪp; 'kɪnʃɪp] n. Ⓤ 1 親戚關係,
親屬關係, 血緣關係. 2 (性格等的)類似.

kins·man [`kɪnzmən; 'kɪnzmən] n. (pl. -men
[-mən; -mən]) Ⓒ男性親戚[親屬].

kins·wom·an
[`kɪnz,wʊmən, -,wu-;
'kɪnz,wʊmən] n. (pl.
-wom·en [-,wɪmɪn, -ən;
-,wɪmɪn]) Ⓒ女性親戚
[親屬].

ki·osk [kɪ`ɑsk,
`kaɪɑsk; 'kiːɒsk] n.
Ⓒ 1 售物亭(火車站
前, 廣場等的報紙販賣

[kiosk 1]

亭, 小商店等). 2 《英》公用電話亭.

kip·per [`kɪpɚ; 'kɪpə(r)] n. Ⓒ煙燻鮭魚.

Kir·i·bat·i [,kɪrɪ`bɑti; ,kɪrɪ'bɑːti] n. 吉里巴提
(位於太平洋中部赤道上的共和國; 首都 Tar-
awa).

kirk [kɜk; kɜːk] n. Ⓒ《蘇格蘭》敎會(church).

‡**kiss** [kɪs; kɪs] n. (pl. ~es [~ɪz; ~ɪz]) Ⓒ 1 吻,
接吻. He threw a *kiss* to her. 他給她一個
飛吻/The mother gave her baby a tender *kiss*.
那母親輕輕地親寶寶一下.
2 《撞球》(球與球)輕微的觸撞.
— v. (~es [~ɪz; ~ɪz]; ~ed [~t; ~t]; ~ing) vt. 1
吻; 接吻; 以吻表示…. The girl *kissed* her
father on the cheek. 那女孩親吻她父親的臉頰/
Mrs. Robin *kissed* her children good night. 羅賓
太太親孩子們道晚安.
2 《撞球》(球)輕微觸撞(其他的球).
— vi. 1 吻; 接吻. 2 《撞球》(球與球)輕觸. He
kissed away her tears. 他吻去她的淚水.
kiss...gòod-bý = *kiss gòod-bý to...* 向…吻別.
kiss the Bíble [*bóok*] 《宣誓時》吻聖經.
kiss the gróund [*dúst*] 跪伏; 屈服; 被徹底打
敗.
kiss the ród 甘心受責[受罰].

kiss·er [`kɪsɚ; 'kɪsə(r)] n. Ⓒ 1 接吻的人.
2 《俚》口, 唇, 臉.

kìss of déath n. Ⓤ (加 the)《口》「死亡之吻」
(看似出自好意, 實際爲害人的行爲); 致命之物.

kìss of lífe n. Ⓤ (加 the)《主英》口對口人工
呼吸.

***kit** [kɪt; kɪt] n. (pl. ~s [~s; ~s]) 1 ⓊⒸ(工作,
運動, 旅行等的)成套用具[用品]. (a) golfing *kit*
一套高爾夫球球具/a *kit* of carpenter's tools 一套
木工用具/a model airplane *kit* 一套模型飛機的組
合零件. 2 Ⓒ用具箱[袋]. a first aid *kit* 急救箱.
the whòle kìt and cabóodle 《美、口》全部的人
[事物].
— v. (~s; ~ted; ~ting)《用於下列片語》
kìt/.../óut [*úp*] 《主英》使…裝備[穿著]《with》.

kìt bàg n. Ⓒ《主英》(士兵的)行囊; 用具袋.

‡**kitch·en** [`kɪtʃɪn, -ən; 'kɪtʃɪn] n. (pl. ~s [~z;
~z]) Ⓒ廚房. The *kitchen* had an
oven, a refrigerator, a washing machine and a
dishwasher. 廚房裡有烤箱、冰箱、洗衣機和洗碗
機/a *kitchen* sink (廚房的)流理臺. 参考kitchen
原本不單只供烹調用, 也包含用餐與做其他家事等
用途的場所.

kitch·en·ette [,kɪtʃɪn`ɛt; ,kɪtʃɪ'net] n. Ⓒ(公
寓等的)簡便廚房.

kítchen gàrden n. Ⓒ家庭菜園.

kitch·en·maid [`kɪtʃɪn,med, -ən-; 'kɪtʃɪnmeɪd]
n. Ⓒ幫廚女傭(廚師的幫手).

kitch·en·ware [`kɪtʃɪn,wɛr, -ən-, -,wær;
'kɪtʃɪn,weə(r)] n. Ⓤ (集合)廚房用具《鍋, 長柄煎鍋

等》.

＊**kite** [kaɪt; kaɪt] n. (pl. ~s [~s; ~s]) C **1** (鳥)
鳶. **2** 風箏.
flȳ a kíte (1)放風箏. (2)(說些話, 做些事來)試探
興論[反應].
Gò flȳ a kíte! (美·俚)滾開, 少廢話!

kith [kɪθ; kɪθ] n. U《僅用於下列片語》
kith and kín《加所有格》《文章》親朋好友《用於全
體或每一人均可》.

kitsch [kɪtʃ; kɪtʃ]《德語》n. U 媚俗, 手法誇張但
效果庸俗的藝術表現.

＊**kit·ten** [ˋkɪtn; ˈkɪtn] n. (pl. ~s [~z; ~z]) C 小貓
(→ cat[參考]);(兔子等小動物的)幼雛. Our cat
had seven *kittens* in one litter. 我家的貓一胎產下
七隻小貓/I felt as weak as a *kitten* when I had
the flu. 我感冒時覺得虛弱得像隻小貓.
hàve kíttens (英·口)心煩意亂; 非常興奮.

kit·ten·ish [ˋkɪtnɪʃ; ˈkɪtnɪʃ] adj. 小貓似的; 玩
鬧的, 嬉要的.

Kit·ty, Kit·tie [ˋkɪtɪ; ˈkɪtɪ] n. Catherine,
Katherine 的暱稱.

kit·ty[1] [ˋkɪtɪ; ˈkɪtɪ] n. (pl. -ties) C(幼兒語)小
貓咪.

kit·ty[2] [ˋkɪtɪ; ˈkɪtɪ] n. (pl. -ties) C(紙牌)(抽取
一部分贏得的錢作為)公家基金; (泛指)為某種共同
目的而募集的基金.

ki·wi [ˋkiwɪ; ˈkiːwiː] n. C **1** (鳥)鷸鴕(產於
New Zealand 的鳥; 翼已退化, 不能飛翔).
2《俚》(通常 Kiwi)紐西蘭人. **3** =kiwi fruit.

[kiwis 1, 3]

kíwi frúit n. C《植物》奇異果.

KKK (略) Ku Klux Klan (三 K 黨).

kl (略) kiloliter(s).

klax·on [ˋklæksən; ˈklæksn] n. C (汽車等的)
警報用喇叭, 電動警笛, (horn).

Kleen·ex [ˋklinɛks; ˈkliːneks] n. UC 可麗舒
《一種面紙; 商標名》.

klep·to·ma·ni·a [ˌklɛptəˋmenɪə;
ˌkleptəʊˈmeɪnjə] n. U (病態的)竊盜癖.

klep·to·ma·ni·ac [ˌklɛptəˋmenɪˌæk;
ˌkleptəʊˈmeɪnɪæk] n. C 有竊盜癖者.

km (略) kilometer(s).

knack [næk; næk] n. C (通常用單數)竅門, 技
巧. He seems to have a *knack of* sorting out
quarrels. 他似乎對調解爭端很有一套.

knap·sack [ˋnæp,sæk; ˈnæpsæk] n. C 背包,
登山背包.

knave [nev; neɪv] n. C **1**《古語》流氓, 惡棍,
無賴. **2**《紙牌》傑克(jack).

knav·er·y [ˋnevərɪ; ˈneɪvərɪ] n. (pl. -er·ies) U
《古》不正當; C 不正當的行為, 壞事.

knav·ish [ˋnevɪʃ; ˈneɪvɪʃ] adj.《古》(像)無賴的;
不正當的.

knead [nid; niːd] vt. **1** 揉, 捏, 〔麵糰, 陶土等〕
捏[揉]製成〔麵包, 陶器等〕. *knead* dough [clay]
揉麵糰[黏土].
2 推拿, 按摩,〔筋骨〕.

＊**knee** [ni; niː] n. (pl. ~s [~z; ~z]) C **1** 膝(→
lap[1]), 膝蓋, 膝關節. up to the *knees*
in water 水深及膝/His *knees* gave under him. 他
雙腿無力/He scraped his *knee* in a fall. 他跌倒時
擦傷膝蓋/on (one's) hands and *knees* 趴著/eat
one's lunch off one's *knees* 把便當放在膝上吃午
餐. **2** (褲子的)膝蓋部分.
bènd the knée to... 向…下跪; 屈服於….
brìng a pérson to his knées 使某人屈服.
fàll [gò] on one's knées 跪下. Columbus *fell*
on his knees to thank God. 哥倫布跪下感謝上帝.
on one's knées 跪著.
to one's knées 呈跪下的
樣子. fall [drop, sink] *to*
one's knees (由 站 姿)跪
下.
wèak at the knées《口》
(受驚嚇等)而膝蓋不住地顫
抖.
— vt. 用膝蓋撞[碰觸]〔人〕.

[on one's knees]

knée brèeches n.《作
複數》(緊身及膝的)短褲.

knee·cap [ˋni,kæp; ˈniːkæp] n. C 膝蓋骨《解剖
學上亦稱髕骨(patella [pəˋtɛlə; pəˈtelə])》.

knee-deep [ˋniˋdip; ˈniːdiːp] adj. 深及膝的; 淹
到膝部的. stand *knee-deep* in the river 站在河中
水深及膝的地方.

knee-high [ˋniˋhaɪ; ˈniːhaɪ] adj. 高及膝部的.

＊**kneel** [nil; niːl] vi. (~s [~z; ~z]; knelt, ~ed
[~d; ~d]; ~ing)《★過去式、過去分詞《英》多用
knelt,《美》多用 kneeled》(單膝或雙膝)跪. Every-
one *knelt* (down) in prayer. 所有的人都跪下祈
禱/He *knelt* on the floor and examined the
bloodstain. 他跪在地上檢查血跡.

knee-length [ˋni,lɛŋθ; ˈniːˌleŋθ] adj.〔裙子,
靴子等〕長及膝部的.

knell [nɛl; nel] n. C (通常用單數)《文章》**1** 鐘
聲; 弔唁死者的鐘聲, 喪鐘.
2 不吉之兆; 毀滅, 結束,
《of》.

knelt [nɛlt; nelt] v. kneel
的過去式、過去分詞.

knew [nju, nɪu, nu; njuː] v.
know 的過去式.

knick·er·bock·ers
[ˋnɪkɚ,bɑkɚz; ˈnɪkəbɒkəz]
n.《作複數》(膝下束緊的)燈
籠褲.

[knickerbockers]

knick·ers [ˋnɪkəz; ˋnɪkəz] n. 《作複數》 **1** 《主美、口》=knickerbockers. **2** 《英、口》燈籠褲型的女用襯褲.

knick·knack [ˋnɪkˌnæk; ˋnɪknæk] n. © 《口》小飾品；小衣飾；俗豔的便宜貨.

knife [naɪf; naɪf] n. (pl. **knives**) © **1** 刀，小刀；菜刀. a sharp [blunt] knife 銳利[鈍]的刀/a fish [fruit] knife 切魚刀[水果刀]/a kitchen knife 菜刀/a paper knife 拆信刀《原本是用來裁書，但現在多用來拆信，稱爲 letter opener》/a table knife 餐刀/how to use a knife and fork 如何使用刀叉. **2** 手術刀.
gèt [*hàve*] *one's knìfe in...* 《口》對…懷恨.
under the knife 動手術，手術中. go under the knife 接受手術.
— vt. 用刀切；用短刀刺.

knife-edge [ˋnaɪfˌɛdʒ; ˋnaɪfedʒ] n. © 刀刃.
on a knìfe-èdge (1)(對即將產生的結果感到)不安地，擔心地. (2)(事情的結果等)處於搖擺不定[微妙，危急等]的狀態.

knight [naɪt; naɪt] n. (pl. ~s [~s; ~s]) © **1** 騎士《中世紀時期爲國王爲君主效力，被封與土地的武士；→ chivalry》；保護貴婦人的武士. The maiden was rescued by a knight on a white horse. 少女被一位白馬騎士所救.
2 《英》爵士，勳爵，《位階低於baronet，被授與Sir的稱號；爵位僅限一代，不屬於貴族(peer)；略作Kt；→ duke, baronet, sir》.
3 《西洋棋》騎士(馬頭形的棋子)(→ chess 圖).
a knìght in shìning ármor 「身著閃亮盔甲的騎士」《源自中世紀故事中解救受困美女的騎士；一般是指幫助有危險者的義士》.
— vt. 授與…爵位. He was knighted for his services to the nation. 他爲國立功而被封爲爵士.

knight·hood [ˋnaɪtˌhʊd; ˋnaɪthʊd] n. **1** ⋃ (中世紀的)騎士身分；騎士精神.
2 ⋃© 《英》爵士爵位[身分].
3 ⋃ (加the)(集合)爵士團；騎士團.

knight·ly [ˋnaɪtlɪ; ˋnaɪtlɪ] adj. **1** 騎士的；爵士的. **2** 騎士般的；勇敢的；講義氣的.

Knights of the Róund Tàble n. 《作複數》(加the) (亞瑟王傳說中的)圓桌武士.

knit [nɪt; nɪt] v. (~s [~s; ~s], ~·ted [~ɪd; ~ɪd]) ~·ting) vt. 〖 編織 〗 **1** (a)用…編織 〔織物，衣服等〕《out of 〔線等〕》；編織《into 〔織物等〕》. knit a sweater out of wool=knit wool into a sweater 用毛線編織毛衣/knitted fabric 編織物/She wore a knitted dress. 她身穿一件針織洋裝. (b) 句型4 (knit A B)、 句型3 (knit B for A)爲A(人)編織B. She knitted her husband a tie. = She knitted a tie for her husband. 她爲丈夫織了一條領帶.
〖 使相互結合 〗 **2** 使團結；使緊密結合，接合，《together》. knit broken bones together 接(斷)骨. **3** 皺緊〔眉頭〕；使〔肌肉〕緊縮. Oliver knitted his brows. 奧立佛皺緊眉頭.
— vi. **1** 編織. Emmie is knitting in the chair. 艾咪坐在椅子上織毛線.

---

2 緊密結合；接合，黏合，〔斷骨等〕《together》.
knìt/.../úp 編織….

knit·ter [ˋnɪtə; ˋnɪtə(r)] n. © **1** 編織的人. **2** 編織機.

knit·ting [ˋnɪtɪŋ; ˋnɪtɪŋ] n. ⋃ 編織；編織物.
knítting nèedle n. © 編織針，毛線針.

knit·wear [ˋnɪtˌwɛr; ˋnɪtweə(r)] n. ⋃ 針織衣物.

knives [naɪvz; naɪvz] n. knife 的複數.

*‡**knob** [nɑb; nɒb] n. (pl. ~s [~z; ~z]) © **1** (門，抽屜等的)圓形把手，(手杖等的)把手；《口》(電視機，收音機等的)旋鈕. grasp the knob of the door 握住門把. **2** 圓塊，(樹的)節，瘤. Add a knob of butter to the sauce. 挖一小塊奶油加在調味醬裡. **3** 小圓丘.

knob·bly [ˋnɑblɪ; ˋnɒblɪ] adj. 《英》=knobby.
knob·by [ˋnɑbɪ; ˋnɒbɪ] adj. 《美》多節[瘤]的；瘤狀的；多節而不光滑的；凹凸不平的.

*‡**knock** [nɑk; nɒk] v. (~s [~s; ~s], ~ed [~t; ~t], ~·ing) vt. **1** (發出聲音地)打，敲. knock a ball with a bat 用球棒打球/I tried to knock him on the head. 我想敲他的頭. 回 knock 表示反覆敲打，或者敲擊物[人]以改變其姿勢或位置；→ beat, hit, strike.
2 (加副詞(片語))把…打成…的狀態； 句型5 (knock A B)(用力打)使A成為B的狀態. knock/.../down →片語/knock a person off his feet 把某人打倒/He was knocked senseless. 他被打昏了.
3 撞擊《against, on》；碰撞. My brother knocked his head against the wall. 我弟弟的頭撞到了牆壁.
4 打〔洞等〕. I tried to knock a hole in the board. 我試著在板子上打出一個洞來.
5 《俚》毀謗，吹毛求疵.
6 《英、俚》使震驚(shock).
— vi. **1** 打；敲擊，敲，《on, at 〔門等〕》. Someone is knocking on [at] the door. 有人在敲門/When they knocked, someone said, "Come in." 他們敲門後，便有人說:「進來.」
2 碰撞，撞擊，《against, into》. I knocked into the side table and hurt my knee. 我撞到小茶几所以膝蓋受傷了/Waves were knocking against the rocks. 波浪拍打著岩石/My knees knocked together from fright. 我怕得兩腿直打顫.
3 〔引擎〕發出爆震聲；〔機器因故障而〕咔嗒咔嗒響.
4 〔心臟〕(因興奮等)噗通噗通地跳 (throb).
knòck/.../abóut [*aróund*]¹ 接連猛擊…；粗暴地對待…. Rough seas knocked us about for days on end. 洶湧的波浪連續好幾天搖晃得令我們十分難受.
knòck about [*around*]²... 《口》漫遊…，漂泊…，徘徊…. knock about Europe 漫遊歐洲.
knòck abóut [*aróund*]³ 《口》漫遊，徘徊，漂泊. knock about in Southeast Asia 在東南亞各地漂泊.
knòck/.../báck 《主英、口》把〔酒〕一口飲盡.

knòck...déad (1)打死〔人〕.(2)《美、俚》打動〔聽眾等〕.

* knòck/.../dówn (1)把〔人等〕擊倒；拆毀〔房屋等〕；(爲了方便搬運等而)把…解體，拆卸…；把…打敗，駁倒. The child was *knocked down* by a car. 那個小孩被汽車撞倒了／The building will be *knocked down* next week. 這棟建築物下星期就要拆除.(2)(以拍賣，以低價)得標，敲鎚得標. The picture was *knocked down* to him for two hundred dollars. 他以 200 美元的低價標得這幅畫.(3)迫使〔人〕減價，降低〔物價〕,《*to*〔某個價錢〕》. The picture was *knocked down* to two hundred dollars. 這幅畫的價錢降爲 200 美元.

knòck/.../ín 把…敲〔打〕進.

knòck A into B 《口》將 A〔知識等〕硬塞給 B，灌輸. *knock* (some) *sense into* a person 灌輸某人(一些)常識.

knòck...into shápe 使〔事物〕成形，整頓.

knòck óff [1] 《口》停止工作. The workers *knocked off* for lunch. 工人們停下工作吃中飯.

knòck/.../óff [2] (1)《口》停止〔工作〕. Let's *knock off* work for a while. 我們暫停工作吧!／*Knock* it *off*! 《俚》別鬧了！住手!(2)《口》把〔工作〕加緊完成. They *knocked* that job *off* in no time. 他們一下子就把那工作做完了.(3)《俚》狠狠地教訓，殺死〔某人〕.(4)《口》襲奪…，搶劫…;《英》偷竊….(5)撣去，拂去…. *knock* the insect *off* from the coat 撣去外套上的蟲子.

knòck A off [3] **B** 《口》將 A〔某數額〕由 B〔價錢〕中減去. *knock* 10% *off* the price 將這價格打九折.

* knòck/.../óut (1)把…裡面的東西拍出，敲出…. *knock out* a pipe 敲出菸斗裡的菸灰／*knock out* the ashes 拍掉灰燼.(2)《拳擊》擊倒〔對手〕;《棒球》使更換〔投手〕；擊敗，打敗使之被淘汰.(3)《口》使…大吃一驚.

knòck/.../óver (1)弄翻；撞倒.(2) 壓倒；排除〔困難等〕.

knòck...togéther 匆忙地組成〔組合，搭成〕.

knòck/.../úp (1)把…擊〔打〕上去.(2)把〔食物等〕趕做出來，趕建〔房屋等〕. I'll *knock up* an omelette for you. 我馬上煎塊蛋餅給你.(3)《英、口》把〔睡著的人〕叫醒. Please *knock* me *up* at five o'clock tomorrow. 明天早晨五點鐘請把我叫醒.(4)《英、口》使…筋疲力竭. Hilary was completely *knocked up*. 希拉蕊累壞了.(5)《美俚》使…懷孕.

— *n.* (*pl.* ~**s** [~s; ~s]) © **1** 打，敲，敲門(聲). There was a *knock* at [on] the door. 有敲門聲.

2 (引擎的)爆震(聲).

3 《口》不幸；挫折. He had a bad *knock* when his wife died. 他太太的死對他是一大打擊.

knock‧a‧bout [ˈnɑkəˌbaʊt; ˈnɒkəbaʊt] *adj.* (限定) **1** 〔汽車，衣服等〕耐用的，結實的.

2 〔喜劇等〕喧鬧的，嘈雜的.

knock‧down [ˈnɑkˌdaʊn; ˈkɒkdaʊn] *adj.* (限定) **1** 打倒的；壓倒性的；無法抵抗的. a *knockdown* blow 打倒對手的一擊.

2 組合式的〔家具等〕.

3 《口》最低的〔價錢等〕.

— *n.* © **1** 打倒，打倒；《拳擊》擊倒.

2 組合式的用品〔家具等〕.

knock‧er [ˈnɑkə; ˈnɒkə(r)] *n.* © **1** 敲擊者；敲〔門〕的人. **2** 門環(→ door 圖).

knock‧kneed [ˈnakˈnid; ˈkɒkniːd] *adj.* 兩膝向內彎的，X 形腿的(⟷ bandy-legged).

knock‧on [ˈnɑkˌɑn; ˈnɒkɒn] *n.* © 《橄欖球》身前落球《球謂接後欲以手或腕將球推向對方死球線；屬犯規行爲》.

* knock‧out [ˈnɑkˌaʊt; ˈnɒkaʊt] *n.* (*pl.* ~**s** [~s; ~s]) © **1** 《拳擊》擊倒(略作 KO, ko). He won the fight by a *knockout*. 他擊倒對手獲勝.

2 《口》極出色的人〔物〕. Her performance was a real *knockout*. 她的演出確實出色.

— *adj.* (限定) **1** 擊倒的，致勝一擊的;《口》淘汰制的. a *knockout* blow 致勝的一拳／a *knockout* tournament 淘汰賽.

2 《口》極好的，絕妙的.

3 《口》喪失意識的；具催眠性的.

knoll [nol; nəʊl] *n.* © 圓丘，小山.

‡knot [nɑt; nɒt] (★注意發音) *n.* (*pl.* ~**s** [~s; ~s]) 【結】 **1** 結. tie a *knot* in the end of the rope 在繩端打個結／an intricate *knot* 複雜的領結.

| 圖解 *v.*＋knot: make a ~ (打個結), undo a ~ (解開結), untie a ~ (解開結), tighten a ~ (繫緊結), loosen a ~ (鬆開結).

2 蝴蝶結的緞帶，(裝飾用的)花結.

3 【測定速度用的節】《海事》節(一小時航行一海里(約 1,852 公尺)的速度).

【糾在一起】 **4** (線，髮等的)糾結成團;(草木的)節，瘤;(板子，木材的)節，瘤狀物.

5 【團塊】(人，物的)小群，小簇. There was a small *knot* of people in the corner. 轉角處有一小群人聚在那兒.

6 【關係】緣分，因緣關係. the marriage *knot* 姻緣.

7 【糾葛】困難，難題. unravel the *knots* of a case 解決事情的癥結點.

cùt the knót 快刀斬亂麻，打破僵局.

tìe... (úp) in knóts 使〔人〕陷於困境.

— *v.* (~**s**; ~**ted**; ~**ting**) *vt.* 把〔線，繩等〕結在一起；在…打結;(用線，繩等)包紮，繫接,《*together*》. He *knotted* his tie. 他打領帶／*knot* a parcel tightly 把包裹紮牢.

— *vi.* 打結；糾結.

knot‧hole [ˈnɑtˌhol; ˈnɒthəʊl] *n.* © 節孔.

knot‧ty [ˈnɑtɪ; ˈnɒtɪ] *adj.* **1** 有節[多節]的，多瘤的. **2** 糾纏的；困難的.

‡know [no; nəʊ] (★注意發音) *v.* (~**s** [~z; ~z]; **knew; known; ~‧ing**) *vt.* 【知道】 **1** (a)知曉〔事實等〕；懂得；(經學習而)明白，理解；

句型3 (know *that*子句/*wh*子句、片語)知道….
Do you *know* my phone number? 你知道我的電話號碼嗎?/Everyone *knows* that fact. 每個人都知道那事實/語法 此句的被動語態為 That fact is *known* *to* everyone. 介系詞多不用 by 而用 to)/*Know* yourself. 要有自知之明(=(古) *Know* thyself.)/He *knows* everything about the job. 他嫻熟他的職務/Very little is *known* about the life of Shakespeare. 關於莎翁的生平所知甚少/Mark didn't *know* the answer. 馬克不知道答案為何/My brother *knows* Spanish. 我的弟弟會說西班牙語/I *know what* I'm talking about. 我知道我在說甚麼[我說的是正確的; 我是根據實際經驗說的]/How do you *know that* he is a policeman? 你怎麼知道他是警察?/It is widely *known* that.... (某事)是廣為人知的/Do you *know when* the envoy will leave Tokyo? 你知道特使甚麼時候會離開東京嗎?/There is no *knowing what* is going to happen. = It is impossible to *know what* is going to happen. 世事難料/None of us *knew whether* the story was true or not. 我們沒人知道那話是真是假/Cliff doesn't *know how* to swim. 克里夫不會游泳/She didn't *know what* to do. 她不知道該怎麼辦[做].
(b) 句型5 (know **A** *to be* **B**)、句型3 (know **A** *as* [*for*] **B**)知道A為B. I *know* this *to* be true. 我知道這是真的(=I *know* (that) this is true.)/He is *known to* the police *as* a criminal. 他被警方列為罪犯/I *know* you *for* an honest man. 我知道你是個誠實的人.

2 知道, 相識, 認識, [某人]. Do you *know* Angela? 你認識安琪拉嗎? (詢問是否見過面、說過話)/I *know* her by name [by sight]. 我只知道她的名字[長相]/Do I *know* you? 我們認識嗎?/I don't think we *know* each other. I'm William Tod. 我想我們不認識吧, 我叫威廉·托德(當沒有第三者介紹的情況下, 自我介紹時說)/I've *known* him for five years. 我五年前就認識他了.

3 [能夠辨別]能識別, 能區別, 《*from* 從…》; 認出, 辨認, (recognize). I *knew* him at once. 我馬上就認出他/I *know* a gentleman when I see one. 我一眼就能辨識出真正的紳士/I *knew* the man for an American. 我看得出這男人是美國人/He doesn't *know* good *from* evil. 他善惡不分/She was *known by* her voice. 憑聲音便可認出她來(★ by 表示判斷的根據; 下面的 by 用法相同: A man is *known by* the company he keeps. 《諺》看他所結交的朋友就可知他是甚麼樣的人).

4 [體驗得知]**(a)**經歷, 經驗. I have *known* both poverty and wealth. 我經歷過貧窮和富裕/His uncle has *known* better days. 他伯父經歷過一段風光歲月/The country has never *known* an earthquake. 這個國家從來沒有經歷過地震/She has *known* what it is (like) to be poor. 她已飽嘗貧困潦倒的滋味.
(b) 句型5 (know **A** (*to*) do)見過[聽說過]A做…(★ know 用完成式, 有時用過去式). I have never *known* him (*to*) tell a lie. 據我所知沒說

過謊/Beth has never been *known* to be late. 沒見過貝絲遲到過.
— *vi.* 知道, 懂得. I don't *know*. 我不知道[我不明白]/How do you *know*? 你怎麼知道?/I'll let you *know* as soon as I have finished my investigation. 我一調查完畢就會讓你知道/I *know* about his family. 我知道他家的情況/as [so] far as I *know* 就我所知/as you *know* 誠如你所知的/Let her decide—she *knows* best. 讓她決定, 她是專家(<最autoload高權威》/Do you *know* about the accident [about them getting divorced]? 你知道那件意外事故[他們離婚]嗎?
語法 know 通常不用進行式; 下面的用法是分詞構句: Not *knowing* what to say (=As she didn't *know*...), Maria kept silent. (不知該如何啟齒, 瑪莉亞便沈默不語).
⇨ *n.* **knowledge**.

before* one *knows it* = *before* one *knóws where* one *is 轉瞬間, 說時遲那時快.
for àll I knów → for 的片語.
Gòd* [*Hèaven*] *knóws (1)(加that子句)天曉得; 的確. *God knows* (that) we've done everything we can. 我們確實已經盡全力了.
(2)(加wh子句、片語)只有天知道, 誰也不知道. *God* (only) *knows* when we'll see them again. 天知道我們甚麼時候會再見到他們. ★如這個例子, 在 God [Heaven] 後可加 only.
(3)(加what [who])不明所以的東西[不認識的人](源自上述的「只有天知道」這句話). She was talking with *God knows* who. 天知道她在跟誰說話.
語法 God knows 的代換是 I don't know(★限於此處, 古語的否定形 I know not 常被使用), 也使用 no one knows: He was occupied with *I knew not what* experiments. (他在做我不懂的實驗).
(4) (加 where [when, how 等])不知何地, 不知何時, 不知所以然. By now he must be *God knows where*. 他現在一定不知身在何處. ★參照(3)的語法: The quarrel went on for *I don't know how* long. (這爭執不知會持續多久.)
I knéw it! 我就知道是這樣[那樣].
knòw a thìng or twó =know what's what.
knòw bétter → better[1] 的片語.
knòw bétter than to dó → know better (better[1] 的片語).
knòw* one's *búsiness 《口》瞭解自己該做的事.
knòw of... 知道關於[場所, 道路等]; 聽說過知道一點[人]的事情. I *know of* him, but I don't know him personally. 我知道他, 但我並不認識他本人/as I *know of* 以我所知.
knòw whàt's whát 《口》通曉(世間各種事物); 老練.
màke...knówn 《文章》使知道…, 公布…. He *made* it *known* that he was going to marry Miss Hill. 他宣布他將和希爾小姐結婚/He *made* himself *known* to the company. 他向在場的人自

我介紹.

nòt that I knów of → that *conj.* 11.

that I knów of → that *conj.* 11.

(***Wéll,***) ***whàt do you knów*** (***about thát***)! 《美、口》真想不到!

whò knóws? 誰知道呢(沒人知道吧); 說不定, 也許…. The champ may lose, *who knows?* 也許是冠軍隊輸, 誰知道呢?

you knów 你知道. We have a lot of snow here, *you know.* 我們這裡常下大雪, 你知道. [注意]常插入語句中以停頓或附在句尾用以叮囑對方, 使用頻率不宜太高.

You knòw sòmething? = You knòw whát? 《口》你知道嗎? 實際上呢.

You nèver knów. 之後的事很難料; 很難說.

●──動詞變化 **know** 型		
[o; əʊ]	[u; uː]	[on; əʊn]
blow 吹	blew	blown
grow 生長	grew	grown
know 知道	knew	known
throw 投擲	threw	thrown

— *n.*《僅用於下列片語》

in the knów《口》知情的. People *in the know* say he's going to resign. 知情人士說他將會辭職.

know-all [`no͵ɔl; ˈnəʊɔːl] *n.* ⓒ 自以為無所不知的人, 萬事通.

know-how [`no͵haʊ; ˈnəʊhaʊ] *n.* ⓤ《口》實際的能力《知識》; 技術; 訣竅, 竅門. It doesn't take much *know-how* to run this machine. 運作這部機器用不著甚麼技術.

know·ing [`noɪŋ; ˈnəʊɪŋ] *adj.* **1** 通曉的; 精明的, 機靈的. **2** 像知道(祕密等)似的; 甚麼都懂似的. **3** 故意的.

know·ing·ly [`noɪŋlɪ; ˈnəʊɪŋlɪ] *adv.* **1** 有意地, 故意地. He would never *knowingly* do such a thing. 他絕不會蓄意做這種事的. **2** 不懂裝懂地; 甚麼都懂似地.

‡knowl·edge [`nɑlɪdʒ; ˈnɒlɪdʒ] *n.* **1** [aⓤ] 知識; 知曉; 理解; 認識; 《*of*》(→ information 圖). a thirst for *knowledge* 求知慾/the spread of scientific *knowledge* 科學知識的普及/He has a good *knowledge of* ancient Greek. 他精通古希臘語/I have no [little] *knowledge of* physics. 我對物理完全[幾乎]沒甚麼認識.

> [搭配] *adj.*+knowledge: correct ~ (正確的知識), profound ~ (深奧的知識), superficial ~ (淺薄的知識), wide ~ (廣博的知識) // *v.*+knowledge: acquire ~ (獲得知識), deepen one's ~ (擴展知識).

2 ⓤ 瞭解; 消息. It is a matter of common *knowledge* that he is a great scientist. 他是位偉大的科學家, 這是眾所周知的/The defendant denied any *knowledge* of the scheme. 被告表示他

對陰謀一無所知/I have no *knowledge* of any such talks going on. 我對現在正在講的事情一無所知/in the *knowledge* that 在知道…的情況下.

3 ⓤ 學問, 學識. a man of *knowledge* 有學問的人/every branch of *knowledge* 學問的各個領域.

✧ *v.* **know.**

còme to a pèrson's knówledge 被某人知道. It has *come to* my *knowledge* that you were absent again last week. 我知道你上星期又缺席了.

to (***the bèst of***) ***my knówledge*** 據我所知. *To* (*the best of*) *my knowledge,* there is no truth in that statement. 據我所知, 那聲明毫無真實性.

without a pèrson's knówledge 不為人所知地. He left Japan *without* his friends' *knowledge.* 他沒有讓他的朋友們知道就離開了日本.

knowl·edge·a·ble [`nɑlɪdʒəbl; ˈnɒlɪdʒəbl] *adj.*《文章》(人)精通的, 熟悉的,《*about* 對…》; 知識淵博的.

knowl·edge·a·bly [`nɑlɪdʒəblɪ; ˈnɒlɪdʒəblɪ] *adv.* 精通地; 知識淵博地.

‡known [non; nəʊn] *v.* know 的過去分詞.

— *adj.* 已知的, 聞名的, 有名的. a *known* number 已知數/the oldest *known* castle in England=the oldest castle *known* in England 在英國被公認的一座最古老的城堡.

knuck·le [`nʌkl; ˈnʌkl] *n.* ⓒ **1** 手指的關節《特指根處的關節》; (the knuckles)《拳頭的》指關節部. **2** 膝關節的肉《特指小牛等的》.

— *vt.* 用指關節敲.

knùckle dówn 認真地工作《*to*》.

knùckle únder 屈服, 投降,《*to*》.

knuck·le-dust·er [`nʌkl͵dʌstɚ; ˈnʌkl͵dʌstə(r)] *n.* 《英》=brass knuckles.

KO, ko [ko; kəʊ] *n.* (*pl.* ~'s) ⓒ《拳擊》擊倒《出自 *k*nock *o*ut》.

— *vt.* (KO's; KO'd; KO'ing) 擊倒.

ko·a·la [ko`ɑlə; kəʊˈɑːlə] *n.* ⓒ 無尾熊《亦稱 koàla béar; 生活於樹上的有袋(目)動物; 產於澳大利亞》.

Ko·dak [`kodæk; ˈkəʊdæk] *n.* ⓒ **1** 柯達照相機《美國伊士曼·柯達公司製造的小型照相機; 商標名》. **2** 柯達公司製造的軟片.

kohl·ra·bi [kol`rɑbɪ, `kol`rɑbɪ; ͵kəʊlˈrɑːbɪ] *n.* (*pl.* ~**es**) ⓤⓒ《植物》球莖甘藍《球莖可供食用或當飼料用; 十字花科》.

kook [kuk; kʊk] *n.* ⓒ《美、口》怪人, 傻瓜.

kook·a·bur·ra [`kukə͵bʌrə; ˈkʊkə͵bʌrə] *n.* =laughing jackass.

ko·peck, ko·pek [`kopɛk; ˈkəʊpɛk] *n.* ⓒ 戈比《前蘇聯的貨幣單位; 百分之一 ruble》.

Ko·ran [ko`rɑn, ͵ræn; kɒˈrɑːn] *n.* (加 the)《可蘭經》《伊斯蘭教[回教]的經典》.

‡Ko·re·a [ko`riə, kɔ-; kəˈrɪə] *n.* 韓國, 朝鮮. *Korea* now consists of two separate republics. 韓國由兩個個別的共和國所組成. [注意]有時指整個朝鮮半島, 但有時也單指南韓或北韓. North Korea, South Korea(→ 見 North Korea, South Korea). [字源]源於高麗.

Ko·re·an [ko`riən, kɔ-; kə'rɪən] *adj.* 朝鮮的，韓國的；朝鮮人[語]的；韓國人[語]的. the *Korean* language 韓語.
— *n.* (*pl.* ~s [~z; ~z]) **1** Ⓒ 朝鮮人，韓國人. some *Koreans* and Chinese 幾位韓國人和中國人. **2** Ⓤ 朝鮮語，韓國語.

Korēan Wár *n.* (加 the) 韓戰(1950-53).

Korēa Stráit *n.* (加 the) 朝鮮海峽.

ko·sher [`koʃə; 'kəʊʃə(r)] *adj.* 《猶太教》〔烹調，荼肴，餐廳等〕遵循猶太飲食律條的.

ko·tow, kow·tow [ko`tau, kau`tau; ‚kəʊ'taʊ] *n.* Ⓒ 磕頭(昔日中國式跪拜叩首之禮).
— *vi.* **1** 磕頭(《to 對…》).
2 阿諛諂媚，卑躬屈膝，《to》.

kph (略) kilometers per hour (每小時…公里).

Krem·lin [`krɛmlɪn; 'kremlɪn] *n.* (加 the) **1** 克林姆林宮《帝俄時代的宮殿，現俄羅斯政府的所在地；位於 Moscow》.
2 Ⓤ《單複數同形》前蘇聯[現俄羅斯]政府.

kro·na [`kronə; 'krəʊnə] *n.* (*pl.* **-nor**) Ⓒ 克朗《瑞典的貨幣單位；一克朗銀[銅]幣》.

kro·ne [`kronɛ; 'krəʊnə] *n.* (*pl.* **-ner**) Ⓒ 克羅朗《丹麥，挪威的貨幣單位；一克羅朗銀幣》.

kro·ner [`kronɛr; 'krəʊnə(r)] *n.* krone的複數.

kro·nor [`kronɔr; 'krəʊnə(r)] *n.* krona 的複數.

KS (略) Kansas.

Kt (略)《英》knight.

kt. (略) karat; carat.

Kua·la Lum·pur [‚kwalə`lumpur; ‚kwɑːlə'lʊm‚pʊə(r)] *n.* 吉隆坡《馬來西亞首都》.

Ku·blai Khan [`kublaɪ`kɑn; ‚kʊblaɪ'kɑːn]

n. 忽必烈汗(1216?-94)《中國元朝的第一位皇帝；成吉思汗(Genghis Khan)之孫》.

ku·dos [`kjudɑs, `kɪu-; 'kjuːdɒs] *n.* Ⓤ《口》榮譽，名聲，光榮.

Ku Klux Klan [`kjuklʌks`klæn, `kɪu-; ‚kjuːklʌks'klæn] *n.*《單複數同形》(加 the) 三 K 黨(略作 KKK; (1)第一次世界大戰後，於 1915 年在美國南方興起的祕密團體；會員僅限於白人新教徒，排斥黑人、天主教徒、猶太人和其他少數民族；(2)南北戰爭後由南部白人所組成，旨在恢復對黑人的支配權的祕密集團).

küm·mel [`kɪml; 'kʊməl]《德語》*n.* Ⓤ 欽梅爾酒《以葛縷子(caraway)的果實調味所製的香甜酒》.

kum·quat [`kʌmkwat; 'kʌmkwɒt] *n.* Ⓒ《植物》金橘樹(的果實).

kung fu [‚kʌŋ`fu, ‚kʊŋ'fuː]《中文》*n.* Ⓤ 功夫《似空手道的中國拳術》.

Ku·ril [Ku·rile] Islands [‚kurɪl`aɪləndz; kʊ‚riːl'aɪləndz] *n.* (加 the) 千島群島《亦作 the Kurils [Kuriles]》.

Ku·wait [kə`wet; kʊ'weɪt] *n.* 科威特《阿拉伯東北部的產油國；首都 Kuwait》.

kw (略) kilowatt(s).

kwh (略) kilowatt-hour(s).

KY, Ky. (略) Kentucky.

Kyr·gyz·stan [kɪəgɪ`stæn; kɪəg'stæn] *n.* 吉爾吉斯《中亞的共和國；CIS成員國之一；首府 Bishkek》.

K

L l $\mathscr{L}\ell$

L, l [εl; el] *n.* (*pl.* **L's, Ls, l's** [~z; ~z])
  1 [UC] 英文字母的第十二個字母.
  2 [C] (用大寫字母) L 字形物(L 形管等).
  3 [U] (羅馬數字的)50. *LXXI* =71/lv=55.

L (略) Lake; Latin; (英) learner (driver) (為取得汽車駕駛執照而練習開車的人); Liberal.

l¹ (略) left; length; liter(s).

l² (略) (*pl.* **ll** [lamz; laınz]) line (行). *l* 6 = line six 第六行// *ll* 6-9=lines six to nine 第6-9 行.

£ (略) pound(s) (英國貨幣單位; 出自拉丁語 libra(e) (古羅馬重量單位)的開頭字母). £1=one pound 一英鎊/£3.20 = three pounds (and) twenty (pence) 三英鎊二十便士.

LA (略) Louisiana; Los Angeles.

La. (略) Louisiana.

la [lɑ; lɑː] *n.* [UC] (音樂)A 音(大調[大音階]的第六音; → sol-fa).

lab [læb; læb] *n.* (口)=laboratory.

Lab. (略) (英) Labour (Party).

‡la·bel [`lebl; ˈleɪbl] [C] (★注意發音) *n.* (*pl.* ~s [~z; ~z]) **1** (商品)價碼標籤; 附箋, (浮貼)籤條; 貨物標籤; 貼條; (特指唱片的)貼紙; 商標. The *label* on the bottle says "Poison." 瓶上的標籤寫[瓶上標示]著「毒藥」/I attached a luggage *label* to the suitcase. 我把行李籤繫在手提箱上.
  2 【分類的標籤】(表示人, 團體或思想等的特徵的)「標記」; 分類標示(辭典中作說明用的(俚)、(英)、(醫學)等).
  — *vt.* (~s [~z; ~z]; (美) ~ed, (英) ~led [~d; ~d]; (美) ~·ing, (英) ~·ling) **1** (a)在…繫[貼]上標籤. (b) [句型5] (label **A** B) 將 B 的標籤貼於 A [將 A 標示為 B]. The bottle is *labeled* "Poison." 那個瓶子有[標示著]「毒藥」的標籤.
  2 [句型5] (label **A** B)、[句型3] (label **A** *as* B) 把 A 歸類為 B; 把 A 稱為 B. *label* a person (as) a dictator 把某人貼上獨裁者的標籤/His enemies *labeled* him a weathercock. 他的敵人稱他為風信雞[見風轉舵者].

la·bi·al [`lebɪəl; ˈleɪbjəl] *adj.* **1** 唇部的; 唇形的.
  2 (語音)唇音的.
  — *n.* [C] 唇音([p, b, m, f, v; p, b, m, f, v]).

‡la·bor (美), **la·bour** (英) [`lebɚ; ˈleɪbə(r)]
  n. (*pl.* ~s [~z; ~z]) 【費力】 **1** [U] (當作生產力的)勞動, 勞力. cheap *labor* 廉價勞工/The task requires much *labor*. 這項工作需要相當多的勞動力. 圖 *labor* 比 *work* 更具體地指肉體上或精神上(非常艱苦)的勞動; → work.

| 搭配 *adj.*+ *labor*: hard ~ (辛苦的勞動), rewarding ~ (值得的勞動), wasted ~ (做白工), mental ~ (勞心), physical ~ (勞力).

  2 [U] 勞動[工]階級, (集合)(體力)勞動者, (← capital, management). both *labor* and management 勞資雙方/skilled *labor* 熟練的工人/the *labor* movement 勞工運動.
  3 [C] (艱鉅的)工作. This book was a *labor* of nearly three years. 這本書是耗時三年才完成的著作. **4** [U] 陣痛; 分娩. go into *labor* 開始陣痛/be *in labor* 陣痛中, 分娩中.
  ⇨ *adj.* **laborious**.
  a **lábor** *of* **lóve** (撇開利害得失)因喜歡而從事的工作.
  — *v.* (~s [~z; ~z]; ~ed [~d; ~d]; (美) **-bor·ing** (英) **-bour·ing** [-bərɪŋ; -bərɪŋ]) *vi.* **1** 勞動, (賣力地)工作. She *labored* at her typewriter all day. 她整天賣力地打字.
  2 努力, 辛勞; 盡力, 致力於, ((to do)). I *labored to* complete the report. 我努力完成報告.
  3 費勁地(緩慢地)前進[移動]; (船)大幅度地搖擺. The ship *labored* in the heavy seas. 這艘船在波濤洶湧的海上顛簸.
  — *vt.* (超乎必要程度地)詳細分析或處理. You're *laboring* the obvious. 這麼簡單的事你還在多費脣舌地解釋.
  lábor *under*... 苦於…, 陷於…, 為…所苦; 陷入〔錯誤等〕. You're *laboring under* an illusion. 你陷入錯覺了/The peasants were *laboring under* oppression. 農民在壓迫下受苦.
  làbor *one's* **wáy** 排除困難前進. The old man *labored* his *way* up the hill. 那老人費勁地爬坡.

lab·o·ra·to·ries [`læbrə‚torɪz, ˈlæbərə-, -brɪ‚-, -‚tɒrɪz; ˈlæbərətərɪz] *n.* laboratory 的複數.

‡lab·o·ra·to·ry [`læbrə‚torɪ, ˈlæbərə-, -brɪ‚-, -‚tɒrɪ; ˈlæbərətər-]
  n. (*pl.* **-ries**) [C] (主要指自然科學的)實驗室; 研究所[室]; (藥品等的)製造所; (略作 lab). a medical *laboratory* 藥品試驗所[室]/a language *laboratory* (→ language laboratory).

Lábor Dày *n.* 勞動節(美國、加拿大為 9 月第一個星期一; 其他國家又稱 May Day (通常為 5 月 1 日)).

la·bored (美), **la·boured** (英) [`lebɚd; ˈleɪbəd] *adj.* **1** 困難的, 辛苦的. *labored* breath...

ing 呼吸困難. **2** (看得出)煞費苦心的; 不自然的, 生硬的. a *labored* joke 不自然的笑話.

la‧bor‧er (美), **la‧bour‧er** (英) [ˋlebərə; ˋleɪbərə(r)] n. (*pl.* ~s [~z; ~z]) C 勞動者, 工人, (特指)體力勞動者. a farm *laborer* 農場工人/a day *laborer* 按日計酬或逐日雇用的工人.

la‧bo‧ri‧ous [ləˋborɪəs, -ˋbɔr-; ləˋbɔːrɪəs] *adj.*
1 (工作)辛苦的, 費力的; 需要努力(耐心)的. the *laborious* task of cutting down a huge tree 砍倒巨樹的費力工作.
2 (文體等)(看得出)煞費苦心的; 生硬的; 過分講究的. She writes in a very *laborious* style. 她寫作的風格過分講究.
3 勤勉的, 工作勞動的. ⇨ n. labor.

la‧bo‧ri‧ous‧ly [ləˋborɪəslɪ, -ˋbɔr-; ləˋbɔːrɪəslɪ] *adv.* 費力地, 辛苦地.

la‧bor‧sav‧ing (美), **la‧bour‧sav‧ing** (英) [ˋlebə͵sevɪŋ; ˋleɪbə͵seɪvɪŋ] *adj.* 節省勞力的, 省力的.

lábor únion n. C (美)工會, 勞工聯盟, ((主英)) trade union).

la‧bour [ˋlebə; ˋleɪbə(r)] n., v. (英)=labor.

la‧bour‧er [ˋlebərə; ˋleɪbərə(r)] n. (英)=laborer.

La‧bour‧ite [ˋlebə͵raɪt; ˋleɪbəraɪt] n. C (英、口)英國工黨黨員[支持者).

Lábour Pàrty n. (加 the) (英國等的)工黨 (略作 Lab.).

Lab‧ra‧dor [ˋlæbrə͵dɔr; ˋlædrədɔː(r)] n. **1** 拉布拉多(加拿大東部的半島; 特指其東部地區).
2 C 拉布拉多犬(加拿大原產獵犬; 也稱做 Lábrador retríever).

la‧bur‧num [ləˋbɜnəm; ləˋbɜːnəm] n. UC 金鏈花(豆科灌木; 開黃色串[團]狀花簇).

lab‧y‧rinth [ˋlæbə͵rɪnθ; ˋlæbərɪnθ] n. C **1** 迷宮, 迷陣. **2** 糾纏不清的事件; 錯綜複雜的結構.

lab‧y‧rin‧thine [͵læbəˋrɪnθɪn, -θin; ͵læbəˋrɪnθɪən] *adj.* 迷宮[迷陣](般)的; 錯綜複雜的, 糾纏不清的.

lace [les; leɪs] n. (*pl.* **lac‧es** [~ɪz; ~ɪz]) **1** U 花邊; 蕾絲. weave *lace* 織花邊/a *lace* dress 滾花邊的洋裝.
2 C 鞋帶; (束腹等的)繫帶. tie [undo] one's *laces* 繫[解]鞋帶.
3 U (裝飾用的)滾邊細帶; 緞帶. a uniform with gold *lace* 金色滾邊的制服.
— v. (**lac‧es** [~ɪz; ~ɪz]; ~d [~t; ~t]; **lac‧ing** [~ɪŋ; ~ɪŋ]) vt.
1 繫緊(鞋, 束腹等)的帶子, 勒[綁]緊(細繩等); (用束腹)勒緊(某人)的腰部, 束緊[腰部]. *Lace* (*up*) your shoes firmly. 把你的鞋帶綁緊.
2 把(繩子等)穿過. *lace* a piece of string *through* a hole 把繩子穿過洞.
3 用花邊[緞帶等]裝飾; 加上飾邊.
4 編上[配上](interlace).
5 摻點(味道等)到…(*with*). *lace* one's tea *with* whiskey 加點威士忌到茶裡.
— vi. (鞋子等)用帶子繫著, 繫緊.
làce into a pérson (口)毆打某人; 貶損某人.

lac‧er‧ate [ˋlæsə͵ret; ˋlæsəreɪt] vt. **1** 把(肉等)撕裂, 割破. **2** (文章)傷害[感情等]; 使苦惱; 折磨.

lac‧er‧a‧tion [͵læsəˋreʃən; ͵læsəˋreɪʃən] n. **1** U 撕裂, 割破; (文章)傷害[感情等]; C 割傷, 裂口.

lach‧ry‧mal gland [ˋlækrəml͵glænd; ˋlækrɪml͵glænd] n. C (解剖)淚腺.

lach‧ry‧mose [ˋlækrə͵mos; ˋlækrɪməus] *adj.* (文章)愛哭的; 故事令人落淚的.

lack [læk; læk] n. **1** [a U] 缺乏, 不足, 短缺 (*of*). an attitude showing a *lack of* sympathy 毫不同情的態度/Her husband has a total *lack of* common sense. 她的丈夫毫無常識. ⓘ 依 lack, want, need 順序, 補缺的必要性漸強.
2 C (用單數)欠缺之物; 短缺之物. supply the *lack* 補充缺少的事物.
for [*from, through*] *láck of...* 缺乏…之故, 因無…之故. I can't go abroad *for* lack of money. 我因爲沒錢所以無法出國.
nò láck of... 有足夠的…. We have *no lack of* food. 我們不缺[有足夠的]食物.
— v. (~s [~s; ~s]; ~ed [~t; ~t]; ~ing) vt. **1** 缺少, 短缺, 沒有. We *lack* time and money to finish the work. 我們沒有時間和金錢去完成這項工作.
2 (僅)不足; (還)需要, (*of*). The vote *lacks* five *of* being a majority. 還差五票才過半數.
— vi. 缺少; 需要; (*for*)(通常用於否定句) Ann does not *lack for* friends. 安並不缺朋友.

lack‧a‧dai‧si‧cal [͵lækəˋdezɪkl; ͵lækəˋdeɪzɪkl] *adj.* (文章)無精打采的; 懶散的; 不熱中的, 沒勁的.

lack‧ey [ˋlækɪ; ˋlækɪ] n. (*pl.* ~s) C **1** (穿著傭人服飾的)侍從, 男僕. **2** 諂媚者, 阿諛奉承者.

lack‧ing [ˋlækɪŋ; ˋlækɪŋ] *adj.* (敘述)不足的, 缺少的. Nothing is *lacking* in their happy life. 他們生活幸福, 甚麼也不缺/The student is *lacking in* common sense. 這個學生缺乏常識.

la‧con‧ic [ləˋkɑnɪk; ləˋkɒnɪk] *adj.* (文體等)簡潔的, 精鍊的; (人或文章等)言簡意賅的.

la‧con‧i‧cal‧ly [ləˋkɑnɪkl͵ɪ, -ɪklɪ; ləˋkɒnɪkəlɪ] *adv.* 簡潔地.

lac‧quer [ˋlækə; ˋlækə(r)] n.
1 U 漆料(塗料); 漆器用的漆 (亦稱 Jàpanese lácquer, japan). *lacquer* ware漆器. **2** U 髮膠.
— vt. 在…上塗漆料[漆].

la‧crosse [ləˋkrɔs; ləˋkrɒs] n. U 長曲棍球(一隊十人, 類似曲棍球的球類運動; 在加拿大極爲盛行, 是該國特有的體育活動; 由美洲印第安人的遊戲發展而成).

[lacrosse]

lac‧ta‧tion [lækˋteʃən; lækˋteɪʃn] n. U (生理學)乳汁之分泌; 哺乳, 哺乳[授乳]期.

lac·tic [ˋlæktɪk; ˈlæktɪk] *adj.* 乳(汁)的; 取自乳(汁)的. *lactic* acid 乳酸.

lac·tose [ˋlæktos; ˈlæktəʊs] *n.* ⓤ《化學》乳糖.

la·cu·na [ləˋkjunə, -ˋkɪu-; ləˈkjuːnə] *n.* (*pl.* **-nae**, **~s**) ⓒ **1** 《文章》(特指古籍等的)脫落部分; 空洞, 空隙. **2** 《解剖》(骨骼或細胞組織中的)小孔.

la·cu·nae [ləˋkjuni, -ˋkɪu-; ləˈkjuːniː] *n.* lacuna 的複數.

lac·y [ˋlesɪ; ˈleɪsɪ] *adj.* 花邊(lace)的; 花邊似的.

lad [læd; læd] *n.* ⓒ **1** 年輕人, 少年, (boy; → lass). **2** 《口》(泛指)男人; 傢伙(fellow). My *lads*! 弟兄們! 夥計們!《對水手或工人等的呼喚》.

3 《英·口》蠻橫[大膽]的男人, 了不起的傢伙. He's quite [a bit of] a *lad*. 他是條好漢.

lad·der [ˋlædɚ; ˈlædə(r)] *n.* (*pl.* **~s** [~z; ~z]) ⓒ 《梯子》 **1** 梯子. prop a *ladder* up against a tree 把梯子靠在樹上／climb (up) a *ladder* 爬梯子／Walking under a *ladder* is considered bad luck. 從梯子底下走過是不吉利的.

2 《晉升的手段》(出人頭地等的)門路, 方法, 手段. serve as a *ladder* to political power 作爲取得政治權力的手段／run up the *ladder* of success 邁向成功之路, 一帆風順出人頭地.

《梯狀物》 **3** (地位, 階級等的)社會階層. one's position on the social *ladder* 社會地位.

4 《英》(襪子)綻線, 脫線(《美》run).

── 《英》*vi.* 〔襪子〕被勾破, 綻線, (《美》run). My tights have *laddered*. 我的褲襪勾破了.

── *vt.* 勾破〔襪子〕.

ládder trùck *n.* ⓒ (消防用的)雲梯車.

lad·die, lad·dy [ˋlædɪ; ˈlædɪ] *n.* ⓒ《主蘇格蘭, 口》年輕人, 小伙子. ★女性爲 lassie.

lad·en [ˋledn; ˈleɪdn] *adj.* **1** 裝載貨物的; 裝滿…(般)的(*with*). a heavily *laden* truck 滿載貨物的卡車／a tree *laden* with fruit 結實累累的果樹.

2 〔內心等〕負擔沈重的; (爲…)苦惱著的, 痛苦著的, (*with*). a woman *laden* with cares 憂心忡忡的女人.

la·di·da [ˏlɑdɪˋdɑ; ˏlɑːdɪˈdɑː] *adj.*《口》擺架子的; 〔發音, 言辭, 動作等〕故作高雅的; 裝腔作勢的.

la·dies [ˋledɪz; ˈleɪdɪz] *n.* lady 的複數.

Ládies(') [ládies(')] ròom *n.*《美》= lady 5.

lad·ing [ˋledɪŋ; ˈleɪdɪŋ] *n.* ⓤ 裝載, (貨物)裝船; 載貨, 船貨.

la·dle [ˋledl; ˈleɪdl] *n.* ⓒ 勺子; 長柄(湯)勺(廚房用具; → utensil 圖). a soup *ladle* 湯勺.

── *vt.* 用勺子舀(*out*). The waiter *ladled* soup (*out*) *into* each plate. 侍者用勺子舀湯到各個湯盤裡.

làdle/.../óut《口》任意地把…(分)給. *ladle out* compliments 盡說恭維話.

la·dy [ˋledɪ; ˈleɪdɪ] *n.* (*pl.* **-dies**) ⓒ 《有身分的婦女》 **1** 貴婦, 淑女, 《紳士爲 gentleman》. He saw at once that she was a real *lady*. 他一眼就看出她是一位真正的淑女. **2** 《英》(Lady)(通常加上姓氏)…爵士夫人, …女侯爵[伯爵等]; (加上名字)…小姐. Sir Winston and *Lady* Churchill 邱吉爾爵士伉儷／*Lady* Anne 安妮公主[小姐]／First *Lady* (→見 First Lady).

參考 用於公爵以外之貴族夫人及其他擁有 lord 或 sir頭銜者的夫人, 以及伯爵(earl)以上貴族的女兒.

3 《古》(騎士仰慕對象的)貴婦; 《詩》情人.

《淑女＞婦人》 **4** (a)女士; (上了年紀的)婦女. *ladies'* hats 女帽／Mr. Lewis, there's a *lady* here to see you. 路易士先生, 有位女士來訪.

參考 (1)此用法係取代 woman 的禮貌說法, 雖稍嫌客氣, 但 an old lady(老婦人)至今仍通用. (2)有時亦表示女性勞工: a cleaning lady(女清潔工), a tea lady(公司等的)(端茶的小姐).

圖解 *adj.*＋lady: a charming ~(迷人的淑女), a fashionable ~(追求時尚的女士), a gracious ~(和藹的女士), a perfect ~(完美的女士).

(b) (通常 ladies)各位女士們(呼喚). *Ladies* and gentlemen! 各位女士先生們!

★稱呼一位女士通常用 madam 或者用 ma'am, 下面的例句是《美·口》: *Lady*, you can't go in this way. (小姐, 這裡不能進入).

5 《英》(the *Ladies*(') [ladies(')])《作單數》女廁 (《美》Ladies(') [ladies(')]) room; 男廁 → gentleman 4).

6 《形容詞性》女性的. a *lady* wrestler 女摔角選手. 本義之使用與社會身分或職業種類無關, 但 *lady* doctor [lawyer](女醫生[女律師])等倒有輕蔑之意, 與其用 lady 不如用 woman 較恰當.

my láddy 夫人; 小姐; 《特指僕人等對於擁有 Lady (→ 2)頭銜之女士的呼喚》.

the làdy of the hóuse 主婦.

la·dy·bird [ˋledɪˏbɝd; ˈleɪdɪbɜːd] *n.* ⓒ 瓢蟲(一種 insect 圖).

la·dy·bug [ˋledɪˏbʌg; ˈleɪdɪbʌg] *n.* 《美》= ladybird.

Lády Dày *n.* 報喜節(英國的四季結帳日(quarter days)之一; 3月25日).

la·dy-in-wait·ing [ˏledɪɪnˋwetɪŋ; ˏleɪdɪɪnˈweɪtɪŋ] *n.* (*pl.* **la·dies-**) ⓒ (女王, 王妃, 公主的)侍女, 婢女.

la·dy-kill·er [ˋledɪˏkɪlɚ; ˈleɪdɪˏkɪlə(r)] *n.* ⓒ《口》泡妞高手, 對女人很有一手的男人.

la·dy·like [ˋledɪˏlaɪk; ˈleɪdɪlaɪk] *adj.* 〔態度等〕有貴婦[淑女]氣質的, 高雅的, 雍容華貴的; 〔男子〕娘娘腔的, 柔弱的.

la·dy·ship [ˋledɪˏʃɪp; ˈleɪdɪʃɪp] *n.* **1** ⓒ (常Ladyship)夫人; 小姐. Your *Ladyship* 夫人, 小姐, (稱呼等)／Her *Ladyship* is out. 夫人外出了.

語法 對於擁有 Lady 頭銜之女士的尊稱; your *Ladyship*(s), her *Ladyship*, their *Ladyships* 分別用於取代 you, she [her], they [them]; 有時亦用於調侃之情況. **2** ⓤ 貴婦之身分.

lag [læg; læg] *vi.* (**~s** [~z; ~z]; **~ged** [~d; ~d]; **~ging**) **1** 跟不上, 落後, 《behind》; 緩慢前進, 進展遲緩. Fred was *lagging behind* (the others). 弗瑞德落後(其他人)了／This country stil

lags in social welfare. 這個國家在社會福利方面依然落後.

2 遲滯; 遲緩. Employment continued to *lag*. 就業率持續停滯.

3 〔興趣等〕減弱, 衰退.

— *n.* ⓊⒸ延遲, 落後; 時間上的間隔(time lag).

lag² [læg; læg] *vt.* (~s; ~ged; ~ging) 將〔鍋爐等〕加上隔熱層, 以隔熱材料包裹〔鍋, 釜等〕.

la·ger [ˋlɑgɚ, ˋlɔgɚ; ˈlɑːgə(r)] *n.* Ⓒ(一種)啤酒《發酵後以低溫貯藏一定期間釀造而成; 除生啤酒外, 市面上一般啤酒多屬此類; 亦稱 làger béer》.

lag·gard [ˋlægɚd; ˈlægəd] *n.* Ⓒ(英, 古)腦筋遲鈍的(人); 行動遲緩[拖拖拉拉]的人.

lag·ging [ˋlægɪŋ; ˈlægɪŋ] *n.* Ⓤ(鍋爐等的)隔熱層, 隔熱材料.

la·goon [ləˋgun; ləˈguːn] *n.* Ⓒ潟湖《海岸附近被沙洲等圍住而形成的小湖》; 礁湖《被環礁圍住的淺水水域》.

[lagoon]

laid [led; leɪd] *v.* lay¹ 的過去式、過去分詞.

lain [len; leɪn] *v.* lie¹ 的過去分詞.

lair [lɛr, lær; leə(r)] *n.* Ⓒ獸窩, 獸穴, 巢穴; (歹徒等的)巢窟, 藏身處《原義為「躺臥的地方」》.

lais·sez-faire, lais·ser-faire [ˌlɛseˋfɛr; ˌleɪseɪˈfeə(r)](法語) *n.* Ⓤ(特指經濟政策的)自由(放任)主義, 自由競爭(主義).

la·i·ty [ˋleɪtɪ, ˋle·ɪtɪ; ˈleɪətɪ] *n.* (通常加 the)(作複數)(集合)(泛指)信徒, 普通信徒, (↔ clergy); (與專家相對而言的)外行人.

lake [lek; leɪk] *n.* (*pl.* ~s [~s; ~s]) Ⓒ **1** 湖, 湖水. Lake Leman 萊蒙湖(亦稱 the *Lake of Geneva* (日內瓦湖))/go out on a *lake* in a boat 划船到湖上. 語法作 *Lake* Leman 時無冠詞, 用的時則作 the *Lake of* Geneva.

2 (公園等的)水池; 水庫的蓄水池.

Lake District [Country] *n.* (加 the)(英格蘭西北部的)湖區.

Lake Poets *n.* (加 the)(作複數)湖畔詩人《19世紀初期住在 Lake District 的一些英國浪漫派詩人; 例如 Coleridge, Wordsworth 等》.

lam [læm; læm] *vi.* (~s; ~med; ~ming)(俚)毆打; 駁倒; (*into*).

la·ma [ˋlɑmə; ˈlɑːmə] *n.* Ⓒ喇嘛(→Dalai Lama).

La·ma·ism [ˋlɑmə͵ɪzm; ˈlɑːmeɪɪzm] *n.* Ⓤ喇嘛教.

la·ma·ser·y [ˋlɑmə͵sɛrɪ; ˈlɑːməsərɪ] *n.* (*pl.* -ser·ies) Ⓒ喇嘛寺(廟).

lamb [læm; læm] *n.* (*pl.* ~s [~z; ~z]) **1** Ⓒ羔羊, 小羊, (→ sheep 參考).

---

a man as gentle [meek] as a *lamb* 像小羊般溫和的人.

2 Ⓤ小羊肉. For lunch we had roast *lamb* with mint sauce. 我們午餐吃薄荷醬烤小羊肉.

3 Ⓒ(口)(小羊般)溫和的人; 天真無邪的人《特指小孩》; 可愛的人. my *lamb* 小寶貝《親愛的稱呼》. *like a lamb* (小羊般)溫順地[的]; 天真無邪的[地]; 容易上當的[地].

— *vi.* 〔羊〕生小羊.

● ——動物之名稱(→ rooster 表)

成	幼	
bear	cub	熊
cat	kitten	貓
rooster	chicken	雞
hen		
ox	calf	牛
duck	duckling	鴨
fish	fry	魚
goat	kid	山羊
goose	gosling	鵝
lion	cub	獅子
sheep	lamb	羊, 綿羊
wolf	cub	狼

lam·baste [læmˋbest; læmˈbeɪst] *vt.* 《口》 **1** 狠狠地揍. **2** 破口大罵; 嚴厲地批評.

lamb·da [ˋlæmdə; ˈlæmdə] *n.* ⓊⒸ希臘字母的第十一個字母 Λ, λ; 相當於羅馬字母的 L, l.

lam·bent [ˋlæmbənt; ˈlæmbənt] *adj.* 《雅》 **1** 〔火焰等〕輕輕搖曳的; 閃爍發光的. **2** 〔機智等〕巧妙的. **3** 〔天空等〕微亮著的; 〔眼睛等〕閃著柔和的光輝的.

lamb·kin [ˋlæmkɪn; ˈlæmkɪn] *n.* Ⓒ小羔羊.

lamb·skin [ˋlæm͵skɪn; ˈlæmskɪn] *n.* **1** Ⓒ(帶毛的)羔羊皮. **2** Ⓤ小綿羊皮; 羊皮紙.

***lame** [lem; leɪm] *adj.* (**lam·er, more ~; lam·est, most ~**) **1** 跛的, 瘸的; 有殘疾的; 〔肩等〕僵硬酸痛的. The boy is *lame in* the left leg. 那男孩的左腿瘸了/walk *lame* 走路一跛一跛的/go *lame* 變成瘸子.

2 〔說明, 議論等〕不充分的, 缺少說服力的. He gave the teacher a *lame* excuse for his absence. 他給老師的缺課理由œ整個透了.

— *vt.* 使瘸. He was *lamed* for life by polio. 他因為得過小兒麻痺症, 所以一輩子跛腳.

la·mé [læˋme; læˈmeɪ](法語) *n.* Ⓤ金銀絲織物《有金線、銀線的織物》.

lame duck *n.* Ⓒ **1** (美)競選連任失敗而任期即將屆滿的總統[議員]等.

2 「跛腳鴨」, 無力[無能]的人; 沒用的人[船等].

lame·ly [ˋlemlɪ; ˈleɪmlɪ] *adv.* 瘸腿地; (回答等)靠不住地, 含混地.

lame·ness [ˋlemnɪs; ˈleɪmnɪs] *n.* Ⓤ跛足; 不完

***la·ment** [ləˋmɛnt; ləˈment] *v.* (~s [~s; ~s];

~ed [~ɪd; ~ɪd]; **~ing** *vt.* **1** 悲歎; 哀悼〔人的死等〕. We all *lamented* his death. 我們都哀悼他的去世. **2** 悔恨; 悔恨; 回型3 (lament do*ing*)後悔做了…. ── *vi.* 悲歎; 悔恨 《*for, over*》. The mother *lamented* loudly *for* her drowned son. 那位母親大聲悲泣著她溺斃的兒子. 回 lament 是「哭出聲」等表露出來的悲傷; → grieve.
── *n.* (*pl.* ~s [~s; ~s]) 回 **1** 悲歎; 悔恨; 《*for*》. **2** 輓詩, 輓歌, (elegy).

lam‧en‧ta‧ble [ˋlæməntəbl; ˈlæməntəbl] *adj.* **1** 可悲的, 可歎的; 令人惋惜的. a *lamentable* result 可悲的結果. **2** 《演技等》拙劣的, 糟糕的.

lam‧en‧ta‧bly [ˋlæməntəblɪ; ˈlæməntəblɪ] *adv.* 可歎地; 糟糕地.

lam‧en‧ta‧tion [͵læmənˈteʃən; ͵læmenˈteɪʃn] *n.* **1** 回悲傷, 慟哭. **2** 回悲歎聲.

lam‧i‧nate [ˋlæmə͵net; ˈlæmɪneɪt] *vt.* **1** 把〔金屬等〕壓薄. **2** 用〔金屬的〕薄板覆蓋.
── *vi.* 使成薄板.
── *n.* [ˋlæmənɪt, ͵net; ˈlæməneɪt] 回回 《金屬, 塑膠等的》薄板.

＊lamp [læmp; læmp] *n.* (*pl.* ~s [~s; ~s]) 回 燈, 檯燈; 燈泡; 煤油燈. an electric *lamp* 電燈/a table *lamp* 檯燈/an oil 〔an alcohol, a spirit〕 *lamp* 油〔酒精〕燈/a colored *lamp* 彩色燈泡/turn [switch] a *lamp* on [off] 開[關]燈.

lamp‧black [ˋlæmp͵blæk; ˈlæmpblæk] *n.* 回 黑〔灰〕色煤灰《(煤等)燃燒不完全之產物; 顏料、印刷油墨等的原料).

lamp‧light [ˋlæmp͵laɪt; ˈlæmplaɪt] *n.* 回燈火光.

lamp‧light‧er [ˋlæmp͵laɪtɚ; ˈlæmp͵laɪtə(r)] *n.* 回 《舊時街燈的》點燈夫.

lam‧poon [læmˈpun; læmˈpuːn] 《文章》 *n.* 回 (通常為諷苦某人的) 諷刺文章〔詩〕, 《嘲諷時人, 時事的》匿名打油詩.
── *vt.* 用諷刺文章等嘲諷, 奚落.

lamp‧post [ˋlæmp͵post; ˈlæmppəʊst] *n.* 回路燈柱(→ house 圖).

lam‧prey [ˋlæmprɪ; ˈlæmprɪ] *n.* (*pl.* ~s) 回 《魚》八目鰻《咬住其他的魚以吸血).

lamp‧shade [ˋlæmp͵ʃed; ˈlæmpʃeɪd] *n.* 回燈罩.

Lan‧ca‧shire [ˋlæŋkə͵ʃɪr, -ʃɚ; ˈlæŋkəʃə(r)] *n.* 蘭開夏(英格蘭西北部的郡; 略作 Lancs.).

Lan‧cas‧ter [ˋlæŋkəstɚ; ˈlæŋkəstə(r)] *n.* 《英史》蘭開斯特王朝(亦稱 the Hòuse of Láncaster) (Henry IV 到 Henry VI(1399-1461); 以紅薔薇為徽章; → York).

lance [læns; lɑːns] *n.* 回 **1** 長矛《過去騎士在馬上用的長柄武器). **2** = lancer. **3** (刺魚的) 矛槍.
brèak a lánce with... 和…辯論〔交鋒〕.
── *vt.* 把〔癤子等〕切開〔動手術).

lanc‧er [ˋlænsɚ; ˈlɑːnsə(r)] *n.* 回槍騎兵.

lan‧cet [ˋlænsɪt; ˈlɑːnsɪt] *n.* 回《醫學》柳葉刀, 披針, 《外科用的兩刃小刀).

Lancs. 《略》Lancashire.

＊land [lænd; lænd] *n.* (*pl.* ~s [~z; ~z])
【(相對於海的)陸地】 **1** 回陸, 陸地, (⟷ sea). come to *land* 登陸; 進港/They caugh sight of *land*. 他們看到了陸地.
【土地】 **2** 回 《從用途, 土質等看的》土地; 地; 《經濟》(作為生產資源的)土地. arable *land* 耕地/work on the *land* 從事耕作/fertile 〔barren〕 *land* 肥沃〔不毛〕之地/forest *land* 林地.
┃ 搭配 *adj.*＋land: virgin ~ (處女地), waste ~ (荒地) // *v.*＋land: cultivate the ~ (開墾土地), plow the ~ (犁地), till the ~ (耕田).
3 《耕地＞田園》回(加有)田園生活. go back to the *land* 回歸田園〔生活).
4 回所有地; (lands)(廣闊的)土地. houses and *lands* 房屋和土地.
【地域】 **5** 回 (特定的)地域, 地區; 國土; 國家, 《★ country 較屬日常用語). visit many (foreign) *lands* 造訪許多國家/my native *land* 我的祖國〔故鄉).
6 回 (特定地區的)居民; 國民. The whole *land* rejoiced at the news. 全國人民對這消息都歡欣鼓舞.
7 【領域】回境, 領域, 《*of*》. a *land* of wonder 奇境/the *land* of the free 自由的土地〔國家]《有時作為美國的美稱).

＊ *by lánd* 從陸路. The country was invaded b *land*, sea, and air. 該國遭陸、海、空三路入侵.
máke lánd 《從遠處》看到陸地; 登陸.
sée hòw the lànd líes (行動等前)調查情勢.

── *v.* (~s [~z; ~z]; ~ed [~ɪd; ~ɪd]; ~ing) *v* 【降到陸地上】 **1** 使登陸; 把〔貨物等〕從船上卸下; 使〔飛機〕著陸〔著水). The troops were se cretly landed. 軍隊祕密登陸.
2 把〔魚〕釣起; 《口》謀取, 獲得, 〔工作等〕. He *landed* a big trout. 他釣起一條大鱒魚/*land* role 得到戲中的一個角色.
【使在目的地下車船】 **3** 《交通工具》把〔人〕(帶到目的地) 去. The bus *landed* us at the station. 公車載我們到車站下車/他們載到車站.
4 《口》給予〔打擊); 回型4 (land **A B**) 給 A 〔B(一拳等). I *landed* him one [a blow] *on* th nose. 我一拳打在他的鼻子上.
【使降落＞使陷入】 **5** 使〔人〕處於, 陷入〔不舒的場所〔狀態). A theft *landed* him in jail. 他因竊盜而入獄/After that I *landed* myself *in* diff culties. 從那以後我就陷入了困境.
── *vi.* 【到達後降落】 **1** 登陸〔下船); 下車〔飛機〕著陸〔落水); 《船》靠岸〔進港). The party *landed* at Kaohsiung [*in* Taiwan]. 一行人在高雄〔臺灣)上岸. **2** 到達《*at* 〔目的地).
【落下】 **3** 落下來, 碰到地面. Tom threw hi cap, and it *landed* *on* the grass. 湯姆把帽子丟出去, 結果落到草上.
【陷入】 **4** 陷入《*up*) *in* 〔不好的狀態〕; (lan up do*ing*)處於…. He lived beyond his mean and *landed up in* debt. 他過著入不敷出的日子以致於負債累累/He lost his job and *landed up beg ging*. 他失業終至行乞.

***lánd on...** 《美、口》痛斥…，責罵….

***lànd on** one's **féet** 倖免於難，僥倖走運; 重整旗鼓; 《<(摔下來的)貓》雙腳著地).

***lánd A with B** 《口》給予 A(人)B(非所期望之事物). Mom *landed* me *with* the job of cleaning all the windows. 媽媽要我擦乾淨所有的窗子.

lánd àgent n. ⓒ 地產經紀人; 《英》地產管理人.

lánd brèeze n. ⓒ 陸風(由陸地吹向海洋的風; ↔ sea breeze).

land·ed [`lændɪd; 'lændɪd] adj. 《限定》**1** 擁有土地的. a *landed* proprietor 地主/the *landed* interests 地主方面. **2** 土地的; 由土地構成的. a *landed* estate 所有地, 不動產.

land·fall [`lænd͵fɔl, `læn-; 'lændfɔːl] n. ⓒ (航海或飛行中)初次見到陸地, 發現陸地; 靠岸, 著陸.

land·hold·er [`lænd͵holdɚ; 'lænd͵həʊldə(r)] n. ⓒ **1** 土地擁有者; 土地租借者. **2** 地主.

land·ing [`lændɪŋ; 'lændɪŋ] n. (pl. ~s [~z; ~z]) **1** ⓊⒸ 登陸; 上岸; (貨物)卸到陸上; (飛機)著陸, 降落到水面, (船)靠岸; (跳躍後)著地. The plane made a safe [forced] *landing*. 那架飛機安全[被迫]著陸.

2 ⓒ 登陸處; 碼頭; 卸貨處.

3 ⓒ (樓梯的)平臺; 樓梯通道. (→ flight 圖).

lánding cràft n. ⓒ 登陸艇.

lánding fìeld n. ⓒ 小型飛機場.

lánding gèar n. ⓒ (飛機的滑行輪, 煞車器等)著陸裝置(→ airplane 圖).

lánding nèt n. ⓒ 手網(用來撈起釣到的魚).

lánding stàge n. ⓒ (登陸, 起貨卸貨用的)臨時碼頭.

lánding strìp n. =landing field.

land·la·dy [`lænd͵ledɪ, `læn͵leɪdɪ] n. (pl. -dies [~z; ~z]) ⓒ **1** 女房東, 房東太太; 女地主. **2** (旅館, 客棧的)女主人, 老闆娘. ★男性是 landlord.

land·locked [`lænd͵lɑkt; 'lændlɒkt] adj. 〔灣, 港等〕(幾乎)全被陸地圍繞的. a *landlocked* country 內陸國.

land·lord [`lænd͵lɔrd, `læn-; 'lænlɔːd] n. (pl. ~s [~z; ~z]) ⓒ **1** 房東; 地主. (↔ tenant). **2** (旅館, 客棧的)主人, 老闆. ★女性是 landlady.

land·lub·ber [`lænd͵lʌbɚ; 'lænd͵lʌbə(r)] n. ⓒ 《口》旱鴨子(水手嘲笑不習慣乘船者的用語).

land·mark [`lænd͵mɑrk, `læn-; 'lændmɑːk] n. ⓒ **1** (航海者, 旅行者等的)陸標, 地標, 《例如有形狀特徵的山頂, 從遠處可見的高塔等). **2** (土地的)界標. **3** 有劃時代意義的事件[事情]. a *landmark* in cancer research 癌症研究的里程碑.

lánd màss n. ⓒ 廣大的土地, 陸塊.

lánd mìne n. ⓒ 地雷(亦稱 mine).

land·own·er [`lænd͵onɚ; 'lænd͵əʊnə(r)] n. ⓒ 土地所有者, 地主.

Land·sat [`lændsæt; 'lændsæt] n. ⓒ 地球資源探測衛星(美國為探測地球資源, 地勢等而發射的人造衛星; <land+satellite).

***land·scape** [`lænskep, `lænd-; 'lænskeɪp] n. (pl. ~s [~s; ~s]) **1** ⓒ (主要指地上的)風景, 景色; 眺望. A picturesque *landscape* presented itself before our eyes. 我們眼前是一片美麗如畫的景色. 參考 從 landscape 產生了 sea*scape*(海景), town*scape*(市景), moon*scape*(月景)等詞.

2 ⓒ 風景畫, 山水畫; Ⓤ 風景畫法. Constable painted many superb *landscapes*. 康斯坦伯畫了許多出色的風景畫/a *landscape* painter 風景畫家.

— vt. 用草木、花卉等使(庭院, 環境)美化.

lándscape àrchitecture n. Ⓤ 庭園設計; 都市風景藝術設計法.

lándscape gàrdening n. Ⓤ (風景式)造園(法)《與幾何式的造園風格不同).

Lànd's Énd n. (加the)地角(在英格蘭的最西端).

land·slide [`lænd͵slaɪd, `læn-; 'lændslaɪd] n. ⓒ **1** 山崩; 坍方, 砂土崩落. **2** (特指選舉中的)壓倒性的勝利, 大勝.

land·slip [`lænd͵slɪp, `læn-; 'lændslɪp] n. ⓒ 《主英》(小規模的)山[土]崩(比 landslide 規模小).

lands·man [`lændzmən, `lænz-; 'lændzmən] n. (pl. -men [-mən; -mən]) ⓒ 在陸上居住[工作]的人.

land·ward [`lændwəd; 'lændwəd] adv. 朝陸地地, 向陸地地. — adj. 朝陸地的, 向陸地的.

land·wards [`lændwədz; 'lændwədz] adv. = landward.

***lane** [len; leɪn] n. (pl. ~s [~z; ~z]) ⓒ **1** (樹籬, 土牆等之間的)小路, 鄉間小路; (城市的)巷, 弄, 小街. a winding *lane* 彎曲的小路/A *lane* leads up the hill. 有條小路通到山崗上/It is a long *lane* that has no turning. 《諺》耐心等待, 終會時來運轉《<不管路多麼長, 總會有轉角<長路沒有轉角).

2 (船, 飛機等的)航道, 航線. a shipping *lane* 船舶航道/a sea *lane* 《海事》航道, 航線.

3 車道, 線道. a four-*lane* highway 四線道的公路.

4 (比賽)為比賽者劃分的跑道, 水道等. *Lane* No. 3 第三跑道[水道].

5 (保齡球場的)球道(bowling alley).

***lan·guage** [`læŋgwɪdʒ; 'læŋgwɪdʒ] n. (pl. -guag·es [~ɪz; ~ɪz]) 【語言】 Ⓤ 語言, 話. Man is the only animal that possesses *language*. 人是唯一使用語言的動物.

2 【類似語言之物】ⓊⒸ (從動物的鳴聲等想像的)語言; (非語言符號體系的)語言(手語等). Deaf and dumb people use sign *language*. 聾啞者使用手語/body *language* 肢體語言/the *language* of flowers 花語/computer *language* 電腦語言.

【特定的語言】**3** ⓒ 國語; …語. the French *language*=French 法語/Can you speak a foreign *language* fluently? 你能說流利的外語嗎?/one's native *language* 母語/the role of English as a

world *language* 英語作為世界共通語言的角色.

[搭配] *adj.*+language: an international ~ (國際語言), a national ~ (國語) // *v.*+language: learn a ~ (學習一種語言), master a ~ (精通一種語言), understand a ~ (了解一種語言).

4 [U][C] 專門用語, 術語, 用語. legal [scientific] *language* 法律[科學]用語/the *language* of religion 宗教用語.

5 【遣辭用字】[U] …用語; 語法, 措辭; 文體. written [spoken] *language* 書寫[口]語/strong *language* 強烈的措辭(特指罵人的話).

[搭配] *adj.*+language: colloquial ~ (口語), formal ~ (正式用語), literary ~ (文學用語), plain ~ (白話), polite ~ (禮貌用語).

spéak the sàme lánguage 談得來, 有共同的思考方式.

lánguage làboratory *n.* [C] 語言訓練教室, 語言實習教室, 語言教室.

lánguage schòol *n.* [C] 語言學校.

lan·guid [ˋlæŋgwɪd; ˈlæŋgwid] *adj.* **1** 倦怠的, 無精打采的. feel *languid* 感到倦怠/a *languid* gait 走路慢吞吞的樣子. **2** [市場等]不活絡的.
⇨ *n.* **languor**.

lan·guid·ly [ˋlæŋgwɪdlɪ; ˈlæŋgwidli] *adv.* 無精打采地; 慢吞吞地.

*∗**lan·guish** [ˋlæŋgwɪʃ; ˈlæŋgwiʃ] *vi.* (~es [~ɪz; ~iz]; ~ed [~t; ~t]; ~ing) **1** [身體]變得衰弱, 失去活力; [植物]凋萎; [活動等]倦怠. Our conversation *languished*. 我們談得不起勁.

2 苦惱, 痛苦, 《*in, under*〔壓制等〕》. The people *languished under* the king's harsh rule. 在國王的殘酷統治之下, 人民痛苦萬分.

3 苦念著《*for*》. He *languished for* his sweetheart while he was abroad. 他在國外時想他的戀人想得好苦. ⇨ *n.* **languor**.

lan·guor [ˋlæŋgɚ; ˈlæŋgə(r)] *n.* 《文章》**1** [U] 倦怠; 無氣力; 無興趣.

2 [C] (常 languors)思念, 感傷.

3 [U] (空氣等的)凝滯, 沈悶.
⇨ *adj.* **languid, languorous.** *v.* **languish.**

lan·guor·ous [ˋlæŋgɚəs, -grəs; ˈlæŋgərəs] *adj.* 《文章》倦怠的, 無精打采的.

lan·guor·ous·ly [ˋlæŋgɚəslɪ, -grəs-; ˈlæŋgərəsli] *adv.* 《文章》倦怠地.

lank [læŋk; læŋk] *adj.* **1** [毛髮]長而直的, 不捲的.
2 瘦長的; [植物]細長的.

lank·y [ˋlæŋkɪ; ˈlæŋki] *adj.* [手腳, 人等](不好看地)瘦長[細長]的.

lan·o·lin [ˋlænəlɪn; ˈlænəʊlin] *n.* [U] 羊毛脂(用於軟膏等).

*∗**lan·tern** [ˋlæntɚn; ˈlæntən] *n.* (*pl.* ~s [~z; ~z]) [C] **1** 燈籠, 提燈; 煤油燈. light a *lantern* 點燈籠. **2** (燈塔的)燈室. **3** 《建築》

[lantern 1]

頂塔; 天窗.

lan·tern-jawed [ˌlæntɚnˋdʒɔd; ˌlæntən'dʒɔːd] *adj.* [人]下巴長而外突[瘦削]的.

lan·yard [ˋlænjɚd; ˈlænjəd] *n.* [C] **1** (船上用的)纜繩, 繫索.

2 (水手等拴小刀, 哨子的)頸帶.

La·oc·o·ön [leˋɑkəˌwɑn, -ko,ɑn; leɪˈɒkəʊɒn] *n.* (希臘神話)勞孔(Troy 城 Apollo 神廟的祭司; 特洛伊戰爭中識破希臘軍隊的木馬計, 因此觸怒女神 Athena, 和兩個兒子一起被巨蟒纏死).

Laos [laʊs; ˈlɑːɒs] *n.* 寮國(中南半島西北部的國家; 首都 Vientiane).

La·o·tian [ˋlaʊʃən; ˈlɑːʊʃn] *n.* 寮國人; [U] 寮國語.

*∗**lap**[1] [læp; læp] *n.* (*pl.* ~s [~s; ~s]) [C] 【膝】**1** 膝. sit with a child *in* [*on*] one's *lap* 膝上抱著孩子坐著.

[構成] lap 指坐著時從腰到膝蓋的部位; knee 是膝蓋.

2 (裙子等的)膝蓋以上的部分. She carried chestnuts in her *lap*. 她用裙襬兜著栗子.

3 【母親的膝＞養育的場所】養育的環境; 保護[責任, 管理等]的範圍. Everything falls in my *lap* 凡事都在他的掌握中/Don't drop all this work *in* [*on*] my *lap*. 不要把這工作全都推到我身上.

in the làp of lúxury 在奢侈的環境中(的).

in the làp of the góds 看運氣的, 非人力所能左右的.

*∗**lap**[2] [læp; læp] *vt.* **1** 包, 裹, 《*in*》; 纏, 捲.

2 使(部分)重疊《*over*》.

3 (比賽)領先(賽跑對手)一圈(以上).

— *vi.* **1** 捲住, 纏繞, 《*about, round, around*》.

2 (部分地)重疊《*over*》.

— *n.* (*pl.* ~s [~s; ~s]) [C] **1** 重疊部分, 重複.

2 (比賽)(跑道等的)一圈, 游泳比賽的單程[一次來回], 一段距離. a *lap* time (→見 lap time).

3 (旅行等的)一段行程.

4 (繩子等的)一圈(圓筒狀物一圈的長度).

*∗**lap**[3] [læp; læp] *v.* (~s [~s; ~s]; ~**ped** [~t; ~t]; ~·**ping**) *vt.* (特指狗, 貓等)舔飲, 舔食, 舔食出聲. The cat *lapped* milk. 貓在舔牛奶.

— *vi.* (波浪等)拍打, 劈啪沖擊. The water *lapped against* the shore gently. 海[湖, 河]水輕輕地拍打著岸邊.

làp/…/úp (1)把…舔光. (2)開懷地吃[喝]…. (3)熱心地接受…; 輕信(話等). He *lapped up* the empty compliments. 他一下就相信那些客套的恭維.

— *n.* **1** [C] (發出聲音的)舔; (流質食物等)一舔的量.

2 [U] (加 the)(拍打岸邊的)小浪聲.

lap·dog [ˋlæpˌdɔg; ˈlæpdɒg] *n.* [C] 小型寵物狗(可放在膝上的小狗).

la·pel [ləˋpɛl; ləˈpel] *n.* [C] (上衣, 前襟的)翻領.

lap·i·dar·y [ˋlæpəˌdɛrɪ; ˈlæpidəri] *adj.* **1** 寶石工藝的.

2 《文章》刻於石上的; [文句等]適合作為碑銘的.

[lapel]

— *n.* (*pl.* **-dar·ies**) ⓒ 寶石工.

lap·is laz·u·li [ˈlæpɪsˈlæzjə,laɪ, -ju-; ˌlæpɪsˈlæzjʊlaɪ] *n.* ⓤⓒ **1** 《礦物》青金石, 璧琉璃, 金精. **2** 琉璃色(深藍色).

Lap·land [ˈlæp,lænd; ˈlæplænd] *n.* 拉普蘭 《Scandinavia 半島最北部的地區; → Scandinavia 圖》.

Lapp [læp; læp] *n.* ⓒ 拉普蘭人; ⓤ 拉普蘭語.

lapse [læps; læps] *n.* (*pl.* **laps·es** [~ɪz; ~ɪz]) ⓒ
1 (時間的)經過, 推移; 已逝的時間. after a *lapse* of two years 經過了兩年.
2 小錯, 失誤. My father suffers from frequent *lapses* of memory. 我父親常會忘東忘西.
3 (一時的)墮落. a *lapse* of youth 年少時的荒唐.
4 (逐漸的)衰弱; 下降; 喪失; 《*of* 〔習慣等〕的》. a temporary *lapse* of grain production 穀物產量暫時減少.
5 《法律》(由於疏忽等而使權利等)失效, 喪失.
— *vi.* **1** 背離正道, 墮落, 《*from*》; 陷入, 重返, 《*into*》. I'm afraid he will *lapse* into idleness again. 我擔心他又要偷懶了.
2 (逐漸, 慢慢地)陷入〔某種狀態〕. *lapse* into a coma 陷入昏迷狀態.
3 《法律》〔權利等〕消失; 轉移《*to* 〔他人手中〕》.
|字源| LAPSE 〔滑〕: *lapse*, e*lapse*(消逝), col*lapse*(崩壞), re*lapse*(再次陷入).

láp tìme *n.* ⓤ《比賽》(游泳)來回一趟的時間; (賽跑)跑一圈所需的時間.

lap·top [ˈlæp,tɑp; ˈlæptɒp] *n.* ⓒ 手提式電腦.
— *adj.* 〔電腦〕攜帶用的, 手提式電腦的, 《原義為「放在膝上使用的」; 比 desktop 小》.

lap·wing [ˈlæp,wɪŋ; ˈlæpwɪŋ] *n.* ⓒ《鳥》鳳頭麥雞, 田鳧.

lar·ce·ny [ˈlɑrsn̩ɪ; ˈlɑːsənɪ] *n.* (*pl.* **-nies**) 《法律》ⓤ 竊盜罪; ⓒ 竊盜. 圖robbery, burglary 亦有類似含義.

larch [lɑrtʃ; lɑːtʃ] *n.* ⓒ 落葉松; ⓤ 落葉松木材.

lard [lɑrd; lɑːd] *n.* ⓤ 豬油(以豬的肥肉(fat)炸成, 做菜等用).
— *vt.* **1** 在…塗豬油. **2** (為了增加味道)在〔肉等上〕嵌肥豬肉〔特指醃肉〕. **3** 〔輕蔑〕潤飾〔文章等〕《*with*》.

lard·er [ˈlɑrdə; ˈlɑːdə(r)] *n.* ⓒ 食品貯藏室.

large [lɑrdʒ; lɑːdʒ] *adj.* (**larg·er; larg·est**)
【**大的**】 **1** 大的; 廣大的; 《⟷ small; → big 圖》. He moved into a *large* house. 他搬進一間大房子/a *large* city 大城市/be *large* of limb = have *large* limbs 四肢粗大.
【**數量很大的**】 **2** 大量的; 多數的. a *large* sum of money 一大筆錢/a *large* quantity of water 大量的水/a *large* audience 大批聽眾.
【**範圍, 規模大的**】 **3** 廣泛的〔權限等〕; 廣泛的〔見識等〕; 寬大的〔心等〕. a *large* heart 心胸寬大.
4 大規模的; 〔尺寸等〕大號的. This hat is on the *large* side. 這頂帽子是大號的.
5 〔話等〕誇大的.
as làrge as life → life 的片語.
— *n.* 《用於下列片語》

* *at lárge* (1)自由的; 〔犯人, 危險動物等〕尚未被捕獲的. The robber is still *at large*. 搶匪仍逍遙法外. (2)一般的〔地〕; 全體(的). society *at large* 社會整體/a Congressman *at large* (美)州選出來的眾議員(以每 10 年人口增減為基礎更正選區, 在選區更趕不及在總選舉舉行之前辦理的情況下, 把一州當作一個選區所選出來的議員).
bỳ and lárge → by 的片語.
in (*the*) *lárge* 大規模地; 廣泛地(說來); (⟷ in little). A cabinet minister should look at affairs *in the large*. 內閣部長應該從大局看事情.

large-boned [ˌlɑrdʒˈbond; ˌlɑːdʒˈbəʊnd] *adj.* 骨骼粗大的.

làrge cálorie *n.* ⓒ《物理》大卡路里, 千卡路里(小卡路里(small calorie)的一千倍).

large-heart·ed [ˈlɑrdʒˈhɑrtɪd; ˈlɑːdʒˌhɑːtɪd] *adj.* (心胸)寬大的, 親切的, 寬宏大量的.

làrge intéstine *n.* ⓒ (加 the)《解剖》大腸.

* **large·ly** [ˈlɑrdʒlɪ; ˈlɑːdʒlɪ] *adv.* **1** 大半地, 大部分; 主要地; 大致上. His success was *largely* due to good luck. 他的成功大部分歸因於幸運/The country is *largely* desert. 該國家大部分都是沙漠/*largely* speaking 大體而言.
2 許多; 〔給與等〕慷慨地(稍舊式的用法). She spends her money *largely* on jewelry. 她的錢大多花在珠寶上.

large-mind·ed [ˈlɑrdʒˈmaɪndɪd; ˈlɑːdʒˌmaɪndɪd] *adj.* 度量大的, 心胸開闊的; 寬容的.

large-ness [ˈlɑrdʒnɪs; ˈlɑːdʒnɪs] *n.* ⓤ **1** 大, 廣大; 大量. **2** 廣泛; 寬大; 大規模.

larg·er [ˈlɑrdʒə; ˈlɑːdʒə(r)] *adj.* large 的比較級.

large-scale [ˈlɑrdʒˈskel; ˈlɑːdʒˌskeɪl] *adj.* **1** 大範圍的; 大規模的. **2** 〔地圖等〕大比例尺的.

lar·gess, lar·gesse [ˈlɑrdʒɪs; ˈlɑːdʒes] (法語) *n.* ⓤ 慷慨, 慷慨贈與.

larg·est [ˈlɑrdʒɪst; ˈlɑːdʒɪst] *adj.* large 的最高級.

lar·go [ˈlɑrgo; ˈlɑːgəʊ] 《音樂》 *adv., adj.* 莊嚴而緩慢地(的); 最慢板地(的); 緩慢地(的), (→ tempo 參考).
— *n.* (*pl.* ~**s**) ⓒ 莊嚴而緩慢的樂曲〔樂章〕.

lar·i·at [ˈlærɪət; ˈlærɪət] *n.* ⓒ **1** (主美)= lasso. **2** (草食性家畜的)繫繩.

* **lark**[1] [lɑrk; lɑːk] *n.* (*pl.* ~**s** [~s; ~s]) ⓒ **1** 雲雀 《百靈科的鳴鳥; 特指skylark; →skylark 圖》. be as happy as a *lark* 快樂得像隻雲雀.
2 似雲雀的鳴鳥(meadowlark 等).
rìse [*get ùp, be ùp*] *with the lárk* 早起.

lark[2] [lɑrk; lɑːk] *n.* ⓒ(口)愉快, 有趣; 歡鬧; 玩笑. What a *lark*! 真有趣!/for a *lark* 開玩笑地; 有趣地.
— *vi.* (口)嬉戲, 嬉鬧, 《*about*; *around*》.

lark·spur [ˈlɑrk,spɔ; ˈlɑːkspɔː(r)] *n.* ⓒ《植物》飛燕草屬植物的通稱.

Lar·ry [ˈlærɪ; ˈlærɪ] *n.* Lawrence 的暱稱.

lar·va [ˈlɑrvə; ˈlɑːvə] *n.* (*pl.* **-vae**) ⓒ 幼蟲, 毛毛

蟲；(會蛻變的動物的)幼體(蝌蚪等)；(→ meta-morphosis圖).

lar·vae [`lɑrvi; 'lɑːviː] *n.* larva 的複數.

lar·val [`lɑrvl; 'lɑːvl] *adj.* 幼蟲的.

lar·yn·gi·tis [͵lærɪn'dʒaɪtɪs; ͵lærɪn'dʒaɪtɪs] *n.* ⓤ(醫學)喉炎.

lar·ynx [`lærɪŋks; 'lærɪŋks] *n.* ⓤ(解剖)喉頭.

la·sa·gna, la·sa·gne [lə`zɑnjə; lə'zænjə] *n.* ⓤ(義大利語)寬麵條(薄而扁的麵條；煮熟做烘烤菜餚)；義大利千層麵.

las·civ·i·ous [lə`sɪvɪəs, læ-; lə'sɪvɪəs] *adj.* 《文章》淫蕩的, 好色的；煽情的.

las·civ·i·ous·ly [lə`sɪvɪəslɪ, læ-; lə'sɪvɪəslɪ] *adv.* 《文章》淫蕩地；煽情地.

la·ser [`lezɚ; 'leɪzə(r)] *n.* ⓒ(物理)雷射(放出強力光線的裝置；其光線用於切割金屬, 外科手術等, 用途甚廣).

láser dìsk *n.* ⓒ雷射影碟.

lash [læʃ; læʃ] *n.* **1** 鞭繩(鞭(whip)柄前端所繫的繩子)；(鞭打用的)皮鞭.
2 鞭打；(加the)《古》笞刑. The slave was given thirty *lashes*. 那奴隸被鞭打了三十下.
3 =eyelash.
— *vt.* 【鞭打】**1** 鞭打；抽打.
2 〔雨, 風等〕猛烈打擊, 猛烈衝擊. The waves *lashed* the shore. 波浪拍打海岸.
3 痛責；挖苦.
4 刺激[激怒]〔人〕做…(*into*).
5 像鞭子般揮動. The caged tiger *lashed* its tail. 籠子裡的老虎急急速地甩著尾巴.
【用繩子綁】**6** (用繩子等)綑縛, 拴.
— *vi.* **1** 鞭打(*at*).
2 《口》〔雨, 風等〕猛烈打擊(*at, against*)；〔雨等〕傾盆而下.
3 〔動物的尾巴等〕急速揮動.
làsh óut (*at* [*against*]...)(1)(用武器, 手腳等)猛烈地打[踢]…. (2)嚴詞斥責, 痛罵.

lash·ing [`læʃɪŋ; 'læʃɪŋ] *n.* **1** ⓤⓒ鞭打；責罵, 痛斥. **2** ⓤ綑綁；ⓒ綑綁的繩. **3** 《主英, 口》(lashings)許多(*of*). cake with *lashings of* cream 塗滿奶油的蛋糕.

lass [læs; læs] *n.* ⓒ **1** 《主蘇格蘭》女孩, 少女 (★男性為 lad). **2** (女性的)情人.

las·sie [`læsɪ; 'læsɪ] *n.* ⓒ《主蘇格蘭, 口》女孩, 少女, (比 lass 更親密的用語). ★男性為 laddie.

las·si·tude [`læsə͵tjud, ͵-tɪud, ͵-tud; 'læsɪtjuːd] *n.* ⓤ《文章》疲倦, 倦怠；無精打采.

las·so [`læso, læ'su; læ'suː] *n.* (*pl.* **~s, ~es**) ⓒ(拋出後套住目標物用力一拉即可拴緊的)套索.

[lasso]

— *vt.* 〔牛仔等〕用套索捕捉〔野馬等〕.

‡last[1] [læst; lɑːst] *adj.* (late 的最高級之一；↔ late 語法)《限定》【最後的】**1** (通常加 the)最後的, 最終的, (↔ first). the *last* two chapters of a book 書的最後兩章/the *last* Sunday in May 5月的最後一個星期日/the *last* day of my stay in London 我在倫敦的最後一天/the writer's *last* work 那位作家的遺作(★「最新作品」通常用 the *latest* work；→ 4).

回 last 是一連串事物的最後一個, final 指某過程的最終[完結], ultimate 含有最終界線的意思: the final examination(期末[期末]考試)/the ultimate result of the research(調查的最後結果).

2 (通常加 the)最後留下的. drink to the *last* drop 喝光/This is your *last* chance to see the play. 這是你看這齣戲的最後一次機會了/in the *last* resort 作為最後的手段.

【已過去的最後的>最近的】**3** (↔ next) (a) (通常加 the)最近的, 上次的, 上回的. He has been away from home for the *last* week. 他上個星期不在家/He has been ill for the *last* few weeks. 他已經病了好幾個星期/I enjoyed your *last* letter 我很高興收到你的信[上一封信]/Ann looked happy the *last* time I saw her. 我上次見到安時她看起來很快樂.
(b)《與表示時間的名詞連用, 無冠詞, 副詞性》在…, 昨…, 上…. He came back from England *last* week. 他上星期從英國回來/this time *last* year 去年這時候/My father died *last* Tuesday 我父親上星期二[這星期二]去世了.

語法(1)雖然可說 *last* evening [night], 但 day, morning, afternoon 則要說成 yesterday, yesterday morning [afternoon]. (2)「上星期的星期二」的明確說法應為 on Tuesday *last* week; last Tuesday(上星期二)可能指的是同一個星期內的日子. (3) *last* Túesday, *last* Márch 等加上介系詞時, 順序變成 on Tuesday *lást*, in March *lást*, 強調 last.

4 (加 the)最近的；最新(流行)的；(★這個意義一般用 latest). the *last* thing *in* cameras 最新型的照相機.

【可能順序中的最後】**5** (加 the)絕對不可能…的(*to* do)；最不適合的. Tom would be the *last* man to tell [who would tell] a lie. 湯姆絕對不可能說謊/He is the *last* man for such a job. 他是最不適合做這種工作的人/The *last* thing I would ever do is to flatter my boss. 我無論如何也不願向上司奉承諂媚.

for the làst tíme 最後一次. Newman left Oxford *for the last time* in February 1846. 紐曼最後一次離開牛津是在 1846 年 2 月.

on one's lást lègs → leg 的片語.

the lást...but óne [twó] = the sècond [thírd] lást... 倒數第二[三]的…. The picture is on *the last* page *but one* of the book. 那幅畫在書上倒數第二頁.

— *adv.* (late 的最高級之一；→ late) **1** 最後, 最終. (↔ first). Betty arrived *last*. 貝蒂最後到.

2 上次, 最近. It's been a long time since I *last* saw you [since I saw you *last*]. 好久不見了.

làst but nòt léast 最後但並非最不重要.

* *làst of áll* 最後.

— *n.* ⓤ【最後】**1** (通常加 the)《根據上下文決定單數或複數》(一連串的)最後的人[物]; (剩下的)最後的物等. The bride and her father were the *last* to approach the altar. 新娘和她父親是最後走向聖壇(牧師證婚處)的人.

2 (通常加 the)最後, 結局, 末了.

3 (用 the...before last)上上…. the week [month] before *last* 上上星期[上上個月].

* *at lást* 終於, 最後. (↔ at first; → at length 回). *At last* he succeeded. 他終於成功了.

[語法] at last 是指雖然經歷了多次的失敗及困難, 但最後還是成功, 通常不用於否定句;「他終究沒來」應說成 He didn't come after all.

at lòng lást 終於, 好不容易地, (比 at last 意思更強).

brèathe one's *lást* → breathe 的片語.

hèar [*sèe*] *the lást of...* 最後一次聽到[見到]…, I hope I've *seen the last of* that man. 我希望這是我最後一次見到他《再也不想見了》.

* *to* [*till*] *the lást* 到最後; 至死. keep fighting *to the last* 戰鬥到最後.

last² [læst; lɑːst] *v.* (~s [~s; ~s]; ~ed [~ıd; ~ıd]; ~ing) *vi.*《通常加上表示時間的副詞[片語]》**1** (時間上)延續, 持續. Our meeting *lasted* until four. 我們的會議一直開到四點鐘.

2 (未曾消失地)維持; 足夠. Our food will *last* two days longer. 我們的糧食還可以再維持兩天.

3 (不受損害地)持久, 耐久; (顏色)不褪. This fish won't *last* long. 這條魚不能保存太久.

— *vt.*《加副詞[片語]》《物品在…期間》足夠維持, 足夠, 夠用. The coal will *last* us three months [through the winter]. 這些煤夠我們用三個月[整個冬天].

làst óut¹ (不缺少, 保持良好狀況)維持. We will help him as long as our money *lasts out*. 只要我們的錢足夠, 我們會一直幫助他.

làst/.../óut² 〔在…期間〕可維持; 能維持到…結束, 活過…. The soldier *lasted out* the war. 那士兵撐著活到戰爭結束.

last³ [læst; lɑːst] *n.* ⓒ 鞋型(製鞋, 修鞋用).

stìck to one's *lást* 守本分, 不管閒事.

last·ing [ˈlæstıŋ; ˈlɑːstıŋ] *adj.* 長久的; 持久的; 耐久的; 永久的. a *lasting* peace 長久的和平/The illness had a *lasting* effect on his health. 這個病會長期影響他的健康.

回 lasting 強調時間的持續性, enduring 強調耐久性, permanent 強調不變性.

[搭配] lasting+*n.*: a ~ impression (持續的印象), ~ admiration (持續的讚美), ~ fame (長久的聲譽), ~ happiness (長久的幸福), ~ value (永久的價值).

Làst Júdgment *n.* (加 the)最後的審判《世界末日時上帝對人類所作的審判》.

last·ly [ˈlæstlı; ˈlɑːstlı] *adv.* (列舉項目)最後;

(演說等)在最後; 最後一點; 終於.

làst náme *n.* ⓒ (相對於名的)姓《亦稱 family name, surname; → Christian name [參考]》.

làst stráw *n.* (加 the)最後一根稻草《最後加上去的, 超出限度的微小重量; 源自諺語 It is the *last straw* that breaks the camel's back. (最後加上的即使是一根稻草也會壓垮駱駝的背)》.

Làst Súpper *n.* (加 the)最後的晚餐《基督受難前夕與十二門徒共進的晚餐》.

làst wórd *n.* (加 the) **1** (討論等)決定性的一句話, 最後的定論. **2** (口)最新型的(*in*). the *last word in* computers 最新型的電腦.

Las Ve·gas [lɑsˈvegəs; ˌlæsˈveɪɡəs] *n.* 拉斯維加斯《美國 Nevada 東南部的城市; 以賭博聞名》.

lat. (略) latitude (緯度).

latch [lætʃ; lætʃ] *n.* ⓒ **1** (門, 窗等的)門閂.

2 彈簧鎖《關門時自動鎖上, 從外面需以鑰匙打開》. *on the latch* (只)拴上門閂(而未上鎖). Leave the door *on the latch*. 將門拴上《無需上鎖》.

— *vt.* 閂上.

— *vi.* 閂上. The door won't *latch*. 這門扣不上.

látch ónto... (口)(1)黏著[人等]不離開. (2)理解…的意思.

latch·key [ˈlætʃ͵ki; ˈlætʃkiː] *n.* (*pl.* ~s) ⓒ (特指前門的)鑰匙; 彈簧鎖的鑰匙.

látchkey chìld *n.* ⓒ 鑰匙兒童.

late [let; leɪt] *adj.* (lat·er, lat·ter, lat·est, last) (語法 later, latest 用於時間; latter, last 用於順序)【遲的】**1** 遲的, 遲到的, 遲於規定時刻的; 過了季節的; 很晚結束的; (↔ early). a *late* breakfast 很晚才吃的早餐/It is never too *late* to mend. (諺)改過永遠不嫌遲/The bus was ten minutes *late*. 公車晚了十分鐘/Tom was *late for* school today. 湯姆今天上學遲到/Autumn is *late* (in) coming this year. 今年秋天來得遲/*late* marriage 晚婚/*late* apples 晚熟的蘋果/a *late* session 延長的會期.

2 (時刻)已晚的, 深夜的, 繼續到深夜的; (↔ early). We must be going. It's getting *late*. 我們得走了/The *late* party disturbed all the neighbors. 持續到深夜的舞會吵到了所有的鄰居.

【將結束的】**3** 末期的; 後期的; 相當老的; (↔ early). *late* spring 暮春/Our teacher is in her *late* twenties. 我們老師將近三十歲了/a woman of *late* years 年歲相當大的女人.

【接近上一次結束的>最近的】**4** (限定)最近的, 不久前的. during the *late* war 在不久前的戰爭中.

5 (限定)前任的, 原…. The *late* President is now working on his memoirs. 前總統正在撰寫回憶錄. [注意]當與 6 的意義混淆時用 former.

6 (限定)最近亡故的, 故…. my *late* mother 亡母/the *late* Mr. Mill 已故的米爾先生.

kèep làte hóurs → hour 的片語.

of làte yéars 《副詞性》近年，數年來．

— *adv.* (**lat·er; lat·est, last**) **1** （比規定時間）遲；(比平時)遲；(↔early)．He arrived ten minutes *late*. 他遲到十分鐘/Better *late* than never. 《諺》遲做總比不做好．

2 （時間）(到)很晚；(到)夜深；(↔early)．sleep *late* in the morning 早上睡到很晚/study *late* into the night 晚上唸書到很晚．

3 臨近(某段時間的)結束(↔early)．leave for Paris *late* in June 6 月底前往巴黎．

as làte as... 遲至…．The work was finished *as late as* last week. 工作遲至上星期才完成/even *as late as* 1960 直到 1960 年才…．

— *n.* 《僅用於下列片語》

* *of làte* 《文章》近來，最近，(lately). I've been very busy *of late*. 最近我一直很忙．

till làte 直到(夜裡)很晚. sit up *till late* 熬夜到很晚.

late·com·er [ˈletˌkʌmɚ; ˈleɪtˌkʌmə(r)] *n.* Ⓒ 遲來者，遲到者；新來者．

***late·ly** [ˈletlɪ; ˈleɪtlɪ] *adv.* 不久前，最近；近來．We haven't seen him *lately*. 我們最近沒有見到他/He came to Taipei only *lately* [as *lately* as last week]. 他是最近[上一週]才到臺北的．　圖(1)lately 也包含現在的「最近」，較常用於指最近的過去特定時間；因此 lately 通常伴隨著動詞的現在完成式，而不像 recently 多用過去時態；而在 Mother isn't feeling well *lately*. (母親最近健康情況不大好)之例句中，lately 可用現在時態，recently 則不能用．(2)《英》lately 較常用於疑問及否定句中．

la·ten·cy [ˈletnsɪ; ˈleɪtənsɪ] *n.* Ⓤ 潛伏，潛在；(疾病等的)潛伏期．

late·ness [ˈletnɪs; ˈleɪtnɪs] *n.* Ⓤ 遲，遲到；晚於規定時間；最新．

la·tent [ˈletn̩t; ˈleɪtənt] *adj.* (不顯現在外)隱藏的，潛在的；潛伏性的；潛在地持有的(*with*)．*latent* heat 《物理》潛熱/a *latent* disease 潛伏性的疾病/The hills were *latent* with mineral wealth. 這塊丘陵地帶蘊藏著豐富的礦物資源．　圖 latent 的重點在隱藏的狀態，potential 的重點在遲早會顯現出來的可能性．

***lat·er** [ˈletɚ; ˈleɪtə(r)] *adj.* 《late 的比較級之一；→ late 语法》較晚的，之後的；後期的；(↔earlier)．Let's take a *later* train. 我們搭晚一點的火車吧!/*later* information 以後的消息/the *later* 1980's 1980 年代後半．

— *adv.* 《late 的比較級》晚一點，後來，(↔earlier)．See [I'll see] you *later*. 待會見；再見/The plane arrived *later* than usual. 飛機比平時晚到/some time *later* 不久以後．

làter ón 以後，稍後．I'll join you *later on*. 我稍後會加入你們．

nòt [*nò*] *láter than...* (最遲)到…爲止．The report must be submitted *not later than* next Monday. 最遲下星期一之前必須交出報告．

sòoner or láter → soon 的片語．

lat·er·al [ˈlætərəl; ˈlætərəl] *adj.* 《限定》橫的，側面的；橫向的；從旁邊的；(→ longitudinal)．a *lateral* pass (足球的)橫傳．

lat·er·al·ly [ˈlætərəlɪ; ˈlætərəlɪ] *adv.* 橫向地，側面地．

làteral thínking *n.* Ⓤ 水平思考(不按一般思考問題的模式來想，而從各個方面來考慮)．

***lat·est** [ˈletɪst; ˈleɪtɪst] *adj.* 《late 的最高級之一；→ late 语法》**1** 最遲的．the *latest* crop of rice 最晚熟的稻米．**2** 最新的，最近的．What is the *latest* news? 有甚麼最新消息?

3 《名詞性》(加 the)最新物品[流行品，製品，發表等]．the *latest* in women's hats 最新型的女帽/Have you heard the *latest* about her? 你有聽說她最近的消息嗎?

* *at* (*the*) *látest* 最遲．We need the report by Friday *at the latest*. 我們最遲在星期五以前要這份報告．

— *adv.* 《late 的最高級之一；→ late》最遲．

la·tex [ˈleteks; ˈleɪteks] *n.* Ⓤ 膠乳(橡膠樹等的乳狀液)．

lath [læθ; lɑːθ] *n.* (*pl.* ~**s** [læðz, -θs; lɑːðs]) Ⓒ 《建築》木板條(用來支撐水泥牆等的細長薄板)；代替木板條之物(板簾用的板條，水泥地基的金屬絲網等)．

lathe [leð; leɪð] *n.* Ⓒ 車床；陶工用的旋轉圓盤．

[lathe]

lath·er [ˈlæðɚ; ˈlɑːðə(r)] *n.* Ⓐ Ⓤ **1** 肥皂泡．**2** (馬等的)汗沫．

in a láther 汗流浹背地；《口》(因被催趕而)驚慌焦急不安．

— *vt.* **1** 〔臉，身體等〕塗上肥皂泡沫．**2** 《口》痛打一頓．

— *vi.* 〔肥皂〕起泡沫．

***Lat·in** [ˈlætn̩; ˈlætɪn] *n.* (*pl.* ~**s** [~z; ~z]) **1** Ⓤ 拉丁語(古羅馬語；起源於古羅馬帝國發祥地 Latium 〔羅馬的周圍地區〕；羅曼語(Romance languages)之祖；略作 L, Lat.). I studied *Latin* at grammar school. 我在文法學校學過拉丁文．

2 Ⓒ 拉丁語系的人(義大利人、法國人、西班牙人等)．

— *adj.* **1** 拉丁語(系)的．**2** 拉丁人的．

Làtin América *n.* 拉丁美洲(以西班牙語、葡萄牙語等拉丁語系爲主要語言的中南美諸國)．

Lat·in-A·mer·i·can [ˌlætnəˈmerɪkən

ˌlætɪnəˈmerɪkən] *adj.* 拉丁美洲的(→Latin America).

Látin Quárter *n.* (加the)拉丁區(巴黎 Seine 河南岸的地區,多居住學生、藝術家等).

lat·i·tude [ˋlætəˏtjud, -ˏtud, -ˏtjud; ˈlætɪtjuːd] *n.* (*pl.* ~s [~z; ~z]) **1** U 緯度(略作lat.; →longitude; →globe 圖). *latitude* thirty-five degrees thirty minutes north 北緯 35 度 30 分(通常略作 lat. 35° 30′ N; 有時 latitude 置於 north 之後).
2 (latitudes)(從緯度看的)地區,區域. (the) high *latitudes* 高緯度地區/(the) low *latitudes* 低緯度地區.
3 U (行動,思想,解釋等的)自由程度,容許程度. We were given wide *latitude* in our application of the rule. 我們被給予很大的空間自由運用該項規則.
4 U 《攝影》(曝光的)容許程度.

lat·i·tu·di·nal [ˏlætəˋtjudɪn]; ˏlætɪˈtjuːdɪnl] *adj.* 《限定》緯度的.

lat·i·tu·di·nar·i·an [ˏlætəˏtjudɪnˋɛrɪən, -ˏtjud, -ˏtud, -ˋer-; ˏlætɪtjuːdɪˈneərɪən] 《文章》 *adj.* (特指關於信仰,教義等方面的)自由[寬容]主義的.
— *n.* C (宗教上的)自由主義者,不拘泥教條及形式的人(→ latitude 3).

la·trine [ləˋtrin; ləˈtriːn] *n.* C (特指兵營,露營地等的)廁所.

lat·ter [ˋlætɚ; ˈlætə(r)] *adj.* 《late的比較級之一; → late 語法》《限定》《文章》 **1** (與 the, this, these 等連用)後者的; 後半的; 接近終了的. the *latter* part of a story 故事的後半段/the *latter* half of the year 下半年/in these *latter* days of his life 在他的後半輩子.
2 (加the)(前述兩者中)後者的; 《代名詞性》後者 (語法 所指示的名詞是複數則作複數形,成為 the latter are 等); (⟷ the former). Japan and California are much the same in area, but the former has a population five times as large as the *latter*. 日本與加州的面積差不多一樣的,但是前者的人口是後者的五倍.

lat·ter-day [ˋlætɚˏde; ˈlætədeɪ] *adj.* 《限定》《古》現代的,近來的.

Látter-day Sáint *n.* C 末世聖徒(摩門教徒(Mormon)的自稱).

lat·ter·ly [ˋlætɚlɪ; ˈlætəlɪ] *adv.* 近來,最近, (⟷ formerly) (★通常用 lately).

lat·tice [ˋlætɪs; ˈlætɪs] *n.* C **1** 格子. **2** 格狀物

[lattices 2]

《窗,門,棚架等). a *lattice* window 格子窗.

lat·tice·work [ˋlætɪsˏwɝk; ˈlætɪswɜːk] *n.* U 格子狀圖案; 《集合》格子.

Lat·vi·a [ˋlætvɪə; ˈlætvɪə] *n.* 拉脫維亞(臨波羅的海東岸的共和國; 首都 Riga).

laud·a·ble [ˋlɔdəb]; ˈlɔːdəbl] *adj.* 《文章》值得讚賞的,令人欽佩的,極好的.

laud·a·bly [ˋlɔdəblɪ; ˈlɔːdəblɪ] *adv.* 《文章》值得讚賞地,極好地,出色地.

lau·da·num [ˋlɔdnəm, ˋlɔdnəm; ˈlɔːdənəm] *n.* U 鴉片酊(鴉片的酒精溶劑; 主要做鎮痛劑用).

laud·a·to·ry [ˋlɔdəˏtorɪ, -ˏtɔrɪ; ˈlɔːdətərɪ] *adj.* 《限定》《文章》讚美的,表示讚賞的.

‡laugh [læf; lɑːf] *v.* (~s [~s; ~s]; ~ed [~t; ~t]; ~·ing) *vi.* (發出聲音地)笑,嘲笑; 覺得有趣而笑; (心中)竊笑,覺得可笑. *laugh* till the tears come 笑到流淚/He who *laughs* last *laughs* best. 《諺》最後笑的人笑得最開心(不要高興得太早)/Don't make me *laugh*. 《口》別讓我笑掉大牙,真是胡說八道/*Laugh* and grow fat. 《諺》心寬體胖(< 常笑會發福).
— *vt.* **1** 發出…的笑(★通常後接由形容詞修飾的同形受詞). *laugh* an evil laugh 發出邪惡的笑聲/*laugh* a hearty laugh 開懷大笑(匯義 與 *laugh* heartily 相比,後者係「由衷地笑」).
2 以笑表示《同意等》; 笑著說出《回答等》. He *laughed* his assent. 他笑著表示同意.
* **láugh at...** (1)嘲笑…,笑話…. People will *laugh at* you if you do such a thing. 如果你這樣做,人們會笑你的. (2)無視[輕視]…. *laugh at* threats 不怕威脅. (3)看見[聽說]…笑出來. *laugh at* a joke 聽了笑話笑出來.

● — *vi.* + (*adv.*) + *prep.* 的被動語態
The boy *was laughed at* by all his classmates. 那男孩被全班同學嘲笑.
Professor White *is looked up to* by his students. 懷特教授受到學生尊敬.
此類的片語主要有:

ask for...	believe in...
deal with...	do away with...
hope for...	look at...
look for...	look into...
put up with...	rely on...
run over...	speak well of...
speak ill of...	talk about...
talk to...	wonder at...

---

láugh/.../awáy 以笑掩飾[擔心等]; 對[不安,懷疑等]付之一笑.
láugh/.../dówn (1)用笑聲使[演說者等]說不下去; 以笑聲來拒絕. (2)將…一笑置之. They *laughed* his proposal *down*. 他們對他的提案一笑置之.
láugh A into B 笑得A(人)成為B的狀態. They *laughed* the boy *into* silence. 他們笑得那男

孩默不作聲.

làugh/.../óff 用笑掩飾[岔開]〔錯誤，擔心等〕；對…付之一笑；對…一笑置之. He *laughed* his failure *off* as just a bit of bad luck. 他對自己的失敗一笑置之，認爲只是運氣不佳而已.

láugh on the òther [wròng] síde of one's fáce [móuth] 轉喜爲悲，樂極生悲.

láugh A out of B 笑得A(人)停止做B. They *laughed* him *out of* his foolish resolution. 他們的嘲笑令他改變了他那愚蠢的決心.

láugh over... 邊笑邊談論〔讀等〕…；想起…而笑. We often *laughed over* the idealistic ideas of our youth. 我們時常笑談年輕時的完美理想.

láugh onesèlf... 笑得成爲…的狀態. He *laughed himself* silly. 他傻乎乎地笑著.

— n. (*pl.* ~s [~s; ~s]) C 1 笑；笑聲；笑法. give a little *laugh* 淺淺一笑/say with a *laugh* 笑著說/I had many good *laughs over* the letter. 我讀信時連連大笑/His remark raised a hearty *laugh*. 他的話引起開心的大笑. 回 laugh 的 *n., v.* 皆爲發出笑聲的一般用語；chuckle 指「吃吃地輕聲笑」；giggle 是「咯咯笑」；smile 指「微笑」；grin 爲「露齒而笑」；sneer 則是「輕蔑地冷笑」；→ laughter. 2 (口)有趣，可笑的事〔物〕. That's a *laugh*. 那真是個笑話.

bùrst [brèak (out)] into a láugh 突然大笑起來，忍不住笑出來.

hàve the làst láugh (on...) (看起來會失敗)最後(在…)得勝[成功].

hàve the láugh of [on...] 反過來嘲笑〔人〕；使形勢逆轉爲勝.

laugh·a·ble [ˈlæfəbl; ˈlɑːfəbl] *adj.* 1 逗笑古怪的，滑稽的. 2 可笑的，荒唐的.

laugh·ing [ˈlæfɪŋ; ˈlɑːfɪŋ] *adj.* 1 笑的，笑著的；歡樂的. 2 好笑的，可笑的. It is no *laughing* matter. 那可不是開玩笑的.
— n. U 笑，笑聲.

láughing gàs n. U 笑氣《氧化亞氮；麻醉用；吸入後會使臉部肌肉抽搐，看上去好像在笑一樣》.

láughing jáckass n. C (鳥)笑魚狗《產於澳大利亞的一種翠鳥；鳴聲似人大笑聲》.

laugh·ing·ly [ˈlæfɪŋlɪ; ˈlɑːfɪŋlɪ] *adv.* 笑地，笑著地.

laugh·ing·stock [ˈlæfɪŋ͵stak; ˈlɑːfɪŋstɔk] n. C 笑柄，笑料.

‡laugh·ter [ˈlæftə; ˈlɑːftə(r)] n. U 笑聲；笑的表情. The audience roared with *laughter*. 聽眾哄堂大笑/in a fit of *laughter* 突然忍不住笑起來. 回 laughter 是較 laugh 更具連續性的笑，其重點在笑聲上；又 laugh 爲 C，而 laughter 爲 U.

| 搭配 *adj.*+laughter: hearty ~ (捧腹大笑)，infectious ~ (易感染他人的笑)，joyful ~ (快樂的笑)，loud ~ (大笑)，mocking ~ (嘲弄的笑聲).

bùrst [brèak (out)] into láughter 突然笑起來，忍不住笑出來.

‡launch[1] [lɔntʃ; lɔːntʃ] *vt.* (~**es** [~ɪz; ~ɪz]; ~**ed** [~t; ~t]; ~**ing**) 【投】1 擲《矛等》；投出；放出〔罵人的話等〕；《at, against》.

2 發射《火箭等》，發射上天；使《滑翔機等》升起. They succeeded in *launching* a spaceship *into* orbit. 他們成功地將太空船送入軌道.

【有氣勢地送出》 3 使《船》下水；使《艇等》出水面. The captain ordered the lifeboat *launched*. 船長命令放下救生艇.

4 使著手 《in, into, on 〔事業等〕》. The girl *launched* herself *on* her stage career. 那女孩開始了她的演藝生涯.

5 開始實行〔計畫等〕；開始《攻擊等》. The new project will be *launched* next month. 新計畫將在下月開始實行/The enemy *launched* their attack at night. 敵人在夜裡發動攻擊.

— *vi.* 1 步入《into 〔事業等〕》；(有氣勢地)開始 《into 〔話等〕》；着手《on, upon》. He *launched into* a violent attack on the Government. 他開始猛烈抨擊政府/*launch upon* one's next novel 著手撰寫下一部小說.

2 開始；飛出去；《off》.

làunch óut 大膽果斷地開始《into》. With just a little capital he *launched out into* the publishing business. 憑少許的資本，他大膽地開始從事出版事業.

— n. UC 下水；(火箭等的)發射. The *launch* of the rocket was delayed by two days. 火箭發射延期了兩天.

launch[2] [lɔntʃ; lɔːntʃ] n. C 1 汽艇，遊艇，《觀光，運輸等用的汽艇》. 2 附屬戰艦的大型汽艇.

láunch pàd n. C (火箭，導向飛彈等的)發射臺《亦作 láunching pàd；→ blast-off 圖》.

laun·der[2] [ˈlɔndə, ˈlɒn-, ˈlɑn-; ˈlɔːndə(r)] *vt.* 1 洗燙；洗滌. 2 (口)把〔不義之財等〕轉換成合法的錢，〔洗錢〕.
— *vi.* 耐洗(經燙). This material *launders* well [poorly]. 這種布料好[不好]洗燙.

laun·der·ette [͵lɔndəˈrɛt, ͵lɑn-; ͵lɔːndəˈret] n. (英)=laundromat.

laun·dress [ˈlɔndrɪs, ˈlɑn-; ˈlɔːndrɪs] n. C 洗衣女工，洗衣婦.

laun·dro·mat [ˈlɔndrəmæt, ˈlɑn-; ˈlɔːndrəmæt] n. C (美)投幣式洗衣機《商標名》.

‡laun·dry [ˈlɔndrɪ, ˈlɑn-; ˈlɔːndrɪ] n. (*pl.* -**dries** [~z; ~z]) 1 C 洗滌物. She does the *laundry* every Monday. 她每星期一洗衣服.

2 C 洗衣店；洗衣房. Pick up my jacket from the *laundry*. 去洗衣店拿回我的外套.

laun·dry·man [ˈlɔndrɪmən; ˈlɔːndrɪmən] n. (*pl.* -**men** [-mən; -mən]) C 洗衣店(的男性)店員《特指送洗衣服的外勤店員》.

laun·dry·wom·an [ˈlɔndrɪ͵wumən, ˈlɑn-; ˈlɔːndrɪwomən] n. (*pl.* -**wom·en** [-wɪmɪn ͵-mən -wɪmɪn]) =laundress.

Lau·ra [ˈlɔrə; ˈlɔːrə] n. 女子名.

lau·re·ate [ˋlɔrɪɪt; ˋlɔːrɪət] *adj.* 戴桂冠的; 享有榮譽的.

— *n.* C 享有榮譽的人, (特指)桂冠詩人(poet laureate).

lau·rel [ˋlɔrəl, ˋlɑr-; ˋlɔrəl] *n.* (*pl.* ~s [~z; ~z])

[laurels]

C **1** 月桂樹(原產於南歐的樟科常綠喬木; 有香氣; 古代希臘、羅馬以其枝與葉作象徵勝利, 榮譽之冠). **2** (通常 laurels)桂冠; 名譽, 榮譽.

lòok to *one's* **láurels** (對競爭者等加以提防)力求不失去光榮的寶座.

rèst on *one's* **láurels** 滿足於現有的榮譽.

wìn [**gàin, rèap**] *láurels* 獲得名譽, 博得名聲.

lav [læv; læv] *n.* (口)=lavatory.

la·va [ˋlɑvə, ˋlævə; ˋlɑːvə] *n.* U 熔岩(指火山噴出的流體, 亦指冷卻後的凝固體).

lav·a·to·ry [ˋlævə͵torɪ, -͵tɔrɪ; ˋlævətərɪ] *n.* (*pl.* **-ries** [~z; ~z]) C **1** 盥洗室, 廁所, (通常備有抽水馬桶, 洗手臺等). go to the *lavatory* 上廁所. **2** 洗手臺; (英)(抽水)馬桶.

lav·en·der [ˋlævəndə; ˋlævəndə(r)] *n.* U **1** 薰衣草(有香氣的唇形科灌木; 原產於南歐); 薰衣草乾燥後的花和莖(收藏衣服時, 作為芳香劑一同放入). **2** 淡紫色(薰衣草的顏色; →見封面裡).

— *adj.* 淡紫色的.

lav·ish [ˋlævɪʃ; ˋlævɪʃ] *adj.* **1** (過分)慷慨的; 毫不吝惜地給與[使用]的(*of, with*). She is *lavish with* [*of*] money. 她用錢毫不吝惜/His father is *lavish in* his donations to charity. 他的父親對慈善捐助十分慷慨. **2** 有餘的, 大量給與[使用]的; 濫用的. *lavish* gifts過多的禮物/a *lavish* party 鋪張浪費的宴會.

— *vt.* 慷慨給與[使用]; 浪費; (*on, upon*). Mr. and Mrs. Benson *lavished* love *on* their only son. 班遜夫婦溺愛他們的獨生子/The critic *lavished* praise *on* the new novel. 書評對這部新小說讚不絕口.

字源 LAV「洗」: *lav*ish, *lav*atory (盥洗室), *laun*der (洗滌), *laun*dry (洗滌物).

lav·ish·ly [ˋlævɪʃlɪ; ˋlævɪʃlɪ] *adv.* 毫不吝惜地; 浪費地.

law [lɔ; lɔː] *n.* (*pl.* ~s [~z; ~z]) 【法律】 **1** (a) U (通常加the) (總稱)法, 法律; 法律手續; 訴訟. keep [break] the *law* 守[犯]法/No man is above the *law*. 沒有人能凌駕於法律之上 (法律之前人人平等)/constitutional *law* 憲法/criminal *law* 刑法/civil *law* 民法/*law* and order 治安/Necessity has [knows] no *law*. (諺)人急造反, 狗急跳牆(<面臨需要時無視法律)/resort to *law* 訴諸法律. 同 law是「法律」之意最常見的用語; → ordinance, regulation, rule, statute.

(b) C (一項)法律, 法令. Congress passed a new *law*. 議會通過了一項新法/The divorce *laws* are strict in some states. 某些州的離婚法很嚴格.

搭配 *v.*+law: enact a ~ (制定法律), enforce a ~ (施行法律), obey a ~ (守法), repeal a ~ (廢除法令), violate a ~ (犯法).

2 U 法學, 法律學. study *law* 學法律/the department of *law* (大學的)法律系/a *law* student 法律系的學生.

3 U (通常加the)律師業; 司法界. practice (the) *law* 開業做律師/enter the *law* 進入司法界.

4 【法律的執行者】U (單複數同形)(口)(加the) 警方, (集合)警察.

【法則】 **5** C (科學, 自然, 語言等的)法則, 定律, 原理. the *law* of gravitation 萬有引力定律/Newton's *laws* of motion 牛頓的運動定律/the *laws* of nature 自然法則/Grimm's *law* (有關日耳曼語中音韻變化的)格利姆法則.

【習慣】 **6** C (常 the laws)慣例, 通則; (體育等的)規則, 規定, (rule). the moral *law* 道德規範/the *laws* of courtesy 禮法/the *laws* of basketball 籃球的規則. ⇨ **legal**.

be a làw unto [*to*] *onesélf* (無視規則和慣例)一意孤行的, 任意而為的.

gò to láw 興訟; 控訴 (*against, with*).

lay dòwn the láw (1)獨斷地決定. Mother is always *laying down the law* about how late we can stay out at night. 母親一向獨斷決定我們的門禁時間. (2)強悍下令(*to*).

tàke the láw into *one's* **òwn hánds** (不按照法律)隨意懲罰, 施以私刑.

● —— 與 **LAW** 相關的用語
martial law	戒嚴令[法]		
international law	國際法		
statute law	成文法	lynch law	私刑
common law	習慣法	canon law	教會法

---

law·a·bid·ing [ˋlɔə͵baɪdɪŋ; ˋlɔːə͵baɪdɪŋ] *adj.* 守法的, 安分守己的.

law·break·er [ˋlɔ͵brekə; ˋlɔː͵breɪkə(r)] *n.* C 違法者.

làw còurt *n.* C 法庭(亦作 còurt of láw).

làw enfórcement òfficer *n.* C 執法官(主要是警官).

*** law·ful** [ˋlɔfəl; ˋlɔːful] *adj.* **1** (行為等)合法的, 不觸犯法律的; 正當的; (⟺ lawless). *lawful* means 合法手段.

2 法律認可的; 法定的. a *lawful* heir 法定繼承人/*lawful* money 法定貨幣.

law·ful·ly [ˋlɔfəlɪ; ˋlɔːfʊlɪ] *adv.* 合法地.

law·less [ˋlɔlɪs; ˋlɔːlɪs] *adj.* **1** 無視法律的; 不法的; (⟺ lawful).

2 沒有法律的, 法律所不及的.

law·less·ly [ˋlɔlɪslɪ; ˋlɔːlɪslɪ] *adv.* 不法地.

law·less·ness [ˋlɔlɪsnɪs; ˋlɔːlɪsnɪs] *n.* U 不法; 法律死角.

law·mak·er [ˋlɔ͵mekə; ˋlɔːmeɪkə(r)] *n.* C 立

法者，立法委員，(legislator)；國會議員．

＊**lawn**[1] 〔lɔn; lɔːn〕 *n.* (*pl.* ~**s** 〔~z; ~z〕) C〔住宅庭院等的〕草坪(→ turf 圖)．mow the *lawn* 割草坪/a well-kept *lawn* 修剪整齊的草坪/Keep off the *lawn*. 請勿踐踏草坪．

lawn[2] 〔lɔn; lɔːn〕 *n.* U細麻布(以棉，麻織成極薄的平織布)．

láwn mòwer *n.* C割草機．

làwn ténnis *n.* U網球(特指在草地球場上打球)．

Law·rence 〔ˋlɔrəns, ˋlɑr-; ˈlɔrəns〕 *n.* **1** 男子名(曖稱 Larry). **2** David Herbert ~ 勞倫斯 (1885-1930)《英國的小說家、詩人》．

law·suit 〔ˋlɔˏsut, -ˏsɪut, -ˏsjut; ˈlɔːsuːt〕 *n.* C(民事)訴訟(★也叫做 suit)．bring 〔enter〕 a *lawsuit* against a person 控告某人．

＊**law·yer** 〔ˋlɔjə; ˈlɔːjə(r)〕 *n.* (*pl.* ~**s** 〔~z; ~z〕) C律師；法學家；熟悉法律的人．He is no *lawyer*. 他不懂法律/a good *lawyer* 好律師；精通法律的人/In such a case it is best to consult a *lawyer*. 碰到這種情形最好去請教律師．《lawyer 是律師的常用語；counselor(主美)《(英) barrister)是在法庭擔任辯護的「法庭律師」，solicitor(英)為纂寫法律文書，協助訴訟事務等的「事務律師」，attorney 在(美)主要指「事務律師」，在(英)指「代辦法律手續的律師」》．

lax 〔læks; læks〕 *adj.* **1** 〔繩子，肌肉等〕鬆的，鬆弛的；〔織物等〕紋理粗的． **2** 〔腹〕下痢的，腹瀉的． **3** 〔規則，管教等〕鬆弛的，寬鬆的；〔品行〕不檢點的．I've been too *lax* with my children. 我對孩子管得太鬆了． **4** 〔思想等〕不明確的，含糊不清的．

lax·a·tive 〔ˋlæksətɪv; ˈlæksətɪv〕 *adj.* 通便的．—— *n.* C緩〔輕〕瀉藥，通便劑．

lax·i·ty 〔ˋlæksətɪ; ˈlæksətɪ〕 *n.* (*pl.* -**ties**) UC鬆弛；不檢點；〔言語等的〕含糊不清．

lax·ly 〔ˋlækslɪ; ˈlæksli〕 *adv.* 鬆弛地，散漫地．

‡**lay**[1] 〔le; leɪ〕 *v.* (~**s** 〔~z; ~z〕; **laid**; ~**ing**) *vt.*
　　〚平放〛 **1** 《通常加副詞(片語)》使平躺，使睡覺；平放，放置；(《注意》表「躺下」等之意是 lie *vi.*，其過去式為 lay)．The mother *laid* her baby on the sofa. 母親把嬰兒平放沙發上(睡覺)．
2 《通常加副詞(片語)》把〔手等〕放置〔對著〕；把〔斧等〕砍入(*to*). She is talking to her son with her hand *laid* on his shoulder. 她把手放在兒子肩上和他說話．
　　〚產下〛產〔卵〕．Our hens *lay* eggs every day. 我們(家)的母雞每天下蛋．
　　〚使平息〛 **4** 使〔恐懼，懷疑等〕平息，使平靜．The rain *laid* the dust. 雨使塵土不再飛揚．
　　〚放在上面＞鋪〛 **5** 鋪，覆蓋；塗；使…薄薄地延展兩邊．We *laid* a carpet. 我們鋪了一張地毯．
6 覆蓋上；塗；(*with*). The floors are *laid* with mosaic tiles. 地板鋪上馬賽克瓷磚．
7 鋪設〔鐵路等〕；安裝，砌〔磚等〕；奠定〔基礎等〕．An undersea cable was *laid* between the two islands. 兩島間的海底電纜已鋪設完成．
　　〚鋪設路線＞準備〛 **8** 定〔計畫等〕．*lay* a course 訂定行動方針．
9 準備〔餐桌〕；排列〔餐具〕準備用餐．She began to *lay* the table for supper. 她開始擺餐具準備用餐．
10 設置〔陷阱〕；採取〔謀略等〕；(堆起柴等)準備生〔火〕．They *laid* a trap for the spy. 他們設計誘捕間諜/He *laid* a fire, ready for the morning 他生火以備清晨之用．
　　〚決定置放場所〛 **11** 把〔罪等〕推卸給，歸咎於 (*on, to*)；使承擔〔稅，處罰，責任等〕(*on*). Don't *lay* the blame (*for* it) *on* me. 別把責任〔罪〕推給我．
12 把〔重點，信賴等〕置於(*on*). *lay* stress 〔emphasis〕 *on* education 把重點放在教育上 / *lay* one's hopes *on* one's son 把希望寄託在兒子身上．
13 安排，設定，〔故事等的場景〕(通常用被動語態). The novel is *laid* in Spain. 那本小說以西班牙爲背景．
　　〚置於某種狀態〛 **14** 〔加副詞(片語)〕使成爲〔…的狀態〕；[句型5](lay A B)使 A 成爲 B(狀態)；(強制性地)使 A 做 B(事). *lay* a town in ashes 使城鎮夷為灰燼/Mother has been *laid* low by the flu. 母親因流行性感冒而臥病在床．
　　〚擺在面前＞提出〛 **15** 申述，申明，主張，〔權利等〕；提出．He *laid* the case before the judge. 他在法官面前提出申辯．
16 〚拿出賭金〛賭，打賭，(*on*). [句型4](lay A B)拿 B〔賭資〕與 A(某人)賭某事(*that* 子句). *lay* money *on* a horse 賭馬/I'll *lay* (you) five dollars *that* he will succeed. 我(跟你)賭五美元他會成功．
—— *vi.* **1** 產卵． **2** 賭，打賭．

láy abòut... 向…亂打；對…怒罵．

＊**lày/.../asíde** (1)放在旁邊，擱置一旁；暫時中斷．close a book and *lay* it *aside* 把書合上放到一旁/(2)積蓄，儲備；預留．We have a little money *laid aside* for a rainy day. 我們存了一點錢以備不時之需．(3)捨棄，戒除，〔惡習等〕．
lày/.../bý =lay/.../aside (2), (3).

＊**lày/.../dówn** (1)把…放下；使…躺下；哄…睡覺；擱置〔筆等〕．He *laid* himself *down* on the lawn and took a nap. 他躺在草地上小睡一會．
(2)鋪設〔鐵路等〕．動工營建，建造，〔船舶等〕．
(3)放棄…；辭掉〔工作等〕；把…犧牲．*lay down* one's arms 放下武器，投降．
(4)制定，規定，〔規則、原則等〕；堅決主張；獨斷地宣布〔宣告〕；《常用被動語態》．He *laid* it *down* that he had nothing to do with the affair. 他斷稱與那件事毫無關係．
(5)貯藏〔葡萄酒等〕．

láy for... (口)等待〔某人〕，埋伏．

lày/.../ín[1] 儲備〔糧食，燃料等〕；買進．*Lay in* a supply of food and water in case there is a big earthquake. 儲存食物和水以防備大地震．

lày ín[2] 儲備；買進．

láy into... (口)狠狠地痛打；嚴厲地痛罵．

lày it òn thíck (口)隨便大肆誇張；肉麻分外地

讀美，誇大其詞地道謝；《源自「厚厚地塗抹油漆」之意》．

* **lày/.../óff**[1] (1)(因不景氣等理由)臨時解雇；暫時停止〔工作〕. I *laid off* work till four o'clock. 我暫停工作[休息]到四點. (2)《口》停止，戒除，〔不愉快[有害]的〕事物；不再煩擾，置之不理. *Lay off* interfering with me. 別碰我了．

lày óff[2] 《口》暫停工作[去休息]；解雇．

láy A óff[3] B 讓A(某人) (暫時)離開B(工作)去休息. They *laid* 100 men *off* work. 他們暫時解雇了一百個勞工．

lày/.../ón[1] (1)塗抹〔油漆等〕. (2)給予〔打擊等〕；課徵〔稅金〕；加以〔懲罰等〕. (3)(主英)裝設〔電，自來水等〕. We had gas *laid on*. 我們安裝瓦斯了. (4)《英、口》籌備〔活動等〕；準備，提供，供應，〔茶點，車子等〕．

lày ón[2] 毆打；攻擊．

* **lày/.../óut** (1)(做準備用)把…攤開；陳列，整理，把〔情景，景緻〕展現出來. Her costume changes were *laid out* on a sofa. 她要換穿的服裝都攤在沙發椅上.
(2)設計或規劃〔庭園，都市等〕，(建築時)做地面區劃；擬定〔計畫等〕；做〔版面等〕的設計.
(3)預備埋葬〔屍體〕，預備入殮.
(4)《口》花費(大筆)金錢. I had to *lay out* over $3,000 for my son's trip abroad. 我得花費三千多美元供我兒子出國旅行.
(5)《口》把…擊潰，擊昏．

lày/.../óver[1] 把…延期．

lày óver[2] (美)中途下車，旅行途中作短暫的停留，(stop over).

lày onesèlf óut 努力，賣力，《to do; for》．

lày tó[1] 停船．

lày/.../tó[2] 使船停駛．

lày/.../úp (1)儲存，預留；增添〔勞累，麻煩等〕.
(2)使…在家不外出，臥倒在床，(通常用被動語態). be *laid up with* cold 因感冒而臥病在床.
(3)用繩纜繫住〔船隻〕(進入船塢等)；使〔汽車〕進車庫；(通常用被動語態).
— n. ⓊⓃ (加the)(被安置的)方向，狀態，(主要用於下列片語).

the lày of the lánd (美)地勢，地形；形勢，狀況；《(英)the lie of the land》．

lay[2] [le; leɪ] v. lie[1] 的過去式．

lay[3] [le; leɪ] adj. 《限定》 **1** (相對於神職人員的)普通信徒的，凡人的. **2** 外行的，門外漢的. a *lay* opinion (非專業的)外行人的意見. ⇨ n. laity.

lay[4] [le; leɪ] n. 《pl. ~s》 ⓒ (特指中世紀吟遊詩人的)短篇敘事詩；(詩)詩歌(song).

lay·a·bout [ˈleəˌbaʊt; ˈleɪəˌbaʊt] n. ⓒ 《英、口》(不願意工作的)懶惰的人，遊手好閒的人；流浪漢，遊民．

lay-by [ˈleˌbaɪ; ˈleɪbaɪ] n. 《pl. ~s》 ⓒ (英)(把道路拓寬規劃而成的)車輛緊急停靠區．

lay·er [ˈleə; ˈleɪə(r)] n. 《pl. ~s [~z; ~z]》 ⓒ **1** 層；(疊上，塗上的)層. a thin *layer* of dust 薄薄的一層灰塵. **2** (園藝)壓枝，壓條. **3** (通常構成複合字)放置[堆砌]者(例：brick*layer*).

4 下蛋的母雞. a good [bad] *layer* 很[不太]會下蛋的母雞.
— [ˈleə, lɛr; ˈleɪə(r)] vt. 把…變成數層．

láyer càke n. ⓊⒸ 夾心蛋糕(夾有數層果醬、奶油等的蛋糕).

lay·ette [leˈɛt; leɪˈet] n. ⓒ 嬰兒用品(包括嬰兒服，小棉被等).

láy fìgure n. ⓒ **1** (通常為木製的)人體模型，假人，《(畫家用來代替模特兒，商店用來展示服裝等). **2** 呆頭呆腦的人；無用之徒.

lay·man [ˈlemən; ˈleɪmən] n. 《pl. -men [-mən; -mən]》 ⓒ **1** (相對於神職人員的)普通信徒，(一般)信徒，(⟷ clergyman). **2** 外行人，門外漢.

lay·off [ˈleˌɔf; ˈleɪɒf] n. 《pl. ~s》 ⓊⓃ (不景氣之故)暫時解雇[暫停工作]；ⓒ 暫時解雇[暫停工作]的期間，(→ lay/.../off (lay[1] 的片語)).

lay·out [ˈleˌaʊt; ˈleɪaʊt] n. ⓊⒸ (都市，建築物，庭園等的)設計；計畫；(廣告，雜誌等的)版面設計[編排]，(→ lay/.../out (lay[1] 的片語)). the *layout* of a house 房屋的格局.

lay·o·ver [ˈleˌovə; ˈleɪˌəʊvə(r)] n. ⓒ 《美》中途下車；途中的短暫停留，(stopover；→ lay over[2] (lay[1] 的片語)).

laze [lez; leɪz] 《口》 vi. 懶惰；遊手好閒(about; around). — vt. 閒蕩地度過〔時間〕(away).

la·zi·er [ˈlezɪə; ˈleɪzɪə(r)] adj. lazy 的比較級.

la·zi·est [ˈlezɪɪst; ˈleɪzɪɪst] adj. lazy 的最高級.

la·zi·ly [ˈlezɪlɪ; ˈleɪzɪlɪ] adv. 懶惰地，閒蕩地；慵懶地.

la·zi·ness [ˈlezɪnɪs; ˈleɪzɪnɪs] n. Ⓤ 懶惰，怠惰.

* **la·zy** [ˈlezɪ; ˈleɪzɪ] adj. (-zi·er; -zi·est) **1** 懶惰的，怠惰的，(⟷ diligent). The teacher scolded him for being *lazy*. 老師責備他愉懶/The day was very hot and we all felt *lazy*. 那天非常熱，我們全都懶洋洋的. 回 lazy 指厭惡工作的懶人，含有責難之意，idle 則指沒有工作賦閒度日.
2 令人昏昏欲睡的，懶洋洋的；甚麼也不做(地度日)的. a *lazy* day in spring 令人覺得慵懶的春日/I spent a *lazy* Sunday just reading the papers. 我只是看看報，懶散地過了一個星期日.
3 慢吞吞的，〔流水等〕緩慢的. a *lazy* stream 水流緩慢的小溪.

la·zy·bones [ˈlezɪˌbonz; ˈleɪzɪˌbəʊnz] n. 《pl. ~》 ⓒ 《指一個人時作單數(使用)》《口》懶人，懶骨頭.

làzy Súsan n. ⓒ 《美》圓轉盤(可放置多樣菜餚，擺在餐桌中央；(英) dumbwaiter).

lb. [paʊnd; paʊnd] (略) 《pl. lb., lbs. [~z; ~z]》磅(重量單位；源自拉丁語libra(重量單位)). 3 *lb*(s). 三磅(讀作 three pounds).

L/C, l/c [略] letter of credit (信用狀).

LCD [ˌɛlsɪˈdi; ˌelsɪˈdiː] n. ⓒ 液晶顯示器(液晶體和偏振光板所組合成的顯示器)，《源自 liquid crystal display》.

L-driver [ˈɛlˌdraɪvə; ˈelˌdraɪvə(r)] n. ⓒ (英)(有教練隨車陪同的)學習駕駛者(L是 learner 的第

一個字母).

lea [li; li:] n. C(詩)草地，草原；牧草地.

leach [litʃ; li:tʃ] vt. 濾，濾，過濾，〔液體〕.

‡lead¹ [lid; li:d] v. (~**s** [~z; ~z]; **led**; ~**ing**) vt. 【引導】 **1** 引導，指引. lead a visitor in [out] 引導訪客入內[離去].

2 (牽著手等)帶領；牽引〔動物〕等. lead an old man by the hand 牽著老人的手走/One man may lead a horse to water, but ten cannot make him drink. 《諺》一個人也許可以把馬牽到水邊，但十個人也無法強迫牠喝水(說服人總有個限度，超過限度再怎麼說都沒用).

3 【接通】把〔水等〕引進；把〔繩子等〕拉過，穿過.

4 〔道路〕通往；把〔光線等〕引到《to, into〔某場所〕》(→ vi. 2). This road leads you into the park. 這條路通到公園/Curiosity led me to Paris. 我因為好奇到巴黎.

【引導到某種狀態】 **5** (a)使達到《to》；引入，引到，《into》. I was led to the conclusion that the country was a good market for cars. 我得到的結論是該國是汽車(銷售)的好市場/The dictator led the country into war. 獨裁者使國家走向戰爭.
(b) 句型5 (lead A to do)使A有意[想]做…；導致A(做)…；句型5 (lead A B)使A做B. What led you to study Chinese? 甚麼原因促使你學中文?/Her bad friends led the girl astray. 她的壞朋友將她引上歧途.

6 過著〔…的生活〕. lead a happy life 過著幸福快樂的生活/lead a life of ease 過著恬適的生活.

【走在前頭領導】 **7** 立於…的前頭；位居…之首[第一名]；(於比賽等)領先. A band led the parade through the city. 樂隊引導著遊行隊伍經過市區/She always leads the fashion. 她總是走在流行的尖端.

8 指揮，指導；率領. The critic leads public opinion. 評論家主導輿論/He is easily led. 他很容易受影響.

━━ vi. **1** 嚮導，帶路. a leading car 前導車/You lead and I'll follow. 你帶路，我跟在後面.

2 〔道路等〕相通，通往，到達，《to, into》. All roads lead to Rome. 《諺》條條大道通羅馬/A path leads through the forest. 小路穿過森林.

3 結果…，變成…，《to》. His constant overwork led to a nervous breakdown. 他持續不斷的過度工作導致神經衰弱/Our discussion led nowhere. 我們的討論沒有得到任何結果.

4 領先，居首位；領導. The home team leads six to four. 地主隊以六比四領先(★ six to four 為副詞片語).

5 指揮，指導；率領. Who is leading this evening? 今晚由誰指揮?

6 《紙牌》率先出牌開始比賽.

lèad/.../óff¹ (1)帶…去，帶走[來]…，(2)開始…；開啟話端. John led off the discussion with a summary of the problem. 約翰把問題簡要說明了一下便開始了這場討論.

lèad óff² (1)開始；首先發言. (2)《棒球》(在一局中)擔任首位打擊者；(在打擊順位中)擔任第一棒.

lèad/.../ón¹ (用甜言蜜語等)騙…；(欺騙)使…(做…)《to do》. He led her on to believe he wanted to marry her. 他花言巧語騙她相信他想和她結婚.

lèad ón² 帶路前往[嚮導].

lèad úp to... (1)逐漸地引入…；把話題轉向…. What's he leading up to? 他打算做甚麼呢? (2)結果達到…. The events that led up to her present fame are quite dramatic. 讓她獲得現有名聲的經過是頗富戲劇性的.

●━━動詞變化 lead 型		
[i; i:]	[ɛ; e]	[ɛ; e]
bleed 流血	bled	bled
breed 生產	bred	bred
feed 餵食	fed	fed
flee 逃走	fled	fled
lead 引導	led	led
meet 遇見	met	met
read 讀	read	read
★ read 的拼法無變化.		

━━ n. (pl. ~**s** [~z; ~z])【前面的位置，地位】 **1** U(加 the)領頭(的位置)；首位. He is in the lead in the race. 他在賽跑中居於領先的地位.

2 C(戲劇)主角；扮演主角的演員.

3 C(報紙)提要，引言，《將報導內容予以簡要說明的章節》；頭條新聞.

4 a U優勢，領先；領先的距離[時間等]. Our team has a lead (of two points) over yours. 我方隊伍領先你們(兩分).

5 《形容詞性》帶頭的，領先的；最重要的. the lead runner 帶頭跑步者/a lead article 主要文章/lead vocal(s) 主旋律(流行歌曲中人聲主唱的旋律，不包括伴奏).

【引導的事物】 **6** U指導的角色，指揮；率先. C模範，先例. under the lead of our teacher 在我們老師的指導下.

7 C線索，機會. follow up every lead 追蹤每一條線索.

8 C(主英)(狗等的)牽繩，皮帶，(leash).

tàke the léad 帶頭，領先；示範；完成指導作用. He took the lead in fighting pollution. 他帶頭對抗污染.

swìng the léad → swing 的片語.

‡lead² [lɛd; led] (★與 lead¹發音不同) n. (pl. ~**s** [~z; ~z]) **1** U鉛(金屬元素；符號 Pb). heavy as lead 像鉛一樣重/lead pipes 鉛管.

2 U石墨(black lead)；UC鉛筆芯《石墨製》. lead pencil 鉛筆.

3 C鉛錘(測定水深用). cast [heave] the lead 投鉛錘測量水深.

lead-en ['lɛdn; 'lednn] adj. **1** 鉛的，鉛製的.

2 鉛色的；〔天空等〕陰沈的.

3 沈重的；沈悶的；無精打采的.

lead·er [ˈlidɚ; ˈliːdə(r)] *n.* (*pl.* ~s [~z; ~z]) C 【率先者】 **1** 領導者，領袖; 統率者; 首領; (球隊等的)隊長. a *leader* in the world of economics 經濟界的領袖.
2 (美)(樂團的)指揮(conductor); (英)=concert-master.
3 (英)=leading article 1.
4 領先者; 居首位者. After the second lap, Tom was the *leader*. 第二圈跑完時湯姆居首位.
5 【促銷品】(商業)(為招攬顧客的)廉價商品(loss leader).

lead·er·ship [ˈlidɚˌʃɪp; ˈliːdəʃɪp] *n.* (*pl.* ~s [~s; ~s]) **1** U 領導者[指揮者等]的地位[任務]. Johnson seized the *leadership* of the anti-government movement. 強森掌握了反政府運動的領導權.
2 指導，指導，指揮; 統率[指導]能力. The band played under the *leadership* of Mr. Hill. 樂隊在希爾先生的指揮下演奏/Poor *leadership* led the troops to defeat. 統御能力太差導致軍隊敗北.
3 C (★用單數亦可作複數)領導階層(的人員). The *leadership* of the union is [are] divided. 公會領導階層分裂了.

lead-in [ˈlidˌɪn; ˈliːdɪn] *n.* C **1** (播音員等就廣播內容所進行的)開場白，介紹.
2 (連接天線和接收機的)引入線.

lead·ing [ˈlidɪŋ; ˈliːdɪŋ] *adj.* (限定) **1** 主要的; 最重要的. a *leading* cause of an accident 事故的主要原因/take a *leading* role 擔任主角.
2 領導性的; 有實力的. a *leading* politician 有實力的政治家/a *leading* newspaper 首屈一指的[一流的]報紙/You must have some *leading* aims in life. 你的生命中必須有一些首要的目標.
— *n.* U **1** 領路; 引導; 指導. **2** 領導, 領導能力.

léading árticle *n.* C **1** (英)(報紙等的)社論, 評論, (editorial); (英) leader).
2 (報紙等的)重要商品.

léading lády *n.* C 女主角.
léading líght *n.* C 主要人物, 有實力者.
léading mán *n.* C 男主角.
léading quéstion *n.* C (法律)誘導性詢問(除了反問(證人)時, 法庭上通常禁止使用).

leaf [lif; liːf] *n.* (*pl.* **leaves**) 【葉】 **1** C 樹葉 (→ blade, needle). It's early summer now, so all the *leaves* are out. 現在是初夏, 所以枝葉茂盛/The *leaves* have turned yellow. 葉已枯黃/sweep up dead [dry] *leaves* 將落葉掃攏.

[搭配] *adj.*+leaf: fallen *leaves* (落葉), new *leaves* (新葉) // *v.*+leaf: put forth *leaves* (長出葉子), shed *leaves* (落葉) // leaf+*v.*: *leaves* rustle (樹葉沙沙作響).

【像紙那樣薄的東西】 **2** C (書籍等的)一張紙(正反兩面). The last *leaf* of this book is missing. 這本書的最後一張(正反兩面)不見了/tear a *leaf* from a notebook 從筆記本上撕下一頁.
3 U (金, 銀等的)箔(比 foil 更薄). a picture frame coated with gold *leaf* 鍍上金箔的畫框.

---

4 C (口)(特指玫瑰的)花瓣(petal).
5 C (桌子的)活動面板; (折門等的)一扇.
còme into léaf (樹木)長出葉子.
tàke a léaf from [out of] *a pèrson's bóok* 學某人的樣.
tùrn óver a nèw léaf (1)揭開新的一頁. (2)改過自新, 重新生活; 使生活煥然一新. I *turned over a new leaf* on January the 1st and stopped smoking. 我1月1日戒菸, 開始過新生活.
— *vi.* **1** 長葉(*out*). **2** 迅速翻閱[瀏覽](*through*). I *leafed through* the book to get an idea of its contents. 我瀏覽那本書, 大概瞭解它的內容.

léaf bùd *n.* C (植物)葉芽.
leaf·less [ˈliflɪs; ˈliːflɪs] *adj.* 沒有葉的; 落葉的.
leaf·let [ˈliflɪt; ˈliːflɪt] *n.* C **1** 單張的印刷品; (廣告等的)傳單; 折疊的小冊子. **2** 小嫩葉. **3** 小葉(複葉的一片).
léaf mòld *n.* U 腐葉土.
leaf·y [ˈlifɪ; ˈliːfɪ] *adj.* 多葉的, 葉子茂密的; 由葉子形成的. a *leafy* shade 綠蔭.

*league [lig; liːg] *n.* (*pl.* ~s [~z; ~z]) C **1** 聯盟, 同盟. The two nations formed a *league* for common defense. 那兩國為了共同防衛而結成同盟. **2** 比賽聯盟. the major [minor] *leagues* (美國職業棒球的)大[小]聯盟. **3** (口)同類, 夥伴.
in léague with... 與…結盟, 聯合; 與…勾結. The police chief was *in league with* the gangsters. 警察署長與匪徒勾結.
— *vt.* 使結盟; 使聯合; (*with*). The three countries were *leagued* together. 三國結成同盟.
— *vi.* 結盟; 聯合; (*with*).

Lèague of Nátions *n.* (加 the)國際聯盟 (1920-46; the United Nations 的前身).
leagu·er [ˈligɚ; ˈliːgə(r)] *n.* C 加盟者, 同盟會員.

*leak [lik; liːk] *n.* (*pl.* ~s [~s; ~s]) C **1** 漏洞, 漏孔. stop [plug] a *leak* 堵塞漏洞.
2 (水, 瓦斯等的)漏出; 漏電; 漏出的水[瓦斯等]; (通常用單數)漏出量. This boat has a bad *leak*. 這艘船有一處嚴重滲水/I can smell a gas *leak*. 我聞到瓦斯漏氣的味道.
3 (祕密等的)洩漏. The *leak* has endangered national security. 這次洩密事件已威脅國家安全.
spríng [stárt] a léak (船, 屋頂等)開始漏水.
— *v.* (~s [~s; ~s]; ~ed [~t; ~t]; ~ing) *vi.*
1 (容器等)漏. The roof *leaks* when it rains. 屋頂一下雨就漏水.
2 (水, 瓦斯等)漏出. The wine is *leaking from* the bottom of the barrel. 酒從桶底漏出/Some water *leaked into* my shoe. 我的鞋子滲水了.
3 洩漏(祕密等)(*out*). The news of their engagement soon *leaked out*. 他們訂婚的消息很快就傳開了.
— *vt.* **1** 漏出(水, 瓦斯等). The pipe *leaks* gas.

瓦斯管漏氣。 2 洩漏〔秘密等〕. Someone *leaked* the secret to the enemy. 有人把秘密洩漏給敵人.

leak·age [`likɪdʒ; 'li:kidʒ] *n.* 1 $\boxed{a\ U}$ (水, 瓦斯等的)洩漏; 〔祕密等的〕洩漏. There was a *leakage* of information. 消息走漏了.

2 $\boxed{C}$ 漏出[入]物; 漏出量.

leak·y [`likɪ; 'li:ki] *adj.* 漏的; 易漏的; (祕密等)容易洩漏的. a *leaky* bucket 漏水的桶子.

‡lean¹ [lin; li:n] *v.* (~**s** [~z; ~z]; ~**ed** [~d; ~d], leant; ~ing) *vi.* 【 傾斜 】 1 (通常加副詞(片語))傾身, 彎著身子. She *leaned* out of the window and waved at us. 她從窗口探出身來向我們招手/The boy *leaned* away from the fire. 那男孩彎下身避開火焰.

2 (通常加副詞(片語))〔物〕傾斜. The tower *leaned* slightly to the west. 那座塔稍微向西傾斜.

3 【精神上偏頗】有(…的)傾向, 傾向(…); 喜歡(…), (對…)有所喜愛; (*to, toward*). I rather *lean to* your view. 我比較同意你的看法/Linda's interests *lean toward* sports. 琳達愛好運動/I *lean toward* accepting the proposal. 我傾向於接受此建議.

【 依靠 】 4 憑靠(*against, on, over*). The old man walked *leaning on* his cane. 這老人撐著拐杖走路.

5 指望, 依賴, (*on, upon*). I'm sorry to be always *leaning on* you for advice. 我很抱歉老是依賴你的忠告.

── *vt.* 1 (通常加副詞(片語))使傾斜, 使彎曲. She *leaned* her head forward. 她把頭向前傾.

2 使倚靠, (靠著)放置; 支撐, (*on, against*). He *leaned* the ladder *against* the wall. 他把梯子靠在牆壁上/Don't *lean* your elbow *on* the table while eating. 吃飯的時候不要把手肘撐在桌子上.

lèan on... 1 倚靠在…(→ *vi.* 4). (2)依賴(→ *vi.* 5). (3)(口)對…施加壓力, 威脅….

lèan [*bènd*] *over báckward* [*báckwards*] (口)努力奮戰, 堅持下去, (*to do*).

── *n.* $\boxed{a\ U}$ 傾斜; 偏向, 傾向.

*lean² [lin; li:n] *adj.* (~**er**; ~**est**) 1 〔人, 動物〕瘦的(↔ *fat*). a *lean* face 瘦削的臉/*lean* cattle 瘦牛. ⓢ lean 表示肌肉結實的瘦; → thin.

2 〔肉等〕無脂肪的, 瘦肉的. *lean* beef 瘦牛肉.

3 營養少的, 貧乏的; 〔土地〕貧瘠的. a *lean* diet 寒酸的飲食/a *lean* purse 沒多少錢的錢包/a *lean* year 歉收的年份.

── *n.* $\boxed{U}$ (沒有脂肪的)瘦肉.

lean·ing [`linɪŋ; 'li:niŋ] *n.* $\boxed{C}$ 偏向, 傾向, (*toward*); 愛好. The student has a *leaning toward* socialism. 那個學生有社會主義思想/a woman with literary *leanings* 愛好文學的女人.

Lèaning Tówer of Písa *n.* (加 the)比薩斜塔.

lean·ness [`linnɪs; 'li:nnis] *n.* $\boxed{U}$ 瘦; (肉)沒有脂肪.

leant [lɛnt; lent] *v.* lean¹ 的過去式、過去分詞.

lean-to [`lin,tu; 'li:ntu:] *n.* (*pl.* ~**s**) $\boxed{C}$ 單斜頂的小屋; 單斜面的屋頂.

*leap [lip; li:p] *v.* (~**s** [~s; ~s]; ~**ed** [lɛpt; lept], leapt; ~ing) *vi.* 1 跳, 跳躍. He *leaped* down from the rock. 他從岩石上跳下來/*leap* to one's death 跳下來自殺/Look before you *leap*. (諺)三思而後行(<跳前先仔細地看清).

ⓢ jump 為普通用語, 意思著重在跳躍動作本身; leap 通常強調因跳躍所造成的移動.

2 〔心臟等〕跳動, 躍動. My heart *leaped* for joy when I heard he was safe. 聽到他安全無恙, 我的心高興得怦怦跳.

3 突然發生; 突然成為(*to, into*). Don't *leap to* conclusions. 不可遽下結論/She *leaped into* stardom. 她一躍成為明星.

── *vt.* 跳過; 使跳躍, 使跳越, (*across, over*). He *leaped* the fence and escaped. 他跳過籬笆逃走了/Jill *leaped* the horse *across* the stream. 吉兒策馬跳過小河.

lèap at... 趕緊抓住〔機會等〕; 高興地接受〔建議等〕. I *leaped at* the offer. 我高興地接受了建議.

── *n.* $\boxed{C}$ 1 跳躍; 飛躍, 躍進. The ballerina made graceful *leaps*. 那位女芭蕾舞者做出了優美的跳躍動作. 2 一跳的距離[高度]. 3 激增.

a lèap in the dárk 亂闖, 冒險舉動.

by lèaps and bóunds 非常迅速地. Tom's Spanish has improved *by leaps and bounds*. 湯姆的西班牙語突飛猛進.

leap·frog [`lip,frɑg, -,frɔg; 'li:pfrɔg] *n.* $\boxed{U}$ 跳馬(跳過彎腰者背部的遊戲).

── *v.* (~**s**; ~**ged**; ~**ging**) *vi.* 玩跳馬.

── *vt.* 以跳馬方式跳過….

leapt [lɛpt, lipt; lept] *v.* leap 的過去式、過去分詞.

lèap yèar *n.* $\boxed{UC}$ 閏年. [leapfrog]

*learn [lɜn; lɜ:n] *v.* (~**s** [~z; ~z]; ~**ed** [lɜnt; lɜ:nt], learnt; ~ing) *vt.* 【 學會 】 1 學, 學習, 受教, 背誦; 句型3 (learn *to do/wh* 片語)學做…/學…; (↔ teach; → study ⓢ). I am *learning* English from an American teacher. 我向一位美國老師學英語/What is *learned* as a child is hard to unlearn. 小時候學到的東西不容易忘記/*learn* (*how*) *to* drive a car 學習(如何)開車/*learn what* to do in case of fire 學習火災時如何處理/*learn* one's lines 背誦臺詞.

2 養成〔習慣〕; 學會〔態度等〕; 句型3 (learn *to do*)學會(↔)…, Helen has lately *learned* good manners. 海倫最近變得頗守規矩/Some Westerners never *learn to* like tofu. 有些西方人就是不喜歡豆腐(【語法】come *to do* 是表示「自然就會」, learn *to do* 是暗示要有一定程度的努力才會).

【 受教後知道 】 3 聽到, 知道; 領悟到, 察覺到; 句型3 (learn *that* 子句/*wh* 子句, 片語)獲悉…. I want to *learn* the source of the news. 我想知道這消息的來源/I've just *learned that* Bill's father is sick. 我剛剛才知道比爾的父親生病了/I have

not yet *learned whether* their negotiations were successful. 我還不知道他們的談判是否順利.
── *vi.* **1** 學, 學到教訓, 學會. Some children *learn* quickly, but others don't. 有些孩子學得快, 但有些則不然/Some people *learn* very little from their experience. 有些人就是學不乖(從自己的經驗中幾乎學不到教訓).
2 聽說, 得知, 《*of, about*》. I only recently *learned of* his coming. 我直到最近才知道他來了/I am [have] yet to *learn*. 我沒有聽說[不知道].
* **lèarn...by héart** 暗記…, 背下…. You should *learn* the whole lesson *by heart*. 你應該背下整篇課文.
lèarn one's lésson (因遭受挫折或失敗而)學到教訓, 上了一課.

●──動詞變化 **learn** 型
過去式、過去分詞有 ~ed 和 ~t 兩種.

burn	燒	burned / burnt	burned / burnt
dream*¹	做夢	dreamed / dreamt	dreamed / dreamt
lean*²	屈身	leaned / leant	leaned / leant
leap*³	跳躍	leaped / leapt	leaped / leapt
learn	學習	learned / learnt	learned / learnt
smell	嗅	smelled / smelt	smelled / smelt
spell	拼字	spelled / spelt	spelled / spelt
spill	溢出	spilled / spilt	spilled / spilt
spoil	損壞	spoiled / spoilt	spoiled / spoilt

★(1)原形以-ll 結尾的字, 過去式、過去分詞以-lled 或-lt 結尾. (2)(美)多用 ~ed, (英)多用 ~t. (3)發音── *¹ dreamt [dremt; dremt], *² leant [lɛnt; lent], *³ leaped, leapt [lipt, lɛpt; li:pt, lept].

lèarn·ed [ˋlɜnɪd; ˈlɜ:nɪd] (★注意發音) *adj.* **1** 有學問的, 博學的; 精通的(*in*). a widely *learned* man 博學的人/the *learned* 學者們/The man is *learned in* economics. 這個人精通經濟學理論. **2** 《限定》學問上的, 學術性的, 學者式的. a *learned* discussion 學術討論/a *learned* journal 學術性期刊.

●──以 -ed 為詞尾的形容詞發音
在 [t; t], [d; d] 以外的子音之後發 [ɪd; ɪd] 音的字.

aged*	[ˋedʒɪd; ˈeɪdʒɪd]	上了年紀的
blessed	[ˋblɛsɪd; ˈblesɪd]	神聖的
crooked	[ˋkrʊkɪd; ˈkrʊkɪd]	彎曲的
dogged	[ˋdɔgɪd; ˈdɒgɪd]	頑固的
learned	[ˋlɜnɪd; ˈlɜ:nɪd]	有學問的
naked	[ˋnekɪd; ˈneɪkɪd]	裸的

ragged	[ˋrægɪd; ˈrægɪd]	破爛的
wicked	[ˋwɪkɪd; ˈwɪkɪd]	邪惡的
wretched	[ˋrɛtʃɪd; ˈretʃɪd]	可憐的

* 但 middle-aged [ˋmɪdˋedʒd; ˈmɪdleɪdʒd] 中年的

lèarn·ed·ly [ˋlɜnɪdlɪ; ˈlɜ:nɪdlɪ] (★注意發音) *adv.* 有學問地; 學者似地.

* **lèarn·er** [ˋlɜnɚ; ˈlɜ:nə(r)] *n.* (*pl.* ~s [~z; ~z]) © 學習者; 初學者; (英)(特指)學開車的人(亦作 lèarner dríver; 略作 L). a quick [slow] *learner* 學得快[慢]的人/an advanced *learner's* dictionary 高階辭典.

* **lèarn·ing** [ˋlɜnɪŋ; ˈlɜ:nɪŋ] *n.* Ⓤ **1** 學問, 學識. A little *learning* is a dangerous thing. 《諺》一知半解最危險/a man without *learning* 沒有學識的人. **2** 學, 學習.

learnt [lɜnt; lɜ:nt] *v.* learn 的過去式、過去分詞.

lease [lis; li:s] *n.* ⓊⒸ (土地, 建築物等的)租賃[租借]契約; Ⓒ 租賃[租借]契約書. take a house on a long *lease* 以長期契約租賃房屋.
2 Ⓒ 租賃[租借]契約期間; 租地權, 租屋權. We have a ten-year *lease* on the house. 這間房子我們有十年的租屋權/The *lease* will be up next May. 這份契約將在明年5月到期. 《參考》出租人為lessor, 租賃人為lessee, 「租金」為 rent.
a nèw léase on 《美》 [**of** 《英》] **lífe** 幸運地可以活下去; 重新開始生活.
by [**on**] **léase** 以租賃[租借]契約方式.
── *vt.* (以租賃[租借]契約方式)出租; 借入, (→ hire 2 同).

lease·hold [ˋlisˏhold; ˈli:shəʊld] *n.* Ⓤ (透過租賃[租借]對土地, 建築物的)擁有權, 租賃[租借]權; 租賃物.
── *adj.* 租賃[租借]的.

lease·hold·er [ˋlisˏholdɚ; ˈli:shəʊldə(r)] *n.* Ⓒ 租地人, 租屋人.

leash [liʃ; li:ʃ] *n.* Ⓒ (繫犬等的)皮帶, 鎖鏈, (同 比 lead¹ 更正式的用語). He was walking his dog on a *leash*. 他牽著狗散步.
hóld [**háve**]**...in léash** 用皮帶把(狗等)繫住; 束縛[控制]….
stràin at the léash 為了擺脫束縛而掙扎(<試著把拴緊的繩索掙脫開來要逃走》.
── *vt.* 《文章》用皮帶等拴住; 束縛, 控制.

least [list; li:st] *adj.* (little 的最高級; → less; ↔ most)(通常加 the) **1** (量, 程度, 重要性等)最少的; 最小的. Bess had the *least* money of us all. 我們當中貝絲的錢最少.
2 《限定》極其微小的; 非常微不足道的. argue over the *least* thing 為微不足道的事情爭辯.
* **nòt the léast...** 絲毫不…(表示強烈的否定). I don't have the *least* idea who did it. 我完全不知道是誰做的.
── *pron.* (通常加 the)《作單數》最少(的物, 量,

限度等). The *least* you can do is to write to your parents. 你至少得寫封信給你的父母(此句的邏輯爲：你能做的最少的事是 A>你不能做少於 A 的事>你至少要能做 A).

* *at léast* (1)至少，總之. You should *at least* try. 你至少也該試一試. (2)(有時作 at the least)至少，起碼(↔ at (the) most). The book costs 3 pounds *at least*. 這本書起碼値 3 英鎊.

* *in the léast* 絲毫(at all)(通常用於否定句) "Does the music bother you?" "Not *in the least*." 「音樂會吵到你嗎?」「一點也不.」

to sáy the léast (of it) 至少可以說. John's action was hasty, *to say the least*. 約翰的行動至少可以說是輕率的.

── *adv.* (little 的最高級; → less; ↔ most) **1** 最少，最不…. Tom talks *least* of all my friends. 在我的朋友中，湯姆最少/I found my key where I *least* expected it. 我在最料想不到的地方找到了鑰匙. **2** (加在形容詞，副詞前表「程度最低的…」意思)最不…, the *least* expensive method 最不需要花錢的辦法.

lèast of áll 最不…, 尤其不…. I don't blame anyone, *least of all* you. 我不怪任何人，尤其不會怪你/I like that *least of all*. 我最不喜歡那個.

nòt léast 不少，大部分. The accident happened *not least* through the driver's carelessness. 這車禍的發生主要是由於駕駛人的不小心.

lèast còmmon múltiple *n.* =lowest common multiple.

***leath·er** [ˈlɛðɚ; ˈleðə(r)] *n.* (*pl.* ~s [~z; ~z]) **1** U 熟皮，鞣皮，皮革. She gave me a bag made of *leather*. 她給我一個皮製的手提包/meat as tough as *leather* 像皮革一樣硬的肉. 参考 普通指動物的皮用 skin; 作爲商品剝下的(毛)皮，體型小的動物爲 skin, 大的爲 hide²; 特指毛皮用 pelt, 其毛或加工品爲 fur. **2** C 皮革製品; (leathers)皮馬褲; 皮裹腿. **3** (形容詞性)皮革(製)的. a *leather* belt 皮帶. ── *vt.* (口)(用皮帶)抽打.

leath·er·ette [ˌlɛðɚˈrɛt; ˌleðəˈret] *n.* U 人造皮，合成皮革.

leath·er·y [ˈlɛðɚɪ, -ərɪ; ˈleðərɪ] *adj.* 似皮革的; 皮革般堅韌的. *leathery* meat 堅韌的肉.

***leave**¹ [liv; liːv] *v.* (~s [~z; ~z]; **left; -leaving**) *vt.* 【離去】 **1** 離去; (從…)出發; 離開. He'll leave Taiwan *for* Canada tomorrow. 他明天要離開臺灣去加拿大/The speeding car *left* the road at the sharp bend. 那輛超速行駛的汽車在急轉彎處從馬路上衝了出去/The color *left* my mother's face. 母親的臉色發白. **2** 離開(人的身邊), 與…別離; 離…; 捨棄…; 請假; 句型5 (leave **A B**)在 B 的狀態下離開 A(人)的身邊. My secretary has *left* me. 我的祕書辭職了/I *left* my uncle quite well last summer. 去年夏天分別時叔叔的身體還很好.

3 【離開工作等】辭去〔工作〕; 畢業; 退學; 退〔會〕. *leave* business *for* literary work 棄商從文.

【留下】 **4** 留下〔足跡等〕; 投遞〔信件等〕; 遺忘. 句型4 (leave **A B**)、句型3 (leave **B** *for* [*to*] **A**)把 B 留給A. *Leave* the tip on the table. 把小費留在桌上/The wife asked her husband to *leave* her a little money [to *leave* a little money *for* her]. 妻子求她丈夫留下一點錢給她/Oh, dear! I've *left* my watch at home. 噢，天啊! 我把手錶忘在家裡了.

5 丟棄; 捨棄. Hurry up, or you'll get *left*. 快一點，否則你會被拋下的/The wounded soldier was *left* for dead. 那位傷兵被遺棄著等死.

6 (a)留下(妻兒，財產等)死去，遺留; 句型4 (leave **A B**)、句型3 (leave **B** *to* **A**)將 B 作爲遺產留給A. In her will my aunt *left* me all her jewels. 我的姑母在遺囑中將她所有的珠寶都留給我. (b) 句型5 (leave **A B**)(因某人去世)使 A 成爲 B. The boy was *left* an orphan. 那男孩成了孤兒.

7 (a)留下，保留; 把…就那樣地留下; 把(問題等)留(到日後); (作爲減數之差)餘下. The hungry boy *left* nothing on his plate. 那飢餓的男孩把盤子裡的東西吃得精光/When I've paid my debts I'll have [there'll be] nothing *left*. 我還了債以後就甚麼也不剩了/Four from ten *leaves* (you) six 十減四餘六(10−4=6)(★若加 you 則與 句型4 相同，意義不變). (b) 句型4 (leave **A B**)、句型3 (leave **B** *for* **A**)把 B 留給 A, 爲 A 留下 B. *Leave* me some cheese, please. 請留一點乳酪給我/He *left* a little room *for* her (to sit down). 他給她留了一點(坐的)空間.

【任其自由】 **8** (a)使專心; 聽任; ((to)). Let's *leave* him to his studies. 讓他專心唸書吧!/They *leave* their son *to* himself [*to* his own devices]. 他們讓兒子自由發展. (b) 句型5 (leave **A B**)讓 A 處於 B 的狀態. 句型5 (leave **A** *to* do/**A** *doing*/**A** *done*). 句型5 (leave **A** as 子句)聽任 A…. Don't *leave* the door open. 不要讓門開著/The sailor was *left* alive. 那水手得以倖存/The young mother *left* her baby *crying* [*to* cry]. 那個年輕的媽媽任憑嬰兒哭泣也不管/*Leave* my things as they are. 讓我的東西保持原狀[不要動我的東西].

【託付關切】 **9** (a)託付，委託，((to)); 聽任(人); 寄託((with)). Let's *leave* the decision to Dick. 讓迪克去決定/He *left* the shop in his son's charge. = He *left* his son in charge of the shop. 他把商店交給兒子管理/Father *left* a *message with* me *for* you. 父親叫我轉告你一件事/I'll *leave* the decision *with* you. 我讓你決定. (b) 句型5 (leave **A** *to* do)託付[委託]A 去做…. We've *left* the lawyer *to* settle the problem. 我們已經委託律師解決此問題.

── *vi.* **1** 離去; 〔列車等〕出發, 去, ((for)). I'm afraid I must be *leaving* now. 看來我現在該走了/I *leave for* Paris tomorrow. 我明天出發去巴黎/What time does the bus *leave*? 公車甚麼時候開呢? **2** 離職; 畢業; 退學.

be [*gèt*] *nìcely léft* 《口》被騙，上當.

be wèll léft 獲得大筆遺產.

lèave...alóne → alone 的片語.

lèave/...asíde 不考慮…; 把…棄置不理. Let's *leave* the problem *aside* for a while. 我們暫時先不考慮這個問題.

lèave...bé 《口》讓…保持原狀，不干涉…，(let ...be).

* *lèave/...behínd* (1)忘了把…拿回來; 沒有把…拿來; 丟下…. things *left behind* 忘記的東西. (2)超過…. (3)把…留在後面; 經過…. The lights of the town were soon *left behind*. 鎮上的燈火一會兒就被拋在後面了. (4)留下〔痕跡，記錄，遺產等〕.

lèave/...behínd... 在…之後留下〔痕跡，記錄，遺產等〕. The typhoon *left behind* it a trail of destruction. 颱風走了，留一連串的殘破損壞.

lèave gó of... 把壓住…的手放開; 脫手，轉讓. ★ let go 爲較普遍的用法.

lèave it at thát 不再說〔做〕甚麼; 就到此爲止.

lèave múch [*nóthing*] *to be desíred* → desire 的片語.

lèave/...óff[1] (1)不再穿…; 脫掉…; 戒除〔習慣等〕. You'll be able to *leave* that woolen shirt *off* when it gets warmer. 只要天氣變得更暖和，你就可以不用穿那件毛衣了. (2)停止…，中斷… [give]. It's time to *leave off* work. (現在)該停下工作了/It hasn't *left off* raining. 雨還沒有停.

lèave A off[2] 把 A 從 B 中去掉〔排除〕. They *left* him [his name] *off* the list. 他們把他[他的名字]從名單中去除.

lèave óff[3] 〔雨等〕停，停止，終止. The rain hasn't *left off*. 雨還沒有停.

* *lèave/...óut* (1)把…刪除掉，去掉; 把…省略掉 (of). Don't *leave* me *out* of the discussion. 請讓我參加討論. (2)不考慮…. I felt *left out*. 我覺得自己被忽視了. (3)把〔洗滌物等〕留在外面; 把…拿出來(準備使用). I've *left* your dress clothes *out* for you. 我已經替你把禮服拿出來了.

lèave/...óver (1)留下，剩下〔錢，食物等〕. (2)使…成爲懸案; 把〔工作等〕延長.

lèave wéll (*enóugh*) *alóne* → well[1] 的片語.

leave[2] [liv; liːv] *n.* (*pl.* ~**s** [~z; ~z]). **1** ⓊＵ 許可，允許，(to do). Johnny got *leave* to go home. 強尼獲得回家的許可.

2 Ⓤ (特指軍隊，政府機關等的)准假; Ⓒ 休假，假期. ask for (a) *leave* (of absence) 請假/The soldier was given a) ten days' *leave*. 這士兵獲得十天的假期.

3 Ⓤ 告辭，告別.

on léave 休假中. I'll go *on leave* tomorrow. 我明天休假/He is (home) *on leave*. 他正休假(在家).

tàke (*one's*) *léave* (*of...*) (向…)告別. With a pain in my heart I *took* my *leave* of London. 我心痛地告別了倫敦.

without léave 擅自地; 擅自的.

leav·en [ˈlɛvən; ˈlevn] *n.* **1** Ⓤ 酵母(特指 yeast); 發酵劑.

---

2 ⓊＣ (慢慢地)催化[影響]整體的元素; 影響力. — *vt.* **1** 加發酵劑使膨脹，使發酵. **2** 使(慢慢地)變化; (逐漸地)給予影響.

lèave of ábsence *n.* =leave[2] 2.

leaves [livz; liːvz] *n.* leaf 的複數.

leave-tak·ing [ˈliv͵tekɪŋ; ˈliːv͵teɪkɪŋ] *n.* ⓊＵ 《文章》告別，訣別.

leav·ing [ˈlivɪŋ; ˈliːvɪŋ] *v.* leave 的現在分詞、動名詞.

leav·ings [ˈlivɪŋz; ˈliːvɪŋz] *n.* 《作複數》(特指飯菜的)剩餘物，殘渣.

Leb·a·non [ˈlɛbənən; ˈlebənən] *n.* 黎巴嫩(地中海東岸的國家; 首都 Beirut).

lech·er [ˈlɛtʃɚ; ˈletʃə(r)] *n.* Ⓒ 好色之徒，淫棍.

lech·er·ous [ˈlɛtʃərəs, ˈlɛtʃrəs; ˈletʃərəs] *adj.* 好色的; 淫蕩的.

lech·er·ous·ly [ˈlɛtʃərəslɪ, ˈlɛtʃrəslɪ; ˈletʃərəslɪ] *adv.* 淫蕩地.

lech·er·y [ˈlɛtʃərɪ, ˈlɛtʃrɪ; ˈletʃərɪ] *n.* (*pl.* -er·ies) Ⓤ 好色，淫亂; Ⓒ 好色的行爲.

lec·tern [ˈlɛktɚn; ˈlektən] *n.* Ⓒ (教堂的)讀經臺(於禮拜時朗讀聖經用); (美)與此類似的演講臺.

***lec·ture** [ˈlɛktʃɚ; ˈlektʃə(r)] *n.* (*pl.* ~**s** [~z; ~z]) Ⓒ **1** 講課，演講. deliver [give] a series [course] of *lectures* on [about] English poetry 開英詩系列講座.

2 教訓，訓誡，說教. Father gave me a *lecture* for driving too fast. 父親因為我開快車而訓了我一頓.

— *v.* (~**s** [~z; ~z]; ~**d** [~d; ~d]; -tur·ing) *vi.* 講課，演講，(on, about 關於…). The professor *lectured* on [about] Raphael. 那位教授講拉斐爾的作品，生平等).

— *vt.* 說教，訓誡，責備. I don't want to *lecture* you, but you should study more. 我不想說教，但你應該更用功一點.

lec·tur·er [ˈlɛktʃərɚ; ˈlektʃərə(r)] *n.* Ⓒ **1** (特指大學的)授課者; 演講者. **2** (大學)講師(通常在(英)爲教授級，在(美)爲講師級; → professor 圖). a *lecturer* in French 法語講師.

lec·ture·ship [ˈlɛktʃɚ͵ʃɪp; ˈlektʃəʃɪp] *n.* ⓊＵ 講師的職位[地位].

lec·tur·ing [ˈlɛktʃərɪŋ, ˈlɛktʃrɪŋ; ˈlektʃərɪŋ] *v.* lecture 的現在分詞、動名詞.

led [lɛd; led] *v.* lead[1] 的過去式、過去分詞.

ledge [lɛdʒ; ledʒ] *n.* Ⓒ (牆壁上突出的)架子(壁架); 架狀物; 突出物; (岩石上突出的)岩架(→次頁圖).

ledg·er [ˈlɛdʒɚ; ˈledʒə(r)] *n.* Ⓒ 《簿記》底帳，總帳.

lédger líne *n.* Ⓒ 加線(加在五線譜上下的短橫線).

[ledges]

Lee [li; li:] *n.* **1** 男子名. **2** Robert Edward ~ 李 將軍(1807-70)《美國南北戰爭末期的南軍總指揮官, 有很高的聲譽; → Grant》.

lee [li; li:] *n.* U《加 the》 **1** 《文章》《特指可避風雨 的》庇蔭處(shelter). under the *lee* of the forest 躲在森林的庇蔭處下.
2 《海事》(a) 下風; 背風面. (b)《形容詞性》背風〔下 風〕的(leeward). the *lee* side of a ship 船的下風 面.

leech [litʃ; li:tʃ] *n.* C **1** 《動物》水蛭《吸動物的 血; 過去用來治療高血壓等; → worm 圖》. stick [cling] like a *leech* 像水蛭般緊纏不放.
2 榨取他人錢財者.

leek [lik; li:k] *n.* C《植物》韭葱, 北美野韭,《洋 葱類, 用於湯或調味汁中》.

leer [lɪr; lɪə(r)] *n.* C 斜睨; 送秋波;《挑逗, 惡意, 狡猾等的表情》.
— *vi.* 斜睨地看, 送秋波,《at》.

leer·ing·ly [ˈlɪrɪŋlɪ; ˈlɪərɪŋlɪ] *adv.* 斜睨地.

leer·y [ˈlɪrɪ; ˈlɪərɪ] *adj.* 《敘述》《口》警戒的; 猜疑 的;《of》.

lees [liz; li:z] *n.* 《作複數》《葡萄酒桶等底部所積的》 沈澱物, 渣滓. drain [drink] life's pleasures to the *lees* 嘗盡人生的樂趣.

lee shóre *n.* C《海事》下風處的海岸《船有觸礁 或擱淺的危險》.

lee tíde *n.* C《海事》順風潮《順著風吹方向的潮 流; 帶來大波浪》.

lee·ward [ˈliwəd, 《海事》ˈluəd, ˈluːəd; ˈliːwəd] *adj.* 下風的, 位於下風的. the *leeward* side 下風側.
— *n.* U 下風(側). on the *leeward* of an island 在島的下風側.
— *adv.* 下風地. ↔ windward.

lee·way [ˈliˌwe; ˈliːweɪ] *n.* (*pl.* ~s) **1** U《海 事》風壓;《航空》偏航;《船, 飛機被風吹向下風處 而偏離航線》.
2 UC 《時間, 金錢等的》充裕; 活動的餘地.

‡**left**[1] [lɛft; left] *adj.* **1** 《限定》左的; 左方的, 左 邊的. Who is the man on your *left* side? 在你左邊的人是誰?
2 (~·er, more ~; ~·est, most ~)《常 Left》《政治 上》左翼的, 左派的.
— *adv.* 在左; 在左面, 在左側; 用左手. Turn *left* at the corner. 在街口向左轉《*left*=to the

left》/*Left* turn!《英》向左轉!《口令》/He took a position *left* of center. 他挑了一個中間偏左的位 置/John throws right but bats *left*. 約翰用右手投 球, 但用左手打擊.
— *n.* (*pl.* ~s [~s; ~s]) **1** U《通常 加the》左, 左面, 左邊. The girl sitting on his *left* is his sister. 坐在他左邊的女孩是他的妹妹/Keep to the *left*. 靠左走《標誌》. **2** C 左轉. make a *left* at the second corner 在第二個路口左轉. **3** U《單複 數同形》《通常 the Left》左翼, 左派, 革新《急進 派. 參考 起因於歐洲大陸各國的議會中, 習慣上保 守派的席位在議長席的右邊, 急進派的席位在其左 邊. **4** C《軍事》左翼;《棒球》左外野(手);《拳擊》 左手(拳). ↔ right.

left[2] [lɛft; left] *v.* leave[1] 的過去式、過去分詞.

léft fíeld *n.* U《棒球》左外野.　　　　〔圖〕

léft fíelder *n.* C《棒球》左外野手(→baseba

left-hand [ˈlɛftˈhænd; ˈlefthænd] *adj.* 《限定》
1 左手的; 左邊的; 向左的. the *left-hand* co umn 左欄. **2** =left-handed 1, 3.

*left-hand·ed [ˈlɛftˈhændɪd; ˌleftˈhændɪd]
adj. **1** 左撇子的; 用左手的. a *left-handed* pitcher 左投手. **2** 左手用的〔剪刀等〕. **3** 左旋的 〔螺絲等〕; 向左旋轉的〔門, 鎖等〕. **4** 不靈活的 笨拙的. **5** 沒有誠意的.

left-hand·er [ˈlɛftˈhændə; ˈleftˈhændə(r)]
C **1** 左撇子;《棒球等的》左投手.
2 用左手的一擊.

left·ist [ˈlɛftɪst; ˈleftɪst] *n.* C《常 Leftist》左翼 〔左派, 急進派〕的人.
— *adj.* 左翼〔左派, 急進派〕的. ↔ rightist.

left-lug·gage (office)
[ˌlɛftˈlʌɡɪdʒ(ˈɒfɪs); ˌleftˈlʌɡɪdʒ(ˌɒfɪs)] *n.* C《英 《火車站的》行李寄放處(《美》baggage room》.

left·o·ver [ˈlɛftˌovə; ˈleftˌəʊvə(r)] *n.* C《通常 leftovers》《特指飯菜的》殘餘物, 剩菜,《還可以利 的》.
— *adj.* 剩餘的; 吃剩的.

léft wíng *n.* 《加 the; 常 Left Wing》 **1** 左翼 左派.《特指左派政黨〔團體〕中的》極左派, 急進派
2 《體育》左翼(隊員). ↔ right wing.

left-wing [ˈlɛftˈwɪŋ; ˈleftˈwɪŋ] *adj.* 革新派的 左派(政黨)的;《體育》左翼的. ↔ right-wing.

left-wing·er [ˈlɛftˈwɪŋə; ˈleftˈwɪŋə(r)] *n.* C 左派〔左翼〕的人. ↔ right-winger.

left·y [ˈlɛftɪ; ˈleftɪ] *n.* (*pl.* **left·ies**) C《口》 **1** 左 撇子. **2** =leftist.

‡**leg** [lɛg; leg] *n.* (*pl.* ~s [~z; ~z]) C【 腿 】
(a) 《動物的》腿. an actress noted fo her beautiful *legs* 以美腿聞名的女演員/an artifi cial *leg* 假腿, 義肢/with one's *legs* crossed 翹二 郎腿; 盤腿而坐. 參考 從腳踝到大腿根;《美》通常 指腳踝到膝頭之間; 腳踝以下為 foot; 廣義而言 *leg* 亦包含 foot; → body 圖.
參考 *adj.*+leg: long ~s (長腿), short ~s (短 腿), slender ~s (修長的腿), stout ~s (粗壯的 腿) // *v.*+leg: break one's ~ (折斷腿), cros one's ~s (盤腿), 翹二郎腿).

(**b**) (食用動物的)腿. serve a *leg* of lamb for dinner 晚餐煮小羊腿.

2 (椅,桌,圓規等的)腳. This round table has three *legs*. 這張圓桌有三隻桌腳.

3 (褲子的)腿的部分.

4 【步行>行程】(旅程等的)一段行程; (接力賽跑等的)一段賽程. run the last *leg* of a relay race 跑接力賽的最後一棒.

be (úp) on one's (hínd) légs (1)(特指長時間)持續站立; 走來走去. (2)(疾病痊癒後)能夠四處走動. (3)(為了演說, 發表議論而)站著.

find one's légs [féet] (1)(幼兒等)開始能夠站立行走. (2)在社會上自立.

gèt a pèrson báck on his légs 使某人恢復健康; 使某人在經濟上自立.

gèt (úp) on one's (hínd) légs (為了演說, 發表議論等)站起來.

give a pèrson a lèg úp 幫某人上馬[上高處]; 助某人一臂之力.

hàve the légs of... (口)比(別人)快; 跑得快.

nòt have a lég [have nò lég] to stánd on (論點, 辯解等)缺乏(應該有的)正確的根據, 站不住腳.

òff one's légs 歇腳; 休息.

on one's lást légs (1)(人)即將死亡; 筋疲力竭; 陷入僵局. (2)(事物)即將損壞; (事業等)即將崩潰. This TV is on its *last legs*—it's time to buy a new one. 這臺電視快要壞了, 該買一臺新的了.

pùll a pèrson's lég 開某人的玩笑; 捉弄某人.

ràn a pèrson off his légs (口)使某人疲於奔命.

shàke a lég (俚)跳舞; 趕緊, 加把勁, (通常用於祈使句).

shòw a lég (口)(從床上)起來.

stánd on one's òwn légs 不依賴別人, 獨力而為.

strètch one's légs (久坐之後)走動一下, 散步.

leg·a·cy [ˋlɛgəsı; ˈlegəsı] *n.* (*pl.* **-cies**) ⓒ **1** (根據遺囑的)遺產; 遺贈(物). leave a person a *legacy* of $5,000 遺贈某人五千美元. 同legacy 主要為動產, heritage 為不動產, inheritance 包含二者.

2 祖傳之物; 繼承物. a *legacy* of ill will 世仇.

le·gal [ˋligl; ˈliːgl] *adj.* **1** (限定)法律(上)的; 有關法律的. take *legal* action against a person 對某人提出訴訟/a *legal* offence 法律上的罪行.

2 依照法律的, 合法的; 正當的. Is it *legal* to import gold? 進口黃金是合法的嗎?/It was not a *legal* business. 那不是合法的交易.

3 法定的; 基於法律的(權利等). the *legal* interest 法定利息. ⇨ *n.* law. ↔ illegal.

[字源] LEG「法律」: *leg*al, il*leg*al (不法的), *leg*islation (立法), *leg*itimate (合法的).

ègal áge *n.* Ⓤ法定年齡, 成年.

ègal áid *n.* Ⓤ(法律)法律援助(對貧困者給予訴訟費用的幫助).

ègal hóliday *n.* ⓒ(美)法定假日, 節日, (英) bank holiday).

e·gal·i·ty [lıˋgælətı; liːˈgælətı] *n.* Ⓤ適法性,

合法性.

le·gal·i·za·tion [͵liglaˋzeʃən, -aıˋz-; ͵liːgəlaıˈzeıʃn] *n.* Ⓤ(文章)合法化; 公認, 認可.

le·gal·ize [ˋligl͵aız; ˈliːgəlaız] *vt.* (文章)使適法化, 使合法化; 法律上認為正當, 認可, 公認.

le·gal·ly [ˋliglı; ˈliːgəlı] *adv.* 在法律上; 合法地.

lègal ténder *n.* Ⓤ法定貨幣, 法幣.

le·ga·tion [lıˋgeʃən; lıˈgeıʃn] *n.* ⓒ(文章) **1** 公使團, 公使館全體人員.

2 公使館(→ embassy 參考).

le·ga·to [lıˋgɑto; ləˈgɑːtəʊ] *adj., adv.* (音樂)連奏(唱)的(地), 圓滑的(地), (↔ staccato).

***leg·end¹** [ˋlɛdʒənd; ˈledʒənd] *n.* (*pl.* ~**s** [~z; ~z]) **1** ⓒ傳說, 口述傳說; Ⓤ(集合)(某民族的)傳說; 傳說文學. a medieval *legend* 中古世紀傳說/This region is rich in *legend*. 這個地方有很多傳說/*Legend* has it that.... 傳說中….

2 ⓒ已成為傳奇的著名人物, 傳奇人物. Einstein became a *legend* in his lifetime. 愛因斯坦在世時就已成了傳奇人物.

leg·end² [ˋlɛdʒənd; ˈledʒənd] *n.* ⓒ **1** (獎章, 硬幣等上所刻的)銘文. **2** (插圖等的)說明; (地圖, 圖表等)圖例; 符號說明表.

leg·end·ar·y [ˋlɛdʒənd͵ɛrı; ˈledʒəndərı] *adj.* **1** 傳說(上)的; 傳奇性的; 以口述傳承下來的. King Arthur is a *legendary* British ruler. 亞瑟王是傳說中的英國國王. **2** (口)(堪稱為傳奇的)驚人的, 著名的. Their victory is *legendary*. 他們的勝利讓人們傳頌不已.

leg·er line [ˋlɛdʒə͵laın; ˈledʒəlaın] *n.* =ledger line.

-legged (構成複合字)「… 腿的」之意. long-*legged* (長腿的). a three-*legged* race (兩人三腳的綁腿賽跑).

leg·ging [ˋlɛgıŋ; ˈlegıŋ] *n.* ⓒ (通常 leggings) (從腳踝到膝部的)裹腿, 綁腿, (布, 皮革製); (包到胸尖的)幼兒保暖褲. a pair of *leggings* 一件幼兒保暖褲; 一雙綁腿.

[leggings]

leg·gy [ˋlɛgı; ˈlegı] *adj.* (小孩, 馬等)腿(瘦)長的; (女性)腿修長的; 腿部曲線優美的.

leg·i·bil·i·ty [͵lɛdʒəˋbılətı; ͵ledʒıˈbılətı] *n.* Ⓤ (筆跡, 印刷等)易讀性.

leg·i·ble [ˋlɛdʒəbl; ˈledʒəbl] *adj.* (筆跡, 印刷等)易讀的; 看得懂的; 可辨認的. (↔ illegible).

leg·i·bly [ˋlɛdʒəblɪ; ˈledʒəblɪ] adv. 易讀地; 看得懂地.

le·gion [ˋlidʒən; ˈliːdʒən] n. © **1** (歷史)(古羅馬的)軍團(由 3,000-6,000 名步兵和 300-700 名騎兵所組成). **2** 軍隊, 兵團; 退伍軍人協會. a foreign legion 外籍兵團. **3** (文章)眾多, 大批. legions [a legion] of ants 螞蟻雄兵.
— adj. (敘述)(文章)眾多的; 無數的. Informers were legion at that time. 當時密告者無數.

le·gion·ar·y [ˋlidʒən͵ɛrɪ; ˈliːdʒənərɪ] n. (pl. -aries) © (歷史)(古羅馬的)軍團士兵.

le·gion·naire [͵lidʒənˋɛr, -ˋær; ͵liːdʒəˈneə(r)] n. ©(美國[英國])退伍軍人協會會員; (特指法國)外籍兵團成員.

leg·is·late [ˋlɛdʒɪs͵let; ˈledʒɪsleɪt] vi. 制定法律. legislate against [in favor of] the use of marijuana 立法禁止[贊成]使用大麻.

‡leg·is·la·tion [͵lɛdʒɪsˋleʃən; ͵ledʒɪsˈleɪʃn] n. Ⓤ **1** 制定法律, 立法. the power of legislation 立法權.
2 (集合)(制定的)法律. The new legislation is designed to control the recent influx of foreign workers. 制新法的目的在於控制近來外籍勞工的流入.

leg·is·la·tive [ˋlɛdʒɪs͵letɪv; ˈledʒɪslətɪv] adj. (限定)立法(上)的; 有立法權的; 立法機關的; 法定的; (→ judicial 參考). Parliament is a legislative body. 國會是立法機關/legislative procedure 立法程序.

leg·is·la·tor [ˋlɛdʒɪs͵letɚ; ˈledʒɪsleɪtə(r)] n. © 法律制定者, 立法者, 立法委員; 立法機關(legislature)的一員.

leg·is·la·ture [ˋlɛdʒɪs͵letʃɚ; ˈledʒɪsleɪtʃə(r)] n. © **1** 立法部門[機關](美國的 Congress, 英國的 Parliament, 日本的 Diet 等). **2** (美)州議會.

le·git [lɪˋdʒɪt; lɪˈdʒɪt] adj. (俚)=legitimate.

le·git·i·ma·cy [lɪˋdʒɪtəməsɪ; lɪˈdʒɪtɪməsɪ] n. Ⓤ **1** 合法性; 正當性. **2** 嫡出, 婚生; 正統.

le·git·i·mate [lɪˋdʒɪtəmɪt; lɪˈdʒɪtɪmət] adj. **1** 合法的, 法律認可的, 法律上正當的. a legitimate claim 正當的要求. **2** 嫡出的, 婚生的; 正統的. a legitimate child 婚生子. **3** 合乎邏輯的[結論等]; 合情合理的. a legitimate reason 正當的理由. ↔ illegitimate.

le·git·i·mate·ly [lɪˋdʒɪtəmɪtlɪ; lɪˈdʒɪtɪmətlɪ] adv. 合法地; 正當地.

le·git·i·ma·tize [lɪˋdʒɪtəmə͵taɪz; lɪˈdʒɪtɪmətaɪz] v. =legitimize.

le·git·i·mize [lɪˋdʒɪtə͵maɪz; lɪˈdʒɪtɪmaɪz] vt. **1** 使合法; 使正當化. **2** 認養(私生子)為婚生子.

leg·pull [ˋlɛg͵pʊl; ˈlegpʊl] n. ©(口)取笑, 捉弄. 《出自於 pull a person's leg (leg 的片語)》.

leg·room [ˋlɛg͵rum; ˈlegruːm] n. Ⓤ (座位等)能使腿部舒適伸展的寬度; 腳部的活動空間.

leg·ume [ˋlɛgjum, lɪˋgjum, -ˋgrum; ˈlegjuːm] n.

© (泛指)豆科植物, 豆類, (peas, beans, peanuts 等); 上述植物的豆子.

le·gu·mi·nous [lɪˋgjumɪnəs, lɛ-, -ˋgrumɪn-; leˈgjuːmɪnəs] adj. 會長豆子的; 豆科的.

lei [le, ˋle·ɪ; ˈleɪiː] n. © 花環(在 Hawaii 迎送他人等場合戴在頸部的花圈).

Leigh [li; liː] n. 男子名.

Leip·zig [ˋlaɪpsɪg, -sɪk; ˈlaɪpzɪg] n. 萊比錫(德國中部的城市; 出版業鼎盛).

‡lei·sure [ˋliʒɚ, ˋlɛʒɚ; ˈleʒə(r)] n. Ⓤ **1** 閒暇, 空閒, (沒有工作的)自由時間; 悠閒(to do, for doing). lead a life of leisure 過著悠閒的生活/I have no leisure to travel [for travel(ing)]. 我沒有空去旅行/wait a person's leisure 等待某人有空的時候.
2 (形容詞性)空閒的, 有空的. leisure time [hours] 空閒時間/leisure wear 休閒服.
* **at léisure** (1)空閒時; 有空(to do). I'm not at leisure to talk with you. 我沒有空和你說話. (2)慢慢地, 從容地. Marry in haste, and repent at leisure. (諺)匆匆地結婚, 慢慢地後悔/I'd like to study the document at leisure before giving you an answer. 我想慢慢研究這份文件以後再給你答覆.
at one's léisure 空閒時; 方便時. Bring the book back to me at your leisure. 等你有空時再把書拿來還我.

lei·sured [ˋliʒɚd, ˋlɛʒɚd; ˈleʒəd] adj. 非常空閒的, 有空的. the leisured classes 有閒階級/a leisured man 有空閒的人.

lei·sure·ly [ˋliʒɚlɪ, ˋlɛ-; ˈleʒəlɪ] adj. 慢慢的, 從容的; 不慌不忙的.

leit·mo·tif, leit·mo·tiv [ˋlaɪtmo͵tif, ˋlaɪtməʊ͵tiːf] (德語) n. (pl. ~s) © **1** (音樂)主導動機(在歌劇等樂曲中反覆出現的主題).
2 (泛指)主題, 中心思想.

lem·ming [ˋlɛmɪŋ; ˈlemɪŋ] n. © 旅鼠(產於歐美北部似鼠的齧齒類動物; 據說繁殖太多時會集體遷徙跳海而死).

‡lem·on [ˋlɛmən; ˈlemən] n. (pl. ~s [-z; -z]) **1** © 檸檬; 檸檬樹; Ⓤ 檸檬味. squeeze a lemon 擠檸檬/cake flavored with lemon 檸檬(口味)的蛋糕.
2 Ⓤ 檸檬色, 淡黃色, (亦作 lemon yellow).
3 © (俚)(特指商品的)瑕疵品, 劣等貨; (英俚)差勁的[愚蠢的, 沒有魅力的]人(→ peach). The car seemed all right when I bought it, but it turned out to be a lemon. 我買這輛汽車的時候看來還不錯, 但後來發現是輛爛車.

lem·on·ade [͵lɛmənˋed; ͵leməˈneɪd] n. Ⓤ **1** (英)檸檬汽水(一種加上檸檬口味的碳酸飲料).
2 (美)檸檬汁(檸檬原汁加上冷水和砂糖).
3 (英)=lemon squash.

lémon cúrd n. Ⓤ 檸檬酪(用雞蛋、奶油、檸檬汁等所做成的食品, 加在麵包上一起食用).

lémon sóle n. ©(魚)檸檬鰈, 一種鰈魚.

lémon squásh n. Ⓤ(主英)檸檬蘇打水(加上的濃縮檸檬汁; 摻水稀釋飲用).

lémon squéezer n. © 檸檬榨汁器.

le·mur [ˋlimɚ; ˈliːmə(r)] *n.* ⓒ狐猴《夜行性，臉與尾似狐；主要產於 Madagascar 島》。

lend [lɛnd; lend] *vt.* (~**s** [~z; ~z]; **lent**; ~**ing**)
1 借出； 句型4 (lend **A B**)、 句型3 (lend **B** *to* **A**)把 B 借給 A(人)，借出去；把 B(錢)借給 A(人)；(注意 lend 不可用於房屋等不能移動的東西；→ borrow)。I've *lent* Tom my car [my car *to* Tom]. 我把車子借給了湯姆/A usurer *lends* money at high interest. 放高利貸者以高利息貸放金錢。
2 句型4 (lend **A B**)、 句型3 (lend **B** *to* **A**)把 B(力量等)借給 A。The scientist refused to *lend* any support *to* the project. 這位科學家拒絕支援那項計畫。
3 添加，加，(*to*)。The stillness *lent* mystery *to* the night. 寂靜增添了夜晚的神祕。
lènd…a (hèlping) hánd 向…伸出援手《*with*》。Lend me a hand *with* my homework. 幫我做家庭作業吧!
lènd an [*one's*] éar to… 傾聽…。
lénd itsèlf to… 適於[目的等]; 對…有用; 容易被…。This book *lends itself to* beginners. 這本書適合初入門者/The word *lends itself to* misuse. 這個字容易被誤用。
lènd /…/ óut 把[書籍等]借出。
lénd onesèlf to… 為[不正當行為等]盡力，協助[參與][不法活動]; 竟然(不顧體面)做…; 耽溺於…。I will never *lend myself to* bribery. 我絕不允許自己收受賄賂。

lend·er [ˋlɛndɚ; ˈlendə(r)] *n.* ⓒ借出者，貸方; 放債的人。

lénding library *n.* ⓒ租書店。

length [lɛŋθ, lɛŋkθ; leŋθ] *n.* (*pl.* ~**s** [~s; ~s]) 〖長度〗 **1** ⓊⒸ(與橫相對)長，長度; (與縱相對)縱; (→ breadth, width, depth)。The bridge has a *length* of 250 meters. 這座橋全長 250 公尺/My study is 7 meters *in length* and 4 in breadth. 我的書房長7公尺，寬4公尺/measure the *length* of the pants 量褲長。
2 (加 the)全長《*of*》。I walked the *length* of the street. 我走過整條街道。
3 ⒰(時間的)長度，一段期間; (書籍，談話，聲音等的)長度。a stay [book] of some *length* 較長的逗留[書]/You may stay here for any *length* of time. 你想在這裡待多久就待多久/The *lengths* of day and night are the same today. 今天白天和黑夜一樣長。
〖成為標準的長度〗 **4** ⓒ(船的)船身; 〖賽馬〗馬身。My horse won by a *length* and a half. 我的馬以一個半馬身的距離獲勝。
5 ⓒ(與規格，目的等相符的)長度。a (great) *length* of string 一(長)條繩子/a *length* of rope to tie a horse with 一條足可拴馬的繩子。
⇨ *adj.* **long**. *v.* **lengthen**.
at árm's lèngth → arm¹ 的片語。
* **at fùll léngth** (1)〔說明等〕充分地，詳細地。(2)全身伸展地; (把折疊的東西等)完全展開。lie (*at*)

full length on the grass 全身舒展地躺在草地上。
at grèat [sòme] léngth 極其[相當]詳細地; 冗長地[相當長地]; (→ length (2))。
* **at léngth** (1)終於，好不容易，總算。*At length* peace was restored. 終於恢復和平。 ⑥ at length 是比 at last 更正式的說法，強調時間的經過。(2)詳細地; 充分地; 冗長地。He recounted his adventures in Africa *at length*. 他詳細地述說他在非洲的歷險。
gò (to) àll léngths [àny léngth(s)] to dó 為做…用盡一切手段; 為了做…難保不會做出甚麼(極端的)事來。
gò (to) the lèngth of dóing 甚至還…，走到做…的極端地步。
the lèngth and bréadth of… 〔旅行等〕遍遊…，遍及…。

* **length·en** [ˋlɛŋθən, ˋlɛŋkθən; ˈleŋθən] *v.* (~**s** [~z; ~z]; ~**ed** [~d; ~d]; ~**ing**) *vt.* 使變長，伸長，延長。He asked his wife to *lengthen* the sleeves of his coat. 他要妻子替他上衣的袖子改長/our *lengthened* lives 我們延長的壽命。
—— *vi.* 變長，伸長。The strike *lengthened into* weeks. 罷工延長為數週。⑥作「延長，伸長」之意時，lengthen 用於長度和時間，extend 用於長、寬、時間，prolong 僅用於時間。
⇨ *n.* **length**. *adj.* **long**, **lengthy**. ↔ **shorten**.

length·i·ly [ˋlɛŋθəlɪ, ˋlɛŋkθəlɪ; ˈleŋθɪlɪ] *adv.* 冗長地; 囉嗦地。

length·ways [ˋlɛŋθ͵wez, ˋlɛŋkθ-; ˈleŋθweɪz] *adv.* 縱(向)地。

length·wise [ˋlɛŋθ͵waɪz, ˋlɛŋkθ-; ˈleŋθwaɪz] *adv.* = lengthways.

length·y [ˋlɛŋθɪ, ˋlɛŋkθɪ; ˈleŋθɪ] *adj.* **1** 〔談話，文章等〕冗長的; 囉嗦的。a *lengthy* speech 冗長的演說。 **2** (時間上)漫長的。

le·ni·ence [ˋlinɪəns, -njəns; ˈliːnjəns] *n.* Ⓤ《文章》寬大; 仁慈。

le·ni·en·cy [ˋlinɪənsɪ, -njənsɪ; ˈliːnjənsɪ] *n.* = lenience.

le·ni·ent [ˋlinɪənt, -njənt; ˈliːnjənt] *adj.* 《文章》〔處罰等〕寬大的，從輕的; 仁慈的(merciful)。You are too *lenient* with your children. 你太縱容你的孩子了/*lenient* laws 寬鬆的法律。

le·ni·ent·ly [ˋlinɪəntlɪ, -njənt-; ˈliːnjəntlɪ] *adv.* 《文章》寬大地。

Len·in [ˋlɛnɪn; ˈlenɪn] *n.* **Vlad·i·mir** [ˋvlædə͵mɪr; ˈvlædəmɪə(r)] **Il·yich** [ˋɪltʃ; ˈɪljɪtʃ] ~ 列寧(1870-1924)《俄國革命的領袖; 前蘇聯人民委員會主席(1917-24); 亦作 **Ni·ko·lai** [nɪkəˋlaɪ; nɪkəˈlaɪ] **Lenin**)》。

Len·in·grad [ˋlɛnɪn͵græd, -͵grɑd; ˈlenɪngræd] *n.* 列寧格勒(前蘇聯西北部的港市; 蘇聯瓦解後恢復 St. Petersburg 之名)。

Len·in·ism [ˋlɛnɪn͵ɪzəm; ˈlenɪnɪzəm] *n.* Ⓤ 列寧主義。

len·i·ty [ˈlɛnətɪ; ˈlenətɪ] *n.* U《文章》慈悲; 寬大.

Len·non [ˈlɛnən; ˈlenən] *n.* John ～ 約翰·藍儂 (1940-80)《英國籍歌手; 披頭四成員之一》.

＊**lens** [lɛnz; lenz] *n.* (*pl.* ～**es** [～ɪz; ～ɪz]) C **1** 透鏡, 鏡片, (眼鏡, 照相機, 顯微鏡等的). a contact *lens* 隱形眼鏡／a convex [concave] *lens* 凸[凹]透鏡. **2**《解剖》(眼球的)水晶體.

Lent [lɛnt; lent] *n.* 四旬齋《從 Ash Wednesday 到 Easter Eve(復活節前夕), 除去星期日的四十天; 為紀念基督在荒野禁食而進行絕食[節食]或懺悔》.

lent [lɛnt; lent] *v.* lend 的過去式, 過去分詞.

len·til [ˈlɛntl, -tɪl; ˈlentɪl] *n.* C《植物》扁豆; 扁豆的果實《雙凸透鏡狀的豆類, 供食用》.

len·to [ˈlɛnto; ˈlentəʊ] *(音樂)* *adv., adj.* 緩慢地[的] (→ tempo 參考).
— *n.* (*pl.* ～**s**) C 慢板的曲子《樂章》.

Le·o [ˈlio; ˈliːəʊ] *n.* **1**《天文》獅子座; 獅子宮《十二宮的第五宮; → zodiac》. **2** (*pl.* ～**s**) 獅子座的人《於 7 月 23 日至 8 月 22 日間出生的人》.

Leon·ard [ˈlɛnəd; ˈlenəd] *n.* **1**《注意發音》男子名. **2** ～ **da Vinci** → da Vinci.

le·o·nine [ˈliə,naɪn; ˈliːəʊnaɪn] *adj.*《文章》獅子(般)的.

leop·ard [ˈlɛpəd; ˈlepəd] *n.* C 豹《特指黑豹時作 panther》. Can the *leopard* change his spots? 豹能改變身上的斑點嗎?《無法改變》《類似「本性難移」之意》.

leop·ard·ess [ˈlɛpədɪs; ˈlepədɪs] *n.* C 母豹.

le·o·tard [ˈliəˌtɑrd; ˈliːətɑːd] *n.* C 連身緊身衣《雜技演員, 舞者等所穿的上下相連的緊身衣褲》.

lep·er [ˈlɛpə; ˈlepə(r)] *n.* C 痲瘋病患者.

lep·re·chaun [ˈlɛprəˌkɔn; ˈleprəkɔːn] *n.* C《愛爾蘭傳說》外貌像瘦小老頭的妖精《他幫跳舞的妖精們修理鞋, 把因此獲得的財寶藏了起來》.

lep·ro·sy [ˈlɛprəsɪ; ˈleprəsɪ] *n.* U 痲瘋病.

lep·rous [ˈlɛprəs; ˈleprəs] *adj.* 痲瘋病(般)的; 患痲瘋病的.

les·bi·an [ˈlɛzbɪən; ˈlezbɪən] *adj.* 女同性戀的.
— *n.* C 女同性戀者.

les·bi·an·ism [ˈlɛzbɪənˌɪzəm; ˈlezbɪənɪzəm] *n.* U (女性之間的)同性戀, 女同性戀.

lese-maj·es·ty [ˈlizˈmædʒɪstɪ; ˌleɪzˈmædʒɪstɪ] *n.* U《法律》冒犯君主的罪; 犯上之罪;《常表詼諧》對上司不敬的(行為).

le·sion [ˈliʒən; ˈliːʒn] *n.* C 傷害, 損傷, 傷 (wound);《醫學》病變(手術後等的危險變化).

Le·so·tho [ləˈsoto; ləˈsəʊtəʊ] *n.* 賴索托《包含在南非境內的王國; 首都 Maseru》.

＊＊＊**less** [lɛs; les] *adj.* 《little 的比較級; →least》
1《加不可數名詞》(量)更少的, 較少的, 《than》, (↔ more). I eat *less* meat and fewer eggs *than* before. 我現在比較少吃肉和蛋／There is *less* woodland here *than* in the south. 這裡的林地比南部少.
2 (數)更少, 較少, 《than》. There were *less*

traffic accidents this summer *than* last. 今年夏天的交通事故比去年(的夏天)少. 語法 可數名詞的複數用 fewer 較正式, less 為口語用法.
3 (關於程度等抽象性質)更少[低], 較少, 《than》. a matter of *less* importance 較不重要的事情／More haste, *less* speed.《諺》欲速則不達《＜越急速度越慢》.

lèss and léss 越來越少. do *less and less* work 做越來越少的工作.

nò less a pérson than... 正是(大名鼎鼎的)…本人. No *less a person than* the President himself showed up tonight. 今晚總統會親自蒞臨.

nòthing léss than... 至少有…; 不少於…. spend *nothing less than* 1,000 dollars a month 一個月至少花費一千美元／We have to expect *nothing less than* a riot. 我們必須要有一定會發生暴動的心理準備.

nòthing (mòre or) léss than...《文章》不外乎是…, 等於是…, 簡直是…. It's *nothing less than* madness 這簡直是瘋狂.

— *pron.*《作單數》更少的量[數, 額等], 較少的量等, 《than》. I saw *less* of her after that. 之後我就比較少見她了／The boy is *less* of a fool *than* I supposed. 那個男孩沒有我想的那麼傻／Of two evils choose the *less*. 《諺》兩害相權取其輕／We have *less than* 10 minutes before we start. 我們離出發時間不到 10 分鐘／I bought the same camera for $20 *less* (*than* the price John paid). 我買同樣的照相機(比約翰付出的價錢)便宜 20 美元(★在敘述清楚的情況下, *than* 之後的字可以省略).

語法 與數詞連用表示金額, 時間等可數名詞的複數, 由於整體上被視為量, 因此(不用 fewer 而)與 less 連用(→ *adj.* 2 語法). 語法 數詞本身亦同: 10 is *less than* 12. (十比十二小); 但 a smaller number 不可說成 a *less* number.

— *adv.*《little 的比較級; →least》更少, 較少, 《than》; 不如…《than》. a *less* expensive camera 沒那麼貴的照相機／The *less* you speak, the more you hear. 說得越少(別人的話)聽得越多／It is *less* hot today *than* yesterday. 今天沒有昨天熱(注意 口語中 It is *not as* [*so*] hot today *as* yesterday. 較為常用).

little léss than... → little *adv.* 的片語.

mùch léss → much *adv.* 的片語.

＊*nò léss than...* (1)與…同樣的(as much [many] as), 多達…的, (注意 此片語表示對大數量的驚訝感; → no more than...(more 的片語)). walk *no less than* 10 miles 走了 10 英里那麼遠. (2)與…同樣地[的], 簡直是…. It is *no less than* robbery to ask such a high price. 索價如此高簡直是搶劫. (3)與…一樣(as well as). The spirit, *no less than* the body, requires training. 精神和肉體一樣需要鍛鍊.

＊*nò léss A than B* 與 B 同樣地 A(just as *A as B*), 在 A 方面不比 B 差, (★強調相同程度). Ben is *no less* clever *than* his big brother. 班的聰明才智不亞於他的哥哥[和哥哥一樣](參考 no 如果換成 not 則含有「同樣或更加聰明」之意; → not *less*

A than *B*）.

* **nòne the léss** 畢竟還是，仍，(nevertheless). My wife has faults. *None the less*, I love her. 雖然我的妻子有缺點，但我仍然愛她.

nòt léss than... …以上的，至少…，(at least; → not more than...(more 的片語)). He paid *not less than* 50 pounds for the book. 他買這本書至少花了五十英鎊.

nòt léss A than B 與 B 相較，A 的程度有過之而無不及地[的](→ no less *A* than *B*). He is *not less* bright *than* his big brother. 他的聰明伶俐不亞於他哥哥.

still léss《用於否定句之後》更[越發]不…(★現在較常用 much less). I can hardly bear to walk, *still less* run. 我幾乎快走不動了，更何況跑.

—— *prep.* 減去[缺]…(minus). a year *less* two days 差兩天一年.

-less *suf.* **1** 加於名詞之後構成「沒有…的，無…的」之意的形容詞(副詞的情況較為罕見)；此類的字即使辭典中沒有也可以視需要自由創造. child*less*. harm*less*. doubt*less*.
2 加於動詞之後構成「不能…的」之意的形容詞. count*less*. tire*less*.

les·see [lɛsˋi; leˋsi:] *n.* ⓒ 承租人；租地[屋]者(→ lease 參考).

***less·en** [ˋlɛsn; ˋlesn] *v.* (~s [~z; ~z]; ~ed [~d; ~d]; ~ing) *vt.* 使變小[少]，減少；使(緊張等)舒緩. The Taiwanese should *lessen* the hours they work. 臺灣人應減少工作時數/The medicine greatly *lessened* the pain. 這種藥大大減輕了疼痛.
—— *vi.* 變小[少]；減輕；緩和. My strength is *lessening* with the years. 我的體力逐年衰退.

less·er [ˋlɛsɚ; ˋlesə(r)] *adj.* (little 的比較級)《限定》《文章》較小的，較差的. a choice of *lesser* evils 兩害相權取其輕/the *lesser* of two risks 兩個之中危險性較小的一方《名詞性用法》.
語法 lesser 不與 than 連用；基本上 less 加不可數名詞，相反地，lesser 則加可數名詞，表示大小、價值及重要性較小.

lèsser pánda *n.* ⓒ 小貓熊(→ panda).

*****les·son** [ˋlɛsn; ˋlesn] *n.* (*pl.* ~s [~z; ~z]) ⓒ 【學業】**1** (lessons) 課程；(學校的)學業. Kate is doing very well in her *lessons* at school. 凱特在學校功課很好/neglect one's *lessons* 不努力學習.
【授課】**2** (一節的)授課(時間)；(lessons)(一連串的)授課；功課，學習. Each *lesson* lasts 50 minutes. 每堂課 50 分鐘/attend *lessons* in history 上歷史課/His daughter is taking piano *lessons*. 他的女兒正在學鋼琴/prepare and review *lessons* 預習和複習功課/We have no *lessons* today. 我們今天沒課.
3 (授課的單位)(教科書中的)課. *Lesson* Eight 第八課/memorize the entire *lesson* 把整課記住/assign a lot of *lessons* 出很多習題.
4 《基督教》日課《做禮拜時誦讀聖經的一節》.
【教訓】**5** 教訓，訓誡；範例. the *lessons* of history 歷史的教訓/learn a *lesson* 記取教訓/This accident will teach you a good *lesson*. 這次意外會給你一個很好的教訓.

lèarn one's lésson → learn 的片語.

les·sor [ˋlɛsɔr; leˋsɔ:(r)] *n.* ⓒ 出租人；屋主，地主；(→ lease 參考).

***lest** [lɛst; lest] *conj.* 《文章》**1** 以免…(so that...not)；唯恐…(for fear that...)；以防…(in case). Be careful *lest* you (*should*) break the dish. 小心點以免打破盤子(★ should 通常省略，尤其在《美》，動詞會改用假設語氣現在式).
2 (接於 fear, afraid, anxious 等之後)擔心會…. We feared *lest* the secret (*should*) be disclosed. 我們擔心祕密會被揭露(語法 在口語中將 lest 改為 that 或省略: We feared (*that*) the secret would be disclosed.).

***let**[1] [lɛt; let] *v.* (~s [~s; ~s]; ~; ~·ting) *vt.*【使隨興】**1** 句型5 (let A *do*)讓A做…，允許，(★通常不用被動語態；→ make 15, allow 回). Father let me *drive* his car. 父親讓我開他的車/She did not *let* anybody *see* the document. 她不允許任何人看那份資料/I wanted to go to the movies, but my mother wouldn't *let* me (*go*). 我想去看電影，但是母親不讓我去(★此句上下文意義明顯，因此 go 可以省略)/You can't *let* the house *be* neglected like this. 你不能就這樣對這棟房子置之不理/The grass was *let* (*to*) grow. 草自由地生長(★少有的被動語態；通常用省略的原形不定詞).
【許可】**2** 《用於祈使句》句型5 (let A *do*)(a)《A 為第一人稱受格》讓A(我[我們])做…. *Let* me *carry* the suitcase for you. 我替你拿手提箱吧!/*Let us* [ˌlɛtˋʌs, ˋlɛtˌʌs, letˋʌs, ˋletˌʌs] *finish* the work, will you? 讓我們完成這項工作，好嗎?(語法此處的 Let us 不可作 Let's；此處 us 不包括聽的人。注意附加疑問句 will you? 的形式；→(b) 語法).
(b) (let us *do*, let's *do*)讓我們…吧(注意 let us 通常發音為 [lɛts, ˋlɛtəs; lets, ˋletəs]，在《口》中變為 let's [lɛts, lɛs; lets, les]). *Let us* pray. 我們來祈禱吧! (教堂中牧師所說的話，注意 *Let's* pray. 給人不夠莊重之感，因此避免使用)/"*Let's* take a five-minute break, shall we?" "Yes, *let's*." 「我們休息五分鐘好嗎?」「好，休息吧!」(語法此處的 us 包括說話者的 you，因此附加疑問句為 shall we?；對於對方的提議不表贊同時說: "No, *let's* not." →(a) 語法)/*Let's* not worry. = 《口》Don't *let's* worry. 我們不要煩惱(語法《美、口》亦作 Let's don't worry.).
(c)《A 為第三人稱受格》(我)希望A做…. *Let* every man *do* his best. 希望每個人都盡力而為/*Let* it *be* done at once. 立刻把它做好/Then *let* Death *come*! 那麼就讓死神來吧! (意思與 Then, Death, come! 相同)/*Let* there *be* no mistake between us. 讓我們之間不要存有任何誤會吧!
(d)【假設地認可】《A 為第三人稱受格》假定讓A…,

如果 A…, 不管 A…. *Let the two lines be* equal in length. 假定這兩條線一樣長/*Let* this man *have* his liberty, *and* he will steal again. 如果放了這個人的話, 他會再偷竊的/*Let* your job *be* what it may, you must devote yourself to it. 不管你的工作是甚麼, 你都得全心投入.

【 允許移動 】 **3** 《通常加副詞(片語)》讓…通過; 使…去; 使…來. *let* a car through 讓車通過/*let*/…/in, /let/…/out, (→片語).

【 允許使用 】 **4** 《主英》出租[建築物等](*to* 〔人〕). This room is *let* (out) *to* a student. 這個房間租給一位學生/a house to *let* 招租的房屋("To Let" 爲「房屋出租」的廣告; 《美》for rent).

— *vi.* 《主英》被出租; 有租賃者. The room *lets* on a yearly basis. 這個房間出租以一年爲期.

lèt alóne... → alone 的片語.

lèt...bé 不要管…(不干涉, 不欺負, 不責罵等). *Let* me *be*. 不要管我.

lèt/…/bý (1)通過(旁邊)…. *Let* them *by*. 讓他們過去. (2)沒注意到…, 疏忽了…. My boss wouldn't *let by* even a small mistake. 我老板不放過任何一點錯誤.

lèt/…/dówn (1)把…放下, 降下; 把[衣服的下襬等]放長. The climber let a rope *down*. 登山客放下繩索. (2)使…失望, 辜負[人]的信賴[期待]. Never *let* your parents *down*. 絕對不要讓你的父母失望. (3)從[輪胎等]抽出空氣.

lèt dríve at... → drive 的片語.

lèt...dróp [*fáll*] (1)使…落下. *let* a ball *drop* = *let drop* a ball 使球落下. (2)(裝作偶然地)把…故意說出[洩漏].

lèt flý → fly¹ 的片語.

* **lèt...gó** (1)將(握住)…的手放開. I *let go* the stick. 我放開棍子/*Let* me *go!* 放我走! (2)使…自由, 解放…; 使…逃走. (3)解雇….

lèt gó of... 將(握住)…的手放開. *Let go of* my hand! 放開我的手!

lèt...háve it 《口》把…整一頓; 把…罵一頓.

* **lèt/…/ín¹** (1)讓…進入; 讓[光, 水]等通過. *Let* the dog in. 讓狗進來吧/The roof *lets in* the rain. 屋頂漏雨. (2)招致[懷疑等]; 接納[人等].

lèt A ín² *B* 讓 A 進入 B 中.

lèt A ín for B 《口》使 A 陷入 B(麻煩事等). *let* oneself *in for* a lot of extra work 使自己擔負很多額外的工作.

lèt A ín on B 《口》把 B(祕密等)告訴 A.

lèt A ínto B (1)讓 A 進入 B 中. (2)把 A(窗等)嵌入 B.

lèt it gó at thát 《口》到此爲止, 不再問[說]了.

lèt...knów 讓…知道. I'll *let* you *know* by telephone. 我會打電話通知你.

* **Lèt me sée.** = **Lèt's sée.** (感歎詞性)《口》嗯, 是這樣, 讓我想一想, (表示懷疑, 思考等). "Who's the first man landing on the moon?" "*Let me see*, someone called Armstrong."「第一個登陸月球的人是誰?」「嗯, 是一位叫阿姆斯壯的人.」

lèt/…/óff¹ (1)開[槍等]; 放[煙火等]; 排放[氣體等]. (比喻)放…. *let off* steam (火車頭等)冒出蒸氣; 《口》發洩餘力; 洩憤. (2)不罰…; 寬恕…, 從輕處理, (*with* 〔輕微責罰等〕); 免除(*from* 〔工作, 義務等〕). He was *let off with* a small fine. 他只被罰了一點錢而已.

lèt A off² *B* (1)使 A 免去 B(懲罰, 義務等). The teacher *let* the boy *off* (doing) his homework. 老師讓那男孩不用寫家庭作業. (2)使 A(人)從 B(列車等)下來.

lèt ón 《口》(通常用於否定句, 疑問句, 條件句)(1)說出(*about* 關於…); 洩漏祕密. (用 let on that...[*wh*子句])說出…. Don't *let on that* we are engaged. 不要把我們訂婚的事說出去. (3)(用 let on that...)假裝…; (let on to do)假裝做….

* **lèt/…/óut¹** (1)釋放[人, 動物等], 放走; 抽去[空氣, 水等]. (2)發出[喊叫聲]. The girl *let out* a small sigh. 那女孩輕輕地歎了一口氣. (3)洩漏, 說出, [祕密等]. (4)放大[褲子的腰圍等](↔ take/…/in). (5)《口》讓…免除(義務等). (6)《主英》出租[車, 馬等].

lèt óut² (1)痛打; 痛罵; 《at》. (2)《美》[會議等]休會; [學校等]結束.

lèt...páss [對過失等]視而不見, 抱持寬容的態度.

lèt onesélf gó (1)隨心所欲; 放縱. (2)不顧形象[體面與否].

lèt...slíp 錯過[機會等]; 無意中吐露…. He let it *slip* that he was planning to resign. 他無意中說出他打算辭職的事.

lèt úp 《口》(1)(緊張等)緩和; 放鬆; 停止活動. work without *letting up* 毫不鬆懈地工作. (2)[雨, 暴風雨等]靜下來; 停止.

lèt úp on... 《口》(1)更加寬容地對待[人]. (2)使…節制, 調節….

lèt us [*lèt's*] **sáy** 例如, 說說看.

— *n.* C《英》(房屋, 土地的)出租; 出租的房子[房間]; 《口》租的人. I can't find a *let* for my flat. 我找不到人來租我的公寓.

let² [lεt; lεt] *n.* C **1**(網球、羽毛球)發球時, 球觸到網子的(觸網現象(需重新發球). **2**《古》妨礙. *without lèt or híndrance* 毫無阻礙地.

-let *suf.* **1** 加在名詞之後構成帶有「小…」之意的名詞. book*let*. stream*let*. **2** 加在名詞之後構成帶有「隨身裝飾品」之意的名詞. arm*let*. brace*let*.

let·down [ˋlεt͵daʊn; ˋletdaʊn] *n.* C《口》失望, 期待落空.

le·thal [ˋliθəl; ˋli:θl] *adj.* 《文章》招致死亡的, 致命的, (→Lethe). a *lethal* dose of poison 足以致死的毒藥量/a *lethal* weapon 致命武器, 毀滅性武器(核子武器等).

le·thar·gic [lɪˋθɑrdʒɪk, lε-; lǝˋθɑ:dʒɪk] *adj.* 《文章》**1** 無氣力的; 無精打采的.

2 昏睡狀態的; 嗜眠的; 引起昏睡的.

le·thar·gi·cal·ly [lɪˋθɑrdʒɪklɪ, lε-;

lə'θɑːdʒɪkəlɪ] *adv.* 《文章》無氣力地；無精打采地.

leth·ar·gy [ˈlεθədʒɪ; ˈleθədʒɪ] *n.* Ⓤ《文章》
1 有氣無力；無精打采. **2** 昏睡(狀態).

Le·the [ˈliθɪ, ˋliθɪ; ˈliːθiː] *n.* **1** 《希臘神話》忘川
《流經冥界的河流(Hades)，意為「忘卻」的河流；據說飲了
Lethe 中的水便能忘掉過去》. **2** Ⓤ 忘卻.

‡let's [lεts; lets] let us 的縮寫(→let¹ *vt.* 2 (b)).
Let's go now. 我們現在走吧!

‡let·ter [ˈlεtɚ; ˈletə(r)] *n.* (*pl.* ~s [~z; ~z])
【字母】 **1** Ⓒ字母，字；《印刷》鉛
字. capital *letters* 大寫字母《A, B, C 等》/small
letters 小寫字母《a, b, c 等》.
【字母所拼成之物】 **2** Ⓒ信，書信. a *letter* of
introduction 介紹信/Don't forget to date and
sign the *letter*. 信中不要忘記寫日期及簽名/She
wrote a *letter* to her pen-friend. 她寫信給筆友/I
got his *letter*. 我收到他的信了/Our *letters* must
have crossed each other (in the post). 我們的信
一定是(在郵寄途中)互相錯過了.

┌─────────────────────────┐
│ 搭配 *n.*+letter: a business ~ (商用書信), a │
│ fan ~ (影迷、歌迷的來信) // *v.*+letter: │
│ answer a ~ (回信), mail a ~ (寄信), open a │
│ ~ (拆信), post a ~ (寄). │
└─────────────────────────┘

●──書信的格式(信封的寫法 → address 表)

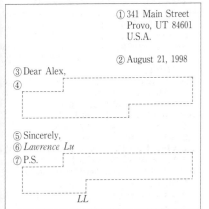

①341 Main Street
Provo, UT 84601
U.S.A.

②August 21, 1998

③Dear Alex,
④

⑤Sincerely,
⑥*Lawrence Lu*
⑦P.S.

LL

①寄信人的住址(在正式的書信中可於③的上方加
上對方的姓名及住址)②寄信日期 ③稱呼 ④正文
(段落間需空一行)⑤結尾語 ⑥署名(在正式的書
信中於其下以打字機打上姓名)⑦附註(最後簽署
姓名的字頭縮寫)

★書信的稱呼及結尾語

	稱呼	結尾
正式的書信	Dear Sir / Dear Madam	Yours faithfully
稍正式的書信	Dear Mr. Smith / Dear Mrs. Brown	《主美》Sincerely (yours) / 《主英》Yours sincerely

給親友的書信 { Dear George   Yours (ever) / Dear Betty

3 Ⓤ (通常加 the)(與內容，含義相對的)字面意
義，字義；字句，字面. Observe the spirit of the
law rather than the *letter*. 要遵守法律的精神而非
其字面的意義.
4 (letters)《單複數同形》文學；學問；學識. a
man of *letters* 文人；學者/the profession
of *letters* 寫作的行業.
by létter 用信函，以書面. Please let me know
by letter. 請寫信告訴我.
in létter and (in) spírit 在形式上和實質上.
to the létter (一字一句)照字面地；嚴密地. You
will succeed if you follow my instructions *to the
letter*. 你如果按照我的指示去做就會成功.
── *vt.* 在…上題[刻]字；在…上加標題.

┌──────────────────────────┐
│ 字源 LITER「文字」: letter, literal(逐字的), lit- │
│ erature(文學), illiterate(未受教育的). │
└──────────────────────────┘

┌──────────────────────────────┐
│ ●──與 LETTER 相關的用語 │
│ love letter   情書 │
│ covering letter   附函 │
│ chain letter   連鎖信 │
│ bread-and-butter letter   謝函 │
│ business letter   商業書信 │
│ newsletter   公報；公司內部報刊 │
│ open letter 公開信   air letter 航空信件 │
│ capital letter 大寫字母 small letter 小寫字母 │
│ block letter 印刷體字母 │
└──────────────────────────────┘

let·ter·box [ˈlεtɚˌbɑks; ˈletəbɒks] *n.* Ⓒ《主
英》郵筒(postbox; → pillar-box)；(家庭等的)信
箱;《美》mailbox.
let·tered [ˈlεtɚd; ˈletəd] *adj.* 《文章》有教養的.
let·ter·head [ˈlεtɚˌhεd; ˈletəhed] *n.* Ⓒ信箋
抬頭(印刷於信箋上方的寄信人姓名，公司名，所在
地等)；Ⓤ印有抬頭的信箋.

PRINCETON UNIVERSITY PRESS

PRINCETON · NEW JERSEY 08540

[letterhead]

let·ter·ing [ˈlεtɚɪŋ; ˈletərɪŋ] *n.* Ⓤ **1** 寫[刻]
(某種圖案的)字；圖案文字.
2 字體.
lètter of crédit *n.* Ⓒ《商業》信用狀.
let·ter-per·fect [ˈlεtɚˈpɝfɪkt; ˌletəˈpɜːfɪkt]
adj. 《美》(演員等)熟記臺詞的(《英》word-perfect).
let·ter·press [ˈlεtɚˌprεs; ˈletəpres] *n.* **1** Ⓤ
活版鉛字印刷(品)《普通的印刷》.
2 Ⓒ《主英》書籍的正文(相對於插圖等).
let·ting [ˈlεtɪŋ; ˈletɪŋ] *n.* Ⓒ《主英》出租的房屋
[房間].

let·tuce [ˋlɛtɪs, -əs; ˈletɪs] n. C 萵苣, 生菜,《菊科的一年生草本植物》; U (用於沙拉等的)萵苣的菜葉.

let·up [ˋlɛt͵ʌp; ˈletˌʌp] n. UC (口) **1** (緊張等的)放鬆; (力量等的)減少, 衰減.

2 (活動的)停止, 休止.

leu·co·cyte [ˋlukə͵saɪt, ˋlɪukə-; ˈluːkəʊsaɪt] n. =leukocyte.

leu·ke·mi·a, leu·kae·mi·a [lɪuˋkimɪə; luːˈkiːmɪə] n. U (醫學)白血病.

leu·ko·cyte [ˋlukə͵saɪt, ˋlɪukə-; ˈluːkəʊˌsaɪt] n. C 白血球.

lev·ee[1] [ˋlɛvɪ; ˈlevɪ] n. C (美)(河川的)堤防(為防範洪水而築高的長堤).

lev·ee[2] [ˋlɛvɪ; ˈlevɪ] n. C (昔日國王等的)接見會.

✻lev·el [ˋlɛvḷ; ˈlevl] n. (pl. ~s [~z; ~z])

【 水平 】 **1** UC 水平; (某種高度的)水平面; (水平面[線上]的)高度. The hill is about 1,000 feet above sea level. 那座山海拔約一千英尺/The level of the lake has risen. 湖的水位上升了/hold a book at eye level 把書拿到視線水平(高度).

2 C 平地; 平原.

【 水平>水準 】 **3** UC (知識, 生產等的)水準, 程度, 水平; (地位, 價值等的)高低, 等級. his level of intelligence 他的智力水平/My spirits sank to a low level. 我意志消沉/be above [below] the ordinary level 高於[低於]一般水準.

4 C (主美)酒精水準儀(spirit level).

find one's (**òwn**) **lével** 居於與自己才幹相符的[自然的]地位[地方].

on a lével with... 與…同樣高度[水準]地[的]; 與…同等地[的]. His genius is on a level with Einstein's. 他的天資與愛因斯坦相當.

on the lével (口)正直的[地]; 認真的[地]. Are you on the level? 你說的是真的嗎?/All their dealings are on the level. 他們所有的交易都是公平的.

— adj. 【 水平的 】 **1** 平的, 平坦的, 無起伏的, (even, flat); 水平的. The road is not level. 這條路不平坦/a level cup of flour 盛滿齊杯口的一杯麵粉/a level line 水平線.

2 【沒有凹凸的】同樣高度的; 相同程度[對等]的,《with》. My wife's head is just level with my shoulder. 我妻子正好與我的肩膀同高/a level race 勢均力敵的競爭, 不相上下非常激烈的競爭.

【 平穩的 】 **3** (聲調等)勻稱的; 平靜的. speak in level tones 以平穩的聲調說話.

4 [判斷等]鎮定的, 冷靜的.

dò one's **lèvel bést** (口)竭盡全力.

— v. (~s [~z; ~z]; ~ed, (英) ~led [~d; ~d]; (美) ~ing, (英) ~ling) vt. 【 使成水平 】 **1** 使平坦, 使沒有起伏. They leveled the field before planting. 他們在種東西前先將地弄平.

2 使平等; 消除[差別等]; 使[調子, 文體等]一致. level all social differences 消弭所有社會上的不平等.

3 【使豎立物平臥】拆除[建築物]; 把[人]打倒. They leveled the old houses and built an office block. 他們拆除舊房屋蓋辦公大樓.

4 把[槍等](水平地)舉起(at 朝…); 把[責備等]針對(at, against). The hunter leveled his gun at the bear. 獵人舉起槍瞄準那隻熊/They leveled severe criticisms against the government. 他們對政府提出嚴厲的批評.

— vi. **1** 變平; 平均化.

2 (把槍水平地舉起)瞄準(at).

3 (俚)坦率地說; 說真心話(with).

lèvel /.../ dówn 把…降到同樣高度[水準](with to); 消除…的凹凸不平.

lèvel /.../ óff [óut][1] 使…平坦; 使平均化[相同].

lèvel óff [óut][2] (1)使平, 變平均, 變得一樣. 變平穩. (2)[物價等]安定, 變平穩. (3)[升遷, 進步等]到了頂點.《航空》改為水平飛行.

lèvel /.../ úp 把…提升到同樣高度[水準](with to); 消除…的凹凸不平.

lèvel cróssing n. (英)=grade crossing.

lev·el·er (美), **lev·el·ler** (英) [ˋlɛvḷə(r); ˈlevlə(r)] n. C **1** 使變平[均勻]的物[人]; 平地機.

2 (古)平等主義者(欲消除一切社會差距).

lev·el·head·ed [ˋlɛvḷˋhɛdɪd; ˈlevlˌhedɪd] adj. 頭腦清楚的; 通達事理的; 鎮定的, 冷靜的.

✻lev·er [ˋlɛvə, ˋlivə; ˈliːvə(r)] n. (pl. ~s [~z; ~z]) C 桿, 槓桿. You pull this lever to start the machine. 你要拉這枝搖桿來發動機器.

— vt. 以槓桿移動. They levered the rock away from the entrance to the cave. 他們用槓桿把洞口的岩石移走.

lev·er·age [ˋlɛvərɪdʒ, -vrɪdʒ; ˈliːvərɪdʒ] n. U **1** 槓桿作用; 槓桿的力量.

2 (達到目的的)手段(權力, 影響等).

le·vi·a·than [ləˋvaɪəθən; lɪˈvaɪəθn] n. C **1** 海中怪獸(巨大的海獸; 源自聖經).

2 龐然大物(特指巨船或鯨魚).

Le·vis, Le·vi's [ˋlivaɪz; ˈliːvaɪz] n. (作複數)李維氏牛仔褲(用銅鉚釘補強的牛仔褲; 商標名).

lev·i·tate [ˋlɛvə͵tet; ˈlevɪteɪt] vt. (用念力等)使懸浮於空中. — vi. 飄浮於空中.

lev·i·ta·tion [͵lɛvəˋteʃən; ͵levɪˈteɪʃn] n. U 空中飄浮.

lev·i·ty [ˋlɛvətɪ; ˈlevətɪ] n. (pl. -ties)(文章)(誇張) U 輕率; 不認真; C 輕率[不認真]的言行.

lev·y [ˋlɛvɪ; ˈlevɪ] n. (pl. lev·ies) C **1** 課稅.

2 (罰金等的)收取; 徵收; 徵收額.

3 (兵員的)召集, 徵兵; 徵募兵員.

— vt. (lev·ies; lev·ied; ~·ing) **1** 課[稅等](on upon); 徵收. levy a fine on a drunken driver 將酒醉駕車者課以罰金.

2 召集[兵員], 徵兵.

lewd [lud, lɪud; ljuːd] adj. 好色的; 淫蕩的; 猥褻的.

lewd·ly [ˋludlɪ, ˋlɪud-; ˈljuːdlɪ] adv. 淫蕩地.

lewd·ness [ˋludnɪs, ˋlɪud-; ˈljuːdnɪs] n. U 淫蕩; 猥褻.

Lew·is [ˋluɪs, ˋlɪuɪs; ˈluːɪs] n. 男子名.

lex·i·cal [ˋlɛksɪk; ˈleksɪkl] *adj.* **1** 字彙(vocabu-lary)的. **2** 辭典(lexicon)的.

lex·i·cog·ra·pher [͵lɛksəˋkɑgrəfɚ, -ˋkɒg-; ͵leksɪˈkɒgrəfə(r)] *n.* C 辭典編輯者.

lex·i·cog·ra·phy [͵lɛksəˋkɑgrəfɪ, -ˋkɒg-; ͵leksɪˈkɒgrəfɪ] *n.* U 辭典編輯(法).

lex·i·con [ˋlɛksɪkən; ˈleksɪkən] *n.* C **1** 辭典, 辭書, (特指希臘語, 拉丁語, 希伯來語等的). **2** (特定的作家, 學科等的)字彙; 專門用語辭典.

Lex·ing·ton [ˋlɛksɪŋtən; ˈleksɪŋtən] *n.* 列星頓(位於美國 Massachusetts 東部, Boston 西北部的城市; 是獨立戰爭初期大規模的戰場).

li·a·bil·i·ty [͵laɪəˋbɪlətɪ; ͵laɪəˈbɪlətɪ] *n.* (*pl.* **-ties**)【無法避免的事物】 **1** U (法律上)有責任的事; 責任, 義務, (*for; to do*). accept *liability for* damages 承擔賠償損壞的責任/*liability to* pay taxes 納稅的義務.
2 C 必須負擔之物; 義務; (liabiliti*es*)負債, 債務. assets and *liabilities* 資產和負債.
3 C (口)不利之事; 障礙; 不利條件.
4 U 容易陷入(*to*). *liability to* bad colds 容易感染重感冒.

***li·a·ble** [ˋlaɪəb; ˈlaɪəbl] *adj.* (敘述)
【難以免除束縛的】 **1** 有法律責任的; 有義務的(*for; to do*); 無法免除的(*to*); (同responsible 還包括道德的責任). If my car is damaged, I will consider you *liable*. 如果我的車損壞了, 我認爲你有(賠償的)責任/be *liable* for [*to* pay] a debt 有義務還債.
【難以避免的傾向】 **2** 容易…的(*to do*). Green is very *liable* to fade. 綠色很容易褪色/The child is *liable* to catch cold. 這個孩子容易感冒. 同liable 是指容易陷於不好的事; apt 是指生來或習慣上容易成爲那樣.

li·aise [lɪˋez; lɪˈeɪz] *vi.* (口)(軍隊, 商業等)取得[保持]密切的聯絡(*with*).

li·ai·son [ˌljeˋzɔ̃; lɪˈeɪzən] (法語) *n.* **1** UC 聯絡, 對外交涉. **2** C (男女的)婚外情, 私通. **3** C (語音學)連音(法語等中字尾的子音和下一個字的母音相連結的發音).

***li·ar** [ˋlaɪɚ; ˈlaɪə(r)] *n.* (*pl.* ~**s** [~z; ~z]) C 說謊的人(→ lie²). Tim is a good [poor] *liar.* 提姆善於[不善於]說謊.

lib [lɪb; lɪb] *n.* U (口)解放(運動)(< liberation). women's *lib* 婦女解放運動.

li·ba·tion [laɪˋbeʃən; laɪˈbeɪʃn] *n.* C 祭酒(特指古希臘, 羅馬以葡萄酒祭神).

li·bel [ˋlaɪb; ˈlaɪbl] *n.* **1** (法律) U (以文字, 繪畫, 攝影等進行的)名譽誹謗(罪); C 誹謗性文書, 損害名譽的文字; (→ slander).
2 C (口)(無根據的)中傷(*on*).
— *vt.* (~**s**; (美) ~**ed**, (英) ~**led**; (美) ~**ing**, (英) ~**ling**) **1** (法律)(以文字等)誹謗…的名譽. **2** (口)中傷.

li·bel·ous (美), **li·bel·lous** (英) [ˋlaɪbləs; ˈlaɪbləs] *adj.* (文字等)損害名譽的; 中傷的.

lib·er·al [ˋlɪbərəl, ˋlɪbrəl; ˈlɪbərəl] *adj.*
【自由的】 **1** (宗教上, 政治上)自由主義的, 進

— **liberty** 889

步的. *liberal* democracy 自由民主主義.
2 (解釋等)比較靈活的, 自由的. a *liberal* trans-lation 意譯.
3 〔養成自由精神的〕(教育等)作爲培養人格的(↔ professional). *liberal* arts (→見 liberal arts).
【心胸寬闊的】 **4** 無偏見的, 寬大的, 度量大的. take a *liberal* view 持公平的見解/a *liberal* atti-tude toward student dress 對學生服裝的寬鬆態度.
5 慷慨大方的; 不吝惜地使用[給與]的; (*of, with*) (generous). a *liberal* supporter 慷慨的支持者/be *liberal* with [*of*] money 花錢大方的/be *liberal* in one's help 不吝協助.
6【充足的】豐富的, 大量的. a *liberal* gift 豐富的禮物/We had a *liberal* meal. 我們吃了豐盛的一餐.
— *n.* C **1** 自由主義者. **2** (Liberal)(英國等的)自由黨黨員. ⇨ *n.* **liberty.** *v.* **liberate.**

lib·er·al árts *n.* (作複數)(加 the) 文理科(有別於專業性科目, 涵蓋的範圍廣及藝術、人文科學、社會科學及自然科學).

lib·er·al edu·cá·tion *n.* U 通才教育.

lib·er·al·ism [ˋlɪbərəl͵ɪzəm, ˋlɪbrəl-; ˈlɪbərəlɪzəm] *n.* U 自由主義.

lib·er·al·ist [ˋlɪbərəlɪst, ˋlɪbrəl-; ˈlɪbərəlɪst] *n.* C 自由主義者.

lib·er·al·i·ty [͵lɪbəˋrælətɪ; ͵lɪbəˈrælətɪ] *n.* U
1 慷慨, 大方. **2** 心胸寬大.

lib·er·al·i·za·tion [͵lɪbərəlaɪˋzeʃn, -brəl-; ͵lɪbərəlaɪˈzeɪʃn] *n.* U 自由(主義)化; 寬容.

lib·er·al·ize [ˋlɪbərəl͵aɪz, ˋlɪbrəl-; ˈlɪbərəlaɪz] *vt.* **1** 使自由主義化; 緩和. **2** 放寬.
— *vi.* 自由主義化; 變寬大.

lib·er·al·ly [ˋlɪbərəlɪ, -brəl-; ˈlɪbərəlɪ] *adv.* 慷慨地; 寬大地.

Líb·er·al Pàr·ty *n.* (加 the) (英國等的)自由黨.

***lib·er·ate** [ˋlɪbə͵ret; ˈlɪbəreɪt] *vt.* (~**s** [~s; ~s]; **-at·ed** [~ɪd; ~ɪd]; **-at·ing**) **1** 使自由; 從…中解放(*from* 〔支配, 不安, 義務等〕). *liberate* a man *from* prison 使一個人從牢獄中釋放出來.
2 (化學)使(氣體)釋出(*from* 〔化合物〕).

lib·er·at·ed [ˋlɪbə͵retɪd; ˈlɪbəreɪtɪd] *adj.* (社會, 性方面)自由的, 解放的.

lib·er·a·tion [͵lɪbəˋreʃən; ͵lɪbəˈreɪʃn] *n.* U 解放; (特指婦女的)解放運動. Women's *Liberation* (→見 Women's Liberation).

lib·er·a·tor [ˋlɪbə͵retɚ; ˈlɪbəreɪtə(r)] *n.* C 解放者.

Li·ber·i·a [laɪˋbɪrɪə; laɪˈbɪərɪə] *n.* 賴比瑞亞(西非國家; 首都 Monrovia).

lib·er·ties [ˋlɪbətɪz; ˈlɪbətɪz] *n.* liberty 的複數.

lib·er·tine [ˋlɪbə͵tin; ˈlɪbətiːn] *n.* C 放蕩者.

***lib·er·ty** [ˋlɪbətɪ; ˈlɪbətɪ] *n.* (*pl.* **-ties**)
【自由】 **1** U (擺脫壓迫或帝國主義支配等的)自由; (從監禁等的)解放, 釋放. The colony fought for its *liberty.* 殖民地人民爲其自由而戰/America is called "the land of *liberty*". 美

國被稱爲「自由之地」. 圖freedom 是指沒有束縛的狀態, liberty 是指使束縛狀態解放而得到的自由.

2 ⓤ（權利上的）**自由**. religious *liberty* = *liberty* of conscience 信教的自由/*liberty* of speech［the press］言論［出版］的自由.

3 ⓤ自由, 許可,（*to do, of do*ing）;（出入, 使用等的）自由. Who gave you the *liberty* to leave［*of leaving*］your class? 誰准許你離開班上的?/give a dog the *liberty* of the yard 讓狗在院子裡自由活動.

4【過度的自由】ⓒ任性, 放肆, 冒昧.

* ***at líberty*** (1)**不被監禁的**;〔奴隸等〕得到解放的. The prisoner was set *at liberty*. 那囚犯被釋放了. (2)可以自由地做…(*to do*). You are *at liberty* to do as you like. 你愛做甚麼就做甚麼. (3)〔人〕空閒的. (4)〔物〕不被使用的, 閒置的.

tàke líberties with... (1)對〔人〕親狎無禮, 放肆隨便. (2)隨意改變〔文字, 規則等〕; 擅自擺弄〔他人之物等〕. She was told not to *take liberties with* the script. 她被告誡不要任意更改劇本(的臺詞).

tàke the líberty 失禮［冒昧〕地做…(*to do; of do*ing). He *took the liberty of using* my car. 他無禮地(擅自)使用我的車子.

Líberty Bèll *n.* (加 the)自由鐘(美國宣告獨立時所鳴之鐘; 後置放於 Philadelphia 至今).

li·bid·i·nous [lɪˋbɪdn̩əs; lɪˊbɪdɪnəs] *adj.*（文章）好色的, 淫蕩的, (lustful)

li·bi·do [lɪˋbaɪdo; lɪˊbiːdəʊ] *n.* (*pl.* ~s) ⓤⓒ

1（精神分析）本能的衝動(成爲人類行動泉源的根本慾望; 佛洛伊德解釋爲性慾). **2** 性衝動.

Li·bra [ˋlaɪbrə; ˊlaɪbrə] *n.*（天文）天秤(星)座; 天秤宮(十二宮的第七宮; → zodiac). ⓒ天秤座的人(於 9 月 23 日至 10 月 22 日之間出生的人).

* **li·brar·i·an** [laɪˋbrɛrɪən, -ˋbrer-; laɪˊbreəriən] *n.* (*pl.* ~s [-z; -z]) ⓒ圖書館主任; 圖書館館員; 圖書館館長; 圖書管理員.

li·brar·ies [ˋlaɪˌbrɛrɪz, -brɪ-, -brərɪ; ˊlaɪbrərɪz] *n.* library 的複數.

* **li·brar·y** [ˋlaɪˌbrɛrɪ, -brɪ-, -brərɪ; ˊlaɪbrərɪ] *n.* (*pl.* **-brar·ies**) ⓒ **1** 圖書館; 圖書室. a college *library* 大學圖書館/a public *library* 公共圖書館/a walking *library* 博學的人, 活字典.

2（個人住宅的）藏書室; 書房, 讀書室.

3 藏書, 文庫（唱片, 影片等的）收集. Tom has a large *library* on birds. 湯姆擁有關於鳥類的豐富藏書/Our language laboratory has an extensive video *library*. 我們的語言實習教室收藏了爲數頗豐的錄影帶.

4 叢書, 文庫. Everyman's *Library* 大眾叢書.

library science *n.* ⓤ（美）圖書館學.

li·bret·tist [lɪˋbrɛtɪst; lɪˊbretɪst] *n.* ⓒ（歌劇等的）劇作者.

li·bret·to [lɪˋbrɛto; lɪˊbretəʊ]（義大利語）*n.* (*pl.* ~s, **-bret·ti** [-tɪ; -tɪ]) ⓒ（歌劇等的）劇本, 歌詞.

Lib·y·a [ˋlɪbɪə; ˊlɪbɪə] *n.* 利比亞(北非國家; 首都

Tripoli).

Lib·y·an [ˋlɪbɪən; ˊlɪbɪən] *adj.* 利比亞(人)的.
— *n.* ⓒ利比亞人(使用語言爲阿拉伯語).

lice [laɪs; laɪs] *n.* louse 的複數.

li·cence [ˋlaɪsn̩s; ˊlaɪsəns] *n.*（英）= license.

* **li·cense** [ˋlaɪsn̩s; ˊlaɪsəns] *n.* (*pl.* **-cens·es** [-ɪz; -ɪz])（美）【許可】**1** ⓤⓒ許可, 特許, 認可;（泛指）許可. *license* to hunt 狩獵許可/sell liquor under *license* 獲准販賣酒類/He has a *license* to practice medicine. 他持有行醫開業執照.

2 ⓒ許可證, 認可書, 證書, 執照. The policeman asked me for my driver's *license*. 警察要我出示駕駛執照.

┌─搭配─ *v.* + license: apply for a ~（申請執照）, get a ~（取得執照）, issue a ~（發給執照）, suspend a ~（吊銷執照）// license + *v.*: a ~ expires（執照到期）, a ~ runs out（執照到期）.

3【過分的自由】ⓤ任性, 放蕩. Freedom of the press must not be turned into *license*. 出版自由絕不能被濫用.

— *vt.* 批准, 給予許可,（*for*）; 句型5 (license A to do)允許 A 做…. The shop is *licensed to* sell tobacco. 那家商店獲准販賣菸類.

注意（英）*n.* 拼成 licence; 但 *v.* 通常拼成 license.

li·censed [ˋlaɪsn̩st; ˊlaɪsənst] *adj.* 特許的(特指酒類出售). a *licensed* victualler（英）領有賣酒執照的商店［旅館］經營者.

li·cen·see [ˌlaɪsn̩ˋsi, ˌlaɪsən·siː] *n.* ⓒ得到特許［認可］的人;（特指）領有賣酒執照的人.

license plate *n.* ⓒ（美）（汽車等的）牌照（英）numberplate; → car）.

li·cen·ti·ate [laɪˋsɛnʃɪɪt, -ˌet; laɪˊsenʃɪət] *n.* ⓒ（醫師等的）有開業資格者.

li·cen·tious [laɪˋsɛnʃəs; laɪˊsenʃəs] *adj.*（文章）不道德的, 放蕩的, 淫蕩的.

li·cen·tious·ly [laɪˋsɛnʃəslɪ; laɪˊsenʃəslɪ] *adv.*（文章）放蕩地, 淫亂地.

li·cen·tious·ness [laɪˋsɛnʃəsnɪs; laɪˊsenʃəsnɪs] *n.* ⓤ（文章）放蕩.

li·chen [ˋlaɪkɪn, -kən; ˊlaɪkən] *n.* ⓤ（植物）地衣(類).

* **lick** [lɪk; lɪk] *vt.* (~s [~s; ~s]; ~ed [~t; ~t]; ~ing)【舐】**1** (a)（用舌）舐; 舐食(*up*; *out*; *off*); 舐掉(*off*). He *licked* a stamp and put it on an envelope. 他舐舐郵票並把它貼在信封上./The boy *licked* the jam *off* (his lips). 那男孩舐掉(嘴邊的)果醬. (b)句型5 (lick A B)舐 A 使成 B. The dog *licked* the dish clean. 那隻狗把碟子舐乾淨了.

2〔海浪〕輕拍〔海岸等〕;〔火焰〕將蔓延至…, 燒淨(*up*).

【舐 > 打】**3**（口）（作爲懲罰）打, 揍.

4（口）打敗; 克服〔困難, 難題等〕.

5（英·口）使〔人〕困惑不解. This *licks* me. 這把我給弄糊塗[難倒]了.

líck...into shápe 把…鍛鍊成人; 使…完美成形;

《源自於人們相信熊會舔初生下來的小熊，幫牠整理身上的毛》.

líck [**smǎck**] *one's* **líps** (對美食)讚不絕口; 舔舌期待.

líck the dúst=bite the dust (dust 的片語).

— *n.* C **1** 舐, 一舔. I had [took] a *lick* at the powder. 我舔了一下粉末.

2 少量, 一點點. I don't care a *lick*. (口)我一點也不在乎/a *lick* of sugar 少量砂糖.

3 =salt lick.

lick·ing [ˈlɪkɪŋ; ˈlɪkɪŋ] *n.* **1** UC 舐. **2** C (通常加a) (口)毆打. get a good *licking* 被痛打一頓. **3** C (口)敗北.

lic·o·rice [ˈlɪkərɪs, ˈlɪkərɪ, ˌ·krɪ·; ˈlɪkərɪs] *n.*
1 UC 甘草(豆科多年生草本植物).
2 U 甘草根; 甘草精(藥材, 甜味調味料); UC (加上甘草口味的)甘草糖.

＊**lid** [lɪd; lɪd] *n.* (*pl.* ~**s** [~z; ~z]) C **1** 蓋. Tom took the *lid* off the box. 湯姆打開盒蓋/a piano *lid* 鋼琴蓋. **2** 眼皮(eyelid).

pùt the líd on... (1)蓋上⋯.
(2)(英, 口)使(活動, 希望等)泡湯, 結束; 在(一連串不幸等)中給予最後的一擊.
(3)(美, 口)取締⋯.

tàke [**lìft, blòw**] **the líd off...** (口)揭露⋯的真相, 揭發. The article *blew the lid off* the company's illegal dealings. 那篇文章揭發了那家公司的不合法交易.

li·do [ˈlido; ˈliːdəʊ] *n.* (*pl.* ~s) C (主英)公共露天游泳池; 海水浴場.

＊**lie¹** [laɪ; laɪ] *vi.* (~**s** [~z; ~z]; **lay; lain; ly·ing**) 【平臥】 **1** (a)(通常加上表示場所等的副詞片語)(人, 動物)平臥, 躺; 睡; (注意 *vt.* 的平臥]是 lay, 與 lie 的過去式同形) She is *lying* on the sofa. 她躺在沙發上/I found our cat *lying* in the sun. 我發現我們的貓正躺著曬太陽.
(b)(句型2)(lie **A**)以 A(狀態)臥[躺]. My friend *lies* sick in bed. 我的朋友臥病在床.

2 【死後橫躺】被埋葬, 長眠於地下. He *lies* in the town of his birth. 他葬在他出生的城鎮.
【平臥橫放著】 **3** (物)被平放; 放在那裡; (事態)保持原狀. the book *lying* on the desk 放在書桌上的書/The lake *lies* to the west of the town. 這座湖位於鎮的西邊/We'll let the matter *lie*. 我們就把問題擱著.

4 (景色等)展現; (道路等)伸展. The pasture *lay* before us. 牧場展現在我們的眼前/The path *lies* along a brook. 這條小路沿著小河伸展.
【平臥＞存在】 **5** (通常加上表示場所的副詞[片語])(責任, 困難等)被發現, 有, 存在. Here *lies* the problem. 問題就在這裡.
【處於特定狀態】 **6** (句型2)(lie **A**/*doing*/*done*) 處於 A 的狀態/處於⋯的狀態/被置於⋯的狀態. The door of education *lies* open to all. 教育之門為所有人而開/The treasure *lay* hidden for years. 那寶藏已祕藏多年了.

lìe abóut (1)散置(各處). (2)閒著不做事.

lìe báck 仰靠(在椅背上).

---

lìe behínd... 在⋯的背後[過去]; 成為⋯的說明[理由]. What *lies behind* his offering me the post? 他提供我這個職位的背後隱藏著甚麼動機呢?

＊**lìe dówn** (1)(在床等上)躺下.
(2)甘願接受(*under* (侮辱, 無禮的行為等)).

lìe héavy on [**upon**]**...** 重重地壓在⋯上面; 使⋯煩惱. *lie heavy on* one's conscience 良心不安/*lie heavy on* the stomach 胃消化不良.

＊**lìe in¹...** 存在於⋯, 出在⋯. The trouble *lies in* the engine. 毛病就出在引擎上.

＊**lìe ín²** (1)(英)早晨睡懶覺(→ lie-in).
(2)待產(→ lying-in).

lìe lów → low¹ 的片語.

lìe óff (1)暫時停止工作. (2)(海事)(船)稍微遠離陸地(其他船隻).

lìe óver (工作, 決定等)擱延.

lìe tó (船)(船首逆風不拋下錨而以船帆來操作)(幾乎)停滯不前.

lìe úp (1)臥床; 回到自己房間; 躲藏.
(2)(船)進船塢.

lìe with... 是⋯的職責[義務]. It *lies with* you to decide. 你有責任去作決定.

tàke...lýing dówn (口)甘於接受(通常用於否定句). He won't *take* such an insult *lying down*. 他不會甘心接受這樣的侮辱.

— *n.* C (通常用單數)位置, 方向; (高爾夫球)球的位置.

the lìe of the lánd (英)=the lay of the land (lay¹ 的片語).

＊**lie²** [laɪ; laɪ] *n.* (*pl.* ~**s** [~z; ~z]) C **1** 謊話, 假話. tell a *lie* 撒謊/a downright [plausible] *lie* 十足的[像真的一般的]謊話/detect [reveal] a *lie* 拆穿謊話. 同 lie 通常指欺騙人的惡意的謊話, 比 falsehood 所含的非難之意更強. 注意 最好不要用 lie 和 liar 當面指責對方.
(搭配) *adj.*+lie: a black ~ (惡意的謊話), a deliberate ~ (蓄意的謊言), a monstrous ~ (不合理的謊言), a whopping ~ (荒謬的謊言), a white ~ (善意的謊言).

2 使驗信之物, 假物. Her smile is a *lie* that conceals her sorrow. 她的微笑是為了隱藏悲傷而裝出來的.

gìve the líe to... (1)斥責(人)說謊.
(2)證明(話, 想像等)為虛偽.

— *vi.* (~**s** [~z; ~z]; ~**d** [~d; ~d]; **ly·ing**)
1 說謊. Don't trust his story, he's *lying*. 別信他的話, 他在說謊/Don't *lie* to me. 不要對我說謊/He lied about his career. 他偽造他的經歷.

2 (事物)騙人, 給人錯誤的印象. Mirrors never *lie*. 鏡子從不騙人(是美人就照出美人).

lìe onesélf [*one's* **wày**] **out of...** 用說謊擺脫(困境等).

Liech·ten·stein [ˈlɪktənˌstaɪn; ˈlɪktənstaɪn] *n.* 列支敦斯登(介於瑞士和奧地利之間的小公國; 首都 Vaduz).

lied [lid; li:d] (德語) *n.* (*pl.* ~er) ⓒ德國藝術歌曲(特指19世紀的, 例如舒伯特等的藝術歌曲).

lied·er [ˈlidɚ; ˈliːdə(r)] *n.* lied的複數.

líe detèctor *n.* ⓒ測謊器(polygraph).

lie-down [ˈlaɪˌdaʊn; ˈlaɪdaʊn] *n.* ⓒ《英、口》(床上的)小睡, 小憩.

liege [lidʒ; liːdʒ] *n.* ⓒ《歷史》(封建時代的)君主, 王侯; (侍候君主的)家臣.

lie-in [ˈlaɪˌɪn; ˈlaɪɪn] *n.* ⓒ《英、口》早晨睡懶覺, 賴床, (→ lie in²).

lien [lin, ˈliən; liən] *n.* ⓒ《法律》扣押權, 留置權, 《on 對於…》(債權者扣押債務者財產的權利).

lieu [lu, lɪu; ljuː] *n.* 《用於下列片語》
　in líeu (*of...*) 代替(instead of...).

Lieut. (略) Lieutenant.

＊**lieu·ten·ant** [luˈtɛnənt, lɪu-; lefˈtenənt] *n.* (*pl.* ~s [~s; ~s]) ⓒ **1** 《美陸軍》中[少]尉; 《英陸軍》中尉. **2** 《海軍》上尉. **3** 副官, 上級官員之代理; 《美》(消防隊的)副隊長, (警察單位的)副署長.

lieutènant cólonel *n.* ⓒ《陸軍、美空軍》中校(略作 Lt. Col.).

lieutènant commánder *n.* ⓒ《海軍》少校(略作 Lt. C(om)dr.).

lieutènant géneral *n.* ⓒ《陸軍、美空軍》中將(略作 Lt. Gen.).

lieutènant góvernor *n.* ⓒ《美》(州的)副州長; 《英》(殖民地等的)代理總督, 副總督, 《略作 Lt. Gov.).

＊**life** [laɪf; laɪf] *n.* (*pl.* **lives**) 【生命】 **1** ⓤ生命, 命; 活著的狀態, 生存; (⟷ death). The sick man struggled for *life.* 那個病人為了生命而掙扎/respect for human *life* 尊重人的生命/a matter of *life* or death 事關生死.

2 ⓒ(個人的)命, 生命, 性命. The new medicine saved my mother's *life.* 這種新藥救了我母親一命/ Several people lost their *lives* in the accident. 有數人在那次事故中喪命/A cat has nine *lives.* 《諺》貓有九條命(會復活好幾次; 不容易死去).
　┌搭配┐ *v.*＋life: end one's ~ (結束生命), sacrifice one's ~ (犧牲生命), throw away one's ~ (捨棄生命), risk one's ~ (搏命).

3 【像生命般寶貴之物】ⓤ生存的意義; (加的)中心(人物), 紅人, 《*of*》. Music is her *life.* 音樂是她的生命/Dorothy was the *life* (and soul) *of* the party. 桃樂思是晚會裡的中心[靈魂]人物.

4 【生命力】ⓤ活力, 生氣; 不可或缺的事物. The child is all *life.* 那個孩子充滿了活力/a street full of *life* 一條充滿朝氣的街道/Oil industries are the *life* of the area. 石油工業是那個地區的命脈.
　【有生命之物】 **5** ⓤ(集合)生物, 活的東西; ⓒ生命體, (特指)人類. No *life* is found on the moon. 月球上沒有發現生物/animal *life* (集合)動物/Five *lives* were lost here. 五人在此死亡/wildlife(→ 見 wildlife).

6 ⓤ實物, 原物, 《美術作品的模特兒等》; 實物大小; (→ life-size(d)). a statue larger than *life* 比真人大的雕像.
　【生存期間】 **7** ⓤⓒ壽命; (事物的)持續期限; (車輛的)使用年數. Art is long, *life* is short. (→ art¹)/live out one's *life* 過完一生/The *life* of the new regime will be short. 新政權維持不了多久的.
　【個人的一生】 **8** ⓤⓒ一生, 生涯. She devoted her *life* to education. 她一生致力於教育.

9 【生涯的記錄】ⓒ傳記(biography). "The *Lives* of the Poets" 《詩人列傳》《書名》.

10 【生涯中的一個時期】ⓤⓒ一生的某時期; 自出生到現在的期間; 從某個時候到死的期間. approach middle *life* 臨近中年.

11 【終身】ⓤ無期徒刑(life sentence). The judge gave the murderer *life.* 法官宣判殺人犯處無期徒刑.
　【人的生活方式】 **12** ⓤ人生; 世事, 世間; 這一生. *Life* is often compared to a journey. 人生常被比喻為旅程/This is the *life.* 這才是人生/I've learned [seen] much of *life.* 我見過不少世事.

13 ⓤ(特定的)生活; ⓒ生活方式. their married *life* 他們的婚姻生活/Country *life* is healthier than city *life.* 鄉村生活比都市生活健康/My uncle lived a happy *life.* 我的伯父幸福地過了一生/The peasants led a hard *life.* 佃農們過著艱苦的生活.
　┌搭配┐ *adj.*＋life: everyday ~ (日常生活), a busy ~ (忙碌的生活), a dull ~ (無聊的生活), an easy ~ (安樂的生活), a peaceful ~ (和平的生活)/ *n.*＋life: family ~ (家庭生活).
　⇨ *v.* live.

àll one's lífe 一輩子, 畢生; 從生下來到此時. I'll never forget your kindness *all* my *life.* 我一輩子都不會忘記你的好意.

as làrge [bìg] as lìfe (1)實物[等身]大的[地]. (2)《詼》確確實實, 本人自己, (in person).

bríng...to lífe 使…生還; 使…甦醒; 使…生動, 活潑.

＊*còme to lífe* 生還; 甦醒; 變得活躍.

for lífe 終身(的), 一生(的). He was banned from baseball *for life.* 他終身被驅逐於棒球界外.

for one's lìfe ＝*for one's dèar lìfe* 逃命地, 拼命地. run *for dear life* 拼命跑.

for the lìfe of one 《用於否定句》《口》無論如何(不能). I can't *for the life of* me remember his name. 我無論如何都想不起他的名字.

hàve the tìme of one's lìfe → time 的片語.

＊*in one's lífe* 從生下來到現在, 至今. I've never seen such a big fish *in* my *life.* 我這輩子從沒見過這麼大的魚.

Nòt on your lìfe! 《口》(那種事情)免談, 絕對不做, 《＜你這輩子休想》.

of one's lífe 一生(之中最高)的. I got the frigh of my *life.* 我從未那麼吃驚過.

tàke lífe 殺. *take* a person's *life* 取某人性命/ *take* one's (own) *life* with a gun 舉槍自盡.

tàke one's lìfe in one's (òwn) hánds 《口》(冒

知道而) 冒生命危險.

to the life 〔描繪等〕神似地, 逼真地. The drawing resembled him *to the life*. 這幅畫酷似他本人.

true to life 〔話, 戲劇等〕逼真的〔地〕; 真實的〔地〕.

upon my life (1)以我的性命作擔保; 發誓, 必定. (2)令人吃驚的是. *Upon my life!* 真令我吃驚!

life-and-death [ˌlaɪfənˈdɛθ; ˌlaɪfənˈdeθ] *adj.* 〔限定〕攸關生死的; 拼命的.

life assùrance *n.* Ⓤ〔主英〕= life insurance.

life bèlt *n.* Ⓒ(救生圈的)救生帶; = safety belt.

life·blood [ˈlaɪfˌblʌd; ˈlaɪfblʌd] *n.* Ⓤ 1 (生命不可或缺的)血, 鮮血. 2 活力的泉源.

life·boat [ˈlaɪfˌbot; ˈlaɪfbəʊt] *n.* Ⓒ 1 (船上裝載的)救生艇. 2 (海難)救生船.

life bùoy *n.* Ⓒ救生圈.

life cỳcle *n.* Ⓒ生命循環(生物的個體從發生起到產生下一代的變化過程).

life expèctancy *n.* Ⓤ平均壽命(某一年齡的人今後的平均生存年數).

life·guard [ˈlaɪfˌgɑrd; ˈlaɪfgɑːd] *n.* Ⓒ 1 (游泳場所等的)救生員. 2 (*Lifeguards*)(英)禁衛軍.

life hìstory *n.* Ⓒ(動植物的)生活史(個體從生到死的過程); (人的)傳記.

life insùrance *n.* Ⓤ人壽保險.

life jàcket *n.* Ⓒ救生衣.

life·less [ˈlaɪflɪs; ˈlaɪflɪs] *adj.* 1 無生命的; 死的. 2 無生氣〔活力〕的; 無聊的, 乏味的. 3 〔沙漠等〕沒有生物的.

life·less·ly [ˈlaɪflɪslɪ; ˈlaɪflɪslɪ] *adv.* 死氣沈沈地, 無生氣地.

life·like [ˈlaɪfˌlaɪk; ˈlaɪflaɪk] *adj.* 栩栩如生的; 〔肖像畫等〕與實物酷似的; 〔演技等〕逼真的.

[life jacket]

life·line [ˈlaɪfˌlaɪn; ˈlaɪflaɪn] *n.* Ⓒ 1 (特指海難救生用的)救生索; (潛水員的)安全索. 2 命脈(唯一的補給線, 主要航線等); 唯一的依靠.

***life·long** [ˈlaɪfˌlɔŋ; ˈlaɪflɒŋ] *adj.* 〔限定〕一生的, 終身的. their *lifelong* friendship 他們終身的友誼.

life péer *n.* Ⓒ(英國的)非世襲貴族.

life presèrver *n.* Ⓒ〔主美〕(水災用的)救生器材(life jacket, life belt 等); (英)(一端裝有鉛塊的)護身短棒.

lif·er [ˈlaɪfɚ; ˈlaɪfə(r)] *n.* Ⓒ(俚)無期徒刑犯.

life ràft *n.* Ⓒ救生筏.

life·sav·er [ˈlaɪfˌsevɚ; ˈlaɪfˌseɪvə(r)] *n.* Ⓒ(特指水災的)救難人員; = lifeguard 1; (美)= life buoy.

life séntence *n.* Ⓒ無期徒刑.

life-size [ˈlaɪfˈsaɪz; ˌlaɪfˈsaɪz] *adj.* 與實物同等大小的, 與常人一樣大的.

life-sized [ˈlaɪfˈsaɪzd; ˌlaɪfˈsaɪzd] *adj.* = life-size.

life·span [ˈlaɪfˌspæn; ˈlaɪfspæn] *n.* Ⓒ(生物的)壽命.

L

life stòry *n.* Ⓒ傳記.

life·style [ˈlaɪfˌstaɪl; ˈlaɪfstaɪl] *n.* ⓊⒸ(個人的)生活方式.

life-support system(s)
[ˈlaɪfəˌport ˈsɪstəm(z); ˈlaɪfsəˌpɔːt ˈsɪstəm(z)] *n.* Ⓒ 1 《生態》生命維持系統(包括人類在內的生物維持生命所須之物的總稱). 2 (太空船, 重病患者用的)生命維持裝置.

*✱**life·time** [ˈlaɪfˌtaɪm; ˈlaɪftaɪm] *n.* (*pl.* ~s [~z; ~z]) ⓊⒸ 1 一生, 終身. Society has changed greatly during my *lifetime*. 在我的一生中社會經歷了很大的變遷/the chance of a *lifetime* 一生難逢的機會. 2 (器具等的)壽命.

life·work [ˈlaɪfˌwɜk, ˈ·ˌwɜːk; ˌlaɪfˈwɜːk] *n.* Ⓤ 終身的工作.

*✱**lift** [lɪft; lɪft] *v.* (~s [~s; ~s]; ~ed [~ɪd; ~ɪd]; ~ing) *vt.* 【舉起】 1 舉起…(*up*); 抱起(小孩等); (從架子等)舉起並放下…(*down*). He helped me *lift* the box *up*. 他幫我把箱子抬起來/ He *lifted* the trunk *down* to the floor. 他把手提箱提起來放到地上. 回 lift 是「特指將重的東西向上移動」; → raise.

2 抬起, 豎起〔手, 臉, 眼睛等〕. The dog *lifted up* its ears. 狗豎起了耳朵/Mother did not *lift* her head from the newspaper. 母親沒有從報紙中抬起頭來.

3 挖出〔薯, 根莖類等〕(*out*).

4 【拾起>偷盜】(口)偷(特指偷小東西); 順手牽羊 (→ shoplifting); 剽竊〔作品的一部分〕.

【(舉起並)取下】 5 取下, 打開, 〔箱蓋等〕; 拿起〔電話的聽筒〕.

6 解除〔封鎖, 包圍, 禁令等〕, 解禁. The government has *lifted* the ban on exports to that country. 政府已經解除對該國的出口禁令.

【提高】 7 提升, 提高, 〔地位, 狀態等〕; 鼓起, 高漲, 〔士氣等〕(*up*). Our spirits were *lifted* (*up*) by the good news. 那則好消息提振了我們的精神.

8 提高〔聲音〕, 喊叫, (*up*).

— *vi.* 【升起】 1 升起(go up); 〔窗, 蓋子等〕(向上)打開, 開啟; 隆起. The curtain slowly *lifted*. 帷幕緩緩升起.

2 【升上去消失】〔雲, 霧, 黑暗等〕消散, 轉晴.

lift óff 〔火箭等〕垂直升空, 發射.

— *n.* (*pl.* ~s [~s; ~s]) 1 Ⓒ提, 抬, 舉. the *lift* of a hand 舉手.

2 Ⓒ提起的距離〔高度〕; Ⓤ升力, 《航空》揚力.

3 Ⓒ以車子乘載〔接送〕. Shall I give you a *lift* downtown? 你要不要搭我的便車到市中心呢?

4 Ⓒ(英)電梯((美)elevator); 起重機; (滑雪場的)纜車(ski lift). She took the *lift* to the tenth floor. 她搭電梯上十樓(→ floor 參考).

5 ⓐⓤ(地位等的)提升, 上升; (口)(精神的)振奮. That news gave us a *lift*. 那個消息讓我們士氣大振.

lift·man [ˋlɪftmən; ˈlɪftmæn] n. (pl. **-men** [-mən; -men]) Ⓒ(英)電梯服務員.

lift-off [ˋlɪft͵ɔf; ˈlɪftɔf] n. (pl. **~s**) Ⓒ (直升機, 火箭, 太空船等的)垂直升空, 起飛, 發射.
★飛機的起飛是 takeoff.

lig·a·ment [ˋlɪgəmənt; ˈlɪgəmənt] n. Ⓒ(解剖) 韌帶.

lig·a·ture [ˋlɪgə͵tʃur, -tʃɚ; ˈlɪgətʃə(r)] n. Ⓒ
1 結紮線(外科手術中結紮血管等).
2 (印刷)連字, 合字, (ff, ffi 等).

‡light¹ [laɪt; laɪt] n. (pl. **~s** [~s; ~s])
【光, 日光】 1 ⓐⓊ 光, 光線; 日光; 明亮; 光輝; (↔ darkness). God said, "Let there be light". 神說: 「要有光」/The moon cast a pale light. 月色朦朧/The light is bad. 光線不好/The color fades rapidly when exposed to light. 這â色暴露在光線中很快就會褪色.

> (歷) adj.+light: a bright ~ (明亮的光線), a dazzling ~ (耀眼的光亮), a dim ~ (微暗的光線), a soft ~ (柔和的光線), a strong ~ (強光).

2 【有日光照射的期間】Ⓤ白天, 白晝; 黎明. I must finish the work while the light lasts. 我必須趁著天還亮時完成工作/get up before light 天亮前起床.

3 【採光口】Ⓒ窗(玻璃); 天窗.

【發光物】 4 Ⓒ亮光; 燈火; 電燈. We saw city lights in the distance. 我們看到了遠處城市的燈火/Please put the light out. 請熄燈/turn [switch] a light on [off] 開[關]電燈.

> (歷) adj.+light: a flashing ~ (閃耀的亮光), a twinkling ~ (閃爍的光) // light + v.: a ~ is burning (點著燈), a ~ is shining (光閃耀著), a ~ goes out (燈熄了).

5 Ⓒ燈塔; (電算機等的)顯示燈; 交通號誌燈 (traffic light). Wait for the light to change. 等待燈號改變.

6 【光>火】Ⓒ點火物, 火, (特指點菸的火柴, 打火機等的)火; 火花. Give me a light, will you? 借個火(點菸)好嗎?/strike a light (劃火柴)點火.

【精神上的光】 7 Ⓤ光明; 知識; 啟發. men of light and leading 啟發指導世間者.

8 Ⓒ成為模範的人; 傑出人物; 具領導作用的知識分子. a shining light in mathematics 數學界的傑出人物.

9 【光的照射方法】Ⓒ(事物的)看法, 見解. Viewed in a historical light, the event seems more important. 從歷史的角度來看, 這件事似乎更加重要了/Why do you regard him in that light? 為何你這樣看待他呢?

according to one's *(own) lights* 《文章》按照[根據]自己的意見[知識, 能力的程度].

bring...to light 揭露(祕密等), 暴露….

come to light 顯露, 暴露. New evidence confirming his guilt has *come to light*. 已經發現了證明他犯罪的新證據.

in a good [bad] light 從有利[不利]的角度, 從好[壞]的觀點. The magazine deliberately portrayed his lifestyle *in a bad light*. 雜誌刻意從負面的角度描寫他的生活方式.

in (the) light of... 鑑於…, 考慮…. study the present *in the light of* the past 以古鑑今.

see the light (1)出生(亦說 see the light of day).
(2)(計畫等)問世, 公布.
(3)注意到(錯誤等); 瞭解(真相).

shed light on... = throw light on….

stand [be] in a person's light 站在某人前面擋住光線; 妨礙某人的發展[成功等]. I could not get promoted because George *stood in* my light. 因為喬治阻礙了我的發展, 害我無法獲得升遷.

* *throw light on...* 對…作說明, 有助於理解…. His study will *throw* some *light on* the subject. 他的研究將使人對這問題多瞭解一些.

— adj. (**~er**; **~est**) 1 (房間等)明亮的. We rose when it began to get light. 天變亮時我們就起來了.

2 (顏色)明亮的; 淡的; (皮膚, 頭髮)淺色的. light green 淺綠. ↔ dark.

— v. (**~s** [~s; ~s]; **~ed** [~ɪd; ~ɪd], lit; **~ing**) (★限定用法的過去分詞通常用 lighted) vt. 1 點燃; 生(火). I lit a match. 我劃亮一根火柴/light a fire with dry wood 用乾柴生火.

2 使(燈等)亮, 點(燈等). light a lamp [candle] 點燈[蠟燭].

3 使(房間等)亮; 照亮…; 點燈; (up). The sun lighted the eastern sky. 太陽照亮了東方的天空/They kept the room lit up all night long. 他們整夜開著房間的燈.

4 使(面容等)亮麗起來, 使心情舒暢, (up). A smile lit (up) the girl's face. 微笑使那個女孩容光煥發.

— vi. 1 著火, 燃燒. Straws light easily. 稻草易燃. 2 (臉, 眼睛等)發光, 發亮, (up).

●──與 LIGHT 相關的用語	
electric light	閃電; 電燈
leading light	主要人物
yellow light	黃燈
red light	紅燈
night light	夜燈
green light	綠燈
pilot light	母火; 指示燈

‡light² [laɪt; laɪt] adj. (**~er**; **~est**)
【重量少的】 1 輕的; 比重(密度)小的; (麵包等)鬆軟的. a light jacket 輕便的夾克/a light metal 輕金屬.

【分量少的】 2 少量的; (比一般)少的; (雨)細的, (風)輕的(作氣象用語時意思比 gentle 微弱). put a light coat of wax over the floor 在地板上打上一層薄薄的蠟/a light crop of rice (比往年)少的稻穫量/a light snowfall 輕微的飄雪/The traf-

fic is still *light* here. 這裡的交通流量還很小.

〖 輕的>弱的 〗 **3** 〔疾病, 錯誤等〕輕微的, 不重的; 〔啤酒等〕酒精成分少的, 味淡的; 〔睡眠〕容易醒的, 淺的. a *light* sleeper 淺睡的人.

4 未使勁的, 〔一擊等〕輕微的. I felt a *light* touch on my arm. 我感覺到手臂被輕輕地觸碰.

〖 負擔輕的 〗 **5** 〔工作等〕輕鬆的, 容易的, (easy); 〔處罰, 稅金等〕不重的. *light* work 輕鬆的工作.

6 〔食物〕容易消化的, 清淡的; 〔飲食等〕簡單的; (↔ heavy). a *light* meal 便飯.

7 〔音樂, 文學, 戲劇等〕娛樂性的. *light* music 輕音樂/*light* reading 消遣讀物.

〖 動作輕的 〗 **8** 輕快的, 敏捷的. dance with *light* steps 跳著輕快的舞步/The boy is *light* of foot [*on his feet*]. 那個男孩腳程很快.

9 裝備輕的; 載貨量少的; 〔鐵路等〕輕便的. *light* cavalry 輕騎兵/a *light* van 小貨車.

〖 輕快的 〗 **10** 輕鬆的; 〔笑〕爽快的. with a *light* heart 輕鬆地; 快活地.

〖 輕飄飄的 〗 **11** 〔舉止等〕輕率的; 〔性格等〕浮躁的, 不正經的.

12 〔因發燒, 酒醉等〕昏眩眼花的, 暈眩的.

⇨ *v.* lighten². ↔ heavy.

(*as*) *light as a feather* [*air*] 〔東西, 人〕非常輕.

make light of... 不重視…, 輕視….

— *adv.* 〖語法〗作副詞使用時只有在特定的情況才用 light, 一般則用 lightly. **1** 減少行李輕裝簡便地. travel *light* 輕裝簡便地旅行.

2 程度輕地, 容易地. *Light* come, *light* go. = Lightly come, lightly go. (→ lightly 7)/get off *light* 〔口〕從輕發落.

light³ [laɪt; laɪt] *vi.* (~s; ~ed, lit; ~ing)
1 《古》從…上下來(alight)《*from*〔馬等〕》; 〔鳥等〕棲息(*on, upon*). **2** 偶遇(*on, upon*〔喜歡的人事物等〕); 偶然發現(*on, upon*).

light bulb *n.* ⓒ燈泡(亦僅作 bulb).

light·en¹ [ˈlaɪtn̩; ˈlaɪtn̩] *v.* (~s [~z; ~z]; ~ed [~d; ~d]; ~ing) *vt.* **1** 使光亮, 照亮. We *lightened* our way with a flashlight. 我們用手電筒照亮去路. **2** 使(容光等)煥發, 使發光.

— *vi.* **1** 變亮. The eastern sky *lightened*. 東方的天空已變亮.

2 〔臉等〕容光煥發, 洋溢光彩.

3 《以 it 當主詞》閃電.

light·en² [ˈlaɪtn̩; ˈlaɪtn̩] *v.* (~s [~z; ~z]; ~ed [~d; ~d]; ~ing) *vt.* **1** 減輕〔行李等〕; 減輕負擔; 使…方面減輕(*of* 〔載載物等〕). *lighten* a ship (*of* its load) 減輕船的載重量.

2 減輕, 減緩〔負擔, 稅等〕; 緩和〔擔心, 悲傷等〕. Computers have *lightened* our workload a lot. 電腦大大減輕了我們的工作量.

3 使有精神; 使愉快. Humor *lightened* his lecture. 幽默讓他的演講變得輕鬆愉快.

— *vi.* 〔貨物, 負擔等〕變輕; 變快活. Their mood *lightened* when they heard that their son was safe. 得知兒子平安無恙時, 他們的心情才變輕鬆.

light·er¹ [ˈlaɪtɚ; ˈlaɪtə(r)] *n.* ⓒ點燈〔火〕的人〔物〕; (特指香菸的)打火機. a stove with an

automatic *lighter* 有自動點火裝置的火爐.

light·er² [ˈlaɪtɚ; ˈlaɪtə(r)] *n.* ⓒ駁船.
— *vt.* 用駁船搬運〔貨物〕.

light·fin·gered [ˈlaɪtˈfɪŋgɚd; ˈlaɪtˌfɪŋgəd] *adj.* **1** 手指靈巧的. **2** 〔口〕慣竊的.

light flyweight *n.* ⓒ(業餘拳擊, 摔角等的)輕蠅量級選手.

light·head·ed [ˈlaɪtˈhɛdɪd; ˌlaɪtˈhedɪd] *adj.* **1** (因發燒, 飲酒等)頭暈的. **2** 輕率的.

light·heart·ed [ˈlaɪtˈhɑrtɪd; ˌlaɪtˈhɑːtɪd] *adj.* 輕鬆的; 活潑的; 太過逍遙的.

light heavyweight *n.* ⓒ(拳擊, 摔角等的)輕重量級選手.

light·house [ˈlaɪtˌhaʊs; ˈlaɪthaʊs] *n.* (*pl.* **-hous·es** [-ˌhaʊzɪz; -həʊzɪz]) ⓒ燈塔. a *lighthouse* keeper 燈塔看守人.

light industry *n.* Ⓤ輕工業.

light·ing [ˈlaɪtɪŋ; ˈlaɪtɪŋ] *n.* Ⓤ **1** (被)點火. **2** 照明(法); 照明設備; 照明效果. the stage *lighting* 舞臺燈光. **3** (畫等的)明暗.

light·ly [ˈlaɪtlɪ; ˈlaɪtlɪ] *adv.* **1** 輕輕地, 輕微地. He patted her hand *lightly*. 他輕拍她的手.

2 輕盈地, 輕快地. She danced very *lightly*. 她非常輕快地跳著舞.

3 輕鬆地; 乾脆地; 愉快地. They admitted their defeat *lightly*. 他們乾脆地承認失敗.

4 〔舉動等〕輕浮地, 輕率地. You shouldn't refuse such an offer *lightly*. 你不該輕率地拒絕這樣一個提議.

5 輕蔑地; 冷淡地, 不在乎地. speak [think] *lightly* of a person 貶低〔輕視〕某人.

6 少許地; 〔調味等〕清淡地. boil fish *lightly* 魚煮得清淡/sleep *lightly* 淺眠.

7 容易地. *Lightly* come, *lightly* go. 《諺》(錢財)來得容易去得快.

light middleweight *n.* ⓒ(拳擊, 摔角等的)輕中量級選手.

light-mind·ed [ˈlaɪtˈmaɪndɪd; ˌlaɪtˈmaɪndɪd] *adj.* 輕率的, 思慮不周的.

light·ness¹ [ˈlaɪtnɪs; ˈlaɪtnɪs] *n.* Ⓤ **1** (重量, 負擔等)輕. **2** (動作等的)輕快, 敏捷; 優美. **3** (沒有煩惱等)輕鬆, 愉快; 爽朗. **4** 輕率, 輕浮, 不認真.

light·ness² [ˈlaɪtnɪs; ˈlaɪtnɪs] *n.* Ⓤ **1** 光亮; 明亮. **2** (顏色的)淺, 淡; 薄.

light·ning [ˈlaɪtnɪŋ; ˈlaɪtnɪŋ] *n.* Ⓤ **1** 雷電, 閃電. The golfer was struck dead by *lightning*. 那高爾夫球員被閃電劈死了. **2** 《形容詞性》閃電的, 閃電般快速《匆忙, 短暫》的. make a *lightning* attack on the enemy 對敵人發動閃電攻擊.

〖參見〗打雷是 thunder, 雷雨是 thunderstorm.

like lightning 快如閃電地.

lightning rod 《美》〔**conductor** 《英》〕 *n.* ⓒ避雷針.

líghtning stríke *n.* ⓒ閃電式罷工.

lights [laɪts; laɪts] *n.* 《作複數》(主要作爲貓、狗飼料用)羊、豬等的肺.

líght-shìp [ˋlaɪt͵ʃɪp; ˋlaɪt-ʃɪp] *n.* ⓒ燈塔船《在航行危險的海域附近投光, 守衛其他船隻航行的小船》.

líght·wèight [ˋlaɪt͵wet; ˋlaɪtweɪt] *n.* ⓒ
1 (拳擊, 摔角等的)輕量級選手.
2 (口)微不足道的人, 小東西.
— *adj.* 輕量的; 輕量級的.

líght wélterweight *n.* ⓒ(拳擊, 摔角等的)輕中量級選手.

líght yèar *n.* ⓒ《天文》光年《光在一年間所經過的距離; 是地球和太陽間距離的六萬億千倍》.

lig·ne·ous [ˋlɪgnɪəs; ˋlɪgnɪəs] *adj.* 〔草〕木質的, 似樹木的.

lig·nite [ˋlɪgnaɪt; ˋlɪgnaɪt] *n.* ⓤ褐煤《木質尙未完全石炭化的軟性粗劣煤炭》.

lik·a·ble [ˋlaɪkəbl; ˋlaɪkəbl] *adj.* 可愛的; 〔人〕有魅力的.

like[1] [laɪk; laɪk] *v.* (~**s** [~s; ~s]; ~**d** [~t; ~t]; **lik·ing**) *vt.* **1** (a)喜歡, 喜愛, (be fond of); 對…有好感; (⟷dislike). Which do you *like* better, tea or coffee? 你較喜歡茶還是咖啡? (|語法|通常(口)中, 表示 like 程度的比較級和最高級 better, best; love 則用 more, most)/Jane *likes* Tom but does not love him. 珍喜歡湯姆但並非愛他/I *like* dogs better than cats. 我喜歡狗勝於貓(|語法|一般而言, like 的受詞若是ⓒ, 通常用複數形).
(b)享受; |句型3| (like do*ing*)以做…爲樂; (enjoy). How are you *liking* this voyage? 你覺得這次的旅行怎麼樣? (你玩得快樂嗎?)(|語法|這是寒暄時的問句; 通常 like 不用進行式, 但作上例含義解釋時則可).

●──通常不用進行式的動詞
(1)表示感覺的動詞:

| feel | hear | see | smell | taste | appear |
| look | seem | sound | | | |

(2)表示心理狀態、感情的動詞:

believe	care	desire
detest	dislike	doubt
fear	forget	hate
hope	imagine	know
like	love	mean
prefer	remember	suppose
think	understand	want
wish		

(3)表示事物之構成、關係的動詞:

be	belong	concern
consist	contain	cost
depend	equal	fit
have	include	involve
matter	owe	own

| possess | remain | require |
| resemble | | |

(c) |句型3| (like do*ing*/to do)喜歡做…. I *like* walking at night. 我喜歡在夜裡散步. |語法|特別在(英)中, like do*ing* 通常用於習慣上喜歡某種行爲的情況下, like *to* do 則用於「想做」某特定的具體行爲時(→4 (a)); (美)和 love *v.* 3 的情形一樣不太具有此種區別.
(d) |句型5| (like **A** B/**A** to do/**A** do*ing*)喜歡 A 是 B(狀態)/喜歡 A 做…. I *like* my tea hot. 我喜歡熱茶/She didn't *like* her husband drunk. 她不喜歡丈夫喝醉/Tom *likes* girls *to* be quiet. 湯姆喜歡文靜的女孩子/I don't *like* him *coming* here. = (文章) I don't *like* his coming here. 我不喜歡他來這裡.
2 (口)〔食物等〕適合…的體質《通常用於否定句》. I like eggs, but they don't *like* me. 我喜歡吃蛋, 但是蛋並不適合我的體質.
3 《用於否定句》|句型3| (like *to* do/do*ing*)無意做…, 不想做…, (be unwilling (to)). I don't *like* to go [*going*]. 我不想去.
4 《通常加 would, should 表示客氣》
(a) |句型3| (like *to* do)想做…; |句型5| (like **A** to do/**A** done)希望 A 做…; (★客氣的說法). I should [I would, I'd] *like* to read the book. 我想讀這本書/"Would you *like* to go to the rugby match next Sunday?" "Well, I'd *like* to, but I'll be busy on that day." 「下禮拜天你要去看橄欖球賽嗎?」「嗯, 我想去, 但那天我會很忙」/I'd *like* you to meet my wife. 我希望你見見我的妻子(|語法|(美、口)亦作 I'd *like for* you to....)/I'd *like* the book *returned* soon. 我希望本書很快就能還我.
(b)想要…; 覺得…好. I would *like* a pound of sugar, please. 我要一磅砂糖, 謝謝/Would you *like* a cup of tea? 你要來杯茶嗎?/What would you *like* for breakfast? 你早餐想吃甚麼?
— *vi.* 喜歡; 希望. You may spend the money as you *like*. 你可以隨意使用這些錢.
Hòw do you líke...? (1)你覺得…怎麼樣? "*How do you like* Chinese food?" "I love it." 「你覺得中國菜怎麼樣?」「我很喜歡」(2)怎麼樣…才好? "*How do you like* your coffee?" "I like it strong." 「你喜歡怎樣的咖啡?」「我喜歡濃的」
I'd líke to knów [*sée*]... 《表示威嚇、不相信的情緒》我倒是想知道[想看看]…. I'd *like to see* you do better. 我倒想看看你能否做得更好(只怕你辦不到).
if you líke (1)如果你願意, 可以的話. I'll come with you *if you like*. 如果你願意的話, 我會跟你一起來. (2)這麼說也行, 也可以說…. I am careless *if you like*. 你說我粗心大意也沒關係(但我眞的沒有惡意).
I líke thát! (口)那可好了!《「眞過分」之意, 作爲反諷》; 豈有此理!
líke it or nót 無論喜不喜歡.
— *n.* ⓒ(通常 likes)喜歡的事[物], 愛好, 《特別

用於下列用法)。*likes* and dislikes 好惡。

‡like² [laɪk; laɪk] *adj.* (**more ~; most ~**)

1 (限定)同樣的; 同類的, 同種的; (→ similar 圖)。in *like* manner 同樣地/two men of *like* tastes 興趣相同的兩個人/a *like* instance 類似的例子/skiing, skating, and *like* sports 滑雪, 溜冰及諸如此類的運動。

2 (限定)相等的; 等量的, 等額的。a *like* sign (代數)等號/a *like* sum 等額/a cup of sugar and a *like* amount of flour 一杯砂糖和等量的麵粉。

3 (敘述)(人等)相似的。No two sisters are more *like*. 沒有人會比她們姊妹倆更相像的了。[語法]表此意時通常用 alike。

Like máster, like mán. (諺)有其主必有其僕。[參考]可應用為 Like father, like son. (有其父必有其子)等諸多情況里。

nòthing líke as *A* **as** *B* →nothing *adv.* 的片語。

— *prep.* **1** (外觀, 性質等)像…的, 與…相似。What is she *like*? 她是怎樣的一個人? (★不說成 Like what is she?)/Ann is very much *like* her mother. 安很像她的母親/a child *like* an angel 天使般的孩子/What is it *like* to travel through space? 太空旅行是怎麼樣的?

2 (做法, 程度等)像一般地, 與…一樣地。*like* this [that] 像這[那]樣/I cannot do it *like* my father. 我無法做得像我父親一樣/My grandmother behaved *like* a child when she became sick. 我祖母生病時行為像個小孩([注意]behave *as* a child 為「身為[變成]小孩而做出舉動」)。

3 符合…的, …似的, 顯示出…的特徵的。It was (just) *like* John to say that. 那種話(正)像是約翰說的/Isn't that just *like* a girl! 那倒真像個女孩子!/Like the actress that she is, … 她…, 不愧是位女演員(例)。

4 (口)(例如)…般的[地](such as)。dessert fruits *like* apples and oranges 飯後水果例如蘋果和柳橙。

nòthing like… →nothing *adv.* 的片語。

*** sómething like…*** (1)像…之物, (與…)十分相似的(東西)。I saw *something like* a human figure in the dark. 我在黑暗中看見了像人影的東西/It's not the same, but *something like*. 那不一樣, 但是十分相似(★此處的 like 是形容詞)。(2)有點像…的[地](something 為副詞)。His head is shaped *something like* a bullet. 他的頭形有點像子彈。(3)大約, 大概。I paid *something like* $20 for it. 我為此付了將近 20 美元。

There is nóthing like… →nothing *pron.* 的片語。

— *adv.* (俚)(通常加在句末)好像…, 好像是。You seem tired *like*. 你好像很疲倦。

— *conj.* (口) **1** 像…, 與…一樣, (as)。I can't speak English *like* you can. 我無法像你那樣會講英文/Like I said, I can't attend the meeting. 如我說過的一樣, 我無法出席會議。

2 (主美, 口)簡直像…(as if)(★(英)非標準用法)。The singer acts *like* she's a queen. 那位歌手表現得好像她是個女王。[語法]與 as if 的情況不同, like

所引導的子句中的動詞為直述語氣。

— *n.* [UC](通常加 the, my, his 等)相似的人[物]; 同樣的人[物]; 匹敵[相當]之物; (通常用於否定句, 疑問句)。I shall never see his *like* again. 我再也不會遇見像他這樣的人了/I've never heard the *like*. 我從未聽說過像這樣的事(表示驚訝)/Did you ever see the *likes* of this? 你見過類似這樣的東西嗎?/the *likes* of me (口)像我這樣(沒用)的人/the *likes* of you (口)像你這樣(出色[厲害])的人。

and the líke …等, …之類, (→ etc.)。I like to read biographies, travel books *and the like*. 我喜歡閱讀傳記, 遊記之類的讀物。

or the líke 或諸如此類, …等。

-like *suf.* 接於名詞之後構成「像…的, 似…的; 適合於…的」之意的形容詞。child*like*. business*like*.

like·a·ble [ˈlaɪkəbl; ˈlaɪkəbl] *adj.* =likable.

like·li·er [ˈlaɪklɪɚ; ˈlaɪklɪə(r)] *adj.* likely 的比較級。

like·li·est [ˈlaɪklɪɪst; ˈlaɪklɪɪst] *adj.* likely 的最高級。

like·li·hood [ˈlaɪklɪˌhʊd; ˈlaɪklɪhʊd] *n.* [aU] 可能會有的事; 可能性, 估計。There is no *likelihood* of his coming 他不會來/a strong *likelihood that* he will come in time. 他不(很)可能準時到。

in àll líkelihood 十之八九, 極有可能。

‡like·ly [ˈlaɪklɪ; ˈlaɪklɪ] *adj.* (**-li·er, more ~; -li·est, most ~**) **1** (a)可能的; 像是真的, 有道理的; (→ possible 圖)。a *likely* outcome 可能的結果/the most *likely* cause of the accident 這起事故最有可能的原因/Rain is *likely* this afternoon. 下午可能會下雨。

(b)好像要…, 可能…, (to do)。We are *likely* to arrive in time. = It is *likely* (that) we'll arrive in time. (→(c))我們可能準時到達(★不說 It is *likely* for us to arrive in time.)/It's very *likely* to rain today. 看來今天很可能會下雨/There is *likely* to be a little rain in the afternoon. 午後可能會下小雨。

(c)(用 It is likely (that)…)好像…, 似乎真的…。It is *likely* (that) some politicians are indifferent to money. = Some politicians are *likely* to be indifferent to money. (→(b)) 似乎真有些政治人物不重視金錢。

2 適當的(for; to do)(suitable)。a *likely* place to hide 適合躲藏的地方/a *likely* room for a meeting 適合開會的房間。

3 有可能的, 有希望的, (promising)。the *likeliest* [most *likely*] candidate 最有希望的人選。

***A* [*Thát's a*] *líkely stòry* [*tàle*]!** (反諷)說得跟真的一樣!

— *adv.* (加 most, very 等修飾語)可能地, 大概地, (→ maybe 圖)。very [most] *likely* 十之八九, 大概。

(as) líkely as nót 大概, 或許, (probably)。

Nòt líkely! (口)不應該是這樣! 怎麼可能!

like-mind·ed [ˋlaɪkˋmaɪndɪd; ˌlaɪkˈmaɪndɪd] *adj.* 意見[興趣]相同的; 志同道合的; (*with*).

lik·en [ˋlaɪkən; ˈlaɪkən] *vt.* (文章)把…比作, 比擬, (*to*). Man's life is often *likened to* a candle. 人的生命常被喻為一支蠟燭.

like·ness [ˋlaɪknɪs; ˈlaɪknɪs] *n.* (*pl.* ~·es [~ɪz; ~ɪz]) **1** Ⓤ相像, 類似; Ⓒ相似點(*to*). I can't see much *likeness* between the father and the son. 我不太能看出這對父子的相似之處/The girl bears a striking *likeness* to her mother. 那個女孩像極了她母親. 同 likeness 是指從外觀、性質等看來如相同般地相似; resemblance 是指暫時的或表面上的類似.

2 Ⓤ外表, 姿態, 形狀. an enemy in the *likeness* of a friend 假裝是朋友的敵人.

3 Ⓒ(文章)肖像畫[照片].

like·wise [ˋlaɪkˏwaɪz; ˈlaɪkwaɪz] *adv.* (文章) **1** 同樣地. I'm always careful not to annoy him. I hope you'll do *likewise*. 我一直小心地不惹惱他. 我希望你也能這樣做.

2 也; 並且. Tom is tall and *likewise* strong. 湯姆又高又壯.

lik·ing [ˋlaɪkɪŋ; ˈlaɪkɪŋ] *v.* like 的現在分詞、動名詞.

— *n.* ⓐ Ⓤ喜歡(*for*); 興趣.

hàve a líking for... 喜歡…. He *has a liking for* wine. 他喜歡酒.

tàke a líking to... 喜歡上….

to a pèrson's líking 合某人之意地[的]. I hope the meal will be *to* your *liking*. 我希望這頓飯合你的胃口.

li·lac [ˋlaɪlək; ˈlaɪlək] *n.* (*pl.* ~s [~s; ~s]) Ⓒ紫丁香(木犀科的落葉灌木; 春天叢生淡紫紫色的花, 香氣極濃); Ⓤ紫丁香花; 淡紫紅色, 淡紫色, (→見封面裡).

lil·ies [ˋlɪlɪz; ˈlɪlɪz] *n.* lily 的複數.

Lil·li·put [ˋlɪləˏpʌt, -pət; ˈlɪlɪpʌt] *n.* 小人國(出現在 Swift 所著 *Gulliver's Travels* 中的小人國).

[lilac]

Lil·li·pu·tian [ˌlɪləˋpjuʃən, -ˋpru-; ˌlɪlɪˈpjuʃn] *adj.* **1** 小人國(Lilliput)的. **2** (*lilliputian*)非常小的.

— *n.* Ⓒ **1** 小人國的居民.

2 (*lilliputian*)個子很小的人; 氣量小的人.

lilt [lɪlt; lɪlt] *vi.* 愉快地唱歌.

— *vt.* 愉快地唱.

— *n.* Ⓤ輕快活潑的調子[旋律]; Ⓒ輕快活潑的歌; 輕快的步調.

lilt·ing [ˋlɪltɪŋ; ˈlɪltɪŋ] *adj.* 〔歌曲, 聲音等〕輕快的, 輕快的.

lil·y [ˋlɪlɪ; ˈlɪlɪ] *n.* (*pl.* **lil·ies**) Ⓒ **1** 百合; 百合花(的球莖). **2** (如白百合般地)純白之物; 白皙的人; 純潔的人.

lil·y-liv·ered [ˋlɪlɪˋlɪvəd; ˌlɪlɪˈlɪvəd] *adj.* (文章)膽怯的.

lily of the valley *n.* Ⓒ鈴蘭.

lil·y-white [ˋlɪlɪˋhwaɪt; ˌlɪlɪˈwaɪt] *adj.* (如白百合般地)純白的; 純潔的.

li·ma bean [ˋlaɪməˏbin; ˈlaɪməˏbi:n] *n.* Ⓒ黃蒂豆(白菜豆類; 栽種於北美); 扁平的食用豆.

limb [lɪm; lɪm] (★注意發音) *n.* (*pl.* ~s [~z; ~z]) Ⓒ【手腳】 **1** (人, 獸)的手腳(的一肢); (鳥)的翅膀. stretch [rest] one's tired *limbs* 舒展[歇息]疲憊的手腳.

【似手腳之物】 **2** (樹)的大枝(→branch 參考).

òut on a límb (在爭論等中)孤立無援地[的]; 處於險境地[的]; 受到譴責地[的].

lim·ber [ˋlɪmbə; ˈlɪmbə(r)] *vi.* 使身體柔軟, (運動比賽等之前)做柔軟體操, (*up*).

— *adj.* 〔身體, 手腳等〕柔軟有彈性的, 柔軟的.

lim·bo [ˋlɪmbo; ˈlɪmbəʊ] *n.* (*pl.* ~s [~z; ~z]) **1** (常 *Limbo*)地獄邊緣(由於未受洗而死後不能進入天堂的幼兒、善人等的靈魂所安息之處; 羅馬天主教的觀點).

2 被忘卻的[無用的]地方; 不確定的狀態.

lime¹ [laɪm; laɪm] *n.* Ⓤ石灰; 生石灰; 熟石灰.

— *vt.* 撒石灰於〔田地等〕(為了中和酸性); 用石灰(水)處理.

lime² [laɪm; laɪm] *n.* =linden.

lime³ [laɪm; laɪm] *n.* Ⓒ萊姆(產於熱帶亞洲的柑橘科的灌木); 萊姆的果實(似檸檬但較檸檬小的酸果實, 用於清涼飲料).

lime-juice [ˋlaɪmˏdʒus; ˈlaɪmdʒu:s] *n.* Ⓤ萊姆果汁.

lime·light [ˋlaɪmˏlaɪt; ˈlaɪmlaɪt] *n.* Ⓤ **1** 石灰光(在石灰棒上燒出強烈的火焰所產生的明亮的白熱光; 昔日用於舞臺的聚光燈).

2 (加the)世人的注目. in the *limelight* 引人注目, 眾所矚目.

lim·er·ick [ˋlɪmərɪk, ˋlɪmrɪk; ˈlɪmərɪk] *n.* Ⓒ五行打油詩(通常是滑稽、內容荒謬的五行詩).

lime·stone [ˋlaɪmˏston; ˈlaɪmstəʊn] *n.* Ⓤ石灰石[岩].

lim·it [ˋlɪmɪt; ˈlɪmɪt] *n.* (*pl.* ~s [~s; ~s]) 【界限】 **1** (常 limits)界限, 限度, (*of*); 限制. One must learn the *limits* of one's power. 一個人必須知道自己力量的限度/The world is starting to reach the *limits* of its natural resources. 全球的自然資源已瀕臨極限/There is a *limit* to everything. 每件事情都有個限度/Avarice knows no *limit*. 慾望無窮盡/Speed *limit*: 10 MPH. 速限: 時速十英里(告示).

2 (常 limits)(漁獲等的)捕獲限量.

3【忍耐的限度】(加the)(口)令人無法忍受之物[人]. That guy is really the *limit*. 那個像伙實在叫人難以忍受.

【境界】 **4** (常 limits)境界, 界線; (limits)(用界線圍起的)區域, 範圍; (bounds). This is the *limit* of my estate. 這是我地產的界線/The very

limits begin at the edge of the forest. 市區從森林的邊緣開始.

òff límits 《美》禁止進入(區域)《*to*》(<被允許的界限之外》). This part of the library is *off limits to* students. 圖書館的這一部分禁止學生進入.

sèt límits [*a límit*] *to...* 限制….

to the (*ùtmost*) *límit* 達到限度; 極度地.

within límits 適度地, 不過度地. Drinking *within limits* will do you no harm. 適度飲酒對身體無害.

within the límits of... 在…的範圍內.

without límit 無限制的[地].

— *vt.* (~s [~s; ~s]; ~ed [~id; ~id]; ~ing)限制; 限定《*to*》. The contest was *limited to* amateurs. 這場比賽只限業餘者參加/I shall *limit* myself *to* one small topic. 我要自己限定一個小題目.

lim·i·ta·tion [ˌlɪmə`teʃn; ˌlɪmɪ'teɪʃn] *n.* (*pl.* ~s [~z; ~z]) **1** C 限制(之物), 限定, 規定. There are severe *limitations* to a hunter's activity. 狩獵者的活動受到嚴格的限制.

2 C (通常 limitations)(能力, 智力等的)限度. You should know your own *limitations*. 你應該知道自己能力的極限.

3 U (被)限制之事. arms *limitation* 軍備限制.

lim·it·ed [`lɪmɪtɪd; 'lɪmɪtɪd] *adj.* **1** [數量等]有限的, [空間等]不寬敞的; [能力, 獨立性, 創造性等]貧乏的. Natural resources are *limited*. 自然資源是有限的/The doctor advised me to take a *limited* amount of sugar. 醫生勸我要限制糖的攝取量/That student's ability to write English is very *limited*. 那個學生的英文寫作能力極為有限.

2 《美》[列車, 公車等]特快的. a *limited* express 特別列車(所停車站是「有限」的).

límited edítion *n.* C 《書籍的》限量發行版.

límited (*liabílity*) *cómpany* *n.* C 《英》股份有限公司. ★因公司名稱時, 於公司名稱之後加上 Limited 或略作 Ltd.

lim·it·ing [`lɪmɪtɪŋ; 'lɪmɪtɪŋ] *adj.* 限制[限定]的; 妨礙進步[增進]的.

lim·it·less [`lɪmɪtlɪs; 'lɪmɪtlɪs] *adj.* 無限制的; 無限的; 無期限的. make *limitless* demands 提出無限的要求.

lim·o [`lɪmo; 'lɪməʊ] *n.* C (*pl.* ~s)《口》轎車(limousine).

lim·ou·sine [`lɪmə,zin, ,lɪmə`zin; 'lɪməziːn] *n.* C **1** 豪華轎車(在駕駛座及客座之間有可開閉的玻璃隔間, 可供3至5人乘坐的汽車); (泛指)大型高級轎車. **2** 小型巴士(往返於機場與市內的終點站之間等, 用來接送旅客的小型巴士).

[limousine 1]

*limp*¹ [lɪmp; lɪmp] *vi.* (~s [~s; ~s]; ~ed [~t; ~t];

~ing) **1** 一瘸一拐地走. The old woman *limped* along on her injured foot. 那老婦人用她受傷的腳一瘸一拐地走.

2 〔船, 列車等〕(由於故障)緩慢地行進, 勉強地行進; 〔演說, 音樂, 詩等的〕音律紊亂.

— *n.* U 跛行. He walks with a *limp*. 他跛著腳走路.

*limp*² [lɪmp; lɪmp] *adj.* **1** 軟的; 鬆弛的.

2 軟弱的; 疲憊的; 〔意志等〕薄弱的.

lim·pet [`lɪmpɪt; 'lɪmpɪt] *n.* C 《貝》帽貝(之類)《黏在岩石上的》. hold on [cling, hang on] like a *limpet* to a pillar 用力抱住[抓住]柱子.

lim·pid [`lɪmpɪd; 'lɪmpɪd] *adj.* 〔液體, 空氣, 眼睛等〕清澈的, 透明的; 〔文體等〕條理清楚的.

[limpet]

lim·pid·i·ty [lɪm`pɪdətɪ; lɪm'pɪdətɪ] *n.* U 清澈, 透明.

lim·pid·ly [`lɪmpɪdlɪ; 'lɪmpɪdlɪ] *adv.* 透明地.

limp·ly [`lɪmplɪ; 'lɪmplɪ] *adv.* 無力地, 軟弱地.

limp·ness [`lɪmpnɪs; 'lɪmpnɪs] *n.* U 柔軟; 軟弱, 無力.

linch·pin [`lɪntʃ,pɪn; 'lɪntʃpɪn] *n.* C **1** 制輪楔(為了使車輪不脫離車軸而在車軸一端釘上的楔子).

2 (在整合全體時的)關鍵人[物].

Lin·coln [`lɪŋkən; 'lɪŋkən] *n.* **Abraham** ~ 林肯(1809-65)《美國第16任總統(1861-65)》.

Líncoln's Bírthday *n.* 林肯誕辰紀念日(美國許多州的國定假日; 2月12日或2月的第一個星期一).

Lin·da [`lɪndə; 'lɪndə] *n.* 女子名.

lin·den [`lɪndən; 'lɪndən] *n.* C 菩提樹(桑科常綠喬木, 常用作行道樹).

*line*¹ [laɪn; laɪn] *n.* (*pl.* ~s [~z; ~z])【 線 】 **1** C 線; 直線. a broken *line* 虛線(----)/a dotted *line* 點線(····)/a solid *line* 實線(——)/draw a straight [curved] *line* 畫一條直[曲]線/parallel *lines* 平行線.

2 C (在運動場或道路等所畫上的)線, (特指)球門線, 底線. the starting *line* 起跑線.

3 C (常 lines)輪廓, 外形. The building has beautiful *lines*. 那幢建築物有美麗的外形.

4 C 縫; 裂紋; 〔臉等的〕皺紋. deep *lines* of worry on an old woman's face 因擔憂而刻畫在老婦臉上的皺紋.

【 繩, 線 】 **5** C (泛指)繩, 索, 線; 鐵絲. The boat was tied with a short *line*. 船用短繩拴著.

6 C 電話線. I'm sorry, the *line* is busy. 《美》對不起, 電話占線中《電話接線生所說; 《英》(The) number is engaged.》/I got the [my] *lines* crossed. 我的電話受到干擾, 無法通話; 我的思緒亂成一團/hold the *line*(→片語)/Your party is on the *line*. 對方已經接聽(電話)了.

7 C 釣魚線(fishline)；(加the)晾衣繩(clothes-line)；電線；(鐵路等的)線路。

【列】**8** C (橫的)列，排；(縱的)行(《主英》queue)。a *line* of hills 一列山丘／People were waiting for the bus in (a) *line*. 人們排隊等候公車。

9 C (軍事)橫隊(→ column)；(士兵，軍艦等的)戰線，戰鬥隊形，(亦作line of battle)。

【文字的行】**10** C (文章的)行。the fifth *line* from the top [bottom] 從上面數下來[從下面數上去]第五行。

11 (lines)(戲劇)臺詞；C (口)(具有某種用意的)對白，談話。He gave her his usual *line* about his great expectations. 他老是對她說將來自己能繼承大筆遺產。

12 C (詩的)行；(lines)短詩。"*Lines* to My Wife"《致吾妻》(詩的題目)。

13 C (英)(學生)被罰抄寫的行(數)。The pupil was given two hundred *lines*. 學生被罰寫兩百行。

14 C (口)短信。Why don't you drop us a *line*? 你為甚麼不捎個短信給我們呢？

【眼睛看不見的線】**15** 【系統】C (特指)家系，血統。a *line* of kings 王族／He comes of a good *line*. 他家世很好。

16 (加the，或作the Line)赤道。

17 C 邊界[線]；國境；(比喻)限度，界限。The deserter crossed the *line* safely. 逃兵安然無恙地越過了邊境／draw the [a] *line*(→片語)。

18 C (常lines)(軍事)戰線；防禦線；前線。the front *line*(s) 前線。

【路線】**19** 【路線】C 鐵路，公車等的路線；(定期)航線；…線。a new bus *line* 新的公車路線／The railroad company has just completed a new *line* along the coast. 鐵路公司剛剛完成了一條沿海線。

【路線>方向】**20** C 前進路線，方向；方面。the army's *line* of retreat 軍隊撤軍的路線。

21 C (常lines)(行動的)方針，路線，方法。proceed along the right *lines* 按照正確的方針進行／They are following the party *line*. 他們遵循黨的(政策)路線。

22 C 本行，行業；專長。"What *line* of work are you in?" "I'm in the building *line*." 「你從事甚麼行業？」「我從事建築業」／Poetry is (in) my *line*. 詩歌是我的專長／Golf is out of my *line*. 我對高爾夫球一竅不通。

23 C (商業)(商品的)種類；採購品。We keep a new *line* of sporting goods. 我們備有新型的體育用品。⇨ *adj.* **linear, lineal**.

àll alòng the líne 到處；在任何行上，全面地；從頭。His judgment has been right *all along the line*. 他的判斷始終是正確的。

bríng...ìnto líne (1)使排成一行；使排列整齊。(2)使同意[贊成]((with))。

còme [fàll] ìnto líne (1)排成一行；使排列整齊。

(2)同意，贊成，((with))。We all had to *fall into line with* the chairman's proposals. 我們全都得同意主席的提案。

dòwn the líne (主美、口)全面地，完全地。support a person (all) *down the line* 給予某人全面的支持。

dràw the [a] líne (1)定出限度；畫界線；(在…限度以上)不做((at))。That's where I *draw the line*. 我到此為止。(2)區別((between))。

gèt [hàve] a líne on... (口)得到[擁有]有關…的情報。

hòld the líne (1)固守戰線；堅持方針；維持現狀(不使變得更壞)。(2)不掛斷電話。Please *hold the line* for a moment. 請不要掛斷電話，稍待一會(電話用語)。

＊**in líne** (1)排列成隊地[的]，排隊地[的]。stand *in line* (主美)排隊。(2)一直線地[的]；一致[贊同]地[的]；((with))(↔ out of line)。Your decision is *in line with* my ideas. 你的決定和我的意見一致。

in líne for... 可能獲得…；被預定…；有希望…。You are the next *in line for* promotion. 你是下一位有希望晉升的人。

lày [pùt] it on the líne (口)(1)(美)當場付錢。(2)坦率地說。I'm going to *lay it on the line* for you, Jack. 傑克，我要坦白告訴你。

on a líne with... 和…同一水準地[的]；和…同等地[的]。

on the líne (1)在眼睛高度的位置(掛畫的最佳高度)。(2)在界線上；搖擺不定，模稜兩可。(3)(口)(性命，名聲等)置於危險中；冒險地。

out of líne (1)不成行列的[地]；不排成行列的[地]。(2)不成一直線，不一致；不贊同；((with))(↔ in line)。(3)傲慢自大地[的]；過分地[的]。His remark was really *out of line*. 他的話實在是太過分了。

rèad betwèen the línes → read¹ 的片語。

tàke [kèep to] one's òwn líne 走[堅持]自己的路。

tòe the líne → toe 的片語。

●──與 LINE 相關的用語	
date line	國際換日線
punch line	(笑話等)最精彩的一句
trunk line	幹線，主線
goal line	球門線；終點線
bottom line	最終的結果；底線
contour line	等高線
hot line	熱線
picket line	罷工攔阻線；警戒線
assembly line	(工廠的)生產線
by-line	(報刊文章開頭)標明作者姓名的一行
on-line	*adj.* (電腦資料處理)線上的

── *v.* (~**s** [~z; ~z]; ~**d** [~d; ~d]; **lin·ing**) *vt.*

1 畫線於…；用線標示。*lined* paper 印有直線[橫線]的紙。

2 使起皺紋。Old age *lined* my mother's face. = My mother's face was *lined* with age.

歲月在我母親的臉上刻畫出皺紋.

3 使排成一列, 使排隊, ((*up*)). The teacher *lined* the children *up*. 老師讓孩子們排好隊.

4 沿…排列; 沿…並排((*with*)). Crowds *lined* the street to see the Queen go by. 群眾沿街排列要趁女王經過時一睹風采/The sidewalk is *lined with* flowers. 人行道兩旁種滿了花朵.

— *vi.* 整隊((*up*)).

*line² [laɪn; laɪn] *vt.* (~s [~z; ~z]; ~d [~d; ~d]; lin·ing) 爲〔衣服等〕加襯裡, 使有內襯; 填充〔容器等〕; ((*with*)). My coat is *lined with* fur. 我的外套用毛皮做內襯.

líne one's *póckets* [*púrse*] 中飽私囊.

lin·e·age [ˋlɪnɪdʒ; ˋlɪnɪdʒ] *n.* U 血統, 家系; 家族, a person of good *lineage* 家世好的人.

lin·e·al [ˋlɪnɪəl; ˋlɪnɪəl] *adj.* 直系的, 嫡系的, (↔ collateral); 繼承的. a *lineal* descendant 直系後裔.

lin·e·al·ly [ˋlɪnɪəlɪ; ˋlɪnɪəlɪ] *adv.* 直系地.

lin·e·a·ment [ˋlɪnɪəmənt; ˋlɪnɪəmənt] *n.* C (通常 lineaments)((文章))臉的特徵; 相貌.

lin·e·ar [ˋlɪnɪɚ; ˋlɪnɪə(r)] *adj.* 線的, 直線的; 線狀的; 長度的.

línear mótor *n.* C 線性馬達(作直線運動的電動馬達(磁浮式鐵軌等使用的).

líne dráwing *n.* C 線畫(法); C 線條畫.

líne dríve *n.* = liner¹ 3.

line·man [ˋlaɪnmən; ˋlaɪnmən] *n.* (*pl.* -men [-mən; -mən]) C **1** (電信, 電話的)架線工; (鐵路的)巡道員. **2** ((美式足球))前鋒.

*lin·en [ˋlɪnɪn; ˋlɪnɪn] *n.* **1** C 亞麻布(→ flax). **2** (集合)亞麻製品; (常 linens)亞麻布類(床單, 桌布等; 原指麻製品, 現在亦指棉製品).

wàsh one's *dìrty línen in públic* 家醜外揚.

líne prínter *n.* C 行列式印表機(一次能列印一行的高速電腦印表機).

*lin·er¹ [ˋlaɪnɚ; ˋlaɪnə(r)] *n.* (*pl.* ~s [~z; ~z]) C **1** (有固定航線、航班的) 客輪, 客機. **2** 畫線的人[工具]. **3** ((棒球))平飛球.

lin·er² [ˋlaɪnɚ; ˋlaɪnə(r)] *n.* C **1** (上衣等的)襯裡; (容器等的)襯墊. **2** 做襯裡的人.

lines·man [ˋlaɪnzmən; ˋlaɪnzmən] *n.* (*pl.* -men [-mən; -mən]) C **1** ((球賽))司線員, 邊線裁判. **2** = lineman 1.

line·up [ˋlaɪnˏʌp; ˋlaɪnˏʌp] *n.* C **1** (爲了接受檢查等的)排隊; ((體育))(賽前選手的)列隊. **2** (棒球選手等的)打擊順序(守備位置等的名單); (泛指團體等的)人員結構, 陣容.

ling [lɪŋ; lɪŋ] *n.* U 石南(亦作 Scòtch héather, 最普通的歐石南(heather)).

-ling *suf.* **1** 加在名詞之後構成「幼小的…, 小…等」之意的指小辭(diminutive). duckling. gosling. **2** (常表輕蔑)加在名詞、形容詞、副詞、動詞之後構成名詞, 表示「屬於[有關]…的人[物]」之意. hireling. nursling. underling.

*lin·ger [ˋlɪŋgɚ; ˋlɪŋgə(r)] *vi.* (~s [~z; ~z]; ~ed [~d; ~d]; -ger·ing [-gərɪŋ; -gərɪŋ]) 【磨磨蹭蹭】 **1** 流連, 磨蹭, ((*on*)); 徘徊((*about*, *around*)). He

————————————————— **linkage** 901

lingered in the hall after the party was over. 宴會結束後他仍然在大廳流連不去.

2 〔疾病, 痛苦等〕拖延; 〔習慣等〕(欲除去卻)殘存.

lin·ger·er [ˋlɪŋgərɚ; ˋlɪŋgərə(r)] *n.* C 逗留的人.

lin·ge·rie [ˏlænʒəˏri; ˋlæːnʒəriː] (法語) *n.* U 女用內衣褲, 女用內衣類.

lin·ger·ing [ˋlɪŋgərɪŋ, ˋlɪŋgrɪŋ; ˋlɪŋgərɪŋ] *adj.* 〔疾病等〕拖延的; 磨蹭的; 難以去除的. a *lingering* disease 痼疾.

lin·ger·ing·ly [ˋlɪŋgərɪŋlɪ, ˋlɪŋgrɪŋ-; ˋlɪŋgərɪŋlɪ] *adv.* 磨蹭地, 做事拖泥帶水地; 依依不捨地, 難以離去地.

lin·go [ˋlɪŋgo; ˋlɪŋgəʊ] *n.* (*pl.* ~es) C ((口))((輕蔑)) 怪異難懂的話(外國語言, 術語等).

lin·gua fran·ca [ˋlɪŋgwə ˋfræŋkə; ˏlɪŋgwə ˋfræŋkə] (義大利語) *n.* **1** C 混合語(不同民族之間作爲溝通的語言, 由多種語言混合而成; 例如 pidgin English); 共通語.

2 U (昔日通用於地中海各國的)佛蘭卡語(西班牙語, 法語, 希臘語, 阿拉伯語混雜後所形成的語言).

lin·gual [ˋlɪŋgwəl; ˋlɪŋgwəl] *adj.* 語言的.

lin·guist [ˋlɪŋgwɪst; ˋlɪŋgwɪst] *n.* C **1** 通曉數國語言的人, 精通外國語言的人. **2** 語言學家.

lin·guis·tic [lɪŋˋgwɪstɪk; lɪŋˋgwɪstɪk] *adj.* **1** 語言的; 有關語言的. **2** 語言學的.

lin·guis·tics [lɪŋˋgwɪstɪks; lɪŋˋgwɪstɪks] *n.* ((作單數))語言學(→ philology 参考).

lin·i·ment [ˋlɪnəmənt; ˋlɪnɪmənt] *n.* UC (液體等的)擦劑.

lin·ing¹ [ˋlaɪnɪŋ; ˋlaɪnɪŋ] *n.* **1** C (衣服等的)襯裡; (容器等的)襯墊. a cape with a red *lining* 有紅襯裡的披肩/Every cloud has a silver *lining*. ((諺))有苦就有樂(<任何雲都有銀的襯裡(雲上閃耀的光)). **2** U 襯裡布, 做襯裡的布料.

lin·ing² [ˋlaɪnɪŋ; ˋlaɪnɪŋ] *v.* line¹,² 的現在分詞、動名詞.

*link [lɪŋk; lɪŋk] *n.* (*pl.* ~s [~s; ~s]) C **1** (鎖鏈的)環, 圈; (編織物的)眼. A chain is no stronger than its weakest *link*. ((諺))一處薄弱則全體不強(<鎖鏈只有其最薄弱一環的強度).

2 連結物[人]; 關聯(bond); (一連串推理等的)一環節. There is a *link* between smoking and cancer. 抽菸和癌症有關聯/Tom cut the last *links* with his family. 湯姆斷絕與他家人的最後聯繫.

3 (通常 links)袖口的鏈扣(cuff links).

— *v.* (~s [~s; ~s]; ~ed [~t; ~t]; ~ing) *vt.* 連接((*up*; *together*)); 相關聯((*with*, *to*)). The name and the event are *linked together* in my mind. 那個名字和事件在我的腦海裡連貫起來/a road *linking* the two villages 連接兩個村莊的道路.

— *vi.* 聯繫, 連結; 聯合, 合作, ((*up*; *together*)). The two divisions *linked up*. 兩個部隊聯合起來/*link up with* another company 與另一家公司合作. ≒**unite, join.**

link·age [ˋlɪŋkɪdʒ; ˋlɪŋkɪdʒ] *n.* **1** U 結合, 聯

合. **2** © 連環, 連鎖.

link [ˈlɪŋkɪŋ] **verb** n. ©《文法》連繫動詞(be, become 等; 亦作 copula).

link·man [ˈlɪŋkmən; ˈlɪŋkmən] n. (pl. **-men** [-mən; -mən]) ©《英》(電視或廣播等的)節目主持人.

links [lɪŋks; lɪŋks] n. (pl. ~) 高爾夫球場(golf course). 參考 室內溜冰場的「溜冰場」為 rink, 拳擊場的「拳擊臺」為 ring.

lin·net [ˈlɪnɪt; ˈlɪnɪt] n. © 紅雀(歐洲的鳴鳥).

li·no [ˈlaɪno; ˈlaɪnəʊ] n.《英》= linoleum.

li·no·cut [ˈlaɪnoˌkʌt; ˈlaɪnəʊkʌt] n. ⓤ 亞麻油毯版畫法; © 亞麻油毯版畫.

*lino·le·um** [lɪˈnolɪəm; lɪˈnəʊljəm] n. ⓤ 亞麻油毯(鋪於辦公室或廚房等地上的鋪墊物).

lin·o·type [ˈlaɪnoˌtaɪp; ˈlaɪnəʊtaɪp] n. (常 Linotype)行線活字鑄造機(按下鍵即可鑄造一行鉛字的自動鑄造排字機; 商標名).

lin·seed [ˈlɪnˌsid; ˈlɪnsiːd] n. © 亞麻籽(亞麻(flax)的種子).

linseed oil n. ⓤ 亞麻籽油.

lint [lɪnt; lɪnt] n. ⓤ 絨布(使亞麻布的一面起毛所製成的軟布; 原本用作繃帶).

lin·tel [ˈlɪntl; ˈlɪntl] n. © 楣(窗、門口等上面的橫桿); 過樑.

*li·on** [ˈlaɪən; ˈlaɪən] n. (pl. ~s [~z; ~z])

[lintel]

sill

©【 獅 】 **1** 獅子. The lion is called the king of beasts. 獅子被稱為萬獸之王/The male lion has a shaggy mane. 雄獅有毛茸茸的鬃毛. 參考 母獅為 lioness, 幼獅為 cub.

2 (徽章)獅徽(特指英國王室的).

【 獅子般的人物 】 **3** (社交界的)名士, 紅人, 焦點人物; 名演員; 勇者, 勇猛的人.

⇨ adj. **leonine**.

li·on·ess [ˈlaɪənɪs; ˈlaɪənɪs] n. © 母獅.

li·on·heart·ed [ˈlaɪənˈhɑrtɪd; ˈlaɪənˌhɑːtɪd] adj. 勇猛的.

li·on·ize [ˈlaɪənˌaɪz; ˈlaɪənaɪz] vt. 視…為名人; 捧紅.

lion's share n. (加the)「獅子的一份」, 最大的一份. 《源自《伊索寓言》》.

*lip** [lɪp; lɪp] n. (pl. ~s [~s; ~s])【 唇 】 **1** © 唇; 唇的周圍; (特指)鼻子之下. the upper [lower] lip 上唇[下唇]/paint one's lips 塗口紅/He kissed the girl on the lips. 他親吻女孩的雙唇/hold a cigarette in one's lips 嘴裡叼著香菸. 注意 lip 指包括鼻子之下嘴唇四周的全部.

圖知 adj.+lip: dry ~s (乾燥的嘴唇), tight ~s (緊閉的雙唇), trembling ~s (顫抖的雙唇) // v.+lip: lick one's ~s (舐唇), purse one's ~s (嘟嘴).

2 © (通常 lips) (作為發聲器官的)唇, 口. open one's lips 開口; 說話/The song was on everybody's lips. 這首歌人人都琅琅上口/No word dropped from her lips. 她一言不發/The name escaped his lips. 他說溜了那個名字.

3 ⓤ《俚》冒失的話; 頂嘴. None of your lip! 你少插嘴!

4 (形容詞性)唇的; 僅口頭上的. lip praise 僅止於口頭上的稱讚/lip service (→見 lip service).

【 唇狀物 】 **5** © (容器, 傷口, 噴火口等的)邊, 緣; (水壺等的)嘴;《植物》唇瓣.

bite one's **lip** → bite 的片語.

curl one's **lip** 撇嘴(輕蔑的表情).

hang on a person's **lips** [the lips of a person] (感歎地)傾聽某人說話.

keep a **stiff upper lip** (咬著牙)忍受困境; 毅然決然地面對困難.

lick [**smack**] one's **lips** → lick 的片語.

put [**lay**] one's **finger to** one's **lips** 把手指放在唇上(示意靜默的動作).

lip-read [ˈlɪpˌrid; ˈlɪpriːd] v. (~s; ~ [ˈlɪpˌrɛd; ˈlɪpred]; ~ing) vt. (聾啞者等)以讀唇法瞭解, 讀唇.
— vi. 以讀唇法瞭解, 讀唇.

lip reading n. ⓤ 讀唇術, 讀唇法.

lip service n. ⓤ 口頭上的奉承.
pay lip service to... 對…施以口惠, 對…陽奉陰違.

*lip·stick** [ˈlɪpˌstɪk; ˈlɪpstɪk] n. (pl. ~s [~s; ~s]) © (條狀)口紅; ⓤ 口紅. She wears too much lipstick. 她口紅塗得太濃.

liq·ue·fac·tion [ˌlɪkwɪˈfækʃən; ˌlɪkwɪˈfækʃn] n. ⓤ 液化, 熔化; 液化狀態.

liq·ue·fy [ˈlɪkwəˌfaɪ; ˈlɪkwɪfaɪ] v. (-fies; -fied; ~ing) vt. 使液化(→ liquid). liquefied petroleum gas 液化瓦斯(略作 LPG).
— vi. 液化.

li·queur [lɪˈkɜ; lɪˈkjʊə(r)] (法語) n. © 利口酒(加上甜味及香料的烈酒).

*liq·uid** [ˈlɪkwɪd; ˈlɪkwɪd] n. (pl. ~s [~z; ~z])

1 ⓤ© 液體; 流質. Milk is a liquid./Juice includes both substance and liquid. 果汁含有果肉和汁液兩者. 參考 「固體」為 solid, 「氣體」為 gas, 包含氣體及液體的「流體」為 fluid.

2 © 《語音學》流音(([l; l] 及 [r; r] 等)).
— adj. **1** 液體的, 液態的; (食物等)流質的. liquid fuel 液態燃料/liquid air 液態空氣(冷凍用)/Lava is liquid rock. 熔岩為液態的岩石/The patient can take only liquid food. 病人只能吃流質食物.

2 (顏色, 眼睛等)透明的, 清澈的. a liquid sky 萬里晴空.

3 (聲音, 詩句等)流暢的; (動作等)順暢的; 優美的. a liquid melody 流暢的旋律.

4 (主義, 信念等)易變的.

5 《經濟》(資產, 證券等)易兌換為現金的; 流動性的.

6 《語音學》流音的.

liq·ui·date [ˈlɪkwɪˌdet; ˈlɪkwɪdeɪt] vt. **1** 支付

還清,〔債務等〕. **2** 清算,清理,〔(破產的)公司等〕. **3** 清除;廢止. **4** 《口》殺,「消滅」.
— *vi.* 清算,清理;破產.

liq·ui·da·tion [ˌlɪkwɪˋdeʃən; ˌlɪkwɪˈdeɪʃn] *n.*
Ⓤ **1** (破產公司等的)清算,清理;破產狀態. go into *liquidation* 〔公司〕清算並解散,破產.
2 (被)清除;廢止;《口》殺害.

liq·ui·da·tor [ˋlɪkwɪˌdetɚ; ˈlɪkwɪdeɪtə(r)] *n.*
Ⓒ 清算人(負責破產公司等的事務處理).

liq·uid·ize [ˋlɪkwɪdaɪz; ˈlɪkwɪdaɪz] *vt.* 使〔蔬菜,水果等〕(壓縮)成液狀.

liq·uid·iz·er [ˋlɪkwɪdaɪzɚ; ˈlɪkwɪdaɪzə(r)] *n.*
Ⓒ《英》榨汁機(《主美》blender).

***liq·uor** [ˋlɪkɚ; ˈlɪkə(r)] *n.* (*pl.* ~s [~z; ~z]) ⓊⒸ (英, 文章)含酒精的飲料;《美》蒸餾酒(白蘭地, 威士忌等), malt *liquor* 麥芽酒(啤酒等)/I don't touch hard *liquor*. 我不沾烈酒(威士忌等).
字源 LIQU「流」: *liquor*, *liquid*(液體), *liqueur*(利口酒).

liq·uo·rice [ˋlɪkərɪs, -krɪs, -rɪʃ; ˈlɪkərɪs] *n.* 《主英》=licorice.

li·ra [ˋlɪrə; ˈlɪərə] *n.* (*pl.* **-re**, ~s) Ⓒ 里拉(義大利, 土耳其等的貨幣單位).

li·re [ˋlɪre; ˈlɪərɪ] *n.* lira 的複數.

Li·sa [ˋlaɪzə, ˋlisə; ˈlaɪzə, ˈliːzə] *n.* Elizabeth 的暱稱.

Lis·bon [ˋlɪzbən; ˈlɪzbən] *n.* 里斯本(葡萄牙首都).

lisle [laɪl; laɪl] *n.* Ⓤ 里耳線(昔日用於手套, 襪子等的棉線).

lisp [lɪsp; lɪsp] *vi.* 口齒不清(特指將 [s; s], [z; z] 發音成 [θ; θ], [ð; ð]).
— *vt.* 口齒不清地說(*out*).
— *n.* Ⓒ 口齒不清.

lisp·ing·ly [ˋlɪspɪŋlɪ; ˈlɪspɪŋlɪ] *adv.* 口齒不清地.

lis·som, lis·some [ˋlɪsəm; ˈlɪsəm] *adj.*
1 (身體等)柔軟的, 柔軟有彈性的. **2** 敏捷的, 俐落的.

*__list__¹ [lɪst; lɪst] *n.* (*pl.* ~s [~s; ~s]) Ⓒ 表, 一覽表;名單;目錄;明細表. Bill's name stands [is] second on the *list*. 比爾的名字排在名單上的第二/draw up a passenger *list* 擬一份旅客名冊/Let's make a *list* of things to buy. 我們來列一張購物清單吧!/The professor gave us a reading *list* for his course. 教授為我們開了一份他的授課書單.
搭配 *adj.*+list: an alphabetical ~ (按字母順序排列的名單), a complete ~ (完整的目錄), a long ~ (長的名單) // n.+list: a guest ~ (訪客名單), a shopping ~ (採購清單) // v.+list: check a ~ (核對名單), compile a ~ (製作名冊).
— *vt.* (~s [~s; ~s]; ~ed [~ɪd; ~ɪd]; ~ing)
1 列表;製作目錄. The names are *listed* alphabetically. 姓名依據字母順序排列. ★不說 list *up*.
2 將…記載於表[名冊等]. The book is *listed* at 30 dollars. 那本書標價為 30 美元.

list² [lɪst; lɪst] *vi.* 〔船〕傾側(由於進水或載貨等).
— *n.* Ⓤ (船的)傾側, 傾斜.

*__lis·ten__ [ˋlɪsn; ˈlɪsn] (★注意發音) *vi.* (~s [~z; ~z]; ~ed [~d; ~d]; ~ing) **1** 傾聽, 注意聽(*to*); 聽(*to*〔音樂等〕). The soldiers *listened* carefully *to* the captain's instructions. 士兵注意聽著(陸軍)上尉的指示/I *heard* someone talking, but I didn't *listen to* what he was saying. 我聽到有人說話, 但沒有注意聽他說些甚麼/No one *listened to* the candidate making a fervent speech. 沒有人在聽候選人熱烈的演講. 同 listen 是有意識的, 積極的行為; hear 則以「聽到」, 「傳到耳邊」的消極意義為主; hear 通常不用進行式, listen 則沒有限制: I *listened* but couldn't *hear* anything. (我雖然很注意聽但是卻甚麼都沒聽到).
2 聽, 聽從, 《*to*〔忠告等〕》. Father refused to *listen to* my excuse. 父親不肯聽我的辯解/Don't *listen to* the man. 不要聽[信]那個人的話/*listen to* reason 聽從道理.
* *__lísten for...__* 側耳傾聽…, 豎起耳朵聽….
* *__listen ín__* (1)聽(收音機等); 收聽(*to*〔廣播節目等〕). We *listened in to* the President on the radio. 我們聽總統的廣播談話.
(2)在一旁聽到, (特指用電話)偷聽, 《*on, to*〔談話〕》.
— *n.* Ⓒ (通常用單數)《口》聽. Let's have a *listen* to what they're doing in the next room. 我們來聽聽看他們在隔壁房間做甚麼.

lis·ten·er [ˋlɪsnɚ, ˋlɪsnɚ; ˈlɪsnə(r)] *n.* Ⓒ 傾聽者, 聽者; (通常 listeners)(收音機等的)聽眾. a good *listener* 仔細聽人說話的人, 好聽眾/Good evening, *listeners*! 各位聽眾晚安!

lis·ten·ing [ˋlɪsnɪŋ; ˈlɪsnɪŋ] *n.* Ⓤ 聽;收聽. a *listening* test (外語的)聽力測驗.

list·less [ˋlɪstlɪs; ˈlɪstlɪs] *adj.* 不起勁的, 漠不關心的, 冷淡的; 倦怠的, 慵懶的.

list·less·ly [ˋlɪstlɪslɪ; ˈlɪstlɪslɪ] *adv.* 漠不關心地, 漫不經心地; 倦怠地, 慵懶地.

list·less·ness [ˋlɪstlɪsnɪs; ˈlɪstlɪsnɪs] *n.* Ⓤ 漠不關心; 倦怠.

líst price *n.* Ⓒ 標價(相當於「定價」).

lit [lɪt; lɪt] *v.* light¹·³ 的過去式、過去分詞.

lit. (略) liter(s).

lit·a·ny [ˋlɪtnɪ; ˈlɪtənɪ] *n.* (*pl.* **-nies**) Ⓒ《基督教》連禱(與會眾人重複牧師所唱的祈禱文的形式).

li·tchi [ˋlitʃɪ; ˈlɪtʃiː] *n.* Ⓒ 荔枝樹(原產於中國的果樹); 荔枝(外觀與核桃相似, 果肉軟而甜).

*__li·ter__ 《美》, **li·tre**《英》 [ˋlitɚ; ˈliːtə(r)] *n.* (*pl.* ~s [~z; ~z]) Ⓒ 公升(公制的容量單位; 略作 l, lit.).

lit·er·a·cy [ˋlɪtərəsɪ; ˈlɪtərəsɪ] *n.* Ⓤ 讀寫的能力; 學識. ⇔ *adj.* literate. ↔ illiterate.

lit·er·al [ˋlɪtərəl; ˈlɪtərəl] *adj.* 【照字面的】 **1** 逐字逐句的, 逐字的. a *literal* translation 逐字翻譯, 直譯. (↔ free translation).
2 照字面的(↔ figurative). the *literal* sense of the word 'fox' 'fox' 這個字的字面意義(即「狐狸」);

相對的, figurative sense 爲「狡猾的傢伙」).

3 根據事實的; 缺乏想像力的; 乏味的.

— *n.* C (印刷)錯字, 誤排.

字源 LITER「文字」: *literal*, *literary*(文學的), *literature*(文學), *letter*(字母).

***lit·er·al·ly** [`lɪtərəlɪ; 'lɪtərəlɪ] *adv.* **1** 逐字逐句地(word for word); 逐字地. translate *literally* 直譯.

2 照字面地; 不誇張地; 正確地. Don't take his remarks too *literally*. 不要太照字面地解釋他的話.

3 (口)(強調)不折不扣地, 完全地. I've eaten *literally* nothing for two days. 我真的已經兩天沒有吃任何東西了.

***lit·er·ar·y** [`lɪtəˌrɛrɪ; 'lɪtərərɪ] *adj.* **1** 文學的; 文學性的, 文藝的; 著作的. a *literary* history 文學史/a *literary* work 文學作品/a *literary* journal 文學雜誌/*literary* criticism 文藝[文學]評論.

2 (限定)精通文學的; 以寫作爲業的. a *literary* man 文學家, 文人.

3 (文體, 措辭等)雅語風格的, 典雅的; 書面用語的. a *literary* style 書面體.

lit·er·ate [`lɪtərɪt; 'lɪtərət] *adj.* **1** 識字的. **2** 有學問[教養]的.

— *n.* C **1** 識字的人. **2** 有學問[教養]的人. ↔ illiterate.

***lit·er·a·ture** [`lɪtərəˌtʃʊr, -ˌtʃɚ, `lɪtərə-, -ˌtjʊr; 'lɪtərətʃə(r)] *n.*

(*pl.* ~s [~z; ~z]) **1** U 文學, 文藝; 文學研究. Above all I love modern French *literature*. 我特別喜歡現代法國文學.

2 UC (特定國家, 時代, 種類等)的)文學. classical [modern] *literature* 古典[現代]文學/the *literatures* of Europe 歐洲文學.

3 UC (有關特定問題的)文獻. medical *literature* 醫學文獻/an extensive *literature* on Taiwanese history 大量的臺灣史文獻.

4 U (口)(廣告, 宣傳等的)印刷品(printed matter). campaign *literature* 競選文宣.

lithe [laɪð; laɪð] *adj.* 柔軟的, 柔韌的.

lith·i·um [`lɪθɪəm; 'lɪθɪəm] *n.* U (化學)鋰(金屬元素; 符號 Li; 最輕的金屬).

lith·o·graph [`lɪθəˌgræf; 'lɪθəʊgrɑːf] *n.* C 石版畫, 石版.

— *vt.* 以石版印刷.

lith·o·graph·ic [ˌlɪθə`græfɪk; ˌlɪθəʊ'græfɪk] *adj.* 石版畫的; 石版印刷的.

li·thog·ra·phy [lɪ`θɑgrəfɪ; lɪ'θɒgrəfɪ] *n.* U 石版印刷(術).

Lith·u·a·ni·a [ˌlɪθjʊ`enɪə, ˌlɪθʊ'enɪə, ˌlɪθjuː'eɪnɪə] *n.* 立陶宛(波羅的海沿岸的共和國; 1940-91 年間被前蘇聯併吞; 首都 Vilnius).

lit·i·gant [`lɪtəgənt; 'lɪtɪgənt] *n.* C 訴訟當事人(原告(plaintiff)或被告(defendant)).

lit·i·gate [`lɪtəˌget; 'lɪtɪgeɪt] *vi.* 訴訟.

— *vt.* 在法庭上爭訟.

lit·i·ga·tion [ˌlɪtə`geʃən; ˌlɪtɪ'geɪʃn] *n.* U 訴訟.

li·ti·gious [lɪ`tɪdʒɪəs; lɪ'tɪdʒəs] *adj.* **1** 訴訟的; 可引起訴訟的. **2** (常表輕蔑)好訴訟的.

lit·mus [`lɪtməs; 'lɪtməs] *n.* U 石蕊色素(一種從地衣類提取的顏料).

lítmus pàper *n.* U (化學)石蕊試紙(遇酸性則呈紅色, 遇鹼性則呈藍色).

li·tre [`lɪtə; 'liːtə(r)] *n.* (英)=liter.

***lit·ter** [`lɪtə; 'lɪtə(r)] *n.* (*pl.* ~s [~z; ~z])

【雜亂物】 **1** U 垃圾(紙屑, 空罐, 菸蒂等), 亂丟之物. Don't leave *litter* lying about. 別亂丟垃圾.

【零亂的稻草或麥稈】 **2** U (動物)用以鋪窩的乾草; 鋪東西用的乾草(以防作物霜凍).

3 (在乾草窩上出生之物)C (★單用數亦可作複數)(豬, 狗等)同胎所生之子.

— *vt.* **1** (a)使(房間等)凌亂; 弄髒(with); (物)散亂於(房間等). Don't *litter* the street (up) with cigarette ends. 不要在街上亂丟菸蒂/Books were *littering* the desk. 書本凌亂地散置於桌上. (b)亂丟(紙屑等)(about, around). *litter* clothes *around* the room 在房間裡亂丟衣服.

2 鋪乾草(down).

3 (狗, 豬等)產(子).

— *vi.* 產子.

lit·ter·bag [`lɪtəˌbæg; 'lɪtəbæg] *n.* C (美)垃圾袋(特指使用於交通工具等上的).

lit·ter·bug [`lɪtəˌbʌg; 'lɪtəbʌg] *n.* C (美、口)(隨地)丟棄垃圾的人.

lit·ter·lout [`lɪtəˌlaʊt; 'lɪtəlaʊt] (英、口)= litterbug.

***lit·tle** [`lɪtl; 'lɪtl] *adj.* (**less, less·er, lit·tler; least, lit·tlest**) 語法 littler, littlest 也用於用法 1 之口語; 但通常以 smaller, smallest 代用; less, least 主要用於用法 6; → less, lesser, least.

I (通常加可數名詞)

【小的】 **1** (通常作限定)小的; 矮小的; 小規模的; 人數少的(集團等); (↔ big). We want a *little* dog, not a big one. 我們要一隻小狗, 不要大狗/The boy is much *littler* than his friends. 男孩比他的朋友們矮得多/Mine is a *little* family. 我的家是個小家庭. 同 little 較 small 更常用於口語, 特別爲小孩所喜歡使用; 比較起來, 在客觀的判別大小時, 通常用 small 表「小的」意義: This dress is too small. (這件禮服太小了); little 具有 small 所沒有的感情含義(→ 3).

2 年少的; 孩子的; 年幼的(younger). My son is too *little* to ride a bicycle. 我的兒子還太小, 不能騎腳踏車/our *little* ones 我們的孩子們/the *little* Browns 布朗(家)的孩子們/my *little* girl 我的(小)女兒/*little* brother [sister] 弟[妹](→ brother, sister).

【可愛的】 **3** (限定)(常置於表示感情的形容詞之後)(小而)可愛的; 可憐的; 小巧玲瓏的. a pretty *little* house 漂亮的小房子/a poor *little* girl 可憐的小女孩/(my) *little* man [woman] (我的)小少爺

[大小姐]《表示親密或開玩笑式的稱呼》.

〖小的〗**4** 《限定》小氣的, 吝嗇的. I know his *little* ways. 我知道他的小氣.

5 不足取的, 微不足道的, 極平凡的; (↔ great). the *little* 不重要的人物/*Little* things please *little* minds. 《諺》小人物喜歡小事物.

Ⅱ《加不可數名詞》

〖少量的〗**6** 微少的, 一點點的, 些微的, (↔ much; → few ● (1)). We have very *little* food left. 我們只剩下極少的食物/That's too *little*. 那太少了.

7 《限定》《用 a little 表肯定之意》少許的, 少量的. a few eggs and *a little* sugar 一些蛋和一點砂糖/They still had *a little* fuel. 他們還剩一點燃料/We got *a little* information on this matter. 關於這件事我們得到了一點消息.

8 《限定》《不加 a, 表否定之意》幾乎沒有, 只有極少量. There is *little* hope but I'll try. 雖然幾乎沒有希望但我仍要試試/There is *a little* hope, so I'll try. 「因尚有一點希望, 所以我想試試」區分清楚》 [語法] little 和 a little 的關係與 few 和 a few 的關係相同(→ few ● (2)).

a líttle bít 《副詞性》《口》有點, 多少. Your idea seems *a little bit* stupid. 你的主意似乎有點愚蠢.

líttle or nó... 幾近無[等於無]···. That does *little or no* harm. 那幾近無害.

＊*nó* [*nòt a*] *líttle...* 不少量[額]的, 相當多的 ···. He has given *no little* trouble to others. 他給人添了不少麻煩.

ónly a líttle... 實在少量的···, 幾乎沒有的···. There's *only a little* wine left in the bottle. 瓶裡僅剩下少量的酒.

quite a líttle... 《口》相當多的···.

the líttle A (that)... 雖少量但爲僅有的 A, 一點點的 A. I've given you *the little* money (*that*) I had. 我已將我僅有的一點錢給你了.

— *pron.* 《作否定》**1** 《不加 a, 表否定之意》《幾近於無的》稀少, 微少, (→ *adj.* 8). *Little* is known of the man's past. 這個人的過去幾乎不爲人所知/You have seen *little* of life. 你一點也不懂得人情世故/I got very *little* out of the book. 我從這本書中幾乎一無所獲. [語法] 因本來爲形容詞故用 very, rather 等副詞修飾.

2 《通常用 a little 表肯定之意》少量, 一點兒, (→ *adj.* 7). He knows *a little* of everything. 他甚麼都知道一點/Every *little* helps. 《諺》任何一點都有幫助(★亦有用 every, 與 the 等代替 a).

3 《用 a little》短時間[距離]. walk (for) *a little* 走了一小段.

after a líttle 不久(after a little while). He lay down and *after a little* fell asleep. 他躺下後不久便睡著了.

in líttle 小規模地[的]; 縮小地[的]; (↔ in (the) large). an imitation *in little* of the original picture 按原畫縮小的複製品.

líttle by líttle 一點一點地, 逐漸地. *Little by little* her mother's condition got better. 她母親的病情逐漸地好轉.

líttle or nóthing 幾乎甚麼也沒有. He said *little or nothing* about his own views. 他幾乎沒說到自己的見解.

＊*màke líttle of...* (1)看輕···, 輕視···. She *made little of* her misfortune. 她不怎麼在意自己的不幸. (2)幾乎無法理解···(↔ make much of...). I could *make little of* the lecture. 那次的演講我幾乎聽不懂.

nòt a líttle 不少量[額]. lose *not a little* at cards 打牌輸了很多錢.

thìnk líttle of A → think 的片語.

— *adv.* (**less; least**) **1** 《用 a little 表肯定之意》一點. This is *a little* too expensive for me. 這對我來說稍微貴了一點/He speaks English *a little*. 他會說點英文.

2 《不加 a, 表否定之意》僅僅···; 幾乎不···; 不常···. I slept very *little* last night. 昨晚我幾乎沒睡/I realize how *little* these two differ. 我明白這兩者幾乎沒有分別. [語法] 不加 very 等表程度的副詞而單獨用 little 的情形很少; 通常用 not much 代替單獨使用的 little.

3 《置於 know, think, imagine 等關於思考, 意識的動詞前》一點也不···(not at all). I *little* knew how ill he was. 我一點也不知道他病得有多嚴重/*Little* did I dream of meeting you here. 我做夢也沒有想到會在這裡遇到你(語法)爲了加強語氣, 當 little 置於句首時語序會改變).

líttle bétter than... → better[1] *adj.* 的片語.

líttle léss than... 幾乎和···差不多; 約達···; 簡直和···一樣; 接近···. The book cost me *little less than* 30 dollars. 這本書花了我將近三十美元.

líttle móre than... 和···幾乎一樣少; 只有···而已; 幾乎不過是···. I have *little more than* 5 dollars. 我只帶了五美元而已/Its author is *little more than* a college kid in intellect. 它的作者頂多只有大學程度.

＊*nòt a líttle* 不少, 十分. I was *not a little* shocked at this. 這件事令我十分震驚.

Líttle Béar *n.* 《加 the》《天文》小熊(星座).

Líttle Dípper *n.* 《加 the》《美》小北斗七星(小熊(星)座的); → Big Dipper 圖).

líttle fínger *n.* ⓒ (手的)小指(→finger 圖).

líttle péople *n.* 《作複數》《加 the》《傳說中的》小精靈; 小孩; 侏儒.

lit·tler [ˋlɪtlə, ˋlɪtlə; ˈlɪtlə(r)] *adj.* little 的比較級.

lit·tlest [ˋlɪtlɪst, ˋlɪtlɪst; ˈlɪtlɪst] *adj.* little 的最高級.

lit·to·ral [ˋlɪtərəl; ˈlɪtərəl] 《文章》*adj.* 沿岸的; 海岸的.

— *n.* ⓒ 沿岸[海岸]地區.

li·tur·gi·cal [lɪˋtɝdʒɪk; lɪˈtɜːdʒɪkl] *adj.* 禮拜儀式的.

lit·ur·gy [ˋlɪtədʒɪ; ˈlɪtədʒɪ] *n.* (*pl.* **-gies**) ⓒ (基督教的)禮拜儀式(《正式規定的禮拜儀式》).

liv·a·ble [ˋlɪvəbl; ˈlɪvəbl] *adj.* **1** 〖房屋, 房間, 氣候等〗適於居住的. **2** 〖生活等〗過有意義的.

3〖人〗能一起生活的.

‖live¹ [lɪv; lɪv] v. (**~s** [~z; ~z]; **~d** [~d; ~d]; **liv·ing**) vi. 〖活〗 **1**〖文章〗活,生存;活著; (↔ die). Man cannot *live* on bread alone. 人不能僅靠著麵包而活〖源自聖經〗/My father still *lived* then. 當時我父親還活著〖注意〗像此例的「活著」通常用 be alive).

2 活下去,繼續活. He *lived* to be [to the age of] 87. 他活到 87 歲/The patient won't *live* much longer. 那位病人活不久了/Long *live* the Queen! 女王萬歲!(<〖願〗女王長壽).

3〖回憶等〗留存,難忘. The man's good deeds will *live* after him. 那位人士的善行在他死後仍將永垂不朽.

4〖作品中的人物等〗栩栩如生.

〖過活〗 **5**〖加副詞(片語)〗〖人,動物〗過活,生活;謀生;〖句型2〗(live **A**)過 A(狀態)的生活. We just want to *live* in peace. 我們只希望平靜地過日子/We should not *live* beyond our means. 我們生活應該量入為出/My big brother *lives* alone. 我哥哥自己一個人生活.

〖居住〗 **6**〖通常加副詞(片語)〗〖在某場所〗住,居住. I prefer to *live* in a city. 我寧願住在城市裡/"Where do you *live*?" "I *live* in Wellington." 「你住在哪裡?」「我住在威靈頓」/I think my brother is *living* in Sydney. 我想他的弟弟〖哥哥〗是住在雪梨〖語法〗使用進行式時具有暫時居住的意思). 同 live 是「居住」之意的最普遍通用語;→ dwell, reside, inhabit.

— vt. **1** 過,度過,〖…的生活〗(lead)(★以 life 作同源受詞). My mother *lives* a lonely *life* in the country. 我的母親在鄉下過著孤獨的生活/A sailor's *life* is chiefly *lived* at sea. 水手的生活主要是在海上度過/*live* a double *life* 過著表裡不一的生活/*live* the *life* of a hermit 過著隱居的生活.

2〖在生活中〗力行,實踐,〖信念,理想等〗. He had the courage to *live* his faith. 他有勇氣實踐自己的信念/*live* a lie 過著虛偽的生活. ⇨ n. **life**.

(*as sure*) *as I live* 確實地,沒有差錯地.

live and let live 互相寬容,互相遷就.

live by... 以…維生. Johnson came up to London to *live by* literature [the pen]. 強森來到倫敦以寫作維生.

live/.../dówn 改過自新來補償〖過失,醜聞等〗. He made every effort to *live down* his bad reputation. 他盡一切努力來洗刷自己的壞名聲.

live for... 為…而生活;盼望….

live from hànd to móuth → hand 的片語.

live ín 住在雇主處(→ live out¹).

live it úp〖口〗(到處參加舞會等)過享樂〖浮華〗的生活.

live off... (1)靠…得到食物〖收入〗. The pioneers *lived off* the land. 開拓者靠土地過活. (2)(通常表輕蔑)靠…的錢過活. Don't *live off* your sister any more. 不要再依賴你姊姊過活了.

live on¹... (1)(只)靠吃…維生,以…為主食. Lions *live on* other animals. 獅子靠吃別的動物維生/He *lived on* crackers and water for three days. 他靠著餅乾和水度過了三天. (2)(只)靠…過日子. You can't *live on* $300 a month. 你一個月光靠 300 美元是無法生活的.

live ón² 活下去;〖名聲等〗長存不滅. The poet's fame *lived on* long after his death. 詩人的名聲在他死後仍長存不滅.

live óut¹ 通勤,不住宿於工作地點, (→live in).

live/.../óut² (1)活過〖一段時間〗;活到…的結束;擺脫…. The artist *lived out* his life in Paris. 畫家在巴黎度過一生. (2)實現,實踐,〖夢想等〗.

live through... 艱苦地度過〖戰爭等〗;擺脫〖困難等〗.

live togéther〖男女〗同居.

live úp to... 遵從〖主義,標準,理想,約定等〗;無愧〖名譽等〗地生活;不辜負〖期望等〗. This product *lives up to* its advertising. 這產品品質和廣告內容相符.

live with... (1)住在…的家裡. *live with* one's uncle= *live* at one's uncle's 寄住在叔叔的家裡. (2)(委婉)和…同居. (3)忍受,容忍,〖人,痛苦等〗(bear with). I have learned to *live with* my physical handicap. 我學會了不去在意自己身體上的缺陷.

〖字源〗 LIVE「生命」: live, alive (活的), lively (精力充沛的), enli*ven* (使充滿活力).

‖live² [laɪv; laɪv] (★ v. 與 live¹ 的發音不同) adj. 〖活著的〗 **1**〖限定〗活著的(↔ dead)(★敘述用 alive, living). The hunter brought back a *live* bear. 獵人帶回了一頭還活著的熊/Experiments on *live* animals should be prohibited. 動物的活體試驗應予以禁止.

2〖限定〗(謔)(不是照片等)真的. Look! A real *live* whale. 瞧!一隻真正的鯨魚.

3〖廣播〗實況轉播,現場直播的;在現場看〖聽〗演出的〖與錄音,錄影相比較的〗, (↔ recorded, canned). a *live* TV broadcast 電視實況轉播.

〖有活力的〗 **4** 充滿精力的. a *live* person 活動力強的人,精力充沛的人.

5 在燃燒的〖煤,柴等〗. a *live* cigar 點著的雪茄.

6〖比賽〗〖比賽〗進行中的;〖球〗有效的.

7〖問題等〗最新的,眼前大家所關心的. Women's rights are still a *live* issue. 女權仍舊是一個熱門的話題.

8 未爆炸的〖炸彈等〗;裝有炸藥的〖彈殼等〗;通電的(↔ dead). a *live* grenade 未使用過的手榴彈.

— adv.〖節目等〗現場轉播地(非錄音〖影〗地). see the show *live* 看現場直播的表演.

live·a·ble [ˈlɪvəbl; ˈlɪvəbl] adj. =livable.

-lived 〖構成複合字〗「…命的」之意. long-*lived*.

live·li·er [ˈlaɪvlɪə; ˈlaɪvlɪə(r)] adj. lively 的比較級.

live·li·est [ˈlaɪvlɪɪst; ˈlaɪvlɪɪst] adj. lively 的最高級.

‖live·li·hood [ˈlaɪvlɪˌhud; ˈlaɪvlɪhʊd] n. (pl. ~s [~z; ~z]) © (通常用單數)生活,生計(的手段). How do you make [earn, get] your *livelihood*?

你怎麼謀生?/Teaching was his *livelihood*. 他以教書維生.

live·li·ness [ˋlaɪvlɪnɪs; ˋlaɪvlɪnɪs] *n.* U 精力充沛; 活潑, 輕快.

live·long [ˋlɪvˌlɔŋ; ˋlɪvlɒŋ] *adj.* 《限定》《主詩》(時間)漫長的; 全⋯的, 整個⋯的. work the *livelong* day 整天工作.

live·ly [ˋlaɪvlɪ; ˋlaɪvlɪ] *adj.* (**-li·er; -li·est**) **1** 有精神的; 活潑的. *lively* children 活潑的孩子們/The children seem a little *livelier* today. 病人今天似乎比較有精神/The poet has a *lively* imagination. 詩人想像力豐富.

2 〔步伐等〕輕快的, 俐落的; 〔投球等〕快速的. a *lively* gait (馬等的)輕快的步伐.

3 〔歌等〕愉快的, 熱鬧的. a *lively* tune 歡樂的曲調.

4 〔色彩, 印象等〕鮮明的, 強烈的; 〔描寫等〕逼真的, 親眼看到般的. She gave us a *lively* account of her quarrel with her mother-in-law. 她生動地向我們描述她與婆婆之間的爭吵.

[搭配] lively + n.: a ~ debate (精彩的辯論), ~ curiosity (強烈的好奇心), ~ humor (生動的幽默).

lòok lívely=look alive (look 的片語).

màke it lívely for...《口》找⋯的麻煩.

— *adv.* 有精神地; 活潑地, 輕快地. 精神抖擻地邁步/Step *lively*, please. 請快點前進.

liv·en [ˋlaɪvən; ˋlaɪvn] *vt.* 使有活力; 使愉快 (*up*). His witty talk *livened up* the party. 他睿智的話語帶動了宴會的氣氛.
— *vi.* 變得有活力; 變得愉快.

*liv·er¹ [ˋlɪvɚ; ˋlɪvə(r)] *n.* (*pl.* ~s [~z; ~z]) **1** C 肝臟. **2** UC 肝(供食用的動物肝臟).

liv·er² [ˋlɪvɚ; ˋlɪvə(r)] *n.* C 《加修飾語》過⋯生活的人, ⋯地度日的人. a good *liver* 懂得生活的人/a *liver* abroad 居住在國外的人.

liv·er·ied [ˋlɪvərɪd, ˋlɪvrɪd; ˋlɪvərɪd] *adj.* 穿(發給的)制服的.

liv·er·ish [ˋlɪvərɪʃ, ˋlɪvrɪʃ; ˋlɪvərɪʃ] *adj.* 《口》**1** 肝臟不好的. **2** 脾氣壞的, 易怒的.

Liv·er·pool [ˋlɪvɚˌpul; ˋlɪvəpuːl] *n.* 利物浦《英格蘭西北部的港市; 次於倫敦的貿易港》.

líver sàusage *n.* (主英)=liverwurst.

liv·er·wurst [ˋlɪvɚˌwɝst, -ˌwurst; ˋlɪvəˌwɜːst] *n.* UC 《美》肝臘腸(以肝臟爲主要的材料; 塗在麵包上食用).

liv·er·y [ˋlɪvərɪ, -vrɪ; ˋlɪvərɪ] *n.* (*pl.* **-er·ies**) UC 制服(上流家庭的僕人等所穿的).

lívery còmpany *n.* C 《英》(倫敦的)同業工會(guild)《有八十多個》.

liv·er·y·man [ˋlɪvərɪmən, -vrɪmən; ˋlɪvərɪmən] *n.* (*pl.* **-men** [-mən; -mən]) (倫敦的)同業工會(livery company)會員.

lívery stàble *n.* C (常 livery stables) 馬匹(馬車)出租店(收取飼料費用並保管馬匹, 出租馬匹或馬車).

lives¹ [laɪvz; laɪvz] *n.* life 的複數.

lives² [lɪvz; lɪvz] *v.* live¹ 的第三人稱, 單數, 現在式.

L

live·stock [ˋlaɪvˌstɑk; ˋlaɪvstɒk] *n.* U 《單複數同形》家畜. *livestock* farming 畜牧.

liv·id [ˋlɪvɪd; ˋlɪvɪd] *adj.* **1** 鉛色的, 藍灰色的; (因跌打損傷等)瘀青的. **2** 《口》大怒的.

liv·id·ly [ˋlɪvɪdlɪ; ˋlɪvɪdlɪ] *adv.* 瘀青地; 《口》大怒地.

liv·ing [ˋlɪvɪŋ; ˋlɪvɪŋ] *v.* live¹ 的現在分詞、動名詞.

— *adj.* 【活著的】**1** (**a**) 活著的, 有生命的; 現存的; (↔ dead). *living* creatures 生物《★不含植物》; *living* things 則包含植物》/a *living* fossil 活化石/《口》極爲落伍的人/the greatest *living* poet 現存最偉大的詩人. (**b**) 《名詞性》(加 the) 《作複數》活著的人們, 現存者. (↔ dead).

2 〔語言等〕現在所使用的, 現行的. a *living* language 現仍使用的語言, 活語言.

【活著般的】**3** 一模一樣的, 栩栩如生的. The girl is the *living* image of her mother. 那個女孩長得跟她母親一模一樣.

4 【生氣勃勃的】充滿生氣的, 活潑的; 強烈的〔希望等〕; 鮮明的〔色彩等〕. the *living* faith 強烈的信心.

within líving mémory → memory 的片語.

— *n.* **1** U 活著, 生存; 生活(狀態); 生活方式. the standard of *living*=the *living* standard 生活水準/the cost of *living* 生活費/plain *living* and high thinking 樸實的生活與高深的思想/He likes good *living*. 他喜歡(吃美食等)優雅的生活.

2 C 《通常用單數》生計, 謀生; 收入; 職業. earn a poor *living* 過貧窮的生活/Alice made her *living* as a nurse [by nursing]. 愛麗絲靠當護士謀生.

[搭配] adj. + living: a comfortable ~ (舒適的生活), an honest ~ (正當的生計), a modest ~ (樸素的生活) // v. + living: gain a ~ (謀生), get a ~ (維生).

3 《形容詞性》生活(上)的; 生計的. *living* conditions 生活狀況(特指居住條件)/*living* expenses [costs] 生活費.

*líving ròom *n.* C 起居室, 客廳, 《家庭團聚或接待客人的房間; 《英》亦稱 sitting room; → drawing room》.

líving wáge *n.* a U 生活工資(可以維持最低生活水準的工資).

liz·ard [ˋlɪzɚd; ˋlɪzəd] *n.* C 蜥蜴.

Liz·zie, Liz·zy [ˋlɪzɪ; ˋlɪzɪ] *n.* Elizabeth 的暱稱.

ll (略) lines (行)《例: *ll* 5-8 (5-8 行)》.

'll [l; l] will [shall] 的縮寫. I'*ll*, you'*ll*, he'*ll*, she'*ll*, it'*ll*, we'*ll*, they'*ll* 等.

lla·ma [ˋlɑmə; ˋlɑːmə] *n.* (*pl.* ~**s**, ~)

[llama]

Ⓒ 駱馬《產於南美的駱駝類；體型小，無駝峰，毛呈羊毛狀；常用來馱物》.

lo [lo; ləʊ] *interj.* 《古》看啊!《主要用於下列片語》.

lò and behóld《口》《詼》《表示驚訝》哎呀，你瞧!

＊load [lod; ləʊd] *n.* (*pl.* **~s** [~z; ~z]) Ⓒ【負荷】
　1 〔搬運的〕裝載物品；〔重的〕負荷物. The truck left with a *load* of furniture. 那輛卡車載著家具開走了/The young man was carrying a heavy *load* on his shoulders. 那個年輕人肩負重荷. ⓓ load 為「裝載物品」的一般用語；burden 則表「負擔」的意味較強烈.
　2 一車〔艘〕的裝載量；一次所打的量等. six *loads* of coal 六車的煤. 語法 通常用來構成複合字: cart*load*.
　3 〔裝填物〕〔子彈，軟片等的〕裝填〔量〕；一次裝填量. put a new *load* in one's pipe 把新的菸草裝進菸斗.
　【負擔的重量】 **4** 〔責任，罪，悲痛等的〕重荷，重擔. a heavy *load* of worry 憂慮的重擔/a *load* of debt 債臺高築.
　5 工作份量；〔引擎，馬達等一次可完成的〕工作量.
　6 〔建造物等支撐的〕重量，承擔重量. the *load* on a bridge 一座橋的載重量.
　7 〔電〕負載.
lóads [a lóad] of...《口》許多…《a lot of...》.
tàke a lóad off a pèrson's mínd 使某人放心；使某人卸下心頭重擔.

　― v. (**~s** [~z; ~z]; **~ed** [~ɪd; ~ɪd]; **~ing**) *vt.*
　【裝載】 **1** (a) 把貨物裝上〔*up*〕；裝上〔*with*〕. The ship was *loaded* quickly. 這艘船很快就裝貨完畢／The farmer *loaded* the truck *with* vegetables. 農夫將蔬菜裝上卡車.
　(b) 裝〔*on, onto, in, into*〕. They *loaded* the luggage *into* the car. 他們把行李裝進汽車裡.
　2 【給與負擔】使負重荷；給與許多〔幾乎成為負擔〕；〔*with*〕.
　【裝填】 **3** 裝填〔槍，照相機等〕〔*with*〕；把〔底片，磁帶等〕裝進〔*into*〕. My gun is *loaded*. 我的槍已經上了子彈／*load* a camera 〔*with* film〕＝*load* film *into* a camera 把底片裝進照相機裡.
　4 塞進；使充滿；〔*with*〕. His heart was *loaded* *with* grief after his wife's death. 他的妻子死後，他心裡充滿了悲傷.
　5 〔電腦〕把〔資料等〕從軟碟存入硬碟.
　6 〔棒球〕使滿壘.
　― vi. 1 裝貨；載滿乘客；〔*up*〕. The workmen finished *loading* up. 工人們裝貨完畢.
　2 〔人〕裝填；〔槍等〕被裝填. My camera *loads* easily. 我的照相機很好裝底片.
lòad/.../dówn ...給與...負重荷，使...負擔；〔*with*〕. I feel *loaded* down *with* the burdens of office. 我感覺自己肩負公事的重擔.

load·ed [ˈlodɪd; ˈləʊdɪd] *adj.* **1** 裝滿東西〔負荷〕的；〔交通工具〕客滿的；塞滿東西的；〔棒球〕滿壘的. The rows of *loaded* pear trees were some-

thing to see. 這幾排實纍纍的梨樹值得一看. **2** 裝填好的〔槍，照相機等〕. **3** 不公正的〔議論等〕；有陷阱的〔問題等〕. **4** 《敘述》《俚》很有錢的.

load·star [ˈlod͵star; ˈləʊdstɑː(r)] *n.*
　＝lodestar.

load·stone [ˈlod͵ston; ˈləʊdstəʊn] *n.*
　＝lodestone.

＊loaf¹ [lof; ləʊf] *n.* (*pl.* **loaves**) **1** Ⓒ 〔烤成一定形狀大小的〕一條麵包. a *loaf* of bread 一條麵包《切開來吃；→ roll, slice》/Half a *loaf* is better than none [no bread].《諺》聊勝於無《有時也必須將就》.
　2 Ⓤ 〔似麵包的〕一大塊；Ⓒ ＝sugar loaf. (a) meat *loaf* 碎肉烤餅/a *loaf* of pound cake 一條磅餅.

[loaves¹ 1]

loaf² [lof; ləʊf] *vi.*《口》(不工作而) 遊蕩地過日子，遊手好閒，《*about; around*》. Stop *loafing around* and get to work. 別再遊蕩了，去工作吧!

loaf·er [ˈlofɚ; ˈləʊfə(r)] *n.* Ⓒ **1** 懶人，遊手好閒者. **2** 《美》(loafers) 一種皮製的便鞋《商標名》.

loam [lom; ləʊm] *n.* Ⓤ 壤土，沃土，〔砂、黏土、植物性有機物的混雜土〕.

loam·y [ˈlomɪ; ˈləʊmɪ] *adj.* 壤土(質)的.

＊loan [lon; ləʊn] *n.* (*pl.* **~s** [~z; ~z]) Ⓒ **1** 貸，借與；放款. Hal asked for a *loan* of $1,500. 哈爾求借 1,500 美元/May I have the *loan* of your car? 我可以借用你的汽車嗎?/take out [pay back] a *loan* 取得〔償還〕貸款.
　2 貸款，借貸物. a public *loan* 公債/a $5,000 *loan* ＝ a *loan* of $5,000 5,000 美元的貸款.
on lóan 借用，借入；出借. I have two books *on loan* from the library. 我有兩本書是向圖書館借的.
　― vt.《主美》句型4 (loan A B)、句型3 (loan B to A) 把 B 借給 (lend) A《★〔英〕此字也用在把作品長期借給展覽會或展出的情況》. Will you *loan* me three dollars? 你能借我 3 美元嗎?

loan·word [ˈlon͵wɝd; ˈləʊnwɜːd] *n.* Ⓒ 外來語.

loath [loθ; ləʊθ] *adj.*《敘述》厭惡的；不願意的；《*to* do》(unwilling). Ann is *loath* to marry. 安不想結婚.

＊loathe [loð; ləʊð] *vt.* (**loath·es** [~ɪz; ~ɪz]; **~d** [~d; ~d]; **loath·ing**) 句型3 (loathe do*ing*) 極其厭惡做…. I *loathe* snakes. 我非常討厭蛇/I *loathe* *washing* the dishes. 我(非常)討厭洗碗. ⓓ loathe 有強烈的厭惡、憎惡之意，比 hate, detest, abhor 更強烈；不過在口語中也用來僅指「討厭，不喜歡」(dislike)之意.

loath·ing [ˈloðɪŋ; ˈləʊðɪŋ] *n.* [aⓊ] 厭惡.

loath·some [ˈloðsəm; ˈləʊðsəm] *adj.* 非常討厭的，令人作嘔的.

loaves [lovz; ləʊvz] *n.* loaf¹ 的複數.

lob [lɑb; lɒb] *vt.* (**~s**; **~bed**; **~bing**) 《網球》〔球〕挑高《把球緩緩地挑高越過上前攔球的對手頭頂》.

— *n.* ⓒ《網球》高吊球.

lob·bies [`lɑbɪz; 'lɒbɪz] *n.* lobby 的複數.

‖**lob·by** [`lɑbɪ; 'lɒbɪ] *n.* (*pl.* **-bies**) ⓒ **1** 門廊; 大廳;《劇場, 旅館, 大樓等從入口處通往各室的》大廳堂、穿堂; 亦作休息室、接待室等用 (→ hotel 圖).

2 議院內的休息室《和院外人士會面用》.

3 (★單數亦可作複數)《進出議院休息室》使議案通過的遊說集團, 政治的遊說團體. the anti-abortion *lobby* 反墮胎的遊說團體.

— *v.* (**-bied**; **~ing**) *vt.*《進出議院休息室等》向〔議員〕遊說; 進行使〔議案〕通過的遊說運動; 從事幕後活動.

— *vi.* 向議員遊說. They *lobbied* for a ban on cigarette advertising. 他們為了禁止香菸廣告向議員遊說.

lob·by·ist [`lɑbɪɪst; 'lɒbɪɪst] *n.* ⓒ 政治遊說者;《職業性的》議案通過〔否決〕遊說者, 說客.

lobe [lob; ləʊb] *n.* ⓒ **1** 耳垂(earlobe). **2**《解剖》葉《肺葉、腦葉等內臟器官的圓形突出部》.

lobed [lobd; ləʊbd] *adj.* 有葉的, 有圓形突出的.

lo·bot·o·my [lo`bɑtəmɪ; ləʊ'bɒtəmɪ] *n.* (*pl.* **-mies**) ⓤⓒ《醫學》腦葉切除手術.

lob·ster [`lɑbstɚ; 'lɒbstə(r)] *n.* (*pl.* **~s**, **~**) **1** ⓒ 大螯蝦, 海螯蝦,《有 30 到 60 公分大螯(claws)的大型食用蝦; 產於美國北大西洋沿岸, 特指 Maine 出產的 American lobster);《龍蝦 (spiny lobster); (→ prawn, shrimp; → crustacean 圖). **2** ⓤ 龍〔螯〕蝦肉《食用》.

‖**lo·cal** [`lok!; 'ləʊkl] *adj.* 【被限於某地的】 **1**《某特定的》地方[地區]的,《自己住的》地方[地區]的; 當地的, 本地的,《(圖相對於 national(全國的)、regional(地區的)、state《美》州的)、county《英》郡的), local 指更小的地方》. a *local* paper 地方報紙/*local* news (大報的地方版所載的)地方新聞/hire *local* workers 雇用當地的工人/The *local* doctor was sent for. 找來當地的醫生/state and *local* governments《美》州政府及《階層更低的》地方政府.

2 局部地區的, 部分地區的. This plant is very *local*. 這種植物只分布在特定的區域/a *local* war 區域性的戰爭.

3【地方交通的】〔列車, 公車等〕每站都停的. a *local* train 每站都停的火車, 普通車. **4**《身體的》〔痛苦等〕僅一部分的, 局部的. a *local* disease 局部疾病/*local* anesthesia 局部麻醉.

— *n.* ⓒ **1** 每站都停的普通列車〔公車等〕(↔ express). **2**《口》(常 locals)當地居民, 本地人. **3**《報紙的》地方新聞(local news). **4**《英、口》(加 the)《常去的》當地小酒館(pub).

[字源] LOC「場所」: *loc*al, *loc*ation(場所), *loc*ality(場所), al*loc*ate(分配).

lo·cal call *n.* ⓒ《美》《採用最低基本費率的》市內電話(↔ toll call).

lo·cal color *n.* ⓤ《小說、繪畫等背景所反映的》地方色彩, 鄉土特色.

lo·cale [lo`kæl, ˋkɑl; ləʊ'kɑːl]《法語》*n.* ⓒ《雅》《事件等的》現場;《文學作品等的》背景.

lo·cal government *n.* ⓤ 地方自治; ⓒ 地方自治體, 地方政府.

lo·cal·ism [`lok!,ɪzəm; 'ləʊkəlɪzəm] *n.* **1** ⓒ 方言, 鄉音; 地方風俗習慣. **2** ⓤ 狹隘的見解; 地方主義.

lo·cal·i·ty [lo`kælətɪ; ləʊ'kælətɪ] *n.* (*pl.* **-ties**) **1** ⓒ 場所; 地區; 近處. **2** ⓒ《事件等的》現場;《建築物等的》所在地. **3** ⓤ 位置; 方位; 方向性.

lo·cal·i·za·tion [ˌlok!ə`zeʃən, -aɪ'z-; ˌləʊkəlaɪ'zeɪʃn] *n.* ⓤ 限局; 局部化.

lo·cal·ize [`lok!,aɪz; 'ləʊkəlaɪz] *vt.* **1** 使局限於某部分[一地方]; 使局部化. **2** 將…設定於特定的地點[時代]; 使具有某地方[時代]的特色.

lo·cal·ly [`lok!ɪ; 'ləʊkəlɪ] *adv.* **1** 在特定的地方[土地]; 在近處. **2** 在某地方; 局部地. It rained in torrents *locally*. 局部地區下大雨.

lo·cal option *n.* ⓤ 地方決定權《如由居民決定當地是否准許販賣酒類的權利》.

lo·cal time *n.* ⓤ 地方時間, 當地時間,《以太陽在當地通過子午線之時為正午》.

‖**lo·cate** [`loket, lo`ket; ləʊ'keɪt] *v.* (**~s** [**~s**; **~s**]; **-cat·ed** [**~ɪd**; **~ɪd**]; **-cat·ing**) *vt.* 【決定位置】 **1** 找出…的地點[下落], 查明; 決定…的位置. The police finally *located* the missing man. 警方終於找到那位失蹤男子的下落/The captain *located* the ship's position by the North Star. 船長根據北極星判定船的位置.

2《加副詞片語》(a) 設置, 設立,〔工廠, 店鋪等〕. We *located* our business in the suburbs. 我們把店設在市郊. (b) (用 be located) 位於, 坐落於. The City Hall *is located* in the center of the city. 市政廳位於市中心.

— *vi.*《美》定居; 擁有辦事處〔店鋪〕;《in》.

lo·cat·ing [`loketɪŋ, lo`ketɪŋ; ləʊ'keɪtɪŋ] *v.* locate 的現在分詞, 動名詞.

‖**lo·ca·tion** [lo`keʃən; ləʊ'keɪʃn] *n.* (*pl.* **~s** [**~z**; **~z**]) **1** ⓒ 場所, 位置, 所在地. The school is not far from this *location*. 那所學校離此地不遠/His store has a good *location*. 他的店地點很好.

2 ⓒ《電影》外景拍攝地.

3 ⓤ (被)定位; 發現下落.

on location 拍攝外景中[地]. go *on location* in Arizona 到亞利桑那州拍攝外景.

loch [lɑk, lɑx; lɒx] *n.* ⓒ《蘇格蘭》湖(lake);《狹長的》海灣. *Loch* Ness 尼斯湖.『 [x; x] 為後舌與軟顎所發出的摩擦音, 發音位置在口腔深處.

lo·ci [`losaɪ; 'ləʊsaɪ] *n.* locus 的複數.

‖**lock**[1] [lɑk; lɒk] *n.* (*pl.* **~s** [**~s**; **~s**]) ⓒ 【開關裝置】 **1** 鎖《用來開鎖者為 key (鑰匙)》. open [fasten] a *lock* with a key 用鑰匙開[上]鎖/pick a *lock* 撬開鎖.

2 槍機(gunlock).

3 水閘《在運河、河川中為調節水位使船升降而設的閘門裝置》; → canal 圖).

【使不能動之物】 **4**《摔角》抱, 夾,《使對手的手

臂，腳等無法動彈的防禦技巧）．

5 (使機器等停止的)安全裝置，制輪楔．

lòck, stòck, and bárrel 《作爲副詞片語》全部〔賣出等〕．

under lòck and kéy 上鎖；藏於安全之處．I want this kept *under lock and key*. 我想將此保管於上鎖之處．

— *v.* (~**s** [~s; ~s]; ~**ed** [~t; ~t]; ~**ing**) *vt.*

1 鎖上，〔門，窗，容器等〕上鎖．Is your trunk *locked*? 你的皮箱上鎖了嗎？

2 將…鎖在裡面，將…關在裡面．She *locked* her jewels (up) in a safe. 她將珠寶鎖在保險箱內/I'll keep the secret *locked* in my heart. 我會將那個祕密深藏心中．

3 使固定；煞住〔車輪〕．The ship found itself *locked* into the ice. 這艘船被冰封住，無法動彈．

4 將〔手臂，手指，腳等〕交叉；使纏在一起．

5 與…揪在一起；與…擁抱；《通常用被動語態》．The lovers were *locked* in a tight embrace. 這對情侶緊緊地擁抱在一起．

— *vi.* **1** 鎖著．This door won't *lock*. 這個門鎖不起來．**2** 被固定；〔車輪等〕卡住，無法動彈．**3** 互相咬合；揪在一起．

lòck/…/awáy 將…〔上鎖等〕慎重地收藏，安全地保管．*Lock* these files *away* in the safe. 把這些文件鎖在保險箱裡．

lòck/…/ín 把…關在裡面．

lóck on 《美》[*onto* 《英》]... 〔飛彈等〕以雷達自動探測，追蹤〔攻擊目標〕．

lòck/…/óut (1)《雇主》關閉工廠並將〔工人〕鎖於門外，封閉工廠．(2)把…關在門外(*of*)．I had *locked* myself *out* (*of* my own house) by leaving the key inside. 我忘了帶鑰匙出來而將自己鎖在(自己的家)門外．

lòck/…/úp [1] (1)鎖上〔房屋等〕的門．(2)把…鎖起來，把〔囚犯，瘋等〕關起來，監禁．The thief was *locked up* for five years. 這小偷被關了五年．(3) 將〔資本〕固定．

lòck úp [2] 鎖上〔房屋等〕的門．Don't forget to *lock up* before you leave. 你走之前不要忘了鎖門．

lock² [lak; lɒk] *n.* C **1** 一綹〔頭髮〕；鬈髮．

2 (locks)頭髮．**3** (羊毛，棉，麻等的)把，捆．

lock·er [ˋlɑkɚ; ˋlɒkə(r)] *n.* (*pl.* ~**s** [~z; ~z]) C 衣物櫃(可上鎖的櫥櫃)．

lócker ròom *n.* C 衣物間，更衣室．

lock·et [ˋlɑkɪt; ˋlɒkɪt] *n.* C 掛在項鍊上的小盒子(一種可放入相片等，且附有盒蓋的垂飾品)．

lock·jaw [ˋlɑk͵dʒɔ; ˋlɒkdʒɔː] *n.* U 〔醫學〕(一種)破傷風(顎部肌肉痙攣)．

lock·out [ˋlɑk͵aʊt; ˋlɒkaʊt] *n.* C 關廠，停業，《勞資爭議時資方的戰術）．

[locket]

lock·smith [ˋlɑk͵smɪθ; ˋlɒksmɪθ] *n.* C 鎖匠．

lock·up [ˋlɑk͵ʌp; ˋlɒkʌp] *n.* C (特指小村鎮的)拘留所；《口》監獄(prison)．

lo·co [ˋloko; ˋləʊkəʊ] *adj.* 《主美，俚》發瘋的(crazy)．

lo·co·mo·tion [͵lokəˋmoʃən; ͵ləʊkəˋməʊʃn] *n.* U 移動(力)．

lo·co·mo·tive [͵lokəˋmotɪv; ͵ləʊkəˋməʊtɪv] *n.* C 《文章》火車頭(engine)．a steam *locomotive* 蒸汽火車頭/a *locomotive* engineer 《美》火車司機．

— *adj.* 移動(性)的；有移動力的．a *locomotive* engine 火車頭．

lo·cus [ˋlokəs; ˋləʊkəs] *n.* (*pl.* **lo·ci**) C **1** 《主法律》地點，所在地，位置．**2** 《數學》軌跡．

lo·cust [ˋlokəst; ˋləʊkəst] *n.* C **1** 蝗蟲，蚱蜢，(成群地移動，對農作物造成嚴重損害；→ insect 圖)．**2** 《美》蟬(cicada)類的總稱．

lo·cu·tion [loˋkjuʃən, -ˋkɪu-; ləʊˋkjuːʃn] *n.* C 《文章》(某地區，集團特有的)遣辭用字，說法；《語言》U C (人的)說話方式，語調，語氣．

lode [lod; ləʊd] *n.* C 礦脈．

lode·star [ˋlod͵star; ˋləʊdstɑː(r)] *n.* C **1** 《文章》指引方向之星，《特指》北極星(polestar)．**2** 指針；目標．

lode·stone [ˋlod͵ston; ˋləʊdstəʊn] *n.* **1** U C 磁鐵礦；天然磁石．**2** C 吸引人的東西．

*lodge [lɑdʒ; lɒdʒ] *n.* (*pl.* **lodg·es** [~ɪz; ~ɪz]) C **1** (狩獵，滑雪等用的)山上小屋，(遊覽地的)旅館．

2 (大宅，公園等的)警衛室；(學校，工廠，宿舍等的)警衛室．

3 《美》(原住民的)帳篷．

4 (野生動物，特指海狸的)巢，穴．

5 (團體，結社等的)地方分會(的集會場所)．

— *v.* (**lodg·es** [~ɪz; ~ɪz]; ~**d** [~d; ~d]; **lodg·ing**) *vi.* 【 安頓於某場所 】 **1** 〔投宿〕(通常須付費)住宿，借宿，寄宿；《at, with》．I'm going to *lodge* with Mrs. Allen [*at* Mrs. Allen's]. 我將寄宿在艾倫太太家裡．

2 〔停留〕〔骨，箭等〕刺入；〔子彈等〕進入，嵌入，卡住；《in》．A fish bone has *lodged in* my throat. 一根魚刺卡在我的喉嚨裡．

— *vt.* 【 使安頓於某場所 】 **1** 【 使住宿 】爲…提供臨時住處，出租房間給…住．Can you *lodge* us overnight? 你能讓我們借住一夜嗎？/The flood victims are *lodged* in the schoolhouse. 水災災民被收容在校舍裡．

2 〔箭等〕扎入，刺入；把〔子彈等〕射進；《in》．*lodge* a bullet *in* a tree 把子彈射進樹裡．

3 存放；保管；授與〔權力等〕；《in, with》．*lodge* money *in* a bank [*with* a person] 把錢存放在銀行[某人處]．

4 正式提出，申訴，〔抗議，不滿等〕《with〔有關當局〕》．They *lodged* a complaint about the noise *with* the police. 他們向警察申訴噪音之苦．

lodge·ment [ˋlɑdʒmənt; ˋlɒdʒmənt] *n.* =lodgment.

lodg·er [ˋlɑdʒɚ; ˋlɒdʒə(r)] *n.* C 房客，租住者．take in a *lodger* 收留房客．

*__lodg·ing__ [ˋlɑdʒɪŋ; ˈlɔdʒɪŋ] n. (pl. ~s [~z; ~z])
1 ⓤ 寄宿; 借宿。 The traveler sought *lodging*
for the night. 旅客找地方過夜/pay weekly for
board and *lodging* 每週付膳宿費。
2 (lodgings) 租用的房間; 寄宿公寓。
live in *lodgings* 住在租用的房間〔公寓〕/The
young couple's *lodgings* are only two rooms. 這
對年輕夫妻只租了兩個房間。
__lódging hòuse__ n. ⓒ (不供膳食的) 寄宿公
寓, 出租宿舍〔建築物〕(→ boardinghouse)。
__lodg·ment__ [ˋlɑdʒmənt; ˈlɔdʒmənt] n. **1** ⓤ
(不滿, 抗議等正式的) 提出。
2 ⓒ (砂土等的) 沈積(物); 堵塞, 卡住; 堵塞物。
__loess__ [ˋlo·ɪs; ˈləuɪs] n. ⓤ (地質學) 黃土〔壤土質的
沈積土〕; 可見於密西西比河, 萊茵河流域, 中國北
部等)。
__loft__ [lɔft; lɔft] n. ⓒ **1** (美) (倉庫, 小工廠等的)
二樓, 上層樓面, (作為貯物間, 工作場所, 畫室
等)。 **2** (貯物用的) 閣樓 (房間) (attic)。 **3** (小倉
庫, 馬房等的) 樓上堆放乾草處 (hayloft)。 **4** (教堂
的) 樓廂(唱詩班, 風琴演奏者等的廂席)。 (教堂,
會議廳, 講堂等的) 二樓座位。
—— vt. (高爾夫球等) 將 (球) 高擊出去。
__loft·i·ly__ [ˋlɔftlɪ; ˈlɔftɪlɪ] adv. 高高地; 高尚地;
高傲地。
__loft·i·ness__ [ˋlɔftɪnɪs; ˈlɔftɪnɪs] n. ⓤ 高; 高尚。 「高傲。
*__loft·y__ [ˋlɔftɪ; ˈlɔftɪ] adj. (loft·i·er; loft·i·est)
1 (文章) (山, 建築物等) 聳立的, 非常高的。
lofty mountain 聳立的山。 圖 lofty 是強調高度的
略帶詩意的用語; → high。
2 (目的, 理想等) 高尚的, 遠大的。
3 高傲的, 自大的。 He refused my request in a
lofty manner. 他以高傲的態度拒絕我的請求。
*__log__[1] [lɔg, lɑg; lɔg] n. (pl. ~s [~z; ~z]) ⓒ
1 原木 (長的, 或作柴用而劈短的)。 saw
logs into lumber 將原木鋸成木材/throw another
log on the fire 另加一塊木柴到火裡/a *log* raft 原
木筏。
2 航海日誌; 航空日誌。 [參考] 從前使用原木裝置來
測定船速並記錄於日誌上。
slèep like a lóg (像木頭般) 熟睡。
—— vt. (~s; ~ged; ~·ging) **1** 砍伐 (森林等的) 樹
木; 將 (樹木) 鋸成木材。
2 將…記載於航海〔航空〕日誌上。
__log__[2] (略) logarithm.
__lo·gan·ber·ry__ [ˋlogənˌbɛrɪ; ˈləugənbəri] n.
(pl. **-ries**) ⓒ 大楊莓 (覆盆子 (raspberry) 及產於北
美的黑莓 (blackberry) 的混生種); 大楊莓的果實
(供食用)。
__log·a·rithm__ [ˋlɔgəˌrɪðəm, ˋlɑg-, -θəm;
ˈlɒgəriðəm] n. ⓒ (數學) 對數。 The *logarithm* of
100 to the base 10 is 2. 以 10 為底的 100 的對數是
2 ($\log_{10} 100 = 2$)。
__log·a·rith·mic__ [ˌlɔgəˋrɪðmɪk, ˌlɑg-, -θmɪk;
ˌlɒgəˈriðmɪk] adj. 對數的。
__log·book__ [ˋlɔgˌbuk, ˋlɑg-; ˈlɒgbuk] n. = log[1] 2.
__lóg càbin__ n. ⓒ 小木屋。
__log·ger__ [ˋlɔgə, ˋlɑg-; ˈlɒgə(r)] n. ⓒ 伐木者, 樵

夫。
__log·ger·heads__
[ˋlɔgə‚hɛdz, ˋlɑg-;
ˈlɒgəhedz] n. (用於下列
片語)
at lóggerheads 爭論,
互相爭吵, (with)。

[log cabin]

__log·gia__ [ˋlɑdʒɪə, -dʒə,
ˋlɔdʒ-; ˈlɒdʒə] n. ⓒ 涼
廊 (靠近庭院等的一邊只有柱子而無牆壁)。
__log·ging__ [ˋlɔgɪn, ˋlɑg-; ˈlɒgɪn, ˈlɔ:g-] n. ⓤ 伐木
(業)。
*__log·ic__ [ˋlɑdʒɪk; ˈlɒdʒɪk] n. ⓤ **1** 邏輯學。 sym-
bolic *logic* 符號邏輯學。
2 邏輯; 推論。 I couldn't follow his *logic*. 我無法
理解他的邏輯。
3 (口) 道理, 正確性, (reason)。 There is no
logic in spending time on gambling. 把時間浪費
在賭博上是不合道理的。
4 (不容分說的) 邏輯上的必然性。 the *logic* of
facts 事實所顯示的必然性。
*__log·i·cal__ [ˋlɑdʒɪk!; ˈlɒdʒɪkl] adj. **1** 〔說明, 結論等〕
合邏輯的, 合理的。 a *logical* argument 合理的論
點/The man has a *logical* mind. 那個人思路清楚
而有條理。 圖 logical 是指「思路清晰而推論無誤
的」; → reasonable。
2 (邏輯上) 當然的。 the *logical* result 必然的結果/
a *logical* choice 理所當然的選擇。
3 邏輯(學)上的。 ↔ illogical.
__log·i·cal·ly__ [ˋlɑdʒɪklɪ, ˋlɑdʒɪk!ɪ; ˈlɒdʒɪkəlɪ] adv.
1 邏輯上地; 合理地。 **2** 從理論上來說地。
__lo·gi·cian__ [loˋdʒɪʃən; ləuˈdʒɪʃn] n. ⓒ 邏輯學家。
__lo·gis·tic__ [loˋdʒɪstɪk; ləuˈdʒɪstɪk] adj. 後勤學的。
__lo·gis·tics__ [loˋdʒɪstɪks; ləuˈdʒɪstɪks] n. (作單
數) (軍事) 後勤學〔策略〕(管理兵員, 軍需品的輸送,
補給等)。
__lo·go__ [ˋlogo; ˈləugəu, ˈlɔugəu] n. (pl. ~s) (口)
= logotype.
__lo·gos__ [ˋlɑgɑs; ˈlɒgɒs] n. ⓤ (有時 Logos) (哲學)
理性〔宇宙秩序的法則〕。
__log·o·type__ [ˋlogoˌtaɪp; ˈlɒgəutaɪp] n. ⓒ (廣告
等中使用的) (公司的) 標誌 (亦作 logo)。
__log·roll·ing__ [ˋlɔgˌrolɪŋ, ˋlag-; ˈlɒgrəulɪŋ] n.
1 (美) (為通過法案等而由議員所進行的) 串通, 勾
結。 **2** (作家間的) 互捧。
__-logy__ (構成複合字) 構成名詞。
1 「…學, …論」之意。 bio*logy*. zoo*logy*.
2 「言辭, 談話」之意。 eu*logy*. tauto*logy*.
__loin__ [lɔɪn; lɔɪn] n. **1** (loins) (人, 動物等的) 腰, 腰
部, (從腰 (waist) 到大腿根的前部及後部)。
2 ⓤⓒ (牛, 豬等的) 腰肉。
__loin·cloth__ [ˋlɔɪnˌklɔθ; ˈlɔɪnklɒθ] n. (pl. ~s) ⓒ
(熱帶地方原住民身上所穿的) 腰布。
*__loi·ter__ [ˋlɔɪtə; ˈlɔɪtə(r)] vi. (~s [~z; ~z]; ~ed
[~d; ~d]; **-ter·ing** [-tərɪŋ; -tərɪŋ]) **1** 徘徊, 閒蕩

L

(*about*; *around*). The policeman asked him why he was *loitering about* in front of the building. 警察問他為甚麼在這棟大樓前徘徊.

2 慢吞吞地前進; 拖延. *loiter* on the way 在路上遊蕩／無法前進／*loiter* over a job 工作懶散.

loi·ter·er [ˋlɔɪtərə; ˋlɔɪtərə(r)] *n.* C 閒蕩者; 遊手好閒的人.

loll [lɑl; lɒl] *vi.* **1** 無精打采[悠閒]地倚靠[坐]; 俯臥; (*about*; *around*). *loll* upon a sofa reading a novel 躺在沙發上看小說.

2 〔舌, 頭等〕鬆弛無力地下垂(*out*).

— *vt.* 〔狗等〕伸出(舌頭)(*out*).

lol·li·pop, lol·ly·pop [ˋlɑlɪ‚pɑp; ˋlɒlɪpɒp] *n.* C 棒棒糖(前端有圓形糖之物).

lóllipop wòman [màn] *n.* C《英, 口》(指揮兒童穿越馬路的)交通保姆(手舉前端為圓形標誌, 寫著"Stop! Children (Crossing)"的指揮牌, 保護兒童安全穿越馬路).

lol·lop [ˋlɑləp; ˋlɒləp] *vi.* (口)懶散地走; 蹦蹦跳跳地前進.

lol·ly [ˋlɑlɪ; ˋlɒlɪ] *n.* (英) **1** C (口)=lollipop.

2 U (俚)錢(money).

Lon·don [ˋlʌndən; ˋlʌndən] (★注意發音) *n.* 倫敦(英國首都; 由 Thames 河北岸的舊市區 the City (of London)和它西面的 City of Westminster 合併發展而成, 加上周邊區域的 Greater London 成為一個郡(county)).

Lon·don·er [ˋlʌndənə; ˋlʌndənə(r)] *n.* C 倫敦市民, 倫敦人.

lone [lon; ləʊn] *adj.* (限定)(詩)〔人〕孤獨的, 無伴的; 寂寞的; (★ lonely 為日常用語). The *lone* yachtsman crossed the Pacific. 那個人獨自駕艇橫渡太平洋.

lone·li·er [ˋlonlɪə; ˋləʊnlɪə(r)] *adj.* lonely 的比較級.

lone·li·est [ˋlonlɪɪst; ˋləʊnlɪɪst] *adj.* lonely 的最高級.

lone·li·ness [ˋlonlɪnɪs; ˋləʊnlɪnɪs] *n.* U 孤獨; 寂寞, 孤寂不安.

lone·ly [ˋlonlɪ; ˋləʊnlɪ] *adj.* (-li·er; -li·est) **1** 孤獨的, 孤單的; 獨自一個的, 孤立的. a *lonely* pine tree on the hill 山上孤立的一棵松樹／make a *lonely* trip 獨自去旅行／lead a *lonely* life 過孤獨的生活.

回意為「獨自一人」的 alone(只有敘述用法)是客觀地表現出沒有伴侶的狀態; lonely 通常含有「寂寞」的意味, solitary 則含有「喜歡並希望自己一個人獨處」的心情.

2 〔人〕寂寞的, 孤寂不安的; 〔場所, 事物〕使人感到寂寞的; (→ lonesome 回). Beth lives alone,

but she doesn't feel *lonely*. 貝絲雖然獨居, 但她並不感到寂寞.

3 人跡罕至的〔地方〕, 荒涼的. a *lonely* place not often visited by people 人跡罕至的荒涼地方.

字源 ONE「一」: lonely, lone(孤獨的), alone(只有一人的), one(一個的).

lónely héarts *n.* (作複數)「寂寞芳心」, 尋求伴侶[結婚對象]的人們. a '*Lonely* Hearts' column (報紙等的)徵婚欄.

lon·er [ˋlonə; ˋləʊnə(r)] *n.* C 喜歡孤獨的人.

*****lone·some** [ˋlonsəm; ˋləʊnsəm] *adj.* **1** 寂寞的, 孤寂不安的; 使人感到寂寞的. Being *lonesome*, I called my friend on the telephone. 因為感到寂寞, 所以我打電話給朋友／a *lonesome* evening 寂寞的夜晚. 回lonesome 比 lonely 更具孤獨感, 含有想找朋友同伴之類的心情.

2 (地方)荒涼的, 寂靜的.

lóne wólf *n.* C 獨來獨往的人, 「獨行俠」.

*****long**[1] [lɔŋ; lɒŋ] *adj.* (~·er [~gə; ~gə(r)]; ~·est [~gɪst; ~gɪst]) 【長的】 **1** (從一端到另一端的距離)長的, 遠的(↔ short). draw a *long* line on the paper 在紙上畫一條長線／Susie has beautiful *long* hair. 蘇西有美麗的長髮／a *long* journey 漫長的旅程／go a *long* way to meet a person 走很遠的路去迎接某人.

2 (a)(從開始到結束的時間)長的, 長時間的, (↔ short; long). a *long* movie 電影長片／a *long* speech 冗長的演說／live a *long* life 長壽／wait for a *long* time 等了很久／It won't be *long* before we can start. 離我們出發的時間沒多久了／It's so *long* since I saw you last. 真是好久不見了.

(b)《通常用於否定句, 疑問句》費時(《*in*》 doing; *over*, *about*). I shan't [won't] be *long*. 我不會去很久, 馬上回來.

3 〔語音學〕長音的(↔ short). *long* vowels 長母音(《i; iː], [u; uː], [ɔ; ɔː] 等).

4 【具有特定之長度的】…長的, (只有)…長的. Make the rope two yards *long*. 把繩子弄成兩碼長／How *long* was your stay in London? 你在倫敦停留了多久?

【令人感到長的】 **5** 很長的, 冗長的. walk five *long* miles 步行了整整五英里／at *long* last (長久的等待後)終於, 總算.

6 【達到很遠的】〔視力, 聽力, 記憶力等〕良好的(→ longsighted); 涉及長遠之過去[未來]的. have a *long* memory 記憶力良好／take a *long* view of the situation 以長遠的眼光來看這情勢.

7 【繼續不斷】〔報表〕很長的; 〔數字〕位數很多的; 〔數目〕很大的; 〔價錢〕很高的. a *long* bill 款項龐雜的帳單／a *long* figure [price] 價格很高, 昂貴.

⇨ *n.* **length.** *v.* **lengthen.**

at (*the*) *lóngest* 最多, 至多. This will take 20 minutes *at the longest*. 這最多只要 20 分鐘.

be lóng about... 費時甚久.

be lòng (*in*) *dóing* 做…很花時間. The chance *was* not *long* (*in*) coming. 機會不久就來到.

for a lòng tíme=for long (→ *n.* 的片語).

have còme a lóng wày (1)從遠處來到. (2)達到長

足的進步.

in the lóng rùn → run 的片語.

in the lóng térm → term 的片語.

— *adv.* (~**er**; ~**est**) **1** 長時間地, 長久地. How *long* will the storm last? 這暴風雨會持續多久?/I remained there an hour *longer*. 我在那裡多停留了一小時 / Did you wait *long*? 你等了很久嗎?/ Father hasn't been back *long*. 父親回來沒有多久. 語法 long 通常用於否定和疑問句, 直述句則只限用於比較級, 最高級的形式或 too, enough 等修飾 long 的情況下; 「等了很久」通常作 I waited for a *long* time.; 但動詞是think等時例外: I've *long* thought of retiring. (我長久以來一直想要退休).

2 很久(以前, 以後). I visited Paris *long* ago [since]. 我很久以前去過巴黎/a novel published *long* after the author's death 作者去世很久以後出版的小說.

3 《與表時間的名詞(片語)連用》整個; 始終. all my life *long* 在我的整個一生/drink all night *long* 通宵喝酒.

* **ány lónger** (1)《用於否定句》(以前姑且不論)現在[再](不…). I ca*n't* trust the man *any longer*. =I can *no longer* trust the man. 我再也不信任那個人了. ★ no longer 比 any longer 更強烈. (2)《用於疑問句, 條件句等》再(any more); (如今)還. Can't you go on *any longer*? 你走不下去了嗎?/I refuse to obey you *any longer*. 我再也不要服從你了.

* **as lóng as…** (1)《連接詞性》當…時(while). I'll not talk to him again *as long as* I live. 只要我活著[這輩子]我不會再和他說話. (2) =so long as…

* **nó lónger** 不再(→ any longer (1)). You're *no longer* young. 你已不再年輕了.

Só lóng! → so 的片語.

* **so lóng as…** 《連接詞性》在…條件下, 只要…, (if only). Any kind of drink will do *so long as* it is cold. 只要是冰的, 甚麼飲料都行.

— *n.* 〔U〕長時間《用於下列片語》.

* **before lóng** 不久以後, 很快, (soon). The snow will melt *before long*. 雪很快就會融化.

for lóng 很久, 長時間, (for a long time)《通常用於疑問句, 否定句等》. Did you stay in Australia *for long*? 你在澳洲待很久了嗎?

* **tàke lóng (to dó)** (做…)要花很長時間《通常用於疑問句, 否定句等》. Why do you *take* so *long to* eat? 你吃飯為甚麼花那麼多時間?

the lóng and (the) shórt of it 問題的要點, 概要; 總結. *The long and short of it* is that I am tired of my job. 總之就是我厭倦了我的工作 (★注意作單數).

* **long²** [lɔŋ; lɒŋ] *vi.* (~**s** [~z; ~z]; ~**ed** [~d; ~d]; ~**ing**) 渴望, 熱望, (*for*; *to do*). The children are *longing for* Christmas. 孩子們渴望聖誕節/I am *longing to* return home. 我渴望回家.

long. (略) longitude (經度).

long·boat [ˋlɔŋ͵bot; ˈlɒŋbəʊt] *n.* 〔C〕大艇《附屬於兵船的大型艇》.

long·bow [ˋlɔŋ͵bo; ˈlɒŋbəʊ] *n.* 〔C〕長弓, 大弓.

lòng dístance *n.* 〔U〕長途電話; 〔C〕長途電話接線員; 長途電話費.

long-dis·tance [ˋlɔŋˋdɪstəns; ˈlɒŋˈdɪstəns] *adj.* 《限定》 **1** 長距離的. a *long-distance* runner 長跑運動員.

2 市外通話的, 長途的. make a *long-distance* call to a friend 打長途電話給朋友.

— *adv.* 長途電話地.

lòng dózen *n.* 〔C〕十三(個).

long-drawn-out [ˋlɔŋ͵drɔnˋaut; ͵lɒŋdrɔːnˈaʊt] *adj.* 《說話, 逗留等》漫長的, 冗長的, 沒完沒了的.

lon·gev·i·ty [lɑnˋdʒɛvətɪ; lɒnˈdʒevətɪ] *n.* 〔U〕《文章》長命, 長壽.

lòng fáce *n.* 〔C〕愁眉苦臉, 拉下長臉. pull [wear] a *long face* 愁眉苦臉, 悶悶不樂.

Long·fel·low [ˋlɔŋ͵fɛlo; ˈlɒŋfeləʊ] *n.* Henry Wads·worth [ˋwɑdzwɚθ; ˈwɒdzwɜːθ] ~ 朗斐羅(1807-82)《美國詩人》.

long·haired [ˋlɔŋˋhɛrd; ˈlɒŋheəd] *adj.* **1** 長髮的. **2** 《通常表輕蔑》知識分子的; 熱心藝術的. **3** 嬉皮的, 反體制的.

long·hand [ˋlɔŋ͵hænd; ˈlɒŋhænd] *n.* 〔U〕手寫《非縮打字, 速記, 印刷; → shorthand》. in *long-hand* 用手寫.

long·head·ed [ˋlɔŋˋhɛdɪd; ˈlɒŋˈhedɪd] *adj.* 精明的; 有先見之明的.

* **long·ing** [ˋlɔŋɪŋ; ˈlɒŋɪŋ] *n.* (*pl.* ~**s** [~z; ~z]) 〔UC〕渴望, 熱望, 熱烈, (*for*; *to do*). *longing* for fame 渴望出名/She has a secret *longing* to possess a mink coat. 她暗自渴望擁有一件貂皮大衣. — *adj.* 《限定》〔表情等〕渴望的, 盼望的. cast *longing* glances at 向…投以渴望的[熱切的]眼光.

long·ing·ly [ˋlɔŋɪŋlɪ; ˈlɒŋɪŋlɪ] *adv.* 渴望地, 盼望地.

long·ish [ˋlɔŋɪʃ; ˈlɒŋɪʃ] *adj.* 稍長的, 略長的.

Lòng Ísland *n.* 長島《美國 New York 州東南端狹長的島; 西端有 New York 市的 Brooklyn 與 Queens 兩區》.

* **lon·gi·tude** [ˋlɑndʒə͵tjud, ͵͵tɪud, ͵͵tud; ˈlɒndʒɪtjuːd] *n.* (*pl.* ~**s** [~z; ~z]) 〔UC〕經度《略作 long.; ↔ latitude; → globe 圖》. west of *longitude* 80°E [eighty degrees east] 東經 80 度以西.

lon·gi·tu·di·nal [͵lɑndʒəˋtjudɪnl, ͵͵tud-, ͵͵tjuˋdɪnl; ͵lɒndʒɪˈtjuːdɪnl] *adj.* **1** 經線的, 經度的. **2** 長度的; 〔條紋等〕(不斜的)縱的.

lòng jóhns *n.* 《作複數》《口》(長至腳踝的)男用衛生褲. 「jump」.

lóng jùmp *n.* (加 the)《主英》跳遠《《美》broad

long·last·ing [͵lɔŋˋlæstɪŋ, ͵lɔːŋˈlæstɪŋ] *adj.* 永續的; 持久的.

long-lived [ˋlɔŋˋlaɪvd; ˈlɒŋˈlɪvd] *adj.* 長壽的; 歷時長久的. a *long-lived* friendship 多年的友誼.

lòng ódds *n.* 《作複數》(如二十對一般)差距很大的賭注; 沒有勝算, 幾乎不可能; (→ short

L

odds). There are *long odds* against England winning. 英格蘭隊幾乎毫無勝算.

long-play·ing [ˋlɔŋˋpleɪŋ; ˈlɔŋˈpleiŋ] adj. 〔唱片等〕長時間演奏的, LP 唱片的. a *long-playing* record [album, disk] 慢轉唱片《亦作 LP》.

long-range [ˋlɔŋˋrendʒ; ˌlɔŋˈreindʒ] adj.
1 長期的. a *long-range* plan 長期計畫.
2 長距離(用)的. a *long-range* missile 長程飛彈.

long·shore·man [ˋlɔŋˌʃormən, -ˌʃɔr-; ˈlɔŋˌʃɔːmən] n. (pl. **-men** [-mən; -mən]) ⓒ《美》港口工人, 碼頭裝卸工人.

lóng shòt n. ⓒ **1** 《口》冒險性的賭博〔企圖〕.
2 《電影、電視》遠景.

long-sight·ed [ˋlɔŋˋsaɪtɪd; ˌlɔŋˈsaitid] adj.
《主英》**1** 好眼力的; 遠視的; (farsighted).
2 有遠見的, 有先見之明的. ↔ **shortsighted**.

long-stand·ing [ˋlɔŋˋstændɪŋ; ˈlɔŋˈstændiŋ] adj. 經年累月的, 自過去以來的.

long-suf·fer·ing [ˋlɔŋˋsʌfrɪŋ, -fərɪŋ; ˌlɔŋˈsʌfəriŋ] adj. 長期忍受的, 堅忍的.

lóng súit n. ⓒ **1** 《紙牌》張數最多的同花色牌《特指四張以上》. **2** 《用單數》長處, 勝過他人之處.

long-term [ˋlɔŋˌtɝm; ˈlɔŋˌtəːm] adj. (**more ~**, **long·er-**; **most ~**, **long·est-**) 長期的《計畫等》, 長期生效的, 長期的《借款, 貸款等》.

lóng tón n. ⓒ 長噸《重量; → ton 參考》.

lóng wáve n. ⓤ《電》長波.

long·ways [ˋlɔŋˌwez; ˈlɔŋweiz] adv. = lengthways.

long-wind·ed [ˋlɔŋˋwɪndɪd; ˈlɔŋˈwindid] adj.
1 《人》嘮嘮叨叨的; 《說話, 文章等》冗長的, 喋喋不休的. **2** 氣長的, 不容易斷氣的.

loo [lu; luː] n. (pl. **~s**) ⓒ《主英、口》廁所, 盥洗室, (lavatory).

loo·fah, loo·fa [ˋlufə, -fə; ˈluːfə] n. ⓒ 菜瓜布《浴室用》.

look [luk; luk] v. (**~s** [~s; ~s]; **~ed** [~t; ~t]; **~ing**) vi. 【好好地看】**1** (a)《特指注意地》看, 望; 注目; 《at》; (→ see[1] 同). If you *look* carefully, you will see tiny spots on the surface. 如果你仔細看, 你將會看到表面上的小斑點. 語法 look at 後接的(代)名詞之後, 可接不加 to 的不定詞或現在分詞: *Look at* the skier jump [jumping]. (注意看滑雪者跳躍).
(b) 把視線朝向《通常加上表方向的副詞(片語)》. *look* away from the light 把眼睛避開亮光/Mother *looked* up from the paper and saw me. 母親將視線從報上移開, 抬起頭來看我.
2 (a)注意; 觀察. When you *look* deeper, you will find something new. 如果你更仔細觀察, 你將發現一些新事物/*Look* you! 你小心一點!
(b)注意, 留意, 《to it that》(→ 片語 look to...(2)). *Look to it that* the job is done on time. 注意讓工作如期完成.

(c)《作感歎詞使用, 用以提醒對方注意》看, 喂. *Look!* Here comes the Queen. 你看! 皇后來了.
【正面看>向著】**3** 《加表方向的副詞(片語)》《房屋等》朝···, 面對···. The window *looks* (to the) east. 這扇窗子朝東/Our house *looks* toward(s) a river. 我們的房子面對著一條河/*look* on (to)... (→ 片語).
【映在眼中】**4** 句型2 (look **A**/*to be* **A**)看上去像 A 那樣; 顯出 A 那樣的表情; (→ seem 同). Tom *looks* clever [a clever boy]. 湯姆看起來聰明/Ann *looks* her best in green. 安穿綠色的衣服最好看/Judging by his work, the writer *looks* to be a most serious man. 根據作品來看, 作者是個極嚴肅的人. 語法 這種意義通常不用進行式, 但指短時間, 則可改用進行式: You're *looking* well today. (你今天看起來精神很好).
— vt. 【好好地看】**1** 看, 細看. *look*...in the eye (→片語)/Don't *look* a gift horse in the mouth. 《諺》對禮物不要吹毛求疵《出自看馬的牙齒可知其年齡》. 語法 一定要與副詞片語一起用.
2 句型3 (look *wh*子句)確定, 查明是否···. I'll *look* what time the train arrives. 我去看看火車什麼時候到/Let's *look* how he is doing. 我們看看他做得怎麼樣.
【看樣子像】**3** 看外表像是···. Your father doesn't *look* his age. 你的父親看起來不像他實際的歲數.
4 用表情表示. The old man said nothing but *looked* all thanks. 老人甚麼也沒有說, 但看起來滿心感激.

lòok abóut[1] (1)環視《周圍》; 看清情勢.
(2)到處尋找《*for*〔工作〕》. I *looked about* for a phone booth. 我到處尋找電話亭.

lóok about[2]... 環視〔房間〕等.

lóok about[3] *one* 環視自己的周圍; 留意自己的身旁; 考慮自己的立場.

* **lóok after...** (1)照顧, 照料···; 管理···. She needs someone to *look after* her. 她需要人照顧/He *looked after* my store while I was gone. 我走後, 他替我看店. (2)目送···.

lòok ahéad 向前看; 預作計畫《*to*》. You should *look ahead* to your retirement. 你應該為你退休後《的生活》預作打算.

lòok alíve 趕快《迅速》做《常用祈使語氣》. *Look alive!*《口》別蘑菇了!

lòok aróund[1] (1) = look about[1]. (2)到處查看; 四處瀏覽. "May I help you, sir?" "No thanks, I'm just *looking around*." 「需要甚麼嗎, 先生?」「不, 謝謝, 我只是看看.」(3)回頭看.

lòok around[2]... (1) = look about[2]. (2)四下查看···; 環視〔店內等〕.

* **lóok as íf** [*as thòugh*]... 看起來像···. The girl *looked as if* she might cry. 女孩子看起來像要哭的樣子/It *looks as if* everyone is still sleeping. 看起來好像大家還在睡覺. 語法 as if [though]子句的動詞通常用假設語氣過去《完成》式, look as if [though]則多用直述語氣的動詞, 意思接近 it seems that....

look at... (1)看，瞧，注意看…，(→ *vi.* 1 (a))．
To *look at* Mr. Morris, one wouldn't imagine
that he's a teacher. 乍看摩里斯先生，沒有人會認
爲他是教師/His house is not much to *look at*. 他
的房子沒甚麼好看的．
(2)(爲了下判斷)觀察，考察…；把…加以考慮；認
爲…《as》．I agree with your way of *looking at*
the situation. 我同意你對情況的看法/Tom will
not *look at* my offer. 湯姆不會考慮我的提議．
(3)調查，檢查…，(examine)；診察…．You'd bet-
ter have a doctor *look at* that leg. 你最好讓醫生
看一下你的腳．

look báck (1)回頭看．(2)回顧，回憶，《to, on,
upon》．She often *looks back* to her school days.
她常回憶起學生時代的事．(3)《口》躊躇不前．Don't
look back even if you fail the first time. 即使第
一次失敗了也不要躊躇不前．

look dówn 垂下眼睛；看下面．

look dówn on [upon]... (1)俯瞰…．My house
looks down on a river. 我的家(坐落在能)俯瞰一
條河(的地方)．
(2)輕視，輕蔑，看不起…，(↔ look up to...)．

look for... (1)找，尋…，(seek)；《口》招惹〔麻
煩〕．Father is always *looking for* his glasses.
我父親老是在找他的眼鏡．
(2)《古》期待，等待…，(expect)．

look fórward to... 期盼．I'm *looking forward*
to meeting your father [to the trip]. 我期待見到
你的父親[這趟旅行]．**注意** to的後面不接動詞原形．

lòok hére 《作感歎詞，表抗議或促使對方注意》你
看！喂！Now *look here*, I won't have you behav-
ing like that. 聽著，我不要你有像那樣的行爲．

look ín¹ (1)朝裡面看．(2)窺視(以瞭解狀況等)
《on》；順便探望《at, on》．I'll *look in* on the kids
later. 我稍後會來探望孩子們/Let's *look in* on
him 《at his place》. 我們順道(到他那裡)去看他吧！

look ín²... 朝…裡面看．

look...in the éye [fáce] 正視〔人〕的臉；毅然面
對〔死亡，危險等〕．He *looked* me *in the eye* and
told me I was a fool. 他直視著我說我是個傻瓜．

look into... (1)朝…裡面看；順路探望…．(2)調查
…(的內幕)．The police are *looking into* the
incident. 警方正在調查這起事件．

look like... (1)像，看起來像…．You *look* just
like your brother. 你看起來就像你哥/What does
that rock *look like* to you? 你覺得那塊岩石看起
來像甚麼？
(2)看來像要…．It *looks like* rain. 看來像要下雨．
(3)《口》= look as if... It *looks like* he'll be
elected easily. 他看來好像會輕易當選．**注意**此
like 爲連接詞，在(1), (2)中爲介係詞．

lòok lívely = look alive.

lòok ón¹ 觀看，旁觀．I was *looking on* as the
president's party came out of the church. 總統一
行步出教會時，我正在旁觀看．

lòok on² **[upon]...** (1)把…看作，視爲，《as》
(consider, regard)．He is *looked upon* as the
best athlete of us all. 他被視爲我們當中最好的運

---

look 915

動員．(2)(以某種感情)看，望．Everyone *looked*
on his behavior with disapproval. 大家都不以爲
然地看著他的行爲．(3)=look on...

lòok on to [onto]... 〔房屋等〕對著…；遙望…．

lòok óut¹ (1)朝外看．(2)警戒，注意；留神；《for》
(通常用於祈使句)．*Look out!* There's a rock
falling. 小心！有落石/*Look out for* pickpockets!
小心扒手！(3)注意地找《for》．The police are *look-
ing out* for the criminal. 警方正在搜尋罪犯．
(4)照顧《for》．(5)眺望《on, over》；面向著《on》．a
room *looking out on* the sea 面海的房間．

lòok/.../óut² (英)選出，找出…，(特指從所有物
品中)．She goes to *look out* a dress for the recep-
tion. 她爲參加歡迎會挑了一件洋裝．

lòok out³... (美)從…朝外看．He's *looking out*
the window. 他正朝著窗外看．

lòok out of... 透過…看外面．*Look out of* the
windows on the left, and you will see the lake.
透過左邊的窗戶往外看，可以看到湖．

lòok/.../óver¹ 把〔文件等〕(很快地)瀏覽一遍．
Give me time to *look* the papers *over*. 給我時間
把文件瀏覽一遍．

lòok over²... (1)環視…；放眼望去．I *looked
over* the audience and caught her eye. 我放眼望
向觀眾，目光與她相遇．(2)巡視，視察，〔建築物，
工廠等〕．(3)越過…看．

lòok óver³ 遠眺，放眼望去．

lòok róund = look around¹·².

lòok onesélf 看起來跟平常沒兩樣．You're *look-
ing yourself* again. 你又漸漸回復原來的樣子了
[(氣色)好像好多了]．

lòok the óther wáy 看旁邊；視而不見的態度．

look through¹... (1)透過〔望遠鏡，洞等〕看．(2)對
…匆匆過目，瀏覽一下…，查閱…．*Look through*
these before lunch, will you? 午飯前把這些過目一下好
嗎？(3)對…視而不見；(正在想心事等)好像看見
而其實沒有．Mary *looked through* me. 瑪莉對我
視而不見．

lòok/.../thróugh² (1)查看〔文件等〕的要點，檢
查…．I'll *look* the reports *through* before the
meeting. 開會前我會先把報告看一遍．(2)(用眼睛)
看透；調查．*look* a person *through* and *through*
將某人(的個性，來歷等)徹底查清楚．

look to [toward]... (1)朝…看，把眼睛朝向…．
look to the left and right 朝左右看．(2)(文章)當
心，留意…；照顧…．*look to* one's health 注意健
康．(3)依賴，指望…，《for〔援助等〕；to do》．I
look to you for advice [to advise me]. 我全仗你
爲我指點迷津．(4)面向…(→ *vi.* 3)．

look úp¹ (1)向上看，抬頭看，(→ *vi.* 1 (b))．
(2)〔生意等〕變好，好轉．Trade has been *looking
up* recently. 最近貿易漸有起色．

lòok/.../úp² 找…，查…，《in》．*Look up* the
number *in* the telephone directory. 在電話簿裡查
電話號碼．(2)《口》探訪〔人〕．*Look* me *up* when

you're next in town. 你下次進城時來找我吧!

lòok...ùp and dówn 上下打量[人]的外貌[相貌].

lóok upon...=look on².

* **lòok úp to...** (1)向上看…. *look up* to the tree-top 朝樹頂看. (2)尊敬…(respect; ◆ look down on...). He was *looked up to* as a leader. 他以身為領導人而受到尊敬; 他受人民愛戴, 而被視為領導人.

── n. (pl. **~s** [~s; ~s]) 〖看〗 **1** ⓒ看見, 一瞥; 注視. I'd like to take a *look* around, if you don't mind. 如果你不介意的話, 我想四處看看/exchange *looks* 交換眼色/throw [cast] a *look* at a passer-by 瞥了一位路人一眼.

2 ⓒ(通常用單數)眼神, 目光; 臉色. The pupil gave me a guilty *look*. 那學生用慚愧的眼神看我/A *look* of anxiety came into the child's eyes. 孩子的眼中顯出不安的神色.

〖搭配〗 *adj.*+look: an inquiring ~ (好奇的神情), a puzzled ~ (困惑的神情), a sly ~ (狡猾的神情), a suspicious ~ (疑惑的眼神).

〖外觀〗 **3** ⓐ ⓤ (人, 物力)外觀, 外表; 樣子, 神態. (→ appearance 同). You should not judge a man by his *look*. 天色好像要變壞了/The *look* of the sky is ominous. 天色好像要變壞了.

4 (looks) (特指美好的)容貌, 美貌. She has good *looks*. 她容貌美麗/lose one's *looks* 失去美貌.

by [*from*] *the lóok(s) of...* 從…的樣子判斷.

* **hàve** [**tàke**] *a lóok at...* 看…一眼, 把…瀏覽一下; 稍微檢查一下. Please *take a quick look at* this letter. 請很快地瀏覽一下這封信/The dentist *had a look at* my teeth and set to work. 牙醫前微檢查一下我的牙齒就著手工作.

I dòn't like the lóok(s) of... 我不喜歡…, 我不滿意…; 我擔心…(的狀況[樣子]).

look-a-like [ˋlʊkəˏlaɪk; ˈlʊkəlaɪk] *n.* ⓒ(口) 極相似的人[物](★常置於人名之後). a Babe Ruth *look-alike* 很像貝比‧魯斯的人.

look-er [ˋlʊkɚ; ˈlʊkə(r)] *n.* ⓒ **1** 觀看者; 觀察[檢查]的人. **2** (口)美人(good looker).

look-er-on [ˏlʊkɚˋɑn, -ˋɔn; ˏlʊkərˈɒn] *n.* (pl. **lookers-** [-kɚz-; -kəz-]) ⓒ 觀眾; 旁觀者; (on-looker). *Lookers-on* see most of the game. (諺) 旁觀者清.

look-in [ˋlʊkˏɪn; ˈlʊkɪn] *n.* ⓐ ⓤ (口) **1** 成功的機會; 參加的可能性. **2** 短暫的訪問, 順道的訪問.

-looking (構成複合字)看起來…的, 具有…表情[樣子]的. good-*looking*. dignified-*looking*. 〖語法〗與形容詞連用構成形容詞.

lóoking glàss *n.* ⓒ(特指女性用的)梳妝鏡.

* **look-out** [ˋlʊkˏaʊt; ˈlʊkaʊt] *n.* (pl. **~s** [~s; ~s]) **1** ⓐ ⓤ 留神, 小心, 警戒. Keep a good [sharp] *lookout* for that man. 多留意一下那個人.

2 ⓒ (特指高的)觀察所; 觀察點; 觀察員; 監視人.

3 ⓐ ⓤ 對將來的展望.

4 ⓒ(口)應該操心的事(concern). If you want to do so, it's your own *lookout*. 如果你想要這麼做, 那就隨你的便.

on the lóokout for... 留心, 注意著; 尋覓著…. My wife is always *on the lookout for* bargains. 我的妻子總是留意著特價品.

loom¹ [lum; lu:m] *n.* ⓒ 織布機.

loom² [lum; lu:m] *vi.* **1** (龐大而嚇人地)隱約出現 (*up*). A giant tree *loomed* (*up*) ahead out of the mist. 一棵巨樹隱約出現在前面的霧中.

2 (威脅等)陰森地浮現, 迫近; (戰爭等)似乎即將爆發. The fear of cancer *loomed* large in my thoughts. 癌症的恐懼在我腦海裡隱隱地擴大.

loon [lun; lu:n] *n.* ⓒ 潛鳥(產於北半球的水鳥; 鳴叫有如笑聲).

loon-y [ˋlunɪ; ˈlu:nɪ] (俚) *adj.* 發狂的, 發瘋的; 愚蠢的, 痴呆的.

── n. (pl. **loon-ies**) ⓒ瘋子.

[loon]

* **loop** [lup; lu:p] *n.* (pl. **~s** [~s; ~s]) ⓒ 〖圈〗 **1** (繩, 線, 鐵絲等的)圈, 環. make [tie] a *loop* in the string 把繩子打個圈.

〖圈>曲線〗 **2** (航空)翻筋斗, 翻圈飛行; (花式溜冰)單腳在冰上滑所畫出的曲線.

3 (鐵路)環狀側線(圓周狀的專用線, 列車轉換方向等使用).

── vt. 1 把(繩, 線, 鐵絲等)打成環結, 做成圈.

2 把(簾子等)用環束緊(*up*; *back*); 把…結成環; 像環那樣地纏繞(*with*). We *looped* a post *with* a rope. 我們用環把柱子纏繞起來.

3 (航空)使(飛機)翻筋斗, 翻圈飛行.

── vi. 1 結環成圈. **2** (航空)翻筋斗, 翻圈飛行.

lòop the lóop (航空)翻圈飛行.

loop-hole [ˋlupˏhol; ˈlu:phəʊl] *n.* ⓒ **1** (城壁的)槍眼, 狹孔; (監視用的)觀察孔. **2** (法規, 契約, 合同等的)漏洞, 盲點.

** **loose** [lus; lu:s] (★注意發音) *adj.* (**loos-er**; **loos-est**) 〖沒有被束縛的〗 **1** (敘述)被釋放的; (動物等)沒有被拴住[關住]的, 自由的. set [turn] *loose* a prisoner 釋放囚犯/The hens are *loose* in the yard. 母雞被放養在院子裡/The fox couldn't get his foot *loose* from the trap. 狐狸無法把牠的一隻腳從捕獸器裡掙脫出來.

2 散開的, (頭髮, 舊報紙等)沒有綁住的; (糖果等)沒有裝箱的, 散裝的. buy tea *loose* 購買散裝的茶葉/*loose* change (放在衣袋等裡面的)零錢.

〖鬆的〗 **3** 鬆的; (繩等)鬆開著的. a *loose* knot [nut] 鬆動的結[螺帽]/The screw has worked *loose*. 這螺絲鬆了.

4 快要脫落的(鈕扣, 釘子等). I had my *loose* tooth pulled. 我去找人將一顆鬆動的牙齒拔掉.

5 鬆開的; 沒有綁住的; 脫開的, 脫落的; (◆ fast). leave the end of a rope *loose* 讓繩子的一端鬆開/A brick came *loose* and fell from the building. 有塊磚頭鬆動然後從那棟建築物上掉下來.

〖不緊密的〗 **6** (衣服等)鬆弛的, 寬鬆的; (◆ tight). My shoes are a bit *loose*. 我的鞋子有點鬆.

7 〔思想等〕散漫的; 不精確的; 〔定義等〕曖昧的. a *loose* thinker 思慮不周的人/a *loose* translation of the French original 對法文原文的草率翻譯.

8 〔言行〕不謹慎的; 放蕩的, 行為不檢點的. lead a *loose* life 過著放蕩的生活.

9 腹瀉的, 下痢似的. *loose* bowels 腹瀉.

at a lòose énd [*lòose énds*] → end 的片語.

brèak lóose 擺脫束縛; 逃出; 被釋放, 脫離. 《*from*》.

lèt...lóose (1)釋放…, 使…自由; 放任《通常用被動語態》. This dog is too fierce to be *let loose*. 這條狗太兇了不能任其自由. (2)使〔怒氣等〕爆發, 發洩. 《*on*》. He *let loose* his anger *on* his wife. 他將怒氣發洩在他妻子身上.

— *vt.* 〖放掉〗《文章》 **1** 放掉, 釋放, 使自由. The child *loosed* my hand. 孩子放開我的手.

2 射〔箭等〕; 發射, 開, 〔砲等〕. The gunman *loosed* several shots at the police. 持槍者向警察開了數槍.

〖解開, 鬆開〗 **3** 弄鬆, 解開, 〔結, 髮辮等〕; 解開〔船〕的纜繩《*off*》.

— *adv.* =loosely.

— *n.* 《用於下列片語》

on the lóose 不受〔法律等的〕拘束, 自由地; 放蕩地. He escaped from jail last month and is still *on the loose*. 他上個月從獄中脫逃, 至今仍逍遙法外.

loose-leaf [ˋlusˏlif; ˈluːsliːf] *adj.* 〔簿子等〕內頁可以自由抽取的, 活頁式的.

loose·ly [ˋluslɪ; ˈluːslɪ] *adv.* **1** 鬆弛地; 不緊地. two ropes *loosely* tied together 兩條繩子鬆鬆地結在一起. **2** 不嚴謹地; 不密接地. **3** 不檢點地, 品行不端地.

* **loos·en** [ˋlusn̩; ˈluːsn̩] *v.* 《~s [~z; ~z]; ~ed [~d; ~d]; ~·ing》 *vt.* **1** 鬆開. *loosen* a screw 旋鬆螺絲/The heavy rain *loosened* the whole side of the hill. 豪雨使山岡的整側(土石)鬆了.

2 解開; 解放; 鬆開. *loosen* a knot 解開結.

— *vi.* 鬆弛; 身體[心情]鬆解(*up*). The skin of her face has *loosened* with age. 她臉上的皮膚已隨著歲月而變得鬆弛.

loose·ness [ˋlusnɪs; ˈluːsnɪs] *n.* 〔U〕鬆弛; 鬆解; 散漫; 不檢點, 品行不端.

loos·er [ˋlusər; ˈluːsə(r)] *adj.* loose 的比較級.

loos·est [ˋlusɪst; ˈluːsɪst] *adj.* loose 的最高級.

loot [lut; luːt] *n.* 〔U〕 **1** 贓物. **2** 掠奪物; 戰利品.
— *vt.* 掠奪, 搶奪.
— *vi.* 掠奪.

loot·er [ˋlutər; ˈluːtə(r)] *n.* 〔C〕掠奪者, 搶劫者.

lop¹ [lɑp; lɒp] *vt.* 《~s; ~ped; ~·ping》 **1** 剪下〔樹〕的枝. **2** 剪〔枝〕《*off*; *away*》. **3** 裁掉…的無用部分《*off*; *away*》.

lop² [lɑp; lɒp] *vi.* 《~s; ~ped; ~·ping》 〔動物的耳等〕無力地下垂《*down*》.

lope [lop; ləʊp] 《文章》 *vi.* 〔特指四足動物〕慢慢地〔蹦跳地〕跑.
— *n.* 〔a U〕大步跑.

lop-eared [ˋlɑpˏɪrd; ˈlɒpˏɪəd] *adj.* 〔狗, 兔等〕耳朵下垂的, 垂耳的.

lop·sid·ed [ˋlɑpˋsaɪdɪd; ˏlɒpˈsaɪdɪd] *adj.* 傾向一方的; 一邊較重〔大〕的.

lo·qua·cious [loˋkweʃəs; ləʊˈkweɪʃəs] *adj.* 《文章》多嘴的, 饒舌的, (talkative).

lo·qua·cious·ly [loˋkweʃəslɪ; ləʊˈkweɪʃəslɪ] *adv.* 《文章》饒舌地.

lo·quac·i·ty [loˋkwæsətɪ; ləʊˈkwæsətɪ] *n.* 〔U〕《文章》多嘴.

lo·quat [ˋlokwɑt; ˈləʊkwɒt] *n.* 〔C〕枇杷(的樹, 果實)《薔薇科的常綠喬木》.

* **lord** [lɔrd; lɔːd] *n.* 《*pl.* ~s [~z; ~z]》〔C〕

〖主人〗 **1** 統治者; 君主; 首長, our sovereign *lord* the King 至高無上的國王陛下/I will obey no *lord* or king. 我不服從任何統治者或國王.

2 〔封建時代的〕領主, 莊園主人.

3 〔英〕貴族; (the Lords) =the House of Lords.

4 《稱呼》(Lord)(**a**)…動爵(用來代替侯〔伯, 子, 男〕爵等正式稱號的俗稱: the Earl of Warwick可稱作Lord Warwick; Lord 也是加在公〔侯, 伯〕爵長子以外的兒子名字前的尊稱: Lord John (Russell) (不作Lord Russell); →duke, sir). (**b**)(my Lord)(Lord)《對侯爵以下的貴族, London 等大城市的市長, 高等法院的法官所使用的稱謂》: 主教動爵(對主教的稱呼).

〖上帝〗 **5** (除用作呼喚外, 通常用 the Lord)上帝, 主; (通常 Our Lord)基督.

6 《感嘆詞性》嘿! 哎呀! (表示驚訝、恐懼等). (Good, Oh) *Lord!* 主啊!/*Lord* bless me! 上帝保佑!

(*as*) *drùnk as a lórd* 酩酊大醉.

lìve like a lórd 過著奢侈的生活.

— *vt.* 《主要用於下列片語》

lórd it óver... 對〔人〕逞威風, 盛氣凌人, (→ queen it over).

Lòrd (Hìgh) Cháncellor *n.* 〔C〕〔英〕大法官(最高的司法官; 為內閣成員, 也兼任上議院議長).

lord·li·ness [ˋlɔrdlɪnɪs; ˈlɔːdlɪnɪs] *n.* 〔U〕 **1** 似貴族[君主]的氣派. **2** 高傲.

lord·ly [ˋlɔrdlɪ; ˈlɔːdlɪ] *adj.* **1** 貴族[君主]氣派的; 威嚴的. **2** 高傲的, 傲慢的.

Lòrd Máyor *n.* 〔C〕〔英〕(倫敦等大城市的)市長. the *Lord Mayor* of London 倫敦市長(不是指 Greater London 而是指 the City 的市長).

lord·ship [ˋlɔrdʃɪp; ˈlɔːdʃɪp] *n.* **1** 〔C〕〔英〕(常 Lordship)陛下(對公爵以外的貴族, 主教, 法官等具有 lord 身分者的尊稱; 通常以 your lordship(s), his lordship 等方式代替 you, he [him]等). His *Lordship* has arrived. 陛下已經抵達.

2 〔U〕貴族[君主]的地位; 權力, 統治, 《*over*》.

Lòrd's Práyer *n.* (加 the)主禱文(基督給與門徒的禱文; 以 Our Father in heaven 開始; 見聖經《馬太福音》).

Lòrd's Súpper *n.* (加 the) =Eucharist.

lore [lor, lɔr; lɔː(r)] *n.* 〔U〕(民族、民間流傳的迷信

的)知識，傳說，(→ folklore). weather *lore* 有關天氣的傳說/Gypsy *lore* 吉普賽傳說.

Lor·e·lei [ˋlorə͵laɪ; ˋlɔːrəlaɪ] *n.* 《德國傳說》羅蕾萊《出沒於萊茵河岸岩石上的女妖，以美妙歌聲誘惑船夫使船觸礁沈沒》.

lor·gnette [lɔrnˋjɛt; lɔːˋnjet] (法語) *n.* C 裝有長柄的眼鏡[欣賞歌劇用的望遠鏡].

lorn [lɔrn; lɔːn] *adj.* 《詩》=forlorn 1.

lor·ries [ˋlɔrɪz, ˋlɑrɪ-; ˋlɔrɪz] *n.* lorry 的複數.

*lor·ry [ˋlɔrɪ, ˋlɑrɪ; ˋlɔrɪ] *n.* (*pl.* **-ries**) C **1** 《英》貨車，(特指大型的)卡車，(《美》truck).
2 (礦山等的)臺車.

[lorgnette]

Los An·ge·les [lɔsˋæŋgələs, ͵ˋændʒələs, -lɪs, -ndʒə͵liz; lɒsˋændʒɪliːz] *n.* 洛杉磯《位於California，為美國第二大城市；略作 LA, L.A.》.

*lose [luz; luːz] *v.* (**los·es** [~ɪz; ~ɪz]; **lost**; **los·ing**) *vt.*【失去】**1** 失去，喪失；與[死者]永別. Many of our citizens have *lost* their jobs. 我們許多人民失業了/You have nothing to *lose* by being kind. 親切不會使你失去任何東西/She *lost* her only son in a car accident. 她在一場車禍意外中失去了她唯一的兒子/I *lost* my father to cancer. 我的父親因癌症去世了.

搭配 lose + n.: ~ one's freedom (失去自由), ~ one's honor (失去榮譽), ~ a person's love (失去某人的愛), ~ a person's respect (失去某人的尊敬), ~ a person's support (失去某人的支持).

2【一時地失去】遺失；弄丟；(↔ find). The papers seem to be *lost*. 那些文件似乎遺失了.

3 迷失；迷[路]. *lose* one's friend in a crowd 在人群中與友人走散了/The girl *lost* her way in the woods. 女孩在森林中迷路了/I've *lost* my place in the book. 我不曉得書讀到哪了.

【無法保持】**4** 失去[希望，健康，平靜等]. *lose* heart 垂頭喪氣/Don't *lose* your patience. 不要失去你的耐心/His mother *lost* her health. 她的母親失去了健康.

搭配 lose + n.: ~ courage (失去勇氣), ~ hope (失去希望), ~ one's composure (失去鎮靜), ~ one's determination (失去決心).

5 失去[速度]，沒有了[高度等]. She is on a diet to *lose* weight. 她為減肥而節食.

6 [鐘錶]走慢(↔ gain). My watch *loses* two seconds a day. 我的錶每天慢兩秒(→ *vi.* 3).

【失去而損失】**7** 白費，浪費，[時間，勞力等]. They *lost* no time in getting the sick man to the hospital. 他們毫不耽擱地把病人送到醫院.

8 句型4 (lose **A B**)使A(人)失去[損失]B. Your selfishness will *lose* you your friends. 你的自私將

使你失去朋友.

【錯過】**9** 使[獵物等]逃掉；錯過[好機會等]；未能理解[言辭等]；漏聽[說話等]；(★ miss 比 lose 更普遍). The last words of his speech were *lost* in the applause. 他演說的最後幾句話被掌聲淹沒而聽不見.

10 未能得到[獎等]；[在比賽，討論等]輸掉；(↔ win). We *lost* the game. 我們輸了比賽.

搭配 lose + n.: ~ an appeal (敗訴), ~ a bet (賭輸), ~ an election (落選), ~ a race (賽跑輸了), ~ a war (戰敗).

— *vi.* **1** 受損失，賠錢，(*on*) (↔ gain)；變得衰弱；失去；(*in*). His father *lost* heavily *on* that job. 他的父親在工作上大受損失.

2 輸掉，失敗[(*to*)]；(↔ win). *lose* by 500 votes 以 500 票之差落敗/I *lost* to Bob. 我敗給鮑伯/The Royalists were fighting a *losing* battle. 保皇黨正在打一場必敗的仗.

3 [鐘錶]走慢(↔ gain; → *vt.* 6). ⇨ *n.* **loss**.

lose óut (口)(1)(嚴重)受損失(*on*)；錯過(*on* [好機會])(2)(特指運氣不好)輸掉.

lose onesélf (1)迷路；迷失方向，徬徨. (2)沈迷，熱中於，(*in*). She *lost herself in* the detective story. 她沈迷於偵探小說裡. (3)失蹤；混入. The fugitive *lost himself in* the crowd. 那個逃犯混入人群中不見了.

los·er [ˋluzɚ; ˋluːzə(r)] *n.* C (比賽等中)輸的一方；失敗者；損失者. a good [bad] *loser* 輸得起[輸不起]的人/a born *loser* 做甚麼都不行的人，總是輸的人.

los·ing [ˋluzɪŋ; ˋluːzɪŋ] *v.* lose 的現在分詞、動名詞.

*loss [lɔs; lɒs] *n.* (*pl.* ~es [~ɪz; ~ɪz])【失去】**1** U 失去，喪失；丟失，遺失. *loss* of health 喪失健康/a temporary *loss* of memory 一時的記憶喪失/The girl wept at the *loss* of her mother. 女孩因失去母親而哭泣/She reported the *loss* of her diamonds to the police. 她因遺失鑽石而報警.

2 U 減少，減量，降低. temperature *loss* 溫度降低/There has been a *loss* in weight of 200 grams. 重量減少了 200 克.

【損失】**3** UC 損失；損害；虧損；(↔ profit, gain). His resignation is a great *loss* to the company. 他的辭職對公司是個重大損失/The firm suffered a lot of *losses*. 這家公司遭受許多損失/profit and *loss* 損益.

搭配 adj. + loss: an irreparable ~ (無法彌補的損害), a small ~ (小小的損失), a total ~ (全面虧損) // v. + loss: cause a ~ (造成損失), recover a ~ (賠償損失).

4 C 損失物；損失額；遭受損害的程度. I took a big *loss* [a *loss* of 200 pounds] on the car when I sold it. 我賣掉那部汽車，損失很大[損失200英鎊].

5 U (時間等的)浪費；(電力等的)耗損.

【輸掉】**6** UC 敗北，失敗. the *loss* of a battle [game] 戰鬥[比賽]失敗. ⇨ *v.* **lose**.

* at a lóss (1)為難，困惑，迷惑. I was *at a loss* for an answer [what to say]. 我不知該如何回答

[說甚麼才好]/His words put me completely *at a loss.* 他的話使我困惑不解. (2)虧本地[賣].

cùt one's *lósses* 趁虧失不大立刻停止[在事業等方面].

lóss lèader *n.* C (爲吸引顧客而虧本出售的)招攬顧客的商品.

‡**lost** [lɔst; lɔst] *v.* lose 的過去式、過去分詞.

— *adj.* **1** 失去的, 不見了的. a *lost* fortune 失去的財產/*lost* honor 失去的榮譽.

2 遺失的, 丟失的; 去向不明的. the long *lost* key 遺失很久的鑰匙/Let's ask at the "*Lost* and Found" desk. 我們到「失物招領處」問問看吧!

3 迷路的; 束手無策的; [表情等]困惑不解的. a *lost* child 迷路的孩子/a *lost* look 不知所措[困惑]的表情/I am *lost* without glasses. 沒有了眼鏡我甚麼事也無法做/get *lost* 迷路; 不知所措.

4 破滅的; 死了的; (船)遇難的. There were 300 men *lost* at sea this year. 今年有300人死於海難.

5 輸了的; 錯過的[獎等]. a *lost* battle 一場敗仗.

Gèt lóst! (俚)走開! 滾蛋!

gìve/.../úp for lóst 認爲…已死亡不再抱持希望; 不再對…心存指望.

* *lóst in...* 沈湎於, 埋頭於…. My father seemed *lost in* thought. 我的父親好像陷入了沈思.

lóst on [*upon*]... 對…無效, 無法引起…的注意. Any advice will be *lost on* him. 任何勸告對他來說都是沒有用的.

lóst to... (1)不再爲…所有; 再也得不到. All chances of promotion were *lost to* him. 他失去了所有升遷的機會.
(2)不感到[羞恥, 有義務等]. That man is *lost to* pity. 那個人很無情/*lost to* the world 無視於周遭[般熱中某事物].

lòst cáuse *n.* C 流於失敗的主義[運動]; 沒有成功希望的企劃.

lòst próperty *n.* U 遺失物.

lòst shéep *n.* C (聖經)迷途羔羊(一時失去信仰的人); 誤入歧途的人.

‡**lot**[1] [lɑt; lɔt] *n.* (*pl.* ~**s** [~s; ~s]) 〖命運〗 **1** a U 命運, 運氣. an enviable *lot* 令人羨慕的運氣/a hard *lot* 苦命/It fell to his *lot* to lose. 他命中注定要輸. 回 lot 的含義比 fortune, fate, destiny 等所表示的「命運」更偏重於人生中偶然注定的境遇.

2 C 籤; U 抽籤; (加 the)中籤. choose by *lot* 抽籤決定/The *lot* fell on [to] my son. 我的兒子中籤.

3 C 抽籤所得之物; (泛指)應得的一份. receive one's *lot* of money 接受自己應得的一份錢.

〖應得的一份>區分〗 **4** C (主美)(土地的)一塊, 地皮; 電影攝影場. an empty [a vacant] *lot* 空地/a parking *lot* 停車場.

càst [*dràw*] *lóts* 抽籤; 抽籤決定.

‡**lot**[2] [lɑt; lɔt] *n.* (*pl.* ~**s** [~s; ~s]) 〖一堆〗 **1** (a lot 或 lots)(口)(a)許多, 大量, (→片語 a lot of..., lots of...). I have *lots* [a *lot*] to do. 我有許多事要做/What a *lot*! 那麼多!

(b)(副詞性)非常(★鄭重表達時用 much, a great deal 等). Thanks a *lot*. 非常感謝/talk (quite) a *lot* 講得很多/He's working *lots* harder. 他比以前努力得多了.

2 C (拍賣品等的)一堆, 一批; (人, 物的)一群, 一組; 同類, 同伴. sell by [in] *lots* 分批出售/30 cents a *lot* 一堆 30 分錢/a lazy *lot* of students 一群懶惰的學生.

3 U (加 the)(單複數同形)(口)全部, 全體. all the [the whole] *lot* of you 你們全部(★ all of you的強調用法)/That's the *lot*. 就這了(再也沒有了).

* *a lòt of...*=*lòts of...* (口)許多…. A *lot of* boys are running about. 許多男孩跑來跑去/*Lots of* money was spent. 花了許多錢. 語法(1)特別在肯定直述句中多用來代替 many, much (→ many, much 的 語法). (2)用單數或複數依 of 後面的名詞而定. (3)of 後面的名詞通常用不特定名詞的單數或複數, 但有時 a *lot* of... 也用特定名詞或代名詞, 如: a *lot* of those books(那些書中的許多書), We see a *lot* of him. (我們常見到他). (4) lots of... 比 a lot of... 意味更強且用法更通俗, 更進一步強調的用法是 lots and lots of....

loth[loθ; loθ] *adj.* =loath.

lo·tion [ˋloʃən; ˋloʃn] *n.* UC 外用藥水; 洗淨劑; 化妝水. eye *lotion* 眼藥水.

lot·ter·y [ˋlɑtərɪ; ˋlɔtərɪ] *n.* (*pl.* -**ter·ies**) **1** C 彩券, 對獎籤; 摸彩. a *lottery* ticket 彩券; 摸彩券. **2** a U 命運, 運氣. Marriage is a *lottery*. (諺)婚姻全靠運氣.

lo·tus [ˋlotəs; ˋloʊtəs] *n.* C **1** (植物)蓮, 睡蓮. **2** (希臘傳說)忘憂樹(傳說吃了它的果實會有一種夢幻之感而忘卻現世苦難).

‡**loud** [laʊd; laʊd] *adj.* (~**er**; ~**est**) 〖高聲的〗 **1** 大聲的; 高音的; [樂器等]響亮的. give a *loud* laugh 發出哄堂大笑/The thunder became *louder*. 雷聲變得更響了.

2 嘈雜的, 喧鬧的. *loud* music 喧鬧的音樂/Don't be so *loud*. 別那麼吵.

3 [要求等]糾纏不休的, 令人煩躁的; [讚賞等]熱烈的. They were *loud* against the war. 他們激烈地高呼反對戰爭/*loud* cheers 熱烈的喝采/be *loud* in a person's praises 極力稱讚某人.

〖引人側目的〗 **4** 俗豔的, 花俏的, (showy; ↔ quiet). Your dress is too *loud*. 你的衣服太花俏.

5 [人, 態度等]庸俗的, 下流的.

— *adv.* (~**er**; ~**est**)大聲地; 響亮地. (→ loudly 語法). Please speak a little *louder*. 請說大聲一點.

loud·hail·er [ˋlaʊdˋhelə; ˌlaʊdˈheɪlə(r)] *n.* (主英)=bullhorn.

* **loud·ly** [ˋlaʊdlɪ; ˋlaʊdlɪ] *adv.* **1** 大聲地; 響亮地; 音高地. The students sang *loudly*. 學生們大聲唱歌/His heels sounded *loudly* in the empty hallway. 他的腳步聲在空盪走廊裡聽起來很響亮.

[語法] 在修飾 speak, say, talk, shout, laugh, sing 等的時候，可用 loud 代替 loudly, loud 是比較俗的用語.

2 喧鬧地. The music blared *loudly* from the radio. 收音機裡傳來喧鬧的音樂聲.

3 俗豔地, 花俏地. be *loudly* dressed 穿得花俏.

loud·ness [ˋlaʊdnɪs; ˈlaʊdnɪs] *n.* ⓤ (聲音的)大小; 響亮; 喧鬧; 花俏.

*__loud·speak·er__ [ˋlaʊdˋspikɚ; ͵laʊdˈspiːkə(r)] *n.* (*pl.* ~s [~z; ~z]) ⓒ 擴音器, 揚聲器, (speaker).

Lou·is [ˋluɪs, ˋluɪz; ˋluɪ, ˈluːiː, ˈluːɪ, ˈlɔɪ, ˈluːɪs, ˈlɔɪs] *n.* **1** 男子名. **2** 路易《法國國王從 Louis I 到 Louis XVIII 共十八人之名; 最有權力的法國的國王是 Louis XIV (1643-1715 在位); 法國大革命中被處死的國王是 Louis XVI (1774-92 在位)》.

Lou·i·sa, Lou·ise [luˋizə; luːˈiːzə], [luˈiz; luːˈiːz] *n.* 女子名(Louis 的女性名).

Lou·i·si·an·a [͵luɪzɪˋænə, lu͵izɪˋænə; lu͵iːzɪˈænə] *n.* 路易斯安那州《美國南部的州; 首府 Baton Rouge; 略作 LA, La.》.

*__lounge__ [laʊndʒ; laʊndʒ] *v.* (**loung·es** [~ɪz; ~ɪz]; ~d [~d; ~d]; **loung·ing**) *vi.* 【晃蕩】 **1** 閒蕩, 閒遊, 《about; around》. lounge about a park 在公園裡閒逛.

2 (悠閒地)倚; 躺. He *lounged* lazily on the lawn. 他懶洋洋地躺在草地上.

— *vt.* 懶散地 過(日)《away》. I *lounged* the morning *away* at home. 我在家裡閒了一個上午.

— *n.* (*pl.* **loung·es** [~ɪz; ~ɪz]) **1** ⓐⓤ 閒蕩, 懶散地消磨時間.

2 ⓒ (旅館等的)休息室, 會客室; (機場等的)候機室; 《主英》(個人住宅的)起居室.

3 ⓒ 躺椅, 沙發, 《特指無靠背而一端有頭枕的》.

lóunge bàr *n.* 《英》=saloon bar.

lóunge càr *n.* ⓒ《美》(鐵路)特等客車《有沙發等並供應點心、飲料》.

loung·er [ˋlaʊndʒɚ; ˈlaʊndʒə(r)] *n.* ⓒ 閒蕩的人, 遊手好閒的人.

lóunge sùit *n.* ⓒ《主英》(與禮服相對, 日常穿的)西裝(《美》business suit).

loupe [lup; luːp] *n.* ⓒ 放大鏡《珠寶商, 鐘錶店等使用的》.

lour [laʊr; ˈlaʊə(r)] *v.* =lower².

louse [laʊs; laʊs] *n.* (*pl.* **lice**, 為 **lous·es**) ⓒ **1** 蝨《植物等上似蝨的》寄生蟲. **2** 《俚》卑鄙的傢伙.
— *vt.* 清除…的蝨子.

lòuse/…/úp 《俚》把…搞砸, 使…泡湯. Losing my money *loused up* my vacation. 掉了錢假期也泡湯了.

lous·y [ˋlaʊzɪ; ˈlaʊzɪ] *adj.* **1** 聚滿蝨子的, 多蝨子的. **2** 《口》卑劣的; 骯髒的; 討厭的; 下流的. **3** 《敘述》(口)[錢等]很多的.

lout [laʊt; laʊt] *n.* ⓒ 粗鄙者, 鄉巴佬, 傻瓜.

lout·ish [ˋlaʊtɪʃ; ˈlaʊtɪʃ] *adj.* 粗魯的; 愚笨的.

lou·ver, lou·vre [ˋluvɚ; ˈluːvə(r)] *n.* ⓒ

百葉窗, 百葉門, 《為了防日曬、通風, 把一片片狹長木板留出縫, 斜著組合而成之物》; 百葉窗板.

Lou·vre [ˋluvrə, ˋluvɚ, luv; ˈluːvrə] *n.* (加 the) (巴黎的)羅浮宮(美術館).

lov·a·ble [ˋlʌvəb; ˈlʌvəbl] [louvers] *adj.* 可愛的, 討人喜歡的.

*__**love**__ [lʌv; lʌv] *n.* (*pl.* ~s [~z; ~z]) 【愛】 **1** ⓐⓤ (血緣關係等的)愛; 善意, 好意; (◆ hate, hatred). mother *love* 母愛/She showed a deep *love* for her son. 她對她的兒子流露出深厚的愛/love for mankind 對全人類的愛.

2 ⓤ愛情, 戀愛. first *love* 初戀/unrequited *love* 單戀/I married her for *love*, not for her money. 我和她結婚是為了愛情而不是為了她的錢/Love is without reason. 《諺》愛情是沒有甚麼道理的.

[同] love 指比 affection, attachment 更熱烈的愛.

[搭配] *adj.*+love: blind ~ (盲目的愛), passionate ~ (熱烈的愛), true ~ (真愛) // *v.*+love: declare one's ~ (表白愛慕), show one's ~ (示愛), win a person's ~ (贏得某人的愛).

3 (Love) 丘比特(Cupid).

4 ⓤ (上帝的)慈愛, 慈悲; (對上帝的)敬愛, 崇敬. 【愛好】 **5** ⓐⓤ 愛好, 喜愛, 《of, for》. love of one's country 愛國心/My father has a great *love* for baseball. 我的父親熱愛棒球.

【愛的對象】 **6** ⓒ (特指女性的)情人《★男性是 lover》.

7 ⓒ《英、口》親愛的《對情人, 夫妻間, 孩子, 友人等的稱呼》; 寶貝《對廉價餐館的客人的稱呼》. What, my *love*? 甚麼事, 親愛的?

8 ⓒ 愛好物; 《口》可愛的人[物]; 愉快的人. Music is my greatest *love*. 音樂是我的最愛.

9 ⓤ《網球》零分《由於「不下賭注」之意可說成 for *love* 或 for *nothing*, 因此 love=nothing(零)》. lose 6-4, 6-*love* 以六比四, 六比零落敗/*love* all 零比零.

*__**be in lóve** (**with**…)__ 與…戀愛; 愛上…. I can't marry you—I'm in love with Roger. 我不能和你結婚, 我愛羅傑.

*__**fàll in lóve** (**with**…)__ 與…戀愛; 愛上…. We *fell in love* (*with* each other) at first sight. 我們一見鍾情.

for lóve 出於喜愛; 免費地; 不下賭注地. You don't have to pay me—I've done it *for love*. 你不用付我錢, 我喜歡這樣做.

for lòve or [**nor**] **móney** 《用於否定句》怎麼也 (不…), 絕對(不…), (by any means). We cannot get the ticket *for love or money*. 我們怎麼也拿不到票. 《份上.

for the lòve of Gód [**Héaven**] 看在上帝的

gìve [**sènd**] **one's lóve to**… 代向…致意. Give my *love* to Jane. 代我向珍致意.

màke lóve (**to, with**…) (和…)做愛; (和…)擁抱,

接吻.

There is nò lóve lòst between them. 他們之間
沒有任何愛[互相憎恨].

With lóve. 摯愛的(極親密關係的書信簽名前的結
尾語).

— *vt.* (~s [~z; ~z]; ~d [~d; ~d]; lov·ing) (★通
常不用進行式) **1** 愛, 疼愛, 敬愛[上帝等]; (↔
hate). I *love* my parents dearly. 我敬愛我的父
母/Love me, *love* my dog. (諺)愛我, 也請愛我的
狗(愛屋及烏).

2 迷戀; 戀愛.

3 非常喜歡, 非常喜愛; [句型3](love *to* do/
do*ing*)非常喜歡做… ([語法]有關 love to do, love
do*ing* 的差異 → like¹ 1 (c)). There's nothing I
love more than good wine. 沒有比好酒更爲我所喜
歡的了(→ like¹ 1 (a) [語法])/I *love watching* TV.
我喜歡看電視/I *love* to travel by myself. 我喜歡
獨自去旅行/The violet *loves* a sunny bank. 紫羅
蘭喜歡生長在日光充足的土壤上.

4 (加 would, should)(a) [句型3](love *to* do)想
做…(★女性偏好的表達方式). "Would you like
to dance?" "I'd *love* to." 「你想跳舞嗎?」「好」(★ to
相當於 to dance).
(b) [句型5](love **A** *to* do)希望 A 一定要做…. I'd
love (for) you to come with me. 我希望你一定要
和我一起來(★ for 是(美), (俗)).

love·a·ble [ˈlʌvəbl; ˈlʌvəbl] *adj.* =lovable.
lóve affáir *n.* ⓒ戀情, 風流韻事.
love·bird [ˈlʌvˌbɝd; ˈlʌvbəːd] *n.* ⓒ **1** (鳥)愛
情鳥(雌雄總是在一起的小型鸚鵡).
2 (口)(lovebirds)一對相愛的情侶; 恩愛夫妻.
lóve gàme *n.* ⓒ(網球)一方始終掛零的比賽;
→ love *n.* 9.
love·less [ˈlʌvlɪs; ˈlʌvlɪs] *adj.* **1** (婚姻等)沒有
愛的. **2** 得不到愛的; 不被人所愛的.
lóve lètter *n.* ⓒ情書.
love·li·er [ˈlʌvlɪɚ; ˈlʌvlɪə(r)] *adj.* lovely的比較級.
love·li·est [ˈlʌvlɪɪst; ˈlʌvlɪɪst] *adj.* lovely的最
高級.
love·li·ness [ˈlʌvlɪnɪs; ˈlʌvlɪnɪs] *n.* Ⓤ美麗,
魅力, 可愛, (口)極好, 出色.
love·lorn [ˈlʌvˌlɔrn; ˈlʌvlɔːn] *adj.* 爲愛所苦的;
失戀的.

*love·ly [ˈlʌvlɪ; ˈlʌvlɪ] *adj.* (-li·er; -li·est)
1 美麗的; 有魅力的; 可愛的; (人格
上)美好的. You have *lovely* hands. 你有一雙美麗
的手/a *lovely* girl 可愛的女孩/a *lovely* sight 美
景. lovely 不但形容事物在外觀上的美, 重點更
在於它給予人的情緒上的愉快、可愛之感; → beau-
tiful.

2 (口)非常快樂的, 愉快的, (very pleasant).
We had a *lovely* time in Disneyland. 我們在迪士
尼樂園玩得非常快樂. [語法]如 lovely 和 lovely
(怡人而溫暖的)等等, lovely 有時會和 and 連用作
副詞性用法(→ and 6).
love·mak·ing [ˈlʌvˌmekɪŋ; ˈlʌvˌmeɪkɪŋ] *n.*
Ⓤ做愛, 性交.
lóve màtch *n.* ⓒ戀愛結婚.

———————————————————— low **921**

*lov·er [ˈlʌvɚ; ˈlʌvə(r)] *n.* (*pl.* ~s [~z; ~z]) ⓒ
1 (通常指男性的)情人(★女性是 love);
情夫(★女性是 mistress).

2 (lovers)情侶. The young *lovers* walked hand
in hand. 那對年輕情侶手挽著手散步.

3 愛好者, 熱愛者, (*of*) a great *lover of* golf
熱愛高爾夫球的人.

lóve sèat *n.* ⓒ雙人沙發, 情人座.
lóve sèt *n.* ⓒ(網球)一方始終掛零的一局; →
love *n.* 9.
love·sick [ˈlʌvˌsɪk; ˈlʌvsɪk] *adj.* 害相思病的,
因愛情而苦惱的; (詩等)表達愛情苦惱的.
lóve sòng *n.* ⓒ情歌.
lóve stòry *n.* ⓒ愛情小說[電影, 戲劇].

*lov·ing [ˈlʌvɪŋ; ˈlʌvɪŋ] *v.* love的現在分詞、動
名詞.

— *adj.* 愛的; (眼神等)充滿愛意的, 溫柔的. *lov-
ing* glances 充滿愛意的眼神/Your *loving* son,
John. 愛你的兒子, 約翰(給雙親書信的結尾語).

lov·ing·ly [ˈlʌvɪŋlɪ; ˈlʌvɪŋlɪ] *adv.* 充滿愛意地,
溫柔地.

*low¹ [lo; ləʊ] *adj.* (~·er; ~·est)〖低的〗 **1** 〖山
岡〗(比標準)(高度)低的, 矮的; 〖架子,
樹枝, 天花板等〗低的, a *low* forehead 窄的額頭/
make a *low* bow 深深地鞠躬/The sun was *low*
in the west. 太陽已西沈了.
[語法]low 不用來形容人;「矮的人」是 a short per-
son; 但是可以說成 a man of *low* stature.

2 〖地面〗(比標準)低的; 〖水面等〗淺的; 〖洋裝等〗
低胸的, 緯度低的. a *low* valley 低谷/a *low* river
水位低的河川/a blouse with a *low* neckline 前襟
開得很低的襯衫.

3 低音的; 〖聲音等〗低的; (語音學)舌的位置低的.
Turn the radio down *low*. 把收音機的音量關小/
low vowels 低母音(([ɑ; ɑː], [ɔ; ɔː] 等; 與 [i; iː] 或
[u; uː] 相比, 發音時舌的高度低)).

4 〖消沈的〗(敘述)(心情)消沈的, 沒有精神的; 〖體
力〗弱的, 虛弱的. I feel so *low* today. 今天我覺
得很沒有精神.

5 〖低水準的〗(工資, 分數, 刻度等)低的; (價錢)
低的(→ cheap [語法]); (數, 收穫量等)少的; (評
價等)低的. a *low* temperature 低溫/at a *low*
price 低價/*low* density (人口和房屋等的)低密度,
稀少/have a *low* opinion of a person 對某人評價低.
〖貧乏的〗 **6** 不足的; 缺乏的; (*on*, *in*). run
low (儲備)變得不足/The plane is *low* on fuel.
飛機的燃料所剩不多.

7 (限定)(飲食等)營養價值低的, 粗糙的; (質)劣
的. *low* oil of *low* quality 品質差的油.
〖低級的〗 **8** (身分等)低的, 下層的; (出身等)卑
微的(humble); (發展階段等)低等的, 下等的. a
low rank in the army 軍隊中的下層階級/a *low*
form of life 低等生命.

9 粗野的; (說話等)粗俗的, 下流的; (策略等)卑
劣的. *low* manners 沒禮貌/Her taste is very

low. 她的品味非常低俗. ⇨ *v.* **lower**[1]. ↔ **high**.

at (**the**) **lówest** 最低; 至少.

bring...lów 使…的健康衰弱; 使…的地位下降; 使…墮落.

lày...lów (1)把…打倒; 把…打敗. (2)使〔人〕生病《通常用被動語態》. I was *laid low* for a week by [with] the flu. 我因得了流行性感冒躺了一個星期.

lie lów (1)躺〔在地面上〕伏臥. (2)隱匿; 等待時機. You'd better *lie low* until the hunt is over. 你最好躲起來直到搜索結束.

—— *adv.* (～**er**; ～**est**) **1** 低低地; 在[向]低處. hang *low* 低垂/The plane was flying *low*. 飛機飛得很低.

2 便宜地; (金額等)少地. buy *low* 買得便宜/play *low* 以小額的錢賭.

3 低音地; 〔說話等〕靜靜地, 小聲地. sing *low* 低聲地唱/They were talking *low* to each other. 他們相互低聲說話.

—— *n.* **1** 低的水平〔數值〕; 最低點; 低價. reach a new *low* 達到新的底價〔最低點〕. **2** 〔U〕(汽車的)低速檔. **3** 〔C〕〔氣象〕低氣壓地區.

low[2] [lo; ləʊ]《文章》 *vi.* 〔牛〕哞哞叫(moo).

—— *n.* 〔C〕(牛的)哞哞叫聲.

low-born [ˋloˋbɔrn; ˏləʊˋbɔːn] *adj.*《雅》出身低微的.

low-brow [ˋlo͵braʊ; ˋləʊbraʊ] *n.* 〔C〕《口》涵養〔知識〕不足的人(↔ highbrow).

—— *adj.* 涵養〔知識〕不足的.

Lòw Chúrch *n.* (加the)低教會(派)《不注重教會儀式和權威的英國國教會的一派; → High Church》.

Lów Còuntries *n.* (加the)低地國家《指荷蘭、比利時、盧森堡》.

low-down [ˋlo͵daʊn; ˋləʊdaʊn] *n.* (加the)《俚》內幕, 眞相.

low-down [ˋloˋdaʊn; ˋləʊdaʊn] *adj.*《限定》《口》卑劣的.

✲low-er[1] [ˋloɚ; ˋləʊə(r)] *v.* (～**s** [～z; ～z]; ～**ed** [～d; ～d]; **-er-ing** [-ərɪŋ; -ərɪŋ]) *vt.*

〖使低〗 **1** 放下; 降下…的位置. We *lower* the blinds at night. 我們晚上放下窗簾/The captain ordered the lifeboats *lowered*. 船長下令放下救生艇.

2 壓低(聲音). He *lowered* the volume of the radio. 他調低收音機的音量.

〖使降低〗 **3** 使便宜〔水準等〕降低. They asked their landlord to *lower* the rent. 他們請求房東降低房租.

4 使〔評價, 名聲等〕降低, 受到損害; 降低〔人〕的品格. ↔ **raise, heighten**.

—— *vi.* **1** 降低, 變低. The water level *lowered* rapidly. 水位急遽下降.

2 〔價格等〕降低; 〔聲音等〕變弱. ⇨ *adj.* **low**[1].

lówer onesèlf 降低品格; 失去面子《常用於否定句》. I wouldn't *lower myself* to borrow money. 我不會降低身分去借錢.

—— *adj.*《**low**[1] 的比較級》《限定》(↔ upper) **1** (一物的)下部的; 下游的; 偏南部的; (上下對立物的)下面的. the *lower* part of one's body 下半身/the *lower* Nile 尼羅河下游/the *lower* lip 下唇.

2 下級的; 下等的; 下等的. a *lower* court 下級法院/*lower* plants (蘑菇等的)低等植物.

low-er[2] [ˋlaʊɚ; ˋlaʊə(r)] *vi.* **1** 皺眉頭, 面露慍色, 《at, on, upon》(frown). **2** (雲等的)陰沈昏暗; 〔風暴等〕隱隱將至.

Lòwer Califórnia [͵loɚ-; ͵ləʊə-] *n.* 下加利福尼亞半島《墨西哥西北部, 通常指稱作加利福尼亞半島的地方》.

lòwer cáse [͵loɚ-; ͵ləʊə-] *n.*《印刷》小寫鉛字用的檢字盤; 小寫字母(↔ upper case).

lower-case [ˋloɚkes; ˋləʊəkeɪs] *adj.*《印刷》小寫字母的.

lòwer cláss(es) [͵loɚ-; ͵ləʊə-] *n.* (加the)下層階級(→ upper class, middle class).

lòwer déck [͵loɚ-; ͵ləʊə-] *n.* 〔C〕下甲板.

Lòwer Hóuse [͵loɚ-; ͵ləʊə-] *n.* (加the)(兩院制議會的)下議院(亦作 Lòwer Chámber; 英國的 the House of Commons, 美國的 the House of Representatives 等).

low-er-ing [ˋlaʊərɪŋ, ˋlaʊrɪŋ; ˋlaʊərɪŋ] *adj.* **1** (表情等)皺眉頭的, 不悅的. **2** 〔天空等〕陰沈的, 昏暗的.

low-er-ing-ly [ˋlaʊərɪŋlɪ, ˋlaʊrɪŋ-; ˋlaʊərɪŋlɪ] *adv.* 不悅地; 樣子險惡地.

low-er-most [ˋloɚ͵most; ˋləʊəməʊst] *adj.* 最下的; 最低的; (lowest).

lòwest cómmon múltiple [͵loɪst-, ͵ləʊɪst-] *n.* (加the)《數學》最小公倍數(略作LCM).

lòw fréquency *n.* 〔UC〕《電》低頻率.

low-key, low-keyed [ˋloˋki; ˋləʊˋki] [ˋloˋkid; ˋləʊˋkiːd] *adj.*《文體等》克制的, 含蓄的, 有所保留的, 低調的.

low-land [ˋlo͵lænd, -lənd; ˋləʊlənd] *n.* **1** 〔U〕(或 lowlands)低地(↔ highland).

2 (the Lowlands)蘇格蘭(東南部的)低地地區(↔ the Highlands).

low-land-er [ˋloləndɚ; ˋləʊləndə(r)] *n.* 〔C〕 **1** 低地的(原)居民. **2** (Lowlander)蘇格蘭低地的居民.

low-ly [ˋlolɪ; ˋləʊlɪ] *adj.* **1** 〔地位, 職業等〕低的, 低微的; 〔小屋等〕粗糙的. **2** 〔態度等〕謙遜的, 恭順的. 同 lowly 沒有如 humble 所含「卑躬屈膝」之意.

—— *adv.* **1** 〔地位, 程度等〕低下地; 寒酸地. **2** 謙遜地. **3** 低聲地.

low-ly-ing [ˋlo͵laɪɪŋ; ˏləʊˋlaɪɪŋ] *adj.* 低地的; 在低處的.

low-mind-ed [ˋloˋmaɪndɪd; ˏləʊˋmaɪndɪd] *adj.* 沒品德的, 下流的, 卑劣的.

low-necked [ˋloˋnɛkt; ˋləʊˋnekt] *adj.* (露出肩, 胸的上部之女用服裝)低領露肩的.

low-ness [ˋlonɪs; ˋləʊnɪs] *n.* 〔U〕低; 庸俗; 卑賤; 沒精神; 價錢便宜. (↔ highness).

low-pitched [ˋloˋpɪtʃt; ˋləʊˋpɪtʃt] *adj.* **1** 音調〔音程〕低的. **2** 〔屋頂〕坡度緩的.

low-pres·sure [ˋloˋprɛʃɚ; ˌləʊˋpreʃə(r)] *adj.*
〔鍋爐等〕低壓的; 低氣壓的.

lòw prófile *n.* ⓒ 不引人注意的態度, 低姿態.

low-rise [ˋloˋraɪz; ˋləʊˋraɪz] *adj.* 《限定》〔建築
物〕低層的, 層數少的, 《一、兩層樓的; → high-
rise》.

lòw séason *n.* 《加 the》〔買賣, 旅遊等的〕淡季.

low-spir·it·ed [ˋloˋspɪrɪtɪd; ˌləʊˋspɪrɪtɪd] *adj.*
無精打采的, 意志消沉的.

lòw tíde *n.* ⓒ 低潮, 乾潮〔點〕.

lòw wáter *n.* Ⓤ 低潮;〔河等的〕低水位.

lòw-wáter màrk *n.* ⓒ **1** 潮位最低的標
誌; 〔河, 湖的〕低水位線〔點〕. **2** 最低水準; 〔不興
旺, 貧窮等的〕最低點.

★**loy·al** [ˋlɔɪəl, ˋlɔjəl; ˋlɔɪəl] *adj.* 〔朋友等〕**忠實**
的, 誠實的; 對…忠誠的《*to*〔國家等〕》;
〔行為〕忠實的; (faithful). a *loyal* wife 貞節的妻
子/a man *loyal to* his cause 忠於主義的人/He
has always been a *loyal* friend *to* me. 他一直是
我忠實的朋友. ⇨ *n.* **loyalty.** ⬌ **disloyal.**

loy·al·ist [ˋlɔɪəlɪst, ˋlɔjəlɪst; ˋlɔɪəlɪst] *n.* ⓒ **1** 忠
誠〔忠義〕的人, 忠臣;〔特指叛亂時期〕國王〔當時政
府〕的擁護者. **2** 《常 Loyalist》《美國獨立戰爭時的》
親英分子, 反對獨立者.

loy·al·ly [ˋlɔɪəlɪ, ˋlɔjəl-; ˋlɔɪəlɪ] *adv.* 誠實地; 忠
誠地.

loy·al·ties [ˋlɔɪəltɪz, ˋlɔjəl-; ˋlɔɪəltɪz] *n.* loyalty
的複數.

★**loy·al·ty** [ˋlɔɪəltɪ, ˋlɔjəl-; ˋlɔɪəltɪ] *n.* 《*pl.* **-ties**》
1 Ⓤ**忠 實**, 誠實; 忠 誠. pledge
loyalty to one's own country 宣誓對國家忠誠.
回 loyalty 的「忠誠」常是出於個人的意志決心; →
fidelity.
搭配 *adj.*＋loyalty: devoted ～ (至死的忠誠),
intense ～ (高度的忠誠) // *v.*＋loyalty: demon-
strate one's ～ (證明〔自己的〕忠誠), win a per-
son's ～ (贏得某人的忠誠).
2 ⓒ〔對某物的〕忠誠心. have a conflict of *loy-
alties* 陷於不知對哪一邊忠誠的矛盾之中〔『忠孝不能
兩全』之類》. ⇨ *adj.* **loyal.**

loz·enge [ˋlɑzɪndʒ; ˋlɒzɪndʒ] *n.* ⓒ **1** 〔止咳等用
的〕糖錠〔從前多做成菱形〕. **2** 菱形; 菱形物〔窗玻
璃等〕.

＊**LP** [ˋɛlˋpi, ˌelˋpi:] *n.* 《*pl.* **LP's, LPs** [～z; ～z]》ⓒ
慢 轉 唱 片〔每 分 鐘 33⅓ 轉; 源 自 *long-p*laying
(record); ⬌ single *n.* 5; → EP》.

LPG [ˋɛlˋpiˋdʒi; ˋelˋpi:ˋdʒi:] 《略》liquefied petro-
leum gas(→ liquefy).

L-plate [ˋɛlˏplet; ˋelpleɪt] *n.* 《英》練習駕駛牌
照〔汽車駕駛學員裝在車的前後, 用白底紅字大寫 L
的牌照; L 表示 learner》.

LSD [ˋɛlˋɛsˋdi; ˌeles'di:] *n.* Ⓤ《藥學》麥角酸酰二
乙胺〔一種迷幻藥〕; 《俚》也稱 acid》.

Lt. 《略》Lieutenant.

Ltd 《略》Limited《放在有限公司名稱之後: B. T.
Batsford *Ltd* B. T. 巴茨福德(有限) 公司》.

lub·ber [ˋlʌbɚ; ˋlʌbə(r)] *n.* ⓒ 《個頭大的》笨拙的
人, 愚蠢的人; 《海事》菜鳥水手.

lu·bri·cant [ˋlubrɪkənt, ˋlɪu-; ˋluːbrɪkənt] *n.*
Ⓤ ⓒ 潤滑油〔劑〕.

lu·bri·cate [ˋlubrɪˏket, ˋlɪu-; ˋluːbrɪkeɪt] *vt.*
1 在〔機器, 零件等〕上注入〔塗上〕潤滑油〔劑〕.
2 〔油等〕使…潤滑; 使〔皮膚等〕滑潤《*with*》; 打通
〔人際關係等〕.

lu·bri·ca·tion [ˏlubrɪˋkeʃən, ˏlɪu-;
ˏluːbrɪˋkeɪʃn] *n.* Ⓤ 注油; 滑潤.

lu·cerne [luˋsɝn, ˋlɪu-; luːˋsɜːn] *n.* 《英》= alfalfa.

lu·cid [ˋlusɪd, ˋlɪusɪd; ˋluːsɪd] *adj.* **1** 〔說明, 文體
等〕明快的, 易懂的; 頭腦清晰的, 理智的.
2 清醒的, 意識清楚的.

lu·cid·i·ty [luˋsɪdətɪ, lɪu-; luːˋsɪdətɪ] *n.* Ⓤ 《特指
文體、思考等的》明快, 清晰度.

lu·cid·ly [ˋlusɪdlɪ, ˋlɪusɪd-; ˋluːsɪdlɪ] *adv.* 清晰地,
易懂地.

Lu·ci·fer [ˋlusəfɚ, ˋlɪu-; ˋluːsɪfə(r)] *n.* **1** 魔王
《因圖謀背叛上帝而被驅逐下凡的大天使; 被視為是
撒旦 (Satan)》. (as) proud as *Lucifer* 如魔王般地
傲慢. **2** 曉星《金星 (Venus)》.

★**luck** [lʌk; lʌk] *n.* Ⓤ《【運氣】 **1** 運, 運勢, 運
氣. have good [bad] *luck* 運氣好〔不好〕/
a run of bad *luck* 一連串不幸/*Luck* was with
[against] me. 我運氣好〔不好〕. 回 luck 比 for-
tune 更為口語化, 它左右抽籤、賭博等一時之事;
fortune 則指對人生等造成重大影響的命運的力量.
2 《好運氣》幸運, 僥倖. He had no *luck* (in)
finding work. 他找工作運氣不好/We had the
luck to win the battle. 我們幸運地贏了這場仗/I
won the match, but it was just beginner's *luck*.
我贏了比賽, 但那只是初學者的幸運罷了/I wish
you *luck*. = Good *luck*! (→ 片語)/His *luck*
ran out, and he was captured. 他氣數已盡, 被
捕了.
搭配 *adj.*＋luck (1-2): pure ～ (全然的僥倖),
hard ～ (倒楣), tough ～ (壞運氣) // luck＋*v.*:
one's ～ fails (好運結束), one's ～ improves
(運勢好轉).

as lùck would háve it (1)碰巧, 真幸運. *As
luck would have it*, he was at home when I
called. 真幸運, 我打〔電話〕過去時他在家.
(2)不巧, 真倒楣. 語法 可在 luck 之前加 good, ill
等, 用以區分(1), (2).

Bàd [*Hàrd, Tóugh*] *lúck!* 真倒楣! 真遺憾!
《安慰失敗的人的話》.

by (*góod*) *lúck* 湊巧; 幸虧, 幸好.

dówn on one's lúck 不走運的; 《特指》窮困潦
倒的.

for lúck 為了討吉利, 為了祈求好運. I wear this
ring *for luck*. 我戴這只戒指是為了祈求好運.

Gòod lúck (*to you*)*!* 祝好運! 加油!

in [*out of*] *lúck* 幸運〔不幸〕的. We're *in luck*
—they have some vacant rooms at the hotel. 我
們運氣好, 旅館有空房間.

pùsh one's lúck 《口》得意忘形. You've escaped

punishment twice, but don't *push* your *luck*. 你已躲過了兩次懲罰，但別得意忘形.

trÿ *one's* ***lúck*** 試試運氣，碰碰運氣；孤注一擲. I doubted that I would get the job, but I *tried* my *luck* anyway. 我懷疑是否會得到工作，但不管怎樣，我還是去碰碰運氣.

wòrse lúck 《口》(作為挿入句)不幸，倒楣；遺憾. I lost my watch, *worse luck*! 眞倒楣，我的手錶丟了！

— *vi.* 《美、口》眞走運，好運氣，(*out*).

luck·i·er [ˋlʌkɪɚ; ˋlʌkɪə(r)] *adj.* lucky的比較級.

luck·i·est [ˋlʌkɪɪst; ˋlʌkɪɪst] *adj.* lucky的最高級.

＊**luck·i·ly** [ˋlʌkɪlɪ, ˋlʌkɪlɪ; ˋlʌkɪlɪ] *adv.* (修飾句子)運氣好地，幸運地. *Luckily* the rain stopped before we started. 幸運地，我們出發前雨停了.

luck·less [ˋlʌklɪs; ˋlʌklɪs] *adj.* 運氣不好的，不幸的；[計畫等]以失敗告終的.

＊**luck·y** [ˋlʌkɪ; ˋlʌkɪ] *adj.* (**luck·i·er; luck·i·est**) **1** 幸運的，運氣好的；僥倖的. a *lucky* dog [beggar] 《口》幸運的傢伙/a man *lucky* in games 在比賽中運氣好的人/We've been *lucky* with the weather this week. 我們很幸運本週都是好天氣/I was *lucky* to get a seat. 我運氣好爭到了座位/It was *lucky* (that) you met John there. 你眞幸運在那裡見到了約翰/I had a *lucky* escape this time. 這一回我僥倖地逃出來了/a *lucky* guess [hit, shot] 僥倖的猜中[打中，射中]. 回 lucky 比 fortunate 更為口語化，偶發性的意味較強.

2 帶來幸運的，吉利的. a *lucky* day吉日/a *lucky* number 幸運號碼(7 等)/They announced the *lucky* number. 他們宣布(抽中的)幸運號碼/a *lucky* charm 護身符.

lùcky díp *n.* 《英》=grab bag.

lu·cra·tive [ˋlukrətɪv, ˋlɪu-; ˋluːkrətɪv] *adj.* 《文章》[工作等]有利益的，賺錢的，生財的.

lu·cre [ˋlukɚ, ˋlɪu-; ˋluːkə(r)] *n.* ⓤ《輕蔑》金錢；利潤. filthy lucre 骯髒錢.

Lu·cy [ˋlusɪ, ˋlɪusɪ; ˋluːsɪ] *n.* 女子名.

lu·di·crous [ˋludɪkrəs, ˋlɪu-; ˋluːdɪkrəs] *adj.* 《文章》滑稽的；愚蠢的；招人笑話的，(ridiculous).

lu·di·crous·ly [ˋludɪkrəslɪ, ˋlɪu-; ˋluːdɪkrəslɪ] *adv.* 《文章》滑稽地；愚蠢地.

lu·do [ˋludo; ˋluːdəʊ] *n.* ⓤ《英》用骰子和遊戲卡在紙盤上玩的兒童遊戲.

luff [lʌf; lʌf] *vi.* 《海事》(帆船)使船頭逆風(《up》).

lug[1] [lʌg; lʌg] 《口》*vt.* (~s; ~ged; ~ging) 用力拉；拖曳，拉走.

— *n.* ⓒ (通常用單數)用力拉.

lug[2] [lʌg; lʌg] *n.* ⓒ (鍋，花瓶等兩側的)把手，耳.

＊**lug·gage** [ˋlʌgɪdʒ; ˋlʌgɪdʒ] *n.* ⓤ(集合)手提行李，小件行李. three pieces of *luggage* 三件行李/I'll carry my *luggage* myself. 我自己拿我的行李. 參考 以前表此意時，《美》用 baggage，如今也用 luggage.

lúggage ràck *n.* ⓒ(火車，公車等的)行李

架，網架.

lúggage vàn *n.* ⓒ《英》(鐵路的)行李車(運載旅客大型行李的車輛)(《美》baggage car).

lug·ger [ˋlʌgɚ; ˋlʌgə(r)] *n.* ⓒ《海事》有斜桁(lugsail)的小型帆船.

lug·sail [ˋlʌg͵sel, ˋlʌgsl; ˋlʌgseɪl] *n.* ⓒ《海事》斜桁四角帆(與桅桿形成斜面的帆架上所張掛的四角縱帆).

lu·gu·bri·ous [luˋgjubrɪəs, lɪuˋgɪu-, luˋgub-; luːˋguːbrɪəs] *adj.* 《文章》極其悲哀的，悲痛的，哀傷的.

Luke [luk, lɪuk; luːk] *n.* **1** 男子名.

2 Saint ~ 聖路加(使徒保羅的朋友；新約聖經的〈路加福音〉和〈使徒行傳〉(the Acts of the Apostles) 據說為 Saint Luke 所著).

3〈路加福音〉(新約聖經的一卷).

luke·warm [ˋlukˋwɔrm, ˋlɪuk-; ͵luːkˋwɔːm] *adj.* **1** [熱水等]不冷不熱的，微溫的. **2** [態度等]不冷不熱的；[拍手，歡迎等]不熱切的.

lull [lʌl; lʌl] *vt.* **1** 使睡；把[孩子等]哄睡. I was soon *lulled* (to sleep) by the soft music. 我很快地就隨著輕柔的音樂入睡了(★此句中lull為名詞). **2** 使[暴風雨，洶湧的大海等]平息；(通常用哄騙)使[怒氣，疑心等]緩和.

— *vi.* [暴風雨，聲音等]平息，抑制.

— *n.* ⓒ (通常用單數)稍息，暫停，(《in》)風平浪靜；(疾病的)暫時不穩. There was a *lull* in their conversation. 他們的對話中斷了.

lull·a·by [ˋlʌlə͵baɪ; ˋlʌləbaɪ] *n.* (*pl.* **-bies**) ⓒ催眠曲，搖籃曲.

lum·ba·go [lʌmˋbego; lʌmˋbeɪgəʊ] *n.* ⓤ腰痛.

lum·bar [ˋlʌmbɚ; ˋlʌmbə(r)] *adj.* 腰的，腰部的.

＊**lum·ber**[1] [ˋlʌmbɚ; ˋlʌmbə(r)] *n.* ⓤ **1** 《主美》木材，木料，板料，(timber). We bought some *lumber* to build a shed. 我們買了一些木材造小屋.

2 《主英》廢舊雜物，不用的家具等.

— *vi.* 《美》鋸成木材.

— *vt.* **1** 《美》伐[木]. **2** 《主英》硬推給[人](《with》).

lum·ber[2] [ˋlʌmbɚ; ˋlʌmbə(r)] *vi.* 慢吞吞地走；[手推車等]發出響聲吃力地移動；(《along; past; by》).

lum·ber·jack [ˋlʌmbɚ͵dʒæk; ˋlʌmbədʒæk] *n.* ⓒ《主美、加》伐木工.

[lumberjacks]

lum·ber·man [ˋlʌmbɚmən; ˋlʌmbəmən] *n.* (*pl.* **-men** [-mən; -mən]) ⓒ《美》木材業者；

lumberjack.

lúmber ròom *n.* C《主英》貯藏室, 雜物室.

lum·ber·yard [ˋlʌmbɚˌjɑrd; ˈlʌmbəjɑːd] *n.* C《美》(木材商的)貯木場.

lu·mi·nar·y [ˋluməˌnɛrɪ, ˋlɪu-; ˈluːmɪnərɪ] *n.* (*pl.* **-nar·ies**) C **1** 《文章》(某方面的)名人, 權威. **2** 《詩》發光體(特指星星、太陽、月亮).

lu·mi·nos·i·ty [ˌlumoˋnɑsətɪ, ˌlɪu-; ˌluːmɪˈnɒsətɪ] *n.* U 發光(體); 光輝; 光度.

lu·mi·nous [ˋlumənəs, ˋlɪu-; ˈluːmɪnəs] *adj.* **1** 發光的; 光耀的, 發亮的; 〔房間等〕亮的. *luminous* paint 夜光塗料/a clock with a *luminous* face 夜光鐘. **2** 〔文章等〕明快的.

字源 LUM「光」: *lum*inous, il*lum*inate (照亮), *lum*inary (名人).

lu·mi·nous·ly [ˋlumənəslɪ, ˋlɪu-; ˈluːmɪnəslɪ] *adv.* 明亮地.

*__lump__¹ [lʌmp; lʌmp] *n.* (*pl.* ~**s** [~s; ~s]) C **1** 塊; 方糖. a *lump* of clay 一塊黏土/ Put two *lumps* in my tea, please. 請在我的茶裡放兩塊方糖. 同 mass 通常指「大的團塊」; lump 指「硬而小的塊狀物」.

2 腫塊; 腫瘡. He banged his head against a shelf and got a big *lump*. 他的頭撞在架子上腫了一個大包.

3《口》(矮胖的)蠢貨, 大笨蛋.

a lúmp in one's [*the*] *thróat* (因感動而)喉嚨哽住. Her kindness gave me *a lump in* my *throat*. 她的善意使我感動地哽咽欲泣.

in a [*óne*] *lúmp* 總括起來, 一併. I paid for the car *in one lump*. 我一次付清買這輛車的錢.

in [*by*] *the lúmp* 總共, 全體上.

tàke [*gèt*] *one's lúmps*《美·口》被狠狠地打了; 被教訓了一頓.

— *vt.* **1** 使成一堆(*together*), 歸在一起(*with*). We *lumped* all the books *together* and put them in the spare room. 我們將所有的書收在一起放到空房間去.

2 整合起來考慮(*together*); 硬湊在一起(*with*); 總括. The author *lumps* all the different European literatures *together*. 作者把各種不同的歐洲文學整合起來論述.

— *vi.* 成為塊.

lump² [lʌmp; lʌmp] *vt.*《口》(討厭, 不合意地)忍耐(主要用於下列片語).

lúmp it (勉強)忍受(僅限於與 like, take 一同對應使用). You must go, like it or *lump it*. 不管你高興還是不高興, 你都必須去.

lump·ish [ˋlʌmpɪʃ; ˈlʌmpɪʃ] *adj.*《口》愚笨的, 遲鈍的.

lùmp súgar *n.* U 方糖.

lump·y [ˋlʌmpɪ; ˈlʌmpɪ] *adj.* **1** 多塊的; 〔湯等〕多塊狀物的; 〔地面等〕凹凸不平的. **2** =lumpish. **3** 〔寬闊的水面等〕波浪起伏的.

Lu·na [ˋlunə, ˋlɪunə; ˈluːnə] *n.* 《羅馬神話》盧娜《月之女神; 相當於希臘神話的 Selene》.

lu·na·cy [ˋlunəsɪ, ˋlɪu-; ˈluːnəsɪ] *n.* (*pl.* **-cies**) **1** U 精神異常; 精神錯亂. **2** C (通常 lunac*ies*)

愚蠢的行為.

lu·nar [ˋlunɚ, ˋlɪunɚ; ˈluːnə(r)] *adj.* 月球的(→ solar); 受月球作用引起的; (探索)月球上用的〔火箭等〕.

lùnar cálendar *n.* (加 the)陰曆.

lùnar eclípse *n.* C 月蝕.

lùnar (excùrsion) módule *n.* C 登月小艇《從太空船向月球表面航行》.

lùnar mónth *n.* C **1** 太陰月《從新月到次個新月的期間; 約二十九天半, 通常為四星期》.

lùnar yéar *n.* C 太陰年《相當於十二個太陰月, 約三百五十四天》.

lu·na·tic [ˋlunəˌtɪk, ˋlɪu-; ˈluːnətɪk] *n.* C 精神病患者, 瘋子.

— *adj.* 〔行為等〕瘋狂的, 極端愚蠢的.

回 lunatic 表「瘋狂」之義已為舊式用法, 現已不常用; 現今多表「脫離常規」之義; → mad.

lùnatic frínge *n.* C (常加 the)《單複數同形》(政治運動等的)少數極端分子.

*__lunch__ [lʌntʃ; lʌntʃ] *n.* (*pl.* ~**es** [~ɪz; ~ɪz]) UC **1** 午餐《當晚餐用 dinner 表示時》; 早餐後午餐前的便餐《當午餐用 dinner 表示時》; (→ meal¹ 參考). have [eat] *lunch* 吃午餐/be at *lunch* 用中(午)餐中/Mrs. Perkins provided us with a filling *lunch*. 柏金斯太太讓我們享用了一頓豐富的午餐.

搭配 *adj.*＋lunch: an excellent ~ (豐盛的午餐), a heavy ~ (油膩的午餐), a simple ~ (簡單的午餐) / *v.*＋lunch: cook ~ (做午餐), make ~ (做午餐), serve ~ (供應午餐).

2《美》(泛指)快餐, 便餐.

3 便當, 飯盒. We can get hot *lunches* in that pub. 我們可以在那間酒館買到熱騰騰的便當/a *lunch* box 便當盒.

— *vi.* 食用午餐[快餐]. We *lunched* at Maxim's. 我們在麥克辛餐廳吃中飯/They *lunched* on sandwiches and coffee. 他們中飯吃三明治配咖啡.

lúnch còunter *n.* C《美》(小吃店等的)吃便餐用的櫃檯《坐在長椅子上進食》.

*__lunch·eon__ [ˋlʌntʃən; ˈlʌntʃən] *n.* (*pl.* ~**s** [~z; ~z]) UC **1** 午餐. ★比 lunch 更正式的用語. **2** (特指正式的)午餐(會).

lunch·eon·ette [ˌlʌntʃəˋnɛt; ˌlʌntʃəˈnet] *n.* C《美》小吃店, 快餐店,《通常在長櫃檯前進食》.

lunch·room [ˋlʌntʃˌrum, -ˌrum; ˈlʌntʃruːm] *n.* C 快餐店, 小吃店.

lunch·time [ˋlʌntʃˌtaɪm; ˈlʌntʃtaɪm] *n.* U 午餐時間.

*__lung__ [lʌŋ; lʌŋ] *n.* (*pl.* ~**s** [~z; ~z]) C 肺, 肺臟. fill one's *lungs* with air 把肺吸滿了空氣.

at the tòp of one's lúngs 用最大音量地.

hàve gòod lúngs 肺功能良好; 聲音宏亮.

lunge [lʌndʒ; lʌndʒ] *n.* C **1** (擊劍的)刺. **2** 突進, 撲, 衝入.

— *vi.* 刺; 衝入; (*at*).

lu·pin, lu·pine [ˋlupɪn, ˋlɪu-; ˈluːpɪn] n. ⓒ 羽扇豆(豆科, 開白、黃、紫等的穗狀花)。

lurch[1] [lɝtʃ; ləːtʃ] n. ⓒ 1 (船, 車等突然的)晃動; 突然傾斜。give a sudden *lurch* 突然搖動[傾斜]。2 搖晃; 跟蹌。
— vi. 1 搖晃; 搖搖晃晃地前進(*along*)。
2 (船等)突然搖動[傾斜]。

lurch[2] [lɝtʃ; ləːtʃ] n. 《用於下列片語》
leave...in the lurch (口)棄…於危難中而不顧, 見死不救。

lure [lur, lɪur; lʊə(r)] n. ⓒ 1 (加 the)誘惑; 魅力。I could not resist the *lure* of great profits. 我無法抗拒高利潤的誘惑。2 誘惑[迷惑]之物[手段]。3 (釣魚的)誘餌, 假餌; (作成鳥形的)誘鷹物(用於誘鷹回訓練中的獵鷹)。

[lure 3]

— vt. 誘惑; 吸引。We *lured* him away from the company by offering him a much larger salary. 我們提出高薪利誘他離開那家公司。⇨ lure 表誘騙之意, 比 allure, entice, tempt 等用語更為強烈。

lu·rid [ˋlurɪd, ˋlɪu-; ˈlʊərɪd] adj. 《文章》1 〔晚霞的天空等〕火紅的, 像燃燒似的。2 (色彩的)耀眼的。3 使人毛骨悚然的, 可怕的。

lu·rid·ly [ˋlurɪdlɪ, ˋlɪu-; ˈlʊərɪdlɪ] adv. 《文章》(像火焰般)火紅地; 耀眼地。

lu·rid·ness [ˋlurɪdnɪs, ˋlɪu-; ˈlʊərɪdnɪs] n. ⓤ 《文章》火紅; 耀眼; 可怕。

lurk [lɝk; ləːk] vi. 1 (因攻擊等目的而)隱藏, 潛伏, 埋伏。A thief *lurked* in the dark doorway. 一名竊賊隱藏在陰暗的門口。2 〔不安, 危險等〕潛伏。3 偷偷地行動, 潛行, 《about; along》。

lus·cious [ˋlʌʃəs; ˈlʌʃəs] adj. 《文章》1 風味好的, 美味的; 香甜的; 成熟的。2 〔音樂, 文體等〕優美的; 〔女性, 唇等〕有魅力的, 性感的。

lus·cious·ly [ˋlʌʃəslɪ, ˈlʌʃəslɪ] adv. 《文章》優美地。

lush[1] [lʌʃ; lʌʃ] adj. 1 〔特指草〕蒼鬱的, 青草茂密的, 青翠的。2 (口)豐富的, 奢華的。

lush[2] [lʌʃ; lʌʃ] n. ⓒ 《美、俚》酒鬼, 酒精中毒。

lust [lʌst; lʌst] n. ⓤⓒ 1 (激烈的)情慾; 淫亂。2 強烈的慾望, 渴望, 《for 〔壞的事物〕等》。a *lust for* power 對權勢的慾望。
— vi. 渴望, 貪求, 《after, for》; 有強烈的情慾《after, for》。⇨ adj. lustful, lusty.

***lus·ter** (美), **lus·tre** (英) [ˋlʌstɚ; ˈlʌstə(r)] n. 1 ⓐⓤ 光澤; 光輝, 光彩。pearls with a pink *luster* 發出粉紅色光澤的珍珠/Our cat's fur has lost its *luster*. (因生病等)我們的貓身上的毛失去了

光澤。⊜ luster 是金屬、絹等本來具有的「光澤」; gloss[1] 是由於上光等造成的表面的「光澤」; polish 是磨出來的「光澤」。
2 ⓤ 光榮, 榮譽, (glory); 名聲(fame)。Setting a new record added *luster* to his name. 締造新紀錄更提高了他的知名度。⇨ adj. lustrous.
〔字源〕LUSTER「照」: luster, il*lust*rate (說明), il*lustr*ious (有名的)。

lust·ful [ˋlʌstfəl; ˈlʌstful] adj. 1 好色的, 淫蕩的。2 貪慾的《for》。a man *lustful for* power 權力慾很強的男人。

lust·ful·ly [ˋlʌstfəlɪ; ˈlʌstfulɪ] adv. 好色地; 貪婪地。

lust·i·ly [ˋlʌstɪlɪ; ˈlʌstɪlɪ] adv. 健壯地, 強而有力地。

lus·tre [ˋlʌstɚ; ˈlʌstə(r)] n. (英)=luster.

lus·trous [ˋlʌstrəs; ˈlʌstrəs] adj. 〔主詩〕〔頭髮, 布等〕有光澤的; 〔眼睛, 珍珠等〕明亮的, 有光輝的。⇨ n. luster.

lust·y [ˋlʌstɪ; ˈlʌstɪ] adj. 1 強壯的, 強健的, 精力充沛的。2 性慾強的。⇨ n. lust.

lu·ta·nist, lu·te·nist [ˋlutnɪst, ˋlɪut-; ˈluːtənɪst] n. ⓒ 詩琴[魯特琴]彈奏者。

lute [lut, lɪut; luːt] n. ⓒ 詩琴, 魯特琴, (流行於14-17世紀, 類似吉他的撥弦樂器)。

Lu·ther [ˋluθɚ, ˋlɪu-; ˈluːθə(r)] n. Martin ～ 路德(1483-1546)《德國的宗教改革家》。

Lu·ther·an [ˋluθərən, ˋlɪu-; ˈluːθərən] adj. Martin Luther 的; 路德教派的。
— n. ⓒ Martin Luther 的信徒; 路德教派的信徒; 路德教派的教友。

Lux·em·bourg, Lux·em·burg [ˋlʌksəm,bɝg; ˈlʌksəmbəːg] n. 盧森堡(被德國、法國、比利時包圍的小國; 其首都)。

[lute]

lux·u·ri·ance [lʌgˋʒurɪəns, lʌkˋʃur-; lʌgˈʒʊərɪəns] n. ⓤ 繁茂; 豐盛; 華美, (文體等的)華麗。

lux·u·ri·ant [lʌgˋʒurɪənt, lʌkˋʃur-; lʌgˈʒʊərɪənt] adj. 1 茂盛的, 生長茂密的。Grass is *luxuriant* in summer. 夏天草很茂盛。2 〔想像力等〕豐富的; 華麗的。

lux·u·ri·ant·ly [lʌgˋʒurɪəntlɪ, lʌkˋʃur-; lʌgˈʒʊərɪəntlɪ] adv. 茂盛地; 豐饒地。

lux·u·ri·ate [lʌgˋʒurɪ,et, lʌkˋʃur-; lʌgˈʒʊərɪeɪt] vi. 《文章》1 (逍遙自在地)享樂, 耽於…; 《in》。*luxuriate* in a warm bath 享受沐浴之樂。2 過奢侈的生活。

lux·u·ries [ˋlʌkʃərɪz, ˋlʌgʒ-; ˈlʌkʃərɪz] n. luxury 的複數。

***lux·u·ri·ous** [lʌgˋʒurɪəs, lʌkˋʃur-; lʌgˈʒʊərɪəs] adj. 奢侈的, 豪華的, 奢華的。a *luxurious* fur coat 豪華的皮大衣/feel *luxurious* 覺得奢華。⇨ n. luxury.

lux·u·ri·ous·ly [lʌgˋʒurɪəslɪ, lʌkˋʃur-; lʌgˈʒʊərɪəslɪ] adv. 奢侈地, 豪華地。

lux·u·ry [ˋlʌkʃərɪ, ˋlʌgӡ-; ˈlʌkʃərɪ] (★注意發音) *n.* (*pl.* **-ries**) **1** U (**a**)奢侈，奢華．live in *luxury* = lead a life of *luxury* 過奢侈的生活．(**b**)《形容詞性》奢侈的，豪華的．(★強調的不只是舒適更是指外觀上的豪華)．a *luxury* hotel 豪華旅館/*luxury* goods 奢侈品．
2 C (高價的)奢侈品；(因不合季節等而)難得到的物品；奢侈的事物．Taking a taxi is a *luxury* for me. 搭計程車對我來說是奢侈的/Art is not a *luxury*, but a necessity. 藝術不是奢侈品，而是必需品．
3 U (難得的)高興，快樂，滿足．enjoy the *luxury* of leisure 享受難得的閒暇．
↪ *adj.* **luxurious**.

Lu·zon [luˋzɑn; luːˈzɒn] *n.* 呂宋島《菲律賓群島中最大的島，南部有 Manila》．

-ly¹ *suf.* 《加在形容詞之後構成副詞》**1** 表示方式、程度、時間等．quick*ly*. great*ly*. present*ly*.
2 《加在序數詞之後》「第…」之意．second*ly*. third*ly*.

-ly² *suf.* 《加在名詞之後構成形容詞》**1** 「像…那樣的」之意．father*ly*. king*ly*.
2 《加在表示時間的名詞之後》「每…的」之意．hour*ly*. month*ly*. ★同形亦用作「每…地」之意的副詞．

ly·cée [liˋse; ˈliːseɪ] (法語) *n.* C 法國國立高級中學．

ly·chee [ˋlaɪtʃi; ˌlaɪˈtʃiː] *n.* = litchi.

lych·gate [ˋlɪtʃ͵get; ˈlɪtʃgeɪt] *n.* C 《英》(教堂的)墓地之門《有屋頂；把棺木停放在此等候牧師的到來》．

ly·ing¹ [ˋlaɪɪŋ; ˈlaɪɪŋ] *v.* lie¹ 的現在分詞、動名詞．
ly·ing² [ˋlaɪɪŋ; ˈlaɪɪŋ] *v.* lie² 的現在分詞、動名詞．
— *adj.* 說謊的；假的．a *lying* person 說謊的人．
— *n.* U 說謊．

ly·ing-in [ˋlaɪɪŋˋɪn; ͵laɪɪŋˈɪn] *n.* (*pl.* **lyings-**, **~s**) C (通常用單數)臨盆，分娩，生產．(→ lie in). a *lying-in* hospital 產科醫院．

lymph [lɪmf, lɪmpf; lɪmf] *n.* U 《生理》淋巴，淋巴液．

lym·phat·ic [lɪmˋfætɪk; lɪmˈfætɪk] *adj.* **1** 淋巴(液)的；輸送淋巴的．*lymphatic* vessels 淋巴管．
2 〔人，氣質〕淋巴質的《有不活潑、無力、遲鈍等特徵；過去被認為是體內的淋巴液過剩所致》．

lymph gland [node] *n.* C 淋巴腺，淋巴結．

lynch [lɪntʃ; lɪntʃ] *vt.* 被〔群眾〕以私刑處死．

lynch law *n.* U 私刑《不經法律的正當手續，以私人的制裁方式殺人》．

lynx [lɪŋks; lɪŋks] *n.* (*pl.* **~es**, **~**) C 山貓《腳長尾短》．

lynx-eyed [ˋlɪŋksˋaɪd; ˈlɪŋksaɪd] *adj.* (像山貓般)目光犀利的．

lyre [laɪr; ˈlaɪə(r)] *n.* C (古希臘的)豎琴．

[lyre]

[lyrebird]

lyre·bird [ˋlaɪr͵bɝd; ˈlaɪəbɜːd] *n.* C 琴鳥《產於澳洲；雄鳥會將長尾豎起如琴狀》．

lyr·ic [ˋlɪrɪk; ˈlɪrɪk] *adj.* 《限定》**1** 抒情(詩)的．a *lyric* poem 抒情詩．**2** 歌的；適於歌唱的．the *lyric* drama 歌劇．
— *n.* C **1** 抒情詩(→ epic)．**2** (lyrics) (特指音樂劇等的)歌詞．

lyr·i·cal [ˋlɪrɪk; ˈlɪrɪkl] *adj.* **1** = lyric. **2** 抒情詩般的；感傷的．**3** 〔口〕充滿熱情的；〔情感的表現〕奔放的．

lyr·i·cal·ly [ˋlɪrɪklɪ; ˈlɪrɪkəlɪ] *adv.* 抒情(詩)般地；熱情奔放地．

lyr·i·cism [ˋlɪrə͵sɪzəm; ˈlɪrɪsɪzəm] *n.* **1** U 抒情詩體[調]；抒情性．**2** C 奔放的情感表現．

lyr·i·cist [ˋlɪrəsɪst; ˈlɪrɪsɪst] *n.* C **1** 抒情詩人．**2** (流行歌曲等的)作詞者．

M m

M，m [ɛm; em] *n.* (*pl.* **M's, Ms, m's** [~z; ~z])
 1 ⓊⒸ 英文字母的第十三個字母.
 2 Ⓤ (羅馬數字)1,000. *MCM*XCVI=1996.
 3 Ⓒ (用大寫字母)M 字形物.
M (略) Mach; Master; Member.
m (略) male; meter(s); mile(s); minute(s);
M. (略) Monsieur.   [month(s).
⁎'m [m; m] am的縮寫(→be⦿). I'm a student.
 我是學生.
MA¹ [ˌɛm`e; ˌem'eɪ] (略) Master of Arts (文學
 碩士)(加在姓名後面: Thomas Evans, *MA*).
MA² (略) Massachusetts.
ma [mɑ; mɑ:] *n.* Ⓒ(口)(常 *M*a)媽(mamma的縮
 寫; → pa). *Ma*, can I go out and play? 媽, 我
 能到外面去玩嗎?
⁎ma'am [1 爲- m̩, -m, 2 爲 mæm, mɑm; 1 爲 məm,
 m, 2 爲 mɑːm, mæm] *n.* Ⓒ(用單數)(口頭上)有
 禮貌的稱呼, madam 的縮寫) **1** (主美、口)太太,
 小姐, (女)老師等, (常縮寫爲Yes'*m*, No'*m*).
 No, *ma'am*, I won't ever talk in class again. 老
 師, 我絕不再在課堂中講話了.
 2 (英)女王陛下; 公主殿下; 夫人(從前用來稱呼身
 分高貴的婦女).
mac [mæk; mæk] *n.* (英、口)=mackintosh.
Mac- *pref.* 加在蘇格蘭、愛爾蘭人的姓氏前, 表示
 「…之子」之意(亦拼作Mc-, M'-). *Mac*Arthur.
 *Mac*beth.
ma·ca·bre [mə`kɑbrə, mə`kɑbə; mə'kɑːbrə]
 adj. (文章)恐怖的, 使人毛骨悚然的; 使人聯想到
 死亡的.
ma·cad·am [mə`kædəm; mə'kædəm] *n.* Ⓒ
 碎石路(亦稱 macádam ròad)(利用柏油等使碎石固
 著而鋪成的); Ⓤ鋪設道路用的碎石子.
ma·cad·am·ize   [mə`kædəm͵aɪz;
 mə'kædəmaɪz] *vt.* 將(道路)鋪設碎石(常用被動
 語態).
⁎mac·a·ro·ni [͵mækə`ronɪ; ͵mækə'rəunɪ] *n.*
 Ⓤ通心麵(→ spaghetti, vermicelli).
macaròni chéese *n.* Ⓤ(英)乳酪通心麵
 (加入乳酪烹煮的通心麵; (美) macaroni and
 cheese).
mac·a·roon [͵mækə`run; ͵mækə'ruːn] *n.* Ⓒ
 蛋白杏仁小餅(一種用砂糖、蛋白、研碎的杏仁等材
 料製成的餅).
Mac·Ar·thur   [mək`ɑrθɚ; mə'kɑːθə(r),
 mək'ɑːθə(r)] *n.* **Douglas ～** 麥克阿瑟(1880-1964)
 (美國陸軍元帥; 佔領日本的盟軍總司令(1945-51)).

Ma·cau·lay [mə`kɔlɪ; mə'kɔːlɪ] *n.* **Thomas
 Babington** [`bæbɪŋtən;
 'bæbɪŋtən] ～ 麥考萊
 (1800-59)(英國歷史學
 家).
ma·caw   [mə`kɔ;
 mə'kɔː] *n.* Ⓒ金剛鸚鵡
 (尾長、羽毛華麗的大型
 鸚鵡; 產於中南美洲).
Mac·beth
 [mæk`bɛθ, mək`bɛθ;
 mək'beθ] *n.* 馬克白
 (Shakespeare 四大悲劇
 之一; 該劇之主角).   [macaw]
mace¹ [mes; meɪs] *n.* Ⓒ **1** 釘頭鎚, 狼牙棒,
 (中世紀的武器). **2** 權杖(象
 徵市長、下院議長等之職權,
 儀式時所持的裝飾性手杖).
mace² [mes; meɪs] *n.* Ⓤ
 肉荳蔲粉(將肉荳蔲(nutmeg)
 的種子外皮乾燥後研磨成的粉
 末; 香料).
mace·bear·er
 [`mes͵bɛrɚ; 'meɪs͵beərə(r)]
 n. Ⓒ持權杖者(手持權杖前
 導之人).   [maces¹ 1, 2]
Mac·e·do·ni·a [͵mæsə`donɪə, -`donjə;
 ͵mæsɪ'dəunjə] *n.* **1** 馬其頓
 王國(Alexander 大帝統治(336-323 B.C.)下甚繁榮
 的希臘北部的王國). **2** 馬其頓共和國(位於前南斯
 拉夫南部的共和國; 首都 Scopje).
Mac·e·do·ni·an [͵mæsə`donɪən, -`donjən;
 ͵mæsɪ'dəunjən] *adj.* 馬其頓(人)的.
 — *n.* Ⓒ馬其頓人.
mac·er·ate [`mæsə͵ret; 'mæsəreɪt] *v.* (文章)
 vt. (浸於液體裡)使變軟, 浸漬.
 — *vi.* 變軟.
Mach [mɑk, mæk; mæk] *n.* Ⓒ(用單數)馬赫(亦
 稱 Mách nùmber 馬赫
 數)(以音速(時速約爲
 1,200公里)之倍數表示飛
 機等速度之單位; 略作
 M). fly at *Mach* 2 以
 2馬赫的速度飛行.
ma·che·te [mɑ`tʃete;
 mə`tʃɛt, mə`ʃɛtɪ; mə'tʃetɪ]   [machete]

n. C 砍刀，開山刀《特指在中南美洲用來砍伐、戰鬥等的》.

Mach·i·a·vel·li [͵mækɪə`vɛlɪ, -kjə; ͵mækɪə`velɪ] *n.* **Nic·co·lò** [`nɪko`lo; ͵nɪkɔ`lɔə] ~ 馬基維利(1469-1527)《義大利政治家、政治學家》.

Mach·i·a·vel·li·an [͵mækɪə`vɛlɪən, -kjə; -ljən; ͵mækɪə`veljən] *adj.* **1** 馬基維利的.

2 馬基維利主義的; 利用權術的, 擅長謀略的; 狡猾的(cunning).

mach·i·na·tion [͵mækə`neʃən; ͵mækɪ`neɪʃn] *n.* C 《通常machinations》《文章》陰謀, 計謀, 策劃.

‡ma·chine [mə`ʃin; mə`ʃiːn] *n.* (*pl.* ~s [~z]) C **1** (a)(通常由各種零件構成的)機器, 機械. a washing *machine* 洗衣機/a sewing *machine* 縫紉機/run [operate] a *machine* 操作機器/by *machine* 用機器/The screw, the lever, the wedge, the pulley, etc. are called simple *machines*. 螺絲、槓桿、楔子、滑輪等稱作簡易機械裝置. (b)《形容詞性》機械的; 機器製造的. a *machine* age 機械化時代. (c)《俚》交通工具; 自行車, 汽車, 飛機.

2 (複雜的)機構, 組織. a social *machine* 社會機構.

3 (操縱組織的)幹部(集團). a political *machine* 政黨領導核心[幹部].

4 (彷彿無意志、感情、思想地)機械般行動的人, 「機器」. a study *machine* 只會讀書(別無所長)的人.

— *vt.* **1** 用機器製造; 用印刷機印製, 用縫紉機縫製. **2** 依尺寸加工[完成]《down》.

⇨ *adj.* **mechanical**.

machine gun *n.* C 機關槍.

ma·chine-gun [mə`ʃin͵gʌn; mə`ʃiːngʌn] *vt.* (~s; ~ned; ~ning) 用機關槍射擊[掃射].

machine language *n.* U 機器語言(電腦讀取用的符號化語言).

ma·chine-made [mə`ʃin͵med; mə`ʃiːnmeɪd] *adj.* **1** 機器製的(↔ handmade).

2 固定形式的, 千篇一律的.

ma·chine-read·a·ble [mə`ʃin͵ridəb!; mə`ʃiːn͵riːdəbl] *adj.* 可供電腦讀取的.

‡ma·chin·er·y [mə`ʃinərɪ, -nrɪ; mə`ʃiːnərɪ] *n.* U **1** 《集合》機械(類), 機械零件(類). (→ machine). install a lot of *machinery* 安裝許多機器.

2 運轉部分. the *machinery* of a car 汽車的運轉系統/clock *machinery* 鐘的運轉裝置.

3 (政治的)機構, 組織. the *machinery* of government 政府機關.

machine shop *n.* C 使用 machine tool 的)製造廠.

machine tool *n.* C 工作母機, 機床.

machine translation *n.* U 機器翻譯, 電腦翻譯.

ma·chin·ist [mə`ʃinɪst; mə`ʃiːnɪst] *n.* C 機械工, 技術員, 技師, 《從事機器的裝配、操作、修理等》; 縫紉工.

ma·chis·mo [ma`tʃizmo; maː`tʃiːzməʊ, mæ`kɪz-] 《西班牙語》 *n.* U 男子氣概.

ma·cho [`matʃo; `maːtʃəʊ] 《西班牙語》 *adj.* 《通常表輕蔑》男子氣概的.

mack·er·el [`mækərəl, `mækrl; `mækrəl] *n.* (*pl.* ~, ~s) UC 《魚》鯖魚.

mackerel sky *n.* C 魚鱗天《卷積雲出現的天空》.

mack·in·tosh [`mækɪn͵taʃ; `mækɪntɒʃ] *n.* C 《主英》(防水處理過的)雨衣《材料爲橡膠防水布; 《口》mac》.

macro- 《構成複合字》「長的, 大的, 大規模的等」之意(↔ micro-).

mac·ro·bi·ot·ic [͵mækrobaɪ`ɑtɪk; ͵mækrəʊbaɪ`ɒtɪk] *adj.* 延年益壽的飲食法的, 健康食品的, 《以對健康有益的糙米、全麥等非精製穀物及蔬菜等爲主的》.

mac·ro·cosm [`mækrə͵kazəm; `mækrəkɒzm] *n.* C (加 the)大宇宙, 全世界, (↔ microcosm).

ma·cron [`mekrən, `mekrɑn, `mæk-; `mækrɒn] *n.* C (加在母音字母上的)長音符號(ˉ)《表示 bē, māke 中的 e 爲長母音 [i; iː], a 爲雙母音 [e; eɪ]; → breve》.

mac·ro·scop·ic [͵mækrə`skapɪk; ͵mækrə`skɒpɪk] *adj.* 肉眼可見的; 宏觀的, 巨視的; (↔ microscopic).

‡mad [mæd; mæd] *adj.* (~·der; ~·dest) 【瘋狂的】 **1** 精神錯亂的, 瘋狂的. The poet went mad. 那詩人發瘋了/News of her son's death in battle drove her *mad*. 她因兒子戰死的消息而發瘋了/go [run] *mad* 發瘋. 回 mad 是表精神失常之意的常見用語, 有時兼具「有凶暴性」之意; → crazy, insane, lunatic, psychotic.

2 〔狗等〕狂犬病的, 恐水症的.

【瘋狂似的】 **3** 發狂似的《with》; 驚慌失措的. She is *mad* with jealousy. 她嫉妒得發瘋/There was a *mad* rush toward the exit. 人們爭先恐後地衝向出口處.

4 《口》《用 mad at [with]...》勃然大怒的; 《用 mad about [at]...》焦躁的. Mother got *mad* at [with] me for singeing her dress. 媽媽因我燙焦了她的洋裝而氣得火冒三丈.

5 《用 mad about [on]...》狂熱的, 著迷的; 發瘋似地想...的《after, for》. Father is *mad* about golf. 父親很迷高爾夫球/I'm *mad* for a motorbike. 我瘋狂地想要一輛機車.

6 〔人、計畫、想法等〕瘋狂的, 愚蠢的, 鲁莽的. have a *mad* idea about education 有個關於教育的瘋狂想法/You are *mad* to try to do it all alone. 你竟獨力進行那件事簡直是瘋了.

(as) **màd as a hátter** → hatter 的片語.

(as) **màd as a Màrch háre** → hare 的片語.

like mad 《口》(發狂似地)猛烈地, 拚命地. drive like *mad* 像發瘋似地開車/It rained *like mad* for

about a half-hour. 下了約半小時的傾盆大雨.

Mad·a·gas·car [ˌmædəˈgæskɚ; ˌmædəˈgæskə(r)] n. 馬達加斯加(非洲東南部印度洋上的島國; 首都 Antananarivo).

‡**mad·am** [ˈmædəm; ˈmædəm] n. (pl. **mes·dames**) Ⓒ **1** (常 Madam) 太太, 小姐. May I help you, madam? 小姐, 我能爲您效勞嗎?《店員用語》. 語法 madam 是對女性的禮貌性稱呼, 相當於對男性用 sir; 尤其用於店員對女顧客時, 常縮寫爲 ma'am.

2 (Madam)…女士; …夫人《加在姓氏或官職名稱前的敬稱》. Madam Chairman! 主席女士!

3 (Dear Madam) 敬啓者《用於收信人爲女性的商業書信開頭用語》.

***Ma·dame** [ˈmædəm; ˈmædəm] (法語) n. (pl. **Mes·dames**) Ⓒ …夫人. Madame Bovary 包法利夫人. 參考 Madame 爲相當於英語 Mrs. 的法語敬稱; 但 Madame 在英語中, 不僅用於已婚的法國女性, 亦可用於對外國女性的稱謂; 略作 Mme. (pl. Mmes.).

Ma·dame Tus·saud's → Tussaud's.

mad·cap [ˈmædˌkæp; ˈmædkæp] n. Ⓒ 不考慮後果[魯莽]的人《特別指少女》.
— adj. (限定) 不考慮後果的, 魯莽的.

mad·den [ˈmædn; ˈmædn] vt. **1** 使發狂《常用被動語態》. **2** 使焦躁, 激怒.

mad·den·ing [ˈmædnɪŋ, ˈmædɪŋ; ˈmædnɪŋ] adj. **1** 令人發瘋般的. a maddening pain 令人發狂般的痛苦.
2 《口》令人氣憤的, 使人焦躁的. It's simply maddening to have no time to go and see my family. 讓人氣憤的是竟然連去看我家人的時間都沒有.

mad·den·ing·ly [ˈmædnɪŋlɪ, ˈmædɪŋ; ˈmædnɪŋlɪ] adv. 使發狂似地; 《口》令人氣憤地.

mad·der [ˈmædɚ; ˈmædə(r)] n. Ⓤ 茜草《開黃花的蔓生植物; 自根部採取染料》; 茜草染料《紅色》.

‡**made** [med; meɪd] v. make 的過去式、過去分詞. — adj. 【被製成的】 **1** 《構成複合字》用…做的, …製的; 做得…的; …體裁的. a machine-made sweater 機器織的毛衣/a Swiss-made watch 瑞士製的手錶/a well-made desk 做得堅固的書桌.
2 (限定) (人工) 做的, 人造的; 做好的, 完成的. made ground 新生地.
3 【造就的】《口》一定會成功的; 成功的. a made man 成功的[肯定會成功的]人.

●──與 MADE 相關的用語			
self-made	自力成功的		
tailor-made	訂做的		
custom-made	訂製的		
handmade	手工造的	homemade	自製的
man-made	人造的	ready-made	現成的

Ma·deir·a [məˈdɪrə; məˈdɪərə] n. Ⓤ 馬德拉白

葡萄酒《葡屬 Madeira 島產的甜烈酒》.

Madéira cáke n. Ⓤ 《英》馬德拉蛋糕《一種海綿蛋糕》.

ma·de·moi·selle [ˌmædəməˈzɛl; ˌmædəm(w)əˈzel] (法語) n. (pl. **mes·de·moi·selles**) Ⓒ 《用於年輕[未婚]的一般法國女性; 相當於英語的 Miss [miss]》…小姐《加在姓氏或名字前面的敬稱; 略作 Mlle. (pl. Mlles.)》. Mademoiselle Fifi 菲菲小姐.
2 小姐《呼喚》. This way, please, mademoiselle. 小姐, 請這邊走.

made-to-or·der [ˈmedtuˈɔrdɚ; ˌmeɪdtʊˈɔːdə(r)] adj. 〔衣服, 鞋子等〕訂製的, 訂做的, (↔ ready-made).

made-up [ˈmedˈʌp; ˈmeɪdˈʌp] adj. **1** 捏造的, 虛構的. a made-up tale 虛構的故事/a made-up name 化名, 假名.
2 化妝的, 上好妝的. a well made-up girl 妝化得很好的女孩.

mad·house [ˈmædˌhaʊs; ˈmædhaʊs] n. (pl. **-hous·es** [-ˌhaʊzɪz; -ˌhaʊzɪz]) Ⓒ **1** 《古》精神病院.
2 (通常用單數) 《口》(亂七八糟) 喧囂吵雜的場所.

mad·ly [ˈmædlɪ; ˈmædlɪ] adv. **1** 瘋狂地.
2 《口》拚命地, 猛烈地. They are madly in love. 他們陷入熱戀.

mad·man [ˈmædˌmæn, ˈmædmən; ˈmædmən] n. (pl. **-men** [-mən; -mən]) Ⓒ 瘋子(男性). He worked like a madman. 湯姆瘋狂似地拚命工作.

***mad·ness** [ˈmædnɪs; ˈmædnɪs] n. **1** Ⓤ 瘋狂. Madness is close to genius. 瘋狂與天才僅一線之隔.
2 Ⓤ 瘋狂的舉動, 愚蠢透頂. It would be madness to climb that mountain in winter. 冬天去攀爬那座山真是瘋狂之舉.
3 Ⓤ 震怒.
4 (a Ⓤ) 狂熱, 著迷. Bob has a madness for jazz. 鮑伯對爵士樂著迷.

Ma·don·na [məˈdɑnə; məˈdɒnə] n. **1** (加 the) 聖母瑪利亞(Virgin Mary). **2** Ⓒ 聖母像.

Madónna líly n. Ⓒ 白色百合花《白色百合花是處女的象徵; 常描繪於聖母畫像中》.

ma·dras [məˈdræs, ˈmædrəs, məˈdrɑs; məˈdrɑːs] n. Ⓤ 馬德拉斯棉布《一種通常織成條紋或花格的結實棉布; 原產地爲印度 Madras》.

Ma·drid [məˈdrɪd; məˈdrɪd] n. 馬德里《西班牙首都》.

mad·ri·gal [ˈmædrɪg; ˈmædrɪgl] n. Ⓒ **1** (中世紀的) 抒情短歌《可譜曲, 主要爲情詩》.
2 重唱歌曲《無伴奏的合唱曲; 流行於 16, 17 世紀》.

mad·wom·an [ˈmædˌwʊmən; ˈmædˌwʊmən] n. (pl. **-wom·en** [-ˌwɪmɪn; -ˌwɪmɪn]) Ⓒ 瘋女人.

mael·strom [ˈmelstrəm; ˈmeɪlstrɒm] n. Ⓒ **1** 《文章》大漩渦; (the Maelstrom) 挪威西北海岸海島間的大漩渦. **2** 大動亂, 大混亂.

maes·tri [ˈmaɪstrɪ; ˈmaɪstrɪ] n. maestro 的複數.

maes·tro [ˈmaɪstro; ˈmaɪstrəʊ] (義大利語) n. (pl. ~s, **-tri**) Ⓒ 大音樂家, (特指) 名指揮家, 名作

曲家.

Ma·fi·a, Maf·fi·a [ˈmɑfɪə; ˈmæfɪə] (義大利語) *n.* ⓒ (★用單數亦可作複數)(通常加 the)黑手黨(起源於 Sicily 島，透過義大利移民而將勢力擴張到美國等的祕密犯罪組織).

‡**mag·a·zine** [ˌmægəˈzin; ˌmægəˌzin; ˌmægəˈziːn] *n.* (*pl.* ~s [~z; ~z]) ⓒ【貯藏場所】**1** 軍火庫，(特指軍艦等的)彈藥庫，火藥庫.

2 (連發槍的)彈匣.

3 (照相機，幻燈機等的)底片盒(裝底片[幻燈片等]的暗盒).

4【知識的倉庫】(通常指週刊、月刊的)雜誌. subscribe to a *magazine* 訂閱雜誌/a *magazine* article 雜誌的文章.

[magazine 2]

┃搭配┃ *adj.*+magazine: a monthly ~ (月刊), a weekly ~ (週刊), a popular ~ (通俗雜誌) // *v.*+magazine: read a ~ (看雜誌), take a ~ (選購雜誌).

Mag·da·lene [ˈmægdəˌlin, ˌmægdəˈlini; ˌmægdəˈliːnɪ] *n.* (聖經)(加 the)抹大拉的馬利亞 (Mary Magdalene)(基督逐出七個惡鬼而得救的女子).

Ma·gel·lan [məˈdʒɛlən; məˈgelən] *n.* the Strait of ~ 麥哲倫海峽(位於南美洲的南端；葡萄牙探險家 Magellan (1480?-1521) 所發現).

ma·gen·ta [məˈdʒɛntə; məˈdʒentə] *n.* Ⓤ 苯胺紅(紅色苯胺染料)；紫紅色(→見封面裡).

— *adj.* 紫紅色的.

Mag·gie [ˈmægɪ; ˈmægɪ] *n.* Margaret 的暱稱.

mag·got [ˈmægət; ˈmægət] *n.* ⓒ 蛆.

Ma·gi [ˈmedʒaɪ; ˈmeɪdʒaɪ] *n.* (作複數)(聖經)(加 the)東方三賢人(帶著禮物前往 Bethlehem 祝賀耶穌基督的誕生).

‡**mag·ic** [ˈmædʒɪk; ˈmædʒɪk] *n.* Ⓤ **1** 魔法，法術；妖術，咒法. Witches use [practice, work] *magic*. 女巫會施魔法.

2 戲法，魔術. We wondered at his display of *magic*. 我們對他表演的魔術歎為觀止.

3 魔力，不可思議的魅力. the *magic* of love 愛情的魔力／the *magic* of music 音樂的魔力.

like mágic＝*as* (*if*) *by mágic* (像施展魔法般地)轉眼間，迅速. The medicine acts *like magic*. 那種藥立即見效.

— *adj.* (通常作限定) **1** 魔法的，法術的. a *magic* wand 魔杖／a *magic* mirror 魔鏡(傳說能現出未來).

2 魔術的. The boy knows many *magic* tricks. 那個男孩會變許多戲法.

3 魔法般的，具有奇妙魅力的. They were under the *magic* influence of the night. 他們受到夜晚的奇妙影響.

*‡**mag·i·cal** [ˈmædʒɪk; ˈmædʒɪkl] *adj.* **1** 魔法(力)的；(像魔法般)不可思議的. Mr. Brown has a *magical* way with children. 布朗先生應付小孩子很有辦法. **2** 有奇特魅力的，神祕的.

mag·i·cal·ly [ˈmædʒɪk]lɪ; ˈmædʒɪkəlɪ] *adv.* 好像施以魔法般地，不可思議地.

màgic cárpet *n.* ⓒ 魔毯(乘著它可到達任何想去的地方).

màgic éye *n.* ⓒ 電子射線管，電眼，(顯示收音機收波狀態的指示燈裝置).

***ma·gi·cian** [məˈdʒɪʃən; məˈdʒɪʃn] *n.* (*pl.* ~s [~z; ~z]) ⓒ **1** 魔法師，act the *magician* 使用魔法. **2** 魔術師，變戲法的人.

màgic lántern *n.* ⓒ (舊式)幻燈機(現稱 projector (投影機)).

màgic squáre *n.* ⓒ 魔術方陣(縱列、橫行、對角線上的數字排列總和均呈相等的表格).

2	7	6
9	5	1
4	3	8

[magic square]

mag·is·te·ri·al [ˌmædʒɪsˈtɪrɪəl; ˌmædʒɪsˈtɪərɪəl] *adj.*

1 (文章)權威者的，具權威者風範的；(態度等)嚴肅的；(見解等)權威的. **2** (文章)專橫的，高壓的.

3 行政首長的；治安法官的；(→ magistrate).

mag·is·te·ri·al·ly [ˌmædʒɪsˈtɪrɪəlɪ; ˌmædʒɪsˈtɪərɪəlɪ] *adv.* (文章)具有權威地；專橫地.

mag·is·tra·cy [ˈmædʒɪstrəsɪ; ˈmædʒɪstrəsɪ] *n.* Ⓤ **1** 行政長官[治安法官]的地位[職務，任期].

2 (單複數同形)(加 the)(集合)行政長官[治安法官].

mag·is·trate [ˈmædʒɪsˌtret, ˈmædʒɪstrɪt; ˈmædʒɪstreɪt] *n.* ⓒ **1** (執行法律的)行政長官(包括市長、州長等). the chief [first] *magistrate* 最高行政首長.

2 治安法官(→ Justice of the Peace).

màgistrates' cóurt *n.* ⓒ (英)治安法庭(層級最低的法院；俗稱 police court).

mag·ma [ˈmægmə; ˈmægmə] *n.* Ⓤ (地質學)岩漿，熔岩，(地層中的熔化岩質；火山爆發時流出).

Mag·na Char·ta [Car·ta] [ˌmægnəˈkɑrtə; ˌmægnəˈkɑːtə] *n.* 大憲章(西元 1215 年，英王 John 頒布的敕令文書；限制王權，保障貴族等的自由和權利;亦稱 the Great Charter).

mag·na·nim·i·ty [ˌmægnəˈnɪmətɪ; ˌmægnəˈnɪmətɪ] *n.* Ⓤ 寬宏，寬大.

mag·nan·i·mous [mægˈnænəməs; mægˈnænɪməs] *adj.* (文章)度量大的；(對侮辱、抱怨等)寬大的.

mag·nan·i·mous·ly [mægˈnænəməslɪ; mægˈnænɪməslɪ] *adv.* (文章)寬大地.

mag·nate [ˈmægnet; ˈmægneɪt] *n.* ⓒ (有時表輕蔑)(工商界等的)大亨；(該行業的)巨擘，泰斗，權威人士. a financial *magnate* 金融界鉅子.

mag·ne·sia [mægˈniʃə, -ʒə; mægˈniːʃə] *n.* Ⓤ (化學)氧化鎂，苦土，(用於製胃藥等).

mag·ne·si·um [mægˈniʃɪəm, -ʒɪəm;

mæg'ni:ziəm] *n.* Ⓤ《化學》鎂《金屬元素；符號 Mg》.

‡**mag·net** [ˋmæɡnɪt; ˈmæɡnɪt] *n.* (*pl.* ~s [~s; ~s]) Ⓒ **1** 磁鐵. A bar *magnet* has positive and negative poles. 條形磁鐵有正極和負極.

2 吸引人的人[東西].

***mag·net·ic** [mæɡˋnɛtɪk; mæɡˈnetik] *adj.* **1** 磁石的，磁的；帶磁性的. *magnetic* force 磁力.

2 吸引人的，有魅力的. She has a *magnetic* personality. 她具有吸引人的個性.

mag·net·i·cal·ly [mæɡˋnɛtɪkḷɪ; mæɡˈnetikəli] *adv.* 藉著磁力地；受到磁力作用似地.

magnetic field *n.* Ⓒ磁場，磁界.

magnetic north *n.* Ⓒ(加而的)磁北.

magnetic pole *n.* Ⓒ(地球、磁鐵的)磁極.

magnetic tape *n.* Ⓒ磁帶.

mag·net·ism [ˋmæɡnə͵tɪzəm; ˈmæɡnɪtɪzəm] *n.* Ⓤ **1** 磁性，磁力. **2** 磁學. **3** 吸引人的力量，魅力.

mag·net·ize [ˋmæɡnə͵taɪz; ˈmæɡnɪtaɪz] *vt.* **1** 使(鐵等)具有磁力；使磁化. **2** 吸引[人].

mag·ne·to [mæɡˋnito; mæɡˈni:təʊ] *n.* (*pl.* ~s) Ⓒ永磁發電機(使用永久磁鐵的小型發電機).

mag·ni·fi·ca·tion [͵mæɡnəfəˋkeʃən; ͵mæɡnɪfɪˈkeɪʃn] *n.* **1** Ⓤ放大；放大率. **2** Ⓒ放大圖. **3** ⓊⒸ(光學)(透鏡等的)倍率.

***mag·nif·i·cence** [mæɡˋnɪfəsns; mæɡˈnɪfɪsns] *n.* Ⓤ **1** 壯大，壯麗，莊嚴. in *magnificence* 壯大地.

2 《口》了不起，極好. the *magnificence* of the performance 表演極好.

‡**mag·nif·i·cent** [mæɡˋnɪfəsnt; mæɡˈnɪfɪsnt] *adj.* **1** 壯大的，壯麗的，莊嚴的，堂皇的，(→ grand⊙). a *magnificent* view of the mountains 群山的壯麗景色/a *magnificent* crown 華麗的王冠.

2 《口》了不起的，極好的，很棒的. We had a *magnificent* time at the party. 我們在聚會上玩得很開心/What a *magnificent* day (it is)! 今天天氣太好了!

mag·nif·i·cent·ly [mæɡˋnɪfəsntlɪ; mæɡˈnɪfɪsntli] *adv.* 壯大地；《口》了不起地.

mag·ni·fied [ˋmæɡnə͵faɪd; ˈmæɡnɪfaɪd] *v.* magnify 的過去式、過去分詞.

mag·ni·fi·er [ˋmæɡnə͵faɪɚ; ˈmæɡnɪfaɪə(r)] *n.* Ⓒ放大物；放大鏡.

mag·ni·fies [ˋmæɡnə͵faɪz; ˈmæɡnɪfaɪz] *v.* magnify 的第三人稱、單數、現在式.

‡**mag·ni·fy** [ˋmæɡnə͵faɪ; ˈmæɡnɪfaɪ] *vt.* (**-fies**; **-fied**; **~·ing**) 〖弄大〗

1 放大，使(聲音等)大聲. use a lens to *magnify* small print 使用透鏡放大小的鉛字/This microscope *magnifies* objects (by) 100 times. 這架顯微鏡能將物體放大 100 倍.

2 誇張. He *magnified* his own part in the enterprise. 他誇大自己在公司中的角色.

[字源] MAGN「大的」：*magn*ify, *magn*ificent (壯大的), *magn*itude (大小).

mag·ni·fy·ing glass *n.* Ⓒ放大鏡.

***mag·ni·tude** [ˋmæɡnə͵tjud, ·͵tɪud, ·͵tud; ˈmæɡnɪtjuːd] *n.* (*pl.* ~s [~z; ~z]) **1** Ⓤ大小，尺寸，規模；(聲音等的)量. I've never seen a pearl of such *magnitude*! 我從未見過這等大小的珍珠!

2 Ⓤ重要性，重大. He realized the *magnitude* of his crime. 他瞭解到自己罪行的嚴重.

3 Ⓒ《天文》(星的)等級，光度. a star of the second *magnitude* 二等星.

4 Ⓒ《地學》震級(表示地震的規模；→ Richter scale).

mag·no·li·a [mæɡˋnolɪə, ·ˋnoljə; mæɡˈnəʊljə] *n.* Ⓒ《植物》木蘭(大山朴，木蓮，辛夷等類).

mag·num [ˋmæɡnəm; ˈmæɡnəm] *n.* Ⓒ **1** 馬格南瓶(特指裝酒用；可裝普通容量的一倍，約 1.5 公升).

2 馬格南彈(彈藥筒大且威力大)；馬格南槍(馬格南彈的左輪手槍).

[magnolia]

mag·num o·pus [ˋmæɡnəmˋopəs; ͵mæɡnəmˈəʊpəs] (拉丁語) *n.* Ⓒ《文章》(特指藝術、文學的)傑作(masterpiece)；(某藝術家的)代表作.

mag·pie [ˋmæɡ͵paɪ; ˈmæɡpaɪ] *n.* Ⓒ **1** (鳥)喜鵲(具有常鳴叫，收集微弱發光物於巢中的特性).

2 《口》饒舌的人；有收集癖的人.

Mag·yar [ˋmæɡjɑr; ˈmæɡjɑː(r)] *n.* Ⓒ馬札兒人(匈牙利的主要民族)；Ⓤ馬札兒語.

— *adj.* 馬札兒人(語)的.

[magpie 1]

ma·ha·ra·jah, ma·ha·ra·ja [͵mɑhəˋrɑdʒə; ͵mɑːhəˈrɑːdʒə] *n.* Ⓒ大君(印度君主的尊稱).

ma·ha·ra·ni, ma·ha·ra·nee [͵mɑhəˋrɑni; ͵mɑːhəˈrɑːniː] *n.* Ⓒ大君之妃(尊稱).

ma·hat·ma [məˋhætmə, məˋhɑtmə; məˈhɑːtmə] *n.* Ⓒ (通常 Mahatma) 聖人(印度教的大聖(的尊稱)). *Mahatma* Gandhi 聖雄甘地.

mah·jongg, mah·jong [mɑˋdʒɔŋ, ·ˋdʒɑŋ; mɑːˈdʒɒŋ] (中文) *n.* Ⓤ麻將.

ma·hog·a·ny [məˋhɑɡənɪ; məˈhɒɡəni] *n.* (*pl.* **-nies**) **1** Ⓒ桃花心木(楝科常綠喬木).

2 Ⓤ桃花心木材(木質堅硬，為高級家具、樂器的材料).

3 ⓤ桃花心色((紅褐色)).

Ma·hom·et [məˋhɑmɪt; məˋhɒmɪt] *n.*
=Mohammed.

‖**maid** [med; meɪd] *n.* (*pl.* ~**s** [~z; ~z]) ⓒ
1 女傭, 女僕, (→ boy 5). Nowadays
few people can afford to employ a *maid*. 現在很
少人雇得起女傭.
2 ((古, 詩))少女, 小姑娘; 處女; 未婚女子(→ old
maid). a country *maid* 鄉村姑娘.

maid·en [ˋmedn; ˋmeɪdn] *n.* =maid 2.
— *adj.* ((限定)) **1** 少女的; 少女般的. The girl
gave a *maiden* blush. 那女孩臉上露出少女的羞澀.
2 〔女子〕未婚的; 處女的. a *maiden* lady of
about 50 五十歲左右的未婚女士.
3 初次的, 首次…的; 〔土地等〕人跡未至的. a
maiden voyage (船等的)處女航.

maid·en·hair [ˋmednˏhɛr, -ˏhær;
ˋmeɪdnˏheə(r)] *n.* ⓤ((植物))鐵線蕨類((纖細的莖上
有美麗的葉子).

máidenhair trèe *n.* ⓒ銀杏(gingko).

maid·en·head [ˋmednˏhɛd; ˋmeɪdnhed] *n.*
((古)) **1** 處女膜. **2** ⓤ童貞, 處女性.

maid·en·hood [ˋmednˏhʊd; ˋmeɪdnhʊd] *n.*
ⓤ((文章))處於年輕未婚女子的狀態; 未婚時期.

maid·en·ly [ˋmednlɪ; ˋmeɪdnlɪ] *adj.* ((文章))
1 像少女[處女]的; 嫻靜的, 文雅的. **2** 少女的.

máiden náme *n.* ⓒ((已婚女子的))婚前姓,
舊姓.

màid of hónor *n.* ⓒ **1** 女官((侍奉女王、
王妃、公主的未婚女子)).
2 ((美))伴娘((由未婚的年輕女子擔任); → matron
of honor).

Maid of Or·lé·ans [ˏmedəvˋɔrlɪəns;
ˏmeɪdəvˋɔːlɪænz] *n.* ((加the))奧爾良少女(指 Joan of
Arc; Orléans 位於法國中北部, 為聖女貞德從英軍
的包圍中解救出來的城市)).

maid·ser·vant [ˋmedˏsɝvənt; ˋmeɪdˏsɜːvənt]
n. ⓒ女傭, 女僕. ★男性為manservant.

‖**mail**[1] [mel; meɪl] *n.* (*pl.* ~**s** [~z; ~z]) ⓤ((或
the mails)) **1** ((集合))((一次運送的))郵件
(全部); (個人收到的)郵件(全部); ((注意))通常
((英))喜歡用 post). deliver the *mail* 投遞郵件/In
the fire the *mail* train lost most of its *mail*. 郵
政火車在火災中損失了大部分郵件/Did you have
[get] much *mail* today? 今天你收到很多信嗎?

> ((搭配)) *v.*+mail: address ~ (寫上收件人姓名地
> 址), collect ~ (收信), forward ~ (轉送郵件),
> send (out) ~ (寄送郵件), sort ~ (把郵件分
> 類).

2 郵政((制度)) ((注意))((英))通常 mail 僅限用於 air-
mail(航空郵件), surface mail(普通郵件)等與特
定修飾語連用的情形, 單獨出現則用post). send
a parcel by the *mail* ((美))郵寄包裹/answer by
return *mail* ((美))函覆(=((英)) answer by return
of post).

> ((搭配)) *adj.*+mail: domestic ~ (國內郵件),
> express ~ (快捷郵件), overseas ~ (國際郵
> 件), registered ~ (掛號信).

— *vt.* (~**s** [~z; ~z]; ~**ed** [~d; ~d]; ~**ing**) ((主美))
郵寄((書信等), 寄; 句型4 (mail **A B**)、句型3
(mail **B** to **A**)把B寄給A; ((英)) post).
Remember to *mail* this letter. 記得寄這封信/
Last week I *mailed* him some souvenirs from
the U.S. 上週我寄給他一些來自美國的紀念品.

mail[2] [mel; meɪl] *n.* ⓤ
((古代戰士的))鎖子甲, 盔甲.

mail·bag [ˋmelˏbæg;
ˋmeɪlbæg] *n.* ⓒ **1** ((運送
用的))郵袋. **2** ((美))郵件背
袋((英)) postbag).

[mail[2]]

‖**mail·box** [ˋmelˏbɑks;
ˋmeɪlbɒks]
n. (*pl.* ~**es** [~ɪz; ~ɪz]) ⓒ
((美)) **1** ((投信用的))郵筒
((主英)) letterbox, post-
box; → pillar-box). put
a postcard into the *mailbox* 將明信片丟入郵筒.
2 ((家庭用的))信箱((主英)) letterbox).

máil cárrier *n.* =mailman.

máiling lìst *n.* ⓒ((郵購等的))郵寄名單.

‖**mail·man** [ˋmelˏmæn; ˋmeɪlmən] *n.* (*pl.*
-men [-ˏmɛn, -mən; -mən]) ⓒ
((美))郵差(postman).

máil òrder *n.* ⓤⓒ((按目錄的))郵購.

maim [mem; meɪm] *vt.* ((文章))使殘廢. My
father was *maimed* in the war. 我的父親在戰爭
中受傷成殘.

‖**main** [men; meɪn] *adj.* ((限定))主要的, 重要的.
a *main* road 主要道路/the *main* office
[building] 總公司[主要建築物]/the *main* points
of a speech 演說的要點/Incompatibility is the
main reason for their divorce. 合不來是他倆離婚
的主要理由.

> ◎ main 通常為全體的中心, 主力; chief, principal
> 指人、物之重要性, 地位等為第一位; 尤其 chief 含
> 有人處於領導地位, 帶領其他人之意.

by màin fórce [*stréngth*] ((文章))竭盡全力地.

— *n.* ⓒ **1** ((通常 mains))(通過公路等的地下的瓦
斯、自來水、電線等的)總管, 總線; (污水的)排水
總管. The water *mains* burst due to the earth-
quake. 自來水總管因地震而破裂.
2 ((詩, 古))((加the))大海.

in the màin 大概, 大體上; 通常; 主要是; (→
mainly). *In the main*, you're right. 大體上你是
對的.

màin cláuse *n.* ⓒ((文法))(複合句(complex
sentense) 中的)主要子句((亦稱 principal clause)).

main·frame [ˋmenˏfrem; ˋmeɪnfreɪm] *n.* ⓒ
(顯示器或印表機等周邊設備或終端機以外的)電腦
主機; 大型電腦.

Maine [men; meɪn] *n.* 緬因州(美國東北部大西洋
沿岸的一州; 首府 Augusta; 略作 ME, Me.).

from Màine to Califórnia 全美國.

✻main·land [ˋmen͵lænd, ˋmenlənd; ˈmeinlænd] *n.* (*pl.* ~**s** [~z; ~z]) C (加the) (有別於附近的島嶼或半島的)大陸, 本土. We took a ferry from the island to the *mainland*. 我們乘渡輪離島赴大陸.

main·line [ˋmen͵laɪn; ˈmeinlain] *vi.* (俚)靜脈注射(毒品).

máin líne *n.* C (鐵路的)幹線, 主線.

✻main·ly [ˋmenlɪ; ˈmeinli] *adv.* 主要地, 主要是; 大體上. The audience consisted *mainly* of students. 聽眾主要由學生組成/*Mainly*, what he said is right. 大致上他所說的是正確的.

main·mast [ˋmen͵mæst, -məst; ˈmeinmɑːst] *n.* C (海事)主桅(大多是從船首數起第二根桅桿; → sailing ship 圖).

main·sail [ˋmen͵sel; ˈmeinseil] *n.* C (海事)主帆(裝在 mainmast 最下方; → sailing ship 圖).

main·spring [ˋmen͵sprɪŋ; ˈmeinspriŋ] *n.* 1 (鐘錶等的)主發條. 2 (通常用單數)主因, 主要動機; 原動力; (*of*).

main·stay [ˋmen͵ste; ˈmeinstei] *n.* (*pl.* ~**s**) C 1 (海事)主桅支索(固定 mainmast 的纜繩). 2 (通常用單數)(家人, 組織等的)支柱, 靠山, 棟梁.

main·stream [ˋmen͵strim; ˈmeinstriːm] *n.* C (加the) (思潮, 動向等的)主流.

máin strèet *n.* C (常 Main Street)(美)(都市的)主要街道, 熱鬧大街, ((英) high street).

✻main·tain [menˋten, mən`ten; meinˈtein] *vt.* (~**s** [~z; ~z]; ~**ed** [~d; ~d]; ~**ing**) 【繼續保持】1 保持, 繼續; 使持續. The driver *maintained* a high speed. 那位駕駛員保持高速行駛/Her income barely *maintained* her in the lower middle class. 她的收入僅能勉強維持中下階層的生活.

2 維護(健康, 名聲等); 維修, 保養, 〔房子, 道路, 車子等〕. *maintain* world peace 維護世界和平/Is your apartment house *maintained* very well? 你的公寓維修得很好嗎?

【保持>守護】3 維護(人, 權利, 地位等); 擁護(人, 政府, 主義等). The troops *maintained* their ground. 軍隊維護他們的立場/The undersecretary was *maintained* in office by the political bosses. 那位次長靠政界大老而得以保住官位.

4 扶養(家屬等); (經濟上)供給. *maintain* oneself 自力更生/It's no easy matter to *maintain* a family of six. 扶養一家六口並非易事.

5 【維持想法】主張; [句型3] (maintain *that* 子句) 堅稱. The accused *maintained* his innocence. 被告堅稱自己無罪/The scientist *maintained* that the theory should be tested through experiments. 科學家主張那項理論應經由實驗證明.

✻main·te·nance [ˋmentənəns, -tɪn-; ˈmeintənəns] *n.* U

1 維持; 持續. The police are responsible for the *maintenance* of law and order. 警察負責維持

法律和秩序.

2 (特指機器等的)維修, 保養. car *maintenance* 車輛維修/the *maintenance* of the streets 馬路的養護.

3 擁護, 支持.

4 (家屬等的)扶養; 生活費; (特指付給分居或離婚妻子的)贍養費.

main·top [ˋmen͵tɑp; ˈmeintɒp] *n.* C (海事)主桅樓.

mai·son·ette [͵mezəˋnɛt; ͵meizəˈnet] *n.* C (每戶都有兩層樓的連棟式)小公寓, 小樓房.

maize [mez; meiz] *n.* U 1 (主英)玉蜀黍((美) corn). 2 玉米色(深黃色).

Maj. (略) Major.

✻ma·jes·tic [məˋdʒɛstɪk; məˈdʒestik] *adj.* 威嚴的, 莊重的; 雄偉的, 堂皇的; (→ grand 同). a *majestic* monument 莊嚴的紀念碑.

ma·jes·ti·cal·ly [məˋdʒɛstɪklɪ, -ɪklɪ; məˈdʒestikəli] *adv.* 堂皇地, 莊重地.

✻maj·es·ty [ˋmædʒɪstɪ, ˋmædʒəstɪ; ˈmædʒəsti] *n.* (*pl.* -**ties** [~z; ~z]) 1 (帝王的)威嚴, 尊嚴; 壯麗, 雄偉. He carries himself with the *majesty* of a king. 他具有王者的風範/the *majesty* of the Alps 阿爾卑斯山的壯麗.

2 C (Majesty)陛下(★加 Your, His, Her, Their, 作為對國王等的尊稱; →Excellency). His *Majesty* (the King) (國王)陛下/Her *Majesty* (the Empress) (皇后)陛下/Your *Majesty* 陛下(語法 直接對呼或代替代名詞 you 的尊稱; 動詞與第三人稱一致; →下述例句)/How is Your *Majesty*? 謹向陛下請安/Their (Imperial) *Majesties* 兩位陛下.

ma·jol·i·ca [məˋdʒɑlɪkə, məˋjɑl-; məˈdʒɒlikə] *n.* U 富裝飾性色彩, 圖案的義大利陶器.

✻ma·jor [ˋmedʒɚ; ˈmeidʒə(r)] *adj.* (通常作限定) 【年齡較大者的】1 (英)(特指男校裡同姓的兩名學生中)年長的. Smith *major* 大史密斯(★跟在名詞後面; → minor).

2 大部分的, 過半的. the *major* part of a year 大半年.

【較重要者的】3 主要的; 〔作家等〕一流的; 重大的, 大…的. a *major* road 主要道路/a *major* American poet 美國大詩人/discuss a *major* problem 討論主要的問題/a *major* operation (有危險性的)大手術/Poverty is still the *major* cause of crime. 貧窮依舊是犯罪的主因/My house needs *major* repairs. 我家需要大整修.

4 (美)(大學中)主修的. a *major* subject 主修科目/What's your *major* field? 你主修甚麼?

5 (音樂)大調的, 大音階的. a sonata in D *major* D大調奏鳴曲. ⟡ *n.* majority. ↔ minor.

— *n.* C 1 (通常作 *M*ajor)陸軍少校; (美)空軍少校; (略作 Maj.).

2 (法律)成年人(在美國大部分的州指21歲, 在英國指18歲以上; ↔ minor).

3 (美)(大學的)主修科目[學生]. a history *major* 主修歷史的學生.

4 (音樂)大調, 大音階. (↔ minor).

5 (the *major*s) 大聯盟, 美國職業棒球聯盟, (the

major leagues).

— *vi.* (~**s** [~z; ~z]; ~**ed** [~d; ~d]; **~·jor·ing** [-dʒərɪŋ; -dʒərɪŋ])((美)主 修(*in*))((英) read *vt.* 9). Frank *majored in* sociology at university. 法蘭克在大學裡主修社會學.

ma·jor·ette [ˌmedʒəˋrɛt; ˌmeɪdʒəˈret] *n.* =drum majorette.

májor géneral *n.* ⓒ(美)陸[空]軍 少 將; (英)陸軍少將.

ma·jor·i·ties [məˋdʒɔrətɪz, -ˋdʒɑr-; məˈdʒɒrətɪz] *n.* majority 的複數.

‡ma·jor·i·ty [məˋdʒɔrətɪ, -ˋdʒɑr-; məˈdʒɒrətɪ] *n.* (*pl.* -ties) **1** (a) aU(單複數同形)(特指人的)**大多數**, (投票數, 席次等的)**過半數**. The (great) *majority* is [are] for the project. 大多數的人贊成此項計畫/get a *majority* in the Diet 在議會獲得過半數/the [a] *majority* of my friends 我大多數的朋友/Joe spends the *majority of* his time in sports. 喬把大部分的時間花在運動上.
(b) ⓒ多數派; 多數黨.
(c)(形容詞性)過半數的; 大多數的; 多數派的. the *majority* vote 過半數的票/a *majority* party 多數黨. ↔ minority.

搭配 *adj.*+majority: an absolute ~ (絕 對 多數), an overwhelming ~ (壓倒性的多數), a safe ~ (安全過半數)// *v.*+majority: get a ~ (獲得過半數), have a ~ (佔有半數), hold a ~ (握有半數).

2 ⓒ(通常用單數)(領先的)票數差距(過半數領先的票數扣除其他得票數總和的差額; → plurality). win by a large [narrow] *majority* 以懸殊的票數差距獲勝/The bill passed by a small [narrow] *majority* of 10 votes. 此項議案僅以十票之差通過.
3 Ⓤ(法 律)成 年(↔ minority). reach [attain] one's *majority* 達到法定年齡. ⇨ *adj.* major.
be in (the) majority 過半數, 占多數.
jòin the (grèat) majórity (古)加入死亡人數, 去世.

májor léague *n.* ⓒ(美國職業棒球)大聯盟 (包括 National League 和 American League; → minor league); (各項體育的)大聯盟.

májor prémise *n.* ⓒ(邏輯學)大前提(三段論法(syllogism)中的第一項命題).

‡make [mek; meɪk] *v.* (~**s** [~s; ~s]; **made**; **mak·ing**) *vt.* 【 製作 】 **1** (a) (使用材料等)**製作**, **做**; 撰 寫, 訂 立, (條 文 等). *make* bread [wine, a doll]. 做麵包[酒, 玩偶]/*make* a poem 作詩/*make* one's will 立遺囑.
(b) 句型4 (make A B)、 句型3 (make B for A)為A(人等)製作B(語法 通常不使用A作主詞的被動語態). Mother *made* me a doll. = Mother *made* a doll for me. 媽媽做了一個玩偶給我.
2 (用 be made)成就(*to* do); 適合(*for*). You *are made* to be a poet. 你天生是當詩人/We *are made for* each other. 我們是天造地設的一對.

【 努力去做>據為己物 】 **3** 把…弄到手裡, 得到, 掙得; 獲得(名聲等). *make* a living 謀生/*make*

---

make 935

one's fortune 發財致富/*make* a profit [loss] of 100 dollars 賺到[損失]100 美元/*make* good marks (在考試等)取得好成績/*make* a new friend 交新朋友.
4 (口)把(有利的)職位等)弄到手裡, 把…據為己有, 從事; (總算)成為…的一員. *make* vice-president at the age of 32 32 歲當上副總裁/He has *made* the baseball team. 他成為棒球隊的隊員.

【 到達 】 **5** 到達; (口)(終於)趕上(班車等). *make* port [船]進港/I *made* the last bus by a few seconds. 我在最後幾秒鐘趕上末班公車/We'll *make* the summit of the hill by noon. 我們在正午前會到達山頂.
6 前進…的距離, 以…速度行進; 走遍. This plane can *make* 800 miles an hour. 這架飛機能以時速 800 英里飛行/How many countries did you *make* on this vacation? 你這次假期去了幾個國家?
7 【使達成[成功]】(口)使(事情)成功; 使…一舉成名. The music *made* the show. 音樂使那場演出成功/My friendship with a critic *made* me. 結交一位評論家使我得以成功.

【 到達>變成 】 **8** (計畫, 順序等)等於, 相當於; 成為. This *makes* his third arrest for theft. 這是他第三次因偷竊被捕/Twenty-four hours make one day. 二十四小時等於一天/Two and three *make* five. 二加三等於五(2+3=5)/This length of cloth will *make* me a skirt. 這麼長的布夠我做件裙子(★本句符合 句型4).
9 (變化而)成為; 句型4 (make A B)、 句型3 (make B *for* A)對A(人)來說成為B; (★B通常伴隨著意義良好的修飾語). The two will *make* an ideal couple. 他們倆會成為理想的一對/This essay *makes* pleasant reading. 這篇散文讀來令人愉快/Betty will *make* Jack a good wife. = Betty will *make* a good wife *for* Jack. 貝蒂會成為傑克的好妻子/With a little more training, John will *make* a good player. 再稍加訓練的話約翰會成為一名出色的運動員.

【 做出 】 **10** 做出(事情等); 使發生, 引起, 帶來. *make* a noise 製造噪音/*make* time for shopping 挪出逛街的時間/*make* no difference 沒什麼不同; 不重要/Ben learned to *make* a fire without matches. 班學會了不用火柴生火/Please *make* room for a desk. 請騰個空位擺桌子/I'm sorry to have *made* such trouble for you. 很抱歉給您添麻煩.
11 【做出好的狀況】備妥(以便使用), 準備, 備齊; 句型4 (make A B)、 句型3 (make B *for* A)為A(人等)準備B. *Make* your bed before you go to school. 上學前把床整理好/She *made* herself a cup of tea. 她為自己倒了一杯茶.
12 【做出行動】(把表示動作, 行為等的名詞當作受詞)做, 進行; 句型4 (make A B)、 句型3 (make B *to* A)向A做出B(要求等). *make* a

bow [an excuse] 鞠躬[道歉]/The employer *made* a new offer *to* the workers. 雇主向工人們提出新要求/I'll *make* you a present of a doll. 我要送你一個玩偶當禮物.

語法 make an attempt [a choice, a decision, a demand] 等分別與動詞 attempt [choose, decide, demand] 同義, 但「make＋名詞」明確地特指僅一次的行為.

●──make＋動作名詞的慣用語	
→ have, give, take, 表.	
make an address	演說
make an attack	攻擊
make an attempt	嘗試
make a choice	選擇
make a comment	陳述意見
make a decision	決定
make a demand	要求
make a discovery	發現
make an excuse	辯解
make a guess	推測
make haste	趕快
make a journey	旅行
make a judgment	判斷
make a jump	跳
make a mistake	犯錯
make a move	移動
make an offer	提出要求
make progress	進展
make a proposal	提議
make a speech	演說

【製造出情況＞使情況發生】 13 句型5 (make **A B**)使A成B; 任命[選舉]A為B. The news *made* me sad. 聽了那項消息我很難過(＜那項消息令我悲傷)/Father wants to *make* me a doctor. 父親希望我當醫生(→片語 make *A* of *B* (2))/I *make* it a rule to get up at six. 我養成六點起床的習慣/He *made* clear his objections to my proposal. 他明白說出反對我的提議的理由(★本例中A, B的排列順序相反)/You've *made* me what I am. 多虧您, 才有今天的我(＜是您造就了現在的我)/Sam was *made* chairman. 山姆被選為議長[主席].

14 句型5 (make **A** *done*)使A被…. *Make* it *known* that the policy will change. 把政策即將改變之事公告周知/I couldn't *make* myself *heard* above the noise. 噪音使得別人聽不到我的聲音.

15 《使役》句型5 (make **A** *do*)讓A去做…(語法 *do* 在被動語態中變成 *to do*). They *made* me *wait* [I was *made* to wait] for a long time. 他們讓我等了好久/What *makes* you *laugh* like that? 甚麼使你笑成那樣子? 同 make, let, have 皆用此句型, 譯成「讓[使]…」, 但 make 表示「強迫」: *make* him go 即「(強制地)要他去」; 而 let him go 即「(他想去, 所以就這樣)讓他去」.

【使成某種樣子】 16 句型5 (make **A** B/A *do*)使A像B般/把A表現成…, 描繪成…, 做成…, (語法 *do* 在被動語態中變成 *to* do). The suit *makes* you (*look*) thin. 那套衣服使你顯得瘦長/In the film, the director *makes* Hamlet an active person. 在那部片子中導演把哈姆雷特描繪成一個活躍的人物/In the story, the heroine's marriage is *made* to have taken place in 1870. 本故事中敍述這位女英雄於 1870 年結婚.

17 句型5 (make **A** B/A *to be* B)把A想成[視爲, 估計成]B. Let's *make* it about a three-day trip. 我們把它計畫為三天左右的旅行吧!/I *make* the man *to be* a Scot by his accent. 我從那個人的口音判斷他是蘇格蘭人/How large do you *make* the crowd? 你想大約會有多少群眾?/"What time do you *make* it?" "I *make* it around 2:30." 「你想現在幾點?」「我想大約 2 點半左右.」

── *vi.* 《文章》【趨向】 1 《加表示方向的副詞(片語)》前進, 朝向. The road *makes* across the desert. 那條道路穿過沙漠/All the arguments *made* in the same direction. 爭論全都指向同一方向.

2 【心生念頭】想做…; 差點就做出…; (*to* do). The man *made* to grab at me. 那個人差點就抓住我了.

【處於某種狀態】 3 句型2 (make **A**) 處於A的狀態. *make* ready for a trip 做好旅行的準備. ★make sure [certain, merry 等]的片語用法亦同.

máke as ìf [*thòugh*]... 假裝…; 做出…的動作 (《*to* do). Just *make as if* you don't know. 只要假裝你不懂就可以了/He *made as if* to strike me. 他裝出要打我的樣子.

máke at... 襲擊…. Our dog *made at* the thief. 我們的狗撲向小偷.

máke awáy 急忙離開; 逃走.

máke awáy with... (1)=make off with...

(2)殺死; 除掉…; 用盡…; 吃[喝]光. *make away with* oneself 自殺/*make away with* the entire cake 吃掉整個蛋糕.

máke belíeve → believe 的片語.

máke...dó = *máke dó with...* 湊合[將就]…使用. I can't afford a new car, so I'll have to *make* this one *do*. 我買不起新車, 只好湊合著用這輛.

máke for... (1)朝…方向前進. She *made for* the car right away. 她立即朝車子的方向走去.

(2)=make at...

(3)有助於…; 對…有貢獻, 幫助. The summit conference *made for* the peace of the world. 高峰會議對世界和平有所貢獻.

* *máke A from B* 把B當原料製造A(語法 主要用於原料的質有變化時; 質不變化通常也簡略 make *A* of *B*). *make* wine *from* grapes 用葡萄釀酒/Cheese is *made from* milk. 乳酪由牛奶製成.

máke A into B 把A弄成[變成, 造就成]B (→ make *A* out of *B* (2)). He *made* the legend *into* a drama. 他把那個傳說改編成戲劇/Milk can be *made into* butter, cheese, and many other

things. 牛奶可製成奶油，乳酪以及其他許多東西。

máke it 《口》(1)(通過某種困難)達到目標；達成目的，成功；趕上。*make it* across the Pacific 成功地橫渡太平洋。(2)掙扎著走到[*to*)。(3)設法安排時間[*to*)。As for our luncheon appointment, I'm afraid I can't *make it*. 我恐怕不能赴我們先前約好的午宴/I can't *make it* next Friday. 我下星期五抽不出時間來。

máke it úp (1)和解，和好，《*with*)。(2)補償[*to*; *for*)。How can we *make it up* to you *for* all that you have suffered because of us? 我們怎樣才能夠彌補我爲我們所受的苦呢？

máke líttle of... → little 的片語。

máke múch of... → much 的片語。

máke nóthing of... → nothing 的片語。

* ***máke A of B*** (1)以 B 爲材料製作 A (→ make A from B [語法])。a box *made of* wood 木製的箱子。(2)使 B 成爲 A，把 B 做成 A。I'll *make* a doctor *of* you. = I'll *make* you a doctor. 我要培育你成爲醫生。[注意]如下「make＋名詞＋of」分別參照各片語的名詞條項：*make* fun [mention, sense, use, a fool, a mess, a point] *of*. (3)把 B 認爲是 [理解爲] A《通常用於否定句、疑問句》。What do you *make of* that dark spot? 你認爲那個黑點是甚麼？

máke óff = make away.

máke óff with... 竊走…後潛逃。The thief *made off with* the woman's handbag. 那個小偷偷走了那位婦女的手提包後逃走。

máke or bréak [*már*)... 決定…的成敗。That sum of money won't *make or mar* us. 那筆錢不會影響我們的成敗。

* ***máke/.../óut*** [1] (1)(好不容易地)區分…，辨認…。I could *make out* a figure through the fog. 我認得出霧裡的人影。

(2)理解…(understand)；明白…。Can you *make out* why he won't go with us? 你知道他爲甚麼不和我們一起去嗎？

(3)製作，書寫，[文件，一覽表，支票等]。I asked the solicitor to *make out* my will. 我委託律師立遺囑。

(4)(違反事實地)宣稱…《*to be*)；堅持主張《*that* 子句》；假裝《*that* 子句》。You *make* me out (*to be*) a fool. 你當我是傻瓜/She's not so attractive as people *make* her *out to be*. 她不如別人所形容那般迷人/Jane always *made out that* she was very rich. 珍總是裝出一副有錢人的樣子。

máke óut [2] 《口》做得好，進行順利，做下去，[事情]進展；相處下去《*with*)。I can't *make out* in the business world. 我在商界混不下去了。

* ***máke A out of B*** 《口》(1)＝ make A of B (1)；＝ make A from B (1)。(2)用 B 製作成 A (→ make A into B)；以 B 組成 A。*make* cushions *out of* a blanket＝*make* a blanket *into* cushions 把毛毯改製成坐墊/*make* sentences *out of* basic words 以基本單字造句。

máke/.../óver (1)改作，重做。*make over* an old dress 重新修改舊洋裝/The drawing room has

---

been *made over* into a study. 客廳已重新布置成書房。(2)轉讓[土地，財產等]《*to*)。

* ***máke/.../úp*** [1] (1)構成…《常用被動語態》；編成[隊等]；組裝[模型等]。The team was *made up of* students. 隊伍由學生組成。

(2)調配[藥等]。The pharmacist *made up* the prescription for me. 藥劑師按處方配藥給我。

(3)整理[小包等]；捆紮[乾草等]。She *made up* a parcel of old clothes for the refugees. 她整理出一包舊衣物給難民。

(4)想出[話題，草稿]；捏造。*make up* an excuse 編造藉口/I don't believe his story—it's just *made up*! 我不相信他的鬼話──那只是捏造的！

(5)在[臉部等]化妝；爲[臉等]裝扮。She *made* herself [her face] *up* before her visitor arrived. 她在客人抵達前化好妝。

(6)製作，縫製，[衣服，窗簾等]。Will you *make* me *up* a dress if I give you the material? 如果我給你布料，你能幫我做一件洋裝嗎？(★本例亦可刪除間接受詞)

(7)彌補…，補償…。We must *make up* our losses. 我們必須彌補損失。

(8)[填補不足]湊齊[數目等]；達到[某一金額等]。*make up* a fourth at bridge 湊足第四個人打橋牌/We still need five pounds to *make up* the sum. 還需要五英鎊才足夠。

(9)和好，調解[不和等]。Let's *make up* (our quarrel). 讓我們和好吧！

máke úp [2] (1)化妝；裝扮。(2)和好《*with*)。

* ***máke úp for...*** 補償…，彌補…，填補…。*make up for* lost time 彌補失去的時間/*make up for* one's lack of experience by hard work 靠努力來彌補經驗的不足。

máke úp one's mínd → mind 的片語。

máke úp to... 《口》討好，奉承。

— *n.* [UC] **1** 製造；類型。a guitar of the finest *make* 最精心製作的吉他/Show me some cheaper *makes*. 給我看較便宜的樣式。

2 …製；品牌。shoes of Italian *make* 義大利製的鞋子/What *make* is your watch? 你的手錶是哪個品牌的？/This is our own *make*. 這是自己做的。

3 (人的)氣質，個性；體質；體格。What *make* of man is he? 他是個甚麼樣的人？

on the máke 《俚》(1)沈迷於追逐名利的。(2)追求異性[性關係]的。

make-be·lieve [`mekbə,liv; ˈmeɪkbɪˌliːv] *n.* [UC] 假裝，假扮，虛構；虛構[假裝]的東西。
— *adj.* 假裝的。*make-believe* sleep 假睡。

‡**mak·er** [`mekɚ; ˈmeɪkə] *n.* (*pl.* ~s [~s; ~s]) [C] **1** 製造業者，廠商。a nice camera—who is the *maker*? 那臺相機很不錯，是哪個廠牌的？

2 (通常 the [our] Maker)造物主《指上帝(God)》。

●──與 **MAKER** 相關的用語

peacemaker	調停者
pacemaker	帶領[定步調]者
troublemaker	惹麻煩的人
watchmaker	鐘錶匠
cabinetmaker	高級家具木工
holidaymaker	度假者
merrymaker	行樂者
shoemaker	鞋匠
bookmaker	(賽馬等)賭注簽定經紀人
lawmaker	立法者
matchmaker	媒人
dressmaker	裁縫師
moneymaker	很會賺錢的人

make·shift [ˋmekˏʃɪft; ˈmeɪkʃɪft] n. ⓒ 湊合 (的東西)，代用品. use a sofa as a *makeshift* for a bed 把沙發作為床鋪的代用品.
— adj. 權宜的，應急的.

make·up [ˋmekˏʌp; ˈmeɪkʌp] n. **1** ⓤⓒ 化妝 (品)；演員的化裝(道具). wear [put on] *make-up* 化妝[上妝]/take off one's *makeup* 卸妝/I don't like heavy *makeup* on a young girl. 我不喜歡年輕女孩濃妝豔抹.
2 ⓒ (通常用單數)(泛指)構造，組成，組織. the *makeup* of a committee 委員會的組成.
3 ⓒ (通常用單數)體質；氣質. a man of a cheerful *makeup* 性情開朗的人.
4 ⓒ (通常用單數)(書頁等的)編排，版面設計；(報紙的)整版.
5 ⓒ(美、口)補考(亦稱 màkeup exám).

*mak·ing** [ˋmekɪŋ; ˈmeɪkɪŋ] v. make 的現在分詞、動名詞.
— n. (pl. ~s [~z; ~z])【製作】**1** ⓤ 製作，製造；形成. sing a song of one's (own) *making* 唱自己創作的歌/the *making* of English 英語的形成.
【造就的基礎】**2** ⓤ (加the)促使成功[發展]的原因[手段](of). Strict discipline will be the *making* of the lad. 嚴格訓練將使年輕人成材.
3 (the makings)素質；材料；(of). He has the *makings* of a great musician. 他有成為音樂大師的素質.
in the máking 在製作中(的)；處於發展過程中；在形成中. a lawyer *in the making* 尚在磨練中的律師/There's a fortune *in the making* for any hard worker. 勤則不匱，勤勞致富.

mal- *pref.* 表示「惡，非，不正」等之意. *mal*ice. *mal*ignant. *mal*nutrition.

Ma·lac·ca [məˋlækə; məˈlækə] n. the Strait of ~ 麻六甲海峽(介於 Malaya 半島與 Sumatra 島之間).

mal·a·chite [ˋmæləˏkaɪt; ˈmæləkaɪt] n. ⓤ 孔雀石(含銅，呈鮮綠色；裝飾用).

mal·ad·just·ed [ˏmæləˋdʒʌstɪd; ˏmæləˈdʒʌstɪd] adj. 失調的；(人)(特指)不適應環境的.

mal·ad·just·ment [ˏmæləˋdʒʌstmənt; ˏmæləˈdʒʌstmənt] n. ⓤ 失調；(特指人)不適應環境.

mal·ad·min·is·tra·tion [ˏmælədˏmɪnəˋstreʃən; ˈmæˏlædˏmɪnɪˈstreɪʃn] n. ⓤ 弊政；經營[管理]不善.

mal·a·droit [ˏmæləˋdrɔɪt; ˏmæləˈdrɔɪt] adj. 《文章》笨拙的，手法不高明的.

mal·a·droit·ly [ˏmæləˋdrɔɪtlɪ; ˏmæləˈdrɔɪtlɪ] adv. 《文章》笨拙地.

mal·a·droit·ness [ˏmæləˋdrɔɪtnɪs; ˏmæləˈdrɔɪtnɪs] n. ⓤ《文章》笨拙，手法不高明.

mal·a·dy [ˋmælədɪ; ˈmælədɪ] n. (pl. **-dies**) ⓒ 《文章》**1** (特指慢性)疾病. **2** (社會，道德上的)弊病，缺陷.

mal·aise [mæˋlez; mæˈleɪz] n. ⓤ《文章》(身上)不舒服的感覺，情緒不佳；ⓤⓒ (社會等的)隱憂.

mal·a·prop·ism [ˋmæləprɑpˏɪzəm; ˈmæləprɒpɪzəm] n. ⓤ (近音)詞的誤用(例如把 anonymous 說成 unanimous 等)；ⓒ 誤用的詞.

ma·lar·i·a [məˋlɛrɪə, məˋlerɪə, məˋlærɪə, məˋleərɪə; məˈleərɪə] n. ⓤ(醫學)瘧疾.
室源 取自義大利文的 mala aria「毒氣」；據推測瘧疾的起因應為沼澤的毒氣.

ma·lar·i·al [məˋlɛrɪəl, məˋlerɪəl, məˋlærɪəl; məˈlerɪəl] adj. 瘧疾(性)的；患瘧疾的；(地區)常發生瘧疾的.

Ma·la·wi [mɑˋlɑwɪ; məˈlɑːwɪ] n. 馬拉威(東南非的國家；首都 Lilongwe).

Ma·lay [məˋle, ˋmele; məˈleɪ] n. (pl. ~s) ⓒ 馬來人；ⓤ 馬來語. — adj. 馬來的；馬來人[語]的.

Ma·lay·a [məˋleə; məˈleɪə] n. =Malay Penin·sula.

Ma·lay·an [məˋleən; məˈleɪən] n., adj. = Malay.

Malày Archipélago n. (加the)馬來群島.

Malày Península n. (加the)馬來半島.

Ma·lay·sia [məˋleʃə, məˋleʒə; məˈleɪzɪə] n. **1** 馬來西亞(由 Malaya 和 Borneo 北部的沙勞越(Sarawak)，沙巴(Sabah)所組成的獨立國家；大英國協成員國之一；首都 Kuala Lumpur). **2** = Malay Archipelago.

Ma·lay·sian [məˋleʃən, məˋleʒən; məˈleɪzɪən] adj. 馬來西亞(人)的；馬來群島的.
— n. ⓒ 馬來西亞人；馬來人.

Mal·colm [ˋmælkəm; ˈmælkəm] n. 男子名.

mal·con·tent [ˋmælkənˏtɛnt; ˈmælkənˏtent] n. ⓒ 不平者，造反者.
— adj. (對現狀，特指對政治)不滿的，反體制的.

Mal·dives [ˋmældaɪv; ˈmɔːldaɪvz, ˈmæl-] n. 馬爾地夫(位於印度洋上，印度西南方的共和國；首都 Malé).

Màldive Íslands n. (加the)馬爾地夫(群島).

*male** [mel; meɪl] adj. **1** 男的，男性的；(動物)雄的，公的；(植物)雄性的. a *male*

heir 男繼承人/a *male* flower 雄花/*male* prejudice 男人(對女人)的偏見. 團male的重點在於區分性別; → manly.

2 (聲音等)男人特有的. a *male* voice choir 男子合唱團(僅有男高音、男中音、男低音).

3 (限定)(機械)陽的, 凸的. a *male* screw 螺栓(可與螺帽相組合).

— *n.* (*pl.* ~**s** [~z; ~z]) C **1** 男性, 男人, 男子. The criminal was reported to be a young white *male*. 據報導罪犯係為一名年輕的白人男子.

2 (動物, 植物的)雄性. ↔ female.

māle cháuvinist *n.* C 大男人主義者.

mal·e·dic·tion [ˌmælə`dɪkʃən; ˌmælɪ`dɪkʃn] *n.* C (文章)咒罵(的詞語), 詛咒; 誹謗, 中傷.

mal·e·fac·tor [`mælə͵fæktɚ; `mælɪˈfæktə(r)] *n.* C (文章)壞人; 罪犯; 作惡者.

ma·lef·i·cence [mə`lɛfəsns; mə`lefɪsns] *n.* U (雅)惡意; 敵意.

ma·lef·i·cent [mə`lɛfəsnt; mə`lefɪsnt] *adj.* (雅)有害的; 作惡的. ↔ beneficent.

ma·lev·o·lence [mə`lɛvələns; mə`levələns] *n.* U (文章)惡意; 敵意. ↔ benevolence.

ma·lev·o·lent [mə`lɛvələnt; mə`levələnt] *adj.* (文章)帶有惡(敵)意的((to, toward))(→ malignant 團). ↔ benevolent.

ma·lev·o·lent·ly [mə`lɛvələntlɪ; mə`levələntlɪ] *adv.* (文章)帶有惡意地.

mal·for·ma·tion [ˌmælfɔr`meʃən; ˌmælfɔːˈmeɪʃn] *n.* UC 畸形.

mal·formed [mæl`fɔrmd; mælˈfɔːmd] *adj.* 畸形的.

mal·func·tion [ˌmæl`fʌŋkʃən; mælˈfʌŋkʃn] (文章) *n.* UC (機器)失常, 故障.

— *vi.* (機器)運轉不良.

Ma·li [`malɪ; ˈmaːlɪ] *n.* 馬利(西非國家; 原法國屬地; 首都 Bamako).

****mal·ice** [`mælɪs; ˈmælɪs] *n.* U 惡意, 敵意; 怨恨, (法律)犯意. I bear you no *malice*. = I bear no *malice against* [to, toward] you. 我對你沒有敵意/Ben spread a rumor about me out of *malice*. 班蓄意地造謠中傷我.

****ma·li·cious** [mə`lɪʃəs; mə`lɪʃəs] *adj.* 懷有惡意的, 出於敵意的, 帶有敵意的((→ malignant 團)); (法律)犯意的. spread *malicious* gossip 散布惡意的謠言/He gave me a *malicious* look. 他懷著惡意瞪我一眼.

ma·li·cious·ly [mə`lɪʃəslɪ; mə`lɪʃəslɪ] *adv.* 出於惡意地, 帶有敵意地.

ma·lign [mə`laɪn; mə`laɪn] *adj.* (文章)(影響等)有害的; (醫學)惡性的(↔ benign).

— *vt.* 中傷, 誹謗. George III has been unfairly *maligned* by historians. 喬治三世遭到歷史學家不當的詆毀.

ma·lig·nan·cy [mə`lɪgnənsɪ; mə`lɪgnənsɪ] *n.* (*pl.* -cies) **1** U 強烈的惡意(憎惡).

2 U 有害性; (疾病的)惡性.

3 C 惡性疾病; (特指)惡性腫瘤.

ma·lig·nant [mə`lɪgnənt; mə`lɪgnənt] *adj.*

1 充滿惡意(敵意)的, 壞心眼的; 有害的. a *malignant* lie 惡毒的謊言. 團malignant 較malicious, malevolent「壞」的含意更強.

2 (醫學)(腫瘤等)惡性的(↔ benign). *malignant* cholera 傳染性霍亂.

ma·lig·nant·ly [mə`lɪgnəntlɪ; mə`lɪgnəntlɪ] *adv.* 帶有惡意地.

ma·lig·ni·ty [mə`lɪgnətɪ; mə`lɪgnətɪ] *n.* (*pl.* -ties)(文章) **1** =malignancy 1, 2.

2 C 居心不良(的言行).

ma·lin·ger [mə`lɪŋgɚ; mə`lɪŋgə(r)] *vi.* (文章)(為逃避義務, 工作等)裝病.

mall [mɔl; mɔːl] *n.* C **1** 林蔭道. **2** (美)行人專用商店街; 購物中心(shopping mall).

mal·lard [`mælɚd; ˈmæla:d] *n.* (*pl.* ~**s**, ~) C (鳥)綠頭鴨(一種 wild duck).

mal·le·a·bil·i·ty [ˌmælɪə`bɪlətɪ; ˌmælɪəˈbɪlətɪ] *n.* U **1** (金屬的)延展性, 可鍛性.

2 適應性; 柔順性.

mal·le·a·ble [`mælɪəb!; ˈmælɪəbl] *adj.* **1** (金屬)可鍛(有延展性)的. **2** (人, 天性等)有適應性的, 柔順的.

mal·let [`mælɪt; ˈmælɪt] *n.* C (通常指木製的)槌子(馬球(polo)、槌球(croquet)等運動的)球槌.

mal·low [`mælo; ˈmæləʊ] *n.* C 錦葵(開粉紅色、白色、紫色等的花); (泛指)錦葵屬植物.

malm·sey [`mɑmzɪ; ˈmaːmzɪ] *n.* U 一種甜酒(希臘、西班牙等地所產性烈而味甘的葡萄酒).

mal·nu·tri·tion [ˌmælnju`trɪʃən, -nɪu-, -nu-; ˌmælnjuːˈtrɪʃn] *n.* U 營養不良, 營養失調.

mal·o·dor·ous [mæl`odərəs; mælˈəʊdərəs] *adj.* (文章)(誇張)有惡臭的.

mal·prac·tice [mæl`præktɪs; ˌmælˈpræktɪs] *n.* UC (醫生的)醫療過失, 不當處置; (特指律師, 公職人員的)失職行為.

malt [mɔlt; mɔːlt] *n.* U **1** 穀粒的芽; (特指)麥芽. **2** 麥芽酒(啤酒等); 麥芽威士忌.

— *vt.* 使成麥芽; 用麥芽製造(處理).

— *vi.* 變成麥芽.

Mal·ta [`mɔltə; ˈmɔːltə] *n.* **1** 馬爾他島(位於 Sicily 島南端的地中海島嶼).

2 馬爾他共和國(由馬爾他島和周圍兩個島嶼所組成; 大英國協成員國之一; 首都 Valletta).

mālted mílk *n.* U 麥芽牛奶.

Mal·tese [mɔl`tiz; ˌmɔːlˈtiːz] *adj.* 馬爾他的; 馬爾他人(語)的.

— *n.* (*pl.* ~)馬爾他人; U 馬爾他語.

Mal·thus [`mælθəs; ˈmælθəs] *n.* **Thomas Robert** ~ 馬爾薩斯(1766-1834)(英國經濟學家).

Mal·thu·sian [mæl`θjuzɪən, -ˈθɪuz-, -ˈθuz-, -ʒən; mælˈθjuːzjən] *adj.* 馬爾薩斯(主義)的.

— *n.* C 馬爾薩斯主義者.

mal·treat [mæl`trit; ˌmælˈtriːt] *vt.* 虐待, 苛待.

mal·treat·ment [mæl`tritmənt;

,mal·'tri·tment] n. Ⓤ 虐待, 苛待.

ma·ma [ˋmɑmə; məˋmɑː] n. =mamma.

mam·bo [ˋmæmbo; ˋmæmbəʊ] n. (pl. ~s [~z; ~z]) Ⓤ|Ⓒ 曼波《起源於拉丁美洲的社交舞》; 曼波舞曲.

mam·ma [ˋmɑmə; məˋmɑː] n. ① 媽媽《主要為幼兒語; → papa》. [參考] 現在(美)多用 mammy, mom(my), momma, (英) mum(my).

***mam·mal** [ˋmæm]; ˋmæml] n. (pl. ~s [~z; ~z]) Ⓒ 哺乳動物. A whale is not a fish but a *mammal*. 鯨不是魚, 而是哺乳動物.

mam·ma·li·an [mæˋmelɪən; məˋmeɪlɪən] adj. 哺乳動物的.

mam·mon [ˋmæmən; ˋmæmən] n. Ⓤ
1 (*M*ammon)瑪門《財富和物慾之神》.
2 (作為貪慾的對象, 邪惡的根源之)財富.

mam·moth [ˋmæməθ; ˋmæməθ] n. Ⓒ 長毛象《現已絕種, 為新生代的巨象》. — adj. 巨大的. a *mammoth* enterprise 龐大的企業.

mam·my [ˋmæmɪ; ˋmæmɪ] n. (pl. -mies) Ⓒ
1 (主美)媽咪《幼兒語; → daddy》.
2 (美)(輕蔑)(從前在美國南部受雇於白人的)黑人保姆《奶媽》.

Man [mæn; mæn] n. the Isle of ~ 曼島《位於不列顛島和愛爾蘭之間的英國島嶼; adj. 為 Manx》.

M

‡**man** [mæn; mæn] n. (pl. **men**) Ⓒ 〖人〗 **1** (泛指)人, 個人, (→ human being 回).
Men used to live on this island. 曾經有人在這個島上居住過/Every *man* to his own taste. 《諺》人各有所好.
2 (用單數不加冠詞)人; 人類. rights of *man* 人權/the nature of *man* 人性/Only *man* knows how to use fire. 只有人類知道如何使用火/*Man* is immortal, but not men. 人類是永存的, 但個人則非如此.
〖男人〗 **3** (a)男人, 男子; 成年男子; (⟷woman). The photo showed a *man* and a woman sitting on a bench. 照片上是一男一女坐在長板凳上/I'm not a boy; I'm a *man*. 我已經不是小男孩, 而是個男人了/a *man*'s hat 男帽.
〖搭配〗 adj.+man: a fat ~ (胖男人), a handsome ~ (帥哥), a tall ~ (高個子的男人), a young ~ (年輕男子), a married ~ (已婚男人), a single ~ (單身男性).
(b)(對男子的呼喚)(口)老兄, 喂, (表示焦躁, 親密等). Wake up, *man*! 老兄, 醒醒!
4 (用單數不加冠詞)(總稱)男性. How does woman differ from *man*? 女人和男人怎樣不同?
5 男子漢, 大丈夫. play the *man* 顯出男子氣概/a *man* among men 男人中的男人/Be a *man*! 做個男子漢!
6 (具有某種特徵的)男人, …的男性, …家, (of).
a *man* of ambition 野心家/Tom is a *man* of his word. 湯姆是個重承諾的男人/a *man* of will 意志堅強的男人/a *man* of birth 系出名門的男子.

7 丈夫; 意中人, 情人; 情夫. *man* and wife(→片語).
〖受人雇用的男子〗 **8** 男僕, 男傭人; 部下, 下屬. Like master, like *man*. 《諺》有其主必有其僕/He dismissed most of his *men*. 他解雇了大部分的員工.
9 (通常 men)(相對於軍官的)士兵. All the officers and *men* joined their efforts against the attack. 全體官兵合力反攻.
〖勝任的人〗 **10** (加 the 或 a person's)適合於…的人[男人]《for》; 勝任者; (★有時亦用於女性). Bill is the (very) *man* for the job. 比爾適合這份工作/If you want it done well, I'm *your* man. 如果你想做好它的話, 我是最佳人選.
〖組成人員〗 **11** (隊伍等的)組成人員, 成員.
12 (西洋棋等的)棋子.
as òne mán 一齊地, 全場一致地. Those present rose *as one man* and walked out. 與會者全體起立走出場外.
be one's ôwn mán (在工作等中)不受他人干涉, 獨立自主.
mán and wífe 夫婦.
to a mán (1)一致地, 全部地, 《贊成等》. They opposed the proposal *to a man*. 他們一致反對那項提議. (2)=to the last man.
to the làst mán 到最後一人, 一人都不剩. The soldiers were killed *to the last man*. 士兵們全體陣亡, 一個都不剩.
— vt. (~s; ~ned; ~ning) 〖要塞, 大砲等〗配置人員; 就工作崗位[職位]. The machine is *manned* by a trained operator. 那臺機器配備有熟練的操作者.
— interj. (美, 口)啊! 呀!《表示驚訝, 興奮等》 *Man*, I was so shocked! 啊, 真令人震驚!

-man 《構成複合字》 **1** 「…國人, …居民」之意. French*man*. woods*man*. **2** 「…職業的人, …身分的人」之意. police*man*. noble*man*.

màn about tówn n. (pl. men [ˌmɛn; ˌmen]) Ⓒ (時常出入社交俱樂部等的)玩客, 花花公子.

man·a·cle [ˋmænək]; -ɪk]; ˋmænəkl] n. Ⓒ (通常 manacles) **1** 手銬(→ fetter). **2** 束縛(物).
— vt. 上手銬; 束縛.

‡**man·age** [ˋmænɪdʒ; ˋmænɪdʒ] v. (-ag·es [~ɪz; ~ɪz]; ~d [~d; ~d]; -ag·ing) vt.
〖巧妙地處理〗 **1** 操縱, 操作, 〔機器, 工具〕; 控制〔人, 動物等〕, 駕馭〔馬等〕. He *manages* a yacht easily. 他很輕鬆地駕駛遊艇/The woman *managed* the drunk as if he were a child. 那個女人對付那名酒鬼就好像應付小孩一般.
2 經營, 營運, 〔事業, 家庭等〕; 管理〔土地, 家產等〕; 統率〔運動隊伍等〕. The store was badly *managed*. 那家店經營不善/I don't know how to *manage* that large estate. 我不知道如何管理那一大筆的房地產.
〖高明地完成〗 **3** (常與 can, could 連用)(a) [句型3] (manage to do)設法達成; (諷刺)做…做得很漂亮. The child could barely *manage* to tie

his shoes. 那孩子還不太會綁鞋帶/He *managed to* lose a lot of money on the stock market. 他在股市裡賠了一大筆錢。(b) 勉強做…, 支撐下去。She *managed* a smile. = She *managed to* smile. 她勉強歡笑/I can't *manage* all this baggage without help. 沒有人幫忙, 我是無法搬動這些行李的。

4 《口》(與can, could連用)處理, 吃光〔食物〕; 巧妙地把…弄到手。Can you *manage* another mouthful? 你還能再吃一口嗎?/He could *manage* a week's holiday. 他能弄到一個禮拜的假。

● ── 動詞型 句型3 (~ *to do*)

不以 doing 爲受詞: → avoid, remember, 匽。
We *managed to finish* our homework.
我們設法做完家庭作業。
She *longs to go* abroad.
她渴望出國。
此類的動詞:

afford	agree	aim
ask	care	choose
claim	consent	dare
decide	decline	demand
deserve	determine	expect
hope	learn	offer
pretend	promise	refuse
threaten	wish	

── *vi.* **1** 處理事情, 管理。

2 設法應付〔活下去〕《*on*》. I must *manage on* a small income. 我得靠微薄的收入度日/'Thanks, but I can *manage* (by myself).' 「謝謝, 不過, 我可以(自己)處理。」

3 湊合《*with*; *without*》. I can't afford to buy a new bike, so I'll have to *manage with* this old one. 我買不起新的腳踏車, 所以不得不湊合著用這輛舊的。

man·age·a·ble [ˋmænɪdʒəbl; ˈmænɪdʒəbl] *adj.* 易處理的; 易經營的; 易管理的; 易駕馭的, 順從的。

‡man·age·ment [ˋmænɪdʒmənt; ˈmænɪdʒmənt]
n. (*pl.* ~s [~s; ~s]) 〖處理〗 **1** ⓤ管理, 處理, 辦理; 經營. personnel *management* 人事管理/hotel *management* 旅館經營/Skillful *management* made a success of the business. 有技巧的經營可以使企業獲得成功。

2 ⓤⓒ(★用單數亦可作複數)資方, 管理階層, (↔ labor, staff). conflicts between labor and *management* 勞資糾紛/A good *management* would listen to reasonable demands. 好的管理者會傾聽合理的要求。

3 〖處理手腕〗ⓤ高明的手段; 計策, 詭計. He got his present position by *management*. 他利用高明的手段得到目前的地位。

management consultant *n.* ⓒ經營管理顧問。

‡man·ag·er [ˋmænɪdʒɚ; ˈmænɪdʒə(r)] *n.* (*pl.* ~s [~z; ~z]) ⓒ **1** 管理人;

經營者; (公司等的)經理, 主任等。(★此人通常不是 board of directors 中的一員). a general *manager* 總經理/a personnel *manager* 人事經理。

2 (棒球等的)經理; (藝人等的)經紀人. a stage *manager* →見 stage manager.

3 (通常加形容詞)(家計等)精於…的人. My wife is a good [bad] *manager*. 我妻子是一個會[不會]理家的人。

⇨ *adj.* **managerial**.

man·ag·er·ess [ˌmænɪdʒɚɪs, -dʒrɪs; ˌmænɪdʒəˈres] *n.* ⓒ (商店, 餐館等的)女老闆; 女經理。

man·a·ge·ri·al [ˌmænəˈdʒɪrɪəl; ˌmænɪˈdʒɪərɪəl] *adj.* (通常作限定)經理[經營者, 管理人員]的; 經營[管理]上的。

man·ag·ing [ˋmænɪdʒɪŋ; ˈmænɪdʒɪŋ] *v.* manage 的現在分詞, 動名詞。

── *adj.* 經營[管理]的; 執行的. a *managing* director 常務董事/a *managing* editor(報紙, 雜誌等的)執行總編輯。

man·a·tee [ˌmænəˈti; ˌmænəˈtiː] *n.* ⓒ 海牛《群棲於墨西哥灣等海域的哺乳類動物; 體長約 2.5-4 公尺》。

Man·ches·ter [ˋmæn.tʃɛstɚ, ˋmæntʃɪstɚ; ˈmæntʃɪstə(r)] *n.* 曼徹斯特《英格蘭西北部的工業都市》。

[manatee]

字源 CHESTER 「城」: Man*chester*, Win*chester*(溫徹斯特), Lan*caster*(蘭開斯特), Wor*cester*(伍斯特)。

man·da·rin [ˋmændərɪn; ˈmændərɪn] *n.* **1** ⓒ (中國朝廷的)高級官吏, (泛指)高官; (落伍的)官僚。**2** ⓤ (*M*andarin) 北京話(中國的普通話, 國語). **3** = mandarin orange.

mandarin duck *n.* ⓒ(鳥)鴛鴦。

mandarin orange *n.* ⓒ(植物)柑橘; 柑橘樹; (satsuma 亦爲其中一種; → orange)。

man·date [ˋmændet, -dɪt; ˈmændeɪt] *n.* ⓒ
1 (上級官員[法院]給下級官員[法院]的)命令, 指令。**2** (通常用單數)(人民透過選舉授與議員, 政府的)權限。**3** 〖歷史〗委任統治(國際聯盟認可的統治形式); 託管地。

── *vt.* 《歷史》委任統治。

man·da·to·ry [ˋmændə.torɪ, -.tɔrɪ; ˈmændətərɪ] *adj.* 命令的, 指令的; 義務性[上]的, 強制性的; 必修的。

man·di·ble [ˋmændəbl; ˈmændɪbl] *n.* ⓒ
1 (哺乳動物, 魚類的)顎, (特指)下顎; 下顎骨。
2 (鳥的)上[下]喙。
3 (節足動物的)大顎。

man·do·lin [ˋmændḷɪn, ˌmændḷˈɪn; ˈmændəlɪn] *n.* ⓒ(音樂)曼陀林琴。

man·drake [ˋmændrɪk, ˋmændrek; ˈmændreɪk] *n.* ⓤ 曼陀羅草《茄科, 根多肉, 有毒,

過去被用來製作安眠藥等).

man·drill [ˋmændrɪl; ˊmændril] n. C (動物) 山魈(產於西非的大狒狒).

mane [men; mein] n. C (馬、獅子等的)鬃毛.

man·eat·er [ˋmænˏitɚ; ˊmænˏiːtə(r)] n. C

1 食人動物(虎、鯊魚等); 食人族.

2 擁有許多情人的女人; 強迫男人的女人.

ma·neu·ver (美), **ma·noeu·vre** (英) [məˋnuvɚ; məˊnuːvə(r)] n. C 1 策略, 計策. a clever [clumsy] *maneuver* 上[下]策/political *maneuvers* 政治策略.

2 (軍事)作戰行動; (通常 maneuvers)大規模演習, 機動演習.

— vt. 1 使巧妙地移動; 用策略改變; 巧妙地操縱 …使…. They *maneuvered* the piano up the staircase. 他們把鋼琴巧妙地搬上了樓梯/He was *maneuvered* out of office. 他被人陷害而丟了工作.

2 (靠作戰行動)改變; 使(機動性)演習.

— vi. 1 玩弄伎倆, 策劃.

2 (軍隊、艦隊等)採取作戰行動; (機動)演習.

ma·neu·ver·a·ble (美), **ma·noeu·vra·ble** (英) [məˋnuvɚəbl, -ˋnjuvɚ-; məˊnuːvərəbl] adj. (汽車、飛機等)易駕駛的, 易操縱的, 操縱性高的.

mǎn Fríday n. (pl. men [ˋmɛn; ˊmen] Fríday(s)) C 忠實的僕人; (善於處理雜事的)作業員; 左右手; (Friday 為 Robinson Crusoe 的忠僕的名字).

man·ful [ˋmænfəl; ˊmænfol] adj. 有男子氣概的, 勇敢的, 堅決的.

man·ful·ly [ˋmænfəlɪ; ˊmænfoli] adv. 有男子氣概地.

man·ga·nese [ˋmæŋɡəˏnis, ˋmæn-, ˏmæŋɡəˊnis, ˏmæn-, -ˏniz, -ˊniz; ˊmæŋɡəniːz] n. U (化學)錳(金屬元素; 符號 Mn).

mange [mendʒ; meindʒ] n. U 疥癬(狗、貓、馬、牛等的皮膚病).

man·gel-wur·zel [ˋmæŋɡlˏwɝzl, -ˏwɜts; ˊmæŋɡlˏwɜːzl] n. C (植物)甜菜類(栽培作為家畜飼料).

man·ger [ˋmendʒɚ; ˊmeindʒə(r)] n. C 秣桶, 飼料槽, (→ stall 圖).

a dòg in the mánger → dog 的片語.

man·gle¹ [ˋmæŋɡl; ˊmæŋɡl] vt. 1 切碎; 壓爛. The bike was *mangled* in its collision with the truck. 這輛腳踏車與卡車相撞而被壓爛.

2 (因差勁的編輯, 演出等)把(作品等)搞砸.

man·gle² [ˋmæŋɡl; ˊmæŋɡl] n. C 1 (舊式的)大型軋布機(透過兩根滾筒絞乾洗好的衣服; 不同於附加在洗衣機上的 wringer).

2 軋平機(與1相似, 但滾筒需加熱, 用以熨燙襯衫等).

man·go [ˋmæŋɡo; ˊmæŋɡəʊ] n. (pl. ~s, ~es) C 芒果(產於熱帶的常綠喬木); 芒果果實(食用).

man·grove [ˋmæŋɡrov, ˋmæn-; ˊmæŋɡrəʊv]

n. C 紅樹林, 水筆仔, (生長於熱帶、亞熱帶地方的河口、海濱、沼澤的各種常綠樹, 自樹幹向水中延伸出許多的根).

(mangrove)

man·gy [ˋmendʒɪ; ˊmeindʒi] adj. 1 患疥癬(mange)的.

2 (口)(毛髮脫落等)難看的; 骯髒的.

man·han·dle [ˋmænˏhændl, ˏmænˋhændl; ˊmænˏhændl] vt. 1 粗暴對待(人). 2 用人力移動.

Man·hat·tan [mænˋhætn; mænˊhætn] n. 曼哈頓(New York 市內的島嶼, 市的行政區(borough)之一; 為商業、經濟、文化的中心).

man·hole [ˋmænˏhol; ˊmænhəʊl] n. C (下水道等的)人孔.

***man·hood** [ˋmænhʊd; ˊmænhʊd] n. U

1 (男子的)成年; 壯年期. reach [attain] *manhood* 到了成年期.

2 男子氣概. The remark insulted his *manhood*. 那番話刺傷了他的男子氣概.

3 (單複數同形)(一國的)所有成年男子. In the First World War a large part of England's *manhood* enlisted. 第一次世界大戰期間許多英國男子都入伍.

man·hour [ˋmænˏaur; ˊmænˊaʊə(r)] n. C 工時(一個人一小時的工作量).

man·hunt [ˋmænˏhʌnt; ˊmænhʌnt] n. C (特指對犯人等大規模的)搜索, 追捕.

ma·ni·a [ˋmenɪə; ˊmeiniə] n. 1 UC 過度的…, 狂熱, …熱; (for). golf *mania* 高爾夫球熱/He has a *mania* for (collecting) stamps. 他集郵成癖.

2 U (醫學)狂躁.

ma·ni·ac [ˋmenɪˏæk; ˊmeiniæk] n. C 狂人; 熱中者, …狂. a speed *maniac* 追求速度狂.

— adj. 發瘋的, 狂狂的.

ma·ni·a·cal [məˋnaɪəkl; məˊnaiəkl] adj. 狂人(般)的, 彷彿發瘋似的.

man·ic [ˋmenɪk, ˋmænɪk; ˊmeinik, ˊmænik] adj. (醫學)狂躁的.

man·ic-de·pres·sive [ˏmænɪkdɪˋprɛsɪv; ˏmænikdɪˊpresiv] (醫學) adj. 躁鬱的.

— n. C 躁鬱症患者.

man·i·cure [ˋmænɪˏkjur, -ˏkɪur; ˊmænikjʊə(r)] n. UC 修指甲(包含修指甲的手部美容; 指甲油為 nail polish (美) [varnish (英)]; → pedicure).

— vt. 1 給(人, 手)修指甲. 2 (美、口)修剪, 整修, (樹籬, 草坪等).

man·i·cur·ist [ˋmænɪˏkjurɪst; ˊmænikjʊərist] n. C 修指甲師.

***man·i·fest** [ˋmænəˏfɛst; ˊmænifest] adj. (文章)明白的, 明顯的. a *manifest* fact 明確的事實/a *manifest* lie 明顯的謊話/Joy was *manifest* on the child's face. 這個孩子的臉上很明顯地露出喜

悦之色.
— *vt.* (~**s** [~s; ~s]; ~**ed** [~ɪd; ~ɪd]; ~**ing**) 《文章》**1** 表明, 露出〔情感等〕. The mayor *manifested* his discontent with the new plan. 市長對新計畫表示不滿.

2 〔事物〕成爲…的證據, 證明. The fact *manifests* his innocence. 事實證明他是清白的.

mánifest itsélf 〔徵候, 疾病等〕出現, 顯現; 〔罪過等〕彰顯. The guilt *manifested itself* on his face. 他的臉上流露出罪惡感.

— *n.* ⓒ (船, 飛機的)貨載單; 旅客名單.

man·i·fes·ta·tion [ˌmænəfɛsˈteʃən, -fəsˈteʃən; ˌmænɪfeˈsteɪʃn] *n.* 《文章》**1** Ⓤ表明; ⓒ聲明(書), 言明. **2** ⓒ表現, 表示. He made no *manifestation* of his disappointment. 他沒有表現出他的失望.

man·i·fest·ly [ˈmænəˌfɛstlɪ; 'mænɪfestlɪ] *adv.* 《文章》明顯地.

man·i·fes·to [ˌmænəˈfɛsto; ˌmænɪˈfestəʊ] *n.* (*pl.* ~**s**, ~**es**) ⓒ (政府, 政黨等發出的)聲明(書), 宣言(書).

***man·i·fold** [ˈmænəˌfold; 'mænɪfəʊld] *adj.* 《文章》**1** 種類繁多的, 繁雜的; 許多的. do *manifold* tasks 做雜事.

2 涉及多方面的; 〔機械等〕複合裝置的, 可同時作好幾項工作的. The novel gives a *manifold* picture of human life. 那部小說從多方面來描繪人生.

— *n.* ⓒ歧管(連接多汽缸裝置的排氣〔吸氣〕管而匯集成一的管子).

man·i·kin [ˈmænəkɪn; 'mænɪkɪn] *n.* ⓒ **1** 侏儒. **2** 人體解剖模型.

3 =mannequin.

Ma·nil·a, Ma·nil·la [məˈnɪlə; məˈnɪlə] *n.*

1 馬尼拉〔菲律賓共和國首都, 菲國最大都市〕.

2 (通常 *m*anila) =Manila hemp; Manila paper; Manila rope.

Manìla hémp *n.* Ⓤ馬尼拉麻.

Manìla páper *n.* 馬尼拉紙(用於包裝、信封等, 呈淡褐色, 是強韌結實的紙).

Manìla rópe *n.* ⓒ馬尼拉繩(用馬尼拉麻製成的堅固纜繩; 用於船具等).

ma·nip·u·late [məˈnɪpjəˌlet; məˈnɪpjʊleɪt] *vt.*

1 (特指用手)巧妙地處理; 熟練地操作〔機器等〕. *manipulate* a pair of chopsticks 熟練地使用筷子.

2 (不正當地)操縱〔人, 輿論, 市價等〕.

3 僞造, 篡改, 〔帳簿, 報告書等〕.

ma·nip·u·la·tion [məˌnɪpjəˈleʃən; məˌnɪpjʊˈleɪʃn] *n.* ⓤⓒ **1** 巧妙的處理, 熟練的操作.

2 (市價等的)不正當的操作, 操縱.

3 僞造.

ma·nip·u·la·tive [məˈnɪpjəˌletɪv; məˈnɪpjʊlətɪv] *adj.* 巧妙處理的; 僞造的.

ma·nip·u·la·tor [məˈnɪpjəˌletɚ; məˈnɪpjʊleɪtə(r)] *n.* ⓒ巧妙處理者; 篡改者; 操縱者.

Man·i·to·ba [ˌmænəˈtobə, ˌmænətoˈbɑ; ˌmænɪˈtəʊbə] *n.* 曼尼托巴省(加拿大中南部的省).

***man·kind** [mænˈkaɪnd, 2 爲 ˈmænˌkaɪnd; mænˈkaɪnd, 2 爲 'mænkaɪnd] *n.*

Ⓤ(單複數同形) **1** 人類, 人. the history of *mankind* 人類的歷史/In being mortal, all *mankind* is alike. 舉凡人類, 皆難免一死.

2 (集合)男性, 男子, (⟷ womankind).

man·like [ˈmænˌlaɪk; 'mænlaɪk] *adj.* **1** 像人的, 似人的. *manlike* apes 類人猿.

2 像男人的(★正面含義和負面含義皆可用).

man·li·ness [ˈmænlɪnɪs; 'mænlɪnɪs] *n.* Ⓤ男子氣概; 英勇.

***man·ly** [ˈmænlɪ; 'mænlɪ] *adj.* (**-li·er; -li·est**)

1 〔用於正面含義〕有男子氣概的; 大膽的, 英勇的. a deep, *manly* voice 低沈而渾厚的男性聲音/his *manly* behavior in the face of danger 他臨危不懼的英勇行爲. 回 *manly* 強調勇氣、力量等男性的優點; → male, manlike, masculine.

2 〔運動等〕適合男人的, 男性的.

3 〔女人〕像男人的, 勝過男人的. She looked *manly* in a tweed suit. 她穿著一套粗花呢西裝, 看起來像個男人似的.

●──名詞＋**-ly** →形容詞
‐ly 主要爲「…般的, 像…的」之意.

beastly	野獸般的	beggarly	赤貧的
brotherly	兄弟般的	costly	昂貴的
cowardly	膽小的	deathly	死了般的
fatherly	慈祥的	friendly	友善的
heavenly	天堂般的	ghostly	幽靈般的
mannerly	彬彬有禮的	lovely	可愛的
motherly	慈母般的	masterly	像名師的
sisterly	姊妹般的	scholarly	學者風範的
timely	適時的	soldierly	像軍人的
worldly	現世的	womanly	女人般的
gentlemanly	紳士的		

★「有關時間的名詞＋-ly」→ early 表.

man-made [ˈmænˌmed; 'mænmeɪd] *adj.* 人造的, 人工的. a *man-made* moon 人造衛星/*man-made* fibers 合成纖維.

man·na [ˈmænə; 'mænə] *n.* Ⓤ **1** (聖經)嗎哪(摩西率領的以色列人在荒野挨餓時, 上帝所賜與的食物). **2** 天助〔賜〕; 精神食糧.

manned [mænd; mænd] *adj.* 〔交通工具, 特指太空船等〕載人的. a *manned* flight 載人的飛行.

man·ne·quin [ˈmænəkɪn; 'mænɪkɪn] *n.* ⓒ **1** (展示衣服用的)人體模型. **2** (通常指女性的)時裝模特兒. ★現在通常稱作 model.

***man·ner** [ˈmænɚ; 'mænə(r)] *n.* ⓒ

【做法】**1** (通常用單數)方法, 做法. Do it after the *manner* of your father. 照您父親的做法做/He did not like her *manner* of speech. 他不喜歡她說話的方式/They escaped in this *manner*. 他們就這樣逃跑了.

回 *manner* 主要指個人特有的做法; → way[1] 8.

2 (通常用單數)(美術, 文學, 建築等的)風格, 式樣. a poem in the *manner* of Keats 濟慈風格的詩.

【〖舉止〗】**3** (用單數)態度, 應對. The lady has a graceful *manner*. 那位女士舉止優雅/He spoke to me in a friendly *manner*. 他以和善的態度和我談話.

> 〖搭配〗 *adj.*+manner: an arrogant ~ (傲慢的態度), a charming ~ (迷人的舉止), a polite ~ (禮貌的態度), a rude ~ (無禮的態度) // *v.*+manner: adopt a ~ (選擇以某種態度), assume a ~ (採取某種態度).

4 (manners)禮貌, 規矩. table *manners* 餐桌禮儀/He has no *manners*. 他沒有禮貌/It is bad *manners* to make a noise while you eat. 進餐時發出聲音是不禮貌的.

5 (manners)(民族, 時代等的)習俗, 風俗, 習慣. foreign *manners* and customs 外國的風俗習慣.

àll mánner of... 所有種類的···. all *manner* of plants 所有種類的植物.

(as, as if) to the mànner bórn 如同生來即適應[習慣]的. play the lady *as to the manner born* 演好像生來就是貴婦人一般.

by àll [nò] mànner of méans = by all [no] means (means 的片語).

in a mànner (of spéaking) 《文章》在某種意義上; 說起來; 有幾分. Yes, *in a manner of speaking*, he is a selfish person. 是啊, 就某種意義上來說, 他是個自私的人.

man·nered [ˋmænɚd; ˈmænəd] *adj.* 《文章》(說話方式, 寫法等)裝腔作勢的, 有個性的.

man·ner·ism [ˋmænəˏrɪzəm; ˈmænərɪzəm] *n.* **1** ⓒ (說話方式, 舉止等的)癖性, 習慣. **2** ⓤ (通常Mannerism)風格主義, 獨特風格, (流傳於16世紀歐洲的藝術風格; 想表達完美的意象). **3** 固定形式.

man·ner·ly [ˋmænəlɪ; ˈmænəlɪ] *adj.* 彬彬有禮的, 謙恭的.

man·ni·kin [ˋmænɪkɪn; ˈmænɪkɪn] *n.* = manikin.

man·nish [ˋmænɪʃ; ˈmænɪʃ] *adj.* **1** (通常表輕蔑)《女人》像男人的. **2** 男性特有的; 男子氣概的.

ma·noeu·vre [məˋnuvɚ; məˈnuːvə(r)] 《英》*n., v.* =maneuver.

mán of the wórld *n.* (*pl.* men [ˋmɛn; ˈmen] —) ⓒ 通曉世故的人.

man-of-war [ˋmænəvˋwɔr, ˋmænəˋwɔr; ˏmænəvˈwɔː(r)] *n.* (*pl.* **men-** [ˋmɛn-; ˏmen-]) ⓒ 《古》軍艦(warship).

ma·nom·e·ter [məˋnɑmətɚ; məˈnɒmɪtə(r)] *n.* ⓒ 壓力計.

man·or [ˋmænɚ; ˈmænə(r)] *n.* ⓒ **1** 《英史》(封建時代的)莊園. **2** (貴族的)領地(莊園制度的餘風, 讓農民即耕土地然後收取地租). **3** =manor house (地主, 農場主人等的)大宅邸.

mánor hòuse *n.* ⓒ (莊園的)領主宅邸.

[manor house]

ma·no·ri·al [məˋnorɪəl, mæ-, -ˋnɔr-; məˈnɔːrɪəl] *adj.* 莊園的; 領地的.

man·pow·er [ˋmæn.pauɚ; ˈmæn.pauə(r)] *n.* ⓤ **1** (可動員的)有效總人數, 人力資源. Chinese *manpower* 中國擁有的勞動力.
2 (相對於機械力等的)人力.

man·sard [ˋmænsard; ˈmænsɑːd] *n.* ⓒ 複斜式屋頂(亦作 mánsard ròof)《四邊有兩重斜坡的屋頂; 其頂層(閣樓).

manse [mæns; mæns] *n.* ⓒ 牧師住宅(特指蘇格蘭長老教會的).

man·ser·vant [ˋmænˏsɝvənt; ˈmænˏsɜːvənt] *n.* (*pl.* **men·ser·vants** [ˋmɛn-; ˈmen-]) ⓒ 男僕, 僕從. ★女僕為 maidservant.

[mansard]

‡man·sion [ˋmænʃən; ˈmænʃn] *n.* (*pl.* ~s [~z; ~z]) ⓒ **1** 大宅邸. 同residence 指一般住宅, mansion 常指雄偉, 壯觀的巨宅; → house.
2 《英》(通常 Mansions) ···公寓, 公館, (《美》apartment house)《用於建築物的名稱). Kew *Mansions* 基尤公寓.

Mánsion Hòuse *n.* (加the)倫敦市長官邸.

man-size(d) [ˋmænˏsaɪz(d); ˈmænsaɪz(d)] *adj.* 《口》成人尺寸的, 夠大的; 《特用於廣告詞的字》〔工作等〕適合成年男子的.

man·slaugh·ter [ˋmænˏslɔtɚ; ˈmænˏslɔːtə(r)] *n.* ⓤ (泛指)殺人; 《法律》過失殺人. 同指非計畫性而是出於一時激動的情緒等; homicide.

man·tel [ˋmæntl; ˈmæntl] *n.* =mantelpiece.

‡man·tel·piece [ˋmæntlˏpis; ˈmæntlpiːs] *n.* (*pl.* **-piec·es** [~ɪz; ~ɪz]) ⓒ 壁爐架(圍住壁爐的大理石, 磚等的裝飾框, 特指其上部的裝飾架; → fireplace 圖).

man·tel·shelf [ˋmæntlˏʃɛlf; ˈmæntlʃelf] *n.* (*pl.* **-shelves** [-ˏʃɛlvz; -ʃelvz]) =mantelpiece.

man·tes [ˋmæntiz; ˈmæntiz] *n.* mantis 的複數.

man·til·la [mænˋtɪlə; mænˈtɪlə] *n.* ⓒ 婦女的頭紗(西班牙或拉丁美洲女性披在頭上的黑色或白色蕾絲的頭巾).

man·tis [ˈmæntɪs; ˈmæntis] n. (pl. ~**es**, **-tes**) C (蟲)螳螂.

man·tle [ˈmænt]; ˈmæntl] n. C **1** (特指女用的)披風(寬鬆無袖的外套). **2** 覆蓋[隱藏，包裹]物. hills covered by a *mantle* of fresh green 披上新綠的山丘. **3** (煤氣燈的)燈罩(圍住火焰). **4** (軟體動物的)外套膜. **5** (地質學)地函(地殼與地心之間的部分).
— vt. (文章)覆蓋，隱藏，包裹.

man-to-man [ˈmæntəˈmæn; ˈmæntəˈmæn] adj. **1** 〔交談等〕直言不諱的，坦率的.
2 (籃球、足球)緊迫盯人的(每個人各自選定一名對方的球員，採取一對一的防禦策略).

* **man·u·al** [ˈmænjʊəl; ˈmænjʊəl] adj. **1** 手的；用手的；手動的〔裝置等〕；手工的. *manual* crafts 手工藝/a *manual* control 手控.
2 肉體的. a *manual* worker 體力勞動者/*manual* labor 體力勞動.
— n. (pl. ~**s** [~z; ~z]) C 手冊，導引. a teacher's *manual* (教科書的)教師手冊.

mànual álphabet n. C (聾啞人士用的)手語字母(finger alphabet).

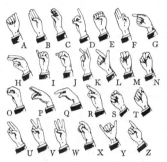

[manual alphabet]

man·u·al·ly [ˈmænjʊəlɪ; ˈmænjʊəlɪ] adv. 用手地；手動地；手工地.

mànual tráining n. U (美)(學校等的)勞作，工藝.

* **man·u·fac·ture** [ˌmænjəˈfæktʃɚ, ˌmænəˈfæktʃɚ; ˌmænjʊˈfæktʃə(r)] vt. (~**s** [~z; ~z]; ~**d** [~d; ~d]; **-tur·ing** [-tʃərɪŋ; -tʃərɪŋ])
1 製造(特指在工廠由機器所進行的大量生產). The company *manufactures* electrical goods. 那家公司製造電氣產品/silk *manufactured* in Japan 日本製的絲綢.
2 加工(*into*〔製品〕). *manufacture* pulp *into* paper 把紙漿加工成紙張.
3 編造(假話，理由等). He *manufactured* an excuse to avoid going to the party. 他編造藉口不去參加宴會.
— n. (pl. ~**s** [~z; ~z]) **1** U (特指大量的)製造，機器製造；製造業. goods of foreign [domestic, home] *manufacture* 外國[本國]製品/iron *manufacture* 製鐵(業).

2 C (通常 manufactures)製品. woolen *manufactures* 羊毛製品.
3 U (輕蔑)(小說等的)粗製濫造.
[字源] MANU「手」: *manu*facture, *manu*al (手冊) *manu*script (原稿)，*man*age (操縱).

‡ **man·u·fac·tur·er** [ˌmænjəˈfæktʃərɚ, ˌmænəˈfæktʃərɚ; ˌmænjʊˈfæktʃərə(r)] n. (pl. ~**s** [~z; ~z]) C (特指大規模的)製造業者，廠商，製造公司. an automobile *manufacturer* 汽車製造商.

man·u·fac·tur·ing [ˌmænjəˈfæktʃərɪŋ; ˌmænjʊˈfæktʃ(ə)rɪŋ] adj. 製造的. the *manufacturing* industry 製造業.
— n. U 製造；製造業.

ma·nure [məˈnjʊr, -ˈnɪʊr, -ˈnʊr; məˈnjʊə(r)] n. U (牛馬等的)糞肥，(泛指)肥料. chemical [artificial] *manure* 化學[人造]肥料.
— vt. 施肥.

* **man·u·script** [ˈmænjəˌskrɪpt; ˈmænjʊskrɪpt] n. (pl. ~**s** [~s; ~s]) C **1** 原稿(亦包含打字稿；略作 MS (pl. MSS)). I sent the *manuscript* to the publisher. 我把原稿送到出版社.
2 (印刷術發明前的)手抄本.
[字源] SCRIPT「書寫物」: manu*script*, *Script*ure (聖經)，post*script* (附筆).

Manx [mæŋks; mæŋks] adj. 曼島(the Isle of Man)的；曼島人[語]的.
— n. **1** (作複數)(加 the) (集合)曼島人. **2** U 曼島語(Celt 語的一種).

Mànx cát n. C 曼島貓(一種家貓；無尾巴).

‡ **man·y** [ˈmɛnɪ; ˈmenɪ] adj. (**more**; **most**)(通常作限定)多的，許多的，(↔few). We didn't have *many* visitors this summer. 今年夏天我們的遊客不多/Do you see *many* foreign movies? 你看很多外國片嗎?/*Many* children stay after school for club activities. 許多孩子放學後留校參加社團活動/*Many* thanks. 非常感謝/We need *many* more extras for the battle scenes. 我們還需要更多的臨時演員來拍戰爭場面(★強調 more＋複數名詞時，不用 much 而用 many)/Her shortcomings are *many*. 她有很多缺點(★ many 在(文章)中做補語使用)/My father worked for the bank for *many* years. 我父親在銀行工作多年.
[語法](1)與複數可數名詞連用(→ much). (2)通常用於否定句、疑問句等，在肯定直述句中多與及物動詞的直接受詞之前通常用 a large number of, numerous 代替 many，尤其在(口)偏向使用 a lot of, lots of, plenty of. (3)肯定直述句中，及物動詞的直接受詞之前若為 so, as, too, how等，或者有其他形容詞修飾同一個名詞的情況，則可自由使用many. The tree has too *many* twigs and branches. (那棵樹枝幹太過茂密)/We visited *many* beautiful places. (我們參觀過許多美景勝地).

* **a góod mány** 相當多(的) (★亦有名詞性用法). There were *a good many* mistakes in your com-

position. 你的作文中有許多錯誤/*A good many* of the pictures on exhibition were sold on the opening day. 有相當多的參展作品在開幕當天就賣出了.

＊*a grèat mány* 非常多(的)(★亦有名詞性用法).
Tom has collected *a great many* butterflies. 湯姆已經收集了非常多的蝴蝶.

＊*as mány* (與前述數目)同量(的)(★可作名詞性用法). He wrote three books in *as many* years. 他在三年內寫了三本書/I have five copies, but I need twice *as many*. 我有五份, 但我需要的是這兩倍的數量.

＊*as mány* (A) *as* B (1)與 B 同量(的 A); 盡量 B (的 A); (★亦有名詞性用法). Take *as many as* you want. 想拿就盡量拿/Ed has *as many* foreign stamps *as* I have. 艾德擁有的外國郵票和我一樣多/He read twice *as many* books *as* I did. 他讀的書是我的兩倍. (2)(與動詞連用)多達⋯的. *As many as* fifty students gathered to hear his lecture. 多達五十名的學生齊聚一堂聆聽他的課程.

be (òne) tòo mány for... 應付不了; 勝過⋯, 比⋯高一等.

＊*hòw mány* 多少(的); 幾個人(的)(★亦有名詞性用法). How many tomatoes are there in this basket? 籃子裡有多少番茄?/How many are coming for dinner? 晚餐有多少人會來?

mány a [*an*]... (文章)許多的⋯. *many a* day 好幾天/*Many a* man hopes so.＝*Many* men hope so. 許多人希望如此/*many* and *many a* time 不知多少次.

òne tòo mány 多餘的一個[一人] (★除了 one 之外, 亦可使用 two, three 等). That remark was just *one too many*. 那一句話實在是多餘的/There are seven of us—*two too many* to get in my car. 我們共有七個人, 但有二個人沒辦法坐我的車.

＊*so mány* [so`mɛnɪ; `səʊ,menɪ] (1)那麼多(的)(★亦有名詞性用法). There are *so many* stars in the sky, I can't count them all. 天空中有那麼多星星, 我無法數清/I like grapes, but I can't eat *so many*. 我喜歡葡萄, 但吃不了那麼多. (2)同數的, 僅這些數量的. We crawled like *so many* ants along the mountain pass. 我們像一群螞蟻那樣地爬過山路. (3)[so`mɛnɪ; səʊ`menɪ] 多多少少(的), 某一數量(的), (★亦有名詞性用法). work *so many* hours for so much money 爲了那些錢工作了好幾個小時/sell oranges at *so many* for a dollar 以一美元若干個的價格出售橘子.

— *pron.* (作複數) **1** 許多(人, 東西). *Many* of my friends were at the party. 許多我的朋友出席此宴會(語法)根據接在 many 之後的角, my, his 等, 可分別形成限定的複數名詞或代名詞的複數; many of the books 指「那些書的大多數」, many books 則是「許多書」的意思)/Not *many* will come to his funeral. 會來參加他葬禮的人不

多. **2** (加 the)大多數人, 群眾, (⟷ the few). try to please the *many* 設法討好大眾.

man·y-sid·ed [`mɛnɪ`saɪdɪd; ,menɪ`saɪdɪd] *adj.* **1** (圖形等)多邊[面]的. **2** (個性等)具有許多面的, 多重性的; 遍及多方面的.

Mao·ri [`maʊrɪ; `mɑrɪ; `maʊrɪ] *n.* ⓒ 毛利人 (New Zealand 的原住民); Ⓤ 毛利語.
— *adj.* 毛利人[語]的.

Mao Tse-tung [,maʊtsɛ`tʊŋ; ,maʊtse`tʊŋ] *n.* 毛澤東(1893-1976)(中國政治家; 中國共產黨主席(1945-76)).

＊**map** [mæp; mæp] *n.* (*pl.* ~s [~s; ~s]) ⓒ **1** 地圖(一張的地圖; 呈書本狀者爲 atlas). Hang up the *map* on the wall. 把地圖掛在牆上/We studied the road *map* of the country around Paris. 我們研究了巴黎周邊區域的道路圖/a one-to-ten-thousand *map* 一萬分之一的地圖.

> (搭配) *n.*＋map: a weather ~ (天氣圖), a world ~ (世界地圖) // *v.*＋map: consult a ~ (查地圖), draw a ~ (畫地圖), read a ~ (研究地圖).

2 天體圖; (使用地圖的)圖解, 分布圖.

off the máp (地點)偏僻的, 地圖上未標出的. Their house is *off the map*, miles away from the nearest town. 他們家的地點很偏僻, 距離最近的市鎭也要好幾英里.

pùt...on the máp 把(土地, 場所等)標示於地圖上; (口)爲人所知. The new international airport really *put* this town *on the map*. 新的國際機場確實使這個城鎭爲人所知.

wipe...off the máp 使從地圖上消失; 消滅. The bombing *wiped* the small village *off the map*. 那場轟炸摧毀了那座小村落.

— *vt.* (~s; ~ped; ~ping) **1** 繪製地圖; 用地圖表示. **2** 制定(詳細的)計畫(out). I *mapped out* my study program. 我擬定了我的讀書計畫.

＊**ma·ple** [`mepl; `meɪpl] *n.* (*pl.* ~s [~z; ~z]) **1** ⓒ 楓. **2** Ⓤ 楓材. **3** Ⓤ 楓糖口味.

máple lèaf *n.* ⓒ 楓葉(加拿大國徽).

màple súgar *n.* Ⓤ 楓糖(由楓糖漿所製成).

màple sýrup *n.* Ⓤ 楓漿(由 sugar maple 的樹汁提煉成的糖漿).

＊**mar** [mɑr; mɑ:(r)] *vt.* (~s [~z; ~z]; ~red [~d; ~d]; ~ring [`mɑrɪŋ; `mɑ:rɪŋ]) (文章)損壞, 損害; 破壞. The surface of the desk is *marred*. 桌面損壞了/The bad weather *marred* the ceremony. 惡劣的天氣破壞了典禮.

màke or már... → make 的片語.

Mar. (略) March.

mar·a·bou(t) [`mærə,bu(t); `mærəbu:(t)] *n.* ⓒ (鳥)禿鸛(產於非洲的鸛).

ma·ra·ca [mə`rɑkə; mə`rɑ:kə] *n.* ⓒ 響葫蘆(在乾葫蘆裡裝入小石子等, 搖晃使發出響聲的美洲樂器; 以兩個爲一組(maracas)來使用).

mar·a·schi·no [,mærə`skino; ,mærə`ski:nəʊ] *n.* (*pl.* ~s) **1** Ⓤ 黑櫻桃酒(由野櫻桃釀製的甜酒). **2** ⓒ 酒釀櫻桃(在黑櫻桃酒中泡過的櫻桃; 亦可用於蛋糕等作裝飾用).

*mar·a·thon [ˋmærəˌθɑn, -θən; ˊmærəθən] n.
(pl. ~s [~z; ~z]) **1** C 馬拉松賽跑(亦稱márathon
ràce)(跑 26 英里又 385 碼(42.195 km); → 3).
2 C (泛指)長距離比賽; 耐力賽; (形容詞性)(口)
沒完了持續的演說等). a dance *marathon* 舞蹈
馬拉松(比賽舞蹈的持續時間)/He is famous for
his *marathon* speeches in Parliament. 他以在國
會發表長篇大論出名.
3 (*M*arathon)馬拉松(西元前 490 年希臘軍隊擊敗
波斯大軍的古戰場; 傳令兵爲傳捷報回雅典而跑了
約 26 英里).

ma·raud [məˋrɔd; məˊrɔːd] v. (文章) vi. (搜索
獵物而)到處劫掠, 到處掠奪; 襲擊(*on*).
— vt. 掠奪; 襲擊.
ma·raud·er [məˋrɔdɚ; məˊrɔːdə(r)] n. C (文
章)掠奪者.

‡**mar·ble** [ˋmɑrbl; ˊmɑːbl] n. (pl. ~s [~z;
~z]) **1** U 大理石. The statue was
carved out of *marble*. 那尊雕像由大理石雕刻而
成/His eyes are cold as *marble*. 他的眼睛冷若大
理石/She has a heart of *marble*. 她有一副鐵石心
腸.
2 (marbles) (集合)大理石雕刻品(個人、博物館所
藏等).
3 (形容詞性)大理石的; 大理石般的; (文章)冷酷
的; 堅硬的; 光滑的; 純白的. a *marble* column
大理石柱/a *marble* gloss 大理石般的光澤/her
marble skin 她有如大理石般的(光滑而白皙的)
肌膚.
4 C 彈珠(原爲大理石
製); (marbles) (作單數)
彈珠遊戲. play *marbles*
打彈珠.
mar·bled [ˋmɑrbld;
ˊmɑːbld] adj. (紙、肉
等)有大理石花紋的.

[marbles 4]

‡**March** [mɑrtʃ; mɑːtʃ] n. 3 月(略作Mar.; 月份
的由來見month表). in *March* 在 3
月/*March* comes in like a lion and goes out like
a lamb. (諺)3月來如獅去似羔羊(表示 3 月前半寒
冷, 而後半月平穩的天氣)/*March* winds and April
showers bring forth May flowers. (諺)3月風和
4 月雨帶來 5 月花.
★日期的寫法、讀法 → date¹ ◉.

‡**march** [mɑrtʃ; mɑːtʃ] v. (~·es [~ɪz; ~ɪz]; ~ed
[~t; ~t]; ~·ing) vi. 整齊地前進
(通常加表示方向、地點等的副詞(片語)) **1** 行進;
行軍; 進擊(*on*). *March* 30 miles a day 每日行軍
30 英里/A brass band is *marching* along the
street. 銅管樂隊正沿著街道行進.
2 堂堂(步伐不亂)地走. He *marched* out of the
room. 他堂堂地走出房間.
3 (人、事物)有秩序地進行; (時間)流逝(*on*). The
work is *marching* right along. 工作進展順利.
— vt. 使行進; (強行)使前進, 強行拉走, ((*away*;
on; *off*)). The thief was *marched* off to the
police station. 那個小偷被強行押至警察局.
— n. (pl. ~·es [~ɪz; ~ɪz]) **1** U (加the)行進

───────── **margin** 947

C 行軍; 示威遊行. a forced *march* 強行軍/a
march through the snow 雪中行軍.
2 C 行程. a long (short) *march* 長(短)程/a
whole day's *march* 全天的行程.
3 UC 步伐. a double *march* 跑步/a quick
march 快步/at slow *march* 以慢步.
4 C (音樂)進行曲. a wedding *march* 結婚進行
曲/a funeral *march* 送葬進行曲.
5 U (加the)進展, 發展; 進行, ((*of*)). the *march*
of science 科學的進展/the *march* of time 時間的
經過.
on the márch (軍隊等)行進中; (事物)進行(進
展)中. Medical science is always *on the march*.
醫學不斷地在進步.
stèal a márch on (*upon*)... (偷偷地)搶先於…,
占…先機.
márching òrders n. (作複數)(英、口)
=walking papers.
mar·chion·ess [ˋmɑrʃənɪs, ˌmɑrʃəˋnɛs;
ˊmɑːʃənɪs] n. C 侯爵夫人; 女侯爵; (→ duke
參考)(★侯爵爲marquis).
Mar·co Po·lo [ˋmɑrkoˋpolo;
ˊmɑːkəʊˊpəʊ ləʊ] n. 馬可•波羅(1254?-1324?)(義大
利旅行家;《馬可波羅遊記》的口述者).
Mar·di Gras [ˋmɑrdɪˋgrɑ, -ˋgrɔ; ˊmɑːdɪˊɡrɑː]
(法語) n. 懺悔星期二(Shrove Tuesday)(大齋首日
(Ash Wednesday)的前一日, 爲四旬齋前狂歡節的
結束日, 狂歡達到最高潮).
mare [mɛr, mær; meə(r)] n. C (成熟的)母馬;
(驢、騾等的)雌性(★公馬爲horse; → horse
參考). Money makes the *mare* to go. (諺)有錢
能使鬼推磨.
Mar·ga·ret [ˋmɑrgrɪt, ˋmɑrgərɪt; ˊmɑːɡərɪt]
n. 女子名(暱稱爲Maggie, Meg, Peggy 等).
*mar·ga·rine** [ˋmɑrdʒəˌrin, -rɪn; ˌmɑːdʒəˊriːn]
(★注意發音) U 人造奶油.
marge [mɑrdʒ; mɑːdʒ] n. (英、口)
=margarine.

‡**mar·gin** [ˋmɑrdʒɪn; ˊmɑːdʒɪn] n. (pl. ~s [~z;
~z]) C 周圍部分 **1** (森林、原
野等的)邊緣, 周邊; (湖、河等的)岸. We saw an
old hut standing at the *margin* of the forest. 我
們看到一間老舊的小屋坐落在森林的盡頭.
2 周圍部分>界限 (能力、狀態等的)界限, 極限,
最大限度. a safety *margin* 安全界限/His laziness
is past the *margin* of endurance. 他的懶惰令人無
法忍受.
3 (書頁等的)空白, 留白處. make notes in the
margin 在書頁空白處加注.
空白>餘裕 **4** (經費等的)餘裕, 餘地; (與競
爭者的)差距. We left a *margin* for error in our
estimates. 我們在估計中保留了誤差的空間/We
have a *margin* of just five minutes to change
trains. 我們僅有五分鐘的時間換車/by a good
(tiny) *margin* 以極大(些微)的差距/win by a 20-

to-15 [5-point] *margin* 以 20 比 15 [5分之差] 獲勝.

〖搭配〗 *adj.*+margin: a comfortable ~ (較大的差距), a handsome ~ (相當多的餘裕), a large ~ (極大的差距), a safe ~ (安全的差距), a small ~ (極小的差距).

5 〈商業〉差額利潤, 盈餘. a narrow [wide] *margin* of profit 利潤低[高].

mar·gin·al [ˋmɑrdʒɪnl; ˈmɑːdʒɪnl] *adj.* **1** 〈限定〉邊的, 空白邊的. *marginal* notes 旁注.

2 邊緣的, 邊端的, 邊境的. a *marginal* territory 邊陲地帶.

3 不太重要的; 稍微的. a book of *marginal* value 沒甚麼應用處的書／There is only a *marginal* difference between the two. 兩者之間的差別非常微細.

4 勉強可行的〈能力, 生活水準等〉, 最起碼的. *marginal* land 邊際耕地〈產量低, 採收不划算的〉／*marginal* costs [profits, utility] 〈經濟〉邊際成本 [利益, 效用].

mar·gue·rite [ˌmɑrgəˋrit; ˌmɑːgəˈriːt] *n.* ⒸÇ 〈植物〉延命菊〈雛菊類〉.

Ma·ri·a [məˋraɪə, -ˋriə; məˈraɪə, -ˈriə] *n.* 女子名.

Ma·ri·an·a [ˌmɛrɪˋænə, ˌmær-, -mer-; ˌmɛərɪˈænə, -ˈɑːnə] *n.* (the Marianas) 馬里亞納群島〈亦稱 the Mariàna Ís lands〉〈Philippine 群島東方的 15 個島嶼〉.

mar·i·gold [ˋmærəˌgold; ˈmærɪɡəuld] *n.* ⒸÇ 金盞花, 萬壽菊, 〈菊科的一, 二年生植物〉.

ma·ri·jua·na, ma·ri·hua·na [ˌmɑrɪˋhwɑnə; ˌmærjuˈɑːnə] *n.* Ⓤ 大麻〈由 Indian hemp 曬乾的葉, 花, 莖製成的毒品; 捲成菸捲吸食〉.

Mar·i·lyn [ˋmærɪlɪn; ˈmærɪlɪn] *n.* 女子名.

ma·rim·ba [məˋrɪmbə; məˈrɪmbə] *n.* ⒸÇ 馬林巴琴〈一種木琴〉.

ma·ri·na [məˋrinə, -ˋraɪnə; məˈriːnə] *n.* ⒸÇ 遊艇基地〈遊艇, 汽艇的停泊處〉.

mar·i·nade [ˌmærəˋned; ˌmærɪˈneɪd] *n.* ⓊÇ 醃汁〈葡萄酒, 油, 辛香料等的混合物; 以此漬泡魚, 肉〉; ⒸÇ 醃漬食品.
— [ˋmærəˌned; ˈmærɪˌneɪd] *vt.* 把…泡在醃漬汁中.

mar·i·nate [ˋmærəˌnet; ˈmærəˌneɪt] *v.* =marinade.

*＊**ma·rine** [məˋrin; məˈriːn] *adj.* 〈限定〉 **1** 海洋的; 海中的, 海產的. a *marine* lab(oratory) 海洋實驗室／*marine* animals [plants] 海洋動物 [植物].

2 船舶(用)的; 航海(用)的; 海事的, 海運的; 海軍的. a *marine* compass 航海用羅盤.
— *n.* (*pl.* ~s [~z; ~z]) ⒸÇ (有時 Marine) 水兵, 海軍陸戰隊員. 〈在軍艦上服役的海軍士兵, the Royal *Marines* (→ Royal Marines).

Maríne Còrps *n.* ⓊÇ 〈單複數同形〉(加 the) 美國海軍陸戰隊〈隸屬海軍, 但擁有陸軍的裝備, 主要擔任登陸作戰〉.

maríne insùrance *n.* ⓊÇ 海上保險.

mar·i·ner [ˋmærənə; ˈmærɪnə(r)] *n.* ⒸÇ 〈詩〉水手.

mar·i·o·nette [ˌmærɪəˋnɛt; ˌmærɪəˈnet] *n.* ⒸÇ 〈用細繩或竿子牽動的〉提線木偶, 傀儡, (→ puppet 圖).

mar·i·tal [ˋmærətl; ˈmærɪtl] *adj.* 〈文章〉婚姻的; 夫妻間的. the *marital* status 婚姻狀況〈用以區分單身, 已婚, 離婚等狀況〉.

mar·i·time [ˋmærəˌtaɪm; ˈmærɪtaɪm] *adj.* 〈限定〉〈文章〉 **1** 〈地區等〉海岸的, 沿海的; 居於海岸的. a *maritime* city 沿海都市.

2 海的; 海事的, 海運的. *maritime* law 海事法.

mar·jo·ram [ˋmɑrdʒərəm; ˈmɑːdʒərəm] *n.* ⓊÇ 墨角蘭〈散發芳香, 似薄荷的香草; 葉為香辣調味料〉.

Mark [mɑrk; mɑːk] *n.* **1** 男子名.

2 〈聖經〉 Saint ~ 聖馬可〈使徒 Paul 或 Peter 的弟子; 〈馬可福音〉的作者〉.

3 〈馬可福音〉〈新約聖經的一卷〉.

‡**mark**[1] [mɑrk; mɑːk] *n.* (*pl.* ~s [~s; ~s]) 〖痕跡〗 **1** ⒸÇ 痕跡; 污點, 瑕疵. erase chalk *marks* 擦掉粉筆的痕跡／put finger *marks* on photos 在照片上留下指印.

2 ⒸÇ 〈身體的〉痣, 褐斑; 傷痕; 〈皮膚的〉斑點. a baby with a strawberry *mark* 身上有草莓狀斑的嬰兒.

〖感化的跡象〗 **3** ⒸÇ 影響; 銘感. leave one's *mark* on history 留名青史.

4 ⓊÇ 重要性; 名氣, 名聲. a man of *mark* 大人物, 名人.

〖標記〗 **5** ⒸÇ 記號, 符號, 標誌; 商標, 標籤. put in punctuation *marks* 加上標點符號／a price *mark* 價格標籤／make a *mark* on the wall 在牆上做記號.

6 ⒸÇ 〈感情, 個性, 狀態等的〉表現, 表示; 〈外在〉特徵. stand up as a *mark* of respect 起立以表示敬意／His body showed every *mark* of his strength. 他的體格充分展現出他的強健.

7 ⒸÇ 〈英〉〈考試等的〉分數, 成績, 評價, (〈美〉grade). get good *marks* at school 學業成績良好／gain 70 *marks* [a *mark* of 70] in history 歷史得七十分／The teacher gave me full *marks* for math. 老師在數學方面給我滿分.

〖搭配〗 *adj.*+mark: a high ~ (高分), a low ~ (低分), a passing ~ (及格), a falling ~ (不及格).

〖目標〗 **8** ⒸÇ 標識. The runner had reached the halfway *mark*. 跑者已到達中點標識處／a high-water *mark* 高水標.

9 ⒸÇ 〈比賽〉起跑線.

10 ⒸÇ 標靶. hit [miss] the *mark* 打中 [沒打中] 標靶; 成功 [失敗].

11 ⓊÇ 〈基準〉(加 the) 標準, 水準; 〈健康等的〉正常狀態.

below the márk 水準以下(的).

beside the márk 偏離目標; 估計錯誤.

màke one's márk 出名, 成名. He *made* his

mark as a writer with his very first novel. 他的處女作使他成功地進入作家之林.

On your márk(s), gèt sét, gó! 各就各位, 預備, 開始!《賽跑的起跑信號》.

ùp to the márk 達到一般標準的; 情況良好. He won't be promoted—his work isn't *up to the mark*. 他不會升職, 因為他的工作未達到標準/Ike doesn't seem to be *up to the mark* today. 艾克今天看起來似乎(身體)狀況不佳.

wìde of the márk 嚴重偏離目標(的); 完全估計錯(的). Their estimate of the cost was *wide of the mark*. 他們估計的費用完全錯誤.

— *vt.* (~s [~s; ~s]; ~ed [~t; ~t]; ~ing)

【 留下痕跡 】 **1** 在…上留下(污垢, 傷痕等的)痕跡; 留下痕跡(*with*); 加在…的身體上(*with*); 《通常用被動語態》. The boy's wet shoes *marked* the floor. 那個男孩的濕鞋印在地板上/The woman's face was *marked with* grief. 那位女子的臉上有悲傷的神色/an animal *marked with* stripes 身上有條紋的動物.

【 留下標記 】 **2** 在…上加標記[符號, 價目(標籤)等]; [句型5] (mark **A** **B**)在A上寫上 *mark* a tree with chalk 用粉筆在樹上標記/*mark* prices on goods 在商品上標價/*mark* a route across Africa 標上橫越非洲的路線/The door was *marked* 'Men Only.' 門上標示「男士專用」.

3 (a)打分數, 評價; [句型5] (mark **A** **B**) 給A打B的分數[評價, 紀錄]. I'm busy *marking* papers. 我忙著閱卷評分/*mark* the score in a game 記錄比賽的分數. (b) [句型5] (mark **A** **B**) 給A打B的分數[評價, 紀錄]. I *marked* him A in history. 我歷史給他A/You are *marked* late. 你被登記遲到.

4 (用符號等)標示; 為…的標示; 表示. The asterisks *mark* important references. 星號表示重要的參考資料/The girl's flushed cheeks *mark* her joy. 那個女孩緋紅的雙頰顯示著她的喜悅.

【 (加標記)使之顯眼 】 **5** 使有特色, 使顯眼. the qualities that *mark* a good teacher 一位好老師所具備的特質/There was a parade to *mark* the occasion. 遊行用以紀念這個節慶.

6 (古)留神, 注意; [句型3] (mark *wh*子句、片語)注意…. Mark my words. = *Mark what* I say. 注意聽我說.

7 (體育)盯住(對手).

— *vi.* 留下痕跡; 記錄; 注意.

màrk/.../dówn (1)記錄, 寫下…. (2)把…降價. They *marked* the damaged goods *down* by 40%. 他們把瑕疵品降價40%.

màrk/.../óff (1)畫邊界線而隔開…. They *marked off* the land for their house with rows of stones. 他們排列石頭來劃分房地的界線.
(2)加註; 已做好的記號(於名單上).

màrk/.../óut (1)劃分(網球場等). (2)明確地制定(方針等).

màrk A (óut) for B 為B選出A; 決定A自(晉升等). His shrewdness *marks* John (*out*) *for* success. 約翰的精明奠定了他的成功.

màrk tíme (1)原地踏步; (原地踏步)等待. (2)磨蹭, (工作等)沒有進展.

màrk/.../úp 加…價.

mark² [mark; maːk] *n.* ⓒ 馬克《德國貨幣單位的通稱》. → deutsche mark, ostmark》.

marked [markt; maːkt] *adj.* **1** 顯著的, 顯眼的. show a *marked* difference 表現出明顯的差異/The party was a *marked* success. 這場宴會辦得相當成功.
2 被盯上的. a *marked* man 被注意的人.
3 有標記的, 被加上標記的.

mark·ed·ly [ˈmarkɪdlɪ; ˈmaːkɪdlɪ] (★注意發音) *adv.* 顯著地, 顯眼地, 明顯地.

mark·er [ˈmarkɚ; ˈmaːkə(r)] *n.* ⓒ **1** 加標記[符號]的人[工具]; 麥克筆; (比賽的)記分員[器]; 打分數的人.
2 目標; (比賽場地的線、旗幟等)標識; (書的)書籤; 紀念碑, 基碑.

※**mar·ket** [ˈmarkɪt; ˈmaːkɪt] *n.* (*pl.* ~s [~s; ~s]) 【 買賣處 】 **1** ⓒ市場; 市集. a cattle *market* 牛市場/a wholesale *market* 批發市場/go to (the) *market* 去市場買東西/The *market* is held every Monday. 每週一都有市集.
2 ⓒ (通常加the)…市場. the stock *market* 股票市場/the wheat *market* 小麥市場/the money *market* 金融市場.
3 ⓒ (特指食品)店. a fish *market* 魚鋪.
4 [銷路] ⓒ銷路, 市場; UC需求. an open *market* 自由市場(建立在自由競爭的原理上)/Rice will find a ready *market* there. 在那裡稻米有現成的市場/There is only a poor *market* for silk now. 近來絲綢的市場銷路很差.

> [搭配] *adj.*+market: a domestic ~ (國內市場), a foreign ~ (國外市場), a growing ~ (成長的市場), a wide ~ (廣大的市場) // *v.*+market: develop a ~ (拓展市場), dominate a ~ (支配市場).

【 買賣 】 **5** ⓒ (特定商品的)交易; 商機. the *market* in silk 絲綢交易/He lost his *market*. 他錯過商機.
6 ⓒ行情, 市價; 市況. a rising [falling] *market* 上漲[下跌]的行情/The *market* remains quite active. 市場狀況仍舊相當活躍.

be in the márket for... 想買(房子等).

on the márket 出售中, 上市. The new model will be [go, be put] *on the market* in November. 新款式將於11月上市.

— *vi.* 在市場上買賣; (主美)購買(食品, 家庭用品等)東西.

— *vt.* 出售; 在市場上出售. Christmas is a good time to *market* new toys. 聖誕節是推出新玩具的好時機.

mar·ket·a·ble [ˈmarkɪtəbl; ˈmaːkɪtəbl] *adj.* 具市場性的; 有銷路的. Fluency in English is a very *marketable* skill today. 在今天, 流利的英語是很吃香的技能.

M

már·ket dày *n.* ⓒ市集日.

màrket gárden *n.* 《英》=truck farm.

mar·ket·ing [ˋmɑrkɪtɪŋ; ˈmɑːkitiŋ] *n.* ⓤ
1 行銷(包括運輸、宣傳廣告等整體的銷售活動).
2 在市場上的買賣.

már·ket·place [ˋmɑrkɪt͵ples; ˈmɑːkitpleis]
n. ⓒ 1 市集的廣場. 2 (加the)商業界.

márket prìce *n.* ⓒ市價.

márket resèarch *n.* ⓤ市場調查. 「鎮.

márket tòwn *n.* ⓒ(定期舉行)市集的(城)

mark·ing [ˋmɑrkɪŋ; ˈmɑːkiŋ] *n.* 1 ⓒ標記;
(通常 markings)(鳥的羽毛或毛皮的)斑點, 花紋.
2 ⓤ加標記; 打分數.

marks·man [ˋmɑrksmən; ˈmɑːksmən] *n.*
(*pl.* **-men** [-mən; -mən]) ⓒ射手; 神射手.

marks·man·ship [ˋmɑrksmən͵ʃɪp;
ˈmɑːksmənʃip] *n.* ⓤ射擊本領; 射擊術.

Mark Twain [ˋmɑrkˋtwen; ˈmɑːkˈtwein] *n.*
馬克‧吐溫(1835-1910)《美國作家; Samuel Lang-
horne Clemens 的筆名》.

marl [mɑrl; mɑːl] *n.* ⓤ石灰泥(主要由黏土及石
灰構成, 用於製造肥料或水泥).

mar·lin [ˋmɑrlɪn; ˈmɑːlin] *n.* (*pl.* **~s, ~**) ⓒ馬林
魚(嘴呈槍狀, 體長而大、供垂釣的魚類).

[marlin]

*mar·ma·lade [ˋmɑrml͵ed,
͵mɑrmlˋed; ˈmɑːməleid] *n.* ⓤ
橘子醬(內有橘子皮的果醬).

mar·mo·set [ˋmɑrmə͵zɛt;
ˈmɑːməuzet] *n.* ⓒ狨猴(產於
中南美, 爲大眼的小型猴).

mar·mot [ˋmɑrmət;
ˈmɑːmət] *n.* ⓒ土撥鼠(松鼠科
齧齒動物; 產於北美的wood-
chuck 即爲其中一種).

[marmot]

ma·roon¹ [məˋrun;
məˈruːn] *vt.* 1 放逐到荒島(作
爲懲罰)《原爲昔日海盜經常做的
行爲》. 2 使處於孤立狀態(通
常用被動語態).

ma·roon² [məˋrun;
məˈruːn] *adj.* 栗色的, 茶色的.
— *n.* ⓤ栗色, 茶色.

mar·quee [mɑrˋki; mɑːˈkiː]
n. ⓒ 1 《美》(劇場, 旅館等
的)大門口的遮簷. 2 《英》大帳
篷(用於園遊會、馬戲表演等).

mar·quess [ˋmɑrkwɪs;
ˈmɑːkwis] *n.* 《英》=marquis.

mar·que·try [ˋmɑrkətri;

[marquee 1]

ˈmɑːkitri] *n.* ⓤ(裝飾在家具等上的)鑲嵌圖案, 鑲
嵌工藝.

mar·quis [ˋmɑrkwɪs; ˈmɑːkwis] *n.* (*pl.* **~es**
[-kwɪsɪz; -kwisiz], ~ [mɑrˋkiz; mɑːˈkiː]) ⓒ侯爵,
…侯, (→ duke 參考)《★女性爲 marchioness,
marquise》.

mar·quise [mɑrˋkiz; mɑːˈkiːz] 《法語》 *n.* =
marchioness. ★用於英國以外的貴族.

*mar·riage [ˋmærɪdʒ; ˈmæridʒ] *n.* (*pl.*
-riag·es [~ɪz; ~iz]) 1 ⓤⓒ結
婚, 婚姻; 婚姻生活. (an) arranged *marriage* 相
親結婚/(a) common-law *marriage* 姘居; 同居/
have an offer of *marriage* 被求婚/my aunt *by
marriage* 我的舅媽〔嬸嬸〕/I've heard of Tom's
marriage to a rich woman. 我聽說湯姆和一個富
有的女人結婚了/Their *marriage* ended in di-
vorce. 他們的婚姻以離婚收場.

> 搭配 *adj.*+marriage: an early ~ (早婚), a
> happy ~ (幸福的婚姻) // *v.*+marriage: pro-
> pose ~ (求婚), dissolve a ~ (離婚) // mar-
> riage+*v.*: a ~ breaks down (婚姻破裂).

2 ⓒ婚禮. There were two *marriages* here yes-
terday. 昨天這裡有兩場婚禮.
3 ⓤⓒ(心與心等的)緊密結合. a happy *marriage*
of verse and tune 詩曲的巧妙結合.
⇨ *v.* marry.

● ——有關結婚的用語
bride	新娘	(bride)groom	新郎
best man	伴郎	bridesmaid	伴娘
engagement	訂婚	wedding [marriage]	婚禮
wedding ring	結婚戒指	honeymoon	蜜月旅行
separation	分居	divorce	離婚
wedding anniversary	結婚紀念日(→wedding表)		

---

mar·riage·a·ble [ˋmærɪdʒəbl; ˈmæridʒəbl]
adj. 《文章》可結婚的, 〔年齡等〕適合結婚的; (特
指)〔少女〕達適婚年齡的. reach a *marriageable*
age 達到適婚年齡.

márriage certíficate *n.* ⓒ結婚證書.

*mar·ried [ˋmærɪd; ˈmærid] *v.* marry 的過
去式、過去分詞.
— *adj.* 1 (a) 結婚的, 已婚的, (↔ single, unmar-
ried). a *married* couple 夫妻. (b)〔敍述〕和…結
婚的《*to*》; 把…當作伴侶, 嫁給了…, 《*to*〔工作
等〕》. a man *married to* his studies 奉獻於自己
的研究的人.
2 〔限定〕婚姻的〔幸福, 生活等〕; 夫妻(間)的〔愛情
等〕. *married* life 婚姻生活/one's *married* name
結婚後所冠的姓, 夫姓, (↔ maiden name).

mar·ries [ˋmærɪz; ˈmæriz] *v.* marry 的第三人
稱、單數、現在式.

mar·row [ˋmæro, ˋmærə; ˈmærəu] *n.* 1 ⓤ
《解剖》髓, 骨髓. 2 (加the)精髓, 核心, 《*of*〔問
題等〕》; 活力.
3 =vegetable marrow.
to the márrow (*of one's bónes*) 透至骨髓, 徹
底地. My uncle is a soldier *to the marrow of*

his *bones*. 我叔叔是個徹底的軍人.

mar·row·bone [`mæro͵bon, `mærə-; 'mærəʊbəʊn] *n.* C 含髓的骨(熬湯等用的).

‡**mar·ry** [`mæri; 'mæri] *v.* (**-ries; -ried; ~ing**) *vt.* 【使緊密結合】 **1** 結婚. Will you *marry* me? 你願意嫁給我嗎?/Helen *married* money [a rich man]. 海倫嫁了個有錢人. **2** 〔牧師〕證婚; 〔父母〕使結親(*to*). Jack and Peggy were *married* by the Rev. John Smith. 傑克和佩姬的婚禮由約翰•史密斯牧師主持/Mr. Smith *married* his daughter *to* a doctor. 史密斯先生將他的女兒嫁給一位醫生.
3 合爲一體(*with*). The book *marries* reason *with* passion. 這本書融合了理性和感性.
— *vi.* 結婚. He *married* young [late in life]. 他早婚[晚婚]/*marry* for love [money] 戀愛[爲金錢]結婚/*marry* again 再婚/*Marry* in haste, and repent at leisure. 《諺》勿勿結婚, 慢慢後悔.
⇨ *n.* **marriage**.
be [*get*] *márried* (*to...*) (和…)結婚 be in love and want to *get married*. 他們正陷入熱戀且打算結婚(★ get married 的表現方式比 marry *vi.* 淺顯易懂, 較常被使用).
màrry/.../óff (特指)使〔女兒〕成婚, 出嫁. I have three daughters to *marry off*. 我有三個女兒待嫁.

Mars [marz; maːz] *n.* **1** (羅馬神話)馬爾斯(戰神; 相當於希臘神話中的 Ares). **2** 《天文》火星.
⇨ *adj.* **Martian**.

Mar·seil·laise [͵marsɛˋez, ͵maːseɪˋjeɪz] *n.* (加 La [lɑ, laː]或加 the)馬賽進行曲(法國國歌; 源自法國大革命時來自馬賽(Marseilles: 法國南部的港市)的義勇軍首次唱出此軍歌).

***marsh** [marʃ; maːʃ] *n.* (*pl.* ~es [~ɪz, ~ɪz]) UC 沼澤, 濕地. Lots of herons live in the *marsh*. 許多鷺鷥棲息於沼澤地.

mar·shal [`marʃəl; 'maːʃl] *n.* 【獨當一面的人】 C **1** 《陸軍》(法國的)元帥/(美) general of the army; (英) field marshal; (英軍) 將官. a *Marshal* of the Royal Air Force (英)空軍元帥/an Air *Marshal* (英)空軍中將/an Air Chief [Vice] *Marshal* (英)空軍上將[少將].
2 (美) (聯邦法院的)執行官(行使類似警長(sheriff)的職務); (警政署, 消防署的)署長.
3 (宮廷的)典禮官; 司禮官; (典禮, 比賽等的)司儀.
— *vt.* (~s; (美) ~ed, (英) ~led; (美) ~ing, (英) ~ling) **1** 把〔事實, 論據等〕整理出來; 指揮〔勇氣, 體力等〕. **2** 整隊, 使排列; 部署〔軍隊等〕(備戰).

márshalling yàrd *n.* C(主英)(鐵路的)貨車調車場.

Mar·shall Islands [`marʃəlˋaɪləndz; 'maːʃlˋaɪləndz] *n.* (加 the)馬紹爾群島(位於西太平洋上的群島共和國; 首都 Majuro).

mársh gàs *n.* U 沼氣(methane).

marsh·land [`marʃ͵lænd, -lənd; 'maːʃlənd] *n.* U 沼澤地.

marsh·mal·low [`marʃ͵mælo, -͵mælə-;

'maː͵ʃmæləʊ] *n.* C **1** 藥蜀葵(生於濕地(marsh)的多年生植物; 花爲粉紅色).
2 雪綿糖(通常以白而圓、輕柔蓬鬆又有彈性的軟糖; 原是由藥蜀葵的根製成的).

mársh marìgold *n.* C(植物)立金花、猿猴草之類的草本植物(生於濕地, 開黃色的花).

marsh·y [`marʃɪ; 'maːʃi] *adj.* 沼澤的, 低濕地帶的; 多沼澤的; 〔植物等〕生於沼澤的.

mar·su·pi·al [marˋsupɪəl, -ˋsɪu-, -ˋsju-; maːˋsuːpjəl] *n.* C 有袋類動物(袋鼠等).

mart [mart; maːt] *n.* C《古》市場(market).

mar·ten [`martɪn, `martn; 'maːtɪn] *n.* C《動物》貂; U 貂皮.

Mar·tha [`marθə; 'maːθə] *n.* 女子名.

mar·tial [`marʃəl; 'maːʃl] *adj.* **1** (限定)戰爭的; 適於作戰的; 軍隊的, 軍事的. *martial* music 軍樂.
2《文章》有軍人氣概的; 好戰的.

mártial árt *n.* C 武術(格鬥技巧; 空手道, 柔道等).

mártial láw *n.* U 戒嚴令.

Mar·tian [`marʃɪən, `marʃən; 'maːʃn] *adj.*《天文》火星的; 火星人的(→ Mars).
— *n.* C 火星人.

Mar·tin [`martɪn, `martn; 'maːtɪn] *n.* 男子名.

mar·tin [`martɪn, `martn; 'maːtɪn] *n.* C 燕科鳥類(特指岩燕和穴砂燕).

Mártin Lúther Kíng Dày *n.*《美》金恩紀念日(1月的第三個星期一; 慶祝金恩牧師生日(1月15日)的國定假日).

mar·ti·net [͵martnˋɛt, `martn͵ɛt; ͵maːtɪˋnet] *n.* C 規律嚴格的人; (特指在海陸軍中)訓練嚴格的教官.

mar·ti·ni [marˋtini; maːˋtiːni] *n.* UC 馬丁尼(用琴酒、苦艾酒等調製的雞尾酒).

mar·tyr [`martɚ; 'maːtə(r)] *n.* C **1** (特指基督教的)殉教者; 殉難者, 烈士, (*to*). He died a *martyr* in the cause of peace. 他爲和平運動而犧牲了自己的生命.
2 不斷受苦的人(*to*). I am a *martyr* to continual headaches. 我飽受持續性頭痛之苦.
màke a mártyr of onesèlf (爲他人, 或想受他人讚揚而)甘願犧牲自己; 佯裝殉道者的模樣.
— *vt.* 使殉道[難]; 迫害, 折磨.

mar·tyr·dom [`martɚdəm; 'maːtədəm] *n.* **1** UC 殉敎, 殉難. **2** UC 受難; 痛苦(時).

***mar·vel** [`marvl; 'maːvl] *n.* (*pl.* ~s [~z; ~z]) C **1** 神奇不可思議的事. *marvels* of nature 大自然的神奇/do [work] *marvels* 做出不可思議的事/The *marvel* is [It's a *marvel*] that he succeeded in the adventure. 眞不可思議, 他竟然冒險成功.
2《口》令人十分驚嘆的人[事物](*of*). a *marvel of* perfection 完美無缺的奇蹟人物.
⇨ *adj.* **marvelous**.
wòrk [*dò*] *márvels* 效果驚人. The intensive course *did marvels* for my French. 密集課程讓我

的法語進步神速.

— v. (~**s** [~z; ~z]; (美) ~**ed**, (英) ~**led** [~d; ~d]; (美) ~**ing**, (英) ~**ling**) vi. 驚歎, 驚奇, (at). We marveled at the golfer's skill. 我們對那位高爾夫球員的本領驚歎不已.

— vt. 句型3 (marvel that 子句) 驚訝於…; 句型3 (marvel wh 子句)對…感到不可思議. I marvel how you could agree to the proposal. 我很訝異你為甚麼會同意那個提案.

✲mar·vel·ous (美), **mar·vel·lous**
(英) [`marvləs, -vləs; 'mɑːvələs] adj. **1** 令人驚奇的, 不可思議的; 難以置信的. a marvelous occurrence 奇怪[難以置信]的事件/It's marvelous how quickly the medicine relieved my pain. 神奇的是那種藥很快地消除了我的疼痛.

2 (口)好極了, 太棒了. have a marvelous time at a party 在宴會上玩得開心極了.

mar·vel·ous·ly (美), **mar·vel·lous·ly** (英) [`marvləslɪ, -vləslɪ; 'mɑːvələslɪ] adv. 不可思議地, 驚人地; (口)極好地, 極佳地.

Marx [marks; mɑːks] n. **Karl** [karl; kɑːl] ~ 馬克斯(1818-83)《長期居住在倫敦的德國經濟學家、社會主義者; 主要著作有《資本論》》.

Marx·i·an [`marksɪən, -jən; 'mɑːksjən] adj., n. =Marxist.

Marx·ism [`marksɪzəm; 'mɑːksɪzəm] n. U 馬克斯主義.

Marx·ism-Len·in·ism
[`marksɪzəm`lɛnɪnɪzəm; 'mɑːksɪzəm'lenɪnɪzəm] n. U 馬列主義.

Marx·ist [`marksɪst; 'mɑːksɪst] n. C 馬克斯主義的信徒. — adj. 馬克斯(主義)的.

Mar·y [`mɛrɪ, `mɛː-, `mे-, `me-; 'meərɪ] n. **1** 女子名. **2** 《聖經》聖母瑪利亞(Virgin Mary).
3 **Mary** I [ðə`fɜst; ðə'fɜːst] 瑪莉一世(亦稱 Mȧry Túdor)(1516-58)《英國女王(1553-58)》.
4 **Mary** II [ðə`sɛkənd, -`sɛkənt; ðə'sekənd] 瑪莉二世(1662-94)《英國女王(1689-94)》; → English Revolution》.

Mar·y·land [`mɛrələnd, `mɛrɪlənd; 'meərɪlænd] n. 馬里蘭州《美國東部大西洋岸的一州; 略作 MD, Md.》.

Mȧry Mȧgdalene n. 《聖經》抹大拉的馬利亞 (→ Magdalene).

Mȧry Stúart n. 瑪莉·斯圖亞特(1542-87)《蘇格蘭女王(1542-67)》.

mar·zi·pan [`marzə,pæn; ,mɑːzɪ'pæn] n. U 杏仁糊(糖、蛋白和磨碎的杏仁攪拌而成); C 用杏仁糊製成的餅乾.

masc. (略) masculine(男性的).

mas·ca·ra [mæs`kærə, mɑs`kɑrə; mæ'skɑːrə] n. U 睫毛膏.

✲mas·cot [`mæskət, -kɑt; 'mæskət] n. (pl. ~**s** [~s; ~s]) C 吉祥物, 避邪物, 護身符, 福星, (被

認為會帶來好運的人或動物等). This dog is our regimental mascot. 這條狗是我們團裡的吉祥物.

✲mas·cu·line [`mæskjəlɪn; 'mæskjʊlɪn] adj. **1** 男子的, 男性的; 有男子氣概的, 男性化的; 適合男性的. a masculine voice (像)男性的聲音
圖 masculine 是指特徵、個性係「男性特有的」; → manly.
2 (女人)像男人的(mannish).
3 《文法》陽性的《名詞, 代名詞等》(→ gender 參考). ↔ feminine.

mas·cu·lin·i·ty [,mæskjə`lɪnətɪ; ,mæskjʊ'lɪnətɪ] n. U 男子氣概.

ma·ser [`mezə; 'meɪzə(r)] n. C 微波激射器《增加微波強度的裝置》; → laser.

mash [mæʃ; mæʃ] n. **1** UC (家畜的)混合飼料《熱水攪和穀粒、碾碎的麥粒、麩皮等》.
2 UC 搗碎物, 糊狀物. a mash of bananas and milk 香蕉牛奶糊.
3 U 麥芽汁(製啤酒的原料).
4 U 《英、口》=mashed potatoes.
— vt. 搗碎《(煮熟的)馬鈴薯等》. mashed potatoes 洋芋泥.

✲mask [mæsk; mɑːsk] n. (pl. ~**s** [~s; ~s]) C 《面具》 **1** (掩飾真面目用的)面具, 面罩; (古典戲劇等所用的)面具. The robber wore a black mask. 搶匪蒙著黑色面罩/assume [put on] a mask 戴面具; 隱藏真面目/throw off the [one's] mask 脫掉面具; 以真面目示人.
2 (保護用的)口罩; 防毒面具(gas mask); (棒球, 擊劍等的)護面. The doctors wore white masks over their mouths and noses. 這些醫生都戴白口罩掩住口鼻.
3 =death mask.
《隱瞞真實的事物》 **4** (雪, 雲等的)遮蔽, 覆蓋; (友善, 誠實等的)偽裝, 掩飾, (of). The mask of darkness dropped over the valley. 黑暗籠罩山谷.
under the [a] mȧsk of... 戴著…的面具; 以…為藉口; 乘著《黑夜等》.
— vt. **1** 在(臉)上戴面具[面罩, 口罩]; 使戴上面具. The terrorists masked their faces with stockings. 恐怖分子用長襪蒙面.
2 掩飾(情感等), 使看不出. His friendly manner only masked his hatred for her. 他友善的態度不過是為了掩飾對她的憎恨.

masked [mæskt; mɑːskt] adj. **1** 戴面具的, 蒙面的. **2** (砲臺等)得到掩蔽的.

mȧsking tȧpe n. C 防護膠帶《避免不塗飾部分沾到塗料而貼上的》.

mas·och·ism [`mæzə,kɪzəm; 'mæsəʊkɪzəm] n. U 受虐狂《指喜歡受異性虐待的性變態》; ↔ sadism).

mas·och·ist [`mæzə,kɪst; 'mæsəʊkɪst] n. C 有受虐狂的人, 受虐狂.

mas·och·is·tic [,mæzə`kɪstɪk; ,mæsəʊ'kɪstɪk] adj. 受虐狂的.

ma·son [`mesn; 'meɪsn] n. C **1** 石匠(stonemason); (美)磚瓦[泥水]匠.
2 (Mason) =Freemason.

Ma·son-Dix·on line [`mesṇ`dɪksṇ͵laɪn; ˈmeɪsṇˈdɪksṇ͵læm] *n.* (加 the)梅森狄克森線(美國 Pennsylvania 與 Maryland 之州界; 昔日被當作承認奴隸制的南方與否認奴隸制的北方的分界線).

ma·son·ic [mə`sɑnɪk; məˈsɒnɪk] *adj.* (常 *M*asonic)共濟會(Freemason)的.

ma·son·ry [`mesṇrɪ; ˈmeɪsṇrɪ] *n.* U **1** 石匠 [磚瓦匠, 泥水匠]的技術[職業].
2 石造建築(部分); 磚瓦[混凝土, 水泥]工程.
3 (常 *M*asonry) =Freemasonry.

masque [mæsk; mɑːsk] *n.* C 假面劇((16, 17 世紀流行於英國貴族之間)); 假面劇的劇本.

mas·quer·ade [͵mæskəˈred; ͵mæskəˈreɪd] *n.*
C **1** 化裝舞會; 化裝. **2** 偽裝, 假裝.
— *vi.* **1** 化裝[喬裝]; 假裝; ((*as*)).
2 參加化裝舞會.

mas·quer·ad·er [͵mæskəˈredɚ; ͵mæskəˈreɪdə(r)] *n.* C 參加化裝舞會的人.

‡mass¹ [mæs; mæs] *n.* (*pl.* ~**es** [~ɪz; ~ɪz])
【集團】 **1** C (土, 冰, 雲等的)塊體; 群, 集團. a confused *mass* of things 一堆零亂的東西/There are *masses* of daisies here and there. 雛菊到處叢生. ▣ mass 所指的塊體比 lump 更大.
【集團>數量】 **2** U 體積, 大小. The great *mass* of the monument startled me. 這座紀念碑大得令我吃驚.
3 (物理)質量.
【多數, 大量】 **4** (a) C 許多. a *mass* of letters 許多信件/He has *masses* of money. 他有許多錢. (b)((形容詞性))大量的, 多數的; 大規模的. commit *mass* murder 犯下大規模謀殺之罪行.
5 (加 the)大部分, 大半, (*of*). The (great) *mass* of people *are* [*mass* of public opinion *is*] against the plan. 大多數人[輿論多半]反對該項計畫(語法)動詞與 of 所接之名詞單複數一致).
6 (a) (the mass*es*) 大眾, 平民, 百姓. be popular among the *masses* 受到群眾歡迎.
(b)((形容詞性))(爲)大眾的. *mass* entertainment 大眾娛樂/*mass* psychology 大眾心理學.
⇨ *adj.* **massive**.
be a máss of... 盡是…. This composition *is a mass* of mistakes. 這篇作文盡是錯誤.
in the máss 整體上, 總括起來, 總而言之.
— *vt.* 使成一塊[一團]; 集結(軍隊等). The chief *massed* his warriors to attack the fort. 首領召集戰士去攻打要塞.
— *vi.* 變成一塊[一團]; (軍隊等)集結. People *massed* along the streets to watch the parade. 人們聚集在道路兩旁觀看遊行.

mass², Mass [mæs; mæs] *n.* UC (天主教)彌撒, 彌撒典禮; 彌撒曲.

Mass. ((略)) Massachusetts.

Mas·sa·chu·setts [͵mæsəˈtʃusɪts, -ˈtʃuz-, -əts; ͵mæsəˈtʃuːsɪts] *n.* 麻薩諸塞州(美國東北部的一州; 首府 Boston; 略作 MA, Mass.).

mas·sa·cre [`mæsəkɚ; ˈmæsəkə(r)] *n.* C
1 (人或動物的)大屠殺. The general ordered the

massacre of all war prisoners. 將軍下令屠殺所有戰俘. **2** (口)慘敗.
— *vt.* **1** 大量地殘殺. **2** (口)使慘敗, 打敗. Our team was *massacred* 10 to 2. 我隊以2比10慘敗.

mas·sage [mə`sɑʒ; ˈmæsɑːʒ] *n.* UC 按摩.
— *vt.* 按摩.

màss communicátion *n.* U (透過報紙、廣播等傳播媒體的)大眾傳播(→ mass media).

mas·seur [mæ`sɝ; mæˈsɜː(r)] (法語) *n.* C 男按摩師.

mas·seuse [mæ`sɝz; mæˈsɜːz] (法語) *n.* C 女按摩師.

mas·sif [`mæsɪf; ˈmæsiːf] (法語) *n.* (*pl.* ~**s**) C (地質學)斷層地塊.

*mas·sive [`mæsɪv; ˈmæsɪv] *adj.* **1** 大而重的; 厚重的, 有分量的. This is the most *massive* structure I have ever seen. 這是我所見過最雄偉的建築物/a *massive* volume of 800 pages 800 頁的巨冊.
2 (身體, 相貌, 頭部等)魁偉的, 結實的. The general's *massive* presence awes everyone. 將軍魁梧的體格令大家敬畏.
3 (數量, 程度等)龐大的; 強力的; 大規模的; 大量的. *massive* damage 龐大的損失/The bad harvest caused *massive* food shortages. 農作物歉收造成糧食嚴重短缺. ⇨ *n.* **mass**.

mas·sive·ly [`mæsɪvlɪ; ˈmæsɪvlɪ] *adv.* 厚重地, 結實地.

mas·sive·ness [`mæsɪvnɪs; ˈmæsɪvnɪs] *n.* U 大而重; 結實.

màss média *n.* (加 the)((單複數同形))大眾傳播媒體(報紙, 廣播等).

màss méeting *n.* C (討論政治問題等的)群眾大會.

mass-pro·duce [`mæsprəˈdjus, -ˈdus; ˈmæsprəˌdjuːs] *vt.* 大量生產.

màss prodúction *n.* U 大量生產, 大量製造.

*mast¹ [mæst; mɑːst] *n.* (*pl.* ~**s** [~s; ~s]) C
【桅桿】 **1** (海事)桅桿, 船桅. (參考)三桅船的桅桿由船首依序稱爲 foremast(前桅), mainmast(主桅), mizzenmast(後桅); 而大型船之桅桿是數根連接起來的, 由下而上依序爲 lower mast(下桅), topmast(中桅), topgallant mast(上桅), royal mast(頂桅); → sailing ship▣.
【桅桿狀之物】 **2** 柱; 旗竿; (支撐廣播用天線的)鐵塔; (起重機的)支柱.
before the mást (雅)當個普通水手(因水手艙位於前桅(foremast)的前方之故).

mast² [mæst; mɑːst] *n.* U (集合)橡實(櫟樹、山毛櫸、橡子樹等的堅果; 豬的飼料).

*mas·ter [`mæstɚ; ˈmɑːstə(r)] *n.* (*pl.* ~**s** [~z; ~z]) C 【統治者】 **1** 主人; 支配者; 雇主; (動物等的)飼主; (★女性爲 mistress) ((參考))(美)通常以 boss 表「雇主」之意). He was a

kind *master* to his servants. 他是一位對僕人和善的雇主/This battle left Napoleon *master* of Europe. 這次戰役後拿破崙成了歐洲的統治者/The dog always obeys his *master*. 那條狗總是很聽主人的話.

2 (一家的)主人, 家長, 戶長, (★女性為mistress). Is the *master* of the house at home? 主人在家嗎?

3【少主人】(*Master*)…少爺, …君, 《此為加在青少年名字後的敬稱, 因其太過年輕不宜以 Mr. 稱之》. *Master* John Smith ℅ Mr. Thomas Brown 煩請湯瑪斯·布朗先生轉交約翰·史密斯君《書信的收件人姓名》.

4 管理者; …長. a station*master* 站長.

5 (商船的)船長(亦作 mȧster mȧriner); 《英》(牛津大學等的)宿舍長.

【操掌技能之人＞名人】 **6** (技能熟練的)工匠, 師傅, (經歷 apprentice, journeyman). a *master* carpenter 木匠師傅.

7 名人, 大師. a *master* of music 音樂巨匠/The painting is the work of a Dutch *master*. 那幅畫是一位荷蘭大師的作品/He is a *master* at getting his own way. 他很能隨心所欲地讓事情順利進行/old *master* (→見 old master).

8 能隨心所欲使用…的人(*of*). be *master* of… (→片語)/That interpreter is a *master* of five languages. 那位口譯員精通五國語言/I've been (the) *master* of my fate. 我一直是自己命運的主宰者. 語法 通常不加冠詞.

【教師】 **9** 《主英》(學校的)男老師(★女老師為 mistress). a dancing *master* 舞蹈老師.

10 (常 *Master*)碩士, 碩士學位(最初始於當作大學教師資格而授與的; → bachelor, doctor). a *Master* of Arts 文學碩士(通常指取得人文、社會科學科系學位者; 略作 MA)/a *Master* of Science 理學碩士(通常指取得自然科學科系學位者; 略作 MS, MSc)/study for a *Master*'s degree at Harvard 在哈佛大學攻讀碩士學位.

be mȧster in one's ȯwn hȯuse 為一家之主; (不受他人干涉)隨心所欲地做.

* *be mȧster of…* 能將…運用自如; 能駕馭〔控制〕…; 精通於…. Tom was master of the situation in no time. 湯姆立即掌握了局勢.

be one's ȯwn mȧster 獨立; 能隨心所欲地做.

— *adj.* (限定) **1** 首要的, 主要的. a *master* bedroom 主臥房(通常為屋主夫婦所使用).

2 基本的, 根本的. a *master* plan (地區開發等的)基本計畫/a *master* clock 母鐘(自動調整其他時鐘))/a *master* tape 母帶, 主帶, 《以此製作唱片或拷貝帶》.

3 獨立的, 獨當一面的. a *master* builder 營造承包商; 開業的建築師.

4 熟練的, 名家的. a painting by a *master* hand 出自大師之手的畫.

— *vt.* (~s [~z; ~z]; ~ed [~d; ~d]; -ter·ing

[-təriŋ, -triŋ; -təriŋ]) 【統轄】 **1** 支配, 征服, 克服; 抑制〔衝動等〕. Man hopes to *master* nature with science and technology. 人類希望以科技征服自然/He *mastered* his anger. 他抑制住怒火.

2 精通; 把〔樂器等〕運用自如. It's quite difficult to *master* French in a few years. 要在幾年內精通法語是相當困難的. ⇨ *n.* **mastery**.

●——與 MASTER 相關的用語	
bandmaster	樂隊指揮
riding master	馬術教練
ringmaster	(馬戲團)領班
concertmaster	首席演奏者
toastmaster	宴會主持人
postmaster	郵局局長
headmaster	校長
taskmaster	監督

mas·ter·ful [ˈmæstəfəl; ˈmɑːstəfʊl] *adj.* **1** 專橫的, 自大的, 囂張的. **2** ＝masterly.

mas·ter·ful·ly [ˈmæstəfəlɪ; ˈmɑːstəfʊlɪ] *adv.* 專橫地, 囂張地.

mȧster kèy *n.* ⓒ 萬能鑰匙 (passkey) 《即以一把鑰匙能開幾個不同的鎖》.

mas·ter·ly [ˈmæstəlɪ; ˈmɑːstəlɪ] *adj.* 大師級的; 像名人的; 名家技藝的, 技藝高超的.

mas·ter·mind [ˈmæstəˌmaɪnd, ˈmɑːs-; ˈmɑːstəmaɪnd] *n.* ⓒ 足智多謀的人; (計畫的)規劃者, 主謀.
— *vt.* 巧妙地計畫, 策劃, 規劃, 〔方針等〕.

mȧster of cèremonies *n.* ⓒ (表演, 節目等的)司儀, 主持人, (略作 MC).

***mas·ter·piece** [ˈmæstəˌpis; ˈmɑːstəpiːs] *n.* (*pl.* **-piec·es** [~ɪz; ~ɪz]) ⓒ 傑作, 名作; (某藝術家的)代表作. a musical *masterpiece* 音樂傑作/That painting is a *masterpiece* of Impressionist art. 那幅畫是印象派美術的傑作/The plan was a *masterpiece* of fraud. 那項計畫是精心策劃的騙局.

mas·ter·ship [ˈmæstəˌʃɪp, ˈmɑːs-; ˈmɑːstəʃɪp] *n.* Ⓤ 控制(力), 統制(力).

mas·ter·stroke [ˈmæstəˌstrok; ˈmɑːstəstrəʊk] *n.* ⓒ 高明的手腕, 絕招.

***mas·ter·y** [ˈmæstərɪ, -trɪ, ˈmɑːs-; ˈmɑːstərɪ] *n.* **1** Ⓤ 支配; 統治; 克服; (*over*; *of*), attain complete *mastery* of the seas 完全掌握制海權/The patient finally achieved *mastery* over his disease. 那位病人終於戰勝病魔.

2 Ⓤ 優勢, 優越; 勝利; (*of*). The two candidates are struggling for *mastery*. 兩位候選人在爭取勝利.

3 ⓐⓤ 熟練, 精通, (*of*). get a thorough *mastery* of English 完全精通英語.

mast·head [ˈmæstˌhɛd; ˈmɑːsthed] *n.* ⓒ (海事)檣桅(桅桿的尖端部分).

mas·ti·cate [ˈmæstəˌket; ˈmæstɪkeɪt] *vt.* (文章)嚼, 咀嚼, (chew).

mas·ti·ca·tion [ˌmæstəˈkeʃən; ˌmæstɪˈkeɪʃn] *n.* Ⓤ (文章)咀嚼.

mas·tiff [ˋmæstɪf; ˈmæstif] *n.* (*pl.* ~s) C 大馴犬《適於當看門狗的大型猛犬》.

mas·to·don [ˋmæstə͵dɑn; ˈmæstədɒn] *n.* C《古生物》乳齒象《存於新生代第三紀的巨象》.

mas·tur·bate [ˋmæstɚ͵bet; ˈmæstəbeɪt] *vi.* 自慰.
— *vt.* 對…自慰.

mas·tur·ba·tion [͵mæstɚˋbeʃən; ͵mæstəˈbeɪʃn] *n.* U 自慰, 手淫.

✱mat¹ [mæt; mæt] *n.* (*pl.* ~s [~s; ~s]) C 1 (用於床等的)蓆子, 草蓆, 蒲蓆; 地蓆; (門口的)擦鞋墊, 地毯. a bath mat 浴室地墊/wipe one's shoes on a mat 在擦鞋墊上將鞋底弄乾淨.
2 (碟子, 陳設品等的)襯墊, 杯墊; (→ place mat, tablemat); (畫, 相片等的)硬紙板, 飾邊.
3 (摔角, 體操等用的)厚墊子.
4 (通常用單數)(蓬亂的)纏結. a mat of hair 一簇亂髮.
— *v.* (~s; ~ted; ~ting) *vt.* 1 在…上鋪草蓆[蓆子]; 用蓆子覆蓋. 2 使纏結(通常用被動語態).
— *vi.* 纏結.

mat² [mæt; mæt] *adj.* 〔加工等〕(表面)無光澤的, 暗淡的, (↔ glossy). mat glass 毛玻璃.

mat·a·dor [ˋmætə͵dɔr; ˈmætədɔː(r)] *n.* (西班牙語) 鬥牛士《用劍把牛刺死之最主要的鬥牛士; → picador》.

✱match¹ [mætʃ; mætʃ] *n.* (*pl.* ~es [~ɪz; ~ɪz]) C (一根)火柴. a box of matches 一盒火柴/strike a match 劃亮一根火柴/This damp match won't light. 這根濕火柴點不著.

✱match² [mætʃ; mætʃ] *n.* (*pl.* ~es [~ɪz; ~ɪz])
〖匹敵的對手〗 1 (通常用單數)旗鼓相當的對手(for); 匹敵的人(for). I'm a match [no match] for you in swimming. 游泳方面, 我比得上[比不上]你/Tom is more than a match for me in chess. 湯姆在西洋棋方面比我行/We shall never see her match. 我們將難以見到能與她匹敵的對手.
2 (通常用單數)一模一樣的人[物]. In habits Tom is his father's match. 在習慣方面, 湯姆與他父親一模一樣.
〖適合的對象〗 3 (通常用單數)(適當的)結婚對象; 結婚, 婚姻. My niece made a good match. 我姪女的婚姻很美滿.
4 (通常用單數)很相配之物; 恰好的一對. The rugs are a good match for the curtains. 那地毯與那窗簾很相配.
〖當對手〗 5 比賽, 競賽. play a golf match 進行高爾夫球比賽/win [lose] a championship match 贏得[輸掉]冠軍賽(的參加權).
圊 match 與 game 之不同處在於 match 常指重要的「正式比賽」.
fìnd [mèet] one's mátch 棋逢對手.
— *v.* (~es; ~ed [~t; ~t]; ~ing) *vt.*
1 與…匹敵, 不亞於…, 《in, for》. No one can match Bob in skiing. 在滑雪方面, 誰都比不上鮑伯/France can't be matched for good wine. 沒有一個國家的酒比得上法國產的《主動語態為 No

---

country can match France for good wine.》.
2 (用 match A against [with] B)使 A 與 B 比賽, 使 A 與 B 對抗. We've been matched up with some strong teams this year. 今年我們已與一些強勁的隊伍較勁過.
3 和…相稱, 相配; 使相稱, 使協調, 《with》. Your hat matches your dress marvelously. 你的帽子和衣服配得妙極了/Can you match this coat with something a little more colorful? 你能為這件外衣配上些鮮豔的東西嗎?/That couple is well-[ill-] matched. 那對夫婦很相配[不相配].
— *vi.* 對等; 調和; 《with》. The brothers' school records nearly matched. 兄弟倆的學業成績不相上下/a pair of trousers with a belt to match with anything else. 房間裡沒有一樣東西彼此協調(不搭調).

match·book [ˋmætʃ͵bʊk; ˈmætʃbʊk] *n.* C 摺疊式紙火柴《撕取式的紙火柴(一份); 一根火柴為 a book match》.

match·box [ˋmætʃ͵bɑks; ˈmætʃbɒks] *n.* C 火柴盒.

match·less [ˋmætʃlɪs; ˈmætʃlɪs] *adj.* 無敵的, 無可相比的, 無雙的. his matchless skill in shooting 他那無人比得上的射擊本領.

match·mak·er [ˋmætʃ͵mekɚ; ˈmætʃmeɪkə(r)] *n.* C 1 結婚對象的介紹者, 媒人. 2 (拳擊手等的)比賽的安排者.

mátch pòint [(英) 二′] *n.* 決勝分, 賽末點, 《網球等決定勝負的最後一分; → set point》.

match·stick [ˋmætʃ͵stɪk; ˈmætʃstɪk] *n.* C 火柴棒.

match·wood [ˋmætʃ͵wʊd; ˈmætʃwʊd] *n.* U 1 火柴棒的木材. 2 碎木片.

✱mate¹ [met; meɪt] *n.* (*pl.* ~s [~s; ~s]) C 1 (成對等的)單方. I can't find the mate to this sock. 我找不到這雙襪子的另一隻.
2 配偶, 夫妻; (動物的)雌雄一對中的單方.
〖協力者〗 3《常構成複合字》夥伴, 朋友. a playmate 玩伴/a classmate 同學/a roommate 室友, 同室者.
4《英, 口》夥計, 老兄, 《匠人等之間的呼喚》. Are you all right there, mate? 老兄, 你那邊好嗎?
5《海事》大副《船長的助理》. the first [second] mate 大[二]副.
— *vt.* 使(動物)交配; 使(人)結婚; 《with》. If you mate a horse with an ass you will get a mule. 如果你讓馬與驢交配, 則會得到騾子.
— *vi.* 交配; 結婚; 《with》. the mating season 交配期.

mate² [met; meɪt] *n., v.* =checkmate.

✱ma·te·ri·al [məˋtɪrɪəl; məˈtɪərɪəl] *adj.*
〖物質的〗 1 物質(上)的; 唯物的; 有形的; 物質方面的; (↔ spiritual, immaterial). the material world [universe] 物質世

界/*material* property 有形財產/*material* civilization 物質文明/I'm not interested in *material* gains. 我對物質上的利益沒有興趣.

2 【人的物質面的】肉體(上)的, 生理方面的. Food and drink are *material* needs. 飲食爲身體所需.

【〖物質的>實質的>本質的〗】 **3** 重要的, 重大的, (*to*). This is an argument *material to* the question in hand. 這對此刻的問題來說是重要的論據/*material* witness 重要證據[證人].

— *n.* (*pl.* ~s [~z; ~z]) **1** ⓊⒸ材料, 原料; 物質. raw *material*(s) 原料, 素材/Iron is a widely used *material*. 鐵是用途很廣的材料/a box made from solid *material* 由堅硬的材料製成之箱子/building *materials* 建築材料.

2 ⓊⒸ(衣料的)質地. dress *material* 衣料/a light silk *material* 輕的絲織料.

3 ⓊⒸ資料; 題材; (*for*). I haven't collected [gathered] enough *material* to write a book yet. 我還沒有找到足夠的資料來寫書.

4 Ⓤ人才. Bill is excellent scientist *material*. 比爾是當科學家的優秀人才.

5 (materials) 用具. writing *materials* 文具/drawing *materials* 製圖用具.

ma·te·ri·al·ism [mə'tɪrɪəlˌɪzəm; mə'tɪərɪəlɪzm] *n.* Ⓤ **1** (哲學)唯物論, 唯物主義, (⇔idealism, spiritualism). **2** 物質主義, 實利主義.

ma·te·ri·al·ist [mə'tɪrɪəlɪst; mə'tɪərɪəlɪst] *n.* Ⓒ **1** 唯物論[主義]者. **2** 物質[實利]主義者.

ma·te·ri·al·is·tic [məˌtɪrɪəl'ɪstɪk; məˌtɪərɪə'lɪstɪk] *adj.* **1** 唯物論[主義](者)的. **2** 物質主義(者)的.

ma·te·ri·al·i·za·tion [məˌtɪrɪəlaɪ'zeʃən; məˌtɪərɪəlaɪ'zeɪʃn] *n.* Ⓤ **1** 具體化; 實現. **2** (鬼魂的)顯形.

ma·te·ri·al·ize [mə'tɪrɪəlˌaɪz; mə'tɪərɪəlaɪz] *vi.* **1** 具體化; 〔夢, 期待等〕實現. **2** 〔鬼魂等〕顯形.

— *vt.* **1** 使具形體; 使〔計畫等〕具體化; 實現〔夢, 希望等〕. **2** 使〔鬼魂等〕顯形.

ma·te·ri·al·ly [mə'tɪrɪəlɪ; mə'tɪərɪəlɪ] *adv.* **1** 物質上; 實質上. **2** 極大地, 非常.

matèrial nóun *n.* Ⓒ(文法)物質名詞(→見文法總整理 **3. 1**).

****ma·ter·nal** [mə'tɜnl; mə'tɜ:nl] *adj.* **1** 母親的; 母性的. *maternal* love 母愛. **2** 母系的. my *maternal* grandfather 我的外祖父. ⇔ **paternal**.

ma·ter·nal·ly [mə'tɜnlɪ; mə'tɜ:nlɪ] *adv.* 身爲人母地, 像母親般地; 母系地.

ma·ter·ni·ty [mə'tɜnətɪ; mə'tɜ:nətɪ] *n.* **1** Ⓤ母性; 母儀. **2** (形容詞性)(爲了)產婦的. *maternity* leave 產假/a *maternity* dress 孕婦裝.

mate·y ['metɪ; 'meɪtɪ] *adj.* (主英、口)善交際的, 親密的(*with*).

math [mæθ; mæθ] *n.* (美、口)=mathematics 1 ((英、口)maths).

****math·e·mat·i·cal** [ˌmæθə'mætɪk]; ˌmæθə'mætɪkl] *adj.* **1** 數學(上)的, 數理的; 數學用的. a *mathematical* genius 數學天才/*mathematical* instruments 數學用器具((圓規, 尺等)). **2** 嚴密的, 正確的. with *mathematical* precision 極爲正確地.

math·e·mat·i·cal·ly [ˌmæθə'mætɪk]ɪ, -ɪklɪ; ˌmæθə'mætɪkəlɪ] *adv.* 數學上地; 嚴密地.

math·e·ma·ti·cian [ˌmæθəmə'tɪʃn; ˌmæθəmə'tɪʃn] *n.* Ⓒ數學家.

****math·e·mat·ics** [ˌmæθə'mætɪks; ˌmæθə'mætɪks] *n.* **1** (作單數)數學(→ arithmetic, algebra, geometry) (★口語中(美)常用math, (英)則用 maths). pure [applied] *mathematics* 純(應用)數學. **2** (單複數同形)數學的處理, 計算. Your *mathematics* are [is] weak. 你的計算能力很弱.

●——以 -ic(s) 爲詞尾的詞彙重音

重音置於 -ic(s) 前面的音節.
automátic   mathemátics   fanátic
以下所舉爲例外者:
Árabic   aríthmetic   Cátholic   chóleric
héretic   lúnatic   pólitic(s)   rhétoric

maths [mæθs; mæθs] *n.* (英、口)=mathematics 1 ((美、口)math).

mat·i·née, mat·i·nee [ˌmætn̩'e; 'mætɪneɪ] (法語) *n.* Ⓒ日場(戲劇、音樂會等的白天演出; 通常下午開始, 一天兩場; 在英國日場多安排在每週中間和星期六).

mat·ins ['mætɪnz; 'mætɪnz] *n.* (單複數同形) **1** (英國國教)晨禱. **2** (天主教)晨課(七段禱告的首段).

ma·tri·arch ['metrɪˌɑrk; 'meɪtrɪɑ:k] *n.* Ⓒ **1** 女家長, 女族長, (→ patriarch). **2** 視同家長的年長婦女(母親, 祖母等); (運動等的)女領導人.

ma·tri·ar·chal [ˌmetrɪ'ɑrk]; ˌmeɪtrɪ'ɑ:kl] *adj.* 女家長的, 女族長的; 女家長般的.

ma·tri·ar·chy ['metrɪˌɑrkɪ; 'meɪtrɪɑ:kɪ] *n.* (*pl.* **-chies**) ⓊⒸ女家長[女族長]制; 母系社會制, 母權制.

ma·tri·ces ['metrɪˌsiz, 'mæt-; 'meɪtrɪsi:z] *n.* matrix 的複數.

ma·tri·cide ['metrəˌsaɪd, 'mætrəˌsaɪd; 'mætrɪsaɪd] *n.* **1** ⓊⒸ弒母(行爲)((→ patricide). **2** Ⓒ弒母者.

ma·tric·u·late [mə'trɪkjəˌlet; mə'trɪkjʊleɪt] *vt.* 准許…進入大學. — *vi.* 進入大學.

ma·tric·u·la·tion [məˌtrɪkjə'leʃən; məˌtrɪkjʊ'leɪʃn] *n.* Ⓤ(被)准許進入大學; Ⓒ入學(許可).

mat·ri·mo·ni·al [ˌmætrə'monɪəl, -'monjəl; ˌmætrɪ'məʊnjəl] *adj.* (文章)婚姻的; 夫婦的.

mat·ri·mo·ny ['mætrəˌmonɪ; 'mætrɪmənɪ] *n.* Ⓤ(文章)婚姻(生活); 婚禮.

ma·trix ['metrɪks, 'mæ-; 'meɪtrɪks] *n.* (*pl.* ~**es**, **-tri·ces**) Ⓒ **1** (發生, 成長的)母體, 基體.

2 鑄模; (鉛字的)字模; 紙型; (唱片的)原模.

3 《數學》矩陣; 《礦物》母岩(包括寶石、化石等); 《電腦》矩陣.

ma·tron [`metrən; 'meitrən] *n.* ⓒ **1** 《文章》已婚婦女; (特指高雅的)中年婦女.

2 (醫院的)護士長; 女舍監; 女監督.

ma·tron·ly [`metrənlɪ; 'meitrənli] *adj.* **1** (中年婦女般)穩重的, 莊重的; 〔年輕女子像中年婦女般〕略胖的. **2** 適合太太的.

mātron of hónor *n.* ⓒ當伴娘的已婚婦女(→ maid of honor).

Matt. (略) Matthew 〈馬太福音〉.

matt, matte [mæt; mæt] *adj.* =mat².

‡**mat·ter** [`mætɚ; 'mætə(r)] *n.* (*pl.* **~s** [~z; ~z]) 〖 **事** 〗 **1** ⓒ事情, 事件; 問題. a *matter* for regret 遺憾的事/interfere with private *matters* 干涉私事/This is no laughing *matter*. 這不是開玩笑的事情/a legal *matter* 法律上的問題/money *matters* 金錢問題/a *matter* of no account 無關緊要的問題/a *matter* in hand 現階段的問題/That's another *matter*. 那是另一回事.

| **揔配** *adj.*+matter: a personal ~ (私事), a serious ~ (重要的事情), a trifling ~ (瑣事) // *v.*+matter: examine a ~ (調查事件), settle a ~ (解決事情). |

2 (matters)情形, 事態, 局勢, 情況. Don't take *matters* easy. 別對情勢太樂觀/*Matters* are different now. 現在情況不同了.

3 【敘述的事情】Ⓤ (談話, 演講, 書刊等的)內容, 題材; 主題, 論題. a lecture full of valuable *matter* 內容富有價值的演講/the subject *matter* for discussion 討論的主題.

〖 **成為問題之事** 〗 **4** Ⓤ (加 the)困難的事, 麻煩事; 故障, 障礙. Is anything the *matter*? 出毛病了嗎?/There's nothing the *matter*. 沒甚麼事/What's the *matter with* you this morning? 今天早上你怎麼啦?/Something is the *matter with* this TV set. 這臺電視機有毛病.

5 Ⓤ(用於疑問句、否定句)大事, 重要的事. It is [makes] no *matter* to me who wins. 誰贏對我來說都沒甚麼關係/What *matter*? 這有甚麼關係?/No *matter*! I can get a new one easily enough. 沒甚麼大不了的, 我很容易就可弄到新的.

〖 **物** 〗 **6** Ⓤ物質, 物體, (substance; ↔ mind, spirit; *adj.* material); 〔加修飾語〕…質, …體, …素. The common state of *matter* is solid, liquid or gaseous. 物體的一般狀態為固體、液體或氣體/organic *matter* 有機物/add coloring *matter* to white paint 在白色油漆中添加顏料.

7 Ⓤ(加修飾語)…物. reading *matter* 讀物/printed *matter* 印刷品/postal *matter* 郵件.

* *a mátter of...* (1)有關…的問題. It's *a matter* of life or death. 那是生死攸關的問題.
(2)大概, 大約…; 些微的〔時間, 距離, 分量等〕. for *a matter* of 20 years 大約 20 年/in *a matter* of hours 數小時之後.

as a màtter of cóurse 理所當然地.

as a màtter of fáct → fact 的片語.

---

mature 957

for thát matter = *for the màtter of thát* (1)關於那件事. (2)就那件事而言. He knows nothing about Lincoln, or *for that matter*, about America. 他對林肯, 甚至可以說對美國都是一無所知.

in the mátter of... 《文章》關於…. *In the matter* of food and clothing, we are pretty well off. 在衣食方面我們相當充裕.

* *nò mátter hòw* [*whàt*, *whèn*, *whère*, *whìch*, *whò*] 不論如何[甚麼, 何時, 哪裡, 哪個, 誰]都…(★ 在《文章》中與 may 連用). I'm going *no matter what* happens. = I'm going whatever happens. 不論發生甚麼事我都要去/*No matter what* he says [may say], don't trust him. 不管他說甚麼, 都不要相信他.

to màke màtters wórse → worse 的片語.

—— *vi.* (**~s** [~z; ~z]; **~ed** [~d; ~d]; **-ter·ing** [-tərɪŋ; -təriŋ]) 重要, 有關係〖 **語法** 〗常把 it 當假主詞而以 wh 子句為句子的真正主詞, 多用於否定句、疑問句). It doesn't *matter* if I miss my train. 有沒有趕上火車, 對我來說, 都無所謂/I don't think I really *matter* to you. 我想我對你並不重要/It doesn't *matter* to me whether she comes or not. 她來不來對我來說並不重要(★在 whether 子句中, 不可使用未來式)/What does it *matter* how they bring up their own children? 他們如何培育自己的孩子有甚麼關係呢? (★ what 是副詞).

Mat·ter·horn [`mætɚˏhɔrn; 'mætəhɔːn] *n.* (加 the)馬特杭峰(阿爾卑斯山脈中的高峰).

mat·ter-of-fact [`mætərəv`fækt; ˏmætərə'fækt; ˏmætərəv'fækt] *adj.* 事實的; 實際的; 〔說話方式, 人等〕就事論事的, 平淡無味的; (→ as a matter of fact (fact 的片語)).

Mat·thew [`mæθju; 'mæθjuː] *n.* **1** 男子名.

2 《聖經》 Saint ~ 聖馬太(耶穌十二門徒之一; 《馬太福音》的作者).

3 〈馬太福音〉《新約聖經的一卷).

mat·ting [`mætɪŋ; 'mætiŋ] *n.* Ⓤ(集合)草蓆, 涼蓆, 墊子; (用於草蓆等的茅草, 麥稈, 麻等的)粗糙織物.

mat·tins [`mætɪnz; 'mætinz] *n.* 《單複數同形》= matins 1.

mat·tock [`mætək; 'mætək] *n.* ⓒ鶴嘴鋤.

* **mat·tress** [`mætrɪs, ˏmætrəs; 'mætris] *n.* (*pl.* **~es** [~ɪz; ~iz]) ⓒ床墊(鋪在床上的墊被). a spring *mattress* 彈簧床墊.

mat·u·ra·tion [ˏmætʃʊ`reʃən, ˏmætjʊ`reʃən; ˏmætʃʊ'reiʃn] *n.* Ⓤ成熟, 純熟.

‡**ma·ture** [mə`tjur, -`tʃur, -`tur; mə'tjʊə(r)] *adj.* (**-tur·er**; **-tur·est**)

〖 **熟的** 〗 **1** 〔動物, 植物〕成熟的; 〔乳酪, 酒等〕釀熟的. *mature* fruit 成熟的水果/The wine is *mature* and ready to be drunk. 酒釀熟了, 隨時可飲用. 回mature 著重於成熟的過程; → ripe; ↔ immature.

2 〔人〕完全成長的; 圓熟的; 有判斷力的. *mature*

M

age 成熟的年齡/a *mature* writer 成熟的作家/
June is *mature* beyond her years. 珍比她實際年
齡更加成熟.

3〖想法成熟的〗(決定, 計畫等)深思熟慮的, 慎重
的. Our plans are not yet *mature*. 我們的計畫還
未成熟/After *mature* reflection, I've decided to
accept their offer. 經過仔細考慮後, 我已決定接受
他們的提議.

4〖時機成熟的〗(票據, 債券等)到期的.
— *v.* (~s [~z; ~z]; ~d [~d; ~d]; -tur·ing) *vi.*
1 成熟; 熟; (酒等)釀熟. She had *matured* into
an excellent woman. 她已出落成一位出眾的女性.
2〖票據, 債券等〗到期.
— *vt.* 使成熟; 使長成; 完成. Life at sea
matured the boy into a man. 海上生活使得那個男
孩成長為一個男人.

ma·tur·er [məˈtjʊrə, ˈtɪʊr-, ˈtʊr-;
məˈtjʊərə(r)] *adj.* mature 的比較級.

ma·tur·est [məˈtjʊrɪst, ˈtɪʊr-, ˈtʊr-;
məˈtjʊərɪst] *adj.* mature 的最高級.

ma·tur·ing [məˈtjʊrɪŋ, ˈtɪʊr-, ˈtʊr-;
məˈtjʊərɪŋ] *v.* mature 的現在分詞, 動名詞.

***ma·tu·ri·ty** [məˈtjʊrətɪ, ˈtɪʊr-, ˈtʊr-;
məˈtjʊərətɪ] *n.* Ⓤ **1** 成熟; 純熟. reach *matu-
rity* 臻於成熟〖純熟〗/This is a work of Turner's
maturity. 這是透納成熟期的作品.

2 (票據, 債券等的)到期. ⇨ *adj., v.* mature.

maud·lin [ˈmɔdlɪn; ˈmɔːdlɪn] *adj.* 心軟的; 愛哭的.

Maugham [mɔm; mɔːm] *n.* William
Som·er·set [ˈsʌmɚˌsɛt, -sɪt; ˈsʌməsɪt] ~ 毛姆
(1874-1965)《英國小說家、劇作家》.

maul [mɔl; mɔːl] *vt.* **1**〖動物〗咬扯; 傷害.

2 粗暴〖狠心〗地對待; 抨擊.

maun·der [ˈmɔndɚ; ˈmɔːndə(r)] *vi.* **1** (發牢騷
似的)嘮叨《*on*》. **2** (悶悶不樂而)毫無目的地徘徊,
無精打采地行動《*about*》.

Mau·reen [mɔˈrin; ˈmɔːriːn] *n.* 女子名.

Mau·rice [ˈmɔrɪs, ˈmɑrɪs; ˈmɒrɪs] *n.* 男子名.

Mau·ri·ta·ni·a [ˌmɔrəˈtenɪə, -ˈtenjə;
ˌmɒrɪˈteɪnjə] *n.* 茅利塔尼亞《西北非的回教國家;
首都 Nouakchott》.

Mau·ri·ti·us [mɔˈrɪʃəs, -ʃəs; məˈrɪʃəs] *n.* 模里
西斯《位於馬達加斯加島東方的島嶼; 為一獨立共和
國, 屬於大英國協成員國之一; 首都 Port Louis》.

mau·so·le·a [ˌmɔsəˈliə; ˌmɔːsəˈliə] *n.* mauso-
leum 的複數.

mau·so·le·um [ˌmɔsəˈliəm; ˌmɔːsəˈliəm] *n.*
(*pl.* ~s, -le·a) Ⓒ 宏偉的陵墓, 陵寢.

mauve [mov; məʊv] *n.* Ⓤ 淡紫色(→見封面裡).
— *adj.* 淡紫色的.

mav·er·ick [ˈmævrɪk, ˈmævərɪk; ˈmævərɪk]
n. Ⓒ **1** (美)未被主人烙印的(走失的)小牛《從前這
種小牛歸捕獲牠並為其打上烙印者所有》.

2 (口)獨來獨往者(特立獨行的人, 特指政治人物).

maw [mɔ; mɔː] *n.* Ⓒ **1** (食量大動物的)胃,

2《比喻》(彷彿要把一切都吞下的)大胃口.

mawk·ish [ˈmɔkɪʃ; ˈmɔːkɪʃ] *adj.* 容易感傷的.

mawk·ish·ly [ˈmɔkɪʃlɪ; ˈmɔːkɪʃlɪ] *adv.* 容易感
傷地, 易落淚地.

max. (略) maximum (最大限度).

max·i [ˈmæksɪ; ˈmæksɪ] *n.* Ⓒ《口》長及腳踝的裙
〖大衣〗(下襬至腳踝; → midi).

max·im [ˈmæksɪm; ˈmæksɪm] *n.* Ⓒ 格言, 箴
言. 回 maxim 特指如 Honesty is the best policy.
(誠實為上策)之類告誡行為準則的話; → proverb.

max·i·ma [ˈmæksəmə; ˈmæksɪmə] *n.* maxi-
mum 的複數.

max·i·mal [ˈmæksəml; ˈmæksɪml] *adj.* 最大
限度的; 最大的; (⟷ minimal).

max·i·mize [ˈmæksəˌmaɪz; ˈmæksɪˌmaɪz] *vt.*
(增加, 強化等)使達到最大限度(⟷ minimize).

*✲**max·i·mum** [ˈmæksəməm; ˈmæksɪməm] *n.*
(*pl.* ~s [~z; ~z], -ma) Ⓒ 最大
限度, 最大量〖值〗; 最高點;《數學》極大;《⟷ min-
imum》. The excitement has reached its *maxi-
mum*. 興奮達到最高潮/I got 80 marks out of a
maximum of 100. 滿分 100 分, 我得了 80 分.
— *adj.* (限定) 最大限度的; 最高的. the *maxi-
mum* temperature 最高氣溫/Make your *maxi-
mum* efforts. 盡你最大的力量.

*✲**May** [me; meɪ] *n.* **1** 5 月《月份的由來見 month
表》. in *May* 在 5 月/After April comes
May. 4 月過後是 5 月.《日期的寫法、讀法 →
date¹ ◉. **2** (may)《英》Ⓒ 山楂(hawthorn); Ⓤ
(集合)山楂花. **3** 女子名.

*✲**may** [me; meɪ, me] *aux. v.* (過去式 **might**; 否
定的縮寫 **mayn't**)

〖 可能的 〗 **1**〖可以做: 允許〗可以做…. You
may go now. 你現在可以走了/"*May* I borrow
this book?" "Yes, you *may* [No, you *may* not]."
「我可以借這本書嗎?」「可以[不行]」(★如為疑問句
時, 主詞只可使用第一人稱; may not 表示不允許,
must not 表示禁止; 實際上 Yes, you *may*. 是對於
晚輩的用語, 感覺上比較不客氣. Yes, sure.; Yes,
of course.; Yes, certainly [please]. 等比較常被
使用)/"*May* I see your passport?" "Here you
are." 「我可以借看一下你的護照嗎?」「在這裡」/Cars
may not be left in this yard. 本場所不准停車(★
may not 語氣較 must not 委婉, 多使用於告示
等)/*May* [*Might*] I ask you to shut the door? 請
你關門好嗎?(★might 為更有禮貌的說法)/If I *may*
[*might*] interrupt, dinner's ready. (打斷談話等)
很抱歉打擾一下, 飯菜已經準備好了(★ might 是一
種比較有禮貌的說法)/I'd like to go with you if I
may. 如果您方便的話, 我想與您同行.

【◉表允許的 may 和 can】
You *may* go now. 和 You *can* go now. 都表示
同的意義, 但 may 有強烈表現出准許對方的感
覺; 而用 can 的情況則表准許的態度較弱, 為一
種溫和的表達法, 所以在會話中多被使用.

2〖能夠: 可能〗(用於從屬子句中)(a)《用於(so

that, in order that 之後的子句中)爲了…，使能
…. We work (so) that we *may* earn our living.
我們爲謀生而工作(→ so that (so 的片語)(1)
語法)．

(b)《用於 hope，wish 等之後的子句中)希望…，但
願…. I hope Ann *may* be in time. 我希望安能及
時到達(★較常使用 will)．

(c)《古)能夠(can). Enjoy life while you *may*. 及
時行樂．

〖有可能性〗 **3**〖也許；推測〗(a)也許…，大概有
…的可能，有…狀況的可能. It *may* rain tomor-
row. 明天大概會下雨(＝It is possible that it will
rain tomorrow.)/You *may* be late for school. 你
上學大概會遲到/He *may* not come after all. 他也
許還是不會來/It *may* be that he is not a bad
man. 也許他不是個壞人．

(b)《用 may have＋過去分詞)也許…，大概，(★從
現在去推測過去發生的事)It *may* have rained
during the night. 夜裡大概下過兩(＝It is possible
that it rained during the night.)/You *may* not
have heard about this. 你可能還未聽說這件事．

【表推測時的 may】

(1)《與 may 表示推測時的 may 相反)This *may* be
true.＝It is possible that this is true. (這也
許是真的)．因此，與此相反則用 It is *impos-
sible* that... 來表示，其意爲 This *cannot* be
true. (這不可能是真的)(→ can¹ 4 (b)).

又 This *may* not be true.＝It is possible
that this is *not* true. 因此，與此相反則用 It
is *impossible* that this is *not* true. (這不可能
不是真的)．換言之，其意爲「這肯定是真的」，
可用 This *must* be true. (→ must¹ 3)來表
示．

(2)這裡的 may 在普通疑問句中，用 can 來代替．
Can it be true?(這到底是不是真的?)

(c)《在疑問句[子句]中強調不確定或者委婉地表達)
是…呢. How old *may* this little girl be? 這小女
孩會有多大呢? 注意多用於對對方存有優越感時．

4〖暫時承認其可能性：讓步〗(a)《通常接 but 子
句)雖然…，但(…). You *may* call him a fool, but
you cannot call him a coward. 或許你可以說他是
傻瓜，但不能說他是膽小鬼．

(b)《用於語意有所保留的副詞子句中)即便是…，即
使做…. Whatever [No matter what] you *may*
say, you won't be believed. 無論你怎樣說還是沒
人會相信你的(★在《口》中多不用 may)/Try as
you *may* [However hard you *may* try], you will
never win first prize. 無論你怎樣努力，你永遠不
會得第一的．

5〖祈求可能的事：祈禱〗《通常置於主詞前)《文章》
祝…. *May* you be very happy! 祝你幸福!/*May* the Lord
protect you! 願主保佑你!

as bèst one máy [*cán*]《副詞性)盡可能地，竭盡
全力地. We must do the work *as best we may*.
我們必須竭盡全力做好這份工作．

---

bé thàt as it máy《文章)就算這樣，無論如何．
còme what máy → come 的片語．
may as wèll dó → well¹ 的片語．
may wèll dó → well¹ 的片語．

Ma·ya [ˋmajə; ˋmɑːjə] *n.* (*pl.* ~**s**, ~) C 馬雅
人；(the Mayas)馬雅族《一支曾昌盛於中美洲的印
第安種族；16 世紀被西班牙征服時已具有高度文
明)．**2** U 馬雅語．

***may·be** [ˋmebɪ, ˋmebi, ˋmɛbɪ; ˋmeibɪ] *adv.* 也
許，可能，大概. *Maybe* he's right,
maybe he isn't. 他也許對，也許不對/"Is he com-
ing?" "*Maybe* not." 「他會來嗎?」「也許不會。」
語 maybe 主要用於美國，在英國曾被視爲較舊式的
說法，目前在口語中的使用頻率比 perhaps 還高；
依可能性的高低爲順序排列依次爲 probably＞like-
ly＞maybe＞possibly＞perhaps；→ perhaps.

Máy Dày *n.* **1** 五朔節《5 月 1 日舉行的春季慶
典；挑選 May Queen，圍繞 Maypole 跳舞)．
2 勞動節《一般以 5 月 1 日，在英國則是 5 月的第一
個禮拜一)．

May·day [ˋme.de; ˋmeideɪ] *n.* (*pl.* ~**s**) C (常
*m*ayday)呼救信號《船隻或飛機用無線電發出的求救
信號；源自法語 m'aidez＝help me)．

may·flow·er [ˋme.flauɚ, -ˏflaur;
ˋmeiˏflauə(r)] *n.* **1** C 在 5 月開的花《在美國特指
岩梨，在英國特指山楂(hawthorn))．
2 (the Mayflower)五月花號(1620 年 the Pilgrim
Fathers 乘此船移居美國)．

may·fly [ˋme.flaɪ, ˋmeiflaɪ] *n.* (*pl.* **-flies**) C 蜉
蝣《5 月前後出現；生存時間極短的昆蟲)．

may·hem [ˋmehɛm, ˋmeəm; ˋmeihem] *n.* U 嚴
重傷害；大混亂，暴動．

mayn't [ment; meɪnt] may not 的縮寫．

may·on·naise [ˏmeəˋnez, ˏmeɪəˋneɪz] (法語)
n. U 美乃滋；UC 用美乃滋做的菜餚. egg *may-
onnaise* 雞蛋美乃滋．

***may·or** [ˋmeɚ, ˋmɛr; meə(r)] *n.* (*pl.* ~**s** [~z;
~z]) C 市長，鎮長．(★女性爲may-
oress；實際上男性、女性皆可使用；美國和日本的
皆經由選舉選出，而英國則爲一種榮譽稱謂，由市
議會議長兼任). the *Mayor* of New York 紐約市
市長/Lord *Mayor* (→見 Lord Mayor)．

may·or·al [ˋmeərəl, ˋmɛrəl; ˋmeərəl] *adj.* 市長
的，鎮長的．

may·or·al·ty [ˋmeərəltɪ, ˋmɛr-; ˋmeərəltɪ] *n.*
U 市長[鎮長]的職位[任期]．

may·or·ess [ˋmeərɪs, ˋmɛrɪs; ˋmeərɪz] *n.* C
1 女市長[鎮長](→ mayor). **2**《主英》市長[鎮長]
夫人．

May·pole [ˋme.pol; ˋmeipəʊl] *n.* C 五月柱《飾
以鮮花、彩帶的柱子；→ May Day 1；→次頁 圖)．

Máy Quèen *n.* C 五月皇后(Queen of the
May)《於 May Day 1 的活動中選出)．

***maze** [mez; meɪz] *n.* (*pl.* **maz·es** [~ɪz; ~ɪz]) C
1 迷津，迷宮. The boy could not find his way

out of the *maze*. 那個男孩走不出迷宮/The northernmost part of the city is a *maze* of alleys. 該城的最北邊是些錯綜複雜的巷弄, 像迷宮一樣.
2 困惑. be in a *maze* 迷惘的.

ma·zur·ka [mə`zɜkə, ·`zurkə] [mə`zɝkə] *n.* ⓒ 馬厝卡舞(波蘭的輕快舞蹈); 馬厝卡舞曲.

ma·zy [`mezı; ˈmeızı] *adj.* 迷宮般的; 使人困惑的, 錯綜複雜的.

mb (略) millibar(s).

MBS (略) Mutual Broadcasting System (美國的全國性廣播網).

MC (略) master of ceremonies(司儀); Member of Congress ((美)國會議員).

MD¹ (略) Doctor of Medicine(醫學博士).

MD², **Md.** (略) Maryland.

ME, **Me.** (略) Maine.

me [強 `mi, ·mi, 弱 mı; 強 miː, 弱 mı] *pron.* (I 的受格) **1** 我. Can you hear *me*? 你聽得見我講話嗎?/Please call me a taxi. = Please call a taxi for *me*. 請幫我叫一輛計程車.
2 (口)=I (主要當做 be 動詞的補語, 以及接在比較法的than, as之後). It's *me*. 是我/"I love it." "*Me*, too." 「我喜歡它」「我也是」/Tom is taller than *me*. = Tom is taller than I (am). 湯姆比我高. 匮法 (口)中當me被當做是動詞或介係詞的受詞時, 如之後緊接著動名詞, 則此 me 和 my 同樣為動名詞的主詞: Have you heard about *me* winning the lottery? (你是否已經聽說我中了彩券?); you, him, them, us 也是同樣的情形. 如果主詞為動名詞時, 則使用所有格: Has *my* singing in my room disturbed you? (我在我房裡唱歌是否打擾到你了呢?).
Dèar mé! 哎喲! (表示驚、喜、悲、歡).

mead¹ [mid; miːd] *n.* (古、詩)=meadow.

mead² [mid; miːd] *n.* Ⓤ蜂蜜酒.

mead·ow [`mɛdo, `mɛdə, `medəʊ] *n.* (*pl.* ~s [~z; ~z]) ⓊⒸ (特指乾製成乾草用的)牧草地, 草地, (亦作牧場(pasture)使用). We saw cows grazing in the *meadow*. 我們看到乳牛在牧場上吃草.

mead·ow·lark [`mɛdo,lɑrk; `medəʊlɑːk] *n.* ⓒ野雲雀(產於北美的椋鳥科鳴禽).

mea·ger (美), **mea·gre** (英) [`migɚ; `miːgə(r)] *adj.* (文章) **1** 〔手腳、臉等〕枯瘦的.
2 〔收入、食物等〕不足的, 貧乏的; 〔努力等〕不夠充分的. a *meager* salary 微薄的薪水.

mea·ger·ly (美), **mea·gre·ly** (英)

[`migɚlı; `miːgəlı] *adv.* (文章)不足地, 貧乏地.

mea·ger·ness (美), **mea·gre·ness** (英) [`migɚnıs; `miːgənıs] *n.* Ⓤ不足, 貧乏.

‡meal¹ [mil; miːl] *n.* (*pl.* ~s [~z; ~z]) Ⓒ **1** 進餐; 一餐(量); 進餐時間. a morning [mid-day] *meal* 早[午]餐/a light [square] *meal* [飽]餐/have [eat] three *meals* a day 一日吃三餐/eat between *meals* 吃點心/All the family meet at evening *meals*. 全家人在晚餐時聚在一起. 參考 snack (點心), tea((英)下午茶)亦可以說成 meal, 三餐中的早餐為 breakfast, 而通常簡便午餐用 lunch, 晚餐則用 dinner; 午餐若用 dinner, 晚餐則用 supper((英)亦稱(high) tea).
搭配 *adj.*＋meal: an excellent ~ (豐盛的一餐), a heavy ~ (不易消化的一頓食物), a quick ~ (吃得很急), a satisfying ~ (滿意的一餐), a simple ~ (簡單的一餐) // *v.*＋meal: cook a ~ (作飯), serve a ~ (上菜).

meal² [mil; miːl] *n.* Ⓤ **1** 碾碎的穀物(通常指小麥以外未經篩選的穀物), 粗磨粉, (→flour).
2 (美)=cornmeal; (蘇格蘭)=oatmeal.

meal·time [`mil,taım; `miːltaım] *n.* ⓊⒸ用餐時間.

meal·y [`milı; `miːlı] *adj.* **1** 粗粉(狀)的; 〔菜肴等〕含有粗粉的. **2** (粒狀物)散落的; 撒過粉的; 撒上粗粉(似)的.

meal·y-mouthed [`milı`mauðd, -θt; `miːlımaʊðd] *adj.* (特指說話)拐彎抹角的, 不直率的.

‡mean¹ [min; miːn] *v.* (~s [~z; ~z]; meant; ~·ing) *vt.* 【意味】**1** 〔語詞、符號等〕意謂, 表示; 句型3 (mean *that* 子句)意謂, 意指. The French word 'chat' *means* 'cat'. 法語的 chat 為(英語)cat 的意思/The red lamp *means* that an operation is going on. 紅色的燈亮著, 代表手術正在進行.
2 (a)說…, 意指; 說(*as*); 認真地說[想]. Come here! I *mean* you. 過來! 我指的是你(不是其他人)/I *meant* it as a joke. 我是說著玩的/Polo? You *mean* water polo? 馬球? 你是在說水球嗎? /Do you really *mean* it? 你話當真?/I *mean* what I say. 我是說真的/I didn't *mean* it. 我不是認真的/What do you *mean* by it? 這是甚麼意思?(詢問對方的本意)/"Are you married already?" "What [How] do you *mean*, 'already'?" 「你已經結婚了啊」「你說『已經』是甚麼意思啊?」
(b) 句型3 (mean *that* 子句)意指…; 認真地說是…. When I called him right-wing, I *meant* (that) his thinking was old-fashioned. 當我說他是右派時, 我是指他的思想老舊.
3 表示…, 是…的前兆; 句型3 (mean *do*ing/*that* 子句)代表著結果是…. His silence *means* denial. 他的沈默表示否認/Failing the examination *means* *waiting* for another year. 沒考上就表示還要再等上一年/The freezing cold *means* snow. 冰凍般的嚴寒表示將會下雪/His departure *means* (that) there will be peace in the house. 他這一走表示家裡將要太平了.

[Maypole]

4 意謂，有…的意義，《to》. Art *meant* everything [nothing] *to* him. 藝術對他來說代表了一切 [毫無意義]/Mary *means* more *to* me than my life. 對我來說，瑪莉比我的生命還重要.

〖懷有意圖〗 **5** (**a**) 〖句型3〗(mean *to* do)打算做 …，想做…，《回》mean 達到目的的決心沒有那樣明確). I'm sorry, I didn't *mean to* (say that). 《爲前面說過的話道歉》對不起，我不是有意(要那麼說)的/I *meant to* have called on you. = I had *meant to* call on you. 我本來打算去拜訪你(但沒有實現).

(**b**) 〖句型5〗(mean **A** *to* do)打算讓 A 做…；打算把 A 變成…；〖句型3〗(mean *that* 子句)打算…. I didn't *mean* you [[美、口] *mean for* you] *to* go. = I didn't *mean* (*that*) you should go. 我沒打算讓你去/He *means* the play *to* be a tragedy. 他打算把那齣戲編成悲劇.

6 有意引起[麻煩等]；〖句型4〗(mean **A B**)、〖句型3〗(mean **B** *to* **A**) 對 A(人)懷有 B(惡意等). He doesn't *mean* any trouble. 他不是有意惹麻煩的/I *mean* no harm. 我對你沒有惡意. = I *mean* no harm *to* you.

7 預定，指定，用於，《for》. I *mean* this money *for* your study abroad. 我打算用這筆錢供你到國外留學.

— *vi.* 《加副詞》用意[意圖]爲…. He *means* well. (姑且不論結果)他的本意是好的.

(*be*) *meant for...* 適合…；理應成爲…；打算成 …. The couple *are meant for* each other. 他倆是匹配的[理應成爲]一對/This book *is meant for* you. 這本書是打算給你的.

be meant to do (1)是爲了做…的. Rules *are meant to* be kept. 規則是要遵守的/He *was meant to* rule the country. 他生下來就是要統治這個國家的. (2)《主英》規定做…，必須做…. You *are meant to* take your hats off in this room. 在這房間裡規定要脫帽.

I mean 《插入語》(1)(不是那樣)《改正說錯的話時》. Come on, let's go to dinner—I *mean* lunch. 走，我們去吃晚餐——不，我是說午餐. (2)也就是說《補充說明》. Then I met Kate, I *mean*, my wife. 那時我遇到了凱莉，就是我太太.

mean business 《口》(不只是口頭上而)是認真的，不是說[鬧]著玩的.

☀mean² [min; min] *adj.* (~*er*; ~*est*) 〖下賤的〗

1 卑劣的，卑賤的，下流的；心胸狹窄的. a *mean* fellow 卑鄙的傢伙/What a *mean* thing to do! 真是缺德的事啊!

2 吝嗇的，捨不得拿出的，(⟷ generous). That old man is *mean* with [about] money. 那個老人對錢很吝嗇/He was *mean* to all his children. 他對他所有的孩子都很吝嗇.

3 【品質惡劣的】《美、口》難處理的；〔馬等〕難駕馭的；麻煩的，難對付的. Our dog is real *mean*. 我們的狗確實很乖.

4 《限定》遜色的，不顯眼的. a man of *mean* understanding 理解力差的人/no *mean* (→片語).

5 〔衣著，建築物等〕難看的，破舊的. live in a

mean hut 住在破舊的小屋裡.

6 《通常作限定》身分卑賤的. a man of *mean* birth 出身卑賤的人.

no mean 非常優秀的，不平凡的. Miss Stein is *no mean* singer. 史坦茵小姐是個了不起的歌手.

☀mean³ [min; min] *adj.* 《限定》**1** (兩個極端的)中間的. take a *mean* position 占據中間的位置，採取折衷立場.

2 平均的(average). the *mean* monthly rainfall of August in Taiwan 臺灣 8 月份的平均降雨量.

in the mean time [*while*] = in the meantime (meantime 的片語).

— *n.* ⓒ **1** 中間(點)，中間的位置；中庸. find a *mean* between harshness and indulgence 在嚴苛與放縱之間找到平衡點.

2 《數學》平均(值)；(比例式的)中項.

me·an·der [mɪˋændɚ; mɪˈændə(r)] *vi.* 《文章》**1** 〔河川〕蜿蜒而流. **2** 漫步；漫談.

me·an·der·ing·ly [mɪˋændərɪŋlɪ; mɪˈændərɪŋlɪ] *adv.* 《文章》蜿蜒地.

☀mean·ing [ˋminɪŋ; ˈmiːnɪŋ] *n.* (*pl.* ~**s** [~z; ~z]) ⓤⓒ **1** (言辭等的)意思，意義；意圖. This sentence has two different *meanings*. 這個句子有兩個不同的意義/a word not clear in *meaning* 意思不明確的字/What's the *meaning* of this? (通常用於責難)這究竟是怎麼回事?/The storekeeper looked at me with *meaning*. 店主若有所指地瞧著我.

《回》meaning 是表達人類在言辭、行爲、表情、姿勢、繪畫等行爲內容上，使用最廣泛之用詞；→sense, significance, signification.

〖搭配〗 meaning is *adj.*: the ~ is ambiguous (意思曖昧不清), the ~ is obvious (意思非常清楚), the ~ is vague (意思含糊不清) // *v.*+meaning: catch the ~ (理解意思), misunderstand the ~ (誤解意思)

2 (人生等的)意義，重要性. Life acquired a new *meaning* for him when he got to know her. 認識了她之後，人生對他來說有了新的意義.

— *adj.* 《限定》(眼神，微笑等)意味深長的. a *meaning* look 意味深長的表情.

mean·ing·ful [ˋminɪŋfəl; ˈmiːnɪŋfʊl] *adj.* 有意義的；意味深長的；〔經驗等〕有價值的.

mean·ing·ful·ly [ˋminɪŋfəlɪ; ˈmiːnɪŋfʊlɪ] *adv.* 若有所指地，意味深長地.

mean·ing·less [ˋminɪŋlɪs; ˈmiːnɪŋlɪs] *adj.* 無意義的；無益的. a *meaningless* argument 無益的爭論.

mean·ly [ˋminlɪ; ˈmiːnlɪ] *adv.* **1** 卑賤地；破舊地，難看地. **2** 卑鄙地. **3** 小氣地. **4** 輕視地. think *meanly* of a person 瞧不起某人.

mean·ness [ˋminnɪs; ˈmiːnnɪs] *n.* ⓤ **1** 破舊，難看. **2** 卑鄙；吝嗇.

☀means [minz; miːnz] *n.* (*pl.* ~) 〖辦法〗 **1** ⓒ 手段，方法，(way)；

M

工具. a *means* to an end 達到目的的手段/Take every possible *means*. 不擇手段/Some people believe that the end justifies the *means*. 有些人相信爲達目的可以不擇手段/various *means* of communication 各種的傳播工具/use illegal *means* to get elected as mayor 爲了當選市長而利用不正當的手段/There is [are] no *means* of escape. 沒有辦法逃避.

2 【生活手段】《作複數》財力; (足夠的)收入; 財產. a man of *means* 富有的人/His private *means* are large enough. 他的私人財產十分龐大/live within [beyond] one's *means* 過著量入爲出[入不敷出]的生活.

* **by áll mèans** (1)當然可以; 歡迎之至;《應允的回答》. "May I call on you?" "*By all means.*" 「我可以去拜訪你嗎?」「歡迎之至.」 | 注意 「竭盡所能地」則要說成 by all *possible* means.
(2)一定, 務必. You should *by all means* read the book. 你務必要讀那本書.

by ány mèans 《用於否定句》無論如何(不…). Father wouldn't *by any means* grant my wish to study abroad. 父親說甚麼也不讓我出國留學.

by fàir mèans or fóul 不管用甚麼手段.

* **by mèans of** …靠…, 用…, 以…. We breathe *by means of* our lungs. 我們用肺呼吸.

* **by nó mèans** 絕不…. It's *by no means* easy to master a foreign language. 精通外語絕非易事.

meant [mɛnt; ment] v. mean¹ 的過去式、過去分詞.

***mean·time** [ˋminˏtaɪm; ˏmiːnˈtaim] n. U (加 the)此時, 其間.

* **in the méantime** (1)在此其間; 同時; 另一方面. A year ago I'd have married you, but I can't now. Things have happened *in the meantime*. 若在一年前我早就和你結婚了, 但現在我不能. 在這段期間發生了許多事情/The garden party dragged on, and *in the meantime* it began to rain. 園遊會持續進行著, 但同時間也開始下雨了.
(2)目前, 在那之前. Our departure is three hours from now. *In the meantime*, take a good rest. 距離出發還有三小時, 這段時間你好好地休息吧!
— adv. 《口》=meanwhile.

[語法] 當名詞時, 用 meantime; 當副詞時, 則多用 meanwhile.

***mean·while** [ˋminˏhwaɪl; ˏmiːnˈwail] adv. **1** 同時; 在此期間; 目前 (=in the meantime). The subjects obeyed the King, despising him *meanwhile*. 臣民服從國王, 同時卻也鄙視他.

2 另一方面, 一方面. *Meanwhile*, in London, a Cabinet meeting was held to discuss the matter. 另一方面, 在倫敦召開了內閣會議以討論此事.

***mea·sles** [ˋmizlz; ˈmiːzlz] n. (通常作單數)《醫學》(有時加 the)麻疹. have [catch] measles 患麻疹.

mea·sly [ˋmizlɪ; ˈmiːzli] adj. **1** 麻疹的; 患麻疹

的. **2** 《俚》微量的, 一丁點的.

meas·ur·a·ble [ˋmɛʒrəbl̩, ˋmɛʒərəbl̩; ˈmeʒərəbl̩] adj. **1** 可測量的, 可測定[計量]的.
2 很多的, 相當的. make a *measurable* difference 造成相當多的差異.

meas·ur·a·bly [ˋmɛʒrəblɪ, ˋmɛʒərəblɪ; ˈmeʒərəbli] adv. 可測量地; 顯著地, 相當地.

‡meas·ure [ˋmɛʒɚ; ˈmeʒə(r)] n. (pl. ~s [~z; ~z])【測出的量】 **1** U尺度 (size), 大小; 寬度; 長度; 重量. cubic *measure* 容積, 體積/This coat is made to *measure*. 這件外衣是量身訂做的.

2 【定量】a U 程度, 限度, 適度. The play had a *measure* of success. 那齣戲相當成功/You should keep your hobbies within *measure*. 你在興趣方面也該有個限度/His avarice knows no *measure*. 他貪得無厭.

【測量方法】 **3** U計量法, 測定法. an ounce in liquid [dry] *measure* 一盎斯液量[乾量]/metric *measure* 公制.

4 C量具, 計量器具,《尺, 捲尺(tape measure), 斗等》. This ruler is a foot *measure*. 這是一把一英尺長的尺/a liter *measure* 一公升的量[計量器具].

【測量單位】 **5** C (度量的)單位; 一杯, 一堆, 一袋. A meter is a *measure* of length. 公尺是長度單位/weights and *measures* 度量衡/three heaped *measures* of flour 三堆麵粉.

6 UC (詩的)韻律, 格, (meter);《音樂》C小節; U拍子.

7 C尺度, 基準. Wealth is not the only *measure* of success. 財富不是衡量成功的唯一基準.

8 C《數學》約數. the greatest common *measure* (→見 common measure).

【測量方法＞解決法】 **9** C (通常 measures)對策, 措施. *measures* for safety 安全措施/We must take necessary *measures* against increasing traffic accidents. 對日益增加的交通事故, 我們得採取必要的措施.

┌─ 搭配 adj.+measure: drastic ~s (嚴厲的措施), effective ~s (有效的對策), strong ~s (強烈的手段), temporary ~s (臨時措施) // v.+measure: adopt ~s (採取處置), carry out ~s (實行措施).

10 C法案, 議案.

beyond méasure 不尋常; 非常. His anger was *beyond measure*. 他勃然大怒.

for gòod méasure 還…, 而且. I bought my wife a brooch and then flowers *for good measure*. 我給太太買了胸針還有鮮花.

in (a) grèat [lárge] méasure 多半, 大部分. The accident was due *in large measure* to your carelessness. 這意外大半是由於你的粗心大意所造成的.

in a [sòme] méasure 某種程度上, 稍微, 多少.

tàke a pèrson's méasure 替某人量尺寸; 評價某人的品行; 推測某人的能力.

— v. (~s [~z; ~z]; ~d [~d; ~d]; -ur·ing) vt.

1 測量，測定；測定…的單位[基準]. *measure* a person for a new suit 爲某人做新衣而量尺寸/ This instrument *measures* blood pressure. 這儀器是用來量血壓的/*measure* one's everyday life *against* the standards of the Bible 以聖經爲標準來檢視某人的日常生活.
2 把…的影響[效果]估計在內；充分考慮；調節，調整. *measure* one's words 斟酌字句.
— *vi.* **1** 〔句型2〕(measure A)測量A的長度[大小，分量等]. The desk *measures* three feet by four feet. 書桌大小爲3×4英尺. **2** 測量，測定.
mèasure/…/óff 量出…長度；區分》. *measure off* five yards of cloth 量出五碼的布料.
mèasure/…/óut 量出…的量；按量分配….
mèasure one's *stréngth* (*with...*) (與…)比力氣.
mèasure úp to... 符合，達到，〔希望，標準等〕. The airline's service did not *measure up to* our expectations. 航空公司的服務不符合我們的期望.
meas·ured [ˈmɛʒəd; ˈmeʒəd] *adj.* **1** 準確測量過的. **2** 愼重的，深思熟慮後的. **3** 正規的，整齊的.
meas·ure·less [ˈmɛʒəlɪs; ˈmeʒəlɪs] *adj.* 《主雅》無限的；難以估計的；(immeasurable).

‡**meas·ure·ment** [ˈmɛʒəmənt; ˈmeʒəmənt]
n. (*pl.* ~s [~s; ~s]) **1** ⓊＵ量，測定，測量，計量. Britain is gradually adopting the metric system of *measurement*. 英國正逐漸採用公制.
2 ⓒＣ尺寸(長度，寬度，厚度)；(measurement*s*) 大小；(女性的)身材尺寸(胸圍，腰圍，臀圍). What are the *measurements* of the shelf?這架子的尺寸是多少?/ The tailor took my *measurements*. 裁縫師幫我量尺寸/The actress's *measurements* were perfect. 那位女演員的身材眞是一流.
meas·ur·ing [ˈmɛʒrɪŋ, ˈmɛʒərɪŋ; ˈmeʒərɪŋ] *v.* measure 的現在分詞、動名詞.
mèasuring cùp n. ⓒ(烹飪用的)量杯.

‡**meat** [mit; miːt] *n.* Ⓤ【可吃的肉】 **1** 肉. ground *meat* 碎肉/roast *meat* 烤肉/a cut [piece] of *meat* 一塊[片]肉. 〔語法〕指肉的種類時視爲ⓒ: The only *meats* available are lamb and pork. 買得到的肉只有小羊肉和豬肉).
〔參考〕(1)此字通常指食用的獸肉，而家禽的肉(poultry)，魚肉(fish)則不用此字；→ flesh.
(2)另外，如義大利香腸(salami)，火腿(ham)等可直接食用的加工肉品則稱作 cold meats.
┃〔搭配〕 *adj.*＋meat: lean ~ (瘦肉)，tender ~ (嫩肉) // *v.*＋meat: carve ~ (切肉)，cook ~ (煮肉)，fry ~ (炸肉).
2 《美》果肉；(核桃等的)果實；(貝、蛋等的)食用部分.
3 《古》食物；餐. *meat* and drink 飲食/One man's *meat* is another man's poison. 《諺》利於甲未必利於乙；甲的美食卻是乙的砒霜.
【 內容 】 **4** (書，話等的)內容，實質；要點. He got into the *meat* of the speech and the audience listened attentively. 他的演講切中要點，因此觀眾聚精會神地聆聽.

meat·ball [ˈmitˌbɔl; ˈmiːtbɔːl] *n.* ⓒ肉丸.
mèat lòaf *n.* ⓒ肉糕(以碎肉爲主，加上其他材料烤成 loaf 狀).
meat·y [ˈmiti; ˈmiːti] *adj.* **1** 肉(般)的. **2** 多肉的，肉鼓鼓的，胖的. **3** (討論等)充實的.
Mec·ca [ˈmɛkə; ˈmekə] *n.* **1** 麥加(Saudi Arabia 西部的都市；Mohammed 的出生地，回教徒的朝拜聖地(→ the Holy City, Medina)).
2 ⓒ (常 mecca)嚮往的地方(旅遊等的)勝地(大量遊客來訪的地方). Venice is a *mecca* for foreign tourists. 威尼斯是外國旅客的觀光勝地.
‡**me·chan·ic** [məˈkænɪk; mɪˈkænɪk] *n.* (*pl.* ~s [~s; ~s]) ⓒ機械工，技工，《設計、製作、修理、操作機器的人》. an automobile *mechanic* 汽車修理工.
‡**me·chan·i·cal** [məˈkænɪk]; mɪˈkænɪkl] *adj.* **1** 機械的，機械裝置的；機械製的. a new *mechanical* invention 新的機械發明/A robot is a *mechanical* man. robot 是機器人.
2 機械般的，自動的；(人，動作)無感情的. I am tired of *mechanical* work. 我厭倦機械化的工作/a *mechanical* smile 不帶感情的笑容.
3 機械學的. ⇨ *n.* machine.
mechànical dráwing n. Ⓤ製圖，機械製圖，《使用尺規、圓規等》.
me·chan·i·cal·ly [məˈkænɪk]ɪ, -ɪklɪ; mɪˈkænɪkəlɪ] *adv.* 機械地，自動地；無意識地，無感情地.
mechànical péncil n. ⓒ《美》自動鉛筆《《英》propelling pencil》.
‡**me·chan·ics** [məˈkænɪks; mɪˈkænɪks] *n.*
1 《作單數》力學；機械學.
2 《作複數》機械部分，技術方面；(繪畫，作詩等)的手法. The *mechanics* of that ballet are quite complex. 那種芭蕾舞的技巧相當複雜.
‡**mech·a·nism** [ˈmɛkəˌnɪzəm; ˈmekənɪzm] *n.* (*pl.* ~s [~z; ~z]) **1** ⓊＣ 機械(裝置)，機械構造. The device operates on a simple spring *mechanism*. 那個裝置是靠簡單的發條構造運轉的.
2 ⓒ機構，結構. the *mechanism* of government. 政府的結構.
3 ⓒ (操作的)過程，手段，手法. a *mechanism* for screening applicants 篩選應徵者的程序/the *mechanism* of cell reproduction 細胞的繁殖過程.
mech·a·nis·tic [ˌmɛkəˈnɪstɪk; ˌmekəˈnɪstɪk] *adj.* 機械論的.
mech·a·ni·za·tion [ˌmɛkənəˈzeʃən, -aɪˈz-; ˌmekənaɪˈzeɪʃn] *n.* Ⓤ機械化. farm *mechanization* 農場機械化.
mech·a·nize [ˈmɛkəˌnaɪz; ˈmekənaɪz] *vt.* 使〔工業等〕機械化；使〔軍隊等〕機動化.
‡**med·al** [ˈmɛdl; ˈmedl] *n.* (*pl.* ~s [~z; ~z]) ⓒ獎章，獎牌；紀念章，勳章. win a gold *medal* 獲得

M

金牌/wear a row of *medals* 佩戴著一排勳章.

med·al·ist (美), **med·al·list** (英) [ˋmɛdl̩ɪst; ˈmedlist] *n.* C 1 領獎牌者, 受獎者; 受勳者. a silver *medalist* 銀牌得主.
2 獎牌製造者.

me·dal·lion [məˋdæljən, mɪ-; mɪˈdæljən] *n.* C 1 大型獎章. 2 (建築, 織品等的)圓形圖案; 圓形浮雕.

*****med·dle** [ˋmɛd; ˈmedl] *vi.* (~s [~z; ~z]; ~d [~d; ~d]; -dling) 1 干涉, 管閒事, (*in, with*). Stop *meddling in* my affairs. 別再干涉我的事.
2 亂動(*with*). Don't *meddle with* the papers. 別亂動那些文件. 「者.

med·dler [ˋmɛdlə; ˈmedlə(r)] *n.* C 好管閒事

med·dle·some [ˋmɛdlsəm; ˈmedlsəm] *adj.* 好干涉的, 愛管閒事的.

me·di·a [ˋmidɪə; ˈmiːdjə] *n.* 1 medium 的複數.
2 (加 the) =mass media.

me·di·ae·val [ˌmidɪˋivl, ˌmɛd-; ˌmedɪˈiːvl] *adj.* =medieval.

me·di·al [ˋmidɪəl; ˈmiːdjəl] *adj.* (文章) 1 中間的, 中央的. 2 平均的.

me·di·al·ly [ˋmidɪəlɪ; ˈmiːdjəlɪ] *adv.* (文章)中間地; 平均地.

me·di·an [ˋmidɪən; ˈmiːdjən] *adj.* 中間的, 中央的; (幾何)中線的; (統計)中位數的.
— *n.* C(幾何)中線; (統計)中位數.

me·di·ate [ˋmidɪˏet; ˈmiːdɪeɪt] *v.* (文章) *vt.* 1 居間促成〔和解, 停戰等〕. *mediate* peace between the two countries 居間促成兩國間的和平. 2 調停〔糾紛, 爭吵等〕.
— *vi.* 調停, 調解, (*between* 在…之間).

me·di·a·tion [ˌmidɪˋeʃən; ˌmiːdɪˈeɪʃn] *n.* U (文章)調停(不具強制力).

me·di·a·tor [ˋmidɪˏetə; ˈmiːdɪeɪtə(r)] *n.* C 調停者.

med·ic [ˋmɛdɪk; ˈmedɪk] *n.* C(口)醫生; 醫學院的學生; (主美, 口)醫務兵.

*****med·i·cal** [ˋmɛdɪkl; ˈmedɪkl] *adj.* (限定) 1 醫學的, 醫療的, 醫術的; 醫藥的. *medical* care 醫療/*medical* knowledge 醫學知識/a *medical* college 醫學院/*medical* science 醫學/a *medical* examination 健康檢查, 體檢.
2 內科的(→surgical). *medical* treatment (內科)治療, 診治/a *medical* ward 內科病房.
— *n.* C(口)健康檢查. ⇨ *n.* medicine.

med·i·cal·ly [ˋmɛdɪklɪ, -ɪklɪ; ˈmedɪkəlɪ] *adv.* 醫學上, 在醫學方面地; 以醫藥方式地.

me·dic·a·ment [məˋdɪkəmənt, ˋmɛdɪkə-; məˈdɪkəmənt] *n.* UC(文章)藥劑, 藥物, (內服藥、外用藥都可用此字; → medicine 1).

med·i·cate [ˋmɛdɪˏket; ˈmedɪkeɪt] *vt.* 用藥物治療; 摻入藥物. *medicated* soap 藥皂.

med·i·ca·tion [ˌmɛdɪˋkeʃən; ˌmedɪˈkeɪʃn] *n.* (文章) 1 U 藥物治療. 2 UC 藥劑; (特指)麻醉劑.

me·dic·i·nal [məˋdɪsn̩l; məˈdɪsɪnl] *adj.* 醫藥的; 藥用的; 〔植物等〕有藥效的.

*****med·i·cine** [ˋmɛdəsn̩; ˈmedsɪn] *n.* (*pl.* ~s [~z; ~z]) 1 UC 藥, 藥物, (特指)內服藥. a *medicine* for the cold 感冒藥/take too much *medicine* 服藥過量/put some *medicine* on a cut 在刀傷傷口上敷藥/Take a dose of this *medicine* now. 現在馬上吃一次藥.
▣medicine 為治療疾病的藥物, 是一般用語; drug 泛指含有害物質的藥品, 通常特指毒品; 「藥丸」為 pill (包括藥片 tablet 和膠囊 capsule), 「藥粉」為 powder, 「藥水」為 liquid medicine.

┌────────────────────────────────────┐
│ 搭配 *adj.*+medicine: (an) effective ~ (有效的藥), (a) strong ~ (藥性強的藥) // *v.*+medicine: administer ~ (配藥), prescribe ~ (開藥方) // medicine+*v.*: a ~ works │
└────────────────────────────────────┘

2 U 醫學; 醫術; (相對於外科、婦產科等的)內科(學) (internal medicine). preventive *medicine* 預防醫學/practice *medicine* 行醫/*medicine* and surgery 內科和外科.
3 U (北美印第安人等的)符咒, 魔法, 魔力.
⇨ *adj.* medical.

médicine ball *n.* C 藥球(鍛鍊肌肉用的重皮球; 直徑約 50 cm).

médicine màn *n.* C (北美印第安人等的)巫醫, 法師.

me·di·co [ˋmɛdɪˏko; ˈmedɪkəʊ] *n.* (*pl.* ~s) C (口)醫生; 醫學院的學生.

*****me·di·e·val** [ˌmidɪˋivl, ˌmɛd-; ˌmedɪˈiːvl] *adj.* 1 中古時期的, 中世紀(Middle Ages)的; (→ ancient, modern). *medieval* history 中古史. 2 陳腐的, 舊式的.

Me·di·na [məˋdinə, me-, mɪ-; meˈdiːnə] *n.* 麥地那(Saudi Arabia 的都市; Mohammed 的陵墓所在地; → Mecca).

me·di·o·cre [ˋmidɪˏokə, ˏmidɪˋokə; ˌmiːdɪˈəʊkə(r)] *adj.* 平凡的, 普通的, 不好不壞的; 平庸的.

me·di·oc·ri·ty [ˌmidɪˋɑkrətɪ; ˌmiːdɪˈɒkrətɪ] *n.* (*pl.* -ties) 1 U 平凡, 平庸, 普通(的才能, 資質). 2 C 平凡的人, 凡人, 平庸的人.

*****med·i·tate** [ˋmɛdəˏtet; ˈmedɪteɪt] *v.* (~s [~s; ~s]; -tat·ed [~ɪd; ~ɪd]; -tat·ing) *vi.* 仔細考慮; 冥想; (特指宗教上的)冥思; (meditate on [upon]) 熟慮…, 默想…(→muse ▣). The writer *meditated on* the theme of his next work. 那位作家仔細地思考他下一部作品的主題.
— *vt.* 企劃, 策劃. *meditate* revenge 策劃復仇.

*****med·i·ta·tion** [ˌmɛdəˋteʃən; ˌmedɪˈteɪʃn] *n.* (*pl.* ~s [~z; ~z]) 1 U 熟慮; 默想; (特指宗教上的)冥想. I spend an hour a day in *meditation*. 我每天花一個小時冥想.
2 C (常 meditations)沈思集. The poem is a *meditation* on the meaning of life. 這首詩是探討人生意義的沈思集.

med·i·ta·tive [ˋmɛdəˏtetɪv; ˈmedɪtətɪv] *adj.* 熟慮的, 默想的; 思索的; 冥想的.

med·i·ta·tive·ly [ˈmɛdəˌtetɪvlɪ; ˈmeditətɪvlɪ]
adv. 默想地; 冥想地.

*Med·i·ter·ra·ne·an [ˌmɛdətəˈrenɪən; ˌmeditəˈreinjən] *adj.* 地中海的; 地中海附近〔沿岸〕的. The olive is a *Mediterranean* fruit. 橄欖是產於地中海地區的水果.
— *n.* (加the)地中海(亦稱 the Mediterrānean Séa; → Balkan 圖).

***me·di·um** [ˈmidɪəm; ˈmiːdjəm] *n.* (*pl.* ~**s** [~z; ~z], **-dia**; 在2中通常用**-dia**, 在5中通用~**s**) C 【中間】 **1** 中間, 中位. the happy *medium* 中庸(之道).
【媒介】 **2** (傳達, 表現等的)**手段**, 方法; 形式. Television is a prime *medium* of advertising. 電視是主要的廣告手法.
3 媒體, 媒介. The air is a *medium* for sound waves. 空氣是聲波的媒介.
4 【生存媒介】生活環境; 棲息地. The carp's *medium* is fresh water. 鯉魚生活在淡水中/The theater was her natural *medium*. 舞臺是她的生存空間.
5 靈媒, 招魂者.
— *adj.* (大小, 品質, 程度等)中間的, 中等的; (肉的烤法)五分熟的, 適中的. *medium* size 中號, M尺寸/a *medium*-sized city 中型城市/I like my steak *medium*. 我喜歡吃五分熟的牛排(→ rare² [參考]).
[字源] MEDI「中間」: *medi*um, *medi*ate(調停), *medi*eval(中世紀的), *Medi*terranean(地中海的).

mědium fréquency *n.* UC (電)中頻.

mědium wáve *n.* C (電)中波.

med·lar [ˈmɛdlɚ; ˈmedlə(r)] *n.* C 西洋(山)楂果(果實類似小蘋果, 在其熟透時食用); 西洋(山)楂樹.

med·ley [ˈmɛdlɪ; ˈmedlɪ] *n.* (*pl.* ~**s**) C **1** (不同種類東西之)匯集. the *medley* of races in America 不同種族匯聚於美國.
2 《音樂》混成曲, 雜曲.

Me·du·sa [məˈdjusə, -ˈdɪu-, -ˈdu-, -zə; mɪˈdjuːzə] *n.* (希臘神話)美杜莎(Gorgons 之一).

meek [mik; miːk] *adj.* 老實的, 溫順的; 沒志氣的. (as) *meek* as a lamb 像羔羊般溫順.

meek·ly [ˈmiklɪ; ˈmiːklɪ] *adv.* 老實地; 沒志氣地.

meek·ness [ˈmiknɪs; ˈmiːknɪs] *n.* U 老實; 窩囊.

meer·schaum [ˈmɪrʃəm, -ʃɔm; ˈmɪəʃəm] *n.* U (礦物)海泡石; C 海泡石製的菸斗(高級品).

***meet** [mit; miːt] *v.* (~**s** [~s; ~s]; **met**; ~**ing**) *vt.* 【 碰 見 】 **1** (偶然)**遇見**, 碰 見. I *met* Tom on the way. 我在途中遇見湯姆/My eyes *met* hers. 我與她目光交會.
2 遭遇〔事故等〕, 經歷〔困難等〕, (【注意】在此意義中通常用meet with... (→片語)). She *met* her death in a car accident. 她在車禍中喪生.
【約會】 **3** 與…碰面; 與…會面, 會見. *Meet* me at the hotel at six. 六點在飯店和我碰面/The President *met* the press. 總統會見新聞界.
4 與…相識; 初次見面. I know of Mr. Hill, but have never *met* him. 我知道希爾先生這個人, 但未與他見過面/John, *meet* my wife. 《主美》約翰,

這是內人《介紹》/I am glad [pleased] to *meet* you. 真高興見到你[參考]與 How do you do? 皆為初次見面的招呼語; 當 meet 改成 see 時, 則表示「很高興看到你來」之意, 為彼此已熟識的問候).
5 迎接〔人, 列車等〕, 等待…到達, (↔ see/.../off); 連接〔交通工具〕. I was *met* at the airport by Tom with a car. 湯姆開車來機場接我/The bus *meets* the railway train. 公車在這兒與火車接軌.
【相碰】 **6** 〔道路, 線等〕與…相交, 交叉; 〔交通工具等〕相撞; 與…接觸. This stream *meets* the Nile. 這條河川與尼羅河匯流/Jill's hand *met* my face in a hard blow. 吉兒用力揍我的臉.
【面對面】 **7** 對抗; 應付; 反駁. I don't know how to *meet* his criticism. 我不知該如何反駁他的批評.
8 〔持某種態度〕迎接〔死亡等〕; 處理〔問題等〕; 應付. *meet* misfortune with a smile 以微笑面對不幸/a tough schedule to *meet* 難以排定的時間表.
【使一致】 **9** 順應〔要求, 需要等〕; 實現〔希望等〕; 符合〔資格等〕. I'll try to *meet* your wishes. 我會設法滿足你的希望/*meet* a need [a standard] 符合需要[標準].

┃[搭配] meet＋*n.*: ~ a condition (符合條件), ~ a demand (滿足需要), ~ expectations (不辜負期待), ~ a request (符合要求), ~ a requirement (符合資格).

10 支付. Can you *meet* your 'debts [expenses]? 你能還債[付帳]嗎?
— *vi.* 【相會】 **1** (偶然或約定後)**相會**, 遇見; 會面; 〔目光等〕相遇; 〔列車等〕交會. *meet* by chance 偶遇/Let's *meet* here after school. 放學後在這裡碰頭吧!/The two trains *meet* at Paris. 這兩列火車在巴黎交會.
2 會合, 集合; 〔會議等〕召開. All the family *meets* at dinner. 全家人在晚餐時相聚/The committee *meets* again tomorrow. 委員會明日再開.
3 結識. Haven't we *met* somewhere before? 從前我們是否在哪兒見過面?
【合一】 **4** 〔道路等〕會合, 交會; 相撞; 〔衣服等的〕扣得上; 〔嘴唇等〕互相碰觸. The road from Cambridge and the road from Huntingdon *meet* here. 通往劍橋的路與通往亨丁敦的路在此交會/The two cars *met* head-on. 這兩輛車子正面相撞/This waistcoat won't *meet*. 這件西裝背心前面扣不上.
5 兼備《*in*》. Wit and beauty *meet* in Ann. 安才貌雙全.

màke (*bòth*) *énds* *mèet* → end 的片語.

mèet...halfwáy → halfway 的片語.

mèet the éye [*éar*] 看〔聽〕到. There's more to [in] this than *meets the eye*. 這其中暗藏玄機《有內情等存在; 事態複雜》.

mèet úp (*with...*) 《口》(和…)偶遇, 遇見.

* *mèet with...* (1)碰上〔事故等〕; 經歷〔不幸等〕; 受到〔好意等〕. *meet with* a traffic accident 遭遇車

M

禍/*meet with* approval 受到贊同. 語法 meet with a difficulty 爲「遇到困難」, meet a difficulty 爲「應付困難」之意(→ *vt.* 8).

(2)(偶然)遇見〔某人〕. 語法 現在通常多用不接 with 之句型.

(3)(美)與…(約定後)相會; 與…會談. The Pope *met* with several heads of state. 教宗和數位國家元首舉行會談.

── *n.* (*pl.* ~s [~s; ~s]) C(主美)(體育等的)運動會((主英) meeting). an athletic *meet* 運動會.

*＊**meet·ing** [ˈmitɪŋ; ˈmiːtɪŋ] *n.* (*pl.* ~s [~z; ~z]) **1** C會議; 集會; 集合; (主英)運動會((主美) meet). preside over [at] a *meeting* 主持會議/have [hold] a regular *meeting* 召開例行集會. 同 指不問公私之性質, 意指聚會之一般用語; → gathering, assembly.

> 搭配 *adj.*＋meeting: an informal ~ (非正式聚會), an official ~ (正式集會) // *v.*＋meeting: attend a ~ (出席會議), call a ~ (召開會議), open a ~ (開始會議) // meeting＋*v.*: a ~ takes place (會議舉行), a ~ breaks up (聚會結束).

2 C(通常用單數)遇見; 會面. a chance *meeting* with a friend 與朋友偶遇.

3 U(單複數同形)(加the)全體參加人員, 與會者.

4 C(河川)匯流點; (道路的)交會點.

méeting hòuse *n.* C教會(特別是英國國教之外的教派(尤其指教友派信徒)的禮拜堂).

méeting plàce *n.* C會場, 集合處; 匯集點.

Meg [mɛg; meg] *n.* Margaret 的暱稱.

mega- (構成複合字) **1** 「大的」意思. *mega*phone. **2** 「一百萬(倍)」之意. *mega*ton.

meg·a·byte [ˈmɛgə͵baɪt; ˈmegəbait] *n.* C(電腦)百萬位元(記憶體容量; 2²⁰ 約等於一百萬位元).

meg·a·cy·cle [ˈmɛgə͵saɪk; ˈmegə͵saikl] *n.* C(電)百萬週(現亦稱 megahertz).

meg·a·hertz [ˈmɛgə͵hɝts; ˈmegəhɜːts] *n.* (*pl.* ~) C兆赫(電磁波週波數之單位; 略作 MHz).

meg·a·lith [ˈmɛgə͵lɪθ; ˈmegəliθ] *n.* C(考古學)史前巨石(例如於 Stonehenge 所見之物).

meg·a·lo·ma·ni·a [͵mɛgələˈmenɪə; ͵megələʊˈmeinjə] *n.* U妄想自大(狂).

meg·a·lo·ma·ni·ac [͵mɛgələˈmenɪ͵æk; ͵megələʊˈmeiniæk] *n.* C妄想自大(狂患)者.

meg·a·lop·o·lis [͵mɛgəˈlɑpəlɪs; ͵megəˈlɒpəlis] *n.* C超級都會區, 大都會圈, 《相連的大都市群》.

meg·a·phone [ˈmɛgə͵fon; ˈmegəfəʊn] *n.* C擴音喇叭, 擴音器.

meg·a·ton [ˈmɛgə͵tʌn; ˈmegətʌn] *n.* C一百萬噸(相當於 TNT 炸藥一百萬噸之爆破力).

mel·an·cho·li·a [͵mɛlənˈkolɪə; ͵melənˈkəʊljə] *n.* U(醫學)憂鬱症.

mel·an·chol·ic [͵mɛlənˈkɑlɪk; ͵melənˈkɒlɪk] *adj.* 憂鬱的; 憂鬱症的.

mel·an·chol·y [ˈmɛlən͵kɑlɪ; ˈmelənkəli] *n.*

U **1** 憂鬱, 鬱悶; 憂思, 憂慮.

2 黑膽汁(中世紀醫學中四種體液之一).

── *adj.* **1** 憂鬱的, 陰鬱的. feel *melancholy* 覺得憂鬱. **2** 悲哀的; (新聞等)晦暗的, 悲觀的.

Mel·a·ne·sia [͵mɛləˈniʃə, -ʃɪə, -ˈnɪʒ-; ͵melə-ˈniːzjə] *n.* 美拉尼西亞(位於澳洲東北方的群島; → Oceania 圖).

Mel·a·ne·sian [͵mɛləˈniʃən, -ʃɪən, -ˈnɪʒ-; ͵melə-ˈniːzjən] *adj.* 美拉尼西亞的.

── **1** U美拉尼西亞語; C美拉尼西亞人.

mé·lange [meˈlɑʒ; meiˈlɑ̃ːʒ] (法語) *n.* C(通常用單數)混合物, 大雜燴, (of).

mel·a·nin [ˈmɛlənɪn; ˈmelənin] *n.* U黑色素(控制人類皮膚、毛髮的色素).

Mel·bourne [ˈmɛlbən; ˈmelbən] *n.* 墨爾本(澳洲東南部的港市).

me·lee [ˈmeˌle, ˈmele, ˈmɛle; ˈmelei] *n.* C(通常用單數)(互相揪打的)纏鬥, 混戰; (交通尖峰時間等的)混亂, 雜亂.

mel·lif·lu·ous [məˈlɪfluəs; meˈlifluəs] *adj.* (文章)(聲音, 音樂等)甜美(如蜜)的; 流暢的.

*＊**mel·low** [ˈmɛlo, -ə; ˈmeləʊ] *adj.* (~er; ~est)
【完全成熟的】1 (果實等)甜熟的, 軟熟的; (酒等)醇厚的. *mellow* wine 醇酒.

2 (人品等)圓熟的, 圓滿的; (口)快活的. You get *mellower* as you get older. 人會隨著年齡增長而變得更圓融.

【純熟豐富的】3 (土壤等)肥沃的.

4 (色彩, 聲音, 光線等)圓潤的, 柔和的. the *mellow* light of the late afternoon sun 午後和煦的陽光. **5** (口)笑容滿面的, 和藹可親的; 微醉的.

── *vt.* **1** 使成熟; 使圓熟. Age has *mellowed* him. 他隨年齡增長而逐漸圓融成熟起來.
2 使豐美.

── *vi.* **1** 成熟; 圓熟. Cheese *mellows* with age. 乳酪會隨時間發酵成熟. **2** 變得豐美.

mel·low·ly [ˈmɛlolɪ, -lə-; ˈmeləʊli] *adv.* 圓熟地; 豐美地.

mel·low·ness [ˈmɛlonɪs; ˈmeləʊnis] *n.* U圓熟; 柔和, 豐美.

me·lod·ic [məˈlɑdɪk; miˈlɒdik] *adj.* **1** 旋律的; 有旋律的. **2** ＝melodious. ⇨ *n.* **melody**.

mel·o·dies [ˈmɛlədɪz; ˈmelədiz] *n.* melody 的複數.

me·lo·di·ous [məˈlodɪəs; miˈləʊdjəs] *adj.* 旋律優美的, 音樂的; (關於)旋律的. ⇨ *n.* **melody**.

me·lo·di·ous·ly [məˈlodɪəslɪ; miˈləʊdjəsli] *adv.* 旋律優美地; 音樂上地.

me·lo·di·ous·ness [məˈlodɪəsnɪs; miˈləʊdjəsnis] *n.* U旋律優美, 音樂性.

mel·o·dra·ma [ˈmɛlə͵dramə, -͵dræmə; ˈmeləʊ͵drɑːmə] *n.* **1** UC通俗劇(誇張動作或情緒的通俗戲劇). **2** 誇張煽情的事件; U感傷而誇大的言行.

mel·o·dra·mat·ic [͵mɛlədrəˈmætɪk; ͵meləʊdrəˈmætik] *adj.* 通俗劇風格的, 戲劇般誇張的, 感傷而誇大的.

mel·o·dra·mat·i·cal·ly

[ˌmɛlədrəˈmætɪklɪ, -ɪklɪ; ˌmeləudrəˈmætɪklɪ] adv. 通俗劇風格地.

‡mel·o·dy [ˈmɛlədɪ; ˈmelədɪ] n. (pl. **-dies**) **1** [UC] 令人愉快的曲調，優美的音樂; (詩歌等所具有的)音樂性. the sweetest of *melodies* 最悅耳的曲調/joyous *melodies* of brooks and trees 悅耳的小河潺潺與樹木婆娑聲. **2** [C] (音樂)旋律; 主旋律. The violins carry the *melody*. 小提琴擔任主旋律部. **3** [C] 歌曲, 曲調.

‡mel·on [ˈmɛlən; ˈmelən] n. (pl. ~s [~z; ~z]) [C] 甜瓜(類); [U] 甜瓜類的果肉. a slice of *melon* 一片甜瓜.

‡melt [mɛlt; melt] v. (~s [~s; ~s]; ~ed [~ɪd; ~ɪd]; ~·ing) vi. 【溶化】 **1** (冰, 雪等)融化, (金屬等)熔化, (→ dissolve 同); 溶解(於水等). A plastic dish will melt on the stove. 塑膠盤放在火爐上就會熔化/Ice *melts* into water. 冰融化成水. **2** 逐漸看不清楚, 變薄; 逐漸變化[融合](成…)(into). The ocean *melts* into the sky. 海天一色(分不出界限). **3** 【溶解般地消失】[感情, 內心等] 紓解(with [同情, 憐憫]). My anger *melted* when I saw the girl crying. 看見女孩哭, 我氣就消了. —— vt. **1** (加熱)融化; 溶解. *melted* butter 融化了的奶油. **2** 緩和, 打動[內心等]. *mèlt awáy* 融化掉, 逐漸消失; (群眾等)散去. The fog *melted away* before noon. 霧在中午前便消散了. *mèlt/.../dówn* 熔毀(貨幣等).

melt·down [ˈmɛlt,daun; ˈmeltdaun] n. [UC] (核子反應爐的)爐心熔解(過程).

melt·ing [ˈmɛltɪŋ; ˈmeltɪŋ] adj. (聲音等)溫柔的; 令人感動(落淚)的; 感傷的. in a *melting* mood 以感傷的心情.

mèlting póint n. [C] (物理)熔點, 鎔點.

mèlting pòt n. [C] **1** 坩堝. **2** (種族的)「熔爐」(各人種混雜的地方; 特指美國).

Mel·ville [ˈmɛlvɪl; ˈmelvɪl] n. Her·man [ˈhɜ·mən; ˈhɜːmən] 梅爾維爾(1819-91)(美國作家).

‡mem·ber [ˈmɛmbə; ˈmembə(r)] n. (pl. ~s [~z; ~z]) [C] 【全體的構成部分】 **1** (a) (團體的)一員, 成員, (會員, 社員, 團員等). a regular [life] *member* 正式[終身]會員/the female *members* of a family 家庭的女性成員/I am a *member* of the tennis club. 我是網球俱樂部會員. (b) (形容詞性)成員的; 加盟的, *member* discount 會員折扣/a *member* nation 會員國. **2** (文章)身體的一部分; (特指)手腳; (委婉)陰莖.

Mèmber of Còngress n. [C] (美)國會議員, (特指)眾議院議員, (略作 MC).

Mèmber of Párliament n. [C] (英)下議院議員(略作 MP).

‡mem·ber·ship [ˈmɛmbə,ʃɪp; ˈmembəʃɪp] n. **1** [U] (團體)成員的身分; 會員[社員等]的地位[資格]. obtain *membership* in a club 獲得俱樂部的會員資格/expel...from *membership* 開除…的會籍.

圖配 adj.+membership: honorary ~ (名譽會員), regular ~ (正式會員) // n.+membership: life ~ (終身會員) // v.+membership: apply for ~ (申請會員資格), grant ~ (承認會員資格).

2 [C] (★用單數亦可作複數) (全體)會員; 會員數. The *membership* approve(s) the plan. 全體會員都贊成那項計畫/The club has a *membership* of just over 300. 那個俱樂部的會員人數正好超過 300 人.

mem·brane [ˈmɛmbren; ˈmembreɪn] n. [UC] (解剖)膜, 薄膜; 細胞膜.

mem·bra·nous [ˈmɛmbrənəs, mɛmˈbrenəs; ˈmembrənəs] adj. 膜(狀)的.

me·men·to [mɪˈmɛnto; mɪˈmentəu] n. (pl. ~s, ~es) [C] 引起對(人, 事件)回憶的東西, 紀念品.

mem·o [ˈmɛmo; ˈmeməu] n. (pl. ~s) (口) = memorandum 1.

mem·oir [ˈmɛmwar, -wɔr; ˈmemwɑː(r)] n. [C] **1** (memoirs)回憶錄, 見聞錄; 自傳. **2** (文章)(由朋友等寫的)追憶文; 傳記. **3** 研究報告, 論文; (memoirs)學會刊物, 學報.

mem·o·ra·ble [ˈmɛmərəbl̩; ˈmemrə-, ˈmemərəbl] adj. 值得回憶的, 難忘的; 顯著的, 著名的. a *memorable* event in my childhood 我童年時代難忘的事/*memorable* words 難忘的話.

mem·o·ra·bly [ˈmɛmərəblɪ, ˈmemrə-, ˈmemərəblɪ] adv. 記憶中地; 顯著地.

mem·o·ran·da [ˌmɛməˈrændə; ˌmeməˈrændə] n. memorandum 的複數.

‡mem·o·ran·dum [ˌmɛməˈrændəm; ˌmeməˈrændəm] n. (pl. ~s [~z; ~z], **-da** [-də]) [C] **1** 備忘錄, 記錄, 便條; (機構內部聯絡等用的)文件. I make a *memorandum* of what I spend. 我將我的支出記錄下來. **2** (外交)備忘錄(摘要記錄問題的內容等).

‡me·mo·ri·al [məˈmorɪəl, -ˈmɔr-; məˈmɔːrɪəl] n. (pl. ~s [~z; ~z]) [C] **1** 紀念物; 紀念碑, 紀念館; 紀念活動, 紀念儀式. We visited the Lincoln *Memorial*. 我們參觀了林肯紀念堂. **2** (通常 memorials)(歷史性的)記錄, 編年史. —— adj. (限定)紀念的; 追悼的; 記憶的. a *memorial* festival 紀念節日/a *memorial* service for the late Mr. Smith 史密斯先生追悼會.

Memórial Dày n. (美)陣亡將士紀念日(亦稱 Decoration Day; 以前為 5 月 30 日, 現在大部分的州多在 5 月的最後一個星期一).

me·mo·ri·al·ize [məˈmorɪəl,aɪz, -ˈmɔr-; məˈmɔːrɪəlaɪz] vt. **1** 紀念. **2** 陳情, 遞交請願書.

mem·o·ries [ˈmɛmərɪz, -mrɪz; ˈmemərɪz] n. memory 的複數.

mem·o·rise [ˈmɛmə,raɪz; ˈmeməraɪz] v. (英) = memorize.

‡mem·o·rize [ˈmɛmə,raɪz; ˈmeməraɪz] vt. (**-riz·es** [-ɪz; ~ɪz]; **~d** [~d; ~d]; **-riz·ing**) 背誦,

記憶, (learn...by heart). Our homework was to *memorize* a poem by R. L. Stevenson. 我們的作業是背誦史蒂文生的一首詩.

‡mem·o·ry [ˋmɛmərɪ, -mrɪ; ˈmeməri] *n.* (*pl.* **-ries**)【記憶】**1** ⓤ記憶, 記性; 記憶範圍; ⓒ(個人的)記憶力, sing a song from *memory* 憑記憶唱歌/have a short *memory* 記憶力差/refresh one's *memory* 恢復記憶/lose one's *memory* 喪失記憶/slip a person's *memory* 被某人遺忘/The exact date escapes my *memory*. 我不記得確切的日期/Kate has a good *memory* for figures. 凱特對數字有很好的記憶力/beyond the *memory* of men 人類有史以前的/That's not within my *memory*. 我不記得有那回事. 同 memory 主要是指「記憶」能力或回想能力; remembrance 主要是指記憶狀態或回想行為; → recollection.

搭配 have+*adj.*+memory: have an accurate ~ (擁有準確的記憶力), have a long ~ (記得很久), have a retentive ~ (記憶力好).

2 ⓒ(電腦的)記憶體; 記憶體容量.

【被記憶的事物】**3** ⓒ回憶; 留在記憶中的事物[人]. She lives on her happy *memories* of the past. 她活在過去的快樂回憶中/The palace is only a *memory* now. 那座宮殿現在只留在回憶裡.

搭配 *adj.*+memory: a fond ~ (快樂的回憶), a poignant ~ (痛苦的回憶), an unpleasant ~ (不愉快的回憶) // *v.*+memory: awaken a ~ (喚起回憶), cherish a ~ (珍藏回憶).

4 ⓤ死後的名聲; 對死者的追念. honor [praise] the *memory* of Professor Smith 緬懷史密斯教授.

commìt...to mémory 《文章》背誦.

* *in mémory of...* 紀念…; 追悼…. a hospital founded *in memory of* the great physician 為了紀念這位偉大醫師而興建的醫院.

to the bést of my mémory → best 的片語.

to the mémory of... 獻給…在天之靈; 紀念…. a monument dedicated *to the memory of* those who died in war 陣亡戰士暨平民紀念碑.

within living mémory 如今仍留在人的記憶中.

字源 MEM「記憶」: *mem*ory, *mem*orandum (備忘錄), re*mem*ber (記得), *mem*orize (背誦).

men [mɛn; men] *n.* man 的複數.

***men·ace** [ˋmɛnɪs, -əs; ˈmenəs] *n.* (*pl.* **-ac·es** [~ɪz; ~ɪz]) **1** ⓤⓒ威脅, 危險(人物); 脅迫. This kind of bomb is a serious *menace* to the whole human race. 這種炸彈嚴重威脅到全人類/speak with *menace* in one's voice 以威脅的語氣說話.

2 ⓒ(口)添麻煩的人[物]; 使人為難的人[物].

— *vt.* (**-ac·es** [~ɪz; ~ɪz]; **-d** [~t; ~t]; **-ac·ing**) 《文章》脅迫, 恐嚇; 加以威脅, 威脅. The country is constantly *menaced* by war. 那個國家不斷受到戰爭的威脅.

men·ac·ing·ly [ˋmɛnɪsɪŋlɪ; ˈmenəsɪŋli] *adv.* 脅迫地; 恐嚇地.

mé·nage [meˋnɑʒ, me-; meˈnɑːʒ] (法語) *n.* ⓒ (★用單數亦可作複數)家庭, 一戶.

me·nag·er·ie [məˋnædʒərɪ, -ˋnæʒ-; mɪˈnædʒəri] *n.* ⓒ **1** (集合)(馬戲團的)各種動物.

2 (巡迴)動物園.

Men·ci·us [ˋmɛnʃɪəs; ˈmenʃiəs] *n.* 孟子(372?-289? B.C.)《中國哲學家》.

‡mend [mɛnd; mend] *v.* (**~s** [~z; ~z]; **~ed** [~ɪd; ~ɪd]; **~ing**) *vt.* 【使正常】**1** 縫補〔襪子等〕; 修理, 修補, 〔弄壞的椅子等〕. *mend* a road 鋪整馬路/*mend* shoes 補鞋/I had my shirt *mended*. 我把襯衫拿去補了. 回 通常 mend 指能用手處理的簡易修理; → repair[1].

2 改善; 去除…的缺點; 糾正〔錯誤等〕, 改正〔行為等〕. Getting angry will not *mend* matters. 生氣是於事無補的/*Mend* your ways 〔manners〕. 改正你的行為舉止/Least said, soonest *mended*. 《諺》話少易正〔話說得愈少事情愈容易及早解決〕.

— *vi.* 〔病人等〕康復; 〔局勢等〕好轉; 〔傷口等〕癒合. The bone will *mend* in a month. 骨頭在一個月內會復原/It is never too late to *mend*. 《諺》亡羊補牢, 未為晚也〔改過永遠不會嫌晚〕.

— *n.* ⓒ修補過的地方; 補釘; ⓤ修理.

(*be*) *on the ménd* 〔病人〕康復中; 〔局勢〕好轉中.

men·da·cious [mɛnˋdeʃəs; menˈdeɪʃəs] *adj.* 《文章》虛偽的〔報導等〕; 撒謊的〔人等〕.

men·dac·i·ty [mɛnˋdæsətɪ; menˈdæsəti] *n.* (*pl.* **-ties**)《文章》ⓤ不正直, 虛偽; ⓒ謊言, 虛偽.

Men·del's laws [ˋmɛndlzˋlɔz; ˈmendlzˈlɔːz] *n.* 《作複數》《生物》孟德爾定律《奧地利遺傳學家 G. J. Mendel (1822-84)所提倡》.

Men·dels·sohn [ˋmɛndlsn, -ˌson; ˈmendlsn] *n.* Felix [ˋfiliks; ˈfiːliks] ~ 孟德爾頌(1809-47)《德國作曲家》.

mend·er [ˋmɛndɚ; ˈmendə(r)] *n.* ⓒ修補者, 修繕者.

men·di·cant [ˋmɛndɪkənt; ˈmendɪkənt] *adj.* 行乞的; 〔教士等〕托鉢的.

— *n.* ⓒ乞丐(beggar); 托鉢教士(亦稱 mèndicant fríar).

mend·ing [ˋmɛndɪŋ; ˈmendɪŋ] *n.* ⓤ修補物.

men·folk(s) [ˋmɛnˌfok(s); ˈmenfəuk(s)] *n.* 《作複數》**1** (口)(特指家庭中的)男人們.

2 男性親戚們.

me·ni·al [ˋminɪəl, -njəl; ˈmiːnjəl] *adj.* 《文章》〔工作等〕卑賤的, 微不足道的. Many *menial* duties are involved in housekeeping. 料理家務需要做許多瑣事.

— *n.* ⓒ《文章》傭人, 男僕, 女僕.

men·in·gi·tis [ˌmɛnɪnˋdʒaɪtɪs; ˌmenɪnˈdʒaɪtɪs] *n.* ⓤ《醫學》髓膜炎, 腦膜炎.

men·o·pause [ˋmɛnəˌpɔz; ˈmenəupɔːz] *n.* ⓤ(加的)停經(期), 更年期.

men·ses [ˋmɛnsiz; ˈmensiːz] *n.* 《單複數同形》《生理》(通常加 the)月經.

Men·she·vik [ˋmɛnʃəvɪk; ˈmenʃəvɪk] *n.* (*pl.* **~s, -vi·ki** [ˋmɛnʃəvɪkɪ; ˈmenʃəviːkiː]) ⓒ《俄國史》孟什維克《俄國社會民主黨中溫和派的少數黨員; 在

與 Bolsheviki 的鬥爭中失敗).

*__mén's rŏom__ n. ⓒ(美)(常加the)男廁((英、口))Gents).

__men·stru·al__ [ˋmɛnstruəl; ˈmenstruəl] adj. 月經的.

__men·stru·ate__ [ˋmɛnstru͵et; ˈmenstrueit] vi. 月經來潮.

__men·stru·a·tion__ [͵mɛnstruˋeʃən; ͵menstruˈeiʃn] n. ⓤ月經; ⓒ月經期.

__men·su·ra·tion__ [͵mɛnʃəˋreʃən, -səˋreʃən, -sju-; ͵mensjuˈreiʃn] n. ⓤ測定, 測量; (《數學》)測量法, 求積法.

__-ment__ suf.《加在動詞之後構成名詞》表示「動作, 結果, 狀態, 手段等」. movement. achievement. amazement. ornament.

‡__men·tal__ [ˋmɛnt!; ˈmentl] adj. 1 精神(mind)的, 心的; 智能的, 智力的;(⟷ physical). a person's mental state 某人的精神狀態/Her problems are mental rather than physical. 她的問題是在精神方面, 而不在身體上/mental power(s) 智力/a mental disease 精神病/a mental handicap 智能障礙.

2《限定》(未寫在紙上)在腦海中進行的; 心算的. mental arithmetic 心算/form a mental picture of the scene 在腦海中描繪情景.

3《限定》精神病的. a mental specialist 精神病專家[專科醫師].

__méntal áge__ n. ⓤ心智年齡.

__méntal defíciency__ n. ⓤ智能不足.

__méntal hóspital [hóme]__ n. ⓒ精神病院.

__men·tal·i·ty__ [mɛnˋtælətɪ; menˈtæləti] n. (pl. -ties) 1 ⓤ智力, 智能; 精神作用. a man of average [low] mentality 智力普通[低]的人.

2 ⓒ心理傾向; 精神狀態. have a childish mentality 想法幼稚.

__men·tal·ly__ [ˋmɛnt!ɪ; ˈmentəli] adv. 精神上, 智力上; 在心中地. be mentally handicapped 智障.

__men·thol__ [ˋmɛnθol, -θɑl, -θɔl; ˈmenθɒl] n. ⓤ(《化學》)薄荷醇, 薄荷腦.

__men·tho·lat·ed__ [ˋmɛnθə͵letɪd; ˈmenθəleitid] adj.《香菸, 軟膏等》含薄荷醇的.

‡__men·tion__ [ˋmɛnʃən; ˈmenʃn] vt. (~s [~z; ~z]; ~ed [~d; ~d]; ~ing)

1 說[寫]…之事, 言及, 提及, (順便)說到; 句型3 (mention that 子句/doing) 說…/說做…. an accident too terrible to mention 可怕得不忍提及的事故/as mentioned above 如上所述/Tom didn't mention the price to me; only that he's willing to sell. 湯姆沒跟我提到價錢, 只說他願意出售/She mentioned having visited France. 她曾說她去過法國./【注意】mention 是僅提及名稱, 而非「深入討論」, 後者之意要用 discuss 等.

2 舉出[名字等]. mention useful books 列舉出有用的書籍/Don't mention me [my name]. 別提出我[的名字].

* __Dòn't méntion it.__ (別提及那事>)別客氣(對道謝, 致歉等的回答; 較You're welcome. 更有禮貌).

__nòt to méntion…=without méntioning…__ 更不用說…; 遑論…. He can play the violin, not to mention the guitar. 他會拉小提琴, 更不用說會彈吉他了.

— n. (pl. ~s [~z; ~z]) 1 ⓤ提及[言及]. at the mention of education 提到教育/The fact deserves special mention. 事實特別值得一提.

2 ⓒ(通常用單數)言及, 記載; 短評. There is no mention of the accident in the paper. 報上沒有提及那件事故.

3 ⓒ(通常用單數)(因榮譽之故而)提名; 評價; 表彰. receive an honorable mention 獲選為佳作.

__màke méntion of…__ 提出…之名, 提及….

__men·tor__ [ˋmɛntɚ; ˈmentɔː(r)] n. ⓒ(《文章》)優秀的指導者[忠告者], 良師.

*‡__men·u__ [ˋmɛnju, ˋmenju, ˋmɛnu, ˋmenju; ˈmenjuː] n. (pl. ~s [~z; ~z]) ⓒ 1 (宴會上或餐館中的)菜單.

2 (菜單上的)菜餚. The inn's menu was plain but good. 那家館子雖然沒甚麼大菜, 但很可口.

3 (電腦)(具有數個選項的)功能表.

__me·ow__ [mɪˋau, mjau; mɪˈau] n., v. =miaow.

__Meph·is·toph·e·les__ [͵mɛfəˋstɑfə͵liz; ͵mefiˈstɒfiliːz] n. 1 梅菲斯特(誘惑 Faust 出賣靈魂的惡魔); ⓒ惡魔般的人.

__mer·can·tile__ [ˋmɝkəntɪl, -͵taɪl; ˈmɜːkəntail] adj. 商人的, 商業的, 買賣的.

__mèrcantile maríne__ n. =merchant marine.

__mer·can·til·ism__ [ˋmɝkən͵taɪlɪzm, -͵tɪlɪzm; ˈmɜːkəntilizm] n. ⓤ重商主義(17, 18 世紀法國、英國採用的經濟政策; 抑制進口, 獎勵出口).

__Mer·cá·tor('s) projéction__ [mɝˋketɚ(z)-; mɜːˈkeitə(z)-] ⓒ麥卡托投影法(《一種全世界地圖的繪圖法).

__mer·ce·nar·y__ [ˋmɝsn͵ɛrɪ; ˈmɜːsinəri] adj. 只圖金錢的, 指望報酬的; 受雇用的[士兵].
— n. (pl. -nar·ies) ⓒ(外國軍隊的)傭兵.

*__mer·chan·dise__ [ˋmɝtʃən͵daɪz, -͵daɪs; ˈmɜːtʃəndaiz] n. ⓤ(集合)商品. The store's merchandise was badly damaged in the fire. 店裡的商品因火災而損失慘重.
— vt. 經營, 買賣; (用廣告等)促銷; 宣傳[新歌手等].

‡__mer·chant__ [ˋmɝtʃənt; ˈmɜːtʃənt] n. (pl. ~s [~s; ~s]) ⓒ 1 商人; (特指)貿易商. a timber merchant 木材商/a merchant of death 販賣死亡的商人(軍火製造商).

2 (美)零售商, 店主; (英)批發商; (★(英)此字前若加上特定物品名稱則亦被視為零售商之意). a metal merchant 五金商.

3 (形容詞性)商人的; 貿易的, 買賣的. a merchant prince 富商/a merchant ship 商船.

__mer·chant·man__ [ˋmɝtʃəntmən; ˈmɜːtʃəntmən] n. (pl. -men [-mən; -mən]) ⓒ商船.

M

mèrchant maríne *n.* 《美》(加 the)(一國的)全部商船;(一國的)全體商船船員.

mèrchant návy *n.* 《英》= merchant marine.

Mèrchant of Vénice *n.* (加 the)《威尼斯人》(Shakespeare 所寫的喜劇).

mer·cies [ˈmɝsɪz; ˈmɜːsɪz] *n.* mercy 的複數.

‡**mer·ci·ful** [ˈmɝsɪfəl; ˈmɜːsɪfʊl] *adj.* 仁慈的, 心善的;〔死亡等〕受上帝恩惠的, 幸運的. Be *merciful* to others. 要寬以待人. ⇨ *n.* mercy.

mer·ci·ful·ly [ˈmɝsɪfəlɪ; ˈmɜːsɪfʊlɪ] *adv.* 仁慈地; 值得慶幸地, 幸運地. *Mercifully*, a passer-by pulled the little boy from the river. 很幸運地, 一位路人把落水的男孩拉了上來.

‡**mer·ci·less** [ˈmɝsɪlɪs; ˈmɜːsɪlɪs] *adj.* 無同情心的, 無情的; 殘酷的; 《to, toward》. The conquerors were *merciless* toward their captives. 征服者殘酷地對待俘虜/His criticism of the book was *merciless*. 他對該書的批評毫不留情.

mer·ci·less·ly [ˈmɝsɪlɪslɪ; ˈmɜːsɪlɪslɪ] *adv.* 無情地; 毫不留情地.

mer·cu·ri·al [mɝˈkjʊrɪəl, ˈkɪʊ-; mɜːˈkjʊərɪəl] *adj.* **1** 水銀的; 含水銀的. *mercurial* ointment 水銀軟膏. **2** 《文章》(如 Mercury 般)敏捷的; 快活的; 善辯的; 精明的. **3** 《文章》〔天性等〕善變的, 見異思遷的.

‡**mer·cu·ry** [ˈmɝkjərɪ, ˈmɝkərɪ, -krɪ; ˈmɜːkjʊrɪ] *n.* **1** 回(化學)汞(金屬元素; 符號 Hg; 亦稱 quicksilver). **2** 回(加 the)(溫度計, 氣壓計的)水銀柱. The *mercury* stands at 70°(= seventy degrees). 水銀柱指到 70 度/The *mercury* is rising. 水銀柱正在上升(氣溫上升;(若指氣壓計)表示天氣好轉). **3** 《羅馬神話》(Mercury) 摩丘力《神話中天神的信差、爲商人、辯論家、盜賊等的守護神; 相當於希臘神話中的 Hermes》. **4** 《天文》(Mercury) 水星.

mércury póisoning *n.* 回汞中毒.

‡**mer·cy** [ˈmɝsɪ; ˈmɜːsɪ] *n.* (*pl.* -cies) **1** 回仁慈, 同情心; 寬容, 寬大; 回回慈悲性格. without *mercy* 毫不留情地/I throw myself on your *mercy*. 我倚賴著你的同情/God's *mercies* know no limits. 上帝的仁慈是無限的.

[搭配] *adj.*+mercy: divine ~ (神的慈悲), infinite ~ (無限的慈悲) // *v.*+mercy: beg for ~ (懇求寬恕), have ~ (有慈悲心), show ~ (表現慈悲).

2 回仁慈的行爲. do small *mercies* for one's neighbors 施小惠給鄰居.

3 回(通常用單數)值得慶幸的事, 幸運 It's a *mercy* that we survived at all. 我們得以倖存眞是一件值得慶幸的事. ⇨ *adj.* merciful.

* **at the mércy of...** 任憑⋯擺布. The ship was *at the mercy of* the waves. 船任由風浪擺布.
for mércy's sàke 請發發慈悲, 行行好. For *mercy's sake*, turn down that radio! 拜託行行好, 把收音機的音量調小一點!
Mércy (on [upon] us)! 哎呀! 我的天哪!《驚訝, 恐懼等的感歎詞》

mércy kílling *n.* 回安樂死(euthanasia).

‡**mere** [mɪr; mɪə(r)] *adj.* (最高級 **mer·est**)《限定》不過, 僅僅; 最多(只不過⋯). a *mere* child 只是個小孩/a *mere* ten minutes 只有十分鐘/Mr. Smith is no *mere* professor. 史密斯先生不僅是個教授而已/The *mere* fact that he is an American pleased my boss. 光是他是個美國人這點就讓老闆非常高興了/It's *mere* [the *merest*] nonsense. 一派胡言, 胡說八道(注意)此句通常不用 mere 的比較級, 而常用強調輕蔑之意的最高級).

‡**mere·ly** [ˈmɪrlɪ; ˈmɪəlɪ] *adv.* 僅僅, 只, 不過是⋯, (★比 only 更爲正式). I *merely* wanted to please my mother. 我只是想讓母親高興而已/The girl is not *merely* pretty but (also) clever. 那女孩不光是漂亮, 還很聰明(→ not merely A but (also) B (not of 片語)).

mer·est [ˈmɪrɪst; ˈmɪərɪst] *adj.* mere 的最高級.

mer·e·tri·cious [ˌmɛrəˈtrɪʃəs; ˌmɛrɪˈtrɪʃəs] *adj.* 《文章》華而不實的, 虛有其表的.

merge [mɝdʒ; mɜːdʒ] *vi.* **1** 〔公司等〕合併《with》; 合併成⋯《into》. The two firms *merged into* a single enterprise. 兩家公司合併成單一企業. **2** 溶入; 合併在⋯之中;《into》;〔水流, 道路等〕匯合. The sky seems to *merge into* the sea. 海天一線.
— *vt.* 將〔公司〕等合併.

merg·er [ˈmɝdʒɚ; ˈmɜːdʒə(r)] *n.* 回回(企業等的)併購(由大公司併吞小公司).

me·rid·i·an [məˈrɪdɪən; məˈrɪdɪən] *n.* 回 **1** 子午線. **2** (加 the)正午. **3** (繁榮, 發達等的)頂點, 全盛期. the *meridian* of life 盛年, 壯年/the *meridian* of the writer's literary career 那位作家文學生涯的頂峰.
— *adj.* 子午線的; 正午的; 頂點的, 全盛期的.

me·ringue [məˈræŋ; məˈræŋ] 《法語》 *n.* 回蛋白酥皮《在攪拌起泡的蛋白裡加入砂糖後烤製而成》; 回蛋白甜餅.

me·ri·no [məˈrino; məˈriːnəʊ] *n.* (*pl.* ~s) 回 **1** 美麗諾羊(亦作 merìno shéep; 原產於西班牙, 毛纖維長而細). **2** 回美麗諾羊毛; 美麗諾羊毛織品(常與棉混紡, 質料如喀什米爾絨般柔軟).

[merino 1]

‡**mer·it** [ˈmɛrɪt; ˈmerɪt] *n.* (*pl.* ~s [~s; ~s]) 【價值】 **1** 回價值; 優秀. a novel of great *merit* 一部非常優秀的小說.

2 [C]長處，優點，(↔ fault). Economy is one of the chief *merits* of this car. 省油是這輛車的主要優點之一.

3 【有價值的行為】[UC]功績，功勞. a man of *merit* 有功績[優秀]的人/His *merits* earned him rapid promotion. 他的功績使他快速晉升.

4 [C](通常 merits)眞正的價值；實力；功過；《法律》是非曲直(與周遭事情無關，而是事件本身的對錯). Your reward will be according to your own *merits*. 你的報酬將依你的實力而定/decide a case on its *merits* 根據是非曲直來決定一件事.

màke a mérit of... 以…居功自傲，誇耀.

mèrits and démerits (某人的)長處和短處；得失；功過. 注意爲使對比明確，在此片語中 demerits [di`mɛrɪts; di:'merits] 的發音變成 [`dimɛrɪts; di:merits].

— *vt.* (文章)値得〔讚賞，懲罰，信賴等〕；句型3 (merit do*ing*)値得做…. *merit* attention [reward] 値得注意[獎賞].

mer·i·toc·ra·cy [ˌmɛrə`tɑkrəsɪ; ˌmerɪ'tɔkrəsɪ] *n.* (*pl.* **-cies**) **1** [C]能力主義社會.
2 [U](單複數同形)(不靠財富，門第等的)實力派，有智識的精英.

mer·i·to·ri·ous [ˌmɛrə`torɪəs, -`tɔr-; ˌmerɪ'tɔːrɪəs] *adj.* 《文章》値得讚賞[獎賞]的；理當接受報酬的.

mérit sỳstem *n.* [C]《美》(用於公務員任命，晉升的)考績制度.

mer·maid [`mɝˌmed; 'mɜːmeɪd] *n.* [C]美人魚.

mer·man [`mɝˌmæn; 'mɜːmæn] *n.* (*pl.* **-men** [-ˌmɛn; -men]) [C] 雄性人魚.

[mermaid]

mer·ri·er [`mɛrɪɚ; 'merɪə(r)] *adj.* merry 的比較級.

mer·ri·est [`mɛrɪɪst; 'merɪɪst] *adj.* merry 的最高級.

***mer·ri·ly** [`mɛrəlɪ, -rɪlɪ; 'merəlɪ] *adv.* 歡樂地，快樂地；(未顧慮別人感受的)愉快地，心情好地. laugh [sing] *merrily* 愉快地笑[唱].

mer·ri·ment [`mɛrɪmənt; 'merɪmənt] *n.* [U] 笑鬧，嬉戲；快樂.

‡mer·ry [`mɛrɪ; 'merɪ] *adj.* (**-ri·er**; **-ri·est**) **1** 歡樂的，愉快的. a *merry* gathering 愉快的聚會/have a *merry* laugh 歡笑/A *merry* [*Merry*] Christmas (to you)! (祝你)聖誕快樂! 同merry 強調大聲笑鬧的愉快; → jolly.
2 〔笑話等〕使人笑的，令人愉快的.

màke mérry (又吃又喝地)尋歡作樂.

mer·ry-go-round [`mɛrɪgoˌraund, -go-; 'merɪgəʊˌraund] *n.* [C] **1** 旋轉木馬. **2** 接連發生的一連串事件. a *merry-go-round* of parties 一連串的宴會.

mer·ry·mak·er [`mɛrɪˌmekɚ; 'merɪˌmeɪkə(r)] *n.* 尋歡作樂的人.

mer·ry·mak·ing [`mɛrɪˌmekɪŋ;

───────────────────

mess 971

'merɪˌmeɪkɪŋ] *n.* [U]尋歡作樂，狂歡.

me·sa [`mesə; 'meɪsə] *n.* [C]《美》平頂山(周圍形成陡峭山崖的臺地地形，多見於墨西哥等乾燥地區).

[mesas]

mes·ca·line [`mɛskəlɪn; 'meskə,li:n] *n.* [U] 麥司卡林(由仙人掌製成的迷幻藥).

Mes·dames [me`dɑm; 'meɪdæm] (法語) *n.* Madame 的複數.

mes·dames [me`dɑm; 'meɪdæm] *n.* madam 的複數.

mes·de·moi·selles [ˌmedəmwɑ`zɛl; ˌmeɪdəmwɑː'zel] (法語) *n.* mademoiselle 的複數.

mesh [mɛʃ; meʃ] *n.* **1** [C]篩孔，網孔. a net of one-inch *meshes* 網孔一英寸見方大的網.
2 [UC]網織工藝；網狀的編織物；(通常 meshes)網；網織. a pair of *mesh* shoes 一雙網織鞋.
3 [C](常 meshes)錯綜複雜的網狀物；(法律等的)網；圈套，陷阱. a complex *mesh* of railways 複雜的鐵路網/be caught in the *meshes* of the law 陷入法網.

in mésh 〔齒輪〕相咬合.

— *vt.* 用網捕捉〔魚等〕.

— *vi.* 〔齒輪等〕互相咬合(*with*).

mes·mer·ic [mɛs`mɛrɪk, mɛz-; mez'merɪk] *adj.* =hypnotic.

mes·mer·ism [`mɛsməˌrɪzəm, `mɛz-; 'mezmərɪzəm] *n.* =hypnotism.

mes·mer·ize [`mɛsməˌraɪz, `mɛz-; 'mezməraɪz] *vt.* **1** =hypnotize 1.
2 迷惑；使目瞪口呆.

Mes·o·po·ta·mi·a [ˌmɛsəpə`temɪə; ˌmesəpə'teɪmjə] *n.* 美索不達米亞(平原)(Tigris 河和 Euphrates 河之間的區域(現在的伊拉克)，古代文明的發祥地之一).

‡mess [mɛs; mes] *n.*(*pl.* ~**es** [~ɪz; ~ɪz]) 【混亂狀態】 **1** [a U]雜亂，散亂. Have you ever seen so much *mess* and disorder? 你見過如此亂七八糟的情況嗎?/The room is in an awful *mess* right now. 房間現在雜亂不堪.
2 [C]《口》麻煩，困境. Tom is always getting into *messes*. 湯姆總是惹麻煩/I'm in a real *mess* and I need your help. 我真的有麻煩，而且需要你的幫助.
3 [U]散亂之物；垃圾，廢物堆；(家畜等的)排泄物. Ann cleared up the *mess* made by her dog. 安把她的狗的排泄物清理乾淨.
【混拌的食物】 **4** [C] (通常用單數)(特指一餐量的流質)食物；(餵養獵犬等的)混合食物.
5 [UC](軍隊等的)集體用餐. be at *mess* 集體用餐.

màke a méss of... 使〔計畫等〕泡湯；使〔工作等〕失敗.

màke a méss of it 《口》搞砸事情.

— *vt.* **1** 把〔房間等〕弄亂; 把…弄髒, 《*up*》. Don't go near my desk—I don't want you to *mess* my papers *up*! 不要靠近我的書桌, 我不想讓你把我的文件弄亂.

2 使〔計畫等〕泡湯(*up*). Losing all our cash and traveler's checks really *messed up* our vacation. 所有的現金和旅行支票都搞丟了, 我們的假期也全泡湯了.

mèss aróund [*about*] (1) 鬼混(*with*〔人, 物等〕). (2)瞎搞; 瞎說.

‡mes·sage [ˋmɛsɪdʒ; 'mesɪdʒ] *n.* (*pl.* **-sag·es** [~ɪz; ~ɪz]) C 〖傳達〗**1** 傳話, 口信; 書信; (透過電話, 收音機等的)通訊, 報導; 差使, 跑腿. a congratulatory *message* 賀辭[賀電]/There's a *message* for you from Al. 阿爾留言給你/The doctor isn't in today; may I take a *message*? 醫生今天不在, 你要留話嗎?/The *message* told me to come at once. 留言要我立刻趕來/send a person on a *message* 差遣某人去辦事/leave a *message* for him with his secretary 請秘書留話給他.

> 〖搭配〗*adj.*+message: an important ~ (重要的訊息), an urgent ~ (緊急的消息) // *v.*+message: deliver a ~ (傳送消息), receive a ~ (收到消息), send a ~ (發出訊息).

2 正式的聲明; (總統等的)咨文. issue a *message* of protest 發表抗議聲明/deliver a *message* of welcome 致歡迎詞/the State of the Union *Message* (美國總統的)國情咨文.

3 (加the)〔書等的〕要旨; 目的; 教訓. The *message* of this movie is that crime doesn't pay. 這部電影所要傳達的要旨是犯罪無益.

4 (加the)神示, (宗教家的)預言.

gèt the méssage 《口》領會眞意, 明白意思.

‡mes·sen·ger [ˋmɛsn̩dʒɚ; 'mesɪndʒə(r)] *n.* (*pl.* ~s [~z; ~z]) C 受差遣的人; 使者; 郵差; (公司等的)跑腿. send a letter by (a) *messenger* 派人送信/a *messenger* boy 跑腿的小弟.

Mes·si·ah [məˋsaɪə; mɪˋsaɪə] *n.* (加the) (猶太人的)救世主, 彌賽亞; (基督徒的)救世主(Savior), 耶穌基督.

Mes·sieurs [ˋmɛsɚz; meɪˋsjɜː] (法語) *n.* Monsieur 的複數.

mess·mate [ˋmɛsˏmet; 'mesmeɪt] *n.* C (特指在軍艦, 船舶上的)同餐伙伴.

Messrs., 《主英》**Messrs** [ˋmɛsɚz; 'mesəz] (略) Messieurs 《爲 Mr. 的複數, 加於兩人以上的男子姓名之前(→ Mr.); 用於公司名稱前, 或收件人姓名等). *Messrs.* Jones & Co. 瓊斯公司台啟.

mess·y [ˋmɛsɪ; 'mesɪ] *adj.* **1** 〔場所等〕零亂的; 髒的. **2** 〔工作等〕弄髒身體的, 骯髒的.

mes·ti·zo [mɛsˋtizo; me'stiːzəʊ] *n.* (*pl.* ~(e)s) C (特指西班牙人與美洲大陸原住民的)混血兒.

met [mɛt; met] *v.* meet 的過去式、過去分詞.

met·a·bol·ic [ˏmɛtəˋbɑlɪk; ˏmetə'bɒlɪk] *adj.* 《生物》(新陳)代謝的.

me·tab·o·lism [məˋtæbl̩ˏɪzəm, mɛ-; me'tæbəlɪzm] *n.* U 《生物》(新陳)代謝.

‡met·al [ˋmɛtl̩; 'metl] *n.* (*pl.* ~s [~z; ~z]) **1** U C 金屬; 金屬元素. a toy made of *metal* 金屬玩具/a light [heavy] *metal* 輕[重]金屬/a precious [base] *metal* 貴[賤]金屬.

2 《英》〔道路, 鐵路用的〕碎石, 鋪路碎石; (鐵路的)軌道. The train left the *metals*. 火車出軌了.

— *vt.* (~s [~z; ~z]; 《美》~ed, 《英》~led [~d]; 《美》~ing, 《英》~ling) **1** 用金屬覆蓋….

2 《英》在〔路面〕鋪上碎石.

métal detéctor *n.* C 金屬探測器.

métal fatígue *n.* U 金屬疲勞.

‡me·tal·lic [məˋtælɪk; mɪ'tælɪk] *adj.* 金屬(製)的; 似金屬的; 含金屬的; 〔聲音, 光澤等〕似金屬的, 金屬般的.

met·al·lur·gi·cal [ˏmɛtl̩ˋɝdʒɪkl̩; ˏmetə'lɜːdʒɪkl] *adj.* 冶金學的; 冶金(術)的.

met·al·lur·gy [ˋmɛtl̩ˏɝdʒɪ, mɛˋtælədʒɪ; me'tælədʒɪ] *n.* U 冶金學; 冶金(術).

met·al·work [ˋmɛtl̩ˏwɝk; 'metlwɜːk] *n.* U 金屬工藝; 金屬製品; 金屬加工.

met·al·work·er [ˋmɛtl̩ˏwɝkɚ; 'metlˏwɜːkə(r)] *n.* C 金屬工匠.

met·a·mor·phose [ˏmɛtəˋmɔrfoz, -fos; ˏmetə'mɔːfəʊz] *vt.* 使變形[變質, 變態]《*into*》.

met·a·mor·pho·ses [ˏmɛtəˋmɔrfəˏsiz; ˏmetə'mɔːfəsiːz] *n.* metamorphosis 的複數.

met·a·mor·pho·sis [ˏmɛtəˋmɔrfəsɪs; ˏmetə'mɔːfəsɪs] *n.* (*pl.* **-ses**) U C **1** 《生物》變態, 蛻變, (從蛹變成蛾的急遽變化過程).

2 (靠魔法等的)變形, 變身; 變質.

egg　larva　pupa (chrysalis)　adult
[metamorphosis 1]

met·a·phor [ˋmɛtəfɚ; 'metəfə(r)] *n.* U C 《修辭學》暗喻, 隱喻, (相對於用 as, like 等 simile (明喻)而言; 例如 a will *like* iron (鋼鐵般的意志)爲明喻, 而 a will of iron (鋼鐵意志)則爲隱喻).

met·a·phor·i·cal [ˏmɛtəˋfɔrɪkl̩, -ˋfar-; ˏmetə'fɒrɪkl] *adj.* 隱喻的; 使用隱喻的; 比喻的.

met·a·phor·i·cal·ly [ˏmɛtəˋfɔrɪklɪ, -ˋfar-, -ɪklɪ; ˏmetə'fɒrɪkəlɪ] *adv.* 使用隱喻地; 比喻地.

met·a·phys·i·cal [ˏmɛtəˋfɪzɪkl̩; ˏmetə'fɪzɪkl] *adj.* **1** 形而上學的. **2** 純理論的; 極抽象的; 難懂的; 空談的.

met·a·phys·i·cal·ly [ˏmɛtəˋfɪzɪklɪ, -ɪklɪ; ˏmetə'fɪzɪkəlɪ] *adv.* 形而上學地; 純理論地.

met·a·phy·si·cian [ˏmɛtəfəˋzɪʃn̩; ˏmetəfɪ'zɪʃn] *n.* C 形而上學者.

met·a·phys·ics [ˏmɛtəˋfɪzɪks; ˏmetə'fɪzɪks]

n. 《作單數》 **1** 形而上學. **2** (難懂的)抽象理論.

me·te·or [ˈmitɪɚ; ˈmiːtɪɔː(r)] *n.* © **1** 流星(falling [shooting] star). **2** 隕石.

me·te·or·ic [ˌmitɪˈɔrɪk, -ˈar-; ˌmiːtɪˈɒrɪk] *adj.* **1** 流星的.
2 〔經歷等〕曇花一現的; 急速的. a *meteoric* rise to power 迅速掌握大權.
3 大氣的, 氣象上的.

me·te·or·ite [ˈmitɪɚˌaɪt; ˈmiːtjəraɪt] *n.* © 隕石.

me·te·or·o·log·i·cal [ˌmitɪɚrəˈladʒɪk], -ˌɔrə-, -ˌarə-; ˌmiːtjərəˈlɒdʒɪkl] *adj.* 氣象的; 氣象學上的. a *meteorological* observatory 氣象臺.

Meteorológical Óffice *n.* 《英》(加 the)氣象局((美)Weather Bureau).

me·te·or·ol·o·gist [ˌmitɪɚˈralədʒɪst; ˌmiːtjəˈrɒlədʒɪst] *n.* © 氣象學家.

me·te·or·ol·o·gy [ˌmitɪɚˈralədʒɪ; ˌmiːtjəˈrɒlədʒɪ] *n.* ⓤ 氣象學.

***me·ter**¹ 《美》, **me·tre**¹ 《英》 [ˈmitɚ; ˈmiːtə(r)]
n. (*pl.* ~s [~z; ~z]) © 公尺(長度單位; 略作 m).

***me·ter**² 《美》, **me·tre**² 《英》 [ˈmitɚ; ˈmiːtə(r)] *n.* (*pl.* ~s [~z; ~z]) ⓤ© **1** (詩的)韻律, 音步, 《在英詩中由韻腳(foot)之結構和音節數所決定; 而韻腳又是根據輕重音節的規則配合而組成的; → iamb, pentameter). **2** 《音樂》拍子.

me·ter³ [ˈmitɚ; ˈmiːtə(r)] *n.* © (瓦斯, 電等的)測量儀表, 計量器; =parking meter. a water *meter* 水錶.

-meter 《構成複合字》《構成名詞》 **1** 「…計量器」之意. baro*meter*. speedo*meter*.
2 「…公尺」之意. centi*meter*. kilo*meter*.

meth·ane [ˈmɛθen; ˈmiːθeɪn] *n.* ⓤ 《化學》甲烷.

***meth·od** [ˈmɛθəd; ˈmeθəd] *n.* (*pl.* ~s [~z; ~z]) **1** © (有系統的)方法, 方式; (做…的)方法(*of doing*); 教學法. Modern *methods* have improved industry. 現代化的方式改良了工業/adopt a new *method of teaching* English 採用新式英語教學法. ⓘ *method* 係指有秩序與邏輯的方法; → way¹ 8.

┌─────
│ 《搭配》 *adj.*+method: an original ~ (獨創的方法), a sound ~ (可靠的方法), an up-to-date ~ (最新的方法) / *v.*+method: devise a ~ (想出方法), introduce a ~ (傳入方法).
└─────

2 ⓤ (思想, 行為的)順序, 秩序; 有條不紊. a man of *method* (思想或行動有條理的人/He reads with [without] *method*. 他有系統[無計畫]地讀書.

me·thod·i·cal [məˈθadɪk]; mɪˈθɒdɪkl] *adj.* **1** 有秩序的, 有組織的, 有系統的. Holmes made a *methodical* search of the room. 福爾摩斯有系統地搜查房間.
2 (工作等)井然有序的; 有條不紊的.

me·thod·i·cal·ly [məˈθadɪk]ɪ, -ɪklɪ; mɪˈθɒdɪkəlɪ] *adv.* 整齊地; 有系統地; 井然有序地.

Meth·od·ism [ˈmɛθədˌɪzəm; ˈmeθədɪzəm] *n.* ⓤ 衛理公會(18 世紀在英國由 Wesley 所創立的基督

教新教派之一; → Wesleyan); 衛理公會的教義.

Meth·od·ist [ˈmɛθədɪst; ˈmeθədɪst] *n.* © 衛理公會教友.
— *adj.* 衛理公會(教友)的.

meth·od·ol·o·gy [ˌmɛθədˈaladʒɪ; ˌmeθəˈdɒlədʒɪ] *n.* (*pl.* **-gies**) ⓤ© 方法論. 注意 通常多用於 method(方法)之意.

Me·thu·se·lah [məˈθjuzlə, -ˈθɪuz-, -zlə; mɪˈθjuːzələ] *n.* **1** 《聖經》瑪士撒拉(傳說活到 969 歲), **2** © 長壽的人; 非常守舊的人.

meth·yl alcohol [ˈmɛθəlˈælkəˌhɔl, -ɪl-; ˌmeθɪlˈælkəhɒl, ˌmiːθaɪl-] *n.* ⓤ 《化學》甲醇.

me·tic·u·lous [məˈtɪkjələs; mɪˈtɪkjʊləs] *adj.* 仔細的, 縝密的; 過分注意細節的. *meticulous* care 謹慎注意.

me·tic·u·lous·ly [məˈtɪkjələslɪ; mɪˈtɪkjʊləslɪ] *adv.* 非常仔細地.

mé·tier [meˈtje; ˈmeɪtɪeɪ] (法語) *n.* © 職業; 專長.

me·tre [ˈmitɚ; ˈmiːtə(r)] *n.* 《英》=meter¹,².

met·ric [ˈmɛtrɪk; ˈmetrɪk] *adj.* **1** 公尺(法)的; 公制的. go *metric* 採用公制的.
2 =metrical.

met·ri·cal [ˈmɛtrɪk]; ˈmetrɪkl] *adj.* **1** 韻律的; 詩韻的, 韻文的, **2** 測量的, 度量的.

met·ri·ca·tion [ˌmɛtrɪˈkeʃən; ˌmetrɪˈkeɪʃn] *n.* ⓤ 公制化; 採用公制.

métric sýstem *n.* ⓤ (加 the)公制.

métric tón *n.* © 公噸(一千公斤; → ton 參考).

Met·ro, met·ro [ˈmɛtro; ˈmetrəʊ] *n.* (*pl.* ~s) ⓤ© 《口》(通常加 the)(巴黎等的)地下鐵路.

met·ro·nome [ˈmɛtrəˌnom; ˈmetrənəʊm] *n.* © 《音樂》節拍器.

me·trop·o·lis [məˈtrapḷɪs, -plɪs; mɪˈtrɒpəlɪs] *n.* © **1** (國, 州等的)首要城市, 大都會; 首都; (→ city 同).
2 (產業, 文化等的)中心城市, 大都會.

***met·ro·pol·i·tan** [ˌmɛtrəˈpalətn̩; ˌmetrəˈpɒlɪtən] *adj.* 首都的; 首要城市的; 大都會的. the *metropolitan* police 首都警察(局)/the *metropolitan* area 首都[大都會]地區.
— *n.* © 首都[大都會]的居民; 都市人.

met·tle [ˈmɛtḷ; ˈmetl] *n.* ⓤ 《文章》 **1** 勇氣; 氣概; 性格. a man of *mettle* 有勇氣的人.
2 乘性.
on one's **méttle** 奮發. put [set] a person *on his* *mettle* 激勵某人.

met·tle·some [ˈmɛtḷsəm; ˈmetlsəm] *adj.* 《文章》精神振奮的; 血氣方剛的; 精神抖擻的(馬等).

mew [mju, mɪu, mju; mjuː] *n.* © 咪咪[喵喵]地叫(貓, 海鷗等的叫聲; → cat 參考).
— *vi.* (貓等)喵喵叫.

mews [mjuz, mɪuz; mjuːz] *n.* (*pl.* ~) 《英》©
1 (原築於住宅區後側廣場或馬路旁成列的)馬廄;

M

築有成排馬廄的廣場[馬路]. **2** 由馬廄改建的公寓[車庫]; (兩旁爲前述這種公寓的)巷道廣場.

[mews 1]

Mex·i·can [`mɛksɪkən; 'meksɪkən] *adj.* 墨西哥(人)的. —— *n.* ⓒ墨西哥人.

＊**Mex·i·co** [`mɛksɪko; 'meksɪkəʊ] *n.* 墨西哥(北與美國毗鄰; 首都 Mexico City).

mez·za·nine [`mɛzə͵nin, -͵nɪn; 'metsəni:n] *n.* ⓒ(建築) **1** 樓中樓(通常介於一樓與二樓之間). **2** (美)(戲院的)二樓包廂.

mez·zo [`mɛtso, `mɛzo, `mɛdzo; 'metsəʊ] *adv.* (音樂)適度地. *mezzo forte* [piano] 中強[弱]. —— *n.* (*pl.* ~s) ＝mezzo-soprano.

mez·zo-so·pra·no [`mɛtsosə`præno, ͵mɛzo-, ͵mɛdzo-, -`prano; ͵metsəʊsə'prɑ:nəʊ] *n.* (*pl.* ~s)(音樂) **1** Ⓤ女中音, 次高音, (介於 soprano 與 contralto 之間). **2** ⓒ女中音歌手.

mez·zo·tint [`mɛtsə͵tɪnt, `mɛzə-, `mɛdzə-; 'medzəʊtɪnt] *n.* Ⓤ鏤刻凹版法(一種以強調明暗而不連線條的銅版雕刻法); ⓒ鏤刻凹版畫.

Mg (符號) magnesium.

mg (略) milligram(s).

MHz (略) megahertz.

MI (略) Michigan.

mi [mi; mi:] *n.* Ⓤⓒ(音樂)E 音(大調[大音階]的第三音; → sol-fa).

mi. (略)(美) mile(s).

Mi·am·i [maɪ`æmə, -`æmɪ; maɪ'æmɪ] *n.* 邁阿密(美國 Florida 東南部臨海城市; 避寒勝地; 其東側的島嶼是 Miami Beach).

mi·aow, mi·aou [mɪ`aʊ, mjaʊ; mi:'aʊ] *n.* ⓒ喵喵(貓的叫聲; → cat 參考). —— *vi.* 喵喵叫.

mi·as·ma [maɪ`æzmə, mɪ-; mɪ'æzmə] *n.* ⓒ(主雅) **1** (沼澤等產生的)瘴氣. **2** 不良影響.

mi·ca [`maɪkə; 'maɪkə] *n.* Ⓤ(礦物)雲母.

mice [maɪs; maɪs] *n.* mouse 的複數.

Mich. (略) Michigan.

Mi·chael [`maɪkl; 'maɪkl] *n.* **1** 男子名. **2** (聖經) **Saint** [**St.**] ~ 米迦勒(大天使(archangels)之一; 將 Satan 趕出天堂).

Mich·ael·mas [`mɪklməs; 'mɪklməs] *n.* 米迦勒節(亦作 Míchaelmas dày)(Saint Michael 節爲 9 月 29 日; 英國四季結帳日(quarter days)之一).

Mi·chel·an·ge·lo [͵maɪkl`ændʒə͵lo, ͵mɪk]-; ͵maɪkəl'ændʒələʊ] *n.* 米開朗基羅(1475-1564)(義大利雕刻家、畫家、建築師).

Mich·i·gan [`mɪʃəgən; 'mɪʃɪgən] *n.* **1** 密西根州(美國中北部的州; 略作 MI, Mich.). **2** Lake ~ 密西根湖(北美五大湖之一; → Great Lakes 圖).

Mick, mick [mɪk; mɪk] *n.* ⓒ(俚)(輕蔑)愛爾蘭人(由於 Michael 是愛爾蘭極爲普遍的名字, 而 Mick 爲其暱稱).

Mich·ey, Mick·y [`mɪkɪ; 'mɪkɪ] *n.* Michael 的暱稱. 「中的主角」

Míckey Móuse *n.* 米老鼠(Disney 卡通影片

micro- (構成複合字)「小的, 微小的, 百萬分之一」之意(↔ macro-).

mi·crobe [`maɪkrob; 'maɪkrəʊb] *n.* ⓒ微生物; 細菌; 病菌.

mi·cro·bi·ol·o·gist [͵maɪkrobaɪ`alədʒɪst; ͵maɪkrəʊbaɪ'blədʒɪst] *n.* ⓒ微生物學家.

mi·cro·bi·ol·o·gy [͵maɪkrobaɪ`alədʒɪ; ͵maɪkrəʊbaɪ'blədʒɪ] *n.* Ⓤ微生物學.

mi·cro·bus [`maɪkro͵bʌs; 'maɪkrəʊbʌs] *n.* ⓒ(美)迷你巴士, 小型公車.

mi·cro·chip [`maɪkro͵tʃɪp; 'maɪkrəʊtʃɪp] *n.* ⓒ(電子)積體電路(印有集成電路的晶片).

mi·cro·com·put·er [͵maɪkrokəm`pjutɚ, ͵maɪkrəʊkəm'pju:tə(r)] *n.* ⓒ微電腦.

mi·cro·cop·y [`maɪkro͵kapɪ; 'maɪkrəʊ͵kɒpɪ] *n.* (*pl.* -**cop·ies**) ⓒ(用 microfilm 製作的)縮影拷貝[膠片].

mi·cro·cosm [`maɪkrə͵kazəm; 'maɪkrəʊkɒzəm] *n.* ⓒ **1** 微觀世界(↔ macrocosm). **2** (作爲宇宙縮影的)人類(社會); (泛指)縮影, (*of*).

mi·cro·fiche [`maɪkro͵fiʃ; 'maɪkrəʊfi:ʃ] *n.* (*pl.* ~s) Ⓤⓒ縮影膠片(薄片狀的縮影膠捲).

mi·cro·film [`maɪkrə͵fɪlm; 'maɪkrəʊfɪlm] *n.* Ⓤⓒ縮影膠片(縮影複製文獻用的膠捲). —— *vt.* 把⋯拍攝在縮影膠捲上.

mi·crom·e·ter [maɪ`kramətɚ; maɪ'krɒmɪtə(r)] *n.* ⓒ(安裝在顯微鏡, 望遠鏡等上的)測微計.

mi·cron [`maɪkran; 'maɪkrɒn] *n.* ⓒ微米(一公尺的百萬分之一; 符號爲 μ).

Mi·cro·ne·sia [͵maɪkrə`niʒə, -ʃə; ͵maɪkrə'ni:ʒə] *n.* 密克羅尼西亞(散布在菲律賓諸島東方的 Mariana, Caroline, Marshall 群島等之總稱; 獨立國家; 首都 Palikir; → Oceania 圖).

mi·cro·or·gan·ism [͵maɪkro`ɔrgən͵ɪzəm, ͵maɪkrəʊ'ɔ:gənɪzm] *n.* ⓒ微生物.

‡**mi·cro·phone** [`maɪkrə͵fon; 'maɪkrəfəʊn] *n.* (*pl.* ~s [~z; ~z]) ⓒ擴音器, 麥克風, 傳聲器, (★(口)爲 mike). use a *microphone* 使用麥克風/speak into a *microphone* 透過麥克風講話.

字源 PHONE「聲音」: micro*phone*, mega*phone* (擴音器), tele*phone*(電話), sym*phony*(交響曲).

‡mi·cro·scope [ˋmaɪkrə,skop; ˈmaɪkrəskəʊp] *n.* (*pl.* ~s [~s; ~s]) C 顯微鏡. Bacteria can be seen through a *microscope*. 可用顯微鏡觀察到細菌/put a person under the *microscope* 《比喻性用法》仔細地觀察某人.

字源 SCOPE「觀察用儀器」: micro*scope*, tele*scope*(望遠鏡), peri*scope*(潛望鏡).

mi·cro·scop·ic [,maɪkrəˋskɑpɪk; ˌmaɪkrəˈskɒpɪk] *adj.* **1** (使用)顯微鏡的; 用顯微鏡方可見的; 微小的. **2** 像透過顯微鏡似的; 微觀的, (⬌ macroscopic). go into *microscopic* detail 精細入微.

mi·cro·scop·i·cal·ly [,maɪkrəˋskɑpɪk!ɪ, -ɪklɪ; ˌmaɪkrəˈskɒpɪkəlɪ] *adv.* (使用)顯微鏡地; 極細微地.

mi·cro·wave [ˋmaɪkrə,wev; ˈmaɪkrəweɪv] *n.* C **1** (電)微波《通常波長爲1 mm至30 cm》. **2** =microwave oven.

microwave óven *n.* C 微波爐.

‡mid¹ [mɪd; mɪd] *adj.* 《限定》中央的, 中部的, 中間的. The man is in his *mid* thirties. 那男子35歲左右/in *mid* May 在5月中旬.

mid², ʹmid [mɪd; mɪd] *prep.* 《詩》=amid.

mid- 《構成複合字》表「中央的, 中間的」等意. *mid*day. *mid*night. *mid*winter.

mid·air [ˋmɪdˋɛr; ˈmɪdˈeə(r)] *n.* U 半空中, 空中. float in *midair* 飄浮在半空中.

Mi·das [ˋmaɪdəs; ˈmaɪdæs] *n.* 《希臘神話》麥達斯《古代亞細亞地區的國王, 具有點石成金的能力》.

‡mid·day [ˋmɪd,de, -ˋde; ˈmɪddeɪ] *n.* U 正午, 中午; 《形容詞性》正午[中午]的. at *midday* 在正午/a *midday* meal 午餐.

mid·den [ˋmɪdn̩; ˈmɪdn] *n.* C (特指原始人類居住地的)糞堆; 垃圾堆.

‡mid·dle [ˋmɪdl̩; ˈmɪdl] *adj.* 《限定》**1** 中央的; 中間的. stand in the *middle* row 站在中間的一排/She is in her *middle* thirties. 她35歲左右/He is the *middle* child of the five. 他在五個孩子中排行老三.

2 中等的; 平均的; 普通的. a man of *middle* height 中等身高的男子/I have a dog of *middle* size. 我有一條中型的狗/take [follow] a *middle* course 採取中庸之道; 走中間那一條路.

3 (*Middle*)中世紀的; 中期的.

— *n.* (通常加the) **1** 中央(部分), 正中, 中間; 中途. His hair is parted in the *middle*. 他的頭髮中分/She will leave about the *middle* of this month. 她將於本月中旬離開. 同 middle 指平面、直線、時間等的中央部分, 不得用於如地球之類立體球形的中心部位; →center.

2 (口)(人體的)腰部. become fat around the *middle* 腰圍變粗, 肚子突出.

‡*in the míddle of…* (1)在…中間, 在…中央; 在…中旬[中期]. *in the middle of* the road 在道路中央. (2)正在…當中; 在…的一半. The phone

────────────
middy 975

rang *in the middle of* dinner. 吃飯吃到一半時電話鈴響了.

middle áge *n.* U 中年, 壯年, 《大約40-60歲》.

‡mid·dle-aged [ˋmɪdl̩ˋedʒd; ˈmɪdlˈeɪdʒd] *adj.* 中年的. *middle-aged* spread 中年發福.

Míddle Áges *n.* (加the)(西洋史上的)中世紀《約指西元500-1500年間; 狹義上(尤其在(英))指後半期, 前半期爲the Dark Ages》.

Míddle América *n.* 中美洲《Central America 加上墨西哥的區域; 有時也包括西印度群島》.

míddle cláss(es) *n.* (加the)中產階級(→ upper class, lower class).

mid·dle-class [ˋmɪdl̩ˋklæs; ˌmɪdlˈklɑːs] *adj.* 中產階級的.

míddle dístance *n.* (加the)(繪畫, 景色等的)中景(→ foreground, background).

míddle éar *n.* C (解剖)中耳.

Míddle Éast *n.* (加the)中東《包含從北非的 Libya 到西南亞的 Iran(或者 Afghanistan)之間的區域; → Far East, Near East》.

Míddle Énglish *n.* U 中古英語《西元1100 -1500年前後的英語; → Old English》.

míddle fínger *n.* C 中指(→ finger 圖).

mid·dle·man [ˋmɪdl̩,mæn; ˈmɪdlmæn] *n.* (*pl.* -men [-,mɛn; -men]) C **1** 經紀人, 掮客. **2** 居中調解者.

míddle náme *n.* C 中間的名字《例: John Stuart Mill的Stuart; →Christian name 參考》.

mid·dle-of-the-road [ˋmɪdl̩əvðəˋrod; ˌmɪdləvðəˈrəʊd] *adj.* 中庸的; 〔特指政治思想〕中間路線的, 溫和的.

míddle schóol *n.* C 初級中學《相當於小學高年級和中學一、二年級(十至十四歲); →school 表》.

mid·dle·weight [ˋmɪdl̩,wet; ˈmɪdlweɪt] *n.* C **1** 中量級選手《拳擊、摔角、舉重、健美等運動項目介於 light heavyweight 與 welterweight 之間的選手》. **2** 體重中等的人〔動物〕.

Míddle Wést *n.* (加the)美國中西部《指東起阿帕拉契山脈, 西達洛磯山脈, 南從俄亥俄州、密蘇里州、堪薩斯州南部, 北至五大湖間的地區; 亦作 the Midwest》.

Míddle Wéstern *adj.* 美國中西部地區的.

mid·dling [ˋmɪdlɪŋ; ˈmɪdlɪŋ] *adj.* (口) **1** (在尺寸, 程度, 品質等方面)普通的, 中等的; (特指)〔商品等〕普通的, 中級品的.

2 還過得去的; 身體狀況尚可的. I feel only *middling* today. 我今天心情馬馬虎虎.

— *n.* C (通常 middlings)次級品; (混有麥糠的)粗麵粉.

mid·dy [ˋmɪdɪ; ˈmɪdɪ] *n.* (*pl.* -dies) C **1** 《口》=midshipman. **2** (女性、兒童穿的)水手領上衣(亦作 míddy blóuse).

M

midge [mɪdʒ; mɪdʒ] *n.* © (蚋，蚊等)似蚊的有翅昆蟲的總稱.

midg·et [ˈmɪdʒɪt; ˈmɪdʒɪt] *n.* © **1** (馬戲團等的)矮人，侏儒，(童話中的)小矮人. **2** 超小型之物. **3** 《形容詞性》袖珍的，超小型的. a *midget* car 小型汽車.

mid·i [ˈmɪdɪ; ˈmɪdɪ] *n.* © 迷地裙，中長裙,《長及小腿的裙子，洋裝等》.

mid·land [ˈmɪdlənd; ˈmɪdlənd] *n.* © **1** (通常加the)(一國的)中部地區; 內陸.
2 (the Midlands) 英格蘭中部各地.
— *adj.* 《限定》中部的; 內陸的.

✻mid·night [ˈmɪdˌnaɪt; ˈmɪdnaɪt] *n.* **1** Ü 子夜，午夜十二點. **2** 《形容詞性》深更半夜的. the *midnight* hour 午夜時分.
bûrn the mídnight óil 用功[工作]至半夜，焚膏繼晷.

mídnight sún *n.* (加the)(南北極夏季在午夜時可見的)子夜太陽.

mid·riff [ˈmɪdrɪf; ˈmɪdrɪf] *n.* (*pl.* ~s) © **1** 橫膈膜.
2 《口》軀體的中央部位，腹部,《胸與腰之間》.

mid·ship·man [ˈmɪdˌʃɪpmən; ˈmɪdʃɪpmən] *n.* (*pl.* -men [-mən; -mən]) © (美)海軍官校學生;《英》海軍少尉候補軍官.

midst [mɪdst; mɪtst; mɪdst] *n.* Ü 《古，詩》中央(的部分，位置); (進展等的)當中(middle); 中心(center);《主要用於下列片語》.
in our [their, your] mídst 在我們[他們，你們]當中.
in the mídst of... 在…的中央; 陷於…之中; 正值…之中. How can you work *in the midst of* such confusion? 你怎能在如此混亂中工作呢?
— *prep.* (亦拼作「midst」)《古》= amidst.

mid·sum·mer [ˈmɪdˌsʌmɚ; ˌmɪdˈsʌmə(r)] *n.* Ü 仲夏; 夏至前後; 夏至;《形容詞性》仲夏的.

Mídsummer Dáy *n.* 施洗者聖約翰(John the Baptist)之日(6月24日; 在英國爲四季結賬日(quarter days)之一).

mid·term [ˈmɪdˈtɝm; ˈmɪdˈtɜːm] *n.* 《美》**1** Ü (學期或總統任期等的)期中. **2** © 《口》期中考.
— *adj.* 期中的. a *midterm* examination 期中考.

mídterm eléction *n.* ©《美》國會期中選舉(總統任期中的偶數年度舉行，眾議院議員全部改選，參議院議員則改選三分之一).

mid·town [ˈmɪdˈtaʊn; ˈmɪdtaʊn] 《美》 *n.* Ü 鄉鎮[市]中心區; 商業區的[下城](downtown)與上城(uptown)的中間地帶.
— *adj.* 鄉鎮[市]中心區的.

mid·way [ˈmɪdˈwe; ˈmɪdˈweɪ] *adj.* 中途的; 中間的. the *midway* point 中點.
— *adv.* 在中途; 在中間.

mid·week [ˈmɪdˈwik; ˈmɪdwiːk] *adj.* 星期三前後的.
— *n.* Ü 一星期的中間，星期三前後.

Mid·west [ˈmɪdˈwɛst; ˈmɪdwest] *n.* = Middle West.

mid·wife [ˈmɪdˌwaɪf; ˈmɪdwaɪf] *n.* (*pl.* -wives) © 助產士，接生婆.

mid·wife·ry [ˈmɪdˌwaɪfərɪ, -frɪ; ˈmɪdwɪfərɪ] *n.* Ü 助產術; 產科[助產]學.

mid·win·ter [ˈmɪdˈwɪntɚ; ˌmɪdˈwɪntə(r)] *n.* Ü 仲冬; 冬至前後; 冬至;《形容詞性》仲冬的.

mien [min; miːn] *n.* [*a* Ü]《主文章》風采; 態度; 舉止; 風度. an old woman of gentle *mien* 舉止優雅的老婦人.

miffed [mɪft; mɪft] *adj.* 《口》(微怒地)生氣的.

MIG, Mig [mɪg; mɪg] © 米格(俄製噴射戰鬥機).

✻might[1] [maɪt; maɪt] *aux. v.* (**may** 的過去式)

I 《直述語氣; 通常與主要動詞時態一致》**1** may 1 (許可)，3 (推測)，4 (讓步)的過去式. Father said I *might* go. 父親說我可以去/She asked the receptionist if she *might* borrow a pen. 她問服務臺人員是否可以借筆給她(★「May I borrow...?」的間接說法)/I warned him that he *might* be late. 我提醒他可能會遲到/He was prepared for anything that *might* happen. 他已做好可能會發生任何事情的準備/No one listened to him, whatever he *might* say. 不管他可能說些甚麼，都沒有人會聽.

2 may **2** (可能)的過去式(用於從屬子句). The girl worked (so) that she *might* earn her living. 那女孩爲了謀生而工作.

II 《假設語氣; 有時表示與事實相反，但許多情況下比使用 may 態度更謙遜，語氣更保守》

3 may **1** (許可)的過去式(用於條件子句). I should be much obliged if I *might* have a few words with you. 若是能和你說幾句話，那就太感謝了.

4 may **1** (許可)的過去式. You *might* go out if it were not raining so hard. 如果雨沒有下得那麼大的話，或許你可以外出/Might I see you for a few minutes, please? 我能見[拜訪]您幾分鐘嗎?

5 may **3** (推測)的過去式. (**a**)(用於結果子句; 表示結果與事實相反的假設) He *might* succeed if he did his best. 如果盡了全力他也許會成功(但事實上他並沒有盡全力)/He *might* have succeeded if he had done his best. 要是他早就盡全力的話，他可能已經成功了(但他始終沒有竭盡全力).
(**b**)(省略條件子句) Things *might* be worse. 情況或許會更糟糕(現在的情形勉強還過得去)/This book is not as well known as it *might* be. 這本書應可更廣爲人知(然而並未十分廣爲人知)/Something *might* have been done. 應已採取了甚麼辦法(但甚麼也沒做)(與 Something *may* have been done. 可能已經採取甚麼辦法了吧) 比較).
(**c**)(帶有責備之意) I think he *might* say 'thank you'. 我還以爲那個男的會說「謝謝」/You *might* shut the door properly. 你應把門關好才是/He *might* at least have answered my letter. 起碼他該回我信.

(d)似乎可以說是…的. She's married to a man that *might* be her father. 她嫁給一個(年齡)足以做她父親的男人/Coming back, he found the old town so little changed that he *might* have left it only the day before. 在他回來之後, 他發現小鎮彷彿像他昨天才離別似的, 沒有多大的改變.
(e)或許…(語意較為弱). I'm not very hopeful, but the plan *might* be worth trying. 我雖然沒抱甚麼希望, 但是這計畫也許值得一試/This *might* seem strange to you. 這對你而言或許很奇怪/It *might* have been early last year. 那或許是去年年初的事吧! 《用法》may 相同, 這個意思同樣不可用於疑問句, 必須改用 can, could 等: Can [Could] she be in her office now? (她現在會在公司嗎?)

6 《用於 *wh* 疑問句》(到底)…呢. How old *might* she be? 她會是幾歲呢?/And what *might* your name be? 那麼你到底叫甚麼名字呢?

7 《表示委婉的建議與請求》可以…嗎, 請. Perhaps you *might* try this new medicine. 也許你可以試試看這種新藥/You *might* drop me near the hospital. 請在醫院附近放我下車.

might as well dó as A → well¹ 的片語.
might well dó → well¹ 的片語.

***might²** [maɪt; maɪt] n. Ⓤ《文章》**1** 權力, 勢力; 威力; 兵力. Might is right. 《諺》強權即公理《<權力即正義>/We lost because of the superior *might* of the enemy. 我們敗在與敵軍兵力差距懸殊. **2** 意志力, 力氣. Work with all your *might*. 全力以赴去做吧! ⇨ *adj.* **mighty.**
with might and máin 盡全力地.

might·i·er [ˈmaɪtɪɚ; ˈmaɪtɪə(r)] *adj.* mighty 的比較級.

might·i·est [ˈmaɪtɪɪst; ˈmaɪtɪɪst] *adj.* mighty 的最高級.

might·i·ly [ˈmaɪtɪlɪ, -ɪlɪ; ˈmaɪtɪlɪ] *adv.* **1** 強而有力地, 蓬勃地. **2** 《口》極, 非常, (very much). be *mightily* surprised 大吃一驚.

***might·y** [ˈmaɪtɪ; ˈmaɪtɪ] *adj.* (**might·i·er**; **might·i·est**) **1** 強而有力的, 強大的. a *mighty* nation 強國/He felled his opponent with a *mighty* blow. 他強勁的一拳把對手擊倒了.

2 浩大的, 巨大的. cross the *mighty* ocean in a small boat 乘坐小船橫渡汪洋大海.

3 《口》了不起的, 偉大的; 非常大的. make *mighty* efforts 做很大的努力.

hígh and míghty 趾高氣昂的; 有權有勢的. He adopts a *high and mighty* attitude with his juniors. 他對後進[部屬]擺出不可一世的架子.
— *adv.* 《口》很, 非常, (very). I'm *mighty* tired. 我累壞了.

mi·graine [ˈmaɪgren, mɪˈgren; ˈmiːgreɪn] *n.* Ⓤ Ⓒ 偏頭痛.

mi·grant [ˈmaɪgrənt; ˈmaɪgrənt] *n.* Ⓒ 候鳥; 回游魚; 移居者; (尋求職業而遷移的)季節性勞工.
— *adj.* =migratory.

mi·grate [ˈmaɪgret; maɪˈgreɪt] *vi.* (~s [~s; ~s]; -grat·ed [~ɪd; ~ɪd]; -grat·ing [~ɪŋ; ~ɪŋ]) **1** 移居; (為

了避暑等而臨時)遷移. *migrate* from Chicago to Boston 從芝加哥移居到波士頓. 回指因取得市民權而能永久居住的「移居」則用 emigrate.
2 (鳥, 魚等)(季節性地)移棲.

mi·gra·tion [maɪˈgreʃən; maɪˈɡreɪʃn] *n.*
1 Ⓤ Ⓒ (暫時的)移居; 遷移; (鳥等)移棲.
2 Ⓒ 移居者[候鳥等]的群體.

mi·gra·to·ry [ˈmaɪgrəˌtorɪ, -ˌtɔrɪ; ˈmaɪgrətərɪ] *adj.* **1** 移居的; 移棲的(動物等)(↔ sedentary); 季節性移動的(工人等). a *migratory* bird 候鳥. **2** 流浪的.

mi·ka·do, Mi·ka·do [məˈkɑdo; mɪˈkɑːdəʊ] *n.* (*pl.* ~s) Ⓒ (日本)天皇.

Mike [maɪk; maɪk] *n.* Michael 的暱稱.

mike [maɪk; maɪk] *n.* 《口》=microphone.

Mi·lan [ˈmaɪlən; mɪˈlæn] *n.* 米蘭(義大利北部的城市).

milch [mɪltʃ; mɪltʃ] *adj.* 為取乳而飼養的(家畜). a *milch* cow 乳牛.

*✲**mild** [maɪld; maɪld] *adj.* (~**er**; ~**est**) **1** (人, 個性, 態度等)敦厚的, 溫和的, 和善的. a *mild* answer 溫和的答覆/Mona Lisa has a *mild* but mysterious smile. 蒙娜麗莎的微笑既溫柔又神祕/Jill is meek and *mild*. 吉兒溫順又不發牢騷(既不含意氣用事也不會抱怨). 回通常 gentle 的溫柔是指有意識地自發而來; mild 是天生的溫柔.

2 (規則, 刑罰等)寬大的, 輕微的; 不嚴的; (冬天的氣候)溫暖的; (藥)的作用和緩的. The discipline is rather *mild* at this school. 這所學校的校規頗為寬鬆/a *mild* fever 輕度發燒/take *mild* exercise 做輕鬆的運動/Great Britain has a *mild* climate considering its latitudes. 就緯度上看來英國的天氣算是溫和.

3 (食品等)可口的; 清淡的. *mild* beer [curry] 不太苦的啤酒[甜味的咖哩].
— *n.* Ⓤ 《英, 口》不太苦的啤酒.

mil·dew [ˈmɪlˌdju, -ˌdɪu, -ˌdu; ˈmɪldjuː] *n.* Ⓤ
1 (植物)黴病; 黴菌(一種菌類; → fungus).
2 (長在食物, 紙, 皮革等上的)霉.
— *vt.* 使發黴; 使生霉病.
— *vi.* 發霉; 生黴病.

mild·ly [ˈmaɪldlɪ; ˈmaɪldlɪ] *adv.* **1** 和善地; 溫柔地. **2** 稍微地, 輕微地, (slightly). I was *mildly* disappointed. 我有點失望.

mild·ness [ˈmaɪldnɪs; ˈmaɪldnɪs] *n.* Ⓤ 敦厚; 溫暖.

*✲**mile** [maɪl; maɪl] *n.* (*pl.* ~**s** [~z; ~z]) Ⓒ **1** 英里(約 1,609 公尺). The town is two *miles* away. 那個城鎮在兩英里外/a ten-*mile* drive 十英里的車程. 參考除了一般的英里外, 還有 nautical mile(海里).

2 《口》(a) (常 miles) (數英里的)長距離. miss the target by a *mile* 偏離目標很遠/I live *miles* away from the nearest station. 我住的地方離最近的車站還有一段距離. (b)《副詞性》(miles)更…; 遠遠

mile 977 M

地. Calculation is *miles* easier if you have a calculator. 要是有計算機, 計算起來就輕鬆多了.

mile·age [ˋmaɪlɪdʒ; ˈmailidʒ] *n.* **1** *a U* (特指汽車行駛的)里程數; (汽車的)油錢, an old car with a very small *mileage* 里程數少的中古車/ *mileage* per gallon (汽油)每加侖(所行駛)的里數[油錢]. **2** U(口)利用(價值), 利潤.

mile·om·e·ter, mil·om·e·ter [maɪˋlɑmɪtɚ; maiˈlɒmitə(r)] *n.* (英)=odometer.

mile·post [ˋmaɪl͵post; ˈmailpəʊst] *n.* C(主美)里程標((高速公路等上)以里程數標示出到某地的距離).

mil·er [ˋmaɪlɚ; ˈmailə(r)] *n.* C(口)一英里賽跑者(運動員); 一英里賽程的賽馬.

mile·stone [ˋmaɪl͵ston; ˈmailstəʊn] *n.* C
1 里程碑(石製的里程碑; →milepost).
2 (歷史, 人生中)劃時代的事件[時期].

mi·lieu [miˋljɜ; ˈmiːljɜː] *n.* C(通常用單數)(文章)周圍的狀況; (社會的)環境.

mil·i·tan·cy [ˋmɪlətənsɪ; ˈmilitənsi] *n.* U好戰(戰鬥)性; 交戰狀態.

mil·i·tant [ˋmɪlətənt; ˈmilitənt] *adj.* **1** (特指為達成主義等活動的目的而)鬥志高昂的; 好戰的.
2 交戰中的.
— *n.* C(政治活動等的)鬥士, 好戰者.

mil·i·ta·rism [ˋmɪlətə͵rɪzm; ˈmilitərizəm] *n.* U軍國主義.

mil·i·ta·rist [ˋmɪlətə͵rɪst; ˈmilitərist] *n.* C軍國主義者.

mil·i·ta·ris·tic [͵mɪlətəˋrɪstɪk; ͵militəˈristik] *adj.* 軍國主義(者)的.

mil·i·ta·rize [ˋmɪlətə͵raɪz; ˈmilitəraiz] *vt.* **1** 使武裝; 使軍事化. **2** 向…灌輸軍國主義.

✱mil·i·tar·y [ˋmɪlə͵tɛrɪ; ˈmilitri] *adj.* **1** 軍隊的; 軍人的; 軍事的; (↔civil). *military* training 軍事訓練/a man in *military* uniform 穿著軍服的男子/He is in *military* service. 他在服兵役.
2 陸軍的(→naval). a *military* hospital 陸軍醫院/a *military* academy 陸軍官校.
— *n.* (加the) **1** (一國的)軍隊, 軍方.
2 (作複數)軍人. The *military* were called in to put down the riot. 軍隊被徵召去鎮壓暴動.

military police *n.* (作複數)(加the)(常Military Police(隊))(略作MP).

mil·i·tate [ˋmɪlə͵tet; ˈmiliteit] *vi.* (文章)(事實, 證據等)產生不利影響(作用)(*against* 對…).

mi·li·tia [məˋlɪʃə; miˈliʃə] *n.* C(★用單數或可作複數)(通常加the)義勇軍, 民兵團.

mi·li·tia·man [məˋlɪʃəmən; miˈliʃəmən] *n.* (*pl.* **-men** [-mən; -mən]) C義勇軍, 民兵.

✱✱milk [mɪlk; milk] *n.* U **1** 乳; (飲食方面)(特指)牛奶. (as) white as *milk* 白如牛乳/drink a glass of *milk* 喝一杯牛奶/A baby craves for its mother's *milk*. 嬰兒想要吸吮母乳.

—

[參考]完全保留原來成分的「全脂乳」稱為 whole milk, 「脫脂乳」為 skim milk, 「煉乳」則為 condensed milk.
2 (植物的)乳液, 樹汁, ((橡膠樹的乳汁, 椰子汁等); (藥用等的)乳劑.

milk and honey 乳和蜜((富裕與繁榮的象徵)). a land flowing with *milk and honey* (聖經)盛產乳與蜜之地, (比喻)富饒之邦, ((Canaan)).

the milk of human kindness 惻隱之心.

— *v.* (~s [~s; ~s]; ~ed [~t; ~t]; ~ing) *vt.* **1** 擠〔牛, 羊等的〕奶; 榨取〔樹〕的乳汁. *milk* a cow 擠牛奶. **2** 榨取〔金錢等〕, 套出〔情報等〕, ((*from, out of* 從〔人〕; *of* 從〔人〕身上榨取, 套出, ((*out of* 〔金錢, 情報等〕)). He *milked* the widow (*out*) of her savings.=He *milked* the widow's savings *from* her. 他榨取那個寡婦的積蓄.
— *vi.* **1** 產乳. This cow *milks* well. 這頭母牛的產乳狀況很好. **2** 擠奶.

milk bar *n.* C賣牛奶, 冰淇淋, 三明治等的簡餐店.

milk chocolate *n.* U牛奶巧克力.

milk·er [ˋmɪlkɚ; ˈmilkə(r)] *n.* C **1** 擠奶的人; 擠乳器. **2** 產乳的家畜(牛, 羊等). This cow is my best *milker*. 這頭母牛是我這裡產乳最豐的.

milk·maid [ˋmɪlk͵med; ˈmilkmeid] *n.* C擠奶女工.

✱milk·man [ˋmɪlk͵mæn; ˈmilkmən] *n.* (*pl.* **-men** [-͵mɛn; -mən]) C送牛奶的人; 賣牛奶的人.

milk run *n.* C(口)慣走的道路(路線).

milk shake *n.* C奶昔(牛奶和冰淇淋混合後添加香料等調味的飲料).

milk·sop [ˋmɪlk͵sɑp; ˈmilksɒp] *n.* C懦弱的(男)人.

milk tooth *n.* C乳齒(→second tooth).

milk·white [ˋmɪlk͵hwaɪt; ˈmilkwait] *adj.* 乳白色的.

✱milk·y [ˋmɪlkɪ; ˈmilki] *adj.* (**milk·i·er**; **milk·i·est**) **1** 乳狀的; 乳白色的. a *milky* marble 乳白色的彈珠. **2** (液體等)白濁的. **3** (牛等)多乳的. **4** 加牛奶的(咖啡等).

Milky Way *n.* (加the)銀河(the Galaxy).

Mill [mɪl; mil] *n.* John Stuart ~ 米爾(1806-73) ((英國的經濟學家, 哲學家; 提倡功利主義)).

✱mill [mɪl; mil] *n.* (*pl.* ~s [~z; ~z]) C **1** 麵粉廠, 磨坊, (flour mill; →water mill, windmill). The peasants brought their wheat to the *mill* for grinding. 農民將小麥運至麵粉廠磨成粉.
2 磨粉機; 磨臼; 碾磨機(水果, 蔬菜的)榨汁機. a coffee *mill* 咖啡研磨機/The *mill* cannot grind with (the) water that is past. (諺)良機不可失(<流逝的水轉不動磨臼).
3 工廠, ((mill比factory更為口語). a textile *mill* 紡織廠/a cotton *mill* 棉紡廠.

go through the mill 吃苦; 受磨鍊.

put a person through the mill 讓某人吃苦; 磨鍊某人.

— *vt.* **1** 用磨臼將〔穀物等〕磨成粉; 磨出〔麵粉〕.

mill grain into flour 把穀子碾成粉. **2** 把(金屬)置於機器中切割[使成型], *mill* steel into bars 把鋼鐵壓製成長條. **3** 在(錢幣邊上)刻鋸齒紋. a *milled* coin 刻有齒邊的硬幣.

— *vi.* 〔群眾, 家畜〕成群地亂轉, 團團轉, 《*around*; *about*》. Thousands of people were *milling* around in the square. 好幾千人在廣場上繞來繞去.

mill·dam [ˋmɪlˏdæm; ˈmɪldæm] *n.* © (為推動水車所築的)水壩(攔河築成 millpond).

[milldam]

mil·len·ni·a [məˋlɛnɪə; mɪˈlenɪə] *n.* millennium 的複數.

mil·len·ni·um [məˋlɛnɪəm; mɪˈleniəm] *n.* (*pl.* ~s, **-ni·a**) © **1** 一千年. **2** (加 the)千禧年(基督將再來統治人間的一千年; 源自聖經). **3** (加 the)(特指遙遠未來的)黃金時代.

mil·le·pede [ˋmɪləˏpid; ˈmɪlɪpiːd] *n.* =millipede.

mill·er [ˋmɪlɚ; ˈmɪlə(r)] *n.* © 麵粉廠主人, 磨坊主人, (特指利用水車, 風車推動的磨坊). *miller* draws water to his own mill. 《諺》人不為己, 天誅地滅(<每一個磨坊主人都想把水引到自己的水車小屋裡去).

Mil·let [mɪˊle; mɪˈleɪ] *n.* Jean [ʒɑn; ʒɑːn] **Fran·çois** [frɑnˋswɑ; frɑːnˈswɑː] ~ 米勒(1814-75)(法國畫家).

mil·let [ˋmɪlɪt; ˈmɪlɪt] *n.* Ⓤ(植物)稷、小米、粟類; (集合)(作糧食用的)稷、小米、粟類的穀粒.

milli- (構成複合字)「千分之一」的意思.

mil·li·bar [ˋmɪlɪˏbar; ˈmɪlɪbɑː(r)] *n.* ©(物理)毫巴(氣壓單位; 千分之一巴; 略作 mb).

mil·li·gram, (主英) **mil·li·gramme** [ˋmɪləˏgræm; ˈmɪlɪgræm] *n.* © 毫克(千分之一公克; 略作 mg).

mil·li·li·ter (美), **mil·li·li·tre** (英) [ˋmɪləˏlitɚ; ˈmɪlɪˏliːtə(r)] *n.* © 毫升(千分之一公升; 略作 ml).

mil·li·me·ter (美), **mil·li·me·tre** (英) [ˋmɪləˏmitɚ; ˈmɪlɪˏmiːtə(r)] *n.* © 毫米(千分之一公尺; 略作 mm).

mil·li·ner [ˋmɪlənɚ; ˈmɪlɪnə(r)] *n.* © 女帽製造[銷售]業者.

mil·li·ner·y [ˋmɪləˏnɛrɪ, -nərɪ; ˈmɪlɪnərɪ] *n.* Ⓤ **1** 女帽類. **2** 女帽製造[銷售]業.

mill·ing [ˋmɪlɪŋ; ˈmɪlɪŋ] *n.* Ⓤ **1** 磨粉.

---

2 (金屬片, 特指在硬幣邊上)刻鏤鋸齒紋; 鋸齒紋.

✲mil·lion [ˋmɪljən; ˈmɪljən] *n.* (*pl.* ~, ~s [~z; ~z] 《除了 3 以外罕用》) © **1** 百萬 (→ billion, trillion). three *million* and a half 三百五十萬/two hundred *million* 兩億/two *million* [several *million*] of these people 這些人當中的兩百萬人[數百萬人].

2 (金額的)百萬(百萬美元, 百萬英鎊等). The picture is worth two *million*. 這幅畫值兩百萬.

3 多數, 無數. *millions* (and *millions*) of people 數以百萬計(無數)的人/This is a chance in a *million*. 這是個千載難逢的好機會.

4 (加 the)民眾, 大眾. 'Mathematics for the *Million*'《大眾數學》(書名).

óne in a míllion 百萬分之一, 百萬人中的一人; 出類拔萃之事物[人].

— *adj.* **1** 一百萬的. a [one] *million* miles 一百萬英里/Three *million* dollars *was* stolen from the bank. 這家銀行被盜走三百萬元(★當金額時作單數)/More than one *million* copies of the novel *were* sold. 那部小說賣出了一百多萬冊. **2** 多數的, 無數的. a *million* mistakes 無數的錯誤.

mil·lion·aire [ˏmɪljənˋɛr, -ˋær; ˏmɪljəˈneə(r)] *n.* © 百萬富翁; 鉅富; = billionaire).

mil·lionth [ˋmɪljənθ; ˈmɪljənθ] *adj.* **1** (通常加 the)第一百萬個的. **2** 百萬分之一的.
— *n.* © **1** (通常加 the)第一百萬個.
2 百萬分之一.

mil·li·pede [ˋmɪləˏpid; ˈmɪlɪpiːd] *n.* ©(動物)馬陸, 千足蟲.

mill·pond [ˋmɪlˏpɑnd, -ˏpɔnd; ˈmɪlpɒnd] *n.* © 用來轉動水車的貯水池(→ milldam 圖).

mill·stone [ˋmɪlˏston; ˈmɪlstəʊn] *n.* © **1** (磨臼上下的)石磨. **2** (精神上的)重擔. a *millstone* around a person's neck 套在脖子上的磨石; 難以承受的重擔(源自聖經).

mill·wheel [ˋmɪlˏwil; ˈmɪlwiːl] *n.* ©(工廠用的)水車(→ milldam 圖).

milt [mɪlt; mɪlt] *n.* Ⓤ雄魚精液, 魚白.

Mil·ton [ˋmɪltn; ˈmɪltən] *n.* John ~ 密爾頓(1608-74)(英國詩人; *Paradise Lost*《失樂園》的作者).

mime [maɪm; maɪm] *n.* **1** Ⓤ默劇(pantomime). **2** ＵＣ (默劇等的)無聲的表演, 動作. **3** © 默劇演員(míme ártist)(特指喜劇演員).
— *vt.* 模仿.
— *vi.* 演默劇.

mim·e·o·graph [ˋmɪmɪəˏgræf; ˈmɪmɪəɡrɑːf] *n.* © 油印機; 油印品.
— *vt.* 用油印機印刷.

mi·met·ic [mɪˋmɛtɪk, maɪ-; mɪˈmetɪk] *adj.* 模仿的, 偽裝的; =mimic 3.

✲mim·ic [ˋmɪmɪk; ˈmɪmɪk] *vt.* (~s [~s; ~s]; **-icked** [~t; ~t]; **-ick·ing**) **1** 模仿(人, 動作)(特指捉弄他人, 使人發笑的模仿). *mimic* a person's

walk 模仿某人走路的樣子.

2 酷似. a string of beads that *mimic* real pearls 一串與真的珍珠完全一樣的珠子.

3〖生物〗擬態.

— *n.* C 善於模仿的人(特指令人發笑的模仿); 能模仿人的動物[鳥](鸚鵡等).

— *adj.* (限定) **1** 模擬的; 仿製的; 假裝的. a *mimic* battle 模擬戰/*mimic* coloring (動物的)保護色.

2 〔習性等〕模仿的, 效顰的.

3 〖生物〗擬態的.

mim·ic·ry [ˋmɪmɪkrɪ; ˋmɪmɪkrɪ] *n.* U **1** 模擬, 模仿. **2** 〖生物〗擬態.

mi·mo·sa [mɪˋmosə, -zə; mɪˋməuzə] *n.* UC (植物)含羞草屬(美洲熱帶地方常見的豆科含羞草屬的總稱; 特指含羞草 (sensitive plant)).

[mimosa]

min. (略) minimum (最小限度); minute(s).

min·a·ret [ˌmɪnəˋrɛt, ˋmɪnəˌrɛt; ˋmɪnəret] *n.* C 尖塔(回教清真寺(mosque)的細長尖塔; 僧侶可從此塔的陽臺通知眾人祈禱時刻已到; → mosque 圖).

min·a·to·ry [ˋmɪnəˌtorɪ, -ˌtɔrɪ; ˋmɪnətərɪ] *adj.* 《文章》威脅性的.

mince [mɪns; mɪns] *vt.* **1** 把〔肉等〕切細, 剁碎.

2 (斯文地)裝腔作勢地說. He doesn't *mince* words in his reviews. 他在書評中直言不諱.

— *vi.* **1** 矯揉造作地碎步走. **2** 裝腔作勢地說話.

— *n.* U **1** (英)切碎的肉, 絞肉.

2 (美)=mincemeat.

mince·meat [ˋmɪnsˌmit; ˋmɪnsmiːt] *n.* U 百果餡(將蘋果、葡萄乾、香料、牛油等剁碎混合而成的餡; 用來作餡餅, 有時也放肉).

mince pie *n.* UC 百果餡餅(夾有 mincemeat 的餅).

minc·er [ˋmɪnsə; ˋmɪnsə(r)] *n.* C 剁碎(食物)的機器[器具]; 絞肉機.

minc·ing [ˋmɪnsɪŋ; ˋmɪnsɪŋ] *adj.* 〔說話、態度等〕矯揉造作的.

minc·ing·ly [ˋmɪnsɪŋlɪ; ˋmɪnsɪŋlɪ] *adv.* 矯揉造作地.

‡mind [maɪnd; maɪnd] *n.* (*pl.* ~**s** [~z; ~z])

〖 心 〗 **1** UC 精神, 心, (↔ body, matter; → heart 圖). a man of gentle *mind* 心平氣和的男人/peace of *mind* 心靈的平靜/a frame of *mind* 情緒, 心情/a state of *mind* 精神狀態/a turn of *mind* 天性, 性格/A sound *mind* in a sound body. (諺)健全的心靈寓於健康的身體/at the back of one's *mind* (隱藏)在心中.

2 U 理性. absence of *mind* 心不在焉/lose one's *mind* 發狂.

〖 智慧 〗 **3** *a* U 智慧; 智力, 頭腦. Reading improves the *mind*. 閱讀能增長智慧/Old age seems to have affected his *mind*. 高齡似乎影響了他的心智/He has a brilliant *mind*. 他的腦筋好極了/We are trying to keep an open *mind*. 我們嘗試去接受新的想法.

┌─────────────────────────────────────┐
│ 搭配 *adj.*＋mind: a creative ～ (有創造力的頭│
│ 腦), an inquiring ～ (愛探索的心), a logical ～│
│ (有邏輯思考能力的頭腦), a quick ～ (靈活的頭│
│ 腦), an astute ～ (靈敏的頭腦).│
└─────────────────────────────────────┘

4 U 記憶(力); 注意(力). She's trying to put the event out of her *mind*. 她試著忘掉那件事/I can't get him out of my *mind*. 我忘不了他/fix one's *mind* on passing the examination 專心一致通過考試.

5 【有才智的人】C 人; (特指)頭腦聰明的人, one of today's greatest *minds* 當今最偉大的智者之一.

〖 意向 〗 **6** C (通常用單數)意向, 意願; 意見, 想法; 心緒(to do); 目的; 希望. have a *mind* of one's own 有自己的想法/He changed his *mind* and consented. 他改變想法並且同意了/read a person's *mind* 看出某人的心思/open one's *mind* 表明心意, 坦率說出心裡的話/I have no *mind* to act on his advice. 我不想照他的建議去做/So many men, so many *minds*. (諺)十個人, 十條心《有多少人就有多少想法, 人各有不同之意》/I am of your *mind*. 我和你想法相同.

bèar...in mínd 記住…, *Bear in mind* what I say. 記住我所說的(★受詞很長時, 可置於 mind 之後).

be in [*of*] *twò mínds* (*about...*) (對…)拿不定主意, 猶豫不決.

be of [*in*] *òne* [*a*] *mínd* (*with...*) (與…)意見一致. The students *were of* one mind. 學生們意見一致/Bill *is of* one mind with Tom on this subject. 比爾和湯姆對於這個問題的意見一致.

be of the sàme mínd (1)=be of one mind.

(2)(同一個人的)意見不變.

blòw a *pèrson's mínd* (口)(用迷幻藥, 音樂等)使某人恍惚; (因驚訝, 高興)使某人頭暈目眩.

brìng...to mínd =call...to mind.

＊ *càll...to mínd* 記起(人); 使人回憶起(事物). What does this photo *call to mind*? 這張照片讓人想起甚麼呢?

còme to mínd = *còme into* a *pèrson's mínd* 想起; 回憶起.

cròss a *pèrson's mínd* = come into a person's mind.

give a *pérson* **a** *pìece of* one's *mínd* 嚴厲地申斥某人, 苛責某人.

give one's *mínd to...* 專心於….

gò out of a *pèrson's mínd* 〔人, 事物〕被某人遺忘. The appointment *went out of* his *mind*. 他完全忘了那個約會.

hàve a mìnd to dó 想做…, 有想做…的念頭. I *had a* good [great] *mind* to punch him, but I didn't. 我真想給他一拳, 但我沒那樣做/I *have* I

a mind to quit this job. 我(有點)想辭去這份工作(但還拿不定主意).

* **háve...in mínd** (1)想到…, 考慮到…; 打算. John told his teacher what he *had in mind*. 約翰把他心裡的想法告訴老師. (2)=bear...in mind.

háve...on one's **mínd** 為…而牽腸掛肚. The girl must *have* something *on her mind*. 那個女孩一定有甚麼心事.

kèep...in mínd=bear...in mind.

kèep one's **mínd on...** 把注意力集中在…, 埋頭於…. Stop talking and *keep* your *mind on* the lecture. 不要說話, 好好地聽課.

knòw one's **òwn mínd** 《通常用於否定句》有清楚的意向[意思], 不困惑.

* **make ùp** one's **mínd** (1)下定決心《*to do* 去做…》; 打定主意《*about* 關於…》. Don't worry. My mind is *made up*. 不必擔心, 我的心意已定/I have *made up* my *mind* to work harder. 我已下定決心要更努力工作/Have you *made up* your *mind about* your future? 你決定好未來如何打算了嗎? (2)作好心理準備《*to* 對…》, 接受無法改變的事實《*to doing*》. It's going to cost a lot of money; let's *make up* our *minds* to that. 看來得花許多錢, 我們要作好心理準備. (3)斷定, 認定《*that* 子句》. Tom's *made up* his *mind that* I lied to him. 湯姆認定我對他撒謊.

out of one's **mínd** (口)(1)發狂, 心神錯亂. He went *out of* his *mind*. 他發瘋了. (2)(因悲傷, 憤怒等)失去理智, 失神. He's *out of* his *mind* with pain. 他痛得失去理智了.

Ôut of síght, òut of mínd. (諺)眼不見, 心不念; 離久情疏《<看不見就會遺忘》.

pùt a pèrson **in mínd of...** 使某人想起…. What you say *puts* me *in mind of* something I read the other day. 你的話使我聯想起前幾天讀到的東西.

sèt one's **mínd on...** 一心想…, 決心要…《*doing*》. My son has *set* his *mind on becoming* a pilot. 我兒子立志要當個飛行員.

slíp a pèrson's **mínd** = go out of a person's mind.

spèak one's **mínd** 坦白說出意見.

tàke a pèrson's **mínd off...** 轉移某人對[所憂慮之事等]的注意力. Work helped to *take* my *mind off* my grief. 工作使我忘掉悲傷.

to mý mínd 我個人認為. You did that on purpose, *to my mind*. 我認為你是故意的.

tùrn one's **mínd to...** 將注意力轉向…. Let's *turn* our *minds to* the next problem. 我們來看下一個問題吧.

── v. (~s [~z; ~z]; ~ed [~ɪd; ~ɪd]; ~ing) vt.

〖 記住 〗 **1** 《通常用祈使語氣》(a)注意, 留心. [句型3] (mind *wh*子句)注意…. *Mind* your step! 走路小心! 《告示》/*Mind where* you go at night. 晚上出門要小心. (b) [句型3] (mind *that*子句)小心謹慎…; 務必…. *Mind (that)* you come on time. 你務必要準時來/*Mind (that)* you don't drop that vase. 小心別讓

── **mind** 981

花瓶掉下來.

(c) (用 mind and *do*)(用祈使語氣)切記…. *Mind and* come back before ten. 切記十點前回來.

2 《美》聽從. You should *mind* your parents. 你應該要聽從你父母的話.

3 照料[嬰兒等]; 照顧; 看管. *mind* the store [phone] 看顧店面[電話].

〖 介意 〗 **4** 介意; 掛念; [句型3] (mind *wh*子句)介意…; 《通常用於否定句, 疑問句》. Go on with your work, please; don't *mind* me. 請繼續做你的工作, 別管我/I don't *mind how* cold it is. 天氣再怎麼冷我也不在乎/Don't *mind what* he says. 你別在意他說的話.

5 《通常用於否定句, 疑問句》(a)介意, 感到為難. [句型3] (mind *doing*/*that*子句)介意做…/介意…, I don't *mind* hard work, but I do *mind* low pay. 工作辛苦我不介意, 但薪資太低我可介意了/"Do you *mind shutting* the window?" "No, not at all [Certainly not]." 「你介意把窗戶關上嗎?」「當然不會」《★實際上也常用 "Yes, certainly." "Sure." "Of course." 等表示「不介意」》/Would you *mind my* [*me*] *smoking*? 我可以抽菸嗎?《[語法] Would you *mind*...? 較 Do you *mind*...? 在口語中委婉, 但兩者皆不用於正式的請求; 此外, 在口語中多用 *me* 取代 *my*, 此種句型結構為 [句型5] (→ (b)). (b) [句型5] (mind **A** *doing*/**A** **B**) 討厭A做…/討厭A是B. "Do you *mind* the door (*being*) open?" "Yes, I do (*mind*)." 「可以把門打開嗎?」「不行.」

── vi. **1** 注意, 小心. 《通常用祈使語氣》. *Mind* now, don't be late. 注意, 不要遲到/*Mind out* for the cars when you cross the street. 穿越馬路時請小心車子.

2 介意; 掛念; 反對; 《通常用於疑問句, 否定句》. Don't *mind*! 別介意/Do you *mind* if I leave right away? 你介意我現在離開嗎?/"Would you *mind* if I closed the window?" "Sure." 「我可以關上窗戶嗎?」「請」(→ *vt.* 5 (a)).

3 《美》聽從, 順服. The horse wouldn't *mind*, so I sold him. 那匹馬不聽話, 所以我把牠賣了.

I dòn't mínd if I dó 《口》那樣做也不壞, 好吧. "Will you have another cup of tea?" "*I don't mind if I do*." 「再來一杯茶, 好嗎?」「好吧.」

if you dòn't mínd 《口》如果你不介意的話.

I wòuldn't mínd... 《口》…做…也不壞《I should like 等委婉的說法》. *I wouldn't mind* a few days' trip. 出去旅行兩三天也不錯.

Mínd (you)! 《口》(感歎詞性)請注意(請聽清楚). I'll lend you the money, but *mind you*, this is the last time. 我可以借你那筆錢, 但聽清楚了, 這是最後一次.

* **Néver mínd.** 《口》(1)不用擔心; 沒甚麼; (那種事)別提了. *Never mind* (about) the children; I'll take care of them. 孩子的事不用擔心; 我會照顧他們的. (2)別費事啦!

Never you mínd. 《口》這不干你的事. "What are you talking about?" "*Never you mind!*" 「你在說些甚麼呢?」「與你無關!」

mind-blow·ing [`maɪnd,bloɪŋ; 'maɪnd,bləʊɪŋ] *adj.* 《口》令人興奮的; 令人震驚的, 驚人的.

mind·ed [`maɪndɪd; 'maɪndɪd] *adj.* **1** 《敘述》有意的《*to* do》. I'm *minded* to agree to this proposal. 我想同意這項建議. **2** 《加副詞》對〔…方面〕有興趣的, Bill is scientifically *minded*. 比爾對科學有興趣.

mind·ful [`maɪndfəl; 'maɪndfʊl] *adj.* 《敘述》《文章》小心的, 注意的; 不忘…的《*of*》. Be more *mindful of* your health. 你要更注意健康.

mind·less [`maɪndlɪs; 'maɪndlɪs] *adj.* **1** 《敘述》粗心大意的, 不注意的; 忘卻的《*of*》.
2 沒大腦的, 欠考慮的; 〔工作等〕無需動腦筋的.

mind·less·ly [`maɪndlɪslɪ; 'maɪndlɪslɪ] *adv.* 不注意地.

mínd réading *n.* ⓤ 讀心術.

‡mine¹ [maɪn; maɪn] *pron.* (I 的所有格代名詞)
1 (單複數同形)我的所有物(語法)代替「my+名詞」, 代替前文所提及的名詞》. Your house is larger than *mine*. 你的房子比我的大/ Your shoes are black but *mine* are brown. 你的鞋是黑色的, 而我的(鞋)是棕色的/"Whose coat is this?" "It's *mine*." 「這是誰的外套?」「是我的.」
2 (用 of mine)我的《★加在前有 a(n), this, that, no 等名詞之後》. a friend *of mine* 我的一個朋友《★ my friend 是指特定的朋友》/this book *of mine* 我的這本書.

‡mine² [maɪn; maɪn] *n.* (*pl.* ~**s** [~z; ~z]) ⓒ
1 礦坑, 礦山. a copper *mine* 銅礦/ an abandoned *mine* 廢礦坑/work in a coal *mine* 在煤礦坑裡工作.
2 知識的礦藏資源; 豐富的資源, 寶庫《*of*》. This book is a *mine* of historical information. 這本書是歷史知識的寶庫.
3 《軍事》地雷(land mine), 水雷. lay a *mine* 佈地雷[水雷].
— *vt.* **1** 開採〔煤, 鑽石等〕; 在〔地方等〕挖掘《*for* 為了…》. The area is *mined for* uranium. 這塊地區在開採鈾礦.
2 在〔敵陣等〕下面挖地道.
3 在…佈地雷[水雷]; 用地雷[水雷]炸毀….
— *vi.* **1** 開採. *mine* for coal 採煤.
2 在礦山[礦區]工作.

mine·field [`maɪn,fild; 'maɪnfiːld] *n.* ⓒ
1 《軍事》地雷[水雷]佈設區域, 地雷[水雷]區.
2 危險地帶.

*min·er [`maɪnɚ; 'maɪnə(r)] *n.* (*pl.* ~**s** [~z; ~z]) ⓒ **1** 礦工. **2** 《軍事》佈雷兵.

‡min·er·al [`mɪnərəl, `mɪnrəl; 'mɪnərəl] *n.* (*pl.* ~**s** [~z; ~z]) ⓒ **1** 礦物; 無機物. Hot springs often contain many *minerals*. 溫泉中常含有許多礦物質.
2 《英》(通常 minerals) =mineral water 2.
— *adj.* 礦物(質)的; 含礦物的; 無機的. That region is rich in *mineral* resources. 那塊地區蘊藏豐富的礦物資源.

míneral kíngdom *n.* (加 the)礦物界.

min·er·al·o·gist [,mɪnə`ælədʒɪst, -`al-; ,mɪnə'rælədʒɪst] *n.* ⓒ 礦物學家.

min·er·al·o·gy [,mɪnə`ælədʒɪ, -`al-; ,mɪnə'rælədʒɪ] *n.* ⓤ 礦物學.

míneral óil *n.* ⓤⓒ 礦油(特指石油).

míneral spríng *n.* ⓒ 礦泉.

míneral wáter *n.* ⓤ **1** (常mineral waters) 礦泉水. **2** 《英》(有氣泡的)清涼飲料.

Mi·ner·va [mə`nɝvə; mɪ'nɜːvə] *n.* 《羅馬神話》敏娜娃(可智慧, 技藝, 武藝的女神; 相當於希臘神話中的Athena).

min·e·stro·ne [,mɪnə`stronɪ; ,mɪnɪ'strəʊnɪ] (義大利語) *n.* ⓤ 蔬菜濃湯(一種用蔬菜和細麵條熬成的肉〔菜〕湯).

mine·sweep·er [`maɪn,swipɚ; 'maɪn,swiːpə(r)] *n.* ⓒ 掃雷艇.

min·gle [`mɪŋgl; 'mɪŋgl] *vt.* 使混合, 使相混, 《*with*》(常用被動語態). A cold rain was falling, *mingled with* snow. 冷雨夾帶著雪花落下/Several lemons were *mingled with* oranges in the box. 箱子裡有幾個檸檬和柳橙混在一起. 同mingle 多用於可辨識出原成分的情況; → mix.
— *vi.* **1** 混合, 相混合, 《*with*》. **2** 加入, 攙雜, 《*with*》. The robber *mingled with* the crowd and escaped. 那個搶匪混入人群中逃走了.

min·gy [`mɪndʒɪ; 'mɪndʒɪ] *adj.* 《英, 口》吝嗇的, 小氣的.

min·i [`mɪnɪ; 'mɪnɪ] *n.* ⓒ 《口》(同類中)特別小的東西, 迷你, 《例 minicar, miniskirt 等》.

mini- 《構成複合字》構成「小型的…; 極短的…; 迷你的…」之意的名詞. minibus. minicomputer.

min·i·a·ture [`mɪnɪtʃɚ, `mɪnɪə-; 'mɪnətʃə(r)] *n.* **1** ⓒ 小型模型, 縮影. a *miniature* of the British Museum 大英博物館的模型.
2 ⓒ 纖細畫; 微型肖像畫; ⓤ 細畫法.
in míniature 小規模的[地], 小型的[地]. The boy is his father *in miniature*. 那個男孩是他父親的縮影《很相像》.
— *adj.* 《限定》小規模的, 微小的. a *miniature* garden 仿庭園造景佈置的盆景/a *miniature* plane 模型飛機.

min·i·bus [`mɪnɪ,bʌs; 'mɪnɪbʌs] *n.* ⓒ 小型公車(可乘坐 6-12 人).

min·i·car [`mɪnɪ,kɑr; 'mɪnɪkɑː(r)] *n.* ⓒ 小型汽車.

min·i·com·put·er [`mɪnɪkəm,pjutɚ; 'mɪnɪkəm,pjuːtə(r)] *n.* ⓒ 小型電腦.

min·im [`mɪnɪm; 'mɪnɪm] *n.* 《英》《音樂》=half note.

min·i·ma [`mɪnəmə; 'mɪnəmə] *n.* minimum 的複數.

min·i·mal [`mɪnɪml; 'mɪnɪml] *adj.* 最小的; 最低限度的; 最低的; (↔ maximal). lead a *minimal*

existence 過最起碼的生活.

min·i·mize [ˋmɪnəˏmaɪz; ˈmɪnɪmaɪz] *vt.*
1 使減少到最小〔最低限度〕. use a computer to *minimize* errors 用電腦把錯誤減少到最低限度.
2 對…作最低評價〔估計〕; 極輕視. The authorities tried to *minimize* the accident. 主管當局試圖將這件意外低調處理. ⟷ maximize.

✲min·i·mum [ˋmɪnəməm; ˈmɪnɪməm] *n.* (*pl.* **-ma,** **~s** [~z; ~z]) ⓒ (通常用單數) 最小限度, 最低限度; 最少數〔量〕, 最低額〔點〕; (數學) 極小值; (⟷ maximum). This job will take a *minimum* of ten days. 工作至少得花十天的時間/Meat prices reached a *minimum* in July. 肉價在 7 月跌到了最低點.
— *adj.* (限定) 最小限度的; 最低的. today's *minimum* temperature 今天的最低氣溫.

mínimum wáge *n.* ⓒ (通常用單數) (法定或勞資協定的) 最低薪資.

min·ing [ˋmaɪnɪŋ; ˈmaɪnɪŋ] *n.* ⓤ **1** 採礦, 採煤; 採礦業. **2** (軍事) 佈地雷〔水雷〕.

min·ion [ˋmɪnjən; ˈmɪnjən] *n.* ⓒ (掌權者的) 爪牙; (君主的) 寵臣, 親信. a *minion* of fortune 命運的寵兒.

min·i·skirt [ˋmɪnɪˏskɝt; ˈmɪnɪskɜːt] *n.* ⓒ 迷你裙.

✲min·is·ter [ˋmɪnɪstɚ; ˈmɪnɪstə(r)] *n.* (*pl.* **~s** [~z; ~z]) 【獻身服務者】
1 牧師, 神職人員. 參考 在英國指國教派以外的神職人員, 在美國通常指新教的牧師.
2 (常 *Minister*) (歐洲各國, 日本及我國等的) 大臣, 部長, (參考 在美國相當於內閣各部長職務者稱爲 secretary; 在英國內閣閣員的部長亦多數稱爲 secretary; → secretary). the Prime *Minister* 總理, 首相/the *Minister* of Foreign Affairs (英美以外的) 外交部長/a *minister* not in the cabinet (英) 非內閣閣員之部長(→ cabinet 2).
3 公使(次於 ambassador).
— *vi.* (文章) (用 minister to…) 照料〔病人等〕; 侍候.

min·is·te·ri·al [ˏmɪnəsˋtɪrɪəl; ˏmɪnɪˈstɪərɪəl] *adj.* **1** 部長的; 內閣的; 政府方面的. talks at the *ministerial* level 部長級會談.
2 神職的.

min·is·trant [ˋmɪnɪstrənt; ˈmɪnɪstrənt] *n.* ⓒ (主雅) 侍奉者; 輔佐者.

min·is·tra·tion [ˏmɪnəˋstreʃən; ˏmɪnɪˈstreɪʃn] *n.* **1** ⓤ 服務; ⓒ (通常 ministrations) (對病人, 貧困者等的) 幫助. **2** ⓤ 牧師職責(的履行).

✲min·is·try [ˋmɪnɪstrɪ; ˈmɪnɪstrɪ] *n.* (*pl.* **-tries** [~z; ~z]) **1** ⓤⓒ (加 the) 牧師的職責〔任期〕; (單複數同形) (集合) 神職人員, 牧師. enter the *ministry* 當牧師.
2 ⓤⓒ 部長的職位〔職責〕; 部長的任期.
3 ⓒ (常 Ministry) (歐洲各國, 日本及我國等的) 部, 省(日本的省部); 其辦公大樓. the *Ministry* of Education 教育部.
4 (常 Ministry) ⓒ 內閣; ⓤ (單複數同形) (加 the)

(集合) 全體部長; 內閣閣員, (《在英國亦包括非內閣閣員之部長》).
5 ⓤⓒ 公使之職責〔任期〕.

mink [mɪŋk; mɪŋk] *n.* (*pl.* **~s, ~**) **1** ⓒ 水貂(鼬類); ⓤ 貂皮.
2 ⓒ 貂皮大衣.

Minn. (略) Minnesota.

Min·ne·so·ta [ˏmɪnɪˋsotə; ˏmɪnɪˈsəʊtə] *n.* 明尼蘇達州(美國中北部的州; 略作 MN, Minn.).

[mink 1]

min·now [ˋmɪno, -ə; ˈmɪnəʊ] *n.* ⓒ 鰷魚(鯉科淡水小魚, 用作釣餌); (泛指) 小魚.

✲mi·nor [ˋmaɪnɚ; ˈmaɪnə(r)] *adj.* (通常作限定)
1 (兩個中) 較小的; 較少的. a matter of *minor* importance 次要之事/We got only a *minor* share of the profits. 我們只分到較小部分的利潤/a *minor* political party 少數黨.
2 不太重要〔重大〕的; 二流(以下)的; (疾病等) 不嚴重的. *minor* writers 二流的作家/He had a *minor* operation on his leg. 他腿上動了個小手術.
3 未成年的.
4 (英) (置於姓名之後) (特指男子學校同校學生中) 年少的; 年齡較輕的. Hill *minor* 年幼的〔小〕希爾.
5 (美) (大學學科中的) 副修的. a *minor* subject 副修科目.
6 (音樂) 小調的, 小音階的. a piano sonata in E *minor* E 小調鋼琴奏鳴曲.
⟐ *n.* minority. ⟷ major.
— *n.* ⓒ **1** (法律) 未成年者(在美國通常指未滿二十一歲者, 在英國指未滿十八歲者; ⟷ major). "No *minors*." 謝絕未成年者(告示).
2 (美) (大學的) 副修科目〔學生〕.
3 (音樂) 小調, 小音階. (⟷ major).
字源 MIN「小的」; *minor*, *minimum* (最低限度), *minimize* (把…減至最小), diminish (減少).

mi·nor·i·ties [məˋnɔrətɪz, maɪ-, -ˋnɑr-; maɪˈnɒrətɪz] *n.* minority 的複數.

✲mi·nor·i·ty [məˋnɔrətɪ, maɪ-, -ˋnɑr-; maɪˈnɒrətɪ] *n.* (*pl.* **-ties**)
1 ⓐⓤ (單複數同形) 少數; (相對於過半數而言的) 半數以下. Only a *minority* of the students come(s) to school on foot. 只有少部分學生步行上學/be in a [the] *minority* 屬少數(派).
2 (a) ⓒ (政治上, 宗教上等的) 少數派, 少數黨; (一國內的) 少數團體. hear the *minority*'s views 聽取少數派的意見/some political *minorities* 幾個少數派政黨. (b) (形容詞性) 少數的, 少數派的. a *minority* race 少數民族/a *minority* program 低收視率的節目.
3 ⓤ (法律) 未成年(期).
⟐ *adj.* minor. ⟷ majority.

minòrity góvernment n.© 少數黨政府.

mìnor léague n.© 《美國職棒等的》小聯盟《次於 major league 之聯盟》.

mìnor prémise n.© 小前提《三段論法(syllogism)的第二個前提》.

Min·o·taur [ˋmɪnəˌtɔr; ˈmaɪnətɔː(r)] n. 《希臘神話》(加 the)米諾陶《牛頭人身怪物；傳說住在克里特島的迷宮裡》.

min·ster [ˋmɪnstɚ; ˈmɪnstə(r)] n.© 《英》(常 Minster)(原是修道院附屬的)教堂, 大教堂, (★通常作為專有名詞的一部分). York Minster 約克大教堂.

min·strel [ˋmɪnstrəl; ˈmɪnstrəl] n.© 1 (中世紀的)吟遊詩人《巡迴各地, 在王侯等面前彈奏樂器吟唱自己創作的詩歌》. 2 minstrel show 的藝人.

[minstrel 1]

mínstrel shòw n.© 黑臉歌唱團表演《由白人扮成黑人說唱, 逗笑, 舞蹈；19 世紀初開始流行於美國》.

min·strel·sy [ˋmɪnstrəlsɪ; ˈmɪnstrəlsɪ] n.Ⓤ 1 吟遊詩人的技藝. 2 吟遊詩人的詩[歌謠].

mint¹ [mɪnt; mɪnt] n. 1 Ⓤ《植物》薄荷(→ herb 圖). 2 © 薄荷糖.

mint² [mɪnt; mɪnt] n. 1 © 製幣廠.
2 《a Ⓤ》《口》大量(金錢). make a mint 賺大錢.
in mìnt condítion 〔郵票等〕嶄新的.
── vt. 鑄造〔貨幣〕；創造〔新字句等〕.

mìnt sáuce n.Ⓤ 薄荷醬(用刻碎的薄荷葉加入甜醋調成；吃烤小羊肉時用的調味醬).

min·u·et [ˌmɪnjuˋɛt; ˌmɪnjuˈet] n.© 小步舞(一種三拍子的舞蹈, 緩慢而優雅)；小步舞曲.

‡mi·nus [ˋmaɪnəs; ˈmaɪnəs] prep. 1 《數學》減…, 減去…. Ten minus four is [leaves, equals] six. 十減四等於六(10−4=6).
2 《口》沒帶…, 沒有…. a book minus eight leaves 掉了 16 頁[8 張]的書/Ann returned minus her umbrella. 安沒帶傘就回去了.
── adj. 《限定》 1 (表示)減去的；《數學》負的；《電》陰性的. a minus number 負數/minus ten degrees 零下十度.
2 《置於名詞之後》較…略差一些的, 在…之下的. I never got a grade higher than B minus. 我從未得過 B 減以上的成績.
── n. © 1 負號[減號]《−》(亦作 mínus sìgn).
2 負數, 負量；不足, 損失.
⟷ plus.

mi·nus·cule [mɪˋnʌskjul, ·kɪul; ˈmɪnəskjuːl] adj. 非常小的, 微不足道的.

© 《一小時的六十分之一》 1 (時間的)分(符號為 ′；→ hour, second²)；…分鐘(的路程). 1 h 20′43″ (=one hour, twenty minutes, forty-three seconds) 一小時二十分四十三秒/start at five minutes past [《美》after] ten 十點五分出發/It's ten minutes to [before, 《美》of] five. 差十分五點/It's fifteen minutes' walk from here to the park. 從這裡走到公園有十五分鐘的路程.
語法 表示時間時, 只有 five, ten, twenty, twenty-five 之後可省略 minutes. 可以說 It's five past ten. (十點五分), 但 It's eight to ten. 就會顯得不自然.
2 《非常短的時間》(通常用單數)《口》片刻. Could you spare me a minute of your time? 能不能耽誤您一點時間？/《推銷員等用語》Do you have a minute? 為更易懂的說法/Wait [Just] a minute. 馬上走/We're expecting him every minute. 我們正焦急地等候著他/The rock looked like it might fall down any minute. 那塊岩石看起來似乎隨時都可能掉下來/The river rose minute by minute. 河水一分一秒地暴漲起來.
3 《當時記錄下來的東西》筆記；(對報告等的)短評；(minutes)會議記錄. take (the) minutes 記會議記錄.
《角度, 一度的六十分之一》 4 分(符號為 ′；→ second²). longitude ten degrees and five minutes east 東經十度五分(=long. 10°5′E).
at àny mínute 《口》現在立刻, 不管甚麼時候.
at the làst mínute 剛好來得及, 在最後關頭.
in a mínute 馬上. I'll be back in a minute. 我馬上就回來.
the mínute (that)… 《連接詞性》與…同時, 即刻就(as soon as). I sensed something strange the minute I walked in. 我一進去就覺得有異.
to the mínute 一分不差, 準時地. arrive at noon to the minute 準時在正午到達.
ùp to the mínute 最新(流行)的[地]. Her hairstyle is always up to the minute. 她的髮型總是在流行的尖端.

*mi·nute² [məˋnjut, maɪ-, ·ˋnɪut, ·ˋnut; maɪˈnjuːt] adj. (-nut·er; -nut·est) 《★注意發音》 《細小的》 1 微小的, 極小的；無足輕重的, 微不足道的. a minute particle of dust 塵埃的微粒/The difference is minute, but important. 這差異極小, 但很重要.
2 〔記錄, 描寫等〕詳細的, 仔細的；〔調查等〕縝密的；細心的. This study goes into the minutest detail. 這份研究縝密入微/The police made a minute examination of the room. 警察仔細地檢查這個房間.

minute book [ˋmɪnɪtˌbuk; ˈmɪnɪtbʊk] n.© 會議記錄簿.

minute gun [ˋmɪnɪtˌɡʌn, ˈmɪnɪtɡʌn] n.© 分砲(一分鐘放一次的致哀禮砲等).

minute hand [ˋmɪnɪtˌhænd; ˈmɪnɪthænd] n.© (鐘錶的)分針, 長針, (→ hand 2).

mi·nute·ly [mə`njutlɪ, maɪ-; maɪ`njuːtlɪ] *adv.*
1 微小地，極小地. **2** 縝密地，細心地. **3** 仔細地.

min·ute·man [`mɪnɪt‚mæn; `mɪnɪtmæn] *n.*
(*pl.* **-men** [-‚mɛn; -men]) ⓒ(美史)(常 *Minute-man*) (獨立戰爭時期)可隨時徵召的民兵.

mi·nute·ness [mə`njutnɪs, maɪ-; mə`njuːtnɪs]
n. Ⓤ仔細，詳細，縝密.

minute steak [`mɪnɪt‚stek; `mɪnɪtsteɪk]
n. ⓊⒸ(快熟的)薄牛排.

mi·nu·ti·ae [mɪ`njuʃɪ‚i, -`nɪu-, -`nu-; maɪ`njuːʃiːiː] *n.* 《作複數》微小的細節，細節.

minx [mɪŋks; mɪŋks] *n.* ⓒ愛出風頭的女孩；輕佻的女孩.

✲mir·a·cle [`mɪrəkl, `mɪrɪ-; `mɪrəkl] *n.* (*pl.* ~**s** [~z; ~z]) ⓒ **1** 奇蹟；神蹟. *Christ is believed to have worked many mira-cles.* 人們相信基督顯示過許多神蹟/*Her recovery was nothing short of a miracle.* 她的康復簡直就是個奇蹟.
2 奇事；驚人的實例(*of*). *It's a miracle that he survived the crash.* 他在墜機意外中得以倖免，真是奇蹟/*Helen Keller's life was a miracle of courage and determination.* 海倫凱勒的一生就是勇氣和決心的奇蹟. ⇨ *adj.* **miraculous.**

míracle plày *n.* ⓒ神蹟劇(中世紀以基督和聖人們創造的奇蹟爲題材的戲劇).

✲mi·rac·u·lous [mə`rækjələs; mɪ`rækjʊləs] *adj.* **1** 神奇的；超自然的；奇蹟般的. the gym-nast's *miraculous* feats 體操選手的非凡絕技.
2 (能)創造奇蹟的；有驚人效果的. a *miraculous* cure for diabetes 糖尿病的神奇治療法. ⇨ *n.* **miracle.**

mi·rac·u·lous·ly [mə`rækjələslɪ; mɪ`rækjʊləslɪ] *adv.* 奇蹟般地；不可思議地；《修飾句子》不可思議的是…. *Miraculously, I escaped death.* 不可思議的是，我竟逃過一死.

mi·rage [mə`rɑʒ; `mɪrɑːʒ] *n.* ⓒ **1** 海市蜃樓.
2 幻影；幻想；不可能實現的願望.

mire [maɪr; `maɪə(r)] 《文章》*n.* Ⓤ **1** 泥濘；泥沼，污泥. **2** (加 the)如陷入泥沼般的苦境；困境. *He was in the mire.* 他處於困境之中.
— *vt.* **1** 使陷入泥沼(*in*)；使濺滿污泥.
2 使陷入困境.

✲mir·ror [`mɪrʌ; `mɪrə(r)] *n.* (*pl.* ~**s** [~z; ~z]) ⓒ **1** 鏡子；反射鏡. *She looked (at herself) in the mirror.* 她看著鏡中的(自己)/*The sea was as smooth as a mirror.* 大海平靜如鏡.
2 眞實地反映事情的東西(*of*). *TV is a mirror of current life.* 電視忠實反映現代生活.
— *vt.* 映照，反映. *Mt. Fuji was beautifully mirrored on the lake water.* 富士山的山景秀美地倒影在湖面上.

mírror ìmage *n.* ⓒ鏡像(左右相反的).

mirth [mɝθ; mɜːθ] *n.* Ⓤ《文章》歡笑，歡樂. *His remark caused an outburst of mirth.* 他的話引得大家哄堂大笑.

mirth·ful [`mɝθfəl; `mɜːθfʊl] *adj.* 《文章》歡笑的，歡樂的.

mirth·ful·ly [`mɝθfəlɪ; `mɜːθfʊlɪ] *adv.* 高興地，歡樂地.

mirth·less [`mɝθlɪs; `mɜːθlɪs] *adj.* 《文章》不快樂的，悶悶不樂的，憂鬱的.

mir·y [`maɪrɪ; `maɪərɪ] *adj.* 《文章》沼澤的，盡是爛泥的.

mis- *pref.* 「壞地[的]，錯地[的]，不利地[的]等」之意. *misbehave. misfortune.*

mis·ad·ven·ture [‚mɪsəd`vɛntʃɚ; ‚mɪsəd`ventʃə(r)] *n.* **1** 《文章》ⓒ不幸的事故；Ⓤ不幸，災難. by *misadventure* 不幸地. **2** ⓊⒸ《法律》意外致死(亦作 dèath by misadvénture).

mis·al·li·ance [‚mɪsə`laɪəns, ‚mɪsæ`laɪəns] *n.* ⓒ《文章》不適當的結合；(特指身分上)不相稱的婚姻，門不當戶不對的婚姻.

mis·an·thrope [`mɪsən‚θrop, `mɪz-; `mɪsənθrəʊp] *n.* ⓒ《文章》厭惡人類者；厭惡交際者.

mis·an·throp·ic [‚mɪsən`θrɑpɪk; ‚mɪsən`θrɒpɪk] *adj.* 《文章》厭惡人類的.

mis·an·throp·ist [mɪs`ænθrəpɪst; mɪ`sænθrəpɪst] *n.* =misanthrope.

mis·an·thro·py [mɪs`ænθrəpɪ; mɪ`sænθrəpɪ] *n.* Ⓤ《文章》厭惡人類，厭世.

mis·ap·pli·ca·tion [‚mɪsæplə`keʃən; ‚mɪs‚æplɪ`keɪʃən] *n.* ⓊⒸ《文章》錯用，誤用；濫用.

mis·ap·ply [‚mɪsə`plaɪ, ‚mɪsæ`plaɪ] *vt.* (**-lies**; **-lied**; ~**ing**) 《文章》錯用；濫用；挪用〔公款等〕.

mis·ap·pre·hend [‚mɪsæprɪ`hɛnd; ‚mɪs‚æprɪ`hend] *vt.* 《文章》誤解.

mis·ap·pre·hen·sion [‚mɪsæprɪ`hɛnʃən; ‚mɪs‚æprɪ`henʃn] *n.* Ⓤ(主文章)誤解，誤會. under a *misapprehension* 誤會中.

mis·ap·pro·pri·ate [‚mɪsə`proprɪ‚et; ‚mɪsə`prəʊprɪeɪt] *vt.* 《文章》盜用〔公款等〕；不當地挪用.

mis·ap·pro·pri·a·tion [‚mɪsə‚proprɪ`eʃən; ‚mɪsə‚prəʊprɪ`eɪʃn] *n.* ⓊⒸ《文章》盜用，侵呑；濫用；誤用.

mis·be·got·ten [‚mɪsbɪ`gɑtn̩; `mɪsbɪ‚gɒtn] *adj.* **1** (限定)(口)(人，計畫等)有缺陷的，不完美的. **2** 《文章》私生的；生不逢時的.

mis·be·have [‚mɪsbɪ`hev; ‚mɪsbɪ`heɪv] *vi.* 舉止失態；行爲不正，行爲不檢點.
— *vt.* (misbehave oneself)行爲不檢點.

mis·be·hav·ior (美)，**mis·be·hav·iour** (英) [‚mɪsbɪ`hevjɚ; ‚mɪsbɪ`heɪvjə(r)] *n.* Ⓤ行爲不檢，不規矩的行爲.

mis·cal·cu·late [mɪs`kælkjə‚let; ‚mɪs`kælkjʊleɪt] *vt.* 算錯；判斷錯誤.
— *vi.* 算錯；判斷錯誤.

mis·cal·cu·la·tion [‚mɪskælkjə`leʃən; `mɪs‚kælkjʊ`leɪʃn] *n.* ⓊⒸ誤算；錯誤的判斷；錯誤的估計.

mis·call [mɪs`kɔl; ‚mɪs`kɔːl] *vt.* 叫錯名字；

〔句型5〕(miscall **A B**)把 A 誤稱爲 B(通常用被動語態). Helen is often *miscalled* Ellen. 海倫常被誤叫成愛倫.

mis·car·riage [mɪsˋkærɪdʒ; ˏmɪsˊkærɪdʒ] *n.* [UC] **1** 流產, 小產. **2**〔文章〕(計畫等的)失敗. **3**〔文章〕(信等)未送達目的地, 誤送.

miscárriage of jústice *n.* [UC]〔法律〕誤審.

mis·car·ry [mɪsˋkærɪ; ˏmɪsˊkærɪ] *vi.* (-ries; -ried; ~ing)〔文章〕**1** 流產, 小產. **2**〔計畫等〕失敗. **3**〔信等〕未送達目的地, 誤送.

mis·cast [mɪsˋkæst, -ˋkɑst; mɪsˊkɑːst] *vt.* (~s; ~; ~ing) 安排〔演員〕擔任不合適的角色; 安排不合適的演員演出〔角色〕; 使〔戲劇, 電影等的〕選角失當; (通常用被動語態).

mis·ce·ge·na·tion [ˏmɪsɪdʒəˋneʃən; ˏmɪsɪdʒɪˋneɪʃn] *n.* [U]〔文章〕〔輕蔑〕(種族間的)通婚; 混血.

mis·cel·la·ne·ous [ˏmɪslˋenɪəs, -njəs; ˏmɪsəˊleɪnjəs] *adj.* 種類繁雜的, 各式各樣的; 多方面的. a *miscellaneous* collection 五花八門的收藏品/*miscellaneous* household tasks 繁雜的家務.

mis·cel·la·ny [ˋmɪslˏenɪ, mɪˋselənɪ] *n.* (*pl.* -nies) [C] **1**〔種類繁多的〕混合物, 大雜燴. a *miscellany* of art objects 各式各樣的藝術品.
2 (常 miscellan*ies*)(包括各種文學作品的)文集.

mis·chance [mɪsˋtʃæns; ˏmɪsˊtʃɑːns] *n.* [UC]〔文章〕厄運, 不幸. by *mischance* 不幸的是.

*****mis·chief** [ˋmɪstʃɪf; ˊmɪstʃɪf] *n.* (*pl.* ~s [~s; ~s])【惡作劇】**1** [U](孩子等的)惡作劇, 胡鬧, 搗蛋. get into *mischief* 開始胡鬧/My children are always up to some *mischief*. 我的孩子老是調皮搗蛋.
2 [U]頑皮; 惡作劇; 淘氣的表情. He took the money out of pure *mischief*. 他拿這筆錢純粹是想開玩笑.
3 [C](口)搗蛋鬼, 頑皮的人; (特指)淘氣鬼, 調皮的孩子. Tom is a regular *mischief*. 湯姆是個十足的淘氣鬼.
【危害】**4** [U](由人, 動物等導致物質上的, 精神上的)危害, 損害. mean *mischief* 有害人之心/do (a lot of) *mischief* to 給…帶來(大)損害.
⇨ *adj.* **mischievous**.
dò a pèrson a míschief 傷害某人.
màke míschief (*between...*) (在…之間)製造不和, 挑撥離間.

*****mis·chie·vous** [ˋmɪstʃɪvəs; ˊmɪstʃɪvəs] *adj.*
1〔孩子, 孩子的行爲等〕惡作劇的, 愛搗蛋的;〔眼神等〕淘氣的. a *mischievous* child 淘氣的孩子/a *mischievous* trick 惡作劇/a *mischievous* smile 淘氣的笑.
2 有害的;〔謊言等〕中傷人的, 惡意的. Someone's spreading a *mischievous* rumor about us. 有人在散播謠言要惡意中傷我們. ⇨ *n.* **mischief**.

mis·chie·vous·ly [ˋmɪstʃɪvəslɪ; ˊmɪstʃɪvəslɪ]

adv. 半開玩笑地; 有害地; 惡意地.

mis·chie·vous·ness [ˋmɪstʃɪvəsnɪs; ˊmɪstʃɪvəsnɪs] *n.* [U]搗蛋; 淘氣.

mis·con·ceive [ˏmɪskənˋsiv; ˏmɪskənˊsiːv] *vt.* **1** 錯估(計畫等). **2**〔文章〕誤解〔人, 言語等〕.

mis·con·cep·tion [ˏmɪskənˋsepʃən; ˏmɪskənˊsepʃn] *n.* [UC] 錯誤想法; 誤會, 誤解.

mis·con·duct [mɪsˋkɑndʌkt; ˏmɪsˊkɒndʌkt]〔文章〕*n.* [U] **1** 不良行爲; (特指)通姦.
2 (官吏等的)不法行爲; (公司等的)經營不善.
— [ˏmɪskənˋdʌkt; ˏmɪskənˊdʌkt] *vt.* 對…處理不當.

mis·con·struc·tion [ˏmɪskənˋstrʌkʃən; ˏmɪskənˊstrʌkʃn] *n.* [UC]〔文章〕誤解(意思), 誤會. Your actions are open to *misconstruction*. 你的行爲易遭人誤解.

mis·con·strue [ˏmɪskənˋstru, -ˋstrɪu, mɪsˋkɑnstru, -strɪu; ˏmɪskənˊstruː] *vt.*〔文章〕誤解〔言語, 行動, 他人的意圖等〕.

mis·count [mɪsˋkaunt; ˏmɪsˊkaʊnt] *vt.* 數錯.
— *vi.* 數錯.
— *n.* [C](特指得票數的)數錯.

mis·date [mɪsˋdet; mɪsˊdeɪt] *vt.* 寫錯〔信件等〕的日期; 弄錯〔歷史事件等〕的日期〔年代〕.

mis·deed [mɪsˋdid; ˏmɪsˊdiːd] *n.* [C]〔文章〕(通常 misdeeds)惡行; 不法行爲.

mis·de·mean·or (美), **mis·de·mean·our** (英) [ˏmɪsdɪˋminə; ˏmɪsdɪˊmiːnə(r)] *n.* [C] 放蕩行爲, 不良行爲; 〔法律〕輕罪(→ felony).

mis·di·rect [ˏmɪsdəˋrekt; ˏmɪsdɪˊrekt] *vt.*
1 給〔人〕錯誤的指示; 指錯道路〔地點〕.
2 寫錯〔信件等的〕投遞地址.

mis·di·rec·tion [ˏmɪsdəˋrekʃən; ˏmɪsdɪˊrekʃn] *n.* [U] **1** 錯誤指示, 錯誤指引.
2 (書信上的)收信人地址錯誤.

mis·do·ing [mɪsˋduɪŋ, ˏmɪsˊduːɪŋ] *n.* [C]〔文章〕(通常 misdoings)=misdeed.

*****mi·ser** [ˋmaɪzɚ; ˊmaɪzə(r)] *n.* (*pl.* ~s [~z; ~z]) [C] 吝嗇鬼.

*****mis·er·a·ble** [ˋmɪzrəbl, -zərə-; ˊmɪzərəbl] *adj.* **1**〔人, 心情等〕悲慘的, 極不幸的. feel *miserable* from hunger 因飢餓而感到難過/The children were *miserable* with hunger and cold. 孩子們受飢寒交迫之苦.
2〔處境, 命運等〕可憐的, 悲慘的;〔氣候等〕令人討厭的;〔頭痛等〕令人難以忍受的. lead a *miserable* life 過著悲慘的生活/What a *miserable* day! 多麼令人討厭的天氣! 而且還下雨呢!/Look at that rain. 多麼令人討厭的天氣! 而且還下雨呢!
3〔限定〕粗糙的〔飯菜等〕; 拙劣的〔演技等〕; 少得可憐的〔薪水等〕; 微不足道的. a *miserable* meal 粗劣的餐點/a *miserable* little house 破蔽的小屋.
4〔限定〕卑鄙的〔人, 個性等〕. You *miserable* coward! 你這卑鄙的懦夫! ⇨ *n.* **misery**.

mis·er·a·bly [ˋmɪzrəblɪ, -zərə-; ˊmɪzərəblɪ] *adv.* **1** 悲慘地, 可憐地; (難以忍受地)極度〔寒冷等〕. die *miserably* 死得很凄慘.
2 貧困地; 不充裕地.

mis·er·ies [`mɪzrɪz, `mɪzərɪz; 'mɪzəriz] *n.* misery 的複數.

mi·ser·ly [`maɪzəlɪ; 'maɪzəli] *adj.* 吝嗇的; 貪心的.

❋mis·er·y [`mɪzrɪ, `mɪzərɪ; 'mɪzəri] *n.* (*pl.* **-er·ies**) **1** ⓊⒸ悲慘的境遇; 悽慘; 不幸; 貧困. live in *misery* and want 過著貧困匱乏的生活/the *miseries* of mankind 人類的不幸.
2 Ⓤ痛苦, 苦惱. suffer the *misery* of a headache 為頭痛所苦.
3 Ⓒ不幸[苦惱]的事. These boys made my school life a *misery*. 這些男孩把我的學校生活搞得一團糟. ⇨ *adj.* **miserable**.

mis·fire [mɪs`faɪr; ˌmɪs`faɪə(r)] *vi.* **1** 〔槍砲等〕無法發射; 〔內燃機〕無法點燃. **2** 〔計畫等〕未產生預期效果, 失敗; 〔詼諧語等〕不奏效.
— *n.* Ⓒ無法發射; 無法點燃; 失敗.

mis·fit [mɪs`fɪt; 'mɪsfɪt] *n.* Ⓒ **1** 不合(身)的東西. **2** 不適應(地位, 環境等)的人.

❋mis·for·tune [mɪs`fɔrtʃən; mɪs`fɔ:tʃu:n] *n.* (*pl.* ~s [~z; ~z]) **1** Ⓤ厄運, 不幸, (*to do*). by *misfortune* 不幸的是/He had the *misfortune* to lose his parents. 他不幸失去了父母/fail in business due to *misfortune* 因運氣不好而事業失敗. 參考 misfortune 多用於比 bad luck 更不幸的情況.
2 Ⓒ不幸事故, 災難. The fire was quite an unexpected *misfortune*. 這場火災真是料想不到的災禍/*Misfortunes* never come single. 《諺》禍不單行《<不幸的事會接二連三發生》.

> 搭配 *v.*+misfortune (1-2): endure (a) ~ (忍受不幸), overcome (a) ~ (克服不幸), suffer (a) ~ (遭受不幸) // misfortune+*v.*: (a) ~ occurs (災難發生), (a) ~ befalls a person (災禍降臨到某人身上).

⇨ *adj.* **unfortunate.** ↔ **fortune.**

mis·giv·ing [mɪs`gɪvɪŋ; ˌmɪs`gɪvɪŋ] *n.* ⓊⒸ (常 misgiving*s*) 擔心, 疑慮, 不安; 擔憂[不安]的事. His only *misgiving* was that his offer might offend her. 他只擔心他的提議會觸怒她.

mis·gov·ern [mɪs`gʌvən; ˌmɪs`gʌvən] *vt.* 對…治理不當, 對…管理不善.

mis·gov·ern·ment [mɪs`gʌvənmənt; ˌmɪs`gʌvənmənt] *n.* Ⓤ錯誤的行政管理, 惡政.

mis·guide [mɪs`gaɪd; ˌmɪs`gaɪd] *vt.* 錯誤地引導…, 把…引入歧途, (通常用被動語態).

mis·guid·ed [mɪs`gaɪdɪd; ˌmɪs`gaɪdɪd] *adj.* 〔人或行為等〕(由於錯誤的引導而)被蠱惑的, 被誤導的; 誤入歧途的. *misguided* ideas 被誤導的想法.

mis·han·dle [mɪs`hændl; ˌmɪs`hændl] *vt.* 粗暴地對待, 虐待; 胡亂操作; 處理不當.

mis·hap [mɪs,hæp; `mɪs`hæp; 'mɪshæp] *n.* **1** Ⓒ(輕微的)災難, 不幸事故. **2** Ⓤ災禍, 不幸. without *mishap* 平安無事, 順利.

mis·hear [ˌmɪs`hɪr; ˌmɪs`hɪə(r)] *vt.* (~s[~z; ~z]; -heard; ~ing) 聽錯…, 誤聽.

mish·mash [`mɪʃˌmæʃ; 'mɪʃmæʃ] *n.* 〔aⓊ〕《口》大雜燴, 混雜物, 《of》.

mis·in·form [ˌmɪsɪn`fɔrm, ˌmɪsɪn-; ˌmɪsɪn'fɔ:m] *vt.* 誤報; 提供假情報給…; 《*about* 關於…》.

mis·in·for·ma·tion [ˌmɪsɪnfə`meʃən, ˌmɪsɪnfə`meɪʃn] *n.* Ⓤ誤報; 錯誤情報.

mis·in·ter·pret [ˌmɪsɪn`tɜprɪt, ˌmɪsɪn-; ˌmɪsɪn'tɜ:prɪt] *vt.* 錯誤地解釋[說明], 誤解; 誤譯.

mis·in·ter·pre·ta·tion [ˌmɪsɪnˌtɜprɪ`teʃən, ˌmɪsɪn-; 'mɪsɪnˌtɜ:prɪ'teɪʃn] *n.* ⓊⒸ誤解; 誤譯.

mis·judge [mɪs`dʒʌdʒ; ˌmɪs`dʒʌdʒ] *vt.* 判斷錯誤.
— *vi.* 判斷錯誤; 誤審, 誤判.

mis·judg·ment, mis·judge·ment [mɪs`dʒʌdʒmənt; ˌmɪs`dʒʌdʒmənt] *n.* ⓊⒸ判斷錯誤; 誤審, 誤判; 不當的評論.

mis·laid [mɪs`led; ˌmɪs`leɪd] *v.* mislay 的過去式、過去分詞.

mis·lay [mɪs`le; ˌmɪs`leɪ] *vt.* (~s [~z; ~z]; -laid; ~ing) **1** 遺失; 遺忘. **2** 放錯.

❋mis·lead [mɪs`lid; ˌmɪs`li:d] *vt.* (~s [~z; ~z]; -led [-lɛd; -led]; ~ing) **1** 誤導…方向; 把…引入歧途. This old map *misled* us. 這張舊地圖誤導我們/The young man was *misled* by bad companions. 年輕人被壞同伴引入歧途.
2 使…判斷錯誤, 使迷惑; 欺騙(…去做(*into doing*)). The man's friendly words *misled* me *into trusting* him. 男子友善的話語使我相信他.

❋mis·lead·ing [mɪs`lidɪŋ; ˌmɪs`li:dɪŋ] *adj.* 把人引入歧途的; 〔表達, 表現等〕易招致誤解的. a *misleading* advertisement 誤導人的廣告.

mis·lead·ing·ly [mɪs`lidɪŋlɪ; ˌmɪs`li:dɪŋli] *adv.* 使人誤入歧途地; 產生誤解地.

mis·led [mɪs`lɛd; ˌmɪs`led] *v.* mislead 的過去式、過去分詞.

mis·man·age [mɪs`mænɪdʒ; ˌmɪs`mænɪdʒ] *vt.* 對…管理[經營, 處置]不當.

mis·man·age·ment [mɪs`mænɪdʒmənt; ˌmɪs`mænɪdʒmənt] *n.* Ⓤ管理[經營, 處置]不當.

mis·match [mɪs`mætʃ; ˌmɪs`mætʃ] *vt.* 使錯誤[不合適]地組合; 造成不相配的婚姻.
— *n.* Ⓒ錯誤的結合[婚姻].

mis·name [mɪs`nem; mɪs`neɪm] *vt.* 叫錯名字[取名不當]《常用被動語態》.

mis·no·mer [mɪs`nomə; mɪs`nəʊmə(r)] *n.* Ⓒ錯誤的名字; 使用不當的名稱; 名字的誤用, 誤稱.

mi·sog·y·nist [mɪ`sɑdʒənɪst; mɪ`sɒdʒɪnɪst] *n.* Ⓒ討厭女人[婚姻]的男人.

mi·sog·y·ny [mɪ`sɑdʒənɪ; mɪ`sɒdʒɪnɪ] *n.* Ⓤ討厭女人.

mis·place [mɪs`ples; ˌmɪs`pleɪs] *vt.* **1** 忘了把…放在哪裡.
2 把…放在錯誤[不適當]的地方.
3 錯誤地付出(信用, 感情等)《通常用被動語態》.

M

My confidence in him was *misplaced*. 我錯信他.

mis·play [mɪs`ple; ˏmɪs`pleɪ] *vt.* (~s; ~ed; ~ing) (在運動比賽等) 失誤, 出錯. *misplay* a ball 失誤一球.

— *n.* (*pl.* ~s) C 失誤, 錯誤.

***mis·print** [mɪs`prɪnt, `mɪsˏprɪnt; ˈmɪsprɪnt] *n.* (*pl.* ~s [~s; ~s]) C 印刷錯誤. The book is full of *misprints*. 這本書裡有很多印刷上的錯誤/"$100" was a *misprint* for "$1,000". 「$1,000」被誤印成「$100」.

— [mɪs`prɪnt; ˏmɪs`prɪnt] *vt.* 誤印.

mis·pro·nounce [ˏmɪsprə`naʊns; ˏmɪsprə`naʊns] *vt.* 發錯音.

mis·pro·nun·ci·a·tion [ˏmɪsprəˏnʌnsɪ`eʃən, -pə-; ˈmɪsprəˏnʌnsɪ`eɪʃn] *n.* UC 錯誤的發音; 發音錯誤.

mis·quo·ta·tion [ˏmɪskwo`teʃən; ˏmɪskwəʊ`teɪʃn] *n.* UC 引用錯誤; 錯誤的[不正確的]引用.

mis·quote [mɪs`kwot; ˏmɪs`kwəʊt] *vt.* 錯誤地引用(人名, 言辭等).

mis·read [mɪs`rid; ˏmɪs`riːd] *vt.* (~s; ~ [·`rɛd; ·`red]; ~ing) 讀錯; 誤解; 解釋錯誤.

mis·rep·re·sent [ˏmɪsrɛprɪ`zɛnt; ˈmɪsˏreprɪ`zent] *vt.* **1** 誤傳[誤解](人, 話語等), 錯誤地說明(人, 行為等). **2** 不適當地代表.

mis·rep·re·sen·ta·tion [ˏmɪsrɛprɪzɛn`teʃən; ˈmɪsˏreprɪzen`teɪʃn] *n.* UC 誤傳; 錯誤的說明.

mis·rule [mɪs`rul, -`rɪul; ˏmɪs`ruːl] *vt.* =misgovern.

— *n.* U 苛政; (文章)無秩序, 混亂.

‡**Miss** [mɪs; mɪs] *n.* (*pl.* ~·es [~ɪz; ~ɪz]) C (加在未婚女子的姓或姓名之前)…小姐(→ Mr., Mrs., Ms.) (參考 在不知對方是已婚時, 或對已婚的女演員或女作家等, 也常用 Miss). *Miss* (Ann) Smith (安)史密斯小姐(參考 為區別姊妹關係, 通常將 Miss 加在長女的姓前(Miss Smith), 而次女以下則加在姓名前(Miss Ann Smith))/*Misses* Smith and Bell 史密斯小姐和貝爾小姐/the *Miss* Bells=the *Misses* Bell 貝爾小姐們(★後者為較正式的說法).

2 (用Miss…) …小姐(用於選美比賽等時, 後接地名, 國名). *Miss* America 1998 1998年美國小姐.

3 《用於以禮貌性的稱呼取代直呼女子姓名時》(常 *miss*) (a) (店員, 服務生等稱年輕女子)小姐(→ madam); (稱女店員, 女服務員等)小姐. Two coffees, `miss. 小姐, 來兩杯咖啡(在咖啡廳裡點東西啦). (b) (主英)(學生稱女教師)老師.

4 《常表詼諧或輕蔑》(miss)女孩, 小妞; (特指愛玩的)中小學女生, 女學生.

Miss. (略) Mississippi.

‡**miss** [mɪs; mɪs] *v.* (~·es [~ɪz; ~ɪz]; ~ed [~t; ~t]; ~·ing) *vt.* 【失敗】 **1** 未擊中, 未觸碰

到, (球等), (↔ hit); 未達到. *miss* the target by an inch 離目標[靶子]差一英寸/The falling rock just *missed* our bus. 落石差點兒擊中我們的巴士.

2 (a) 失(約等); 不能堅持; 失敗. *miss* one's footing [hold] 失足踏空[失手抓空]/The left fielder *missed* an important catch. 左外野手漏接了關鍵性的一球. (b) 句型3 (miss *doing*)未能…; 失去做…的機會. I *missed* winning the election by 2,000 votes. 我以2,000票之差未能贏得選舉.

3 (倖免)逃離; 句型3 (miss *doing*)倖免…, *miss* death 倖免一死/I narrowly *missed* being hit by the car. 我差點被那輛汽車撞倒.

【未抓住】 **4** 未乘上, 未趕上, (↔catch); 沒遇到(人); 迷失. I got up late and *missed* the train. 我起晚了所以沒趕上火車/I'm sorry I *missed* you yesterday. 很抱歉我昨天沒見到你.

5 錯過(機會等); 擅自缺席. *miss* lunch 錯過午餐/That's a play not to be *missed*. 那是一場不可錯過的(好)戲/*miss* classes 翹課.

6 漏看[聽]到; 無法理解. Be careful not to *miss* a single word. 仔細聽好, 一個字也別漏/*miss* a line in reading 漏讀一行/You *miss* the whole point of my argument. 你根本沒聽懂我的論點/The library is on the corner. You can't *miss* it. 圖書館在轉角處, 你很快就會找到(<不可能漏看).

【(該有的東西)沒找到】 **7** 發覺(某人, 某物)不在; (人)不在身邊而感到寂寞; 因沒有(東西)而感到不便. I *miss* my son terribly these days. 這幾天我非常想念我兒子/I lost some money, but I don't *miss* it. 我雖然遺失了一些錢, 但我並不在意/The prisoner wasn't *missed* till the next day. 第二天才發現那個犯人不見了.

— *vi.* **1** (箭等)偏離目標; (人)未能擊中目標. I aimed at the deer but *missed* by a mile. 我瞄準了鹿射擊, 但差了十萬八千里(<一英里之遠). **2** (計畫等)失敗.

míss/.../óut¹ 遺漏; 省略. *miss out* a name from a list 名單上漏掉了一個名字.

miss óut² 失敗; 錯過機會; (on). Workaholics often *miss out on* the pleasures of family life. 有工作狂的人常常錯過了家庭生活的樂趣.

miss the bóat [*bús*] → boat, bus的片語.

miss the [*one's*] **márk** 未打中目標; 未達到目的; 失敗.

— *n.* C **1** 沒擊中, 失誤; 失敗. six hits and four *misses* 六次擊中, 四次失誤/make a bad *miss* 做得糟透了.

2 錯過; 避過. a lucky *miss* 僥倖逃過/I'll give my jogging a *miss* today. 我今天不慢跑.

mis·sal [`mɪsl; ˈmɪsl] *n.* C (天主教)彌撒書(詳載一年中彌撒(mass)舉行的儀式).

mis·shap·en [mɪs`ʃepən, mɪsˈʃep-; ˏmɪs`ʃeɪpən] *adj.* (特指肢體)形態醜陋的; 畸形的.

***mis·sile** [`mɪsl, -ɪl; ˈmɪsaɪl] *n.* (*pl.* ~s [~z; ~z]) C **1** 飛彈, 導彈, (guided missile); 彈道飛彈 (ballistic missile). launch [fire] a *missile* 發射

飛彈/an intercontinental ballistic *missile* 洲際彈道飛彈/a *missile* base 飛彈基地.

2 《文章》投射物(砲彈, 標槍, 箭矢, 石塊等).

‡**miss·ing** [ˋmɪsɪŋ; ˈmɪsɪŋ] *adj.* **1** 欠缺的, 缺少的; 下落不明的, 失蹤的. Two leaves are *missing* in [from] this book. 這本書缺兩張(四頁)/*missing* persons 下落不明者.

2 《名詞性》《作複數》(加 the)下落不明者, 生死不明者. a search for the *missing* 搜索失蹤人員.

mìssing línk *n.* **1** ⓒ (一系列互相關聯的事物中)欠缺的環結(要做完整的推論等所缺少的關鍵).

2 《生物》(加 the)失落之環《進化論中推定存在於人類與類人猿之間的動物的總稱》.

‡**mis·sion** [ˋmɪʃən; ˈmɪʃn] *n.* (*pl.* **~s** [~z; ~z]) ⓒ 《使節》 **1** (通常指政府派往國外的)外交使節團, 代表團. Taiwan sent a trade *mission* to Russia. 臺灣派遣貿易代表團到俄羅斯/dispatch a goodwill *mission* 派遣友好訪問團.

2 《美》駐外大(公)使館.

《使命》 **3** 使節的任務; 使命. The spy went to Paris on a secret *mission*. 間諜身負祕密任務到巴黎去/I completed [accomplished] my *mission* with ease. 我輕而易舉地完成了使命.

4 (自己堅信的)使命, 天職. It's my *mission* (in life) to teach children. 教育孩子是我(人生)的使命.

5 《主美軍》特殊任務, 作戰任務; (特指空軍的)出擊; (太空船的)飛行任務.

6 佈道, 傳教; 佈道團; 社會慈善事業團體; (missions)佈道(社會福利)事業. foreign [home] *missions* 國外[國內]佈道活動.

字源 MISS「派遣」: *mission*, sub*mission* (服從), dis*miss* (使離開).

＊**mis·sion·ar·y** [ˋmɪʃənˌɛrɪ; ˈmɪʃənərɪ] *n.* (*pl.* **-ar·ies** [~z; ~z]) ⓒ (派往國外的)傳教士; (因慈善, 社會福利事業等而派遣的)使節.
— *adj.* 佈道的; 佈道者(般)的.

mis·sis [ˋmɪsɪz, -ɪs; ˈmɪsɪz] *n.* ⓒ (加 the, his, your)《口》(戲)太太, 夫人, 妻子.

Mis·sis·sip·pi [ˌmɪsəˋsɪpɪ, ˌmɪsˋsɪpɪ; ˌmɪsɪˈsɪpɪ] *n.* **1** (加 the)密西比河《流經美國中部, 向南注入墨西哥灣》.

2 密西西比州《位於美國中南部, 臨墨西哥灣; 西側的州界為密西西比; 略作 MS, Miss.》.

[the Mississippi]

mis·sive [ˋmɪsɪv; ˈmɪsɪv] *n.* ⓒ (誇張)(長篇大論

的)書信.

Mis·sou·ri [məˋzurɪ, -ˋzurə; mɪˈzuərɪ] *n.* **1** (加 the)密蘇里河《Mississippi 河的支流; → Mississippi 圖》.

2 密蘇里州《美國中部的州; 略作 MO, Mo.》.

mis·spell [mɪsˋspɛl, ˌmɪsˈspel] *vt.* (**~s; ~ed, -spelt; ~ing**) 拼錯, 誤拼.

mis·spell·ing [mɪsˋspɛlɪŋ, ˌmɪsˈspelɪŋ] *n.* ⓊⒸ 錯誤拼法, 拼寫錯誤.

mis·spelt [mɪsˋspɛlt, ˌmɪsˈspelt] *v.* misspell 的過去式, 過去分詞.

mis·spend [mɪsˋspɛnd, ˌmɪsˈspend] *vt.* (**~s; -spent; ~ing**) 誤用, 浪費, 〔時間, 金錢等〕.

mis·spent [mɪsˋspɛnt, ˌmɪsˈspent] *v.* misspend 的過去式, 過去分詞.

mis·state [mɪsˋstet, ˌmɪsˈsteɪt] *vt.* 誤述.

mis·state·ment [mɪsˋstetmənt, ˌmɪsˈsteɪtmənt] *n.* Ⓤ 錯誤的陳述.

mis·sus [ˋmɪsəz, -əs; ˈmɪsəz] *n.* =missis.

miss·y [ˋmɪsɪ; ˈmɪsɪ] *n.* (*pl.* **miss·ies**) ⓒ (口)小姐, 女孩, (通常為帶有親密感的稱呼; →Miss 2).

‡**mist** [mɪst; mɪst] *n.* (*pl.* **~s** [~s; ~s]) **1** Ⓤ 霧, 靄(煙霧), (→ haze¹ 圖). a season of *mists* 霧季/The cottage was veiled in (a thick) *mist*. 小屋被(濃)霧籠罩著.

搭配 *adj.*＋mist: a thin ~ (薄霧), a heavy ~ (濃霧) // mist＋*v.*: ~ falls (起霧), ~ clears (霧散去).

2 [*a* Ⓤ] (視線)朦朧; (水蒸氣等附著於玻璃表面等的)霧氣. She looked at the gift through a *mist* of tears. 她淚水汪汪地看著禮物.

3 Ⓤ 使(判斷, 記憶等)模糊之物. a *mist* of doubt 疑惑的謎霧.

— *vi.* **1** (水面等)籠罩著霧(靄); (眼睛等)變得朦朧; (玻璃等)起霧; (*over; up*).

2 (以 it 當主詞)起霧.

— *vt.* 使(眼睛)朦朧; 使模糊; (*over; up*). My glasses are *misted over* with steam. 我的眼鏡因水蒸氣而變得模糊了.

‡**mis·take** [məˋstek; mɪˈsteɪk] *vt.* (**~s** [~s; ~s]; **-took; -tak·en; -tak·ing**)

1 (a)誤會; 誤解, 弄[看]錯. I *mistook* your meaning. 我誤解了你的意思.
(b)誤認; (用 mistake A for B)把 A 誤認為 B. I often *mistake* Jane *for* her younger sister. 我常把珍誤認為她的妹妹.

2 選錯, 誤入, 〔路等〕. I *mistook* my way in the dark. 我在黑暗中走錯了路.

there's nò mistáking 不可能弄錯的.

— *n.* (*pl.* **~s** [~s; ~s]) ⓒ 過失, 錯誤; 誤解, 誤會; (→ error 圖). make a careless *mistake* 犯了一個粗心的錯誤/It's a great *mistake* to suppose that money is everything. 如果認為金錢是萬能的, 那就大錯特錯了/There's no *mistake* about it. 那是絕對錯不了的.

[搭配] *adj.*＋mistake: a common ～ (常有的錯誤), a serious ～ (嚴重的錯誤), a slight ～ (些微的錯誤) // *v.*＋mistake: correct a ～ (改正錯誤), point out a ～ (指出錯誤).

and nò mistáke 《口》《強調上文》無疑地, 確確實實地. I'll get back at him *and no mistake*. 我一定要向他討回公道.

* *by mistáke* 弄錯地, 錯誤地. enter the wrong room *by mistake* 走錯房間.

‡**mis·tak·en** [məˋsteˌkən; mɪˋsteɪkən] *v.* mistake 的過去分詞.

— *adj.* **1** 〔敘述〕〔人〕弄錯的; 誤解的. If I'm not *mistaken*, Mr. Hill is over sixty. 如果我沒弄錯的話, 希爾先生六十多歲了/You are *mistaken about* that [*in* thinking so]. 你誤會那件事了[那麼想是錯誤的]/I've been completely *mistaken in* Mr. Elton. 我完全錯估了艾爾頓先生[一點也不知道艾爾頓先生實際上能力如何].
2 〔行爲, 思想等〕錯誤的, 不正確的. have a *mistaken* opinion of a person 對某人評價錯誤/a play about *mistaken* identity 以認錯人爲題材的戲劇/*mistaken* kindness 幫倒忙.

mis·tak·en·ly [məˋstekənlɪ; mɪˋsteɪkənlɪ] *adv.* 錯誤地; 誤解地.

mis·tak·ing [məˋstekɪŋ; mɪˋsteɪkɪŋ] *v.* mistake 的現在分詞、動名詞.

mis·ter [ˋmɪstɚ; ˋmɪstə(r)] *n.* ⓒ **1** (*Mister*)…先生(尊稱; Mr. 的原形). [參考] 有時亦用於玩笑話中. **2** 《俚》老爺, 先生, 喂, 《用來呼喚不知名的男子; → Miss 3 (a)》.

mist·i·ly [ˋmɪstəlɪ; ˋmɪstɪlɪ] *adv.* 籠罩著霧地; 模糊不清地.

mis·time [mɪsˋtaɪm; ˌmɪsˋtaɪm] *vt.* 弄錯…時機, 在不適當的時候說[進行等], 《常用過去分詞》. a *mistimed* proposal 不合時機的提案.

mist·i·ness [ˋmɪstɪnɪs; ˋmɪstɪnɪs] *n.* Ⓤ 霧濃; 朦朧, 模糊.

mis·tle·toe [ˋmɪslˌto; ˋmɪsltəʊ] *n.* Ⓤ 槲寄生《槲寄生科的常綠灌木; 開淡藍色的花, 結紅色的果實; 在歐美將小樹枝作爲聖誕節的裝飾, 按舊習俗可親吻站在小樹枝下面的女子》.

mis·took [mɪsˋtuk; mɪˋstʊk] *v.* mistake 的過去式.

mis·tral [ˋmɪstrəl, mɪsˋtral; ˋmɪstrəl] *n.* ⓒ (加the, 用單數)西北風《從法國西北隆河谷地向地中海岸南吹的乾冷空氣》.

mis·trans·late [ˌmɪstrænsˋlet, -trænz-; ˌmɪstrænsˋleɪt] *vt.* 誤譯.

mis·trans·la·tion [ˌmɪstrænsˋleʃən; ˌmɪstrænsˋleɪʃn] *n.* ⓊⒸ 誤譯.

mis·treat [mɪsˋtrit; mɪsˋtriːt] *vt.* 虐待.

mis·treat·ment [mɪsˋtritmənt; mɪsˋtriːtmənt] *n.* ⓊⒸ 虐待.

‡**mis·tress** [ˋmɪstrɪs; ˋmɪstrɪs] *n.* (*pl.* ～es [～ɪz; ～ɪz]) ⓒ

〖擁有支配權的女性〗 **1** 女主人; (動物等的)女飼主. May I speak to the *mistress* of the house? (對接電話者)我可以請女主人聽電話嗎?
2 女性統治者, 「女王」. a *mistress* of society 社交界的女王.
3 名女人, 傑出女性. a *mistress* of dressmaking 一流的女性服裝設計師.
4 《主英》(學校的) 女教師.
★ 作上述四項解釋的男性用 **master**.
〖女性情人〗 **5** 情婦, 情人, (★男性情人爲 lover).
6 《詩、古》情人, 心愛的女子.

be místress of... 〔女性〕可自由地…, 能控制[支配]…, (→ be master of...).

mis·tri·al [mɪsˋtraɪəl; mɪsˋtraɪəl] *n.* ⓒ 《法律》(由於程序上的錯誤而造成的)誤判, 無效審判; (因陪審員未能完全同意判決結果的)未決審判.

mis·trust [mɪsˋtrʌst; ˌmɪsˋtrʌst] *n.* aⓊ 不信任, 懷疑. have a strong *mistrust* of anything new 對任何新事物都抱持強烈的懷疑.
— *vt.* 不信任, 懷疑. I *mistrust* myself. 我不相信自己. 回 mistrust 的不相信程度沒有 distrust 那樣強; 對自己能力等的懷疑通常用 mistrust.

mis·trust·ful [mɪsˋtrʌstfəl; mɪsˋtrʌstfʊl] *adj.* 不信任的(*of*).

mist·y [ˋmɪstɪ; ˋmɪstɪ] *adj.* **1** 有霧的; 霧(似)的.
2 〔眼睛〕淚眼朦朧的; (因水蒸氣等而)模糊不清的.
3 〔想法等〕模糊的.

‡**mis·un·der·stand** [ˌmɪsʌndɚˋstænd; ˌmɪsʌndəˋstænd] *v.* (～s [～z; ～z]; **-stood**; ～**ing**) *vt.* 誤解〔話語, 行爲等〕; 無法理解原意[本性]. Don't *misunderstand* me. 不要誤會我.
— *vi.* 誤解.

***mis·un·der·stand·ing** [ˌmɪsʌndɚˋstændɪŋ; ˌmɪsʌndəˋstændɪŋ] *n.* (*pl.* ～s [～z; ～z]) ⓊⒸ 誤解, 想錯; 意見不一致, 紛爭. remove [clear up] a mutual *misunderstanding* 解除[澄清]相互間的誤會/A *misunderstanding* arose between the two nations. 兩國之間產生了紛爭.

mis·un·der·stood [ˌmɪsʌndɚˋstud; ˌmɪsʌndəˋstʊd] *v.* misunderstand 的過去式、過去分詞.

mis·use [mɪsˋjus; ˌmɪsˋjuːs] (★與 *v.* 的發音不同) *n.* ⓊⒸ (詞句等的)誤用; (權力等的)濫用. *misuse* of funds 資金的濫用.
— [mɪsˋjuz; ˌmɪsˋjuːz] *vt.* **1** 誤用; 亂用, 濫用. **2** 《文章》虐待, 殘酷地驅使.

M.I.T. (略) Massachusetts Institute of Technology (麻省理工學院).

mite [maɪt; maɪt] *n.* ⓒ **1** 微小的東西; (可憐的)小孩. What a *mite* of a child! 多麼令人同情的孩子! **2** 零錢, 小額貨幣. **3** 《蟲》(在貯藏食品等中生長的)小蟲子.

mi·ter (美), **mi·tre** (英) [ˋmaɪtɚ; ˋmaɪtə(r)] *n.* ⓒ **1** 《天主教、英國國教會》主教冠(bishop 等於典禮上所戴).

2 《木工》斜接《亦作 míter jòint》通常兩端斜切成 45°相接，構成 90°的直角.

mit·i·gate [ˋmɪtəˏget; ˊmɪtɪgeɪt] vt. 《文章》使《痛苦，悲傷等》緩和，平息；減輕《懲罰等》.

mit·i·ga·tion [ˏmɪtəˋgeʃən; ˏmɪtɪˋgeɪʃn] n. ⓤ《文章》緩和，鎮靜，減輕.

mi·tre [ˋmaɪtɚ; ˊmaɪtə(r)] n. (英)=miter.　　[miter 1]

＊**mitt** [mɪt; mɪt] n. (pl. ~s [~s; ~s]) ⓒ **1** (婦女用的)露指手套.

2 (棒球的)手套. **3** =mitten 1.

mit·ten [ˋmɪtn̩; ˊmɪtn] n. ⓒ **1** 連指手套(除大拇指外，其他四指連成袋狀的手套；→ glove). a pair of mittens 一副連指手套.

2 =mitt 1.　　[mitt 1]

＊**mix** [mɪks; mɪks] v. (~es [~ɪz; ~ɪz]; ~ed [~t; ~t]; ~·ing) vt. **1** 摻入，攪拌；使混合《with; in, into》. mix blue with [and] white paint 把藍色和白色顏色混和/I always mix a little water with my whiskey. 我總是摻些水在我的威士忌中/mix some flour into the soup to thicken it 摻入麵粉使湯稠一些. 同 mix 多用於混合後成分不變的情況; → mingle.

2 (a)調製，配製. mix concrete 拌水泥/Do you know how to mix the cake? 你知道如何調製蛋糕嗎? (b) 句型4 (mix A B)、句型3 (mix B for A)為 A 調製 B. Mix me a cocktail. = Mix a cocktail for me. 調一杯雞尾酒給我.

3 把…結合起來，使組合；使交往《with》. mix boys and girls in all classes 所有的班級都男女混編/This sort of reading mixes study and pleasure. 這種閱讀兼具學習與娛樂.

4 《廣播》混音.

── vi. **1** 摻混；相互結合《with》. Oil and water don't mix. = Oil doesn't mix with water. 油和水無法相混合.

2 交往，交際，《with》. Bill mixes well in any company. 比爾在任何社交圈裡都如魚得水[都很受歡迎]. ⇨ n. mixture.

be [**get**] **míxed úp** (1)發生關連，被捲入，《in〔不好的事等〕》；結交《with〔壞朋友等〕》. The mayor is mixed up in the scandal. 市長被捲入那件醜聞中. (2)搞不清楚狀況. I was all mixed up about what happened. 我對發生了甚麼事仍是一頭霧水.

mìx/.../úp (1)把…攪勻；使…混雜. mix the cards up 洗牌/Don't mix up the papers. 別弄亂文件. (2)混淆. The twins are continually mixed up. 那對雙胞胎經常被人認錯/mix up fancies with facts 把想像與事實混為一談.

── n. **1** ⓤⓒ (原料都調配好立即可烹飪的)…的材料，混合物. (a) cake mix 蛋糕混合配料.

2 aⓤ 混合，混合物.

━━━━━━━━━━ **mnemonic** 991

＊**mixed** [mɪkst; mɪkst] adj. **1** 混合的，摻雜的，摻和的，混雜的. mixed chocolates 什錦巧克力/a mixed-ability class 學生程度分班的班級/I have mixed feelings about my daughter's marriage. 我對女兒的結婚有一種(又高興又難過的)複雜感覺/Racially, Britain today is rather a mixed society. 從種族的角度而言，今日的英國可說是一個混合的社會.

2 男女混合的; 男女同校的. mixed company 有男有女的一群夥伴/mixed doubles (網球)男女混合雙打.

3 〔婚姻等〕不同種族[不同宗教信仰者]間的. She was the child of a mixed marriage between a Japanese and an American. 她是日本人與美國人通婚後所生的孩子.

mìxed bág n. ⓒ(口)大雜燴.

mìxed gríll n. ⓒ 什錦烤肉.

mix·er [ˋmɪksɚ; ˊmɪksə(r)] n. ⓒ **1** 攪拌器; (烹飪用的)電動攪拌器; 水泥攪拌機.

2 (收音機、電視機)混音器，混音師，(廣播、錄音等)音量、音質、影像的調節裝置，及操控該設備的技術員[員].

3 (口)善交際者. be a good [bad] mixer 善於[不善於]交際的人.

4 (口)社交宴會[舞會].　　[mixer 1]

＊**mix·ture** [ˋmɪkstʃɚ; ˊmɪkstʃə(r)] n. (pl. ~s [~z; ~z])

1 ⓤⓒ混合物《of》; 混合《of》. a mixture of milk, eggs and flour 牛奶、雞蛋和麵粉的混合.

2 ⓒ(化學)混合物(與 compound 不同); 合劑(藥水). a cough mixture 咳嗽藥水.

3 aⓤ (不同成分的)混合，混成. a strange mixture of beauty and ugliness 美與醜的奇怪組合.

4 ⓤ《文章》混合.

mix-up [ˋmɪksˏʌp; ˊmɪksʌp] n. ⓒ《口》混亂; 扭打.

miz·zen, miz·en [ˋmɪzn̩; ˊmɪzn] n. =mizzenmast.

miz·zen·mast, miz·en·mast [ˋmɪzn̩ˏmæst, -ˏmæst; ˊmɪznmɑːst] n. ⓒ《海事》後桅(在 mainmast 後面的桅桿，船上的第三支桅桿; → sailing ship圖).

ml (略) milliliter(s).

Mlle (略) Mademoiselle.

Mlles (略) Mesdemoiselles.

MM (略) Messieurs.

mm (略) millimeter(s).

Mme (略) Madame.

Mmes (略) Mesdames (★亦可作 Mrs. 的複數).

MN (略) Minnesota.

Mn (符號) manganese.

mne·mon·ic [niˋmɑnɪk; niːˊmɒnɪk] adj. 有助

於記憶的, 記憶術的, 記憶的.
— n. C 有助於記憶的東西(有助於記憶的歌等); (mnemonics)(作ц數)記憶術.

MO, Mo¹ (略) Missouri.

Mo² (符號) molybdenum.

mo [mo; məʊ] n. (pl. ~s) C (通常用單數)(英, 口)瞬間(<moment). Wait a mo. 等一下.

***moan** [mon; məʊn] n. (pl. ~s [~z; ~z]) C **1** (痛苦, 悲傷時的)呻吟聲; (風, 浪等的)低吟聲. give a low moan 發出低沈的呻吟聲.
2 牢騷, 不滿.
— v. (~s [~z; ~z]; ~ed [~d; ~d]; ~·ing) vi. **1** 呻吟; (風)發出低吟聲. The soldier moaned with [in] pain. 那位士兵因疼痛而呻吟/The wind moaned through the pine trees. 風吹過松樹林發出低吟聲.
2 抱怨(about 關於…). Bob's always moaning about his low salary. 鮑伯老是抱怨他的薪水低.
— vt. 呻吟般地訴說(out); 悲歎(that 子句)呻吟著說…; 悲歎….

moat [mot; məʊt] n. C 護城河(城, 鎮等四周的; → castle 圖).

moat·ed [ˋmotɪd; ˋməʊtɪd] adj. 圍有護城河的.

***mob** [mab; mɒb] n. (pl. ~s [~z; ~z]) C **1** (常作負面含義)(人, 動物等的)群, 夥, 幫. a mob of children 一群孩子.
2 暴民; 烏合之眾, 起鬨的人群. The angry mob attacked the Embassy. 憤怒的暴民襲擊了大使館.
3 (輕蔑)(加the)一般大眾; 無知的群眾. He obtained a seat in the Commons by appealing to the mob. 他靠眾罵取寵而獲得下議院議員的席位.
4 (口)暴力集團, 強盜集團.
5 (形容詞性)暴民的, 以暴民為對象的; 向一般群眾的. mob rule (用私刑等的)暴民統治/a mob orator 煽動大眾的演說者.
— vt. (~s; ~bed; ~·bing) **1** (人, 鳥)成群襲擊.
2 成群圍住(明星); 蜂湧進入. Shoppers mobbed the bargain counter. 購物的人潮一窩蜂地湧到特賣專櫃.

***mo·bile** [ˋmobl, ˋmobɪl, -bɪl; ˋməʊbaɪl] adj. **1** 易移動的, 機動的, 可移動的; (社會等)流動的. a mobile library (英)流動圖書館((美)bookmobile)/Bob won't be mobile until the wound in his leg heals. 在腳傷痊癒之前, 鮑伯不能走動.
2 (表情等)富於變化的; (心情等)善變的, 變化無常的. a mobile face 表情豐富的臉.
— [ˋmobil; ˋməʊbiːl] n. C (美術)活動雕塑品(用鐵絲等吊起的數個金屬片等製成, 會隨著空氣的流動而擺動的一種抽象雕塑或裝飾).

mo·bile home n. C 活動房屋(把拖車設計成可居住的環境; → motor home).

mo·bile tel·e·phone [**phone**] n. C (美)行動電話(cellular phone).

mo·bil·i·ty [moˋbɪlətɪ; məʊˋbɪlətɪ] n. U **1** 易動性, 可動性; 機動力. **2** (表情等)易變; 見異思遷.

mo·bi·li·za·tion [ˌmobḷəˋzeʃən, -aɪˋz-; ˌməʊbɪlaɪˋzeɪʃn] n. UC (軍隊, 工廠等的)動員.

mo·bi·lize [ˋmobḷ͵aɪz; ˋməʊbɪlaɪz] vt. 動員, 調動, (軍隊, 工廠, 資源, 支持者等). mobilize public opinion to establish a truly democratic government 動員輿論力量以建立真正的民主政府.

mob·ster [ˋmabstɚ; ˋmɒbstə(r)] n. C (俚)暴力集團的一員.

moc·ca·sin [ˋmakəsṇ, -zṇ; ˋmɒkəsɪn] n. C (通常 moccasins)莫卡辛鞋(通常指用一張鹿皮製的無後跟軟底鞋; 原為美洲印第安人穿的鞋子).

[moccasins]

mo·cha [ˋmokə; ˋmɒkə] n. U (有時Mocha)摩卡咖啡(原為阿拉伯半島西南部Mocha港輸出的上等咖啡).

***mock** [mak, mɔk; mɒk] v. (~s [~s; ~s]; ~ed [~t; ~t]; ~·ing) vt. **1** 嘲笑, 嘲弄; 為了取笑而模仿. His mocking laughter made me angry. 他的嘲笑使我非常生氣/mock the way the professor speaks 學那位教授說話的腔調來逗笑.
2 (文章)無視(法律等); 枉費(他人的努力, 才能等). The river mocked all our efforts to cross it. 我們努力想渡過這條河的苦心都白費了.
3 (文章)使(期待等)落空; 欺騙(人).
— vi. 嘲弄(at).
— adj. (限定)偽造的, 假的; 模仿的. speak with mock seriousness 假裝很認真似地說/a mock battle [trial] 模擬戰[審判].
— n. C 嘲笑的對象.
make a mock of... = make a mockery of... (→ mockery的片語).

mock·er [ˋmakɚ, ˋmɔk-; ˋmɒkə(r)] n. C 嘲笑者, 嘲弄者.

mock·er·y [ˋmakərɪ, ˋmɔk-; ˋmɒkərɪ] n. (pl. -er·ies) **1** U 嘲笑; C (常 mock·er·ies)嘲笑的話題[行為]. **2** C (通常用單數)嘲弄的對象, 笑柄. **3** a U 拙劣可笑的模仿; (形式上的)模仿; 冒牌貨.
hold...up to mockery 拿…當笑柄[戲弄的對象].
make a mockery of... (1)嘲笑…, 把…當作笑柄. (2)使…徒勞[落空]; 顯示…為無意義的事.

mock·ing·bird [ˋmakɪŋ͵bɝd, ˋmɔk-; ˋmɒkɪŋbɜːd] n. C 反舌鳥, 嘲鶇(善於模仿別種鳥的鳴聲; 產於北美南部、西印度群島).

mock·ing·ly [ˋmakɪŋlɪ, ˋmɔk-; ˋmɒkɪŋlɪ] adv. 嘲笑地, 嘲弄地; 戲弄地.

mock turtle soup n. U 假海龜湯(有海龜的味道, 但實際是用小牛的頭等烹調的).
[mockingbird]

mock-up [ˋmak͵ʌp, ˋmɔk-; ˋmɒkʌp] n. C (飛

機，機器等)實物大小的模型(實驗、教學等用)．

mod [mad; məʊd] n. C (常 Mod)摩登族(的成員)《1960 年代出現於英國，穿著新潮並騎著小型摩托車的青少年團體)(的一員)）．

mod·al [ˋmodl; ˊməʊdl] adj. **1** 樣式(mode)的，形式上的．**2** 《文法》語氣(mood)的，情態的．

*__mode__ [mod; məʊd] n. (pl. ~s [~z; ~z]) **1** C 樣式，形式；風格．a new mode of life 新的生活方式/a strange mode of writing 奇特的寫作風格．**2** UC (通常加 the)(女裝等的)流行；(時代的)風尚，風潮．be in mode 流行中/go out of mode 過時/follow the latest mode 追隨最新的時尚．**3** C (音樂)音階，調式；(文法)=mood².

*__mod·el__ [ˋmodl; ˊmɒdl] n.(pl. ~s [~z; ~z]) C 【型】 **1** 模型，雛型；(像等的)原型；《形容詞性》模型的，樣本的．make a scale model of a ship 製作船的縮尺模型/a working model of a car 汽車的實際操作模型/a model house 樣品屋．**2** (通常用單數)《英、口》一模一樣的人[物](of)．Ann is a perfect model of her mother. 安和她母親長得一模一樣．**3** (汽車等的)型，設計．the latest model of Ford 福特最新車款．【樣品】 **4** 模範，榜樣；《形容詞性》模範的．Make your father your model. 你要以父親為榜樣/a model wife 模範妻子．**5** (特指女性時裝的)模特兒；(畫家、作家等的)模特兒．He used his father as a model in this novel. 他以父親為原型，創造出這本小說的主角．*after* [*on*] *the módel of...* 以…為模式[榜樣]．The museum was built on the model of the Parthenon. 那座博物館是仿照帕德嫩神殿建造的．— v. (~s [~z; ~z]; 《美》~ed, 《英》~led [~d; ~d]; 《美》~ing, 《英》~ling) vt. **1** 做…的樣式，塑造原型(in)；塑造(黏土等)(into)；做…的模型．model a dog in wax=model wax into a dog 用蠟做狗的模型．**2** 仿製…(after, on, upon)．a school modeled after the English public school 仿效英國私立寄宿中學的一所學校/He modeled himself on his teacher. 他以老師為榜樣．**3** 當(服裝、帽子等)的模特兒，穿…來展示．— vi. **1** 做模型(in)．**2** 當(時裝)模特兒；當(攝影用)的模特兒．

mod·el·er 《美》，**mod·el·ler** 《英》 [ˋmodlɚ; ˊmɒdl(r)] n. C 模型製造者；(銅像等的)塑造者．

mod·el·ing 《美》，**mod·el·ling** 《英》 [ˋmodlɪŋ, ˋmadlɪŋ; ˊmɒdlɪŋ] n. U **1** 模型製造；塑造術．**2** (時裝)模特兒的工作．

*__mod·er·ate__ [ˋmadərɪt, ˋmadrɪt; ˊmɒdərət] (★與 v. 的發音不同) adj. 【中等程度的】 **1** (要求等)適度的，(運動等)適度的，(風等)平靜的，(思想上)穩健的；(參考 指風的強度時較 light, gentle 強)．be moderate in drinking 喝酒有節制/a moderate climate 溫和的氣候/take moderate exercise 做適度的運動/the government's moderate policies 政府穩當的政策．

2 中等的，普通的．a house of moderate size 普通大小的房子/bake a cake in a moderate oven 用中溫的烤箱烘焙蛋糕．

3 (委婉)(能力、收入等)不太高的，還過得去的，中等以下的；(價格)適中的．a musician of only moderate ability 平庸的音樂家．— n. C (思想)穩健的人．— [-ˏret; -reit] v. **~s [~s; ~s]; -at·ed [~ɪd; ~ɪd]; -at·ing [~ɪŋ; ~ɪŋ] vt. 【使適度】 **1** 使(要求等)緩和，使平穩，謹慎，控制，(言語等)．moderate one's anger 息怒．**2** 《當調停者》擔任…的主席[司儀]．— vi. 緩和，變平穩，(風等)平靜．

mod·er·ate·ly [ˋmadərɪtlɪ, ˋmadrɪtlɪ; ˊmɒdərətlɪ] adv. 適度地，節制地；中等地，普通地．

mod·er·at·ing [ˋmadəˏretɪŋ; ˊmɒdəreitɪŋ] v. moderate 的現在分詞、動名詞．

mod·er·a·tion [ˏmadəˋreʃən; ˏmɒdəˊreiʃn] n. U 適度，節制；緩和，減輕；穩健，中庸．

mod·e·ra·to [ˏmadəˋrato; ˏmɒdəˊraːtəʊ] (音樂) adv., adj. 中板地[的]，中等速度地[的]，(→ tempo 參考)．— n. (pl. ~s) C 中板的曲子[樂曲]．

mod·er·a·tor [ˋmadəˏretɚ; ˊmɒdəreitə(r)] n. C **1** 調停者，仲裁者．**2** 會議主席；(特指長老教會會議的)主席；(討論會等的)主持人．**3** 調節器．

*__mod·ern__ [ˋmadɚn; ˊmɒdən] adj. **1** 近代的，現代的，最近的，(→ recent 同)．modern times 現代；近代/the diseases of modern civilization 現代文明的弊病/plays of modern life 描寫現代生活的戲劇/modern literature 現代文學．注意 modern 一詞尚未有嚴謹的定義，西洋史把 medieval 之後，也就是大約西元 1450 年左右迄今的歷史稱為 modern history；特指當代歷史時用 contemporary history 等．**2** 現代化的，時髦的，摩登的．the modern fashion of going hatless 不戴帽子的現代風尚/This hotel has modern furnishings. 這家飯店有現代化的裝潢．— n. **1** C (通常 moderns) 現代人(↔ ancient)．**2** (思想等)現代化的人．

mòdern árt n. U 現代藝術[美術]．

Mòdern Énglish n. U 近代英語(約西元 1500 年以後的英語)．

mod·ern·ism [ˋmadɚnˏɪzəm; ˊmɒdənɪzm] n. **1** U 現代[近代]傾向，現代風格；現代[近代]思想；現代[近代]主義．**2** C 現代語法．

mod·ern·ist [ˋmadɚnɪst; ˊmɒdənɪst] n. C 現代[近代]主義者；現代人．

mod·ern·is·tic [ˏmadɚˋnɪstɪk; ˏmɒdəˊnɪstɪk] adj. 現代[近代]主義(者)的；超現代的，前衛的．

mo·der·ni·ty [maˋdɝnətɪ, mo-; mɒˊdɜːnətɪ] n. U 現代[近代]性；現代風格．

mod·ern·i·za·tion [ˏmadɚnəˋzeʃən, -aɪˊz-; ˏmɒdənaɪˊzeiʃn] n. U 現代化，近代化．

mod·ern·ize [ˋmadɚnˏaɪz; ˊmɒdənaiz] vt. 使

現代[近代]化. 使具有現代風格.

módern schóol *n.*《英》=secondary modern school (→ school¹ 表).

＊mod·est [ˋmɑdɪst; ˊmɒdɪst] *adj.* 【《客氣的》】
1 謙遜的, 謙虛的. Tom is *modest* about winning the prize. 湯姆對於獲獎一事表現得很謙虛. 回 modest 的重點在沒有虛榮心的優點; → humble.
2 (特指女性)端莊的, 高雅的; 矜持的, 拘謹的; (↔immodest). She's *modest* in her speech. 她說話謹慎/The girl's *modest* behavior gave a good impression. 那個女孩端莊的舉止予人好印象.
3 不花俏的, 樸實的. 〔服裝等〕樸素的. live in a *modest* house 居住在普通的房子裡.
4 〔數, 量, 規模, 價格等〕不太大的; 〔禮品等〕少許的; 〔要求等〕不過分的, 適切的. a man of *modest* means 財產不大的人/Her book of verse achieved a *modest* success. 她的詩集引起的回響差強人意.

mod·est·ly [ˋmɑdɪstlɪ; ˊmɒdɪstlɪ] *adv.* 謙遜地, 客氣地; 謹慎地, 保守地.

＊mod·es·ty [ˋmɑdɪstɪ; ˊmɒdɪstɪ] *n.* U **1** 謙遜, 謙虛; 靦腆; (女子的)端莊, 恭謹. Her natural *modesty* prevented her from being spoilt by fame. 她天性的謙虛使她不會因名氣而驕縱.
2 樸實; 樸素; 適度, 適中.
in àll módesty 謙遜地; 保守地說.

mod·i·cum [ˋmɑdɪkəm; ˊmɒdɪkəm] *n.* C (用單數)少量, 些微. show a *modicum of* interest 表示一點點興趣 (語法 of 之後接不可數名詞).

mod·i·fi·ca·tion [͵mɑdəfəˋkeʃən; ͵mɒdɪfɪˊkeɪʃn] *n.* UC **1** (被)修改, (部分的)更改, 緩和. The plan needs slight *modification*. 這個計畫需要稍作修改. **2** 《文法》修飾.

mod·i·fi·er [ˋmɑdə͵faɪɚ; ˊmɒdɪfaɪə(r)] *n.* C
1 修飾語《形容詞(片語), 副詞(片語)》.
2 修改[調節]者[物].

＊mod·i·fy [ˋmɑdə͵faɪ; ˊmɒdɪfaɪ] *vt.* (**-fies** [~z; ~z]; **-fied** [~d; ~d]; **~·ing**) **1** 修改, 更改, 〔計畫, 意見等〕. The terms of the contract were *modified*. 該契約的條款已經修正.
2 緩和, 調整, 〔要求, 條件等〕. The workers *modified* their demands for higher pay. 工人們放鬆了加薪的要求.
3 《文法》修飾.

mod·ish [ˋmodɪʃ; ˊməʊdɪʃ] *adj.* 流行的, 時髦的.

mod·ish·ly [ˋmodɪʃlɪ; ˊməʊdɪʃlɪ] *adv.* 趕流行地, 時髦地.

mod·u·lar [ˋmɑdʒəlɚ; ˊmɒdjʊlə(r)] *adj.* 〔家具等〕組合式的.

mod·u·late [ˋmɑdʒə͵let; ˊmɒdjʊleɪt] *vt.*
1 改變(聲音等)的調子; 《音樂》轉調. **2** 調節, 調整. **3** 《電》使改變掃頻波數.
— *vi.* 《音樂》轉調.

mod·u·la·tion [͵mɑdʒəˋleʃən; ͵mɒdjʊˊleɪʃn] *n.*

UC **1** (音調的)變化, 抑揚; 《音樂》轉調. **2** 調節, 調整. **3** 《電》電波頻率的改變.

mod·ule [ˋmɑdʒul, -dʒul; ˊmɒdjuːl] *n.* C
1 (特指建築材料的)標準尺寸.
2 全體構成要素中的一個單位, 模數, 《電子計算機的一個構成單位, 組合式家具的組件等》. a memory *module* (電腦的)記憶裝置.

mo·dus op·e·ran·di [ˋmodəs͵ɑpəˋrændaɪ; ˊmɒdəs͵ɒpəˊrændiː] (拉丁語) *n.* a U (個人的)工作方法, 操作法.

mo·dus vi·ven·di [ˋmodəsvɪˋvɛndaɪ; ͵mɒdəsvɪˊvendiː] (拉丁語) *n.* a U 暫時的妥協; 生活方式, 生活態度.

Mo·gul [ˋmogʌl, moˋgʌl; ˊməʊgl] *n.* C **1** 蒙兀兒人(特指 16 世紀征服印度而建立帝國的蒙古人); (泛指)蒙古人(Mongol(ian)).
2 (*mogul*)《口》大人物. a car *mogul* 汽車大王.

mo·hair [ˋmo͵hɛr, -͵hær; ˊməʊheə(r)] *n.* C 毛海(安哥拉山羊毛); 毛海織物.

Mo·ham·med [moˋhæmɪd; məʊˊhæmed] *n.* 穆罕默德(570?–632)《伊斯蘭教的創始人; 亦拼作 Mahomet, Muhammad》.

Mo·ham·med·an [moˋhæmədən; məʊˊhæmɪdən] *adj.* 穆罕默德的; 伊斯蘭教[回教]的(Muslim).
— *n.* C 伊斯蘭教徒, 回教徒, (Muslim).

Mo·ham·med·an·ism [moˋhæmədə͵nɪzm; məʊˊhæmɪdənɪzm] *n.* U 伊斯蘭教, 回教, 穆罕默德教.

Mo·hawk [ˋmohɔk; ˊməʊhɔːk] *n.* (*pl.* ~(**s**)) C 摩和克族(人)《原居紐約州中部的北美印第安人》.

Mo·hi·can, Mo·he·gan [moˋhikən; məʊˊhiːkən], [moˋhigən; məʊˊhiːgən] *n.* (*pl.* ~(**s**)) C 摩希根族(人)《原居哈得遜河沿岸的北美印第安人》.

moi·e·ty [ˋmɔɪətɪ; ˊmɔɪətɪ] *n.* (*pl.* **-ties**) C (通常用單數)《法律》(財產等的)一半; (分成兩部分中的)一部分.

＊moist [mɔɪst; mɔɪst] *adj.* (~·**er**; ~·**est**) **1** 濕潤的; 〔風, 空氣等〕含有濕氣的; (回 moist 不像 damp 含有令人不愉快的感覺). use a *moist* rag to clean windows 用濕抹布擦玻璃窗/The path was *moist* with dew. 這條小徑被露水沾得潤濕.
2 〔蛋糕等〕綿密濕潤的.
3 含淚的, 淚汪汪的. eyes *moist* with tears 淚水盈眶的雙眼. ⇨ *n.* **moisture**.

mois·ten [ˋmɔɪsn; ˊmɔɪsn] *vt.* 弄濕, 沾濕.
— *vi.* 變潮, 變濕; 〔眼睛〕濕潤.

＊mois·ture [ˋmɔɪstʃɚ; ˊmɔɪstʃə(r)] *n.* U 濕氣, 水分; 細小的水滴. Keep books free from *moisture*. 不要讓書受潮. ⇨ *adj.* **moist**.

mois·tur·ize [ˋmɔɪstʃə͵raɪz; ˊmɔɪstʃəraɪz] *vt.* 給與…濕氣, 使濕潤.

mo·lar [ˋmolɚ; ˊməʊlə(r)] *n.* C 臼齒(→ tooth 圖).

mo·las·ses [məˋlæsɪz; məʊˊlæsɪz] *n.* U

1 《美》糖蜜(《英》treacle)《精製砂糖的過程中所產生的黑色糖漿》. **2** 《甘蔗的》糖液.

*__mold__¹ 《美》, **mould**¹ 《英》[mold; məʊld] _n._
(_pl._ ~s [~z; ~z]) 【模型】

1 ⃝ 模型; 鑄型; (做果凍等的)模子. turn a mixture into a _mold_ and bake it 把攪拌過的原料倒入模子中並加以烘烤.

[mold¹ 1]
— jelly

2 ⃝ 放入模子內所製成的東西《鑄造物, 布丁, 果凍等》.

3 【類型】 UC (通常用單數)(…的)模式; (人的)個性, 類型. a villa built in a Spanish _mold_ 依照西班牙風格所建造的別墅／The sisters are cast in the same _mold_. 這些姊妹們像一個模子印出來.

— _vt._ (~s [~z; ~z]; ~ed [~ɪd; ~ɪd]; ~ing)

1 塑造, 放入模型中製作, 〔銅像等〕打造成形. _mold_ bars _out of_ gold=_mold_ gold _into_ bars 把金子打造成金條.

2 形成(個性, 輿論等). Education helps to _mold_ character. 教育有助於人格的形成.

mold² 《美》, **mould**² 《英》[mold; məʊld] _n._ U 霉.

mold³ 《美》, **mould**³ 《英》[mold; məʊld] _n._ U 沃土. leaf _mold_ 腐葉土.

mold·er 《美》, **mould·er** 《英》[ˋmoldɚ; ˈməʊldə(r)] _vi._ 〔文章〕腐爛; (漸漸地)崩塌.

mold·ing 《美》, **mould·ing** 《英》[ˋmoldɪŋ; ˈməʊldɪŋ] _n._ **1** U (倒入模型中)製作; 鑄造.

2 ⃝ 塑造(鑄造)物.

3 ⃝ (建築物, 家具等的)凹凸形(平面上的凹凸裝飾).

[moldings 3]

Mol·do·va [mɑlˋdovə; mɒlˈdəʊvə] _n._ 摩爾多瓦《位於黑海以西; CIS 成員國之一; 首都 Kishinev》.

mold·y 《美》, **mould·y** 《英》[ˋmoldɪ; ˈməʊldɪ] _adj._ **1** 發霉的; (因潮濕而)霉臭的.

2 (口)陳腐的, 過時的.

*__mole__¹ [mol; məʊl] _n._ (_pl._ ~s [~z; ~z]) ⃝ 《動物》鼴鼠. be (as) blind as a _mole_ 完全看不見的.

mole² [mol; məʊl] _n._ ⃝ 黑痣, 斑.

mole³ [mol; məʊl] _n._ ⃝ 防波堤.

mo·lec·u·lar [məˋlɛkjəlɚ; məʊˈlekjʊlə(r)] _adj._ 分子的《<molecule》; 由分子構成的, 由分子產生的.

mol·e·cule [ˋmɑləˌkjul, -ˌkɪul; ˈmɒlɪkjuːl] ⃝ **1** 分子(→ atom). **2** 微量, 一丁點.

mole·hill [ˋmolˌhɪl; ˈməʊlhɪl] _n._ ⃝ 鼴鼠丘. _màke a móuntain out of a mólehill_ 將芝麻小事誇大地說(想), 小題大作.

mo·lest [məˋlɛst; məʊˈlest] _vt._ **1** 打擾, 使煩惱.

使人討厭; 干擾.

2 對〔女性, 小孩〕(性)騷擾.

mo·les·ta·tion [ˌmolɛsˋteʃən, ˌmɑl-; ˌməʊleˈsteɪʃn] _n._ U 欺負, 騷擾; 妨礙; 調戲.

mol·li·fi·ca·tion [ˌmɑləfəˋkeʃən, ˌmɒlɪfɪˈkeɪʃn] _n._ U 《文章》撫慰; 緩和; 減輕.

mol·li·fy [ˋmɑləˌfaɪ; ˈmɒlɪfaɪ] _v._ (-fies; -fied; ~ing) _vt._ 《文章》撫慰〔人〕; 緩和〔怒氣, 痛苦等〕, 使鎮靜.

mol·lusk 《美》, **mol·lusc** 《英》[ˋmɑləsk; ˈmɒləsk] _n._ ⃝ 軟體動物.

Mol·ly [ˋmɑlɪ; ˈmɒlɪ] _n._ Mary 的暱稱.

mol·ly·cod·dle [ˋmɑlɪˌkɑdl; ˈmɒlɪˌkɒdl] _n._ ⃝ 嬌生慣養的男子; 懦夫.

— _vt._ 寵愛, 溺愛, 〔人, 動物〕.

Mo·lo·tov cócktail [ˋmɑlətəf-; ˈmɒlətɒf-] _n._ ⃝ (內裝易燃液體的)爆裂瓶.

molt 《美》, **moult** 《英》[molt; məʊlt] _vi._ (鳥)換羽; 〔狗, 貓〕脫毛; 〔蛇, 昆蟲等〕脫皮.

— _n._ UC 蛻變; 脫皮.

mol·ten [ˋmoltn; ˈməʊltən] _adj._ 〔金屬, 岩石等〕熔化的, 熔解的; 〔銅像等〕被鑄造的.

mol·to [ˋmolto; ˈmɒltəʊ] _adv._ 《音樂》非常. _molto_ allegro 極快板.

mo·lyb·de·num [məˋlɪbdənəm, ˌmɑlɪbˈdinəm; məˈlɪbdənəm] _n._ U 《化學》鉬《金屬元素; 符號 Mo》.

M

*__mom__ [mɑm; mɒm] _n._ (_pl._ ~s [~z; ~z]) ⃝ 《美、口》媽咪, 媽媽, ((英、口) mum). _Mom_ and Dad were talking about my education. 媽媽和爸爸在談論我的教育. 匼法 指「自己(我們)的媽媽」時, 字首大多大寫, 而不加冠詞 my, our. 且 mom and dad 的順序不能顛倒.

*__mo·ment__ [ˋmomənt; ˈməʊmənt] _n._ (_pl._ ~s [~s; ~s]) 【瞬時】 **1** ⃝ **(a)** 瞬間, 刹那. a fleeting _moment_ 一瞬間／devote every spare _moment_ to reading 一有空就看書／knit at odd _moments_ 利用零星時間打毛線／A _moment's_ thought will show you this. 你稍微想想就明白. **(b)** (副詞性)(通常加 a)片刻, 一會兒. Wait a _moment._ = One [Half a, Just a] _moment._ 等一下. 匼 moment 意指兩點間的短暫時間, 所以可以有 It was a long _moment_. (雖然實際上是短暫的時間卻感到很漫長)這樣的說法; instant 是指瞬間的某一點, 不含兩點間的時間長度.

2 【時刻】⃝ (通常用單數) **(a)** (某特定的)時刻; (加 the)現在(的一瞬間), 目前. at the same _moment_ 同時／in a _moment_ of danger 在危險之際.

匼配 _adj._+moment: a critical ~ (重要的時刻), a crucial ~ (關鍵性的時刻), a decisive ~ (決定性的時刻), an opportune ~ (適當的時刻).

(b) 時機; 機會; 《for》; (做…的)時刻《to do》. Your _moment_ will come later. 你的時機總會來的／This is the _moment for_ decision [to decide].

現在是做決定的時候了.

〖 **重要的時刻>重大的** 〗 **3** ⓤ《文章》重大, 重要性. an affair of (great) *moment* (非常)重要的事/a man of *moment* [no *moment*] 重要[不重要]的人. ⇨ adj. **momentary, momentous.**

* (*at*) *ány* *mòment* (常與 may 連用)無論甚麼時候; 隨時, 馬上. This sick man may die *at any moment*. 這個病人隨時都可能會死/I'm expecting an answer *at any moment*. 我時時刻刻都在期盼答覆.

(*at*) *èvery* *móment* 經常, 不停地.

at the làst *móment* [到臨等]勉強趕上時間; 在最後一刻. He canceled the appointment *at the last moment*. 他在最後一刻取消了約會.

at the (*vèry*) *móment* (正在)此刻, 目前; (過去的)當時. Mother is [was] out *at the moment*. 母親現在[當時]不在家.

for a *móment* (1)片刻[一會兒]的時間.
(2)(與 not 連用)片刻也(不), 絕對(不). I don't *for a moment* doubt your honesty. 我絕對沒有懷疑你的誠實.

for the *móment* 暫時, 目前. I can't remember *for the moment*. 我一下子想不起來.

hàve one's [*its*] *móments* (口)有幸福[順利]的時候.

* *in a* *móment* 馬上, 立刻. I'll be ready *in a moment*. 我馬上就準備好.

of the *móment* 現在的, 目前的; 當前話題[受矚目]的, the man [woman] *of the moment* 現代男子[女子].

the *mòment* *of* *trúth* 決定的一刻.

* *the* (*vèry*) *móment* (*that*)... 《連接詞性》一…就馬上…. I'll let you know *the moment* Bill comes. 比爾一來我就馬上通知你.

thís (*vèry*) *móment* 即刻, 立刻. Let's get going *this moment*. 現在就走吧!

mo·men·tar·i·ly [ˈmoməntɛrəlɪ; ˈməʊməntərəlɪ] *adv.* **1** 短暫地, 片刻地; 馬上. pause *momentarily* 暫停一下.
2 時時刻刻地, 隨時地.

* **mo·men·tar·y** [ˈmomənˌtɛrɪ; ˈməʊməntəri] *adj.* **1** 片刻的, 瞬間的; 短暫的. give a *momentary* glance 匆匆一瞥.
2 (限定)《文章》時時刻刻的, 隨時可能發生的. in fear of *momentary* detection 擔心隨時可能被發現.

* **mo·men·tous** [moˈmɛntəs; məʊˈmentəs] *adj.* 重大的. *momentous* news 重大新聞/The discovery will have a *momentous* effect on the treatment of cancer. 這項發現將為癌症的治療帶來重大的影響.

mo·men·tum [moˈmɛntəm; məʊˈmentəm] *n.* ⓤ **1** 《力學》動量. **2** 衝力, 氣勢. As the days passed, our campaign grew in *momentum*. 我們的宣傳活動氣勢日益壯大.

mom·ma [ˈmɑmə; ˈmɒmə] *n.* 《美、口》mamma.

* **mom·my** [ˈmɑmɪ; ˈmɒmɪ] *n.* (*pl.* **-mies** [~z; ~z]) ⓒ《美、口》媽媽, 媽咪, (《英、口》mummy[1]; mom 的幼兒語).

Mon. 《略》Monday.

Mon·a·co [ˈmɑnəˌko; ˈmɒnəkəʊ] *n.* 摩納哥(位於法國東南部臨地中海的小國; 其首都).

Mo·na Li·sa [ˈmonəˈlizə, ˌmɑnə-; ˌmɒnəˈliːzə] *n.* (加 the)蒙娜麗莎(Leonardo da Vinci 所繪的畫作).

* **mon·arch** [ˈmɑnək; ˈmɒnək] *n.* (*pl.* ~s [~s; ~s]) ⓒ **1** 君主(國王, 女王, 皇帝等). an absolute *monarch* 專制君主.
2 「尊王」, 大人物. the *monarch* of mountains 山岳之王 (Mont Blanc 等).

mo·nar·chic [məˈnɑrkɪk, mɒˈnɑːkɪk] *adj.* 君主的; 君主國家[政治]的; 君主制的.

mo·nar·chi·cal [məˈnɑrkɪkl; mɒˈnɑːkɪkl] *adj.* =monarchic.

mon·arch·ism [ˈmɑnəˌkɪzəm; ˈmɒnəkɪzəm] *n.* ⓤ君主(制)主義; 擁護君主制的信念[主張].

mon·arch·ist [ˈmɑnəkɪst; ˈmɒnəkɪst] *n.* ⓒ君主(制)主義者.

* **mon·arch·y** [ˈmɑnəkɪ; ˈmɒnəkɪ] *n.* (*pl.* **-arch·ies** [~z; ~z]) **1** ⓤ君主政治[政體].
2 ⓒ君主國家. a constitutional *monarchy* 君主立憲國.

mon·as·ter·y [ˈmɑnəsˌtɛrɪ; ˈmɒnəstəri] *n.* (*pl.* **-ter·ies**) ⓒ(通常指男子的)修道院, 寺院. 參考在那裡, 基督教的修道士(monk)發誓要清貧、單身、服從, 專心於祈禱和勞動, 並與俗世隔絕而過著信仰的生活; 「女修道院」為 nunnery, convent; 「修道院院長」為 abbot.

mo·nas·tic [məˈnæstɪk; məˈnæstɪk] *adj.* **1** 修道院的; 修士的. **2** 隱居的; 禁慾的.

mo·nas·ti·cism [məˈnæstəˌsɪzəm; məˈnæstɪsɪzəm] *n.* ⓤ修道院的生活(方式); 修道院制度.

mon·au·ral [ˌmɑnˈɔrəl; ˌmɒnˈɔːrəl] *adj.* **1** 〔唱片等〕單聲道的(→ binaural). **2** 單耳(用)的.

Mon·day [ˈmʌndɪ; ˈmʌndɪ] *n.* (*pl.* ~s [~z; ~z]) (★星期的例句, 用法→ Sunday) **1** ⓒ(常不加冠詞)星期一(略作 Mon.).
2 《形容詞性》星期一的.
3 《副詞性》(口)在星期一; (Mondays)《主美、口》在每週一. The store is closed *Mondays*. 那家商店每週一休業.

mon·e·tar·y [ˈmʌnəˌtɛrɪ, ˈmɑnə-; ˈmʌnɪtəri] *adj.* **1** 貨幣的, 通貨的. *monetary* system 貨幣制度/The yen is the *monetary* unit of Japan. 日圓是日本的貨幣單位. **2** 金錢上的; 財政上的. *monetary* affairs 金錢問題.

mon·ey [ˈmʌnɪ; ˈmʌnɪ] *n.* ⓤ **1** 錢, 金錢(與 通貨 (相當之物)《包括支票、原始部落的貝殼等》). small *money* 零錢/hard *money* 硬幣/pay good *money* for a watch 花大筆錢買手錶/Jane spends a lot of *money* on clothes. 珍花

了很多錢在衣服上/Have you got any *money* on you? 你身上有錢嗎?/Time is *money*. (諺)時間就是金錢/*Money* talks. (諺)金錢萬能/Don't think I'm made of *money*. 別以為我是用錢作成的[我很富翁]/*Money* begets [breeds] *money*. (諺)滾錢.

| 搭配 *v.*+money: borrow ~ (借錢)、earn ~ (賺錢)、lend ~(借錢給別人)、save ~ (存錢; 把錢放著不用)、waste ~ (浪費錢)、be short of ~ (缺錢).

2 財產; 收入, 所得. You can't take your *money* with you when you die. 你死的時候沒有辦法帶走你的財產/He gets good *money*. 他的收入相當優渥/She has some *money* of her own. 她自己有一點財產.

for mý mòney (口)依我的意見.
gèt one's mòney's wòrth 值回票價.
hàve mòney to bùrn 有很多錢.
in the móney (口)有錢.
màke móney 賺錢.
pùt móney 投入金錢, 投資, (*into*); 賭錢(*on*).
thròw góod mòney àfter bád 賠了夫人又折兵, 雪上加霜.

mon·ey·bag [ˋmʌnɪˌbæg; ˈmʌnɪbæg] *n.* ⓒ **1** 錢袋, 錢包. **2** (口)(moneybag*s*)《作單數》大富翁(常含有吝嗇之意).

mon·ey-chang·er [ˋmʌnɪˌtʃendʒɚ; ˈmʌnɪˌtʃeɪndʒə(r)] *n.* ⓒ (外幣的)兌換商; 《主美》硬幣兌換機.

mon·eyed [ˋmʌnɪd; ˈmʌnɪd] *adj.* 《文章》有錢的, 富裕的; 〔援助等〕金錢上的, 憑藉金錢的.

mon·ey-grub·bing [ˋmʌnɪˌgrʌbɪŋ; ˈmʌnɪˌgrʌbɪŋ] *adj.* 積蓄金錢的; 以營利為目的的; 貪財的.

mon·ey·lend·er [ˋmʌnɪˌlɛndɚ; ˈmʌnɪˌlendə(r)] *n.* ⓒ 放款人.

mon·ey·less [ˋmʌnɪlɪs; ˈmʌnɪlɪs] *adj.* 沒錢的, 身無分文的.

mon·ey-mak·er [ˋmʌnɪˌmekɚ; ˈmʌnɪˌmeɪkə(r)] *n.* ⓒ **1** 善於賺錢的人; 善積財者. **2** 賺錢的工作.

mon·ey-mak·ing [ˋmʌnɪˌmekɪŋ; ˈmʌnɪˌmeɪkɪŋ] *adj.* 熱中於賺錢的; 能賺錢的.
— *n.* ⓤ 賺錢.

móney màrket *n.* ⓒ 金融市場.

móney òrder *n.* ⓒ 匯票, 郵政匯票.

mon·ey-spin·ner [ˋmʌnɪˌspɪnɚ; ˈmʌnɪˌspɪnə(r)] *n.* ⓒ《主英、口》很賺錢的東西, 賣座的作品, 搖錢樹.

móney supplỳ *n.* (加the)貨幣供給量.

-mon·ger [ˋmʌŋgɚ; ˈmʌŋgə] 《構成複合字》 **1** 《主英》「…商人, 賣…的人」之意. fish*monger*. **2** 《輕蔑》「鼓吹…的人」之意. scandal*monger*. war*monger*.

Mon·gol [ˋmɑŋgəl, -gɑl, -gɔl; ˈmɒŋgɒl] *n.* **1** ⓒ 蒙古人《居住於 Mongolia 的游牧民族》; ⓤ 蒙古語(Mongolian). **2** ⓒ (mongol)《通常為鄙語》唐氏症患者.
— *adj.* =Mongolian.

Mon·go·li·a [mɑŋˋgolɪə, mɑn-, -ljə; mɒŋˈgəʊljə] *n.* **1** 蒙古(人民共和國)《首都 Ulan Bator》. **2** 蒙古《包括蒙古人民共和國和中國境內的內蒙古自治區》.

Mon·go·li·an [mɑŋˋgolɪən, mɑn-, -ljən; mɒŋˈgəʊljən] *n.* **1** ⓒ 蒙古人. **2** ⓤ 蒙古語.
— *adj.* 蒙古(人種)的; 蒙古語的.

mon·gol·ism [ˋmɑŋgəlɪzm; ˈmɒŋgəʊlɪzm] *n.* (通常為鄙語)=Down's syndrome.

mon·goose [ˋmɑŋgus, ˋmʌŋ-, ˋmɑn-; ˈmɒŋguːs] *n.* ⓒ 獴(一種似鼬的肉食性動物, 捕食蛇, 特別是眼鏡蛇; 產於印度).

[mongoose]

mon·grel [ˋmʌŋgrəl, ˋmɑŋ-, ˋmɑn-, -grɪl; ˈmʌŋgrəl] *n.* ⓒ **1** (動植物的)雜種; (特指)雜種狗. **2** 《輕蔑》「小雜種」, 混血兒. **3** 《形容詞性》雜種的; 混血的.

✱mon·i·tor [ˋmɑnətɚ; ˈmɒnɪtə(r)] *n.* (*pl.* ~s [~z; ~z]) ⓒ **1** (學校的)班長. He was appointed as *monitor*. 他被指定為班長.
2 警告者, 忠告者; 警告裝置(放射線探測器等).
3 (廣播)監視器(監看或檢查攝影機拍攝畫面的裝置); 電訊監聽者.
4 (電腦)螢幕(資料顯示器; 亦作 visual display unit).
— *vt.* **1** 用監控裝置監視[調整]; 監聽電訊. The doctor *monitored* the patient's heartbeat and blood pressure. 醫生監看病人的心跳和血壓/They *monitored* the enemy's radio communications. 他們監聽了敵人的無線電通訊.
2 監督, 監視. The U.N. *monitored* the country's elections. 聯合國監督該國的選舉.

monk [mʌŋk; mʌŋk] *n.* ⓒ (天主教的)修道士; (泛指)僧侶; (→ friar 同, nun, monastery).

✱mon·key [ˋmʌŋkɪ; ˈmʌŋkɪ] (★注意發音) *n.* (*pl.* ~s [~z; ~z]) ⓒ **1** (動物)(通常指有尾巴的)猴子(→ ape). **2** (口)搗蛋鬼; 模仿他人的頑皮鬼.
màke a mónkey (out) of... (口)愚弄〔人〕, 使成為嘲笑的對象.
— *vi.* (~s; ~ed; ~ing) (口)愚弄(*about*; *around*).

mónkey bùsiness *n.* ⓤ (口)惡作劇; 作假, 作弊.

mónkey wrènch *n.* ⓒ 活動扳手, 螺旋鉗.

monk·ish [ˋmʌŋkɪʃ; ˈmʌŋkɪʃ] *adj.* 修道士的; 修道士似的, 僧侶般的.

mon·o [ˋmono; ˈmɒnəʊ] *adj.* (口)單聲道的(monaural).
— *n.* ⓤ 單聲道的聲音.

mono- 《構成複合字》表示「單一, 獨…, 單…」之

M

mon·o·chro·mat·ic [ˌmɑnəkroˈmætɪk; ˌmɒnəkrəʊˈmætɪk] adj. 單色的;〔照片〕黑白的, 單色的.

mon·o·chrome [ˈmɑnəˌkrom; ˈmɒnəkrəʊm] n. 1 ⒸＣ單色畫, 單色圖片; 黑白照片, 單色照片. 2 Ⓤ單色畫法; 單色照相法. —— adj. 〔電視等〕黑白的;〔繪畫等〕單色的.

mon·o·cle [ˈmɑnək!; ˈmɒnəkl] n. Ⓒ單片眼鏡.

mo·nog·a·mous [məˈnɑgəməs; mɒˈnɒgəməs] adj. 一夫一妻的.

mo·nog·a·my [məˈnɑgəmɪ; mɒˈnɒgəmɪ] n. Ⓤ一夫一妻(制)(→ polygamy).

mon·o·gram [ˈmɑnəˌgræm; ˈmɒnəʊgræm] n. Ⓒ交織字母, 組字圖案, 《把姓名的字首等組成圖案之物》.

mon·o·graph [ˈmɑnəˌgræf; ˈmɒnəgrɑːf] n. Ⓒ(有關特定主題的)學術論文, 專題論文.

mon·o·lith [ˈmɑnḷˌɪθ; ˈmɒnəʊlɪθ] n. Ⓒ(巨大的)獨塊石; 獨石碑(柱等).

[monograms]

mon·o·lith·ic [ˌmɑnḷˈɪθɪk; ˌmɒnəʊˈlɪθɪk] adj. 1 獨塊巨石的, 由獨塊巨岩製成的. 2 〔社會等〕如獨塊巨岩般的, 統一的, 團結的.

mon·o·logue, (美) **mon·o·log** [ˈmɑnḷˌɔg, -ˌɑg; ˈmɒnəlɒg] n. Ⓒ 1 (戲劇)獨白; 獨白劇, 獨角戲; (→ dialogue). 2 (喜劇演員等的)獨秀;《口》(在討論中)個人的長篇大論.

mon·o·ma·ni·a [ˌmɑnəˈmenɪə, -njə; ˌmɒnəʊˈmeɪnjə] n. ⓊＣ熱中於某一件事; 偏執狂, 專一狂.

mon·o·ma·ni·ac [ˌmɑnəˈmenɪˌæk; ˌmɒnəʊˈmeɪnɪæk] n. Ⓒ(極端的)狂熱者; 偏執狂人.

mon·o·phon·ic [ˌmɑnəˈfɑnɪk; ˌmɒnəˈfɒnɪk] adj. 1 =monaural. 2 (音樂)單音(曲)的.

mon·o·plane [ˈmɑnəˌplen; ˈmɒnəʊpleɪn] n. Ⓒ單翼飛機(→ biplane).

mo·nop·o·lise [məˈnɑpḷˌaɪz; məˈnɒpəlaɪz] v. (英)=monopolize.

mo·nop·o·list [məˈnɑpḷɪst; məˈnɒpəlɪst] n. Ⓒ壟斷者, 專賣者; 壟斷論者, 專賣主義者.

mo·nop·o·li·za·tion [məˌnɑpḷəˈzeʃən; ˌmɒnəpəlaɪˈzeɪʃən] n. Ⓤ壟斷, 專賣.

*__**mo·nop·o·lize**__ [məˈnɑpḷˌaɪz; məˈnɒpəlaɪz] vt. (-liz·es [~ɪz; ~ɪz]; ~d [~d; ~d]; -liz·ing) 1 壟斷〔市場等〕; 取得…的專賣權. monopolize the personal computer market 壟斷個人電腦市場. 2 霸占〔談話, 電視機等〕. Don't let the children monopolize the television. 不要讓小孩霸占著電視.

*__**mo·nop·o·ly**__ [məˈnɑpḷɪ, -ˈnɑplɪ; məˈnɒpəlɪ] (pl. -lies [~z; ~z]) 1 ⒶＵ (市場等的)壟斷, 占有, 專賣, 獨家經營, (of, (美) on). make a monopoly of [on] sugar 壟斷砂糖市場. 2 Ⓒ (政府認可的)專賣權. gain a monopoly 獲得專賣[壟斷]權. 3 Ⓒ專賣品; 壟斷事業. a government monopoly 政府的壟斷事業. 4 Ⓒ壟斷企業, 國營企業. 5 ⓊＣ (Monopoly) 大富翁《一種擲骰子進行不動產買賣的紙上遊戲; 商標名》.

mon·o·rail [ˈmɑnəˌrel; ˈmɒnəʊreɪl] n. Ⓒ單軌電車, 單軌鐵路; 單軌的軌道.

mon·o·syl·lab·ic [ˌmɑnəsɪˈlæbɪk; ˌmɒnəʊsɪˈlæbɪk] adj. 單音節(字)的;〔答覆等〕簡短的, 冷淡的.

mon·o·syl·la·ble [ˈmɑnəˌsɪləb!; ˈmɒnəˌsɪləbl] n. Ⓒ單音節字(sky, tree, rain 等; → polysyllable). answer in monosyllables (只有 Yes 或 No 的)冷淡地回答.

mon·o·the·ism [ˈmɑnəθiˌɪzəm; ˈmɒnəʊθiːˌɪzəm] n. Ⓤ一神教, 一神論, (→polytheism).

mon·o·the·ist [ˈmɑnəˌθiɪst; ˈmɒnəʊθiːˌɪst] n. Ⓒ一神教信徒; 一神論者.

mon·o·tone [ˈmɑnəˌton; ˈmɒnətəʊn] n. ⒶＵ (說話方式等的)無變化; (色彩, 文體等的)單調. speak in a monotone 用單調的聲音說話.

*__**mo·not·o·nous**__ [məˈnɑtṇəs; məˈnɒtṇəs] adj. 單調的, (因無變化而)無聊的;〔聲音, 語調等〕無抑揚頓挫的. a monotonous job 單調的工作/He read the poem in a monotonous voice. 他毫無抑揚頓挫地朗讀那首詩.

mo·not·o·nous·ly [məˈnɑtṇəslɪ; məˈnɒtṇəslɪ] adv. 單調地, 無聊地.

mo·not·o·ny [məˈnɑtṇɪ; məˈnɒtṇɪ] n. Ⓤ (生活等的)單調, 無聊; (聲音等的)單調.

mon·ox·ide [mɑˈnɑksaɪd; mɒˈnɒksaɪd] n. ⓊＣ (化學)一氧化物.

Mon·roe [mɑnˈro; mənˈrəʊ] n. **James ~** 門羅 (1758-1831)《美國第 5 任總統(1817-25); 門羅主義的倡導者》.

Mon·rõe Dŏc·trine n. (加 the)門羅主義《為了保衛美洲大陸, 擺脫歐洲各國的陰影而主張互不干涉的外交政策》.

Mon·sieur [məˈsjɜ; məˈsjɜː(r)] (法語) n. (pl. **Mes·sieurs**) Ⓒ先生, 君, 閣下, 《相當於英語 Mr. 的尊稱, 通常不加冠詞, 用於姓名前; 單數為 M., 複數為 Messrs., 略作 MM.》.

mon·soon [mɑnˈsun; ˌmɒnˈsuːn] n. (加 the) 1 季風《印度, 東南亞於夏季時從西南吹來潮濕的風, 冬季則自東北吹來乾燥的風》. 2 (潮濕的季風時期的)雨季.

*__**mon·ster**__ [ˈmɑnstɚ; ˈmɒnstə(r)] n. (pl. ~s [~z; ~z]) Ⓒ 1 怪物, 妖怪. the green-eyed monster 綠眼怪物《嫉妒心》/The Abominable Snowman is a Himalayan monster. 雪人是喜馬拉雅山的怪物.

2 畸形動物〔植物，人〕.

3 喪失人性的人.

4 (**a**)(怪物般)巨大之物. Rex was a *monster* of a dog. 雷克斯是一條大得出奇的狗. (**b**)(形容詞性)巨大的，妖精的. a *monster* tree 巨樹.

mon·stros·i·ty [mɑn`strɑsətɪ; mɒn'strɒsətɪ] *n.* (*pl.* **-ties**) **1** ⓒ 奇怪〔巨大，醜陋〕之物；畸形動〔植〕物. Many architectural *monstrosities* are seen in Taipei. 在臺北可以看到許多醜陋的建築物.

2 ⓤ 怪異；畸形.

*‖**mon·strous** [`mɑnstrəs; 'mɒnstrəs] *adj.* **1** 怪物般的；怪異的；(動植物)畸形的. a *monstrous* creature 怪物/a *monstrous* building 醜陋的建築物.

2 〔犯罪等〕醜惡的，駭人聽聞的. The prisoners were treated with *monstrous* cruelty. 犯人們受到慘無人道的待遇.

3 巨大的，異常大的. The building is a *monstrous* structure. 那棟建築物是座龐然大物.

4 〔錯誤等〕離譜的. tell a *monstrous* lie 撒個瞞天大謊/a man of *monstrous* greed 貪得無厭的人.

mon·strous·ly [`mɑnstrəslɪ; 'mɒnstrəslɪ] *adv.* 非常，極.

Mont. (略) Montana.

mon·tage [`mɑntɑʒ; 'mɒntɑːʒ] (法語) *n.* ⓒ 合成畫面，剪輯照片；ⓤ 畫面(相片)合成技術.

Mon·tan·a [mɑn`tænə; mɒn'tænə] *n.* 蒙大拿州(美國西北部的州；略作 MT, Mont.).

Mont Blanc [mɑnt`blæŋk; ˌmɔ̃ːm'blɑ̃ː] *n.* 白朗峰(阿爾卑斯山脈的最高峰(4,807 m)).

Mon·te Car·lo [ˌmɑntɪ`kɑrlo; ˌmɒntɪ'kɑːləʊ] *n.* 蒙地卡羅(摩納哥的城市；以國營賭場聞名).

Mont·gom·er·y [mɑnt`gʌmrɪ, -`gʌmərɪ; mənt'gʌmərɪ] *n.* **1** 男子名. **2** 蒙哥馬利(阿拉巴馬州首府).

*‖**month** [mʌnθ; mʌnθ] *n.* (*pl.* ~**s** [~s; ~s]) ⓒ (日曆上的)月，一個月. this *month* 這個月/last *month* 上個月/next *month* 下個月/the *month* after next 下下個月/*month* after [by] *month* 一個月接著一個月/the *month* before last 上上個月/They married on the third of this *month*. 他們在本月3日結婚了/this day *month* (英)(副詞性)下個月〔上個月〕的今天/This magazine is issued every *month* [every three *months*]. 這本雜誌每月(每季)出刊/I haven't seen him for *months*. 我有幾個月沒見到他了/What day of the *month* is it today? 今天是幾號?/My wife is in her sixth *month*. 我太太懷孕六個月了/pay two hundred dollars a *month* 一個月付二百美元/a baby of three *months*=a three-*month*-old baby 三個月大的嬰兒/A year has twelve *months*. 一年有十二個月.

a mònth of Súndays (口)很長的時間.

by the mónth 按月(支付等).

mònth ín, mònth óut 每月.

●──月份名稱的由來

January   源於雙面的「門神傑納斯(Janus)之

────────────── **monumental** 999

1月	月」. 跨舊年與新年之月.
February	源於拉丁語的「滌罪儀式(februa)
2月	之月」.
March	源於「戰神馬爾斯(Mars)之月」.
3月	
April	源於拉丁語的「開展」，或女神阿芙羅
4月	黛蒂(Aphrodite).
May	源於羅馬神話中的女神邁亞
5月	(Maia).
June	源於「女神朱諾(Juno)之月」.
6月	
July	源自出生於7月的羅馬將軍、政治
7月	家朱里亞斯・凱撒(Julius Caesar)
	之名.
August	源自出生於8月的羅馬皇帝奧古斯都
8月	(Augustus)之名.
September	源於拉丁語的「第七個月」. 羅馬的舊
9月	曆中，一年是十個月，後來因一年變
	成十二個月，數字就和現在不同了，
	以下的月份亦同.
October	源於拉丁語的「第八個月」.
10月	
November	源於拉丁語的「第九個月」.
11月	
December	源於拉丁語的「第十個月」.
12月	

M

*‖**month·ly** [`mʌnθlɪ; 'mʌnθlɪ] *adj.* 每月的，每月一次的；一個月的. a *monthly* meeting 每月例行會議/a *monthly* salary 月薪/the average *monthly* rainfall 每月平均降雨量.

── *adv.* 每月，每月一次；按月. I go up to London *monthly*. 我每月上倫敦一次.

── *n.* (*pl.* **-lies**) ⓒ 月刊雜誌(→ periodical 表).

Mon·tre·al [ˌmɑntrɪ`ɔl; ˌmɒntrɪ'ɔːl] *n.* 蒙特婁(位於加拿大東南部，為該國第一大城).

*‖**mon·u·ment** [`mɑnjəmənt; 'mɒnjʊmənt] *n.* (*pl.* ~**s** [~s; ~s]) ⓒ **1** 紀念碑，紀念像；墓碑. set up a *monument* to (the memory of) a great man 為紀念偉人而建造一座紀念碑.

2 紀念物；遺跡. a natural [historical] *monument* 自然(歷史)遺跡.

3 值得紀念的不朽功績〔著作〕. a *monument* of linguistic study 語言學研究的不朽著作.

*‖**mon·u·men·tal** [ˌmɑnjə`mɛntl; ˌmɒnjʊ'mentl] *adj.* **1** (限定)紀念碑(館，像)的；墓碑的. the *monumental* pillar built in memory of the Great Fire 為紀念(倫敦)大火而建造的紀念塔.

2 〔事業，發現等〕值得紀念的，重要的，具歷史意義的；(作品等)不朽的. The moon landing was a *monumental* achievement. 登陸月球是值得紀念的成就.

3 宏偉的，巨大的；《口》〔錯誤，愚蠢等〕嚴重的.

mon·u·men·tal·ly [ˌmɑnjəˈmɛntḷ; ˌmɔnjʊˈmentli] adv. 作爲紀念(碑)地；非常地.

moo [mu; muː] vi. 《牛》哞哞地叫.
— n. (pl. ~s) C 哞(牛的叫聲).

mooch [mutʃ; muːtʃ] vt. 《美、俚》敲竹槓.
— vi. 《用於下列片語》
mòoch abóut [aróund] 《口》徘徊，閒蕩.

moo·cow [ˈmuˌkaʊ; ˈmuːkaʊ] n. C 哞哞(幼兒語).

‡mood[1] [mud; muːd] n. (pl. ~s [~z; ~z]) C
1 (一時的)心情，情緒；心境《for, to do》. change one's mood 改變心情/I was in a merry [gloomy] mood. 我當時心情很好[鬱悶]/I'm in no mood for dancing [to dance]. 我沒心情跳舞.

> 搭配 adj.+mood: an angry ~ (氣憤的心情), a bad ~ (壞心情), a good ~ (好心情), a happy ~ (快樂的心情), a nostalgic ~ (懷舊的情緒).

2 (通常 moods)(心情)悶悶不樂，不高興；情緒不穩. a man of moods 情緒化的人，喜怒無常的人/be in a mood 心情不好.

3 (場所、作品等所具有的)氣氛. The novel reproduces the mood of the age accurately. 這部小說精確地重現了那個時代予人的感覺.

mood[2] [mud; muːd] n. C 《文法》語氣 →見文法總整理 1. 2, 6. 6.

mood·i·ly [ˈmudɪlɪ; ˈmuːdɪli] adv. 喜怒無常地；不高興地.

mood·i·ness [ˈmudɪnɪs; ˈmuːdɪnɪs] n. U 喜怒無常；不高興；憂鬱.

mood·y [ˈmudɪ; ˈmuːdɪ] adj. 情緒化的；難以取悅的；不高興的，生悶氣的.

‡moon [mun; muːn] n. (pl. ~s [~z; ~z]) **1** C (通常加 the)(天體的)月《語法表示某時期、狀態的「月亮」時常常與不定冠詞連用》. a full moon 滿月/a new moon 新月/a half-moon 半月/a crescent moon 弦月/a pale moon 朦朧的月/a harvest moon 中秋圓月/The moon rose [was up]. 月亮升起了/There was a moon [no moon] that night. 那天晚上有[沒有]月亮/The moon waxes and wanes. 月有圓缺.

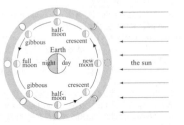

2 C (行星的)衛星.

3 U (通常加 the)月光，月色，(moonlight). The moon fell brightly on the water. 月光明亮地映照在水面上/in the moon 在月光下.

crỳ for the móon 追求得不到的東西，奢望不可能的事.

ònce in a blùe móon 《口》極少有地.

over the móon 《英、口》欣喜若狂，高興得不得了. Rick was over the moon at [about] passing the exam. 瑞克因爲通過考試而雀躍不已.

pròmise a pèrson the móon 向某人保證自己做不到的事，「開空頭支票」.
— vi. 《口》毫無目的地徘徊；茫然地凝視；《about; around》；《口》如作夢般地憧憬《over 人等》.

moon·beam [ˈmunˌbim; ˈmuːnbiːm] n. C (一道)月光，月色.

moon·less [ˈmunlɪs; ˈmuːnlɪs] adj. 沒有月亮的.

‡moon·light [ˈmunˌlaɪt; ˈmuːnlaɪt] n. U
1 月光. walk by moonlight 在月光下散步/Fairies dance in the moonlight. 精靈在月光下跳舞.

2 《形容詞性》有月光的，月光照耀下的；在夜間做的. a moonlight drive 夜間開車兜風.
— vi. 《口》(特指夜間的)兼差. moonlight as a waiter (晚上)兼差當侍者.

moon·light·er [ˈmunˌlaɪtɚ; ˈmuːnlaɪtə(r)] n. C 兼差[打工]的人.

mòonlight flít n. C《英、口》夜間潛逃.

moon·lit [ˈmunˌlɪt; ˈmuːnlɪt] adj. 月光照耀下的. a moonlit night 月夜.

moon·shine [ˈmunˌʃaɪn; ˈmuːnʃaɪn] n. U
1 =moonlight 1. **2** 《口》妄想，胡言. **3** 《美、口》非法釀製[走私]的酒，私酒.

moon·stone [ˈmunˌston; ˈmuːnstəʊn] n. C 月長石，月石，《乳白色的寶石；→birthstone 表》.

moon·struck [ˈmunˌstrʌk; ˈmuːnstrʌk] adj. 《口》精神錯亂的；茫然的；《昔日一般認爲是受月亮神祕的力量所影響》.

moon·y [ˈmunɪ; ˈmuːnɪ] adj. **1** 《口》心神恍惚的；多幻想的.
2 月亮(似)的；月球形的.

Moor [mur; mɔː(r)] n. C 摩爾人《居住在非洲西北部的伊斯蘭教徒，Arab 裔的混血種族；8-15 世紀時占領西班牙》.

*moor[1] [mur; mɔː(r)] n. UC (pl. ~s [~z; ~z]) 《特指 England 及 Scotland 的》荒野，荒地，《排水不良石灰岩地質，長滿了歐石南屬小灌木(heather)的地方》.

moor[2] [mur; mɔː(r)] vt. 繫住，停泊，〔船隻等〕《to》.

moor·hen [ˈmurˌhɛn; ˈmɔːhen] n. C 鷭(一種棲息在水邊的鳥).

moor·ing [ˈmurɪŋ; ˈmɔːrɪŋ] n. **1** U (船隻的)拴繫；停泊. **2** C (通常 moorings)停泊設備[工具]《纜索，錨等》.
3 (moorings)停泊[暫時停航]處.

Moor·ish [ˈmurɪʃ; ˈmɔərɪʃ] adj. 摩爾人(Moor)的；摩爾風格的.

moor·land [ˈmurˌlænd; ˈmɔːlənd] *n.* 《英》= moor[1].

moose [mus; muːs] *n.* (*pl.* ~) C 《動物》 **1** 美洲麋, 駝鹿. 《產於加拿大, 美國北部》. **2** 《歐洲》麋(elk).

moot [mut; muːt] 《文章》 *adj.* 有討論餘地的, 未決的. a *moot* point [question] 尚未解決的論點[問題].
— *vt.* 提出…供討論《通常用被動語態》.

[moose 1]

***mop** [mɑp; mɔp] *n.* (*pl.* ~s [~s; ~s]) C 拖把, (洗碗用)有柄的海棉刷. clean the kitchen floor with a *mop* 用拖把清理廚房的地板.
— *vt.* (~s [~s; ~s]; ~ped [~t; ~t]; ~·ping [~ɪŋ; ~ɪŋ]) **1** 用拖把拖洗[地板等]. *mop* the bedroom floor 拖寢室的地板. **2** 擦去眼淚[汗水等], 拭去[眼淚, 汗水等]. He *mopped* his brow. 他抹去了額上的汗水.
mòp/…/*úp* (1)用拖把擦去[灑出的水等]. (2)《口》完成, 結束, [工作等];《軍事》進行掃蕩, 肅清…的餘黨.

mope [mop; məup] *vi.* 悶悶不樂, 情緒消沈.
— *n.* **1** 悶悶不樂的人, 憂鬱者. **2** (the mopes) 憂鬱, 意志消沈.

mo·ped [ˈmopɛd; ˈməuped] *n.* C 輕型摩托車, 機動自行車.

mo·quette [moˈkɛt; mɔˈket] *n.* U 天鵝絨《一種織厚的柔軟纖維; 用作家具的護套等》.

mo·raine [moˈren; mɔˈreɪn] *n.* 《地質學》冰磧《由冰河帶來的泥土、岩石》.

*✱**mor·al** [ˈmɔrəl; ˈmɔrəl] *adj.* **1** 《限定》道德的, 道德上的; 倫理上的. *moral* law 道德律/*moral* standards 道德標準/*moral* responsibility 道義上的責任. **2** 《限定》有道德觀念的, 能區別善惡的(◆ amoral). An animal has no *moral* sense. 動物沒有道德感. **3** [人, 個性等]有道德的, 公正的; (性方面)貞潔的(◆ immoral). lead a *moral* life 過著品行端正的生活. **4** [書等]有教育意義的. a *moral* play 富教育意義的戲, 勸善懲惡的戲. **5** 精神上的(◆ physical). *moral* courage (敢於道義的)道德勇氣/a *moral* victory 精神上的勝利/give a person *moral* support 給與某人精神援助.
— *n.* (*pl.* ~s [~z; ~z]) C **1** (故事, 經歷等引出的)教訓, 寓意. The event points a *moral* to us. 那件事給我們一項啟示/You may draw a *moral* from the story. 你可從那則故事中得到教訓. **2** (morals) (該遵守的社會)道德, 道德規範, (→ ethics 同); (個人的)品行, 操守. improve public *morals* 改善社會風氣/a person of loose *morals* 品行不端的人.

---

mo·rale [məˈræl, mo-, mɔ-, -ˈrɑl; mɔˈrɑːl] *n.* U (個人, 軍隊, 民眾等的)士氣, 志氣. raise *morale* 鼓舞士氣.

mor·al·ist [ˈmɔrəlɪst, ˈmɑr-; ˈmɔrəlɪst] *n.* C **1** 《常表輕蔑》(喜歡說教的)道德家, 道學者; 道德論者. **2** 人生論者.

mor·al·is·tic [ˌmɔrəˈlɪstɪk, ˌmɑr-, ˌmɔrəˈlɪstɪk] *adj.* 《常表輕蔑》道學者的, 喜歡說教的; 道德論的.

*✱**mo·ral·i·ty** [mɔˈræləti, ma-, mə-, mo-; məˈræləti] *n.* (*pl.* -ties [~z; ~z]) **1** U 道德性; (個人等的)德行, 品行端正. question the *morality* of a policy 懷疑政策的道義性/a man of lofty *morality* 品行高潔的人. **2** U 道德(體系), 道義; 倫理學(ethics). public *morality* 公共道德. **3** C 教訓性的言語, 寓意. ◆ immorality.

morálity plày *n.* C 道德劇《將「善」「惡」擬人化的戲劇, 15, 16 世紀的一種寓言劇》.

mor·al·ize [ˈmɔrəlˌaɪz, ˈmɑr-; ˈmɔrəlaɪz] *vi.* 說教《about, on, upon》.
— *vt.* 從道德角度解釋; 從…導出教訓.

mor·al·ly [ˈmɔrəlɪ, ˈmɑr-; ˈmɔrəlɪ] *adv.* **1** [生活等]有道德地, 品行端正地. **2** 從道德觀來看, 道義上. **3** 《文章》確實地, 事實上. *morally* impossible 事實上不可能的.

mo·rass [moˈræs, mɔ-, mə-; məˈræs] *n.* C 沼澤, 泥沼. [a U] 『泥沼』(陷入困難的處境).

mor·a·to·ri·a [ˌmɔrəˈtoriə, ˌmɑr-, -ˈtɔr-; ˌmɔrəˈtɔːriə] *n.* moratorium 的複數.

mor·a·to·ri·um [ˌmɔrəˈtoriəm, ˌmɑr-, -ˈtɔr-; ˌmɔrəˈtɔːriəm] *n.* (*pl.* -ri·a, ~s) C **1** 《法律》延期償付(令), 延期償付權; 延緩償付期. **2** (某行動的)暫停(命令). a *moratorium* on nuclear testing 暫停核子試驗.

*✱**mor·bid** [ˈmɔrbɪd; ˈmɔːbɪd] *adj.* **1** 病態的, 不正常的, 《對死亡等異常地感興趣》. He has a *morbid* fondness for murder mysteries. 他對殺人推理小說有不正常的愛好. **2** 《醫學》病的; 致病的; 疾病所致的.

mor·bid·i·ty [mɔrˈbɪdətɪ; mɔːˈbɪdɪtɪ] *n.* U 病態(心理). [a U] (一地區的)發病率.

mor·bid·ly [ˈmɔrbɪdlɪ; ˈmɔːbɪdlɪ] *adv.* 病態地.

mor·dant [ˈmɔrdn̩t; ˈmɔːdənt] *adj.* **1** [批評等]尖刻的, 尖銳的. **2** [酸等]腐蝕性的.

More [mor, mɔr; mɔː(r)] *n.* Sir [St.] Thomas ~ 摩爾(1478-1535)《英國政治家、作家; *Utopia* 的作者》.

*✱✱**more** [mor, mɔr; mɔː(r)] *adj.* 《many, much 的比較級; ◆ most》 **1** (數, 量, 程度等)更多的, 更大的, 《than》. **(a)** 《many 的比較級; ◆ fewer》 fifty or *more* people 五十人或以上(注意]*more* than fifty 不包括五十)/There are *more* stars in the sky *than* I can count. 天空中有數不清的星星.

(b)《much 的比較級；↔ less》Bill had *more* courage *than* the rest. 比爾比其他人更有勇氣/*More* haste, less speed. → haste *n.* 1.

2 進一步的；另外的，附加的，There'll be *more* news later. 稍後會有進一步的消息/We need some *more* butter [eggs]. 我們要多一些奶油[雞蛋]/I want no *more* trouble from you. 你別再給我惹麻煩了/One *more* word. 還有一句話(讓我說)/There are many *more* problems to be solved. 還有更多的問題要解決/You'll have to pay a little *more* money. 你得再付一些錢.

【◉修飾 **more** 的語句】

some any no a lot lots	} more+可數、不可數名詞
a few (a good) many	} more+可數名詞
a little a bit much a good [great] deal	} more+不可數名詞

— *pron.*《單複數同形》語法作 many 的比較級時相當於複數的可數名詞，作複數處理；作 much 的比較級時相當於複數的不可數名詞，視爲單數.

1 更多的事[人，東西，數量，程度等]《*than*》. Three years or *more* have passed since. 自那以後已經過了三年以上/He is *more* of a writer *than* a scholar. 與其說他是學者不如說是作家/He is *more* of a scoundrel *than* I thought. 他比我原先想像的還要壞.

2 較多的事[東西，人等]，另外的事[東西，人等]. Give me a bit *more* of the chocolate, please. 請再給我一些巧克力/I need as many *more*. 我還需要同樣多的/I have no *more* to say. 我沒有別的可說/I'd like to see *more* of him. 我希望能更常見到他.

— *adv.*《much 的比較級；→ most》**1** (a)更(多)，進一步地，《*than*》. explain *more* in detail 再解釋詳細一點/Tom works far *more* now (*than* he used to). 現在湯姆(比以前)努力多了/I love you *more than* I do anyone else. 我愛你勝於其他人.

(b)更⋯《*than*》(語法通常與兩個音節和三個音節以上的形容詞、副詞連用，構成比較級；→ clever 圈). the *more* useful book of the two 兩本書中較有益的一本/Walk *more* carefully. 走路要更小心/Nothing is *more* precious *than* time. 沒有比時間更珍貴的了/Greek was a *more* difficult language [*more* difficult a language] *than* I

thought it would be. 希臘語比我想像中的還要難/I am *more* fond of cats *than* dogs. 比起狗來，我更喜歡貓/Bob is (much) *more* brave *than* I thought. 鮑伯比我想像中的要勇敢(得多). 注意單音節的形容詞在敍述用法的比較級中與 than 連用時，亦常用 more... 特別是只能用作敍述用法的形容詞(如上例的 fond)便是如此.

2 又，再，而且. The troops advanced a mile *more*. 軍隊又前進了一英里/I want to talk to you some *more*. 我想與你再多談一會兒.

3 與其⋯倒不如《*than*》(rather). The boy is *more* shy *than* timid. 與其說那男孩膽小，倒不如說是害羞(★比較同一人[物]的不同性質時，通常用 more... than...)/Ann is *more* a singer *than* an actress. 與其說安是個演員，倒不如說是個歌手/Mother was *more* surprised *than* pleased at my sudden return. 母親對我突然歸來與其說是高興，倒不如說是詫異.

＊**àll the móre** 更甚，愈加. His illness made the situation *all the more* difficult. 他的病使得情況更加艱難了.

(*and*) **whàt is móre**《插入句》更有甚者，而且，更重要的是，(moreover).

àny móre → any 的片語.

lìttle móre than... → little 的片語.

＊**mòre and móre** 日益，愈來愈⋯. get *more and more* beautiful 愈來愈美/be *more and more* convinced 越來越相信. 注意此片語亦有形容詞性的用法: There is *more and more* crime every year. (犯罪事件年年增加).

＊**mòre or léss** (1)或多或少. There is *more or less* snow on the top of Mt. Fuji the whole year round. 富士山山頂上終年或多或少都有積雪/We were *more or less* surprised at the news. 我們對那消息多少有點吃驚.

(2)多少；大約，大概. The book cost twenty dollars, *more or less*. 那本書約值二十美元左右/You are *more or less* right. 你多少說對了/I see *more or less* what you mean. 你的意思我大致瞭解.

＊**mòre than...**《than 後面接名詞、形容詞、副詞、動詞、子句等》(1)⋯以上的. write *more than* ten books 寫十本以上的書/I visited the city *more than* once. 這個城市我已去過不止一次/*More than* one person was against the plan. 至少有一個人以上反對這計畫(語法雖然語意上爲複數的主詞，但其動詞用單數).

(2)超出做⋯的能力，不能⋯，不做⋯. That's *more than* I can stand. 我不能忍受.

(3)超出了言語所能表達的⋯；有餘力做⋯. We are *more than* friends with each other. 我們彼此的關係超過朋友/The moonlight *more than* made up for the want of a lamp. 月光彌補了燈光的不足，而且還綽綽有餘.

(4)《口》非⋯字眼所能形容的，非常. I was *more than* surprised. 我非常詫異.

mòre than éver 比以往更，愈發. I liked Dickens *more than ever* after reading the book. 讀了那本書之後，我更加喜歡狄更斯了.

mùch móre → much 的片語.

nèither móre nor léss than... 剛好；簡直就是…，不外乎…，(simply). It's *neither more nor less than* absurd. 這簡直是荒謬透頂.

* *nò móre* (1)不再…，就那些. I can eat *no more*. 我再也吃不下了/After that I heard *no more* of him. 從那以後我就再也沒聽過他的消息/I was lucky, and *no more*. 我很幸運，就是這麼回事.
(2)也沒有…(neither). You did not come, and *no more* did Tom. 你沒來，湯姆也沒來.
(3)死去的，不復存在的. The great man is *no more*. 那位偉人已不在人世間了.

* *nò móre than...* (1)僅僅(only)…，少得…，(注意 表示對數量少的驚歎；→ no less than...(less 的片語)). We had advanced *no more than* a mile. 我們只前進了一英里. (2)只不過…. I'm *no more than* a stranger here. 我在這兒只不過是個外人.

* *nò móre A than B* A B同樣不…. I'm *no more* to blame *than* you are. = I'm *not* to blame *any more than* you are. 我和你一樣都不被責罰/I could *no more* do it *than* I can fly in the air. 那件事對我而言就如同不可能飛上天空一樣是無法辦到的.

nòt...àny móre 不再…. I don't love Sue *any more*. 我不再愛蘇了(not...any more = no longer)/I can't eat *any more*. = I can eat *no more*. (→ no more (1)).

nòt A àny móre than B = no more A than B.

nòthing móre than... = no more A than B...

* *nòt móre than...* 不超過…，至多…，(at most；→ not less than... (less 的片語)). I spent *not more than* ten dollars. 我至多花掉了十美元(也許還不到). (注意 如果是 no more than，就變成「僅僅花掉了十美元」之意.

nòt móre A than B A 不比 B 更. Emma is *not more* attractive *than* her younger sister. 艾瑪(雖有魅力但)不比她妹妹更有魅力(→ more attractive than...，則是「艾瑪和她妹妹一樣缺乏魅力」)/He looked completely astonished, but *not more* astonished *than* pleased. 他的確是吃了一驚，但高興的程度並不亞於吃驚.

ònce móre → once 的片語.

stìll móre = much more (much 的片語).

the móre (1)越多；更，反而，(because 子句，as 子句；for)(→ all the more). I admire Sam *the more because* he told me the truth. 正因為山姆告訴我實話，我更佩服他了/The *more*'s [*More*'s] the pity. 愈發遺憾('s 為 is 的縮寫).
(2)(與形容詞性的名詞連用)相當，愈發. The *more* [*More*] fool you to believe such a man. 你真傻，竟然相信這種男人.

* *the móre A the móre* [*less*] B 愈A就愈[愈不] B(注意 這二個 more 根據意思可換成形容詞或副詞的比較級；→ the adv. 1). The *more* I read, *the more* [*less*] I understand. 我愈讀愈瞭解[不懂]/The *more* you argue with him, *the angrier* you'll get. 你愈是和他爭論你就會愈生氣/The

more old [older] we are, *the more* weak [weaker] we become. 年紀越大身體就越衰弱. (★單音節的形容詞較常使用 more...).

more·o·ver [mɔrˈovɚ, mor-; mɔːˈrəʊvə(r)] *adv.* 此外，並且. The day was cold, and *moreover* it was raining. 那天很冷，而且還下著雨.

mo·res [ˈmoriz, ˈmɔr-; ˈmɔːreɪz] *n.* (作複數)(社會學)(特定社會的)習慣，風俗.

morgue [mɔrg; mɔːg] *n.* © **1** 停屍間，遺體安置所. **2** (口)(報社的資料室所保存的)檔案資料.

mor·i·bund [ˈmɔrəˌbʌnd, ˈmɑr-, -bənd; ˈmɒrɪbʌnd] *adj.* (文章)(文明，語言等)漸將被廢棄的；即將滅亡的.

Mor·mon [ˈmɔrmən; ˈmɔːmən] *n.* © 摩門教徒.

Mor·mon·ism [ˈmɔrmənˌɪzəm; ˈmɔːmənɪzəm] *n.* ⓤ 摩門教(西元 1830 年由 Joseph Smith 在美國創立，基督教的一個教派；正式名稱為 the Church of Jesus Christ of Latter-Day Saints).

morn [mɔrn; mɔːn] *n.* (詩) = morning.

morn·ing [ˈmɔrnɪŋ; ˈmɔːnɪŋ] *n.* (*pl.* ~s [~z; ~z]) **1** ⓤ© 早晨，上午，(從日出至午餐時或從凌晨至中午；→ afternoon, evening). early [late] *in the morning* 每天一大早[日上三竿]/take a walk every *morning* 每天早晨散步/until two o'clock *in the morning* 到凌晨[深夜]2 點鐘/read all (the) *morning* 整個上午看書/work from *morning* till night 從早到晚工作/*on* Monday *morning* 在星期一上午/*on* the *morning of* May the 1st 5月1日的上午(語法 在特定日子的上午通常用介系詞 on；但如在 morning 前加上修飾語就會變成 in the early morning of...(在…早晨)；this morning (今天早晨), tomorrow morning(明天早晨), yesterday morning(昨天早晨), next morning(第二天早晨)等不用介系詞，作副詞使用)/What a lovely *morning*! 多麼美麗的早晨!/One cold winter *morning* my mother died. 在一個寒冷的冬天早晨，我的母親去世了/It's *morning*. 現在是上午.

(搭配 *adj.* + morning: a cloudy ~ (多雲的早晨), a fine ~ (晴朗的早晨), a frosty ~ (下霜[酷寒]的早晨), a misty ~ (有霧的早晨), a rainy ~ (下雨的早晨).

2 (加 the)明天早上. I'll phone you in the *morning*. 我明天上午打電話給你(用於傍晚的會話等).

3 (形容詞性)早晨的，上午的. the *morning* dew 朝露/an early *morning* walk 晨間散步.

mórning càll *n.* © (旅館裡叫客人起床的)晨呼電話(不限於上午的情況下則稱為 wake-up call).

mórning còat *n.* © 晨禮服的上衣(morning dress 的上衣；→ tailcoat).

mórning drèss *n.* © (男子的)晨禮服(燕尾服加大禮帽；→ evening dress).

mórning glòry *n.* © (植物)牽牛花.

Mórning Práyer [-prɛr, -præɾ; -preə] *n.*
Ⓤ《英國國教》晨禱(matins).

morn·ings [ˋmɔrnɪŋz; ˊmɔ:nɪŋz] *adv.* 《美、口》
(經常)在早晨; 每天早晨(地).

mórning síckness *n.* Ⓤ害喜.

mórning stár *n.* (加 the)晨星(金星(Venus)
的別稱; 日出前出現東方的啓明星; → evening
star).

Mo·roc·co [məˋrako; məˋrɒkəʊ] *n.* **1** 摩洛哥
(非洲西北岸的王國; 首都 Rabat).

2 Ⓤ(morocco)摩洛哥皮革(鞣製山羊皮革; 用作
書的封面等).

mo·ron [ˋmoran, ˋmor-; ˊmɔ:rɒn] *n.* Ⓒ **1** 《心
理》癡愚者. **2** 低能, 白痴.

mo·ron·ic [moˋranɪk, mɔ-; məˊrɒnɪk] *adj.* 低
能的.

mo·rose [moˋros, mə-; məˊrəʊs] *adj.* 孤僻的, 脾
氣不好的; 抑鬱寡歡的.

mo·rose·ly [moˋroslɪ, mə-; məˊrəʊslɪ] *adv.* 孤
僻地, 脾氣不好地.

mor·pheme [ˋmɔrfim; ˊmɔ:fi:m] *n.* Ⓒ《語言》
詞素, 語素(具有意義的最小語言單位; 例如
players 中的 play, -er-, -s).

mor·phine [ˋmɔrfin; ˊmɔ:fi:n] *n.* Ⓤ《化學》嗎
啡(從 opium 中提煉的一種生物鹼, 作麻醉劑用).

mor·phol·o·gy [mɔrˋfɑlədʒɪ; mɔ:ˊfɒlədʒɪ] *n.*
Ⓤ **1**《生物》形態學. **2**《文法》構詞學, 詞態學.

mor·row [ˋmoro, ˋmar-; ˊmɒrəʊ] *n.* Ⓒ
1 《詩》(加 the)明日; 翌日; (事件等的)剛過後(◆
eve 2). on the *morrow* of the war 戰後不久.
2 《古》晨間.

Morse [mɔrs; mɔ:s] *n.* Ⓤ《口》摩爾斯電碼(美國
人 Samuel F. B. Morse (1791-1872)所發明的電
碼; 由點(dot)和線(dash)組成; 正式名稱爲 Mòrse
códe [álphabet]).

A ■━━	J ■━━━	S ■■■
B ━■■■	K ━■━	T ━
C ━■━■	L ■━■■	U ■■━
D ━■■	M ━━	V ■■■━
E ■	N ━■	W ■━━
F ■■━■	O ━━━	X ━■■━
G ━━■	P ■━━■	Y ━■━━
H ■■■■	Q ━━■━	Z ━━■■
I ■■	R ■━■	

[Morse code]

mor·sel [ˋmɔrs!; ˊmɔ:s!] *n.* Ⓒ **1** (食物的)一口,
一小片; (特指)美味的一口. eat another *morsel*
再吃一口.
2 (加 a)《通常用於否定句、疑問句、條件句等》少
量, 一小塊(*of*).

*(asterisk)**mor·tal** [ˋmɔrt!; ˊmɔ:t!] *adj.* 【難逃一死】
1 (不久)將死的, 必死的, (◆immortal). Man
is *mortal*. 人免不了一死.

2 《限定》人類的; 現世的. That's beyond *mortal*
understanding. 那是人類智力所不及的.

【致死的】 **3** 〔疾病等〕致死的, 致命的. receive a
mortal wound 受到致命的創傷.

4 死的, 臨死的. the *mortal* moment 死亡瞬間/
lie in *mortal* agony 瀕臨死亡的痛苦.

5 《限定》殊死的; 〔憎惡等〕你死我活的. a *mortal*
combat 生死之戰/a *mortal* enemy 不共戴天的
敵人.

【致死般的】 **6** 《限定》《口》〔疼痛, 恐懼等〕劇烈
的; 非常的, 極度的. *mortal* fear 極度的恐懼/a
mortal mistake 極大的錯誤/in a *mortal* hurry 極
匆促地.

7 《口》無聊至極的, 漫長的. wait for three *mor-
tal* hours 等了漫長的三個小時.

— *n.* Ⓒ **1** 《文章》(通常 *mortals*) (相對於 神 等
的)人類.

2 《英、口》(加形容詞)人, 傢伙. a mean *mortal*
卑鄙的傢伙.

mor·tal·i·ty [mɔrˋtælətɪ; mɔ:ˊtælətɪ] *n.* **1** Ⓤ
必死的命運, (生者)必死, (◆immortality).

2 ⓐⓊ(因戰爭等)大規模死亡.

3 ⓐⓊ(一地區, 一時期等的)死亡人數; 死亡率
(death rate). reduce the high infant *mortality*
降低嬰兒的高死亡率.

mor·tal·ly [ˋmɔrt!ɪ; ˊmɔ:təlɪ] *adv.* **1** 致命地〔傷
害等〕. He was *mortally* ill with cancer. 他患了
致命的癌症.

2 極度地, 非常地; 打從心底〔生氣等〕.

mòrtal sín *n.* Ⓒ《天主教》(打入地獄的)大罪.

*(asterisk)**mor·tar** [ˋmɔrtɚ; ˊmɔ:tə(r)] *n.* (*pl.* ~s [~z; ~z])
1 Ⓒ乳鉢, 研鉢, 《把
藥或研磨成粉末》.

2 Ⓤ砂漿, 灰泥, 《水
泥[石灰]、砂、水的混
合物; 添加碎石的是
concrete》.

3 Ⓒ《軍事》迫擊砲.

— *vt.* 用砂漿黏合; 用
砂漿塗抹.

[mortar 1]

pestle

mor·tar·board
[ˋmɔrtɚ͵bord, -͵bɔrd;
ˊmɔ:təbɔ:d] *n.* Ⓒ
1 (放砂漿的)鏝板(四方形
的板, 下面有把手). **2**
方帽(在大學畢業典禮
上, 教授、學生所戴的
帽子; 其形狀似鏝板).

mort·gage
[ˋmɔrgɪdʒ; ˊmɔ:gɪdʒ]
(★注意發音) *n.* 《法律》
Ⓤ Ⓒ(轉讓)抵押; Ⓒ抵

[mortarboard 2]

押單據; 抵押款; 抵押權; 不動產抵押借款. I
bought a house on a twenty-year *mortgage*. 我以
二十年期的抵押貸款買了一棟房子.

— *vt.* 抵押.

mort·ga·gee [͵mɔrgɪˋdʒi; ͵mɔ:gɪˊdʒi:] *n.* Ⓒ
《法律》承受抵押人, 抵押權人(將金額貸出的一

mort·ga·gor [ˋmɔrgɪdʒɚ; ˌmɔːgɪˋdʒɔː(r)] *n.*
Ⓒ《法律》抵押人《借款的一方》.

mor·tice [ˋmɔrtɪs; ˋmɔːtɪs] *n.* = mortise.

mor·ti·cian [mɔrˋtɪʃən; mɔːˋtɪʃn] *n.* Ⓒ《美》殯
儀業者(undertaker).

mor·ti·fi·ca·tion [ˌmɔrtəfəˋkeʃən;
ˌmɔːtɪfɪˋkeɪʃn] *n.* **1** Ⓤ《文章》羞愧, 屈辱; Ⓒ飲
恨的事. To my *mortification*, I failed the exami-
nation. 很遺憾, 我考試沒通過. **2** Ⓤ《文章》禁慾,
苦行. **3** Ⓤ《醫學》壞疽.

mor·ti·fy [ˋmɔrtəˌfaɪ; ˋmɔːtɪfaɪ] *vt.* (**-fies;**
-fied; ~**ing**)《文章》**1** 使羞愧, 使受辱. I was
mortified by my child's poor behavior. 我真爲我
孩子不好的行爲舉止感到羞愧.
2《藉苦行》克制〔情慾等〕.

〖至源〗 MORT「死」: *mort*ify, *mort*al (終有一死的),
*mort*uary (停屍間), *mort*ician (殯儀業者).

mor·tise [ˋmɔrtɪs; ˋmɔːtɪs] *n.* Ⓒ《建築》(在木頭
等上所挖的)榫眼(→ tenon).

mor·tu·ar·y [ˋmɔrtʃʊˌɛrɪ; ˋmɔːtʃʊərɪ] *n.* (*pl.*
-ar·ies) Ⓒ停屍間(醫院的太平間, 殯儀館的遺體停
放室等).

Mo·sa·ic [moˋze·ɪk; məʊˋzeɪɪk] *adj.* 摩西
(Moses)的.

***mo·sa·ic** [moˋze·ɪk; məʊˋzeɪɪk] *n.* (*pl.* ~**s** [~z;
~s]) **1** Ⓤ馬賽克, 鑲嵌
工藝; Ⓒ鑲嵌工藝[圖案]
的作品. a pattern in
mosaic 鑲嵌圖案.
2 Ⓒ(通常用單數)鑲嵌畫
般的東西; 拼湊的東西.
The field is a *mosaic of*
green and yellow. 田野是
幅綠色和黃色相間的畫面.
— *adj.* 鑲嵌(般)的.

[mosaic 1]

Mo·sa·ic Law *n.* (加
the)摩西的律法《主要指舊約聖經前五卷中的內容》.

***Mos·cow** [ˋmasko; ˋmɒskəʊ] *n.* 莫斯科(前蘇聯
及現今俄羅斯共和國首都; → Muscovite).

mo·selle [moˋzɛl; məʊˋzel] *n.* Ⓤ (常 *M*oselle)
摩澤爾白葡萄酒《德國釀造的一種辛辣白葡萄酒》.

Mo·ses [ˋmozɪz, -əz, -əs, -ɪs; ˋməʊzɪz] *n.* 《聖經》
摩西《古代以色列的一位宗教、民族英雄及立法者》.

Mos·lem [ˋmɑzləm, ˋmas-; ˋmɒzlem] *n.*, *adj.* =
Muslim.

mosque [mask, mɔsk; mɒsk] *n.* Ⓒ伊斯蘭教寺
院, 回教寺院, 清眞寺.

***mos·qui·to** [məˋskito, -ə; məˋskiːtəʊ] *n.*
(*pl.* ~**s**, ~**es** [~z; ~z]) Ⓒ蚊
(→ insect 圖). a swarm of *mosquitoes* 蚊群.

mosquito net *n.* Ⓒ蚊帳.

***moss** [mɔs; mɒs] *n.* (*pl.* ~**es** [~ɪz; ~ɪz]) ⓊⒸ《植
物》苔蘚. A rolling stone gathers no *moss*. 《諺》
滾石不生苔《轉業不聚財》;《美》也有「如果滾動就不
生苔而能常保新鮮」之意.

moss·grown [ˋmɑsˌgron; ˋmɒsgrəʊn] *adj.*
1 長滿青苔的, 生苔的. **2** 舊式的, 過時的.

[mosque]

moss·y [ˋmɔsɪ; ˋmɒsɪ] *adj.* **1** 長滿青苔的; 青苔
般的. **2** 陳舊的.

‡most [most; məʊst] *adj.* 《many, much 的最高
級; → more》**1** (常加 the) 《數, 量, 程度
等》最多的, 最大的.
(a)《many 的最高級; ◆ fewest》Al got (the)
most votes. 艾爾的得票數最多.
(b)《much 的最高級; ◆ least》Who has (the)
most leisure of you all? 你們之間, 誰最有空呢?/
Which is *most*, five sixes, seven fours or nine
threes? 5乘6, 7乘4, 9乘3, 哪一個得出的數
最大?
2 大部分的, 大多數的, (★不加 the). I've read
most nineteenth-century novels. 19世紀的小說我
大部都看過了/*Most* people know this. 大多數人
都知道此事/*Most* nights we were in bed by
ten. 一般的情況下我們都是晚上10點鐘上床睡覺
(★ Most nights 是副詞片語).

for the most part ⇨ part 的片語.

— *pron.* **1** (作單數)(通常加 the)最大量, 最多
數; 最大限度. get the *most* out of a new life 從
新的生活中儘可能的多得/The *most* you can
expect for your old car is $400. 你的舊車最多也
只能賣 400 美元/I did the *most* I could. 我已竭盡
全力了.
2 (單複數同形)大部分(*of*); 大多數的東西.
(用法)作 many 的最高級時, 相當於複數可數名詞
時, 作複數; 作 much 的最高級時, 相當於不可數
名詞時, 作單數; 不加 the). *Most* of the money
came from Father. 大部分的錢是父親提供的/He
lived in Boston for *most* of his life. 他大部分的
人生是在波士頓度過的/*Most* of the spectators
were young girls. 大部分的觀眾是年輕女孩.

* *at (the) most* 最多, 至多; 最好; (◆ at least).
I can pay only five pounds *at (the) most*. 我最多
只能付五英鎊.

* *make the most of...* 盡量活用[利用], 發揮〔機
會, 能力等〕. She *made the most of* her free

time. 她充分利用了空閒時間/You'll only go to Greece once in your life, so *make the most of* it. 你一生中僅會去一次希臘, 所以要好好把握才行.

— *adv.* (much的最高級/→more) **1** (a)最, 最多, 至, 極, (↔least) (→通常與the連用). This is what *most* annoys me [what annoys me *most*]. 這是最令我煩惱的. (b)最…的 [語法](1)通常與大部分兩個音節和三個音節(以上)的形容詞、副詞連用, 構成最高級. (2)接在限定用法的形容詞前面的most, 通常與the連用). the *most* beautiful city in Asia 亞洲最美麗的城市/Which question do you think is (the) *most* difficult? 你認爲哪個問題最難?/Mother drives *most* carefully of all the people in my family. 我母親是我家所有人當中開車最小心的人.

2 (文章)(置於形容詞、副詞前加強其語意)(★加強語意時, 通常most發音較弱)(a)很, 非常, (very). a *mòst* ínteresting bóok 非常有趣的書(★這時不加the而加a; 加the爲「最有趣的書」the *mòst* ínteresting bóok)/Everybody was *most* kind. 大家都很親切(★這時的most亦與單音節的字連用). (b)十分(quite); 非常(very). Ted will *most* probably come. 泰德非常可能會來/Beth lived *most* happily. 貝絲過得非常幸福. [語法]要強調表示尺寸、速度等客觀標準的形容詞、副詞的語意時, 不用most, 而用very等. very tall [fast] (非常高[快]).

3 (美、口)(英、方言)幾乎(almost). *Most* everyone attended the meeting. 幾乎每個人都出席了這場會議.

＊ *mòst of áll* 尤其, 特別. I want time *most of all*. 我最需要的是時間.

-most *suf.* 與名詞、形容詞連用, 構成形容詞的最高級, 表示「最…, 極…」等之意. hind*most*. top*most*. southern*most*.

＊most·ly [ˋmostlɪ; ˈməʊstlɪ] *adv.* 大部分地, 幾乎全部地; 主要地; 一般地. The audience was *mostly* women. 聽眾大多爲女性/I have broad interests, but *mostly* I concentrate on music. 我的興趣很廣泛, 但主要集中於音樂/He *mostly* goes fishing on Sundays. 他星期天大多去釣魚/He goes fishing *mostly* on Sundays. 他大多星期天去釣魚(不光是指星期天, 其他的日子也會去).

mote [mot; məʊt] *n.* ⓒ (塵土等的)微粒; 塵埃. *motes* of dust in the air 空中的塵埃.

＊mo·tel [moˋtɛl; məʊˈtel] *n.* (*pl.* ~s [~z; ~z]) ⓒ 汽車旅館(供開車旅行者住宿的簡便旅館, 附有停車場). [字源] *motor*+*hotel*.

＊moth [mɔθ; mɒθ] *n.* (*pl.* ~s [-ðz; -ðs, -θs; -θs]) ⓒ 蛾; (主英)(加the)(蛀食衣服的)蠹.

moth·ball [ˋmɔθ͵bɔl; ˈmɒθbɔːl] *n.* ⓒ (通常 mothballs)除蟲丸(樟腦丸).

moth-eat·en [ˋmɔθ͵itn; ˈmɒθ͵iːtn] *adj.* **1** 〔衣

服等〕蠹蝕的. **2** 陳舊的; 落伍的.

[ˋmʌðɚ; ˈmʌðə(r)] *n.* (*pl.* ~s [~z; ~z]) ⓒ 〖媽媽〗 **1** 母親. become a *mother* 當母親, 生孩子/Mother, dear. 親愛的母親/Tommy, tell *mother* everything. 湯米, 把所有的事都告訴媽媽.
＊moth·er
[參考](1)廣義上亦包括岳母[婆婆], 繼母, 養母. (2)在家人之間, 第一個字母大寫, 不加冠詞, 作專有名詞使用. (3)(口)有 mama, mamma, mammy, mom, mum, mommy 等稱呼法.
2 (加the)母性(愛). appeal to the *mother* in her 訴求於她的母性.
3 母親般的人, 代替母親的人; 女舍監(house-mother); (對年長婦女的稱呼)伯母.
4 (頭銜)(女修道院(convent)的)院長.
5 【物之所出】(加the)「…之母」, 根源, (*of*). Necessity is the *mother of* invention. (諺)需要是發明之母.
6 (形容詞性)母親的; 像母親的; 母親般的. *mother* cat 母貓/*mother* love 母愛.
— *vt.* **1** 當…的母親; 生育; 產生(作品, 思想等). **2** 將…視同己出般疼愛; 母親般地細心照顧.

mòther éarth *n.* ⓤ (有時 Mother Earth) (母親)大地.

mòther cóuntry *n.* (加the或my, his等)祖國; (殖民地的)母國.

Mòther Góose *n.* 鵝媽媽(英國流傳已久的童謠(nursery rhyme)集作者; 畫上有她騎在鵝背上飛向遠方的模樣).

moth·er·hood [ˋmʌðɚ͵hud; ˈmʌðəhʊd] *n.* ⓤ **1** 母親身分; 母性. **2** (集合)母親.

moth·er-in-law [ˋmʌðərɪn͵lɔ, ˋmʌðən͵lɔ; ˈmʌðərɪnlɔː] *n.* (*pl.* mothers-) ⓒ 丈夫[妻子]的母親, 岳母, 婆婆.

moth·er·land [ˋmʌðɚ͵lænd; ˈmʌðəlænd] *n.* ⓒ 母國, 故國, 祖國.

moth·er·less [ˋmʌðɚlɪs; ˈmʌðəlɪs] *adj.* 沒有母親的.

moth·er·li·ness [ˋmʌðɚlɪnɪs; ˈmʌðəlɪnɪs] *n.* ⓤ 慈母心, 母親的慈祥.

moth·er·ly [ˋmʌðɚlɪ; ˈmʌðəlɪ] *adj.* 像母親似的, 溫婉的, 慈祥的; 作爲母親的. *motherly* advice 母親般的忠告.

Mòther Náture *n.* ⓤ (常表詼諧)(像母親般的)大自然.

moth·er-of-pearl [͵mʌðərəvˋpɝl; ͵mʌðərəvˈpɜːl] *n.* ⓤ 珠母層(珍珠貝等內側的硬質層; 飾物的材料).

Móther's Dáy *n.* 母親節(美國、加拿大等爲5月的第二個星期天, 英國則爲四旬齋(Lent)的第四個星期天).

moth·er-to-be [ˋmʌðɚtə͵bi; ˈmʌðətəbiː] *n.* (*pl.* mothers-) ⓒ 孕婦, 準媽媽.

mòther tóngue *n.* (加the或my, his等)母語, 本國語.

moth·proof [ˋmɔθ͵pruf; ˈmɔːθpruːf] *adj.* 〔布、地毯等〕經過防蛀加工的.

mo·tif [moˋtif; məʊ'tiːf] n. (pl. ~s) © **1** (文學、藝術作品中反覆出現的)主題，主旨；(交響曲等的)主旋律. **2** (圖案等的)主調，基本圖案.

‡mo·tion [ˋmoʃən; 'məʊʃn] n. (pl. ~s [~z; ~z]) 【動】**1** ⑪ 運動，動；(天體的)運行；(船，水面等的)搖晃; (↔ rest). the laws of *motion* 運動定律/shoot a scene in slow *motion* (在高速中)用慢動作拍攝/The *motion* of the bus made me feel sleepy. 公車的搖晃使我昏昏欲睡.

⊜ motion 的重點在「動」的本身; → movement.

2【身體的姿勢意義的】© (示意的)動作，手勢，(gesture); 姿態，走姿. signal with a *motion* of one's hand 打手勢/the actress's graceful *motions* 女演員優雅的姿態.

3【針對情況的行動】© 動議，提議；提案(*to* do; *that* 子句). second a *motion* 支持動議/reject [pass] a *motion* 否決[通過]動議/on the *motion* of the chairman 議長的提議/make a *motion to* take a vote 提議進行表決.

gò through the mótions (of...) 做出(⋯的)姿態; 《口》表面上做(⋯).

in mótion 〔交通工具，機器等〕在行駛中，運轉中. Passengers must not talk to the driver when the bus is *in motion*. 公車在行駛時，乘客不能跟駕駛員講話.

sèt [pùt]...in mótion 使〔機器等〕運轉；實施〔計畫等〕. You pull this lever to *set* the machine *in motion*. 開機時拉這個手桿/The director told us to *put* the plan *in motion*. 主任吩咐我們開始實施那項計畫.

┌─────────────────────────────────────┐
│ ●──以-ion為詞尾的名詞重音   │
│ 重音置於 -ion 之前的音節.   │
│   addítion   creátion   destrúction │
│   exténsion   mótion   oblívion   │
│   opínion   pássion   realizátion │
│   recéption   únion   vacátion   │
│   vísion   │
└─────────────────────────────────────┘

── vt. 《通常加副詞[片語]》用姿勢[手勢]示意; 句型5 (motion A *to* do)示意 A 做⋯. *motion* a person in [*away*] 示意某人進去[離開]/The teacher *motioned* me to take a seat [*to* a seat]. 老師示意我坐下.

── vi. 用姿勢[手勢]示意(*to, at*). *motion* to a boy (to come nearer) 招手示意男孩(過來一點).

全璽 MOT「使移動」: motion, emotion (感情), promotion (升遷), motivation (動機).

*‎**mo·tion·less** [ˋmoʃnlɪs; 'məʊʃnlɪs] adj. 不動的，靜止的. stand *motionless* 動也不動地站著.

mòtion pícture n. © 《美》電影(《主英》cinema).

mo·ti·vate [ˋmotə͵vet; 'məʊtɪveɪt] vt. 引起動機；激發學習慾望; 句型5 (motivate A *to* do)刺激 A 使做⋯. This crime is *motivated* by money. 這種犯罪是因錢財而起/*motivate* children *to* learn 激發兒童學習的慾望.

---

mo·ti·va·tion [͵motəˋveʃən; ͵məʊtɪ'veɪʃn] n. ⑪© 引起動機(的狀態)；誘因，刺激，(行動的)意欲.

‡mo·tive [ˋmotɪv; 'məʊtɪv] n. (pl. ~s [~z; ~z]) © **1** 動機；目的. of [*from*] one's own *motive* 自願/He helped the old man from *motives* of kindness. 他出於善心幫助了那老人/The police could find no *motive* for the crime. 警察找不出犯罪的動機.

搭配 adj.＋motive: an altruistic ~ (利他的動機), a noble ~ (高尚的動機), an evil ~ (邪惡的動機), a selfish ~ (自私的動機), the real ~ (眞正的動機).

2 ＝motif.

── adj. 《限定》起動的，成爲原動力的. *motive* power 原動力(的).

mo·tive·less [ˋmotɪvlɪs; 'məʊtɪvlɪs] adj. 無動機的.

mot·ley [ˋmɑtlɪ; 'mɒtlɪ] adj. **1** 成分雜亂的，混雜的. **2** 《文章》〔衣服等〕五顏六色的，雜色的.

── n. ⑪ 《昔日小丑穿的》雜色花衣.

mo·to·cross [ˋmoto͵krɔs; 'məʊtəʊ͵krɒs] n. ⑪© 摩托車越野賽(摩托車的越野比賽; ＜ *motor*＋*cross*-country).

‡mo·tor [ˋmotɚ; 'məʊtə(r)] n. (pl. ~s [~z; ~z]) © (特指電動的)馬達，發動機; (汽車等的)內燃機，引擎. an electric *motor* 電動機，電動馬達/start [turn off] a *motor* 啓動[關掉]馬達.

── adj. 《限定》**1** 用發動機推動的，發動機的; 汽車(用)的. a *motor* ship 內燃機船/a *motor* trip 汽車旅行/*motor* insurance 汽車保險.

2 《解剖》運動神經的; 運動(肌肉)的.

── vi. 《英》坐車去，開車.

mo·tor·bike [ˋmotɚ͵baɪk; 'məʊtəbaɪk] n. © 《口》**1** ＝motorcycle. **2** 《美》「摩托車」，「小型摩托車」, (比 motorcycle 小型的摩托車).

mo·tor·boat [ˋmotɚ͵bot; 'məʊtəbəʊt] n. © 汽艇.

mo·tor·cade [ˋmotɚ͵ked; 'məʊtəkeɪd] n. © 汽車行列，汽車遊行.

‡mo·tor·car [ˋmotɚ͵kɑr; 'məʊtəkɑː(r)] n. (pl. ~s [~z; ~z]) © 汽車.

語法 motorcar 與 automobile 同義，但《英》多用前者，在《美》多用後者; 在日常用語中皆用 car.

mo·tor·cy·cle [ˋmotɚ͵saɪkl; 'məʊtə͵saɪkl] n. © 摩托車，機車. ── vi. 騎摩托車.

mo·tor·cy·clist [ˋmotɚ͵saɪklɪst; 'məʊtəsaɪklɪst] n. © 騎摩托車的人，摩托車手.

mótor hòme n. © 《美》旅行露營車(車的底盤上載著可充作住家用的車體; 與 mobile home 不同，它本身是車子的一部分).

mo·tor·ing [ˋmotərɪŋ; 'məʊtərɪŋ] n. ⑪ 駕駛汽車，駕車兜風.

mo·tor·ist [ˋmotərɪst; 'məʊtərɪst] n. © (特指自用的)汽車駕駛人；駕車兜風的人.

M

mo·tor·i·za·tion [ˌmotərɪˈzeʃən; ˌməʊtəraɪˈzeɪʃən] n. U (交通的) 汽車化; 動力化.

mo·tor·ize [ˈmotəˌraɪz; ˈməʊtəraɪz] vt. 1 裝引擎於 (交通工具等). 2 使 (農業等) 機械化 (使用牽引機等); 將 (軍隊等) 機動化.

mo·tor·man [ˈmotəmən; ˈməʊtəmən] n. (pl. **-men** [-mən; -mən]) C 1 (電車, 電氣化火車頭等的) 司機. 2 馬達操作員.

mótor scòoter n. C 速克達機車.

mo·tor·way [ˈmotəˌweɪ; ˈməʊtəweɪ] n. (pl. ~s) C (英) 快速道路 ((美) expressway).

mot·tled [ˈmatld; ˈmɒtld] adj. 雜色的, 斑駁的.

*mot·to [ˈmato, -ə; ˈmɒtəʊ] n. (pl. ~s, ~es [~z; ~z]) C 1 (訓示性的) 標語, 箴言, 座右銘. 'Work hard' is our school motto. 「勤勉」是我們的校訓. 範 motto 意指個人或團體用以作爲指導方針所採用的箴言; → slogan.
2 (刻於徽章, 貨幣等的) 銘辭; (載於書籍, 章節等之前的) 題辭.

mould [mold; məʊld] n., v. (英) =mold.

mould·er [ˈmoldə; ˈməʊldə(r)] v. (英) =molder.

mould·ing [ˈmoldɪŋ; ˈməʊldɪŋ] n. (英) =mold-ing.

mould·y [ˈmoldɪ; ˈməʊldɪ] adj. (英) =moldy.

moult [molt; məʊlt] v., n. (英) =molt.

*mound [maʊnd; maʊnd] n. (pl. ~s [~z; ~z]) 【隆起的地方】 1 (砂土, 石頭等的) 堆; (特指墳墓上等的) 土墩, 土塚; (考古學) 古墳. a burial mound 墳墓.
2 防禦用的土堡; 土壘.
3 (自然形成的) 小丘.
4 (棒球) 投手丘. take the mound (投手) 上場.
5 (乾草, 垃圾, 書信等的) 堆. I have a mound of washing to do. 我有一堆衣服要洗.
— vt. 把…堆積起來, 堆成山.

*mount¹ [maʊnt; maʊnt] v. (~s [~s; ~s]; ~ed [~ɪd; ~ɪd]; ~ing) vt. 【登上高處】 1 登上 [山等]; 爬 (梯子等); 走上 [演講臺等]. mount the stairs 爬樓梯. 範 與 ascend 相比, 通常「登山」用 ascend, 「登上講臺」用 mount.
2 騎上, 跨上, [馬等]. mount a bicycle 跨上腳踏車.
3 [公馬等] 跨上 [母馬], 交配.
【使乘上】 4 使載於, 使置於, (on [臺上等]); 使 [人] 騎上 (on [馬等]). mount a camera on a tripod 把照相機架在三腳架上/The wounded were mounted on the mules. 傷患被安置在騾子上.
5 貼 [照片等] (on [襯紙]); 鑲嵌 [寶石等] (in); 固定 [標本] (on [載玻片]); 把 [昆蟲等] 製成標本. mount a photo (on a piece of cardboard) 裱貼照片 (於厚紙板上) / mount diamonds in platinum 在白金上鑲嵌鑽石.
6 【使登上舞臺】準備 [戲劇的] 演出; 上演.
【準備進行】 7 準備實行. mount an exhibition [a display] 計畫開展覽會 [展示會].

— vi. 1 攀登; 爬上 (to). mount to the top of a tree 爬到樹頂.
2 騎上馬 (up); 騎 (on); (⟷ dismount).
3 [水位, 溫度等] 上升; [興奮等] 高漲; [費用等] 增加 (up). Our debts mounted rapidly. 我們的債務急速增加.
— n. C 1 (文章) (特指) 乘用馬; (自行車等的) 交通工具. 2 (貼照片等的) 襯紙; (寶石等的) 底座; (顯微鏡用的固定標本的) 載玻片.

*mount² [maʊnt; maʊnt] n. (pl. ~s [~s; ~s]) C 1 (Mount) (用於專有名詞之前) …山 (略作 Mt.). Mount [Mt.] Ali 阿里山.
2 (古, 詩) 山 (mountain). the Sermon on the Mount →見 Sermon on the Mount.

*moun·tain [ˈmaʊntn̩, -tɪn, -tən; ˈmaʊntɪn] n. (pl. ~s [~z; ~z]) C 1 山 (⟷ hill, peak). (mountains) 山脈. climb a mountain 爬山 / Mt. Everest is the highest mountain in the world. 埃弗勒斯峰是世界最高峰 / the Rocky Mountains 落磯山脈 (★山脈名稱加the). 2 (形容詞性) 山的; 居住 [生長] 在山中的; 像山一樣的, 巨大的. a mountain tribe 山地部落 / mountain plants 高山植物. ⇨ adj. mountainous.
字源 MOUNT 「山」: mountain, amount (到達), mount (登), surmount (跨越).
a móuntain [móuntains] of... 一大堆的…, 大量的…. I have a mountain of work to do. 我有一大堆的工作要做.

mòuntain ásh n. C 1 花楸 (果實紅色或黃色; 薔薇科).
2 產於澳洲的桉樹 (eucalyptus) 屬樹木之總稱.

móuntain bìke n. C 越野自行車 (特別是在山野中行走用的自行車).

móuntain chàin n. =mountain range.

moun·tain·eer [ˌmaʊntn̩ˈɪr, -tɪn-, -tən-; ˌmaʊntɪˈnɪə(r)] n. C 1 登山家, 登山者.
2 山地人, 山區居民.

*moun·tain·eer·ing [ˌmaʊntn̩ˈɪrɪŋ, -tɪn-, -tən-; ˌmaʊntɪˈnɪərɪŋ] n. U (體育運動的) 登山.

móuntain gòat n. C 分布於北美落磯山脈, 生有白色長毛的山羊.

móuntain lìon n. =cougar.

*moun·tain·ous [ˈmaʊntn̩əs, -tɪn-, -tən-; ˈmaʊntɪnəs] adj. 1 多山的, 到處是山的. a mountainous district 山地.
2 [波浪等] 像山似的, 巨大如山的. a mountainous whale 巨大的鯨.

móuntain rànge n. C 山脈, 山巒.

móuntain sìckness n. U 高山病.

moun·tain·side [ˈmaʊntn̩ˌsaɪd, -tɪn-, -tən-; ˈmaʊntɪnˌsaɪd] n. C 山腹.

Mòuntain Stándard Tìme n. (美) 山地標準時間 (→ standard time).

moun·tain·top [ˈmaʊntn̩ˌtap, -tɪn-, -tən-; ˈmaʊntɪnˌtɒp] n. C 山頂.

moun·te·bank [ˈmaʊntəˌbæŋk; ˈmaʊntɪbæŋk] n. C (文章) 走江湖賣假藥的人, 江湖郎中; 騙子.

mount·ed [ˈmaʊntɪd; ˈmaʊntid] adj. 騎在馬上的; 騎在(自行車等)交通工具上的; 貼在襯紙上的. the *mounted* police (集合)騎警隊.

mount·ing [ˈmaʊntɪŋ; ˈmaʊntiŋ] n. **1** ⓤ 騎馬. **2** ⓤ 裝置. **3** ⓒ 襯紙; (寶石等的)臺座.

＊**mourn** [morn, mɔrn; mɔːn] v. (~s [~z; ~z]; ~ed [~d; ~d]; ~·ing) vi. **1** 哀痛; (用 mourn for [over]...)哀悼…. They *mourned* for the people killed in the accident. 他們哀悼在事故中的罹難者. ⓘ 與 grieve, lament 比較, mourn 爲較正式的用語.
2 服喪.
— vt. 哀痛, 哀傷; 悲歎(不幸等). *mourn* the death of a person 哀悼某人的去世.

mourn·er [ˈmornɚ, ˈmɔrnɚ; ˈmɔːnə(r)] n. ⓒ 哀痛者; 哀悼者, 送葬者. the chief *mourner* 喪主(死者最親的親屬).

＊**mourn·ful** [ˈmornfl, ˈmɔrn-; ˈmɔːnfʊl] adj. 陷入悲痛的; (表情等)悲哀的, 悲痛的; 令人沮喪的; 哀悼死亡的(歌曲等). a *mournful* widow 哀慟的寡婦/She wore a *mournful* expression. 她的神情悲傷.

mourn·ful·ly [ˈmornfəlɪ, ˈmɔrn-; ˈmɔːnfʊli] adv. 悲哀地; 悲痛地.

mourn·ing [ˈmornɪŋ, ˈmɔrn-; ˈmɔːniŋ] n. ⓤ **1** 悲哀; 哀悼; 喪服. **2** 喪服. **3** 服喪期間, 居喪. She is in *mourning* for her husband. 她正在爲丈夫服喪.
gò into móurning 服喪; 穿喪服.
in (dèep) móurning 穿喪服(全身黑色的)喪服; 致上(深深的)哀悼之意.

móurning bànd n. ⓒ (戴在手臂上的)喪章.

＊**mouse** [maʊs; maʊs] (★與 v. 的發音不同) n. (pl. **mice**, 3爲~**s**) ⓒ **1** 老鼠(★比 rat 小的老鼠之總稱; 顏色爲褐色、灰色、白色等; → rodent 圖). a house [field] *mouse* 家(野)鼠/Our terrier catches *mice*. 我們的㹴犬會抓老鼠/The mountain labors and brings forth a *mouse*. (諺)雷大雨小, 虎頭蛇尾.
2 膽小鬼, 個性內向者, (特指女性).
3 (電腦)滑鼠(在桌面上操作使游標移動的輸入裝置).
(as) pòor as a chùrch móuse 非常貧窮的, 「一貧如洗」的.
When the càt is awáy, the mìce will pláy. → cat 的片語.
— [maʊz; maʊz] vi. (貓等)抓老鼠; 搜尋老鼠.

mous·er [ˈmaʊzɚ; ˈmaʊzə(r)] n. ⓒ 捕鼠動物(特指貓). This cat's a good *mouser*. 這隻貓是捕鼠好手.

mouse·trap [ˈmaʊsˌtræp; ˈmaʊstræp] n. ⓒ 捕鼠器(通常帶有彈簧裝置, 用乳酪etc誘餌).

[mousetrap]

mousse [mus; muːs] n. ⓤⓒ 慕斯, 奶油凍, (一種將奶油、蛋白等製成果凍狀的點心).

mous·tache [ˈmʌstæʃ, məˈstæʃ; məˈstɑːʃ] n. (主英)＝

---

mustache.

mous·y [ˈmaʊsɪ, ˈmaʊzɪ; ˈmaʊsi] adj. **1** (口)老鼠般的.
2 (頭髮)暗褐色的. **3** 膽小的; (女性等)畏怯的, 不作聲的.

＊**mouth** [maʊθ; maʊθ] (★與 v. 的發音不同) n. (pl. ~**s** [maʊðz; maʊðz]) ⓒ (口) **1** 口, 嘴, 口腔. a girl with a lovely *mouth* 有一張可愛小嘴的女孩/Don't talk with your *mouth* full. 吃東西時不要說話/He washed his *mouth* out. 他漱了口/My *mouth* waters. 我流口水(嘴饞得要命).
2 (作爲說話[品嚐]器官的)口; 說話方法, 言語. Shut your *mouth*! 住嘴!/have a foul (dirty) *mouth* 說話下流, 愛說髒話/That sounds odd in your *mouth*. 這事從你口中說出, 眞是有點奇怪/The drink leaves a strange aftertaste in the *mouth*. 這飲料喝後, 口中殘留一股怪味.
3 被撫養者, 家人, (特指小孩). I have five *mouths* to feed. 我要撫養五口人.
4 (入口, 出口)(袋、瓶等的)口; (洞穴等的)入口; 河口. the *mouth* of a volcano 火山口/the *mouth* of the Thames 泰晤士河口.
be àll móuth (and no áction) 光說不練的人.
by wòrd of móuth → word 的片語.
dòwn in [at] the móuth (口)垂頭喪氣, 無精打采, (源自嘴彎成一字形的表情).
from hànd to móuth → hand 的片語.
from mòuth to móuth (謠言等)口口相傳, 四處散播.
give móuth to... 說出, 講出, (想法等).
hàve a bìg móuth (俚)大聲吵嚷; 大言不慚; 胡亂說話.
kèep one's móuth shùt (口)守口如瓶, 保守祕密; 沈默.
pùt wórds in [into] a pèrson's móuth (1)告訴某人如何說. (2)(實際上某人沒說過的話)說他說過這些話.
shòot one's móuth òff (口)滔滔不絕地說(廢話[誹謗之事]), 信口開河.
stòp a pèrson's móuth 使某人緘默; 使某人住嘴, (有時指殺人).
tàke the wórds out of a pèrson's móuth 搶先說別人要講的話.
— [maʊð; maʊð] vt. **1** 裝模作樣地說; 將(人的意見等)照本宣科; 含糊地說.
2 把(食物)放入口中; 含啊.
— vi. 閉着嘴唇; 不懂裝懂.

＊**mouth·ful** [ˈmaʊθˌfʊl; ˈmaʊθfʊl] n. (pl. ~**s** [~z; ~z]) ⓒ **1** 滿口, 一口; 一小口, 少量的(食物). I managed to get down another *mouthful* of the soup. 我好不容易又喝下了一口湯.
2 (口)(用複數)(長的)難發音的詞. Most people find my name a bit of a *mouthful*. 大多數人覺得我的名字很難唸.

móuth órgan *n.* ⓒ口琴(harmonica).

mouth·piece [ˋmaʊθ͵pis; ˈmaʊθpiːs] *n.* ⓒ
1 (樂器的)吹口; (管子的)吸口; 口腔護具(拳擊手在比賽中所使用的牙齒保護具); (電話的)話筒口.
2 (通常用單數)代言人(*of*)(人, 報刊等).

mouth-to-mouth [ˋmaʊθtəˋmaʊθ;
͵maʊθtəˈmaʊθ] *adj.* 〔人工呼吸等〕口對口的.

mouth·wash [ˋmaʊθ͵wɑʃ; ˈmaʊθwɒʃ] *n.*
Ⓤ漱口液, 漱口藥水.

mouth-wa·ter·ing [ˋmaʊθ͵wɔtərɪŋ;
ˈmaʊθwɔːtərɪŋ] *adj.* 令人垂涎的, 非常好吃的.

*__**mov·a·ble**__ [ˋmuvəbl; ˈmuːvəbl] *adj.* 1 活動的,
可移動的, (⟷ immovable). a doll with *movable*
arms and legs 手腳可以活動的玩偶.
2 〔節日等〕每年日子不固定的.
3 《法律》動產的(personal; ⟷ real).
— *n.* ⓒ (可移動的)家財, 家具, (⟷ fixture);
《法律》(movables)動產(⟷ immovables).

mòvable féast *n.* ⓒ不固定的節日, 假日
(每年日期會變動的節日; 如 Easter 等).

*‡__**move**__ [muv; muːv] *v.* (~**s** [~z; ~z]; ~**d** [~d;
~d]; **mov·ing**) *vt.* 【 使移動 】 1 移動,
搬動, 〔物, 人〕. Help me *move* this desk. 幫我
搬這張桌子/Famine *moved* the tribe further
west. 饑荒使得那部族移到了更西邊的地區/*move*
the date of the wedding 改變結婚的日期.
2 動〔手腳等〕; 搖動; 開動〔水車, 機械等〕. Don't
move your head. 頭不要動/A light breeze is
moving the leaves. 徐徐微風吹動著樹葉.
3 〔動心〕(**a**)使感動, 激起; 使發洩(*to*〔憤怒等的情
感〕). The novelist can write only when the
spirit *moves* him. 這位小說家只有在有靈感時才能
寫作/We were greatly *moved* by his speech. 我
們被他的演說深深地感動了/The music *moved* me
to tears. 這音樂使我感動落淚.
(**b**) [句型5](move **A** *to do*)促使 A 做…. Nothing
could *move* him to change his mind. 任何事情都
無法促使他改變想法/His strange behavior *moved*
me *to* ask him if he was all right. 他那奇怪的舉
止促使我詢問他有甚麼地方不對勁.
4 〔局勢發展〕提出〔動議〕, 提案; [句型3](move
that 子句)提出…動議〔建議〕. I *move that* the
meeting (should) adjourn. 我提議休會.
— *vi.* 【 動 】 1 移動, 運行, (*along*); 〔車輛等〕
開動, 行駛; 〔天體等〕運行. *move* aside to make
way 移到路旁讓道/Now, *move* along [on] there!
喂, 到那邊去![警察對著圍事起鬨者說的話語]/This
car *moves* really fast. 這輛車跑得很快.
2 搬遷, 遷移, (*to*, *into*). He *moved* *to* the
country [*out of* town]. 他搬到了鄉下[搬離了城
市]/*move in* with my uncle 搬進我叔叔家/*move
into* a new house 喬遷新居.
3 (口)離開, 出發. I'll have to *move* right away.
我必須立刻出發/The bus *moved* off at once. 公
車馬上開走.

4 動彈; 動作; 〔樹葉等〕搖動; 〔機器等〕運轉; 《西
洋棋》移動棋子. Keep still—don't *move*. 站住, 不
許動/The dancer *moves* gracefully. 這位舞者舞姿
優美.
5 【周旋】出入, 交往, (*in*〔社交界, 業界〕等); 活
躍(*in*, *among*). *move in* literary circles 活躍於
[出入於]文藝界.
6 【事態進展】〔工作, 事件等〕進行, 進展; 〔時間
等〕流逝. get things *moving* 讓事情有所進展/The
work is really *moving* (ahead) now. 目前工作進
展順利/Time *moves* so slowly when you have
nothing to do. 當你無事可做時, 你會覺得時間過
得很慢.
【 對事件採取行動 】 7 採取行動, 採取措施, (*on*
對於…), *move on* a grave issue 對重大問題採取
行動/The government has *moved* to tighten
immigration controls. 政府採取加強管制外來移民
的措施.
8 提出, 提案, (*for*〔動議等〕). *move for* a post-
ponement 提議延期.

móve abóut [**aróund**] 四處移動; (特指因工作)
輾轉遷徙住處[服務單位].

móve awáy 搬離, 遷移, (住所等).

móve dówn[1] 地位下降, 降格.

móve/…/dówn[2] …的地位下降, 使…降格.

móve héaven and éarth (翻天覆地般地)竭盡全
力(*to do*).

móve hóuse (英)搬家.

móve ín (1)(公司等)進駐. Many small stores
went out of business when the big supermarkets
moved in. 當大型超級市場進駐時, 許多小型商店
倒閉了. (2)(口)襲擊; 迫近, 逼近(*on*). The
police *moved in on* the gang's hideout. 警察逼近
那群罪犯的藏匿之所.

móve ón[1] (1)(不停頓地)繼續前進. (2)(討論等)繼續
下去. Let's *move on* to the next topic. 我們進入
下一個話題吧!

móve/…/ón[2] 使…前進; 使…離開.

móve óut 搬走, 退出.

móve óver =move up (2).

móve úp[1] (1)升級, 晉升; 〔價格等〕上漲. (2)(座
位, 空間等)往上[前]移.

móve/…/úp[2] 使升級[晉升].

— *n.* ⓒ **1** 移動; 轉移, 搬遷. plan a *move*
to a larger house 計畫搬到更大的房子.
2 手段, 措施. In a *move* to end the strike,
management accepted most of the workers'
demands. 資方接受工人的大部分要求, 以作為結束
罷工的措施.
3 《西洋棋》棋法, 一著; 輪到下棋. It's your
move. 該你下了.

gèt a móve òn (口)趕快; 出發; (常用於祈使句).

màke a móve (1)動; 離開; 遷居. If you *make a
move*, I'll shoot you. 你動一下的話, 我就開槍.
(2)發起行動; 採取手段[措施].

on the móve (1)到處移動; (不停地)移動中.
Americans are a people *on the move*. 美國人是
流動性很大的民族. (2)〔事物〕進行中; 活動中.

move·a·ble [ˋmuvəbḷ; ˋmuːvəbl] *adj.*, *n.* = movable.

‡**move·ment** [ˋmuvmənt; ˋmuːvmənt] *n.* (*pl.* ~**s** [~s; ~s])〖動〗 **1** [UC] 動作, 活動; 移動; (天體等的)運行. *Movement* is painful to the sick old man. 移動對這位生病的老人來說是很困難的/a faint *movement* of the lips 嘴唇微動/the *movement* of the earth's crust 地殼變動. 回指特定方向、目的規則性運動; → motion.
2 [C] 動作, 姿勢; (通常 movements) 舉動, 動靜. make a *movement* of surprise 做出驚訝的動作/watch the *movements* of the other party 注視對方的動靜.
3【活動部分】[C] 機械裝置, 結構. the *movement* of a clock 鐘錶的機械裝置.
〖活動〗 **4** [C] (政治性, 社會性的)運動, 活動; (★用單數亦可作複數)活動團體; (部隊、艦隊等的)移動, 配置; 軍事行動. the *movement* for world peace 世界和平運動.

> 搭配 *n.*＋movement: a consumer ~ (消費者運動), the feminist ~ (婦運), a peace ~ (和平運動) // *v.*＋movement: support a ~ (支援某項運動), oppose a ~ (反對某項運動).

5 [UC] (小說等的)情節的展開, 變化; (繪畫等的)動態. This drama lacks *movement*. 這部戲缺乏情節變化.
〖變動〗 **6** [UC] (人口等的)變動; (時代等的)動向. *movements* in modern music 現代音樂的動向/a worldwide *movement* toward democracy 邁向民主的世界潮流.
7 [UC] (商業)(市場的)景氣; (股票等的)變動.
8 [C] (音樂)樂章; 拍子, 節奏.
9 [UC] (文章)通便, 排便; 排出的糞便.

mov·er [ˋmuvɚ; ˋmuːvə(r)] *n.* [C] **1** 使移動的人[物]; 活動的人[物]; (美)搬家業者.
2 提出動議的人.

‡**mov·ie** [ˋmuvɪ; ˋmuːvɪ] *n.* (*pl.* ~**s** [~z; ~z]) [C] (美、口) **1** 電影; (形容詞性)電影的; (film, (motion) picture; → cinema 回). direct a *movie* 導演一部電影/make a novel into a *movie* 把小說改編成電影/go to the *movies* (泛指)去看電影(★去看特定電影時, 用 go to the *movie*)/a *movie* actress [fan] 電影女演員[影迷].

> 搭配 *n.*＋movie: an action ~ (動作片), a horror ~ (恐怖片), a science fiction ~ (科幻片) // *v.*＋movie: make a ~ (製作一部電影), release a ~ (首映一部電影).

2 電影院(亦作 móvie thèater). go to a *movie* 去看電影(＜去電影院).
3 (the movies)電影業, 電影界. The *movies* declined when television was developed. 有了電視以後, 電影就衰退了.

móvie càmera *n.* [C] (美)電影攝影機.
mov·ie·go·er [ˋmuvɪ͵goɚ; ˋmuːvɪ͵gəʊə(r)] *n.* [C] (美)經常去看電影的人, 電影迷.
móvie stàr *n.* [C] 電影明星.

mov·ing [ˋmuvɪŋ; ˋmuːvɪŋ] *v.* move 的現在分詞、動名詞.
— *adj.* **1** (限定)動的, 移動的, 驅動的. a *moving* target 活動靶/the *moving* force behind a project 推進計畫的動力.
2 (話語等)令人感動的, 賺人熱淚的. a *moving* story 動人的故事.
mov·ing·ly [ˋmuvɪŋlɪ; ˋmuːvɪŋlɪ] *adv.* 令人感動地, 感受深刻地.
mòving pícture *n.* (美)＝motion picture.
mòving stáircase *n.* [C] (英)電動手扶梯 (escalator).
móving vàn *n.* [C] 搬家用的卡車.
mow[1] [mo; məʊ] *v.* (~**s**; ~**ed**; ~**ed**, **mown**; ~**ing**) *vt.* **1** 割, 收割; (草, 穀物等); 割(早田等的)草(農作物). **2** (砲火等)橫掃(*down*). Four rail workers were *mowed down* by a train. 四名鐵路工人被火車撞倒了.
— *vi.* 割, 收割.
mow[2] [mau; maʊ] *n.* [C] **1** (穀倉裡的)乾草[穀物]堆置處. **2** 乾草[穀物]堆.
mow·er [ˋmoɚ; ˋməʊə(r)] *n.* [C] **1** 收割機; (特指)割草機(lawn mower). **2** 割割者.
mown [mon; məʊn] *v.* mow[1] 的過去分詞.
Mo·zam·bique [͵mozəmˋbik; ͵məʊzæmˋbiːk] *n.* 莫三比克(位於非洲東南沿海的共和國; 首都 Maputo).
Mo·zart [ˋmozɑrt; ˋməʊtsɑːt] *n.* **Wolf·gang** [ˋvɔlfgɑŋ; ˋvɔlfgæŋ] **A·ma·de·us** [͵æməˋdeəs; ͵ɑːməˋdeɪɒs] ~ 莫札特(1756-91)(奧地利作曲家).
MP (略) Member of Parliament ((英)下議院議員); Military Police (憲兵隊).
mpg (略) miles per gallon (每一加侖行走…英里).
mph (略) miles per hour (時速…英里).

‡**Mr.,** (主英) **Mr** [ˋmɪstɚ; ˋmɪstə(r)] *n.* (*pl.* **Messrs.,** (主英) **Messrs**) **1** 先生, 閣下, (置於沒有 Dr., Sir, Lord 等稱號的成年男子的姓或姓名之前; 原本為 Mister 之略; ~ Mrs., Miss). *Mr.* (Thomas) Brown (湯瑪斯)布朗先生/*Messrs.* Brown and Smith 布朗先生和史密斯先生(★但同姓的「兩位史密斯先生」稱為 the two *Mr.* Smiths)/This is *Mr.* Green speaking. (電話用語)我是格林(★為告訴對方自己沒有 Dr. 等頭銜時用 Mr.)
2 (加在官職名稱之前, 用作稱謂)…閣下. *Mr.* Chairman! 主席閣下! (★女子用 *Madam* Chairman)/*Mr.* President 總統閣下.
3 (加在地名, 體育名稱等的前面)…先生(公認是這個範疇的頂尖男士; → Miss 2). *Mr.* Baseball 棒球先生.

‡**Mrs.,** (主英) **Mrs** [ˋmɪsɪz; ˋmɪsɪz] *n.* (*pl.* **Mmes.,** (主英) **Mmes**) **1** …夫人, 女士, 太太, (冠於沒有 Lady 等其他稱號之已婚女子的丈夫的姓或姓名; 原本

爲 Mistress 之略；→ Mr., Miss). *Mrs.* Thomas Brown 湯瑪斯·布朗夫人 (★如例句所示，加在丈夫姓名前是正式用法；加在女性本人姓名前，如 *Mrs.* Ann Brown (安·布朗夫人) 則是用於彼此關係親密的書信，或本人是遺孀的情況等)/This is *Mrs.* Green speaking. (電話用語) 我是格林太太/*Mrs.* Brown and *Mrs.* Smith 布朗夫人和史密斯夫人. 注意複數形的使用，僅限於已婚女子的單位名稱：*Mmes.* Bonns. (波恩夫人喬會婚啓).

2 (加在地名, 體育名稱等之前)…夫人(→ Mr. 3).

MS[1] (略) manuscript (原稿)；Mississippi.

MS[2], **MSc** (略) Master of Science (理科碩士).

Ms., Ms [mɪz, məz; mɪz, məz] *n.* 女士. ★Ms. [Ms]用於無法區分或不願區分已婚或未婚時，代替 Miss, Mrs.

MSS (略) manuscripts (MS 的複數).

MT (略) Montana.

Mt. [maunt; maunt] (略) Mount[2] (…山).

mu [mju; mju:] *n.* UC 希臘字母的第十二個字母 (μ, M)(相當於羅馬字母的 m, M).

much [mʌtʃ; mʌtʃ] *adj.* (**more; most**) (量)很多的, 多的, 高額的, (量)多量的 Betty doesn't drink *much* milk. 貝蒂不大喝牛奶(部分否定)/*Much* care is needed. 需要充分的注意/There's too *much* noise here. 這裡太吵鬧.

語法(1)加在 money, work, trouble 等不可數名詞前(→ many). (2)通常用於否定句、疑問句等, 在肯定直述句中則代之以 a large quantity of, a great [good] deal of, 特別在(口)中常用 a lot of, lots of, plenty of (Betty drinks *a lot of* milk. (貝蒂喝很多牛奶)與第一個例句比較)；肯定直述句的直接受詞前面接 as, so, too, how 等, 或有其他修飾同一個名詞的形容詞時, 可以自由使用 much, He drank too *much* coffee. (他咖啡喝得太多了).

as múch (亦可用作名詞性)同量的, 就那麼多的, (承接前所出現的量), I have quite *as much* experience. 我有同樣的經驗 注意這種句子要根據前後關係, 在其後補上 as you have (如你所有的)之類的子句來做解釋)/consume three times *as much* fuel 消耗三倍的燃料/"I've quarrelled with my wife." "I thought *as much*." 「我和我太太吵架了」「我想也是.」

* *as múch A as B* 與 A 同量的 B, 與 A 差不多的 B, Drink *as much* milk *as* you like. 你喜歡喝多少牛奶就喝多少/I am saving *as much* money *as* I can to buy a computer. 我爲了買電腦, 正在儘可能的存錢.

be a bít múch (口)有一點過度.

be tòo múch (*for...*) (口)(1)(對於…)太多；太過. Honest criticism is all very well, but this *is too much*. 坦率的批評是好的, 但這就太過分了. (2)(…)應付不了. Ned *is too much for* me in tennis. 打網球我敵不過奈德.

* *so múch* (亦用作名詞性、副詞性)(1)同量(的), 這麼多(的)；那麼多(的). All these books are just *so much* wastepaper. 這些書全都只是一大堆廢紙/*So much* I hold to be true. 我認爲這些都是眞的. (2)多少錢. Pencils are sold at *so much* a dozen. 鉛筆按一打的價格出售. (3)特別多(的). I have *so much* (work) to do today. 我今天有很多要做的事(工作). (4)那些, 那麼地；非常；(→ *adv.* 1 (b)).

— *pron.* (作單數) **1** 多量, 許多, (★在肯定直述句中的使用, 往往僅限於特定的場合；→ *adj.* 語法 (2)). eat *too much* 吃得太多/I can't see *much* of Paul these days. 我最近不常跟保羅見面/*Much* of the book centers on his political life. 本書的大部分以他的政治生涯爲中心/We had plenty when we started out, but there's not *much* left. 我們開始時有很多, 但(現在)所剩無幾/*Much* has changed since then. 從那以後很多事都改變了/He was alone *much* of the time. 他總是一個人(★ *much* of the time 是副詞片語)/*Much* will [would] have more. (諺)貪得無厭.

2 重要, 了不起. There isn't *much* in what Tom told us. 湯姆告訴我們的事沒甚麼大不了/The horse is not *much* to look at. 這匹馬沒甚麼看頭.

as múch (A) *agáin* (*as...*) → again 的片語.

as múch as... (亦可用作副詞性)(1)與…同樣(的). Eat *as much as* you like. 隨你高興吃多少就吃多少/He bought *as much as* he could afford. 他能付多少就買多少/I hate drinking *as much as* smoking. 我討厭抽菸, 也同樣討厭喝酒/*as much as* to say 幾乎等於說…. (2)幾乎同一(多)(強調多). The maintenance costs amounted to *as much as* 10 thousand dollars. 維修費竟高達一萬美元.

be nòt úp to múch (口)不太好. The meal *wasn't up to much*. 那頓飯不太好[令人不敢恭維].

* *màke múch of...* (1)重視…, 注重…, (↔ make little of...). I don't *make much of* the fact. 我不太重視該事實. (2)溺愛[小孩等]；因[事件等]大肆喧嘩. (3)(通常用於否定句)理解…；從[書本等]獲益良多.

nòthing [*nòt ànything*] *múch* 非常少. There's *nothing much* left to do. 幾乎無事可做.

nòt [*nèver*] *múch of a...* 沒甚麼了不起的…；劣等的…, 差勁的…. He is *not much of a* poet. 他不是甚麼了不起的詩人.

* *so múch for...* (1)關於…就這些[到此爲止]. *So much for* today. 今天到此結束/*So much for* Peter, now let's talk about Paul. 關於彼得就到此爲止, 接下來談談保羅吧! (2)(輕蔑)結果…也不過爾爾(罷了). *So much for* his loyalty. 他的忠心也不過如此.

thìnk múch of... → think 的片語.

thìs [*thàt*] *múch* → this, that 的片語.

— *adv.* (**more; most**) **1** 大大地, 非常；經常. **(a)**(獨立強調動詞、敍述形容詞、副詞片語等). I

don't *much* like jazz [like jazz *much*]. 我不太喜歡爵士樂/I don't swim *much*. 我不太常游泳/Did he frequent the bar *much*? 他經常出入那家酒吧嗎?/The train was *much* delayed by heavy snow. 火車因大雪而嚴重誤點/The two cities are *much* alike. 那兩座城市頗為相像/I'm *much* afraid of snakes. 我非常怕蛇(★關於此 2 例的用法 →下面的◉ much 和 very (3))/*Much* to my disappointment Kate got married during my stay abroad. 非常令我失望的是, 凱蒂在我旅居海外的期間結婚了/He lives very *much* at ease. 他過得非常自在(★如以上 2 例, much 有時也用以修飾介系詞片語).

【◉ much 與 very】
(1) much 單獨使用, 多見於疑問句、否定句等; 在肯定句中, 加 very 而作 I like very *much*. 之形式; 在被動語態宜作 He is *much* liked by the children. (他非常受孩子們的喜歡) 之形式.
(2) 隨著過去分詞的形容詞性增加, very 用得比 much 多. 例如 tired(累了), 通常加 very. 此外, 表示感情或心理狀態之過去分詞中, 以 very 修飾者多(尤其是口語); 例如 amused, disappointed, excited, frightened, interested, pleased, puzzled, worried 等.
(3) very much 應用範圍廣, 能用於大部分的情況. 上述 **1** (a)例句中之 afraid, alike 亦可用 very (much).

(b)《so much, too much, very much, how much 等形式》Don't worry so *much*. 別那麼煩惱嘛!/We very *much* enjoyed our trip. = We enjoyed our trip very *much*. 我們旅行玩得很開心/Do you know how *much* he loves you? 你知道他有多愛你嗎?

2 遠比, ((by) far). **(a)**《用於強調形容詞、副詞之比較級和最高級; → very 3 語法》Tom is *much* taller than Bob. 湯姆比鮑伯高得多/That's *much* the best choice. 這絕對是最佳選擇. **(b)**《用於加強 too, rather 等》This coffee is *much* too hot to drink. 這咖啡燙得沒辦法喝.

3 幾乎, 大致, (nearly). Things are *much* the same as before. 情況和以前大致相同[差不多]/The two dogs are *much* of a size. 這兩條狗大小幾乎一樣.

múch as... (1)雖然…還是. *Much as* we tried, we could do nothing. 我們雖然努力試過了, 但還是甚麼都沒達成. (2)幾乎和…是同樣的. We need sunlight, *much as* we need oxygen. 我們需要陽光, 就如同我們需要氧氣一般.

* *múch léss* (1)(遠比)…多得多, 多的.
(2)《用於否定句之後》何況是…也不, 更別提是…了 (still less). I can't play the guitar, *much less* the violin. 我不會彈吉他, 更談不上小提琴了.

* *múch móre* (1)(遠比)…多得多, 多的.
(2)《用於肯定句之後》更加, 何況是…了, (still

more). If you are to blame, *much more* am I. 如果你應受責備的話, 那我就更該被罵了.
Nòt múch! (口)豈有此理! "They say you're going to quit your job." "*Not much* (I'm not)!" 「聽說你要辭職」「才沒那回事!」

* *nòt so múch A as B* 與 A 不如 B. John is *not so much* a teacher *as* a scholar. 與其說約翰是老師, 不如說他是位學者/I lay down, *not so much* to sleep *as* to think. 與其說我躺下睡覺, 不如說是躺下思考.
nòt [néver] so múch as... 連…也不[沒有]. He didn't *so much as* look at me. 他連看也沒看我一眼.
so múch so thàt... (很…)所以…. I was afraid, *so much so that* I couldn't move. 我非常害怕, 以致於無法移動. (★第 2 個 so 代替 afraid)
so múch the bétter [wórse] (for...) (由於…)越來越好[壞, 差]. I felt *so much the better for* having had a long holiday. 休過長假後, 我已經覺得好多了.
without so múch as... 甚至連…也不[沒有]. She walked past me *without so much as* nodding [a nod]. 她連頭也沒點就從我身邊走了過去.

much·ness [ˋmʌtʃnɪs; ˋmʌtʃnɪs] n.《用於下列片語》
be mùch of a múchness (英、口)半斤八兩, (任何一個[邊]都)沒有太大的差異.

mu·ci·lage [ˋmjusḷɪdʒ, ˋmɪu-, -slɪdʒ; ˋmjuːsɪlɪdʒ] n. U **1** (橡膠製品用的工業)黏膠 (gum). **2** (植物所分泌的)黏液.

muck [mʌk; mʌk] n. U《口》**1** (動物的)糞; 肥料, 堆肥. **2** 垃圾; 穢物; 污穢.
— vt.《口》施肥(於…).
— vi. (muck about [around])《主英、口》鬼混, 遊手好閒.
mùck/.../úp (主英、口)弄髒…; 把…搞砸.

muck·rake [ˋmʌk͵rek; ˋmʌkreɪk] vi. 探聽[搜集, 揭發](政治界等的)醜聞.

muck·rak·er [ˋmʌk͵rekɚ; ˋmʌkreɪkə(r)] n. C 揭發醜聞的人.

muck·y [ˋmʌkɪ; ˋmʌkɪ] adj.《口》**1** 糞土(般)的; 骯髒的. **2** (天氣)惡劣的, 不好的; 似乎要轉壞的.

mu·cous [ˋmjukəs; ˋmjuːkəs] adj. 黏液(性質)的; 分泌黏液的.

mùcous mémbrane n. UC 黏膜.

mu·cus [ˋmjukəs, ˋmɪu-; ˋmjuːkəs] n. U (動物分泌的)黏液(鼻涕, 眼淚等); (植物的)汁, 脂.

* **mud** [mʌd; mʌd] n. U 泥; 泥濘. Her foot was stuck in the *mud*. 她一隻腳陷入泥淖中. ⇨ adj. **muddy**.
A pèrson's náme is múd. 某人聲名狼藉.
thròw [flíng, slíng] múd at... 向…扔泥巴; 《口》毀謗…, 中傷….

mud·dle [ˋmʌdḷ; ˋmʌdl] vt. **1** 弄糟, 攪和, (*up*; *together*); 使(討論等)混亂; 使(計畫等)落

空, 搞砸. **2** 使…的頭腦混亂, 把〔人〕弄糊塗.
— *vi.* 徬徨, 糊裡糊塗.
mùddle alóng 事態不明確的狀況下持續做….
mùddle thróugh 設法應付過去.
— *n.* ⓒ (通常用單數)混亂(狀態); 腦子混亂; 糊塗. make a *muddle* of a plan 把計畫弄糟/I was all in a *muddle*. 我腦袋都糊塗了.

mud·dle·head·ed [ˋmʌdḷˏhɛdɪd; ˏmʌdḷˏhedɪd] *adj.* 頭腦糊塗的, 笨拙的, 愚笨的.

mud·dler [ˋmʌdḷɚ; ˋmʌdlə(r)] *n.* ⓒ **1** 糊塗的人. **2** 攪拌棒(攪拌飲料的棒子).

*__mud·dy__ [ˋmʌdɪ; ˋmʌdɪ] *adj.* (**-di·er**; **-di·est**) **1** 布滿爛泥的; (道路等)泥濘的, 泥淖的. *muddy* boots 沾泥的靴子/This road gets very *muddy* when it rains. 這條路每當下雨就泥濘不堪. **2** 泥漿的; (泥狀)渾濁的. **3** 灰土色的; (臉色)灰暗色的; (光線等)模糊的. **4** (想法等)模糊不清的, 不明確的.
— *vt.* (**-dies**; **-died**; **~ing**) **1** 使沾滿污泥; 使(水等)渾濁. **2** 使…的腦袋糊塗.

mud·guard [ˋmʌdˏgɑrd; ˋmʌdgɑ:d] *n.* ⓒ (自行車, 摩托車等的)擋泥板(★《汽車擋泥板》(美)稱為 fender, 《英》稱為 wing; → bicycle 圖).

muff¹ [mʌf; mʌf] *n.* (*pl.* ~s) ⓒ 暖手筒(從兩端伸入雙手取暖, 用毛皮等製成的筒狀禦寒用具).

muff² [mʌf; mʌf] *n.* (*pl.* ~s) ⓒ **1** (球賽)球的漏接, 掉球; (泛指)失誤, 動作遲鈍.
2 呆子, 表現遲鈍的人, 《特指在運動比賽中》.
— *vt.* 把(球)漏接. *muff* a catch 漏接球.

muf·fin [ˋmʌfɪn; ˋmʌfɪn] *n.* ⓒ 鬆糕 《(美)趁熱添加奶油食用的杯形蛋糕; (英)稍大型扁圓狀麵包, 在美國則稱為 English muffin》.

[muff¹]

muf·fle [ˋmʌfḷ; ˋmʌfl] *vt.* (通常用被動語態) **1** 把…包住消音(控制聲音), 壓低…的聲音. speak in *muffled* tones 壓低音量輕聲地說話.
2 裹住(臉, 頸等); 把…裹在禦寒用具等裡; (*up*).

*__muf·fler__ [ˋmʌflɚ; ˋmʌflə(r)] *n.* (*pl.* ~s [~z; ~z]) ⓒ **1** 圍巾, 領巾, 頭巾.
2 (美)(汽車等的)消音器, 滅音器, (《英》silencer).

muf·ti [ˋmʌftɪ; ˋmʌftɪ] *n.* Ⓤ (軍人穿的)便服(↔ uniform). in *mufti* 穿便服.

*__mug__ [mʌg; mʌg] *n.* (*pl.* ~s [~z; ~z]) ⓒ **1** 大杯子, 馬克杯, 《通常為有把手的陶器或金屬製的圓杯》.

[mugs 1]

2 馬克杯一杯(的份量). a *mug* of beer 一馬克杯〔一大杯〕啤酒.
— *v.* (~s; ~ged; ~ging) *vt.* (強盜在暗路等)襲擊〔人〕, (企圖)勒住…的頸部.

mug·ger [ˋmʌgɚ; ˋmʌgə(r)] *n.* ⓒ 攔路搶劫者, 強盜.

mug·gins [ˋmʌgɪnz; ˋmʌgɪnz] *n.* (*pl.* ~, ~s) ⓒ《英, 俚》傻瓜, 笨蛋, 呆子.

mug·gy [ˋmʌgɪ; ˋmʌgɪ] *adj.*《口》悶熱的, 酷暑的.

Mu·ham·mad, -an [muˋhæməd; məˋhæməd], [-ən; -ən] → Mohammed, Mohammedan.

mu·lat·to [məˋlæto; mjuːˋlætəʊ] *n.* (*pl.*《美》~es,《英》~s) ⓒ 白人與黑人所生的混血兒.

mul·ber·ry [ˋmʌlˏbɛrɪ; ˋmʌlbərɪ] *n.* (*pl.* **-ries**) **1** ⓒ (植物)桑樹(又稱 múlberry trèe); 桑椹.
2 Ⓤ 深紫紅色(桑椹的顏色).

mulch [mʌltʃ; mʌltʃ] *n.* Ⓤ (保護植物根部的)護根, 裹覆根部之物, (鋪草, 腐葉土等).
— *vt.* 裹覆根部.

mulct [mʌlkt; mʌlkt] *vt.*《文章》**1** ［句型3］ (mulct A B), ［句型3］ (mulct A *in* B)對A處以B(金額)的罰款. *mulct* a person (*in*) 5 dollars 處以某人 5 美元罰款. **2** 詐騙(某人)(*of*).
— *n.* ⓒ罰金, 罰款.

mule¹ [mjul; mjuːl] *n.* ⓒ **1** 騾(雄驢(ass)與雌馬(mare)交配所生, 供載運貨物, 協助農耕等用). a man as stubborn as a *mule* 騾子般頑固的人.
2《口》倔強(固執)的人, 冥頑不靈者.

[mule¹ 1]

mule² [mjul; mjuːl] *n.* ⓒ (通常 mules) 拖鞋, 涼鞋.

mul·ish [ˋmjulɪʃ; ˋmjuːlɪʃ] *adj.* (騾子般)頑固的, 倔強的.

mull¹ [mʌl; mʌl] *vi.* 深思熟慮, 反覆考慮, (*over*).

mull² [mʌl; mʌl] *vt.* (葡萄酒, 啤酒等)加入砂糖或香料等並溫熱.

mul·lah [ˋmʌlə; ˋmʌlə] *n.* ⓒ (回教的)神學家, 律法學者.

mul·let [ˋmʌlɪt; ˋmʌlɪt] *n.* (*pl.* ~s, ~) ⓒ (魚)烏魚.

mul·li·ga·taw·ny [ˏmʌlɪgəˋtɔnɪ; ˏmʌlɪgəˋtɔːnɪ] *n.* Ⓤ 咖哩肉湯(咖哩味辣湯; 印度菜肴).

mul·lion [ˋmʌljən; ˋmʌlɪən] *n.* ⓒ (建築)(窗的)豎框, 直櫺, (石材, 金屬或木製).

[mullions]

multi- (構成複合字) 表「多的; 多樣的; 數倍的」之意.

mul·ti·col·ored ((美), **mul·ti·col-oured** ((英) [ˌmʌltəˈkʌləd; ˌmʌltəˈkʌləd] *adj.* 多色的, 多彩的.

mul·ti·cul·tu·ral [ˌmʌltɪˈkʌltʃər]; ˌmʌltɪˈkʌltʃ(ə)r(ə)l] *adj.* 多種文化的, 由多民族組合而成的.

mul·ti·far·i·ous [ˌmʌltəˈfɛrɪəs, -ˈfær-, -ˈfer-; ˌmʌltɪˈfeərɪəs] *adj.* 各式各樣的, 種類繁多的, 五花八門的.

mul·ti·form [ˈmʌltəˌfɔrm; ˈmʌltɪfɔːm] *adj.* 具有各種形狀[外觀]的, 多種形式的, 繁多的.

mul·ti·lat·er·al [ˌmʌltɪˈlætərəl; ˌmʌltɪˈlætərəl] *adj.* **1** 有關三國以上的, 多國間的. **2** 多邊的, 多方面的.

mul·ti·lin·gual [ˌmʌltɪˈlɪŋgwəl; ˌmʌltɪˈlɪŋgwəl] *adj.* 說多種[數國]語言的; 含多種[數國]語言的, 以多種[數國]語言表示的.

mul·ti·mil·lion·aire [ˌmʌltəˌmɪljənˈɛr, -ˈær; ˌmʌltɪmɪljəˈneə(r)] *n.* © 億萬富翁, 大富豪.

mul·ti·na·tion·al [ˌmʌltəˈnæʃən]; ˌmʌltəˈnæʃnəl] *adj.* 多國籍的.
— *n.* © 多國[跨國]公司[企業].

*__**mul·ti·ple**__ [ˈmʌltəpl; ˈmʌltɪpl] *adj.* 由很多部分[因素]組成的; 複雜的; 多樣的. a play with *multiple* plots 情節複雜的戲/a *multiple* crash 多方衝突.
— *n.* © ((數學))倍數. 15 is a *multiple* of 5. 15 是 5 的倍數.

mul·ti·ple-choice [ˌmʌltɪpl'tʃɔɪs; ˌmʌltɪpl'tʃɔɪs] *adj.* 多項選擇式的. a *multiple-choice* test 多項選擇測驗.

múltiple stóre *n.* ((英))=chain store.

mul·ti·plex [ˈmʌltəˌplɛks; ˈmʌltɪpleks] *adj.* =multiple.

*__**mul·ti·pli·ca·tion**__ [ˌmʌltəpləˈkeʃən, ˌmʌltəpə-; ˌmʌltɪplɪˈkeɪʃn] *n.* ⓐ ⓤ ((數學))乘法 (↔ division). 4×5 is an easy *multiplication*. 4 乘 5 是簡單的乘法. (4×5=20 通常讀作 Four times five is [makes] twenty.
2 ⓤ 增加; 增殖.
⇨ *v.* multiply.

multiplicátion sígn *n.* © 乘法符號(×).

multiplicátion táble *n.* © 九九乘法表 (英美爲1至12; 其讀法爲 Two threes are six. 等).

mul·ti·plic·i·ty [ˌmʌltəˈplɪsətɪ; ˌmʌltɪˈplɪsətɪ] *n.* ⓐ ⓤ 多數; 多樣(性).

mul·ti·plied [ˈmʌltəˌplaɪd; ˈmʌltɪplaɪd] *v.* multiply 的過去式、過去分詞.

mul·ti·plies [ˈmʌltəˌplaɪz; ˈmʌltɪplaɪz] *v.* multiply 的第三人稱、單數、現在式.

*__**mul·ti·ply**__ [ˈmʌltəˌplaɪ; ˈmʌltɪplaɪ] *v.* (**-plies**; **-plied**; **~ing**) *vt.* **1** ((數學))乘(*by*); 使(兩個以上的數字)相乘((*together*)) (↔ divide). *multiply* 4 *by* 5 4 乘 5/4 *multiplied by* 5 is 20. (4×5=20 的讀法之一; → multiplication ((參考))/*multiply* 2 and 3 *together* 將 2 與 3 相乘.

2 使加倍, 使增加. Darkness *multiplies* the danger of driving. 黑暗增加駕駛的危險.
3 使((動植物))繁殖.
— *vi.* **1** ((數學))乘法運算.
2 增加. Population continues to *multiply* in that country. 那個國家的人口持續增加.
⇨ *n.* multiplication.

mul·ti·pur·pose [ˌmʌltəˈpɝpəs; ˌmʌltɪˈpɜːpəs] *adj.* 多目的[功能]的, 多種用途的. a *multipurpose* dam 多功能水壩.

mul·ti·ra·cial [ˌmʌltəˈreʃəl; ˌmʌltɪˈreɪʃl] *adj.* 多種族(所組成)的.

mul·ti·sto·ry, ((英)) **-sto·rey** [ˈmʌltɪˌstɔrɪ; ˈmʌltɪˌstɔːrɪ] *adj.* ((限定))((建築物))高樓的, 多層的.

*__**mul·ti·tude**__ [ˈmʌltəˌtjud, -ˌtɪud, -ˌtud; ˈmʌltɪtjuːd] *n.* (*pl.* ~s [~z; ~z]) **1** © 多數, 很多; ⓤ 眾多, 大量. a *multitude* of problems 諸多問題. **2** ⓒ ((加 the))大眾. The book attempts to make physics accessible to the *multitude*. 那本書試圖使物理學普及大眾.

mul·ti·tu·di·nous [ˌmʌltəˈtjudnəs, -ˈtɪud-, -ˈtud-; ˌmʌltɪˈtjuːdɪnəs] *adj.* 許多的, 多數的, 眾多的; 種類繁多的.

*__**mum**__[1] [mʌm; mʌm] *n.* (*pl.* ~s [~z; ~z]) ⓒ ((英、口))母親, 媽媽, (((美、口)) mom).

mum[2] [mʌm; mʌm] *adj.* ((敘述))沈默的(silent).
Mùm's the wórd! 別多話!

mum·ble [ˈmʌmbl; ˈmʌmbl] *vt.* **1** 含糊不清地說; ((句型3)) (mumble *that* 子句)嘀咕著. The old man *mumbled* something I couldn't catch. 老人嘀咕了甚麼我聽不清楚.
2 (如無牙齒的人般地)抿著嘴咀嚼.
— *vi.* 含糊不清地說. *mumble* to oneself 喃喃自語.
— *n.* © 含糊不清的話.

mum·bo jum·bo [ˈmʌmboˈdʒʌmbo; ˌmʌmbəʊˈdʒʌmbəʊ] *n.* ⓤ 愚蠢迷信的宗教儀式[咒文]; (咒語般)莫名其妙的話, 胡言亂語.

mum·mer [ˈmʌmɚ; ˈmʌmə(r)] *n.* © (昔日英國的)默劇演員.

mum·mer·y [ˈmʌmərɪ; ˈmʌmərɪ] *n.* (*pl.* **-mer·ies**) ⓤⓒ **1** 默劇(的演出).
2 荒謬的儀式; 裝模作樣的表演.

mum·mi·fi·ca·tion [ˌmʌmɪfɪˈkeʃən, ˌmʌmɪfɪˈkeɪʃn] *n.* ⓤ 木乃伊化.

mum·mi·fy [ˈmʌmɪˌfaɪ; ˈmʌmɪfaɪ] *v.* (**-fies**; **-fied**; **~ing**) *vt.* 使成木乃伊; 使乾枯.
— *vi.* (如木乃伊般)乾枯.

*__**mum·my**__[1] [ˈmʌmɪ; ˈmʌmɪ] *n.* (*pl.* **-mies** [~z; ~z]) ⓒ ((英、口))母親, 媽咪, ((mum[1] 的幼兒語)).

mum·my[2] [ˈmʌmɪ; ˈmʌmɪ] *n.* (*pl.* **-mies**) ⓒ (特指古埃及的)木乃伊(→次頁 圖).

*__**mumps**__ [mʌmps; mʌmps] *n.* ((作單數))((醫學))(加

the)流行性腮腺炎.

munch [mʌntʃ; mʌntʃ]
vt. 發出聲音地吃(食物等).
— *vi.* 發出聲音吃(*away at*). *munch away at* an apple 大口咔咔地吃蘋果.

[mummy²]

mun·dane [ˋmʌnden; ˏmʌnˈdeɪn] *adj.* (文章)
1 日常性的;向來如此的,常見的. **2** 世間的;世俗的.

Mu·nich [ˋmjunɪk, ˋmiu-; ˋmjuːnɪk] *n.* 慕尼黑(德國巴伐利亞省首府;德語名爲München).

***mu·nic·i·pal** [mjuˈnɪsəp!, mɪu-; mjuˈnɪsɪp!] *adj.* 都市的, 市的, (城)鎮的; 地方自治體的, 市政的, 鎮政的; 市營的, 鎮營的. *municipal* government 市政府/a *municipal* corporation 地方自治體/a *municipal* hospital 市立醫院/*municipal* transportation 市營交通.

mu·nic·i·pal·i·ty [ˏmjunɪsəˈpælətɪ, ˏmɪu-, mjuˏnɪsə-, mɪu-; mjuːˏnɪsɪˈpælətɪ] *n.* (*pl.* **-ties**) ⓒ
1 自治體(市、鎮等). **2** (★用單數亦可作複數)市[鎮]當局.

mu·nif·i·cence [mjuˈnɪfəsn̩s, mɪu-; mjuːˈnɪfɪsns] *n.* ⓤ(文章)慷慨, 毫不吝嗇, 大方, (generosity).

mu·nif·i·cent [mjuˈnɪfəsn̩t, mɪu-; mjuːˈnɪfɪsnt] *adj.* (文章)(人或餽贈物等)慷慨的, (generous).

mu·ni·tion [mjuˈnɪʃən, mɪu-; mjuːˈnɪʃn] *n.* (munitions)軍需品; (特指)武器彈藥.

mu·ral [ˋmjurəl, ˋmɪurəl; ˋmjʊərəl] *adj.* (文章)畫在牆上的; 掛在牆上的; 牆壁(般)的.
— *n.* ⓒ壁畫; 繪在天花板上的圖畫.

‡**mur·der** [ˋmɝdɚ; ˋmɜːdə(r)] *n.* (*pl.* ~s [~z; ~z]) **1** ⓤ殺人, 殺害; (法律)謀殺(故意[蓄意]殺人; → homicide 同); ⓒ殺人案件. commit *murder* 犯謀殺罪/solve a *murder* 偵破謀殺案件/*Murder* will out. (諺)爲非作歹終將敗露[法網恢恢, 疏而不漏](out has come out). **2** ⓤ(口)簡直是要命的經歷, 親身經歷的困難. The test was *murder*. 那項測驗難得要命.
— *vt.* (~s [~z; ~z]; ~ed [~d; ~d]; **-der·ing** [-dərɪŋ, -drɪŋ]) **1** 殺, 殺害; (法律)謀殺. The robber *murdered* the guard and carried away the money. 搶匪殺害警衛並奪走了錢/The president was *murdered* by the terrorists. 總統遭恐怖分子殺害了. 同爲有殺人的意圖而殺人; → kill. **2** (口)(因拙劣的演技、發音等而)將(戲劇, 歌曲等)弄糟, 搞砸. The actor *murdered* the play. 那個演員把那齣戲搞砸了.

***mur·der·er** [ˋmɝdərɚ; ˋmɜːdərə(r)] *n.* (*pl.* ~s [~z; ~z]) ⓒ殺人犯; 謀殺者. a mass *murderer* 大屠殺的兇手.

mur·der·ess [ˋmɝdərɪs; ˋmɜːdərɪs] *n.* ⓒ女殺人犯.

mur·der·ous [ˋmɝdərəs; ˋmɜːdərəs] *adj.* **1** 殺人的; 蓄意殺人的; 能殺人的. a *murderous* scheme 殺人計畫/a *murderous* weapon 凶器.
2 (犯人等)殘忍的, 兇惡的; (表情等)殺氣騰騰的.
3 (口)(酷熱等)要命的; 極困難[痛苦]的.

mur·der·ous·ly [ˋmɝdərəslɪ, -drəs-; ˋmɜːdərəslɪ] *adv.* 蓄意殺人地; (置對于友於死地般)兇狠地.

murk [mɝk; mɜːk] *n.* ⓤ(文章)(加the)黑暗; 昏暗.

murk·y [ˋmɝkɪ; ˋmɜːkɪ] *adj.* (文章) **1** (夜晚等)暗的; (霧等)濃的.
2 晦暗的; (過去等)愧疚的.

***mur·mur** [ˋmɝmɚ; ˋmɜːmə(r)] *n.* (*pl.* ~s [~z; ~z]) ⓒ **1** (風, 波浪等的)沙沙作響聲; 潺潺流水聲. the *murmur* of a brook 小河的淙淙聲.
2 小而低的聲音; 竊竊私語(的聲音). give a *murmur* of consent 低聲表示同意/We heard a *murmur* of voices outside the house. 我們聽見屋外有竊竊私語的聲音.
3 (發牢騷的)嘀咕聲, 怨言, (低聲)抱怨. obey without a *murmur* 毫無怨言地服從.
— *v.* (~s [~z; ~z]; ~ed [~d; ~d]; **-mur·ing** [-mərɪŋ, -mrɪŋ]) *vi.* **1** 低聲作響; (小河等)潺潺地流著. The wind *murmured* in the trees. 風在樹間沙沙作響.
2 低語; 竊竊私語. He was *murmuring* in his sleep. 他在睡夢中喃喃自語.
3 嘀咕, 發牢騷(*at, against*). In private people *murmured against* the new regime. 人們在私底下抱怨新的政權.
— *vt.* 低聲說, 輕聲地說; 句型3 (murmur *that* 子句)嘀咕著⋯. *murmur* sweet words into a girl's ear 在女孩耳邊輕聲說著甜言蜜語.

mus·cat [ˋmʌskæt, -kæt; ˋmʌskət] *n.* ⓒ麝香葡萄(一種葡萄).

‡**mus·cle** [ˋmʌs!; ˋmʌsl] (★注意發音) *n.* (*pl.* ~s [~z; ~z]) **1** ⓤⓒ肌肉, 筋. voluntary *muscles* 隨意肌/the development of *muscle* 肌肉的發育/stretch one's back *muscles* 伸展後背肌/do not move a *muscle* 動也不動.
2 ⓤ體力, 臂力; (泛指)力量. Bob has a good deal of *muscle* for a boy of ten. 就一個十歲的男孩來說鮑伯是很有力氣的/use political *muscle* 使用政治力量.
↔ *adj.* **muscular**.
flex one's *muscle* 展現實力.
— *v.* (口)(用於下列片語)
muscle in on... 強行介入⋯; 用暴力強奪⋯.

mus·cle-bound [ˋmʌs!ˏbaʊnd; ˋmʌslbaʊnd] *adj.* (因運動過度)肌肉僵硬的, 引起肌肉僵硬的.

mus·cle-man [ˋmʌs!ˏmæn; ˋmʌslmæn] *n.* (*pl.* **-men** [-ˏmɛn; -mən]) ⓒ(肌肉隆起的)肌肉發達的男人; (特指黑社會的)保鏢, 打手.

Mus·co·vite [ˋmʌskəˏvaɪt; ˋmʌskəʊvaɪt] *n.* ⓒ莫斯科(Moscow)的居民, 莫斯科人.

***mus·cu·lar** [ˋmʌskjələ; ˋmʌskjʊlə(r)] *adj.* **1** 肌肉的. *muscular* strength 力氣.

2 肌肉發達的; 有力氣的. a *muscular* arm 強壯的手臂. ⇨ *n.* **muscle.**

mùs·cu·lar dýs·tro·phy [-ˋdɪstrəfɪ; -ˈdɪstrəfɪ] *n.* Ⓤ《醫學》肌肉萎縮症.

Muse [mjuz, mɪuz; mjuːz] *n.* Ⓒ **1** 《希臘神話》繆思《以掌管歷史的女神 Clio [ˋklaɪo; ˈklaɪəʊ] 為首, 各自掌管詩歌, 音樂等的女神, 共九人; 均為 Zeus 之女》.

[參考] museum 原義為「Muse 的神殿」, music 原義為「Muse 的技藝」.

2 (the *Muse*) 詩神; 寫詩的靈感.

muse [mjuz, mɪuz; mjuːz] *vi.* 沈思, 思考; 靜思 (*over, on, upon*). *muse over* one's childhood 陷入童年的回憶. ⓘ meditate 是理智的、內省的思索, ponder 是從各種角度加以探討, muse 則表示回憶等的沈思.

＊mu·se·um [mjuˋzɪəm, mɪu-, -ˋzɪəm, ˋmjuzɪəm, ˋmɪu-; mjuːˈzɪəm] *n.* (*pl.* ~s [-z; ~z]) Ⓒ 博物館; 美術館 (art museum); (史料等的) 陳列館; (→ Muse [參考]). the British *Museum* 大英博物館/a science *museum* 科學博物館.

muséum pìece *n.* Ⓒ (值得博物館珍藏的) 珍品; 《常表詼諧》老古董 (思想落伍的人, 老舊的物品).

mush [mʌʃ; mʌʃ] *n.* Ⓤ **1** 粥狀的[軟糊糊的]東西. **2** 《美》玉米粥.

2 《口》多愁善感的言語[文章等].

mush·room [ˋmʌʃrum, -rʊm; ˋmʌʃrʊm] *n.* Ⓒ **1** 蘑菇 (特指食用的; → fungus). **2** (因核爆引起的) 蕈狀雲, 原子雲, (亦可稱作 múshroom clòud). **3** 《形容詞性》(蘑菇似的) 急速成長的; 暴發的. a *mushroom* millionaire 暴發戶.

— *vi.* **1** 急速增長; 〔建築物等〕雨後春筍般地發展. High-rise buildings have *mushroomed* along the riverside. 高樓大廈如雨後春筍般地沿河岸蓋起. **2** 成蘑菇狀. **3** 採蘑菇. go *mushrooming* 去採蘑菇.

mush·y [ˋmʌʃɪ; ˋmʌʃɪ] *adj.* **1** 粥狀的, 軟糊糊的. **2** 《口》〔戲劇, 文章等〕極為多愁善感的.

＊mu·sic [ˋmjuzɪk, ˋmɪu-; ˋmjuːzɪk] *n.* Ⓤ **1** 音樂; 《形容詞性》音樂的; (→ Muse [參考]). have a talent for *music* 有音樂才能/vocal *music* 聲樂/instrumental *music* 器樂/a *music* band 樂團/a *music* tape 音樂帶.

2 音樂作品; 樂曲. listen to a lovely piece of *music* 聆聽一段美妙的樂曲/write [compose] *music* 作曲/set a poem to *music* 為詩譜曲.

3 樂譜. a sheet of *music* 一張樂譜/play without *music* 不看樂譜[背譜]演奏/I can't read *music*. 我不會看譜.

4 音樂般悅耳的聲音 (話語, 小河的流淌聲, 微風輕拂樹葉聲等). awake to the *music* of birds 在小鳥鳴囀聲中醒來.

5 音感, 音樂鑑賞力.

fàce the músic 《口》(對自己的失誤、過錯等) 主動承擔責任, 勇於接受批評. You knew what you

---

were doing was wrong, and now you must *face the music*. 你是明知故犯, 現在你必須負起責任.

＊mu·si·cal [ˋmjuzɪk!, ˋmɪu-; ˋmjuːzɪkl] *adj.* **1** 《限定》音樂的; 有關音樂的; 用於音樂的. a *musical* performance 一場音樂演奏/a *musical* genius 音樂天才/a *musical* instrument 樂器/a *musical* composer 作曲家/*musical* scales 音階.

2 〔聲音等〕音樂般的, 悅耳的. a *musical* voice 悅耳的聲音.

3 喜歡音樂的; 懂音樂的; 擅長音樂的. a *musical* family (愛好) 音樂的家庭/John is *musical*. 約翰擅長[喜歡]音樂.

● —— 以 **-ical** 為詞尾的形容詞重音
重音在 -ical 之前的音節.

chémical	histórical	idéntical
mágical	mechánical	médical
phýsical	polítical	práctical
rádical	téchnical	trópical
týpical	vértical	

— *n.* Ⓒ 歌舞劇 (亦可稱作 mùsical cómedy).

músical bòx *n.* (英) = music box.

mùsical cháirs *n.* 《作單數》搶座位遊戲 (音樂一停, 參加者便爭搶比總人數少一個的座位).

mu·si·cale [ˌmjuzɪˋkæl, ˌmɪu-; ˌmjuːzɪˈkæl] *n.* Ⓒ 《美》(通常指邀請演奏家至家中所舉行的) 音樂會.

mu·si·cal·ly [ˋmjuzɪkḷɪ, ˋmɪu-; ˋmjuːzɪklɪ] *adv.* 音樂般地, 有關音樂地.

músic bòx *n.* Ⓒ《美》音樂盒 (《英》 musical box).

músic hàll *n.* Ⓒ **1** 音樂廳. **2** 《英》綜藝節目 (《主美》 vaudeville); 表演場所.

＊mu·si·cian [mjuˋzɪʃən, mɪu-; mjuːˈzɪʃn] *n.* (*pl.* ~s [-z; ~z]) Ⓒ 音樂家 (特指演奏家), 樂師; 擅長音樂的人.

mu·si·cian·ship [mjuˋzɪʃənʃɪp, mɪu-; mjuːˈzɪʃənʃɪp] *n.* Ⓤ 演奏[作曲]技巧.

músic stànd *n.* Ⓒ 樂譜架.

musk [mʌsk; mʌsk] *n.* Ⓤ 麝香 (的香味); 類似麝香的分泌物.

músk dèer *n.* Ⓒ 《動物》麝香鹿 (產於中亞、東亞的無角小鹿; 雄性會分泌麝香).

mus·ket [ˋmʌskɪt; ˋmʌskɪt] *n.* Ⓒ 毛瑟槍 (來福槍 (rifle) 發明前的舊式步槍).

mus·ket·eer [ˌmʌskəˋtɪr; ˌmʌskɪˈtɪə(r)] *n.* Ⓒ 毛瑟槍兵.

[musketeer]

musk·mel·on [ˋmʌsk͵mɛlən; ˈmʌskmelən] n. ⓒ(植物)香瓜(含有 musk 般的芳香).

musk·rat [ˋmʌsk͵ræt, ˋmʌs͵kræt; ˈmʌskræt] n. ⓒ(動物)麝鼠.

musk·y [ˋmʌskɪ; ˈmʌskɪ] adj. 麝香(氣味)的.

*__Mus·lim__ [ˋmʌslɪm, ˋmʊs-; ˈmʊslim] n. (pl. ~s [~z; ~z]) ⓒ伊斯蘭教徒, 回教徒.
—— adj. 伊斯蘭教(徒)的; 伊斯蘭文化的.

***mus·lin** [ˋmʌzlɪn; ˈmʌzlɪn] n. ⓤ平紋細布(以前用來做內衣的薄棉織布).

mus·sel [ˋmʌsl; ˈmʌsl] n. ⓒ貽貝, 淡菜, (一種可供食用的雙殼貝類).

[mussel]

*****must**¹ [強 ˋmʌst, ͵mʌst, 弱 məst; 強 mʌst, 弱 məst, məs, mst, ms] aux. v. 〖必須〗 **1** 必須; 應該; (同義務、必須的含意依 must＞ought＞should 的順序漸弱). One must work in order to live. 人必須為生活而工作/You must do it quickly. 你必須趕快做(★被動式說法為 It must be done quickly.)/Must I go now? 我現在必須去嗎? (肯定回答為 Yes, you must. (是的, 你必須)或 No, you need not. (不, 你不必去))/You must not run inside the school. 不可在校園裡奔跑(注意 must not 表示禁止, 意為「不可以」)/I must say that I can't agree to your proposal. 我必須說我無法贊成你的提議/Applicants must have completed at least a junior college course. 申請者至少必須修完兩年制專科大學課程.
2 〖必然〗必定. All living things must die. 一切生物必定會死亡/Bad seed must produce bad corn. 惡因必定招致惡果.
〖一定是〗 **3** 〖斷定〗(a) (用 must do 的形式)無疑是. That mountain must be Mt. McKinley. 那座山必是馬京利山/You must be kidding. 你一定是在開玩笑/She must really love you. 她一定是真的愛你/No one answers the phone. The Joneses mustn't be at home. 沒有人接電話, 瓊斯家一定沒有人在家(★同義多以 can't 表達).
(b) (用 must have＋過去分詞的形式)當時一定是…了. I must have been asleep. 我一定是睡著了/Tom must have gone out. 湯姆一定是出去了(★「當時一定不可能…了」用 cannot have＋過去分詞的形式表達).
〖偏差〗 **4** 〖固執〗一定要(注意重音置於 must). If you must know, I'll tell you. 如果你一定要知道, 我就告訴你/He always must have a finger in every pie. 他每件事都要插手/Must you bang the door? 你非要砰地關門不可嗎? (＞請別再砰地關門).
5 〖過去發生的霉運〗不巧. Just as I was going out, it must begin snowing. 我正要出門時, 很不巧開始下雪了.

【◉ must 與過去時態】
(1) must 無時態變化, 必要時用 have to 替代: I had to get up at six this morning. (今天早上我必須六點起床)/You will have to study harder next year. (明年你必須更加努力學習).
(2) 為使時態一致, 必須使 must 變成過去式時, 可將 must 作為過去式使用, 或用 had to: He said that he must [had to] leave at once. (他說他必須馬上告辭).

—— n. (口) ⓐⓤ絕對不可欠缺[忽視]之物. This course is a must. 這門課程非修不可/a tourist must 觀光客必到之處.

must² [mʌst; mʌst] n. ⓤ(發酵前的)葡萄汁.

***mus·tache** (美), **mous·tache** (主英) [ˋmʌstæʃ, məˋstæʃ; məˈstɑːʃ] n. (pl. **-tach·es** ~ɪz]) ⓒ嘴唇上方的鬍子(→ beard 圖). wear a bushy mustache 留著濃密的鬍子.

mus·ta·chio [məˋstɑʃo; məˈstɑːʃəʊ] n. (pl. ~s) ⓒ(通常 mustachios)(留得長長的)大鬍子.

mus·tang [ˋmʌstæŋ; ˈmʌstæŋ] n. ⓒ野馬(美國西南部平原上的小型野生馬).

mus·tard [ˋmʌstəd; ˈmʌstəd] n. ⓤ **1** 芥末(粉末或泥). After meat, mustard. (諺)太遲了(＜吃完了, 芥末才拿出來).
2 芥菜(有辣味的油菜類植物).
(as) **keen** as **mustard** 極為熱中的[地].

mustard gas n. ⓤ芥子氣(第一次世界大戰中使用的一種毒氣).

mus·ter [ˋmʌstə; ˈmʌstə(r)] vt. **1** 鼓起(勇氣等) (up). muster (up) strength 集中力量.
2 (為點名, 檢閱等)召集[部隊].
—— vi. 〔部隊等〕集合.
muster/.../in [out] (美)使…入[退]伍.
—— n. ⓒ(為點名, 檢閱者的)召集, 集合; 集合人員.

mus·ti·ness [ˋmʌstɪnɪs; ˈmʌstɪnɪs] n. ⓤ霉味; 陳腐.

*****must·n't** [ˋmʌsnt; ˈmʌsnt] (★注意發音) (口) must not 的縮寫. You mustn't eat this. 你不能吃這個.

mus·ty [ˋmʌstɪ; ˈmʌstɪ] adj. **1** 霉味的.
2 陳腐的, 跟不上時代的.

mu·ta·bil·i·ty [͵mjutəˋbɪlətɪ, ͵mɪutə-; ͵mjuːtəˈbɪlətɪ] n. ⓤ易變性. the mutability of life 人生無常.

mu·ta·ble [ˋmjutəbl, ˋmɪut-; ˈmjuːtəbl] adj. (文章)易變的.

mu·tant [ˋmjutənt, ˋmɪut-; ˈmjuːtənt] n. ⓒ(生物)突變體, 突變型.

mu·ta·tion [mjuˋteʃən, mɪu-; mjuːˈteɪʃn] n. ⓤⓒ **1** (生物)突變. **2** (形狀, 質量等的)變化.

***mute** [mjut, mɪut; mjuːt] adj. (**mut·er**; **mut·est**) **1** 無言的, 緘默的, (silent); 無以言表的. The accused stood mute on the charges against him. 被告對指控保持沈默/mute appeal 無言的控訴.

2 (因障礙)啞的(dumb)；(因驚訝)說不出話來的. *mute* with wonder 驚訝得說不出話來.

3 《語言》〔字母等〕不發音的, 不讀音的. a *mute* letter 不發音的字母(如 climb 這個字中的 b 等).

— *n.* ⓒ **1** 啞巴. a deaf-*mute* 聾啞人.

2 (樂器的)弱音器.

— *vt.* (用弱音器)減弱〔樂器的〕聲音.

[mute 2]

mute·ly [`mjutlɪ, `mɪut-; `mju:tlɪ] *adv.* 默默地.

mu·ti·late [`mjut.let, `mɪut-; `mju:tɪleɪt] *vt.* **1** 切斷〔手腳等〕. **2** 〔作品等〕(刪除必要的部分)使殘缺不全, 除去主要部分.

mu·ti·la·tion [.mjut`leʃən, .mɪu-; .mju:tɪ`leɪʃn] *n.* UC (手腳等的)切斷；極大的傷害.

mu·ti·neer [.mjutn`ɪr, .mɪut-; .mju:tɪ`nɪə(r)] *n.* ⓒ 叛亂者, 暴動者；(特指軍隊、艦隊等的)反叛者.

mu·ti·nous [`mjutnəs, `mɪut-; `mju:tɪnəs] *adj.* **1** 叛亂[暴動]的；犯叛亂罪的. **2** 反抗性的.

mu·ti·ny [`mjutnɪ, `mɪut-; `mju:tɪnɪ] *n.* (*pl.* **-nies**) **1** UC 叛亂, 暴動；(特指士兵、船員等對上級的)反抗, 謀反. **2** U (泛指)反抗.

— *vi.* (**-nies; -nied; ~ing**) 發動叛亂；反抗；《*against*》.

mutt [mʌt; mʌt] *n.* ⓒ《口》**1** 笨蛋, 傻瓜.

2《主美》雜種狗.

ᐧmut·ter [`mʌtɚ; `mʌtə(r)] *v.* (**~s** [~z; ~z]; **~ed** [~d; ~d]; **-ter·ing** [-tərɪŋ; -tərɪŋ]) *vi.* (低聲地)咕噥, 嘀咕；發牢騷《*at, against*》. *mutter* to oneself 喃喃自語.

— *vt.* 低聲嘀咕[牢騷等]. 句型3 (mutter *that* 子句)低聲說…. He *muttered* a curse. 他低聲詛咒.

— *n.* ⓒ 喃喃低語(特指牢騷、不滿)(grumble).

ᐧmut·ton [`mʌtn; `mʌtn] *n.* U 羊肉(特指成羊的肉；→ lamb, sheep). a delicious *mutton* stew 美味的燉羊肉.

mut·ton·chops [`mʌtn.tʃɑps; `mʌtntʃɒps] *n.*《作複數》(修整成上窄下寬的)絡腮鬍.

ᐧmu·tu·al [`mjutʃuəl, `mɪu-; `mju:tʃuəl] *adj.* **1** 相互的, 互相的；…之間的. *mutual* aid 互相幫助/by *mutual* agreement 經由雙方同意/They are *mutual* enemies. 他們彼此爲敵/Their affection is *mutual*. 他們彼此相愛着. **2** 共同的, 彼此的. That will be to our *mutual* advantage. 那將對我們雙方有利.

[mutton chops]

語法 mutual 通常與所有格的(代)名詞連用；此外, 一般認爲作「共同的」解釋用 common 才正確, 但

事實上, 在表示「共同的朋友」之意時一般較常用 mutual friend 而不用 common friend.

mútual fúnd *n.* ⓒ《美》共同基金(《英》unit trust).

mu·tu·al·ly [`mjutʃuəlɪ, `mɪu-; `mju:tʃuəlɪ] *adv.* 相互地, 彼此地.

muu·muu [`mu.mu; `mu:mu:] *n.* ⓒ 花色鮮豔的寬鬆夏威夷女裝.

muz·zle [`mʌzl; `mʌzl] *n.* ⓒ **1** (狗, 馬等的)凸出的鼻、口、顎部分. **2** (套在鼻、嘴上的)口絡, 鼻籠. put a *muzzle* on a dog 給狗套上口絡.

3 槍口, 砲口.

— *vt.* **1** 給〔狗, 馬〕套上口絡. **2** 封住〔人的〕嘴；封鎖〔報紙等的〕言論.

muz·zy [`mʌzɪ; `mʌzɪ] *adj.* **1** (因病冒)頭昏的；醉得昏昏沈沈的. **2** 〔電視畫面等〕模糊不清的.

MVP (略) most valuable player (最有價值的運動員).

ᐧmy [maɪ; maɪ] *pron.*《I 的所有格》**1** 我的(→ mine¹). This is *my* car. 這是我的車/I missed *my* train. 我沒搭上預定要搭的火車.

2《用於表達親愛、愛情、敬意等的呼喚》*My* dear! 親愛的! /Tell me, *my* boy. 告訴我, 孩子/Yes, *my* Lord [Lady]. 是的, 閣下[夫人].

— *interj.* 啊呀, 哦, 嗳喲, (驚訝, 喜悅等的叫聲). *My*, how amusing! 啊, 多有趣呀! /Oh, *my*! 哎呀! 注意 如 my God, my eye 與名詞連用.

Myan·mar [`mjɑnmɚ; `mjɑnmɑ:(r)] *n.* 緬甸《位於印度東邊的共和國, 正式名稱爲 The Union of Myanmar；舊稱 Burma；首都 Yangon》.

my·col·o·gy [maɪ`kɑlədʒɪ; maɪ`kɒlədʒɪ] *n.* U 菌學.

my·na, my·nah [`maɪnə; `maɪnə] *n.* ⓒ 九官鳥(亦稱爲 mýna [mýnah] bird).

my·o·pi·a [maɪ`opɪə; maɪ`əupjə] *n.* U《醫學》近視.

my·op·ic [maɪ`ɑpɪk; maɪ`ɒpɪk] *adj.*《醫學》近視的.

myr·i·ad [`mɪrɪəd; `mɪrɪəd] *n.*《文章》ⓒ 無數. There are *myriads* [a *myriad*] of stars in the universe. 宇宙有無數的星辰.

— *adj.* 無數的.

myrrh [mɝ; mɜ:(r)] *n.* U 沒藥(採自熱帶灌木的樹脂, 香氣怡人；作香料、藥劑等用).

myr·tle [`mɝtl; `mɜ:tl] *n.* ⓒ 香桃木(產於南歐的常綠灌木；被視爲 Venus 的神木, 愛的象徵).

ᐧmy·self [maɪ`sɛlf, mə-; maɪ`self] *pron.* (*pl.* **ourselves**)《I 的反身代名詞》**1**《加強語氣用法》我自己. (a)《作爲 I 的同位格》I did the work *myself*. 我親自做好這個工作. 語法 my-self 的位置不是固定的, 亦可置於句尾 do the work. (b)《作爲獨立分詞構句意義上的主詞》*Myself* in debt, I can't lend you money. 我自己也欠別人錢, 不能借錢給你.

2《反身用法；讀作 [.maɪ.sɛlf; maɪ.self], 而全句的重音則落在動詞上》把我自己. I hurt *myself*. 我

弄傷了自己/I bought *myself* a car. 我爲自己買了一輛車/I kept the secret to *myself*. 我把祕密留在自己心中/For *myself*, I would rather not vote for him. 至於我，我寧可不投票給他.

3 《口》《代替I, me》我，**(a)**《接於as, like, except, than 等之後》for somebody like *myself* (= me) 對一個像我這樣的人來說. **(b)**《作對等連接詞連接的受詞，主詞之一部分》My sister and *myself* (= I) went shopping. 姊姊和我去逛街.

4 原來的[正常的]我. be *myself* → be oneself (oneself 的片語).

★關於片語 → oneself.

mys·ter·ies [ˋmɪstərɪz; ˈmɪstəriz] *n.* mystery 的複數.

‡mys·te·ri·ous [mɪsˋtɪrɪəs, mɪˋstɪrɪəs; mɪˈstɪəriəs] *adj.* 不可思議的，難以理解[說明]的; 〔表情等〕祕密的，謎般的. a *mysterious* disease 怪病/Mona Lisa's *mysterious* smile 蒙娜麗莎神祕的微笑.

mys·te·ri·ous·ly [mɪsˋtɪrɪəslɪ; mɪˈstɪəriəsli] *adv.* 神祕地; 不可思議地; 故弄玄虛地;《修飾句子》不可思議地.

‡mys·ter·y [ˋmɪstərɪ, ˋmɪstrɪ; ˈmɪstəri] *n.* (*pl.* **-ter·ies**) **1** [U] 神祕(性); 不可思議. an air of *mystery* 神祕的氣氛/a murder wrapped [shrouded] in *mystery* 隱藏著神祕的謀殺案.

2 [C] 神祕的事物，難理解[說明]的事物; 祕密. explore the *mysteries* of life 探索生命的奧祕/It's a *mystery* to me why Sam quit his job. 我不懂山姆爲甚麼要離職.

3 [C] (故事, 戲劇, 電影的)離奇情節; 推理[偵探]故事; 懸疑. a *mystery* novel 推理小說.

4 [C] (通常 myster*ies*) (宗敎上的)祕密儀式.

màke a mýstery of... 祕而不宣.

mýstery plày *n.* =miracle play.

mýstery tòur *n.* [C] 目的地祕而不宣的觀光旅行.

mys·tic [ˋmɪstɪk; ˈmɪstɪk] *adj.* **1** 祕法的，祕密儀式的. **2** 神祕主義(者)的，神祕主義(者)式的， (mystical). **3** 神祕的; 不可思議的; (mysterious).
— *n.* [C] 神祕思想家，神祕主義者.

mys·ti·cal [ˋmɪstɪk; ˈmɪstɪkl] *adj.* **1** 神祕的，不可思議的. **2** 神祕主義(者)的，神祕主義(者)式的.

mys·ti·cism [ˋmɪstə͵sɪzəm; ˈmɪstɪsɪzəm] *n.* [U] 神祕主義，神祕論，《神的存在、眞諦可藉由個人的靈魂體驗與冥想來掌握的一種論述》.

mys·ti·fi·ca·tion [͵mɪstəfəˋkeʃən; ͵mɪstɪfɪˈkeɪʃn] *n.* [U] 神祕化; 迷惑.

mys·ti·fy [ˋmɪstə͵faɪ; ˈmɪstɪfaɪ] *vt.* (**-fies; -fied; ~·ing**) **1** 使迷惑，蒙蔽. **2** 使神祕化.

mys·tique [mɪsˋtik; mɪˈstiːk] *n.* [C] (通常用單數)神祕的氣氛，神祕感[性]. The *mystique* is now getting out of computers. 如今電腦的神祕感已逐漸消褪.

‡myth [mɪθ; mɪθ] *n.* (*pl.* ~**s** [~s; ~s]) **1** [C] 神話; [U] (集合)(mythology). the Greek *myths* 希臘神話/a hero famous in *myth* 神話中著名的英雄.

2 [C] 虛構的故事，虛構的事; 虛構的人[動物等]. Bob's success was a *myth*. 鮑伯的成功是虛構的.

3 [UC] 錯誤的信念，毫無根據的想法，迷思. the *myth* that men are in all ways superior to women 認爲男性在各方面都比女性優越的迷思.

myth·i·cal [ˋmɪθɪk; ˈmɪθɪkl] *adj.* **1** 神話(上)的; 神話般的. **2** 虛構的; 想像的，無憑據的.

myth·o·log·i·cal [͵mɪθəˋlɑdʒɪk; ͵mɪθəˈlɒdʒɪkl] *adj.* **1** 神話學的. **2** =mythical.

my·thol·o·gist [mɪˋθɑlədʒɪst; mɪˈθɒlədʒɪst] *n.* [C] 神話學者[作者].

my·thol·o·gy [mɪˋθɑlədʒɪ; mɪˈθɒlədʒi] *n.* (*pl.* **-gies**) **1** [U] (集合)神話，神話體系; [C] 神話集. Scandinavian *mythology* 北歐神話.

2 [U] 神話學.

M

N n 𝒩𝓃

N，n [ɛn; en] *n.* (*pl.* **N's, Ns, n's** [~z; ~z])

1 ⓊⒸ英文字母的第十四個字母．

2 Ⓒ(用大寫字母)N 字形物．

N¹ (符號) nitrogen.

N² (略) north; northern; nuclear.

n (略) neuter; noon; note; noun; number.

Na (符號) natrium (拉丁語=sodium).

nab [næb; næb] *vt.* (**~s; ~bed; ~bing**) (口) **1** 擒住〔犯人等〕． *nab* a thief 擒住小偷． **2** 抓, 抓取．

na·celle [nə`sɛl; næ'sel] *n.* Ⓒ飛機的引擎筒; 飛機的機艙; 氣球的吊籃．

na·dir [`nedɚ; 'neɪ,dɪə(r)] *n.* Ⓒ **1** (天文)(加 the)天底(天體觀測者腳下延伸的直線與天球(半徑無限大的假想球面)的交點; ↔ zenith)．

zenith

180°

[nadir 1]

2 (通常用單數)(絕望, 不幸等的)深淵．

nag¹ [næg; næg] *v.* (**~s; ~ged; ~ging**) *vt.*

1 (a) 嘮嘮叨叨地責罵; (不停地)使困擾; 喋喋不休 地 說(*into*)． She *nagged* him all day long. 她一整天嘮叨不休地責罵他/She *nagged* him *into* doing what she wanted. 她不斷地對他嘮叨使他順著她的意去做．

(b) 〔句型5〕〔句型3〕(nag A *to* do)、(nag A *for* B)不停地催促 A 去做[想要]B． My son is *nagging* me *for* [*to* buy him] a motorcyle. 兒子纏著我給他買一輛機車．

2 因〔疼痛, 猜疑等〕(不停地)苦惱．

— *vi.* 嘮嘮叨叨地責備; 使不得安寧; (*at*); 央求(*for*)． He's got some kind of problem *nagging* at him now. 他目前心頭一直受到煩惱牽絆著/nag *for* a new camera 纏著要買新照相機/She *nagged at* him all day long. = She *nagged* him all day long. (→ *vt.* 1 (a))．

— *n.* Ⓒ(口)嘮嘮叨叨叨的人, (特指)愛嘮叨的女人．

nag² [næg; næg] *n.* Ⓒ(口) **1** 老馬, 駑馬．

2 (輕蔑)馬, (特指)賽馬．

nai·ad [`neæd, `naɪæd, -əd; 'naɪæd] *n.* (*pl.* **~s, -a·des**) Ⓒ(希臘、羅馬神話)水精(住在河, 泉, 湖中化身為水的 nymph 之一)．

nai·a·des [`neə,diz; 'naɪædi:z] *n.* naiad 的複數．

‡nail [nel; neɪl] *n.* (*pl.* **~s** [~z; ~z]) Ⓒ **1** (人的)指甲; (鳥獸的)爪子． bite one's *nail*(s) 咬指甲(表示後悔不已)/trim one's *nails* 修指甲．

2 釘子, 圓釘． drive (in) a *nail* 釘釘子．

(*as*) *hard as nails* (口)(1)〔身體〕健壯的, 結實的． (2)〔心〕冷酷的．

(*as*) *tough as nails* (口)身體非常健壯的．

drive a nail into a *person's coffin* (口)〔心事, 生活不節制等〕縮短某人的壽命, 減壽．

hit the nail on the head (口)說得十分貼切, 一針見血．

(*right*) *on the nail* (口)以現金當場[支付]． He insisted that I (should) pay cash *on the nail.* 他堅持要我當場付現金．

— *vt.* (**~s** [~z; ~z]; **~ed** [~d; ~d]; **~ing**) **1** 用釘子釘住; 釘住, 使不能動彈; (*to, on*)． The carpenter *nailed* the boards *to* the floor. 木匠把板子釘在地板上．

2 〔人, 眼睛等〕一動也不動, 無法動彈; (*to, on*)． nail one's eyes *on* the target 瞄準目標/Panic *nailed* him *to* his chair. 他嚇得癱在椅子上．

3 (俚)打死, 擊落．

nail/.../down (1)用釘子釘牢, 釘住． *nail down* a carpet 用釘子釘住地毯． (2)(口)確定, 決定; 要〔某人〕表態． *nail down* a contract 訂契約．

nail/.../together 用釘子(簡略地)釘製, 以釘子和鐵鎚簡單製作〔木板屋等〕．

nail/.../up (1)用釘子將〔圖畫, 告示等〕釘在〔牆壁或柱子上〕． (2)釘死〔不用的門, 窗等〕．

nail-brush [`nel,brʌʃ; 'neɪlbrʌʃ] *n.* Ⓒ指甲刷(→ brush¹ 圖)．

náil clípper *n.* Ⓒ指甲刀, 指甲剪．

náil fíle *n.* Ⓒ指甲銼．

náil pólish *n.* Ⓤ(美)指甲油(→ manicure)．

náil scíssors *n.* (作複數)修指甲用的小剪刀．

náil várnish *n.* (英)=nail polish.

na·ive, na·ïve [nɑ`iv; naɪ'i:v] (法語) *adj.* **1** 純真的, 天真無邪的, 樸素的, 天真爛漫的, (↔ sophisticated)． a *naive* girl 純真的女孩/*naive* remarks 天真的話． **2** 幼稚的, 率直的．

參考 naive 用於指幼稚, 容易相信他人的, 易受騙的等帶有負面含義的情況．

na·ive·ly, na·ïve·ly [nɑ`ivlɪ; naɪ'i:vlɪ] *adv.*

1 純真地, 無邪地, 天真爛漫地．

2 幼稚地; 易輕信他人地．

na·ive·té, na·ïve·té [nɑ,iv`te, nɑ`ivte; nɑ:'i:vteɪ] (法語) *n.* **1** Ⓤ純真, 無邪, 樸素．

2 Ⓒ天真的行為[語言]．

na·ive·ty, na·ïve·ty [nɑ,iv`tɪ, nɑ`ivtɪ; naɪ'i:vtɪ] (法語) *n.* (*pl.* **-ties**) =naiveté.

N

✻na·ked [ˈnekɪd; ˈneɪkɪd] (★注意發音) *adj.* **1**
赤裸的, 裸體的, (→ bare 回). go
naked 赤裸出來的/*naked* to the waist 打赤膊的.
2 裸露出來的, 無遮蓋的. a *naked* tree (葉子枯
落的)光禿禿的樹/a *naked* sword 出鞘的劍/a
naked light (無燈罩的)燈泡/a *naked* room 無家
具的空房間.
3 〔限定〕赤裸裸的, 原原本本的, 明顯的, (plain).
I told him the *naked* truth. 我將事實原原本本地
告訴了他.

nàked éye *n.* (加 the)肉眼, 裸眼. too small
to see with the *naked eye* 小到肉眼無法看到.

na·ked·ly [ˈnekɪdlɪ; ˈneɪkɪdli] *adv.* 裸體地; 無
掩飾地.

na·ked·ness [ˈnekɪdnɪs; ˈneɪkɪdnɪs] *n.* 回赤
裸; 無所掩飾, 原原本本.

nam·by·pam·by [ˈnæmbɪˈpæmbɪ;
ˌnæmbɪˈpæmbɪ] (口) *adj.* (人, 言語等)過於感傷
的; 纖弱的; 優柔寡斷的.
— *n.* (*pl.* **-bies**) 回婆婆媽媽的男人; 纖弱的男
子; 過於感傷的言語[文章].

✻name [nem; neɪm] *n.* (*pl.* ~**s** [~z; ~z])
【名】 **1** 回名, 名字, 名稱, 稱呼.
a family *name* 姓(surname)/Christian [given,
personal] *name* →見 Christian [given, personal]
name/first [middle, last] *name* →見 first [mid-
dle, last] name/Write your full *name*. 寫下你的
全名/My *name* is Helen Brown. 我的名字叫海倫‧
布朗(★初次見面時的自我介紹)/May I have
[ask] your *name*? 請問貴姓大名?(注意 Who are
you? What is your *name*? 都不是客氣的說法)/
What *name*, please? = What *name* shall I say?
(接待者對訪客)您是哪一位?/take one's *name*
from 從…取名字.

[搭配] *v.* +name: be given a ~ (被命名), have
a ~ (有一個名字), take a ~ (取名字), change
one's ~ (改名).

2 回回名目, 名義; 虛名, 徒有虛名. in one's
own *name* 以自己的名義/He is the president of
this company in *name* only. 他只是這家公司名義
上的老闆.
【名聲】 **3** 回回名聲, 聲譽. have a good [bad]
name 擁有好[壞]名聲/a man of *name*[no *name*]
有名[無名]人士/leave a *name* behind 留名.
4 (a) 回 (有名的)人, 著名人士. Shakespeare is
the greatest *name* in English literature. 莎士比
亞是英國文學史上最偉大的作家.
(b)《形容詞性》《主美, 口》有名的, 馳名的. a
name brand 名牌.

by náme (1)以名字; 以傳聞. I know that man
by face, but not *by name*. 我認得那個人的臉, 但
不知道名字.
(2)名叫…. He is Mark *by name*. 他叫馬克.
(3)說出名字, 指名. call a person *by name* 指名
道姓地叫某人.

by the náme of... 以…之名. go [pass] *by the
name of* 以…的名字通稱.
càll a pérson námes 罵某人, 說某人的壞話.
ènter one's náme for... = put one's name
down for...
in Gòd's náme=in the name of God.
✻ *in the náme of...* (1)以…之名, 向…發誓; 用…
的名義, 以…的權限. *In the name of* the King,
we are placing you under arrest. 我們以國王的名
義拘捕你/The war was conducted *in the name
of* religion. 這場戰爭打著宗教的名義.
(2)以…名字. He registered the house *in the
name of* his wife. 把這間房子登記在他妻子的名
下.
(3)《後接 God, heaven, 強調疑問詞》究竟. Why *in
the name of* heaven did you do it? 你究竟爲甚麼
這麼做?
in the nàme of Gód (1)以上帝的名義, 向上帝發
誓. (2)求求你行行好. *In the name of* God [In
God's *name*], leave me alone! 看在老天的份上,
別管我! (3) → in the name of... (3). 〔語法〕爲避免
濫用 God, 有時會用 goodness 等其他詞語替代.
knòw a pérson by náme by name (1).
màke a náme for onesèlf = màke one's náme
提高名聲, 成名. She *made* her *name* as a
singer. 她以歌手的身分成名.
pùt one's náme dòwn for... 登記爲…的應徵者
[報名者].
the nàme of the gáme 最重要的事, 重點.
to one's náme (口)(特指金錢方面)自己名下的(通
常用於否定句). I had not a penny *to* my *name*.
我身無分文.
under the náme (of)... 用…的名義(非眞名).
He wrote *under the name (of)* Mark Twain.
他用馬克‧吐溫這個筆名寫作.

— *vt.* (~**s** [~z; ~z]; ~**d** [~d; ~d]; nam·ing)
1 給(人, 物)取名, 命名; [句型5] (name **A B**)把
A 命名爲 B, 稱 A 作 B. What are you going to
name your first child? 你打算爲你第一個孩子取甚
麼名字?/a girl *named* Martha 一個叫瑪莎的女孩.
2 說出名稱, 列舉名單. Can you *name* the days
of the week in English? 你能用英語說出星期的名
稱嗎?/He *named* several people involved in the
plot. 他列出了幾個參與這項陰謀的名字/to *name* a
few 僅舉出幾個例子《name 之後亦可接副詞》.
3 [句型5] (name **A B**/**A** *to be* **B**)、 [句型3]
(name **A** *for* [*as*] **B**)指名, 選擇 A 爲 B; [句型5]
(name **A** *to* do)指名 A 做…. They *named* him
chairman. 他們選他爲主席/He was *named as*
[*for*] the next principal of the school. 他獲選爲
下任校長/He was *named to* represent the gov-
ernment at the conference. 他被指名代表政府出
席該項會議.
4 確定, 指定, 〔日期, 價格等〕《for》. *name* the
day (for the wedding) 〔特指女性〕決定(婚禮的)
日期/*name* a price 標價.

náme A B after [《美》 *for*] C 沿用 C 的名字將
A 取名爲 B. I *named* him William *after* his

grandfather. 我用他祖父的名字, 給他取名叫威廉.

nàme námes 列出((犯罪等的)有關人員)名字.
He said somebody had betrayed us but refused
to *name names*. 他說有人背叛我們, 但拒絕說出
(他們的)名字.

You náme it. 《口》你怎麼說都好, 隨你怎麼說.
"Will you do me a favor, Tom?" "You *name*
[*Name*] *it*." 「湯姆, 有事想拜託你」「儘管說.」

name·drop·ping [ˋnem͵drɑpɪŋ; ˈneɪmdrɒpɪŋ]
n. [U] (似乎很熟悉般地)炫耀知名人士的名字以自抬
身價.

name·less [ˋnemlɪs; ˈneɪmlɪs] *adj.* **1** 沒有名字
的; 無名的, 沒有名氣的. a *nameless* pond 無名
的池塘/a *nameless* grave 不知名的墓.

2 隱名的, 匿名的. My informant asked to
remain *nameless*. 我的情報提供者要求匿名.

3 (特指感情等)難以言喻的, 說不出口的. A
nameless fear crept over me. 一種難以言喻的恐
懼向我襲來.

***name·ly** [ˋnemlɪ; ˈneɪmlɪ] *adv.* 即, 換言之.
There are three colors in the French flag,
namely blue, white and red. 法國國旗有三種顏
色, 即藍、白、紅.

name·plate [ˋnem͵plet; ˈneɪmpleɪt] *n.* [C] 名
牌、標示牌.

name·sake [ˋnem͵sek; ˈneɪmseɪk] *n.* [C] **1** 同
名者. Those two gentlemen are *namesakes*. 這兩
位男士同名.

2 被以(…之)名命名之人. He was especially
fond of his first grandson, his *namesake*. 他特別
喜歡他那個以自己的名字命名的長孫.

Na·mib·i·a [nəˋmɪbɪə; nəˈmɪbɪə] *n.* 納米比亞
(1990 年獨立, 非洲西南部的共和國; 首都 Wind-
hoek).

nam·ing [ˋnemɪŋ; ˈneɪmɪŋ] *v.* name 的現在分
詞、動名詞.

Nan·cy [ˋnænsɪ; ˈnænsɪ] *n.* Ann, Anne的暱稱.

nan·ny [ˋnænɪ; ˈnænɪ] *n.* (*pl.* **-nies**) [C] (主 英)
保姆, 奶媽.

nánny gòat *n.* [C] 母山羊(→ goat [參考]).

Na·o·mi [ˋneə͵maɪ, neˈomaɪ, -mɪ, -mə; ˈneɪəmɪ]
n. 女子名.

***nap¹** [næp; næp] *n.* (*pl.* **~s** [~s; ~s]) [C] (特指白
天的)打盹, 小睡. take [have] a *nap* 打個盹.
— *vi.* (**~s; ~ped; ~ping**)打盹.

***càtch a pèrson nápping** 《口》乘某人不備而襲擊
之, 趁虛而入.

nap² [næp; næp] *n.* [U] (呢絨等的)絨, 細毛.

na·palm [ˋnepɑm; ˈneɪpɑːm] *n.* [U] 《化學》汽油
濃縮劑(汽油凝固後的物質; 用來製造燃燒彈等).

nápalm bòmb *n.* [C] 汽油彈.

nape [nep, næp; neɪp] *n.* [C] 頸背, 後脖子. ★通
常用 the nape of the neck.

naph·tha [ˋnæpθə, ˈnæfθə; ˈnæfθə] *n.* [U] 石油
腦, 溶劑油, 輕油, (從石油, 煤焦油分餾出的輕
油; 沸點比汽油高, 比揮發油低).

naph·tha·lene [ˋnæfθə͵lin, ˈnæp-;
ˈnæfθəliːn] *n.* [U] 《化學》萘(用作防蟲劑、染料等).

***nap·kin** [ˋnæpkɪn; ˈnæpkɪn] *n.* (*pl.* **~s** [~z;
~z]) [C] **1** (在餐桌上使用, 由布或紙製的)餐巾.
([參考](英)為了與第二種意思區別, 亦作 table nap-
kin, serviette). I wiped my lips with a *napkin*.
我用餐巾擦嘴.

2 (英)尿布((美) diaper; (英、口) nappy).

3 (美)=sanitary napkin.

nápkin rìng *n.* [C] 餐巾環(用來捲束餐巾的環
圈).

Na·ples [ˋneplz;
ˈneɪplz] *n.* 那不勒斯(義
大利海港; 以美麗的風
光著稱). See *Naples*
and die. 《諺》見過那不
勒斯便死而無憾.

[napkin ring]

Na·po·le·on
[nəˋpoljən, nəˈpolɪən; nəˈpəʊljən] *n.* 拿破崙(一世)
(1769 - 1821)《法國皇帝(1804 - 15); 亦可作 Napo-
leon Bonaparte).

Na·po·le·on·ic [nə͵polɪˋɑnɪk; nə͵pəʊlɪˈɒnɪk]
adj. 拿破崙(一世)的; 像拿破崙般的.

nap·py [ˋnæpɪ; ˈnæpɪ] *n.* (*pl.* **-pies**) [C] (英、口)
尿布(napkin; (美) diaper). change *nappies* 換
尿布.

nar·cis·si [nɑrˋsɪsaɪ; nɑːˈsɪsaɪ] *n.* narcissus 的
複數.

nar·cis·sism [nɑrˋsɪs͵ɪzəm; ˈnɑːsɪsɪzəm] *n.*
[U]自戀, 自我陶醉.

nar·cis·sist [nɑrˋsɪsɪst; nɑːˈsɪsɪst] *n.* [C]自
戀者.

nar·cis·sis·tic [͵nɑrsɪˋsɪstɪk; ͵nɑːsɪˈsɪstɪk]
adj. 自戀的.

Nar·cis·sus [nɑrˋsɪsəs; nɑːˈsɪsəs] *n.* 《希臘神
話》納西塞斯(迷戀自己映在水中的風姿而溺水, 化
身為水仙花的美少年).

nar·cis·sus [nɑrˋsɪsəs; nɑːˈsɪsəs] *n.* (*pl.* **~es**,
-cis·si) [C]《植物》水仙花(石蒜科水仙屬植物的總稱;
有 daffodil (洋水仙), jonquil (長壽花)等種類).

nar·cot·ic [nɑrˋkɑtɪk; nɑːˈkɒtɪk] *adj.* 麻醉(性)
的, 麻醉藥的. a *narcotic* drug 麻醉藥.
— *n.* (常 narcotics)麻醉劑, 迷幻藥.

nark¹ [nɑrk; nɑːk] [C]《俚》向警察告密者, 「線
民」.

nark² [nɑrk; nɑːk] *vt.* 令人生厭, 使人發怒, 《通
常用被動語態》.

nar·rate [næˋret, ˈnæret; nəˈreɪt] *vt.* 《文章》講
故事, 說, 敘述. The sailor *narrated* his adven-
tures. 水手敘述著他的冒險經歷.
— *vi.* (在廣播、戲劇等)旁白; 講故事; 敘述.
⇨ *n.* **narration, narrative.**

nar·ra·tion [næˋreʃən; nəˈreɪʃn] *n.* **1** [U]述說,
敘述. [同] description 是有關人、物的敘述, narra-
tion 是敘述發生的事. **2** [UC]故事, 記事.

3 [U]《文法》敘述法(→見文法總整理 **17**).
⇨ *v.* **narrate.**

N

nar·ra·tive [`nærətɪv; 'nærətɪv] n. **1** ⓤⓒ記事, 故事; (相對於故事的對話部分)敍事文. a personal *narrative* 個人經歷.
2 ⓤ 說話技巧, 講述方式.
— adj. 記事的, 敍事體的; 說話技巧的. a *narrative* poem 敍事詩/*narrative* style 敍事體(★「敍述體」是 descriptive style). ⇨ v. narrate.

*__nar·ra·tor__ [`næretɚ, næ`retɚ; nə'reɪtə(r)] n. (pl. ~s [~z; ~z]) ⓒ講述者, 旁白者, 敍述者.

‡**nar·row** [`næro; 'nærəʊ] adj. (~·er; ~·est)

【狹窄】 **1** (寬幅)狹的, 細的, (↔ broad, wide). a *narrow* street [river] 狹窄的街道[河流]/a *narrow* face 長臉/Enter by the *narrow* gate. (聖經)從窄門進入(寬門將導向毀滅). 注意「狹小的房間」不是 narrow room, 而是a small room.

【被限定的】 **2** (寬度, 範圍, 意義)有限的, 狹小的, 窄的. a *narrow* space 狹小的空間/He has only a *narrow* circle of acquaintances. 他的交友圈很小/in the *narrowest* sense of the word 用該字最狹義的解釋/take a *narrow* view of things 以狹義的觀點來看待事物.
3 (文章)精密的, 嚴密的, (strict). a *narrow* examination of the facts 對事實的嚴密調查.
【沒有餘地的】 **4** 勉強的, 好不容易的. a *narrow* victory 險勝/have a *narrow* escape 九死一生/There is only a *narrow* margin of difference between the two. 這兩者之間僅有些微的差別/win by [with] a *narrow* majority 勉強以些微之差獲勝.
5 心胸狹窄的, 氣量狹小的. a *narrow* mind 心胸狹窄/be *narrow* in opinion. 他的見解很偏狹.
— vt. **1** 弄窄, 使縮小. *narrow* one's eyes 瞇起眼睛(目眩或疑惑時的表情)/*narrow* the distance 縮小距離/Poverty *narrows* the mind. 貧窮使人心胸狹窄. **2** 限制, 縮減範圍, (down). We have *narrowed* down the candidates to two. 我們把候選人縮減為兩名.
— vi. 變得狹小; (差異等)縮小.
— n. (narrows)(作單數)海峽.

nárrow gáuge [gāge] n. ⓒ(鐵路)窄軌(↔ broad gauge).

*__nar·row·ly__ [`næroli, `nærə-; 'nærəʊlɪ] adv.
1 好歹, 勉強地. I *narrowly* escaped being killed. 我好不容易才撿回一條命.
2 精密地, 嚴密地. examine the evidence *narrowly* 嚴密地檢視證據.

nar·row-mind·ed [`næro`maɪndɪd, `nærə-; ˌnærəʊ'maɪndɪd] adj. 心胸狹窄的, 氣量狹小的; 有偏見的; (↔ broad-minded).

nar·row-mind·ed·ly [`næro`maɪndɪdlɪ, `nærə-; ˌnærəʊ'maɪndɪdlɪ] adv. 心胸狹窄地, 氣量小地.

nar·row-mind·ed·ness [`næro`maɪndɪdnɪs, `nærə-; ˌnærəʊ'maɪndɪdnɪs] n. ⓤ心胸狹窄, 小心眼.

nar·row·ness [`næronɪs, `nærə-; 'nærəʊnɪs] n. ⓤ狹窄; 小心眼.

nar·whal [`nɑrhwəl, ·wəl; 'nɑːwəl] n. ⓒ獨角鯨(北極海中的一種鯨; 雄鯨有一長角).

[narwhal]

NASA [`næsə; 'næsə] n. 美國國家航空暨太空總署(National Aeronautics and Space Administration的略稱).

na·sal [`nez; 'neɪzl] adj. **1** (限定)鼻的.
2 經由鼻子的, 鼻音的. a *nasal* voice 鼻音.
3 (語音學)鼻音的. a *nasal* sound 鼻音([m, n, ŋ; m, n, ŋ]等).
— n. ⓒ(語音學)鼻音(nasal sound).

na·sal·ize [`nez,aɪz; 'neɪzəlaɪz] vt. 用鼻音說話[發音], 使鼻音化.

nas·cent [`næsṇt; 'næsnt] adj. (文章)發生[發展]的.

nas·ti·er [`næstɪɚ; 'nɑːstɪə(r)] adj. nasty 的比較級.

nas·ti·est [`næstɪɪst; 'nɑːstɪɪst] adj. nasty 的最高級.

nas·ti·ly [`næstɪlɪ; 'nɑːstɪlɪ] adv. 骯髒地; 令人不快地.

nas·ti·ness [`næstɪnɪs; 'nɑːstɪnɪs] n. **1** ⓤ骯髒; 令人不快. ⓒ骯髒的東西[事, 語言].

nas·tur·tium [næ`stɝʃəm, nə-; nə'stɜːʃəm] n. ⓒ金蓮花(金蓮花科的觀賞草木; 葉呈圓形, 開橙色、黃色、紅色的花).

*__nas·ty__ [`næstɪ; 'nɑːstɪ] adj. (-ti·er; -ti·est)

【不愉快的】 **1** 令人討厭的, 令人不快的, 令人作嘔的, (↔ nice). a *nasty* day 不愉快的一天/a *nasty* sight 令人作嘔的景象/a *nasty* smell 難聞的氣味/a *nasty* job 討厭的工作/*nasty* medicine 有怪味的藥.
2 【淫猥的】(道德上)不潔的, 不檢點的, 下流的. a *nasty* story 淫猥故事/a *nasty* joke 下流的笑話.
【有敵意的】 **3** 壞心眼的, 有敵意的; 卑劣的; 令人不愉快的. a *nasty* question 居心不良的問題/a *nasty* fellow 惡劣的傢伙/That was a *nasty* thing to say! 那樣說太惡劣了!/Don't be so *nasty* to your little brother! 別對你弟弟那麼惡劣!/He gave me a *nasty* look. 他狠狠地看了我一眼/He often turns *nasty* when he's drunk. 他一醉就變得很暴躁.
4 【危險的】(天氣等)險惡的, 惡劣的, 危險的; (問題等)棘手的; (立場等)為難的. a *nasty* sea 驚濤駭浪的大海/The weather turned *nasty*. 天氣變得惡劣了.
5 屬重的, 重大的, 嚴重的. a *nasty* accident 重大事故/have a *nasty* fall 重重地跌了一跤/a *nasty* one 重重的一擊, 痛擊.

na·tal [`net; 'neɪtl] adj. (雅)出生(地點, 時間)

Na·than·iel [nə`θænjəl; nə`θænjəl] *n.* 男子名.

[`neʃən; 'neɪŋl] *n.* (*pl.* **-s** [~z; ~z])

‡**na·tion** [C] **1** (a) (全體)國民. the Chinese *nation* 中國國民/The entire *nation* celebrates Independence Day. 全體國民慶祝獨立紀念日.

[参考] nation 指在一個政府統治下具有同一制度, 法律的社會集團; the Americans, the English 即是此意義的 nation; → people, race².

(b) 民族(擁有共同種族, 語言, 文化等人們的集合). The Jewish *nation* is scattered all over the world. 猶太民族散居世界各地.

2 國, 國家. an industrial [agricultural] *nation* 工[農]業國家/developing *nations* 開發中國家/the law of *nations* 國際法.

[同] 「國家」之意的最普遍通用語爲 country, 但 nation 比起 country 則更強調擁有同樣的語言, 文化的集合; 若指政治組織的「國家」之意時則用 state.

3 《美》(特指北美印第安人的)部族(tribe). the entire Apache *nation* 整個阿帕契部族.

‡**na·tion·al** [`næʃən, `næʃnəl; `næʃənl] *adj.* **1** 國民的, 國家的, 國民性的. *national* character 國民性/a *national* game [sport] 某國特有的遊戲[運動]/a *national* costume 民族服裝.

2 國家的. *national* affairs 國務/*national* defense 國防/the *national* flag 國旗/the *national* government 中央政府; 《英》(戰時由超黨派所組成的)全國統一內閣.

3 國立的, 國有的, 國定的. a *national* theater [university] 國家劇院[國立大學].

4 全國的(↔ local). a *national* newspaper 發行全國的報紙/a *national* election 全國大選/*national* advertising 全國性的廣告.

— *n.* [C] …國籍持有者, (某國的)國民《特指居住外國者》. British *nationals* living abroad 僑居海外的英國國民/a British *national* 英國國民.

na·tion·al an·them *n.* [C] 國歌.

na·tion·al debt *n.* [U] 國債.

Na·tion·al Health Ser·vice *n.* (加 the)《英》國民健康保險.

na·tion·al hol·i·day *n.* [C] (國定)假日.

Na·tion·al In·sur·ance *n.* (加 the)《英》(救濟失業者, 老年人, 病人的)國民保險制度.

*‡**na·tion·al·ism** [`næʃən,ɪzəm, `næʃnəl-; 'næʃnəlɪzəm] *n.* [U] **1** 國家主義(↔ internationalism); 愛國心[主義]. the concept of *nationalism* 國家主義的概念.

2 民族(獨立)主義. *nationalism* in Eastern European countries 東歐各國的民族(獨立)主義.

na·tion·al·ist [`næʃən,ɪst, `næʃnəl-; 'næʃnəlɪst] *n.* [C] 國家主義者; 民族(獨立)主義者.

— *adj.* 國家主義(者)的; 民族主義(者)的.

na·tion·al·is·tic [ˌnæʃən'ɪstɪk, -ʃnəl-; ˌnæʃnə'lɪstɪk] *adj.* 《常指責》國家主義的, (假裝)國家主義的.

na·tion·al·i·ties [ˌnæʃən'ælətɪz; ˌnæʃə'nælətɪz] *n.* nationality 的複數.

*‡**na·tion·al·i·ty** [ˌnæʃən'ælətɪ; ˌnæʃə'nælətɪ] *n.* (*pl.* **-ties**)

1 [U] 國籍. a man of French *nationality* 法國籍的男士/What *nationality* is he? = What is his *nationality*? 他是哪一國人?/the *nationality* of a ship 船籍.

2 [U] 獨立的國家; 國家的存在[獨立]. win [attain] *nationality* (國家)獨立.

3 [C] 國民; 國家; 民族, (一國內的)種族. people of all *nationalities* 各國人民.

na·tion·al·i·za·tion [ˌnæʃənəlaɪ`zeʃən, -ʃnəl-; ˌnæʃnəlaɪ'zeɪʃn] *n.* [U] **1** (使)國有[國營]化. the *nationalization* of the railways 鐵路國營化.

2 全國性的普及, 國民化.

na·tion·al·ize [`næʃən,aɪz, -ʃnəl-; 'næʃnəlaɪz] *vt.* **1** 使國有化, 收歸國營. *nationalize* the railways 將鐵路收歸國有.

2 使(運動, 規模等)成爲全國性的, 國民化.

Na·tion·al League *n.* (加 the)《美國職業棒球的)國家聯盟(→ major league).

na·tion·al·ly [`næʃən,ɪ, `næʃnəl-; 'næʃnəlɪ] *adv.* **1** 全國性地(來看).

2 對國家[國民]而言, 從國家的立場來看. a *nationally* supported project 全國支持的計畫.

na·tion·al park *n.* [C] 國家公園.

Na·tion·al Trust *n.* (加 the)《英》古蹟及自然保護協會《1895 年創立; 集資或接受捐款購入土地和建築物加以保存》.

na·tion·wide [`neʃən,waɪd; 'neɪʃn,waɪd] *adj.* 全國的. a *nationwide* network 全國廣播(網)/The police have started a *nationwide* hunt for the criminal. 警方已在全國各地展開搜捕犯人的行動.

*‡**na·tive** [`netɪv; 'neɪtɪv] *adj.* **1** 《限定》出生地的, 出生國的, 故鄉的. one's *native* place 故鄉/one's *native* town [land, country] 某人的故鄉[祖國]/one's *native* language 母語.

2 《限定》(人)生長於該土地[國家]的, 土生土長的, 道地的; 《常輕蔑》土著的, 原住民的. a *native* New Yorker 土生土長的紐約人/a *native* speaker of French 以法語為母語的人/*native* tribes 原住民部族.

3 [動植物, 產物等](該土地)固有的, 國內產的. plants, *native* and foreign 國內外的植物/*native* industries 本土工業/Sequoia trees are *native* to California. 美洲杉原產於加利福尼亞州.

4 [秉性等]天生的, 與生俱來的. He has a *native* ability in mathematics. 他天生有數學方面的才華.

5 自然(狀態)的, 自然的, 天然的. *native* gold 原金/*native* diamond 天然鑽石.

go native 《口》(常該諧)(旅客, 移民等)融入當地生活, 入境隨俗.

— *n.* (*pl.* **-s** [~z; ~z]) [C] **1** (某地)出生的人; (某地區的)居民. a *native* of Ohio 俄亥俄州人/He spoke English like a *native*. 他說一口道地的英語.

N

2 原產(於某地的)植物[動物]. Coffee is a *native of* Africa. 咖啡原產於非洲.

3 《常輕蔑》(常 natives)原住民, 土著, 《特指歐洲人以外的居民》.

Nàtive Américan *n.* C北美原住民(以往稱作(American) Indian; 現在多以此稱呼).

na·tiv·i·ty [nə`tɪvətɪ, næ-; nə`tɪvətɪ] *n.* (*pl.* -ties) **1** UC《文章》誕生, 出生, (birth).

2 (the *N*ativity)基督的誕生.

NATO [`neto; `neɪtəʊ] *n.* 北大西洋公約組織《*N*orth *A*tlantic *T*reaty *O*rganization 的略稱》.

nat·ter [`nætə; `nætə(r)] (英、口) *vi.* 喋喋不休; 抱怨; 《away; on》. —— *n.* a U閒談.

nat·ty [`nætɪ; `nætɪ] *adj.* (口)整潔的, 清潔的, 漂亮的, (neat). a *natty* suit 整潔的衣服.

‡nat·u·ral [`nætʃərəl, `nætʃrəl; `nætʃrəl] *adj.* 【自然的】 **1** 自然的, 天然的, 自然界的. *natural* phenomena 自然現象/*natural* resources 天然資源/a *natural* disaster 天災/the *natural* world 自然界.

【自然趨勢的】 **2** (a) 自然的, 當然的, 不勉強的. a *natural* result 當然的結果/die a *natural* death (不是意外死亡的)自然死亡.

(b) (用 It is natural (*for* A) to do)(A)做…是天經地義的[當然的]. *It's natural for* him *to* help his ailing father. 他幫助疾病纏身的父親是天經地義的事.

(c) (用 It is natural (*that*)子句)…是理所當然的[自然的]. *It is natural that* she should decline your invitation. 她當然會謝絕你的邀請.

【原有的】 **3** 自然狀態的, 未經加工的, (↔artificial). *natural* food 天然食品/Her hair has *natural* curls. 她的頭髮自然捲/Part of Hualien still remains in its *natural* state. 花蓮一部分地區仍保持著自然的面貌.

4 不矯揉造作的, 未加修飾的, 自然的. a *natural* smile 自然的微笑/one's *natural* manner 自然的舉止.

5 【與生俱來的】天生的(*to*); 先天的. one's *natural* charm 與生俱來的魅力/a *natural* poet 天生的詩人/*natural* parents (相對於養父母(foster parents)而言的)親生父母/with tenderness *natural* to him 以他與生俱來的溫柔.

【與原物一樣的】 **6** 逼真的, 與實物一模一樣的. a *natural* likeness 逼真(的人)/*natural* size 實物大小.

7 (音樂)(不加升降符號的)本位的. a *natural* sign 還原符號(→ *n.* 2).

⇨ *n.* nature. ♦ unnatural.

còme nátural to... (口)對某人來說是輕而易舉的, 與生俱來的. Sports always *come natural to* him. 運動對他來說是件輕而易舉的事.

—— *n.* C **1** (通常用單數)(口)(工作的)勝任者, 合適的人[物]. He is a *natural* for the post. 他適合這個職位. **2** (音樂)本位音; 還原符號(亦作

nàtural sígn)(♮); (鋼琴、風琴的)白鍵.

nàtural gás *n.* U天然氣.

nàtural hístory *n.* U博物學(舊式名稱).

nat·u·ral·ism [`nætʃərəl‚ɪzm, `nætʃrəl-; `nætʃrəlɪzəm] *n.* U(美術、文學等的)自然主義.

nat·u·ral·ist [`nætʃərəlɪst, `nætʃrəl-; `nætʃrəlɪst] *n.* **1** 博物學者.

2 (美術、文學等的)自然主義者.

nat·u·ral·is·tic [‚nætʃərə`lɪstɪk, ‚nætʃrəl-, ‚nætʃrəl`lɪstɪk] *adj.* (特指美術、文學中的)自然主義的, 自然主義特質的.

nat·u·ral·i·za·tion [‚nætʃərələ`zeʃn, ‚nætʃrəl-; ‚nætʃrəlaɪ`zeɪʃn] *n.* U **1** (使)(外國人)入籍; (動植物的)歸化, 移植.

2 (外國語言, 習慣等的)移入, 同化.

nat·u·ral·ize [`nætʃərəl‚aɪz, `nætʃrəl-; `nætʃrəlaɪz] *vt.* (通常用被動語態) **1** 使(外國人)入籍, 授與公民權. be *naturalized* in Canada 入加拿大籍/*naturalized* immigrants 歸化的移民.

2 同化, 採納, 〔外國的語言, 習慣等〕. Chinese words *naturalized* in English 被納入英語的中文詞語. **3** 使(動植物)歸化, 移植. a *naturalized* plant (來自外國的)歸化植物.

—— *vi.* 歸化, 習慣新的風土人情.

‡nat·u·ral·ly [`nætʃərəlɪ, `nætʃrəlɪ; `nætʃrəlɪ] *adv.* **1** (特指不經努力地)自然地, 輕鬆地; 不加修飾地, 一如往常地. It's not easy to speak *naturally* on the radio. 在廣播中要輕鬆地說話並不容易.

2 (不經人工地)自然地, 天然地; 自然而然地. grow *naturally* 自然地生長/The land in this area is *naturally* fertile. 這個區域的土地本來就很肥沃(無需施肥).

3 天生, 與生俱來. a *naturally* obedient boy 生性溫順的男孩/Her hair is *naturally* curly. 她的頭髮是自然捲.

4 (修飾句子)當然, 理所當然. She asked me to join the party; *naturally* I accepted her offer. 她邀請我參加宴會, 我當然答應了她的邀請.

còme náturally to... = come natural to... (natural 的片語).

nat·u·ral·ness [`nætʃərəlnɪs, `nætʃrəl-; `nætʃrəlnɪs] *n.* U自然(性質).

nàtural scíence *n.* UC自然科學.

nàtural seléction *n.* U(生物)物競天擇, 自然淘汰.

‡na·ture [`netʃə; `neɪtʃə(r)] *n.* (*pl.* ~s [~z; ~z])【與人類相對的自然】 **1** U自然, 自然界[力], 自然的生物; (常 *N*ature)大自然, 造物主. the beauties of *nature* 自然之美/the law of *nature* 自然(界)的法則/The human female form is the most beautiful form in *nature*. 女性姿態為自然界最美的形體/draw from *nature* 寫生.

2 U自然[原始]狀態, 野生的生活; (特指)動植物(的世界). go back to *nature* (離開文明世界)回歸自然/Let's study *nature*. 我們來研究自然吧!

【支配人類的自然】 **3**【肉體上的需求】U身體,

體力; 《委婉》生理上的需求. ease [relieve] *nature* 排泄, 方便/sustain the *nature* 維持體力/Peter felt the call of *nature*. 彼覺得覺得內急.

4 【與生俱來】 [UC] (人, 動物的)性質, 天性, 本性; [C] …性質的人. human *nature* 人性/reveal one's *nature* 露出本性/a man of good [ill] *nature* 本性善良[邪惡]的人/He has a friendly *nature*. 他天性和善/It is not (in) her *nature* to be cruel. 殘酷不是她的本性.

【 物的本質、種類 】 **5** [U] (物的)本質, 特性; [C] (通常用單數)種類(kind). the *nature* of the atom 原子的本質/support a plan with cash or something of that *nature* 用現金或諸如此類的東西來援助此項計畫/Problems of this *nature* cannot easily be solved. 這類問題不可能簡單地解決.

against nature (1)不合情理. (2)違反自然法則, 奇蹟般的.

* *by nature* 生來, 與生俱來; 本來. He is *by nature* an optimist. 他天生是個樂天派.

in a [the] state of nature (1)未開發[野蠻, 野生]的狀態. (2)全裸(naked).

in nature 本來, 現實, 事實上. He is generous *in nature*. 他生性大方.

in [of] the nature of... 有[帶有]…性質的, 與 …相似的[類似的]. We want something *in the nature of* an agreement on paper. 我們要有像書面協議之類的東西.

[字源] NAT「出生的」: *nature*, *native* (出生地的), *innate* (天生的), *nation* (國家(<生於那裡的人們)).

-natured *suf.* 與形容詞連用構成「帶有…性質」 之意的形容詞. good-*natured*. ill-*natured*.

náture stùdy *n.* [U] (作為初等、中等教育學科的)自然研究[觀察], 自然課.

náture tràil *n.* [C] (作為觀察自然景物的)遊覽步道.

na·tur·ism [ˈnetʃərɪzəm; ˈneɪtʃərɪzəm] *n.* =nudism.

naught [nɔt; nɔːt] *n.* **1** [UC] 零, 零(點), (★ 此義通常用nought). **2** [U] (古、詩)無(nothing). *còme to náught* 《文章》落空[徒勞]. *sèt...at náught* 《文章》忽視.

naugh·ti·ly [ˈnɔtɪlɪ; ˈnɔːtɪlɪ] *adv.* 頑皮地, 沒有禮貌地.

naugh·ti·ness [ˈnɔtɪnɪs; ˈnɔːtɪnɪs] *n.* [U] 頑皮, 沒有禮貌.

* **naugh·ty** [ˈnɔtɪ; ˈnɔːtɪ] *adj.* (-ti·er; -ti·est) **1** 頑皮的, 不聽話的, 淘氣的, 沒有禮貌的, 《通常用於小孩》. a *naughty* child 頑皮的小孩/It's *naughty* of you to torment a cat. 你真調皮, 竟然折磨貓. **2** 《委婉》下流的(猥褻之意).

Na·u·ru [nɑˈuru; nɑːˈuːruː] *n.* 諾魯(南太平洋上的島嶼共和國; 首都 Nauru).

nau·se·a [ˈnɔzɪə, ˈnɔʒə, ˈnɔsɪə, ˈnɔʃɪə, ˈnɔzɪə; ˈnɔːsjə] *n.* [U] **1** 噁心, 作嘔, 暈船. feel some *nausea* 感到反胃. **2** (令人作嘔般地)非常令人不愉快[厭惡]的.

nau·se·ate [ˈnɔzɪˌet, ˈnɔzɪ-, ˈnɔsɪ-, ˈnɔʃɪ-; ˈnɔːsɪeɪt] *vt.* 使嘔心, 使作嘔. The smell of rot-

ten fish *nauseated* me. 魚腐爛的臭味令我作嘔.

nau·seous [ˈnɔʒəs, ˈnɔzɪəs, ˈnɔsɪəs, ˈnɔʃəs; ˈnɔːsjəs] *adj.* 令人作嘔的; 令人厭惡的, 令人反胃的.

nau·ti·cal [ˈnɔtɪk, ˈnɔːtɪkl] *adj.* 船員的, 船舶的, 航海的.

nàutical míle *n.* [C] 海里(1,852 m).

nau·ti·li [ˈnɔtɪˌlaɪ; ˈnɔːtɪˌlaɪ] *n.* nautilus 的複數.

nau·ti·lus [ˈnɔtləs; ˈnɔːtɪləs] *n.* (*pl.* ~·es, -li) [C] 《貝》鸚鵡螺.

na·val [ˈnevl; ˈneɪvl] *adj.* 海軍的(→ military); 軍艦的. the *Naval* Academy (美)海軍官校《位於 Annapolis》/*naval* forces 海軍(部隊)/a *naval* officer 海軍軍官/a *naval* port 軍港/a *naval* power 海權強國.

nave [nev; neɪv] *n.* [C] 《建築》中堂《教堂的中央部分; 有座位; → church 圖》.

[nave]

na·vel [ˈnevl; ˈneɪvl] *n.* [C] **1** 肚臍. **2** 中心(點).

nàvel órange *n.* [C] 《植物》臍橙(果實的形狀似肚臍).

na·vies [ˈnevɪz; ˈneɪvɪz] *n.* navy 的複數.

nav·i·ga·bil·i·ty [ˌnævəgəˈbɪlətɪ; ˌnævɪgəˈbɪlətɪ] *n.* [U] (河, 海的)可航性; (船舶, 飛機的)耐航性.

nav·i·ga·ble [ˈnævəgəbl; ˈnævɪgəbl] *adj.* 〔河, 海等〕適航的; 《文章》〔船舶, 飛機等〕可航行的, 可操縱航向的. a *navigable* raft 可操縱方向的木筏.

* **nav·i·gate** [ˈnævəˌget; ˈnævɪgeɪt] *v.* (~s; ~s; -gat·ed [-ɪd; -ɪd]; -gat·ing) *vt.* **1** 操縱, 駕駛, 〔船, 飛機等〕. The pilot *navigated* the ship through the reef. 領航員駕著船通過了暗礁. **2** 航海[航行]於〔海, 河等〕; 飛航, 飛越, 飛行; 《口》(在地面上)巧妙越過〔危險地帶 等〕. They *navigated* the river to its source. 他們駕船上溯河川的發源地/*navigate* a rough road (駕駛汽車)通過崎嶇的道路.

— *vi.* 操縱[駕駛]〔飛機, 交通工具等〕, 航行. We *navigated* by the stars. 我們憑藉星座(決定方

向)航行.

*＊**nav·i·ga·tion** [ˌnævəˈgeʃən; ˌnævɪˈgeɪʃən] *n.*
Ⓤ **1** 航海, 航行, 航空. inland *navigation* (河川, 湖泊, 運河等的)內陸航行/ocean *navigation*
遠洋航行.
2 航海術[學], 航空術[學]. aerial *navigation* 航空術[學].

nav·i·ga·tor [ˈnævəˌgetɚ; ˈnævɪgeɪtə(r)] *n.*
Ⓒ(船的)航海者, (飛機等的)領航員(主要任務是確認是否準確地航向目的地).

nav·vy [ˈnævɪ; ˈnævɪ] *n.* (*pl.* **-vies**) Ⓒ(英)(不熟練的)工人, (道路工程等的)勞工.

*＊**na·vy** [ˈnevɪ; ˈneɪvɪ] *n.* (*pl.* **-vies**) **1** Ⓒ海軍
(→army, air force). be in the *navy*在海軍服役/join the *navy* 加入海軍.
2 Ⓒ(the *N*avy) (一國的)海軍. the Royal *Navy*
英國(皇家)海軍/the Department of the *Navy*
(美)海軍部/the Secretary of the *Navy* (美)海軍部長.
3 Ⓒ(集合)海軍的整個艦隊; (集合)海軍軍人.
4 ＝navy blue. ⇨ *adj.* **naval**.

nàvy blúe *n.* Ⓤ深藍色(英國海軍制服的顏色).

návy yàrd *n.* Ⓒ(美)海軍造船廠.

nay [ne; neɪ] *adv.* **1** (古)不僅如此. He was a ruthless, *nay*, (a)
barbarous tyrant. 他真是無情, 非但如此, 還是個野蠻的暴君.
— *n.* (*pl.* **~s**) **1** Ⓒ(投票)反對; 投反對票者; (↔
ay(e), yea). the yeas and *nays* 贊成和反對票.
2 Ⓤ拒絕.

Naz·a·rene [ˌnæzəˈrin; ˌnæzəˈriːn] *n.* **1** Ⓒ
拿撒勒(Nazareth)地方的人, 拿撒勒人. **2** (加the)基督.

Naz·a·reth [ˈnæzərəθ; ˈnæzərəθ] *n.* 拿撒勒
(巴勒斯坦北部城鎮; 耶穌少年時代生活的地方).

Naz·ca, Nas·ca [ˈnæzkə; ˈnɑːskə] *adj.* 納斯卡文化的(從紀元前約8世紀左右在祕魯西南部的興盛文化). *Nazca* lines 納斯卡的(巨型)地上畫(納斯卡文化遺留下來的岩石群, 描繪鳥與動物的巨型地上畫).

Na·zi [ˈnɑtsɪ; ˈnɑːtsɪ] *n.* Ⓒ納粹黨員; (the
Nazis)納粹黨(1919年在德國成立的國家社會主義德意志勞工黨, 以 Adolf Hitler 為首).
— *adj.* 納粹黨的; 納粹主義者的.

Na·zism, Na·zi·ism [ˈnɑtsɪzəm; ˈnɑːtsɪzəm] *n.* Ⓤ德意志國家社會主義, 納粹主義.

N.B., n.b. (略) Nota bene. [ˈnotəˈbinɪ; ˌnəʊtəˈbiːnɪ] (請注意)(拉丁語 Note well. 之意).

NBA (略)(美) National Basketball Association
(全美籃球協會)(職業組織).

NBC (略) National Broadcasting Company (國家廣播公司)(美國三大廣播公司之一; → ABC,
CBS).

NbE (略) north by east(北偏東).

NbW (略) north by west(北偏西).

NC (略) North Carolina.

NCO (略)(□) Noncommissioned Officer.

ND, N. Dak. (略) North Dakota.

-nd 表示以 second 為結尾的序數詞: 22*nd* ＝
twenty-seco*nd*.

NE (略) Nebraska; northeast(ern).

Ne (符號) neon.

Ne·an·der·thal man [nɪˈændɚˌtɑl͵mæn;
nɪˈændətɑːl͵mæn] *n.* 尼安德塔人(在德國西部的Ne-
anderthal 地方發現的舊石器時代的原始人).

neap [nip; niːp] *adj.* 漲潮與退潮之高度差為最小的, 小潮的. a *neap* tide 小潮.
— *n.* Ⓒ小潮.

Ne·a·pol·i·tan [ˌniəˈpɑlətn̩; nɪəˈpɒlɪtən] *adj.*
1 那不勒斯(Naples)的; 那不勒斯人的.
2 (*neapolitan*)(冰淇淋)那不勒斯風味的(每層顏色和味道皆不同).

*＊**near** [nɪr; nɪə(r)] *adv.* (**near·er** [ˈnɪrɚ; ˈnɪərə(r)];
near·est [ˈnɪrɪst; ˈnɪərɪst]) **1** (空間, 時間)
近, 接近, (↔ far). The ship came *near*. 那條船駛近了/Christmas is drawing *near*. 聖誕節快到了/Paul was standing *near*. 保羅站在附近.
2 (程度, 關係, 性質等)近, 接近; 親密; 相似; 精密.
3 (口)幾乎, 大致, (nearly).
as néar as one can guéss 就所能推測到的.
còme néar to... → come 的片語.
fàr and néar → far 的片語.

*＊**near at hánd** 在手邊, 在身邊; 迫近. He
always keeps the dictionary *near at hand*. 他總是將字典隨身帶著/Christmas is *near at hand*.
聖誕節即將來臨了.

*＊**near bý** 附近(→ nearby). Is there a grocery
store *near by*? 附近有雜貨店嗎?
néar on [**upon**]... (古)(指時間而言)幾乎…, 臨近…. He is *near upon* sixty. 他已年近六十.
néar to... ＝ near *prep*. **1**. [參考]若無 to 則為介詞 near; 但在比較級‧最高級中通常不省略 to: He
drew *nearer to* the fire. 他更靠近火爐/This is
the translation *nearest to* the original. 這是最接近原文的翻譯.
— *prep.* (**near·er** [ˈnɪrɚ; ˈnɪərə(r)]; **near·est**
[ˈnɪrɪst; ˈnɪərɪst]) (★原為形容詞‧副詞, 故有比較級‧最高級之變化)
1 (空間, 時間)…的附近, 旁邊, 接近. We live
near the library. 我們住在圖書館附近/Is there a
subway station somewhere *near* here? 這附近有地下鐵車站嗎?/He is *nearer* seventy than sixty.
他六十幾歲將近七十了.
2 (狀態, 狀況等)接近…, 近乎…. None of the
other children came *near* him in intelligence. 其他的孩子在智力方面都遠不及他/The project is
very *near* completion. 該項計畫已近乎完成.
còme néar to... → come 的片語.
— *adj.* (**near·er** [ˈnɪrɚ; ˈnɪərə(r)]; **near·est**
[ˈnɪrɪst; ˈnɪərɪst])
1 (時間, 空間)近的, 接近的, (→ close 回; ↔
far). in the *near* future 在不久的將來/the *near-*

est way 捷徑/*near* sight 近視/the *near* distance (繪畫等的)近景/take a *near* [*nearer*] view of 從更近的角度看….

2 (程度、關係)近的, 親密的. a *near* friend 親密的朋友/one's *nearest* relatives血緣最親的親戚.

3 千鈞一髮, 幾乎. have a *near* escape 九死一生/a *near* victory 險勝/The nation was suffering from *near* starvation. 全國人民幾乎都受挨餓的折磨.

4 與原物[實物]相似的; 代用的; 仿造的. a *near* guess 近乎準確的推測/a *near* resemblance 酷似/*near* silk 人造絲/*near* translation 接近原文(忠實)的翻譯, 直譯.

5 《限定》(馬, 車等的)左側的, 左手的, (由馬的左側上馬, 故以此爲近側; ↔ off). the *near* side 左側/the *near* front wheel 左前輪.

— *vt.* 接近(approach). The train was *nearing* the station. 火車駛近車站/*near* one's end 瀕臨死亡.

— *vi.* 接近. The time for action *nears*. 行動的時間迫近了.

near·by [`nɪr`baɪ; 'nɪəbaɪ] *adj.* 《限定》附近的, 毗鄰的. a *nearby* village 鄰村/He hid behind a *nearby* building. 他躲到附近一幢大樓的後面.

— *adv.* [ˌnɪr`baɪ; ˌnɪə'baɪ] 在附近(地), 在近處(地).

Néar Éast *n.* 《加the》近東(通常大約是指巴爾幹半島各國, 及從土耳其到埃及面臨地中海東部的各國; → Far East, Middle East).

near·ly [`nɪrlɪ; 'nɪəlɪ] *adv.* **1** 幾乎(→ almost 〇). *nearly* every day 幾乎每天/It's *nearly* ten o'clock. 將近十點/He was *nearly* dead when I found him. 當我發現他時, 他已經奄奄一息了.

2 差一點, 幾乎一點就…. I was *nearly* run over by a truck. 我差一點就被卡車輾過.

3 (關係)近, 密切. resemble each other very *nearly* 彼此非常相像.

nòt néarly 《口》決不…(by no means). He is*n't nearly* as wise as he pretends to be. 他遠遠不及他所裝出的那麼聰明.

nèar míss *n.* ⓒ **1** (航空)(飛機等)異常的接近, 幾乎相撞. The two planes had a *near miss* over Heathrow. 兩架飛機在希斯羅(機場)上空幾乎相撞. **2** (軍事)近似命中彈. **3** 差一點就會成功的事, 令人遺憾的失敗.

near·ness [`nɪrnɪs; 'nɪənɪs] *n.* Ⓤ **1** 近, 接近. **2** 相似, 近似.

near·side [`nɪrsaɪd; 'nɪəsaɪd] *adj.* 《限定》《主英》(汽車, 道路等)左側的(↔ offside).

near·sight·ed [`nɪr`saɪtɪd; ˌnɪə'saɪtɪd] *adj.* **1** 《主美》近視的, 近視眼的, (shortsighted; farsighted). **2** 目光短淺的, 沒有遠見的.

near·sight·ed·ness [`nɪr`saɪtɪdnɪs; ˌnɪə'saɪtɪdnɪs] *n.* Ⓤ **1** 《主美》近視, 近視眼. **2** 短視近利.

nèar thíng *n.* ⓒ (通常用單數)《口》險些, 千

鈞一髮; 好不容易的成功, 險勝, (→near miss 3).

neat [nit; niːt] *adj.* (~·er; ~·est) **1** 整齊的, 整潔的. Keep your room a little *neater*. 把你的房間收拾整齊些. 回neat 表整齊且清潔之意; → orderly, trim.

2 〔人, 行為〕愛清潔的; 有品味的; 優雅的, 端正的. a *neat* habit 愛乾淨的習慣/be *neat* and tidy 穿著整潔/a *neat* design 簡潔雅緻的設計/*neat* handwriting 工整的筆跡.

3 熟練的, 靈巧的; 簡潔的. a *neat* job of carpentry 靈巧的木工手藝/a *neat* translation 簡潔明瞭的翻譯.

4 〔口〕〔酒〕不摻水的, 純的, (straight). Tom drinks his whisky *neat*. 湯姆喝不摻水的威士忌.

5 《美, 口》很棒的, 美妙的, (wonderful).

neat·ly [`nitlɪ; 'niːtlɪ] *adv.* **1** 整潔地, 乾淨地; 舒暢地. The books are arranged *neatly* on the shelves. 書整整齊齊地排在架上.

2 靈巧地. handle affairs *neatly* 事情處理得乾淨俐落.

neat·ness [`nitnɪs; 'niːtnɪs] *n.* Ⓤ **1** 乾淨, 整齊. **2** 靈巧.

Neb., Nebr. 《略》Nebraska.

Ne·bras·ka [nə`bræskə; nɪ'bræskə] *n.* 內布拉斯加州(美國中部的州; 略作 NE, Neb(r).).

neb·u·la [`nɛbjələ; 'nebjʊlə] *n.* (*pl.* -lae, ~s) ⓒ 《天文》星雲.

neb·u·lae [`nɛbjə,li; 'nebjʊliː] *n.* nebula 的複數.

neb·u·lar [`nɛbjələ; 'nebjʊlə(r)] *adj.* 星雲(狀)的.

neb·u·lous [`nɛbjələs; 'nebjʊləs] *adj.* **1** 《文章》朦朧的, 模糊不清的, 曖昧的. a *nebulous* idea 模糊的想法. **2** 星雲(狀)的.

nec·es·sar·i·ly [`nɛsəˌsɛrəlɪ; 'nesəsərəlɪ] *adv.* 必定地, 必然地, 當然. War *necessarily* causes death and misery. 戰爭必然會帶來死亡與痛苦.

nòt necessárily 未必…. The rich are *not necessarily* happy. 有錢人未必幸福.

nec·es·sar·y [`nɛsəˌsɛrɪ; 'nesəsərɪ] *adj.* **1** (a) 必要的, 必需的, 必須做的, 《for, to》. take all the *necessary* precautions against fire 採取一切必要的措施以防火災/Sunshine is *necessary* to life. 陽光對於生命是必要的.

(b) (用 It is necessary 《for》A》 to do) (A)必須做…. *It's necessary for* you *to* see a doctor at once. 你必須立刻去看醫生.

(c) (用 It is necessary *that* 子句)…事是必須的. *It is necessary that* you (should) attend the conference with me. 你必須和我參加那個會議.

回necessary 意爲目前必須的; essential 意爲本質上不可缺的, indispensable 意爲因某一目的而不可缺少的; requisite 意爲作爲條件所須的.

2 必然的, 不可避免的; 當然的. a *necessary* result 必然的結果/a *necessary* evil 難以避免(非忍

受不可)的弊害. ⇨ *n.* **necessity**.

if nécessary → if 的片語.

● ——形容詞型　**It is ~ that 子句 (2)**

(1)在 that 子句中用 should＋原形或假設語氣現在式.

It is necessary that you (should) see a doctor. 你必須去看醫生.

It is important that he (should) take exercise every day.

每天運動對他來說是很重要的.

此類的形容詞:

| advisable | desirable | essential |
| imperative | vital | |

(2)在 that 子句中用 should＋原形或直述語氣.

It is natural that he helps [should help] his wife. 他幫他的妻子是理所當然的.

It is strange that she says [should say] so. 她會這麼說真是奇怪.

此類的形容詞:

| amazing | astonishing | interesting |
| normal | | |

(3) → evident 表.

— *n.* (*pl.* **-sar·ies**) C (通常 necessar*ies*) 必要的物品, 必需品. daily *necessaries* 日用品. 同只是純粹的必需品為 necessaries; 而必要性高到幾乎是生死攸關的程度則是 necessities; → necessity 2.

ne·ces·si·tate [nəˋsɛsə͵tet; nɪˋsesɪteɪt] *vt.* (文章)需要; 句型3 (necessitate *do*ing)被迫…. The threat of a riot *necessitates* prompt action by the police. 暴動的威脅需要警方的迅速行動.

ne·ces·si·ties [nəˋsɛsətɪz; nɪˋsesɪtɪz] *n.* necessity 的複數.

ne·ces·si·tous [nəˋsɛsətəs; nɪˋsesɪtəs] *adj.*

1 (委婉)貧困的(poor).

2 (文章)必要的(necessary); 緊急的(urgent).

＊ne·ces·si·ty [nəˋsɛsətɪ; nɪˋsesətɪ] *n.* (*pl.* **-ties**) **1** U 必要(性). the *necessity* of sleep 睡眠的必要/the *necessity* of [*for*] studying hard 用功的必要性/There will be no *necessity* for you to attend the meeting. 你沒有必要參加這次會議/from [out of] *necessity* 迫於需要/in case of *necessity* 必要時/*Necessity* is the mother of invention. (諺)需要為發明之母/*Necessity* knows [has] no law. (諺)人急造反, 狗急跳牆(＜需要之前沒有法律).

2 C 必要[不可缺少]的東西, 必需品. (→ necessary *n.* 同). the *necessities* of life 生活必需品/Food is a *necessity* of life. 食物是維持生命不可或缺之物.

3 U 貧困(狀態), 貧窮. They are in great *necessity*. 他們非常貧窮.

4 UC 必然(性), 不可避免之事. as a *necessity* 必然地/bow to *necessity* 視為不可避免而屈服, 視

為命運而死心/a logical *necessity* 邏輯的必然性.

⇨ *adj.* **necessary**. *v.* **necessitate**.

be under the necéssity of dóing 有必要…, 不得已…, 不得不….

màke a vìrtue of necéssity 爽快地去做不得不做的事; 將就不如意的情況.

of necéssity 必然地, 必定, 當然. We were, *of necessity*, involved in the trouble. 我們不可避免地捲入了麻煩中.

＊neck [nɛk; nek] *n.* (*pl.* **~s** [~s; ~s]) 【 頸 】 **1** C 頸, 頸部, 頸骨, (賽馬等的)一頸之隔. the nape [back] of the *neck* 頸背, 後頸脖/bend one's *neck* to 屈服於…/fall on one's *neck* (從高處)朝下跌落/make a long *neck* (為看清某物而)伸長脖子/win [lose] by a *neck* (賽馬中)一頸之差險勝[失敗]; 險勝[功虧一簣]/save one's *neck* 免受絞刑; 脫險/risk one's *neck* 拚命, 冒險/escape with one's *neck* 撿回性命.

2 C (衣服的)領子, 衣襟. a round *neck* 圓領.

3 UC (羊等的)頸肉. a *neck* of mutton 羊頸肉.

【 頸狀物 】 **4** C (瓶, 壺, 小提琴等的)頸, 細頸(部分). the *neck* of a bottle 瓶頸.

5 C 海峽, 地峽. a *neck* of land [the sea] 地峽 [海峽].

brèak one's néck (1)(因落馬等)折頸(而死).

(2)(口)拚命工作. I *broke* my *neck* to meet the deadline. 我拚命工作以趕上期限.

brèak the néck of... 殺…; 做完[工作等]最費勁的部分, 越過難關.

brèathe dòwn a pèrson's néck (口)(在賽跑等中)緊跟他人之後; 監視他人.

gèt it in the néck (口)受重罰[斥責]; 倒楣.

hàve the néck to dó (英, 俚)厚著臉皮做某某.

nèck and cróp 徹底地, 全部.

nèck and néck (口)(比賽中)並駕齊驅, 不分上下. The two runners were *neck and neck* until the last twenty meters. 兩名跑者一直到最後二十公尺仍不分上下.

nèck of the wóods (口)地帶, 附近. There are no good department stores in this *neck of the woods*. 這附近沒有好的百貨公司.

stìck one's néck òut (口)鋌而走險, 為他人利益而冒險.

ùp to the [one's] néck (口)深陷於…, 埋頭於…, ((in)). I can't lend you any money—I'm already *up to* my *neck in* debt. 我不能借你錢——我已經是負債累累了.

— *vi.* (口)摟頸親吻(necking).

neck·band [ˋnɛk͵bænd; ˋnekbænd] *n.* C

1 (裝領子的)襯衫領口. **2** (線或花邊的)領飾.

neck·er·chief [ˋnɛkətʃɪf; ˋnekətʃɪf] *n.* (*pl.* ~s) C 領巾, 圍巾.

neck·ing [ˋnɛkɪŋ; ˋnekɪŋ] *n.* U (口)摟頸親吻 (男女相互擁抱接吻和愛撫).

＊neck·lace [ˋnɛklɪs; ˋneklɪs] *n.* (*pl.* **-lac·es** [~ɪz; ~ɪz]) C 首飾, 項鍊.

neck·let [ˋnɛk͵lɪt; ˋneklɪt] *n.* C 短項鍊.

neck·line [ˋnɛk͵laɪn; ˋneklaɪn] *n.* C 領口(婦女

服飾的領口線).

neck·tie [ˈnɛkˌtaɪ; ˈnektaɪ] *n.* ⓒ《主美》領帶. 参考《英》通常作 tie.

nec·ro·man·cer [ˈnɛkrəˌmænsɚ; ˈnekrəʊmænsə(r)] *n.* ⓒ（與亡靈溝通的）占卜師, 通靈者;（邪惡的）魔法師.

nec·ro·man·cy [ˈnɛkrəˌmænsɪ; ˈnekrəʊmænsɪ] *n.* ⓤ（與亡靈溝通的）占卜, 通靈術; 魔法, 魔術.

nec·tar [ˈnɛktɚ; ˈnektə(r)] *n.* ⓤ **1**（希臘, 羅馬神話）諸神所喝的瓊漿玉液《人們認為有長生不老之效》; ≈ ambrosia). **2**（泛指）甘美的飲料, 甘露. **3**（花朵所分泌的）花蜜.

nec·tar·ine [ˈnɛktəˌrin, ˌnɛktəˈrin; ˈnektərɪn] *n.* ⓒ 油桃《一種桃子; 果皮無毛》; 油桃樹.

Ned [nɛd; ned] *n.* Edward, Edmund 等的暱稱.

née [ne; neɪ] *adj.* 本姓…的《加在已婚婦女名字後, 表示本姓》. Mrs. Miller, *née* Brown 米勒夫人, 本姓布朗.

‡need [nid; niːd] *n.* (*pl.* ~s [~z; ~z])〖必要〗 **1** ⓐ ⓤ 必要, 需要; 慾求; 要求(→ lack 回). There's no *need* to hurry. 不必急/meet a *need* 滿足需求/Is there any *need* of [for] your attending the meeting? 你有必要參加這次會議嗎?/You're in *need* of a little rest. 你需要休息一下/The detective felt a *need* to express his thoughts on paper. 那個偵探感到有必要以書面表達自己的想法.

搭配 *adj.* +need: a constant ~（不斷的要求）, an immediate ~（立即的需求）, an urgent ~（迫切的需求）// *v.* +need: create a ~（創造需求）, satisfy a ~（滿足要求）.

2 ⓒ（通常 needs 必要[需要]的）物[事]; 想要的東西. camping *needs* 露營用品/The nurse took care of the baby's *needs* whenever it cried. 每當嬰兒一哭, 保姆便會視其需求給予適當的照顧.

〖可能發生的狀況〗 **3** ⓤ 緊急情況, 窘迫之時;《文章》需要, 窘窮, 貧窮 (poverty);《文章》Sound Alarm Only In Case Of *Need*. 緊急時才拉警報《告示》/A friend in *need* is a friend indeed.《諺》患難之交才是眞朋友/help people in *need* 幫助需要幫助的人/The refugees were in great *need*. 那些難民們非常窮困.

hàve néed of...《文章》需要….

if néed be 如果需要的話. I'll go there myself *if need be.* 如有必要我會親自去.

— *vt.* (~s [~z; ~z]; ~ed [~ɪd; ~ɪd]; ~·ing) 需要, 有必要;〖句型3〗(need *to* do/doing)有必要做…. This house badly *needs* repairs [repairing, to be repaired]. 這棟房子需要徹底整修《語法當受詞爲抽象名詞, 動名詞時, 往往變成被動之意》/She *needs* to see a doctor. 她需要去看醫生/You don't *need* to carry an umbrella today. 你今天不必帶雨傘《如用助動詞則爲 You *need*n't carry an umbrella today.》.

— *aux. v.* 語法 (1)助動詞 need 通常用於否定句、疑問句、條件句; 因此, 助動詞 need 不可用於肯定句. 不可說成 You *need* stay here.; 正確的說法應

如 You *need* to stay here. (你必須留在這裡)般當成一般動詞使用. (2)助動詞 need 常作現在式, 如要表達過去、未來之意時, 除了可把 need 當主要動詞使用以外, 還可以 have to, be necessary 等的過去式、未來式來代替. 但是, 若只是爲了配合過去式的時態一致時, 助動詞 need 可照常使用(→見1的最後例句). (3)否定形式爲 need not, needn't, 這相當於表「必須做…」之意的 have to 之否定; → have ⓦ(1).

1 有必要做…, 必須做…. Your sister *need* not come. 你妹妹不必來《如當作一般動詞來使用時, 則爲 Your sister doesn't *need* to come.》/You hardly *need* come. 你根本不必來/"*Need* Mary sing, too?" "No, she *need*n't." 「瑪莉也得要唱嗎?」「不, 她不必」/The check *need* only be signed. 這張支票只要簽名即可/He *need*n't know anything about that. 他沒有必要知道那件事/Dorothy's parents told her that she *need* not worry. 桃樂絲的父母告訴她不必擔心(→ 語法(2)).

2（用 need not have *done*）本來無需…. Harry *need*n't have come. 哈利本來不必來的《但已經來了》.（語法作一般動詞用的 Harry didn't *need* to come. 只表示「哈利不必來」, 但不言及他是否已經來了》.

need·ful [ˈnidfəl; ˈniːdfʊl] *n.* ⓤ（加 the）《口》必要的事[物];《英》《詼》錢.

‡nee·dle [ˈnidl; ˈniːdl] *n.* (*pl.* ~s [~z; ~z]) ⓒ 〖針〗 **1** 縫衣針(sewing nèedle);（泛指）針. a knitting [crochet] *needle* 編織[鉤]針/the eye of a *needle* 針眼/a *needle* and thread《作單數》穿了線的針. 〖針狀物〗 **2** 注射針; 唱針;（計量儀器類的）指針（羅盤針, 磁針等）. 注意 鐘錶的針爲 hand. **3**（松, 樅樹等的）針葉(→ blade, leaf). a pine *needle* 松葉.

lòok for a nèedle in a háystack 海底撈針《比喻不太可能的事》.

— *vt.* 《口》 **1** 用針縫[刺], 穿針. **2** 像針似地穿過《道路等》. *needle* one's way through a thicket 像針似地穿過灌木叢. **3** 作弄, 嘲弄,《about》; 唆使《人》《into》. Anne is always *needling* her husband *about* his poor taste in clothes. 安老是取笑她丈夫穿著沒品味/*needle* him *into* action 唆使他開始行動.

— *vi.* 做針線工作.

‡need·less [ˈnidlɪs; ˈniːdlɪs] *adj.* 不必要的, 無需的, 徒勞的. *needless* labor 白費力氣/Your worries are *needless*—your son will be all right. 你的擔心是不必要的——你兒子會沒事的/Carelessness can cause *needless* loss of life. 疏忽會導致不必要的傷亡.

＊*nèedless to sáy*《修飾句子》不用說, 當然. *Needless to say,* we wasted no time getting home. 不用說, 我們一刻也不延遲地回到家.

need·less·ly [ˈnidlɪslɪ; ˈniːdlɪslɪ] *adv.* 不必要

地, 徒勞地, 無用地.

nee·dle·wom·an [ˋnidl͵wumən, -͵wu-; ˈniːdl͵wumən] *n.* (*pl.* **-wom·en** [-͵wimən; -͵wimən]) Ⓒ (擅長) 做針線活的女子; 縫紉女工.

nee·dle·work [ˋnidl͵wɝk; ˈniːdlwɜːk] *n.* Ⓤ 縫紉, 女紅, 刺繡; Ⓒ 刺繡的成品.

need·n't [ˋnidnt; ˈniːdnt] need not 的縮寫.

needs [nidz; niːdz] *adv.* 《原意「務必」; 用於下列片語》

　mùst nèeds [*nèeds mùst*] *dó* 不得不…, 無論如何也必須…; 無論怎樣也要…. This work *must needs* [*needs must*] be done within the week. 這項工作無論如何必須在本週內完成/Tom had a temperature, but he *must needs* go to school. 湯姆發燒了, 但他無論怎樣也要去學校.

need·y [ˋnidɪ; ˈniːdɪ] *adj.* 貧窮的, 窮困的. a *needy* family 貧困家庭/help the *needy* 幫助窮人.

ne'er [nɛr; neə(r)] *adv.* 《詩》=never.

ne'er-do-well [ˋnɛrdu͵wɛl; ˈneəduː͵wel] *n.* Ⓒ 無用的人, 沒有出息的人.

ne·far·i·ous [nɪˋfɛrɪəs, -ˋfær-, -ˋfer-; nɪˈfeərɪəs] *adj.* 《文章》(人, 行為)窮凶極惡的, 邪惡的.

ne·far·i·ous·ly [nɪˋfɛrɪəslɪ, -ˋfær-, -ˋfer-; nɪˈfeərɪəslɪ] *adv.* 《文章》邪惡地.

ne·gate [ˋniget, nɪˋget; nɪˈgeɪt] *vt.* **1** 使無效.
2 否定, 否認, (⇔ affirm).

ne·ga·tion [nɪˋgeʃən; nɪˈgeɪʃn] *n.* Ⓤ 否定, 否認; 取消, (⇔ affirmation).

*☆**neg·a·tive** [ˋnɛgətɪv; ˈnegətɪv] *adj.* **1** 否定的, 否認的; **不贊成的, 拒絕的**; (⇔ affirmative). give a *negative* answer 作否定的回答(做否定、不贊成等的回答)/a *negative* vote 反對票/the *negative* side (在討論會等中對議案等)反對的一方/a *negative* sentence 否定句/ Their reactions to my proposal were largely *negative*. 關於我的提案他們的反應大多是不贊成的.
2 消極的, 不積極的, (⇔ positive). a very *negative* person 非常消極的人/*negative* virtue (只是不做壞事)消極的美德.

　┌**搭配**┐ negative (1-2)＋*n.*: a ～ attitude（消極的態度）, a ～ opinion（消極的意見）, a ～ view（消極的見解）, a ～ outlook（消極的觀點）, a ～ reaction（消極的反應）.

3 《數學》負的, 減的; 《電》負的, 陰的; 《攝影》底片的, 負片的; 《醫學》(檢查結果)陰性的; (⇔ positive). a *negative* quantity 負數/the *negative* sign 負號(−)/the *negative* pole (電)陰極/*negative* electricity 陰電/a *negative* film 陰片, 負片.
── *n.* Ⓒ **1** 否定的陳述, 否認; 拒絕; 反對. reply with a *negative* 回答「不」/meet with a stony *negative* 遭到斷然的拒絕.
2 《文法》否定詞(no, not, never, nor, nothing, nowhere, hardly 等).
3 《數學》負數; 《電》陰極板; 《攝影》底片;

負片; (⇔ positive).
　in the négative 否定的[地], 反對的[地], (⇔ in the affirmative). answer *in the negative* 回答「不」, 作否定的回答.
── *vt.* 《口》**1** 否定, 否認, 否決, 《常用被動態》. **2** 證明…的錯誤.

neg·a·tive·ly [ˋnɛgətɪvlɪ; ˈnegətɪvlɪ] *adv.*
1 否定地; 拒絕地. **2** 消極地.

*☆**ne·glect** [nɪˋglɛkt; nɪˈglekt] *vt.* (～s [~s; ~s]; ～ed [~ɪd; ~ɪd]; ～ing) **1** 忽略, 疏忽, (責任, 工作等); 荒廢; 忽視; (→ ignore ┌同┐). *neglect* one's business 怠忽職務/He *neglected* his health. 他疏忽了自己的健康.
2 ┌句型3┐ (neglect *to* do/do*ing*) (因疏忽, 忘記而)沒有做…. *neglect* answering his letter 忘了給他回信/Don't *neglect* to turn off the stove before you leave. 離開前別忘了關掉爐子.
　⇨ *n.* negligence. *adj.* neglectful, negligent.
── *n.* Ⓤ 忽略; 忽視; 輕視; 馬虎. *neglect* of duty 怠忽責任[職守]/*neglect* of traffic signals 無視交通信號/The old house has been in *neglect* for years. 那幢舊房子已經荒廢了好幾年.
　┌同┐ neglect 主要指忽忽責任、工作等; negligence 主要指疏忽的個性、習慣.

ne·glect·ful [nɪˋglɛktfəl; nɪˈglektfʊl] *adj.* (對職務等)疏忽的, 漫不經心的, 馬虎的. a police-man *neglectful* of his duties 怠忽職守的警察.

ne·glect·ful·ly [nɪˋglɛktfəlɪ; nɪˈglektfʊlɪ] *adv.* 疏忽地, 漫不經心地, 馬虎地.

neg·li·gee [͵nɛglɪˋʒe; ˈneglɪʒeɪ] (法語) *n.* Ⓒ (套在睡衣上的女用)便服(dressing gown).

***neg·li·gence** [ˋnɛglədʒəns; ˈneglɪdʒəns] *n.* Ⓤ
1 疏忽, 不注意, (→ neglect ┌同┐). As a result of your *negligence*, three people were injured. 由於你的疏忽, 造成三人受傷.
2 《法律》過失. He was accused of gross *negligence*. 他被控犯下了重大過失.

neg·li·gent [ˋnɛglədʒənt; ˈneglɪdʒənt] *adj.*
1 疏忽的, 不注意的; 怠忽的; 不誠實履行的. He was *negligent* of his duties. 他怠忽職守.
2 漫不經心的, 隨便的, 輕率的.

neg·li·gent·ly [ˋnɛglədʒəntlɪ; ˈneglɪdʒəntlɪ] *adv.* 疏忽地; 漫不經心地.

***neg·li·gi·ble** [ˋnɛglədʒəbl; ˈneglɪdʒəbl] *adj.* 可忽視的, 微不足道的, 瑣碎的; 微乎其微的. The difference between the two products is *negligible*. 這兩個產品之間的差異微乎其微.

ne·go·ti·a·ble [nɪˋgoʃɪəbl, -ˋgoʃə-; nɪˈgəʊʃjəbl] *adj.* **1** 有談判餘地的. The price is not *negotiable*. 這個價格沒有議價的餘地.
2 《口》(道路, 河流等)(勉強)可通行的.
3 《經濟》(票據, 支票等)可轉讓[買賣]的.

***ne·go·ti·ate** [nɪˋgoʃɪ͵et; nɪˈgəʊʃɪeɪt] *v.* (～s [~s; ~s]; **-at·ed** [~ɪd; ~ɪd]; **-at·ing**) *vt.* **1** (談判後)商定, 協定. *negotiate* a new contract 簽訂新契約/A truce was finally *negotiated* after months of talks. 經過幾個月的會談, 終於簽訂了一份停戰協定.

2 《口》克服，擺脫，〔困難，障礙等〕；完成〔難事〕. He failed to *negotiate* the sharp bend and crashed the car. 他沒有通過這個急轉彎而撞毀了車子.

3 《經濟》轉讓，賣掉，流通，〔票據，證券，支票等〕；把…買下來.

— *vi.* 談判(*on, over*)，協商(*with*). We cannot *negotiate with* you *on* that point. 就那一點上我們無法達成協議.

***ne·go·ti·a·tion [nɪ͵goʃɪˈeʃən; nɪ͵gəʊʃɪˈeɪʃn] *n.* (*pl.* ~s [~z; ~z]) ［U］［C］ (常 negotiations)交涉，商議，談判，商量. peace [truce] *negotiations* 和平[停戰]談判/be in *negotiation* with 與…談判中/a proposal under *negotiation* 協商中的提案.

> ［搭配］ *adj.*+negotiation: direct ~s (直接交涉), high-level ~s (高階層會議), lengthy ~s (冗長的談判) // *v.*+negotiation: enter into ~s (談判開始), break off ~s (談判破裂).

ne·go·ti·a·tor [nɪˈgoʃɪ͵etɚ; nɪˈgəʊʃɪeɪtə(r)] *n.* ［C］談判者，商議者. a tough *negotiator* 難應付的談判對手.

Ne·gress, ne·gress [ˈnigrɪs; ˈniːgrɪs] *n.* ［C］《輕蔑》黑人女性(→ Negro 注意).

***Ne·gro, ne·gro [ˈnigro; ˈniːgrəʊ] *n.* (*pl.* ~es [~z; ~z]) ［C］《輕蔑》黑人(注意 negro 的語氣雖不如 nigger 般強烈，但為了避免侮蔑感通常常用 a black [colored] man；用 an African-American 就更符合政治正確的原則). The word '*Negro*' is now regarded as offensive. Negro 這個字現在被視為侮辱的字眼).

— *adj.* 黑人的. the *Negro* race 黑人人種/a *Negro* spiritual 黑人靈歌.

neigh [ne; neɪ] *n.* ［U］［C］馬的嘶聲.
— *vi.* 〔馬〕嘶.

***neigh·bor 《美》, neigh·bour 《英》

[ˈnebɚ; ˈneɪbə(r)] *n.* (*pl.* ~s [~z; ~z]) ［C］ **1** 鄰居，鄰人；附近的人. a next-door *neighbor* 隔壁的鄰居/a good [bad] *neighbor* 好[壞]鄰居.

2 鄰近的人[物，場所]；鄰國(的人)；位於附近(的同類)之物. one's *neighbor* at the table 餐桌上鄰座的人/Canada and the United States are *neighbors*. 加拿大和美國是鄰國/The giant tree deprives its smaller *neighbors* of sunlight. 那棵大樹使它鄰近的小樹照不到陽光.

3 夥伴；同胞.

***neigh·bor·hood 《美》, neigh·bour·hood 《英》 [ˈnebɚ͵hʊd; ˈneɪbəhʊd]

n. (*pl.* ~s [~z; ~z]) ［C］ **1** (用單數)近處，鄰近，附近；地區，區域. in this *neighborhood* 在這附近/a fashionable [very quiet] *neighborhood* 上流階層居住[非常安靜]的地區/Our *neighborhood* has a large shopping center. 我家附近有一座很大的購物中心.

2 (★用單數亦可作複數) (加 the)附近的人們. He was laughed at by the whole *neighborhood*. 他被附近所有的人取笑/The *neighborhood* held a bar-

becue last Saturday. 上週六這附近的居民舉辦了一次烤肉餐會.

in the néighborhood of... (1)在…的附近，在…的近處. (2)《口》大約…(*about*). The desk cost *in the neighborhood of* $1,000. 那張書桌大約值一千美元.

***neigh·bor·ing 《美》, neigh·bour·ing 《英》 [ˈnebrɪŋ, ˈnebərɪŋ; ˈneɪbərɪŋ] *adj.* (限定)鄰接的；附近的. a *neighboring* country [village] 鄰國[鄰村]/buy two *neighboring* lots of land 購買鄰接的兩塊土地.

neigh·bor·li·ness 《美》, neigh·bour·li·ness 《英》 [ˈnebɚlɪnɪs; ˈneɪbəlɪnɪs] *n.* ［U］好鄰居，和睦相處.

neigh·bor·ly 《美》, neigh·bour·ly 《英》 [ˈnebɚlɪ; ˈneɪbəlɪ] *adj.* 和睦相處的；身為鄰居的(義務等).

neigh·bour [ˈnebɚ; ˈneɪbə(r)] *n.* 《英》 =neighbor.

neigh·bour·hood [ˈnebɚ͵hʊd; ˈneɪbəhʊd] *n.* 《英》=neighborhood.

***nei·ther [ˈniðɚ; ˈnaɪðə(r)] (◆either) *adj.* (兩個，兩人的)任何一個都不[不做]…的. *Neither* car is here. 兩輛車都不在這裡(★ neither 的後面為單數名詞)/*Neither* one of you has the right answer. 你們兩者的答案都不正確/He will agree to *neither* proposal. = He will not agree to either proposal. 兩個提案他都不會贊成(★在《口》中多用 not...either).

— *pron.* (兩個，兩人中的)任何一個都不.

［語法］(1)三個[三人]以上的否定用 none (→ none). (2)neither of 只限於與帶有限定詞 the, my, those 等的名詞片語連用；因此，不作 *neither* of boys. We *neither* of us will go. 我們兩個都不會去(［語法］如此例句中，neither 有時置於代名詞之後作為同位格的一部分)/*Neither* (of the brothers) knows [know] the story. (他們兄弟)兩人都不知道那件事(［語法］neither 作主詞時，動詞以使用單數為原則，但在口語中有時亦用複數)/Both are my students, but I know *neither* of them well. 兩人都是我的學生，但我對他們兩個都不大瞭解/"Will you have coffee or tea?" "*Neither*, thank you." 「你要來點咖啡還是茶?」「謝謝，都不要.」

— *conj.* (用 neither **A** nor **B** 的形式)既不 A 也不 B(←→ both A and B, either A or B). I have *neither* time *nor* money for that. 我既沒有時間也沒有錢去做那件事/He is *neither* diligent *nor* clever. 他既不勤奮也不聰明/She *neither* wrote *nor* telephoned me all summer long. 整個夏天她既沒有寫信也沒有打電話給我/*Neither* the actors *nor* the playwright was contented with the result. 演員們和劇作家都對那個結果不滿意/He could *neither* eat *nor* sleep *nor* weep *nor* think. 他既不能吃，也不能睡，不能哭，也不能想. ［語法］(1)neither 和 nor 之後連接文法上功能相同的

詞．(2)以 neither A nor B 整個語句當作主詞時，動詞的數、人稱與緊接在前的 B(名詞[代名詞])一致(上述第 4 例)；此外在口語中比起 *Neither* I am to blame. (他和我都不該受責備)一般喜歡用 *Neither* he is to blame, *nor* I am. (3)neither...nor...nor... 亦有連續使用三個以上的情形(上述最後的例子)．

nèither hère nor thére → here 的片語．
— adv. 《接否定的句子、子句》旣不…也不…(not either) (|語法|neither 若出現於句子[子句]的開頭，則語序爲動詞[助動詞]＋主詞；承接肯定句時的用法 → so adv. 4 (b))．As you won't go, *neither* will I. 你不去，我也不去/"I can't speak German." "*Neither* can I." 「我不會說德語」「我也不會」(|語法|有時亦作 *Nor* can I.)．

Nell [nɛl; nel] n. Ellen, Eleanor, Helen 的暱稱．

Nel·son [ˋnɛlsn̩; ˈnelsn̩] n. **Ho·ra·tio** [həˋreʃo; hɔˈreiʃəu] ~ 納爾遜(1758-1805)(英國海軍上將；於 Trafalgar 海戰中打敗法國和西班牙的聯合艦隊，卻也因而戰死；→ Trafalgar)．

nem·e·ses [ˋnɛmə͵siz; ˈneməsi:z] n. nemesis 的複數．

Nem·e·sis [ˋnɛməsɪs; ˈneməsis] n. (*pl.* **-ses**) **1** 《希臘神話》內美西絲(復仇女神)． **2** [C] (nemesis)導致某人墮落[失敗]的人[物]；難應付的對手[敵人]． **3** [U] 因果報應，天譴．

neo- *pref.* 「新的；最近的；現代的」之意．*neo*lithic. *Neo*-Latin(現代拉丁語)．

ne·o·clas·si·cal [͵niəˋklæsɪkl̩; ͵ni:əuˈklæsikl̩] *adj.* 新古典主義的．

ne·o·lith·ic [͵niəˋlɪθɪk; ͵ni:əuˈliθik] *adj.* (或 Neolithic)新石器時代的(→ paleolithic)．

ne·ol·o·gism [niˋɑlə͵dʒɪzəm; ni:ˈɔlədʒizəm] n. **1** [C] 新字(義)． **2** [U] 新字(義)的創造[使用]．

ne·on [ˋniɑn; ˈni:ɔn] n. [U] (化學)氖(稀有氣體元素；符號 Ne)．

néon līght [làmp] n. [C] 霓虹燈．

néon sīgn n. [C] 霓虹燈招牌(使用霓虹燈的廣告等)．

ne·o·phyte [ˋniə͵faɪt; ˈni:əufait] n. [C] **1** 《文章》(藝術、技術、買賣等的)新手，初學者． **2** 新入教者，新版依者．

Ne·pal [nɪˋpɔl; niˈpɔ:l] n. 尼泊爾(位於印度和西藏之間，喜馬拉雅山脈南側的王國；首都 Katmandu)．

Nep·a·lese [͵nɛpəˋliz; ͵nepəˈli:z] *adj.* 尼泊爾(人，語)的．
— n. (*pl.* ~) **1** [C] 尼泊爾人． **2** [U] 尼泊爾語．

*‡**neph·ew** [ˋnɛfju, -ju, -ɪu; ˈnevju] n. (*pl.* ~**s** [~z; ~z]) 姪子；外甥；自己兄弟姊妹的兒子，有時亦指配偶主兄弟姊妹的兒子；◆ niece)．One of my *nephews* is living in Australia. 我的一位外甥住在澳洲．

ne·phri·tis [nɛˋfraɪtɪs; niˈfraitis] n. [U] (醫學)腎臟炎．

nep·o·tism [ˋnɛpə͵tɪzəm; ˈnepətizəm] n. [U] (官職等的)重用親戚，族閥主義．

Nep·tune [ˋnɛptʃun, -tʃɪun, -tjun; ˈneptju:n] n. **1** 《羅馬神話》納普頓(海神；相當於希臘神話中的 Poseidon)． **2** 《天文》海王星．

Ne·re·id [ˋnɪrɪɪd; ˈniəriid] n. **1** 《希臘神話》海的女神(仙女)． **2** 《天文》尼利德(海王星的兩顆衛星之一；另一顆爲 Triton)．

Ne·ro [ˋniro, ˋnɪro; ˈniərəu] n. 尼祿(37-68)(羅馬皇帝(在位 54-68)；以暴政聞名)．

*‡**nerve** [nɝv; nɜ:v] n. (*pl.* ~**s** [~z; ~z]) 【神經】 **1** **(a)** [C] 神經(纖維)．optic *nerves* 視神經/*nerve* strain 神經緊張． **(b)** (nerves)(負擔精神重擔的)神經．My *nerves* won't stand any more of this strain. 我的神經無法承受更多的緊張/*nerves* of iron 堅強的意志/a war of *nerves* 精神戰． 【類似神經之物】 **2** [C] (植物)葉脈；(昆蟲)翅脈． 【神經緊張】 **3** (nerves)神經緊張，神經質，焦躁；膽怯．suffer from *nerves* 爲神經質所苦/have no *nerves* 沈著，神情自若/a fit of *nerves* 神經質的發作，歇斯底里的發作/He knows no *nerves*. 他不知恐怖爲何物． 【膽大】 **4** [UC] (常 nerves)勇氣，膽量，魄力；沈著，冷靜．a man of *nerve* 沈著冷靜的人/have a *nerve* 有膽量/At first it takes some *nerve* to speak to a foreigner. 剛開始與外國人交談是需要勇氣的/Her *nerve* failed her at the last moment. 緊要關頭時她卻膽怯了． **5** [a U] (口)厚臉皮，無恥．What a *nerve*! 眞不要臉!/The *nerve* of that boy! 那男孩眞是無恥!/have the *nerve* to do 厚著臉皮做…(⇨片語)．

be àll nérves 提心吊膽，(神經)緊張兮兮的．

gèt on a pèrson's nérves (口)觸怒某人；使某人焦躁．That squeaky voice of his *gets on* my *nerves*. 他那尖銳的聲音令我心煩．

hàve the nérve to dò (1)有勇氣做…．The old father simply *hadn't the nerve* to turn out his bad son. 年老的父親只是沒有勇氣把不肖兒子趕出去而已．(2)死皮賴臉做…．He *had the nerve to* ask me to marry him. 他厚著臉皮向我求婚．

hìt [tòuch] a nérve 觸及(某人的)痛處．You *touched a nerve* when you mentioned his dismissal from his last job. 當你提及他在上一個工作中被解雇之事時已觸及他的痛處．

lòse one's nérve (口)膽怯，畏縮．

stràin èvery nérve (to dò) 竭盡全力(做…)．
— vt. 《文章》使有勇氣[精神]，鼓勵．I *nerved* myself for some bad news. 我鼓起勇氣接受壞消息．

nérve cèll n. [C] (解剖)神經細胞．

nérve cènter n. [C] (解剖)神經中樞；(組織、業務、活動等的)中樞．

nerve·less [ˋnɝvlɪs; ˈnɜ:vlis] *adj.* **1** 無生氣[精神，魄力]的，軟弱的． **2** 沈著的．

nerve·less·ly [ˋnɝvlɪslɪ; ˈnɜ:vlisli] *adv.* 無精神地，軟弱地．

nerve-rack·ing [ˋnɝv͵rækɪŋ; ˈnɜ:v͵rækiŋ]

adj. 嚴重影響神經的, 使神經受不了的. Waiting for the results of the test was really *nerve-racking.* 等待考試的結果的確令人神經緊張.

nerve-wrack·ing [ˋnɝvˏrækɪŋ; ˋnɜːvˏrækɪŋ] *adj.* =nerve-racking.

‖**nerv·ous** [ˋnɝvəs; ˋnɜːvəs] *adj.* **1** 〔人, 行為〕神經質的, 神經過敏的, 焦躁的, (過度)緊張的. a *nervous* temperament 神經質的性情/a *nervous* child 焦躁的小孩/Ned was very *nervous* at the examination. 奈德考試時非常緊張.
2 提心吊膽的, 非常擔心的. I feel *nervous* about letting you go alone. 我很擔心讓你獨自去.
3 神經(症)的. a *nervous* disease 神經系統疾病/*nervous* indigestion 神經性消化不良.

nèrvous bréakdown *n.* ⓒ 神經衰弱.

nerv·ous·ly [ˋnɝvəslɪ; ˋnɜːvəslɪ] *adv.* 神經質地, 焦躁地; 提心吊膽地, 戰戰兢兢地.

nerv·ous·ness [ˋnɝvəsnɪs; ˋnɜːvəsnɪs] *n.* ⓤ 神經過敏; 膽怯, 膽小.

nèrvous sỳstem *n.* ⓒ 神經系統.

nerv·y [ˋnɝvɪ; ˋnɜːvɪ] *adj.* **1** 《美, 口》臉皮厚的, 不客氣的. **2** 《英, 俚》神經質的.

Ness [nɛs; nes] *n.* Loch ~ 尼斯湖(蘇格蘭西北部的湖泊; 傳說中的水怪(Nessie)棲息於此).

-ness *suf.* 加在形容詞之後, 構成表示「性質, 狀態」的名詞. hard*ness*. lovel*iness*. tired*ness*.

Nes·sie [ˋnɛsɪ; ˋnesɪ] *n.* 傳說中住在尼斯湖的水怪; 亦作 Lòch Ness Mónster.

‖**nest** [nɛst; nest] *n.* (*pl.* ~**s** [~s; ~s]) ⓒ **1** (鳥, 蟲, 魚, 小動物的)巢, 窩. a squirrel's *nest* 松鼠的巢/build a *nest* 築巢/a *nest* box 巢箱/leave a *nest* 〔鳥〕離巢.
2 舒適的地方, 休息處.
3 (盜賊等的)巢穴; (犯罪等的)淵藪, 溫床. a *nest* of vice 罪惡的溫床.
4 (集合)巢中之物(蛋, 小雞 等). a *nest* of chicks (巢中的)一窩小雞.
5 套疊式家具[容器等]的一套(把小的東西按順序套入大的東西而成).
— *vi.* **1** 築巢; 待在窩裡. A bird *nested* in a tall pine tree. 一隻鳥在高聳的松樹上築巢.
2 找野鳥的巢(通常用於下列情況). go *nesting* 去尋找野鳥的巢(主要爲了取蛋).
3 〔容器, 家具等〕套在一起.
— *vt.* **1** 讓…待在窩裡; 替…築巢. **2** 把〔容器, 家具等〕做成套疊式. a set of *nested* boxes 一組套疊式的箱子.

nèst ègg *n.* ⓒ **1** (爲誘使母雞在同一地方下蛋的)留窩蛋, 模型蛋.
2 《口》(爲了將來而儲存的)準備金, 儲蓄.

nes·tle [ˋnɛsl; ˋnesl] *vi.* **1** 舒適(而溫暖)地坐〔臥〕(down). **2** 緊挨, 貼近, 《up》.
— *vt.* **1** (深情款款地)貼近, 倚靠.
2 (愛護地)抱住, 擁抱.

nest·ling [ˋnɛstlɪŋ, ˋnɛslɪŋ; ˋneslɪŋ] *n.* ⓒ 離巢前的雛鳥.

‖**net¹** [nɛt; net] *n.* (*pl.* ~**s** [~s; ~s]) **1** ⓒ 網. a fish *net* 漁網/a mosquito *net* 蚊帳/a tennis *net* 網球用的球網/cast [throw] a *net* 撒網/haul in a *net* 收網/lay a *net* to catch thrushes 張網捕捉畫眉鳥.
2 ⓤ 網眼織物; (面紗, 窗簾等用的)網眼花邊.
3 ⓒ (特指收音機, 電視的)廣播網(network).
4 ⓒ (陷害人的)圈套, 陷阱. be caught in a *net* of lies and pretense 中了謊言和僞裝的圈套.
— *vt.* (~**s**; ~**ted**; ~**ting**) **1** 用網捕捉〔魚, 鳥, 蟲等〕. **2** 用網覆蓋, 撒網於…, 張網. *net* strawberries (避免鳥兒啄食)用網覆蓋住草莓.

*net² [nɛt; net] *adj.* (通常作限定) **1** 淨值的, 沒有折扣的, (↔ gross). a *net* price 實價/a *net* profit [gain] (扣除開支的)淨利/the *net* weight (除去容器, 包裝等的)淨重.
2 (經全面考慮後)最終的(final). the *net* result 最後的結果.
— *vt.* (~**s**; ~**ted**; ~**ting**) 〔人, 公司等〕獲得…的淨利. 句型4 (net **A** **B**), 句型3 (net **B** *for* **A**) 使 A 淨賺 B. We *netted* a good profit from the deal. = The deal *netted* us a good profit. 我們在那筆交易中獲得可觀的利潤/The show *netted* the promoter $50,000 [*netted* $50,000 *for* the promoter]. 那場秀讓主辦者獲得 5 萬美金的利潤.

net·ball [ˋnɛtˏbɔl; ˋnetbɔːl] *n.* ⓤ《主英》簡易籃球(類似籃球的比賽, 通常有女性參加).

neth·er [ˋnɛðɚ; ˋneðə(r)] *adj.* (限定)《古雅》下方的(lower). the *nether* world 下界.

Neth·er·land·er [ˋnɛðɚˏlændɚ, -ləndɚ; ˋneðələndə(r)] *n.* ⓒ 荷蘭人(Dutchman).

*Neth·er·lands [ˋnɛðɚləndz, -nz; ˋneðələndz] *n.* (加 the)《通常作單數》荷蘭(荷蘭(Holland)的正式名稱); 歐洲西北部的王國; 首都 Amsterdam; 政府所在地爲 The Hague; → Dutch). The *Netherlands* is a constitutional monarchy. 荷蘭是立憲君主國.

neth·er·most [ˋnɛðɚˏmost, -məst; ˋneðəməʊst] *adj.* (限定)《雅》下面的, 最底層的.

nett [nɛt; net] *adj., v.* (英)=net².

net·ting [ˋnɛtɪŋ; ˋnetɪŋ] *n.* ⓤ (集合)製網工藝, 網製品. fish *netting* 漁網/wire *netting* 鐵絲網.

net·tle [ˋnɛtl; ˋnetl] *n.* ⓒ《植物》蕁麻(荒地的雜草); 莖, 葉上有刺, 碰到皮膚就會過敏變紅).
gràsp the néttle 決心[不畏困難地]解決討厭的問題.
— *vt.* 使焦躁, 激怒.

[nettle]

néttle rásh *n.* ⓤⓒ《醫學》蕁麻疹.

‖**net·work** [ˋnɛtˏwɝk; ˋnetwɜːk] *n.* (*pl.* ~**s** [~s; ~s]) **1** ⓒ (鐵路, 電線, 導管, 血管等的)網狀組織, 網狀物. a *network* of rail-

roads [roads, canals] 鐵路[道路，運河]網.

2 [C](收音機、電視)廣播網；廣播協會[公司]. TV *networks* 電視廣播網.

3 [C] 聯絡網，a *network* of government agencies 政府機構的聯絡網.

4 [UC] 網，網織物(netting). a *network* of wires 鐵絲網.

neu·ral [ˈnjʊrəl, ˈnɪʊrəl, ˈnʊrəl; ˈnjʊərəl] *adj.* 《解剖》神經的；神經細胞的，神經系統的.

neu·ral·gia [njʊˈrældʒə, nɪʊ-, nʊ-; ,njʊəˈrældʒə] *n.* [U](醫學)神經痛.

neu·ral·gic [njʊˈrældʒɪk, nɪʊ-, nʊ-; ,njʊəˈrældʒɪk] *adj.* 《醫學》神經痛的.

neu·rol·o·gist [njʊˈrɑlədʒɪst, nɪʊ-, nʊ-; ,njʊəˈrɒlədʒɪst] *n.* [C]神經(病)學家，神經科醫生.

neu·rol·o·gy [njʊˈrɑlədʒɪ, nɪʊ-, nʊ-; ,njʊəˈrɒlədʒɪ] *n.* [U]神經(病)學.

neu·ro·ses [njʊˈrosiz, nɪʊ-, nʊ-; ,njʊəˈrəʊsi:z] *n.* neurosis 的複數.

neu·ro·sis [njʊˈrosɪs, nɪʊ-, nʊ-; ,njʊəˈrəʊsɪs] *n.* (*pl.* **-ses**) [UC](醫學)神經病，神經衰弱.

neu·rot·ic [njʊˈrɑtɪk, nɪʊ-, nʊ-; ,njʊəˈrɒtɪk] *adj.* 《醫學》神經病的；患神經衰弱症的；(口)神經質的.
— *n.* [C]神經病患者；(口)神經過敏的人.

neu·ter [ˈnjutɚ, ˈnɪʊ-, ˈnʊ-; ˈnjuːtə(r)] *adj.* **1** 《文法》中性的(→ gender [參考]). **2** 《生物》無性的，無生殖器官的，生殖器官發育不完全的.
— *vt.* (委婉)使(動物)不具繁殖能力(通常用被動語態).

*neu·tral [ˈnjutrəl, ˈnɪʊ-, ˈnʊ-; ˈnjuːtrəl] *adj.* **1** 中立的；中立國的. a *neutral* nation [state] 中立國/a *neutral* zone 中立區域/remain *neutral* 保持中立.
2 中立性的，不偏不倚的；公平的. a *neutral* opinion 中立的意見.
3 (特徵、種類等)中庸的，不明確的；(顏色)不鮮豔的，灰色的. a *neutral* color 中間色；灰色.
4 《生物》無性的；《化學、電》中性的.
5 《汽車等的齒輪空檔.
— *n.* **1** [C]中立國(民). **2** [C]持中立場的人. **3** [U](機械)(齒輪的)空檔(的位置). The car is in *neutral*. 汽車在空檔上.

neu·tral·ism [ˈnjutrəlɪzm, ˈnɪʊ-, ˈnʊ-; ˈnjuːtrəlɪzəm] *n.* [U](外交上的)中立主義[政策].

neu·tral·ist [ˈnjutrəlɪst, ˈnɪʊ-, ˈnʊ-; ˈnjuːtrəlɪst] *n.* [C]中立主義國[者].

neu·tral·i·ty [njʊˈtrælətɪ, nɪʊ-, nʊ-; njuːˈtrælətɪ] *n.* [U]中立(狀態)；不偏不倚. armed [strict] *neutrality* 武裝[嚴守]中立.

neu·tral·i·za·tion [,njutrəlaˈzeʃən, ,nɪʊ-, ,nʊ-, -aɪˈz-; ,njuːtrəlaɪˈzeɪʃn] *n.* [U] **1** 中立化. **2** 《化學》中和.

neu·tral·ize [ˈnjutrəl,aɪz, ˈnɪʊ-, ˈnʊ-; ˈnjuːtrəlaɪz] *vt.* **1** 中和…的效力；《化學》使中和.

2 使(國家，地區)中立，宣布…爲中立.

neu·tron [ˈnjutrɑn, ˈnɪʊ-, ˈnʊ-; ˈnjuːtrɒn] *n.* [C]《物理》中子.

néutron bómb *n.* [C]中子彈.

Nev. (略)Nevada.

Ne·va·da [nəˈvædə, nɪ-, -ˈvɑdə; nəˈvɑːdə] *n.* 內華達州(美國西部的州；略作 NV, Nev.).

‡nev·er [ˈnɛvɚ; ˈnevə(r)] *adv.* **1** 從未曾(not… at any time)；終於[終究]沒…, I'll *never* seen such beautiful roses. 我從未看見過這麼美麗的玫瑰花/She began *The Watsons*, but *never* finished it. 她雖然著手寫《華德遜一家人》，但卻沒有完成/*Never* did I dream of meeting you here. 我做夢也沒想到會在這裡見到你(★爲了強調，故將 never 置於句首形成倒裝句)/"You yourself wrote the letter, then?" "No, I *never* did." 「那麼那封信是你本人寫的囉?」「不，我沒寫哦」([語法]以其他動詞替代一般動詞時，never 需置於助動詞或替代動詞前).
2 決不，一點也不[完全，絕對]不…, (not…at all). She *never* goes out at night. 她晚上決不外出([語法]否定的意思比 She doesn't go out at night. 強)/You *never* told me you were married. 你從來沒告訴過我你已經結婚了/You should *never* swim alone in this river. 你絕對不可獨自在這條河裡游泳/You *never* càn téll. 世事難料([語法]一般多放在助動詞之後，主要動詞之前，但欲強調助動詞時亦可置於前)/*Never* fear! 不要怕! 別擔心!
álmost néver 幾乎不…(→ almost ●).
I nèver díd! = Well, I never!
nèver dó but A 如果…必定 A([語法]but 的後面爲子句). Dick and Joe *never* meet *but* they quarrel. 狄克和喬見面必吵架.
nèver fáil to dó → fail 的片語.
Nèver mínd! → mind 的片語.
nèver the (+比較級)→ none 的片語 [參考].
nèver dó without dóing → without 的片語.
nòw or néver → now 的片語.
Wèll, I néver! (口)啊，嚇我一跳! 真沒想到!

nev·er-end·ing [,nɛvɚˈɛndɪŋ; ,nevərˈendɪŋ] *adj.* 永無止境的，無邊無際的.

nev·er·more [,nɛvɚˈmor, -ˈmɔr; ,nevəˈmɔː(r)] *adv.* (雅)不再…(never again).

‡nev·er·the·less [,nɛvɚðəˈlɛs; ,nevəðəˈles] *adv.* 儘管如此，可是，仍然. They were told to stay home, but they went to the movies *nevertheless*. 他們被吩咐要待在家裡，然而他們還是去看電影了/It was raining; *nevertheless* we insisted on going on the picnic. 儘管在下雨，我們仍然堅持去郊遊([語法]如此例，nevertheless 可視爲兩個子句間的連接詞；與其他連接詞不同的是，nevertheless 前面加的不是逗號，而是分號).

‡new [nju, nɪu, nu; njuː] *adj.* (**~·er**; **~·est**) 〖新的〗 **1** 新的；新製的；新產品的；(↔ old). a *new* book by Prof. J. Smith J. 史密斯教授的新著作/a *new* government 新政府/a

new star 新發現的星星/*new* information 新情報/
buy a *new* bicycle 買一輛新的腳踏車.

2 《限定》新任的; 首次的; 新加入的. a *new*
teacher 新來的教師/a *new* member 新會員.

3 不熟悉的, 生疏的; 不習慣的《*to*》. That
was a *new* word *to* me. 那個字對我來說是個生
字/He is quite *new* *to* the job. 他對那份工作相當
生疏.

【 變新的 】 **4** 煥然一新的, 重新的. enter a *new*
life 開始新生活/The experience made a *new*
man of me. 因為那個經驗使我重生/feel (like) a
new man [woman] 感覺像脫胎換骨.

5 《限定》另外的, 新開始的, 接下來的. a *new*
era 新時代/a *new* chapter 新[接下來]的一章.

【 新方法的 】 **6** 《限定》(相對於舊方法的)新方法
的; 新式的, 新型的. a *new* edition 新版.

【 不舊的 】 **7** 剛完成[取得]的, 新鮮的; 剛出來的
《*from*》. a youth *new* *from* the country 剛從鄉
下來的青年/*new* potatoes 新鮮的馬鈴薯/*new*
milk 剛擠出來的牛奶.

🔲 fresh 的含義雖亦為「新鮮的」, 但特別強調「保存
著原有的性質」, 而非強調「新的程度」: *fresh* fruit
(非罐裝的)生鮮水果).

What's néw? 你好嗎? 近來可好?《熟識者彼此間
的寒暄》.

new·born [`njuˋbɔrn, ˏnɪu-, ˋnu-; ˈnjuːˈbɔːn]
adj. 《限定》**1** 剛出生的. **2** 重生的, 再生的.

new·com·er [ˋnjuˏkʌmɚ, ˏnɪu-, ˋnu-;
ˈnjuːˏkʌmə(r)] C 新來的人《*to*》; 新手, 新生,
新進職員. He's a *newcomer* *to* London. 他剛到
倫敦[剛開始在倫敦居住]/a *newcomer* *to* the
game of chess 西洋棋新手.

Nèw Déal *n.* 《加the》新政, 新經濟政策,《美
國總統 Franklin D. Roosevelt 於 1933 年開始以社
會福利和振興經濟為主的新政策; 原義為「重新發
牌」》.

Nèw Délhi *n.* 新德里《印度共和國首都; 位於
印度北部》.

Nèw Éngland *n.* 新英格蘭《由美國東北部的
六州(Connecticut, Maine, Massachusetts, New
Hampshire, Rhode Island, Vermont)所組成》.

Nèw Énglander *n.* C 新英格蘭人.

new·fan·gled [ˏnjuˋfæŋgld, ˏnɪu-, ˏnu-;
ˈnjuːˋfæŋgld] *adj.* 《限定》《用於負面含義》〔想法, 發
明等〕追求新奇的, 新流行的.

New·found·land [ˏnjufəndˋlænd, ˏnɪu-,
ˏnu-, ˋnjufndˏlænd, ˋnɪu-, ˋnu-; ˈnjuːˋfəndlənd] *n.*
紐芬蘭《加拿大東部的大島》.

Nèw Guínea *n.* 新幾內亞《澳洲北方的島; 略
作 NG》.

New Hamp·shire [njuˋhæmpʃɚ, nɪu-, nu-,
-ʃɪr; njuːˈhæmpʃə(r)] *n.* 新罕布夏州《美國東北部的
州; 略作 NH》.

Nèw Jérsey *n.* 新澤西州《美國東部的州; 略
作 NJ》.

***new·ly** [ˋnjulɪ, ˋnɪu-, ˋnu-; ˈnjuːlɪ] *adv.* 《修飾出現
在後面的過去分詞》**1** 最近地, 新近地. Cathy is
newly married. 凱西剛結婚.

2 新地, 新; 用新的方法. a *newly* designed car
新設計的汽車.

3 再, 又, (again). a *newly* revived rumor 再
度興起的謠言.

new·ly·wed [ˋnjulɪˏwɛd, ˋnɪu-, ˋnu-;
ˈnjuːlɪwed] *adj.* 新婚的.
— *n.* C《口》新婚的人; (newlyweds) 新婚夫婦.

Nèw México *n.* 新墨西哥州《美國西南部的
州; 略作 NM, N.Mex.》.

nèw móon *n.* C 新月; 新月節; (→moon 圖).

new·ness [ˋnjunɪs, ˋnɪu-, ˋnu-; ˈnjuːnɪs] *n.* U
新, 新穎; 生疏.

New Or·le·ans [njuˋɔrlɪənz, nɪu-, nu-,
ˏnjuːˋɔːlɪənz] *n.* 紐奧良《美國 Louisiana 東南部的海
港; 臨 Mississippi 河; 以嘉年華會和爵士樂發源地
著稱》.

‡**news** [njuz, nɪuz, nuz; njuːz] *n.* U **1** (報紙,
電視, 收音機等的)**新聞**, 消息, 新聞報
導. an important piece of *news* 一件重大的新聞/
There isn't much *news* today. 今天沒甚麼新聞/
news of the world 國際新聞/according to the
latest *news* 根據最新報導/CNN broadcasts up-
to-the-minute *news* throughout the day. CNN 全
天播放即時新聞/at the *news* of the plane crash
得知墜機的新聞/*news* articles (報紙, 雜誌的)報
導文章/Taiwan has been very much in the inter-
national *news* lately. 最近臺灣成為國際新聞焦
點. [參考] 計算時用 a piece [a bit, an item] of
news (一則消息) [bits, items] of *news*).

| 搭配 *adj.*+news: current ~ (時事新聞), local
~ (地方新聞), world ~ (世界報導) // *v.*+
news: gather ~ (收集消息), present ~ (提供
消息), receive ~ (收到消息).

2 音信, 消息, 傳說, 《*of*; *that* 子句》; (生活中)
有變化的事, 新鮮事. good [bad] *news* 好[壞]消
息/I have some *news* for you. 我有些消息要告訴
你們/We haven't had any *news* from Tom. 我們
還沒有湯姆的音信/We were surprised at the
news *that* John had met with a car accident. 我
們聽到約翰出車禍的消息大吃一驚/That's quite
[no] *news* to me. 那件事我還是初次聽到[早就知
道]/No *news* is good *news*. 《諺》沒有消息就是好
消息(→ no *adj.* 1 (b))/The *news* *of* their mar-
riage is a great pleasure to us. 聽到他們倆結婚的
消息我們非常高興.

3 成為新聞題材的人[事件]. His brilliant success
made him big *news*. 他的輝煌成就使他成為新聞
人物.

bréak the néws 《口》最先發布(壞)消息《*to*》. I
didn't want to be the one to *break the news to*
her. 我不想當第一個告訴她壞消息的人.

màke néws 成為新聞題材; 製造新聞. He *made*
news when he won a record amount in the
national lottery. 他以贏得全國彩券創紀錄的金額
而成為新聞焦點.

●——以 -s 結尾的單數名詞
(1)病名:
measles 麻疹　mumps 流行性腮腺炎
(2)學科名稱:
linguistics 語言學　　mathematics 數學
politics 政治學　　　　statistics 統計學
(3)遊戲名稱:
billiards 撞球　　　　darts 飛鏢遊戲
dominoes 骨牌戲　　　draughts 西洋棋
(4)專有名詞:
Athens 雅典　　　　　Brussels 布魯塞爾
Flanders 法蘭德斯　　Naples 那不勒斯
Wales 威爾斯
the United Nations 聯合國
the United States 美利堅合眾國

---

néws ágency n. C 通訊社, 新聞社.

news-a-gent [`njuz͵edʒənt, `nɪuz-, `nuz-; 'nju:z͵eɪdʒənt] n. C 《英》報紙(雜誌)經銷商(《美》newsdealer).

news-boy [`njuz͵bɔɪ, `nɪuz-, `nuz-; 'nju:zbɔɪ] n. (pl. ~s) C 報童(不限於小孩子), 送報生.

news-cast [`njuz͵kæst, `nɪuz-, `nuz-; 'nju:zkɑ:st] n. C (收音機, 電視)的新聞廣播[節目].

news-cast-er [`njuz͵kæstɚ, `nɪuz-, `nuz-; 'nju:z͵kɑ:stə(r)] n. C (收音機, 電視)的新聞播報員.

néws cónference n. C 記者招待會.

news-deal-er [`njuz͵dilɚ, `nɪuz-, `nuz-; 'nju:z͵di:lə(r)] n. C 《美》報紙(雜誌)經銷業者(《英》newsagent).

news-let-ter [`njuz͵lɛtɚ, `nɪuz-, `nuz-; 'nju:z͵letə(r)] n. C (政府機關的)公報; (公司的)簡訊, 通訊; 傳閱的文件, 消息, 《為有關人士定期發行的》.

news-man [`njuz͵mæn, `nɪuz-, `nuz-; 'nju:zmæn] n. (pl. -men [-͵mɛn; -mən]) C 《美》1 賣[送]報人. 2 新聞記者, (電視, 收音機)廣播記者.

✲news-pa-per [`njuz͵pepɚ, `njus-, `nɪu-, `nu-; 'nju:z͵peɪpə(r)] n. (pl. ~s [~z; ~z]) 1 C 報紙(參考) 在口語中亦作 paper). a daily [weekly] newspaper 日報[週刊]/take a newspaper 訂閱報紙.

　　[搭配] adj.+newspaper: a popular ~ (大眾化的報紙) // n.+newspaper: a quality ~ (高品質的報紙), an evening ~ (晚報), a morning ~ (早報) // v.+newspaper: read a ~ (看報紙), subscribe to a ~ (訂閱報紙).

2 C 報社. Ben works for a newspaper. 班在報社工作.

3 =newsprint.

news-pa-per-man [`njuz͵pepɚ͵mæn, `njus-, `nɪu-, `nu-; 'nju:zpeɪpə͵mæn] n. (pl. -men [-͵mɛn; -͵men]) C 新聞記者, 新聞工作者; 報紙發

行人[經營者].

news-print [`njuz͵prɪnt, `nɪuz-, `nuz-; 'nju:zprɪnt] n. U 新聞(印刷)用紙.

news-reel [`njuz͵ril, `nɪuz-, `nuz-; 'nju:zri:l] C 新聞短片.

news-stand [`njuz͵stænd, `nɪuz-, `nuz-; 'nju:zstænd] n. C (街頭的)書報攤.

news-ven-dor [`njuz͵vɛndɚ, `nɪuz-, `nuz-; 'nju:z͵vendə(r)] n. C 《英》(街頭的)賣報[雜誌]人.

news-wor-thy [`njuz͵wɝðɪ, `nɪuz-, `nuz-; 'nju:z͵wɜ:ðɪ] adj. 有報導價值的; 成為報導題材的.

news-y [`njuzɪ, `nɪuz-, `nuz-; 'nju:zɪ] adj. 《口》富新聞性的, 話題豐富的.

newt [njut, nɪut, nut; nju:t] n. C 《動物》蠑螈.

Nèw Téstament n. (加 the) 新約聖經(舊約聖經為 the Old Testament; → Bible).

New-ton [`njutṇ, `nɪu-, `nu-; 'nju:tn] n. **Sir Isaac ~** 牛頓(1642-1727)(英國物理學家、數學家; 萬有引力定律的發現者).

Nèw-to-ni-an [nju`tonɪən, nɪu-, nu-; nju:'təʊnjən] adj. 牛頓(學說)的.

nèw tówn n. C 《英》新市鎮(1946 年以後在政府援助下有計畫地建設的新市鎮).

Nèw Wórld n. (加 the) 新世界(南北美洲大陸; ↔ Old World).

✲Nèw Yéar, nèw yéar n. (通常作 new year) 新年; (New Year) 元旦(所含的數日). New Year's greetings 新年祝賀/I wish you a happy New Year! = (A) Happy New Year (to you)! 祝你新年快樂! (★可回答 The same to you.).

✲Nèw Yéar's (Dáy) n. 元旦(英國也自1974年起成為假日; 省略 Day 為《美、口》).

Nèw Year's Éve n. 除夕.

✲Nèw Yórk n. 1 紐約(市)(→ New York City). New York is a city constantly on the move. 紐約是一個不斷變動的都市.
2 紐約州(亦作 Nèw York Státe)(美國東北部的州; 略作 NY, N.Y.; 首府 Albany).

Nèw York Cíty n. 紐約市(New York 州東南部, Hudson 河口的港市; 美國最大的都市, 為商業、金融的中心; 略作 NYC).

New Yorker [nju`jɔrkɚ, nɪu-, nu-, nu-; ͵nju:'jɔ:kə(r)] n. C 紐約市民[州民].

✲New Zea-land [nju`zilənd, nɪu-, nu-; ͵nju:'zi:lənd] n. 紐西蘭(位於澳洲東南方, 由南北兩個島嶼組成; 大英國協成員國之一; 首都 Wellington). New Zealand was one of the world's first welfare states. 紐西蘭是世界上最早實施福利制度的國家之一.

New Zea-land-er [nju`ziləndɚ, nɪu-, nu-; ͵nju:'zi:ləndə(r)] n. C 紐西蘭人.

✲next [nɛkst; nekst] adj. (★沒有比較級或最高級)【順序為下次的】 1 [語法] 把 next 置於名詞前作副詞用時, 不加介系詞. (a) (從現在看)下次的, 下一次的, 下…, (↔last). Next Friday is a holiday. 下星期五是假日/Come next Thursday.

= Come on Thursday *next*. 請下(一次的)星期四來 (★不限於下週的星期四)/on Thursday *next* week 在下(星期的)星期四/*next* summer 下一個[明年] 夏天/in summer *next* year 在明年夏天/early *next* May=early in May 在下一個5月上旬/*next* week [month, year] 下週[下個月, 明年] (注意「明天」不是 next day, 而說 tomorrow; 同樣地,「明天早上[下午, 傍晚, 晚上]」則為 tomorrow morning [afternoon, evening, night]).

(b) (加 the) (從過去、未來特定時間點來看)下次的, 下 個⋯的. I first met Teresa on Thanksgiving Day and promised to date her the *next* week. 我在感恩節初次見到泰莉莎, 並約定第二個 星期跟她約會/We're going to be busy for the *next* week. 今後的一週我們會很忙.

2 (通常加 the) 接著來的, My uncle is arriving on the *next* flight. 我的叔叔搭乘下一班 飛機來/the *next* bus [train] 下一班公車[火車]/a store in the *next* street 位於下一條街的商店/You may skip the *next* ten pages. 你可以跳過以下十 頁/Let's ask the *next* man we see. 我們問下一個 我們遇見的人吧!

3 〔排列的順序, 評價等〕居次的, 第二位的. the *next* prize 二等獎.

〖最近的〗 **4** 左鄰右舍的; 最近的. the *next* house 隔壁房子/*next* door (→片語)/*next* to... (→ 片語)/Turn right at the *next* corner but one. 請 在第二個轉角右轉.

in the néxt plàce 接下來, 其次, 第二.

nèxt dóor (1)隔壁. I heard a strange noise from *next* door. 我聽到隔壁傳來奇怪的聲音. (2)《副詞、形容詞性》在隔壁(的), (*to*). run *next* door 往隔壁跑/the people *next* door to you 你隔壁的人.

nèxt dóor to... (1)在⋯的隔壁(的) (→ next door (2)). (2)近似⋯, 可以說是⋯; 《副詞性》幾乎 (almost). The look on his face was *next* door to hatred. 他臉上的表情近乎憎恨.

néxt to... (1)《作介系詞片語》在⋯的隔壁, 就在旁 邊. a seat *next* to the fireplace 暖爐旁的位子/I sat *next* to her on the bench. 我和她並肩坐在長 板凳上/*Next* to his companion, he looked like a giant. 與他的夥伴並排在一起, 他看上去像個巨人/ come *next* to last in a race 在比賽中比最後一名 早一些抵達終點/wear flannel *next* to one's skin 光著身子直接穿上法蘭絨衣服.

(2)《副詞性, 主要置於含否定意味的詞之前》幾乎, 大致上, (almost). I bought the article for *next* to nothing. 我幾乎沒花甚麼錢就買到了這個東西/It will be *next* to impossible to swim the channel. 要游過那個海峽幾乎是不可能的/an idea *next* to ridiculous 可笑可笑的想法.

(the) nèxt tíme (1)下回, 下次. I'll beat him at chess *(the) next time*. 下回玩西洋棋我會打敗他. (2)《連接詞性》下回⋯的話. *(The) next time* you come I'll show you some foreign stamps. 下回你 來的時候, 我會給你看一些外國郵票.

—— *adv.* 接下去, 下次, 然後. When I *next* see

John, I'll tell him. 下次我見到約翰, 我會告訴他/ What shall we do *next*? 我們接下來要做甚麼?

(one's) nèxt of kín → kin 的片語.

next-door [ˋnɛksˋdor, -ˋdɔr; ˏneksˋdɔː(r)] *adj.* (限定)隔壁的, 鄰居的. *next-door* neighbors 隔壁鄰居.

nex-us [ˋnɛksəs; ˋneksəs] *n.* C **1** 《文章》連結, 關係, 關連. cash *nexus* 金錢的往來.
2 《文法》主述語關係(Birds fly. 之類的句子或是 We found *him dead.* 的斜體部分, 在意義上皆被 認為具有主述語關係).

NFL (略) 《美》National Football League(國家 足球聯盟) 《職業聯盟》.

NH (略) New Hampshire.

Ni (符號) nickel.

Ni-ag-a-ra [narˋægrə, -gərə; narˋægərə] *n.*
1 =Niagara Falls. **2** (加 the) 尼加拉河(流經美國 和加拿大國境的河流).

Niágara Fálls *n.* 《作單數》尼加拉瀑布(位於 Erie 湖和 Ontario 湖之間的 Niagara 河上的大瀑 布; 分為加拿大瀑布和美國瀑布; 《英》加 the).

nib [nɪb; nɪb] *n.* C 鋼筆尖.

nib-ble [ˋnɪbl; ˋnɪbl] *vt.* 小口地吃[咬], 輕咬.
—— *vi.* **1** 小口地吃[咬], (*at, on*). The squirrels were *nibbling on* the nuts. 這些松鼠在 啃堅果. **2** (對誘惑等)表示感興趣.
—— *n.* C (口) **1** 咬一點, (魚等)輕咬. **2** 咬一口 (的量), 一口, 少量.

nibs [nɪbz; nɪbz] *n.* (作 his nibs)《俚》那位大人《挖 苦逞威風的人之用語》.

Nic-a-ra-gua [ˏnɪkəˋrɑgwə, -ˋrɔgwə; ˏnɪkəˋrægjuə] *n.* 尼加拉瓜《中美洲國家; 首都 Managua》.

*‡**nice** [naɪs; naɪs] *adj.* (**nic-er; nic-est**)
〖心情好的〗**1** (a) 極好的, 高興的, 快樂 的, 愉快的, (↔ nasty); 〔食物等〕好吃的. a *nice* day 晴天/have a *nice* time 玩得很盡興/It's *nice* [*Nice*] to meet you. 很高興認識你《被介紹時的招 呼語》/It's been *nice* [*Nice*] seeing [meeting] you. 很高興能見到[認識]您《道別的問候語; seeing 通常用於已認識的朋友中》/Have a *nice* day! → day 1.

(b) 適切的(*for*); 適合的, 舒適的, (*to do*). *nice* weather *for* an outing 適合郊遊的好天氣/This cottage is *nice* to live in. 這間別墅住起來很舒適.

〖極好的〗**2** 漂亮的, 高明的. Some *nice* pictures hung on the wall. 牆上掛著幾幅漂亮的畫/a *nice* shot 漂亮的一擊, 成功的一擊.

3 《反諷》為難的, 討厭的, 麻煩的. a *nice* mess 一團糟/It's a *nice* time to start a thing like this! 在這種時候著手進行這樣的事, 可真會選時間!/ This is a *nice* state of things. 情況非常嚴重.

〖極好的>照料仔細的〗**4** (a) 親切的, 有同情 心的; 〔人品〕好的. He is always *nice* to us. 他總 是親切地對待我們.

(**b**) (用 It is nice *of* A *to* do) A (人) 做…是非常親切的. It's [How] *nice of* you *to* meet me. 你來接我真是太好了.

5 〔舉止, 言語等〕文雅的, 高尚的, 有教養的; (諷刺)太過文雅的. *nice* manners 有風度/a *nice* accent 優雅的口音.

〖《細微的》〗 6 微妙的; 〔工作, 機器等〕需要細心注意的, (處理上)困難的, 需要熟練(技巧)的; 〔工作, 機器等〕準確的, 精密的. *nice* shades of meaning 意義上微妙之處[差異]/The situation requires very *nice* handling. 這種局勢需要非常謹慎處理.

7 〔嗜好, 個性等方面〕挑剔的, 難討好的, 一絲不苟的. be *nice* in one's dress 講究穿著/He is very *nice* about his wine. 他對酒很講究.

nice and [ˋnaɪsn̩; ˈnaɪsn]… (口)很, 無可挑剔地. It's *nice and* warm. 真暖和/Keep your clothes *nice and* neat for the party. 參加宴會要穿戴整齊.

nice·ly [ˋnaɪslɪ; ˈnaɪslɪ] *adv.* 1 愉快地(對待別人); 高明地, 卓越地; 優雅地; 親切地. She knows how to speak *nicely* to anybody. 她懂得如何跟別人愉快地交談.

2 精密地, 嚴謹地. a *nicely* calculated diet (營養、熱量等)經過嚴密計算的一份飲食.

3 (口)整齊地; 恰到好處地, 令人滿意地. This necktie suits you *nicely*. 這條領帶非常適合你.

nice·ness [ˋnaɪsnɪs; ˈnaɪsnɪs] *n.* U 1 舒適.

2 精密, 周密. 3 挑剔, 吹毛求疵.

nic·er [ˋnaɪsɚ; ˈnaɪsə(r)] *adj.* nice 的比較級.

nic·est [ˋnaɪsɪst; ˈnaɪsɪst] *adj.* nice 的最高級.

nice·ty [ˋnaɪsətɪ; ˈnaɪsətɪ] *n.* (*pl.* **-ties**) 1 U 準確, 精密, 周密.

2 C (通常 nice*ties*)細節, 微妙的差異.

3 U 吹毛求疵, 一板一眼; 優雅; 處理困難. His father has an air of *nicety*. 他的父親有點難侍候的樣子. 4 C (通常 nice*ties*)優雅的事(物); 愉快[美好]的事(物).

to a nicety 恰到好處地, 絲毫不差地, 正確地.

niche [nɪtʃ; nɪtʃ] *n.* C 1 壁龕(牆上的凹陷處, 供放置塑像或花瓶等). 2 適合(某人或某物)的場所[地位, 工作], 適當的位置.

Nich·o·las [ˋnɪkḷəs; ˈnɪkələs] *n.* 男子名.

nick [nɪk; nɪk] *n.* C 1 小瑕疵, 缺口.

2 刻紋, 刻痕.

in the nick of time 於最後一刻(剛好), 及時趕上.

—— *vt.* 在…留下刻痕[小瑕疵].

***nick·el** [ˋnɪkḷ; ˈnɪkl] *n.* (*pl.* ~s [~z; ~z]) 1 U (化學)鎳(金屬元素; 符號 Ni). *nickel* silver 鎳銀/*nickel* steel 鎳鋼.

2 C (美)五分錢的硬幣(銅鎳合金; → coin 圖). Can you buy anything for a *nickel* nowadays? 現在五分錢的硬幣買得到甚麼東西嗎?

—— *vt.* (~s; (美) ~ed, (英) ~led; (美) ~·ing, (英) ~·ling)鍍鎳(於…).

***nick·name** [ˋnɪkˌnem; ˈnɪkneɪm] *n.* (*pl.* ~s [~z; ~z]) C 1 綽號, 外號, (例如稱紅頭髮的人為 Red 等). Her *nickname* was "the Lady with the Lamp." 她的外號是「提燈的淑女」.

2 暱稱, 小名, (例如稱 Elizabeth 為 Bess 等).

—— *vt.* 以綽號[小名]稱呼; [句型5](nickname A B)給A取綽號叫B. He was *nicknamed* "Shortie." 他的綽號叫「小矮人」.

nic·o·tine [ˋnɪkəˌtin, -tɪn; ˈnɪkətiːn] *n.* U (化學)尼古丁.

***niece** [nis; niːs] *n.* (*pl.* **niec·es** [~ɪz; ~ɪz]) C 姪女; 外甥女; (自己或配偶之兄弟姊妹的女兒; ↔ nephew). One of my *nieces* is a nurse. 我有一個外甥女[姪女]是護士.

niff [nɪf; nɪf] *n.* a U (英、口)惡臭.

nif·ty [ˋnɪftɪ; ˈnɪftɪ] *adj.* (口)時髦的; 最恰當[正合適]的.

Ni·ger [ˋnaɪdʒɚ; ˈnaɪdʒə, niː'ʒeə(r)] *n.* 尼日(非洲西部國家; 1960 年脫離法國獨立; 首都 Niamey).

Ni·ge·ri·a [naɪˋdʒɪrɪə; naɪˈdʒɪərɪə] *n.* 奈及利亞(非洲中西部國家; 1960 年獨立; 大英國協成員國之一; 首都 Abuja).

nig·gard [ˋnɪgɚd; ˈnɪgəd] *n.* C (輕蔑)小氣鬼, 吝嗇鬼, (miser).

nig·gard·ly [ˋnɪgɚdlɪ; ˈnɪgədlɪ] *adj.* (輕蔑) 1 (某人)吝嗇的. 2 非常小的, 一點點的, 些微的.

—— *adv.* 吝嗇地, 小氣地.

nig·ger [ˋnɪgɚ; ˈnɪgə(r)] *n.* C 黑人(Negro). 注意 侮辱之意極強, 故不宜使用.

nig·gle [ˋnɪgḷ; ˈnɪgl] *vi.* 拘泥, 斤斤計較, (*about, over* 〔小事等〕).

nig·gling [ˋnɪglɪŋ, ˋnɪgl̩ŋ; ˈnɪglɪŋ] *adj.* (限定) 〔某人〕斤斤計較的; 〔細節等〕微不足道的.

nigh [naɪ; naɪ] *n.* (古、詩) *adj.*, *adv.* = near.

***night** [naɪt; naɪt] *n.* (*pl.* ~s [~s; ~s]) UC 1 夜, 夜間, 晚上, (從日落到黎明; ↔ day; → evening). a still *night* 寧靜的夜晚/last *night* 昨夜/the *night* before last 前天晚上/I met Ken on Saturday *night*. 我在星期六晚上遇到了肯/They arrived here on the *night* of September 14. 他們在 9 月 14 日晚上到達這裡/in [during] the *night* (在)夜間/all through the *night* 徹夜/Good *night*! 晚安!/Mary had come to my apartment for the *night*. 瑪莉來我的公寓過夜.

搭配 *adj.*+*night*: a dark ~ (黑夜), a moonlit ~ (月夜), a starlit ~ (星夜), a stormy ~ (狂風暴雨之夜)// *night*+*v.*: ~ falls (夜幕低垂).

2 U 黑夜, 夜色. as dark as *night* 黑漆漆的.

3 U (死亡, 無知, 遺忘等的)黑暗(的狀態).

4 〔形容詞性〕夜(間)的. *night* air 夜晚的空氣; 晚風/a *night* game 夜間比賽[賽程]/a *night* train 夜行列車/a *night* view of San Francisco 舊金山的夜景. ⇨ *adj.* **nightly**, **nocturnal**.

*all night = *all night long* 整夜, 通宵. She was sitting by his bedside *all night*. 她整晚都坐在床邊守護著他.

*at night 在夜晚, (在)夜間; (在)傍晚時分, 黃昏

(時);《嚴格地係指日落到午夜; 午夜之後爲 in the morning》). late *at night* 深夜, 夜深 / sit up (till) late *at night* (直)到深夜都還沒就寢, 熬夜.

by night 夜間(↔ by day). He was a mechanic by day, a bartender *by night*. 他白天是機械工人, 晚上是酒保.

day and night=night and day.

far [deep] into the night 到深夜.

good night → goodnight.

have a good [bad] night 一夜睡得好[不好].

make a night of it (口)愉快地度過一夜, 喝[玩]通宵.

night after night 一夜又一夜, 每晚.

* *night and day* (副詞性)日夜, 晝夜(不分地), 二十四小時(一整天), 始終. work *night and day* 日以繼夜地工作.

night bird *n.* C (貓頭鷹等的)夜行性鳥類.

night blindness *n.* U 夜盲症.

night·cap [ˋnaɪtˌkæp; ˈnaɪtkæp] *n.* C **1** (晚上睡覺時戴的)睡帽.
2 (晚上睡覺前飲用的)睡前酒.

night·clothes [ˋnaɪtˌkloðz; ˈnaɪtkləʊðz] *n.* 《作複數》睡衣《睡衣褲等》.

night·club [ˋnaɪtˌklʌb; ˈnaɪtklʌb] *n.* C 夜總會.

night·dress [ˋnaɪtˌdrɛs; ˈnaɪtdres] *n.* =nightgown.

night·fall [ˋnaɪtˌfɔl; ˈnaɪtfɔːl] *n.* U《文章》日落, 傍晚, 黃昏. at *nightfall* 日落時.

night·gown [ˋnaɪtˌgaʊn; ˈnaɪtgaʊn] *n.* C (主美)(婦女, 小孩的)寬鬆睡衣.

night·hawk [ˋnaɪtˌhɔk; ˈnaɪthɔːk] *n.* 《鳥》美洲夜鷹.

night·ie [ˋnaɪtɪ; ˈnaɪtɪ] *n.* 《口》=nightgown.

Night·in·gale [ˋnaɪtɪŋˌgel, ˋnaɪtɪn-, ˋnaɪtɪŋ-; ˈnaɪtɪŋgeɪl] *n.* Florence ~ 南丁格爾(1820-1910) 《英國護士; 在克里米亞戰爭時從軍; 開創近代護理制度》.

night·in·gale [ˋnaɪtɪŋˌgel, ˋnaɪtɪn-, ˋnaɪtɪŋ-; ˈnaɪtɪŋgeɪl] *n.* C 夜鶯《歐洲鶇科候鳥的總稱; 春天, 尤其在夜間常可聽見雄鳥美妙的叫聲》.

[nightingale]

night life *n.* U (在娛樂場所的)夜生活.

night light *n.* C (寢室等中很微暗的)夜明燈.

night·long [ˋnaɪtˌlɔŋ; ˈnaɪtlɒŋ] *adj.* 通宵的, 徹夜的. — *adv.* 通宵地, 徹夜地.

night·ly [ˋnaɪtlɪ; ˈnaɪtlɪ] *adj.* 夜的, 夜間的; 每夜的, 每晚發生的. a *nightly* news program 每晚播出的新聞節目.
— *adv.* 每夜, 每晚.

* **night·mare** [ˋnaɪtˌmɛr, -ˌmær; ˈnaɪtmeə(r)] *n.* (*pl.* ~s [~z; ~z]) C 惡夢, 可怕的夢; 惡夢般的經驗[遭遇]. have a *nightmare* 做惡夢, 夢魘/ The train crash was a *nightmare* I shall never forget. 那起火車事故是我永遠無法忘記的夢魘.

---

night·mar·ish [ˋnaɪtˌmɛrɪʃ; ˈnaɪtmeərɪʃ] *adj.* 惡夢般的.

nights [naɪts; naɪts] *adv.* 《美、口》在夜晚; 每夜; (↔ days). He works *nights*. 他在夜間工作.

night school *n.* C 夜校(↔ day school).

night·shade [ˋnaɪtˌʃed; ˈnaɪtʃeɪd] *n.* UC 龍葵《結有毒果實的野生植物》.

night shift *n.* U (日夜輪班制的)夜班(時間); (集合)夜班人員; (↔ day shift).

night·shirt [ˋnaɪtˌʃɜt; ˈnaɪtʃɜːt] *n.* C 寬鬆的睡衣《例如長度超過膝蓋以下的襯衫式衣物》.

night stand [table] *n.* C 床頭几.

night·stick [ˋnaɪtˌstɪk; ˈnaɪtstɪk] *n.* C《美》(警察的)警棍(《英》truncheon).

night·time [ˋnaɪtˌtaɪm; ˈnaɪttaɪm] *n.* U (加 the)夜間(↔ daytime). in [during] the *nighttime* =at night 在夜間.

night watchman *n.* C 夜警, 值夜(人員).

ni·hil·ism [ˋnaɪəlˌɪzəm; ˈnaɪɪlɪzəm] *n.* U 虛無主義.

ni·hil·ist [ˋnaɪəlɪst; ˈnaɪɪlɪst] *n.* C 虛無主義者.

ni·hil·is·tic [ˌnaɪəˋlɪstɪk; ˌnaɪɪˈlɪstɪk] *adj.* 虛無的; 虛無主義的.

nil [nɪl; nɪl] *n.* U 無, 全無, 零.

Nile [naɪl; naɪl] *n.* (加the)尼羅河(從 Victoria 湖流經 Egypt, 注入地中海; 長度約 6,700 km, 爲世界三大河之一).

nim·bi [ˋnɪmbaɪ; ˈnɪmbaɪ] *n.* nimbus 的複數.

nim·ble [ˋnɪmbl; ˈnɪmbl] *adj.* **1** 敏捷的, 迅速的. He was not *nimble* enough to catch the butterfly. 他不夠敏捷抓不到那隻蝴蝶.
2 (頭腦等)轉得快的, 機靈的. He has a *nimble* mind. 他的腦筋很機靈.

nim·ble·ness [ˋnɪmblnɪs; ˈnɪmblnɪs] *n.* U 敏捷; 機靈.

nim·bly [ˋnɪmblɪ; ˈnɪmblɪ] *adv.* 敏捷地, 迅速地.

nim·bus [ˋnɪmbəs; ˈnɪmbəs] *n.* (*pl.* ~es, -bi) C **1** (傳說飄浮於神或女神周圍的)光暈, 靈光; (圖畫中, 神或聖徒等頭部後方的)光輪, 光環.
2 《氣象》亂雲, 雨雲.

nin·com·poop [ˋnɪnkəmˌpup, ˋnɪŋkəmˋpup, -ˌŋkəm-; ˈnɪnkəmpuːp] *n.* 《口》傻瓜, 笨蛋.

** **nine** [naɪn; naɪn] *n.* (★基數的例示、用法 → five) (*pl.* ~s [~z; ~z]) **1** U (基數的)9, 九. *nine* tenths 十分之九/dial 911 (nine one one)打911《美國的 911 相當於我國的 110 及 119》.
2 U 九點(鐘); 九分; 九歲; 九元[角, 分, 美元, 英鎊, 便士等]《量詞由前後關係決定》.
3 《作複數》九人; 九個.
4 C 九人[九個]一組之事物; (棒球等的)九人球隊.
5 C (文字)九或 9 之數字[鉛字].
6 C (紙牌)9 點之牌.
— *adj.* 九個[人]的; (敍述)九歲的.

a nine days' wonder → wonder 的片語.

nine times [in nine cases] out of ten (口)十

之八九, 大體上. He beats me at chess *nine times out of ten*. 他下西洋棋十之八八九都贏我.

nine·pins [ˋnaɪn͵pɪnz; ˈnainpinz] *n.* 《作單數》九柱球戲(滾動球去撞倒九根木瓶; 保齡球的雛形; → tenpins).

‡nine·teen [naɪnˋtin, ˋnaɪnˋtin; ͵nainˈtiːn] *adj.* 十九的; 十九個[人]的; 《敘述》十九歲的.
— *n.* 1 ⓤ (基數的)十九.
2 ⓤ 十九點(鐘); 十九分(鐘); 十九歲; 十九元[角, 分, 美元, 英鎊, 便士等].
3 《作複數》十九個[人].
tàlk ninetéen to the dózen → dozen 的片語.

‡nine·teenth [naɪnˋtinθ, ˋnaɪn-; ͵nainˈtiːnθ] (亦寫作19th) *adj.* 1 (通常加 the)第十九的, 第十九個的. 2 十九分之一的.
— *n.* (*pl.* ~s [~s; ~s]) ⓒ 1 (通常加 the)第十九個(人, 物); (某月的)19日. May the 19th [*nineteenth*] 5月19日. 2 十九分之一.

nine·ties [ˋnaɪntɪz; ˈnaintiz] *n.* ninety 的複數.

*nine·ti·eth [ˋnaɪntɪɪθ; ˈnaintiəθ] (亦寫作90th) *adj.* 1 (通常加 the)第九十的, 第九十個的.
2 九十分之一的.
— *n.* (*pl.* ~s [~s; ~s]) ⓒ 1 (通常加 the)第九十個(的人, 物). 2 九十分之一.

‡nine·ty [ˋnaɪntɪ; ˈnainti] *n.* (*pl.* -ties) 1 ⓤ (基數的)九十. 2 ⓤ 九十歲; 九十度[美元, 分(錢), 英鎊, 便士等]. 3 《作複數》九十個[人]. 4 (the ninet*ies*)(某世紀的)九〇年代; (my [his] ninet*ies* 等)90-99 歲的年齡層. He is in his *nineties*. 他九十多歲了.
— *adj.* 九十的; 九十個[人]的; 《敘述》九十歲的.

nin·ny [ˋnɪnɪ; ˈnini] *n.* (*pl.* -nies) ⓒ 《口》傻瓜.

‡ninth [naɪnθ; nainθ] (★注意拼法)(亦寫作9th) (★序數的例示、用法→fifth) *adj.* 1 (通常加 the)第九的, 第九個的. 2 九分之一的.
— *n.* (*pl.* ~s [~s; ~s]) ⓒ 1 (通常加 the)第九個(的人, 物); (某月的)第九日. 2 《音樂》第九度(音程). 3 九分之一.
— *adv.* 第九(個)地.

Ni·o·be [ˋnaɪə͵bɪ, -͵bi; ˈnaiəubi] *n.* 1 《希臘神話》尼奧柏(傳說生有十四名子女而引以為傲, 後因子女全被殺害, 悲痛過度而變成石頭).
2 ⓒ 喪失子女而悲痛不已的女人.

nip¹ [nɪp; nip] *v.* (~s; ~ped; ~ping) *vt.* 1 掐, 撑, 捏, 夾, 咬. *nip* one's finger in the door 手指頭被門夾到/The cur *nipped* me on the leg. 那隻野狗咬住了我的腿.
2 夾掉, 摘取, (*off*). *nip off* the ends of the celery 摘掉芹菜的尾部[葉子].
— *vi.* 1 掐, 撑, 夾, 咬, (*at*).
2 《風, 霜等》凍傷肌膚, 刺骨.
3 《主英、口》(通常加副詞(片語))趕快去(hurry); 趕快地…; (*off; in; out; up; down*). *nip off* 匆匆

離去.
nìp...in the búd 防患〔事件等〕於未然(<還是芽苞或蓓蕾時就摘掉).
— *n.* ⓐⓤ 1 一掐[撑, 捏, 咬].
2 嚴寒, 冷風. There's a *nip* in the air. 冷風凜冽刺骨.
nìp and túck 《美》(賽跑等)不相上下地[的], 難分勝負地[的].

nip² [nɪp; nip] *n.* ⓒ (通常用單數)《口》(威士忌等的)一口, 一點點, 少許.

nip·per [ˋnɪpɚ; ˈnipə(r)] *n.* ⓒ 1 夾取[掐, 撑]的人; 所夾取[摘取]的東西. 2 (nippers)鉗子, 拔釘器, 鐵鉗, 鑷子, 鑷子等. 3 (蟹, 蝦等的)螯.
4 《主英、口》(特指男的)孩子, 小孩.

nip·ple [ˋnɪpl; ˈnipl] *n.* ⓒ 1 乳頭. 2 《主美》奶嘴的(橡膠)奶嘴.

nip·py [ˋnɪpɪ; ˈnipi] *adj.* 1 〔寒冷等〕刺骨的; 〔味道〕辛辣的. 2 敏捷的.

nir·va·na [nɝˋvænə, nɪr-, ·ˋvɑnə; ͵niəˈvɑːnə] *n.* ⓤ《佛教, 印度教》涅槃(憑藉自制斷除一切慾望、業障以達平安自在的悟道境界).

Ni·sei, ni·sei [ˋniˈse; ˈniːˈsei] (日語) *n.* (*pl.* ~, ~s) ⓒ 二世(日本人移居美國後所生的第一代子女, 在美國出生及受教育).

nit [nɪt; nit] *n.* ⓒ (虱子等的)卵; 幼蟲.

ni·ter, 《英》**ni·tre** [ˋnaɪtɚ; ˈnaitə(r)] *n.* ⓤ《化學》硝石, 硝酸鉀, (火藥等的原料); 硝酸鈉(肥料等的原料).

ni·trate [ˋnaɪtret, -trɪt; ˈnaitreit] *n.* ⓤⓒ《化學》硝酸鹽; 硝酸鈉; 硝酸鉀.

ni·tric [ˋnaɪtrɪk; ˈnaitrik] *adj.* 《化學》氮的; (通常指)含(五價)氮的.

nìtric ácid *n.* ⓤ《化學》硝酸.

ni·tro·gen [ˋnaɪtrədʒən, -dʒɪn; ˈnaitrədʒən] *n.* ⓤ《化學》氮(符號 N).

ni·tro·glyc·er·in, ni·tro·glyc·er·ine [͵naɪtrəˋglɪsrɪn, -sərɪn; ͵naitrəʊˈglisəriːn] *n.* ⓤ《化學》硝化甘油(用於炸藥的製造或狹心症的治療).

ni·trous [ˋnaɪtrəs; ˈnaitrəs] *adj.* 《化學》亞硝酸的; (通常指)含(三價)氮的. *nitrous* acid 亞硝酸/ *nitrous* oxide 氧化亞氮, 笑氣, (麻醉劑).

nit·ty-grit·ty [ˋnɪtɪˋgrɪtɪ; ˈnitiˈgriti] *n.* (加 the)《俚》問題的核心[本質].

nit·wit [ˋnɪt͵wɪt; ˈnitwit] *n.* ⓒ《口》傻瓜, 笨蛋.

nix [nɪks; niks] *n.* ⓤ《俚》無, 零, (nothing).
— *adv.* 《美、俚》不是, 不, (no); 根本不.
— *interj.* 《俚》當心!
— *v.* 《美、俚》拒絕, 不答應, 不允許, 《主作報紙標頭語》.

nix·ie [ˋnɪksɪ; ˈniksi] *n.* 收件人地址不詳[無法投遞]的郵件.

NJ (略) New Jersey.

NM, N. Mex. (略) New Mexico.

‡no [no; nəu] 文法 *adj.* 《限定》1 (加在主詞或受詞前)置於 have 或 there is [are]之後, 口語中通常多用 not any.
(a)(加在單數普通名詞前)〔人或物〕一個也沒有, 沒有任何人[物]會…的, (not any). There is *no*

flower [＝(口) There is*n't any* flower] in the vase. 那只花瓶裡一朵花都沒有(語法作 There is *not a* flower in the vase. 時，則更強調「一朵也沒有」之意)/*No* polite person would talk like that. 沒有一位彬彬有禮的人會那樣講話/*No* one man could do it. 沒有一個人會做那種事.

(b)《在複數普通名詞或不可數名詞前》少數[少許]的…也沒有 (not any). The widow has *no* children. ＝(口) The widow has*n't any* children. 那位寡婦一個孩子也沒有/We have had *no* rain since last week. 從上週起我們這裡沒下過一點雨/*No* news is good news. 《諺》沒有消息就是好消息 (★此時 no news 爲「沒有消息」之意，並非全句否定).

2 《加在作 be 動詞補語用的名詞前》絕不是…. He is *no* coward. 他絕非懦夫(不但如此，而且正好與此相反)(語法本例句爲較 He is not a coward. (他不是懦夫)語氣更強的表達方式)/It's *no* joke. 那絕非開玩笑(而是認真的話)/I am *no* match for him. 我絕非他的對手.

3 《加在其他形容詞前》絕不是…的(語法此一用法乃亦得視爲副詞). He showed me *no* small kindness. 他對我非常好[絕非只幫忙小忙而已].
注意2與3的例句中，毋寧說是表達出 no 之後所接的名詞或形容詞的相反意思.

4 《用於省略的短句》不可以…，不准…，禁止…，(參考主要見於告示標語) *No* parking. 禁止停車/*No* smoking. 禁止吸菸/*No* thoroughfare. 禁止通行.

* **no one** (1) [`no͵wʌn; ˈnəʊwʌn] ＝nobody *pron.* ★亦寫作 no-one. (2) [͵no`wʌn; ͵nəʊ`wʌn][人或物]那一個都不… . *No one* of his friends knew this. 他的朋友中無人知道這件事.

There is nó dóing... → there 的片語.

— *adv.* **1** 《對肯定疑問句等的回答》不是，不; 《對否定疑問句等的回答》是; (↔ yes); (注意此時，要注意與中文的回答方式不同.)"Will you go?" "*No*, I won't." 「你要去嗎?」「不，不去」/"Haven't you been to London?" "*No*, I haven't." 「你沒有去過倫敦?」「沒有去過」/"Help him." "*No*, why should I?" 「幫幫他吧!」「不，我爲甚麼要幫他?」/John—*No*, James is his first name. 約翰，喔不，詹姆斯才是他的名字(修正前面所提到的事物).

2 《與 not, nor 連用，強調否定》不，非但如此. I couldn't find the book at any bookshop; *no*, not even in the library. 我在任何書店都找不到那本書，不，甚至在圖書館裡也找不到.

3 《用於比較級之前》一點也不 (not any). She went *no* further than the station. 她只到車站/At the age of fifteen he was *no* taller than (＝as short as) a boy of ten. 他十五歲時，身高和十歲的孩子差不多/*no* better than... →better¹ 的片語.

4 《用於 or 之後》不管是…與否，whether or *no* (→ whether 的片語)/Member or *no*, you have to pay the admission fee. 不管你是不是會員，都必須交入場費.

5 《感歎詞性》不會吧! 眞的嗎? "Mr. Brown has

---

passed away." "*No!* When?" 「布朗先生去世了」「不會吧! 甚麼時候?」/"It's ten past six." "Oh, no! The plane leaves at six thirty." 「六點十分了」「啊! 糟了! 飛機六點半就要起飛了.」

— *n.* (*pl.* ~es) ⓒ **1** 《將 "No" 直接名詞化》「不」的這個用語[回答] (↔ yes). They would not take *no* for an answer. 他們不接受「不」的回答[反對的意見].

2 《通常用單數》拒絕，否定; 《通常用 no*es*》反對票; 投反對票的人; (↔ ay(e), yes).

* **No., no., N**° [`nʌmbɚ; ˈnʌmbə(r)] 《略》(*pl.* **Nos., nos., N**°ˢ [~z; ~z])《加在數字前》第…名，(編號)…號，門牌…號. *No.* 1 ＝ number one(→見 number one)/My room is *No.* 5. 我的房間是五號房/*Nos.* 6, 7 and 8 are on the second floor. 六、七、八號居在二樓/*No.* 10 Downing Street 唐寧街十號[英國首相官邸的門牌號碼].

No·ah [`noə; ˈnəʊə] *n.* 《聖經》諾亞(虔誠的希伯來人的族長; 大洪水(the Flood)時，照神的啟示製造方舟(ark)，搭載自己的族人和配對的各種動物而倖免於難).

Nòah's árk *n.* 《聖經》諾亞方舟; ⓒ (玩具的)方舟.

nob [nɑb; nɒb] *n.* ⓒ《英、俚》腦袋(head).

nob·ble [`nɑbl; ˈnɒbl] *vt.*《英、俚》**1** 《賽馬》使〔馬〕不能贏(施與藥物等). **2** 盯上(某人); 拉攏; (用不正當的手段)把…弄到手.

No·bel prize [no`bɛl`praɪz; ˈnəʊbel`praɪz] *n.* 諾貝爾獎[以瑞典化學家Alfred B. Nobel (1833-96)的遺產作爲每年頒贈的獎金]. the *Nobel prize* for [in] literature 諾貝爾文學獎.

* **no·bil·i·ty** [no`bɪlətɪ; nəʊ`bɪlətɪ] *n.* **1** Ⓤ 高尚，聖潔; 莊嚴，崇高. one's *nobility* of purpose 目標的崇高性. **2** 《加重句型》(單複數同形) (集合)貴族(階級); (特指具有英國爵位的)貴族(→ duke參考). marry into the *nobility* 嫁給貴族/He is a member of the *nobility*. 他是貴族.

3 Ⓤ 高貴的身分[出身].

* **no·ble** [`nobl; ˈnəʊbl] *adj.* (~r; ~st) **1** 高尚的，崇高的，(↔ ignoble). a *noble* person 清高的人/a *noble* deed [mind] 崇高的行爲[心靈].

2 身分高的，高貴的; 貴族的. a *noble* family 貴族/He was of *noble* birth. 他出身高貴.

3 宏偉的，堂皇的. a *noble* sight 壯觀的景色.

4 (像金、銀般)不氧化[腐蝕]的.

— *n.* ⓒ (通常用複數) (特指從前的)貴族.

no·ble·man [`noblmən; ˈnəʊblmən] *n.* (*pl.* **-men** [-mən; -mən]) ⓒ 貴族.
▸女性貴族爲 noblewoman.

no·ble-mind·ed [`nobl`maɪndɪd; ͵nəʊbl`maɪndɪd] *adj.* 高尚的，具有高尚情操的.

no·bler [`noblə; ˈnəʊblə(r)] *adj.* noble 的比較級.

no·blesse o·blige [no`blɛso`bliʒ;

nɒ'blesɒ'bli:ʒ] *n.* ⓤ伴隨高地位而來的(道德上的)義務(法語：=nobility obliges 位高則任重).

no·blest [ˋnoblɪst; ˈnəʊblɪst] *adj.* noble 的最高級.

no·ble·wom·an [ˋnobl͵wʊmən, -͵wu-; ˈnəʊbl͵wʊmən] *n.* (*pl.* -wom·en [-͵wɪmɪn, -ən; -͵wɪmən]) ⓒ女性貴族. ★男性貴族為 nobleman.

no·bly [ˋnoblɪ; ˈnəʊblɪ] *adv.* 1 高貴地；宏大地，雄偉地. 2 出生於貴族；貴族應有地. be *nobly* born 生為貴族.

‡no·bod·y [ˋno͵bɑdɪ, ˋno͵bʌdɪ, ˈnobədɪ; ˈnəʊbədɪ] *pron.* 誰也不…，一個人也沒有, (no one) 語法 nobody 是比 no one 更通俗的用法；人稱代名詞的主格一般用 he 或 she, 在口語中也可用 they). *Nobody* took care of the poor child. 沒有人照顧那個可憐的孩子/He had *nobody* to talk to. 他沒有人可以講話/Everybody's business is *nobody*'s business. (諺)眾人之事無人管.
— *n.* (*pl.* -bod·ies) ⓒ(通常用單數)無足輕重的人，無名氣[微不足道]的人, (→anybody, somebody). He felt like a *nobody* in their presence. 在他們面前他覺得自己是微不足道的人.

noc·tur·nal [nɑkˋtɝn‚l; nɒkˈtɜːnl] *adj.* 《文章》1 夜晚的，夜間的，夜裡發生[進行]的, (◆diurnal). 2 〔植物〕夜間開花的；〔動物〕夜間活動的，夜行性的. ➪ *n.* night.

noc·turne [ˋnɑktɝn, nɑkˋtɝn; ˈnɒktɜːn] *n.* ⓒ(音樂)夜曲(特指幽靜的鋼琴曲).

‡nod [nɑd; nɒd] *v.* (~s [~z; ~z]; ~ded [~ɪd; ~ɪd]; ~ding) *vi.* 1 (為表示同意或打招呼而)點頭, 打招呼, (to, at). He nodded to me in approval. 他向我點頭表示同意.
2 (想睡地)打瞌睡, 打盹, (off)；沒留神, 疏忽大意，弄錯. The grandmother was *nodding* over her knitting. 祖母在打毛線時打起瞌睡來了/(Even) Homer sometimes *nods*. (諺)智者千慮, 必有一失(即使)大詩人荷馬偶爾也會有失誤).
3 〔花等〕搖晃, 擺動，傾斜.
— *vt.* 1 把〔頭〕前傾, *nod* one's head 點頭.
2 領首示意, 句型4 (nod A B), 句型3 (nod B to A)向A點頭表示B, *nod* consent [one's satisfaction] 點頭表示允諾[滿意]/He *nodded* me a greeting.=He *nodded* a greeting *to* me. 他對我點頭致意/ *nod* good-bye *to* a friend 跟朋友點頭告別.
be on nòdding térms (with...) (和…)是點頭之交.
— *n.* (*pl.* ~s [~z; ~z]) ⓒ(通常用單數) 1 首肯，招呼, a friendly *nod* 友善的(點頭)招呼/give a *nod* 點頭；打招呼. 2 打盹, 瞌睡.
on the nòd (英、口)基於默契地；用賒賬方式地, 以信用貸款方式地. The proposal was accepted by the committee *on the nod*. 委員會基於默契接受了該提案/I bought the video *on the*

nod. 我用分期付款的方式買了這臺錄影機.

nod·dle [ˋnɑd‚; ˈnɒdl] *n.* ⓒ(俚)頭(head).

node [nod; nəʊd] *n.* ⓒ 1 (樹幹、人體等的)瘤，節. 2 〔植物〕(莖的)節(葉片等由莖分長而出的部分)；分枝點，結節處.

nod·u·lar [ˋnɑdʒələ˞; ˈnɒdjʊlə(r)] *adj.* 有瘤[節]的，結節狀的.

nod·ule [ˋnɑdʒul; ˈnɒdjuːl] *n.* ⓒ 1 (植物, 人體等的)小瘤[節]，小結節. 2 小塊；(礦物)圓塊.

No·el [noˋɛl; nəʊˈel] *n.* (詩) 1 ⓤ聖誕節(季節). 2 ⓒ (noel)聖誕頌歌(Christmas carol).

nò-gó ārea [͵noˋgo-, ͵nəʊˈgəʊ-] *n.* ⓒ(主英，口)(外人)禁止入內的地區(該區域已成為特定團體的活動範圍).

nog·gin [ˋnɑgɪn; ˈnɒgɪn] *n.* ⓒ 1 小杯子. 2 (飲料的)少量, 一杯, (通常為四分之一品脫(pint)). 3 《俚》(人的)頭.

‡noise [nɔɪz; nɔɪz] *n.* (*pl.* nois·es [~ɪz, ~ɪz]) 1 ⓤⓒ噪音, (令人不悅的)聲響. make a *noise* 發出聲響/Don't make so much *noise*. 別那麼吵/I heard a low, clicking *noise*. 我聽到一聲小小的咔嚓聲.
同 noise 一般意味著大且令人不悅的聲音, 有時亦指小的聲音或令人愉快的聲音; → sound.
搭配 *adj.*+noise: (a) constant ~ (不間斷的聲響), (a) faint ~ (微弱的聲音), (a) loud ~ ((一聲)巨響) // *n.*+v.: (a) ~ grows (噪音變大), (a) ~ dies away (噪音平息).
2 ⓤ (收音機, 電視機, 電話的)雜音, 噪音.
➪ *adj.* noisy.
màke a nóise in the wórld (口)成為輿論焦點，成名.
màke a [sòme] nóise about... (口)為…發牢騷, 喧嚷.
— *vt.* 謠傳, 散播謠言, (about; abroad; around) (通常用被動語態). The story was *noised about*. 那件事到處傳來傳去.

noise·less [ˋnɔɪzlɪs; ˈnɔɪzlɪs] *adj.* 無聲的, 安靜的；低噪音的[機器等]. 同 noiseless 雖然主要表示「無聲」, 但照字面意思來看則僅限於表示「無噪音」之意; → quiet.

noise·less·ly [ˋnɔɪzlɪslɪ; ˈnɔɪzlɪslɪ] *adv.* 安靜地, 悄悄地.

nóise pollùtion *n.* ⓤ噪音汚染.

noise·proof [ˋnɔɪz͵pruf; ˈnɔɪzpruːf] *adj.* 防止噪音的, 隔音的.

nois·i·er [ˋnɔɪzɪə˞; ˈnɔɪzɪə(r)] *adj.* noisy 的比較級.

nois·i·est [ˋnɔɪzɪɪst; ˈnɔɪzɪɪst] *adj.* noisy 的最高級.

nois·i·ly [ˋnɔɪzɪlɪ, -zɪlɪ; ˈnɔɪzɪlɪ] *adv.* 喧嚷地, 嘈雜地.

nois·i·ness [ˋnɔɪzɪnɪs; ˈnɔɪzɪnɪs] *n.* ⓤ喧嚷.

noi·some [ˋnɔɪsəm; ˈnɔɪsəm] *adj.* (雅) 1 有害的. 2 〔氣味等〕令人討厭的, 薰人的.

‡nois·y [ˋnɔɪzɪ; ˈnɔɪzɪ] *adj.* (nois·i·er; nois·i·est) 1 喧嚷的, 吵鬧的, 發出噪音的, (◆quiet). a *noisy* room 嘈雜的房間/Don't be *noisy*! 不要吵!

2 〔衣服，色彩等〕鮮豔的，華麗的，(loud).

no·mad [`nomæd; `nəumæd; `nəumæd] n. C
1 (常 nomads) 游牧民族. **2** 流浪者，漂泊者.

no·mad·ic [no`mædɪk; nəu`mædik] adj. 游牧的; 流浪的.

no-man's-land [`no͵mænz͵lænd; `nəumænzlænd] n. **1** U(軍事)(對峙中的兩軍前陣之間的)無人地帶. **2** a U(無主)荒地.

nom de plume [͵namdə͵plum, -͵plʌm; ͵nɔ:mdə`plu:m] n. (pl. noms — [-nam-; -nɔ:m-]) C筆名，雅號，(pen name)(英國式法語).

no·men·cla·ture [`nomən͵kletʃɚ; nəu`menklətʃə(r)] n. UC **1** (分類學上的)命名法. **2** (集合)學名，學術用語.

nom·i·nal [`namən!; `nɔminl] adj. **1** 名義上的，名目上的，(↔ real). the nominal ruler (無實權)名義上的統治者／nominal wages 名義上的工資.
2 〔款項，薪水等〕只是名義上的，微不足道的. We paid a nominal sum of ten dollars for the car. 我們付了名義上的十美元買下這輛車.
3 《文法》名詞(用法)的.
— n. C名詞性的詞，名詞類，《例如動名詞》.

nom·i·nal·ly [`namən!ɪ; `nɔminəli] adv. 名目上地，名義上地; 僅是名義上地.

*__nom·i·nate__ [`namə͵net; `nɔmineit] vt. (~s [~s; ~s]; -nat·ed [~ɪd; ~id]; -nat·ing) **1** 提名[推薦]…爲候選人(for). The Democratic Party nominated him for Mayor [the office of the Presidency]. 民主黨名他爲市長[總統]候選人.
2 任命(to); 句型5 (nominate **A** (to be) **B**)、句型3 (nominate **A** as **B**)任命 A(人)擔任 B. They were nominated as class monitors. 他們被任命爲班級幹部.
3 指定〔日期等〕.
[字源] NOMIN「姓名」: nominate, nominal (只是名義的), denomination (命名), ignominy (不名譽).

nom·i·na·tion [͵namə`neʃən; ͵nɔmi`neiʃn] n. UC提名，任命，推薦; 任命權.

nom·i·na·tive [`namə͵netɪv; `nɔminətiv] 《文法》adj. 主格的. the nominative case 主格.
— n. (加 the)主格(→ case ●); C主詞.

nom·i·nee [͵namə`ni; ͵nɔmi`ni:] n. C被提名[任命，推薦]的人，被提名[任命，推薦]者.

non- pref. (加名詞、形容詞、副詞)表「無」「非」「不」之意(★non- 沒有 dis-, in-, un- 一般强的「否定」之意). nonalcoholic (不含酒精的), nonattendance (缺席). non-white (非白色人種的). ★此外，non- 可自由地連接於其他字詞之前，故以下所列之詞條僅爲較常用者.

non·age [`nanɪdʒ; `nɔnidʒ; `nəunidʒ] n. U
1 (法律上的)未成年(minority). **2** 未成熟(期).

non·a·ge·nar·i·an [͵nanədʒə`nɛrɪən, ͵nonə-, -`ner-; ͵nəunədʒə`neəriən] adj. 九十(多)的.
— n. C九十(多)歲的人.

non·ag·gres·sion [͵nanə`grɛʃən; ͵nɔnə`greʃn] n. U不侵略，不可侵略. a nonaggression pact 互不侵犯條約.

non·a·ligned [͵nanə`laɪnd; ͵nɔnə`laind] adj.

不結盟的. nonaligned nations 不結盟國家.

non·a·lign·ment [͵nanə`laɪnmənt; ͵nɔnə`lainmənt] n. U非同盟(主義)，不結盟(主義).

nonce [nans; nɔns] n. (用於下列片語)
for the nónce 目前，暫時.
— adj. 一時的. a nonce word 臨時語《臨時創用的字詞: It's easier to marry than to unmarry. (結婚比離婚來得容易)的 unmarry》.

non·cha·lance [`nanʃələns, ͵nanʃə`lans; `nɔnʃələns] n. a U漢不關心，漫不經心，無動於衷，冷淡.

non·cha·lant [`nanʃələnt, ͵nanʃə`lant; `nɔnʃələnt] adj. 漢不關心的，漫不經心的，無動於衷的，冷淡的.

non·cha·lant·ly [`nanʃələntlɪ, ͵nanʃə`lant-; `nɔnʃələntli] adv. 漫不經心地，漢不關心地，冷淡地.

non·com·ba·tant [nan`kambətənt, -`kʌm-; ͵nɔn`kɔmbətənt] n. C非戰鬥人員; (戰爭時期的)一般平民. — adj. 非戰鬥人員的.

non·com·mis·sioned [͵nankə`mɪʃənd; ͵nɔnkə`miʃnd] adj. 未受任命的; 未被授與軍官頭銜的.

noncommíssioned ófficer n. C《陸軍》士官(corporal, sergeant 等，階級高於 private; 略作 NCO).

non·com·mit·tal [͵nankə`mɪt!; ͵nɔnkə`mitl] adj. 不表明意見的，不表示明確態度的. His answer was completely noncommittal. 他的回答一點也不明確.

non com·pos men·tis [`nan͵kampəs`mɛntɪs; `nɔn`kɔmpəs`mentis] (拉丁語) adj. 《敍述》《法律》精神異常的.

non·con·duc·tor [͵nankən`dʌktɚ; ͵nɔnkən`dʌktə(r)] n. C《物理》非導體，絕緣體.

non·con·form·ist [͵nankən`fɔrmɪst; ͵nɔnkən`fɔ:mist] n. C **1** 不按現行習俗者，反體制的人. **2** (英)(常 Nonconformist)不信奉國敎者(Dissenter)《英國不遵從國敎會的 Protestant》.
— adj. 不遵從現行體制的.

non·con·form·i·ty [͵nankən`fɔrmətɪ; ͵nɔnkən`fɔ:məti] n. U **1** 不遵從(慣例); 不一致. **2** (英)(常 Nonconformity)違背國敎，非國敎主義; (集合)非國敎敎徒.

non·co·op·er·a·tion [͵nanko͵apə`reʃən; ͵nɔnkəu͵ɔpə`reiʃn] n. U不合作，拒絕合作.

non·de·script [`nandɪ͵skrɪpt; `nɔndiskript] 《文章》adj. 無特徵的; 莫名其妙的.
— n. C莫名其妙的人[物].

*__none__ [nʌn; nʌn] pron. **1** 沒人，甚麼也[一點兒也]沒…，(of). None can tell. 沒人明白／There are [is] none to help me. 沒人幫助我／None are so blind as those who won't see. (諺)拒而不見者最盲／None of us were [was] at the party last night. 我們沒有一個人參加昨晚的舞會／You should waste none of your money. 你不應

該浪費任何一分一毛錢.

[語法](1)與 none of 連用的名詞片語須帶有 the, my, those 等的限定詞, 因此, 不可寫成 *none of students* [*money*]等. (2)of 之後接複數(代)名詞時, 動詞可用單數或複數二種, 但是《口》時多用複數; 接不可數名詞時則常用單數. (3)不用於二個[二人] (→ neither).

2 《承接前面的名詞》一點也不…; 一個人也沒有. "How many students went there?" "*None* did." 「有多少學生去那裡呢?」「一個也沒有」/I wanted an apple, but there were *none* left. 我想要個蘋果, 但一個也沒剩了.

nóne but... 《文章》只有, 僅限, (only). *None but the brave deserves the fair.* 勇者方得配美女 《源自英國詩人 John Dryden [`draidn; 'draidn] 所作的詩》.

nóne of... (1)誰也[甚麼也]沒有(→ 1).
(2)決[一點也]不…《[語法]常 None of...! 用於表示禁止等》. It's *none* of my business. 這不關我的事/That's *none* of your business! 你少管閒事!/None of your impudence! 別吹牛了!

nòne óther than... → other 的片語.

— *adv.* **1** 《用 none the + 比較級的形式》一點兒也不 (*for*)《[參考]可使用 never 取代 none》. I am afraid I am *none* the wiser for your explanation. 聽了你的說明我還是一點也不明白.

2 (用 none too [so]...)一點也不…. Your arrival is *none* too soon. 你來得一點也不嫌早/It's *none* so pleasant. 一點也不愉快.

nòne the léss → less 的片語.

non·en·ti·ty [nɑn`ɛntətɪ; nɒ`nentətɪ] *n.* (*pl.* **-ties**)《文章》**1** ⓒ 無足輕重的人[物].

2 ⓒ 不存在的東西, 虛構的東西. ⓤ 不存在.

none·such [`nʌn.sʌtʃ; 'nʌnsʌtʃ] *n.* =nonpareil.

none·the·less [.nʌnðə`lɛs; .nʌnðə'les] *adv.* 然而(nevertheless). ★亦作 none the less.

non·e·vent [`nɑnɪ.vɛnt; 'nɒnɪ.vent] *n.* ⓒ 《口》期望落空之事.

non·ex·is·tence [.nɑnɪg`zɪstəns; .nɒnɪg'zɪstəns] *n.* ⓤⓒ 不存在[非實際]的事[物], 無.

non·ex·is·tent [.nɑnɪg`zɪstənt; .nɒnɪg'zɪstənt] *adj.* 不存在的, 非實在的.

non·fic·tion [nɑn`fɪkʃən; nɒn'fɪkʃn] *n.* ⓤ 非虛構之作品, 實錄, 《傳記, 史實, 遊記, 論述等》.

non·flam·ma·ble [nɑn`flæməbl; nɒn'flæməbl] *adj.* 不燃性的(↔ flammable, inflammable).

non·in·ter·ven·tion [.nɑnɪntɚ`vɛnʃən; 'nɒn.ɪntə'venʃn] *n.* ⓤ (內政)不干涉, 不介入.

non·i·ron [.nɑn`aɪɚn; nɒn'aɪən] *adj.* 〔衣服〕不需熨燙的, 免燙的.

non·mor·al [nɑn`mɔrəl, -`mar-; nɒn'mɒrəl] *adj.* 與道德[倫理]無關的, 道德領域以外的.

no-non·sense [.no`nɑnsɛns; nəʊ'nɒnsəns]

adj. 《限定》認真的; 切合實際的, 注重實務的. a solid, *no-nonsense* guidebook 內容充實、切合實際的旅行指南.

non·pa·reil [.nɑnpɚ`rɛl; 'nɒnpərəl] 《雅》*adj.* 無與倫比的, 無雙的.
— *n.* ⓒ (通常用單數)無與倫比的人[物], 絕品.

non·pay·ment [nɑn`pemənt; .nɒn'peɪmənt] *n.* ⓤ 不支付, 未繳納.

non·plus [nɑn`plʌs, `nɑnplʌs; nɒn'plʌs] *vt.* (~·(s)es; ~·(s)ed; ~·(s)ing) 使束手無策, 使為難, 《通常用被動語態》. I was *nonplused* by his remarks. 他的話使我不知所措.

non·prof·it [nɑn`prɑfɪt; nɒn'prɒfɪt] *adj.* 無利可圖的; 非營利性的〔公共事業, 法人等〕.

non·pro·lif·er·a·tion [.nɑnprə.lɪfə`reʃən; 'nɒnprəʊ.lɪfə'reɪʃn] *n.* ⓤ (核武等的)防止擴散.

non·res·i·dent [nɑn`rɛzədənt; nɒn'rezɪdənt] *adj.* 不住在工作地的; 非本州[國, 市等]居民的.
— *n.* ⓒ 不住在工作地的人; 非本州[國, 市]居民; (相對於寄宿生的)通勤學生; 不住〔旅館的〕旅客.

non·re·sist·ant [.nɑnrɪ`zɪstənt; .nɒnrɪ'zɪstənt] *adj.* 不抵抗(主義)的.
— *n.* ⓒ 不抵抗主義者.

✱non·sense [`nɑnsɛns; 'nɒnsəns] *n.* **1** [aⓤ] 無聊的話, 廢話; 毫無價值的[無用的]事[物]. talk a lot of *nonsense* 說一大堆廢話/None of your *nonsense*! 別胡說!/stand no *nonsense* from a person 不能容忍某人胡說胡鬧/Why do you spend your money for such *nonsense*? 你為甚麼花錢買那種沒有用的東西呢?

| [搭配] *adj.* + nonsense: absolute [complete, pure, utter] nonsense (一派胡言).

2 《形容詞性》愚蠢的, 無聊的. a *nonsense* question 無聊的問題/a *nonsense* book 無聊的書刊《以炒作無聊題材為賣點的娛樂書刊》/*nonsense* verse 無聊的詩, 打油詩.

màke (*a*) *nónsense of*... 搞砸; 使…變得無意義. *make a nonsense of* a plan 使計畫泡湯.
— *interj.* 瞎扯! 廢話!

non·sen·si·cal [nɑn`sɛnsɪk;; nɒn'sensɪkl] *adj.* 蠢笨的, 愚蠢的, 無聊的.

non se·qui·tur [nɑn`sɛkwɪtɚ; nɒn'sekwɪtʊə] *n.* ⓒ 《文章》錯誤的結論. [字源]源自拉丁語的 it does not follow.

non·skid [`nɑn`skɪd; 'nɒn'skɪd] *adj.* 〔輪胎或路面等〕防滑的, 不滑的.

non·smok·er [nɑn`smokɚ; nɒn'sməʊkə(r)] *n.* ⓒ **1** 不吸菸者. **2** (交通工具的)禁菸車[席].

non·start·er [nɑn`startɚ; nɒn'stɑːtə(r)] *n.* ⓒ 《英、口》(通常用單數)無成功希望的人[想法].

non·stop [`nɑn`stɑp; .nɒn'stɒp] *adj.* 《限定》中途不停的, 直達的. a *nonstop* flight to Paris 直飛巴黎的班機.
— *adv.* 直達地; 《口》(音樂演奏等)不間歇地, 不斷地.

non-U [nɑn`ju; nɒn'juː] *adj.* 《英、口》〔言語, 行動等〕非上層階級的(↔ U).

non·un·ion [nɑn`junjən; nɒn'juːnɪən] *adj.* 不屬

於工會的; 不承認工會的.

non·ver·bal [nɑn`vɝbl; nɔn'vɜ:bl] *adj.* 非語言的. *nonverbal* communication 非口語的溝通《手勢等》.

non·vi·o·lence [nɑn`vaɪələns; ˌnɔn'vaɪələns] *n.* ⓤ(特指對於強權政治的)非暴力(主義).

non·vi·o·lent [nɑn`vaɪələnt; ˌnɔn'vaɪələnt] *adj.* 非暴力(主義)的.

*__noo·dle__¹ [`nudl; 'nu:dl] *n.* (*pl.* ~s [~z; ~z]) ⓒ(通常 noodles)麵條. Throw the *noodles* into boiling, salted water. 把麵條丟進加了鹽的滾水裡.

noo·dle² [`nudl; 'nu:dl] *n.* ⓒ **1** 《口》笨.
2 《美·俚》頭(head).

*__nook__ [nuk; nʊk] *n.* (*pl.* ~s [~s; ~s]) ⓒ《雅》
1 (房屋等的)角落, 角. the chimney *nook* 壁爐角落《爐火旁氣氛美好的一角》.
2 最裡面的[隱蔽的]場所. a quiet *nook* in the forest 森林中僻靜的一角.

èvery nòok and cránny [*córner*] 《口》每個角落, 隨處. I've looked in *every nook and cranny* but still can't find the document. 我到處找遍了, 還是找不到那份文件.

__noon__ [nun; nu:n] *n.* **1** ⓤ正午, 中午. at *noon* 正午/Twelve *noon* is the deadline. 於正午十二點截止《相對於 twelve midnight》/Let's have lunch before *noon*. 我們在十二點前吃中飯吧!
2 (加 the)全盛期, 絕頂. at the *noon* of one's career 事業的全盛期.

noon·day [`nun͵de; 'nu:ndeɪ] *n.* ⓤ《雅》中午時分.

noose [nus; nu:s] *n.* ⓒ **1** (拉起一端就會繃緊的)套索, 繩套, 活結. **2** (加 the)絞索《用於絞刑》; 絞刑.
— *vt.* 用套索捕捉.

nope [nop; nəʊp] (★不發爆裂音) *adv.* 《口》=no (↔ yep).

__nor__ [強`nɔr, ˌnɔr, 弱 nɚ; 普通 nɔ:(r), 弱 nə(r)] *conj.*
1 (用 neither **A** nor **B**)A 和 B 都不…. *Neither* you *nor* he is [are] to blame. 你沒錯, 他也沒錯/I have *neither* the time *nor* the energy to clean out the cupboards. 我既沒時間也沒那閒功夫來清理櫥子/He *neither* drinks *nor* smokes. 他既不喝酒也不抽菸. 匿法 neither A nor B 在語法方面的注意事項 → conj.
2 (用於 not 等否定詞的後面)甚麼也都沒…. *Not* a man, a woman *nor* a child could be seen. 看不見任何一個男人, 女人或是小孩/He has *no* brother *nor* sister. 他沒有兄弟也沒有姊妹《★諸如上述兩例的情形, 不用 nor, 而用 or 亦可》.
3 (用於否定子句[句]後)也…, 也沒有…《匿法 nor 之後的詞序是「助動詞[be 動詞]+主詞」; → neither *adv.*》. John isn't here today, *nor* is Mary. 今天約翰沒來, 瑪莉也沒來/He does not borrow, *nor* does he lend. 他既不借, 也不貸/"I cannot swim." "*Nor* can I." 「我不會游泳」「我也

[noose 1]

不會.」
4 《用於肯定子句[句]後》並且不僅…, His new project is too expensive. *Nor* is this the only fault. 他的新計畫太過昂貴, 且缺點不只如此.

Nor·dic [`nɔrdɪk; 'nɔ:dɪk] *n.* ⓒ北歐人《北歐, 特指斯堪地那維亞地區, 其身材高大金髮碧眼的人種》.
— *adj.* 北歐人的; 《滑雪》北歐組合式滑雪的《包括跳臺滑雪及越野滑雪》.

norm [nɔrm; nɔ:m] *n.* ⓒ **1** (常 norms)(行動等的)準則, 標準. **2** 定額(勞動基準量); 平均.

*__nor·mal__ [`nɔrml; 'nɔ:ml] *adj.* **1** 普通的, 標準的, 平均的, (average; ↔ abnormal). the *normal* temperature of the human body 人體的正常體溫/speak at a *normal* speed 以平常的速度說話/It's only *normal* to want to be happy. 想到得到幸福是極為正常的事.
2 (身心的發展)標準的, 正常的, (→ stout 圖). a *normal* child of 12 years 12 歲的正常兒童/The baby showed a *normal* development. 這個嬰兒的發育正常.
3 《數學》(線)垂直的, 直角的.
— *n.* ⓤ普通的[正常的]狀態, 常態, 標準; 平均值. below *normal* 標準以下/return to *normal* 回復常態/The river rose six feet above *normal*. 河水比正常水位上升了六英尺.
孝源 NORM 「基準」: norm**al**, norm (基準), enor**m**ous (極大的).

nor·mal·cy [`nɔrml͵sɪ; 'nɔ:mlsɪ] *n.* 《美》=normality.

nor·mal·i·ty [nɔr`mælətɪ; nɔ:'mælɪtɪ] *n.* ⓤ常態, 正常.

nor·mal·i·za·tion [ˌnɔrmlə`zeʃən, -aɪ`z-; ˌnɔ:məlaɪ'zeɪʃn] *n.* ⓤ正常化, 標準化.

nor·mal·ize [`nɔrml͵aɪz; 'nɔ:məlaɪz] *vt.* 使《友好關係等》正常化, 回復正常狀態. Relations were *normalized* between the US and China. 美國和中國之間的關係恢復正常.
— *vi.* 〔(國家間的)關係〕正常化.

nor·mal·ly [`nɔrml͵ɪ; 'nɔ:məlɪ] *adv.* **1** 普通(的程度)地, 正常地. The patient is eating *normally*. 病患飲食正常.
2 (修飾句子)普通地, 通常地. In Taiwan, as in America, students *normally* spend four years in college. 在臺灣跟在美國一樣, 大學要唸四年.

Nor·man [`nɔrmən; 'nɔ:mən] *n.* ⓒ諾曼第(Normandy)人; 諾曼人.
— *adj.* 諾曼第人的; 諾曼人的.

Nòrman Cónquest *n.* (加 the)諾曼征服(1066 年諾曼第公爵(後來的稱號為 William the Conqueror)所率領的諾曼軍征服英國).

Nor·man·dy [`nɔrməndɪ; 'nɔ:məndɪ] *n.* 諾曼第《法國北部沿海的一區; 由諾曼半島向東延伸, 現在分為五個小行政區》.

nor·ma·tive [`nɔrmətɪv; 'nɔ:mətɪv] *adj.* 《文

N

章)規範的; 基準的.

Norse [nɔrs; nɔːs] *adj.* **1** 古代斯堪地那維亞的; 古代斯堪地那維亞人[語]的. **2** =Norwegian.
— *n.* 《作複數》(加 the)古代斯堪地那維亞人; (現代的)挪威人.

Norse‧man [ˋnɔrsmən; ˈnɔːsmən] *n.* (*pl.* **-men** [-mən; -mən]) C 古代斯堪地那維亞人(→ Viking).

‡**north** [nɔrθ; nɔːθ] *n.* U **1** (通常加 the)北, 北方, 《略作 N; →方向的詳細說明見 south 表》). I think *north* is this way. 我想北方是這個方向/The lake lies to the *north* of the city. 那座湖位於該城的北方/North Carolina lies between Virginia on the *north* and South Carolina on the south. 北卡羅來納州位於北方的維吉尼亞州與南方的南卡羅萊納州之間.
2 (the north [*North*])北部(地方). Taipei lies in the *north* of Taiwan. 臺北位於臺灣北部.
3 (the *North*) **(a)**《美》北部(地方)(特指以Maryland 州, Ohio 河, Missouri 州爲南界的北方各州). **(b)**《英》北英格蘭(漢柏(Humber)河以北). **(c)**歐美等北半球主要的富裕國家.
⇨ *adj.* **northern**, **northerly**. ↔ **south**.
★下列片語的例句 → east 的片語.

on the nórth 在北側.

to the nórth of... (位於)…的北方.
— *adj.* **1** (常 *North*)北的, 北方的, 北部的; 朝北的; (→ east 語法). the *north* side 北側/North Africa (from)a *north* light (由窗而進的)北面的光線(適合於畫室等).
2 由北而來的. a cold *north* wind 寒冷的北風.
— *adv.* **1** 向[在]北, 向[在]北方. My new room faces *north*. 我的新房間面向北方.
2 在北(*of*). The city lies about 50 miles *north* of New York City. 那個城市位於紐約市北方約五十英里的地方.

ùp nórth (口)往[在]北, 在北部, (↔ down south). He moved *up north* to be near his parents. 他搬到北部去以便和父母親近一些.

Nòrth América *n.* 北美洲, 北美.

Nòrth Ame¦rican *adj.* 北美的; 北美人的.
— *n.* C 北美洲人, 北美人.

north‧bound [ˋnɔrθ͵baund; ˈnɔːθbaʊnd] *adj.* 〔船等〕往北的.

nòrth by éast [ˋwést] *n.* U 北偏東[西](略作 NbE, NbW).

Nòrth Caro¦lína *n.* 北卡羅萊納州《美國東南部的州; 首府 Raleigh; 略作 NC》.

Nòrth Dakóta *n.* 北達科他州《美國中北部的州; 首府 Columbia; 略作 ND, N.Dak.》.

*‧**north‧east** [͵nɔrθˋist; ͵nɔːθˈiːst] *n.* U (通常加 the, 常 *Northeast*)東北; 東北部(地方); 《略作 NE; →方向的詳細說明見 south 表》).
— *adj.* 〔限定〕 **1** 東北的; 往東北的〔旅行〕.
2 來自東北的〔風〕.

— *adv.* (常 *Northeast*)向[在]東北.

north‧east‧er [͵nɔrθˋistɚ; ͵nɔːθˈiːstə(r)] *n.* C (來自)東北(的)強風《在英國這種方向的風特別冷》.

north‧east‧er‧ly [͵nɔrθˋistəlɪ; ͵nɔːθˈiːstəlɪ] *adj.* **1** 東北的; 往東北的. **2** 〔風〕來自東北的.
— *adv.* **1** 向[在]東北. fly *northeasterly* 向東北飛行. **2** 吹東北風地.

north‧east‧ern [͵nɔrθˋistən; ͵nɔːθˈiːstən] *adj.* **1** 東北的; 向東北的; 東北部的.
2 來自東北的〔風等〕.

north‧east‧ward [͵nɔrθˋistwəd; ͵nɔːθˈiːstwəd] *adj.* 向東北的.
— *adv.* 往[在]東北.

north‧east‧wards [͵nɔrθˋistwədz; ͵nɔːθˈiːstwədz] *adv.* =northeastward.

north‧er‧ly [ˋnɔrðəlɪ; ˈnɔːðəlɪ] *adj.* **1** (向)北方的; 在北方的.
2 〔風〕來自北方的.
— *adv.* 向[在]北; 從北方〔刮風等〕.

‡**north‧ern** [ˋnɔrðən; ˈnɔːðn] *adj.* **1** (常 *Northern*)北的, 北部的; 向北的, 朝北的; 來自北方的〔風等〕; (→ east 語法). *Northern* Europe 北歐(通常指 Sweden, Norway, Denmark, Finland 等)/The *northern* pass is closed by deep snow. 北面的通道被深雪封住了.
2 《美》(*Northern*)北部(各州)的.
⇨ *n.* **north**. ↔ **southern**.

north‧ern‧er [ˋnɔrðənɚ, ˋnɔːrðənɚ; ˈnɔːðənə(r)] *n.* C **1** 北部地方的人.
2 《美》(*Northerner*)北部(出生的)人.

Nòrthern Hémisphere *n.* (加 the)北半球.

Nòrthern Íreland *n.* 北愛爾蘭《在愛爾蘭北部, 聯合王國(United Kingdom)的一部分; 首府 Belfast》.

nòrthern líghts *n.* 《作複數》(加 the) =Aurora 2.

north‧ern‧most [ˋnɔrðən͵most; ˈnɔːðnməʊst] *adj.* 《文章》最北的, 極北的.

Nòrth Koréa *n.* 北韓《正式名稱爲 the Democratic People's Republic of Korea(朝鮮民主主義人民共和國)); 北緯 38 度線以北; 首都 Pyongyang》.

north-north‧east [ˋnɔrθ͵nɔrθˋist; ˈnɔːθnɔːθˈiːst] *n.* U (通常加 the) 北北東.
— *adj.* (朝)北北東的; 〔風〕來自北北東的.
— *adv.* 朝[在]北北東地.

north-north‧west [ˋnɔrθ͵nɔrθˋwɛst; ˈnɔːθnɔːθˈwest] *n.* U (通常加 the)北北西.
— *adj.* (朝)北北西的; 〔風〕來自北北西的.
— *adv.* 朝[在]北北西地.

Nòrth Póle *n.* (加 the)北極(→ Arctic Ocean 圖).

Nòrth Séa *n.* (加 the)北海《在 Great Britain 島與歐洲本土之間的海; → Scandinavia 圖》).

Nòrth Stár *n.* (加 the)北極星.

*‧**north‧ward** [ˋnɔrθwəd; ˈnɔːθwəd] *adv.* 向

[在]北. We traveled *northward* for two days. 我們向北行進了兩天.

— *adj.* 向北的, 朝北的. a *northward* journey 往北方的旅行.

north·wards [ˋnɔrθwɚdz; ˈnɔːθwədz] *adv.* =northward.

***north·west** [ˌnɔrθˋwɛst; ˌnɔːθˈwest] *n.* Ⓤ (通常加the, 常*N*orthwest) **西北**; 西北部; 《略作NW; →方向的詳細說明見south表》. The wind is in the *northwest*. (現在)吹西北風.

— *adj.* 《限定》 **1** 西北的; 往西北的〔旅行〕. **2** 來自西北的〔風〕.

— *adv.* (常*N*orthwest)向[在]西北. The river runs *northwest.* 這條河流向西北方.

north·west·er [ˌnɔrθˋwɛstɚ; ˌnɔːθˈwestə(r)] *n.* Ⓒ (來自)西北的強風.

north·west·er·ly [ˌnɔrθˋwɛstɚlɪ; ˌnɔːθˈwestəlɪ] *adj.* **1** 西北的; 向西北的. **2** 〔風〕來自西北的.

— *adv.* **1** 向[在]西北. **2** 〔風〕從西北〔吹〕.

north·west·ern [ˌnɔrθˋwɛstɚn; ˌnɔːθˈwestən] *adj.* **1** 西北的, 西北部的; 向西北的. **2** 來自西北的〔風等〕.

north·west·ward [ˌnɔrθˋwɛstwɚd; ˌnɔːθˈwestwəd] *adj.* 向西北的.

— *adv.* 向[在]西北.

north·west·wards [ˌnɔrθˋwɛstwɚdz; ˌnɔːθˈwestwədz] *adv.* =northwestward.

***Nor·way** [ˋnɔrwe; ˈnɔːweɪ] *n.* **挪威**《斯堪地那維亞半島西部的王國; 首都Oslo; →Scandinavia圖》. More than a third of *Norway* lies within the Arctic Circle. 挪威三分之一以上的領土位於北極圈內.

Nor·we·gian [nɔrˋwidʒən; nɔːˈwiːdʒən] *adj.* 挪威的; 挪威人[語, 文化]的.

— *n.* **1** Ⓒ 挪威人. **2** Ⓤ 挪威語.

Nos., nos., N^os^ [ˋnʌmbɚz; ˈnʌmbəz] 《略》 No., no., N^o^ 的複數.

*****nose** [noz; nəʊz] *n.* (*pl.* **nos·es** [~ɪz; ~ɪz]) 〖鼻〗 **1** Ⓒ (人, 動物的)**鼻**. a flat [hooked] *nose* 塌[鷹鉤]鼻/the bridge of the *nose* 鼻梁/blow one's *nose* 擤鼻涕/hold one's *nose* 捏鼻子/pick one's *nose* 挖鼻孔/have a running *nose* 流鼻水/The football player got a broken *nose*. 那個足球隊員鼻梁摔斷了/She tore up my letter before my *nose*. 她當著我的面撕了我的信/*nose* to *nose* 貼著鼻子, 面對面/speak through one's *nose* 用鼻音說話.

2 【似鼻之物】 Ⓒ 凸出的部分; (汽車, 工具等的)前端; (飛機的)機首; 船首; 槍口; (橡皮管的)管口. the *nose* of an airplane 飛機的機首.

〖嗅覺能力〗 **3** ⓐⓊ 嗅覺; 判斷力, 直覺, 《*for*》. have a good [keen] *nose* 〔狗〕嗅覺靈敏, 〔刑警等〕判斷力敏銳.

4 Ⓤ 《口》(對於無關的事物的)異常的關心, 好說長道短. Keep your *nose* out of my business. 你少管我的事.

(as) plàin as the nòse on your fáce → plain 的片語.

by a nóse 《賽馬》一鼻之差; (泛指)些微之差. I beat him *by a nose.* 我險勝了他.

cut òff** one's **nóse to spìte** one's **fáce 《口》因性急而吃虧.

fòllow** one's **nóse 《口》直走; 憑本能行事; 《<往鼻子所朝的方向走》. Just *follow* your *nose* along this street and you'll find the post office. 只要沿著這條街直走你就會看見那間郵局.

lèad** a pèrson **by the nóse 《口》完全支配某人《<牽著某人的鼻子走》. His wife *leads* him *by the nose.* 他太太牽著他的鼻子走.

lòok down** one's **nóse at... 《口》瞧不起⋯.

màke a lòng nóse at... (大拇指指著鼻尖, 其餘四指張開輕微搖擺)瞧不起⋯(《英》 cock a snook at...).

pày through the nóse 《口》付出過高的價錢《*for*》. It's the only inn in the area, so they make you *pay through the nose for* a room. 那一帶只有那一家旅館, 所以他們的住宿費是敲竹槓.

pòke [stìck, thrùst]** one's **nóse into... 《口》多管〔閒事〕. Don't *poke* your *nose into* what doesn't concern you. 不要多管閒事.

pùt** a pèrson's **nóse out of jóint 《主英、口》(特指奪取別人所愛, 客戶等)乘某人不備先下手; 挫某人銳氣.

thùmb** one's **nóse at... = make a long nose at...

turn ùp** one's **nóse at... 《口》瞧不起, 輕視. Kids today *turn up* their *noses at* wooden toys. 現在的孩子對木頭玩具瞧都不瞧一眼.

***under** a pèrson's **(vèry) nóse** = **under the nóse of** a pèrson* 《口》在某人的面[眼]前. The book you were looking for is right there, *under* your *nose.* 你在找的書就在你眼前.

— *vt.* **1** 聞出, 嗅出.

2 〔動物〕以鼻子壓住[摩擦]; 用鼻子推.

— *vi.* **1** 聞氣味.

2 《口》探聽(隱私); 介入; 插嘴. *nose into* other people's affairs 管他人的事.

3 〔船等〕緩慢[謹慎]地前進. The ship *nosed* through the gap in the reef. 那艘船在暗礁之間緩慢地前進.

***nòse abóut** [《美》 **aróund**]*[1] 《口》四處嗅聞; 到處搜尋; 《*for*》.

***nóse about** [《美》 **around**][2]...* 《口》在〔某處〕到處嗅聞; 四處尋找.

nòse/.../óut 《口》(1)(到處找尋後)找到. (2)《美》險勝.

nose·bag [ˋnozˌbæg; ˈnəʊzbæg] *n.* Ⓒ (掛在馬脖子上的)飼料袋.

nose·bleed [ˋnozˌblid; ˈnəʊzbliːd] *n.* ⓐⓊ (流)鼻血.

nose·cone [ˋnozˌkon; ˈnəʊzkəʊn] *n.* Ⓒ (太空火箭的)頭部; (飛彈的)彈頭; 《能與本體分離》.

N

-nosed 《構成複合字》「…鼻的」之意. long-*nosed* (高鼻子的). red-*nosed* (紅鼻子的).

nose·dive [`noz,daɪv; ˈnəʊzdaɪv] *n.* ⓒ **1** (飛機的)俯衝.

2 《口》(物價, 股票等的)跌跌.

── *vi.* **1** (飛機)俯衝.

2 《口》〔物價, 股票等〕暴跌.

nose·gay [`noz,ge; ˈnəʊzgeɪ] *n.* (*pl.* ~s) ⓒ 《雅》(通常綴於衣服等上的)小花束, 胸花.

nos·ey [`nozɪ; ˈnəʊzɪ] *adj.* =nosy.

no-show [ˌno`ʃo; ˌnəʊˈʃəʊ] *n.* ⓒ 《美、俚》已訂位但未如約搭機的旅客.

nos·tal·gia [nɑ`stældʒɪə, -dʒə; nɒˈstældʒə] *n.* ⓤ 懷舊; 鄉愁; 《*for*》. I have no feelings of *nostalgia for* Britain. 我對英國沒有絲毫懷鄉之情.

nos·tal·gic [nɑ`stældʒɪk, -dʒɪk; nɒˈstældʒɪk] *adj.* 懷舊的; 鄉愁的; 思鄉的.

nos·tril [`nɑstrəl, `nɒs-, -trɪl; ˈnɒstrəl] *n.* ⓒ 鼻孔(→ head 圖).

nos·trum [`nɑstrəm, `nɒs-; ˈnɒstrəm] *n.* ⓒ **1** 騙人的特效藥, (冒牌的)萬靈丹.

2 (解決問題的)妙策, 好辦法.

nos·y [`nozɪ; ˈnəʊzɪ] *adj.* 《口》好管閒事的, 好探問他人隱私的.

‡not [強 `nɑt, ˌnɑt, 弱 nət, nt, n̩t, t, n̩; 普通 nɒt, 弱 nt, n̩] *adv.* 《口》中 not 在助動詞, be 動詞, have 動詞後縮寫為 n't, 如 do*n't*, wo*n't*, is*n't*, have*n't* 等.

【用法】
not 的用法有兩種: 否定字詞或片語《字詞的否定》與否定整個句子或子句《句子的否定》.
【詞序】
《字詞的否定》
置於其否定的單字或片語前: I was here, *not* there. (我在這裡, 不在那裡)/He told me *not* to go. (他告訴我別去).
《句子的否定》
(1)在否定的敘述句中, 置於助動詞、be 動詞及 have 動詞之後: They are *not* students. (他們不是學生)/I have*n't* a cold. (我沒感冒).
(2)在否定的祈使句中, 把 do not 或 don't 置於動詞前: Do*n't* be noisy. (別吵).
(3)在否定疑問句中, not 置於主詞後: Are you *not* tired? (你不累嗎?)/Do you *not* go with us? (你不和我們一起去嗎?)在《口》中, 通常以縮寫置於主詞前; 附加問句的情況亦然:
Are*n't* you tired? (你不累嗎?)/Do*n't* you go with us? (你不和我們一起去嗎?)/You're tired, are*n't* you? (你累了, 不是嗎?)
(4)兩個以上助動詞連用時, not 置於第一個助動詞之後: You should*n't* have done so. (你根本不該那麼做).
(5)主要子句的動詞(think, believe, suppose 等)其後與名詞子句連用時, 通常使用的句法結構

為否定主要子句的動詞, 例如 I do*n't* think it is a fact. (我認為那不是事實), 而不用 I think it is *not* a fact.

1 《句子的否定: 否定述語動詞》不(…), 不做(…). I'm *not* tired at all. 我一點也不累(★ am 不加縮寫 n't)/Dora was*n't* very happy in her marriage. 朵拉的婚姻不太幸福/We have*n't* [《美》do*n't* have] any friends here. 我們在這裡沒有任何朋友.

2 《字詞的否定》(a)不…. My car is parked *not* far from here. 我的車停在離這裡不遠的地方(★否定 far). (b)《出現在否定含意的語詞前》不是不…; 是很…. *not* unkind 不是不親切, 親切的/*not* without reason 並非沒有理由/*not* a few [a little] 不少/*not* once or twice 不只一兩次, 再三地/*not* reluctantly 樂意地. (c)《否定句子、子句的要素》[語法]亦可視為子句的省略). She hates John, *not* me. 她討厭的是約翰而不是我(★否定受詞 me).

3 《不定詞、動名詞、分詞的否定》(★注意 not 的位置). Mother told me *not* to go out late at night. 母親告訴我不要在深夜時外出/She regretted *not* having taken an umbrella with her. 她後悔沒隨身帶傘/*Not* knowing the word, I looked it up in the dictionary. 因為不知道那個單字, 所以我查了辭典.

4 《部分否定》不一定, 未必…(語法與 all, both, every, each, always, necessarily, altogether, quite 等連用). All is *not* gold that glitters. (諺)閃亮的未必都是金子/All cats do*n't* dislike water. 貓不一定都討厭水(★此句 All 的發音較重; 若依文意將重音置於 don't 時, 則為「貓都不討厭水」《全部否定》之意; 依據語氣或上下文意可解釋為「貓都不討厭水」或為《全部否定》之意; 若是 Not all cats dislike water. 則通常為部分否定)/Both of his parents are *not* alive. 他的雙親並非都健在(一位已去世)/He is *not* always idle. 他不會總是那麼懶.

5 《全部否定》甚麼也[一點也, 任何都]不…(語法與 any, either 等連用). There is*n't* any money left. = There is no money left. 錢一點也沒剩/He lent me two books, but I have*n't* read either of them. 他借給我兩本書, 但我一本也沒看.

6 《取代否定的字詞、片語、子句、句子》 Please come if you can; if *not* (=if you ca*n't* come), just give me a call. 你能來的話就來; 如不能來, 打個電話給我/Whether you like it or *not*, you must study hard. 不管你喜不喜歡, 你都必須用功讀書/"Do you have any small change?" "I'm afraid *not*." 「你有零錢嗎?」「我想恐怕沒有」(語法(1)這個 not 與肯定句的 so 對應; → so 3. (2)此用法可能的主要動詞有 say, think, believe, suppose, expect, fear, hope, seem, appear 等).

7 《否定的重複強調》(語法附加 not＋代名詞). He will *nót* succéed, *nót* he. 他不會成功的, 他不可能.

nót a (*síngle*)... 一個[一個人]…也沒有. Not a

(*single*) word did he say. 他一個字也沒說/*Not a person was to be seen.* 一個人影也沒看見.

nòt at áll → at all (1) (all *pron.* 的片語).

* **nót A but B** 不是A而是B【語法】A和B須爲具有相同功能的詞). Mr. Brown is *not* a diplomat, *but* a politician. 布朗先生不是外交官, 而是政治家/He thought *not* of his friend, *but* of himself. 他考慮的不是朋友而是他自己.

* **nòt ónly [mérely, símply] A but (àlso) B** 不僅是A, B也…【語法】A和B須爲具有相同功能的詞). She is *not only* pretty, *but also* bright. 她不僅漂亮, 而且聰明伶俐/*Not only* he *but also* I am to go. 不僅是他, 我也要去(★動詞與but (also) 之後的主詞時態一致; →as well as... (well 的片語)/*Not only* did he refuse my request, *but* he did so in a very rude manner. 他不只拒絕我, 態度也非常地惡劣(★如上例, not only 放在句首時, 之後的句子要用倒裝句).

汪意A和B的句法結構也會有不同: He *not only* bought a word processor *but also* a personal computer. (他不只買了文書處理器, 也買了個人電腦).

nót that... 並不『沒有』…, Tom has been going around with Mary a lot lately. *Not that* it makes me jealous. 湯姆最近與瑪莉交往頻繁, 但這並沒有使我感到嫉妒.

* **no·ta·ble** [ˋnotəbl; ˈnəutəbl] *adj.* **1** 引人注意的; 著名的. a notable artist [event] 著名的畫家 [事件]/a boy *notable for* his cleverness 以機靈聞名的男孩.

2 顯著的, 相當(大)的. a *notable* increase in profits 利潤的顯著增加/a *notable* part of my income 我收入中相當大的部分/There has been a very *notable* improvement in his condition. 他的狀況有顯著的改善.

— *n.* ⓒ (通常 notables) 名人, 名士.

no·ta·bly [ˋnotəblɪ; ˈnəutəblɪ] *adv.* 引人注意地; 明顯地.

no·ta·ry [ˋnotərɪ; ˈnəutərɪ] *n.* (*pl.* **-ries**) ⓒ 公證人.

no·ta·tion [noˋteʃən; nəuˈteɪʃn] *n.* [UC] **1** 標記(法); 標示; 符號(數學、音樂、化學、語音學等中所用的特殊的文字、記號、符號的體系). musical *notation* 記譜法[樂譜]; 音符/chemical *notation* 化學符號(法)/phonetic *notation* 語音標記(法).

2 《美》紀錄(note); 做紀錄.

notch [nɑtʃ; nɒtʃ] *n.* ⓒ **1** (加在物體的一端、表面等的)V字形刻印, 刻記. a *notch* cut in the edge of the desk 書桌邊緣的刻記.

2 《口》一(階)段, 一級, (degree). He is a *notch* above the others in English. 他的英語程度比其他人高一級. **3** 《美》峽谷.

— *vt.* **1** 刻記號於…; 刻『數目, 得分等』記號以記分等. **2** 《口》寫下『勝利等』的紀錄; 取得『優勢等』(*up*).

* **note** [not; nəut] *n.* (*pl.* **~s** [~s; ~s])【紀錄要點之物】 **1** ⓒ (通常 notes) 筆記, 備忘錄. He always speaks without [by, from] *notes*. 他經常不看『看著』稿子發言/The stu-

dents busily took [made] *notes* of the lecture. 學生們忙著做課堂上的筆記.

2 ⓒ 短信, 便函. send a *note* of thanks 寄發謝函/leave a *note* 留便條/Please drop us a *note* when you get there. 你到了那裡的時候, 請捎個信過來.

3 ⓒ 注釋, 注解, (→footnote). See the *note* at the end of this chapter. 見本章末尾注釋.

【公文】 **4** ⓒ (政府間的)外交通牒, 備忘錄, 通知(文件). a diplomatic *note* 外交通牒.

5 ⓒ 《英》紙幣 《美》bill (bank note). a ten-pound *note* 十磅英鎊的紙幣.

【符號, 記號】 **6** ⓒ 記號, 符號; 音符. a whole [a half] *note* 全音[半音]符/a quarter [an eighth] *note* 四分[八分]音符.

【音符>音】 **7** ⓒ (樂器的)音色, 音調; (鋼琴、風琴等的)鍵(key). strike a high *note* on the piano 在鋼琴上彈出一高音.

8 ⓒ (鳥的)鳴叫聲; [a U] 語調, 語氣, 口氣. a warbler's sweet *notes* 黃鶯悅耳的叫聲/The old man spoke with a *note* of disgust. 那老人用厭惡的口氣說話/The conference ended on a militant *note*. 這次會議在劍拔弩張的氣氛中結束了.

| *adj.*+note: an optimistic ~ (樂觀的語氣), a positive ~ (積極的語氣), a negative ~ (消極的語氣), a pessimistic ~ (悲觀的語氣).

【要點>注意】 **9** [U] 《文章》關注, 注意. a matter worthy of *note* 值得注意的事情.

10 [U] 《文章》著名, 名望; 顯著, 重要性. a man of *note* 知名人士/a poet of little *note* 沒有名氣的詩人.

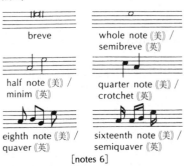

breve

whole note 《美》/ semibreve 《英》

half note 《美》/ minim 《英》

quarter note 《美》/ crotchet 《英》

eighth note 《美》/ quaver 《英》

sixteenth note 《美》/ semiquaver 《英》

[notes 6]

chànge one's **nóte** = change one's tune (tune 的片語).

compàre nótes → compare 的片語.

sòund [strìke] a nóte [the nótes] of... 清楚地表示出…的意見[情緒]. *The Guardian* started by *sounding the notes of* reform. 「保護者報」打著改革的旗幟發行.

strìke a fálse [the wròng] nóte 做[說]得不恰當(以致不能獲得別人的同情[贊同])《<彈奏出錯誤

的音)。

strike the right note 說[做]得很恰當。

take note of... 注意…，留意…。The government *took* no *note of* public opinion. 政府一點也不注意興論。

— *vt.* (~**s** [~s; ~s]; not·**ed** [~ɪd; ɪd]; not·**ing**)

〖注意要點〗 **1** 記下…，做…的紀錄，《*down*》。[句型3] (note *that* 子句/*wh* 子句、片語) 記下…。I *noted down* his telephone number. 我記下了他的電話號碼。

2 注意到…，察覺到…; [句型3] (note *that* 子句/*wh* 子句) 注意…。Please *note that* a check is enclosed herewith. 請注意內附支票/Frank *noted* a trace of eagerness in her voice. 法蘭克察覺到她聲音裡有一絲熱切的渴望。

3 言及，提到; [句型3] (note *that* 子句/*wh* 子句) 談及…。The newspaper does not *note what* the cause of the fire was. 報紙未提到火災的原因。

‡**note·book** [ˋnot͵bʊk; ˈnəʊtbʊk] *n.* (*pl.* ~**s** [~s; ~s]) Ⓒ 筆記，手冊，筆記本。He pulled out a little *notebook* and wrote down the address. 他拿出小筆記本並記下了地址。

***not·ed** [ˋnotɪd; ˈnəʊtɪd] *adj.* 有名的，著名的，《*for*; *as*》。a *noted* musician 名音樂家/The professor is *noted for* his originality. 那位教授以其獨創性著稱/He is *noted as* a baseball player. 他以身為棒球選手而聞名。

not·ed·ly [ˋnotɪdlɪ; ˈnəʊtɪdlɪ] *adv.* 明顯地，顯著地。

note·pad [ˋnot͵pæd; ˈnəʊtpæd] *n.* Ⓒ (撕取式) 便條紙。

note·pa·per [ˋnot͵pepɚ; ˈnəʊt͵peɪpə(r)] *n.* Ⓤ 便箋，信紙。

note·wor·thy [ˋnot͵wɝðɪ; ˈnəʊt͵wɜːðɪ] *adj.* 〔特指事物，事件等〕引人注目的，醒目的，顯著的。

not-guilty [nɑtˋgɪltɪ; nɒtˈgɪltɪ] *adj.* (判決上) 無罪的。

‡**noth·ing** [ˋnʌθɪŋ; ˈnʌθɪŋ] *pron.* 《作單數》沒有甚麼…(not anything)。There's *nothing* wrong with your car. 你的車沒有毛病(★形容詞置於其後)/I have *nothing* to tell you. 我對你無可奉告/*Nothing* great is easy. 沒有一件偉大的事情是容易的/*Nothing* you say will change my mind. 你說甚麼都不會改變我的想法。

— *n.* (*pl.* ~**s** [~z; ~z]) **1** Ⓤ 無，空。Ⓒ 零。*Nothing* comes of *nothing*. 《諺》凡事不會無中生有，一分耕耘一分收穫/He is five feet *nothing*. 他整五英尺高/His telephone number has two *nothings* at the end. 他的電話號碼後面有兩個零。

2 Ⓒ 微不足道的人[物，事]，沒有價值的人[物，事]。He felt like a mere *nothing* in the presence of such a great man. 在那樣的偉人面前他覺得自己實在是微不足道。

be good for nothing 甚麼用處也沒有。This room *is good for nothing*; it's too small. 這房間不怎麼好，太小了。

be nothing to... (1)對…來說不算甚麼[無所謂]。A hundred dollars will *be nothing to* him. 一百美元對他來說不算甚麼。(2)與…無法相比。Their difficulties *are nothing to* ours. 他們的困難和我們的不能相比。

come to nothing 無結果，徒勞，(fail)。All his efforts *came to nothing*. 他的努力全都白費了。

do nothing but *do* 光…，只…。She *does nothing but* cry. → nothing but... 中的例句。

*** for nothing*** (1)奉送地，免費地。You can have it *for nothing*. 你可免費擁有它。(2)徒勞地。All my hard work has gone *for nothing*! 我所有的辛勞全都白費了!(3)無緣由地。He has lived very well in his time; he isn't gouty *for nothing*. 他過著奢華的生活; 難怪他會得痛風。

have nothing to do with... 和…毫無關係; 和〔人〕全無往來[沒有瓜葛]。His failure *has nothing to do with* me. 他的失敗與我無關/She would *have nothing to do with* him. 她不想與他有任何瓜葛。

make nothing of... (1)一點也不瞭解。I can *make nothing of* her attitude to me. 我不懂她對我的態度。(2)對…毫不在乎(think nothing of...)。

next to nothing 幾乎沒有(almost nothing; → next to... (2))。

*** nothing but...*** 只有…，僅…，(only)《字面意義爲「除…之外甚麼也沒有」》。I felt *nothing but* despair. 我只是感到絕望/You must tell *nothing but* the truth. 你只能講實話/She does *nothing but* cry. 她只是一個勁兒地哭/*Nothing but* peace will save mankind. 只有和平能拯救人類。

nothing doing (俚)(1)《感歎詞性》不要，不行，《表示拒絕、沒指望等》。(2)《接在 there [it] is 之後》無效果，無濟於事。I asked Frank to help, but there was *nothing doing*. 我向法蘭克求救了，但沒有用。

nothing less than... → less 的片語。

nothing more than... → more 的片語。

nothing much → much 的片語。

nothing of... 《文章》(1)絕非…，完全不是…，(→anything of..., something of...)。Henry Smith is *nothing of* a scholar. 亨利·史密斯根本不是學者。(2)一點也不。I remember *nothing of* my early days in France. 我一點也不記得我早年在法國度過的歲月。

There is nothing for it but to do 別無他法只有…。

There is nothing like... 無可匹敵。*There is nothing like* beer on a hot day. 大熱天裡沒有比啤酒更好的東西了。

think nothing of A → think 的片語。

to say nothing of... → say 的片語。

— *adv.* 《口》一點也[決]不…(in no way)。care *nothing* for fame 一點也不在乎名聲/The costly blunder left him *nothing* wiser. 這次重大的錯誤並沒有使他學聰明《從失敗中甚麼也沒學到》。

nothing like [*near*]... 《口》一點也不像…，與…

完全不像. That picture looks *nothing like* my aunt. 那幅畫一點也不像我姨媽.

nòthing líke [*néar*] *as A as B* 《口》A無法和B相比. His new work is *nothing near* [*like*] *as* good *as* his last. 他的新作無法和舊作相比.

noth·ing·ness [ˋnʌθɪŋnɪs; ˈnʌθɪŋnɪs] *n.* Ū
1 無, 空, 不存在. pass [fade] into *nothingness* 終歸於無. **2** 無價值; 無用.

‡**no·tice** [ˋnotɪs; ˈnəʊtɪs] *n.* (*pl.* **-tic·es** [~ɪz; ~ɪz]) 〖注目〗 **1** Ū (被)注意, 注目. attract [draw] *notice* 引起(⋯的)注目/The girl paid him no *notice*. 那個女孩並沒有注意到他/His latest novel is worthy of *notice*. 他最新的小說值得注意.

2 © (常 notices)(新出版的書, 戲劇等的)短論, 短評. The book got great *notices* in the press. 那本書在報章雜誌上大受好評.

〖促使注意〗 **3** Ū 警告; 通知, 告知, 通告, 預告. serve *notice* 通告/at short *notice* 在短暫的預告期間; 突然地/The birds flying south gave *notice* of the approach of winter. 候鳥南飛預示了冬天將近.

4 Ū (離職, 解雇, 解約等的)(事前)通告, 呈報. give a month's *notice* 在一個月前發出通知/He was fired without *notice* [*at a moment's notice*]. 他在沒有任何預警的情況下[當場]被解雇了/She handed in her *notice* yesterday. 她昨天遞出辭呈(in 為副詞).

5 © 通知書; 布告; (短)廣告, 傳單, 招貼. an obituary *notice* 訃告/post [put up] a *notice* 張貼布告.

beneath a pèrson's nótice 不值得某人注意的, 某人可忽視的. The manager regards the junior staff as *beneath* his *notice*. 經理認為自己不用去注意新進職員.

brìng...to a pèrson's nótice 使某人注意⋯, 讓某人得知⋯. The incident was never *brought to* my *notice*. 那件事情未曾引起我的注意.

còme into [*to, under*] *nótice* 引起(社會的)注意, 為(世人)所知.

còme to a person's nótice 某人注意到⋯, 察覺到. It has *come to* my *notice* that he has been deceiving me. 我注意到他一直在騙我.

tàke nótice (*of...*) (常用於否定句)注意⋯, 留意⋯. The boy never *took* any *notice of* what his father told him. 那個男孩從沒把父親說的話記在心裡/He likes to tease people—*take no notice*! 他喜歡逗弄他人——別介意!

until fùrther nótice 《文章》在另行通知之前, 在隨後的通知之前. The theater will be closed *until further notice*. 本劇場在另行公告以前暫停營業.

— *v.* (**-tic·es** [~ɪz; ~ɪz]; **~d** [~t; ~t]; **-tic·ing**) *vt.* **1** (**a**)察覺到, 看到, 發現; 注意到; 句型3 (notice *that* 子句/*wh* 子句, 片語)察覺到⋯, without being *noticed* 沒被人察覺/She *noticed* a hole in her stocking. 她發覺襪子上有一個破洞/They had not *noticed how* fast the time passed. 他們

沒有注意到時間飛快地流逝.
(**b**) 句型5 (notice A *do*/A *doing*)注意到 A 做⋯. Did you *notice* his ship *moving* [*move*] out of the harbor? 你注意到他的船出港了嗎?/She was *noticed to* tremble with fear. 有人發覺她害怕得直發抖(★被動語態為 *to do*).

2 介紹(新書, 戲劇等); 為⋯評論. His new book was favorably *noticed* in the newspapers. 他的新書在報紙上獲得好評.

— *vi.* 注意, 留意, 察覺. I didn't *notice* when you left. 我沒注意到你甚麼時候離開的.

＊**no·tice·a·ble** [ˋnotɪsəbḷ; ˈnəʊtɪsəbl] *adj.*
1 立刻察覺到的, 引人注目的, 顯著的. *noticeable* improvement 明顯的改善.

2 值得注意的, 重大的, 重要的. Dr. Fritz recently made a *noticeable* discovery. 費茲博士最近有一項重大發現.

no·tice·a·bly [ˋnotɪsəblɪ; ˈnəʊtɪsəblɪ] *adv.* 引人注目地, 引人留意地, 顯著地.

nótice bòard *n.* © 《英》告示牌(《美》bulletin board).

no·tic·ing [ˋnotɪsɪŋ; ˈnəʊtɪsɪŋ] *v.* notice 的現在分詞, 動名詞.

no·ti·fi·a·ble [ˋnotɪ͵faɪəbḷ; ˈnəʊtɪfaɪəbl] *adj.* 〔傳染病等〕須向衛生所呈報的.

no·ti·fi·ca·tion [͵notəfəˋkeʃən; ͵nəʊtɪfɪˈkeɪʃn] *n.* 《文章》**1** ŪC 通知, 通告, 告示, 呈報.

2 © 通知書[單], (出生, 死亡等的)報告.

no·ti·fy [ˋnotə͵faɪ; ˈnəʊtɪfaɪ] *vt.* (**-fies; -fied**; **~ing**)《文章》通知, 申報, (*to*); 告知(*of*). *notify* a birth 申報出生/He *notified* the post office *of* his change of address. 他通知郵局他變更住址了/I want to be *notified* in case of any changes. 如果有任何變化一定要通知我.

not·ing [ˋnotɪŋ; ˈnəʊtɪŋ] *v.* note 的現在分詞, 動名詞.

＊**no·tion** [ˋnoʃən; ˈnəʊʃn] *n.* (*pl.* **~s** [~z; ~z]) © **1** 觀念, 意象; 意見, 見解, 想法, 《*that* 子句》. Shakespeare's *notion* of religion 莎士比亞的宗教觀/He has no *notion* of time. 他沒有時間觀念(對時間很馬虎)/a *notion that* life is sweet. 她認為人生是美好的. 同 notion 與 idea 意思大致相同, 但亦指不固定的, 不完整的想法, 反覆無常, 性情易變等.

2 意圖; 主意. I haven't the slightest *notion* (of) where he is now. 他現在在哪裡我完全不清楚/silly *notions* 愚蠢的主意/The girl took a sudden *notion* to buy a hat. 那女孩突然想買頂帽子.

3 (主美)(notions)女性用品類(別針, 線, 鈕扣, 針等). a *notions* store 仕女用品店.

no·tion·al [ˋnoʃənḷ; ˈnəʊʃənl] *adj.* 觀念上的, 概念上的; 抽象的; 理論上的.

no·to·ri·e·ty [͵notəˋraɪətɪ; ͵nəʊtəˈraɪətɪ] *n.* Ū 壞名聲, 惡名.

＊**no·to·ri·ous** [noˋtorɪəs, -ˋtɔr-; nəʊˈtɔːrɪəs]

adj. 惡名昭彰的, 聲名狼藉的, 《*for*; *as*》(→famous). The city is *notorious for* its high crime rate. 那個城市以高犯罪率聞名/Nero is *notorious as* a tyrant. 尼祿是惡名昭彰的暴君.

no·to·ri·ous·ly [noˋtorɪəslɪ, ˋtɔr-; nəʊˋtɔːrɪəslɪ] *adv.* 聲名狼藉地.

not·with·stand·ing [͵nɑtwɪθˋstændɪŋ, -wɪð-; ͵nɒtwɪθˋstændɪŋ] *prep.* 《文章》儘管⋯(in spite of). The house was finally sold, *notwithstanding* its high price. 那間房子儘管價錢高, 最後還是賣掉了.

語法 亦可用 The house was finally sold, its high price *notwithstanding*. 這樣的詞序.

— *adv.* 《文章》儘管如此(nevertheless). He agreed to participate *notwithstanding*. 儘管如此他還是同意參加.

nou·gat [ˋnugət, ˋnuga; ˋnuːgɑː] *n.* UC 果仁糖, 牛軋糖, 〔用糖、蜂蜜、堅果等混合製成的糖果〕.

nought [nɔt; nɔːt] *n.* C (數字的)零.

nòughts and crosses *n.* 《英》=tick-tack-toe.

‡**noun** [naʊn; naʊn] *n.* (*pl.* ~s [~z; ~z]) C《文法》名詞(→見文法總整理 **3. 1**).

*‡**nour·ish** [ˋnɝɪʃ; ˋnʌrɪʃ] *vt.* (~·es [~ɪz; ~ɪz]; ~ed [~t; ~t]; ~·ing) **1** (給與食物、營養品等而)養育, 培育, 〔孩子, 作物等〕. Water and sunlight *nourish* plants. 水和陽光滋養植物.
2 助長, 獎勵, 〔計畫等〕. Good books *nourish* people's minds. 好書陶冶人的心靈.
3 《文章》孕育; 一直懷有〔⋯的感情〕. He *nourishes* a hatred for me. 他一直對我心懷憎恨.

nour·ish·ing [ˋnɝɪʃɪŋ; ˋnʌrɪʃɪŋ] *adj.* 有營養的, 滋養成分多的, *nourishing* food 營養食品.

nour·ish·ment [ˋnɝɪʃmənt; ˋnʌrɪʃmənt] *n.* U **1** 營養品, 食物; (泛指)有養分的東西, 糧食, take *nourishment* 攝取營養品. **2** 營養.

nou·veau riche [nuvoˋriʃ; ͵nuːvəʊˋriːʃ] (法語) *n.* (*pl.* **nouveaux riches** 與單數發音相同) C 暴發戶.

Nov. (略) November.

no·va [ˋnovə; ˋnəʊvə] *n.* (*pl.* ~·vae, ~s) C《天文》新星(突然發出光芒, 隨即又恢復原狀).

no·vae [ˋnovi; ˋnəʊviː] *n.* nova 的複數.

*‡**nov·el**[1] [ˋnɑvl; ˋnɒvl] *n.* (*pl.* ~s [~z; ~z]) C (長篇)小說(→ fiction 參考). a historical [modern] *novel* 歷史[現代]小說/a realistic [psychological, popular] *novel* 寫實[心理, 通俗]小說/A History of the English *Novel*《英國小說史》(書名).

*‡**nov·el**[2] [ˋnɑvl; ˋnɒvl] *adj.* 新的, 新穎的, 新奇的, a *novel* approach to the problem of population 人口問題的新對策. ⇨ *n.* **novelty**.

字源 NOV「新的」: *novel*, in*nov*ate (創新)、re*nov*ate (修復)、*nov*a (新星)、*nov*ice (初學者).

nov·el·ette [͵nɑvlˋɛt; ͵nɒvəˋlet] *n.* C《常表輕蔑》中篇小說(傷感的言情作品).

nov·el·ist [ˋnɑvlɪst; ˋnɒvəlɪst] *n.* C 小說家.

*‡**nov·el·ty** [ˋnɑvltɪ; ˋnɒvltɪ] *n.* (*pl.* ~·ties [~z; ~z]) **1** U 新鮮, 新奇. the *novelty* of a first plane trip 初次搭飛機旅行的新鮮感.
2 C 新東西[事件, 經驗等]. Going on vacation without my wife was a *novelty* for me. 沒有妻子陪同出外旅行對我來說是個新鮮的經驗.
3 C (通常 novelt*ies*) (外觀改變的)新型商品. The store sells all kinds of cheap *novelties*. 那家商店出售各種廉價的新奇產品. ⇨ *adj.* **novel**[2].

*‡**No·vem·ber** [noˋvɛmbə; nəʊˋvembə(r)] *n.* 11 月(略作 Nov.; 月的由來 → month 表). in *November* 在 11 月. ★ 日期的寫法、讀法 → date[1] ●.

nov·ice [ˋnɑvɪs; ˋnɒvɪs] *n.* C **1** 初學者, 新手. She is a *novice* at golfing. 她是高爾夫球的初學者. **2** 實習僧[尼]; 《天主教》修道者.

no·vi·ci·ate, no·vi·ti·ate [noˋvɪʃɪt, -͵et; nəʊˋvɪʃɪət] *n.* U 修業期間; (特指修士[女]的)修道期間.

*‡**now** [naʊ; naʊ] *adv.* **1** 如今; 現在, 當前; 方才; 《語法》雖作「現在」, 但要注意並非僅純粹表示「現在時刻」). What are you doing *now*? 你現在在做甚麼?/He's not here *now*, but he'll be back in an hour. 他現在不在這裡, 不過一小時後會回來/He is *now* teaching at Rugby School. 他目前任教於拉格比學校/just *now* (→片語).
2 《故事中關於過去的事情》現今; 然後, 接下來; 《語法》說話者在心理上置身於過去而進行敘述的表現方法; 客觀地表現過去時用 then). The orphan was brought up by a distant relative; he was *now* fifteen years old. 那個孤兒被一位遠房親戚帶大, 現在已經十五歲了.
3 (現在)馬上, 立刻, 接下來, I must do this *now*. 我必須馬上做這件事/We'll *now* hear a report from the chairman. 接下來我們聽主席的報告/I'm going away very soon *now*. 我(馬上)很快就要走了.
4 《感歎詞性》那麼, 對了, 喂, 瞧, (★用於引起對方的注意). *Now* listen to me, you all! 喂, 大家聽我說!/come *now* (→片語).

cóme nòw 來吧來吧(催促); 喂喂(驚訝, 責難); 好了好了(安慰).

*(**èvery**) **nòw and thén** [**agáin**] 時常, 有時. I see him *now and then*, not often. 我偶爾見到他, 但並非經常.

*‡**jùst nòw** (對應於 now 的意義, 有過去、現在、未來三種時態的用法)(1)剛才 (《語法》因為指過去, 不和現在完成式同時使用). Maggie left for the post office *just now*. 瑪姬剛才去郵局了.
(2)現在剛好, 目前. I can't see anyone *just now*. 我現在無法見任何人.
(3)馬上. I'll come *just now*. 我馬上來.

nòw and thén → (every) now and then [again].

nów for... 接著是⋯. "*Now for* the final base-

ball scores," said the announcer. 播報員說:「接下來要報告棒球的最終比數.」

nów A **nów** [**thén**] B 有時A有時又B. *Now* he's studying medicine, *now* engineering. 他有時學醫學, 有時又學工程學.

nòw or néver 機不可失, 現在正是時候. Well, it's *now or never*—we'll never get another chance! 嗯, 就是現在——我們不會再有這種機會了!

nów thèn 好吧; 就這樣. *Now then*, let's get down to business. 好吧, 開始工作.

ríght nòw 《美·口》立刻; 此刻; (just now).

— *conj.* (通常用 now that...)因爲⋯, 由於⋯, 既然⋯. *Now that* the boss is gone, we can talk freely. 既然老闆走了, 我們可以自由地說話了/*now* (*that*) you mention it 既然你提到.

— *n.* U 如今, 目前, 現在. *Now* is the best time for a trip through Scotland. 現在是去蘇格蘭旅行的最佳時期/He should have arrived here before *now*. 他應該早已經到達這裡了/till *now* 目前爲止/up to *now* 直到現在.

* **by nów** 到如今(已經). He's safely home *by now*, I hope. 我想他現在已經平安到家了吧!

for nów 現在, 當前. Good-bye *for now*. 就此告別.

from nów 從現在起, 此後, 今後.

from nòw ón 此後, 今後. I'll quit smoking *from now on*. 從現在起我要戒菸了.

— *adj.* 《限定》現在的(★用 the now...; → then)《俚》最新(流行)的, 新近的. the *now* chairman 現任議長.

***now·a·days** [`nauə,dez, `nau,dez; `nauədeIz] *adv.* 現今, 現在. *Nowadays* a great many people can drive a car. 現今有很多人會開車.

***no·where** [`no,hwɛr, -,hwær; `nəuweə(r)] *adv.* 甚麼地方都沒有, 甚麼地方都不, (not anywhere). My wallet is *nowhere* to be found. 到處都找不到我的錢包.

gèt [gò] nówhere 一事無成, 毫無結果, 毫無進展. We're *getting nowhere* with these problems. 我們對這些問題束手無策.

gèt a pèrson nówhere 對〔人〕毫無用處. Just complaining will *get us nowhere*. 光抱怨對我們毫無用處.

— *n.* U **1** 無處. I have *nowhere* to go. 我無處可去.

2 不知甚麼地方, 沒沒無聞. He came from *nowhere*. 他不知從甚麼地方來.

nox·ious [`nɑkʃəs; `nɒkʃəs] *adj.* 《文章》有害的, 有毒的. a *noxious* chemical 有害的化學物質.

nox·ious·ly [`nɑkʃəslɪ; `nɒkʃəslɪ] *adv.* 《文章》有害[有毒]地.

noz·zle [`nɑzl; `nɒzl] *n.* C (管子·風箱·瓦斯爐等的)噴出口, 噴嘴.

NT, N.T. (略) New Testament (新約聖經).

[nozzle]

-n't not的縮寫: →not.

nth [ɛnθ; enθ] *adj.* 第 n 號的; 《數學》n 次的, n 階的.

to the nth [ɛnθ; ˌenθ] *degrée* [*pówer*] (1)《數學》到 n 次[乘方]. (2)極度地, 極限地.

nu·ance [nju`ɑns, nɪu-, nu-; `njuːɑns, `nɪu-, `nu-; `njuːɑːns] *n.* C (顏色·聲音·意義等的)微妙的差異, 細微的差別.

nub [nʌb; nʌb] *n.* C **1** 瘤, (煤等的)小塊.

2 《口》(說話·討論等的)要點, 關鍵, 核心.

nu·bile [`njub], `nɪu-, `nu-, -bɪl; `njuːbaɪl] *adj.* 《文章》《謔》(女性)妙齡的, 正值適婚年齡的.

***nu·clear** [`njuklɪə, `nɪu-, `nu-; `njuːklɪə(r)] *adj.* **1** 《生物》核子的, 形成核子的.

2 《物理》原子核的; 原子能的; 核子武器的. *nuclear* disarmament 裁減核子武器/*nuclear* energy 核能/*nuclear* fusion 核融合/*nuclear* fuel 核燃料/a *nuclear* submarine 核能潛艇/*nuclear* war 核子戰爭/*nuclear* weapons 核子武器(★傳統的(武器)爲 conventional). ⇨ *n.* nucleus.

nùclear fámily *n.* C核心家庭(僅由夫婦及子女組成).

nu·clear-free [ˌnjuklə`fri, ˌnɪu-, ˌnu-, ˌnjuːklɪə`friː] *adj.* (某一地區)沒有核子武器的; 禁止核子(武器)的.

nùclear phýsics *n.* U核子[原子]物理學.

nùclear reáctor *n.* C核子反應爐.

nùclear wáste *n.* U (由核子反應爐產生的)核廢棄物.

nùclear wínter *n.* UC核子多天(由核爆所造成的塵霧遮住太陽光線而使地球溫度下降的現象).

nu·cle·i [`njuklɪ,aɪ, `nɪu-, `nu-; `njuːklɪaɪ] *n.* nucleus的複數.

nu·cle·ic acid [nju`kliɪk,æsɪd, nɪu-, nu-; njuˈkliːɪkˌæsɪd] *n.* U《生化學》核酸.

***nu·cle·us** [nju`kliəs, nɪu-, nu-; `njuːklɪəs] *n.* (*pl.* **-cle·i**, **~·es** [~ɪz, ~ɪz]) C **1** 核心, 中心. The *nucleus* of this group was made up of three men. 這個團體的核心是由三位男性所組成.

2 《物理》原子核.

3 《生物》核, 細胞核. ⇨ *adj.* nuclear.

nude [njud, nɪud, nud; njuːd] *adj.* 裸的, 裸體的. a *nude* picture 裸體畫.

— *n.* C **1** 裸體畫, 裸體照片. **2** 裸體(的人)《特指女性》.

in the núde 裸體的.

nudge [nʌdʒ; nʌdʒ] *vt.* (爲引起注意)用肘等輕推.

— *n.* C用肘輕觸.

nud·ism [`njudɪzm, `nɪu-, `nu-; `njuːdɪzəm] *n.* U裸體主義.

nud·ist [`njudɪst, `nɪu-, `nu-; `njuːdɪst] *n.* C裸體主義者. a *nudist* colony 裸體[天體]營.

nu·di·ty [`njudətɪ, `nɪu-, `nu-; `njuːdətɪ] *n.* U赤

N

裸, 裸體.

nug·get [ˋnʌgɪt; ˊnʌgɪt] n. C (從地下發現的)貴金屬塊, (特指)金塊; 貴重物品.

*__nui·sance__ [ˋnjusn̩s, ˋnɪu-, ˋnu-; ˊnjuːsns] n. (pl. **-sanc·es** [~ɪz; ~ɪz]) C **1** 造成麻煩的人[物], 難以應付的人. The man made a *nuisance* of himself by asking the speaker a lot of questions. 那個男子向演講者提出了一大堆問題, 令人不勝其煩.
2 令人討厭的行為[事情], 生活上的干擾; 不愉快的事. a public *nuisance* (→見 public nuisance)/A power failure is really a *nuisance*. 停電實在是一件很麻煩的事.
Commit no núisance! 《告示》禁止便溺! 禁止亂丟垃圾!

nuke [njuk, nɪuk, nuk; njuːk] 《口》n. C 核子武器; 核能發電廠.
── vt. 發動核子攻擊.

null [nʌl; nʌl] adj. **1** 《法律上》無效力的, 無效的. **2** 不存在的; 《數學》等於零的.
núll and vóid 《法律》無效的.

nul·li·fi·ca·tion [ˌnʌləfəˋkeʃn̩, ˌnʌlɪfɪˋkeɪʃn̩] n. U 無效; 廢棄; 取消.

nul·li·fy [ˋnʌlə͵faɪ; ˊnʌlɪfaɪ] vt. (**-fies; -fied; ~ing**) **1** 《法律方面》判決爲無效; (泛指)取消.
2 使喪失效用; 使抵消.

nul·li·ty [ˋnʌlətɪ; ˊnʌlɪtɪ] n. U **1** 《法律》婚姻之無效. **2** 無效.

*__numb__ [nʌm; nʌm] adj. (**~·er; ~·est**) 失去知覺的, 麻木的; 畏縮的; 《with 寒冷, 恐懼等》. His fingers went *numb* with cold. 他的手指凍僵了/He was *numb* from the shock of the news. 受到那個消息的打擊, 他茫然失措.
── vt. (**~s** [~z; ~z]; **~ed** [~d; ~d]; **~ing**)使失去…的感覺, 使麻痺, (常用被動語態). my arms *numb*ed in the icy wind 因冰冷的風而失去知覺的兩隻手臂.

‡**num·ber** [ˋnʌmbɚ; ˊnʌmbə(r)] n. (pl. **~s** [~z; ~z]) 【數】 **1** (a) C 數. an even [odd] *number* 偶[奇]數/a high [low] *number* 大[小]數目/in round *numbers* (捨棄尾數的)概數/a *number* of five figures=a five-digit *number* 五位數. (b) U 《文法》數《名詞、代名詞、動詞的單、複數》; → singular, plural.
2 C (a) 數字. Arabic [Roman] *numbers* 阿拉伯[羅馬]數字, 數詞(numeral). a cardinal *number* 基數/an ordinal *number* 序數. (b) 《數詞》(numeral).
3 UC (總)數《of》, 合計. The *number* of the wounded was estimated at 100. 傷populations的人數估計有 100 名《語法》the number of... 爲主詞時, 動詞與 number 一致, 作單數; → 片語 a number of...).
4 (number*s*)《單複數同形》算數. be good at *numbers* 精於算數.
5 【多數】(number*s*)多數, 很多; (數量上的)優勢. *numbers* of... (→片語)/The enemy beat us by (force of) *numbers*. 敵人以人多勢衆而擊潰我們.

【 號碼, 順序 】 **6** C 號碼; 第…號; 《參考》通常在阿拉伯數字前略記爲No., no., Nº; 《美》在數字前標上#). a house *number* 門牌號碼/a license *number* 執照號碼/Give me your (tele)phone *number*, please. 請給我你的電話號碼/(The) *number* is engaged. 這個號碼占線中 → line n. 6/I'm afraid you have the wrong *number*. 你恐怕打錯了《電話用語》/Room No. 120 120 號房間/★120 一般讀作 one twenty/(Number) Fifteen, High Street 大街 15 號《口頭陳述住處號碼時》/《語法》書寫時不加 No., 而寫作 15 High Street).

【 一組中的一個 】 **7** C (演出等的)節目; (雜誌等的)號; (書的)冊. the first *number* on the program 節目的第一段(表演)/the current [April] *number* of '*Science*' 「科學」雜誌的當月[4月]號/a back *number* 過期雜誌, 舊雜誌/one's favorite *number* 某人最喜歡的曲目.

8 C (口)(通常用單數)物品; (作爲商品的)衣服, (特指)禮服; 《俚》年輕女孩. That dress is a cute *number*. 那件禮服眞漂亮.

【 音的排列 】 **9** 《古、詩》(number*s*)韻, 韻律; 詩, 韻文.

*__a lárge [grèat] númber of...__ 許多的…, 很多的…. a *large number* of tourists 大批觀光客.

*__a númber of...__ 幾個的…, 若干的…, (several); 很多的…(many). There are *a number* of reasons why I don't like Will. 我討厭威爾的理由有好幾個[很多]. 《語法》a number of... 爲複數, 其所接的述語動詞通常與 後面的複數名詞一致, 爲複數形. *A number* of passengers *were* injured in the accident. (相當多的旅客在那次事故中受了傷).

àny númber of... 《口》很多的…, 無論多少也…. I've asked you *any number* of times. 我已拜託你不知多少次了.

beyònd númber 無法數清.

gèt [hàve] a pèrson's númber 《口》瞭解某人的弱點[本領].

in númber 在數量上. They are few *in number*, but solidly united. 他們人數雖少, 但非常團結.

A pèrson's nùmber is úp. 《口》(某人)處於進退兩難之中; 死期已到.

nùmbers of... 很多的…. *numbers* of trees 很多的樹.

quìte a númber of... 相當多的….

to the númber of... 《文章》【數】達到…; 多達… (as many as...).

without númber 極多的, 無數的. times *without number* 無數次, 屢次.

── v. (**~s** [~z; ~z]; **~ed** [~d; ~d]; **-ber·ing** [-bərɪŋ; -bərɪŋ]) vt. **1** 算; 算進去, 包括進去, 《among, in, with, as》. We *number* him *among* our closest friends. 我們把他視爲我們的親密朋友.

2 總數達…, 總數有…. The school's library *numbers* about 50,000 books. 那所學校的圖書館藏書約達 50,000 冊.

3 (用 be numbered)【目】, 日數等】屈指可數的, 有限的. The days of his life *are numbered*. 他來日無多了.

4 編號碼《常用被動語態》. *number* the tickets (from) 1 to 100 將票從 1 號編到 100 號.

— *vi.* **1** (總數)有((in)). His followers *numbered* *in* the thousands. 他的追隨者達數千人.

2 算在內，包括，((among)).

字源 NUM「數」: *number*, *numerous* (非常多的), *enumerate* (數), in*numerable* (無數的).

num·ber·less [ˋnʌmbəlɪs; ˈnʌmbəlɪs] *adj.* ((主雅))無數的，數不清的.

nùmber óne *pron.* 《口》**1** 自己. take care of [look after] *number one* 只顧自己.

2 ((名詞性))最優秀的人，排名第一的人.

3 ((形容詞性))最重要的; 第一等[流]的.

num·ber·plate [ˋnʌmbəˌplet; ˈnʌmbəpleɪt] *n.* C (英)(汽車等的)牌照(美) license plate; → car圖.

numb·ly [ˋnʌmlɪ; ˈnʌmlɪ] *adv.* 麻木地，麻木般地.

numb·ness [ˋnʌmnɪs; ˈnʌmnɪs] *n.* U 無知覺，麻痺.

numb·skull [ˋnʌmˌskʌl; ˈnʌmskʌl] *n.* =numskull.

nu·mer·al [ˋnjumrəl, ˋnɪu-, ˋnu-, -mərəl; ˈnjuːmərəl] *n.* C **1** 數字，表數符號. an Arabic *numeral*, a Roman *numeral* (→ 見 Arabic numeral, Roman numeral). **2** 數詞.

— *adj.* 數的，表數的.

nu·mer·ate [ˋnjumərɪt, ˋnɪu-, ˋnu-, -ˌret; ˈnjuːmərət] *adj.* ((主英))數字方面有能力的; 有數學[科學]素養的. 參考 相對於 literate(讀寫能力強的)之字.

nu·mer·a·tion [ˌnjuməˋreʃən, ˌnɪu-, ˌnu-; ˌnjuːməˈreɪʃn] *n.* U **1** 計算; 計算方法，數法. decimal *numeration* 十進法.

2 數字的讀法，讀數法.

nu·mer·a·tor [ˋnjuməˌretə, ˋnɪu-, ˋnu-; ˈnjuːməreɪtə(r)] *n.* C《數學》(分數的)分子(分母為 denominator).

nu·mer·i·cal [njuˋmɛrɪk, nɪu-, nu-; njuːˈmerɪkl] *adj.* 數的; 數字的. a *numerical* value數值/Arrange the numbered sheets in *numerical* order. 將標上號碼的紙卡按流水號碼整理排列.

nu·mer·i·cal·ly [njuˋmɛrɪkl̩ɪ, nɪu-, nu-, -ɪklɪ; njuːˈmerɪkəlɪ] *adv.* 數字上的，數方面的.

*nu·mer·ous [ˋnjumrəs, ˋnɪu-, ˋnu-, -mərəs; ˈnjuːmərəs] *adj.* **1** 多數的，很多的，(very many). The obstacles were too *numerous* for them to overcome. 障礙太多，他們無法克服/The committee raised *numerous* objections to my proposal. 委員會對我的提案提出很多的反對意見.

2 ((主要修飾集合名詞單數形))為數眾多的. a *numerous* collection of butterflies 數量龐大的蝴蝶蒐藏.

字源 NUM「數」: *numer*ous, *number* (數), *numer*al (數字), in*numer*able (無數的).

nu·mer·ous·ly [ˋnjumrəslɪ, ˋnɪu-, ˋnu-, -mərəs-; ˈnjuːmərəslɪ] *adv.* 多數地，很多地.

nu·mis·mat·ics [ˌnjumɪzˋmætɪks, ˌnɪu-, ˌnu-, -mɪs-; ˌnjuːmɪzˈmætɪks] *n.* 《作單數》《文章》錢幣[徽章]學，古錢學; 古錢收藏.

num·skull [ˋnʌmˌskʌl; ˈnʌmskʌl] *n.* C《口》笨蛋.

*nun [nʌn; nʌn] *n.* (*pl.* **~s** [~z; ~z]) C 修女; 尼姑; (→ monk). *Nuns* do not get married. 修女不結婚.

nun·ci·o [ˋnʌnʃɪˌo; ˈnʌnsɪəʊ] *n.* (*pl.* **~s**) C 教皇使節(羅馬教皇派往外國的使節).

nun·ner·y [ˋnʌnərɪ; ˈnʌnərɪ] *n.* (*pl.* **-ner·ies**) C 女修道院; 尼姑庵; (→ monastery參考).

nup·tial [ˋnʌpʃəl, ˋnʌptʃəl; ˈnʌpʃl] 《文章》 *adj.* 《限定》結婚(儀式)的. a *nuptial* ceremony 婚禮.

— *n.* (nuptials)婚禮.

[nun]

*nurse [nɜs; nɜːs] *n.* (*pl.* **nurs·es** [~ɪz; ~ɪz]) C **1** 護士，看護. a hospital *nurse* 醫院護士/a male *nurse* 男護士/a school *nurse* (學校的)護士/*Nurse* Baker 護士貝克.

2 奶媽(wet nurse); (不授乳的)保姆(dry nurse). act as a (wet) *nurse* to a baby 當嬰兒的奶媽.

put...(òut) to núrse 將…託付給奶媽，寄養孩子.

— (**nurs·es** [~ɪz; ~ɪz], **~d** [~t; ~t]; **nurs·ing**) *vt.* 【悉心照料】**1** 護理，看護，服侍. She *nursed* her husband back to health. 她悉心照料丈夫使他恢復健康.

2 護理(傷等); 盡力治(病). *nurse* a cold 治療感冒.

3 授乳，(母親讓嬰兒)喝母乳. She opened her blouse and began to *nurse* her baby. 她解開上衣開始餵嬰兒吃奶.

4 悉心養育; 照顧; 守護(幼兒). *nurse* a young plant 照顧幼苗/*nurse* a flickering fire 守護搖曳欲熄的火.

【小心地捧著】**5** 小心地抱著，愛撫. *nurse* a baby on one's lap 將嬰兒抱在膝上.

6 《口》(愛護地)使用，節約使用. Desert travelers *nurse* their supply of water. 沙漠旅行者節約用水.

7 懷有(仇恨等); 醞釀(計畫等). *nurse* a grudge against 對…懷恨在心/I've been *nursing* the idea of setting up my own business for years. 我對於建立自己事業的想法已醞釀了多年.

— *vi.* **1** 看護，照料; 從事護士的工作. She was *nursing* in a mental hospital. 她在精神病院中當看護. **2** 餵奶.

字源 NUR「養」: *nur*se, *nur*sery (幼兒室), *nur*ture (養育), *nour*ish (撫育).

nurse·maid [ˋnɜsˌmed; ˈnɜːsmeɪd] *n.* C 保姆.

*nurs·er·y [ˋnɜsrɪ, ˋnɜsərɪ; ˈnɜːsərɪ] *n.* (*pl.* **-er·ies** [~z; ~z]) C **1** 幼兒室，保育室. We've turned the attic into a *nursery*. 我們把家裡的閣樓改成了幼兒室.

2 (公司、百貨公司等的)托兒室; 托兒所(day nursery).

3 苗床，(專供出售的)苗圃.

4 (動物等的)養殖場; 養魚場; 培養所; (罪惡的)

溫床.

nurs·er·y·man [ˈnɜːsrɪmən, ˈnɜːsərɪ-; ˈnɜːsrɪmən] *n.* (*pl.* **-men** [-mən; -mən]) ⓒ 苗木栽培業者, 苗圃的經營者[園丁].

núrsery rhýme *n.* ⓒ (昔日流傳下來的)童謠, 兒歌, (→ Mother Goose).

núrsery schòol *n.* ⓒ 幼稚園(通常以三歲到五歲的幼兒爲招收對象; → school 表).

nurs·ing [ˈnɜːsɪŋ; ˈnɜːsɪŋ] *v.* nurse 的現在分詞、動名詞. — *n.* ⓤ 看護(的工作); 保育.

núrsing bòttle *n.* ⓒ 奶瓶.

núrsing hòme *n.* ⓒ (通常指私立的)老人療養所, 養老院; 《主英》私人醫院, 診所.

nurs·ling [ˈnɜːslɪŋ; ˈnɜːslɪŋ] *n.* ⓒ **1** (由奶媽撫養的)幼兒; 尚在哺乳階段的嬰兒.
2 《口》被悉心培育的人[物].

nur·ture [ˈnɜːtʃɚ; ˈnɜːtʃə(r)] 《雅》 *vt.* **1** 養育.
2 訓練, 培育, 教育.
— *n.* ⓤ 養育; 培育, 教育, 教養, nature and *nurture* 本性和教養.

＊**nut** [nʌt; nʌt] *n.* (*pl.* **~s** [~s; ~s]) ⓒ
【堅硬的樹的果實】 **1** 樹果; 堅果, 硬果, (核桃, 榛子, 橡子等; → berry). edible *nuts* 食用的堅果/This tree bears [has] large and hard *nuts*. 這棵樹會長出又大又硬的堅果.
2 (堅果的)核仁.
【堅果狀物】 **3** 《機械》螺帽(→ bolt 圖).
4 《英》(nuts) 小煤塊.
5 《口》頭. Use your *nut*! 用點腦筋!
6 《主美》《鄙》睪丸(balls).
【腦筋不正常的傢伙】 **7** 《俚》怪人.
8 《俚》…狂, …迷. a Beatles *nut* 披頭四迷.
a hàrd [*tòugh*] *nút to cràck* 《口》棘手的問題; 難以對付的人.
for núts (英, 口)《用於否定句》全然, 絲毫. He can't play the piano *for nuts*! 他完全不會彈鋼琴!
núts and bólts 《口》(1)(問題等的)基礎, 初步, 「入門」. My father taught me the *nuts and bolts* of gardening. 我的父親教導我園藝的基礎.
(2)(機器的)構造, 裝置.
off one's *nút* 《俚》腦筋不正常; 發狂.
— *vi.* (**~s**; **~ted**; **~ting**) 撿堅果. go *nutting* 去撿堅果.

nut-brown [ˈnʌtˌbraʊn; ˈnʌtbraʊn] *adj.* 栗色的.

nut·crack·er [ˈnʌtˌkrækɚ; ˈnʌtˌkrækə(r)] *n.* ⓒ (常 nutcrackers)核桃鉗. a *nutcracker* = a pair of *nutcrackers* 一把核桃鉗.

[nutcracker]

nut·hatch [ˈnʌtˌhætʃ; ˈnʌthætʃ] *n.* ⓒ 《鳥》鳾, 五十雀.

nut·meg [ˈnʌtmɛg; ˈnʌtmeg] *n.* **1** ⓒ 《植物》肉豆蔻樹(原產於熱帶亞洲的常綠喬木); 肉豆蔻(肉豆蔻樹的種子). **2** ⓤ 肉豆蔻粉(把肉豆蔻碾成粉末狀所成的東西; 作香料或藥用).

nu·tri·a [ˈnjutrɪə, ˈnɪu-, ˈnu-; ˈnjuːtrɪə] *n.* ⓒ 海狸, 海狸鼠, (產於南美的水棲動物).

nu·tri·ent [ˈnjutrɪənt, ˈnɪu-, ˈnu-; ˈnjuːtrɪənt] *adj.* 有營養的, 變得有營養的.
— *n.* ⓒ 食物; 營養品.

nu·tri·ment [ˈnjutrɪmənt, ˈnɪu-, ˈnu-; ˈnjuːtrɪmənt] *n.* ⓤⓒ 滋養品, 營養品; 食物.

nu·tri·tion [njuˈtrɪʃən, nɪu-, nu-; njuːˈtrɪʃn] *n.* ⓤ **1** 營養的攝取[供給]. **2** 營養品; 食物.
3 營養學.

nu·tri·tion·ist [njuˈtrɪʃənɪst; njuːˈtrɪʃənɪst] *n.* ⓒ 營養師.

nu·tri·tious [njuˈtrɪʃəs, nɪu-, nu-; njuːˈtrɪʃəs] *adj.* 有營養的. *nutritious* food 有營養的食物.

nu·tri·tive [ˈnjutrɪtɪv, ˈnɪu-, ˈnu-; ˈnjuːtrətɪv] *adj.* 《文章》 **1** (有關)營養的. **2** ＝nutritious.

nuts [nʌts; nʌts] *adj.* 《敍述》《口》瘋狂的(crazy); 著迷的(*about*, *over*). go *nuts* 發狂/Joe's *nuts about* Jane. 喬迷戀珍迷得發狂.
— *interj.* 《主美、口》混蛋!; 《堅決拒絕》混帳! 胡說! *Nuts* to you! 混帳東西!

nut·shell [ˈnʌtˌʃɛl; ˈnʌtʃel] *n.* ⓒ 堅果的殼.
in a nútshell 簡單扼要地(說); 簡潔地.

nut·ty [ˈnʌtɪ; ˈnʌtɪ] *adj.* **1** 有堅果味的.
2 (樹)結有很多堅果的; (餅乾等)滿是堅果的.
3 《俚》古怪的, 想法怪異的.
(*as*) *nùtty as a frúitcake* 《俚》頭腦不正常的, 古怪的.

nuz·zle [ˈnʌzl; ˈnʌzl] *vt.* 〔動物〕用鼻子摩擦[壓住]; 摩擦(鼻子等).
— *vi.* 摩擦[壓住]鼻子.

NV. (略) Nevada.

NW. (略) northwest; northwestern.

NY, N.Y. (略) New York.

NYC, N.Y.C. (略) New York City.

＊**ny·lon** [ˈnaɪlɑn; ˈnaɪlɒn] *n.* (*pl.* **~s** [~z; ~z])
1 ⓤ 尼龍. Polyester is now more popular than *nylon* for clothing. 以衣服的材質來說, 目前聚酯纖維比尼龍更爲普遍.
2 (nylons)尼龍襪子. a pair of *nylons* 一雙尼龍襪/in *nylons* 穿著尼龍襪.

＊**nymph** [nɪmf, nɪmpf; nɪmf] *n.* (*pl.* **~s** [~s; ~s]) ⓒ **1** (希臘、羅馬神話)仙女, 妖精, (以少女的形象出現, 居住於森林、樹木、深山、小河裡). A naiad is a *nymph* dwelling in a lake, stream, or river. 水精是住在湖, 小溪, 或河裡的仙女.
2 《雅》《美》少女.

nym·phet [nɪmˈfɛt; nɪmˈfet] *n.* ⓒ 《口》《詼》小妖精(具有性感魅力的十三、十四歲少女).

nym·pho·ma·ni·a [ˌnɪmfoˈmenɪə, ˌnɪmfəˈmenɪə] *n.* ⓤ 《女性》色情狂, 淫亂症.

nym·pho·ma·ni·ac [ˌnɪmfoˈmenɪæk, ˌnɪmfəˈmenɪæk] *adj.* 《女性》色情狂的, 淫亂症的.
— *n.* ⓒ 《女性》色情狂.

N.Z. (略) New Zealand.

O o $\mathcal{O}$ o

O, o [o; əʊ] *n.* (*pl.* **O's, Os, o's** [~z; ~z])

1 U C 英文字母的第十五個字母.

2 C (用大寫字母)O 字形物.

3 C 零. 參考 電話號碼中, 1005 讀作 one o o five 或 one double o five 等; 小數的 1.02 讀作 one point o two.

O¹ [o; əʊ] *interj.* 《主詩》哦, 哎呀, 啊, 《表驚訝, 恐懼、喜悅、悲哀、願望、召喚等》. *O* Lord! 啊, 上帝!/*O* dear (me)! 媽呀! 哎喲! 語法 常用大寫, 很少單獨使用; O 之後不加逗號; 現在通常可與 oh 代換, 但 oh 之後常用逗號或驚歎號等; → oh.

Ò for...=Oh for... (oh 的片語).

Ò that...=Oh that... (oh 的片語).

O² (符號) oxygen.

O. (略) Ohio.

O' *pref.* 《加於愛爾蘭人的姓之前》表「…之子」的意思 (→ Mac.). *O'*Brien. *O'*Neill.

o' [ə; ə] *prep.* of 的縮寫. three *o'*clock 三點鐘.

oaf [of; əʊf] *n.* (*pl.* ~**s**) C 愚蠢且不文雅的人.

oaf·ish [ˋofɪʃ; ˈəʊfɪʃ] *adj.* 愚蠢的; 粗野的.

*oak [ok; əʊk] *n.* (*pl.* ~**s** [~s; ~s]) **1** C 橡樹 《櫟、枹等類的闊葉樹的總稱; 材質堅硬, 樹幹高大, 被稱爲 the Monarch of the Forest (森林之王); 果實爲 acorn》. **2** U 橡木(用作家具、地板、船等).

acorn

[oak 1]

oak·en [ˋokən; ˈəʊkən] *adj.* (限定)《主雅》橡木(製)的.

Oaks [oks; əʊks] *n.* 《加 the》歐克斯賽馬《於英國艾普森(Epsom)舉行》.

oa·kum [ˋokəm; ˈəʊkəm] *n.* U 麻絮(自舊麻繩拆解出來, 填塞於木船外板的隙縫之中).

OAP (略)《英》old age pensioner(領取養老金的人).

*oar [or, ɔr; ɔː(r)] *n.* (*pl.* ~**s** [~z; ~z]) C 船漿、櫓, (paddle) (→ paddle 圖; rowboat 圖). My brother pulls a good [bad] *oar.* 我哥哥划船划得好[不好].

pùt one's *óar ìn* (口)多管閒事.

oar·lock [ˋɔr.lɑk; ˈɔːlɒk] *n.* C 《美》(小船的)槳架, 櫓架, (《英》rowlock) (→rowboat 圖).

oars·man [ˋorzmən, ˋɔrz-; ˈɔːzmən] *n.* (*pl.* -**men** [-mən; -mən]) C (小船的, 特指賽艇的)槳手.

o·a·ses [oˋesiz, ˋoəsiz; əʊˈeɪsiːz] *n.* oasis 的

複數.

*o·a·sis [oˋesɪs, ˋoəsɪs; əʊˈeɪsɪs] *n.* (*pl.* -**ses**) C

1 綠洲(沙漠中的綠地).

2 休憩的場所. This park is an *oasis* of quiet in the busy city. 這座公園是這喧囂城市中一處安靜的休息場所.

oat·cake [ˋot.kek; ˈəʊtkeɪk] *n.* C 燕麥餅(用燕麥(oatmeal 1)做的餅乾).

*oath [oθ; əʊθ] *n.* (*pl.* ~**s** [oðz; əʊðz]) C

1 誓言, 誓約; 《法律》(法庭上)宣誓(形式). He took an *oath* to tell the whole story. 他發誓要說出整個事件的經過/He swore an *oath* that he would revenge his brother's murder. 他發誓要報殺兄之仇.

2 濫用神名(指發怒時言及神名或神聖的言辭; 例如 Good God! (老天!), God damn you! (你這天殺的!)等); (濫用神名的)詛咒, 咒罵. He shouted *oaths* in anger. 他生氣地破口咒罵.

on [*under*] *óath* 《法律》宣誓(述說事實). You are *under* oath to tell the truth in this court. 你已宣誓在本庭所述說的句句屬實.

oat·meal [ˋotmil; ˈəʊtmiːl] *n.* U **1** 燕麥片.

2 燕麥粥(òatmeal pórridge) (用燕麥片煮成的粥; 主要作早餐).

*oats [ots; əʊts] *n.* **1** 《單複數同形》燕麥(的穀粒)《禾本科穀物; 可在寒冷地區栽種; 作爲食物、飼料; → spike² 圖). **2** 《作單數》燕麥粥(oatmeal).

fèel one's *óats* (口)(1)興高采烈. (2)《美》洋洋得意, 驕傲自滿.

off one's *óats* (口)沒食慾.

sòw one's *wìld óats* 年輕時不務正業.

ob- *pref.* 「與…相對; 與…相反; 完全地」等之意. 通常在 c, f, p 之前分別爲 oc-, of-, op-; 在 m 之前爲 o-. *ob*serve. *ob*ject. *oc*cupy. *of*fer. *op*pose. *o*mit.

ob·bli·ga·to [ɑblɪˋgɑto; ˌɒblɪˈgɑːtəʊ] *adj.* 《音樂》(伴奏等)不可缺少的, 不能省略的, (用於樂譜中).

—— *n.* (*pl.* ~**s**) C 不可缺少的伴奏.

ob·du·ra·cy [ˋɑbdjərəsɪ, -dju-; ˈɒbdjʊərəsɪ] *n.* U (文章)執拗, 頑固; 冷酷.

ob·du·rate [ˋɑbdjərɪt, -dju-, -də-; ˈɒbdjʊərət] *adj.* (文章)執拗的, 頑固的, (stubborn); 冷酷的.

ob·du·rate·ly [ˋɑbdjərɪtlɪ, -dju-, -də-; ˈɒbdjʊərətlɪ] *adv.* (文章)執拗地; 冷酷地.

*o·be·di·ence [əˋbidɪəns; əˈbiːdjəns] *n.* U

O

服從，順從，《to》. blind *obedience* 盲從/passive *obedience* 消極的服從/*Obedience* to the law is expected of every citizen. 每位公民都要遵守法律/He bought a sports car in *obedience to* her wishes. 他照她的希望買了一部跑車.

> 图配 *adj.*+obedience: absolute ~（絕對的服從）, strict ~（完全的服從）// *v.*+obedience: demand ~ from...（對…要求服從）, owe ~ to...（對…有服從的義務）, swear ~ to...（對…發誓服從）.

⟡ *v.* **obey.** ↔ **disobedience.**

*o·be·di·ent [ə'bidiənt; ə'bi:djənt] *adj.* 順從的，忠實服從的，聽話的;（用 servant 時）對…順從《誠實》的, an *obedient* servant 順從的僕人/The boy is *obedient* to his parents. 那個男孩很順從父母. ⟡ *v.* **obey.** ↔ **disobedient.**

o·be·di·ent·ly [ə'bidiəntlı; ə'bi:djəntlı] *adv.* 順從地，恭順地.

o·bei·sance [o'besn̩s, `bisn̩s; əʊ'beisəns] *n.* 《文章》**1** ⓒ 鞠躬，行禮. **2** Ⓤ 敬意.

ob·e·lisk [`abl̩ɪsk; 'bəlisk] *n.* ⓒ 方尖柱, 方尖塔,《作為紀念碑, 地標等而建的石柱》.

o·bese [o'bis; əʊ'bi:s] *adj.*《文章》《人》(病態地) 肥胖的(very fat).

o·bes·i·ty [o'bisətı, o'bɛs-; əʊ'bi:sətı] *n.* Ⓤ《文章》(病態的) 肥胖.

*o·bey [ə'be, o'be; ə'bei] *v.* (~s [~z; ~z]; ~ed [~d; ~d]; ~ing) *vt.* **1** 聽從, 服從,〔他人, 他人的意見, 命令〕 You should *obey* your teachers. 你應該聽從老師的話/ [obelisk] We must *obey* the law. 我們必須守法.

> 图配 obey+*n.*: ~ a decision（聽從決定）, ~ an order（聽從命令）, ~ a rule（遵守規則）, ~ a superior（服從上司）.

2 順從〔自己的意願等〕行動. I *obeyed* my conscience and told the truth. 我憑我的良心說實話.

— *vi.* 服從. The sailor *obeyed* reluctantly. 這個水手不情願地服從(命令).

⟡ *n.* **obedience.** *adj.* **obedient.** ↔ **disobey.**

ob·fus·cate [ab'fʌsket, əb-, `abfəs,ket; 'ɒbfʌskeit] *vt.*《文章》(故意地) 使模糊, 使困惑.

ob·i·ter dic·tum [`abɪtɚ'dɪktəm, `ob-; ˌɒbitə'diktəm] (拉丁語) *n.* (*pl.* — *dicta* [-tə; -tə]) ⓒ《法律》附帶意見;《文章》附言.

o·bit·u·ar·y [ə'bɪtʃʊˌɛrɪ, ə'bɪtʃʊərı] *n.* (*pl.* -ries) ⓒ (報紙等的) 訃聞, 訃告, (通常附有死者的生平介紹).

*ob·ject [`abdʒɪkt; 'ɒbdʒikt] *n.* (★ 與 *v.* 的重音位置不同) (*pl.* ~s [~s; ~s]) ⓒ 【物】**1** 物, 物體; 實物. You can look at dis-

tant *objects* with a telescope. 用望遠鏡能看到遠處的東西/Holmes examined every *object* in the room. 福爾摩斯檢查了房裡所有的東西/an art *object* 藝術品.

【 行為、感情等的對象(物) 】**2** 對象, 成為對象的人[物]; 目標; 《of》. an *object* of pity 同情的對象/Professional baseball players are *objects* of admiration for many boys. 職業棒球選手是許多男孩崇拜的對象/The actress was the *object* of attention at the party. 那個女演員是宴會裡眾所注目的焦點.

3 (英、口) 可憐的[過度的, 可笑的, 奇怪的]東西 [人]. What an *object* she looks in that strange hat! 她戴上那頂奇怪的帽子看起來真可笑!

4《哲學》對象, 客體, (↔ subject).

【 對象>目標 】**5** 目的, 目標(aim), 意圖(purpose), with the *object* of earning money 以賺錢為目的/The *object* of his visit was to ask for my help. 他的來訪意在尋求我的協助/The government has failed in its *object* of reducing land prices. 政府沒有達到降低地價的目標/You should have some *object* in life. 你的人生該有個目標.

> 图配 *adj.*+object: the immediate ~（眼前的目標）, the main ~（主要的目標）, the ultimate ~（最終的目標）// *v.*+object: achieve one's ~（達成目標）, further one's ~（向前推進目標）.

6《文法》受詞. the direct [indirect] *object* 直接[間接]受詞.

...(be) nò óbject 不論…《廣告等中的用語》. Age (is) no object. 不論年齡.

— [əb'dʒɛkt; əb'dʒekt] *v.* (~s [~s; ~s]; ~ed [~ɪd; ~ɪd]; ~ing) *vi.* 反對; 抗議; 不贊成;《to》. We'll ask Tom to join us if you don't object. 如果你不反對的話, 我們想請湯姆參加/The girls *objected* to our plans. 女孩們反對我們的計畫/You won't *object* to being asked a few questions, will you, Mr. Smith? 史密斯先生, 你不會反對回答我幾個問題吧, 會嗎? 回 object 是因對爭論的焦點等有所反感而反對; → oppose.

— *vt.* 句型3 (object *that* 子句) 對…提出反對意見. He *objected* that the plan would cost too much money. 他認為那計畫太花錢而提出反對.

> 字源 JECT「拋」: ob*ject*, pro*ject*（拋出）, re*ject*（拒絕）.

óbject glàss *n.* ⓒ 接物鏡(顯微鏡、望遠鏡等最靠近物體的鏡片)「接目鏡」為 eyepiece).

*ob·jec·tion [əb'dʒɛkʃən; əb'dʒekʃn] *n.* (*pl.* ~s [~z; ~z]) **1** Ⓤⓒ 反對, 異議; 不滿, 不服, 《to, against》. Do you have any *objection* if I smoke here? 我可以在這裡抽菸嗎?/ My parents had no *objection* to my going abroad. 父母對於我出國一事並無異議/*Objection!* 抗議!

> 图配 *adj.*+objection: a serious ~（嚴正抗議）, a valid ~（有理由的反對）// *v.*+objection: make an ~（提出異議）, overrule an ~（駁回抗議）, withdraw an ~（撤回抗議）.

2 ⓒ 反對的理由, 責難的原因, 《to》. My main

objection to this climate is its heat. 我討厭這種氣候的主因是太熱了/I raised the objection that the project was too costly. 我提出反對的理由是這個計畫費用過高。

ob·jec·tion·a·ble [əbˋdʒɛkʃənəbl̩, -ʃnəbl̩; əbˈdʒekʃnəbl̩] adj. 令人不愉快的, 令人討厭的, 令人不喜歡的.

ob·jec·tion·a·bly [əbˋdʒɛkʃənəblɪ; əbˈdʒekʃnəblɪ] adv. 令人不愉快地, 令人生氣地.

***ob·jec·tive** [əbˋdʒɛktɪv; əbˈdʒektɪv] adj. **1** 客觀的, 公平的, (↔ subjective). an objective description of an accident 對於事故的客觀敍述/A judge must make objective decisions. 法官必須作出公正的判決.

2 物質的; 實在的, 現實中存在的. Space travel is now an objective fact. 太空旅行現在已是旣成的事實.

3 《文法》受詞的.

— n. ⓒ **1** (努力等的)目標, 目的. Our objective was to reach the top of the mountain. 我們的目標爲到達山頂.

2 《文法》受格(亦作 objective case).

3 接物鏡(object glass).

objéctive càse n. ⓒ《文法》受格(→ case ●).

objéctive còmplement n. ⓒ《文法》受詞補語(→見文法總整理3. 4；→complement●).

ob·jec·tive·ly [əbˋdʒɛktɪvlɪ; əbˈdʒektɪvlɪ] adv. 客觀地, 公平地; 《修飾句子》客觀[公正]地說.

ob·jec·tiv·i·ty [ˌɑbdʒɛkˋtɪvətɪ; ˌɒbdʒekˈtɪvətɪ] n. ⓤ客觀性; 公平的判斷, 沒有偏見.

óbject lèns n. =object glass.

óbject lèsson n. ⓒ實物敎育; 可作爲敎導的實例; 《in》.

ob·jec·tor [əbˋdʒɛktə; əbˈdʒektə(r)] n. ⓒ反對者, 持異議的人.

ob·jet d'art [ˌɔbʒeˋdɑr; ˌɒbʒeˈdɑ:(r)] (法語) n. (pl. objets — [-ˋɔbʒe-; -ˈɒbʒe-]) ⓒ小藝術品.

ob·li·gate [ˋɑblə͵get; ˈɒblɪɡeɪt] 句型5 (obligate A to do) (特別是法律性的)A 有義務去做…(oblige)《通常用被動語態》. You are obligated to fulfill your contract. 你有履行契約的義務.

***ob·li·ga·tion** [ˌɑbləˋgeʃən; ˌɒblɪˈɡeɪʃn] n. (pl. ~s [-z; -z]) ⓒ **1** (法律上, 道德上的)義務, 責任. We have an obligation to support our family. 我們有義務要養家.

2 恩惠, 人情債; 感謝之情. I feel an obligation to those who helped me. 我對幫助過我的人懷有感恩之情.

3 借款, 債務; 借據.

under an obligátion (1)有[具有]感恩之情《to》. We were placed under an obligation by their great kindness. 我們對他們的大恩大德眞是感激不盡. (2)有[具有]義務《to do》. I'm under an obligation to report once a week. 我有義務每週作一次報告.

ob·lig·a·to·ry [əˋblɪgə͵torɪ, ˋɑblɪgə-, -͵tɔrɪ; əˈblɪɡətərɪ] adj. **1** (法律上, 道德上)義務性的, (規

則等中)規定是義務的. At that school, chapel attendance is obligatory upon [for] the students. 那個學校規定學生都有參加敎堂禮拜的義務. **2** 〔學科等〕必修的(↔ optional, 《主美》elective).

***o·blige** [əˋblaɪdʒ; əˈblaɪdʒ] vt. (o·blig·es [~ɪz; ~ɪz]; ~d [~d; ~d]; o·blig·ing)

1 句型5 (oblige A to do)A 有做…的義務, 強制, 《通常用被動語態》(→ compel 同). Public opinion obliged him to retire. 輿論逼得他不得不引退/Parents are obliged to pay for damages caused by their minor children. 對未成年子女所造成的損失, 父母有賠償的義務/I felt obliged to return their hospitality. 我覺得我們應該回報他們熱情的款待.

2 親切相待; 滿足所願, 《with》; 使感激, 使高興; 《by doing》. 《★親切的說法》. Will you oblige me by lending me your pen? 能否借用一下您的鋼筆? 《★比 Will you lend me your pen? 更恭敬但過於刻板的說法》/Susan will now oblige us with a song. 現在蘇珊將爲我們唱一首歌《★本句有省略 us 作不及物動詞之用法》.

be oblíged (to...) 感激…, 感謝…, (I'm) much obliged (to you) for your kindness. 我非常感謝你的好意/I'd be obliged if you'd shut up! 拜託你閉嘴!

***o·blig·ing** [əˋblaɪdʒɪŋ; əˈblaɪdʒɪŋ] v. oblige 的現在分詞, 動名詞.

— adj. 熱心助人的, 親切的, 樂於助人的. I found him most obliging when I asked him a favor. 在求助於他時, 我才發覺他是個樂於助人的人.

o·blig·ing·ly [əˋblaɪdʒɪŋlɪ; əˈblaɪdʒɪŋlɪ] adv. 親切地, 樂於助人地.

ob·lique [əˋblik; əˈbli:k] adj.【 斜的 】**1** 斜的, 傾斜的. an oblique line 斜線.

2 【歪斜組織的】迂廻的, 間接的. an oblique answer 委婉的答覆.

— n. ⓒ斜線(/).

oblíque ángle n. ⓒ斜角《不是直角(right angle)的銳角、鈍角》.

ob·lique·ly [əˋbliklɪ; əˈbli:klɪ] adv. 歪斜地; 拐彎抹角地.

ob·lit·er·ate [əˋblɪtə͵ret; əˈblɪtəreɪt] vt. 《文章》**1** 使〔文字等〕消失. The spilled ink obliterated his signature. 溢出的墨水使他的簽名看不見. **2** (未留下痕跡地)將…完全破壞.

ob·lit·er·a·tion [ə͵blɪtəˋreʃən; ə͵blɪtəˈreɪʃn] n. ⓤ《文章》消去, 抹消; 毀滅.

ob·liv·i·on [əˋblɪvɪən; əˈblɪvɪən] n. ⓤ《文章》(被)遺忘, 忘卻; 不知不覺.

fàll [sìnk] into oblívion 漸被忘記.

ob·liv·i·ous [əˋblɪvɪəs; əˈblɪvɪəs] adj. 《敍述》《文章》沒有察覺的; 忘記的; 《of, to》. Our boy becomes oblivious to everything when he plays the guitar. 我們的兒子彈吉他時渾然忘我/I was

O

not *oblivious to* her tricks. 我並非渾然不知她的詭計.

ob·long [ˋɑblɔŋ; ˈɒblɒŋ] *adj.* 長方形的.
— *n.* ⓒ 長方形(的東西).

ob·lo·quy [ˋɑbləkwɪ; ˈɒbləkwɪ] *n.* ⓤ《文章》辱罵, 責難, 責罵; 不名譽, 壞名聲.

ob·nox·ious [əbˋnɑkʃəs, ɑb-; əbˈnɒkʃəs] *adj.* 《文章》令人不悅的(very disagreeable); 被嫌忌的(*to*).
ob·nox·ious·ly [əbˋnɑkʃəslɪ, ɑb-; əbˈnɒkʃəslɪ] *adv.* 令人不快地.

o·boe [ˋobo, ˋoboɪ; ˈəʊbəʊ] *n.* ⓒ 雙簧管(木管樂器; → woodwind圖)). 〜ist [ˋer.

o·bo·ist [ˋoboɪst; ˈəʊbəʊɪst] *n.* ⓒ 雙簧管演奏

ob·scene [əbˋsin, ɑb-; əbˈsiːn] *adj.* **1** 猥褻的, 鄙猥的. an *obscene* book 一本淫穢的書.
2 醜惡的; 汙穢的.
ob·scene·ly [əbˋsinlɪ; əbˈsiːnlɪ] *adv.* 猥褻地.
ob·scen·i·ty [əbˋsɛnətɪ, -ˈsinətɪ; əbˈsenətɪ] *n.* (*pl.* **-ties**) ⓤ 猥褻; ⓒ 猥褻的話[行為等].

***ob·scure** [əbˋskjʊr, -ˈskɪʊr; əbˈskjʊə(r)] *adj.* (**-scur·er** [-ˋskjʊrə; -ˈskjʊərə(r)]; **-scur·est** [-ˋskjʊrɪst; -ˈskjʊərɪst]) 【 不清楚的 】 **1** 模糊的, 不清楚的; (微)暗的. an *obscure* figure in the fog 霧中模糊的人影/the *obscure* outlines of the distant shore 遠岸的模糊輪廓/in an *obscure* corner of the room 房間微暗的角落.
2 不明朗的, 曖昧的. an *obscure* explanation 不明確的說明/The cause of the accident is still *obscure*. 那起意外事件的原因還不清楚/Modern poetry is often *obscure*. 現代詩通常很難懂/For some *obscure* reason the man gave up his job. 不知為了甚麼原因那個人辭去了工作/an *obscure* vowel(語音學)中性的母音(指[ə; ə]).
圖 *obscure* 指因無判斷的依據, 或因知識、理解力不足而無法瞭解; 同樣具有「不明瞭」之意的 vague 和 ambiguous → ambiguous.
【 不顯眼的 】 **3** 〔土地〕偏僻的, 不引人注目的; 〔人〕不知名的, 為俗世所埋沒的. an *obscure* poet of the 18th century 18世紀的無名詩人/an *obscure* little village 偏僻的小村莊.
— *vt.* **1** 掩蓋; 使不易被看見; 使模糊. Dark shadows *obscured* the path. 黑暗的陰影使道路看不清楚/The makeup *obscured* the lines of her face. 化妝遮蓋住她臉上的皺紋/The new building *obscures* our view of the mountains. 那幢新的建築物使我們看不見山景.
2 使〔意思, 問題等〕不清楚, 使難懂; 使〔發音等〕模糊. The accused tried to *obscure* his real motives. 被告試圖模糊自己的真正動機.
ob·scure·ly [əbˋskjʊrlɪ, -ˈskɪʊr-; əbˈskjʊəlɪ] *adv.* 模糊地; 不為人知地; 曖昧地.

***ob·scu·ri·ty** [əbˋskjʊrətɪ, -ˈskɪʊrətɪ; əbˈskjʊərətɪ] *n.* (*pl.* **-ties** [〜z; 〜z])
1 ⓤ 暗, 暗淡.

2 ⓤ 模糊; 難懂; 曖昧. The *obscurity* of the passage still puzzles scholars today. 那段難懂的處至今仍令學者們感到困惑.
3 ⓒ 難解之處[事物]. The essay is full of *obscurities*. 那篇論文處處令人難以理解.
4 ⓤ 不為人知, 沒沒無聞. The artist has been lost in *obscurity* for years. 那位畫家多年來一直不為世人所知.

ob·se·quies [əbˋsikwɪz; əbˈsiːkwɪz] *n.* 《作複數》《文章》葬禮.

ob·se·qui·ous [əbˋsikwɪəs; əbˈsiːkwɪəs] *adj.* 《文章》諂媚的, 討好的. make an *obsequious* smile 陪笑臉.

ob·serv·a·ble [əbˋzɝvəbl; əbˈzɜːvəbl] *adj.*
1 可觀察出來的, 顯而易見的; 能識別的.
2 〔規則等〕可遵守的.
ob·serv·a·bly [əbˋzɝvəblɪ; əbˈzɜːvəblɪ] *adv.* 明顯地, 顯著地.

***ob·serv·ance** [əbˋzɝvəns; əbˈzɜːvns] *n.* (*pl.* **-anc·es** [〜ɪz; 〜ɪz]) **1** ⓤ (法規, 價例等的)遵守. strict *observance* of all rules 嚴格遵守所有規則.
2 ⓤ (節日等的)慶典. the *observance of* Thanksgiving Day 感恩節的(正式)慶祝活動.
3 ⓒ (常 observances)(宗教上的)儀式.
✧ *v.* **observe**.

ob·serv·ant [əbˋzɝvənt; əbˈzɜːvnt] *adj.* **1** 立刻察覺的, 觀察力敏銳的. How *observant* of you! 你的眼光真敏銳啊!
2 嚴格遵守(法規, 慶典儀式等)的. He was faithfully *observant* of all the old traditions. 他對所有舊傳統都嚴格地遵守. ✧ *v.* **observe**.

ob·serv·ant·ly [əbˋzɝvəntlɪ; əbˈzɜːvntlɪ] *adv.* 觀察敏銳地, 機警地.

***ob·ser·va·tion** [͵ɑbzɚˋveʃən, ͵ɒbzə`veʃn] *n.* (*pl.* **-s** [〜z; 〜z]) 【 觀察 】 **1** ⓤⓒ 觀察; 觀測; 監視. Every student made a careful *observation* of the fish. 每個學生都仔細觀察了那條魚/It's a good night for *observation* of the stars. 這是個適合觀測星象的夜晚.
2 ⓤ 察覺, 發覺. escape (a person's) *observation* 未引起(某人)注意, 不被(某人)察覺/Since we're not doing anything wrong, we don't have to avoid *observation*. 既然我們不是在做甚麼壞事, 沒必要避人耳目.
3 ⓤ 觀察力, 注意力. a man of keen *observation* 觀察力敏銳的人.
【 觀察的結果 】 **4** (observations)觀察[觀測]後的事實; 觀察[觀測]記錄. a record of his *observations* on the life of snakes 他對蛇類生態的觀察記錄.
5 ⓒ 報告; 意見, 感想. His essay makes some important observations about human nature. 他的論文闡述了幾個關於人性的重要看法/The speaker concluded with the *observation* that we were already in an electronic age. 演講者最後以我們已經邁入電子時代的看法作為結論.
✧ *v.* **observe**.

under observátion 觀察(著)，觀察中(的)；被監視(中)的. My father is in hospital *under observation*. 我父親正在醫院裡接受(醫師的)的觀察/The police kept the suspect *under observation*. 警察一直在監視著嫌疑犯.

ob·ser·va·to·ry [əb`zɜvə‚torɪ; əb'zɜ:vətrɪ] *n.* (*pl.* **-ries**) C **1** 天文臺；觀測所. a meteorological *observatory* 氣象臺，氣象觀測站.

2 瞭望臺.

‡**ob·serve** [əb`zɜv; əb'zɜ:v]

[observatory 1]

v. (~s [~z; ~z]; ~d [~d; ~d]; -serv·ing) *vt.*

〖注意看〗 **1** 觀察；觀測；仔細看出；監視；[句型3] (observe *wh* 子句，片語)觀察…；仔細看守. The child *observed* the growth of the plant over several months. 這孩子觀察那棵植物的生長好幾個月了/*Observe* that man's every move closely. 嚴密監視那個男子的一舉一動/Did you *observe where* the suspect hid the money? 你看到嫌犯把錢藏到哪裡了嗎?

2 〖看見〗看到，注意，發覺. [句型3] (observe *that* 子句)看到…；[句型5] (observe A *do*/A *do*ing)發覺 A 做…/發覺 A 正在做…. I *observed* a letter on his desk. 我注意到他的桌子上放著一封信/The young man *observed that* she was weeping. 那個年輕人發覺她正在哭泣/We *observed* a plane *streak* westward. 我們看到一架飛機向西方快速飛去(〖語法〗用被動語態時必須加 to: A plane was *observed to streak* westward.)/I *observed* a cat *watching* the goldfish in the bowl. 我注意到有隻貓正窺視著魚缸裡的金魚.

3 〖陳述所發現到的事物〗述說，敘述. [句型3] (observe *that* 子句)敘述…. "The man was obviously lying," Laura *observed*. 蘿拉說「那個男子顯然是在說謊」/I *observed that* it was unusual for him to be late. 我說他會遲到是不尋常的.

〖注意遵守〗 **4** 遵守〔規則，命令，習慣等〕. You should *observe* the rules. 你應該遵守規則/You must *observe* silence in the library. 你在圖書館必須保持安靜.

5 正式地舉行〔祭典，儀式等〕，慶祝. She *observed* her birthday with a large party. 她舉行了一個很大的宴會來慶祝自己的生日.

— *vi.* **1** 進行觀察〔觀測〕. **2** 述說意見〔感想〕((on, upon)). He *observed* critically *on* the government's performance. 他陳述了對政府做法的批評意見.

⟡ *vt.* 4, 5 的意義時，名詞為 **observance**；其餘則為 **observation**.

〖語源〗 SERVE「守護」: observe, reserve (維持), reserve (儲備), conserve (保存).

***ob·serv·er** [əb`zɜvə; əb'zɜ:və(r)] *n.* (*pl.* ~s [~z; ~z]) C **1** 觀察者，觀測者；監視者；旁觀者.

I was only an *observer of* the fight. 我只是這場爭吵的旁觀者.

2 (會議的)觀察員(只是出席會議而無表決權、發言權的人). Mr. Brown was asked to attend the meeting as an *observer*. 布朗先生被要求以觀察員的身份參與此會議.

3 遵守(規律，習慣等)的人；慶祝(節日等)的人. a strict *observer of* the Sabbath 嚴格遵守安息日的人.

ob·serv·ing [əb`zɜvɪŋ; əb'zɜ:vɪŋ] *v.* observe 的現在分詞、動名詞.

— *adj.* 注意觀察的，不疏忽的；觀察敏銳的.

ob·sess [əb`sɛs; əb'ses] *vt.* 〔人〕纏住(某種觀念，恐懼，慾望等)纏住不放，纏繞. (常用被動語態). She is *obsessed* by [with] the dream of becoming a great actress. 她一心想要成爲著名的女演員.

ob·ses·sion [əb`sɛʃən; əb'seʃn] *n.* **1** U (被念頭，妄想，慾望等)糾纏，迷惑.

2 C 糾纏而擺脫不了的妄想〔慾望等〕；固執的觀念；執著，執迷；((about, with)). Young men and women today have an *obsession about* going on a foreign tour. 現在的青年男女對海外旅行非常著迷.

ob·ses·sion·al [əb`sɛʃənl; əb'seʃnl] *adj.* 〔人〕迷戀於…的((about))；〔觀念，慾望等〕纏住而擺脫不了的.

ob·ses·sive [əb`sɛsɪv; əb'sesɪv] *adj.* 執拗的；〔慾望，妄想等〕在腦中揮不去的.

ob·so·les·cence [‚ɑbsə`lɛsns; ‚ɒbsəʊ'lesns] *n.* U(文章)落伍，過時.

ob·so·les·cent [‚ɑbsə`lɛsnt; ‚ɒbsəʊ'lesnt] *adj.* (文章)〔語彙，習慣等〕老式的，過時的.

ob·so·lete [`ɑbsə‚lit; 'ɒbsəli:t] *adj.* **1** 〔語言，特指單字等〕現在已不被使用的，廢棄的. an *obsolete* word 廢字. **2** 落伍的，老式的.

*****ob·sta·cle** [`ɑbstək‚ 'ɑbstɪkl; 'ɒbstəkl] *n.* (*pl.* ~s [~z; ~z]) C障礙(物)，妨礙，干擾(物)，((to)). The mountains were an *obstacle* to the pioneers' progress across the continent. 山脈是拓荒者橫越大陸的阻礙/He has overcome so many *obstacles* to reach his present position. 他經歷重重阻礙才爬升到目前的職位.

〖搭配〗 *adj.*+obstacle: an insurmountable ~ (難以克服的障礙), a serious ~ (嚴重的障礙), an unforeseen ~ (意想不到的障礙) // *v.*+obstacle: encounter an ~ (遇到障礙).

óbstacle ràce *n.* C障礙賽跑.

ob·stet·ric, ob·stet·ri·cal [əb`stɛtrɪk; ɒb'stetrɪk], [-rɪk], [-rɪkl] *adj.* (醫學)產科的，助產(術)的.

ob·ste·tri·cian [‚ɑbstɛ`trɪʃən; ‚ɒbstə'trɪʃn] *n.* C產科醫生.

ob·stet·rics [əb`stɛtrɪks; ɒb'stetrɪks] *n.* (作單數)產科學，助產術.

*****ob·sti·na·cy** [`ɑbstənəsɪ; 'ɒbstɪnəsɪ] *n.* U頑

固, 固執. with *obstinacy* 頑固地/the *obstinacy* of mules 騾子般的頑固〔據說騾子具有頑固的個性〕.
⬦ *adj.* **obstinate**.

***ob·sti·nate** [ˋɑbstənɪt; ˈɔbstənət] *adj.* **1** 頑固的, 固執的, (stubborn); 〔抵抗等〕頑強的; 根深蒂固的. an *obstinate* child 執拗的小孩/He remained *obstinate* in his opinion. 他始終堅持自己的意見.
2 〔疾病〕難以治癒的. an *obstinate* cough 難以治癒的咳嗽. ⬦ *n.* **obstinacy**.

ob·sti·nate·ly [ˋɑbstənɪtlɪ; ˈɔbstənətlɪ] *adv.* 頑固地, 固執地.

ob·strep·er·ous [əbˋstrɛpərəs, ɑb-; əbˈstrepərəs] *adj.* 《文章》〔人, 行動〕吵鬧的, 喧嘩的; 無法處理的.

***ob·struct** [əbˋstrʌkt; əbˈstrʌkt] *vt.* (~**s** [~s; ~s]; ~**ed** [~ɪd; ~ɪd]; ~**ing**) **1** 阻塞, 擋住, 〔道路等〕(block). Fallen trees *obstructed* the road. 倒下的樹木阻塞了道路.
2 阻礙, 妨礙, 〔進行, 實施等〕遮蔽〔眺望等〕; (→ hinder¹圖). Heavy snows *obstructed* the completion of the road. 大雪延誤了道路的完工/A large pillar *obstructs* the view of the lake. 一根大柱子遮擋住湖泊的景致/They *obstructed* our plan. 他們擾亂了我們的計畫.
3 〔體育〕妨礙〔對方選手〕(犯規). ⬦ *n.* **obstruction**.

ob·struc·tion [əbˋstrʌkʃən; əbˈstrʌkʃn] *n.* **1** ⓤ妨礙, 障礙, 干擾; (特指)妨礙執行公務; ⓒ〔體育〕阻擋(犯規; → obstruct 3). We met little *obstruction* from the enemy in our progress. 前進時, 我方幾乎未遇到來自敵方的阻力/commit an *obstruction* 阻礙犯規.
2 ⓒ障礙物, 干擾物; 阻塞物. an *obstruction* in the drain 排水管裡的堵塞物. ⬦ *v.* **obstruction**.

ob·struc·tion·ism [əbˋstrʌkʃəˌnɪzm; əbˈstrʌkʃənɪzəm] *n.* ⓤ(會議等中的)妨礙議事進行, 議事杯葛.

ob·struc·tive [əbˋstrʌktɪv; əbˈstrʌktɪv] *adj.* 干擾的, 妨礙的, 《to, of》.

***ob·tain** [əbˋten; əbˈteɪn] *v.* (~**s** [~z; ~z]; ~**ed** [~d; ~d]; ~**ing**) *vt.* **1** 得到, 獲得, 拿到. She tried to *obtain* a ticket for the concert. 她試圖弄到一張音樂會的入場券/I *obtained* the painting at an auction. 我在拍賣會上買到了那幅畫/Did you *obtain* permission *from* your parents? 你得到了你父母的同意嗎?
2 句型4 (obtain A B)、句型3 (obtain B *for* A)〔事、物〕使 A 得到 B, 為 A 帶來 B. His qualifications *obtained* him a good job〔*obtained* a good job *for* him〕. 他的條件讓他得到一份好工作. 圖 obtain 的「得到」之意與 get 相同, 也是一般的常用字, 含有為了得到而需要相當的努力和時間之意. → acquire, gain, procure, secure.
— *vi.* 《文章》廣泛流行, (習慣上)通用, (prevail).

Shaking hands is a custom that *obtains* in many countries. 握手在很多國家中是一種廣泛流行的習慣/That rule no longer *obtains*. 那項規則已經不通用了.
字源 TAIN「握在手上」: *obtain*, con*tain* (含有), at*tain* (完成), main*tain* (維持).

ob·tain·a·ble [əbˋtenəbl; əbˈteɪnəbl] *adj.* 可得到的.

ob·trude [əbˋtrud, -ˋtrɪud; əbˈtruːd] *v.* 《文章》 *vt.* 挺出〔頭等〕; 強迫使接受〔意見等〕, 強行; 《*on, upon, into*》. Don't *obtrude* your opinions *on* others. 你不可以把自己的意見強加於他人.
— *vi.* 突出; 管閒事, 多嘴, 《*on, upon*》.
*ob*tr*úde* one*sélf* 出風頭; 好管閒事. May I *obtrude* myself into this debate? 我可否針對這個爭論提出自己的意見? (★較客氣的說法).

ob·tru·sive [əbˋtrusɪv; əbˈtruːsɪv] *adj.* 《文章》強迫人的; 愛出風頭的; 過分的; 讓人側目的.

ob·tru·sive·ly [əbˋtrusɪvlɪ; əbˈtruːsɪvlɪ] *adv.* 強迫人地; 好管閒事地.

ob·tuse [əbˋtus, -ˋtɪus, -ˋtjus; əbˈtjuːs] *adj.* **1** 〔角, 鋒等〕不尖銳的, 鈍的.
2 《文章》〔頭腦〕遲鈍的, 愚鈍的, (stupid).

obtúse ángle *n.* ⓒ(數學)鈍角 (↔ acute angle).

ob·tuse·ly [əbˋtuslɪ, -ˋtɪus-, -ˋtjus-; əbˈtjuːslɪ] *adv.* 遲鈍地, 愚鈍地.

ob·verse [ˋɑbvɝs; ˈɔbvɜːs] *n.* ⓒ (加 the) 〔貨幣, 徽章等的〕正面, 表面, (↔ reverse).

ob·vi·ate [ˋɑbvɪˌet; ˈɔbvɪeɪt] *vt.* 《文章》消除〔危險, 障礙等〕(get rid of); 預防.

***ob·vi·ous** [ˋɑbvɪəs; ˈɔbvɪəs] *adj.* 〔事物〕明顯的, 明白的. an *obvious* blunder 明顯的大錯誤/The solution of the puzzle is *obvious*. 那個謎題的解答很明顯/Reducing the birthrate is the *obvious* answer to the population problem. 降低出生率是解決人口問題一個明確的方法/It was *obvious* that the driver had not been careful enough. 顯然那司機不夠小心. 圖 obvious 是「看到馬上就懂」的意思; → clear, distinct.

***ob·vi·ous·ly** [ˋɑbvɪəslɪ; ˈɔbvɪəslɪ] *adv.* 明顯地, 顯然. He was *obviously* wrong in his choice. 他明顯選錯了/He was *obviously* nervous when he entered the interview room. 當他進入會客室時明顯地看出他的緊張/*Obviously*, we have lost our way. 顯然我們是迷路了(★ obviously 在此句中修飾全句).

oc·a·ri·na [ˌɑkəˋrinə; ˌɔkəˈriːnə] *n.* ⓒ 洋塤(陶製或金屬製的小型吹奏樂器).

***oc·ca·sion** [əˋkeʒən; əˈkeɪʒn] *n.* (*pl.* ~**s** [~z; ~z])

[ocarina]

〖事情發生的機緣〗
1 ⓒ (某事發生的)時機, 場合. on this〔that〕*occasion* 在這〔那〕場合/on one *occasion* 曾經, 在某時/I met her parents

on the *occasion* of her marriage. 在她的婚禮上,
我見到了她的父母/The last *occasion* I saw Tom
was at his house a month ago. 最後一次見到湯姆
是一個月前在他的家中/I have helped him on sev-
eral *occasions*. 我曾多次幫過他的忙.
2【適當的時機】 UC (好)機會; 良機; ((to do)).
The party gave us an *occasion to* know each
other. 這宴會使我們有相互認識的機會/You had
better change your job if the *occasion* arises. 有
機會的話,你最好換個工作.
【事情發生的契機】 **3** U (直接的)原因, 理由,
誘因; 必要; ((for; to do)). There is no *occasion
to* be angry [*for* anger]. 沒有理由發怒/I have
never had *occasion* to consult a doctor. 到目前為
止我還沒有看醫生的必要.
【特別的事情】 **4** C (特別的)活動; 儀式; 節
日. on great *occasions* 在重要的節慶時/make a
speech on a public *occasion* 在公開的場合演說.
> 搭配 *adj.*+occasion: a happy ~ (快樂的節
> 日), a memorable ~ (值得紀念的日子), an
> unforgettable ~ (難忘的節日) // *v.*+occasion:
> celebrate an ~ (慶祝節日), mark an ~ (紀念
> 節日).
⇨ *adj.* occasional.
èqual to the occásion 能順利地處理此一事情,
有處理的能力.
gìve occásion to... 引起…. The tax increase
gave *occasion to* much grumbling 增稅引起了很多
的不滿.
hàve a sènse of occásion 擅於應對.
on occásion 偶爾, 有時, (occasionally); 必要
時. He can show remarkable ability *on occa-
sion*. 必要時他能展現出驚人的能力.
rìse to the occásion 一旦有事時便能發揮自己的
力量, 擅於臨機應變.
tàke occásion to *do* 抓住機會做…. I'd like to
take this *occasion to* thank you all. 我想藉此機會
向諸位表示謝意.
— *vt.* 《文章》引起, 成為…的契機; 句型4 (occa-
sion A B)使A(人)引起B. The smallest move-
ment *occasions* me great pain. 即使稍微動一下也
會引起我的劇痛.

*oc·ca·sion·al [əˋkeʒənḷ, ˋkeʒnəl; əˋkeɪʒənl]
adj. 《限定》 **1** 有時的. Cloudy with *occasional*
showers. 多雲偶陣雨(天氣預報)/I get an *occa-
sional* letter from Sam. 我偶爾收到山姆的來信.
2 《家具》備用的, 臨時的. an *occasional* table 一
張備用的桌子.
3 《文章》(詩, 樂曲等)為了特殊的場合而創作的,
為了祝賀的. an *occasional* poem 應景詩.
⇨ *n.* occasion.

*oc·ca·sion·al·ly [əˋkeʒənḷɪ; əˋkeɪʒənəli]
adv. 有時. *Occasion-
ally*, I have a quarrel with my brother. 有時我和
哥哥吵架/very *occasionally* 極少地/He visits his
parents only *occasionally*. 他偶爾才探訪他的父母.

Oc·ci·dent [ˋɑksədənt; ˋɒksɪdənt] *n.* 《雅》(加
the)西洋(the West), 西歐, 歐美, (◆ Orient).

Oc·ci·den·tal [͵ɑksəˋdɛntḷ; ͵ɒksɪˋdentl] *adj.*
《雅》(常 Occidental)西洋的, 歐美的, (◆ Orien-
tal). — *n.* 西洋人.

oc·cult [əˋkʌlt; ɒˋkʌlt] *adj.* **1** (一般人)不可能知
道的. **2** 神祕的, 超自然的; (加 the)《名詞性》神
祕學, 祕術, (占星術, 煉金術等).

oc·cu·pan·cy [ˋɑkjəpənsɪ; ˋɒkjʊpənsi] *n.* U
(土地, 房屋)占有, 居住; C 占有[居住]期間.

oc·cu·pant [ˋɑkjəpənt; ˋɒkjʊpənt] *n.* C 占有
(土地, 房屋, 房間, 地位等)的人(占有者, 居住
者, 在職者等). ⇨ *v.* occupy.

*oc·cu·pa·tion [͵ɑkjəˋpeʃən; ͵ɒkjʊˋpeɪʃn]
n. (*pl.* ~s [~z; ~z])
【占用時間的事物】 **1** UC 職業, 工作. Today
there are lots of *occupations* that women can
choose. 現今有很多可供婦女選擇的職業/By *oc-
cupation* Mary is a housewife. 瑪莉的職業是家庭
主婦.
同 occupation 是指「職業」最普遍的用語, 不單指狹
義的「職業」, 上學, 當家庭主婦都可視為「工作」而
包含在內; 含有「職業」之意的字另有 calling,
employment, job, profession, trade, vocation.
2 UC (閒暇時作為興趣的)消遣, 消磨時間的方
法. Gardening will be a good *occupation* when I
get old. 當我上了年紀, 園藝將是消磨時間的好方法.
【占據地方, 地位】 **3** U 占領; 占據. the Ro-
man *occupation* of Britain 羅馬軍隊占領英國/an
occupation army 占領軍.
4 C 占有期間; U 占有; 居住; 在職. After
thirty years' continuous *occupation*, the house
needs repairing. 連續住了三十年, 這房子需要
整修了.

oc·cu·pa·tion·al [͵ɑkjəˋpeʃənḷ;
͵ɒkjʊˋpeɪʃənl] *adj.* 職業(上)的. an *occupational*
disease 職業病.

occupátional thérapy *n.* U 職業治療
法(讓肢體殘障者或精神病患者在從事生產工作的同
時也進行治療或矯正).

oc·cu·pied [ˋɑkjəˏpaɪd; ˋɒkjʊpaɪd] *v.* occupy
的過去式, 過去分詞.

oc·cu·pi·er [ˋɑkjəˏpaɪɚ; ˋɒkjʊpaɪə(r)] *n.* C
(土地, 房屋)占有者; (特指暫時性的)居住者.

oc·cu·pies [ˋɑkjəˏpaɪz; ˋɒkjʊpaɪz] *v.* occupy 的
第三人稱、單數、現在式.

*oc·cu·py [ˋɑkjəˏpaɪ; ˋɒkjʊpaɪ] *vt.* (**-pies;
-pied; ~ing**)【占據】 **1** 占領〔領
土〕; 占據〔建築物等〕. The army succeeded in
occupying the hill after many day's battle. 數日
戰鬥之後軍隊成功地占領了那座小山/The strikers
occupied the building. 罷工群眾占據了那棟建築物.
2 占據, 占用, 〔地方〕; 占有〔土地, 住宅等〕; 居
住於…; 占著〔職位, 地位〕. The palace *occupies*
a large area in the center of the city. 那座宮殿
在市中心占有大片地方/All the hotel rooms were
occupied. 飯店的房間全部客滿了/ʻ*Occupied*ʼ「使用

中《浴室、廁所等的標示；◆'Vacant'》/He *occupies* the most important position in the project. 他在那項計畫中占著最重要的地位。

3 花費〔時間〕。 Reading novels *occupies* most of his spare time. 閱讀小說占了他大部分的閒暇時間。

4 盤據〔心頭〕；使專心〔埋頭〕。 His mind was *occupied* with [by] worries. 他心事重重。

✧ *n.* occupation. *adj.* occupational.

＊**be óccupied with** [*in*]... 正在從事...；忙於...；埋首於...。 Susie *was occupied with* her needlework [*in* cooking]. 蘇西忙著做女紅[做飯]。

óccupy one*sèlf* **with** [*in*]... 從事...；忙著做...；埋首於...。

‡**oc·cur** [əˋkɝ; əˋkəː(r)] *vi.* (~**s** [~z; ~z]; ~**red** [~d; ~d]; **-cur·ring** [-ˋkɝɪŋ; -ˋkəːrɪŋ]) **1** 〔意想不到的事〕發生。 A terrible railroad accident *occurred* that night. 那天夜晚發生一樁重大的鐵路事故/It rarely *occurs* that my cat catches a mouse. 我家的貓很少捉到老鼠。《與 happen 相較，occur 較常用於文章中，且不像 happen 般強調偶然性》。

2 〔想法等〕浮現，湧上，(*to* 〔心頭〕)。 Then a good idea *occurred* to me. 當時我想到了個好主意/It never *occurred* to me that you might not like coffee. 我從沒想到你可能不喜歡喝咖啡。

3 〔某物〕出現，被發現。 Vitamin C *occurs* abundantly in lemons. 檸檬中含有大量的維他命 C/Cholera rarely *occurs* in our country. 霍亂不常發生在我國。

＊**oc·cur·rence** [əˋkɝəns; əˋkʌrəns] *n.* (*pl.* **-renc·es** [~ɪz; ~ɪz]) **1** ⓒ發生的事情，事件。 an everyday *occurrence* 日常發生之事/An eclipse of the sun is a rare *occurrence*. 日蝕極少發生。

2 ⓤ〔事件等的〕發生。 a phenomenon of frequent *occurrence* 經常發生的現象。

‡**o·cean** [ˋoʃən; ˋəuʃn] *n.* (*pl.* ~**s** [~z; ~z]) **1** ⓒ大海，海洋；(用 the...Ocean)...洋[海]。 the Pacific [Atlantic] Ocean 太平洋[大西洋]/an *ocean* currents 海流/an *ocean* voyage 遠洋航行/an *ocean* liner 遠洋輪船。

2 ⓤ(通常加 the)《主美》海(the sea)。 Let's go swimming in the *ocean*. 我們去海裡游泳吧!/We can hear the *ocean* from here. 從這裡我們可聽得到海的聲音。

✧ *adj.* oceanic.

an ócean of... ＝**óceans of...** 《口》數量龐大的...，極多的...，無數的...。 *oceans of* money 數不盡的錢/I have *an ocean of* worries. 我有無數的煩惱。

● ── 七大海洋 **(The seven seas)**

the Arctic Ocean	北極海
the Antarctic Ocean	南極海
the North Pacific Ocean	北太平洋
the South Pacific Ocean	南太平洋
the North Atlantic Ocean	北大西洋
the South Atlantic Ocean	南大西洋
the Indian Ocean	印度洋

o·cea·naut [ˋoʃəˌnɔt; ˋəu ʃ(ə)nɔːt] *n.* ⓒ潛水專家；海底探險家；(→ astronaut)。

O·ce·an·i·a [ˌoʃɪˋænɪə, -ˋɑn-; ˌəuʃɪˋɑ:nɪə] *n.* 大洋洲《太平洋中南部的 Melanesia, Micronesia, Polynesia 的總稱；有時亦包括 Australia, New Zealand, Malay 各島》。

[Oceania]

o·ce·an·ic [ˌoʃɪˋænɪk; ˌəuʃɪˋænɪk] *adj.* 大海的；遠洋的；〔魚類等〕棲息於海洋的；〔氣候等〕海洋般的，海洋性的。 an *oceanic* climate 海洋性氣候。

✧ *n.* ocean.

o·cea·nog·ra·phy [ˌoʃɪənˋægrəfɪ, ˌoʃən-; ˌəuʃəˋnɒgrəfɪ] *n.* ⓤ海洋學。

o·ce·lot [ˋosəˌlɑt, ˋasə-, -lət; ˋəusɪlɒt] *n.* ⓒ豹貓《分布於美國 Texas 至南美地區，似豹的一種山貓》。

o·cher (美)，**o·chre** (英) [ˋokɚ; ˋəukə(r)] *n.* ⓤ **1** 赭土《含鐵氧化物的黃色或紅色黏土，顏料的原料》。

[ocelot]

2 黃土色，赭色。(→見封面裡)

‡**o'clock** [əˋklɑk; əˋklɒk] *adv.* **1** ...點(鐘)。 It's 10 *o'clock*. 現在是十點(鐘)。

〖參考〗(1) of the clock 的縮寫。 (2)如 dine at two(在兩點鐘吃午餐)般，若無誤解之虞則可省略。又如...點...分和言及分鐘之際，o'clock 通常被省略。 ten (minutes) past eight. (八點十分)/It's half past six. (六點半)。 (3)the 8:00 express (八點的快車)讀作 the eight o'clock express, the 10:20 express 讀作 the ten-twenty express。

2 (方向)...點鐘方向(假設說話者是朝向時鐘12點的方向)。 at one *o'clock* 在一點鐘方向(略偏右前方)。

Oct. (略) October。

oct- 《構成複合字》「八...」之意。

oc·ta·gon [ˋɑktəˌgɑn, -gən; ˋɒktəgən] *n.* ⓒ八角形，八邊形；八角形建築物。

oc·tag·o·nal [ɑkˋtægən; ɒkˋtægənl] *adj.* 八角[邊]形的。

oc·tane [ˋɑkten; ˋɒkteɪn] *n.* ⓤ《化學》辛烷《石

油中的無色液體碳化合物).

óc·tane nùmber n. ⓤ辛烷值(內燃機的辛烷值越高, 爆燃率就越低).

oc·tave [`ɑktev, `ɑktɪv; `ɒktɪv] n. ⓒ《音樂》第八度音; 八度音程; 一個音階; 高[低]八度音.

oc·ta·vo [ɑk`tevo; ɒk`teɪvəʊ] n. (pl. ~s) ⓤ八開(全開紙張分作八折(十六頁)的大小, 最普通的書本即此大小; → folio, quarto); ⓒ八開本的書.

oc·tet, oc·tette [ɑk`tɛt; ɒk`tet] n. ⓒ《音樂》八重奏[唱]曲; 八重奏[唱]團; (→ solo).

‡**Oc·to·ber** [ɑk`tobə; ɒk`təʊbə(r)] n. 10月 (略作 Oct.; 月份名稱之由來見 month表). in October 在 10 月.
★日期之寫法、讀法 → date[1] ●.

oc·to·ge·nar·i·an [ˌɑktədʒə`nɛrɪən, -`ner-; ˌɒktəʊdʒɪ`neərɪən] n. ⓒ《文章》80-89歲年齡層的人.

oc·to·pus [`ɑktəpəs; `ɒktəpəs] n. ⓒ《動物》章魚(源自「八隻腳」之意的希臘語).

oc·u·lar [`ɑkjələ; `ɒkjʊlə(r)] adj. 1 眼睛的; 視覺的. 2 《文章》用眼睛的, 目擊的.

oc·u·list [`ɑkjəlɪst; `ɒkjʊlɪst] n. ⓒ眼科醫生.

ODA (略) Official Development Assistance (政府開發援助)(先進國家對開發中的國家所作的援助).

‡**odd** [ɑd; ɒd] adj. (~·er; ~·est)
〖偏離標準的〗1 怪的, 奇異的, 古怪的. an odd odor 怪味道/An odd girl who likes snakes. 貝絲是個喜歡蛇的怪女孩/His behavior is very odd today. 他今天的行為很怪異/It is odd that he is so late. 真奇怪, 他來得這麼晚.
〖不齊全的〗2 《限定》不齊全的, (一雙中)一隻的. an odd sock [glove, shoe] 一隻短襪[手套, 鞋子]/an odd volume (全集中)不成套的單冊/He's the odd man; so we'll have him referee. 他是多出來的一個人, 所以讓他當裁判.
3 〖除以2而有餘數的〗奇數的(↔ even). an odd number 奇數/an odd month 大月(有 31 天).
4 零頭的; 剩餘…的. odd change 零錢/40 odd dollars 四十多美元/The poet lived here twenty years odd. 那位詩人在這裡住了二十年又多一點(注意此例句為「二十年又未滿一年[數個月]之意; 而 twenty odd years 則為「二十多年」之意).
5 《限定》臨時的; 工作閒暇的; 偶爾的, at odd moments [times] 在空閒時/do odd jobs 做零工, 打雜/This area is largely deserted except for the odd farmhouses. 這一帶除了零星的農家外, 大致是杳無人煙.

òdd and [or] éven 奇數、偶數遊戲(一個人說 odd 後伸出手指, 同時對方也伸出手指, 合計後為奇數的話, 我方贏, 若為偶數的話就是對方贏; 如果說 even 就相反; 類似以猜拳來決定遊戲的先後順序等).

òdd man [one] óut (1)分組後所剩之人[物]. Whenever the boys play basketball, Mike is the odd man out. 當男孩們在打籃球時, 總把麥克排除在外. (2)(口)受排擠之人.

odd·ball [`ɑd,bɔl; `ɒdbɔːl] n. ⓒ《主美、口》特異之人, 怪人.

──── **odor** 1067

odd·i·ty [`ɑdətɪ; `ɒdɪtɪ] n. (pl. -ties) 1 ⓤ古怪, 奇異. 2 ⓒ怪人, 行為特異者; 奇異之物.

odd·ly [`ɑdlɪ; `ɒdlɪ] adv. 奇異地, 異樣地. an oddly shaped statue 形狀奇特的雕像.
óddly enòugh 說也奇怪, 不可思議的是. Oddly enough, she does not seem to remember her own son. 說也奇怪, 她似乎不記得自己的兒子.

odd·ment [`ɑdmənt; `ɒdmənt] n. ⓒ(口)(通常 oddments)剩餘物, 零碎物; 老舊廢棄之物, 不值錢之物.

*∗**odds** [ɑdz; ɒdz] n. (通常作複數)
〖非同等的事物〗1 (涉及事情發生等之有無的)可能性. The odds are [[口] It's odds on] that he will be able to come. 他有可能會來.
2 〖贏的可能性〗優劣之差; 勝算. upset the odds 推翻(勝敗的)預測/Our team fought against heavy odds. 我隊和超級強隊交手/The odds are against us [in our favor]. 我們勝算不大[很大]/What's the odds? (口)(輸贏)那有甚麼關係? (語法)上句(口)中的 odds 有時作單數).
3 (強者給與弱者的)讓步; (打賭的)優劣形勢; (賽馬等的)賠率, 輸贏之比. I will lay odds of three to one. 我以三比一下注(若對方贏則付賭注的三倍)/long [short] odds 懸殊[接近]的勝算/at long [short] odds.
at ódds (with...) (與…)不和, 爭吵, (on, over). He and I are at odds on this problem. 他和我在這個問題上意見不和.
by àll ódds 絕對; 的確. Steve is by all odds the best player in our team. 史蒂夫的確是我們隊上最優秀的選手.
It màkes nò ódds. (英)(輸贏)沒有關係. It makes no odds when he goes. 他何時去都沒關係.

ódds and énds n. 《作複數》殘餘物, 雜物, 破爛.

odds-on [`ɑdz`ɔn; ɒdz`ɒːn] adj. 有勝算的.

ode [od; əʊd] n. ⓒ頌詩, 賦, (歌頌特定人物、事物之崇高的抒情詩). 'Ode to the West Wind' 〈西風賦〉(P. B. Shelley 所作的名詩).

O·din [`odɪn; `əʊdɪn] n. (北歐神話)奧丁(司掌藝術、文化、戰爭、死亡的神).

o·di·ous [`odɪəs; `əʊdjəs] adj. 《文章》可恨的, 令人非常討厭的.

o·di·ous·ly [`odɪəslɪ; `əʊdjəslɪ] adv. 可憎地, 令人討厭地.

o·di·um [`odɪəm; `əʊdjəm] n. ⓤ《文章》1 壞名聲, 污名; (世人的)譴責. 2 憎惡, 嫌惡.

o·dom·e·ter [o`dɑmətə; əʊ`dɒmɪtə(r)] n. ⓒ《美》(汽車等的)里程計[錶](《英》mileometer). This car's got 4,000 on the odometer. 這輛車子所跑的里數已達 4,000 英里.

*∗**o·dor** (美), **o·dour** (英) [`odə; `əʊdə(r)] n. (pl. ~s [~z; ~z])《文章》1 ⓒ氣味(→ smell同). a foul odor 臭味/What a sweet odor! 好香啊!
2 ⓤ名聲, 評價. He's in good [bad] odor

with the chief. 他在上司面前很[不]吃香.

o·dor·ous [ˋodərəs; ˈəʊdərəs] *adj.* 《文章》芳香的.

o·dor·less 《美》, **o·dour·less** 《英》[ˋodəlɪs; ˈəʊdəlɪs] *adj.* 沒有氣味的, 無臭的.

O·dys·seus [oˋdɪsjus, oˋdɪsɪəs; əʊˈdɪsjuːs] *n.* 《希臘傳說》奧德修斯(特洛伊戰爭中參加希臘軍隊的伊薩基(Ithaca)國王; 史詩 Odyssey 的主角; 拉丁語名 Ulysses).

Od·ys·sey [ˋadəsɪ; ˈɒdɪsɪ] *n.* **1** (加the)奧德賽(*Iliad* 的續篇, 歌頌 Odysseus 在特洛伊戰爭至四處流浪體驗的希臘史詩; 據傳爲 Homer 的作品).
2 C (odyssey)《主雅》長期流浪(的旅行).

OE 《略》Old English.

Oed·i·pus [ˋɛdəpəs; ˈiːdɪpəs] *n.* 《希臘傳說》伊底帕斯(解開獅身人面像(Sphinx)的謎語而成爲底比斯(Thebes)國王的人; 在不知情的情況下弑父娶母).

Ōedipus cŏmplex *n.* (加the)《精神分析》伊底帕斯情結, 戀母情結(《男孩子在無意識中所具有的戀母反父之傾向》).

o'er [or, ɔr; ˈəʊə(r)] *prep., adv.* 《詩》=over.

oe·soph·a·gus [iˋsafəgəs; ɪˈsɒfəgəs] *n.* 《英》=esophagus.

✱✱✱**of** [強ˋav, ˌav, ˋʌv, ˌʌv, 弱əv, ə, v; 強ɒv, 弱əv, v, f] *prep.* 《隔開, 分離》**1** 《場所》距離…, 離開…. to the north of London 往倫敦的北方/ten miles west of New York 紐約以西十英里/We were within a mile of each other and didn't know it. 我們彼此相隔不到一英里, 卻都沒有發覺/The arrow fell wide of the mark. 箭偏離了靶.
2 《時間隔離的》(a)《美》《時刻》在(…分)之前(to; ↔after). five minutes of nine 差五分九點.
(b)在(某一時刻)前[後]. within a year of his birth 他出生後[前]一年內.
(c)《構成時間的副詞片語》of late 近來/of recent years 近年來/What do you do of a Sunday (=on Sundays)? 你星期天都做甚麼?/He often drops in of an evening. 他常常傍晚的時候來.
3 (a)從…中(避免); …沒有了, 被除去…. get rid of trouble 省去麻煩/cure a person of a disease 治好某人的病/Someone robbed Mary of her money. 有人搶走瑪莉的錢/free of charge 無負擔地; 免費地/independent of all assistance 不接受任何援助地, 自力更生地/a tree bare of leaves 沒有葉子的樹.
語法 如第 3 例中的 rob, 可以用 *vt.*＋A of B 的形式表示「從 A 奪走 B」的其他主要及物動詞有: beguile, bleed, cheat, deliver, disarm, ease, heal, lighten, persuade, plunder. 另外, 可同時以 *vt.*＋A of B, *vt.*＋B from A 兩種形式表達上述含意的及物動詞有: clear, discharge, empty, purge, strip.
(b)《表示要求, 委託等的對象》由…, 向…. ask too much of him 對他要求過多/demand an apology of her 要她道歉.
語法 除上例外可以此形式來表現的主要及物動詞有:

beg, entreat, expect, inquire, require, request. 還有在 demand, expect, inquire 中也可以 from 來代替of.
《部分》**4** (是)…的(一部分). the top of a tower 塔尖/the legs of a desk 桌腳/at the end of the street 在街道的盡頭.
5 …中的, …的(成員). several members of the team 隊裡的幾位成員/This book is one of the poet's best works. 這本書是那位詩人最好的作品之一/the best of racehorses 最優秀的賽馬.
6 (數量)…的, …之中的; 裝有…的. I want some of that cake. 我要一點那種蛋糕/five pounds of potatoes 五磅馬鈴薯/the 27th of March 3 月 27 日/a cup of tea 一杯茶.
《分類, 種類》**7** …(種類)的. a magazine of that kind 那種雜誌/people of all sorts 各式各樣的人. 語法 此種情況于前後的名詞有時可以互換: that kind of magazine, all sorts of people.
《內容, 材料, 性質》**8** 由…做成的, 由…構成的. a plate of silver 銀碟子/The gown is made of silk. 那件長袍是絲製的/a house of five rooms 有五個房間的屋子/Mine is a family of six. 我家是六口之家/a large population of immigrants 眾多的移民.
9 具有…特徵[性質]的, 具有…的. a man of genius 天才/a matter of no importance 不重要的事/The book is of great value. 那本書很有價值/They are of an [the same] age. 他們同年齡/vegetables of my own growing (=that I myself have grown) 我親手栽種的蔬菜.
注意 如上述情況中的片語大多可用形容詞代換: a man of tact=a tactful man (有才能的人)/a girl of ten (years)=a girl ten years old=a ten-year-old girl (十歲的女孩)/a car of Japanese make=a Japanese-made car (日本製汽車).
《對等, 同格》**10** 此…. the three of us (=we three) 我們三人/the City of New York (=New York City) 紐約市/the journey of life 人生之旅/at the age of ten 在十歲/the fact of his seeing her (=the fact that he saw [had seen] her) 他見過她的這一事實.
11 《**A**(名詞)＋of＋**B**(名詞)》像 A 般的 B(注意 A (名詞)＋of 可用形容詞性修飾語替換). that palace of a house (=that palatial house) 宮殿般的房子/an angel of a girl (=an angelic girl) 天使般的女孩/a mountain of a wave (=a mountainous wave) 巨大如山的波浪.
《起源, 根源》**12** 來自…的, 由…而出; 根據…的. The pianist was born of a good family. 那位鋼琴家出身名門/He's a man of Texas. 他是德州人.
13 由於…(的原因), 因爲…, 因…. die of cancer 死於癌症/study Spanish of necessity 因需要才學西班牙語/It comes of her carelessness. 是因她的粗心大意而起/accuse him of murder 以殺人罪起訴他/He is suspected of having taken the money. 他被懷疑偷走那些錢/I am ashamed of my ignorance. 我爲自己的無知感到慚愧/He is

glad [proud] *of* his son's success. 他為兒子的成功而高興[自豪].

14 【行為者】…的, 由…的, 進行【製作等】的. the plays *of* Shakespeare 莎士比亞的劇作/the love *of* God toward men 上帝對人類的愛/the appearance *of* a new power 新強國的出現. 語法 上例 the love *of* God toward men 中, love 的行為者是 God, 相當於 God loves men. 此句中的主詞(→ 15).

15 【行為的對象】(對)…的, (做)…的. (a)《導引出 of 前名詞的意義上的受詞》men's love *of* God 人類對上帝的愛《人類愛上帝》/love *of* nature 對自然的愛/the discovery *of* a new comet 新彗星的發現. 語法 在第一個例句 men's love *of* God 中, love 的行為者是 men, 對象是 God, 因此, God 相當於 Men love God. 此句中的受詞(→ 14). (b)《導引出 of 前行為者的意義上的受詞》the writer *of* this letter 寫這封信的人/teachers *of* English 英文教師.

16 《在形容詞之後》cries expressive *of* acute pain 劇痛的叫聲/His manner is indicative *of* his wish to help. 他的態度表露出他想幫忙. 語法 此句相當於 His manner indicates his wish to help. 是及物動詞＋受詞的句子.

〖 所屬, 所有 〗 **17** (a)…的, 屬於…的, 是…的東西的. the duties *of* a policeman 警察的職務/Do you remember the name *of* the store? 你記得那家店的店名嗎?/He visited the tomb *of* Lenin. 他參觀了列寧的墓. 語法 如上例, 當所有者指人時, 往往用 's 表示, 變成 Lenin's tomb. (b)《作為專有名詞等的一部分》位於…. the Gulf *of* Mexico 墨西哥灣/the University *of* Oxford 牛津大學(Oxford University)/the Bay *of* Tokyo 東京灣(Tokyo Bay). ★在最後 2 個例句中, 不用 of 時, 也不可用 the.

〖 限定, 修飾 〗 **18** (a)《of＋*n.* →副詞性》就…, 在…點上, 是…的. For years I dreamed *of* being a great musician. 多年來我夢想著成為偉大的音樂家/Are you certain *of* his honesty? 你確定他誠實嗎?/The ostrich is very swift *of* foot. 駝鳥跑得很快. (b)《of＋*n.* →形容詞性》a long story *of* adventures 長篇的冒險故事/I know little *of* him. 我一點都不知道他的事.

19 《It＋be＋*adj.*＋of＋a person(＋*to* do)》《做…等》[某人]…的*adj.* 通常為good, wise, clever, foolish, thoughtful, careless等形容人的特性的詞; →kind表. *It is* kind *of* you *to* meet me. 你真好, 來接我/*It was* foolish *of* John *to* run away from home. 約翰離家出走真是太傻了/How stupid *of* you *to* do that! 你怎麼蠢到去作了那件事. 語法 此種情況下, It is kind of you. It was foolish of John. How stupid of you 在意義上分別相當於You are kind. John was foolish. How stupid you are.

20 《*n.*＋of＋獨立所有格》…的, 是…的. a portrait *of* my uncle's 我叔叔畫[擁有]的肖像畫(★ a portrait *of* my uncle 意思變成「畫著我叔叔肖像的畫」)/Tom is a friend *of* mine. 湯姆是我的一位朋友/This dress *of* Mary's is beautiful. 瑪莉這套衣服很漂亮. 語法 a friend *of* mine, this dress *of* Mary's 的構句是因英語中不允許用 a my friend (一位我的朋友), this Mary's dress(這套瑪莉的衣服)這種說法.

off [ɔf; ɒf] *adv.* 〖 離開地 〗 **1 (從…)離開地, 脫落地; (從交通工具)下來地(↔ on); 離去地; 向旁邊(偏離地). far *off* 遠離地/break *off* a twig 折斷樹枝/fence *off* the land 將土地圍起/Will you cut *off* a piece of cheese for me? 你切一塊起司給我好嗎?/The station is a mile *off*. 火車站在一英里外/Hands *off*! 請勿觸摸! (告示等)/Keep *off*! 請勿靠近!/The lid was *off*. 蓋子拿掉了/The bus stopped and the couple got *off*. 公車停下來, 這一對男女下了車/I must be *off* now. 我現在該走了/He's *off* to *Boston* this afternoon. 他今天下午將出發到波士頓/They turned *off* into a bystreet. 他們拐入小巷.

2 距離(某時刻)地; 在[朝]將來地. put *off* one's departure 將出發時間向後挪/My birthday is only two weeks *off*. 再過兩週就是我的生日.

〖 脫落地 〗 **3** (把衣服等)脫下地, 取下地. (↔ on). You must take *off* your shoes when you enter a Japanese house. 當你進入日本人的家裡時必須脫鞋/Please take your coat *off* and make yourself at home. 請脫掉外套, 不要拘束/Don't leave the bottle with the top *off*. 別忘記蓋上瓶蓋.

4 【脫落地>弄錯地】(計算等)錯誤地; (食品)腐爛地. His behavior is a bit *off*. 他的行為有些奇怪/Your estimate is *off* by a large margin. 你的估計大錯特錯/This meat has gone *off*. 這塊肉壞了.

〖 離開地>斷絕地 〗 **5** (a)(關係等)斷絕地, 中斷地. break *off* diplomatic relations with the country 和該國斷絕外交關係/Their engagement is *off*. 他們解除了婚約. (b)(水, 瓦斯等的供應)斷絕地; (電力設備的電流)停止地; (↔ on). Turn *off* the lights. 關燈/The switch is *off*. 開關是關著的/The water is *off*. 停水了. (c)(餐廳菜單上的食物等)沒有了, 賣完了. The mince pie is *off*. 百果餡餅賣完了. (d)(活動等)中斷地, 取消地; 休息中, 休假中. The party is *off* for tonight. 今晚的宴會取消/I took a day *off*. 我休了一天假/Miss Anderson is *off* on Christmas. 安德森小姐聖誕節休假.

〖 減少地 〗 **6** (定價)打折扣地; (價格等)下降地. I bought this book at 20% *off*. 我以八折的價格買到這本書/The price of coffee dropped *off* sharply. 咖啡的價格暴跌.

〖 沒有了 〗 **7** 完全(做完…), (一直做…)到最後. drink the glass *off* 喝乾杯中物[杯裡的酒]/Clear *off* the table at once. 馬上把桌面清理乾淨/He

worked hard to pay *off* the debt. 他拚命工作來
還清債務.

be bàdly [*wèll*] **óff** → badly, well 的片語.

òff and ón = *òn and óff* 偶爾; 斷斷續續地. I
play the piano *off and on*, just to relax. 我偶爾
彈彈鋼琴, 輕鬆一下.

óff of... 〔美口〕從…〔脫離〕. The child fell *off*
of the chair. 孩子從椅子上掉下來.

Óff with... 〔用於祈使句〕拿掉…, 脫掉…. *Off*
with your hat! 脫帽!

right [*stràight* 〔主英〕] **óff** 馬上, 立即.

— *prep.* 【離開, 脫落】 **1** (a)從…離開; 在離…
處; 在…的海面上. The plane was more than
ten miles *off* course. 那架飛機偏離航道十英里多/
a small island *off* the coast of Miami 邁阿密外
海的小島.
(b)從…掉下, 從…脫落; 偏離…. There's a but-
ton *off* this coat. 這件外衣掉了一顆鈕扣/His
argument was quite *off* the mark. 他的論點完全
離題.
(c)從〔幹道〕離開(的), 從…偏離至旁邊(的). a
lane *off* the main street 由大道轉入旁側的小路/
The theater is on 47th Street just *off*
Broadway. 那家戲院就在百老匯旁的第 47 街上/go
off the subject 偏離主題.
2 從…, 從…取下. get *off* a bus 從巴士下來/cut
a slice *off* the loaf 從一長條麵包切下一片/He
took his coat *off* the hanger. 他從衣架上取下外
衣/An apple fell *off* the table. 一顆蘋果從桌上掉
下去.
【離開>中斷】 **3** (a)中止〔工作等〕; 離開…. *off*
duty 不值班 (↔ on duty).
(b)停用〔藥物等〕; 〔口〕不用〔食物, 香菸等〕, 控制
…. I'm *off* candy. 我不吃糖果(為了健康等)/My
husband is *off* his food. 我丈夫(因病)不進食.
【減少】 **4** 從…打折扣, 降低…的標準. We sell
it at 10% *off* the usual price. 我們以市價的九折
出售/She is *off* her game. (在比賽中)她表現失常.

— *adj.* **1** 遠處的; 對面的; 〔英〕〔限定〕(馬, 車輛
的)右邊的(因為馬上馬是從左邊, 所以較遠的方向為
右邊, ↔ near). the *off* side of a fence 柵欄的另
一邊/the *off* front wheel 右前輪.
2 休息的, 不值班的; 淡季的. an *off* day 非值班
[休假]日/an *off* season 淡季/in one's *off* time 閒
暇時.
3 〔自來水, 瓦斯, 電等〕關著的, 停止的. in the
off position 〔控制桿等〕在「關」的位置.
4 非常態的, 〔人〕失常的. an *off* day 不對勁的一
天(→ 2 的第 1 例).

of·fal [ˈɔfl; ˈɔfl] *n.* Ⓤ **1** (動物的)內臟
(被視為劣級品的)碎肉. **2** 廢物, 垃圾.

off·beat [ˌɔfˈbit; ˌɒfˈbiːt] *adj.* 〔口〕不尋常的,
離奇的, (unusual).

off-Broad·way [ˌɔfˈbrɔːdwe; ˌɒfˈbrɔːdweɪ]
n. Ⓤ外百老匯戲劇(與紐約的百老匯對抗, 在實驗

劇場上演的前衛派非商業性戲劇).

òff chánce *n.* Ⓒ(用單數)渺茫的機會, 微薄
的可能性.
on the óff chànce of... [*that...*] → chance 的
片語.

off-col·or 〔美〕, **-col·our** 〔英〕 [ˈɔfˈkʌlɚ;
ˌɒfˈkʌlə(r)] *adj.* **1** 〔主英〕健康不佳的. **2** 〔主美〕
猥褻的, 下流的.

of·fence [əˈfɛns; əˈfens] *n.* 〔英〕 = offense.

‡of·fend [əˈfɛnd; əˈfend] *v.* (~**s** [~z; ~z];
~**ed** [~ɪd; ~ɪd]; ~**ing**) *vt.* **1** 激怒,
傷害某人的感情. His rude answer *offended*
her. = He *offended* her *by* his rude answer. =
She was *offended* by [*at*] his rude answer. 他無
禮的回答觸怒了她/I am sorry if I've *offended*
you. 如果我冒犯了你, 我很抱歉.
2 給〔人, 感覺等〕帶來不悅. Those glaring
colors *offend* the eye. 那些耀眼的顏色看了眼睛不
舒服.
— *vi.* 犯罪; 背離, 違反, 《*against*》. Such be-
havior would *offend against* the law. 這種行為可
能觸犯法律. ⇨ *n.* **offense**. *adj.* **offensive**.

‡of·fend·er [əˈfɛndɚ; əˈfendə(r)] *n.* (*pl.* ~**s**
[~z; ~z]) Ⓒ犯罪者; 違規者. a first *offender* 初犯.

‡of·fense 〔美〕, **of·fence** 〔英〕 [əˈfɛns;
əˈfens]
n. (*pl.* **-fens·es**, **-fenc·es** [~ɪz; ~ɪz])
1 〔違反, 〕罪, 《*against*》. an *offense against*
the rule 違反規則/Stealing is a criminal *offense*.
竊盜是刑事犯罪.
📖offense 一字含義範圍廣; 與罪的輕重無關, 包括
crime, sin 兩者; → crime.
┃ 🔲 *adj.* + offense: a capital ~ (死罪), a
┃ serious ~ (罪行重大的罪), a minor ~ (罪行輕
┃ 的罪) // *v.* + offense: commit an ~ (犯罪),
┃ punish an ~ (處罰罪行).
2 Ⓒ不愉快的事情, 傷害感情的事情, 《*to*》; Ⓤ
(由於失禮, 侮辱等引起的)不悅, 生氣; 無禮. an
offense to the eye 看了不順眼/He took *offense* at
what I said. 他對我說的話感到憤怒/If I gave you
any *offense*, please forgive me. 如果我冒犯了你,
請你原諒/No *offense*! 〔口〕沒有惡意!
3 Ⓤ攻擊(attack)(↔ defense). Some people
think that the most effective defense is *offense*.
有些人認為最有效的防衛就是攻擊.
4 Ⓒ(比賽)進攻的一方(的隊)(↔ defense).

‡of·fen·sive [əˈfɛnsɪv; əˈfensɪv] *adj.* **1** 令人不
愉快的, 討厭的. an *offensive* sound 刺耳的聲音.
2 令人生氣的, 令人動怒的. *offensive* remarks
無禮的評語/His behavior is often *offensive* when
he is drunk. 他喝醉時的舉動經常令人生氣.
3 攻擊的; 攻勢的; (↔ defensive). *offensive*
weapons 攻擊性武器.
⇨ *v.* **offend**. *n.* **offense**.

— *n.* Ⓒ攻擊(attack); 攻勢; (↔ defensive).
The general decided to launch an *offensive*
against the enemy camp. 將軍決定對敵軍陣地發
動攻勢.

on the offensive 攻擊中; 攻擊性[好鬥]的.

take the offensive 採取攻勢.

of·fen·sive·ly [əˈfɛnsɪvlɪ; əˈfensɪvlɪ] *adv.*
1 不愉快地, 令人生氣地. **2** 攻擊性地.

of·fen·sive·ness [əˈfɛnsɪvnɪs; əˈfensɪvnɪs]
n. ⓊU 不愉快; 無禮; 攻擊性的事.

‡**of·fer** [ˈɔfə, ˈɑfə; ˈɒfə(r)] *vt.* (~s [~z; ~z]; ~ed [~d; ~d]; -fer·ing [-fərɪŋ, -frɪŋ; -fərɪŋ]) 〖提出〗 **1** (a) 提供, 提出, 提議: 句型3 (offer *to* do) 提出要…, *offer* one's passport 提交護照/She was willing to *offer* help. 她樂意提供援助/He *offered* a very interesting opinion. 他提出了一個很有意思的看法/Bob *offered* to pay for the damage. 鮑伯提出要賠償損失.

> [搭配] offer + *n.*: ~ advice (提出忠告), ~ one's congratulations (祝賀), ~ one's services (提供服務), a suggestion (提出建議), ~ one's thanks (說出感謝的心意).

(b) 句型4 (offer A B)、 句型3 (offer B *to* A) 向 A 提出[提供, 提議]B. They *offered* Mr. Hill a better position. = They *offered* a better position *to* Mr. Hill. 他們提供希爾先生一個更好的職位.

2 (a) 出售; 提出[金額]: Jack *offered* the car *for* $500. 傑克要價500美元出售那輛汽車/He *offered* $20 *for* the book. 他出價20美元買那本書. (b) 句型4 (offer A B)、 句型3 (offer B *to* A) 以…的價格賣 A(人)B(物)(*for*); 出…的價格向 A(人)買 B(物)(*for*): I'll *offer* youthe picture *for* $500. 我以 500 美元賣你那幅畫/I'll *offer* you $500 *for* the picture. 我願出 500 美元向你買那幅畫.

3 把[祈禱等]奉獻(給上帝), 供奉(祭品等)(*up*). *offer up* a calf as a sacrifice to a goddess 獻給女神一隻小牛做供品/The family *offered* (*up*) a prayer of thanksgiving. 那一家人獻上了感恩祈禱.

4 【表達意願】企圖: 句型3 (offer *to* do) 想做…. *offer* resistance 抵抗/No one *offered* to go with me. 沒有一個人想跟我一起去.

— *vi.* **1** 〔良機等〕來臨, 發生. as occasion *offers* 若有機會/He will travel abroad any time the opportunity *offers*. 若有機會的話他隨時都想出國旅行. **2** 提供.

óffer itsélf [*themsélves*] 〔文章〕〔機會〕出現, 產生. Take the first opportunity that *offers itself*. 把握第一個出現的機會.

— *n.* (*pl.* ~s [~z; ~z]) ⓒC **1** 提出, 提議, (*of*; *to* do); 提供. make an *offer of* support 表示支持/She accepted his *offer of* marriage. 她接受他的求婚/The widow refused his kind *offer to* help. 那位寡婦拒絕了他善意的援助.

> [搭配] *adj.* + offer: an attractive ~ (誘人的條件), a generous ~ (慷慨的援助) // *v.* + offer: consider an ~ (考慮某項建議), receive an ~ (接受建議), withdraw an ~ (撤回援助).

2 買賣的提出; 提出的價格; 被提供的物品[物件]. Bill made an *offer* of $500 for the car. 比爾出價 500 美元要買那輛汽車.

on óffer 販賣的, 出售的, (特指以廉價).

of·fer·ing [ˈɔfərɪŋ, -frɪŋ; ˈɒfərɪŋ] *n.* **1** ⓊU(對神的)奉獻.

2 ⓒC (祭神的)供品; (給教會的)奉獻金; 禮物.

3 ⓊU 提出, 提供.

of·fer·to·ry [ˈɔfə͵torɪ, ˈɑf-, -͵tɔrɪ; ˈɒfətərɪ] *n.* (*pl.* -ries) ⓒC **1** (在禮拜儀式上收集的)奉獻金. **2** 奉獻儀式(指聖餐禮中奉獻麵包和葡萄酒).

off·hand [ˈɔfˈhænd, ͵ɔfˈhænd; ͵ɒfˈhænd] *adv.* **1** 即席地, 沒有準備地. He made a speech *offhand*. 他做了一場即席演講. **2** 輕率地, 莽撞地.

— *adj.* **1** (限定)當場的, 即席的. He made a few *offhand* remarks. 他當場陳述了幾點意見.

2 冷淡的; 隨便的.

off·hand·ed [͵ɔfˈhændɪd; ͵ɒfˈhændɪd] *adj.* =offhand.

off·hand·ed·ly [͵ɔfˈhændɪdlɪ; ͵ɒfˈhændɪdlɪ] *adv.* 即席地; 輕率地.

‡**of·fice** [ˈɔfɪs, ˈɑfɪs; ˈɒfɪs] *n.* (*pl.* -fic·es [~ɪz; ~ɪz]) 【處理事務的場所】 **1** ⓒC 事務所, 辦公室, 營業所, 公司, …所; (美)診所; 工作場所, 工作單位. a lawyer's *office* 律師[法律]事務所/a doctor's *office* 醫務室/a ticket *office* (火車站的)售票處/a tax *office* 稅務機關/the main [a branch] *office* 總[分]公司/*office* work 事務/an insurance *office* 保險公司/He is always the last to leave the *office* at night. 他晚上總是最後一個離開公司/Our *office* is on the third floor. 我們公司在三樓/He's away on a trip with the guys from [at] the *office*. 他正和公司同事在外旅行.

2 ⓒC 政府機關: (Office)(美)廳, 局; (英)部; (→ department 表). the Foreign *Office* (英)外交部(略稱).

3 【政府機關的工作】 ⓊC 官職, 公職, 職位; 政權權位. Mr. Bell has held public *office* for ten years. 貝爾先生擔任公職已有十年了/take [leave] *office* 擔任[辭去]公職/come into office (特指部長)就任/Our party has been in [out of] *office* for a long time now. 本黨執政[在野]爲時已久.

【職務, 任務】 **4** ⓊC 任務, 職責. the *office* of mayor 市長的職務/She performed the *office* of hostess very graciously. 她很親切地善盡了女主人的職責.

5 (offices)幫助, 盡力. He obtained the post through the good *offices* of a friend. 他透過一個朋友的幫忙獲得那個職位/through your good *offices* 透過你的盡心協助.

6 ⓒC 《宗教》(通常 Office)儀式, 禮拜(儀式), 誦經. say the [one's] *office* 作禱告. ⇨ *adj.* official.

óffice blòck *n.* ⓒC 辦公大樓.

óffice bòy [gìrl] *n.* ⓒC (公司等的)打雜跑腿的小弟[小妹], 工友.

óffice hòurs *n.* 《作複數》辦公時間, 營業時間; (美)門診時間.

‡**of·fi·cer** [ˈɔfəsə, ˈɑf-; ˈɒfɪsə(r)] *n.* (*pl.* ~s [~z; ~z]) ⓒC **1** 軍官, 士官. a

naval [navy] *officer* 海軍軍官(★「水兵」為 sailor)/a military [an army] *officer* 陸軍軍官(★「士兵」為 soldier).

2 (商船的)高級船員(船長，大副等). the chief [first] *officer* 大副.

3 (公司，團體等的)幹部，主管.

4 公務員，官員. a public *officer* 公務員.

5 警官，巡警，(用於呼喚).

óf·fice wòrker *n.* ⓒ 辦事員，職員.

‡of·fi·cial [əˈfɪʃəl; əˈfɪʃl] *adj.* **1** 公家的；公務上的；政府的. *official* duties [affairs, business] 公務/an *official* document 公文. **2** 正式的，公認的. an *official* language 官方語言/an *official* record 正式紀錄/The ambassador paid an *official* visit to the king. 大使正式拜會國王. **3** 有官僚氣息的，擺官架子的.
⇨ *n.* office.
— *n.* (*pl.* ~s [~z; ~z]) ⓒ **1** 官員，公務員. a government *official* 政府官員. **2** (公司等的)幹部，高級職員.

of·fi·cial·dom [əˈfɪʃəldəm; əˈfɪʃldəm] *n.* Ⓤ《常用於負面含義》官僚(全體)；官場.

of·fi·cial·ese [ə‚fɪʃəˈliz; ə‚fɪʃəˈliːz] *n.* Ⓤ《用於負面含義》官樣文章，公文用語，(拘泥形式的，拐彎抹角的).

‡of·fi·cial·ly [əˈfɪʃəlɪ; əˈfɪʃəlɪ] *adv.* **1** 職務[公務]上. **2** 正式地，官方地. I have *officially* announced my intention to resign. 我已正式表明辭職的意願了. **3** 《修飾句子》正式上；表面上. *Officially*, he was absent owing to illness; actually he was on a trip with his wife. 表面上他是因病請假，但實際上他是和妻子一起旅行去了.

of·fi·ci·ate [əˈfɪʃɪˌet; əˈfɪʃɪeɪt] *vi.*《文章》行使職務，執行任務；《運動》擔任裁判. Mr. Jones *officiated* at the boxing match. 瓊斯先生在那場拳擊賽中擔任裁判.

of·fi·cious [əˈfɪʃəs; əˈfɪʃəs] *adj.* 踰越的，多管閒事的.

of·fi·cious·ly [əˈfɪʃəslɪ; əˈfɪʃəslɪ] *adv.* 多管閒事地.

off·ing [ˈɔfɪŋ; ˈɒfɪŋ] *n.* (加 the)海上，海面.
in the óffing (1)在海面上. (2)(雖非迫在眉睫但)不久就要發生.

off-key [ˈɔfˌki; ˈɔːfˌkiː] *adj.* 走音[走調]的，偏離中心的；不適合的.

off-li·cence [ˈɔfˌlaɪsns; ˈɒfˌlaɪsns] *n.* ⓒ《英》酒類零售店(《美》package store).

off-lim·its [ˈɔfˌlɪmɪts; ˈɔːfˌlɪmɪts] *adj.* 《美》禁止進入的.

off-line [ˈɔfˌlaɪn; ‚ɒfˈlaɪn] *adj.* 離線的(與電腦未採直接連接的方式的，⟷ on-line).

off-peak [ˈɔfˌpik; ‚ɒfˈpiːk] *adj.* 《限定》離峰的，遠離全盛時期的.

off-road [ˈɔfˌrod; ‚ɒfˈrəʊd] *adj.* 一般道路以外

的《行走於未鋪設的道路或道路以外的地方的》. an *off-road* tire 非一般道路使用的輪胎/*off-road* racing 越野賽.

off·set [ˈɔfˌsɛt; ˈɒfset] *n.* ⓒ **1** 平版印刷. *offset* printing 平版印刷. **2** (成為)補償(之物).
— *vt.* [ˈɔfˌsɛt; ˈɒfset] (~s; ~; ~ting) **1** 補償. **2** 將⋯平版印刷.

off·shoot [ˈɔfˌʃut; ˈɒfʃuːt] *n.* ⓒ **1** (樹的)枝條，旁枝. **2** 支流，分流；分派.

off·shore [ˈɔfˌʃor, -ˌʃɔr; ˈɒfʃɔː(r)] *adv.* 在海面上(⟷ inshore). 〔風〕吹向海面地.
— *adj.* 海面的；〔風〕吹向海面的. *offshore* fishing 近海漁業/an *offshore* island 近海島嶼.

off·side [ˈɔfˌsaɪd; ‚ɒfˈsaɪd] *adj.* **1** (足球，曲棍球)越位的，在犯規位置上的，(⟷ onside).
2 《限定》《英》(汽車，道路，馬等的)右側的(⟷ nearside).
— *adv.* 《足球，曲棍球》越位地，在犯規的位置上.

‡off·spring [ˈɔfˌsprɪŋ; ˈɒfsprɪŋ] *n.* (*pl.* ~) ⓒ《文章》子女(們)，子孫；(動物的)幼獸. His *offspring* are quarreling over his will. 他的子女為了他的遺囑而爭執不休/A mule is the *offspring* of an ass and a horse. 騾子是驢和馬交配所生的.
[語法]表示一人、兩人以上皆可用 offspring，但即使是單數時也不加 a, an.

off·stage [ˈɔfˌstedʒ; ‚ɒfˈsteɪdʒ] *adj.* 舞臺後的，後臺的，在舞臺旁的.
— *adv.* 在後臺地，在舞臺旁地.

off-street [ˈɔfˌstrit; ‚ɒfˈstriːt] *adj.* 《限定》〔特指停車〕公共道路以外的，小巷子裡的.

off-the-record [ˌɔfðəˈrɛkɚd; ‚ɒfðəˈrekɔːd] *adj.* 不留在會議紀錄上的；不公開的，非正式的. — *adv.* 不留在會議紀錄上地；不公開地.

off-white [ˈɔfˌhwaɪt; ‚ɒfˈwaɪt] *n.* Ⓤ 米色(略帶灰[黃]的白色).
— *adj.* 米色的.

oft [ɔft, ɒft; ɒft] *adv.* 《詩》= often.

‡of·ten [ˈɔfən, ˈɔftən; ˈɒfn] (~·er, more ~; ~·est, most ~) *adv.* **1** 常常，屢次，(⟷ seldom; → frequently 同; → always 表). *often* sat alone in the woods all day long. 他常常一整天獨自一人坐在樹林中/He is *often* absent. 他經常缺席/I've *often* been to England. 我去過英國好幾次/It snowed there very *often*. 那裡經常下雪/I should like to see my parents *more often* [《口》oftener]. 我想多見見我的父母.
[語法](1)在句中 often 通常置於一般動詞之前，be 動詞、助動詞之後. (2)為了強調，often 有時亦可置於句首或句尾.
2 在許多情況下. It is *often* difficult to translate Chinese poetry into English. 在很多情況下很難將中國詩詞翻譯成英語.
as óften as... (1)大約⋯次，⋯次左右，多達⋯次. He goes to the movies *as often as* three times a week. 他一週大約看三次電影.
(2)《連接詞性》每當⋯(whenever). Come *as often as* you feel like it. 你高興來就來.
as òften as nót (相當)頻繁地；兩回中至少有一

回. *As often as not*, he is late for school. 他上課經常遲到.

* **hòw óften** 多久一次. *How often* do you see her? 你多久見她一次?

mòre óften than nót 大多(的情況), 大半, 時常 《<比不是這樣的情況更多, 更為經常(是這樣的情況)》.

o·gle [`ogl; `əʊgl] *vi.* 拋媚眼《*at*》.
— *vt.* 向⋯拋媚眼.
— *n.* © (通常用單數) (拋)媚眼.

o·gre [`ogɚ; `əʊgə(r)] *n.* © (童話中的)吃人鬼; 可怕的人[物], 妖怪.

o·gress [`ogrɪs; `əʊgrɪs] *n.* © 吃人女妖; 可怕的女人.

OH 《略》 Ohio.

oh [o; əʊ] *interj.* 嗬, 啊, 哎呀, 哎, 《表示驚訝、恐懼、願望、痛苦、喜悅、悲哀、呼喊等》. *Oh*, yes! 啊, 是的!/*Oh*! how awful! 哎呀! 好慘! 語法 與 O 不同, oh 後面常接逗號、驚歎號等的標點符號; O 現在主要為詩中用語.

Óh for... 要是有⋯就好啦! *Oh for* a glass of wine! 啊, 真想來杯酒!

Óh that... 要是⋯就好啦! *Oh that* I were young again! 但願我能再年輕一次! (★ were 為假設語氣).

O·hi·o [o`haɪo; əʊ`haɪəʊ] *n.* 俄亥俄州《美國東北部的州; 首府 Columbus; 略作 OH, O.》.

ohm [om; əʊm] *n.* © (電)歐姆(電阻單位).

OHMS 《略》 on His [Her] Majesty's Service 《(英國)公家的)(公文免郵資的標記; → HMS》.

o·ho [o`ho; əʊ`həʊ] *interj.* 《雅》哎呀, 啊, 哎喲, 《表示驚訝、喜悅等》.

OHP 《略》 overhead projector.

oil [ɔɪl; ɔɪl] (*pl.* ~s [~z; ~z]) *n.* **1** ⓤ 油(指動物油、植物油、礦物油之任何一種); 油狀物. mineral [animal, vegetable] *oil* 礦物[動物, 植物]油/olive *oil* 橄欖油. **2** ⓤ 石油. heavy *oil* 重油/an *oil* stove 煤油爐/Japan depends on *oil* for most of its energy needs. 日本大部分的能源需求均仰仗石油. **3** (oils) 油畫顏料; © 油畫; (→ watercolor). paint in *oils* 畫油畫.

bùrn the mìdnight óil → midnight 的片語.

pòur óil on the fláme(s) 「火上加油」, 「煽風點火」, 使局勢更形惡化.

pòur óil on tròubled wáters (用冷靜的態度、言語)平息騷動(爭吵)(源自若往波濤洶湧的水面澆油, 波浪便會平靜下來的傳說).

strìke óil 鑽探到石油; 有重大發現.
— *vt.* 塗[加, 上]油於⋯, 把油灌入⋯. This machine has to be *oiled*. 這部機器必須上油.

oil-bear·ing [`ɔɪl,bɛrɪŋ; `ɔɪl,beərɪŋ] *adj.* 《地質學》(岩石, 地層等)含有石油的.

óil càke *n.* ⓤ (作家畜飼料用, 肥料用的)油渣餅.

oil·can [`ɔɪl,kæn; `ɔɪlkæn] *n.* © 加油壺.

oil·cloth [`ɔɪl,klɔθ; `ɔɪlklɒθ] *n.* ⓤ 油布(用於遮

蓋桌子、棚架、家具等的防水布).

óil còlor *n.* =oil paint.

óil dòllars *n.* 石油外匯(產油國因輸出原油而賺取的美金外匯).

óil fìeld *n.* © 油田.

oil-fired [`ɔɪl,faɪrd; `ɔɪlfaɪəd] *adj.* 〔暖氣用具等〕以石油為燃料的.

óil pàint *n.* ⓤ 油畫顏料.

óil pàinting *n.* **1** ⓤ 油畫法. **2** © 油畫.

oil·rig [`ɔɪl,rɪg; `ɔɪlrɪg] *n.* © (特指深入海底的)鑽油設備.

oil·skin [`ɔɪl,skɪn; `ɔɪlskɪn] *n.* **1** ⓤ 油布, 防水布. **2** ⓤⓒ 油布防水服; (oilskins) (船員等用的上下成套的)油布衣.

óil slìck *n.* © (因油輪的事故等)擴散於水面上的油污(膜).

óil tànker *n.* © 油輪, 油船; 運油車.

[oilrig]

óil wèll *n.* © 油井.

oil·y [`ɔɪlɪ; `ɔɪlɪ] *adj.* **1** 油的, 油性的; 含油的; 因油而滑溜的. *oily* rags 沾滿油的破布/This French dressing is too *oily*. 這個法式調味醬太油膩了.
2 〔皮膚〕油性的.
3 〔人, 態度〕油腔滑調的, 甜言蜜語的.

oink [ɔɪŋk; ɔɪŋk] 《口》 *vi.* 〔豬〕哼哼地叫.
— *n.* © (豬的)哼哼的叫聲.

oint·ment [`ɔɪntmənt; `ɔɪntmənt] *n.* ⓤⓒ 軟膏, (化妝用的)護膚膏.

OK[1] [`o`ke; ,əʊ`keɪ] (★ 亦拼作 okay) 《口》 *adj.* 可以的, 沒問題的, 不錯的. Everything's *OK*. 一切順利/That's *OK* with [by] him. 他沒問題[同意]/Is it *OK* if I borrow your typewriter? 我可以借你的打字機嗎?/Most of the students are *OK*, but a few are very lazy. 大部分的學生還好, 但少數幾個很懶惰.
— *adv.* **1** (感歎詞性)好, 可以. He said, "*OK*, I'll do it." 他說:「好, 我來做.」
2 順利地; 正確無誤地. I answered the question *OK*. 我順利地回答了問題.
— *vt.* (OK's; OK'd; OK'ing) 在⋯上寫 OK 以批准. The House *OK'd* the new tax. 下議院批准了新稅法.
— *n.* (*pl.* OK's) © 批准, 許可; 贊成. I have to get an *OK* from my boss. 我必須得到上司的批准/"How are you doing?" "I'm doing *OK*." 「你好嗎?」「不錯.」

OK[2] 《略》 Oklahoma.

o·ka·pi [o`kɑpɪ; əʊ`kɑːpɪ] *n.* © (動物)獾加狓(分布於非洲中部; 似長頸鹿, 但體積較小, 頸部較短).

[okapi]

o·kay [oˋke; ˌəʊˋkeɪ] *adj.*, *adv.*, *v.* (~**s**; ~**ed**; ~**ing**), *n.* (*pl.* ~**s**) =OK¹.

O·khotsk [oˋkɑtsk; əʊˋkɒtsk] *n.* **the Sea of** ~ 鄂霍次克海.

Okla. (略) Oklahoma.

O·kla·ho·ma [ˌoklaˋhoma; ˌəʊkləˋhəʊmə] *n.* 奧克拉荷馬州(美國南部的州; 首府 Oklahoma City; 略作 OK, Okla.).

o·kra [ˋokrə; ˋəʊkrə] *n.* **1** © 秋葵(原產於非洲東北部的葵科灌木; 豆莢可食用).

2 U (集合)秋葵莢(加入湯、燉煮食物中).

✽✽✽**old** [old; əʊld] *adj.* (~**er**, **eld·er**; ~**est**, **eld·est**) [注意] elder, eldest 僅用於兄弟姊妹之間的長幼順序; → **2** (b)的用法.

1 (a)上了年紀的, 年老的, (↔young); [臉等]老人般的. *old* age 老年/an *old* man of eighty 八十歲的老人(男性)/young and *old* = *old* and young 年輕的和年老的/Everyone gets *old*. 每個人都會老/He looks *old* for his age. 他看起來比實際年齡老/He's too *old* for that kind of physical work. 他太老了而無法做那種勞力的工作/He is *older* and wiser now. 他現在長大了也懂事了. (b)《名詞性》《作複數》(加 the)老人. Be kind to the *old*. 要善待老人/Rich and poor, young and *old* were all gathering there. 無論貧富老少都齊聚一堂(★這種形成對句的情況不加 the).

2 (a)[年齡]…歲的; (完成後)經過…年[月、週、日]的. a boy ten years *old* = a boy of ten (years) = a ten-year-*old* boy 十歲的男孩/a pine tree a hundred years *old* 樹齡百年的松樹/a newspaper three days *old* 三天前的報紙/This baby is eight months *old*. 這個嬰兒八個月大/How *old* are you? 你幾歲?/I'm fifteen years *old*. 我十五歲/She's *old* enough to marry. 她的年紀可以結婚了/The castle is 500 years *old*. 那座城堡有 500 年的歷史/She is *old* enough to be your mother. 她的年紀大得足以當你的母親. (b)《用比較級、最高級》較[最]年長的, 較[最]老舊的. How much *older* is your brother than you? 你的哥哥比你大幾歲?/He is three years *older* than me [I (am)]. = He is *older* than me [I (am)] by three years. 他比我大三歲. [語法] 在限定用法中, 言及同一家族的長幼順序時, 用 elder, eldest: My *elder* brother is the *oldest* boy in the choir. (我哥哥在唱詩班中是年齡最大的); 這種情況在(美)中亦多用 older, oldest; (英)、(美)在敘述性用法中均不使用 elder, eldest: John is *older* than I. (約翰比我年長).

3 舊的; 變舊的; 用舊的; (↔new). an *old* suit 舊衣服/*old* wine 陳年老酒/an *old* joke 老掉牙的笑話.

4 從前的, 古代的, (→ ancient [同]). an *old* Roman road 古老的羅馬道路/*old* civilizations 古代文明/in *old* times 昔日.

5 《限定》自古以來的; 老交情的; (口)《用於呼喚等》親愛的, 令人懷念的. *old* familiar faces 老交情的朋友/an *old* chap [fellow] 老兄, 老朋友, (呼喚)/He's an *old* friend (of mine). 他是我的老朋友/an *old* custom 自古以來的習俗/the good *old* times [days] 過去的美好時光.

6 《限定》原來的, 以前的. one's *old* name 舊姓/He is an *old* student of mine. 他是我以前的學生/the *old* year 舊歲(相對於 the new year (新年)而言)/visit *old* haunts 拜訪以前常去的地方.

7 老練的, 經驗豐富的. He is *old* in wrongdoing. 他老是做壞事.

of óld 從前的; 自古以來. days of *old* 昔日/men of *old* 從前的人們/from of *old* 自古以來/I knew him of *old*. 我從前就認識他/Of *old*, much of the city was good farmland. 從前, 這城市的大部分地區都是良田.

óld age pènsion *n.* U 養老金.

óld bóy *n.* © (英)畢業生, 男校友, (《主美》alumnus).

old-boy network [ˋoldˏbɔɪˋnɛtˏwɝk; ˌəʊldˋbɔɪˏnetwɜːk] *n.* (加 the)(英)(常表譏責)校友的組織; 校友派系.

óld cóuntry *n.* © (加 the)(移民者的)祖國.

old·en [ˋoldn; ˋəʊldən] *adj.* (限定)(古)昔日的; 古老的; (old). in *olden* days [times] 昔日.

Óld Énglish *n.* U 古英語(700–1100 年左右的英語; 略作 OE; → Middle English).

✽**old-fash·ioned** [ˋoldˋfæʃənd, ˋolˋf-; ˌəʊldˋfæʃənd] *adj.* 舊式的; 守舊的; 過時的. an *old-fashioned* radio 舊式的收音機/an *old-fashioned* lady 守舊的婦人/an *old-fashioned* dress 過時的衣服/Mom is really *old-fashioned* about dating. 媽媽對約會的觀念真是太落伍了.

óld gírl *n.* © (英)(女)畢業生, 女校友, (《主美》alumna).

Óld Glóry *n.* © (美)美國國旗, 星條旗, (the Stars and Stripes).

óld gùard *n.* (加 the)(單複數同形)保守派, 保守的人.

óld hánd *n.* © (口)熟練者, 老手.

old·ie [ˋoldɪ; ˋəʊldɪ] *n.* © (口)老電影[歌曲等]; 令人懷念的旋律; 守舊的人.

old·ish [ˋoldɪʃ; ˋəʊldɪʃ] *adj.* 稍微上了年紀的; 有點舊的.

óld lády *n.* © (俚)(加 the, my 等) **1** 老婆, 太太. **2** 老媽.

óld máid *n.* © (輕蔑)(口) **1** 老處女. **2** 討厭的人(亦指男性).

óld mán *n.* © **1** 老人. **2** (加 the, my, your 等)(口)(指父親、丈夫、上司等)老爸, 老公, 老頭. **3** (英、口)老兄(對朋友等充滿親愛之情的呼喚).

óld máster *n.* © (特指 15–18 世紀歐洲的)大畫家; 大畫家的作品.

Óld Níck *n.* © (詼)惡魔(the Devil).

óld schóol *n.* (加 the)保守派, 保守的人. of the *old school* 舊式的, 想法落伍的.

old·ster [ˋoldstɚ, ˋols-; ˋəʊldstə(r)] *n.* © (口)(常表詼諧)老人(→ youngster).

Ōld Testament *n.* (加 the)舊約聖經(『新約聖經』爲 the New Testament).

old-time [ˋoldˏtaɪm; ˈəʊldtaɪm] *adj.* 從前的, 自古以來的; 古色古香的, 舊式的.

old-tim·er [ˋoldˋtaɪmɚ; ˈəʊldtaɪmə] *n.* 《口》**1** 老資格, 老手. **2**《主美》老人 (old man).

ōld wōman *n.* C **1** 老婦人. **2** (加 the, my, your 等)《口》(指母親, 妻子)老媽, 老婆. **3** 《口》《輕蔑》(像老太婆般的)婆婆媽媽的男人.

old-wom·an·ish [ˋoldˋwumənɪʃ, ˋwum-; ˏəʊldˈwomənɪʃ] *adj.* 《口》婆婆媽媽的, 有點討厭的, (★亦可指男性).

Ōld Wōrld *n.* (加 the)舊世界(發現美洲大陸之前就已爲人所知的歐洲, 亞洲, 非洲; ↔ New World);《主美》歐洲大陸.

old-world [ˋoldˋwɝld; ˏəʊldˈwɜːld] *adj.*《限定》**1** 從前的; 舊式的. **2** (常 Old-World)(以美洲大陸的觀點來看)舊世界的; 歐洲大陸的.

o·le·an·der [ˏolɪˋændɚ; ˏəʊlɪˈændə(r)] *n.* UC 夾竹桃(產於地中海沿岸地方, 有毒的常綠灌木).

o·le·o [ˋolɪˏo; ˈəʊlɪəʊ] *n.*《美·口》 = oleomargarine.

o·le·o·mar·ga·rine [ˏolɪəˋmardʒəˏrin, -rɪn, -ˋmarg-; ˈəʊlɪəʊˏmɑːdʒəˈriːn] *n.* U《美》人造奶油.

O level [ˋoˏlɛvl; ˈəʊˏlevl] *n.* C《英》O 級考試(合格)(O 表 ordinary 的字首; 爲取得 GCE(一般教育檢定證書)的第一階段而後每級 A level; 現已廢除, 由 GCSE 考試取而代之).

ol·fac·to·ry [alˋfæktərɪ, -ˋfæktrɪ; ɒlˈfæktərɪ] *adj.* 嗅覺的.

ol·i·garch [ˋalɪˏgark; ˈɒlɪˏgɑːk] *n.* C 寡頭政治的執政者.

ol·i·garch·y [ˋalɪˏgarkɪ; ˈɒlɪˏgɑːkɪ] *n.* (*pl.* **-gar·chies**) **1** U 寡頭政治, 少數獨裁政治. **2** C 寡頭政治國家. **3** C (集合)寡頭政治的執政者, 少數的獨裁者.

***ol·ive** [ˋalɪv; ˈɒlɪv] *n.* (*pl.* **~s** [~z; ~z]) **1** C 橄欖樹(產於南歐等溫暖地方的木犀科常綠喬木); U 橄欖木(家具等的材料). **2** C 橄欖(製成泡菜, 或提取油分). **3** U 橄欖綠(未成熟之橄欖的顏色; 黃綠色); →見封面裡).

ōlive brānch *n.* C 橄欖枝(和平的象徵); hold out an [the] *olive branch* 提議和解. [olive]

ōlive ōil *n.* U 橄欖油(從橄欖中提取的油; 烹飪用或作爲肥皂, 藥品, 化妝品的原料).

Ol·i·ver [ˋalɪvɚ; ˈɒlɪvə(r)] *n.* 男子名.

O·liv·i·a [oˋlɪvɪə, oˋlɪvjə; ɒˈlɪvɪə] *n.* 女子名.

-ol·o·gist *suf.*「…學家, …論者」之意. biol*ogist*. sociol*ogist*. ★重音爲 -ólogist.

-ol·o·gy *suf.*「…學, …論」之意. biol*ogy*. sociol*ogy*. ★重音爲 -ólogy.

O·lym·pi·a [oˋlɪmpɪə, -pjə; əʊˈlɪmpɪə] *n.* 奧林匹亞(希臘西南部的平原; 古代於此舉辦奧林匹亞競技(the Olympic Games 2)).

O·lym·pi·ad [oˋlɪmpɪˏæd; əʊˈlɪmpɪæd] *n.* C **1** 《文章》奧林匹克運動會(the Olympic Games 1). **2** (古希臘)奧林匹亞紀年, 四紀年,《從一次奧林匹亞競技到下一次競技的期間; 用來作爲計算年數的方法》.

O·lym·pi·an [oˋlɪmpɪən, -pjə; əʊˈlɪmpɪən] *adj.* **1** 奧林帕斯(Olympus)山的. **2** 奧林帕斯諸神的. **3** 像神一般的; 威嚴的; 自誇自大的; 超然的. **4** 奧林匹亞的; 奧林匹克運動會的. — *n.* C **1** 《希臘神話》奧林帕斯山之神(十二神之一). **2** 奧林匹克運動會的選手.

***O·lym·pic** [oˋlɪmpɪk; əʊˈlɪmpɪk] *adj.*《限定》**1** 奧林匹克(運動會)的. the *Olympic* Flame 奧林匹克運動會的聖火. **2** (古希臘)奧林匹亞競技的.

O·lym·pic Gāmes *n.* (加 the) **1** 國際奧林匹克運動會(Olympiad)(第一屆於 1896 年在雅典舉辦, 現在每隔四年舉辦一次). **2** (古希臘)奧林匹亞競技(每隔三年於 Olympia 舉辦的體育, 音樂, 詩歌等的比賽).

O·lym·pics [oˋlɪmpɪks; əʊˈlɪmpɪks] *n.* (加 the) = Olympic Games.

O·lym·pus [oˋlɪmpəs; əʊˈlɪmpəs] *n.* 奧林帕斯山(位於希臘北部, 傳說爲諸神所居住的山).

O·man [oˋman; əʊˈmɑːn] *n.* 阿曼(阿拉伯半島東部的國家; 首都 Muscat).

om·buds·man [ˋambʊdzmən; ˈɒmbʊdzmən] *n.* (*pl.* **-men** [-mən; -mən]) C 調查官, 行政監察官, (調查人民對政府, 行政機關的不滿; 原爲瑞典語).

o·me·ga [oˋmɛgə, oˋmigə, ˋomɪgə; ˈəʊmɪgə] UC **1** 希臘字母的最後一個字母(Ω, ω; 相當於羅馬字母的長音 Ō, ō; → alpha). **2** (加 the)終止, 最後.

***om·e·let, om·e·lette** [ˋamlɪt, ˋamə-; ˈɒmlɪt] *n.* (*pl.* **~s** [~s; ~s]) C 蛋餅. I had a cheese *omelet* for breakfast. 我早餐吃了起司蛋餅/You cannot make an *omelet* without breaking eggs.《諺》要怎麼收穫先怎麼栽《<不打碎雞蛋無法做蛋餅》.

***o·men** [ˋomɪn, ˋomən; ˈəʊmen] *n.* (*pl.* **~s** [~z; ~z]) UC (顯示未來命運的)前兆, 預兆, (★好壞皆可用). an event of good [bad] *omen* 好[壞]兆頭的事件. ◇ *adj.* ominous.

om·i·nous [ˋamənəs; ˈɒmɪnəs] *adj.* 不吉利的, 壞兆頭的, 好像要發生壞事的; 險惡的.

om·i·nous·ly [ˋamənəslɪ; ˈɒmɪnəslɪ] *adv.* 不吉利地, 不祥地.

***o·mis·sion** [oˋmɪʃən; əˈmɪʃn] *n.* (*pl.* **~s** [~z; ~z]) U 省略, 遺漏; 疏忽; C 被省略之物[事].

O

Several *omissions* were found in the list of names. 那張名單上發現了幾處遺漏.

‡o·mit [o'mɪt, ə'mɪt; ə'mɪt] *vt.* (~**s** [~s; ~s]; ~**ted** [~ɪd; ~ɪd]; ~**ting**) **1** 省略, 遺漏, 漏掉. This example may be *omitted*. 這個例子可以省略/You have *omitted* several important points in your account. 你的說明中遺漏了幾個重點.

2 句型3 (omit *to* do/do*ing*) 漏掉…; 忘記 [疏忽]…. He *omitted* to pack [*packing*] his toothbrush. 他忘了將牙刷打包/Please don't *omit* to sign the document. 請不要忘記在文件上簽名.

⇨ *n.* **omission**.

omni- 《構成複合字》「全…」,「總…」之意. *omni*potent.

om·ni·bus [ˋɑmnə͵bʌs, ˋɑmnəbəs; ˈɒmnɪbəs] *n.* C **1** 《文章, 古》公共馬車; 公共汽車, 公車. 參考 bus 為 omnibus 的省略形; 源自拉丁語 omnis (相當於 all)的變化形, 意即 for all (為了全部(人)的). bus 是該變化形的字尾.

2 (厚厚一卷的)作品集. a Henry Miller *omnibus* 亨利·米勒作品集.

3 《形容詞性》多項目的; 多目的的.

om·nip·o·tence [ɑmˈnɪpətəns; ɒmˈnɪpətəns] *n.* U 《文章》 **1** 全能.

2 (Omnipotence) 上帝, 全能的上帝.

om·nip·o·tent [ɑmˈnɪpətənt; ɒmˈnɪpətənt] *adj.* 《文章》全能的. the Omnipotent 全能的存在, 上帝.

om·ni·pres·ence [͵ɑmnɪˈprɛzn̩s, ͵ɒmnɪˈprezns] *n.* U 《文章》普遍存在.

om·ni·pres·ent [͵ɑmnɪˈprɛzn̩t; ͵ɒmnɪˈpreznt] *adj.* 《文章》普遍存在的, 無所不在的.

om·nis·cience [ɑmˈnɪʃəns; ɒmˈnɪsɪəns] *n.* U 《文章》全知.

om·nis·cient [ɑmˈnɪʃənt; ɒmˈnɪsɪənt] *adj.* 《文章》全知的. the Omniscient (全知的)上帝.

om·niv·o·rous [ɑmˈnɪvərəs, ˈnɪvrəs; ɒmˈnɪvərəs] *adj.* **1** (特指動物)甚麼都吃的, 雜食性的. 參考「肉食性的」為 carnivorous,「草食性的」為 herbivorous. **2** 甚麼書都讀的. an *omnivorous* reader 甚麼書都讀的人.

‡on [ɑn, ɔn; ɒn, ən, n] *prep.* (★在正式文體中有時用 upon 更合適; → upon 語法)

【 與表面的接觸, 固定 】**1** 在…上(地, 的) (→ onto 回); 貼在…上(的); 乘…(的); 覆蓋…(的). a paradise *on* earth 人間天堂/go *on* board a ship 乘船/We had lunch *on* [*in*] the train. 我們在火車上吃了午餐/I got *on* the wrong bus. 我搭錯了公車/I saw Mary *on* [*in*] the street. 我在街上遇見了瑪莉(★《美》用 on 為主)/Look at the swans *on* the pond. 看牠池塘裡的天鵝/I carelessly sat down *on* a broken chair. 我不小心坐到了一張壞掉的椅子(★ sit on... 是「輕鬆坐下」,「舒服地坐進」則為 sit in...)/He came up to me with a

smile *on* his face. 他面帶微笑地朝我走來/See notes *on* page 10. 請看第 10 頁的注釋.

回 (1) on 用於接觸的場合, 但亦可用於放在某一表面上的情況, 例如 a book *on* the desk (書桌上的書); 貼在下面的情況, 例如 a fly *on* the ceiling (停在天花板上的蒼蠅); 靠在垂直面上的情況, 例如 a picture *on* the wall (掛在牆上的畫). (2)介系詞 over 亦表示「在…上」, 但「不接觸」(over 1)或者「覆蓋」(over 4)的意思較強烈. (3) above (→ below)意味著比基準線[面]高. 例如 The sun is rising *above* the horizon. (太陽正從地平線升起).

2 戴在…(的身)上; 帶在身上. The young woman put a ring *on* her finger. 那少婦把戒指戴在手上/This tie would look wonderful *on* you. 這條領帶若繫在你身上一定很好看/I don't have a cent *on* me. 我一毛錢也沒帶.

【 時間的固定 】 **3** 在…當天, 在(特定的日子, 當天早上、晚上、下午等). *on* Sunday next 在下星期日/*on* May 1st 在 5 月 1 日/*on* my birthday 在我的生日/*on* New Year's Eve 在除夕夜/*on* the morning of the 5th 在 5 日早上/*on* that evening 在那天晚上.

語法 (1)(*on*) that day (在那天)通常不加 on. (2)在 next Sunday 之前不加 on. (3)通常用 in, 如 in the morning [evening]; 指特定的 morning 或 evening 時用 on, 如上例. 但是有 early 或 late 等形容詞, 即使是特定的早上也用 in, 如 in the early morning of the 5th (5 日一大早).

【 固定的目標, 對象 】 **4** 向…, 對…. The robber made an attack *on* him. 強盜向他襲擊/She turned her back *on* her husband. 她背叛[拋棄]丈夫/We marched *on* the enemy's camp. 我們朝敵人的陣地前進.

5 【影響, 不利】對…; 對…來說是種困擾; 《口》由…支付. There is a tax *on* tobacco. 課香菸稅/The intense heat told *on* her. 酷熱讓她覺得不舒服/Lunch is *on* me. 午餐由我請客/She blamed the accident *on* him. 她把這意外的責任歸咎於他/walk out *on*... (→ walk *v.* 片語).

【 固定的支撐>依靠 】 **6** 以…為支撐的); 依靠…(的). The child was lying *on* his back [face]. 那個小孩仰[俯]臥著/The girl turned *on* her heel. 那女孩用腳後跟旋轉/The widow lived *on* her pension. 那寡婦靠撫恤金生活/They live *on* fish in this country. 這個國家以魚類為主食.

7 以…為基礎(的), 根據…(的). He always acts *on* his principles. 他總是依自己的原則行事/a story founded *on* fact 根據事實編成的故事.

8 【手段, 工具】用…(的), 憑藉…(的). play Chopin *on* the piano 用鋼琴彈奏蕭邦的曲子/Tom watched the football game *on* TV. 湯姆收看電視轉播的足球比賽/I go to school *on* foot. 我走路上學/He will leave here *on* the 5 o'clock train. 他將搭五點的火車離開此地/Most cars run *on* gasoline. 大部分的汽車靠汽油來行駛.

【 固定>接近 】 **9** 與…相接, 與…的交接處; 在…的附近; 面臨…; 沿著…; 在…旁. a town *on* the border 邊境上的城鎮/a house *on* the road 路

旁的房子/*on* this side of the river 在河的這一邊/*on* the north of 在…的北邊，靠近…北邊/London is *on* the Thames. 倫敦位於泰晤士河畔/*On* our left, we saw Lake Michigan. 在我們的左邊，我們看到密西根湖.

10【時間的接近】—就，在…之後立即… *on* demand 有求必應/*On* arriving [*On* my arrival] in London, I went to the British Museum. 我一到倫敦，馬上就去大英博物館/*on* inquiry [inspection] 經過詢問[調查]/We arrived just *on* time. 我們準時到達了.

〖固定的範圍〗**11** 有關…(的)，關於…(的). an essay [a lecture] *on* modern poetry 有關現代詩的短論[演講]/an authority *on* Africa 有關非洲問題的權威人士/I'm writing *on* democracy. 我正從事有關民主方面的寫作. 回與此相比，*on* 通常指較具學術性的問題；例如 a book *on* stars 比 a book *about* stars 更具有科學性的內容.

12 是…的成員[一員]. He is *on* the teaching staff. 他是全體教師中的一員.

〖活動的固定>進行>反覆〗**13** 正在…(的)，處於…中(的). a hut *on* fire 燃燒中的小屋/a union *on* strike 罷工中的工會/a house *on* sale 出售中的房屋/*on* business 工[商]務中/The boy went *on* an errand. 那男孩出去辦事了/*On* my way home/*on* one's roate 在回家途中遇到了海倫/*on* one's roate 在必經的道路上；在航線的途中/Who's *on* duty today? 今天誰值班?

14 加上…，反覆…. He committed error *on* error. 他接二連三地犯錯.

● —有關線、面的 **on, on to, off, across, along, through** 之比較

(1)與表示動作的動詞連用

roll *on* (*to*) the foul line 滾至邊線

fall *on* (*to*) the ground 落到地面

turn *off* the highway 離開幹道

take the poster *off* the wall 取下牆上的海報

walk *across* the street 穿越街道

walk *across* the fields 穿過田野

look *through* the window 從窗戶看出去

(2)與表示狀態的動詞連用

be *on* the river 在河邊

be *on* the table 在桌上

be *off* the coast (離開岸邊)在海上

be *off* the target 偏離目標

There are many stores *along* the street. 沿街有許多商店.

★「範圍、空間」「上下關係」的比較 → in 表、up 表.

—*adv.* **1** 在…上；搭乘；(⟷off). get *on* 乘坐，上車/She put the kettle *on* to make tea. 她把水壺放在爐上準備燒水泡茶/The cat jumped *on* to [onto] the mantelpiece. 那隻貓跳上了壁爐臺(★表示「往…的上面」之意時，《美》通常用 onto).

2 穿上，穿；戴上；(⟷off). put a hat *on*=put *on* a hat 戴上帽子/She drives a car with her glasses *on*. 她戴上眼鏡開車/Is my tie *on* straight? 我的領帶繫得正嗎?

3 進行；向前. Let's discuss what to do later *on*. 我們討論一下待會兒要做甚麼/I'll be more careful from now *on*. 從現在起我會更加小心/The army pushed *on*. 軍隊繼續前進了/He moved *on* to a better paying job. 他換了一個收入較好的工作/It was well *on* in the night. 夜已深了.

4 繼續，始終. I couldn't walk *on*. 我走不動了/She kept *on* reading without having lunch. 她沒吃午飯而一直看書/Please go *on*. 請繼續.

5 〔機械，裝置，瓦斯，自來水等〕開著；〔電〕通著；(⟷off). turn *on* the light [gas] 開燈[瓦斯]/Don't leave the water *on*! 別讓水一直流!/The radio was *on* when I entered the room. 當我走進這房間時，收音機正開著.

6 開始；發生，進行著，在進行中；〔戲劇等〕上演著；預定. What's *on*? 發生了甚麼事?/What's *on* at the Empire? 帝國劇院現在上演甚麼?/There is a party *on* tonight. 今晚有一個宴會.

and só òn → and 的片語.

òn and óff = *òff and ón* → off 的片語.

òn and ón 連續，持續不斷. He worked *on* and *on* from dawn till dusk. 他從早到晚不停地工作.

once [wʌns; wʌns] *adv.* **1** 一次，一回；一倍: (→twice). more than *once* 不止一次/*once* a week 每週一次/*once* (in) every three months 每三個月一次/*once* or twice 一兩次，幾次/*Once* one is one. 1×1=1/I have not seen him even *once* since that time. 從那以後我一次也沒見過他/I have visited New York *once*. 我去過紐約一次/Did he *once* help you? 他曾經幫助過你嗎?

2 曾經一度, 從前, (→ever ●). a once famous poet 曾經聞名一時的詩人/We once lived in Canada. 我們曾經住在加拿大.

3 一旦, 假如. If she once starts talking, she is hard to stop. 她一旦說起話來就沒完沒了/Once a beggar, always a beggar. (諺)一日爲乞丐, 終身爲乞丐.

ònce agáin = once more.

ònce and agáin 一而再地, 再三地.

* *ònce (and) for áll* (1)僅此一次, 僅限一次, 最後一次. I'm telling you this once and for all. 我只告訴你這一次. (2)斷然, 斬釘截鐵地; 最後地. I told him once and for all that I wouldn't go. 我斷然地告訴他我不去.

ònce in a blùe móon → moon 的片語.

* *ònce in a whìle* 有時. We go swimming together once in a while. 我們有時一起去游泳.

* *ònce móre* 再來一次; 再度. I'll try it once more. 我要再試一次/Mother was ill but now she is well once more. 母親曾生過病, 但現在又再度恢復健康了.

* *ònce upon a tíme* 從前 (★故事開頭的慣用語). Once upon a time, there was a big bad wolf. 從前, 有一隻大惡狼.

— *n.* ⓤ一次, 一回. I say once is enough. 我認爲一次就夠了.

* *àll at ónce* (1)突然(suddenly). All at once the child burst into tears. 那孩子突然大哭起來. (2)同時. They started talking all at once. 他們同時開口說話.

* *at ónce* (1)立刻, 馬上. I want this done at once. 我希望這件事馬上辦好. (2)同時. All the guests arrived at once. 全部的客人同時到達了.

at ónce A and B 既A又B (both A and B). The story is at once interesting and instructive. 那個故事既有趣又具啓發性.

(jùst) for (thìs) ónce = jùst thìs ónce 僅此一次, 只限一次(當作例外). I'll allow you to miss class (just) for (this) once. 我只允許你缺一次課.

— *conj.* 一旦…就(必定)…, 一…就…. I don't wake easily, once I get to sleep. 我一旦睡著就不容易醒來.

once-o·ver [ˋwʌns͵ovɚ; ˈwʌnsˌəʊvə(r)] *n.* ⓒ (通常用單數) (口)瀏覽; 粗略地檢查. He gave the letter the once-over. 他瀏覽一下這封信.

on·com·ing [ˋɑn͵kʌmɪŋ, ˋɔn-; ˈɒnˌkʌmɪŋ] *adj.* 《限定》即將來臨的. the oncoming storm 即將來臨的暴風雨.

***one [強 ˋwʌn, ͵wʌn, 弱 wən; wʌn] *adj.*

1 一個的, 單一的; 一人的. in one or two weeks 在一、兩個星期(幾週)之內(★ one or two 亦可表示「幾個」的意思)/one thousand 一千/one half 一半/one third 三分之一/in one word

一言以蔽之/One man one vote. 一人一票.

[語法]不定冠詞的 a [an] 也有「一個, 一人」之意, 但特別強調數量時用 one.

2 某一個的(some); 《置於專有名詞之前》某一…(a certain). one night [day] (過去或未來的)某天晚上[某天]/at one time 曾經/one winter [fine] morning 某個冬天的[晴朗的]早晨/The clerk was one (Miss) Hawkins (=a Miss Hawkins). 那店員是一位叫霍金斯的小姐 [語法]如這個例子, 當姓氏之前用 one時, 可以不加 Mr., Miss 等稱呼, 但用不定冠詞時則不能省略).

3 唯一的(only). The one way to reach the island is by helicopter. 去那個島的唯一方法是搭直升機. [語法](1)置於 the 或所有格之後. (2)one 需重讀.

4 《one...another [(the) other]》一方的, 單方的. from one end of a street to the other 從街道的一端至另一端/in one way or another 設法地/He lay on the sofa with one leg across the other. 他雙腳交叉躺在沙發上/The butterfly flew from one flower to another. 蝴蝶在花間穿梭飛舞/To say that is one thing, to do it is another. 說是一回事, 做又是一回事; 言易行難/I must take a definite step, one way or the other. 無論如何我都必須踏出明確的步伐.

5 同一的. The birds flew away in one direction. 這些鳥朝同一個方向飛去/We are all of one mind on the subject. 在這主題上我們的想法是一致的/They hold one opinion. 他們意見一致/I am one with you on this point 在這一點上, 我與你意見相同.

for óne thìng → thing 的片語.

òne and ónly 僅有一個[一人]的. my one and only hope 我唯一的希望.

òne and the sáme 完全一樣的. Dr. Jekyll and Mr. Hyde are one and the same person. 傑柯比士和海德先生完全是同一個人.

— *n.* (★基數的例示、用法 →five) (*pl.* ~s [~z; ~z]) **1** ⓤ(基數的)1, 一.

2 ⓤ一點(鐘); 一分; 一歲; 一美元[英鎊, 美分, 便士等]; 《量詞由前後關係決定》.

3 ⓒ(作爲文字的)1, 1的數字[鉛字]; (骰子的)1點.

(àll) in óne (1)以一個[一人]兼全部. She was wife, mother, student and housemaid, all in one. 她一人兼作妻子、母親、學生和女傭. (2)全體一致地.

àll óne (1)(對…而言)完全相同, 都一樣, 《to〔人〕》. It's all one to me whether we go now or later. 我們現在去或待會去對我來說都一樣. (2)一體的, 完全一樣的. We are all one in wishing you success. 我們都祝你成功.

at óne 《文章》一致(with). I am at one with you about that. 對於那件事情我與你一致.

by [in] ònes and twós 三三兩兩地, 零零落落地.

òne and áll 所有的人(everybody). I would like to thank you, one and all. 我要向所有的人表示

感謝.

ò̀ne by ó̀ne 一個一個地；一人一人地. The lights went out *one by one*. 電燈一盞一盞地熄滅了.

ó̀ne dày → day 的片語.

— *pron.* **1** 《文章》(包括說話者，泛指)人. *One can read this book in an hour.* 誰都能在一個小時內讀完這本書/*One often fails to see his [one's] own mistakes.* 人往往會忽視自己的錯誤.

語法 (1)因 one 是代名詞，故無需加冠詞.

(2)在《口》中通常用 we, you, they 等.

(3)與 one 連用的代名詞本來是 one, one's, oneself, 但實際上(特指在《美》, one 的重覆使用被視爲正式的語法)往往使用 he, his, him, himself 或 she, her, herself.

(4)委婉地指說話者[筆者]本身：What does *one* have to do to make you believe? (我該怎麼做才能讓你相信?).

(5)字典中用以代指人稱代詞：as...as *one* can(盡某人所能).

2 《通常與修飾語連用，用來代替前面出現過的名詞》東西[人].

語法 (1)單數時通常與 a 連用：His collection of stamps is a most valuable *one*. (他的集郵收藏是非常有價值的).

(2)複數時用ones：I have many tools, but I want better *ones*. (我雖然有許多工具，但還想要些更好的).

(3)不可緊接在所有格後使用. 例如不說my *one*, John's *one*, 應說 mine, John's：My black dog runs faster than your white *one*. (我的黑狗比你的白狗跑得快). ★所有格之後加入形容詞則可使用 one.

(4)前面出現的名詞爲物質名詞或集合名詞時，用形容詞結尾，不用 one：I like red wine better than white. (我喜歡紅葡萄酒甚於白葡萄酒).

(5)數詞 (two, three 等), both, my [your, his, her, our, their] 等之後不加 one(s)：He likes my car better than his own. (他喜歡我的車勝過喜歡自己的車).

(6)this [that] one 的用法是正確的，但特別是在書寫用語中只要不與修飾語連用，these [those]之後就可不加 ones：Compare these pearls with those. (比較這些珍珠和那些珍珠).

(7) one 的修飾語，除了置於其前的形容詞等之外，其後也可接形容詞片語[子句]：That question is *one* of great importance. (那個是個非常重要的問題)/(與 a very important *one* 意思相同)/This novel is more interesting than the *one* I lent you the other day. (這本小說比前些天我借你的那本更有趣). ★當 one 所替代的名詞爲不可數名詞或位於 of 片語之前時，通常用 that, those, 而不用 one；→ that *pron.* (指示代名詞) 4 (a).

3 《前面無修飾語，代替前面出現過的可數名詞》一個；一人；那個[人].

語法 (1)用於指不定的同類之物：Everybody seems to have a camera. I think I must have *one* (=a camera), too. (大家好像都有照相機，我想我也必須買一臺)/I want a new car, but I can't afford

to buy *one*. (我想要一輛新車但是我買不起)

(2)若是指同一件東西，再次提到則用 it 表示：I have a camera. Shall I lend it (=the camera) to you? (我有臺照相機，要我借你嗎?).

(3)在此用法中，不用複數的 ones：They sell good apples at that store. I will buy *some*. (這家店的蘋果不錯，我想買一些).

4 《用單數》(加any, every, no, some等)人. → any one (any 的片語), every one (every 的片語), no one (no 的片語), some one (some 的片語).

5 《特定的人、事、物之中的》一人, 一個. *One* of my friends lost his camera. 我的一位朋友掉了照相機/Not *one* of his plays succeeded commercially. 他的劇作沒有一部賣座的.

6 《文章》(後加形容詞(片語、子句))人(★不加冠詞). He lay like *one* dead. 他躺著像個死人一樣/I'm not *one* to distrust people. 我不是那種疑心別人的人/*One* who overeats will not live long. 暴飲暴食的人會短命.

7 《用於 one...another, (the) one...the other(s)》一方；一個；一人. the *one*...*the other* 前者…後者…/*One* says one thing, and *another* says another. 一人這麼說，另一人則那麼說/I have two dogs. *One* is black and *the other* is white. 我有兩條狗，一條是黑的，另一條是白的.

ò̀ne...after anó̀ther [*the ó̀ther*] →after 的片語.

ò̀ne anó̀ther → another 的片語.

ò̀ne of thèse (*fìne*) *dàys* → day 的片語.

the [*a pèrson's*] *lìttle* [*yóung*] *ones* [某人的]孩子們.

one-armed bandit [ˈwʌnˌɑrmdˈbændɪt; ˌwʌnˈɑːmdˈbændɪt] *n.* Ⓒ《口》吃角子老虎(slot 《美》[fruit 《英》] machine).

one-horse [ˈwʌnˈhɔrs; ˌwʌnˈhɔːs] *adj.* 《限定》 **1** 一匹馬拉的. **2** 《口》微不足道的, 微小的.

one-man [ˌwʌnˈmæn; ˌwʌnˈmæn] *adj.* 《限定》 (由一人(進行)的, 僅一人的. a *one-man* bus 由司機一人服務的公車/a *one-man* exhibition 個人展覽會.

ò̀ne-man bánd *n.* Ⓒ **1** 單人樂隊《一個人演奏各種樂器的街頭藝人》. **2** 《口》單獨行動.

one·ness [ˈwʌnnɪs; ˈwʌnnɪs] *n.* Ⓤ **1** 單一性, 同一性. **2** 一致, 調合.

one-night stand [ˈwʌnˌnaɪtˈstænd; ˌwʌnnaɪtˈstænd] *n.* Ⓒ **1** 只表演一晚的演出. **2** 《口》一夜之歡, 一夜情.

ò̀ne-pìece *adj.* 《限定》單件式的《特指泳裝》.

on·er·ous [ˈɑnərəs; ˈɒnərəs] *adj.* 《文章》(工作, 責任等)成爲重擔的, 棘手的, 麻煩的.

‡one's [wʌnz; wʌnz] *pron.* one 的所有格. One should always do *one's* best. 人都應盡自己最大的努力(→ one *pron.* 1 語法).

注意 one's 在辭典的片語等中，是作人稱名詞所有格的代表形式. 例如 *lòse one's wày* (迷路),

實例爲 I lost *my* way. He lost *his* way. 等.

＊one·self [wʌnˋsɛlf, wʌnz-, wən-; wʌnˈself] *pron.* 注意(1)在本辭典中用作反身代名詞(myself, yourself, themselves等)的代表形式;因此, *kíll onesélf* (自殺)的實際句型是 He killed *himself*. They killed *themselves*. 等. (2)用來泛指「人」之意的 one (→ one *pron*. 1)作主詞時, 後面用 oneself, 但是美式用法普遍用 himself.

1 《反身用法》; oneself 讀作[wʌnˌsɛlf; wʌnˌself], 而全句的重音則落在動詞上》自己親自. He taught *himself* German. 他自學德語/To listen to *oneself* on a tape recorder is sometimes fun. 用錄音機錄下自己的聲音來聽有時很有趣.

2 《加強語氣; 作主詞或受詞的同位格》親自, (不靠別人幫助)自己. He *himself* came to see me. 他自己親自來見我了.

be onesélf 處於正常狀態; 舉止自然地. *I'm* not *myself* today. 我今天有點反常[不舒服]/You'd better *be yourself* when you talk with your boss. 你對上司說話時最好舉止自然些.

＊*by onesélf* (1)單獨地, 孤獨地, (alone). The tree stands *by itself* on a hill. 那棵樹孤零零地立在山坡上. (2)(不借助他人)獨自, 以自己的力量. Did you build this house (all) *by yourself*? 你獨自一個人建造了這棟房子嗎? (3)自動地, 不因外力地. The door opened *by itself*. 門自動開了.

＊*for onesélf* (1)獨自地; 親自地. I'll go and see *for myself* what has happened. 我要親自去看一下到底發生了甚麼事/You should decide *for yourself*. 你必須自行決定. (2)爲自己. Have you got anything to say *for yourself*? 你想說些甚麼爲自己辯護嗎?/It was every man *for himself*. 人人都是爲自己.

＊*in onesélf* 本質, 本身; 僅此. TV *in itself* is not necessarily bad for children. 電視本身對兒童未必有害.

of onesélf (1)自發地, 自動地. I didn't bring these girls. They have come *of themselves*. 我沒帶這些女孩來, 是她們自己來的. (2)=in oneself. (3)《古》=by oneself (3).

to onesélf 自己對自己; 自己專用地; 私下, 暗自. Alice heard the rabbit say *to itself*, 'Oh, dear! I shall be too late.' 愛麗絲聽到小白兔自言自語道: 「噢, 天啊! 我會遲到的」/I want a room *to myself*. 我想要一個自己的房間/Keep the news *to yourself*. 勿把此消息告訴他人/He thought *to himself*, "What can I do for her?" 他心裡想: 「我能爲她做甚麼?」

one·sid·ed [ˋwʌnˋsaɪdɪd, ˌwʌnˈsaɪdɪd] *adj.* (只有)一邊的; 片面的, 不公平的; 〔比賽等〕一面倒的.

one·time [ˋwʌnˌtaɪm; ˈwʌntaɪm] *adj.* 《限定》從前的.

one·to·one [ˋwʌntəˋwʌn; ˌwʌntəˈwʌn] *adj.* 一對一的, 一人對一人的.

one·track mind [ˌwʌntrækˋmaɪnd]

[ˌwʌntrækˋmaɪnd] *n.* UC 褊狹的心.

one·up·man·ship [wʌnˋʌpmənˌʃɪp, ˌwʌnˋʌpmənʃɪp] *n.* U 高人一等的本事[訣竅].

one·way [ˋwʌnˋwe; ˌwʌnˈweɪ] *adj.* **1** 單行的. *one-way* traffic 單行道.

2 單方面的. a *one-way* love 單相思.

3 《美》單程的(《英》single; ◆ round·trip). a *one-way* ticket 單程票.

on·go·ing [ˋɑnˌgoɪŋ; ˈɒnˌgəʊɪŋ] *adj.* 前進中的; 發展中的.

＊**on·ion** [ˋʌnjən, ˋʌnjɪn; ˈʌnjən] *n.* (*pl.* ~s [~z; ~z]) UC 《植物》洋蔥. There's too much *onion* in the stew. 燉品裡放了太多洋蔥了.

on·line [ˋɑnˌlaɪn; ˈɒnlaɪn] *adj.* 連線的(與電腦直接連結的; ◆ off-line).

on·look·er [ˋɑnˌlʊkɚ, ˋɔn-; ˈɒnˌlʊkə(r)] *n.* C 觀眾; 袖手旁觀者; (looker-on).

＊＊**on·ly** [ˋonlɪ; ˈəʊnlɪ] *adj.* 《限定》 **1** 《與單數名詞連用》獨一的, 僅一人的, 唯一的; 《與複數名詞連用》僅有的. an *only* son 獨子(注意上文指「唯一的孩子」(an only child); 而 the *only* son 的講法則可能還有其他女兒; an *only* daughter 亦同)/They are the *only* people who know. 只有他們知道/That's *only* one of many charming features of the book. 那只是這本書深具魅力的特質之一.

2 獨一無二的; 最好的. the *only* thing for winter wear 最好的冬裝.

— *adv.* **1** 只, 僅, 唯. I have *only* ten cents. 我只有一毛錢/We play the game for pleasure *only*. 我們比賽純粹是爲了娛樂/Ladies *only*. 婦女專用《告示》/She despises him *only* because he is poor. 她輕視他, 就只因爲他貧窮.

語法 only 原則上應緊接在其修飾的詞前面或後面: I *only* lent the book to him. (我只是把書借給了他《不是送給他的》)/I lent *only* the book to him. (我只借給他那本書)/I lent the book *only* to him. (我的書只借給他); 但是實際上, 尤其在《口》中 only 常常放在動詞前, 整句的重音則落在被 only 修飾的詞上: I *only* came back yésterday. (我昨天才回來).

2 《與時間副詞連用》…之後才…; 才…, 剛…. *Only* the other day Mr. Bell came to see me. 就在前幾天貝爾先生才來拜訪我了/It was *only* a week later that I received an answer from him. 我爲晚了一星期收到他的回音/I've lost the camera which I bought *only* last month. 我把上個月才買的那臺照相機弄丟了.

háve ònly to dó → have 的片語.

＊*if ónly...* (1)(a)只要. *If only* Tom comes, we can start the party. 只要湯姆一來, 我們的聚會就可以開始了. (b)《省略主要子句》*If only* I could go swimming! 要是能去游泳那該多好!《這是把整句如 *If only* I could go swimming, how happy I would be! (如果我能去游泳, 不知會有多高興啊!)中省略了主要子句的用法; 下個例子也相同》/If my father would *only* agree! 要是我父親同意就好了! (★也有像此例句般, 把 If 和 only 分開的用法)

(2)即使…也. You must attend the meeting, *if only* for an hour. 即使只有一小時, 你也必須出席會議.

nòt ónly A but (àlso) B → not 的片語.

ònly júst (1)剛剛, 剛才. I've *only just* arrived. 我剛剛才到. (2)好不容易, 勉強.

ònly to do 結果…. The police rushed to the spot, *only to* discover the robber had gone. 警方匆忙趕到現場, 結果發現強盜已經跑了.

ònly tóo → too 的片語.

— *conj.* **1** 可是, 不過. It is handy, *only* a little expensive. 它是很方便, 不過價錢貴了點.

2 若非…. I would come *only* (that) I am engaged. 要不是有約在先, 否則我一定會來. 語法 在(口)中省略 that; 在 only 子句中通常為直述語氣.

on·o·mat·o·poe·ia [ˌɑnəˌmætə`piə, o,nɑmətə-; ˌɒnəʊmætəʊˈpiːə] *n.* (語言) U 擬聲; C 擬聲字(ticktack(鐘錶的聲音), cuckoo(布穀鳥的叫聲)等).

on·o·mat·o·poe·ic [ˌɑnəˌmætəˈpiɪk; ˌɒnəʊmætəʊˈpiːɪk] *adj.* 擬聲字的.

on·rush [`ɑnˌrʌʃ, `ɔn-; ˈɒnrʌʃ] *n.* C (通常用單數)猛衝, 直衝; 急流.

on·set [`ɑnˌsɛt, `ɔn-; ˈɒnset] *n.* C (加 the) **1** 襲擊. **2** (令人不快的事物的)到來, 開始.

on·shore [`ɑnˈʃor, `ɔn-, -ˈʃɔr; ˈɒnˈʃɔː(r)] *adj.* (靠近)岸上的; 朝向岸邊的.

— *adv.* 在岸上地, 在近岸處地; 朝向岸邊地.

on·side [`ɑnˈsaɪd, `ɔn-; ˌɒnˈsaɪd] (足球、曲棍球)*adj.* 沒有越位的, 在(不犯規的)規定位置上的, (↔ offside).

— *adv.* 沒有越位地, 在規定位置上地.

on·slaught [`ɑnˌslɔt, `ɔn-; ˈɒnslɔːt] *n.* C (文章)猛烈攻擊(*on*).

Ont. (略) Ontario.

On·tar·i·o [ɑn`tɛrɪˌo; ɒnˈteərɪəʊ] *n.* **1** 安大略省(加拿大南部的省; 略作 Ont.). **2** Lake ~ 安大略湖(北美五大湖之一; → Great Lakes 圖).

‡**on·to** [`ɑntu, `ɔn-; ˈɒntuː, ˈɒntʊ, ˈɒntə] *prep.* 到…上, 上(★(英)常作 on to; → on *adv.* 1). Suddenly a man jumped *onto* the platform. 一名男子突然跳到講臺上/He got *onto* the boat and waved good-bye. 他上了船並揮手告別.

同 (1)on 一般指與某物體表面接觸的狀態, onto 則指轉變到那種狀態之動作. (2)亦用於表示轉變之意, 因此上例的 onto 亦可用 on 代換.

on·tol·o·gy [ɑn`tɑlədʒɪ; ɒnˈtɒlədʒɪ] *n.* U (哲學)存在論; 本體論.

o·nus [`onəs; ˈəʊnəs] *n.* U (加 the)(文章)重擔, 負擔; 義務, 責任.

*****on·ward** [`ɑnwəd, `ɔn-; ˈɒnwəd] *adv.* (時間、空間上)向前, 向前方地. *Onward!* 前進!/(命令)/from this day *onward* 從今天起.

— *adj.* (限定)向前的; 前進的. the *onward* march 前進.

on·wards [`ɑnwədz, `ɔn-; ˈɒnwədz] *adv.* =onward.

on·yx [`ɑnɪks, `onɪks; ˈɒnɪks] *n.* UC (礦物)縞子瑪瑙(7月的誕生石; → birthstone 表).

oo·dles [`udlz; ˈuːdlz] *n.* (作複數)(口)很多, 大堆, (*of*).

oo·long [`uloŋ; ˈuːlɔːŋ] *n.* U 烏龍茶(亦作 ōolong tēa).

oomph [umf; ʊmf] *n.* U (俚) **1** 幹勁, 勁兒. **2** 性感.

oops [ups; ʊps] *interj.* (口)哎呀, 糟糕, (失敗等時發出的聲音).

ooze [uz; uːz] *vi.* **1** 一直流出, 滲出, 漏出. The oil was *oozing* out of the tank. 油不斷從油箱漏出.

2 (勇氣、希望等)逐漸消失(*away*).

— *vt.* 使滲出; 使漏出.

— *n.* U 分泌(物); (水底的)淤泥.

Op., op. (略) opus.

o·pac·i·ty [o`pæsətɪ; əʊˈpæsətɪ] *n.* U 不透明; 曖昧.

o·pal [`opl; ˈəʊpl] (★注意發音) *n.* UC (礦物)蛋白石(10 月的誕生石; → birthstone 表).

o·pal·es·cence [ˌopl`ɛsn̩s; ˌəʊpəˈlesns] *n.* U 乳白色(光).

o·pal·es·cent [ˌopl`ɛsn̩t; ˌəʊpəˈlesnt] *adj.* 蛋白石般的; 乳白色光的.

o·paque [o`pek, ə`pek; əʊˈpeɪk] *adj.* **1** 不透明的, 不透光線的, (↔ transparent).

2 (意思)不清楚的.

o·paque·ly [o`peklɪ; əʊˈpeɪklɪ] *adv.* 不透明地; 曖昧地.

OPEC [`opɛk; ˈəʊpek] (略) Organization of Petroleum Exporting Countries (石油輸出國家組織).

‡**o·pen** [`opən, `ɔpn̩; ˈəʊpən] *adj.* (~·**er**; ~·**est**) 【 開著的 】 **1** 開的, 敞開的. an *open* window 開著的窗/an *open* book 翻開的書/with *open* mouth (因吃驚而)張著嘴/Who has left the door *open*? 是誰把門open門不關?/The blossoms are all *open*. 花都開了.

2 (限定)沒有屋頂的; 敞篷的; (衣服)開襟的. an *open* car 敞篷車/an *open* shirt 開襟襯衫.

3 (限定)開闊的; 空曠的. *open* country 曠野.

4 【總是開放的】(限定)不結冰的(河川等); 未降雪[霜]的. an *open* harbor 不凍港/an *open* winter (未下霜雪的)暖冬.

【 坦率的 】 **5** 非祕密的; 公開的. an *open* secret 公開的祕密/The proceedings of Parliament are *open to* the public. 國會議事錄是對大眾公開的.

6 (用 open to…)無防備的; 暴露著的; 易接受的. His remark is *open to* criticism. 他的見解易受批評/a boy *open to* temptation 易受誘惑的男孩/a staircase *open to* the weather 露天的臺階/I'm always *open to* suggestion. 我隨時歡迎建議.

7 開放性的, 非排他性的; (比賽等)公開的(職業選手與業餘選手均可參加). an *open* competition

公開比賽/an *open* tennis tournament 網球公開賽.
8 率直的, 坦率的; 無偏見的. an *open* charac-ter 率直的性格/Let me be *open* with you. 我坦白跟你說吧/He is quite *open* about having been in prison. 他從不隱瞞自己曾經入獄的事.
【(使能進入而)開放的 】 **9** 《敍述》〔地位, 時間等〕空著的; 可利用的; 可能的; (*to*). The job is still *open*. 那職位依舊空著/Only one lane was *open* because of the accident. 因爲意外事故的關係只剩單線通車/Two courses of action are *open* to us. 我們有兩種方法可行.
10 《敍述》正在營業的; 〔展覽會等〕舉辦中的. The store is not *open* today. 那家店今日休息/An art exhibition is now *open* at Paris. 目前巴黎正在舉辦美術展.
11 【尚未完結的】懸而未決的, 尚未解決的. an *open* question 尚未解決的問題/leave the date open 暫不決定日期/The murder case is still *open*. 此謀殺案尚未破案.
lày /…/ ópen 把…打開放著; 暴露(*to* 〔譴責等〕).
— *v.* (~**s** [~z; ~z]; ~**ed** [~d; ~d]; ~**ing**) *vt.*
1 開, 打開; 展開; (⟷ shut, close). *Open* the gate [window]. 開門[窗]/*open* a map 攤開地圖/*open* one's mouth 張嘴; 開始說話/Don't *open* my letter. 別拆我的信/*Open* your book to [美]at [英] page 10. 把書翻到第 10 頁/Please *open* the bottle for me. 請替我打開這瓶子.
2 開始(營業, 運動, 會議等), 開業, 開店, (start). *open* a discussion 開始某項討論/*open* an account at a bank 在銀行開戶/He *opened* a new store by himself. 他自己開了家新的商店/The host *opened* the party with a speech of wel-come. 宴會在主人致歡迎辭後便開始了/They *opened* fire at [on] the enemy. 他們向敵人開火.
3 開闢〔土地, 道路, 新領域等〕. *open* ground 開墾/We *opened* a road through the forest. 我們開闢了一條穿越森林的道路/Railroads helped to *open* the West. 鐵路對美國西部的開發有所助益.
4 公開…, 開放…; 表明…. The garden is *opened* to the public on Sundays. 這花園每逢星期天對外開放/Mary *opened* her heart to Bob. 瑪莉對鮑伯表明了心意.
5 使〔心等〕寬廣(*to* 面對…). Traveling to for-eign places helps to *open* your mind. 到國外旅遊有助於心胸的開闊.
— *vi.* **1** 開, 張開; 〔花〕開. This door won't *open*. 這扇門打不開/Doors *open* at 6 p.m. 下午 6 點開放入場/The roses are *opening*. 玫瑰花盛開著.
2 〔商店等〕開張, 開業, 開始(begin); 通車. The new hotel *opens* today. 這家新旅館今天開張/The meeting *opens* at 10. 會議 10 點開始/Ser-vices *opened* with a hymn. 禮拜在讀美詩的吟唱中開始了/The bridge *opened* last Saturday. 這座橋於上星期六通車了.
3 通往(*into*, *onto*); 朝向, 面向, (*to*). The

door *opens into* the parlor [*onto* the garden]. 這道門通往起居室[花園]/(匣法)通往某場所的裡面時用 into, 強調場所的表面時用 on 或 onto)/The window *opens to* the east. 這扇窗戶朝東.
4 在眼前展開; 使視野開濶. A new vista was *opening* before her. 一個全新視野正在她眼前展開.
ópen /…/ óut 攤開, 張開, 〔地圖等〕.
ópen óut[2] (1)〔花〕開; 〔道路等〕變寬; 〔景色等〕展現. (2) = open up[2] (1).
ópen /…/ úp[1] (1)開設〔商店等〕; 開發〔土地, 礦山等〕. (2)打開〔箱子, 包裹等〕.
ópen úp[2] (口)(1)開誠布公. Why don't you *open up* to me? 你爲何不對我開誠布公呢? (2)《用於祈使句)開門.
— *n.* ⓤ(加the)戶外, 野外.
in the ópen 在野外, 在戶外. play *in the open* in summer 夏天到戶外遊玩.
in [*into*] *the ópen* 公開. Our secret is *in the open*. 我們的祕密是眾所皆知的/His deep-rooted hatred finally came out *into the open*. 深植在他心中的仇恨終於顯露出來.

ópen áir *n.* (加the)野外, 戶外. in the *open air* 在戶外, 在野外.

o·pen-air [ˋopənˏɛr, ˏˏˊɛr; ˏəʊpnˈeə(r)] *adj.* 《限定》野外的, 戶外的. an *open-air* school 野外[森林]學校/an *open-air* stage 露天舞臺.

o·pen-and-shut [ˏopənənˋʃʌt; ˏəʊpnenˈʃʌt] *adj.* 易於證明[解決]的; 一目了然的.

o·pen-end·ed [ˋopənˋɛndɪd; ˏəʊpnˈendɪd] *adj.* 無限期的; 無限制的; 〔問卷調查等〕自由回答式的.

o·pen·er [ˋopənɚ; ˈəʊpnə(r)] *n.* ⓒ **1** 開啓物[工具]. a can *opener* (美)=(英) a tin *opener* 開罐器/a bottle *opener* 開瓶器.
2 開幕後的第一場比賽, 開幕賽.
3 開啓者; 開始者.

o·pen-eyed [ˋopənˋaɪd; ˏəʊpnˈaɪd] *adj.* 睜大眼睛的; (因驚訝而)瞪大眼睛的.
— *adv.* 瞪大眼睛地.

o·pen-hand·ed [ˋopənˋhændɪd; ˏəʊpnˈhændɪd] *adj.* 慷慨的(generous; ⟷ closefisted).

o·pen-heart·ed [ˋopənˋhɑrtɪd; ˏəʊpnˈhɑːtɪd] *adj.* **1** 直率的. **2** 心胸開闊的, 大方的.

ópen hóuse *n.* **1** Ⓤⓒ私人宅邸對外開放(選定的日期, 歡迎任何人參觀); ⓒ(美)〔學校, 宿舍等的)開放參觀日. We have *open house* on the last Sunday of each month. 我們每月的最後一個星期天都有開放參觀. **2** ⓒ衷心歡迎賓客的家庭.
kéep ópen hóuse 隨時歡迎訪客.

⁑**o·pen·ing**[1] [ˋopənɪŋ, ˋopnɪŋ; ˈəʊpnɪŋ](*pl.* ~**s** [~z; ~z]) *n.* 【 開 】 **1** Ⓤ 開, 開始; 開業; 開會; 通車. the *opening* of a battle 一場戰役的開始/the *opening* of an expressway 快速道路的通車.
2 【開始】ⓒ (演出等的)第一天; 開始的部分, 開頭. at the *opening* of his lecture 在他演說的開頭/The play has had a full house every night

since its *opening*. 那齣戲從上演的第一天就每晚都客滿.

〖空隙處〗**3** ©穴、縫、空隙、通道;〔森林等中的〕空地. an *opening* in the wall 牆壁上的裂縫.

4 【空缺】©職位的空缺. We have an *opening* for a secretary. 我們有個祕書的職缺.

5 【可乘之機】©良機、機會,《for》.

o·pen·ing² [ˋopənɪŋ, ˋɔpnɪŋ; ˈəʊpnɪŋ] *adj.*《限定》開始的, 最初的. an *opening* address 開幕致辭/*opening* night (戲劇的)首演之夜.

ópening cèremony *n.* ©開幕典禮(◆ closing ceremony).

ópen létter *n.* ©公開信.

***o·pen·ly** [ˋopənlɪ; ˈəʊpənlɪ] *adv.* **1** 直率地. We talked *openly* about the matter. 我們坦率地談論這件事.

2 公開地, 毫不掩飾地. The students *openly* attacked the Dean. 學生們公開抨擊教務主任.

o·pen-mind·ed [ˋopənˋmaɪndɪd; ˌəʊpnˈmaɪndɪd] *adj.* 無偏見的; 心胸開闊的.

o·pen-mouthed [ˋopənˋmauðd, -θt; ˌəʊpnˈmaʊðd] *adj.* (因驚訝而)張大著嘴的.
— *adv.* 目瞪口呆地.

ópen sándwich *n.* ©單片三明治(麵包上塗乳酪, 再加上蔬菜; 上面不再覆蓋麵包).

ópen séa *n.* ©(加the) **1** 外海, 大海. **2** 公海.

ópen séason *n.* ©(漁、獵的)解禁期, 狩獵期.

ópen shóp *n.* ©開放工廠(可雇用非工會會員的企業; ◆ closed shop).

Ópen Univérsity *n.* (加the)(英)開放式〔空中〕大學(始創於1971年1月, 以收音機、電視、函授、暑期講習等形式授課).

o·pen·work [ˋopənˌwɜk; ˈəʊpnwɜːk] *n.* ☉透雕細工, 網狀細工.

***o·pe·ra¹** [ˋapərə, ˋaprə; ˈɒpərə] *n.* (*pl.* ~s [~z; ~z]) ☉© 歌劇. © 歌劇院. We are going to the *opera* tonight. 今晚我們要去看歌劇.

o·pe·ra² [ˋopərə, ˋapə-; ˈɒpərə] *n.* opus 的複數.

op·er·a·ble [ˋapərəbl, ˋaprə-; ˈɒpərəbl] *adj.* **1** 可實施(使用)的. **2** (疾病等)可動手術的.

ópera glàsses *n.* (作複數)(在劇院中觀賞歌劇時所用的)小型雙筒望遠鏡.

ópera hòuse *n.* ©歌劇院.

***op·er·ate** [ˋapəˌret; ˈɒpəreɪt] *v.* (~s [~s; ~s]; -at·ed [~ɪd; ~ɪd]; -at·ing)
vi. 〔機械、器官等〕工作, 運轉;〔企業等〕營運. These machines *operate* automatically. 這些機器會自動運轉.

2 起作用, 產生影響;〔藥物等〕見效, 奏效. The new tax law *operates* against [in favor of] small businesses. 這項新稅法對小型企業不利[有利]/ Some drugs *operate* very quickly in the

--- **operative** 1083

body. 有些藥在體內很快就見效.

3 施行手術(on〔患者〕; for〔疾病〕). Dr. Smith *operated on* me for stomach cancer. 史密斯博士為我動胃癌手術(被動句為I was *operated on* for....).

4 採取軍事行動.
— *vt.* **1** 駕駛, 操縱. Can you *operate* a truck? 你會開卡車嗎?

2 經營, 管理,〔企業等〕. He *operates* a small loan company. 他經營一家小型的借貸公司.

◇ *n.* **operation**.

〖字源〗OPER「工作」: *oper*ate, co*oper*ate (合作), *opera* (歌劇), *opus* (作品).

op·er·at·ing [ˋapəˌretɪŋ; ˈɒpəreɪtɪŋ] *v.* operate 的現在分詞、動名詞. ┌©手術室.

óperating ròom [(英) thèatre] *n.*

***op·er·a·tion** [ˌapəˋreʃən; ˌɒpəˈreɪʃn] *n.* (*pl.* ~s [~z; ~z]) **1** ☉(機器等的)運轉方式, 運作;(器官等的)作用, 功能; 效力, 影響. in *operation* (→片語)/the *operation* of breathing 呼吸作用/the *operation* of a medicine 藥物的效力.

2 ☉(機械的)運轉, 操作;(企業的)營運. Careful *operation* makes an engine last longer. 小心的操作能延長引擎的使用壽命/the *operation* of a business 企業的營運.

3 ☉(法律、計畫等的)實施, 施行. the *operation* of a law 法律的實施.

4 ©(通常operations)作戰, 軍事行動. naval *operations* 海上作戰/*Operation* Desert Storm 沙漠風暴行動(1991年波灣戰爭中聯軍的軍事行動).

5 ©(醫學)手術. He had an *operation* on his eye. 他的眼睛動過手術/Dr. Hill performed an *operation* on me for appendicitis. 希爾醫生幫我動盲腸(炎)手術.

6 ©作業, 施工. eliminate manual *operations* 刪除人工作業.

còme into operátion 開始運轉[運作];〔法律等〕實施. The law *came into operation* on April 1st last year. 該項法律已於去年4月1日生效.

* **in operátion** (1)在運轉[運作]中(的); 實施中(的). We watched a printing press *in operation*. 我們參觀運轉中的印刷機/The committee has been *in operation* for a long time. 這個委員會已經運作行了很長的一段時間. (2)經營[營運]中.

pùt...into operátion 實施, 施行; 啟動[機器等], 使運轉.

op·er·a·tion·al [ˌapəˋreʃənl; ˌɒpəˈreɪʃənl] *adj.*
1 經營[營運]上的.
2 〔機器等〕可操作[使用]的.

op·er·a·tive [ˋapəˌretɪv, ˋapərətɪv, ˋaprətɪv; ˈɒpərətɪv] *adj.* **1** 工作中的; 轉動的, 運轉著的; 起作用的;〔藥物〕有效的.

2 〔法律等〕實施中的, 有效力的. The regulations

are no longer *operative*. 該條例已不再有效.
3 手術的.
— *n.* C **1** 員工. **2** (美)偵探; 情報人員, 間諜.

‡op·er·a·tor [ˋɑpəˌretə; ˋɒpəreitə(r)] *n.* (*pl.* ~s [~z; ~z]) C **1** (機器的)操作者, 操縱者, 技師. an elevator *operator* 電梯操作員/an X-ray *operator* X 光操作師.
2 (電話的)接線生 (telephone operator).
3 (企業的)經營者.
4 (口)(常表輕蔑)能幹的人.

op·er·et·ta [ˌɑpəˋrɛtə; ˌɒpəˋretə] *n.* C 輕鬆的喜歌劇.

oph·thal·mi·a [ɑfˋθælmɪə, -mjə; ɒfˋθælmɪə] *n.* U (醫學)眼疾.

oph·thal·mic [ɑfˋθælmɪk; ɒfˋθælmɪk] *adj.* (醫學)眼科的; 眼的.

oph·thal·mol·o·gist [ˌɑfθælˋmɑlədʒɪst; ˌɒfθælˋmɒlədʒɪst] *n.* C 眼科醫生.

oph·thal·mol·o·gy [ˌɑfθælˋmɑlədʒɪ; ˌɒfθælˋmɒlədʒɪ] *n.* U 眼科學.

o·pi·ate [ˋopɪˌet, ˋopɪɪt; ˋəupiət] *n.* C 鴉片劑; 鎮靜劑.

‡o·pin·ion [əˋpɪnjən; əˋpinjən] *n.* (*pl.* ~s [~z; ~z]) **1** UC 意見, 見解.

political *opinions* 政治上的意見/a matter of *opinion* 見解上的問題/exchange *opinions* 交換意見/In my *opinion* [In the *opinion* of my friends] she is right. 據我[我的朋友們]的看法, 她是對的/What is your *opinion* of the matter? 你對此事有何意見?/May I have your *opinion*? 我可以請教你的意見嗎?/I hesitated to express my *opinion* openly. 我猶豫是否公開發表自己的意見/You have formed the wrong *opinion* of this matter. 你誤解了此事.

[搭配] *adj.*+opinion: a frank ~ (坦率的意見), an opposing ~ (對立的意見), a personal ~ (個人的意見), a strong ~ (強烈的意見) // *v.*+opinion: hold an ~ (抱持意見).

2 U 輿論(public opinion). *Opinion* turned against the police. 輿論對警方不利.
3 C 判斷, 評價. She has a bad [good] *opinion* of your work. 她對你的工作評價很低[很高]/I have no *opinion* of his speech. 我對他的演講不予置評.
4 C (專家的)意見, 建議; 鑑定. You should get a lawyer's *opinion*. 你應該得到律師的意見.
be of the opínion that... 持…的意見. I *am* of the opinion that the driver is to blame for the accident. 我的看法是這場車禍應該歸咎於司機.

opínion pòll C 意見調查.

o·pin·ion·at·ed [əˋpɪnjənˌetɪd; əˋpinjəneitid] *adj.* 固執己見的.

o·pi·um [ˋopɪəm, ˋopjəm; ˋəupiəm] *n.* U 鴉片.

o·pos·sum [ˋpɑsəm, əˋpɑsəm; əˋpɒsəm] *n.* C (動物)負鼠((產於美國的夜行性袋類動物, 棲於樹

上; 受驚嚇時會裝死)).

‡op·po·nent [əˋponənt; əˋpəunənt] *n.* (*pl.* ~s [~s; ~s]) C (比賽, 爭論等的)對手, 對抗者, 敵手; 反對者. I beat my *opponent* by three points. 我以三分之差打敗了對手/He is a strong *opponent* of the death penalty. 他是個堅決反對死刑的人.

op·por·tune [ˌɑpəˋtjun, -ˋtɪun, -ˋtun; ˋɒpətjuːn] *adj.* (文章)(時間)適宜的, (時間上)恰當的. an *opportune* notice 適時的通知.

op·por·tune·ly [ˌɑpəˋtjunlɪ, -ˋtɪun-, -ˋtun-; ˋɒpətjuːnli] *adv.* (時間上)適宜地.

op·por·tun·ism [ˌɑpəˋtjunɪzəm, -ˋtɪun-, -ˋtun-; ˋɒpətjuːnizəm] *n.* U 功利主義, 機會主義.

op·por·tun·ist [ˌɑpəˋtjunɪst, -ˋtɪun-, -ˋtun-; ˋɒpətjuːnist] *n.* C 功利主義者, 機會主義者.

op·por·tu·ni·ties [ˌɑpəˋtjunətɪz, -ˋtɪun-, -ˋtun-; ˌɒpəˋtjuːnətiz] *n.* opportunity 的複數.

‡op·por·tu·ni·ty [ˌɑpəˋtjunətɪ, -ˋtɪun-, -ˋtun-; ˌɒpəˋtjuːnəti] *n.* (*pl.* **-ties**) UC 機會, 良機, 機遇, (*for*; *of* doing, *to* do)(→ chance 同). We had little *opportunity for* actual training. 我們很少有機會實際訓練/A summer in Spain gave her an *opportunity to* learn Spanish. 在西班牙待了一個夏天讓她有機會學習西班牙語/At the first *opportunity* I will write to you. 一有機會我就馬上寫信給你/I don't have much *opportunity of* [*for*] *traveling* these days. 我最近沒甚麼機會去旅行/I missed the *opportunity to* see him when he was here. 他在這裡時, 我錯過了與他見面的機會.

[搭配] *adj.*+opportunity: a good ~ (好機會), a lost ~ (錯失機會) // *v.*+opportunity: find an ~ (發現機會), seize an ~ (抓住機會), opportunity+*v.*: an ~ arises (機會來臨), an ~ occurs (機會出現).

tàke the opportúnity (*of dóing*) 抓住(做…的)機會. I *took* the opportunity of calling on my old friends while I was in Paris. 在巴黎時我利用機會拜訪老朋友.

‡op·pose [əˋpoz; əˋpəuz] *vt.* (**-pos·es** [~ɪz; ~iz]; ~**d** [~d; ~d]; **-pos·ing**) **1** 反對, 與…對立; 反抗; 抗拒. John *opposed* my suggestion strongly. 約翰強烈反對我的建議/We *oppose* the construction of a hotel here. 我們反對在此地興建旅館/All the villagers *opposed* the enemy. 所有的村民都起而抗敵/Is anyone *opposing* him in the election? 這次選舉有人和他競爭嗎? ◇[同] oppose 是表示「反對、反抗」之意最常用的字, 其語義沒有 resist, withstand 那樣強烈. → object.

2 使對比; 使對立; (*against, to*). He *opposes* good *to* evil in this story. 他在這故事中使善與惡相對立.

as oppósed to... 與…相對(的), 與…形成對比. literature *as opposed to* science 與科學相對的文學.

be oppósed to... 反對…; 與…對立. Conservatives *are* not *opposed to* all progress. 保守主義者

並非反對所有的進步.

字源 POSE「放置」: op*pose*, com*pose* (組成), ex*pose* (使暴露), pro*pose* (建議).

op·pos·ing [ə`pozɪŋ; ə`pəʊzɪŋ] v. oppose 的現在分詞, 動名詞.

‡**op·po·site** [`ɑpəzɪt; `ɒpəzɪt] adj. **1** (在)相反側的, (在)對面的. on the *opposite* side of the street 在街道對面/the *opposite* page 對頁.

2 《置於名詞之後》(與說話者等特定的人[物])面對面的, 對面的. The young man came out of the house *opposite*. 那個年輕人從對面房子走出來.

3 〔性質, 意義等〕相反的, 對立的; (用 opposite to...)與…相反的, 和…成對立的(→contrary 同). words of *opposite* meanings 反義詞/His political position and mine are diametrically *opposite*. 他的政治立場與我的正好相反/Black is *opposite* to white. 黑與白相反/Turn the dial in the *opposite* direction. 把轉盤往相反方向撥/the *opposite* sex 異性. ⇨ v. **oppose**. n. **opposition**.

— n. (pl. ~s [~s; ~s]) C 相對的人[物, 事]. I thought quite the *opposite*. 我想的正好相反/Darkness and daylight are *opposites*. 黑暗與光明互為反義詞[對立].

— prep. 與…相對, 在…的對面. the house *opposite* mine 我家對面的房子/The waiter stood *opposite* him. 服務生站在他對面/The stationer's shop is *opposite* the school. 那家文具店在學校對面.

— adv. 在對面, 在相反的位置[方向]. My parents live *opposite*. 我父母住在對面.

ópposite númber C (在不同組織, 企業中)職位相對等的人(counterpart).

***op·po·si·tion** [ˌɑpə`zɪʃən; ˌɒpə`zɪʃn] n. U **1** 反對, 對立; 對抗; (用 opposition to...)反對…, 對抗…. keep [violent] *opposition* to high taxes 強烈反對重稅/His plan met (with) *opposition*. 他的計畫遭到反對/The people held a demonstration in *opposition* to new taxes. 人們舉行示威遊行以反對新稅制.

搭配 adj.+opposition: fierce ~ (激烈的反對), strong ~ (強烈的反對), open ~ (公開的反對) // v.+opposition: arouse ~ (引起反對), overcome ~ (克服反對).

2 (加 the)反對者, 對手; 敵對; (常 the Opposition)《有時作複數》反對黨, 在野黨. It's important to know the *opposition*. 認清對手是重要的事/the *opposition* parties 在野黨(↔ the ruling party). ⇨ v. **oppose**. adj. **opposite**.

***op·press** [ə`prɛs; ə`pres] vt. (~·es [~ɪz; ~ɪz]; ~ed [~t; ~t]; ~·ing) **1** 壓迫, 鎮壓, 壓制. The unfair law *oppressed* the poor. 不公平的法律壓迫窮人/the *oppressed* 被壓迫者.

2 給予…壓迫感; 使煩惱; 《通常用被動語態》. She was *oppressed* by [with] anxiety. 她因焦慮而愁眉不展/It *oppresses* me to hear of her loneliness. 聽說她很孤寂, 真是令我心情沈重.

字源 PRESS「壓」: op*press*, de*press* (下壓), ex*press*

(表達), im*press* (使有印象).

***op·pres·sion** [ə`prɛʃən; ə`preʃn] n. U **1** (受)壓迫, 鎮壓, 壓制; 虐待. The revolution freed the people from political *oppression*. 這次革命將人民從政治壓迫中解放出來.

2 壓迫感, 苦悶; 憂鬱.

***op·pres·sive** [ə`prɛsɪv; ə`presɪv] adj. **1** 壓迫的, 壓制的; 暴虐的. an *oppressive* ruler 暴虐的統治者, 暴君. **2** 苦悶的, 窒息般的, 沈悶的. *oppressive* heat 悶熱.

op·pres·sive·ly [ə`prɛsɪvlɪ; ə`presɪvlɪ] adv. 壓迫地; 沈悶地.

op·pres·sor [ə`prɛsɚ; ə`presə(r)] n. C 壓迫者, 暴君.

op·pro·bri·ous [ə`probrɪəs; ə`prəʊbrɪəs] adj. 《文章》〔特指言辭〕侮辱人的, 無禮的, (abusive).

op·pro·bri·um [ə`probrɪəm; ə`prəʊbrɪəm] n. U《文章》污名, 恥辱, 不名譽, (disgrace); 責難; 壞評價.

opt [ɑpt; ɒpt] vi. 抉擇, 選擇, 《for; to do》. She *opted* for a trip to Venice. 她選擇去威尼斯旅行.

ópt óut 《口》選擇退出《of》.

op·tic [`ɑptɪk; `ɒptɪk] adj. 眼的, 視力的, 視覺的. the *optic* nerve 視覺神經.

op·ti·cal [`ɑptɪkl; `ɒptɪkl] adj. **1** 視覺的, 視力的. an *optical* illusion 視覺上的錯覺.

2 光學(上)的. an *optical* instrument 光學儀器.

op·ti·cal·ly [`ɑptɪklɪ, -ɪklɪ; `ɒptɪkəlɪ] adv. 視覺上; 光學上.

op·ti·cian [ɑp`tɪʃən; ɒp`tɪʃn] n. C 光學儀器商, 眼鏡商.

op·tics [`ɑptɪks; `ɒptɪks] n. 《作單數》光學.

op·ti·mal [`ɑptɪml; `ɒptɪml] adj. 最適宜的, 最理想的.

op·ti·mism [`ɑptəˌmɪzəm; `ɒptɪmɪzəm] n. U 樂觀主義, 樂觀(論), (↔ pessimism).

op·ti·mist [`ɑptəmɪst; `ɒptɪmɪst] n. C 樂觀主義者, 樂天派, 樂觀論者, (↔ pessimist).

op·ti·mis·tic [ˌɑptə`mɪstɪk; ˌɒptɪ`mɪstɪk] adj. 樂天的, 樂觀的, 樂觀主義的, (↔ pessimistic).

op·ti·mis·ti·cal·ly [ˌɑptə`mɪstɪklɪ, -ɪklɪ; ˌɒptɪ`mɪstɪkəlɪ] adv. 樂觀地.

op·ti·mum [`ɑptəməm; `ɒptɪməm] adj. 《限定》最適宜的. the *optimum* temperature for hatching 最適宜孵化的溫度.

***op·tion** [`ɑpʃən; `ɒpʃn] n. (pl. ~s [~z; ~z]) **1** U 選擇權, 選擇的自由, 《to do, of doing》. He had no *option* but to go. 他除了去之外別無選擇/We have the *option* of giving an oral report or taking a written exam. 我們可以選擇口頭報告或筆試.

2 C 可選擇的物[事]. You should consider every *option* before deciding. 在決定以前, 你應該考慮所有可能的選擇.

3 ©(商業)選擇(買賣)權, 優先權, 《on》.
kêep [**lêave**] *one's* **óptions ópen** 保留選擇的自由, 不急著做選擇.

op·tion·al [ˋɑpʃənl; ˈɒpʃənl] *adj.* 隨意的, 可選擇的(《課程》選修的(《主美》 elective). Dress *optional.* 服裝不拘(晚會等請帖上所附加的注意事項)/an *optional* subject 選修科目.
↔ compulsory, obligatory, required.

op·u·lence [ˋɑpjələns; ˈɒpjʊləns] *n.* ⓤ(文章)財富, 富裕, (wealth); 豐富(abundance).

op·u·lent [ˋɑpjələnt; ˈɒpjʊlənt] *adj.* 《文章》富裕的(wealthy); 豐富的(abundant).

o·pus [ˋopəs; ˈəʊpəs] *n.* (*pl.* **o·pe·ra**, **~es**) ©(通常用單數)(常 *O*pus)音樂作品(特指附有出版順序編號的作品; 略作 Op., op.). Beethoven *Op.* 73 貝多芬第 73 號作品.

OR (略) Oregon.

or [強 ˋɔr, ˌɔr, 弱 ɚ; 強 ɔː(r), 弱 ə(r)] *conj.*
1 或, 或者. in one *or* two days=in a day *or* two 過一兩天, 在一兩天內/He cannot read *or* write. 他不會讀也不會寫(★肯定句為 He can read *and* write.)/Do you know it *or* not? 你知不知道?/Which do you like better, tea *or* coffee? 你比較喜歡茶還是咖啡?/If you touch me *or* anything I'll scream. 如果你碰我或是對我怎麼樣, 我就大叫.

【用 or 連結的語句】
(1) or 前後所接的應是語法上對等的詞[片語, 子句]: black *or* white(黑或白); he *or* I (他或我); To be, *or* not to be: that is the question. (生或死, 那便是問題所在).
(2) 三個(以上)的對等語句用 or 連結時, 應作 A, B(,) *or* C 或作 A *or* B *or* C.
(3) Be 動詞應與其最靠近的人稱代名詞、單複數一致: You *or* I am to go. (你去或者我去)/Are you *or* I to go? (是你去還是我去呢?)

【or 與語調】
(1) 表示選擇的疑問時, or 前面的部分提高音調, 後面的部分降低音調, or 重讀[ˋɔr, ˌɔr; ɔː(r)]; 回答時不用 Yes 或 No: Would you like tea ◡ *or* coffee ◠ ? (你是要喝茶呢, 還是要喝咖啡?).
(2) 若與上例不同, 如 Would you like tea *or* coffee ◡ ? 所示, tea or coffee 提高音調一次讀完, or 發弱音[ɚ; ə(r)]時, 「你要不要喝點甚麼(茶或咖啡)呢?」, 與一般疑問句一樣用 Yes 或 No 回答.

2 即是, 也就是, 或者說, (★or 之前通常有逗號). Sumo, *or* Japanese wrestling, dates back hundreds of years. 相撲, 也就是日本摔角, 可追溯到幾百年前.

3 《祈使句等之後增加 else; → or else (else 的片語)》否則(→and 10). Hurry, *or* (else) you'll

miss the train. 快點, 否則你要趕不上火車了/You'd better go, *or* you'll be sorry. 你最好去, 不然你會後悔.

4 《用於表讓步的片語》不管…還是, …也好…也好. All men, rich *or* poor, have equal rights under the law. 所有的人, 不管是富有或貧窮, 在法律之前皆有相等之權利.

éither A or B → either *conj.*

or ràther 說得更確切些, 與其說…毋寧說…. She agreed, *or rather* she didn't disagree. 與其說她同意了, 倒不如說她沒有反對.

…or sò 大約…, …左右. two hours *or so* 大約兩小時/Please buy a dozen *or so* postal cards. 請買一打左右的明信片.

-or *suf.* 《加在動詞之後構成名詞》「…的人, …物」之意. sail*or*. elevat*or*.

or·a·cle [ˋɔrək], ˋɔrɪk, ˋar-; ˈɒrək]] *n.* © 1 (古希臘羅馬的)神諭, 神的啟示. 2 神諭宣告處. 3 (宣告神諭的)女巫, 祭司. 4 (常用於負面含義)下達神諭者, 賢人.
[字源] OR「說」: *or*acle, *or*al (口頭的), *or*ator (演說者).

o·rac·u·lar [ɔˋrækjələ, aˋr-, oˋr-; ɒˈrækjʊlə(r)] *adj.* 1 神諭(般)的. 2 玄妙深奧的.

o·ral [ˋorəl, ˋɔrəl; ˈɔːrəl] *adj.* 1 口頭的, (透過)口述的. an *oral* examination 口試/the *oral* method (外語的)口語教學法.
2 (主醫學)口的. the *oral* cavity 口腔.
3 (藥)口服的, 內服的. an *oral* medicine 內服藥/an *oral* contraceptive 口服避孕藥.
— *n.* ©(口)口試.

o·ral·ly [ˋorəlɪ, ˋɔrəlɪ; ˈɔːrəlɪ] *adv.* 口頭地, 口述地; 口服地.

or·ange [ˋɔrɪndʒ, ˋar-, -əndʒ; ˈɒrɪndʒ] *n.* (*pl.* **-ang·es** [~ɪz; -ɪz]) 1 ©橙, 柑橘, (柑橘類果實的總稱); 柑橘樹. a navel *orange* 臍橙/a sour [bitter] *orange* 酸橙/a mandarin *orange* →見 mandarin orange.
2 ⓤ橙色, 橘色.
— *adj.* 橙[柑橘](色)的. an *orange* grove 柑橘果園/*orange* juice 柳橙汁/an *orange* ribbon 橘色的緞帶.

or·ange·ade [ˌɔrɪndʒˋed, ˌar-, -ənd-; ˌɒrɪndʒˈeɪd] *n.* ⓤ添加糖和水的柳橙汁.

órange blòssom *n.* ⓤ©橙花(白色; 作為純潔的象徵, 婚禮時裝飾在新娘頭上的花束).

o·rang·u·tan, **o·rang·ou·tang** [oˋræŋu,tæn; ɔːˈræŋuːˈtæn; oˋræŋu,tæn; ɔːˌræŋuːˈtæŋ] *n.* ©猩猩(產於婆羅洲、蘇門答臘的類人猿; → gorilla, chimpanzee).

[orange blossoms]

o·ra·tion [oˋreʃən, ɔˋreʃən; ɔːˈreɪʃn] *n.* ©(正式的、鄭重的)演說; 致辭; (→ speech 回).

or·a·tor [ˋɔrətɚ, ˋɑrətɚ; ˈbrətə(r)] n. ⓒ 演說者; 雄辯家.

or·a·tor·i·cal [ˌɔrəˋtɔrɪk, ˌɑrəˋtɑr-; ˌɔrəˈtɔrɪkl] adj. 演說的; 雄辯的. an *oratorical* contest 演講比賽.

or·a·to·ri·o [ˌɔrəˋtorɪo, ˌɑr-, -ˋtɔr-; ˌɔrəˈtɔːrɪəu] n. (pl. **~s**) ⓒ (音樂)聖曲(以聖經的故事, 詩歌爲題材配以管弦樂件奏而獨唱[合唱]的樂曲).

or·a·to·ry¹ [ˋɔrəˌtorɪ, ˋɑr-, -ˌtɔrɪ; ˈɒrətərɪ] n. ⓤ 雄辯術.

or·a·to·ry² [ˋɔrəˌtorɪ, ˋɑr-, -ˌtɔrɪ; ˈɒrətərɪ] n. (pl. **-ries**) ⓒ (敎堂, 私邸的)小禮拜堂.

orb [ɔrb; ɔːb] n. ⓒ **1** 球(體); 天體(太陽, 月亮, 星星等). **2** 飾有十字架的珠寶(王權的徽章; → regalia 圖).

*__**or·bit**__ [ˋɔrbɪt; ˈɔːbɪt] n. (pl. **~s** [~s; ~s]) ⓤⓒ **1** (天體, 人造衛星, 電子等的)軌道(一周). They succeeded in putting the satellite in *orbit*. 他們成功地將人造衛星送入軌道/The rocket made ten *orbits* of the earth. 火箭環繞地球十周.

2 勢力範圍; 活動範圍. Statistics is not within the *orbit* of my department. 統計學超出我的專業領域.

— vt. 將[人造衛星]送入軌道; 環繞[天體]周圍的軌道運行. The earth *orbits* the sun. 地球繞著太陽運轉.

— vi. 沿軌道運行, [人造衛星]進入軌道.

[orbit 1]

or·bit·al [ˋɔrbɪt; ˈɔːbɪtl] adj. 軌道的; [衛星等]沿軌道運行的.

*__**or·chard**__ [ˋɔrtʃəd; ˈɔːtʃəd] n. (pl. **~s** [~z; ~z]) ⓒ 果園(特指柑橘類以外的果園; → grove 2); (集合)(果園的)果樹.

*__**or·ches·tra**__ [ˋɔrkɪstrə; ˈɔːkɪstrə] n. (pl. **~s** [~z; ~z]) ⓒ (★用單數亦可作複數)管弦樂, 管弦樂團. My son plays the cello in an *orchestra*. 我兒子在管弦樂團中拉大提琴. **2** =orchestra pit. **3** (美)(劇場的)一樓前排座位((英) stalls).

or·ches·tral [ɔrˋkɛstrəl; ɔːˈkestrəl] adj. 管弦樂(用)的.

órchestra pìt n. ⓒ 樂隊席(劇場舞臺前比觀眾席低的地方, 爲樂團的位置).

or·ches·trate [ˋɔrkɪsˌtret; ˈɔːkɪstreɪt] vt. 將[曲子]編寫成管弦樂.

or·ches·tra·tion [ˌɔrkɪsˋtreʃən; ˌɔːkeˈstreɪʃn] n. ⓤⓒ 管弦樂編曲.

or·chid [ˋɔrkɪd; ˈɔːkɪd] n. ⓒ (植物)蘭(花).

or·chis [ˋɔrkɪs; ˈɔːkɪs] n. ⓒ (植物)(特指野生的)蘭.

or·dain [ɔrˋden; ɔːˈdeɪn] vt. **1** (宗敎)委任…爲牧師. 句型5 (ordain **A B**)任命 A 爲 B. He was *ordained* (priest). 他被任命爲牧師.

2 句型3 (ordain *that* 子句)(神, 命運等)注定…; (法律)規定…. Fate has *ordained that* we meet here. 命中注定我們在此相遇.

or·deal [ɔrˋdil, -ˋdiəl, ˋɔrd-; ɔːˈdiːl] n. ⓒ 嚴苛的考驗, 痛苦的經驗. The refugees went through a terrible *ordeal*. 這些難民遭受極大的苦難.

*__**or·der**__ [ˋɔrdɚ; ˈɔːdə(r)] n. (pl. **~s** [~z; ~z])

〖 **順序** 〗 **1** ⓤ 順序; 排列. in numerical [chronological] *order* 依照號碼順序地[的]/in *order* of age [height] 依照年齡[身高]順序地/The three tallest boys in this class are John, Tom and Fred, in that *order*. 班上身高最高的三個人依序爲約翰, 湯姆及弗瑞德.

2 ⓤ (軍隊的)隊形; 軍服. marching *order* 遊行隊形.

〖 **正確的順序>秩序** 〗 **3** ⓤ 整齊; (正常的)狀態; (良好的)狀況; (→片語 in order (2), (3), out of order (2))(◆ disorder). economic *order* 經濟狀況.

4 ⓤ (社會)秩序; 規律; (◆ disorder). law and *order* 治安/restore peace and order 回復和平及秩序/The police keep *order* during a big fire. 警方在大火發生時負責維持秩序/You should have *order* in your life. 你的生活應該要有規律.

┃圖配┃ adj.+order: good ~ (良好秩序), public ~ (公共秩序) // v.+order: establish ~ (建立秩序), maintain ~ (維持秩序), restore ~ (恢復秩序)

〖 (爲求秩序的)指示>命令 〗 **5** ⓒ (常 orders) 命令, 指揮, 指令, (to do; that 子句). under the *orders* of a colonel 在陸軍上校的命令下/You must obey the doctor's *orders*. 你必須聽從醫生的指示/The Mayor gave *orders that* the streets be kept more clean. 市長下令要使街道護得更整潔/I am under *orders* to search your house. 我奉命搜查你的房子.

┃圖配┃ v.+order: cancel an ~ (撤消命令), carry out an ~ (執行命令), defy an ~ (違抗命令), receive an ~ (接受命令)

〖 **交易上的指示** 〗 **6** ⓒ 訂購(for); 訂單; (集合)訂貨; (在餐廳的)點(菜). Can I make an *order* for this book? 我可以訂購這本書嗎?/Try to fill *orders* promptly. 儘速補足訂貨/four *orders* of fried chicken 四份炸雞/give out an *order* 下訂單/May I have [take] your *order*, please? (在餐廳)請問你要點些甚麼?

┃圖配┃ v.+order: cancel an ~ (取消訂單), place an ~ (下訂單), ship an ~ (運送訂貨)

7 ⓒ 郵匯, 匯票. I bought a $50 money *order* at the post office. 我在郵局買了 50 美元的匯票.

〖 **順序>階級** 〗 **8** ⓒ (常 orders) 階級, 階層. the higher *orders* 上層階級/the military *order* 軍

人階層，軍界．

9 ⓒ教團，修道會；(orders)牧師職務，神職，(亦作 hòly órders). the Franciscan *order* 聖方濟修道會．

10 ⓒ (常the *Orders*) (集合)受勳者；勳位，勳章. the *Order* of the Garter (英國的)嘉德勳位[勳章]/wear an *order* 佩戴勳章．

【 階級＞種類 】 **11** ⓒ種類；等級；程度. His work is usually of a high *order*. 他工作的品質通常都很高．

12 ⓒ〔生物〕目(生物分類上的階層之一；在分類中居第四位，介於 class(綱)和 family(科)之間). the *order* of primates 靈長目(哺乳綱下層的分類，包括人，猿等)．

13 ⓒ〔建築〕(古希臘等柱子的)樣式，柱子式樣. ⇨ *adj.* **orderly**.

by órder (*of*)... 奉〔依照〕(⋯的)命令．

càll...to órder 〔會議主席等〕命令〔肅靜〕宣布〔會議等的〕開會. The meeting was *called to order* a little late. 會議延緩召開．

in (*good*) *rùnning* [*wòrking*] *órder* 〔機器等〕處於能運轉的狀態．

＊*in órder* (⟷ out of order) (1)順序正確地[的]. Someone moved these books; they're not *in order*. 有人動了這些書，順序都亂了．
(2)有條不紊(的)，整齊(的)，be *in* bad [good] *order* 雜亂無章[井然有序]地/She put her things *in order*. 她把自己的東西放置得井然有序．
(3)〔機器等〕狀況良好(的)，無故障(的). The machines are all *in order*. 這些機器狀況良好．
(4)按照既定順序(的)；符合規定(的). Your passport is *in order*. 你的護照是合乎規定的．

＊*in órder that* a pèrson [thìng] *may dó*＝*in órder for* a pèrson [thìng] *to dó* 以便某人[物]⋯. I have sent you the translation *in order that* you *may* understand the original better. ＝...*in order for* you *to* understand the original better. 我已將翻譯寄給你，以便你能更深入理解原文．

＊*in òrder to dó* 為了⋯. They'd do anything *in order to* win. 為了要贏他們會不擇手段．
語法(1)比單獨to do 更強調目的．
(2)for＋(代)名詞的插入句請參照上列片語．

in shórt órder 立刻，迅速，(quickly). cook a meal *in short order* 迅速做飯．

màde to órder 訂購的，訂製的，訂作的. a suit *made to order* 訂作的套裝．

of [*in*] *the órder of...* 《英》＝on the order of...

on órder 已訂購，訂購中. two pairs of pants *on order* 已被訂購的兩件褲子．

on the órder of... (美)大約⋯，約⋯，(about). His annual income is *on the order of* 50,000 dollars. 他的年收入約五萬美元．

＊*out of órder* (⟷ in order) (1)雜亂無章地，混亂地. The books on the bookshelf are *out of*

order. 書架上的書(擺得)亂七八糟．
(2)〔機器等〕狀況不佳，出毛病，故障. The radio is *out of order*. 這臺收音機故障了/My stomach is *out of order*. 我的胃出了毛病．
(3)不依照既定程序地．
(4)不適合的[地]．

— *v.* (~**s** [~z；~z]; ~**ed** [~d；~d]; **-der·ing** [-dərɪŋ; -dərɪŋ]) *vt.* 【 整頓 】 **1** 調整；整理；排列. Shall I *order* these names alphabetically? 我要按照字母順序排列這些名字嗎?/We must *order* our thoughts when we speak. 我們講話時必須整理好自己的思緒．

【 指示 】 **2** (a)命令；句型3 (order *that* 子句)命令⋯；句型4 (order **A B**) 命令A 做B；＝command 回). The chairman *ordered* silence. 主席命令大家保持肅靜/The doctor *ordered that* I (should) take a complete rest for a week. ＝ The doctor *ordered* me *to* take a complete rest for a week. 醫生要我徹底靜養一個星期(→ 2 (b)；關於 should 的省略 → should 6).
(b)句型5 (order **A** *to* do/**A** (*to* be) *done*)命令A⋯/A 被⋯. He *ordered* me *to* go. 他命令我去/*order* the house (*to* be) pull down 命令拆除房屋．
(c)(與副詞(片語)連用)命令. The policeman *ordered* me away [into the room]. 那個警察命令我離開[進入房間內](本句有 ...ordered me to go [come] away 的意味)/be *ordered* from the field (比賽時)被勒令退場．

3 (a)訂購〔物品〕(*from*)；(在 餐 廳 等)點〔菜〕. She *ordered* a special cake *from* the baker's. 她向麵包店訂購特製的蛋糕/We must *order* the book *from* London. 我們必須向[從]倫敦訂購那本書．
(b)句型4 (order **A B**)，句型3 (order **B** *for* **A**)為A 訂購B. Mrs. Smith *ordered* her daughter a new dress. ＝ Mrs. Smith *ordered* a new dress *for* her daughter. 史密斯夫人為她的女兒訂購了一件新衣服．

— *vi.* 點菜. Have you *ordered* yet? 你點(飯菜等)了嗎?

òrder...abóut [*aróund*] 驅使[指使](人)做這個做那個．

字源 ORD「順序」: *order*, *ord*inal (順序的)，*ordi*nary (普通的)，*coordi*nate (同等的)．

or·dered [ˋɔrdəd; ˈɔːdəd] *adj.* 井然有序的，整齊的．

órder fòrm *n.* ⓒ訂單．

or·der·li·ness [ˋɔrdəlɪnɪs; ˈɔːdəlɪnɪs] *n.* ⓤ整齊；秩序井然．

＊**or·der·ly** [ˋɔrdəlɪ; ˈɔːdəlɪ] *adj.* **1** 有條理的，整齊的. She keeps the house clean and *orderly*. 她把家中收拾得乾淨又整齊. 回 orderly 的原義為「有秩序的排列」；→ neat, tidy．

2 (人)一絲不苟的，有秩序的；有禮貌的；遵守規則[秩序]的．

— *n.* (*pl.* **-lies**) ⓒ **1** (跟隨將校的)勤務兵．

2 (醫院的)(病房)勤雜工(代替護士負責勞力工作等的男子)．

or·di·nal [ˋɔrdn̩; ˊɔ:dɪnl] adj. (表示)順序的.
— n. =ordinal number.

ȯ́rdinal númber n. ⒞序數(如 first, second, ...fourth... 等表示順序的數字).

or·di·nance [ˋɔrdn̩əns, ˋɔrdn̩s; ˊɔ:dɪnəns] n. ⒞法令, (特指)市政府的條例, (一種statute; → law]).

or·di·nar·i·ly [ˋɔrdn̩ˏɛrəlɪ, ˋɔrdn̩ɛrəlɪ; ˊɔ:dɪnrəlɪ] adv. 大體上, 大抵; 通常. Ordinarily, I don't smoke. 我通常不吸菸.

‡or·di·nar·y [ˋɔrdn̩ˏɛrɪ, ˋɔrdn̩ɛrɪ; ˊɔ:dɪnrɪ] adj. **1** 普通的, 平常的, 通常的, (↔ special). I was tired of following my ordinary routine. 我已經厭倦了遵循一成不變的慣例/I ordered an ordinary size of writing desk. 我訂購了一張普通大小的書桌.
2 尋常的, 平凡的, 常見的. The movie star lives in a very ordinary house. 那位電影明星住在一間很普通的房子裡/a man of ordinary ability 才能平庸的人, 普通人.
in the ȯ́rdinary wáy 像平時一樣; 就平常的情形, 按常規.
out of the ȯ́rdinary 不尋常的, 異常的.

ȯ́rdinary séaman n. ⒞《英、海軍》二等海軍士兵.

or·di·na·tion [ˏɔrdn̩ˋeʃən; ˏɔ:dɪˋneɪʃn] n. ⒰⒞聖職授任(儀式)(任命牧師(priest)之類的神職人員的儀式)). ⇔ v. ordain.

ord·nance [ˋɔrdnəns; ˊɔ:dnəns] n. ⒰ (集合)
1 大砲; 砲兵. **2** 軍武裝備.

Ȯ́rdnance Súrvey n. (加 the)《英》(政府的)全國地形測量局.

ore [or, ɔr; ɔ:(r)] n. ⒰⒞礦石, 礦砂. iron ore 鐵礦.

Ore., Oreg. (略) Oregon.

Or·e·gon [ˋɔrɪˏgan, ˋɑr-, -ˏgən; ˊɒrɪɡən] n. 奧勒岡州(美國太平洋沿岸北部的州; 首府 Salem; 略作 OR, Ore., Oreg.)).

‡or·gan [ˋɔrgən; ˊɔ:ɡən] n. (pl. ~s [~z; ~z]) ⒞【 器具 】 **1** (生物的)器官. a sense organ 感覺器官/internal organs 內部器官, 內臟/a digestive organ 消化器官.
2 (政府等的)公家機關. organs of government 政府機關(議會等).
3 (常 organs)機關雜誌[報], (報紙, 廣播, 電視等)宣傳機構, 大眾傳播媒體. organs of public opinion 報導輿論的機關, 大眾傳播媒體.
4 【伴奏的工具】風琴(包括管風琴, 電子琴等). a pipe [mouth] organ 管風琴[口]琴.

or·gan·dy [ˋɔrgəndɪ; ˊɔ:ɡəndɪ] n., **-die** (美), ⒰蟬翼紗(薄而有張力的棉布; 特指用於女裝者).

＊or·gan·ic [ɔrˋgænɪk; ɔ:ˋɡænɪk] adj. **1** 器官的, 內臟的.
2 (限定)有機體的, 生物的; (化學)有機的; (↔ inorganic), organic life 生物/organic chemistry 有機化學/organic matter 有機物.
3 (限定)有組織的, 有系統的. an organic whole 有系統的整體.
4 有機質的, 使用有機肥料(非化學肥料)的.

organic food 無農藥的[天然]食品.

or·gan·i·cal·ly [ɔrˋgænɪkl̩ɪ, -ɪklɪ; ɔ:ˋɡænɪkəlɪ] adv. 有組織地; 有系統地; (不用農藥)以有機肥料栽培地.

or·gan·i·sa·tion [ˏɔrgənəˋzeʃən, -aɪ-z-; ˏɔ:ɡənaɪˋzeɪʃn] n. 《英》=organization.

or·gan·ise [ˋɔrgənˏaɪz; ˊɔ:ɡənaɪz] v. 《英》= organize.

＊or·gan·ism [ˋɔrgənˏɪzəm; ˊɔ:ɡənɪzəm] n. (pl. ~s [~z; ~z]) ⒞ **1** 有機體, 生物. a living organism 生物/a microscopic organism 微生物.
2 有機的組織體(社會, 國家等).

or·gan·ist [ˋɔrgənɪst; ˊɔ:ɡənɪst] n. ⒞風琴演奏家.

‡or·gan·i·za·tion [ˏɔrgənəˋzeʃən, -aɪ-z-; ˏɔ:ɡənaɪˋzeɪʃn] n. (pl. ~s [~z; ~z]) **1** ⒰組織化, 組成, 編成. the organization of a club 俱樂部[社團]的設立/This office needs better organization. 這家公司需要改善其編制.
2 ⒰組織, 機構. social organization 社會組織.
3 ⒞組織體, 團體; 組合; 協會. a religious [charity] organization 宗教[慈善]團體.

[搭配] adj.+organization: an international ~ (國際組織), a local ~ (區域組織) // n.+organization: a government ~ (政府組織), a volunteer ~ (義工團體) // v.+organization: establish an ~ (設立協會), form an ~ (創建組織).

‡or·gan·ize [ˋɔrgənˏaɪz; ˊɔ:ɡənaɪz] vt. (**-iz·es** [~ɪz; ~ɪz], **~d** [~d; ~d], **-iz·ing**) **1** 組織, 編成, 組成; 計畫準備, 主辦. He organized a good football team. 他組織了一個優秀的足球隊/Mr. and Mrs. Hill organized a dance. 希爾夫婦舉辦了一場舞會.
2 使(工人)組成工會; 使(公司, 工廠等)組織工會.
3 使組織化; 把(想法等)(組織)整理. It's difficult to organize your day when you have a baby. 等你有了孩子時, 你就很難好好地計畫你的生活/Before starting to write your essay you should organize your ideas. 在開始寫文章前, 你應該整理好你的思緒.
— vi. 組織化; (有組織的)團結.

or·gan·ized [ˋɔrgənˏaɪzd; ˊɔ:ɡənaɪzd] adj.
1 經過組織化的; 加入工會的. an organized political movement 有組織的政治運動/organized labor 屬於工會的工人(集合)/organized crime 有組織的犯罪(集團)(指黑手黨等).
2 (經組織化)效率高的. Their office is well organized. 他們公司很有組織.
3 (預先)計畫好的; 整頓好的. go on an organized holiday 隨團渡假/an organized report 完整的報告書.

or·gan·iz·er [ˋɔrgənˏaɪzɚ; ˊɔ:ɡənaɪzə(r)] n. ⒞組織者, 創立者; 主辦者.

or·gan·iz·ing [ˋɔrgənˌaɪzɪŋ; ˈɔːgənaɪzɪŋ] *v.* organize 的現在分詞、動名詞.

or·gasm [ˋɔrgæzəm; ˈɔːgæzəm] *n.* [U] 性高潮 (性交所產生的極度快感).

or·gi·as·tic [ˌɔrdʒɪˋæstɪk; ͵ɔːdʒɪˈæstɪk] *adj.* 狂歡的, 狂飲的.

or·gy [ˋɔrdʒɪ; ˈɔːdʒɪ] *n.* (*pl.* **-gies**) [C] **1** (通常 org*ies*)狂飲, 狂歡. **2** (口)過度的熱中; 放縱. an *orgy* of eating 暴食.

o·ri·el [ˋorɪəl, ˋɔrɪəl; ˈɔːrɪəl] *n.* [C] (二樓的)凸窗, 突窗.

o·ri·ent [ˋorɪˌɛnt, ˋɔr-, -ənt; ˈɔːrɪənt] *n.* (主雅)(the Orient)東方, 亞洲; 遠東; (↔ Occident).
 —— [ˋorɪˌɛnt, ˋɔr-; ˈɔːrɪent] *vt.* **1** 使順應, 使適應, ((to, toward)); 特別製作 ((to, toward))(常用被動語態). The students need time to *orient* themselves *to* their new surroundings. 學生們需要時間來適應新環境/Our business is *oriented toward* exports. 我們公司以出口為導向/This course is *oriented to* freshmen. 這門課是專為大一新生所設計的.

[oriel]

2 定…的位置[方位]. I *oriented* myself by the landmarks. 我靠陸標確定自己的位置/The building was *oriented* southward in order to catch the light. 這幢建築物坐北朝南, 以便採光.
 [字源] 起源於拉丁語「上升」>「太陽升起的方向」>「東方」; 而且歐洲建教堂時, 通常以禮拜時面朝東方的聖城 Jerusalem 來「確定方位」.

o·ri·en·tal [ˌorɪˋɛnt!, ͵ɔr-; ͵ɔːrɪˈent!] *adj.* (有時 Oriental)東方的, 東方風格的, 東方式的, (↔ Occidental). *oriental* customs 東方的習俗.
 —— *n.* [C] (雅)(Oriental)東方人.

o·ri·en·tal·ist [͵orɪˋɛnt!ɪst, ͵ɔr-; ͵ɔːrɪˈent!əlɪst] *n.* [C] 東方學家.

o·ri·en·tate [ˋorɪənˌtet, ͵orɪˈentet, ˋɔr-, ͵ɔr-; ˈɔːrɪentet] *v.* = orient.

o·ri·en·ta·tion [͵orɪənˋteʃən, ͵ɔr-; ͵ɔːrɪenˈteɪʃn] *n.* (*pl.* ~s [~z; ~z]) [U][C] **1** 新生訓練(以適應新環境[生活]為目的之新生[員工]教育). an *orientation* course (新生等的)訓練課程.
 2 (對環境等的)順應, 適應.
 3 方針, 前進的方向, 立場.

o·ri·en·teer·ing [͵orɪənˋtɪrɪŋ; ͵ɔːrɪənˈtɪərɪŋ] *n.* [U] 越野識途比賽(靠地圖與羅盤以最快的速度徒步走完一定距離(野地)的比賽).

or·i·fice [ˋɔrəfɪs, ˋɑr-; ˈɒrɪfɪs] *n.* [C] (文章)(管, 煙囪等的)孔, 口, (opening).

or·i·gin [ˋɔrədʒɪn, ˋɑr-; ˈɒrɪdʒɪn] *n.* (*pl.* ~s [~z; ~z]) **1** [U] 起源; 原因, 原端. a word of Greek *origin* 源自希臘語的字/the *origin* of the rumor 謠言的開端/the *origin* of civilization 文明的起源/I want to trace down the *origin* of these goods. 我想查明這些貨物的來源/In *origin* the plan was mine. 這計畫原是我擬的.
 [搭配] *adj.*+origin: be of ancient ~ (非常古老的起源), modern ~ (源於當代), foreign ~ (始於外國), native ~ (本源), unknown ~ (不為人知的起源).
 2 [U] (或 origins)出身, 血統. a man of noble [humble] *origins* 出身高貴[低賤]的人/an Italian by *origin* 有義大利血統的人.
 ⇨ *adj.* **original.** *v.* **originate.**

o·rig·i·nal [əˋrɪdʒən!; əˈrɪdʒɪnl] *adj.* **1** (限定)原先的, 原始的; (非複製等)原物的, 原形的, 原作的. the *original* inhabitants 原住民/the *original* plan 原案/That's an *original* Van Gogh. 那是梵谷的原作.
 2 新穎的, 獨創性的, 富創意的, 嶄新的. an *original* approach to the problem 解決這項問題的一個創新的方法/*original* ideas 新穎的想法/The poet has an *original* mind. 那位詩人有獨創的想法. ⇨ *n.* **origin, originality.**
 —— *n.* **1** [C] 原物; (特指)原畫. This is a reproduction—the *original* is in the National Gallery. 這是張複製品——原畫在國家畫廊.
 2 [C] (肖像, 照片等的)本人.
 3 (加 the)原文. He read the *Iliad* in the *original.* 他讀《伊里亞德》的原文.

o·rig·i·nal·i·ty [əˌrɪdʒəˋnælətɪ; əˌrɪdʒəˈnælɪtɪ] *n.* [U] **1** 獨創性, 創造力, 創作力. His *originality* attracted the attention of critics. 他的創見吸引了評論家的注意.
 2 別出心裁, 新穎. ⇨ *adj.* **original.**

o·rig·i·nal·ly [əˋrɪdʒənlɪ; əˈrɪdʒənəlɪ] *adv.* **1** 原來, 本來; 最初. *Originally* the city was just a small seaport. 最初這個城市只是個小海港.
 2 有獨創性地; 新穎地. an *originally* designed car 設計新穎的車.

o·rig·i·nal sin *n.* [U] (基督教)原罪(由於亞當與夏娃所犯的罪而使人類背負與生俱來的罪惡).

o·rig·i·nate [əˋrɪdʒəˌnet; əˈrɪdʒəneɪt] *v.* (~s [~s; ~s]; **-nat·ed** [~ɪd; ~ɪd]; **-nat·ing**) *vt.* 引起; 開始; 創始, 創作; 發明, 創造. She *originated* a new style of dancing. 她發明一種新舞步/The Egyptians are said to have *originated* paper. 據說紙是埃及人所發明的.
 —— *vi.* 起源, 開始. The Renaissance *originated in* Italy. 文藝復興起源於義大利/Quarrels usually *originate from* misunderstandings. 爭吵通常始於誤會/This idea *originated with* [*from*] him. 這個主意是他想出來的. ⇨ *n.* **origin.**

o·rig·i·na·tor [əˋrɪdʒəˌnetɚ; əˈrɪdʒəneɪtə(r)] *n.* [C] 創始[創作]者; 發明者; 發起人; 鼻祖.

o·ri·ole [ˋorɪˌol, ˋɔr-; ˈɔːrɪəʊl] *n.* [C] (鳥)黃鸝.

O·ri·on [oˋraɪən; əˈraɪən] *n.* **1** (希臘神話)奧利

安《以狩獵爲業的巨人；月亮及狩獵女神阿蒂蜜絲(Artemis)誤殺了他，而將一星座以他的名字命名，以示追悼)。**2**《天文》獵戶座。

O·ri·on's belt *n.* (天文)獵戶座的三顆(明亮的)星星(位於獵人的腰帶上)。

or·mo·lu [ˋɔrmə͵lu; ˈɔːməluː] *n.* [U] 鍍金用的金箔(銅，鋅，錫的合金；外觀似金)。

＊or·na·ment [ˋɔrnəmənt; ˈɔːnəmənt] *n.* (*pl.* ~s [~s; ~s]) **1** [U] 裝飾. The stage was rich in *ornament*. 舞臺裝飾得很華麗/The palace has very little *ornament*. 這座宮殿幾乎沒有甚麼裝飾。

2 [C] 裝飾品；身上的飾物；裝飾用的家具. personal *ornaments* 身上的飾物/Christmas tree *ornaments* 聖誕樹的裝飾物/There were several beautiful *ornaments* on the table. 桌上有幾個漂亮的裝飾品。

3 [C] 增添光彩[帶來名譽]的人[物](*to*). Mr. Bryan is an *ornament* *to* his profession. 布萊恩先生是他同業間的榮耀。

— [ˋɔrnə͵mɛnt; ˈɔːnəment] *vt.* 裝飾(*with*). The mantelpiece was *ornamented with* a vase and several photos. 這座壁爐臺上裝飾著一只花瓶和幾張照片。

[空同] ORN「裝飾」: *ornament*, *ornate* (裝飾華麗), ad*orn* (裝飾).

＊or·na·men·tal [͵ɔrnəˋmɛnt]; ͵ɔːnəˈmentl] *adj.* **1** (不實用)裝飾的，裝飾用的. an *ornamental* plate 裝飾用的器皿. **2** (常用於負面含義)裝飾性的；裝飾華麗的；只作爲裝飾的. The secretary is not useful; she is merely *ornamental*. 那個秘書毫無用處；她只是個花瓶而已。

or·na·men·ta·tion [͵ɔrnəmɛnˋteʃən, -mən-; ͵ɔːnəmenˈteɪʃn] *n.* [U] 裝飾；(集合)裝飾品。

or·nate [ɔrˋnet; ɔːˈneɪt] *adj.* (有時用於負面含義)裝飾華麗的，華美的；[文體]華麗的。

or·nate·ly [ɔrˋnetlɪ; ɔːˈneɪtlɪ] *adv.* 花俏華麗地。

or·ner·y [ˋɔrnərɪ; ˈɔːnərɪ] *adj.* 《美、口》固執的，乖僻的。

or·ni·thol·o·gist [͵ɔrnəˋθɑlədʒɪst; ͵ɔːnɪˈθɒlədʒɪst] *n.* [C] 鳥類學家。

or·ni·thol·o·gy [͵ɔrnəˋθɑlədʒɪ; ͵ɔːnɪˈθɒlədʒɪ] *n.* [U] 鳥類學。

o·ro·tund [ˋorə͵tʌnd, ˋɔr-, ˋɑr-; ˈɒrəʊtʌnd] *adj.* **1** (聲音等)洪亮的，嘹亮的。

2 誇張的，小題大作的。

＊or·phan [ˋɔrfən; ˈɔːfn] *n.* (*pl.* ~s [~z; ~z]) [C] 孤兒(通常指父母俱亡，亦指雙親中只有一位在世的小孩)。A rich merchant adopted the poor *orphan*. 一個富商收養了這個可憐的孤兒。

— *vt.* 使成孤兒(通常用被動語態)。The sisters were *orphaned* when their parents were killed in an airplane accident. 這對姊妹因雙親死於空難而成了孤兒。

or·phan·age [ˋɔrfənɪdʒ; ˈɔːfənɪdʒ] *n.* [C] 孤兒院。

Or·phe·us [ˋɔrfɪəs, ˋɔrfjus; ˈɔːfjuːs] *n.* (希臘神話)奧菲斯(著名的豎琴手；據說他的音樂連頑石草

木都爲之動容)。

or·tho·don·tics [͵ɔrθəˋdɑntɪks; ͵ɔːθəʊˈdɒntɪks] *n.* (作單數)齒顎矯正學。

＊or·tho·dox [ˋɔrθə͵dɑks; ˈɔːθədɒks] *adj.* **1** 正統的；老舊的. the *orthodox* way of singing jazz 爵士樂的正統唱法. **2** (特指宗教上)正統派的(↔ heterodox). **3** (*Orthodox*)希臘正教的。

Or·tho·dox Church *n.* (加the)希臘正教(亦作the Greek (Orthodox) Church, the Eastern Church)。

or·tho·dox·y [ˋɔrθə͵dɑksɪ, ˋɔːθədɒksɪ] *n.* (*pl.* **-dox·ies**) [UC] **1** (宗教上的)正統派；正統主義. **2** (泛指)(遵從)正統的習慣[信念].

↔ heterodoxy.

or·tho·graph·ic [͵ɔrθəˋgræfɪk; ͵ɔːθəʊˈgræfɪk] *adj.* 拼字法的；拼法正確的。

or·thog·ra·phy [ɔrˋθɑgrəfɪ; ɔːˈθɒgrəfɪ] *n.* [U] 拼法(spelling)；拼字法。

or·tho·pae·dic, or·tho·pe·dic [͵ɔrθəˋpidɪk; ͵ɔːθəʊˈpiːdɪk] *adj.* 《醫學》整形外科的。

or·tho·pae·dics, or·tho·pe·dics [͵ɔrθəˋpidɪks; ͵ɔːθəʊˈpiːdɪks] *n.* (作單數)《醫學》整形外科。

-ory *suf.* **1** 構成表示「像…般的，有…性質的」之意的形容詞. compuls*ory*. **2** 構成表示「…的地方，作…之物」之意的名詞. dormit*ory*. observat*ory*.

[匡匡]《美》通常將次重音置於 -o-。

Os·car [ˋɔskə, ˋɑskə; ˈɒskə(r)] *n.* **1** 男子名。

2 [C] (電影)奧斯卡金像獎；奧斯卡小金人雕像(→ Academy Award)。

os·cil·late [ˋɑsl͵et; ˈɒsɪleɪt] *vi.* **1** (像鐘擺一般地)擺動(*between*)。

2 《文章》[意志，意見等]動搖(*between*)。

os·cil·la·tion [͵ɑslˋeʃən, ͵ɒsɪˈleɪʃn] *n.* [UC] 振動；《文章》(意志，意見等的)動搖，猶豫。

os·cil·lo·graph [əˋsɪlə͵græf; əˈsɪləʊgrɑːf] *n.* 示波器(記錄電流振幅的裝置)。

o·sier [ˋoʒə; ˈəʊzɪə(r)] *n.* [C] (用以編製籃、筐的)柳樹；柳枝。

Os·lo [ˋɑzlo, ˋɑslo; ˈɒzləʊ] *n.* 奧斯陸(挪威首都)。

os·mo·sis [ɑzˋmosɪs, ɑs-; ɒzˈməʊsɪs] *n.* [U] 《生物、化學》滲透。

os·prey [ˋɑsprɪ, ˋɔsprɪ; ˈɒsprɪ] *n.* (*pl.* ~s) [C] 《鳥》鶚(一種以魚爲主食的鷹)。

os·se·ous [ˋɑsɪəs, -jəs; ˈɒsɪəs] *adj.* 《醫學》骨(質)的。

os·si·fi·ca·tion [͵ɑsəfəˋkeʃən, ͵ɒsɪfɪˈkeɪʃn] *n.* [U] 骨化。

os·si·fy [ˋɑsə͵faɪ; ˈɒsɪfaɪ] *v.* (**-fies; -fied; ~·ing**) *vt.* **1** 使骨化。**2** 使(思想等)僵化。

— *vi.* 骨化。

os·ten·si·ble [ɑsˋtɛnsəbl; ɒˈstensəbl] *adj.* 《限定》《文章》表面上的，外表上的，外觀上的. an *ostensible* reason 表面上的理由。

os·ten·si·bly [ɑsˋtɛnsəblɪ; ɒˈstensəblɪ] *adv.* 表

面上地，外表上地．

os·ten·ta·tion [͵ɑstən`teʃən, -tɛn-; ͵ɒsten'teɪʃn] n. U《文章》誇示，賣弄，炫耀．They are well off, but they live without *ostentation*. 他們雖然富裕，但生活並不奢華．

os·ten·ta·tious [͵ɑstən`teʃəs, -tɛn-; ͵ɒsten'teɪʃəs] adj.《文章》(人，行為)誇示的，賣弄的，炫耀的；浮華的．

os·ten·ta·tious·ly [͵ɑstən`teʃəslɪ; ͵ɒsten'teɪʃəslɪ] adv. 誇示地，賣弄地，炫耀地．

os·te·o·path [`ɑstɪə͵pæθ; 'ɒstɪəpæθ] n. C整骨醫師．

os·te·op·a·thy [͵ɑstɪ`ɑpəθɪ; ͵ɒstɪ'ɒpəθɪ] n. U整骨療法．

ost·mark [`ɑstmɑrk; 'ɒstmɑːk] n. 東德馬克(原為前東德的貨幣單位；德語Ost = east；→ mark²)．

os·tra·cism [`ɑstrə͵sɪzəm, `ɒs-; 'ɒstrəsɪzəm] n. U 1 放逐；排斥．
2《歷史》(古希臘的)陶片放逐法(將有擾亂國家治安之虞的危險人物之名書寫於陶片上，經投票通過後，將這些人放逐國外十年(後改為五年))．

os·tra·cize [`ɑstrə͵saɪz, `ɒs-; 'ɒstrəsaɪz] vt. 1 放逐；排斥．2《歷史》以陶片放逐法放逐．

os·trich [`ɔstrɪtʃ, `ɑs-; 'ɒstrɪtʃ] n. C《鳥》鴕鳥．

O.T. (略) Old Testament.

O·thel·lo [o`θɛlo, ə`θɛlo; əʊ'θeləʊ] n. 奧賽羅《Shakespeare 的四大悲劇之一；其主角》．

＊＊＊oth·er [`ʌðɚ, `ʌðə(r); 'ʌðə(r)] adj. (限定) 1 其他的，另外的，別的．in *other* words 換言之/I'd like to see you some *other* time. 希望改天能再相見/Not Jane but some *other* girl came. 來的不是珍而是別的女孩/John and some *other* pupils were late for school. 約翰和其他幾個學生上學遲到/I have many *other* things to worry about. 我還有很多其他的事要擔心(★比較：I have *another* thing to worry about. 我還有另一件事要擔心)/I visited Boston, Chicago and *other* places. 我造訪了波士頓、芝加哥及其他地方/You have no *other* choice. 你別無選擇/Do you have any *other* question(s)? 你還有其他的問題嗎?(也可只說 Any *other* question(s)?)/I want to buy this and one *other* blouse. 我要買這件和一件別的襯衫．
語法 僅以 other 無法修飾單數名詞，所以要與 any, some, no, one 等連用，或變為 another：Show me *another* knife. (請給我看另一把刀)．
2《文章》…以外的；別的《than》．He has no tie *other* than this one (= no *other* tie). 他除了這條以外沒有別的領帶了．
3 (通常加 the, my, his 等)(兩個[兩人]中的)另一方的；(三個[三人]以上)其餘的，其餘所有的．the *other* world 黃泉/She lost her *other* glove. 她弄丟了另一隻手套/Show me your *other* hand.

讓我看看你的另一隻手/There was no one in that room, so I went into the *other* one. 那個房間裡面沒有人，所以我去了另一間/Susie is here, but the *other* girls are still out in the yard. 蘇西在這兒，但其他的女孩仍在外面的院子裡/the *other* three pencils = the three *other* pencils. 另外三支鉛筆．
4 (加 the)對面的；相反的；(opposite)；背面的(reverse)．the *other* end of the table 桌子的另一端/The bank is on the *other* side of the road. 銀行在馬路的對面/the *other* side of the paper [coin] 紙[硬幣]的背面．
among óther thìngs 在眾多項目中；其中之一；(→ among others (among 的片語))．
nóne óther than… 不是別的…正是…．The man in the car was *none* [*no*] *other than* Jim. 在車上的不是別人，正是吉姆．
…on the óther hànd → hand 的片語．
òther thìngs being équal → equal 的片語．
the òther dáy → day 的片語．
the òther níght [*évening, wéek*]《副詞性》不久前的一個夜晚[晚上，星期]．
the òther way abóut [*róund, aróund*] → way 的片語．
━ pron. (pl. ~s [~z; ~z]) 1 另外的事物[人]，其他的某物[某人]；別人．I don't like this typewriter. Could you show me some *others*? 我不喜歡這臺打字機，讓我看看其他的好嗎?/She is always kind to *others*. 她對別人總是很親切/How many *others* are coming? 還有幾個人要來?/Some students like mathematics; *others* do not. 有些學生喜歡數學，有些學生不喜歡．語法 通常用複數；表示單數意義時，大多用 another；另外，當前面加 any, no 等字時，也可以用單數：The TV drama was more interesting than any *other* I have seen recently. (這部電視劇比我最近所看過的任何一部都來得有趣)/She was absent for some reason or *other*. (她因某種理由而缺席)．
2 (加 the)(兩個[兩人]之中)另一個；(the *others*)(三個[三人]以上)其餘的東西[人]．from one side to the *other* 從一側到另一側/Each loved the *other*. (兩人)互相愛著對方/One went on, the *other* stayed behind. (兩人中)一個人往前走，另一個人留在後面 語法 上文若用 the *others* stayed behind. 意思則為「人數是三人以上，其中僅有一人往前走，剩下的都留在後面」/I have three brothers. One lives in Boston, another in Chicago and the *other* in Cleveland. 我有三個兄弟：一個住在波士頓，一個住在芝加哥，另一個住在克利夫蘭/The original and the copy are easily distinguished since the one is much more vivid than the *other*. 原件與複本很容易區分，因為前者(=原件)比後者(=複印本)清晰多了 語法 the one…the other 此處一片語中，the one通常指前者，the other指後者(= the one通常指前者，the other指後者)．
among óthers → among 的片語．
èach óther → each 的片語．
of àll óthers 在所有當中特別，尤其．
òne…after the óther → after 的片語．

òne or óther 哪個, 無論哪個; 某人, 無論誰. *One or other* of the boys must stay behind. 男孩中必須要有人留下來.

thìs, thàt, and the óther → this 的片語.

— *adv.* (用 other than...)《主要用於否定句》除…以外; 用…以外的辦法. *Other than* you, there's no one who can do it. 除了你沒有人能做這件事/ You can't get to the top of the mountain *other than* on foot. 你一定要徒步才能到得了山頂/He was quite *other than* he seemed. 他本人與外表截然不同.

‡oth·er·wise [ˈʌðə͵waɪz; ˈʌðəwaɪz] *adv.* **1** 不同方式地; 用其他方法地; 《than》. You seem to think *otherwise*. 你好像不這麼認為/If you do *otherwise than* you're told, you'll regret it. 如果你不照指示去做, 你會後悔的. **2** 在其他方面. The kitchen is a bit too small, but *otherwise* the house is satisfactory. 廚房稍微小了一點, 但是就其他方面而言, 這間房子還是令人滿意的. **3**《連接詞性》要不然, 否則. Study English hard now, *otherwise* you'll be sorry. 你現在要努力學習英語, 不然你會後悔的/The story was told me in confidence, *otherwise* I would tell you. 那件事是人家偷偷告訴我的, 要不然我就會告訴你了.

— *adj.* 《敘述》另外的, 不同的. I thought they would all greet me with smiles, but it was *otherwise*. 我原以為他們會以微笑來迎接我, 然而事實並非如此/Some are wise, some are *otherwise*. 《諺》有智者, 也有愚者.

and ótherwise 及其他, …等. The store has all kinds of clothes, expensive *and otherwise*. 這家商店裡有各式各樣的衣服, 有貴的也有便宜的.

or ótherwise 或相反. I don't care if she's wealthy *or otherwise*. 我不在乎她是否有錢.

o·ti·ose [ˈoʃɪ͵os, ˈotɪ-; ˈəʊtɪəʊs] *adj.* 《文章》〔想法, 言辭等〕不必要的, 多餘的.

Ot·ta·wa [ˈɑtəwɑ, ˈɑtə͵wɑ; ˈɒtəwə] *n.* 渥太華(加拿大首都).

ot·ter [ˈɑtə; ˈɒtə(r)] *n.* **1** © 《動物》獺, 水獺. **2** ⓤ 水獺的毛皮.

ot·to·man [ˈɑtəmən, ˈɑto-; ˈɒtəʊmən] *n.* (*pl.* ~s) © **1** 無靠背和扶手的沙發. **2** (有軟墊的)擱腳凳. **3** (Ottoman)土耳其人, 奧圖曼人, 《舊土耳其帝國人》.

[otter 1]

Òttoman Émpire *n.*(加 the)奧圖曼帝國《舊土耳其帝國》.

ouch [aʊtʃ; aʊtʃ] *interj.* 哎唷! 《突然感到疼痛時的叫聲》.

‡ought [ɔt; ɔːt] *aux. v.* 否定的縮寫為 **oughtn't**.

【◉ ought 的語法】
(1)無過去式、現在分詞、過去分詞、不定詞的變化.

—————————————— **ounce** 1093

(2)後面通常與不定詞 to 連用: He *ought to* go there. (他應該到那裡去); 但是《美、口》在否定句、疑問句的情形下有時會省略 to.
(3)在疑問句中, 與其他助動詞一樣, 不用 do: *Ought* I *to* obey him? (我應該服從他嗎?).
(4) ought 無過去式, 故需要時態一致時, ought 仍可作為過去式使用(→ 1(a)最後的例句).

1 (a)(用 ought *to* do)應該, 應當; 理所當然. We *ought to* follow the rules at all times. 我們應該時時遵守規則/He *ought to* be paid more highly. 他應當拿更高的酬勞/The piano *ought to* sound better when it is tuned. 這架鋼琴在調音後應該會發出更悅耳的聲音/You *ought to* take light exercise every day. 你應該每天做些簡單的運動/His mother told him he *ought* not *to* eat so fast. 他母親告訴他不該吃得這麼快.

回 表達「義務」之意時, ought 的語氣比 should 強, 但較 must, have to 弱; → must.

(b)(用 ought *to* have done)本應…《語法》用於對過去未實現的事, 或者已經做了的事表示指責、後悔). You *ought to have* said so. 你早就應該這樣說(沒這樣說真差勁)/The play was very amusing; you *ought to have* been there. 那場戲很有趣, 你應該去看的/His mother told him he *ought* not *to have* been out till so late. 他媽媽告訴他不該這麼晚還待在外面.

(c)(用 ought *to* have done)應該做完…《語法》用於表示應該在未來某時間完成). You *ought to have* obtained a passport before going abroad. 你應該在出國之前先辦好護照.

2 (a)(用 ought *to* do)應該…. Dinner *ought to* be ready soon. 晚餐應該很快就準備好了/If he started at seven, he *ought to* be there by now. 他若是七點出發的話, 現在應該到那裡了.

(b)(用 ought *to* have done)應該…了. He *ought to have* arrived home by now. 他現在應該已經到家了.

ought·n't [ˈɔtnt; ˈɔːtnt] ought not 的縮寫.

oui·ja board [ˈwidʒə͵bord, ͵ˈbord; ˈwiːdʒəˌbɔːd] *n.* © (常 Ouija —) 靈應盤(在降靈術中用於接收死者訊息的一種巫術板; Ouija 為商標名).

[ouija board]

‡ounce [aʊns; aʊns] *n.* (*pl.* **ounces** [~ɪz; ~ɪz]) © **1** 盎司(重量單位; 1/16 磅=約 28.35 克; 作為貴金屬、藥量的單位時為 1/12 磅=約 31.1 克; 略作 oz.). Ham and cheese are sold by the *ounce*. 火腿與乳酪以盎司為單位出售.

2 (用單數)少量, 一點點. There isn't an *ounce of* truth in what she says. 她所說的話沒有一個字是真的.

O

if an óunce → if 的片語.

★our [aur, ɑr; 'auə(r)] *pron.*《we 的所有格》**1** 我們的. *our* country 我們的國家/We love *our* town. 我們喜歡我們的城市.

2《總稱》(為一般人的)我們的, 人的. We should act according to *our* conscience. 我們(所有的人)應該依照自己的良心行事.

3《國王用來代替 my》朕的, 寡人的.

4《在報紙社論等中用來代替 my》筆者的; 本報社的.

5《代替 your; → we 5 語法》你的. Come along, let's take *our* medicine. 來吧(你的)藥喝了.

6《指與說話者相關的某事物》我們講到的那個, 那個. Meantime, *our* villain was racing through the forest on a black steed. 當此際, 那個惡棍正騎著黑馬越過森林.

Óur Lády *n.*《基督教》聖母瑪利亞.

★ours [aurz, ɑrz; 'auəz] *pron.*《we 的所有格代名詞》**1**《單複數同形》我們的(《語法》代替「our+名詞」, 用於能由上下文判斷的情況). the nearest house to *ours* (=our house) 離我們家最近的房子/*Ours* (=Our team) is the best team in the league. 我們的隊伍是聯盟中最好的一隊/All these books are Father's; *ours* (=our books) are in our room. 這些書都是我父親的; 我們的書在我們的房間.

2 (用 of *ours*)我們的(《語法》接在帶有 a(n), this, that, no 等名詞的後面). this car of *ours* 我們家這輛車(★不可以說 our this car, this *our* car).

our·self [aur'sɛlf, ɑr-; ,auə'self] *pron.* 朕本人, 我自己,《國王, 報紙的評論員等用此字代替 myself; → we 3, 4).

★our·selves [aur'sɛlvz, ɑr-; ,auə'selvz] *pron.*《we 的反身代名詞》**1**《強調用法》我們自己, 我們親自, (★加強語氣). We *ourselves* are responsible for the affair. 我們自己對此事負責(★ we 的同位格)/Let's do it *ourselves*. 我們自己做吧!

2《反身用法》-selves 發次重音 [-,sɛlvz; -,selvz], 全句的重音落在動詞上)把[為]我們自己, 把[為]我們本身. We dressed *ourselves*. 我們自己穿衣服/We are thinking of buying a car for *ourselves*. 我們想給我們自己買部車子.

3 本來[正常]的我們自己. We were not quite *ourselves* yesterday. 昨天我們有點失常了.

★相關的片語 → oneself.

-ous *suf.* 構成表示「多…的, 具有…特性的, 似…的」之意的形容詞. danger*ous*. joy*ous*. mountain*ous*.

oust [aust; aust] *vt.*《文章》逐出, 趕走, 驅逐,《from》.

★out [aut; aut] *adv.* (★ be *out* 亦可當作形容詞使用)【從裡向外】**1** 向[在]外; (選, 取)出來; 伸出…; (⟷ in). take *out* one's purse 拿出(某人的)皮包/Don't put your tongue out. 不要吐舌頭/She picked *out* an orange from the basket. 她從籃子中選出了一個橘子/They singled him *out* as the candidate. 他們選他出來當候選人/*Out* you go!=Get *out*! 出去!

2 在[向](家)外; 不在家, 外出在[向]城鎮[市]外; 向[在]海外. go *out* 外出(→ outside ★)/dine *out* 在外面吃飯/She went *out* for a walk. 她出去散步/Father is *out*. 父親不在家(→ away 圖)/The family lives *out* in the country. 這一家人(離開都市)住在鄉下/My husband is now *out* in America. 我丈夫現在不在家到美國去了/The riot police are *out* to suppress the demonstrators. 鎮暴警察出外鎮壓示威者.

3 (遠) 在海上, 在空中; 中央. a boat *out* at sea 出航在海上的小船/The plane was four hours *out* from here. 飛機從這裡起飛四個小時了/step *out* into the street 走到街上.

【顯現出來】**4** 顯露出, 呈現出;〔花〕開; 問世; 出版;〔祕密等〕公諸於世; 在社交界露面. The moon came *out* from behind the cloud. 月亮從雲後露了出來/Tulips are *out*. 鬱金香開了/The book will be *out* next week. 這本書下週就要出版/Our secret leaked *out*. 我們的祕密洩露了.

5 突出地; 明顯地(clearly); 大聲地(loudly). Won't you speak *out*? 你不能大聲地說嗎?/I called *out* for help. 我大聲呼救.

【離開中心】**6** (向外)突出地, 凸出地; 展開地. stretch *out* one's arms 伸展手臂/The branches jut *out*. 這些樹枝向外伸展/Please spread *out* the carpet. 請鋪好地毯.

【偏離常態】**7** 偏離地;〔機械等〕故障,〔鐘錶等〕不準地;有差錯地. His shoulder is *out*. 他一邊的肩膀脫臼了/The generator is *out* now. 發電機現在故障了/This clock is five minutes *out*. 鐘快五分鐘/My calculations were *out*. 我的計算有誤/He is badly *out* in his reckoning. 他的計算出了嚴重的差錯.

8 沒去上班[上學]地; 罷工地. She was *out* on account of illness. 她因病而沒去上班/The miners are *out*. 礦工罷工.

【離開>消失】**9** 消失; 昏迷; 過時. brush *out* the wrinkles in a skirt 刷平裙子上的皺褶/when school is *out* 放學後/She blew the candle *out*. 她吹熄蠟燭/The fuel is running *out*. 燃料用完了/The lights were *out*. 燈熄了/Long skirts are now *out*. 現在不流行長裙了/I was *out* for a while. 我昏過去了一會兒.

10 除了, 除外; 逐出. count a person *out* 不把某人算在內/throw a person *out* 逐出某人.

11《棒球, 板球》處於出局[退場]狀態. The batter is *out*. 這名打者出局了.

12【全部拿出】直到最後; 完全地(completely), 徹底地. fight [argue] it *out* 打鬥[爭論]直到最後/They looked tired *out*. 他們看起來筋疲力竭/Clean *out* the closet, please. 請把這櫥子徹底清乾淨/Let's play the game *out*. 我們把這一局玩完吧!

be òut and abóut〔病人等痊癒後〕能外出, 能走

動(→ up and around [about](up 的片語))．

be óut for... 《口》努力想要得到…，力圖要…．Our team *is out for* the championship. 我們的隊伍努力想贏得冠軍．

***be óut to** dó* 《口》一心想要…．He *is out to* win in the next contest. 他一心想在下次比賽中獲勝．

òut and awáy 遠遠超過地，出眾地．Alice is *out and away* the best singer in our class. 愛麗絲無疑是我們班上最好的歌手．

òut and óut 十足地，徹底地．

* ***òut of*** [ˈaʊtəv; ˈaʊtəv]… (1)從…之中向外(↔ into, in)(→ *prep*.)．look *out of* the window 透過窗戶向外看/She came *out of* the bedroom. 她從臥室裡走了出來/He took a watch *out of* its case. 他從盒子裡拿出手錶/Get *out of* here! 滾出去！離開這裡！

(2)從〔某數〕中，從…中間．in nine cases *out of* ten 十之八九/one *out of* every ten people 每十人中的一人/Only one *out of* 100 passengers survived the crash. 在那次空難中，一百個旅客中僅有一人生還．

(3)在…範圍外；自…離開．*Out of* sight, *out of* mind. 《諺》久別情疏(<眼不見，心不念)．

(4)消失；用盡；失去…．*out of* breath 上氣不接下氣/I am *out of* cash now. 我現在沒有錢/He is *out of* work. 他失業了．He cheated me *out of* my share. 他把我的那一份騙走了．

(5)用…(的材料)，用…，使用…．The building is made *out of* bricks. 那棟大樓是用磚砌成的/Butter is made *out of* milk. 奶油是由牛奶製成．★例句 1 的 out =of，例句 2 的 out =from．

(6)出於…(的動機)．He did so *out of* curiosity [necessity]. 他這樣做是基於好奇心[迫於需要]/She cried *out of* sympathy. 她因同情而哭泣．

(7)源自…，出自…，來自…．a man *out of* the South 出身南部的男子/squeeze the juice *out of* the lemon 榨檸檬汁/He drank orange juice *out of* a bottle. 他直接喝瓶裡的柳橙汁/This is my favorite passage *out of* the Bible. 這是聖經中我最喜歡的一段．

óut of it (1)被排斥，孤立．During my first few weeks in my new school I felt rather *out of it*, but I soon made some good friends. 在新學校最初的幾星期，我感到相當孤獨，但很快地就結交了一些好朋友．

(2)沒有關係，沒有瓜葛．It's a crazy scheme and I'm glad to be *out of it*. 那是個荒唐的計畫，真慶幸我與它毫無瓜葛．

Óut with...! 《口》說出…！拿出…！*Out with* you! 出去！/*Out with* it! 說出來！

●──── out of ～ 的慣用語
重音置於名詞．

out of breath	上氣不接下氣
out of control*	失去控制[管制]
out of danger*	脫離危機
out of date	過時的
out of doors	在戶外[郊外]

out of doubt	無疑地
out of employment*	失業
out of fashion*	不流行
out of hearing	聽不到
out of luck*	倒楣
out of order*	順序混亂；故障
out of place*	不合時宜
out * sight*	看不見
out of stock*	賣光
out of use*	不能再使用，故障
out * work*	失業

★注有 * 的慣用語，其反義以 in ～ 來表示：in use 使用中．

── *prep.* 《主美》從〔窗，門等〕；向…的外面(→out of (1))．Look *out* the window. 看窗外/He jumped *out* the window. 他從窗戶跳了出去．

── *adj.* 《限定》外面[側]的；遠離的；〔尺寸等〕特大的．the *out* sign 出口的標誌/the *out* country 偏僻的鄉村/an *out* size 特大號．

── *n.* © **1** (the outs)在野黨．the ins and outs 執政黨與在野黨．**2** 《口》(單數)辯解，藉口．**3** (棒球)出局．

***the ìns and óuts** (of...)* → in 的片語．

── *vt.* **1** 熄滅(火)．**2** 《口》趕走．

out- *pref.* **1** 「外面的，在外的」「遠離的」等之意．*out*side. *out*spread. *out*put. *out*lying.

2 「超過…，多於…，勝過…」等之意．*out*do. *out*live. *out*run. *out*number.

out-and-out [ˈaʊtṇˈaʊt; ˌaʊtnd'aʊt] *adj.* 《限定》完全的，徹底的．

out-back [ˈaʊtˌbæk; 'aʊtbæk] *n.* (加 the) (澳大利亞的)內陸地區，內地．

out-bid [aʊtˈbɪd; ˌaʊt'bɪd] *vt.* (~**s**; ~; ~**ding**)出價高於…(以高於競標對手的價格得標)．

out-board
[ˈaʊtˌbord, -ˌbɔrd; 'aʊtbɔːd] *adj.* 船外的．
── *adv.* 在船外．

òutboard mótor
n. © 船外馬達(安裝於船外，可拆卸的引擎)．

***out-break**
[ˈaʊtˌbrek; 'aʊtbreɪk]
n. (*pl.* ~**s** [~s; ~s]) ©
(傳染病，火災，戰爭等
的)發生，爆發；(感情等的)爆發．an *outbreak of* anger 怒氣爆發．

[outboard motor]

out-build-ing [ˈaʊtˌbɪldɪŋ; 'aʊtˌbɪldɪŋ] *n.* © 房子附屬的建築物(《英》 outhouse)(車庫，倉庫等)．

out-burst [ˈaʊtˌbɝst; 'aʊtbɜːst] *n.* © (激烈的感情，活力，火山等的)爆發，噴出，迸發．

out-cast [ˈaʊtˌkæst; 'aʊtkɑːst] *n.* © 被逐出〔社會，家庭等〕的人[動物]，無家可歸的人，流浪者．

— *adj.* 被逐出的，被遺棄的，無家可歸的．

out·class [aʊtˋklæs; ˌaʊtˈklɑːs] *vt.* 遠勝於…，凌駕…．

‡**out·come** [ˋaʊt.kʌm; ˈaʊtkʌm] *n.* (*pl.* ~**s** [-z; -z]) ⓒ (通常用單數)結果，後果，(result)． The *outcome* of the race disappointed me. 賽跑的結果令我失望/What was the *outcome* of the election? 選舉最後的結果如何？

out·crop [ˋaʊt.krɑp; ˈaʊtkrɒp] *n.* ⓒ (礦脈，岩石等的)露頭(露出於地面的部分)．

out·cry [ˋaʊt.kraɪ; ˈaʊtkraɪ] *n.* (*pl.* -**cries**)
1 ⓒ叫喊(聲)，喧嚷(聲)；悲鳴．
2 ⓤⓒ抗議(protest)．

out·dat·ed [aʊtˋdetɪd; ˌaʊtˈdeɪtɪd] *adj.* 過時的．

out·did [aʊtˋdɪd; ˌaʊtˈdɪd] *v.* outdo 的過去式．

out·dis·tance [aʊtˋdɪstəns; ˌaʊtˈdɪstəns] *vt.* 將(其他的跑者等)遠拋在後，超過． Japan has *outdistanced* the U.S. in producing VTR's. 日本的錄影機生產遠超過美國．

out·do [aʊtˋdu; ˌaʊtˈduː] *vt.* (-**does** [-ˋdʌz; -ˈdʌz]; -**did**; -**done**; ~**ing**) 勝過，凌駕． He *outdoes* me in every subject. 他每一個科目都勝過我．
outdó one*sèlf* 超過自己現有(認為有)的水準；竭盡所能．

out·done [aʊtˋdʌn; ˌaʊtˈdʌn] *v.* outdo 的過去分詞．

‡**out·door** [ˋaʊt.dor, -.dɔr; ˈaʊtdɔː(r)] *adj.* (限定)戶外的，野外的；喜愛戶外活動的；(⟷ indoor)． *outdoor* exercise 戶外運動/*outdoor* sports 戶外運動/*outdoor* clothes 外出服/She was never the *outdoor* type. 她是那種足不出戶的人．

‡**out·doors** [ˋaʊt.dorz, -.dɔrz; ˌaʊtˈdɔːz] *adv.* 在(向)戶外，在(向)郊外，(⟷ indoors)． go *outdoors* 到戶外去/The concert was held *outdoors*. 這場音樂會在戶外舉行．
— *n.* (加 the)((作單數))戶外，郊外．

‡**out·er** [ˋaʊtɚ; ˈaʊtə(r)] *adj.* (限定)外面的，外部的，外側的，(⟷ inner)；遠離中心的． *outer* clothes 外衣(⟷ underclothes)/an *outer* island 離島/the *outer* world 外界；人世間．

out·er·most [ˋaʊtɚ.most, -məst; ˈaʊtəməʊst] *adj.* = outmost．

ōuter spáce *n.* ⓤ (大氣層外的)外太空．

out·face [aʊtˋfes; ˌaʊtˈfeɪs] *vt.* 1 與…勇敢地面對．
2 逼視(對方)使其將視線轉開；恐嚇，欺壓．

out·fall [ˋaʊt.fɔl; ˈaʊtfɔːl] *n.* ⓒ河口；(下水道的)排水口．

out·field [ˋaʊt.fild, ˋaʊt.fɪld; ˈaʊtfiːld] *n.* (棒球，板球) 1 (加 the)外野(→ baseball 圖)．
2 ⓒ (★用單數亦可作複數)(集合)外野守備(員)．⟷ infield．

out·field·er [ˋaʊt.fildɚ, ˋaʊt.fɪldɚ; ˈaʊtfiːldə(r)] *n.* ⓒ外野手．

out·fight [ˋaʊt.faɪt; ˈaʊtfaɪt] *vt.* (~**s**;

-**fought**; ~**ing**)(戰鬥，競技中)戰勝(對手)．

‡**out·fit** [ˋaʊt.fɪt; ˈaʊtfɪt] *n.* (*pl.* ~**s** [-s; -s]) ⓒ
1 整套工具，(旅行等的)用品，裝備． a camping *outfit* 一套露營用品/a fishing *outfit* 一套釣魚用具/a carpenter's *outfit* 一整套木匠用具．
2 (特殊的)全套服裝．
3 (★用單數亦可作複數)((口))(共同工作的)全體人員(公司，部隊等)．
— *vt.* (~**s**; ~**ted**; ~**ting**)提供…必要的裝備，配置，((with))． The Antarctic expedition was *outfitted with* the latest equipment. 這支南極探險隊配置了最新式的裝備．

out·fit·ter [ˋaʊt.fɪtɚ; ˈaʊtfɪtə(r)] *n.* ⓒ (男性)服飾用品店店主．

out·flank [aʊtˋflæŋk; ˌaʊtˈflæŋk] *vt.* 包圍(對方，敵方)的側翼；以機智取勝(對手，敵人)．

out·flow [ˋaʊt.flo; ˈaʊtfləʊ] *n.* (通常用單數)(水等的)流出；流出物；(⟷ inflow)．

out·fought [ˋaʊt.fɔt; ˈaʊtfɔːt] *v.* outfight 的過去式、過去分詞．

out·fox [ˋaʊt.faks; ˈaʊtfɒks] *vt.* 以計謀勝過，用機智取勝．

out·go [ˋaʊt.go; ˈaʊtgəʊ] *n.* (*pl.* ~**es**) ⓒ 開銷，支出，(⟷ income)．

out·go·ing [aʊtˋgoɪŋ; ˈaʊt.gəʊɪŋ] *adj.* 1 (限定)往外去的，出發的；即將離職的． the *outgoing* tide 退潮/the *outgoing* chairman 即將卸任的主席． 2 善於與人相處的，善於社交的．
— *n.* 1 ⓤⓒ外出，出發． 2 ((主英))(outgoings) 支出，開銷．

out·grew [aʊtˋgru, -ˋgrɪu; ˌaʊtˈgruː] *v.* outgrow 的過去式．

out·grow [aʊtˋgro; ˌaʊtˈgrəʊ] *vt.* (~**s**; -**grew**; -**grown**; ~**ing**) 1 長得比…快，生長速度超過…． Emily will *outgrow* her older sister. 愛蜜莉會長得比姊姊快． 2 因長大而穿不下(衣服等)． *outgrow* one's clothes 因長大而穿不下衣服． 3 因年齡增長拋棄(習慣，惡習等)． Mary has *outgrown* her selfishness. 瑪莉隨著年齡增長改掉了自私的習性．

out·grown [aʊtˋgron; ˌaʊtˈgrəʊn] *v.* outgrow 的過去分詞．

out·growth [ˋaʊt.groθ; ˈaʊtgrəʊθ] *n.* ⓒ
1 自然的結果；衍生的結果．
2 長出的東西(嫩樹枝等)．

out·Her·od [aʊtˋhɛrəd; ˌaʊtˈherəd] *vt.* ((用於下列片語))
out-Hèrod Hérod 極端暴虐(<比希律王更殘忍的; → Herod)．

out·house [ˋaʊt.haʊs; ˈaʊthaʊs] *n.* (*pl.* -**hous·es** [-.haʊzɪz; -həʊzɪz]) ⓒ 1 ((美))戶外廁所．
2 ((英)) outbuilding．

out·ing [ˋaʊtɪŋ; ˈaʊtɪŋ] *n.* ⓒ 出遊，郊遊，遠足． go on [for] an *outing* 外出遊玩．

out·land·ish [aʊtˋlændɪʃ; aʊtˈlændɪʃ] *adj.* ((口))罕見的，稀奇古怪的，(strange)．

out·last [aʊtˋlæst; ˌaʊtˈlɑːst] *vt.* 比…持久；比…活得長．

*out·law [ˋaʊtˏlɔ; ˈaʊtlɔː] n. (pl. ~s [~z; ~z]) © 不法之徒，犯罪者，(★原意爲「被置於法律保護之外的人」). Robin Hood was no ordinary outlaw. 羅賓漢不是一般的罪犯.
— vt. 宣布…爲不合法，禁止. The sale of alcohol in vending machines was outlawed. 自動販賣機禁止出售酒類.

out·lay [ˋaʊtˏle; ˈaʊtleɪ] n. (pl. ~s) Ⓤ支出; © 費用，花費，(on, for).

*out·let [ˋaʊtˏlɛt; ˈaʊtlet] n. (pl. ~s [~s; ~s]) ©
1 (水、瓦斯等的)出口，排出口，(↔ inlet).
an outlet for smoke 排煙口.

—[outlet 2]
plug

2 《美》(電源的)插座.
3 宣洩管道(for〔情感等〕). Painting is a good outlet for emotion. 繪畫是宣洩感情的好方法／He needs an outlet for his energy. 他需要一個發洩精力的管道.
4 (商品的)銷路; (工廠、批發商的)直營店. a retail outlet 零售店(亦可說成óutlet stòre).

*out·line [ˋaʊtˏlaɪn; ˈaʊtlaɪn] n. (pl. ~s [~z; ~z]) © 1 輪廓，外形; 略圖. the bold outline of the mountains 群山清楚的輪廓／I drew the precise outline of China. 我畫出了精確的中國輪廓圖. 回outline 意爲物體清晰的輪廓，與粗略畫出的 sketch 有所不同.
2 概要，梗概，提綱，綱要. Give me a brief outline of his speech. 簡略地告訴我他演說的梗概.
in óutline (1) 畫輪廓(的). a picture in outline 輪廓圖. (2)梗概的，概略的.
— vt. (~s [~z; ~z]; ~d [~d; ~d]; -lin·ing)
1 畫…的輪廓. She outlined the map of Taiwan on a sheet of paper. 她在紙上畫出了臺灣地圖的輪廓.
2 概括地論述，略述. I'm going to outline the events of my stay in America. 我將簡略地敍述我在美國期間所發生的事情.
out·lin·ing [ˋaʊtˏlaɪnɪŋ; ˈaʊtlaɪnɪŋ] v. outline 的現在分詞，動名詞.

*out·live [aʊtˋlɪv; ˌaʊtˈlɪv] vt. (~s [~z; ~z]; ~d [~d; ~d]; -liv·ing)比…長壽; 安然度過…而健在; 久活而失去…. He outlived his son. 他比他的兒子還長壽／This old typewriter has outlived its usefulness. (這臺舊打字機已舊到不能用了(《舊到超過可使用的程度》)／Mr. Smith outlived the bad reputation of his youth. 史密斯先生老年時他年輕時的壞名聲已被人遺忘.

*out·look [ˋaʊtˏlʊk; ˈaʊtlʊk] n. (pl. ~s [~s; ~s]) © (通常用單數) 1 (眺望的)景色，風光，景致. My room has an outlook on [over] the sea. 我的房間可眺望海上風光.
2 前途，展望，前景，(for). The outlook for our business isn't good. 我們的生意前景不佳.
3 見解，視野. His outlook on life is very narrow. 他的人生觀非常狹隘.

搭配 adj.+outlook: a broad ~ (寬廣的視野), an optimistic ~ (樂觀的前景), a positive ~ (積極的看法), a negative ~ (消極的觀點), a pessimistic ~ (悲觀的見解).

out·ly·ing [ˋaʊtˏlaɪɪŋ; ˈaʊtlaɪɪŋ] adj. 遠離中心的; 偏僻的.

out·ma·neu·ver 《美》, out·ma·noeu·vre 《英》 [aʊtməˋnuvɚ; ˌaʊtməˈnuːvə(r)] vt. 以謀略取勝，將計就計.

out·match [aʊtˋmætʃ; ˌaʊtˈmætʃ] vt. 勝過，優於.

out·mod·ed [aʊtˋmodɪd; ˌaʊtˈməʊdɪd] adj. 過時的.

out·most [ˋaʊtˏmost, -məst; ˈaʊtməʊst] adj. 《限定》最外(面)的，離中心最遠的，(↔ inmost).

out·num·ber [aʊtˋnʌmbɚ; ˌaʊtˈnʌmbə(r)] vt. 在數量上超過. The enemy outnumbered us by two to one. 敵軍以二比一的人數超過我軍.

out-of-date [ˋaʊtəvˋdet, ˈaʊtəˋdet; ˈaʊtəvˈdeɪt] adj. 落後時代[流行]的，舊式的，(↔ up-to-date).

out-of-the-way [ˋaʊtəðəˋwe, ˈaʊtəvðəˋwe; ˌaʊtəðəˈweɪ] adj. 1 遠離人煙的，偏遠的.
2 不太爲人所知的，奇異罕見的.

out·pa·tient [ˋaʊtˏpeʃənt; ˈaʊtˏpeɪʃnt] n. © (醫院的)門診病人(↔ inpatient).

out·play [aʊtˋple; ˌaʊtˈpleɪ] vt. (~s; ~ed; ~ing) (在比賽等中)擊敗.

out·point [aʊtˋpɔɪnt; ˌaʊtˈpɔɪnt] vt. (拳擊賽等)得分超過(對手).

out·post [ˋaʊtˏpost; ˈaʊtpəʊst] n. © 1 前哨基地[部隊].
2 邊境殖民地; 偏遠地區.

out·pour·ings [ˋaʊtˏpɔrɪŋz, -ˏpɔrɪŋz; ˈaʊtˏpɔːrɪŋz] n. 《作複數》(感情等的)湧出，流露.

*out·put [ˋaʊtˏpʊt; ˈaʊtpʊt] n. (pl. ~s [~s; ~s]) ⓊⒸ (通常用單數) 1 生產量，出產量. The coalmine's daily output is 1,000 tons. 那座煤礦的日產量爲一千噸.
2 知識性[藝術性]的產物[作品]. literary output 文學作品.
3 《電》輸出; 〔電腦的〕輸出(輸出電腦中的資料); (↔ input).
— vt. (~s; ~, ~·ted; ~·ting) 輸出(電腦中的資料)，顯出(結果).

*out·rage [ˋaʊtˏredʒ; ˈaʊtreɪdʒ] n. (pl. -rag·es [-ɪz; ~ɪz]) ⓊⒸ 1 蠻橫，暴力(行爲). an outrage against humanity 違反人道的暴行.
2 (對暴力等的)憤怒.
— vt. (-rag·es [-ɪz; ~ɪz]; ~d [~d; ~d]; -rag·ing) 1 引起…的憤怒，使憤慨. I was outraged at his insolence. 他的傲慢令我憤慨.
2 凌辱; 傷害…的感情. He felt his dignity was outraged. 他覺得他的尊嚴受到了傷害.

*out·ra·geous [aʊtˋredʒəs; aʊtˈreɪdʒəs] adj.

不合理的〔價格 等〕, 毫無道理的; 蠻橫的. The price of the car is *outrageous*. 這輛車的價格太不合理/I was shocked at his *outrageous* behavior. 我對他蠻橫的行為感到十分吃驚.

out·ra·geous·ly [aʊtˋredʒəslɪ; aʊtˈreɪdʒəslɪ] *adv.* 毫無道理地; 蠻橫地.

out·ran [aʊtˋræn; ˌaʊtˈræn] *v.* outrun 的過去式.

out·rank [aʊtˋræŋk; ˌaʊtˈræŋk] *vt.* 地位高於….

ou·tré [uˋtre; ˈuːtreɪ] (法語) *adj.* 〔想法, 行為等〕脫離常軌的, 古怪的.

out·rid·er [ˋaʊtˌraɪdɚ; ˈaʊtˌraɪdə(r)] *n.* ⓒ 護隨警官(騎著馬或摩托車為官顯貴等乘坐的交通工具開道、護衛).

[outriders]

out·rig·ger [ˋaʊtˌrɪgɚ; ˈaʊtˌrɪgə(r)] *n.* ⓒ (海 事)叉架(為保持船身的穩定而裝在船邊的木材); 裝有叉架的小船[獨木舟].

[outrigger]

out·right [ˋaʊtˋraɪt; aʊtˈraɪt] *adv.* **1** 徹底地, 完全地. **2** 毫無保留地, 直率地; 公開地. **3** 即刻, 當場; 用現金.
—— [ˋaʊtˌraɪt; ˈaʊtraɪt] *adj.* 《限定》**1** 徹底的, 完全的. **2** 毫無保留的, 直率的.

out·run [aʊtˋrʌn; ˌaʊtˈrʌn] *vt.* (~s; -ran; -run; -run·ning)
1 跑得比[對手]快[遠], 追過….
2 超出…的範圍. His expenses *outran* his income this year. 今年他的支出超過了收入.

out·sell [aʊtˋsɛl; ˌaʊtˈsel] *vt.* (~s; -sold; ~ing)
1 比[某人]賣得多[快]. **2** 比[其他商品]銷售更多.

out·set [ˋaʊtˌsɛt; ˈaʊtset] *n.* (加the)開端, 開始, (beginning).
at [*from*] *the óutset* 在[從]開始時.

out·shine [aʊtˋʃaɪn; ˌaʊtˈʃaɪn] *vt.* (~s; -shone; -shin·ing) **1** 比…亮, 比…更燦爛.
2 勝過, 優於.

out·shone [aʊtˋʃon; ˌaʊtˈʃɒn] *v.* outshine 的過去式、過去分詞.

‡**out·side** [ˋaʊtˋsaɪd; ˌaʊtˈsaɪd] *n.* (pl. ~s [~z; ~z]) ⓒ (通常加the)外側, 外部, 外面, (◄► inside); 外觀, 外表. The *outside* of the castle was painted white. 這城堡的外牆被塗

成白色/Things are not always what they appear to be on the *outside*. 事情並非總是像外表所展現的那樣.

at the (*vèry*) *óutside* (至多)充其量(at (the) most). The trip will cost $1,000 *at the outside*. 旅費最多不過一千美元.

on the óutside 在(被包圍之物的)外側; 從局外人的觀點來看; 從外側車道. overtake him *on the outside* 從外側車道超他的車.
—— [ˋaʊtˋsaɪd; ˈaʊtˈsaɪd] *adj.* 《限定》**1** 外側的, 外部的; 屋外的; (◄► inside). the *outside* wall 外牆/the *outside* world 外界/*outside* work 戶外的工作.
2 從外部的; 局外人的. an *outside* opinion 外界的意見/Get *outside* help. 得到外援.
3 〔機會, 可能性〕極少的(slight). There's an *outside* chance of winning. 幾乎沒有獲勝的機會.
4 最高限度的, 最大限度的, 〔數量, 金額等〕.
5 (棒 球)外角的(◄► inside). an *outside* pitch 外角球.
6 閒暇的. *outside* activities 閒暇[課餘]的活動.
—— [ˋaʊtˋsaɪd; ˌaʊtˈsaɪd] *adv.* 在[向]外, 在外部; 在[向]戶外; (◄► inside, within). Go *outside* and play. 到外面去玩(◎go out 通常指外出到遠處; go outside 意味著暫時到外面去)/It was piercingly cold *outside*. 外面寒冷刺骨.

outside of… (美、口) (1) =outside *prep.*
(2)除了…(except for). *Outside of* that, we have no worries. 除此以外, 我們沒有甚麼好擔心的.
—— [ˋaʊtˋsaɪd; ˌaʊtˈsaɪd] *prep.* **1** 在[向]…外(◄► inside). Don't smoke here. Please go *outside* the room. 別在這裡吸菸, 請到房間外面.
2 超出…的範圍, 在…界限外; 在…以上. John has few interests *outside* his job. 約翰對工作範圍以外的事幾乎不感興趣.

out·sid·er [ˋaʊtˋsaɪdɚ; ˌaʊtˈsaɪdə(r)] *n.* ⓒ
1 外人, 局外人; 門外漢, 外行; (◄► insider).
2 不太可能獲勝的馬[人].

out·size [ˋaʊtˌsaɪz; ˈaʊtsaɪz] *adj.* 〔衣服, 人等〕特大的.

out·skirts [ˋaʊtˌskɝts; ˈaʊtskɜːts] *n.* (加the) (作複數)郊外, (城鎮等的)周邊, 四周. I live on the *outskirts* of Taipei. 我住在臺北市郊.

out·smart [aʊtˋsmɑrt; aʊtˈsmɑːt] *vt.* (口)比…高一籌, 以機智勝過…. *outsmart* oneself 聰明反被聰明誤.

out·sold [aʊtˋsold; ˌaʊtˈsəʊld] *v.* outsell 的過去式、過去分詞.

out·spo·ken [ˋaʊtˋspokən; ˌaʊtˈspəʊkən] *adj.* 〔人, 意見等〕坦率的, 毫無保留的. I would welcome your *outspoken* criticism. 我會樂於接受你毫不保留的批評.

out·spo·ken·ly [ˋaʊtˋspokənlɪ; ˌaʊtˈspəʊkənlɪ] *adv.* 率直地, 毫無保留地.

out·spread [aʊtˋsprɛd; ˌaʊtˈspred] *adj.* 〔翅膀等〕張開的, 伸展開的.

‡**out·stand·ing** [ˋaʊtˋstændɪŋ; ˌaʊtˈstændɪŋ]

adj. **1** 顯著的，傑出的，卓越的. She has an *outstanding* talent for music. 她有卓越的音樂才華/ He is one of the most *outstanding* players on the team. 他是隊上最優秀的選手之一.

2 未解決的[問題等]；未付的[債款等]. an *outstanding* debt of $1,000 未還清的1,000美元借款.

out·stand·ing·ly [ˈaʊtˈstændɪŋlɪ; ˌaʊtˈstændɪŋlɪ] *adv.* 卓越地.

out·stay [aʊtˈste; ˌaʊtˈsteɪ] *vt.* (~s; ~ed; ~ing) 比[別人]住[逗留]得久.
outstáy one's **wélcome** 因逗留太久而招人厭惡.

out·stretched [aʊtˈstrɛtʃt; ˌaʊtˈstretʃt] *adj.* 〔手等〕張開的，伸展開的.

out·strip [aʊtˈstrɪp; ˌaʊtˈstrɪp] *vt.* (~s; ~ped; ~ping) 跑得比…快，超過；勝過.

out·vote [aʊtˈvot; ˌaʊtˈvəʊt] *vt.* 投票數多於…；以得票數多而勝過….

‡**out·ward** [ˈaʊtwəd; ˈaʊtwəd] *adj.* 《限定》 **1** 外側的，外部的；外表上的，表面上的，外形上的. She was calm in *outward* appearance. 她表面上很沈著[鎮定]/*outward* cheerfulness 表面上的喜悅/an *outward* and visible sign 一個在外側且醒目的記號/to *outward* seeming 表面上，外表上.

2 向外的. an *outward* voyage 出航 / an *outward* flow of traffic (從中心)向外的交通流量[車流]. ◆inward.
— *adv.* 在[向]外側 (◆inward)；向國外. This door opens *outward*. 這扇門向外打開/an *outward*-bound ship 去國外的船.

out·ward·ly [ˈaʊtwədlɪ; ˈaʊtwədlɪ] *adv.* 外表上，表面上，外觀上.

out·wards [ˈaʊtwədz; ˈaʊtwədz] *adv.* =outward.

out·wear [aʊtˈwɛr, ·ˈwær; ˌaʊtˈweə(r)] *vt.* (~s; -wore; -worn; ~ing) **1** 比…持久[耐用]. **2** 穿壞，用舊.

out·weigh [aʊtˈwe; ˌaʊtˈweɪ] *vt.* **1** 比…重要，比…有價值. **2** 比…重，比…有分量.

out·wit [aʊtˈwɪt; ˌaʊtˈwɪt] *vt.* (~s; ~ted; ~ting) 取巧，智取.

out·wore [aʊtˈwor, ·ˈwɔr; ˌaʊtˈwɔ:(r)] *v.* outwear 的過去式.

out·work [ˈaʊtˌwɝk; ˈaʊtwɜ:k] *n.* **1** C (通常outworks) (城堡，要塞的)外壘.

2 U (公司，商店等)在戶外的工作.

out·worn [aʊtˈworn, ·ˈwɔrn; ˌaʊtˈwɔ:n] *v.* outwear 的過去分詞.
— *adj.* 用舊的；[習慣等]過時的.

o·va [ˈovə; ˈəʊvə] *n.* ovum 的複數.

o·val [ˈovl; ˈəʊvl] *adj.* 卵形的，橢圓形的.
— *n.* C 卵形之物；(橢圓形的) 競賽場.

Óval Óffice *n.* (加the) (美國白宮(White House)內的) 總統辦公室.

o·va·ry [ˈovərɪ, ˈɔvrɪ; ˈəʊvərɪ] *n.* (*pl.* -ries) C 《解剖》卵巢；《植物》子房.

o·va·tion [oˈveʃən; əʊˈveɪʃn] *n.* C (聽眾等的) 熱烈鼓掌，(民眾的)熱烈歡迎. a standing *ovation*

起立鼓掌喝采.

‡**ov·en** [ˈʌvən; ˈʌvn] (★注意發音) *n.* (*pl.* ~s [~z; ~z]) C (烹調用的)烤爐，烤箱；爐灶. Bread is baking in the *oven*. 麵包正在烤爐裡烘烤/a microwave *oven*(→見microwave oven).

ov·en·ware [ˈʌvənˌwɛr; ˈʌvnweə(r)] *n.* U (集合)烤爐用的器皿(耐熱).

‡**o·ver** [ˈovə; ˈəʊvə(r)] *prep.* 〖在更高的位置〗 **1** 在…上面，在…上方，(◆under; ◆on 1〖同〗). bend [stoop] *over* the baby 在孩子上方彎下身/The clouds were *over* our heads. 雲在我們頭上/There is no bridge *over* the river. 河上沒有橋/My bedroom is *over* the living room. 我的寢室在客廳的上方/The boys stretched their hands *over* the fire. 那些男孩把手放在火上烤.

2 在…的上位；統治…. have no control *over* oneself 無法自律/gain a glorious victory *over* socialism 對抗社會主義贏得光輝的勝利/Who is ruling *over* this kingdom? 誰統治這個王國?/A colonel is *over* a major. 上校軍階高於少校(★這種情形 above 比 over 常用).

3 除以，(表示分數的)幾分之幾. seventeen *over* seventy-three 17 除以 73，17/73，(★用 over 表示分數時，通常是該數字單純的除法意義).

〖覆蓋全體面〗 **4** 覆於…上；滿是；到處；(〖語法〗全面覆蓋時，儘管互相接觸也不用 on，而用 over). all *over* the floor 整片地板/put a blanket *over* one's legs 在自己的腿上蓋上毛毯/She spread a cloth *over* the table. 她攤開桌巾鋪在桌上/The bride was wearing a veil *over* her face. 新娘用面紗遮住了臉/I want to travel all *over* the world some day. 我希望有朝一日能周遊全世界/The news spread *over* the country. 這個消息傳遍了全國/The room looks out *over* the park. 從這間房間可以眺望整座公園.

5 〖經過整個部分〗直到…的最後；在…之間一直；遍及…. *over* the next month 一直到下個月/stay *over* the weekend 逗留一整個週末/The population of this city has been increasing rapidly *over* the past few years. 該市人口近年來激增.

〖越過〗 **6** 〖朝對面〗(a)(與表示動作的動詞連用)越過，渡過；(與表示狀態的動詞連用)在…的對面. cross *over* a river 渡河/jump *over* a hedge 跳過樹籬/Be careful not to fall *over* the cliff. 注意別摔落山崖/The yacht sailed gracefully *over* the waves. 那艘快艇優雅地破浪前進/We talked *over* the fence. 我們隔著圍牆交談/They live just *over* the street. 他們就住在對街上. 〖同〗表示此意義時，over 與 beyond 的差異在於 over 表示「越過界限向對面」這一動態意義，而 beyond 只含有「在界限的對面」這一靜態意義.

(b)克服[障礙等]. He married her *over* the objections of his parents. 他不顧父母的反對與她結婚/He is *over* his illness. 他已恢復健康.

7 〖傳佈〗透過[電話，廣播等]. We talked about

it *over* the phone. 我們在電話裡談論此事/Tom heard of her death *over* the radio. 湯姆從廣播中聽到她的死訊.

8【超過】在…之上, 多於…, (↔ under). The water was *over* my shoulder. 水深超過我的肩膀/Anne was chosen as May Queen *over* the other candidates. 安艷冠群芳當選爲[5月皇后]/*Over* a hundred people were injured in the accident. 有一百多人在此事故中受傷/He is *over* fifty. 他年過五十. 語法 通常用 more than; over ten, more than ten 不包括十; 包括十時則用 ten and [or] *over*; → adv. 7.

【盤踞其上>集中】**9**一邊…一邊…, 在做…時. Let's talk *over* a cup of coffee. 我們邊喝咖啡邊談吧!/I sat up all night *over* the work. 我通宵工作/She went to sleep *over* her book. 她看著書時睡著了/spend two hours *over* an assignment 花二個小時寫作業.

10有關…, 關於. Don't grieve *over* the past. 不要爲過去的事傷心/They were arguing [quarreling] *over* their legacy. 他們爲了遺產的事爭論[爭吵]不休.

òver and abòve... 加上…, 超過…. There were ten dollars *over and above* what we counted on. 金額比我們所指望的多出十美元.

—— *adv.*【在上】**1**在上面; 在頭上. A plane flew *over*. 飛機從頭上飛過/The moon is right *over*. 月亮在正上方.

2滿是, 到處. The valley was covered *over* with snow. 山谷中積滿了雪/travel all the world *over* 旅遊全世界(→ prep. 4).

【越過>朝對面】**3**越過; 在對面; 往[在]那邊, 往[在]這邊. My cousin lives *over* in Brazil. 我的堂兄[弟]遠住在巴西/She went *over* to France. 她去法國了/When are you going to come *over*? 你甚麼時候會過來呢?/Jane asked me *over* for dinner. 珍邀請我過去吃飯.

4從一邊到另一邊; 轉移, 交給, 轉讓. go *over* to the other side 變節投向另一方/Chuck the ball *over*. 把球扔過來/I was asked to hand *over* the money to him. 我受託將錢交給他/change the two vases *over* 更換這二只花瓶的位置.

5倒下; 翻過來. The tree fell *over*. 樹倒了/He turned *over* page after page. 他一頁一頁地翻/Fold this sheet of paper *over*. 把這張紙折好/*Over* (美)續閱背面(→ PTO).

【越過邊緣】**6**溢出, 灑出. The soup boiled *over*. 湯沸騰得溢了出來.

7【超過】(數量)超過, 多餘地. He worked nine hours *over*. 他工作了九小時或更久(→ prep. 8 語法))/He is *over*careful about details. 他太注意細節了(★如上所示, 通常連寫成一個字; → over-)/a yard and *over* 一碼多/Three into ten goes three (times) with [and] one *over*. 10除以3得3餘1.

【直到最後】**8**從頭到尾地, 完全. talk the matter *over* 好好把問題談一談/I read two newspapers *over* every morning. 我每天早晨瀏覽兩份報紙.

9結束, 終了. Winter is *over*. 冬天結束了/The game is *over*. 遊戲終了.

10(用於無線電通訊)換你了. ★欲將發自己的訊號改由對方發出時所說的話; 亦可說成 Over to you!

11【又到最後】反覆地;《主美》再一次(again). I read the novel many times *over*. 我反覆看了好幾遍那本小說/I haven't passed my driving test, so I'm going to take it *over* (again) next month. 我沒通過駕駛考試, 因此下個月打算再考一次.

àll óver → all adv. 的片語.

(àll) over agáin 又(完全)從頭開始. Read the sentence aloud *over again*. 大聲地把這個句子再(從頭)唸一遍.

óver against... 與…相對; 與…相比. I took a seat *over against* her. 我與她相對而坐.

òver and abòve 而且, 並且.

òver and dóne with 完全結束(加強 over of 用法). First, let's get our business *over and done with*. 首先, 先把我們的工作完成.

** **óver and òver (agáin)** 一再地(重複). say the same thing *over and over again* 一再重複地說同一件事情.

òver thére 在那裡, 在那邊. Who's the boy standing *over there*? 站在那邊的男孩是誰呢?《手指著說》

óver to... 下一位是…先生[小姐]《電視或收音機裡主持人所說的話》. *Over to* you, Jack. 輪到你了, 傑克.

over- *pref.* **1**「上位的、從上面」之意. *over*head. *over*coat. **2**「額外; 過度」之意. *over*time. *over*tired(過度疲勞). **3**「越過、渡過」之意. *over*seas. **4**「倒過來、翻過來」之意. *over*turn.

o·ver·act [͵ovə`ækt; ͵əuvər`ækt] *vt.* 〔演員〕誇張地[過度地]扮演. —— *vi.* 誇張地演出.

** **o·ver·all** [`ovə͵ɔl; `əuvərɔːl] *n.* (pl. ~s [~z; ~z]) C **1** (overalls)(附有圍襟的)工作褲; 連身衣. **2**《英》罩衣, 工作服.

—— [`ovə͵ɔl; `əuvərɔːl] *adj.*《限定》全體的, 全部的. the *overall* cost 全部的費用.

—— [͵ovə`ɔl; ͵əuvər`ɔːl] *adv.* 整體上, 大體上; 全部.

o·ver·anx·ious [͵ovə`æŋkʃəs, ͵ovə`ræŋkʃəs; ͵əuvə`ræŋkʃəs] *adj.* 過分憂慮的.

[overalls 1]

o·ver·arm [`ovə͵ɑrm; `əuvərɑːm] *adj.* (棒球、板球等中)舉手過肩投擲的;《游泳》手臂伸向出水面的.

—— *adv.* 舉手過肩投擲地; 手臂伸向出水面地; (overhand).

o·ver·ate [`ovə`et; ͵əuvə`et] *v.* overeat 的過去式.

o·ver·awe [ˌovəˈɔ; ˌəʊvərˈɔː] vt. 威嚇，懾服.

o·ver·bal·ance [ˌovəˈbæləns; ˌəʊvəˈbæləns] vt. **1** 使失去平衡. **2** 比…重; 比…重要.
— vi. 失去平衡; 倒下.

o·ver·bear·ing [ˌovəˈbɛrɪŋ, -ˈbærɪŋ; ˌəʊvəˈbeərɪŋ] adj. 傲慢的，專橫的.

o·ver·bear·ing·ly [ˌovəˈbɛrɪŋlɪ, -ˈbærɪŋlɪ; ˌəʊvəˈbeərɪŋlɪ] adv. 傲慢地，專橫地.

o·ver·bid [ˌovəˈbɪd; ˌəʊvəˈbɪd] v. (~s; ~; ~ding) vi. **1** (特指拍賣時)出價過高. **2** (橋牌中)喊牌超過(手上的牌).
— vt. (拍賣時)出價高於〔對方〕; (橋牌中)叫牌超過(手上的牌).

o·ver·blown [ˌovəˈblon; ˌəʊvəˈbləʊn] adj. **1** 〔花〕已盛開過的. **2** 〔文體，姿勢等〕誇張的.

o·ver·board [ˈovəˌbord, -ˌbɔrd; ˈəʊvəbɔːd] adv. 向船外，(從船上)到水中. fall overboard 從船上落入水中.
gò óverboard 《口》熱中於((for, about)); 走極端，過度熱心. I went overboard about the Beatles when I was young. 我年輕時對披頭四非常著迷.

o·ver·book [ˌovəˈbuk; ˌəʊvəˈbʊk] vt. 使〔客機，劇場等〕接受超過名額的預約.
— vi. 接受超過名額的預約.

o·ver·bur·den [ˌovəˈbɝdn; ˌəʊvəˈbɜːdn] vt. 使負擔過重((with〔重物，重擔〕))(通常用被動語態)).

o·ver·came [ˌovəˈkem; ˌəʊvəˈkeɪm] v. overcome 的過去式.

o·ver·cap·i·tal·ize [ˈovəˈkæpətˌaɪz; ˌəʊvəˈkæpɪtlaɪz] vt. 投入過多資本於〔事業〕; 將…估價過高. — vi. 投資過度; 估價過高.

o·ver·cast [ˌovəˈkæst; ˈəʊvəkɑːst] adj. 〔天空〕佈滿一大片雲的; 〔表情〕憂鬱的.

o·ver·charge [ˌovəˈtʃɑrdʒ; ˌəʊvəˈtʃɑːdʒ] vt. **1** 向…索取過高的價錢. I was overcharged for the meal. 那頓飯的價錢我被多算了. **2** 將…充電過度; 使裝載過多.
— [ˈovəˌtʃɑrdʒ; ˌəʊvəˈtʃɑːdʒ] n. C (通常用單數) **1** 過高的索價. **2** 充電過量; (行李的)過分裝載.

‡**o·ver·coat** [ˈovəˌkot; ˈəʊvəkəʊt] n. (pl. ~s [~s; ~s]) C 大衣，外套. I sent my overcoat to the laundry. 我把我的大衣拿去送洗.

‡**o·ver·come** [ˌovəˈkʌm; ˌəʊvəˈkʌm] vt. (~s [~z; ~z]; -came; ~-com·ing) **1** 打敗，戰勝，〔敵人等〕; 克服〔困難，誘惑等〕. We overcame our enemy. 我們戰勝了敵人/He overcame all his difficulties. 他克服了一切困難.
同 暗示敵人或困難強大的程度; → defeat.

> 搭配 overcome+n.: ~ fear (戰勝恐懼)，~ misfortune (戰勝厄運)，~ an obstacle (克服障礙)，~ prejudice (戰勝偏見)，~ temptation (戰勝誘惑).

2 壓倒，使累垮，(通常用被動語態)). Tom was overcome with weariness after his long trip. 湯姆在長途旅行後累垮了.
— vi. 打敗.

o·ver·com·ing [ˌovəˈkʌmɪŋ; ˌəʊvəˈkʌmɪŋ] v. overcome 的現在分詞、動名詞.

o·ver·crop [ˌovəˈkrɑp; ˌəʊvəˈkrɒp] vt. (~s; ~ped; ~ping) 過度種植大量農作物而使〔土地〕貧瘠.

o·ver·crowd [ˌovəˈkraud; ˌəʊvəˈkraʊd] vt. 將〔場所，交通工具〕擠滿，使擁擠. The train was overcrowded with tourists. 火車裡擠滿了觀光客.

o·ver·did [ˌovəˈdɪd; ˌəʊvəˈdɪd] v. overdo 的過去式.

o·ver·do [ˌovəˈdu; ˌəʊvəˈduː] vt. (-does [-ˈdʌz; -ˈdʌz]; -did; -done; ~ing) **1** 把…做得過頭; 過度使用; 誇大〔表現等〕. overdo exercise 運動過量/The tragic scene of the play was overdone. 那齣戲的悲劇部分太誇張了.
2 過度烹煮〔烤〕〔魚，肉等〕.
overdó it 〔工作，運動等〕做得過火.

o·ver·done [ˌovəˈdʌn; ˌəʊvəˈdʌn] v. overdo 的過去分詞.
— adj. 過度烹煮〔烤〕的(↔ underdone).

o·ver·dose [ˈovəˌdos; ˈəʊvədəʊs] n. C (藥的)過量; 服用過量.
— vt. 使服藥過量.
— vi. 過量服用((on〔藥〕)).

o·ver·draft [ˈovəˌdræft; ˈəʊvədrɑːft] n. C 《商業》透支款項(提取超過存款餘額的款項; 英國的銀行所認可的制度)).

o·ver·draw [ˌovəˈdrɔ; ˌəʊvəˈdrɔː] v. (~s; -drew; -drawn; ~ing) vt. 透支〔存款〕.
— vi. 透支.

o·ver·drawn [ˌovəˈdrɔn; ˌəʊvəˈdrɔːn] v. overdraw 的過去分詞.

o·ver·dress [ˌovəˈdrɛs; ˌəʊvəˈdres] vt. 使穿著過度講究. — vi. 穿著太講究.

o·ver·drew [ˌovəˈdru, -ˈdrɪu; ˌəʊvəˈdruː] v. overdraw 的過去式.

o·ver·drive [ˈovəˌdraɪv; ˈəʊvədraɪv] n. C 增速傳動裝置(為節省燃料，不增加引擎轉數而能高速行駛的傳動裝置)).

o·ver·due [ˌovəˈdju, -ˈdɪu, -ˈdu; ˌəʊvəˈdjuː] adj. **1** 〔支票等〕逾期未付的. I am two months overdue with my rent. 我積欠了兩個月的房租(未付). **2** 〔列車，公車，船等〕誤點的; 逾期的. The hour of birth is overdue. 預產時辰已過(卻還沒生).

o·ver·eat [ˌovəˈit; ˌəʊvərˈiːt] vi. (~s; -ate; ~-en; ~ing) 吃得過多.

o·ver·eat·en [ˌovəˈitn; ˌəʊvərˈiːtn] v. overeat 的過去分詞.

o·ver·es·ti·mate [ˈovəˈɛstəˌmet; ˌəʊvərˈestɪmeɪt] (★與n. 的發音不同) vt. 對…評價過高，高估….
— [ˈovəˈɛstəmɪt, -ˌmet; ˌəʊvərˈestɪmət] n. C 高估，評價過高. ↔ underestimate.

o·ver·ex·pose [͵ovəɪk`spoz; ͵əʊvərɪk`spəʊz] vt. 使過度曝露;《攝影》使過度感光.

o·ver·flew [ˋovəˏflu; ͵əʊvəˋflu:] v. overfly 的過去式.

‡o·ver·flow [͵ovəˋflo; ͵əʊvəˋfləʊ]《★ 與 n. 的重音位置不同》v. (~s [~z; ~z]; ~ed [~d; ~d]; ~ing) vi. 1 〔液體〕(從容器等)溢出;〔人等〕多得無法全部進入〔某處〕. The water will overflow if you don't turn it off. 你如果不關掉, 水就會溢出來.

2 〔容器等〕滿出;〔河川等〕氾濫. The bathtub overflowed while I was on the phone. 在我聽電話時, 浴缸的水滿了出來.

3 (用 overflow with...)充滿, 洋溢. Her heart overflowed with happiness. 她心中洋溢著幸福.

— vt. 1 〔水等〕從…向外溢出;〔人〕多得無法全部進入〔某處〕. overflow the banks (水)淹過河堤/The audience overflowed the hall into the lobby. 觀眾從表演廳一直擠到了大廳.

2 使浸水. The river overflowed the whole town. 河川(氾濫而)淹沒整個城鎮.

— [ˋovəˏflo; ˋəʊvəfləʊ] n. C 1 (水的)氾濫;(人, 物等的)過剩; 溢出物; 多出的人.

2 (排放溢出水的)排水管〔道〕.

o·ver·flown [͵ovəˋflon; ͵əʊvəˋfləʊn] v. overfly 的過去分詞.

o·ver·fly [͵ovəˋflaɪ; ͵əʊvəˋflaɪ] vt. (~s; -flew; -flown; ~ing) 〔飛行員, 飛機〕飛越.

o·ver·grown [͵ovəˋgron; ͵əʊvəˋgrəʊn] adj. 1 長得太大的, 過度發育的.

2 長滿著…的(with〔雜草等〕). the stone walls overgrown with vines 藤蔓叢生的石牆.

o·ver·growth [ˋovəˏgroθ; ˋəʊvəgrəʊθ] n. C (用單數)長滿一大片的東西; U 繁茂; 發育過度.

o·ver·hand [ˋovəˏhænd; ˋəʊvəhænd] adj. 《球賽》舉手過肩投擲〔打擊〕的, 肩上投球〔傳球〕的, (↔ underhand);《游泳》手臂伸出水面的.

— adv. 舉手過肩而投擲地; 手臂伸出水面地.

‡o·ver·hang [͵ovəˋhæŋ; ͵əʊvəˋhæŋ] v. (~s [~z; ~z]; -hung; ~ing) vt. 1 懸垂於…上; 覆蓋在…的上方; 突出於…. The cliff overhangs the sea. 那懸崖懸空突出於海面.

2 〔危險等〕向…迫近, 脅迫….

— vi. 突出; 懸垂;〔危險等〕迫近. an overhanging danger 迫切的危機.

— [ˋovəˏhæŋ; ˋəʊvəhæŋ] n. C (通常用單數)突出的岩石〔屋頂〕

o·ver·haul [͵ovəˋhɔl; ͵əʊvəˋhɔːl] vt. 把〔機器〕拆開修理, 徹底檢修; 仔細檢查〔檢討〕. overhaul the annuity system 徹底檢討年金制度.

— [ˋovəˏhɔl; ˋəʊvəhɔːl] n. C (汽車等的)大檢修; 嚴密的檢查〔檢討〕.

‡o·ver·head [ˋovəˏhɛd; ˋəʊvəhed] adv. 在頭頂上地; 在空中地. A helicopter was flying overhead. 一架直升機從頭頂上方飛過.

— [ˋovəˏhɛd; ˋəʊvəhed] adj. 頭頂上的; 高架的. an overhead railway 《英》高架鐵路.

— [ˋovəˏhɛd; ˋəʊvəhed] n. U《美》經常開支 (《英》為overheads; 房租, 稅金, 水電瓦斯費等).

ŏverhead projéctor n. C 投影機(一種輔助視覺與聽覺的機器; 解說者使用桌上的機器把書或其他的資料擴大投影在螢幕上; 略作OHP).

‡o·ver·hear [͵ovəˋhɪr; ͵əʊvəˋhɪə(r)] vt. (~s [~z; ~z]; -heard; -hear·ing [-ˋhɪrɪŋ; -ˋhɪərɪŋ])無意中聽到; 偷聽. 句型5 (overhear A do [doing])無意中聽到A…; 偷聽到A…. I overheard his conversation. 我無意中聽到他們的談話/Someone might overhear us talking. 也許有人會偷聽到我們的談話.

o·ver·heard [͵ovəˋhɝd; ͵əʊvəˋhɜːd] v. overhear 的過去式、過去分詞.

o·ver·heat [ˋovəˋhit; ͵əʊvəˋhiːt] vt. 使過熱[過分激動].

— vi. 變得過熱; 過分激動.

o·ver·hung [͵ovəˋhʌŋ; ͵əʊvəˋhʌŋ] v. overhang 的過去式、過去分詞.

o·ver·joyed [ˋovəˋdʒɔɪd; ͵əʊvəˋdʒɔɪd] adj.《敘述》非常高興的(to do; at).

o·ver·kill [ˋovəˏkɪl; ˋəʊvəkɪl] n. U (由核子武器造成的)過度殺戮.

o·ver·laid [͵ovəˋled; ͵əʊvəˋleɪd] v. overlay 的過去式、過去分詞.

o·ver·land [ˋovəˏlænd; ͵əʊvəˋlænd] adv. 由陸路地, 經由陸路地.

— [ˋovəˏlænd; ˋəʊvəlænd] adj. 陸上的; 陸路的.

‡o·ver·lap [͵ovəˋlæp; əʊvəˋlæp] v. (~s [~s; ~s]; ~ped [~t; ~t]; ~·ping) vt. 與…的一部分重疊. The roof tiles overlap each other. 屋頂上的瓦一片接一片地疊著/My vacation overlaps his. 我和他的休假時間有部分重疊.

— vi. (部分)重疊, 重複.

— [ˋovəˏlæp; ˋəʊvəlæp] n. UC (部分)重複; 重複部分.

o·ver·lay [͵ovəˋle; ͵əʊvəˋleɪ] vt. (~s; -laid; ~ing) 覆蓋, 鋪, 敷; 蓋上, 覆上, (with).

— [ˋovəˏle; ˋəʊvəleɪ] n. C (pl. ~s) 覆蓋物;(裝飾用的)表層.

o·ver·leaf [ˋovəˏlif; ͵əʊvəˋli:f] adv. 在(書籍的)背面一頁, 下一頁.

o·ver·load [͵ovəˋlod; ͵əʊvəˋləʊd] vt. 使超載, 使過載; 使負擔過重; 使充電過量. overload a truck 使卡車超載.

‡o·ver·look [͵ovəˋlʊk; ͵əʊvəˋlʊk] vt. (~s [~s; ~s]; ~ed [~t; ~t]; ~·ing)

1 漏看, 疏忽. You overlooked two grammatical mistakes, didn't you? 你疏忽了兩處文法上的錯誤, 對不對?/overlook an important detail 漏看了重要的細節.

2 寬恕, 放過. I'll overlook your mischief just this once. 我這次不追究你的惡作劇, 下不為例. 同 用較輕微的過失, 不可用人作受詞; → pardon.

3 〔人, 地點〕俯瞰; 眺望. This window overlooks the whole city. 從這扇窗可以俯瞰整個城市.

4 監督, 監視, (oversee).

o·ver·lord [ˋovɚˏlɔrd; ˈəυvəˏlɔːd] *n.* © (封建時代統治諸侯的)領主, 大君主, 《lord 之上的 lord》.

o·ver·ly [ˋovɚlɪ; ˈəυvəlɪ] *adv.* 過度地(too much); 非常地(very).

o·ver·much [ˋovɚˋmʌtʃ; ˏəυvəˋmʌtʃ] *adv.* 過度地(too much); 《用於否定句》(不)太(…). I don't like to read in bed *overmuch.* 我不太喜歡躺在床上看書.

✻o·ver·night [ˋovɚˋnaɪt; ˏəυvəˋnaɪt] *adv.* **1** 在夜間; 一整夜. I stayed there *overnight.* 我在那裡住了一夜.

2 一夜之間; 很快地. The movie made her a star *overnight.* 那部電影使她一夜之間[很快地]變成明星.

— *adj.* 《限定》**1** 一晚的, 〔旅行等〕只有一夜的, 〔客人等〕只住一晚的. We made an *overnight* stop in Taipei. 我們在臺北住了一晚.

2 一夜間做成的; 瞬間完成的.

o·ver·paid [ˋovɚˋped; ˏəυvəˋpeɪd] *v.* overpay 的過去式, 過去分詞.

o·ver·pass [ˋovɚˏpæs; ˈəυvəˏpɑːs] *n.* © 《美》(立體交叉的)高架道路, 陸橋; 《英》flyover; → underpass 圖).

o·ver·pay [ˋovɚˋpe; ˏəυvəˋpeɪ] *vt.* (~s; -paid; ~ing)多付…; 對〔人, 工作〕付過多的報酬.

o·ver·play [ˋovɚˋple; ˏəυvəˋpleɪ] *vt.* (~s; ~ed; ~ing)誇張; 〔演員〕把〔角色〕演得過於誇張.

o·ver·pop·u·lat·ed [ˋovɚˋpɑpjəˏletɪd; ˏəυvəˋpɒpjυleɪtɪd] *adj.* 人口過剩的.

o·ver·pop·u·la·tion [ˋovɚˏpɑpjəˋleʃən; ˈəυvəˏpɒpjυˋleɪʃn] *n.* ⓤ 人口過剩.

o·ver·pow·er [ˋovɚˋpaʊɚ; ˏəυvəˋpaʊə(r)] *vt.* 戰勝, (以力量)制服; 壓倒. I was *overpowered* by grief and couldn't speak. 在悲痛的打擊之下我說不出話來.

o·ver·pow·er·ing [ˋovɚˋpaʊərɪŋ, -ˋpaʊrɪŋ; ˏəυvəˋpaʊərɪŋ] *adj.* **1** 強烈的, 壓倒性的.

2 性格強悍的; 亂逞威風的.

o·ver·pro·duc·tion [ˋovɚprəˋdʌkʃən; ˏəυvəprəˋdʌkʃn] *n.* ⓤ 生產過剩.

o·ver·ran [ˏovɚˋræn; ˏəυvəˋræn] *v.* overrun 的過去式.

o·ver·rate [ˋovɚˋret; ˏəυvəˋreɪt] *vt.* 對…評價過高, 高估, (↔ underrate).

o·ver·reach [ˏovɚˋritʃ; ˏəυvəˋriːtʃ] *vt.* 《文章》(用 overreach oneself)勉強做…而失敗.

o·ver·rid·den [ˏovɚˋrɪdn; ˏəυvəˋrɪdn] *v.* override 的過去分詞.

o·ver·ride [ˏovɚˋraɪd; ˏəυvəˋraɪd] *vt.* (~s; -rode; -rid·den; -rid·ing)《文章》無視於〔命令, 權利, 決定等〕; 使無效; 優先於….

o·ver·rode [ˏovɚˋrod; ˏəυvəˋrəυd] *v.* override 的過去式.

o·ver·rule [ˏovɚˋrul, -ˋrɪul; ˏəυvəˋruːl] *vt.* 《文章》(以權力)否決〔判決等〕, 使無效, 駁回.

o·ver·run [ˏovɚˋrʌn; ˏəυvəˋrʌn] *vt.* (~s; -ran; ~; ~ning) **1** 〔雜草等〕蔓生; 〔害蟲等〕群集; 〔敵人〕蹂躪〔國土等〕. The country was *overrun* by the invading army. 該國遭到入侵軍隊的蹂躪.

2 超過〔時限等〕; 《棒球》越〔壘〕.

o·ver·saw [ˏovɚˋsɔ; ˏəυvəˋsɔː] *v.* oversee 的過去式.

✻o·ver·seas [ˋovɚˋsiz; ˏəυvəˋsiːz] *adv.* 向[在]海外, 向[在]國外. The company sent him *overseas.* 公司派他去國外.

— *adj.* 《限定》(在)海外的, (在)國外的, 向海外的. She is an *overseas* operator. 她是國際電話的接線生/an *overseas* broadcast 對海外的廣播/We have many *overseas* students at our college. 我們這所大學有很多外國學生.

o·ver·see [ˏovɚˋsi; ˏəυvəˋsiː] *vt.* (~s; -saw; -seen; ~ing)監督, 管理, 〔工作, 雇員等〕.

o·ver·seen [ˏovɚˋsin; ˏəυvəˋsiːn] *v.* oversee 的過去分詞.

o·ver·se·er [ˋovɚˏsiɚ, -ˏsɪr, ˏovɚˋsɪr; ˈəυvəˏsɪə(r)] *n.* © 監督者; 監工.

o·ver·shad·ow [ˏovɚˋʃædo, -də; ˏəυvəˋʃædəυ] *vt.* **1** 使蒙上陰影, 使變陰暗.

2 使相形見絀; 勝過…; 使黯然失色. This incident was *overshadowed* by a more sensational event. 這個事件因一起更較人聽聞的事件而相形失色.

o·ver·shoe [ˋovɚˏʃu, -ˏʃɪu; ˈəυvəˏʃuː] *n.* © (通常 overshoes)鞋套(為防水或防寒而套在一般的鞋子上).

o·ver·shoot [ˏovɚˋʃut; ˏəυvəˋʃuːt] *vt.* (~s; -shot; ~ing)偏離〔目標〕; 做的過頭; 越過.

overshòot the màrk 做得過度, 做過頭而失敗.

o·ver·shot [ˏovɚˋʃɑt; ˏəυvəˋʃɒt] *v.* overshoot 的過去式、過去分詞.

o·ver·sight [ˋovɚˏsaɪt; ˈəυvəsaɪt] *n.* **1** ⓤ© 看漏, 疏忽. **2** ⓤ 《文章》監督, 監視.

o·ver·sim·pli·fi·ca·tion [ˋovɚˏsɪmplɪfɪˋkeʃən; ˈəυvəˏsɪmplɪfɪˋkeɪʃn] *n.* ⓤ© 過度簡化.

o·ver·size [ˋovɚˋsaɪz; ˏəυvəˋsaɪz] *adj.* 過大的, 特大的.

o·ver·sleep [ˋovɚˋslip; ˏəυvəˋsliːp] *vi.* (~s; -slept; ~ing)睡過頭. I *overslept* and was late for school. 我睡過頭以致上學遲到.

o·ver·slept [ˋovɚˋslept; ˏəυvəˋslept] *v.* oversleep 的過去式、過去分詞.

o·ver·spill [ˋovɚˏspɪl; ˈəυvəspɪl] *n.* © (通常用單數)《主英》(從大都市湧向郊區的)過剩人口.

o·ver·state [ˋovɚˋstet; ˏəυvəˋsteɪt] *vt.* 誇大地說…, 誇張, (↔ understate).

o·ver·state·ment [ˋovɚˋstetmənt; ˏəυvəˋsteɪtmənt] *n.* ⓤ 誇張; © 誇大之辭, 誇張的表現.

o·ver·stay [ˋovɚˋste; ˏəυvəˋsteɪ] *vt.* = outstay.

o·ver·step [ˋovɚˋstep; ˏəυvəˋstep] *vt.* (~s; ~ped; ~ping)超過…的限度; 逾越〔權限等〕.

o·ver·stock [ˌovɚˋstɑk; ˌəʊvəˈstɒk] *vt.* 使供應過多，使進貨過多，《with》.

o·ver·strung [ˋovɚˏstrʌŋ; ˌəʊvəˈstrʌŋ] *adj.* 緊張過度的.

o·vert [oˋvɝt; ˈəʊvɜːt] *adj.* 《文章》公然的，非祕密的，(public)；明顯的；(↔ covert).

o·vert·ly [oˋvɝtlɪ; ˈəʊvɜːtlɪ] *adv.* 《文章》公然地；明顯地.

‡**o·ver·take** [ˌovɚˋtek; ˌəʊvəˈteɪk] *vt.* (~s [~s; ~s]; -took; -tak·en; -tak·ing) **1** 追上；(追上後)超越. Our car soon *overtook* Jane's. 我們的車很快就趕上[超越]珍的車.

2 〔暴風雨, 災難等〕突然侵襲. The boys were *overtaken* by a storm in the mountains. 男孩們在山裡突然遭到暴風雨的侵襲.

o·ver·tak·en [ˌovɚˋtekən; ˌəʊvəˈteɪkən] *v.* overtake 的過去分詞.

o·ver·tak·ing [ˌovɚˋtekɪŋ; ˌəʊvəˈteɪkɪŋ] *v.* overtake 的現在分詞、動名詞.

o·ver·tax [ˋovɚˋtæks; ˌəʊvəˈtæks] *vt.* **1** 使負擔過重；強迫. Too hard exercise can *overtax* your heart. 太激烈的運動會使你的心臟負荷過重. **2** 對…課以重稅.

o·ver·threw [ˌovɚˋθru, -ˋθrɪu; ˌəʊvəˈθruː] *v.* overthrow 的過去式.

‡**o·ver·throw** [ˌovɚˋθro; ˌəʊvəˈθrəʊ] *vt.* (~s [~z; ~z]; -threw; -thrown; ~ing) **1** 推翻〔政府等〕；廢除〔制度等〕. The rebel army *overthrew* the government. 叛軍推翻了政府. **2** 打倒, 弄倒,〔人, 物〕. The storm *overthrew* the tree. 這場暴風雨把那棵樹吹倒了. —— [ˋovɚˏθro; ˈəʊvəθrəʊ] *n.* ⓒ (通常單數加 the) (政府等的)推翻, 打倒.

o·ver·thrown [ˌovɚˋθron; ˌəʊvəˈθrəʊn] *v.* overthrow 的過去分詞.

‡**o·ver·time** [ˋovɚˏtaɪm; ˈəʊvətaɪm] *n.* Ⓤ 加班時間, 加班；加班費. I must do two hours' *overtime* this evening. 今晚我必須加班兩小時. —— *adv.* 在規定時間外. I sometimes work *overtime*. 我有時加班. —— *adj.* 加班的, 超時的. *overtime* pay 加班津貼.

o·ver·tone [ˋovɚˏton; ˈəʊvətəʊn] *n.* ⓒ (通常 overtones) (話等的)含義, 暗示, 言外之意, (*undertone* 亦同義). There were *overtones* of anger in his speech. 他言語之中似乎帶有怒氣.

o·ver·took [ˌovɚˋtuk; ˌəʊvəˈtʊk] *v.* overtake 的過去式.

o·ver·ture [ˋovɚˏtʃɚ, -ˏtʃʊr; ˈəʊvəˌtjʊə(r)] *n.* ⓒ **1** (音樂)序曲, 前奏曲. **2** 《文章》(通常 overtures) (為了協商、友好目的的)提議, 建議.

‡**o·ver·turn** [ˌovɚˋtɝn; ˌəʊvəˈtɜːn] *v.* (~s [~z; ~z]; ~ed [~d; ~d]; ~ing) *vt.* 弄翻；推翻〔政府等〕. The naughty boy *overturned* the table. 那個頑皮的男孩弄翻了桌子/The rebels *overturned* the government. 叛軍推翻了政府/The president *overturned* our decision. 總統駁回我們的決定. —— *vi.* 翻倒, 傾覆. The boat *overturned* in a high sea. 那艘船翻覆在波濤洶湧的海中.

o·ver·use [ˌovɚˋjuz; ˌəʊvəˈjuːz] (★與 *n.* 的發音不同) *vt.* 使用…過度, 濫用. —— [ˋovɚˋjus; əʊvəˈjuːs] *n.* Ⓤ 過度使用, 濫用.

o·ver·view [ˋovɚˏvju; ˈəʊvəvjuː] *n.* ⓒ 概要, 大綱, 要點.

o·ver·ween·ing [ˋovɚˋwinɪŋ; ˌəʊvəˈwiːnɪŋ] *adj.* 《文章》過分自負的, 傲慢的.

o·ver·weight [ˋovɚˏwet; ˌəʊvəˈweɪt] *n.* Ⓤ 超重；過胖. —— [ˋovɚˋwet; ˌəʊvəˈweɪt] *adj.* 超重的；過胖的.

‡**o·ver·whelm** [ˌovɚˋhwɛlm; ˌəʊvəˈwelm] *vt.* (~s [~z; ~z]; ~ed [~d; ~d]; ~ing) **1** (在數量上)壓倒. We *overwhelmed* our enemy. 我們打倒了敵人. **2** (感情上)壓倒, 將…制服；使不知所措. She was *overwhelmed* by [with] grief. 她不勝傷悲/I was *overwhelmed* by the news of my father's sudden death. 父親突然去世的噩耗令我不知所措. **3** 〔洪水等〕淹沒；覆蓋.

‡**o·ver·whelm·ing** [ˌovɚˋhwɛlmɪŋ; ˌəʊvəˈwelmɪŋ] *adj.* (數量, 勢力等)壓倒性的；銳不可當的；令人感動的. an *overwhelming* majority 壓倒性的多數/The new symphony is an *overwhelming* piece of music. 這首新交響曲真是個動人心弦的音樂作品.

o·ver·whelm·ing·ly [ˌovɚˋhwɛlmɪŋlɪ; ˌəʊvəˈwelmɪŋlɪ] *adv.* 壓倒性地.

‡**o·ver·work** [ˌovɚˋwɝk; ˌəʊvəˈwɜːk] *vt.* (~s [~s; ~s]; ~ed [~t; ~t]; ~ing) 使工作過度, 使過勞；過度使用. I'm sick of being *overworked* and I'm ready to quit. 我厭惡了過度工作, 準備要辭職了. —— [ˋovɚˋwɝk; ˌəʊvəˈwɜːk] *n.* Ⓤ 操勞過度, 過分勞累. He fell ill from *overwork*. 他因爲操勞過度而生病了.

o·ver·wrought [ˋovɚˋrɔt; ˌəʊvəˈrɔːt] *adj.* 過度興奮的；過度緊張的.

o·vi·duct [ˋovɪˏdʌkt; ˈəʊvɪˌdʌkt] *n.* ⓒ 《解 剖》卵管；《動物學》輸卵管.

o·vip·a·rous [oˋvɪpərəs; əʊˈvɪpərəs] *adj.* 《動物學》卵生的.

o·void [ˋovɔɪd; ˈəʊvɔɪd] 《動物學》*adj.* 卵形的, 蛋形的, (★主要指立體的東西, 平面多用 oval). —— *n.* ⓒ 卵形物, 卵形體.

o·vum [ˋovəm; ˈəʊvəm] *n.* (*pl.* -va) ⓒ《生物》卵, 卵子.

‡**owe** [o; əʊ] *vt.* (~s [~z; ~z]; ~d [~d; ~d]; ow·ing) 〖句型4 〗〖欠 〗 **1** (a) 〖句型4〗(owe A B)〖句型3〗(owe B to A)欠 A(人). I *owe* my friend ten dollars. = I *owe* ten dollars *to* my friend. 我欠朋友十美元/How much do I *owe* you? (總共)多少錢? (客人在商店選購物品後準備付錢時的用語). (b) 欠債於…；賒…的眼；《for …的費用》. He *owed* (me) five pounds *for* the ticket. 他欠

(我)五英鎊票錢/I owe you *for* my book. 我欠你買書的錢.

2 句型4 (owe A B)、句型3 (owe B to A)對A(人)(在義務上)負有B, 對A有B(感謝)的義務. You *owe* her an apology. 你得向她道歉/I *owe* to Henry to help him when he needs it. 我有義務在亨利需要幫忙時幫助他.

3 句型3 (owe A *to* B)應該把A歸功於B, I *owe* my success *to* luck. 我的成功是拜運氣所賜(★不能套用 句型4 將此例句改成 I owe luck my success)/I *owe* my career as a singer *to* my parents. 我能成為歌手應該歸功於我的父母.

*__ow·ing__ [ˋoɪŋ; ˈəʊɪŋ] v. owe 的現在分詞, 動名詞.
— *adj.* 《敘述》欠著的,〔帳單等〕未付的. There's still $10 *owing* on my last purchase. 上次買的東西我還有十美元尚未支付.

*__ów·ing to...__ 因為, 由於, (because of). *Owing to* the bad weather, all flights were cancelled. 因天候不佳, 所有的班機都取消了/This mess is all *owing to* your stupidity. 事情弄得一團糟全是因為你的愚蠢(★可用於如此例般的敘述性用法).

*__owl__ [aʊl; aʊl] *n.* (*pl.* ~s [~z; ~z]) C《鳥》貓頭鷹《其外貌予人習性令人聯想到法官的嚴肅模樣》.

__owl·et__ [ˋaʊlɪt; ˈaʊlɪt] *n.* C小貓頭鷹.

__owl·ish__ [ˋaʊlɪʃ; ˈaʊlɪʃ] *adj.* 像貓頭鷹的《圓臉大眼睛, 戴眼鏡的人等》; 面容嚴肅的.

‡__own__ [on; əʊn] *adj.* 《置於代名詞所有格之後強調「所有」的意思》**1** 自己的;〔人〕所有的; 親的〔父子兄弟等〕. I want my *own* house. 我想擁有自己的(不是租來的)房子/He cooks his *own* meals every day. 他每天自己做飯/my *own* child 我自己的孩子/a dress of my *own* making 我自己做的衣服/reap the harvest of one's *own* sowing 收割自己播種的作物/I saw him go out with my *own* eyes. 我親眼看到他外出.

2 自己〔其〕特有的, 獨特的. in his *own* way 用他自己的方法/Each country has its *own* customs. 各國都有自己獨特的風俗習慣.

3 《作為所有代名詞》自己的東西. This room is his *own*. 這房間是他自己的/The fault is my *own*. (不關別人的事)錯在我自己/May I not do what I will with my *own*? 我不能隨意做任何我想做的事嗎?(無論如何都不能依照自己的意思嗎?)

*__còme into__ one's *ówn* 發揮真正的本領; 得到自己應得的成功[名譽]. This four-wheel drive car *comes into* its *own* on bad roads. 這輛四輪傳動的汽車在惡劣的路況下展現優越的性能.

*__hàve__ [__gèt__] one's *ówn* __bàck__ (__on...__) 《口》(向…)報復(原義為「取回自己的東西」). I'll get my *own* back on him some day. 總有一天我會報復他.

*__hòld__ one's *ówn* →hold¹ v. 的片語.

* __of__ one's *ówn* (1)屬於某人自己的(★強調用法為 of one's very own). Henry has a house of his *own*. 亨利擁有自己的房子/My friend needed an English dictionary and I lent him one *of* my *own*. 我朋友需要英語辭典, 我便把自己的一本借給他. (2)獨特的. A voyage has a charm *of* its *own*. 航海有其獨特的魅力.

*__on__ one's *ówn* 獨自地(alone); 單獨地. You can't do it *on* your *own*; you'll need help. 你一個人做不了, 需要別人幫助才行.

— *v.* (~s [~z; ~z]; ~ed [~d; ~d]; ~·ing) *vt.*
1 擁有. Do you *own* this company? 這家公司是你的嗎? 同 own 指財產時,「法律上正當所有」之意較強; → have 2.

2 《文章》(a)承認(admit). 句型3 (own *that* 子句)承認…. The mother refused to *own* the child. 那位母親拒絕承認那個小孩/I *own* (*that*) I was mistaken. 我承認我錯了. (b) 句型5 (own A B/A *to be* B)、句型3 (own A *as* B)承認A是B. Do you *own* yourself (*to be*) defeated? 你承認你輸了嗎?/The rebels *owned* him to be [*as*] their leader. 暴徒們承認他是老大.
— *vi.* 《文章》供認, 承認, (*to*). I *own* to being at fault. 我承認自己錯了.

__ówn úp__ (__to...__) (爽快地)承認(…),(對…)坦白. He wouldn't *own up* (*to* his mistakes). 他不願承認(自己的錯).

‡__own·er__ [ˋonɚ; ˈəʊnə(r)] *n.* (*pl.* ~s [~z; ~z]) C物主, 所有者. I know the *owner* of this villa. 我認識這幢別墅的主人.

__own·er-driv·er__ [ˋonɚˏdraɪvɚ; ˈəʊnəˏdraɪvə(r)] *n.* C《主英》自己開車的車主.

__own·er-oc·cu·pied__ [ˋonɚˋɑkjəˏpaɪd; ˈəʊnərˋɒkjʊpaɪd] *adj.* 《主英》(住宅, 公寓)屋主居住的.

__own·er-oc·cu·pi·er__ [ˋonɚˋɑkjəˏpaɪɚ; ˈəʊnərˋɒkjʊpaɪə(r)] *n.* C住在自己擁有的房子[公寓]裡的人.

*__own·er·ship__ [ˋonɚˏʃɪp; ˈəʊnəʃɪp] *n.* U物主身分; 所有權. The *ownership* of the shop has changed. 店主換人了.

‡__ox__ [ɑks; ɒks] *n.* (*pl.* __ox·en__) C公牛, (特指供食用、勞役用的)閹公牛; (泛指)牛. They used to keep a lot of *oxen* for plowing. 他們過去養了許多牛來耕作. 參考 bull 指「未閹的公牛」; bullock 通常指四歲以下的閹牛; cow 指「母牛」; calf 指「小牛」; 總稱為 cattle.

__Ox·bridge__ [ˋɑksˏbrɪdʒ; ˈɒksbrɪdʒ] *n.* U《英》牛津大學與劍橋大學(Oxford, Cambridge 兩大學的合稱; 被視為英國權力體制(Establishment)的一部分).

__ox·cart__ [ˋɑksˏkɑrt; ˈɒkskɑːt] *n.* C牛車.

__ox·en__ [ˋɑksn; ˈɒksn] *n.* ox 的複數.

__Ox·ford__ [ˋɑksfɚd; ˈɒksfəd] *n.* **1** 牛津(英格蘭南部的城市, 牛津大學所在地).
2 =Oxford University.

__Òxford blúe__ *n.* U深藍色(與 Cambridge 大學的 light blue (→ blue n. 1)相對).

__Òxford Univérsity__ *n.* 牛津大學(創立於12世紀; 與 Cambridge 的歷史同樣悠久, 為英國的代表性大學).

__ox·i·dant__ [ˋɑksədənt; ˈɒksɪdənt] *n.* UC《化

學)氧化劑((污染大氣的物質之一; 臭氧等強氧化性物質的總稱)).

ox·i·da·tion [ˌɑksə`deʃən; ˌɒksɪ'deɪʃn] *n.* U 《化學》氧化.

ox·ide [`ɑksaɪd, `ɑksɪd; 'ɒksaɪd] *n.* UC 《化學》氧化物.

ox·i·di·za·tion [ˌɑksədaɪ`zeʃən; ˌɒksɪdaɪ'zeɪʃn] *n.* U 《化學》氧化.

ox·i·dize [`ɑksəˌdaɪz; 'ɒksɪdaɪz] *vt.* 使氧化; 使生鏽.
　—— *vi.* 氧化; 生鏽.

Ox·o·ni·an [ɑks`onɪən; ɒk'səʊnjən] *adj.* 牛津大學的.
　—— *n.* C 牛津大學的學生[畢業生].

ox·tail [`ɑksˌtel; 'ɒksteɪl] *n.* UC 牛尾(特指西餐中燉燜後食用的)).

***ox·y·gen** [`ɑksədʒən, `ɑksɪ-, -dʒɪn; 'ɒksɪdʒən] *n.* U 《化學》氧(符號 O). We can- not live without *oxygen*. 沒有氧氣我們無法生存/ under *oxygen* 呼吸氧氣.

ox·y·gen·ate [`ɑksədʒənˌet; ɒk'sɪdʒəneɪt] *vt.* 氧化處理, 使氧化; 供應[混合]氧氣於….

óxygen màsk *n.* C 氧氣罩.

óxygen tènt *n.* C (重病患者用的)氧氣帳.

o·yez, o·yes [`ojɛs; əʊ'jes], [`ojɛz; əʊ'jes] *interj.* 肅靜! ((從前法庭的庭吏或傳令員重複說此字三遍, 以提醒在場人員的注意)).

***oys·ter** [`ɔɪstɚ; 'ɔɪstə(r)] *n.* (*pl.* ~**s** [~z; ~z]) C 《貝》牡蠣((供食用或養殖珍珠用)). cultivate *oysters* 養殖牡蠣/Don't eat *oysters* when there is no R in the month. 沒有 R 字母的月份不要吃牡蠣(→ r months).

óyster bèd *n.* C (淺海的)牡蠣養殖場.

oz. (略) ounce(s).

o·zone [`ozon, o`zon; 'əʊzəʊn] *n.* U 《化學》臭氧; (口)(海邊等的)新鮮空氣.

ózone deplètion *n.* U 臭氧層破壞.

ózone hòle *n.* C 臭氧層遭破壞而形成的洞.

ózone làyer *n.* C (加 the)《氣象》臭氧層.

O

P p $\mathscr{P}_p$

P，p [pi; pi:] *n.* (*pl.* **P's, Ps, p's** [~z; ~z])
1 [U|C] 英文字母的第十六個字母.
2 [C] (用大寫字母) P 字形物.
mìnd one's **P's** [piz; pi:z] **and Q's** [kjuz; kju:z] 謹言慎行(指不要忘了說 Please.「請」, Thank you. 「謝謝」: 把 [pliz; pli:z], [ˈθæŋkju; ˈθæŋkju:] 的發音套用爲 P, Q 這兩個字母).

P (略) parking(停車(處)); (符號) phosphorus.

p[1] (略) penny(便士), pence(便士). ½ p 半便士(讀作 half a penny, half a p [pi; pi:], a half p [pi; pi:])/5 p 五便士(讀作 five pence, five p [pi; pi:]).

p[2] (略) (*pl.* **pp**) page(頁). p12＝page twelve 第 12 頁/a book of 300 pp 300 頁的書/pp 12-16＝pages twelve to sixteen 12 到 16 頁.

p[3] (略) (音樂) piano[2].

p[4] (略) participle, past.

PA[1], **Pa.** (略) Pennsylvania.

PA[2] (略) personal assistant; public-address system((各種會場的)擴音裝置).

pa [pɑ; pɑ:] *n.* [C] (口) (常 *Pa*) 爸(papa 的縮寫; → ma).

‡**pace** [pes; peɪs] *n.* (*pl.* **pac·es** [~ɪz; ~ɪz]) [C]
【【步行】】**1** 步; 一步的步幅(約75公分). He stepped backward a *pace* or two. 他向後退了一兩步.
2 (用複數)步調, 步行[奔跑]速度; (工作的進行, 進步等的)速度, 進度. go at a good *pace* 快速地前往/The car went up the hill at a furious *pace*. 那輛汽車飛快地開上山去/walk at a slow and steady *pace* 以緩慢而穩定的步伐行走.

> 【搭配】 *adj.*＋pace: a fast ~ (快速的步伐), a moderate ~ (穩健的步伐) // *v.*＋pace: change the ~ (變換步伐), quicken the ~ (加快腳步), slacken the ~ (放慢腳步).

3 (通常用單數)馬的步伐[奔跑]方法; 溜蹄 (amble)(同側的前後兩腳同時移動前進).
kèep páce with... 與…齊步前進; 與…並駕齊驅.
pùt *a pèrson* **through** *his* **páces** 試探某人的能力 (源自讓馬展現各種步法).
sèt [**màke**] **the páce** (走在前面)示範步伐, 引導; 作榜樣.
shòw *one's* **páces** 顯示自己的本領.
— *v.* (**pac·es** [~ɪz; ~ɪz]; **~d** [~t; ~t]; **pac·ing**)
vi. **1** 緩慢踱步; 步行. *pace* up and down 走來走去. **2** (馬)溜蹄.

— *vt.* **1** 在(某處)踱步. *pace* the room 在房間裡踱步.
2 用步伐測量(*off*; *out*). *pace off* the distance [50 yards] 步測距離[50碼].
3 爲(騎士, 賽跑者等)定出適當的速度[步伐速度].

pace·mak·er [ˈpesˌmekɚ; ˈpeɪsˌmeɪkə(r)] *n.* [C] **1** (賽跑中領先的)調步者, 先導者, 引導者.
2 (醫學)心律調整器(維持心臟正常跳動的裝置).

pace·set·ter [ˈpesˌsɛtɚ; ˈpeɪsˌsetə(r)] *n.* (美)＝pacemaker 1.

pach·y·derm [ˈpækɪˌdɝm; ˈpækɪdɜ:m] *n.* [C] 厚皮動物(象, 犀牛等).

＊**pa·cif·ic** [pəˈsɪfɪk; pəˈsɪfɪk] *adj.* **1** (文章)和平的; 增進和平的; 平穩的, 溫和的.
2 (Pacific)太平洋(沿岸)的. the *Pacific* coast of the U.S. 美國太平洋沿岸[西岸](地區).
— *n.* (the *Pacific*)太平洋.

pac·i·fi·ca·tion [ˌpæsəfəˈkeʃən; ˌpæsɪfɪˈkeɪʃn] *n.* [U] **1** 和解; 鎮壓. **2** 和平(條約).

‡**Pacìfic Ócean** *n.* (加 the)太平洋. sail across the *Pacific Ocean* 駕船橫渡太平洋.

Pacìfic Stándard Tìme *n.* (美)太平洋標準時間(→ standard time).

pac·i·fi·er [ˈpæsəˌfaɪɚ; ˈpæsɪfaɪə(r)] *n.* [C]
1 安撫者[物]; 調停者. **2** (美)嬰兒奶嘴, 嬰兒舔弄的玩具, ((英) dummy).

pac·i·fism [ˈpæsəˌfɪzm; ˈpæsɪfɪzəm] *n.* [U] 和平主義.

pac·i·fist [ˈpæsəfɪst; ˈpæsɪfaɪ] *n.* [C] 和平主義者.

pac·i·fy [ˈpæsəˌfaɪ; ˈpæsɪfaɪ] *vt.* (**-fies; -fied; ~ing**) **1** 使平靜, 安撫, 使緩和.
2 (以武力)平定, 安定, (國家等).

pac·ing [ˈpesɪŋ; ˈpeɪsɪŋ] *v.* pace 的現在分詞, 動名詞.

‡**pack** [pæk; pæk] *n.* (*pl.* **~s** [~s; ~s]) [C] 【【包】】
1 包裹, 行李, 捆, (特指要放在人, 動物背上搬運的東西). in a *pack* 成捆.
2 (醫學)濕藥布.
3 面膜(美容用的保養敷劑).
4 (美)把同種東西整理成特定數量的一包, 一盒. a *pack* of cigarettes 一包香菸(10 包左右裝在一起則成爲 carton).
5 (英) (紙牌等的)一副, 一組, ((主美) deck). a *pack* of cards 一副牌.
【【一包>一群】】**6** (狼, 獵犬, 歹徒等的)一群, 一夥, (→herd 同). a *pack* of wolves [thieves] 一

群狼[賊]/in a *pack* 成群/in *packs* 成群結隊.

7 許多, 大量. a *pack* of lies 謊話連篇.

— *v.* (~**s** [~s; ~s]; ~**ed** [~t; ~t]; ~**ing**) *vt.*

〖包〗 **1** (a)打包, 捆紮, 包裝; 擠滿(*with*), 塞滿(*in, into*). *pack* up (→片語)/*pack* clothes *into* a trunk=*pack* a trunk *with* clothes 把衣服裝進行李箱中/Don't forget to *pack* the camera. (出外旅行前)別忘了把照相機放進背包. (b) ┌句型4┐ (pack A B), ┌句型3┐ (pack B *for* A)爲 A 填塞[包上]B. Would you *pack* me some sandwiches? 你幫我包幾塊三明治好嗎?

2 包上濕藥布.

〖塞入內容〗 **3** 把[人等]塞入, 擠入, (*into*); 塞滿(*with*); [人]擠滿[場所]. They couldn't *pack* any more people *into* the crowded bus. 那輛擁擠的公車已無法再擠進任何人/The theater was *packed*. 劇院客滿了/His trip schedule was *packed with* talks and consultations. 他的行程排滿了會談和協商活動.

4 填塞東西於…. *pack* a leak 堵塞漏洞.

5 把[食品等]裝罐.

6 【選定特定人物】從〔委員會等〕圈選出對自己有利的人選.

7〖裝入>堆積〗堆積[土, 雪等].

〖打包搬運〗 **8** 於[動物]上裝載行李(運送).

9〖搬運〗(美, 口)把[槍等]隨時帶在身上.

— *vi.* **1** 包裝貨物; 收拾行囊. They were *packing for* their camp. 他們正在打包露營的裝備. **2**〖常加副詞(片語)〗[東西]能包裝, 被打包. The whole barbecue *packs* into this case. 這整車烤肉用具能裝進這個箱子裡. **3**〖人〗擁擠, 成群, (*into*). They *packed into* the sleigh. 他們擠入雪橇上. **4**[土, 雪等]堆積.

pàck awáy 整理好行李, 趕緊出發.

pàck/…/ín (口)(1)(常用 pack it in)辭去〔工作〕; 戒除[惡習]; 斷絕[關係]; 放棄…. (2)把[許多人]拉到[劇場等處], 把…吸引到….

pàck óff[1] =pack away.

pàck/…/óff[2] (口)(急忙)將[人]趕走, 送走.

pàck úp[1] (1)收拾行李, 打包. (2)(口)(收拾好工具)停止工作.

pàck/…/úp[2] (1)裝塞, 整理, 〔行李〕. (2)(口)(收拾用具)停止〔工作等〕.

sènd a pèrson pácking (口)把某人攆走; 立即解雇某人.

✲pack·age

[ˋpækɪdʒ; ˋpækɪdʒ] *n.* (*pl.* **-ag·es** [~ɪz; ~ɪz]) C 包, 捆, 小包, 包裹; 包裝物; (→ parcel); (美)=pack 4. a special [an express] delivery *package* 快遞包裹/undo a *package* 打開包裹.

— *vt.* 把…打包, 包裝; 把…聚攏在一起; 包裝〔食品等〕. I *packaged* the books (up) and mailed them. 我把書本包好寄出去/That shop's goods are always nicely *packaged*. 那家店的商品總是包裝得很漂亮.

páckage dèal *n.* C 整批交易.

páckage hòliday *n.* =package tour.

páckage stòre *n.* C (美)小酒店(出售的酒均為瓶裝或罐裝, 僅供外帶(英) off-licence).

páckage tòur *n.* C 套裝旅遊(行程等全由旅行社代辦的旅行).

pack·ag·ing [ˋpækɪdʒɪŋ; ˋpækɪdʒɪŋ] *n.* U 包裝材料.

páck ànimal *n.* C (牛馬等)馱運貨物[行李]的動物.

packed [pækt; pækt] *adj.* **1**〖場所, 搭乘工具等〗擁擠的, 客滿的. a *packed* train 擁擠的火車. **2**〖人〗(出出發前)整理好行李的. He was *packed* and about to leave. 他整理好行李正準備出發.

pack·er [ˋpækɚ; ˋpækə(r)] *n.* C **1** 包裝者[機器], 打包機. **2** (搬運行李等的)工人; 包裝業者. **3** 食品罐頭業者; 食品包裝業者.

✲pack·et

[ˋpækɪt; ˋpækɪt] *n.* (*pl.* ~**s** [~s; ~s]) C 小包裹, 小包, 小捆. a *packet* of letters 一捆信件/a *packet* of powdered milk 一袋奶粉/a *packet* of cigarettes (英)一包香菸((美) pack 4).

pácket bòat *n.* C (載運郵件, 人的)定期船隻.

páck ìce *n.* U 浮冰群(浮冰聚積而成的大冰原; 亦稱 ice pack).

pack·ing [ˋpækɪŋ; ˋpækɪŋ] *n.* U **1** 打包, 包裝. I must do my *packing*. 我必須打包(旅行的)行李. **2** 包裝材料, 填充材料, 襯墊物. ★爲了避免水, 空氣滲漏所使用的填裝物為 washer.

pácking bòx [càse] *n.* C (木製的)貨箱.

pácking hòuse *n.* C (美)罐頭工廠; (冷凍)食品包裝工廠.

pact [pækt; pækt] *n.* C 合同, 契約, 協定, 條約.

✲pad[1]

[pæd; pæd] *n.* (*pl.* ~**s** [~z; ~z]) C **1** (防止衝擊, 摩擦等的)襯墊, 填充物, 緩衝物; (襯於上衣肩部的)墊肩, 護墊. knee *pads* 護膝/shoulder *pads* (衣服的)墊肩. **2** (可一張張撕取的)便箋, 便條本, 記事簿, a *pad* of paper 一疊便箋/a writing *pad* 便條紙. **3** 肉趾(狗, 狐狸等足底的軟肉); (具有肉趾的)動物的足; 動物的足印. **4** 打印臺(inkpad). **5** (睡蓮等水生植物的)大浮葉. **6** 飛彈[火箭]發射臺(launch pad). **7** (俚)房間, 家, 「窩」.

— *vt.* (~**s** [~z]; ~**ded** [~ɪd; ~ɪd]; ~**ding**) **1** 裝入, 填塞棉花等. The seats were *padded with* foam rubber. 這些椅墊填塞了海綿. **2** 用累贅的話加長[文章, 故事等](*out*).

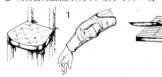

[pads[1] 1, 2]

pad² [pæd; pæd] *vi.* (~s; ~ded; ~ding) 躡手躡腳地走(*along*).

pàdded céll *n.* Ⓒ壁上鋪有軟墊的病房(精神病院為防止病患發生意外而設置).

pad·ding [ˈpædɪŋ; ˈpædɪŋ] *n.* Ⓤ **1** 墊塞, 填充. **2** 填充物. **3** (文章等的)補白, 填湊, 鋪陳辭藻.

***pad·dle¹** [ˈpædl; ˈpædl] *n.* (*pl.* ~s [~z; ~z]) Ⓒ **1** (划獨木舟的)槳. a double *paddle* 兩端可划的槳. 回與船的 oar 不同, paddle 形狀短而闊; 未固定於船上. **2** (通常用單數)划, 划一下(的時間). **3** 槳狀物(乒乓球的拍子, 體罰用的木板). — *vt.* 用槳划(獨木舟等). He *paddled* the canoe down the river. 他划獨木舟順河而下. — *vi.* 划槳.

pad·dle² [ˈpædl; ˈpædl] *vi.* (在水淺處)啪噠啪噠地行走(遊玩); 手腳啪噠啪噠地濺起水花.

páddle stèamer *n.* Ⓒ明輪汽船.

[paddle steamer]

páddle whèel *n.* Ⓒ(明輪汽船的)明輪.

páddling pòol *n.* (英)=wading pool.

pad·dock [ˈpædək; ˈpædək] *n.* Ⓒ賽馬集中場(賽馬前對馬進行預檢的場所).

Pad·dy [ˈpædɪ; ˈpædɪ] *n.* (*pl.* -**dies**) Ⓒ(口)(輕蔑)愛爾蘭人(<源自守護聖人 St. Patrick 之名, Patrick 的暱稱).

pad·dy [ˈpædɪ; ˈpædɪ] *n.* (*pl.* -**dies**) Ⓒ稻, 稻田.

páddy fìeld *n.* Ⓒ水田, 稻田.

pad·lock [ˈpædˌlɑk; ˈpædlɒk] *n.* Ⓒ掛鎖, 扣鎖, (→ hasp圖). — *vt.* 給…上鎖.

pa·dre [ˈpɑdrɪ; ˈpɑːdrɪ] *n.* Ⓒ(口)(★特別用於呼喚) **1** 神父, 牧師, (西班牙, 義大利, 葡萄牙, 南美洲等地用). **2** 隨軍牧師(chaplain). 字源<源自與 father 同義的西班牙語, 葡萄牙語或義大利語.

pae·di·a·tri·cian [ˌpidɪəˈtrɪʃən, ˌpɛd-; ˌpiːdɪəˈtrɪʃn] *n.* =pediatrician.

pae·di·at·rics [ˌpidɪˈætrɪks, ˌpɛd-; ˌpiːdɪˈætrɪks] *n.* =pediatrics.

pa·gan [ˈpegən; ˈpeɪgən] *n.* Ⓒ **1** 異教徒(特指基督徒眼中的非基督徒). **2** 不信宗教的人, 無宗教信仰者. — *adj.* 異教徒的; 無宗教信仰的.

pa·gan·ism [ˈpegənˌɪzəm; ˈpeɪgənɪzəm] *n.* Ⓤ **1** 異教信仰(教義等). **2** 異教; 無宗教信仰.

***page¹** [pedʒ; peɪdʒ] *n.* (*pl.* **pag·es** [~ɪz; ~ɪz]) Ⓒ **1** (書籍, 報紙, 信文書的)頁; 寫[印]在書頁上的內容. turn *pages* 翻頁/Open your

---

books *to* (美)[(英) *at*] *page* 23. 翻到書本第23頁/Study the problems *on page* ten. 研究第10頁的問題/There's a *page* missing from this book. 這本書缺了一頁/See the footnote on the last *page*. 見末頁之註腳. 參考 單數略作 p, 複數略作 pp; 有時表示紙的一面, 亦可指一張紙(leaf).

搭配 *adj.*+page: a blank ~ (空白頁), a left-hand ~ (左頁), a right-hand ~ (右頁), an opposite ~ (對頁), the back ~ (背頁), the front ~ (第一頁, 首頁).

2 (雅)(常 pages)記錄(文件), 書籍.

3 (有如成為歷史上的一頁之類的)重大事件[時期]. The war was a dark *page* in our country's history. 這場戰爭是我國歷史上黑暗的一頁.

4 (報紙等的)版. the editorial [sports] *page* 社論[體育]版.

— *vt.* 標以頁碼[數].

page² [pedʒ; peɪdʒ] *n.* Ⓒ (旅館等的)侍者, 僮僕, (→ hotel 圖).

— *vt.* (反覆呼喚名字)呼叫, 廣播找尋; (用行動電話、呼叫器)呼叫. He asked the hotel clerk to *page* Mr. Smith. 他拜託旅館的侍者廣播找尋史密斯先生/*Paging* Mr. Jones. 呼叫瓊斯先生(在旅館等場所的廣播).

pag·eant [ˈpædʒənt; ˈpædʒənt] *n.* **1** Ⓒ露天戲, 野臺劇, (演出歷史事件的戲劇). **2** Ⓤ虛飾, 裝腔作勢.

pag·eant·ry [ˈpædʒəntrɪ; ˈpædʒəntrɪ] *n.* Ⓤ **1** 壯觀, 華麗. **2** 誇耀, 虛飾, 裝腔作勢.

pag·er [ˈpedʒə; ˈpeɪdʒə(r)] *n.* Ⓒ呼叫器 (beeper).

pag·i·na·tion [ˌpædʒəˈneʃən, ˌpædʒɪˈneɪʃn] *n.* Ⓤ標記頁碼; 頁數.

pa·go·da [pəˈgodə; pəˈgəʊdə] *n.* Ⓒ寶塔(佛教或印度教寺院的塔).

paid [ped; peɪd] *v.* pay 的過去式、過去分詞.

— *adj.* **1** 有薪水的; 受雇的. a *paid* vacation 有薪休假/a *paid* assistant 有支薪的助理.

2 已付清的(↔ unpaid).

paid-up [ˌpedˈʌp; ˌpeɪdˈʌp] *adj.* (會費等)已繳清的.

***pail** [pel; peɪl] *n.* (*pl.* ~s [~z; ~z]) 提桶, 水桶; 一桶(的量). She was carrying two *pails* full of water. 她提著滿滿兩桶的水.

pail·ful [ˈpelˌful; ˈpeɪlfʊl] *n.* Ⓒ一桶的量. two *pailfuls* of water 兩桶水.

[pagoda]

P

***pain** [pen; peɪn] *n.* (*pl.* ~s [~z; ~z]) 〖痛〗 **1** Ⓤ(肉體上的)痛; Ⓒ(身體局部的)疼痛; (→ ache 回). suffer *pain* 受疼痛之苦/Do you feel any *pain*? 你覺得痛嗎?/cry with *pain* 痛得(哭)叫起來/have a *pain* in one's leg 腳

痛/I hit my head against the wall and I am still in *pain*. 我的頭撞到了牆, 現在還覺得疼痛/This medicine will kill the *pain*. 這種藥可以止痛.

┃ 搭配 *adj.*＋pain: a severe ～ (劇痛), a slight ～ (輕微的疼痛), an unbearable ～ (受不了的疼痛) // *v.*＋pain: ease ～ (減輕疼痛), give ～ (使痛苦), stand ～ (忍受疼痛).

2 U (精神上的)痛苦, 苦惱. His son's criminal activities caused him great *pain*. 他兒子的不法行為令他極為苦惱/the *pain* of parting 離別之苦.

〖痛苦的持續＞辛苦〗 **3** (pains)勞苦, 辛苦; 分娩的痛苦, 陣痛. with great *pains* 盡費千辛萬苦/They spared no *pains* to make [in making] me feel at home. 他們費盡苦心讓我有賓至如歸的感覺/after so much *pains* 歷盡千辛萬苦(★不能用many 代替much)/No *pains*, no gains. (諺)要怎麼收穫, 先怎麼栽(＜不勞則無獲).

a pàin in the nèck (口)苦惱的原因; 使人厭煩的物[事], 「肉中刺」.

be at pàins to dó 費盡辛勞[苦心]要….

on [upon, under] páin of... (文章)倘若違反則受…的處罰; 若違反則需有…的心理準備. Bring her safely to the king *on pain of* death. 把她平安地帶來見國王, 違則處死.

＊*tàke páins* 費力, 費苦心. He took great *pains* to write his farewell speech. 他費盡心思寫他的退休演講稿.

── *vt.* (文章)使痛苦; 使心痛. Do your teeth *pain* you? 你牙痛嗎?

pained [pend; peɪnd] *adj.* 傷了感情的; 不悅的. She had a *pained* expression on her face. 她臉上浮現不悅的神情.

＊**pain·ful** [ˈpenfəl; ˈpeɪnfʊl] *adj.* **1** 疼痛的, 使痛苦的, 感到痛苦的. a *painful* blow in the accident. 他在事故中受到重擊/My knee is still *painful*. 我膝蓋還很痛.

2 (精神上)痛苦的, 感到痛苦的; 費力的. a *painful* topic 令人心痛的話題/have a *painful* experience 有一段痛苦的經歷.

＊**pain·ful·ly** [ˈpenfəlɪ; ˈpeɪnfʊlɪ] *adv.* 痛苦地; 疼痛般地; 費力地. I *painfully* explained how to operate the computer again, but still he didn't understand. 我費力地再次解說如何操作電腦, 但是他仍然不懂.

pain·kill·er [ˈpenˌkɪlɚ; ˈpeɪnkɪlə(r)] *n.* C 止痛藥.

pain·less [ˈpenlɪs; ˈpeɪnlɪs] *adj.* 無痛的, 不感到痛苦的, 不痛苦的.

＊**pains·tak·ing** [ˈpenzˌtekɪŋ; ˈpeɪnzteɪkɪŋ] *adj.* **1** 費力的, 費心的, 精心的. *painstaking* work 費力的工作/They made a *painstaking* search for survivors. 他們奮力不懈地找尋生還者.

2 不辭辛勞的.

＊**paint** [pent; peɪnt] *n.* (*pl.* ～s [～s; ～s]) **1** U 油漆, 塗料; 塗好的油漆. They gave

the fence two coats of *paint*. 他們把圍欄上了兩層油漆/Wet [(英) Fresh] *paint*. 油漆未乾(告示).

2 UC 繪畫顏料. oil *paints* 油畫顏料.

3 U (常作負面含義)(色彩鮮豔的)化妝品(如胭紅、口紅).

── *v.* (～s [～s; ～s]; ～ed [～t; ～t]; ～ing) *vt.*

1 **(a)**塗油漆於…. **(b)** 句型5 (paint **A** B)用油漆把A塗成B(色). *paint* the table dark brown 把這張桌子漆成深褐色.

2 (用顏料)畫[畫], 畫…的畫; 上色, 著色; (★用鉛筆、鋼筆等書者為draw). *paint* a picture 畫一幅畫/a landscape *painted* in oils [watercolors] 一幅油畫[水彩]風景畫.

3 (用粉餅, 口紅等)化妝; (把藥等)塗於…. a heavily *painted* face 濃妝豔抹的臉.

4 生動地描寫[表現].

── *vi.* 塗漆; 繪畫; 化妝.

pàint /.../*óut* (用油漆)塗掉….

pàint the tòwn réd (口)(到酒吧或夜總會等)狂歡作樂.

paint·box [ˈpentˌbɑks; ˈpeɪntbɒks] *n.* C 顏料盒.

paint·brush [ˈpentˌbrʌʃ; ˈpeɪntbrʌʃ] *n.* C 畫筆; 油漆刷.

＊**paint·er**[1] [ˈpentɚ; ˈpeɪntə(r)] *n.* (*pl.* ～s [～z; ～z]) C **1** 畫家(artist). a portrait *painter* 肖像畫家.

2 油漆工, 油漆匠.

paint·er[2] [ˈpentɚ; ˈpeɪntə(r)] *n.* C (海事)舫索(附於船頭, 拴在船樁等上).

＊**paint·ing** [ˈpentɪŋ; ˈpeɪntɪŋ] *n.* (*pl.* ～s [～z; ～z]) **1** U 繪畫; 畫法. study *painting* 學習繪畫.

2 C 繪畫; 畫; 油畫, 水彩畫, (→drawing). a *painting* hanging in watercolors 水彩畫/Two *paintings* were hanging on the wall. 牆上掛著兩幅畫.

3 U (油漆)塗刷; 著色, 上色; 化妝. the *painting* of a fence 圍欄的油漆粉刷.

paint·work [ˈpentˌwɝk; ˈpeɪntwɜːk] *n.* U 牆上的油漆.

＊**pair** [pɛr, pær; peə(r)] *n.* (*pl.* ～s [～z; ～z]) C

〖兩個一組〗 **1** 一對, 一組, (→couple 同). This *pair* of shoes is made to order. 這雙鞋是訂作的/a new *pair* of gloves 一副新手套.

語法 a pair of... 通常作單數.

2 一個, 一副, (眼鏡, 褲子等). a *pair* of glasses 一副眼鏡/two *pair(s)* of trousers 兩條褲子(語法 數詞在前面時, 有時單複數同形)/a *pair* of scissors 一把剪刀.

●──用 a pair of 計數的名詞			
binoculars	雙筒望遠鏡	breeches	馬褲
glasses	眼鏡	pajamas	睡衣褲
pincers	鉗子	pliers	老虎鉗
scales	秤	scissors	剪刀
shears	大剪刀	shorts	短褲
spectacles	眼鏡	tights	緊身衣褲
tongs	夾具	trousers	長褲

P

★「兩條[三條]褲子」的說法爲 two [three] pairs of trousers.

3 (一般指兩人[兩頭]爲一組共同行動的人或動物等的)一組. a carriage and *pair* 雙馬馬車/a *pair* of dancers 一對舞者.

4 夫婦；一對未婚夫婦[情人]；(鳥獸的)一對. the happy *pair* 新郎新娘/They make a nice *pair*. 他們是相配的一對. 區法 3, 4 用單數亦可作複數.

5 《紙牌》對子(同點數的兩張牌).

6 (成對之物的)一方. the *pair* to this slipper 這雙拖鞋的另一隻.

in páirs 成雙, 成對.

— *vi.* 成對, 配對；成爲夫婦；《*up with*》.

— *vt.* 使成對；使成爲配偶；《*up*》.

páir óff[1] 與…兩人成對《*with*》；分成每兩人一組.

páir/…/óff[2] 使…兩人成一組；使…成對《*with*〔其他的人〕》；使…結婚《*with*〔某人〕》.

pais·ley [`pezlı; 'peızlı] *n.* (*pl.* ~s) UC 變形蟲紋花呢(織有精緻圖案的柔軟毛織品)；變形蟲圖案.

pajáma pàrty *n.* C 《美》睡衣派對(十幾歲的少女穿著睡衣與知心好友徹夜暢談的聚會；亦作 slúmber pàrty).

[paisley]

‡**pa·ja·mas** (美), **py·ja·mas** (英)

[pə`dʒæməz, pə`dʒɑməz; pə'dʒɑːməz] *n.* (作複數) 睡衣褲(一套睡衣)則作單數. He is in *pajamas*. 他穿著睡衣褲. 區法 作形容詞使用時不加 -s: *pajama* trousers (睡褲).

Pak·i·stan [`pækı,stæn; ,pɑːkı'stɑːn] *n.* 巴基斯坦(東鄰印度的回教共和國；首都 Islamabad).

Pak·i·stan·i [,pækə`stænı; ,pɑːkı'stɑːnı] *adj.* 巴基斯坦的.

— *n.* (*pl.* ~, ~s) C 巴基斯坦人.

*‡**pal** [pæl; pæl] *n.* (*pl.* ~s [~z; ~z]) C 《口》朋友, 夥伴, 好友, 同夥. drinking *pals* 酒友/a pen *pal* (→ 見 pen pal). ⇨ *adj.* **pally**.

— *vi.* (~s; ~led; ~ling) 《口》結成好友《*up* with》.

‡**pal·ace** [`pælıs, -əs; 'pælıs] *n.* (*pl.* **-ac·es** [~ız; ~ız]) C **1** (王侯的)宮殿；《主英》(大主教等的)宅邸. Buckingham *Palace* (→ 見 Buckingham Palace).

2 (豪華的)大宅邸. Mr. Gatsby lives in a *palace*. 蓋茨畢先生住在豪華宅裡.

3 豪華的娛樂場所. visit the *palaces* in Las Vegas 去拉斯維加斯的豪華遊樂場玩.

⇨ *adj.* **palatial**.

pàlace revolútion *n.* C 宮廷政變(最高權力者周圍人員發動的政變).

pal·at·a·ble [`pælətəbl; 'pælətəbl] *adj.* 《文章》

1 〔食物〕好吃的, 美味的, 合口味的.

palindrome 1111

2 〔事情〕令人愉快的, 愜意的.

pal·a·tal [`pælətl; 'pælətl] *adj.* 顎(音)的.

— *n.* C 《語音》(硬)顎音《[j; j] 等).

pal·ate [`pælıt; 'pælıt] *n.* **1** C 《解剖》顎(口腔內的上蓋部分；後半部稱軟顎(soft palate), 前半部稱硬顎(hard palate)). **2** UC 味覺.

3 UC 嗜好, (知識方面的)愛好.

pa·la·tial [pə`leʃəl; pə'leıʃl] *adj.* 宮殿(palace)(似)的.

Palau [pə`lau; pə'lau] *n.* 帛琉(太平洋西部的群島共和國；首都 Koror).

pa·lav·er [pə`lævɚ; pə'lɑːvə(r)] *n.* U 《口》閒談.

‡**pale**[1] [pel; peıl] *adj.* (**pal·er; pal·est**) **1** 〔臉色〕蒼白的, 灰白的. He turned *pale* with fear. 他嚇得面無血色/You look *pale*. 你的臉色看起來很蒼白.

2 〔色調〕淡的, 淺的, (↔ bright, deep). *pale* blue 淡藍.

3 〔光〕弱的, 微暗的. a *pale* afternoon sun 微弱的午後陽光.

— *vi.* **1** 〔臉〕變蒼白, 發青.

2 〔色, 光〕變暗淡, 褪色.

3 相形失色(*before, beside*). My French ability *pales beside* Tom's. 我的法語能力在湯姆面前眞是相形見絀.

pale[2] [pel; peıl] *n.* C **1** (頂端尖細, 作柵欄用的)椿；圍籬. **2** 界限；範圍, 領域.

beyond [*outside*] *the pále* 〔言語動作〕反常的.

pale·face [`pel,fes; 'peılfeıs] *n.* C 《詼》《輕蔑》白人(據傳爲美洲印第安人對白人所使用的稱呼).

pale·ly [`pelı; 'peılı] *adv.* 蒼白地, 灰白地；暗淡地；微暗地.

pale·ness [`pelnıs; 'peılnıs] *n.* U 蒼白；暗淡, 微暗.

pa·le·og·ra·phy [,pelı`ɑgrəfı; ,pælı'ɒgrəfı] *n.* U 古文字學.

pa·le·o·lith·ic [,pelıə`lıθık; ,pælıəʊ'lıθık] *adj.* (常 Paleolithic) 舊石器時代的(→ neolithic).

pa·le·on·tol·o·gy [,pelıən`tɑlədʒı; ,pælıɒn'tɒlədʒı] *n.* U 古生物學.

pal·er [`pelɚ; 'peılə(r)] *adj.* pale[1] 的比較級.

pal·est [`pelıst; 'peılıst] *adj.* pale[1] 的最高級.

Pal·es·tine [`pæləs,taın; 'pæləstaın] *n.* 巴勒斯坦(亞洲西南部, 以以色列爲中心的地中海沿岸地區；在聖經裡稱爲 Canaan(迦南), Holy Land(聖地)).

Pàlestine Liberátion Organizá·tion *n.* (加 the) 巴勒斯坦解放組織(略作 PLO).

Pal·es·tin·i·an [,pæləs`tınıən, -`tınjən; ,pælə'stınıən] *adj.* 巴勒斯坦(人)的.

— *n.* C 巴勒斯坦人.

pal·ette [`pælıt; 'pælət] *n.* C **1** 調色板[盤].

2 (某畫家, 畫派使用的)獨特的色彩.

pal·in·drome [`pælın,drom; 'pælındrəʊm] *n.* C 迴文(順讀和逆讀字母都相同的字, 片語, 句子:

自聖地巴勒斯坦朝聖歸來的史實); (泛指)朝聖(者).

eye; Madam, I'm Adam. 等).

pal·ing [ˋpelɪŋ; ˈpeɪlɪŋ] n. ⓤ (用樁圍成的)柵欄 (常 palings). ★一根樁為 a pale.

pal·i·sade [͵pæləˋsed; ͵pælɪˈseɪd] n. ⓒ 1 柵籬 (將削尖的樁成排地打入地面以防禦之用的圍籬).
2 (美)(palisades) (沿河的)斷崖.

pal·ish [ˋpelɪʃ; ˈpeɪlɪʃ] adj. 略青白色的, 蒼白的.

pall¹ [pɔl; pɔːl] n. ⓒ 1 (通常指黑色或紫色天鵝絨的)棺罩, 柩衣; (美)(放入遺體的)棺柩.
2 (用單數)(遮罩後變暗的)帳幕, 帷幕, (陰暗的)天空 等). a pall of smoke [darkness] 煙幕 [夜幕].

pall² [pɔl; pɔːl] vi. (文章)(物或事)變得無聊, 索然無味, (on, upon 關於⋯).

pall-bear·er [ˋpɔl͵bɛrɚ, -͵bærɚ; ˈpɔːlͺbeərə(r)] n. ⓒ (在葬禮中)跟隨在棺柩旁的人, 抬棺者.

pal·let¹ [ˋpælɪt; ˈpælɪt] n. ⓒ (直接鋪在地板上的)草墊.

pal·let² [ˋpælɪt; ˈpælɪt] n. ⓒ 貨盤, 貨架, (裝載貨物或商品的盤架, 以易於運輸).

pal·li·ate [ˋpælɪ͵et; ˈpælɪeɪt] vt. (文章) 1 使 [疾病, 疼痛等](暫時)緩和, 使輕鬆.
2 辯解, 掩飾, [罪, 過失等].

pal·li·a·tion [͵pælɪˋeʃən; ͵pælɪˈeɪʃn] n. (文章) ⓤ (疾病等暫時的)緩和; (過失的)辯解.

pal·li·a·tive [ˋpælɪ͵etɪv; ˈpælɪətɪv] adj. 緩和的, 減輕的; 辯解的.
— n. ⓒ 1 (疾病等)(暫時性)緩和之劑; 暫時控制物. 2 辯解.

pal·lid [ˋpælɪd; ˈpælɪd] adj. (文章) 1 [臉色]病懨懨的, 蒼白的. 2 [色彩]不清晰的, 暗淡的.

pal·lor [ˋpælɚ; ˈpælə(r)] n. ⓤ(文章)(臉, 皮膚的)蒼白.

pal·ly [ˋpælɪ; ˈpælɪ] adj. (敘述)(口)要好的(with) (friendly). ⇨ n. **pal**.

[Pan]

*****palm¹** [pɑm; pɑːm] n. (pl. ~s [~z; ~z]) ⓒ 手掌, 手心. The fortune-teller read her palm. 那個算命先生幫她看手相.
crȯss a pèrson's **pálm** (**with sílver**) → cross 的片語.
grèase [**ȯil**] a pèrson's **pálm** (口)向某人行賄.
hàve an ìtching [**ìtchy**] **pálm** (口)貪圖賄賂; 貪心的; (<手心發癢的).
hàve [**hȯld**]...**in the pálm of** one's **hánd** 對⋯瞭若指掌.
— vt. 1 藏於手掌中; (委婉)盜竊. palm cards 將撲克牌藏在手掌中(變魔術等時).
2 放入手掌中; 掌握在手中.
pàlm/.../**ȯff** (口)以欺詐的手段強賣[假貨](on, onto).

palm² [pɑm; pɑːm] n. ⓒ 1 (植物)棕櫚, 棕櫚樹, (亦作 pálm trèe).
2 棕櫚葉(勝利的象徵); 勝利, 榮譽.

palm·er [ˋpɑmɚ; ˈpɑːmə(r)] n. ⓒ (歷史)朝聖者 (源自中世紀時朝聖者手持棕櫚(palm)枝作為紀念,

pal·met·to [pælˋmɛto; pælˈmetəʊ] n. (pl. ~s, ~es) ⓒ (植物)白棕櫚樹(產於北美南部的一種棕櫚, 葉呈扇狀).

palm·ist [ˋpɑmɪst; ˈpɑːmɪst] n. ⓒ 看手相者.

palm·is·try [ˋpɑmɪstrɪ; ˈpɑːmɪstrɪ] n. ⓤ 手相術.

pálm ȯil n. ⓤ 棕櫚油.

Pȧlm Súnday n. 聖枝主日, 棕櫚主日, (《復活節前的星期日; 源自基督到達耶路撒冷時, 人們將棕櫚枝撒在街道上以示慶賀的傳說).

palm·y [ˋpɑmɪ; ˈpɑːmɪ] adj. 繁榮的, 興旺的. in my palmy days 在我的全盛時期.

pal·pa·ble [ˋpælpəbl; ˈpælpəbl] adj. (文章) 1 (用手)摸得出的, 可觸知的. 2 明白的, 易懂的.

pal·pa·bly [ˋpælpəblɪ; ˈpælpəblɪ] adv. (文章)明顯地.

pal·pate [ˋpælpet; ˈpælpeɪt] vt. (醫學)觸診.

pal·pi·tate [ˋpælpə͵tet; ˈpælpɪteɪt] vi. 1 (醫學)(心臟)劇烈地悸動; 忐忑. 2 (文章)(身體)顫抖(with).

pal·pi·ta·tion [͵pælpəˋteʃən; ͵pælpɪˈteɪʃn] n. ⓤ ⓒ (常 palpitations)悸動; (因激動而)顫抖.

pal·sy [ˋpɔlzɪ; ˈpɔːlzɪ] n. ⓤ 1 (手腳的)癱瘓.
2 中風.

pal·ter [ˋpɔltɚ; ˈpɔːltə(r)] vi. (文章)敷衍搪塞; 含糊其辭(with (人, 事物)).

pal·try [ˋpɔltrɪ; ˈpɔːltrɪ] adj. (文章)微不足道的, 瑣碎的, 無價值的; 〔金額等〕少的.

Pa·mir(s) [pəˋmɪr(z); pəˈmɪə(z)] n. (加 the)帕米爾高原(位於中亞的巴基斯坦地區).

pam·pas [ˋpæmpəs; ˈpæmpəs] n. (多作複數)彭巴草原(在南美, 特指阿根廷的大草原).

pámpas gràss n. ⓤ 彭巴草, 蒲葦, (生長於彭巴草原, 一種類似芒草的長草).

pam·per [ˋpæmpɚ; ˈpæmpə(r)] vt. (文章)溺愛, 過份寵愛.

*****pam·phlet** [ˋpæmflɪt; ˈpæmflɪt] n. (pl. ~s [~s; ~s]) ⓒ 小冊子; 政論[時論]小冊子; (商業性質的「小冊子」一般用 brochure). distribute a political pamphlet 分發政治性的小冊子.

pam·phlet·eer [͵pæmflɪˋtɪr; ͵pæmfləˈtɪə(r)] n. ⓒ 政論[時論]小冊子的作者.

Pan [pæn; pæn] n. (希臘神話)潘, 牧羊神, (森林, 原野, 牧羊等之神; 據說長有山羊的角, 耳, 足和尾; 善吹笛; 常從岩石後跑出來驚嚇旅人).

*****pan¹** [pæn; pæn] n. (pl. ~s [~z; ~z]) ⓒ 【平底鍋】1 (通常指單柄的)鍋; 平底鍋, (用於烤爐等的)烤盤, 盤狀器皿. a frying pan 平底煎鍋/a stew pan 燉鍋(比較深的)/pots and pans 鍋盤器具, 炊具.

〖狀似平底鍋之物〗 **2** 類似平底鍋的容器；便器.
3 選礦用的淘盤《用水淘洗砂金的工具》.
4 天平的秤盤.
5 小塊的浮冰.
— *vt.* (~**s**; ~**ned**; ~**ning**) **1** 用平底鍋烹煮.
2 (用淘盤)淘選〔砂金〕《*out*; *off*》.
3 《口》嚴厲批評.
pàn óut (1)在〔碎石地, 河川, 金礦區等〕淘金〔探金〕. (2)《口》(一般用於否定句、疑問句)〔事情, 情形等〕變好, 成功. How are things going to *pan out*? 事情進展得如何?

pan² [pæn; pæn] *v.* (~**s**; ~**ned**; ~**ning**) *vi.* (電影、電視)上下左右移動攝影機《為了追蹤拍攝對象的移動或製造全景(*pan*oramic)效果而上下左右移動攝影機》.
— *vt.* 移動〔攝影機〕.

pan- 〖構成複合字〗「全, 總」等的意思. *pan*demic. *Pan*-American.

pan·a·ce·a [ˌpænəˋsiə, -ˋsıə; ˌpænəˈsıə] *n.* ⓒ《常表輕蔑》萬靈藥; 萬能的對策.

Pan·a·ma [ˋpænəˌmɑ, -ˋmɑ, ˌpænəˋmɑ, -ˋmɔ; ˈpænəmɑ] *n.* **1** 巴拿馬(中美洲的共和國; 其首都). **2** (常 *p*anama) = Panama hat.

Pànama Canál *n.* (加 the)巴拿馬運河.

Pànama Canál Zòne *n.* (加 the) = Canal Zone.

Pànama [pànama] hát *n.* ⓒ巴拿馬草帽.

Pan-A·mer·i·can [ˋpænəˋmɛrəkən; ˌpænəˈmerıkən] *adj.* 全美的, 泛美的, 《整個北、中、南美洲的》.

Pan-A·mer·i·can·ism [ˋpænəˋmɛrəkənˌızəm; ˌpænəˈmerıkənızəm] *n.* ⓤ全[泛]美主義《主張北、中、南美洲聯合與合作的思想[運動]》.

pan·cake [ˋpænˌkek, ˋpæŋ-; ˈpænkeık] *n.* ⓒ
1 薄煎餅, 熱煎餅.
2 《航空》垂直降落, 機身著陸, 《緊急時末下機輪而逕行著陸》.

Páncake Dày *n.* 《主英》= Mardi Gras《這一天按照傳統習慣要吃 pancake》.

páncake lánding *n.* = pancake 2.

pan·cre·as [ˋpænkrıəs, ˋpæŋ-; ˈpæŋkrıəs] *n.* ⓒ《解剖》胰臟.

pan·cre·at·ic [ˌpænkrıˋætık, ˌpæŋ-; ˌpæŋkrıˈætık] *adj.* 胰臟的.

pan·da [ˋpændə; ˈpændə] *n.* ⓒ《動物》**1** (大)貓熊(giant panda). **2** 小貓熊(lesser panda)《大小如狐狸, 毛呈紅褐色, 尾巴長》.

Pánda càr *n.* ⓒ《英》巡邏車.

pan·dem·ic [pænˋdɛmık; pænˈdemık] *adj.* 〔疾病〕全國[世界]流行的.
— *n.* ⓒ全國[世界]性的流行病. ↔ endemic.

pan·de·mo·ni·um [ˌpændıˋmonıəm, -ˋmonjəm; ˌpændıˈməunjəm] *n.* ⓤ大混亂, 雜亂無序.

pan·der [ˋpændɚ; ˈpændə(r)] *vi.* 阿諛奉承, 迎合, 《*to*》.

Pan·do·ra [pænˋdorə, -ˋdɔrə; pænˈdɔːrə] *n.* 《希臘神話》潘朵拉(Zeus 為懲罰 Prometheus 盜火而派至人間的第一位女性).

Pandòra's bóx *n.* **1** 《希臘神話》潘朵拉的盒子《Zeus 讓 Pandora 帶著一個盒子下凡, 她擅自將盒子打開, 結果裡面的人類諸惡和災害都散布到世上來, 只有希望還留在裡面》. **2** ⓒ眾惡的根源.

p. & p. 《英、略》postage and packing(郵資和包裝費).

*✻**pane** [pen; peın] *n.* (*pl.* ~**s** [~z; ~z]) ⓒ(一塊)窗玻璃. put a new *pane* of glass in the window frame 把新玻璃裝到窗框上.

pan·e·gyr·ic [ˌpænıˋdʒırık; ˌpænıˈdʒırık] *n.* ⓒ(文章)頌揚的演說[文章], 頌詞, 《*on, upon* 對於…》.

*✻**pan·el** [ˋpænl; ˈpænl] *n.* (*pl.* ~**s** [~z; ~z]) ⓒ
1 嵌板, 鑲板, 《用框條將門, 牆壁, 櫥櫃等某部分鑲圍起來; 為求美化而加以鑲嵌, 雕鏤的面板》. the glass *panel* of the door 門上的玻璃鑲板.
2 直條縫布(在洋裝或裙子等上所縫的不同顏色[質料]的長方形布條).
3 (油畫等的)畫板; 在畫板上所繪的畫, 木板畫.
4 (★用單數亦可作複數)(討論會的)討論小組; (為進行審查或研究等所選出的)審議小組, 委員會; (電視, 廣播的益智節目中的)參加隊伍.
5 《法律》(某一案件的)陪審員名單; (★用單數亦可作複數)(全體)陪審員.
6 《英》(提供給病患的)健康保險醫師名單.
be on the pánel 為討論小組[審查委員會, 益智節目參賽隊伍等]的一員; 擔任陪審員; 《英》擔任健康保險醫師.
— *vt.* (~**s**; 《美》~**ed**, 《英》~**led**; 《美》~**ing**, 《英》~**ling**)在…上做鑲嵌裝飾(*in, with*).

pánel discùssion *n.* ⓒ小組討論會(數位討論者就特定的問題所進行的公開討論).

pan·el·ing 《美》, **pan·el·ling** 《英》 [ˋpænlıŋ; ˈpænlıŋ] *n.* ⓤ(集合)壁板, 護牆板; 壁板的建材.

pan·el·ist 《美》, **pan·el·list** 《英》 [ˋpænlıst; ˈpænlıst] *n.* ⓒ討論會等的參加者; 電視[廣播]中益智節目等的參加者.

pang [pæŋ; pæŋ] *n.* ⓒ **1** 劇痛, 痙攣性的疼痛. the *pangs* of toothache 一陣陣牙痛.
2 (精神上的)苦痛, 苦悶; 激烈的情緒. *pangs* of conscience 良心的譴責/a *pang* of homesickness 難耐的思鄉之情.

pan·han·dle [ˋpænˌhændl; ˈpænˌhændl] *n.* ⓒ《美》狹長的突出地帶(州等大片區域中, 如平底鍋鍋柄般突出的狹長地帶).
— *vi.* 《美、口》(特指在街頭)行乞.

pan·han·dler [ˋpænˌhændlɚ; ˈpænˌhændlə(r)] *n.* ⓒ《美、口》乞丐.

*✻**pan·ic** [ˋpænık; ˈpænık] *n.* (*pl.* ~**s** [~s; ~s])
1 ⓤ恐慌(特指原因不明, 突然傳開而造成群眾心理上的恐懼). The fire caused (a) *panic* in the

P

theater. 火災使得劇場內陷入一片混亂/be in [get into] a *panic* (about...)(因…而)驚慌失措.

2 ⓒ 經濟恐慌；急劇的大變動.

— *v.* (**~s; -icked; -ick·ing**) *vt.* 使引起恐慌, 使驚慌失措.

— *vi.* 驚慌失措, 引起恐慌. It is important not to *panic* during an earthquake. 地震時最重要的是勿驚慌失措.

pan·ick·y [ˈpænɪkɪ; ˈpænɪkɪ] *adj.* 《口》恐慌(狀態)的, 驚慌失措的；因恐慌引起的.

pan·ic-strick·en [ˈpænɪkˌstrɪkən; ˈpænɪkˌstrɪkən] *adj.* 嚇得不得了的, 驚慌失措的.

pan·nier [ˈpænjɚ; ˈpænɪə(r)] *n.* ⓒ
1 馱籃(放置在馬、驢等馱運牲口背部兩側或機車兩邊成對的箱子當中之一).

2 (人用來背負行李物品的)背簍.

[panniers 1]

pan·o·ply [ˈpænəplɪ; ˈpænəplɪ] *n.* ⓤ《文章》華麗的禮服；全副武裝.

pan·o·ra·ma [ˌpænəˈræmə; ˌpænəˈrɑːmə] *n.*
ⓒ 全景；寬廣的景致. Before us was an unbroken *panorama* of azure sea. 呈現在我們眼前的是一望無際的蔚藍大海.

pan·o·ram·ic [ˌpænəˈræmɪk; ˌpænəˈræmɪk] *adj.* (如眺望全景般地)依序開展的；可眺望全景的.

pan·pipes [ˈpænˌpaɪps; ˈpænpaɪps] *n.* 《作複數》排簫(吹管由長至短順序排列的一種原始吹奏樂器；亦稱作 Pàn's pípes(潘神簫)).

pan·sy [ˈpænzɪ; ˈpænzɪ] *n.*
(*pl.* **-sies** [~z; ~z]) ⓒ **1** (植物)三色菫(的花), 三色紫蘿蘭(的花). There were *pansies* of various colors. 有各種顏色的紫蘿蘭.

2 《口》女性化的年輕男子；同性戀的男子.

pant [pænt; pænt] *v.* (**~s** [~s; ~s]; **~ed** [~ɪd; ~ɪd]; **~ing**) *vi.* **1** 喘氣；喘吁吁地說. Tom is *panting* from playing tennis too hard. 湯姆因為網球打得太激烈而不斷喘氣.

2 喘吁吁地行走[奔跑](*along*).

3 (通常 be panting)渴望, 憧憬(*for, after*).

— *vt.* 喘著氣說(*out; forth*). *pant out* a few words 喘吁吁地說了幾句話.

— *n.* (*pl.* **~s** [~s; ~s]) ⓒ 喘氣, 喘息. the *pants* after the fight 爭鬥後的喘息.

pan·ta·loon [ˌpæntlˈun; ˌpæntəˈluːn] *n.* ⓒ
1 傻裡傻氣的老丑角(在默劇中飾演遭人嘲弄角色的滑稽演員). **2** (pantaloons)(特指 19 世紀時穿的)緊身褲(trousers).

pan·the·ism [ˈpænθiˌɪzəm; ˈpænθiːɪzəm] *n.*
ⓤ 泛神論；多神教；《一種將神與自然、宇宙視爲一體的信仰》.

pan·the·ist [ˈpænθiɪst; ˈpænθiːɪst] *n.* ⓒ 泛神論者；多神教信仰者.

pan·the·is·tic [ˌpænθiˈɪstɪk; ˌpænθiːˈɪstɪk] *adj.* 泛神論的；多神教信仰的.

pan·the·on [ˈpænθiən; ˌ-ˌɑn, pænˈθiən; ˈpænθiən] *n.* **1** (the *Pantheon*)(羅馬的)萬神殿(祭祀古羅馬眾神的神殿；建在作爲教堂使用的).

2 (泛指)萬神廟(祭祀所有神靈的建築物).

3 ⓒ 先賢祠(祭祀對國家有功人物的殿堂；位於巴黎的先賢祠頗爲著名).

pan·ther [ˈpænθɚ; ˈpænθə(r)] *n.* ⓒ (動物)豹(leopard)(特指黑豹)；(美)美洲獅(cougar).

pant·ies [ˈpæntɪz; ˈpæntɪz] *n.* (作複數)(女用)內褲, 襯褲；《口》(兒童穿的)短褲.

pan·to·graph [ˈpæntəˌgræf; ˈpæntəɡrɑːf] ⓒ **1** 伸縮繪圖器(繪製放大[縮小]平面圖的器具). **2** 導電弓架(電車頂上的導電裝置).

[pantograph 1]

pan·to·mime [ˈpæntəˌmaɪm; ˈpæntəmaɪm] *n.* **1** ⓤ 動作, 手勢. **2** ⓤⓒ 默劇, 啞劇.

pan·try [ˈpæntrɪ; ˈpæntrɪ] *n.* (*pl.* **-tries**) ⓒ 餐具室[櫥]；食品室[櫥]；(通常位於餐廳或廚房的旁邊).

*pants [pænts; pænts] *n.* (作複數) **1** 女褲；(美)男褲(trousers). put on [take off] one's *pants* 穿[脫]褲子.

2 (主英)襯褲(underpants)；(女用)內褲.
wear the pánts (美、口)= wear the trousers (trousers 的片語).

pant·suit [ˈpæntˌsut; ˈpæntˌsuːt] *n.* ⓒ (美)褲裝(由上衣與褲子搭配成的女用套裝).

pan·ty hose [ˈpæntɪˌhoz; ˈpæntɪhəʊz] *n.* (作複數)(主美)褲襪(《主英)tights).

pap [pæp; pæp] *n.* ⓤ (專門給幼兒或病人食用的)糊, 半流質食物.

pa·pa [ˈpɑpə; pəˈpɑː] *n.* (*pl.* **~s**) ⓒ 爸爸(→ mamma). 參考(1)(英)以前的幼兒用語. (美)是 father 的口語用法. (2)通常多用 dad, daddy.

pa·pa·cy [ˈpepəsɪ; ˈpeɪpəsɪ] *n.* (*pl.* **-cies**) **1** (加)羅馬教皇(Pope)的權威[地位], 教皇權力.

2 ⓒ 羅馬教皇的任期. **3** ⓤ (常 *P*apacy)教皇制度.

pa·pal [ˈpepl; ˈpeɪpl] *adj.* (限定)羅馬教皇的；教皇制度的；羅馬天主教教會的.

pa·paw [ˈpɔpɔ; pəˈpɔ:] *n.* ⓒ巴婆樹《產於北美溫帶地區的果樹》; Ⓤⓒ巴婆樹的果實.

pa·pa·ya [pəˈpaɪə, pɑˈpɑjə; pəˈpaɪə] *n.* ⓒ木瓜樹《原產於熱帶美洲的果樹》; Ⓤⓒ木瓜.

‡**pa·per** [ˈpepɚ; ˈpeɪpə(r)] *n.* (*pl.* ~s [~z; ~z])
〖紙〗 **1** Ⓤ紙;《形容詞性》紙(製)的. *Japanese sliding doors are made of* paper *and wood.* 日本的拉門是用紙和木頭做的/I wrapped *the book in* paper. 我把書用紙包起來/glossy [slick] paper 光面紙/a paper napkin [towel] 紙餐巾[毛巾]/blank paper 白紙/brown paper (褐色的)包裝紙/ruled paper (方格紙)/a piece of paper 一張紙(★指任意大小或形狀的紙)/two sheets of paper 兩張紙(★指有一定大小或形狀的紙).
〖寫有內容的紙〗 **2** (papers)文件, 文書; (身分, 戶籍等的)證明書. I lost my car ownership papers. 我遺失了我的汽車行照.
3 ⓒ研究論文(*on, about* 有關⋯); 解說; (作為學生的作業或考試用的)論文, 報告; 試題(卷); 答案(卷). submit one's paper *to a medical journal* 向醫學雜誌投稿論文/write a paper *on the habits of* koala *bears* 撰寫有關無尾熊生態作息的論文/read [deliver] a paper *on* global warming *at* Yale University 於耶魯大學發表有關溫室效應的學術論文/write a seminar paper 寫研討會的報告/hand in a paper *by the end of the week* 於本週前交出報告/grade [mark] *the* papers 閱卷/*The Collected* Papers *of Henry Sweet*《亨利・斯威特論文集》(書名).
4 ⓒ《口》報紙(newspaper). a daily [an evening] paper 日[晚]報/trade papers 同業報訊/What do *the* papers *say?* 報紙上怎麼說?/What paper do you take? 你訂甚麼報?/be in [get into] *the* papers 登在報上, 上報.
5 Ⓤ紙幣; 票據.
6 Ⓤⓒ壁紙(wallpaper).
7 《形容詞性》如紙般薄的; 紙上的; 只是紙上的, 空想的. a paper plan 紙上談兵.
commit...to páper 《誇張》記下⋯.
on páper 以書面形式(的), 文書上(的); 理論上(的), 從書面資料來看(的). put an agreement *on* paper 簽署書面協議/He looks good *on* paper. 從書面資料[履歷表]上來看他似乎不錯.
pùt [sèt] pén to páper → pen¹ 的片語.
— *vt.* 貼(壁)紙於⋯; 用紙包⋯. I papered *the living room over the weekend.* 我利用週末把客廳的壁紙貼好了.
pàper óver... 掩飾[錯誤等], 欺騙.

●——Ⓤ與ⓒ含義不同的名詞

	Ⓤ	ⓒ
air	空氣	外觀, 神態
cloth	布料	桌巾
coffee	咖啡	一杯咖啡
copper	銅	銅幣
glass	玻璃	酒杯, 玻璃杯
iron	鐵	熨斗
paper	紙	報紙
speech	說話	演講
tea	茶	一杯茶
time	時間	次數
wood	木材	森林

pa·per·back [ˈpepɚˌbæk; ˈpeɪpəbæk] *n.* ⓒ平裝的書, 平裝本, (↔ hardback).
— *adj.*《限定》平裝本的(書).

páper bàg *n.* ⓒ紙袋.

pa·per·bound [ˈpepɚˌbaʊnd; ˈpeɪpəbaʊnd] *adj.* =paperback.

páper bòy [gìrl] *n.* ⓒ報童, 送報人.

páper clìp *n.* ⓒ紙夾.

pa·per·hang·er [ˈpepɚˌhæŋɚ; ˈpeɪpəˌhæŋə(r)] *n.* ⓒ貼壁紙的工人.

páper knìfe *n.* ⓒ裁紙刀.

pàper mòney *n.* Ⓤ紙幣.

pàper tíger *n.* ⓒ「紙老虎」, 外強中乾而無實力的人[物].

pa·per·weight [ˈpepɚˌwet; ˈpeɪpəweɪt] *n.* ⓒ紙鎮, 鎮尺.

pa·per·work [ˈpepɚˌwɝk; ˈpeɪpəwɜːk] *n.* Ⓤ文書作業.

pa·per·y [ˈpepərɪ; ˈpeɪpərɪ] *adj.* 如紙般的, 薄的.

pa·pier-mâ·ché [ˌpepəməˈʃe, ˌpæpjemæˈʃe; ˌpæpjeɪˈmæʃeɪ] (法語) *n.* Ⓤ製型紙(在碎紙片或紙漿中摻入樹膠等而製成之物).

pa·pist [ˈpepɪst; ˈpeɪpɪst] *n.* ⓒ羅馬天主教教徒《新教徒所用, 意含輕蔑與憎惡的用語》.

pa(p)·poose [pæˈpus; pəˈpuːs] *n.* ⓒ北美印第安人的嬰兒.

pa·pri·ka [pæˈprikə, pə-; ˈpæprɪkə] *n.* Ⓤ《植物》辣椒; 辣椒粉(將辣椒製成粉末的香辣調味料).

Pa·pu·a New Guin·ea [ˈpæpjuə,njuˈgɪnɪ; ˈpɑːpʊə,njuːˈgɪnɪ] *n.* 巴布亞紐幾內亞(新幾內亞島東部的國家; 首都 Port Moresby).

pa·py·rus [pəˈpaɪrəs; pəˈpaɪərəs] *n.* **1** Ⓤ紙莎草(產於埃及等的水生植物; 古埃及人以此為原料來造紙). **2** Ⓤ紙莎草紙. **3** ⓒ (書寫於紙莎草紙上的)古文書.

par [pɑr; pɑ:(r)] *n.* **1** Ⓤ(質, 量, 程度等的)標準, 平均; (健康, 身體狀況等的)常態. **2** 《a Ⓤ》同等, 同位, 同水準. The two brothers are on a par (*with each other*) *in intelligence.* 那兄弟倆在智力上(彼此)不相上下. **3** Ⓤ《經濟》(證券的)票面價值(par value). above [below] par 高[低]於票面價值/at par 以票面價格地. **4** ⓒ《高爾夫球》標準桿數. 〔參考〕一個洞穴或一次賽程以多少桿數(strokes)為一回合的基準. 在打一個洞時, 若比par 少三桿稱為 albatross, 少二桿稱為 eagle, 少一桿稱為 birdie, 多一桿則稱為 bogey.

par. (略) paragraph.

para- (構成複合字)表「防止⋯, 在⋯之旁的, 副⋯等」之意. parachute. parallel.

par·a·ble [ˈpærəbl; ˈpærəbl] *n.* ⓒ寓言, 寓意

性的說法,《譬如新約聖經便有許多寓言》; 比喻.

pa·rab·o·la [pəˋræbələ; pəˋræbələ] n. C 《數學》拋物線.

par·a·bol·ic [͵pærəˋbɑlık; ͵pærəˋbɒlık] adj. 1 《數學》拋物線(狀)的. 2 寓意性的, 比喻性的.

par·a·chute [ˋpærə͵ʃut; ˋpærəʃuːt] n. C 降落傘. 字源 para-+chute (落下).
— vt. 使…用降落傘降落.
— vi. 用降落傘降落.

par·a·chut·ist [ˋpærə͵ʃutıst; ˋpærəʃuːtıst] n. C 傘兵; 跳傘者.

‡pa·rade [pəˋred; pəˋreıd] n. (pl. ~s [~z; ~z]) 〖行列〗 1 UC (紀念日, 節日等的)遊行, 列隊行進; 示威遊行; 宣傳隊伍. the Fourth of July parade 7月4日美國獨立紀念日遊行/a circus parade 馬戲團的遊行隊伍.
2 UC (軍事)閱兵, 閱兵典禮. on parade 《軍隊》舉行閱兵儀式.
3 C = parade ground; (通常指海濱的)散步道路.
4 (並列) C (常表輕蔑)炫耀, 誇示. She is always making a parade of her wealth. 她總是在炫耀自己的財富.
— v. (~s [~z; ~z]; -rad·ed [~ıd; ~ıd]; -rad·ing) vt. 1 使(在大街上等)列隊遊行; 使(軍隊)整列(列隊)行進, 閱兵, 校閱. The military band paraded the streets. 軍樂隊在街上遊行.
2 炫耀, 誇示. parade one's knowledge 炫耀自己的知識.
— vi. 1 列隊遊行; 示威遊行.
2 為閱兵而遊行(整隊).

paráde gróund n. C 閱兵場.

par·a·digm [ˋpærə͵dım, -͵daım; ˋpærədaım] (★注意發音) n. C 1 典型, 範例.
2 《文法》字形變化(表).

pa·rad·ing [pəˋredıŋ; pəˋreıdıŋ] v. parade 的現在分詞、動名詞.

＊par·a·dise [ˋpærə͵daıs; ˋpærədaıs] n. 1 U (通常 Paradise)天堂, 天國. He has gone to Paradise. 他已上天堂了.
2 a U 樂園; 《口》美麗的(快樂的, 極佳的)地方. a fisherman's paradise 垂釣者的樂園.
3 U 至高無上的幸福, 極樂. This affluence is paradise to me compared with that hand-to-mouth life. 比起當年勉強糊口的生活, 今日富裕的生活對我來說真是無比的幸福.
4 (Paradise)伊甸園(the Garden of Eden).

＊par·a·dox [ˋpærə͵dɑks; ˋpærədɒks] n. (pl. ~es [~ız; ~ız]) UC 1 弔詭, 似非而是的話, 《乍聽之下矛盾, 然而實際上卻是傳達某一真理(至理)的言論》. "The more a man has, the more he wants" is a paradox. 「一個人有的愈多, 就愈想得到更多」是一種弔詭的說法.
2 矛盾的言論, 不合情理的事. It is a paradox that such a rich country should have such poor welfare services. 那麼富有的國家福利事業卻如此

糟糕, 實在是不合情理.

par·a·dox·i·cal [͵pærəˋdɑksık; ͵pærəˋdɒksıkl] adj. 弔詭的; 矛盾的, 不合情理的.

par·a·dox·i·cal·ly [͵pærəˋdɑksık; ͵pærəˋdɒksıkəlı] adv. 弔詭地, 似非而是地說.

par·af·fin [ˋpærəfın; ˋpærəfın] n. U 1 石蠟 《從石油中提取的蠟狀物質; 用來製作蠟燭或瓶口的封蠟等》. 2 《英》煤油(亦作 pàraffin óil; 《美》kerosene).

pāraffin wáx n. = paraffin 1.

par·a·glid·ing [ˋpærə͵glaıdıŋ; ˋpærəglaıdıŋ] n. U 飛行傘運動(使用長方形的降落傘在空中滑行的運動).

par·a·gon [ˋpærə͵gɑn, -gən; ˋpærəgən] n. C 《文章》典型, 模範, 範例.

‡par·a·graph [ˋpærə͵græf; ˋpærəgrɑːf] n. (pl. ~s [~s; ~s]) C 1 (文章的)段落, 節. Your homework is to write a few paragraphs about your summer vacation. 你(們)的作業就是寫幾段有關暑假的作文. 參考 通常指以敘述一個完整內容的幾個連貫句子所構成的文章單位; 起首處內縮數格(→ indent).
2 (報紙等的)(新聞)短評. an editorial paragraph 小社論.
3 段落符號(¶).
— vt. 將〔文章〕分段.

Par·a·guay [ˋpærə͵gwe, -͵gwaı; ˋpærəgwaı] n. 巴拉圭(南美中部的國家; 首都 Asunción).

par·a·keet [ˋpærə͵kit; ˋpærəkiːt] n. C (鳥)長尾小鸚鵡 (鸚鵡科, 小型鸚哥的總稱).

par·al·lax [ˋpærə͵læks; ˋpærəlæks] n. UC 《天文》視差; 《攝影》視差 《鏡頭所攝的影像和取景器的視野之間所產生的偏差》.

[parakeet]

‡par·al·lel [ˋpærə͵lɛl; ˋpærəlel] adj. 1 (線, 面)平行的(to, with); (兩者以上的線, 面互相)平行的(to). The road runs parallel with (to) the stream. 道路和小河平行.
2 (意義, 傾向等)相同的, 類似的; 對應的, 一致的; (to). Our situations are parallel to yours. 我們的情況和你們相同/I've never encountered a parallel case before. 我以前未曾遇過類似的事情.
— n. (pl. ~s [~z; ~z]) 1 C 平行線; 平行物. The helmsman steered on a parallel with the enemy. 舵手讓船與敵船並行前進.
2 C 類似物; 匹敵之人(物), 對等者.
3 C 對比, 比較.
4 C 緯線(亦作 pàrallel of látitude). on the 30th parallel north of the equator 在北緯 30 度線的位置.
5 U 《電》(電路的)並聯(↔ series).
dráw a párallel between A and B 將 A 和 B 作比較. He drew a parallel between Japan and

Germany in their postwar development. 他將日本和德國在戰後的發展作了一番比較.

in párallel with... 與…平行地; 同時地.

on a párallel with... 與…平行; 與…勢均力敵.

without (*a*) *párallel* 無與倫比的, 無法相提並論的. Newton was a scientist *without parallel* in his age. 牛頓是當時最偉大的科學家.

— *vt.* (~s; 《美》~ed, 《英》~led; 《美》~ing, 《英》~ling) **1** 與…平行; 使成平行. The road *parallels* the river. 那條道路與河流平行／What he says here *parallels* my own thinking. 他這裡所說的和我自己的想法一致.

2 與…相匹敵; 與…相對應. Leonardo's great genius has never been *paralleled*. 李奧納多的天才至今無人可與之匹敵.

pàrallel bárs *n.* (加the)《作複數》《體操》雙槓(→ gymnastics 圖).

par·al·lel·ism [ˈpærəlɛlˌɪzəm; ˈpærəlelɪzəm] *n.* **1** ⓤ平行. **2** ⓤ ⓒ 類似; 相應. **3** ⓤ ⓒ (在使用對句等文章裡的)對句法, 平行句法.

par·al·lel·o·gram [ˌpærəˈlɛləˌgræm; ˌpærəˈleləʊgræm] *n.* ⓒ《數學》平行四邊形.

par·a·lyse [ˈpærəˌlaɪz; ˈpærəlaɪz] *v.* 《英》= paralyze.

pa·ral·y·ses [pəˈrælə,siz; pəˈrælisiːz] *n.* paralysis的複數.

pa·ral·y·sis [pəˈræləsɪs; pəˈrælisis] *n.* (*pl.* **-ses**) ⓤ ⓒ **1** 《醫學》麻痺, 癱瘓; 中風. infantile *paralysis* 小兒麻痺(polio)／cerebral *paralysis* 腦性麻痺. **2** 癱瘓狀態; 機能停滯.

par·a·lyt·ic [ˌpærəˈlɪtɪk; ˌpærəˈlitik] *adj.* 癱瘓的, 麻痺的; 中風的. — *n.* ⓒ中風患者.

par·a·lyze [ˈpærəˌlaɪz; ˈpærəlaɪz] *vt.* **1** 使麻痺; (因中風)使癱瘓. His left arm is *paralyzed*. 他的左臂癱瘓了. **2** 使無力, 使無法活動. The child was *paralyzed* with fear. 那孩子嚇得無法動彈／The parade *paralyzed* traffic all across the downtown area. 遊行隊伍癱瘓了整個市中心的交通.

par·a·med·ic [ˌpærəˈmɛdɪk; ˌpærəˈmedik] *n.* ⓒ《美》醫療救護員(緊急救護員等).

pa·ram·e·ter [pəˈræmətə; pəˈræmitə(r)] *n.* ⓒ **1** 《數學》參數; 參變量;《統計學》參數, 母數. Temperature, pressure and humidity are *parameters* of the atmosphere. 溫度、氣壓和濕度是大氣的三大參數. **2** 《通俗》要素; (parameters)限制, 界限. Cost is the dominant *parameter* of our new project. 成本是我們新計畫的最主要的限制.

par·a·mil·i·tar·y [ˌpærəˈmɪlɪˌtɛrɪ; ˌpærəˈmɪlɪterɪ] *adj.* 輔助軍隊的, 準軍事性質的.

par·a·mount [ˈpærəˌmaunt; ˈpærəmaʊnt] *adj.* 《文章》最高的(supreme), 最出色的; 卓越的.

par·a·noi·a [ˌpærəˈnɔɪə; ˌpærəˈnɔɪə] *n.* ⓤ《醫學》妄想症.

par·a·noi·ac [ˌpærəˈnɔɪæk; ˌpærəˈnɔɪæk] *n.* ⓒ妄想症患者. — *adj.* 妄想症的.

par·a·noid [ˈpærəˌnɔɪd; ˈpærənɔɪd] *n., adj.* = paranoiac.

par·a·pet [ˈpærəpɪt, -ˌpɛt; ˈpærəpɪt] *n.* ⓒ **1** 胸牆(用泥土或石塊在城牆邊緣圍築而起的矮牆). **2** (陽臺、屋頂和橋等邊緣的)扶手, 欄杆.

par·a·pher·na·lia [ˌpærəfəˈnelɪə; ˌpærəfəˈneɪljə] *n.* ⓤ(通常作複數) **1** (個人的)隨身用品. **2** (必備的)一套用具. fishing *paraphernalia* 一套釣具.

par·a·phrase [ˈpærəˌfrez; ˈpærəfreɪz] *n.* ⓒ改述(用另一種敍述方式淺顯易懂地概述某篇文章或談話的內容). — *vt.* 將…改述, 改用別的詞語解說.

par·a·ple·gi·a [ˌpærəˈplidʒɪə; ˌpærəˈpliːdʒə] *n.* ⓤ《醫學》截癱(下半身癱瘓).

par·a·ple·gic [ˌpærəˈplɛdʒɪk; ˌpærəˈpliːdʒɪk] *adj.* 截癱的. — *n.* ⓒ截癱患者.

par·a·sail·ing [ˌpærəˌselɪŋ; ˌpærəˌseɪlɪŋ] *n.* ⓤ拖曳傘(由汽艇拉動降落傘於空中飛行的運動).

par·a·site [ˈpærəˌsaɪt; ˈpærəsaɪt] *n.* ⓒ **1** 寄生蟲(tapeworm, louse等), 寄生植物(mistletoe等), 寄生物, (↔ host). **2** 受人恩惠卻不知回報的人; 趨炎附勢者.

par·a·sit·ic [ˌpærəˈsɪtɪk; ˌpærəˈsitik] *adj.* **1** 寄生的, 寄生蟲的; 因寄生蟲引起的. **2** 不知回報的, 趨炎附勢的.

*∗**par·a·sol** [ˈpærəˌsɔl, -ˌsal; ˈpærəsɒl] *n.* (*pl.* ~s [~z; ~z]) ⓒ(特指女用的)陽傘, 遮陽傘, (目前較常用sunshade; → umbrella 圖). a woman in white carrying a *parasol* 撐著陽傘的白衣女子. 字源 SOL「太陽」: para*sol* (<遮陽), *sol*ar (太陽的), *sol*stice (夏[冬]至).

par·a·troop·er [ˈpærəˌtrupɚ; ˈpærətruːpə(r)] *n.* ⓒ《軍事》傘兵.

par·a·troops [ˈpærəˌtrups; ˈpærətruːps] *n.* 《作複數》傘兵部隊.

par·a·ty·phoid [ˌpærəˈtaɪfɔɪd; ˌpærəˈtaɪfɔɪd] *n.* ⓤ《醫學》類傷寒.

par a·vion [ˌpɑrɑˈvjɔ̃; ˌpɑːrɑːˈvjɔ̃] 《法語》 *adv.* 以航空郵件(寄送)(by airmail).

par·boil [ˈpɑrˌbɔɪl; ˈpɑːbɔɪl] *vt.* (通常在短時間內)將…煮成半熟; 將…預先煮熟(為之後的燒烤預先做好準備等).

*∗**par·cel** [ˈpɑrsl; ˈpɑːsl] *n.* (*pl.* ~s [~z; ~z]) 【分成小件的物品】**1** ⓒ包裹, 小包, 小件行李, (《英》特指郵件的包裹)(《美》亦作package). a *parcel* of books 書籍包裹.

搭配 *v.*+parcel: deliver a ~ (遞送包裹), get a ~ (收到包裹), send a ~ (寄出包裹), unwrap a ~ (打開包裹), wrap up a ~ (包裝包裹).

2 ⓒ《主美》(將大片土地分割後的)一個區域.

3 ⓐ ⓤ 一幫, 一群, (of〈人, 物〉的). a *parcel* of bad boys 一幫不良少年.

pàrt and párcel → part *n.* 的片語.

— *vt.* (~s; 《美》~ed, 《英》~led; 《美》~ing, 《英》~ling) **1** 分割, 分配, (out).

2 包裝成小包((*up*)). She *parceled up* some old clothes for the refugees. 她把舊衣服包成幾個包作為救助難民之用.

par·cel pòst n. ⓤ 郵包處理部門(略作 p.p.).

parch [pɑrtʃ; pɑːtʃ] vt. 《文章》**1** 〔熱浪, 炎暑等〕使乾燥, 使乾涸; 使〔人, 嗓子等〕乾渴.

2 炒, 烘烤, 〔穀物等〕. *parched* beans 炒豆.

parch·ment [ˈpɑrtʃmənt; ˈpɑːtʃmənt]
n. **1** ⓤⓒ 羊皮紙(將綿羊, 山羊等的皮精製成可供寫字用的紙張); 仿羊皮紙.

2 ⓒ 書寫在羊皮紙上的古書.

‡**par·don** [ˈpɑrdn; ˈpɑːdn] n. (pl. ~s [~z; ~z])
1 ⓤⓒ 原諒, 寬恕, 《for 人的過失, 無禮等》. A thousand *pardons for* my interruption. 對於我的打擾, 實感萬分歉意.

2 ⓒ 《宗教》(罪行的)赦免, 寬恕; 《法律》(給予受到刑罰罪犯的)特赦, 恩赦; 特赦狀.

3 =indulgence 3.

* **I bég your párdon.** (1)對不起, 很抱歉, (★用於碰撞到別人身體等輕微過失時的道歉語; 亦作 Pardon me. 或 I'm sorry.).

(2)抱歉, 對不起, (★用於想通過擁擠的人群時; 亦作 I'm sorry. 或 Excuse me.).

(3)(pardon 語調上揚)對不起, 請再說一遍, (★用於聽不清楚或不瞭解而need重複問一次時; 日常會話中亦作 Beg pardon. 或 Pardon., 語調求要上揚; 亦可寫作 I beg your pardon? Beg pardon? Pardon?等).

(4)(pardon 用下降語調)對不起(★用於叫住人或與人搭話時; 亦作 Pardon me.; 比 Excuse me. 更恭敬). *I beg your pardon*, but could you direct me to the Atlantic Hotel? 對不起, 你能不能告訴我大西洋飯店怎麼走呢?

(5)對不起(★用於無法同意對方的意見或發言等時; 其語調與(4)相同). "*I beg your pardon*," the boy said, "But what you have just said is not the case." 那男孩說: 「對不起, 您剛才所說的並非實情.」

— vt. (~s [~z; ~z]; ~ed [~d; ~d]; ~ing)
1 (a)原諒, 寬恕, 〔人〕《for doing》; 饒恕〔人的行為〕. *Pardon* me *for asking*, but where did you go to college? 請容我這樣問, 您是讀哪一所大學? (b) 句型4 (pardon **A B**) 原諒 A(人)所做的 B(行為), 寬恕. *Pardon* me my intrusion. 原諒我的打擾.

2 《法律》赦免, 特赦, 〔人, 罪行等〕(★ 亦可用 句型4). The prisoner was *pardoned* at the last minute. 那名囚犯在最後一刻被赦免了. 同 pardon 是比較正式的詞, 嚴格的用法是指公家單位等的不處罰行為; → excuse, forgive, overlook. *Párdon* (*me*). = I beg your pardon. (→ n. 的片語).

par·don·a·ble [ˈpɑrdnəbl, -dnəbl; ˈpɑːdnəbl] adj. 可原諒的, 能寬恕的; 不勉強的.

par·don·a·bly [ˈpɑrdnəblɪ, -dnəblɪ; ˈpɑːdnəblɪ] adv. 可原諒地.

par·don·er [ˈpɑrdənə; ˈpɑːdnə(r)] n. ⓒ **1** 原諒者. **2** (中世紀時)販售贖罪券者.

pare [pɛr, pær; peə(r)] vt. **1** (用小刀等)削皮. *pare* an apple 削蘋果皮.

2 剪〔指甲〕; 削去〔邊, 角等〕《off; away》.

3 縮減, 削減, 《away; down》. *pare* (*down*) expenses in the family to the minimum 把家裡的開支縮減到最少.

‡**par·ent** [ˈpɛrənt, ˈpærənt, ˈperənt; ˈpeərənt] n. (pl. ~s [~s; ~s]) ⓒ
1 父母(父親或母親); (parents)雙親. fond [indulgent] *parents* 溺愛孩子的父母/a single *parent* 單親/foster *parents* 養父母/My *parents* are no longer alive. 我父母親已不在世了.

搭配 adj.+parent: adoptive ~s (養父母), natural ~s (親生父母), a strict ~ (嚴格的父親[母親]).

2 《雅》《誇張》原因, 起源, 根本. Industry is the *parent* of success. 勤勉為成功之本.

3 《形容詞性》父母親的; 父母親般的; 根本的. a *parent* company 母公司, 總公司.

par·ent·age [ˈpɛrəntɪdʒ, ˈpærənt-, ˈperənt-; ˈpeərəntɪdʒ] n. **1** ⓤ 出身, 血統. a man of noble *parentage* 出身高貴的男子.

2 =parenthood.

***pa·ren·tal** [pəˈrɛntl; pəˈrentl] adj. 父母親的, 作為父母親的; 像父母親般的. *parental* duties 為人父母的義務.

pa·ren·the·ses [pəˈrɛnθəˌsiz; pəˈrenθɪsiːz] n. parenthesis 的複數.

***pa·ren·the·sis** [pəˈrɛnθəsɪs; pəˈrenθɪsɪs] n. (pl. **-ses**) ⓒ **1** (通常用括號, 破折號, 逗點等符號標出的)插入語. in *parentheses* 插入性地〔補充說明 等〕. **2** (通常 parenthes*es*)圓括號, 括弧, 《( ); → brace, bracket》. enclose a word in *parentheses* 將某個字用括號括起來.

in parénthesis 《說話時》順便一提.

par·en·thet·ic, par·en·thet·i·cal [ˌpærənˈθɛtɪk, ˌpærənˈθetɪk, ˌpærənˈθetɪkl] adj. **1** 插入語的; 插入語性的.

2 補充性的, 詳細說明的.

par·ent·hood [ˈpɛrəntˌhʊd; ˈpeərənthʊd] ⓤ 為人父母的資格; 父母親的身分.

par·ent·ing [ˈpɛrəntɪŋ; ˈpeərəntɪŋ] n. ⓤ 養育子女.

Pàrent-Téacher Associàtion n. ⓒ 學生家長與教師教育促進會, PTA.

par ex·cel·lence [ˌpɑr ˈɛksəˌlɑns; ˌpɑːˈeksəlɑːns] (法語) adv. 出類拔萃地, 無與倫比地.

par·fait [pɑrˈfe, pɑrˈfɛ; ˈpɑːfeɪ] (法語) n. ⓤⓒ 冰淇淋水果凍(一種甜點; 將冰淇淋, 果汁和水果盛入玻璃杯的甜食).

pa·ri·ah [pəˈraɪə, ˈpærɪə, ˈpɑr-; pəˈraɪə] n. ⓒ **1** (有時 P*ariah*)賤民(印度種姓階級中最下層的人民). **2** (被摒棄於社會之外的)受排擠者, 被放逐者.

par·ing [ˈpɛrɪŋ; ˈpeərɪŋ] n. **1** ⓒ (通常 parings) (蔬菜, 水果等的)削去的皮. **2** ⓤ 削皮.

***Par·is¹** [ˈpærɪs; ˈpærɪs] n. 巴黎(法國首都).

Paris is in the north of France. 巴黎在法國北部.
⇨ *adj.* **Parisian.**

Par·is[2] [ˋpærɪs; ˈpæris] *n.* 《希臘神話》帕里斯《Troy 的王子; 引發特洛伊戰爭》.

***par·ish** [ˋpærɪʃ; ˈpæriʃ] *n.* (*pl.* ~**es** [~ɪz; ~iz]) ○C 1 教區《基督教教會行政上的一個區域, 區內有一座教堂及一人(以上)的教區牧師》. The *parish* priest was giving a sermon. 教區牧師正在講道.
2 《美》Louisiana 的郡(county).
3 《英》(a) (行政)教區(地方自治的最小單位, 特指村(village)). (b) 《★用單數亦可作複數》(集合) (行政)教區的居民.

pàrish clérk *n.* ○C 教區執事.

pa·rish·ion·er [pəˋrɪʃənə, ˏ`rɪʃnɚ; pəˈriʃənə(r)] *n.* ○C 教區居民.

Pa·ri·sian [pəˋrɪʒən, pəˋrɪʒɪən; pəˈriziən] *adj.* 巴黎的; 巴黎人的, 巴黎式的.
— *n.* ○C 巴黎人, 道地的巴黎人, 巴黎市民.

par·i·ty [ˋpærətɪ; ˈpærəti] *n.* ○U《文章》(力量, 地位, 程度, 價值等的)同等性; 勢均力敵, 均等.

park [pɑrk; pɑːk] *n.* (*pl.* ~**s** [~s; ~s]) ○C 1 公園; 遊樂場所; 自然公園, 國家公園. We went for a stroll in the *park*. 我們到公園裡散步/Hyde *Park* (倫敦的)海德公園/Yellowstone National *Park* (美國的)黃石國家公園.
2 《英》私人庭園, 大庭園, 《貴族等位於鄉野的宅邸四周的廣大土地》.
3 《美》競賽場, 體育場; 《英、口》(加 the)足球場. a baseball *park* 棒球場.
4 《軍事》(槍砲等的)軍火保修庫.
5 停車場.
— *v.* (~**s** [~s; ~s]; ~**ed** [~t; ~t]; ~**ing**) *vt.*
1 (a)停放《車輛等》. He *parked* his car in the parking lot of a supermarket. 他把車子停在超級市場的停車場內. (b) (用 be parked)《人》停放《自己的車》. I am *parked* outside this building. 我把車子停在這棟大樓外面.
2 《口》放置, 寄放. They *parked* their things in the baggage room. 他們把東西放在行李寄放處.
— *vi.* 停車.

par·ka [ˋpɑrkə; ˈpɑːkə] *n.* ○C 連帽防寒衣《登山, 滑雪時所穿附有兜帽的防寒外套; 比 anorak 長; 原為愛斯基摩人的服裝》.

Pàrk Ávenue *n.* 公園大道《位於 New York 市 Manhattan 區中央的南北向大街, 高級住宅林立》.

***park·ing** [ˋpɑrkɪŋ; ˈpɑːkiŋ] *n.* ○U 1 (車輛的)停放. No *parking*. 禁止停車(告示).
2 停車的場所.

[parka]

pàrking lòt *n.* ○C 《美》停車場(《英》car park).

pàrking mèter *n.* ○C 停車計時器.

Par·kin·son's disease [ˋpɑrkɪnsənzdɪˏzɪz; ˈpɑːkinsnzdiˌziːz] *n.* ○U《醫學》

帕金森氏症.

park·land [ˋpɑrklænd; ˈpɑːklænd] *n.* ○U
1 《英》(有樹木而寬闊的)綠地.
2 公園(用地), 適合闢作公園的土地.

park·way [ˋpɑrkˏwe; ˈpɑːkwei] *n.* (*pl.* ~**s**) ○C 《美》園區內的道路, 公園大道, 《兩旁有林蔭, 草坪等的大道》.

park·y [ˋpɑrkɪ; ˈpɑːki] *adj.* 《英、口》(空氣, 天氣等)寒冷的(chilly).

par·lance [ˋpɑrləns; ˈpɑːləns] *n.* ○U《文章》說法; 用語. in medical *parlance* 以醫學用語.

par·lay [ˋpɑrlɪ; ˈpɑːli] *n.* ○U 將贏來的錢與本金一起作為下次的賭注.
— *vt.* (~**s**; ~**ed**; ~**ing**) 將(贏來的錢與本金)作為下次的賭注; 利用(資金, 才能等)以獲取更大的財富(成功).

par·ley [ˋpɑrlɪ; ˈpɑːli] 《文章》*n.* (*pl.* ~**s**) ○C 《為解決紛爭的》會談, 交涉; 《特指有關與敵方休戰等的》談判. hold a *parley* (with...) (與…)交涉, 談判/peace *parleys* 和平談判.
— *vi.* (~**s**; ~**ed**; ~**ing**) 會談, 談判.

***par·lia·ment** [ˋpɑrləmənt; ˈpɑːləmənt] 《★注意發音》*n.* (*pl.* ~**s** [~s; ~s]) 1 ○C 議會, 國會; 會期中的議會. convene [summon] a *parliament* 召開國會/dissolve a *parliament* 解散國會.
2 (Parliament)英國國會《由 the House of Commons 與 the House of Lords 所組成; → congress 表》. stand for *Parliament* 參加國會議員競選/*Parliament* is sitting. 國會正在開會/Houses of Parliament, Member of Parliament → 見 Houses of Parliament, Member of Parliament.
ènter [gò into] *Párliament* 《英》成為下議院議員.
òpen *Párliament* 《英》(國王[女王])正式宣布國會開會.
字源 PARL 「說」: *parl*iament, *parl*or (接待室), *parl*ance (說法).

par·lia·men·tar·i·an [ˏpɑrləmənˋtɛrɪən, -ˋter-; ˏpɑːləmənˈteəriən] *n.* ○C 議事專家《精通議會法規, 慣例等的人》.

par·lia·men·ta·ry [ˏpɑrləˋmɛntərɪ, -trɪ; ˏpɑːləˈmentəri] *adj.* 議會的, 國會的; 由議會制定的. *parliamentary* procedure 議會程序.

***par·lor** (美), **par·lour** (英) [ˋpɑrlə; ˈpɑːlə(r)] *n.* (*pl.* ~**s** [~z; ~z]) ○C 1 《美》(某種行業的)工作室, 店鋪. a beauty *parlor* 美容院/a billiard *parlor* 撞球場(彈子房)/a funeral *parlor* 葬儀社/an ice-cream *parlor* 冰淇淋店.
2 《古》客廳. 參考 普通住宅的客廳現在多用 living [sitting] room(起居室).
3 (旅館, 俱樂部等的)接待室, 休息室.

pàrlor càr *n.* ○C《美》特等客車《設備豪華的對號火車》.

P

pár·lor gàme *n.* Ⓒ室內遊戲(坐著玩猜謎或文字遊戲等).

Par·me·san [ˌpɑrmə`zæn; ˌpɑːmɪ`zæn] *n.* Ⓤ巴馬乳酪(義大利所產的一種粉狀乳酪; 亦稱 **Pàr·mesan chéese**).

Par·nas·sus [pɑr`næsəs; pɑː`næsəs] *n.* **1** 《希臘神話》**Mount ~** 帕爾納索斯山(傳說中 Apollo 和 Muses 所居住的地方, 位於希臘中部). **2** Ⓒ學術和藝術的中心. **3** Ⓤ詩壇, 文壇.

pa·ro·chi·al [pə`rokɪəl, -kjəl; pə`rəʊkjəl] *adj.*
1 教區(parish)的.
2 地方性的; 眼光狹隘的, 偏狹的.

pa·ro·chi·al·ism [pə`rokɪəl͵ɪzm, -kjəl-; pə`rəʊkjəlɪzəm] *n.* Ⓤ **1** 眼界狹小; 狹隘觀念.
2 教區制度.

paróchial schòol *n.* Ⓒ《美》教會學校(宗教團體, 尤指天主教教會設立的中學[高中]).

par·o·dist [`pærədɪst; `pærədɪst] *n.* Ⓒ模仿別人詩文風格並加以改寫以達嘲諷效果的作家.

par·o·dy [`pærədɪ; `pærədɪ] *n.* (*pl.* **-dies**)
1 ⓊⒸ模仿改寫別人的詩文所作成的嘲諷作品.
2 Ⓒ拙劣的模仿; 滑稽的模仿.
— *vt.* (**-dies; -died; ~ing**) 模仿別人的作品並改寫成嘲諷作品; 拙劣地模仿.

pa·role [pə`rol; pə`rəʊl] *n.* Ⓤ **1** 假釋; 假釋期間. **2** 假釋的許可[批准].
on paróle 假釋中.
— *vt.* 使獲得假釋.

par·ox·ysm [`pærəks͵ɪzm; `pærəksɪzəm] *n.*
Ⓒ《文章》**1**(感情等的)激發.
2(疾病, 疼痛等的)突然發作; 痙攣.

par·quet [pɑr`ke, -`kɛt; `pɑːkeɪ]《法語》
n. **1** ⓊⒸ拼花地板. **2** Ⓒ《美》(劇場的一樓正面座位(位於管弦樂團演奏席後面的特等座; 亦稱 為 orchestra;《英》 stalls; → theater 圖).

par·ri·cide
[`pærə͵saɪd; `pærɪsaɪd]
n. **1** Ⓤ殺害父母(→ patricide, matricide).
2 Ⓒ殺害父母的人.

[parquet 1]

***par·rot** [`pærət; `pærət] (*pl.* **~s** [~s; ~s]) Ⓒ
1(鳥)鸚鵡(鸚鵡科鳥類的總稱). They keep a *parrot* as a pet. 他們養了一隻鸚鵡當寵物.
2(通常用於負面含義)模仿[重述]別人的話而不解其義的人, play the *parrot* 鸚鵡學舌, 學別人說話.
— *vt.* 《通常用於負面含義》像鸚鵡學話般地模仿人說; 機械式地反覆模仿.

par·ry [`pærɪ; `pærɪ]《文章》*vt.* (**-ries; -ried; ~ing**) **1** 躲開, 擋開,〔劍, 攻擊等〕.
2 迴避〔問題, 質詢等〕; 支吾敷衍.
— *n.* (*pl.* **-ries**) Ⓒ **1**(擊劍比賽等中對於敵方攻擊的)閃躲, 閃避, (⟷ pass).

2 支吾搪塞, 託辭.

parse [pɑrs; pɑːz] *vt.* 《文法》解析〔句子〕(分析、確定構成句子各要素的詞類、字形、結構彼此的相互關係).

Par·see, Par·si [pɑr`si, `pɑrsi; ˌpɑː`siː] Ⓒ印度袄教徒(從波斯逃到印度的難民後裔; 袄教徒).

par·si·mo·ni·ous [ˌpɑrsə`monɪəs, -njəs; ˌpɑːsɪ`məʊnjəs] *adj.*《文章》小氣的, 吝嗇的, (stingy).

par·si·mo·ny [`pɑrsə͵monɪ; `pɑːsɪmənɪ] *n.* Ⓤ《文章》極度節儉, 吝嗇.

pars·ley [`pɑrslɪ; `pɑːslɪ] *n.* Ⓤ《植物》荷蘭芹(芹科的栽培植物); 荷蘭芹葉(香辣調味料).

pars·nip [`pɑrsnəp, -͵nɪp; `pɑːsnɪp] *n.* Ⓒ《植物》歐洲蘿蔔(芹科的栽培植物; 根可食用).

par·son [`pɑrsṇ; `pɑːsn] *n.* Ⓒ **1**(英國國教的)教區牧師(rector, vicar 等).
2(口)(特指新教的)神職人員, 牧師.

par·son·age [`pɑrsṇɪdʒ; `pɑːsnɪdʒ] *n.* Ⓒ牧師寓所(教區牧師的住所).

‡**part** [pɑrt; pɑːt] *n.* (*pl.* **~s** [~s; ~s])【部分】Ⓒ **1**(全體中的)一部分(→ portion 之 whole), the lower *part* of a door 門的下半部分/in the early *part* of the summer 初夏時分/the greater *part* of his life 他的大半生.

┌─[搭配]─ *adj.*＋part: an important ~(重要部分), a major ~(主要部分), a significant ~(重要部分), a minor ~(不重要的部分), a small ~(小部分).

2 Ⓒ(身體的)器官;《口》(常用 parts)局部. one's (private) *parts* 陰部, 私處.

3 Ⓒ(機械的)零件. auto *parts* 汽車零件/spare *parts* 備用零件.

4【國土的一部分】Ⓒ(通常 parts)地方, 地域, 區域. travel in foreign *parts* 到國外各地旅行/I'm a stranger in these *parts*. 我對這一帶不熟/What *part* of America are you from? 你來自美國的哪個地方?

5【等分後的部分】Ⓒ **(a)**《接在序數詞之後》…分之一. A cent is a 100th *part* of a dollar. 一美分是一美元的百分之一.
(b)《接在基數詞之後》(等分後的)一個部分. That drink was one *part* liquor, and nine *parts* water. 那種飲料是一分酒和九分水調成的/three *parts* 四分之三(three-fourths)(通常在這樣的用法中, parts 前面的數字是比(未寫出的)分母少一).

【區分】**6** Ⓒ(文學作品, 論文文等的)篇, 部. *Part* Two 第二部, 第二篇/a long poem in five *parts* 分成五部的長詩.

7 Ⓒ《音樂》(聲樂, 器樂的)聲部, 音部; 樂曲的一部. What *part* do you sing? Tenor? 你唱哪一個聲部? 男高音嗎?

【工作的區分＞職責】**8** ⒶⓊ(工作的)職責, 職務; 本分, 職責範圍, (duty), act [do] one's *part* admirably 漂亮地完成份內工作.

9 Ⓒ(演員的)角色(role); 角色的臺詞. the chief *part* in a play 劇中的主角/play the *part* of Hamlet 飾演哈姆雷特這個角色.

10 【起作用】[aU]關係，關聯. I want no *part* in [of] the project. 我不想與這個計畫有任何關聯/take *part* (in...) (→片語).

11 【完成任務的能力】[C]《古》(常用 parts)(各種的)才能. a man of (many) *parts* 多才多藝的人. 【 分開 】 **12** [U](比賽，爭論，協議等的)一方，(對)方. Neither *part* agreed to the mediation. 雙方都不同意此項調解.

13 [C]《美》頭髮的分線(《英》parting).

⇨ *adj.* **partial.** *adv.* **partly, partially.**

(a) *part of...* …的一部分；有些…. *Part* of our classmates have joined the game, and the rest are watching it. 我們班上有部分同學參加了比賽，其餘的人則一旁觀戰. [語法]通常無冠詞；接在 of 後面的名詞若爲單數形則作單數，若爲可數名詞的複數形或作複數的集合名詞時則作複數.

* ***for mý pàrt*** (姑且不論他人)就我個人而言，對我來說. *For my part*, I have no objection to the plan. 就我個人而言，我對這項計畫並無異議.

* ***for the móst pàrt*** 大體上，大部分；大多數(場合). *For the most part* I agree with what he said. 大體上我贊同他所說的.

* ***in pàrt*** 部分地；有幾分. It's my fault *in part*, too. 我也有錯.

on a pèrson's pàrt = on the párt of a pèrson 在某人那方[的]，在某人那邊[的]. It was a mistake on their *part*. 那是他們的錯/A little more cooperation *on the part of* the members would be appreciated. (我們)會感激各會員與我們更密切的合作.

pàrt and párcel 重要的部分，重點，《*of*》.

plày a pàrt (1)發揮作用，具有某種角色，《*in*》. She *played* a leading *part* in Women's Lib. 她在婦女解放運動中扮演主導的角色. (2)裝腔作勢來騙人(★ play the part of → *n*. 9). Tom is *playing* a *part*, so ignore him. 湯姆在裝假騙人，別理他.

tàke...in gòod pàrt 將…視爲善意.

* ***tàke pàrt*** (in...) 參加…，參與…，《回 participate 更爲普遍》. *take part in* the movement 參加該項運動/At school I *took part in* various sports. 我以前在學校時曾參加過各項運動.

tàke pàrt with a pèrson = tàke the pàrt of a pèrson = tàke a pèrson's pàrt 袒護某人，支持某人.

── *vt.* **1** 分開；拉開，《*from*》. The father *part*ed his fighting sons. 父親把扭打在一起的兒子們拉開/*part* the curtains to look out 把窗簾(向左右)撥開往外看/*part* one's hair in the middle 把頭髮中分. **2** 切斷.

── *vi.* **1** 〔繩索，布等〕斷開，裂開. The chain *part*ed at the weakest link. 那條鎖鏈從最脆弱的環節處斷裂開來.

2 (朝不同的方向)分開. The road *part*ed at the milestone. 這條路在里程碑的地方一分爲二.

3 分手，《*from*》. I *part*ed *from* my friend in anger. 我一氣之下與朋友分手/We *part*ed (as) friends. 我們分手了，但還是朋友.

pàrt cómpany (1)絕交，斷絕往來，《*with*》. (2)分歧，意見相左，《*with*》.

part with... 放棄〔所有物等〕. The girl refused to *part with* her old doll. 那女孩不肯丟掉她的舊洋娃娃.

── *adv.* 在某種程度上；一部分地；(partly)；(《語法》常用 part..., part...的形式). What he said is *part* right, *part* wrong. 他所說的一部分是對的，一部分是錯的.

── *adj.* 部分的，一部分的. a *part* owner 共有者.

part. (略) participle.

par·take [pɚˋtek, pɑr-; pɑːˈteɪk] *vi.* (~s; -took; -tak·en; -tak·ing) **1** 《文章》參加(*in*). **2** 《雅》(一同)飲食(*of*). Let us *partake of* a meal before we set forth. 出發前我們一起吃飯吧!

par·tak·en [pɚˋtekən, pɑr-; pɑːˈteɪkən] *v.* partake 的過去分詞.

par·terre [pɑrˋtɛr; pɑːˈteə(r)] *n.* [C]花壇(指花園中利用花圃及草坪或通道組成美麗圖案的部分).

Par·the·non [ˋpɑrθəˌnɑn, -nən; ˈpɑːθɪnən] *n.* (加 the)巴特農神殿《希臘雅典(Athens)衛城山上的女神雅典娜(Athena)的神殿；建於西元前5世紀》.

* **par·tial** [ˋpɑrʃəl; ˈpɑːʃl] *adj.* 【 部分的 】 **1** 一部分的，部分的，局部的，(◆ total, complete). a *partial* loss 部分的損失/a *partial* eclipse 日[月]偏蝕.

【 偏袒某一部分的 】 **2** 偏袒的(*to*)(◆impartial). The teacher is *partial to* his brighter students. 那個老師比較喜歡聰明的學生/He is *partial* in his judgments. 他的判斷有所偏頗.

3 《敍述》特別喜好的(*to*). I am *partial to* black coffee. 我偏愛紅咖啡.

par·ti·al·i·ty [ˌpɑrʃɪˋæləti, ˌpɑrʃɪˋæl-; ˌpɑːʃɪˈælətɪ] *n.* **1** [U]不公平，偏袒. without favor or *partiality* 公正無私地.

2 [aU]特別的偏好(*for*). Dad has a *partiality for* pickles. 爸爸特別偏愛泡菜.

par·tial·ly [ˋpɑrʃəlɪ; ˈpɑːʃəlɪ] *adv.* **1** 部分地，局部地，(◆ wholly). **2** 不公平地，偏袒地.

pàrtial negátion *n.* [U] 《文法》部分否定 (→見文法總整理 **19. 3**).

par·tic·i·pant [pɚˋtɪsəpənt, pɑr-; pɑːˈtɪsɪpənt] *n.* [C]參加者，參與者，《*in*》.

* **par·tic·i·pate** [pɚˋtɪsəˌpet, pɑr-; pɑːˈtɪsɪpeɪt] *vi.* (~s [~s; ~s]; -pat·ed [~ɪd; ~ɪd]; -pat·ing) 參加，加入，(take part)；參與…，《*in*》. *participate in* an international convention 參加國際會議.

par·tic·i·pa·tion [pɚˌtɪsəˋpeʃən, pɑr-; pɑːˌtɪsɪˈpeɪʃn] *n.* [U]參加，參與，《*in*》.

par·ti·cip·i·al [ˌpɑrtəˋsɪpɪəl, -pjəl; ˌpɑːtɪˈsɪpɪəl] *adj.* 《文法》分詞的.

partìcipial constrúction *n.* [UC]《文法》分詞構句(→見文法總整理 **9. 1**).

par·ti·ci·ple [ˋpɑrtəsəpl, ˋpɑrtsəpl;

`partə͵sıpl; ˈpɑ:tısıpl] n. ⓒ《文法》分詞(→見文法總整理 **9. 1**).

*‡**par·ti·cle** [ˈpɑrtɪk; ˈpɑ:tɪkl] n. (pl. ~s [~z; ~z]) ⓒ **1** 微粒; 微量, 極少量. Small *particles* of dirt stuck on my glasses. 我的眼鏡沾上了細灰塵/There is not a *particle* of doubt about his statement. 他的話沒有絲毫可疑之處.
2 《物理》粒子.
字源 PART「部分, 分割」: *particle*, a*part* (分離), de*part* (出發).

par·ti·col·ored [ˈpɑrtɪ͵kʌləd; ˈpɑ:tɪ͵kʌləd] adj. 各種顏色的, 雜色的; 顏色斑爛的.

‡**par·tic·u·lar** [pəˈtɪkjələˌ pə-, pɑr-; pəˈtɪkjələ(r)] adj. **1** 特別顯眼的, 顯著的. Please pay *particular* attention to the next part. 請特別注意下一個部分.
2 《限定》特別的; (為與他物區別而)特別提出的; 特定的, 各個的; 特有的, 獨特的, (→ peculiar 同). on that *particular* day 特別在[限於]那一天/They discussed how to deal with this *particular* problem. 他們討論如何處理這個特別的問題/Sam quit his job for no *particular* reason. 山姆沒有特別的原因就辭職了/I have nothing *particular* to do this evening. 我今晚沒甚麼特別的事要做.
3 過於講究的, 好吹毛求疵的, 好挑剔的, 《about, as to 關於…》. Roy is very *particular* about the way his eggs are cooked. 羅伊對雞蛋的烹調方式非常講究.
4 詳細的, 仔細的. a full and *particular* account 鉅細靡遺的說明.
— n. (pl. ~s [~z; ~z]) **1** ⓒ (各個的)事項, 項目. The plan was perfect in every *particular*. 那項計畫在各方面都是完美無缺的.
2 (particulars)詳細(的事實), 詳盡的情報[說明]. I don't know the *particulars* of his crime. 我不清楚他犯罪的詳情/give *particulars* 敘述細節[詳情].
go into partículars 深入細節.

* ***in partícular*** 特別, 尤其, (↔ in general). I have nothing *in particular* to say. 我沒甚麼特別的事要說/Of the whole play I liked the third act *in particular*. 全劇中我特別喜歡第三幕.

par·tic·u·lar·i·ty [pə͵tɪkjəˈlærətɪ, pə-, pɑr-; pə͵tɪkjʊˈlærətɪ] n. (pl. -ties) **1** ⓤ詳細, 仔細. **2** ⓒ細節.

par·tic·u·lar·ize [pəˈtɪkjələ͵raɪz, pə-, pɑr-; pəˈtɪkjʊləraɪz] vt. **1** 詳細敘述. **2** 列舉.

‡**par·tic·u·lar·ly** [pəˈtɪkjələlɪ, pə-, pɑr-; pəˈtɪkjʊləlɪ] adv.
1 特別地, 尤其地; 顯著地. This is a nice place to live, *particularly* in summer. 這裡很適合居住, 尤其是夏天/I was not *particularly* interested in the book. 我對這本書沒甚麼特別的興趣(「不喜歡」的委婉說法). **2** (一件一件)詳細地.

*‡**part·ing** [ˈpɑrtɪŋ; ˈpɑ:tɪŋ] n. (pl. ~s [~z; ~z])
1 ⓤ分開, 別離. on *parting* 離別之際.
2 ⓤ分離; 分割; ⓒ (道路的)岔口; (行為的選擇, 人生道路等的)分界點, 歧路.
3 ⓒ《英》(頭髮的)分線(《美》part).
4 《形容詞性》臨別(之際)的. *parting* words 臨別的話.

par·ti·san [ˈpɑrtəzṇ; ͵pɑ:tɪˈzæn] n. ⓒ **1** (盲目地支持某人, 主義等的)同夥, 同志; 黨員.
2 游擊隊(隊員).
— adj. 派系觀念重的, 盲目支持黨派的.

par·ti·san·ship [ˈpɑrtəzṇ͵ʃɪp; ͵pɑ:tɪˈzænʃɪp] n. ⓤ黨派觀念, 黨系偏見; 派系意識, 派系行為.

par·ti·tion [pɑˈtɪʃən, pɑr-; pɑ:ˈtɪʃn] n. **1** ⓤ分割, 區分, 分隔.
2 ⓒ (被分割的)部分, 區域.
3 ⓒ (用來區分的)間隔物, 隔牆.
— vt. 分割, 區分, 《into》; (特指)分隔[房間]《off》.

par·ti·tive [ˈpɑrtətɪv; ˈpɑ:tɪtɪv] 《文法》adj. 表示部分的.
— n. ⓒ表示部分的字詞(表示部分的用語; some of them 或 some of the milk 的 some 等).

par·ti·zan [ˈpɑrtəzṇ; ͵pɑ:tɪˈzæn] n., adj. = partisan.

‡**part·ly** [ˈpɑrtlɪ; ˈpɑ:tlɪ] adv. 部分地; 在某種程度上. His story is only *partly* true. 他的話只有一部分是真的/*partly* cloudy 晴時多雲(天氣預報等)/I *partly* agree with what you say. 在某種程度上我贊同你所說的.

‡**part·ner** [ˈpɑrtnə; ˈpɑ:tnə(r)] n. (pl. ~s [~z; ~z]) ⓒ **1** 合作者, 夥伴, 共同經營[出資]者. Smith is a business *partner of* Dodge. 史密斯是道奇事業上的夥伴.
2 (網球, 橋牌等由兩人組成一組的)搭檔, 隊友.
3 (跳舞等的)舞伴. a dancing *partner* 舞伴.
4 配偶(妻子或丈夫).
— vt. 與…合夥, 成為夥伴; 使合夥《with》.
pàrtner úp 合夥, 成為夥伴, 《with》.

part·ner·ship [ˈpɑrtnə͵ʃɪp; ˈpɑ:tnəʃɪp] n.
1 ⓤ合作, 聯合, 協助.
2 ⓤⓒ合資公司; 聯合事業[經營].
in pàrtnership with... 與…合作; 與…合資.

pàrt of spéech n. ⓒ《文法》詞類(→見文法總整理 **2. 3**).

par·took [pɑˈtʊk, pɑr-; pɑ:ˈtʊk] v. partake 的過去式.

par·tridge
[ˈpɑrtrɪdʒ; ˈpɑ:trɪdʒ] n.
(pl. ~s, ~) 山鷸(產於歐洲的鴐科獵鳥的總稱).

pàrt sòng n. ⓒ 和聲歌曲(通常指由三個聲部以上所構成的無伴奏合唱曲).

[partridge]

pàrt tíme n. ⓤ兼職, 兼任.

*part-time [`pɑrt͵taɪm; ͵pɑːt'taɪm] adj.
非全日的, 兼職的, 按工時計薪的. (→ full-time).
do a *part-time* job 打零工/a *part-time* teacher 代
課老師.
— adv. 以打零工方式, 以兼職方式. work *part-time* as a baby-sitter 兼職當保姆.

part-tim·er [`pɑrt͵taɪmɚ; ͵pɑːt'taɪmə(r)] n.
©打零工者, 兼職員工.

par·tu·ri·tion [͵pɑrtjʊ`rɪʃən; ͵pɑːtjʊə'rɪʃn] n.
Ū(醫學)生產, 分娩.

‡**par·ty** [`pɑrtɪ; 'pɑːtɪ] n. (*pl.* **-ties**) © 【聚會】
1 (社交性的)**聚會, 晚會, 會. a**
birthday *party* 生日宴會/a dinner *party* 晚宴/a
tea *party* 茶會/give [hold, have, throw] a gar-
den *party* 舉行露天餐會/a *party* dress 晚禮服.

> 搭配 n.+party: a farewell ~ (歡送會), a
> welcome ~ (歡迎會) // v.+party: attend a ~
> (出席聚會), go to a ~ (參加聚會) // party+
> v.: a ~ takes place (召開聚會), a ~ breaks
> up (結束聚會).

【團體>夥伴】**2** (具有共同目的的)**夥伴, 同志,**
團體, 一隊; (文章)一夥; (★若重點不在團體的全
員而在每個個體的成員時作複數) a *party* of
workers 一批勞工/a *party* of 100 tourists 100 人
組成的觀光團/a camping *party* 野[露]營團/a
search *party* 搜索隊.

3 (因主義, 利害等關係而結成的)**黨派, 政黨.**
Which political *party* do you favor? 你支持哪個
黨?/the Republican [Democratic] *Party* 共和[民
主]黨/the Conservative [Labour] *Party* 保守
[工]黨/*party* organization 黨的組織/the ruling
[the opposition] *party* 執政[在野]黨.

【夥伴>(有關係的)人】**4** (訴訟, 契約等的)當事
人, 利害關係者; (打電話的)對方. a third *party*
第三者/the other *party* 對方/the *parties* con-
cerned 當事人, 關係人.

5 (口)(詼)人. She's a dear old *party*. 她是個可
愛的老婆婆.

be (a) ***párty to...*** 參與(壞事等), 成爲…的同伴.
— vi. (主美, 口)參加[召開]聚會; (因宴會等)歡
樂, 喧鬧.

párty line¹ n. © (電話的)合用線.

párty line² n. © (加重)(政黨的)路線, 政策.

párty piece n. © (口)(在宴會等中演唱歌曲
等的)拿手表演, 擅長的本領.

pàr válue n. Ū(證券的)票面價值.

par·ve·nu [`pɑrvə͵nju, -͵nɪu, -͵nu; 'pɑːvənjuː]
(法語) n. © (常表輕蔑)突然飛黃騰達者, 暴發戶.

Pas·cal [`pæsk; 'pæskæl] n. **Blaise** [blɛz; blez]
~ 巴斯卡(1623-62)(法國的哲學、數學、物理學
家).

pas·chal [`pæsk; 'pæskəl] adj. (猶太人的)踰越
節(Passover)的; 穿過; 上帝的羔羊(基督).
paschal lamb 踰越節時所宰殺的羔羊(犧牲); 上帝的羔羊(基督).

‡**pass** [pæs; pɑːs] v. (~**es** [~ɪz; ~ɪz]; ~**ed** [~t;
~t]; ~**ing**) vi. 【通過】**1** 行進, 通行,
通過, 《*along*, *by*, *on*》. *pass along* the street 通
過街道/Let me *pass*, please. 請讓我過去.

2 越過, 超越, 《*across*, *through*, *over*》. A cloud
passed across the moon. 一朵雲飄過了月亮/We
passed over the bridge and went into the town.
我們過橋後便進了城/Some trains *pass through*
this station. 有些火車通過本站, 但不停靠/The
road *passes through* the prairie. 這條路穿過大草
原/No *passing*. (→ passing n. 1).

【順利通過】**3** (考試等)合格, 通過; (議案等)通
過, 獲得通過. When a bill *passes*, it becomes
law. 草案通過就成爲法律.

4 忽略, 忽視. The boy's impolite manner
passed without comment. 那男孩無禮的行爲未受
到指責就不了了之.

5 (被當作)(作爲…)被認可; 獲得通過. *pass*
for [*as*]... (→片語)/That man *passes by* [*under*]
the name of Count Bevin. 那個男人被當作是貝文
伯爵.

【過去】**6** (時間)過去, 經過. Two years have
passed since she went to London. 她去倫敦已經
兩年了.

7 結束, 終了; 消失; 死亡. *pass away* (→片
語)/*pass out of mind* 從記憶中消失, 被遺忘.

【轉移】**8** (a) (財產等)移交《*to*, *into*》. Politi-
cal power *passed into* Republican hands. 政權轉
移到共和黨手裡. (b) 傳球《*to*》. (c) (話, 信等)被傳.

9 (變化後)成爲, 變成, 《*from A into* [*to*] *B* 從
A 變成 B》. *pass into* disuse 已不使用/Water
passes from a liquid *into* a solid form at 0℃. 水
在攝氏零度時會從液體變成固體/Some Japanese
words have *passed into* the English language. 有
些日本字轉變成英語.

【情況變化>實現】**10** (文章)(事情等)發生, 產
生, (take place). Tell me all that has *passed*
between you and her. 把你和她之間所發生的一切
都告訴我. **11** 作出判決等, 陳述(意見等).

【被通過】**12** (紙牌)不叫牌, 放棄出牌.

— vt. 【通過】**1** 經過. Do you *pass* the post
office on your way? 你路上會經過郵局嗎?

2 通過, 越過. Someone *passed* us in a
fast car. 有人開快車超過了我們/I *passed* her on
the street. 我在街上和她擦肩而過[超越過她](→
pass by¹...)/Not a word *passed* his lips. 他甚麼也
沒說.

3 通過, 穿過. *pass* the gates 穿過大門/*pass* the
canal 通過運河.

4 【越過至無法到達之處】越過, 超越, (surpass).
His theory *passes* my understanding. 他的理論超
過了我的理解能力.

【使通過】**5** 活動(手, 眼睛等); 穿過; 纏繞;
《*around*, *into*, *over*, *through*》. *pass* your
eye *over* these papers. 請過目一下這些文件/*pass*
a rope *around* a cask 在木桶上繞繩子/*pass* a
string *through* a hole 把線穿過孔.

6 (a) 遞(hand), 傳遞, 《*on*》; 傳達《*down*》. Will
you *pass* (me) the salt? 你把鹽遞過來好嗎? (★

加 me 則爲 句型4 (pass A B)《把手伸過別人的面前是不禮貌的》/Read this article and *pass it on*. 讀一下這篇文章然後傳給後面的人/A box of chocolates was *passed around*. 一盒巧克力傳給每個人(分著吃)/The secret process was *passed down* from father to son. 那個製作祕方由父親傳給了兒子.

(b) 句型4 (pass A B)、 句型3 (pass B *to* A) (在餐桌等上面)把 B 傳給 A, (拿來後)遞過去. Dick *passed* me the photo. = Dick *passed* the photo *to* me. 迪克把照片遞給了我.

(c)《球賽》傳《球等》.

7 〔考試等〕及格, 通過; 使合格. Tom has *passed* the entrance examination. 湯姆通過了入學考試/The film was *passed* by the censor. 這部電影審查合格/They *passed* only ten of the candidates. 這些候選人中他們只讓十名合格.

8 通過〔議案等〕;〔議案在議會中〕獲得通過. Congress *passed* the new bill quickly. 國會迅速通過新法案/The bill *passed* the Legislative Yuan. 法案通過立法院的審議.

9 【使經過】度過〔時間〕, read magazines to *pass* the time 看雜誌打發時間/The Browns *passed* the summer at the seaside. 布朗一家人在海邊度過夏天.

〖 使實現 〗 **10** 宣布〔判決等〕; 陳述〔意見〕;《on, upon》. *pass* sentence [judgment] *on* 對⋯作出判決/*pass* a remark [comment] 發表看法.

lèt...páss → let¹ 的片語.

pàss/...along/ 傳遞⋯《*to* 給〔下個人〕》.

pàss (aróund) the hát → hat 的片語.

páss as... =pass for...

* **páss awáy** (1)《委婉》死亡, 去世, (→die 同). I am sorry to learn that your mother has *passed away*. 我很難過聽到你母親去世的消息. (2)離去, 不在. (3)〔雨等〕停止; 過去, 結束. The storm *passed away* at last. 這場暴風雨終於過去了.

páss by¹... 通過⋯, 經過⋯. I *passed by* Joe's on my way home. 我在回家途中經過喬的家/The bus *passed by* us without stopping. 那班公車經過站不停/I *passed by* her on the street. 我在街上和她擦身而過. (〔注意〕I passed her. 也有「超越過她」之意).

páss by² 〔時間〕流逝, 過去.

pàss/...bý³ 無視⋯; 忽略⋯; 避過⋯. Good fortune *passed* me *by*. 好運與我擦肩而過/Economic prosperity *passed* us *by*. 我們並沒有因爲經濟繁榮而受惠.

pàss/...dówn =pass/...on².

páss for [as]... 〔贗品等〕矇混成⋯而通用, 被當作⋯. She could almost *pass for [as]* a student. 她要是自稱爲學生也不會有人懷疑吧!

pàss in revíew¹ (像閱兵般)逐一略過眼前, 使逐一回想.

pàss...in revíew² 逐一回想⋯; 檢討⋯, 檢閱⋯.

pàss óff (1)〔情感, 暴風雨等〕逐漸平息, 消失. The pain *passed off* after an hour or so. 一個小時左右以後疼痛就過去了.
(2)〔事情〕經過, 運作, 進行. 語法 通常和successfully, smoothly 等的副詞〔片語〕連用.

pàss/...óff as... 〔冒稱〕⋯矇混過關. He *passed* himself *off as* a tourist. 他謊稱自己是旅客而矇混過關.

pàss ón¹ 向前進; 接下去;《委婉》〔人〕死亡(pass away).

* **pàss/...ón²** 傳遞⋯, 傳送⋯,《*to*》(→ *vt.* 6). Whatever one generation gains is *passed on* to the next. 每一代所獲得的都會全部傳承給下一代.

pàss óut¹ (1)《口》昏倒(faint).
(2)《主英》(在軍校中修完課程後)畢業.

pàss/...óut² 分配⋯.

pàss/...óver¹ 省略⋯, 無視⋯, 忽略⋯. I *passed over* his question on purpose. 我故意把他的問題擱在一邊.

pàss over²... 渡過⋯, 越過⋯, (→ *vi.* 2).

pàss the tíme of dáy 寒暄《with》. ★和熟人碰面時所說的簡短招呼語, 如 Good morning! Hello! 等.

pàss the hát =pass (around) the hat.

páss thróugh¹ 通過; 經過城鎮(而不停留).

páss through²... (1)通過⋯, 穿過⋯(→ *vi.* 2).
(2)歷經〔危機, 困難等〕.

páss/...thróugh³ 錯過〔機會等〕; 拒絕⋯.

— *n.* (*pl.* **~es** [~ɪz, ~ɪz])〖 通過 〗 **1** C 入場〔通行〕許可(證); 免費乘車〔入場〕券. Pensioners are issued with a bus *pass*. 領取養老金的人可獲得免費乘車證.

2 (紙牌)放棄叫牌(→ *vi.* 12).

3 C 〔考試的〕通過, 合格. She managed to gain a *pass* mark. 她終於得到合格的分數.

〖 狹路 〗 **4** C 山路; 通道; 關口.

5 a U 《口》困境; 難關. come to a pretty [fine, sad] *pass* 變成一樁很棘手的事.

〖 通過>迅捷的動作 〗 **6** C 〔魔術師, 催眠師等的〕手法, 技巧.

7 C 〔擊劍〕〔劍的〕截刺(↔ parry).

8 C 〔球賽〕〔球等的〕傳遞, 傳球.

brìng...to páss 〔文章〕引發〔事情〕; 實現.

còme to páss 〔文章〕〔事情〕發生; 實現.

màke a páss at... 《口》對〔女子〕作挑逗的舉動, 勾引⋯.

pass. 《略》passive.

* **pass·a·ble** [ˈpæsəbl; ˈpɑːsəbl] *adj.* **1** 不錯(但並不特別優異)的, 尚可的. a *passable* knowledge of geography 地理知識馬馬虎虎.

2 〔道路〕可通行[通過]的, 〔河流〕(徒步或騎馬)可涉過的, (↔ impassable).

pass·a·bly [ˈpæsəblɪ; ˈpɑːsəblɪ] *adv.* 不錯地, 尚可地.

* **pas·sage** [ˈpæsɪdʒ; ˈpæsɪdʒ] *n.* (*pl.* **-sag·es** [~ɪz; ~ɪz])〖 通過 〗 **1** UC 通行, 通過. force a *passage* through a crowd 在人群中擠開一條路前進.

2 Ｕ (議案等的)通過. We expected swift *passage* of the bill. 我們期待法案能迅速通過.

3 Ｕ通行權, 通行許可.

4【通過的場所】Ｃ通道, 出入口; 走廊(passageway). an air *passage* 通風口／The lavatory is just along the *passage*. 沿著走廊過去就是洗手間了.

〖旅行〗**5** ａＵ(特指航空, 海路的長程)旅行, 航海. book [engage] a *passage* to India 訂到印度的船票[機票]／They had a pleasant *passage* on the Queen Elizabeth II. 他們在伊莉莎白二世號上享受了一趟愉快的海上旅行.

6 ａＵ旅行費用, 船票價錢. Father offered to pay my *passage* to San Francisco. 父親願意負擔我到舊金山的旅費.

〖經過〗**7** ＵＣ(時間的)經過, 推移. the *passage* of time 時光的流逝.

8【過程中的一部分】Ｃ **(a)** (引用、摘錄的文章、談話中的)一節, 一段. a *passage* from the Old Testament 舊約聖經中的一節. **(b)** (音樂的)樂句, 段落. ⇨ v. **pass.**

a bird of pássage 候鳥;《口》流浪者.

hàve a ròugh pássage (1)遇到暴風雨. (2)〔工作等〕難以進展, 遇到困難.

wòrk one's pássage 在船上工作代替船費.

pas·sage·way [ˋpæsɪdʒ͵we; ˋpæsɪdʒ͵weɪ] *n.* (*pl.* ~s) Ｃ通道; 走廊.

pass·book [ˋpæs͵bʊk; ˋpɑːsbʊk] *n.* Ｃ **1** 銀行存摺. **2**(南非)(1987年以前的)通行證.

pas·sé [pæˋse; ˋpæseɪ] (法語) *adj.* 陳舊的, 舊式的;〔女性〕已過盛年的.

✲**pas·sen·ger** [ˋpæsndʒɚ; ˋpæsɪndʒə(r)] *n.* (*pl.* ~s [~z; ~z]) Ｃ **1** (火車, 飛機, 汽車等的)乘客, 旅客. Ten *passengers* were injured in the accident. 那起事故中有十位乘客受傷／a *passenger* seat 乘客座位, (特指汽車)駕駛旁邊的座位(→ car 圖)／a *passenger* boat [car] 客船[客車]／a *passenger* list 乘客名單.

┃搭配┃ *v.*+passenger: carry ~s (載運乘客), transport ~s (運送乘客), pick up ~s (開車接人), take on ~s (搭載乘客), drop (off) ~s (讓乘客下車).

2 (英、美)礙手礙腳的人(團體中毫無助益的人).

pássenger pìgeon *n.* Ｃ候鴿《昔日在北美數量眾多的鳥; 現已絕跡》.

✲**pass·er-by** [ˋpæsɚˋbaɪ; ͵pɑːsəˋbaɪ] *n.* (*pl.* **passers-** [ˋpæsɚz; ͵pɑːsəz]) Ｃ行人, 路人. I asked a *passer-by* the way to the station. 我向路人詢問去火車站的路.

pas·sim [ˋpæsɪm; ˋpæsɪm] (拉丁語) *adv.* 到處地, 隨處地, (表示某一詞句在某篇[某人]作品中隨處可見的用語).

pass·ing [ˋpæsɪŋ; ˋpɑːsɪŋ] *adj.* (限定) **1** 經過的, 流逝的. this *passing* life 消逝的人生. **2** 略過的; 通過的. give a *passing* glance 匆匆一瞥; 概略地瀏覽. **3** 暫時的. *passing* joys 短暫的喜悅／a *passing* shower 短暫的陣雨. **4** 及格的, 考試及格的. a *passing* grade 及格分數.

── *n.* Ｕ **1** 通過, 通行; 超越. "No *Passing*," read the road sign. 路標上寫著「禁止超車」. **2** (時間的)推移, 流逝. **3** (委婉)逝世. **4** 通過; 及格.

in pássing 順便, 順便提及.

✲**pas·sion** [ˋpæʃən; ˋpæʃn] *n.* (*pl.* ~s [~z; ~z]) **1** ＵＣ (愛, 憎, 憤怒等的)強烈的情緒, 熱情. He expressed his opinions with *passion*. 他激動地表達了自己的意見／*Passion* choked him in the middle of his speech. 過度的激動使他說到一半便哽咽住了／*Passions* ran high at the debate on politics. 政治議題討論會的氣氛愈來愈熱烈. 回 *passion* 雖可表示各種激烈的情感, 但現在大多用來表示性方面的激情. → feeling.

┃搭配┃ *adj.*+passion: strong ~ (強烈的情緒), violent ~ (激動的情緒) // *v.*+passion: excite (a person's) ~ (激起(某人的)熱情), control one's ~ (壓抑激情), satisfy one's ~ (滿足激情).

2 ＵＣ情慾; 戀情. a story of tragic *passion* 悲壯的愛情故事／The man had a burning *passion* for Kate. 這位男士熱烈地愛著凱蒂.

3 ａＵ熱中, 強烈的愛好, (*for*). Tom has a *passion* for (listening to) folk music. = Folk music is a *passion* with Tom. 湯姆非常喜歡(聽)民謠.

4 ａＵ大發雷霆. She flew into a *passion* when I contradicted her. 我一反駁她, 她就勃然大怒.

5 《基督教》(the *P*assion)基督的受難. a *Passion* play 基督受難劇.

✲**pas·sion·ate** [ˋpæʃənɪt, ͵ɪnɪt; ˋpæʃənət] *adj.* **1** 熱情的, 熱烈的, 激烈的. They are *passionate* about conservation. 他們對保育工作充滿熱情／a *passionate* rage 勃然大怒. 回 passionate 表「理性被壓倒」之意; → eager.

2 情緒化的, 易怒的.

pas·sion·ate·ly [ˋpæʃənɪtlɪ, ͵ɪnɪt-; ˋpæʃənətlɪ] *adv.* 熱烈地, 熱情地; 勃然大怒地. speak *passionately* 熱切地說.

pas·sion·flow·er [ˋpæʃən͵flauɚ; ˋpæʃn͵flauə(r)] *n.* Ｃ 西番蓮(開紅色或黃色大花朵的藤蔓性植物; 源自此花令人聯想到基督的受難(十字架及荊冠)).

[passionflowers]

pas·sion·fruit [ˋpæʃən͵frut; ˋpæʃnfruːt] *n.* Ｕ西番蓮的果實, 百香果, (呈蛋形, 味酸甜).

pas·sion·less [ˋpæʃənlɪs; ˋpæʃnlɪs] *adj.* 不熱情的, 冷淡的; 不為情感所動的; 冷靜的.

✲**pas·sive** [ˋpæsɪv; ˋpæsɪv] *adj.* **1** 被動的;《文法》被動語態的, 被動式的; (⟷ active). the *passive* voice (→見 passive voice).

2 被動性的; 非活動性的; 無自主性的; 消極的;

(↔ active). The students are too *passive*. 這些學生太被動了/In spite of my efforts my collaborator remained *passive*. 儘管我做了很大的努力，但我的合夥人依然無動於衷.

3 不抵抗的, 逆來順受的；〔動物〕馴服的, 無危險性的. *passive* resistance 消極的抵抗(不用暴力手段).

— *n.* 《文法》U (加 the) = passive voice.

pas·sive·ly [`pæsɪvlɪ; 'pæsɪvlɪ] *adv.* 被動地；消極地；《文法》作爲被動語態地.

pas·sive·ness [`pæsɪvnɪs; 'pæsɪvnɪs] *n.* = passivity.

pàssive smóker *n.* C二手菸受害者(自己雖不吸菸但卻不得不吸進吸菸者吐出的煙).

pàssive vóice *n.* (加 the)《文法》被動語態(★亦可只說 passive；→見文法總整理 7).

pas·siv·i·ty [pæ`sɪvətɪ; pæ'sɪvɪtɪ] *n.* U **1** 被動性；消極性；(↔ activity). **2** 不抵抗；順從.

pass·key [`pæs,ki; 'pɑ:ski:] *n.* (*pl.* ~s) C萬能鑰匙(master key).

Pass·o·ver [`pæs,ovɚ; 'pɑ:s,əʊvə(r)] *n.* 踰越節(猶太教中紀念猶太人祖先逃離埃及的節日；屬於春天的節慶, 通常持續 7-8 天).

‡**pass·port** [`pæs,port, -,pɔrt; 'pɑ:spɔ:t] *n.* (*pl.* ~s [~s; ~s]) C **1** 護照(本國公民去外國旅行時由政府所發, 證明身分的證件). get a *passport* 領取護照/travel on a US *passport* 持美國護照旅行.

┃搭配┃ *v.*+passport: apply for a ~ (申請護照), get a ~ (取得護照), issue a ~ (核發護照), renew a ~ (換新護照) // passport+*v.*: a ~ expires (護照到期).

2 (通常用單數)可靠的途徑(*to*). Higher education is no longer a *passport to* a good job. 高學歷已不再是獲得好工作的保障.

pass·word [`pæs,wɝd; 'pɑ:swɜ:d] *n.* C暗號(某一組織或團體的成員間用以祕密聯絡的暗號)；密碼.

‡**past** [pæst; pɑ:st] *adj.* **1** 過去的, 很久以前的, 往昔的. ★由 pass *v.* 過去分詞的舊式形態衍生而來的形容詞). in times *past* 過去的(時代), 昔日/in *past* days = in days *past* 以前.

2 已過去的, 已結束的, (finished). The danger is *past* now. 危險已經過去了/Winter is *past*. 冬天過去了.

3 剛過去的；上一個(星期, 月等)的. the *past* week [month] 上個星期[月]/He has abstained from smoking for the *past* three years. 這三年來他一直沒再抽菸(語法如此例的情況, 動詞通常用現在完成式)/for some time *past* 稍早.

4 (限定)原來的；前任的, (former). the *past* presidents of Harvard University 哈佛大學歷任校長.

5 (限定)《文法》過去時態的.

— *n.* (*pl.* ~s [~s; ~s]) **1** U (通常加 the) 過去

(的時刻)；過去的事情. in the *past* 過去, 從前/a thing of the *past* 現已廢除的事物, 過去遺留的東西/You should not worry about the *past*. 你不必再爲過去的事煩惱了.

┃搭配┃ *adj.*+past: the distant ~ (遙遠的過去), the immediate ~ (不久之前), the recent ~ (最近的過去) // *v.*+past: forget the ~ (忘記過去), remember the ~ (記得過去).

2 U過去的歷史[生活]；(特指)不光彩的經歷. The family has a very lurid *past*. 那一家人有一段不堪回首的往事/a lady with a *past* 有過一段(不光彩的)過去的女人.

3 U (加 the)《文法》= past tense; 過去式.

— *prep.* **1** 穿越[地方]；通過…面前. The bus went *past* his stop. 那輛公車駛過他車的站牌/I rode *past* my station while I was sleeping. 我打瞌睡結果坐過了站/The ball rolled *past* the player. 那顆球從選手面前滾過/The library is about two hundred yards *past* the gate. 這座圖書館大門過去約二百碼處.

2 〔時間〕經過(↔ to)；〔年齡〕超過. It's ten minutes *past* two. 現在是兩點十分/at half *past* ten 十點半/It's long *past* your bedtime. 你的就寢時間已經過了很久/an old woman *past* sixty [*past* her sixties] 年逾六十[七十多歲]的老婦人. 語法表示「過幾分」時, (美)則通常用 after.

3 超過(能力, 界限等). The patient is *past* hope of recovery. 這病患已無康復的希望/*past* endurance → endurance 的片語/be *past* belief 難以置信/I'm *past* caring what she thinks of me. 我已不在乎她對我的想法了.

***wouldn't pùt it pást** a pèrson to dó* (口)如果是某人很可能會…的.

— *adv.* 穿越, 通過. watch the parade march *past* 觀看遊行隊伍通過.

pas·ta [`pɑstə; 'pæstə] *n.* U一種用來做義大利麵食等的生麵糰；用生麵糰做成的食物總稱.

****paste** [pest; peɪst] *n.* (*pl.* ~s [~s; ~s]) UC **1** 漿糊；糊狀物. a jar of *paste* 一罐漿糊/tooth-paste 牙膏.

2 醬(一種塗在麵包及蘇打餅乾上食用的糊狀物). fish [meat] *paste* 魚[肉]醬.

3 生麵糰(dough)(一種麵粉中加入奶油、豬油和水揉成的麵糰, 爲做糕點(pastry)的材料).

— *vt.* 用漿糊(黏)貼(*down*; *up*). He *pasted* down the flap of the envelope. 他用漿糊貼往信封的封口/The notice was *pasted* (*up*) on each door. 每一扇門上都貼了那張告示.

paste·board [`pest,bord, `pes,b-, -,bɔrd; 'peɪstbɔːd] *n.* **1** U厚紙, 厚紙板. **2** (形容詞性)用厚紙板做的；空泛的, 站不住腳的, 假造的.

pas·tel [pæs`tɛl; pæ'stel] *n.* **1** UC粉彩筆. **2** C粉彩畫畫法. **3** C粉彩色(柔和淡雅的色彩；常作形容詞性).

pas·tern [`pæstɚn; 'pæstɜ:n] *n.* C骹(馬等動物的蹄和足間的球節部分).

Pas·teur [pæs`tɝ; pæ'stɜ:(r)] *n.* **Lou·is** [`luɪs; 'luːɪs] ~ 巴斯德(1822-95)《法國的化學家、細菌學

pas·teur·i·za·tion [ˌpæstərəˈzeʃən, ˌpæstʃ-, -aɪˈz-; ˌpɑːstʃəraɪˈzeɪʃn] n. ⓤ (液體, 特指牛奶的)低溫殺菌(法)((在攝氏 60 度左右進行; 由法國生化學家巴斯德發明)).

pas·teur·ize [ˈpæstəˌraɪz, ˈpæstʃə-; ˈpɑːstʃəraɪz] vt. 對(液體, 特指牛奶)進行低溫殺菌.

pas·tiche [pæsˈtiʃ, pɑs-; pæˈstiːʃ] n. ⓒ (文學, 美術, 音樂等的)模仿作品((模仿其他作品, 或將他人的作品拼湊而成的作品, 常帶嘲諷目的)).

pas·tille [pæsˈtil; ˈpæstəl] n. ⓒ (潤喉用的)藥用糖球, 喉糖.

‡pas·time [ˈpæsˌtaɪm; ˈpɑːstaɪm] n. (pl. ~s [~z; ~z]) ⓒ 娛樂, 消遣, 散心. (→ hobby 同義) Driving is a good holiday pastime. 開車兜風是一種很好的假日休閒方式.

pàst máster n. ⓒ 能手, 高手, ((at, in, of)). a past master at chess 下棋高手.

pas·tor [ˈpæstɚ; ˈpɑːstə(r)] n. ⓒ 牧師((教會的領袖, 指導教區居民的牧師; 在英國指天主教、英國國教、蘇格蘭教以外的牧師; 在美國指新教各派的牧師)).

pas·to·ral [ˈpæstərəl, -trəl; ˈpɑːstərəl] adj. **1** (典雅)田園生活的, 牧歌般的; 牧羊的; 描繪田園生活的. pastoral poetry 田園詩/pastoral life 田園生活. **2** (土地)畜牧用的, 適於牧羊的. — n. 牧歌, 田園詩, (描寫美好的田園生活的詩、戲劇、繪畫、音樂等).

pas·tor·ate [ˈpæstərɪt, -trɪt; ˈpɑːstərət] n. ⓤ **1** 牧師的職務[地位, 任期]. **2** (集合)牧師團.

pàst párticiple n. ⓒ (文法)過去分詞(略作 p.p.; →見文法總整理 9. 1).

pàst pérfect ténse n. (加the)(文法)過去完成式(→見文法總整理6. 3).

pas·tra·mi [pəˈstrɑmɪ; pəˈstrɑːmɪ] n. ⓤ (主美)五香燻牛肉(用香辣調味料醃漬過的煙燻牛肉).

pas·try [ˈpestrɪ; ˈpeɪstrɪ] n. (pl. -tries) **1** ⓤⓒ 麵粉製的糕餅(派, 水果餡餅等). **2** ⓤ (將餡包裹起來的)糕餅點心的派皮.

pàst ténse n. (加the)(文法)過去式(→見文法總整理6. 3).

pas·tur·age [ˈpæstʃərɪdʒ; ˈpɑːstjʊrɪdʒ] n. ⓤ **1** 牧草. **2** 牧場(pasture). **3** 放牧權.

*pas·ture [ˈpæstʃɚ; ˈpɑːstʃə(r)] n. (pl. ~s [~z; ~z]) **1** ⓤⓒ 牧草地, 牧場(meadow). We put the cows out to pasture. 我們把牛群趕到牧場裡. **2** ⓤ 牧草. — vt. 放牧(家畜); 讓(家畜)吃草; (家畜)吃(草). — vi. (家畜)吃草(graze). sheep pasturing in a field 在牧草地上吃草的羊.

past·y¹ [ˈpestɪ; ˈpeɪstɪ] adj. **1** 漿糊般的. **2** (臉色)蒼白的.

past·y² [ˈpæstɪ, ˈpɑstɪ; ˈpæstɪ] n. (pl. past·ies) ⓒ (主英)肉餡派(餅)(一人份的小型烤製食品).

Pat [pæt; pæt] n. **1** (口)愛爾蘭人的暱稱(Patrick 的縮略). **2** Patrick, Patricia 的暱稱.

*pat¹ [pæt; pæt] n. (pl. ~s [~s; ~s]) ⓒ **1** (啪啪地、啪啪地)輕敲, 輕拍, 啪啪(啪啪)的聲音. I gave the child a friendly pat on the head. 我友善地拍拍那個小朋友的頭. **2** (呈扁形或扁平方形的奶油)小塊, 小團.

a pàt on the báck (口)輕拍背部(表示讚賞的動作); 誇獎的言詞; ((for (行為等))). He received quite a pat on the back for his achievements. 他因為那項成就而獲得不少讚美.

— vt. (~s; ~ted; ~ting) (特指以手掌數次)輕輕拍打(帶有親切, 同情, 讚賞等的情感). I patted her arm in sympathy. 我同情地拍了拍她的手臂/pat a person on the shoulder 拍拍某人的肩膀/She patted her hair into place. 她輕輕地拍抹整理頭髮.

pàt a pèrson on the báck (輕拍背部)誇獎某人.

pat² [pæt; pæt] adj. (回答[答覆]等)彷彿已準備好的, 適當的. — adv. 彷彿已準備好地; 順利地.

hàve...dòwn [òff] pát = *knòw...dòwn [òff] pát* 完全記得….

stànd pát (口)堅持, 固守, (既定的計畫等)((源於紙牌中僅以發到的幾張牌來決定勝負之遊戲)); 拒絕改變現狀.

*patch [pætʃ; pætʃ] n. (pl. ~es [~ɪz; ~ɪz]) ⓒ 〖小片〗 **1** (衣服等的)補釘, 補片. a coat with patches on the elbows 一件雙肘有補釘樣式的外套/iron-on patches (不需用針線)直接用熨斗熨上去的補釘. **2** 眼罩. **3** (顏色等與周圍不同的)小塊, 斑點. I see a little patch of blue sky through the clouds. 透過雲層我看見一小片蔚藍的天空. **4** 小塊土地(用來種植蔬菜的農田等). a cabbage patch 一小塊包心菜田.

[patches 1, 2]

in pátches 散落四處地; 間隔一段時間地.

nòt a pátch on... (口)(糟得)無法與…相比的((即使用補釘補…也沒用)).

strìke [hìt, gò through, be in] a bàd pátch (英)倒楣, 運氣不好.

— vt. (~es [~ɪz; ~ɪz]; ~ed [~t; ~t]; ~ing) **1** 補綴, 修補, ((up)). If you patch it up, you can still use it. 你把它補一補還可以用. **2** (暫時組合地)修繕, 補合, ((up; together)). patch up a broken dish 黏補破碎的碟子. **3** 暫時平息(爭吵等)((up)). patch up a quarrel 暫時平息一場爭吵.

pátch pòcket n. ⓒ 貼袋(縫在衣服外側的口袋).

patch·work [ˈpætʃˌwɝk; ˈpætʃwɜːk] n. ⓤⓒ **1** 補綴, 補綴品.

2 [aU] 《用於負面含義》拼湊之物.

patch·y [`pætʃɪ; 'pætʃi] adj. **1** (盡是)補釘的, 拼湊起來的. **2** 〔霧, 靄等〕斷斷續續的; 稀疏的. **3** 凹凸不平的, 不平均的.

pâ·té [pɑ`te; 'pætei] (法語) n. U 餡餅(內包肉醬或魚醬的一種小餡餅).

pâté de foie gras [pɑ`tedə`fwɑ`grɑ; 'pæteidəfwɑ:'grɑ:] (法語) U 肥鵝肝餅(亦可僅作 fôie grás).

***pat·ent** [`pætṇt; 'peitənt] n. (pl. ~s [~s; ~s]) C **1** 專利, 專利權; 專賣權; 專利證. He got [took out] an American patent on his invention. 他的發明得到了美國的專利/The process is protected by a patent. 此製造法受專利權保護.
2 享有專利的物品[方法].
—— adj. (限定) **1** 專利的, 享有專利的.
2 〔事情〕明白的, 明顯的, (obvious). It is patent that she is lying. 一看就知道她在說謊.
3 《口》新奇的, 獨特的. her patent way of making salad 她獨創的沙拉作法.
—— vt. 獲得…的專利(權).

pat·ent·ee [͵pætṇ`ti; ͵peitən'ti:] n. C 專利[專賣]權擁有者.

pátent léather n. U (黑的)漆皮.

pat·ent·ly [`petṇtlɪ; 'peitəntli] adv. 《用於負面含義》明顯地, 清楚地, 一目了然地. a patently absurd remark 明顯的一派胡言.

pátent médicine n. UC 專利藥品; 《常表輕蔑》成藥.

Pátent Óffice n. (加the)專利局.

pátent ríght n. C 專利權.

pa·ter·nal [pə`tɝnl; pə'tɜ:nl] adj. **1** 父親的; 父親般的. paternal love 父愛. **2** 父方的. She is my paternal grandmother. 她是我的祖母. **3** 〔政治, 立法等〕父權主義的. ↔ maternal.

pa·ter·nal·ism [pə`tɝnl͵ɪzəm; pə'tɜ:nlizəm] n. U 父權專制主義.

pa·ter·nal·ly [pə`tɝnlɪ; pə'tɜ:nəli] adv. 作為父親地, 父親般地.

pa·ter·ni·ty [pə`tɝnətɪ; pə'tɜ:nəti] n. U **1** 父親的身分. **2** 《主法律》父性, 父權, 父系. **3** 《文章》起源(origin).

pa·ter·nos·ter, Pa·ter Nos·ter [͵petɚ`nɑstɚ, ͵pætɚ-; ͵pætə'nɒstə(r)] n. C 《基督教》(拉丁語的)主禱文(Lord's Prayer)《這篇祈禱文是以拉丁語 pater noster (=our father)開始》.

***path** [pæθ; pɑ:θ] n. (pl. ~s [pæðz; pɑ:ðz]) C **1** (被踏出的)小路, 小道; (庭園等中的)小徑; 體育競賽的跑道(track). Follow this path to the main road. 沿著小徑走到大路上去/a gravel path 碎石路. 回 path 指由人跡踏出所形成的小路, 或指山林或庭園中的小徑; → way¹.
2 通道. a path shoveled through the snow 用鐵鏟耙開雪而成的通道/Don't stand in my path. 不要擋我的路.
3 (常加the)路線; 方針; (行動的)途徑. the moon's path round the earth 月球繞地球轉的軌道/the path to success [victory] 邁向成功[勝利]的道路/The statesman followed the paths of glory. 那位政治家循著榮耀的路前進.
cróss a pèrson's **páth** (1)橫過某人(欲行之路)前. (2)遇見某人.

pa·thet·ic [pə`θɛtɪk; pə'θetik] adj. **1** 哀傷的, 悲哀的, 悲痛的. **2** 笨拙[無能]得令人憐憫的.

pa·thet·i·cal·ly [pə`θɛtɪklɪ, -lɪ; pə'θetikəli] adv. 哀傷地, 令人悲哀地.

pathètic fállacy n. (加the)感傷的謬誤(將人的情感加諸於無生命事物的表達方式; 如cruel weather (殘酷的天氣); an angry sea (怒海)).

path·find·er [`pæθ͵faɪndɚ; 'pɑ:θ͵faində(r)] n. C (未開發地區的)探險者, 開拓者; 先驅者, (某一領域的)創始人.

path·less [`pæθlɪs; 'pɑ:θlis] adj. 無路的, 人跡未至的.

path·o·log·i·cal [͵pæθə`lɑdʒɪk; ͵pæθə'lɒdʒikl] adj. 病理學的, 病理上的; 疾病的.

path·o·log·i·cal·ly [͵pæθə`lɑdʒɪklɪ, -lɪ; ͵pæθə'lɒdʒikəli] adv. 病理(學)上地.

pa·thol·o·gist [pæ`θɑlədʒɪst, pə-; pə'θɒlədʒist] n. C 病理學家.

pa·thol·o·gy [pæ`θɑlədʒɪ, pə-; pə'θɒlədʒi] n. U 病理學(研究疾病的性質及其對人體器官之影響等的學科).

pa·thos [`peθɑs; 'peiθɒs] n. U (蘊涵於藝術作品或事情中的)悲淒, 悲哀.

path·way [`pæθ͵we; 'pɑ:θwei] n. (pl. ~s) C 小徑, 小路, (path).

***pa·tience** [`peʃəns; 'peiʃns] n. U **1** 忍耐, 耐心; 忍耐力, 耐性; (↔ impatience). It takes a lot of patience to look after a small child. 照顧小孩需要很大的耐心/I have no patience with such a person. 我受不了這樣的人/They had the patience to endure this misfortune. 他們有承受這樣不幸的能耐/lose (one's) patience 失去耐性/try a person's patience 使某人焦急. 回 patience 明顯具有被動地強自承受困難, 不幸等的含義; → endurance, perseverance.
【搭配】adj.+patience: endless ~ (無窮的耐心), infinite ~ (無限的耐心) // v.+patience: show ~ (表現耐心).
2 (英)接龍(一種單人紙牌遊戲; (美) solitaire).

***pa·tient** [`peʃənt; 'peiʃnt] adj. **1** 有耐心的, 有耐性的; (對人)不發怒的; (對事情)能忍耐的. She is a very patient teacher. 她是個非常有耐心的老師/The farmer was patient with the unruly horse. 農夫對那匹難馴的馬很有耐心. **2** 奮力不懈的. a patient worker 奮力不懈的工人. ⇨ n. patience. ↔ impatient.

●──以 -ient 為字尾的形容詞重音
重音置於 -ient 的前一個音節.

áncient	convénient	defícient
efficient	expédient	obédient

— n. (*pl.* ~s [~s; ~s]) © 患者, (醫生眼中的)病人. The doctor made the daily rounds of his *patients*. 那位醫生每日都會例行巡視他的病人. 同源 PAT「忍耐」: impatient, impatient (無法忍受的), compatible (相容的), passive (被動的).

pa·tient·ly [`peʃəntlɪ; 'peɪʃntlɪ] adv. 有耐心地, 忍耐地.

pat·i·na [`pætnə; 'pætɪnə] n. 1 [a U] (銅, 青銅的)綠鏽.

2 (老家具等的)光澤; (經驗豐富者的)威嚴.

pa·ti·o [`pɑtɪˌo; 'pætɪəʊ] (西班牙語) n. (*pl.* ~s) © **1** 露天的陽臺(terrace)(可在此用餐、休息等; → house 圖). **2** 庭院(西班牙式建築的中庭).

pat·ois [`pætwɑ; 'pætwɑː] (法語) n. (*pl.* ~ [~z; ~z]) [U|C] 方言, 鄉下話.

[patio 2]

pa·tri·arch [`petrɪˌɑrk; 'peɪtrɪɑːk] n. © **1** 《文章》家長, 族長, (一族、一家之主的男性; → matriarch).

2 《文章》長老, 元老.

3 (基督教)(羅馬天主教會的)大主教(地位次於 Pope), (早期基督教會的)主教(bishop).

pa·tri·ar·chal [ˌpetrɪ`ɑrk; ˌpeɪtrɪ`ɑːk] adj. 《文章》家長的, 族長的; 父權制的.

pa·tri·ar·chy [`petrɪˌɑrkɪ; 'peɪtrɪɑːkɪ] n. (*pl.* -chies) [U|C] 家長[族長]制, 男性家長制.

Pa·tri·ci·a [pə`trɪʃə, -ʃɪə; pə'trɪʃə] n. 女子名(暱稱 Pat, Patty).

pa·tri·cian [pə`trɪʃən; pə'trɪʃn] n. © **1** (古羅馬的)貴族.

2 《文章》(泛指)貴族; 出身高貴的人. — adj. 《文章》貴族的; 貴族性的; 高貴的.

pat·ri·cide [`pætrɪˌsaɪd; 'pætrɪsaɪd] n. **1** [U] 弒父行為(→ matricide). **2** © 殺害父親的人.

Pat·rick [`pætrɪk; 'pætrɪk] n. 男子名(暱稱 Pat). **2 St. ~** 聖派屈克(389?-461?)(守護愛爾蘭的聖者; 生於不列顛島, 在愛爾蘭傳道).

pat·ri·mo·ni·al [ˌpætrə`monɪəl, -njəl; ˌpætrɪ'məʊnjəl] adj. 世襲的, 由祖先傳下來的.

pat·ri·mo·ny [`pætrəˌmonɪ; 'pætrɪmənɪ] n. (*pl.* -nies) [U|C] (祖先留下的)遺產, 世襲財產.

pa·tri·ot [`petrɪət, `petrɪˌɑt; 'pætrɪət] n. © 愛國者.

pa·tri·ot·ic [ˌpetrɪ`ɑtɪk; ˌpætrɪ'ɒtɪk] adj. 愛國的, 有強烈愛國心的.

pa·tri·ot·i·cal·ly [ˌpetrɪ`ɑtɪklɪ, -lɪ; ˌpætrɪ'ɒtɪkəlɪ] adv. 愛國地.

*__**pa·tri·ot·ism**__ [`petrɪətɪzəm; 'pætrɪətɪzəm] n. [U] 愛國心. his fervent *patriotism* 他熾熱的愛國心.

*__**pa·trol**__ [pə`trol; pə'trəʊl] n. (*pl.* ~s [~z; ~z]) **1** [U] 巡察, 巡視, 巡邏. go on *patrol* 出去巡邏/

soldiers on *patrol* 正在巡邏的士兵.

2 © 巡邏者, 偵察兵; 巡察隊, 偵察隊; 警戒機, 巡邏艇.

3 © 童子軍小隊(通常由八人(或六人)所組成). — vt. (~s; ~led; ~ling)巡視, 巡邏, 〔某一地區〕. The police *patrolled* the area looking for the suspect. 警方在該地區巡邏搜捕嫌犯.

patról cār n. © (警察的)巡邏車, 巡警車.

pa·trol·man [pə`trolmən; pə'trəʊlmən] n. (*pl.* -men [-mən; -mən]) © (主美)巡警.

patról wàgon n. © (美)運囚車.

*__**pa·tron**__ [`petrən; 'peɪtrən] n. (*pl.* ~s [~z; ~z]) © **1** 後援者, 保護者, 資助者. a *patron* of the arts 藝術贊助者. **2** 老主顧, 常客. regular *patrons* of a hotel 旅館的常客.

pat·ron·age [`petrənɪdʒ, `pæt-; 'pætrənɪdʒ] n. [U] **1** 後援, 贊助.

2 (對商店等的)光顧, 惠顧, 關照.

pa·tron·ess [`petrənɪs, `pæt-; 'peɪtrənɪs] n. © 女性贊助人; 女性保護者; 女性支持者.

pa·tron·ize [`petrənˌaɪz, `pæt-; 'pætrənaɪz] vt. **1** 贊助, 獎勵. **2** 光顧(商店等). **3** 對…擺出一副恩人[傲慢]的樣子.

pa·tron·iz·ing [`petrənˌaɪzɪŋ; 'pætrənaɪzɪŋ] adj. 以恩人自居的, 傲慢的.

pátron sáint n. © (基督教)守護神(被認爲是個人、團體、地區、國家等的保護者; 如 Saint George, St. Patrick 等).

pat·ro·nym·ic [ˌpetrə`nɪmɪk, ˌpætrə'nɪmɪk] n. © 取自(祖)父名的姓(採用父親、祖父之名轉變而成的姓; 如 Peterson (= son of Peter), Mac-Arthur (=son of Arthur)等). — adj. 採用父親(祖父)的名字的.

pat·ter¹ [`pætɚ; 'pætə(r)] vi. 發出答答的聲音. 〔雨〕滴滴答答地下; 啪噠啪噠地奔跑. — n. [a U] (雨等)滴滴答答的聲音; 啪噠啪噠地奔跑的聲音.

pat·ter² [`pætɚ; 'pætə(r)] n. **1** [a U] (賣東西的小販, 魔術師等)連珠砲似的話, 喋喋不休的話. the tiresome *patter* of the guide 導遊一連串無趣的話.

2 [U] (某一社會族群的)行話. — vt. 喋喋不休地說, 連珠砲似地說.

*__**pat·tern**__ [`pætɚn; 'pætən](★注意重音位置) n. (*pl.* ~s [~z; ~z]) © **1** 原型; 紙樣; 鑄模, 模型. It's just a dress I've made from a *pattern*. 這只是我按照紙樣做成的衣服/a machine of a new *pattern* 新式機器.

2 (通常用單數)模範, 榜樣. set a *pattern* of virtue 樹立德行的楷模.

3 (行爲等的)模式; 基本型, 固定的格式. There's a *pattern* in his way of thinking. 他的思考有既定的模式/the migration *pattern* of the swallow 燕子的定期移棲.

4 (布料, 壁紙等的)樣式, 圖樣; 例, 例證.

5 圖案, 花樣, 圖案設計. geometrical *patterns*

幾何圖案/a dress with beautiful flower *patterns* 一件花色漂亮的洋裝/an overworked *pattern* 設計得太花俏的圖案/Do you like the *pattern* on my new curtains? 你喜歡我新窗簾的花樣嗎?

— *vt.* **1** 以…爲範本, 仿照…製作, 模仿, ((*on, upon, after*)); 逼真地仿造. He *patterned* himself on [*after*] his professor. 他以自己的教授爲模範.
2 在…加上圖案.

Pat·ty [ˋpætɪ; ˋpætɪ] *n.* Patricia 的暱稱.

pat·ty [ˋpætɪ; ˋpætɪ] *n.* (*pl.* **-ties**) ⓒ **1** (美)小餡餅(以絞肉, 魚, 切碎的蔬菜等做成的扁平狀小點心). **2** 小型的派.

pau·ci·ty [ˋpɔsətɪ; ˋpɔːsətɪ] *n.* ⓐⓊ (文章)少許; 少量; 不足. a *paucity* of evidence 證據不足.

Paul [pɔl; pɔːl] *n.* **1** 男子名. **2** St. ~ 聖保羅(基督的使徒; 不包括在十二門徒之中).

Paul Bun·yan [͵pɔlˋbʌnjən; ͵pɔːlˋbʌnjən] *n.* 保羅‧班揚(美國民間傳說中的人物; 力大無比的伐木巨人).

paunch [pɔntʃ, pɑntʃ; pɔːntʃ] *n.* ⓒ (詼)肚子, (特指)啤酒肚.

paunch·y [ˋpɔntʃɪ, ˋpɑntʃɪ; ˋpɔːntʃɪ] *adj.* (詼)啤酒肚的.

pau·per [ˋpɔpɚ; ˋpɔːpə(r)] *n.* ⓒ 窮人, 貧民.

‡**pause** [pɔz; pɔːz] *n.* (*pl.* **paus·es** [~ɪz; ~ɪz]) **1** ⓒ (暫時性的)中止, 暫停; 躊躇, 停頓. There was a long *pause* before the man answered the question. 那個男子沈默了好一陣子之後才回答那個問題/come to a *pause* 中斷.
2 ((音樂))延長記號(標在音符和休止符上面或下面, 表示比一般休止時間長的符號; ◠或◡).
give páuse to a *pérson*＝*give* a *pèrson páuse* 給某人一段時間來考慮事情, 使某人猶豫.

— *vi.* (**paus·es** [~ɪz; ~ɪz]; **~d** [~d; ~d]; **paus·ing**) **1** 暫停; 停頓; 中斷. He *paused* and looked around for questions. 他停下來環顧四周, 看看是否有問題.
2 猶豫, 左思右想, ((*on, upon*)). *pause on* a matter 對某件事反覆考慮/*pause* for a word 思索一個適當的詞彙.

paus·ing [ˋpɔzɪŋ; ˋpɔːzɪŋ] *v.* pause 的現在分詞、動名詞.

‡**pave** [pev; peɪv] *vt.* (**~s** [~z; ~z]; **~d** [~d; ~d]; **pav·ing**) **1** 鋪設((*with*)). *pave* the roads *with* concrete [asphalt] 用水泥[柏油]鋪設道路.
2 覆蓋, 鋪滿, ((*with*))(通常用被動語態; 亦具比喻性). They thought that the streets of Paris were *paved with* gold. 他們以爲巴黎遍地是黃金 (＝到巴黎就會變有錢).
pàve the wáy for [*to*]... 替…鋪路; 使…容易進行. The use of Arabic numerals *paved* the way for modern mathematics. 阿拉伯數字的使用開啓了近代數學的道路.

‡**pave·ment** [ˋpevmənt; ˋpeɪvmənt] *n.* (*pl.* **~s** [~s; ~s]) **1** Ⓤ 鋪設(材料).

2 ⓒ (英)人行道((美) sidewalk)(沿著馬路鋪設的人行道). People hurried along the *pavements*. 人們匆忙地走在人行道上.
3 ⓒ (美)(道路的)路面. On that rainy morning the *pavement* looked a bit slippery. 那個下雨的早晨, 路面看起來有點滑.

pávement àrtist *n.* ⓒ (英)街頭畫家((美) sidewalk artist)(在人行道上用粉筆作畫或在街上設攤出售自己的畫以謀生的畫家).

pa·vil·ion [pəˋvɪljən; pəˋvɪljən] *n.* ⓒ **1** 巨型帳篷(博覽會, 公園等的臨時展示館; 亦作爲休息, 娛樂使用).
2 (通常頂端是尖的)大帳篷.
3 (美)(醫院等的)病房大樓.
4 (英)(板球場等露天競賽場旁邊的)附屬建築物(觀眾席, 選手席等).

[pavilions 1]

pav·ing [ˋpevɪŋ; ˋpeɪvɪŋ] *n.* **1** Ⓤ 鋪設(工程); 鋪設材料; 鋪設道路, 鋪設面.
2 ⓒ (通常 pavings) 鋪路等用的碎石.

páving stòne *n.* ⓒ 鋪路石.

‡**paw** [pɔ; pɔː] *n.* (*pl.* **~s** [~z; ~z]) ⓒ (如狗, 貓等有爪(nail, claw)動物的)腳掌. a cat's *paw* 貓掌.
— *vt.* **1** ((動物))(發怒, 玩耍, 驚恐時)用前爪抓; 用蹄踢.
2 ((口))用手粗魯[笨拙]地抓弄[觸摸]((*about*)).
— *vi.* **1** 用前爪[蹄]抓[踢]((*at*)). The cat *pawed* at the dead bird. 貓用前爪抓弄死鳥.
2 ((口))用手粗魯[笨拙]地觸摸((*at*)).

pawl [pɔl; pɔːl] *n.* ⓒ ((機械))制轉桿, 掣子, ((防止齒輪倒轉)).

pawn[1] [pɔn; pɔːn] *n.* ((文章))Ⓤ 典當, 質押; ⓒ 抵押品, 典當物.
in páwn 典當著, 抵押著.
— *vt.* **1** 典當. **2** 以[生命, 名譽等]擔保.

pawn[2] [pɔn; pɔːn] *n.* ⓒ **1** (西洋棋)兵, 卒, (⇨ chess 圖). **2** (他人的)爪牙.

pawn·bro·ker [ˋpɔn͵brokɚ; ˋpɔːn͵brəʊkə(r)] *n.* ⓒ 當舖的老闆.

pawn·shop [ˋpɔn͵ʃɑp; ˋpɔːn͵ʃɒp] *n.* ⓒ 當舖.

paw·paw [ˋpɔpɔ; ˋpɔːpɔː] *n.* ＝papaw.

‡**pay** [pe; peɪ] *v.* (**~s** [~z; ~z]; **paid**; **~·ing**) *vt.* 〖 支付 〗 **1** (a)付[錢], 向[人]支付, ((*for*)); 支付報酬[資金等]; 支付, 還清, ((帳單, 借款, 稅款 等)); 繳納[金額]; 存款((*into*)[銀行等)). How much did you *pay for* that dictionary? 你付了多少錢買那本辭典?/I haven't *paid* my tailor yet. 我還沒付錢給裁縫師/He is highly

[poorly] *paid*. 他的薪資豐厚[微薄]/*pay* one's debts 償還債務/*Paid*. 付訖/We get *paid* by the hour. 我們按鐘點領薪/I've *paid* £100 *into* your account. 我存了 100 英鎊到你的帳戶.

|圖配| pay＋*n*.: ~ a bill (付帳單), ~ a fee (付酬勞), ~ rent (付租金), ~ tax(es) (付稅金), ~ wages (付薪水).

(b) |句型4| (pay **A** **B**)、|句型3| (pay **B** *to* **A**)付B(錢)給A(人). He *paid* her a thousand dollars.＝He *paid* a thousand dollars *to* her. 他付給她一千元/I'll *pay* you all the money you want. 我會把你想要的錢都付給你.

2 【支付報酬＞報酬】(a)〔事物〕給予…利益, 有…報酬. It will *pay* you to study hard. 你用功讀書會有收穫的.

(b) |句型4| (pay **A** **B**)〔事物〕給A(人)帶來B(報酬等). This investment will *pay* you monthly dividends. 你可以從這項投資中按月分得股息.

【報酬＞給予】 3 |句型4| (pay **A** **B**)、|句型3| (pay **B** *to* **A**) 給予A(人)B(注意, 敬意等). You must *pay* attention *to* the problem. 你必須注意那個問題/I *paid* her a compliment.＝I *paid* a compliment *to* her. 我向她表示讚許.

4 |句型4| (pay **A** **B**)、|句型3| (pay **B** *to* **A**)對A(人)進行B(訪問). Tom *paid* a visit *to* his uncle. 湯姆去探望他的叔叔/I *paid* him a visit. 我去拜訪他.

【回報】 5 復仇, 報復, (*back*; *for*). I'll *pay* you (*back*) *for* your trick. 我會報復你的惡作劇.

— *vi.* **1** 支付款項[報酬]; 還債, 還清, (*for*). The tourist *paid* to see the play. 遊客們付錢看表演/I *paid* for the taxi. 我付計程車錢/My car has been *paid* for. 我的車款已經付清了/His company *pays* well. 他的公司薪水很高/Are you *paying* in cash or by check? 您要付現或開支票?

2〔事物〕划算; 有(努力的)價值, 有益. The business hasn't been *paying* for the last six months. 過去這六個月以來一直沒賺錢/It always *pays* to buy things of good quality. 購買品質優良的東西總是划算的/Crime doesn't *pay*. 犯罪並不來.

3 償還, 為…付出代價, 遭到報應, (*for*). You'll *pay* for this. 你會為此而遭到報應的/*Pay* dearly *for* one's careless mistake 為不小心出的錯付出很高的代價.

↪ *n*. pay, payment.

pày as you gó 以現金支付; 量入為出.

* *pày/.../báck* 償還[債務等], 向[人]還債等; 回禮; 報復[人]; 回報[人](→ *vt.* 5); (*for*). *pay back* the money 退錢/I'll *pay* you *back* next week. 下星期我會還你(錢)/I'll *pay* you *back for* your insult. 我會報復你對我的侮辱.

pày/.../dówn 以現款付; 付[定金]. I'll *pay* £20 *down*, and the rest on delivery. 我先付 20 英鎊的定金, 餘款會貨到時付.

*pày/.../ín*¹ 繳納…; 匯入…; 存款….

*pày ín*² 存款.

* *pày/.../óff*¹ (1)將[借款等]全部付清. It took four years to *pay off* the debt. 花了四年的時間才

還清債務. (2)付清薪水後解僱. *Pay* him *off* and get rid of him. 付清薪資後就讓他走路. (3)對[人或態度等]進行報復. He was *paid off* by the opposition. 他遭到對方的報復. (4)〔口〕對…行賄.

*pày óff*² 帶來好結果, 划算. My investment *paid off* handsomely. 我的投資收益可觀/His hard work *paid off* in the end. 他的勤勉終於得到了報酬.

pày/.../óut (1)一點一點地支付…; 支出…。We're *paying out* more than we can afford. 我們的花費已超出我們所能支付的能力. (2)〔英〕報復…. (3)放出〔繩索等〕.

pày one's (*òwn*) *wáy* 不負債地生活; 自食其力, (→ way 表). He *paid* his *way* through college. 他自食其力讀大學.

pày/.../úp＝pay/.../off¹ (1).

— *n*. |U| **1** 薪水, 薪俸, 工資, (|同|表示薪水, 工資的一般用語; → salary, wage). I got my *pay* yesterday. 我昨天領了薪水/help him without *pay* 義務幫助他/a raise in *pay* 加薪.

2《形容詞性》收費的. a *pay* toilet 收費的洗手間.

in the páy of...〔祕密地〕受雇於…. *in the pay of* the opposition 被反對黨收買.

pay·a·ble [`peəbl; 'peɪəbl] *adj*.《敘述》〔帳單, 借款等〕能支付的; 應支付的(*to*). a check *payable to* bearer 付給持票人的支票.

pay-as-you-earn [ˌpeəzjuˋɝn; ˌpeɪəzjuˈɜːn] *n*. |U|〔英〕預扣所得稅制度(略作 PAYE).

pay·day [`pe͵de; 'peɪˌdeɪ] *n*. (*pl.* ~s) |C| (常無冠詞)發薪日.

páy dírt *n*. |U|〔美〕**1** 有利可圖的礦土《含有利用價值的礦物》. **2**〔口〕意外的收穫.

strìke [*hìt*] *páy dírt* 發橫財, 挖到寶藏.

PAYE《略》pay-as-you-earn.

pay·ee [pe`i; peɪˈiː] *n*. |C| (支票等的)受款人.

páy ènvelope *n*. |C|〔美〕薪水袋.

pay·er [`peɚ; 'peɪə(r)] *n*. |C|付款人, 支付人.

pay·ing [`peɪŋ; 'peɪɪŋ] *adj*. 付費的; 賺錢的, 有利可圖的.

pay·load [`pe͵lod; 'peɪ͵ləʊd] *n*. |C| **1** (飛機上人員, 貨物等的)有效載重. **2** 飛彈彈頭.

pay·mas·ter [`pe͵mæstɚ; 'peɪ͵mɑːstə(r)] *n*. |C|出納員; 發薪資者; 《軍事》財務官.

***pay·ment** [`pemənt; 'peɪmənt] *n*. (*pl.* ~s [~s; ~s]) **1** |UC|支付, 繳納; 支付的金額. the *payment* of taxes 納稅/on an easy *payment* plan 用分期付款的方式/buy a TV in monthly *payments* of $20 每月分期付款 20 美元買一臺電視/make a cash *payment* 付現.

2 |aU| 報酬; 報復, 懲罰. ↪ *v.* pay.

in páyment for... 用以支付…; 作為…的報酬.

pay·off [`pe͵ɔf; 'peɪˌɒf] *n*. (*pl.* ~s) (通常加 the)

1 |U| (薪水, 借款等的)支付(日).

2 |UC|〔口〕(故事, 事件等的)結局, 高潮.

3 |UC| 報酬; 報復, 處罰; 賄賂.

pay·out [ˈpe͵aʊt; ˈpeɪ͵aʊt] *n.* ᵃⓊ 《口》(高額的)支付款, 支出.

páy pàcket *n.* 《英》＝pay envelope.

páy phòne *n.* ⓒ公用電話.

pay·roll [ˈpe͵rol; ˈpeɪrəʊl] *n.* ⓒ發薪名單, 員工名冊; ᵃⓊ薪水支付總額.
　off the páyroll 被解雇, 失業.
　on the páyroll 被雇用.

páy stàtion *n.* ⓒ《美》公用電話(亭).

páy tèlephone *n.* ＝pay phone.

PC (略) police constable; personal computer; politically correct (→ politically).

p.c. (略) percent(百分比).

PCB [ˈpi͵siˈbi; ˈpiː͵siːˈbiː] (略)多氯化聯苯.

PE (略) physical education(體育).

‡**pea** [pi; piː] *n.* (*pl.* ~s [~z; ~z]) ⓒ《植物》豌豆; 豌豆的果實(通常呈圓形; → bean). green *peas* 青豌豆.
　(*as*) *like as twò péas* (*in a pód*) 非常相像, 一模一樣.

‡**peace** [pis; piːs] *n.* 1 ᵃⓊ(與戰爭相對的)和平, 和平時期; (↔ war). a *peace* of 50 years 持續 50 年的和平/a brief *peace* 短暫的和平/in *peace* and war 在和平時與戰時/threaten world *peace* 威脅世界和平/the *Peace Movement* (特指反核的)和平運動.

┃搭配┃ *adj.*＋peace: lasting ~ (持續的和平), unbroken ~ (長治久安) // *v.*＋peace: achieve ~ (獲致和平), maintain ~ (維持和平), restore ~ (回歸和平).

2 ᵃⓊ媾和, 和平條約, (peace treaty); 和睦. *Peace* negotiations were held in Geneva. 和平談判於日內瓦舉行/conclude (a) *peace* 締結和平條約.

3 Ⓤ (通常加 the)治安, 秩序. keep [break, disturb] the *peace* 維持[擾亂]治安/a breach of the *peace* 妨害治安.

4 Ⓤ平靜, 安逸, 安寧. the *peace* and quiet of country life 鄉村生活的安逸和寧靜/in *peace* 安逸地[的], 平靜地[的]/*peace* of mind 心靈的平靜/May he rest in *peace*. 願他安息(常見於墓碑上的銘文)/My son wouldn't give me any *peace* until I bought him a cricket bat. 一直到我買了板球板給兒子, 我才得以安寧.

⇨ *adj.* peaceful, peaceable.

* *at péace* (1)和平地[的], 平靜地[的], (↔ war); 和睦地[的]. He is *at peace* with himself these days. 最近他的心情很平靜.
(2)《委婉》長眠地[的].
hòld [*kèep*] *one's péace* 保持緘默.
màke péace 調停(*between*); 同意和解[和平相處].
màke one's péace 和解(*with*).

peace·a·ble [ˈpisəbl̩; ˈpiːsəbl̩] *adj.* 1 愛好和平的, 厭惡糾紛的. 2 和平的, 平靜的, (peaceful).

peace·a·bly [ˈpisəblɪ; ˈpiːsəblɪ] *adv.* 和平地, 平靜地.

Péace Còrps *n.* (加 the)(單複數同形)和平工作團(一美國政府的機構, 為援助開發中國家的教育, 技術等發展而派遣的自願青年隊).

‡**peace·ful** [ˈpisfəl; ˈpiːsfʊl] *adj.* 1 和平的, 為求和平的, 以和平方式的. *peaceful* settlement of the dispute 和平的解決紛爭/by *peaceful* means 以和平的方式.
　2 愛好和平的, 溫和的. a *peaceful* man 性情溫和的男子/live in the *peaceful* countryside 生活在寧靜的鄉村.

peace·ful·ly [ˈpisfəlɪ; ˈpiːsfʊlɪ] *adv.* 和平地; 溫和地; 安靜地.

peace·keep·ing [ˈpis͵kipɪŋ; ˈpiːs͵kiːpɪŋ] Ⓤ 維持和平. the *peacekeeping* force [operations] 維持和平部隊[行動].

peace·lov·ing [ˈpis͵lʌvɪŋ; ˈpiːs͵lʌvɪŋ] *adj.* 愛好和平的, 不喜爭鬥的.

peace·ful·ness [ˈpisfəlnɪs; ˈpiːsfʊlnɪs] *n.* Ⓤ 平靜.

peace·mak·er [ˈpis͵mekɚ; ˈpiːs͵meɪkə(r)] *n.* ⓒ調停者, 仲裁者.

péace òffering *n.* ⓒ和解的禮物.

péace pìpe *n.* ⓒ和平菸斗(北美印第安人為表示和睦而輪流抽菸管; 亦作 pipe of *peace*). smoke the *peace* pipe [pipe of *peace*] 吸和平菸斗; 和好.

[peace pipe]

péace trèaty *n.* ⓒ 和平條約.

peace·time [ˈpis͵taɪm; ˈpiːstaɪm] *n.* Ⓤ和平時期(↔ wartime).

‡**peach** [pitʃ; piːtʃ] *n.* (*pl.* ~es [~ɪz; ~ɪz]) ⓒ桃子; 桃樹, a *peach* tree 桃樹/ Ⓤ桃色(略帶黃色的粉紅色). 3 ⓒ (通常加 a)《口》極好的物品; 漂亮的女子(→ lemon).

* **pea·cock** [ˈpi͵kɑk; ˈpiːkɒk] *n.* (*pl.* ~s [~s; ~s]) ⓒ《鳥》(雄)孔雀(→ peafowl, peahen). beautiful *peacock* feathers 美麗的孔雀羽毛.
(*as*) *pròud as a péacock* 大搖大擺, 趾高氣昂.

pèacock blúe *adj.* 孔雀藍的(略帶綠色並帶有光澤的藍).

pea·fowl [ˈpi͵faʊl; ˈpiːfaʊl] *n.* (*pl.* ~s, ~) ⓒ孔雀(雌雄通用).

pèa grèen *n.* Ⓤ, *adj.* 青豆色的.

pea·hen [ˈpi͵hɛn; ˈpiːhen] *n.* ⓒ雌孔雀.

pèa jàcket *n.* ⓒ(水手穿著的)雙排扣粗呢短外套.

‡**peak** [pik; piːk] *n.* (*pl.* ~s [~s; ~s]) ⓒ 1 (尖的)山頂, 山峰; 尖頂的山; 峰狀物, the snow-capped *peaks* 白雪皚皚的山峰. 尖尖的山頂, 圖表等的最高點之意; → top, summit.
　2 巔峰, 最高點, 頂點; 《形容詞性》最高的, 頂點的. the *peak* of production 生產量的巔峰/the *peak* hours of traffic 交通的尖峰時間.

3 (尖物的)尖端. the *peak* of the roof 屋頂的尖端.

4 (帽子的)前簷.

— *vi.* 達到頂點[極限].

peaked [`pikɪd, pikt; pi:kt] *adj.* 尖的; 〔山〕有峰的; 〔帽子〕附有前簷的.

peal [pil; pi:l] *n.* © **1** 響亮的聲音, 轟隆聲. The bells sent their *peals* across the valley. 鐘聲傳遍了山谷/a *peal* of thunder 雷鳴/a *peal* of laughter 一陣響亮的笑聲.

2 (有特定旋律的)一組鐘(聲), 和諧的鐘聲.

— *vt.* 使〔鐘等〕鳴響, 使發出轟鳴.

— *vi.* 〔鐘等〕鳴響, 轟響, (*out*).

***pea·nut** [`pinət, `pi,nʌt; 'pi:nʌt] *n.* (*pl.* ~s [~s; ~s]) © **1** 花生; 長生果, 花生米. a bag of *peanuts* 一袋花生. **2** (美、口) (*peanuts*) 小額的錢.

péanut bútter *n.* Ⓤ花生醬.

***pear** [pɛr, pær; peə(r)] *n.* (*pl.* ~s [~z; ~z]) © 〔植物〕西洋梨. a *pear* tree 西洋梨樹.

[pear]

***pearl** [pɝl; pɜ:l] *n.* (*pl.* ~s [~z; ~z]) **1** © 珍珠(6月的誕生石; → birthstone 表). an imitation [artificial] *pearl* 人造珍珠/a cultured *pearl* 養珠/a *pearl* necklace 珍珠項鍊.

2 © (如珍珠般)嬌貴的人, (特指)美麗的女子.

3 Ⓤ珍珠色.

Pèarl Hárbor *n.* 珍珠港(位於美國夏威夷州歐胡島的軍港; 1941 年 12 月 8 日遭日本海軍軍機的偷襲, 導致太平洋戰爭).

pearl·y [`pɝlɪ; 'pɜ:lɪ] *adj.* 珍珠般的, 珍珠色的; 用珍珠裝飾的.

peas·ant [`pɛzn̩t; 'peznt] *n.* © **1** 農夫, 農民, 小農. 參考目前在先進國家中多為大規模經營農業的 farmer, peasant 則很少.

2 (輕蔑)鄉巴佬, 粗俗的人.

peas·ant·ry [`pɛzn̩trɪ; 'pezntrɪ] *n.* Ⓤ (加 the) (單複數同形)(集合)農民; 農民階級.

péa sòup *n.* Ⓤ豌豆濃湯.

pea-soup·er [`pi,supɚ; 'pi:su:pər] *n.* Ⓤ(英、口)黃色的濃霧(19 世紀及 20 世紀前期倫敦著名的景觀; 現在因對煤煙的限制較嚴格, 已不多見).

peat [pit; pi:t] *n.* Ⓤ泥煤, 泥炭, (乾燥後用作(釀造啤酒時的)燃料、肥料).

peat·y [`pitɪ; 'pi:tɪ] *adj.* 泥炭(質)的; 多泥炭的.

***peb·ble** [`pɛbl̩; 'pebl] *n.* (*pl.* ~s [~z; ~z]) © (海邊等地被水或砂礫磨圓的)小圓石, 卵石, (→ stone Ⓡ回). He is not the only *pebble* on the beach. 他不是世界上唯一的男人(用來安慰失戀者).

peb·bly [`pɛblɪ, `pɛblɪ; 'peblɪ] *adj.* 多卵石的.

pe·can [pɪ`kɑn, pə-, pɪ`kæn, `pikæn; pɪ'kæn] *n.* © 美洲山核桃(核桃科的高樹; 產於北美); 核桃果(食用、製作糕點用).

pec·ca·dil·lo [ˌpɛkə`dɪlo; ˌpekə'dɪləʊ] (西班牙語) *n.* (*pl.* ~es, ~s) © 輕罪, 小過失.

pec·ca·ry [`pɛkərɪ; 'pekərɪ] *n.* (*pl.* -ries) © 西貒(產於中南美洲, 像豬的動物).

***peck**¹ [pɛk; pek] *v.* (~s [~s; ~s]; ~ed [~t; ~t]; ~·ing [~ɪŋ; ~ɪŋ]) *vt.* **1** (用喙)啄. The canary *pecked* my finger. 金絲雀啄了我的手指.

2 用喙啄開[洞].

3 (口)(匆忙地)輕吻. *peck* him on the cheek 匆促地在他臉頰上親一下.

— *vi.* **1** (用喙)啄(*at*). The sparrows were *pecking* at the seeds. 麻雀啄食著種子.

2 只吃一點點, 勉強地吃(*at*). I was feeling too worried to eat, and just *pecked at* my dinner. 我太擔心所以吃不下, 晚餐只吃了一點點.

— *n.* © **1** 啄.

2 啄開的洞[傷口].

3 (口)匆促的輕吻.

peck² [pɛk; pek] *n.* © **1** 配克(穀物的單位; 8 quarts; ¼ bushel). **2** 配克的計量器[容器]. **3** (加 a)(口)相當多的. a *peck* of troubles 一大堆的麻煩.

peck·er [`pɛkɚ; 'pekə(r)] *n.* © 啄的人[物]; (鳥)啄木鳥(woodpecker).

péck(ing) òrder *n.* ©長幼尊卑之序(鳥類社會中弱肉強食的排列順序; 亦可指人類社會).

peck·ish [`pɛkɪʃ; 'pekɪʃ] *adj.* (主英、口)飢餓的.

pec·tin [`pɛktɪn; 'pektɪn] *n.* Ⓤ(化學)果膠(成熟的果物中所含, 近似砂糖的化合物).

pec·to·ral [`pɛktərəl; 'pektərəl] *adj.* **1** 胸部的. a *pectoral* fin (魚的)胸鰭. **2** 治療胸部疾病用的.

pec·u·late [`pɛkjə,let; 'pekjʊleɪt] *v.* (文章) *vi.* 挪用. — *vt.* 挪用(公款等).

pec·u·la·tion [ˌpɛkjə`leʃən; ˌpekjʊ'leɪʃn] *n.* Ⓤ©(文章)侵吞[挪用]公款.

***pe·cul·iar** [pɪ`kjuljɚ, -`kɪʊl-; pɪ'kju:lɪə(r)] *adj.* **1** 古怪的, 不尋常的, 異樣的, 與眾不同的. *peculiar* behavior 異常的行為/a *peculiar* smell 異常的氣味/This ham tastes *peculiar*—is it fresh? 這火腿的味道有點怪, 是新鮮的嗎?/It's *peculiar* that he went off without leaving a message. 他沒有留話就走了, 真是奇怪.

2 特有的, 獨有的, (*to*). The practice is *peculiar to* India. 那是印度所特有的習慣.

回 peculiar 指某物具有獨特的性質; special 指與其他同類之物比較之下具有特別的性質; particular 指某物特別引人注意而與其他同類之物有所區別; specific 常用來作為挑選出的明確實例.

3 (通常用限定)特別的, 特殊的. a *peculiar* talent 特異的才能/a matter of *peculiar* interest 特別有趣的問題.

***pe·cu·li·ar·i·ty** [pɪˌkjulɪ`ærətɪ, pɪˌkjuljɪ`ærətɪ, pɪˌkjul`jærətɪ, -ˌkɪʊl-; pɪˌkju:lɪ'ærətɪ] *n.* (*pl.* -ties [~z; ~z]) Ⓤ© **1** 特性, 特質, 特色. national *peculiarities* 國民的特色.

2 古怪, 怪習, (怪)癖. affect *peculiarity* in dress 衣著標新立異/Our neighbor is noted for

P

his *peculiarities* 我們的鄰居因怪癖而出名.

pe·cul·iar·ly [pɪˋkjuljəlɪ, -ˋkɪul-; pɪˋkju:ljəlɪ] *adv.* **1** 特別地, 尤其. **2** 異樣地, 奇怪地.

pe·cu·ni·ar·y [pɪˋkjunɪ‚ɛrɪ, -ˋkɪun-; pɪˋkju:njərɪ] *adj.* 《文章》金錢(上)的.

ped·a·gog [ˋpɛdə‚gɑg, -‚gɔg; ˋpedəgɒg] *n.* 《美》=pedagogue.

ped·a·gog·ic, ped·a·gog·i·cal [‚pɛdəˋgɑdʒɪk, -ˋgodʒ-; pedəˋgɒdʒɪk], [-k; -kl] *adj.* 教育學的, 教學法的.

ped·a·gogue [ˋpɛdə‚gɑg, -‚gɔg; ˋpedəgɒg] *n.* ⓒ《文章》《輕蔑》以學者自居的教師; 老古板的教師.

ped·a·go·gy [ˋpɛdə‚godʒɪ, -‚gɑdʒɪ; ˋpedəgɒdʒɪ] *n.* Ⓤ教育學, 教學法.

***ped·al** [ˋpɛdl; ˋpedl] *n.* (*pl.* ~s [~z; ~z]) ⓒ(自行車, 汽車, 鋼琴, 縫紉機等的)腳踏板(→ bicycle 圖), 踏板. press the brake *pedal* 踩煞車踏板.
　— *v.* (~s; 《美》~ed, 《英》~led; 《美》~ing, 《英》~ling) *vi.* 踩踏板, 踩踏板行駛. *pedal* up a hill 騎腳踏車上山.
　— *vt.* 踩踏板以使[腳踏車等]行駛[移動].
　[字源] PED「足」= *ped*al, *ped*estrian (行人), bi*ped* (雙足動物), ex*ped*ition (遠征), quadru*ped* (四足動物).

ped·ant [ˋpɛdn̩t; ˋpedənt] *n.* ⓒ《輕蔑》以學者自居的人; 空談家.

pe·dan·tic [pɪˋdæntɪk; pɪˋdæntɪk] *adj.* 《輕蔑》以學者自居的, 賣弄學問的.

pe·dan·ti·cal·ly [pɪˋdæntɪk]ɪ, -ɪklɪ; pɪˋdæntɪkəlɪ] *adv.* 炫耀才學地.

ped·ant·ry [ˋpɛdn̩trɪ; ˋpedəntrɪ] *n.* (*pl.* -ries) Ⓤ《輕蔑》學究氣息; 墨守成規; ⓒ以學者自居的言辭[舉止].

ped·dle [ˋpɛdl; ˋpedl] *vt.* **1** 叫賣, 沿街兜售.
2 《用於負面含義》傳布, 散播, 〔謠言等〕.
　— *vi.* 沿街叫賣.

ped·dler [ˋpɛdlɚ; ˋpedlə(r)] *n.* ⓒ《美》小販(《主英》pedlar).

ped·es·tal [ˋpɛdɪstl̩; ˋpedɪstl̩] *n.* ⓒ(雕像, 圓柱等的)臺座, 柱腳.
　sèt [*pùt*] *a pèrson on a pédestal* 把某人當作偶像崇拜, 非常尊敬某人.

***pe·des·tri·an** [pəˋdɛstrɪən; pɪˋdestrɪən] *n.* (*pl.* ~s [~z; ~z]) ⓒ行人. The car ran over a *pedestrian*. 那輛車撞倒了一位行人/No *Pedestrians*. 禁止行人通行《告示》/a *pedestrian* crossing 《英》行人穿越道(《美》crosswalk).
　— *adj.* **1** 《限定》行人用的, 步行的.
2 〔文章, 講話等如同慢吞吞走路似地〕平凡無奇的, 無趣的, 枯燥的. lead a *pedestrian* life 過著平淡的生活.

pe·di·a·tri·cian [‚pidɪəˋtrɪʃən, ‚pɛdɪ-; ‚pi:dɪəˋtrɪʃn̩] *n.* ⓒ小兒科醫生.

pe·di·at·rics [‚pidɪˋætrɪks, ‚pɛdɪ-; ‚pi:dɪˋætrɪks] *n.* 《作單數》小兒科.

ped·i·cure [ˋpɛdɪ‚kjur; ˋpedɪ‚kjuə(r)] *n.* **1** Ⓤ腳病治療(去除老繭, 割除雞眼等). **2** ⓊⒸ修腳指甲(腳趾, 指甲等的磨修等; → manicure).

ped·i·gree [ˋpɛdə‚gri; ˋpedɪgri:] *n.* **1** ⓊⒸ家系, 出身, 血統; 門第. a family of *pedigree* 名門. **2** ⓒ家譜(family tree). **3** 《形容詞性》純種的. a *pedigree* poodle 純種的貴賓狗.

ped·i·greed [ˋpɛdə‚grid; ˋpedɪgri:d] *adj.* 出身名門的; 〔動物〕純種的, 血統純正的.

ped·i·ment [ˋpɛdəmənt; ˋpedɪmənt] *n.* ⓒ(建築)山形牆, 三角牆, 《廊柱式門頂上的三角形山形牆》.

ped·lar [ˋpɛdlɚ; ˋpedlə(r)] *n.* 《主英》= peddler.

pe·dom·e·ter [pɪˋdɑmətɚ, pɛdˋɑm-; pɪˋdɒmɪtə(r)] *n.* ⓒ計步器.

pee [pi; pi:] *vi.* 《俚》小便.
　— *n.* ⒶⓊ小便. have [go for] a *pee* 去小便.

peek [pik; pi:k] *vi.* 《口》偷看, 窺視, 《at》. 同與 peep 幾乎同義.
　— *n.* ⓒ(用單數)《口》偷看.

peek·a·boo [ˋpikə‚bu; ˋpi:kəbu] *interj., n.* Ⓤ一種逗嬰兒玩的遊戲[聲音](把臉一下遮住, 一下露出, 然後一邊喊 peekaboo).

***peel** [pil; pi:l] *n.* Ⓤ(水果等的)皮. remove the *peel* from an orange 削柳丁皮.
　— *v.* (~s [~z; ~z]; ~ed [~d; ~d]; ~ing) *vt.* 〔水果等的皮〕; 剝〔樹皮等〕. *peel* a banana 剝香蕉/*peel* potatoes 削馬鈴薯/*peel* the bark *off* a tree 剝樹皮.
　— *vi.* 〔水果皮, 皮膚等〕脫落, 剝除; 〔油漆等〕剝落. My back *peeled* because of the hot sun. 我的背因為炎熱的陽光所以曬得脫皮了.
　kèep one's *éyes pèeled* 《口》睜大眼睛(留心或警戒的神態).
　pèel/.../*óff* [1] 剝…的皮; 脫[衣服等].
　pèel óff [2] (1)脫光衣服.
　(2)(為進行突然的俯衝射擊)《飛機》離開編隊.

peel·er [1] [ˋpilɚ; ˋpi:lə(r)] *n.* ⓒ削皮刀.

peel·er [2] [ˋpilɚ; ˋpi:lə(r)] *n.* ⓒ《英, 古》警察 (policeman). [字源]源自傳入警察改革制度的英國政治家 Sir Robert *Peel* 之名.

peel·ing [ˋpilɪŋ; ˋpi:lɪŋ] *n.* ⓒ(通常 peelings) (特指馬鈴薯)削下的皮.

***peep** [1] [pip; pi:p] *n.* ⓒ(用單數) **1** 偷看, 窺視; 瞥見. get a *peep* of [at] the sea over the roofs 從屋頂上瞥了一眼大海/have [take] a *peep* into the library 朝圖書館裡看了一下.
2 開始顯現, 出現.
　at the pèep of dáy 《雅》破曉時分.
　— *vi.* (~s [~s; ~s]; ~ed [~t; ~t]; ~ing) **1** 窺視, 偷看, 《into, in》. (同與 peek 相較, 其「偷看」的語義更為強烈). *peep through* a hole in the fence 從圍牆的小洞中窺視.
2 開始顯現, 出現; 〔性格等〕自然地流露出; 《out》. The sun *peeped out* from behind the clouds. 太陽自雲層後露出了臉.

peep [2] [pip; pi:p] *n.* ⓒ(幼鳥等的)啁啾聲, (老鼠等的)吱吱聲. — *vi.* 幼鳥啁啾叫, 老鼠吱吱叫.

peep·er¹ [`pipɚ; 'pi:pə(r)] *n.* Ⓒ 窺視者;《口》(通常 peepers)眼睛.

peep·er² [`pipɚ; 'pi:pə(r)] *n.* Ⓒ 發出啁啁叫聲的鳥[動物]《小雞等》.

peep·hole [`pip,hol; 'pi:phəʊl] *n.* Ⓒ (門、牆壁等上的)窺視孔.

Peeping Tom *n.* Ⓒ 男性偷窺狂.

péep shòw *n.* Ⓒ 透過小孔觀看的色情表演.

*peer¹ [pɪr; pɪə(r)] *n.* (*pl.* ~s [~z; ~z]) Ⓒ **1** (在地位,身分,能力等方面)同等的人,勢均力敵的人;同儕,同伴. He is the *peer* of any worker in the auto factory. 他的能力不亞於汽車廠裡的任何工人/He was respected by his *peers*. 他很受同伴們的尊敬.

2 貴族(★女性為 peeress; → duke);《英》上議院議員. a *peer* of the realm 《英》(相對於死後貴族身分無法延續(life peer)的)世襲貴族.

háve nò [bè without a] péer 無與倫比.

peer² [pɪr; pɪə(r)] *vi.* **1** (想看清楚而)凝視,盯著看,《into, at》. He *peered* at me sourly. 他神情不悅地盯著我看/*peer into* a dark room 凝視黑暗的房間. **2** 隱約出現,漸漸顯露. The moon *peered* over the hill. 月亮隱約從山頂露出.

peer·age [`pɪrɪdʒ; 'pɪərɪdʒ] *n.* **1** ⓊⒸ 貴族的身分[地位]. **2** Ⓤ (集合)貴族;貴族階級. be raised to the *peerage* 被冊封為貴族. **3** Ⓒ (記錄個人姓名及血統的)貴族名鑑.

peer·ess [`pɪrɪs; 'pɪərɪs] *n.* Ⓒ 貴族夫人; (繼承爵位的)女貴族; (★男性為 peer).

péer gròup *n.* Ⓒ 同儕團體,同輩群體.

peer·less [`pɪrlɪs; 'pɪəlɪs] *adj.* 無與倫比的,獨一無二的.

peeve [piv; pi:v] *vt.*《口》使氣惱,使發怒.

pee·vish [`pivɪʃ; 'pi:vɪʃ] *adj.* 難以取悅的,易怒的;氣惱的,不悅的.

pee·vish·ly [`pivɪʃlɪ; 'pi:vɪʃlɪ] *adv.* 乖戾地;氣惱地.

pee·vish·ness [`pivɪʃnɪs; 'pi:vɪʃnɪs] *n.* Ⓤ 乖戾.

pee·wee [`pi,wi; 'pi:wi] *n.* Ⓒ《美、口》非常小的人[物];矮人.
— *adj.* 矮小的,小的.

pee·wit [`piwɪt; 'pi:wɪt] *n.* =pewit.

*peg [pɛg; peg] *n.* (*pl.* ~s [~z; ~z]) Ⓒ
【木頭釘】 **1** (木製,金屬製的)固定釘;(帽子或大衣的)掛釘;(搭帳棚等的)椿.
2 《英》衣夾 (《美》clothespin).
3 (樂器中用來調弦的)弦軸,軫.
4 《口》木製的義肢;(詼)腿.

[pegs 1]

【釘>憑藉】 **5** (爭論,談判等的)理由,藉口,機會. We need some good *peg* to hang our plan on. 我們的計畫需要找個好的契會來配合.

a squáre pég in a róund hóle → hole 的片語.

---

tàke a pèrson dówn a pèg (or twó) 《口》使某人沒面子,羞辱某人.
— *vt.* (~s [~z; ~z]; ~ged [~d; ~d]; ~ging) 用釘固定住…; 在…上釘上釘子.
pèg awáy 《口》努力地做《at》.
pèg/.../dówn (1)以釘[椿]子固定住…. (2)約束…《to》.

Peg·a·sus [`pɛgəsəs; 'pegəsəs] *n.* **1** 《希臘神話》珀伽索斯(由 Perseus 殺死的怪物 Medusa 身上的血所生出的天馬;有雙翼,詩神 Muse 騎此馬後而獲得寫詩的靈感). **2** 《天文》飛馬座.

Peg·gy [`pɛgɪ; 'pegɪ] *n.* Margaret 的暱稱.

pe·jo·ra·tive [`pidʒə,retɪv, pɪ`dʒɔrətɪv, -`dʒɑr-; pɪ'dʒɒrətɪv]《文章》 *adj.* 《言詞》含有輕蔑之意的.

[Pegasus 1]

— *n.* Ⓒ 含有輕蔑之意的詞[語]《如相對於 small 的 puny(小的),相對於 house 的 hutch(小屋)等》.

peke [pik; pi:k] *n.* 《口》=Pekinese 1.

Pe·kin·ese [ˌpikɪ`niz; ˌpi:kɪ'ni:z] *adj.* 北京(人)的.
— *n.* (*pl.* ~) **1** Ⓒ 北京狗,哈巴狗,《原產於中國的小型犬》. **2** Ⓒ 北京人. **3** Ⓤ (中國的)北京方言,北京官話.

*Pe·king [`pi`kɪŋ; ˌpi:'kɪŋ] *n.* 北京(中華人民共和國首都;亦拼作 Beijing).

Pe·king·ese [ˌpikɪŋ`iz; ˌpi:kɪŋ'i:z] *adj., n.* =Pekinese.

pe·koe [`piko; 'pi:kəʊ] *n.* Ⓤ 用茶樹的嫩葉製成的高級紅茶.

pe·lag·ic [pə`lædʒɪk; pe'lædʒɪk] *adj.* 《文章》〔漁業等〕遠洋的,〔魚等〕(生長在)外海的.

pel·i·can [`pɛlɪkən; 'pelɪkən] *n.* Ⓒ〔鳥〕鵜鶘.

pèlican cróssing *n.* Ⓒ《英》行人可用按鈕控制紅綠燈的行人穿越道《<*pe*destrian *light* controlled crossing》.

pel·let [`pɛlɪt; 'pelɪt] *n.* Ⓒ **1** (把紙等揉成一團的)圓球,紙團. **2** 小彈丸;霰彈.

pell-mell [`pɛl`mɛl; ˌpel'mel] *adv.* 慌亂匆忙地;亂七八糟地.

pel·lu·cid [pə`lusɪd, -`lɪusɪd; pe'lu:sɪd] *adj.* 《雅》 **1** 透明的,清澄的. **2** 〔文章等〕條理明晰的.

pel·met [`pɛlmɪt; 'pelmɪt] *n.* Ⓒ《英》遮住窗簾金屬桿的狹長木框 (《美》valance).

pelt¹ [pɛlt; pelt] *vt.* 向…連續投擲《with〔石頭等〕》,〔以石塊等〕不停地投擲《at》. We *pelted* him *with* snowballs. 我們擲雪球砸他.
— *vi.* 〔雨等〕猛烈地下. The rain is *pelting* down. = It is *pelting* with rain. 大雨如注.

— n. 《用於下列片語》

(at) fúll pélt 全速地.

pelt² [pɛlt; pelt] n. ⓊⒸ (動物的)生皮, 毛皮, (→ leather 【參考】).

pel·ves [ˋpɛlviz; ˈpelviːz] n. pelvis 的複數.

pel·vic [ˋpɛlvɪk; ˈpelvɪk] adj. 《解剖》骨盤的.

pel·vis [ˋpɛlvɪs; ˈpelvɪs] n. (pl. ~es, -ves) ⓒ 《解剖》骨盤.

pem·mi·can [ˋpɛmɪkən; ˈpemɪkən] n. Ⓤ 乾肉餅(一種在乾肉片中加入脂肪、果實再加以搗碎後做成可保存的食物; 源自美洲印第安人).

PEN [pɛn; pen] 《略》International Association of Poets, Playwrights, Editors, Essayists and Novelists (國際筆會).

‡**pen¹** [pɛn; pen] n. (pl. ~s [~z; ~z]) ⓒ **1** 筆(有筆桿(penholder)及筆尖的書寫物); 筆尖 (nib). Write your name and address in [with] pen and ink. 用筆墨寫上你的姓名和地址. 【參考】依其狀況有時可指鋼筆(自來水筆)(fountain pen); 原子筆(ballpoint pen); 羽毛筆(quill pen); 奇異筆 (felt-tip pen).

2 (通常用單數)文筆, 文采; 《雅》作家. He lives by his pen. 他靠寫作維生/The pen is mightier than the sword. 《諺》筆勝於劍, 文勝於武.

pùt [sèt] pén to páper = tàke ùp one's pén 《誇張》下筆, 執筆.

— vt. (~s; ~ned; ~ning) 《誇張》寫(信等), 將 〔文章, 詩〕寫出.

****pen²** [pɛn; pen] n. (pl. ~s [~z; ~z]) ⓒ **1** (關動物用的)檻, 圍欄, 畜棚.

2 (嬰孩的)圍床(playpen).

— vt. (~s; ~ned, pent; ~ning) 把…關進圍檻 (up; in). The winter snows penned the beast in his cave. 冬天的大雪把野獸都困在洞穴裡了.

pen³ [pɛn; pen] n. ⓒ 《美、俚》= penitentiary.

pe·nal [ˋpinl; ˈpiːnl] adj. **1** 刑罰的; 刑法(上)的.

2 應處以刑罰的.

3 〔稅金等〕非常嚴厲的, 過於苛刻的.

pénal códe n. (加 the) 刑法.

pe·nal·ize [ˋpinl͵aɪz, ˋpɛnl-; ˈpiːnəlaɪz] vt. **1** 《法律》處刑, 宣判有罪; 處罰.

2 《比賽》〔對違反規則者〕處罰.

3 將…置於不利之境. Women have been penalized for their sex in point of wages. 婦女在工資方面因其性別的緣故受到了不公平的待遇.

pénal sérvitude n. Ⓤ 《英》(以前的)勞役刑 《罰其勞動; 1948 年廢止》.

****pen·al·ty** [ˋpɛnltɪ; ˈpenltɪ] n. (pl. -ties [~z; ~z]) ⓊⒸ **1** 刑罰, 處罰. impose a penalty of five years' imprisonment on a person 判處某人五年徒刑/The penalty for murder can be death. 謀殺罪的刑罰可達死刑.

> 【搭配】adj. + penalty: a heavy ~ (重罰), a severe ~ (嚴峻的處罰), a light ~ (輕罰), the maximum ~ (最高的處罰).

2 罰金, 罰款; 違約金. a penalty of £100 for default 對不履行者處以 100 英鎊的違約金.

3 不利; 報應. the penalties of old age 年老的諸多不便之處.

4 《比賽》犯規的處罰.

on [under] pénalty of... 違者受…的懲罰.

pày the pénalty 繳付罰款(違約金); 受到應得的報應.

pénalty àrea n. ⓒ 《足球》罰球區(守門員前的長方形區域, 防守的一方若在此區域內犯規則要罰以 penalty kick).

pénalty clàuse n. ⓒ 《商業》(契約書中的)違約條款(規定違約情況下的罰款等).

pénalty gòal n. ⓒ 《足球、橄欖球》罰球得的分數.

pénalty kìck n. ⓒ 《足球、橄欖球》罰球(因對方違規而得到的踢球機會).

pénalty shòot-out n. ⓒ 《足球》罰球決勝賽, PK 大戰, (平手的兩隊在賽後各派五人踢十二碼球, 決定勝負).

pen·ance [ˋpɛnəns; ˈpenəns] n. Ⓤ 悔改, 贖罪, 懺悔的苦行; 《天主教》告解.

dò pénance for... 為…苦行贖罪.

pen-and-ink [ˋpɛnənˋɪŋk, ˋpɛnəndˋɪŋk, ͵pɛnəndˋɪŋk; ͵penəndˈɪŋk] adj. 《限定》用鋼筆寫的. a pen-and-ink drawing 鋼筆畫.

pence [pɛns; pens] n. penny 的複數.

pen·chant [ˋpɛntʃənt; ˈpɑːŋʃɑːŋ] 《法語》n. (通常用單數)偏好《for 對…》.

‡**pen·cil** [ˋpɛnsl; ˈpensl] n. (pl. ~s [~z; ~z]) **1** ⓒ 鉛筆; Ⓤ 用鉛筆書寫. a letter written with a pencil [in pencil] 一封用鉛筆寫的信. **2** ⓒ 鉛筆狀的物體; 眉筆; 口紅.

— vt. (~s; 《美》~ed, 《英》~led; 《美》~ing, 《英》~ling) 用鉛筆寫〔畫〕.

péncil/.../ín 將〔計畫, 約定等〕大致記下〔寫下〕來. I'll pencil you in for ten tomorrow morning. 我會先記下你是明天上午十點鐘(醫院的預約等).

péncil càse [bòx] n. ⓒ 鉛筆盒.

péncil shàrpener n. ⓒ 削鉛筆器(機).

pend·ant [ˋpɛndənt; ˈpendənt] n. ⓒ **1** 下垂物, 垂飾. **2** = pennant.

pend·ent [ˋpɛndənt; ˈpendənt] adj. **1** 下垂的.

2 《文章》向外突出的, 〔岩石等〕懸空的.

3 《文章》= pending.

****pend·ing** [ˋpɛndɪŋ; ˈpendɪŋ] adj. 〔問題等〕懸而未決的. a pending question 懸而未決的問題.

— prep. 《文章》直到…(until), 在等待…的期間. The accused was released on bail pending trial. 在開庭之前, 被告獲保釋在外.

pen·du·lous [ˋpɛndʒələs; ˈpendjʊləs] adj. 《文章》懸垂的; 搖搖晃晃的.

****pen·du·lum** [ˋpɛndʒələm, ˋpɛndjəm, ˋpɛndjələm; ˈpendjʊləm] n. (pl. ~s [~z; ~z]) ⓒ (鐘錶等的)擺. The pendulum started to swing from side to side. 鐘擺開始左右擺動.

the swìng of the péndulum 鐘擺的擺動; 《對政

黨等的)興論的大動搖《動搖於兩極端之間》.

[字源] PEND「垂吊」: pendulum, depend (依靠), suspend (懸掛), pendant (下垂物).

Pe·nel·o·pe [pə`nɛləpɪ; pə`neləpɪ] n. 《希臘神話》珀涅羅珀(Odysseus 忠貞的妻子).

pen·e·tra·ble [`pɛnətrəbl̩; `penɪtrəbl] adj. 可滲透[貫穿]的; 可識破的, 能看穿的.

*__pen·e·trate__ [`pɛnə,tret; `penɪtreɪt] v. (~s [~s; ~s]; -trat·ed [~ɪd; ~ɪd]; -trat·ing) vt.

【穿透】 **1** 〔刀, 子彈等〕穿透, 貫穿. The arrow *penetrated* the warrior's chest. 箭射穿了戰士的胸膛/The beam from the lighthouse *penetrated* the fog. 燈塔的光線穿過了霧.

2 〔液體等〕滲入; 〔氣味, 光線等〕擴散. The rain *penetrated* his thick coat. 雨水滲進了他的厚外套/The odor has *penetrated* the house. 那種臭味瀰漫整個屋內.

3 〔思想等〕滲透; 使感動; 給予強烈的影響. He is *penetrated* with patriotic feeling. 他腦子裡充滿了愛國之情.

4 看穿, 識破; 〔眞相等〕理解. I could not *penetrate* the mystery. 我無法解開這個祕密.

— vi. **1** 進入; 滲入, 滲透; 《into, through》. His voice does not *penetrate*. 他的聲音無法傳開.

2 看穿, 洞察, 《into, through》.

3 《口》被理解; 讓人明白. My explanation didn't *penetrate*. 我的解釋不夠清楚.

pen·e·trat·ing [`pɛnə,tretɪŋ; `penɪtreɪtɪŋ] adj. **1** 有洞察力的, 看穿(人心)般的, 尖銳的. a very *penetrating* mind 敏銳的洞察力/ a *penetrating* glance 銳利的眼光.

2 貫穿的; 刺透般的; 〔風等〕刺骨的; 〔聲音〕響徹的. a *penetrating* sound 震耳欲聾般的聲音.

pen·e·trat·ing·ly [`pɛnə,tretɪŋlɪ; `penɪtreɪtɪŋlɪ] adv. 看穿地, 識破地; 刺透般地.

pen·e·tra·tion [,pɛnə`treʃən; ,penɪ`treɪʃn] n. U **1** 滲透力; 滲入, 滲透; 貫穿.

2 識破; 洞察力, 眼光.

pen·e·tra·tive [`pɛnə,tretɪv; `penɪtreɪtɪv] adj. **1** 滲透的, 有穿透力的. **2** 有洞察力的, 敏銳的.

*__pen-friend__ [`pɛn,frɛnd; `pen,frend] n. (pl. ~s [~z; ~z]) C《英》筆友(《美》pen pal). Keep in touch with your *pen-friend*. 與你的筆友保持聯絡.

*__pen·guin__ [`pɛŋgwɪn; `peŋgwɪn] n. (pl. ~s [~z; ~z]) C《鳥》企鵝. I don't think that *penguins* can fly. 我不認爲企鵝會飛.

pen-hold·er [`pɛn,holdə; `pen,həʊldə(r)] n. C 筆桿; 筆架, 筆插.

pen·i·cil·lin [,pɛnɪ`sɪlɪn; ,penɪ`sɪlɪn] n. U《藥》盤尼西林, 青黴素.

*__pen·in·su·la__ [pə`nɪnsələ, -,sjulə, -ʃulə; pə`nɪnsjʊlə] n. (pl. ~s [~z; ~z]) C 半島(→ geography 圖). the Scandinavian *Peninsula* 斯堪地那維亞半島.

[字源] INSULA「島」: peninsula, insular (島的), insulate (使絕緣).

pen·in·su·lar [pə`nɪnsələ, -,sjulə, -ʃulə;

---

pə`nɪnsjʊlə(r)] adj. 半島(狀)的.

pe·nis [`pinɪs; `piːnɪs] n. C《解剖》陰莖.

pen·i·tence [`pɛnətəns; `penɪtəns] n. U 後悔, 悔悟, 《for 對…》; 懺悔. with *penitence* 後悔地/as a *penitence for* my sins 當作對我自己罪孽的懺悔.

pen·i·tent [`pɛnətənt; `penɪtənt] adj. 悔悟的, 後悔的, 《for 對…》.

— n. C 後悔的人, 悔悟者.

pen·i·ten·tial [,pɛnə`tɛnʃəl; ,penɪ`tenʃl] adj. 後悔的, 懺悔的.

pen·i·ten·tia·ry [,pɛnə`tɛnʃərɪ, -`tɛntʃərɪ; ,penɪ`tenʃərɪ] n. (pl. -ries) C《美》監獄《監禁重大刑犯的州立或聯邦監獄》.

pen·i·tent·ly [`pɛnətəntlɪ; `penɪtəntlɪ] adv. 後悔地, 悔改地.

pen·knife [`pɛn,naɪf; `pen,naɪf; pennaɪf] n. (pl. -knives [-,naɪvz; -naɪvz]) C 小型的[袖珍]折刀(可折成一半長度).

pen·light [`pɛn,laɪt; `pen,laɪt] n. C 鋼筆型手電筒.

pen·man·ship [`pɛnmən,ʃɪp; `penmənʃɪp] n. U 硬筆習字, 書法; 字體, 筆跡. practice *penmanship* 練字.

Penn., Penna. (略) Pennsylvania.

pén náme n. C 筆名.

pen·nant [`pɛnənt; `penənt] n. C **1** 三角旗, 小燕尾旗, 《通常指三角形的狹長小旗; 用來作爲學校或運動隊伍的標幟》(掛於軍艦等桅桿上的)旒旗; (→ flag). **2**《美》優勝錦旗(在職棒比賽等中, 頒發給該球季的優勝隊伍). win the *pennant* (在棒球比賽中)獲勝.

pen·nies [`pɛnɪz; `penɪz] n. penny 的複數.

*__pen·ni·less__ [`pɛnɪlɪs, `pɛnɪlɪs; `penɪlɪs] adj. 身無分文的, 一貧如洗的. My son came back *penniless*. 我兒子身無分文地回家.

pen·non [`pɛnən; `penən] n. C **1** 槍旗《中世紀騎士掛於長槍頂端的狹長三角形或燕尾形的小旗》. **2** 小旗.

pen·n'orth [`pɛnəθ; `penəθ] n. =pennyworth.

Penn·syl·va·nia [,pɛnsl̩`venjə, -nɪə, -,sɪl-; ,pensɪl`venjə] n. 賓夕法尼亞州(美國東部的州; 首府 Harrisburg; 略作 PA, Pa., Penn., Penna.).

*__pen·ny__ [`pɛnɪ; `penɪ] n. (pl. 當做價格時爲 pence, 當做硬幣等時爲 pen·nies) C

1 (a)(pl. -nies)《英》一便士的硬幣(→ coin 圖). Don't you have some *pennies*? 你有幾個一便士的硬幣嗎?

(b)(pl. pence) 便士《英國的貨幣單位; 100 pence 爲 1 pound; 1971 年以前十二便士爲 1 shilling (先令), 二十先令爲一英鎊; 略稱爲 p [pi; piː]: ½p (半便士), 5 p (五便士); (→ p¹)). This ball-point pen only cost fifty *pence* [50 p]. 這支原子筆只要五十便士/Take care of the *pence*, and the pounds will take care of themselves. 《諺》小事謹

慎, 大事自成/A penny saved is a penny gained [earned]. 《諺》省一分錢等於賺一分錢/In for a penny, in for a pound. 《諺》一不做, 二不休.

(c)《美、加拿大》一分硬幣(價值 1 cent 的硬幣; → coin 圖).

2 (用單數)零錢; 金錢; 金額(通常用於否定句). The doctor didn't charge a penny for poor people. 那醫生未向窮人收取半毛錢(的診療費).

A pènny for your thóughts. 《口》(對陷入沈思的人說)告訴我你在想什麼? (<告訴我你在想甚麼就給你一便士之意).

a prètty pénny 《口》相當的金額, 一大筆錢.

if a pénny → if 的片語.

spènd a pénny 《英、口》(委婉)去廁所(源於收費公共廁所的費用為一便士).

tèn a pénny → ten 的片語.

tùrn [màke, èarn] an hònest pénny 用正當的手段賺錢.

pènny arcáde n. C 《美》遊樂場(遊樂區等地設有投幣式遊樂器).

pen·ny pinch·er [ˈpɛnɪˌpɪntʃəˈ; ˈpeniˌpintʃər] n. C 《口》吝嗇鬼.

pen·ny-pinch·ing [ˈpɛnɪˌpɪntʃɪŋ; ˈpeniˌpintʃiŋ] adj. 吝嗇的.

pen·ny·weight [ˈpɛnɪˌwet; ˈpeniweit] n. UC 英國金衡單位(貴金屬的重量單位; 二十分之一盎斯; 略作 pwt.).

pen·ny-wise [ˈpɛnɪˌwaɪz; ˈpeniˈwaiz] adj. 省小錢的. *Penny-wise* and pound-foolish. 《諺》小事精明, 大事糊塗.

pen·ny·worth [ˈpɛnɪˌwɝθ; ˈpeniwɜ:θ] n. C 《文章》價值一便士(之物).

pe·nol·o·gy [piˈnɑlədʒɪ; pi:ˈnɔlədʒi] n. U 刑罰學; 典獄學.

***pén pal** n. C 《美》筆友(《英》pen-friend). my pen pal of more than ten years 和我(通信)十年以上的筆友.

***pen·sion**¹ [ˈpɛnʃən; ˈpenʃn] n. (pl. ~s [~z; ~z]) C (定期支付的)退休金; 救濟金. receive a pension from the government 領取政府發放的養老金/My uncle lives on a pension. 我的叔叔靠退休金生活.

retìre on a pénsion 領取養老金而退休.

—— vt. 給與退休金[養老金].

pènsion/…óff 發給退休金[養老金]使…退休.

pen·si·on² [ˈpɑnsɪˌɑn; ˈpɑ̃:ŋsiɔ̃:ŋ] n. C (法語)(歐洲大陸)供膳宿的公寓(英國稱之為 boarding-house).

pen·sion·a·ble [ˈpɛnʃənəbl; ˈpenʃnəbl] adj. 有領取退休金資格的; [職業等]支付退休金的.

pen·sion·er [ˈpɛnʃənəˈ; ˈpenʃənə(r)] n. C 退休金領取者.

pen·sive [ˈpɛnsɪv; ˈpensiv] adj. 《文章》**1** 陷入沈思的. **2** (心緒)深沈的, 非常憂鬱的.

pen·sive·ly [ˈpɛnsɪvlɪ; ˈpensivli] adv. 沈思地.

pent(a)- 《構成複合字》「五…」之意.

pen·ta·gon [ˈpɛntəˌɡɑn; ˈpentəɡən] n. **1** C 《數學》五角形, 五邊形. **2** (the Pentagon) **(a)** 五角大廈(位於美國 Virginia Arlington 的國防部 (Department of Defense)大樓; 因其呈五角形, 故名; → District of Columbia 圖). **(b)** 美國國防部《俗稱》.

[the Pentagon]

pen·tag·o·nal [pɛnˈtæɡən]; penˈtæɡənl] adj. 五角形的.

pen·ta·gram [ˈpɛntəˌɡræm; ˈpentəɡræm] n. C 五角星形(☆; 從前用作符咒的標記).

pen·tam·e·ter [pɛnˈtæmətəˈ; penˈtæmitə(r)] n. C 《韻律學》五音步, 抑揚格五音步, (→ meter²).

pen·tath·lon [pɛnˈtæθlən, -lɑn; penˈtæθlɔn] n. (加字)五項運動(★十項運動為 decathlon).

Pen·te·cost [ˈpɛntɪˌkɔst, -ˌkɑst; ˈpentikɔst] n. **1** (主教)(基督教)聖靈降臨節(Whitsunday)《復活節後第七個星期日). **2** 五旬節(猶太人的收穫節; 踰越節(Passover)之後第五十天).

pent·house [ˈpɛntˌhaus; ˈpenthaus] n. (pl. -hous·es [-ˌhauzɪz; -hauziz]) C 閣樓; 頂樓房間(建於大樓屋頂的住宅; 多為有陽臺的高級住宅).

pent-up [ˈpɛntˈʌp; ˈpentˈʌp] adj. 被關閉的; 壓抑的; 鬱積的; (★pent 為 pen² 的舊式過去分詞).

pe·nul·ti·mate [pɪˈnʌltəmɪt; peˈnʌltimət] adj. 倒數第二(音節)的.

pen·um·bra [pɪˈnʌmbrə; pɪˈnʌmbrə] n. 半(陰)影(部分)(《陰影周圍稍亮的部分).

pe·nu·ri·ous [pəˈnjurɪəs, -ˈnɪu-, -ˈnju-; pɪˈnjuəriəs] adj. 《文章》貧窮的, 匱乏的.

pen·u·ry [ˈpɛnjərɪ; ˈpenjuri] n. U 《文章》貧窮, 匱乏.

pe·on [ˈpiən; pjuːn] (西班牙語) n. C 零工(特指美國西南部、中南美洲一帶做工償債的工人).

pe·o·ny [ˈpiənɪ; ˈpiəni] n. (pl. -nies) C 《植物》牡丹; 芍藥; 牡丹花; (毛茛科).

***peo·ple** [ˈpipl; ˈpi:pl] (pl. ~s [~z; ~z]) n. 【人們】 **1** (作複數)人, 人們. There were twenty people present at the meeting. 有二十個人出席會議. 語法 people 可視為 person 的複數; persons 用於文章, 如 a person or persons, 強調一個人或數個人; → person 1.

2 (作複數)世間的人, 世人, (they). *People* say that Tom and Mary are engaged to be married. 聽說湯姆和瑪莉訂婚了. 語法 people 在此為無冠詞、無修飾語的不定代名詞.

【特定的人】**3** 《作複數》居民；某一階層的人們；有關人員. the village [city] *people* 村[市]民/the *people* of New England 新英格蘭居民.

4 (加 the)《作複數》(相對於當權者，特權階級的)庶民，平民. a man of the (common) *people* 人氣旺的人物(例如極受民眾歡迎的政治家).

【國人】**5** ⓒ 國族. the English-speaking *peoples* 說英語的民族/The Swedes are a Germanic *people*. 瑞典人是〔屬於〕日耳曼民族/The *peoples* of the world should live in peace. 世界上所有的民族都應和平共處/the Japanese *people* 日本國民[民族]. 〔參考〕people 的語義偏重於文化和社會性的統一而非政治性的統一，並且強烈地隱含地域性的關聯；→ nation.

6 (加 the)《作複數》(構成國家，地方自治體等的)人們，一般國民，民眾. government of the *people*, by the *people*, for the *people* 民有、民治、民享的政府(Abraham Lincoln in Gettysburg 演說中的一段，被視爲民主精神的要旨).

【家人】**7** (加 my, his 等)《作複數》《口》家人，家族的人；雙親(parents)，父母；親戚(folks). I spent the holidays with my *people*. 我和家人共度假期.

gō to the péople 〔政黨的領袖〕訴諸於大選，舉行公民投票.

of áll pèople (1)《接於代名詞之後》比誰都優先. (2)(通常作為插入句)在所有人當中(偏偏…).

— *vt.* **1** 讓人們住在…；充滿…《with〔特定的人們〕》. 《通常用被動語態》a thickly *peopled* area 人口稠密的地區/The novel is *peopled* with eccentrics. 這部小說中有很多古怪的人物.

2 〔人，動物〕居住. The colonists first *peopled* the flat land near the sea. 這些殖民者最初居住在沿海的平原地帶.

pep [pɛp; pep] *n.* ⓤ《口》活力(vigor)《<pepper》. be full of *pep* 充滿活力.

— *vt.* (~**s**; ~**ped**; ~**ping**) 《口》使振奮《*up*》. I have some news that'll *pep* you *up*. 我有能使你振奮起來的好消息(要告訴你).

*pep·per [ˋpɛpɚ; ˈpepə(r)] *n.* (*pl.* ~**s** [~z; ~z]) **1** ⓤ 胡椒(粉). He put salt and *pepper* on his soft-boiled eggs. 他在半熟的雞蛋上灑上鹽和胡椒粉.

2 ⓒ 胡椒屬的植物；辣椒屬的植物；辣椒.

— *vt.* **1** 在…上灑胡椒(粉)；以胡椒(粉)調味.

2 在…上加上斑點.

3 使密布；亂射《with〔子彈，難題等〕》. They *peppered* the speaker *with* questions. 他們向演講者提出一連串的問題/This essay is *peppered* with errors. 這篇文章滿是錯誤.

●——主要的(天然)調味料

allspice	牙買加胡椒	bay leaf	月桂葉
caraway	葛縷子	cinnamon	肉桂
clove	丁香	garlic	蒜
ginger	薑	mace	肉豆蔻乾皮
mint	薄荷	mustard	芥茉
nutmeg	豆蔻	paprika	辣椒
parsley	荷蘭芹	pepper	胡椒
rosemary	迷迭香	saffron	藏紅花
sage	鼠尾草	sesame	芝麻
thyme	百里香		

pep·per-and-salt [ˋpɛpərnˋsɔlt, ˋpɛpərən-; ˈpepərənˈsɔːlt] *adj.* 〔布料等〕土灰色的(黑白點的花色).

pep·per·box [ˋpɛpɚˌbɑks; ˈpepəˌbɒks] *n.* ⓒ《美》(餐桌用的)胡椒罐.

pep·per·corn [ˋpɛpɚˌkɔrn; ˈpepəkɔːn] *n.* ⓒ 曬乾的黑胡椒子(以粒狀或碾成粉末作調味料).

pépper mìll *n.* ⓒ (用手旋轉的)胡椒研磨器.

pep·per·mint [ˋpɛpɚˌmɪnt; ˈpepəmɪnt] *n.* **1** ⓤ 薄荷(紫蘇科薄荷屬的多年草；氣味芳香，並能榨取薄荷油). **2** ⓤ 薄荷油. **3** ⓒ 薄荷糖 (mint).

pépper pòt *n.* 《英》= pepperbox.

pep·per·y [ˋpɛpərɪ; ˈpepərɪ] *adj.* **1** 胡椒(般)的；辛辣的. **2** 易怒的，脾氣急躁的.

pép pílls *n.* 《作複數》《口》興奮劑.

pep·py [ˋpɛpɪ; ˈpepɪ] *adj.* 《口》精力充沛的(lively).

pep·sin [ˋpɛpsɪn; ˈpepsɪn] *n.* ⓤ《生化學》胃蛋白酶(分解胃液中蛋白質的酵素).

pép tàlk *n.* ⓒ《口》(體育敎練等的)激勵士氣的話，精神訓話.

pep·tic [ˋpɛptɪk; ˈpeptɪk] *adj.* 胃蛋白酶(所引起的)；幫助消化的.

*per [pɚ; 強 pɜ:(r), 弱 pə(r)] *prep.* **1** 每…，\$10 *per* day 每天 10 美元([語法]主要用於商業〔專門〕用語，通常如 ten dollars a day 一般用 a；→ a, an 1 (b))/60 miles *per* hour 每小時 60 英里/beer consumption *per* head of the population 人口中每人的啤酒消耗量.

2 透過…，以…. *per* post 透過郵寄/*per* rail 經由鐵路.

3 (用 as per…)根據…，依照…. Salary *as per* ability. 按能力計酬(求才廣告中可見).

per- *pref.* **1** 「完全」，「徹底」之意. *per*fect. *per*suade. **2** 《化學》「過…」之意. *per*oxide.

per·am·bu·late [pɚˋæmbjəˌlet; pəˈræmbjʊleɪt] *vi.*《文章》(緩步)巡視；徘徊.

per·am·bu·la·tor [pɚˋæmbjəˌletɚ; pəˈræmbjʊleɪtə(r)] *n.* ⓒ《主英》《文章》(四輪)嬰兒車(《英》爲 pram；《美》則爲 baby carriage).

per an·num [pɚˋænəm; pərˈænəm](拉丁語) *adv.*《文章》每一年，每年.

per cap·i·ta [pɚˋkæpɪtə; pəˈkæpɪtə](拉丁語) *adj.*《文章》每人的，按人數平均分配的. The *per capita* income was very low. 每人平均收入非常低. — *adv.* 每人地，每人平均地.

*per·ceive [pɚˋsiv; pəˈsiːv] *vt.* (~**s** [~z; ~z]; ~**d** [~d; ~d]; **-ceiv·ing**)《文章》

1 (a) (以感官)感覺，察覺. On my entering, they

perceived me at once. 我一進去，他們就立刻察覺到了.

(b) 句型5 (perceive A do/A doing) 注意到A…/注意到A正在…. We *perceived* a small animal *cross* the road in the dark. 我們在黑暗中察覺到有小動物穿過道路/Fred *perceived* a UFO *flying* in the air. 弗瑞德發現空中有不明飛行物.

2 (a) 看出，明白. He *perceived* the error in his own argument. 他看出自己論點中的錯誤.

(b) 句型3 (perceive　that 子句/wh 子句) 明白…. We soon *perceived* that he was a man of literary taste. 我們很快就察覺到他是個具有文藝氣息的人/I was unable to *perceive* when he changed his mind. 我沒能察覺他在何時改變了心意.

(c) 句型5 (perceive A B/A to be B)、句型3 (perceive A *as* B) 明白A是B. Reading his article, I *perceived* the writer (to be) a competent scholar. 讀了這個作家的文章，我發覺他的確是位有才能的學者/I *perceived* all this *as* a plot against me. 我察覺到這一切都是針對我的陰謀.

◇ *n.* **perception.** *adj.* **perceptible, perceptive.**

字源 CEIVE「捕獲」: per*ceive*, con*ceive* (構思), re*ceive* (收到).

per·ceiv·ing [pɚˋsivɪŋ; pəˈsiːvɪŋ] *v.* perceive 的現在分詞、動名詞.

‡**per·cent, per cent** [pɚˋsɛnt; pəˈsent] *n.* (*pl.* ~) C 百分比，百分率, (符號%). thirty *percent* 百分之三十 (大多寫成30%)/interest at four *percent* 百分之四的利息/a) ten *percent* discount 百分之十的折扣/A large *percent* of the students live in lodgings. 大部分的學生寄宿. 語法 (1)由於原意爲「每一百」，因此寫成 thirty *percents* 是錯誤的. (2)有關述語動詞的單複數 → percentage.

òne [a] **hùndred percént** 完全地，徹底地. I agree with you *a hundred percent*. 我百分之百贊同你.

字源 CENT「一百」: per*cent*, *cent*ury (一百年), *cent* (分), *cent*imeter (公分).

*per·cent·age [pɚˋsɛntɪdʒ; pəˈsentɪdʒ] *n.* (*pl.* -ag·es [~ɪz; ~ɪz]) **1** C 百分率，百分比. What *percentage* of the profit can I get? 我能得到百分之幾的利潤?/on a *percentage* basis (有關報酬等)按百分率制.

2 C 比例，比率. Formerly only a small *percentage* of young people could travel abroad. 以前只有少數年輕人能出國旅行/A high [large] *percentage* of the cost *is* occupied by personnel expenses. 人事費用在成本中所占的比例相當高. 語法 如上述二例所示，通常述語動詞的單複數與接在名詞的名詞的單複數一致.

3 U (用百分比表示的)手續費, 折扣, 利率.

4 U (口)(主要作否定性)利益, 利潤; 優點.

per·cep·ti·bil·i·ty [pɚˌsɛptəˋbɪlətɪ; pə,septəˈbɪlətɪ] *n.* 《文章》能感覺.

per·cep·ti·ble [pɚˋsɛptəbl; pəˈseptəbl] *adj.* 《文章》**1** 能感覺到的，可感知的.

2 可察覺到的, 醒目的, 相當的.

◇ *v.* **perceive.** ↔ **imperceptible.**

per·cep·ti·bly [pɚˋsɛptəblɪ; pəˈseptəblɪ] *adv.* 《文章》能察覺到地；看得見地, 相當地.

*per·cep·tion [pɚˋsɛpʃən; pəˈsepʃn] *n.* (*pl.* ~z; ~z) 《文章》**1** U 知覺(作用), 感知(能力). a man of keen *perception* 知覺敏銳的人. **2** a U 認識；理解, 洞察. **3** C 感覺到[認識]的事物.

◇ *v.* **perceive.**

per·cep·tive [pɚˋsɛptɪv; pəˈseptɪv] *adj.* 《文章》**1** 知覺的；有知覺的.

2 理解力敏銳的, 靈敏的.

*perch¹ [pɝtʃ; pɜːtʃ] *n.* (*pl.* ~es [~ɪz; ~ɪz]) C

1 (鳥的)棲木. The bird sat on the *perch* in its cage. 這隻鳥停在鳥籠裡的棲木上.

2 (供人坐的或放置物品的)高的地方[座位]. He sat on his favorite *perch*. 他坐在他最喜愛的高凳子上.

— *v.* (~es [~ɪz; ~ɪz]; ~ed [~t; ~t]; ~ing) *vi.*

1 (鳥)棲息(on, upon). The sparrow *perched* on the clothesline. 這隻麻雀棲息在晾衣繩上.

2 〔人〕坐(on, upon).

— *vt.* 放置, 擺放, (on 〔高的地方〕). He *perched* himself on the railing. 他坐在欄杆上.

perch² [pɝtʃ; pɜːtʃ] *n.* (*pl.* ~es, ~) C 河鱸(可食用, 供食的).

per·chance [pɚˋtʃæns; pəˈtʃɑːns] *adv.* 《古》或許(perhaps); 萬一.

per·co·late [ˋpɝkə,let, ‑,let; ˈpɜːkəleɪt] *vi.* **1** 過濾.

2 滲透(through).

— *vt.* 把(咖啡)放在過濾器中; 過濾(through 經由…).

[percolator]

per·co·la·tion [ˌpɝkəˋleʃən; ˌpɜːkəˈleɪʃn] *n.* U C 過濾; 滲透.

◇ *v.* **percolate.**

per·co·la·tor [ˋpɝkə,letɚ; ˈpɜːkəleɪtə(r)] *n.* C 過濾壺(過濾式咖啡壺).

per·cus·sion [pɚˋkʌʃən; pəˈkʌʃn] *n.* U **1** (通常指硬物之間的)碰撞, 撞擊; 碰撞(的聲音, 震動). **2** 《醫學》叩診. **3** 《單複數同形》(集合)打擊樂器.

percússion càp *n.* C 雷管.

percússion ìnstrument *n.* C 打擊樂器(鼓, 鐃鈸等).

per·cus·sion·ist [pɚˋkʌʃənɪst; pəˈkʌʃnɪst] *n.* C 打擊樂器演奏者.

Per·cy [ˋpɝsɪ; ˈpɜːsɪ] *n.* 男子名.

per·di·tion [pɚˋdɪʃən; pəˈdɪʃn] *n.* U 《文章》永遠的破滅.

per·e·grine falcon [ˋpɛrəgrɪnˋfɔlkən, ‑,grin‑; ˈperɪgrɪnˈfɔːlkən] *n.* C (鳥)隼(當作獵鷹用).

per·emp·to·ri·ly [pɚˋrɛmptərəlɪ, ‑rɪlɪ;

pə'remptərəlɪ] *adv.* 強硬地, 以不容商量的態度.

per·emp·to·ry [pə'rɛmptərɪ, -trɪ, `pɛrəmp,torɪ, -,tɔrɪ pə'remptərɪ] *adj.*《文章》命令性的, 專橫的, 不容分說的.

per·en·ni·al [pə'rɛnɪəl; pə'renjəl] *adj.* **1** 終年不斷的, 終年持續的.

2 長時間持續的; 永續的; 永遠的. *perennial* snow 萬年雪.

3《植物》多年生的(→ biennial〔參考〕).
— *n.* ⓒ 多年生植物.

per·en·ni·al·ly [pə'rɛnɪəlɪ; pə'renjəlɪ] *adv.* 終年不斷地; 長久地, 永遠地.

per·e·stroi·ka [,pɛrə'strɔɪkə; ,perəs'trɔɪkə] (俄語) *n.* ⓤ 改革(前蘇聯政治經濟體制的改革).

‡**per·fect** [`pɝfɪkt; 'pɜːfɪkt] (★與 *v.* 的重音位置不同) *adj.* **1** 完美的, 無瑕的; 最適合的, 最佳的, *Your answer is just perfect.* 你的回答簡直太完美了/a *perfect* crime 天衣無縫的犯罪/Nobody is *perfect.* 沒有人是十全十美的/She speaks *perfect* English. 她的英語說得極好/He gave a *perfect* performance of the sonata. 他完美地彈奏了這首奏鳴曲/a *perfect* day for swimming (適合)游泳的大好日子. 〔同〕complete 的詞義偏重於「完整無缺的」, 而 perfect 則強調質方面的完美無瑕; 因此「全集」為 complete works 而不作 perfect works.

2 正確的, 絲毫不差的. a *perfect* copy 與原物一模一樣的複製品/a *perfect* square 正方形/His memory of the night is *perfect.* 他清清楚楚地記得那天夜晚的事.

3《限定》《口》完全的(utter), 純然的; 相當的. That's *perfect* nonsense. 那完全是一派胡言/We are *perfect* strangers in this neighborhood. 我們對這一帶完全不熟.

4《文法》完成(式)的. ↔ imperfect.
— *n.* ⓤ(加 the)《文法》完成式(perfect tense). the present [past, future] *perfect* (tense) 現在[過去, 未來]完成(式).
— [pə'fɛkt; pə'fekt] *vt.* (~s [~s; ~s]; ~ed [~ɪd;

~ɪd]; ~ing) 完成, 做成; 使完美; 使熟練精通 (*in*). The scientist finally *perfected* his new theory. 那位科學家終於完成他的新理論/*Perfect* yourself *in* one thing and stick to it. 讓自己精通一件事而且要堅持到底. ⇨ *n.* perfection.

pèrfect gáme *n.* ⓒ《棒球》完全比賽.

pèrfect gérund *n.* ⓒ《文法》完成式動名詞 (→見文法總整理 **9. 2**).

pèrfect infínitive *n.* ⓒ《文法》完成式不定詞(→見文法總整理 **8. 5**).

per·fect·i·ble [pə'fɛktəbl; pə'fektəbl] *adj.* 可完成的.

*‡**per·fec·tion** [pə'fɛkʃən; pə'fekʃn] *n.* ⓤ 【【完美 】】 **1** 完美無瑕, 盡善盡美; 完整性. as near *perfection* as possible 盡可能完美/to *perfection* (→片語).

2 完成, 做成. He is busy with the *perfection of* the bust. 他正忙著完成一座半身像.

3 【完美的典範】極致, 理想的形象, 典型. the *perfection of* beauty 美的典範/the very *perfection of* a dress for you 與你極為相配的服裝.
⇨ *v.*, *adj.* perfect.

bring...to perféction 使…完成, 使…達到完美的境界.

to perféction 完美地; 正確地. He acted the part of the rejected lover *to perfection.* 他把那個被拋棄的情人的角色演得淋漓盡致.

per·fec·tion·ism [pə'fɛkʃən,ɪzm; pə'fekʃnɪzəm] *n.* ⓤ 至善論; 完美主義.

per·fec·tion·ist [pə'fɛkʃənɪst; pə'fekʃnɪst] *n.* ⓒ 至善論者, 完美主義者, 講求盡善盡美者, (★有時亦帶有責難之意).

*‡**per·fect·ly** [`pɝfɪktlɪ; 'pɜːfɪktlɪ] *adv.* **1** 完全地, 完美無缺地. He did the task *perfectly.* 他完美無缺地達成任務.

2 完全地, 十分地;《口》《用於負面含義》非常, 相

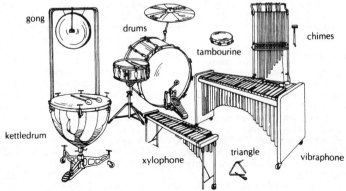

[percussion instruments]

gong

drums

chimes

tambourine

kettledrum

xylophone

triangle

vibraphone

當. I'm *perfectly* satisfied with the result. 我非常滿意這個結果/*perfectly* terrible weather 非常糟糕的天氣.

pĕr·fect pár·ti·ciple *n.* ⓒ《文法》完成式分詞(→見文法總整理**9. 1**).

pĕr·fect ténse *n.* (加 the)《文法》完成式(→見文法總整理**6. 3**).

per·fid·i·ous [pəˋfɪdɪəs; pəˈfɪdiəs] *adj.*《雅》背信忘義的(treacherous); 不忠實的.

per·fi·dy [ˋpɜfədɪ; ˈpɜːfɪdi] *n.* (*pl.* **-dies**)《雅》Ⓤ背叛, 不忠實, 背信; ⓒ背叛的行為.

per·fo·rate [ˋpɜfəˌret; ˈpɜːfəreɪt] *vt.* **1** 穿孔於⋯; 刺穿. **2** 在(一大張郵票等)上打一排小孔.
—— *vi.* 穿通; 穿孔(*through*).

per·fo·ra·tion [ˌpɜfəˋreʃən; ˌpɜːfəˈreɪʃn] *n.*
1 Ⓤ穿孔, 貫穿.
2 ⓒ(常 perforations)(郵票, 票, 乘車券等的)一排小孔, 便於撕開的孔狀接緣.

per·force [pəˋfors, ˋfɔrs; pəˈfɔːs] *adv.*《古》不得已地.

‡**per·form** [pəˋfɔrm; pəˈfɔːm] *v.* (**~s** [~z; ~z]; **~ed** [~d; ~d]; **~ing**) *vt.*
1 完成, 履行. *perform* a task 完成一項工作.
2 執行, 進行, 〔不單純的工作〕(execute) (★比 do 更傾向於書面用語). *perform* an operation 進行一項手術/*perform* scientific research 進行科學研究/*perform* a miracle 創造奇蹟.
3 演出(戲劇); 飾演(劇中的角色); 演奏(音樂, 樂器). *perform* a Shakespeare play 演一齣莎士比亞的戲劇/*perform* a musical comedy 演一齣音樂喜劇.
—— *vi.* **1** 做, 表現; 履行義務〔任務〕.
2 〔機械, 裝置等〕啟動, 運作. The ship *performed* well in the heavy storm. 這艘船在暴風雨中仍順利行動.
3 飾演; 演奏(*on*); 〔動物〕表演. *perform on* the violin 演奏小提琴/*perform* live 現場演奏.
4 《口》呈現(某種)成績, 表現(良好 等). Both teams *performed* very well in the match. 兩隊在比賽中表現非常優異.

‡**per·form·ance** [pəˋfɔrməns; pəˈfɔːməns] *n.* (*pl.* **-anc·es** [~ɪz; ~ɪz])
1 ⓒ(戲劇, 音樂等的)公演, 上演, 演出. a concert *performance* 音樂會演出/The Royal Ballet is giving 26 *performances* in ten cities. 皇家芭蕾舞團將在10個城市演出26場.
2 Ⓤⓒ演奏, 演技. The band gave a beautiful *performance*. 樂隊的演出相當出色.

　┃ 搭配 *adj.*＋performance: a brilliant ~ (優異的演出), a disappointing ~ (大失所望的演出), an impressive ~ (感人的演出), a perfect ~ (完美的演出).

3 Ⓤ(任務, 工作等的)完成, 實行. The new clerk is faithful in the *performance* of his duties. 那名新來的店員相當恪盡職責.

4 ⓐⓊ工作態度; (工作等的)業績, 成績; (機械等的)性能; (諷刺)不像話. His poor *performance* in the exams disappointed his parents. 他差勁的考試成績使他的父母感到失望/This car has excellent *performance*. 這輛車的性能優越/What a *performance*! 看你做的好事!
⇨ *v.* perform.

per·form·er [pəˋfɔrmɚ; pəˈfɔːmə(r)] *n.* ⓒ
1 藝人, 演奏者, 表演者. a TV *performer* 電視藝人. **2** (有能力的)實行者, 執行者.

‡**per·fume** [ˋpɜfjum, -fɪum, pəˋfjum, -fɪum; ˈpɜːfjuːm] (★與 *v.* 的重音位置不同) *n.* (*pl.* **~s** [~z; ~z]) Ⓤⓒ **1** 香水, 香料. a small bottle of expensive French *perfume* 一小瓶昂貴的法國香水/spray *perfume* over one's dress 在衣服上灑香水/I don't wear *perfume* in the office. 我在辦公室不擦香水.
2 (花等的)芳香, 香味, (fragrance; → smell 同). exhale [give off] a pleasing *perfume* 散發出好聞的芳香. ★ 1, 2 亦作 scent.
—— [pəˋfjum, -ˋfɪum; pəˈfjuːm] *vt.* 抹香水於⋯;《文章》使充滿芳香.

per·fum·er·y [pəˋfjumərɪ, -mrɪ, -ˋfɪum-, pəˈfjuːməri] *n.* (*pl.* **-er·ies**) **1** Ⓤ香水製造(販賣)業. **2** ⓒ香水廠〔店〕. **3** Ⓤ(集合)香水製品.

per·func·to·ri·ly [pəˋfʌŋktərəlɪ, pəˈfʌŋktərəli] *adv.* 草率地, 敷衍地.

per·func·to·ry [pəˋfʌŋktərɪ, pəˈfʌŋktəri] *adj.*《文章》**1** 〔工作等〕敷衍了事的. a cold, *perfunctory* kiss 一個冷淡的〔虛應了事的〕吻.
2 〔人〕不認真的, 不熱心的.

per·go·la [ˋpɜgələ; ˈpɜːgələ] *n.* ⓒ藤頂涼亭, 藤架, (在柱子搭成的棚架上攀爬藤蔓性植物, 底下形成綠蔭的花道〔亭子〕).

[pergola]

‡**per·haps** [pəˋhæps, pəˋæps, præps; pəˈhæps] *adv.*
1 也許, 可能; 大概, 恐怕. *Perhaps* I'll change my mind later. 也許以後我會改變心意/"Will you be able to come here again this summer?" "*Perhaps* not." 「今年夏天你能再到這兒來嗎?」「恐怕不行.」同與 probably 相比, 多用於事情發生的可能性不大的情況; → maybe.
2 《語氣較弱》或是⋯之類的; 大概⋯左右. You'd better keep a pet—a dog or a cat *perhaps*. 你最好養隻寵物——或許是貓/I found *perhaps* seventy students in the classroom. 我看教室裡大約有七十名左右的學生.
3 (和緩的表現)是不是⋯呢. All should *perhaps* be done before he comes. 在他來之前就須一切就緒吧/*Perhaps* you would be good enough to do me a favor? 你願意幫我一個忙吧? (★上例中, perhaps 和緩了請求的語氣, 語感與一般使用的 Would you be...? 大致相同).
　┃ 字源 HAP「偶然」: per*haps*, *hap*py (幸運的), *hap*-

pen (發生)).

per·i·gee [ˋpɛrəˌdʒiː; ˋperidʒiː] n. C (通常用單數)(天文)近地點(月球或人造衛星軌道距地球最近之點; ↔ apogee; → orbit 圖)).

per·i·he·li·a [ˌpɛrɪˋhiːlɪə; ˌperiˋhiːljə] n. perihelion 的複數.

per·i·he·li·on [ˌpɛrɪˋhiːlɪən; ˌperiˋhiːljən] n. (pl. -li·a) C (天文)近日點(行星等軌道距太陽最近之點; → aphelion)).

*__per·il__ [ˋpɛrəl; ˋperəl] n. (pl. ~s [~z; ~z])(文章) **1** UC (可能招致破壞、損失、死傷等的)危險、危難, (→ risk 同). in the hour of *peril* 在危難之際/They dared the *perils* of antarctic air travel. 他們大膽冒險做了一趟飛越南極之旅.

2 C 危險之物. Icy roads are a *peril* to cyclists. 結冰的路面對騎腳踏車的人而言相當危險.

at one's __péril__ 承擔風險. Do it *at your own peril.* (想要做的話,)你必須自行承擔風險.

in __péril__ *of...* 有…的危險, 處於…的危險之中. He is *in peril* of his life. 他有生命的危險.

per·il·ous [ˋpɛrələs; ˋperələs] adj. (文章)危險的. take a *perilous* trip 做一趟危險之旅.

per·il·ous·ly [ˋpɛrələslɪ; ˋperələslɪ] adv. (文章)危險地.

pe·rim·e·ter [pəˋrɪmətə; pəˋrimitə(r)] n. C (土地等劃分後的)地界線; 圓周; 周邊(的長度).

*__pe·ri·od__ [ˋpɪrɪəd; ˋpiəriəd] n. (pl. ~s [~z; ~z]) C 【 期間 】 **1** 期間, 時期. for a long *period* of time 長期/during the last five-year *period* 在過去的五年間/The *period* of hot weather is very short here. 在這裡天氣酷熱的期間非常短暫/The country is now going through a bad *period* economically. 該國目前正處於經濟蕭條時期.

2 時代, 期, (→ era 同). in the *period* of Queen Elizabeth I 在伊莉莎白女王一世的時代.

3 (地質學)紀(地質時代的「代」(era)之下的次級區分; → epoch).

【 一回的期間 】 **4** (物理、天文、醫學)週期.

5 (生理)(常 periods)月經(期).

6 (學校上課的)節, 堂, (lesson). We have four *periods* on Saturday. 我們星期六有四堂課.

【 一回的段落 】 **7** (主美)句號, 句點, (full stop); 省略符號(Mr., U.S.A. 等).

__pùt a périod to...__ 於…打上休止符, 於…劃上句點, 結束…. The outbreak of the war *put a period* to their peace and quiet. 戰爭的爆發結束了他們的和平與寧靜.

— adj. (限定)(家具、服裝、建築物等)(過去的)某個時代(特有)的; 以史實為題材的. a *period* play 歷史劇.

— interj. (美、口)(強調話的終結)就此結束, 就這樣, (英、口)full stop). I won't meet him, *period*! 我不見他, 就這樣! (沒甚麼好說的).

pe·ri·od·ic [ˌpɪrɪˋɑdɪk, ˌpɪr-; ˌpɪərɪˋɒdɪk] adj. 週期性的; 定期的. the *periodic* ebb and flow of the tide 週期性的漲潮和退潮.

*__pe·ri·od·i·cal__ [ˌpɪrɪˋɑdɪk, ˌpɪr-; ˌpɪərɪˋɒdɪk]

n. (pl. ~s [~z; ~z]) C 期刊(《日報》(daily)以外的刊物). How many foreign *periodicals* are you taking? 你訂閱幾種外文期刊?

— adj. **1** 定期刊行的. **2** =periodic.

●————各種期刊			
weekly	週刊	monthly	月刊
quarterly	季刊	annual	年刊
biweekly	雙週刊	bimonthly	雙月刊
semimonthly	半月刊		

pe·ri·od·i·cal·ly [ˌpɪrɪˋɑdɪklɪ, ˌpɪr-, -ɪklɪ; ˌpɪərɪˋɒdɪkəlɪ] adv. 週期性地; 定期地.

periŏdic láw n. (加 the)(化學)週期律.

periŏdic séntence n. C (修辭學)掉尾句, 尾重句, (將含有結論意味的主要子句置於句末, 使全句產生引人入勝的效果, 例: Unable to come back to his homeland because of his political background, he spent most of his life overseas.).

periŏdic táble n. (加 the)(化學)(元素)週期(律)表.

périod píece n. C (藝術作品, 家具等)代表某一時代的物品; (口、詼)跟不上時代的人(物).

per·i·pa·tet·ic [ˌpɛrəpəˋtɛtɪk; ˌperipəˋtetik] adj. **1** (文章)四處走動的; (從一處到另一處)來回行走的. a *peripatetic* preacher 四處傳教的傳道士.

2 (哲學)(Peripatetic) 逍遙學派的《源自古希臘 Aristotle 與從旁邊散步邊講授哲學)).

pe·riph·er·al [pəˋrɪfərəl; pəˋrifərəl] adj. **1** (地區等)周邊的, 非中心的. **2** 較不重要的, 瑣碎的. **3** (醫學)末梢的. *peripheral* nerves 末梢神經.

pe·riph·er·y [pəˋrɪfərɪ; pəˋrifəri] n. (pl. -er·ies) C (通常用單數) **1** 周圍; 周邊. **2** (加 the)(區界、團體等的)旁系, 非主流派. **3** (醫學)末梢.

pe·riph·ra·ses [pəˋrɪfrəˌsiz; pəˋrifrəsi:z] n. periphrasis 的複數.

pe·riph·ra·sis [pəˋrɪfrəsɪs; pəˋrifrəsɪs] n. (pl. -ses) UC (有時表輕蔑)迂迴曲折的說法.

per·i·phras·tic [ˌpɛrəˋfræstɪk; ˌperiˋfræstik] adj. (有時表輕蔑)繞圈子的, 拐彎抹角的.

per·i·scope [ˋpɛrəˌskop; ˋperiskəup] n. C 潛望鏡(由潛水艇、坦克、戰壕等的內部向外伸出的窺管, 用以觀察周遭情況)).

*__per·ish__ [ˋpɛrɪʃ; ˋperiʃ] v. (~es [~ɪz; ~ɪz]; ~ed [~t; ~t]; ~ing) vi. **1** 死亡, (特指)死於非命. Many passengers *perished* in the plane crash. 許多乘客死於這起墜機.

2 毀滅, 消滅.

3 (主英)(品質等)低落, 變壞; 腐敗. Fruit *perishes* quickly in the summer. 水果在夏天很快就會壞掉.

— vt. 使困苦(主要用被動語態). I was *perished* with cold and hunger. 我飢寒交迫.

per·ish·a·ble [ˋpɛrɪʃəbl; ˋperiʃəbl] adj. (食物

等〕容易腐敗的.

— *n.* (perishables)易於腐敗的食品《生鮮食品,未經調理過的食品等》.

per·ish·ing [ˋpɛrɪʃɪŋ; ˈperiʃiŋ] *adj.* 《主英、口》非常寒冷的.

— *adv.* 極為《寒冷等》.

per·i·to·ni·tis [͵pɛrətəˋnaɪtɪs; ͵peritəuˈnaitis] *n.* U《醫學》腹膜炎.

per·i·wig [ˋpɛrə͵wɪg; ˈperiwig] *n.* =peruke.

per·i·win·kle¹ [ˋpɛrə͵wɪŋk!; ˈperi͵wiŋkl] *n.* U長春花《成藤蔓狀攀爬的夾竹桃科常綠植物》.

per·i·win·kle² [ˋpɛrə͵wɪŋk!; ˈperi͵wiŋkl] *n.* C《貝》玉黍螺《一種海產螺; 常供食用》.

per·jure [ˋpɝdʒɚ; ˈpəːdʒə(r)] *vt.* 《用於下列片語》

pérjure onesèlf 《特指在法庭中》作偽證.

per·jur·er [ˋpɝdʒərɚ; ˈpəːdʒərə(r)] *n.* C作偽證者.

per·ju·ry [ˋpɝdʒərɪ; ˈpəːdʒəri] *n.* (*pl.* **-ries**) UC《法律》偽證(罪).

perk¹ [pɝk; pəːk] *v.* 《口》 *vi.* 恢復精神, 變得快活, 《*up*》.

— *vt.* 使充滿精神, 使充滿活力, 《*up*》.

perk² [pɝk; pəːk] *n.* C《口》(通常 perk*s*)=perquisite.

perk³ [pɝk; pəːk] *v.* 《口》=percolate.

perk·i·ly [ˋpɝkɪlɪ; ˈpəːkili] *adv.* 《口》精神抖擻地; 傲慢自大地.

perk·y [ˋpɝkɪ; ˈpəːki] *adj.* 《口》 **1** 生氣活虎的, 精神抖擻的. **2** 《常用於負面含義》高傲的, 自大的. ⇨ *v.* perk¹.

perm [pɝm; pəːm] 《口》 *n.* C燙髮(permanent wave). — *vt.* 燙〔頭髮〕. — *vi.* 〔頭髮〕燙過.

per·ma·nence [ˋpɝmənəns; ˈpəːmənəns] *n.* U永恆不變; 永久持續; 耐久性.
⇨ *adj.* permanent.

per·ma·nen·cy [ˋpɝmənənsɪ; ˈpəːmənənsi] *n.* (*pl.* **-cies**) **1** =permanence.

2 C永恆不變的事物〔人〕.

✲per·ma·nent [ˋpɝmənənt; ˈpəːmənənt] *adj.* 永久的, 不變的, 永遠的; 持久的, 有耐久性的; (↔ temporary; → lasting 同). There is little chance of *permanent* peace in the world. 世界上幾乎不可能有永久的和平/Man today is causing *permanent* damage to Nature. 今日的人類正對大自然造成永久性的破壞/Please give me your *permanent* address. 請給我你的永久住址/a *permanent* tooth 恆齒.

— *n.* 《美、口》=permanent wave.

per·ma·nent·ly [ˋpɝmənəntlɪ; ˈpəːmənəntli] *adv.* 永久地; 永恆不變地.

pèrmanent wáve *n.* C《美容》燙髮.

pèrmanent wáy *n.* (加the)《英》《鐵路的》軌道.

per·me·a·bil·i·ty [͵pɝmɪəˋbɪlətɪ; ͵pəːmjəˈbiləti] *n.* U《文章》穿透性, 滲透性.

per·me·a·ble [ˋpɝmɪəb!; ˈpəːmjəbl] *adj.* 《文章》滲透性的; 可滲透的(by). This fabric is not *permeable by* water. 這種布料不透水.

per·me·ate [ˋpɝmɪ͵et; ˈpəːmieit] *v.* 《文章》 *vt.* **1** 滲透, 滲入. **2** 蔓延, 普及.

— *vi.* 滲透(through).

per·me·a·tion [͵pɝmɪˋeʃən; ͵pəːmiˈeiʃn] *n.* U《文章》滲透; 普及.

per·mis·si·ble [pɚˋmɪsəb!; pəˈmisəbl] *adj.* 可允許的, 無妨的(程度的).

per·mis·si·bly [pɚˋmɪsəblɪ; pəˈmisəbli] *adv.* 無妨的程度地.

✲per·mis·sion [pɚˋmɪʃən; pəˈmiʃn] *n.* U 許可, 允許; 批准; (*to do*). The teacher has given us *permission* to use the room. 老師允許我們使用那個房間/You have my *permission* for this once. 我只允許你這一次/With your *permission* I'd like to leave now. 你們允許的話, 我現在就要告辭了.

| 搭配 *v.*+permission: ask (for) ~ (請求許可), get ~ (獲得許可), obtain ~ (獲得許可), grant ~ (給予許可), refuse ~ (拒絕給予許可).

⇨ *v.* permit. *adj.* permissive, permissible.

per·mis·sive [pɚˋmɪsɪv; pəˈmisiv] *adj.* 《常用於負面含義》過於寬容的, 不嚴格的; (特指)《社會等》在性方面開放的. They are too *permissive* with their children. 他們太縱容他們的小孩了/*permissive* society (1960 年之後)性開放的社會.

✲per·mit [pɚˋmɪt; pəˈmit]《★與 *n.* 的重音位置不同》 *v.* (~*s* ~s; ~s], ~**ted** [~id; ~id], ~**ting**) *vt.* **1** (a)允許, 許可; 句型3 (permit do*ing*)允許做…. Smoking is not *permitted* in this room. 在這個房間不許抽菸/The teacher would not *permit* any *talking* in class. 老師不允許有人在課堂上說話.

(b) 句型4 (permit A B)允許A(人)B. Will you *permit* me a few words? 能讓我說幾句話嗎?

(c) 句型5 (permit A *to* do)允許A(人)做…. *Permit* me *to* help you lift the trunk. 允許我幫你提這個皮箱/Mike is not *permitted* to stay with his uncle. 邁克不被允許待在他叔叔家.

同 allow 與 permit 二者皆具有「依據權利、權力而允許」的意義, 但是 permit 具有較強烈的「個人意志」.

2 許可, 使可能; 有…的餘地; 句型5 (permit A *to* do)許可 A 做…. The words of the contract hardly *permit* doubt. 契約上的字句不容許有令人懷疑之處/Circumstances do not *permit* me *to* be idle. 環境不允許我怠惰.

— *vi.* **1** 〔事物〕允許, 可能. so far as health *permits* 只要健康狀況允許/I wish to see the sights of the town if time *permits*. 如果時間允許的話我想遊覽這座城鎮.

2 《文章》〔事物〕留有餘地, 允許, (*of*). The circumstances *permit of* no delay. 事態刻不容緩.

— [ˋpɝmɪt, pəˋmɪt; ˈpəːmit] *n.* C許可證, 執照. a hunting *permit* 狩獵執照.

per·mu·ta·tion [͵pɝmjə`teʃən; ͵pɜːmjuːˈteɪʃn] *n*. **1** C 順序的變更, 排列的改變.

2 UC (數學)排列.

per·mute [pɚ`mjut, -ˈmɪut; pəˈmjuːt] *vt*. 改變…的順序[排列].

per·ni·cious [pɚ`nɪʃəs; pəˈnɪʃəs] *adj*. 《文章》 **1** (非常)有害的, 有毒的. **2** 致命的, 攸關性命的.

per·ni·cious·ly [pɚ`nɪʃəslɪ; pəˈnɪʃəslɪ] *adv*. 有害地; 致命地.

per·nick·et·y [pɚ`nɪkɪtɪ; pəˈnɪkətɪ] *adj*. = persnickety.

per·o·ra·tion [͵pɛro`reʃən; ͵perəˈreɪʃn] *n*. UC (文章) **1** (演說等的)結語.

2 長篇大論, 《貶抑》滔滔雄辯.

per·ox·ide [pɚ`rɑksaɪd; pəˈrɒksaɪd] *n*. U 《化學》過氧化物; 《口》過氧化氫溶液(用於消毒、漂白).

per·pen·dic·u·lar [͵pɝpən`dɪkjələ, ͵pɝpm-; ͵pɜːpənˈdɪkjʊlə(r)] *adj*. 垂直的, 直立的; 直角的 (*to* 對…); (vertical, upright). a *perpendicular* line 垂直線.
— *n*. **1** C 垂直線; 垂直面.

2 U (通常加 the)垂直的位置.

per·pen·dic·u·lar·ly [͵pɝpən`dɪkjələlɪ, ͵pɝpm-; ͵pɜːpənˈdɪkjʊləlɪ] *adv*. 垂直地.

per·pe·trate [`pɝpə͵tret; ˈpɜːpɪtreɪt] *vt*. 《文章》做〔壞事等〕, 犯〔過失等〕.

per·pe·tra·tion [͵pɝpə`treʃən; ͵pɜːpɪˈtreɪʃn] *n*. 《文章》 U 做壞事, 起邪念; C 壞事, 犯罪; 愚蠢的行為.

per·pe·tra·tor [`pɝpə͵tretɚ; ˈpɜːpɪtreɪtə(r)] *n*. C 《文章》犯人, 作惡者, 犯罪者.

per·pet·u·al [pɚ`pɛtʃuəl; pəˈpetʃʊəl] *adj*. **1** 永久的, 永遠持續的, (→ eternal 同). *perpetual* snowfields 萬年雪原/*perpetual* motion 永恆運動(因為有摩擦力存在, 所以實際上不可能產生).

2 終身的, 一生的. *perpetual* imprisonment 終身監禁(刑)/a *perpetual* annuity 終身年金.

3 《常用於負面含義》不停息的, 一年到頭的. *perpetual* chatter 沒完沒了的嘮叨/a *perpetual* rose 四季開花的玫瑰.

perpétual cálendar *n*. C 萬年曆(能查知任何年月日之星期的日曆).

per·pet·u·al·ly [pɚ`pɛtʃuəlɪ; pəˈpetʃʊəlɪ] *adv*. 永遠地; 一生地; (終年)不間斷地.

per·pet·u·ate [pɚ`pɛtʃu͵et; pəˈpetʃʊeɪt] *vt*. 使永久, 使不朽, 使永續.

per·pet·u·a·tion [pɚ͵pɛtʃu`eʃən; pə͵petʃʊˈeɪʃn] *n*. U 永久化, 不朽.

per·pe·tu·i·ty [͵pɝpə`tjuətɪ, -`tɪu-, -`tu-; ͵pɜːpɪˈtjuːətɪ] *n*. U 永恆, 不滅, 永續性.
in perpetúity 永久地, 無限期地.

per·plex [pɚ`plɛks; pəˈpleks] *vt*. (~**es** [~ɪz; ~ɪz], ~**ed** [~t; ~t]; ~**ing**) **1** 使困惑, 使困擾. Children often *perplex* their parents with questions about sex. 孩子們提出關於性的問題常使父母感到困擾/We were greatly *perplexed* by his sudden resignation. 我們因他的突然辭職而大為困擾.

---

2 使〔事態, 問題等〕混亂, 使複雜. Your interference will further *perplex* the affair. 你的干涉將會使事情更加複雜/a *perplexed* problem 錯綜複雜的問題.

per·plex·ed·ly [pɚ`plɛksɪdlɪ; pəˈpleksɪdlɪ] (★注意發音) *adv*. 困惑地, 茫然失措地.

per·plex·ing [pɚ`plɛksɪŋ; pəˈpleksɪŋ] *adj*. 〔問題等〕令人困惑的, 錯綜複雜的.

***per·plex·i·ty** [pɚ`plɛksətɪ; pəˈpleksətɪ] *n*. (*pl*. -**ties** [~z; ~z]) **1** U 困惑; 混亂, 複雜. in *perplexity* 不知所措/to one's *perplexity* 令人困惑的是. **2** C 令人困惑的問題, 複雜的事情.

per·qui·site [`pɝkwəzɪt; ˈpɜːkwɪzɪt] *n*. C (常 perquisites)《文章》 **1** 工資以外的收入; 臨時收入. **2** 額外利益, 外快.

Per·ry [`pɛrɪ, ˈperɪ] *n*. **Matthew Cal·braith** [`kælbrəθ; ˈkælbrəθ] ~ 培理(1794-1858)《美國海軍准將, 西元 1853 年率領軍艦駛抵日本浦賀, 要求鎖國中的日本開放門戶》.

per se [`pɝ`si, ͵pɜːˈseɪ] (拉丁語)《文章》其自身地, 本質上地, (in itself).

***per·se·cute** [`pɝsɪ͵kjut, -͵kɪut; ˈpɜːsɪkjuːt] *vt*. (~**s** [~s; ~s]; -**cut·ed** [~ɪd; ~ɪd], -**cut·ing**) **1** 虐待; (特指對異教徒, 少數民族等)進行迫害. He was being *persecuted* for his religious beliefs. 他因宗教信仰而遭到迫害.

2 困擾, 為難, (*with, by*). The boy *persecuted* his teacher *with* sharp questions. 那男孩以尖銳的問題煩擾老師.

per·se·cu·tion [͵pɝsɪ`kjuʃən, -`kɪu-; ͵pɜːsɪˈkjuːʃn] *n*. UC 虐待; 迫害.

per·se·cu·tor [`pɝsɪ͵kjutɚ, -`kɪu-; ˈpɜːsɪkjuːtə(r)] *n*. C 迫害者.

Per·seph·o·ne [pɚ`sɛfənɪ; pɜːˈsefənɪ] *n*. 《希臘神話》柏西芙妮(冥王之后, 象徵穀物和死亡的女神).

Per·seus [`pɝsjus, `pɝsɪəs; ˈpɜːsjuːs] *n*. **1** 《希臘神話》柏修斯(征服怪物 Medusa, 後又救出 Andromeda 的英雄). **2** 《天文》英仙座.

***per·se·ver·ance** [͵pɝsə`vɪrəns, ͵pɜːsɪˈvɪərəns] *n*. U 頑強, 堅忍不拔; 不屈不撓. with unabated [unyielding] *perseverance* 以堅忍不拔的毅[努]力. 同 perseverance 強調為達到目的而不屈不撓、持續努力的精神; → patience.
◇ *v*. persevere.

***per·se·vere** [͵pɝsə`vɪr, ͵pɜːsɪˈvɪə(r)] *vi*. (~**s** [~z; ~z]; ~**d** [~d; ~d]; -**ver·ing** [-`vɪrɪŋ; -ˈvɪərɪŋ]) 再接再厲, 不屈不撓, (*at, in, with*)(→ persist 同). She *persevered in* her studies. 她孜孜不倦地研究/He *persevered with* his task. 他不屈不撓努力工作.

per·se·ver·ing [͵pɝsə`vɪrɪŋ, ͵pɜːsɪˈvɪərɪŋ] *adj*. 堅忍不拔的, 頑強的, 不懈怠的.

Per·sia [`pɝʒə, `pɝʃə; ˈpɜːʃə] *n*. 波斯(Iran 的舊稱(西元 1935 年之前)).

Per·sian [ˋpɝʒən, ˋpɝʃən; ˈpɜːʃən] adj. 波斯的;波斯人[語]的. a *Persian* carpet 波斯地毯.
— n. 1 ⓒ波斯人. 2 ⓤ波斯語.

Pèrsian cát n. ⓒ波斯貓.

Pèrsian Gúlf n. (加the)波斯灣(位於阿拉伯半島和伊朗之間的海灣).

[Persian cat]

per·si·flage [ˋpɝsɪ͵flɑʒ; ˈpɜːsɪflɑːʒ] (法語) n. ⓤ《文章》揶揄, 嘲弄.

per·sim·mon [pɝˋsɪmən; pəˈsɪmən] n. ⓒ《植物》柿子樹; 柿子.

‡**per·sist** [pɚˋzɪst, -ˋsɪst; pəˈsɪst] vi. (~s [~s; ~s]; ~ed [~ɪd; ~ɪd]; ~ing) 1 (不顧反對, 困難等)堅持, 固執, 頑固堅持, 《in》. Bill *persisted in* his opinion. 比爾堅持自己的觀點/If you *persist in* disobeying me, I shall report you to the headmaster. 如果你堅持不服從我, 我就去報告校長. 📖 persist 具有「頑固」、「難纏」等負面含義, 而 persevere 則具有「堅忍頑強」的正面含義.
2 持續, 殘存, 不消失. The beautiful melody *persisted* in my mind for a long time after. 此後這美麗的旋律在我心中長久迴盪不去/The pain *persisted* far into the night. 疼痛持續到深夜/The custom of egg rolling on Easter Monday still *persists* in some parts of this country. 在復活節翌日的星期一滾雞蛋的習俗至今還留存於這個國家的部分地區.
[字源] SIST「站立」: per*sist*, as*sist* (幫助), re*sist* (抵抗), in*sist* (堅持).

per·sist·ence [pɚˋzɪstəns, -ˋsɪst-; pəˈsɪstəns] n. ⓤ 1 頑強; 頑固; 執拗. 2 持續(性).

****per·sist·ent** [pɚˋzɪstənt, -ˋsɪst-; pəˈsɪstənt] adj. 《常用於負面含義》1 《人, 行為》不屈不撓的, 頑強的; 難纏的; 頑固的. a *persistent* job seeker 不氣餒的求職者/He is very *persistent* about seeing you. 他一直堅持要見你.
2 不停息的, 糾纏的. a *persistent* headache 持續不斷的頭痛/a *persistent* rain 連綿霪雨.

per·sist·ent·ly [pɚˋzɪstəntlɪ, -ˋsɪst-; pəˈsɪstəntlɪ] adv. 頑強地; 難纏地; 持續地.

per·snick·e·ty [pɝˋsnɪkətɪ; pəˈsnɪkɪtɪ] adj. 《口》對瑣碎小事挑剔的; 吹毛求疵的, 難以取悅的.

‡**per·son** [ˋpɝsn̩; ˈpɜːsn] n. (pl. ~s [~z; ~z]) 1 ⓒ(無man, woman, child 的區別, 泛指)人, 人類; 人物; (有時含輕蔑[親愛]之意)傢伙. How many *persons* will this elevator hold? 這電梯能乘坐幾人?/Bill is a nice *person*. 比爾是個可愛的傢伙/Who is that *person* over there? 在那邊的那個人是誰?/I like him as a *person*, but not as a teacher. 我喜歡他這個人[他的人

格], 但不喜歡當老師的他/an artificial [a legal] *person* 法人/A certain *person* told me the story. 某人(未指明姓名)告訴我這件事.
[語法] (1) person 的複數多採用 people; persons 帶有疏遠、冷漠的意味, 詞意較偏重於個人的總數; → people 1. (2) 近來以使用不表示性別的 -person 複合字居多, 而甚少用字尾為 -man 或 -woman 的複合字, 例如 chair*person*, sales*person*.
2 ⓒ (通常用單數)身體, 人體, (body). on [about] one's *person* 帶在身上, 攜帶/The police searched his *person*. 警察搜他的身/He felt fear for his *person*. 他感到身體有危險.
3 ⓒ (通常用單數)姿容, 風采. He is neat about his *person*. 他的儀容很整潔/a young woman of an agreeable *person* 一位討人喜歡的年輕女子.
4 ⓤ ⓒ《文法》人稱. the first [second, third] *person* 第一[二, 三]人稱. (→見文法總整理 4. 1)
in pérson 親自地, (既非委託代理亦非透過信件)直接地, (personally) (◆ by attorney). The President of France was there *in person*. 法國總統本人就在那兒.
in the pérson of... 稱為⋯(的人). The conservationists had a good friend *in the person of* Senator Green. 環境保護者有一個好朋友是參議員格林.

per·son·a·ble [ˋpɝsnəbl̩, ˋpɝsnə-; ˈpɜːsnəbl] adj. 〔特指男子〕風度翩翩的; 人品好的.

per·son·age [ˋpɝsnɪdʒ, ˋpɝsnɪdʒ; ˈpɜːsnɪdʒ] n. ⓒ 1 《文章》(誇張)名人, 偉人.
2 (小說, 戲劇中的)人物.

‡**per·son·al** [ˋpɝsn̩l, ˋpɝsnəl; ˈpɜːsnl] adj. 1 (有關)個人的, 個人方面的; 私人的; (private; ◆ impersonal). a *personal* letter 私人信件/This is my *personal* opinion. 這是我個人的意見/The matter is purely *personal*. 這件事純屬私人性質.
2 本人親自的. make a *personal* visit 親自拜訪/a *personal* interview 直接的(個人)會面.
3 〔人, 報告等〕涉及私事的; 〔批評等〕針對個人的. You're getting too *personal*. 你過於涉及私事了/It's not polite to ask *personal* questions. 問別人的私事是不禮貌的.
4 身體的; 容貌體態的, 風采的. *personal* hygiene 身體衛生/His *personal* appearance was neat. 他的外形很勻稱.
5 《法律》動產的.
6 《文法》人稱的.
— n. ⓒ《美》(報紙的)人事廣告欄; 個人的聯絡欄.

pèrsonal assístant n. ⓒ 《英》私人秘書 (略作 PA).

pèrsonal cólumn n. =personal n.

pèrsonal compúter n. ⓒ個人電腦(PC).

pèrsonal effécts n. 《作複數》個人用品.

pèrsonal estáte n. ⓤ 動產 (personal property; ◆ real estate).

per·son·al·i·ties [͵pɝsn̩ˋælətɪz, ͵pɜːsəˈnælətɪz] n. personality 的複數.

*per·son·al·i·ty [ˌpɝsṇˈælətɪ; ˌpɜːsəˈnælɪtɪ]

n. (pl. -ties) 1 ⓊⒸ個性; 人格, 高尚的品格. a man with a great deal of *personality* 有多重人格的男子/He has a very strong *personality*. 他個性很強. 回character 可用於物, 在指人的情況時主要偏重於道德上的特質; personality 則爲整體上的特徵, 強調與他人的不同.

┃搭配┃ *adj.*+personality: an attractive ~ (有魅力的個性), a charming ~ (迷人的個性), an aggressive ~ (積極的個性), a dynamic ~ (充滿活力的個性).

2 Ⓤ作爲人的存在; 人, 人格(性).

3 Ⓒ(演藝圈等的)名人, 名士; 《廣播》廣播界名人《具有獨特個性的主持人》. film *personalities* 電影界的名流/a TV *personality* 電視明星.

4 Ⓒ(通常 personal*ies*)人物評論, 人身攻擊.

personálity cùlt *n.* Ⓒ個人崇拜《諸如曾經以史達林或毛澤東爲對象的崇拜》.

per·son·al·ize [ˈpɝsṇəˌlaɪz; ˈpɜːsnəlaɪz] *vt.* 1 將…作爲個人專有之物《在信紙上印上個人姓名等》. 2 (常用於負面含義)將…轉爲個人的問題. 3 =personify.

*per·son·al·ly [ˈpɝsṇlɪ, ˈpɝsnəlɪ; ˈpɜːsnəlɪ] *adv.*

〖親自地〗 1 親自地, 親身地; 直接地; 不讓他人知道地. write a letter *personally* 親自寫信/I visited him *personally*. 我親自拜訪了他.

〖個人性質地〗 2 《修飾句子》就個人而言, 以自己來說. *Personally*, I don't agree with him. 就我個人來說, 我不贊同他.

3 作爲一個人, 在人品方面. *Personally* he is very attractive, but I have some doubt about his ability. 他作爲一個人是很有魅力的, 但對他的能力我有些懷疑.

4 針對個人地. Vera took his remark *personally*. 薇拉覺得他的話是針對她的.

pèrsonal náme *n.* Ⓒ(姓名的)名.

pèrsonal prónoun *n.* Ⓒ《文法》人稱代名詞(→見文法總整理 4. 1).

pèrsonal próperty *n.* Ⓤ《法律》動產(亦作 personal estate; ↔ real estate).

per·son·i·fi·ca·tion [pɝˌsɑnəfəˈkeʃən; pəˌsɒnɪfɪˈkeɪʃn] *n.* 1 ⓊⒸ《修辭學》擬人法《將動物、無生物等視爲人類的表達方法》; 人格化, 擬人化. 2 Ⓒ化身. the *personification* of selfishness 自私的化身.

per·son·i·fy [pɝˈsɑnəˌfaɪ; pəˈsɒnɪfaɪ] *vt.* (-fies; -fied; ~ing) 1 將…擬人化. 2 成爲…的化身, 使…具體化. Satan *personifies* evil. 撒旦是罪惡的化身.

*per·son·nel [ˌpɝsṇˈɛl; ˌpɜːsəˈnel] *n.* 1 《作複數》(集合)人員, 職員, 員工; 隊員; 《全體人員》. The *personnel* of this department number about 60. 這個部門的人員約有 60 名/Our *personnel* are carefully picked men. 我們的職員都是經過審慎挑選的.

2 Ⓤ《單複數同形》人事課[部]; 《形容詞性》人事的. I was interviewed by the *personnel* man-

---

ager. 我由人事主任面試.

person-to-person [ˌpɝsṇtəˈpɝsṇ; ˌpɜːsntuˈpɜːsn] *adj.* 《主美》《長途電話》a *person-to-person* call 叫人電話《自指定者接電話後開始計費》. → station-to-station)

*per·spec·tive [pɝˈspɛktɪv; pəˈspektɪv] *n.* (pl. ~s [~z; ~z]) 1 遠近[透視]畫法. Ⓒ透視畫. You should use *perspective* in your drawing. 你應該在你的畫作中使用透視畫法/draw a *perspective* of a place 畫某處的透視畫.

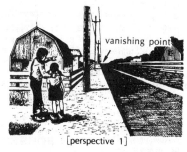
vanishing point
[perspective 1]

2 ⓊⒸ(事物的)距離感, 遠近感; 能取得平衡的(整體上的)看法. You need a proper *perspective* to appreciate a literary work. 欣賞文藝作品要有獨特的觀點.

3 Ⓒ前景, 展望. get the right *perspective* on a problem 對問題有正確的先見.

in perspéctive 根據透視畫法; (對事物的看法)取得平衡. Living abroad helps you to see your own country *in* proper *perspective*. 居住在國外有助於你以正確的觀點來看自己的國家.

out of perspéctive 不合透視畫法; (看法)失之偏頗.

┃字源┃ SPECT 「看」. per*spec*tive, pro*spect* (前景, 展望), *spect*acle (光景), retro*spect* (回顧).

per·spi·ca·cious [ˌpɝspɪˈkeʃəs; ˌpɜːspɪˈkeɪʃəs] *adj.* 《文章》靈敏的, 有洞察力的.

per·spi·cac·i·ty [ˌpɝspɪˈkæsətɪ; ˌpɜːspɪˈkæsətɪ] *n.* Ⓤ《文章》聰明, 洞察力.

*per·spi·ra·tion [ˌpɝspəˈreʃən; ˌpɜːspəˈreɪʃn] *n.* Ⓤ 1 出汗(作用). 2 汗. The *perspiration* was dripping from his brow. 汗水自他的額頭滴下. 回perspiration 是比 sweat 文雅的用語; 通常動物用 sweat, 人則用 perspiration.

*per·spire [pɝˈspaɪr; pəˈspaɪə(r)] *vi.* (~s [~z; ~z]; ~d [~d; ~d]; -spir·ing [-ˈspaɪrɪŋ; -ˈspaɪərɪŋ]) 流汗, 出汗. The patient was *perspiring* profusely. 病人大量地出汗.

*per·suade [pɝˈswed; pəˈsweɪd] *vt.* (~s [~z; ~z]; -suad·ed [~ɪd; ~ɪd]; -suad·ing) 1 (a)說服. You can't *persuade* me. 你(這說法)無法說服我.

注意 不單表說服而已，甚至包括使其依此採取實際行動的意思；若只是表說服之意，可用 try to persuade.

(**b**) 句型5 (persuade A *to* do)說服 A 去做…，勸 A 使其…. Tom was *persuaded to* give up the attempt. 湯姆被說服放棄了嘗試.

(**c**) 句型3 (persuade A *into*...[*out of*...])說服 A 使其去[不去]做某事. He *persuaded* me *into* going to the movies with him. 他說服了我一起去看電影/He *persuaded* me *out of* the plan. 他說服我放棄了這項計畫.

2 句型4 (persuade A *that* 子句)、句型3 (persuade A *of*...)使A(人)接受[相信]…(常用被動語態). I *persuaded* him *that* it was best to go by air. 我讓他相信坐飛機去是最好的辦法/She was completely *persuaded of* his innocence. 她完全相信他是無罪的. ↔ **dissuade**.

per·suad·ing [pɚ`swedɪŋ; pə'sweɪdɪŋ] v. persuade 的現在分詞、動名詞.

‡**per·sua·sion** [pɚ`sweʒən; pə'sweɪʒən] n. (pl. ~s [~z; ~z]) **1** U 服，說服力；被說服，接受，採納. We've tried *persuasion*; now let's try force. 我們已嘗試過說服，現在該用武力了.

2 UC 確信，信念. It is his *persuasion* that might is right. 他的信念是權力[武力]即正義.

3 UC 信仰，宗派. men of various religious *persuasions* 各種不同宗派的人.

per·sua·sive [pɚ`swesɪv; pə'sweɪsɪv] *adj.* 具有說服力的，善於勸說的. a very *persuasive* argument 極具說服力的論點.

per·sua·sive·ly [pɚ`swesɪvlɪ; pə'sweɪsɪvlɪ] *adv.* 具有說服力地.

per·sua·sive·ness [pɚ`swesɪvnɪs; pə'sweɪsɪvnɪs] *n.* U 有說服力.

pert [pɝt; pɜːt] *adj.* (特指女子的言行舉止)活潑的，直率的，無拘無束的. a *pert* reply 直率的回答.

per·tain [pɚ`ten; pə'teɪn] *vi.* 《文章》**1** 關於，有關，((to)). laws *pertaining to* civil rights 有關公民權的法律. **2** 從屬，附屬，((to)).

per·ti·na·cious [ˌpɝtṇ`eʃəs; ˌpɜːtɪ'neɪʃəs] *adj.* 《文章》有毅力的；糾纏的，頑固的.

per·ti·nac·i·ty [ˌpɝtṇ`æsətɪ; ˌpɜːtɪ'næsətɪ] *n.* U《文章》固執；糾纏，頑固.

per·ti·nence [`pɝtṇəns; 'pɜːtɪnəns] *n.* U《文章》恰當，貼切.

per·ti·nent [`pɝtṇənt; 'pɜːtɪnənt] *adj.* 《文章》有關的；恰當[貼切]的，((to)). The suggestion is not *pertinent to* the matter at hand. 那項提案和目前的問題並無關聯.

per·ti·nent·ly [`pɝtṇəntlɪ; 'pɜːtɪnəntlɪ] *adv.* 《文章》恰當地，貼切地.

per·turb [pɚ`tɝb; pə'tɜːb] *vt.* 《文章》(使內心)紊亂，驚慌失措，不安.

per·tur·ba·tion [ˌpɝtɚ`beʃən; ˌpɜːtə'beɪʃən]

n. U《文章》動盪，混亂，不安.

Pe·ru [pə`ru, pə`rɪu; pə'ruː] *n.* 祕魯《位於南美西岸的國家；首都 Lima》. ⇨ *adj.* **Peruvian**.

pe·ruke [pə`ruk, pə`rɪuk; pə'ruːk] *n.* C 假髮(wig)《特指17, 18世紀男子頭上戴的假髮；亦作 periwig》.

pe·rus·al [pə`ruzḷ, -`rɪuzḷ; pə'ruːzl] *n.* UC《文章》熟讀，精讀，細讀.

pe·ruse [pə`ruz, -`rɪuz; pə'ruːz] *vt.* **1** 《文章》熟讀，精讀. **2** 仔細查閱.

Pe·ru·vi·an [pə`ruvɪən, -`rɪu-; pə'ruːvjən] *adj.* 祕魯的；祕魯人的. ─ *n.* C 祕魯人.

*∗**per·vade** [pɚ`ved; pə'veɪd] *vt.* (~s [~z; ~z]; -vad·ed [~ɪd; ~ɪd]; -vad·ing) 瀰漫，蔓延，遍及，充滿. The scent of flowers *pervaded* the garden. 花園裡瀰漫著花香/The novel is *pervaded* by a sense of pessimism. 那本小說瀰漫著一股悲觀的思想.

字源 VADE「去，前往」: per*vade*, e*vade* (避開)，in*vade* (侵略).

per·va·sive [pɚ`vesɪv; pə'veɪsɪv] *adj.* 瀰漫的，蔓延的，普及的，滲透的.

per·va·sive·ly [pɚ`vesɪvlɪ; pə'veɪsɪvlɪ] *adv.* 普遍地，普及地.

per·verse [pɚ`vɝs; pə'vɜːs] *adj.* **1** 〔人，行動〕乖僻的，彆扭的. **2** 〔行為，態度等〕不正當的，違背常理的.

per·verse·ly [pɚ`vɝslɪ; pə'vɜːslɪ] *adv.* 彆扭地，頑固地；不正當地.

per·verse·ness [pɚ`vɝsnɪs; pə'vɜːsnɪs] *n.* U 乖僻，彆扭.

per·ver·sion [pɚ`vɝʒən, -ʃən; pə'vɜːʃn] *n.* UC **1** 墮落；惡化；不正當. **2** 性慾倒錯，性變態. **3** 強詞奪理，曲解. ⇨ *v.* **pervert**.

per·ver·si·ty [pɚ`vɝsətɪ; pə'vɜːsətɪ] *n.* U 固執，乖僻；性變態. ⇨ *adj.* **perverse**.

per·vert [pɚ`vɝt; pə'vɜːt] *vt.* **1** 〔特指使年輕人〕墮落，走入邪路；導向性行為反常. **2** 歪曲，曲解…的意思. **3** 誤用，濫用. ⇨ *n.* **perversion**. ─ [`pɝvɝt; 'pɜːvɜːt] *n.* C 墮落者；行為反常者；性慾倒錯者，性變態者.

pe·se·ta [pə`setə, -`setə; pə'seɪtə] *n.* C 比塞塔《西班牙的貨幣單位》.

pes·ky [`pɛskɪ; 'peskɪ] *adj.* 《美、口》麻煩的，擾人的.

pe·so [`peso; 'peɪsəʊ] *n.* (pl. ~s) C 披索《中南美洲諸國、菲律賓等的貨幣單位》.

pes·sa·ry [`pɛsərɪ; 'pesərɪ] *n.* (pl. -ries) C《醫學》子宮套《女性用避孕器具》；子宮托《矯正子宮移位》.

pes·si·mism [`pɛsə͵mɪzəm; 'pesɪmɪzəm] *n.* U 悲觀思想，厭世主義，(↔ optimism).

pes·si·mist [`pɛsəmɪst; 'pesɪmɪst] *n.* C 悲觀論者，厭世主義者，(↔ optimist).

*∗**pes·si·mis·tic** [ˌpɛsə`mɪstɪk; ˌpesɪ'mɪstɪk] *adj.* 悲觀的，厭世的，(↔ optimistic). I am *pessimistic* about the results. 我對結果持悲觀的態度/

He has a *pessimistic* outlook on life. 他持悲觀的人生觀.

pes·si·mis·ti·cal·ly [ˌpɛsə'mɪstɪkḷɪ, -ɪklɪ; ˌpesɪ'mɪstɪkəlɪ] *adv.* 悲觀地, 厭世地.

pest [pɛst; pest] *n.* C **1** 有害的動物[蟲].

2 (通常用單數)(口)有害的人[物]; 難纏的人.

Pes·ta·loz·zi [ˌpɛstə`lɑtsɪ,-`lɒtsɪ, -·lɒtsɪ; ·lɒtsɪ] *n.* **Johann** [`johan; `jəʊhɑːn] **Heinrich** [`hɛnrɪk; `heɪnrɪk] ~ 裴斯太洛齊(1746-1827)(瑞士的教育學家).

pes·ter [`pɛstə; `pestə(r)] *vt.* 使煩惱, (嘮叨不休)使困擾, 使苦惱, (*with*); 句型5 (pester A to do)纏住A(人)去做…, *pester a person with* questions 用一堆問題煩某人/The boy *pestered* his mother *for* money [his mother *to* give him some money]. 那個男孩纏著他媽媽要錢.

pest·i·cide [`pɛstɪˌsaɪd; `pestɪsaɪd] *n.* UC 殺蟲劑.

pes·tif·er·ous [pɛs`tɪfərəs, -frəs; pe`stɪfərəs] *adj.* (詼)麻煩的, 難對付的.

pes·ti·lence [`pɛstḷəns; `pestɪləns] *n.* UC (主古)瘟疫, (惡性的)流行病(特指鼠疫).

pes·ti·lent [`pɛstḷənt; `pestɪlənt] *adj.* (常表詼諧)麻煩的, 難對付的.

pes·tle [`pɛsḷ, `pɛstḷ; `pesl] *n.* C 杵, 研磨棒, (在乳缽中將東西磨碎的工具; → mortar 圖).
— *vt.* 用乳棒搗研, 研碎.

‡**pet**[1] [pɛt; pet] *n.* (*pl.* ~**s** [~s; ~s]) C **1** 寵物, 供玩賞的動物. Susan keeps a Pomeranian for a *pet*. 蘇珊飼養一隻博美狗當作寵物.
2 鍾愛(之物), (口)很棒的東西. a teacher's *pet* 受老師鍾愛的學生.
3 (形容詞性)受寵的, 鍾愛的; 拿手的. a *pet* shop 寵物店/his *pet* theory 他一貫的主張/my *pet* hate 我極為討厭的人[物] (★諷刺的用法).
māke a pét of... (如同小孩, 動物般)疼愛…
— *v.* (~**s**; ~**ted**; ~**ting**) *vt.* 疼愛; 撫摸, 愛撫. *pet* a horse on the nose 撫摸馬的鼻尖.
— *vi.* (口)(男女間)愛撫.

pet[2] [pɛt; pet] *n.* C (小孩子氣的)不開心, 慍怒; 使性子, 發脾氣. She's in a *pet* about something. 她不知為了甚麼事在發脾氣.

‡**pet·al** [`pɛtḷ; `petl] *n.* (*pl.* ~**s** [~z; ~z]) C (植物)花瓣(→ flower 圖). This new variety of peony has purple *petals*. 這種新品種的牡丹有紫色的花瓣.

Pete [pit; piːt] *n.* Peter 的暱稱.

Pe·ter [`pitə; `piːtə(r)] *n.* **1** 男子名. **2** Simon ~ 彼得(耶穌基督的十二門徒之一).
rób Péter to páy Pául 東借西還, 借錢還債.

pe·ter [`pitə; `piːtə(r)] *vi.* 漸趨枯竭; 逐漸消失; (*out*).

Pèter Pán *n.* 彼得潘(永遠都不會失去童心的人; J. M. Barrie 所著同名劇作的主角).

Pèter Rábbit *n.* 彼得小兔(Beatrix Potter 的童話故事中淘氣的小兔子).

pet·it bourgeois [ˌpɛtɪ`buɜɡwa; ˌpəti`bʊəɜwɑː] (法語) *n.* (*pl.* **petits**—[~(z);

~(z)]) C 小資產階級, 小市民階級.

pe·tite [pə`tit; pə`tiːt] (法語) *adj.* (女性或其外表等)嬌小可愛的.

‡**pe·ti·tion** [pə`tɪʃən; pə`tɪʃn] *n.* (*pl.* ~**s** [~z; ~z]) C **1** 請願, 陳情; 禱告. grant [reject] a *petition* 接受[拒絕]請願.
2 請願書, 陳情書. circulate a *petition* 傳閱(為獲得贊同的)請願書.
— *v.* (~**s** [~z; ~z]; ~**ed** [~d; ~d]; ~**ing**) *vt.* 請求, 請願, (*for*); 句型5 (petition A *to* do)、句型4 (petition A *that* 子句)向A(人)請求…. *petition* the mayor *for* flood relief 請求市長進行水患的救助/Let's *petition* the president *to* give us a hearing. 我們來請求董事長傾聽我們的申訴/They *petitioned* Parliament *that* the law (should) be repealed. 他們請求國會廢止該法.
— *vi.* 請願, 請求, (*for*).

pe·ti·tion·er [pə`tɪʃənə; pə`tɪʃnə(r)] *n.* C 請願者, 陳情者.

pét nàme *n.* C (人, 動物等的)暱稱.

pet·rel [`pɛtrəl; `petrəl] *n.* C 海燕(海鳥).

pet·ri·fac·tion [ˌpɛtrə`fækʃən; ˌpetrɪ`fækʃn] *n.* **1** U 石化作用; 茫然若失. **2** C 化石, 石化物.

pet·ri·fy [`pɛtrəˌfaɪ; `petrɪfaɪ] *vt.* (**-fies**; **-fied**; ~**ing**) **1** 使石化. **2** 因驚慌[恐懼]而使嚇呆, 變得茫然若失.

‡**pet·rol** [`pɛtrəl; `petrəl] *n.* U (英)汽油((美) gasoline, (美、口) gas). We're running out of *petrol*. 汽油快用完了.

pet·ro·chem·i·cal [ˌpɛtro`kɛmək!; ˌpetrəʊ`kemɪkl] *n.* C 石油化學製品.

pet·ro·dol·lar [`pɛtrəˌdɑlə; `petrəʊˌdɒlə(r)] *n.* C 石油美元(石油輸出國所擁有的美元; 亦作 óil dòllar).

‡**pe·tro·le·um** [pə`trolɪəm; pə`trəʊljəm] *n.* U 石油. import *petroleum* 進口石油.

pétrol stàtion *n.* C (英)加油站(→ filling station).

pet·ti·coat [`pɛtɪˌkot; `petɪkəʊt] *n.* C 襯裙(女性的貼身衣物; 包括從腰部以下的裙狀物, 或(從肩部以下的)長襯裙).

pètticoat góvernment *n.* U (家庭, 政界等中的)女人當權.

pet·ti·fog·ging [`pɛtɪˌfɑgɪŋ, -ˌfɔg-; `petɪfɒgɪŋ] *adj.* (人)拘泥於細節的; 微不足道的, 瑣碎的.

pet·ti·ly [`pɛtḷɪ; `petɪlɪ] *adv.* 瑣碎地; 卑劣地.

pet·tish [`pɛtɪʃ; `petɪʃ] *adj.* **1** (人)易怒的, 壞脾氣的. **2** (言行)因生氣而失控的.

pet·tish·ly [`pɛtɪʃlɪ; `petɪʃlɪ] *adv.* 易怒地, 使性子地.

‡**pet·ty** [`pɛtɪ; `petɪ] *adj.* **1** 微不足道的, 瑣碎的, 無聊的. *petty* quarrels 無聊的爭吵.
2 下流的, 卑劣的; 心胸狹窄的.

3 下級的. a *petty* official 小公務員.

pĕtty cásh *n.* Ⓤ (公司等中為小額支付而準備的)小額現金.

pĕtty ŏfficer *n.* Ⓒ (海軍)下士(★陸軍為 noncommissioned officer).

pet·u·lance [ˋpɛtʃələns; ˈpetjʊləns] *n.* Ⓤ (文章)焦躁, 暴躁; 慍怒; 急躁的言行.

pet·u·lant [ˋpɛtʃələnt; ˈpetjʊlənt] *adj.* (文章)焦躁的, 易怒的, 不悅的; 急躁的.

pe·tu·nia [pəˋtjunjə, -ˋtɪun-, -ˋtun-, -nɪə; pəˈtjuːnjə] *n.* Ⓒ (植物)矮牽牛屬植物.

pew [pju, pɪu; pjuː] *n.* Ⓒ (教堂內一般列席者坐的)長椅(有直立式靠背的木製長椅); → church 圖).

pe·wit [ˋpiwɪt, ˋpjuɪt, ˋpɪuɪt; ˈpiːwɪt] *n.* Ⓒ (鳥)田鳧(lapwing); 發出「咻」的尖銳叫聲的鳥類總稱.

pew·ter [ˋpjutɚ, ˋpɪu-; ˈpjuːtə(r)] *n.* Ⓤ **1** 白鑞(錫、銅、銻等的合金). **2** (集合)白鑞製的器皿.

pfen·nig [ˋ(p)fɛnɪg; ˈ(p)fenɪg] *n.* (*pl.* ~**s**, **-ni·ge** [-gə, -gə]) Ⓒ 芬尼克(德國貨幣單位; 100 芬尼克為 1 馬克).

PG [ˌpiˋdʒi, ˌpiˈdʒiː] *n.* Ⓒ (美)(電影)保護級(須由父母陪同觀賞; 源自 *p*arental *g*uidance).

pH [ˋpiˋetʃ, ˌpiˈeɪtʃ] *n.* Ⓒ (化學)pH 值(氫離子濃度指數).

Pha·ë·thon [ˋfeəθən, ˋfeətɪn; ˈfeɪəθən] *n.* (希臘神話)費頓(太陽神 Helios 之子; 駕駛其父之日輪馬車在空中奔馳, 但由於不慎差點使地球燃燒, 因此 Zeus 放出雷電將他擊斃).

pha·e·ton [ˋfeətɪn; ˈfeɪtn] *n.* Ⓒ 兩馬四輪馬車; 敞篷式汽車.

pha·lan·ges [fəˋlændʒiz; fæˈlændʒiːz] *n.* phalanx 的複數.

pha·lanx [ˋfelæŋks; ˈfælæŋks] *n.* (*pl.* ~**es**, **-lan·ges**) Ⓒ **1** (古希臘的)方陣(密集戰鬥隊形). **2** (人或動物對敵人所採取的)密集隊形, 集團; 志同道合者的集結.

phal·lic [ˋfælɪk; ˈfælɪk] *adj.* 陽物(崇拜)的, 陰莖的.

phal·lus [ˋfæləs; ˈfæləs] *n.* 男性生殖器的形象(自然界中生殖力的象徵); (解剖)陰莖(penis).

phan·tasm [ˋfæntæzəm; ˈfæntæzəm] *n.* Ⓒ **1** 幻影; 幻想. **2** 幽靈(ghost).

phan·tas·ma·go·ria [ˌfæntæzməˋgorɪə, -ˋgɔr-; ˌfæntæzməˈgɒrɪə] *n.* Ⓒ (如夢想中般)不斷變化的幻影[景象]; 走馬燈.

phan·ta·sy [ˋfæntəsɪ, -zɪ; ˈfæntəsɪ] *n.* (*pl.* **-sies**) (英)=fantasy.

phan·tom [ˋfæntəm; ˈfæntəm] *n.* Ⓒ **1** 幽靈; 幻覺, 錯覺. a *phantom* ship 幽靈船. **2** 有名無實的人[物]; 沒有實體的人[物].

Phar·aoh [ˋfɛro, ˋfe-, -rɔ; ˈfeərəʊ] *n.* Ⓒ (歷史)(有時 *p*haraoh)法老(古埃及國王的稱號).

phar·i·sa·ic, phar·i·sa·i·cal [ˌfærəˋseɪk; ˌfærɪˈseɪɪk], [ˌfærəˋseɪk; ˌfærɪˈseɪɪkl] *adj.* (如法利賽人般)形式重於實質的; 自以為是的;

偽善的.

Phar·i·see [ˋfærəˌsi; ˈfærɪsiː] *n.* Ⓒ **1** 法利賽人(古代猶太教之一派的信奉者; 被認為是過於嚴守儀式和律法而遺忘其宗教精神所在). **2** (pharisee)(用於負面含義)(宗教上, 道德上的)形式主義者; 自以為是的人; 偽善者.

phar·ma·ceu·ti·cal [ˌfɑrməˋsjutɪk, -ˋsɪu-, -ˋsu-; ˌfɑːməˈsjuːtɪkl] *adj.* 調劑學的; 藥劑的.

phar·ma·cist [ˋfɑrməsɪst; ˈfɑːməsɪst] *n.* Ⓒ 藥劑師(druggist (美), chemist (英). ★有時也會稱藥局老闆為 pharmacist.

phar·ma·col·o·gy [ˌfɑrməˋkɑlədʒɪ; ˌfɑːməˈkɒlədʒɪ] *n.* Ⓤ 藥物學, 藥理學.

phar·ma·co·poe·ia [ˌfɑrməkəˋpiə; ˌfɑːməkəˈpiːə] *n.* Ⓒ 藥典(政府許可的有關各種藥劑處方的說明).

phar·ma·cy [ˋfɑrməsɪ; ˈfɑːməsɪ] *n.* (*pl.* **-cies**) **1** Ⓒ 藥局, 藥商. 圓(美)一般亦作 drugstore, 但此種商店經營雜貨多於藥品; (英) chemist's (shop)為藥局的日常用語. **2** Ⓤ 藥學, 調劑學; 製藥業.

phar·yn·gi·tis [ˌfærɪnˋdʒaɪtɪs; ˌfærɪnˈdʒaɪtɪs] *n.* (醫學)咽喉炎.

phar·ynx [ˋfærɪŋks; ˈfærɪŋks] *n.* Ⓒ (解剖)咽(從鼻腔深處至喉頭(larynx)).

*****phase** [fez; feɪz] *n.* (*pl.* **phas·es** [~ɪz; ~ɪz]) Ⓒ **1** (變化, 發展的)階段; 期間, 時期. The negotiations have entered upon a new *phase*. 談判進入了新的階段/in this *phase* of the development of English 在英語發展的這個階段中.

> 搭配 *adj.*+phase: the initial ~ (開始的階段), the final ~ (最後的階段), a critical ~ (極重要的階段).

2 (問題, 現象等的)側面, 樣態. The problem has many *phases*. 那個問題有很多面.
3 (天文)(月的)相(新月, 弦月, 滿月等).
4 (化學)相; (物理)位相.
in [*out of*] *phase* (*with*...) (與…)協調[不協調]; (與…)一致[不一致].
—— *vt.* 分段實施…(主要用於下列片語).
phàse/.../*ín* 分段引進…
phàse/.../*óut* 分段廢除[淘汰]…

Ph. D. [ˈpiˌetʃˋdi, ˌpiːetʃˈdiː] (略) (*pl.* ~**s**, ~**'s**) 哲學博士(學位); (美)博士(學位) (源自拉丁語的 Philosophiae Doctor (=Doctor of Philosophy)).

*****pheas·ant** [ˋfɛznt; ˈfeznt] *n.* (*pl.* ~**s** [~s; ~s]; ~) **1** Ⓒ 雉; 雉類的鳥((美)特指松雞(ruffed grouse)等). a golden *pheasant* 角雉(雉科, 有金色、紅色羽毛的鳥). **2** Ⓤ 雉肉.

[pheasant 1]

phe·no·bar·bi·tal (美), **-bi·tone** (英) [ˌfinoˋbɑrbɪtæl, ˌfiːnəʊˈbɑːbɪtl], [-ˋbiton; -bɪtəʊn] *n.* Ⓤ 苯巴比妥(藥性強的安眠藥).

phe·nol [ˋfinɔl, -nɑl, -nol; ˈfiːnɒl] *n.* Ⓤ (化學)

酚，石碳酸．

phe·nom·e·na [fəˋnɑmənə; fəˊnɒmɪnə] *n.* phenomenon 的複數．

phe·nom·e·nal [fəˋnɑmənl; fəˊnɒmɪnl] *adj.* **1** 驚人的；不尋常的. a *phenomenal* memory 驚人的記憶力. **2**《文章》現象的．

phe·nom·e·nal·ly [fəˋnɑmənlɪ; fəˊnɒmɪnəlɪ] *adv.* **1**《文章》現象地，作為現象地． **2** 驚人地，難以置信地．

__phe·nom·e·non__ [fəˋnɑmə͵nɑn; fəˊnɒmɪnən] *n.* (*pl.* **-na**; 2 及《美》**~s** [~z; ~z]) © **1** 現象，能夠知覺的事象. A rainbow is a beautiful natural *phenomenon*. 彩虹是一種美麗的自然現象/The recent increase in crime is a disturbing *phenomenon*. 近來犯罪的增加是個令人困擾的現象．
2 異乎尋常的事；非凡的人；出類拔萃之物. an infant *phenomenon* 神童．

phew [fju, fɪu, pfju; fju] *interj.* 呼，呸，哼，《表示鬆了一口氣，不悅，疲勞等》．

phi [faɪ; faɪ] *n.* ⓊⒸ希臘字母的第二十一個字母；Φ，φ；相當於羅馬字母的 ph, f.

phi·al [faɪl, ˋfaɪəl; ˊfaɪəl] © 小藥瓶，玻璃瓶．

Phil [fɪl; fɪl] *n.* Philip 的暱稱．

Phil·a·del·phi·a [͵fɪləˋdɛlfjə, -fɪə; ͵fɪləˊdelfjə] *n.* 費城《美國 Pennsylvania 的都市；1776 年發表美國獨立宣言的地方》．

phi·lan·der [fəˋlændɚ; fɪˊlændə(r)] *vi.* 《文章》〔男人〕追求女人，視婦女戲般地談戀愛．

phil·an·throp·ic [͵fɪlənˋθrɑpɪk, ͵fɪlənˋθrɒpɪk] *adj.* 博愛(主義)的，慈善的，富有慈悲心的．

phi·lan·thro·pist [fəˋlænθrəpɪst; fɪˊlænθrəpɪst] *n.* © 博愛者，慈善家．

phi·lan·thro·py [fəˋlænθrəpɪ; fɪˊlænθrəpɪ] *n.* Ⓤ博愛，慈善．

phil·a·tel·ic [͵fɪləˋtɛlɪk; ͵fɪləˊtelɪk] *adj.* 集郵的．

phi·lat·e·list [fəˋlætlɪst; fɪˊlætəlɪst] *n.* © 集郵者．

phi·lat·e·ly [fəˋlætlɪ; fɪˊlætəlɪ] *n.* Ⓤ集郵．

-phile 《構成複合字》「愛好者」之意. biblio*phile*.

phil·har·mon·ic [͵fɪləˋmɑnɪk, ͵fɪlhɑr-; ͵fɪlɑːˋmɒnɪk] *adj.* 《限定》愛好音樂的；交響樂團的《通常以 Philharmonic 作為名稱》. a *philharmonic* society 愛樂協會/the New York *Philharmonic* Symphony Orchestra 紐約愛樂交響樂團．

Phil·ip [ˋfɪləp; ˊfɪlɪp] *n.* 男子名．

Phil·ip·pine [ˋfɪlə͵pin, ˋfɪlɪ͵pin; ˊfɪlɪpiːn] *adj.* 菲律賓的；菲律賓人的《★菲律賓人為 Filipino》．

Phil·ip·pine Íslands *n.* (加 the)菲律賓群島．

__Phil·ip·pines__ [ˋfɪlə͵pinz; ˊfɪlɪpiːnz] *n.* (加 the) **1**《作複數》菲律賓群島 the Philippine Islands). **2** 菲律賓共和國《位於東南亞的共和國；首都 Manila；正式名稱為 the Republic of the Philippines). The *Philippines* became independent in 1946. 菲律賓共和國獨立於 1946 年．

Phil·is·tine [fəˋlɪstɪn, ˋfɪləs͵tin, ˋfɪləs͵taɪn;

ˊfɪlɪstaɪn] *n.* © **1** 非利士人《古代 Palestine 的居民；舊約聖經中記載其為以色列人的敵人》．
2《文章》(philistine) 沒有教養的鄙人．
— *adj.* **1** 非利士(人)的．**2**《文章》沒有教養的，庸俗的．

phil·o·log·i·cal [͵fɪləˋlɑdʒɪk; ͵fɪləˊlɒdʒɪkl] *adj.* **1** 文獻學的．**2** 語言學的(→ philology 2).

phi·lol·o·gist [fɪˋlɑlədʒɪst; fɪˊlɒlədʒɪst] *n.* © **1** 文獻學家．**2** 語言學家(→ philology 2).

phi·lol·o·gy [fɪˋlɑlədʒɪ; fɪˊlɒlədʒɪ] *n.* Ⓤ **1** 文獻學．**2** 語言學. 【參考】原本兼具文獻學和語言學兩者之意，但近來的趨勢是將文獻學稱為 philology，而語言學則稱為 linguistics，把兩者加以區別．

__phi·los·o·pher__ [fəˋlɑsəfɚ; fɪˊlɒsəfə(r)] *n.* (*pl.* **~s** [~z; ~z]) © **1** 哲學家；哲人，賢人．
2 (即使遇到困難也)冷靜的人；曠達的人. I pretended to be a *philosopher* saying I was ready to die any day. 我假裝冷靜地說著已做好隨時死去的準備．

philósopher's stóne *n.* Ⓤ點金石《煉金術士以為此物質具有將賤金屬轉變為金銀的力量，因而為人所探求》．

phil·o·soph·ic, phil·o·soph·i·cal [͵fɪləˋsɑfɪk; ͵fɪləˊsɒfɪk], [͵fɪləˋsɑfɪk; ͵fɪləˊsɒfɪkl] *adj.* **1** 哲學的，哲學上的．**2** 像哲學家的，哲人般的；達觀的，開悟的；不為事物所動的．

phil·o·soph·i·cal·ly [͵fɪləˋsɑfɪklɪ, -ɪklɪ; ͵fɪləˊsɒfɪkəlɪ] *adv.* **1** 哲學性地，像哲學家地．
2 達觀地，冷靜沈著地．

phi·los·o·phies [fəˋlɑsəfɪz; fɪˊlɒsəfɪz] *n.* philosophy 的複數．

phi·los·o·phize [fəˋlɑsə͵faɪz; fɪˊlɒsəfaɪz] *vi.* 進行哲學性的思索[論述]《*about*》．

__phi·los·o·phy__ [fəˋlɑsəfɪ; fɪˊlɒsəfɪ] *n.* (*pl.* **-phies**) **1** Ⓤ哲學. A lot of students take a course in *philosophy*. 很多學生修[選修]哲學課．
2 © (特定的哲學家，學派的)哲學體系. the *philosophy* of Plato 柏拉圖哲學/establish a *philosophy* 建立哲學(體系).
3 Ⓤ人生觀，世界觀. a sound *philosophy* of life 健全的人生觀．
4 Ⓤ原理，根本理論. the *philosophy* of the American Constitution 美國憲法的根本原理．
5 Ⓤ (對人生的)達觀，徹悟；冷靜沈著．
◇ *adj.* **philosophic(al). v. philosophize**.

phlegm [flɛm; flem] *n.* Ⓤ **1** 痰．
2《文章》冷淡，無力；冷靜．

phleg·mat·ic [flɛgˋmætɪk; flegˊmætɪk] *adj.* 《文章》冷淡的，無力的；冷靜的．

phlox [flɑks; flɒks] *n.* (*pl.* **~, ~·es**) © 草夾竹桃屬植物《原產於北美；草夾竹桃屬草本植物總稱；開白、紅、粉紅、藍、紫等顏色的小花》．

pho·bi·a [ˋfobɪə; ˊfəʊbjə] *n.* Ⓤ©恐懼症．

-phobia 《構成複合字》構成「…恐懼症」之意的名

詞: xeno*phobia*.

Phoe·be [ˋfibɪ; ˈfiːbɪ] *n.* **1** 《希臘神話》菲碧《月亮女神 Artemis 的別名; 相當於羅馬神話中的 Diana》. **2** 〔U〕《詩》月.

Phoe·bus [ˋfibəs; ˈfiːbəs] *n.* 《希臘神話》菲布斯《太陽神 Apollo 的別名》.

Phoe·ni·cia [fəˋnɪʃə, -ʃə; fɪˈnɪʃə] *n.* 《歷史》腓尼基《位於地中海東部沿岸, 當今 Lebanon 附近的古代國家》.

Phoe·ni·cian [fəˋnɪʃən, fəˋnɪʃən; fɪˈnɪʃn] *adj.* 腓尼基的; 腓尼基人[語]的;

— *n.* 〔C〕腓尼基人; 〔U〕腓尼基語.

phoe·nix [ˋfinɪks; ˈfiːnɪks] *n.* 〔C〕《埃及神話、希臘神話》不死鳥, 鳳凰鳥,《相傳長在阿拉伯沙漠中, 每隔五、六百年便會自行飛入火焰中而死去, 然後自灰燼中重生的美麗的鳥》.

[phoenix]

‡**phone** [fon; fəʊn] *n.* (*pl.* ~s [~z; ~z])《口》**1** 〔U〕電話. I talked with Jane on [over] the *phone*. 我和珍在電話中交談/be on the *phone* 正在打[接]電話; 安裝電話/Someone wants you on the *phone*. 有人打電話找你.

2 〔C〕電話; 話筒. May I use your *phone*? 我可以借用你的電話嗎?/pick up the *phone* 拿起話筒/put down the *phone* 放下話筒.

by phóne 用電話. I made my hotel reservation *by phone*. 我用電話預約了旅館.

— *v.* (~s [~z; ~z]; ~d [~d; ~d]; **phon·ing**) *vt.* 打電話給 …《*up*》(call); 句型4 (phone **A B**)、句型3 (phone **B** to **A**)打電話通知 A(人)B; 句型4 (phone **A** *that* 子句/*wh* 片語)打電話告訴 A(人)…; 問 A(人)…; 句型5 (phone **A** *to do*)打電話要求 A(人)…. Please *phone* me tomorrow. 明天請打電話給我/I'll *phone* her the news. = I'll *phone* the news to her. 我會打電話告訴她這個消息/I *phoned* him (to say) *that* I couldn't come. 我打電話告訴他我不能去/I *phoned* him *to* come at once. 我打電話要他立刻過來.

— *vi.* 打電話《*to*》. I was out when you *phoned* last night. 昨晚你打電話來時, 我正好外出.

phòne ín 打電話(到工作地點等). *phone in* sick 打電話請病假.

phòne/.../ín 用電話通知…;〔觀眾〕用電話表達〔意見等〕(→ phone-in).

-**phone** 《構成複合字》表示「聲音(sound)」之意. micro*phone*. tele*phone*.

phóne bòok *n.* 〔C〕《口》電話簿(telephone book [directory]).

phóne bòoth [**bòox**] *n.* 〔C〕公用電話亭.

phóne càll *n.* 〔C〕以電話聯絡, 通話. I made a *phone call* to him. 我打電話給他.

phone·card [ˋfon͵kɑrd; ˈfəʊnkɑːd] *n.* 〔C〕電話卡《用於卡式電話(cardphone)的卡片》.

phone-in [ˋfon͵ɪn; ˈfəʊnɪn] *n.* 〔C〕《英》《廣播、電視的》觀[聽]眾打電話一起參與的節目(《美》call-in).

pho·neme [ˋfonim; ˈfəʊniːm] *n.* 〔C〕《語音學》音素《各個語言中具有區別意義功能的最小發音單位》.

pho·ne·mic [foˋnimɪk; fəʊˈniːmɪk] *adj.* 音素(學)的.

pho·ne·mics [foˋnimɪks; fəʊˈniːmɪks] *n.* 《作單數》《語言》音素學.

＊**phóne nùmber** *n.* 〔C〕電話號碼. Give us your *phone number*. 告訴我們你家裡的電話號碼.

pho·net·ic [foˋnɛtɪk, fə-; fəʊˈnetɪk] *adj.* 語音(學)的; 語音上的.

pho·net·i·cal·ly [foˋnɛtɪklɪ, fə-, -ɪklɪ; fəʊˈnetɪkəlɪ] *adv.* 按照發音地; 語音學地; 語音學上地.

pho·ne·ti·cian [͵fonəˋtɪʃən; ͵fəʊnɪˈtɪʃn] *n.* 〔C〕語音學家.

pho·net·ics [foˋnɛtɪks, fə-; fəʊˈnetɪks] *n.* **1** 《作單數》《語言》語音學. **2** 《作複數》(一種語言的)語音(整體).

phonétic sýmbol *n.* 〔C〕發音符號, 音標.

pho·ney [ˋfonɪ; ˈfəʊnɪ] *adj., n.* (*pl.* ~s) = phony.

phon·ic [ˋfɑnɪk, ˋfon-; ˈfəʊnɪk] *adj.* 聲音的; 語音(上)的.

phon·ics [ˋfɑnɪks, ˋfon-; ˈfəʊnɪks] *n.* 《作單數》自然發音法《簡單的拼字和發音關係的學科》.

phon·ing [ˋfonɪŋ; ˈfəʊnɪŋ] *v.* phone 的現在分詞、動名詞.

pho·no·graph [ˋfonə͵græf; ˈfəʊnəɡrɑːf] *n.* 〔C〕《美》留聲機; 電唱機;(《英》gramophone).

pho·no·log·i·cal [͵fonəˋlɑdʒɪk; ͵fəʊnəˈlɒdʒɪkl] *adj.* 音韻(學)的.

pho·nol·o·gy [foˋnɑlədʒɪ; fəʊˈnɒlədʒɪ] *n.* 〔U〕《語言》音韻學;(一種語言的)音韻體系.

pho·ny [ˋfonɪ; ˈfəʊnɪ] 《俚》 *adj.* 假的; 假貨的; 非眞假的;

— *n.* (*pl.* -nies) 〔C〕贗品; 騙子.

phoo·ey [ˋfui; ˈfuːi] *interj.* 哼, 呸,《表示不相信、失望等》.

phos·phate [ˋfɑsfet; ˈfɒsfeɪt] *n.* 〔U̲C̲〕 **1** 《化學》磷酸鹽. **2** (通常 phosphates)磷肥.

phos·phor [ˋfɑsfə; ˈfɒsfə(r)] *n.* 〔C〕磷光體.

phos·pho·res·cence [͵fɑsfəˋrɛsns; ͵fɒsfəˈresns] *n.* 〔U〕(發)磷光, (發)青綠色光.

phos·pho·res·cent [͵fɑsfəˋrɛsn̩t; ͵fɒsfəˈresnt] *adj.* 發磷光的, 發青綠色光的.

phos·phor·ic [fɑsˋfɔrɪk, -ˋfɑr-, -ˋfor-; fɒsˈfɒrɪk] *adj.* 磷的.

phos·pho·rus [ˋfɑsfərəs, fɑsˋforəs; ˈfɒsfərəs] *n.* 〔U〕《化學》磷《非金屬元素; 符號 P》.

＊**pho·to** [ˋfoto; ˈfəʊtəʊ] *n.* (*pl.* ~s [~z; ~z])《口》照片(photograph). a *photo* contest 攝影比賽/I took her *photo*. 我幫她照相.

photo- 《構成複合字》「光, 照片」之意. *photo*-

chemical. *photograph*.

pho·to·chem·i·cal [ˌfotəˈkɛmɪkl̩; ˌfəʊtəʊˈkemɪkl̩] *adj.* 光化學的. *photochemical* smog 光化學煙霧.

pho·to·cop·i·er [ˈfoto͵kɑpɪɚ; ˈfəʊtəʊ͵kɒpɪə(r)] *n.* C 影印機.

pho·to·cop·y [ˈfoto͵kɑpɪ; ˈfəʊtəʊ͵kɒpɪ] *n.* (*pl.* **-cop·ies**) C 影印(Photostat, Xerox 等憑藉照相複印的方法之總稱). make a *photocopy* of 影印…. —— *vt.* (**-cop·ies; -cop·ied; ~ing**) 影印.

pho·to·e·lec·tric [ˌfoto·ɪˈlɛktrɪk; ˌfəʊtəʊɪˈlektrɪk] *adj.* (物理)光電子的.

phŏtoelectric cĕll *n.* C 光電管; 光電池.

phŏto fínish *n.* C (賽馬, 賽狗等的)攝影裁定; 勝負差距極微的比賽.

pho·to·gen·ic [ˌfotəˈdʒɛnɪk; ˌfəʊtəʊˈdʒenɪk] *adj.* (人, 臉部等)上相的, 適合拍照的.

✱pho·to·graph [ˈfotə͵græf; ˈfəʊtəɡrɑːf] *n.* (*pl.* ~s [~s; ~s]) C 照片(在口語中亦可用其縮寫 photo 來表示). He took a *photograph* of the family. 他拍了一張全家福的照片/He showed me Bill's *photograph*. 他讓我看比爾的照片/develop [print, enlarge] a *photograph* 沖洗[沖印, 放大]照片. —— *v.* (~s [~s; ~s]; ~ed [~t; ~t]; ~ing) *vt.* 攝影, 拍照. The police *photographed* the scene of the accident. 警方拍下車禍現場的照片. —— *vi.* 攝影; 拍照. He *photographs* taller than he is. 他照起像來顯得比實際上要來得高/She *photographs* well [badly]. 她像上[不上]鏡頭.

✱pho·tog·ra·pher [fəˈtɑgrəfɚ, fo-; fəˈtɒɡrəfə(r)] *n.* (*pl.* ~s [~z; ~z]) C 照相的人; (職業的)攝影家; 照相館. a press *photographer* 報社攝影記者.

✱pho·to·graph·ic [ˌfotəˈgræfɪk; ˌfəʊtəˈɡræfɪk] *adj.* **1** 照相的, 攝影(技術)的, 攝影用的. *photographic* supplies (底片, 閃光燈等)照相機用品/a *photographic* studio 照相館. **2** 照相般的(記憶力, 記述等)正確無誤的. a *photographic* memory 如照相般的記憶力.

✱pho·to·graph·i·cal·ly [ˌfotəˈgræfɪklɪ, -ɪkl̩ɪ; ˌfəʊtəˈɡræfɪkəlɪ] *adv.* 照相般地; 根據照片地.

✱pho·tog·ra·phy [fəˈtɑgrəfɪ; fəˈtɒɡrəfɪ] *n.* U 攝影術; 拍攝. *Photography* was not known then. 當時尚未有攝影術.

pho·to·jour·nal·ist [ˌfotoˈdʒɝnəlɪst; ˌfəʊtəʊˈdʒɜːnəlɪst] *n.* C 攝影記者.

pho·to·stat [ˈfotə͵stæt; ˈfəʊtəʊstæt] *n.* C 直接影印本(為直接影印使用照片黑白倒轉); (Photostat) 直接影印機(商標名). —— *vt.* (~s; ~(t)ed; ~(t)ing) 用直接影印機複製.

pho·to·syn·the·sis [ˌfotəˈsɪnθəsɪs; ˌfəʊtəʊˈsɪnθəsɪs] *n.* U (植物學)(碳水化合物的)光合作用.

phr. (略) phrase.

phras·al [ˈfrez; ˈfreɪzl̩] *adj.* 《文法》片語的; 構成片語的; 由(某)片語而成的.

phrásal vérb *n.* C 《文法》動詞片語(用動

詞+副詞(+介系詞)或動詞+介系詞的結合, 來表達某個動詞; 例: go down (=descend), get in (=enter), look up to (=respect)等).

✱phrase [frez; freɪz] *n.* (*pl.* **phras·es** [~ɪz; ~ɪz]) C **1** 《文法》片語(略作 phr.). a noun *phrase* 名詞片語(→見文法總整理 15. 1). **2** 名言; 警句; 口號; 口頭禪. a set *phrase* 諺語, 成語. **3** 措辭, 用語. **4** 《音樂》樂句(由數小節之旋律構成的單位). *to cóin a phráse* 杜撰一個說法; 《諷刺》引用陳腐的文句. *túrn a phráse* 說出機靈的話語. —— *vt.* **1** 表達, 述說. *phrase* an answer carefully 仔細斟酌字句作答. **2** 《音樂》(演奏時)將(旋律線)分句.

phráse bòok *n.* C (外語的)成語集, 慣用語集, 《特指供海外旅遊者使用, 附有對照譯文》.

phra·se·ol·o·gy [ˌfrezɪˈɑlədʒɪ; ˌfreɪzɪˈɒlədʒɪ] *n.* U 語法, 語句; 用語, 措辭.

phras·ing [ˈfrezɪŋ; ˈfreɪzɪŋ] *n.* U **1** 敘述法; 措詞. **2** 《音樂》分句法(以樂句區分旋律).

phre·nol·o·gist [frɛˈnɑlədʒɪst, frɪ-; frɪˈnɒlədʒɪst] *n.* C 骨相學家.

phre·nol·o·gy [frɛˈnɑlədʒɪ, frɪ-; frɪˈnɒlədʒɪ] *n.* U 骨相學.

phy·la [ˈfaɪlə; ˈfaɪlə] *n.* phylum 的複數.

Phyl·lis [ˈfɪlɪs; ˈfɪlɪs] *n.* 女子名.

phy·lum [ˈfaɪləm; ˈfaɪləm] *n.* (*pl.* **-la**) C 《生物》門(動物分類中的最高區分單位).

✱phys·i·cal [ˈfɪzɪkl̩; ˈfɪzɪkl̩] *adj.* **1** 物質的; 物質性的; 自然(界)的; 順從自然法則的; (↔ spiritual, moral). the *physical* world 自然界. **2** 身體的, 肉體的, (↔ mental, spiritual). a *physical* checkup 健康檢查/*physical* exercise 體操, 運動. **3** 物理性的; 物理學(性)的; 自然科學(性)的; (→ physics). a *physical* change 物理變化/a *physical* process 物理作用. —— *n.* =physical examination.

phýsical educátion *n.* U 體育(略作 PE).

phýsical examinátion *n.* C 健康診斷, 身體檢查.

phýsical geógraphy *n.* U 自然地理學.

phys·i·cal·ly [ˈfɪzɪklɪ, -ɪklɪ; ˈfɪzɪkəlɪ] *adv.* **1** 物質性地; 物理(學)性地. **2** 肉體地, 身體上地. **3** (口)物理上(方面)地. *physically* impossible 在物理上(完全)不可能的.

phýsical scíence *n.* U 物理科學(除生物學以外的自然科學).

✱phy·si·cian [fəˈzɪʃən; fɪˈzɪʃn] *n.* (*pl.* ~s [~z; ~z]) C 醫師; 內科醫師(→ doctor (參考)). *Physician, heal thyself.* (諺)醫生, 醫治你自己吧(語出聖經, 意指在規勸他人之前, 先解決自身的問題).

phys·i·cist [ˈfɪzəsɪst; ˈfɪzɪsɪst] *n.* C 物理學家.

P

‡phys·ics [ˈfɪzɪks; ˈfɪzɪks] n. 《作單數》物理學. nuclear *physics* 原子[核]物理學.

phys·i·og·no·my [ˌfɪzɪˈɑgnəmɪ, -ˈɑnəmɪ; ˌfɪzɪˈɒnəmɪ] n. (pl. **-mies**) **1** Ⓤ人相學, 觀相術.
2 Ⓒ《文章》(作為性格表徵的)人的相貌.
3 Ⓤ(土地等的)地勢, 地形.

phys·i·o·log·i·cal [ˌfɪzɪəˈlɑdʒɪkl; ˌfɪzɪəˈlɒdʒɪkl] adj. 生理學的; 生理上的.

phys·i·ol·o·gist [ˌfɪzɪˈɑlədʒɪst; ˌfɪzɪˈɒlədʒɪst] n. Ⓒ生理學家.

phys·i·ol·o·gy [ˌfɪzɪˈɑlədʒɪ; ˌfɪzɪˈɒlədʒɪ] n. Ⓤ生理學.

phys·i·o·ther·a·py [ˌfɪzɪoˈθɛrəpɪ; ˌfɪzɪəʊˈθerəpɪ] n. Ⓤ物理療法《不用藥物而藉由按摩、運動等》.

phy·sique [fɪˈzik; fɪˈziːk] n. ⓊⒸ體格.

pi [paɪ; paɪ] n. (pl. **~s**) **1** ⓊⒸ希臘字母的第十六個字母; Π, π; 相當於羅馬字母的 P, p.
2 Ⓤ《數學》圓周率《符號 π》.

pi·a·nis·si·mo [pɪəˈnɪsəˌmo; pɪəˈnɪsɪməʊ]《音樂》adv. 最弱地.
— n. (pl. **~s**) Ⓒ最弱音, 以最弱音演奏的樂句.
↔ fortissimo.

‡pi·an·ist [pɪˈænɪst, ˈpɪənɪst; ˈpɪənɪst] n. (pl. **~s** [~s; ~s]) Ⓒ鋼琴家, 鋼琴演奏家. be a good [poor] *pianist* 演奏水準好[差]的鋼琴家.

‡pi·an·o¹ [pɪˈæno, -ə, pɪˈano; pɪˈænəʊ] n. (pl. **~s** [~z; ~z]) Ⓒ鋼琴《→ grand piano, spinet, upright piano》. Ⓤ(常加the)鋼琴演奏. play the *piano* 彈鋼琴/play Bach on the *piano* 用鋼琴彈奏巴哈的曲子/a composition for the *piano* 鋼琴曲/a *piano* concerto 鋼琴協奏曲.

pi·a·no² [pɪˈano; ˈpjɑːnəʊ]《音樂》adj. 弱的.
— adv. 弱地.
— n. (pl. **~s**) Ⓒ輕奏的樂句. ↔ forte.

pi·an·o·forte [pɪˈænəˌfort, -ˌfortɪ, -ˌfɔr-; ˌpjænəʊˈfɔːtɪ] n. Ⓒ《文章》鋼琴《piano¹ 為此字的縮寫》.

Pi·a·no·la [pɪəˈnolə; pɪəˈnəʊlə] n. Ⓒ自動鋼琴《自動演奏固定的曲目; 商標名》.

pi·az·za [pɪˈæzə; pɪˈætsə]《義大利語》n. Ⓒ **1** (特指義大利的)城市廣場, 大街.
2 《美》走廊(verandah), 門廊(porch).

[piazza 1]

pi·ca [ˈpaɪkə; ˈpaɪkə] n. Ⓤ十二點活字《十二點大的活字; 在打字機中一英寸之間能打出十個字, 比elite 活字大, 為標準的大小》.

pic·a·dor [ˈpɪkəˌdor; ˈpɪkədɔː(r)] n. Ⓒ騎馬鬥牛士《從馬背上用槍刺牛的背或頸使牛發怒而體力漸衰的鬥牛士; → matador》.

pic·a·resque [ˌpɪkəˈrɛsk; ˌpɪkəˈresk] adj. 《小說》以流浪漢為題材的; 以惡漢為題材的. a *picaresque* novel 以流浪漢為題材的小說.

Pi·cas·so [pɪˈkɑso; pɪˈkæsəʊ] n. **Pa·blo** [ˈpɑblo; ˈpɑːbləʊ] ~ 畢卡索(1881-1973)《出生於西班牙的法國畫家、雕刻家》.

pic·a·yune [ˌpɪkəˈjun; ˌpɪkəˈ(j)uːn] adj. 《美口》不值錢的; 微不足道的; 小氣的; 自卑的.

Pic·ca·dil·ly [ˌpɪkəˈdɪlɪ, ˈpɪkəˌdɪlɪ; ˌpɪkəˈdɪlɪ] n. 畢卡利街《倫敦市中心的大街》.

Piccadilly Circus n. 畢卡第利廣場《位於畢卡第利街的東端》.

[Piccadilly Circus]

pic·ca·lil·li [ˌpɪkəˈlɪlɪ; ˈpɪkəlɪlɪ] n. Ⓤ酸辣泡菜《香辣調味料很重的蔬菜醃製物; 添加於肉類食品中》.

pic·co·lo [ˈpɪkəˌlo; ˈpɪkələʊ] n. (pl. **~s**) Ⓒ《音樂》短笛《比長笛高八度音的小型橫笛; → woodwind 圖》.

‡pick [pɪk; pɪk] v. (**~s** [~s; ~s]; **~ed** [~t; ~t]; **~ing**) vt. 【 從眾多事物中抓取 】 **1** (a)挑選, 選擇, 《⇨ 比 select 通俗的用語; → choose》. *pick* one's words 謹慎用辭/She *picked* the dress she liked best. 她挑選出她最中意的服裝. (b) 選擇(as). [句型5] (*pick* A *to* do) 選擇A(人)做…. Why don't you *pick* her *as* your secretary? 何不選她擔任你的秘書呢?/Helen was *picked* to represent our company. 海倫被選為公司的代表.
2 採摘, 摘取, 〔花或果實等〕. [句型4] (*pick* A B)、[句型3] (*pick* B *for* A)為A採摘B. We *picked* apples all day. 我們摘了一整天的蘋果/I *picked* her a rose. = I *picked* a rose *for* her. 我為她摘了一朵玫瑰.
3 竊取(*out of, from*); 扒竊, 偷竊. *pick* a person's pocket 扒走某人的錢包(→ pickpocket).
4 一點一點地啃食; 撕取〔肉〕(*from*); (為了烹

餓而)從…拔下羽毛等;剝. *pick* a bone clean (用吸吮及啃的方式)把骨頭上的肉吃乾淨/*pick* a chicken 拔雞毛.

【用尖狀物戳】 **5** 刺;挖掘;鑽〔孔〕. *pick* (up) ground (用十字鎬等)挖地/*pick* a hole 鑽孔.

6 〔鳥類等用喙〕啄食〔某物〕,啄;〔人〕一點一點地(挑撿著)吃,夾. I saw several birds *picking* grain in the barnyard. 我看到幾隻小鳥正在農家的庭院裡啄食穀粒.

7 (用針等尖銳的工具)撬開〔鎖〕. The burglar *picked* the lock. 那小偷撬開了鎖.

8 將〔紡織物,布料等〕撕扯成碎片.

9 〔美〕用手指撥弄〔吉他等〕(pluck);用指尖彈奏〔琴弦〕. *pick* (the strings of) a banjo 彈奏班究琴.

【挖,剔】 **10** 把〔鼻孔,牙齒等〕挖〔剔〕乾淨,挖,剔. *pick* one's teeth 剔牙/*pick* one's nose 挖鼻孔.

11 【吹毛求疵】挑起〔吵架等機會〕,找碴,《with》;挑〔毛病〕. She *picked* a quarrel *with* him and lost. 她向他挑釁卻吵輸了/*pick* flaws in 挑出…的毛病.

— *vi.* **1** 專心一致地挑選;精選. (→片語 pick and choose) **2** 採花,摘果實. **3** (用尖狀物)扎,戳,捅,《at》. **4** 〔鳥類〕啄食;一點一點地吃;(→片語 pick at...).

pìck and chóose 精心挑選.

pìck...apárt 使…零亂;嚴厲批評…;挑…的毛病.

pìck at... (1)挑著〔食物〕吃. Stop *picking* at your food and eat it up! 不要挑揀揀的,快吃! (2)《口》=pick on... (1).

pìck hóles [*a hóle*] *in...* → hole 的片語.

* *pìck/.../óff* (1)選擇目標瞄準射擊. *pick off* the advancing enemy 瞄準前進中的敵人射擊. (2)摘下…,摘去….

pìck on... (1)《口》老是挑剔〔人,事情〕,欺侮…. (2)挑中…,選中….

* *pìck/.../óut* (1)挑出,選出,〔人,物〕. He'll *pick out* something good for me. 他會為我選出個好的. (2)辨認出,區別出,〔人,物〕. He *picked* her *out* in the crowd. 他從人群之中認出了她. (3)領會意思〔意義〕,體會;憑聽覺彈奏〔樂曲〕. (4)〔顏色〕襯托《with, in 其他顏色》(常用被動語態).

pìck/.../óver 《口》(1)(在一大堆物品中)過於仔細地〔神經質地〕挑選〔某物〕. She *picked* over her entire wardrobe before deciding on the blue dress. 她翻箱倒櫃找衣服穿,(終於)挑中了一件藍色的禮服. (2)不斷地談論〔考慮〕〔不愉快的事物〕.

pìck onesèlf óff [1] 終於重新振作〔精神〕.

pìck onesèlf óff [2] 好不容易〔從地板上等〕站起來.

pìck onesèlf úp (跌倒後)爬起;打起精神,恢復原狀. He *picked* himself *up* after the first failure. 他從第一次的挫敗中站了起來.

pìck one's stéps = pick one's way.

pìck...to píeces = pick...apart.

* *pìck/.../úp* [1] (1)拾起…,撿起…,拿起…. *pick up* a handkerchief 撿一條手帕. (2)〔車輛等〕搭載

〔人〕;〔人〕開車去迎接;(中途)搭車. What time shall I *pick* you *up*? 我幾點(開車)去接你? (3)振作〔精神等〕,打起精神;恢復(健康). *pick up* (one's) courage 拿出勇氣來,鼓起勇氣. (4)《口》〔特指男女間〕搭訕之後很快地熟悉起來. Where did you *pick up* that girl? 你在哪裡搭上那女孩的? (5)(偶然地,無意地)獲得…,買到…;弄到〔一筆小錢等〕. *pick up* a living (無意間)找到了謀生之路. (6)(從收音機裡等)收聽到…;〔用雷達,探照燈等〕追蹤…. (7)(得到片段知識等地)學習,記憶,〔知識等〕;學會〔習慣,技能等〕. I've *picked up* a little Spanish in Mexico. 住在墨西哥期間我學會一點西班牙文. (8)《口》逮捕〔犯人〕. (9)收集…,收拾…,整理…. (10)加快〔速度〕. (11)罹患〔病〕. (12)救助〔遇難者等〕. (13)嚴厲的叱責,責難,《for, on》. (14)(中斷之後)重新展開〔議題等〕.

pìck úp [2] (1)振作精神,恢復健康;使〔情況,狀態〕好轉. Business is beginning to *pick up*. 生意開始好轉. (2)收拾〔整理〕房間等.

pìck úp and léave 《口》把服裝稍微整理一下就勻忙離去.

pìck úp on... (1)注意到…. (2)提及….

pìck ùp the bíll [*táb*] 付帳單《for 〔貸款〕》.

pìck úp with... 和…無意間成了朋友.

pìck one's wáy 踏著穩健的步伐,慎重地進行.

— *n.* **1** ① 選擇;選擇權. You can take [get] your *pick*. 你可以拿你喜歡[選擇]的.

2 ① (通常加the)出類拔萃,精華,最好的物[人]. the *pick* of the bunch 一群中最好的人[物].

3 ② (一季中摘取的)收穫物[量].

4 ② 鶴嘴鋤(pickax(e));(用來鑿,挖,捅,掘等)末梢尖銳的工具(ice pick, toothpick 等);(彈吉他等所用的)撥弦片(plectrum).

pick·a·back [`pɪkə,bæk; ˈpɪkəbæk] *adv.* (讓小孩)騎在脖子上地,扛在肩上地.

pick·ax, pick·axe [`pɪk,æks; ˈpɪkæks] *n.* ②十字鎬,鶴嘴鋤.

picked [pɪkt; pɪkt] *adj.* (限定)精選的,特選的;摘下的.

pick·er [`pɪkɚ; ˈpɪkə(r)] *n.* ②採集者[機器]《通常構成複合字》. a cotton *picker* 採棉者.

pick·er·el [`pɪkərəl, `pɪkrəl; ˈpɪkərəl] *n.* (*pl.* ~s, ~) ②〔美〕梭魚類淡水魚的總稱;〔英〕小梭魚.

pick·et [`pɪkɪt; ˈpɪkɪt] *n.* ② **1** (常pickets)頂端尖銳的木樁,尖椿. **2** 〔軍事〕哨兵,警戒,警戒的士兵;(★用單數亦可作複數)(集合)警戒部隊. **3** (罷工時工會所派出的)糾察人員,糾察隊(員),《防止反對罷工者上工》;抗議示威隊伍. — *vt.* **1** 在…設置糾察員,派遣糾察將〔某地方〕包圍起來. **2** 設置〔哨兵〕. **3** 把〔馬〕拴在木樁上. **4** (在某地方)用柵欄圍圈,用尖樁圍住. — *vi.* 設置糾察員;執行糾察任務.

picket fènce *n.* ② 圍籬,柵欄.

pícket lìne *n.* ② 糾察隊伍(→ picket 3).

pick·ing [`pɪkɪŋ; ˈpɪkɪŋ] *n.* **1** ① 摘取,採取.

2 (pickings)《口》摘過之後剩下的東西; 落穗; (還有用的)殘留物. **3** (pickings)《口》扒竊物, 贓物; 不正當的利益.

* **pick·le** [`pɪk; 'pɪkl] n. (pl. ~s [~z; ~z])
1 ©(通常pickles)泡菜(用鹽、醋等醃製的蔬菜); 《美》特指醃黃瓜, 《英》特指醃洋蔥.
2 ⓤ泡菜的醃汁.
3 ©《英、口》喜歡惡作劇的小孩.
be in a pickle 爲難, 麻煩.
— vt. 醃製, 以醋醃製.

pick·led [`pɪkld; 'pɪkld] adj. **1** 醃漬的.
2 《敘述》《口》醉的, 酩酊的, (drunk).

pick-me-up [`pɪkmɪˌʌp; 'pɪkmiˌʌp] n. ©
《口》提神的酒[藥等], 恢復精神的藥物.

* **pick·pock·et** [`pɪkˌpɑkɪt; 'pɪkˌpɒkɪt] n. (pl. ~s [~s; ~s]) ©扒手, 三隻手. have one's wallet stolen by a *pickpocket* 皮夾被扒手扒走了.

pick·up [`pɪkˌʌp; 'pɪkʌp] n. **1** ⓤ©拾起. **2** ⓤ©車子搭載人[貨物]; ©《口》偶然相識的同車乘客[搭便車者之女性]. **3** ©(電唱機的)唱頭, 拾音器. **4** ©輕型貨車(亦稱pɪckup trúck).

pick·y [`pɪkɪ; 'pɪki] adj. 《美、口》《責備》愛挑剔的, 難侍候的.

‡ **pic·nic** [`pɪknɪk; 'pɪknɪk] n. (pl. ~s [~s; ~s]) © **1** 郊遊, 遠足, (→ hiking 回).
go on a *picnic* 去郊遊/a *picnic* lunch 郊遊時吃的野餐. **2** 於郊外[室外]的用餐. have [make] a *picnic* 野餐. **3** (通常用單數)《口》輕鬆愉快的工作. It's no *picnic* to be a courier to a tourist party. 做旅行團的領隊不是件輕鬆愉快的事.
— vi. (~s; -nicked; -nick·ing) 去郊遊; 郊遊[室外]野餐.　　　　　　　　　　　　　　　[餐者]

pic·nick·er [`pɪknɪkɚ; 'pɪknɪkə(r)] n. ©野

Pict [pɪkt; pɪkt] n. ©匹克特人《昔日居住在蘇格蘭北部的族群》; (the Picts)匹克特族.

pic·to·graph [`pɪktəˌgræf; 'pɪktəʊgrɑːf] n. ⓤ(史前時代的)繪畫文字, 象形文字; 象形圖表; 以圖表示的記號.

* **pic·to·ri·al** [pɪk`torɪəl, -`tɔr-; pɪk'tɔːrɪəl] adj.
1 圖畫(般)的; 以圖畫表示的. a *pictorial* story 圖畫故事. **2** 插圖[附插圖]的. **3** 〔描寫, 敘述〕生動的, 逼真的.
— n. ©畫刊; 以照片爲主的期刊.

pic·to·ri·al·ly [pɪk`torɪəlɪ, -`tɔr-; pɪk'tɔːrɪəlɪ] adv. 以圖畫表示; 如照片般.

‡ **pic·ture** [`pɪktʃɚ; 'pɪktʃə(r)] n. (pl. ~s [~z; ~z]) **1** ©畫, 繪畫; 畫像. sit for one's *picture* (請人爲自己)畫肖像/as pretty as a *picture* 美麗如畫.
2 ©照片. May I take your *picture*? 我能爲你拍張照片嗎?/I had [got] my *picture* taken. 我已經請人拍照了.
3 ©(通常用單數)(電視, 電影的)影像, 畫面; 內心的形象. The TV *picture* was blurred. 電視的影像模糊不清/a mental *picture* 浮現於心中的影像.

4 ©(藉由語言的)寫實性描寫; 生動(如畫)的記述. This book gives realistic *pictures* of the earliest settlers' life. 這本書生動寫實地描寫了早期拓荒者的生活.

5 〔ⓤ美如畫境的物[人, 景象], 美景. My garden is a *picture* when it's in bloom. 花開時節, 我家的花園美得像一幅畫.

6 ⓤ(通常加the)酷似, 一模一樣的人[東西]; (性質等的)具體顯現, 化身. He is the *picture* of his father. 他和他父親簡直是一個模子印出來的.

7 ©《美》(一部)電影(motion picture); (主 英、口)(the pictures)電影(的上演). Let's go to the *pictures* tonight. 今晚我們一起去看電影吧!

8 (加the)情況, 主要的狀況, (situation). You should realize the present financial *picture* of this country. 你應該瞭解這個國家目前的財務狀況.
get the picture 《口》瞭解(事情的原委). Okay, okay, I *get the picture*. 好了, 好了, 我已經瞭解了.

in the picture **(1)** 通曉事由, 被明白告知. John put me *in the picture* about what happened while I was away. 約翰將我不在時所發生的事情詳細地告訴我. **(2)** 與某事有關聯. I bet there's a girlfriend *in the picture* somewhere. 我敢肯定這件事一定和女朋友有關.

out of the picture 置身事外的; 不相關的. While he received many honors for the discovery, his assistant was left completely *out of the picture*. 他因爲那項發現獲得了許多讚譽, 然而他的助手卻完全被忽略不提.

— vt. **1** 畫(出); 描寫. The writer *pictured* the suffering of the poor. 這位作家描繪了貧者的困苦.

2 (a)在心裡描繪出, 想像. 〔句型3〕(picture *wh* 子句)想像. Just *picture* to yourself *what* sort of a man the boy will be. 想像看看這個男孩長大後會成爲甚麼樣的人.
(b) 〔句型3〕(picture **A** *as...*)想像 A …; 〔句型5〕(picture **A** do*ing*)在心裡想像 A 所做的…事. Just *picture* yourself *as* an actress. 想像你自己是個女演員/Can you *picture* Father *playing* baseball? 你能想像父親打棒球的樣子嗎?

pícture bòok n. ©圖畫書.

pícture càrd n. ©(紙牌中的)花牌.

pícture póstcard n. ©風景明信片.

* **pic·tur·esque** [ˌpɪktʃə`rɛsk; ˌpɪktʃə'resk] adj.
1 如畫境般優美的. He lives in a *picturesque* village in the mountains. 他住在景色優美的山村裡.
2 〔描寫, 表現〕逼真的, 生動活潑的. in *picturesque* language 以生動活潑的語彙.
3 〔人物, 個性等〕引人注目的, 獨具一格的.

pic·tur·esque·ly [ˌpɪktʃə`rɛsklɪ; ˌpɪktʃə'reskli] adv. 美麗如畫地; 生動地.

pícture tùbe n. ©《美》(電視的)映像管.

pícture wíndow n. ©單片的觀景玻璃窗《用來眺望風景》.

pid·dle [`pɪdl; 'pɪdl] 《口》vi. 小便.
— n. ⓤ小便.

pid·dling [ˋpɪdlɪŋ, ˋpɪdl̩ɪŋ; ˈpɪdlɪŋ] *adj.* 《限定》無聊的, 毫無價值的.

pidg·in [ˋpɪdʒɪn; ˈpɪdʒɪn] *n.* [U] 混合語(混合了兩種(以上)語言特徵的語言; → Creole).

pidgin English *n.* [U] 洋涇濱英語(混雜了中文等而文法和發音都不純正的英語; 為商人所使用).

***pie** [paɪ; paɪ] *n.* (*pl.* ~s [~z; ~z]) [U][C] 派(把肉、水果等包在餡餅皮中烘烤之物; → cake 同).
bake an apple *pie* 烤蘋果派/a meat *pie* 鮮肉派/a pumpkin *pie* 《美》南瓜派/《參考》《英》將肉、水果等擺在餡餅皮上面而烘烤的點心稱為 tart.
(*as*) *èasy as píe* → easy 的片語.
èat hùmble píe → humble.
hàve a fínger in èvery píe → finger 的片語.
píe in the ský 《口》渺茫的幸福, 虛幻的承諾.

pie·bald [ˋpaɪ‚bɔld; ˈpaɪbɔːld] *adj.* (特指白與黑的)斑紋的, 斑點的.
— *n.* [C] 黑白毛色的馬.

***piece** [pis; piːs] *n.* (*pl.* **piec·es** [~ɪz; ~ɪz]) [C]
1 斷片, 碎片, 小片. sweep up the *pieces* of glass 把玻璃碎片掃乾淨/to *pieces*(→片語).
2 (機器等的)零件; (一套中的)一件, 一個. a *piece* of a machine 機器的一個零件/a dinner set of 52 *pieces* 一套五十二件的餐具組.
3 一個; 一片; 一張; 一根; 一枝. 《語法》在不可數名詞之前加 a piece of, some pieces of 等即表示將該名詞視為可數). a *piece* of paper 一張紙(→ sheet)/two *pieces* of white chalk 兩枝白粉筆/a *piece* of land 一塊土地/a *piece* of good news 一則好消息/a *piece* of information 一個消息/a beautiful *piece* of furniture 一件漂亮的家具.
4 (通常用單數)(動作, 性質等具體的)一例. a *piece* of advice 一個忠告/a *piece* of impudence 無禮的言行舉止.
5 (音樂, 美術, 文藝等的)作品; 一曲; 一篇; (報紙、雜誌的)短篇報導. He wrote a *piece* for the piano. 他寫了一首鋼琴曲/a dramatic *piece* 一齣戲.
6 (纖維製商品等的)一匹, 一卷. a *piece* of wallpaper 一卷壁紙(12 碼)/sell cloth by the *piece* 以匹或卷為單位出售布料.
7 貨幣(coin). a five-cent *piece* 五分的硬幣/five *pieces* of gold 五枚金幣.
8 (西洋棋等的)棋子. a chess *piece* 棋子.
àll of a píece 有始有終.
by the píece 工作的產量.
gíve a pérson a píece of one's mínd → mind 的片語.
gò (àll) to píeces 破碎的; 《口》(肉體上, 精神上)完全崩潰的.
in òne píece 《口》沒有破裂的, 未受損的; 平安無事的. I am glad to get through the exams *in one piece*. 我真高興能順利通過考試.
*in píeces 破碎的, 毀損的; 零碎的. Our family solidarity was now *in pieces*. 我們家族的團結已經粉碎殆盡了.

of a píece with... 與…同種類的; 一致[調和]的.
píece by píece 一個一個地, 一點一點地.
*to [*ínto*] *píeces* 破碎地, cut...*to pieces* 將…弄碎; 使(敵人等)粉碎/I took the clock *to pieces*. 我拆開時鐘/tear [pull, break]...*to* [*into*] *pieces* 將…撕碎; 打碎…; (從精神上)折磨….

● 物質名詞的主要計數方法
(1)用 piece, article, item, drop 等:
a *piece* of paper [string, furniture]	一張紙[一條繩子, 一件家具]
two *articles* of furniture	兩件家具
an *item* of news	一則新聞
many *drops* of water [oil, blood]	好幾滴水[油, 血]
(2)依據形狀的計數方法:
a *bar* of chocolate	一條巧克力
a *block* of ice	一塊冰塊
two *loaves* of bread	兩條麵包
three *lumps* of sugar	三塊方糖
a *roll* of cloth	一卷布
two *sheets* of paper	兩張紙
a *slice* of bread [meat]	一片麵包[肉]
a *strip* of cloth [land]	一長條布[土地]
(3)依據容器的計數方法:
a *bag* of flour	一袋麵粉
four *bottles* of wine	四瓶(葡萄)酒
a *basket* of fruit	一籃水果
a *bucket* of water	一桶水
a *cup* of coffee	一杯咖啡
three *glasses* of milk	三杯牛奶
three *spoonfuls* of sugar	三匙砂糖
(4)依據度量單位的計數方法:
| one *gallon* of oil | 一加侖油 |
| two *kilos* of butter | 兩公斤奶油 |
★有關表示「一…之分量」之意而以 -ful 結尾的名詞 → spoonful 表.

— *vt.* **1** 縫合, 接合; (補足一部分而)拼湊; 使完整; 《together; out》. *piece* fragments of cloth *together* 將碎布片縫合起來.
2 縫上…以修補布料; 修理.

pi·èce de ré·sis·tance [pjɛsdərezisˋtɑns; ‚pjɛsdəˈriːzistɑːns] (法語) *n.* (*pl.* **pi·èces —** [pjɛs-; ‚pjɛs-]) [C] (一系列或一組中)最耀眼的部分, 主要作品; (餐點的)主菜.

piece·meal [ˋpis‚mil; ˈpiːsmiːl] *adv.* 每次一點一點地, 零碎片段地.
— *adj.* 零碎片段的, 一點一點的.

piece·work [ˋpis‚wɝk; ˈpiːswɜːk] *n.* [U] 承包的工作, 按件計酬的工作, 《非日薪或時薪; → timework》.

píe chàrt *n.* [C] 圓餅圖, 圓形比例表.

pie·crust [ˋpaɪˏkrʌst; ˈpaɪkrʌst] *n.* [U][C] 派皮.
Promises are like *piecrust*, made to be broken.
《諺》承諾如派皮, 脆弱且易破.

pied [paɪd; paɪd] *adj.* 斑駁的, 雜色的.

pied-à-terre [pjedɑˋtɛɚ; ˏpjeɪdɑːˈteɪə(r)](法
語) *n.* (*pl.* **pieds-** [pjed-; ˏpjeɪd-]) [C] 臨時或偶爾居
住的地方(商業用途等).

Pied Piper of Ham·e·lin
[ˋpaɪdˋpaɪpərəvˋhæməlɪn;
ˏpaɪdˈpaɪpərəvˈhæməlɪn]
n. (加 the) 花衣魔笛手
《德國某傳說中的主角, 據
說他因為吹笛子誘出並撲
滅了哈梅林城的鼠群後,
卻得不到報酬, 於是用笛
聲將城內的小孩誘出城外
一同隱入山中).

[Pied Piper of Hamelin]

pier [pɪr; pɪə(r)] *n.* (*pl.*
~s [~z; ~z]) [C] 1 棧橋,
碼頭. 參考 由岸邊向湖,
海方向搭建而成; 除供乘
船, 上岸之外, 也供遊覽
者使用; → port 圖.
The car fell from the
pier into the water. 那輛車從碼頭掉到水裡.
2 (支撐拱頂, 拱廊, 拱門等的)支柱; 橋墩.

pierce [pɪrs; pɪəs] *v.* (**pierc·es** [~ɪz; ~ɪz]; **~d**
[~t; ~t]; **pierc·ing**) *vt.* 1 (用尖狀物)
刺穿, 戳入; 貫通, 貫穿. A nail *pierced* the tire.
一根釘子刺破了輪胎/A tunnel *pierces* the moun-
tain. 一條隧道貫穿山脈.
2 在…挖洞; 鑽(孔). *pierce* a hole in the wall
在牆上挖個洞/have one's ears *pierced* to wear
earrings 為戴耳環而穿耳洞/*pierced* earrings 穿耳
洞戴的耳環.
3 (聲音等)穿破, 震破; (痛楚等)刺痛(身體). A
sharp cry *pierced* the darkness. 一聲尖叫聲劃破
了黑夜/be *pierced* by the cold 寒氣刺骨.
4 刺痛(心); 使…深受感動. Her tale *pierced*
my heart. 她的話打動了我的心/His heart was
pierced with grief. 他傷透了心.
5 看穿, 洞察.
— *vi.* 刺穿(*into*), 貫穿(*through*).
pierce one's *way through*... 穿過….

pierc·ing [ˋpɪrsɪŋ; ˈpɪəsɪŋ] *v.* pierce 的現在分
詞, 動名詞.
— *adj.* 1 (聲音)震耳欲聾的; (寒冷, 風等)刺骨
般的; 錐心的. a *piercing* scream 震耳欲聾的尖叫
聲/*piercing* cold 刺骨般的寒氣.
2 有洞察力的, 敏銳的.

pierc·ing·ly [ˋpɪrsɪŋlɪ; ˈpɪəsɪŋlɪ] *adv.* 震耳欲聾
地; 刺骨般地.

Pi·er·rot [ˋpiɚˏro; ˈpɪərəʊ] (法語) *n.* [C] 1 丑
角(昔日法國默劇中身穿寬鬆肥大褲子, 臉抹白粉的
滑稽演員).

2 (**pierrot**)(扮成丑角般的)滑稽演員.

pi·e·tà [ˏpɪeˋtɑ; ˏpɪeˈtɑː](義大利語) *n.* [C] 聖母瑪
利亞哀痛地抱住基督遺體的畫像[雕像].

pi·e·ty [ˋpaɪətɪ; ˈpaɪətɪ] *n.* (*pl.* **-ties** [~z; ~z])
1 [U]虔敬, 虔誠. be full of *piety* 極度的虔誠.
2 [C]虔誠的行為. ⇨ *adj.* **pious**.

pif·fle [ˋpɪfl; ˈpɪfl] *n.* [U](口)蠢話, 廢話, 無聊
的話.   義的.

pif·fling [ˋpɪflɪŋ; ˈpɪflɪŋ] *adj.* (口)無聊的, 無意

pig [pɪg; pɪg] *n.* (*pl.* **~s** [~z; ~z]) 1 [C]豬, 食
用豬. The *pig* squealed. 這隻豬發出悲鳴聲.
參考(1)→ hog 參考. (2)boar 為(未閹的)公豬,
sow 為成熟的母豬, swine 在(英)中為(古)或學術
用語; 「豬的擬聲詞」為 grunt, oink.
2 [C](美)小豬.
3 [U]食用豬肉(pork). roast *pig* 烤豬肉.
4 [U][C]金屬塊; 生鐵; 鑄型.
5 [C]髒鬼, 骯髒的傢伙; 貪婪的傢伙.
bùy a píg in a póke (口)(未看清楚東西而)瞎
買, 亂買. 《poke 為表示袋子之意的古語, 該片語
源自於曾經有人把貓裝在袋子裡冒充小豬出售》.
màke a píg of onesèlf (口)狼吞虎嚥, 猛吃
猛喝.
Pìgs might flý. (諷)照這麼說, 豬也會飛了《你說
的話就像豬會飛一樣是不可能會發生的事》.

pi·geon [ˋpɪdʒən, ˋpɪdʒɪn; ˈpɪdʒɪn] *n.* (*pl.* ~s
[~z; ~z]) [C] 1 (鳥)鴿子(全世界鴿
科鳥類的總稱) → dove[1]. a homing [carrier]
pigeon →見 homing [carrier] pigeon.
2 =clay pigeon.
sèt [*pùt*] *the cát among the pígeons* (口)(因
洩露, 揭露祕密而)引起騷亂.

pi·geon·breast·ed [ˋpɪdʒənˋbrɛstɪd,
ˋpɪdʒɪn-; ˏpɪdʒɪnˈbrestɪd] *adj.* 雞胸的.

pi·geon·hole
[ˋpɪdʒənˏhol, ˋpɪdʒɪn-;
ˈpɪdʒɪnhəʊl] *n.* [C] 1
(鴿籠中的)分隔式鳥
巢. 2 (書櫃, 桌子等
的)分類架.
— *vt.* 1 把(文件等)
分類整理歸檔. 2 將
…擱置[束諸高閣].

[pigeonholes 2]

pi·geon·toed
[ˋpɪdʒənˏtod, ˋpɪdʒɪn-;
ˈpɪdʒɪntəʊd] *adj.* (人)腳趾朝內側彎的, 內八字的.

pig·ger·y [ˋpɪgərɪ; ˈpɪgərɪ] *n.* (*pl.* **-ger·ies**) [C]
養豬場; 豬舍.

pig·gish [ˋpɪgɪʃ; ˈpɪgɪʃ] *adj.* 《輕蔑》像豬一般的;
(像豬一樣)貪吃的; 骯髒的.

pig·gy [ˋpɪgɪ; ˈpɪgɪ] *n.* (*pl.* **-gies**) [C](幼兒語)小豬.
— *adj.* (口)(小孩子)貪得無厭的(特指對於食
物).

pig·gy·back [ˋpɪgɪˏbæk; ˈpɪgɪbæk] *adv.* =
pickaback.

pìggy bànk *n.* [C]做成小豬模樣的撲滿.

pig·head·ed [ˋpɪgˋhɛdɪd, ˏpɪgˈhedɪd] *adj.* (用
於負面含義)頑固的, 固執的, (stubborn).

pig·head·ed·ly [ˋpɪgˋhɛdɪdlɪ; ˏpɪgˈhedɪdlɪ]

adv. 頑固地，固執地．

pig·head·ed·ness
[`pɪg`hɛdɪdnɪs;
͵pɪg`hedɪdnɪs] *n.* Ⓤ 頑
固，固執．

pig íron *n.* Ⓤ 生鐵．

pig·let [`pɪglɪt; `pɪglɪt]
n. Ⓒ 小豬．

[piggy bank]

pig·ment [`pɪgmənt;
`pɪgmənt] *n.* 1 Ⓤ Ⓒ (主要指粉末狀的)顏料．
2 Ⓒ (生物)色素．

pig·men·ta·tion [͵pɪgmən`teʃən;
͵pɪgmen`teɪʃn] *n.* Ⓤ (生物)(動植物組織的)染色; 色
素沈澱．

Pig·my [`pɪgmɪ; `pɪgmɪ] *n.* (*pl.* **-mies**), *adj.* =
Pygmy.

pig·pen [`pɪg͵pɛn; `pɪgpen] *n.* Ⓒ (美)豬圈; 養
豬場．

pig·skin [`pɪg͵skɪn; `pɪgskɪn] *n.* 1 Ⓤ (經鞣製
加工後的)豬皮．2 Ⓒ (美、口)足球．

pig·sty [`pɪg͵staɪ; `pɪgstaɪ] *n.* (*pl.* **-sties**) Ⓒ
1 豬圈; 養豬場．2 骯髒的房間[家]．

pig·tail [`pɪg͵tel; `pɪgteɪl] *n.* Ⓒ 髮辮(主要指少
女編垂於腦後之頭髮; → ponytail)．

pike¹ [paɪk; paɪk] *n.* Ⓒ 長矛，長槍，《從前爲步
兵所使用)．

pike² [paɪk; paɪk] *n.* (*pl.* **~s, ~**) Ⓒ 梭魚(一種體
長可以超過一公尺的大型淡水魚總稱，可食用)．

[pike²]

pike³ [paɪk; paɪk] *n.* =turnpike.

pike·staff [`paɪk͵stæf; `paɪksta:f] *n.* (*pl.*
-staves [-͵stævz, -͵stevz; -sta:vz]) Ⓒ 長矛(pike)
的柄．

(*as*) **pláin as a píkestaff** → plain 的片語．

pi·laf, pi·laff [pə`laf, -`læf; `pɪlæf] *n.* (*pl.*
~s) Ⓤ Ⓒ 雜燴飯(在米中加入魚、肉及調味料所煮成
的飯)．

pi·las·ter [pə`læstə; pɪ`læstə(r)] *n.* Ⓒ 《建築》
壁柱，半露柱，(自牆壁突
出的柱形裝飾)．

pil·chard [`pɪltʃəd;
`pɪltʃəd] *n.* Ⓒ 沙丁魚(產
於西歐沿岸，屬鯡科魚，
多用於製成罐頭)．

***pile¹** [paɪl; paɪl] *n.* (*pl.*
~s [~z; ~z]) Ⓒ 1
(堆聚物品而成)堆，堆積．
a *pile* of old papers 一大
堆舊報紙．2 高層建築物
(群)．3 (口)好多．I
have *piles* of things to
do. 我有好多事要做．4 (通常用單數)(口)大筆錢

[pilaster]

財，一筆財產．5 =atomic pile．6 (火葬用的)
柴堆．

máke one's [*a*] *píle* (口)發財．

— *v.* (**~s** [~z; ~z]; **~d** [~d; ~d]; **pil·ing**) *vt.* 堆
積，累積，堆疊起來，(*up*); 將…像山一般地堆積
在(某處)(*with*)．He *piled* books high on the
desk.＝He *piled* the desk high *with* books. 他在
書桌上堆出高高的一疊書．

— *vi.* 1 堆積，積聚; 累積．The snow has
piled thick on the ground. 雪厚厚的積在地上．
2 《口》蜂湧而入(*into*); 蜂湧而出(*out of*)．

píle ìt ón (口)誇大．

píle òn the ágony (口)刻意渲染悲痛．

píle úp (1)堆積; (雪等)積聚．(2)(口)(車)相(追)撞．

pile² [paɪl; paɪl] *n.* Ⓒ (通常 piles) (打入建築地基
內之)木頭、金屬、混凝土的)基樁．

pile³ [paɪl; paɪl] *n.* Ⓤ 1 絨毛，軟毛．2 絨毛織
物(將天鵝絨、毛巾、地毯等表面精巧地織成輪狀，
然後修剪平整而成)．

píle drìver *n.* Ⓒ 打樁機．

piles [paɪlz; paɪlz] *n.* 《單複數同形》痔瘡(hemor-
rhoids 的俗稱)．

pile-up [`paɪl͵ʌp; ͵paɪl`ʌp] *n.* Ⓒ 《口》(汽車的)
連環車禍．

pil·fer [`pɪlfə; `pɪlfə(r)] *vt.* 偷竊，盜取(無價值之
物)．

— *vi.* 偷竊．

***pil·grim** [`pɪlgrɪm, -əm; `pɪlgrɪm] *n.* (*pl.* **~s**
[~z; ~z]) Ⓒ 1 朝聖者，去聖地朝拜者．The *pil-
grims* wended their way to Canterbury. 朝聖者
前往坎特伯里．
2 (Pilgrim) Pilgrim Fathers 之一．

pil·grim·age [`pɪlgrəmɪdʒ; `pɪlgrɪmɪdʒ] *n.*
1 Ⓤ Ⓒ 朝聖之旅，朝拜聖地．go on a(n) *pilgrimage*
參加朝聖之旅．
2 Ⓒ (具有特定目的的)長途旅行．

Pílgrim Fàthers *n.* (加 the)《作複數》《歷
史)清教徒移民(1620年乘坐 Mayflower 號由英國
橫渡(大西洋)到達美洲，在 New England 建立
Plymouth 殖民地的 102 位清教徒)．

pil·ing [`paɪlɪŋ; `paɪlɪŋ] *v.* pile¹ 的現在分詞、動
名詞．

***pill** [pɪl; pɪl] *n.* (*pl.* **~s** [~z; ~z]) Ⓒ 1 藥丸，藥
片，(→medicine 匧)．sugarcoated *pills* 糖衣
錠/take a *pill* 服用藥片．
2 (通常用單數)(口)討厭的傢伙．
3 (the pill [Pill])口服避孕藥．on the *pill* (口)
服用避孕藥．

a bítter píll (*to swállow*) 不得不接受的苦事．
Dismissal from his job was *a bitter pill* for him
to swallow. 對他而言，被解雇是一件極為痛苦但又
不得不接受的事．

súgar [*gíld, swéeten*] *the píll* 美化討厭的事
物．

pil·lage [`pɪlɪdʒ; `pɪlɪdʒ] 《雅》*n.* Ⓤ 掠奪，搶奪．

— vt. 掠奪.

pil·la·ger [ˋpɪlɪdʒɚ; ˋpɪlɪdʒə(r)] n. © 掠奪者.

*__**pil·lar**__ [ˋpɪlɚ; ˋpɪlə(r)] n. **~s** [~z; ~z] ©
1 柱, 支柱; 紀念柱. The roof is supported by four *pillars*. 屋頂爲四根柱子所支撐著.
2 (火、煙等的)柱, 柱狀物. They spotted a *pillar* of smoke in the distance. 他們發現了在遠處有一道煙柱/raise a *pillar* of dust 揚起濛濛塵土.
3 中心人物(的存在); 柱石; 重鎭. a *pillar* of the state 國家的棟梁.
__from pillar to post__ 從這裡到那裡〔被追趕趕等〕.

pil·lar-box [ˋpɪlɚ͵bɑks; ˋpɪləbɒks] n. ©(英)(圓柱形的紅色)郵筒(在美國通常沒有這種形狀的郵筒; → mailbox).

pill·box [ˋpɪl͵bɑks; ˋpɪlbɒks] n. © **1** 藥丸盒(圓筒形的小盒子). **2** (平頂)圓形無邊的婦女帽.

pil·lion [ˋpɪljən; ˋpɪljən] n. © 後鞍, 後座, (設置於馬、摩托車後部的座席).

pil·lo·ry [ˋpɪlɚɪ; ˋpɪlərɪ] n. (*pl.* **-ries**) © (套住頸和手腕的)枷鎖(古代刑具).
— vt. (**-ries**; **-ried**; **~ing**) (使罪犯)戴上枷鎖; (文章)使(某人)受眾人恥笑.

[pillory]

*__**pil·low**__ [ˋpɪlo, -ə; ˋpɪləʊ] n. (*pl.* **~s** [~z; ~z]) ©
枕頭; 枕狀物. She lay with her face in the *pillow*. 她俯臥著把臉埋在枕頭裡.
— vt. **1** 把(頭)擱在枕上; 枕於…. She *pillowed* her head on her boyfriend's shoulder. 她把頭靠在男友的肩膀上. **2** 作爲…的枕頭.

pil·low-case [ˋpɪlo͵kes, ˋpɪlə-; ˋpɪləʊkeɪs] n. © 枕頭套.

pillow slip n. =pillowcase.

*__**pi·lot**__ [ˋpaɪlət; ˋpaɪlət] n. (*pl.* **~s** [~s; ~s]) ©
1 (飛機、太空船的)駕駛員, 飛行員, (→ navigator). a jet *pilot* 噴射機飛行員.
2 領港員, 領航員. The *pilot* guided the ship into the harbor. 領港員引領船隻入港.
3 嚮導, 領導人.
4 =pilot light.
— adj. (限定)實驗性的, 試行性的, 預備的. a *pilot* project 試行計畫(在進入眞正的大計畫之前所嘗試的小規模試驗).
— vt. **1** 爲(飛機、船)領航或領港, 駕駛(飛機). He *pilots* his own plane. 他駕駛著私人飛機.
2 從事引導性的工作; 指導. Rose *piloted* me through the crowd to the exit. 蘿絲引領我穿越人群來到出口.

pilot burner n. =pilot light 1.

pilot lamp n. =pilot light 2.

pilot light n. © **1** (瓦斯器具等用於引燃大火的)點火焰. **2** 指示燈, 信號燈, (pilot lamp) (機械設備中表示電源接通的小燈).

pilot officer n. ©(英)空軍少尉.

pi·men·to [pɪˋmɛnto; pɪˋmentəʊ] n. (*pl.* **~s**)
1 ©(植物)甜椒樹; ⓤ從甜椒樹的果實所摘取製成的香辣調味料 (allspice). **2** =pimiento.

pi·mien·to [pɪmˋjɛnto; pɪmˋjentəʊ] n. (*pl.* **~s**) © 西班牙甘椒, 甜椒.

pimp [pɪmp; pɪmp] n. © 皮條客, 爲妓女招客的人. — vi. 拉皮條.

pim·per·nel [ˋpɪmpɚ͵nɛl; ˋpɪmpənəl] n. © 琉璃繁縷, (特指)海綠(紅)花, (櫻草科草本植物).

pim·ple [ˋpɪmpl; ˋpɪmpl] n. © 丘疹, 粉刺, 面皰.

pim·pled, pim·ply [ˋpɪmpld; ˋpɪmpld] [ˋpɪmplɪ, -plɪ; ˋpɪmplɪ] adj. (人、臉部)長滿粉刺(面皰)的.

*__**pin**__ [pɪn; pɪn] n. (*pl.* **~s** [~z; ~z]) © **1** 別針, 大頭針; 飾針, 胸針(帶有別針的飾針、徽章、領帶夾等的裝飾品). You could hear a *pin* drop. 靜得連一根針掉在地上都能聽得見/a hat *pin* 帽用飾針/a tie*pin* 領帶夾.
2 (保齡球)球瓶.
3 (高爾夫球)(標示洞口的)旗竿.
4 小而無價值的; 微量的; (用於否定句). The ring is not worth a *pin*. 那戒指毫無價值/I don't care a *pin* about what he says. 我一點兒也不在意他所說的事.
5 (pins) (口)腿 (legs).
(*as*) *bright* (*clean, neat*) *as a new pin* 乾乾淨淨, 十分整潔.
for two pins (口)輕而易舉, 馬上就能完成的事, (〈只要有兩根針的話(就行)〉).
pins and needles (口)如坐針氈, 坐立不安.
— vt. (**~s** [~z; ~z]; **~ned** [~d; ~d]; **~ning**) **1** 用針別上, 用針刺穿, (*up*; *together*). *pin up* a notice (在布告板上)釘一張通告/She *pinned up* the hem of the dress. 她釘住洋裝的下襬/*pin* the papers *together* 將文件釘在一起.
2 固定(在某個地方), 釘牢(死).
3 (口)(句型3) (*pin* A *on* B) 把 A(罪過等)歸咎於 B(人). The police tried to *pin* the crime *on* the stranger. 警察試圖將罪行歸咎於那個外地人.
pin/.../*down* (1)把…固定住. *Pin down* the bed covers. 把床套壓下固定住.
(2)將(人)牽制住; 使(人)受到束縛(*to* (約束等)).
(3) 明確解釋(事實等). There's something wrong with this sentence, but I can't quite *pin* the problem *down*. 這個句子肯定有錯, 但我無法明確地找出問題的所在.

pin·a·fore [ˋpɪnə͵for, -͵fɔr; ˋpɪnəfɔ:(r)] n. ©
1 圍裙, 圍兜, (主要指小孩用的).
2 圍裙(類似普通圍裙, 無袖子的家居服).

[pinafore 1]

pin·ball [ˋpɪn͵bɔl; ˋpɪnbɔ:l] n. ⓤ 彈球(珠)遊戲.

pinball machine n. © 彈球(珠)機.

pince-nez [ˋpæns͵ne, ˈpɪns-; ͵pæːnsˈneɪ] n. (pl. ~ [~z; ~z]) C 夾鼻眼鏡.

pin·cer [ˋpɪnsɚ; ˈpɪnsə(r)] n. C (通常 pincers) 1 鐵鉗, 鉗子; 拔釘鉗, 拔毛鑷子, (→ tool 圖), a pair of pincers 一把鉗子. 2 (蟹、蝦的)螯.

pincer movement n. C 《軍事》夾擊戰.

[pince-nez]

＊**pinch** [pɪntʃ; pɪntʃ] v. (~es [~ɪz; ~ɪz], ~ed [~t; ~t], ~ing) vt. 〖捏〗 1 (用拇指和食指等)捏, 擰, 夾. Mummy, Johnnie pinched my arm! 媽, 強尼捏我的手臂!/I pinched my finger in the door. 我的手指被門夾住了.
2 捏取, 摘取, 《off; out》. pinch out young shoots 摘取嫩芽.
〖夾緊〗 3 〔鞋等〕夾緊. These shoes pinch my toes. 這雙鞋對我而言太緊了.
4 使…痛苦, 使…爲難; 使…憔悴, 使…衰弱(通常用過去分詞). Jane was pinched with cold. 珍冷得縮成一團.
〖捏>取〗 5 《口》偷.
6 《口》逮捕(arrest).
— vi. 1 〔鞋子等〕緊, 緊而疼痛. New shoes often pinch. 新鞋總是比較緊.
2 吝嗇.
(know) where the shoe pinches 《口》(知道)甚麼地方有煩惱[困難].
pinch and save [scrape] 吝嗇, (過份)節儉儲蓄.
— n. (pl. ~es [~ɪz; ~ɪz]) C 1 捏, 擰, 夾. I gave my dad a pinch to wake him up. 我捏了爸爸一下, 叫他起床.
2 一撮, 微量, 少量. a pinch of sugar 一撮糖.
3 (加 the)痛苦, 貧乏; 危機, 危急. the pinch of hunger 飢餓的痛苦/When it comes to the pinch, you can come to me. 萬一情況危急, 你可以來找我.
feel the pinch 《口》(沒有錢等而)感到手頭緊.
in a pinch 《美》= at a pinch 《英》在危急時.
take...with a pinch of salt → grain 的片語.

pinched [pɪntʃt; pɪntʃt] adj. 1 (敘述)缺乏的, 窮困的, 《for》. 2 〔臉等〕消瘦的, 憔悴的.

pinch-hit [ˋpɪntʃ͵hɪt; ˈpɪn(t)ʃˌhɪt] vi. (~s; ~; ~ting) 1 《棒球》代打. 2 《口》代替《for》.

pinch hitter n. C《棒球》代打, 代打者.

pin·cush·ion [ˋpɪn͵kuʃən, -ɪn; ˈpɪnˌkuʃɪn] n. C 針墊.

＊**pine**[1] [paɪn; paɪn] n. (pl. ~s [~z; ~z]) 1 C 松樹《松屬針葉樹的總稱》. a pine tree 松樹.
2 U 松木.

pine[2] [paɪn; paɪn] vi. 1 思念《for, after》; 渴望《to do》. pine for the old days 眷戀往日時光/He is pining to see his love. 他渴望與情人相見.
2 消瘦, 憔悴, 《away》.

＊**pine·ap·ple** [ˋpaɪn͵æpl; ˈpaɪnˌæpl] n. (pl. ~s [~z; ~z]) C 鳳梨. U 鳳梨的果肉. pineapple

juice 鳳梨汁.

pine-cone [ˋpaɪn͵kon; ˈpaɪnkəʊn] n. C 松果.

pine needles n. (作複數)松葉.

ping [pɪŋ; pɪŋ] n. C 咻[砰](的聲音)《子彈等飛出[撞擊金屬面]的聲音》.
— vi. 1 咻[砰]地飛出[撞擊]. 2 《美》(汽車的引擎等)發爆聲.

ping-pong [ˋpɪŋ͵pɑŋ, -͵pɔŋ; ˈpɪŋpɒŋ] n. U 《口》乒乓球, 桌球, (table tennis).

pin·head [ˋpɪn͵hɛd; ˈpɪnhed] n. C 1 針頭.
2 極小之物. 3 《口》笨蛋.

pin·hole [ˋpɪn͵hol; ˈpɪnhəʊl] n. C 針眼, 小孔.

pin·ion[1] [ˋpɪnjən; ˈpɪnjən] n. C 1 鳥翼的尖端部分. 2 飛行用的硬桿羽毛. 3 《詩》羽翼.
— vt. 1 剪掉〔鳥〕的翼梢使其無法飛行.
2 《文章》將〔人〕捆住; 捆住〔人的雙臂〕.

pin·ion[2] [ˋpɪnjən; ˈpɪnjən] n. C (與大齒輪咬合而轉動的)小齒輪.

＊**pink**[1] [pɪŋk; pɪŋk] n. (pl. ~s [~s; ~s]) 1 U 粉紅色, 桃紅色. She was dressed in pink. 她穿著粉紅色的衣服.
2 U (加 the)最高的狀態; 極致. My grandfather is still in the pink (of health). 《諺》我祖父身子還很硬朗.
3 C 瞿麥屬草本植物的總稱《瞿麥, 石竹, 康乃馨》.
4 C《口》(政治思想)左傾的人(非 red 的程度).
— adj. 1 粉紅的, 桃紅色的. 2 《口》左傾的.

pink[2] [pɪŋk; pɪŋk] vt. 1 刺, 戳. 2 在〔皮, 布上〕打針孔.

pink·eye [ˋpɪŋkaɪ; ˈpɪŋkaɪ] n. U (人、家畜的)流行性結膜炎.

pink·ie [ˋpɪŋkɪ; ˈpɪŋkɪ] n. C《美、口》小指.

pinking shears [scissors] n. (作複數)鋸齒狀剪刀《剪口呈鋸齒狀的西服裁剪刀; 防止剪口的纖線鬆開》.

pink·ish [ˋpɪŋkɪʃ; ˈpɪŋkɪʃ] adj. 粉紅[桃紅色]的.

pink·y [ˋpɪŋkɪ; ˈpɪŋkɪ] n. (pl. pink·ies) = pinkie.

pin money n. U《口》零用錢.

pin·nace [ˋpɪnɪs, -əs; ˈpɪnɪs] n. C (裝載於船艦的)小艇.

pin·na·cle [ˋpɪnəkl̩, -ɪk; ˈpɪnəkl] n. C 1 (岩、山的)頂點, 頂端.
2 (通常用單數)頂峰, 頂點.
3 《建築》(城堡、教堂等屋頂的)小尖塔.

pin·ny [ˋpɪnɪ; ˈpɪnɪ] n. (pl. -nies)《幼兒語》= pinafore 1.

pin·point [ˋpɪn͵pɔɪnt; ˈpɪnpɔɪnt] n. C 針尖; 極微小之物.
— adj. 《限定》 1 如針尖般的(小)的〔轟炸目標等〕.
2 精密的, 準確的.

[pinnacles 3]

— *vt.* 準確地表示[確定][位置等].

pin‧prick [ˈpɪnˌprɪk; ˈpɪnprɪk] *n.* © **1** (像用針鑿成的)小孔. **2** 小刺激, 小煩惱.

pin‧stripe [ˈpɪnˌstraɪp; ˈpɪnstraɪp] *n.* ©
1 細條紋《細直條紋). **2** 細條紋的西裝.

* **pint** [paɪnt; paɪnt] *n.* (*pl.* ~s [~s; ~s]) © **1** 品脫(液量單位; (美) 0.47公升, (英) 0.57公升). **2** 品脫(乾量單位; (美) 0.55公升, (英) 0.57公升). **3** 一品脫的量(啤酒等).

pint‧a [ˈpaɪntə; ˈpaɪntə] *n.* © 《英、口》一品脫的飲料(特指牛奶; <a pint of>.

pin‧to [ˈpɪnto; ˈpɪntəu] (美) *adj.* 斑駁的, 斑點的. — *n.* (*pl.* ~s) © 斑馬.

pin‧up [ˈpɪnˌʌp; ˈpɪnʌp] *n.* © **1** (釘在牆壁上以欣賞, 特指半裸體的)美女照片.
2 (此類照片的)美女模特兒(亦作 pinup gírl).

pin‧wheel [ˈpɪnˌhwil; ˈpɪnhwiːl] *n.* © (美) (塑膠或紙製的)玩具風車.

* **pi‧o‧neer** [ˌpaɪəˈnɪr; ˌpaɪəˈnɪə(r)] *n.* (*pl.* ~s [~z; ~z]) © **1** 開拓者. The *pioneers* built their homesteads on the plain. 開拓者在平原上開闢了農場. **2** 先驅者, 創始人, <in, of>. a *pioneer* *in* the study of electricity 電力研究的先驅者.
— *vt.* 開拓; 創始.
— *vi.* 成為開拓者[先驅者]. The Wright brothers *pioneered* in the development of the airplane. 萊特兄弟成為發展飛機的先鋒.

* **pi‧ous** [ˈpaɪəs; ˈpaɪəs] *adj.* **1** 虔敬的, 虔誠的. a *pious* Christian 虔誠的基督徒.
2 (用於負面含義)假裝虔誠的, 偽善的.
✧ *n.* **piety.** ↔ **impious.**

pi‧ous‧ly [ˈpaɪəslɪ; ˈpaɪəslɪ] *adv.* 虔誠地, 虔敬地.

pip¹ [pɪp; pɪp] *n.* © (蘋果, 橘子等的)種子.

pip² [pɪp; pɪp] *n.* ©《口》(骰子, 撲克牌等的)點, 星.

pip³ [pɪp; pɪp] *n.* © (電話的呼叫聲、報時等的)嗶聲.

pipe [paɪp; paɪp] *n.* (*pl.* ~s [~s; ~s]) **1** © 管, 筒, 導管. a gas *pipe* 瓦斯管/a water *pipe* 水管.
2 © (吸菸絲用的)菸斗; 抽一菸斗(的量). light a *pipe* 點根菸斗/have [smoke] a *pipe* 吸根菸斗.
3 © 笛, (長笛般的)管樂器; (海事)(水手長吹的)號笛, 哨子; (口)(pipes)=bagpipes; (管風琴的)管, 音管.
4 =piping 3.
— *vt.* **1** 用管道輸送(水、瓦斯等). The oil is *piped* from the wells to the port. 石油是用油管從油井輸送至港口.
2 為[衣服等]滾邊.
3 用笛子吹奏(音樂).
4 高聲說話[唱歌].
5 (海事)以笛聲呼叫[打信號, 迎接].
— *vi.* **1** 發出尖聲, 嗶嗶地叫; 〔鳥〕啼叫.
2 吹笛子.

pìpe dówn 《口》沈默, 安靜下來.

pìpe úp 《口》(高聲)唱歌[說話].

pipe‧line [ˈpaɪpˌlaɪn; ˈpaɪplaɪn] *n.* © **1** (輸送瓦斯、液體的)管道, 導管, 輸油管.
2 (美)(重要情報、物資供給等的)來源.
in the pípeline 輸送中; 準備中.

pipe of péace *n.* © =peace pipe.

pípe órgan *n.* © 管風琴.

pip‧er [ˈpaɪpɚ; ˈpaɪpə(r)] *n.* © 吹笛人; 吹奏風笛者.

pi‧pette, pi‧pet [pɪˈpɛt; pɪˈpet] *n.* ©《化學》吸量管(化學實驗等中轉移液體測定其量的細管).

pip‧ing [ˈpaɪpɪŋ; ˈpaɪpɪŋ] *n.* Ⓤ **1** 配管(系統).
2 笛聲, 管樂; 吹笛. **3** 尖銳的鳥鳴; 高亢的人聲. **4** (衣服等的)滾邊, 飾邊, 花邊.
— *adj.* (限定)(音樂, 聲音)尖銳的.
— *adv.* (用於下列片語)
píping hót 〔食物, 液體等〕(咻咻地冒著熱氣)滾燙的.

pip‧pin [ˈpɪpɪn; ˈpɪpɪn] *n.* © 適合生食的蘋果.

pip‧squeak [ˈpɪpˌskwik; ˈpɪpskwiːk] *n.* © 《口》(自以為重要卻)無足輕重的人.

pi‧quan‧cy [ˈpikənsɪ; ˈpiːkənsɪ] *n.* Ⓤ《文章》
1 (味道的)刺激. **2** 辛辣, 痛快.

pi‧quant [ˈpikənt; ˈpiːkənt] *adj.*《文章》**1** (味道)辛辣的, 麻辣的. **2** 刺激的, 痛快的; 尖刻的. a *piquant* remark 尖刻的話.

pi‧quant‧ly [ˈpikəntlɪ; ˈpiːkəntlɪ] *adv.* 辛辣地; 尖銳地.

pique [pik; piːk] *n.* Ⓤ©《文章》(自尊心受到傷害而)慍怒, 不悅, 不高興. out of [in a fit of] *pique* 非常生氣地.
— *vt.*《文章》**1** 激怒, 傷害…的感情, 《常用被動語態》. I was quite *piqued* by his comment. 我對他的批評很生氣. **2** 激起, 喚起[好奇心, 興趣].

pi‧ra‧cy [ˈpaɪrəsɪ; ˈpaɪərəsɪ] *n.* (*pl.* **-cies**) Ⓤ©
1 海盜行為. **2** 侵犯著作權, 盜版.

pi‧ra‧nha [pɪˈrɑnjə, -nə; pɪˈrɑːnjə] *n.* © 食人魚《南美洲淡水熱帶魚種, 會攻擊人類、動物).

* **pi‧rate** [ˈpaɪrət, -rɪt; ˈpaɪərət] *n.* (*pl.* ~s [~s; ~s]) © **1** 海盜; 海盜船. *Pirates* attacked the refugees' boat. 海盜們襲擊了難民船.
2 侵犯著作權者.
— *vt.* **1** 從事海盜(行為).
2 剽竊, 侵犯(他人的)著作權. a *pirated* edition 海盜版, 盜印版.

pi‧rat‧i‧cal [paɪˈrætɪk; paɪˈrætɪkl] *adj.* **1** 海盜(般)的. **2** 侵犯著作權的; 非法翻印[盜版]的.

pir‧ou‧ette [ˌpɪruˈɛt; ˌpɪruˈet] *n.* © 腳尖旋轉《古典芭蕾舞蹈中以腳尖立地旋轉).
— *vi.* 腳尖旋轉, 用腳尖旋轉法旋轉.

Pi‧sa [ˈpizə; ˈpiːzə] *n.* 比薩《義大利中部的都市). the Leaning Tower of *Pisa* (→ 見 Leaning Tower of Pisa).

pis‧ca‧to‧ri‧al [ˌpɪskəˈtorɪəl, -ˈtɔr-; ˌpɪskəˈtɔːrɪəl] *adj.* **1** 魚的; 捕魚的. **2** 以捕魚維生的; 漁民的.

Pis‧ces [ˈpɪsiz; ˈpaɪsiːz] *n.* **1** 《天文》雙魚座; 雙魚宮(十二宮的第十二個; → zodiac); © 雙魚宮的人《於2月19日到3月20日間出生的人).

piss [pɪs; pɪs] 《鄙》 n. Ⓤ小便(urine).
— vi. 小便(urinate).

pis·ta·chi·o [pɪsˈtɑʃɪ.o, -ˈtæʃ-; pɪˈstɑːʃɪəʊ] n. (pl. ~s) Ⓒ阿月渾子(漆樹科喬木); 開心果(阿月渾子的果實; 可食用; 淡綠色).

pis·til [ˈpɪstḷ, -tɪl; ˈpɪstɪl] n. Ⓒ《植 物》雌蕊(→ stamen; → flower 圖).

✶pis·tol [ˈpɪstḷ; ˈpɪstl] n. (pl. ~s [~z; ~z]) Ⓒ手槍. He drew a pistol and said "Hands up!" 他拔出手槍說:「舉起手來!」

[pistachio]

搭配 v.+pistol: aim a ~ (以槍瞄準), fire a ~ (開槍), load a ~ (裝填子彈) // pistol+v.: a ~ fires (開槍射擊), a ~ goes off (開槍射擊).

pis·ton [ˈpɪstṇ, -tən; ˈpɪstən] n. Ⓒ《機 械》活塞.

[piston]

✶pit¹ [pɪt; pɪt] n. (pl. ~s [~s; ~s]) Ⓒ《洞穴》 **1** (挖掘地面或自然形成的)洞穴, 窪地; 陷阱; (加 the)煤礦坑(coalmine). He fell into a pit on the moor. 他在荒野中跌入坑裡/He spent his life down the pit. 他一輩子在礦坑底下工作.
2 (身體的)凹陷處; (皮膚的)小凹痕, 痘痕. the pit of the stomach 心窩/armpit →見 armpit.
3 鬥雞用圈成凹下一層的鬥雞場, 鬥狗場; (位於動物園內低處的)猛獸活動區.
4 (通常 the pits)(賽車)加油站, 修理站(賽車時設在路旁的緊急修車站); (修車廠用於檢查、修理汽車底部的)坑道, 壕溝.
5 (a) (劇場舞臺前的)樂隊池(orchestra pit). (b)《英》劇院正廳後面部分(一樓 stalls 後面的座席; 現在一般把劇場整個一樓稱爲 stalls, 不稱爲 pit); (集合)正廳後面的觀眾.
dig a pit for... 設法使(人)落入圈套.
— vt. (~s; ~ted; ~ting) **1** 挖洞, 作成凹地; 留下(痘疤等的)痕跡. iron pitted by rust 鏽痕斑駁的鐵.
2 使相鬥, 使競爭, (against). The peasants pitted themselves against the tyrant. 農民奮起反抗暴君.

pit² [pɪt; pɪt] 《美》 n. Ⓒ(桃、櫻桃、杏等的)果核(stone).
— vt. (~s; ~ted; ~ting) 剝去〔櫻桃等〕的核.

pit·a·pat [ˈpɪtə.pæt, ˈpɪtɪ-; .pɪtəˈpæt] n., adv. =pitter-patter.

✶pitch¹ [pɪtʃ; pɪtʃ] v. (~es [~ɪz; ~ɪz]; ~ed [~t; ~t]; ~·ing) vt. 《投擲》 **1** 投擲, 扔; 突然陷入(into 〔某種狀態〕); (→ throw 圖). Pitch the newspaper onto the porch. 把報紙扔到門廊上/The whole audience was pitched into utter confusion. 全場觀眾突然陷入混亂的狀態.

2 《棒球》投球; 擔任〔比賽的〕投手. pitch a fast ball 投快速球/pitch a perfect game 投出一場完全比賽.
《投向固定地點>固定》 **3** 把〔木樁等〕打進地面, 豎立. A stake is pitched in the ground. 豎立在地面的木樁.
4 搭〔帳篷等〕. pitch camp 紮營.
5 安裝, 放置在某個場所.
《規定》 **6** 規定…高度(比喻性的).
7 《音樂》定〔某調子〕的音高.
8 【固定傾斜度】使〔屋頂等〕傾斜.
— vi. 《扔, 投》 **1** 投〔扔〕東西.
2 《棒球》投球; 擔任投手.
《向下墜落》 **3** 朝完全相反的方向墜落.
4 〔船, 飛機〕前後搖晃, 顛簸, (→ roll).
《傾斜》 **5** 向下傾斜.
pitch ín 《口》(1)全力投入工作. We all pitched in and had the job finished in no time. 我們全都投入, 一下子就把那個工作完成了.
(2)狼吞虎嚥地吃起來.
pitch into... 《口》(1)拚命與…較勁. (2)大吃大喝; 拚命攻擊….
pitch on [upon]... 選擇…; 偶然邂逅….
pitch óut 《棒球》(爲了阻礙對方球員的盜壘或搶分戰術)〔投手〕故意投出壞球.
pitch/.../óut 把…扔出, 拋出.
— n. (pl. ~es [~ɪz; ~ɪz]) **1** Ⓒ投擲; 投擲物; 投球. a wild pitch 暴投.
2 ⓊⒸ (用單數)程度; 高度; 強度; 頂點, 極限. She cried out at the pitch of her voice. 她尖聲叫喊.
3 ⓊⒸ《語音學, 音樂》音高, 音調. out of pitch 走調.
4 Ⓒ(用複數)(船、飛機)的前後搖晃(→ roll).

✶pitch² [pɪtʃ; pɪtʃ] n. Ⓤ **1** 瀝青(柏油、原油等提煉後殘留下的黑稠物質; 用作鋪修、防水等材料).
2 松脂.
(as) dárk [bláck] as pitch 烏黑〔漆黑〕的.

pitch-black [ˌpɪtʃˈblæk; ˌpɪtʃˈblæk] adj. 烏黑〔漆黑〕的.

pitch·blende [ˈpɪtʃ.blɛnd; ˈpɪtʃblend] n. Ⓤ《礦物》瀝青鈾礦(含有鈾, 鐳).

pitch·dark [ˌpɪtʃˈdɑrk; ˌpɪtʃˈdɑːk] adj. 漆黑的.

pítched báttle **1** 激戰, 決戰; (事先布陣的)正式會戰(非遭遇戰(encounter)).

✶pitch·er¹ [ˈpɪtʃɚ; ˈpɪtʃə(r)] n. (pl. ~s [~z; ~z]) Ⓒ **1** 《美》水瓶, 水罐, (口很大且有注水口和握柄者;《英》jug). Pitchers have ears. 《諺》隔牆有耳(ears 是〔水瓶〕的把手及耳朵的意思).
2 《英》(有兩個握柄的)水瓶.

✶pitch·er² [ˈpɪtʃɚ; ˈpɪtʃə(r)] n. (pl. ~s [~z; ~z]) Ⓒ《棒球》投手. the pitcher's mound 投手丘.

pitch·fork [ˈpɪtʃ.fɔrk; ˈpɪtʃfɔːk] n. Ⓒ長柄草耙(成叉狀).
— vt. (用草耙)叉擲….

P

pitch·ing [ˈpɪtʃɪŋ; ˈpɪtʃiŋ] n. U (船，飛機的)前後搖晃(→ rolling 圖).

pítch pìpe n. C (音樂)調音笛.

pitch·y [ˈpɪtʃɪ; ˈpɪtʃi] adj. **1** 如瀝青般的(pitch² 1); 沾滿瀝青的; 多瀝青的. **2** 漆黑的.

pit·e·ous [ˈpɪtɪəs; ˈpɪtiəs] adj. 《文章》惹人憐的，可憐的, (→pitiful 圖). piteous groans 悲痛的呻吟.

pit·e·ous·ly [ˈpɪtɪəslɪ; ˈpɪtiəsli] adv. 可憐地，悲哀地.

pit·fall [ˈpɪt͵fɔl; ˈpitfɔːl] n. C 陷阱; 隱藏的危險; 誘惑.

pith [pɪθ; piθ] n. U **1** 《植物》木髓(莖的中央似海綿狀的組織). **2** 精髓，要旨，核心. of great pith and moment 非常重要的. **3** 《英》精力，力量.

Pith·e·can·thro·pus [͵pɪθɪkænˈθropəs, -ˈkænθrəpəs; ͵piθikænˈθrəupəs] n. UC 猿人屬(介於類人猿和人類之間; 因其頭骨於 Java 發現，故亦稱爪哇猿人).

pith·i·ly [ˈpɪθɪlɪ; ˈpiθili] adv. 有力地; 簡潔地.

pith·y [ˈpɪθɪ; ˈpiθi] adj. **1** 如髓般的，多髓的. **2** 〔表現等〕有力的，簡單扼要的. a pithy saying 簡潔有力的格言.

pit·i·a·ble [ˈpɪtɪəbḷ; ˈpitiəbl] adj. **1** 值得同情的，可憐的, (→ pitiful 圖). **2** 可恥的，卑鄙的. Her clothes were in a pitiable condition. 她的穿著太寒酸了. ⇨ n. **pity.**

pit·i·a·bly [ˈpɪtɪəblɪ; ˈpitiəbli] adv. 可憐而又可鄙地.

pit·i·ful [ˈpɪtɪfəl; ˈpitifʊl] adj. 令人悲憫的，可憐的. What a pitiful sight! 多麼悲慘的情景啊! 圖piteous, pitiable, pitiful 之中, piteous 指「將引起他人悲憫之情的」, pitiable 具有「引發他人悲憐的」客觀性感情，而 pitiful 則多帶有輕蔑地表示「應該予以同情」之意. ⇨ n. **pity.**

pit·i·ful·ly [ˈpɪtɪfəlɪ; ˈpitifʊli] adv. 悲慘地.

pit·i·less [ˈpɪtɪlɪs; ˈpitilis] adj. 沒有憐憫心的，無情的; 絕不寬容的，嚴厲的.

pit·i·less·ly [ˈpɪtɪlɪslɪ; ˈpitilisli] adv. 無情地，冷酷地.

pit·man [ˈpɪtmən; ˈpitmən] n. (pl. **-men** [-mən; -mən]) C 礦工，煤礦工人.

pi·ton [ˈpitɑn; ˈpiːtɔn] n. C (登山用)岩釘，鐵栓, 《頭部有孔的釘子; 可穿過登山用的繩索》.

pit·tance [ˈpɪtn̩s; ˈpitəns] n. C (通常用單數)微薄的報酬〔薪資〕. He earns a pittance as a night watchman. 他當夜間巡邏員的收入十分微薄.

pit·ter-pat·ter [ˈpɪtə͵pætə; ˈpitə͵pætə(r)] n. U (通常加 the)淅瀝嘩啦(雨聲等); 啪噠啪噠(腳步聲等). — adv. 啪噠啪噠地; 噗咚噗咚地.

Pitts·burgh [ˈpɪtsbɝg; ˈpitsbəːg] n. 匹茲堡(美國 Pennsylvania 的鋼鐵工業城市).

pi·tu·i·tar·y [pɪˈtjuə͵tɛrɪ, -ˈtɪu-, -ˈtu-; piˈtjuːitəri] n. (pl. **-tar·ies**) C 《解剖》腦下垂體(亦作 pituitary glánd).

pit·y [ˈpɪtɪ; ˈpiti] n. **1** U 憐憫，同情. I really feel pity for him. 我對他深表同情.

圖pity 表同情受困者、不幸者，意識中帶有輕視之意; sympathy 則是站在對方的立場感同身受之意; → compassion.

搭配 v.＋pity: arouse ~ (喚起同情心), show ~ (表示同情), be filled with ~ (心中充滿同情), be moved to ~ (受到感動給予同情).

2 U 遺憾，可惜. What a pity you can't come! 你不能來眞是可惜! ⇨ adj. **pitiful, piteous, pitiable.**

for píty's sàke → sake 的片語.

hàve [tàke] píty on... 同情….

It's a thòusand píties that... ….眞是萬分遺憾.

Mòre's the píty. 《口》眞是(太)遺憾了; (通常加在句尾)實在很遺憾(unfortunately). You don't want them? More's the pity. 你不需要這些東西? 眞是遺憾.

out of píty 出於憐憫心. out of pity for her child 出於對她孩子的憐憫之情.

— vt. (**pit·ies; pit·ied; ~·ing**) 同情，感到遺憾, (for). I pity my cousin for having married that girl. 堂兄竟然娶了那個女孩我眞爲他感到遺憾.

piv·ot [ˈpɪvət, ˈpɪvɪt; ˈpivət] n. C **1** 《機械》樞軸，支軸; (以樞軸爲中心的)轉動. **2** 核心人物; 樞軸，中心點. — vt. 將…裝於樞軸上; 將樞軸裝於…. — vi. **1** 轉動; 旋轉; 《on》. The dancer pivoted on one toe. 舞者以單腳尖旋轉. **2** 依存，維繫, 《on》.

piv·ot·al [ˈpɪvətḷ, ˈpɪvɪt; ˈpivətl] adj. **1** 轉軸的. **2** 樞軸的，中心的.

pix·ie, pix·y [ˈpɪksɪ; ˈpiksi] n. (pl. **pix·ies**) C 小妖精.

piz·za [ˈpitsə; ˈpiːtsə] 《義大利語》n. C 披薩(表面加上番茄、乳酪、蔬菜等烘烤而成的一種義大利式烤餡餅).

piz·zi·ca·to [͵pɪtsɪˈkɑto; ͵pitsiˈkɑːtəu] 《音樂》adj. 撥弦的(以手指撥弦的彈奏法). — adv. 撥弦演奏地. — n. (pl. **~s**) C 撥弦演奏樂段(以撥弦法演奏的部分).

pl. (略) place; plural.

plac·ard [ˈplækɑrd; ˈplækɑːd] n. (pl. **~s** [~z; ~z]) C 海報，布告，標語, (張貼於公共場所，有時則以舉著走動的告示、廣告). a placard saying "Give Us Jobs" 寫著給我們工作的海報. — vt. 張貼布告於…; 用布告公布.

pla·cate [ˈpleket, ˈplæk-; pləˈkeit] vt. 《文章》調解，平息, 〔憤怒，敵意等〕.

pla·ca·to·ry [ˈplekə͵torɪ, ˈplæk-, -͵tɔrɪ; pləˈkeitəri] adj. 《文章》〔話語等〕懷柔的，安撫的.

place [ples; pleis] n. (pl. **plac·es** [~ɪz; ~ɪz]) 【空間】 **1** U (泛指)空間(space); 餘地. time and place 時間和空間/leave place for revision 留有修正的餘地. 【空間的一部分】 **2** C 場所，位置. from place

to *place* 到處/a *place* of business 工作場所,營業場所/a *place* of amusement 娛樂場/a *place* of worship 禮拜場所/The taxi driver took me to the wrong *place*. 計程車司機把我載錯地方了/There's no *place* like home. 《諺》沒有比家更溫暖的地方.

3 C(特定的)地方. a rough *place* in [on] the road 道路凹凸不平的地方.

4 C(書等)正在閱讀的部分;段, 章節. I use a bookmark to keep my *place*. 我用書籤標示我所讀到的地方.

『人居住的場所』 **5** C市, 鎮, 村;地方;地域;《與專有名詞連用》(Place)廣場, 街道. What *place* does he come from? 他出生於哪裡?/one's native *place* 出生地, 故鄉/Hamilton *Place* 漢彌爾頓街.

6 (a)建築物(的一部分);住宅, 寓所, 住處, 家. He has a *place* in the country. 他在鄉下有間房子[別墅]/Drop in at my *place* for a cup of tea. 順道到寒舍喝杯茶吧! (b) (Place)…邸《位於郊外大型宅邸的名稱》. Park *Place* 公園宅邸.

『占有場所, 地位』 **7** C(劇場, 餐廳等的)座位, 場所. Please take your *places* at the table. 請諸位入座/Tom gave up his *place* on the bus to an old woman. 湯姆在公車上讓座給一位老太太.

8 C適當的位置, 特定的(適合)場所. Put everything back in its proper *place*. 把所有的東西都放回該放的地方.

9 C(特提高的)地位, 身分;職務, 工作, **職業**. hold a high *place* 占有顯赫地位/Mary has found a new *place* in the bank. 瑪莉在銀行找到一份新的工作/lose one's *place* 失業.

『立場』 **10** C立場, 境遇. If I were in your *place*, I wouldn't say yes. 我如果是你, 我不會答應的.

11 C(用單數)(伴隨地位而來的)責任, 任務. It's the teacher's *place* to instruct the pupils. 教育學生是教師的責任.

『地位>順序』 **12** C(通常用單數)順序, 名次. (the) first *place* 第一名/He is in (the) second *place* on the list. 他在名單上排第二位.

13 C(比賽, 賽跑等)第一到第三名的得獎順序.

14 C《美》賽馬的第二名.

15 C(數學)位數, 位. to three decimal *places* 到小數點以下三位.

àll óver the plàce 《口》(1)到處. I searched *all over the place* for the letter. 我到處找那封信. (2)到處(散亂);雜亂地. When I entered Johnnie's room, there were clothes and toys (lying) *all over the place*. 當我走進強尼的房間時, 到處散亂著衣服和玩具.

fàll into plàce [事實, 關係等]明朗化;[話]合乎邏輯.

gìve plàce to... 讓座[路]給…;被…取代. Coal has largely *given place to* petroleum as fuel. 石油已廣泛地取代了煤作爲燃料.

gó plàces (1)到處走, 閒逛. (2)《口》成功. He's

---

really talented; I think he'll *go places*. 他真的很有才能, 我想他會成功的.

* *in plàce* 在應有的位置, 在適當之處;適當地(⟷ out of place). The artist likes all his brushes to be *in place*. 那位畫家喜歡把所有畫筆放在應有的位置.

* *in plàce of* A = *in A's plàce* 代替 A. *In place of* a final exam I'd like you to write a term paper. 我要你們寫份期末報告來代替期末考試.

in the fìrst plàce → first 的片語.

knòw one's plàce 有自知之明, 言行舉止符合自己身分(行爲得體, 知趣).

* *òut of plàce* (1)不在適當的位置;不合時宜;不恰當(⟷ in place). The fine leather sofa looked *out of place* in the dirty little room. 這套漂亮的皮沙發放在這個又髒又窄的房間裡, 看起來很不相稱/A man would feel *out of place* at a hen party. 男性在純女性的聚會中會感到格格不入/Your criticism of his behavior is quite *out of place*. 你對他行爲的批評完全不恰當. (2)失職.

pùt a pèrson in his plàce 使某人有自知之明, 挫某人的銳氣.

pùt (onesèlf) in a pèrson's plàce 站在某人的立場想.

* *tàke plàce* [事情]發生, 產生;進行;(回take place 主要用於集會, 娛樂活動的場合, 不用於地震之類的自然現象;→ happen). When will the meeting *take place*? 會議甚麼時候舉行?

tàke one's plàce 就座(於適當或事先決定的位置);就定位;上任《as》.

* *tàke the plàce of* A = *tàke A's plàce* 代替 A;替換 A. Television almost has *taken the place of* the theater. 電視幾乎取代了戲院的地位.

— *vt.* (plac·es [~ɪz; ~ɪz]; ~d [~t; ~t]; plac·ing) 『放置於場所』 **1** 放置, 安放, (put;place);整頓;排列. Mother *placed* a large vase on the shelf. 母親在櫃子上放置了一個大花瓶/Words are *placed* in alphabetical order in most dictionaries. 在大部分的辭典中, 字彙是按照字母順序排列的.

2 (a) 將[人]置於(某地位, 立場). He *placed* all his friends in powerful positions. 他讓他所有的朋友擔任有影響力的職位. (b) 任命, 錄用, [人]《as》.

3 寄託, 託付, [信用, 希望, 重點等]. *place* one's confidence in a friend 信賴朋友/*place* emphasis on 重視….

『確定場所』 **4** 發出訂單;投資[金錢]. *place* an order for a book with the store 向那家書店訂購了一本書.

5 想起[(和人相會的)場所等]. I'm sure I've seen that girl before, but I can't *place* her. 我確定曾見過那位女孩, 但卻想不起來是在甚麼地方.

6 打[電話(呼叫)]. *place* a person-to-person call to 打指名電話給….

【決定順序】 **7** (主英)(賽馬等)得獎，獲得名次，(三名以內；還有第二或第三名)；(美)使得到第二名；(加順序副詞)使名列第…名；(通常用被動語態)。be *placed* first 得第一名。

— *vi.* (美)(比賽、賽馬等)進入前三名，得獎。

pla·ce·bo [plə`sibo; plə'si:bəʊ] *n.* (*pl.* **~s**, **~es**) ⓒ 安慰劑(不具藥效成份之物質；用於安慰病人或測試藥效的對照試驗用)。

place-kick [`ples,kɪk; 'pleɪskɪk] *n.* ⓒ (足球)踢定位球(將球置於地上踢出；→dropkick, punt²)。

pláce māt *n.* ⓒ 餐桌墊布(鋪在餐刀、叉子等餐具之下)。

place·ment [`plesmənt; 'pleɪsmənt] *n.* **1** [a U] 放置；配置。 **2** [U C] 職業介紹。 **3** ⓒ (足球)(將球)定位(為了踢定位球將球置於地上)。

plácement òffice *n.* ⓒ (美)(大學等的學生、畢業生的)就業輔導室。

plácement tèst *n.* ⓒ (學生的)分級(能力)測驗。

plac·id [`plæsɪd; 'plæsɪd] *adj.* (人、動物)安詳的；溫和的；(物質、環境等)安穩的，平靜的，安靜的。

pla·cid·i·ty [plə`sɪdətɪ, plæ-; plə'sɪdətɪ] *n.* [U] 安靜，平穩。

plac·id·ly [`plæsɪdlɪ; 'plæsɪdlɪ] *adv.* 安詳地，安穩地。

plac·ing [`plesɪŋ; 'pleɪsɪŋ] *v.* place 的現在分詞、動名詞。

plack·et [`plækɪt; 'plækɪt] *n.* ⓒ (裙等的)側開口，開叉，(以能方便穿脫爲目的)。

pla·gia·rism [`pledʒə,rɪzəm; 'pleɪdʒərɪzəm] *n.* (對他人作品等的)剽竊，盜用；ⓒ 剽竊物。

pla·gia·rist [`pledʒərɪst; 'pleɪdʒərɪst] *n.* ⓒ 剽竊者，盜用者。

pla·gia·rize [`pledʒə,raɪz; 'pleɪdʒjəraɪz] *vt.* 剽竊，盜用，(他人文章、內容等)；重新創作，改寫，(自己的文章)(*from*)。

*__**plague**__ [pleg, plɛg; pleɪg] *n.* (*pl.* **~s** [~z; ~z]) **1** ⓒ 瘟疫，(死亡率高而猛烈的)傳染病；[U] (腺)鼠疫。 avoid a person like the *plague* 避某人如避瘟疫。 **2** ⓒ 災難，天災；猖獗。 a *plague* of rats 老鼠猖獗。 **3** ⓒ (通常用單數)(口)麻煩事，讓人苦惱的事物。

— *vt.* 糾纏苦惱，折磨，(*with*)。 That pupil is always *plaguing* me *with* trivial questions. 那位學生老是提些瑣碎的問題來煩我。

plaice [ples; pleɪs] *n.* (*pl.* **~**) ⓒ (魚)一種鰈類。

plaid [plæd; plæd] *n.* **1** ⓒ (蘇格蘭高地人穿的)格子花呢披肩。 **2** [U] 格子花紋的紡織品(→kilt)。

*__**plain**__ [plen; pleɪn] *adj.* (**~·er**; **~·est**)【毫無障礙】 **1** 看[聽]得很清楚的，in *plain* sight [view] 在易於看到清楚的地方。

【簡明的】 **2** 淺顯易懂的，容易理解的。 This story is written in *plain* English. 這個故事是用淺顯的英語所寫的。

3 清楚的，明白的。 It is *plain* to me that he has

some hidden purpose. 我很清楚他隱藏著某種目的。 **4** (限定)全然的。 That's *plain* nonsense. 這完全是胡扯。

【不加修飾的】 **5** 率直的，直言不諱的。 He believes in *plain* talking. 他堅信說話要直率/To be *plain* with you, Bill, I don't like the idea. 比爾，坦白對你說，我並不喜歡那個想法。

6 (生活方式，服裝等)質樸的，不加修飾的；(織布)平紋的，素色的。 a *plain* way of life 樸實的生活方式/Her dress is very simple and *plain*. 她的洋裝非常樸素簡單/*plain* cloth 平織紋布/*plain* paper 白紙。

7 (食物，烹調等)清淡的，沒有調味的，原味的。 The food at the inn is *plain* but plentiful. 那家旅館的食物口味雖清淡量卻不少/*plain* yoghurt 原味優酪乳。

【平凡的】 **8** (沒有顯赫地位、名聲等的)普通的，平凡的。 *plain* people 一般百姓，平民，普通人。

9 (女性)容貌難看的((美)homely)(說法較 ugly 委婉)。

(*as*) **plàin as dáy** [*a pîkestaff, the nòse on your fáce*] (口)一清二楚，極爲明顯的。

— *adv.* 清楚地；明瞭地；完全地。 speak *plain* 話簡單明瞭/It's *plain* wrong. 這根本就是錯的。

— *n.* (*pl.* **~s** [~z; ~z]) ⓒ 平原，平地；(常 *plains*；作單數)大草原。 The *plains* of the Middle West provide most of America's grain. (美國)中西部平原供應美國大部分的穀類食物。

plàin chócolate *n.* [U] (未加牛乳的)純巧克力。

plain-clothes [`plen`kloz; 'pleɪnkləʊðz] *adj.* (警察，刑警)便衣的。

plain-clothes·man [`plen`kloz,mæn, -`kloðz-; 'pleɪnkləʊðzmən] *n.* (*pl.* **-men** [-mən; -mən]) ⓒ 便衣警察[刑警]。

*__**plain·ly**__ [`plenlɪ; 'pleɪnlɪ] *adv.* **1** 明白地，清楚地，瞭解地；(修飾句子)明白地，清楚確實地。 He explained his ideas *plainly*. 他清楚地解說了自己的想法/*Plainly*, my father's health was declining. 我父親的健康明顯地衰退了。

2 直率地，直言不諱地。 Let's speak *plainly* to one another. 我們打開天窗說亮話吧!

3 樸素地，簡樸地。 Susie dresses very *plainly*. 蘇西的穿著很樸素。

plain·ness [`plennɪs; 'pleɪnnɪs] *n.* [U] **1** 明白。 **2** 率直。 **3** 樸素，簡樸。

plàin sáiling *n.* [U] 順利進行。

plains·man [`plenzmən; 'pleɪnzmən] *n.* (*pl.* **-men** [-mən; -mən]) ⓒ 平原的居民；(特指)開拓北美大平原(the Great Plains)的居民。

plain-song [`plen,sɔŋ; 'pleɪnsɒŋ] *n.* [U] (基督教)單旋律聖歌(中世紀教會音樂之形式；英國國教會、羅馬天主教會演唱的聖歌)。

plain-spo·ken [`plen`spokən, ,plen'spəʊkən] *adj.* 直言不諱的，坦白直率的，毫無顧忌的。

plain-tiff [`plentɪf; 'pleɪntɪf] *n.* (*pl.* **~s**) ⓒ (法律)原告(↔defendant)。　　　　　　　「的，

plain·tive [`plentɪv; 'pleɪntɪv] *adj.* 悲痛的，哀怨

plain·tive·ly [ˋplentɪvlɪ; ˈpleɪntɪvlɪ] *adv.* 悲痛地, 哀怨地.

plait [plet; plæt] *n.* C **1** (常 plaits) 編織物, (髮)辮, 麻花辮, (braids). **2** 褶(pleat).
— *vt.* **1** 編(髮, 麥稈等). **2** 將(布等)打褶, 折線.

＊plan [plæn; plæn] *n.* (*pl.* ~s [~z; ~z]) C **1** (a) 計畫, 方案; 方式; 打算, 意圖; 《*for, of*; *to* do》(→ design 回). Have you got any *plans for* the holiday? 這個假日你有些甚麼打算?/ make a *plan for* 訂定計畫/make *plans to* visit Canada 計畫去加拿大/His *plans* fell through. 他的計畫終於失敗/Their *plan* is to take over the firm. 他們計畫要接掌公司.

> [搭配] *adj.*＋plan: a detailed ~ (周密的計畫), a rough ~ (概略的計畫) // *v.*＋plan: adopt a ~ (採納計畫), carry out a ~ (實行計畫), draw up a ~ (草擬計畫).

(b) 方式. on the installment *plan* 用分期付款的方式.
2 圖面; 《建築》平面圖(→ elevation); (plans) (機械的)設計圖; (城市街道詳細的)指南. The architect was drawing a *plan* for a new house. 這位建築師正在畫一幢新房子的平面圖/*plans* for an airplane 飛機設計圖.

gó accórding to plán 照計畫(順利地)進行.
— *v.* (~s [~z; ~z]; ~ned [~d; ~d]; ~ning) *vt.*
1 (a) 計畫, 策劃, 《out》. The picnic has been *planned* for this Sunday. 這次野餐計畫訂在這個星期天舉行.
(b) [句型3] (plan *to* do) 打算做…. I'm *planning to* invite my friends on my birthday. 我打算在生日那天邀請我的朋友們.
2 設計…, 畫…的設計圖. *plan* a house 畫房屋的設計圖.
— *vi.* 作計畫, 預定, 《*for, on; on* doing》. *plan* ahead 提前計畫/plan for 30 guests at a party 預計宴會中將有 30 位客人(參加)/They hadn't *planned on* triplets. 他們沒料到會生三胞胎/I was *planning on* your *coming* to the party with us. 我預定你與我們一起參加晚會的.

＊plane¹ [plen; pleɪn] *n.* (*pl.* ~s [~z; ~z]) C **1** 平面, 面. an inclined *plane* 斜面/ a vertical *plane* 垂直面.
2 (發展等的)程度, 階段; 水準. keep one's work on a high *plane* 保持高度的工作水準.
— *adj.* 《限定》平坦的; 平面的. a plane surface 平坦的表面/a *plane* figure 平面圖形.

＊plane² [plen; pleɪn] *n.* (*pl.* ~s [~z; ~z]) C **1** 《口》飛機(airplane). board a *plane* 搭(乘)飛機/take a *plane* to Sydney (=fly to Sydney) 搭飛機去雪梨/go by *plane* 搭乘飛機去.

> [搭配] *v.*＋plane: get on a ~ (上飛機), get off a ~ (下飛機) // plane＋*v.*: a ~ flies (飛機飛行), a ~ arrives (飛機抵達), a ~ lands (飛機著陸), a ~ leaves (飛機飛起), a ~ takes off (飛機起飛).

— *vi.* 〔飛機等〕滑翔, 滑行, 《*down; away*》.

plane³ [plen; pleɪn] *n.* C 刨子.

— *vt.* (用刨子)刨平, 刨掉.

plane⁴ [plen; pleɪn] *n.* C《植物》懸鈴木, 洋梧桐, (亦作 pláne tree).

pláne geómetry *n.* U《數學》平面幾何學.

＊plan·et [ˋplænɪt; ˈplænɪt] *n.* (*pl.* ~s [~s; ~s]) C《天文》行星. The *planets* are revolving around the sun. 行星環繞太陽運行.

[plane³]

●──九大行星(**planets**)			
Mercury	水星	Venus	金星
the Earth	地球	Mars	火星
Jupiter	木星	Saturn	土星
Uranus	天王星	Neptune	海王星
Pluto	冥王星		

plan·e·tar·i·a [͵plænəˋtɛrɪə, ͵-ˋtær-, ͵-ˋter-; ͵plænɪˈteərɪə] *n.* planetarium 的複數.

plan·e·tar·i·um [͵plænəˋtɛrɪəm, ͵-ˋtær-, ͵-ˋter-; ͵plænɪˈteərɪəm] *n.* (*pl.* ~s, **-i·a**) C《天文》天象儀, 行星儀; 天文館.

plan·e·tar·y [ˋplænə͵tɛrɪ; ˈplænɪtərɪ] *adj.* 行星的; 《星般的.

plank [plæŋk; plæŋk] *n.* C **1** 厚板, 木板, (比 board 厚; 一般厚度為 5–15 cm, 寬 20 cm 以上).
2 政黨綱領中的主要條款(源自(政治人物)站在木板鋪設的講臺上演講).
— *vt.* 鋪木板於〔地板等〕.

plank·ing [ˋplæŋkɪŋ; ˈplæŋkɪŋ] *n.* U **1** (集合)(鋪地板的)厚板. **2** 鋪板(工作).

plank·ton [ˋplæŋktən; ˈplæŋktən] *n.* U 微生物, 浮游生物.

planned [plænd; plænd] *adj.* 《限定》計畫性的.

plan·ner [ˋplænɚ; ˈplænə(r)] *n.* C 計畫者, 立案者.

plan·ning [ˋplænɪŋ; ˈplænɪŋ] *n.* U (主要用於社會性, 經濟性的)計畫, 規劃. family *planning* 家庭計畫.

＊plant [plænt; plɑːnt] *n.* (*pl.* ~s [~s; ~s]) 【植物】 **1** C 植物, 草木. *plants* and animals 動植物.
2 C (相對於樹木的)草本植物, 草. Sunflowers and other such *plants* grow very tall. 向日葵和其他此類的花草長得很高.
3 [被栽種之物] C 盆栽; 樹苗; 稻秧.

> [搭配] *adj.*＋plant (2-3): a climbing ~ (蔓生植物), a tropical ~ (熱帶植物) // *n.*＋plant: a garden ~ (庭園用植物), a house ~ (室內用盆栽) // *v.*＋plant: grow ~s (栽種植物), water a ~ (給植物澆水).

〖被安裝之物〗 **4** ◎生產設備, 裝置; 《整套的建築物、機械、工具等》; 工廠. a manufacturing *plant* 製造工廠/a power *plant* 發電廠.

5 ⓤ機械裝置. the heating *plant* for a school building 校舍用的暖氣設備.

6〖被安放、設置之物〗◎《通常用單數》《口》間諜; (設)圈套; (搜查時的)誘餌.

— *vt.* (~**s** [~s; ~s]; ~**ed** [~ɪd; ~ɪd]; ~**ing**)

〖種植〗 **1** 種〔樹、草〕; 播〔種子〕. We *planted* a tree to commemorate the occasion. 我們植樹來紀念此刻.

2 栽種於〔庭院〕; 播種於…; 《with》. *plant* the field *with* cabbages = *plant* cabbages in the field 在田裡種植包心菜.

3〖移植〗灌輸, 傳授,〔思想、主義等〕. The idea was firmly *planted* in his mind. 這思想已牢牢根植在他心裡.

4 養殖(牡蠣等); 放養;《with〔魚〕》. *plant* a river *with* fry=*plant* fry in a river 在河裡放養魚苗.

5 施加(打擊等); 輕觸;《on, in》.

〖安置〗 **6** 安置, 放置; 使牢固地站立. *plant* one's feet firmly on the ground 腳牢牢地站立在地上/*plant* a bomb on a bridge 在橋上安裝炸彈.

7 設立; 殖民, 建立〔殖民地〕.

8〖設置〗《口》設下〔策略、圈套等〕; 安排〔間諜等〕. *plant* friends in the audience 安排朋友混在聽眾當中(捧場等).

plànt/…/óut (從花盆等)移植(到地面上).

Plan·tag·e·net [plænˈtædʒənɪt; plænˈtædʒənɪt] *n.* 金雀花王朝(the Hóuse of Plantágenet) (的人)《西元 1154 年到 1399 年統治英格蘭的王朝; 從 Henry II 到 Richard II》.

plan·tain[1] [ˈplæntɪn; ˈplæntɪn] *n.* ◎《植物》車前草; 《的》香蕉.

plan·tain[2] [ˈplæntɪn; ˈplæntɪn] *n.* ⓤ◎烹調用的香蕉.

***plan·ta·tion** [plænˈteʃən; plænˈteɪʃn] *n.* (*pl.* ~**s** [~z; ~z]) ◎ **1** 農園(通常以大規模方式栽培棉花、菸草、砂糖等其一). a coffee *plantation* in Brazil 巴西的咖啡園. **2** 造林地.

plant·er [ˈplæntɚ; ˈplɑːntə(r)] *n.* ◎ **1** 種植者, 栽培者. **2** 播種機. **3** 農園主人, 農園管理人. **4** 植物栽培器(栽培花草的箱、缽).

plánt lòuse *n.* ◎蚜蟲.

plaque [plæk; plɑːk] *n.* ◎ **1** 《金屬、陶瓷、木製等的》匾額, 標誌牌, 紀念牌, 《特指鑲嵌在建築物、紀念碑側面說明源起之物》. **2** ⓤ齒垢.

[plaque 1]

plas·ma [ˈplæzmə; ˈplæzmə] *n.* ⓤ《生理》血漿(血液成分中的黃色透明液體).

***plas·ter** [ˈplæstɚ;

'plɑːstə(r)] *n.* (*pl.* ~**s** [~z; ~z]) **1** ⓤ灰泥, 抹牆用的土. The *plaster* is peeling off. 灰泥正在剝落. **2** ⓤ熟石膏(亦作 plàster of Páris)(石膏手工藝的材料).

3 ◎膏藥; 絆創膏(sticking plaster). He put a mustard *plaster* on his chest. 他在他的胸前塗上辣椒膏.

— *vt.* **1** 塗以灰泥; 貼[塗]膏藥[軟膏].

2 塗滿(油, 膏藥等); 貼滿(海報等); 張貼; 塗上; 《with》. The candidate *plastered* posters all over town. 這位候選人在城裡到處張貼海報/They *plastered* the walls *with* placards. 他們在牆上張貼告示.

3 塗上…; 梳理〔頭髮〕《down》《with〔髮油等〕》.

plàster/…/óver 隱瞞〔缺點等〕.

plas·ter·board [ˈplæstɚˌbord, -ˌbord; ˈplɑːstəbɔːd] *n.* ⓤ石膏板(石膏芯紙板; 用於牆壁、間壁、天花板等).

plàster cást *n.* ◎ **1** 石膏像. **2** 石膏繃帶.

plas·ter·er [ˈplæstərɚ; ˈplɑːstərə(r)] *n.* ◎泥水匠.

plas·ter·ing [ˈplæstərɪŋ; ˈplɑːstərɪŋ] *n.* ◎ **1** 塗抹灰泥. **2** 《口》慘敗.

***plas·tic** [ˈplæstɪk; ˈplæstɪk] *adj.* **1** 塑膠的, 合成樹脂的; 聚乙烯製的;《注意》不一定是堅硬之物》. a *plastic* toy 塑膠玩具/a *plastic* bag 塑膠袋.

2 能任意塑形的, 可塑的;〔個性等〕順從的. a *plastic* substance 可塑物質(黏土, 蠟等).

3 造形的, 塑像的. **4** 《輕蔑》人工的.

— *n.* **1** ⓤ◎塑膠, 合成樹脂, 聚乙烯; ◎ (plastics)塑膠[聚乙烯]製品.

2 ⓤ《口》信用卡(塑膠製; 亦作 plàstic móney).

plàstic árts *n.* 《加the》造形美術(雕刻, 陶瓷工藝等). → graphic arts》.

plàstic explósive *n.* ⓤ◎塑膠炸彈.

plas·ti·cine [ˈplæstəˌsin; ˈplæstɪsiːn] *n.* ⓤ《主英》(塑像用)代用黏土(源自商標名).

plas·tic·i·ty [plæsˈtɪsətɪ; plæˈstɪsətɪ] *n.* ⓤ **1** 可塑性. **2** 柔軟性, 適應性.

plàstic súrgery *n.* ⓤ整形外科(手術).

****plate** [plet; pleɪt] *n.* (*pl.* ~**s** [~s; ~s])

〖金屬平板〗 **1** ◎金屬板; 板金; 標識板, 金屬指示牌; (汽車)牌照. a *plate* of steel 鋼板.

2〖平板狀物體〗◎平板; 玻璃板; (書的)圖版; 版畫; 《攝》底版; (棒球)投手板, 壘;《醫學》假牙床(亦作 dèntal pláte). a negative *plate* 照片底版, 陰片/home *plate* 本壘.

〖平板 > 盤盆〗 **3** ◎ (a)平底淺碟, 盤子, 碟子, 《→ dish 參考》. a soup *plate* 湯盤/dinner *plates* 正餐用的西式盤子. (b)(盛在盤裡的)一客飯菜. a *plate* of vegetables 一盤蔬菜/The banquet cost twenty dollars a *plate*. 這場宴會每人一份的菜要花 20 美元. (c)(加 the) (教堂裡的)捐款盤; 捐款額.

4 ⓤ(集合)金銀製(或鍍金銀)的餐具. a piece of *plate* 一件餐具.

hànd...to a pèrson on a pláte=hànd a pèr-

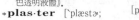

P

son…on a pláte 《口》隨隨便便地把做好的東西給某人.

on one's pláte 《口》需要完成〔工作等〕.

— *vt.* **1** 鍍金(*with*). The brooch isn't real gold; it's just *plated*. 這枚胸針不是純金的, 是鍍金的. **2** 將〔船體等〕覆以金屬板.

字源 PLAT「平的」: *plate*, *platform* (月臺), *plateau* (臺地).

pla·teau [plæ`to; 'plætəʊ] *n.* (*pl.* ~**s**, ~**x** [~z; ~z]) © **1** 高原, 臺地, (→ geography 圖).

2 (進步、發展的)平穩狀態[期間]; 停滯期.

plate·ful [`plet͵ful; 'pleɪtfʊl] *n.* © 一盤(份), 一碟(份).

pláte gláss *n.* ⓤ 厚玻璃板.

plate·lay·er [`plet͵leə; 'pleɪt͵leɪə(r)] *n.* © 《英》(鐵路)鋪路工(《美》tracklayer).

plat·en [`plætn; 'plætən] *n.* © (印刷機的)印板; (打字機的)滾筒.

pláte ràck *n.* ©《英》餐具架.

‡plat·form [`plæt͵fɔrm; 'plætfɔːm] *n.* (*pl.* ~**s** [~z; ~z]) © **1** 演講臺, 講臺. mount the *platform* 站上演講臺.

2 (車站)月臺; 《英》(大客車的)升降踏板; 船的甲板. Which *platform* does the train for Chicago leave from? 往芝加哥的火車在幾號月臺開車?

3 (通常用單數)(政黨的)綱領, 政策(宣言), 《特指選舉前的政見; 源自演講臺上發表競選演說).

4 (通常 platforms) 厚底鞋 (亦稱為 plàtform shóes).

plátform tícket *n.* ©《英》(車站的)月臺票.

plat·ing [`pletɪŋ; 'pleɪtɪŋ] *n.* ⓤ 鍍金[銀].

plat·i·num [`plætnəm; 'plætɪnəm] *n.* ⓤ《化學》白金(金屬元素; 符號 Pt).

plàtinum blónde *n.* ©《口》(常指染成)淡金黃色[淡銀白色]頭髮的年輕女性.

plat·i·tude [`plætə͵tjud, -, ͵tɪud, -͵tud; 'plætɪtjuːd] *n.* ©《文章》陳腔濫調, 陳腐的話.

pla·ti·tu·di·nous [͵plætə`tjudnəs, -`tɪud-, -`tud-; ͵plætɪ'tjuːdɪnəs] *adj.* 《文章》(發言)平凡的, 陳腐的.

Pla·to [`pleto; 'pleɪtəʊ] *n.* 柏拉圖(427?-347? B.C.)《古希臘哲學家).

Pla·ton·ic [ple`tɑnɪk, plə-; plə'tɒnɪk] *adj.* **1** 柏拉圖的(柏拉圖哲學[學派]的.

2 (通常 platonic) (男女關係等)精神性的, 超越肉體的. *platonic* love 純心靈上的愛, 柏拉圖式的愛情.

pla·toon [plæ`tun, plə-; plə'tuːn] *n.* © (★用單數亦可作複數)《軍事》(步兵)小隊(lieutenant 指揮; → company ●).

plat·ter [`plætə; 'plætə(r)] *n.* © **1** 《美》大盤《特指將肉、魚做成的菜肴盛入此盤, 然後再分配至 plate 裡). **2** (主美、口)唱片.

plat·y·pus [`plætəpəs; 'plætɪpəs] *n.* (*pl.* ~**es**)=duckbill.

plau·dit [`plɔdɪt; 'plɔːdɪt] *n.* © (通常 plaudits)《文章》拍手喝采, 讚賞.

plau·si·bil·i·ty [͵plɔzə`bɪlətɪ; ͵plɔːzə'bɪlətɪ]

n. ⓤ 似真, 似合理.

plau·si·ble [`plɔzəbl; 'plɔːzəbl] *adj.* **1** 〔說辭, 論調等〕似合理的, 似真實的, (↔ implausible). He gave us a *plausible* excuse for his absence. 他為他的缺席找了個冠冕堂皇的藉口.

2 〔人〕善於辭令的.

plau·si·bly [`plɔzəblɪ; 'plɔːzəblɪ] *adv.* 似乎對地; 〔修飾句子〕(即使怎麼做也)不奇怪地.

‡play [ple; pleɪ] *v.* (~**s** [~z; ~z]; ~**ed** [~d; ~d]; ~**ing**) *vi.* 【 玩 】**1** 〔孩子等〕玩樂(↔ work). The child has no friends to *play* with. 那孩子沒有朋友一起玩.

2 模仿著玩鬧; 句型2 (play **A**)(play A 的模樣, 像 A 那樣的動作, *play* at being pirates(→片語 play at…)/*play* dead 裝死.

3 開玩笑; 鬧著玩(→片語 play with…).

【 當作娛樂舉行 】**4** 參加競賽〔遊戲〕, 出賽; 比賽. *play* against 與…比賽/*play* as first baseman [for the Giants] 擔任一壘手[以巨人隊選手的身分出賽].

5 《西洋棋》移動棋子; (撲克牌)出牌.

6 賭博; 作遊戲; 進行比賽; 參加比賽. *play* for money 賭錢/*play* for love [pleasure] (不賭錢)單純的娛樂/*play* at the slot machines 玩吃角子老虎.

7 演奏樂器. *play* in an orchestra 在交響樂團裡演奏.

8 〔樂器, 音樂〕被演奏; 〔收音機, 唱片等〕發出聲音. Some melancholy music was *playing* in the background. 背景襯著些憂鬱的音樂/The radio is *playing* too loudly. 收音機的音量太大了.

【 表演, 演戲 】**9** 表演, 演出. *play* in a musical comedy 在一部音樂喜劇中演出/He has *played* opposite many famous actresses. 他曾與許多有名的女演員演過對手戲.

10 〔戲劇, 電影等〕上演, 上映. The movie *played* for a month on Broadway. 那部電影在百老匯上映了一個月.

【 自由地活動 】**11** 〔光, 波等〕輕輕盪漾, 搖晃, 閃爍, 閃動, (*about, on*). A smile *played about* her lips. 她的嘴角浮現出微笑/Lights *played on* the water. 光線在水面上閃爍.

12 【充分發揮功能】(使砲口、噴水等發揮效果)接連發射, 噴射. The fire hoses *played* over the burning houses. 消防水管向著火的房屋四處噴水.

— *vt.* 【 玩 】**1** 做(某種)遊戲. *play* catch 玩投捕遊戲/*play* hide-and-seek 玩捉迷藏.

2 裝扮遊戲, 模仿遊戲. *play* house 玩扮家家酒/Jane likes to *play* nurse. 珍喜歡扮護士玩/The children are *playing* war. 孩子們正在玩打仗. 語法 例句 2 中的受詞通常使用「不加冠詞的單數[複數]名詞」.

3 句型4 (play **A** **B**)、句型3 (play **B** *on* **A**)對 A(人)做 B(惡作劇等), 用 B(惡作劇等)作弄 A(人). He *played* me a trick. = He *played* a trick *on*

me. 他戲弄我.

【**進行娛樂性的比賽**】 **4** 參加〔體育比賽, 遊戲等〕; (比賽)出場; 進行〔比賽〕. They are *playing* football. 他們正在踢足球/*play* a game of tennis with... 和...比賽網球/Paul *plays* badminton well. 保羅羽毛球打得很好/*play* cards 玩牌.

5 和〔對手〕比賽, 對戰. We *played* the American team last year. 我們去年跟美國隊比賽/I *played* her at chess. 我找她下西洋棋.

6 擔任〔某類〕選手, 防守〔棒球的某個〕位置. *play* first base 守一壘.

7 任用〔某人〕《as》. The manager will *play* Roy as pitcher. (球隊)經理將任用羅伊擔任投手.

8 賭〔錢〕, 賭博. *play* one's last ten dollars 賭最後的十塊錢/*play* the horses 賭馬.

【**演奏**】 **9** 演奏〔音樂〕《on》, 彈奏〔樂器〕. 句型4 (play **A** B), 句型3 (play **B** *for* 〔*to*〕 **A**) 演奏 B(音樂)給 A 聽. *play* Chopin *on* the piano 以鋼琴彈奏蕭邦的曲子/*play* the violin 拉小提琴 (★在樂器名稱前常加 the)/*Play* us some dance music. = *Play* some dance music *for* us. 彈支舞曲給我們聽吧! (→ 10).

10 播放〔唱片, 錄音帶〕; 句型4 (play **A** B), 句型3 (play **B** *for* 〔*to*〕 **A**) 為 A 播放 B〔唱片, 錄音帶等〕(→ 9 最後一個例句).

【**表演**】 **11** (在劇中)擔任〔角色〕. *play* (the part of) Hamlet 飾哈姆雷特.

12 擔任〔完成〕指派的任務. *play* the host 〔hostess〕盡主人〔女主人〕的責任.

13 裝扮, 扮作. *play* the man 裝扮成男人模樣/*play* the fool 裝傻. 語法 12, 13 的受詞通常使用 the+單數名詞.

14 (**a**)〔戲劇, 電影等〕上演〔上映〕. *play* an Elizabethan comedy 上演伊莉莎白時代的喜劇. (**b**) 在〔某個場所〕演出. We were *playing* a little country town. 我們在一個小鄉鎮演出.

【**任意移動**】 **15** 噴, 射, 〔光, 水, 砲火〕《on》. The firemen *played* water on the blaze. 消防員們向火焰噴水.

plày abóut 〔*aróund*〕 遊手好閒. Stop *playing around* and take your studies seriously! 別再遊手好閒, 要認真念書!

plày/.../alóng 不做任何回應讓〔人〕等候.

plày at... (1)做, 進行, 〔遊戲, 比賽〕; 兒童扮...玩. *play* at being pirates 玩海盜遊戲. (2)三心二意地做.... *play* at a job 對工作敷衍了事.

plày/.../awáy 揮霍〔財產〕; 浪費....

plày/.../báck 播放, 重放, 〔錄音帶寫〕.

plày bóth énds agàinst the míddle 使雙方相爭而坐享漁翁之利.

plày/.../dówn (有意)輕描淡寫...(◆play/.../up). He tried to *play down* his blunder. 他嘗試輕描淡寫他的過錯.

plày for tíme (暫時不做任何決定)拖延時間.

plày/.../ín 奏樂迎接(◆play/.../out).

plày into the hánds of... 恰如〔對方〕所願, 正中〔對方〕下懷.

plày óff (play-off 的)決勝負《*play* a tie *off* 源自〔平手後再賽, 決出勝負)的說法》.

plày A óff agàinst B 讓 A 和 B 對抗以獲漁翁之利.

plày on 〔*upon*〕... (狡猾地)利用〔人的弱點等〕. She *played on* his generous nature. 她利用了他慷慨寬大的天性.

plày/.../óut (1)把〔戲〕演完; 把〔比賽〕進行到最後. (2)實行...; 表演.... (3)把...全部拿出, 用光.... (4)使...筋疲力竭. (5)奏樂送走〔某人〕(◆ play/.../in).

plày onesèlf ín (不立刻施展全力)慢慢進行比賽來熱身.

plày/.../úp¹ (1)對〔事物〕誇大其詞; 過於隆重處理〔對待〕; (◆ play/.../down). (2)(英、口)給人添麻煩, 讓別人為難.

plày úp² (在比賽中)努力, 加油.

plày úp to... (口)討好..., 奉承..., 阿諛.... *play up* to one's boss 討好巴結上司.

* *plày with...* 玩弄...; 半開玩笑地. She was *playing with* a handkerchief. 她把玩著一條手帕/The cat caught a mouse and *played with* it. 那隻貓捉住一隻老鼠並玩弄牠.

— *n.* (*pl.* ~**s** [~z; ~z]) **1** U 玩, 遊戲. All work and no *play* makes Jack a dull boy. 《諺》光讀書不玩, 孩子會變遲鈍/a *play* on words 雙關語, 文字遊戲, (pun). 同 心情絕佳時所做的遊戲; → game¹.

2 C 劇本; 戲劇. go to the *play* 去看戲/write a TV *play* 寫電視劇本/put the *play* on the air 播送那齣戲.

搭配 *v.*+play: perform a ~ (演戲), stage a ~ (上演戲劇), rehearse a ~ (排戲) // play+*v.*: a ~ opens (開演), a ~ closes (閉幕), a ~ runs (戲劇上演).

3 U (比賽, 遊戲等的)比賽規則, 玩法; ⓐ U (遊戲)輪到〔某人發球或出牌〕(turn), fine *play* 絕技/rough *play* 粗野的動作/It's your *play*. 輪到你(下棋、出牌)了.

4 U 運轉, 活動; 行為; 作法; 態度. All the machines in this factory are in full *play*. 這家工廠所有的機器都在全速運轉中/fair 〔foul〕 *play* → 見 fair 〔foul〕 play.

5 ⓐ U (光, 色等的)閃動, 微動; 肌肉自如的活動. the *play* of sunlight on the leaves 陽光在樹葉上的閃動.

6 U (機械等的)活動範圍; (繩子等的)寬鬆.

7 U 賭博.

at pláy 遊玩.

brìng...into pláy 使...活動; 活用..., 充分利用.... I *brought* all my powers of persuasion *into play*, but still he refused. 我竭盡全力遊說, 但他還是拒絕了.

còme into pláy 開始活動, 開始作用.

in pláy (1)戲謔地, 開玩笑地. (2)《球賽》(球)有效.

màke a 〔*one's*〕 *pláy for...* (主美、口)向〔異

性〕求愛; 努力以獲得….

out of play (球賽)〔球〕無效((例如, 棒球賽中的界外滾地球)).

play-act [`ple,ækt; 'pleɪækt] *vi.* 假裝; 裝腔作勢.

play-act-ing [`ple,æktɪŋ; 'pleɪˌæktɪŋ] *n.* U (戲劇的)演技; 表演性的舉止, 「演戲」.

play-back [`ple,bæk; 'pleɪbæk] *n.* (*pl.* ~s [~s; ~s]) U重放(裝置). switch on the *playback* 按下倒轉鍵.

play-bill [`ple,bɪl; 'pleɪbɪl] *n.* C戲劇宣傳海報; 《美》戲劇節目單.

play-boy [`ple,bɔɪ; 'pleɪbɔɪ] *n.* (*pl.* ~s) C花花公子, 追求享樂的富家子弟.

play-er [`pleə; 'pleɪə(r)] *n.* (*pl.* ~s [~z; ~z]) C **1** 比賽者[選手]; 遊戲者. a professional baseball *player* 職業棒球選手/a chess *player* 西洋棋選手.
2 演員. a stage *player* 舞臺演員.
3 演奏者, 彈奏者, 吹奏者. a piano *player* 彈奏鋼琴者; 鋼琴演奏家.
4 自動演奏裝置; 唱機, 錄放音機, CD唱盤.

play-er pi-an-o *n.* C自動(演奏)鋼琴.

play-fel-low [`ple,fɛlo, -ə; 'pleɪˌfeləʊ] *n.* C玩伴.

play-ful [`pleful; 'pleɪfʊl] *adj.* **1** 好玩的, 貪玩的. **2** 開玩笑的, 戲謔的.

play-ful-ly [`plefəlɪ; 'pleɪfʊlɪ] *adv.* 開玩笑地.

play-ful-ness [`plefəlnɪs; 'pleɪfʊlnɪs] *n.* U淘氣; 嬉戲.

play-go-er [`ple,goə; 'pleɪˌgəʊə(r)] *n.* C愛看戲的人, 戲迷.

play-ground [`ple,graʊnd; 'pleɪɡraʊnd] *n.* (*pl.* ~s [~z; ~z]) C **1** 遊樂場((有娛樂設施等的公園)); 娛樂場. an adventure *playground* 《英》冒險樂園((使用舊輪胎等的廢棄物布置的樂園)). **2** (學校)運動場. a school *playground* 《學校的)運動場.

play-group [`ple,grup; 'pleɪɡruːp] *n.* C《主英》(私營)托兒所((以3-5歲的幼兒爲對象)).

play-house [`ple,haʊs; 'pleɪhaʊs] *n.* (*pl.* -hous-es [-,haʊzɪz; -haʊzɪz]) C **1** 劇場. **2** 《主美》玩具小屋((裡面可供孩子遊玩)).

play-ing card *n.* C撲克牌, 紙牌.

play-ing field *n.* C(足球、板球等的)運動[比賽]場.

play-mate [`ple,met; 'pleɪmeɪt] *n.* C遊伴, 玩伴.

play-off [`ple,ɔf; 'pleɪˌɒf] *n.* (*pl.* ~s) C(平手後, 爲決定勝負再進行的)延長賽, 加賽; 冠軍賽; (→ play off (play 的片語)).

play-pen [`ple,pɛn; 'pleɪpen] *n.* C幼兒圍欄((供幼兒在內玩耍)).

play-room [`ple,rum; 'pleɪruːm] *n.* C遊戲室.

play-suit [`ple,sut; 'pleɪsuːt] *n.* C(小孩穿的)運動衣.

play-thing [`ple,θɪŋ; 'pleɪθɪŋ] *n.* C玩具; 玩物.

play-time [`ple,taɪm; 'pleɪtaɪm] *n.* UC遊戲時間((特指在學校課堂之間的)).

play-wright [`ple,raɪt; 'pleɪraɪt] *n.* C劇作家.

pla-za [`plæzə; 'plɑːzə; 'plɑːzə] 《西班牙語》 *n.* C (市、鎮的)廣場; 《美》購物中心.

PLC, plc (略)《英》Public Limited Company (股份有限公司).

plea [pli; pliː] *n.* C **1** (文章)懇求, 請求. make a *plea for* mercy [pity] 請求垂憐[同情].
2 《主美》(單數)辯解.
3 《法律》申訴案件; 抗辯, 答辯. ⇔ *v.* plead.
on the plea of… 《主美》以…爲藉口.

plead [plid; pliːd] *v.* (~s [~z; ~z]; ~ed [~ɪd; ~ɪd], (美) pled; ~ing) *vi.*
1 請願, 懇求, (*for*). plead *for* mercy 請求憐憫/She pleaded *for* her husband's life. 她為丈夫的性命懇求. **2** 辯護, 辯解, (*for*). His lack of experience *pleaded for* him. 他的經驗不足成了他獲得原諒的理由. **3** 《法律》辯護; 答辯; 申訴.
— *vt.* **1** 以…作託辭[藉口]; 句型3 (plead *that* 子句)說…以作爲藉口. I *pleaded* ignorance of the new rules. 我藉口不知道新的規則/I can only *plead* that I didn't know. 我只能推託說我不知情.
2 《訴訟事件的)辯護. I asked a lawyer to *plead* my case. 我請律師替我的案子辯護.
3 句型3 (plead *that* 子句) 懇求別人做…. She *pleaded that* her father give up drinking. 她懇求她父親戒酒(★ give 爲假設語氣現在式).
⇔ *n.* plea.
plead guilty [*not guilty*] 〔被告〕承認[否認]自己的罪行.
plead with… (向某人)懇請…(*to* do). plead *with* the management *to* reconsider the matter 懇請資方再次考慮那件事.

plead-ing [`plidɪŋ; 'pliːdɪŋ] *n.* U請願; 申辯.
— *adj.* 懇求似的(眼神等).

plead-ing-ly [`plidɪŋlɪ; 'pliːdɪŋlɪ] *adv.* 懇求地.

pleas-ant [`plɛznt; 'pleznt] *adj.* (~-er, more ~; ~-est, most ~)

《使人高興》 **1** 令人愉快的; 舒適的. a *pleasant* trip 愉快的旅行/The book is *pleasant* to read. 這本書讀起來很愉快/It was *pleasant* for her to talk with her old friend. 和老朋友說話是件令她高興的事/We had many *pleasant* times together. 我們一起度過許多快樂的時光.
2 〔人、態度、個性等〕令人愉快的, 討人喜歡的. a *pleasant* young man 討人喜歡的年輕人/I tried to make myself *pleasant* to them. 我盡力使自己能討他們的喜歡/She had a *pleasant* smile on her face. 她臉上露出迷人[怡人]的微笑.
3 〔天氣〕晴朗且令人心情舒暢的.
注意 「我很愉快」不可說成 I am *pleasant*. 即使譯成「愉快」, pleasant 也不是指自身愉快, 而是「讓人感到愉悅」的意思.
⇔ *v.* please. ↔ unpleasant.

pleas·ant·ly [ˋplɛzn̩tlɪ; ˈplezntli] *adv.* 和藹可親地，愉快地，《pleasantly 和 pleasant 相同，主要是指「讓人感到愉悅地」》. The girl spoke to me *pleasantly*. 那女孩和藹可親地對我說話.

pleas·ant·ry [ˋplɛzn̩trɪ; ˈplezntri] *n.* (*pl.* **-ries**) ⓒ《文章》幽默，詼諧的話[動作]，笑話，逗趣話. exchange *pleasantries* with one's friend 與朋友互開玩笑.

please [pliz; pli:z] *v.* (**pleas·es** [~ɪz; ~ɪz]; ~**d** [~d; ~d]; **pleas·ing**) *vt.* **1** 使人高興，使愉快，使滿足，(↔ displease). Nothing *pleases* him more than good music. 沒有比好的音樂更能使他愉快的了/John is easy to *please*. 討好約翰很容易(★亦可寫成 It is easy to *please* John.).

2 覺得想做[某事]；喜歡[某物]，(like)《用於 as, what 等所引導的關係子句》. Do *what* you *please*. 做你喜歡做的事/Take as many *as* you *please*. 你想要多少就拿多少.

3《人》中意，合意.

── *vi.* **1** 使人愉悅，給人快樂；合人心意. Betsy was always anxious to *please*. 貝琪總是急著去迎合[討好]別人.

2 想做，喜歡，《用於 as, if 等所引導的關係子句》. Do as you *please*. 做你喜歡的[事].

if you pléase (1)《文章》請求允許，可以的話；請. *If you please*, I'd like to finish what I'm saying. 要是你允許，請讓我把話說完.

(2)(表示抗議、憤怒)竟然，你相信嗎? And then, *if you please*, the fellow had the nerve to show up the next day. 可是，沒想到這傢伙第二天竟然還敢露面.

plèase Gód《文章》如果是神的旨意，如果可能的話.

plèase onesélf《有時帶點諷刺》做自己所喜歡[願意]做的. I am going home. You can *please yourself*. 我要回家了，你愛怎樣就怎樣.

── *interj.*《副詞性》(a)《請求，附帶有客氣的命令意思》請，麻煩您，(★if you please 的省略). Will you *please* pass the salt? 請把鹽遞給我好嗎?/Some more cake, *please*. 請再給我一些蛋糕/*Please* don't make a noise. 請別作聲[喧鬧]/He asked everybody to *please* be serious. 他請大家莊重嚴肅一點.

(b)《用 Yes, please. 作爲別人提出要幫你做某件事時的回答》謝謝(↔ No, thank you.). "Would you like some more tea?" *"Yes, please."*「還要來點茶嗎?」「好啊! 謝謝」/"Shall I close the window?" "*Yes, please* (do)."「要關窗戶嗎?」「好啊! 謝謝」.

(c)《口》(Please!) 懇切的拜託;《依不同場合》請不要⋯.

↪ *n.* **pleasure.** *adj.* **pleasant, pleasing, pleased.**

pleased [plizd; pli:zd] *adj.* 愉快的；滿足的；中意的;《with, at, about; that 子句》. I'm *pleased with* this new camera. 我很滿意這架新照相機/I'm *pleased at* your success. 我爲你的成功感到高興/She wasn't *pleased about* her

son's having quit the company. 她對兒子離開公司感到不高興/I'm *pleased that* you have come. 你來了，我很高興. 語法 pleased 本來是「使愉悅」的被動式，但因現在把 pleased 當作形容詞，因此 be very pleased 比 be much pleased 更爲常見.

be plèased to dó 高興做⋯；因做[某事]而高興;《禮貌的說法》. I shall *be pleased to* see you tomorrow. 我很樂意明天見到你/We *were* very *pleased to* hear from you again. 再次有你的消息，我們感到非常高興.

*pleas·ing [ˋplizɪŋ; ˈpli:ziŋ] *v.* please 的現在分詞，動名詞.

── *adj.*【使人愉悅般的】令人高興的，給人好感的;〔事物〕使人愉快的. She has a very *pleasing* manner. 她的舉止非常優雅/sounds *pleasing to* the ear 悅耳的聲音.

pleas·ing·ly [ˋplizɪŋlɪ; ˈpli:ziŋli] *adv.* 給人好感地，愉快地.

pleas·ur·a·ble [ˋplɛʒrəbl̩, -ʒərəbl̩; ˈpleʒərəbl] *adj.*《文章》令人快樂的，愉快的，高興的. a *pleasurable* experience 愉快的經驗.

pleas·ur·a·bly [ˋplɛʒrəblɪ, -ʒərəblɪ; ˈpleʒərəbli] *adv.* 高興地，愉快地.

pleas·ure [ˋplɛʒɚ; ˈpleʒə(r)] *n.* (*pl.* ~**s** [~z; ~z])【愉快】 **1** ⓤ快樂，高興，愉快的心情，(*of*)(→ enjoyment, delight 回). take great *pleasure* in work 在工作中獲得極大快樂/get much *pleasure* from books 從書裡獲得很多樂趣/He finds *pleasure* in watching birds. 他從賞鳥中找到了樂趣/He asked for the *pleasure of* her company. 他請求她賞臉相伴.

搭配 *adj.*+pleasure: genuine ~ (眞心的快樂), real ~ (眞正的快樂) // *v.*+pleasure: give ~ to... (爲⋯帶來快樂), derive ~ from... (從⋯得到快樂).

2 ⓒ快樂的事，快樂的泉源、由來). It's a great *pleasure* to see an old friend after a long time. 和老朋友久久別重逢是件極愉快的事/the *pleasures* of his younger days 他年輕時快樂的事.

3 ⓤⓒ(肉體的)享樂，愉悅. a man of *pleasure* 放蕩者，浪蕩子.

【對方的情況】 **4** ⓤ《文章》(用 my [his] pleasure)情況，意向. consult [ask] a person's *pleasure* 探詢某人的意向.

↪ *v.* **please.** *adj.* **pleasurable.**

at one's pléasure 隨意地，愛怎樣就怎樣地.

for pléasure (爲了)玩樂地，作爲消遣地，(↔ on business). He works *for pleasure*; he doesn't need the money. 他不缺錢，去工作只是爲了好玩.

hàve the pléasure of... 能夠幸運[榮幸]地做⋯事；請求做⋯事. I *had the pleasure of* meeting your father last night. 昨晚我有幸見到了令尊/May I *have the pleasure of* the next dance with you? 我有這個榮幸和你跳下一支舞呢?

(*It's*) *mỳ pléasure.* = *The plèasure is míne.* 哪裡哪裡；這是我的榮幸;《與 Thank you. 等致謝的詞相對的用語，含有「該高興的是我」的意思》.

* *with pléasure* 愉快地，高興地. Yes, *with*

pleasure. (相對於請求)是的, 我很樂意[榮幸].

pléasure bòat *n.* C 遊艇.

pléasure gròund *n.* C 遊樂場所; 公園.

pleat [plit; pliːt] *n.* C (裙子等的)褶, 衣褶.
— *vt.* 給…打褶. a *pleated* skirt 百褶裙.

pleb [plɛb; pleb] *n.* C (輕蔑)(常 plebs)庶民, 百姓, (plebeian).

ple·be·ian [plɪˋbiən; plɪˈbiːən] *n.* C 1 (古羅馬的)平民. 2 (輕蔑)一般平民.
— *adj.* (輕蔑)平民的, 庶民的; 粗野鄙俗的.

pleb·i·scite [ˋplɛbə͵saɪt, ˋplɛbəsɪt; ˈplebɪsɪt] *n.* C 公民投票(有關國家重要事務的公民直接投票).

plec·trum [ˋplɛktrəm; ˈplektrəm] *n.* C (吉他等弦樂器演奏時用的)指套, 撥子.

pled [plɛd; pled] *v.* (美) plead 的過去式、過去分詞.

*****pledge** [plɛdʒ; pledʒ] *n.* (*pl.* **pledg·es** [~ɪz; ~ɪz])
1 UC 誓約; 保證; 公約. under *pledge* of secrecy 誓不洩密/redeem [make good] a campaign *pledge* 履行選舉諾言.
2 C 擔保物, 抵押品, 典當物; U 典當, 抵押. put [give, lay] a camera *in* [*to*] *pledge* 以照相機作抵押[擔保]/take a pearl necklace *out of pledge* 贖回作抵押的珍珠項鍊.
3 C (愛情等的)信物, 保證, 象徵. Sam gave her a brooch as a *pledge of* friendship. 山姆給她一枚胸針作為友情的象徵[信物].
take [*sign*] *the pledge* (常戲謔語)發誓戒酒.
— *vt.* 1 (a) 發誓. 句型3 (pledge to do/that 子句) 發誓要怎麼做/發…的誓言. They *pledged* their support. 他們發誓要提供援助. (b) 句型4 (pledge A B), 句型3 (pledge B to A) 向 A(人)發誓 B, 誓守約定. With this ring I *pledge* you my love. 我以這只戒指憑發誓我愛你/I *pledge* my undying loyalty *to* you. 我發誓對你永遠忠誠. (c) 句型5 (pledge A to do) 使 A(人)發誓做…; (用 pledge oneself) 發誓[*to*; *to* do]. He is *pledged* to marry Dora. 他和朵拉訂婚.
2 作抵押, 作擔保.
3 (文章)為(某事)乾杯.

Ple·ia·des [ˋpliə͵diz, ˋplaɪə-; ˈpliːəˌdiːz, ˈplaɪə-] *n.* (加 the)(作複數) 1 (天文)昴星團(牡牛座的星群). 2 (希臘神話)普蕾亞德斯(亞特拉斯的七個女兒; 宙斯將其變成天上的星星).

ple·na·ry [ˋplinərɪ, ˋplɛn-; ˈpliːnərɪ] *adj.* 1 全體出席的. a *plenary* session [meeting] 全體大會.
2 全部的; 絕對的. *plenary* powers 全權.

plen·i·po·ten·tia·ry [͵plɛnəpəˋtɛnʃərɪ, ͵ʃɪ͵ɛrɪ; ͵plenɪpəʊˈtenʃərɪ] *n.* (*pl.* **-ries**) C 全權大使 [委員].
— *adj.* 擁有全權的; (權力)絕對的. an ambassador extraordinary and *plenipotentiary* 特派的全權大使.

plen·te·ous [ˋplɛntɪəs; ˈplentjəs] *adj.* (主詩)豐富的, 充足的.

*****plen·ti·ful** [ˋplɛntɪfəl; ˈplentɪfʊl] *adj.* 豐富的, 大量的, 充分足夠的. a *plentiful* food supply 充足的糧食供應/a *plentiful* harvest 豐收.

===== **Plimsoll line** 1173

⇨ *n.* plenty. ↔ scarce.

plen·ti·ful·ly [ˋplɛntɪfəlɪ; ˈplentɪfʊlɪ] *adv.* 充分地, 豐富地.

*****plen·ty** [ˋplɛntɪ; ˈplentɪ] *n.* U 1 豐富, 大量, 充足; 多量, 多數. "Another cup of tea?" "No, thank you. I've had *plenty*." 「要不要再來一杯茶呢?」「不, 謝謝. 我已經喝很多了.」
2 豐富; 繁榮. a year of *plenty* 豐年/We wish you peace and *plenty* for the New Year. 謹祝新的一年裡平安富裕(賀年卡的問候語).
* *in plénty* (1)很多地, 充分地. (2)豐富地, 富裕地. live *in plenty* 過著富裕的生活.
* *plénty of...* 大量的... There are *plenty of* books in my study. 我的書房裡有很多書/We had *plenty of* rain last year. 去年我們這裡雨量很充沛. 語法 (1) plenty of 如上例所示通常用於肯定句; much, many 用於否定句, 而 enough 則用於疑問句: We don't have *much* time. (我們時間不多了)/Do you have *enough* money? (你錢夠多嗎?) (2)動詞和接續在 plenty of 後的名詞單複數一致.
— *adj.* (口)大量的, 足夠的; 豐富的. We have *plenty* things to do today. 今天我們有很多事情要做.
— *adv.* (口)足夠地(fully); (美、口)非常地(very). It's *plenty* hot. 天氣非常熱.

ple·o·nasm [ˋpliə͵næzəm; ˈpliːəʊnæzəm] *n.* U (修辭學)冗詞, 贅言, C 冗言(a false lie, more preferable 等; false, more 為不必要的字).

pleth·o·ra [ˋplɛθərə; ˈpleθərə] *n.* [a U](文章)過多, 過剩. a *plethora* of food 過多的糧食.

pleu·ri·sy [ˋplʊrəsɪ, ˋplɪʊrə-; ˈplʊərɪsɪ] *n.* U (醫學)肋膜炎.

plex·us [ˋplɛksəs; ˈpleksəs] *n.* (*pl.* ~**es**, ~) C (解剖)(神經、血管的)叢, 網狀組織.

pli·a·bil·i·ty [͵plaɪəˋbɪlətɪ; ͵plaɪəˈbɪlɪtɪ] *n.* U 柔軟; 適應性.

pli·a·ble [ˋplaɪəbl; ˈplaɪəbl] *adj.* 1 易彎的, 柔韌的, 柔軟的. 2 (性質等)有適應性的.

pli·an·cy [ˋplaɪənsɪ; ˈplaɪənsɪ] *n.* =pliability.

pli·ant [ˋplaɪənt; ˈplaɪənt] *adj.* =pliable.

pli·ant·ly [ˋplaɪəntlɪ; ˈplaɪəntlɪ] *adv.* 柔軟地, 柔韌地.

plied [plaɪd; plaɪd] *v.* ply[1] 的過去式、過去分詞.

pli·ers [ˋplaɪəz; ˈplaɪəz] *n.* (作複數)鉗子, 老虎鉗, (→ tool 圖). a pair of *pliers* 一把鉗子.

plies [plaɪz; plaɪz] *v.* ply[1] 的第三人稱、單數、現在式. — *n.* ply[2] 的複數.

plight [plaɪt; plaɪt] *n.* C (通常用單數)困窘的狀態, 苦境, 困境. Everyone was horrified by the *plight* of the refugees. 看到難民們的困境, 大家都很震驚.

plim·soll [ˋplɪmsəl; ˈplɪmsəl] *n.* (英)(plimsolls)橡膠底帆布鞋, 運動鞋.

Plímsoll líne [**màrk**] *n.* C (海事)(船的)載重吃水線[標示](貨物裝載不得讓吃水線沒

入水面之下).

plinth [plɪnθ; plɪnθ] *n.* C《建築》柱礎, 底座; (塑像的)四角形臺座.

PLO (略) Palestine Liberation Organization(巴勒斯坦解放組織).

plod [plɑd; plɒd] *vi.* (~**s**; ~**ded**; ~**ding**) **1** 沈重地走(*on, along*). **2** (辛苦)勤奮地工作[學習]《*at*》. He's *plodding* away at math problems. 他勤奮地鑽研數學問題.
plòd one's *wáy* 步履蹣跚(→ way¹ 表).

plod·der [ˋplɑdə; ˈplɒdə(r)] *n.* C步履蹣跚的人; 辛勤[努力]工作的人.

plonk [plɔŋk, plɑŋk; plɒŋk] *v., n., adv.* =plunk.

plop [plɑp; plɒp] (口) *n.* C (用單數)噗通掉落聲.
—— *vi.* (~**s**; ~**ped**; ~**ping**) 噗通地落下.
—— *adv.* 噗通地.

plo·sive [ˋplosɪv; ˈpləʊsɪv]《語音學》 *n.* C爆裂音([p; p], [t; t], [k; k]等; 亦作 stop 〔閉塞音〕).
—— *adj.* 爆裂音的.

***plot** [plɑt; plɒt] *n.* (*pl.* ~**s** [~s; ~s]) C
【 區域 】 **1** 小塊土地, 小區域. a garden *plot* 花園用地/a vegetable *plot* 菜圃.
2 (美)(建築物、建築用地的)簡圖, 草圖.
【 計畫 】 **3** 陰謀, 企圖; (狡猾的)祕密計畫. hatch a *plot* to rob the bank 陰謀策劃搶劫銀行.
4 (小說、戲曲等的)情節, 構想. a complicated *plot* 錯綜複雜的情節/the main *plot* of a play 戲劇的主要情節.
—— *v.* (~**s** [~s; ~s]; ~**ted** [~ɪd; ~ɪd]; ~**ting**) *vt.*
1 策劃, 圖謀, 〔壞事〕 句型3 (plot to *do*/*wh* 子句、片語)策劃…, 圖謀…. *plot* to overthrow the government 圖謀顛覆政府/*plot* how to obtain the document 策劃如何獲取那份文件.
2 畫簡圖〔平面圖〕; 把〔位置等〕標進地圖〔圖面〕.
3 架構〔小說等的〕情節.
4 劃分〔土地〕《*out*》.
—— *vi.* 策劃陰謀, 圖謀不軌, 《*against*》. They are *plotting* against us. 他們對我們圖謀不軌.

plot·ter [ˋplɑtə; ˈplɒtə(r)] *n.* C陰謀者; 策劃者.

plough [plaʊ; plaʊ] *n., v.* (英)=plow. ★其複合字 *plough*man, *plough*share 亦同.

plov·er [ˋplʌvə; ˈplʌvə(r)] *n.* C《鳥》鴴.

***plow** (美), **plough** (英) [plaʊ; plaʊ] *n.* (*pl.* ~**s** [~z; ~z]) **1** C犁(通常由牛、馬或曳引機牽引耕作).
2 C像犁一般的器具; 除雪機(snowplow).
3 (主英) (the Plough) 北斗七星 ((美) the Big Dipper).
—— *vt.* **1** 耕耘; 翻土, (翻土)挖掘, 《*up*》. *plow* the land 犁地/*plow* up old roots 挖出老樹根.
2 跋涉〔道路等〕; 推開…前進; 《*through*》. *plow* one's way *through* the crowd 推開人群前進.

—— *vi.* **1** 耕作; 翻地. **2** 跋涉; 努力工作[讀書] 《*through*》.

plòw/.../*báck* 把〔翻起的草〕埋回地底; 把〔利益〕再投資.

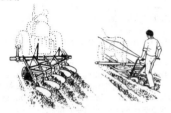

[plows 1]

plow·man [ˋplaʊmən; ˈplaʊmən] *n.* (*pl.* -**men** [-mən; -mən]) C(美)用犁耕作者; 農夫; 鄉下人.

plow·share [ˋplaʊˌʃɛr, -ˌʃær; ˈplaʊʃeə(r)] *n.* C (美)犁頭.

ploy [plɔɪ; plɔɪ] *n.* (*pl.* ~**s**) C(口)(博取同情、欺騙人等的)手法, 伎倆.

***pluck** [plʌk; plʌk] *v.* (~**s** [~s; ~s]; ~**ed** [~t; ~t]; ~**ing**) 【 用力拉扯 】 *vt.* **1** 用力拉, 扯; 突然地拔取. *pluck* a person's sleeve 扯某人衣袖.
2 拔, 拔掉〔羽毛, 毛〕, 拔羽毛. *pluck* the feathers from a chicken = *pluck* a chicken 拔雞毛.
3 (雅)採[摘]〔花, 果實等〕(pick). He *plucked* a rose from the bush. 他從花叢中摘了一朵玫瑰花.
4 【用手指撥彈】撥弄〔樂器的弦〕等)((美) pick). He *plucked* (the strings of) his guitar. 他撥響了吉他(的琴弦).
—— *vi.* 用力拉, 拉扯; 採, 摘; 《*at*》. The little girl *plucked* at her mother's skirt. 那個小女孩扯著媽媽的裙子.

plùck/.../*úp* 鼓起〔勇氣等〕. *pluck* up (one's) courage 鼓起勇氣.
—— *n.* **1** U拉扯; give a *pluck* at... 用力拉…. **2** U勇氣, 決心. He didn't have the *pluck* to express his criticism openly. 他沒有公然提出批評的勇氣. **3** U (加 the) (動物的)內臟.

pluck·i·ly [ˋplʌkɪlɪ; ˈplʌkɪlɪ] *adv.* 大膽地; 精神抖擻地.

pluck·y [ˋplʌkɪ; ˈplʌkɪ] *adj.* 有勇氣的, 勇敢的, 大膽的.

***plug** [plʌg; plʌg] *n.* (*pl.* ~**s** [~z; ~z]) C **1** (塞住洞口的)栓, 塞子, (stopper). pull the *plug* out of the bathtub 拔掉浴缸的塞子.
2 (電)插頭(→ outlet 圖). put the *plug* in the outlet 把插頭插進插座裡.
3 菸草塊(為板塊狀).
4 消防栓(fireplug).
5 (口)(收音機、電視等的)插播廣告.
pùll the plúg on... (俚)(突然)打斷(〈從插座拔掉插頭〉).
—— *vt.* (~**s** [~z; ~z]; ~**ged** [~d; ~d]; ~**ging**)
1 拴住, 堵住, 塞住, 《*up*》. *plug* up the hole in

the wall 把牆上的洞塞住/Something has *plugged* the drainpipe. 有東西堵住排水管.

2 《俚》反覆宣傳, 打廣告.

plùg awáy at... 《口》幹勁十足地.

plùg ín 插上插頭.

plùg/.../ín 把…插入插座. *Plug in* the vacuum cleaner. 把吸塵器的插頭插上.

plúg into 以插頭連接; 連接〔電腦系統等〕.

plúg A into B 用插銷將 A 連上 B.

＊plum [plʌm; plʌm] *n.* (*pl.* ~s [~z; ~z]) **1** C《植物》李樹, 李子; 梅樹, 梅子. a *plum* tree 李樹.
2 C《口》最好的東西; 極佳的地位〔職位〕. That job is a real *plum*. 那真是一份好工作.
3 U 深紫色.

plum·age [ˋplʌmɪdʒ, ˋplʌm-; ˋpluːmɪdʒ] *n.* UC (集合) 羽毛.

plumb [plʌm; plʌm] *n.* C (測量水深的) 測鉛; (讓釣魚線下沉的) 鉛錘.

off* [*out of*] *plúmb 不垂直的.
— *adj.* **1** 垂直的.
2 《限定》《美、口》完全的. That's *plumb* nonsense! 那簡直是胡扯!
— *adv.* 直直地; 《美、口》全然地.
— *vt.* **1** 用測鉛測量〔深度, 垂直線〕, 測深.
2 推測, 看穿〔心意等〕. His work *plumbs* the mystery of human existence. 他的作品裡探索人類存在的奧祕.

plùmb the dépths (of...) 《常表詼諧》經歷到〔〔絕望等)的深淵; 探究…的奧妙.

plum·ba·go [plʌmˋbego; plʌmˋbeigəu] *n.* U 石墨.

plumb·er [ˋplʌmə; ˋplʌmə(r)] (★注意發音) *n.* C (自來水、瓦斯工程的) 鉛管工人, 鋪設管線工人, 水管工人.

plùmber's fríend [**hélper**] *n.* 《美、口》=plunger 2.

plumb·ing [ˋplʌmɪŋ; ˋplʌmɪŋ] (★注意發音) *n.* U **1** (自來水、瓦斯的) 管線工程. **2** (建築物內部的) 管線(系統).

plúmb lìne *n.* C鉛垂線〔前端加上測鉛〕.

＊plume [plʌm, plum; pluːm] *n.* (*pl.* ~s [~z; ~z]) C **1** (通常 plumes) (裝飾用) 羽毛, the *plumes* of a peacock 孔雀羽毛.
2 (常 plumes) (帽子等的) 羽飾. Her hat was decorated with *plumes*. 她的帽子用羽毛裝飾.
— *vt.* **1** 用羽毛裝飾.
2 (鳥用喙) 整理〔羽毛〕. The bird was *pluming* itself [its feathers] on a branch. 這隻鳥在樹枝上梳理自己的羽毛.

[plumes 2]

plum·met [ˋplʌmɪt; ˋplʌmɪt] *n.* C (裝於釣魚線或鉛垂線的) 鉛錘, 測鉛.
— *vi.* 垂直跌下; 暴跌.

plum·my [ˋplʌmɪ; ˋplʌmɪ] *adj.* 《口》特別好的, 好的.

＊plump¹ [plʌmp; plʌmp] *adj.* (~·er; ~·est) 豐滿的; 鼓起的; (→ fat 同). a *plump* girl 豐滿的女孩.
— *vt.* 使豐滿; 使鼓起; (*up*, *out*).

plump² [plʌmp; plʌmp] 《口》 *vi.* **1** 沈重地落下〔坐下〕(*down*). **2** 堅決支持(*for*).
— *vt.* 使沈重地落下(*down*).
— *adv.* **1** 重重地. **2** 突然地.
— *n.* a U 重重地落下; 噗通落下的聲音.

plump·ish [ˋplʌmpɪʃ; ˋplʌmpɪʃ] *adj.* 胖嘟嘟的, 圓滾滾的.

plùm púdding *n.* UC (加入葡萄乾的) 布丁《特指在英國用於聖誕節的布丁》.

＊plun·der [ˋplʌndə; ˋplʌndə(r)] *v.* (~s [~z; ~z]; ~ed [~d; ~d]; **-der·ing** [-drɪŋ, -dərɪŋ; -dərɪŋ]) *vt.* 從〔城鎮或他人〕掠奪; 從…搶奪(*of*). The enemy soldiers *plundered* the town. 敵兵掠奪了這座城鎮/ *plunder* the citizens *of* their valuables 從人民那裡掠奪他們的貴重物品.
— *vi.* 掠奪.
— *n.* U 掠奪; (集合) 掠奪品; 盜竊品.

plun·der·er [ˋplʌndərə; ˋplʌndərə(r)] *n.* C 掠奪者.

＊plunge [plʌndʒ; plʌndʒ] *v.* (**plung·es** [~ɪz; ~ɪz]; ~d [~d; ~d]; **plung·ing**) *vt.* **1** 插入…; 投進; (*into*). I *plunged* my hands *into* the suds. 我把雙手伸進肥皂水裡/He *plunged* all his money *into* the scheme. 他把錢全部投入那計畫中.
2 [句型3] (plunge A *in* [*into*] B) (突然) 使 A 成為 [陷入] B (狀態). This diplomatic error nearly *plunged* our country *into* war. 這個外交上的錯誤幾乎使我國陷入戰爭.
— *vi.* **1** 跳進, 落下; 衝進. He *plunged into* the swimming pool. 他跳進游泳池裡/The car *plunged over* the cliff. 那部車子從懸崖上翻落下來. **2** 陷入《*into* (某種狀態)》. *plunge into* a depression 陷入蕭條. **3** (船) 上下搖晃.
— *n.* C (用單數) 跳進; 衝入; 果斷的言行. take the *plunge* 斷然地採取措施; 冒險.

plung·er [ˋplʌndʒə; ˋplʌndʒə(r)] *n.* C **1** 跳入者; 衝入者.
2 馬桶吸盤《棍棒前端裝有碗狀橡皮吸盤, 馬桶等堵塞時用此排通》.

plung·ing [ˋplʌndʒɪŋ; ˋplʌndʒɪŋ] *v.* plunge 的現在分詞、動名詞.

plunk [plʌŋk; plʌŋk] 《口》 *vt.* **1** 撥弄, 彈奏, 〔琴弦〕. **2** 噗通地投下…(*down*).
— *vi.* **1** 沈重地落下〔倒下〕.
2 〔弦樂器等〕發出聲響.
— *n.* C (用單數) **1** 沈重的鳴聲〔聲音〕.

2 沈重地投擲[墜落]《聲》.
—— *adv.* 砰砰地；沈重地.

plu·per·fect [plu`pɝfɪkt, pliu-; ˌpluː'pɜːfɪkt] 《文法》*adj.* 過去完成式的.
—— *n.* U 過去完成式(past perfect).

‡**plu·ral** [`plurəl, `pliu-; 'pluərəl] *adj.* 複數的 (↔ singular), 兩個以上的. the *plural* number 《文法》複數.
—— *n.* **1** 《文法》(通常加 the)複數; C 複數形式; 複數的字. in the *plural* 用複數的.

plúral fórm *n.* 《文法》C 複數形式. ★本書中名詞的複數形式以(*pl.* ~, ~s)表示; ~ 則表示單複數同形.

plu·ral·ism [`plurəlɪzəm, `pliu-; 'pluərəlɪzəm] *n.* U **1** (社會等的)多元性(由具有不同宗教、文化等人種所組成的). **2** 《用於負面含義》(特指教會制度中)兼職.

plu·ral·i·ty [plu`rælətɪ, pliu-; ˌpluə'rælətɪ]. (*pl.* **-ties**) **1** U 複數(性). **2** U (通常用單數)過半數. **3** C 多數; (通常用單數)(美)(未超過半數的)最高得票數; (與次多票者的)得票差(→ majority).

‡**plus** [plʌs; plʌs] *prep.* **1** 《數學》加…, 加上. Two *plus* three is [equals] five. 2 加 3 等於 5 (2+3=5). **2** (口)加上…, 再加上…. There are two of us, *plus* our child. 有我們夫婦倆, 再加上我們的孩子.
—— *adj.* **1** (限定)有利的, 有益的. a *plus* factor 有利的因素.
2 (限定)《數學》加數的; 加(法)的; 正的; (電)陽極的(positive). a *plus* quantity 正數.
3 (置於名詞之後)(在成績評價中)…上的; (口)外加的. a grade of A *plus* A⁺的成績/Jack has intelligence *plus*! 傑克相當聰明!
—— *n.* (*pl.* ~·es, (美) ~·ses [~ɪz; ~ɪz]) C **1** (數學)加號; 正號; (+)(亦作 plús sign); 正數.
2 (口)剩餘; 利益; 有利條件. A knowledge of English is a *plus* in today's world. 能掌握英語在今日世界裡爲一有利條件. ↔ minus.

plush [plʌʃ; plʌʃ] *n.* U 長毛絨(絨毛比天鵝絨更長的布料; 用於坐墊、窗簾等).
—— *adj.* (限定)(口)(旅館等)豪華的.

plush·y [`plʌʃɪ; 'plʌʃɪ] *adj.* (口)=plush.

Plu·tarch [`plutɑrk, `pliu-; 'pluːtɑːk] *n.* 普魯塔克(46?-120?)(希臘的歷史學家; 《英雄傳》的作者).

Plu·to [`pluto, `pliu-; 'pluːtəʊ] *n.* **1** (希臘神話)普魯托(冥府(Hades)的統治者).
2 (天文)冥王星.

plu·toc·ra·cy [plu`tɑkrəsɪ, pliu-; pluː'tɒkrəsɪ] *n.* (*pl.* -cies) **1** U 金權政治, 財閥政治.
2 C 財閥; 富豪階級.

plu·to·crat [`plutəˌkræt, `pliu-; 'pluːtəʊkræt] *n.* C 金權政治家; 富豪, 富人.

plu·to·crat·ic [ˌplutə`krætɪk, ˌpliu-;

ˌpluːtəʊ'krætɪk] *adj.* 金權政治(家)的, 財閥的.

plu·to·ni·um [plu`tonɪəm, pliu-; pluː'təʊnɪəm] *n.* U 《化學》鈽(放射性元素; 符號 Pu).

*‡**ply**¹ [plaɪ; plaɪ] *v.* (**plies; plied; ~·ing**) *vt.* **1** 勤於使用, 拚命地運作, 〔工具等〕. She *plies* her needle from morning till night. 她從早到晚拚命做針線活.
2 致力於〔工作等〕, 勤奮. He *plied* his trade in his native town. 他在他的家鄉致力經商.
3 強迫…, 強勸, (*with*). The host *plied* him *with* wine. 那家主人強勸他喝酒.
4 〔船等〕(定期)往返, 通行. The small craft *plies* the channel in all weathers. 那條小船不管在任何天氣都往返於海峽之間.
—— *vi.* 〔船, 車等〕定期往返, 通行, (*between*); 〔司機等〕候客. The buses *ply* between the station and the Zoo. 那輛公車往返於車站和動物園之間.

ply² [plaɪ; plaɪ] *n.* (*pl.* **plies**) C **1** (交織的布料或夾板等的)一層. a box of 2-*ply* tissues 鋪著兩層薄紙的箱子. **2** (繩、線等的)股.

Plym·outh [`plɪməθ; 'plɪməθ] *n.* **1** 普利茅斯(位於英格蘭西南部瀕臨英吉利海峽的港口城市; 1620 年 Mayflower 號的出港處).
2 普利茅斯(美國 Massachusetts 東南部的城市; 1620 年搭乘 Mayflower 號的 Pilgrim Fathers 於此登陸, 建設殖民地).

Plýmouth Cólony *n.* 普利茅斯殖民地(→ Plymouth 2).

ply·wood [`plaɪˌwud; 'plaɪwʊd] *n.* U 夾板, 膠合板, (→ veneer 參考).

P.M.¹ (略) Prime Minister.

‡**P.M.**², **p.m.** [`pi`ɛm, ˌpi:'em] 午後, 下午, (源自拉丁語 post meridiem (after noon); ↔ A.M., a.m.). at 6:30 *p.m.* 在下午六點半(讀作 at six-thirty p.m.)/at 12:30 *p.m.* 於凌晨零點三十分. 語法通常用小寫置於數字之後, 便不再加 o'clock.

pneu·mat·ic [nju`mætɪk, nɪu-, nu-; nju:'mætɪk] *adj.* **1** 經由(壓縮)空氣作用的. a *pneumatic* drill 鑿岩鑽孔機. **2** 充氣的.

pneu·mat·i·cal·ly [nju`mætɪk]ɪ, nɪu-, nu-; ·ɪklɪ; nju:'mætɪkəlɪ] *adv.* 利用(壓縮)空氣的作用地.

pneu·mo·nia [nju`monjə, nɪu-, nu-, ·nɪə; nju:'məʊnjə] *n.* U 《醫學》肺炎. acute *pneumonia* 急性肺炎.

P.O. (略) post office.

poach¹ [potʃ; pəʊtʃ] *vi.* **1** 盜獵, 偷捕魚, (*for*). *poach* for salmon 偷捕鮭魚.
2 侵入; 侵犯; (*on, upon*).

poach² [potʃ; pəʊtʃ] *vt.* 將〔蛋〕煮成荷包蛋(打破蛋殼, 不打散蛋黃, 用沸水煮). a *poached* egg 水煮荷包蛋.

poach·er [`potʃə; 'pəʊtʃə(r)] *n.* C 偷獵者, 偷捕魚者; 侵入者.

POB, PO Box (略) post-office box(郵政信箱).

pock [pak; pɒk] *n.* ⓒ痘疱(因 pox 而生).

‡**pock·et** [ˋpakɪt; ˈpɒkɪt] *n.* (*pl.* ~**s** [~s; ~s]) ⓒ〖 口袋〗 **1** (**a**) (衣服的) 口袋.
He took a few coins out of his *pocket*. 他從他的口袋裡拿出幾個硬幣.
(**b**) 《形容詞性》袖珍的, 小型的. a *pocket* radio 小型收音機/a *pocket* dictionary 袖珍辭典.
2 【口袋的內容】(通常用單數) (放錢的) 口袋; 隨身攜帶的錢, 零用錢. My *pocket* is empty. 我的口袋空了.
〖 袋狀物〗 **3** (皮包的) 口袋, (附在椅背的) 網袋等.
4 《礦物》礦穴(礦脈中礦物特別豐富的地方).
5 氣阱(air pocket).
6 孤立地區, 孤立的小地區; 孤立的小集團.
be óut of pócket 《英》賠錢.
hàve [*gèt*]*...in one's pócket* 可以任意支配〔某人或某物〕.
lìne one's póckets → line² 的片語.
pìck a pérson's pócket 掏取人懷中的東西.
pùt one's hánd in one's pócket 《慷慨》花錢, 解囊(<將手放入口袋).
── *vt.* (~**s** [~s; ~s]; ~**ed** [~ɪd; ~ɪd]; ~**ing**)
1 把某物裝入〔封入〕袋中.
2 侵吞〔盜用〕〔某物〕.
3 抑制, 壓抑, 深藏, 〔感情〕; 忍受〔侮辱等〕. I pocketed the insult which she hurled at me and said nothing. 我忍下了她對我的侮辱, 甚麼也沒說.

pock·et·book [ˋpakɪt͵bʊk; ˈpɒkɪtbʊk] *n.* ⓒ
1 《美》女性用的小型手提包(特指無背帶的小皮包); 錢包. **2** 小型筆記本, 記事本. **3** 《美》(平裝本的) 袖珍書.

pock·et·ful [ˋpakɪt͵fʊl; ˈpɒkɪtfʊl] *n.* ⓒ
1 滿滿一口袋的量. **2** 《口》很多, 大量, 《of》. a *pocketful of* troubles 許多煩惱.

pock·et·knife [ˋpakɪt͵naɪf; ˈpɒkɪtnaɪf] *n.* (*pl.* **-knives** [-͵naɪvz; -naɪvz]) ⓒ折疊式小刀.

pócket mòney *n.* Ⓤ零用錢; 《英》(給孩子等的) 零用錢(《美》 allowance).

pock·et·size, pock·et·sized [ˋpakɪt͵saɪz; ˈpɒkɪtsaɪz] [-͵saɪzd; -saɪzd] *adj.* 口袋型的, 小型的.

pócket vèto *n.* ⓒ《美》(總統或州長等) 對議案的否決權.

pock·mark [ˋpak͵mark; ˈpɒkmɑːk] *n.* ⓒ (通常 pockmarks) 痘痕, 痘疤.

pock·marked [ˋpak͵markt; ˈpɒkmɑːkt] *adj.* 有痘痕〔麻子〕的.

POD, p.o.d. (略) pay on delivery(貨到付款).

pod [pad; pɒd] *n.* ⓒ **1** (豆) 莢. **2** 《航空》吊艙(安裝在飛機機翼下, 裝燃料, 武器, 貨物等的收藏庫(設備)).

podg·y [ˋpadʒɪ; ˈpɒdʒɪ] *adj.* 《口》〔人的身體〕矮胖的.

po·di·a [ˋpodɪə; ˈpəʊdɪə] *n.* podium 的複數.

po·di·a·trist [poˋdaɪətrəst; pəʊˈdaɪətrɪst] *n.* 《美》=chiropodist.

──────── **poinsettia** 1177

po·di·a·try [poˋdaɪətrɪ; pəʊˈdaɪətrɪ] *n.* 《美》=chiropody.

po·di·um [ˋpodɪəm; ˈpəʊdɪəm] *n.* (*pl.* **-dia**, ~**s**) ⓒ (樂團的) 指揮臺; (演講者站立的) 演講臺.

Poe [po; pəʊ] *n.* **Edgar Al·lan** [ˋælən; ˈælən] ~ 愛倫·坡(1809-49)《美國詩人, 小說家》.

‡**po·em** [ˋpo·ɪm, -əm; ˈpəʊɪm] *n.* (*pl.* ~**s** [~z; ~z]) ⓒ **1** (一篇) 詩(★ poetry 為 Ⓤ).
compose a *poem* 作詩/write a *poem* 寫詩.
2 富有詩意的東西. ⇨ *adj.* **poetic**.

‡**po·et** [ˋpo·ɪt, -ət; ˈpəʊɪt] *n.* (*pl.* ~**s** [~s; ~s]) ⓒ詩人; 有詩才的人, 有詩人氣質的人.
Romantic *poets* 浪漫派詩人(們).
⇨ *adj.* **poetic**. *n.* **poetry, poem**.

po·et·ess [ˋpo·ɪtɪs, -ət-; ˈpəʊɪtɪs] *n.* ⓒ女詩人.
★現在女詩人也常作 poet.

‡**po·et·ic** [poˋɛtɪk; pəʊˈetɪk] *adj.* **1** 詩(歌) 的. *poetic* language 詩的語言.
2 帶有詩詞特性的, 詩意的.
⇨ *n.* **poet, poem, poetry**. ↔ **prosaic**.

po·et·i·cal [poˋɛtɪkl; pəʊˈetɪkl] *adj.* **1** 《限定》(採用) 詩的(形式), 用韻文寫成的. Byron's *poetical* works 拜倫詩集. **2** =poetic.

po·et·i·cal·ly [poˋɛtɪklɪ, -ɪklɪ; pəʊˈetɪkəlɪ] *adv.* 詩意地.

poètic jústice *n.* Ⓤ詩的正義(見於文學作品中的因果報應, 勸善懲惡的思想).

poètic lícense *n.* Ⓤ詩的破格(為達到詩的效果, 允許在詩裡可以不遵守普通文法).

pòet láureate *n.* (*pl.* **poets ──**, ~**s**) ⓒ《英》桂冠詩人(國王指定, 視為王室之一員; 其任務便是在國家的重大節慶時作詩).

‡**po·et·ry** [ˋpo·ɪtrɪ, -ətrɪ; ˈpəʊɪtrɪ] *n.* Ⓤ (集合) 詩, 韻文(verse)(↔ prose); 詩作(集); (★一首詩稱a poem). the history of English *poetry* 英詩的歷史/a book of *poetry* 詩集.
〖搭配〗 *v.*+poetry: enjoy ~ (喜愛詩), memorize ~ (背詩), read ~ (唸詩), recite ~ (吟詩), write ~ (寫詩).

po·go stick [ˋpogo͵stɪk; ˈpəʊgəʊ͵stɪk] *n.* ⓒ彈簧單高蹺(一種類似竹馬的兒童玩具).

po·grom [ˋpogrəm, ˋpag-, poˋgram; ˈpɒgrəm] *n.* ⓒ (官[軍]方組織的) 殘殺, (特指) 對猶太人的集體大屠殺.

poign·an·cy [ˋpɔɪnənsɪ, -njənsɪ; ˈpɔɪnjənsɪ] (★注意發音) *n.* Ⓤ《文章》銳利; 激烈, 強烈; 痛切.

poign·ant [ˋpɔɪnənt, -njənt; ˈpɔɪnjənt] *adj.* 《文章》
1 痛切的, 使人痛心的.
2 強烈的; 尖銳的.

[pogo stick]

poin·set·ti·a [pɔɪnˋsɛtɪə; pɔɪnˈsetɪə] *n.* ⓒ聖

誕紅((原產於墨西哥、中美洲的漆樹科常綠喬木; 聖誕節裝飾用).

‡**point** [pɔɪnt; pɔɪnt] *n.* (*pl.* ~**s** [~s; ~s])
〖銳利的尖端〗 **1** ⓒ (尖銳之物的)尖端, 頂端部位. The pencil had a sharp *point*. 這枝鉛筆的筆芯很尖/the *point* of a needle [gun] 針尖[槍口].

2 ⓒ 岬, 地角. *Point* Barrow extends into the Arctic Sea. 巴羅角深入到北極海/There is a light-house at the end of the *point*. 在岬(突向海洋的)最前端有座燈塔.

〖碰觸後形成的痕跡>點〗 **3** ⓒ 點; 句點, (特指)休止符((主美) period); (幾何)點; (數學)小數點(decimal point). the *point* where two lines meet [cross] 兩條線相合[交叉]點/a full *point* 休止符(full stop)/six *point* seven two 6.72 (不用逗點(comma)表示).

4 ⓒ 地點, 場所, 地方. a *point* of contact 接觸點/a *point* of departure 出發地點/Stop at this *point*. 停在這個地方.

5 〖分歧點, 交接點〗ⓒ (英)(鐵路)(points)轉轍器((主美) switch); (電)插座((美) outlet).

6 ⓒ 時刻, 瞬間. At that *point* the speaker paused for a while. 在那個時刻, 演說者停頓了一下/at this *point* in time 在這歷史性的一刻/when [if] it comes to the *point* 當這一刻到來時.

〖作為測定單位的點〗 **7** ⓒ (溫度計等的)刻度)點, 度; (羅盤、指南針的)方位, 點, (把 360°作 32等分的標記); 角度(11°15′). five *points* below zero 零下五度/the boiling *point* 沸點/the freezing *point* 冰點.

8 ⓒ 程度, 限度. self-assurance to the *point* of impudence 自信到了厚顏無恥的地步/up to a (certain) *point* 到某種程度(為止)/The heat in-creased to the *point* where our breathing became difficult. 熱氣上昇到難以呼吸的地步.

9 ⓒ (印刷)磅因(鉛字大小單位; 相當於1/72英寸).
〖得分〗 **10** ⓒ (體育比賽等的)得分, 分數. They won [lost] by three *points*. 他們以三分之差獲勝[落敗].

11 ⓒ (美)(修完某課程所得)學分; (成績的)分數. He was worried about his grade *point* aver-age. 他很擔心他的平均成績(成績 A 是 4 points, B 是 3 points, 用一個學期的總得分除以修完的課程數目, 得到的即是平均分數).

〖問題點>情況〗 **12** ⓒ 事情(情況), 問題(點). the most important *point* 最重要的一點.

13 ⓒ 項目, 細目, 條款, 個別的點. He des-troyed my arguments *point* by *point*. 他一個接一個地駁倒我的論點/We couldn't agree on several *points*. 有幾點我們看法不同.

〖搭配〗 *adj.*+ point (12-13): a controversial ~ (爭議點), a crucial ~ (關鍵時刻) // *v.*+ point: emphasize a ~ (強調某一點), explain a ~ (說明情況), raise a ~ (提出問題).

〖要點〗 **14** ⓒ (通常加the)要點, 重點, 關鍵點. Come [Get] to the *point*. 請說重點/The *point* is we have no more ammunition. 重點是我們沒有彈藥了/That's the *point*. 那便是關鍵/catch [get] the *point* of a joke 理解了笑話的笑點/keep to the *point* 別偏離重點/You missed the whole *point* of my argument. 你沒領會我這番爭論的要點.

15 ⓤ 目的; 效果; 意義. What's the *point* of your coming here? 你來這裡有何目的?/There is no *point* in discussing the matter further. 再談這件事已經沒甚麼意義了.

16 〖成為特色的點〗ⓒ 特性, 特質, 特徵. have one's *points* (→片語)/That's her strong [weak] *point*. 那就是她的優點[弱點].

at áll pòints 在各方面, 完全地.

at the pòint of... (1)在…之際, 即將…. The girl was *at the point of* tears. 那女孩快哭出來了. (2)在(刀尖、槍等)的脅迫下.

beside the póint = off the point.

càrry [*gàin*] *one's póint* 說服別人同意自己的主張[意見].

gìve póints to a *pèrson*＝*gìve* a *pèrson póints* (比賽中)讓分給(實力弱的)對方; 贏過對方.

hàve a póint (所說的事)正確. You've (got) a *point* there. 你的意見也有道理.

hàve one's póints 有(適當的)好處[優點].

in póint 適切的[事例等], 極適合該種情況. That is not a case *in point*. 那不是恰當的例子.

* *in póint of...* (文章)在…點上, 關於…. *In point of* accuracy, his report was far from sat-isfactory. 就正確性來說, 他的報告令人很不滿意.

màke a póint 使認同論點, 「得一分」.

màke a póint of... 重視…; 強烈主張. He'll come if you *make a point of* it. 如果你堅持的話他就會來.

* *màke a pòint of dóing* (1)決心(必定)做…; 習以為常地做…. He *makes a point of jogging* three miles a day. 他決心每天要慢跑三英里. (2)重視[主張]做…; 特意(強調)做…. Father *makes a* great *point of* our *washing* our hands before a meal. 父親嚴格要求我們飯前要洗手.

màke it a pòint to dó = make a point of doing (1).

màke one's póint 證明自己的主張正確無誤; 堅持己見.

nòt to pùt tóo fine a póint on it 說實在的, 直截了當地說.

off the póint 不切題的[地], 離題的[地], (⟷ to the point).

on the póint of...＝at the point of...

* *on the pòint of dóing* 眼看即將…. The boy was *on the point of drowning* when the rescue arrived. 救援隊趕來時, 那男孩就快淹死了.

stràin [*strètch*] *a póint* (破例地)寬容, 讓步; 誇大其詞, 強詞奪理.

tàke a pèrson's póint 理解某人的論點[旨趣].

* *to the póint* 得要領, 扼要, 恰當的[地], 中肯, (⟷off the point). His explanation was *to the*

point. 他的說明切合要點.

to the póint of... 可到達...程度.

— *v.* (~**s** [~s; ~s]; ~**ed** [~ɪd; ~ɪd]; ~**ing**) *vt.*
1 〔手指頭、槍口等〕指向...《at, toward》. He *pointed* the gun *toward* the bird. 他把槍口對準那隻鳥/He *pointed* his finger at me. 他用手指著我(〔注意〕通常指人是很不禮貌的行為).

2 〔用手指等〕指示, 指點; 指責(→片語 point/.../out). *point* the way 用手指路.

3 〔獵犬發現獵物時〕站定朝向獵物所在)指向, 告知.

4 弄尖, 削尖, (sharpen). Bill *pointed* a pencil. 比爾削尖一枝鉛筆.

— *vi.* **1** 指示, 指向, 《at, to》; 暗示《to》. He *pointed* to the door. 他指著門的方向/It's not polite to *point* at people. 用手指人是不禮貌的/His alibi *points to* his innocence. 他的不在場證明表示了他的清白.

2 〔獵犬〕指示〔獵人〕獵物的所在方向.

póint óut 指出...《that 子句; wh 子句》. I should like to *point out* that the man has a serious drawback. 我想指出那個人有個很嚴重的缺點.

* **pòint/.../óut** 指出.... *point out* errors 指出錯誤.

pòint/.../úp 強調....

point-blank [ˈpɔɪntˈblæŋk; ˌpɔɪntˈblæŋk] *adj.* **1** 直射的, 在最近距離發射的. The officer was shot at *point-blank* range. 那名軍官在極近的距離遭受槍擊. **2** 率直的, 單刀直入的. a *point-blank* question 單刀直入的問題.

— *adv.* **1** 直射地. **2** 直率地, 單刀直入地. refuse *point-blank* 斷然拒絕.

* **point·ed** [ˈpɔɪntɪd; ˈpɔɪntɪd] *adj.* **1** 〔頂端〕尖銳的. a *pointed* roof 尖屋頂. **2** 尖銳的, 尖刻的. make *pointed* remarks 發表尖銳的評論. **3** (針對特定的人、集團)指摘的, 譏諷的.

point·ed·ly [ˈpɔɪntɪdlɪ; ˈpɔɪntɪdlɪ] *adv.* 尖刻地, 尖銳地; 譏諷地.

point·er [ˈpɔɪntɚ; ˈpɔɪntə(r)] *n.* © **1** 指示的人[物]. **2** 指示棒, 教鞭, 《老師、演講者用以指示黑板、掛圖等的長棒》. **3** 〔鐘錶、計量器等的〕指針. **4** 一種獵[警]犬(→ point *vt.* 3; → setter). **5** 線索, 暗示.

[pointer 4]

point·less [ˈpɔɪntlɪs; ˈpɔɪntlɪs] *adj.* **1** 無意義的; 不恰當的, 不得要領的. It's *pointless* to search in the dark. 在黑暗裡尋找是徒勞無功的.

2 〔比賽〕〔雙方〕都沒得分的.

point·less·ly [ˈpɔɪntlɪslɪ; ˈpɔɪntlɪslɪ] *adv.* 不恰當地, 不得要領地.

pòint of nó retúrn *n.* © 臨界點(飛機回到出發點所需的燃料耗盡時的界限地點); 無法後退的階段[時期].

pòint of víew *n.* © (看事物的)視點, 觀點, (viewpoint). From an [the] economic *point of*

view the expedition was meaningless. 從經濟的觀點來看那次遠征是毫無意義的.

points·man [ˈpɔɪntsmən; ˈpɔɪntsmən] *n.* (*pl.* -**men** [-mən; -mən]) © 《英》《鐵路》轉轍手(《美》switchman).

* **poise** [pɔɪz; pɔɪz] *vt.* (**pois·es** [~ɪz; ~ɪz]; ~**d** [~d; ~d]; **pois·ing**) **1** 保持〔身體等的〕均衡, 保持平衡, (⑥ poise 是比 balance 更正式的用語). *Poise* yourself on your toes. 他腳尖保持身體平衡/*poise* a basket on one's head 將籃子置於頭上並保持平衡. **2** 〔把某物〕保持在〔某狀態〕; 使處於猶豫不決的狀態.

— *n.* Ⓤ **1** 〔情緒、態度的〕沈著, 平靜. He lost his *poise* when he heard the news. 他獲悉那個消息後無法平靜. **2** 平衡, 均衡. **3** 〔身體的〕動作, 態度, 姿勢.

poised [pɔɪzd; pɔɪzd] *adj.* **1** 〔敘述〕動搖的, 搖擺不定的, 《between》.

2 〔敘述〕準備好的《for; to do》, 待命的《to do》. Our economy is *poised for* another year of improvement. 我國經濟已為來年持續的成長做好準備.

3 沈著的, 泰然自若的.

*poi·son [ˈpɔɪzn̩; ˈpɔɪzn̩] *n.* (*pl.* ~**s** [~z; ~z]) ⓊⒸ **1** 毒, 毒物, 毒藥, (→venom ⑥). a deadly *poison* 劇毒/He killed himself by taking some *poison*. 他服毒自殺.

2 〔對社會的〕毒害, 弊害. spread *poison* in society 在社會上散播毒素.

— *vt.* (~**s** [~z; ~z]; ~**ed** [~d; ~d]; ~**ing**) **1** 毒害, 使服毒. He *poisoned* his wife. 他毒害了他的妻子.

2 放毒於..., 把〔某物〕變成有毒物質; 污染. Factory wastes *poisoned* the stream. 工廠廢棄物污染了河流.

3 (a) (精神性)傷害, 破壞. These violent movies *poison* the minds of young people. 這些暴力影片戕害青少年的心靈. (b) 〔心中等〕帶有敵意《against》. They're just trying to *poison* your mind *against* me. 他們不過是想讓你對我懷有敵意罷了. ⇨ *adj.* **poisonous.**

poi·son·er [ˈpɔɪznɚ; ˈpɔɪznə(r)] *n.* © 毒害者.

pòison gás *n.* ⓊⒸ 毒氣.

poi·son·ing [ˈpɔɪznɪŋ; ˈpɔɪznɪŋ] *n.* Ⓤ 中毒. food *poisoning* 食物中毒.

pòison ívy *n.* Ⓤ 毒長春藤(碰觸到皮膚會引起斑疹).

*poi·son·ous [ˈpɔɪznəs, ˈpɔɪznəs; ˈpɔɪznəs] *adj.* **1** 有毒的. a *poisonous* snake 毒蛇. **2** 有害的, 有不良影響的. a *poisonous* novel 有害的小說. **3** 充滿惡意的. John gave me a *poisonous* look. 約翰含有惡意地看了我一眼. **4** 很不愉快的, 討厭的. ⇨ *n.* **poison.**

poi·son·ous·ly [ˈpɔɪznəslɪ, ˈpɔɪznəslɪ; ˈpɔɪznəslɪ] *adv.* 有毒地; 有害地; 充滿惡意地.

poi·son-pen letter [ˌpɔɪznˋpɛnˌlɛtɚ; ˌpɔɪzn'pen,letə(r)] n. C 匿名中傷的信.

*poke [pok; pəʊk] v. (~s [~s; ~s]; ~d [~t; ~t]; pok·ing) vt. **1** 戳, 刺, 捅, (with); 煽(火等). He poked me in the ribs with his elbow. 他用臂肘輕碰我的側腹.

2 伸進; 伸出(頭, 指等). poke one's head out of the door 從門裡伸出頭來.

3 鑿(孔) (in, through).

4 《口》(揮拳)毆打.

—— vi. **1** 刺, (輕輕地)戳, (at).

2 《口》到處搜尋; 慌慌張張地來回走動 (about; around). Stop poking about in my desk! 別亂翻我的桌子!

pòke fún at... 把〔別人〕當傻瓜作弄, 嘲笑.

pòke one's nóse into... → nose 的片語.

—— n. C 戳, 刺; 《口》(用拳頭)毆打. I'll give you a poke on the nose if you insult me again. 你要是再侮辱我, 我就給你鼻子一拳.

pok·er¹ [ˋpokɚ; ˋpəʊkə(r)] n. C (暖爐等的)撥火棒, 火鉗. (→ fireplace 圖).

(as) stíff as a póker 〔姿態, 態度〕生硬, 刻板.

pok·er² [ˋpokɚ; ˋpəʊkə(r)] n. U 撲克牌(一種紙牌遊戲).

póker fàce n. C 撲克臉(源自於在撲克遊戲中爲了不被對方看出手中的牌而裝出面無表情的樣子).

pok·er-faced [ˋpokɚˋfest; ˋpəʊkəfeɪst] adj. 面無表情的.

pok·y, pok·ey [ˋpokɪ; ˋpəʊkɪ] adj. 《口》狹窄的; 寒酸的; 無聊的.

Pol. (略) Poland; Polish.

Po·land [ˋpolənd; ˋpəʊlənd] n. 波蘭《歐洲中部的共和國; 首都 Warsaw》. ◇ adj. Polish. n. Pole.

*po·lar [ˋpolɚ; ˋpəʊlə(r)] adj. (限定) **1** 南[北]極的, 極地的. the polar circles (南北的)兩極圈/polar expeditions 極地探險/the polar lights 極光 (aurora).

2 (磁鐵, 電池等的)極性的, 磁極的, 帶磁性的.

3 《文章》(主義, 性格等)完全相反的.

pólar béar n. C (動物)北極熊.

Po·lar·is [poˋlɛrɪs, -ˋlær-, -ˋler-; pəʊ'lɛərɪs] n. 《天文》= polestar.

po·lar·i·ty [poˋlærətɪ; pəʊ'lærətɪ] n. (pl. -ties) **1** UC (磁鐵等帶有)兩極性(之物); 陽[陰]極性. **2** a U (主義, 性格等的)對立, 截然相反.

po·lar·i·za·tion [ˌpolərəˋzeʃən, -aɪˋz-; ˌpəʊləraɪˋzeɪʃn] n. **1** U 極化的, (光的)偏振(化). **2** UC 對立, 分裂.

po·lar·ize [ˋpoləˌraɪz; ˋpəʊləraɪz] vt. **1** 使〔某物〕極化; 使〔光〕發生偏振. **2** 使兩極化, 使分裂. **3** 使傾向(toward).

Po·lar·oid [ˋpoləˌrɔɪd; ˋpəʊlərɔɪd] n. (商標名) **1** U 人造偏光板(爲了防止刺眼, 用於遮光鏡等上面的人造偏光板); C (Polaroids)墨鏡. **2** (拍照後立即顯像的)拍立得相機(Pòlaroid cámera).

Pole [pol; pəʊl] n. C 波蘭(Poland)人. ◇ adj. Polish.

*pole¹ [pol; pəʊl] n. (pl. ~s [~z; ~z]) C 棒, 柱, 桿, 竿. a flagpole 旗竿/a fishing pole 釣竿/a telegraph pole 電線桿.

—— vt. 用竿子撐; 用篙撐船. He poled the punt to the bank. 他用篙撐著平底小船靠岸.

*pole² [pol; pəʊl] n. (pl. ~s [~z; ~z]) C **1** 《天文, 地理》極, 極地. the North [South] Pole 北[南]極.

2 (電, 物理)電極, 磁極. the positive [negative] pole 陽[陰]極/the magnetic pole 磁極.

3 (意見, 性格等的)相反, 極端. ◇ adj. polar.

pòles apárt 南轅北轍, 截然相反.

pole-ax, (英) pole-axe [ˋpolˌæks; ˋpəʊlæks] n. C 用於屠殺的斧頭.

pole·cat [ˋpolˌkæt; ˋpəʊlkæt] n. C **1** (動物)臭鼬(產於歐洲; 一旦遭攻擊就會釋放出惡臭). **2** (美, 口) = skunk 1.

po·lem·ic [poˋlɛmɪk; pəˋlemɪk] n. C **1** (文章)爭論. **2** (polemics) (作單數)爭論法. —— adj. 論爭的; 爭論性的; 〔人〕愛爭論的.

po·lem·i·cal [poˋlɛmɪk!; pəˋlemɪkl] adj. = polemic.

*pole·star [ˋpolˌstɑr; ˋpəʊlstɑː(r)] n. (加 the)北極星. The polestar is at the end of the handle of the Little Dipper. 北極星位於小熊星座杓柄的末端.

póle vàult [jùmp, jùmping] n. (加 the)(比賽)撐竿跳(高).

pole-vault [ˋpolˌvɔlt; ˋpəʊlvɔːlt] vi. 跳撐竿跳.

*po·lice [pəˋlis; pəˋliːs] (★注意發音) n. (常加 the) **1** 警察, 警方. The city police is efficient. 市警的效率很高.

2 (作複數)(集合)警察, 警察(們), (★一個警察叫 a policeman [policewoman]). What are those local police doing? 當地警察都做些甚麼呢?/There are a few police on guard at the gate. 門口有一些警察守衛著/Call the police! 去報警!

3 U (美)警備隊; (作複數)(集合)警備隊員. the campus police 校警.

4 (形容詞性)警察的. a police car 警車/a police academy (美)警察學校.

—— vt. 警備, 管轄, 維持…的治安. police the streets 維持街上的治安.

políce bòx n. C 有警察駐守的守望相助亭(★英美沒有這樣的設施).

políce cónstable n. C (英)警員(略作PC; → policeman).

políce còurt n. C 違警罪法庭(最低一級的法庭; (英)爲 magistrates' court 的俗稱).

políce dòg n. C 警犬.

políce fòrce n. C 警察; (集合)警察隊.

*po·lice·man [pəˋlismən; pəˋliːsmən] n. (pl. -men [-mən; -mən]) C 警察, 警官. 參考 在英國, 級別由低至高依序是 constable, sergeant, inspector.

police officer *n.* =policeman [policewoman].

police state *n.* C 警察國家(人民行動受到(祕密)警察嚴密監視).

police station *n.* C 警察署, 警察局.

po·lice·wom·an [pəˈlisˌwumən; pəˈliːswumən] *n.* (*pl.* **-wom·en** [-ˌwɪmɪn; -wɪmɪn]) C 女警官, 女警.

pol·i·cies [ˈpɑləsɪz; ˈpɒləsɪz] *n.* policy 的複數.

‡**pol·i·cy**[1] [ˈpɑləsɪ; ˈpɒləsɪ] *n.* (*pl.* **-cies**) **1** C 政策, 策略; (公司等的)經營方針. a foreign *policy* 外交政策/Honesty is the best *policy*. 《諺》誠實為上策.

> 運田 *adj.*+policy: a farsighted ~ (有遠見的政策), a mistaken ~ (錯誤的政策), a wise ~ (賢明的政策) // *v.*+policy: adopt a ~ (選定政策), carry out a ~ (實行政策).

2 U (處理事情的)智慧, 深思熟慮, 周到, 精明. It is good *policy* to treat your boss with respect. 尊重你的上司是上策.

pol·i·cy[2] [ˈpɑləsɪ; ˈpɒləsɪ] *n.* (*pl.* **-cies**) C 保險單. a fire insurance *policy* 火災保險單.

pol·i·cy·hold·er [ˈpɑləsɪˌholdɚ; ˈpɒləsɪˌhəuldə(r)] *n.* C 保險契約人.

po·li·o [ˈpolɪˌo; ˈpəuliəu] *n.* U (口)小兒麻痹症, 脊髓灰白質炎, 《poliomyelitis 的縮寫》.

po·li·o·my·e·li·tis [ˌpolɪoˌmaɪəˈlaɪtɪs; ˌpəuliəumaɪəˈlaɪtɪs] *n.* U (醫學)小兒麻痹症, 脊髓灰白質炎.

‡**Po·lish** [ˈpolɪʃ; ˈpəuliʃ] (★注意發音) *adj.* 波蘭的; 波蘭人[語]的. a *Polish* composer 波蘭作曲家.
— *n.* U 波蘭語. ⟹ *n.* **Poland, Pole.**

‡**pol·ish** [ˈpɑlɪʃ; ˈpɒliʃ] *v.* (~**es** [~ɪz; ~ɪz]; ~**ed** [~t; ~t]; ~**ing**) *vt.* **1** 擦亮, 磨光. *polish* (up) the floor 擦地板/*polish* one's shoes 擦鞋.

2 潤飾; 使完美, 使優雅, 《*up*》. I have to *polish* (*up*) my speech for tonight. 我必須把今晚的演說做最後的修飾.
— *vi.* 發出光澤, 擦出光亮. This table won't *polish* well. 這張桌子怎麼擦也擦不亮.

pòlish/.../óff (1)趕緊做[收拾]完; 匆匆吃[喝]完. (2)(俚)殺[人], 「除掉」.

pòlish/.../úp (1)→*vt.* (2)(學習, 練習)使…進步.
— *n.* (*pl.* ~**es** [~ɪz; ~ɪz]) **1** aU 擦拭, 擦.

2 aU 光亮; 光澤; 光滑; (→ luster 同). The table has a fine *polish* on it. 這張桌子很有光澤.

3 UC 擦亮粉, 磨光油, 亮光劑. shoe *polish* 鞋油. **4** U 精通, 洗鍊; 優雅. Her manners lack *polish*. 她的舉止不優雅.

pol·ished [ˈpɑlɪʃt; ˈpɒliʃt] *adj.* **1** 擦亮的, 有光澤的. **2** 磨光的; 洗鍊的, 完成的.

pol·ish·er [ˈpɑlɪʃɚ; ˈpɒliʃə(r)] *n.* C **1** 磨光工人. **2** 磨光機.

po·lit·bu·ro [ˈpɑlət.bjuro; ˈpɒlit.bjuərəu] (俄語) *n.* (*pl.* ~**s**) C (特指前蘇聯的)共產黨政治局.

‡**po·lite** [pəˈlaɪt; pəˈlaɪt] *adj.* (**-lit·er, more** ~; **-lit·est, most** ~) **1** 有禮貌的, 客氣

---

polity 1181

的, (↔ impolite, rude). He is *polite* to his elders. 他對長輩很有禮貌/a *polite* way of speaking 客氣的說話方式/It was *polite* of him to see me off. 他實在很客氣遠來送我. 他實在很客氣. 他實在很客氣遠來送我./polite 表示出自內心的禮貌待人; courteous 表示更高程度的親切, 溫和; → civil.

2 〔文章〕洗鍊的; 優雅的. *polite* letters 純文學.

3 有教養的, 文雅的; 上流的. *polite* society 上流社會.

4 裝文雅的.

‡**po·lite·ly** [pəˈlaɪtlɪ; pəˈlaɪtlɪ] *adv.* 親切溫和地; 文雅地. I thanked him *politely* and declined his offer. 我禮貌地謝絕他的提議.

‡**po·lite·ness** [pəˈlaɪtnɪs; pəˈlaɪtnɪs] *n.* (*pl.* ~**es** [~ɪz; ~z]) **1** U 客氣, 彬彬有禮; C 客氣的行為. Their *politeness* made me feel a little uncomfortable. 他們客氣得讓我覺得有點不舒服.

po·lit·er [pəˈlaɪtɚ; pəˈlaɪtə(r)] *adj.* polite 的比較級.

po·lit·est [pəˈlaɪtɪst; pəˈlaɪtɪst] *adj.* polite 的最高級. 「高級.

pol·i·tic [ˈpɑlə.tɪk; ˈpɒlɪtɪk] *adj.* 《文章》 **1** 深思熟慮的, 慎重的; (政策上)賢明的.

2 精明的, 狡猾的.

‡**po·lit·i·cal** [pəˈlɪtɪkl; pəˈlɪtɪkl] *adj.* **1** 政治(上)的, 國家政治(上)的; 政黨政治(上)的. a major *political* party 多數黨/a *political* enemy 政敵/a *political* prisoner 政治犯.

2 政治性的; 關心政治的.

3 (通常用於負面含義)政治策略性的.

po·lit·i·cal a·sy·lum *n.* U 政治庇護. seek *political asylum* 尋求政治庇護.

po·lit·i·cal e·con·o·my 經濟學《economics 的舊稱》.

po·lit·i·cal·ly [pəˈlɪtɪklɪ; -ɪklɪ; pəˈlɪtɪkəlɪ] *adv.* 政治上, 政策上. *politically* correct 政治正確的 《針對各種差別待遇, 歧視性用語等方面的改進; 略作 PC》.

po·lit·i·cal sci·ence *n.* U 政治學.

‡**pol·i·ti·cian** [ˌpɑləˈtɪʃən; ˌpɒliˈtiʃn] *n.* (*pl.* ~**s** [~z; ~z]) C **1** 政治家 (statesman) 《尤指國會議員》. The *politician* is a Democrat [Republican]. 那位政治人物是民主[共和]黨黨員. **2** 《輕蔑》政客《以政治圖謀私利的人》.

po·lit·i·cize [pəˈlɪtə.saɪz; pəˈlɪtɪsaɪz] *vt.* 將…政治化.

‡**pol·i·tics** [ˈpɑlə.tɪks; ˈpɒlətɪks] (★注意重音位置) *n.* **1** (a)(單複數同形)政治. We discussed *politics* all night. 我們談論了一晚上的政治/enter [go into] *politics* 從政.
(b) U 政治學.

2 (單複數同形)政治活動; 政策; 經營; 手腕. play *politics* 耍政治手腕.

3 (作複數)政見, 政治上的見解. What are your *politics*? 你的政見是甚麼呢?

pol·i·ty [ˈpɑlətɪ; ˈpɒlətɪ] *n.* (*pl.* **-ties**) 《文章》

P

1 U 政治形態[組織], 政體.

2 C 政治組織, 國家.

pol·ka [`polkə, `pokə; 'pɒlkə] n. C 波卡舞((發源於波希米亞的一種活潑舞蹈)); 波卡舞曲.

pòlka dòts n. ((作複數))(布料上的)圓點花紋.

*__poll__ [pol; pəʊl] n. (pl. ~s [~z; ~z]) **1** U 投票(→ vote⊜). What were the results of the poll? 投票結果如何?

2 C ((作單數))投票數, 投票結果. a heavy [light] poll 高[低]投票率/head the poll 獲得最高票數/declare the poll 公布投票結果.

3 (the polls)投票處. go to the polls 去投票.

4 C 選舉人名冊.

5 C 民意調查(亦稱 opinion poll). Gallup poll (→見 Gallup poll)/Most recent polls show that support for the government is declining. 最近的民意調查大多顯示政府支持率正逐漸降低.

gò to the pòlls (1)→ n. 3. (2)(有關政策等)仰賴選民的判斷.

— vt. **1** (在選舉中)獲得[一定數量的票]. The candidate polled over 75% of the vote(s). 那位候選人的得票數超過75%.

2 投(票).

3 進行民意調查, (為調查民意)聽取(來自某方面的)意見. poll the public 調查民意.

4 截掉[牛角等], 截取, 割.

— vi. 投票(for).

pol·lard [`polərd; 'pɒləd] n. C **1** (為了樹枝長得茂密而)剪去樹梢的樹木. **2** 去角的山羊[羊等].
— vt. 剪去樹梢.

pol·len [`polən; 'pɒlən] n. U ((植物))花粉.

pòllen còunt n. C 花粉數量((在特定的時間, 場所, 空氣中含有的)).

pol·li·nate [`polə,net; 'pɒləneɪt] vt. ((植物))給[花]授粉.

pol·li·na·tion [,polə`neʃən; ,pɒlɪ'neɪʃn] n. U ((植物))授粉(作用).

poll·ing [`polɪŋ; 'pəʊlɪŋ] n. U (選舉的)投票. Polling will be heavy [light]. 投票率將會提高[降低].

pòlling bòoth n. C (投票所的)圈選處.

pòlling plàce ((美)), **pòlling stàtion** ((英)) n. C 投票所.

poll·ster [`polstər; 'pəʊlstə(r)] n. C ((口))民意調查者.

pòll tàx n. (加 the)人頭稅.

pol·lu·tant [pə`lutənt; pə'lu:tənt] n. UC 污染物(質)((汽車排出的廢氣等)).

*__pol·lute__ [pə`lut, -`lɪut; pə'lu:t] vt. (~s [~s; ~s]; -lut·ed [~ɪd; ~ɪd]; -lut·ing) **1** 污染[大氣, 水, 土壤等]. Car exhaust pollutes the air. 汽車排放的廢氣污染了空氣.

2 玷污[神聖的場所].

3 使墮落. ban the sale of magazines that pollute the minds of the young 禁止出售污染青少年

心靈的雜誌.

pol·lut·er [pə`lutər; pə'lu:tə(r)] n. C 污染者; 導致公害的企業; 污染源.

*__pol·lu·tion__ [pə`luʃən, -`lɪuʃən; pə'lu:ʃn] n. U **1** 污染, (因污染造成的)公害. Our cities create serious pollution problems. 我們的城市製造了嚴重的污染問題/air pollution 空氣污染. **2** 污染物.

Pol·ly [`polɪ; 'pɒlɪ] n. Mary 的暱稱.

Po·lo [`polo; 'pəʊləʊ] n. → Marco Polo.

po·lo [`polo; 'pəʊləʊ] n. U ((比賽))馬球((四人一組, 分成兩隊; 從馬上互相擊打木球)).

[polo]

pol·o·naise [,polə`nez, ,palə-; ,pɒlə'neɪz] ((法語)) n. C 波蘭舞((起源於波蘭的一種舞蹈; 兩人一組共舞)); 波蘭舞曲.

po·lo-neck [`polo,nɛk; 'pəʊləʊ,nek] n. ((英))= turtleneck.

po·lo·ny [pə`lonɪ; pə'ləʊnɪ] n. (pl. -nies) UC ((英))臘腸((一種豬肉香腸)).

pòlo shìrt n. C 馬球衫.

pol·ter·geist [`poltə,gaɪst; 'pɒltəgaɪst] ((德語)) n. C 妖精((不現身, 只出聲並作祟人)).

pol·y [`polɪ; 'pɒlɪ] n. (pl. ~s)((英、口)) = polytechnic.

poly- ((構成複合字))表示「複…, 多…」的意思(↔ mono-). 例: polyglot, polygon.

pol·y·an·dry [`polɪ,ændrɪ, `polɪ,æn-; 'pɒlɪændrɪ] n. U 一妻多夫(制)(→ polygamy).

pol·y·an·thus [,polɪ`ænθəs; ,pɒlɪ'ænθəs] n. UC ((植物))多花水仙((一種西洋櫻草)).

pol·y·es·ter [`polɪ,ɛstər; ,pɒlɪ'estə(r)] n. U ((化學))聚酯((一種高分子化合物)).

pol·y·eth·y·lene [,polɪ`ɛθəlin; ,pɒlɪ'eθɪli:n] n. U ((美))聚乙烯(((英)) polythene).

pol·yg·a·mist [pə`lɪgəmɪst; pə'lɪgəmɪst] n. C 一夫多妻者.

po·lyg·a·mous [pə`lɪgəməs; pə'lɪgəməs] adj. 一夫多妻的.

po·lyg·a·my [pə`lɪgəmɪ; pə'lɪgəmɪ] n. U 一夫多妻(制)(→ monogamy).

pol·y·glot [`polɪ,glat; 'pɒlɪglɒt] adj. 通曉數國語言的; 用數國語言寫成的.
— n. C 通曉多種語言的人.

pol·y·gon [`polɪ,gɑn; 'pɒlɪgən] n. C ((數學))多角形. a regular polygon 正多角形.

pol·y·graph [ˋpɑlɪˌgræf, -ˌgrɑf; ˋpɒlɪgrɑːf] n. C 多種描記器; 測謊器; (lie detector).

pol·y·math [ˋpɑlɪˌmæθ; ˋpɒlɪˌmæθ] n. C 博學的人, 博學者.

pol·y·mer [ˋpɑlɪmɚ; ˋpɒlɪmə(r)] n. C《化學》聚合體, 聚合物.

Pol·y·ne·sia [ˌpɑləˋniʃə, -ʒə; ˌpɒlɪˋniːzjə] n. 波里尼西亞(太平洋上島群劃分的三大區域之一; 包括中南部夏威夷諸島、薩摩亞諸島、紐西蘭等; → Oceania ).

Pol·y·ne·sian [ˌpɑləˋniʃən, -ʒən; ˌpɒlɪˋniːzjən] adj. 波里尼西亞(人)(語)的.
— n. 1 C 波里尼西亞住民(人).
2 U 波里尼西亞(諸)語.

pol·yp [ˋpɑlɪp; ˋpɒlɪp] n. C《醫學》鼻息肉(由於粘膜肥厚而形成的隆起).

pol·y·phon·ic [ˌpɑlɪˋfɑnɪk; ˌpɒlɪˋfɒnɪk] adj.
1 多音的. 2《音樂》複音的; 對位法的.

po·lyph·o·ny [pəˋlɪfənɪ; pəˋlɪfənɪ] n. U 1 多音. 2《音樂》複音樂; 對位法.

pol·y·sty·rene [ˌpɑlɪˋstaɪrin; ˌpɒlɪˋstaɪriːn] n. U 聚苯乙烯(用於隔熱材料等的一種合成樹脂).

pol·y·syl·lab·ic [ˌpɑləsɪˋlæbɪk; ˌpɒlɪsɪˋlæbɪk] adj. 多音節的.

pol·y·syl·la·ble [ˋpɑləˌsɪləbl; ˋpɒlɪˌsɪləbl] n. C 多音節字(三個音節以上的字); → monosyllable).

pol·y·tech·nic [ˌpɑlɪˋtɛknɪk; ˌpɒlɪˋteknɪk] n. C (主要指英國的)工藝學校; 工業學校. 參考 相當於大專水準, 不僅設置實用性科目, 也設置有文科課程, 且授與學位.

pol·y·the·ism [ˋpɑləθiˌɪzəm; ˋpɒlɪθiːɪzəm] n. U 多神教, 多神論, (→ monotheism).

pol·y·the·is·tic [ˌpɑləθiˋɪstɪk, ˌpɒlɪθiːˋɪstɪk] adj. 多神教的, 多神論的.

pol·y·thene [ˋpɑləˌθin; ˋpɒlɪθiːn] n.《英》= polyethylene.

po·made [poˋmed, -ˋmad; pəˋmeɪd] n. U 髮油.
— vt. 抹髮油於(頭髮).

pome·gran·ate [ˋpɑmˌgrænɪt, ˋpɑmə-; ˋpɒmɪˌgrænɪt] n. C《植物》石榴(樹, 果實).

Pom·er·a·ni·an [ˌpɑməˋrenɪən; ˌpɒməˋreɪnɪən] n. C 博美狗(長毛的小型犬).

pom·mel [ˋpʌml, ˋpɑml; ˋpaml] n. C 1 鞍頭(突出於馬鞍前部的部分). 2 (劍等)柄端圓頭(柄的前端圓圓鼓起的部分).
— vt. (~s;《美》~ed,《英》~led;《美》~ing,《英》~ling) 用拳頭(劍柄的圓頭)連續打. He pommeled the door with his fists. 他用拳頭咚咚地敲門.

pómmel hòrse n. = side horse.

pomp [pɑmp; pɒmp] n.《文章》1 U (典禮、儀式等的)壯觀, 華麗, 盛大 《with pomp and state 極華麗地, 威風凜凜地》. 2 UC 矯飾, 炫耀.
pòmp and círcumstance 威風凜凜(★ Shakespeare 首創的表現方式).

Pom·peii [pɑmˋpe·i, -ˋpe, ˌpɑmpɪˌaɪ; pɒmˋpeɪi] n. 龐貝(義大利西南部那不勒斯附近的古城; 西元 79 年因 Vesuvius 火山爆發而被埋沒, 但現今大部分已被發掘).

pom·pom, pom·pon [ˋpɑmpɑm; -ˌpan, -ˌpɒn] n. C (裝飾用)絨球(以毛線等製成附於帽子或所繫繩子前端); 彩帶球《啦啦隊兩手拿的道具》.

[pompoms]

pom·pos·i·ty [pɑmˋpɑsətɪ; pɒmˋpɒsətɪ] n. (pl. -ties) 1 U 裝腔作勢; 誇大. 2 C 自負的態度(言辭).

pomp·ous [ˋpɑmpəs; ˋpɒmpəs] adj. 1 (非常愚蠢地)裝腔作勢的, 妄自尊大的.
2《言辭, 態度等》誇大不實的, 誇張的.

pomp·ous·ly [ˋpɑmpəslɪ; ˋpɒmpəslɪ] adv. 自負地; 誇張地.

pon·cho [ˋpɑntʃo; ˋpɒntʃəʊ] n. (pl. ~s) C 無袖斗篷(南美洲原住民所穿的外套; 穿著時將頭由一塊布的中央開口處伸出穿上); 無袖斗篷式雨衣.

[poncho]

✲pond [pand, pond; pɒnd] n. (pl. ~s [~z; ~z]) C 池塘, 池沼, 《常指人工挖掘的》. We keep carp in our garden pond. 我們在我們花園的池塘裡養鯉魚.

✲pon·der [ˋpɑndɚ; ˋpɒndə(r)] v. (~s [~z; ~z]; ~ed [~d; ~d]; -der·ing [-dərɪŋ; -dərɪŋ])《文章》vt. 深思熟慮. He pondered the offer. 他反覆考量那項提議.
— vi. 深思熟慮(over, on)(→ muse ). pon·der over the meaning of life 思考生命的意義.

pon·der·ous [ˋpɑndərəs; ˋpɒndərəs] adj.《文章》1 大而重的, 沈甸甸的. 2 笨重而緩慢的; 重得難以處理的. 3〔文章等〕冗長沈悶的, 枯燥的.

Pon·tiff [ˋpɑntɪf; ˋpɒntɪf] n. (pl. ~s) C (加 the) 教皇(Pope).

pon·tif·i·cal [pɑnˋtɪfɪkl; pɒnˋtɪfɪkl] adj. 1 教皇的. 2《文章》權威主義的, 獨斷的.

pon·tif·i·cate [pɑnˋtɪfɪkɪt, -ˌket; pɒnˋtɪfɪkeɪt] vi.《文章》權威般地說話, 獨斷地主張.
— [pɑnˋtɪfɪˌkɪt, -ˌket; pɒnˋtɪfɪkeɪt] n. U 教皇的職位(任期).

pon·toon [pɑnˋtun; pɒnˋtuːn] n. C 1 平底船; = pontoon bridge.
2 水上飛機的浮舟(起飛或降落於水面時支撐機身).

póntoon brídge n. C 浮橋(在橫排開的鐵船等之上鋪上木板的臨時設施).

✲po·ny [ˋponɪ; ˋpəʊnɪ] n. (pl. -nies [~z; ~z]) C
1 矮種馬(肩高 140 cm 以下的小型馬; → horse 參考). ride the pony around the farm 騎乘小馬環繞農場. 2《美、俚》學生的自學參考書(特指外文教材的翻譯本或摘要書等).

[pontoons 2]

[pontoon bridge]

po·ny·tail [ˈponɪˌtel; ˈpəʊnɪteɪl] *n.* ⓒ 馬尾辮《把頭髮束於腦後成馬尾狀下垂》.

poo·dle [ˈpudl; ˈpuːdl] *n.* ⓒ 貴賓狗《一種玩賞犬；長捲毛可修剪成各種形狀》.

[poodle]

pooh [pu, pʊ; puː] *interj.* 吥! 哷! 哼!《表示輕蔑、不相信、不耐煩等》.

pooh-pooh [ˈpuˈpu, ˌpuˌpu; ˌpuːˈpuː] *vt.* 《口》輕視, 嗤之以鼻.

‡pool[1] [pul; puːl] *n.* (*pl.* ~s [~z; ~z]) ⓒ **1** 水塘, 小水坑; 《液體的》積屯處. After the rain there were many small *pools* in the field. 雨後原野上有許多小水坑/The dead body lay in a *pool* of blood. 這具屍體躺臥於血泊中.
2 游泳池(swimming pool). Let's go swimming in the hotel *pool*. 我們去飯店的泳池游泳吧!
3 《河川等的》水深處, 潭.

*pool[2] [pul; puːl] *n.* (*pl.* ~s [~z; ~z]) **1** ⓤ 一種撞球遊戲《英美不同》.
2 共同出資, 合夥資本; 企業聯營. a *pool* of funds 共同基金.
3 ⓒ 共同設施〔組織〕; 貯存處, 集中處.
4 ⓒ 《遊戲等的》全部賭注.
— *vt.* (~s [~z; ~z]; ~ed [~d; ~d]; ~ing) 合夥出資, 拿〔資金等〕入夥. We *pooled* our money and bought a refrigerator for the office. 我們共同出資為辦公室買了個冰箱.

poop [pup; puːp] *n.* ⓒ 船尾樓(甲板)《船尾最高的甲板》.

‡poor [pur; pɔː(r)] *adj.* (**poor·er** [ˈpurɚ; ˈpɔːrə(r)]; **poor·est** [ˈpurɪst; ˈpɔːrɪst])
〖金錢, 物資缺乏〗 **1** 貧窮的, 貧困的; 貧民的; (↔ rich). He lives in a *poor* neighborhood. 他住在貧民區.
2 (加 the)《名詞性》《作複數》窮人們. The *poor* are badly off. 窮人們的生活很苦.
〖數量很少〗 **3** 少的, 貧乏的, 貧瘠的. a *poor* crop 歉收/a *poor* eater 吃得少的人.
〖質地不良的〗 **4** 劣質的; 收穫不佳的; 〔天候〕不良的. *poor* health 健康不佳/*poor* in spirits 情緒低落, 沒精神/have *poor* eyesight 視力差; 患眼疾/The pupil made [got] a very *poor* score in the examination. 這個學生這次考試成績很差/*poor* soil 貧瘠的土壤.
5 不好的, 蹩腳的; 劣質的, 有缺陷的; 〔住宅, 衣服等〕粗劣的, 破舊的. I'm a *poor* swimmer. 我游泳游得不好/She is *poor* at mathematics. 她的數學很差/the *poorest* kind of excuse 最拙劣的藉口/*poor* wine 劣質的酒.
〖運氣不好〗 **6** 《限定》可憐的, 不幸的, 悲慘的. The *poor* little dog was starving. 這可憐的小狗快要餓死了/I'm sorry for him, *poor* fellow. 我為他難過, 可憐的傢伙. [參考] 此義通常用來表示說話者的主觀情感.
7 《限定》去世的, 已故的. My *poor* old father used to say so. 我已故的父親總是這樣說.
✧ *n.* **poorness, poverty.**

póor bòx *n.* ⓒ 濟貧捐款箱《特指教堂所設的募款箱》.

*poor·ly [ˈpurlɪ; ˈpɔːlɪ] *adv.* **1** 不成功地, 拙劣地, 蹩腳地. I did *poorly* on the test. 我這次考試考壞了. **2** 貧窮地, 襤褸地; 貧乏地, 不夠地. The girl was *poorly* dressed. 這女孩穿得很破舊/The employees are *poorly* paid. 那些員工們的待遇微薄.
be pòorly óff 貧困的(↔ be well off).
— *adj.* 《敘述》《主英》身體不舒服的. I've been feeling *poorly* for several days. 我已經身體不舒服好幾天了.

poor·ness [ˈpurnɪs; ˈpɔːnɪs] *n.* ⓤ **1** 不足, 不夠, 貧乏. **2** 粗劣, 劣等.
〖同〗表示「貧困」之意時通常用 poverty.

pòor relátion *n.* ⓒ 低劣的物品[人]《of 在〔同類〕中》.

poor·spir·it·ed [ˈpurˈspɪrɪtɪd; ˌpɔːˈspɪrɪtɪd] *adj.* 膽小的, 沒魄力的, 懦弱的.

pòor whíte *n.* ⓒ 《常表輕蔑》《特指美國南部的》社會底層的貧困白人.

‡pop[1] [pap; pɒp] *v.* (~s [~s; ~s]; ~ped [~t; ~t]; ~·ping) *vi.* **1** 砰砰地響; 砰地裂開. I heard the champagne corks *popping*. 我聽到香檳酒瓶塞砰地一響.
2 《口》砰地射擊《at》.
3 《接副詞(片語)》《口》忽然地出現[進入], 突然前往, 急速行動. We just *popped* in to say hello.

我們只是進去打了個招呼/*pop* out of bed 匆忙跳下床.

4 (口)[眼睛](因吃驚)瞪, 張大. His eyes *popped* when he saw the price tag. 當他看到價格標籤時, 眼睛瞪得大大的.

— *vt.* **1** 使砰地作響; 爆[玉米]. *pop* a cork stopper 砰地打開軟木塞/*pop* a bubble gum 吹泡泡糖發出響聲/*pop* corn 爆玉米花.

2 (接副詞(片語))(口)使突然動起來; 突然伸出[帶在身上]. She *popped* her head out of the window and shouted at her husband. 她突然從窗裡伸出頭來對著丈夫大叫/He *popped* his jacket on and darted out. 他突然穿上外套衝出去.

pòp óff (口)(1)突然離去, (2)突然死亡.

pòp the quéstion (口)(特指男性)求婚, 說出求婚的話.

pòp úp (1)(口)(事件等)突然發生; (人)突然出現. Please deal with any problems that *pop* up while I'm away. 我不在時, 請你處理任何突發的問題. (2)(棒球)打了一記高飛球.

— *n.* **1** ©砰聲, 啪聲.

2 ©(口)汽水飲料(源自拔出[打開]蓋子時發出「砰」的聲音). **3** © =pop fly.

— *adv.* 砰地, 突然地, 意外地. The cork went *pop*. 軟木塞砰地一聲開了.

*pop² [pɑp; pɒp] *adj.* (口)流行音樂的(<*pop*ular); 大眾化的. *pop* music 流行音樂/go to a *pop* musician 流行音樂家/go to a *pop* concert 去聽熱門歌曲演唱會/a *pop* group [song] 流行音樂團體[歌曲]/a *pop* novel 大眾[通俗]小說.

— *n.* **1** ⓤ通俗音樂, 流行音樂; ©流行歌曲.

2 ⓤ =pop art. 字源源自 *pop*ular.

pop³ [pɑp; pɒp] *n.* ©(美, 口)爸爸(poppa的縮略).

pop. (略) population.

pòp árt *n.* ⓤ普普藝術(以漫畫、廣告、電影等大眾文化為主題的前衛藝術運動).

pop·corn [ˋpɑp،kɔrn; ˋpɒpkɔːn] *n.* ⓤ爆米花.

pòp cúlture *n.* ⓤ大眾文化.

Pope [pop; pəʊp] *n.* **Alexander ~** 波普(1688 -1744)(英國詩人).

pope [pop; pəʊp] *n.* (*pl.* ~s [~s; ~s]) ©(通常the Pope) 羅馬教皇, 教宗, (羅馬天主教會的領袖). *Pope* John Paul II 羅馬教皇約翰保祿二世.

Pop·eye [ˋpɑpaɪ; ˋpɒpaɪ] *n.* 卜派, 大力水手, (美國漫畫的主角).

pop·eyed [ˋpɑp،aɪd; ˋpɒpaɪd] *adj.* (口)**1** (因興奮、驚訝等)瞪大眼睛的(→ pop¹ *vi.* 4).

2 突眼的, 眼珠突出的.

pòp flý *n.* ©(棒球)內野高飛球(飛得近且高的球, 落在內野區域).

pop·gun [ˋpɑp،gʌn; ˋpɒpgʌn] *n.* ©玩具氣槍(射出木塞球的玩具槍).

pop·in·jay [ˋpɑpɪn،dʒe; ˋpɒpɪndʒeɪ] *n.* (*pl.* ~s) ©(古)喋喋不休且裝模作樣的人.

pop·ish [ˋpopɪʃ; ˋpəʊpɪʃ] *adj.* (輕蔑)天主教的; 教皇制的.

pop·lar [ˋpɑplɚ; ˋpɒplə(r)] *n.* ©白楊(樹); ⓤ

白楊木.

pop·lin [ˋpɑplɪn; ˋpɒplɪn] *n.* ⓤ毛葛(通常由棉花、人造絲等織成, 有光澤, 薄而牢固).

pop·o·ver [ˋpɑp،ovɚ; ˋpɒpəʊvə(r)] *n.* ⓤ© (美)一種鬆餅(用麵粉, 雞蛋, 奶油調配後製成).

pop·pa [ˋpɑpə; ˋpɒpə] *n.* (美、口) =papa.

pop·pet [ˋpɑpɪt; ˋpɒpɪt] *n.* ©(英、口)寶寶(對小孩、寵物等的暱稱).

pop·py [ˋpɑpɪ; ˋpɒpɪ] *n.* (*pl.* -pies [~z; ~z]) © 罌粟, 罌粟屬植物的總稱, (果實的汁液為鴉片等的原料). a bunch of *poppies* 罌粟花束.

pop·py·cock [ˋpɑpɪ،kɑk; ˋpɒpɪkɒk] *n.* ⓤ (口)胡扯, 廢話.

Pop·si·cle [ˋpɑpsɪk!; ˋpɒpsɪkl] *n.* ©(美)冰棒(源自商標名; (英) ice lolly).

pòp sínger *n.* ©流行歌手.

pop·u·lace [ˋpɑpjəlɪs, -ləs; ˋpɒpjʊləs] *n.* ⓤ(加 the)(單複數同形)(文章)平民, 大眾.

‡**pop·u·lar** [ˋpɑpjəlɚ; ˋpɒpjʊlə(r)] *adj.* **1** 受歡迎的, 評價好的; 得人心的, 有人緣的. That song is very *popular* with [among] young people. 那首歌很受年輕人歡迎.

2 流傳民間的; 通俗的; 普及的. *popular* beliefs 民間的信仰.

3 (限定)(文章)(由)人民(進行)的, 民眾的, 大眾的. *popular* opinion 輿論/the *popular* front 人民陣線(由反法西斯的團體、個人所組成的共同陣線).

4 (限定)(有時表輕蔑)大眾化的, 通俗的; 平易的. *popular* entertainment 大眾娛樂/I prefer *popular* music to classical. 我喜愛流行音樂勝過古典音樂.

5 (主限定)任何人都負擔得起的. at *popular* prices 以廉價/a *popular* edition 普及版, 廉價版.

✧ *n.* **popularity.** ↔ **unpopular.**

字源 POPUL「民眾」: *popular*, *popula*tion (人口), *popular*ize (大眾化), *people* (人們).

‡**pop·u·lar·i·ty** [،pɑpjəˋlærətɪ; ،pɒpjʊˋlærətɪ] *n.* ⓤ聲望, 名望; 流行. Her *popularity* among the boys is surprising. 她在男孩子間受歡迎的程度真是驚人/acquire [gain] *popularity* 贏得聲望/win great *popularity* 博得盛名/establish one's *popu-larity* 奠定聲譽.

pop·u·lar·i·za·tion [،pɑpjələraɪˋzeʃən; ،pɒpjʊləraɪˋzeɪʃn] *n.* ⓤ大眾化; 普及.

pop·u·lar·ize [ˋpɑpjə،laɪz; ˋpɒpjʊləraɪz] *vt.* 使大眾化, 使通俗化; 使普及, 推廣.

pop·u·lar·ly [ˋpɑpjələlɪ; ˋpɒpjʊləlɪ] *adv.* **1** 普通地; 通俗地, 針對大眾地. **2** 通過人民地. **3** (委婉)廉價地.

pòpular vóte *n.* © (美)(選舉總統的)人民普選.

pop·u·late [ˋpɑpjə،let; ˋpɒpjʊleɪt] *vt.* **1** 使人民定居於(某地域), 殖民. The place began to be *populated* a hundred years ago. 這土地在100年前開始有人定居.

2 〔人或動物等〕居住於《常用被動語態》. New York is densely *populated*. 紐約人口密度很高.

‡**pop·u·la·tion** [͵pɑpjə`leʃən; ͵pɔpjʊ`leɪʃn] *n.* (*pl.* ~**s** [~z; ~z])

1 Ⓤ人口, 人口總數. Do you know what [how large] the *population* of London is? 你知道倫敦有多少人口嗎?/a fall [rise] in *population* 人口的減少[增加]/This city has a large [small] *population*. 這個城市的人口很多[少]/The urban *population* is expanding in this country. 這個國家的都市人口正在增加當中.

> 搭配 *adj.* + population: a decreasing ~ (減少中的人口), a growing ~ (持續增加的人口), a dense ~ (高密度的人口), a sparse ~ (稀少的人口), a stable ~ (固定的人口).

2 Ⓤ《單複數同形》一定地域的全體居民. The whole *population* of the village came to help. 全村的居民都來幫忙.

3 Ⓒ《生物》(一定區域內的)族群, 個體數. The bird *population* of this area has fallen because of all the new buildings. 該地區的鳥類數量因新建築物(的不斷出現)而減少了. ⇨ *v.* **populate**.

popu·la·tion explo·sion *n.* Ⓒ人口爆炸(人口驟增).

***pop·u·lous** [`pɑpjələs; `pɔpjʊləs] *adj.* 人口稠密的. Japan is a *populous* country with few natural resources. 日本是一個人口稠密而天然資源貧乏的國家.

pop-up [`pɑp͵ʌp; `pɒp͵ʌp] *adj.* 《限定》自動彈起式的. a *pop-up* toaster (麵包一烤好就會彈出的)自動烤麵包機.

por·ce·lain [`pɔrslɪn, `pɔr-, -slɪn, -ən, -sl͵en; `pɔːsəlɪn] *n.* Ⓤ瓷(質地堅硬而細膩, 呈純白半透明狀; 俗稱 china); (集合)瓷器製品; (→ ceramics 參考).

‡**porch** [pɔrtʃ, pɔrtʃ; pɔːtʃ] *n.* (*pl.* ~**es** [~ɪz; ~ɪz]) Ⓒ **1** 正門, 門廊, 《入口處有突出頂棚之處; → house 圖》. **2** 《美》陽臺(veranda). She went out to sit on the back *porch*. 她走出去坐在後面的陽臺上.

por·cine [`pɔrsaɪn, -sɪn; `pɔːsaɪn] *adj.* 豬的; 似豬的.

por·cu·pine [`pɔrkjə͵paɪn; `pɔːkjʊpaɪn] *n.* Ⓒ豪豬(全身長刺的哺乳類動物).

pore¹ [por, pɔr; pɔː(r)] *vi.* 沈思; 凝視; 全心全意地鑽研; 《over》. *pore over* a book 全神貫注地讀書.

pore² [por, pɔr; pɔː(r)] *n.* Ⓒ毛孔; 氣孔.

[porcupine]

‡**pork** [pork, pɔrk; pɔːk] *n.* Ⓤ豬肉(→ pig, hog). roast *pork* 烤豬肉.

pork·er [`pɔrkə, `pɔrkə; `pɔːkə(r)] *n.* Ⓒ供食

用的小肥豬.

pork pie *n.* ⓊⒸ豬肉餡餅.

pork·y [`pɔrkɪ, `pɔrkɪ; `pɔːkɪ] *adj.* 《口》《人》肥胖的.

porn [pɔrn; pɔːn] *n.* 《口》= porno.

por·no [`pɔrno; `pɔːnəʊ] 《口》 *n.* = pornography.
— *adj.* = pornographic.

por·no·graph·ic [͵pɔrnə`græfɪk; ͵pɔːnəʊ`græfɪk] *adj.* 色情文學的, 春宮畫的, 色情電影的.

por·nog·ra·phy [pɔr`nɑgrəfɪ; pɔː`nɒgrəfɪ] *n.* Ⓤ色情文學[畫], 照片], 色情電影.

po·ros·i·ty [po`rɑsətɪ, pɔ-; pɔː`rɒsətɪ] *n.* (*pl.* -**ties**) **1** Ⓤ多孔性. **2** Ⓒ孔.

po·rous [`poræs, `pɔræs; `pɔːrəs] *adj.* **1** 多孔的, 多孔性的. **2** 滲透性的(使水、空氣等通過).

por·poise [`pɔrpəs; `pɔːpəs] *n.* Ⓒ《動物》鼠海豚(形似 dolphin, 但鼻尖圓而不尖).

por·ridge [`pɔrɪdʒ, `pɑr-; `pɒrɪdʒ] *n.* Ⓤ粥(用牛奶等與麥片及其他穀類粉煮成; 主要是英國人作早餐用).

por·rin·ger [`pɔrɪndʒə, `pɑr-; `pɒrɪndʒə(r)] *n.* Ⓒ粥碗(通常為帶柄的淺碗; 兒童用).

Port. (略) Portugal, Portuguese.

‡**port**¹ [port, pɔrt; pɔːt] *n.* (*pl.* ~**s** [~s; ~s]) Ⓒ《常無冠詞》港, 商埠, 港市. reach *port* 入港/a naval *port* 軍港/All the ships in *port* were destroyed by the bombing. 港內所有船隻都被炸毀了. 圖 port 指以商業、貿易為主的港口, 同時也包括城市本身; 常把 Port 作為地名的一部分使用: → harbor, haven.

Any port in a storm. 緊急逃難時甚麼手段都行.

clear [leave] (a) port 出港.

make [enter] (a) port 入港.

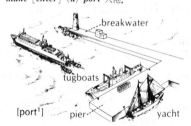
breakwater
tugboats
[port¹]　pier　yacht

port² [port, pɔrt; pɔːt] *n.* = porthole.

port³ [port, pɔrt; pɔːt] *n.* Ⓤ(船、飛機前進方向的)左舷(↔ starboard; → ship 圖).
— *adj.* 左舷的.

port⁴ [port, pɔrt; pɔːt] *n.* Ⓤ葡萄酒(有甜味、酒性較烈的紅(有時為白)葡萄酒; 通常飯後飲用; 源自葡萄牙的出貨港口 Oporto).

port·a·bil·i·ty [͵portə`bɪlətɪ, ͵pɔr-; ͵pɔːtə`bɪlətɪ] *n.* Ⓤ可攜帶性, 輕便.

***port·a·ble** [`portəbl, `pɔr-; `pɔːtəbl] *adj.* 可攜帶的, 攜帶式的; 可移動的. a *portable* radio 手提式收音機/*portable* baggage 隨身行李.

— n. C (收音機, 電視, 打字機等)手提式製品; 攜帶用器具.

字源 PORT「搬運」: *port*able, *port*er (搬運工), sup*port* (支撐).

por·tage [ˋportɪdʒ, ˋpɔr-; ˈpɔːtɪdʒ] *n.* **1** UC 水陸聯運(橫跨兩條水路間運送貨物). **2** C 聯運路線. **3** U 搬運費, 運費.

por·tal [ˋport, ˋpɔr-; ˈpɔːtl] *n.* C (文章)(通常 *portal*s) (特指高聳華麗的)入口, 大門.

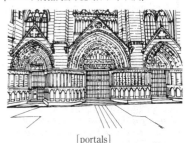

[portals]

port·cul·lis [portˋkʌlɪs, pɔr-; ˌpɔːtˈkʌlɪs] *n.* C (城門, 要塞等入口處的)吊閘.

por·tend [porˋtɛnd, pɔr-; pɔːˈtend] *vt.* (文章)警告[預示](災難, 重大事件等).

por·tent [ˋportɛnt, ˋpɔr-; ˈpɔːtent] *n.* C (文章) (特指災難, 重大事件等的)前兆, 預兆.

por·ten·tous [porˋtɛntəs, pɔr-; pɔːˈtentəs] *adj.* **1** 成為(災難的)前兆的; 不祥的.
2 怪異的; 難以置信的.
3 裝腔作勢的, 自命不凡的.

por·ten·tous·ly [porˋtɛntəslɪ, pɔr-; pɔːˈtentəslɪ] *adv.* 不祥地; 怪異地, 奇特地.

‡por·ter[1] [ˋportɚ, ˋpɔr-; ˈpɔːtə(r)] *n.* (*pl.* ~s [~z; ~z]) C **1** (火車站, 機場等的)搬行李工(美) redcap); 搬運工, 挑伕, a railway *porter* 火車站的搬運李工人.
2 (美)(鐵路)(臥車的)侍者.

por·ter[2] [ˋportɚ, ˋpɔr-; ˈpɔːtə(r)] *n.* C (英)(旅館, 醫院, 學校等的)守衛, 門房.

por·ter[3] [ˋportɚ, ˋpɔr-; ˈpɔːtə(r)] *n.* U (昔日的)黑啤酒.

por·ter·age [ˋportərɪdʒ, ˋpɔr-; ˈpɔːtərɪdʒ] *n.* **1** U (搬運工所做的)搬運工作. **2** aU 搬運費.

por·ter·house [ˋportɚˌhaus, ˋpɔr-; ˈpɔːtəhaus] *n.* (*pl.* **-hous·es** [-ˌhauzɪz; -hauzɪz]) UC (牛腰部嫩肉等製成的)上等牛排.

port·fo·li·o [portˋfolɪ͵o, pɔrt-, -lɪo; ˌpɔːtˈfəuljəu] *n.* (*pl.* ~s) **1** C 公事包, 文件夾. **2** U 部會首長的職務[地位]. **3** C (擁有的)有價證券目錄[一覽表].

[portfolio 1]

port·hole [ˋportˌhol, ˋpɔrt-; ˈpɔːthəul] *n.* C

(船的)舷窗; (飛機的)機窗; (用來採光的)圓窗).

Por·tia [ˋpɔrʃə; ˈpɔːʃə] *n.* 波西亞(Shakespeare 作品 *The Merchant of Venice* 中之女主角).

por·ti·co [ˋportɪ͵ko, ˋpɔr-; ˈpɔːtɪkəu] *n.* (*pl.* ~s, ~es) C (建築)門廊, 有圓柱的正門結構.

[portico]

‡por·tion [ˋporʃən, ˋpɔr-; ˈpɔːʃn] *n.* (*pl.* ~s [~z; ~z]) C **1** 部分, 一部分. a *portion* of land 一部分土地/give food out in (small) *portions* 按比例(少量地)分配食物. 回 part 是表示「部分」之意中最常用的字; portion 指為某一目的而被分開的獨立性較強的「部分」.
2 應得的一份, 分配, (★比 share 更正式的用語). Each boy had his *portion* of the cake. 每個男孩都分到了一份蛋糕.
3 (食物的)一份(客). order two *portions* of fish 點了兩份魚.
4 (用單數)(雅)(上帝安排的)命運.
— vt. (文章)分配, 分給, (out). We *portioned out* the cookies among us. 我們大家一起分了餅乾.

Port·land cement [͵portləndsəˋmɛnt; ˌpɔːtləndsɪˈment] *n.* U 波特蘭水泥(普通水泥).

port·ly [ˋportlɪ, ˋpɔr-; ˈpɔːtlɪ] *adj.* (中年人)肥胖的; 身材魁梧的; (→ fat 回).

port·man·teau [portˋmænto, pɔrt-; ͵pɔːtˈmæntəu] *n.* (*pl.* ~s, ~x [~z; ~z]) C (主英) (由中間向兩邊開啟的皮製)旅行包[箱].

portmánteau wòrd *n.* C 混合字(blend) (兩字的一部分合成一字者; brunch (*br*eakfast+l*unch*), motel (*mo*tor+h*otel*)等).

pòrt of cáll *n.* C (船的)沿途停泊港; (口) (人)旅行途中的住宿處; 常走訪的地方.

‡por·trait [ˋportret, ˋpɔr-, -trɪt; ˈpɔːtreɪt] *n.* (*pl.* ~s [~s; ~s]) C **1** 肖像(畫), 人物畫[照片]. A *portrait* of the principal hung in the corridor. 校長的肖像掛在走廊上/a *portrait* photograph 人物照.
2 (人物, 風景等的)生動描繪[記述], the *portrait* of his mother in his autobiography 在他的自傳中對他母親的描繪. ⇨ *v.* **portray.**

por·trait·ist [ˋportretɪst, ˋpɔr-; ˈpɔːtreɪtɪst] *n.* C 肖像畫家; 人物攝影師.

por·trai·ture [ˋportrɪtʃɚ, ˋpɔr-; ˈpɔːtrɪtʃə(r)] *n.* U **1** 肖像畫法; 人物描寫. **2** (集合)肖像畫.

por·tray [porˋtre, pɔr-; pɔːˈtreɪ] *vt.* (~s; ~ed; ~ing) **1** (用語言)描寫, 生動描繪. **2** 畫…的肖像. **3** (在舞臺上)扮演…的角色.

por·tray·al [porˋtreəl; pɔːˈtreɪəl] *n.* **1** U 描寫[繪]. **2** C 畫像, 肖像畫.

‡Por·tu·gal [ˋportʃəgl, ˋpɔr-; ˈpɔːtʃugl] *n.* 葡萄

牙《歐洲西南部的共和國；首都 Lisbon》. *Portugal was once a colonial power.* 葡萄牙曾是擁有殖民地的大國.

*__Por·tu·guese__ [ˋpɔrtʃəˏgiz; ˏpɔːtʃuˈgiːz] *n.* (*pl.* ~) **1** C 葡萄牙人.

2 U 葡萄牙語. *Portuguese is closely related to Spanish.* 葡萄牙語和西班牙語有很密切的關係.

— *adj.* 葡萄牙的；葡萄牙人[語]的.

*__pose__ [poz; pəʊz] *n.* (*pl.* __pos·es__ [~ɪz; ~ɪz]) C **1** (畫像、攝影時的)姿勢, 姿態. *We struck a silly pose for the photograph.* 我們擺出了一個可笑的姿勢來拍照.

2 (用於負面含義)僞裝；假裝；裝腔作勢, 矯揉造作. *That is his usual pose to hide his feelings.* 那是他用來掩飾自己的感情而常做出的姿態.

— *v.* (__pos·es__ [~ɪz; ~ɪz]; __-d__ [~d; ~d]; __pos·ing__) *vi.* **1** 擺好姿勢, 做出某種姿態, (*for*). *The model posed in the nude for the painter.* 一絲不掛的人體模特兒擺好姿勢以供畫家作畫.

2 僞裝；假裝；(*as*). *He was posing as a police officer.* 他假裝成警察.

3 (用於負面含義)(爲留下印象而)做作, 採取不自然的態度, 裝腔作勢.

— *vt.* **1** (爲攝影等)讓〔人〕擺好姿勢.

2 提出〔問題, 要求等〕；造成〔問題 等〕. *The slums posed a problem for the city.* 貧民窟成爲該城市的一個問題. ⇨ *n.* **position**.

字源 POSE「擺置」: pose, impose (徵收), expose (使暴露), oppose (反對).

__Po·sei·don__ [poˈsaɪdn̩, pə-; pɒˈsaɪdən] *n.* (希臘神話)波賽頓《海神；相當於羅馬神話中的Neptune》.

__pos·er__ [ˋpozɚ; ˈpəʊzə(r)] *n.* C (口) **1** 難以回答的問題；難題. **2** (圖畫, 照片等的)模特兒.

3 = poseur.

__po·seur__ [poˈzɜ; pəʊˈzɜː(r)] *n.* (法語) *n.* C (輕蔑) 裝腔作勢的人.

__posh__ [pɑʃ; pɒʃ] *adj.* (口) **1** 極優秀的, 超一流的.

2 (有時表輕蔑)豪華的, 奢侈的. *a posh hotel* 高級豪華的旅館.

*__po·si·tion__ [pəˋzɪʃən; pəˈzɪʃn] *n.* (*pl.* ~s [~z; ~z]) 【 放置的位置 】 **1** C (人或物的)位置, 地點；已定的位置；(比賽選手等的)防守位置, 部署. *the position of the city hall on the map* 市政廳在地圖上的位置/*From my position, I can't see Tom.* 從我的位置看不到湯姆/*He could play any position on the baseball team.* 他可以防守棒球隊上的任何位置.

2 C (通常用單數)立場, 境遇. *Put yourself in my position.* 請你站在我的立場上想一想.

【 地位, 身分 】 **3** U C 社會地位, 身分；高的地位；(在班級中的)名次. *a high [low] position in society* 高[低]的社會地位/*a man of position* 有地位的人/*be in (a) position of authority* 居於權威地位/*He still holds a leading position in the industrial world.* 他仍然在產業界居領導地位.

搭配 *adj.*+position: an important ~ (重要的地位), an influential ~ (有影響力的地位), a minor ~ (不重要的地位), a responsible ~ (肩負責任的地位) // *v.*+position: achieve a ~ (獲得地位), occupy a ~ (占有地位).

4 C 職位, 職務. *Position wanted.* 求職(報紙廣告). 同 position 是比 job 更爲正式的用語.

搭配 *adj.*+position: a permanent ~ (終身的職務), a temporary ~ (臨時的職務) // *v.*+position: apply for a ~ (求職), find a ~ (找到工作), look for a ~ (求職).

【 姿勢 】 **5** C 姿勢, 態度, 樣子. *Please lie in a comfortable position.* 請以舒適的姿勢躺著/*a sitting position* 坐姿.

6 【內心的態度】C 態度；立場, 見解；(*on*; *that* 子句). *explain the government's position on disarmament* 說明政府對軍事裁減的看法/*They took the position that no troops should be sent overseas.* 他們認爲不應派遣軍隊至海外.

be in a position to do 處於能做…的立場. *I am not in a position to help you at the moment.* 現在我無法幫助你.

in position 在適當的位置(的). *We will attack when all our troops are in position.* 當我軍全部部署完畢時, 我們將發動攻擊.

out of position 不在適當的位置(的), 偏離合適的位置(的).

— *vt.* 把…放在適當的位置；(接副詞(片語))把…置於. *Let's position the chairs in a half circle.* 讓我們把椅子排成半圓形吧!

字源 POSIT「安置」: position, composition (構成), opposition (反對), preposition (介系詞).

*__pos·i·tive__ [ˋpɑzətɪv, -ztɪv; ˈpɒzətɪv] *adj.* 【 明確的 】 **1** (陳述、發言)確實的, 無疑的, 不容置疑的；明確的, 直截了當的. *make a positive statement* 發表明確的聲明/*a positive promise* 明確的承諾/*a positive fact* 明確無誤的事實.

2 (限定)(口)十足的(complete). *a positive liar* 十足的騙子/*He is a positive lunatic.* 他是個十足的瘋子.

3 (敍述)確信的(*of*, *about*; *that* 子句)；(人, 態度)充滿自信的. *He is too positive about everything.* 他對甚麼事都過於自信/*Are you positive (that) it was Sam you saw?* 你能確信你見到的是山姆嗎?/*Q* 與 sure 相較, positive 表示更強烈的確信. *"Are you sure?" "I'm positive."* (「你確定嗎?」「絕對確定」).

【 積極的 】 **4** 肯定性的(⟷negative). *She made a positive answer.* 她作了肯定的回答.

5 建設性的；積極的；(⟷negative). *Give us some positive help.* 給我們一些積極的幫助/*a positive attitude toward life* 對人生積極的態度/*positive suggestions* [*criticisms*] 建設性的建議[批評].

搭配 positive (4-5)+*n.*: a ~ opinion (建設性的意見), a ~ view (建設性的見解；建設性的預測), a ~ outlook (建設性的看法), a ~ reaction (積極的反應).

【〖明確存在的〗】 **6** 《限定》現實的; 實在的; 實證的. *positive* philosophy 實證哲學.

7 《攝影》正片的; 《電》正的, 陽極(電)的; 《醫學》〔檢查結果〕陽性的; 《數學》正的; (↔ negative). the *positive* pole 《電》陽極, 正極.

8 【未經修改的】《文法》原級的(→comparative, superlative).

— *n.* **1** ⓒ《攝影》正片, 正像; 《數學》正數; 正量; (↔ negative). **2** (加 the)《文法》原級(亦稱 the pòsitive degrée); ⓒ原級的字; (→見文法總整理 **11. 3**).

pos·i·tive·ly [ˋpɑzətɪvlɪ, -ztɪv-; ˈpɒzətɪvlɪ] *adv.* **1** 直截了當地; 斷然地. I *positively* deny that it is true. 我斷然否定這是真的.

2 《口》實在, 確實, (indeed). That's *positively* outrageous! 那真的是太不像話了!

3 《美》《回答質問》當然是(certainly). "Do you think he's in earnest?" "*Positively!*"「你認爲他是認眞的嗎?」「當然是!」

pos·i·tive·ness [ˋpɑzətɪvnɪs; ˈpɒzətɪvnɪs] *n.* ⓤ確實性; 明確; 積極性.

pos·i·tiv·ism [ˋpɑzətɪvˌɪzəm, -ztɪv-; ˈpɒzɪtɪvɪzəm] *n.* ⓤ實證哲學, 實證主義, (與抽象思維相比, 實證哲學更重視由觀察所確定的事實; 法國的孔德所提倡).

pos·i·tron [ˋpɑzətrɑn; ˈpɒzɪtrɒn] *n.* ⓒ《物理》正電子.

pos·se [ˋpɑsɪ; ˈpɒsɪ] *n.* ⓒ **1** 《美》民兵隊(警長(sheriff) 追捕犯人時, 要求協助而召集的普通平民).

2 《口》(具有共同目的的)一羣人.

‡pos·sess [pəˋzɛs; pəˈzes] *vt.* (~es [~ɪz; ~ɪz]; ~ed [~t; ~t]; ~ing [~ɪŋ]) **1** (★無進行式)擁有, 具有, 〔資產, 才能, 性質等〕. He *possesses* great wealth [talent]. 他有雄厚的資產[非凡的才能]. 同 possess 是比 own 更正式的用語, 除財產外也表示具有「才能」、「性質」等的意思; → have 2.

2 〔妖魔, 感情, 想法等〕纏住〔人〕, 迷住, (通常用被動語態). She was *possessed* by [*with*] a devil. 她被惡魔纏住了/He was *possessed* with [*by*] ambition. 他被野心沖昏了頭.

⇨ *n.* **possession**. *adj.* **possessive**.

pos·sessed [pəˋzɛst; pəˈzest] *adj.* 著了魔的, 瘋狂的. He fought like one *possessed*. 他像著了魔似地戰鬥.

be posséssed of... 《雅》擁有, 具有.

‡pos·ses·sion [pəˋzɛʃən; pəˈzeʃn] *n.* (*pl.* ~s [~z; ~z]) **1** ⓤ所有, 擁有; 取得; 持有. He came into *possession* of a large fortune. 他獲得了一筆巨大的財產.

2 ⓒ(通常 possessions)所有物, 持有物; 財產; ⓤ《主法律》占有; 持有. We lost all our *possessions* in the fire. 我們在火災中失去了所有的財產/illegal *possession* of cocaine 非法持有古柯鹼.

3 ⓒ屬地, 領地. ⇨ *v.* **possess.** *adj.* **possessive.**

ènter into posséssion of... 《文章》=take possession of...

in posséssion of... (1)擁有…, countries *in pos-*

session of nuclear weapons 擁有核子武器的國家. (2)持有….

in the posséssion of... 爲…所有; 爲…所擁有的. the extensive forests *in the possession of* the Royal Household 王室所擁有的廣大森林.

tàke posséssion of... 擁有, 占有, 把…弄到手; 〔軍隊〕占領.

pos·ses·sive [pəˋzɛsɪv; pəˈzesɪv] *adj.* **1** 占有慾強的, 想獨占的. **2** 《文法》表示所有的, 所有格的.

— *n.* ⓒ《文法》所有格(possessive case); 所有代名詞(possessive pronoun).

possèssive ádjective *n.* ⓒ《文法》所有形容詞(人稱代名詞之所有格).

possèssive cáse *n.* (加 the)《文法》所有格 (→ case ⑥).

pos·ses·sive·ly [pəˋzɛsɪvlɪ; pəˈzesɪvlɪ] *adv.* 宛如自己所有般地; 《文法》作爲所有格地.

possèssive prónoun *n.* ⓒ《文法》所有代名詞(→見文法總整理 **4. 1**).

‡pos·ses·sor [pəˋzɛsɚ; pəˈzesə(r)] *n.* (*pl.* ~s [~z; ~z]) ⓒ(加 the)所有者, 持有人. She is the *possessor* of great musical ability. 她有非凡的音樂才能.

pos·set [ˋpɑsɪt; ˈpɒsɪt] *n.* ⓤ牛奶酒(在熱牛奶中加入葡萄酒, 啤酒等調和的飲料; 從前用來治感冒).

pos·si·bil·i·ties [ˌpɑsəˋbɪlətɪz; ˌpɒsəˈbɪlətɪz] *n.* possibility 的複數.

‡pos·si·bil·i·ty [ˌpɑsəˋbɪlətɪ; ˌpɒsəˈbɪlətɪ] *n.* (*pl.* **-ties**) **1** ⓐⓤ可能性, 可能, 實現性, (→ probability 同). Is there any *possibility of* our succeeding [*that* we will succeed]? 我們是否有成功的可能?/If it is a *possibility*, try it. 要是有可能, 就試試看吧!

[搭配] *adj.*+possibility: a fair ~ (相當的可能性), a remote ~ (極小的可能性), a strong ~ (很大的可能性) // *v.*+possibility: admit the ~ that... (認同…的可能性), deny the ~ that... (否定…的可能性).

2 (possibilit*ies*)希望, 前景. What are his recovery *possibilities*, Doctor? 大夫, 他復原的希望怎麼樣?/This process has great industrial *possibilities*. 這種方法在工業上的前景極佳.

3 ⓒ《口》適合的人[物] (*for*).

⇨ *adj.* **possible.** ↔ **impossibility.**

‡pos·si·ble [ˋpɑsəb!; ˈpɒsəbl] *adj.* **1** 〔事情〕可能會有的, 可能會發生的, 可能會…的. It's quite *possible* that he'll arrive tomorrow. 他很有可能明天到[語法]It's quite *possible* for him to arrive tomorrow. 意思是「他明天極有可能會到」; 另外, 不以人作主詞說成 He is quite *possible* to arrive tomorrow.)/There's a *possible* chance of winning, I suppose. 我猜想可能會獲勝. 同 probable 可能性比較大, 而 possible 可能性比較小; likely 可能性介於以上兩者之間; It's possible,

P

but hardly probable. (這並非全無可能，但實際上大概不會發生)．

2 《事情》可能的，有可能做到的，《*for*》. Is it *possible for* me to see the President? 我能見董事長嗎？《語法》(1)不能以人作主詞，如：Am I *possible* to see the President?；→ impossible 1.
(2) This fruit is *impossible* to eat. (這水果是不能吃的)這句的 This fruit 在意思上爲 eat 的受詞，所以也可以改寫爲 It is *impossible* to eat this fruit.

3 《強調最高級或 all, every 等》盡可能的．at the highest *possible* speed 以盡可能最快的速度(★以 at the highest speed *possible* 的語序亦可)／The doctor did everything *possible* for the patient. 醫生竭盡全力挽救病人／Get here with all *possible* haste. 請盡快來這裡／What *possible* reason did she have for doing that? 她到底有甚麼理由會去做那樣的事？(這是強調疑問詞(what))．

4 《雖不能說滿意，但》差強人意的，尚可的．We feel he's the only *possible* candidate. 我們覺得他是唯一勉強夠資格的人選．

⇨ *n.* possibility. ⟷ impossible.

as...as póssible → as 的片語．

if póssible 可能的話．*If possible*, deliver it to my office tomorrow. 可能的話，明天送到我辦公室來．

— *n.* ⃝U 《加 the》可能性；可能有[做]的事．

‡**pos·si·bly** [ˈpɑsəblɪ; ˈpɒsɪblɪ] *adv.* **1** 《修飾句子》或許，也許，《★ may 與 *possibly* 表示的可能性更小》；→ maybe 回》. *Possibly* you're right, but I think differently. 也許你是對的，但我想的不一樣／"Will he pass the examination?" "*Possibly*." 「他會通過考試嗎？」「或許會」／Can you *possibly* come tomorrow? 你明天有可能來嗎？

2 《加 can》(**a**) 設法，盡可能．We'll do everything we *possibly* can for you. 我們會爲你盡一切努力．
(**b**)《接否定語》無論如何，不管怎樣也，(不能⋯)．That couldn't *possibly* be true. 那無論如何也不會是眞的．
(**c**)《用於希望否定回答的疑問句》無論如何，不管怎樣．How can that *possibly* be true? 那怎麼可能會是眞的呢？
(**d**)《用於表示客氣請託之疑問句》請設法⋯．Could you *possibly* give me a ride to the station? 能不能請你開車送我到車站？(★比 Could you give...? 更客氣)．

pos·sum [ˈpɑsəm; ˈpɒsəm] *n.* 《美》＝opossum.
plày póssum 《口》裝睡[死]；佯裝不知．

‡**post**¹ [post; pəʊst] 《★注意發音》*n.* (*pl.* ~s [~s; ~s]) **1** ⃝U 《主英》郵政(制度)，郵寄，(→ mail 2 注意)．send by *post* 郵寄．

2 ⃝U 《通常加 the》《主英》《集合》郵件；一次發送[收進]的郵件，一批郵件；(→ mail 1 注意)．Go and see if the *post* has come yet, will you? 你去看一下郵件來了沒有，好嗎？／I missed [caught] the last *post*. 我沒趕上[趕上了]最後一次收信．

3 ⃝U 《加 the》《英》郵筒；《美》mailbox)；郵局(post office)．Put this letter in the *post*, please. 請把這封信投進郵筒．

4 ⃝U 《the...Post》⋯郵報(作爲報紙名稱的一部分)．the Evening *Post* 晚間郵報．

by retùrn of póst → return 的片語．

— *vt.* (~s [~s; ~s]; ~ed [~ɪd; ~ɪd]; ~ing) **1** 《主英》(★主美》爲 mail)(**a**) 郵寄，投入郵筒，《*off*》. *Post off* the letter for me, please. 請幫我寄這封信．(**b**)《句型4》(post A B)、《句型3》(post B to A) 郵寄 B 給 A(人)．*Post* me a card by air-mail when you get there. 你到了那裡要寄一張航空明信片給我．

2 《口》提供最新的訊息(*on, about*)．be well *posted* (up) (事情等)知之甚詳／I'll keep you *posted* on what happens while you're away. 你不在時，我會把發生的事隨時告訴你．

‡**post**² [post; pəʊst] 《★注意發音》*n.* (*pl.* ~s [~s; ~s]) ⃝C (木、石、鐵等的)柱，椿，標桿．a telegraph *post* 電線桿．

— *vt.* **1** 張貼[宣傳單等]《*on*》. They *posted* a notice *on* the bulletin board. 他們把通知貼在公布欄上．

2 公布《句型5》(post A B)、《句型3》(post A as B) 將 A 以 B 公布．The soldier was *posted* (as) missing. 該士兵被宣布失蹤．

‡**post**³ [post; pəʊst] 《★注意發音》*n.* (*pl.* ~s [~s; ~s]) ⃝C **1** 地位，職位，職務．My father got a *post* as a professor. 我父親得到了教授的職位／He wants to remain at his *post*. 他想在現職中保留這個位子／His *post* 被解職．

〔搭配〕*adj.*＋post: a high ~ (高職位)，an important ~ (重要的職位) // *v.*＋post: accept a ~ (接受職位)，hold a ~ (就職)，give up one's ~ (辭職)．

2 (士兵、警察等的)崗位，哨站．sentinels at their *posts* 在崗位上的哨兵／You must not desert your *post*. 你不可擅離崗位．

3 (特指偏遠處的)駐紮部隊；駐紮地．

— *vt.* 部署，配置；任命；分派工作，派任，《*to*》. I was *posted to* Tokyo as the paper's Far East correspondent. 我被派到東京擔任報社的遠東特派記者．

post- *pref.* 表示「在⋯之後」之意(⟷ pre-, ante-)．*post*graduate. *post*pone. 另外還能自由創造出諸如 *post*industrial society (後工業社會)之類的複合字．

‡**post·age** [ˈpostɪdʒ; ˈpəʊstɪdʒ] *n.* ⃝U 郵資，郵費．How much *postage* should I pay for this parcel? 這個包裹要付多少郵費？／return *postage* 回信郵資．

póstage mèter *n.* ⃝C 《美》(需另外付費之郵件等的)郵資計費器(《英》franking machine)．

póstage stàmp *n.* ⃝C 郵票．

＊**post·al** [ˈpost!; ˈpəʊstəl] *adj.* 郵政的．*postal* charges 郵資．

póstal càrd *n.* ⃝C 《美》(郵局印製的)明信片(→ postcard)．

póstal òrder *n.* ⃝C 《英》郵政匯票．

Pòstal Sérvice *n.* (加 the)《美》郵電部.

post·bag [`post͵bæg; ˈpəʊstbæg] *n.* 《英》**1** C 郵袋(《美》mailbag).

2 a U (口)一次發送的郵件.

post·box [`post͵bɑks; ˈpəʊstbɒks] *n.* C《英》郵筒(《美》mailbox).

‡post·card, post card [`post͵kɑrd; ˈpəʊstkɑːd] *n.* (*pl.* ~s [~z; ~z]) C **1** (私人印製的圖畫風景)明信片(→ postal card). a picture *postcard* 風景明信片/I sent him a *postcard* from Miami. 我從邁阿密寄明信片給他.

2 《美》(俗稱)= postal card.

post·code [`post͵kod; ˈpəʊstkəʊd] *n.* U《英》郵遞區號(例: London NW I 4NS; 《美》zip code).

post·date [ˌpost`det; ˌpəʊstˈdeɪt] *vt.* 在(信、票據、紀念碑)填上比實際晚的日期(↔ antedate).

✽post·er [`postə; ˈpəʊstə(r)] (★注意發音) *n.* (*pl.* ~s [~z; ~z]) C 海報, 宣傳單. put up [stick] *posters* on a wall 在牆上張貼海報.

póster còlor [pàint] *n.* U 廣告顏料.

poste res·tante [ˌpost`rɛsˋtɑnt; ˌpəʊstˈrestɑːnt] (法語) *n.* U《英》(待領郵件; (郵局的)主管待領郵件的部門(《美》general delivery).

pos·te·ri·or [pɑsˋtɪrɪə; pɒˈstɪərɪə(r)] *adj.* 《文章》**1** 後部的, 在後的, 後面的.

2 之後的, 其次的, 接在下面的, (*to*). ↔ anterior, prior.

— *n.* C (常 posteriors) 《詼》屁股.

pos·ter·i·ty [pɑsˋtɛrətɪ; pɒˈsterətɪ] *n.* U (集合) 後裔, 子孫. (↔ ancestry).

pos·tern [`postən, ˋpɑs-; ˈpɒstən] *n.*《雅》(城堡、要塞等的)後門, 便門.

póst exchànge *n.* C《美》陸軍消費合作社, 營站, (陸軍專屬的供銷處; 略作 P.X.).

post-free [`post`fri; ˌpəʊstˈfriː] *adj.* 《主英》免付郵資的; 郵資付訖的(《主美》postpaid).

post·grad·u·ate [`post`grædʒʊɪt, posˋg-, -ˌet; ˌpəʊstˈgrædʒʊət] *adj.* 大學畢業後的; 大學研究所的; (★現在特別是在《美》僅用 graduate). a *postgraduate* course 研究所課程.

— *n.* C 研究生.

post·hu·mous [`pɑstʃʊməs; ˈpɒstjʊməs] *adj.* **1** 死後的; 死後出版的. *posthumous* fame 死後的名聲. **2** [孩子等] 父親死後出生的.

post·hu·mous·ly [`pɑstʃʊməslɪ; ˈpɒstjʊməslɪ] *adv.* 死後地.

post·im·pres·sion·ism [ˌpostɪm`prɛʃənɪzəm; ˌpəʊstɪmˈpreʃnɪzəm] *n.* U《美術》後印象派. [參考]原義為「印象派以後」, 包括反對印象派的塞尚、梵谷、高更等人.

✽post·man [`postmən; ˈpəʊstmən] *n.* (*pl.* ~men [-mən; -mən]) C《英》郵差, 郵遞員, (《美》mailman). The *postman* came around at about two in the afternoon. 郵差約在下午兩點時過來.

post·mark [`post͵mɑrk; ˈpəʊstmɑːk] *n.* C (郵件的)郵戳.

— *vt.* 在〔郵件〕上蓋郵戳.

post·mas·ter [`post͵mæstə, ˋpɑs͵m-; ˈpəʊst͵mɑːstə(r)] *n.* C 郵政局長. ★女性為 postmistress.

pòstmaster géneral *n.* (加 the)郵電部部長.

post·mis·tress [`post͵mɪstrɪs, ˋpɑs͵m-; ˈpəʊst͵mɪstrɪs] *n.* C 女郵政局長. ★男性為 postmaster.

post·mor·tem [post`mɔrtəm; ˌpəʊstˈmɔːtem] (拉丁語)《文章》*adj.* 死後發生的, 死後進行的. a *postmortem* examination 驗屍.

— *n.* C **1** 驗屍(解剖). **2** (事故原因等的)事後的調查分析, 檢討會.

post·na·tal [post`netl; ˌpəʊstˈneɪtl] *adj.*《醫學》出生後(發生)的; 新生兒的.

‡póst òffice *n.* C 郵局; (the *Post Office*)《英》郵電部. buy stamps at the *post office* 在郵局買郵票.

post-of·fice box [`post͵ɔfɪs͵bɑks, -͵ɑf-; ˌpəʊst͵ɒfɪs͵bɒks] *n.* C 郵政信箱(略作 POB, PO Box).

post·paid [`post`ped, ˋpɑs`p-; ˌpəʊstˈpeɪd] *adj.*《主美》郵資付訖的(略作 p.p.;《主英》post-free).

‡post·pone [post`pon, posˋpon; ˌpəʊstˈpəʊn] *vt.* (~s [~z; ~z]; ~d [~d; ~d]; -pon·ing) 使延期, 順延, (*until, to*)(→ delay 同). [句型3] (postpone *do*ing)延遲做…. The game was *postponed until* Tuesday because of rain. 比賽因雨順延至星期二舉行/I would like to *postpone submitting* my report for a few days. 我想延遲繳交我的報告.

post·pone·ment [post`ponmənt, posˋp-; ˌpəʊstˈpəʊnmənt] *n.* UC 延期, 延遲.

post·pon·ing [post`ponɪŋ, posˋp-; ˌpəʊstˈpəʊnɪŋ] *v.* postpone 的現在分詞, 動名詞.

post·script [`post͵skrɪpt, ˋpost-; ˈpəʊsskrɪpt] *n.* C **1** (信的)再者, 附言, (略作 P.S.). add a *postscript* to a letter 在信上加了附言.

2 (書等的)附錄, 補遺, 後記.

pos·tu·late [`pɑstʃə͵let; ˈpɒstjʊleɪt] *vt.*《文章》視…為自明之理. [句型3] (postulate *that* 子句)認為…是理所當然的; 假定….

— [-lɪt, -͵let; -lət] *n.* C **1** 基本原則. **2** 假設, 假定. **3** 必要條件.

pos·ture [`pɑstʃə; ˈpɒstʃə(r)] *n.* **1** UC 姿勢, 姿態, 態度. **2** C (通常用單數) 精神準備, 態度.

— *vi.*《文章》《通常用於負面含義》**1** 採取某種姿勢 [姿態]; 故作姿態.

2 假裝(*as*). He likes to *posture as* an intellectual. 他喜歡裝成知識分子.

— *vt.* 使〔人〕作出某種姿勢[態度].

✽post·war [`post`wɔr; ˌpəʊstˈwɔː(r)] (★注意發音) *adj.* (限定)戰後的(↔ prewar). Japan's *postwar* economic development was remarkable. 日本戰後的經濟發展十分驚人.

P

po·sy [ˋpozɪ; ˋpəʊzɪ] *n.* (*pl.* **-sies**) C (小)花束.

⁑pot [pat; pɒt] *n.* (*pl.* ~**s** [~s; ~s]) **1** C 深鍋;罐, 缽, 瓶, 壺;《金屬、陶瓷、玻璃等製成的圓筒狀容器, 烹調用具: 包括有蓋、無蓋、有柄、無柄等多種》. a coffee *pot* 咖啡壺/*pots* and pans(集合)鍋盤類, 炊事用具/a flower*pot* 花盆.
2 C 一罐[缽, 瓶, 壺]的量, (鍋等的)滿滿一份的量. make a *pot* of tea 泡一壺茶.
3 《口》大量, 巨款. make *pots* [a *pot*] of money 賺大錢.
4 U (通常加 the)《主美》(撲克牌遊戲中)一次的賭注總額.
5 =potbelly.
6 U 《俚》大麻(marijuana).
gò to pót 《口》毀滅, 墮落.
kèep the pòt bóiling (設法)維持生計; 使(活動等)沒有冷場[保持興旺].
── *vt.* (~**s**; ~**ted**; ~**ting**) **1** 把(花草)植於盆內. **2** 射擊[鳥, 獸].
── *vi.* 胡亂射擊(*(away) at*).

po·ta·ble [ˋpotəbl; ˋpəʊtəbl] *adj.* 《文章》可飲用的.

po·tage [pɔˋtɑʒ; pɒˋtɑːʒ] (法語) *n.* U 濃湯(→ consommé).

pot·ash [ˋpat͵æʃ; ˋpɒtæʃ] *n.* U 《化學》碳酸鉀, 氫氧化鉀,《肥皂、肥料等的原料; 含有用於製作玻璃的鉀》.

po·tas·si·um [pəˋtæsɪəm; pəˋtæsɪəm] *n.* U 《化學》鉀(金屬元素; 符號 K).

po·ta·tion [poˋteʃən; pəʊˋteɪʃn] *n.* 《詼》C 酒; (通常 potations) 暢飲.

⁑po·ta·to [pəˋteto, -ə; pəˋteɪtəʊ] *n.* (*pl.* ~**es** [~z; ~z]) UC 馬鈴薯(指植物(po-táto plànt)本身或其根莖). a baked *potato* 烤馬鈴薯/mashed *potatoes* 洋芋泥/fried *potatoes* 《美》炸薯條(French fries; 《英》(potato) chips).
[參考]《美》為與甘薯區別時稱 Irish potato.

●──以 -o 結尾名詞的複數
(1)接 -es 的字:
echoes   heroes   Negroes
potatoes tomatoes vetoes
(2)接 -es 或 -s 的字:
buffalo(e)s   cargo(e)s   halo(e)s
mosquito(e)s volcano(e)s
(3)接 -s 的字:
(i)字尾 -o 前有母音或母音字母的字:
bamboos kangaroos radios zoos
(ii)略字:
kilos memos photos
(iii)源自義大利語的音樂用語:
concertos pianos solos sopranos
(iv)其他:
Filipinos dynamos

potáto chìps [《英》 -͵ - ͵] *n.* 《作複數》**1**

《美》洋芋片(《英》(potato) crisps). **2** 《英》炸薯條(《美》French fries). ★亦可僅稱作 chips.

potáto crísps *n.* 《作複數》《英》洋芋片(《美》potato chips). ★亦可僅稱作 crisps.

po·ta·to mash·er [pəˋteto͵mæʃɚ; pəˋteɪtəʊ͵mæʃər] *n.* C 搗馬鈴薯器(→utensil 圖).

pot·bel·lied [ˋpat͵bɛlɪd; ˋpɒt͵belɪd] *adj.* 《常表詼諧》大肚皮的.

pot·bel·ly [ˋpat͵bɛlɪ; ˋpɒt͵beli] *n.* (*pl.* **-lies**) 《常表詼諧》大肚皮; 大肚皮的人.

pot·boil·er [ˋpat͵bɔɪlɚ; ˋpɒt͵bɔɪlə(r)] *n.* C 《口》為賺錢而粗製濫造的作品; 賺錢的工作.

po·ten·cy [ˋpotn̩sɪ; ˋpəʊtənsɪ] *n.* U 《文章》
1 (有)潛在能力; 勢力. **2** 效力.

po·tent [ˋpotn̩t; ˋpəʊtənt] *adj.* **1** 《雅》有(政治)勢力的, 強而有力的. His influence is still *potent*. 他的勢力依然強大.
2 《文章》[論點等]強而有力的, 有說服力的.
3 [藥, 飲料等]有效力的, 很快就見效的.

po·ten·tate [ˋpotn̩͵tet; ˋpəʊtənteɪt] *n.* C (過去的專制)君主; (在某領域的)有權勢者.

po·ten·tial [pəˋtɛnʃəl; pəʊˋtenʃl] *adj.* 可能的, 可能(將來會發生)的; 潛在的; (→latent 同). *potential* disaster 潛在的災害/actual and *potential* parents 已經為人父母和未來可能為人父母的人. ── *n.* U 可能性, 前途性, 潛能.

po·ten·ti·al·i·ty [pə͵tɛnʃɪˋælətɪ; pəʊ͵tenʃɪˋælətɪ] *n.* (*pl.* **-ties**) **1** U 潛在性.
2 C (通常 potentiali*ties*)潛在能力; 有發展的希望, 可能性.

po·ten·tial·ly [pəˋtɛnʃəlɪ; pəʊˋtenʃəlɪ] *adv.* 潛在地; 有潛在可能性地.

pot·head [ˋpat͵hɛd; ˋpɒt͵hed] *n.* C 《俚》吸大麻成癮的人.

pot·herb [ˋpat͵ɝb, -͵hɝb; ˋpɒthɜːb] *n.* C 煮食的蔬菜(菠菜等); 調味用菜.

pot·hole [ˋpat͵hol; ˋpɒt͵həʊl] *n.* C 路面上的坑洞(低窪處).

pot·hook [ˋpat͵huk; ˋpɒt͵hʊk] *n.* C (把鍋子吊在火上的)掛鉤(通常呈 S 字形).

pot·hunt·er [ˋpat͵hʌntɚ; ˋpɒt͵hʌntə(r)] *n.* C
1 恣意掃射的獵人. **2** 為獲獎而參賽的人.

po·tion [ˋpoʃən; ˋpəʊʃn] *n.* C 《主 雅》(藥, 特指毒藥、麻醉藥的)一服, 一劑.

pot·luck [ˋpat͵lʌk, ˋpatˋlʌk; ͵pɒtˋlʌk] *n.* C
1 (招待突然來訪的客人等的)家常便飯.
2 《美》參加者各自攜帶菜肴的聚會(亦作 pòtluck dínner [súpper]).
tàke pótluck (1)以家常便飯招待(突然來訪的客人). Come home with me and *take potluck*. 跟我回家吃個便飯吧!
(2)(在資訊不足的情況下)隨意選擇.

Po·to·mac [pəˋtomək; pəˋtəʊmək] *n.* (加 the)波多馬克河(發源於美國 West Virginia, 流經 Washington 市區; → District of Columbia 圖).

pot·pie [ˋpat͵paɪ; ˋpɒtpaɪ] *n.* UC 一種用鍋子(或深盤子)烤製的肉派; 和燉肉一起吃的麵糰.

pot·pour·ri [pat͵purɪ; ͵pəʊˋpʊərɪ] (法語) *n.*

pot·sherd [ˋpɑt͵ʃɝd; ˋpɒt-ʃɜːd] n. ⒸC陶瓷碎片《特指作為考古研究而發掘出的陶瓷碎片》.

pot·shot [ˋpɑt͵ʃɑt; ˋpɒt-ʃɒt] n. ⒸC《口》近距離的掃射.

pot·tage [ˋpɑtɪdʒ; ˋpɒtɪdʒ] n. ⒰U《美、英古》(內有菜、肉等的)濃湯.

pot·ted [ˋpɑtɪd; ˋpɒtɪd] adj. **1** 〔花草等〕盆栽的. **2** 瓶[罐、壺]裝的.

Pot·ter [ˋpɑtɚ; ˋpɒtə(r)] n. **Beatrix** [ˋbɪətrɪks; ˋbɪətrɪks] ～ 波特(1866-1943)《英國的動物小說作家; → Peter Rabbit》.

pot·ter¹ [ˋpɑtɚ; ˋpɒtə(r)] n. ⒸC陶工; 陶藝家.

pot·ter² [ˋpɑtɚ; ˋpɒtə(r)] v.《主英》=putter¹.

pòtter's whéel n. ⒸC陶工旋盤.

***pot·ter·y** [ˋpɑtərɪ; ˋpɒtərɪ] n. (pl. -ter·ies [~z; ~z]) **1** ⒰U陶器(類)《瓷器外的陶製品總稱》. a nice piece of *pottery* 一件好的陶製品. **2** ⒰U製陶(業). **3** ⒸC陶工的工作坊, 陶器工廠.

pot·ty¹ [ˋpɑtɪ; ˋpɒtɪ] adj.《主英、口》〔人〕頭腦不正常的, 痴傻的;〔想法, 行動〕愚蠢的.

pot·ty² [ˋpɑtɪ; ˋpɒtɪ] n. (pl. -ties) ⒸC《口》小孩用的室內便器, 尿壺. *potty*-trained (不再用尿布)已習於使用尿壺的.

pouch [paʊtʃ; paʊtʃ] n. ⒸC **1** (用皮等製成的)小袋, 囊, 雜物袋; 郵袋(mailbag). a tobacco *pouch* 菸草袋. **2** 袋狀物;(袋鼠等的)育兒袋;(老人, 病人等的)鬆垂的眼皮.

pouf, pouffe [puf; puːf] n. (pl. ~s) ⒸC厚實的大坐墊.

poul·ter·er [ˋpoltrɚ; ˋpəʊltərə(r)] n. ⒸC《英》家禽販.

poul·tice [ˋpoltɪs; ˋpəʊltɪs] n. ⒸC膏藥, 濕藥布.

***poul·try** [ˋpoltrɪ; ˋpəʊltrɪ] n. **1**《作複數》家禽《雞、火雞、鴨等主要用於食用的家禽的總稱》. a *poultry* farm 養雞場. **2** ⒰U家禽肉.

[poultry 1]

pounce [paʊns; paʊns] vi. 猛然撲過去[襲擊]《on, upon, at》. The lion *pounced on* its prey. 獅子撲向獵物.
— n. ⒸC (通常用單數)猛撲, 飛撲.

***pound**¹ [paʊnd; paʊnd] n. (pl. ~s [~z; ~z]) ⒸC **1** 磅(重量單位; 常衡為十六盎司(約454 g), 金衡為十二盎司(約373 g); 符號略為 lb.). a *pound* and a half 一磅半/a quarter *pound* of butter 四分之一磅的奶油/Butter is sold by the *pound*. 奶油以磅計量出售.

2 鎊(pound sterling)《英國與大英國協的貨幣單位; 符號£; 100 pence; 按 1971 年以前的舊制為 20 shillings; → coin ▨》. a *pound* note 一張一英鎊鈔票/£6 = six *pounds* 六英鎊/£5.10 s. 6 d. (按舊制) = five *pounds*, ten shillings and sixpence 五英鎊十先令六便士.

3 鎊(愛爾蘭, 埃及, 黎巴嫩等國的貨幣單位).

4 (加幣)鎊的滙率.

pound² [paʊnd; paʊnd] n. ⒸC **1** (收留野狗、野貓等的)公設獸欄. **2** 違規車輛的拖留場.

***pound**³ [paʊnd; paʊnd] v. (~s [~z; ~z]; ~ed [~ɪd; ~ɪd]; ~·ing) vt. **1** (連續)猛擊, 猛烈敲打. *pound* the hot iron on the anvil 在鐵砧上猛烈敲打熱鐵. **2** 搗碎, 舂爛. **3** 亂彈〔鋼琴等〕; 劈劈啪啪地打〔字〕.
— vi. **1** 連續敲打, 重擊,《against, at, on》. The orator *pounded on* the table. 演說者砰砰地敲打桌子. **2** 〔心臟〕砰砰地跳. **3** 腳步沈重地走. *pound* down the stairs 腳步沈重地走下樓梯.

pound·age [ˋpaʊndɪdʒ; ˋpaʊndɪdʒ] n. ⒰U重量[金額]一磅[鎊]的收費數[手續費].

póund càke n. ⒰U磅餅(以奶油、糖、麵粉各一磅的比例做成).

pound-fool·ish [ˋpaʊndˋfulɪʃ; ͵paʊndˋfuːlɪʃ] adj. 不擅處理巨款的;因小失大的;(→penny-wise).

pòund stérling n. ⒸC (pl. pounds ~)《英》英鎊(sterling 是形容詞, pound 後接 sterling 可以與表示重量的 pound 明確區分).

***pour** [por, pɔr, pur; pɔː(r)] v. (~s [~z; ~z]; ~ed [~d; ~d]; pour·ing [ˋporɪŋ, ˋpɔr-, ˋpur-; ˋpɔːrɪŋ]) vt. ◀注入▶ **1** 注, 倒, 灌,〔液體〕《into》; 使…流出, 灑溢出,《out》;（句型4）(pour A B),（句型3）(pour B for A)給 A 人倒 B. I *poured* tea *into* my cup. 我將茶倒入我的杯裡/*pour* waste *into* the sea 將廢水傾倒入海/*pour out* water 潑灑出水/She *poured* (out) a drink for her friend. = She *poured* her friend a drink. 她幫朋友倒了一杯飲料.

2 傾注, 投入,〔資金〕; 使〔光等〕強烈照射; 澆灌, 傾注;《out; forth》. *pour* scorn on a person 對某人諷刺, 嘲諷, 嗤之以鼻.

3 〔使大量地流〕〔建築物等〕大量地湧出〔人潮〕; 吐出〔煙等〕.

4 傾吐, 訴說,〔感情, 言語等〕《out; forth》. *pour out* words of reproach 大加指責.
— vi. **1** 〔水等〕流出《out; forth》; 流入, 注入,《into》;〔雨等〕傾盆而下, 傾瀉,《down》. The Mississippi *pours into* the Gulf of Mexico. 密西西比河注入墨西哥灣/The bombs *poured* down. 炸彈如雨點般落下/the *pouring* rain 傾盆大雨/It was *pouring* [《英》*pouring* with rain] last night. 昨晚下了傾盆大雨.

2 〔話, 消息, 怨言等〕沒完沒了, 源源不絕.

3 〔人等〕蜂湧而來[出]. The crowd *poured* into

the square. 群眾不斷地湧入這座廣場/The audience *poured* out of the theater. 觀眾從戲院裡蜂湧而出. **4** 《口》爲〔客人等〕倒茶, 招待.

It nèver ráins but it póurs. 《諺》禍不單行《特指壞事》一旦出現以後, 便接二連三地不斷發生》.

pòur còld wáter on [*upon*] ... → water 的片語.

pòur ín 流[注]入；〔人、物〕蜂湧而入. Orders for the book *poured* in. 這本書的訂單蜂湧而至.

pòur óil on the fláme(s) → oil 的片語.

pòur óil on tróubled wáters → oil 的片語.

pout [paʊt; paʊt] *vi.* **1** (因不高興、生氣等)噘嘴, 板起臉；鬧瞥扭. **2** 〔嘴唇等〕噘起, 鼓起.

— *vt.* 噘起〔嘴〕.

— *n.* © 噘嘴, 繃緊臉；賭氣.

‡**pov·er·ty** [ˈpɑvɚtɪ; ˈpɔvətɪ] *n.* ⑪ **1** 貧窮, 貧困. They are living in *poverty.* 他們過著貧困的生活/die in abject *poverty* 死於極度的窮困.

[搭配] *adj.*+poverty: appalling ～ (無法想像的貧困), extreme ～ (極度的貧困) // *v.*+poverty: breed ～ (導致窮困), wipe out ～ (一掃貧困).

2 貧乏, 缺少, 《*of, in*》；(土地等的)貧瘠. *poverty of* vision [ideas] 缺乏遠見[創意]/poverty in nourishment 營養不良. ⇨ *adj.* poor.

pov·er·ty-strick·en [ˈpɑvɚtɪˌstrɪkən; ˈpɔvətɪˌstrɪkən] *adj.* 貧困的, 極貧苦的.

POW (略) prisoner of war (戰俘).

‡**pow·der** [ˈpaʊdɚ; ˈpaʊdə(r)] *n.* (*pl.* ~s [~z; ~z]) **1** ⑪© 粉, 粉末；香粉, baking *powder* 醱粉/tooth *powder* 牙粉/soap *powder* 肥皂粉.

2 ⑪© 藥粉, 粉劑, (→ medicine 回). He took a sleeping *powder.* 他服了安眠藥粉.

3 ⑪ 火藥(gunpowder; → cartridge 圖).

kèep one's pówder drý 以防萬一.

— *v.* (~s [~z; ~z]; ~ed [~d; ~d]; -der·ing [-drɪŋ, -dərɪŋ; -dərɪŋ]) *vt.* **1** 磨成粉, 使之粉碎. *powder* coffee beans 把咖啡豆磨成粉.

2 (撒粉般地)撒, 覆蓋, (*with*)；在…撒. Snow *powdered* the rooftops. 屋頂上覆蓋了層雪.

3 擦粉於…. Excuse me while I go and *powder* my nose. 請容我去補妝一下《女性去盥洗室時的用語》.

— *vi.* 變成粉狀.

pow·dered [ˈpaʊdɚd; ˈpaʊdəd] *adj.* 粉末的；被粉末覆蓋的, 撒了粉的. *powdered* milk 奶粉.

pówder magazìne *n.* © 火藥庫[室].

pówder pùff *n.* © 粉撲.

pówder ròom *n.* © 化妝室, 女盥洗室.

pow·der·y [ˈpaʊdərɪ; ˈpaʊdərɪ] *adj.* 粉的, 粉狀的；盡是粉的. *powdery* snow 細雪.

‡**pow·er** [ˈpaʊɚ; ˈpaʊə(r)] *n.* (*pl.* ~s [~z; ~z]) 【力量】**1** ⑪ 能力, 力量. He has

no [not enough] *power* to win the race. 他沒有能力在這賽跑中獲勝/I'll do all in my *power* to help you. 我會盡力幫助你/to the best of my *power* 在我能力所及的範圍內/purchasing *power* 購買力/have the *power* of speech 具有演說能力/the enormous *power* of the storm 暴風雨的強烈破壞力. 回power 是表示力量最常用的字. ⇨ strength, force.

2 (powers)體力；智力；精力. I admire his great *powers* of mind. 我欣賞他過人的意志力/lose one's *powers* 喪失體力/develop one's intellectual *powers* 發展智力.

3 ⑪ 強而有力, 扣人心弦. a speech of great *power* 震撼人心的演說.

【勢力, 權力】**4** ⑪ (國家, 軍隊等的)政治力量, 國力, 軍事力量. Sparta had great military *power*. 斯巴達擁有強大的軍事力量/He has no political *power*. 他沒有政治勢力/air [sea] *power* 空軍[海軍]軍力.

5 ⑪ 權力；(法律上的)權限, 法律上的能力. He has great *power* over his family. 他對家人有強大的支配力/a man of *power* 有權勢者/the *power* of law 法律的力量/exceed one's *powers* 越權.

[搭配] *adj.*+power (4-5): absolute ～ (絕對的權力), enormous ～ (強大的力量) // *v.*+power: exercise ～ (行使權力), gain ～ (獲得權力), seize ～ (掌有權力).

【科學理論上的力量】**6** © (數學)冪, 乘方. raise 4 to the third *power* 4 的三次方/The third *power* of 2 is 8. 2 的三次方是 8.

7 ⑪ (機械)動力, 功率；電力(亦作 elèctricpówer). manpower 勞動力/nuclear *power* 核能/hydroelectric *power* 水力發電/at full *power* 開足動力/power supply 電力供給.

8 ⑪ (物理)(鏡頭的)放大率, 倍率.

【具有力量的存在】**9** © 有勢力[影響力]的人, 有實力者；強國, 大國. He is a big *power* in the government. 他在政府中是個極具影響力的人/the Great *Powers* (世界上的)強國.

10 © (通常 powers)神祇；惡魔.

a pówer behind the thróne 幕後的大人物.

a pówer of ... 《英》《口》許多的…, I did a *power of* work. 我做了許多工作/My holiday at the seaside did me *a power of* good. 在海邊的渡假令我精神爲之振奮.

beyond [*out of, not within*] *one's pówer(s)* 超過能力的(的), 非能力所及(的). It was *beyond* my *power* to persuade him. 說服他非我能力所及.

còme to [*into*] *pówer* 掌握權力[政權].

in pówer 執政. the party *in power* (政權)執政黨.

in a pèrson's pówer 在某人的支配下；在某人的能力範圍內. She was now completely *in his power*. 她現在完全處於他的控制之下.

the pówers that bé 《常表詼諧》當局, 主管機關, (★ be 是舊式用法, 表 are 之意).

— *vt.* 爲(機械)提供動力[電力]. a car *powered* by gasoline 以汽油爲動力的汽車.

pow·er·boat [ˈpauɚ͵bot; ˈpauə͵bəut] *n.* C
汽艇(motorboat).

pówer bràke *n.* C 動力刹車.

pow·ered [ˈpauɚd; ˈpauəd] *adj.* 《常構成複合字》具備動力的. an engine-*powered* pump 用引擎作動力的抽水機.

‡**pow·er·ful** [ˈpauɚfəl; ˈpauəful] *adj.*
1 (a) 強有力的; 力道強的. a *powerful* enemy 強敵/a *powerful* engine 強力的引擎/a *powerful* speaking voice 強而有力的說話聲音. (b) 強烈的; 〔透鏡等〕高倍率的. a *powerful* telescope 高倍率的望遠鏡.
2 〔演說等〕動人的, 有說服力的, 具效果的; 〔藥等〕有效力的. He had many *powerful* reasons for his actions. 他對於自己的行為有許多有力的理由.
3 有勢力的, 有支配力的. a *powerful* leader 握有實權的領導者.

pow·er·ful·ly [ˈpauɚfəlɪ, -flɪ; ˈpauəfuli] *adv.* 力量強大地, 強而有力地; 有效地.

pow·er·house [ˈpauɚ͵haus; ˈpauəhaus] *n.* (*pl.* **-hous·es** [-͵hauzɪz; -hauzɪz]) C **1** 發電廠.
2 《口》精力充沛者.

pow·er·less [ˈpauɚlɪs; ˈpauəlɪs] *adj.* **1** 無能力〔權力, 權限〕的, 無力量的; 無效力的.
2 虛弱的, 無力的.

pow·er·less·ly [ˈpauɚlɪslɪ; ˈpauəlɪslɪ] *adv.* 無力地; 無能力地.

pówer of attórney *n.* C 委任書; U 〔任權.

pówer plànt *n.* C 動力裝置; 《主美》發電廠.

pówer pòint *n.* C 《英》插座〔亦可單作 point; 《美》outlet〕.

pówer pòlitics *n.* 《單複數同形》強權政治.

pówer shòvel *n.* C 動力鏟.

pówer stàtion *n.* C 發電廠.

pòwer stéering *n.* U 動力方向盤《汽車的動力操縱裝置; 可使方向盤操縱更靈敏》.

pow·wow [ˈpau͵wau; ˈpauwau] *n.* C 北美印第安人的會議〔集會〕; 《口》社交集會, 討論會.

pox [pɑks; pɒks] *n.* **1** C 《古》膿疱性疾病《水痘 (chicken pox), 天花 (smallpox) 等》.
2 《口》(加 the) 梅毒 (syphilis).

pp. 《略》pages 《頁的複數》.

p.p. 《略》past participle; parcel post; postpaid.

PPM, ppm 《略》parts per million 《5 *PPM* 為「一百萬分之五」之意》.

PR 《略》public relations (公共關係).

prac·ti·ca·bil·i·ty [͵præktɪkəˈbɪlətɪ; ͵præktɪkəˈbɪlətɪ] *n.* U 可行性, 實際性; 實用性.

prac·ti·ca·ble [ˈpræktɪkəbl; ˈpræktɪkəbl] *adj.* **1** 〔計畫等〕可行的, 能實行的, 實際的. The plan is ingenious, but hardly *practicable*. 這項計畫有創意, 但難以實行.
2 能使用的 (for); 〔橋等〕可通行的. a *practicable* road 可通行的道路. ↔ **impracticable**.

prac·ti·ca·bly [ˈpræktɪkəblɪ; ˈpræktɪkəblɪ] *adv.* 可實行地; 實際上地.

‡**prac·ti·cal** [ˈpræktɪkl; ˈpræktɪkl] *adj.*
1 〔人, 想法等〕實際的, 現實

的, (↔ theoretical). The plan has many *practical* difficulties. 這計畫有很多實際上的困難/*practical* knowledge 實際知識/for (all) *practical* purposes 〔理論問題另當別論〕實際上.
2 實用的, 有用的, (↔ impractical). It had no *practical* uses. 它沒有實用性/The method is too expensive to be *practical*. 此方法費用太高而不實用/*practical* English 實用英語.
3 〔人〕有見識的; 缺乏想像力的.
4 《限定》〔人〕有實際經驗的; 會做事的. a *practical* carpenter 有實際經驗的木匠/She is not a *practical* housewife. 她不是個能幹的家庭主婦.
5 事實上的, 實際上的. the *practical* ruler of the country 這國家的實際統治者.
— *n.* C 《英, 口》(特指科學的)實習.
♢ *n.* practice.

prac·ti·cal·i·ty [͵præktɪˈkælətɪ; ͵præktɪˈkælətɪ] *n.* (*pl.* **-ties**) **1** U 可行性; 實用性. **2** C 現實的〔實用的〕事物. 〔笑.

pràctical jóke *n.* C 惡作劇, 戲弄別人的玩笑.

***prac·ti·cal·ly** [ˈpræktɪklɪ; ˈpræktɪkəlɪ] *adv.*
1 《修飾句子》事實上, 實際上. He is *practically* the boss. 實際上, 他是老闆/*Practically*, there is no rule without exceptions. 事實上, 沒有規則無例外《凡規則必有例外》.
2 《口》幾乎 (almost). He has spent *practically* all the money he inherited. 他幾乎將他所繼承的錢全部花光了.
3 實用地, 實際地. Let's look at the problem *practically*. 我們實際地看這個問題吧!

pràctical núrse *n.* C 《美》(尚沒有正式執照的)準護士, 實習護士, (→ registered nurse).

‡**prac·tice** [ˈpræktɪs; ˈpræktɪs] *n.* (*pl.* **-tic·es** [~ɪz; ~ɪz]) 【 實行的事 】
1 U 實行, 實踐, 實施, (↔ theory). Theory is useless without *practice*. 理論貴乎實踐/put the plan in [into] *practice* 將該計畫付諸實行/the *practice* of one's religion 自我宗教的實踐.
2 【 反覆進行之事 】 U 練習, 演習, 實習. a *practice* game [match] 練習賽/It needs a lot of *practice* to be able to play the piano well. 要彈好鋼琴需要經常練習/*Practice* makes perfect. 《諺》熟能生巧. 回 practice 比 exercise 更強調以完美的技能為目的而反覆進行的練習.
【 經常做的事 】 **3** C 《通常用單數》習慣; 慣例; (通常 practices) 習俗; (→ habit 回). It is his *practice* to get up early. 早起是他的習慣/She makes a *practice* of going to bed at eleven. 她習慣十一點上床睡覺/It is common *practice* for writers to have their own pen names. 作家有自己的筆名已成慣例.
【 當成職業做的事 】 **4** (a) U 實際, 實務; C (醫生, 律師等的)業務. the *practice* of medicine 醫療業/a lawyer's *practice* 律師業/retire from *practice* 從職位上退休.

P

(b) Ⓒ (集合)病人；委託人. The doctor has a large *practice*. 這個醫生有很多病人.

* *in práctice* (1)實際上，事實上. *In practice*, it's not so easy as it looks. 實際上，它並不像它看起來的那麼簡單. (2)充分練習. I'm not *in practice*, but I can try to play something. 我練習得還不夠，不過我可以試彈一曲. (3)(醫生，律師)開業. be *in practice* 開業.

out of práctice 練習不足，生疏.

— *v.* (美)((英) practise) (-**tic·es** [~ɪz; ~ɪz]; **~d** [~t; ~t]; **-tic·ing**) *vt.* **1** 實行，實踐；(作為習慣)進行. *Practice* what you preach. 身體力行，躬行己言，以身作則／*practice economy* 力行節約.

2 練習，訓練 [句型3] (practice do*ing*) 練習做…. He used me for *practicing* his English. 他把我當成練習英文的對象／*practice* (play*ing*) the piano 練習彈鋼琴.

3 (醫生，律師等)開業. He *practiced* medicine [law] for twenty years. 他開業行醫[當律師]已二十年.

— *vi.* **1** 練習，實習 ((at, on, in)).

2 開業 ((as 當 [醫生，律師])).

prac·ticed (美)，**prac·tised** (英) [ˋpræktɪst; ˈpræktɪst] *adj.* 熟練的，精通的；有經驗的. a *practiced* hand 老手／be *practiced in* teaching 有豐富的教學經驗.

prac·tic·ing (美)，**prac·tis·ing** (英) [ˋpræktɪsɪŋ; ˈpræktɪsɪŋ] *v.* practice, practise 的現在分詞，動名詞.

— *adj.* (限定)(醫生，律師)開業的；現職的；(信奉者等)不忘祈禱，遵守戒律的. a *practicing* school teacher 現任教學的老師.

prac·tise [ˋpræktɪs; ˈpræktɪs] *v.* (-**tis·es**; **~d**; **-tis·ing**)(英)=practice.

prac·ti·tion·er [prækˋtɪʃənɚ, -ʃnɚ; prækˈtɪʃ(ə)n(r)] *n.* Ⓒ開業醫生；律師. a general *practitioner* 一般開業醫生.

prag·mat·ic [prægˋmætɪk; prægˈmætɪk] *adj.* **1** 實際的，實際的.

2 (哲)實用主義的.

prag·mat·i·cal·ly [prægˋmætɪkḷɪ, -ɪklɪ; prægˈmætɪkəlɪ] *adv.* 實用地，實際地.

prag·ma·tism [ˋprægmə͵tɪzəm; ˈprægmətɪzəm] *n.* Ⓤ(哲)實用主義.

prag·ma·tist [ˋprægmətɪst; ˈprægmətɪst] *n.* Ⓒ實用主義者.

Prague [preg, prɑg; prɑːg] *n.* 布拉格(Czech 首都).

prai·rie [ˋprɛrɪ, ˋprerɪ; ˈpreərɪ] *n.* (*pl.* ~**s** [~z; ~z]) Ⓒ (常 prairie*s*) (北美的)大草原. The wind blew from the *prairies*. 風從

[prairie dogs]

大草原那邊吹過來.

prái·rie dòg *n.* Ⓒ草原犬鼠(產於北美大草原的掘穴群居松鼠科動物；鳴叫聲似犬).

práirieschòon·er *n.* Ⓒ(美)有篷的大馬車(開拓者用於移居).

[prairie schooner]

***praise** [prez; preɪz] *n.* (*pl.* **prais·es** [~ɪz; ~ɪz]) **1** Ⓤ表揚，讚揚. A little *praise* from the teacher is a great encouragement to study. 老師的少許讚揚對學習來說是一項很大的鼓勵／He was loud in the *praise* of the new mayor. 他高聲讚揚新市長／This new novel is beyond all *praise*. 這本新小說令人讚不絕口.

> [搭配] *adj.*+praise: exaggerated ~ (誇大不實的讚揚)，high ~ (極高的讚揚) // *v.*+praise: earn ~ (值得讚揚)，receive ~ (接受讚揚)，shower ~ on... (對於…不吝惜地給予讚揚).

2 Ⓤ(雅)崇拜，讚美，(神). They sang a hymn in *praise* of God. 他們唱聖歌來讚美上帝／speak in *praise* of 讚美…／*Praise* be (to God). 讚美上帝！感謝上帝！(★ be 為假設語氣).

3 (praise*s*) 讚美詞；(文章)歌頌神的言詞[歌].

sìng one's òwn práises (一般會受到譴責的)自我褒賞.

sìng the práises of... 讚揚….

— *vt.* (**prais·es** [~ɪz; ~ɪz]; **~d** [~d; ~d]; **prais·ing**) **1** 表揚，讚揚(人，物)，((for)). The boy was *praised* for his good deeds. 這個男孩因做好事而受到表揚. **2** (雅)讚美[上帝].

***praise·wor·thy** [ˋprez͵wɝðɪ; ˈpreɪzwɜːðɪ] *adj.* 值得讚揚的，值得嘉獎的. a *praiseworthy* attempt to help the poor 令人稱許的助貧義行.

prais·ing [ˋprezɪŋ; ˈpreɪzɪŋ] *v.* praise 的現在分詞，動名詞.

pram [præm; præm] *n.* Ⓒ(英)嬰兒車(perambu-lator).

prance [præns; prɑːns](文章) *vi.* **1** 昂首闊步，神氣活現地走；歡躍，活蹦亂跳.

2 (馬等)以後腳跳躍.

— *n.* Ⓒ(馬的)跳躍；(人)昂首闊步.

prank [præŋk; præŋk] *n.* Ⓒ惡作劇，鬧劇. Jim is always playing *pranks* on me. 吉姆老是作弄我.

prank·ster [ˋpræŋkstɚ; ˈpræŋkstə(r)] *n.* Ⓒ惡作劇者.

prate [pret; preɪt] *vi.* 嘮叨，閒談，瞎扯，((about [瑣事])).

prat·tle [ˋprætḷ; ˈprætl] *vi.* (口)(像小孩子一般地)說無意義的話，說無用的(廢)話.

— *n.* Ⓤ(口)無意義的話，廢話；閒談.

Prav·da [ˋprɑvdɑ; ˈprɑːvdɑ:] *n.* 真理報(前蘇聯共產黨中央委員會機關報).

prawn [prɔn; prɔːn] *n.* Ⓒ蝦類的總稱(→ shrimp, lobster).

***pray** [pre; preɪ] *v.* (~**s** [~z; ~z]; ~**ed** [~d; ~d]; ~**ing**) *vi.* 祈求，祈禱；懇求，請求，((to

for). She knelt to *pray*. 她跪下來祈禱/*pray for* rain 祈雨/He *prayed to* God *for* forgiveness of his sins. 他祈求上帝饒恕他的罪過.

— *vt.* **1** 向[神等]祈禱，祈求，((for))；懇求. 句型3 (pray *that* 子句)請求. *pray* God 祈求神/*pray* God's mercy=*pray* God *for* mercy 祈求神的恩惠/He *prayed that* God would help his family. 他祈求上帝幫助他的家人.

2 (文章) 句型5 (pray **A** *to* do) 懇求 A 能…. I *pray* you to forgive me. 我懇求你能原諒我.

3 (雅)(副詞性)請，請求，((I pray you 的縮略)). *Pray* don't do that. 請別做那件事/And what, *pray* tell me, is the reason for this? 求你告訴我，這到底是甚麼原因?

be pàst práying for 再怎麼虔誠祈求也沒有用 ((past 是介系詞「超出…」的意思)).

‡**prayer**¹ [prɛr, prær; preə(r)] (★注意發音) *n.* (*pl.* ~s [~z; ~z]) **1** ◻️ 祈求，祈禱. morning [evening] *prayer* 晨[晚]禱/a *prayer* for rain 祈雨/They folded their hands in *prayer*. 他們合掌祈禱/be at *prayer* 在祈禱.

2 ◻️祈禱的話，祈禱文；祈禱儀式. We said our *prayers* before going to bed. 我們在睡前祈禱/the Book of Common *Prayer*, Lord's *Prayer* (→見 Book of Common Prayer, Lord's Prayer).

3 ◻️ (對神的)祈求；(對當權者的)懇求.

pray·er² [ˈpreɚ; ˈpreɪə(r)] *n.* ◻️ 祈求者，祈禱者.

Prayer Book [ˈprɛrˌbuk; ˈpreə(r)ˌbuk] *n.* (加 the)=the Book of Common Prayer.

prayer meeting [ˈprɛrˌmitɪŋ; ˈpreə(r)ˌmiːtɪŋ] *n.* ◻️ (基督教新教的)禱告會.

práying mántis *n.* ◻️螳螂(源自螳螂將前足相摩擦的樣子狀若祈禱的姿勢).

pre- *pref.* 表示「(時間，場所，順序等)前[先]的，以前的，預先的」之意 (↔ post-). *pre*cede. *pre*marital. *pre*pay. *pre*school.

*preach [pritʃ; priːtʃ] *v.* (~es [~ɪz; ~ɪz]; ~ed [~t; ~t]; ~ing) *vi.* **1** (聖職者)講道，說教. The minister *preached on* "Dishonesty" last Sunday. 牧師上星期天就「不誠實」進行講道.

2 嘮叨地勸誡，((to, at)), Don't *preach to* me *about* my grades. 別跟我嘮叨成績的事/*preach against* violence 力勸戒除暴力.

— *vt.* **1** 佈道，宣講(神的教誨)，講(道). *preach* the Gospel 宣講福音.

2 勸誡，勸說. 句型4 (preach **A B**). 句型3 (preach **B** *to* **A**)對A(人)勸誡[告誡]B；說教. The headmaster *preached* us patience. 校長勸誡我們要忍耐/*preach* peace 倡導和平.

preach·er [ˈpritʃɚ; ˈpriːtʃə(r)] *n.* ◻️傳道士，牧師；說教者.

pre·am·ble [ˈpriæmbl̩, priˈæmbl̩; priːˈæmbl̩] *n.* ◻️(文章)(法規，法令等的)前言；導言，序言.

pre·ar·range [ˌpriəˈrendʒ; ˌpriːəˈreɪndʒ] *vt.* 預先協議，預先安排.

pre·ar·range·ment [ˌpriəˈrendʒmənt; ˌpriːəˈreɪndʒmənt] *n.* ◻️◻️預先安排，預定.

pre·car·i·ous [prɪˈkɛrɪəs, -ˈkær-, -ˈker-; prɪˈkeərɪəs] *adj.* (文章) **1** 不穩定的；不可靠的；不確定的. make a *precarious* living 過著朝不保夕的生活. **2** 證據不充分的；含糊的. **3** 危險的，令人擔心的.

pre·car·i·ous·ly [prɪˈkɛrɪəslɪ, -ˈkær-, -ˈker-; prɪˈkeərɪəslɪ] *adv.* 不安定地；不確定地；含糊地.

*pre·cau·tion [prɪˈkɔʃən, prɪˈkɔːʃn̩] *n.* (*pl.* ~s [~z; ~z]) ◻️ 謹慎，警惕；◻️ 預防措施. Take an umbrella as a *precaution*. 帶把傘以防萬一/They should have taken *precautions against* hijackers. 他們早該對劫機者採取預防措施.

pre·cau·tion·ar·y [prɪˈkɔʃənˌɛrɪ; prɪˈkɔːʃnərɪ] *adj.* (文章)預防的；謹慎的，警惕的. take *precautionary* measures 採取預防措施.

*pre·cede [priˈsid, prɪ-; ˌpriːˈsiːd] *v.* (~s [~z; ~z]; -ced·ed [~ɪd; ~ɪd]; -ced·ing) *vt.* **1** (在時間，順序等上)在…之前，先於…. Women *precede* men through doors. 進出門時女性比男性優先/The conference was *preceded* by a reception. 在會議開始前有一場招待會.

2 (在重要性等方面)勝過，優先於. Money *precedes* everything else in such matters. 在這種事情上錢比甚麼都重要.

3 把…放在前面，在前面加上…，((with)). The text is *preceded with* a long preface. 在正文之前是一篇長長的序文.

— *vi.* 居前，優先.

◇ *n.* **precedence, precedent.** *adj.* **preceding.**

[字源] CEDE「去」: pre*cede*, pro*ceed* (前進), suc*ceed* (成功), ex*ceed* (勝過).

pre·ce·dence [prɪˈsidn̩s, ˈprɛsədn̩s; ˈpresɪdəns] *n.* ◻️ **1** (時間，順序的)優先. **2** 上位，居上的地位. **3** (正式場合的)席次；上席；優先權. ◇ *v.* **precede.**

gìve précedence tó... 把上位[上席]給…；承認…的優先地位.

in òrder of précedence 按優先[重要程度]順序. discuss the subjects *in order of precedence* 就重要程度的順序來討論議題.

tàke [*hàve*] *précedence óver...* 地位在…之上；優先於….

prec·e·dent [ˈprɛsədənt; ˈpresɪdənt] *n.* **1** ◻️ 先例，前例；(法律)判例. There is no *precedent* for this kind of case. 這種情況是史無前例的/set a *precedent* 創下先例.

2 ◻️根據先例. break with *precedent* 打破先例/without *precedent* 史無前例的[地].

*pre·ced·ing [prɪˈsidɪŋ, prɪ-; ˌpriːˈsiːdɪŋ] *adj.* (限定)在前的，前面的，在先的；前述的，上述的；(↔ following). the *preceding* president 前任總統/in the *preceding* chapter 在前章的.

pre·cept [ˈprisɛpt; ˈpriːsept] *n.* ◻️◻️(文章)(道德上的)教訓，箴言；(行動的)方針. Practice [Example] is better than *precept*. (諺)身教勝於

言教.

pre·ces·sion [prɪˈsɛʃən, prɪ-; prɪˈseʃn] n. ⊍
(天文學)歲差(春分、秋分每年提早來臨的變化; 亦
稱 precèssion of the équinoxes).

pre·cinct [ˈprisɪŋkt; ˈpriːsɪŋkt] n. © **1** (美)
(市、鎮行政上的)管轄區; (警察的)管區; 選舉區.

2 (常 precincts) (教堂等的)院內, 境內.

3 (precincts) (文章)附近, 周圍, 近郊; 界限.

4 (英) (加修飾語句)…區, a shopping precinct
商店街.

‡**pre·cious** [ˈprɛʃəs; ˈpreʃəs] adj. **1** 高價的,
貴重的; 評價高的; (→ valuable
回). precious gems 寶石/Freedom is precious.
自由是寶貴的.

2 珍貴的, 重要的; 可愛的. Our children are
very precious to us. 我們的孩子對我們來說是十分
重要的/My precious darling! 我的寶貝! (呼喚用
語).

3 (言辭、態度等)矯揉造作的; (藝術品等)過於雕
琢的.

4 (口) (諷刺)不得了的, 十足的, 完全的. What a
precious mess! 眞是一團糟!

— adv. (口)很, 非常, 不得了. I had precious
little money in those days. 那些日子我簡直是身無
分文.

— n. © (口)寶貝(呼喚用語).

● ──以 -ious 為詞尾的形容詞重音
緊鄰於 -ious 之前的音節為重音.

ambítious	ánxious	cáutious
cónscious	cúrious	delícious
énvious	fúrious	glórious
grácious	harmónious	malícious
mystérious	óbvious	précious
relígious	sérious	suspícious
várious	vícious	

---

pre·cious·ly [ˈprɛʃəslɪ; ˈpreʃəslɪ] adv. **1** 高價
地; 珍貴地. **2** 矯揉造作地; 講究地.

prècious métal n. ⊍©貴金屬(↔ base
metal).

pre·cious·ness [ˈprɛʃəsnɪs; ˈpreʃəsnɪs] n. ⊍
高價; 珍貴, 寶貴.

prècious stóne n. © 寶石(→ gem回).

*‡**prec·i·pice** [ˈprɛsəpɪs; ˈpresɪpɪs] n. (pl. -pic·es
[~ɪz; ~ɪz]) © 絕壁, 懸崖, 峭壁. stand on the
edge [brink] of a precipice 站在懸崖邊上; 面臨
危機.

pre·cip·i·tate [prɪˈsɪpə͵tet; prɪˈsɪpɪteɪt] (★與
n., adj. 的發音不同) vt. **1** 加速…的到來, 促進.

2 (文章)把…倒栽蔥地扔[丟]下去.

3 (文章)使突然陷入, 把…逼進, (into (某種狀態)).
The event precipitated him into despair. 那個事
件使他陷入絕望之中.

4 (氣象)使(水蒸氣等)結成雨[雪]; 使凝結; (化

學)使沈澱.

— vi. **1** (氣象)結成雨[雪]; 凝結; (化學)沈澱.

2 (文章)倒栽蔥地落下.

— [prɪˈsɪpə͵tet, -tɪt; prɪˈsɪpɪteɪt] n. ©(化學)沈
澱物.

— [prɪˈsɪpə͵tet, -tɪt; prɪˈsɪpɪtət] adj. (文章)
1 (墜落等)倒栽蔥的; 猛衝的. **2** 倉促的, 輕率的.

pre·cip·i·tate·ly [prɪˈsɪpə͵tetlɪ, -tɪt-;
prɪˈsɪpɪtətlɪ] adv. (文章)倒栽蔥地; 倉促地.

pre·cip·i·ta·tion [prɪ͵sɪpəˈteʃən;
prɪ͵sɪpɪˈteɪʃən] n. **1** (氣象) ⊍© 降水, 降雨, 降
雪; ⊍降水量. **2** ⊍(化學)沈澱. **3** ⊍(文章)落下,
墜落. **4** ⊍(文章)輕率, 匆忙, 倉促.

pre·cip·i·tous [prɪˈsɪpətəs; prɪˈsɪpɪtəs] adj.
峭壁的, 懸崖似的, 陡峭的.

pre·cip·i·tous·ly [prɪˈsɪpətəslɪ; prɪˈsɪpɪtəslɪ]
adv. 陡峭地.

pré·cis [preˈsi, ˈpresi; ˈpreɪsiː] (法語) n. (pl. ~
[~z; ~z]) © (論文等的)大意, 梗概, 摘要, (sum-
mary). — vt. 寫…的大意, 歸納…的要點.

‡**pre·cise** [prɪˈsaɪs; prɪˈsaɪs] adj. **1** 正確的,
明確的; 精確的, 準確的; (→ exact
回). His answer was very precise. 他的回答非常
明確/The language of science is usually quite
precise. 科學用語通常相當精確.

2 (限定)絲毫不差的, 恰好的, 正好的. the pre-
cise amount 恰好的數量/at the precise moment
正好在那時刻.

3 嚴謹的, 挑剔的. He is very precise in mat-
ters of dress. 他在穿著方面非常講究.

⇨ n. precision.

***pre·cise·ly** [prɪˈsaɪslɪ; prɪˈsaɪslɪ] adv. **1** 正確
地; 明確地; 正好. He explained the reason to
us very precisely. 他明確地對我們說明原因/That
is precisely what I was talking about. 那正是我
所談論的/precisely at nine 正好在九點.

2 (作為表示同意的回答)正是如此, 對, (quite
so). "You want a separation?" "Precisely." 「你
想分居嗎?」「沒錯.」

pre·cise·ness [prɪˈsaɪsnəs; prɪˈsaɪsnəs] n. ⊍
正確; 精密.

***pre·ci·sion** [prɪˈsɪʒən; prɪˈsɪʒn] n. ⊍ **1** 正確;
精密; 明確. draw a plan with precision 精確地畫
設計圖/He chose his words with precision. 他精
確地選擇措辭.

2 (形容詞性)正確的; (具有)精密(性能)的. preci-
sion instruments 精密儀器. ⇨ adj. precise.

pre·clude [prɪˈklud, -ˈklɪud; prɪˈkluːd] vt. (文
章) **1** 阻礙(prevent), 阻擋, 妨礙.

2 將…除外, 排除.

pre·clu·sion [prɪˈkluʒən, -ˈklɪu-; prɪˈkluːʒn]
n. ⊍(文章)防止; 排除.

pre·co·cious [prɪˈkoʃəs; prɪˈkəʊʃəs] adj. (人,
才能等)早熟的, 過早發展的.

pre·co·cious·ly [prɪˈkoʃəslɪ; prɪˈkəʊʃəslɪ]
adv. 早熟地.

pre·coc·i·ty [prɪˈkɑsətɪ; prɪˈkɒsətɪ] n. ⊍早熟.

pre·con·ceived [͵prikənˈsivd; ͵priːkənˈsiːvd]

adj. 先入爲主的, 預設的. a *preconceived* idea [notion] 先入爲主的看法.

pre·con·cep·tion [͵prikənˈsɛpʃən; ͵priːkənˈsepʃn] *n.* C 預設, 先入爲主, 偏見.

pre·cook [priˈkʊk; ͵priːˈkʊk] *vt.* 將[食物]預先烹調.

pre·cur·sor [prɪˈkɝsɚ, ͵priːˈkɜːsə(r)] *n.* C 先驅者; 前輩; 預兆, 前兆.

pred. (略) predicate, predicative, predicatively.

pre·date [priˈdet; priːˈdeɪt] *v.* =antedate.

pred·a·tor [ˈprɛdətɚ; ˈpredətə(r)] *n.* C 捕食[肉食]動物(獅子, 狼, 鷲, 鷹等).

pred·a·to·ry [ˈprɛdə͵tori, -͵tɔrɪ; ˈpredətərɪ] *adj.* **1** 捕食其他動物的, 肉食的. *predatory* birds 猛禽類. **2** 《文章》掠奪性的.

****pred·e·ces·sor** [ˈprɛdɪ͵sɛsɚ, ˈprɛdɪ͵sɛsɚ; ˈpriːdɪsesə(r)] *n.* (*pl.* ~**s** [~z; ~z]) C **1** 前任者; 前輩. He was my *predecessor* in the job. 我從他手上接任這個工作.

2 原有的事物. This refrigerator is far better than its *predecessor*. 這臺冰箱比先前那一臺好多了. ◆ **successor.**

pre·des·ti·na·tion [prɪ͵dɛstəˈneʃən, ͵pridestə-; priː͵destɪˈneɪʃən] *n.* U 《神學》宿命論《Calvinism 的中心教義》.

pre·des·tine [prɪˈdɛstɪn; ͵priːˈdestɪn] *vt.* 《文章》《神學》[神]使[人]命中注定, 預先決定, *(to, for)*; 句型5 (predestine **A** *to* do) 命中注定 A…; 《常用被動語態》. They were *predestined* to love each other. 他們命中注定要相愛.

pre·de·ter·mi·na·tion [͵pridɪ͵tɝməˈneʃən; ˈpriːdɪ͵tɜːmɪˈneɪʃn] *n.* U 宿命, 注定; 早已安排好的事.

pre·de·ter·mine [͵pridɪˈtɝmɪn; ͵priːdɪˈtɜːmɪn] *vt.* 《文章》預先決定. 句型5 (pre-determine **A** *to* do) 先前早已注定 A 會…; 《通常用被動語態》.

pre·dic·a·ment [prɪˈdɪkəmənt; prɪˈdɪkəmənt] *n.* C 困境, 尷尬的處境, 苦境.

pred·i·cate [ˈprɛdɪkɪt, -͵et; ˈpredɪkət] (★與 *v.* 的發音不同) *n.* C 《文法》述項, 述語.
— *adj.* 《文法》述項的, 述語的.
— [-͵ket; ·keɪt] *vt.* 《文章》 **1** 斷言.
2 使依據[基於]*(on)*.

prèdicate vèrb *n.* C 《文法》述語動詞.

pred·i·ca·tive [ˈprɛdɪ͵ketɪv; prɪˈdɪkətɪv] *adj.* 《文法》(形容詞等)敍述性的(→ adjective ◑; ◆ attributive).

pred·i·ca·tive·ly [ˈprɛdɪ͵ketɪvlɪ; prɪˈdɪkətɪvlɪ] *adv.* 《文法》敍述性地.

****pre·dict** [prɪˈdɪkt; prɪˈdɪkt] *vt.* (~**s** [~s; ~s]; ~**ed** [~ɪd; ~ɪd]; ~**ing**) 預言, 預告, 預示; 句型3 (predict *that* 子句/*wh* 子句) 預言…. The coach *predicts* victory for his team in tomorrow's game. 教練預測明天的比賽他的球隊會獲勝/It is *predicted that* we will have a warm winter. 氣象預報今年會有個暖冬/She *predicted* correctly *when* I would marry. 她準確地預測了我何時會結

婚. 回 predict 爲表示「預言」之意最常用的字; 特別用於以調查研究爲基礎進行預測時; → forecast, foretell, prophesy.

字源 DICT 「說」: pre*dict*, contra*dict* (反駁), *dict*ation (聽寫), *dict*ionary (辭典).

pre·dict·a·ble [prɪˈdɪktəbl̩; prɪˈdɪktəbl] *adj.* **1** 可預言的, 可預測的. **2** 《輕蔑》(這樣的人)(會做甚麼事)預料得到的; 不會變卦的.

pre·dict·a·bly [prɪˈdɪktəblɪ; prɪˈdɪktəblɪ] *adv.* 可預料地; 《修飾句子》不出所料地.

pre·dic·tion [prɪˈdɪkʃən; prɪˈdɪkʃn] *n.* C 預言, 預報; U 做預言.

pre·di·gest [͵pridəˈdʒɛst, -daɪ-; ͵priːdaɪˈdʒest] *vt.* (爲了病人等)將[食物]加工使易於消化.

pre·di·lec·tion [͵pridl̩ˈɛkʃən, ͵prɛd-; ͵priːdɪˈlekʃn] *n.* C 偏愛, 偏好, 特別喜愛, *(for)*.

pre·dis·pose [͵pridɪsˈpoz, ͵priːdɪˈspəʊz] *vt.* 《文章》使[人等]傾向於; 使易受感染[接受]; *(to)*; 句型5 (predispose **A** *to* do) 使 A(人)傾向於…. Fatigue *predisposes* us to illness. 疲勞使我們容易生病/She was *predisposed* to distrust him. 她先前的態度就偏向於不信任他.

pre·dis·po·si·tion [͵pridɪspəˈzɪʃən; ˈpriː͵dɪspəˈzɪʃn] *n.* C 《文章》傾向; 體質.

pre·dom·i·nance [prɪˈdɑmənəns; prɪˈdɒmɪnəns] *n.* U 優勢, 領先.

****pre·dom·i·nant** [prɪˈdɑmənənt; prɪˈdɒmɪnənt] *adj.* **1** 佔優勢的, 領先的, 有力的. He had the *predominant* voice in the discussion. 他在討論中的發言最爲有力.

2 突出的, 顯著的, 主要的. a *predominant* color 主色. ◇ *n.* **predominance.** *v.* **predominate.**

pre·dom·i·nant·ly [prɪˈdɑmənəntlɪ; prɪˈdɒmɪnəntlɪ] *adv.* 佔優勢地, 壓倒性地; 主要地.

pre·dom·i·nate [prɪˈdɑmə͵net; prɪˈdɒmɪneɪt] *vi.* **1** (在力量、數量上)佔優勢, 居主導地位.

2 支配, 壓倒, 勝過. Hate *predominated over* reason in his reaction. 由他的反應看來, 仇恨戰勝了理性.

pre·em·i·nence [prɪˈɛmənəns; ͵priːˈemɪnəns] *n.* U 《文章》優秀, 傑出; 優勢.

pre·em·i·nent [prɪˈɛmənənt; ͵priːˈemɪnənt] *adj.* 《文章》卓越的, 傑出的, 優秀的.

pre·em·i·nent·ly [prɪˈɛmənəntlɪ; ͵priːˈemɪnəntlɪ] *adv.* 卓越地, 傑出地.

pre·empt [prɪˈɛmpt; priːˈempt] *vt.* 《文章》 **1** 優先取得, 搶先購買[弄到手].

2 《美》以優先權購得[土地].

pre·emp·tion [prɪˈɛmpʃən; ͵priːˈempʃn] *n.* U 《文章》優先購買; 《美》(公有地等的)優先購買權.

pre·emp·tive [prɪˈɛmptɪv; ͵priːˈemptɪv] *adj.* 《文章》優先購買(權)的, 有優先購買權的.

preen [prin; priːn] *vt.* 〔鳥〕用嘴整理[羽毛].
prèen *onesèlf* 打扮, 裝扮.

pre·ex·ist [͵priɪgˈzɪst; ͵priːɪgˈzɪst] *vi.* 〔人〕生存

P

於前世;〔靈魂〕先於肉體存在.

pre·ex·ist·ence [ˌpriɪg`zɪstəns; ˌpriːɪg`zɪstəns] n. U 先存在; (與肉體結合前的)靈魂的存在; 前世.

pref. (略) prefix.

pre·fab [prɪ`fæb, `prɪˌfæb; `priːfæb] n. C (口) 組合式房屋(源自 prefabricated house).

pre·fab·ri·cate [pri`fæbrəˌket; ˌpriː`fæbrikeit] vt. 1 以一定規格的建材組合〔房屋等〕; 固定生產製造建材. a prefabricated house 組合式房屋. 2 預先製造.

pre·fab·ri·ca·tion [ˌpriˌfæbrə`keʃn; ˌpriːˌfæbri`keiʃn] n. U 預鑄; 預先製作.

***pref·ace** [`prɛfɪs, -əs; `prefɪs] n. (pl. -ac·es [~ɪz, ~ɪz]) C 1 序言, 前言, 緒言, 《(to)《作者的自序)). I explained my purposes in the preface. 我在序言中說明了我的目的.
2 (演說等的)開場白.
— vt. 給…作序; 開始〔講話等〕; 《(with, by)). I prefaced my speech with a word of thanks to the organizers. 我以對主辦單位的感謝辭開始演說.

pref·a·to·ry [`prɛfəˌtori, -ˌtɔri; `prefətəri] adj. 序言的, 引言的, prefatory remarks 開場白.

pre·fect [`prifɛkt; `priːfekt] n. C 1 (法國, 義大利的)省長, 行政長官; (巴黎的)警察局長.
2 (英)學生代表, 班長.

pre·fec·tur·al [prɪ`fɛktʃərəl; priː`fektʃərəl] adj. 省的, 縣的. a prefectural school 省立(縣立)學校.

***pre·fec·ture** [`prifɛktʃɚ; `priːfek,tjʊə(r)] n. (pl. ~s [~z; ~z]) C 1 (法國的)省; (日本的)縣, 府. (→ county). Saitama [Kyoto] Prefecture 埼玉縣[京都府]. 2(法國, 義大利的)省長官邸.

***pre·fer** [prɪ`fɝ; prɪ`fɜː(r)] vt. (~s [~z; ~z]; ~red [~d; ~d]; -fer·ring [-`fɝɪŋ; -`fɜːrɪŋ]) 1 (a)寧可, 寧願; prefer doing/to do/(that 子句) 更喜歡做…/較喜歡做…; 句型3 (prefer A to B)比起B來還是喜歡A. He preferred studying [to study] at night. 他比較喜歡晚上讀書/Which do you prefer, tea or coffee? (★注意語調)茶, 或之前上升語調, 之後下降語調)茶和咖啡你較喜歡哪個?/I will go, if you prefer. 如果你覺得這樣較好, 我就去/I prefer dogs to cats. 我喜歡狗勝過喜歡貓/I prefer staying here to going with them. 與其跟他們出去我寧可待在這裡(= I prefer to stay here rather than (to) go with them. 語法 這兩個句子的後半段中, 採用 …to going with them. 及 …rather than (to) go with them. 如此的用法, 是為了避免像 I prefer...to go.... 的錯誤產生)/He preferred that nothing should be said about it. 他寧願此事不被提起.
(b) 句型5 (prefer A to do/A B)希望A(人)做…/較偏好A為B(★ B為形容詞或分詞). I should prefer you to come later. 我希望你晚點來/I prefer my steak well-done. 我較偏好全熟的牛排.

2 (向法院等)提出《against). The victim preferred charges [a charge] against the driver. 受害人對司機提出了控告.
3 《文章)提拔.
✧ adj. preferable. n. preference; 3 則為 preferment.

***pref·er·a·ble** [`prɛfrəbl, `prɛfərə-; `prefərəbl] adj. 更令人喜歡的, 更希望的, 更好的, 《(to). Health is preferable to wealth. 健康比富裕更好(★不可用 more preferable).

pref·er·a·bly [`prɛfrəblɪ, `prɛfərə-; `prefərəblɪ] adv. 寧可, 最好地, 可能的話. We want a secretary, preferably one who can operate a computer. 我們想要個祕書, 最好是會電腦的.

***pref·er·ence** [`prɛfrəns, `prɛfərəns; `prefərəns] n. (pl. -enc·es [~ɪz; ~ɪz]) 1 UC (更)喜愛《(for); 選擇; 優先, 偏愛. I give preference to your picture over his. 與他的畫相比, 我更喜歡你的/She has a distinct preference for men of good family. 她顯然偏愛家世好的男子.

搭配 adj.＋preference: a marked ~ (顯著的喜好), a personal ~ (個人的喜好) // v.＋preference: express a ~ for... (表達對…的喜愛), show a ~ for... (表現出對…的喜愛).

2 C 偏愛物; 喜愛之物. Her preference in reading is a detective story. 她喜愛的讀物是偵探小說/I'm putting on some records; do you have any preferences? 我來放唱片, 你有甚麼特別喜歡的嗎?
3 UC 優先(權). You have your preference of seats. 你可以優先選擇座位.
✧ v. prefer. adj. preferential.
by preference 喜愛. live in the country by preference 因喜愛而住在鄉村.
in preference to... 優先於, 比起…來寧願. choose to study German in preference to French 與其學法文不如選擇學德文.

pref·er·en·tial [ˌprɛfə`rɛnʃəl, ˌprefə`renʃl] adj. 優先的, 有優先權的, 受到優惠的, 受優待的.

pre·fer·ment [prɪ`fɝmənt; prɪ`fɜːmənt] n. U (文章)(向高位的)晉升, 晉級.

pre·fig·ure [pri`fɪgjɚ, -`fɪgɚ; priː`fɪgə(r)] vt. (文章)預示, 預兆; 預想, 預見.

pre·fix [`pri,fɪks; `priːfiks] n. C 1 (文法)詞頭(略作 pref.; ✦ suffix).
2 (冠於人名前的)尊稱(Mr., Dr. 等).
— [pri`fɪks; ,priː`fiks] vt. 放 [加] 在…前面. prefix Dr. to a name 在姓名前加 Dr.(尊稱).

preg·nan·cy [`prɛgnənsɪ; `pregnənsɪ] n. (pl. -cies) 1 UC 懷孕; 懷孕期.
2 U (雅)意味深長, 富有意義.

***preg·nant** [`prɛgnənt; `pregnənt] adj. 1 懷孕的. My wife is five months pregnant. 我妻子懷孕五個月了/be pregnant by Tom 懷著湯姆的孩子.
2 (限定)(文章)意味深長的, 富有意義的. The speaker made a pregnant pause. 演講者意味深長地停頓了一下.

P

3 《敍述》《文章》充滿的, 富有…的, 《with》.

pre·hen·sile [prɪˋhɛns], -sɪl; prɪˊhensaɪl] *adj.* 〔動物的足、尾等〕適於抓握的; 能握住的.

***pre·his·tor·ic, pre·his·tor·i·cal** [͵priːsˋtɔrɪk, ͵prihɪs-, -ˋtɑr-, ͵prihɪs-; ͵priːhɪˊstɔrɪk, ͵prihɪsˋtɔrɪk, -ˋtɑr-, ͵prihɪsˋstɔrɪk] *adj.* **1** 史前的, 史前時代的, (↔ historical). He specializes in the study of *prehistoric* man. 他專門研究史前人類.
2 《謔》舊式的, 跟不上時代的, (out-of-date). Her ideas on moral education are really *prehistoric*. 她對於道德教育的看法已跟不上時代了.

pre·his·to·ry [priˋhɪstərɪ, -trɪ, priˋhɪstərɪ] *n.* Ⓤ 史前學; 史前時代.

pre·judge [priˋdʒʌdʒ; priˊdʒʌdʒ] *vt.* 預先判斷; 過早判斷, 未經充分調查而判定.

pre·judg·ment, pre·judge·ment 《英》[priˋdʒʌdʒmənt; ͵priːˊdʒʌdʒmənt] *n.* ⓊⒸ 預先判斷; 過早判斷.

***prej·u·dice** [ˋprɛdʒədɪs; ˊpredʒʊdis] *n.* (*pl.* **-dic·es** [~ɪz; ~ɪz]) **1** ⓊⒸ 成見, 偏見; 厭惡. racial *prejudice* 種族偏見/He seemed to act with *prejudice* toward me. 他似乎懷著偏見對待我/He has a *prejudice* against religion. 他對宗教有偏見.

> 〔搭配〕*adj.*+prejudice: deep ~ (根深蒂固的偏見), irrational ~ (不合理的成見), strong ~ (強烈的成見) // *v.*+prejudice: arouse ~ (引起偏見), overcome ~ (打破成見).

2 Ⓤ (因受到偏見而產生的)不利, 損害.
to the prejudice of... 有損於…, 不利於…. I will do nothing *to the prejudice of* my brother. 我不會做有損於我弟弟的事.
without prejudice (1)無偏見. (2)無損失, 無傷害, 《to》.
— *vt.* (**-dic·es** [~ɪz; ~ɪz]; **~d** [~t; ~t]; **-dic·ing**) **1** 使抱有偏見, 使懷有成見, 《常用被動語態》. be *prejudiced against* [*in favor of*] domestic wine 對國產酒有偏見[偏愛].
2 損害, 侵害, 〔權利, 利益等〕使受損. This incident may *prejudice* your chances of promotion. 這件事也許有害你升遷的機會.

prej·u·diced [ˋprɛdʒədɪst; ˊpredʒʊdist] *adj.* 持有偏見的, 有成見的. a *prejudiced* opinion 偏見.

prej·u·di·cial [͵prɛdʒəˋdɪʃəl; ͵predʒʊˊdiʃl] *adj.* 《文章》**1** 引起偏見的.
2 《敍述》不利的, 有損害的, 《to》.

prej·u·dic·ing [ˋprɛdʒədɪsɪŋ; ˊpredʒʊdisiŋ] *v.* prejudice 的現在分詞, 動名詞.

prel·a·cy [ˋprɛləsɪ; ˊpreləsi] *n.* (*pl.* **-cies**) Ⓒ 高級教士[神職人員] (prelate)的地位[職權].

prel·ate [ˋprɛlɪt; ˊprelit] *n.* Ⓒ 高級教士[神職人員] (bishop, archbishop, cardinal 等).

pre·lim·i·nar·y [prɪˋlɪmə͵nɛrɪ; priˊliminəri] *adj.* 預備的, 準備的; 初步的; 序言的. a *preliminary* examination 小考, 模擬考/*preliminary* remarks 前言, 開場白.
— *n.* (*pl.* **-ries**) Ⓒ **1** (通常 preliminar*ies*)預備

的行爲, 準備. without *preliminaries* 未經預告地, 出乎意料地. **2** (比賽等的)預賽; 初試.

prel·ude [ˋprɛljud, ˋpri-, ˋprilud; ˊprelju:d] *n.* Ⓒ **1** (通常用單數)預兆, 前兆, 《to》. a *prelude* to a storm 暴風雨的前兆.
2 《音樂》前奏曲.

pre·mar·i·tal [priˋmærət]; priˊmæritl] *adj.* 婚前的. *premarital* sex 婚前性行爲.

***pre·ma·ture** [͵priməˋtjur, -ˋtɪur, -ˋtur, ˋpriːmə͵t-, -͵tʃur; ˋpremə͵tjʊə(r)] *adj.* **1** (比預定)過早的, 時期尚早的, 時候未到的. die a *premature* death 早死/a *premature* baby 早產兒/a *premature* fall of snow 早雪/Her father's death put a *premature* end to her studies. 她父親的死使得她必須提早結束她的學業.
2 提早的; 不成熟的. They made a *premature* decision on the matter. 他們對此事作了過早的決定/It would be *premature* to regard the project as a failure. 認爲那計畫爲失敗之作還言之過早.

pre·ma·ture·ly [͵priməˋtjurlɪ, -ˋtɪur-, -ˋtur-, ˋpriːmə͵t-, -͵tʃur-; ˊpremə͵tjʊəli] *adv.* 過早地, 爲時尚早地.

pre·med [priˋmɛd; priˊmed] *adj.* 《美、口》= premedical.
— *n.* Ⓒ 醫學院預科學生.

pre·med·i·cal [priˋmɛdɪk]; priˊmedikl] *adj.* 醫學院預科的.

pre·med·i·tate [priˋmɛdə͵tet; priˊmediteit] *vt.* 預先考慮[計畫]. *premeditated* murder 謀殺.

pre·med·i·ta·tion [͵primɛdəˋteʃən, pri͵mɛdə-; priˊmeditˈteiʃn] *n.* Ⓤ 預先計畫[考慮].

***pre·mier** [ˋprimɪə, priˋmɪr; ˊpremjə(r)] *n.* (*pl.* **~s** [~z; ~z]) Ⓒ (常用 Premier) **1** 《主報紙》首相, 總理大臣, (prime minister). *Premier* Major Visits Japan 梅傑首相訪問日本《報紙刊載》.
2 (法國, 義大利等的)首相, 總理.
— *adj.* 《限定》《雅》第一位的. South Africa is the *premier* producer of diamonds. 南非是鑽石的最大產地.

pre·mière, pre·miere [prɪˋmɪr; ˊpremiɛə(r)] (法語) *n.* Ⓒ (戲劇, 電影的)首演, 首映.
— *vt.* 初次演出, 首次放映〔電影〕.

pre·mier·ship [ˋprimɪə͵ʃɪp, priˋmɪr͵ʃɪp; ˊpremjəʃip] *n.* Ⓤ 首相[總理]的地位[任期].

prem·ise [ˋprɛmɪs; ˊpremis] *n.* Ⓒ **1** 《邏輯》前提; 《作爲理由的》根據. the major [minor] *premise* 大[小]前提. **2** (premises) 房產(包括土地與建築物); 宅地的範圍.
— [ˋprɛmɪs, ˋprɛmɪs; priˊmaiz] *vt.* 《文章》提出…作爲前提, 導引; 〔句型3〕(premise *that* 子句)以…作爲前提論述.

***pre·mi·um** [ˋprimɪəm; ˊpri:mjəm] *n.* (*pl.* **~s** [~z; ~z]) Ⓒ **1** 佣金, 紅利, 獎金. a *premium* for express delivery 快遞的佣金.

2 獎賞，獎金，

at a prémium [股票]在票面價值以上；〔物品〕供給不足(而價格上漲)，Land is *at a premium* in Taipei. 臺北土地行情看漲。

pùt [plàce] a prémium on... 給與…高評價；增進…。

pre·mo·lar [pri`molɚ; pri:'məʊlə(r)] *n.* © 前臼齒(→ tooth 圖)。

pre·mo·ni·tion [͵primə`nɪʃən, ͵premə`nɪʃn] *n.* ©(文章)預感，預告，預先的警告。

pre·mon·i·to·ry [prɪ`mɑnə͵torɪ, -͵tɔrɪ; prɪ'mɒnɪtərɪ] *adj.* (文章)預先警告的，給與警告(似)的。

pre·na·tal [pri`netl; ͵pri:'neɪtl] *adj.* (美)出生前的，產前的，((英)) antenatal。

pre·oc·cu·pa·tion [pri͵ɑkjə`peʃən, ͵priɑkjə-; pri:͵ɒkjʊ'peɪʃn] *n.* **1** ⓤ專心，出神，(*with*)，(變成)全心投入。

2 ©全神貫注的事；當務之急。

◇ *v.* **preoccupy**.

pre·oc·cu·pied [pri`ɑkjə͵paɪd; pri:'ɒkjʊpaɪd] *adj.* 出神的，專心的，全神貫注的，(*with*)。

pre·oc·cu·py [pri`ɑkjə͵paɪ; pri:'ɒkjʊpaɪ] *vt.* (**-pies**; **-pied**; **~ing**) 迷住；使專心於，使全神貫注；(常用被動語態)。Ken is *preoccupied with* vacation plans. 肯一心想著休假計畫。

pre·or·dain [͵priɔr`den; ͵pri:ɔ:'deɪn] *vt.* (通常用被動語態)(神，命運)先前已注定，預定，[句型3](preordain *that* 子句)先前已決定…。

prep [prɛp; prep] *n.* ⓤ(英、口)家庭作業(homework)；(功課的)預先準備，預習，(特指寄宿學校的學生在教師監督下進行的自習(時間))。

2 (口)＝preparatory school.

pre·paid [pri`ped; ͵pri:'peɪd] *v.* prepay 的過去式、過去分詞。

— *adj.* 預先付訖的，(費用)先付的。a *prepaid* envelope 郵資已付的信件/a *prepaid* card 郵資已付的明信片。

prep·a·ra·tion [͵prɛpə`reʃən, ͵prepə'reɪʃn] *n.* (*pl.* **~s** [~z; ~z]) **1** [a ⓤ]準備(*of*)，預備(狀態)；警備(*for*)，make a hurried *preparation of* breakfast 匆忙準備早餐/Supper is in *preparation*. 晚飯正在準備/Ben studied all night in *preparation for* the exam. 班爲準備考試而整夜用功。

2 ©(通常 preparations)(具體的)準備(*for*)，We're making *preparations for* the school festival. 我們正在爲校慶活動做準備。

3 (英)＝prep 1.

4 ⓤ(藥品的)配製，調配；(食品的)調理；©配製品；配製好的食物，(烹調好的)料理。

◇ *v.* **prepare**. *adj.* **preparatory**.

pre·par·a·to·ry [prɪ`pærə͵torɪ, -͵tɔrɪ; prɪ'pærətərɪ] *adj.* 準備的，預備的。*preparatory* training 預備訓練。

prepáratory to... ((介系詞性))(文章)作爲…的準備；在…之前。*Preparatory to* writing the story, the author did a lot of background research. 作者在寫這個故事之前，作了許多背景調查。

prepáratory schòol *n.* ©(英)(進入 public school 前的預備學校)私立小學(→ school 圖)；(美)(爲進入大學作準備的)私立高中；((口)) prep (school))。

pre·pare [prɪ`pɛr, -`pær; prɪ'peə(r)] *v.* (**~s** [~z; ~z]; **~d** [~d; ~d]; **-par·ing**)

vt. **1** (a)準備，預備，整備，(*for*)；籌備；預習(功課)，[句型3](prepare *to* do) 準備做…。The farmer *prepared* the soil *for* seeding. 農民整地準備播種/I have to *prepare* my lessons. 我必須準備功課/Father was *preparing to* go on a trip. 父親正準備去旅行。(b)[句型5](prepare **A** *to* do) 準備 A 以做…。They *prepared* the ship to sail. 他們準備好了船隻以便出航。

2 調製，製造，(藥等)；調理(菜肴等)；[句型4](prepare **A** **B**)，[句型3](prepare **B** *for* **A**)爲 A 做(調理)B(菜肴等)；擬訂(計畫等)。We set the table while Mother was *preparing* us supper [*preparing* supper *for* us]. 在媽媽爲我們作飯時，我們擺好了餐桌/My uncle *prepared* plans *for* a villa. 我叔叔製作了一幢別墅的設計圖。

3 (常用被動語態)使(人)有心理準備，有預備，(*for*)；[句型5](prepare **A** *to* do)使 A(人)有…的心理準備。I *prepared* her *for* the bad news. 我讓她先對壞消息作好心理準備/I was ill *prepared to* confront such a difficulty. 面對那種困難，我沒有充分的心理準備/I'm *prepared to* do whatever is necessary. 我有進行任何必要任務的心理準備。

— *vi.* **1** 作好準備(*for*)，Susie is busy *preparing for* the wedding. 蘇西正忙著準備婚禮。

2 作心理準備(*for*)，*Prepare for* a shock. 要有接受打擊的心理準備。

prepáre onesèlf for... 準備…；作…的心理準備。The explorer *prepared himself for* death. 探險者已作好面臨死亡的心理準備。

pre·par·ed·ness [prɪ`pɛrdnɪs, -`pær-, -ɪdnɪs; prɪ'peədnɪs] *n.* ⓤ有準備，作好預備；(特指)備戰。

pre·par·ing [prɪ`pɛrɪŋ, -`pær-; prɪ:'peərɪŋ] *v.* prepare 的現在分詞、動名詞。

pre·pay [pri`pe; ͵pri:'peɪ] *vt.* (**~s**; **-paid**; **~ing**) 預付，先付。

pre·pon·der·ance [prɪ`pɑndrəns, -dərəns; prɪ'pɒndərəns] *n.* [a ⓤ](文章)(數量，力量，影響力等的)強勢地位，優勢，優越，(*over*)。

pre·pon·der·ant [prɪ`pɑndrənt, -dər-; prɪ'pɒndərənt] *adj.* (文章)(數量，力量，影響力等)佔優勢的，優越的，(*over*)；壓倒性的。

pre·pon·der·ate [prɪ`pɑndə͵ret; prɪ'pɒndəreɪt] *vi.* (文章)(數量，力量，重要性等)佔優勢(*over*)。

prep·o·si·tion [͵prɛpə`zɪʃən, ͵prepə'zɪʃn] *n.* (*pl.* **~s** [~z; ~z]) ©(文法)介系詞。The *preposition* "of" is missing here. 此處少了介系詞 of。

[字源] POSIT「放置」: pre*position*, de*posit*(放置)。

ap*posite* (合適的), pro*position* (提議).

prep·o·si·tion·al [ˌprɛpə`zɪʃən]; ˌprepə`zɪʃənl] *adj.* 《文法》介系詞的, 介系詞性的.

prepositional phrase *n.* ⓒ介系詞片語《介系詞與其受詞所組成的片語: on the desk, of importance 等》.

pre·pos·sess [ˌpripə`zɛs; ˌpri:pə`zes] *vt.* 《文章》**1** 充滿(感情, 思想)的心; 對…有先入為主的觀念;《通常用被動語態》. He was *prepossessed* with that queer notion. 他滿腦子是那古怪的想法.
2 使先有好感, 給人(好)的第一印象. I was *prepossessed* by her charming manner. 我對她迷人的風采留下了美好的印象.

pre·pos·sess·ing [ˌpripə`zɛsɪŋ; ˌpri:pə`zesɪŋ] *adj.* 《文章》〔人等〕給人好感的, 令人喜愛的.

pre·pos·ses·sion [ˌpripə`zɛʃən; ˌpri:pə`zeʃn] *n.* ＵＣ《文章》先入為主之見, 偏見.

pre·pos·ter·ous [prɪ`pɑstrəs, -tərəs; prɪ`pɒstərəs] *adj.* 不合理的; 荒謬的; 愚蠢的; 丟人的.

pre·pos·ter·ous·ly [prɪ`pɑstrəslɪ, -tərəs-; prɪ`pɒstərəslɪ] *adv.* 不合理地, 荒謬地.

prep·pie, prep·py [`prɛpɪ; `prepɪ] *n.* (*pl.* **-pies**) ⓒ《美, 口》prep school 的學生〔畢業生〕《屬富家子弟》.

prep schŏol *n.* 《口》＝preparatory school.

pre·req·ui·site [pri`rɛkwəzɪt; ˌpri:`rekwɪzɪt] *adj.* 《文章》必須先具備的, 先決條件的, 不可缺的, 《*to, for*》.
— *n.* ⓒ必要條件《*to, for, of*》.

pre·rog·a·tive [prɪ`rɑgətɪv; prɪ`rɒgətɪv] *n.* ⓒ(通用單數)(君主, 官職等的)特權, 特殊待遇.

Pres. (略) President.

pres. (略) present[1].

pres·age [prɪ`sedʒ; `presɪdʒ] 《文章》*vt.* 預示, 預兆; 預感, 預感.
— [`prɛsɪdʒ; `presɪdʒ] *n.* ⓒ預兆; 預感.

pres·by·ter [`prɛzbɪtə; `prezbɪtə(r)] *n.* ⓒ
1 (初期教會的)教會監事; (長老會的)長老.
2 (聖公會的)牧師.

Pres·by·te·ri·an [ˌprɛzbə`tɪrɪən; ˌprezbɪ`tɪərɪən] *adj.* 長老會的, 長老制的, 《不設bishop, 由 minister 與 presbyter 們組成 presbytery 管理教會; 信奉 Calvinism》.
— *n.* ⓒ長老會教友; 長老制支持者.

Presbytĕrian Chŭrch *n.* (加 the)長老會《蘇格蘭國教會》.

Pres·by·te·ri·an·ism [ˌprɛzbə`tɪrɪənˌɪzəm; ˌprezbɪ`tɪərɪənɪzəm] *n.* Ｕ長老派的主張〔信仰〕; 長老制.

pres·by·ter·y [`prɛzbɪˌtɛrɪ; `prezbɪtərɪ] *n.* (*pl.* **-ter·ies**) ⓒ **1** (長老會的)教務評議會.
2 (教堂內的)司祭席, 內殿.

pre·school [pri`skul; ˌpri:`sku:l] *adj.* 學齡前的, 入學前的, 《約二歲至五歲》. children of *pre-school* age 學齡前的兒童.

pre·sci·ence [`prɛʃɪəns, `pri-; `presɪəns] *n.* Ｕ

《雅》預見, 預知, 先見.

pre·sci·ent [`prɛʃɪənt; `presɪənt] *adj.* 《雅》有預知能力的, 有先見之明的.

*****pre·scribe** [prɪ`skraɪb; prɪ`skraɪb] *v.* (**~s** [~z; ~z]; **~d** [~d; ~d]; **-scrib·ing**) *vt.* **1** 規定〔人, 規則等〕, 指示, 《*to, for*》; 句型3 (prescribe *wh* 子句, 片語)規定…. The rules *prescribe* how the members should act. 會規規定了會員應如何行事.
2 〔醫生〕指示〔用藥, 療法〕, 開處方〔(prescribe **A B**)、句型3 (prescribe **B** *for* **A**)給 A (患者)開處方 B(藥等). The doctor *prescribed* this drug *for* me. 醫生指示我用此藥／The doctor has *prescribed* a long rest *for* him. 醫生囑咐他長期休養.
— *vi.* **1** 規定, 命令, 指示.
2 開處方《*for* 〔患者, 疾病等〕》.
⇨ *n.* **prescription**. *adj.* **prescriptive**.
字源 SCRIBE〔寫〕: pre*scribe*, de*scribe* (描寫), in*scribe* (銘刻), *Scripture* (聖經).

*****pre·scrip·tion** [prɪ`skrɪpʃən, pə`skrɪpʃən; prɪ`skrɪpʃn] *n.* (*pl.* **~s** [~z; ~z]) **1** Ｕ規定; ⓒ命令; 規則.
2 Ｕ《醫學》處方, 藥方; ⓒ處方箋; 處方的藥;（醫生指示的）治療方法. a *prescription* for the cold 治感冒的處方／make up a *prescription* 按處方配藥.
3 Ｕ《法律》(根據)時效(取得的權利).
⇨ *v.* **prescribe**.

pre·scrip·tive [prɪ`skrɪptɪv; prɪ`skrɪptɪv] *adj.* **1** 規定的; 約定俗成的; 規範性的.
2 《法律》根據時效取得的.

*****pres·ence** [`prɛzns; `preznz] *n.* (*pl.* **-enc·es** [~ɪz; ~ɪz])
〖 存在於某場所 〗**1** Ｕ存在, 在; 現存. He noted the *presence* of gas in the room. 他注意到房間中有瓦斯味／He made his *presence* known with a cough. 他咳嗽了一下以示他的在場.
2 Ｕ出席, 到場, 列席. We are honored by the *presence* of Dr. Smith at this meeting. 史密斯博士蒞臨此次會議使我們感到十分榮幸／Your *presence* is requested. 敬請蒞臨.
3 Ｕ面前, 眼前. Don't talk about it in the teacher's *presence*. 在老師面前別提它／The boy was shy in the *presence* of others. 這男孩在人前很害羞.
4 【軍事性的存在】ａＵ (軍隊等)駐軍.
〖 存在的方式 〗**5** ａＵ 儀態, (堂堂的)風采, 儀表. He is a man of great *presence*. 他是個儀表堂堂的男子.
〖 存在之物 〗**6** ⓒ (通常用單數)靈(氣), 亡靈, 陰魂. an evil *presence* 邪氣.
⇨ *adj.* **present**[1]. ⟷ **absence**.

presence of mind 鎮定自若, 沈著, 《⟷absence of mind》. When the fire started, he showed great *presence of mind* by leading everybody

out of the building. 當火災發生時, 他表現冷靜帶領所有人(逃)出了該棟大樓.

‡**pres·ent**¹ 〔`prɛznt; 'preznt〕 adj.
【存在於某處的】 **1** 〔敍述〕 (a) 在(那裡)的; 存在的; 有出席的; (↔ absent). Almost no water is *present* on Mars. 火星上幾乎沒有水的存在/Many students were *present* at the lecture. 那場演講有許多學生出席/All those 〔the people〕 *present* wept. 所有在場的人都哭了(語法 *present* 在修飾名詞、代名詞時, 置於其後). (b) 〔文章〕無法忘懷〔某事物〕的. The accident is still *present* in his mind. 這件意外仍在他心中無法忘懷.
【存在於現在的】 **2** 〔限定〕現在的, 眼前的. The *present* manager is very understanding. 現在的經理很通情達理/the *present* government 當今政府/at the *present* moment 此刻/in the view of the *present* writer 依筆者的見解.
3 〔限定〕正面臨著的, 正在處理中的, 正在考慮中的, the *present* case 以目前這個情況.
4 〔文法〕現在(時態)的. a *present* verb=a verb in the *present* (tense) 現在式動詞.
prèsent còmpany excépted 除了在場的人之外 《帶有批判口吻時所使用的客套話》.
— n. **1** (加the)現在, 目前. the past, the *present*, and the future 過去、現在與未來/up to the *present* 至今爲止/There is no time like the *present*. 現在是最好的時機了.
2 〔U〕(通常加the)〔文法〕現在時態.
at présent 此時, 現在, 目前. *At present* we have no plans for expansion. 目前我們沒有擴展的計畫.
for the présent 暫時, 當前. That's a secret *for the present*. 那暫時是個祕密.

‡**pres·ent**² 〔`prɛznt; 'preznt〕 n. (*pl.* ~**s** 〔~s〕) 〔C〕禮物, 贈送物. give a *present* to him 送禮物給他/I'll make you a *present* of it. 我把它送給你/Here is a *present* for you. 這是給你的禮物. 同*present* 爲一般用語; → gift.

‡**pre·sent**³ 〔prɪ`zɛnt; prɪ'zent〕 (★與 n. present² 的重音位置不同)
vt. (~**s** 〔~s〕; ~**ed** 〔~ɪd; ~ɪd〕; ~**ing**)
【贈呈】 **1** 贈送, 給與, 〔to〕; 贈送給, 呈獻, 〔with〕. We *presented* a watch to him. 我們送給他一隻錶/He *presented* me *with* his favorite gun. 他把他心愛的槍送給了我/The actress was *presented with* roses after the performance. 女演員在演出結束後接受獻花.
【拿出】 **2** 〔文章〕(正式)介紹〔引見〕〔人〕(to). May I *present* Mr. Johnson *to* you? 可否容我爲你引見強生先生?
3 〔文章〕(用 present oneself)〔人〕到場, 出面; 〔事情〕發生, 出現, 產生. He was warned to *present himself* in court the following day. 他被

通知第二天去法院出庭/A good idea *presented itself*. 靈機一動.
4 (a) 上演〔戲〕; 使〔演員〕扮演. The company *presented* a three-act play. 該劇團上演一齣三幕的戲. (b) 主持電視節目等.
5 〔伸出〕把〔武器〕對準(at); 舉槍. *present* a gun *at* a bird 用槍瞄準鳥/*Present arms!* (→片語).
【出示】 **6** 出示, 顯示; 呈遞, 交出, 〔收據, 文件 等〕; (to). He could *present* no solution *to* the problem. 他無法提出解決這個問題的辦法/*present* a fine appearance 儀表堂堂, 風度翩翩/The bill was *presented* to me for payment. 該付款帳單已送來給我/He *presented* his ideas *to* the committee. 他向委員會提出他的想法.
7 〔事情〕呈現出〔…狀態〕; 引起〔困難等〕(to); 帶來(with). The scene of the accident *presented* a horrible sight. 事故現場呈現令人毛骨悚然的景象/This case will *present* great difficulties *to* the party.=This case will *present* the party *with* great difficulties. 此一事件將造成該黨處境艱難.
Présent árms! 〔軍事〕舉槍! 〔號令; 雙手持槍豎於身體前中央線, 爲一種敬禮方式〕.

pre·sent·a·ble 〔prɪ`zɛntəbl; prɪ'zentəbl〕 adj. 〔服裝等〕體面的, 像樣的. make oneself *presentable* (爲體面而)打扮.

pre·sent·a·bly 〔prɪ`zɛntəblɪ; prɪ'zentəblɪ〕 adv. 體面地, 服裝儀容得體地.

pre·sen·ta·tion 〔͵prɛzn̩`teʃən, ͵prɪzɛn-, ͵prɛzn̩'teɪʃn〕 n. **1** 〔UC〕贈送, 授與; 〔C〕禮物, 贈品. a *presentation* of awards 頒獎, 授獎.
2 〔UC〕上演, 上映, 公演, 演出; 介紹. a successful *presentation* of a play 一場成功的戲劇公演.
3 〔U〕表現, 發表(的方法). The content of the article is good, but not its *presentation*. 這論文的內容精闢但表現的手法不佳.

pres·ent-day 〔`prɛznt`de; ͵preznt'deɪ〕 adj. 〔限定〕現在的, 當代的. *present-day* English 當代英語.

pre·sent·er 〔prɪ`zɛntə; prɪ'zentə(r)〕 n. 〔C〕(英)(電視、廣播節目的)主持人.

prèsent fórm n. 〔C〕(加the)〔文法〕現在式.

pre·sen·ti·ment 〔prɪ`zɛntəmənt; prɪ'zentɪmənt〕 n. 〔C〕〔文章〕(不祥的)預感, 前兆, 不安.

‡**pres·ent·ly** 〔`prɛzn̩tlɪ; 'prezntlɪ〕 adv. **1** 不久, 一會兒, (soon). *Presently*, the judge entered the court. 不一會兒, 法官進入了法庭/I shall join you *presently*. 我一會兒就加入你們.
2 〔主美〕此刻, 目前, (now). He is *presently* out of the country. 他現在在國外.

prèsent párticiple n. 〔C〕〔文法〕現在分詞 (→見文法總整理9.1).

prèsent pèrfect ténse n. 〔UC〕(通常加the)〔文法〕現在完成式(→見文法總整理6.3).

prèsent progréssive ténse n. 〔UC〕(通常加the)〔文法〕現在進行式(→見文法總整理

prèsent ténse n. [UC] (通常加 the) 《文法》現在式(→見文法總整理 **6. 3**).

pre·serv·a·ble [prɪˋzɝvəbl; prɪˈzɜːvəbl] adj. (食品等)可保存的,可儲藏的.

***pres·er·va·tion** [͵prɛzɚˋveʃən; ͵prezəˈveɪʃn] n. [U] **1** 保存;(健康的)維持;儲藏. a picture in a fair state of *preservation* 保存完好的畫.
2 (自然生物的)保護. the *preservation* of wildlife 野生動物的保護. ⋄ v. **preserve.**

pre·ser·va·tive [prɪˋzɝvətɪv; prɪˈzɜːvətɪv] adj. 具保存性的;防腐的.
— n. [UC] 防腐劑;預防[保健]藥劑. Salt is a good *preservative*. 鹽是很好的防腐劑.

***pre·serve** [prɪˋzɝv; prɪˈzɜːv] vt. (~s [~z; ~z]; ~d [~d; ~d]; -serv·ing)
〖保持,保存〗 **1** 維持,保持,維護,〔狀態,性質等〕. It is not so easy for me to *preserve* my health. 保持健康對我來說不是件容易的事/She is well-*preserved* for her age. 她保養得好,不顯得老/*preserve* order 維持秩序/The substitute teacher was unable to *preserve* discipline. 代課老師無法維持(教室的)紀律.
2 (經過鹽醃、糖漬、燻製等)儲藏〔食物〕,貯存加工. peaches *preserved* in a heavy syrup 用濃糖漿醃漬的桃子/*preserve* meat in cans 把肉裝罐保存.
〖保護〗 **3** 《文章》保護,守護,〔某人〕《from》. May God *preserve* us *from* such misery. 願上帝保佑我們免遭此等苦難.
4 保護〔鳥,魚等〕《from》;使…成為禁獵[禁漁]區. We should *preserve* the species of crane *from* extinction. 我們應該保護這種鶴以免滅絕/These woods are *preserved*. 這片山林屬保育林區. ⋄ n. **preservation.**
— n. [C] **1** (通常 preserves) (水果)果醬;蜜餞. **2** 自然保護區;禁獵區.

pre·serv·er [prɪˋzɝvɚ; prɪˈzɜːvə(r)] n. [C] **1** 保護者,守護者,救助者. **2** 禁獵區管理員.

pre·serv·ing [prɪˋzɝvɪŋ; prɪˈzɜːvɪŋ] v. preserve 的現在分詞、動名詞.

***pre·side** [prɪˋzaɪd; prɪˈzaɪd] vi. (~s [~z; ~z]; -sid·ed [~ɪd; ~ɪd]; -sid·ing) **1** 主持,擔任會議主席,《at, over》. He always *presided over* our conferences. 他經常擔任我們的會議主席/Mr. White *presided at* the dinner. 懷特先生主持晚宴.
2 統轄,負責,指揮,《over》. *preside over* an antiwar rally 指揮反戰集會.

pres·i·den·cy [ˋprɛzədənsɪ, ˋprɛzdən-; ˈprezɪdənsɪ] n. (pl. -cies) [UC] **1** (通常加 the) 總統[董事,社長,校長]的職位[任期].
2 (或 Presidency)美國總統的職位[任期].

***pres·i·dent** [ˋprɛzədənt, ˋprɛzdənt; ˈprezɪdənt] n. (pl. ~s [~s; ~s]) [C] (常 President) **1** (共和國,特指美國的)總統(稱呼時用 Mr. President). the *President* of the United States 美國總統/*President* Kennedy was assassinated in Dallas, Texas, in 1963. 甘迺迪總統於 1963 年在德州的達拉斯遇刺.
2 (大學的)校長;主席,議長. the *president* of Harvard University 哈佛大學校長/He ran for *president* of the student council. 他出馬競選學生會主席.
3 (美)總裁,董事長,總經理,行長,會長. The *president* of the company was a fairly young man. 這家公司的總裁相當年輕.

歷任美國總統一覽表			
〈任〉	〈總統〉	〈政黨〉	〈任期〉
1	George Washington	F	1789-1797
2	John Adams	F	1797-1801
3	Thomas Jefferson	D-R	1801-1809
4	James Madison	D-R	1809-1817
5	James Monroe	D-R	1817-1825
6	John Quincy Adams	D-R	1825-1829
7	Andrew Jackson	D	1829-1837
8	Martin Van Buren	D	1837-1841
9	William H. Harrison	W	1841
10	John Tyler	W→D	1841-1845
11	James K. Polk	D	1845-1849
12	Zachary Taylor	W	1849-1850
13	Millard Fillmore	W	1850-1853
14	Franklin Pierce	D	1853-1857
15	James Buchanan	D	1857-1861
16	Abraham Lincoln	R	1861-1865
17	Andrew Johnson	D	1865-1869
18	Ulysses S. Grant	R	1869-1877
19	Rutherford B. Hayes	R	1877-1881
20	James A. Garfield	R	1881
21	Chester A. Arthur	R	1881-1885
22	Grover Cleveland	D	1885-1889
23	Benjamin Harrison	R	1889-1893
24	Grover Cleveland	D	1893-1897
25	William McKinley	R	1897-1901
26	Theodore Roosevelt	R	1901-1909
27	William H. Taft	R	1909-1913
28	Woodrow Wilson	D	1913-1921
29	Warren G. Harding	R	1921-1923
30	Calvin Coolidge	R	1923-1929
31	Herbert Hoover	R	1929-1933
32	Franklin D. Roosevelt	D	1933-1945
33	Harry S. Truman	D	1945-1953
34	Dwight D. Eisenhower	R	1953-1961
35	John F. Kennedy	D	1961-1963
36	Lyndon B. Johnson	D	1963-1969
37	Richard M. Nixon	R	1969-1974
38	Gerald R. Ford	R	1974-1977
39	James Earl Carter	D	1977-1981
40	Ronald W. Reagan	R	1981-1989
41	George Bush	R	1989-1993
42	William J. Clinton	D	1993-

★政黨簡稱

P

F＝Federalist
D-R＝Democratic-Republican
D＝Democratic
W＝Whig
R＝Republican

prĕs·i·dent·e·léct *n.* (加 the)(尚未就職的)
總統當選人(→ elect *adj.*).

pres·i·den·tial [͵prɛzə`dɛnʃəl; ͵prezi`denʃl]
adj. **1** 總統的. the *presidential* year (美)總統大
選年(可被 4 整除的西元年份)/The *presidential*
election is held in November. 總統大選在 11 月舉
行. **2** 總裁[議長, 校長]的.

Présidents' dày *n.* 總統們的生日(→Wash-
ington's Birthday).

pre·sid·i·um [prɪ`sɪdɪəm; prɪ`sɪdɪəm] *n.* Ⓒ
(特指共產國家的)主席團, 常務委員會.

‡press [prɛs; pres] *v.* (~**es** [~ɪz; ~ɪz]; ~**ed** [~t;
~t]; ~**ing**) *vt.* 【 往下加壓 】 **1** 按,
撳, 壓, [人, 鈴等]. *press* the shutter 按下(相機
的)快門/He *pressed* a button to summon his sec-
retary. 他按鈴叫喚祕書/The child *pressed* its
nose *against* the window. 那個孩子把鼻子緊貼在
窗上/The crowd tried to advance but were
pressed back by the police. 人群試圖湧向前, 但
被警察推了回來.
2 燙平; 壓製; 壓平; 匄琞5 (press **A B**)將 A
燙平使成 B 的狀態. *press* trousers 燙褲子/a
freshly *pressed* shirt 剛燙平的襯衫/*press* flowers
壓花/*press* the wrinkles flat 燙平皺褶.
【 勒緊 】 **3** 緊握[手等]; 緊抱. *press* his hand
緊握他的手/The mother *pressed* her baby to her
breast. 母親把孩子緊緊抱在懷裡.
4 壓緊, 壓實. *press* hay 壓緊乾草.
5 絞榨, 榨取, 擠, [汁, 液]《*from, out of*》; 壓榨
[水果等]. They *pressed* the juice *from* grapes.
他們把葡萄汁/*press* grapes to make wine 榨取
葡萄汁製酒.
【 精神性壓迫 】 **6** **(a)** 把…強加於《*on, upon*》.
Don't *press* your opinions *on* others. 不要把你的
意見強加於人/*press* a gift *upon* a person 迫使某
人接受禮物.
(b) 敦促; 死皮賴臉地央求; 強行要求《*for*》;
匄琞5 (press **A** *to* do)極力勸說 A(人)做. It is
no good *pressing* him. 催他也是沒用的/The
police *pressed* their search for the escaped pris-
oner. 警察加強搜尋逃獄的囚犯/*press* a person *for*
an answer 迫使某人答覆/He *pressed* the guest *to*
stay another day. 他強留客人再待一天/They
pressed the management *to* raise their salaries.
他們迫使資方加薪.
7 (用 be *pressed* for...)因沒有…而苦惱. We
were hard *pressed* for money last year. 去年我們
爲錢大傷腦筋.
── *vi.* 【 按 】 **1** 壓《*on, upon*》; 加壓, 施壓,

《*on, upon* 〔心理〕》. He *pressed* down *on* the
brake pedal. 他踩住了煞車踏板/The scene
pressed heavily *upon* my mind. 這情景使我心頭沈
重.
2 燙, 熨燙.
3 奮勇前進, 勇往直前《*on; forward*》; 分開
前進《*through*》; (斷然地)繼續前進《*ahead, on;
with*》. The crowd *pressed forward* as the star
appeared. 那位明星一出現, 人群就蜂湧而上/He
pressed through the crowd. 他排開人群向前走/
Despite setbacks they decided to *press on with*
their business. 他們不在乎失敗仍決定繼續經營他
們的事業.
【 壓迫 】 **4** 勸說; 央求; 強要《*for*》. He
pressed for payment. 他堅持要求付款.
5 《口》(時間)緊迫; 〔工作〕緊急. Time *presses*.
時間緊迫.
6 《加副詞(片語)》擁擠, 相互推壓. Crowds
pressed round the actor. 群眾簇擁那名演員.
⇨ *n.* **pressure**.
── *n.* (*pl.* ~**es** [~ɪz; ~ɪz])【 按 】 **1** Ⓒ(通常用單
數)按, 推, 壓; 緊握. Give the doorbell another
press. 再按一次門鈴/a *press* of the hand 手緊握一
下.
2 Ⓒ《口》燙; Ⓤ燙平皺褶.
3 Ⓤ緊急, 緊迫; 重壓. The *press* of household
chores keeps Mother busy. 繁重的家務使母親忙
得透不過氣/the *press* of poverty 貧窮的重擔.
【 加壓的機械[工具] 】 **4** Ⓒ《常構成複合字》擠壓
器, 壓具, 模具; 按鈕. a wine *press* 榨葡萄汁機.
5 【印刷機】Ⓒ印刷機; (通常 Press)印刷
廠; 出版部; Ⓤ(常加 the)印刷(術); 出版(業). a
printing *press* 印刷機/a rotary *press* 輪轉印刷機/
Oxford University *Press* 牛津大學出版社/come
[go] to (the) *press* 付印/The book is in (the)
press. 該書付印中.
【 出版物＞報導 】 **6** Ⓤ(集合)雜誌, 報紙, 出版
物; 大眾傳播. the daily *press* 日報/write for
the *press* 替媒體寫文章/Freedom of the *press* must
be jealously guarded. 新聞自由必須審慎維護.
7 Ⓤ(單複數同形)(通常加 the)採訪群, 報刊[雜
誌]記者群. The President meets the *press* on
Monday. 總統星期一會見記者.
8 ⓐⓊ(大眾傳播的)評論, 評價. have [get] a
good [bad] *press* (在報刊雜誌上)受到好[惡]評.

préss àgency *n.* Ⓒ通訊社.

préss àgent *n.* Ⓒ(演藝人員, 電影公司等雇
用的)宣傳(人員).

préss bòx *n.* Ⓒ(對球場狀況一目了然的)新聞
記者席.

préss clìpping *n.* Ⓒ《主美》(報紙或雜誌的)
剪報.

préss cònference *n.* Ⓒ記者招待會.

préss cùtting *n.* 《英》＝press clipping.

pressed [prɛst; prest] *adj.* **1** (限定)壓緊的; 熨
壓加工的. **2** (敘述)陷入困境的; 忙碌的.

préss gàllery *n.* Ⓒ(主要指議會內的)新聞記
者席.

*press·ing [`prɛsɪŋ; 'presɪŋ] adj. **1** 緊迫的, 迫切的. We have some *pressing* problems to solve. 我們有些緊迫問題必須解決/a *pressing* need 迫切的需要. **2** 懇切的[再三要求的][請求等]. a *pressing* invitation 懇切的邀請.
— n. ⓒ (由原版唱片壓製出的)唱片; (同一批製的)全部唱片. a *pressing* of 10,000 records 同一批的一萬張唱片.

press·ing·ly [`prɛsɪŋlɪ; 'presɪŋlɪ] adv. 緊迫地, 迫切地; 懇切地.

press·man [`prɛsmən; 'presmæn] n. (pl. -men [-mən; -mən]) ⓒ 印刷工; (英, 口)新聞記者.

press·mark [`prɛs,mɑrk; 'presmɑ:k] n. ⓒ (主英)書架編號(顯示圖書館藏書所在而張貼的編號).

préss relèase n. ⓒ (報導用的正式)通訊稿, 新聞稿.

préss stùd n. (英) =snap fastener.

press-up [`prɛs,ʌp; 'presʌp] n. (英) =push-up.

‡**pres·sure** [`prɛʃə(r); 'preʃə(r)] n. [~z; ~z]] 〖壓力〗 **1** ⓊⒸ 按, 壓; 壓力; 壓縮; 壓迫[壓縮]感. The door would not open without a great deal of *pressure*. 這扇門不使勁推就開不了/atmospheric *pressure* 氣壓/high [low] *pressure* 高[低][氣]壓/high blood *pressure* 高血壓.
〖壓迫〗 **2** Ⓤ 強制, 壓力, 壓迫. The Prime Minister yielded to the *pressure* of public opinion. 總理向輿論的壓力屈服了.
3 Ⓤ 迫切, 緊迫; 繁忙, 忙碌. The *pressure* of business left him weary at the end of the day. 繁忙的業務使他一天下來筋疲力竭.
4 ⓊⒸ 窘迫; 苦惱, 困難. the *pressure* of grief 沈重的悲慟/*pressure* for money 手頭拮据.

〖搭配〗 adj.+pressure (2-4): excessive ~ (過大的壓力), strong ~ (強大的壓力), unbearable ~ (無法承受的壓力) // pressure+v.: ~ increases (壓力變大), ~ falls (壓力降低).
⇨ v. **press.**

bring [*pùt*] *préssure on...* 對…施加壓力, 壓迫. The party has *put pressure on* him to run for a second term. 該黨向他施加壓力, 要他競選連任.

under préssure 迫於壓力, 逼不得已. I only agreed to participate *under pressure*. 我是迫於壓力才同意參加的/I've been *under pressure* to resign for some time. 有人施壓要我辭職已經好一陣子了.

under (*the*) *préssure of...* 爲[貧困, 饑餓等]所迫; 在[工作等]壓力下, 在…的逼迫下. He [His health] broke down *under the pressure of* work. 他因工作的壓力而致健康受損/a news story written *under the pressure of* time 在時間壓力下寫成的新聞報導.
— vt. **1** 對[人]施加壓力, 〖句型5〗 (pressure A to do)、〖句型3〗 (pressure A into doing)迫使 A 做…. I was *pressured* to agree [*pressured into* agree*ing*] to their proposition. 我被迫同意他們的

提案.
2 使[飛機客艙, 潛水艇船艙等]增壓; 密封.

préssure còoker n. ⓒ壓力鍋.

préssure gàuge n. ⓒ壓力計.

préssure gròup n. ⓒ壓力團體.

pres·sur·ize [`prɛʃə,raɪz; 'preʃəraɪz] v. =pressure.

pres·sur·ized [`prɛʃə,raɪzd; 'preʃəraɪzd] adj. 〔飛機, 潛水艇等的內部〕被增壓的; 密封的. a *pressurized* suit 增壓服.

pres·ti·dig·i·ta·tion [ˌprɛstɪ,dɪdʒɪ'teʃən; 'prestɪ,dɪdʒɪ'teɪʃn] n. Ⓤ(文章)魔術, 戲法.

pres·tige [`prɛstidʒ, prɛs'tiʒ; pre'sti:ʒ] n. Ⓤ **1** 威信, 聲望. loss of national *prestige* 喪失國威.
2 (形容詞用)有聲譽的(prestigious). a *prestige* school 頗負盛名的學校.

pres·ti·gious [prɛs'tɪdʒɪəs; pre'stɪdʒəs] adj. 有聲望的, 頗負盛名的; 提高聲譽(似)的.

pres·to [`prɛsto; 'prestəʊ] (義大利語) adv. **1** 立刻, 轉眼之間. **2** (音樂)急板地, 快板地, (→ tempo 參考).
— adj. (音樂)急速的, 快的.
— n. (pl. ~s) ⓒ急板樂曲[樂章].

pre·sum·a·ble [prɪ'zuməbl̩, -'zɪum-, -'zjum-; prɪ'zju:məbl̩] adj. 可推測的, 可能的.
⇨ v. **presume.**

pre·sum·a·bly [prɪ'zuməblɪ, -'zɪum-, -'zjum-; prɪ'zju:məblɪ] adv. 大概, 大抵, 推測起來.

*pre·sume [prɪ'zum, -'zɪum, -'zjum; prɪ'zju:m] v. (~s [~z; ~z]; ~d [~d; ~d]; -sum·ing) vt.
〖先採取〗 **1** 〔事先考慮〕(a)假定, 假設, 推測; 認爲, 以爲; 〖句型3〗 (presume *that* 子句)假定. *presume* a person's innocence 假定某人無罪/I *presume* from what you say *that* the story is true. 從你所說的, 我推測那件事是眞的.
(b) 〖句型5〗 (presume A B/A *to be* B)視 A 爲 B, 認爲 A 是 B. A man is *presumed* innocent until he has been proven guilty. 任何人在未被證明有罪之前都被視爲淸白無辜的/The court *presumes* him *to be* dead. 法院推定他已死亡.
2 【做僭越之事】(文章)〖句型3〗 (presume *to* do)敢於…, 斗膽[冒失]地做某事. May I *presume* to tell you that you are wrong? 可否冒昧地告訴您, 您錯了?/He *presumed* *to* tell us to do things. 他竟敢命令我們.
— vi. **1** (文章)自大狂妄, 放肆; 利用(on, upon). I don't want to *presume upon* our friendship in this way. 我不想以這種方式利用我們的友情/You *presumed on* their kindness. 你利用他們的仁慈.
2 推測. She is innocent, I *presume*. 我猜想她是無辜的/Miss Gloria, I *presume*? 您就是葛洛莉亞小姐吧?
⇨ n. **presumption.** adj. **presumptive, presumptuous.**

*pre·sump·tion [prɪˈzʌmpʃən; prɪˈzʌmpʃn] *n.* (*pl.* ~**s** [~z; ~z]) **1** [UC] 假設，推定；臆測(之事)；可能性；推測(*that* 子句). Is it your *presumption that* the missing ring was actually stolen? 你推測那枚不見的戒指實際上是被偷的嗎?/on this *presumption* 基於這個假設.
　2 [U] (文章)冒失閒事；冒失；厚顏無恥((*to* do)). He had the *presumption to* ask for my assistance. 他厚著臉皮要求我幫忙.

pre·sump·tive [prɪˈzʌmptɪv; prɪˈzʌmptɪv] *adj.* (主法律)推定的，根據推測的. an heir *presumptive* →見 heir presumptive.

pre·sump·tu·ous [prɪˈzʌmptʃʊəs; prɪˈzʌmptʃʊəs] *adj.* (文章)狂妄自大的，厚顏無恥的，傲慢放肆的.

pre·sump·tu·ous·ly [prɪˈzʌmptʃʊəslɪ; prɪˈzʌmptʃʊəslɪ] *adv.* (文章)狂妄自大地，厚臉皮地.

pre·sup·pose [ˌprisəˈpoz; ˌpriːsəˈpəʊz] *vt.*
　1 預先假設，預料，推測 [句型3] (presuppose *that* 子句)預先假定.
　2 以…為前提. An effect *presupposes* a cause. 事出必有因，有果必有因.

pre·sup·po·si·tion [ˌprisʌpəˈzɪʃən; ˌpriːsʌpəˈzɪʃn] *n.* [UC] 推定，預想；前提，先決條件.

pre·tence [ˈprɪtɛns; prɪˈtens] *n.* (英)
=pretense.

*pre·tend [prɪˈtɛnd; prɪˈtend] *v.* (~**s** [~z; ~z]; ~·**ed** [~ɪd; ~ɪd]; ~·**ing**) *vt.*
　〖假裝〗 **1** 假裝，裝作 [句型3] (pretend *that* 子句/*to* do)假裝成…/裝做…. He *pretended* illness [*to* be ill; *that* he was ill]. 他假裝生病.
　2 堅稱；偽稱；假託，藉口 [句型3] (pretend *that* 子句)硬說是…；偽稱是…. *pretend* ignorance 硬說不知道；佯裝不知道/I do not *pretend that* this would be an easy task. 我沒有硬說這是件簡單的事.
　3 (口) [句型3] (pretend *to* do)膽敢要(做…)，自以為[自命]是…，(通常用於否定句). I do not *pretend to* be a scholar. 我不敢以學者自居.
　〖模仿〗 **4** [句型3] (pretend *to* do)(孩童玩遊戲)假扮，玩扮成…的遊戲; [句型3] (pretend *that* 子句)假扮成…玩. Let's *pretend that* we are astronauts. 我們假扮成太空人玩吧!/The children *pretended to* eat the mud pies. 這些孩子假裝吃泥餅玩.
　— *vi.* **1** 佯裝.
　2 玩假扮他人的遊戲.
　3 覬覦，非分要求；自負，自大，((*to*)). The Duke *pretended to* the throne. 那名公爵覬覦王位.
　⇨ *n.* pretense, pretension.

pre·tend·ed [prɪˈtɛndɪd; prɪˈtendɪd] *adj.* 假裝的；裝模作樣的. *pretended* illness 裝病.

pre·tend·er [prɪˈtɛndə; prɪˈtendə(r)] *n.* [C]
　1 佯裝者，冒充者，**2** 覬覦者，非分要求的人.

*pre·tense (美)，**pre·tence** (英) [prɪˈtɛns; prɪˈtens] *n.* (*pl.* (美) -**tens·es**, (英) -**tenc·es** [~ɪz; ~ɪz]) **1** [UC]假裝；虛偽；藉口，掩飾，託辭. He made a *pretense* of being interested. 他假裝感興趣的樣子/John made a *pretense* of illness. = John made *pretense* to be ill. = John made *pretense* that he was ill. 約翰假裝生病.
　2 [U]虛榮，排場，矯飾. It was a simple ceremony without *pretense* or frills of any kind. 那是個沒有排場或任何裝腔作勢的簡單儀式.
　3 [U]自命，自吹，自稱，(*to*)(通常用於否定句). I make no *pretense to* being an artist. 我不以藝術家自居. ⇨ *v.* pretend.
　under [*by*] *fàlse preténses* 偽稱，假以不實之藉口. He obtained money from the widow *under false pretenses*, saying he was a banker. 他偽稱是銀行家而向那寡婦取得金錢.
　under [*on*] (*the*) *preténse of*... 佯裝作…；假借…之託辭；假裝…. *under* (*the*) *pretense of* justice 在正義的幌子下，假借正義之美名.

pre·ten·sion [prɪˈtɛnʃən; prɪˈtenʃn] *n.* **1** [C] (常 pretensions)要求，主張(的權利)，(*to*)；自負，以…自居，(*to*). I have no *pretensions to* learning. 我並未以有學問自居/a man without any political *pretensions* 沒有絲毫政治野心的人.
　2 [UC] (文章)佯裝，矯揉造作，虛飾；炫耀. a restaurant of great *pretensions* 虛有其表的飯店. ⇨ *v.* pretend.

pre·ten·tious [prɪˈtɛnʃəs; prɪˈtenʃəs] *adj.* (追求)虛榮的，虛飾外表的. a *pretentious* hotel 外觀華麗的旅館.

pre·ten·tious·ly [prɪˈtɛnʃəslɪ; prɪˈtenʃəslɪ] *adv.* 虛榮[講究排場]地；裝模作樣地，自命不凡[自負]地.

pre·ten·tious·ness [prɪˈtɛnʃəsnɪs; prɪˈtenʃəsnɪs] *n.* [U]虛榮，排場；自命不凡.

pret·er·ite, -er·it [ˈprɛtərɪt; ˈpretərət] (文法) *n.* [U](加電)過去(式).
　— *adj.* 過去(式)的.

pre·ter·nat·u·ral [ˌprɪtəˈnætʃərəl, -tʃrəl; ˌpriːtəˈnætʃrəl] *adj.* (文章)超自然的，不可思議的.

*pre·text [ˈprɪtɛkst; ˈpriːtekst] *n.* (*pl.* ~**s** [~s; ~s]) [C]藉口，託辭，((*for*)). He was absent from work for three days on [under] the *pretext* of illness. 他以生病為藉口請了三天假/find a *pretext for*... 為…找藉口/on some *pretext* or other (東拉西扯地)編個理由.

Pre·to·ri·a [prɪˈtorɪə; prɪˈtɔːrɪə] *n.* 普利托里亞《南非共和國首都》.

pret·ti·er [ˈprɪtɪə; ˈprɪtɪə(r)] *adj.* pretty 的比較級.

pret·ti·est [ˈprɪtɪɪst; ˈprɪtɪɪst] *adj.* pretty 的最高級.

pret·ti·fy [ˈprɪtɪˌfaɪ; ˈprɪtɪfaɪ] *vt.* (-**fies**; -**fied**; ~·**ing**) (通常表輕蔑)裝扮美麗，粉飾(得很美).

pret·ti·ly [ˈprɪtɪlɪ; ˈprɪtɪlɪ] *adv.* 漂亮地，可愛地. She is *prettily* dressed. 她打扮得很漂亮.

pret·ti·ness [ˈprɪtɪnɪs; ˈprɪtɪnɪs] *n.* [U]漂亮，可愛.

‡pret·ty [ˋprɪtɪ; ˈprɪtɪ] adj. (-ti·er; -ti·est)
【很好的】 **1** 漂亮的、標緻的、可愛的. a pretty girl 漂亮的女孩／You look very pretty in that dress! 你穿那件洋裝真好看！ 【與beautiful相比，pretty 特別用來形容女性或兒童的嬌小可愛的樣子； → cute.
2 乾淨俐落的；靈巧的，巧妙的；悅人的，令人舒服的. a pretty voice 悅耳的聲音／a pretty poem 優美的詩／a pretty stroke 漂亮的一擊.
3 〔限定〕(口)(金額、數量等)頗多的，相當多的. The old man had a pretty sum of money. 那老人有相當多的錢.
4 〔限定〕(諷刺)糟的；令人討厭的；莫名其妙的. A pretty mess you have made! 你做的好事啊(敎人無從收拾)!／I had a pretty time of it yesterday. 我昨天倒楣極了.
— adv. (口) **1** 頗，相當, (fairly). The economy seems to have recovered pretty well. 經濟似乎恢復得相當好了／He'll be back pretty soon. 他很快就會回來.
2 非常地(very). The weather is pretty much the same. 天氣還是老樣子.
sitting prétty (口)富裕的；處於有利地位的.
pret·zel [ˋprɛts; ˈpretsl] n. ⓒ 椒鹽捲餅(撒鹽烤成的脆餅乾；多呈紐結狀).

‡pre·vail [prɪˋvel; prɪˈveɪl] vi. (~s [~z; ~z]; ~ed [~d; ~d]; ~ing) (文章)
【佔優勢】 **1** 盛行，普及於，流行, (in, among). That quaint custom still prevails in the countryside. 那有趣的古老習俗仍盛行於鄉村／Sadness prevailed in our minds. 我們的內心充滿悲傷／Silence prevailed. 鴉雀無聲，一片寂靜.

[pretzel]

【獲勝】 **2** 獲勝，勝過, (over, against)；順利進行，成功. His strong wishes prevailed over her. 他竟而不捨的心願令她折服／Truth will prevail. 真理必勝；事實勝於一切.
3 說服(on, upon). He prevailed on the farmers to try the new seeds. 他說服了這些農夫試用新種子.
⇨ n. prevalence. adj. prevalent, prevailing.
*pre·vail·ing [prɪˋvelɪŋ; prɪˈveɪlɪŋ] adj. 〔限定〕
1 盛行的，流行的. the prevailing opinion among young people 年輕人普遍的想法／under the prevailing social conditions 在現今的社會情勢之下.
2 有力的，佔優勢的. prevailing winds 盛行風(某地區或某季節常颳的風).
prev·a·lence [ˋprɛvələns; ˈprevələns] n. ⓤ 盛行，普及，流行. the prevalence of long hair 長髮的流行. ⇨ v. prevail. adj. prevalent.
*prev·a·lent [ˋprɛvələnt; ˈprevələnt] adj. 普遍的，普及的，流行的. a prevalent belief 普遍的想法／Colds are prevalent this winter. 今年冬天感冒很流行. ⇨ v. prevail. n. prevalence.
pre·var·i·cate [prɪˋværəˌket; prɪˈværɪkeɪt] vi. (文章)支吾其詞，搪塞，抵賴.

pre·var·i·ca·tion [prɪˌværəˋkeʃən; prɪˌværɪˈkeɪʃn] n. ⓤⓒ (文章)支吾其詞，搪塞，抵賴.

‡pre·vent [prɪˋvɛnt; prɪˈvent] vt. (~s [~s; ~s]; ~ed [~ɪd; ~ɪd]; ~ing)
【搶先去阻止】 **1** (a)妨礙，阻撓，〔某人或某物等〕. I'll come at two if nothing prevents me. 若無甚麼意外[不便]，我兩點會來／Barred windows prevented their escape [prevented them (from) escaping (→(b))]. 上閂的窗戶防止了他們的逃跑／There is nothing to prevent my going. 沒有任何事可以阻擾我前去.
(b)(用 prevent A (from) do ing)阻礙[阻止]A 做某事. The storm prevented us (from) arriving on time. 這場暴風雨使我們無法準時抵達／They tried to prevent the news (from) leaking out. 他們設法阻止消息外傳. 語法在口語中多不加 from, 此時時視為 句型5.
2 防止，預防，〔疾病，事故等〕；使…不發生. prevent juvenile crimes 防止青少年犯罪／Careful driving prevents accidents. 小心駕駛以防意外事故. ⇨ n. prevention.
pre·vent·a·ble [prɪˋvɛntəbl; prɪˈventəbl] adj. 可預防的，可防止的.

‡pre·ven·tion [prɪˋvɛnʃən; prɪˈvenʃn] n. ⓤ 阻止，阻礙，防止，預防. This is Fire Prevention Week. 本週是消防安全週／the Society for the Prevention of Cruelty to Animals 保護動物協會(略作 SPCA)／Prevention is better than cure. (諺)預防勝於治療.
⇨ v. prevent.
pre·ven·tive [prɪˋvɛntɪv; prɪˈventɪv] adj. 防止的；妨礙的；預防的；(of). take preventive measures against disease 採取疾病預防措施／specialize in preventive medicine 專門研究預防醫學.
— n. ⓒ 預防措施；預防藥. Vaccination is a preventive against smallpox. 接種疫苗[種牛痘]以預防天花.
pre·view [ˋpriˌvju; ˈpriːvjuː] n. ⓒ **1** (電影上演前的)試片，試映(會)；(戲劇公演前的)預演；(展覽會等的)預展.
2 (宣傳電影的)預告片；(電視等的)節目預告.
— vt. 試映；預演；預展；看…的試片[預演等].
‡pre·vi·ous [ˋprivɪəs; ˈpriːvjəs] adj. **1** 〔限定〕先前的，在先的, (preceding; ⟷ following, subsequest). on the previous day 在前一天／Have you any previous appointments next Sunday? 下個星期天你已安排甚麼約會了嗎／As I pointed out in a previous chapter 如(筆者)前章所指出的.
2 (敘述)(口)過早的. The report of victory turned out to be a little previous. 結果那個勝利的報導的確是過早了些.
prévious to... (介系詞性)在…之前(的). Previ-

ous to his departure for England, he phoned me to say goodby. 他動身赴英國前打電話向我辭行.

pre·vi·ous·ly [ˈpriviəslɪ, ˈprivjəslɪ, ˈpriːvjəslɪ] *adv.* 先前，(在)以前；事先，預先. He had arrived two days *previously*. 他兩天前就到達了.

pre·war [priˈwɔr, ˌpriːˈwɔː(r)] *adj.* (限定)戰前的(↔ postwar). in *prewar* days (在)戰前.

*__prey__ [pre; preɪ] *n.* **1** ⓊＵ獵物；獵獲物. Mice and little birds are the *prey* of cats. 老鼠和小鳥是貓的獵物.

2 Ｕ(對其他鳥獸的)捕食. a beast of *prey* 猛獸/a bird of *prey* 猛禽(鷲，鷹等).

3 *a* Ｕ犧牲(者)，被擄掠的對象，犧牲品，《*to, for*》. The rich, lonely widow was (an) easy *prey to* the trickster. 那位既有錢又孤獨的寡婦成為騙子眼中的肥羊.

fàll [*becòme*] (*a*) *préy to…* 被…捕食，成為…的獵物；被…折磨；成了…的犧牲品；(★(美))省略 a). She *fell* [*became*] (*a*) *prey to* melancholy. 她患了憂鬱症.

— *vi.* (~s [~z; ~z]; ~ed [~d; ~d]; ~·ing)
1 獵食，捕食；掠奪；詐取；成為犧牲品；《*on, upon*》. Larger fishes often *prey upon* smaller ones. 大魚常常捕食小魚/The pirates *preyed on* unarmed merchant ships. 海盜掠奪沒有武裝的商船. **2** 折磨；令人煩惱，《*on, upon*》. Worry *preyed on* her mind. 憂慮令她內心痛苦.

‡**price** [praɪs; praɪs] *n.* (*pl.* **pric·es** [~ɪz; ~ɪz])
〖價值〗**1** ⓒ價格，價錢；(各種)物價. at a high [low] *price* 以高[低]價/at a reduced *price* 以折扣價/at the *price* of $10 以十美元的價格/What's the *price* of this one? 這個多少錢?/*Prices* are coming down. 物價逐漸下跌.
[語法]「價錢高」要說成 The price is high. 不可用 expensive 或 costly 替代 high. 只有在具體的事物做主詞時(如 hat 或 watch 等)才可使用 expensive 或 costly. ⟳price 即買賣時(尤其是賣方)所定之價格；cost 即取得或製造物品所支付之代價、成本，亦包含金錢以外的勞動力.
〖搭配〗*adj.*+price: a fair ~ (公道的價錢)，a reasonable ~ (合理的價錢) // *v.*+price: set a ~ (標價)，lower the ~ (降價)，raise the ~ (漲價) // price+*v.*: ~s go up (物價上漲)，~s fall (物價下跌).

2 ⓒ(捉拿逃犯等的)懸賞獎金；報酬. set a *price* of $5,000 on the robber's head 懸賞五千美元捉拿搶匪/Every man has his *price*. 每個人都有其價碼(每人都會被誘惑).

〖代價〗**3** *a* Ｕ代價；犧牲. He paid a high *price* for his freedom. 他為了自由付出龐大的代價.

* *at ány príce* 無論多麼昂貴；不管任何犧牲. The people wanted peace *at any price*. 人民不惜以任何代價獲得和平.

at a príce 以高價；付出龐大代價地. There are plenty of apartments available in Taipei—*at a*

price! 臺北有許多公寓可以住——只要有錢的話.

at the príce of… 為…犧牲，為…付出代價.

beyond [*above, without*] *price* 無價的，極貴重的.

pùt a príce on… 為…標價.

— *vt.* (**pric·es** [~ɪz; ~ɪz]; ~**d** [~t; ~t]; **pric·ing**)
1 標價於…，決定…的價格，《常用被動語態》. At Christmas, many stores *price* their goods higher than usual. 聖誕節的時候許多商店的商品標價比時還高/The watch was *priced* at a hundred dollars. 這隻錶標價一百美元.

2 《口》問[查詢]…的價格. He *priced* several different types of cars. 他打聽了好幾種不同車型的價格.

price A out of the márket [*jób*] (價格[薪水]過高)而將 A 逐出市場[職位].

price contròl *n.* Ｕ價格管制.

price index *n.* ⓒ物價指數.

price·less [ˈpraɪslɪs, ˈpraɪslɪs] *adj.* **1** 無價的，極貴重的.
2 《口》(人，言語等)極風趣的；極為可笑的.

price tàg *n.* ⓒ(繫在商品上的)價格標籤.

pri·cey [ˈpraɪsɪ, ˈpraɪsɪ] *adj.* 《主英、口》價格高的，昂貴的.

pric·ing [ˈpraɪsɪŋ, ˈpraɪsɪŋ] *v.* price 的現在分詞，動名詞.

*__prick__ [prɪk; prɪk] *v.* (~s [~s; ~s]; ~ed [~t; ~t]; ~·ing) *vt.* **1** 刺，扎，戳；刺(孔)，《*with, on*》. She *pricked* her finger *on* a needle. 她的手指被針刺了一下/*prick* a hole in a piece of paper *with* a pin 用別針在紙上刺一個孔.

2 (精神上)刺痛，使痛苦；責備. The guilty recollection *pricked* his conscience. 那段罪惡的回憶刺痛了他的良心.

— *vi.* 針刺般疼痛.

prick úp its [*one's*] *éars* 〔狗，馬等〕豎起耳朵；〔人〕側耳傾聽.

— *n.* (*pl.* ~**s** [~s; ~s]) ⓒ **1** 扎，刺；刺痛. I felt the *prick* of the thorn. 我感到刺痛.

2 (精神上的)痛苦；責備. a *prick* of conscience 良心的譴責.

3 尖的東西，刺. Roses are full of *pricks*. 玫瑰長滿了刺.

prick·le [ˈprɪkl; ˈprɪkl] *n.* ⓒ **1** (植物或動物的)刺，帶刺的外殼. **2** (用單數)針刺般的疼痛.
— *vt.* 使感到刺痛，針一般地刺.
— *vi.* 感到刺痛.

prick·ly [ˈprɪklɪ, ˈprɪklɪ] *adj.* **1** 多刺的，帶針[刺]的. **2** 針刺般痛的. **3** 《口》易動怒的(touchy).

prickly héat *n.* Ｕ痱子.

prickly péar *n.* ⓒ《植物》霸王樹(的果實)(一種仙人掌，果實呈西洋梨狀，供食用).

pri·cy [ˈpraɪsɪ, ˈpraɪsɪ] *adj.* =pricey.

‡**pride** [praɪd; praɪd] *n.* 〖自尊心〗**1** Ｕ自尊心，自負. hurt a person's *pride* 傷害他人的自尊心/The actor has too much *pride*. 那位演員自尊心太強.

2 〖過度的自尊心〗Ｕ自大，傲慢，驕傲. His

excessive *pride* was the only flaw in his charac-
ter. 過度的驕傲自大是他個性的唯一缺點/*Pride*
goes before a fall. 《諺》驕者必敗.
〖 自豪 〗 **3** [a U] 驕傲, 自豪; 引以爲傲的事物或
人. You should feel *pride* in your profession. 你
應該對自己的職業感到自豪/with *pride* 驕傲地, 自
滿地/That child is his father's *pride* and joy. 那
孩子是他父親的喜悅和驕傲的泉源).

> [搭配] *adj.*+pride (1-3): arrogant ~ (蠻橫的自
> 負), modest ~ (適度的自尊心) // *v.*+pride:
> awaken a person's ~ (喚起某人的自尊), hurt
> a person's ~ (傷了某人的自尊), glow with ~
> (洋洋自得).

✧ *adj.* **proud.**

príde of pláce 〔職位等〕最高位; 傲慢.
swállow one's príde 抑制自尊心.
tàke (a) príde in... 以…自豪[自誇]. He *takes*
great *pride in* his collection of old stamps. 他對
自己收藏的舊郵票十分自豪.
— *vt.* 《用於下列片語》
pride onesèlf (因…而)感到得意, 引以自豪.
《*on, upon; that* 子句》. Bill *prides himself upon*
his photographic skill. 比爾對自己的攝影技術感到
很得意.
pried [praɪd; praɪd] *v.* pry¹,² 的過去式、過去分
詞.
pries [praɪz; praɪz] *v.* pry¹,² 的第三人稱、單數、
現在式.

‡**priest** [prist; priːst] *n.* (*pl.* **~s** [~s; ~s]) [C]
1 (基督教)祭司(羅馬天主教、希臘正
教與英國國教會中, 位居 bishop 之下的神職人
員); (泛指)牧師(minister). an Anglican *priest*
英國國教的牧師. **2** (基督教以外的)神職人員, 僧
侶, (★女性爲 priestess).
priest·ess [ˋpristɪs; ˈpriːstis] *n.* [C] (基督教以外
的)女祭司, 女性神職人員, (★男性爲 priest).
priest·hood [ˋprist·hʊd; ˈpriːsthud] *n.* [U] (加
the) **1** 神職, 僧職. **2** (單複數同形)(集合)神職人
員(階級), 僧侶(階級).
priest·ly [ˋpristlɪ; ˈpriːstli] *adj.* 神職人員的; 神
職人員般的; 適於(擔任)神職人員的.
prig [prɪg; prig] *n.* [C] 《輕蔑》(對道德、禮法等)一
本正經的人, 古板的人.
prig·gish [ˋprɪgɪʃ; ˈprigiʃ] *adj.* (在道德、禮儀
上)一本正經的, 古板的.
prim [prɪm; prim] *adj.* **1** 《常用於負面含義》(主要
指女性或其態度)死板的, 一本正經的, 裝模作樣
的. **2** 《服裝》端端正正的.
pri·ma [ˋprimə; ˈpriːmə] 《義大利語》 *adj.* 第一
的, 主要的.
príma ballerína *n.* [C] 芭蕾舞(團)的首席女
舞者.
pri·ma·cy [ˋpraɪməsɪ; ˈpraiməsi] *n.* [U] **1** 《文
章》第一位, 首位. **2** (英國國教會的)大主教(pri-
mate)的地位[職責].
príma dónna *n.* [C] 歌劇的首席女(高音)歌
手.
pri·mae·val [praɪˋmivl; praiˈmiːvl] *adj.* 《英》

=primeval.
pri·ma fa·cie [ˌpraɪmə'feʃi,i, -ˈfeʃi;
ˌpraimə'feiʃi:] (拉丁語) *adj.*, *adv.* 乍見(時)
的, (於)乍見之下. *prima facie* evidence 《法律》(若無
反證則爲充分的)表面證據.
pri·mal [ˋpraɪml; ˈpraiml] *adj.* 《文章》 **1** 最初
的, 第一的; 原始的. **2** 根本的, 主要的.

‡**pri·mar·i·ly** [ˋpraɪˌmɛrəlɪ, -ɪlɪ, ˋpraɪmɛr-,
praɪˋmɛr-, -ˈmɛr-; 'praiməreli]
adv. 首先; 主要地; 根本意義上, 本來. the illu-
sion that man is *primarily* a reasonable being 認
爲人類基本上是理性動物的錯覺/This is *primarily*
a question of ethics. 這基本上是個倫理問題.

‡**pri·ma·ry** [ˋpraɪˌmɛrɪ, -mərɪ; 'praiməri]
adj. 《限定》 **1** 首要的, 主要的,
第一位的; 根本意義上的. His *primary* reason for
going was to see Helen. 他去的主要原因是爲了見
海倫/a matter of *primary* importance 最重要的
事項.
2 (順序)最初的, 第一(號)的; 初期階段的, 初等
的; (→ secondary, tertiary). *primary* education
初等教育.
3 根本的, 基礎性的, (basic, fundamental); 直
接性的. the *primary* meaning of a word 單字的
原義(例如 hand 即「手」)/*primary* colors 原色(紅、
黃、藍).
— *n.* (*pl.* **-ries**) [C] (美)初選(政黨在各選區內選
出競選公職人員的候選人或是各黨舉行的總統候選
人選舉).

[字源] PRIM「第一的」: *primary*, *prime* (主要的),
primitive (初期的), *primeval* (原始的).

prímary áccent [**stréss**] *n.* [UC] 《語
音學》主重音(在本辭典中以〔ˋ, ˈ〕表示, 直接標示
詞彙上的則以 ˊ 表示).

‡**prímary schóol** *n.* [UC] 《英》小學(從五歲
至十一歲; → school [表])《美》初等學校(指 ele-
mentary school 最初的三年或四年, 有時亦包括
kindergarten). I started *primary school* two
years after my brother John. 我晚哥哥約翰兩年
入小學.

pri·mate [ˋpraɪmɪt, -met; 'praimeit] *n.* [C]
1 (羅馬天主教、英國國教會等的)大主教, 總主教.
2 靈長類動物(人、猿等).

‡**prime** [praɪm; praim] *adj.* 《限定》 **1** 主要的, 首
要的; 首位的. His *prime* object was to see the
King. 他主要的目的是晉見國王/a matter of *prime*
importance 最重要的事.
2 第一流的, 最上等的, 最好的. *prime* ribs of
beef 上等牛排肉/in *prime* condition 處於最佳狀
態. [參考] 肉的等級中, prime 爲最高級, 以下依次
爲 choice, good.
— *n.* **1** [U] (通常加 the)《雅》最初, 初期. the
prime of the year 春天(每年最初的時期).
2 [U] (通常加 the, my, his 等)最好的時期, 全盛
期. His illness cut him down in the *prime* of

P

life. 病魔在他盛年時奪去了他的生命.
3 C《數學》質數(prime number).
— *vt.* **1** 《爲發動引擎》給《化油器》加汽油.
2 給《唧筒》注入水.
3 給《畫布等》塗底色.
4 事先指導《人》, 出計謀, 《with》.

príme merídian *n.* 　(加the)本初子午線
《0°經線; 經過英國的Greenwich》.

***príme mínister** *n.* C總理, 首相. *Prime
Minister* Tony Blair (英國的)布萊爾首相.

歷任英國首相一覽表(1950 年以後)		
〈首相〉	〈政黨〉	〈任期〉
Clement Richard Attlee	La	1945-1951
Sir Winston Spencer Churchill	C	1951-1955
Sir Anthony Eden	C	1955-1957
Harold Macmillan	C	1957-1963
Sir Alexander Douglas-Home	C	1963-1964
Harold Wilson	La	1964-1970
Edward Heath	C	1970-1974
Harold Wilson	La	1974-1976
James Callaghan	La	1976-1979
Margaret Thatcher	C	1979-1990
John Major	C	1990-1997
Tony Blair	La	1997-
★政黨簡稱		
C=Conservative	La=Labour	

príme móver *n.* C原動力《水力, 風力等》;
主導者; (成爲)原動力的人》.

príme númber *n.* C《數學》質數.

prim·er¹ [ˈprɪmɚ; ˈpraɪmə(r)] *n.* C初級讀本;
(泛指)入門書.

prim·er² [ˈpraɪmɚ; ˈpraɪmə(r)] *n.* **1** C導火線,
雷管, (→ cartridge 圖).
2 UC (畫布、塗漆等的)底漆.

príme ráte *n.* C最優惠利率.

príme tíme *n.* U (加the)(電視、廣播的)黃
金時段.

pri·me·val [praɪˈmiːvl; praɪˈmiːvl] *adj.* 原始
(時代)的, 初期的. a *primeval* forest 原始森林.

prim·ing [ˈpraɪmɪŋ; ˈpraɪmɪŋ] *n.* U **1** 點火
藥. **2** 底漆.

***prim·i·tive** [ˈprɪmətɪv; ˈprɪmɪtɪv] *adj.*
1 (發展的)初期(階段)的; 原
始(時代)的; 遠古的. *primitive* society 原始社會.
2 未開化的, (未受文明影響)未發展的; 樸素的;
幼稚的. Many *primitive* people live in those
mountains. 許多未開化的人生活在那些山嶺中.
— *n.* C **1** 原始人. **2** 文藝復興前的藝術家.

prim·i·tive·ly [ˈprɪmətɪvlɪ; ˈprɪmɪtɪvlɪ] *adv.*
最初地; 原始地; 樸素地; 原來.

prim·i·tive·ness [ˈprɪmətɪvnɪs; ˈprɪmɪtɪvnɪs]
n. U原始性.

prim·ly [ˈprɪmlɪ; ˈprɪmlɪ] *adv.* 一本正經地.

prim·ness [ˈprɪmnəs; ˈprɪmnəs] *n.* U裝模作
樣; 規規矩矩的模樣.

pri·mo·gen·i·ture [ˌpraɪməˈdʒɛnətʃɚ;
ˌpraɪməʊˈdʒenɪtʃə(r)] *n.* U長子身分; 《法律》長子
繼承權《制》. 參考 此制度美國早已廢除, 英國一直
保留到 1925 年.

pri·mor·di·al [praɪˈmɔrdɪəl; praɪˈmɔːdjəl]
adj. (始於)原始(時代)的; 初期的; 最初的.

prim·rose [ˈprɪmˌroz;
ˈprɪmrəʊz] *n.* **1** C櫻草;
櫻草花. **2** U櫻草色《略
帶綠色的淡黃色》.

[primrose 1]

***prince** [prɪns; prɪns]
n. (*pl.* **princ-
es** [~ɪz; ~ɪz]) C **1** 王子,
親王, (★女性爲princess).
Prince Charles 查爾斯王
子/crown *prince* (→見
crown prince).
2 (小國的)君主; 王《公
國的君主》. the *Prince* of
Monaco 摩納哥親王.
3 (英國以外國家的)公爵等《英國的公爵是duke》,
貴族, …公.
4 (通常用單數)巨擘, 大家, 宗匠, 大王. the
prince of poets 詩壇巨匠.
live like a prínce 過著(王侯般地)豪華生活.

Prínce Chárming *n.* C《口、詼》理想的
男性《戀人》,「白馬王子」,《如灰姑娘中的王子一
般》.

prince cónsort *n.* C女王的丈夫《不是國
王; 迄今僅有 Victoria 女王的丈夫 Albert 親王
(1819-61) 被稱爲 Prince Consort》.

prince·dom [ˈprɪnsdəm; ˈprɪnsdəm] *n.* C
公國.

prince·ly [ˈprɪnslɪ; ˈprɪnslɪ] *adj.* **1** 像[適合]王
子[君主]的; 堂堂的, 高貴的. **2** 豪華的, 闊綽的.
a *princely* gift 出手闊綽的禮物.

Prínce of Wáles *n.* (加the)威爾斯親王
《英國王子(的稱號)》(→ crown prince).

***prin·cess** [ˈprɪnsɪs; prɪmˈses] *n.* (*pl.* ~**es**
[~ɪz; ~ɪz]) C **1** 公主(★男性爲
prince); 親王夫人. the *Princess* of Wales 英國
王妃.
2 (小國的)女王; 王妃. the late *Princess* Grace
of Monaco 已故的摩納哥王妃葛麗絲.
3 (英國以外國家的)公爵夫人《英國稱爲duchess》.

***prin·ci·pal** [ˈprɪnsəpl; ˈprɪnsəpl] *adj.* 《通常
作限定》首要的, 主要的, 最重
要的, 第一的, (→ main 同). the *principal* uses
of atomic energy 原子能的主要用途/Their *prin-
cipal* food is rice. 他們的主食是米.

| 搭配 principal＋n.: the ~ cause (主因), the ~
effect (最重要的影響), the ~ purpose (主要目
的), the ~ reason (主要理由). |
|---|

— *n.* (*pl.* ~**s** [~z; ~z]) **1** C(美)(小學、初中、
高中的)校長; (英)(某種 college 的)校長; (團體

的)負責人，社長，會長。He was called to the *principal's* office. 他被叫到校長室。

2 C (戲劇的)主角；主唱者；(活動的)指導者。 You are the *principal* in our new play. 你是我們新戲的主角。

3 C 《法律》主犯，正犯，(◆ accessory)。

4 C 《文章》(與代理人、保證人相對的)本人，當事人。

5 aU 本金；基本財產。*principal* and interest 本金與利息，本利。

prìncipal cláuse *n.* C 《文法》(複合句 (complex sentence)中的)主要子句(亦稱 main clause; ◆ subordinate clause)。

prin·ci·pal·i·ty [ˌprɪnsəˈpælətɪ; ˌprɪnsɪˈpælətɪ] *n.* (*pl.* **-ties**) C ((小國的)君主[王]所統治的)公國，侯國。

prin·ci·pal·ly [ˈprɪnsəplɪ, -plɪ; ˈprɪnsəplɪ] *adv.* 主要(地)。Bob is *principally* concerned with publishing. 鮑伯主要參與出版工作。

prìncipal párts *n.* 《作複數》(加 the)《文法》動詞的主要變化形式(英語有不定詞原形、現在分詞、過去式、過去分詞)。

‡prin·ci·ple [ˈprɪnsəpl; ˈprɪnsəpl] *n.* (*pl.* **~s** [~z; ~z])【根源】**1** C 《文章》本質，本性，根源。the first *principle* of all things 萬物的起源。

【根本原理】**2** C 原理，原則。a fundamental *principle* of politics 政治的基本原則/the *principles* of economics 經濟學原理。

3 C (機械，器官等的)工作原理；構造。Bell understood the basic *principle* of the ear. 貝爾瞭解聽覺的基本原理/the *principle* of the jet engine 噴射引擎的原理。

【根本方針】**4** C 主義，信念，信條；基本知識。He sticks to his *principles*. 他堅持自己的信念/My uncle makes it a *principle* to lead an honest life. 我伯父把誠實定爲人生信條/as a matter of *principle* 事關原則問題。

5 U 道義(心)，節操，規矩。a man of *principle* 有節操的人。

in prínciple 原則上。I agree *in principle* with complete disarmament. 我原則上贊成完全裁撤軍備。

on prínciple 根據信念；依照原則。I avoid strong language *on principle*. 原則上我不說粗話。

‡print [prɪnt; prɪnt] *v.* (**~s** [~s; ~s]; **~ed** [~ɪd; ~ɪd]; **~ing**) *vt.*【印出痕跡】**1** 印[蓋，刻]上(印記，印痕，造型等)(*on, in*)；在[布]上印花；銘刻於[心]。*print* a seal 押模/*print* cotton cloth 在棉布上印花/The scene was clearly *printed in* [*on*] my memory. 那情景清晰地銘刻在我的記憶中。

2 曬印[照片]；複製(*off*; *out*)(→ develop [參差])。*print* a photograph from a negative 從底片沖洗出照片。

【印刷】**3** 印刷[文字，畫等](*on*)；在[紙等]上印刷。His picture was *printed on* the front page. 他的照片印在書的扉頁上。/The machine can *print*

---

60 sheets in a minute. 該機器每分鐘能印六十張。

4 將[原稿]付印，出版。They *printed* 10,000 copies of the novel. 這本小說他們出版了一萬冊/The book was *printed* in Taiwan and published in Tokyo. 這本書是在臺灣印製而在東京出版的。

5 【用印刷體寫】用印刷體寫[文字]。Please *print* or type your answers. 請用印刷體書寫或打字回答問題。

— *vi.* **1** 〔印刷品或照片等〕印出；〔紙等〕被印刷；〔機械〕印刷。The photo did not *print* well. 照片沖印得不好。

2 出版；經營印刷業。

3 用印刷體寫。

prìnt/.../óut 〔電腦〕列印出〔結果〕。

— *n.* (*pl.* **~s** [~s; ~s])【壓痕】**1** C 印跡，痕跡，(常構成複合字)；(口)(prints)指紋。He took the finger*prints* of the suspect. 他採集了嫌疑犯的指紋/the *print* of a man's education on his character 教育對於人格的影響。

【印出造型】**2** U 印刷；C 出版物；(特指)報紙。in [out of] *print* →片語。

3 U 活字(印刷體)。in large *print* 用大字體印刷(的)。

【印出之物】**4** C 版畫。a woodblock *print* 木版畫。

5 U 染印；印花布。

6 C 照片，正片。

* *in prínt* 已印刷的；已出版的；並未絕版。Is his book still *in print*? 他的書還在出版嗎？

out of prínt 絕版(的)。

pùt A into prínt 將 A 付印。

print·a·ble [ˈprɪntəbl; ˈprɪntəbl] *adj.* **1** 可印刷的，印得出的，可出版價值的。**2** 有出版價值的，適合出版的。

prìnted círcuit *n.* C《電》印刷電路。

prìnted mátter *n.* U 印刷品。

* **print·er** [ˈprɪntɚ; ˈprɪntə(r)] *n.* (*pl.* **~s** [~z; ~z]) C **1** 印刷業者；印刷工；染印工人。The publisher sent the manuscript to the *printer('s)*. 出版社把原稿送到印刷廠去了。

2 印刷機；染印機。

3 (電腦的)印表機(把資料打印成文字)。

‡print·ing [ˈprɪntɪŋ; ˈprɪntɪŋ] *n.* (*pl.* **~s** [~z; ~z]) **1** U 印刷(術)；印刷業。**2** C (一次的)印數，版數，(第…的)印刷。make a first *printing* of 3,000 copies 第一版印刷三千本/the second *printing* of the first edition 第一版的第二次印刷。**3** U (照片的)曬印。**4** U 印刷字體；(集合)印刷體的文字。

prìnting ínk *n.* U 印刷用油墨。

prìnting machíne *n.* C 印刷機(prínting prèss)。

prìnting óffice [hòuse] *n.* C 印刷廠。

print·out [ˈprɪntˌaʊt; ˈprɪntaʊt] *n.* C (電腦的)列印輸出(的資料)。

P

*pri·or[1] [ˋpraɪɚ; ˈpraɪə(r)] *adj.* 《限定》 **1** 在先的, 在前的, (↔ posterior). I have a *prior* engagement. 我已有約在先/Did you have any *prior* knowledge of this movement? 你事先知道這個運動嗎? **2** 更重要的. a matter of *prior* urgency. 更急迫的問題.

prior to... 《介系詞性》《文章》先於⋯; 優先於⋯. The book was sold *prior to* receiving your order. 這本書在你訂購之前就賣出了.

pri·or[2] [ˋpraɪɚ; ˈpraɪə(r)] *n.* ⓒ修道院副院長(僅次於 abbot); 小修道院(priory)院長.

pri·or·ess [ˋpraɪərɪs; ˈpraɪərɪs] *n.* ⓒ女修道院副院長(僅次於abbess); 小修道院(priory)女院長.

*pri·or·i·ty [praɪˋɔrətɪ, -ˋɑr-; praɪˈɒrəti] *n.* (*pl.* **-ties** [~z; ~z]) **1** ⓤ(順序、重要性的)先, 前; 優先(權); 《over》. The new cabinet will give top *priority* to our economic reconstruction. 新內閣將把重建經濟放在首位/This project should have *priority over* all others. 這個計畫應優先於所有其他的.

2 ⓒ應優先的事[物]. Protecting nature should be the (top) *priority* of all governments. 保護自然應是所有政府的(最)優先的)課題.

pri·o·ry [ˋpraɪərɪ; ˈpraɪəri] *n.* (*pl.* **-ries**) ⓒ小修道院(比 abbey 小; 由 prior[2] 或 prioress 管理).

prise [praɪz; praɪz] *vt.* =prize[2].

prism [ˋprɪzəm; ˈprɪzəm] *n.* ⓒ **1** 《數學》稜柱. **2** 《光學》稜鏡(用於分光的透明三角柱).

pris·mat·ic [prɪzˋmætɪk; prɪzˈmætɪk] *adj.* **1** 稜鏡(似)的; 用稜鏡分光的. **2** 五光十色的; 彩虹色的.

*pris·on [ˋprɪzn̩; ˈprɪzn] *n.* (*pl.* ~**s** [~z; ~z]) ⓒ 監獄, 拘留所, 牢獄. The man finally came out of *prison*. 那個人終於出獄了/go to *prison* 入獄/be in *prison* 在獄中/break *prison* 越獄/He was sent to *prison* for stealing money. 他因偷錢被關進了監獄.

|注意|(1)《美》通常指正式的監獄, 拘留所則用 jail. (2)不指建築物本身而表示功能時則不用冠詞.

prison camp *n.* ⓒ戰俘集中營.

*pris·on·er [ˋprɪznɚ, ˋprɪznˌ; ˈprɪznə(r)] *n.* (*pl.* ~**s** [~z; ~z]) ⓒ **1** 囚犯; 刑事被告(人). discharge [release] a *prisoner* 釋放囚犯/The *prisoners* raised a riot. 犯人引起暴動. **2** 俘虜; 被剝奪自由的人[動物]. make a person a *prisoner* 俘虜某人/The ambassador and his family became *prisoners* in their own house. 大使及其家屬被軟禁在自己的家中/a *prisoner* to one's room (因病或工作等)無法離開房間的人.

keep [*hold*] *a person prisoner* 囚禁某人.

take a person prisoner 囚禁某人.

prisoner of war *n.* ⓒ戰俘(略作POW).

pris·sy [ˋprɪsɪ; ˈprɪsi] *adj.* 煩人的, 嘮叨的; 神經質的.

pris·tine [ˋprɪstin, -tɪn, -taɪn; ˈpristi:n] *adj.* 原

來的, 本來的; 新的; 清潔的. in *pristine* condition 嶄新的狀態.

*pri·va·cy [ˋpraɪvəsɪ; ˈprɪvəsi] *n.* ⓤ **1** 隱私, 私生活, 個人祕密. intrude on a person's *privacy* 侵犯某人的隱私.

2 祕密, 內情, (↔ publicity). ⇨ *adj.* private.

in privacy 悄悄地, 私下地.

*pri·vate [ˋpraɪvɪt; ˈpraɪvit] *adj.* 〖限於個人的〗 **1** 私有的, 私人的, (↔ public). He wanted a *private* room. 他想要有間個人房間/a *private* car 自用車/*private* property 私有財產/a *private* house 私人住宅.

2 個人的, 私人的. This is my *private* opinion. 這是我的個人意見/These are my *private* affairs, and none of your business. 這些都是我私人的事, 與你無關.

〖避人耳目的〗 **3** 保密的, 祕密的; 〔信〕親啟的. Keep the matter *private*. 這件事請保密/a *private* wedding, with just the family present 一場只有親友出席的祕密婚禮/*Private* and confidential 親啟(寫於信封上).

4 〔地方〕隱蔽的, 幽靜的.

〖非公家的〗 **5** 《限定》未就公職的, 平民的. a *private* citizen (不是公務員的)普通市民.

6 (未接受政府援助)民間的, 私立的, 私設的, (↔ public). a *private* road 私建道路/a *private* university 私立大學/*private* enterprise 民營企業.

— *n.* ⓒ士兵(位階為最下級的).

in private 悄悄地, 祕密地; 非正式地. The matter is very delicate, and I should like to discuss it with you *in private*. 這件事非常棘手, 我想與你私下商量.

private detective *n.* ⓒ私家偵探.

private eye *n.* ⓒ《口》=private detective.

pri·va·teer [ˌpraɪvəˋtɪr, -vɪ-; ˌpraɪvəˈtɪə(r)] *n.* ⓒ私掠船(獲得政府許可掠捕敵國商船的武裝民船); 私掠船長船員].

private first class *n.* ⓒ《美 陸 軍》一等兵.

pri·vate·ly [ˋpraɪvɪtlɪ; ˈpraɪvitli] *adv.* 不為人知地, 祕密地; 作為私人地.

private parts *n.* (作複數)《委婉》私處, 陰部.

private school *n.* ⓒ私立學校(《美》指沒有得到州政府資助或州政府資助很少的學校; 《英》指純粹由私人經營的學校).

pri·va·tion [praɪˋveʃən; praɪˈveɪʃn] *n.* ⓤⓒ 《文章》(使生活更加舒適的設備、日常必需品等的)缺乏, 匱乏; (生活的)不自由, 不方便. die of *privation* 窮困而死.

pri·vat·i·za·tion [ˌpraɪvətaɪˋzeʃən; ˌpraɪvətaɪˈzeɪʃn] *n.* ⓤ私[民]營化.

pri·vat·ize [ˋpraɪvəˌtaɪz; ˈpraɪvitaɪz] *vt.* 使〔國有[國營]企業〕私有[民營]化.

priv·et [ˋprɪvɪt; ˈprɪvit] *n.* ⓤ水蠟樹(常綠灌木, 開白色小花; 用作樹籬).

*priv·i·lege [ˋprɪvlɪdʒ, ˋprɪvˌlɪdʒ; ˈprɪvilidʒ] *n.* (*pl.* **-leg·es** [~ɪz; ~ɪz]) **1** ⓤⓒ(由官職或身分等帶來的)特權. the special *privileges* of the diplomat

外交官的各種特權/People resent *privilege*. 人人痛恨特權.

2 ⓒ (特別給與的)恩惠, 恩典; 特殊待遇, 優惠; 特殊的榮幸. enjoy the *privilege* of interviewing the actress alone 得到單獨探訪那位女演員的特殊待遇/It was a *privilege* to discuss mathematics with the famous professor. 和知名的教授討論數學是莫大的榮幸.

> 搭配 *v.*+privilege (1-2): abuse a ~ (濫用特權), exercise a ~ (行使特權), grant a ~ (賦與特權), have a ~ (擁有特權), suspend a ~ (暫停特權).

priv·i·leged [ˋprɪvlɪdʒd, -lɪ-; ˈprɪvɪlɪdʒd] *adj.* 擁有特權的. a member of the *privileged* class 特權階級的一員/the *privileged* few 少數特權者.

priv·y [ˋprɪvɪ; ˈprɪvɪ] *adj.* (敘述)(文章)暗中知悉的((to 《祕密等》)).
— *n.* (*pl.* **priv·ies**) ⓒ 室外廁所.

Privy Council *n.* (加 the)(英)樞密院.

Privy Councillor *n.* ⓒ (英)樞密顧問官 《現在於政治上較無影響力; 略作 P.C.》.

‡**prize**¹ [praɪz; praɪz] *n.* (*pl.* **priz·es** [~ɪz; ~ɪz]) ⓒ **1** 獎品, 獎金, 獎賞, 獎勵. He won (the) first *prize* in the spelling bee. 他在拼字比賽中獲得第一名.

> 搭配 *v.*+prize: award a ~ (頒獎), give a ~ (給與獎賞), get a ~ (獲得獎賞), receive a ~ (接受獎賞).

2 值得努力的目標. the *prizes* of life 人生的目標 《財富, 名譽等》.

3 (形容詞性)得獎的; 獎金[獎品]的; 優秀的, 出類拔萃的. a *prize* poem 得獎的詩/a *prize* cup 獎杯/*prize* carnations 極美的康乃馨.

— *vt.* (**priz·es** [~ɪz; ~ɪz]; **~d** [~d; ~d]; **priz·ing**) 高度評價; 尊重, 珍視. He *prized* his family above everything. 他對自己的家庭看得比甚麼都重要.

prize² [praɪz; praɪz] *vt.* 用槓桿撬開((*up*; *out*)).

prize·fight [ˋpraɪzˌfaɪt; ˈpraɪzfaɪt] *n.* ⓒ 職業拳擊賽.

prize·fight·er [ˋpraɪzˌfaɪtɚ; ˈpraɪzfaɪtə(r)] *n.* ⓒ 職業拳擊手.

prize·fight·ing [ˋpraɪzˌfaɪtɪŋ; ˈpraɪzfaɪtɪŋ] *n.* Ⓤ 職業拳擊賽.

prize money *n.* Ⓤ (懸)賞金.

prize winner *n.* ⓒ 得獎人; 得獎作品.

priz·ing [ˋpraɪzɪŋ; ˈpraɪzɪŋ] *v.* prize¹·² 的現在分詞, 動名詞.

pro¹ [pro; prəʊ] *n.* (*pl.* **~s**) ⓒ (口)職業選手; 專家, 內行; (professional). a tennis *pro* 職業網球選手/You can rely on him to finish the job on time—he's a real *pro*. 你可以相信他會按時完成工作, 因為他是真正的行家.

pro² [pro; prəʊ] (拉丁語) *adv.* 贊成地.
pro and con 贊成與反對. The proposal was debated *pro and con*. 從正反兩面對那項提案進行辯論.
— *n.* (*pl.* **~s**) ⓒ 贊成(論), (持)贊成意見(的人),

投票贊成(的人). the *pros* and cons 贊成論與反對論. ↔ con¹.

pro- *pref.* **1** 表示「贊成的, 偏袒的」之意(↔ anti-). *pro*-government (擁護(現在)政府的).
2 表「前的, 向前, 向外」之意. *pro*gress. *pro*ject.
3 表示「代替」之意. *pro*noun.

*‡**prob·a·bil·i·ty** [ˌprɑbəˋbɪlətɪ; ˌprɒbəˈbɪlətɪ] *n.* (*pl.* **-ties** [~z; ~z]) **1** Ⓤ 可能性, 或然性, ((*of*; *of* doing; *that* 子句)). There is little *probability* of any such change being made. 發生這樣變革的可能性很小/What is the *probability* of winning? 勝算多大?/Is there any *probability* *that* he will come? 他有可能會來嗎? 同 probability 的確實性大於 possibility, 小於 certainty.

2 ⓒ 可能有的事. Her marriage is only a *probability*. 她結婚僅僅是種可能/The *probability* is that the talks will be held before June. 會談很可能在 6 月以前舉行.

3 ⓒ (數學)機率, 或然率. ⇨ *adj.* **probable**.

in all probability 大概, 十之八九. *In all probability*, there will be a war between the two countries. 那兩國間大概會發生戰爭.

*‡**prob·a·ble** [ˋprɑbəbl; ˈprɒbəbl] *adj.* 可能發生的; 像真實的; 很可能是這樣的; 有可能的, 有希望的; (→possible 的同). Heavy snow is *probable* in the mountains. 山區很可能下大雪/It is highly *probable* that he will quit after this. 他極可能在這以後辭去(工作) 《語法 It is highly *probable* for him to quit.... 或以人為主詞He is highly *probable* to quit.... 的兩種表達方式都不對》/Fog was the *probable* cause of the accident. 這場事故的原因大概是霧(的關係)/the *probable* cost 估計的費用/a *probable* winner 有希望獲勝的人[馬].

⇨ *n.* **probability**. ↔ **improbable**.
— *n.* ⓒ (口)很可能的事[情況]; 很有希望獲勝的人[候補者等].

*‡**prob·a·bly** [ˋprɑbəblɪ; ˈprɒbəblɪ] *adv.* 大概, 很可能地, (→ perhaps, maybe同). He'll *probably* come back soon. = It is *probable* that he'll come back soon. 他很可能馬上就會回來/It will *probably* rain. 有可能要下雨了/"Will you come?" "*Probably* (not)." 「你會來嗎?」「或許會[不會].」

pro·bate [ˋprobet; ˈprəʊbeɪt] *n.* (法律) Ⓤ 遺囑的檢驗; 遺囑檢驗證.
— [ˋprobet; ˈprəʊbeɪt] *vt.* (美)(法律)檢驗〔遺囑〕.

pro·ba·tion [proˋbeʃən; prəˈbeɪʃn] *n.* Ⓤ **1** 試用, 適合性等的)檢驗, 驗證, 鑑定; 檢驗期; 試用[實習]期[身分].
2 (法律)緩刑; (對未成年人的)觀護.
on probation 作為試用; 作為實習; 緩刑中; 試讀.

pro·ba·tion·ar·y [proˋbeʃənˌɛrɪ; prəˈbeɪʃnərɪ] *adj.* 試用的; 實習(期)的; 緩刑[察

看]期的.

pro·ba·tion·er [proˈbeʃənɚ; prəˈbeɪʃnə(r)] n. © **1** 試用人員；(醫院的)實習護士. **2** 緩刑犯.

probátion ófficer n. © 緩刑犯監護員.

probe [prob; prəʊb] n. © **1** (醫學)探針(探查傷口深淺等). **2** 宇宙探測火箭[人造衛星].

3 調查.

— vi. **1** 用探針查. **2** 深入調查, 徹底調查, 《into》. *probe* into the causes of crime 深入調查犯罪的原因.

— vt. **1** 用探針查. **2** 查究, 深入調查.

pro·bi·ty [ˈprobatɪ, ˈprab-; ˈprəʊbətɪ] n. ⓤ (文章)誠實, 正直. a man of *probity* 清廉之士.

\#**prob·lem** [ˈprabləm, -lɪm, -lem; ˈprɒbləm] n. (pl. ~s [~z; ~z]) ⓤⓒ (疑難)問題, 難題. He was always having money *problems*. 他總是有金錢上的問題/a water pollution *problem* 水污染問題/His alcoholism is [poses, presents] a great *problem* for his family. 他的酗酒對他的家人是一大問題/How can we deal with this *problem*? 我們該如何處理這個問題呢?/What's the *problem*? 問題在哪裡?/The *problem* is that I can't drive a car. 問題在於我不會開車.

2 © (考試, 教材中的)問題, 題目. solve a *problem* 解答問題/a *problem* in mathematics 數學題目.

[搭配] adj.+problem (1-2): a complicated ~ (複雜的問題), a difficult ~ (困難的問題), a serious ~ (嚴重的問題), a simple ~ (簡單的問題) // v.+problem: cause a ~ (引起問題), face a ~ (面對問題), remedy a ~ (彌補問題).

3 © (通常用單數)《口》令人頭痛的人. That noisy girl is a *problem* for us. 那個吵鬧的女孩子令我們頭痛.

4 (形容詞性)成為問題的；以社會問題為主題的. a *problem* drinker 一喝酒就惹麻煩的人, 酒品不好的人/a *problem* child 問題兒童/a *problem* play 問題戲劇(例如以女性獨立、勞資對立之類為特定主題的戲劇).

Nò próblem. 《口》(1)(美)(答禮、致歉等時回答)不客氣, 沒關係. "Thank you." "*No problem*." 「謝謝!」「不客氣!」

(2)(受委託等時回答)當然行, 沒問題. "Can you repair my car by noon?" "*No problem*." 「你能在中午前修好我的車嗎?」「沒問題.」

(3)沒問題. "The busmen are on strike today." "*No problem*. I can walk." 「公車司機今天罷工.」「沒關係, 我可以走路.」

prob·lem·at·ic, prob·lem·at·i·cal [ˌprablərˈmætɪk; ˌprɒbləˈmætɪk], [-k]; -kl] adj. 成問題的；未解決的；有疑問的. Whether he will succeed is highly *problematic*. 他能否成功還很難說.

pro·bos·cis [proˈbasɪs; prəʊˈbɒsɪs] n. © **1** 象[貘]鼻(trunk)；(昆蟲等的)針狀吻. **2** 《詼》(人特別長的)鼻子.

pro·ce·dur·al [prəˈsidʒərəl; prəˈsiːdʒərəl] adj. 程序上的.

\#**pro·ce·dure** [prəˈsidʒɚ; prəˈsiːdʒə(r)] n. (pl. ~s [~z; ~z]) ⓤⓒ **1** (做事的)步驟, 手續, 過程, 方法. follow the correct *procedure* 按照正確的步驟/Let's solve the problem by democratic *procedure*. 我們以民主的方法解決這個問題吧!

2 (訴訟等公共行為的)程序. parliamentary *procedure* 議會程序.

\#**pro·ceed** [prəˈsid; prəˈsiːd] vi. (~s [~z; ~z] ~ed [~ɪd; ~ɪd]; ~ing) 【前進】 **1** (文章)向…前進；前往, 赴, 《to》. The mourners *proceeded* from the church *to* the graveyard. 參加葬禮的人從教堂往墓園前進.

2 【按程序進行】(法律)起訴(《against》).

3 【再次進行】(短暫停止後又)繼續進行；繼續接下去說；《with; to do》；繼續往下去(《to》). Please *proceed* with your story. 請繼續說下去/Let's *proceed* to the next question. 我們進入下一個問題吧!/He then *proceeded* to devour the roast beef. 然後他又繼續狼吞虎嚥地吃烤牛肉/How is the work *proceeding*? 工作進行得怎麼樣?

【成為進行的基點】 **4** 發出, 出自, 產生於, 《from, out of》. Superstition *proceeds* from ignorance. 迷信源自於愚昧.

⟐ n. process, procession, procedure, proceeding.

pro·ceed·ing [prəˈsidɪŋ; prəˈsiːdɪŋ] n. 【進行】 **1** ⓤ (文章)進程, 繼續進行；© 行為；處置, 處理. a rash *proceeding* 輕率的行為/an illegal *proceeding* 不法處置.

【進行的記錄】 **2** (proceedings)學會的會報；會議記錄；議事記錄.

3 (proceedings)(法律)訴訟程序(《against》).

pro·ceeds [ˈprosidz; ˈprəʊsiːdz] n. (作複數)純利, 收入, 所得.

\#**proc·ess** [ˈprasɛs, ˈprosɛs; ˈprəʊses] n. (pl. ~es [~ɪz; ~ɪz]) **1** © 方法, 步驟, 製作法, 生產程序. Salt is now produced by an entirely new *process*. 現在鹽的生產是採用全新的方法.

2 ⓤⓒ (進行)過程, 程序；作用；變化的過程. the *process* of digestion 消化作用.

3 © (法律)訴訟程序；傳票. by the due *process* of law 根據正當的法律程序.

4 © (生物)突起, 隆起.

in prócess (工作等)在進行中(的).

in (the) prócess of... 在…的過程中(的). a building *in process of* construction 建造中的建築物/*in (the) process of* time 隨著時間推移.

— vt. (~es [~ɪz; ~ɪz] ~ed [~t; ~t]; ~ing) **1** 處理, 整理, (文件等). *process* a person's application (依程序)處理申請書.

2 (以特殊方法)製造, 加工, (食品等).

3 照相製版法, 照相印刷術.

4 《電腦》處理〔情報, 資料等〕.

próc·ess [**próc·essed**] **chêese** *n.* [UC] 混合乳酪, 精製乳酪.

‡pro·ces·sion [prə`sɛʃən, pro-; prə`seʃn] *n.* (*pl.* ~s [~z; ~z]) **1** [U]〔列隊的〕行進. The troops marched by in *procession*. 軍隊列隊行進.

2 [C] 行列. The funeral *procession* moved slowly. 送葬隊伍徐徐向前行進. ⇨ *v.* **proceed.**

pro·ces·sion·al [prə`sɛʃən; prə`seʃənl] *adj.* 列隊行進的; 列隊行進時用的.
— *n.* [C]《基督教》宗教遊行聖歌(選集).

proc·es·sor [`prɑsɛsə; `prəʊsesə(r)] *n.* [C]
1 農產品加工業者.
2 《電腦》的處理機, 處理器. a word *processor* 文書處理軟體.

‡pro·claim [pro`klem; prə`kleɪm] *vt.* (~s [~z; ~z]; ~ed [~d; ~d]; ~ing) **1** 《文章》(a) 宣告, 宣布, 公告, 聲明; [句型3] (proclaim *that* 子句)宣稱…. Peace was *proclaimed*. 和平被宣告來臨/They *proclaimed that* he was a traitor to his country. 他們宣稱他是叛國賊.
(b) [句型5] (proclaim A B/A *to be* B)宣告 A 爲 B. The people *proclaimed* him (*to be*) king. 人民宣告他爲國王.
2 《雅》(a) (明確)表明, 顯示; [句型3] (proclaim *that* 子句)表明爲…. Her every act *proclaims that* she is well-bred. 她的一舉一動顯現出她相當有教養.
(b) [句型5] (proclaim A B/A *to be* B)顯示 A 是 B. His own actions *proclaim* him (*to be*) a liar. 他自身的行爲顯示他是個騙子.

‡proc·la·ma·tion [ˌprɑklə`meʃən; ˌprɒklə`meɪʃn] *n.* (*pl.* ~s [~z; ~z]) **1** [U]宣言, 發布, 公布. the *proclamation* of war 宣戰聲明.
2 [C]聲明(書), 宣言書. a government *proclamation* 政府聲明/make [issue] a *proclamation* 發表聲明.

pro·cliv·i·ty [pro`klɪvətɪ; prə`klɪvɪtɪ] (*pl.* **-ties**) [C]《文章》(壞的)傾向, 癖性. He has a terrible *proclivity* to waste money. 他有恣意揮霍金錢的惡習.

pro·con·sul [pro`kɑnsl; prəʊ`kɒnsəl] *n.* [C]
1 (古羅馬的)地方總督. **2** 殖民〔占領〕地總督.

pro·cras·ti·nate [pro`kræstə,net; prəʊ`kræstɪneɪt] *vi.*《文章》拖延, 耽擱.

pro·cras·ti·na·tion [proˌkræstə`neʃn; prəʊˌkræstɪ`neɪʃn] *n.*《文章》拖延, 耽擱.

pro·cre·ate [`prokrɪ,et; `prəʊkrɪeɪt] *vt.*《文章》生殖, 繁衍(子孫); 生(孩子).

pro·cre·a·tion [ˌprokrɪ`eʃən; ˌprəʊkrɪ`eɪʃn] *n.* [U]《文章》生殖, 生育.

proc·tor [`prɑktə; `prɒktə(r)] *n.* [C] **1** (英大學)學監. **2** (美大學)監考員.

pro·cur·a·ble [pro`kjurəbl; prə`kjʊərəbl] *adj.*《文章》可獲得的, 可以得到的.

pro·cure [pro`kjur, -`kɪur; prə`kjʊə(r)] *vt.* **1** 《文章》(努力)取得, 獲得; [句型4] (procure A

B)、[句型3] (procure B *for* A)爲 A(人)獲得 B. *procure* enough weapons 獲得足夠的武器/He *procured* employment *for* his brother. 他爲弟弟找到了工作. [同]procure 亦含有爲獲得某物而做的積極努力和所下的功夫之意, 有時亦指有策略地獲取; → obtain. **2** 媒介〔娼妓〕.
— *vi.* 拉皮條.

pro·cure·ment [pro`kjurmənt, -`kɪur-; prə`kjʊəmənt] *n.* [U] **1** 《文章》獲取; 籌措. **2** 介紹.

pro·cu·rer [pro`kjurə, -`kɪur-; prə`kjʊərə(r)] *n.* [C]皮條客, 蓄娼者, (男性).

prod [prɑd; prɒd] *n.* [C] **1** 戳, 刺; (促使行動等的)刺激. **2** (驅趕家畜的)刺棒.
— *v.* (~s; ~ded; ~ding) *vt.* **1** 刺, 戳. **2** 促使; 激勵, 刺激, (*into*).
— *vi.* 刺, 戳.

prod·i·gal [`prɑdɪgl; `prɒdɪgl] *adj.* **1** 浪費的(*of*); 揮霍的, 奢侈的. a *prodigal* spender 揮霍奢侈的人/the *prodigal* son (聖經)(回頭的)浪子/He is *prodigal* of time. 他很會浪費時間.
2 《敘述》《文章》不吝惜的(*with, of*), 十分慷慨的; 豐富的(*of*). As a father, he was never *prodigal with* his affections. 身爲父親的他從不吝惜付出他的父愛.

prod·i·gal·i·ty [ˌprɑdɪ`gælətɪ; ˌprɒdɪ`gælətɪ] *n.* [U] **1** 浪費; 揮霍. **2** 慷慨; 豐富.

prod·i·gal·ly [`prɑdɪglɪ; `prɒdɪgəlɪ] *adv.* 毫不吝惜地, 慷慨地.

pro·di·gious [prə`dɪdʒəs; prə`dɪdʒəs] *adj.*《文章》(大小, 數量等)巨大的, 龐大的; 驚人的.

prod·i·gy [`prɑdədʒɪ; `prɒdɪdʒɪ] *n.* (*pl.* **-gies**) [C] **1** 神童, 天才(兒童), a musical *prodigy* 音樂天才/an infant *prodigy* 神童. **2** 奇蹟; 奇觀.

‡pro·duce¹ [prə`djus, -`dus, -`dus; prə`djuːs] *v.* (**-duc·es** [-ɪz; -ɪz]; ~d [-t; -t]; **-duc·ing**) *vt.* 【 製造出 】 **1** (用機械等大量)生產, 製造. This factory *produces* cotton goods. 這家工廠生產棉製品.
2 生產(農作物等); 生(孩子); 產生(偉人). The farm *produced* a good harvest. 那農場大豐收/*produce* wheat 生產小麥/a well that *produces* oil 一口產油井/the greatest composer Germany has ever *produced* 德國歷來最偉大的作曲家/This tree *produces* fruit. 這棵樹結果實.
3 創作(作品等); 製作(電影); 上演(戲劇); 出版(書籍). *produce* sculptures 製作雕刻作品/*produce* a masterpiece 創作傑作.
4 引起, 產生. The investigation *produced* no solution. 那調查沒有產生任何解答/The investment *produced* a huge income. 那項投資帶來極大收益/*produce* a sensation 引起轟動.
【 拿出 】 **5** 出示, 展示. *produce* a knife from one's pocket 從口袋中掏出一把刀/*Produce* your

P

licence. 出示你的執照/*produce* a witness 提出證人/*produce* one's proof 出示證據.

— *vi.* 生產; 創作.

⋄ *n.* **product, production.** *adj.* **productive.**

↔ **consume.**

prod·uce² [`prɑdjus, `pro-, -dɪus, -dus; 'prɒdjuːs] (★與 *v.* produce¹ 的重音位置不同) *n.* Ⓤ (集合)產品; 農產品. farm *produce* 農產品/truck farm *produce* 蔬菜水果類.

***pro·duc·er** [prə'djusə, -'dɪus-, -'dus-; prə'djuːsə(r)] *n.* (*pl.* ~s [~z; ~z]) Ⓒ **1** 生產者, 製造者, (↔consumer). Arab nations are important oil *producers*. 阿拉伯各國是重要的石油生產國.

2 (電影的)製片人; (戲劇的)製作人; (節目製作的總負責人; 負責演員演出和監督錄影的人稱director). a film *producer* 電影製片人.

pro·duc·ing [prə'djusɪŋ, -'dɪus-, -'dus-; prə'djuːsɪŋ] *v.* produce 的現在分詞, 動名詞.

***prod·uct** [`prɑdəkt, -dʌkt; 'prɒdʌkt] *n.* (*pl.* ~s [~s; ~s]) Ⓒ **1** 產物, 產品; 作品, 創作. agricultural *products* 農產品/factory *products* 工廠產品/literary *products* 文藝作品/advertise a new *product* 廣告新產品.

2 成果, 結果. His wealth was a *product* of ambition and hard work. 他的財富是雄心壯志和辛勤工作的成果.

3 (數學)積(↔ quotient).

4 (化學)(新的)生成物.

***pro·duc·tion** [prə'dʌkʃən; prə'dʌkʃn] *n.* (*pl.* ~s [~z; ~z]) **1** Ⓤ 生產, 產出; 製造, 製作; 總產量; (↔ consumption). Movie *production* has decreased in recent years. 電影製作近年來已經減少/mass production 大量的生產/go into *production* 開始生產/France's wine *production* for last year 法國去年酒的總產量.

2 Ⓒ產品, 製品; 作品; (研究, 思索的)成果. a domestic *production* 國貨/an artistic *production* 藝術作品/the *production* of scientific research 科學研究的成果.

3 Ⓤ (戲劇的)上演; (電影的)上映; (收音機, 電視的)播送; Ⓒ (戲劇, 歌劇等的特定的)上演, 演出; 廣播[電視]節目. What do you think of Peter Brook's *production* of 'King Lear'? 你認為彼得‧布魯克導演的「李爾王」怎麼樣?

4 Ⓤ (公務文件等的)提出, 出示.

⋄ *v.* **produce.** *adj.* **productive.**

prodúction líne *n.* Ⓒ (工廠的)流程作業, 生產線.

***pro·duc·tive** [prə'dʌktɪv; prə'dʌktɪv] *adj.* **1** 有生產力的; 多產的; 肥沃的; 作品多的. *productive* farmland 肥沃的農田/a *productive* playwright 多產的劇作家.

2 生產性的, 有收穫的, 有成果的. It was a very *productive* meeting. 這是一次成果豐碩的會談/a

productive suggestion 富建設性的提議.

3 《敘述》生產的, 產生的, 易產生的, 《of》. Vague words are often *productive of* misunderstanding. 含糊的言辭往往會產生誤解.

⋄ *v.* **produce.** *n.* **production.**

pro·duc·tive·ly [prə'dʌktɪvlɪ; prə'dʌktɪvlɪ] *adv.* 富饒地, 富生產力地.

pro·duc·tiv·i·ty [,prodʌk'tɪvətɪ; ,prɒdʌk'tɪvətɪ] *n.* Ⓤ生產率; 生產能力.

próduct liability *n.* Ⓤ(法律)產品責任制, PL 制, (近年來愈來愈強調若消費者因產品缺陷而蒙受損失時, 製造商(以及零售業者)應負起責任).

prof [prɑf; prɒf] *n.* (*pl.* ~s) Ⓒ(俚)教授(professor).

Prof. (略) Professor(教授). 語法 Professor 作為頭銜時, 若其後僅出現姓氏時, 不用縮寫字; 若姓氏前面又有名時則可用縮寫字: *Professor* Hudson; *Prof.* William Hudson.

prof·a·na·tion [,prɑfə'neʃən; ,prɒfə'neɪʃn] *n.* 《文章》Ⓤ褻瀆神聖; Ⓒ褻瀆神聖的行為.

pro·fane [prə'fen; prə'feɪn] *adj.* **1** 褻瀆神聖的, 褻瀆的, 不敬的. He uses too much *profane* language. 他用了太多褻瀆的文字(→ profanity).

2 《文章》不神聖的; 世俗的; 粗俗的. ↔ sacred.

— *vt.* 玷污, 褻瀆.

pro·fane·ly [prə'fenlɪ; prə'feɪnlɪ] *adv.* 褻瀆地.

pro·fan·i·ty [prə'fænətɪ; prə'fænətɪ] *n.* (*pl.* -ties) **1** ⓊⒸ (常 profanit*ies*)褻瀆的言語行為(的使用)(特指 Damn (you)!, Confound it! 之類的言語(的使用)). **2** Ⓤ 冒瀆, 不敬.

***pro·fess** [prə'fɛs; prə'fes] *vt.* (~es [~ɪz; ~ɪz]; ~ed [~t; ~t]; ~ing) 《文章》【 聲明 】 **1** **(a)**聲明; 明言; 承認; 表示; 自稱; 句型3 (profess *that* 子句/*to* do) 聲明, 主張, 宣稱…/聲明[主張, 宣稱]做…; (★ profess 也常用於對非真實的事固執已見). He *professed* his innocence. 他聲稱自己是無辜的/I *profess that* the idea is new to me. 我承認這想法對我來說很新鮮/She *professed to* know everything about Burns. 她自稱對柏恩斯無所不知. **(b)** 句型5 (profess A B/A *to be* B)表示[聲稱]A 是 B, He *professes* himself a Christian. 他自稱是基督徒/What he *professed* to be true is not so. 凡他所聲稱為真者, 並非為真.

2 宣稱信奉, 表白…的信仰. *profess* the Catholic faith 宣稱信奉天主教/He *professes* socialism. 他倡導社會主義.

3 以…為(專門的)職業. *profess* medicine 以醫師為業. ⋄ *n.* **profession.**

pro·fessed [prə'fɛst; prə'fest] *adj.* **1** 假裝的; 自稱的.

2 (限定)公開表示的, 公然的. a *professed* enemy of democracy 公然反對民主的人.

pro·fess·ed·ly [prə'fɛsɪdlɪ; prə'fesɪdlɪ] (★注意發音) *adv.* 《文章》公然地; 表面上, 假裝地; 據公開表示地. He is *professedly* writing a novel, but actually he has not written a word. 他表面上說是在寫小說, 但實際上一個字也沒寫.

‖pro·fes·sion [prə`fɛʃən; prəˈfeʃn] n. (pl.
~**s** [~z; ~z]) ‖ 聲明 ‖ **1**
UC (文章)聲明, 表明; 宣言; 信仰的表白. the
professions of Sino-American friendship 中美友
好宣言/*professions* of faith 信仰的表白.
‖ 自己的專業的聲明 ‖ **2** C 職業. the *profes-
sion* of a lawyer 律師的職業. 回 profession 指需
要特定教育、技術的職業; 如律師、醫生、神職人
員; → occupation.
3 U (加 the)(單複數同形)(集合)同業, 同行; …
界. the medical *profession* 醫學界的同業.
◇ v. **profess.** adj. **professional.**
by profession 職業是…. Mr. Smith is a doctor
by profession. 史密斯先生的職業是醫生.

‖pro·fes·sion·al [prə`fɛʃən, -ʃnəl;
prəˈfeʃənl] adj.
1 (限定)需要專業知識的職業的, 與需要特定知識
的職業相符合的; 專職[業]的; (教育等)專門的(↔
liberal). I would like your *professional* opinion.
我想要你專業性的意見/the *professional* classes 專
業階級(→ profession 2).
2 本職的; (選手或競賽)職業的. a *professional*
tennis player 職業網球選手/turn *professional* 成為
職業選手, 改當職業選手/His skill is *professional.*
他的技術相當地專業.
3 (限定)職業上的, 職業的. *professional* educa-
tion 職業教育, 專業教育/*professional* jealousy 同
行間的嫉妒.
— n. C 專業人員(→ profession 2), (技術)專
家; 職業選手. (↔ amateur).

pro·fes·sion·al·ism [prə`fɛʃən,ɪzm, -ʃnəl-;
prəˈfeʃnəlɪzəm] n. U **1** 專家風範; 專業意識.
2 以某職業維生的人的特性; 職業選手的資格.
↔ amateurism.

pro·fes·sion·al·ly [prə`fɛʃənlɪ, -ʃnəl-;
prəˈfeʃnəlɪ] adv. 職業性地; 職業上地; 作為職業
地; 專業地, 內行地.

‖pro·fes·sor [prə`fɛsɚ; prəˈfesə(r)] n. (pl.
~**s** [~z; ~z]) C **1** (通常指大學
的)教授(→ Prof. 語法). a *professor* of biology
=a biology *professor* 生物學教授/Dr. Brown is a
professor of psychology at Harvard (Univer-
sity). 布朗博士是哈佛大學的心理學教授.
2 (美、口)老師, 教師; (誇張)(舞蹈、運動等的)
專家.

●——大學各類教員
《美》
(full) professor ((正)教授), associate [adjunct]
professor (副教授), assistant professor ((無
終身聘的)助理教授), instructor (專任講師),
assistant (助教).
「兼任講師」是 lecturer.
《英》
professor (教授), reader (副教授), senior lec-
turer (高級講師), lecturer (講師), assistant
[junior] lecturer (助理[初級]講師).

——————————— **profit** 1219

pro·fes·so·ri·al [ˌprofə`soriəl, ˌprɑfə-,
-ˈsor-; ˌprɒfɪˈsɔːrɪəl] adj. 教授的; 教授似的; 以教
授自居的.

pro·fes·sor·ship [prə`fɛsɚ,ʃɪp; prəˈfesəʃɪp]
n. UC 教授的職務[地位].

prof·fer [`prɑfɚ; ˈprɒfə(r)] (文章) vt. 提供, 貢
獻, 提出(無形之物).
— n. C 提供的(東西); 提議; (offer).

pro·fi·cien·cy [prə`fɪʃənsɪ; prəˈfɪʃnsɪ] n. U
熟練, 精通, (in, at). He has increased his *pro-
ficiency in* English greatly. 他的英語造詣已大大
地進步.

pro·fi·cient [prə`fɪʃənt; prəˈfɪʃnt] adj. 熟練的,
精通的, 造詣深的, (in, at). He is known as a
proficient artist in his field. 他在他的領域裡是一
位著名的優秀藝術家.

pro·fi·cient·ly [prə`fɪʃəntlɪ; prəˈfɪʃntlɪ] adv.
精通地, 擅長地.

＊pro·file [`profaɪl; ˈprəʊfaɪl] n. (pl. ~**s** [~z; ~z])
C **1** 側面; 側面像; (側面的)輪廓. The por-
trait shows the *profile* of a beautiful woman. 這
幅肖像畫描繪著一名美女的側影. **2** (事物的)輪
廓, 概略, (outline). **3** (建築)側面圖, 縱斷面圖.
4 (簡單的)人物介紹, 略傳, 簡介, 人物側寫.
The paper published a *profile* of its new editor.
該報刊載其新編輯的簡介.
in prófile 從側面來看.
kéep a lòw prófile 謹慎行事, 保持低姿態.
— vt. 畫…的側面像; 畫…的輪廓, 做…的側
面圖.

＊prof·it [`prɑfɪt; ˈprɒfɪt] n. (pl. ~**s** [~s; ~s])
1 U (一般性的)益處, 利益, (↔
loss). gain *profit* 得到好處; 賺錢/He started to
go to bed early, *with* considerable *profit* to his
health. 他開始早睡, 這對他的健康大有益處. 回
profit 表示「因利潤產生的獲利」之意較強, 指非金錢
上的事物而言時, 主要表示「個人方面的利益」之意;
→ benefit.
2 UC (常 profits)(金錢上的)利益, 盈利, 收益,
利潤, (↔ loss). a large [small] *profit* 厚[薄]
利/The company's *profits* soared. 公司的利潤劇
增/gross *profits* 毛利, 總利潤/a net *profit* 淨利/
make a handsome *profit* of one thousand dollars
大賺一千美元/make a *profit* on a transaction 在
交易中獲利/He has done this for *profit.* 他這樣做
是為了營利.

搭配 adj.+profit: a good ~ (莫大的利益), a
reasonable ~ (正當的利益) // v.+profit:
derive (a) ~ from... (從…獲益), earn a ~ (獲
益), yield a ~ (產生利益).

at a prófit 獲利, 賺錢.
to a pèrson's prófit 為了某人的利益. It was *to*
his *profit* to do so. 那樣做是為了他的利益.
— v. (~**s** [~s; ~s]; ~**ed** [~ɪd; ~ɪd]; ~**ing**) vi. 獲
利, 得益, 獲益, (by, from); 有益. A wise man

P

profits by [*from*] his mistakes. 智者從自身錯誤中獲益.
— *vt.* (古)有利於，有益於. All his wealth didn't *profit* him [*profited* him nothing(★句型4)]. 他所有的財產都無益於他.

*prof·it·a·ble [ˈprɑfɪtəbl, ˈprɑftə-; ˈprɒfɪtəbl] *adj.* **1** 賺錢的，有利可圖的. a *profitable* business [transaction] 有利可圖的事業[買賣].
2 有用的，有益的. *profitable* advice 有益的勸告.
prof·it·a·bly [ˈprɑfɪtəblɪ, ˈprɑftə-; ˈprɒfɪtəblɪ] *adv.* 有利(可圖)地；有益地.

prof·i·teer [ˌprɑfəˈtɪr, ˌprɒfɪˈtɪə(r)] *n.* ⓒ 發橫財的人(特指趁非常時期供給短缺物資來牟取暴利的投機分子).
— *vi.* 發橫財，牟取暴利. a *profiteering* trade 牟取暴利的買賣.

prof·it·less [ˈprɑfɪtlɪs; ˈprɒfɪtlɪs] *adj.* **1** 無利的，無利可圖的. **2** 無益的，無用的.

prófit màrgin *n.* ⓒ (商業)利潤率.

prof·li·ga·cy [ˈprɑfləgəsɪ; ˈprɒflɪgəsɪ] *n.* ⓤ (文章)放蕩；恣意的揮霍.

prof·li·gate [ˈprɑfləgɪt, -ˌget; ˈprɒflɪgət] *adj.* (文章) **1** 品行不良的，放蕩的.
2 恣意揮霍的((of))，極度浪費的. a *profligate* spender 恣意揮霍的人.
— *n.* ⓒ (文章)浪子；恣意揮霍的人.

*pro·found [prəˈfaʊnd; prəˈfaʊnd] *adj.* (~·er; ~·est)〖深的〗 **1** (學識)淵博的，造詣深厚的；深奧的. His thought was so *profound* that we could not understand it. 他的思想深奧得令我們無法理解/a *profound* scholar 學識淵博的學者/a *profound* book 深奧的書.
2 發自心底的，深深的；深刻的. *profound* sorrow 深切的悲痛/draw a *profound* sigh 深深歎息/a *profound* influence 深遠的影響.
搭配 profound (1-2)+*n.*: a ~ effect (深切的效果), a ~ impression (深刻的印象), ~ disappointment (深切失望), ~ knowledge (淵博的知識), ~ satisfaction (發自心底的滿足).
3 完全的，全然的. a *profound* silence 一片寂靜，鴉雀無聲/The child fell into a *profound* sleep. 那孩子沈睡了.
4 (雅)(來自)深處的. the ocean's *profoundest* depths 海洋的最深處. 同 profound 是比 deep 更正式的用語.

pro·found·ly [prəˈfaʊndlɪ; prəˈfaʊndlɪ] *adv.* 深深地；全然地；深切地，極度地. I was *profoundly* disturbed by this news. 我為這個消息感到極度不安[心煩意亂].

pro·fun·di·ty [prəˈfʌndətɪ; prəˈfʌndətɪ] *n.* (*pl.* -ties) **1** ⓤ (知識上的)深度，深奧.
2 ⓒ (通常 profundit*ies*)(文章)深奧的事物.
⇨ *adj.* profound.

pro·fuse [prəˈfjus; prəˈfjuːs] *adj.* (文章) **1** 大量的，豐富的. **2** (敘述)毫不吝惜的((in, of,

with)). He was *profuse in* his praise of his teacher. 他極力稱讚他的老師.

pro·fuse·ly [prəˈfjuslɪ; prəˈfjuːslɪ] *adv.* 豐富地，充沛地，大量地.

pro·fu·sion [prəˈfjuʒən, -ˈfɪu-; prəˈfjuːʒn] *n.* ⓐ ⓤ (文章)大量，豐富；很多((of)). A *profusion* of white lilies on the table. 桌上有一大把白色的百合花/in *profusion* 大量地，豐富地.

pro·gen·i·tor [proˈdʒɛnətə; prəʊˈdʒɛnɪtə(r)] *n.* ⓒ **1** (生物的)祖先. **2** (文章)創始者，鼻祖.

prog·e·ny [ˈprɑdʒənɪ; ˈprɒdʒənɪ] *n.* ⓤ (單複數同形) **1** (雅)(集合)子孫，後裔，(descendants).
2 (有時表詼諧)孩子們.

prog·no·ses [prɑgˈnosiz; prɒgˈnəʊsiːz] *n.* prognosis 的複數.

prog·no·sis [prɑgˈnosɪs; prɒgˈnəʊsɪs] *n.* (*pl.* -ses) ⓒ **1** (醫學)預後(對治療後發展過程的預測). **2** (文章)(對將來的)預知；(對事件結果的)預測.

prog·nos·tic [prɑgˈnɑstɪk; prɒgˈnɒstɪk] *adj.* (文章)預兆的；成為前兆的((of))；(醫學)預後的.
— *n.* ⓒ 前兆，徵兆.

prog·nos·ti·cate [prɑgˈnɑstɪˌket; prɒgˈnɒstɪkeɪt] *vt.* (文章)(詼)預知；預測；顯示出徵兆.

prog·nos·ti·ca·tion [prɑgˌnɑstɪˈkeʃən, ˌprɑgnɒstɪˈkeɪʃn; prəgˌnɒstɪˈkeɪʃn] *n.* ⓤ ⓒ (文章)(詼)預知；預測；ⓒ 前兆，徵兆.

✲pro·gram (美), pro·gramme (英) [ˈprogræm, -grəm; ˈprəʊgræm] *n.* (*pl.* ~s [~z; ~z]) ⓒ **1** 計畫，預定. He had a very heavy study *program*. 他訂了繁重的研究計畫/draw up [make] a *program* of a tour 擬定觀光旅行的計畫(表).
搭配 *v.*+program: carry out a ~ (實行計畫), design a ~ (制定計畫), launch a ~ (著手進行計畫).
2 (電腦的)程式(★作此義時(英)亦拼作program).
搭配 *n.*+program: a computer ~ (電腦程式) // *v.*+program: execute a ~ (執行程式), run a ~ (執行程式), load a ~ (載入程式), write a ~ (寫程式).
3 (教育)教學課程.
4 (廣播、電視、演出等的)節目；表演. What is your favorite TV *program*? 你最喜歡哪個電視節目?
5 節目表((節目，演奏者等的一覽表)). a concert *program* 音樂會的節目表.
— *vt.* (~s; -gram(m)ed; -gram·(m)ing)
1 為…訂定計畫[安排節目]；把…列入節目.
2 為(電腦)編寫程式.

prógramed léarning [instrúction] *n.* ⓒ (教育)循序漸進的學習[教學].

pro·gram·er (美), pro·gram·mer (英) [ˈprogræmə, -grəm-; ˈprəʊgræmə(r)] *n.* ⓒ 編排節目者；訂計畫者；(電腦的)程式設計員.

pro·gram·ing (美), pro·gram·ming (英) [ˈprogræmɪŋ; ˈprəʊgræmɪŋ] *n.* ⓤ 程式編寫；(電

腦的)程式設計.

prógram mùsic *n.* Ⓤ標題音樂《傳達某一特定場景、故事、事件等印象的音樂》.

‡prog·ress[1] [ˋprɑgrɛs, ˋpro-, -grɪs; ˈprəʊgres] *n.* Ⓤ〖 前進 〗 **1** 前進, 進行, (↔ regress). Their *progress* was stopped by a wide river. 他們的前進遇到了大河的阻礙/make slow [rapid] *progress* 緩慢/迅速]前進/in (the) *progress* of time 隨著時間的推移[流逝].

〖 向好的方向發展 〗 **2** 進步, 發展, 發達. the *progress* of science 科學的進步/He's making good *progress* in English. 他的英語有很大的進步.

🈲progress 強調以踏實的腳步一步一步朝某個目標接近; 用法為Ⓤ, 而 advance 是Ⓒ.

〖搭配〗 *adj.*+progress (1-2): excellent ~ (驚人的進展), remarkable ~ (顯著的進步), smooth ~ (順利進展), steady ~ (穩健的發展) // *v.*+progress: obstruct ~ (妨礙進展), speed up ~ (加速發展).

3 朝解決的方向發展, 進展; 過程; (病情等好的)發展. the *progress* of the controversy 這場爭論的進展/The patient has made considerable *progress*. 這病人病情有很大的好轉.

* *in prógress* 進行中的. An investigation into the cause of the accident is *in progress*. 對事故發生原因的調查正在進行中.

‡pro·gress[2] [prəˋgrɛs; prəʊˈgres] (★與 *n.* progress[1] 的重音位置不同) *vi.* (~**es** [~ɪz; ~ɪz]; ~**ed** [~t; ~t]; ~**ing**) **1** 前進; 推進, 進展. The building of our new gym *progressed* quickly during the summer. 新體育館的建築工程夏季時進展得很快.

2 發展, 進步; 進行. The student *progressed in* mathematics. 那個學生數學進步了.

〖字源〗 GRESS「去」: pro*gress*, con*gress*(會議), di*gress*(離題), re*gress*(倒退).

pro·gres·sion [prəˋgrɛʃən; prəʊˈgreʃn] *n.* **1** ⓐⓊ前進, (分階段)進行; 連續, 繼起. a *progression* of events 事件的相繼發生.

2 ⓊⒸ (數學)級數. arithmetic(al) [geometric(al)] *progression* 等差[等比]級數.

‡pro·gres·sive [prəˋgrɛsɪv; prəʊˈgresɪv] *adj.* **1** 前進的; 進步的, 發展的, (↔ regressive). *progressive* motion 前進(運動)/a *progressive* nation 開發中國家.

2 〔人、思想等〕進步性的, 主張進步的. a *progressive* political party 主張進步的政黨.

3 漸進的, 逐漸前進的; 〔稅〕累進的; 〔醫學〕進行性的. the *progressive* destruction of the environment 漸進的環境破壞/make a *progressive* advance 逐漸進行[進步]/My brother is suffering from a *progressive* muscular disease. 我哥哥患了漸進性的肌肉病變.

4 〔文法〕進行式的.

— *n.* Ⓒ進步主義者, 主張進步者, 進步論者.
↔ conservative.

progrèssive fórm *n.* Ⓒ (加 the)〔文法〕進行式《句型是「be 動詞＋現在分詞」; 進行式的代表是 →present progressive tense; 進行式時態的種類 →見文法總整理 **6. 3**》.

pro·gres·sive·ly [prəˋgrɛsɪvlɪ; prəʊˈgresɪvlɪ] *adv.* 漸進地, 逐漸地, 漸次地.

‡pro·hib·it [proˋhɪbɪt; prəˈhɪbɪt] *vt.* (~**s** [~s; ~s]; ~**ed** [~ɪd; ~ɪd]; ~**ing**)《文章》**1** 禁止, 不允許《*from* doing》. The law *prohibits* ships *from* approaching this island. 法律禁止船舶接近該島/Smoking strictly *prohibited*. 嚴禁吸菸《告示》.

🈲prohibit 為正式用語, 表示「根據權力、法律而禁止」; 而 forbid 為日常用語.

2 阻止, 妨礙,《*from* doing》. Our budget *prohibited* further increase in expenditure. 我們的預算不允許再增加/The rain *prohibited* our *going* out [*prohibited* us *from going* out]. 這場雨使我們無法外出. ⬦ *n.* **prohibition**.

‡pro·hi·bi·tion [ˌproəˋbɪʃən; ˌprəʊɪˈbɪʃn] *n.* (*pl.* ~**s** [~z; ~z]) **1** Ⓤ《文章》禁止. *Prohibition* was laid on the export of weapons. 禁止輸出武器.

2 Ⓒ禁令《*against*》. a *prohibition against* the use of DDT DDT 的禁用令.

3 (美)Ⓤ禁止酒類釀製銷售; Ⓒ禁酒令; (Prohibition)禁酒時期(1920–33).

pro·hi·bi·tion·ist [ˌproəˋbɪʃənɪst; ˌprəʊɪˈbɪʃnɪst] *n.* Ⓒ禁酒主義者.

pro·hib·i·tive [proˋhɪbɪtɪv; prəˈhɪbɪtɪv] *adj.* **1** 禁止的, 禁制的.

2 〔價格等〕格外昂貴的. I couldn't buy a house in this city—the cost would be *prohibitive*. 我沒辦法在這個城市買房子, 因為價格高得驚人.

pro·hib·i·to·ry [proˋhɪbəˌtorɪ, -ˌtɔrɪ; prəˈhɪbɪtərɪ] *adj.*《文章》= prohibitive.

‡pro·ject[1] [prəˋdʒɛkt; prəˈdʒekt] *v.* (~**s** [~s; ~s]; ~**ed** [~ɪd; ~ɪd]; ~**ing**) *vt.*

〖 投擲 〗 **1** 投擲, 投出; 發射《砲彈等》. *project* a column of water high into the air. 朝空中高高地噴出水柱/*project* a rocket into space 向太空發射火箭.

2 投射, 投映, 〔陰影、光線、影像等〕《*on, onto*》. The outline of his head was *projected on* the wall by the lamp. 燈光將他的頭影映在牆壁上/Motion pictures are *projected on* the screen. 電影被投射在銀幕上.

〖 投向未來 〗 **3** 規劃, 計畫; 設計; 預測; 預計. *project* the building of a road 規劃道路建設/Our sales for next year are *projected* at $200 million. 我們明年的銷售值預計為兩億美元/Our *projected* tour of Italy had to be canceled. 我們計畫的義大利之旅必須要取消了.

— *vi.* 凸出, 伸出. A bracket *projects* from the wall. 一根托架從牆上伸出/A rocky point *projects* far into the sea. 岩岬遠伸出海面.

〖字源〗 JECT「投」: pro*ject*, in*ject*(注射), ob*ject*

(對象), e*ject* (噴出).

✱proj·ect² [`prɑdʒɛkt, -dʒɪkt; ˈprɒdʒekt] (★ 與 project¹ v. 的重音位置不同) n. (pl. ~s [~s; ~s]) ⓒ **1** 計畫, 規劃, 方案; (大規模規劃的)事業, 工程. carry out one's *project* 實施計畫/start a *project* to build a new dam 開始興建新水庫的工程.

[搭配] v.＋project: draw up a ~ (草擬計畫), organize a ~ (制定計畫), launch a ~ (著手計畫), abandon a ~ (放棄計畫), shelve a ~ (擱置計畫).

2 (美)公營住宅(社區) (housing project).

pro·jec·tile [prəˈdʒɛktl, -tɪl; prəʊˈdʒektaɪl] n. ⓒ 發射物(子彈、火箭、石塊等).
— adj. 可發射的; 推進的. *projectile* force 推進力.

pro·jec·tion [prəˈdʒɛkʃən; prəˈdʒekʃn] n.
1 ⓤ 發射, 射出.
2 ⓤ 投影, 放映; ⓒ 放映物; (地圖的)投影圖.
3 ⓤⓒ (心理)(感情等對其他方面的)投射.
4 ⓒ 凸出物, 凸起(部分).
5 ⓤⓒ 計畫, 規劃; 預測; 估計. ⇨ v. project.

pro·jec·tion·ist [prəˈdʒɛkʃənɪst; prəˈdʒekʃnɪst] n. ⓒ 電影放映師.

projéction ròom n. ⓒ **1** 放映室.
2 (私人的)電影觀賞室.

pro·jec·tor [prəˈdʒɛktɚ; prəˈdʒektə(r)] n. ⓒ **1** 放映機, 投影機. **2** 計畫人員, 規劃人員.

pro·le·tar·i·an [ˌprolɪˈtɛrɪən, -ˈtær-, -ˈter-; ˌprəʊlɪˈteərɪən] adj. 無產[普羅]階級的.
— n. ⓒ 無產者, 無產[普羅]階級的人. (↔ bourgeois).

pro·le·tar·i·at [ˌprolɪˈtɛrɪət, -ˈtær-, -ˈter-; ˌprəʊlɪˈteərɪət] n. ⓤ(單複數同形)(加 the)無產[普羅]階級, 勞工階級.

pro·lif·er·ate [proˈlɪfəˌret; prəʊˈlɪfəreɪt] vi. (生物)(由細胞分裂等產生)增殖, 增生; 激增.

pro·lif·er·a·tion [proˌlɪfəˈreʃən; prəʊˌlɪfəˈreɪʃn] n. **1** [aⓤ]擴大; (核子武器的)擴散.
2 (生物)ⓤ增殖; ⓒ增殖部分.

pro·lif·ic [prəˈlɪfɪk; prəʊˈlɪfɪk] adj. **1** (動物, 植物)多產的, 結實多的. a *prolific* year for apples 蘋果的豐收年.
2 (文章)多產的; 富於…的(of, in). a *prolific* writer 多產的作家/This area is *prolific* of crimes. 該地區犯罪率高.

pro·lix [proˈlɪks; ˈprəʊlɪks] adj. (文章)囉嗦的, 冗長的.

pro·lix·i·ty [proˈlɪksətɪ; prəʊˈlɪksətɪ] n. ⓤ (文章)冗長.

pro·logue, (美) **pro·log** [`prolɔg, -lɑg; ˈprəʊlɒg] n. ⓒ **1** 開場白, 序幕, 序詩, 序言, (to (戲劇, 詩等)的)(↔ epilogue).
2 開端, 前兆, (to (事件)的).

✱pro·long [prəˈlɔŋ; prəˈlɒŋ] vt. (~s [~z; ~z]; ~ed [~d; ~d]; ~ing) (特指)延長, 拖延, 拉長,

(時間)(→ lengthen同). Father *prolonged* his visit. 父親延長了他拜訪的時間/There is no point (in) *prolonging* these fruitless negotiations. 拖延這些無結論的談判真是毫無意義.

pro·lon·ga·tion [ˌprolɒŋˈgeʃən; ˌprəʊlɒŋˈgeɪʃn] n. ⓤ (時間上, 空間上的)延長; ⓒ 延長部分.

pro·longed [prəˈlɔŋd; prəˈlɒŋd] adj. (通常作限定)長期的, 延宕的. a *prolonged* illness 長期臥病.

prom [prɑm; prɒm] n. ⓒ (口) **1** (美)(特指高中或大學的)正式舞會(通常在學年結束等時舉行).
2 (英)＝promenade concert; ＝promenade 2.

✱prom·e·nade [ˌprɑməˈned, -ˈnɑd; ˌprɒməˈnɑːd] n. (pl. ~s [~z; ~z]) ⓒ **1** 散步, 漫步; 行進, 列隊遊行. He went out for a *promenade* in the park. 他去公園散步.
2 (觀光地等海邊的)步道, 可供散步的地方. We strolled along the *promenade*, enjoying the sea air. 我們沿著步道散步, 享受大海的氣息.
3 (美)(高中、大學的)正式舞會(prom).
— vi. (文章)沿步道散步, 漫步.
— vt. 在…散步.

promenáde cóncert n. ⓒ (英)逍遙音樂會(聽眾大多站著或邊散步邊聆聽; 現在多指露天音樂會).

promenáde dèck n. ⓒ (客船的)供散步的甲板.

Pro·me·theus [prəˈmiθjəs, -jus, -ɪəs; prəˈmiːθjuːs] n. (希臘神話)普羅米修斯(從天神那裡盜取火給人類; Zeus 把他鎖在山崖上, 讓禿鷹啄食其肝臟以為懲罰).

prom·i·nence [`prɑmənəns; ˈprɒmɪnəns] n.
1 ⓤ 顯著, 卓越, 傑出. men of *prominence* 傑出的人們/bring...into *prominence* 使…引人注目, 使…出名/come into *prominence* 變得引人注目/The newspaper gave *prominence* to the President's careless utterances. 該報將總統不小心說出的話以顯著的篇幅報導出來.
2 ⓒ 顯著之物; 凸出物. a *prominence* in the middle of a plain 平原中央處顯眼的高起物.
⇨ adj. prominent.

✱prom·i·nent [`prɑmənənt; ˈprɒmɪnənt] adj. **1** 凸出的, 突起的. a *prominent* forehead 凸出的前額.
2 突出的; 顯著的. a *prominent* symptom 顯著的徵兆/the most *prominent* feature in his paintings 他畫中最顯著的特點/He is seldom *prominent* in company. 他在人群中毫不起眼.
3 卓越的, 傑出的; 著名的, 有名的; 重要的. a *prominent* writer 著名的作家/a family long *prominent* in the county 該縣的名門世家/play a *prominent* part 扮演重要的角色.
⇨ n. prominence.

prom·i·nent·ly [`prɑmənəntlɪ; ˈprɒmɪnəntlɪ] adv. 顯著地; 卓越地.

prom·is·cu·i·ty [ˌprɑmɪsˈkjuətɪ, ˌpro-, -ˈkɪu-; ˌprɒmɪˈskjuːətɪ] n. ⓤ **1** (文章)混亂,

亂. **2** 男女雜交, 濫交.

pro·mis·cu·ous [prə`mɪskjʊəs; prə'mɪskjʊəs] *adj.* **1** 《文章》混雜的, 雜亂的, 亂七八糟的. **2** 不加區別的; (特指男女關係)淫亂的, 濫交的.

pro·mis·cu·ous·ly [prə`mɪskjʊəslɪ; prə'mɪskjʊəslɪ] *adv.* **1** 《文章》不加區別地. **2** (男女關係)浮濫地.

‡**prom·ise** [`pramɪs; 'prɒmɪs] *n.* (*pl.* **-is·es** [~ɪz; ~ɪz]) 〖諾言〗 **1** ⓒ承諾, 諾言; 契約. *Making promises* and keeping them are two different things. 許諾與遵守諾言是兩回事/Don't break your *promise*. 別違背你的諾言/a *promise to* help 允諾給予援助/false *promises* 虛假的允諾/Give me your *promise that* you'll come. 你要答應會把它還給我.

┃█配┃ *adj.*＋promise: an empty ~ (口頭上的承諾), a firm ~ (堅定的承諾), a rash ~ (輕率的承諾) // *v.*＋promise: fulfill a ~ (遵守諾言), go back on a ~ (打破承諾).

〖允諾＞實現的希望〗 **2** ⓤ (成功的)指望, 前途; 保證. a youth full of *promise* 前途無量的年輕人/There is every *promise* of success. 大有成功的希望/The evening glow gave *promise* of another fine day. 晚霞表示明天一定是個好天氣. **3** ⒶⓊ預兆, 徵兆, (*of*). a *promise of* spring in the air. 空氣中有著春天的徵兆.

— *v.* (**-is·es** [~ɪz; ~ɪz]; **~d** [~t; ~t]; **-is·ing**) *vt.* **1** (a)允諾, 答應; ┃句型4┃ (promise **A** **B**)、┃句型3┃ (promise **B** **to** **A**)向 A(人)允諾[保證]B. I *promised* (her) my help. 我答應幫助(她)/A large reward was *promised* to the finder. 允諾給尋獲者巨額報酬. (b)┃句型3┃ (promise *to* do/*that* 子句)允諾, 答應做…; ┃句型4┃ (promise **A** *to* do/*that* 子句)允諾 A(人)做…; Jim *promised* (me) not *to* do it again. 吉姆答應(我)不會再做了/Jim *promised* (me) *that* he would not do it again. 吉姆答應(我)不會再做了. **2** 有…指望; ┃句型3┃ (promise *to* do)有…的可能. The dawn *promised* a beautiful day. 晨曦顯示這一定是個晴朗的好天氣/The journey *promises* to be pleasant. 這次旅行看來會很好玩.

— *vi.* **1** 允諾, 答應. **2** 有希望, 有前途. The business *promises* well. 這生意前景看好.

I prómise (*you*) 《口》我答應; 我保證, 一定; 確實. I'll be back at nine, *I promise*. 我九點回來, 我保證.

prómise onesèlf 期待…, 下決心《*to* do; *that* 子句…》. I had *promised myself* to [*myself that* I would] take a holiday in Spain for many years. 幾年前我就下定決心要去西班牙渡假.

prómise a pèrson *the móon* 向某人擔保做不到的事(＜答應某人為其摘下月亮).

Prŏmised Lánd *n.* (加the)《聖經》應許之地(神與 Abraham 及其子孫約定的 Canaan 之地; 也稱為 the Lànd of Prŏmise).

‡**prom·is·ing** [`pramɪsɪŋ; 'prɒmɪsɪŋ] *v.* promise 的現在分詞、動名詞.

— *adj.* 有指望的, 有希望的, 有前途的. a very *promising* scientist 大有前途的科學家/The weather looks *promising*. 天氣可望好轉.

prom·is·ing·ly [`pramɪsɪŋlɪ; 'prɒmɪsɪŋlɪ] *adv.* 有前途地, 有希望地.

prom·is·so·ry [`pramə,sorɪ; 'prɒmɪsərɪ] *adj.* 《文章》保證(付款)的.

prómissory nòte *n.* ⓒ(商業)期票.

prom·on·to·ry [`pramən,torɪ; 'prɒməntrɪ] *n.* (*pl.* **-ries**) ⓒ岬, 突出海面的海崖.

‡**pro·mote** [prə`mot; prə'məʊt] *vt.* (**~s** [~s; ~s]; **-mot·ed** [~ɪd; ~ɪd]; **-mot·ing**) 〖向前進〗 **1** 提升; 使升遷; (*to*); ┃句型5┃ (promote **A** **B**/**A** *to* *be* **B**)把 A(人)擢升為 B. He was recently *promoted to* the chairmanship of the board. 他最近被擢升為理事會主席/*promote* a lecturer *to* professor 把講師升等為教授.

〖推進〗 **2** 促進, 增進, 助長. *promote* trade with China 促進與中國的貿易/*promote* health 增進健康.

3 促進…的銷售, 推銷. Have you seen the commercial *promoting* our new product? 你看過我們新產品的宣傳廣告嗎?

4 推廣[事業等]; 盡力於創立(公司); 主辦(演出等). *promote* a company of Shakespeare players 成立莎士比亞劇的劇團.

pro·mot·er [prə`motɚ; prə'məʊtə(r)] *n.* ⓒ **1** 獎勵者, 推動者. **2** (事業等的)發起人, 創辦人; (體育比賽等的)主辦人, 舉辦者.

pro·mot·ing [prə`motɪŋ; prə'məʊtɪŋ] *v.* promote 的現在分詞、動名詞.

‡**pro·mo·tion** [prə`moʃən; prə'məʊʃn] *n.* (*pl.* **~s** [~z; ~z]) **1** Ⓤⓒ升遷, 晉升. He got [was given] a *promotion*. 他升職了.

2 Ⓤ促進, 助長; 獎勵.

3 ⓒ(事業等的)創辦; (公司的)設立. the *promotion* of a new company 新公司的成立.

4 Ⓤ(商品的)宣傳, 促銷; ⓒ促銷中的商品. sales *promotion* 銷售宣傳, 促銷活動.
⇨ *v.* **promote**.

‡**prompt** [prampt; prɒmpt] *adj.* (**~·er**; **~·est**) **1** 《敘述》迅速的, 敏捷的, 俐落的; 準時的(punctual); (用 be prompt in…[*to* do]) 〔人〕迅速地做…的. be *prompt in* action 動作迅速/He *is prompt to* obey [*in* obeying]. 他(對所吩咐的事)總是立刻遵守/He is always *prompt*. 他總是很守時.

2 即刻的, 立刻的. Thank you for your *prompt* reply to our inquiry. 謝謝你立刻答覆我們的詢問/*prompt* payment in cash 即時付現/*prompt* aid 緊急救護.

— *vt.* (**~s** [~s; ~s]; **~ed** [~ɪd; ~ɪd]; **~ing**) **1** 促使, 激勵, 鼓舞. ┃句型5┃ (prompt **A** *to* do) 促使[激勵]A(人)做…. be *prompted* by instinct

爲本能所驅使/What *prompted* you *to* ask such a question? 是甚麼使你問了這樣的問題?/I appreciate the gift, but even more the spirit that *prompted* it. 收到禮物固然欣喜, 但更讓我高興的是你送禮的心意. **2** 在舞臺邊爲〔演員〕提詞.

prompt·book [ˋprɑmptˏbʊk; ˋprɒmptˏbʊk] *n.* ⓒ 提詞用的劇本(→ prompter).

prómpt bòx *n.* ⓒ (位於舞臺旁暗處的)提詞人席位(→ prompter).

prompt·er [ˋprɑmptɚ; ˋprɒmptə(r)] *n.* ⓒ 《戲劇》提詞人(爲演中的演員提示臺詞).

promp·ti·tude [ˋprɑmptəˏtjud, -ˏtɪud, -ˏtud; ˋprɒmptɪtjuːd] *n.* ⓤ 《文章》敏捷, 迅速.

*****prompt·ly** [ˋprɑmptlɪ; ˋprɒmptlɪ] *adv.* **1** 敏捷地, 迅速地; 按時地, 定時地, (punctually). She arrived *promptly* at 7 p.m. 她準時於晚上七點到達. **2** 即刻, 立刻.

prompt·ness [ˋprɑmptnɪs; ˋprɒmptnɪs] *n.* ⓤ 敏捷, 迅速.

prom·ul·gate [prəˋmʌlget; ˋprɒmlgeɪt] *vt.* 《文章》公布, 頒布, 〔法令等〕; 散布, 傳播, 〔思想, 信仰等〕.

prom·ul·ga·tion [ˏprɑmʌlˋgeʃən; ˏprɒmlˋgeɪʃn] *n.* ⓤ 《文章》公布, 頒布; 傳播.

pron. (略) pronominal, pronoun.

prone [pron; prəʊn] *adj.* **1** 俯伏的, 面朝下的, (⟷ supine). fall [lie] *prone* 面朝下跌倒[趴著]. **2** 《敘述》易做(不希望的事)的; 有…傾向的(*to*, *do*). He was *prone* to anger. 他很容易發脾氣/He is *prone* to treat us as inferiors. 他會把我們視爲他的下屬.

prong [prɔŋ; prɒŋ] *n.* ⓒ **1** (叉, 耙等的)尖, 齒. **2** (鹿角等的)尖角.

pronged [prɔŋd; prɒŋd] *adj.* 頂端呈樹枝狀分開的, 有叉的, 有尖的, (常構成複合字). a three-*pronged* fork 三齒叉.

prong·horn [ˋprɔŋˏhɔrn; ˋprɒŋhɔːn] *n.* (*pl.* ~**s**, ~) ⓒ 《動物》叉角羚(生長於落磯山脈的大草原).

pro·nom·i·nal [proˋnɑmən!, proˊ-; prəʊˋnɒmɪnl] *adj.* 《文法》代名詞的; 代名詞性的. a *pronominal* adjective 代名詞性的形容詞(I know *that* man. 的 that 等).

*****pro·noun** [ˋpronaʊn; ˋprəʊnaʊn] *n.* (*pl.* ~**s** [~z; ~z]) ⓒ 《文法》代名詞(代替名詞的字, 包括下列所例舉的種類). an interrogative [indefinite] *pronoun* 疑問[不定]代名詞/a demonstrative [personal, possessive, reflexive, relative] *pronoun* 指示[人稱, 所有格, 反身, 關係]代名詞. 字源 pro(代)+noun(名詞).

*****pro·nounce** [prəˋnaʊns, prə-; prəˋnaʊns] *v.* (**-nounc·es** [~ɪz; ~ɪz]; ~**d** [~d; ~d]; **-nounc·ing**) *vt.* **1** 發音. How do you *pronounce* your last name? 你的姓要怎麼唸?/The 'b' in 'lamb' is not *pronounced.* lamb 的 b 不發

音/a *pronouncing* dictionary 發音辭典. **2** 《文章》(a)宣告, 宣布, 〔判決等〕; 句型3 (pronounce *that* 子句)宣告…. *pronounce* sentence *on* the prisoner 宣判該罪犯刑期. (b) 句型5 (pronounce **A** B/**A** *to* be **B**)正式宣布 [宣告]A 爲 B. The minister *pronounced* them man and wife. 牧師宣布他們兩人結爲夫妻(用於婚禮上)/He was *pronounced* guilty. 他被判有罪. **3** 句型3 (pronounce *that* 子句)斷言…; 句型5 (pronounce **A** B/**A** *to* be **B**)聲明 A 處於 B(特定狀態). The doctor *pronounced* that she was cured [*pronounced* her (*to* be) cured]. 醫生表示她已痊癒.

— *vi.* **1** 發音. **2** 發表意見(*for, in favor of* 贊成…的; *against* 反對…的). Each politician was asked to *pronounce* for or against the new tax. 每個政治人物都必須要對贊成或反對新稅法表態.

⟹ 表 *vt.* 1 和 *vi.* 1 的意思時, *n.* 皆爲 **pronunciation**, 除此之外的 *n.* 則爲 **pronouncement**.

字源 NOUNCE「告知」: pro*nounce*, an*nounce*(宣布), re*nounce*(放棄).

pro·nounce·a·ble [prəˋnaʊnsəb!, pə-; prəˋnaʊnsəbl] *adj.* (音, 字)可發音的.

pro·nounced [prəˋnaʊnst, pə-; prəˋnaʊnst] *adj.* 一清二楚的, 明顯的, 顯著的.

pro·nounce·ment [prəˋnaʊnsmənt, pə-; prəˋnaʊnsmənt] *n.* ⓒ 宣告, 宣布; 表態; 聲明(書). ⟹ *v.* pronounce.

pro·nounc·ing [prəˋnaʊnsɪŋ, pə-; prəˋnaʊnsɪŋ] *v.* pronounce 的現在分詞, 動名詞.

pron·to [ˋprɑnto; ˋprɒntəʊ] (西 班 牙 語) *adv.* 《口》即刻(at once).

*****pro·nun·ci·a·tion** [prəˏnʌnsɪˋeʃən, -ˏnʌnʃɪ-, pə-; prəˏnʌnsɪˋeɪʃn] *n.* (*pl.* ~**s** [~z; ~z]) ⓤⓒ (詞語或個人的)發音. You have (a) good *pronunciation.* 你的發音很好. ⟹ *v.* pronounce.

*****proof** [pruf; pruːf] *n.* (*pl.* ~**s** [~s; ~s]) 〖作證〗 **1** ⓤ 證據; 證明, 論證, (*of*)(→ evidence 同). He has given *proof* of his honesty. 他證明了自己的誠實/Is there [Do you have] any *proof* that he is innocent? 你有他無罪的證據嗎?/We require *proof* of that statement. 我們需要證據來證明那項陳述/His alibi is capable of *proof.* 他有充分的不在場證明.

搭配 *adj.*+proof: adequate ~ (充分的證據), clear ~ (明顯的證據), conclusive ~ (決定性的證據), definite ~ (明確的證據) // *v.*+proof: present ~ (提出證據), provide ~ (提供證據).

2 ⓒ 物證; 《法律》書面證詞.

〖是或非的論證〗 **3** ⓒ 檢驗, 測試; 《數學》驗算; 檢驗法. stand a severe *proof* 承受嚴格的考驗/The *proof* of the pudding is in the eating. 《諺》坐而言不如起而行(<要嘗過布丁才知道味道好不好).

4 ⓤⓒ 《印刷》校樣, 校稿. correct [read] the *proofs* 校對, 讀校稿.

5 ⓤ (酒精, 酒類的)標準強度, 標準酒精度, (《美》

把50%酒精含量為100標準酒精度). drank
86 *proof* whiskey. 他喝了86標準酒精度的威士忌.
◇ *v.* prove.
in próof of... 為了證明….
pùt〔bring〕...to the próof 試驗…, 嘗試….
— *adj.* **1**《敍述》耐…的《against》. The material
is *proof against* fire. 這種材料是耐火的.
2《酒精成分》合乎標準的.
— *vt.* 對《布料等》加耐久處理《against》; 對…進行
防水加工.
-proof《構成複合字》形成表示「耐…的, 防…的等」
之意的形容詞. earthquake-*proof*(防震的).

●——與 -PROOF 相關的用語
bulletproof	防彈的
fireproof	耐[防]火的
rainproof	防雨的
rustproof	防鏽的
shatterproof	〔玻璃等〕碎裂後不會四散的
soundproof	隔音的
waterproof	防水的
weatherproof	耐風雨的

proof·read [`pruf,rid; 'pru:f,ri:d] *vt.* (~s [~z;
~z]; ~ [`pruf,rɛd; 'pru:f,red]; ~ing) 校對.
proof·read·er [`pruf,ridɚ; 'pru:f,ri:də(r)] *n.*
ⓒ校對人員.
proof·read·ing [`pruf,ridɪŋ; 'pru:f,ri:dɪŋ] *n.*
ⓤ校對.
prop¹ [prɑp; prɒp] *n.* ⓒ **1** 支持物, 支柱.
2 支持者, 後盾, 靠山.
— *vt.* (~s; ~ped; ~ping) 支撐, 撐住; 支持;
《up》. He's been *propping* the company *up*
financially for years. 他多年來支撐着公司的財務/
I *propped* the ladder *up* against the wall. 我撐起
梯子靠在牆上.
prop² [prɑp; prɒp] *n.* ⓒ《戲劇》(通常 props) 道具
(property).
prop³ [prɑp; prɒp] *n.*《口》propeller 的縮寫.
prop·a·gan·da [ˌprɑpəˋgændə; ˌprɒpəˈgændə]
n. ⓤ《通常用於負面含義》(由組織進行的) 宣傳; 宣
傳活動; 傳教(publicity). make *propaganda* for
[against] 進行支持[反對]…的宣傳活動/People's
opinions are greatly influenced by political *prop-
aganda*. 民意深受政治宣傳的影響.
prop·a·gan·dist [ˌprɑpəˋgændɪst;
ˌprɒpəˈgændɪst] *n.* ⓒ (特指主義, 教義的) 宣傳者.
prop·a·gan·dize [ˌprɑpəˋgændaɪz;
ˌprɒpəˈgændaɪz] *vi.*《常用於負面含義》宣傳, 傳播,
對…進行宣傳[傳教].
prop·a·gate [`prɑpə,get; 'prɒpəgeɪt] *vt.*
【 傳播 】 **1** 傳播, 宣傳, 普及. *propagate* the
story all over the town 把此事傳遍全鎮.
2 傳播[光, 聲音等].
3 遺傳[個性等]; 繁殖, 增殖, 〔動物, 植物〕.
— *vi.* 繁殖, 增殖.
prop·a·ga·tion [ˌprɑpəˋgeʃən; ˌprɒpəˈgeɪʃn]
n. ⓤ **1** 繁殖, 增殖. **2** 普及, 宣傳. **3** 傳播.

prop·a·ga·tor [`prɑpə,getɚ; 'prɒpəgeɪtə(r)]
n. ⓒ宣傳者; 傳教者.
pro·pane [`propen; 'prəʊpeɪn] *n.* ⓤ丙烷.
***pro·pel** [prəˋpɛl; prəˈpel] *vt.* (~s [~z; ~z]; ~led
[~d; ~d]; ~ling) 推進, 推動, 驅使(人). This
boat is *propelled* by a motor. 這艘船是馬達推進
/He was *propelled* by his burning ambition. 他
受到熊熊野心的驅使. ◇ *n.* propulsion.
pro·pel·lant, pro·pel·lent [prəˋpɛlənt;
prəˈpelənt] *n.* ⓤⓒ (火箭等的) 推進燃料; (槍砲的)
發射火藥.
***pro·pel·ler** [prəˋpɛlɚ; prəˈpelə(r)] *n.* (*pl.* ~s
[~z; ~z]) ⓒ (飛機的) 螺旋槳; 推進器. Don't
go near the spinning *propellers*. 不要靠近旋轉中的螺
旋槳.
propèlling péncil *n.* ⓒ《英》自動鉛筆
(《美》mechanical pencil).
pro·pen·si·ty [prəˋpɛnsətɪ; prəˈpensɪtɪ] *n.*
(*pl.* -ties) ⓒ《文章》傾向(to, for).
*****prop·er** [`prɑpɚ; 'prɒpə(r)] *adj.*
【 與目的相符的 】 **1** 適當的, 適合
的, 恰當的, 合適的, 《for》(→ fit 同); ◆ im-
proper). at the *proper* time 在適當的時機/
proper for the occasion 合時宜/We are looking
for a *proper* place *for* the meeting. 我們正在尋找
適合開會的地方/Do as you think *proper*. 你認為
怎樣合宜就怎麼辦吧!/It is *proper* that he should
think so. 他那麼想是理所當然.
2 正式的, 正經的, 規矩的; 有禮貌的. *proper*
dress for the wedding 正式的婚紗禮服/*proper*
behavior 有禮貌的行為.
【 最適合的 】 **3** 本來的, 眞正的;《置於名詞之後》
在嚴格意義上的. the *proper* owner 眞正的所有者/
a *proper* doctor (取得資格)眞正的醫生/France
proper (不含殖民地等的)法國本土.
4《口》《限定》適合那樣稱呼的; 完整的. I haven't
had a *proper* holiday for months. 我已經有好幾
個月沒好好休假了.
5《敍述》《文章》固有的, 特有的,《to》. instincts
proper to mankind 人類特有的本能.
6《文法》專有的.
7《限定》《主英、口》徹底的, 完全的. in a *proper*
rage 怒不可遏.
◇**1, 2** 的 *n.* 用**propriety**, **4** 的 *n.* 用**property**.
pròper fráction *n.* ⓒ《數學》眞分數.
*****prop·er·ly** [`prɑpɚlɪ; 'prɒpəlɪ] *adv.* **1** 恰當地,
適當地; 正當地; 恰好地. He does his work
properly. 他做事分寸得宜/Letters should be
properly addressed. 信上必須正確地書寫姓名地址.
2 有禮貌地. be *properly* dressed 穿著得體/He
doesn't know how to speak *properly* to his supe-
riors. 他不知道如何合適地對長輩說話/They will
be *properly* treated. 他們會受到禮遇.
3《修飾句子》當然地. He is *properly* indignant
at her attitude. 他對她的態度感到憤慨是當然的/

P

He very *properly* refused the offer. 他二話不說地拒絕那項援助.

4 《主英、口》完完全全地, 徹底地.

pròperly spéaking 嚴格地來說.

pròper náme n. © 專有名稱.

pròper nóun n. ©《文法》專有名詞(→見文法總整理 **3. 1**).

prop·er·tied [ˈprɑpətɪd; ˈprɔpətɪd] adj. 有財產(特指土地)的. the *propertied* classes 有產階級(特指地主).

prop·er·ties [ˈprɑpətɪz; ˈprɔpətɪz] n. property 的複數.

prop·er·ty [ˈprɑpətɪ; ˈprɔpətɪ] n. (pl. **-ties**)
〖固定的性質〗 **1** ©特性, 特質. Strength is a *property* of steel. 堅硬是鋼鐵的特性/Soda has the *property* of removing dirt. 碳酸鈉具有去污的特質.

〖屬有之物〗 **2** U(集合)所有物, 財產, 資產; ©不動產, 地產. a man of *property* 有產者/lost *property* 失物/common *property* 共有物; 人人皆知的事/His *property* was divided among his three children. 他的財產分給了他的三個孩子/personal [real] *property* (→見 personal [real] property).

〖搭配〗 adj.+property: public ~ (公共財產), private ~ (私人財產) // v.+property: inherit ~ (繼承財產), sell ~ (賣掉資產).

3 U所有(權); 著作權. literary *property* 著作權.

4 ©《戲劇》小道具 (prop).

proph·e·cy [ˈprɑfəsɪ; ˈprɔfɪsɪ] n. (pl. **-cies** [~z; ~z]) UC預言. The *prophecy* came out true. 這個預言實現了.

proph·e·sy [ˈprɑfəˌsaɪ; ˈprɔfɪsaɪ] vt. (**-sies** [~z; ~z]; **-sied** [~d; ~d]; **~ing**) (受神意而)預言; (泛指)預言. She *prophesied* that our side would lose the war. 她預言我方將戰敗/*prophesy* who will win in the tournament 預言誰會在淘汰賽中獲勝. 圖 prophesy 含有超自然的意味; → predict.

proph·et [ˈprɑfɪt; ˈprɔfɪt] n. (pl. ~s [~s; ~s])
1 ©(根據神意預言的)預言者; 先知. (★女性為 prophetess). a *prophet* of doom (特別是關於世界的將來)盡說些不吉利事的人.

2 ©(主義, 運動等的)提倡者.

3 (the *Prophet*)穆罕默德.

4 (the *Prophets*)《舊約聖經》預言書.

proph·et·ess [ˈprɑfɪtɪs; ˈprɔfɪtɪs] n. ©女預言者(★男性為 prophet).

pro·phet·ic, pro·phet·i·cal [prəˈfɛtɪk; prəˈfetɪk], [-k]; -kl] adj. 預言性的; 先知的.

pro·phet·i·cal·ly [prəˈfɛtɪklɪ, -lɪ; prəˈfetɪklɪ] adv. 預言性地; 先知似地.

pro·pin·qui·ty [proˈpɪŋkwətɪ, ˈprɔ-; prəˈpɪŋkwətɪ] n. U《文章》(時間, 場合, 關係等的)接近, 鄰近, 《to》.

pro·pi·ti·ate [prəˈpɪʃɪˌet; prəˈpɪʃɪeɪt] vt. 《文章》安撫; 撫慰.

pro·pi·ti·a·tion [prəˌpɪʃɪˈeʃən; prəˌpɪʃɪˈeɪʃn] n. U《文章》懷柔; 撫慰.

pro·pi·tious [prəˈpɪʃəs; prəˈpɪʃəs] adj. 《文章》
1 〔命運等〕幸運的; 〔神等〕慈悲的; 吉祥的; 《to, toward》. **2** 〔天氣等〕有利的; 適合的; 《for, to》.

pro·pi·tious·ly [prəˈpɪʃəslɪ; prəˈpɪʃəslɪ] adv. 順利地.

pro·po·nent [prəˈponənt; prəˈpəʊnənt] n. ©提議者, 建議者; 支持者, 贊成者. one of the *proponents* of atomic power generation 支持核能發電者之一.

pro·por·tion [prəˈporʃən, -ˈpɔr-; prəˈpɔːʃn] n. (pl. **~s** [~z; ~z]) 〖比率〗
1 U比, 比率. the *proportion* of births to deaths 出生死亡比/in the *proportion* of three to two 以三比二的比率.

2 U《數學》比例. direct [inverse] *proportion* 正[反]比.

3 〖全體中的比例〗©部分; 配額, 分攤所得. A large *proportion* of the trainees drop out in the first month. 大部分受訓者在第一個月就中途退出/Both claimed a large *proportion* of the gains. 雙方皆要求獲得大部分的利益.

〖尺寸〗 **4** (proportions)(縱, 橫, 縱深的)大小, 規模. a building of large *proportions* 規模龐大的建築.

5 〖尺寸的平衡〗UC (常 proportions)均衡, 和諧. She has good *proportions*. 她有副好身材/a sense of *proportion* 均衡感/in perfect *proportion* 非常勻稱的[地]/bear no *proportion* to 與…不相稱.

in propórtion to... 與…成比例, 與…相稱; 與…相比. A baby's head is large *in proportion to* the rest of its body. 嬰兒頭部所占的比例比身體的其他部位來得大.

out of (àll) propórtion (全然)不相稱的[地], 不成比例的[地], 《to》.

— vt. **1** 使均衡, 使相稱, 使成比例, 《to》. The furniture is well *proportioned* to the room. 這些家具與房間很相稱.

2 使…取得(整體性的)平衡.

pro·por·tion·al [prəˈporʃən, -ˈpɔr-, -ˌnəl; prəˈpɔːʃnəl] adj. 均衡的, 成比例的, 《to》. The rewards were not *proportional* to the risks. 報酬與風險不成比例.

pro·por·tion·al·ly [prəˈporʃənəlɪ, -ˈpɔr-, -lɪ; prəˈpɔːʃnəlɪ] adv. 均衡地, 成比例地.

propòrtional represèntátion n. U(選舉的)比例代表制.

pro·por·tion·ate [prəˈporʃənɪt, -ˈpɔr-; prəˈpɔːʃnət] adj. 《文章》均衡的, 成比例的, 《to》.

pro·por·tion·ate·ly [prəˈporʃənɪtlɪ, -ˈpɔr-; prəˈpɔːʃnətlɪ] adv. 均衡地, 成比例地.

pro·pos·al [prəˈpoz; prəˈpəʊzl] n. (pl. **~s** [~z; ~z]) **1** UC提案; 建議, 提議. His *proposal* to improve [for improving] the dormitory was accepted. 他要求改善宿舍的建

議被採納了/We put forward a *proposal* that the two companies (should) merge. 我們提出了兩家公司合併的建議/make [offer] a *proposal for* peace 提出和平建議.

> 搭配 *v.*+proposal: carry out a ~ (執行提案), consider a ~ (考慮提案), reject a ~ (拒絕提案), submit a ~ (提出提案), support a ~ (支持提案).

2 ⓒ 提親, 求婚. make a *proposal* to her 向她求婚/Anne has received six *proposals* of marriage. 安妮已被求婚過六次了.

⇨ *v.* propose.

‡pro·pose [prə`poz; prə`pəʊz] *v.* (-**pos·es** [~ɪz; ~ɪz]; ~**d** [~d; ~d]; -**pos·ing**) *vt.* 【建議】 **1** 提議, 建議, 求〔婚〕, 句型3 (propose to do/do*ing*/that 子句)建議做…, 提出, 提議做…. *propose* a toast 〔爲特定的人或事〕提議乾杯/He *proposed* an alternative plan. 他提出了一項替代的計畫/*propose* marriage to her 向她求婚/Before the committee I *proposed* to read my statement. 我要求在委員會上朗讀我的聲明/He *proposed* putting [to] the matter to the vote. = He *proposed* that they (should) put the matter to the vote. 他提議以投票決定此事.

2 推選…作爲候選人, 推薦, 提名, 《for, as》. I *propose* Mr. Long for chairman. 我推舉隆先生爲主席.

3 打算, 計畫, 句型3 (propose to do/do*ing*)打算做…, 想做…. I *propose* to deal with the matter in more detail later. 我打算今後更加仔細地處理此事/He said he didn't *propose* to do anything about it. 他說他不打算針對這件事去做甚麼.

— *vi.* **1** 求婚《to》.

2 計畫. Man *proposes*, God disposes. (諺)謀事在人, 成事在天《人計畫, 天處理》.

⇨ *n.* proposal, proposition.

> 字源 POSE「放置」. *pro*pose, ex*pose* (暴露), im*pose* (課稅), op*pose* (反對).

pro·pos·ing [prə`pozɪŋ; prə`pəʊzɪŋ] *v.* propose 的現在分詞、動名詞.

***prop·o·si·tion** [ˌprɑpə`zɪʃən; ˌprɒpə`zɪʃn] *n.* (*pl.* ~s [~z; ~z]) ⓒ **1** (a)建議, 提議, 計畫. He made a good business *proposition*. 他提議了一項不錯的交易. (b)《委婉》《親密關係的》要求.

2 《口》事情, 工作需要特別處理的事情; 事物. The mine is not a paying *proposition*. 那座礦坑不值得開採.

3 主張, 陳述; 討論的主題. We discussed the *proposition* that all men are equal. 我們就人人平等這個主題進行討論.

4 《邏輯》命題; 《數學》定理. ⇨ *v.* propose.

— *vt.* 《口》強迫要求〔女性〕同寢; 向…提出要求.

pro·pound [prə`paʊnd; prə`paʊnd] *vt.* 《文章》提出, 提議, 〔問題, 學說等〕.

pro·pri·e·tar·y [prə`praɪəˌtɛrɪ; prə`praɪətərɪ] *adj.* **1** 擁有人的. *proprietary* rights 所有權. **2** 專利所有的, 專賣的. a *proprietary* name 註冊商標.

pro·pri·e·tor [prə`praɪətə, pə`praɪ-; prə`praɪətə(r)] *n.* ⓒ 《文章》所有人, 物主; 業者.

pro·pri·e·tress [prə`praɪətrɪs, pə`praɪ-; prə`praɪətrɪs] *n.* ⓒ 《文章》女性所有人.

***pro·pri·e·ty** [prə`praɪətɪ; prə`praɪətɪ] *n.* (*pl.* -**ties** [~z; ~z]) 《文章》 **1** Ⓤ 恰當, 適當, 正當, 合宜, (fitness). I doubt the *propriety* of the plan. 我懷疑這項計畫是否恰當.

2 Ⓤ 彬彬有禮; ⓒ (the propriet*ies*)(視爲社交界習慣的)禮節, 規矩. His behavior was quite against *propriety*. 他的行爲完全不合禮儀規範.

⇨ *adj.* proper.

props [prɑps; prɒps] *n.* prop² 的複數.

pro·pul·sion [prə`pʌlʃən; prə`pʌlʃn] *n.* Ⓤ 推進; 推進力. ⇨ *v.* propel.

pro·pul·sive [prə`pʌlsɪv; prə`pʌlsɪv] *adj.* 具推進力的, 推進的.

pro ra·ta [pro`retə; ˌprəʊ`rɑːtə] (拉丁語) *adj.* 按比例的. If prices go up, workers demand a *pro rata* increase in wages. 如果物價上漲, 工人們就會要求按上漲的比例來調高工資.

— *adv.* 按比例地.

pro·sa·ic [pro`zeɪk; prəʊ`zeɪk] *adj.* **1** 散文的, 散文體的, (⟷ poetic). **2** 平凡的, 單調的. lead a *prosaic* life 過著平凡的生活. ⇨ *n.* prose.

pro·sa·i·cal·ly [pro`zeɪklɪ, -lɪ; prəʊ`zeɪɪkəlɪ] *adv.* 散文似地; 平凡地.

pro·sce·ni·a [pro`sɪnɪə; prəʊ`siːnjə] *n.* proscenium 的複數.

pro·sce·ni·um [pro`sɪnɪəm; prəʊ`siːnjəm] *n.* (*pl.* -**ni·a**) ⓒ 《劇場》 **1** 舞臺前端(布幕與樂團之間的部分); 臺景的拱形架框(亦作 proscénium àrch; → theater 圖). **2** 古代劇場的舞臺(介於背景與樂團間).

pro·scribe [pro`skraɪb; prəʊ`skraɪb] *vt.* 《文章》(因有害或危險而)以法律禁止. Driving without a license is *proscribed* by law. 法律禁止無照駕駛.

pro·scrip·tion [pro`skrɪpʃən; prəʊ`skrɪpʃn] *n.* Ⓤ ⓒ 《文章》禁止(使用).

***prose** [proz; prəʊz] *n.* Ⓤ 散文(⟷ poetry, verse). I translated the Latin poem into English *prose*. 我把那首拉丁文詩歌譯成了英語散文/write good *prose* 寫優美的散文.

***pros·e·cute** [`prɑsɪˌkjut; `prɒsɪkjuːt] *v.* (~**s** [~s; ~s]; -**cut·ed** [~ɪd; ~ɪd]; -**cut·ing**) *vt.* **1** 《法律》起訴…, 告發…. He was *prosecuted for* theft. 他因竊盜罪而遭起訴.

2 《文章》〔特指將費勁之事〕徹底完成, 貫徹. *prosecute* a difficult investigation 貫徹艱難的調查.

— *vi.* 起訴, 告發. ⇨ *n.* prosecution.

pròsecuting attórney *n.* ⓒ 《美》檢察官(在若干州相當於 **district attorney** 的職位).

pros·e·cu·tion [ˌprɑsɪ`kjuʃən, -`kɪu-; ˌprɒsɪ`kjuːʃn] *n.* **1** Ⓤ ⓒ 《法律》起訴, 告發, 檢

舉; Ⓤ(單複數同形)(加the)(集合)起訴的一方; 檢調當局; (↔ defense). start a *prosecution* against 起訴⋯/a witness for the *prosecution* 檢方的證人.

2 Ⓤ《文章》徹底完成; 實行, 執行.

pros·e·cu·tor [`prɑsɪ͵kjutə, -͵kɪu-; ˈprɒsɪkjuːtə(r)] *n.* Ⓒ《法律》檢察官; 原告, 起訴人.

pros·e·lyte [`prɑslͺaɪt; ˈprɒsəlaɪt] *n.* Ⓒ 改變宗教信仰的人;《思想等的》改變者.

pros·e·lyt·ize [`prɑslͺaɪz; ˈprɒsəlaɪz] *v.*《文章》*vi.* 改變宗教信仰, 改信.
— *vt.* 使改變宗教信仰, 使改信.

pros·o·dy [`prɑsədɪ; ˈprɒsədɪ] *n.* Ⓤ 作詩法, 韻律學.

✽pros·pect [`prɑspɛkt; ˈprɒspekt] *n.* (*pl.* ~s [~s; ~s]) 【展望】**1** Ⓒ (通常用單數)景色, 景象, 視野, (view). This house commands a fine *prospect* of the valley below. 從這幢房子可以俯視山谷的美麗景色.
【對未來的預測】 **2** ⓊⒸ 前途, 希望, 預期; 期待; (通常 prospect*s*)(成功的)可能性; (↔ retrospect). There is no *prospect* of success. 沒有成功的希望/He rejoiced at the *prospect* of the trip abroad. 他很高興有機會到國外旅行/in *prospect* of buying a new house 希望買一幢新房子/a job with good *prospects* 有前景的工作/The *prospects* for his promotion seemed good. 看來他似乎很有可能升遷/The *prospects* for world peace looked gloomy. 世界和平的前景暗淡無光.

3 【有希望的人】Ⓒ(可能成為顧客的人, 可能成為主顧的人;(在比賽, 選舉等中)有希望獲勝的人;《口》可能使人獲益的人. Britain's top medal *prospect* in the long jump 英國最有希望在跳遠項目奪魁的選手.

in próspect 可期待的, 有希望的.
— [`prɑspɛkt; prəˈspekt] *vi.* 勘察, 探勘, 《*for*〔金礦等〕》.
— *vt.* 勘察〔土地, 地區〕.
[字源] SPECT「看」: pro*spect*, in*spect* (詳細調查), ex*spect* (期待).

pro·spec·tive [prəˈspɛktɪv; prəˈspektɪv] *adj.*《限定》盼望的, 有希望的, 預期的, (↔ retrospective). her *prospective* husband 她未來的丈夫/*prospective* buyers 可能的買主.

pros·pec·tor [`prɑspɛktə, prəˈspɛk-; prəˈspektə(r)] *n.* Ⓒ探礦者, 探勘者.

pro·spec·tus [prəˈspɛktəs, prɑ-; prəˈspektəs] *n.* Ⓒ (事業等的)計畫書, 說明書; (大學等的)簡介.

✽pros·per [`prɑspə; ˈprɒspə(r)] *vi.* (~s [~z; ~z] ~ed [~d; ~d]; ~·per·ing [-pərɪŋ; -pərɪŋ]) 繁榮, 興隆; 成功, 順利. Is your business *prospering*? 你的生意蒸蒸日上嗎?/Nothing will ever *prosper* in his hands. 任何事到了他手裡就不會成功.
⇨ *n.* prosperity. *adj.* prosperous.

✽pros·per·i·ty [prɑsˈpɛrətɪ; prɒˈsperətɪ] *n.* Ⓤ

繁榮, 昌盛;(特指金錢上的)成功. the *prosperity* of a business 事業昌隆/The people's hard work brought *prosperity* to the country. 人民的勤奮工作帶來了國家的繁榮.
⇨ *v.* prosper. *adj.* prosperous.

✽pros·per·ous [`prɑspərəs, -prəs; ˈprɒspərəs] *adj.* 繁榮的, 昌盛的; 成功的; 富裕的; 適恰的, 方便的. a *prosperous* family 富裕的家庭/a *prosperous* business 成功的事業/a *prosperous* wind 順風/in a *prosperous* hour 方便的時候.
⇨ *v.* prosper. *n.* prosperity.

pros·per·ous·ly [`prɑspərəslɪ; ˈprɒspərəslɪ] *adv.* 繁榮地; 適恰地.

pros·tate [`prɑstet; ˈprɒsteɪt] *n.* Ⓒ《解剖》前列腺(亦作 próstate glànd).

pros·ti·tute [`prɑstəͺtjut, -͵tɪut, -͵tut; ˈprɒstɪtjuːt] *n.* Ⓒ 妓女, 娼妓.
— *vt.*《文章》**1** 〔女性〕賣淫(★受詞為 oneself); 使賣淫.
2 (為了金錢)出賣〔才能等〕. The painter never *prostituted* his genius for money. 那畫家從來沒有為五斗米而折腰(從不為金錢作畫而浪費才能).

pros·ti·tu·tion [͵prɑstəˈtjuʃən, -ˈtɪu-, -ˈtu-; ͵prɒstɪˈtjuːʃn] *n.* Ⓤ 賣淫.

pros·trate [`prɑstret; ˈprɒstreɪt] *adj.* **1** 俯臥的;(因屈從、尊敬而)伏身的, 跪拜的.
2 (戰敗國等)降服的, 被征服的; 筋疲力竭的; 沮喪的; 衰竭的. The mother was *prostrate* with sorrow. 那母親傷心欲絕.
— [`prɑstret; prɒˈstreɪt] *vt.* **1** 使跪拜, 使伏身; 使屈服. *prostrate* oneself 跪拜.
2 使衰竭; 使疲憊;(通常用被動語態).

pros·tra·tion [prɑˈstreʃən; prɒˈstreɪʃn] *n.* ⓊⒸ **1** 跪拜. **2** 疲憊; 沮喪; 衰竭.

pros·y [`prozɪ; ˈprəʊzɪ] *adj.* **1** 散文(體)的.
2 散文式的; 冗長的, 單調的, 平淡乏味的.

pro·tag·o·nist [proˈtægənɪst; prəʊˈtægənɪst] *n.* Ⓒ **1** (加the)〔故事, 戲劇等的〕主角(↔ antagonist). **2** (事件等的)中心人物, 領導者.

pro·te·an [`protɪən, proˈtiən; ˈprəʊtiːən] *adj.*《雅》(能)千變萬化的, 變化多端的.

✽pro·tect [prəˈtɛkt; prəˈtekt] *vt.* (~s [~s; ~s]; ~ed [~ɪd; ~ɪd]; ~·ing [~ɪŋ; ~ɪŋ]) **1** 保護, 守護, 防禦,《*from*, *against*》(→ defend 同). *Protect* your eyes *from* the sun. 保護眼睛免受陽光照射/*protect* oneself *against* disease 保護自己免受疾病侵襲/It is the job of the police to *protect* us *from* violence. 保護我們無暴力之虞是警察的工作.
2《經濟》(以關稅)保護〔國內產業〕. *protect* home industries (對外國商品課徵關稅等以)保護國內產業.
3 (以保險)保障〔人, 物〕(*against*〔傷害, 損失等〕). ⇨ *n.* protection.
[字源] TECT「覆蓋」: pro*tect*, de*tect* (查出), de*tective* (刑警).

✽pro·tec·tion [prəˈtɛkʃən; prəˈtekʃn] *n.* (*pl.* ~s [~z; ~z]) **1** Ⓤ 保護. The plants need *protection* against the

weather. 這些植物需要保護不受風雨侵襲/He asked for police *protection*. 他請求警察保護/under the *protection* of darkness 趁著黑夜的掩護.
2 © (用單數)保護者[物]. keep a dog as a *protection* against thieves 養狗防賊.
3 Ⓤ貿易保護制度.
4 Ⓤ通行證, 護照. ⇨ *v.* **protect**.

pro·tec·tion·ism [prə`tɛkʃə͵nɪzəm; prə`tekʃənɪzəm] *n.* Ⓤ貿易保護主義.

pro·tec·tion·ist [prə`tɛkʃənɪst; prə`tekʃənɪst] *n.* © 貿易保護論者.

*pro·tec·tive [prə`tɛktɪv; prə`tektɪv] *adj.*
1 保護的, 為了安全的. adopt *protective* policies 採取保護政策. **2** 防護的, 庇護的, 《*toward*》. He seems to be too *protective toward* his fiancée. 他似乎太護著他的未婚妻了.

protèctive cóloring [**colorátion**] *n.* Ⓤ(動物的)保護色.

pro·tec·tive·ly [prə`tɛktɪvlɪ; prə`tektɪvlɪ] *adv.* 保護地, 為了安全地.

protèctive táriff *n.* © 保護(性)關稅.

pro·tec·tor [prə`tɛktə; prə`tektə(r)] *n.* © **1** 保護者, 守護者, (guardian). **2** 保護物[裝置]; 防護用具(打棒球時所用的胸甲、護腿等).

pro·tec·tor·ate [prə`tɛktərɪt, -trɪt; prə`tektərət] *n.* © 被保護國[領土].

pro·té·gé [`protə͵ʒe, ͵protə`ʒe; `prɒtɪʒeɪ](法語) *n.* © 受保護的男子[男孩], 被保護的男子[男孩].

pro·té·gée [`protə͵ʒe, ͵protə`ʒe; `prɒtɪʒeɪ](法語) *n.* © 受保護的女子[女孩], 被保護的女子[女孩].

pro·tein [`protin; `prəʊti:n] *n.* ⓊⒸ《化學》蛋白質.

‡**pro·test** [`protɛst; `prəʊtest] (★與 *v.* 的重音位置不同) *n.* (*pl.* ~s [~s; ~s]) ⓊⒸ 抗議, 異議; 抗議書[聲明]; 《*against* 對於⋯》. The country delivered a vigorous *protest*. 該國提出了強烈抗議/surrender without *protest* 毫無異議地屈服/in *protest* (against...) 抗議《⋯》.

｜圖配｜ *adj.*+protest: a mild ~ (溫和的抗議), a strong ~ (強烈的抗議) // *v.*+protest: dismiss a ~ (駁回抗議書), express a ~ (表示抗議).

ènter [*lòdge, màke*] *a prótest against...* 對⋯提出抗議.

under prótest 極不樂意地, 持異議地. He carried out the manager's order *under protest*. 他不情願地執行了經理的命令.

— [prə`tɛst; prə`test] *v.* (~s [~s; ~s]; ~ed [~ɪd; ~ɪd]; ~ing) *vt.* **1** (美)抗議; 反對. Tom *protested* Bill's decision. 湯姆反對比爾的決定/*protest* the new law 反對新法.

2 主張, 聲明; 句型3 (作為抗議而)堅決聲明. He *protested* his innocence. 他聲明自己無罪/*protest* one's loyalty 表明忠誠/He *protested that* he had never said so. 他堅決聲明自己從未那樣說過.

— *vi.* 抗議; 提出異議; 《*against, about, at*》.

What did the students *protest against*? 這些學生在抗議甚麼?

protèst too múch 過度主張[否定](反而讓人覺得奇怪).

*Prot·es·tant [`prɑtɪstənt; `prɒtɪstənt] (★注意重音位置) *n.* (*pl.* ~s [~s; ~s]) ©《基督教》新教教徒(宗教改革時期由羅馬天主教分裂出來的各個基督教派的教徒). Catholics and *Protestants* 天主教徒和新教徒.
— *adj.* 新教(徒)的.

Prot·es·tant·ism [`prɑtɪstənt͵ɪzəm; `prɒtɪstəntɪzəm] *n.* Ⓤ新教(的教義).

pro·tes·ta·tion [͵prɑtəs`teʃən; ͵prɒte`steɪʃn] *n.* ⓊⒸ(文章) **1** 主張, 聲明.
2 抗議(*against*).

pro·test·er [pro`tɛstə; prə`testə(r)] *n.* © 抗議者.

pro·to·col [`protə͵kɑl; `prəʊtəkɒl] *n.* **1** Ⓤ外交禮節. **2** © 條約草案; 議定書.

pro·ton [`protan; `prəʊtɒn] *n.* ©《物理》質子 (→ electron, neutron).

pro·to·plasm [`protə͵plæzəm; `prəʊtəʊplæzəm] *n.* Ⓤ《生物》原生質.

pro·to·type [`protə͵taɪp; `prəʊtəʊtaɪp] *n.* ©
1 原型; 典型, 模範. the *prototype* of the modern tank 現代坦克的模型.
2 試驗性的產品(新機器等的).

pro·to·zo·an [͵protə`zoən; ͵prəʊtəʊ`zəʊən] (動物) *n.* © 原生蟲(阿米巴原蟲等).
— *adj.* 原生蟲的.

pro·tract [pro`trækt; prə`trækt] *vt.* 《文章》延長, (時間上)拖延.

pro·trac·tion [pro`trækʃən; prə`trækʃn] *n.* Ⓤ《文章》拖延, 延長.

pro·trac·tor [pro`træktə; prə`træktə(r)] *n.* © 量角器.

pro·trude [pro`trud, -`trɪud; prə`tru:d] *vt.* 使突出, 使伸出.
— *vi.* 凸出, 突出. *protruding* front teeth 突出的門牙.

pro·tru·sion [pro`truʒən, -`trɪu-; prə`tru:ʒn] *n.* Ⓤ突出, 伸出; © 突起的部分, 突起物.

pro·tru·sive [pro`trusɪv, -`trɪu-; prə`tru:sɪv] *adj.* 突出的, 伸出的.

pro·tu·ber·ance [pro`tjubərəns, -`tɪu-, -`tu-; prə`tju:bərəns] *n.* 《文章》Ⓤ突出, 隆起; © 突起物, 突出物.

pro·tu·ber·ant [pro`tjubərənt, -`tɪu-, -`tu-; prə`tju:bərənt] *adj.* 《文章》突起的, 隆起的.

‡**proud** [praud; praud] *adj.* (~**er**; ~**est**) 〖自負的〗 **1** 有自尊心的; 得意的; 驕傲的, 妄自尊大的, (→ haughty 圖; ↔ humble). a *proud* young man 自負的年輕人/the *proud* parents of a baby boy 因喜獲麟兒顯得春風得意的雙親/The Statue of Liberty stands *proud*

P

and powerful at the gateway to the USA. 自由女神像昂首聳立在進入美國的門戶上/He was too *proud* to accept charity. 他自尊心太強而不願接受別人的施捨/be (as) *proud* as a peacock 洋洋得意(如孔雀般高傲).

2 《敘述》感到自豪的, 自負的, 引以為榮的, 《of》; 感到光榮的《to do》; 感到驕傲的《that》. We are *proud of* our school. 我們以學校為榮/He is *proud of* being of French origin. 他以具有法國血統而驕傲/He was *proud that* he was selected by the people. 他以自己為人民所選出而感到自豪/I'm *proud to* be a friend of such a great man. 我以和這樣的大人物為友而感到光榮.

3 《限定》〔事情〕值得誇耀的, 應該滿足的, 令人得意的. It was a *proud* day in my life. 這是我一生中值得誇耀的日子/a *proud* moment 光榮的一刻.

〖自豪的〗 **4** 《限定》壯麗的, 輝煌的. a *proud* monument 雄偉的紀念碑.

dò a pèrson próud 《口》讓某人有光彩; 熱烈招待某人. ⇨ *n.* **pride**.

***proud·ly** [ˈpraʊdlɪ; ˈpraʊdli] *adv.* **1** 自豪地, 得意地. talk about one's achievement *proudly* 得意誇耀自己的功績. **2** 驕傲地, 自大地. **3** 壯麗地.

prov·a·ble [ˈpruvəbl; ˈpruːvəbl] *adj.* 可證明的.

***prove** [pruv; pruːv] *v.* (~**s** [~z; ~z]; ~**d** [~d; ~d]; ~**d**, **prov·en**; **prov·ing**) *vt.*

〖證明〗 **1** 證明, 證實, 《to》; 句型3 (prove *that* 子句/*wh* 子句)證明…《to》; 句型5 (prove **A** (*to be*) **B**/**A** *to do*) 證明 A 為 B/證明 A 做…. *prove* the truth of what one says 證明所說的話/His innocence was clearly *proved*. 他的清白已得到充分的證實/If you can *prove* to me *that* it's true, I'll accept it. 如果你能證明這是真的, 我就接受/He couldn't *prove* the statement (*to be*) true. 他無法證明此陳述項是真的/Television has *proved* itself indispensable to our daily life. 電視已成為我們日常生活中不可缺的東西.

〖為證明而調查〗 **2** 檢驗, 試驗(test). *prove* a new technique 試驗新技術/*prove* a sum 驗算.

— *vi.* 〖作為結果而證明〗 句型2 (prove (*to be*) **A**)證明是 A, 結果. The wound *proved* fatal. 這傷口經證實是會致命的/The party *proved* to be a great success. 這次宴會十分成功. ⇨ *n.* **proof**.

***prov·en** [ˈpruvən; ˈpruːvn] *v.* prove 的過去分詞. — *adj.* 《限定》已證明的; 試驗過的. He is a *proven* liar. 人人皆知他是個騙子.

Pro·ven·çal [ˌprovənˈsɑl, ˌprɑv-; ˌprɒvɑːnˈsɑːl] *adj.* 普羅旺斯的; 普羅旺斯人[語]的. — *n.* C 普羅旺斯人; U 普羅旺斯語.

Pro·vence [prɑˈvɛns, prɔ-; prɒˈvɑːns] *n.* 普羅旺斯(法國東南部瀕地中海的地區).

prov·en·der [ˈprɑvəndə; ˈprɒvɪndə(r)] *n.* U **1** 乾飼料, 芻秣. **2** 《口》(人的)食物.

***prov·erb** [ˈprɑvɝb, -əb; ˈprɒvɜːb] *n.* (*pl.* ~**s**

[~z; ~z]) C **1** 諺語, 格言, 箴言, (回 proverb 是表示「諺語」之意最常用的詞」→ adage, maxim, saying). "Haste makes waste" is a *proverb*. 「欲速則不達」是句諺語/as the *proverb* goes [says] 俗話說. **2** 被視為典型範例的人[物]; 笑柄.

pro·ver·bi·al [prəˈvɝbɪəl; prəˈvɜːbjəl] *adj.* **1** 諺語的, 諺語中有的. **2** 眾所周知的, 出名的. His thrift is *proverbial*. 他的節儉是出了名的.

pro·ver·bi·al·ly [prəˈvɝbɪəlɪ; prəˈvɜːbjəli] *adv.* 如諺語所說; 人盡皆知地. Truth is *proverbially* stranger than fiction. 俗諺有云, 事實往往比小說還離奇.

***pro·vide** [prəˈvaɪd; prəˈvaɪd] *v.* (~**s** [~z; ~z]; **-vid·ed** [~ɪd; ~ɪd]; **-vid·ing**) *vt.*

〖預先準備>供給〗 **1** 供給, 提供, 給予; 準備, 出產(yield); 《for》. The school will *provide* tents *for* us. 學校會提供帳篷給我們/The hotel *provides* a taxi service to the airport. 那間旅館提供到機場的接送服務/Cars were *provided for* the guests. 提供車子給顧客/Cows *provide* milk (*for* us). 母牛供給(我們)牛乳. 回 provide 意為預先準備好而提供; → **supply**.

〖語法〗 provide+*n.*: ~ evidence (提供證據), ~ an explanation (提供說明), ~ help (提供援助), ~ information (提供情報), ~ pleasure (給予樂趣).

2 供給, 裝備, 《with》; 《美》句型4 (provide **A** **B**)提供 B(物)給 A(人). *provide* a car *with* a radio 為車子配備收音機/This scooter is *provided with* a spare tire. 這輛速克達(機車)配有備用輪胎/a person *provided with* a pass 持有通行證的某人/Cows *provide* us milk. = Cows *provide* milk *for* us. (→ *vt.* 1). 母牛供給我們牛乳.

〖預先規定好〗 **3** 句型3 (provide *that* 子句)〔法律等〕規定. The agreement *provides that*.... 協議規定…/It is *provided that* the applicants must be women. 申請人依規定必須是女性.

— *vi.* **1** 防備, 準備, 《for, against》. *provide against* accidents in the plant 為防止工廠內的意外而做準備/*provide for* emergencies 以備緊急情況之用.

2 供給必需品; 供養, 扶養; 《for》. I must *provide for* my family. 我必須扶養我的家庭/She is poorly [well] *provided for*. 她生活沒有著落[無所匱乏]. ⇨ *n.* **provision**.

***pro·vid·ed** [prəˈvaɪdɪd; prəˈvaɪdɪd] *conj.* 假如…, 以…為條件. They don't care *provided* (that) they have enough to eat and drink. 假如有充足的飲食, 他們就不會介意/〖語法〗 provided 比 if 優雅, 語義也較明確. 尤其是因為 if 有「是否…」之意, 所以如果上例中用 if 替代 provided (that), 則語義會變得非常含糊)/I will do as you wish *provided* (that) you agree to this condition. 只要你同意這個條件, 我就照你所希望的去做.

prov·i·dence [ˈprɑvədəns; ˈprɒvɪdəns] *n.* U **1** 天意, 天道, 天命. **2** (Providence)上帝(God, Heaven).

prov·i·dent [ˋprɑvədənt; ˈprɒvɪdənt] adj. 《文章》有先見之明的，深謀遠慮的；節儉的.

prov·i·den·tial [͵prɑvəˋdɛnʃəl; ͵prɒvɪˈdenʃl] adj. 天意的，神意的；《文章》幸運的.

prov·i·dent·ly [ˋprɑvədəntlɪ; ˈprɒvɪdəntlɪ] adv. 為將來做準備地；十分謹慎地.

pro·vid·er [prəˋvaɪdɚ; prəˈvaɪdə(r)] n. ⓒ 供應者.

pro·vid·ing [prəˋvaɪdɪŋ; prəˈvaɪdɪŋ] v. provide 的現在分詞、動名詞.
— conj. = provided.

****prov·ince** [ˋprɑvɪns; ˈprɒvɪns] n. (pl. -inc·es [~ɪz; ~ɪz]) 〖地域，地區〗 **1** ⓒ 省 (加拿大等國的行政區域). the Province of Quebec 魁北克省. **2** (the provinces) (首都及大城市以外的)鄉下地區，鄉下. He's from the provinces. 他是從鄉下來的/London and the provinces 倫敦與鄉下地區. 〖領域〗 **3** Ⓤ (學問，工作等的)領域，範圍. the province of political science 政治學的領域/It is not (within) my province to investigate the cause. 調查其原因並非屬於我的職責.

****pro·vin·cial** [prəˋvɪnʃəl; prəˈvɪnʃl] adj. **1** (限定)(與大城市相對的)地方的，鄉間的；省的. provincial universities 省立大學/a provincial capital 省府. **2** 鄉下人的，不時髦的，粗俗的. **3** 視野狹窄的，a provincial attitude of mind 心胸狹窄. ⇨ n. province.
— n. ⓒ 地方居民；鄉下人.

pro·vin·cial·ism [prəˋvɪnʃəl͵ɪzəm; prəˈvɪnʃəlɪzəm] n. **1** Ⓤ 地方性，鄉下氣息；粗俗，偏狹. **2** ⓒ 地方用語，鄉下腔.

prov·ing [ˋpruvɪŋ; ˈpruːvɪŋ] v. prove 的現在分詞、動名詞.

próving gròund n. ⓒ (飛彈等的)試驗場.

****pro·vi·sion** [prəˋvɪʒən; prəˈvɪʒn] n. (pl. ~s [~z; ~z]) **1** Ⓤ 供應；準備，防備，(for, against 對於…). make provision for one's old age 為晚年做準備/The farmers had made no provision against the drought. 農民們未作任何防範乾旱的準備. **2** Ⓤ 貯藏物. Their provision of oil is plentiful. 他們的石油存量很豐富. **3** (provisions) 糧食，食物. We're running out of provisions. 我們的糧食快沒了/They took plenty of provisions on their camping trip. 他們露營時帶了許多食物. **4** ⓒ (法律等的)條款，規定. ⇨ v. provide.
— vt. 《文章》供應糧食給….

pro·vi·sion·al [prəˋvɪʒənl; prəˈvɪʒənl] adj. 臨時的，暫時性的，暫定的. a provisional agreement 臨時協定/a provisional government 臨時政府.

pro·vi·sion·al·ly [prəˋvɪʒənlɪ; prəˈvɪʒnəlɪ] adv. 臨時地，暫定地，暫時地.

pro·vi·so [prəˋvaɪzo; prəˈvaɪzəʊ] n. (pl. ~s, ~es) ⓒ 但書，條件. with the proviso that 以…為條件.

---

prov·o·ca·tion [͵prɑvəˋkeʃən; ͵prɒvəˈkeɪʃn] n. Ⓤ 激怒，發怒，挑撥，刺激；ⓒ 激怒的原因；挑撥的事物. give provocation 激怒/fly into a rage at [on] the slightest provocation 為一點小事就勃然大怒. ⇨ v. provoke.
under provocátion 受到挑撥地，一怒之下.

pro·voc·a·tive [prəˋvɑkətɪv; prəˈvɒkətɪv] adj. 刺激性的，挑撥的；(性)挑逗的；激怒的.

pro·voc·a·tive·ly [prəˋvɑkətɪvlɪ; prəˈvɒkətɪvlɪ] adv. 刺激性地，挑撥地；(性)挑逗地.

****pro·voke** [prəˋvok; prəˈvəʊk] vt. (~s [~s; ~s]; ~d [~t; ~t]; -vok·ing) **1** 激起，誘發，〔感情，行動等〕. His statement provoked a great deal of laughter. 他的話引起了哄堂大笑.

> [搭配] provoke+n.: ~ anger (激怒)，~ criticism (惹來非議)，~ a quarrel (挑起爭論)，~ a reaction (引起反應).

2 激怒，觸怒，insulting enough to provoke a saint 用連聖人君子也會感到憤怒的方式來侮辱. **3** 〔句型5〕(provoke A to do)、〔句型3〕(provoke A to [into]...) 刺激〔挑撥，煽動〕A(人)做…. provoke a person to anger 激怒某人/He provoked the other man into drawing his gun. 他惹得對方掏出了手槍/She was provoked to say more than she intended to. 她一氣之下說出了原先沒打算說的話. ⇨ n. provocation.

pro·vok·ing [prəˋvokɪŋ; prəˈvəʊkɪŋ] adj. 《主文章》惱怒的，氣人的.

pro·vost [ˋpravəst; ˈprɒvəst] n. ⓒ **1** 《美》大學的教務長；《英》(特指 Oxford 或 Cambridge 大學中 college 的)院長. **2** (蘇格蘭的)市長.

prow [prau; praʊ] n. ⓒ 《主雅》船首；(飛機的)機首.

prow·ess [ˋpraʊɪs; ˈpraʊɪs] n. Ⓤ 《主雅》 **1** 勇猛，英勇；勇武. **2** (傑出的)本領，才能，(at, in).

prowl [praʊl; praʊl] vi. (動物)四處覓食，來回尋覓；〔人為了盜竊等目的而〕鬼鬼祟祟地走來走去；(about).
— n. ⓐ Ⓤ (口)徘徊；四處覓食. a columnist always on the prowl for gossip 總是四處搜集小道消息的專欄作家.

prówl càr n. ⓒ 《美、口》巡邏車(squad car; patrol car).

prowl·er [ˋpraʊlɚ; ˈpraʊlə(r)] n. ⓒ 徘徊的人，四處覓食的動物.

prox·i·mate [ˋprɑksə͵met; ˈprɒksɪmət] adj. 《文章》(時間，順序等)最接近的，前後緊接的，(to)；(原因等)直接的.

prox·im·i·ty [prɑkˋsɪmətɪ; prɒkˈsɪmətɪ] n. Ⓤ 《主文章》接近，臨近，(to). in the proximity of the school 在學校附近/in close proximity to 非常接近….

prox·y [ˋprɑksɪ; ˈprɒksɪ] n. (pl. prox·ies) **1** ⓒ 代理人；Ⓤ 代理，代理權. vote by proxy 由代理

人投票。**2** C委託書。

prude [prud, pruud; pru:d] *n.* C(在舉止、言辭上)裝文雅的人，故作淑女的女人。

***pru‧dence** [ˋprudn̩s, ˋpriudn̩s; ˈpru:dns] *n.* U 慎重，謹慎，考慮周到；節儉。with great *prudence* 極爲慎重。

↪ *adj.* prudent. ↔ imprudence.

***pru‧dent** [ˋprudn̩t, ˋpriudn̩t; ˈpru:dnt] *adj.* 明智的，判斷能力佳的；謹慎的，愼重的，(careful)。 a *prudent* leader 賢明的領導人/It would be *prudent* to ask their opinion before making a decision. 在決定之前詢問他們的意見是明智的。

↪ *n.* prudence.

pru‧den‧tial [pruˋdɛnʃəl, priu-; pruˈdenʃl] *adj.* 《文章》審愼的，深謀遠慮的，謹愼的。

pru‧den‧tial‧ly [pruˋdɛnʃəlɪ, priu-; pruˈdenʃəlɪ] *adv.* 深謀遠慮地。

pru‧dent‧ly [ˋprudn̩tlɪ, ˋpriu-; ˈpru:dntlɪ] *adv.* 深謀遠慮地，愼重地；節儉地。

prud‧er‧y [ˋprudərɪ, ˋpriu-; ˈpru:dərɪ] *n.* (*pl.* **-ries**) U假正經，裝淑女；C(通常 pruder*ies*)故作正經的言辭[舉止]。

prud‧ish [ˋprudɪʃ, ˋpriudɪʃ; ˈpru:dɪʃ] *adj.* 假正經的，一本正經的，過分拘謹的。

prune[1] [prun, priun; pru:n] *vt.* **1** 剪短(草木)《*back*》；修剪[多餘的枝，根等]。*prune* hedges 修剪樹籬/*pruning* shears 修剪花木用的剪刀。

2 從〈文章等〉中刪除多餘的部分，使簡潔。

prune[2] [prun, priun; pru:n] *n.* **1** 梅乾，蜜餞，《乾漬的 plum》。**2** 《口》傻瓜，笨蛋。

pru‧ri‧ence [ˋprurɪəns, ˋpriu-; ˈproərɪəns] *n.* U《文章》好色，色情。

pru‧ri‧ent [ˋprurɪənt, ˋpriu-; ˈproərɪənt] *adj.* 《文章》好色的，色情的。

Prus‧sia [ˋprʌʃə; ˈprʌʃə] *n.* 普魯士《德國北部的舊王國》。

Prus‧sian [ˋprʌʃən; ˈprʌʃn] *adj.* 普魯士的；普魯士人的。 —— *n.* C普魯士人。

Prŭssian blŭe *n.* 普魯士藍，深藍色，(一種藍料)。

prus‧sic acid [ˏprʌsɪkˋæsɪd; ˏprʌsɪkˈæsɪd] *n.* U《化學》氫氰酸。

pry[1] [praɪ; praɪ] *vi.* (**pries; pried; ~ing**) **1** 打聽，探問，《*into*》。 I don't want you *prying into* my private life. 我不希望你打探我的私生活。

2 到處窺探；盯著看，《*about*》。

pry[2] [praɪ; praɪ] *vt.* (**pries; pried; ~ing**) **1** 撬動，撬起，《*up; off*》。 句型5 (pry A B)把 A(物體)撬開成 B(狀態)。 He *pried* open the lid with a screwdriver. 他用螺絲起子撬開了蓋子。 語法 如上述的例句，當 pried 與 open (B)的關係緊密時，A (the lid)有時會放在後面。

2 (費力地)弄到手，好不容易才取出，《*out of*》。

P.S. 《略》postscript(附註)。

***psalm** [sɑm; sɑːm] *n.* (*pl.* ~**s** [~z; ~z]) C

1 讚美詩，聖詩，聖歌。 sing a *psalm* 唱聖歌。

2 (the P*salm*s)《聖經》詩篇《舊約聖經的一卷》。

psalm‧ist [ˋsɑmɪst; ˈsɑːmɪst] *n.* C讚美詩作者。

psal‧mo‧dy [ˋsɑmədɪ, ˋsælmədɪ; ˈsælmədɪ] *n.* (*pl.* **-dies**) U讚美詩的詠唱(法)；C聖歌集，讚美詩集。

pseu‧do [ˋsjudo, ˋsɪu-, ˋsu-; ˈpsjuːdəʊ] *adj.* 《口》僞的，假的，冒充的。

pseu‧do‧nym [ˋsjudn̩ˏɪm, ˋsɪu-, ˋsu-; ˈpsjuːdənɪm] *n.* C筆名；假名。

psi [saɪ; psaɪ] *n.* UC希臘字母的第二十三個字母，Ψ, ψ；相當於羅馬字母的 ps。

psit‧ta‧co‧sis [ˏ(p)sɪtəˋkosɪs, ˏpsɪtɪˋkəʊsɪs; ˏ(p)sɪtəˈkəʊsɪs] U《醫學》鸚鵡病[熱]《鸚鵡類的疾病，也會傳染給人類》。

psst [ps(t); ps(t)] *interj.* 咘(吐唾沫聲)；(小聲地)噓(悄悄引起注意的聲音)。

PST 《略》 Pacific Standard Time.

psych [saɪk; saɪk] *vt.* 《主美、口》 **1** 使做好精神準備(*up; for*)。 **2** 嚇唬(*out*)。 字源 < *psych*oanalyze.

Psy‧che [ˋsaɪkɪ; ˈsaɪkɪ] *n.* **1** 《希臘、羅馬神話》賽姬(愛神(希臘神話中的 Eros，羅馬神話中的 Cupid)所愛的美麗少女)《雅》。 **2** C(*psyche*)(通常用單數)《雅》(人的)靈魂，精神。

psy‧che‧del‧ic [ˏsaɪkɪˋdɛlɪk, ˏsaɪkɪˈdelɪk] *adj.* 引起幻覺(似)的，使產生陶醉感的，幻覺的。

psy‧chi‧at‧ric [ˏsaɪkɪˋætrɪk, ˏsaɪkɪˈætrɪk] *adj.* 精神病學的；治療精神病的。

psy‧chi‧a‧trist [saɪˋkaɪətrɪst, saɪˈkaɪətrɪst] *n.* C精神科醫生，精神病學者。

psy‧chi‧a‧try [saɪˋkaɪətrɪ, saɪˈkaɪətrɪ] *n.* U精神病學；精神疾病治療防治研究。

psy‧chic [ˋsaɪkɪk; ˈsaɪkɪk] *adj.* **1** 靈魂的；心靈的。**2** 〈疾病是〉心靈的，精神的。**3** 〈人〉對超自然力量敏感的。 —— *n.* C靈媒，巫師；具有超自然能力的人。

psy‧chi‧cal [ˋsaɪkɪk; ˈsaɪkɪkl] *adj.* =psychic.

psy‧cho [ˋsaɪko; ˈsaɪkəʊ] *n.* (*pl.* ~**s**) C《俚》精神變態者，心理變態者，《psychopath 的縮略》。

psycho- (構成複合字)表示「精神，心理，靈魂」之意。

psy‧cho‧a‧nal‧y‧sis [ˏsaɪkoəˋnæləsɪs; ˏsaɪkəʊəˈnæləsɪs] *n.* U 精神分析(學)；精神分析治療法。

psy‧cho‧an‧a‧lyst [ˏsaɪkoˋænl̩ɪst; ˏsaɪkəʊˈænlɪst] *n.* C精神分析師；精神分析學者。

psy‧cho‧an‧a‧lyt‧ic, ‧i‧cal [ˏsaɪkoˏænlˋɪtɪk, ˏsaɪkəʊˏænəˈlɪtɪk, [-k]; -kl] *adj.* 精神分析(學)的；精神分析治療法的。

psy‧cho‧an‧a‧lyze [ˏsaɪkoˋænlˏaɪz, ˏsaɪkəʊˈænəlaɪz] *vt.* 對…進行精神分析；用精神分析法治療…。

***psy‧cho‧log‧i‧cal** [ˏsaɪkəˋlɑdʒɪk, ˏsaɪkəˈlɒdʒɪkl] *adj.* 心理學(上)的；心理上的，精神上的。 a *psychological* effect 心理上的影響/a *psychological* explanation 心理學上的解釋/His disease is of *psychological* origin. 他的病是由精神

上的原因引起的.

psy·cho·log·i·cal·ly [ˌsaɪkə`lɑdʒɪkəlɪ; ˌsaɪkə'lɔdʒɪkəlɪ] *adv.* 心理上; 心理學上.

psychológical móment *n.* (加 the)絕佳的瞬間[機會].

psychológical wárfare *n.* ⓤ 心理戰.

psy·chol·o·gist [saɪ`kɑlədʒɪst; saɪ'kɔlədʒɪst] *n.* ⓒ 心理學家.

‡**psy·chol·o·gy** [saɪ`kɑlədʒɪ; saɪ'kɔlədʒɪ] *n.* ⓤ **1** 心理學. specialize in social *psychology* 對社會心理學有特別研究. **2** 《口》心理, 心理狀態. His *psychology* is not stable. 他的精神狀態不穩定/feminine *psychology* 女性心理.

psy·cho·path [`saɪkə͵pæθ; 'saɪkəʊpæθ] *n.* ⓒ 精神變態者, 心理變態者, 《在程度上較精神病患輕的精神異常者》.

psy·cho·path·ic [ˌsaɪkə`pæθɪk; ˌsaɪkəʊ'pæθɪk] *adj.* 心理病態的, 精神異常的.

psy·cho·ses [saɪ`kosiz; saɪ'kəʊsiːz] *n.* psychosis 的複數.

psy·cho·sis [saɪ`kosɪs; saɪ'kəʊsɪs] *n.* (*pl.* **-ses**) ⓤⓒ 精神病, 精神異常.

psy·cho·so·mat·ic [ˌsaɪkoso`mætɪk; ˌsaɪkəʊsəʊ'mætɪk] *adj.* 身心的, 身心醫學的, 《由於精神上的原因而引起的生理疾病》.

psy·cho·ther·a·py [ˌsaɪko`θɛrəpɪ; ˌsaɪkəʊ'θerəpɪ] *n.* ⓤ 心理[精神]療法, 心理治療學.

psy·chot·ic [saɪ`kɑtɪk; saɪ'kɒtɪk] *adj.* 精神病的, 精神異常的. 回psychotic 是表示「精神異常」之意的學術用語; → mad. — *n.* ⓒ 精神病患者.

Pt 《符號》platinum.

pt. (略) part; payment; pint; point.

p.t. (略) past tense.

PTA (略) Parent-Teacher Association (學生家長與教師教育促進會).

ptar·mi·gan [`tɑrməgən; 'tɑːmɪgən] *n.* (*pl.* ~, ~s) ⓒ 《鳥》雷鳥.

PTO (略) Please turn over. (見反面, 見下頁; 《美》Over).

Ptol·e·ma·ic [ˌtɑlə`meɪk; ˌtɒlə'meɪɪk] *adj.* 托勒密的(→ Copernican). the *Ptolemaic* system 天動說.

Ptol·e·my [`tɑləmɪ; 'tɒləmɪ] *n.* **Clau·di·us** [`klɔdɪəs; 'klɔːdjəs] ~ 托勒密《約西元 2 世紀時的希臘天文學家、數學家、地理學家; 提出天動說》.

Pu 《符號》plutonium.

*‡**pub** [pʌb; pʌb] *n.* (*pl.* ~**s** [~z; ~z]) ⓒ 《英、口》(英式風味強烈的)小酒店, 小酒館, (public house). John and I went to the *pub* for a drink. 約翰與我去小酒館喝酒.

pu·ber·ty [`pjubɚtɪ, `pɪu-; 'pjuːbətɪ] *n.* ⓤ 青春期(具備生殖能力的時期; 男子約始於十四歲, 女子約始於十二歲左右). reach the age of *puberty* 進入青春期.

pu·bic [`pjubɪk, `pɪu-; 'pjuːbɪk] *adj.* 陰部的; 陰毛的. *pubic* hair 陰毛.

[pub]

‡**pub·lic** [`pʌblɪk; 'pʌblɪk] *adj.* 【 普通人們的 】 **1** (限定)公眾的, 公共的, 民眾的, (◆ private). promote *public* welfare 增進公共福利/in the *public* eye 在眾目睽睽之下, 公然/a *public* holiday 國定假日/for the *public* good 為了公益.

2 【有關一般民眾的】(限定)公務的, 社會的, 為國家[地域社會]的, (◆ private). the *public* debt [《英》funds] 國債[公債]/*public* men 公務人員/*public* offices 政府[公家]機關.

【 開放給一般民眾的 】 **3** (為)公共的, 公用的, 公立的, (◆ private). *public* transportation 大眾運輸/*public* facilities 公共設施/a *public* hall 公共禮堂/a *public* library 公立圖書館/a *public* toilet 公共廁所.

4 非祕密的, 公然的; 公開的, 眾所周知的. make a *public* protest 提出公開抗議/a *public* lecture 公開的演說/The report was made *public*. 那份報告已被公開了/a *public* scandal 眾所周知的醜聞/It is (a matter of) *public* knowledge that.... …是眾所皆知的事. ⇨ *v.* publish. *n.* publicity.

gò públic 《公司》公開股份.

— *n.* **1** ⓤ(單複數同形)(加 the)一般人民, 民眾, 公眾, 社會, 世人. the general *public* 一般社會大眾/open to the *public* 開放給民眾的/The *public* has a right to know. 民眾有知的權利/The *public* are admitted here once a week. 這裡每週開放一次/the American *public* 美國大眾.

2 ⓤⓒ(★用單數亦可作複數)…派, …群, 同好團體, 愛好者. the reading *public* 一般讀者群, 讀者大眾/the theatergoing *public* 戲劇同好/Is there a *public* for this sort of amusement? 會有很多人喜歡這種娛樂嗎?

in públic 當眾; 公開地, 公然地. She always acts shy *in public*. 她在人前總顯得很害羞.

pub·lic-ad·dress system [ˌpʌblɪkə`drɛs͵sɪstəm; ˌpʌblɪkə'dres͵sɪstəm] *n.* ⓒ 擴音裝置(麥克風、擴音器等用於戶外、劇場內等處的廣播裝置; 略作 PA (system)).

pub·li·can [`pʌblɪkən; 'pʌblɪkən] *n.* ⓒ 《英》小酒店(pub)的老闆.

‡**pub·li·ca·tion** [ˌpʌblɪ`keʃən; ˌpʌblɪ'keɪʃn] *n.* (*pl.* ~**s** [~z; ~z])

【 公開 】 **1** ⓤ 發布, 發表, 公布. the *publica-*

tion of a person's death 某人死訊的發布.

2 U 出版, 發行, 刊印. the date of *publication* 出版日期/suppress [suspend] *publication* 禁止[暫停]發行/*Publication* of this month's issue will be delayed one week. 本月號的發行將會延遲一週.

3 C 出版物, 刊物. a monthly *publication* 月刊/new *publications* 新刊物. ⇨ *v.* publish.

pùblic bár *n.* C (小酒館的) 吧檯(→saloon bar).

pùblic convénience *n.* C (英)公共廁所(《美》comfort station).

pùblic corporátion *n.* C《主英》公共企業; 國營事業; 公共團體.

pùblic énemy *n.* C 公敵, 社會大眾的敵人, (歹徒等).

pùblic hóuse *n.* C **1** 《英》小酒館(pub).
2 小旅店, 旅館.

pub·li·cist [ˈpʌblɪsɪst; ˈpʌblɪsɪst] *n.* C **1** 政治[時事]評論員. **2** (劇團等的)宣傳員, 廣告員.

pub·lic·i·ty [pʌbˈlɪsətɪ, pəˈblɪs-; pʌbˈlɪsɪtɪ] n. U **1** 人所皆知的事, 眾所周知的消息; 名聲; (↔ privacy). gain *publicity* 出名/seek *publicity* 想辦法成名/avoid [shun] *publicity* 避人耳目/The Women's Liberation has received a good deal of *publicity* in recent years. 婦女運動在這幾年中頗受世人注目.
2 宣揚, 宣傳(方法). a big *publicity* campaign for a movie 電影的大肆宣傳.
give publícity to... 公布…; 宣傳…. The newspapers have *given publicity* to the fact that the mayor was arrested. 各家報紙都刊出市長被捕的消息.

publícity àgent *n.* C 廣告代理業者; (劇團、公司企業等的)宣傳部門(亦稱publícity màn).

pub·li·cize [ˈpʌblɪ͵saɪz; ˈpʌblɪsaɪz] *vt.* 公布; 為…宣傳[做廣告].

pub·lic·ly [ˈpʌblɪklɪ; ˈpʌblɪklɪ] *adv.* 公然地, 公開地. You had better not say that *publicly.* 你最好不要公開這樣說.

pùblic núisance *n.* C **1** 妨害公益的行為; 公害. 匪意 由污染造成的公害為pollution.
2 《口》常常製造麻煩的人.

pùblic opínion *n.* U 輿論.

pùblic ównership *n.* U (企業, 資產等的)國有(權).

pùblic prósecutor *n.* C 檢察官.

pùblic relátions *n.* 《作單數》公共關係, 宣傳活動, 《略作 PR》.

pùblic schóol *n.* C《美》(蘇格蘭)公立高中、初中、小學; 《英》寄宿學校(住校制的私立中學, 對象為中上階層的青少年, 主要是對男生進行紳士教育; ⇨ school C, → grammar school).

pùblic sérvant [offícial] *n.* C 公務員, 公僕.

pùblic sérvice *n.* **1** C 公共事業(電力, 交通等). **2** U 公務; 國務.

pùblic spéaking *n.* U 演說(術); 說話技巧.

pùblic spírit *n.* U 熱心公益的精神.

pub·lic-spir·it·ed [͵pʌblɪkˈspɪrɪtɪd; ͵pʌblɪkˈspɪrɪtɪd] *adj.* 熱心公益的; 有公德心的.

pùblic utílity *n.* C 公共事業(電力, 瓦斯等事業受政府管理控制, 但非政府所擁有).

pùblic wórks *n.* 《作複數》公共建築[工程], 市政工程, (道路, 水庫等).

‡**pub·lish** [ˈpʌblɪʃ; ˈpʌblɪʃ] *vt.* (~es [~ɪz; ~ɪz]; ~ed [~t; ~t]; ~ing) **1** 出版, 印行. This dictionary will be *published* in June. 這本辭典將於6月出版/*publish* one's third novel 出版第三本小說/*publish* a book at one's own expense 自費出版書籍.
2 發表, 公開; 公布, 頒布, 〔法律等〕. *publish* his marriage 宣布他的婚事/The latest US-Japan trade figures are to be *published* next week. 美日貿易的最新數據預定下週發表.
⇨ *n.* publication.

pub·lish·er [ˈpʌblɪʃər; ˈpʌblɪʃə(r)] n. (*pl.* ~s [~z; ~z]) C 書籍出版業者, 出版社, 出版商. a *publisher* of educational books 教育圖書出版社.

pub·lish·ing [ˈpʌblɪʃɪŋ; ˈpʌblɪʃɪŋ] *n.* U 出版; 出版業.

puce [pjus, pɪus; pjuːs] *n.* U 深紫褐色.
— *adj.* 深紫褐色的.

puck¹ [pʌk; pʌk] *n.* C **1** 頑皮的妖精; (Puck)帕克(英國民間傳說中喜歡惡作劇的小妖精).

puck² [pʌk; pʌk] *n.* C 冰球(冰上曲棍球所用之橡膠製的黑色圓盤).

puck·er [ˈpʌkər; ˈpʌkə(r)] *vt.* 打褶, 起皺痕; 縮攏〔嘴唇等〕(*up*). The cloth was *puckered.* 這塊布皺了/*pucker up* one's lips 噘嘴.
— *vi.* 〔衣服等〕起皺痕, 縮攏, 擠縮, (*up*).
— *n.* C 褶, 皺紋; 縮攏.

puck·ish [ˈpʌkɪʃ; ˈpʌkɪʃ] *adj.* 《雅》喜歡惡作劇的(→ puck¹).

pud·ding [ˈpʊdɪŋ; ˈpʊdɪŋ] n. (*pl.* ~s [~z; ~z]) UC 布丁(在麵粉等中加入牛奶、雞蛋、糖及其他材料, 然後放入模子中或蒸或烤而成的一種滑軟點心; 可製成正餐後食用的甜點心, 也可加入肉等製成略帶甜味的主食, 亦可作主食的配菜; → cake 圖). The proof of the *pudding* is in the eating. → proof.

pud·dle [ˈpʌdl; ˈpʌdl] *n.* **1** C (道路等的)水坑; (牛奶等的)凝塊. **2** U 膠土(由黏土、砂石和水混合而成; 用來防漏水).
— *vt.* **1** 使…弄得泥濘; 攪渾〔水〕.
2 (用黏土等)做成〔膠土〕.

pudg·y [ˈpʌdʒɪ; ˈpʌdʒɪ] *adj.* 《口》= podgy.

pueb·lo [ˈpwɛblo; ˈpwebləʊ] 《西班牙語》 *n.* (*pl.* ~s) C 普維波洛(北美原住民的村落, 由用土磚(adobe)和石塊砌成的房屋組成; 在美國西南部和墨西哥尤多).

pu·er·ile [ˈpjʊə͵rɪl, ˋpɪu-, -rəl; ˈpjʊəraɪl] *adj.* 《文章》孩子氣的, 幼稚的, (childish).

pu·er·il·i·ty [͵pjʊəˈrɪlətɪ, ͵pɪuə-; pjʊəˈrɪlətɪ] *n.* (*pl.* -ties)《文章》 **1** U 孩子氣, 幼稚.

2 C (通常 puerilit*ies*)孩子氣的言行[想法].

Puer·to Ri·can [͵pwɛrtə`rikən; ͵pwɜːtəʊ`riːkən] *adj.*, *n.* C 波多黎各的; 波多黎各人(的).

Puer·to Ri·co [͵pwɛrtə`riko; ͵pwɜːtəʊ`riːkəʊ] *n.* 波多黎各(西印度群島中的島嶼; 美國的自治領地; 首都 San Juan; → Caribbean Sea 圖).

****puff** [pʌf; pʌf] *n.* (*pl.* ~s [~s; ~s]) C **1** (氣息, 空氣, 煙等的)一吹[噴], 噓的一吹[噴]; 吹一口的量. Blow out the candles with a *puff*. 一口氣把蠟燭都吹滅/take a *puff* at [from] one's cigarette 吸一口菸/a *puff* of smoke 一團噴出的煙.
2 蓬鬆的一團. *puffs* of cloud 一朵雲.
3 粉撲(powder puff).
4 (奶油餡等點心的)泡芙, 泡芙的外層脆皮. a cream *puff* 奶油泡芙.
5 (衣服的)蓬鬆部分(衣袖和裙子等的褶).
—— *v.* (~s [~s; ~s]; ~ed [~t; ~t]; ~ing) *vi.*
1 (一邊)噴煙等(一邊前進); [煙囪]噴氣噴出; 噴; 噓噓地噴[at]. He *puffed* on [at] his pipe. 他一口一口抽著菸斗/The steam engine *puffed* uphill. 那列蒸汽火車噴著蒸氣爬上了坡.
2 上氣不接下氣, 喘氣; 喘著氣走. The old man *puffed* up the stairs. 那個老人喘著氣爬樓梯.
—— *vt.* **1** 噴地[突然]噴[煙等]; 吹掉[*away*]. The locomotive *puffed* smoke. 那部火車噴出了煙.
2 噴, 噓噓地抽[香菸等].
3 使膨脹, 使充氣, [*out*]. The wind *puffed out* the sails. 風使帆吹得鼓鼓的.
be pùffed úp with... 因…而驕傲自大, 自以為了不起, 妄自尊大.
pùff and blów [*pánt*] 喘氣, 上氣不接下氣.
pùff /.../ óut (1) =puff *vt.* 3. (2)喘著氣說…. (3)吹熄…. A gust of wind *puffed out* the candle. 一陣風吹熄了蠟燭.

puffed [pʌft; pʌft] *adj.* 《英, 口》上氣不接下氣的.

puff·er [`pʌfɚ; `pʌfə(r)] *n.* C **1** 吹氣的人[東西]; 《幼兒語》火車. **2** 〖魚〗河豚魚.

puf·fin [`pʌfɪn; `pʌfɪn] *n.* C〖鳥〗海雀, 海雀科海鸚鵡和花魁鳥屬等海鳥的總稱(生活在北極海和北大西洋沿岸; 平喙, 體態矮胖).

[puffin]

pùff pástry *n.* UC 酥皮麵糰(揉製時一層又一層地疊合).

puff·y [`pʌfɪ; `pʌfɪ] *adj.* **1** 鼓起的, 腫大的. **2** [風等]一陣陣吹的. **3** 《口》氣喘吁吁的.

pug [pʌg; pʌg] *n.* C **1** 巴哥犬(一種類似虎頭狗的短毛小型犬). **2** 獅子鼻(亦作 pùg·nòse).

pu·gil·ist [`pjudʒəlɪst, `pɪu-; `pjuːdʒɪlɪst] *n.* C《文章》拳擊師, 拳擊手.

pug·na·cious [pʌg`neʃəs; pʌg`neɪʃəs] *adj.* 愛吵架的, 好鬥的.

[pug 2]

---

pug·na·cious·ly [pʌg`neʃəslɪ; pʌg`neɪʃəslɪ] *adv.* 好鬥地.

pug·nac·i·ty [pʌg`næsətɪ; pʌg`næsətɪ] *n.* U 好鬥, 愛吵架.

pug-nosed [`pʌg͵nozd; pʌg`nəʊzd] *adj.* 獅子鼻的.

puke [pjuk; pɪuk; pjuːk]《俚》*vi.* 吐, 嘔出.
—— *vt.* 吐, 嘔出.

Pu·lit·zer Prize [`pulɪtsɚ`praɪz; ͵pʊlɪtsə`praɪz] *n.* 《美》普立茲獎(美國記者 Joseph Pulitzer (1847-1911) 設立的獎; 頒發給在新聞、文學、音樂方面有傑出成就的美國人).

*‡***pull** [pul; pʊl] *v.* (~s [~z; ~z]; ~ed [~d; ~d]; ~·ing) *vt.* 〖拉〗**1** 拉, 拖, 拉攏, (↔ push). *pull* a cart 拉手推貨車/*pull* the trigger 扣扳機/*pull* a person's sleeve (為喚起注意)拉某人的衣袖[語法]亦可用 *pull* a person *by* the sleeve, 表示拉的動作會影響到對方的全身)/Pull your chair nearer the fire. 把你的椅子向火邊拉近點.
圖 pull 為一般用語, 與 push(推)相對, 表示「使對方向自己這邊移動」; 與 draw 相比, pull 的動作顯得比較用力而且迅捷; → drag, haul.
2 [句型5] [拉 A B] 拉A使成為B(狀態). Alice *pulled* the door open [shut]. 愛麗絲把門拉開[關上]了.
3 〖划槳〗划, 划動, [船]; [船]由[…隻槳]划動. He *pulled* oars in the college crew. 他曾在大學的划船隊裡曾當過划槳手/*pull* one's boat across the river 划船過河/This boat *pulls* eight oars. 這條船有八支槳.
4 〖停靠〗把[車](向某方)移動, 挪靠. *pull* one's car alongside the curb 把車停靠在人行道旁.
〖吸引〗**5** 〖引力等〗牽引; [魅力等]吸引. The singer can *pull* a large audience. 這位歌手能吸引廣大聽眾.
〖拔出〗**6** 採, 摘, [果實], (pluck); 拔(出); 拔去[鳥]的羽毛. *pull* flowers 摘花/*pull* some strawberries 採一些草莓/He had a tooth *pulled*. 他拔掉一顆牙/*pull* (up) weeds in the garden 拔除院中雜草/*pull* a bird 拔鳥羽/*pull* a gun *on* a person 拔出手槍對準某人.
〖硬拉〗**7** 朝擊球後面對的方向擊[球]《高爾夫球、棒球的術語》.
8 弄傷[肌肉等]. *pull* a muscle in the right leg 扭傷右腿的肌肉.
9 《主美、口》執行, 完成, [勾當等]. *pull* a mean trick on a person 對某人耍壞手段.
—— *vi.* **1** 拉, 拖, 牽引, (↔ push). The horse *pulls* well. 這匹馬很能拖東西.
2 [人]划[船]. I *pulled* for the shore. 我朝岸邊划去.
3 (拉著自己似地)前進; [船](被划著)前進. The train was *pulling* slowly up the hill. 那列火車正緩慢地爬上坡.

4 被拉, 被拔. This weed won't *pull*. 這些草拔不起來.

5 把車向左[右]移靠, 改變車子的方向;〔車等〕(向旁)靠近. I *pulled* into the empty space. 我把車開進空位/The car *pulled* to the left. 車向左靠了過去.

pùll/.../abóut 亂拉…; 粗暴地對待….

pùll a fáce [fáces] 拉下面孔, 板起面孔.

pùll a fást òne on... (俚)對…行騙, 詐取.

pùll ahéad 向(…的)前方進(of); 勝過(of).

pùll...apárt (1)把…拆散; 扯斷…; 拉開…. (2)找出…的錯誤.

púll at... (用力)拉; 吸〔菸等〕; 從〔瓶〕中直接飲酒等. He *pulled* hard *at* the rope. 他用力地拉此這條繩子/*pull at* a bottle 嘴對著瓶口喝.

pùll/.../awáy¹ 用盡力氣使…離開(from).

pùll awáy² (1)〔車子, 駕駛者〕開動. (2)脫離; 剝落;《from》. (3)〔船〕不斷划動.

pùll/.../báck¹ 使…返回; 使…節制.

pùll báck² 返回, 後退.

* **pùll/.../dówn** (1)拆毀…; 打倒〔政府等〕. *pull down* an old house 拆毀一幢舊房子. (2)拉下〔百葉窗等〕; 使〔物價等〕下跌. (3)使〔病人等〕衰弱. (4)(美...)領取, 獲得,〔薪資等〕.

púll for... (口)聲援….

* **pùll/.../ín¹** (1)縮回…, 拉進…; 使…後退; 制止…. *pull* oneself *in* (縮腹)使腹部不凸出來/*pull* a horse *in* 勒住馬. (2)緊縮[開銷]. (3)《俚》〔警察〕把…糾至警察局. (4)(口)=pull/.../down (4). (5)吸引〔觀眾等〕.

pùll ín²〔火車等〕到站(↔ pull out²);〔車等〕靠[停]在一邊.

púll into...〔列車等〕駛進, 到達.

pùll a pèrson's lég → leg 的片語.

* **pùll/.../óff¹** (1)用力脫; *pull off* one's boots 用力脫去長靴. (2)(口)順利地完成〔困難的事等〕. *pull off* a remarkable upset 克服極大的混亂.

pùll óff² 把車停靠在路邊;〔駕駛者〕開走車子,〔車子〕開走.

pùll/.../ón 用力地拉〔穿〕上….

* **pùll/.../óut¹** (1)拔〔塞子, 牙齒等〕; 攤開〔折疊的地圖等〕. *pull out* a cork 拔起軟木塞. (2)〔軍隊等〕撤離(of);〔人, 國家等〕脫離(of〔不好的情況等〕). (3)〔說話等〕拖拖拉拉.

pùll óut² (1)〔火車等〕駛離車站(↔ pull in²). *pull out* of the station 駛離車站. (2)(從不可靠的公司等處)離開, 離職.

pùll out of the fíre 挽回〔劣勢〕.

pùll/.../óver¹〔人〕把車停靠在路邊.

pùll óver²〔車〕停靠在路邊.

pùll róund¹〔人〕恢復健康, 復原.

pùll/.../róund² 使…恢復健康.

pùll onesèlf togéther 振作起來, 控制自己, 恢復正常.

pùll thróugh¹〔病人〕度過險境, 恢復健康; 度過危機.

pùll/.../thróugh² 使〔人〕度過危機[戰勝病魔].

pùll togéther¹ 齊心協力.

pùll/.../togéther² 重振(面臨危機的公司等).

pùll...to píeces (1)撕碎…; 把…拆散, *pull* a doll *to pieces* 把洋娃娃扯爛. (2)把…批評得一文不值.

pùll úp¹ 〔車〕停住;〔人〕使車停住. *pull up* to the curb 把車停靠在人行道旁.

* **pùll/.../úp²** (1)拔起…, *pull up* a fishing line 拉起釣線. (2)使〔車〕停止; 勒住〔馬〕. (3)拉起, 拔掉, 〔雜草等〕. (4)阻止, 克制, 〔人, 人的行動等〕.

pùll úp to [with]... (在比賽等中)追上….

— *n.* (*pl.* ~s [~z; ~z]) **1** ○(用力)拉, 扯. give a *pull at* [on] the rope 用力拉繩子.

2 ○拉力, 引力, 牽引力; ○○(口)魅力. magnetic *pull* 磁力/the *pull* of show business 演藝事業的魅力.

3 ○(用單數)(槳的)划一下.

4 ○(酒等的)喝一口; (香菸的)吸一口. have [take] a *pull at* the bottle 就著瓶子喝一口.

5 ○(通常用單數)〔高爾夫球, 棒球〕朝擊球後面對的方向所擊出的球(→ vt. 7).

6 @○(口)「門路」, 關係. have a strong *pull* with the police 跟警方有很好的關係.

7 @○(爬坡時的)費力前進. a long *pull* up the hill 漫長費力的爬坡.

8 ○(門等)的把手, 拉柄; 拉繩.

pul·let [ˋpʊlɪt; ˊpolit] *n.* ○(一歲以下的)小母雞.

pul·ley [ˋpʊlɪ; ˊpoli] *n.* (*pl.* ~s) ○滑車, 滑輪, (→ block *n.* 1 (d)).

pull-in [ˋpʊl͵ɪn; ˊpolin] *n.* ○(英、口)速食餐廳(《主美》drive-in).

Pull·man [ˋpʊlmən; ˊpolmən] *n.* (*pl.* ~s) ○普爾曼火車(又稱 Púllman càr; 設備豪華的客車, 特指臥車).

pull-on [ˋpʊl͵ɑn; ˊpolɒn] *n.* ○套穿的襯衫, 手套等(沒扣子, 直接套上的).— *adj.* (限定)套穿的.

pull-out [ˋpʊl͵aʊt; ˊpolaʊt] *n.* **1** ○○撤退. **2** ○書中的折頁.

* **pull·o·ver** [ˋpʊl͵ovɚ; ˊpol͵əʊvə(r)] *n.* (*pl.* ~s [~z; ~z]) ○套頭毛衣(從頭部穿上的毛線衣等). It's cold outside—you'd better wear a *pullover*. 外頭會冷, 你最好穿件(套頭)毛衣.

pull-up [ˋpʊl͵ʌp; ˊpolʌp] *n.* ○○引體向上.

pul·mo·nar·y [ˋpʌlmə͵nɛrɪ; ˊpʌlmənərɪ] *adj.* 肺的, 和肺有關的. *pulmonary* tuberculosis 肺結核.

[pullover]

pulp [pʌlp; pʌlp] *n.* **1** ○(軟的)果肉. **2** @○漿狀物. **3** ○紙漿(造紙原料).

4 ○(常 pulps)(低俗的)便宜雜誌, 廉價雜誌, (源自印刷於廉價的粗糙紙張上; → slick).

5 (形容詞性)低俗的.

to a púlp (1)搗成漿狀. (2)(把人打得)七葷八素; (使人)筋疲力竭. beat [reduce] a person *to a*

pulp 把某人打得七葷八素.
— vt. 把…搗成漿狀, 使…化為紙漿.
— vi. 成漿狀, 成紙漿.

pul·pit [ˋpʊlpɪt; ˈpʊlpɪt] n. © **1** (教堂的)佈道壇(→ church 圖). **2** 《文章》(加 the) (集合)牧師; 佈道.

pulp·wood [ˋpʌlpˌwʊd; ˈpʌlpˌwʊd] n. U 做紙漿的木材《特指松樹及樅樹等》.

pulp·y [ˋpʌlpɪ; ˈpʌlpɪ] adj. 果肉狀的; 紙漿(狀)的, 漿狀的.

pul·sar [ˋpʌlsɑr; ˈpʌlsɑ:(r)] n. © 《天文》脈衝星《有規律地依週期發出電波的天體》.

[pulpit 1]

pul·sate [ˋpʌlset; pʌlˈseɪt] vi. **1** 搏動, 跳動; (因激動而)心情不平靜, 悸動. **2** 顫動, 震動.

pul·sa·tion [pʌlˋseʃən; pʌlˈseɪʃn] n. UC 脈搏, 跳動.

*pulse[1] [pʌls; pʌls] n. (pl. puls·es [~ɪz; ~ɪz]) ©
1 (通常用單數)脈搏; 跳動. The doctor felt [took] my *pulse*. 醫生為我把脈.
2 律動, 拍子; 感覺.
3 《物理》脈波, 波動.
— vi. (puls·es [~ɪz; ~ɪz]; ~d [~t; ~t]; puls·ing) 搏動, 跳動. My heart *pulsed with* apprehension. 我的心因憂慮而撲通撲通地跳.

pulse[2 [pʌls; pʌls] n. 《有時作複數》豆類, 豆子.

pul·ver·ize [ˋpʌlvəˌraɪz; ˈpʌlvəraɪz] vt.
1 使成粉末; 使〔液體〕成霧狀.
2 徹底摧毀, 粉碎〔人, 議論等〕.
— vi. 變成粉; 粉碎.

pu·ma [ˋpjumə, ˋpɪu-; ˈpju:mə] n. (pl. ~s, ~) = cougar.

pum·ice [ˋpʌmɪs; ˈpʌmɪs] n. U 輕石, 浮石, (亦稱 púmice stòne).

pum·mel [ˋpʌml; ˈpʌml] v. (~s; 《美》~ed, 《英》~led; 《美》~ing, 《英》~ling) = pommel.

‡**pump[1** [pʌmp; pʌmp] n. 《pl. ~s [~s; ~s]》 ©
幫浦, 唧筒. a water *pump* 抽水機/a bicycle *pump* 腳踏車打氣筒/fetch [prime] a *pump* 引水進抽水機.
— v. (~s [~s; ~s]; ~ed [~t; ~t]; ~ing) vt.
〖使用抽水機〗 **1** (a)用抽水機抽(水)《up; out》; 抽乾〔船, 水井等〕《out》; 用抽水機抽送〔引進〕《into》. *pump up* water from a well 用抽水機從井中抽水/*pump out* a ship 抽掉船中的水/*pump* gas *into* a tank 把汽油用幫浦抽進油槽.
(b) 句型5 (pump A B)抽乾 A 使成 B(狀態). *pump* a well dry 抽乾水井.
2 (像用幫浦般地)使〔東西〕上下〔前後〕運動. He *pumped* my hand lustily. 他用力地握著我的手上下搖晃《表示情緒充沛的握手方法》.
3 給〔輪胎〕打氣《up》; 注入〔空氣〕《into》. *pump* air *into* a tire 給輪胎打氣.
4 《口》灌注〔知識等〕; 投入〔資金, 勞力等〕《into》.

pump grammar *into* the students' heads 把文法知識灌輸到學生的腦袋裡.
5 【汲出>探聽出】《口》(用套話的方式等)打聽出, 套出, 《out of》; 打聽《for, about 關於…》. *pump* a secret *out of* a person 從某人那裡探聽出祕密/*pump* a person *for* information 向某人打聽消息.
— vi. **1** 用幫浦抽水; 使用幫浦.
2 行幫浦作用; 跳動.

pump[2 [pʌmp; pʌmp] n. © (通常 pumps)輕便舞鞋; 《美》一種女鞋(鞋低底, 無鞋帶或鞋扣等).

pum·per·nick·el [ˋpʌmpɚˌnɪk!; ˈpʊmpənɪkl] n. U 裸麥製的粗黑麵包(通常切成薄片出售).

*pump·kin [ˋpʌmpkɪn; ˈpʌŋkɪn] n. (pl. ~s [~z; ~z]) UC 南瓜《在美國用來做派餅的餡等》. a *pumpkin* pie 南瓜派/make lanterns out of *pumpkins* 用南瓜做燈籠(→ jack-o'-lantern).

pun [pʌn; pʌn] n. © (同字異義或同音異字的)雙關語, 雙關俏皮話, 《例: "Weren't you upset when the bank went bankrupt?" "No, I only lost my *balance*." 「當銀行倒閉時, 你不心煩嗎?」「不, 我只是失去了平衡感」; 利用 balance 同時具有的「餘款」含義所說的雙關俏皮話).
— v. (~s; ~ned; ~·ning) 說雙關語《on, upon 利用…》.

*punch[1 [pʌntʃ; pʌntʃ] n. (pl. ~es [~ɪz; ~ɪz]) 〖打〗 **1** © (用拳頭)毆打, 揮拳. give him a *punch* in the face 朝他臉上揮一拳/get a *punch* on the nose 鼻子挨了一拳.
2 U《口》(文章, 演說等)的氣勢, 震撼力. His speech is lacking in *punch*. 他的演說缺乏震撼力.
〖穿孔器具〗 **3** © 穿孔機; 剪票夾; 沖床, 沖孔機. a key *punch* (→見 key punch).
pùll one's *púnches* 手下留情; (譴責, 攻擊等)酌情處理; (一般用於否定句)
— vt. 〖打〗 **1** 用拳猛擊, 毆打. *punch* him in the stomach 一拳打在他肚子上.
2 按〔鈕, 鍵等〕操作; 用力敲擊. *punch* a time clock 按打卡鐘.
3 【打穿】用穿孔機穿孔. *punch* a ticket 剪票.
*pùnch ín[1 [óut] 《美》打卡上班〔下班〕.
*pùnch/.../ín[2 (電腦)輸入〔資料等〕.

punch[2 [pʌntʃ; pʌntʃ] n. U 龐奇《在酒中加入水、檸檬、糖和香料等製成的飲料; 或在果汁中摻入蘇打水和切碎的水果製成的清涼飲料》.

Punch-and-Judy show [ˋpʌntʃənˋdʒudɪˌʃo, -ˋdʒuɪ-; ˌpʌntʃənˈdʒu:dɪˋʃəʊ] n. © 潘奇和茱蒂秀《木偶喜劇, 主角是長了一個大鷹鉤鼻又駝背的 Punch 和時常與他吵架的妻子 Judy》.

[Punch-and-Judy show]

púnch báll n. =(英) punching bag.

púnch bówl n. C 裝龐奇飲料用的大碗(→ punch²).

púnch [púnched] cárd n. C (電腦等的)打孔資料卡.

punch-drunk [ˋpʌntʃˌdrʌŋk; ˌpʌntʃˈdrʌŋk] adj. 《拳擊》(被打得)暈頭轉向的; 《口》茫然的.

punch·er [ˋpʌntʃɚ; ˈpʌntʃə(r)] n. C **1** 打孔的人; 穿孔機操作員. **2** 鑿孔機, 穿孔機.

púnching bàg n. C (美)(拳擊練習用的)沙袋.

púnch líne n. C (笑話等中的)妙句, 妙語, 妙處.

punch-up [ˋpʌntʃˌʌp; ˈpʌntʃʌp] n. C (英、口)打架, 毆鬥.

punch·y [ˋpʌntʃɪ; ˈpʌntʃɪ] adj. 《口》有震撼力的, 有力的.

[punching bags]

punc·til·i·o [pʌŋkˋtɪlɪˌo; pʌŋkˈtɪlɪəʊ] n. (pl. ~s)《文章》C (儀式、禮儀等的)細節; U 恪守禮儀規範.

punc·til·i·ous [pʌŋkˋtɪlɪəs, -ljəs; pʌŋkˈtɪlɪəs] adj. 《文章》(人、態度等)精準的; 注重禮節的, 嚴謹的. ★通常用於正面含義.

*__punc·tu·al__ [ˋpʌŋktʃʊəl, -tʃʊl; ˈpʌŋktʃʊəl] adj. 準時的, 如期的, 守時的; (時間上)精確的. She is always punctual. 她總是很守時/punctual payment 如期支付/be punctual for appointments 準時赴約/be punctual in meeting one's engagements 如期償還債務.

punc·tu·al·i·ty [ˌpʌŋktʃʊˋælətɪ; ˌpʌŋktʃʊˈælətɪ] n. U 守時; 嚴格.

*__punc·tu·al·ly__ [ˋpʌŋktʃʊəlɪ, -tʃʊl-; ˈpʌŋktʃʊəlɪ] adv. 按時[如期]地, 準時地. He arrived punctually at 7 o'clock. 他準時於7點鐘抵達.

punc·tu·ate [ˋpʌŋktʃʊˌet; ˈpʌŋktʃʊeɪt] vt. 〖加上標點符號〗**1** 給(句子等)加標點符號.

2 打斷(通常用被動語態). His narrative was punctuated by [with] coughs. 他的話不時被咳嗽打斷.

3 〖爲醒目而分開〗強調, 使明顯. He punctuated his speech with expressive gestures. 他用豐富的肢體語言強調他的演說.

*__punc·tu·a·tion__ [ˌpʌŋktʃʊˋeʃən; ˌpʌŋktʃʊˈeɪʃn] n. U 標點, 句讀; 標點法. be accurate in punctuation 正確地使用標點符號.

punctuátion márk n. C 標點符號.

*__punc·ture__ [ˋpʌŋktʃɚ; ˈpʌŋktʃə(r)] n. (pl. ~s [~z; ~z]) C (刺穿的)孔; (輪胎的)破裂. I had a puncture on the motorway. 我的輪胎在快速道路上被刺破了. ★通常漏了氣的輪胎稱爲 flat tire, 輪胎的爆裂則稱爲 blowout.

— vt. **1** (用尖物)刺出小孔; 刺穿[小孔]; 刺破

[輪胎等]. I punctured my sister's balloon with a pin. 我用針戳破了我妹妹的氣球.

2 使(情緒等)喪氣, 損抑. His blunder really punctured his self-confidence. 他這次的過失真的挫傷了他的自信心.

pun·dit [ˋpʌndɪt; ˈpʌndɪt] n. C **1** 印度的學者.

2 《常表詼諧》博學多聞的人, 知識淵博的人.

pun·gen·cy [ˋpʌndʒənsɪ; ˈpʌndʒənsɪ] n. U《文章》**1** (味道, 氣味等的)刺激性, 辣味.

2 (言辭等的)尖刻, 尖銳.

pun·gent [ˋpʌndʒənt; ˈpʌndʒənt] adj. 《文章》**1** (味道, 氣味等)刺激性的, 辣的, 刺鼻的.

2 尖銳的, 尖刻的, 〔言辭, 批評等〕.

*__pun·ish__ [ˋpʌnɪʃ; ˈpʌnɪʃ] vt. (~es [~ɪz; ~ɪz]; ~ed [~t; ~t]; ~·ing) **1** 罰, 處罰, 懲罰(人)(by, with); 懲罰(for 爲…理由). Jim was punished for neglecting his duties. 吉姆因怠忽職守而受罰/He was sadly punished for his follies. 他做的蠢事讓他受到嚴厲的懲罰/be punished by death 被判處死刑/Drunken driving should be severely punished. 酒醉駕車應受重罰.

2 《口》使吃苦頭, 痛擊.

♦ n. **punishment**.

[字源] PUN「罰」: punish, punitive (刑罰的), impunity (不受懲罰).

pun·ish·a·ble [ˋpʌnɪʃəbḷ; ˈpʌnɪʃəbl] adj. 〔犯罪行爲等〕可受懲罰的, 該罰的.

*__pun·ish·ment__ [ˋpʌnɪʃmənt; ˈpʌnɪʃmənt] n. (pl. ~s [~s; ~s]) **1** U 罰, 處罰, 懲罰; C 刑罰. inflict punishment on a person 懲罰某人/capital punishment 死刑/as (a) punishment for cheating 作爲對欺騙行爲的處罰.

[搭配] adj.+punishment: (a) cruel ~ (嚴刑), (a) fitting ~ (適度的懲罰), (a) mild ~ (輕懲), (a) severe ~ (重罰) // v.+punishment: escape (a) ~ (逃過處罰), receive (a) ~ (接受處罰).

2 U《口》粗暴的對待, 痛打, 折磨. He took a lot of punishment in the fight. 他在這次鬥毆中吃足了苦頭.

pu·ni·tive [ˋpjunətɪv, ˋpɪu-; ˈpjuːnətɪv] adj. **1** 刑罰的, (給予)懲罰的.

2 〔課稅等〕嚴苛的, 過苛的, 懲罰性的.

punk [pʌŋk; pʌŋk] n. **1** C《美、俚》流氓, 無賴; 無知的年輕人. **2** U 無聊的事.

3 =punk rock; C 龐克族.

— adj. **1** 無聊的, 沒價值的; 低劣的. **2** 《美、俚》身體虛弱的. **3** 龐克搖滾樂的.

púnk róck n. U 龐克搖滾樂(1970年代流行的一種節奏強烈、喧鬧的搖滾音樂).

pun·ster [ˋpʌnstɚ; ˈpʌnstə(r)] n. C 愛用[擅長]雙關語的人(愛用 pun (雙關語)).

[punks 3]

punt¹ [pʌnt; pʌnt] n. C 平底船(用篙撐著前行).

— vt. 用篙撐〔平底船〕前進; 用平底船運載

— vi. 乘平底船.

punt² [pʌnt; pʌnt] 《足球》 n. C 踢球凌空踢出《用手將球拋出, 趁球未落地之際將其踢出; → drop-kick, place-kick》.
— vt. 拋《球》凌空踢出.
— vi. 拋《球》凌空踢出.

pu·ny [ˋpjunɪ, ˋpɪu-; ˈpjuːnɪ] adj. 《有時含輕蔑》小的, 弱小的; 不足取的.

pup [pʌp; pʌp] n. C 幼犬 (puppy; → dog 參考); (海豹、狼、狐狸等的) 幼子.

[punt¹]

pu·pa [ˋpjupə, ˋpɪu-; ˈpjuːpə] n. (pl. -pae, ~s) C (蟲) 蛹 (→ metamorphosis 圖).

pu·pae [ˋpjupi; ˈpjuːpaɪ] n. pupa 的複數.

*pu·pil¹ [ˋpjupḷ, ˋpɪu-; ˈpjuːpl] n. (pl. ~s [~z; ~z]) C **1** 學生. an elementary school *pupil* 小學生. 回 在英國未達到進入 college 之年齡者皆稱為 pupil; 在美國初、高中生皆稱為 student, 小學生才是 pupil; → student.
2 弟子, 門徒. Some of my *pupils* are world-famous musicians now. 我的幾個學生現在已是世界知名的音樂家.

pu·pil² [ˋpjupḷ, ˋpɪu-; ˈpjuːpl] n. C (解剖) 瞳孔 (→ eye 圖).

pup·pet [ˋpʌpɪt; ˈpʌpɪt] n. C **1** 木偶 (marionette), 用手指耍弄的人偶 (亦稱 glove pup-pet). **2** 傀儡, 受人操縱者; 《形容詞性》傀儡的. a *puppet* government 傀儡政權.

[puppets 1]

pup·pe·teer [ˌpʌpɪˋtɪr; ˌpʌpɪˈtɪə(r)] n. C 演木偶戲的人, 操縱木偶的人.

púppet shòw n. C 木偶戲.

pup·py [ˋpʌpɪ; ˈpʌpɪ] n. (pl. -pies) C 小狗, 幼犬 (→ dog 參考).

púppy lòve n. U 稚愛《青春期的少男少女間短暫的愛戀》.

*pur·chase [ˋpɝtʃəs, -ɪs; ˈpɜːtʃəs] (★注意發音) vt. (-chas·es [~ɪz; ~ɪz]; ~d [~t; ~t]; -chas·ing) **1** 買, 購買. *purchase* a new house *for* eighty thousand dollars 花八萬美元買一幢新房子. 回 purchase 比 buy 的說法更為正式.
2 (付出努力、犧牲而) 獲得, 贏得. *purchase* independence *with* blood 用鮮血贏得獨立.
— n. (pl. -chas·es [~ɪz; ~ɪz]) **1** U 買, 購買. the *purchase* of land 土地的購買.
2 C 購買物, (去) 購買. make a lot of *pur-chases* 買許多東西/a good *purchase* 便宜貨.
3 aU (拉或舉等時的) 防滑踏握裝置, 槓桿作用物.

pur·chas·er [ˋpɝtʃəsə, -ɪs-; ˈpɜːtʃəsə(r)] n. C 買主, 購買人.

— **purge** 1239

pur·chas·ing [ˋpɝtʃəsɪŋ, -ɪs-; ˈpɜːtʃəsɪŋ] v. purchase 的現在分詞、動名詞.

púrchasing pòwer n. U 購買力.

*pure [pjur, pɪur; pjʊə(r)] adj. (pur·er; pur·est) 《無混雜物的》 **1** 純粹的, 不摻雜的; 純的, 血統純正的; (↔ impure). *pure* gold 純金/*pure* blood 純正的血統, 純種/a *pure* Frenchman 血統純正的法國人.
2 《沒有弄髒的》純淨的, 潔淨的; 《聲音》乾淨的; 潔白的, 貞潔的, 純潔的. *pure* air [water] 純淨的空氣[水]/a *pure* note 清亮的聲音/the *pure* in heart 心地無瑕的人/a *pure* young girl 清純的少女.
3 《限定》《口》完全的 (complete); 獨一無二的 (only). *pure* nonsense 一派胡言/by *pure* chance 純屬偶然地/out of *pure* kindness 完全出於好意.
4 《限定》《數學等》純理論的 (↔ applied). *pure* mathematics 純數學.
⇨ n. pureness, purity. v. purify.

pùre and símple 《通常加在名詞後面》《口》完完全全的; 《副詞性》完全地. a crook *pure and simple* 十足的大騙子.

pu·rée [pjuˋre, pɪu-, ˋpjure, ˋpɪure; ˈpjʊəreɪ] (法語) n. UC 醬, 菜[果]泥, 《把蔬菜等煮爛搗碎過濾而成》; 以此做成的濃湯.

*pure·ly [ˋpjurlɪ, ˋpɪur-; ˈpjʊəlɪ] adv. **1** 純粹地, 不摻雜地. *purely* white 純白的. **2** 完全地; 僅. It's *purely* fiction. 這純粹是虛構/I said so *purely* in jest. 我這麼說完全是開玩笑的.

pure·ness [ˋpjurnɪs, ˋpɪur-; ˈpjʊənɪs] n. U 純粹 (性). 〔較級〕

pur·er [ˋpjurə, ˋpɪur-; ˈpjʊərə(r)] adj. pure 的比較級.

pur·est [ˋpjurɪst, ˋpɪur-; ˈpjʊərɪst] adj. pure 的最高級.

pur·ga·tion [pɝˋgeʃən; pɜːˈgeɪʃn] n. U 《文章》 **1** 洗滌罪惡, 淨化. **2** 《用瀉藥》通便.

pur·ga·tive [ˋpɝgətɪv; ˈpɜːgətɪv] adj. 通便的, 瀉藥的. — n. C 瀉藥.

pur·ga·to·ri·al [ˌpɝgəˋtorɪəl, ˌpɝgəˋtɔːrɪəl] adj. (似) 煉獄的; 贖罪的.

pur·ga·to·ry [ˋpɝgəˌtorɪ, -ˌtɔrɪ; ˈpɜːgətərɪ] n. (pl. -ries) **1** U 《天主教》煉獄 《負罪的死者靈魂在進入天堂前在此經歷種種苦難以贖罪》.
2 UC (暫時的) 苦難, 苦行.

*purge [pɝdʒ; pɜːdʒ] vt. (purg·es [~ɪz; ~ɪz]; ~d [~d; ~d]; purg·ing) **1** 使〔身, 心等〕潔淨 (*of, from*); 使〔某人〕消除 (*of* 〔嫌疑等〕); 洗清, 掃除, 〔罪過, 污垢等〕(*from*). *purge* one's mind *of* wicked thoughts 清除腦中的邪念/*purge* oneself *of* a charge 洗清自身的嫌疑/He confessed his crime to *purge* (away) his sense of guilt. 他認罪以消除罪惡感/*purge* hatred *from* one's heart 掃除心中的憎恨.
2 清掃, 驅逐, 〔政治上的異端分子等〕 (*from* 〔政黨等〕); 將從〔政黨等〕肅清 (*of* 〔不受歡迎的人等〕). Several politicians were *purged from* the party.

幾名政客被驅逐出黨/They *purged* the union *of* its corrupt leaders. 他們掃除腐敗的領導人員肅清組織. **3** 《醫學》(使)通便.
— *n.* ⓒ淨化; 驅逐, 肅清, 清黨; 瀉藥.

pu·ri·fi·ca·tion [ˌpjʊrəfəˈkeʃən, ˌpɪʊrə-; ˌpjʊərɪfɪˈkeɪʃn] *n.* ⓤ滌淨, 淨化.

pu·ri·fy [ˈpjʊrəˌfaɪ, ˈpɪʊrə-; ˈpjʊərɪfaɪ] *vt.* (-fies; -fied; ~ing) **1** 使淨化, 使潔淨; 使純淨. *purify* the air 淨化空氣.
2 洗淨(人, 心 等)《*of* 除去…》. The politician was *purified of* sin. 那個政治人物已洗刷了罪名.

pur·ism [ˈpjʊrɪzəm, ˈpɪʊr-; ˈpjʊərɪzəm] *n.* ⓤ (語言, 藝術的)純正主義(恪守正統方法).

pur·ist [ˈpjʊrɪst, ˈpɪʊr-; ˈpjʊərɪst] *n.* ⓒ純正主義者.

***Pu·ri·tan** [ˈpjʊrətṇ, ˈpɪʊrə-; ˈpjʊərɪtən] *n.* (*pl.* ~s [~z; ~z]) ⓒ **1** 清教徒. 參考反對傾向於天主教的英國國教, 主張淨化儀式; 爲持守此教義者的總稱, 教派上包括 Congregationalist 或 Baptist 等; 一部分人已移民美國.
2 (puritan)(道德上, 宗教上)極爲嚴謹的人(將奢侈和歡樂視爲罪惡).
— *adj.* **1** 清教徒的. **2** 《通常表輕蔑》(puritan) (道德上, 宗教上)嚴謹的, 禁慾的.

pu·ri·tan·i·cal [ˌpjʊrəˈtænɪkḷ, ˌpɪʊrə-; ˌpjʊərɪˈtænɪkl] *adj.* **1** 《輕蔑》(道德上, 宗教上)過於嚴苛的.
2 (Puritanical)清教徒(般)的; (有關)清教徒的.

pu·ri·tan·i·cal·ly [ˌpjʊrəˈtænɪklɪ, -ḷɪ, ˌpɪʊrə-; ˌpjʊərɪˈtænɪkəlɪ] *adv.* 清教徒般地; 嚴謹地.

Pu·ri·tan·ism [ˈpjʊrətṇˌɪzəm, ˈpɪʊrə-; ˈpjʊərɪtənɪzəm] *n.* ⓤ **1** 清教主義.
2 (puritanism)(泛指)嚴謹主義.

*** pu·ri·ty** [ˈpjʊrətɪ, ˈpɪʊrətɪ; ˈpjʊərətɪ] *n.* ⓤ **1** 清澄, 純正, 純粹, 潔淨. The river is noted for the *purity* of its water. 那條河以河水清澈著名. **2** (心靈的)純潔, 潔淨. Vulgar films stain the *purity* of young children's minds. 低俗的電影玷污孩子們純潔的心靈.

purl[1] [pɝl; pɜːl] *vi.* 〔小河〕潺潺地流.
— *n.* ⓤ潺潺的流水聲.

purl[2] [pɝl; pɜːl] *vt.* 用反[倒]針編織; 反織, 倒織; 用繡邊[流蘇]裝飾, 飾以小環結.
— *vi.* 用反[倒]針編織; 反織.
— *n.* ⓤ反[倒]針編織; ⓒ流蘇, 環結, 邊飾.

pur·lieus [ˈpɝljuz, -lɪuz; ˈpɜːljuːz] *n.* 《作複數》《雅》近郊, 郊外, (outskirts).

pur·loin [pɝˈlɔɪn, pɚ-; pɜːˈlɔɪn] *vt.* 《文章》(特指)竊取(不甚有價值之物).

*** pur·ple** [ˈpɝpḷ; ˈpɜːpl] *n.* ⓤ **1** 紫色(比 violet 更紅). *Purple* is a mixture of red and blue. 紫色是紅色和藍色的混合色.
2 紫色之物(染料或衣服等). Jane was dressed in *purple*. 珍身穿紫色衣服.
3 (加 the)(從前國王或貴族穿的)紫袍; 帝位, 王

位, 王權; 樞機主教之職位[階級].
— *adj.* 紫色的.

Púrple Héart *n.* ⓒ **1** 《美》紫心勳章(頒給負傷軍人的榮譽勳章).
2 (purple heart)《英、口》(心形的)興奮劑.

pur·plish [ˈpɝplɪʃ, -plɪʃ; ˈpɜːplɪʃ] *adj.* 略帶紫色的.

pur·port [pɚˈport, ˈpɝport, -ɔrt; ˈpɜːpət] 《文章》 *vt.* 句型3 (purport *to* do)(某人或撰寫的作品等)聲稱. He *purports to* be an expert in fishing. 他自稱是釣魚高手.
— [ˈpɝport, -ɔrt; ˈpɜːpət] *n.* ⓤ(言辭、行爲或文章的)意義, 旨趣. the *purport of* his speech 他演說的要旨.

*** pur·pose** [ˈpɝpəs; ˈpɜːpəs] (★注意發音) *n.* (*pl.* **-pos·es** [~ɪz; ~ɪz]) 【目的】
1 ⓒ目的, 目標, 意圖. For what *purpose* do you want to go there? 爲甚麼(目的)你要去那裡呢?/He had a fixed *purpose* in life. 他有確切的人生目標/for *purposes* of comparison 爲了比較/attain [achieve] one's *purpose* 達到目的/answer [serve] one's *purpose* 實現…的目的.

┃ 搭配 *adj.* ＋purpose: a definite ~ (明確的目標), the immediate ~ (當前的目標), the main ~ (主要的目的), a practical ~ (切合實際的目的), the ultimate ~ (最終的目的).

2 ⓤⓒ(常接在 to 之後)(事物使用的)目的, 用途, 效果. I don't think there's any *purpose* (in) staying any longer. 我認爲繼續留在這已沒有任何意義/The objections were voiced *to* no [little] *purpose*. 雖然表達了反對意見, 卻絲毫[幾乎]無任何效果/*to* some [good] *purpose* 相當[十分]有成效.
3 ⓤ決心. be firm [infirm] of *purpose* 意志堅強[薄弱].

* *for* [*with*] *the púrpose of* dóing 爲了…(目的). Troops were sent in *for the purpose of* preventing riots. 軍隊被派去防止暴動發生. 注意此句不可作 for the *purpose to* prevent riots.

* *on púrpose* (1)故意地. It looked like an accident, but he actually did it *on purpose*. 那看起來像是件意外, 但實際上是他故意的. (2)(加 to do)爲了…. He made mistakes *on purpose* to annoy me. 他爲了惹惱我而故意出錯.

to the púrpose 適當地[的]. Everything he said was *to the purpose*. 他所說的話都很適當.
— *vt.* 《文章》打算, 決意; 句型3 (purpose *that* 子句/ *to* do/doing)有做…的(意圖)[意思]. *purpose* a visit to China 打算訪問中國/Dr. Morris *purposed that* his son (should) be a physician, too. 莫里斯醫生決心讓兒子也成爲醫生.

pur·pose-built [ˌpɝpəsˈbɪlt; ˌpɜːpəsˈbɪlt] *adj.* 《主英》因特定目的而做的, 特別訂購的.

pur·pose·ful [ˈpɝpəsfəl; ˈpɜːpəsfʊl] *adj.* **1** 有目的[意圖]的; 有意義的. **2** 意志堅定的.

pur·pose·ful·ly [ˈpɝpəsfəlɪ; ˈpɜːpəsfʊlɪ] *adv.* 有目的地; 意志堅定地.

pur·pose·less [ˈpɝpəslɪs; ˈpɜːpəslɪs] *adj.* 無目

的[意義]的; 缺乏決心的.

pur·pose·less·ly [ˋpɝpəslɪslɪ; ˈpɜːpəslɪslɪ] *adv.*
無目的地; 無意義地.

pur·pose·ly [ˋpɝpəslɪ; ˈpɜːpəslɪ] *adv.* 故意地,
存心地; 有特別意圖地, 刻意地.

purr [pɝ; pɜː(r)] *n.* [C] (貓等高興時發出的) 嗚嗚聲
(→ cat 參考); (用單數) (表示汽車等情況良好的)
低穩的聲音.
— *vi.* (貓等滿足而) 嗚嗚地叫; (汽車引擎) 發出低
穩的震顫聲, 發出滿足或喜悅的低吟聲.
— *vt.* (特指女性把自己的心情或願望等) 很滿足地
低聲輕吐.

‡**purse** [pɝs; pɜːs] *n.* (*pl.* **purs·es** [~ɪz, ~ɪz]) [C]
1 (主要指女用的) 小錢袋, 錢包, (→
wallet 圖). I had my *purse* stolen. 我的錢包被
偷了.
2 《美》(女用) 手提包 (《無肩帶的為 handbag》). Her
purse contained a variety of things but no
money. 她的手提包內有一堆東西, 但沒有錢.
3 (用單數) 金錢, 財力, 財源. the public *purse*
國庫.
4 (懸) 賞金, 捐款, 獎金.
— *vt.* 噘著, 抿著, 嘟著, (嘴), 皺起 (眉頭).
She *pursed* her lips in disapproval. 她噘起嘴表示
不贊成.

purs·er [ˋpɝsɚ; ˈpɜːsə(r)] *n.* [C] (飛機, 船舶的)
總務長 (除掌管會計等業務外, 也負責為乘客服務的
機[船]艙人員).

purse-snatch·er [ˋpɝs͵snætʃɚ;
ˈpɜːs͵snætʃə(r)] *n.* [C] 《美》專搶婦女手提包的歹徒.

púrse strìngs *n.* (作複數) 錢袋 (袋口) 的細
繩. hold the *purse strings* 握著錢袋上的細繩, 掌
握錢財的支配權/tighten the *purse strings* 「看緊荷
包」, 節省開支.

pur·su·ance [pɚˋsuəns, -ˋsɪu-, -ˋsju-;
pəˈsjʊəns] *n.* [U] 《文章》(計畫等的) 執行, 實行; 追
求. in (the) *pursuance* of one's duty 履行義務/in
(the) *pursuance* of your request 依你的要求.
⇨ *v.* **pursue.**

pur·su·ant [pɚˋsuənt, -ˋsɪu-, -ˋsju-; pəˈsjʊənt]
adj. 《用於下列片語》
pursúant to... 《介系詞性》《文章》按照, 依據.
act *pursuant to* the plan 依計畫行動.

‡**pur·sue** [pɚˋsu, -ˋsɪu, -ˋsju; pəˈsjuː] *v.* (~s
[~z; ~z]; ~d [~d; ~d]; -su·ing) *vt.*
【追蹤】 **1** (為追捕而) 追趕, 追蹤. The police-
man *pursued* the thief. 那個警察追捕小偷/the
pursued 被追趕的人.
2 [討厭的人, 事物] 糾纏; 使煩惱不斷. Mike
was *pursued* by fears and anxieties. 麥克被恐懼
和焦慮弄得心神不寧/He *pursued* the teacher
with silly questions. 他提出不少愚蠢的問題來煩老
師.
【追求】 **3** 尋求, 追求, 〔目標或快樂等〕. *pursue*
fame [pleasure] 追求名聲[快樂].
4 繼續 [工作或討論等]; 實行, 進行; 從事. *pur-
sue* one's studies 繼續 [進行] 研究/*pursue* one's
business 從事自己的事業.

5 【跟隨前去】《雅》走向[路]; 採取[方針]; 按照
[規則等]. *pursue* a wise course 採高明的方法.
— *vi.* **1** 追, 追趕, 《*after* 的後面》. **2** 繼續
進行. ⇨ *n.* **pursuit, pursuance.**

pur·su·er [pɚˋsuɚ, -ˋsɪu-, -ˋsju-; pəˈsjuːə(r)] *n.*
[C] 追蹤者; 追求者.

pur·su·ing [pɚˋsuɪŋ, -ˋsɪu-, -ˋsju-; pəˈsjuːɪŋ] *v.*
pursue 的現在分詞, 動名詞.

‡**pur·suit** [pɚˋsut, -ˋsɪu-, -ˋsju-; pəˈsjuːt] *n.*
(*pl.* ~s [~s; ~s]) 【追求】 **1** [U] 追
蹤. a dog in the *pursuit* of rabbits 追趕兔子的
狗/in hot *pursuit* (of a thief) 緊追 (小偷) 不捨.
2 [U] 追求; 繼續進行; 從事; 《*of*》. the *pursuit*
of happiness 追求幸福/He was merciless in his
pursuit of the truth. 他毫不留情地追究真相.
【追求的對象】 **3** [C] 研究; 職業, 工作; 娛樂.
literary *pursuits* 文學的研究/daily *pursuits* 日常
的工作/One of his favorite *pursuits* is painting.
繪畫是他的興趣之一. ⇨ *v.* **pursue.**

pu·ru·lence [ˋpjʊrələns, ˋpɪʊrə-, -rjələns;
ˈpjʊrʊləns] *n.* [U] 化膿; 膿.

pu·ru·lent [ˋpjʊrələnt, ˋpɪʊrə-, -rjəl-;
ˈpjʊrʊlənt] *adj.* 化膿性的; 生膿的; 含膿的.

pur·vey [pɚˋve; pəˈveɪ] *vt.* (~s; ~ed; ~ing)
《文章》供應 [食品等].

pur·vey·ance [pɚˋveəns; pəˈveɪəns] *n.* [U]
《文章》(糧食等的) 調配, 供應.

pur·vey·or [pɚˋveɚ; pəˈveɪə(r)] *n.* [C]《文章》
(糧食等的) 供應人[商].

pur·view [ˋpɝvju, -vɪu; ˈpɜːvjuː] *n.* [U]《雅》(活
動, 知識等的) 範圍, 界限. That subject does not
fall within the *purview* of this report. 那個主題
不在本報告的範圍之內.

pus [pʌs; pʌs] *n.* [U] 膿, 膿液.

‡**push** [pʊʃ; pʊʃ] *v.* (~es [~ɪz; ~ɪz]; ~ed [~t; ~t];
~ing) *vt.* 【推】 **1** (a)《常接副詞(片
語)》推, 推進, 《亦用作比喻; ↔ pull》. *Push* the
knob; don't pull. 推把手, 不要拉/*push* a button
按按鈕/*push* a boy down 把男孩推倒/*push* a cork
in 把軟木塞塞進去/She *pushed* the needle
through the heavy cloth with her thimble. 她用
頂針將針穿過厚布/He *pushed* aside all my ideas.
他把我所有的意見都擱在一邊/*push* away a stool
把椅子推開/*push* up [down] prices 抬高[降低]物
價.
(b) [句型5] (push A B) 把 A 推成 B (狀態). *push*
the door open [shut] 把門推開[關上].
(c) (用 push oneself) 《與副詞(片語)連用》快速採取
[某個姿勢]. *push oneself* to one's feet 迅速地站
起來.
2 【推出】使 [手足等] 伸出; 使伸出 [芽等]; 《*out*》.
The snail *pushed* out its horns. 蝸牛伸出了觸角.
【推行】 **3** 推行, 推廣, 〔目的, 工作等〕; 追求,
強求. The program was *pushed* to include all of
the major agricultural provinces. 該計畫範圍擴大

至所有主要的農業地區/*push* one's claims 堅持要求.

4 支援; 催促; 推銷, 強賣, 〔物品〕; 《俚》私自販賣〔毒品〕.

〖〖逼迫〗〗 **5** 強求《*for*》; 逼迫《*to*》; 句型5 (push **A** *to do*)、句型3 (push **A** *into doing*)逼迫A做…, *push* him *for* a loan of money 硬逼他借錢/I *pushed* him to try for the position. 我硬要他去試試看這個職位/He *pushed* Jane *into* marrying him. 他百般說服珍願嫁給他.

〖〖迫近〗〗 **6** (用 be pushing)《口》接近…的年齡《通常指三十歲以上》. He *is* pushing 40. 他年近四十.

— *vi.* **1** 推《*at, against*》(⟷ pull). *push* up *against* the door 推門/It is dangerous to *push* at the back. 從後面推是很危險的.

2 突出; 〔芽等〕(旺盛地)生長; 〔道路等〕伸展; 〔思路等〕擴展. a cape *pushing* out into the sea 伸入海中的岬角.

3 (克服困難等)前進; 不斷地進行《*on*》. *push* against the wind 逆風前進/Let's *push* on! 我們繼續做下去吧!/*Push* on with your work. 趕快繼續你的工作.

4 努力獲得, 奮力爭取, 《*for*》. The company is *pushing for* more production. 該公司正致力增加生產.

be púshed for...《口》…拮据, 礙於〔時間, 金錢, 餘暇等〕不足, 《＜受到逼迫》. They *were* pushed *for* time. 他們迫於時間不足.

pùsh/.../abóut＝push/.../around.

pùsh ahéad＝push forward.

pùsh/.../aróund《口》欺侮…, 隨意驅使…, 任意擺布….

pùsh/.../báck 按回…; 把…向後推.

*pùsh/.../fórward*¹ 使…更加顯眼《常以 oneself 作受詞》.

pùsh fórward² 前進《*to* 朝向…》.

pùsh ín《口》(1)(等待)擠入人群中. (2)(人去)妨礙.

pùsh/.../óff¹ (1)(用槳等)使〔船〕離岸, 〔船〕離岸. (2)《口》離去.

pùsh óff² (1)(用槳等撐著岸邊)把船推出, 〔船〕離岸. (2)《口》離去.

pùsh/.../óut (1)把…擠出[推出]…. (2)趕走…, 解雇, 《通常用被動語態》. (3)＝push/.../off (1).

pùsh/.../óver 推倒….

púsh onesèlf (1)勉強自己. (2)＝push one's way.

pùsh/.../thróugh¹ 完成〔工作等〕; 堅持〔議案等〕; 硬使〔學生〕過關〔合格〕.

pùsh thróugh² 〔芽等〕破土長出.

púsh through³... 撥開…向前. *push through* the crowd 撥開群眾向前走.

pùsh/.../úp¹ 推上…; 抬高〔物價或數字〕.

pùsh úp² 闖過來; 做伏地挺身.

pùsh one's wáy 推擠…前進(→ way¹表).

— *n.* (*pl.* ~**es** [~ɪz; ~ɪz]) **1** ○推, 頂, 撞; 一推, 一頂[撞]. at one *push* 一推[頂], 一口氣/He gave the door a hard *push*. 他用力推了一下門/He always needs a *push* to get him started. 他總是需要別人推他一把才會做.

2 ○加把勁; 奮進; 拚命. make a *push* 加把勁/A week before the exams he started the big *push*. 在考試前一週他開始拚命用功.

3 ○《口》硬幹, 苦幹, 努力. a man of *push* and go 幹勁十足的人.

at a púsh 《主英、口》急迫時, 沒有辦法時.

if [*when*] *it còmes to the púsh* 萬不得已時. *If it comes to the push*, I can borrow some money from my father. 萬不得已時, 我可以向父親借些錢.

gèt the púsh 《主英、口》被解雇; 絕交.

gìve a person *the púsh* 《主英、口》(把某人)解雇; (與某人)絕交.

push-bike [ˈpʊʃ͵baɪk; ˈpʊʃbaɪk] *n.* ○《英、口》(與 motorbike 相對, 指普通的)腳踏車.

push-but-ton [ˈpʊʃ͵bʌtn̩; ˈpʊʃˌbʌtn] *adj.* (限定)按鈕式的, (常用於負面含義)按鈕控制式的, 電動操縱的. *push-button* war 按鈕式的戰爭(指一按下按鈕戰爭便立刻開始)/a *push-button* telephone 按鍵式電話.

push-cart [ˈpʊʃ͵kɑrt; ˈpʊʃkɑːt] *n.* ○手推車(攤販或購物者於超級市場購物等時所用).

push-chair [ˈpʊʃ͵tʃær, -͵tʃer; ˈpʊʃtʃeə(r)] *n.* 《英》＝stroller 3.

push-er [ˈpʊʃɚ; ˈpʊʃə(r)] *n.* ○ **1** 推動者[物]; 《口》汲汲營利的人, 好出風頭者.

2 《口》販賣毒品者.

push-ing [ˈpʊʃɪŋ; ˈpʊʃɪŋ] *adj.* 有衝勁的, 愛出風頭的, 自大的.

push-o-ver [ˈpʊʃ͵ovɚ; ˈpʊʃˌəʊvə(r)] *n.* ○《俚》 **1** 容易做的事, 輕鬆的工作. The test was a *pushover*. 這次測驗很簡單.

2 容易擊敗[受騙]的人, 易對付的敵人, 「冤大頭」.

push-up [ˈpʊʃ͵ʌp; ˈpʊʃ͵ʌp] *n.* ○《美》伏地挺身(《英》press-up).

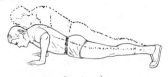

[push-up]

push-y [ˈpʊʃɪ; ˈpʊʃɪ] *adj.* 《口》＝pushing.

pu-sil-la-nim-i-ty [͵pjusələˈnɪmətɪ, ͵pɪu-, ͵pjuːsɪləˈnɪmətɪ] *n.* ○《文章》膽小, 卑怯.

pu-sil-lan-i-mous [͵pjusˈlænəməs, ͵pɪu-, ͵pjuːsɪˈlænɪməs] *adj.* 《文章》膽小的, 卑怯的, 懦弱的.

puss [pʊs; pʊs] *n.* ○《口》 **1** ＝pussy.

2 小姑娘, 少女, (girl).

puss-y [ˈpʊsɪ; ˈpʊsɪ] *n.* (*pl.* **-sies**) ○《口》貓咪(主要用於呼喚; → cat 參考).

puss·y·cat [ˋpʊsɪˌkæt; ˋpɔsɪˌkæt] *n.* C《口》
1 =pussy. **2** 小妞《主要用於呼喚女性》.

puss·y·foot [ˋpʊsɪˌfʊt; ˋpɔsɪfʊt] *vi.* 《口》《言行》過於慎重, 畏首畏尾, 《about, around》.

pússy wíllow *n.* C《植物》《生長於北美的》褪色柳.

pus·tule [ˋpʌstʃul; ˋpʌstjuːl] *n.* C《醫學》膿疱《帶膿(pus)的腫瘡; 燙腫等》;《動物、植物》疣.

put [pʊt; pot] *v.* (~s [~s; ~s]; ~; ~·ting) *vt.* 《通常接表示地方、動作、方向等的副詞(片語)》
【放】 **1** 放, 置於; 裝入. She *put* the book *on* the desk. 她把書放在桌上/*put* one's cap *on* one's head 把帽子放在[戴在]頭上/*put* one's hand *in* one's pocket 把手插入口袋/*put* milk *in* one's tea 把牛奶加入茶中/*put* a person *in* prison 把人送進監獄/*put* the car *into* the garage 把汽車停進車庫/*put* a knife *into* the stomach 將刀子刺進肚子/*put* him *into* a nursing home 把他送進老人療養院/*put* the children *to* bed 讓孩子們就寢.
2 【置於某種狀態】(a)《與介系詞片語連用》使處於〔某種狀態〕. *put* a room *in* order 收拾房間/*put* a machine *in* motion 啓動機器/*Put* yourself *at* ease. 放輕鬆/*put* a law *into* force 讓法律生效/I'll *put* your statement *on* record. 我會把你的陳述記錄下來. [注意] 上述各例的介系詞片語視為形容詞性. (b) [句型5] (put **A** **B**)使 A 成為 B. You *put* me right *on* this point. 他糾正了我在這方面的錯誤想法.
3 【放置在…上】將〔重點等〕置於; 課〔稅款等〕; 下〔賭注〕; 標上〔價錢〕; 使負〔責任, 罪等〕, 《on》. *put* emphasis *on* oral practice 把重點放在口語練習上/Heavy taxes are *put on* alcoholic drinks. 對酒品課以重稅/*put* ten dollars *on* a horse《賽馬時》下十美元賭注賭馬/*put* a price *on* a picture 把畫標上價錢/*put* the blame *on* a person 把過錯推給某人/*Put* it *on* my bill. 把它記在我的帳上.
4 【置於中間, 放入】把〔人, 自己〕置於, 放入; 注入; 《in, into》. *put* oneself *in* another's position 設身處地為人著想/*put* one's faith *in* God 信仰上帝/*put* a lot of money *into* one's business 投資大筆資金做生意/*put* an idea *in* a person's head 給某人出主意/*put* one's heart and soul *into* one's study 把心力全部投注在研究上.
5 【放入>調換】表明《in》; 翻譯《into》; 《喻比 translate 更口語》. Let me *put* it this way. 讓我這樣說好了/*put* one's thoughts *into* words 把想法說出來/Will you *put* this sentence *into* Japanese? 你可以把這個句子譯成日語嗎?/*put* it *in* simple words 簡而言之/To *put* it briefly, he refused our offer. 簡單地說, 他拒絕了我們的提議.
6 【置於某位置】評斷, 估量; 假定. I *put* Shakespeare *above* Goethe as a dramatist. 以劇作家的身分而言, 我認爲莎士比亞比歌德優秀/*put* duty *before* pleasure 職責優先於玩樂/*put* him *among* the leading musicians 把他列為一流的音樂家/*put* the profits *at* $10,000 估計利潤爲一萬美元/*Put* it that the rumor is true. 假定這個謠傳是真的.
【裝在位置上】 **7** 裝, 安裝; 貼近, 緊靠; 《to》.

---

put 1243

put a knob *to* the door 在門上裝把手/*put* one's ear *to* the door 把耳朵貼在門上/*put* two horses *to* the cart 繫兩匹馬到馬車上/*put* words *to* music 爲歌曲譜詞.
8 【裝上>加上】寫上, 記錄, 補上〔沒有的東西〕. *put* one's signature *to* a document 在公文上簽名/*Put* your name here, please. 請在這裡簽上你的名字.
【設定方向>朝向】 **9** 擲〔鉛球〕.
10 帶來, 攜入, 《to》; 提出〔問題等〕; 把〔責任, 罪等〕歸於, 歸咎; 《to》. I *put* a question *to* the chairman. 我向主席提了個問題/I *put* it *to* him that I was not fit for the task. 我向他說明我不適合做這項工作.
11 【朝向某狀態】使朝向, 面臨, 《to, into《某狀態, 動作》》. *put* the enemy *to* flight 擊潰敵人/I'm sorry I've *put* you *to* so much trouble. 很抱歉給你添了這麼多麻煩/*put* him *into* silence 讓某人閉嘴/*put* oneself *to* death 把某人置於死地/*put* a person *to* silence 讓某人閉嘴/*put* one's spare time *to* good use 善用閒暇時間/*put* oneself *to* the study of English 開始學習英語/*put* all one's energy *into* cleaning the kitchen 用盡全力打掃廚房.

— *vi.* 《接副詞(片語)》〔向某方向, 某地方〕前進, 駛向, 《通常以(乘)船的(人)作主詞》. *put into* port for shelter 駛向港口避難.

be hàrd pút (to it) → hard 的片語.

pùt /.../about¹ (1)使〔船〕改變方向. (2)散布, 宣布, 〔謠言、聲明等〕. It is *put about* that…. 謠傳說….

pùt /.../about² 改變方向.

pùt /.../acròss¹ (1)把〔人等〕運送到對岸. (2)使〔想法等〕(以容易理解的方式)傳達. He managed to *put* his ideas *across* to the committee. 他設法向委員會表達他的想法. (3)《口》達成, 完成. *put across* an election campaign 使競選活動成功.

pút A acròss² B (1)使 B〔人〕橫渡過 B. *put* a person *across* a river 送某人過河. (2)《主英、口》使 B〔人〕接受 A〔謊言等〕. You can't *put* such nonsense *across* me. 你無法教我接受這種蠢話.

pùt /.../ahèad =put /.../foward (3).

* **pùt /.../asìde** (1)把…放一邊, 撇開…. He *put* everything else *aside* and prepared for the exam. 他把所有的事都擱在一邊, 全心準備考試. (2)預備〔錢, 時間〕等. *put aside* some money each month to buy a car 每月存一些錢買車. (3)無視….

* **pùt /.../awày** (1)把…收起來, 收拾. *Put* the dishes *away* in the cupboard. 把盤子收進碗櫥裡. (2)=put /.../aside (2). (3)《口》吃掉, 〔食物〕. (4)《通常用被動語態》把〔某人〕送進〔監獄等〕. (5)《口》《爲了結束其痛苦而》殺死〔狗如等〕, 「使解脫」. (6)《文章》拋棄〔想法, 憂慮等〕. I have *put away* all my youthful dreams. 我已拋棄了所有年輕時的夢想.

* *pùt*/.../*báck*[1] (1)把…放回(原處). *Put* the book *back* where you found it. 把這本書歸回原處. (2)使…延遲; 阻礙…; (↔ put/.../forward (3)). *put* the clock *back* an hour 把時鐘撥慢一小時/The strike *put back* production greatly. 這次罷工使生產受到嚴重耽擱. (3)把…(向前)延伸, 延期. *put back* the departure till tomorrow 延到明天出發.

pùt báck[2] 〔船〕返航.

pùt/.../*bý*=put/.../aside (2).

* *pùt*/.../*dówn*[1] (1)放下…; 〔英〕讓〔乘客等〕下車 (put off[1]). *Put* me *down* at Piccadilly Circus. 我要在皮卡迪利廣場下車. (2)抑制…, 鎮壓…. *put down* the rebellion 鎮壓暴動. (3)記下…; 寫…的名字〔*for* 申請…〕. I *put down* his address in my pocketbook. 我在筆記本上記下他的地址/*Put* me *down for* $100. 請用我的名義(在簽帳本等上)記下 100 美元. (4)貯藏〔酒, 食品類〕(使其風味更佳). (5)《口》責備…, 貶斥…, 羞辱…. (6)(作爲訂金)預付…; 將…賒帳(*to*). Put it *down* to me 〔*to* my account〕. 把它記在我的帳上. (7)把…歸因於(*to*). He *put* his success *down* to good luck. 他把自己的成功歸因於幸運. (8)認爲, 以爲, 《*as, for*》. I *put* him *down* as 〔*for*〕 a cunning fellow. 我認爲他是個狡猾的傢伙. (9)使〔飛機〕著陸.

pùt dówn[2] 〔飛機〕著陸.

pùt one's fóot dòwn → foot 的片語.

pùt one's fóot in it → foot 的片語.

pùt/.../*fórth* 使出, 發揮, 〔力量〕; 長出〔芽等〕. *put forth* every effort 使盡全力/The trees are *putting forth* young leaves. 樹正冒出新葉.

* *pùt*/.../*fórward* (1)提出, 拿出〔意見等〕. *put forward* an objection 〔a proposal〕 提出反對〔方案〕/The young scientist *put forward* an entirely new theory. 那位年輕的科學家發表了一套全新的理論. (2)把〔人〕推到前面; 推擧〔人〕. *put* oneself *forward* 毛遂自薦. (3)提早…; 加快…, 促進…; (↔ put/.../back[1] (2)). *put* the clock *forward* an hour 把鐘撥快一小時/*put forward* the dinner a little 把晚餐時間稍微提前.

* *pùt*/.../*ín* (1)把…放進〔裡面〕, 伸進; 安裝〔設備〕. *put* in the plug 插入插頭/have central heating *put in* 安裝中央暖氣系統. (2)插嘴, 幫人說〔話〕. I *put in* a word for him with my boss. 我在老闆面前替他說話. (3)提出, 申請, 〔要求等〕; 提交〔文件等〕. *put in* a request for a week's leave 申請休假一週. (4)投入〔勞力〕, 做〔工作〕, 花費〔時間〕; 加以〔打擊〕. *put in* seven years' work writing a book 投注七年的心血寫一本書/*put in* a blow 打中一拳. (5)登記〔人〕; 推薦…; 〔*for* 〔比賽, 獎等〕〕. *put* oneself *in for* the high jump 報名高跳比賽.

pùt ín 進港, 入港.

pùt ín for... 申請…. *put in for* a transfer 申請調任.

* *pùt*/.../*óff*[1] (1)延期…, 延遲…; 延遲見〔某人〕.

put off going to the dentist 延期去看牙醫/I'll *put* him *off* because I have a cold. 因爲我感冒了, 所以我要延後與他見面的時間. (2)讓〔人〕(從交通工具上)下來(put down[1]). Please *put* me *off* at Russell Square. 請讓我在羅素廣場下車. (3)趕走, 支開, 〔人〕. *put off* one's creditors with empty promises 空口作承諾把債主打發走. (4)拋棄〔習慣, 擔憂等〕; 脫〔衣物等〕(通常用 take off). (5)使〔人〕厭惡, 使〔人〕不高興. Her attitude *puts* everybody *off*. 她的態度令大家厭惡/I was *put off* by the crowd. 我討厭這人群. (6)《主英》關掉, 關上, 〔電流, 收音機等〕(turn off; ↔ put/.../on).

pùt A off[2] *B* 使A〔人〕沒有心思做B. The audience's bad manners *put* him *off* going on with his speech. 聽衆的惡劣態度使他沒有心思繼續他的演講.

pùt óff[3] 〔船〕出航.

* *pùt*/.../*ón* (1)穿〔戴〕上(→ wear 圖; ↔ take/.../off[1]). *put* one's hat *on* 戴上帽子/*put* lipstick *on* 擦口紅/He *put on* his overcoat before going out. 出門前, 他先穿上大衣. 匡國根據受詞的變化可譯爲「穿上, 戴上〔戒指, 眼鏡等〕」字眼. (2)採取〔某態度〕, 裝出…的樣子. *put on* airs 擺架子/Her air of compassion is merely *put on*. 她的同情只是裝出來的. (3)增加. *put on* speed 增加速度/I've *put on* weight recently. 最近我變胖了. (4)上演; 叫〔某人〕來接電話; 〔接線生〕接上〔某人〕(*to*). They are *putting on* 'Macbeth' next month at the Fortune. 他們下個月將在財富劇場上演「馬克白」(★比較: 'Macbeth' *is on* at.... (「馬克白」正在…上映〔上演〕)/Please *put* John *on*. 麻煩叫約翰來接電話/I'll *put* you *on* to him in a moment. 我馬上幫你(把電話)接給他. (5)撥快〔鐘錶的針〕. (6)通〔電等〕, 使〔電等〕流通; 開〔燈, 電視等〕; (turn on; ↔ put/.../off). (7)放〔唱片, 錄音帶, 錄影帶等〕. (8)把〔水壺, 鍋子等〕架在火上. (9)踩〔煞車〕. (10)《主美, 俚》奚落; 哄騙.

* *pùt*/.../*óut* (1)拿出…, 伸出…; 發〔芽〕; 趕出…, 解雇…; 使…脫臼. Have you *put out* the garbage (can)? 你已經把垃圾(桶)拿出去了嗎?/*put out* one's hands to take the baby 伸出雙手去抱孩子. (2)生產…; 使出〔力量〕; 發行…, 發表…. an engine that *puts out* 60 hp 60 匹馬力的引擎/the news bulletin *put out* by the BBC 〔英國廣播公司〕發行的新聞簡報. (3)投資, 貸出, 〔資金〕; 承包〔工作〕; 向外訂貨. (4)熄滅〔火, 電燈等〕; 使昏睡, 使不省人事. Inhaling ether *puts* you *out* in a few seconds. 吸入乙醚會使你在數秒內失去知覺. (5)《口》使驚慌失措; 煩擾…; 給…添麻煩; (通常用被動語態). She was much *put out* by the joke. 她被這個玩笑弄得十分窘困. (6)〔棒球〕使…出局, 刺殺…

pùt óut (*to séa*) 〔船〕揚帆起航.

pùt/.../*óver* (1)把…運送到(對岸). (2)=put/.../across[1] (2), (3). (3)《美》延期(put off[1]).

pùt A óver on B=put A across[2] *B* (2).

pùt onesèlf óut 大費周章, 不辭辛苦. Please

don't *put yourself out* on my account. 請別為我的事費心.

pùt/.../thróugh[1] (1)完成…. The mayor has *put through* his reform plans. 市長已完成了他的改革計畫. (2)(用電話)使…通(向對方). The operator *put* me *through* to London right away. 接線生馬上為我接通到倫敦的電話. (3)談妥[生意等]; 使[法案]通過.

pùt A through[2] B 使 A 通過[經歷]B. *put* a bill *through* Congress 使議會通過議案/*put* one's children *through* university 供孩子們念完大學.

* **pùt/.../togéther** (1)把…放在一起, 收攏; (把…集中起來)製作…, 裝配…. *put* the broken pieces of a vase back *together* 將花瓶的碎片收集起來重新組合/*put* one's thoughts *together* 整理思緒/*put* a team *together* 召集人馬組成隊伍/*put together* a book 彙編書籍/*put together* a meal 用現成的菜做飯/A plan was hastily *put together*. 一項計畫可迅速擬成. (2)把…加起來, 合計. Tom is stronger than Ned and Bill *put together*. 湯姆比奈德和比爾合起來還壯.

* **pùt/.../úp**[1] (1)建造, 搭起; 張貼[告示等]; 掛起[旗幟等]. *put up* a tent 搭帳篷/*put up* one's umbrella 撐傘/*put up* a notice on a wall 在牆上張貼告示. (2)舉起…. *put up* one's hand 舉手(為喚起注意). (3)使[價格等]上漲. (4)使[人]留宿. I can *put* you *up* at my house. 我可以讓你在我家留宿. (5)拿出, 支付, [錢]. Mr. Smith will *put up* half of the money needed. 史密斯先生會支付所需的半數金額. (6)拿出…(*for* [銷售]); 推舉[某人], 提名…為候選人, 《*for*》. *put up* one's car *for* sale 拿車去拍賣/*put up* a person *up for* the membership 推舉某人為會員/*put* oneself *up for* the presidency 提名為總統候選人. (7)表現出…, 採取[某種態度]. *put up* a good [poor] fight(→ fight 的片語)/*put up* a calm front 採取冷靜態度. (8)貯藏[食品]; 包裝…; (古)收藏…, 把刀劍…. *put up* vegetables for the winter 貯藏蔬菜過冬/*Put up* your swords! 把劍回鞘!

pùt úp[2] (1)(英)提名競選(*for*). *put up for* Parliament 提名競選國會議員. (2)住宿. *put up* at a hotel 投宿旅館.

pút upon... 欺騙, 利用[老實人等], 《通常用被動語態》. He's always being *put upon*. 他總是上當受騙.

pùt a pèrson úp to... 指導某人做[工作等]; 唆使某人做[壞事等]. He was *put up to* this mischief by an old hand. 一位老手指導他做這項工作/His older brother *put* him *up to* this mischief. 他哥哥唆使他去搗蛋.

* **pùt úp with...** 忍受, 容忍…, (→ bear 圖). I can't *put up with* this treatment any longer. 我再也不能忍受這種待遇了.

●──動詞變化 put 型
原形、過去式、過去分詞相同.

| burst | 爆裂 | cast | 投 |
| cost | [東西]價值[某金額] | cut | 切 |

---

hit	打	hurt	傷害
*knit	編織	let	讓
put	放置	*quit	退出
set	放置	shut	關上
split	劈開	spread	展開

有 * 字號的字也可加 ~ed.

pu·ta·tive [ˈpjutətɪv, ˈpɪu-; ˈpjuːtətɪv] adj. 《限定》《文章》被普遍相信[承認]的, 推斷的.

put-down [ˈput͵daʊn; ˈpʊtdaʊn] n. C《主美、俚》駁倒; 屈服.

put-on [ˈput͵ɑn; ˈpʊtɒn]《口》adj. 假裝的, 表面上的. a *put-on* smile 假笑.
── n. [a U]《口》假裝, 裝腔作勢; C《美、俚》開玩笑, 惡作劇.

put·out [ˈput͵aʊt; ˈpʊtaʊt] n. C《棒球》出局.

pu·tre·fac·tion [͵pjutrəˈfækʃən, ͵pɪu-; ͵pjuːtrɪˈfækʃn] n. U《文章》腐敗[腐爛](作用); 腐爛物質.

pu·tre·fy [ˈpjutrə͵faɪ, ˈpɪu-; ˈpjuːtrɪfaɪ] v. (-fies; -fied; ~ing)《文章》vt. 使腐敗[爛]; 使化膿.
── vi. 腐敗, 腐爛; 化膿.

pu·trid [ˈpjutrɪd, ˈpɪu-; ˈpjuːtrɪd] adj. 1 腐敗[腐爛]的; 發出惡臭的, 極討厭的. 2 (俚)壞透的, 極討厭的.

putsch [putʃ; pʊtʃ] (德語) n. C (欲推翻政府的)突然叛亂, 暴動.

putt [pʌt; pʌt]《高爾夫球》vi. 推桿(使球)入洞《在 green 上對準 hole 輕擊》.
── vt. 推桿使(球)入洞.
── n. C 推桿入洞.

put·tee [ˈpʌti; ˈpʌtiː] n. C (通常 puttees) (軍人等的)綁腿, 裹腿.

put·ter[1] [ˈpʌtɚ; ˈpʌtə(r)] vi. 《美》閒蕩; 混日子; 《about》.

put·ter[2] [ˈpʌtɚ; ˈpʌtə(r)] n. C《高爾夫球》 1 推桿. 2 輕擊者.

pútting grèen n. C《高爾夫球》果嶺《亦僅稱 green》.

put·ty [ˈpʌtɪ; ˈpʌtɪ] n. U 油灰《用來把玻璃固定於窗框上等》.
── vt. (-ties; -tied; ~ing) 用油灰固定[堵塞].

put-up [ˈput͵ʌp; ˈpʊtʌp] adj. 《口》暗中計畫的, 預謀的. a *put-up* job 預先策劃的勾當, 騙局.

put-up-on [ˈputə͵pɑn; ˈpʊtəpɒn] adj. 〔人〕被虐待的; 容易利用的.

* **puz·zle** [ˈpʌzl; ˈpʌzl] n. (pl. ~s [~z; ~z]) C 〖 令人困惑的人[物] 〗 1 難題. His sudden departure was a *puzzle* to us. 他的突然啟程使我們大惑不解. 2 謎, 訓練腦力的問題, (★常做複合字; → crossword puzzle, jigsaw puzzle). solve a *puzzle* 解謎/Dick is good at *puzzles*. 狄克擅長猜謎/a picture *puzzle* 畫謎/a *puzzle* ring 七巧環. 3 (用單數)困惑(狀態). The boy was left in a *puzzle*. 這個男孩陷於困惑中.

— v. (~s [~z; ~z]; ~d [~d; ~d]; -zling) vt.
1 使困惑，使爲難，(通常用被動語態). She was
puzzled by his attitude. 她對他的態度感到困惑/
I am *puzzled* about what to do. 我不知道怎麼做
才好.

2 使(人)煩惱，使傷腦筋，((over, about, as to 爲
了…)). There is no point in *puzzling* yourself
[your brains] *over* it. 你沒有必要爲此大傷腦筋.
— vi. 傷透腦筋，左思右想，((about, over 關於
…)).

púzzle/.../óut (苦思後)想出，想出…的答案.
puzzle out the meaning of a word 推敲出某個字
的意義.

puz·zled [ˋpʌzld; ˈpʌzld] adj. 不能理解的; 困惑
的. a *puzzled* look 困惑不解的表情.

puz·zle·ment [ˋpʌzl̩mənt; ˈpʌzlmənt] n. ⓤ
困惑.

puz·zler [ˋpʌzlɚ; ˈpʌzlə(r)] n. ⓒ(口)使人爲難
的人[物]; (出)難題(的人).

puz·zling [ˋpʌzlɪŋ; ˈpʌzlɪŋ] v. puzzle
的現在分詞、動名詞.
— adj. 令人困惑的，費解的. a *puzzling* ques-
tion 令人費解的問題.

PVC [͵pivɪˋsi; ͵piːviːˈsiː] n. ⓤ聚氯乙烯(polyvinyl
chloride).

P.X. [ˋpiˋɛks; ˈpiːˈeks] (略) post exchange.

Pyg·ma·lion [pɪgˋmeljən; pɪgˈmiːən] n. (希臘
神話)皮格馬利翁(熱戀自己所創作的雕像的塞浦路
斯國王).

Pyg·my [ˋpɪgmɪ; ˈpɪgmɪ] n. (pl. -mies) ⓒ
1 矮黑族(非洲一身材矮小的部族). **2** (pygmy)
矮人(dwarf); (與其他動物相比)小型的動物.
3 (pygmy)微不足道的人.
4 (形容詞性)矮人族的; (常表詼諧)不重要的，不
起眼的.

py·ja·mas [pəˋdʒæməz, pəˈdʒɑːməz;
pəˈdʒɑːməz] n. (英)=pajamas.

py·lon [ˋpaɪlɑn; ˈpaɪlən] n. ⓒ **1** (高壓電線的)
鐵塔. **2** 指示塔，目標塔，(特指飛機在機場起降
時的目標). **3** (古埃及神殿的)塔門.

Pyong·yang [ˋpjɔŋˏjɑŋ; ˈpjɑŋˈjɑŋ] n. 平壤
(北韓首都).

py·or·rhe·a, -rhoe·a [͵paɪəˋriə, paɪˋriə;
͵paɪəˈriə] n. ⓤ(醫學)齒槽膿漏.

❋**pyr·a·mid** [ˋpɪrəmɪd; ˈpɪrəmɪd] n. (pl. ~s
[~z; ~z]) ⓒ **1** 金字塔. the
Pyramids (埃及吉薩的)三大金字塔.
2 金字塔狀物; (數學)角錐. at the bottom of
the social *pyramid* 處於金字塔形社會的底層.

py·ram·i·dal [pɪˋræmədl; pɪˈræmɪdl] adj. 金
字塔形的，角錐形的.

pýramid sélling n. ⓤ(商業)多層次傳銷，
直銷.

pyre [paɪr; paɪə(r)] n. ⓒ火葬用的柴堆.

Pyr·e·nees [ˋpɪrəˏniz; ͵pɪrəˈniːz] n. (加 the)
(作複數)庇里牛斯山脈(位於法國和西班牙的國境交
界處).

Py·rex [ˋpaɪrɛks; ˈpaɪreks] n. ⓤ(商標名; 一種
耐熱玻璃).

py·ri·tes [pəˋraɪtiz, paɪ-, ˋpaɪraɪts; paɪˈraɪtiːz]
n. ⓤ黃鐵礦.

py·ro·ma·ni·a [͵paɪrəˋmenɪə; ͵paɪrəʊˈmeɪnɪə]
n. ⓤ(精神病學)縱火癖.

py·ro·ma·ni·ac [͵paɪrəˋmenɪæk;
͵paɪrəʊˈmeɪnɪæk] n. ⓒ(精神病學)縱火狂.

py·ro·tech·nic [͵paɪrəˋtɛknɪk;
͵paɪrəʊˈteknɪk] adj. **1** (似)煙火的.
2 (口才)犀利的; (機智等)過於常人的.

py·ro·tech·nics [͵paɪrəˋtɛknɪks;
͵paɪrəʊˈteknɪks] n. **1** (作單數)煙火製造[施放]技
術. **2** (作複數)(文章)施放煙火; 煙火大會; (過
於)傲人的辯才[機智，演奏等].

Pyr·rhic victory [ˋpɪrɪkˋvɪktərɪ,
-ˏvɪktrɪ; ͵pɪrɪkˈvɪktərɪ] n. ⓒ付出極大代價而獲得
的勝利(源自古希臘伊比魯斯(Epirus)國王皮洛士
(Pyrrhus)雖然戰勝羅馬軍卻幾近覆滅的故事).

Py·thag·o·ras [pɪˋθægərəs; paɪˈθæɡəræs] n.
畢達哥拉斯(約西元前 6 世紀的希臘哲學家、數學
家; 以畢氏定理而聞名).

Py·thag·o·re·an [pɪˏθægəˋriən;
paɪˏθæɡəˈrɪən] adj. 畢達哥拉斯(學說)的. the *Py-
thagorean* theorem (數學)畢達哥拉斯定理，畢氏
定理.

Pyth·i·as [ˋpɪθɪəs; ˈpɪθɪæs] n. → Damon and
Pythias.

py·thon [ˋpaɪθɑn, -θən; ˈpaɪθn] n. ⓒ(動物)蟒
蛇; (泛指)大蛇.

Q q *2 q*

Q, q [kju; kɪʊ; kjuː] *n.* (*pl.* **Q's, Qs, q's** [~z; ~z])
1 UC 英文字母的第十七個字母.
2 C (用大寫字母)Q字形物.

Q (略) queen; question. 「答」

Q and A (略) questions and answers 「問與

Qa·tar [ˋkɑtɑr; ˈkʌtɑː(r)] *n.* 卡達(瀕臨波斯灣的半島國; 首都 Doha).

Q.C. (略) Queen's Counsel.

QED quod erat demonstrandum(拉丁語＝以上已予證明, 證明完畢).

qr (略) quarter(s).

qt. (略) quart(s). 「語」

q.t. [ˌkjuˋti; ˌkjuːˋtiː] 《俚》＝quiet(用於下列片語
on the q.t. ＝on the quiet (→quiet *n.* 的片語).

qty 《略》《商業》quantity.

quack[1] [kwæk; kwæk] *vi.* 〔鴨子〕嘎嘎地叫.
— *n.* C 嘎嘎(鴨子的叫聲).

quack[2] [kwæk; kwæk] *n.* C 1 冒牌醫生, 庸醫. 2 冒充內行的人, 騙子. 3 《形容詞性》騙子的, 〔藥等〕冒牌的. a *quack* doctor 庸醫.

quack·er·y [ˋkwækərɪ, -rɪ; ˈkwækərɪ] *n.* (*pl.* **-er·ies**) UC 庸醫的治療.

quad [kwad; kwɒd] *n.* 《口》 1 ＝quadrangle 2. 2 ＝quadruplet 1.

quad·ran·gle [ˋkwɑdˌræŋgl; ˈkwɒdræŋgl] *n.* C 1 四角形, 四邊形. 2 (大學等四周為建築物包圍的)中庭; 包圍著中庭的建築物.

quad·ran·gu·lar [kwɑdˋræŋgjʊlɚ; kwɒˈdræŋgjʊlə(r)] *adj.* 四角形的, 四邊形的.

quad·rant [ˋkwɑdrənt; ˈkwɒdrənt] *n.* C 1 《數學》象限. 2 《天文》象限儀(昔日的天文觀測用儀器; → sextant).

quad·ra·phon·ic [ˌkwɑdrəˋfɑnɪk; ˌkwɒdrəˈfɒnɪk] *adj.* 〔錄音, 放音〕四聲道的.

quad·rat·ic [kwɑdˋrætɪk; kwɒˈdrætɪk] 《數學》*adj.* 二次的. a *quadratic* equation 二次方程式.
— *n.* C 二次方程式.

quad·ri·lat·er·al [ˌkwɑdrəˋlætərəl, -trəl; ˌkwɒdrɪˈlætərəl] *adj.* 四邊形的. — *n.* C 四邊形.

qua·drille [kwəˋdrɪl, kəˋdrɪl; kwəˈdrɪl] *n.* C 卡德利爾舞(由四對男女跳的方塊舞); 卡德利爾舞曲.

quad·ril·lion [kwɑˋdrɪljən, kwɒˋdrɪljən; kwɒˈdrɪljən] *n.* C 1 千兆(10^{15}). 2 《英, 古》10^{24}.

quad·ru·ped [ˋkwɑdrəˌpɛd; ˈkwɒdrʊped] *n.* C 《動物》四足獸.

quad·ru·ple [ˋkwɑdrʊpl, kwɑdˋrʊpl, ˋrɪʊ-; ˈkwɒdrʊpl] *adj.* 四倍的; 由四部(分)組成的.
— *n.* C 四倍.
— *vt.* 使成四倍. — *vi.* 成四倍.

quad·rup·let [ˋkwɑdrʊˌplɪt, kwɑdˋrʊplɪt, ˋrɪʊ-; ˈkwɒdrʊplɪt] *n.* C 1 四胞胎(中的一人) (→ twin); (quadruplet*s*)四胞胎. 語法 通常用複數, 表示其中一人時用 one of the *quadruplets*; 在口語中為 quad. 2 四件一套, 四個一組.

quag·mire [ˋkwæɡˌmaɪr, ˋwɑg-; ˈkwæɡmaɪə(r)] *n.* C 1 沼澤地, 泥沼. 2 困境.

quail[1] [kwel; kweɪl] *n.* (*pl.* **~s, ~**) C 鵪鶉.

quail[2] [kwel; kweɪl] *vi.* 《文章》膽怯, 畏縮, 《at》.

**

[quail[1]]

quaint [kwent; kweɪnt] *adj.* (~**·er**; ~**·est**)饒富奇趣的, 古雅情趣的. a *quaint* 19th century cobblestone street 一條具有 19 世紀古風的圓石街道/Many *quaint* customs remain alive in the countryside. 許多奇特的習俗仍鮮活地保留於鄉間.

quaint·ly [ˋkwentlɪ; ˈkweɪntlɪ] *adv.* 奇特地.

quaint·ness [ˋkwentnɪs; ˈkweɪntnɪs] *n.* U 奇趣, 古雅情趣.

quake [kwek; kweɪk] *vi.* 1 〔大地等〕搖動, 震動. 2 顫抖, 發抖, 《at, with》. *quake* with cold [fear] 因畏冷[恐懼]而發抖.
— *n.* C 震動; 顫抖; 《口》地震(earthquake).

Quak·er [ˋkwekɚ; ˈkweɪkə(r)] *n.* C 教友派教徒(17 世紀中由英國人 George Fox 所創的基督教教友派(the Society of Friends)的成員; 教徒本身以 Friend 互稱).

qual·i·fi·ca·tion [ˌkwɑləfəˋkeʃən; ˌkwɒlɪfɪˈkeɪʃn] *n.* (*pl.* ~**s** [~z; ~z]) 1 UC 資格的授予, 資格證明. She gained a *qualification* in business administration. 她取得了企業管理的資格. 2 (qualification*s*)(地位, 職位等的)資格, 適合性, 能力, 《for》. He has no *qualifications for* a pilot. 他不具備飛行員的資格.

> 搭配 *adj.*＋qualification: adequate ~*s* (適切的資格), excellent ~*s* (優秀的能力), poor ~*s* (差勁的能力) // *v.*＋qualification: lack ~*s* (缺少資格), possess ~*s* (擁有資格).

3 UC 條件; 限制, 限定. He accepted the post without *qualification* [with some *qualifications*].

他無條件地[附加幾項條件地]接受了這個職位.

qual·i·fied [ˋkwɑləˏfaɪd; ˈkwɒlɪfaɪd] v.
qualify 的過去式、過去分詞.
— adj. 1 有資格的, 有能力的, ((for; to do));
適合擔任的((for)). a qualified architect 合格的建
築師/a man qualified for the job 能勝任這項工作
的人/She is well qualified to teach English. 她能
勝任英語的教學/Is he qualified as [to be] a tax
accountant? 他有稅務會計師的資格嗎?
2 受限制的, 有條件的. I gave qualified agree-
ment to their plan. 我有條件地同意了他們的
計畫.

qual·i·fi·er [ˋkwɑləˏfaɪə; ˈkwɒlɪfaɪə(r)]
n. © 1 賦予資格[權限]的人[物].
2 《文法》限定詞《限定、修飾其他字的形容詞、副
詞等》.

qual·i·fies [ˋkwɑləˏfaɪz; ˈkwɒlɪfaɪz] v. qualify
的第三人稱、單數、現在式.

‡**qual·i·fy** [ˋkwɑləˏfaɪ; ˈkwɒlɪfaɪ] v.
(-fies; -fied; ~ing) vt.
〖 給予資格 〗 1 (a)給予資格[適合性]((as, for)),
使合格[勝任]((as, for)). His experience qualifies
him for more specialized work. 他的經驗使他具
有資格從事專業化的工作. (b) 句型5 (qualify
A to do) 給予 A 資格去做…. The government
has qualified him to practice law. 政府給予他開
業律師的資格.
2 視[人]具有某種特性, 評論[人], ((as)). They
qualified him as a liar. 他們認為他是一個說謊的人.
〖 限定(資格)>調整 〗 3 限制, 給…加上條件;
減輕, 緩和; 調整. I qualified my criticism of
the book by pointing out some good points. 我指
出此書的一些長處以緩和我對它的批評.
4 《文法》限定, 修飾.
— vi. 取得資格, 取得合格身分, ((as [地位、職位
等])); 獲得…的資格((for [出場、參加])). qualify
as a doctor 取得醫師資格/Julia qualified for the
Miss Universe contest. 茱莉亞取得了世界小姐的
參賽資格/I did not qualify for the finals. 我沒能
取得參加決賽的資格.

qual·i·ta·tive [ˋkwɑləˏtetɪv; ˈkwɒlɪtətɪv] adj.
品質上的, 性質上的;《化學》定性的; (↔ quantita-
tive).

quálitative análysis n. Ⓤ《化學》定性
分析.

qual·i·ta·tive·ly [ˋkwɑləˏtetɪvlɪ;
ˈkwɒlɪtətɪvlɪ] adv. 品質上地, 性質上地.

qual·i·ties [ˋkwɑlətɪz; ˈkwɒlɪtɪz] n. quality 的
複數.

‡**qual·i·ty** [ˋkwɑlətɪ; ˈkwɒlɪtɪ] n. (pl. -ties)
〖 質 〗 1 Ⓤ質, 性質, 品質, (↔
quantity). It's a question of quality, not of
quantity. 這是質的問題, 不是量的問題/Our shoes
are superior in quality. 我們店裡的鞋子品質優良/
We only sell things of the best quality. 我們只賣

品質最好的東西.

| 搭配 adj.＋quality: good ~（品質佳）, high ~
（高品質）, poor ~（品質差）, average ~（普通
的品質）, reasonable ~（品質尚可）// quality＋
v.: the ~ improves（品質變好）, the ~ goes
down（品質低落）.

2 © 特性, 特質, 屬性. Jane has many good
qualities. 珍有許多長處/The melody had a very
poignant quality. 這旋律有引人感傷的特性.
〖 品質優良 〗 3 Ⓤ 優良品質, 優秀, 良質. The
hotel is famous for the quality of its service. 該
旅館以其優良的服務品質而聞名.
4 （形容詞性）品質優良的, 品質好的. quality
goods 優良的產品/all papers, quality and popular
所有一流和大眾化的報紙.

●──以 -ity 為詞尾的名詞重音
重音置於緊接在 -ity 之前的音節上.

abílity	capácity	chárity
electrícity	facílity	hostílity
humánity	majórity	originálity
populárity	quálity	reálity
responsibílity	únity	univérsity
vánity		

---

quálity contról n. Ⓤ《經濟》品質管制.

quálity of lífe n. Ⓤ（把環境列入考慮的）
生活品質.

qualm [kwɑm, kwɔm; kwɑːm] n. © (常
qualms)《文章》 1 不安, 擔憂; 愧疚;《about》.
Her qualms increased as the day drew nearer.
她的不安隨著日子的逼近而俱增.
2 噁心, 暈眩. qualms of seasickness 暈船.

quan·da·ry [ˋkwɑndrɪ, -dərɪ; ˈkwɒndərɪ]
n. (pl. -ries) © 困惑, 疑惑, 左右為難.
be in a quándary 左右為難.

quan·ta [ˋkwɑntə; ˈkwɒntə] n. quantum 的
複數.

quan·ti·fy [ˋkwɑntəˏfaɪ; ˈkwɒntɪfaɪ] vt.
(-fies; -fied; ~ing) 測量[表示]…的數量; 使…數
量化.

quan·ti·ta·tive [ˋkwɑntəˏtetɪv; ˈkwɒntɪtətɪv]
adj. （數）量的;《化學》定量的; (↔ qualitative).

quántitative análysis n. Ⓤ《化學》定
量分析.

quan·ti·ties [ˋkwɑntətɪz; ˈkwɒntətɪz] n.
quantity 的複數.

‡**quan·ti·ty** [ˋkwɑntətɪ; ˈkwɒntətɪ] n. (pl.
-ties) 1 Ⓤ量(↔quality), an
increase in quantity 量的增加/I prefer quality to
quantity. 我寧求質優而不求量多.
2 © 分量, 數量, 額, ((of)). a small quantity
of wine 少量的酒/a large quantity of water 大
量的水.
3 ©《數學》量, 數. a known quantity 已知數
[量]/an unknown quantity 未知數[量]; 不可測的
人[物].
* in quántity ＝ in (lárge) quántities 大量地

Nowadays paper is used *in large quantities* every day. 現今每日要消耗大量的紙張.

quan·tum [ˋkwɑntəm; ˋkwɒntəm] *n. (pl.* **-ta**) ©《物理》量子(量子論中能的單位量).

quántum léap *n.* ©大躍進.

quántum thèory *n.* (常加 the)量子論.

quar·an·tine [ˋkwɔrən͵tin, ˋkwɑr-; ˋkwɒrəntiːn] *n.* **1** ⓤ(爲預防傳染病而作的)隔離, 交通封鎖; 檢疫.

2 ©隔離所, 檢疫處.
— *vt.* 對[傳染病患者等]進行隔離; 對[船, 乘客]進行檢疫; (通常用被動語態).

‡**quar·rel** [ˋkwɔrəl, ˋkwɑr-, -rl; ˋkwɒrəl] *n.* *(pl.* ~**s** [~z; ~z]) **1** 吵架, 爭吵; 不和; (*with*). Tom had a *quarrel* with Mary. 湯姆跟瑪莉吵架/Tom and Mary had a *quarrel*. 《諺》一個人吵不起架來(類似「一個巴掌拍不響」).

回 口頭上的吵架用 quarrel, 互毆則用 fight.

[搭配] *adj.*＋quarrel: a bitter ~ (激烈的爭吵), a furious ~ (猛烈的爭吵) // *v.*＋quarrel: cause a ~ (引起爭論), settle a ~ (結束爭論) // quarrel＋*v.*: a ~ breaks out (發生爭論).

2 爭吵[爭論]的原因, 不滿. We have no *quarrel* with your opinion. 我們對你的意見沒有異議/My only *quarrel* is *with* her talkativeness. 我只是對她的饒舌有怨言.

pick a quárrel with... 向⋯挑釁.
— *vi.* ~**s** [~z; ~z], 《美》~**ed**, 《英》~**led** [~d; ~d], 《美》~**ing**, 《英》~**ling** **1** 吵架, 爭吵, 爭論, (*about, over*). He *quarreled* with his wife *about* the use of the car. 他爲用車的事與妻子發生爭執.

2 《文章》提出異議, 埋怨, 發牢騷, (*with*). *quarrel with* a proposal 對提案提出異議/*quarrel with* one's lot 抱怨自己的命運/A bad workman *quarrels with* his tools. 《諺》笨拙的工匠總是埋怨工具不好(『善書者不擇筆』的反義語).

*﹡**quar·rel·some** [ˋkwɔrəlsʌm, ˋkwɑr-; ˋkwɒrəlsəm] *adj.* 好爭吵的; 愛挑釁的.

quar·ry¹ [ˋkwɔrɪ, ˋkwɑrɪ; ˋkwɒrɪ] *n. (pl.* **-ries**) ©(露天的)整石場, 採石場.
— *vt.* (**-ries**, **-ried**; ~**ing**) (從採石場)開採, 挖掘, 〔石〕; 尋求〔知識〕.

quar·ry² [ˋkwɔrɪ, ˋkwɑrɪ; ˋkwɒrɪ] *n. (pl.* **-ries**) © **1** (狩獵的)獵物. **2** 被尋求的人[物].

quart [kwɔrt; kwɔːt] *n.* ⓒ **1** 夸脫(液量單位; 1/4 gallon; 《英》約爲 1.14 公升, 《美》約 0.95 公升). **2** 夸脫(麥, 豆等的乾量單位; 1/8 peck; 2 pints; 《英》約爲 1.14 公升, 《美》約 1.1 公升).

pùt a quárt into a pínt pòt 《口》用小容大(比喻不可能的事).

‡**quar·ter** [ˋkwɔrtɚ; ˋkwɔːtə(r)] *n. (pl.* ~**s** [~z; ~z])《四分之一》 **1** ©四分之一; 四等分. three *quarters* 四分之三/Let's divide the money into *quarters*. 我們把錢平分成四份吧!/a *quarter* of a mile 四分之一英里/a *quarter* of a

---

century 四分之一世紀, 二十五年/A *quart* is a *quarter* of a gallon. 一夸脫等於四分之一加侖.

2 ©(過, 差)十五分, 一刻鐘, 《英時過[差]一刻的時間; 四分之一小時》. It's a *quarter* past [to] one. =《美》It's *quarter* after [of] one. 一點過十五分[差十五分一點].(匧語[《美》如前例所示常省略 a]).

3 ©《美》二十五分錢(硬幣)(四分之一美元)》 coin ⑧). **4** ©《英》四分之一磅(重量); 一季(一年的四分之一; 三個月); (月球公轉的)四分之一週期; 弦(月亮呈半月形狀態); (比賽)四分之一場(比賽時間的四分之一長). the company's profits for this *quarter* 公司當季的利潤.

《四方位之一》 **4** ©方位, 方向. They were attacked from all *quarters*. 他們受到來自四面八方的攻擊/In what *quarter* is the wind? 風來自何方? 形勢如何?

5 ©(常 quarters)(人, 事物出現的)方面, 方向, 地方, 周圍; (情報等的)出處, 來源. Students came from all *quarters* of the globe. 學生們來自全球各地/I had the news from a reliable *quarter*. 我有來源可靠的消息.

《(某方面, 用途)的場所》 **6** ©地域, 地區. the residential *quarter* 住宅區/New Orleans has a quaint French *quarter*. 紐奧良有一個古老的法國區.

7 (quarters)住處, 宿舍; (特指軍隊的)營房. the servants' *quarters* 傭人房/married [single] *quarters* 已婚者[單身]宿舍/Robert took up (his) *quarters* near the university. 羅伯特在大學附近找了一個住處.

8 《給俘虜提供棲息之所》ⓤ(對投降者的)慈悲, 饒命. cry [ask for] *quarter* 請求饒命/The enemy showed us no *quarter*. 敵人對我們毫不留情.

at clòse quárters 接近, 逼近; 迫近眼前. At close *quarters* the building no longer looked so beautiful. 走近發現, 那棟建築物看起來沒那麼漂亮.

— *vt.* **1** 把⋯分爲四等分. She *quartered* the apple. 她把蘋果分成了四份.

2 使〔軍隊等〕駐紮; 使住宿. The colonel *quartered* his men in the town hall. 上校讓他的部屬駐紮在市政廳.

quar·ter·back [ˋkwɔrtɚ͵bæk; ˋkwɔːtə͵bæk] *n.* ©《美式足球》四分衛(位置在 forward 與 half-back 之間, 由他指揮球隊進攻).

quárter dày *n.* ©四季結帳日(每年各季的第一天; 英國爲 Lady Day (3月25日), Midsummer Day (6月24日), Michaelmas Day (9月29日)以及 Christmas Day (12月25日); 美國爲 1 月、4 月、7 月、10 月的第一天).

quar·ter·deck [ˋkwɔrtɚ͵dɛk; ˋkwɔːtədek] *n.* ©後甲板(上甲板船尾與後檣之間的部分; 爲士官的專用區).

quar·ter·fi·nal [͵kwɔrtɚˋfaɪnl; ͵kwɔːtəˋfaɪnl]

n. C 半準決賽(→ semifinal).

*__quar·ter·ly__ [ˋkwɔrtəlɪ; ˈkwɔːtəlɪ] *adj.* 一年四次的, 每季的, 每三個月的. make *quarterly* payments 按季繳付.

— *adv.* 每年四次地, 按季地. In Britain, gas and electricity charges are paid *quarterly*. 在英國瓦斯費與電費採季繳方式.

— *n.* (*pl.* __-lies__) C 季刊(→ periodical 表).

__quar·ter·mas·ter__ [ˋkwɔrtəˌmæstə; ˈkwɔːtəˌmɑːstə(r)] *n.* **1** 《陸軍》軍需官.
2 《海軍》航信士官.

__quárter nòte__ *n.* C 《美》《音樂》四分音符(《英》crotchet; → note 圖).

__quárter sèssions__ *n.* 《作複數》四季法庭(美國部分的州每季開審一次; 英國已於1971年廢止).

__quar·tet, quar·tette__ [kwɔrˋtɛt; kwɔːˈtet] *n.* C 《音樂》 **1** 四重奏〔唱〕(曲)(→solo). a Beethoven *quartet* 一首貝多芬的四重奏曲.
2 四重奏〔唱〕團.

__quar·to__ [ˋkwɔrto; ˈkwɔːtəʊ] *n.* (*pl.* __~s__) **1** U 四開(全開紙四折疊的大小; 略作 4to, 4˝; → folio, octavo). **2** C 四開本.

__quartz__ [kwɔrts; kwɔːts] *n.* U 《礦物》石英.

__quártz clòck__ [__wàtch__] *n.* C 石英鐘[錶].

__qua·sar__ [ˋkwezɑr; ˈkweɪzɑː(r)] *n.* C 《天文》類星體(會放射出強力的電磁波).

__quash__ [kwɑʃ; kwɒʃ] *vt.* **1** 撤銷, 廢止, 使無效, 使取消, 〔法律, 判決, 決定等〕. The superior court can *quash* the lower court's ruling. 高等法庭能撤銷下級法庭的判決.
2 《文章》平息, 鎮壓, 〔叛亂等〕. The government brought in troops to *quash* the rebellion. 政府調動軍隊平息叛亂.

__quasi-__ [ˋkwesaɪ-, ˋkwezaɪ-, ˋkwɑsɪ-; ˈkweɪzaɪ-] 《構成複合字》表示「類似的, 疑似的, 準等」之意. *quasi*cholera (假性霍亂). *quasi*-public (半公共性的).

__quat·rain__ [ˋkwɑtren; ˈkwɒtreɪn] *n.* C 四行詩; 四行一節的詩(《每兩行構成 a b a b 韻腳).

__qua·ver__ [ˋkwevə; ˈkweɪvə(r)] *vi.* 〔聲音〕顫抖, 用顫聲說話.
— *vt.* 用顫聲說話.
— *n.* C **1** 顫聲, 抖音.
2 《英》《音樂》=eighth note.

__quay__ [ki; kiː] *n.* (*pl.* __~s__) C 碼頭, 埠頭, 攬岸處, (→ wharf, pier).

__quea·sy__ [ˋkwizɪ; ˈkwiːzɪ] *adj.* **1** 要嘔吐的, 易嘔吐的. a *queasy* stomach 要[易]嘔吐的胃.
2 催人嘔吐的, 使人暈眩的.
3 不安的, 提心吊膽的, (*about, at*).

__Que·bec__ [kwɪˋbɛk; kwɪˈbek] *n.* 魁北克(加拿大東部的省; 亦指其首府; 略作 Que.).

*__queen__ [kwin; kwiːn] *n.* (*pl.* __~s__ [~z; ~z]) C **1** 女王(↔ king). the *Queen* of England 英國女王/*Queen* Elizabeth II of England 英國女王伊莉莎白二世.

語法 queen 為表示一國之君的女王; 指當今女王或某特定的女王時用大寫 Queen.

2 皇后(國王之妻; → queen consort). The King and *Queen* are visiting France. 國王和王妃正在法國訪問.

3 《社交界的》女王, 名媛, 《★都市、船、場所等常被比喻作女性者亦用之》. a beauty *queen* 選美皇后(選美比賽的冠軍)/the *queen* of the cherryblossom festival 櫻花節皇后/Paris is the *queen* of cities. 巴黎是都市中的女王.

4 《紙牌》皇后(牌). the *queen* of hearts 紅心皇后.

5 《西洋棋》皇后; → chess 圖.
— *vt.* 立…為女王; 《西洋棋》使〔卒子(pawn)〕成為皇后.

__quéen it òver...__ 《口》如女王般地指使〔人〕, 擺出女王般的派頭, (→ lord it over...).

__quéen ánt__ *n.* C 蟻王, 蟻后.

__quéen bée__ *n.* C 蜂王, 女王蜂, (→ bee 參考).

__quéen cónsort__ *n.* (*pl.* __queens__ —) C 皇后, 王妃, (作為國王之妻的 queen; →queen regnant).

__quéen dówager__ *n.* C 孀居的皇后(已故國王之妻).

__queen·ly__ [ˋkwinlɪ; ˈkwiːnlɪ] *adj.* 女王的, 適合女王的.

__quéen móther__ *n.* C 皇太后(當今國王的母親).

__quéen régnant__ *n.* (*pl.* __queens__ —) C 女王(並非 king 的配偶, 而是作為一國主權者的 queen; → queen consort).

__Queens__ [kwinz; kwiːnz] *n.* 皇后區(New York 市的一區(borough); 位於 Long Island).

__Quéen's Cóunsel__ *n.* C 王室法律顧問.

__Quéen's Énglish__ *n.* (加 the)(有教養的英國人使用的)正確的英語, 純正英語(→ King's English).

__Quéen's évidence__ *n.* =King's evidence.

__queen-size__ [ˋkwinˌsaɪz; ˈkwiːnsaɪz] *adj.* 《美》大號的(較 king-size(特大號的)小一號).

*__queer__ [kwɪr; kwɪə(r)] *adj.* (__queer·er__ [ˋkwɪrə; ˈkwɪrə(r)]; __queer·est__ [ˋkwɪrɪst; ˈkwɪrɪst]) **1** 奇妙的, 異常的, 古怪的, 奇怪的. a *queer* sort of fellow 古怪的男人, 怪人/Jones has a *queer* way of walking. 瓊斯走路的樣子很奇怪.

2 可疑的, 令人生疑的, 令人費解的. a *queer* transaction 可疑的交易/There is something *queer* about the girl's story. 這個女孩的話有些可疑.

3 《口》瘋的(mad). be *queer* in the head 腦筋不正常/go *queer* 發瘋.

4 《口》不舒服的. feel *queer* 感到不舒服.

5 《口》《輕蔑》同性戀的(homosexual).
— *vt.* 《俚》破壞, 搞砸.

__quèer a pèrson's pítch__ = __quèer the pítch for__

a *pèrson* 破壞某人的計畫[機會].

queer·ly [ˋkwɪrlɪ; ˈkwɪəlɪ] *adv.* 奇怪地, 古怪地.

queer·ness [ˋkwɪrnɪs; ˈkwɪənɪs] *n.* Ⓤ奇妙, 古怪.

quell [kwɛl; kwel] *vt.* 《文章》平息, 鎮壓, 〔叛亂等〕; 抑制〔情緒, 痛苦等〕.

quench [kwɛntʃ; kwentʃ] *vt.* **1** 《文章》撲滅, 熄滅, 〔火, 光等〕. **2** 壓抑, 抑制, 〔慾望, 感情等〕. **3** 解〔渴〕; 冰鎮〔熱的東西〕. I had a glass of beer to *quench* my thirst. 我喝了杯啤酒來解渴.

quer·u·lous [ˋkwɛrələs, ˋkwɛrjələs, -rʊləs; ˈkwerʊləs] *adj.* 《文章》發牢騷的, 愛抱怨的; 易發脾氣的.

quer·u·lous·ly [ˋkwɛrələslɪ, ˋkwɛrjələslɪ, -rʊləs-; ˈkwerʊləslɪ] *adv.* 《文章》滿口牢騷地; 易發脾氣地.

que·ry [ˋkwɪrɪ; ˈkwɪərɪ] *n.* (*pl.* **-ries**) Ⓒ **1** 《文章》質詢, 疑問; 懷疑. **2** 問號(?).

— *vt.* (**-ries; -ried; ~ing**) **1** 《文章》詢問, 質問, 〔人〕; 詢問〔疑問等〕. He *queried* my reason for leaving the post. 他問我為何離職/"Do you really think so?" she *queried*. 她問道:「你真的這麼想嗎?」 **2** 句型3 (query *wh* 子句)對…感到懷疑, 採保留態度. I very much *query* if [*whether*] he really said so. 我深感懷疑他是否真的如此說過. **3** 加問號於….

*∗**quest** [kwɛst; kwest] 《雅》 *n.* (*pl.* ~**s** [~s; ~s]) Ⓒ尋求, 探索, 《*of*, *for*》(search). Their *quest for* valuable minerals was in vain. 他們尋找貴重礦物的努力都白費了.

in quèst of... 尋求…. The knights set out *in quest of* the Holy Grail. 騎士們為了尋求聖杯而踏上了旅程.

— *vi.* 搜尋《*for*》. *quest for* treasure 搜尋寶物.

‡**ques·tion** [ˋkwɛstʃən; ˈkwestʃən] *n.* (*pl.* ~**s** [~z; ~z]) **1** Ⓒ質〔詢〕問, 問, (↔ answer). a difficult *question* to answer 難以回答的問題/I asked him a *question*. = 《文章》I asked a *question* of him. 我問他一個問題/A reporter put a *question* to him. 一名新聞記者向他提出一個問題/Please repeat your *question*. 請重複你的問題.

【搭配】 *adj.+question*: a blunt ~ (直截了當的問題), a good ~ (好問題), a searching ~ (追根究底的問題), a straightforward ~ (單刀直入的問題).

2 Ⓤ疑問(doubt). make no *question* of 對…不加懷疑/It admits (of) no *question*. 不容置疑/There can be no *question* (but) that he is telling the truth. 無疑地, 他說的是實話. **3** Ⓒ (值得討論, 應該解決的)問題, 情況, 《*of*》 (*of*) *wh* 子句, 片語. the housing *question* 住屋問題/the *question of* unemployment 失業問題/*questions of* the day 當今問題, 時事問題/settle a *question* 解決問題 / the *question* (*of*) *how* to restore order 如何回復秩序的課題/It's all a *question of* time. 這都是時間的問題/The *question* is

---

who will pay the money. 問題是誰來付那筆錢.

【搭配】 *adj.+question*: a basic ~ (基本的問題), a complicated ~ (複雜的問題), a simple ~ (單純的問題) // *v.+question*: deal with a ~ (處理問題), raise a ~ (提出問題) // *question+v.*: a ~ arises (問題浮現), a ~ comes up (問題出現).

4 《文法》疑問句(interrogative sentence).

bèg the quéstion → beg 的片語.

∗beyond (àll) quéstion 毫無疑問, 確實, …是無疑的. Henry is *beyond question* the best golfer of us all. 亨利無疑是我們之中最好的高爾夫球手/His patriotism is *beyond (all) question*. 他的愛國心是不容置疑的.

cáll...in [into] quéstion 《文章》對…表示懷疑, 對…提出異議. His honesty is *called in question*. 他的誠實受到質疑.

còme into quéstion 成為問題, 被討論.

in quéstion 問題的, 討論中的, the matter *in question* 正在討論的事/Where were you during the time *in question*? 這段期間內你在哪裡?

∗out of the quéstion 免談的, 不可能的. Any changes would be *out of the question* at this late date. 已到這個時候, 不可能有任何改變了.

There's nò quéstion of... (1)關於…毫無懷疑的餘地. (2)完全沒有…的可能性. *There's no question of* his having divulged the secret. 他決不可能洩露這個祕密.

without quéstion = beyond (all) question.

— *vt.* (~**s** [~z; ~z]; ~**ed** [~d; ~d]; ~**ing**)

1 詢問, 訊問, 審問, 〔人〕, 《*on*, *about*》(→ inquire 同). The student *questioned* the teacher *on* many points. 那個學生針對許多要點向老師提出問題/I was *questioned about* his activities by the police. 警察詢問我有關他的活動.

2 懷疑, 對…表示疑問; 對…提出異議, 句型3 (question *wh* 子句)懷疑…. Some people *questioned* his honesty. 有人懷疑他的誠實/I *question whether* he'll come in time. 我懷疑他是否會及時到來.

ques·tion·a·ble [ˋkwɛstʃənəbl; ˈkwestʃənəbl] *adj.* **1** 可疑的, 有疑問的. a *questionable* conclusion [story] 可疑的結論[敘述]/It is *questionable* whether this data can be relied on. 這些資料是否可靠值得懷疑.

2 有問題的, 不可靠的. a man of *questionable* character 品德有問題的人.

ques·tion·a·bly [ˋkwɛstʃənəblɪ; ˈkwestʃənəblɪ] *adv.* 可疑地.

ques·tion·er [ˋkwɛstʃənɚ; ˈkwestʃənə(r)] *n.* Ⓒ詢問者, 審問者.

ques·tion·ing [ˋkwɛstʃənɪŋ; ˈkwestʃənɪŋ] *adj.* 懷疑的.

ques·tion·ing·ly [ˋkwɛstʃənɪŋlɪ; ˈkwestʃənɪŋlɪ] *adv.* 疑惑地; 質問地.

Q

***quéstion màrk** *n.* Ⓒ 問號(?). put a *question mark* 加問號.

ques·tion·naire [ˌkwɛstʃənˋɛr, -ˋær; ˌkwestʃəˋneə(r)] *n.* Ⓒ (爲調查而備好問題的)調查表, 問卷; 問卷調查.

***queue** [kju; k:u; kju:] *n.* (*pl.* ~s [~z; ~z]) Ⓒ

1 《主英》(依次排隊的人、車等的)列(《美》line). join a *queue* of mourners 加入弔喪者的行列/in a *queue* 成一列/form an endless *queue* 大排長龍.

2 辮子, 髮辮.

jùmp the quéue 《主英》插隊.

[queues 1, 2]

— *vi.* (~s; ~d; ~ing, queu·ing) 《主英》列隊, (加入)排隊. We *queued up* for the bus. 我們排隊等候公車.

quib·ble [ˋkwɪbl; ˋkwibl] *n.* Ⓒ 藉口, 搪塞, 推托, 歪理.

— *vi.* 說推託的話, 狡辯, (*over, about*). Let's not *quibble over* trivial matters. 我們不要爲瑣事爭辯了.

quiche [kiʃ; ki:ʃ] *n.* ⓊⒸ 乳酪火腿餡餅(用餡餅皮包雞蛋、火腿和乳酪等製成的點心).

quick [kwɪk; kwik] *adj.* (~·er; ~·est)

〖迅速的〗 **1** 〔動作, 行動〕迅速的, 急速的, 快速的, (↔ slow). give a *quick* look 迅速瞄一眼/a *quick* reply 立即回答/a *quick* turn 急轉/His daughter is *quick in* her movements. 他的女兒動作很敏捷/He's a *quick* walker. 他走路很快/Get over here and be *quick* about it! 到這裡來, 動作要快!/⑩ *quick* 表示在短時間內, 或瞬間動作的敏捷性; → fast[1].

2 〔頭腦反應快的〕敏銳的; 靈敏的, 理解力快的, 記性好的, 機靈的; (↔ slow). a *quick* child 伶俐的孩子/a *quick* decision 當機立斷/have a *quick* eye [ear] 眼睛[耳朵]敏銳/He is *quick* at figures. 他精於算術/have *quick* wits 有機智/Albert is *quick at* learning [*to* learn]. 亞伯特學得很快/The dog is *quick of* scent. 狗的嗅覺靈敏.

3 〔性情的〕性急的, 易怒的. He is *quick* of temper [has a *quick* temper]. 他性子暴躁.

— *adv.* (~·er; ~·est)快速地, 迅速地, 快地, (quickly). Come *quick*! 快來!/I ran as *quick* as I could. 我盡全力快跑/Who'll be there *quickest*? 誰會最快到? 語法(1)比 quickly 更爲口語, 語氣更強. (2)通常置於動詞之後.

— *n.* Ⓤ (加the) (皮膚下的)活肉, (尤指甲下的)肉根.

cùt...to the quíck (1)切到…的肉根. *cut* the nail *to the quick* 剪指甲剪到肉根. (2)深深傷害[得罪]〔人〕的感情. I was *cut to the quick* by her remark. 她的話深深刺傷了我.

字源 quick 含有「活著的(living)」之意(→ quick-silver).

┌─────────────────────────────┐
│ ●——副詞 quick = quickly   │
└─────────────────────────────┘
即使加 -ly, 意義仍保持不變; → hard 表.
The chairman spoke *loud* [*loudly*] and *clear* [*clearly*].
主席大聲而清晰地說話.
此類的副詞:
cheap—cheaply	easy—easily
fair—fairly	firm—firmly
real—really	slow—slowly
(1)不加 -ly 的形式較爲口語.
(2)比較級、最高級一般不加 -ly: Please walk *slower*. 請走慢一點. Who can run *quickest*? 誰跑得最快?

quick-change [ˋkwɪkˌtʃendʒ; ˋkwikˋtʃeindʒ] *adj.* (限定)(演員等)迅速換裝[改變外型]的.

***quick·en** [ˋkwɪkən; ˋkwikən] *v.* (~s [~z; ~z]; ~ed [~d; ~d]; ~·ing) *vt.* **1** 加快, 加速. I *quickened* my steps to catch up with her. 我加快腳步想追上她.

2 (文章)刺激, 使活躍. *quicken* a person's imagination 刺激某人的想像力.

— *vi.* **1** 變快, 速度增加. His pace [pulse, breathing] *quickened*. 他的腳步[脈搏, 呼吸]加快了. **2** 變活潑, 變生動. My interest *quickened*. 我的興趣大增.

quick-freeze [ˋkwɪkˌfriz; ˋkwikˋfri:z] *vt.* (-freez·es; -froze; -fro·zen; -freez·ing) 急速冷凍[食品]. *quick-frozen* chicken 急速冷凍的雞肉.

quick-froze [ˋkwɪkˌfroz; ˋkwikˋfrəuz] *v.* quick-freeze 的過去式.

quick-fro·zen [ˋkwɪkˌfrozən; ˋkwikˋfrəuzn] *v.* quick-freeze 的過去分詞.

quick·ie [ˋkwɪkɪ; ˋkwiki:] (口) *n.* Ⓒ 匆匆做成的事; 草率完成的事物(尤指電影、小說).

— *adj.* 快的, 迅速的(簡短的).

quick-lime [ˋkwɪkˌlaɪm; ˋkwiklaim] *n.* Ⓤ 生石灰(→ lime[1]).

quick·ly [ˋkwɪklɪ; ˋkwikli] *adv.* 快速地, 迅速地; 立刻. (↔ slowly). We walked more *quickly* than usual. 我們走得比平時快/Please do it *quickly*. 請快點做/As *quickly* as she wakened, she dressed herself and went out. 她一醒來就馬上更衣外出了.

語法在《口》中, 與比較級、最高級more [most] quickly 相比, quicker [quickest] 用得更多.

quick·ness [ˋkwɪknɪs; ˋkwiknis] *n.* Ⓤ **1** 快速. **2** 敏捷, 靈敏. **3** 急性子, 急躁.

quick·sand [ˋkwɪkˌsænd; ˋkwiksænd] *n.* ⓊⒸ (常 quicksands) 流沙(上面的人或物會沈陷下去).

quick·sil·ver [ˋkwɪkˌsɪlvɚ; ˋkwiksilvə(r)] *n.* Ⓤ 水銀(mercury)(原義爲「活銀」).

quick·step [ˋkwɪkˌstɛp; ˋkwikstep] *n.* Ⓒ (舞蹈)快步舞; 快步舞曲.

Q

quick-tem·pered [ˋkwɪkˋtɛmpəd; ˌkwɪkˈtempəd] *adj.* 性急的，易怒的。

quick-wit·ted [ˋkwɪkˋwɪtɪd; ˌkwɪkˈwɪtɪd] *adj.* (頭腦)敏銳的，腦筋反應快的，靈敏的。

quid [kwɪd; kwɪd] *n.* (*pl.* ~) Ⓒ《英、口》(貨幣單位的)一鎊(pound)。

qui·es·cence [kwaɪˋɛsn̩s; kwaɪˈesns] *n.* Ⓤ《文章》休止，靜止，不動。

qui·es·cent [kwaɪˋɛsn̩t; kwaɪˈesnt] *adj.* 《文章》休止[靜止]的，不動的，沈寂的，無活動的。a *quiescent* volcano 死火山。

‡**qui·et** [ˋkwaɪət; ˈkwaɪət] *adj.* (~·**er**; ~·**est**)
〖不吵鬧的〗 **1** 安靜的，寂靜的，(↔ noisy)；清靜的。a *quiet* room 安靜的房間/live in [《美》on] a *quiet* street 住在清靜的街道上/The baby was *quiet* all night. 嬰兒整晚沒有哭鬧/Keep *quiet*! 肅靜！ 同 still, quiet, silent, noiseless 均可譯爲「安靜的」，但 quiet 所含的「平靜，平和」之意味特別強。

2 平穩的，穩定的，平和的，(↔ restless)。a *quiet* mind 寧靜的心/have a *quiet* evening at home 在家度過一個恬靜的夜晚/My conscience is *quiet*. 我的內心很平靜。

3〖無變動的〗不動的，靜止的。The stock market was surprisingly *quiet* today. 股票市場今天出奇地平靜。

〖不顯眼的〗 **4**〔人、個性〕溫和的，文靜的，沈穩的；謹愼的，恭謹的。a *quiet* man 文靜的人/a *quiet* disposition 性情溫和。

5〔服裝、顏色等〕不顯眼的，素淨的，樸素的，(↔ loud)。a *quiet* color 素淨的顏色/a *quiet* necktie 素淨的領帶。

6 祕密的，私下的。Can you keep this scandal *quiet*? 你能保守住這個醜聞不爲人知嗎?/I want you to keep *quiet* about it. 這件事希望你能保密。
— *n.* Ⓤ **1** 安靜，寂靜，寧靜。the *quiet* after a storm 暴風雨後的寧靜/the *quiet* of the night 夜闌人靜。

2 平穩，平和，平靜。at *quiet* 平穩地/live in peace and *quiet* 過和平和安寧的生活。

on the quiet 《口》暗中地，祕密地。
— 《主美》 *vt.* 使沈靜，使平靜；撫慰，安慰。(*down*). *Quiet* him *down*, will you? 你可以安慰他一下嗎?/The mother was *quieting* her crying baby. 那個母親安撫著她哭鬧的孩子。
— *vi.* 安靜下來，變靜，變安寧。The wind *quieted* down. 風停了/Her fears gradually *quieted* down. 她的恐懼逐漸平息了。

qui·et·en [ˋkwaɪətn̩; ˈkwaɪətn̩] *vt., vi.* 《主英》=quiet.

‡**qui·et·ly** [ˋkwaɪətlɪ; ˈkwaɪətlɪ] *adv.* **1** 靜靜地，悄悄地。Speak more *quietly*, please. 請小聲點說。

2 平穩地，溫和地，樸素地。The two sisters lived very *quietly*. 兩姊妹過著非常平靜的生活。

qui·et·ness [ˋkwaɪətnɪs; ˈkwaɪətnɪs] *n.* Ⓤ 寂靜，寧靜；平穩，溫和；沈著；樸素。

qui·e·tude [ˋkwaɪəˌtjud, -ˌtɪud, -ˌtud;

ˈkwaɪətjuːd] *n.* Ⓤ《文章》寂靜，安寧，平靜。mental *quietude* 心境平靜。

qui·e·tus [kwaɪˋitəs; kwaɪˈiːtəs] *n.* Ⓒ (通常用單數)《雅》死亡；殺害。

quill [kwɪl; kwɪl] *n.* Ⓒ **1** (翼或尾部長而硬的)羽毛(→ feather 圖)；(空心的)羽毛管(stem)。

2 (用羽毛管製的)鵝毛筆。

3 (豪豬等的)刺。

quill pen *n.* Ⓒ 鵝毛筆(亦稱 quill)。

quilt [kwɪlt; kwɪlt] *n.* Ⓒ 被褥(將鳥的羽絨等塞入布料內縫製而成)。
— *vt.* 把…縫成被褥，夾內層縫合。a *quilted* skirt 夾內層縫製成的裙子。

quilt·ing [ˋkwɪltɪŋ; ˈkwɪltɪŋ] *n.* Ⓤ **1** 夾內層縫合；被上縫成花紋的縫法。**2** 填被褥的材料。

quin [kwɪn; kwɪn] *n.*《英、口》=quintuplet.

quince [kwɪns; kwɪns] *n.* Ⓒ 榲桲；榲桲的果實；(形似蘋果的薔薇科樹木；果實可製成果凍、糖漬品、果醬等長期保存)。

[quince]

qui·nine [ˋkwaɪnaɪn; kwɪˈniːn] *n.* Ⓤ 奎寧，金雞納霜，《瘧疾的特效藥》。

quin·sy [ˋkwɪnzɪ; ˈkwɪnzɪ] *n.* Ⓤ《醫學》扁桃腺炎。

quint [kwɪnt; kwɪnt] *n.*《美、口》=quintuplet.

quin·tes·sence [kwɪnˋtɛsn̩s; kwɪnˈtesns] *n.* Ⓤ《文章》(加 the) **1** 精髓，眞髓。**2** 典型，典範。

quin·tet, quin·tette [kwɪnˋtɛt; kwɪnˈtet] *n.* Ⓒ《音樂》**1** 五重奏[唱][曲] (→ solo)。**2** 五重奏[唱]團。

quin·tup·let [ˋkwɪntəplɪt, -tʊ-, kwɪnˋtuplɪt, -ˋtɪu-, -ˋtju-, -ˋtʌp-; ˈkwɪntjʊplɪt] *n.* Ⓒ **1** 五胞胎(中的一人) (→ twin)；(quintuplet*s*)五胞胎。
語法 通常用複數，表示其中一人時用 one of the *quintuplets*；在口語中《英》爲 quin，《美》爲 quint。**2** 五個一組，五件一套。

quip [kwɪp; kwɪp] *n.* Ⓒ 妙語；尖刻的言辭；諷刺。
— *vi.* (~**s**; ~**ped**; ~**ping**) 說出警句。

quire [kwaɪr; ˈkwaɪə(r)] *n.* Ⓒ (紙的)一刀(《美》25 張，《英》24 張)。

quirk [kwɜk; kwɜːk] *n.* Ⓒ **1** (人、個性的)怪癖。**2** (命運的)作弄，無常。

quirt [kwɜt; kwɜːt] *n.* Ⓒ《美》皮條編製的(短柄)馬鞭。

quis·ling [ˋkwɪzlɪŋ; ˈkwɪzlɪŋ] *n.* Ⓒ (協助占領軍的)賣國賊，內奸。字源 源自親納粹的挪威政客 V. Quisling 之名。

‡**quit** [kwɪt; kwɪt] *v.* (~**s** [~s; ~s]; ~**ted** [~ɪd; ~ɪd], 《主美》~; ~**ting**) *vt.*《口》**1** 停止，作罷，中止。句型3 (quit *do*ing)停止做…。He decided to *quit* smoking. 他決心戒菸了。

2 放棄，離開，〔工作，職位等〕。She *quit* her

job for some reason. 她因故辭去工作.

— vi. 《口》**1** 放棄, 停止. Let's *quit* and go home. 我們不要做了, 回家吧!

2 退出; 辭職(→ retire 同), give him notice to *quit* 給他要求退出[辭職]的通知.

— adj. 《敘述》擺脫…的, 自由的, 《of》. She was glad to be *quit* of her drunken husband. 她很高興擺脫了酒鬼丈夫.

‡**quite** [kwaɪt; kwaɪt] adv. **1** 完全地, 十分地, 徹底地. *quite* unique 十分獨特的/That's *quite* meaningless. 那完全沒有意義/He's *quite* crazy about golfing. 他非常迷高爾夫球/I *quite* understand. 我完全明白/I *quite* forgot about your birthday. 我全然忘了你的生日/You are *quite* a man. 你是個十足的男子漢《對還未完全成爲大人的男孩所說》/It's *quite* time for us to leave. 是該告辭的時候了/I wrote to him for *quite* another reason. 我完全是爲了別的原因才寫信給他/The bowler hat is *quite* out of fashion now. 圓頂硬禮帽現在已完全過時了.

2 相當, 頗, 很, (同依 rather > quite > fairly 順序, 程度漸低). This TV program is really *quite* interesting. 這個電視節目的確相當有趣/She behaved *quite* foolishly. 她的行爲很愚蠢/She is *quite* pretty, but looks unhealthy. 她長得很漂亮, 但看起來並不健康/It's *quite* cold outside. (現在)外面相當冷《此句有「出乎意外」的感覺; 若使用 very 則客觀地強調寒冷的程度》.

> 【◉ **quite** 的位置】
> 修飾「a [an] + adj. +n.」時, 有 (**a**) quite a [an] 與 (**b**) a quite… 兩種詞序. (**b**) 在《美》用得較多, 《英》則爲書寫用語. He is a *quite* clever man. = He is *quite* a clever man. (他是個十分聰明的人.)

3 《用 quite + a [an] + n. 的形式》《口》很, 極. That's *quite* a story. 那可真不得了!《表示十分有趣、驚訝、厲害等意》/Clara is doing *quite* a job. 克萊拉正在做一件大事/She's *quite* a beauty. 她真是個美人.

4 尚可地, 某種程度地, (★因爲句子的重心置於 quite, 相對地減弱了被修飾語的重要性). His English is *quite* good. 他的英語還不錯/I *quite* like Roger, but not enough to marry him. 我有點喜歡羅傑, 但還沒有到想和他結婚的程度.

5 《用於否定句》(不十分)完全. I haven't *quite* finished eating. 我還沒有完全吃完/He isn't *quite* a gentleman. 他算不上個紳士/"Are you sure?" "No, not quite." 「你確定嗎?」「不, 不十分確定.」

6 《主英》《感歎詞性》的確; 沒錯;《作爲回答》對. "The government should spend more on social services." "Quite (so)." 「政府應該爲社會福利工作花更多的錢.」「的確(如此).」

quite a féw → few 的片語.

quite a líttle → little 的片語.

quite sómething 《口》不平常的; 令人驚訝的; 非常好的.

quits [kwɪts; kwɪts] adj. 《敘述》(報復後)抵消的, 不分勝負的; (償清後)平等的;《with》. I am finally *quits* with the man. 我終於與他毫無瓜葛了.

call it quíts 《口》同意停止爭論[爭吵], 暫停.

quit·ter [ˋkwɪtɚ; ˋkwɪtə(r)] n. C《口》〖工作等〗輕易放棄的人, 懦弱的人. I'm no *quitter*. 我不會輕易放棄.

*****quiv·er[1]** [ˋkwɪvɚ; ˋkwɪvə(r)] v. (~s [~z; ~z]; ~ed [~d; ~d]; -er·ing [-əɪɪŋ; -ərɪŋ]) vi. 顫抖, 震動, 搖動. His hands *quivered* when he began to speak. 當他開始說話時, 他的雙手顫抖/Quivering with anger, she told John never to touch her. 她氣得發抖, 對約翰說永遠不要再碰她.

— vt. 使顫動, 使震動. The bird *quivered* its wings. 那隻鳥抖動翅膀.

同 指非常小的震動; → shake.

— n. (pl. ~s [~z; ~z]) C (通常用單數)顫動; 震動; 顫聲.

quiv·er[2] [ˋkwɪvɚ; ˋkwɪvə(r)] n. C箭袋, 箭筒.

quix·ot·ic [kwɪksˋatɪk; kwɪkˋsɒtɪk] adj. 唐吉訶德式的, 擺出騎士架勢的, 狂熱的, 幻想家的.

quix·ot·i·cal·ly [kwɪksˋatɪklɪ, -lɪ; kwɪkˋsɒtɪkəlɪ] adv. 唐吉訶德式地; 空想地.

‡**quiz** [kwɪz; kwɪz] n. (pl. ~zes [~ɪz; ~ɪz]) C **1** 小測驗, 小考. a math *quiz* 數學小考/give a *quiz* 舉行小考.

2 (廣播, 電視等的)問答比賽;《形容詞性》問答比賽的. There are too many *quiz* shows on TV. 電視的問答比賽節目太多了.

— vt. (~zes; ~zed; ~zing) 對…進行簡短測驗, 質問,《on, about, in》. I *quizzed* him *about* how he was getting along with his French. 我質問他法語學得怎麼樣.

quiz·zi·cal [ˋkwɪzɪk!; ˋkwɪzɪkl] adj. **1** 不可思議的; 探詢般的. **2** 挖苦般的, 嘲弄般的.

quiz·zi·cal·ly [ˋkwɪzɪklɪ, -!ɪ; ˋkwɪzɪkəlɪ] adv. 不可思議地; 嘲弄般地.

quoit [kwɔɪt; kɔɪt] n. **1** C (擲環遊戲用的)環(爲鐵, 橡皮, 繩製成). **2** (quoits)《作單數》擲環遊戲(把環投入豎起的棒中).

quo·rum [ˋkworəm, ˋkwɔrəm; ˋkwɔːrəm] n. C法定人數. The meeting was canceled as we didn't have [form] a *quorum*. 我們這場會議因未達法定出席人數而取消.

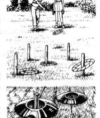

[quoits]

quo·ta [ˋkwotə; ˋkwəʊtə] n. C (個人, 團體, 地域所得的)分配額, 份; (進口貨物, 移民等的)限額(數量). production *quotas* 製造限額數量.

quot·a·ble [ˋkwotəb!; ˋkwəʊtəbl] adj. 可引用

的; 適於引用的, 有引用價值的.

*quo·ta·tion [kwo`teʃən; kwəʊ'teɪʃn] n. (pl.
~s [~z; ~z]) **1** U引用; C引用文, 引用句[字].
These are all *quotations* from the Bible. 這些全
引自於聖經/Where is that *quotation* from? 那句
引文出自何處?

2 C估價((*for* 〔建築物等〕)); (商品, 股票的)市
價, 行情(表). a *quotation for* repairs 修理費用
的估價/stock *quotations* appearing in the news-
papers 登在報紙上的股票行情.

*quotátion màrks n. 《作複數》引號《標點符
號之一; " ", ' ').

‡**quote** [kwot; kwəʊt] v. (~s [~s; ~s]; quot·ed
[~ɪd; ~ɪd]; quot·ing) vt. **1** 引用〔別人的
話, 文章, 詩等〕, 引述〔人〕的話, (→ cite 圖).
She *quoted* a passage from Shakespeare. 她引用
莎士比亞的一段話/Don't *quote* me. 不要引述我
的話.

2 (作爲證據, 實例)引證; 句型4 (quote A B)
向 A 引證 B(實例等). The doctor *quoted* me a

recent instance. 醫生向我舉了最近的一個實例.

3 用引號把…括起來.

4 估計〔價格, 費用〕((*for*)), 報價((*at*)). He *quoted*
$1,000 *for* repairing my car. 他開價 1,000 美元修
理我的車子/*quote* a hat *at* fifty dollars 帽子開價
50 美元/The prices *quoted* are London retail
prices. 所報之價是倫敦的零售價格.

— vi. 引用((*from*)). 參考 常用於朗讀和口述等時,
表示引文的開始; → unquote.

— n. C **1** 引用文〔語句〕.

2 (quotes)引號. in *quotes* 用引號括起來的.

quoth [kwoθ; kwəʊθ] vt. 《古》說(said)《第一人
稱、第三人稱直述語氣的過去式》.

quo·tient [`kwoʃənt; 'kwəʊʃnt] n. C《數學》商
(↔ product); 比率.

quot·ing [`kwotɪŋ; 'kwəʊtɪŋ] v. quote 的現在
分詞、動名詞.

Q

R r *R r*

R, r [ɑr; ɑ:(r)] *n.* (*pl.* **R's, Rs, r's** [~z; ~z])
1 UC 英文字母的第十八個字母.
2 C (大寫字母的)R 字形物.
the thrèe R's [ɑrz; ɑ:z] 讀寫算(*r*eading, w*r*it-
ing, a*r*ithmetic).
ŕ mònths →見 f mònths.

R [ɑr; ɑ:(r)] *n.* C (美)(電影)限制級電影(適合於成
人看的電影; 源自 restricted).
R. (略) (美) railroad; Republican(共 和 黨 員);
River.
r. (略) radius; right.
® registered trademark(註冊商標).
RA (略) Royal Academy(皇家藝術學院).
Ra 《符號》 radium.
rab·bi [ˋræbaɪ; ˈræbaɪ] *n.* C 1 猶太教教士[教
師, 法 學 專 家]. 2 (常 *R*abbi)先生, 老師, (尊
稱). *Rabbi* Stein 斯坦因老師.
rab·bin·i·cal [ræˋbɪnɪkl̩, rə-; rəˈbɪnɪkl̩] *adj.*
猶太法學家[教義]的.

✲rab·bit [ˋræbɪt; ˈræbɪt] *n.* (*pl.* ~s [~s; ~s])
1 C 家兔(比 hare 體型小的穴居性動
物; 多產, 膽小); (泛指)兔子; (→ rodent 圖).
2 U 兔子的毛皮[肉]. 3 C (口)技巧拙劣的運
動員. 4 =Welsh rabbit.
— *vi.* 獵兔.
rábbit èars *n.* (作單數)(美、口)室內用的 V
型電視天線.
rábbit hùtch *n.* C (前面張有金屬網的)
兔棚(飼養籠物用).
rábbit wàrren *n.* =warren.
rab·ble [ˋræbl̩; ˈræbl̩] *n.* 1 C 群眾, 烏合之眾.
2 (輕蔑)(加 the)下層階級, 賤民.
rab·ble-rous·er [ˋræbl̩͵raʊzɚ;
ˈræbl̩͵raʊzə(r)] *n.* C 煽動(民眾)者, 鼓動者.
rab·ble-rous·ing [ˋræbl̩͵raʊzɪŋ;
ˈræbl̩͵raʊzɪŋ] *adj.* (演說(者))煽動的, 蠱惑民心的.
rab·id [ˋræbɪd; ˈræbɪd] *adj.* 1 患狂犬病的. a
rabid dog 狂犬. 2 (限定)發瘋似的. a *rabid*
Puritan 狂熱的清教徒.
ra·bies [ˋrebiz, ˋrebɪ͵iz,
ˋræb-; ˈreɪbiːz] *n.* U 狂
犬病.
rac·coon [ræˋkun;
rəˈkuːn] *n.* C (動物)浣
熊(產於北美; 居住在樹
上, 具有夜行的習性); U
浣熊的毛皮.

[raccoon]

---

raccóon dòg *n.* C 狸.

✲race¹ [res; reɪs] *n.* (*pl.* **rac·es** [~ɪz; ~ɪz]) C
【賽跑】 1 賽跑; 賽馬; 自行車賽;
((口)(the races)馬賽, 比賽. run a *race* 賽跑/row
a *race* 賽艇/ride a *race* 參加賽馬/go to the *races*
去看賽馬[比賽]/play the *races* (美)賭賽馬.

> 搭配 *adj.*+race: a close ~ (難分勝負的比賽),
> a hard ~ (辛苦的比賽) // *v.*+race: enter a ~
> (參加比賽), take part in a ~ (參加比賽), win
> a ~ (贏得比賽).

2 (泛指)賽跑, 競賽, 競爭. a *race* against time
和時間賽跑(為在期限內完成工作而奔忙)/an arms
[armament] *race* 軍備競賽/a presidential *race* 總
統大選之戰.
3 【快速流動的水流】急流, 急湍.
— *v.* (**rac·es** [~ɪz; ~ɪz]; ~**d** [~d; ~d]; **rac·ing**)
vi. 1 賽跑 (with, against). A hare *raced* with
[*against*] a tortoise. 龜兔賽跑/Let's *race* from
here to that corner! 我們比賽從這裡跑到那轉角!
2 疾行, 快跑; (時 間 等)瞬 間 地 過 去. *racing*
clouds 急速飄動的雲/When it began to rain, peo-
ple *raced* for shelter. 一下起雨來, 人們就趕快躲
到避雨處/The boy *raced* across the street to
where his mother stood. 男孩一溜煙地穿過馬路,
奔到他母親站著的地方/The summer holidays
raced by. 暑假一轉眼就過了. 3 (引擎等)空轉.
— *vt.* 1 與(某人)賽跑. I'll *race* you to the bus
stop. 我和你比賽看誰先跑到公車站/I *raced* him a
mile. 我和他賽跑了一英里路程.
2 讓(動物, 車等)賽跑. *race* one's horse 讓馬參
加比賽.
3 使(某物)全速奔跑; 急送…; 使(議案等)迅速通
過. Relief supplies were *raced* to the disaster
area. 救援物資被迅速送往災災區.
4 使(引擎等)空轉[快速運轉].

> ●──與 RACE 相關的用語
>
> | three-legged race | 兩人三腳(賽跑) |
> |---|---|
> | obstacle race | 障礙賽跑 |
> | hurdle race | 跨欄賽跑 |
> | horse race | 賽馬 |
> | sack race | 套袋賽跑 |
> | boat race | 賽船 |
> | rat race | 無止境的無聊競爭 |
> | relay race | 接力(賽跑) |
> | foot race | 競走 |

‡race² [res; reɪs] *n.* (*pl.* **rac·es** [~ɪz; ~ɪz]) **1** (a) ©人種；種族；(参考)著重於血緣之共同性；→ nation). the white [black, yellow] *race* 白[黑, 黃]種人/the Anglo-Saxon [Japanese] *race* 盎格魯撒克遜[日本]民族/Many *races* live together in the United States. 在美國，許多種族一起生活. (b)(形容詞性)人種的. a *race* problem 種族問題/The mayor pledged to improve *race* relations in the city. 那位市長誓言要改善該市種族間的關係.
2 ©(生物)種類；人類. the feathered *race* (諛)鳥類/the human *race* 人類.
3 ©氏族，家族；Ⓤ家系，門第. a man of noble *race* 出身高貴的人.
4 ©夥伴，同類. the *race* of poets 詩人們.
⬥ *adj.* **racial**.

race·course [ˋres‚kors, -‚kɔrs; ˋreɪskɔːs] *n.* (英)=racetrack 1.

race·horse [ˋres‚hɔrs; ˋreɪshɔːs] *n.* ©比賽用的馬.

ráce mèeting *n.* ©(英)賽馬會.

rac·er [ˋresɚ; ˋreɪsə(r)] *n.* © **1** 賽跑者；賽艇者，賽車手. **2** 比賽用的馬；比賽用的划艇[快艇]；比賽用自行車[汽車，飛機等].

ráce rìot *n.* ©種族暴動.

race·track [ˋres‚træk; ˋreɪstræk] *n.* © **1** (美)(賽馬場的)跑道；賽馬場. **2** (汽車比賽場地等的)跑道.

Ra·chel [ˋretʃəl; ˋreɪtʃəl] *n.* 女子名.

∗ra·cial [ˋreʃəl, ˋreʃɪəl; ˋreɪʃl] *adj.* 人種的，種族的；人種間的. *racial* discrimination 種族歧視/a *racial* problem 種族問題/*racial* prejudice 種族偏見. ⬥ *n.* **race²**.

ra·cial·ism [ˋreʃə‚lɪzm̩; ˋreɪʃəlɪzəm] *n.* =racism.

ra·cial·ist [ˋreʃəlɪst; ˋreɪʃəlɪst] *n., adj.* =racist.

ra·cial·ly [ˋreʃəlɪ, ˋreʃə-; ˋreɪʃəlɪ] *adv.* 人種上地.

rac·i·ly [ˋresəlɪ; ˋreɪsəlɪ] *adv.* 刺激地，尖銳潑辣地；猥褻地.

rac·ing [ˋresɪŋ; ˋreɪsɪŋ] *v.* race 的現在分詞，動名詞.
— *n.* ©比賽(賽馬，賽車，自行車賽等).

rácing càr *n.* ©比賽用的汽車.

rac·ism [ˋresɪzm̩; ˋreɪsɪzəm] *n.* Ⓤ(主美)種族偏見[歧視]；種族歧視政策；種族主義.

rac·ist [ˋresɪst; ˋreɪsɪst] *n.* ©種族(歧視)主義者.
— *adj.* 種族主義的.

∗rack¹ [ræk; ræk] *n.* (*pl.* ~**s** [~s; ~s]) © **1** (列車等的)行李架. He lifted his baggage up onto the *rack*. 他把行李擱在行李架上.
2 掛物架(帽架，刀架，槍架等)；…架(碗、碟架等). a hat *rack* 帽架/a clothes *rack* 掛衣架/a magazine *rack* 雜誌架.
3 各種攔架(陳列、保管用)；飼草架(為了讓家畜進食草料而設置的架子).
4 (加刑)拷問臺(中世紀拷問用的刑具之一)；拷問(般的苦痛). be on the *rack* 被拷問；極爲痛苦[煩惱]. **5** (機械)齒條(和齒輪(pinion)嚙合).

[racks¹ 2]

— *vt.* **1** 拷問(某人)，使(某人)受折磨. be *racked* with pain 因疼痛而(極爲)痛苦.
2 過度使用(頭腦等)，絞盡腦汁. I *racked* my brains for an answer. 爲了想出解答，我絞盡腦汁.
3 剝削，壓榨(佃農等)；榨取(地租).

[racks¹ 5]

rack² [ræk; ræk] *n.* Ⓤ破壞，荒廢(通常用 rack and ruin). in *rack* and ruin 荒廢著/go to *rack* and ruin 荒廢.

‡rack·et¹ [ˋrækɪt; ˋrækɪt] *n.* (*pl.* ~**s** [~s; ~s]) © **1** (網球等的)球拍.
2 (rackets)(作單數)壁球(在四周都有牆壁的球場裡，把球拍向牆壁使彈回的一種球類運動).

rack·et² [ˋrækɪt; ˋrækɪt] *n.* **1** ⒶⓊ吵鬧聲，喧嚷；嘈雜，喧囂；玩樂，歡鬧. What's all this *racket* about? 究竟在吵些甚麼？
2 ©(口)(透過敲詐，勒索，走私等的)非法獲利；詐騙，不正，惡行.
on the rácket (口)尋歡作樂.
stànd the rácket (口)(1)承受得住考驗. (2)承擔責任；負擔費用.
— *vi.* 尋歡作樂(about; around).

rack·et·eer [‚rækɪˋtɪr; ‚rækəˋtɪə(r)] *n.* ©非法獲利者，勒索者，(向商店等強索保護費之不良幫派份子).

rack·et·y [ˋrækɪtɪ, -ətɪ; ˋrækɪtɪ] *adj.* 吵鬧的；愛喧嚷的.

ráck ràilway *n.* ©齒軌鐵路.

rac·on·teur [‚rækɑnˋtɝ; ‚rækɒnˋtɜː(r)] (法語) *n.* ©擅長講故事者.

ra·coon [ræˋkun; rəˋkuːn] *n.* (英)=raccoon.

rac·quet [ˋrækɪt; ˋrækɪt] *n.* =racket¹.

rac·y [ˋresɪ; ˋreɪsɪ] *adj.* **1** (文體，說話方式等)生動的，活潑的. **2** (說話等)猥褻的，近乎下流的.

∗ra·dar [ˋredɑr; ˋreɪdɑː(r)] *n.* (*pl.* ~**s** [~z; ~z]) Ⓤ雷達，無線電探測法；©無線電探測器，雷達(裝置)；(源自 *radio detecting and ranging*). a *radar* system 雷達裝置.

rádar tràp *n.* ©雷達超速偵測裝置.

ra·di·al [ˋredɪəl; ˋreɪdjəl] *adj.* **1** 放射的，輻射

狀的. **2** 《數學》半徑的(→ radius).
— *n.* © 防滑輪胎(亦作 **rádial tíre**)《耐高速, 穩定性高的汽車輪胎》.

ra·di·al·ly [ˋredɪəlɪ; ˈreɪdjəlɪ] *adv.* 放射狀地.

ra·di·ance [ˋredɪəns, ˋredjəns; ˈreɪdjəns] *n.* ⓤ 光輝; (眼睛, 臉色的)光彩.

ra·di·an·cy [ˋredɪənsɪ, ˋredjənsɪ; ˈreɪdjənsɪ] *n.* = radiance.

*__**ra·di·ant**__ [ˋredɪənt, ˋredjənt; ˈreɪdjənt] *adj.*
1 《限定》光芒四射的; 光輝燦爛的. a *radiant* body 發光體/a *radiant* diamond 閃閃發光的鑽石. 回 radiant 與 bright 不同處在於 radiant 主要指「自身發光」之意; 亦可指《比喩》「從人內心深處發出光芒」之意.
2 有光彩的, 容光煥發的; 流露著喜悅的. Her face was *radiant* with happiness. 她的臉上洋溢著幸福的光芒/a *radiant* smile 燦爛的微笑.
3 《限定》《物理》(熱)輻射的; 《植物》輻射形的. *radiant* energy [heat] 輻射能[熱].

ra·di·ant·ly [ˋredɪəntlɪ, ˋredjənt-; ˈreɪdjəntlɪ] *adv.* 燦爛地; 容光煥發地. smile *radiantly* 燦爛地微笑著.

*__**ra·di·ate**__ [ˋredɪˌet; ˈreɪdɪeɪt] *v.* (~s [~s; ~s]; -at·ed [~ɪd; ~ɪd]; -at·ing) *vi.* **1** 從…發出[光, 熱等]; 從…散發出[喜悅等]. Light and heat *radiate* from the sun. 太陽發射出光和熱. 回 radiate 是由中央向「四面八方」發射光亮; → shine.
2 從…呈放射狀擴展. streets *radiating* from the square 由廣場向外輻射的街道.
— *vt.* **1** 放射[光, 熱等].
2 散發, 公然表露, 洋溢, 〔情感等〕. When he proposed to her, she *radiated* happiness. 當他向她求婚, 她洋溢著快樂的神情.

*__**ra·di·a·tion**__ [ˌredɪˋeʃən; ˌreɪdɪˈeɪʃn] *n.* (*pl.* ~s [~z; ~z]) **1** ⓤ《物理》(光, 熱等的)放射; 輻射能. the *radiation* of light and heat 光和熱的放射.
2 © 放射物; 放射能; 放射線.
3 ⓤ (感情等的)散發.

radiátion sìckness *n.* ⓤ 輻射病, 放射線中毒.

ra·di·a·tor [ˋredɪˌetɚ; ˈreɪdɪeɪtə(r)] *n.* ©
1 放射體; 發光體; 發熱體.
2 (暖氣用的)散熱器; 暖氣設備.
3 (汽車等的)冷卻器, 冷卻裝置.

*__**rad·i·cal**__ [ˋrædɪk!; ˈrædɪkl] *adj.* 【 根本的 】 **1** 根本的, 基本的, 本質的; 徹底的. make *radical* changes in the old educational system 徹底改革舊教育體系/a *radical* break with the past 與過去徹底告別.
2 〔尋求治本改革的〕急進的, 偏激的; (常 *R*adical) 激進派的. *radical* students 激進的學生/a *radical* politician 激進的政客.
3 《數學》根的.
— *n.* © **1** 激進黨員[主義者], 偏激論者. The ceremony was disrupted by a group of *radicals*.

典禮被一群激進分子鬧場.
2 《數學》根; 根號(亦作 **rádical sìgn**; √).
3 《語言》詞根; (漢字的)部首.

rad·i·cal·ism [ˋrædɪkəˌlɪzm; ˈrædɪkəlɪzəm] *n.* ⓤ (特指政治上的)激進主義, 偏激論.

rad·i·cal·ly [ˋrædɪklɪ, ·lɪ; ˈrædɪklɪ] *adv.* 根本地, 徹底地. reform an old institution *radically* 徹底改革舊制度.

ra·di·i [ˋredɪˌaɪ; ˈreɪdɪaɪ] *n.* radius 的複數.

※※**ra·di·o** [ˋredɪˌo; ˈreɪdɪəʊ] *n.* (*pl.* ~s [~z; ~z])
1 (a) ⓤ (常加the)無線電《廣播》(→ wireless); 無線電廣播事業. listen to the *radio* 聽廣播/send a message over the *radio* 在廣播上〔隨電波〕播放訊息/I heard the news on (the) *radio*. 我從廣播聽到了這則新聞/He is on (the) *radio* now. 他現在正在播音/talk over the *radio* 以無線電通話.
(b) 《形容詞性》廣播(播放)的, 無線電播送的. a *radio* program 廣播節目.
2 © 無線電(通訊設備), 收音機, (亦作 **rádio sèt**). put a *radio* on 打開收音機/a portable *radio* 手提收音機.

> 圖習 *v.* + radio: switch [turn] a ~ on (打開收音機), switch [turn] a ~ off (關掉收音機), turn a ~ up (把收音機轉大聲), turn a ~ down (把收音機轉小聲).

3 ⓤ 無線電信; 無線電話; 無線電報.
by rádio 用無線電(信)方式傳送; 用無線電臺(播放). send [receive] a message *by radio* 發[收]電報.
— *vt.* **1** 用無線電報發送(通訊等); 給…打電報; 用無線電與…聯絡. We *radioed* the information to our headquarters. 我們以無線電將情報送往總部. **2** 用無線電臺播放.
— *vi.* **1** 發電報; 用無線電設備聯絡.
2 (無線電臺)播放.

radio- (構成複合字)表「無線的, 放射線的」等的意思. *radio*active. *radio*gram.

ra·di·o·ac·tive [ˌredɪoˋæktɪv; ˌreɪdɪəʊˈæktɪv] *adj.* 放射性的, 具有輻射能的. *radioactive* rays 放射線/*radioactive* fallout 放射性落塵/*radioactive* waste 含輻射的廢棄物.

ra·di·o·ac·tiv·i·ty [ˋredɪˌoæk`tɪvətɪ; ˌreɪdɪəʊæk`tɪvətɪ] *n.* ⓤ 放射能.

rádio bèacon *n.* © 無線電導航信標.

rádio càr *n.* © 無線電通訊車《報社, 警察等裝設有無線電通訊設備的汽車》.

rādio cassétte plàyer [recòrder] *n.* © 收錄音機.

rádio frèquency *n.* © 無線電頻率(10 千赫到 300 兆赫之間).

ra·di·o·gram [ˋredɪəˌgræm; ˈreɪdɪəʊɡræm] *n.* © **1** (美)無線電報. **2** = radiograph.

ra·di·o·graph [ˋredɪəˌgræf; ˈreɪdɪəʊɡrɑːf] *n.* © X光片.

ra·di·o·gra·pher [ˌredɪˋɑgrəfɚ; ˌreɪdɪˈɒɡrəfə(r)] *n.* © X光(拍攝)技師.

ra·di·o·gra·phy [ˌredɪˋɑgrəfɪ;

,reɪdɪ`ɒgrəfɪ] *n.* Ⓤ X光[放射線]攝影術.

ra·di·o·iso·tope [ˌredɪo`aɪsə,top; ˌreɪdɪəʊ`aɪsəʊtəʊp] *n.* Ⓒ 放射性同位素.

ra·di·ol·o·gist [ˌredɪ`ɑlədʒɪst; ˌreɪdɪ`ɒlədʒɪst] *n.* Ⓒ 放射學家; 放射線醫師[技師].

ra·di·ol·o·gy [ˌredɪ`ɑlədʒɪ; ˌreɪdɪ`ɒlədʒɪ] *n.* Ⓒ X光線學, 放射學學; 《醫學》醫療放射學.

ra·di·o·phone [`redɪə,fon; `reɪdɪəfəʊn] *n.* Ⓤ 無線電話; Ⓒ 無線電話機.

rádio státion *n.* Ⓒ 無線電臺; 廣播電臺.

ra·di·o·tel·e·graph [ˌredɪə`tɛlə,græf; ˌreɪdɪəʊ`telɪ,grɑːf] *n.* Ⓤ 無線電信; Ⓒ 無線電信設備.

ra·di·o·ther·a·py [`redɪə`θɛrəpɪ; ˌreɪdɪəʊ`θerəpɪ] *n.* Ⓤ 放射線療法.

rad·ish [`rædɪʃ; `rædɪʃ] *n.* Ⓒ 小蘿蔔(紅色或白色, 可做沙拉).

＊**ra·di·um** [`redɪəm; `reɪdɪəm] *n.* Ⓤ《化學》鐳(放射性元素; 符號 Ra).

ra·di·us [`redɪəs; `reɪdɪəs] *n.* (*pl.* **-di·i**, **~es**) Ⓒ【 半徑 】**1** (圓, 球等的) 半徑 (→diameter; → circle圖). within a *radius* of five miles from the city center 距市中心半徑五英里以內 (的).

[radishes]

2【活動半徑】(活動等的)範圍, 領域. the *radius* of action 活動半徑.

ra·don [`redan; `reɪdɒn] *n.* Ⓤ《化學》氡(放射性元素; 符號 Rn).

RAF (略) Royal Air Force (英國皇家空軍).

raf·fi·a [`ræfɪə, -fjə; `ræfɪə] *n.* **1** Ⓒ 酒椰樹(椰子科植物; 產於馬達加斯加). **2** Ⓤ 酒椰葉的纖維 (可用以捆束草木, 編織帽子, 籃、筐等).

raff·ish [`ræfɪʃ; `ræfɪʃ] *adj.* (人, 行為等)惡劣的, 下流的; 聲名狼藉的.

raf·fle [`ræfl; `ræfl] *n.* Ⓒ 彩券(小規模的彩券; 常為慈善目的而發行). I won a camera in the church *raffle*. 我在教會的摸彩活動裡摸中了一臺照相機.
— *vt.* 以摸彩方式販售(商品等)(*off*).

raft [ræft; rɑːft] *n.* Ⓒ 木筏(游泳池等的)浮臺; 救生筏, 橡皮艇, (life raft).
— *vt.* 把[木頭]編成木筏; 用木筏運送….
— *vi.* 乘木筏去.

[rafts]

raft·er [`ræftɚ; `rɑːftə(r)] *n.* Ⓒ 《建築》椽木.

rafts·man [`ræftsmən; `rɑːftsmən] *n.* (*pl.* **-men** [-mən; -mən]) Ⓒ 筏夫, 撐筏人.

2 粗糙的, 參差不齊的; 凹凸不平的. *ragged* rocks 凹凸不平的岩石/be on the *ragged* edge 處在生死關頭.
3 〔庭院等〕荒蕪的, 疏於修整的; 〔頭髮等〕蓬亂的, 纏結的.
4 〔工作, 作品等〕不完善的, 有缺點的.

rag·ged·ly [ˋrægɪdlɪ; ˈrægidli] *adv.* 破爛地, 襤褸地; 粗糙地; 頭髮蓬亂地; 不完善地.

rag·lan [ˋræglən; ˈræglən] *n.* ⒞ 斜肩縫(以斜肩縫 袖式(raglan sleeves)的 大 衣、上衣等).

ráglan sléeve *n.* ⒞ 斜肩縫 式大衣(袖縫不留縫隙而直接接領 部的寬鬆服裝).

ra·gout [ræˋgu; ræˈguː] (法語) *n.* ⓤ 濃味蔬菜燉肉.

[raglan]

rag·time [ˋræg͵taɪm; ˈrægtaim] *n.* ⓤ 繁音節奏(節奏很 快的音樂; 爵士樂的先驅).

rág tráde *n.* (加 the)⟨口⟩製衣(銷售)業.

rag·weed [ˋræg͵wid; ˈrægwiːd] *n.* ⒞ 〔植物〕豬 草(其花粉是引起 hay fever 的主要原因).

***raid** [red; reid] *n.* (*pl.* ~**s** [~z; ~z]) ⒞ **1** 突擊, 襲擊, ⟨on, upon⟩; 入侵⟨into⟩. an air *raid* 空 襲/The enemy made a *raid into* our territory. 敵人入侵我方領土.
2 (警察的)搜查⟨on, upon⟩.
— *v.* (~**s** [~z; ~z]; ~**ed** [~ɪd; ~id]; ~**ing**) *vt.*
1 襲擊, 突擊. **2** (警察)搜查.
— *vi.* **1** 突擊, 襲擊; 侵入⟨into⟩.
2 〔警察〕搜捕⟨on, upon⟩.

raid·er [ˋredɚ; ˈreidə(r)] *n.* ⒞ **1** 襲擊者; ⟨軍 事⟩特別突擊隊(員).
2 入侵的飛機, 突擊的飛機; 入侵的船.

***rail**¹ [rel; reil] *n.* (*pl.* ~**s** [~z; ~z]) **1** ⒞ (一 條)軌道. ⓊⒸ 鐵路. run on *rails* 在軌道 上奔馳/ride the *rails* free 免費搭火車/a *rail* fare 鐵路運費(railroad fare).
2 ⒞ 鐵軌狀物; (籬笆, 圍欄等的)橫桿, 橫木, (rails)籬笆, 柵欄; 扶手, 欄杆. a towel *rail* 毛 巾架(的橫桿)/a curtain *rail* 窗簾桿.
by ráil (1)乘坐火車. travel *by rail* 坐火車旅行. (2)由鐵路運送.
off the ráils (1)脫軌. The train went *off the rails*. 那火車脫軌了. (2)擾亂秩序. (3)⟨口⟩越軌; 混亂.
— *vt.* 用柵欄〔欄杆〕將〔土地等〕圍住⟨in, off⟩; 將 (某處)安裝上欄杆⟨off⟩.

rail² [rel; reil] *vi.* ⟨文章⟩責罵, 斥責; 抱怨. *rail at* 〔against〕one's fate 咒罵命運.

rail³ [rel; reil] *n.* ⒞ 秧雞(小水鳥).

rail·ing [ˋrelɪŋ; ˈreiliŋ] *n.* ⒞ (常 railings)扶手, 欄杆; 柵欄, 籬笆; ⓊⒸ (集合)做欄杆用的材料.

rail·ler·y [ˋrelərɪ; ˈreiləri] *n.* (*pl.* **-ler·ies**) ⓊⒸ (常 railleries)⟨文章⟩嘲弄, 戲弄.

***rail·road** [ˋrel͵rod; ˈreilrəud] *n.* (*pl.* ~**s** [~z; ~z]) ⒞⟨美⟩ **1** 鐵路軌道, 鐵軌; 鐵路; 鐵路公司; (略作 R., RR; ⟨英⟩ rail- way). build [construct] a *railroad* 鋪設鐵路.
2 (形容詞性)鐵路的. a *railroad* accident 鐵路事 故/a *railroad* carriage 鐵路客車/a *railroad* man 鐵路(從業)人員/a *railroad* station 火車站.
— *vt.* **1** ⟨美⟩在(某處)鋪設鐵路; 用鐵路輸送(貨 物). **2** ⟨口⟩使〔議案等〕迅速通過; ⟨美、口⟩(以徒 具形式的審判)使〔某人〕迅速入獄. *railroad* a bill through Congress 使法案在國會裡一口氣通過.
ràilroad a pérson ìnto dóing ⟨口⟩迫使某人倉促 地去做…. I won't be *railroaded into* buying an outdated computer. 我不會被迫去買一臺舊電腦.

***rail·way** [ˋrel͵we; ˈreilwei] *n.* (*pl.* ~**s** [~z; ~z]) ⒞ ⟨英⟩=railroad.
2 ⟨美⟩市內鐵路; 輕便鐵路.

rai·ment [ˋremənt; ˈreimənt] *n.* ⓤ ⟨雅⟩衣服.

***rain** [ren; rein] *n.* (*pl.* ~**s** [~z; ~z]) **1** ⓊⒸ 雨, 下雨(rainfall); 雨天. a light [heavy] *rain* 小雨[大雨]/a pouring *rain* 傾盆大雨/a drop of *rain* 雨滴/be caught in a *rain* 爲雨所困/wait for a *rain* 等待一場雨/The game was played in the *rain*. 這場比賽在雨中進行/The *rain* began to fall. 開始下雨了/We have little *rain* in this part of the country. 該國的這個地方幾乎不下雨/Rains have swollen the river. 大雨使河水上漲/It looks like *rain*. 好像要下雨了.
語法 ⒞ 指一次一次的降雨現象; 有時爲強調語氣, 亦作 rains.
搭配 *adj.* + rain: a chilly ~ (寒雨), a fine ~ (細雨), a torrential ~ (傾盆大雨) // rain + *v.*: the ~ pours down (下滂沱大雨), the ~ stops (雨停).
2 (the rains) (熱帶地區的)雨季.
3 ⒞ (用單數)雨點般落下之物; (用 a rain of…) …如雨般降落. *a rain of* bullets [kisses] 彈如雨 下[一陣狂吻]. ⇨ *adj.* **rainy**.
(*come*) *ràin or shíne* 風雨無阻; 不論晴雨.
— *v.* (~**s** [~z; ~z]; ~**ed** [~d; ~d]; ~**ing**) *vi.*
1 (通常以 it 當主詞)下雨. It has begun *raining* [to *rain*]. 開始下雨了/It never *rains* but it pours. ⟨諺⟩(參照 成語的片語).
2 (如雨點般)落下, 降下, ⟨on, upon⟩. Tears *rained* down her cheeks. 淚水滑落她的臉頰/Bombs *rained* down upon [on] the soldiers. 炸 彈如雨般落在士兵們身上.
— *vt.* **1** (以 it 當主詞)使…如雨般降下. It *rained* blood [bullets]. 血[子彈]如雨下.
2 使(某物)(如雨般)降下[淋下]⟨on, upon⟩. Kate *rained* a shower of kisses *on* her husband. 凱蒂 連連親吻她的丈夫/The students *rained* stones *on* the police. 學生不斷地向警察丟擲石頭.
ràin/…/óff ⟨英⟩=rain/…/out.
ràin/…/óut (1)⟨美⟩因雨而取消, 中止[延期], [比賽等], (通常用被動語態). Our picnic was *rained out*. 我們的郊遊因雨取消了. (2)(用 it rains itself out)雨下得很大, 最後完全停了.

‡rain·bow [ˋrenˏbo; ˈreɪnbəʊ; ~z] C 彩虹; 似彩虹般之物. 参考 彩虹的七種顏色為 violet, indigo, blue, green, yellow, orange, red, 各取頭一個字母, 可作 vibgyor.
àll the cólors of [**in**] **the ráinbow** 彩虹的七種顏色; 各種顏色.
ráinbow tròut n. C (魚)虹鱒.
ráin chèck n. C (美) **1** 雨天延期入場憑證 《因下雨中斷比賽等時所發行》. **2** (口)(日後)再次邀請(被邀者未能應邀前來的情形). I'm too busy tonight; give me a *rain check*. 我今晚很忙; 改天吧!

‡rain·coat [ˋrenˏkot; ˈreɪnkəʊt] n. (pl. ~s [~s; ~s]) C 雨衣.
rain·drop [ˋrenˏdrɑp; ˈreɪndrɒp] n. C 雨點, 雨滴.
＊rain·fall [ˋrenˏfɔl; ˈreɪnfɔːl] n. (pl. ~s [~z; ~z]) UC 降雨, 下雨; (地域性, 時期性的)降雨量, 雨量. We had a heavy *rainfall* last night. 昨晚雨下得很大/The annual *rainfall* in these parts is scanty. 這些地區的年雨量很少.
ráin fòrest n. C 熱帶雨林, 雨林.
ráin gàuge n. C 雨量計.
rain·i·er [ˋrenɪɚ; ˈreɪnɪə(r)] adj. rainy 的比較級.
rain·i·est [ˋrenɪɪst; ˈreɪnɪɪst] adj. rainy 的最高級.
rain·proof [ˋrenˏpruf; ˈreɪnpruːf] adj. 不透雨水的, 防雨的, 〔屋頂等〕.
rain·storm [ˋrenˏstɔrm; ˈreɪnstɔːm] n. C 暴風雨.
rain·wa·ter [ˋrenˏwɑtɚ, -ˏwɔtɚ; ˈreɪnˏwɔːtə(r)] n. U 雨水.

‡rain·y [ˋrenɪ; ˈreɪnɪ] adj. (**rain·i·er**; **rain·i·est**) **1** 雨的; 下雨的; 〔雲等〕帶雨的; 〔天氣〕似要下雨的; 多雨的. It's *rainy* today. 今天有雨/In case of *rainy* weather, the match will take place indoors. 如果下雨的話, 比賽就在室內進行/the *rainy* season 雨季, 梅雨季節. **2** 為雨所淋溼的, a *rainy* street 被雨淋溼的街道.
a ráiny dáy (1)雨天. (2)(將來的)不備(窮困)之時. Provide for a *rainy* day. 以備不時之需, 未雨綢繆.

‡raise [rez; reɪz] vt. (**rais·es** [~ɪz; ~ɪz]; ~**d** [~d; ~d]; **rais·ing**)《 提高》 **1** 提高; 舉起; *raise* one's arm 〔hand, head〕 抬起手臂〔手, 頭〕/*raise* (hoist) a flag 升旗/She *raised* her glass to him. 她舉杯向他致意/He *raised* his hat to the lady. 他向這名女士舉帽致意. 同 raise 主要指「朝垂直方向高舉」之意, 與 *vi.* rise 相對; → lift.
2 提高〔價格等〕; 使〔溫度〕上升; 提高〔聲音〕; (↔ lower). get one's salary *raised* 加薪/He *raised* his voice in anger. 他因發怒而提高嗓門.
3 使地位提高, 使〔某人〕晉陞; 使〔某人〕出人頭地; 使上進; (↔ lower). be *raised* to a higher position 提升地位/*raise* the standard of living 提高生活水準.
4 【養育】栽培〔作物等〕; 飼養〔家畜等〕; 養育, 撫育, 〔孩子等〕; (→ grow 同). *raise* wheat 栽培小麥/*raise* cattle 養牛/*raise* a large family 撫養大家庭/I was born and *raised* in Manhattan. 我在曼哈頓出生長大.
5 【完成】籌集, 調集, 〔資金等〕; 徵召, 召集, 〔軍隊〕. *raise* money for charity 為慈善團體籌募款項.
《 使向上升起》 **6** 揚起〔塵埃等〕; 濺起〔泥土〕; 冒〔煙〕. The jeep *raised* a cloud of dust on the dirt road. 那輛吉普車在砂土路上揚起一片塵土/The wind *raised* ripples on the water's surface. 風在水面上掀起漣漪.
7 《文章》建造〔高樓等〕. *raise* a building [monument] 建造房屋〔紀念碑〕.
《 使站起》 **8** 使〔人〕站起來, 使站立; 扶起. He *raised* the fallen girl to her feet. 他扶起跌倒的女孩/The king *raised* the woman from her knees. 國王扶起跪拜在地的女子.
9 使〔人〕振奮, 喚起〔希望等〕. *raise* a person's spirits [hopes] 使某人精神振奮〔喚起某人的希望〕.
10 引起〔引捲〕〔騷動, 風暴等〕; 引起, 喚起, 〔感情, 想像等〕; 發出〔叫喊〕. *raise* a fuss about nothing 沒甚麼事卻大驚小怪/They *raised* a cheer for their leader. 他們為領袖歡呼/tell a joke to *raise* a laugh 說笑話來逗人發笑.
11 提出〔問題, 異議等〕. *raise* a question 提出問題.
12 【喚起】喚起〔醒〕〔某人〕. He was *raised* (from his bed) by the telephone. 他被電話叫醒了.
《 喚回以前的狀況》 **13** 使〔死者〕復活. *raise* a spirit 喚魂/Christ is said to have *raised* the dead. 據說耶穌讓死者復活了.
14 解除〔包圍等〕; 撤銷〔禁令等〕. *raise* an order 撤回命令.
— n. (pl. **rais·es** [~ɪz; ~ɪz]) C **1** 增加; 提高價格; (主美)增加工資, 加薪, ((英) rise). demand a *raise* in salary 要求增加薪資.
2 隆起處; 上坡道〔路〕.
rais·er [ˋrezɚ; ˈreɪzə(r)] n. C **1** 舉起〔提出, 提高〕者〔器具〕. a curtain *raiser* → 見 curtain raiser. **2** 種植者; 飼養人. a cattle *raiser* 養牛人. **3** 籌集〔資金等的〕人〔集會等〕. a fúnd-*ràiser* 籌集資金者; 募款餐會〔fúnd-ràising párty〕.
＊rai·sin [ˋrezn̩; ˈreɪzn̩] n. (pl. ~s [~z; ~z]) C 葡萄乾.
rais·ing [ˋrezɪŋ; ˈreɪzɪŋ] v. raise 的現在分詞, 動名詞.
rai·son d'être [ˋrezɔnˋdɛt; ˏreɪzɒnˈdeɪtrə] (法語) n. (pl. **raisons** — [ˋrezɔn-; ˏreɪzɒn-]) C 存在的理由.
ra·jah, ra·ja [ˋrɑdʒə; ˈrɑːdʒə] n. C 《歷史》

R

(印度的)王公, (馬來, 爪哇等的)酋長.

***rake**[1] [rek; reɪk] n. (pl. ~s [~s; ~s]) ⓒ 竹耙, 拖耙, 鐵耙; 火鉤(撥).

— v. (~s [~s; ~s]; ~d [~t; ~t]; rak·ing) vt. 1 (a)用耙子扒, 扒平, [某處]. (b) 句型5 (rake A B)用耙子扒A使成B的狀態. rake a gravel path smooth 把礫石道扒平[off] / rake fallen leaves together [off] 把落葉扒集在一起[扒除](★亦可作副詞(片語)).

[rakes[1]]

2 (像用耙子扒似地)極力搜索, 仔細調查, [祕密]; 到處搜尋, 搜查. rake history for examples 在歷史中搜尋前例. 3 (軍事)掃射.

— vi. 1 使用耙子. 2 搜索[尋].

ràke/.../**ín** (口)(1)(用耙等)把...扒入. (2)賺錢, 撈一筆. He's raking in a fortune. 他正大撈一筆.

ràke/.../**óut** (1)扒出; 清除. (2)(口)搜出.

ràke over [**through**]... 檢查..., 審查..., rake over a person's past 調查某人過去.

ràke/.../**úp** (口)(1)把...扒出; 把...扒在一起. (2)追根究底地揭露(以往的傷痕等). There's no point (in) raking up that old scandal! 翻舊帳是沒有意義的!

rake[2] [rek; reɪk] n. aU 1 (海事)船頭[船尾]的傾斜, (桅杆, 煙囪朝船尾的)傾斜. 2 (舞臺朝觀眾席的)傾斜.

rake[3] [rek; reɪk] n. ⓒ (特指富裕家庭的)紈袴子弟.

rake-off [ˋrekͺɔf; ˈreɪkɒf] n. (pl. ~s) ⓒ (俚)(非法利益等的)分贓的一份, 瓜分; 回扣.

rak·ish [ˋrekɪʃ; ˈreɪkɪʃ] adj. 1 (船)輕快的, 快捷的. 2 (人)出色的, 瀟灑的; 放蕩的, 遊手好閒的.

Ra·leigh [ˋrɔlɪ; ˈrɔːlɪ] n. Sir Walter ~ 洛利(1552?-1618)(英國政治家, 文學家, 探險家).

ral·len·tan·do [ͺrælənˋtændo, ͺrɑlənˋtɑndo; ͺrælenˋtændəʊ] (義大利語)(音樂) adj. 減弱的, 漸慢的. — adv. 減弱地.

***ral·ly**[1] [ˋrælɪ; ˈrælɪ] v. (-lies [~z; ~z]; -lied [~d; ~d]; ~ing) vt. 【重新集合】 1 重新集合; 召集, 結集. The general rallied the scattered troops. 將軍重整散離的殘軍.

2 恢復[元氣等]; 振奮[精力, 體力]. The boxer rallied what was left of his strength. 那拳擊手使出他剩餘的力量.

— vi. 【重新集合】 1 重新集合; (潰敗的軍隊等)重振旗鼓; (志同道合者)聚集, 集合起來.

2 趕往, 奔赴, (支援). rally around a leader 聚在領導者旁/Many patriots rallied to the support of the hero. 許多愛國者都來支援這名英雄.

【恢復, 復原】 3 恢復健康; (股票價格, 景氣等)好轉; (from). He soon rallied from the shock. 他很快就從震驚中恢復過來.

4 (網球等)(激烈地)連續對打.

— n. (pl. -lies [~z; ~z]) ⓒ 1 (用單數)重新集合, 重整旗鼓, 重振; (力氣, 健康等的)恢復; (股票價格, 景氣等的)好轉.

2 (政黨, 工會等的)大會; 誓師大會[集會]; 示威活動. a labor rally 工人誓師大會/an antiwar rally 反戰大會.

3 (網球等的)(激烈)對打, 連續對攻.

4 長途越野賽車(汽車在公路上的長距離比賽).

Ralph [rælf; reɪf, rælf] n. 男子名.

RAM [ræm; ræm] n. U (電腦)隨機存取記憶體(讀寫兩用的記憶體). <random-access memory).

ram [ræm; ræm] n. ⓒ 1 (未去勢的)公羊(sheep 參考). 2 =battering ram; 撞角(昔日安裝在軍艦艦首的鐵製突出物); 裝有撞角的軍艦.

— vt. (~s; ~med; ~ming) 1 激烈撞擊(against). A car rammed the bus. 一輛轎車猛烈撞上了公共汽車.

2 打(樁等); 塞入, 填裝; (into); 灌輸(知識等). ram a charge into a gun 將彈藥裝進槍裡.

Ram·a·dan [ͺræməˋdɑn, ͺræməˋdæn] n. 伊斯蘭教曆的9月(在這個月裡, 從日出到日落間禁食).

***ram·ble** [ˋræmbl; ˈræmbl] vi. (~s [~z; ~z]; ~d [~d; ~d]; -bling) 1 漫步. ramble around the city 在城市裡閒逛.

2 (河川等)蜿蜒; (草等)蔓生.

3 漫無邊際地談話[寫作, 思考]. His speech rambled on. 他漫無邊際地談著.

— n. (pl. ~s [~z; ~z]) ⓒ 漫步, 閒逛, (指相當長的距離). go (out) for a ramble in the countryside 到鄉間漫步.

ram·bler [ˋræmblɚ; ˈræmblə(r)] n. ⓒ 1 漫步者; 漫無目的運作之物. 2 閒聊者. 3 (植物)一種攀緣薔薇(亦作 rámbler róse).

ram·bling [ˋræmblɪŋ; ˈræmblɪŋ] adj. 1 閒逛的; 飄泊的. 2 (城市等)雜亂無章地擴展的, 凌亂的; (街道等)不規則的. 3 (說話等)散漫的, 雜亂的.

ram·bunc·tious [ræmˋbʌŋkʃəs; ræmˋbʌŋkʃəs] adj. (主美)(人, 言行舉止)喧囂的, 無法無天的.

ram·i·fi·ca·tion [ͺræməfəˋkeʃən, ͺræmɪfɪˋkeɪʃn] n. 1 U 分枝, 分叉, 分歧. 2 ⓒ 分開之物; 支脈, 分支; 區分.

ram·i·fy [ˋræməͺfaɪ; ˈræmɪfaɪ] v. (-fies; -fied; ~ing) vt. 使分枝[分叉]; 使區分; (如枝狀)細分開, 成網狀分布. — vi. 分枝, 分叉; 細分.

ramp[1] [ræmp; ræmp] vi. 橫衝直撞, 到處亂跑.

ramp[2] [ræmp; ræmp] n. ⓒ坡道, 斜坡, 《不用階梯來連接建築物各個層面, 類似高速公路入口處的引道》; (客機等的)舷梯.

ram·page [ræmˋpedʒ; ræmˈpeɪdʒ] n. aU 橫衝直撞, 突發的狂暴行為, (通常用於下列片語). gò on the [a] rámpage 亂衝亂撞, 橫衝直撞. — [ræmˋpedʒ; ræmˈpeɪdʒ] vi. 橫衝直撞, 暴跳.

ram·pant [ˋræmpənt; ˈræmpənt] adj. 1 (疾病, 壞事, 迷信等)猖獗的, 蔓延的; (草木)繁茂

的. Crime is *rampant* in the big cities. 在大城市裡犯罪猖獗.

2 〔言行舉止〕輕狂的; 激烈的; 暴跳的.

3 〔紋章〕(置於名詞之後) 〔動物, 特指獅子〕後足站立躍起的. a lion *rampant* 〔紋章〕躍立獅紋.

[rampant 3]

ram·pant·ly [ˈræmpəntlɪ; ˈræmpəntlɪ] *adv.* 猖獗地; 狂暴地; 猛烈地.

ram·part [ˈræmpɑrt, ˈræmpərt; ˈræmpɑːt] *n.* © (常 ramparts) **1** 壁壘(從下面支撐胸牆(parapet)); 城牆. **2** 防禦物〔者〕. the *ramparts* of democracy 民主政治的堡壘.

ram·rod [ˈræmˌrɑd; ˈræmrɒd] *n.* © **1** 推彈桿(為前膛槍、砲裝填彈藥的鐵條). **2** 通條(清理槍、砲管的工具).

ram·shack·le [ˈræmˌʃæk; ˈræmˌʃækl] *adj.* 〔房屋, 馬車等〕搖搖欲墜的, 搖搖晃晃的, 不穩的.

ran [ræn; ræn] *v.* run 的過去式.

ranch [ræntʃ; rɑːntʃ] *n.* © (特指美國西部的)大農場, 牧場; 大飼養場; 種植場. a fruit *ranch* 大果園. — *vi.* (美)經營牧場; 在農場工作.

ranch·er [ˈræntʃɚ; ˈrɑːntʃə(r)] *n.* © (美) **1** 農場經營者, 牧場主人. **2** 牧場工人; 牛仔.

ránch hòuse *n.* ©(美)大農場住宅; 類似大農場住宅之房屋(屋頂平緩傾斜的平房).

ran·cid [ˈrænsɪd; ˈrænsɪd] *adj.* 〔奶油等〕腐壞變質而有惡臭的, 腐敗的.

ran·cor (美), **ran·cour** (英) [ˈræŋkɚ; ˈræŋkə(r)] *n.* Ⓤ(文章)深仇, 宿怨, 根深蒂固的憎恨. invite a person's *rancor* 招人怨恨.

ran·cor·ous [ˈræŋkərəs, -krəs; ˈræŋkərəs] *adj.* (文章)恨之入骨的; 懷有仇恨的.

‡**ran·dom** [ˈrændəm; ˈrændəm] *adj.* (限定)信手的, 隨便的, 漫無章法的, 任意的; 隨機的〔統計等〕. make a *random* choice 隨便挑選/a *random* remark 隨便說說, 不經意的話.
— *n.* (用於下列片語)

*at rándom 信手地, 隨便地, 任意地. open a book *at random* 隨意地翻開書.

random-access memory [ˌrændəˈmæksɛsˌmɛmərɪ; ˌrændəˈmæksesˌmeməri] *n.* ©(電腦)隨機存取記憶體(→ RAM).

ran·dom·ly [ˈrændəmlɪ; ˈrændəmlɪ] *adv.* 隨意地, 胡亂地, (at random).

ràndom sámpling *n.* Ⓤ(統計)隨機抽樣.

rand·y [ˈrændɪ; ˈrændɪ] *adj.* (主英、口)好色的; (指性方面的)興奮的.

rang [ræŋ; ræŋ] *v.* ring² 的過去式.

‡**range** [rendʒ; reɪndʒ] *v.* (rang·es [~ɪz; ~ɪz]; ~d [~d; ~d]; rang·ing) *vt.* 【排列】

1 排列, 陳列, 使排列整齊; 把〔頭髮等〕弄整齊, 梳整. *range* pearls by [according to] size 按大小排列珍珠/*range* soldiers in line 讓士兵們排成一

列/The customers *ranged* themselves into a line. 顧客們自行排成一列.

【 站在同側 】 **2** (用 range oneself 或 be ranged) 與…站在同一邊, 成為…的同伴, 《with, among; against》. The people *ranged* themselves with [among] the rebels. 民眾支持反叛者[成為反叛者的同伴].

3 將…分類. Whales are sometimes mistakenly *ranged* among the fishes. 鯨有時被誤歸為魚類.

【 在一定範圍內移動 】 **4** 〔槍, 望遠鏡等〕瞄準, 對準目標.

5 (雅)徘徊, 來回走動. *range* a forest for game 在森林裡來回尋找獵物.

— *vi.* 【 連接 > 到達 】 **1** 〔山脈等〕延展, 延伸. a boundary *ranging* north and south [from north to south] 由北延伸至南的邊境/The highway *ranges* as far as Kansas. 那條公路一直延伸到堪薩斯州.

2 〔子彈、槍砲等〕射程可達…. The gun *ranges* (over) three miles. 這槍的射程在三英里(以上).

【 在範圍之內 】 **3** 〔動植物〕分布, 棲息的範圍; 〔話題等〕所涉及的範圍; (在某範圍內)升降, 變動. The plant *ranges* over the entire continent. 這種植物遍布整個大陸/boys and girls *ranging* from 13 to 19 十三至十九歲的男孩女孩們/His study *ranges* far and deep. 他的研究廣泛且深入.

4 徘徊, 來回走動, 《through, over》.

— *n.* (*pl.* rang·es [~ɪz; ~ɪz]) 【 列 】 **1** © 排, 列; 連續, 綿亙; 山脈. a *range* of tall columns 一排高柱/a *range* of mountains＝a mountain *range* 山脈.

2 【 一排炊具 】© (瓦斯, 電等的)爐具(cooking range).

3 【 同列 】© 種類; 等級. the lowest *ranges* of society 社會的下層階級.

【 範圍, 界限 】 **4** ⓊC 範圍, 區域; (動植物的)分布區域; (變動的)範圍, (最高與最低的)升降幅度; 音域; 視野. a wide [narrow] *range* of knowledge 知識範圍廣泛[狹小]/the whole *range* of human imagination 人類想像力所及的範圍/the *range* of the cuckoo 杜鵑的分布區域/The book is out of my *range*. 那本書不是我可以理解的.

5 ⓊC (到達最大限度的)距離; 連續飛行的距離; 射程; © 射擊場; 飛彈試射場.

6 © (在某一範圍內)漫遊, 徘徊, 來回踱步.

7 © (美國等的)牧場.

*at lòng [clòse, shòrt] ránge 由遠[近]距離. The victim had been shot *at close range*. 被害人是在近距離內被擊中的.

beyond [out of] (the) ránge of... (1)在…的射程外; 在…的範圍外. (2)…能力所不能及.

in ránge with... 和…並列.

within (the) ránge of... (1)在…的射程之內; 在…的範圍內. come *within the range of* one's eyes 進入視線內. (2)…能力所及.

R

ránge fínder *n.* C (照相機，槍等的)測距器．

rang·er [`rendʒɚ; `reɪndʒə(r)] *n.* C **1** 徘徊者；流浪[漂泊]者． **2** 《美》森林巡視員；《英》皇家森林管理員(管理皇室所有的森林地)． **3** 《美》巡邏騎警；(rangers)騎兵隊；(*R*anger)突擊隊員(受過突襲攻擊等特殊訓練者)．

rang·ing [`rendʒɪŋ; `reɪndʒɪŋ] *v.* range 的現在分詞，動名詞．

Ran·goon [ræŋ`gun; ræŋ`guːn] *n.* 仰光(緬甸南部的海港；現稱 Yangon)．

★**rank¹** [ræŋk; ræŋk] *n.* (*pl.* ~s [~s; ~s]) 【橫列】 **1** C (通常指橫的)排列，行列；(西洋棋盤的)橫排方格；(軍隊等的)橫排，橫隊，(→ file²). the front *rank* 前列/the rear *rank* 後列/a *rank* of taxis 橫排成一列的計程車．
2 (the ranks)(與軍官有所區別的)士官(兵)；(相對於管理階層的)一般的公司職員[雇員]. rise from the ranks (由行伍出身)；由基層出身．
【序列】 **3** UC 階級，地位，等級；身分． an officer of high *rank* 高級軍官/a musician of the first *rank* 一流的音樂家/people of all *ranks* 各個階層的人．
4 高貴的地位[身分]. She is a lady of *rank*. 她身分高貴/the *rank* and fashion 上流社會．
bréak ránk(s) 跟不上；弄亂隊伍．
fàll into ránk 加入行列，排進隊伍．
kèep ránk(s) 不弄亂隊伍，保持秩序．
— *v.* (~s [~s; ~s]; ~ed [~t; ~t]; ~·ing) *vt.*
【排(成橫列)】 **1** 整隊，使排列整齊，排成橫列． *rank* books according to size 按大小排列書籍/*rank* soldiers 使軍隊排列整齊．
2 分類；歸類．
【評定級別】 **3** 句型5 (rank A B)、句型3 (rank A *as* B)把 A 定爲[評判爲]B. He *ranks* money *as* essential to happiness. 他認爲金錢是幸福所不可或缺的/She is *ranked* the finest pianist of our day. 她被評爲當代最傑出的鋼琴家．
4 《美》高於…；在…之上． He *ranked* the other members of the party by virtue of his long experience. 他憑藉多年的經驗而在同伴間略勝一籌．
— *vi.* 《加副詞(片語)》位居(…)，列於(…). *rank* high 身居高位/He *ranks* among [with] the failures. 他歸屬於失敗者/Tom *ranks* first in his class. 湯姆在他的班上名列第一．

rank² [ræŋk; ræŋk] *adj.* **1** 《草木》繁茂的，蔓生的；(土地)雜草叢生的． a garden *rank* with weeds 雜草叢生的庭院．
2 (氣味等)惡臭的，汚穢難聞的．
3 (限定)完全的，非常的． *rank* ingratitude 忘恩負義．

rànk and fíle *n.* 《作複數》(加 the)(相對於officers (軍官)的)士官兵們；(相對於管理階層的)現場執勤人員；普通職員；無名小卒．

rank·ing [`ræŋkɪŋ; `ræŋkɪŋ] *n.* U 評定級別，等級；aU 次序．
— *adj.* (限定)《美》首位的，一流的，出類拔萃的． a *ranking* player 一流選手．

ran·kle [`ræŋkl; `ræŋkl] *vi.* (怨恨等)壓在心頭．

rank·ly [`ræŋklɪ; `ræŋklɪ] *adv.* 茂密地，蔓生地；惡臭地．

ran·sack [`rænsæk; `rænsæk] *vt.* **1** 四處搜尋，仔細搜索． *ransack* the office for a missing letter 爲了一封不見了的信而翻遍辦公室．
2 洗劫(某地方)，從(某地方)掠奪(of). *ransack* a town 掠奪城鎮．

ran·som [`rænsəm; `rænsəm] *n.* **1** C 贖金，賠償金． **2** U (以贖金換回俘虜等的)贖回．
a kìng's ránsom 鉅款(相當於贖回國王的金額)．
hòld...to [for] ránsom 以(某人)作人質勒索贖金．
— *vt.* **1** 支付贖金[賠償金]，贖回(某人或物)．
2 索取贖金後釋放(某人)．

rant [rænt; rænt] *vi.* 怒吼，咆哮；口出狂言． *rant* and rave 怒吼．
— *n.* U 咆哮，怒吼；狂言．

★**rap¹** [ræp; ræp] *n.* (*pl.* ~s [~s; ~s]) C **1** (對門，桌子等的)叩敲，拍擊；叩[敲，拍擊](門等)的聲音；(★比 knock 的聲音來得尖銳). give several *raps* on the door 敲了幾下門．
2 C (俚)申斥，斥責；責罰，懲戒． Joe took the *rap* for me. 喬代我受罰．
3 C (美俚)喋喋不休(chat).
4 U 饒舌(音樂)(也稱 ráp mùsic；伴隨著旋律即興地說押韻的歌詞).
bèat the ráp (美、俚)逃脫罪責，免於受罰．
gìve...a ráp on the knúckles 敲打…的手指關節(對小孩的體罰)；責難，斥責．
— *v.* (~s [~s; ~s]; ~ped [~t; ~t]; ~·ping) *vt.*
1 叩擊，拍擊，敲擊． The teacher *rapped* the desk sharply with her ruler. 老師用尺狠狠敲擊桌子．
2 (俚)責備，申斥，斥責．
— *vi.* 叩，敲，拍擊． *rap* at the door 敲門/The chairman *rapped* on the table for attention. 主席大拍桌子以引起注意．
ràp/.../óut 用嚴厲的口吻(突然)說． The sergeant *rapped out* orders to his men. 那名中士厲聲命令他的部下．

rap² [ræp; ræp] *n.* C (口)極少的一點兒，一文，《用於否定句》． I don't care a *rap*. 我一點兒也不在意．

ra·pa·cious [rə`peʃəs; rə`peɪʃəs] *adj.* 《文章》 **1** 強取的． **2** 掠奪的；(動物)捕食性的．

ra·pa·cious·ly [rə`peʃəslɪ; rə`peɪʃəslɪ] *adv.* 《文章》強取地；掠奪地．

ra·pac·i·ty [rə`pæsətɪ; rə`pæsətɪ] *n.* U 《文章》強取；掠奪．

rape¹ [rep; reɪp] *n.* UC 強姦，強暴．
— *vt.* 強姦，凌辱，(女性)．

rape² [rep; reɪp] *n.* U (植物)油菜．

Raph·a·el [`ræfəl; `ræfeɪəl] *n.* 拉斐爾(1483–1520)(義大利畫家，雕塑家)．

‡**rap·id** [ˋræpɪd; ˊræpɪd] *adj.* **1** 〔水流等〕快的，急的；敏捷的；迅速的. a *rapid* river 湍急的河流/the *rapid* spread of influenza 流行性感冒迅速蔓延/(as) *rapid* as lightning 閃電般迅速的/a *rapid* worker 辦事敏捷的人/walk at a *rapid* pace 快步行走/a *rapid* journey 匆忙的旅行. 同 rapid 強調運動及動作的本身. → fast¹.
2 〔斜坡〕陡的.
── *n.* C (通常 rapids) 急流，險灘.

rap·id-fire [ˋræpɪdˋfaɪr; ˌræpɪdˋfaɪə(r)] *adj.* 快速射擊的；接連不斷的. *rapid-fire* questions 快而尖聲的質詢.

*****ra·pid·i·ty** [rəˋpɪdətɪ; rəˋpɪdɪtɪ] *n.* U迅速，快速；敏捷，速度. with *rapidity* 迅速地.

rap·id·ly [ˋræpɪdlɪ; ˊræpɪdlɪ] *adv.* 迅速地；敏捷地；火速地. speak *rapidly* 說話很快/walk *rapidly* 走得很快/a *rapidly* developing country 迅速發展中的國家.

ra·pi·er [ˋrepɪə, ˊrepjə; ˊreɪpjə(r)] *n.* C雙刃劍 (古時指細長的雙刃劍，現在指專用於劍術的狹長之劍；→ sword 圖).

rap·ine [ˋræpaɪn; ˊræpaɪn] *n.* U〔雅〕掠奪，搶劫.

rap·ist [ˋrepɪst; ˊreɪpɪst] *n.* C強姦犯.

rap·port [ræˋport, -ˋport; ræˋpɔ:(r)] (法語) *n.* U和諧友好的關係；協調，一致；(*with*). be in *rapport* with one's surroundings 與環境保持協調.

rap·proche·ment [rɑprɔʃˈmɑ̃; ræˋprɒʃmɑ̃] (法語) *n.* C和解，恢復和睦親善 (的關係).

rapt [ræpt; ræpt] *adj.* 《文章》著迷的，沈迷的，(*in*); 歡天喜地的，狂喜的. *rapt* in thought 耽於沈思/*rapt* with joy 欣喜若狂/The children listened to the story with *rapt* attention. 孩子們聽那個故事聽得入了迷.

*****rap·ture** [ˋræptʃə; ˊræptʃə(r)] *n.* (*pl.* ~s [~z; ~z]) UC歡天喜地，欣喜若狂. listen with [*in*] *rapture* 聽得出神/She fell into *raptures* over her son's success. 她為兒子的成功欣喜若狂.
be in ráptures 歡天喜地，欣喜若狂，(*about*, *at*, *over*).

rap·tur·ous [ˋræptʃərəs; ˊræptʃərəs] *adj.* 狂喜的，歡天喜地的.

rap·tur·ous·ly [ˋræptʃərəslɪ; ˊræptʃərəslɪ] *adv.* 狂喜地，歡天喜地地.

‡**rare¹** [rɛr, rær; reə(r)] *adj.* (**rar·er; rar·est**) **1** 稀少的，珍奇的. a *rare* book 罕見的書/It is *rare* for him to be late. 他很少遲到.
2 《口》極為出色的，罕見的. a *rare* one for dancing 傑出的舞蹈家/We've had *rare* fun tonight. 今晚我們玩得開心極了.
3 〔空氣等〕稀薄的；〔星星等〕稀疏的. A few *rare* stars were twinkling. 稀疏的星星閃閃爍爍.
✧ *n.* **rarity**.
ráre and 《副詞性》相當，非常，(very)，(→ and 6). I was *rare and* thirsty. 我非常渴.

rare² [rɛr, rær; reə(r)] *adj.* 〔肉等〕半生不熟的，半熟的. 參考 煮得再熟一些為 medium，全熟的為 well-done. 《主英》亦稱 underdone.

rare·bit [ˋrɛrˌbɪt, ˊrær-; ˊreəbɪt] *n.* =Welsh rabbit.

rāre éarth *n.* U《化學》稀土氧化物.

rar·e·fy [ˋrɛrəˌfaɪ, ˊrær-; ˊreərɪfaɪ] *v.* (**-fies**, **-fied**; **~ing**) *vt.* **1** 使〔氣體〕變稀薄.
2 使…純化〔淨化〕.
── *vi.* **1** 變得稀薄. **2** 純化，淨化.

‡**rare·ly** [ˋrɛrlɪ, ˊrærlɪ; ˊreəlɪ] *adv.* **1** 不常…地；稀有地，罕見地. Miracles *rarely* happen. 奇蹟是不常發生的/I have *rarely* seen such a beautiful garden. 我很少見到這麼美的庭園 (語法 書寫時往往變成 *Rarely* have I seen...).
2 《文章》極為，非常；出色地，極好地. It pleased him *rarely*. 這使他極為高興.

rare·ness [ˋrɛrnɪs, ˊrærnɪs; ˊreənɪs] *n.* U **1** 罕有的事. **2** 〔氣體的〕稀薄.

rar·er [ˋrɛrə, ˊrærə; ˊreərə(r)] *adj.* rare 的比較級.

rar·est [ˋrɛrɪst, ˊrærɪst; ˊreərɪst] *adj.* rare 的最高級.

rar·ing [ˋrɛrɪŋ, ˊrærɪŋ; ˊreərɪŋ] *adj.* 《敘述》《口》急切的，渴望的，(*to* do).

rar·i·ty [ˋrɛrətɪ, ˊrær-; ˊreərətɪ] *n.* (*pl.* **-ties**) **1** C罕見的事；珍品.
2 U稀有，奇奇；〔空氣等的〕稀薄.

ras·cal [ˋræsk; ˊrɑːsk] *n.* C **1** 惡棍，無賴，流氓. **2** 調皮鬼，小淘氣. You little *rascal*! 你這個小調皮鬼!

ras·cal·ly [ˋræsklɪ; ˊrɑːskəlɪ] *adj.* 流氓的，無賴的，(行為)卑鄙的.

*****rash¹** [ræʃ; ræʃ] *adj.* 輕率的，欠考慮的，草率的. He made a *rash* promise. 他輕率地作了允諾/It was *rash* of me to say so. = I was *rash* to say so. 我那樣說是太草率了.

rash² [ræʃ; ræʃ] *n.* C (用單數) **1** 《醫學》(皮)疹，腫瘡. **2** 〔事件等的〕頻頻發生，接二連三的出現. a *rash* of robberies 搶劫事件的頻頻發生.

rash·er [ˋræʃə; ˊræʃə(r)] *n.* C鹹肉〔火腿〕薄片.

rash·ly [ˋræʃlɪ; ˊræʃlɪ] *adv.* 輕率地；魯莽地.

rash·ness [ˋræʃnɪs; ˊræʃnɪs] *n.* U草率，輕率.

rasp [ræsp; rɑːsp] *n.* **1** C銼刀.
2 a U以銼刀銼(般)的聲音.
── *vt.* **1** 用銼刀銼；使勁摩擦〔某物〕.
2 以刺耳的聲音說(話) (*out*).
3 使…焦躁，刺激…的神經.
── *vi.* 發出摩擦聲. *rasp* on the violin 吱吱嘎嘎地拉小提琴.

rasp·ber·ry [ˋræzˌbɛrɪ, -ˊbərɪ; ˊrɑːzbərɪ] *n.* (*pl.* **-ries**) **1** C《植物》覆盆子；覆盆子的果實. **2** U覆盆子色〔帶黑色的紫紅

[raspberry 1]

色).

rasp·ing [ˋræspɪŋ; ˋrɑːspɪŋ] adj. 吱吱嘎嘎的, 刺耳的.

‡**rat** [ræt; ræt] n. (pl. ~s [~s; ~s]) C **1** 老鼠, 溝鼠, (⑩體型比 mouse 大; → rodent 圖).
2 《口》叛徒; 卑鄙的人.
like a drówned rát 成了落湯雞.
smèll a rát 《口》察覺可疑.
— vi. (~s; ~ted; ~ting) **1** 捕鼠.
2 背叛(on).

rat·a·ble [ˋretəbl; ˋreɪtəbl] adj. **1** 能預估的.
2 《英》應課(地方)稅的. the *ratable* value of a house 房屋稅的評估.

ra·tan [ræˋtæn; rəˋtæn] n. =rattan.

rat-a-tat, rat-a-tat-tat [ˏrætəˋtæt; ˏrætəˋtæt], [ˏrætətætˋtæt; ˏrætətætˋtæt] n. C (用單數)咚咚聲(敲門, 擊鼓, 釘鐵釘的聲音).

ratch·et [ˋrætʃɪt; ˋrætʃɪt] n. C **1** (機械的)棘輪(亦稱 rátchet whèel). **2** 棘爪, 制輪, (防止棘輪倒轉的裝置).

‡**rate** [ret; reɪt] n. (pl. ~s [~s; ~s]) C 【比率】
1 比率. The birth *rate* is apt to fall in advanced countries. 已開發國家的(嬰兒)出生率有降低的趨勢/the *rate* of economic growth 經濟成長率.
《搭配》 adj.+rate: a high ~ (高比率), a moderate ~ (中等的比率) // n.+rate: the crime ~ (犯罪率), the divorce ~ (離婚率) // rate+v.: the ~ decreases (比率下降), the ~ goes up (比率增加).
【付款的比率】 **2** 費用; 價格. gas [electric] *rates* 瓦斯[電]費/The store gives special *rates* to students. 那家商店給予學生特別折扣.
3 《英》(rates)地方稅.
【程度】 **4** 【速度】速度; 進度. Don't drive at such a dangerous *rate*. 不要這麼危險的速度開車.
5 等級; (加序數成為形容詞性)···級, ···等. a second-*rate* hotel 二流旅館/first-*rate*, third-*rate* (→見 first-rate, third-rate).

* *at ány ràte* 總之, 反正, 無論如何, (注意at àny ràte 表示「不管甚麼樣的比率[速度等]也···」). *At any rate*, that's all we can do for now. 總之, 我們現在也只能這麼做了.
at thát [thís] ràte 《口》以那[這]種情形的話. *At that rate*, it'll take him a year to finish the work. 以那種情形看來, 他要完成那件工作得花一年的時間.
* *at the ráte of...* 以···的比率[價格, 速度]. *at the rate of* 40 miles an hour 以時速 40 英里的速度/*at the rate of* $1.60 to the pound 以1英鎊對1.6美元的(兌換)比率.
— v. (~s [~s; ~s]; rat·ed [~ɪd; ~ɪd]; rat·ing) vt. 【預估】 **1** 估價, 評估, (at); 句型5 (rate A B)、 句型3 (rate A as B)估計A為B. His

property is *rated at* ten million dollars. 他的財產估計為一千萬美元/I don't *rate* her very high(ly) *as* a poet. 我對她身為詩人的評價不高.
2 認為, 視為(among···其中之一); 句型5 (rate A B)、 句型3 (rate A as B)把A視為B(consider). Can we *rate* Johnson *among* our friends? 我們可以視強生為我們的朋友嗎?/a work of art *rated* (*as*) a masterpiece by critics 被批評家們稱為傑作的藝術品/I don't *rate* him *as* having good judgment. 我不認為他具有好的判斷力.
【有價值的】 **3** 《口》值得···, 具有···的資格. You *rate* the best treatment we can give you. 你有資格接受我們可提供你的最佳待遇.
4 《英》為了納稅而評估···的價值.
— vi. 句型2 (rate A)、 句型1 (rate as A)被評作A, 被估計為A, (★句型2 的A是形容詞). The Prime Minister *rated* well in the opinion polls. 首相[總理]在意見調查中甚獲好評/Her first novel did not *rate* very high. 她的第一本小說沒有獲得很高的評價/This *rates as* the best film of the year. 這部電影被評為該年度最佳影片.

rate·a·ble [ˋretəbl; ˋreɪtəbl] adj. =ratable.

rate·pay·er [ˋretˏpeɚ; ˋreɪtˏpeɪə(r)] n. C 《英》地方稅納稅人.

‡**rath·er** [ˋræðɚ; ˋrɑːðə(r)] adv. **1** (與其···)不如, 寧可, 寧願, (語法)通常用 rather A than B 及 A *rather* than B 的形式; A和B在文法上是同質性的). Be honest *rather* than clever. 與其聰明, 還不如正直/He is a politician *rather* than a statesman. = He is *rather* a politician *than* a statesman. 與其說他是政治家, 還不如說是政客/I, *rather* than you, should go. 該去的是我而不是你/I chose to stay at home *rather* than go out in the rain. 下雨天我寧可待在家裡也不出門/His tone was *rather* resigned *than* resentful. 他的語氣(聽來)與其說是憤慨, 還不如是聽天由命.
2 稍微, 多少, 頗. I'm feeling *rather* better today. 今天我覺得心情稍微好些/Mr. Smith is *rather* an old [a *rather* old] man. 史密斯先生是位已上了年紀的人(語法)下例將與此例不同, 在不定冠詞與名詞之間沒有形容詞的情況下, rather 一定要置於不定冠詞之前: He's *rather* a bore. 《口》(這個人相當無聊》)/He came *rather* too early. 他來得稍早了些/This book is *rather* easy. 這本書還蠻簡單的(⑩此例中的 rather 含有「太容易」之意; 與其意義相近的 fairly 則表「適度」之意: This book is *fairly* easy. (這本書很容易(因此很好)); → quite).
3 更確切[正確]地說, 與其說···還不如···; 不但不是···反而···. My husband came home very late that night, *or rather* early the next morning. 與其說我丈夫那晚遲歸, 還不如說是翌晨早歸/The boy is not diligent; *rather*, he's very lazy. 那男孩不勤奮, 確切點說是很怠惰.
4 [ˋræðɚ; ˏrɑːˋðɜː(r)](感歎詞性)(主英、 口)確實, 當然, (certainly). "You are glad to see him again, aren't you?" "Yes, *rather*!"「你很高興再次

見到他吧?」「那當然!」

had ráther... =would rather...

* **would** [*had*] **ráther...** (★《口》常 *'d rather*)
寧願做…，寧可…，《*than* 也不…》。
(1)《加原形不定詞》I'*d rather* go [not go]. 我寧可
去[不去]/He *had rather die than* disgrace him-
self. 他寧可死，也不要使自己受辱/"Join us, won't
you?" "Thanks, but I'*d rather* not." 「願意加入我
們嗎?」「謝謝，可是我想還是不要的好。」
(2)《加 *that* 子句》We'*d rather* (*that*) it were
someone else. 我們倒寧願那是別人/She *would
rather* (*that*) it had not happened. 她寧願那件事
不曾發生。

rat·i·fi·ca·tion [ˌrætəfəˈkeʃən; ˌrætɪfɪˈkeɪʃn]
n. [UC] 批准，承認。

rat·i·fy [ˈrætəˌfaɪ; ˈrætɪfaɪ] *vt.* (**-fies; fied;**
~ing) 批准，承認，《條約等》。

rat·ing [ˈretɪŋ; ˈreɪtɪŋ] *v.* rate 的現在分詞、動
名詞。
— *n.* **1** [C]《船舶、汽車等的》等級、級別，《以順
數、馬力等為基準》。**2** [C]《廣播、電視的》收聽
率，收視率。**3** [C]《美》《企業的》信用程度。**4** [U]
《英》地方稅的課稅額。**5** [C]《英海軍》《非軍官的》
海軍士兵。officers and *ratings* 軍官與水兵。

* **ra·tio** [ˈreʃo; ˈreɪʃɪəʊ] *n.* (*pl.* **~s** [~z; ~z]) [UC]
比率，《數學》比。mix sugar and salt in the *ratio*
of three to one 糖和鹽以 3 比 1 的比率混合/The
ratio of 15:10 is 3:2. 15:10 等於 3:2(★讀作 The
ratio of fifteen to ten is three to two.)/Male
and female births occur in an approximate *ratio*
of 6:5. 男性與女性的出生比率約 6:5。

ra·ti·o·ci·na·tion [ˌræʃɪˌɑsṇˈeʃən;
ˌrætɪɒsɪˈneɪʃn] *n.* [U]《文章》《嚴密的》推論。

ra·tion [ˈræʃən, ˈreʃən; ˈræʃn] (★注意發音) *n.*
[C] **1** 《食物等的》配給(量)；(一定的)分配額。a
ration of sugar 糖的配給量。**2** (rations)《軍隊，
探險隊等的》口糧。emergency *rations* 緊急備用口糧。
— *vt.* **1** 配給(*to*)。The refugees were *rationed*
to two slices of bread and a cup of gruel a day.
難民們一天配給兩片麵包及一碗粥。**2** 定量配給[食物，衣料，燃料等]。

* **ra·tion·al** [ˈræʃən; ˈræʃnl] *adj.* **1** 《人》理性
的，有理性的；明事理的，通情達理的，(sen-
sible)。Man is a *rational* being. 人是有理性的動
物/a *rational* and cool-headed leader 理智且頭腦
冷靜的領導人。**2** 《言行，思想等》合理的，基於理性的。a
rational decision [argument] 合理的決定[爭論]。
3 《數學》有理的。⟷ **irrational.**

ra·tion·ale [ˌræʃəˈnæl, -ˈnɑlɪ, -ˈnelɪ; ˌræʃəˈnɑːl]
n. [UC] 理論基礎[根據]，原理。provide the *ra-*
tionale for the war against smoking 為禁菸運動
提供合理的理論根據。

ra·tion·al·ism [ˈræʃən̩ˌɪzəm; ˈræʃnəlɪzəm]
n. [U] 唯理主義，唯理論；理性主義。

ra·tion·al·ist [ˈræʃən̩ˌlɪst; ˈræʃnəlɪst] *n.* [C] 理
性主義者。

---

rattling 1267

ra·tion·al·is·tic [ˌræʃən̩ˈɪstɪk; ˌræʃnəˈlɪstɪk]
adj. 唯理主義的；唯理論(者)的；理性主義的。

ra·tion·al·i·ty [ˌræʃənˈælətɪ; ˌræʃəˈnælətɪ] *n.*
[U] 唯理性，合理性，合乎道理。

ra·tion·al·i·za·tion [ˌræʃən̩laɪˈzeʃən;
ˌræʃnəlaɪˈzeɪʃn] *n.* [U] **1** 合理化，《主英》產業合理
化。**2** 《對自己的行動等的》文飾。

ra·tion·al·ize [ˈræʃən̩ˌaɪz; ˈræʃnəlaɪz] *vt.* **1**
(強制性地)使[不合理的事實，行動等]合理化；合
理地說明。**2** 《主英》使[產業等]合理化。

ra·tion·al·ly [ˈræʃən̩lɪ; ˈræʃnəlɪ] *adv.* 理性地；
合理地。

rat·line, rat·lin [ˈrætlɪn; ˈrætlɪn] *n.* [C]《船
舶》(通常用複數)繩梯橫索(shrouds)(→ shroud
圖)。

rát ràce *n.* (加 the)《口》《商業界等的》無止境地
無聊競爭。

rat·tan [ræˈtæn; rəˈtæn] *n.* **1** [C] 藤；藤樹《椰
科棕櫚性植物；產於熱帶亞洲》；[U] 藤條。
2 [C] 藤杖[鞭]。

rat·ter [ˈrætə; ˈrætə(r)] *n.* [C] 捕鼠的人[犬，
貓，工具]。

* **rat·tle** [ˈrætl; ˈrætl] *v.* (**~s** [~z; ~z]; **~d** [~d;
~d]; **-tling**) *vi.* **1** 嘎嘎作響，發出咔嗒聲。The
windows were *rattling* in the violent wind. 窗子
在暴風中嘎嘎作響/Someone is *rattling* at the
door. 有人正砰砰砰地敲門。
2 [交通工具]嘎啦嘎啦地[氣勢十足地]奔馳。
The train *rattled* into the station. 火車轟隆轟隆
地進站。
3 喋喋不休地說話(*on; away; off*)。
— *vt.* **1** 使[嘎嘎作響，使發出咔嗒聲。The sulky
child *rattled* the fork on the plate. 那發脾氣的小
孩用叉子將盤子敲得咔咔作響。
2 流利地說(*away; off*)。He *rattled off* one
excuse after another. 他接二連三地說了一堆藉口。
3 《口》使焦急[心神不定，慌張]。
— *n.* (*pl.* **~s** [~z; ~z]) [C] **1** (用單數)嘎啦嘎啦
[咔啦咔嗒]的聲音。the *rattle* of hail on the roof
冰雹打在屋頂上劈啪的聲音。
2 嘎嘎作響之物；嘩啦嘩啦響聲《嬰兒的玩具》；(響
尾蛇(rattlesnake)尾部的)響環。

rat·tle·brain [ˈrætl̩ˌbren; ˈrætl̩breɪn] *n.* [C]
《口》(盡說廢話的)輕浮的人，欠思慮的人。

rat·tler [ˈrætlə; ˈrætlə(r)] *n.* [C] **1** 嘎
嘎作響之物；喋喋不休的人。**2** 《美》=rattlesnake.

rat·tle·snake [ˈrætl̩ˌsnek; ˈrætl̩sneɪk] *n.* [C]
響尾蛇《棲息於美洲大陸的
毒蛇；尾部末端呈環狀，
發怒時會震動尾部發出聲
響》。

rat·tling [ˈrætlɪŋ;
ˈrætlɪŋ; ˈrætlɪŋ] *adj.* **1** 嘎
嘎[咔嗒咔嗒]作響的。
2 《口》活潑的，活躍的。

[rattlesnake]

— adv. (口)極好地, 非常, (very).

rat·ty [ˋrætɪ; ˈræti] adj. **1** 老鼠(般)的; 多老鼠的. **2** 《美·俚》荒蕪的, 破舊的. **3** 《英·口》易怒的.

rau·cous [ˋrɔkəs; ˈrɔːkəs] adj. 刺耳的, 聲音沙啞的.

rau·cous·ly [ˋrɔkəslɪ; ˈrɔːkəsli] adv. 聲音沙啞地.

raunch·y [ˋrɔntʃɪ, ˋrɑn-; ˈrɔːntʃi] adj. 《口》猥褻的; 色情的.

rav·age [ˋrævɪdʒ; ˈrævidʒ] vt. **1** 使荒蕪, 破壞, 蹂躪. **2** 《軍隊, 群眾等》掠奪(土地).
— n. **1** ⓤ破壞, 荒廢. **2** (ravages)破壞的殘跡, 損害. be left bare to the *ravages* of rain and wind 被擱置著任憑風吹雨打.

rave [rev; reiv] vi. **1** 《口》(發燒而神志不清地)說夢話; 痴迷地說; 極力讚賞; 《about 關於…》. The critics *raved about* Alan's new novel. 評論家對艾倫的小說新作讚不絕口.
2 (像狂人一般)大聲喊叫, (激怒 而)亂吼, 《at, against 針對…》. The king *raved against* his misfortune. 國王怒吼地訴說自己的不幸.
3 〔海, 風等〕洶湧, 呼嘯.
— n. ⓒ《口》(戲劇, 電影等的)熱烈好評; (對人的)極力讚揚.

rav·el [ˋrævl; ˈrævl] v. (~s; 《美》~ed, 《英》~led; 《美》~ing, 《英》~ling) vi. **1** 〔編織物等〕解開, 鬆開, 《out》. **2** 糾纏, 糾結.
— vt. **1** 解開, 拆開, 〔編織物等〕, 《out》.
2 使〔繩子, 毛髮等〕糾結(up).

ra·ven [ˋrevən; ˈreivən] n. ⓒ(鳥)渡鴉(體型較大的烏鴉總稱; 叫聲嘶啞, 常被當作一種不吉祥的預兆; → crow¹).
— adj. 《雅》漆黑的, 烏黑發亮的.

rav·en·ing [ˋrævɪnɪŋ; ˈrævniŋ] adj. (限定)搜尋獵物的; 貪婪的.

rav·en·ous [ˋrævənəs; ˈrævənəs] adj. 狼吞虎嚥的, 餓極了的(for). Is dinner ready yet?—I'm *ravenous*. 晚飯好了沒? 我肚子好餓!

rav·en·ous·ly [ˋrævənəslɪ; ˈrævənəsli] adv. 貪婪地.

rav·er [ˋrevər; ˈreivə(r)] n. ⓒ《口》活得自由自在的人, 快樂主義者.

ra·vine [rəˋvin; rəˈviːn] n. ⓒ(兩邊是斷崖的)峽谷, 山谷, (→ geography 圖).

rav·ing [ˋrevɪŋ; ˈreiviŋ] adj. **1** 胡言亂語的; 大叫大嚷的, 狂吼的. **2** 《口》極好的, 了不起的. a *raving* beauty 好漂亮的美女.
— adv. 《口》非常, 極其. You're *raving* mad to pay so much. 你花那麼多錢, 簡直是瘋了.
— n. (ravings)語無倫次的話; 咆哮; 亂罵.

rav·i·o·li [ˌrævɪˋolɪ; ˌrævɪˈəʊli] (義大利語) n. ⓤ義大利式小方餃(用小的四方形麵皮包肉, 然後燙熟並淋上醬料).

rav·ish [ˋrævɪʃ; ˈrævɪʃ] vt. **1** 《文章》強奪, 強行

拉走, 〔某物或人〕. **2** 使狂喜; 使出神; 《by, with》(通常用被動語態).

rav·ish·ing [ˋrævɪʃɪŋ; ˈrævɪʃɪŋ] adj. 有魅力的, 使人陶醉(似)的.

rav·ish·ing·ly [ˋrævɪʃɪŋlɪ; ˈrævɪʃɪŋli] adv. 迷人地.

＊raw [rɔ; rɔː] adj. 〖保持自然原貌的〗 **1** 的, 未煮過的. *raw* meat [vegetables, fish] 生肉[生蔬菜, 生魚]/eat salmon *raw* 生吃鮭魚.
2 未經加工的, 處於原料狀態的; 〔酒等〕不摻水的; 純的. *raw* material(s) 原料, 素材/*raw* silk 生絲/*raw* cotton 原棉/*raw* milk 未經殺菌的牛奶.
3 【未經訓練的】不成熟的; 經驗不多的. a *raw* and inexperienced youth 不成熟且缺乏經驗的年輕人/*raw* judgment 不成熟的判斷.
〖擦破皮的〗 **4** 擦破皮的, 皮膚綻開的; 〔擦傷等〕刺痛的. My hand is *raw* where I scraped it. 我手上擦破皮的地方看得到血肉/I have a *raw* feeling in my throat. 我的喉嚨有刺痛感.
〖刺骨的〗 **5** 濕冷的, 冷得刺骨的. *raw* weather 寒冷刺骨的天氣.
6 《口》〔懲罰等〕不公平的; 粗暴的. get [be given] a *raw* deal 受到殘酷的待遇.
— n. (用於下列片語)
in the ráw (1)保持自然原狀的; 未經雕琢的. human passions *in the raw* 人類原始的情慾. (2)裸體的. sleep *in the raw* 裸睡.
tóuch a pèrson on the ráw 觸到某人的痛處, 傷害某人的感情.

raw·boned [ˋrɔˋbond; ˌrɔːˈbəʊnd] adj. 骨瘦如柴的.

raw·hide [ˋrɔˌhaɪd; ˈrɔːhaid] n. **1** ⓤ生皮革(未經鞣製的皮革). **2** ⓒ生皮製的鞭子(繩子).

raw·ness [ˋrɔnɪs; ˈrɔːnɪs] n. ⓤ **1** 未經加工的[生的]東西; 不成熟. **2** 刺痛; 刺骨的寒冷.

＊ray¹ [re; rei] n. (pl. ~s [~z; ~z]) ⓒ **1** (由中心向四方放射的)光線; 《物理》放射線. a *ray* of sunshine 一道陽光/X *-rays* X 光.
2 微弱的光芒《of 〔希望等〕》. a *ray* of genius 一絲天才的光芒/I see no *ray* of hope in the present situation. 我看現在的情況是一線希望也沒有.

ray² [re; rei] n. (pl. ~s) ⓒ(魚)魟魚.

Ray·mond [ˋremənd; ˈreimənd] n. 男子名.

ray·on [ˋrean; ˈreiɒn] n. ⓤ人造絲.

raze [rez; reiz] vt. 《文章》毀壞(城市, 房屋等). *raze...*to the ground 使...遭毀壞.

＊ra·zor [ˋrezər; ˈreizə(r)] n. (pl. ~s [~z; ~z]) ⓒ剃刀. a safety [an electric] *razor* 安全[電動]剃刀/a *razor* blade 剃刀刀片.
on a ràzor('s) édge 瀕臨危險[危機]. His life hangs *on a razor('s) edge*. 他正瀕臨生死邊緣.

ra·zor·back [ˋrezəˌbæk; ˈreizəˌbæk] n. ⓒ 《動物》 **1** 長鬚鯨.
2 《美》(美國南部)半野生的豬.

ra·zor·sharp [ˋrezəˌʃɑrp; ˈreizəˌʃɑːp] adj.
1 像剃刀般鋒利的.
2 〔機智等〕敏銳的; 〔批判等〕嚴厲的.

raz·zle [ˋræz]; ˈræzl] n. 《主英、口》(加 the) 狂亂喧鬧. go on the *razzle* 狂飲喧鬧.

R.C. (略) Red Cross (紅十字會); Roman Catholic (羅馬天主教舊的).

Rd (略) road(路)《用於道路名稱》.

-rd 表示以 third 結尾的序數詞: 23*rd* =twenty-third.

re¹ [re; reɪ] n. ⓤⓒ《音樂》D 音《大調[大音階]的第二音; → sol-fa》.

re² [ri; riː] 《拉丁語》*prep.* 《主商業》有關⋯, 就⋯而言.

re-¹ [ˋri-, ˌri-, ˋrɛ-, ˌrɛ-; riː-] *pref.* 表示「再次, 重新, 回復」之意. *re*call. *re*cur. *re*store.

re-² [ri; riː] *pref.* **1** 表「再」之意. *re*appear. *re*create. **2** 表「重新」之意. *re*write. *re*arrange. **3** 表「回到原來」之意. *re*pay. *re*store.

注意 和 re-¹ 的區別, 在於「再」的意思更爲明確, 並可任意構字(例如 *re*-introduce (再導入); *re*-combine (再結合)); 此外, 爲了與 re-¹ 所構成的字有所區別, 也在後面加上連字號的情形.

ˈre [-r; -ə(r)] are的縮寫(→be ⏺). 用於you*ˈre*, we*ˈre*, theyˈ*re* 等情況.

reach [ritʃ; riːtʃ] v. (~**es** [~ɪz; ~ɪz]; ~**ed** [~t; ~t]; ~**ing**) *vt.* 〖到達〗 **1** 到達, 抵達, 〔某地點〕. *reach* one's destination 到達目的地. The village can be *reached* only by car. 那個村子只有坐車才能到得了.

2 觸及; 送達. The curtains *reach* the floor. 窗簾長及地板/Your letter *reached* me yesterday. 你的信昨天收到了/The leader's voice did not *reach* us. 隊長的聲音傳不到我們這裡.

3 達成〔結論等〕; 達到〔目的等〕. *reach* a conclusion 得到結論/*reach* an agreement 達成協議/Their goal is not *reached* yet. 他們尚未達成目標.

4 達到〔某金額, 數量, 程度, 範圍等〕. You'll understand when you *reach* my age. 你到了我這個年紀就會明白/The damage caused by the earthquake *reached* five million dollars. 地震造成的損失高達五百萬美元.

5 觸動(人心), 使感動; 給⋯影響. Her speech *reached* the whole audience. 她的話使全體聽眾深受感動/That official cannot be *reached* by bribery. 那個官員不吃賄賂這一套.

〖使到達〗 **6** 伸出〔手等〕(*out*); 伸手取⋯. The child *reached out* his hand through the fence. 孩子從柵欄的縫隙伸出手去/*reach* a book from the shelf 伸手從書架上取書.

7 句型4 (reach **A B**), 句型3 (reach **B** *for* **A**)把B傳給A, A(伸手)取B. *Reach* me the salt [*Reach* the salt *for* me], won't you? 把鹽遞給我好嗎?

8 和⋯取得聯絡. You can *reach* me by telephone. 你可以打電話給我聯絡我/The Mayor could not be *reached* by the press. 記者們無法聯絡上市長.

— *vi.* **1** 送達, 到達; 延伸, 展開; (*to, into*). I cannot *reach* *to* the top shelf. 我搆不到最上層的架子/The arm of the law *reaches into* every

corner of society. 法律的觸角延伸到社會的各個角落/as far as the eye can *reach* 眼力所及.

2 伸出手〔腳〕(*for* 取⋯). *reach* into one's pocket 手插進衣袋裡/*reach* across the counter 伸手至櫃臺處/*reach* (out) *for* the gun 伸手取槍.

rèach áfter... 致力於獲取⋯. *reach after* fame and wealth 追求名聲和財富.

rèach/.../dówn 伸手取下⋯. The passenger *reached down* his suitcase from the rack. 乘客伸手從行李架上取下手提箱.

rèach for the stárs (想摘星般地)夢想高遠, 追求遙遠的理想.

rèach óver (朝稍遠處)伸出手. She *reached over* for the sauce on the table. 她伸手過去拿桌上的調味醬.

— n. (*pl.* ~**es** [~ɪz; ~ɪz]) **1** ⓐⓤ(手, 腳, 背的)伸展, (手, 腳)所能伸展的限度, 長度; 臂長. He made a *reach* for the pear. 他伸手去拿梨/The boxer has a long *reach*. 那個拳擊手的拳距很長.

2 ⓤ到達的距離[範圍]; (力量, 理解, 影響等)所及的範圍. an intellect of wide *reach* 具開闊眼界的智者.

3 ⓒ (河流兩彎道之間的)直線路徑; 一大片廣闊的地區. the upper *reaches* of the Nile 尼羅河的上游流域/great *reaches* of forest 大片森林地帶.

beyond [*out of*] *a pèrson's réach* 某人伸手所不能及的; 某人能力所不及的. The price is *beyond* my *reach*. 那種價錢我付不起/Keep matches *out of* the children's *reach*. 把火柴放在小孩的手搆不到的地方.

＊*beyond* [*out of*] *the réach of...* ⋯之手所搆不到的; ⋯之能力所不及的. Some insects can live *beyond the reach of* sunlight. 一些昆蟲可以在陽光照射不到的地方下生存.

within èasy réach of... 從⋯很容易到的地方, 在⋯的附近. His house is *within easy reach of* the station. 他家就在車站附近.

＊*within a pèrson's réach* 某人手所搆得到的(地方); 某人能力所及的範圍. Don't put this medicine *within* a child's *reach*. 這種藥不要放在小孩拿得到的地方.

within the réach of... 在⋯能搆得到的地方; 在⋯的力量所能及的範圍. a minicar *within the reach of* small purses 花小錢即可買到的迷你汽車.

reach-me-down [ˋritʃmɪˌdaʊn; ˈriːtʃmiˌdaʊn] *adj., n.* 《主英、口》=hand-me-down.

＊**re·act** [rɪˋækt; riˈækt] *vi.* (~**s** [~s; ~s]; ~**ed** [~ɪd; ~ɪd]; ~**ing**) **1** (用 react to...) 對⋯產生反應; 回應. Our senses *react to* external stimuli. 我們的感覺器官會對外界的刺激作出反應.

2 《化學》起反應(*with*).

3 反抗, 反動, (*against*). *react against* despotism 反抗專制政治.

4 (作爲結果)反轉過來發生影響, 有影響, 《on, upon》. A deed often *reacts on* the doer. 行爲往往反過來影響行爲者.

‡re·ac·tion [rɪˈækʃən; rɪˈækʃn] *n.* (*pl.* ~s [~z; ~z]) **1** ⓊⒸ反應(*to* 對…); 影響, 反作用, 《on, upon》. What was his *reaction to* the news? 他對那則消息作了甚麼樣的反應?/the *reaction* of costs *on* prices 原價對售價的反作用.

> [搭配] *adj.*+reaction: a favorable ~ (有利的影響), a positive ~ (陽性的反應), a bad ~ (不良反應), a negative ~ (陰性的反應) // *v.*+reaction: cause a ~ (產生反應), show a ~ (顯示反應).

2 ⓐⓊ (政治性或社會性的)反動, 反抗, 《against; from》; 保守的反動. signs of a *reaction against* classicism 對古典主義產生反動的徵兆. **3** ⓊⒸ(物理)反作用; 核子反應; (化學)反應, 化學變化. action and *reaction* 作用與反作用.

re·ac·tion·ar·y [rɪˈækʃənˌɛrɪ; rɪˈækʃnərɪ] *adj.* (保守)反動的, 極端保守的.
— *n.* (*pl.* **-ar·ies**) Ⓒ反動派.

re·ac·ti·vate [ˌriˈæktɪvet; ˌriˈæktɪveɪt] *vt.* 使恢復活動[動作].

re·ac·tor [rɪˈæktɚ; rɪˈæktə(r)] *n.* Ⓒ **1** = nuclear reactor. **2** (對藥物等)呈陽性反應的人[動物].

‡read¹ [rid; riːd] *v.* (~s [~z; ~z]; read [rɛd; red]; ~·ing) 《讀》 *vt.* 《讀》**1** 讀(書本, 文字); 透過閱讀理解…. I want to *read* some interesting story. 我想讀個有趣的故事/My husband can *read* German, but he can't speak it well. 我丈夫看得懂德文, 但說得不好.

2 [句型3] (read *that* 子句/*wh*子句、片語)閱悉, 透過閱讀而知道. Recently I *read* in a magazine *that* that actress had got married. 我最近從雜誌上獲悉那位女演員已經結婚了.

3 《朗讀》(a)把…讀出聲來, 朗讀…. *read* a textbook aloud 朗讀課本/*read* the President's message 恭讀總統咨文. (b) [句型4] (read **A B**)、[句型3] (read **B** *to* **A**)把B讀給A聽; (加副詞[片語])讀給…聽使其…, *read* a child a fairy tale = *read* a fairy tale *to* a child 給孩子念童話故事/The mother *read* the child to sleep. 母親念書給孩子聽使孩子入睡.

4 《更正念法》《文章》改成念…《*as*》, 把…更正爲…《*for*》. *For* 'fail', *read* 'fall'. (用於勘誤表)fail 是 fall 的誤寫.

《讀懂》 **5** 看(樂譜, 溫度計等); 解讀, 辨認, [暗號等]. The child cannot yet *read* the clock. 那孩子還不會看時鐘/*read* a puzzle 解謎.

6 讀懂…的意思, 將…解釋成…《*as*》; [句型3] (read *that*子句)領會理解…. This sentence can be *read* in several ways. 這個句子可以有好幾種解釋/I *read* his silence *as* consent. 我把他的沈默解

釋爲默許/*read* a person's heart 看穿某人的心事/I *read* in the doctor's eyes *that* there was no hope of my father's recovery. 由醫生的眼神我瞭解到父親已沒有復原的希望/*read* a person's hand 看某人的手相.

7 《可讀取的》〔計量器等〕(用數字、符號)標明, (show). The thermometer *reads* 3 degrees below zero. 溫度計標示著零下3度.

8 《可讀成》讀作, 讀成; 寫著. The word in the manuscript *reads* 'same', not 'fame'. 在原稿中這個字不是 fame 而是 same/The road sign *reads* 'Boston 20 Miles'. 那個路標上寫著「到波士頓20哩」.

《攻讀》 **9** (英)(在大學)攻讀、研究((美)major in), 學習. *read* law at Oxford 在牛津大學讀法律.

— *vi.* **1** 閱讀; 讀書. Very few people could *read* in those days. 當時幾乎沒有人識字/I want more time to *read*. 我想多花點時間讀書.

2 讀出聲來, 朗讀; 念給…聽(*to*). The mother *reads* to her children at bedtime. 那母親在就寢時間念故事書給小孩聽.

3 (用 read of [about]…) 經由閱讀而得知…. We can *read of* daily happenings in the newspaper. 我們可以透過報紙知道每天發生的事.

4 《加副詞(片語)》讀來覺得…, 讀起來…. This grammar *reads* like a novel. 這本文法書讀起來像小說/This rule *reads* in two different ways. 這規則可以有兩種理解方式[解釋]/His essays *read* well. 他的散文讀起來很不錯.

5 (英)研究, 學習, 《for 爲了…》. *read for* a degree in physics 爲獲得物理學學位而研究.

rèad/…/báck (爲確認)反覆著唸…. Please *read back* your address. 請再唸一次你的住址.

rèad between the línes 體會出字裡行間之意, 領會言外之意.

réad from… 從…中挑選一段[篇等]朗讀, 讀…的一部分.

rèad/…/ín (電腦)〔資料等〕輸入電腦讀取.

réad A into B (細讀後)憑一己之推斷認爲 B 裡面有 A, 將 B 解釋成 A. Don't *read* too much *into* his behavior. 別把他的舉止太當一回事/*read* a sexual meaning *into* the dance 覺得那支舞有性暗示.

rèad/…/óut 把…讀給(某人)聽; (電腦)〔資料等〕從電腦取出[讀出].

réad A out of B (主美)從 B(團體等)中開除 A.

rèad/…/thróugh [óver] 將…讀過一遍, 讀完….

rèad úp on… (口)熟讀…. *read up on* a city before visiting it 參觀一個城市前先詳讀該地資料.

— *n.* Ⓒ(主英、口)閱讀; 讀書(時間); 讀物. have a quiet *read* 靜靜地讀書度日/This novel is a very good *read*. 這本小說是非常好的讀物.

read² [rɛd; red] *v.* read¹ 的過去式、過去分詞.
— *adj.* (與 well, deeply, little 等副詞連用)通曉…的(*in*). He is well-*read in* the classics. 他通曉古典文學.

read·a·bil·i·ty [ˌridəˈbɪlətɪ; ˌri:dəˈbɪlətɪ] *n.* U 可讀性; 易讀.

read·a·ble [ˈridəbl; ˈri:dəbl] *adj.* **1** 〔書, 報導等〕值得一讀的; 易讀的. a *readable* book 有趣的書. **2** 可看懂的, 易讀的. His handwriting is very *readable*. 他的筆跡很容易辨認.

re·ad·dress [ˌriəˈdrɛs, ˈriəˈdrɛs; ˌri:əˈdres] *vt.* 更改(信)的地址.

☀**read·er** [ˈridə; ˈri:də(r)] *n.* (*pl.* ~s [~z; ~z]) C **1** 閱讀的人; 讀者; 讀書人. He is a great [good] *reader*. 他是個愛好讀書的人.

> 搭配 *adj.*+reader: an avid ~ (讀起書來廢寢忘食的人), a keen ~ (熱中讀書的人), a careful ~ (細心的讀者), a fast ~ (書唸得快的人), a slow ~ (書唸得慢的人).

2 讀本. a Greek *reader* 希臘語讀本.
3 (英) (大學)副教授(→ professor 表).
4 校對者; (出版社的)審閱原稿者.
5 (電腦)讀取機.

read·er·ship [ˈridəˌʃɪp; ˈri:dəʃɪp] *n.* C
1 (用單數) (報紙等的)讀者人數(readership 通常比 circulation (發行數量)多); 讀者群.
2 (英)副教授(reader)的職位.

read·i·er [ˈrɛdɪə; ˈredɪə(r)] *adj.* ready 的比較級.

read·i·est [ˈrɛdɪɪst; ˈredɪɪst] *adj.* ready 的最高級.

☀**read·i·ly** [ˈrɛdəlɪ, -ɪlɪ; ˈredɪlɪ] *adv.* **1** 欣然地, 樂意地. obey one's elders *readily* 樂意聽從長輩的意見/I *readily* agreed to help them. 我爽快地答應幫助他們.
2 無困難地; 很快地, 迅速地. That book is not *readily* available at present. 那本書目前不太容易買到.

read·i·ness [ˈrɛdɪnɪs; ˈredɪnɪs] *n.* U **1** 樂意.
2 容易; 敏捷. **3** 準備就緒.
in réadiness (*for...*) 準備就緒, 做好…的準備.
I closed the shutters *in readiness for* the storm. 我關上窗板以防暴風雨.
with réadiness 樂意地, 欣然地.

☀**read·ing** [ˈridɪŋ; ˈri:dɪŋ] *n.* (*pl.* ~s [~z; ~z])
〖讀〗 **1** U 閱讀, 讀書; (從讀書中獲得的)知識, 學識; 朗讀. Susie is very fond of *reading*. 蘇西很喜歡讀書/silent *reading* 默讀/loud *reading* 大聲朗讀/a man of wide *reading* 博覽群書的人.
2 U 讀物; C (readings)選集. pleasant *reading* for children 適合於兒童的趣味讀物/This play is good [dull] *reading*. 這部劇作讀起來很有趣[乏味]/*Readings* in Latin Literature 《拉丁文選》.
3 〔讀法〕C 解釋; 判斷. What is your *reading* of his change of heart? 你對他改變心意有何看法?/on this *reading* 按照這樣的解釋.
4 〖讀〗C (計量器等的)度數, 刻度標記. The *reading* of the thermometer is 80 degrees F. 溫度計上的讀數爲華氏八十度.
5 〖朗讀會〗C 朗讀會; (議會的)宣讀議案(法令審

議時, 首先審議整體, 其次各項條文, 最後再重新審議整體的制度)〗.
6 〖形容詞性〗讀書的; 喜歡讀書的; 讀書用的. the *reading* public 讀書大眾/a *reading* man 讀書人/*reading* matter (報紙, 雜誌的)報導, 記事.

réading désk *n.* C 書桌; 斜面書桌; (教堂的)讀經檯(→ lectern 圖).

réading lámp *n.* C 檯燈.

réading ròom *n.* C (圖書館, 俱樂部等的)圖書閱覽室, 讀書室.

re·ad·just [ˌriəˈdʒʌst; ˌri:əˈdʒʌst] *vt.* 再整理, 再調整, 再調節.

re·ad·just·ment [ˌriəˈdʒʌstmənt; ˌri:əˈdʒʌstmənt] *n.* UC 再調整, 再整理, 再調節.

read-only memory [ˌridonlɪˈmɛməri; ˌri:dəʊnlɪˈmeməri] *n.* C (電腦)唯讀記憶體(略作 ROM).

read·out [ˈridˌaʊt; ˈri:dˌaʊt] *n.* UC (電腦)讀出; 讀取(的資料).

☀**read·y** [ˈrɛdɪ; ˈredɪ] *adj.* (**read·i·er; read·i·est**) 〖做好準備的〗 **1** (用 ready for...)準備就緒的; 心理上有準備的; (用 ready to)準備好作…的. Breakfast is ready. 早餐準備好了/Are you *ready*? 你準備好了嗎?/All's *ready*. 萬事齊備/be *ready* for bed 準備睡覺/We are *ready* to start at any moment. 我們準備好了, 隨時都可出發/I am *ready* for the worst. 我有最壞的打算〔心理準備〕.
2 (限定)即席的. give a *ready* answer 即席作答/have a *ready* wit 富機智/He has a *ready* pen. 他的文采敏捷.
3 現成的, 立刻適用的; 就在手邊的. keep pen and paper *ready* at hand 將紙筆帶在手邊.
〖樂意做的〗 **4** 樂於從事的; (用 ready to do)欣然的. a *ready* worker 樂於工作的人/I'm always *ready* to be of service to you. 我隨時願意爲你效勞.
5 (用 ready with [at]...)巧於…; (用 ready to do)即將…, 快要…的. You are too *ready* to speak ill of others. 你太愛說別人的壞話/You are *ready* with [at] excuses. 你很會找藉口/The boat was *ready* to sink. 這船就要沈沒了.
☀ *gèt [màke] réady* 作準備(*for* 爲了…); 爲…作好心理準備(*for*); 準備…, (*to do*). Let's *get ready* to leave. 我們準備走吧!/The farmers are *making ready* to reap the harvest. 農夫準備收成.
☀ *gèt [màke]...réady* 準備好… (*for; to do*). *Get* dinner *ready* by six o'clock. 在六點之前準備好晚飯/*make* a room *ready for* immediate use 馬上將房間準備好以供使用.
(*Gèt*) *réady*, (*gèt*) *sét, gó!* = (英) *Réady, stéady, gó!* 各就各位, 預備, 跑! (起跑的口令; 也可用 On your mark(s) 來替代 (Get) ready).
— *vt.* (**read·ies; read·ied; ~·ing**) (主美)使…準

R

備，預備好…．*ready* a car 準備好車(《表可出發了》)/Have you *readied* yourself? 你準備好了嗎?
— *n.* (*pl.* read·ies) ⓒ (加the) **1** 《軍事》(槍的)射擊準備姿勢．**2** 《口》現金．
— *adv.* (通常後接過去分詞)事先，預先．She never buys *ready*-cooked foods. 她從不買現成食品．

rĕady cásh *n.* =ready money.

read·y-made [`rɛdɪ`med; ˏredɪ'meɪd] *adj.*
1 現成的，既成的，預先做好的，(⟷ custommade). *ready-made* clothes 成衣．
2 現買現賣的；陳腐的．a *ready-made* opinion 浮濫無創新的意見．

rĕady mόney *n.* ⓤ 現金，現款．

rĕady réckoner *n.* ⓒ 計算一覽表．

ready-to-wear [ˏredɪə'wɛɚ; ˏredɪə'weə(r)] *adj.* (限定)作好的，現成的．

re·af·for·est [ˏriə'fɔrəst, -'fɑr-; ˏriːə'fɒrɪst] *v.* 《主英》=reforest.

re·af·for·est·a·tion [ˏriəˏfɔrə'steʃən, -ˏfɑr-; 'riːəˏfɒrɪ'steɪʃn] *n.* 《主英》=reforestation.

re·a·gent [ri'edʒənt; riː'eɪdʒənt] *n.* ⓒ 《化學》試藥，試劑．

✲re·al [`riəl, ril, `rɪəl; 'rɪəl] *adj.* **1** 眞實的；貨眞價實的，眞的；由衷的；誠實的，(⟷ false). What is your *real* purpose? 你眞正的目的是甚麼?/a *real* man 眞正的男子漢；誠實的人/a *real* diamond 眞的鑽石/*real* silk 眞絲/I felt *real* sympathy for him. 我由衷地對他感到同情．
2 眞實的，事實上的；實在的，實質上的(⟷ actual 同)，(⟷ imaginary, ideal, nominal). the *real* world 現實世界/All the characters in this novel are fictional, not *real*. 這本小說裡的人物均屬虛構而非眞有其人．
3 《法律》不動產的；關於物品的，(⟷ movable).
in rèal tíme (通信等)即時地．
— *adv.* 《主美、口》眞正地(really); 非常地，完全地. get *real* angry 眞的發怒/I had a *real* good time. 我眞的玩得很高興．
— *n.* ⓤ (用於下列片語)
for réal 《主美》眞的[地]; 當眞的[地].

réal estáte *n.* ⓤ 《法律》不動產(⟷ chattel, personal property).

réal estáte àgent *n.* ⓒ 《美》不動產業者(realtor), (《英》estate agent).

re·a·lign [ˏriə'laɪm; ˏriːə'laɪn] *vt.* 重新編排．

re·al·i·sa·tion [ˏriələ'zeʃən, ˏriəl-, -aɪ'z-; ˏrɪəlaɪ'zeɪʃn] *n.* 《英》=realization.

re·al·ise [`riəˏlaɪz, `rɪə-; 'rɪəlaɪz] *v.* 《英》=realize.

✲re·al·ism [`riəl.ɪzəm, `rɪəl-; 'rɪəlɪzəm] *n.* ⓤ
1 現實主義(⟷ idealism). **2** 《文學、藝術的)寫實主義，現實主義，(→ romanticism).

re·al·ist [`riəlɪst, `rɪəl-; 'rɪəlɪst] *n.* ⓒ **1** 現實主義者，現實的人，講求實際的人．
2 《文學、藝術的)寫實主義者．

✲re·al·is·tic [ˏriə'lɪstɪk, ˏrɪə-; ˏrɪə'lɪstɪk] *adj.*
1 現實主義(者)的；現實的．a *realistic* outlook 現實的看法/We have to be *realistic* about our wages. 關於工資一事，我們得現實點．
2 寫實(主義)的，(描寫等)寫實的，逼眞的．

re·al·is·ti·cal·ly [ˏriə'lɪstɪklɪ, -lɪ, ˏrɪə-; ˏrɪə'lɪstɪkəlɪ] *adv.* 現實地；寫實地，逼眞地；寫實主義地．

re·al·i·ties [rɪ'ælətɪz; rɪ'ælətɪz] *n.* reality 的複數．

✲re·al·i·ty [rɪ'ælətɪ; rɪ'ælətɪ] *n.* (*pl.* -ties)
1 ⓤ 眞實性；眞實性，實在性；存在．The police doubted the *reality* of his statement. 警察懷疑他的陳述是否眞實/the *reality* of UFOs 幽浮(不明飛行物，飛碟)的存在．
2 ⓒ 現實(的情況)，事實．Putting a man on the moon has become a *reality*. 將人類送上月球已經成為事實/the grim *realities* of life 人生殘酷的現實/We must face the *reality* that natural resources are limited. 我們必須面對天然資源是有限的事實．
3 ⓤ 眞實性；逼眞性．The film shows life in Africa with great *reality*. 那部電影十分眞實地呈現了非洲的生活．
in reάlity (1)事實上，實際上．We thought he was rich, but *in reality* he was poor. 我們以爲他很有錢，其實他很貧窮．(2)《事件發生等)實際地，現實地．

re·al·iz·a·ble [`riəˏlaɪzəbl, `rɪə-; 'rɪəlaɪzəbl] *adj.* **1** 可實現的．**2** 《股票等)可兌換成現金的．

✲re·al·i·za·tion [ˏriələ'zeʃən, ˏriəl-, -aɪ'z-; ˏrɪəlaɪ'zeɪʃn] *n.* **1** ⓤ (充分的)認識，領悟；眞實感．*Realization* came too late. (對事情等)領悟得太遲了．
2 ⓤ 《計畫，希望等)的)實現，實行；達成．The dreams of my youth never came to *realization*. 我年少時的夢想從未實現．
3 ⓤ 《文章)(財產等的)變賣，換成現金．

✲re·al·ize [`riəˏlaɪz, `rɪə-; 'rɪəlaɪz] *vt.* (-iz·es [~ɪz; ~ɪz]; ~d [~d; ~d]; -iz·ing)
〘使成爲現實的東西〙 **1** 使(希望，理想，計畫等)實現，實行，達成．Your plan is too idealistic to be *realized*. 你的計畫太理想化了，不可能實現/*realize* one's dreams 實現夢想．
2 【感覺到現實】領悟，(清楚地)瞭解，〔句型3〕(realize *that* 子句/*wh* 子句)領悟…，眞正地知道…. At last he *realized* his mistakes 〔that he was mistaken〕. 他終於覺悟到自己的過錯〔自己弄錯了〕/The child was too young to *realize that* her mother had died. 那個小孩還這麼小而無法眞正瞭解她母親已去世/Don't you *realize what* you've done? 你不知道你自己做了甚麼嗎?
3 眞實地呈現，寫實．The tragic scene was *realized* by his pen. 悲劇性的情景在他的筆下栩栩如生地表現出來．
4 【使成現金】《文章)將〔財產等〕變賣成現金[換成現金]．*realize* one's property [shares] 將財產[股票]換成現金．

●──以 **-ize/-ise** 為詞尾的動詞重音
重音置於倒數第三個音節.

apólogize	áuthorize	cívilize
ecónomize	émphasize	mémorize
sócialize	spécialize	sýmpathize

re·al·iz·ing [ˋrɪəˌlaɪzɪŋ, ˋrɪə-; ˈrɪəlaɪzɪŋ] v. realize 的現在分詞、動名詞.

***re·al·ly** [ˋrɪəlɪ, ˋrɪlɪ, ˋrɪəlɪ, ˋrɪlɪ; ˈrɪəlɪ] adv.

1 **現實地**, 實際上. She said 'no', but was thinking 'yes', *really.* 她雖然說「不行」, 其實想的是「可以」.

2 **眞實地**, 眞正地; **眞在地**, 完全地; (特指與 ought, should 連用者)應該是, 本來是. Do you *really* mean that? 你是當眞的嗎?/They aren't *really* worried. 他們並非眞的在擔心./You are *really* fond of dogs. 你是眞的喜歡狗([語法] I *really* don't like television. 表示「眞的不喜歡」/ I don't *really* like television. 則表示「不是很喜歡」)/You *ought really* to have asked the boss first. 你應當先和上司商量的.

3 《感歎詞性》**眞的嗎?** 是嗎? 不會吧? (表示興趣、懷疑、驚訝、稍稍感覺不悅等, 以及僅僅隨聲附和). Not *really!* 不會吧!/*Really?* 眞的嗎? 是嗎?/"I'm going to Hawaii next week." "Oh, *really?*" 「我下周拜要去夏威夷」「哦, 眞的嗎?」

Nòt réally. (1)沒什麼, 不, 嘿; 不是那回事; (對於所提出的問題, 客氣地否定). "I recommend bypass surgery." "Is there an alternative?" "*Not really.*" 「我建議做(心臟的)分流手術」「沒有其他的方法嗎?」「沒有.」(2)《驚訝》難道. "My grandfather was a pirate." "*Not really.*" 「我的祖父曾是海盜」「不會吧.」

realm [rɛlm; relm] n. ⓒ **1** 《文章》《法律》王國 (kingdom); 國土, 領土. a peer of the *realm* → peer[1] 2. **2** (常 realms)領域, 範圍, 範疇; (學術的)領域, 部門. open a new *realm* of thoughts and ideas 開闢新的思想領域/the *realms* of art 藝術的領域.

re·al·pol·i·tik [rɪˋɑlpolɪˌtik, re-; riːˈɑːlpəʊliˌtiːk/-reɪ-] 《德語》 ⓤ 現實政治.

rèal próperty n. =real estate.

rèal tíme n. ⓤⓒ《電腦》實際的時間; 即時, 瞬息, 同時. in real time 即時, 瞬息, 同時.

real-time [ˋrɪəlˌtaɪm; ˈrɪəlˌtaɪm] adj. 《電腦》即時的; 瞬息的, 同時的.

re·al·tor [ˋrɪəltɚ, -tɔr; ˈriːəltə(r)] n. ⓒ《美》不動產業者(《英》estate agent).

re·al·ty [ˋrɪəltɪ; ˈrɪəltɪ] n. ⓤ《法律》不動產(real estate).

ream[1] [rim; riːm] n. ⓒ **1** 令《紙張計數單位; =20 quires;《英》480張,《美》500張》.

2 《口》(reams)大量《文章、作品、印刷物等》. write *reams* of poetry 寫了很多的詩.

ream[2] [rim; riːm] vt. 鑽大(孔, 洞); 用榨汁器 (reamer)榨取(果汁).

ream·er [ˋrimɚ; ˈriːmə(r)] n. ⓒ **1** 鑽孔機(鑽

孔洞的工具). **2** (榨取檸檬汁等的)榨汁器(→ squeezer).

*****reap** [rip; riːp] v. (~s [~s; ~s]; ~ed [~t; ~t]; ~ing) vt. **1** 收割, 收穫, (農作物); 收割(農田). The men were all out *reaping* the wheat. 男人們都外出收割小麥去了.

2 獲得(報酬); 得到(努力的結果). *reap* the reward of one's efforts 獲得努力的報酬.

— vi. 收割.

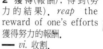

[reamers 1]

réap as one has sówn 自食其果(針對自作自受之類的事而言).

reap·er [ˋripɚ; ˈriːpə(r)] n. ⓒ 收割機; 收割者, 收穫者.

re·ap·pear [ˌriəˋpɪr, ˌriːəˈpɪə(r)] vi. 再出現; 再次發生.

re·ap·pear·ance [ˌriəˋpɪrəns, ˌriːəˈpɪərəns] n. ⓤ 再出現; 再發生.

re·ap·prais·al [ˌriəˋprezḷ, ˌriːəˈpreɪzḷ] n. ⓤⓒ《文章》重新評價.

*****rear**[1] [rɪr; rɪə(r)] n. (*pl.* ~s [~z; ~z]) ⓒ (通常加 the) **1** 後面; 後部; 背面; (↔ front). Please move to the *rear.* 請往後走(公車車掌[司機]等要求乘客所說的話).

2 (部隊、艦隊等的)後衛, 殿後, (↔ van[2]).

3 《口》《委婉》臀部(buttocks).

4 《形容詞性》後面的, 後方的; 背面的. the *rear* exit 後方的出口/a *rear* door 後門.

at the réar (*of...*) 在…之後的; 在背後(的). The parking lot is *at the rear of* the theater. 停車場是在劇場的後面.

bring ùp the réar 作後衛, 殿後, 走在(隊伍)之後.

in the réar (*of...*) (1)在(…的)後部. (2)《美》=at the rear (of...).

*****rear**[2] [rɪr; rɪə(r)] v. (~s [~z; ~z]; ~ed [~d; ~d]; rear·ing [ˋrɪrɪŋ; ˈrɪərɪŋ]) vt. 【提高】 **1** 抬起, 舉起, (身體的一部分). The snake suddenly *reared* its head. 那條蛇突然抬起頭來.

2 《文章》建造; 豎起, 舉起, *rear* a temple 修建寺院/*rear* a flagpole 豎起旗竿.

【養育】 **3** 養育(孩子); 飼養; 栽培. *rear* five children 撫養五個孩子/*rear* domestic animals 飼養家畜(同 在這個意義上, raise 比 rear 更普遍).

— vi. 《馬等》用後足站立; 站立起來; (*up*).

rèar ádmiral n. ⓒ 海軍少將.

rear·guard [ˋrɪrˌgɑrd; ˈrɪəgɑːd] n. ⓒ (部隊、艦隊等的)後衛, 殿後, (↔ vanguard).

re·arm [riˋɑrm; ˌriːˈɑːm] vt. **1** 使重新武裝.

2 (用新式武器)重新裝備.

— *vi.* 重新裝備, 重新武裝.

re·ar·ma·ment [ri`ɑrmǝmǝnt; rɪ`ɑːmǝmǝnt] *n.* ⓤ重新武裝, 重新裝備.

rear·most [`rɪr,most; `rɪǝmǝust] *adj.* 《限定》最後面的, 最末尾的.

re·ar·range [,riǝ`rendʒ; ,riːǝ`reɪndʒ] *vt.* 重新安排; 再次排列.

re·ar·range·ment [,riǝ`rendʒmǝnt; ,riːǝ`reɪndʒmǝnt] *n.* ⓤ重新排列.

rear-view mirror [`rɪrvju`mɪrǝ; ,rɪrvjuː`mɪrǝ(r)] *n.* ⓒ(汽車的)後視鏡(→car▣).

rear·ward [`rɪrwǝd; `rɪǝwǝd] *adv.* 在後方地; 朝後方地. — *adj.* 《限定》朝後方的; 在後面的.

rear·wards [`rɪrwǝdz; `rɪǝwǝdz] *adv.* =rearward.

***rea·son** [`rizṇ; `riːzn] *n.* (*pl.* ~**s** [~z; ~z]) **1** ⓤⒸ (a)理由, 根據, 原因, 《for》; 動機《of》. for this *reason* 因為這個原因/I see no *reason for* (her) marrying him. 我看不出(她)有甚麼理由要跟他結婚/They got a divorce for some *reason*. 他們為了某個緣故而離婚/He resigned for *reasons* of health. 他因健康上的原因而辭職. 回reason是(為了)使產生的結果正當合理(而提出)的原因; → cause. (b)理由《to do; why 子句, that 子句》. Have I given you any *reason to* complain? 我有甚麼地方讓你抱怨的呢?/There is every *reason to* believe that she is lying. 有充分的理由相信她是在說謊/There is no *reason* (*why*) you should thank me. 你沒有理由要感謝我《在口語時則省略 why》/The *reason* (*that*) she cried was that (□ because) she was lonely. 她哭是因為她寂寞《*reason that* 比 *reason why* 更為口語化》.

┌──────────────────────────────┐
│ 匿配 *adj.*+reason: a definite ~ (明確的理由),│
│ a good ~ (正當的理由), a sound ~ (充足的理│
│ 由), the main ~ (主要的原因).   │
└──────────────────────────────┘

2 ⓤ理性; 理智. Animals have no *reason*. 動物是沒有理性的/He lost his *reason* when he saw his house burn down. 他看到自己的房屋被燒毀時就失去了理智.

3 ⓤ通情達理; 道理. ⓒ明智的言行. reach the age of *reason* 到了懂事的年紀/There is little *reason* in what you say. 你的話沒甚麼道理.

beyond àll réason 沒有理由, 毫無道理. His demands were *beyond all reason*. 他的要求不合理.

bring...to réason 使(人)明白道理. He simply can't be *brought to reason*. 要讓他明白道理簡直是不可能的, 他簡直就是不可理喻.

by réason of... 《文章》由於…, 因為…, (because of).

in réason =within reason.

listen to réason 聽從勸導[勸言等]; 服從道理.

stànd to réason 理所當然的, 合乎情理的. It *stands to reason* that he resented your words. 他對你的話感到憤怒是理所當然的.

within réason 合乎道理的; 當然的. Your friend's advice is *within reason*. 你朋友的勸告是有道理的.

with réason 有充分的理由. He complains of his pay *with reason*. 他有充分的理由抱怨其薪資/Mother got angry, and *with reason*. 母親生氣是合乎情理的.

— *v.* (~**s** [~z; ~z]; ~**ed** [~d; ~d]; ~**ing**) *vi.* **1** (邏輯性地)思考, 推論. He is able to *reason* clearly. 他能清楚地思考.

2 對…講道理《with》. I tried to *reason with* him, but he wouldn't listen to me. 我試著去開導他, 但他不願聽我說.

— *vt.* **1** 推論. 句型3 (reason *wh* 子句)就…進行推論. The jury *reasons whether* the accused is guilty or not. 陪審團就被告是否有罪進行推論/a well-*reasoned* speech 條理清晰的演說.

2 句型3 (reason *that* 子句)推論…, 判斷…. I *reasoned that* such was the case. 我推想真相就是這樣的.

3 勸導《into》; 說服《out of》. I *reasoned* him *into* accepting the job. 我說服他接受這份工作/*reason* a person *out of* a reckless attempt 說服某人停止魯莽的嘗試.

rèason/.../óut 條理分析…做成推論. Let's *reason* the matter *out*. 我們來解決那個問題吧!/I awoke and tried to *reason out* where I was. 我睜開眼, 試著想出自己置身何處.

***rea·son·a·ble** [`riznǝbl, `rizṇǝ-; `riːznǝbl] *adj.* **1** (人)懂道理的, 通達事理的; (言行)合乎道理的, 理所當然的. Let's be more *reasonable* about this affair. 讓我們以更合理的態度來看待這件事吧!/He was too embarrassed to give a *reasonable* reply. 他窘得無法作出合理的答覆/She made a *reasonable* excuse. 她找了一個合理的藉口/It's *reasonable* for you to ask for your father's help. 你向你父親求助是理所當然的.

回reasonable是「合乎道理而理所當然的」之意; → logical.

┌──────────────────────────────┐
│ 匿配 reasonable+*n.*: a ~ conclusion (合理的│
│ 結論), a ~ condition (合理的條件), a ~   │
│ explanation (合理的說明), a ~ request (合理│
│ 的要求), a ~ solution (合理的解答).   │
└──────────────────────────────┘

2 (事物)適度的, 適當的, 恰當的. We're looking for a house of a *reasonable* size. 我們正在物色大小合適的房子.

3 (價錢)公道的, 不貴的. I bought the camera at a *reasonable* price. 我以合理的價錢買了這臺照相機.

rea·son·a·ble·ness [`riznǝbl̩nɪs, `rizṇǝ-; `riːznǝblnɪs] *n.* ⓤ通達事理; 適當; (價錢的)公道.

rea·son·a·bly [`riznǝblɪ, `rizṇǝ-; `riːznǝblɪ] *adv.* **1** 合理地; 適當地. think *reasonably* 適當地考慮/behave *reasonably* 適度地採取行動.

2 合乎道理地, 理所當然地. You might *reasonably* doubt his ability. 你會懷疑他的能力也是有道理的.

3 非常地, 相當地, (fairly). "Are you sure?" "*Reasonably*."「你確定嗎?」「非常確定.」

rea·son·ing [ˋriznɪŋ, ˋriznɪŋ; ˋriːzṇɪŋ] n. ⓊC推論, 推理.

re·as·sem·ble [͵riəˋsɛmbl; ͵riːəˋsembl] vt. **1** 重新集合. **2** 重新裝配(機器等).

re·as·sur·ance [͵riəˋʃʊrəns; ͵riːəˋʃɔːrəns] n. ⓊC打起精神; 放心.

re·as·sure [͵riəˋʃʊr, ͵riːəˋʃɔː(r)] vt. (~s [~z; ~z]; ~d [~d; ~d]; -sur·ing [-ˋʃʊrɪŋ; -ˋʃɔːrɪŋ])(消除不安)使放心; 使打起精神; 《*about* 關於…》. The doctor *reassured* me *about* my father's condition. 醫生的(話)讓我對父親的健康狀態放了心/The police *reassured* her that she was not a suspect. 警察說她不是嫌疑犯讓她鬆了口氣.

re·as·sur·ing [͵riəˋʃʊrɪŋ, ͵riːəˋʃɔːrɪŋ] adj. 使安心(般)的; 打起精神的; 可靠的.

re·as·sur·ing·ly [͵riəˋʃʊrɪŋlɪ, ͵riːəˋʃɔːrɪŋlɪ] adv. 令人安心地; 鼓舞地.

re·bate [ˋribet, rɪˋbet; ˋriːbeɪt] n. ⓒ **1** (支付金額一部分的)回扣, 佣金; 折扣.
2 (費用, 票據的)貼現(額).
— [ˋribet, rɪˋbet; ˋriːbeɪt] vt. 給(某人)回扣; 打折扣; 給(票據)貼現.

Re·bec·ca [rɪˋbɛkə; rɪˋbekə] n. 女子名.

reb·el¹ [ˋrɛbl; ˋrebl] n. 謀反者, 叛變者; (美史)(*Rebel*)叛軍士兵(南北戰爭中的南軍士兵). a *rebel* against authority 反抗權威的人/a *rebel* army 叛軍.

re·bel² [rɪˋbɛl; rɪˋbel] vi. (~s; ~led; ~ling)
1 反叛, 謀反; 反抗, 反動; 《*against* 針對…》. Students are *rebelling against* the establishment. 學生們在反抗現行體制.
2 反感, 嫌惡, 《*against*》; 嫌惡得無法忍受(*at*). She *rebelled at* the mere thought of marrying him. 她一想到和他結婚就覺得反感.

re·bel·lion [rɪˋbɛljən; rɪˋbeljən] n. (pl. ~s [~z; ~z]) ⓊC反叛, 謀反, 暴動; 反抗《*against* 針對…》. put down a *rebellion* 鎮壓暴動/a female *rebellion against* male domination 女性對男性威權的反抗/The citizens finally rose in *rebellion against* the tyrant. 人民終於起來反抗暴君.

re·bel·lious [rɪˋbɛljəs; rɪˋbeljəs] adj. **1** 造反的, 反叛的. **2** (孩子等)叛逆的, 難以管教的.

re·bel·lious·ly [rɪˋbɛljəslɪ; rɪˋbeljəslɪ] adv. 叛逆地.

re·bind [riˋbaɪnd; ͵riːˋbaɪnd] vt. (~s; -bound; ~ing) **1** 重綁. **2** 重新裝訂.

re·birth [riˋbɝθ; ͵riːˋbɜːθ] n. ａ Ｕ再生; 復活.

re·born [riˋbɔrn; ͵riːˋbɔːn] adj. (敘述)再生(更生)的; 復活的.

re·bound¹ [rɪˋbaʊnd; rɪˋbaʊnd](★與 n. 的重音位置不同) vi. **1** 彈回《*from* 從…》. **2** (行為)報應《*on, upon*》. Our evil deeds will *rebound upon* us. 我們的惡行終將報應在自己身上.
— [ˋri͵baʊnd, rɪˋbaʊnd; ˋriːbaʊnd] n. ⓒ反彈, 反抗, 反動; (籃球)籃板球(投籃後彈回的球).
on the rébound (接)反彈回來的(球); (遭遇挫折

---

recall 1275

後的)惶惑狀態.

re·bound² [͵riˋbaʊnd; ͵riːˋbaʊnd] v. rebind 的過去式、過去分詞.

re·broad·cast [riˋbrɔd͵kæst; ͵riːˋbrɔːdkɑːst] vt. (~s; ~, ~ed; ~ing) **1** 重新播放. **2** 轉播.
— n. ⓒ重播(節目); 轉播(節目).

re·buff [rɪˋbʌf; rɪˋbʌf] (文章) n. (pl. ~s) ⓒ (斷然)拒絕, 嚴峻的拒絕. My offer of help met [was met] with a *rebuff*. 我的援助提議遭斷然拒絕. — vt. 嚴峻地拒絕, 阻止.

re·build [riˋbɪld; ͵riːˋbɪld] vt. (~s; -built; ~ing) **1** 重建; 改建; 增建. *rebuild* an old house 改建老房子. **2** 重建(生活, 財政等).

re·built [riˋbɪlt; ͵riːˋbɪlt] v. rebuild 的過去式、過去分詞.

re·buke [rɪˋbjuk, ˋbɪuk; rɪˋbjuːk] (文章) vt. 斥責, 責難, 《*for* 為了…》. The teacher sharply *rebuked* the student *for* not doing his homework. 老師因為這個學生沒做功課而嚴厲訓斥他. 同rebuke 除了有「嚴厲斥責」過失, 品行不端等意義外, 並含有憤慨之意; → blame.
— n. ⓊC斥責, (公開的)譴責. administer [give] a *rebuke* 斥責, 予以指責.

re·bus [ˋribəs; ˋriːbəs] n. ⓒ謎語, 猜謎畫, (用畫, 符號, 文字等的組合表示詞, 語, 句子).

1. IOU (I owe you)
2. I'm2 BZ (I'm too busy)
3. I 8 t○🍎 (I ate that apple)
    [rebuses]

re·but [rɪˋbʌt; rɪˋbʌt] vt. (~s; ~ted; ~ting)反駁; 提出反證.

re·but·tal [rɪˋbʌtl; rɪˋbʌtl] n. Ⓤ反駁, 抗辯; 反證.

rec. (略) receipt (收據); recipe (食譜; 處方); record (記錄).

re·cal·ci·trance [rɪˋkælsɪtrəns; rɪˋkælsɪtrəns] n. Ⓤ(文章)反抗, 不服從; 執拗.

re·cal·ci·trant [rɪˋkælsɪtrənt; rɪˋkælsɪtrənt] adj. (文章)(對權威、習俗等)反抗的; 固執的.
— n. ⓒ反抗的人; 執拗的人(動物).

re·call [rɪˋkɔl; rɪˋkɔːl] vt. (~s [~z; ~z]; ~ed [~d; ~d]; ~ing)〖喚回〗 **1** (努力)回想 句型3 (recall doing/that 子句/wh 子句)回想起…, 回憶起…. *recall* bygone days 想起過去的日子/I cannot *recall* ever *meeting* him. 我想不起來我曾經見過他/He tried to *recall* who had been present there. 他努力回想那裡有誰在場/"Around here," he *recalled*, "there used to be a tall tree." 他回想過去說:「在這附近曾有一棵很高的樹.」 同recall 是指「特意要想起已忘記的事」之意; → remember.
2 使回想起…, 喚回…, 《*to*》. These flowers

recall my mother *to* me. 這些花讓我想起了母親.

3 叫回; 召回〔外交官等〕(*from* 從 …). The ambassador was *recalled from* Moscow. 那名大使從莫斯科被召回.

〖還原〗**4** 取消, 撤回, 〔約定, 決定, 命令等〕; 《美》罷免〔公職人員〕. He *recalled* his promise to pay within a month. 他取消一個月內付款的約定.

5 回收〔瑕疵商品等〕. The company is *recalling* all the products with the faulty switch. 那家公司正在回收所有開關有瑕疵的產品.

— [ˈriˌkɔl, rɪˈkɔl; rɪˈkɔ:l] *n.* (*pl.* ~s [~z; ~z])

1 ⓤ回想起來, 想起; 記憶力.

2 *a* ⓤ叫回; (大使等的)召回. the *recall* of our ambassador 我國大使的召回.

3 ⓤⓒ回收, 撤回; 《美》罷免〔泛指依據投票決定公職人員的免職(權)〕. a *recall* election 行使罷免權的投票.

past [*beyond*] *recáll* (1)無法挽回的. The painting was damaged *beyond recall* in the fire. 那幅畫在火災中受到了難以挽回的損壞.
(2)回想不起來的, 遺忘了的.

re·cant [rɪˈkænt; rɪˈkænt] *v.* 《文章》 *vt.* 宣布取消, 撤回, 〔自己的說法等〕; 表明放棄〔信仰等〕.
— *vi.* 表明撤回(自己的主張等).

re·can·ta·tion [ˌrikænˈteʃən, ˌriːkænˈteɪʃn] *n.* ⓤⓒ《文章》取消, 撤回; 放棄.

re·cap¹ [ˈriˌkæp; ˈriːkæp] 《美、口》 *vt.* (~s; ~ped; ~ping)使〔舊輪胎〕翻新.
— [ˈriˌkæp; ˈriːkæp] *n.* ⓒ再生輪胎.

re·cap² [ˈriˌkæp; ˈriːkæp] 《口》 *v.* (~s; ~ped; ~ping) =recapitulate.
— *n.* =recapitulation.

re·ca·pit·u·late [ˌrikəˈpɪtʃəˌlet; ˌriːkəˈpɪtjoleɪt] *vt.* 重述…的要點, 摘要.

re·ca·pit·u·la·tion [ˌrikəˌpɪtʃəˈleʃn; ˈriːkəˌpɪtjoˈleɪʃn] *n.* ⓤⓒ重述的要點, 概括, 摘要說明.

re·cap·ture [riˈkæptʃɚ; ˌriːˈkæptʃə(r)] *vt.*
1 取回, 奪回〔失去的東西〕.
2 再次體驗, (在心裡)重現〔過去等〕.

re·cast [riˈkæst; ˌriːˈkɑːst] *vt.* (~s; ~; ~ing)
1 重新鑄造. **2** 重寫, 修改, 〔文章等〕. **3** 重新安排〔戲劇等〕的角色.

recd (略) received.

re·cede [rɪˈsid; rɪˈsiːd] *vi.* **1** 後退, 退卻; 遠離. The tide is *receding*. 退潮了.

2 朝後傾斜; 後縮, 縮回. a *receding* chin 後縮的下顎.

3 撤回; 取消; 《from》. recede *from* one's opinion 收回意見.
⟡ *n.* recess, recession.

re·ceipt [rɪˈsit; rɪˈsiːt] (★注意發音) *n.* (*pl.* ~s [~s; ~s]) **1** ⓤ收受, 受領, 領取. Please acknowledge *receipt* of these goods. 收到這些商品後請告知.

2 ⓒ收據, 收條. sign a *receipt* 在收據上簽名/Write [Make] out a *receipt* for the sum. 開一張收到此筆金額的收據.

3 (receipts)領取額.
— *vt.* 在〔帳單等〕寫上「收訖」; 《主美》開…收據.

re·ceiv·a·ble [rɪˈsivəbl; rɪˈsiːvəbl] *adj.* **1** 可以領取的; 應該領取的.

2 《商業》有領取權的. a bill *receivable* 應收票據.

re·ceive [rɪˈsiv; rɪˈsiːv] *v.* (~s [~z; ~z]; ~d [~d; ~d]; -ceiv·ing) *vt.* 〖接受〗 **1** 接受, 領取, 《*from*》(⟷ send; → accept, get 回); 得到; 接著. *receive* a letter [telegram] 收到信[電報]/*Received* with thanks the sum of $500. 謹收到五百美元整(商用文書)/I *received* an invitation *from* him, but didn't accept it. 我收到了他的邀請函, 但我並未接受邀請.

2 受到(待遇, 忠告等)《*from*》. *receive* a doctor's degree 得到博士學位/He had *received* repeated warnings *from* the police. 他一再地遭警察警告/The bride was *receiving* congratulations *from* her friends. 這新娘受到朋友們的祝福.

3 受到, 遭受, 〔侮辱, 傷害等〕. *receive* an insult 受到侮辱/He *received* a serious injury in the accident. 他在這事故中受了重傷.

4 《球賽》打回〔對方發的球〕, 接球.

〖接納〗 **5** 容納; 接受. a pail to *receive* raindrops 收集雨水的桶子/The hotel is big enough to *receive* more than five hundred tourists. 這家旅館大得能夠容納五百位以上的觀光客.

6 《文章》迎接〔人〕; 歡迎, 接待. He was *received* with suspicion. 迎接他的是懷疑的眼光/The whole town *received* the President with flags. 全鎮的人揮動旗幟歡迎總統.

7 承認(…為真實); 斷定, 認為, 《as》. The new theory was well *received* in academic circles. 這個新的理論已為學術界普遍承認/We *receive* this statement as a threat. 我們認為這項聲明是一種恐嚇.

— *vi.* 《文章》 **1** 接受…的訪問. I don't *receive* on Sundays. 我不在星期天會客. **2** 《球賽》接球.

at [*on*] *the recéiving ènd of*… 《口》在…受責難[損害等]的一方; 成為…的攻擊目標.
⟡ *n.* receipt, reception, recipient.

〖字源〗 CEIVE「捕捉」: re*ceive*, con*ceive*(懷有想法), per*ceive*(體會), de*ceive*(欺騙).

re·ceived [rɪˈsivd; rɪˈsiːvd] *adj.* 《限定》《文章》普遍被承認的; 標準的.

Recéived Pronunciátion *n.* 標準發音《英式英語的標準發音; 略作 RP》.

re·ceiv·er [rɪˈsivɚ; rɪˈsiːvə(r)] *n.* (*pl.* ~s [~z; ~z]) ⓒ **1** 收受者(⟷ sender). Write the *receiver's* name here, please. 請把收受人的姓名寫在這裡.

2 電話聽筒; 《文章》電訊接收器; (⟷ sender). pick up [hang up] the telephone *receiver* 接電話[掛斷電話].

3 《球賽》接球員(⟷ server).

4 《法律》(破產案等的)產業管理人.

re·ceiv·ing [rɪ`sivɪŋ; rɪ'si:vɪŋ] v. receive 的現在分詞、動名詞.

re·céiv·ing sēt n. ⓒ (收音機, 電視的)接收器.

‡**re·cent** [`risnt; 'ri:snt] adj. **最近的**, 近來的. the author's *recent* work 那位作家的近作/Life sciences have made remarkable progress in *recent* years. 生命科學近年來有了顯著的進步. 📖 recent 是指距現在較近的這段時間而言, 尤其強調至今還存在的事物; recent, contemporary, modern 依序包含距現在更長的時間.

‡**re·cent·ly** [`risntlɪ; 'ri:sntlɪ] adv. **近來**, 最近, ([文法]通常和完成式、過去式一起出現; → lately 📖). *Recently* we visited Guam. 最近我們去關島遊覽/As *recently* as yesterday, I saw him playing baseball. 昨日我才剛看過他打棒球/What books have you read *recently*? 最近你讀了哪些書?/He has only *recently* returned from France. 他最近才剛從法國回來.

re·cep·ta·cle [rɪ`sɛptək, -tɪk; rɪ'septəkl] n. ⓒ **1** 《文章》容器; 貯藏所.
2 《美》(電的)插座, 插孔.

‡**re·cep·tion** [rɪ`sɛpʃən; rɪ'sepʃn] n. (*pl.* ~s [~z; ~z]) 【 **接收** 】 **1** ⓐ Ⓤ 接受, 受理. a calm *reception* of bad news 平靜地接受壞消息.
2 Ⓤ 《廣播》電訊接收; 接收狀態.
【 **接納** 】 **3** ⓒ 接待, 歡迎; 招待會. give a cold [warm] *reception* to a guest 冷淡的[熱情的]招待客人/a wedding *reception* 婚宴.
搭配 adj.+reception: a cool ~ (冷淡的招待), an emotional ~ (感人的招待), an enthusiastic ~ (熱烈的招待), a friendly ~ (友善的接待).
4 Ⓤ 入會, 允許入會; 《英》(公司等的)服務臺, (旅館的)櫃臺. I got my key at *reception*. 我在櫃臺拿到我的鑰匙.
5 Ⓤ (思想, 知識等的)接受, 承認. He is too prejudiced for the *reception* of new ideas. 他太偏頗而無法接受新思想.
6 ⓊⒸ (社會的)評價, 評判. meet with a favorable *reception* from the critics 博得批評家的好評. ⇔ receive.

re·cep·tion·ist [rɪ`sɛpʃənɪst; rɪ'sepʃənɪst] n. ⓒ (公司, 醫院, 旅館等的)接待員.

recéption rōom n. ⓒ 《主英》會客室(不動產業者的用語); 接待室.

re·cep·tive [rɪ`sɛptɪv; rɪ'septɪv] adj. (人, 心)易接受…的(*to, of*); 敏感的; 理解得快的. The Japanese are highly *receptive* to new ideas. 日本人對新思想的接受程度極高.

re·cep·tiv·i·ty [rɪ,sɛp`tɪvətɪ, ,risɛp`tɪv-; ,resep'tɪvətɪ] n. Ⓤ 感受力, 容納性; 理解力.

***re·cess** [rɪ`sɛs, `risɛs; rɪ'ses] n. (*pl.* ~es [~ɪz; ~ɪz]) 【凹陷的地方】 **1** ⓒ 《文章》(通常 recess*es*) 幽深處; (內心)深處. the deep *recesses* of a jungle 叢林深處.
2 ⓒ 《建築》壁龕(牆壁凹陷的部分).
【 **休憩的時間** 】 **3** ⓊⒸ 休息(時間); (議會等的)

---

recital 1277

休會; Ⓤ 《主美》(學校的)休假(holidays). Let's take a ten-minute *recess*. 我們休息十分鐘吧!/play cards *at recess* 在休息時間玩牌/Congress will be *in recess* until next week. 議會休會到下週.
— vt. **1** 使…部分凹陷; 使…放在凹陷處.
2 《主美》使休息[休會, 停課].
— vi. 《主美》休息; 休會; 下課.

re·ces·sion [rɪ`sɛʃən; rɪ'seʃn] n. **1** Ⓤ 後退; 退場. **2** ⓒ 《經濟》蕭條萎縮(常用來委婉地表示不景氣(depression)). The economy has entered [gone into] a *recession*. 經濟進入了蕭條期.

re·ces·sion·al [rɪ`sɛʃənl; rɪ'seʃənl] n. ⓒ 退場時所唱的讚美歌(亦作 recéssional hýmn; 牧師與唱詩班退場時所唱).

re·ces·sive [rɪ`sɛsɪv; rɪ'sesɪv] adj. **1** 後退的; 易退縮的. **2** 《生物》(遺傳特徵)隱性的(⇔ dominant).

re·charge [ri`tʃɑrdʒ; ,ri:'tʃɑ:dʒ] vt. 將(電池)再充電. [犯.

re·cid·i·vist [rɪ`sɪdɪvɪst; rɪ'sɪdɪvɪst] n. ⓒ 慣

***rec·i·pe** [`rɛsəpɪ, -pɪ; 'resɪpɪ] (★注意發音) n. (*pl.* ~s [~z; ~z]) ⓒ **1** (菜肴的)烹飪法, 做法; (藥的)處方. Tell me the *recipe* for this dish. 告訴我這道菜的做法.
2 祕訣, 祕方, (*for*). Do you know his *recipe for* success in business? 你知道他事業成功的祕訣嗎?

re·cip·i·ent [rɪ`sɪpɪənt; rɪ'sɪpɪənt] n. ⓒ 《文章》收受人, 領受者, (*of*). a *recipient of* the Nobel peace prize 諾貝爾和平獎得主.

re·cip·ro·cal [rɪ`sɪprək; rɪ'sɪprəkl] adj. 相互的; 回禮的; 互惠的. This will enhance our *reciprocal* understanding. 這將增進我們相互間的瞭解.
— n. ⓒ 《數學》倒數.

re·cip·ro·cal·ly [rɪ`sɪprək; rɪ'sɪprəkəlɪ] adv. 相互地; 互惠地.

re·cip·ro·cate [rɪ`sɪprə,ket; rɪ'sɪprəkeɪt] vt. **1** 《文章》(用相同的東西)報答(對方), 答謝. His affection for Susie was not *reciprocated*. 他對蘇西的愛沒有得到回報. **2** 使(機器)來回移動.
— vi. **1** 《文章》報答, 回應, 答謝.
2 《機械》來回移動.

re·cip·ro·ca·tion [rɪ,sɪprə`keʃən; rɪ,sɪprə'keɪʃn] n. Ⓤ 《文章》報答; (機械)來回移動.

rec·i·proc·i·ty [,rɛsə`prɑsətɪ, ,resɪ'prɒsətɪ] n. Ⓤ 《文章》相互關係, 相互作用; (國家之間的)互惠主義[通商].

***re·cit·al** [rɪ`saɪt; rɪ'saɪtl] n. (*pl.* ~s [~z; ~z]) ⓒ **1** (在公開的集會場所的)詩歌朗誦, 吟唱.
2 獨奏會, 演唱會, (個人[有時為小團體]所進行的音樂[舞蹈]發表會). give a vocal *recital* 舉行獨唱會.
3 (原原本本的)詳述. The *recital* of her misfor-

R

tunes seemed endless. 她的不幸遭遇似乎說也說不完. ⇨ *v.* recite.

rec·i·ta·tion [ˌrɛsəˈteʃən; ˌresiˈteɪʃn] *n.*
1 UC 背誦; (在公開的集會場所的)朗誦, 吟唱; C 背誦的文章(摘錄自名作等). give a *recitation* of poetry 舉行詩歌朗誦會.
2 UC (美)口頭答問(學生以口頭回答的方式答覆老師所提出的有關課業上的問題).
3 U 詳述. ⇨ *v.* recite.

rec·i·ta·tive [ˌrɛsətəˈtiv; ˌresitəˈtiːv] *n.* (音樂) U 宣敘(調), 敘唱調, (像說故事般的唱法); C 宣敘調的部分.

***re·cite** [rɪˈsaɪt; rɪˈsaɪt] *v.* (~s [~s; ~s]; -cit·ed [~ɪd; ~ɪd]; -cit·ing) *vt.* 〖一模一樣地覆誦〗**1** 背誦; (當眾)吟唱. Mary *recited* the poem from memory. 瑪莉背誦了那首詩歌.
2 詳細講述; 列舉. *recite* one's love affairs 詳細講述其戀愛故事/Can you *recite* the names of all the Books of the Old Testament? 你能列舉出舊約聖經中全部的卷[篇]名嗎?
— *vi.* **1** 背誦. **2** (美)(在教室)進行口頭答問(→ recitation 2). ⇨ *n.* recital, recitation.

***reck·less** [ˈrɛklɪs; ˈreklɪs] *adj.* **1** 魯莽的, 不考慮後果的. a *reckless* young man 魯莽的年輕人/be arrested for *reckless* driving 因開車莽撞而被捕/It was *reckless* of him to go climbing without a guide. 他沒有嚮導就去登山真是輕率.
2 (文章)不在乎的, 不介意的, (*of*). be *reckless* of danger 毫不在乎危險.

reck·less·ly [ˈrɛklɪslɪ; ˈreklɪslɪ] *adv.* 魯莽地, 輕率地. He *recklessly* ignored his father's warning. 他魯莽地無視於他父親的警告.

reck·less·ness [ˈrɛklɪsnɪs; ˈreklɪsnɪs] *n.* U 魯莽, 輕率.

***reck·on** [ˈrɛkən; ˈrekən] *v.* (~s [~z; ~z]; ~ed [~d; ~d]; ~·ing) *vt.* 〖計算〗**1** 數, 計算. *reckon* the cost of the trip 計算旅行的費用/The children are *reckoning* the days to Christmas. 小孩子們正在算還有幾天就是聖誕節了.
〖計算在內>考慮〗**2** (a)算入…之中, 將…算進來, (*among*). I *reckon* him *among* my supporters. 我將他視為我的支持者之一.
(b) 句型5 (reckon **A** B/**A** *to be* **B**)、句型3 (reckon **A** *as* **B**)把 **A** 看做[視為]B. I *reckon* him *as* an honest man. 我認為他是個誠實的人/He's *reckoned* (*to be*) one of the greatest novelists of the day. 他被視為當代最偉大的小說家之一.
3 (口) 句型3 (reckon *that* 子句)想…(★常加 I reckon 於句尾). I *reckon* (*that*) he'll come soon. = He'll come soon, I *reckon*. 我想他很快就會來.
— *vi.* 數, 計算, 結算.
rèckon/.../ín (文章)把…估計在內. Don't forget to *reckon in* tips. 別忘了把小費也計算在內.
réckon on [upon]... 將…計算在內; 預期…; 指

望, 依賴. You can always *reckon on* me (to help you). 你隨時都可以仰賴我(來幫助你).
réckon with... (1)對…進行清算; 和…結算. (2)(作為威脅等)認真對付…(通常用被動語態). He was always a man to be *reckoned with*. 他一直是個不可忽視的人物.
réckon without... 沒有將…列入考慮. We expected the garden party to go off well, but had *reckoned without* the bad weather. 我們預期園遊會會順利進行, 但卻沒有料到天氣會變壞.

reck·on·er [ˈrɛkənɚ; ˈreknə(r)] *n.* C **1** 計算者. **2** =ready reckoner.

reck·on·ing [ˈrɛkənɪŋ, -knɪŋ; ˈreknɪŋ] *n.* U 計算, 結算, 清算; C (古)(旅館等的)帳單.
the dáy of réckoning 「總決算之日」(在上帝面前對生前的所做所為作結算的「最後審判日」等).

re·claim [rɪˈklem; rɪˈkleɪm] *vt.* **1** 要求歸還; 取回. **2** 將(廢物)再生利用. **3** 開墾(沼澤地); 填築(海岸等). **4** (文章)使(犯有前科者等)改邪歸正, 使改過向善. *reclaim* juvenile delinquents 感化少年罪犯.

rec·la·ma·tion [ˌrɛkləˈmeʃən; ˌrekləˈmeɪʃn] *n.* U **1** (廢物的)再生利用. **2** 開墾; 填地.
3 改正; 教化.

***re·cline** [rɪˈklaɪn; rɪˈklaɪn] *v.* (~s [~z; ~z]; ~d [~d; ~d]; -clin·ing) *vi.* 倚靠, 憑靠, 躺; (*on*, *upon*, *against*). *recline* against a tree 靠著一棵樹/*recline on* a sofa 躺在沙發上/a *reclining* chair 躺椅(椅背可向後拉成傾斜).
— *vt.* 使(身體等)斜靠; 使橫臥; (*on*, *upon*). She *reclined* her head *on* her mother's shoulder. 她把頭倚在媽媽肩上.
〖字源〗 CLINE「傾斜」: re*cline*, de*cline*(傾斜), in*cline*(傾斜).

rec·luse [ˈrɛklus, -lɪus, rɪˈklus, -ˈklɪus; rɪˈkluːs] *n.* C 隱士.

rec·og·nise [ˈrɛkəɡˌnaɪz, -ɪɡ-; ˈrekəɡnaɪz] *v.* (英)=recognize.

***rec·og·ni·tion** [ˌrɛkəɡˈnɪʃən; ˌrekəɡˈnɪʃn] *n.* **1** U (把某人[物])認出, 識別, 看穿, 識破. escape *recognition* 不被識破真相/She gave me a smile of *recognition*. 她認出我並對我微笑.
2 a U 承認, 認可. She fought for a complete *recognition* of women's rights. 她為使女權獲得完全的認同而奮鬥.
3 a U (對人, 功績等的)評價; 表彰, 感謝. The man cared nothing for *recognition*. 他毫不介意世人的評價.
〖搭配〗 *adj.*+recognition (2-3): welcome ~ (好評), wide ~ (廣泛的認同) // *v.*+recognition: deserve ~ (值得表彰), gain ~ (獲得認同), grant ~ (認同評價).
beyond [out of] recognítion 分辨不出, 認不出來; 幾致誤認. She had changed *beyond recognition*. 她已變得幾乎讓人認不出來了.
in recognítion of... (文章)承認…; 作為…的獎勵. This prize is *in recognition of* your efforts.

這個獎是對你努力的獎勵.

rec·og·niz·a·ble [ˈrɛkəg͵naɪzəbl; ˈrekəgnaɪzəbl] *adj.* 認得出來的; 可辨別的; 可一眼認出的; 可承認的. His writing is easily *recognizable* by its style. 他寫的東西可輕易從風格來辨認.

rec·og·niz·a·bly [ˈrɛkəg͵naɪzəblɪ; ˈrekəgnaɪzəblɪ] *adv.* 可識別地; 可辨別地.

‡**rec·og·nize** [ˈrɛkəg͵naɪz, -ɪg-; ˈrekəgnaɪz] (★注意重音位置) *vt.* (**-niz·es** [~ɪz; ~ɪz]; **~d** [~d; ~d]; **-niz·ing**) 【 辨別 】 **1** 知道(是誰), 認得(是甚麼); 認識; 想起; 認出(*as*). I *recognized* Jane at once by the hat she had on. 我由她戴的帽子上就認出她是珍/Do you *recognize* this handwriting? 你記得這筆跡嗎?/I *recognized* the voice *as* Tom's. 我認出那是湯姆的聲音. 【 辨別>承認 】 **2** (a)承認; 句型3 (recognize *that* 子句)承認…事. He wouldn't *recognize* his mistakes [*that* he was mistaken]. 他不承認他的錯誤[他錯了]/refuse to *recognize* the new regime 拒絕承認新政權. (b), 句型5 (recognize A *to be* B)、句型3 (recognize A *as* B)承認 A 是 B. Dr. Smith is widely *recognized to be* an authority on nuclear physics. 史密斯博士被公認為核子物理學的權威/Henry was *recognized as* the only lawful heir. 亨利被承認為唯一的合法繼承人. **3** 承認〔功勞等〕, 評價, 表彰〔人〕. The company *recognized* Fred's particular services by raising his salary. 公司以加薪來獎勵弗瑞德的特殊貢獻. **4** (美)(在議會)批准[准許]…發言. The chairperson *recognized* the committeeman. 議長准許那位委員發言. ⇨ *n.* **recognition**.

rec·og·niz·ing [ˈrɛkəg͵naɪzɪŋ, -ɪg-; ˈrekəgnaɪzɪŋ] *v.* recognize 的現在分詞、動名詞.

re·coil [rɪˈkɔɪl; rɪˈkɔɪl] *vi.* **1** 彈回; (槍等)產生後座力. **2** (因恐懼而)縮, 畏怯, (感覺嫌惡而)閃開, 退卻, (*from* 對…). She *recoiled* in horror *at* the sight. 她看到那情景嚇得退卻不前. **3** (文章)(惡行的後果)報應(*on, upon* 〔做壞事的人〕).
—— [ˈrɪkɔɪl; ˈriːkɔɪl] *n.* ᵁ **1** 彈回; (槍的)後座力. **2** 後退; 畏縮.

*∗**rec·ol·lect** [͵rɛkəˈlɛkt; ͵rekəˈlekt] *v.* (**~s** [~s; ~s]; **~ed** [~ɪd; ~ɪd]; **~ing**) *vt.* 想起, 憶起. 句型3 (recollect do*ing*/*that* 子句/*wh* 子句、片語)想起做過…/想起…. I can't *recollect* his telephone number. 我想不起他的電話號碼/I *recollect* meeting him somewhere before. = I *recollect that* I met him somewhere before. 我想起以前曾在哪裡見過他/Ben didn't *recollect where* he had left his umbrella. 班想不起來他把雨傘忘在甚麼地方了. 圄 recollect 為正式的用語, 意為「花時間把事情一件一件地想起來」. ⇨ remember.
—— *vi.* 想起, 憶起. As far as I *recollect*, he died at the age of seventy-nine. 就我所記得的, 他是在七十九歲那年去世的.

∗**rec·ol·lec·tion** [͵rɛkəˈlɛkʃən; ͵rekəˈlekʃn] *n.*

(*pl.* **~s** [~z; ~z]) **1** ᵁ 想起, 憶起; 回想; 記憶(力). He had a sudden *recollection* of his father's words. 他突然想起了父親的話/The accident is still vivid in my *recollection*. 那起事故還清清楚楚地留在我的記憶中. 同 recollection 尤其指苦苦思索地回想; ⇨ memory.
2 ᶜ (常 recollections)回憶, 追憶. The trip to the ancient city remains among her happy *recollections*. 那次的古城之旅留在她的快樂回憶中.

to the best of my recollection ⇨ best 的片語.

‡**rec·om·mend** [͵rɛkəˈmɛnd; ͵rekəˈmend] *vt.* (**~s** [~z; ~z]; **~ed** [~ɪd; ~ɪd]; **~ing**) 【 建議 】 **1** 推薦, 薦舉, (*for* 擔任…; *as* 為…); 稱讚; 句型4 (recommend A B), 句型3 (recommend B to A)向 A 推薦[薦舉, 建議]B, (★句型4為(英)). The waiter *recommended* me this dish. 服務生推薦我這道菜/Could you *recommend* some good French dictionary *to* us? 你可以推薦我們一些好的法文辭典嗎?/My uncle *recommended* me *for* the new post. 我叔叔推薦我擔任新的職位/I can *recommend* her *as* a secretary. 我可以推薦她當祕書.
2 句型3 (recommend *that* 子句/do*ing*)勸告, 勸告去做…; (英)句型5 (recommend A *to* do)勸告[忠告]A 做…. I *recommend that* you (should) give up smoking. = I *recommend* you *to* give up smoking. 我勸你戒菸/My teacher *recommended* (my) *reading* the classics. 我的老師建議我閱讀古典文學.
圄 recommend (1-2) + *adv.*: ~ confidently (大膽地推薦), ~ eagerly (熱切地推薦), ~ earnestly (誠摯地推薦), ~ strongly (強力地推薦).
【 推薦>使喜歡 】 **3** (性質, 狀態等)使…討人歡心, 使…有魅力, 使…受歡迎, (*to*). Her sweet smile *recommends* her *to* everyone. 她甜美的微笑使每個人都喜歡她.

‡**rec·om·men·da·tion** [͵rɛkəmɛnˈdeʃən; ͵rekəmenˈdeɪʃn] *n.* (*pl.* **~s** [~z; ~z]) **1** ᵁ 推薦, 推舉, 薦舉; ᶜ 推薦函. a letter of *recommendation* 推薦函/speak in *recommendation* of a person 稱讚某人/He wrote a *recommendation* for me. 他為我寫了一封推薦函.
2 ᵁᶜ 忠告, 勸告, 規勸(的方法). On the *recommendation* of his doctor he and his family moved to Arizona. 在醫生的勸告下, 他與家人搬到了亞利桑那州/The Government implemented [carried out] the *recommendations* of the committee. 政府採行了委員會的建議.
3 ᶜ 長處, 優點. Honesty is a *recommendation* in him. 誠實是他的一項優點.
⇨ *v.* **recommend**.

rec·om·pense [ˈrɛkəm͵pɛns; ˈrekəmpens] *vt.* **1** (文章)報答〔人, 行為〕, 回報. The state

recompensed the retiring statesman for his years of service. 國家回報了這位即將退休的政治家多年來的貢獻.
2 補償, 賠償, 〔人〕(*for*); 補償(*to*). The insurance company will *recompense* his loss *to* him. = The insurance company will *recompense* him *for* his loss. 保險公司會賠償他的損失.
— *n.* [U][C](文章) **1** 報酬, 回禮; 報答, 回報, (*for* 針對…). He was publicly honored in *recompense for* his sacrifice. 他受到公開表揚以報答他的犧牲. **2** 抵償, 補償, 賠償, (*for* 針對…).

rec·on·cil·a·ble [ˋrɛkən͵saɪləbl; 'rekənsaɪləbl] *adj.* **1** 可和解[調停]的.
2 可協調的, 不相矛盾的.

*rec·on·cile [ˋrɛkən͵saɪl; 'rekənsaɪl] *vt.* (~s [~z; ~z]; ~d [~d; ~d]; -cil·ing) **1** 使和解, 使和好, (*with*). The two families were *reconciled* after a long estrangement. 兩家在長期的疏遠之後和好了/John and Mary kissed and were *reconciled with* each other. 約翰和瑪莉親吻, 兩人重修舊好.
2 調解[糾紛等]. *reconcile* an international dispute 調停國際紛爭.
3 使協調, 使一致, (*to, with*). How can you *reconcile* this behavior *with* your beliefs? 你要如何讓你的舉止和信仰一致?
be réconciled to... = réconcile one*sèlf to...* 安於…, 滿足於…; 理解…. She could not *reconcile herself to* living in the country. 她無法安於鄉村生活.

*rec·on·cil·i·a·tion [͵rɛkən͵saɪlɪˋeʃn; ͵rekənsɪlɪ'eɪʃn] *n.* **1** [a][U] 和解, 調停. bring about a *reconciliation* between the two 使兩人言歸於好.
2 [a][U] 協調, 一致. the *reconciliation* of one's sayings with one's deeds 言行一致.
3 [U] 服從, 甘心忍受. ⇨ *v.* **reconcile**.

rec·on·dite [ˋrɛkən͵daɪt, rɪˋkɑndaɪt; 'rekəndaɪt] *adj.* (文章)[問題, 作品等]難解的; [知識, 學問]深奧的, 難以接近的.

re·con·di·tion [͵rikənˋdɪʃən; ͵rɪkən'dɪʃn] *vt.* 整修[引擎等].

re·con·firm [͵rikənˋfɝm; ͵rɪkən'fɜːm] *vt.* 再確認[預約等]. I want to *reconfirm* my reservation. 我想要再次確認我的預約.

re·con·fir·ma·tion [͵rikɑnfɚˋmeʃən; rɪ͵kɒnfɜ'meɪʃn] *n.* [U] (預約等的)再確認.

re·con·nais·sance [rɪˋkɑnəsəns; rɪ'kɒnɪsəns] *n.* [U][C] 搜索; 勘察; (特指軍隊的)偵察.

re·con·noi·ter (美), **re·con·noi·tre** (英) [͵rikəˋnɔɪtɚ, ͵rɛkə-; ͵rekə'nɔɪtə(r)] *vt.* 偵察; 勘察[土地].
— *vi.* 偵察; 勘察.

re·con·sid·er [͵rikənˋsɪdɚ; ͵rɪkən'sɪdə(r)] *vt.* 重新考慮, 再斟酌…(以改變決定); 覆議. He

reconsidered his decision to resign. 他重新考慮了辭職的決定.
— *vi.* 重新考慮; 再斟酌; 覆議.

re·con·sid·er·a·tion [͵rikən͵sɪdəˋreʃən; 'ri:kən͵sɪdə'reɪʃn] *n.* [U] 再考慮; 再審議.

re·con·sti·tute [riˋkɑnstə͵tjut, -͵tɪut, -͵tut, ͵ri:ˋkɒnstɪtju:t] *vt.* 再構成; 加水使[脫水的乾燥食品]復原; (通常用被動語態).

*re·con·struct [͵rikənˋstrʌkt; ͵ri:kən'strʌkt] *vt.* (~s [~s; ~s]; ~ed [~ɪd; ~ɪd]; ~ing) **1** 重建, 再建; 復興. Our bank helped them *reconstruct* their business after their bankruptcy. 我們的銀行幫助他們在破產後重建企業.
2 (從史料, 遺物等)使…復原, 使…再現. The relics helped us to *reconstruct* the past. 遺跡有助於我們使過去重現.

*re·con·struc·tion [͵rikənˋstrʌkʃən; ͵ri:kən'strʌkʃn] *n.* (*pl.* ~s [~z; ~z]) [U] 再建; 復興; 復原; [C] 再建[復原]之物. economic *reconstruction* 經濟的重建/The *reconstruction* is better than the original. 重建的建築物比原來的更好.

*rec·ord[1] [ˋrɛkɚd; 'rekɔːd] (★ 與 *v.* record[2] 的重音位置不同) *n.* (*pl.* ~s [~z; ~z]) 【記錄】 **1** [U][C] 記錄; 註冊, 登記. a matter of *record* 有案可查的事/an official *record* 正式記錄/The *records* of our discussions are kept by the secretary. 我們的討論記錄由祕書保管.
┃[搭配] *adj.*+record: an accurate ~ (正確的記錄), a detailed ~ (詳細的記錄) // *v.*+record: have a ~ (保存記錄), make a ~ (做記錄).
【被記錄的事情】 **2** [C] 檔案, 舊文件; 遺物.
3 [C] 履歷, 經歷; 成績. one's family *record* 家譜/a criminal *record* 前科/Frank's *record* was against him when he tried to get a job. 法蘭克的履歷對他找工作不利/The boy has a good school *record*. 那個男孩學業成績好.
4 [C] 最高記錄, 比賽的記錄. establish [set] a *record* 創記錄/hold the world *record* 保持世界記錄/He broke the world *record* for the high jump. 他打破了跳高的世界記錄.
【記錄的工具】 **5** [C] 唱片. play [put on] a *record* 放唱片.
6 (形容詞性)(a)創記錄的, 空前的. a *record* crop of wheat 小麥的空前大豐收/We scaled the cliff in *record* time. 我們在創記錄的(短)時間內攀登懸崖/The stock prices reached a *record* high. 股票行情創下空前的新高.
(b)唱片的, 透過唱片的. *record* music 唱片音樂/a *record* library 唱片交換中心.
for the récord 為了把事實留在記錄裡; 明確的說. Just *for the record*, I totally disagree with this decision. 明確的說, 我反對這項決定.
gò on récord 正式講明, 公開地說, (*as doing*) (→ on record (2)). I'm willing to *go on record as opposing* nuclear tests. 我很樂意公開表明我反對核子試驗.
* *off the récord* (口)非正式的[地], 非公開的[地], 不作記錄的[地]. This is *off the record*. 這

是非正式的(談話)/The statesman made a few remarks *off the record*. 那位政治家私底下發表了若干意見.

* **on récord** (1)被記錄(的); 未曾有過的. This is the hottest summer *on record*. 今年夏天是有記錄以來最熱的一個夏天. (2)正式講明的, 公開的, ((as doing)). The mayor is *on record* as supporting the welfare plan. 市長公開支持那個福利計畫.

‡**re·cord**² [rɪˈkɔrd; rɪˈkɔːd] (★ 與 *n*. record¹ 的重音位置不同) *vt*. **1** 記錄; 註冊, 登記; 句型3 (record *that* 子句/*wh* 子句)記錄. She *recorded* the pupils' grades. 她登記了學生的分數/The transfer of ownership is *recorded* in the registry office. 所有權轉移記錄登記在登記處.

2 將⋯灌成唱片; 將⋯錄音[錄影]. *record* a speech on tape 將演講收錄在錄音帶裡/*record* a TV program on video 將電視節目錄在錄影帶中.

3 〔計量儀器等〕顯示. The dial *records* the distance covered. 這儀表可顯示已行動的距離/The clock *recorded* the time as eight thirty-two. 時鐘顯示的時間爲八點三十二分.

rec·ord-break·ing [ˈrɛkəd͵brekɪŋ; ˈrekɔːdbreɪkɪŋ] *adj*. 破記錄的, 空前的.

recôrded delívery *n*. ((英))=certified mail.

re·cord·er [rɪˈkɔrdə; rɪˈkɔːdə(r)] *n*. © **1** 記錄者, 記錄人. **2** 記錄器. a video tape *recorder* (→ 見 video tape recorder). **3** (音樂) 豎笛(一種直笛; → woodwind 圖).

re·cord·ing [rɪˈkɔrdɪŋ; rɪˈkɔːdɪŋ] *n*. **1** UC 錄音; 錄影; © 錄音[錄影]用之物(唱片, 錄音[錄影]帶等). make a *recording* of music on tape 將音樂灌錄在卡帶上.

2 (形容詞性)記錄用的, 錄音的. a *recording* studio 錄音室.

* **récord plàyer** *n*. © 唱機.

re·count [rɪˈkaʊnt; ͵riːˈkaʊnt] *vt*. ((文章))詳敍; 列舉.

re·count [͵riˈkaʊnt; riːˈkaʊnt] *vt*. 重數.
— [ˈri͵kaʊnt, riˈkaʊnt; ˈriːkaʊnt] *n*. © (票數等的)重計.

re·coup [rɪˈkup; rɪˈkuːp] *vt*. 〔文章〕賠償; 對〔人〕彌補[補償]((for)).

re·course [ˈrikors, rɪˈkors, -ɔrs; rɪˈkɔːs] *n*. 〔文章〕 **1** U 依靠((to)). *Recourse* to the original text reveals many things. 參照原著可以瞭解許多事情. **2** © 可靠的人[物].

hàve récourse to... 求助於⋯; 用⋯(作爲手段). They *had* no other *recourse* but to arms. 他們除了訴諸武力沒有其他辦法.

‡**re·cov·er** [rɪˈkʌvə; rɪˈkʌvə(r)] *v*. (~s [~z; ~z]; ~ed [~d; ~d]; -cov·er·ing [-ˈkʌvərɪŋ; -ˈkʌvərɪŋ]) *vt*. **1** 取回[失去的東西等], 收回. He *recovered* his stolen wallet. 他追回了被偷的錢包/*recover* the lost ground 收復失地.

2 恢復, 回復, 〔健康等〕. *recover* one's sight 恢復視力/*recover* one's courage 恢復勇氣/*recover*

one's feet [legs](跌倒了)爬起來/He soon *recovered* his composure. 他很快就恢復鎮靜.

3 彌補[損失等], 取得[損害賠償]. *recover* lost time 挽回失去的時間.

— *vi*. 恢復, 康復, ((from)); 復原. The patient will *recover* soon. 病人不久就會康復/Barnes didn't *recover from* his fright for days afterwards. 巴恩斯數日後並未從恐懼中恢復過來.

recóver onesèlf (1)康復. (2)恢復冷靜; 清醒過來. (3)重新站穩.

re·cov·er [͵riˈkʌvə; ͵riːˈkʌvə(r)] *vt*. 將⋯重新覆蓋; 替(沙發等)套上新的套子.

re·cov·er·a·ble [rɪˈkʌvərəbl; rɪˈkʌvərəbl] *adj*. 可收回的; 能恢復的.

* **re·cov·er·y** [rɪˈkʌvərɪ, ˈkʌvrɪ; rɪˈkʌvərɪ] *n*. **1** U 取回, 收回; 復原. the *recovery* of contaminated food 受污染食品的回收/The damage is past *recovery*. 損失無法挽回.

2 *a* U 康復((from 從⋯)); 恢復意識[平靜等]; (情緒的)恢復. I wish you a speedy *recovery*. 我祝你早日康復/He made a quick *recovery from* the shock. 他從震驚之中迅速地恢復過來.

rec·re·ant [ˈrɛkrɪənt; ˈrekrɪənt] ((雅)) *adj*. 怯懦的; 卑鄙的. — *n*. © 懦夫; 卑鄙的人.

rec·re·ate [ˈrɛkrɪ͵et; ˈrekrɪeɪt] *vt*. 使恢復精神; 使得以消遣, ((with)). — *vi*. 休養; 消遣. *récreate onesèlf* 消遣.

re·cre·ate [͵rikrɪˈet; ͵riːkrɪˈeɪt] *vt*. 再創造; 改造; 使再現.

‡**rec·re·a·tion** [͵rɛkrɪˈeʃən; ͵rekrɪˈeɪʃn] *n*. (*pl*. ~s [~z; ~z]) UC 娛樂, 興趣, 休閒, 消遣; 休養. walk in the country for *recreation* 以在鄉間散步作爲消遣/Fishing is one of my *recreations*. 垂釣是我的娛樂之一.

re·cre·a·tion [͵rikrɪˈeʃən; ͵riːkrɪˈeɪʃn] *n*. U 改造; © 被改造之物.

rec·re·a·tion·al [͵rɛkrɪˈeʃənl; ͵rekrɪˈeɪʃənl] *adj*. 休養的; 消遣的, 娛樂的, 休閒的.

recreátion gròund *n*. © ((英))(公共)運動場(在公園等內部).

recreátion ròom *n*. © ((美))娛樂室.

re·crim·i·nate [rɪˈkrɪmə͵net; rɪˈkrɪmɪneɪt] *vi*. ((文章))反責, 還嘴((against)).

re·crim·i·na·tion [rɪ͵krɪməˈneʃən; rɪ͵krɪmɪˈneɪʃn] *n*. UC ((文章))相互指責, 相互攻訐, 反脣相譏.

re·cru·des·cence [͵rikruˈdɛsns; ͵riːkruːˈdesns] *n*. *a* U ((文章))(不愉快事物的)再發生, 再出現.

re·cruit [rɪˈkrut, ˈkrɪut; rɪˈkruːt] *n*. © **1** 新兵. **2** 新會員, 新生, ((to)); 新人, 公司新職員; 新加入者; 初學者. Jones addressed the new *recruits* to the club. 瓊斯對俱樂部的新會員們進行演講.

— *vt*. **1** 爲⋯錄用新兵[新人, 新會員], 招募[新

兵, 新人, 新會員). The golf club *recruited a few* new members. 那家高爾夫球俱樂部招收了一些新會員. **2** 吸收新人以加強〔軍隊, 公司, 團體〕. — *vi.* **1** 招募新兵〔新人, 新會員〕. **2** 軍隊〔公司等〕吸收新人, 補充.

re·cruit·ment [rɪˋkrutmənt, -ˋkrɪut-; rɪˋkruːtmənt] *n.* ⓤ 新兵〔新人, 新會員〕的召集; 軍隊〔公司, 團體等〕的吸收新成員.

rec·ta [ˋrɛktə; ˋrektə] *n.* rectum 的複數.

rec·tal [ˋrɛktḷ; ˋrektəl] *adj.* 《解剖》直腸(rectum)的.

*****rec·tan·gle** [ˋrɛktæŋgḷ; ˋrek͵tæŋgl] *n.* (*pl.* -s [~z; ~z]) ⓒ《數學》長方形; 矩形.

rec·tan·gu·lar [rɛkˋtæŋgjələ; rekˋtæŋgjʊlə(r)] *adj.* 長方形的; 矩形的; 直角的.

rec·ti·fi·ca·tion [͵rɛktəfəˋkeʃən, ͵rektɪfɪˋkeɪʃn] *n.* ⓤ **1** 改正, 矯正. **2** 《電》整流.

rec·ti·fi·er [ˋrɛktə͵faɪɚ; ˋrektɪfaɪə(r)] *n.* ⓒ **1** 改正〔矯正〕者. **2** 《電》整流器.

rec·ti·fy [ˋrɛktə͵faɪ; ˋrektɪfaɪ] *vt.* (-fies; -fied; ~ing) **1** 糾正, 矯正; 調整. The situation is too bad to be *rectified*. 情況壞得無法改正. **2** 《電》整流(把交流改變成直流).

rec·ti·lin·e·ar [͵rɛktəˋlɪnɪɚ; ͵rektɪˋlɪnɪə(r)] *adj.* 《數學》直線的; 呈直線移動的; 由直線構成〔圍起〕的.

rec·ti·tude [ˋrɛktə͵tjud, -͵tɪud, -͵tud; ˋrektɪtjuːd] *n.* ⓤ《文章》正直, 耿直, 清廉.

rec·tor [ˋrɛktɚ; ˋrektə(r)] *n.* ⓒ《天主教》(修道院, 學院等的)院長; 《英國國教, 美國聖公會》教區牧師(→ vicar).

rec·to·ry [ˋrɛktərɪ, -trɪ; ˋrektərɪ] *n.* (*pl.* -ries) ⓒ rector 的宅邸, 牧師住所.

rec·tum [ˋrɛktəm; ˋrektəm] *n.* (*pl.* ~s, -ta) ⓒ《解剖》直腸.

re·cum·bent [rɪˋkʌmbənt; rɪˋkʌmbənt] *adj.* 《文章》〔人, 姿勢〕斜倚的, 橫臥的.

re·cu·per·ate [rɪˋkjupə͵ret, -ˋkɪu-, -ˋku-; rɪˋkuːpəreɪt] *v.* 《文章》 *vi.* 康復; 恢復精神. — *vt.* **1** 恢復〔健康等〕; 使〔人〕打起精神; 使回復健康. **2** 挽回〔損失等〕.

re·cu·per·a·tion [rɪ͵kjupəˋreʃən, -͵kɪu-, -͵ku-; rɪ͵kuːpəˋreɪʃn] *n.* ⓤ《文章》(疾病, 疲勞等的)恢復; (損失等的)挽回.

re·cu·per·a·tive [rɪˋkjupə͵retɪv; rɪˋkuːpərətɪv] *adj.* 《文章》使〔人〕恢復的; 具有恢復力的.

re·cur [rɪˋkɝ; rɪˋkɜː(r)] *vi.* (~s; ~red; ~ring) **1** 〔談話, 想法等〕重回, 返回, (*to*). **2** 〔想法, 記憶等〕再浮現, 被…想起來, (*to*). Old familiar faces *recur* to my mind every now and then. 昔日熟悉的面容時而浮現在我的心頭. **3** 〔事件, 疾病等〕(週期性地)重複, 再發生. Unless you take this medicine, the disease will *recur*. 除非你服用此藥, 否則會再發病.

〖字源〗CUR「跑」: re*cur*, in*cur* (蒙受), *cur*rent (水流), ex*cur*sion (遠足).

re·cur·rence [rɪˋkɝəns; rɪˋkʌrəns] *n.* ⓤⓒ **1** 再浮現(從前的事等); 回想. **2** 再發生, 反覆. the frequent *recurrence* of earthquakes 地震的經常發生. **3** 重回, 返回.

re·cur·rent [rɪˋkɝənt; rɪˋkʌrənt] *adj.* 〔事件等〕再次發生的, 重複的; 週期性地重複的.

re·cy·cle [riˋsaɪkḷ; ͵riːˋsaɪkl] *vt.* 再生利用〔廢棄物〕. *recycled* paper 再生紙/There is a big movement today to *recycle* trash. 今天有一場大規模的垃圾回收再利用的活動.

✻**red** [rɛd; red] *adj.* (**red·der; red·dest**) **1** 紅的, 紅色的. a *red* rose 紅玫瑰/(as) *red* as blood 血紅的.

2 〔臉〕通紅的; 〔眼睛〕充血的, (哭得)眼睛發紅的; 〔手〕沾有血的; 〔毛髮〕紅的, 紅褐色的. Her face went *red* with shame. 她羞愧得滿臉通紅/Her eyes were *red* from crying. 她哭得兩眼發紅.

3 (常 Red)極左的, 革命的; 共產主義的; 被赤化的. turn *red* 赤化/the *Red* Army (前蘇聯等的)紅軍/*Red* China 中國大陸(the People's Republic of China 從前的俗稱).

— *n.* (*pl.* ~s [~z; ~z]) **1** ⓤⓒ 紅, 紅色; ⓤ 紅色顏料〔塗料, 染料〕; ⓤ 紅布〔衣服〕; ⓒ (撞球的)紅球. be dressed in *red* 穿著紅衣服.

2 ⓒ (常 *R*ed)共產主義者.

(*be*) *in the réd* 有赤字(的), 負債(的), (◆(be) in the black). The company *is in the red*. 那家公司處於虧損的狀態.

gèt into the réd 形成赤字, 出現赤字.

sèe réd 《口》火冒三丈(源自fl牛中牛對紅布感覺興奮). Suddenly she *saw red* and slapped his face. 她突然間火冒三丈並摑了他一耳光.

rèd alért *n.* ⓤⓒ 緊急情況(警報); 空襲警報.

red·bird [ˋrɛd͵bɝd; ˋredbɜːd] *n.* ⓒ 紅鳥(有紅羽毛的各種鳥類(例如 cardinal 2)的俗稱).

rèd blóod cèll *n.* ⓒ 紅血球.

red·blood·ed [ˋrɛdˋblʌdɪd; ͵redˋblʌdɪd] *adj.* 血氣方剛的, 精力充沛的; 有男子氣概的. a *red-blooded* youth 身強體壯的年輕人.

red·breast [ˋrɛd͵brɛst; ˋredbrest] *n.* ⓒ《文章》紅胸鳥(知更鳥(robin)等).

red·brick [ˋrɛd͵brɪk; ˋredbrɪk] *n.* ⓒ《英》(常 *Redbrick*)「紅磚大學」(亦作 rèdbrick univérsity; 主要指19世紀下半後設立的大學; → Oxbridge).

red·cap [ˋrɛd͵kæp; ˋredkæp] *n.* ⓒ《美》(車站的)搬運工; 《英》憲兵.

rèd cárd *n.* ⓒ《足球等》紅牌(裁判令犯規選手退場時所舉示的紅色牌子; → yellow card).

rèd cárpet *n.* ⓒ (加the)(為迎接貴賓等而舖的)紅地毯. roll out the *red carpet* for a state guest 隆重歡迎國賓.

rèd cént *n.* ⓐⓤ《美, 口》(用於否定句)1分(銅幣). not worth a *red cent* 一文不值.

red·coat [ˋrɛd͵kot; ˋredkəʊt] *n.* ⓒ (昔日的)英國軍人(穿著紅色制服).

rèd córpuscle n. =red blood cell.

Rèd Cróss n. (加 the)紅十字會.

rèd dèer n. ⒸⒸ(動物)赤鹿.

*__**red·den**__ [ˈrɛdn̩; ˈredn] v. (~s [~z; ~z]; ~ed [~d; ~d]; ~ing) vi. 變紅; 臉紅. Bill's face *reddened* with anger. 比爾氣得滿臉通紅.
— vt. 弄紅; 使臉紅.

red·dish [ˈrɛdɪʃ; ˈredɪʃ] adj. 帶紅色的, 略紅的.

re·dec·o·rate [riˈdɛkəˌret; ˌriːˈdekəreit]
vt. 重新裝潢(房間等).
— vi. 重新裝潢.

re·deem [rɪˈdim; rɪˈdiːm] vt. **1** 買回, 贖回, 《from》. She *redeemed* her jewels *from* the pawnshop. 她把珠寶從當舖贖了回來.
2 (付贖金)救出(奴隸, 俘虜等); (上帝, 基督)(從罪孽中)拯救(人類).
3 (證券等)換成現金; 將(兌換券等)兌換成獎金[贈品].
4 抵消(缺點等); 履行, 完成, (約定, 義務等).
a *redeeming* feature (足以彌補缺點的)優點.
⇨ n. redemption.

re·deem·a·ble [rɪˈdiməbl; rɪˈdiːməbl] adj.
1 可買回(贖回)的; 可取回的.
2 可救濟的; 可償還的.

re·deem·er [rɪˈdimɚ; rɪˈdiːmə(r)] n. **1** ⒸⒸ 買回的人; 贖回者, 贖身者.
2 (the [our] Redeemer)救世主耶穌基督.

re·demp·tion [rɪˈdɛmpʃən; rɪˈdempʃn] n. ⓊⓊ
1 買回, 收回, 贖回. **2** (用贖金等的)贖身出; (透過基督的犧牲的)人類的救贖. **3** (約定, 義務等的)履行.
⇨ v. redeem.
beyond [past] redémption 無法挽救的. a village ruined *beyond redemption* 毀損得無法重建的村莊.

re·demp·tive [rɪˈdɛmptɪv; rɪˈdemptɪv] adj.
《文章》**1** 重新買回的, 贖回的; 贖身的. **2** 拯救的; 彌補的.

re·de·vel·op [ˌridɪˈvɛləp; ˌriːdɪˈveləp] vt. 再開發(都市的老舊區域).

red-faced [ˈrɛdˈfest; ˈredfeist] adj. 臉紅的.

rèd flág n. ⒸⒸ 紅旗(危險信號; 革命旗幟).

rèd gíant n. ⒸⒸ(天文學)紅色巨星(發出紅光的衰退期星球); → white dwarf.

red-hand·ed [ˈrɛdˈhændɪd; ˌredˈhændɪd] adj.
1 現行犯的. I caught the sneak thief *red-handed*. 我當場逮到那個小偷. **2** 手沾滿血的.

red·head [ˈrɛdˌhɛd; ˈredhed] n. ⒸⒸ(口)紅頭髮的人.

red·head·ed [ˈrɛdˈhɛdɪd; ˌredˈhedɪd] adj. 紅頭髮的.

rèd hérring n. ⒸⒸ**1** 燻鯡魚.
2 轉移人們注意力的東西.

red-hot [ˈrɛdˈhɑt; ˌredˈhɒt] adj. **1** 紅熱的. *red-hot* coals 燒得通紅的煤炭. **2** 熱烈的, 強烈的. **3** 剛做好的, 最新的(情報等).

re·did [rɪˈdɪd; ˌriːˈdɪd] v. redo 的過去式.

Rèd Índian n. ⒸⒸ《輕蔑》美洲印第安人, 紅番.

---

red-let·ter [ˈrɛdˈlɛtɚ; ˌredˈletə(r)] adj. (限定)(日曆上)用紅字標示的; 特別值得紀念的, 可喜可賀的. a *red-letter* day 節日; 值得紀念的日子; 吉日.

rèd líght n. ⒸⒸ紅燈(命令停止的信號). go through a *red light* 闖紅燈.
see the rèd líght 預知危險將至.

red-light district [ˈrɛdˈlaɪtˌdɪstrɪkt; ˈredˈlaɪtˌdɪstrɪkt] n. ⒸⒸ紅燈區, 風化區, (色情行業, 性交易活動充斥的地區).

rèd méat n. ⓊⓊ紅肉(羊肉, 牛肉等); → white meat.

red·ness [ˈrɛdnɪs; ˈrednɪs] n. ⓊⓊ紅, 紅色.

re·do [riˈdu; ˌriːˈduː] vt. (-does; -did; -done; ~ing)
1 再做; 重做. **2** 重新裝潢(房間等).

re·does [riˈdʌz; ˌriːˈdʌz] v. redo 的第三人稱、單數、現在式.

red·o·lence [ˈrɛdləns; ˈredələns] n. ⓊⓊ《文章》芳香.

red·o·lent [ˈrɛdlənt; ˈredələnt] adj. 《文章》
1 芳香的; 散發香氣的《of》.
2 予人…感覺的, 使人回想起…的, 《of》.

re·done [riˈdʌn; ˌriːˈdʌn] v. redo 的過去分詞.

re·dou·ble [rɪˈdʌbl; ˌriːˈdʌbl] vt. 使加倍; 使激增; 大大地加強. We *redoubled* our efforts to finish the job in time. 我們加倍努力, 遂能及時完成那項工作.
— vi. 加倍, 成倍數; 大大地加強.

re·doubt·a·ble [rɪˈdaʊtəbl; rɪˈdaʊtəbl] adj. 《文章》(敵人, 競爭對手等)可怕的, 不可輕視的.

re·dound [rɪˈdaʊnd; rɪˈdaʊnd] vi. (用 redound to...)《文章》(造成結果而)提高(信用等); 導致…. The action *redounded to* his fame. 這次行動提高了他的聲譽.

rèd pépper n. ⓊⓊ辣椒; ⒸⒸ辣椒的果實.

re·dress [rɪˈdrɛs; rɪˈdres] 《文章》vt. 糾正(不公平等); 革除(弊端等).
redress the bálance 恢復平衡.
— n. ⓊⒸ **1** 賠償(方法); 救濟(手段). **2** (不當行為等的)糾正.

Rèd Séa n. (加 the)紅海(阿拉伯半島和非洲大陸之間的狹長海域).

red·skin [ˈrɛdˌskɪn; ˈredskɪn] n. ⒸⒸ(古; 現在用則語帶輕蔑)美洲印第安人, 紅番, (American Indian).

rèd tápe n. ⓊⓊ官僚形式主義, 繁文縟節, (源自用紅帶子捆紮公文).

*__**re·duce**__ [rɪˈdjus, -ˈdɪus, -ˈdus; rɪˈdjuːs] v. (-duc·es [~ɪz; ~ɪz]; ~d [~t; ~t]; -duc·ing) vt. 〖減少〗**1** 減少, 縮小, (數量, 大小等); 減弱, 緩和, (強度, 程度等). *reduce* one's weight from 70 to 60 kilos 體重從 70 減到 60 公斤/*reduce* the death rate 降低死亡率/at *reduced* prices 以削價方式/*reduce* the price by ten dollars 價格減 10 美元/We have to *reduce* our expenses next month. 我們下個月必須縮減開

支/This medicine will *reduce* your pain quickly. 這種藥很快便能減輕你的疼痛/*reduce* inflation 緩和通貨膨脹.

〖使成單純的形態〗 **2** 句型3 (reduce A *to* B) 把 A 變成 B. *reduce* logs *to* pulp 把木材變成紙漿/ The explosion *reduced* the windowpanes *to* fragments. 爆炸把窗玻璃震裂成碎片/The mansion was *reduced* to ashes. 這座宅邸化為灰燼/ *reduce* the three questions *to* one 把三個問題歸納成一個.

3 換算(*to*);《數學》約分;《化學》使還原. *reduce* pounds *to* ounces 把磅換算成盎斯/*reduce* a fraction 約分.

〖使成不愉快的狀態〗 **4** 句型3 (reduce A *to* B)(強行)使 A 成為 B 的狀態, 使 A 不得不變爲 B; (用 be reduced to...)到…的地步. Fear *reduced* him *to* silence. 恐懼嚇得他不敢吭聲/The sight *reduced* her *to* tears. 那情景使她落淚/The poor old man *was reduced to* begging. 那個不幸的老人淪落到行乞的地步.

5 (用說服,暴力等)使服從; 使陷落. *reduce* an enemy fortress 攻陷敵人的要塞.

6 〖貶低地位〗降級; 使淪落, (*to*). *reduce* an officer *to* the ranks 把軍官降級爲士兵/in *reduced* circumstances 落魄.

— *vi.* **1** 減少, 縮小; 降低; 減弱.

2 《主美, 口》(藉控制飲食)減輕體重, 減肥. She's *reducing* by going on a diet. 她正在節食減肥.

✧ *n.* reduction.

字源 DUCE「引導」: reduce, induce (說服), produce (生產), educate (教育).

re·duc·i·ble [rɪˈdjusəbl, -ˈdɪus-, -ˈdus-; rɪ'djuːsəbl] *adj.* **1** 可減少的; 可縮小的; 可降低的. **2** 《數學》可換算[約分]的;《化學》可還原的.

re·duc·ing [rɪˈdjusɪŋ, -ˈdɪus-, -ˈdus-; rɪ'djuːsɪŋ] *v.* reduce 的現在分詞, 動名詞.

‡**re·duc·tion** [rɪˈdʌkʃən; rɪ'dʌkʃn] *n.* (*pl.* ~s [~z; ~z]) **1** UC 減少的動作[過程], 減少後的結果.

2 UC 縮小; 減少(量); 折扣(率), 降價(額度); C 縮圖, (畫, 照片等的)縮版. a *reduction* in wages 工資的削減/I bought this dress at a *reduction* of 10 percent [at a 10 percent *reduction*]. 我以九折買了這套洋裝/*reductions* in prices=price *reductions* 減價.

3 UC 降級; 衰微.

4 UC 《數學》約分, 換算;《化學》還原(法).

re·dun·dan·cy [rɪˈdʌndənsɪ; rɪ'dʌndənsɪ] *n.* (*pl.* -cies) **1** U 剩餘, 過多; 重複. **2** C 多餘的東西;《主英》多餘的人員.

re·dun·dant [rɪˈdʌndənt; rɪ'dʌndənt] *adj.* **1** 剩餘的, 過多的; 重複的. It is *redundant* to say 'a sad tragedy'. 「悲哀的悲劇」是冗贅的說法. **2** 《主英》《雇員》多餘的, 冗員的.

re·du·pli·cate [rɪˈdjupləˌket, -ˈdɪu-, -ˈdu-;

rɪˈdjuːplɪkeɪt] *vt.* 重複, 使加倍[倍增]; 反覆.

re·du·pli·ca·tion [rɪˌdjupləˈkeʃən, -ˌdɪu-, -ˌdu-; rɪˌdjuːplɪˈkeɪʃn] *n.* U 倍增, 加倍; 反覆.

red·wood [ˈrɛdˌwud; ˈredwod] *n.* **1** C《植物》紅杉(產於California 的巨樹); → sequoia), (泛指)木材爲紅色的樹. **2** U 紅杉木, 紅色木材.

re·ech·o [rɪˈɛko; riːˈekəʊ] *vi.* 反覆回響; 響徹.

— *vt.* 使反覆回響.

[redwood 1]

***reed** [rid; riːd] *n.* (*pl.* ~s [~z; ~z]) **1** C《植物》蘆葦, 蘆葦桿; (reeds) (鋪蓋屋頂用的)茅草; U 蘆葦叢.

2 C《詩》蘆笛, 牧笛.

3 C (管樂器, 風琴等的)簧, 簧片;(the reeds) 簧樂器類(oboe, bassoon, clarinet 等). a *broken reed* (口)不可靠的人.

reed instrument *n.* C 簧樂器.

reed·y [ˈridɪ; ˈriːdɪ] *adj.* **1** 蘆葦生長茂盛的; 蘆葦的. **2** 蘆葦似的; 纖弱的. **3** 似蘆葦聲的;〔聲音等〕尖銳的.

reef[1] [rif; riːf] *n.* (*pl.* ~s) C 暗礁; 沙洲; (→ geography 圖). strike a *reef* 觸礁.

reef[2] [rif; riːf] *n.* (*pl.* ~s) C《海事》收帆部(帆可捲起的部分). — *vt.* 收(帆).

reef·er [ˈrifɚ; ˈriːfə(r)] *n.* **1** 收帆的人. **2** (短的)雙排扣的厚呢外衣. **3** 《俚》大麻菸捲.

reef knot *n.* C《海事》平結(square knot).

[reef knot]

reek [rik; riːk] *n.* U **1** 惡臭, 臭氣.

2 蒸汽, 水汽.

— *vi.* **1** 放出[產生]惡臭; 散發出難聞的氣味; 帶有…氣味, 有點…味道, (*of*). His breath *reeked* of tobacco. 他的氣息散發著一股菸草味/The case *reeked of* mystery. 那件事有點神祕.

2 濕透(*with*〔血, 汗等〕).

3 冒煙, 燻; 冒熱氣.

***reel**[1] [ril; riːl] *n.* (*pl.* ~s [~z; ~z]) C **1** (電線, 膠捲, 軟管等的)捲軸, 捲筒; 捲於軸上的膠捲; (電影膠捲的)捲(1,000~2,000 英尺). a *reel* of film 一捲膠捲.

2 《英》紡車, 線軸(《美》spool); 一捲(線).

3 (釣竿上的)捲線輪; (機器的)旋轉部.

— *vt.* 捲(線)捲於軸上, 紡.

reel/.../*in* [áp] (1)(用紡車)把…捲進. (2)(用捲線輪)把〔魚〕拉上來, 把…拉近.

reel/.../*óff* (1)從紡車上紡出…. (2)痛快地說〔故事等〕. He *reeled* off his complaints in the letter. 他在那封信上大發牢騷.

reel² [ril; ri:l] *vi.* **1** 蹣跚; (因受重擊等而)搖晃; 步履蹣跚地走. a *reeling* gait 蹣跚的步履.
2 〔人〕暈眩; 〔頭腦等〕昏沈.
3 〔東西〕(看起來)搖晃; 感到暈眩. The room *reeled* before my eyes. 房間似乎在我眼前晃來晃去.
— *n.* C **1** 蹣跚, 踉蹌. **2** 暈眩.

reel³ [ril; ri:l] *n.* 利爾舞(蘇格蘭, 愛爾蘭地方一種活潑的舞蹈); 利爾舞曲.

re-e-lect [ˌriəˈlɛkt; ˌri:iˈlekt] *vt.* 重選.

re-e-lec-tion [ˌriəˈlɛkʃən; ˌri:iˈlekʃən] *n.* UC 重選.

re-en-ter [riˈɛntɚ; ri:ˈentə(r)] *vt.* **1** 再進入.
2 再記上. — *vi.* **1** 再進入. **2** 再記上.

re-en-try [riˈɛntrɪ; ri:ˈentri] *n.* (*pl.* **-tries**) C 再放入〔進入〕; 再入場; 再入學; (太空梭等的)重返(大氣層).

re-es-tab-lish [ˌriəˈstæblɪʃ; ˌri:iˈstæbliʃ] *vt.* 重建, 再興; 恢復; 使復職.

re-ex-am-i-na-tion [ˌriɪgˌzæməˈneʃən; ˈri:iɡˌzæmiˈneiʃn] *n.* UC 重考; 再檢查, 再檢討; (法律)再審.

re-ex-am-ine [ˌriɪgˈzæmɪn; ˌri:iɡˈzæmin] *vt.* 重考; 再檢查, 再檢討; (法律)再審.

ref [rɛf; ref] *n.* (*pl.* ~s) C (口) =referee.

ref. (略) reference.

re-face [riˈfes; ri:ˈfeis] *vt.* 更新〔建築物, 牆壁等〕的表面.

re-fec-to-ry [rɪˈfɛktərɪ; riˈfektəri] *n.* (*pl.* **-ries**) C (修道院, 大學等的)餐廳.

✻re-fer [rɪˈfɜ; rɪˈfɜː(r)] *v.* (~s [~z; ~z]; ~red [~d; ~d]; **-fer-ring** [ˈfɜɪŋ; -ˈfɜːriŋ]) *vt.*
〖 派遣某人 〗 **1** (爲獲得援助, 情報而)派遣(某人), 使打聽; 使參照, 使留意[注意]; (*to*). I *referred* him *to* a doctor. 我吩咐他去看某位醫生/ The mark *refers* the reader *to* a footnote. 這個記號是要讀者去參照注腳.
〖 移交給某人, 某物 〗 **2** 提交, 委託, 託付, (*to*). Let's *refer* the dispute *to* the umpire. 我們把爭執交給裁判處理吧!/ I *referred* myself *to* his kindness. 我完全仰賴他的仁慈.
3 (把 A *to* B)把 A 歸因於 B; 使與…有關係, 把〔聲明等〕解釋清楚, (*to*). Many people *refer* their failures *to* bad luck. 許多人把失敗歸咎於運氣不好/ *refer* the origins of sculpture *to* Egypt 認爲雕刻的起源在埃及.
— *vi.* 〖面對〗 **1** 參照, 查閱, (*to*); 打聽, 詢問, (*to*). *refer* to a dictionary [map] 查看辭典[地圖]/I *referred* to my diary to check the date. 我查閱自己的日記以確定日期.
2 【指】(用 refer to...)談及…; 指…(*to*). Who are you *referring* to? 你在談論誰?/'Downtown' *refers* to the central shopping district of a city. downtown 指的是都市的購物中心區.
3 【作爲對象】(規則等)有關係, 適用, (*to*); 表示 (*to*). This rule does not *refer* to women. 這條規則不適用於婦女/The figures *refer* to pages. 數字表頁數(索引的使用須知). ⇨ *n.* **reference**.

refer to A *as* B 把 A 稱作 B. The U.S. flag is often *referred to as* the Stars and Stripes. 美國國旗常被稱作星條旗.
字源 FER「運送」: re*fer*, pre*fer* (偏好), trans*fer* (轉移).

✻ref-er-ee [ˌrɛfəˈri; ˌrefəˈriː] *n.* (*pl.* ~s [~z; ~z]) C **1** 仲裁人, 調停人; (拳擊, 足球等的)裁判, 主審, (→ umpire 同, judge).
2 (英)身分保證人.
— *vt.*, *vi.* (~s; ~d; ~ing) 仲裁, 裁判.

✻ref-er-ence [ˈrɛfrəns, ˈrɛfərəns; ˈrefrəns] *n.* (*pl.* **-enc-es** [~ɪz; ~ɪz])
〖 參照 〗 **1** C 參照, 對照, 參考. for easy *reference* 以便容易參照/Let me tell you this for (your) future *reference*. 我告訴你這件事, 好讓你將來作參考.
2 C 參考文獻, 出處; 參照的段落, 引用的文字; =reference mark. make a list of *references* 作參考文獻索引.
3 C (經歷, 工作成果, 人品等的)證明書, 介紹信; 身分保證人. His former employer gave him an excellent *reference*. 他的前任雇主幫他寫了一份讚譽有佳的介紹函.
4 UC 談及, 論及; (用 reference to...)談及. This essay contains important *references to* Shakespeare. 這篇論文裡有和莎士比亞相關的重要資料.
5 U 關係, 關聯, (用 reference to...)與…的關係. These two problems seem to have no *reference to* each other. 這兩個問題彼此似乎無關/ without *reference to* age or sex 不問年齡或性別. ⇨ *v.* **refer**.
in [*with*] *reference to...*《文章》關於…(用於商業文書). Let me ask a few questions *in* [*with*] *reference to* your statement. 關於你的陳述, 我想提出一些問題.
màke réference to... 談及…. He *makes reference to* this incident in his memoirs. 他在回憶錄中提及這個事件.

réference bóok *n.* C 參考書籍(辭典, 百科全書, 年鑑).

réference líbrary *n.* C (專業領域的)參考圖書館(通常圖書不外借).

réference márk *n.* C 參照符號(✻, †等).

réference róom *n.* = reference library.

ref-er-en-da [ˌrɛfəˈrɛndə; ˌrefəˈrendə] *n.* referendum 的複數.

ref-er-en-dum [ˌrɛfəˈrɛndəm; ˌrefəˈrendəm] *n.* (*pl.* ~**s**, **-da**) C 公民投票. hold a *referendum* on... 就…進行公民投票.

re-fill [riˈfɪl; ri:ˈfil] *vt.* 再加滿; 再裝滿.
— [ˈriˌfɪl; ˈri:fil] *n.* U 再填裝; C 再填裝部分〔替換的筆芯等〕; (酒等的)再一份.

✻re-fine [rɪˈfaɪn; riˈfain] *vt.* (~s [~z; ~z]; ~d [~d; ~d]; **-fin-ing**) **1** 精煉, 精製; 淨化. refine

━━━━━━━━━━ **refine** 1285

R

iron ore 精煉鐵礦石.

2 使文雅, 使高雅; 推敲〔文章等〕. *refine* one's manners 使舉止文雅.

refíne on [*upon*] 改善〔改良〕〔方法等〕, 使精緻. The technique of advertising is continually *refined on*. 廣告技術愈來愈精緻.

***re·fined** [rɪˋfaɪnd; rɪˈfaɪnd] *adj.* **1** 高尙的, 優雅的, 高雅的. a highly *refined* lady 極為高雅的女士/His speech is very *refined*. 他的談吐十分有內涵. **2** 精煉的, 精製的. *refined* sugar 精製砂糖. **3** 〔區別等〕細微的, 微小的; 精密的, 精巧的.

re·fine·ment [rɪˋfaɪnmənt; rɪˈfaɪnmənt] *n.* **1** Ⓤ文雅; 高尙, 優雅. a lady of *refinement* 高貴的婦人. **2** Ⓤ精煉, 精製; 淨化. **3** ⓊⒸ改善, 改良; Ⓒ已改善〔改良〕的東西. **4** Ⓤ精細, 精巧.

re·fin·er [rɪˋfaɪnɚ; rɪˈfaɪnə(r)] *n.* Ⓒ精製〔精煉〕業者; 精製的機器.

re·fin·er·y [rɪˋfaɪnərɪ, -nrɪ; rɪˈfaɪnərɪ] *n.* (*pl.* -er·ies) Ⓒ精煉廠, 精製廠. a sugar *refinery* 精製糖廠.

re·fit [riˋfɪt; ˌriːˈfɪt] *vt.* (~s; ~ted; ~ting) **1** 修理〔船等〕. **2** 改裝.

── [ˋriˌfɪt; ˈriːfɪt] *n.* ⓊⒸ(特指船的)修理.

re·flate [riˋflet; riːˈfleɪt] *vt.* (經濟)使〔緊縮的通貨〕再膨脹(→ deflate, inflate).

re·fla·tion [riˋfleʃən; riːˈfleɪʃn] *n.* Ⓤ(經濟)通貨再膨脹.

***re·flect** [rɪˋflɛkt; rɪˈflekt] *v.* (~s [~s; ~s]; ~ed [~ɪd; ɪd]; ~ing) *vt.*

〖反射, 反映〗 **1** 反射〔光, 熱等〕; 使〔聲音〕回響. The snow on the ground *reflected* the sunlight. 地上的積雪反射日光/The sun was *reflecting* itself on the water. 太陽反射在水面上.

2 〔鏡子等〕照出, 映出〔物體等〕. She saw white clouds *reflected* in the stream. 她看見白雲映在小河中.

3 反映, 表示. Language more or less *reflects* social changes. 語言或多或少反映出社會的變遷/His face *reflected* his thoughts. 他的臉反映出他的想法.

〖影響〗 **4** 帶來, 招致, 〔(不)光彩, (不)信任等〕(*on*, *upon*). The action *reflected* credit [shame] on him. 那行動使他提高信譽[蒙羞].

〖反省〗 **5** 句型3 (reflect *that* 子句/*wh* 子句) 仔細考慮…, 深思熟慮…. I often *reflect* how time flies. 我常常在想時間過得眞快.

── *vi.* **1** 〔光, 熱等〕反射; 〔聲音〕回響. sound *reflecting* from the wall 從牆上反射的回音.

2 帶來壞名聲, 蒙羞, (*on*, *upon*). Your act will *reflect on* the entire group [*on* your honor]. 你的行為將使整個團隊蒙羞〔損壞自己的名譽〕.

3 仔細考慮; 反省, (*on*, *upon*). He *reflected* a moment, then said no. 他考慮了一會兒, 然後說

不/He *reflected on* his errors. 他反省自己的錯誤.

字源 FLECT「使彎曲」: re*flect*, de*flect* (使偏斜), in*flect* (改變調性), *flexible* (易彎曲的).

re·fléct·ing tèle·scope *n.* Ⓒ反射望遠鏡.

***re·flec·tion** [rɪˋflɛkʃən; rɪˈflekʃn] *n.* (*pl.* ~s [~z; ~z]) 〖反射, 反映〗

1 Ⓤ反射, 回響. the *reflection* of light 光的反射/an angle of *reflection* 折射角.

2 Ⓒ映像, 姿態; 反射的東西), 「鏡子」. The dog saw a *reflection* of himself in the water. 那隻狗看見自己在水中的倒影/She is a *reflection* of her mother. 她像是她母親的翻版/Crime is a *reflection* of the health of society. 犯罪是社會健全狀態的反映.

〖不利的影響〗 **3** Ⓒ(帶來)不名譽[恥辱]的(東西); 責難, 不滿. Such a scandal is a (poor) *reflection* on his reputation. 這樣的醜聞有損他的名聲/How can you cast *reflections* on me? 你怎麼能說我的壞話呢?

〖反省〗 **4** Ⓤ仔細考慮, 深思熟慮; 內省, 自省. on [upon] *reflection* 歷經深思熟慮/After careful *reflection* on the matter, he stated his view. 審愼地考慮那件事情後, 他陳述了他的見解.

5 Ⓒ(深思之後的)意見, 感想. I have a few *reflections* to offer *on* that affair. 關於那件事我想提出幾點意見來.

re·flec·tive [rɪˋflɛktɪv; rɪˈflektɪv] *adj.* **1** 反射的; 反映的(*of*). **2** 仔細思考的; 深思熟慮的.

re·flec·tive·ly [rɪˋflɛktɪvlɪ; rɪˈflektɪvlɪ] *adv.* **1** 反射地. **2** 仔細思考地, 自省地.

re·flec·tor [rɪˋflɛktɚ; rɪˈflektə(r)] *n.* Ⓒ反射物[面], 反射器; 反射鏡; 反射望遠鏡(reflecting telescope); (自動車的)(原子反應爐中的)反射體.

re·flex [ˋriflɛks; ˈriːfleks] *adj.* **1** (生理)反射性的; 被反射的; 反作用的, 回復的.

2 反應的, 回應的.

── *n.* Ⓒ(生理)(reflex*es*)反射作用, 反射動作. have slow *reflexes* 反射動作遲鈍.

rêflex àction *n.* Ⓒ反射動作.

rêflex càmera *n.* Ⓒ反射式照相機. a single [twin]-lens *reflex camera* 單[雙]眼反射式照相機.

re·flex·ion [rɪˋflɛkʃən; rɪˈflekʃn] *n.* (英) = reflection.

re·flex·ive [rɪˋflɛksɪv; rɪˈfleksɪv] (文法) *adj.* 反身的.

── *n.* Ⓒ反身動詞; 反身代名詞.

rêflèxive prónoun *n.* Ⓒ(文法)反身代名詞(表示「~本身」之意的代名詞, myself, himself 等(→見文法總整理4. 1)); 在辭典的片語中以 oneself 表示; 有時亦當作動詞, 介系詞的受詞以表示強調).

rêflèxive vèrb *n.* Ⓒ(文法)反身動詞(必須以反身代名詞作為受格的動詞; 如 absent oneself (缺席)中的 absent, pride oneself(驕傲)中的 pride 等).

re·for·est [riˋfɔrɪst, -ˋfɑr-, -ˋɑst; riːˈfɒrɪst] *vt.* (主美)在(因砍伐等而受到傷害的)森林)進行植林,

使其再生.

re·for·est·a·tion [ˌrifɔrɪsˈteʃən, -fɑr-, -əs-; ˌriːfɒriˈsteiʃn] n. U (主美)(為了使森林再生所進行的)植林.

‖re·form [rɪˈfɔrm; rɪˈfɔːm] v. (~s [~z; ~z]; ~ed [~d; ~d]; ~ing) vt. **1** 修正, 改革, 改善. reform the law 改革法律/The working conditions in the factory have been greatly reformed. 那家工廠的工作環境已大幅改善.

2 矯正, 使悔改, reform a criminal 使犯人改過自新/He reformed himself from his alcoholism. 他戒掉了酗酒的惡習.

— vi. 改善, 變好; 悔改.

— n. (pl. ~s [~z; ~z]) UC 修正, 改革, 改善, 改良; 矯正, land reform 土地改革/carry out social reforms 進行社會改革.

re-form [ˌriˈfɔrm; ˌriːˈfɔːm] vt. 再做; 改[重]做; 再組成.

— vi. 再形成, 改[重]做; 形狀改變.

ref·or·ma·tion [ˌrɛfəˈmeʃən, ˌrefəˈmeiʃn] n. **1** UC 改革, 修正, 改善.

2 U 悔改; 矯正.

3 《歷史》(the Reformation) 宗教改革(16世紀時因反對天主教而興起的改革; 結果產生新教(Protestantism)).

re·form·a·to·ry [rɪˈfɔrməˌtɔrɪ, -ˌtorɪ; rɪˈfɔːmətərɪ] n. (pl. -ries) C (美)感化院.

— adj. (為了)改良[改革]的; 矯正的, 感化的.

re·form·er [rɪˈfɔrmə; rɪˈfɔːmə(r)] n. C 改革者, 改革運動家; 改良家, 改善者.

reform school n. = reformatory.

re·fract [rɪˈfrækt; rɪˈfrækt] vt. 使折射.

refracting telescope n. C 折射望遠鏡.

re·frac·tion [rɪˈfrækʃən; rɪˈfrækʃn] n. U (物理)折射; 折射作用.

re·frac·to·ry [rɪˈfræktərɪ; rɪˈfræktərɪ] adj. **1** 〔文章〕難纏的, 不好管理的. a refractory horse 難馴服的馬. **2** 〔疾病〕難治的. **3** 〔金屬〕難熔化的; 耐火的.

*re·frain¹ [rɪˈfren; rɪˈfrein] vi. (~s [~z; ~z]; ~ed [~d; ~d]; ~ing) 〔文章〕忍住, 抑制, 節制, 避免; (用refrain from...)忍住…, 節制…; (→ abstain 同). I almost called him a liar, but refrained. 我差點叫他騙子, 但忍住了/She could not refrain from tears. 她禁不住流下淚來/Kindly refrain from smoking in the car. 車內請勿吸菸.

re·frain² [rɪˈfren; rɪˈfrein] n. C (詩歌的)重疊(句), 反覆句; 副歌部分.

‖re·fresh [rɪˈfrɛʃ; rɪˈfreʃ] vt. (~es [~ɪz; ~ɪz]; ~ed [~t; ~t]; ~ing) **1** 使神清氣爽, 使(再次)精力充沛; 使新鮮. I felt refreshed after the bath. 他洗澡後覺得精神很好/A soft rain refreshed the wilting flowers. 細雨滋潤了枯萎的花.

2 喚起〔記憶〕. Hearing the story refreshed my memory. 聽了那個故事喚起了我的記憶.

refresh oneself (以飲食, 休養等的方式)恢復精神. He refreshed himself with a cup of coffee

[a glass of beer]. 他喝杯咖啡[啤酒]提神.

re·fresh·er [rɪˈfrɛʃə; rɪˈfreʃə(r)] n. C **1** 使恢復精神的人[東西]; 飲料及食物; (口)酒, 冷飲.

2 進修課程(亦稱 refresher course).

re·fresh·ing [rɪˈfrɛʃɪŋ; rɪˈfreʃɪŋ] adj. **1** 提神的, 使神清氣爽的. **2** 嶄新而吸引人的.

re·fresh·ing·ly [rɪˈfrɛʃɪŋlɪ; rɪˈfreʃɪŋlɪ] adv. 提神地; 爽快地; 引起興趣地.

‖re·fresh·ment [rɪˈfrɛʃmənt; rɪˈfreʃmənt] n. (pl. ~s [~s; ~s])

1 C 提神的東西. a refreshment to the eye 保養眼睛的東西.

2 C (常 refreshments)點心, 茶點, 簡單的餐點. serve refreshments to the guests 給客人上茶點/Let's take some refreshment at this café. 我們在這家咖啡店吃點東西吧!

3 U 休養, 精神恢復, 身心舒爽. I felt refreshment of body and mind. 我感到身心舒爽.

re·frig·er·ant [rɪˈfrɪdʒərənt; rɪˈfrɪdʒərənt] n. C 冷卻劑, 退燒劑.

re·frig·er·ate [rɪˈfrɪdʒəˌret; rɪˈfrɪdʒəreit] vt. 使冷卻; 冷藏, 冷凍, 置於冰箱冷藏.

re·frig·er·a·tion [rɪˌfrɪdʒəˈreʃən, rɪˌfrɪdʒəˈreiʃn] n. U 冷卻; 冷藏, 冷凍.

‖re·frig·er·a·tor [rɪˈfrɪdʒəˌretə; rɪˈfrɪdʒəreitə(r)] n. (pl. ~s [~z; ~z]) C 冰箱(英、口語 fridge); 冷藏室(蒸餾裝置的)冷卻器. keep milk in the refrigerator 把牛奶放進冰箱保存.

re·fu·el [riˈfjuəl, -ˈfuəl; ˌriːˈfjuːəl] vt. (~s; (美)~ed, (英)~led; (美)~ing, (英)~ling)給…補充燃料.

*ref·uge [ˈrɛfjudʒ; ˈrefjuːdʒ] n. (pl. -ug·es [~ɪz; ~ɪz]) 【避難】 **1** U 避難; 保護. The fugitives sought refuge in the forest. 那幾個逃亡者逃進了森林避難/a harbor of refuge 避風港/give refuge to wounded soldiers 保護傷兵.

2 C 避難所, 隱身[隱藏]處; (英)(道路中央的)安全島; (美) safety island); Schools were refuges to the flood victims. 學校是洪水受災者的避難所.

3 【逃避的地方】C 可依靠的人[物]; 給予安慰的人[物]; (脫離困境的)退路, (窮途之)策. find a refuge in music 在音樂中找到慰藉/the last refuge 最後手段.

take refuge in... 在…避難, 逃避….

字源 FUG【逃離】: refuge, fugitive (逃亡中的), centrifugal (離心的).

*ref·u·gee [ˌrɛfjuˈdʒi; ˌrefjuˈdʒiː] n. (pl. ~s [~z; ~z]) C 避難者, 難民; 流亡者. They sent food and clothing to the refugees. 他們送食物和衣服給難民/a refugee government 流亡政府.

re·ful·gent [rɪˈfʌldʒənt; rɪˈfʌldʒənt] adj. (雅)光輝燦爛的, 閃耀的.

re·fund [rɪˈfʌnd; riːˈfʌnd] vt. 退還; 償還

refund the money paid 退還已付款項.
— [ˈri͵fʌnd; ˈriːfʌnd] n. [UC] 退還, 退款; 償還 (金額).

re·fur·bish [riˋfɝbɪʃ; ͵riːˈfɜːbɪʃ] vt. (重新裝飾)使(建築物, 房間等)煥然一新.

***re·fus·al** [riˋfjuzl, ˋfɪu-; riˈfjuːzl] n. (pl. ~s [~z; ~z]) [UC] 拒絕. get [receive, meet with] a *refusal* 被拒絕/She gave him a flat *refusal*. 她斷然拒絕他 / His *refusal* to partici-pate is a setback for us. 他的拒絕參加對我們而言是個挫折.
(the) first refúsal (優先於他人的)自由選擇權, 取捨權; 優先購買權.

***re·fuse**[1] [riˋfjuz, ˋfɪuz; riˈfjuːz] v. (-fus·es [~ɪz; ~ɪz], ~d [~d; ~d]; -fus·ing) vt. **1** 拒絕, 謝絕, 不接受. He *refused* my request for an interview. 他拒絕我面談的要求/She *refused* his offer to help her. 她謝絕他幫忙她的提議. 圖 refuse 是明確、斷然地拒絕要求; → decline, reject. ↔ accept.
圖圖 refuse+adv.: ~ absolutely (斷然拒絕), ~ bluntly (冷淡地拒絕), ~ graciously (很有技巧地拒絕) // refuse+n.: ~ help (拒絕幫助), ~ an invitation (謝絕邀請), ~ permission (未獲許可).
2 句型4 (refuse A B)、句型3 (refuse B to A)拒絕把 B 給 A. He *refused* me money. = He *refused* money to me. 他不肯給我錢/We *refused* admittance. 我們未獲准進場.
3 句型3 (refuse to do)拒絕做⋯, (無論如何也)不想做⋯. He *refused* to believe that she was guilty. 他怎麼也不相信她有罪/The damp wood *refused* to burn. 這塊濕的木頭怎麼燒也燒不起來.
— vi. 拒絕, 謝絕. (↔ comply).

ref·use[2] [ˋrɛfjus, -juz; ˈrefjuːs] n. [U] 廢物, 垃圾, 渣滓.

re·fus·ing [riˋfjuzɪŋ, ˋfɪuzɪŋ; riˈfjuːzɪŋ] v. refuse 的現在分詞、動名詞.

re·fut·a·ble [riˋfjutəbl, ˋfɪut-; riˈfjuːtəbl] adj. 《文章》可辯駁[駁斥]的.

ref·u·ta·tion [͵rɛfjuˈteʃən; ͵refjuːˈteɪʃn] n. [U] 《文章》駁斥, 辯駁; [C] 反駁的論據.

re·fute [riˋfjut, ˋfɪut; riˈfjuːt] vt. 《文章》駁斥, 反駁. I had enough evidence to *refute* his the-ory. 我有足夠的證據來反駁他的理論.

***re·gain** [riˋgen; riˈgeɪn] vt. (~s [~z; ~z]; ~ed [~d; ~d]; ~·ing) **1** 重新得到, 奪回, 恢復. *regain* freedom 重獲自由/He *regained* his health. 他恢復了健康/I slipped on the ice, but managed to *regain* my balance. 我在冰上滑了一下, 但設法恢復了平衡.
2 《文章》回到, 再次到達. The exiles *regained* their country at last. 流亡者終於返回祖國.

re·gal [ˋrigl; ˈriːgl] adj. 《文章》**1** 國王的, 帝王的. **2** 適合國王的; 堂皇的.

re·gale [riˋgel; riˈgeɪl] vt. 《文章》盛宴款待; 使喜悅, 使享受; (on, with).

re·ga·lia [riˋgelɪə, -ljə; riˈgeɪljə] n. 《用單數亦可作複數》**1** 《歷史》王權, **2** 王室標記, 王室寶器, (王冠 (crown), 權杖(scepter), 寶珠(orb), 寶劍(sword)等).

crown / scepter / orb

[regalia 2]

re·gal·ly [ˋriglɪ; ˈriːgəlɪ] adv. 似帝王般地; 堂皇地.

***re·gard** [riˋgard; riˈgɑːd] vt. (~s [~z; ~z]; ~ed [~ɪd; ~ɪd]; ~·ing) 【注視, 看】
1 把⋯視為⋯, 認為, (as). I *regarded* your offer *as* serious. 我把你的提議當真/He is *regard*-*ed as* the brightest student in our class. 他被公認是我們班上最優秀的學生.
2 看, 對待, (with). He is *regarded with* favor. 他受人喜愛/I *regard* the situation *with* deep anxiety. 我對這種情勢感到憂心忡忡.
3 《文章》凝視, 注視. She *regarded* her friend *with* affection. 她帶著關愛的眼光看著她的朋友.
【注意】**4** 《文章》考慮; 注意; (主要用於否定句、疑問句). He never *regards* the feelings of others. 他從來不考慮他人的感受/Now, *regard* what I am going to say. 現在仔細聽我說.
5 尊敬, 看重. *regard* the rights of others 尊重他人的權利/a highly *regarded* person of the town 鎮上極受尊敬的人.
6 【重視>有關】《事物》關係到, 有關連. That doesn't *regard* you at all. 那件事根本與你無關.
* *as regárds...* 《文章》就⋯(而言), 關於⋯. As regards the proposal, I am totally opposed to it. 關於那項提案, 我是堅決反對的.
— n. (pl. ~s [~z; ~z])【注視】**1** [U]《雅》注視, 凝視. Her *regard* was fixed on the picture. 她目不轉睛地凝視著那幅畫.
2 [U]注意, 顧慮, 留意; 關注, 仔細思考. He had no *regard for* [He paid no *regard to*] my warning. 他一點也不聽我的警告.
3【顧慮>有關】[U]關連, 關係; 事項, 事情, (問題)點. In this *regard* I agree with you. 關於這點我同意你的意見.
【注意>敬意】**4** [U]尊敬, 敬意; 好意, 好感. The students hold their teacher in high *regard*. 學生們非常敬重他們的老師/She has a great *regard* for her father's judgment. 她非常尊重父親的判斷.
5 (regards)問候, 祝福. Give my (best, kind) *regards* to your parents. 代我問候令尊和令堂/With kind *regards*. 敬上《書信結尾的用語》.
in regárd to... 就⋯而言, 關於⋯. Let me say a few words *in regard to* this point. 容我就這點說幾句話吧!
without regárd to [for]... 不管⋯, 無視⋯

Death comes to all *without regard to* age or sex. 每個人不分年齡、性別，都要面臨死亡. *with regárd to...*=in regard to...

re·gard·ful [rɪˋgɑrdfʊl; rɪˈgaːdfʊl] *adj.* 《文章》 **1** 注意的; 小心的(*of*). **2** 表示敬意的(*for*).

re·gard·ing [rɪˋgɑrdɪŋ; rɪˈgaːdɪŋ] *prep.* 《文章》 關於⋯, 就⋯而言. *Regarding* your question, I cannot say anything now. 關於你的問題, 我現在無法回答.

‡**re·gard·less** [rɪˋgɑrdlɪs; rɪˈgaːdlɪs] *adj.* (用 regardless of...)不介意⋯的, 不管的. He will do anything, *regardless* of the consequences. 他不顧後果, 甚麼事都做得出來.
— *adv.* 《口》毫不考慮(費用, 反對, 困難等)地, 不在乎地; 不管怎樣, 無論如何. We pressed on, *regardless.* 無論如何, 我們還是奮力前進.

re·gat·ta [rɪˋgætə; rɪˈgætə] *n.* 《C帆船比賽, 賽船會.

re·gen·cy [ˋridʒənsɪ; ˈriːdʒənsɪ] *n.* (*pl.* **-cies**) **1** 《UC攝政政治; 攝政職位[期間]; 《C攝政統治區; 攝政團. **2** 《美》(大學等的)董事職位.

re·gen·er·ate [rɪˋdʒɛnə͵ret; rɪˈdʒenəreɪt] (★與 *adj.* 的發音不同)《文章》*vt.* **1** 使改過自新, 使重新做人. **2** 革新, 使全面改革. **3** 使《廢物等》再生; 使恢復. He was unable to *regenerate* his self-respect. 他無法恢復(失去的)自尊心.
— *vi.* **1** 再生. **2** 改過自新.
— [-rɪt; -rət] *adj.* **1** 改過自新的, 重新做人的, 悔改的. **2** 再生的; 革新的.

re·gen·er·a·tion [rɪ͵dʒɛnəˋreʃən͵ ͵ridʒɛnə-; rɪ͵dʒenəˈreɪʃn] *n.* 《U》(文章》改過自新; 再生; 革新; 恢復.

re·gent [ˋridʒənt; ˈriːdʒənt] *n.* 《C》**1** (常*Regent*)攝政. **2** 《美》(大學等的)董事.
— *adj.* 《接於名詞之後》處於攝政地位的. the Prince *Regent* 攝政王.

reg·gae [ˋrege; ˈregeɪ] *n.* 《U》雷鬼樂(一種起源於西印度群島牙買加的流行音樂; 於 1960 年代後半到 70 年代前半間形成).

reg·i·cide [ˋrɛdʒə͵saɪd; ˈredʒɪsaɪd] *n.* 《U》弒君; 《C》(參與)弒君者.

re·gime [rɪˋʒim, re-; reɪˈʒiːm] (法語) *n.* 《C》**1** 政體, 政治制度; 政權, 政府; 社會組織. a democratic *regime* 民主政體/The country is prospering under the new *regime.* 那個國家在新政權統治下蓬勃發展. **2** =regimen.

reg·i·men [ˋrɛdʒəmən, -mən; ˈredʒɪmen] *n.* 《C》(醫學)(文章)養生法; 食物療法.

‡**reg·i·ment** [ˋrɛdʒəmənt; ˈredʒɪmənt] *n.* (*pl.* ~**s** [-s; -s])《C》(★用單數亦可作複數) **1** (軍事》團(團長爲 colonel; → company ●). **2** 眾多, 多數, 《*of*》. *regiments* [a *regiment*] of ants 一大群螞蟻.
— [ˋrɛdʒə͵mɛnt; ˈredʒɪment] *vt.* (常用被動語態》 **1** 把⋯組成[編入]團. **2** 使《勞工等》組織化; (嚴格)管理. Life in a boarding school is often highly *regimented.* 住校生活經常是管理嚴格的.

reg·i·men·tal [͵rɛdʒəˋmɛnt]; ͵redʒɪˈmentl] *adj.* 團的. — *n.* (regimentals)團服, 軍服.

reg·i·men·ta·tion [͵rɛdʒəmɛnˋteʃən͵ ͵redʒɪmenˈteɪʃn] *n.* 《C》**1** 編團. **2** 組織化. **3** 管制, 統一化.

Re·gi·na [rɪˋdʒaɪnə; rɪˈdʒaɪnə] (拉丁語) *n.* 《U》女王《在布告等上的簽名, 用於女王名的後面; → Rex》. Elizabeth *Regina* 伊莉莎白女王.

‡**re·gion** [ˋridʒən; ˈriːdʒən] *n.* (*pl.* ~**s** [~z; ~z])《C》**1** 地區, 地域, 地帶, (→ area 同》; 行政區. the arctic *region*(s) 北極圈/the densely populated *regions* of the world 世界的人口密集區/an industrial *region* 工業地帶. **2** (the regions)(遠離中央的)地方. rustic people coming up from the *regions* 從偏遠地方過來的純樸居民. **3** 領域, 範圍, ⋯界, 《*of*〔學識等〕的》. the *region* of science 科學領域. **4** (宇宙, 海等的)層, 界. the airy *region* 天空/the upper *region* 天空, 天; 天國. **5** (解剖)(動物)(身體的)部位, 局部. the *region* of the heart 心臟部位.
in the région of... (1)在⋯的附近. I have a pain *in the region of* my stomach. 我肚子附近會痛. (2)約⋯. The population of the city is *in the region of* 50,000. 該城市約有五萬人口.
[字源] REG 「統治」: region, regime (政體), regency (攝政政治), regiment (團).

‡**re·gion·al** [ˋridʒən]; ˈriːdʒənl] *adj.* **1** (整個)地區的, 地域的, (★ regional 所指的範圍比 local 更爲廣大). *regional* geography 區域地理/a *regional* dialect 地區方言. **2** 地區性的, 局部區的; 地方主義的. a *regional* writer 鄉土作家.

re·gion·al·ly [ˋridʒən]ɪ; ˈriːdʒənəlɪ] *adv.* 地區性地; 局部地.

‡**reg·is·ter** [ˋrɛdʒɪstɚ; ˈredʒɪstə(r)] *n.* (*pl.* ~**s** [~z; ~z])《C》(記錄) **1** 《UC》記錄; 記入; 登記, 註冊. *register* of accounts 收支記錄. **2** (出生, 有選舉權的人, 船籍等的)記錄簿, 名冊, 註冊[登記]簿; 船籍證明書; 記載事項. a hotel *register* 住宿登記簿/a *register* of voters [electoral *register*]投票人名冊/the number of students on the *register* 在籍學生人數. **3** 《C》(速度等的)自動記錄器; 收銀機(cash register). **4** 《UC》(音樂)音域, 聲域. sing in a low *register* 用低音唱. **5** 《C》溫度[通風]調節裝置. **6** 《UC》(語言)語域, 使用域(因文化和職業的環境而不同的發音, 用語, 文法等).
— *v.* (~**s** [~z; ~z]; ~**ed** [~d; ~d]; **-ter·ing** [-tərɪŋ, -trɪŋ; -tərɪŋ]) *vt.* 《寫下來備查》 **1** 記錄; 登記, 註冊; 記下《名字等》. *register* a birth [death, marriage] 登記出生[死亡, 結婚]/*register* a car 汽車註冊/This house is *registered* in my name.

這房子是用我的名字登記的/Many new words are *registered* in that dictionary. 那本辭典裡收錄了許多新詞彙.

2 掛號郵寄(信件). Will you please get this letter *registered*? 能請你把這封信掛號郵寄嗎?

〖 表示 〗**3** 《文章》〔溫度計等〕顯示, 指示. The thermometer *registers* five degrees below zero. 溫度計顯示溫度爲零下五度.

4 《文章》表露(感情等). His face *registered* fear and anxiety. 他的臉上流露出恐懼和不安.

── *vi.* 記錄, 註冊; (在住宿名冊等上)寫上名字; 在選舉人名冊上登記. You must *register* for the courses you are going to take. 你必須登記你要選修的科目/*register* at a hotel 在旅館登記住宿.

reg·is·tered [ˋrɛdʒɪstəd; ˈredʒɪstəd] *adj.* **1** 登記過的, 已註冊的. a *registered* design 已註冊的設計. **2** 記名的; 掛號的.

règistered máil ((美)) [((英)) **póst**] *n.* ⓊＵ 掛號郵件.

règistered núrse *n.* ⓒ(美)正式護士(略作 R.N.; → practical nurse).

règistered trádemark *n.* ⓒ註冊商標 《符號爲Ⓡ》.

règister óffice *n.* = registry office.

reg·is·trar [ˋrɛdʒɪˏstrɑr, ˏrɛdʒɪˋstrɑr; ˏredʒɪˈstrɑː(r)] *n.* ⓒ記錄員, 登記員; 戶籍員; (學校的)教務人員.

reg·is·tra·tion [ˏrɛdʒɪˋstreʃən; ˏredʒɪˈstreɪʃn] *n.* **1** Ⓤⓒ記載, 登記: (大學的)選修科目的登記; 登記人數; 在籍人數; ⓒ登記證明書. There was (a) heavy [large] *registration* for the class. 有很多人登記要修那一門課.

2 Ⓤⓒ掛號. a *registration* fee ((英)) 掛號費 (((美)) registry fee).

3 ⓒ(溫度計等的)刻度.

registrátion nùmber *n.* ⓒ汽車登記號碼(即車牌號碼).

reg·is·try [ˋrɛdʒɪstrɪ; ˈredʒɪstrɪ] *n.* (*pl.* **-tries**) **1** Ⓤⓒ記載, 登記; 掛號. a *registry* fee (美)掛號費(((英)) registration fee).

2 ⓒ註冊簿, 登記簿.

3 = registry office.

régistry óffice *n.* ⓒ戶政事務所. be married at a *registry office* (不舉行宗教儀式)公證結婚.

reg·nant [ˋrɛɡnənt; ˈreɡnənt] *adj.* 《文章》(接於名詞之後)(特指女王)統治的(→ queen regnant).

re·gress [ˋrigrɛs; ˈriːɡres] 《文章》 *n.* Ｕ逆行; 後退, 退步; (⟷ progress).

── [rɪˋgrɛs; rɪˈɡres] *vi.* 後退; 逆行; 退步, 退化; (心理)退行.

re·gres·sion [rɪˋgrɛʃən; rɪˈɡreʃn] *n.* Ｕ(文章)=regress; (心理)退行(返回到精神上尚未發展的階段).

re·gres·sive [rɪˋgrɛsɪv; rɪˈɡresɪv] *adj.* (心理)退行; 退化(⟷ progressive).

---

‡re·gret [rɪˋgrɛt; rɪˈɡret] *n.* (*pl.* **~s** [~s; ~s]) **1** Ｕ抱歉, 遺憾; 失望, 灰心. I hear with *regret* that you failed to achieve your aim. 得知你無法完成目標我深感遺憾/a matter for *regret* 遺憾的事/He expressed *regret* for what he had done. 他對他所做的事感到抱歉.

2 《文章》(regrets)(對邀請等的)婉謝(函). send one's *regrets* 發出婉謝函.

3 Ｕ(或 regrets)後悔. I have no *regrets* for what I have done. 我對我所做的事並不感到後悔.

4 Ｕ悲哀, 哀傷. in *regret* 悲歡不已/We express our deep *regret* at your father's death. 我們對令尊的逝世深表哀悼.

to a pèrson's **regrét** 遺憾的是. Much *to my regret*, I cannot attend your birthday party. 非常遺憾, 我無法參加你的慶生會.

● ──用 to a person's ~ 表示感情的慣用片語

to a person's amazement	驚訝的是
to a person's astonishment	驚異的是
to a person's delight	高興的是
to a person's disappointment	失望的是
to a person's disgust	可恨的是
to a person's dismay	驚慌的是
to a person's horror	可怕的是
to a person's joy	快樂的是
to a person's regret	遺憾的是
to a person's satisfaction	滿意的是
to a person's sorrow	悲哀的是
to a person's surprise	驚奇的是

★爲加強此類副詞片語之意時, 以 to my *great* regret 或 *much* to my astonishment 表示.

── *vt.* (~s [~s; ~s]; ~**ted** [~ɪd; ~ɪd]; ~**ting**) **1** (a)爲…感到遺憾, 對…感到惋惜; 後悔, 悔恨. I *regret* his failure in the attempt. 我爲他的嘗試失敗感到遺憾/She much *regretted* her hasty decision. 她很後悔自己倉促的決定.

(b) [句型3] (regret *doing*/*that* 子句)爲做…感到歉/爲…感到抱歉; 後悔做了…/後悔…. We *regret* being unable to come tonight. 很抱歉今晚我們不能來 /We cannot come tonight. ([語法]We regret being… 和 We regret that… 都是比 We are sorry (to say) that… 更爲正式的用語)/I *regret* missing [*that* I missed] the first act of the play. 我很遺憾錯過了這齣戲的第一幕/You'll *regret* not *having* worked [*that* you didn't work] harder at school. 你會後悔在學校裡沒有更用功([語法]爲明確表示感到遺憾[後悔]的事情爲過去之事, 動名詞部分往往採用完成式動名詞)/I *regret* saying that you were wrong. 我後悔說過你錯了([語法]I *regret* to say that you were wrong. 爲「我雖感抱歉但仍必須說你錯了」之意; → (c)).

(c) 《文章》 [句型3] (regret *to* do)很抱歉做了…([語法] 感到遺憾的事情尚未發生時, 用不定詞, 但僅限於少數動詞如 say, tell, inform 等; 此時 regret 的主詞爲 I 或 we). We *regret* to inform you that

your application has not been accepted. 我們很抱歉通知你，你的申請未被接受。

2 悼念; 惋惜, 依戀, 〔失去的東西〕。People *regretted* his sudden death deeply. 人們深切地哀悼他的驟逝/I *regret* the years gone by. 我留戀逝去的歲月。

re·gret·ful [rɪˋgrɛtful; rɪˋgretfʊl] *adj.* **1** 遺憾的; 悲傷的, with *regretful* eys 用遺憾的眼神。

2 後悔的((*for*))。He is *regretful for* not having done that earlier. 他後悔沒有早一點做那件事。

re·gret·ful·ly [rɪˋgrɛtfulɪ; rɪˋgretfʊli] *adv.* 遺憾地; 後悔地; 惋惜地。

re·gret·ta·ble [rɪˋgrɛtəbl; rɪˋgretəbl] *adj.* (委婉)(行為, 局勢等)可歎的, 可惜的, 遺憾的; 可悲的, a most *regrettable* mistake非常遺憾的錯誤。

re·gret·ta·bly [rɪˋgrɛtəblɪ; rɪˋgretəbli] *adv.*
1 令人極其遺憾地。**2** (修飾句子)遺憾的是, 很抱歉; 可惜的是。*Regrettably*, the experiment ended in failure. 遺憾的是實驗以失敗告終。

re·group [riˋgrup; ˌriːˋgruːp] *vt.* 改組; 重新整頓; 重新組合。

✻re·gu·lar [ˋrɛgjələ; ˋregjʊlə(r)] *adj.*
【有規則的】**1** 〔生活, 習慣等〕井然有序的, 有系統的, 有條不紊的。You must form *regular* habits. 你必須養成固定的習慣/lead a *regular* life 過規律的生活/keep *regular* hours (每天在同樣的時間做同樣的事)維持正常作息。

2 〔事件等〕規律性的, 規律地發生的; 定期的, 慣例的; 經常的, 恆常的, 一定的。You have a *regular* pulse. 你的脈搏正常/a *regular* meeting 例行會議/at *regular* intervals (時間或地點)有一定的間隔地/a *regular* customer 常客, 老主顧/a *regular* holiday 例假日/one's *regular* doctor 固定去看的醫生/a *regular* job 固定職業。

【符合標準的】**3** 〔限定〕正規的, 正式的; 有執照的; 專職的; (軍事)常備的, 正規的。a *regular* nurse 正式護士/a *regular* army 正規[常備]軍/a *regular* cook 專職的廚師/a *regular* member of a club 俱樂部的正式會員。

4 《主美》〔尺寸〕普通的(ordinary)。the *regular* size 標準尺寸。

5 《文法》規則變化的(→見文法總整理6.1); (數學)等邊等角的。a *regular* verb 規則動詞/a *regular* triangle 正三角形。

6 〔長相等〕勻稱[勻稱]的, 整齊的。a face with *regular* features 五官端正的面貌/Her teeth are very *regular* and white. 她的牙齒既整齊又潔白。

7 〔限定〕《口》道道地地的, 不折不扣的; 徹底的。a *regular* hero 真正的英雄/a *regular* rascal 十足的流氓/a *regular* downpour 不折不扣的傾盆大雨。

8 〔限定〕《美, 口》有趣的; 愉快的; 不錯的。a *regular* guy [fellow]有趣的傢伙, 不錯的傢伙。

↔ irregular.

— *n.* C **1** 《口》主顧, 常客。**2** 《軍事》正規兵, 職業軍人; 《美》正式選手; 主力隊員。**3** 《美》(對綱領等)忠實的黨員。**4** 普通汽油。

✻reg·u·lar·i·ty [ˌrɛgjəˋlærətɪ; ˌregjʊˋlærəti] *n.*

U 井然有序; 勻稱; 協調; 一成不變; 正規。He writes home every month with *regularity*. 他每月按時給家裡寫信。

reg·u·lar·ize [ˋrɛgjələˌraɪz; ˋregjʊləraɪz] *vt.* 使井然有序; 使合法化; 調整。

✻reg·u·lar·ly [ˋrɛgjələlɪ; ˋregjʊləli] *adv.* **1** 井然有序地; 按規則地; 正式地; 整齊地; 同樣地。He attends Sunday school *regularly*. 他按時上主日學校。

2 定期地, 像往常一樣地; 經常地。The committee meets *regularly* once a month. 委員會每月定期開一次會。

✻reg·u·late [ˋrɛgjəˌlet; ˋregjʊleɪt] *vt.* (~s [~s; ~s]; -lat·ed [~ɪd; ~ɪd]; -lat·ing [~ɪŋ; ~ɪŋ]) **1** 使規則化; 管制; 限制。*regulate* one's life 使生活有規律/a policeman *regulating* the traffic 整頓交通的警察。

2 調節, 調整。*regulate* the room temperature 調節室溫。

✻reg·u·la·tion [ˌrɛgjəˋleʃən; ˌregjʊˋleɪʃn] *n.* (*pl.* ~s [~z; ~z]) **1** C 規則, 法規, 條例。traffic *regulations* 交通規則[法規]/army *regulations* 軍規/rules and *regulations* 各種規則。(語法)regulation 比 rule 更詳細, 表示組織中應遵守的規則; → law.

〔搭配〕*adj.* +regulation: a rigid ~ (嚴格的規則), a strict ~ (嚴格的規則) // *v.* +regulation: adopt a ~ (採用規則), enforce a ~ (施行規則), obey a ~ (遵守規則), violate a ~ (違反規則)。

2 U 限制; 取締。

3 U 調整, 調節。the *regulation* of temperature 溫度的調節。

4 (形容詞性)正式的, 正規的; 規定的。a *regulation* cap 正式的帽子/at a *regulation* speed 以規定的速度。

reg·u·la·tor [ˋrɛgjəˌletə; ˋregjʊleɪtə(r)] *n.* C
1 取締者; 調整者。**2** (機械)調整器, 調節裝置。

re·gur·gi·tate [rɪˋgɝdʒəˌtet; rɪˋgɜːdʒɪteɪt] *vt.* 《文章》使回流; 把〔吃下去的東西〕吐出。

re·ha·bil·i·tate [ˌriəˋbɪləˌtet; ˌriːəˋbɪlɪteɪt] *vt.* **1** 使回到(原來的)良好狀態; 修復。**2** 使恢復權利[職位, 地位]; 使恢復名譽。**3** 使〔病人等〕重返社會(透過有計畫的訓練等); 使〔犯人等〕重新做人。

re·ha·bil·i·ta·tion [ˌriəˌbɪləˋteʃən; ˌriːəˌbɪlɪˋteɪʃn] *n.* U **1** 恢復權利; 復職; 恢復地位; 恢復名譽[信用]。

2 (病人等的)復健; 重新做人, 重返社會。

re·hash [riˋhæʃ; ˌriːˋhæʃ] 《口》 *vt.* (輕蔑)(特指)改寫, 改作, 〔文學作品之題材〕重複。The question has been *rehashed* again and again. 那個問題已被重複了一遍又一遍。

— [ˋriˌhæʃ; ˋriːhæʃ] *n.* C 改寫, 改作。

re·hears·al [rɪˋhɝsl; rɪˋhɜːsl] *n.* **1** UC (戲劇, 音樂等的)排練, 預演; 演習。hold a fire

fighting *rehearsal* 舉行消防演習.

2 [U][C]《文章》話語淘淘不絕.

re·hearse [rɪˋhɜs; rɪˊhɜːs] vt. **1** 排演, 預演; 使練習, 學會. **2**《文章》詳述, 歷數.
— vi. **1** 排演; 演習. **2**《文章》嘮數.

re·house [riˋhaʊz; ˌriːˊhaʊz] vt. 把…搬至新居.

Reich [raɪk; raɪk]《德語》n.《加the》德意志帝國《特指納粹時代的第三帝國(1933-45)》.

*****reign** [ren; reɪn] n. (pl. ~**s** [~z; ~z]) **1** [C]統治時期, 在位期間. during five successive *reigns* 在連續五代統治的期間.

2 [U]統治, 支配; 統治權; 勢力範圍. Queen Victoria's *reign* lasted a long time. 維多利亞女王的統治持續了一段很長的時間/England under the *reign* of Elizabeth I 伊莉莎白一世統治下的英格蘭.
— vi. (~**s** [~z; ~z]; ~**ed** [~d; ~d]; ~**ing**)

1 (用 reign over...)君臨. The English sovereign *reigns* but does not rule. 英國君主統而不治《指不具有政治實權》.

2 發揮勢力; 極為流行, 普及. the *reigning* beauty 絕代佳人/Silence *reigned* over the audience. 聽眾鴉雀無聲.

Rèign of Térror n.《加the》恐怖時代《法國大革命中從 1793 年 3 月至 1794 年 7 月的期間; 許多人遭草率處刑》.

re·im·burse [ˌrɪimˋbɜs; ˌriːɪmˊbɜːs] vt.《文章》付還, 償還, 《費用等》; 對…補償, 賠償. *reimburse* him for the loss 賠償他的損失.

re·im·burse·ment [ˌrɪimˋbɜsmənt; ˌriːɪmˊbɜːsmənt] n. [U][C]《文章》付還, 償還; 補償, 賠償.

*****rein** [ren; reɪn] n. (pl. ~**s** [~z; ~z]) [C] (通常 reins) **1** 韁繩(→ harness 圖). pull (on) the *reins* 拉韁繩.

2 抑制的手段; 抑制, 控制. The Democrats took the *reins*. 民主黨掌握了實權/assume [hold, drop] the *reins* of government 取得[維持, 失去]政權.

dràw réin (1)(為止住馬)緊勒韁繩. (2)減低速度; 停下; 節制.

give (frèe) réin to... 使…自由, 放任. give (free) rein to one's imagination 使想像力自由奔馳.

kèep a tìght réin on... 嚴格管束…, 牢牢控制….
— vt. (主要用於下列片語)

rèin/.../báck [ín] (1)用韁繩勒住(馬), 放慢…的步伐. (2)抑制(感情等). He made an effort and *reined back* his anger. 他努力抑制住怒火/*rein in* inflation 抑制通貨膨脹.

re·in·car·nate [ˌrɪinˋkɑrnet; ˌriːɪnˊkɑːneɪt] vt.《文章》使投胎, 使轉世, (*as*).

re·in·car·na·tion [ˌrɪinkɑrˋneʃən; ˌriːɪnkɑːˊneɪʃn] n.《文章》**1** [U]投胎; 靈魂轉世(說). **2** [C]投胎, 化身, 再生, (*of*).

rein·deer [ˋrenˌdɪr; ˊreɪnˌdɪə(r)] n. (pl. ~) [C]《動物》馴鹿.

*****re·in·force** [ˌrɪinˋfors, -ˋfɔrs; ˌriːɪnˊfɔːs] vt. (**-forc·es** [~ɪz; ~ɪz]; ~**d** [~t; ~t]; **-forc·ing**) **1** 加強, 增強, 補充. *reinforce* a bridge 補強橋梁/I've *reinforced* my jacket by sewing leather patches on the elbows. 我已在肘部縫上

[reindeer]

皮革使夾克牢固些/His belief was *reinforced* by [with] the new evidence. 他的信念因新的證據而更堅定了.

2 加強, 增援, 《軍隊等》. We are recruiting people to *reinforce* our sales staff. 我們正招收人員以強化我們業務員的陣容.

rèinforced cóncrete n. [U]鋼筋混凝土.

re·in·force·ment [ˌrɪinˋforsmənt; ˌriːɪnˊfɔːsmənt] n. **1** [U]加強, 增援, 強化; [C]補給品; 強化材料.

2 (reinforcements)援軍, 增援艦(隊).

re·in·state [ˌrɪinˋstet; ˌriːɪnˊsteɪt] vt.《文章》使復位[復職, 復權](*in* 到…(地位); *as* 作為…).

re·in·state·ment [ˌrɪinˋstetmənt; ˌriːɪnˊsteɪtmənt] n. [U][C]《文章》恢復地位; 復職; 恢復權利.

re·is·sue [riˋɪʃu, -ˋɪʃju; riːˊɪʃuː]《主英》vt. 再發行〔絕版書〕; 再度發行(售罄的郵票).
— n. [C]再版, 再度發行.

re·it·er·ate [riˋɪtəˌret; riːˊɪtəreɪt] vt. 重複好幾次, 重複強調; 重複做[講]好幾次.

re·it·er·a·tion [riˌɪtəˋreʃən, ˌriːtə-; riːˌɪtəˊreɪʃn] n. [U][C]重複, 反覆; 嘮叨.

*****re·ject** [rɪˋdʒɛkt; rɪˊdʒekt](★與 n. 的重音位置不同) vt. (~**s** [~s; ~s]; ~**ed** [~ɪd; ~ɪd]; ~**ing**) **1** 拒絕, 不接受; 駁回, 否決, 否認. He stubbornly *rejected* my offer. 他頑固地拒絕我的提議/My son was *rejected* by the team. 兒子未獲准進入該隊/*reject* a vote 使選票無效.

回 和 refuse 比較來, reject 表示「以更強硬的態度, 且懷有敵意地拒絕」之意.

[搭配] *reject* + n.: ~ an appeal (駁回上訴), ~ an application (拒絕申請), ~ an idea (否決想法), ~ a proposal (否決提議).

2 未得到(應得的)寵愛, 被冷落. The boy was *rejected* by his parents. 少年被雙親冷落.

3 難以下嚥, 吐出, 〔食物〕.

4 (視為次級品, 無用的東西而被)剔除. *reject* the damaged goods 剔除破損的物品. ↔ **accept**.
— [ˋridʒɛkt; ˊriːdʒekt] n. [C]次級品; 被拒絕的人; 不合格者. They sold off the *rejects* very cheaply. 他們以相當便宜的價格賣掉瑕疵品/Most of the students here are *rejects* from the better colleges. 這裡大多數學生都是被更好的大學所拒絕接受的.

[字源] JECT「投」: re*ject* (＜投回), pro*ject* (投出), e*ject* (噴出), inter*ject*ion (感歎詞).

re·jec·tion [rɪˋdʒɛkʃən; rɪˈdʒekʃn] *n.* **1** ⓤ拒絕, 不接受; 駁回, 否決. **2** ⓤ廢棄; ⓒ廢棄物.

re·joice [rɪˋdʒɔɪs; rɪˈdʒɔɪs] *v.* **(-joic·es** [~ɪz; ~ɪz]; **~d** [~t; ~t]; **-joic·ing**)《文章》*vt.* 使喜悅, 使高興. I was *rejoiced* to hear [at hearing] of the success of his experiment. 我很高興聽到他的實驗成功.
── *vi.* 喜悅, 高興,《*at, over, in*》; 感到高興《*to* do》; 歡慶《*that* 子句》; (★ rejoice 是較 be glad, be pleased 更爲正式的用語). She *rejoiced at* [*over*] the good news. 她爲那則好消息而高興/I *rejoice* to hear that you got a job with the firm. 我很高興聽到你在那家公司就職/She *rejoiced that* her child returned safely. 她爲孩子的平安歸來而感到高興.
rejóice in... (1)受惠於…, *rejoice in* good health 受惠於健康的身體. (2)《謔》擁有〔有趣的名字等〕.

re·joic·ing [rɪˋdʒɔɪsɪŋ; rɪˈdʒɔɪsɪŋ] *n.*《文章》 **1** ⓤ歡喜. **2** (rejoicings)慶祝.

re·join¹ [rɪˋdʒɔɪn; ˌriːˈdʒɔɪn] *vt.* **1** 與…再在一起; 使再相會. **2** 再接合.
── *vi.* 再相會; 再合併, 再結合.

re·join² [rɪˋdʒɔɪn; rɪˈdʒɔɪn] *vt.*《文章》回答, 應答.

re·join·der [rɪˋdʒɔɪndɚ; rɪˈdʒɔɪndə(r)] *n.* ⓒ《文章》回答, 應答.

re·ju·ve·nate [rɪˋdʒuvəˌnet, ˋdʒɪu-; rɪˈdʒuːvəneɪt] *v.*《文章》*vt.* 使返老還童; 使振作精神. ── *vi.* 返老還童; 恢復精神.

re·ju·ve·na·tion [rɪˌdʒuvəˋneʃən; rɪˌdʒuːvəˈneɪʃn] *n.* ⓤ《文章》返老還童, 回春; 恢復精神.

re·kin·dle [riˋkɪndl; ˌriːˈkɪndl] *vt.* 把…再點燃; 使再活躍. ── *vi.* 再度燃燒起來; 再度活躍.

re·laid [ˌriˋled; ˌriːˈleɪd] *v.* relay² 的過去式、過去分詞.

re·lapse [rɪˋlæps; rɪˈlæps] *vi.* **1** 回復《*into*〔原來(不好的)狀態〕); 故態復萌《*into*〔惡習等〕》. He *relapsed* into his former habit of heavy drinking. 他又犯了酗酒的老毛病. **2** (疾病)復發《*into*》. ── *n.* ⓒ **1** 故態復萌. a *relapse into* crime 再犯罪. **2** (疾病)的復發; 重犯. The patient has suffered a *relapse*. 病人舊疾復發.

re·late [rɪˋlet; rɪˈleɪt] *v.* (**~s** [~s; ~s]; **-lat·ed** [~ɪd; ~ɪd]; **-lat·ing**) *vt.*《文章》
〖 使有關係 〗 **1** 使有關係, 使關連, 把…聯繫起來; 句型3 (relate A *to* [*with*] B)使A和B有所關聯. It is not easy to *relate* those two happenings. 要把那兩個事件串連起來並不容易/Crime has often been *related to* [*with*] poverty. 犯罪常被認爲與貧困有關.
2《用被動語態》有親戚關係《*to*》. She is *related to* me by marriage. 她和我有姻親關係.
3《以言語使具關連》(詳細地)講述, 敍述, 談論, 〔體驗等〕《*to*》(tell). She *related to* her husband all that had happened during his absence. 她告訴丈夫他不在時所發生的事.
── *vi.* 〖 有關係 〗 **1** 有關係, 涉及, 有關連,

───────────────── **relationship** 1293

《*to, with*》. That piece of evidence probably *relates with* this case. 該證據可能與此案有關連.
2 【保持關係】和睦相處, 熟識, 《*to*》. I find it very difficult to *relate to* Peter. 我發現很難跟彼得和睦相處.
reláting to... 關於…, 與…有關.

re·lat·ed [rɪˋletɪd; rɪˈleɪtɪd] *adj.* **1** 有關係的, 有關連的, 《*to, with*》. Language and thought are *related* matters. 語言和思考是有關連的.
2 親屬的, 血緣的, 同族的, 《*to*》. *related* languages 同一語族的語言/Though they look alike, Mary and Jane are not *related*. 雖然瑪莉和珍長得很像, 但她們沒有血緣關係.

re·lat·ing [rɪˋletɪŋ; rɪˈleɪtɪŋ] *v.* relate 的現在分詞、動名詞.

re·la·tion [rɪˋleʃən; rɪˈleɪʃn] *n.* (*pl.* **~s** [~z; ~z]) 〖 關係 〗 **1** ⓐⓤ關係, 關連, (→ relationship回). There is a close *relation* between smoking and lung cancer. 吸菸和肺癌有密切的關係/Your remarks bear [have] no *relation* to this case. 你的發言與這一案件無關.
2 (relations)(團體、國家、民族之間的)關係; 利害關係. international [diplomatic] *relations* 國際[外交]關係/I have no *relations* with him. 我和他沒有任何關係.
【搭配】*adj.*+relation: close ~s (密切的關係), friendly ~s (友好的關係) // *v.*+relation: break (off) ~s with... (斷絕與…的關係), establish ~s with... (建立與…的關係), promote ~s between... (促進與…之間的關係) // relation+*v.*: ~s improve (關係改善), ~s worsen (關係惡化).
3 ⓤ血緣[親戚, 姻親]關係(relationship); ⓒ有血緣的人, 親屬, 親戚, (★通常用 relative). "Is she any *relation* to you?" "Yes, she is my cousin." 「她是你親戚嗎?」「是的, 她是我的堂妹」/a *relation* by marriage 姻親(關係).
〖 透過言語的關係建立 〗 **4**《文章》ⓤⓒ陳述, 敍述; 言及《*of*》; ⓒ故事.
have (séxual) relátions with... 與…有(肉體)關係.
in [*with*] *relátion to...*《文章》(通常用於商用文書)有關…, 關於….

re·la·tion·ship [rɪˋleʃənˌʃɪp; rɪˈleɪʃnʃɪp] *n.* (*pl.* **~s** [~s; ~s])
1 ⓤⓒ關係, 關連, (回在感情上有密切關係者用 relationship 比 relation 更恰當). This has no *relationship* to [with] you. 此事與你毫無關係/My mother-in-law and I have an excellent *relationship*. 婆婆與我有極好的關係[相處和睦].
【搭配】*adj.*+relationship: a close ~ (密切的關係), a friendly ~ (友好的關係), a warm ~ (親密的關係) // *v.*+relationship: break (off) a ~ with... (與…斷絕關係), establish a ~ with... (與…建立關係).

2 ⓤ親戚關係. degrees of *relationship* 親等/ Our *relationship* is that of cousins. 我們是表親關係.

‡**rel·a·tive**
[ˋrɛlətɪv; ˈrelətɪv] *adj.* **1** 《文章》 (用 relative to...)有關係的, 關連的. His proposal isn't *relative to* the problem in hand. 他的提議與當前的問題無關.

2 相對的, 比較上的, 相關的. (↔ absolute). the *relative* merits of rice and wheat 稻米與小麥的優劣/"Good" and "bad" are *relative* terms. 「好」與「壞」是相對的詞.

3 (用 relative to...)(與⋯)成比例的; 依據⋯的; 看⋯情形的. The weight is not necessarily *relative to* the size. 重量不一定與體積成正比/Price is *relative to* demand. 價格依需求而定.

4 《文法》表示關係的, 關係詞的.
— *n.* (*pl.* ~s [~z; ~z]) ⓒ **1** 親戚, 親屬, 《包括堂[表]兄弟姊妹; → relation》. She's a *relative* on my mother's side. 她是我母親那邊的親戚.
2 《文法》關係詞, (特指)關係代名詞.

rèlative humídity *n.* ⓤ相對濕度(在各種溫度下空氣含有的最大水蒸氣量以 100 表示之).

rel·a·tive·ly [ˋrɛlətɪvlɪ; ˈrelətɪvlɪ] *adv.* 相對地, 比較上, 與⋯相比地. a *relatively* warm day for this time of year 與每年此時氣候相比是相當暖和的一天/*Relatively* speaking, the venture was a success. 相對來說, 那個冒險是成功的.

rèlative prónoun *n.* ⓒ《文法》關係代名詞 (→見文法總整理 4. 4).

rel·a·tiv·ism [ˋrɛlətɪˌvɪzm̩; ˈrelətɪvɪzəm] *n.* ⓤ《哲學》相對論, 相對主義.

rel·a·tiv·i·ty [͵rɛləˋtɪvətɪ; ͵reləˈtɪvətɪ] *n.* ⓤ
1 相對性, 關連性; 依存性.
2 《物理》相對論(theory of relativity).

‡**re·lax**
[rɪˋlæks; rɪˈlæks] *v.* (~es [~ɪz; ~ɪz] ~ed [~t; ~t], ~ing [~ɪŋ; ~ɪŋ]) *vt.* **1** 使舒暢, 使休息. feel *relaxed* 感到舒暢/Playing the guitar *relaxes* me. 彈吉他使我放輕鬆.

2 放鬆, 鬆弛; 怠忽. a *relaxing* climate 使人懶洋洋的氣候(★「使人精神抖擻的氣候」爲 a bracing climate)/*relax* one's efforts 不努力/*relax* the muscles 放鬆肌肉/*relax* one's attention 鬆懈/*relax* one's pace 放鬆步調/The man *relaxed* his grasp on my arm. 那人鬆開了抓住我臂膀的手.

3 放寬[規則等]; 使寬大. The government has decided to *relax* import controls. 政府已決定放寬進口限制.
— *vi.* **1** 休息, 休養. Please be seated and *relax.* 請坐下休息.

2 鬆弛, 不緊張. His frown *relaxed* into a smile. 他的愁眉苦臉化爲眉開眼笑/He *relaxed* in his exertions. 他放鬆了努力.

3 〔紀律等〕變得寬鬆; 放寬. After the event discipline *relaxed* in the dormitory. 發生這件事之後, 宿舍的紀律就變得鬆散了.

re·lax·a·tion [͵rilæksˋeʃən; ͵ri:lækˈseiʃn] *n.*
1 ⓤ放鬆, 鬆弛.
2 ⓤ舒暢; 休養; ⓒ娛樂, 消遣. go fishing for *relaxation* 爲了消遣去釣魚.

re·lay¹ [ˋrile, rɪˋle; ˈri:lei] *n.* (*pl.* ~s) ⓒ **1** 接替(的人), 新手; (集合)(中途換乘的)替換之馬, 驛馬. **2** (口)=relay race. **3** 《電》繼電器. **4** 《廣播》轉播.
in reláy 換乘地; 輪流地.
— [rɪˋle, ˋrile; rɪˈlei] *vt.* (~s; ~ed; ~·ing)
1 〔新的接替者〕取代, 與⋯交替.
2 轉達, 傳遞; 轉播.

re·lay² [ˌriˋle; ͵ri:ˈlei] *vt.* (~s; ~laid; ~·ing)
1 重貼[瓷磚等]; 重鋪[地毯等]; 重新鋪設[鐵路等]. **2** 再放置, 重放.

rélay ràce *n.* ⓒ接力賽.

rélay stàtion *n.* ⓒ《廣播》轉播站.

‡**re·lease**
[rɪˋlis; rɪˈli:s] *vt.* (~s [~ɪz; ~ɪz], ~d [~t; ~t], ~·leas·ing) 【解開 】 **1** 放開, 解開, (*from*). The young man *released* (his grip on) her hand. = The young man *released* her hand *from* his grip. 那個年輕人放開了她的手/*release* the brake 放開煞車/*release* the shutter 打開(照相機)的鏡頭.

2 使自由, 釋放, (*from*). *release* a hostage 釋放人質/*release* a bird *from* a cage 將鳥從鳥籠中釋放/*release* a prisoner *from* jail 釋放犯人.

3 免除, [句型3] (release **A** *from* **B**)使 A 免於 B. I was *released* from my responsibility to pay damages. 我免除了賠償損失.

【解除規定】 **4** 准許公演[公開, 銷售]; 發售[唱片, 錄影帶等]; 首次放映[電影]; 公布[訊息等]. *release* a new CD 發售[推出]一張新 CD/The authorities finally *released* the information. 當局終於公布那則消息.
— *n.* (*pl.* ~·leas·es [~ɪz; ~ɪz]) **1** ⓐⓤ獲得釋放; 解放, 釋放; (用 release from...)由⋯獲得釋放; ⓒ釋放令. Suicide was the only *release* from his unbearable situation. 自殺是他從難以忍受的處境中唯一的解脫.

2 ⓤ(從工作, 緊張中解放的)舒暢, 歇口氣; 放心. Playing tennis is my only *release*. 打網球是我唯一能鬆一口氣的方法.

3 ⓐⓤ免除, 解除, obtain (a) *release* from one's debt 得以免除債務.

4 ⓤ解除; (瓦斯等的)放出; (炸彈的)投下; (感情的)吐露; ⓒ釋放裝置; (照相機快門的)開關.

5 ⓤ公開; 發售, 出版; (電影的)首映; ⓒ新發售的唱片[錄影帶等]; 首次放映的電影; =press release. the *release* of a new film 新片的首映.
on (*géneral*) *reléase* (英)(電影)聯映.

re·leas·ing [rɪˋlisɪŋ; rɪˈli:sɪŋ] *v.* release 的現在分詞, 動名詞.

rel·e·gate [ˋrɛləˌget; ˈrelɪgeit] *vt.* 《文章》 【趕走 】 **1** 趕走, 除去, (*to*). This experience should not be *relegated to* oblivion. 這次經驗不應被遺忘.

2 降低; 把⋯降級. (*to*). The officer was *rele-*

gated to the ranks. 那位軍官被降級為士兵.
3 【派往遠處】委託, 託管, 移交, 〔工作, 事情等〕《(to)》.

rel·e·ga·tion [ˌrɛləˈgeʃən; ˌrelɪˈgeɪʃn] *n.* U《文章》降級; 移交, 委任.

re·lent [rɪˈlɛnt; rɪˈlent] *vi.* **1** 變得溫柔, 〔嚴厲〕減緩. At first father refused to let us marry, but later he *relented*. 最初父親不許我們結婚, 但後來態度趨於緩和. **2** 〔暴風雨〕減弱, 變平靜.

re·lent·less [rɪˈlɛntlɪs; rɪˈlentlɪs] *adj.* **1** 不留情的; 嚴厲的, 無情的. a *relentless* enemy 不留情的敵人/His health broke down under the *relentless* pressure of work. 在嚴苛的工作壓力下他的健康被拖垮了. **2** 不間斷的, 不停止的.

re·lent·less·ly [rɪˈlɛntlɪslɪ; rɪˈlentlɪslɪ] *adv.* 毫不留情地, 嚴厲地, 無情地.

rel·e·vance [ˈrɛləvəns; ˈreləvəns] *n.* U關連(性); 適切, 妥當性. have no *relevance* to the problem 和這個問題沒有關係.

rel·e·van·cy [ˈrɛləvənsɪ; ˈreləvənsɪ] *n.* ＝relevance.

rel·e·vant [ˈrɛləvənt; ˈreləvənt] *adj.* **1** 有(直接)關係的《(to)》. collect all the *relevant* data 收集一切有關資料/This is not *relevant* to the present question. 這與當前的問題沒有直接關係.
2 適切的, 妥當的. ⟷ **irrelevant.**

rel·e·vant·ly [ˈrɛləvəntlɪ; ˈreləvəntlɪ] *adv.* 適切地, 妥當地; 關連地.

re·li·a·bil·i·ty [rɪˌlaɪəˈbɪlətɪ; rɪˌlaɪəˈbɪlətɪ] *n.* U可信賴[信任], 可靠性, 可靠度; 確實性.

‡re·li·a·ble [rɪˈlaɪəbl; rɪˈlaɪəbl] *adj.* 可信賴[信任]的, 可靠的, 可依賴的; 確實的. a *reliable* pair of rain shoes 一雙耐穿的雨鞋/according to *reliable* sources 根據可靠的消息來源/His memory is not *reliable*. 他的記憶不可靠. ⇨ *v.* **rely.**

re·li·a·bly [rɪˈlaɪəblɪ; rɪˈlaɪəblɪ] *adv.* 可靠地; 確實地.

*re·li·ance [rɪˈlaɪəns; rɪˈlaɪəns] *n.* (*pl.* **-anc·es** [~ɪz; ~ɪz]) **1** U依靠; 依賴; 信賴; (用reliance on [upon]...)依靠…. *reliance* on the goodwill of one's friends 依靠朋友的好心.
2 C可靠的人[東西]; 依靠; 可依賴的(人或物). His uncle was his only *reliance*. 他叔叔是他唯一的依靠. ⇨ *v.* **rely.**

re·li·ant [rɪˈlaɪənt; rɪˈlaɪənt] *adj.* 《敘述》依靠的, 依賴的; 信賴的; 《(on, upon)》.

rel·ic [ˈrɛlɪk; ˈrelɪk] *n.* C **1** 遺物, 遺品; 遺跡; (風俗, 信仰, 時代等的)遺風. *relics* of prehistoric times 史前時代的遺物. **2** (聖人, 殉教者等的)聖骨, 聖遺物. **3** 紀念物, 遺物.

re·lied [rɪˈlaɪd; rɪˈlaɪd] *v.* rely 的過去式、過去分詞.

‡re·lief[1] [rɪˈlif; rɪˈliːf] *n.* (*pl.* **~s** [~s; ~s])
【從痛苦等中的解放】 **1** U除去; 減輕, 緩和; 免除; 《(from)》. cough *relief* 止咳(藥)/This medicine will give you *relief from* your pain. 這藥會減輕你的痛苦.

圖[說] *adj.*＋relief: immediate ~ (立即減緩), instant ~ (即刻免除), longlasting ~ (長期的解放), permanent ~ (永久的解除), temporary ~ (暫時的解除).
2 (a)U安心, 放心. tears of *relief* and joy 寬慰和喜悅的眼淚/What a *relief*! 啊! 鬆了一口氣/It was a great *relief* to know that the child had been rescued. 得知那孩子已獲救, 讓人大大地鬆了一口氣.
3 U救助, 救濟; 救濟金; 救援物資; 援軍. He devoted himself to the *relief* of the poor. 他獻身於救濟貧困的人.
【 從職務等中的解放 】 **4** UC休息; 散心. A trip to Hawaii was a welcome *relief from* my busy life. 到夏威夷旅行是使我從繁忙生活中得到舒解的好方法.
5 U輪替; C(★用單數亦可作複數)輪替者; (衛哨等的)接班兵. ⇨ **relieve.**
to a person's relief 令人欣慰的是. Much *to his relief*, he found his car was safe. 令他感到欣慰的是他的車子安然無事.

re·lief[2] [rɪˈlif; rɪˈliːf] *n.* (*pl.* **~s**) **1** U顯眼; 清楚的輪廓; 鮮明的對照. The white tower stood *in* sharp [bold] *relief* against a darkening sky. 在暮色映襯下, 白色的塔醒明顯聳立.
2 《美術》U浮雕; C浮雕作品[工藝].

re·lief màp *n.* C模型地圖(以不同的顏色或立體模型標示地形高低的地圖).

re·lief ròad *n.* C《主英》(為避免阻塞的)迂迴道路, 間道.

re·lief pìtcher *n.* C《棒球》救援投手.

re·lies [rɪˈlaɪz; rɪˈlaɪz] *v.* rely 的第三人稱、單數、現在式.

[relief[2] 2]

‡re·lieve [rɪˈliv; rɪˈliːv] *vt.* (**~s** [~z; ~z]; **~d** [~d; ~d]; **-liev·ing**)
【 從痛苦中解放 】 **1** (a)使〔某人〕舒服, 解放; 使放心; (relieve A of B)將A從B解放. The medicine *relieved* him *of* his pain. 這藥減輕了他的痛苦/No words can *relieve* her mind. 任何話語都無法安慰她的心/We were *relieved* (to learn) that you had returned safely. 知道你平安回來我們就放心了.
(b)減輕, 除去, 〔痛苦等〕. An aspirin *relieved* my headache. 一顆阿斯匹靈減輕了我的頭痛/His joke *relieved* the tension in the room. 他的笑話舒緩了屋內緊張的氣氛.

圖[說] relieve＋*n.*: ~ a person's anxiety (解除某人的焦慮), ~ a person's burden (減輕某人的負擔), ~ a person's fear (除去某人的恐懼), ~ a person's sorrow (減輕某人的悲傷).

2 救濟, 救援, 〔難民, 受災者[地]等〕. *relieve* the earthquake victims 救援地震災民.

〖（從職務等中解放）〗 **3** 解放, 卸除, 〔人〕(*of*). Let me *relieve* you *of* that load of books. 讓我替你拿那捆書/The nurse *relieved* me *of* tending my mother. 護士接替我照顧母親/be *relieved of* one's job（委婉）被解雇.

4 使輪替, 與…交接. The guard is *relieved* every four hours. 哨兵每四小時換班一次.

〖（解除單調）〗 **5** 賦予變化; 排遣〔無聊等〕. The green curtains *relieved* the dullness of the room. 綠色的窗簾排解了房間的單調.

6 襯托; 顯出.

⇨ *n.* **relief.**

relieve one's feelings（又喊又哭地）傾訴衷情, 發洩積憤.

relieve oneself（文章）（委婉）方便, 上廁所.

re·lieved [rɪˋlivd; rɪˈliːvd] *adj.* 安心的, 放心的. He looked *relieved* when I told him he wouldn't be punished. 當我告訴他他不會受到懲罰時, 他顯得安心多了.

re·liev·ing [rɪˋlivɪŋ; rɪˈliːvɪŋ] *v.* relieve 的現在分詞, 動名詞.

‡**re·li·gion** [rɪˋlɪdʒən; rɪˈlɪdʒən] *n.* (*pl.* ~s [~z; ~z]) **1** ⓤ 宗教. I don't believe in any *religion*. 我不信仰任何宗教.

2 ⓒ （各個）宗教, …教. the Christian [the Buddhist] *religion* 基督教[佛教]/all the *religions* of the world 世界上的所有宗教.

3 ⓤ 信仰; 信仰生活, （修士、修女的）修道生活. freedom of *religion* 信仰的自由.

4 ⓒ 像信仰般堅守的事物, 信條. He makes a *religion* of never wasting a penny. 他以絕不浪費一分錢為信條. ⇨ *adj.* **religious.**

*‡**re·li·gious** [rɪˋlɪdʒəs; rɪˈlɪdʒəs] *adj.* **1** 宗教的; 宗教上的; 宗教性的; (↔ temporal). *religious* faith 宗教信仰/a *religious* ceremony 宗教儀式/a *religious* service 禮拜.

2 篤信的, 虔誠的. a *religious* Catholic 虔誠的天主教徒/lead a *religious* life 過虔誠的生活.

3 有良心的; 嚴正的; 細心的. He checked my composition with *religious* care. 他十分嚴密地檢查了我的作文.

4 修道會的. a *religious* house 修道院.

re·li·gious·ly [rɪˋlɪdʒəslɪ; rɪˈlɪdʒəslɪ] *adv.* 宗教上地; 有良心地; 周密地; 堅定地, 發自內心地.

re·lin·quish [rɪˋlɪŋkwɪʃ; rɪˈlɪŋkwɪʃ] *vt.* 《文章》 **1** 放棄〔習慣, 希望, 信念等〕(give up).

2 放棄〔權利等〕; 讓與, 讓渡. *relinquish* the right of inheritance 放棄遺產繼承權.

3 放開〔緊抓之物〕(let go).

*‡**rel·ish** [ˋrɛlɪʃ; ˈrelɪʃ] *n.* (*pl.* ~**es** [~ɪz; ~ɪz]) **1** ⓐⓤ 風味, 品嘗. with (a) *relish* (→片語).

2 ⓐⓤ 嗜好, 興趣, (*for*). I have no [have a great] *relish for* the job. 我對於那份工作沒甚麼

[有很大]興趣.

3 ⓐⓤ（促進食慾的）美味; 風味; 趣味; 獨特的味道[香味]. Hunger gives (a) *relish* to simple food. 飢餓使得粗茶淡飯吃起來如山珍海味（＞飢不擇食）/Golf has lately begun to lose its *relish* for him. 最近他對高爾夫球愈來愈不感興趣了.

4 ⓤⓒ（增添風味的）佐料, 調味品,（醬油等）; 配料（泡菜, 生的蔬菜等）. meat served with an assortment of *relishes* 添加了各式佐料的肉.

with (*a*) *relish* (1)美味地. eat a cake *with relish* 津津有味地吃著蛋糕. (2)快樂地, 津津有味地. read a detective story *with* great *relish* 看偵探小說看得津津有味.

— *vt.* **1** 充分品嘗, 品嘗…的滋味; 感到…很美味. He *relished* chicken livers most of all. 他認為雞肝是最美味的/I *relished* everything on the plate. 我津津有味地吃完盤子裡全部的東西.

2 欣賞; 喜歡; 句型3 (relish do*ing*)盼望做…; 為做…而高興. I don't *relish* being disturbed when I'm busy. 我不喜歡在忙的時候被打擾.

re·live [riˋlɪv; ˌriːˈlɪv] *vt.* （憑藉想像）再重複, 再體驗〔過去的經驗等〕.

re·lo·cate [riˋloket; ˌriːləˈkeɪt] *vt.* 把…搬往新地方, 重新安置.

re·lo·ca·tion [ˌrilоˋkeʃən; ˌriːləˈkeɪʃn] *n.* ⓤ 重新安置; 移動; 疏散.

re·luc·tance [rɪˋlʌktəns; rɪˈlʌktəns] *n.* ⓐⓤ 討厭(*to* do). 不情願. He showed *reluctance* to accept the offer. 他不情願接受提議.

with reluctance 不情願地, 勉強地.

*‡**re·luc·tant** [rɪˋlʌktənt; rɪˈlʌktənt] *adj.* **1** 提不起勁的; 討厭…的; （用 reluctant *to* do)不願意做…的. She persuaded her *reluctant* son to mow the lawn. 她說服她不情願的兒子去修整草坪/The lazy man was *reluctant* to work. 那個懶人討厭工作.

2 〔行為〕勉勉強強的, 不情願的. She answered with a *reluctant* nod. 她勉強點頭答應了.

*‡**re·luc·tant·ly** [rɪˋlʌktəntlɪ; rɪˈlʌktəntlɪ] *adv.* **1** 不情願地, 勉勉強強地. I *reluctantly* agreed to go with them. 我勉強同意和他們一起去.

2 （修飾句子）抱歉. *Reluctantly*, I must refuse to accompany you. 很抱歉, 我恕難奉陪.

*‡**re·ly** [rɪˋlaɪ; rɪˈlaɪ] *vi.* (-**lies**; -**lied**; ~**ing**)（用 rely on [upon]...)以…為信賴的目標; 依賴, 指望; 信賴. You can *rely on* him. = He can be *relied on*. 他可以信賴/I'm *relying* on your help. 我仰望你的幫助/The old woman *relies on* you for help [to help her]. 那位老婦人指望你的幫忙/I *rely upon* him to be honest. = I *rely upon* him [his] being honest. 我相信他是誠實的/*Rely upon* it, you will succeed. 相信它, 你就會成功/You can *rely on* that manual for accurate information. 你可以依賴那本手冊來獲得準確的訊息/We are *relying upon* it that she will be here on time. 我們相信她一定會準時到.

re·made [riˋmed; ˌriːˈmeɪd] *v.* remake 的過去式、過去分詞.

‡re·main [rɪˋmen; rɪˈmeɪn] vi. (~s [~z; ~z]; ~ed [~d; ~d]; ~ing) 〖留下〗 **1** 〔人, 事物〕剩下, 繼續存在; 殘存, 倖存. Nothing *remains* of the building now. 那幢建築物現在甚麼也沒有留下/the sole *remaining* survivor of the battle 那次戰鬥的唯一倖存者/If you take 3 from 10, 7 *remains*. 10 減 3 剩 7/It only *remains* for me to say… 我想補充說明的只有…/The fact *remains* that he committed a crime. 他犯罪的事實不變.

2 《文章》(用 remain *to* be done)留待, 尚存. The problem still *remains to* be solved. 那個問題尚待解決/It *remains to* be seen whether he will win in the election. 他是否贏得這次選舉, 尚待分曉.

3 【留下】《主文章》〔人〕停留, 逗留; 留在後面. The family *remained* at the seaside for a week. 那家人在海濱逗留了一週/You go on ahead, I'll *remain* here. 你先去, 我留在這裡.

4 【保持某種狀況】[句型2] (remain **A**/do*ing*) 依舊是 A/仍然在做…. His death *remains* a mystery. 他的死依然是個謎/My older sister *remains* unmarried. 我的姊姊依舊未婚/The oak tree *remained standing* after the storm. 那棵橡樹在暴風雨之後依然挺立著.

— n. (remains) **1** 剩餘物; 遺物; 遺跡. the *remains* of supper 晚餐的殘羹剩飯.

2 《文章》遺骸(corpse), 遺骨.

*re·main·der [rɪˋmendɚ; rɪˈmeɪndə(r)] n. (pl. ~s [~z; ~z]) **1** [U](單複數同形)(加 the)剩餘(的東西, 人), 殘餘. I gave the *remainder* of the meal to the dog. 我拿剩餘飯菜餵狗.

2 [C]《數學》(除法的)餘數, (減法的)差數.

— vt. 廉價拋售〔書本〕.

re·make [ˋriˏmek; ˈriːmeɪk] vt. (~s; -made; -mak·ing)重製; 改寫.

— [ˋriˏmek; ˈriːmeɪk] n. [C](特指電影的)改編; 改編成電影的作品, 重拍.

re·mand [rɪˋmænd, rɪˋmɑnd; rɪˈmɑːnd]《法律》vt. 把〔嫌押候審; 把〔案件〕發回下級法院. be *remanded* in custody for five days〔刑事被告〕被還押五天候審.

— n. [U][C]還押, 候審. on *remand* 在押中.

‡re·mark [rɪˋmɑrk; rɪˈmɑːk] v. (~s [~s; ~s]; ~ed [~t; ~t]; ~ing) 〖發覺〗

1 《文章》發覺, 注意到; [句型3] (remark *that* 子句)發覺…. The teacher *remarked* Harry's absence immediately. = The teacher *remarked* immediately *that* Harry was absent. 老師立刻查覺到哈瑞缺席.

2 【陳述發覺的事】[句型3] (remark *that* 子句) (作為意見)陳述, 評論. He *remarked that* I had done very well. = "You have done very well," he remarked. 他說我做得很好.

— vi. 《文章》陳述意見, 簡單地陳述, 《on, upon, about 關於…》. She *remarked about* [*on*] the good manners of our children. 她說我們的孩子很有禮貌.

---

remedy 1297

— n. (pl. ~s [~s; ~s])【注目, 觀察】 **1** [U]《文章》注意, 注目; 觀察. writings beneath [worthy of] *remark* 不值得一顧[值得一看]的作品.

2 【觀察的結果】[C] (無意中洩露的)意見, 所見; (簡短的)感想, 短評, 《about, on》. He made some interesting *remarks on* the political scene. 他就政治形勢陳述了一些有趣的看法/He hurt Susie's feelings with that cutting *remark*. 他用那句尖刻的話傷了蘇西的感情.

[搭配] *adj.*+remark: a casual ~ (隨口說出的話), a nasty ~ (令人不愉快的話), a rude ~ (無禮的話), a timely ~ (及時的意見), a witty ~ (機智的談話).

‡re·mark·a·ble [rɪˋmɑrkəbl; rɪˈmɑːkəbl] *adj.* **1** 值得注意的, 引人注意的. a *remarkable* achievement 卓越的成就/The island is *remarkable* for its beautiful sand. 這個小島因美麗的砂而著名.

2 不普通的, 顯著的; 珍奇的. There is a *remarkable* similarity between the two boys. 這兩個男孩有很顯著的相似之處/It is *remarkable* that no one was killed in the plane crash. 這次墜機事件無人傷亡真是奇蹟/make *remarkable* progress 顯著的進步.

[搭配] remarkable (1-2)+*n.*: a ~ change (驚人的改變), a ~ discovery (驚人的發現), a ~ result (值得注意的結果), ~ skill (驚人的技術).

re·mark·a·bly [rɪˋmɑrkəblɪ; rɪˈmɑːkəblɪ] *adv.* 顯著地, 顯眼地; 非常. John paints *remarkably* well. 約翰圖畫得很好.

re·mar·ry [riˋmærɪ, ˏriˋmærɪ; ˈriːˈmærɪ] v. (-ries; -ried; ~ing) vt. 與…再婚; 使再婚. — vi. 再婚.

Rem·brandt [ˋrembrænt; ˈrembrænt] n. ~ **van** [væn; væn] **Rijn** [raɪn; raɪn] 林布蘭(荷蘭畫家)(1606-69)).

re·me·di·a·ble [rɪˋmidɪəbl; rɪˈmiːdjəbl] *adj.* 可治療的; 可補救[矯正]的.

re·me·di·al [rɪˋmidɪəl; rɪˈmiːdjəl] *adj.* 治療(上)的; 補救的. take *remedial* measures 採取補救辦法.

rem·e·dies [ˋrɛmədɪz; ˈremədɪz] n. remedy 的複數.

‡rem·e·dy [ˋrɛmədɪ; ˈremədɪ] n. (pl. -dies) **1** [U]補救辦法, 改善方法, 矯正辦法, 「藥方」, 《用 remedy for...》…的補救[改善]方法. Work is the best *remedy for* boredom. 工作是排遣無聊的最佳方法.

2 [U][C]治療法; [C]藥物; 《for, against》. herbal *remedy* 草藥療法/There are no effective *remedies for* cancer yet. 還沒有治癌的有效藥物. *past* [*beyond*] *rémedy* 不治的; 無法補救[矯正]的.

— vt. (-dies; -died; ~ing) **1**矯正〔缺陷, 危害等〕; 補救, 改善. *remedy* a deficiency 矯正缺陷.

R

|搭配| remedy＋*n*.: ～ damage（補救損害），～ one's ignorance（矯正無知），～ a loss（補救損失），～ a mistake（挽救錯誤）.

2 治療.

|回| remedy 表「令其完全康復」的意義不及 cure 強，對個別的疾病施以對症治療的含義較強.

✲re·mem·ber [rɪˋmɛmbɚ; rɪˈmembə(r)] *v.* (～**s** [～z; ～z]; ～**ed** [～d; ～d]; **-ber·ing** [-bərɪŋ; -bərɪŋ]) *vt.* 〖 記得 〗 **1** (**a**) 記得，記著，(⟷forget)；|句型3| (remember do*ing*) 記得做過…事，|句型3| (remember *that* 子句／*wh* 子句、片語) 記得…. I well *remember* his face. 我牢牢記著他的臉／I *remember* him as a bright little boy. 我記憶中的他是個聰明的小男孩／Do you *remember* my *saying* so? = Do you *remember that* I said so? 你記得我如此說過嗎?／*Remember* Pearl Harbor! 不要忘記珍珠港!《指日軍偷襲珍珠港的事件》／I don't *remember* ever *having* met him. 我不記得曾經見過他／Whoever has seen him must *remember what* a handsome man he is. 見過他的人全都覺得他是個非常英俊的男人.

(**b**) |句型5| (remember **A** do*ing*) 記得 A 做過…. Do you *remember* me *saying* so? = Do you *remember* my *saying* so? (→(a)) (★在口語中多用 me) / I can't *remember* Tom *using* strong language. 我不記得湯姆說過粗話.

2 想起，|句型3| (remember *that* 子句／*wh* 子句、片語) 想起…. He couldn't *remember* anything at all then. 他當時甚麼也想不起來／I suddenly *remembered* that the day was my birthday. 我突然想起來那天是我的生日／I can't *remember* how to open the safe. 我想不起該怎樣開那個保險箱／She couldn't *remember* where she had put the book down. 她怎麼也想不起把書放在哪裡了.

|回| remember 指「自然想起甚麼」; → recall, recollect.

〖 使不忘記 〗 **3** |句型3| (remember *to* do) 不忘做…. *Remember to* switch off the light when you go out of the room. 你走出房間時，別忘了關燈 (★比較) I well *remember switching* off the light. (我記得很清楚有關燈).

4 (英、口) (美、文章) 代爲問候 (*to*). Please *remember* me *to* your wife. 請代我向嫂夫人問好.

5 (委婉)(不忘) 送禮[小費，答禮]給…; (在禱告，遺囑等中) 提及[某人的名字]. Please *remember* the waiter. 請別忘了給侍者小費／I had lost all hope of being *remembered* in the rich old lady's will. 我對自己的名字能否出現在那位富婆的遺囑中早已不抱任何希望.

── *vi.* 記得，記著; 想起. You said so, *remember*? 你那樣說過，記得嗎?／I have liked to listen to music ever since I can *remember*. 自我懂事以來我就喜歡聽音樂／They are cousins, if I *remember* right(ly). 如果我沒記錯的話他們是堂[表]兄[姊妹]／"Have you ever read that novel?" "Not

that I *remember*." 「你唸過那本小說嗎?」「我記得沒有」／*Remember* about watering the plants in my absence. 我不在時記得要給植物澆水.

⇨ *n*. **remembrance**.

● ──動詞型　|句型3| (～ do*ing*／*to* do)
→ avoid, manage, |表|

(1)用動名詞和不定詞含義不同
　remember writ*ing* a letter
　記得寫過信
　remember *to* write a letter
　記得要寫信
　forget shutt*ing* the door
　忘了已關門
　forget *to* shut the door
　忘了要關門
　try gett*ing* up early
　嘗試起了個早
　try *to* get up early
　試著要早起

(2)用動名詞和不定詞意思相似，但用不定詞時表「在特定的場合做…」之意
　I *like* walking. 我喜歡散步.
　I *like to* walk. (現在)我想散步.
　此類的動詞: love　prefer　hate

(3)|句型3| (～ do*ing*)→|句型5| (～ A *to* do)
　We don't *permit* smok*ing* in this room.
　We don't *permit* people *to* smoke in this room. 我們不允許在這房間裡吸菸.
　此類的動詞: advise　forbid　teach

(4)用 do*ing* 和 *to* do 含義相同

attempt	begin	cease
continue	endure	fear
omit	propose	start

✲re·mem·brance [rɪˋmɛmbrəns; rɪˈmembrəns] *n.* (*pl.* **-branc·es** [～ɪz; ～ɪz])

1 |U| 記得，記憶，(→memory |回|); 想起; 回想，回憶. I have no *remembrance* of the incident. 我一點也記不起那次事件／His name has passed from my *remembrance*. 他的名字已從我的記憶中消失了／"Has he ever been to the U.S.?" "Not to my *remembrance*." 「他去過美國嗎?」「我記得好像沒有.」

2 |C| 成爲回憶的事物; 紀念(品); 遺物. This is a *remembrance* for you from my mother. 這是我母親留給你的紀念品.

3 (remembrances) (請多關照之類的) 問候語. He asked me to give his *remembrances* to you. 他要我代他向你問候.

bring [*càll*]...*to remémbrance* 使回憶起….
in remémbrance of... 以紀念…. The celebration is kept *in remembrance of* the nation's founding. 這個慶典是爲了紀念國家的創建.

Remémbrance Dày [**Sùnday**] *n.*
(英)英靈紀念日(11月11日(當天恰爲星期日時)，或離該日最近的星期日; 紀念二次世界大戰的陣亡將士; → Veterans [Armistice] Day).

‡**re·mind** [rɪˋmaɪnd; rɪˈmaɪnd] vt. (~s [~z; ~z]; ~ed [~ɪd; ~ɪd]; ~ing)使憶起; 使發覺, 使注意到; (of); 句型4 (remind A that 子句/A wh 子句/A to do)使A想起[發覺]…/使A想起要做…. That *reminds* me. 那倒提醒了我/ The child brushes his teeth every night without being *reminded*. 這孩子不必別人提醒每晚都會刷牙/The way she speaks *reminds* me *of* her mother. 她說話的樣子使我想起她的母親/He doesn't like to be *reminded that* he's no longer young. 他不要別人提醒他已不年輕了/Please *remind* me *to* phone him tonight. 請提醒我晚上打電話給他.

re·mind·er [rɪˋmaɪndɚ; rɪˈmaɪndə(r)] n. ⓒ 喚起回憶的事物[人]; 催促(的書信); 催詢需.

rem·i·nisce [ˌrɛməˋnɪs; ˌremɪˈnɪs] vi. 沈浸於回憶中; 口述[寫下]回憶; (about).

***rem·i·nis·cence** [ˌrɛməˋnɪsṇs; ˌremɪˈnɪsns] n. (pl. **-cenc·es** [~ɪz; ~ɪz]) **1** ⓤ 回想, 回憶; ⓒ 往事; (reminiscences)敍舊; 回憶錄. He gave us his *reminiscences* of his trip to Europe fifty years ago. 他跟我們談起了五十年前他去歐洲旅遊的往事.

2 ⓒ 喚起回憶之物(of); 容貌. There is a *reminiscence* of his father in his face. 他的長相與他父親頗為神似.

rem·i·nis·cent [ˌrɛməˋnɪsṇt; ˌremɪˈnɪsnt] adj. **1** (敍述)使人想起的, 使人回憶的, (of). She has a manner *reminiscent of* her grandmother. 她的舉止使人想起她的祖母.

2 回憶的, 懷舊的; 沈浸在回憶中(般)的. a *reminiscent* talk 敍舊/People grow *reminiscent* with age. 人一上年紀就會懷舊.

re·miss [rɪˋmɪs; rɪˈmɪs] adj. (敍述)(文章)疏忽的, 不注意的. It was *remiss* of me not to have mentioned it earlier. 是我疏忽才沒有及早提起那件事.

re·mis·sion [rɪˋmɪʃən; rɪˈmɪʃn] n. **1** ⓤⓒ 赦免, (負債等的)免除; 刑期縮短, 減刑. **2** ⓤ (痛苦, 憤怒, 病情等)(暫時的)平靜, 減輕, 緩和.

re·miss·ness [rɪˋmɪsnɪs; rɪˈmɪsnɪs] n. ⓤ (文章)疏忽, 不注意.

re·mit [rɪˋmɪt; rɪˈmɪt] v. (~s; ~ted; ~ting)(文章) vt. 『送』 **1** 句型4 (remit A B), 句型3 (remit B to A)把B(錢)寄給A(人). His mother *remitted* him the money by money order. = His mother *remitted* the money *to* him by money order. 他母親匯款給他.

2 【送往遠處】(法律)把(案件)發回; 移交; 委託; (to).

『送往遠處>使免有了』 **3** 赦免(罪孽); 免除(刑罰, 債務, 稅款等). *remit* taxes 免除賦稅.

4 緩和, 減輕, (痛苦等). *remit* one's attention 放鬆注意力.

—— vi. **1** 匯款. **2** 減弱, 變少; (病情等)變輕.

re·mit·tance [rɪˋmɪtṇs; rɪˈmɪtns] n. (文章) ⓤⓒ 匯款; ⓒ 匯款額. make (a) *remittance* 匯款.

***rem·nant** [ˋrɛmnənt; ˈremnənt] n. (pl. ~s [~s;

~s]) ⓒ **1** (加 the)剩餘; (常 remnants)剩餘物; 遺跡, 舊跡, 遺物; (of). The town is rich in *remnants* of former glory. 那座小城有許多舊時的繁華遺跡. **2** 剩餘的布料, 零頭布.

re·mod·el [riˋmɑdl; ˌriːˈmɒdl] vt. (~s; (美) ~ed, (英) ~led; (美) ~ing, (英) ~ling)改製; 修改…的樣式; 改造, 改建. The old house is being *remodeled* inside. 那幢老房子正在整修內部.

re·mon·strance [rɪˋmɑnstrəns; rɪˈmɒnstrəns] n. ⓤⓒ 抗議; 忠告, 規諫.

re·mon·strate [rɪˋmɑnstret; ˈremənstreɪt] vi. 提出異議, 抗議, (about, on, upon); 忠告 (with); 堅持反對(against); 抗議(that 子句). Ann strongly *remonstrated with* her husband *on* [about] his decision to quit. 安強烈反對丈夫辭職的決定.

***re·morse** [rɪˋmɔrs; rɪˈmɔːs] n. ⓤ (強烈的)後悔, 悔恨, 良心的譴責, 自責之念頭, (for). He felt [had] no *remorse* for the lie he had told. 他對自己撒的謊毫無悔意/He was filled with *remorse for* his crime. 他對他的罪行悔恨不已. *without remórse* 毫不容情地.

re·morse·ful [rɪˋmɔrsfəl; rɪˈmɔːsfʊl] adj. 深深後悔的, 受良心譴責而煩惱的.

re·morse·ful·ly [rɪˋmɔrsfəlɪ; rɪˈmɔːsfʊlɪ] adv. 後悔地.

re·morse·less [rɪˋmɔrslɪs; rɪˈmɔːslɪs] adj. 毫不容情的, 殘忍的, 冷酷的; 無自責之心的.

re·morse·less·ly [rɪˋmɔrslɪslɪ; rɪˈmɔːslɪslɪ] adv. 冷酷地; 一點也不後悔地.

‡**re·mote** [rɪˋmot; rɪˈməʊt] adj. (**-mot·er**, **more ~**; **-mot·est**, **most ~**)

『遠隔的』 **1** 遠離的(from); 遠處的. some *remote* island in the Pacific Ocean 太平洋遠處的某個島嶼/He lives in a cottage *remote from* any town or village. 他住在遠離村鎮的一間小屋.

2 偏僻的, 遠離人煙的. a *remote* village 偏僻的村子.

3 (時間上)遠的, 遙遠的, (過去, 未來等). in the *remote* past [future] 遙遠的過去[未來]/a *remote* ancestor 遠祖.

4 【遠談不上實現的】(常用最高級)(機會, 可能性)微乎其微的, 很少的, (slight). I haven't the *remotest* idea of what to do next. 我完全不知道下一步要做甚麼.

『關係遠的』 **5** 關係淡薄的(from); 遠親的; 間接的. a *remote* cause 遠因/a question *remote from* the subject 離題的質詢/a *remote* relative 遠親.

6 疏遠的, 冷淡的. Her manner is polite but *remote*. 她的舉止有禮但冷淡.

remóte contról n. ⓤ 遙控操作[控制].

***re·mote·ly** [rɪˋmotlɪ; rɪˈməʊtlɪ] adv. **1** 偏遠地; 遠離人煙地.

2 (關係)不密切地; 脫離地. George is *remotely*

R

related to a lord. 喬治與某個貴族有遠親關係.

3 疏遠地, 冷淡地.

4 只有一點點(常用於否定句). I can't *remotely* claim to be a good talker. 我一點也稱不上是個能言善道的人.

re·mote·ness [rɪˋmotnɪs; rɪˋməʊtnɪs] *n.* ⓤ 遠隔; 疏遠.

re·mot·er [rɪˋmotə; rɪˋməʊtə(r)] *adj.* remote 的比較級.

re·mot·est [rɪˋmotɪst; rɪˋməʊtɪst] *adj.* remote 的最高級.

re·mount [riˋmaʊnt; ˌriːˋmaʊnt] *vt.* **1** 再度騎上(馬, 腳踏車等); 再次爬上(山, 梯子).

2 把(照片, 畫等)重裱在新的襯紙上.

re·mov·a·ble [rɪˋmuvəbl; rɪˋmuːvəbl] *adj.* **1** 可撤職[免職]的. **2** 可移動的.

3 可除去的.

*__re·mov·al__ [rɪˋmuvl; rɪˋmuːvl] *n.* (*pl.* ~s [~z; ~z]) ⓤⓒ **1** 移動, 轉移, 遷居. the *removal* to a new office 遷移至新辦公室.

2 去除, 撤去. the *removal* of an obstacle 障礙物的去除.

3 解雇, 免職. his *removal* from the post 他被免職(這件事).

*__re·move__ [rɪˋmuv; rɪˋmuːv] *v.* (~s [~z; ~z]; ~d [~d; ~d]; -mov·ing) *vt.*

〖往其他地方移動〗 **1** 撤, 使移動[遷移], (*from*; *to*). The statue had been *removed from* where it belonged. 那尊雕像從本來的地方移往他處.

2 收拾; 除掉; 脫去(穿戴在身上的東西). After the meal all the dishes were *removed* from the table. 餐後所有的碗盤都從餐桌上收掉了/*remove* one's hat 脫帽.

3 (文章)把⋯撤職[免職]; 使退學, (*from*). The minister was *removed* from office. 部長被免職.

〖除掉〗 **4** 去除, 使消除, 解除, (*from*). The cleanser *removed* the dirt *from* the oven. 清潔劑除去了烤爐上的污痕/His explanation will *remove* the last doubts. 他的解釋會澄清最後的疑慮/The last obstacle to our success has now been *removed*. 會妨礙我們成功的最後障礙現已除去.

— *vi.* (文章)遷移, 搬家, (*from*; *to*)(move). *remove to* a new house 遷往新居.

— *n.* ⓒ **1** 距離, 間隔; (間隔的)階段; 程度. His act was one *remove* from being a crime. 他的行為距犯罪僅一線之隔.

2 (親族關係的)隔代. a first cousin at one *remove* 隔代堂[表]親(→ removed 1).

re·moved [rɪˋmuvd; rɪˋmuːvd] *adj.* **1** 〔親族關係〕隔代的. a first cousin once *removed* (從本人的角度來看)堂[表]兄弟[姊妹]的子女, 雙親的堂[表]兄弟[姊妹].

2 離開的; 隔離的, (*from*). a town *removed from* the capital 遠離首都的城鎮.

re·mov·er [rɪˋmuvə; rɪˋmuːvə(r)] *n.* ⓤⓒ 去除

者; 清除劑, 去除劑, (常構成複合字). paint-*remover* 去漆劑.

re·mov·ing [rɪˋmuvɪŋ; rɪˋmuːvɪŋ] *v.* remove 的現在分詞、動名詞.

re·mu·ner·ate [rɪˋmjunəˌret, ˋmiu-; rɪˋmjuːnəreit] *vt.* (文章) **1** 給與〔某人〕報酬, 報答, (*for*); 酬勞〔勞力〕酬勞.

2 〔事物〕獲得彌補, 補償.

re·mu·ner·a·tion [rɪˌmjunəˋreʃən, -ˌmiu-; rɪˌmjuːnəˋreiʃn] *n.* ⓐⓤ (文章)報酬, 補償.

re·mu·ner·a·tive [rɪˋmjunəˌretɪv, -ˋmiu-; -rətɪv; rɪˋmjuːnərətɪv] *adj.* (文章)有(足夠)報酬的; 有利的.

*__ren·ais·sance__ [ˌrɛnəˋzɑns, -ˋsɑns, rɪˋnesns; rəˋneisns] *n.* (*pl.* **-sanc·es** [~ɪz; ~ɪz]) **1** (the *R*enaissance)文藝復興(時期); 文藝復興時期的美術[建築]樣式; (形容詞性)文藝復興時期[風格]的. *Renaissance* art 文藝復興時期的藝術.

2 ⓒ (泛指文藝, 美術等的)復興; 恢復, 重建. Traditional crafts have been enjoying a *renaissance* lately. 傳統工藝近來復興了.

re·nal [ˋrinl; ˋriːnl] *adj.* (解剖)腎臟的, 腎臟附近的.

re·name [riˋnem; ˌriːˋneim] *vt.* 給⋯加上新的名字; 更改⋯的名字, 把⋯改名.

re·nas·cence [rɪˋnæsṇs; rɪˋnæsns] *n.* =renaissance.

re·nas·cent [rɪˋnæsṇt; rɪˋnæsnt] *adj.* (文章)復甦的; 復活的.

rend [rɛnd; rend] *vt.* (~s; rent; ~·ing)(古、雅) **1** 撕裂; 割開. The tree was *rent* by lightning. 樹被閃電劈裂.

2 使(組織等)分裂; 使分離.

3 扭下, 揪下, (*from*). The child was *rent from* his mother by force. 那孩子被迫與母親分離.

4 撕〔衣物, 頭髮等〕(悲歎的動作).

*__ren·der__ [ˋrɛndə; ˋrendə(r)] *vt.* (~s [~z; ~z]; ~ed [~d; ~d]; -der·ing [-dərɪŋ; -dərɪŋ])(文章)

〖給與〗 **1** 句型4 (render **A** B) 句型3 (render **B** to **A**)給與 A(人)B(援助等). *render* a person a service = *render* a service *to* a person 幫助某人, 為某人服務.

2 表示[顯示][謝意, 敬意](*to*). *render* thanks *to* God for one's safe return 感謝上帝保祐某人平安歸來.

3 〖導致某種狀態〗 句型5 (render **A** B)使 A 成 B; 致使; (make). A bullet *rendered* his right arm useless. 一發子彈使他右臂殘廢.

〖給予答覆〗 **4** 繳納〔稅款等〕; 以⋯回報, 報復, (*for*). *Render to* Caesar the things that are Caesar's. (聖經)把凱撒的歸給凱撒/*render* good *for* evil 以德報怨/*render* blow *for* blow 以牙還牙.

5 報出[意見等]; 提出[報告書等]. *render* a bill 報帳.

〖給予表達〗 **6** (基於自己的解釋)表達; 描寫〔主題〕; 扮演, 演出; 演奏. *render* the part of Hamlet 扮演哈姆雷特的角色/*render* a tune on

the violin 用小提琴拉一曲.

7 翻譯(*into*)(translate). *render* a book *into* English from Spanish 把西班牙文書翻譯成英文.

ren·der·ing [ˋrɛndrɪŋ, -dərɪŋ; ˈrendərɪŋ] *n.* 《文章》 **1** ⎡U⎤ 表達, 描寫; 表演, 演奏. The pianist gave a splendid *rendering* of the sonata. 那位鋼琴家將那首奏鳴曲演奏得壯麗華美.

2 ⎡U⎤ 翻譯; ⎡C⎤ 譯文. an English *rendering* of a Latin poem 拉丁詩的英譯.

ren·dez·vous [ˋrɑndəˏvu, ˋrɛn-; ˈrɒndɪvuː] (法語) *n.* (*pl.* ~ [~z; ~z]) ⎡C⎤ **1** (決定地點, 時間的) 約會; 會合地點. make a *rendezvous* 約會.

2 人們常聚集的地方, 經常出入之場所. The plaza is a *rendezvous* for young people. 那個廣場是年輕人的聚會場所.

3 (軍隊, 艦隊的)集結地; (太空船的)會合.
— *vi.* 等候見面, 會合.

ren·di·tion [rɛnˋdɪʃən; renˈdɪʃn] *n.* 《文章》= rendering.

ren·e·gade [ˋrɛnəˏged; ˈrenɪɡeɪd] *n.* ⎡C⎤ 《文章》叛教者; 脫黨者; 變節者, 叛徒.

re·nege, re·negue [rɪˋnɪg, -ˋnig; rɪˈniːɡ] *vi.* 《文章》違背(*on* 諾言等).

*__**re·new**__ [rɪˋnju, -ˋnɪu, -ˋnu; rɪˈnjuː] *vt.* (~**s** [~z; ~z]; ~**ed** [~d; ~d]; ~**ing**) **1** 使新, 使煥然一新. The old walls have been *renewed* by plastering. 舊牆壁粉刷後已煥然一新.

2 把(舊的東西)換新; 重新補充. *Renew* the water in the vase. 把花瓶裡的水換新.

3 繼續(契約等). *renew* one's membership 繼續會員資格.

4 重新開始. *renew* negotiations 重新開始談判/ *renew* old grievances 重揭舊怨.

5 恢復(精神等), 使復原. *renew* one's youth 恢復年輕/set to work with *renewed* vigor 恢復活力開始工作.

re·new·a·ble [rɪˋnjuəbl, -ˋnɪu-, -ˋnu-; rɪˈnjuːəbl] *adj.* 可更新[恢復, 再生]的; 須更新的.

re·new·al [rɪˋnjul, -ˋnɪu, -ˋnu-; rɪˈnjuːl] *n.*
1 ⎡U⎤ 更新. **2** ⎡UC⎤ (契約的)更新; ⎡C⎤ 被更新的事物[契約]. *renewal* of a contract 契約的更新.

3 ⎡UC⎤ 重新開始, 死灰復燃; 重做; 再開發. urban *renewal* 都市的再開發. **4** ⎡U⎤ 恢復, 復活.

ren·net [ˋrɛnɪt; ˈrenɪt] *n.* ⎡U⎤ 凝乳酶(從小牛的胃中提煉的物質; 加於牛乳中製成乳酪).

Re·noir [rəˋnwɑr; rəˈnwɑːr] *n.* **Pierre** [ˋpjɛr; ˈpjeər] **Auguste** [ɔˋɡɪst; ɒˈɡjuːst] ~ 雷諾瓦(1841 -1919)(法國印象派畫家).

*__**re·nounce**__ [rɪˋnauns; rɪˈnaʊns] *vt.* (**-nounc·es** [~ɪz; ~ɪz]; **~d** [~t; ~t]; **-nounc·ing**) 《文章》 **1** (正式)放棄(權利, 地位等); 廢除, 拋棄, (條約, 信仰, 習慣等). Japan has *renounced* war forever. 日本已永遠放棄戰爭/The doctor's advice caused him to *renounce* smoking and drinking. 醫生的忠告使他戒除菸酒.

2 否認, 拒絕承認…, 聲明與…無關係. *re-nounce* one's son 與兒子斷絕關係/ *renounce* friendship 絕交. ⇨ *n.* **renunciation.**

---

ren·o·vate [ˋrɛnəˏvet; ˈrenəʊveɪt] *vt.* 修復, 翻修. *renovate* an old building 翻修舊大樓.

ren·o·va·tion [ˏrɛnəˋveʃən; ˏrenəʊˈveɪʃn] *n.* ⎡U⎤ 修復, 整修.

*__**re·nown**__ [rɪˋnaun; rɪˈnaʊn] *n.* ⎡U⎤ 聲譽, 名氣. an author of great *renown* 很有名望的作者.

re·nowned [rɪˋnaund; rɪˈnaʊnd] *adj.* 有名的, 名望高的, 《口》(famous). The country is *renowned for* its beautiful scenery. 該國以優美的風景著稱/Charles Lamb was *renowned as* an essayist. 查理士‧蘭姆以散文家著稱.

*__**rent**__[1] [rɛnt; rent] *n.* ⎡a U⎤ 租借費, 租賃費, (地租, 田租, 房租); (機器等的)租用費. house [room, land] *rent* 房租[地租]/at a low *rent* 以低廉的租金/free of *rent* 免租金/How much is the *rent* on this car? 這輛車的租金是多少?

for rént 《美》招租的(《英》to let). *For Rent* 吉屋[雅房]招租(書寫於張貼在牆壁佈告板的紙上).
— *v.* (~**s** [~s; ~s]; ~**ed** [ɪd; ~ɪd]; ~**ing**) *vt.*

1 租賃(房屋, 房間等)(→ hire ⎡同⎤). The Browns *rented* a cottage for the summer. 布朗一家租了一幢小別墅避暑/*rent* a boat by the hour 按小時計費租用小船.

2 出租(房屋, 房間等)(給…)(*out* ... *to*). Some landowners *rent* all of their land. 有些地主把他們全部的土地都出租了.
— *vi.* (房屋, 房間等)被出租. *rent* high [low] 以高價[廉價]出租/This apartment *rents* at [for] 50 dollars a week. 這間公寓以每週五十美元的價錢出租.

rent[2] [rɛnt; rent] *n.* ⎡C⎤ **1** (布等的)破裂處; 裂縫, 裂痕. **2** (團體, 組織等的)分裂.

rent[3] [rɛnt; rent] *v.* rend 的過去式, 過去分詞.

rent-a-car [ˋrɛntəˏkɑr; ˈrentəˏkɑː(r)] *n.* ⎡C⎤ 《美》出租汽車.

rent·al [ˋrɛntl; ˈrentl] *n.* **1** ⎡C⎤ 租金, 出租[承租]費用. **2** ⎡C⎤《美》出租的房屋[房間]. **3** ⎡U⎤ 出租.

réntal líbrary *n.* ⎡C⎤《美》租書店.

rent·er [ˋrɛntə; ˈrentə(r)] *n.* ⎡C⎤ **1** 承租人, 佃戶, 房客. **2** 出租人(地主, 房東).

rent-free [ˏrɛntˋfri; ˏrentˈfriː] *adj.* 〔房屋, 土地等〕無需使用費的, 免租金的.
— *adv.* 免租金地.

re·nun·ci·a·tion [rɪˏnʌnsɪˋeʃən, -ˏnʌnʃɪ-; rɪˏnʌnsɪˈeɪʃn] *n.* ⎡UC⎤ **1** (權利等正式的)放棄; 聲明放棄. **2** 否認. ⇨ *v.* **renounce.**

re·o·pen [riˋopən; ˏriːˈəʊpən] *vt.* 重新開張, 再度打開[召開]. *vi.* 再度召開[開始].

re·or·gan·i·za·tion [riˏɔrgənəˋzeʃən, -aɪˋz-; ˈriːˏɔːɡənaɪˈzeɪʃn] *n.* ⎡U⎤ 重新編制, 改組; (財政等的)重建.

re·or·gan·ize [riˋɔrgəˏnaɪz; ˏriːˈɔːɡənaɪz] *vt.*
1 重新編制, 將…改組. **2** 重建(財政等).

rep [rɛp; rep] *n.* ⎡C⎤《口》推銷員, 外務員, (repre-

sentative 4)｡

Rep. (略) Representative; Republic; Republican.

rep. repeat; report; reporter.

re·paid [rɪˋped; riːˊpeɪd] v. repay 的過去式、過去分詞｡

***re·pair**[1] [rɪˋpɛr, ˋpær; rɪˊpeə(r)] vt. (~s [~z; ~z]; ~ed [~d; ~d]; -pair·ing [ˋpɛrɪŋ, ˋpær; ˋpeərɪŋ]) **1** 修繕, 修理, 修補; 修正｡ repair a typewriter 修理打字機/repair a bridge 修復橋樑/This typewriter needs repairing. 這臺打字機需要修理/I had my watch repaired. 我的錶修好了｡ 回repair 通常指比 mend 規模更大或更需要技術層面的修理｡ → mend

2 恢復〔健康等〕, 使復原｡ repair one's health 恢復健康｡

3 《文章》更正〔錯誤〕; 糾正〔不正當的行為等〕｡ repair a mistake 訂正錯誤/repair injustice 糾正不公｡

4 賠償, 補償｡ repair the loss 賠償損失｡

— n. (pl. ~s [~z; ~z]) **1** ⓤ修繕, 修理, 檢修｡ This television needs [is beyond] repair. 這臺電視機需要修理[無法]修理/The expressway is under repair. 這條快速道路正在施工中｡

2 ⓒ(常 repairs)修理作業〔工程〕; 修繕部分｡ a neat repair on the knee of the jeans 牛仔褲膝蓋部分巧妙的修補/They made repairs to the damaged wall. 他們修補破損的牆壁｡

 ┌搭配┐ adj.+repair: extensive ~s (大規模的修補), major ~s (大修), minor ~s (略作修補), necessary ~s (必要的修補) // v.+repair: carry out ~s (進行修補), do ~s (修補)｡

3 ⓤ(修理完畢的)良好情況; (泛指機械設備等的)狀況｡ an old sewing machine in good [bad] repair 一臺狀況良好[差]的舊縫紉機｡

re·pair[2] [rɪˋpɛr, ˋpær; rɪˊpeə(r)] vi. 《文章》(常是大夥人)赴⋯, 前往, 《to》｡

re·pair·a·ble [rɪˋpɛrəbl, ˋpær; rɪˊpeərəbl] adj. **1** 可修繕[修理]的｡ **2** 可挽回的｡

re·pair·er [rɪˋpɛrə; rɪˊpeərə(r)] n. ⓒ修理工, 修繕者｡

re·pair·man [rɪˋpɛrˏmæn, -mən; ˋpær; rɪˊpeəmən] n. (pl. -men [-mən, -ˏmɛn; -mən]) ⓒ (機器等的)修理工｡

rep·a·ra·ble [ˋrɛpərəbl; ˊrepərəbl] adj. = repairable.

rep·a·ra·tion [ˏrɛpəˋreʃən, ˏrepəˊreɪʃn] n. 《文章》ⓤ賠償, 補償, 抵償; (reparations)(戰敗國所負擔的)賠款, 賠償物資｡

rep·ar·tee [ˏrɛpɚˋti; ˏrepɑːˊtiː] n. **1** ⓒ隨機應變[機智]的回答｡

2 ⓤ機靈, (充滿)機智(的對答)｡

re·past [rɪˋpæst; rɪˊpɑːst] n. ⓒ《文章》(一頓)餐飲(meal)｡ 食物或飲料, 佳餚, 盛宴｡

re·pa·tri·ate [riˋpetrɪˏet; riːˊpætrɪeɪt] vt. 《文章》遣返〔俘虜等〕回國｡

re·pa·tri·a·tion [ˏripetrɪˋeʃən, riˏpetrɪ-; ˏriːpætrɪˊeɪʃn] n. ⓤ遣送回國, 歸國｡

***re·pay** [rɪˋpe; riːˊpeɪ] vt. (~s [~z; ~z]; -paid; ~ing) **1** (a)償還〔金錢〕, 還錢給〔某人〕｡ repay a loan 償還貸款/I'll repay you tomorrow. 我明天會還你(那筆錢)｡ (b) 句型4 (repay A B), 句型3 (repay B to A)把 B(金錢等)返還, 退還, 償還)給A(人)｡ He didn't repay me the $100 after all. 結果他並沒還我那 100 美元｡

2 報答〔恩惠等〕; 回報〔某人〕《for》; 報答, 報復, 《with》｡ I don't know how to repay (you for) your kindness. 我不知道怎樣報答你的好意/Our efforts were repaid with success. 我們的努力獲得成功的回報｡

re·pay·a·ble [rɪˋpeəbl; riːˊpeɪəbl] adj. 可以還的; 應該返還的｡

re·pay·ment [rɪˋpemənt; riːˊpeɪmənt] n. Ⓤⓒ 退還, 清償; 償還金; 報恩; 報復｡

re·peal [rɪˋpil; rɪˊpiːl] vt. (正式)廢除, 使無效, 撤回｡ repeal a law 廢除法律｡

— n. ⓤ(法律等的)廢除, 撤回｡

***re·peat** [rɪˋpit; rɪˊpiːt] v. (~s [~s; ~s]; ~ed [~ɪd; ~ɪd]; ~ing) vt. **1** 重複, 反覆｡ repeat the same error 重複相同的錯誤/repeat a year in school 留級一年/I don't want to repeat such an experience. 我不想重複經歷這樣的事｡

2 重複說, 《句型3》(repeat that 子句)反覆地說｡ Please repeat the number. 請把號碼再說一遍/I repeat once again that I cannot agree with you. 我再重複一遍, 我不能同意你(說的)｡

3 複述; 背誦｡ Repeat the sentences after me. 我唸一遍這些句子, 然後你(們)跟著唸/repeat a poem from memory 背詩｡

4 告訴他人, 對他人說, 〔祕密, 傳聞等〕｡ Don't repeat this to anybody. 勿將此事告訴任何人｡

— vi. **1** 重複; 重複地說｡ a repeating decimal 循環小數｡ **2** 《口》〔食物〕在口中留下味道｡ I don't like onions because they repeat on me. 我不喜歡洋蔥, 因為吃完後嘴巴會有味道｡

↪ n. repetition.

not bear repeating (說話等太過分)令人難以再度啟齒｡

repeat oneself 重複(說)相同的事｡ Stop reapeating yourself and get to the point. 不要重複相同的話, 趕快說重點/History repeats itself. 《諺》歷史會重演｡

— n. ⓒ **1** 重複, 反覆｡ **2** 《音樂》反覆樂段; 反覆記號(‖: : ‖)｡ **3** (廣播節目, 電視節目等的)重播｡

re·peat·ed [rɪˋpitɪd; rɪˊpiːtɪd] adj. 《限定》重複的, 反覆的｡

re·peat·ed·ly [rɪˋpitɪdlɪ; rɪˊpiːtɪdlɪ] adv. 屢次地, 反覆地｡

re·peat·er [rɪˋpitə; rɪˊpiːtə(r)] n. ⓒ **1** 重複(做)的人; 背誦者｡ **2** 連發槍｡ **3** 《美》累犯者, 慣犯｡ **4** 《美》留級生, 重修生｡

re·pel [rɪˋpɛl; rɪˊpel] vt. (~s; ~led; ~ling) 〖不讓⋯接近〗 **1** 趕走, 擊退｡ repel an invasion

擊退侵略.

2 辭退; 拒絕; 抵抗. *repel* a request 拒絕要求.

3 不沾, 不透, [水等]. This fabric *repels* moisture. 這種紡織品不透水[防水].

4 使反感; 令…感到不愉快. I was *repelled* by the very idea. 我很不喜歡那種想法.

re·pel·lent [rɪ`pɛlənt; rɪ'pelənt] *adj.* **1** [態度, 樣子等]令人反感[不愉快]的(*to*).

2 不沾[水等]的; 不讓[害蟲等]接近的.
— *n.* [UC]防水劑; 驅蟲劑. ⇨ *v.* repel.

***re·pent** [rɪ`pɛnt; rɪ'pent] *v.* (~s [~s; ~s]; ~ed [~ɪd; ~ɪd]; ~·ing) *vi.* (文章)(對…)後悔(*of*); 悔改. Marry in haste and *repent* at leisure. (諺)匆匆結婚, 則慢慢後悔/You will *repent* of this decision later. 你以後會後悔做這樣的決定/He *repented of* having accepted their offer. 他懊悔接受了他們的提議.
— *vt.* 後悔, 懊悔, [句型3](repent doing/that子句)後悔做了…, 心想如果沒…就好了. *repent* one's words 後悔自己說過的話/I now *repent having* wounded her pride. = I now *repent that* I wounded her pride. 我現在後悔傷了她的自尊心. ⇨ *n.* repentance. *adj.* repentant.

re·pent·ance [rɪ`pɛntəns; rɪ'pentəns] *n.* [U] 後悔, 悔改. *Repentance* comes too late. (諺)悔不當初, 後悔莫及.

re·pent·ant [rɪ`pɛntənt; rɪ'pentənt] *adj.* 後悔的, 懊悔的, (*of, for*).

re·per·cus·sion [͵ripɚ`kʌʃən; ͵riːpə'kʌʃn] *n.*
1 (文章)[C] (行動, 事件等的)(間接)影響, 餘波.
2 [UC]彈回; 反應; (聲音的)回響; (光的)反射.

rep·er·toire [`rɛpɚ͵twɑr, -͵twɔr; 'repətwɑː(r)] *n.* (法語) (戲劇)戲碼, 劇目; (經常預備著的)演出目錄, 演奏曲目.

rep·er·to·ry [`rɛpɚ͵tori, -͵tɔrɪ; 'repətərɪ] *n.* (*pl.* **-ries**) **1** [C] =repertoire; [U] (戲劇)固定戲目[定期上演固定的戲碼]. a *repertory* company 定期更換戲碼演出的劇團/perform three plays in *repertory* 定期輪演三部戲. **2** [C] (知識, 情報等的)累積; 積蓄; 寶庫.

***rep·e·ti·tion** [͵rɛpɪ`tɪʃən; ͵repɪ'tɪʃn] *n.* (*pl.* ~s [~z; ~z]) **1** [UC]重複, 反覆; 背誦. *Repetition* is most necessary in learning a foreign language. 反覆練習對學習外語而言是極為必要的/We hope that there will be no further *repetitions* of that incident. 我們希望不要再重蹈覆轍; 我們希望別再發生那樣的事件.
2 [U]背誦句, 背誦的內容(學校裡背誦詩文的某一段). ⇨ *v.* repeat.

rep·e·ti·tious [͵rɛpɪ`tɪʃəs; ͵repɪ'tɪʃəs] *adj.* 重複的; 囉嗦的; 反覆的.

re·pet·i·tive [rɪ`pɛtɪtɪv; rɪ'petətɪv] *adj.* = repetitious.

re·pine [rɪ`paɪn; rɪ'paɪn] *vi.* (文章)發牢騷, 抱怨, (*at, against*).

***re·place** [rɪ`ples; rɪ'pleɪs] *vt.* (**-plac·es** [~ɪz; ~ɪz]; ~**d** [~t; ~t]; **-plac·ing**)
【換位置】 **1** 把…放回原處, 返還. *Replace* the

---

book where it was. 把這本書放回原處.

2 取代, 繼任. Tom *replaced* Jim as captain. 湯姆接替吉姆出任隊長.

3 更換, 替換, 《*with, by*》; 找到替代…的人或物. *replace* an old calendar *with* a new one 把舊日曆換成新日曆/The old sofa I liked has been *replaced by* an armchair. 我喜歡的舊沙發已被換成有扶手的椅子/a person hard to *replace* 難得[難以替代]的人.

re·place·a·ble [rɪ`plesəbl; rɪ'pleɪsəbl] *adj.* 可更換的; 可取代的; 有替代品[者]的.

re·place·ment [rɪ`plesmənt; rɪ'pleɪsmənt] *n.*
1 [UC]更換, 取代, (被)取代之事物. the *replacement* of leather by plastic in many fields of everyday life 在日常生活的諸多領域中, 皮革為塑膠所取代的情況. **2** [C]替換者, 替代物.

re·plac·ing [rɪ`plesɪŋ; rɪ'pleɪsɪŋ] *v.* replace 的現在分詞, 動名詞.

re·play [ri`ple; ͵riː'pleɪ] *vt.* (~**s**; ~**ed**; ~**ing**)再次[重新]舉行(比賽); 再度[重新]演奏[樂曲]; 重放[錄音帶].
— [`ri͵ple; 'riːpleɪ] *n.* (*pl.* ~**s**) [C]複賽; 重演; (錄音帶的)重放.

re·plen·ish [rɪ`plɛnɪʃ; rɪ'plenɪʃ] *vt.* 再裝滿; 補充[補給]…(*with*). He *replenished* his glass *with* water. 他又把杯子斟滿了水.

re·plen·ish·ment [rɪ`plɛnɪʃmənt; rɪ'plenɪʃmənt] *n.* [U]補充, 補給.

re·plete [rɪ`plit; rɪ'pliːt] *adj.* (敍述)(文章)
1 充滿…的(*with*). **2** 吃飽的, 飽餐的, (*with*).

re·ple·tion [rɪ`pliʃən; rɪ'pliːʃn] *n.* [U](文章)
1 充滿. **2** 飽餐, 酒足飯飽.

rep·li·ca [`rɛplɪkə; 'replɪkə] *n.* [C] (原作者就原作品所作的)複製品; (繪畫, 雕刻等的)臨摹, 摹寫, 複製品.

rep·li·cate [`rɛplɪ͵ket; 'replɪkeɪt] *vt.* (文章)
1 重複[實驗等]. **2** 摹寫; 複製, 仿造.

re·plied [rɪ`plaɪd; rɪ'plaɪd] *v.* reply 的過去式、過去分詞.

re·plies [rɪ`plaɪz; rɪ'plaɪz] *v.* reply 的第三人稱、單數、現在式. — *n.* reply 的複數.

***re·ply** [rɪ`plaɪ; rɪ'plaɪ] *v.* (**-plies; -plied; ~·ing**) *vi.* **1** 答覆, 回話[信], 回答, 《*to*》. *reply to* a question by letter 以書面的方式回答詢問/You should *reply to* letters at once. 你應該馬上回信. 同 reply 為比 answer 更正式之用語, 且含有慎重之程度.

2 回應, 應付, 《*to; with*》. We *replied to* the enemy's fire. 我們對敵人的砲火加以還擊/My friend *replied with* a knowing wink. 我的朋友眨眼表示明白了.
— *vt.* [句型3](reply that子句)回答說…. I don't know what to *reply*. 我不知道該回答什麼/He *replied that* he had not known that. = "I didn't know that," he *replied*. 他回答說他不知道那件事.

— n. (*pl.* **-plies**) ⓊⒸ **1** 答覆, 回話[信], 回答, 應答. He made only a brief *reply* to the question. 他對該問題僅作簡短的回答/She gave no *reply* to him. 她沒有回答他/I have received no *reply* from him yet. 我尚未收到他的任何答覆.

▣配 *adj.*+reply: a definite ~ (明確的回答), a vague ~ (曖昧的回答), a polite ~ (有禮貌的回答), a rude ~ (粗魯的回答), a prompt ~ (即刻的答覆).

2 報復; 應付. The management's *reply* was to close down the factory. 資方的還擊(手段)就是關閉工廠.

in reply (*to...*) 作爲答覆地[的], 當作(…的)回答. He shook his head *in reply*. 他搖頭作爲答覆/This is *in reply* to your letter of May 4. 這是回覆你5月4日的來信.

＊re·port [rɪˋport, -ˋpɔrt; rɪˈpɔːt] v. (~s [~s; ~s]; ~ed [~ɪd; ~ɪd]; ~ing) vt.

【 轉達 】 **1** 報告, 通知; 句型3 (report do*ing*/*that* 子句)報告(要做)[某事]; 句型5 (report A *to be* B/(美) A B)報告A是B(狀態). He *reported* the result directly to me. 他直接向我報告結果/He *reported* seeing [*having* seen] the President. 他說他見到了總統/He *reported* having succeeded in the examination. = He *reported* that he had succeeded in the examination. 他說他考試及格了/The policeman *reported* the house (*to be*) empty. 警察呈報那屋子是空的.

2 告發[不法行爲等], 向…申報; 揭發[某人的事], (向警察)報案: *report* a theft to the police 向警察申報遭竊案/I'll *report* you *to* your boss for your dishonesty. 我會向你的上司告發你欺騙的行爲.

3 報導; 句型3 (report *that* 子句)報導, 傳言, [有關…的]消息]; 句型5 (report A *to be* B/(美) A B)報導[傳言]A是B. The newspapers *report* the discovery of a new star [*that* a new star has been discovered]. 報紙報導發現了新星(的消息)/A ship is *reported* missing. = It is *reported* that a ship is missing. 據報導說[聽說]有一艘船失蹤了/Four passengers are *reported* killed. 報導指出有四個乘客死亡/Dr. Brown is *reported to be* the best eye doctor in the country. 據報布朗博士是國內最傑出的眼科醫生/It is widely *reported* that the politician is involved in the affair. 到處都流傳著那名政治人物與此事有所牽連的傳聞.

4 〔報導人員〕撰寫…的報導, 採訪.

— vi. **1** (a)報告; 作成[提出]報告書; 《*on, upon*》. The delegation *reported on* the educational system of the U.S. 代表團就美國的教育制度提出報告書.

(b) 句型2 (report A)報告[通知]A的狀態. *report* sick [absent] 呈報病陣[缺席].

2 (a)(…上班)報到, 簽到; 爲申報等而出面; 《*to*》. I *report to* the office for duty at 9:00 a.m. 我早上九點到公司報到上班/*report to* the police for interrogation 出面向警方應訊.

(b)負有(向…報告的)責任; 接受(…的)指揮; 《*to*》. The head of this department *reports* directly *to* the President. 本部會首長直接隸屬於總統(管轄).

3 〔新聞人員〕報導; 採訪; 《*on, upon*》. Peter has been sent to Africa to *report on* the disturbances there. 彼得已被派往非洲報導當地的動亂.

4 擔任(…的)記者《*for*》. *report for* the New York Times 擔任「紐約時報」的記者.

repòrt báck[1] 回報(調査結果)《*to*》. He *reported back* to the committee about the accident. 他向委員會提出那件意外的調査報告.

repòrt/.../báck[2] 回覆…《*to*》.

— n. (*pl.* ~s [~s; ~s])【 報告 】 **1** Ⓒ (有關…的)報告(書)《*of, on*》. a financial *report* 財務報告/do [write] a *report on* a new medicine 寫一份新藥品的報告/make a full *report of* the disaster 對這次災難作詳細的報告.

▣配 *adj.*+report: an accurate ~ (正確的報告), a biased ~ (偏頗的報告), an incorrect ~ (不正確的報告), a verbal ~ (口頭報告) // v.+ report: draw up a ~ (寫報告), submit a ~ (提出報告).

2 Ⓒ成績; 成績單(report card). I had a bad *report* last term. 我上學期成績很差.

3 Ⓒ(報紙, 廣播的)報導, 消息. a newspaper *report* (報紙的)新聞報導/the weather *report* 氣象報告.

【 傳聞 報導 】 **4** Ⓤ(文章)傳聞; 風評. According to *reports*, the couple will marry next spring. 據他倆明年春天要結婚之傳聞/a man of good [evil] *report* 名聲好[差]的人.

【 傳播的聲音 】 **5** Ⓒ爆炸聲, 槍(砲)聲. the *report* of a gun 槍聲/with a loud *report* 發出巨大的爆炸聲.

The repòrt góes that... = Repòrt hás it that... 據說是….

re·port·age [rɪˋportɪdʒ; rɪˈpɔːtɪdʒ] n. Ⓤ **1** 現場報導. **2** 記述文學, 報導文學, (將所見所聞詳實描述的報導). **3** 報導文學特有的文體.

repòrt càrd n. Ⓒ(美)成績通知單, 成績(聯絡)簿, ((英)) school report).

re·port·ed·ly [rɪˋportɪdlɪ; rɪˈpɔːtɪdlɪ] adv. 據傳; 根據報告[報導]; 《主新聞用語》. Five of the crew are *reportedly* missing. 據報導, 有五名船[機]上人員失蹤.

repòrted spéech n. Ⓤ(文法)間接敍述[引述]法(indirect speech [narration]).

＊re·port·er [rɪˋportə; rɪˈpɔːtə(r)] n. (*pl.* ~s [~z; ~z]) Ⓒ **1** 報告人; 申報者.

2 新聞記者, 播報員, 通信員. a *reporter* for a newspaper 一家報社的記者.

＊re·pose [rɪˋpoz; rɪˈpəʊz] v. (文章) (-pos·es [~ɪz; ~ɪz]; ~d [~d; ~d]; -pos·ing) vt. 使休息; 使橫臥; 放置. The child *reposed* his head on his mother's lap. 那孩子把頭靠在他母親的膝上.

— *vi.* **1** 休息, 歇息; 睡覺. *repose* in sound sleep 酣睡, 熟睡/His remains *repose* at the Arlington Cemetery. 他長眠於阿靈頓公墓.

2 橫臥; 放置著; 《*in, on*》. The statue *reposes* on a pedestal. 這尊塑像安置於底座上.

— *n.* U **1** 休息; 睡眠; 安眠. We prayed for the *repose* of our father's soul. 我們祈禱父親在天之靈能夠安息. **2** 平靜; 安寧, 祥和.

〔字源〕 POSE〔放置〕: re*pose*, com*pose* (構成), dis*pose* (處理), ex*pose* (使暴露).

re·pose·ful [rɪˋpozfəl; rɪˈpəʊzfʊl] *adj.* 《文章》安寧的, 安穩的.

re·pos·i·to·ry [rɪˋpazəˌtorɪ, -ˌtɔrɪ; rɪˈpɒzɪtərɪ] *n.* (*pl.* **-ries**) C 《文章》貯藏室, 存放處.

re·pos·sess [ˌripəˋzɛs; ˌriːpəˈzes] *vt.* **1** 再度將…弄到手. **2** 取回, 收回, 〔貨款未付的商品等〕.

rep·re·hend [ˌrɛprɪˋhɛnd; ˌreprɪˈhend] *vt.* 《文章》責備 (scold); 譴責 (blame).

rep·re·hen·si·ble [ˌrɛprɪˋhɛnsəbl; ˌreprɪˈhensəbl] *adj.* 《文章》應受責難的; 豈有此理的.

‡rep·re·sent [ˌrɛprɪˋzɛnt; ˌreprɪˈzent] *vt.* (**~s** [~s; ~s]; **~ed** [~ɪd; ~ɪd]; **~ing**) 〖表達〗 **1** 〔文字, 符號, 繪畫等〕表達, 表現; 表示; 表示; 句型5 (represent **A** *to* do/**A** do*ing*) 表示 A 做…; 句型3 (represent **A** *as* **B**) 將 A 表現[描寫]爲 B. What does this red line on the map *represent*? 地圖上的這條紅線表示甚麼?/The painter *represented* a woman 《*as*》 bathing in the river. 那畫家描繪一名女子在河邊沐浴(的情景)/*represent* sounds by phonetic symbols 用語音記號標示聲音.

2 說明, 敘述; 主張; 《*to*》; 句型3 (represent *that* 子句) 說明, 敘述, 〔某事〕; 句型5 (represent **A** *to be* **B**)、 句型3 (represent **A** *as* **B**) 說明, 陳述 A 是 B. I *represented* to him the position I was in. 我向他說明了我的立場/She *represented* the idea *as* [*to be*] impractical. 她認爲這種想法並不實際/He *represented* to us *that* the plan would not work. 他跟我們說那項計畫並不可行.

3 象徵(symbolize); 具有…之意; 相當於. A white dove with an olive branch *represents* peace. 一隻啣著橄欖樹枝的白鴿象徵和平.

〖代表〗 **4** 代表; 代理, 代爲發言[處理]; 是…選出的議員; 《通常用被動語態》. He *represents* our firm. 他代表我們公司/I hired an attorney to *represent* me. 我聘請一名律師作爲我的代理人/Thirty countries were *represented* at the conference. 三十個國家派了代表參加會議.

5 是…的好例子; 是…的樣本[典型]. They *represent* the youth of America. 他們是美國青年的模範. ⇨ *n.* **representation**.

represènt onesèlf as [*to be*]… 《文章》聲稱[偽稱]自己(是)….

‡rep·re·sen·ta·tion [ˌrɛprɪzɛnˋteʃən; ˌreprɪzenˈteɪʃn] *n.* (*pl.* **~s** [~z; ~z]) **1** U表現, 表達, 描寫; 表示.

2 C 《文章》所表現[表達]之事物; 肖像(畫), 繪

畫, 雕刻. The piece is a musical *representation* of a famous contemporary poem. 這首曲子將一首著名的現代作詩以音樂的形式表現.

3 C 《文章》說明, 陳述; 主張, 斷言; (常 representations) 申訴, 抗議. on a false *representation* 基於虛僞之陳述/The demonstrators made strong *representations* against the government. 示威者對政府表示強烈的抗議.

4 U代表, 代理; 代表權; C代表團, (集合)代表(者). No taxation without *representation*. 無參政代表權就無納稅義務[美國獨立戰爭的口號]/regional [proportional] *representation* 地區[比例]代表制.

‡rep·re·sent·a·tive [ˌrɛprɪˋzɛntətɪv; ˌreprɪˈzentətɪv] *adj.* **1** 代表性的, 典型的. a *representative* American 典型的美國人.

2 (用 representative of…)代表…的. a building *representative* of Victorian architecture 代表維多利亞時代建築風格的樓房.

3 代表者的; 由代表組成的; 代議制的. a *representative* body 代表團.

4 表現的, 表達的, 《*of*》; 描寫的.

— *n.* (*pl.* **~s** [~z; ~z]) C **1** 代表, 代理人. a *representative* of the U.S. in the UN 美國駐聯合國代表/Henry is our *representative* on the student council. 亨利是我們的學生自治會代表.

2 國會議員 《(在(美))指眾議院議員 (↔ senator)》. a *representative* from Texas 德州的眾議員.

3 代表性的人[物], 典型; 樣本, 標本, 《*of*》. a *representative* of the younger generation 年輕一代的典型.

4 業務代表, 推銷員.

re·press [rɪˋprɛs; rɪˈpres] *vt.* **1** 抑制, 壓抑, 〔慾望等〕. I couldn't *repress* a smile. 我忍不住笑了. **2** 壓制, 鎮壓, 〔叛亂等〕.

re·pressed [rɪˋprɛst; rɪˈprest] *adj.* 〔慾望, 感情〕被抑制的; 〔人〕慾望未滿足的.

re·pres·sion [rɪˋprɛʃən; rɪˈpreʃn] *n.* **1** U抑制, 壓抑, 壓抑; U壓抑感情[本能]. **2** U鎮壓, 壓制.

re·pres·sive [rɪˋprɛsɪv; rɪˈpresɪv] *adj.* 〔法律, 統治等〕壓制的, 壓迫的.

re·prieve [rɪˋpriv; rɪˈpriːv] *vt.* **1** 《法律》暫緩對〔罪犯〕執行刑罰. **2** 暫時解救《*from*》.

— *n.* C **1** 《法律》(特指死刑的)緩刑(令).

2 (痛苦等的)暫時減輕, 稍微好轉.

rep·ri·mand [ˋrɛprəˌmænd; ˈreprɪmɑːnd] *n.* UC讉責, 懲戒; 責難, 斥責.

— *vt.* 讉責, 懲戒; 申斥.

re·print [ˋriˌprɪnt; ˈriːprɪnt] *n.* C再版, 重印, 增印, 《(不改排; → edition)》; 複製(版), 翻印(本), 再版品.

— [riˋprɪnt; ˌriːˈprɪnt] *vt.* 增印; 翻印.

re·pris·al [rɪˋpraɪzl; rɪˈpraɪzl] *n.* U報仇, 報復; C報復行爲; (通常 reprisals) 賠償金.

R

原音完美重現/the *reproduction* of a play 戲劇的再上演.

3 Ⓤ生殖, 繁殖. ⇨ *v.* **reproduce.**

re·pro·duc·tive [͵riprə'dʌktɪv; ͵ri:prə'dʌktɪv] *adj.* **1** 生殖的; 進行生殖的, 進行繁殖的. *reproductive* organs 生殖器官. **2** 再生的, 再現的.

***re·proof** [rɪ'pruf; rɪ'pru:f] Ⓤ(文章)Ⓤ譴責, 斥責; Ⓒ怨言, 譴責的話. a look of *reproof* 譴責的眼神/He made the following remarks in *reproof* of the government. 他發表了下列譴責政府的評論. ⇨ *v.* **reprove.**

***re·prove** [rɪ'pruv; rɪ'pru:v] *v.* (**~s** [~z; ~z]; [~d; ~d]; **-prov·ing**)(文章)斥責, 責備, 責怪, (*for*). The teacher *reproved* the student sternly *for* his laziness. 老師責罵那個學生懶惰的表現. 回reprove 含有「公然且直接地斥責」某人的過失, 疏忽, 意圖使其改正. → **blame.**
⇨ *n.* **reproof, reprobation.**

re·prov·ing·ly [rɪ'pruvɪŋlɪ; rɪ'pru:vɪŋlɪ] *adv.* 譴責地, 責備似地.

rep·tile [ˈrɛptɪ; -tɪl; ˈreptail] *n.* Ⓒ爬蟲類(動物).

rep·til·i·an [rɛp'tɪlɪən; rep'tɪliən] *adj.* **1** 爬蟲類的, (輕蔑)卑劣的; 不愉快的; 陰險的; 不可信任的. — *n.* =reptile.

Repub. (略) Republic; Republican.

***re·pub·lic** [rɪ'pʌblɪk; rɪ'pʌblik] *n.* (*pl.* **~s** [~s; ~z]) Ⓒ共和國(通常由民選的president (總統)為其領袖)(與君主政體(monarchy). France is a *republic*. 法國是一個共和國.

***re·pub·li·can** [rɪ'pʌblɪkən; rɪ'pʌblikən] *adj.* 共和國的; 共和政體的; 共和主義的; (美)(*R*epublican)共和黨的(↔ Democratic). — *n.* Ⓒ共和主義者; (美)(*R*epublican)共和黨黨員(民主黨黨員為Democrat).

re·pub·li·can·ism [rɪ'pʌblɪkən͵ɪzəm; rɪ'pʌblikənizəm] *n.* Ⓤ共和政體[主義]; (*R*epublicanism)(美國的)共和黨的主義[政策].

Repùblican Párty *n.* (加the)(美)共和黨(以象(elephant)作為象徵; → the Democratic Party).

re·pu·di·ate [rɪ'pjudɪ͵et, ͵͵pɪʊ-; rɪ'pju:dieit] *vt.* (文章) **1** 否決, 拒絕; 否認. **2** 與(某人)斷絕關係, 脫離(父子)關係.

re·pu·di·a·tion [rɪ͵pjudɪ'eʃən, ͵͵pɪʊ-; rɪ͵pju:di'eiʃn] *n.* Ⓤ(文章)否決; 否認; 斷絕關係, 離婚.

re·pug·nance [rɪ'pʌgnəns; rɪ'pʌgnəns] *n.* Ⓐ Ⓤ嫌惡, 反感, (*to*). He has a *repugnance to* telling lies. 他討厭說謊.

re·pug·nant [rɪ'pʌgnənt; rɪ'pʌgnənt] *adj.* 令人嫌惡的(*to*). Telling lies is *repugnant to* him. 說謊是他所厭惡的. ⇨ *n.* **repugnance.**

re·pulse [rɪ'pʌls; rɪ'pʌls] (文章) *vt.* **1** 擊退, 把…趕回去. **2** 拒絕, 不接受. — *n.* ⓤⒸ(被)擊退; 拒絕, 否決. meet with (a) *repulse* 被擊退[拒絕].

re·pul·sion [rɪ'pʌlʃən; rɪ'pʌlʃn] *n.* **1** Ⓤ(文

***re·proach** [rɪ'protʃ; rɪ'prəʊtʃ] *vt.* (**~es** [~ɪz; ~ɪz]; **~ed** [~t; ~t]; **~·ing**)責備, 責怪, 責難, (某人)(*for, with* 用(某種理由)); (眼神等)露出責備的態度. We have nothing to *reproach* ourselves *with*. 我們沒甚麼可自責的/His boss *reproached* him *for* being negligent. 他的老闆因為他的疏忽而責備他. 回reproach是「指責」某人疏忽、卑鄙, 含有怨恨或憤怒等情感成分; → **blame.**
— *n.* (*pl.* **~·es** [~ɪz; ~ɪz]) **1** Ⓤ斥責, 責備; Ⓒ責備的話, 怨言; 責備的原因. in a tone of *reproach* 以責備的口氣/She heaped *reproaches* on him for his meanness. 她因他的卑鄙而痛斥他.
2 *a* Ⓤ(文章)恥辱, 丟臉; 是…之恥辱(*to*). live in *reproach* 活在羞辱中/a *reproach to* one's family 全家的一大恥辱.
beyond [*above*] *repróach* 無可指責(的); 無缺點(的). His conduct in that situation was *above reproach*. 他在那種情況下的行為是無可指責的.

re·proach·ful [rɪ'protʃfəl; rɪ'prəʊtʃfʊl] *adj.* 責備的, 譴責的; 責怪似的.

re·proach·ful·ly [rɪ'protʃfəlɪ; rɪ'prəʊtʃfʊlɪ] *adv.* 責難地; 責怪似地.

***rep·ro·bate** [ˈrɛprə͵bet; ˈreprəʊbeit] (文章) *adj.* 為上帝摒棄的; 墮落的; 無賴的. — *n.* Ⓒ為上帝摒棄的人.

rep·ro·ba·tion [͵rɛprə'beʃən; ͵reprəʊ'beiʃn] *n.* Ⓤ(文章)責備, 斥責.

***re·pro·duce** [͵riprə'djus, ͵͵dɪus, ͵͵dus; ͵ri:prə'dju:s] *v.* (**-duc·es** [~ɪz; ~ɪz]; **~d** [~t; ~t]; **-duc·ing**) *vt.* **1** 使(聲音, 影像等)重現, 使再現. The scene was vividly *reproduced* on the film. 那場面栩栩如生地在電影中重現.
2 複製, 複寫; 使再版; 再上演; 轉載. This article is *reproduced* from *The Times*. 這篇報導轉載自《泰晤士報》.
3 使(動物, 植物)繁殖, 生育(種族); 使(動物, 植物)再生(失去的部分). Reptiles *reproduce* (*themselves*) by laying egg. 爬蟲類產卵而繁殖後代.
— *vi.* **1** (動物, 植物)繁殖. Rabbits *reproduce* rapidly. 兔子繁殖迅速.
2 可複製[寫]. The colors of the original rarely *reproduce* faithfully. 原畫的色彩很少能忠實地複製出來.

re·pro·duc·i·ble [͵riprə'djusəbl; ͵ri:prə'dju:səbl] *adj.* 可複製[複寫]的; 可再生[再現]的.

***re·pro·duc·tion** [͵riprə'dʌkʃən; ͵ri:prə'dʌkʃn] *n.* (*pl.* **~s** [~z; ~z]) **1** Ⓤ複製, 複寫, 再造; 翻印; 轉載; Ⓒ複製品, 複寫, 再製品. *Reproduction* prohibited. 嚴禁複製(標示)/The original painting is in the National Gallery—this is just a *reproduction*. 那幅原畫在國立美術館, 這只是幅複製品.
2 Ⓤ再生, 再現; 再上演; 再版. Compact disks give excellent sound *reproduction*. 雷射唱片能使

章)擊退；拒絕.

2 ⓤ《物理》排斥力，排斥作用，(⟷ attraction).

3 ⓐⓤ《文章》嫌惡，反感，《for》. She feels a strong *repulsion for* snakes. 她非常厭惡蛇.

*re·pul·sive [rɪˋpʌlsɪv; rɪˈpʌlsɪv] *adj.* **1** 極爲不悅的，令人嫌惡的. The idea of marrying him was *repulsive* to her. 一想到嫁給他，她就覺得噁心. **2**《物理》排斥的. *repulsive* forces 排斥力.

re·pul·sive·ly [rɪˋpʌlsɪvlɪ; rɪˈpʌlsɪvlɪ] *adv.* 令人不快地，毛骨悚然地.

rep·u·ta·ble [ˋrɛpjətəbl; ˈrepjʊtəbl] *adj.* **1** 名聲好的；値得稱讚的.

2 規規矩矩的；標準的〔語法等〕.

‡**rep·u·ta·tion** [͵rɛpjəˋteʃən; ͵repjʊˈteɪʃn] *n.* ⓐⓤ **1** 名聲，名譽. That youth has a good *reputation*. 那個年輕人的名聲好/a playboy of evil *reputation* 聲名狼藉的花花公子.

2 名望，美名；好評，聲望. a man of *reputation* 有名望的人/win (a) *reputation* 贏得名聲/lose one's *reputation* 失去名望/live up to one's *reputation* 不要壞了名譽/The scandal ruined his *reputation*. 那件醜聞毀了他的聲譽/She has a *reputation* for kindness [the *reputation* of being kind]. 她以親切出名/Byron's maiden work established his *reputation* as a poet. 拜倫的處女作爲他建立起詩人的名望.

re·pute [rɪˋpjut, ˋpɪut; rɪˈpjuːt] *n.* ⓤ《文章》 **1** 名聲，名譽，(reputation). know a person by *repute* 久聞某人大名/The restaurant is in bad *repute* for its poor service. 那家餐廳因服務差而風評不佳.

2 名望，美名，好評，聲望，(⟷ disrepute). The writer is held in (high) *repute*. 那位作家博得(世人)崇高的聲望/a novel [doctor] of *repute* 受到極高評價的小說[醫師].

— *vt.* 談論，評價，句型5 (repute A to be B)，句型5 (repute A as B) 把A評價爲B，認爲A是B，《通常用被動語態》. be well [ill] *reputed* 名聲好[壞]/Fred is *reputed* as [to be] honest. 大家都認爲弗瑞德是誠實的.

re·put·ed [rɪˋpjutɪd, ˋpɪut-; rɪˈpjuːtɪd] *adj.* 被稱爲…的，被認爲是…的. the *reputed* author of the book 被公認爲那本書的作者(=the person who is reputed to be the author of the book).

re·put·ed·ly [rɪˋpjutɪdlɪ, ˋpɪut-; rɪˈpjuːtɪdlɪ] *adv.* 在名聲[名譽]方面.

‡**re·quest** [rɪˋkwɛst; rɪˈkwest] *n.* (*pl.* ~s [~s; ~s]) **1** ⓤ請求，懇求；要求；ⓒ請求[懇求]的事；要求的東西；點播曲；委託文，申請書. I have a *request* to make of you. 我有事求你/He granted my *request* that he (should) come with me. 他答應了我的請求，(要)和我一起來/play *requests* 播放點播的歌曲.

〔搭配〕*adj.*+request: a reasonable ~ (合理的請求)，an urgent ~ (緊急要求) // *v.*+request: accept a ~ (接受請求)，submit a ~ (提出請求)，turn down a ~ (拒絕請求).

━━━━━━━━━━ **required** 1307

2 ⓤ被要求的事；需要. The TV star is in great *request*. 那個電視明星很紅.

at a pèrson's requést = *at the requést of a pèrson* 應某人的請求[要求]. The meeting was postponed *at the request of* the Prime Minister. 該次會議應首相的要求而延期了.

by requést 應要求；根據請求. Name withheld *by request*. 應要求不公開姓名(隱瞞名字時的說明).

màke a requést for... 請求…，懇請…. I'd like to *make a request for* your help. 我想請你幫忙.

on requést 全憑請求. A catalog will be sent *on request*. 目錄待索.

— *vt.* (~s [~s; ~s]; ~ed [~ɪd; ~ɪd]; ~ing) 請求，要求；申請，《from, of》；句型3 (request *that* 子句) 請求做…；句型5 (request A *to* do) 請求A做…；(⟸和 ask 比較來，request 用於較正式且具禮貌性的請求). I *requested* help *from* [*of*] him. = I *requested* (*of*) him) *that* he (should) help me. 我請(求)他幫我/Customers are *requested* not *to* touch the merchandise. 顧客被要求不要觸摸商品/Contributions *requested*. 請捐款(慈善募捐處等上貼的紙條).

〔字源〕QUEST「要求」: request, quest (探索)，question (詢問)，inquest (驗屍).

requést stòp *n.* ⓒ《英》(公車等的)隨時停車招呼站(乘客有指示才停車).

req·ui·em [ˋrikwɪəm, ˋrɛk-; ˈrekwɪəm] *n.* ⓒ **1**《天主教》(或 *R*equiem)爲死者舉行的安魂彌撒；安魂曲. **2** 哀悼之歌，輓歌，悲歌.

‡**re·quire** [rɪˋkwaɪr; rɪˈkwaɪə(r)] *vt.* (~s [~z; ~z]; ~d [~d; ~d]; -quir·ing)

1 認爲…有必要，需要，句型3 (require *that* 子句)認爲…是必要的，句型3 (require *doing/to* do) 有必要做…，We might *require* your help some day. 日後我們或許需要你的協助/The situation *requires that* I (should) attend the meeting. 情勢使得我必須參加這項會議/I do not *require to* be reminded of my faults a thousand times. 我不需要別人千遍萬遍地提醒我的缺點(★不定詞通常用被動語態)/Your house *requires repairing* [repair]. 你的房子需要修補.

2《文章》要求，命令，《of》；句型3 (require *that* 子句)命令做…；句型5 (require A *to* do)命令A做…. Do all that is *required of* you. 做一切你該做的事/The chairman *required* us to be silent. = The chairman *required that* we (should) be silent. 主席要求我們安靜/You are *required* by law to report all sources of income. 根據法律，你要申報一切收入來源.

〔字源〕QUIRE「要求」: require, acquire (獲得)，inquire (詢問).

re·quired [rɪˋkwaɪrd; rɪˈkwaɪəd] *adj.* (被)認爲是必要的；〔科目等〕必修的(⟷ optional, elective).

*re·quire·ment [rɪˋkwaɪrmənt; rɪˈkwaɪəmənt] *n.* (*pl.* ~**s** [~s; ~s]) C **1** 要求的東西[數量]; 必需品; 要求, 必要. I have no *requirements* beyond food and water. 除了食物和水以外, 我甚麼都不需要/Their immediate *requirement* is financial aid. 他們現在最迫切需要的是財政上的援助. **2** 必要條件, 資格. fulfil [meet, satisfy] the *requirements* for college entrance 符合大學入學的資格/A Master's degree is an absolute *requirement* for the job. 碩士學位是這項工作絕對必要的條件.

re·quir·ing [rɪˋkwaɪrɪŋ; rɪˈkwaɪərɪŋ] *v.* require 的現在分詞, 動名詞.

req·ui·site [ˋrɛkwəzɪt; ˈrekwɪzɪt] (文章) *adj.* 必要的, 不可或缺的, (*for, to*) (→ necessary 同). Have all the *requisite* steps been taken? 所有必要的步驟都完成了嗎?
— *n.* C 必需品, 必要之物; 必要條件 (*for*).

req·ui·si·tion [͵rɛkwəˋzɪʃən; ͵rekwɪˈzɪʃn] *n.* **1** UC (透過文書等的)要求, 請求; 徵用, 徵集; C 請求書, 命令書, (*for*).
2 U 需要, 需用. The merchandise is in constant *requisition*. 那項商品的(市場)需求持續不斷.
— *vt.* **1** 強制使用; (軍隊等)下令徵用 (*for*). The village church was *requisitioned* for the troops. 村裡的教堂被部隊徵用了.
2 要求.

re·qui·tal [rɪˋkwaɪt; rɪˈkwaɪtl] *n.* U (文章)報酬, 回禮; 報仇, 報復, (*for, of*).

re·quite [rɪˋkwaɪt; rɪˈkwaɪt] *vt.* (文章) **1** 對(某人, 行為等)報答, 答謝, 回報, (*with*). Her love was not *requited* after all. 她的愛終究沒有得到回應. **2** 對…報復, 復仇.

re·ran [riˋræn; riːˈræn] *v.* rerun 的過去式.

re·run [riˋrʌn; riːˈrʌn] *vt.* (~**s**; **-ran**; ~; ~**ning**)
1 重新參加(賽跑).
2 再度上映(電影, 電視).
— [ˋri͵rʌn; ˈriːrʌn] *n.* UC 再度上映; C 再度上映的電影.

re·sale [riˋsel; ͵riːˈseil] *n.* UC 再銷售, 轉賣.

re·scind [rɪˋsɪnd; rɪˈsɪnd] *vt.* 廢除(法律, 行為等), 使無效; 取消.

*res·cue [ˋrɛskju; ˈreskjuː] *vt.* (~**s** [~z; ~z]; ~**d** [~d; ~d]; **-cu·ing**) 救, 救助, (*from*). The child was *rescued* from drowning. 那溺水的孩子獲救了/Their financial assistance *rescued* us from bankruptcy. 他們的經濟援助使我們免於破產.
同 rescue, save, deliver 均為「救」之意, rescue 重點在於救助作為的本身, save 著重於確保其結果安全, deliver 則是從困難中解放.
— *n.* (*pl.* ~**s** [~z; ~z]) UC (獲)救, 救助, 救出; 救濟, 救援; C 救援事件. We never lost hope of *rescue*. 我們不曾放棄獲救的希望/a *rescue* party 搜救隊.

còme [gò] **to the réscue of** a pèrson = còme [gò] **to** a pèrson's **réscue** 來[去]救(某人). I cried but no one seemed to *come to* my *rescue*. 我叫喊著, 但似乎沒有人來救我.

res·cu·er [ˋrɛskjʊə; ˈreskjʊə(r)] *n.* C 救助者, 營救者; 救濟者, 救援者.

res·cu·ing [ˋrɛskjʊɪŋ; ˈreskjʊɪŋ] *v.* rescue 的現在分詞, 動名詞.

*re·search [ˋrisɜtʃ, rɪˋsɜtʃ; rɪˈsɜːtʃ] *n.* (*pl.* ~**es** [~ɪz; ~ɪz]) UC (學術性的)研究(活動); 調查, 探索. Many important pieces of *research* have been done on cancer. 許多有關癌症的重要研究已在進行/He carried out *researches* [(a) *research*] into the causes of the accident. 他著手調查研究那起事故的原因/a *research* worker 研究員.
— [rɪˋsɜtʃ, ˋrisɜtʃ; rɪˈsɜːtʃ] *vi.* 研究, 調查, (*into, on*). I've been *researching* into Ainu folklore. 我一直在研究有關愛奴人的民間傳說.
— *vt.* 研究, 調查. Her graduation thesis was well *researched*. 她的畢業論文研究做得很好.

re·search·er [ˋrisɜtʃə, rɪˋsɜtʃə; rɪˈsɜːtʃə(r)] *n.* C 研究者, 研究員; 調查員.

*re·sem·blance [rɪˋzɛmbləns; rɪˈzembləns] *n.* (*pl.* **-blanc·es** [~ɪz; ~ɪz]) UC 類似; C 類似點, (*to; between*) (→ likeness 同). a point of *resemblance* 相似點/The son has [bears] a close *resemblance* to his father. 那孩子與他父親長得非常像/There is little *resemblance* between those sisters. = Those sisters show little *resemblance*. 她們姊妹不太相像.
⇨ *v.* resemble.

*re·sem·ble [rɪˋzɛmb; rɪˈzembl] *vt.* (~**z**; ~**z**; ~**d** [~d; ~d]; **-bling**) 像…, 與…相似, (*in*) (語法 不用被動語態或進行式). She closely *resembles* her mother in face and build. 她的面貌和體型跟她母親像極了/The water *resembled* a mirror. 水面如鏡.

re·sem·bling [rɪˋzɛmblɪŋ, ~blɪŋ; rɪˈzemblɪŋ] *v.* resemble 的現在分詞, 動名詞.

*re·sent [rɪˋzɛnt; rɪˈzent] *vt.* (~**s** [~s; ~s]; ~**ed** [~ɪd; ~ɪd]; ~**ing**) 對…憤慨, 怨恨, (句型3) (resent do*ing*), 討厭…. She *resented* his attitude toward her. 她怨恨他對她的態度/I *resent* your *interfering* in my business. 我討厭你干涉我的事/He *resented being* ignored by Sam. 他對山姆忽視他深感憤慨.

re·sent·ful [rɪˋzɛntfəl; rɪˈzentfʊl] *adj.* 憤慨的, 生氣的, (*of*). She is deeply *resentful* of his remarks. 她對他的話深感憤慨/a *resentful* look 氣憤的表情.

re·sent·ful·ly [rɪˋzɛntfəlɪ; rɪˈzentfʊlɪ] *adv.* 憤慨地.

*re·sent·ment [rɪˋzɛntmənt; rɪˈzentmənt] *n.* a U 憤慨; 怨恨, 宿怨; (*against*). He has done so out of *resentment*. 他出於怨恨才那樣做的/The accused bore a strong *resentment* against the judge. 那名被告極為憎恨那個法官.

R

【搭配】 *adj.*+resentment: bitter ~ (激憤), deep ~ (深仇大恨) // *v.*+resentment: arouse ~ (引起憎恨), express ~ (表達怨恨), feel ~ (感到憤恨), show ~ (發洩怨氣).

*res·er·va·tion [ˌrɛzɚˈveʃən; ˌrezəˈveɪʃn] *n.* (*pl.* ~s [~z; ~z]) **1** ⓤⓒ (權利等的)保留; 條件, 限制.

2 ⓒ (常 reservations)《主美》(房間、座位等的)預約《主英》booking); 預約的座位[房間]. confirm one's *reservation* 確認預約/make a hotel *reservation* in the name of John Smith 以約翰·史密斯的名字預訂旅館/make a *reservation* for a suite at the hotel 在飯店訂套房/Do you have *reservations*, sir? 先生, 您預約了嗎?

3 ⓒ (內心暗藏的)疑惑. I have some *reservations* about the truth of his story. 我有點懷疑他所說的真實性.

4 ⓒ《美》(印第安人的)保留區; 禁獵區.

⇨ *v.* reserve.

without reservátion (1)毫無保留地, 直率地. Please give us your opinion *without reservation*. 請你坦誠告訴我們你的意見. (2)無條件地. I can recommend him for the post *without reservation*. 我可以無條件地推薦他就任那個職位.

*re·serve [rɪˈzɝv; rɪˈzɜːv] *vt.* (~s [~z; ~z]; ~d [~d; ~d]; -serv·ing)
【 不使用而儲備 】 **1** 儲備, 留下; 安排; (用 reserve **A** for **B**)為 B 安排 A. *reserve* some money *for* a vacation trip 為假期旅遊存點錢/He *reserves* Sundays *for* fishing. 他安排星期天去釣魚/These seats are *reserved for* the elderly. 這些座位是留給老年人的.

2 預訂[座位, 房間等], 預約, (《主英》book). *reserve* a seat on an airplane 預訂飛機的座位/*reserve* a table for two 預約兩人份的桌子/All seats *reserved*. 「全部座位均已預約」《告示》.

3 保有[保持][權利等]. All rights *reserved*. 「版權所有」《通常為禁止擅自抄襲, 而印於書的扉頁內側等處的詞句》.

【 延緩 】 **4** 保留, 暫緩, [批評, 判斷等]延期; 《法律》保留. The judge *reserved* his decision. 法官將判決延期. ⇨ *n.* reservation.

── *n.* (*pl.* ~s [~z; ~z])【 儲備 】 **1** ⓒ 儲存; (銀行, 公司等的)準備金; (石油等的)埋藏量. water *reserves* 水的儲存/a *reserve* of fuel 燃料的儲存/He still had a great *reserve* of strength. 他仍大有餘力.

2 ⓒ (the reserve(s))《軍事》預備部隊[艦隊]; (比賽)後補隊員.

3 (形容詞性)預備的, 準備的. a *reserve* supply 預備/a *reserve* fund 預備金.

【 節制 】 **4** ⓤ 限制, 條件; 除外, 保留. I'll accept your proposal, but with one *reserve*. 我將接受你的提議, 但附加一個條件.

5 ⓤ 客氣; 謹慎; 寡言. *reserve* of manner 謹慎的態度; 客氣的舉止/throw off one's *reserve* 拋開拘謹的態度.

6 ⓒ 特別保留地. a forest *reserve* 森林保護區/a

reserve for wild animals 野生動物保護區.

in resérve 備用的, 預備的. We have kept some money *in reserve* for a rainy day. 我們留了一些錢以防萬一.

without resérve 《文章》(1)不客氣地, 坦率地. Tell us your opinion *without reserve*. 請不要客氣告訴我們你的意見. (2)無條件地.

【字源】SERVE「保持」: reserve, conserve (保存), preserve (維持).

re·served [rɪˈzɝvd; rɪˈzɜːvd] *adj.* **1** 保留的; 備用的; 預備的; 貯藏[保存]的.

2 包租的; (已)預定的. *reserved* seats 預定[保留]的座位.

3 拘束的; 有保留的; 腼腆的. Anne is *reserved* in speech. 安不愛說話.

re·serv·ed·ly [rɪˈzɝvɪdlɪ; rɪˈzɜːvɪdlɪ]《★注意發音》 *adv.* 客氣地, 疏遠地.

re·serv·ing [rɪˈzɝvɪŋ; rɪˈzɜːvɪŋ] *v.* reserve 的現在分詞, 動名詞.

re·serv·ist [rɪˈzɝvɪst; rɪˈzɜːvɪst] *n.* ⓒ 預備兵, 後備軍人.

*res·er·voir [ˈrɛzɚˌvɔr, ˈrɛzə-, -ˌvwɔr, -ˌvwar; ˈrezəvwɑː(r)] *n.* (*pl.* ~s [~z; ~z]) ⓒ **1** 貯水池; (水, 石油等的)貯藏所; 水槽, 蓄水池; (油燈的)盛油壺, (鋼筆的)墨水管. a *reservoir* of oil 油槽.

2 (知識等的)累積; 寶庫. a vast *reservoir* of wealth 龐大財產的累積.

re·set [riˈsɛt; ˌriːˈset] *vt.* (~s; ~; ~·ting) **1** 再安放, 重新放置; (印刷)重排[鉛字]. **2** 重鑲[寶石等]. **3** 《醫學》接[斷骨].

re·set·tle [riˈsɛtl; riːˈsetl] *vt.* 使[難民等]再定居《in〔新的土地〕).
── *vi.* 再定居《in》.

re·shuf·fle [riˈʃʌfl; ˌriːˈʃʌfl] *vt.* **1** 重洗[紙牌]. **2** 改組[內閣等].
── *n.* ⓒ **1** (紙牌的)重新洗牌. **2** (內閣等的)改組.

re·side [rɪˈzaɪd; rɪˈzaɪd] *vi.*《文章》 **1** [人]居住, 定居, 駐在; 《in, at》. a diplomat *residing* in Washington 駐華盛頓的外交官. 《reside 為較呆板、形式化的用語, 法律上處理居住的問題時或長期居住或居住深宅大院時所用; → live[1].

2 [特質, 權利等]存在《in》.

*res·i·dence [ˈrɛzədəns, ˈrezɪdəns] *n.* (*pl.* -denc·es [~ɪz; ~ɪz])《文章》 **1** ⓤ 居住, 居留; 駐在, 在職; (學校宿舍(college)等的)在籍, 在學; ⓒ 居住[逗留]期間. a place of *residence* 居住地/He took up *residence* in a small country town. 他居住在鄉下的小鎮上/*Residence* is required. 需要(在任職地)居住/(赴遠地任職之命令所附帶的規定)/have one's *residence* in Hawaii 居住在夏威夷/His three years' *residence* abroad was a pleasant one. 他三年的國外居留相當愉快.

2 ⓒ 住所, 住宅, (大)宅邸. an official *residence* 官邸, 公家宿舍, 官舍. 回residence 通常

意味著比較富麗堂皇的房屋；→ house.

↪ v. **reside**.

in résidence (1)居住(在官邸)；駐在(任職地)．
(2)〔教授，學生等〕住在(學校宿舍內)．

res·i·den·cy [ˈrɛzədənsɪ; ˈrezidənsi] n. (pl.
-cies)　**1** ＝residence 1. **2** (美) ⓒ 實習醫生期間；
ⓤ 實習醫生的身分(→ resident n. 2)．

‡res·i·dent [ˈrɛzədənt; ˈrezidənt] adj. **1** 居
住的，居留的；長期逗留的，駐在
的．the resident population 居住人口/a resident
bird 不遷徙的鳥(相對於 migratory bird)/My son
is resident in Paris. 我兒子住在巴黎．
2 住進的．a resident tutor 住在雇主家的家庭教
師/The hotel has a resident orchestra to dance
to. 這飯店有一個專屬的交響樂團做舞蹈的伴奏．
— n. (pl. ~s [~s; ~s]) ⓒ **1** 居住者，定居者；
長期逗留者(↔ transient)．city residents 都市人/
foreign residents 外僑/summer residents (非全年
居住的)夏季居民．**2** (實習期滿後的)駐院醫生．

↪ v. **reside**.

res·i·den·tial [ˌrɛzəˈdɛnʃəl; ˌrezidenʃl] adj. **1**
住宅的，適合住宅的，居住用的．a residential dis-
trict [quarter, area] 住宅區．**2** 必需住宿的；住
進的；寄宿制的．

re·sid·u·al [rɪˈzɪdʒʊəl; riˈzidjuəl] adj. 剩下的；
殘留的，殘遺的；(數學)剩餘的．
— n. ⓒ 殘餘；殘留物，殘渣．

res·i·due [ˈrɛzəˌdju, -ˌdɪu, -ˌdu; ˈrezidjuː] n. ⓒ
剩餘；殘渣；(化學)殘留物；(數學)剩餘．

‡re·sign [rɪˈzaɪn; riˈzain] v. (~s [~z; ~z]) ~ed
[~d; ~d] ~·ing) vt. **1** 放棄，對…死
心；轉讓．He resigned his right of inheritance.
他放棄了繼承權/resign all hope 放棄所有希望．
2 辭去〔職務等〕．resign one's post [office] 辭職．
3 委託，託付；(用 resign A to B 把 A 託付給 B.
I resign my children to your care. 我把孩子們託
給你照顧．
— vi. 辭職，離職，辭去職務，引退，(from, as)
(→ retire 同)．The minister resigned from the
Cabinet. 那位部長辭去了內閣的職務/He resigned
as chairman. 他辭去了議長職務．

↪ n. **resignation**.

* **resígn onesèlf to...** (文章)聽任…；順從…；對
…死心．resign oneself to one's fate 聽天由命/He
was forced to resign himself to being second
best. 他甘心居於第二．

* **res·ig·na·tion** [ˌrɛzɪgˈneʃən, ˌrɛs-;
ˌrezigˈneiʃn] n. (pl. ~s [~z; ~z]) **1** ⓤ 辭職，退
任；ⓒ 辭呈．the general resignation of the Cab-
inet 內閣總辭/send in [hand in] one's resignation
提出辭呈．
2 ⓤ 放棄；忍受；死心．accept one's fate with
resignation 甘心認命．↪ v. **resign**.

re·signed [rɪˈzaɪnd; riˈzaind] adj. 死心的；逆
來順受的(to)．a resigned look 一副逆來順受的表

情/They were poor, and resigned to poverty. 他
們很窮困而且甘於窮困．

re·sign·ed·ly [rɪˈzaɪnɪdlɪ; riˈzainidli] adv.
(★注意發音)死心地，聽天由命地．

re·sil·i·ence, -en·cy [rɪˈzɪlɪəns;
riˈzilians, -si, -si] n. ⓤ **1** 彈回，彈力，彈性．
2 (文章)恢復力．

re·sil·i·ent [rɪˈzɪlɪənt; riˈzilient] adj. **1** (東西)
彈回的；起勁的；有彈力的．**2** (文章)(人，動物)
迅速恢復的，立刻恢復精神的．

res·in [ˈrɛzn, -zɪn; ˈrezin] n. ⓤⓒ **1** 松脂，松
香，樹脂，(→ rosin)．**2** 合成樹脂．

res·in·ous [ˈrɛznəs, -zɪn-; ˈrezinəs] adj. 樹脂
(狀)的；多松脂的．

‡re·sist [rɪˈzɪst; riˈzist] vt. (~s [~s; ~s]) ~ed
[~ɪd; ~id] ~·ing) (抵抗) **1** 抵抗，
反對；(句型3) (resist doing)抵抗…，resist
authority 反抗權威/The box was very heavy and
resisted his efforts to lift it. 那箱子很重，他再怎
麼使勁也提不起來/The criminal resisted arrest
[being arrested]. 那個罪犯拒捕．(同)resist 是積極
抵抗來自對手的攻擊；→ oppose.
2 經得起，抗拒，(誘惑等)(常用於否定句)．
resist temptations 經得起誘惑/She'll be unable to
resist his solicitations. 她會經不起他的懇求．
3 忍受；抑制；(句型3) (resist doing)忍住…；
(常用於否定句)．I cannot resist sweets. 我無法抗
拒甜食/I couldn't resist laughing at the sight. 看
到那情景我忍不住笑了．
4 對(化學作用，自然力等)有抵抗性．resist damp
[rust] 防潮[鏽]．
— vi. 抵抗，反抗；忍耐．She could resist no
longer. 她終於不再忍耐了．
(字源) SIST「立」：resist, assist (幫助), insist (堅
持), persist (堅持到底)．

‡re·sis·tance [rɪˈzɪstəns; riˈzistəns] n.
(pl. **-tanc·es** [~ɪz; ~iz])
(抵抗) **1** (a) ⓐⓤ 抵抗，反抗，(to)；妨礙；
(對疾病，細菌等的)抵抗力．Babies have little
resistance to disease. 嬰兒對疾病的抵抗力很差/
The enemy put up (a) strong resistance to our
attack. 敵人頑強的抵抗我們的攻擊．
(圖解) adj.+resistance: determined ~ (堅決抵
抗), stubborn ~ (不屈服的反抗), fierce ~ (激
烈的反抗), weak ~ (微弱的抵抗) // v.+resis-
tance: crush ~ (壓制反抗), put down ~ (鎮壓
反抗)．
(b) (單複數同形)(常the Resistance) (被占領國
等的)地下反抗運動，抵抗運動，(特指第二次世界
大戰中法國人在德國占領下的反抗運動)．a resis-
tance movement 反抗運動．
2 ⓤ 反感，反抗心．psychological resistance 心
理上的抵抗．
3 ⓤ (電，空氣等的)阻力；ⓒ 電阻器(resistor)．
air resistance 空氣阻力．

tàke [fòllow] the líne of lèast resístance 採
取最容易的方法．

re·sis·tant [rɪˈzɪstənt; riˈzistənt] adj. 抵抗的，

反抗的; 有抵抗力[耐性]的; ((to)). heat-*resistant* 耐熱的/These bacteria are *resistant to* antibiotics. 這些細菌對抗生素具有抵抗能力.

re·sist·er [rɪˋzɪstɚ; rɪˋzɪstə(r)] *n.* C抵抗者.

re·sist·less [rɪˋzɪstlɪs; rɪˋzɪstlɪs] *adj.* 《英、古》 **1** =irresistible. **2** 不抵抗的, 無抵抗力的.

re·sis·tor [rɪˋzɪstɚ; rɪˋzɪstə(r)] *n.* C(電)電阻器.

*__**res·o·lute** [ˋrɛzəˌlut, -, ˌlɪut, ˋrɛzˌljut; ˋrezəluːt] *adj.* 《文章》意志堅強的; 斷然的, 堅決的. The people were *resolute against* war [*for* peace]. 人民堅決反對戰爭[提倡和平]/He is *resolute in* his decision. 他的意志很堅決.
⇨ *v.* **resolve**. ↔ **irresolute**.

res·o·lute·ly [ˋrɛzəˌlutlɪ, -, ˌlɪut-, ˋrɛzˌljut-; ˋrezəluːtlɪ] *adv.* 堅決地, 果斷地.

res·o·lute·ness [ˋrɛzəˌlutnɪs, -, ˌlɪut-, ˋrɛzˌljut-; ˋrezəluːtnɪs] *n.* U堅決, 果斷.

*‡__**res·o·lu·tion** [ˌrɛzəˋluʃən, -ˋlɪu-, -ˋzˌljuʃən; ˌrezəˋluːʃn] *n.* (*pl.* ~s [~z; ~z]) [決定] **1** C(議會, 聚會等的)決定, 決議; 決議案[文]. a *resolution* for constructing a superhighway 贊成[反對]建造高速公路的決議/adopt [reject] a *resolution* asking for a cease-fire 通過[駁回]停戰決議案.
2 C決心, 決意, ((to do)). make New Year's *resolutions* 訂下新年新計畫/She broke her *resolution* never *to* see him again. 她改變不再見他的決心.
3 U魄力, 意志堅決, 果斷. a man of great *resolution* 有魄力的人/with *resolution* 果斷地.
[解開] **4** U《文章》解答; 解決; 解除, ((of)(問題, 糾紛等)的). the *resolution* of a problem 問題的解決.
5 U分解, 分析, ((into)).
⇨ *v.* **resolve**.

re·solv·a·ble [rɪˋzɑlvəbl; rɪˋzɒlvəbl] *adj.* **1** 可解決的. **2** 《敘述》可分解的, ((into)).

*‡__**re·solve** [rɪˋzɑlv; rɪˋzɒlv] *v.* (~s [~z; ~z]; ~d [~d; ~d]; -solv·ing) *vt.*
[決定] **1** [句型3] (resolve *that* 子句/*to* do)決定, 決議, 投票表決…/議案要做…. The committee has *resolved* to make further investigation into the matter. 委員會已決議進一步審查那個問題/*Resolved*: nuclear tests should be banned. 茲決議, 應禁止核子試驗(決議文的詞句).
2 (a) [句型3] (resolve *to* do/*that* 子句/*wh* 子句)決心要做…/決定是否要…. She has *resolved* to tell the truth. = She has *resolved that* she will tell the truth. 她決心要說出真相/Have you *resolved where* to go for your summer vacation? 你決定要到哪去過暑假了嗎?
(b) [句型5] (resolve **A** *to* do)使 **A** 決心做…, That *resolved* him to resign. 那件事使他決心辭職. ⑤resolve 意味著「決定某事並加以遵守的堅定意志」; → **decide**, **determine**.
[解開] **3** 解答(問題等), 解決(糾紛等), 解除(疑惑等). *resolve* a conflict 解決衝突/*resolve*

fears 消除恐懼/*resolve* a crisis 解除危機.
4 分解, 分析, ((into)); 溶解, 溶化. *resolve* water *into* oxygen and hydrogen 把水分解成氧和氫.
— *vi.* **1** 決心; 決定; 決議; ((on, upon)). Disgusted with the city, he *resolved on* living in the country. 因厭惡都市, 他決定到鄉村生活/The workers *resolved on* going on strike. 工人們決定罷工.
2 分解, 還原, ((into)). The mixture *resolved into* two compounds. 混合物分解成二種化合物.
⇨ *n.* **resolution**.
— *n.* 《文章》 **1** C決心, 決意; 《美》決議. He made a firm *resolve* to quit smoking. 他下定決心戒菸/keep one's *resolve* 堅守決心.
2 U堅忍不拔, 不屈的意志. a man of great *resolve* 意志堅定的人.
[字源] SOLVE「解答」: re*solve*, *solve* (解決), ab*solve* (解放), dis*solve* (溶解).

re·solved [rɪˋzɑlvd; rɪˋzɒlvd] *adj.* 《敘述》決意的, ((to do)); 果斷的. I am *resolved to* quit my job. 我決定辭去我的工作.

re·solv·ing [rɪˋzɑlvɪŋ; rɪˋzɒlvɪŋ] *v.* resolve 的現在分詞、動名詞.

res·o·nance [ˋrɛzṇəns; ˋrezənəns] *n.* U《物理》共鳴, 回響, 共振.

res·o·nant [ˋrɛzṇənt; ˋrezənənt] *adj.* **1** 〔聲音〕回響的; 〔聲音〕響亮的. a *resonant* voice 響亮的聲音. **2** 〔房間等〕有回音的((with)).

res·o·nant·ly [ˋrɛzṇəntlɪ; ˋrezənəntlɪ] *adv.* 回響地, 響徹地.

res·o·nate [ˋrɛzəˌnet; ˋrezəˌneɪt] *vi.* 共鳴, 響徹.

*__**re·sort** [rɪˋzɔrt; rɪˋzɔːt] *vi.* (~s [~s; ~s]; ~ed [~ɪd; ~ɪd]; ~·ing) **1** (用 resort to...)訴諸於…; 依賴, *resort to* violence [trickery] 訴諸暴力[詭計].
2 《文章》(常)去, 頻繁前往, ((to)). We *resort to* the Tyrol every summer. 我們每年夏天去蒂羅爾.
— *n.* (*pl.* ~s [~s; ~s]) **1** C(人)常去的地方; 遊覽地; 繁華地帶; U人群, a health *resort* 休養地/a hot spring *resort* 溫泉地/a summer *resort* 避暑地/a winter *resort* 避寒地/a holiday *resort* 度假地/a place of great *resort* 很熱鬧的地方.
2 U依賴, 依靠, 憑藉; C依賴之物[人], 「靠山」. (憑藉的)手段, change the constitution without *resort* to violence 不訴諸暴力的政體改革/You are my only *resort*. 你是我唯一的依靠.
as a làst resórt =in the last resort.
hàve resórt to... 《文章》訴諸[武力等]. have *resort to* force [law] 訴諸武力[法律].
in the làst resórt 作為最後的手段. Military force should only be used *in the last resort*. 軍事力量應該僅作為最後手段使用.

re·sound [rɪˋzaʊnd; rɪˋzaʊnd] *vi.* **1** 〔某地方〕響徹, 回響, ((with)). The hall *resounded with*

the peal of the bells. 大廳裡響徹鐘聲.

2 〔名聲等〕遠播, 著名.

re·sound·ing [rɪˋzaʊndɪŋ; rɪˈzaʊndɪŋ] *adj.*

1 響徹的.

2 極好的, 驚人的. with *resounding* success 非常成功地.

✻**re·source** [rɪˋsors, ˋrɪsors, -ɔrs; rɪˈsɔːs] *n.* (*pl.* **-sourc·es** [~ɪz; ~ɪz])

〘必要時可依靠的東西〙 **1** Ⓒ 《常 resources》資源, 財源; 資產. energy *resources* 能源／He had exhausted his financial *resources*. 他已耗盡他的財源／The country is rich in natural *resources*. 那個國家富於天然資源.

2 Ⓒ (緊急之時的)手段; 對策; 依靠. He had no other *resource* but to run away. 他除了逃走以外沒有其他的方法.

〘權宜之計〙 **3** Ⓤ《文章》機智; 隨機應變的能力. a man of *resource* 隨機應變的人, 能幹的人.

4 Ⓒ 消遣; 娛樂. Reading is one of his *resources*. 閱讀是他的消遣之一.

leave a person *to his own resources* 放任某人; 對某人(任其自由而)置之不理.

re·source·ful [rɪˋsorsfəl, -ˋsɔrs-; rɪˈsɔːsfʊl] *adj.* 有應變能力的, 善於隨機應變的.

re·source·ful·ly [rɪˋsorsfəlɪ, -ˋsɔrs-; rɪˈsɔːsfʊlɪ] *adv.* 隨機應變地, 運用機智地.

re·source·ful·ness [rɪˋsorsfəlnɪs, -ˋsɔrs-; rɪˈsɔːsfʊlnɪs] *n.* 隨機應變的能力; 機智.

✻**re·spect** [rɪˋspɛkt; rɪˈspekt] *vt.* (~**s** [~s; ~s]; ~**ed** [~ɪd; ~ɪd]; ~**ing**)

〘抱持著關心〙 **1** 尊重, 重視; 把…列入考慮. *respect* one's word守信／*respect* the environment 重視環境／*Respect* yourself. 請自重／They *respected* the novelist's last wishes and burned his letters. 他們尊重那位小說家臨終的願望, 燒掉了他的信.

2 尊敬, 敬重, (→ esteem 同). one's elders 敬重年長者／a *respected* parish priest 受尊敬的教區牧師／I *respect* him for what he did for the city. 我敬重他為這城市所做的一切.

— *n.* (*pl.* ~**s** [~s; ~s]) 〘關心〙 **1** Ⓤ注意; 關心; 考慮; 顧慮. *respect* for [to]…)對…的關心, 注意. He paid no *respect to* [He had no *respect for*] the risks and went ahead. 他全然不顧危險向前進.

2 〘關心之處〙Ⓒ點, 處; 細節. in all [some] *respects* 在所有[某些]方面上／He is in no *respect* wrong. 他沒甚麼地方有錯／I can't agree with you in this *respect*. 我在這點上不同意你.

〘關心 > 敬意〙 **3** Ⓤ尊敬, 敬意; 尊重; (用 respect for…)對…的尊敬, 敬意. have *respect for* a person 尊敬某人／treat a person with *respect* 以敬意對待某人／The mayor is held in *respect* by the citizens. 市長受到市民們的敬重／Show *respect for* your elders' advice. 要尊重年長者的忠告.

〘搭配〙 *adj.*＋respect: great ~ (極高的敬意), sincere ~ (衷心的敬意) // *v.*＋respect: deserve ~ (值得尊重), gain a person's ~ (得到某人的尊重), lose a person's ~ (失去某人的尊重).

4 (respect*s*)敬意的表示, 問候. Please give my *respects* to your father. 請代我向令尊致意.

✥ **respectable, respectful, respective.**

in respect of [*to*]… 《文章》關於…, 就…(而言). *In respect of* your plan, I find it impracticable. 就你的計畫而言, 我覺得無法實現.

pay one's respects to… 《文章》對…表敬意, 訪問(致敬)….

without respect to… 不顧…, 不管…. The right to vote is granted *without respect to* race, creed or sex. 投票權不分種族, 信條或性別.

with respect to…＝in respect of [to]…

re·spect·a·bil·i·ty [rɪˏspɛktəˋbɪlətɪ; rɪˌspektəˈbɪlətɪ] *n.* Ⓤ **1** 值得尊敬, 體面. gain *respectability* 受尊敬. **2** 面子, 社會地位; 不失面子; (→ respectable 2, 3).

✻**re·spect·a·ble** [rɪˋspɛktəbl; rɪˈspektəbl] *adj.* **1** 應尊敬的, 體面的. He comes from a highly *respectable* family. 他出身名門／It is far from *respectable* to spit on the street. 當街吐痰是有失體面的.

2 〔人等〕品行端正的; 規矩的; 正經的; 《諷刺》文雅的; (★原來的「尊敬」之意減弱; 3, 4亦相同). A *respectable* girl would never behave that way. 正經的女孩應不會有那樣的舉止／I hate her company; she is too *respectable*! 我不喜歡和她在一起; 她太一本正經了!

3 〔服裝等〕雅觀的, 可示人的. This hat is hardly *respectable*. 這頂帽子實在不能看.

4 《口》〔大小, 數目等〕相當的, 可觀的; 〔成績等〕尚可的. His school record was *respectable* but not brilliant. 他的學業成績尚可, 但不出色.

re·spect·a·bly [rɪˋspɛktəblɪ; rɪˈspektəblɪ] *adv.* **1** 體面地; 正經地. **2** 相當地, 可觀地.

✻**re·spect·ful** [rɪˋspɛktfəl; rɪˈspektfʊl] *adj.* **1** 懷著尊敬之情的, 恭敬的, (*to*); 彬彬有禮的, 鄭重的. He always listens to his betters in *respectful* silence. 他總是安靜有禮貌地聆聽上司的話／*respectful* behavior 彬彬有禮的舉止. **2** (用 respectful of…)尊重, 重視…. be *respectful of* tradition 重視傳統.

re·spect·ful·ly [rɪˋspɛktfəlɪ; rɪˈspektfʊlɪ] *adv.* 恭敬地, 謹慎地.

Yours respectfully, ＝ *Respectfully yours,* 敬上(書信的結尾語; 前面省略 I am).

re·spect·ing [rɪˋspɛktɪŋ; rɪˈspektɪŋ] *prep.* 就…(而言), 關於.

✻**re·spect·ive** [rɪˋspɛktɪv; rɪˈspektɪv] *adj.* 《限定》各個的, 各自的, 分別的, (〘語法〙與複數名詞連用). from their *respective* points of view 從各自的立場／They took their *respective* seats. 他們各就各位.

re·spect·ive·ly [rɪˋspɛktɪvlɪ; rɪˈspektɪvlɪ] *adv.* 各個地, 各自地, 分別地. Tom and John

won the first and the second prize *respectively*. 湯姆和約翰分別獲得首獎和二獎。[注意]如果寫成 Tom won the first prize and John (won) the second (prize). 就不需要 respectively。

res·pi·ra·tion [ˌrɛspəˈreʃən; ˌrespəˈreɪʃn] *n.* U 呼吸(作用)。**2** 一次呼吸，一口氣。

res·pi·ra·tor [ˈrɛspəˌretə; ˈrespəreɪtə(r)] *n.* C **1** (紗布的)口罩；防毒面具。**2** 人工呼吸裝置。

re·spire [rɪˈspaɪr; rɪˈspaɪə(r)] *vi.* 《醫學》呼吸。

res·pite [ˈrɛspɪt; ˈrespaɪt] *n.* UC **1** 休息(期間)，中途休息。take a brief *respite* from work 在工作中途休息一下。
2 延期；暫緩；《法律》緩行。

re·splend·ence [rɪˈsplɛndəns; rɪˈsplendəns] *n.* U 《文章》光輝，光彩，輝煌。

re·splend·ent [rɪˈsplɛndənt; rɪˈsplendənt] *adj.* 《文章》光輝的，輝煌的，燦爛的。

*****re·spond** [rɪˈspɑnd; rɪˈspɒnd] *v.* (~s [~z; ~z]; ~ed [~ɪd; ~ɪd]; ~ing) *vi.* **1** (以言詞)回答，應答，《to》(回答更正式的用語)。*respond to* a question 回答問題/*respond to* a letter 回信。
2 (用行動，動作)回應，應付，反應，《to》。The police did not *respond* to the terrorists' demands. 警方並未回應恐怖分子的要求/I waved at her, and she *responded* with a smile [by smiling]. 我向她揮手，她回以微笑。
3 顯示出(好的)反應(*to* 〔治療等〕)。Her disease does not *respond to* the usual treatments. 一般的治療對她的病無效。
— *vt.* 句型3 (respond *that* 子句)回答…。
⋄ *n.* response.

re·spond·ent [rɪˈspɑndənt; rɪˈspɒndənt] *n.* C 《法律》(特指離婚等訴訟的)被告。

*****re·sponse** [rɪˈspɑns; rɪˈspɒns] *n.* (*pl.* ~s [~ɪz; ~ɪz])
1 C 回答，應答，《to》。make [give] a *response* 回答/I have received no *response* to my inquiry. 我沒有收到對於我的詢問的任何回覆。
2 UC 反應，感應，回響，(⟷ stimulus)。The *response* of the audience *to* my appeal was heartening. 對於我的呼籲，聽眾的反應令人振奮。
⋄ *v.* respond.

in respónse to... 回應…，回答…。I am writing *in response to* your inquiry of June 14. 我現在回信答覆你6月14日的詢問。

re·spon·si·bil·i·ties [rɪˌspɑnsəˈbɪlətɪz; rɪˌspɒnsəˈbɪlətɪz] *n.* responsibility 的複數。

*****re·spon·si·bil·i·ty** [rɪˌspɑnsəˈbɪlətɪ; rɪˌspɒnsəˈbɪlətɪ] *n.* (*pl.* -ties) **1** U 責任(的肩負)，職責，義務；(用 responsibility for 〔to〕…)對…的責任。Of course I'll take full *responsibility for* my actions. 當然，我會對我的行動負全部責任/The Minister was accused of *responsibility for* the current financial crisis. 那位部長被指責應該為目

前的財政危機負責/He has no sense of *responsibility*. 他沒有一點責任感/A terrorist group has claimed *responsibility* for the explosion. 恐怖組織對爆炸發表聲明(聲稱是其所為)。

[搭配] *adj.*＋responsibility: heavy ~ (沉重的責任), serious ~ (重大的責任) // *v.*＋responsibility: avoid (one's) ~ (逃避責任), face (one's) ~ (面對責任)。

2 C (各自的)責任，職責；(照料人、物等的)義務，責任，《to〔人〕》。He is free from heavy *responsibilities* now. 現在他從重任中解脫出來/A pet animal is a *responsibility to* its owner. 照料寵物是其主人的責任。

on one's ówn responsibílity 自行負責地，獨斷地。

*****re·spon·si·ble** [rɪˈspɑnsəb!; rɪˈspɒnsəbl] *adj.* **1** (用 responsible to...)對〔人〕有責任的，(用 responsible for...)對〔事物〕應負責任的，(→ liable 同)。I'll make myself *responsible for* your son's schooling. 我會負責照料你兒子在校的學習/A mentally handicapped person is not held *responsible for* what he does. 精神異常者不須對自己所做之事負責/the government department *responsible to* Parliament *for* the administration of education 對議會負有教育行政相關責任的政府部門。
2 〔地位等〕責任重的。He holds [is in] a *responsible* position. 他擔任責任重大的職位。
3 可履行責任的；可信賴的。He is one of the most *responsible* friends I have. 他是我最可信賴的朋友之一。
4 《敘述》是…的原因，是…犯人，《for》。My wife is *responsible for* my financial success. 我的妻子是我經濟上成功的原因/Viruses are *responsible for* various diseases. 病毒是各式各樣的疾病的原因/Police think he was *responsible for* the murder. 警察認為他是殺人兇手。⟷ **irresponsible**.

re·spon·si·bly [rɪˈspɑnsəblɪ; rɪˈspɒnsəblɪ] *adv.* 有責任地。

re·spon·sive [rɪˈspɑnsɪv; rɪˈspɒnsɪv] *adj.* **1** 回答的，應答的。He gave me a *responsive* nod. 他點頭回答我。**2** 感應[反應]的；敏感的；《to》。She is *responsive to* beauty. 她對美很敏感。

re·spon·sive·ly [rɪˈspɑnsɪvlɪ; rɪˈspɒnsɪvlɪ] *adv.* 回答地；反應地；敏感地。

*****rest¹** [rɛst; rest] *n.* (*pl.* ~s [~s; ~s])
〖休息〗 **1** UC 休息，休憩，休養；睡眠；解放(*from* 〔煩惱，工作等〕的)；U 休止，靜止；《委婉》死亡，長眠，永眠。a *rest* 休息一下/You need a little *rest from* your work. 你需要停下工作休息一下/He felt refreshed after a *rest*. 休息後他覺得精力充沛/He gave his horse a *rest* there. 他讓馬在那裡休息/without *rest* 不間斷地/The

R

machine came to *rest*. 機器停了/The earth never stands in a state of *rest*. 地球片刻也不曾靜止.

2 C《音樂》休止; 休止符.

3 a U 安靜; 沈著; 放心. The medicine gave him a short *rest* from pain. 藥物使他的疼痛得到短暫的舒解.

〖供休息的地方〗 **4** C 休息場所, 住宿場所. a travelers' *rest* 旅行者的住宿場所.

5 C 座, 支柱, …架, …托. a *rest* for a billiard cue 撞球桿擱架/an arm *rest* (椅子上的)扶手/The box served as a *rest* for my legs. 我把箱子用來擱腳.

at rést (1)休息; 靜止; 放心.

(2)《委婉》死亡, 長眠. Here lie the brave soldiers *at rest*. 英勇的戰士們長眠於此(墓碑上常見的碑文).

còme to rést 〔移動的事物〕停止, 靜止下來.

lày…to rést 使…休息; 安葬於…. He was *laid to rest* beside his wife. 他被安葬於妻子的墓旁.

sèt a pèrson's mínd 〔féars〕at rést 使某人放心. The news set her *mind at rest*. 這消息令她放心.

—— *v.* (~**s** [~s; ~s]; ~**ed** [~ɪd; ~ɪd]; ~**ing**) *vi.*

〖休息〗 **1** 休息, 休憩; 躺著休息; 睡覺; 《委婉》長眠於地下, 死去. You must *rest* from work now. 你必須停止工作去休息/May his soul *rest* in peace! 願他的靈魂安息!/one's final *resting* place 長眠之處(指墳墓).

2 放心; 沈著; 舒暢; 滿足《on, upon》. I cannot *rest* until I know the whole truth. 直到我知道全部真相才能放心/I *rest* upon your assurance. 你的保證使我放心.

〖休止, 停留〗 **3** 休止, 停止, 靜止; 停留; 〔視線等〕集中, 停留《on, upon》. The bird finally *rested* on the perch. 鳥終於停在樹枝上/His eyes *rested* on the photo. 他的眼睛凝視著那張相片.

4 〔東西〕放著, 擱著《on, upon》; 靠著《against》. His chin *rested* on his hands. 他雙手托著下巴/*rest against* a tree 靠在樹上/The statue *rested* on a tall pedestal. 雕像矗立在高臺上.

5 《文章》〔事實等〕基於, 〔責任等〕在於, 信賴, 《on, upon》; 〔決定等〕取決於《with》. Your argument does not *rest* on facts. 你的論據沒有基礎事實/Don't *rest* on his promise. 別相信他的承諾/Responsibility for this *rests* on us as parents. 身為父母的我們對這件事負有責任/The final decision *rests* with the farmers themselves. 最終決定在於農民自身.

—— *vt.* **1** 使休息, 使休憩; 使安寧; 使休止, 使靜止. He *rested* his tired horse. 他讓疲倦的馬休息/Are you quite *rested*? 你休息好了嗎?/*rest* oneself 休息〔休養〕/(May) God *rest* his soul! 願他的靈魂安息!

2 集中〔視線等〕, 使停留, 《on》. She *rested* her eyes *on* the scene. 她定睛凝望那景色.

3 放置, 擺, 放, 《on》; 使倚靠《against》. He *rested* his body *on* the bar. 他把身子靠在橫桿上/*Rest* the ladder *against* the wall. 把梯子靠在牆上.

4 使基於《on》. *rest* one's theory *on* facts 以事實為理論根據.

＊rest[2] [rɛst; rest] *n.* (加the) **1** 《作單數》(不可數之物的)剩餘; 殘餘《of》. I will leave the *rest* to you. 剩下的我會留給你/The *rest* of the money was spent on books. 剩下的錢都花在買書上了/I want to hear the *rest* of the story. 我想聽這故事未說完的部分/She lived happily for the *rest* of her life. 她快樂地過了餘生.

2 《作複數》其他的人們〔剩餘的東西〕〔人們〕《of》. Meg stayed at home, but the *rest* (*of* us) went shopping. 梅格待在家裡, 但(我們)其他人都出去買東西了/The *rest* of the oranges were put in the refrigerator. 剩下的柑橘放在冰箱.

and (àll) the rést of it = and the rést of it 其他的一切, 等等. She was sick of the diapers and dishes *and all the rest of it*. 她討厭洗尿布、洗碗盤等等之事.

for the rést 《文章》其餘, 就其他而言. *For the rest*, I quite agree with you. 其他的部分我也完全同意.

—— *vi.* (~**s** [~s; ~s]; ~**ed** [~ɪd; ~ɪd]; ~**ing**) [句型2] (rest A)依然是 A (★ A 為 assured, satisfied 等). A lot of mistakes *rested* uncorrected in the final version. 最後一版依舊留有許多錯誤未被修正/It *rests* a mystery. 那仍舊是個謎/You may *rest* assured (that) he'll come. 你可以放心, 他會來的(<依然可以確信).

re·state [rɪ'stet; ˌriː'steɪt] *vt.* **1** 再陳述; 再聲明. **2** 重述〔改述〕.

re·state·ment [rɪ'stetmənt; ˌriː'steɪtmənt] *n.* C 再聲明; 重述.

＊res·tau·rant [ˈrɛstərənt, -ˌrɑnt; ˈrestərɒnt]《★注意發音》*n.* (*pl.* ~**s** [~s; ~s]) C 餐廳, 餐館, 飯館. We ate lunch at a *restaurant*. 我們在餐館吃了午餐. 〖字源〗本字在法語中的意思為「使恢復(restore)精神的地方」.

〖搭配〗 *adj.*+restaurant: an expensive ~ (昂貴的餐廳), a modest ~ (普通的餐廳) // *n.*+restaurant: a fast-food ~ (速食餐廳) // *v.*+restaurant: dine at a ~ (在餐廳用餐), run a ~ (經營餐廳).

réstaurant càr *n.* 《英》=dining car.

res·tau·ra·teur [ˌrɛstərə'tɝ; ˌrestərə'tɜː(r)] 《法語》*n.* C 餐館主人.

rést cùre *n.* 靜養法.

rest·ful [ˈrɛstfəl; ˈrestfʊl] *adj.* 給予休息的; 安靜的, 安穩的.

rest·ful·ly [ˈrɛstfəlɪ; ˈrestfʊlɪ] *adv.* 安靜地, 安寧地.

rest·ful·ness [ˈrɛstfəlnɪs; ˈrestfʊlnɪs] *n.* U

R

平穩，安靜．

rést hōme n. ⓒ (老人、病人用的)休養所．

res·ti·tu·tion [͵rɛstə'tjuʃən, ·'tru·, ·'tu·; ͵restɪ'tjuːʃn] n. Ⓤ《文章》退還，歸還，償還，《to》；補償，賠償，《of》．

res·tive ['rɛstɪv; 'restɪv] adj. 1 =restless 2.
2〔馬等〕不想前進的；〔人〕反抗的，頑固的．

res·tive·ly ['rɛstɪvlɪ; 'restɪvlɪ] adv. 反抗地，頑固地．

‡**rest·less** ['rɛstlɪs; 'restlɪs] adj. 1 (一點也)不休息的，不休止[停止]的，不間斷的．*restless* eyes (不停地)四處張望的眼睛/the *restless* murmur of the water 永不停歇的潺潺流水聲．
2〔人、心情等〕不沈著的，坐立不安的；不放心的．a *restless* child 浮躁的小孩/The poor performance made the audience *restless*. 差勁的演出令觀眾極不耐煩．
3 沒休息的，無法安眠的．She spent a *restless* night praying for her daughter's safe return. 她徹夜未眠祈禱女兒能平安歸來．

rest·less·ly ['rɛstlɪslɪ; 'restlɪslɪ] adv. 不間斷地；不沈著地．

re·stock [ri'stɑk; ͵riː'stɒk] vt. 重新補充，買進，《with》．── vi. 重新補充．

‡**res·to·ra·tion** [͵rɛstə'reʃən; ͵restə'reɪʃn] n. (pl. ~s [~z; ~z]) 1 恢復；復原；復古；復興，重建．We're hoping for your *restoration* to health. 我們盼望你康復/the *restoration* of peace 和平的重建．
2 Ⓤ (建築物等的)修復，復原；ⓒ 修復[復原]之物．*restoration* work 修復工作/the *restoration* of an old building 古老建築的修復/The present palace is a mere *restoration*. 現在的王宮只是舊屋重修．
3 Ⓤ復職，復位．
4 (the *Restoration*)《英史》王政復辟(1660年的 Charles II 復位)．the Meiji *Restoration* 明治維新．
5 Ⓤ歸還．the *restoration* of the stolen diamond to its owner 失竊鑽石歸還原主．
⇨ v. **restore.**

re·stor·a·tive [rɪ'storətɪv, ·'stɔr·; rɪ'stɒrətɪv] 《文章》adj. 〔食物、藥物等〕使恢復精神的．
── n. Ⓤⓒ 提神劑；強身劑；營養食品．

‡**re·store** [rɪ'stor, ·'stɔr; rɪ'stɔː(r)] vt. (~s [~z; ~z]; ~d [~d; ~d]; -stor·ing [·'storɪŋ, ·'stɔr·; ·'stɔːrɪŋ]) 〖使回到原狀〗 1 使〔古老的建築、美術品等〕恢復原狀，復原；使〔人等〕恢復《to (健康狀態等)》．*restore* a ruined building 重建毀壞的建築/*restore* an old painting 修復古畫．
2 恢復〔健康、秩序等〕；恢復〔舊的制度、習俗等〕．*restore* order 恢復秩序/His citizenship was *restored*. 他的公民權被恢復/be *restored* to life 復活/He has been *restored* to health. 他已恢復健康．
3 使復職，復位，《to》．The Republican Party was *restored* to power. 共和黨再度執政了．
4《文章》歸還，送回，《to》．*restore* the book to

────────── **restructure** 1315

the shelf 把書放回原來的書架/My briefcase was *restored* to me by the person who found it. 我的公事包由找到的人還給我了．⇨ n. **restoration.**

re·stor·er [rɪ'storə, ·'stɔr·; rɪ'stɔːrə(r)] n. ⓒ 歸還的人〔東西〕；修復者．a picture *restorer* 修復圖畫的人．

‡**re·strain** [rɪ'stren; rɪ'streɪn] vt. (~s [~z; ~z]; ~ed [~d; ~d]; ~·ing) 1 抑止，抑制，制止．I barely *restrained* my impulse to strike him. 我幾乎克制不住打他的衝動/*restrain* oneself 控制自己，謹言慎行．
2 禁止，使不做，《from》．We *restrained* the boy *from* recklessness. 我們不讓那男孩亂來/I *restrained* myself *from* answering back. 我忍住不去回嘴．
3 束縛，拘束；拘留，監禁．⇨ n. **restraint.**

re·strained [rɪ'strend; rɪ'streɪnd] adj. 節制的；〔文體等〕抑制的，沈穩的．

re·straint [rɪ'strent; rɪ'streɪnt] n. 《文章》
1 Ⓤ ⓒ 抑制，制止；限制；禁止．Her anger was beyond *restraint*. 她的怒火難以抑制．
2 Ⓤ ⓒ 拘束，束縛；監禁；ⓒ 拘束力，用以拘束[束縛]的東西．be put under *restraint* 被約束[監禁]．
3 Ⓤ 自制；顧慮，顧忌．The troops plundered without *restraint*. 軍隊肆無忌憚地搶劫．

‡**re·strict** [rɪ'strɪkt; rɪ'strɪkt] vt. (~s [~s; ~s]; ~ed [~ɪd; ~ɪd]; ~·ing) 限制，限定；句型3 (restrict A to B) 限制 A 做 B. The doctor *restricted* the patient to a vegetable diet. 醫生限制那位病人只能吃素食/Use of the tennis court is *restricted* to the club members. 網球場只限俱樂部會員使用．⇨ n. **restriction.**

re·strict·ed [rɪ'strɪktɪd; rɪ'strɪktɪd] adj. 1 受限制的；有限的．2〔文件等〕機密的．

‡**re·stric·tion** [rɪ'strɪkʃən; rɪ'strɪkʃn] n. (pl. ~s [~z; ~z]) 1 Ⓤ 限制，限定，《of; against》；拘束，束縛．the *restriction* of imports of arms 武器進口的限制/the *restriction* against smoking in restaurants 餐廳的禁菸規定．
2 ⓒ 限制[限定]的東西；約束[束縛]的東西．Severe *restrictions* were placed on all political activities. 所有政治活動均受嚴格的限制/*restrictions* on one's movements 對某人行動的限制．
⇨ v. **restrict.**
without restriction 無限制地，自由地．

re·stric·tive [rɪ'strɪktɪv; rɪ'strɪktɪv] adj.
1 限制的，限定的；約束的．2《文法》限制性的．

re·stric·tive·ly [rɪ'strɪktɪvlɪ; rɪ'strɪktɪvlɪ] adv. 限制地．

restríctive úse n. Ⓤ《文法》限定用法(→請參照 who, when 等關係代名詞，關係副詞的限定用法項；→ continuative use)．

rést rōom n. ⓒ《美》(劇場等的)盥洗室，廁所．

re·struc·ture [ri'strʌktʃə; ͵riː'strʌktʃə(r)] vt.

R

改造, 重建.

re·struc·tur·ing [riˈstrʌktʃərɪŋ; riːˈstrʌktʃərɪŋ] n. ⓤ 改造, 重建.

‡re·sult [rɪˈzʌlt; rɪˈzʌlt] n. (pl. ~s [~s; ~s])

1 ⓤⓒ 結果(↔ cause), 效果; 結局. the result of the election 選舉的結果/His failure was the result of his idleness. 他的失敗是由懶惰所致/The results of the experiment were highly satisfactory. 實驗的結果令人極為滿意.

2 ⓒ 成果; (常 results)(考試, 比賽等的)成績. Their attempt finally got [bore] results. 他們的嘗試終於有了成果/Her hard work is beginning to show results. 她的辛苦開始有了收穫/The results of the examination were announced. 考試成績公布了.

> 搭配 adj.+result (1-2): an excellent ~ (絕佳的成果), a good ~ (美好的結果), a remarkable ~ (令人注目的結果), a bad ~ (糟糕的結果), a poor ~ (不好的結果) // v.+result: achieve a ~ (達到成果), produce a ~ (產生結果).

3 ⓒ (計算出的)解答, 答案. What is the result of the calculation? 計算結果是多少?

* **as a result** 《文章》(作爲)結果. He didn't study, and as a result he failed in the exam. 他不用功, 結果就是考試失利.

* **as a [the] result of...** 《文章》(作爲)…的結果. Prices are going up as a result of the war. 戰爭造成物價持續上漲.

in the result 結局.

without result 徒勞地, 沒有效果地.

with the result that... 《文章》結果變成…. She had walked in the rain for hours, with the result that she caught cold. 她在雨中走了好幾個小時, 結果得了感冒.

— vi. (~s [~s; ~s]; ~ed [~ɪd; ~ɪd]; ~ing)

1 造成 … 結果(from). Many attempts have been made, but few improvements have resulted. 做了許多嘗試但結果沒有甚麼改進/This tragedy resulted from ignorance. 這悲劇起因於無知.

2 結束; 歸結(in). His efforts resulted in success [failure]. 他的努力結果成功[失敗]了/The driver's carelessness resulted in the death of a pedestrian. 駕駛者的粗心造成一名行人死亡(造成一人死亡的結果).

re·sult·ant [rɪˈzʌltn̩t; rɪˈzʌltənt] adj. 《文章》《限定》衍生出…結果.

‡re·sume [rɪˈzum, -ˈzɪum, -ˈzjum; rɪˈzjuːm] v. (~s [~z; ~z]; ~d [~d; ~d]; -sum·ing)《文章》 vt.

1 (中斷後)再開始, 重新開始; 句型3 (resume doing)再開始做 …. She resumed her correspondence with him after a long silence. 在音訊斷了許久之後她又開始與他通信了/He resumed speaking where he had left off. 他又繼續中斷了的話. 2 重獲, 取回, 收回. He finished speak-

ing and resumed his seat. 他說完話回到座位/resume one's liberty 重獲自由.

— vi. 《文章》再開始; 再說話, 繼續說. Peace talks resumed. 和談重新召開. ⇨ n. resumption.

字源 SUME「取」: resume, assume (假定), consume (用盡), presume (推測).

ré·su·mé [ˌrɛzuˈme, ˌrɛzjuˈme; ˈrezjuːmeɪ] (法語) n. ⓒ 1 摘要, 梗概, 要點. 2 《主美》履歷表.

re·sump·tion [rɪˈzʌmpʃən; rɪˈzʌmpʃn̩] n. ⓤⓒ《文章》 1 再開始, 繼續. the resumption of discussion 討論的重新開始. 2 取回, 收回; 恢復. ⇨ v. resume.

re·sur·gence [rɪˈsɝdʒəns; rɪˈsɜːdʒəns] n. ⓤ《文章》再起; 復活. The last decade has witnessed a resurgence of traditional crafts. 過去的十年見證了傳統工藝的復興.

re·sur·gent [rɪˈsɝdʒənt; rɪˈsɜːdʒənt] adj. 《文章》《精神, 活動等》再起的; 復活的, 甦醒的.

res·ur·rect [ˌrɛzəˈrɛkt; ˌrezəˈrekt] vt. 1 使《死者》復活. 2 使《衰微的事物等》復興.

res·ur·rec·tion [ˌrɛzəˈrɛkʃən; ˌrezəˈrekʃn̩] n. ⓤ 1 甦醒; 復活; (the Resurrection)耶穌復活. 2 《文章》復興; 復活; 再度流行.

re·sus·ci·tate [rɪˈsʌsəˌtet; rɪˈsʌsɪteɪt] vt. 《文章》 1 使甦醒; 使…的意識[精神]恢復. 2 復興; 使復活.

re·sus·ci·ta·tion [rɪˌsʌsəˈteʃən; rɪˌsʌsɪˈteɪʃn̩] n. 《文章》ⓤ 1 甦醒, 恢復精神[意識]. 2 復興; 復活.

* **re·tail** [ˈritel; ˈriːteɪl] (★與 v. 2 的發音不同) n. ⓤ 零售. a retail price [store] 零售價格[商店]. **at rétail** 《美》= **by rétail** 《英》以零售方式. — adv. 以零售方式地. sell retail 零售. — v. (~s [~z; ~z]; ~ed [~d; ~d]; ~ing) vt. 1 零售. retail coffee 零售咖啡. 2 [rɪˈtel; riːˈteɪl]《文章》轉述《話等》, 傳播《謠言等》. retail gossip 散播謠言. — vi. 零售. The album retails at [for] $10. 這本相簿零售價為 10 美元. ↔ wholesale.

re·tail·er [ˈritelɚ; riːˈteɪlə(r)] n. ⓒ 零售商(↔ wholesaler).

* **re·tain** [rɪˈten; rɪˈteɪn] vt. (~s [~z; ~z]; ~ed [~d; ~d]; ~ing)《主文章》【保持】 1 保留, 保持; 持續, 維持. His English still retains a French accent. 他的英語仍帶有法國口音/This thermos bottle retains heat very well. 這個熱水瓶保溫良好/retain one's pride [dignity] 保持自豪[尊嚴]. 2 記著, 記住. The old man retains past events well. 那位老人把過去的事件記得很清楚. 3 雇用《僕人等》; 聘請《律師》. ⇨ n. retention.

re·tain·er [rɪˈtenɚ; rɪˈteɪnə(r)] n. ⓒ 1 保持者, 保留者. 2 《歷史》家僕, 家臣, 隨從, 《地位高於 servant》.

re·take [riˈtek; ˌriːˈteɪk] vt. (~s; -took; -tak·en; -tak·ing) 1 再取, 取回; 恢復. 2 《電影、電視》重拍.

— [ˋriˏtek; ˈriːteɪk] n. 《電影、電視》 ⓤ 重拍; ⓒ 重拍的場面〔鏡頭〕.

re·tak·en [riˋtekən; ˌriːˈteɪkən] v. retake 的過去分詞.

re·tal·i·ate [riˋtælɪˏet; rɪˈtælɪeɪt] vi. 還擊(for, against《行為》); 報復(on, upon, against《人》). retaliate against an insult 對侮辱予以還擊.

re·tal·i·a·tion [rɪˏtælɪˈeʃən; rɪˌtælɪˈeɪʃn] n. ⓤ 報復, 還擊. in retaliation for 作為對⋯的報復.

re·tal·i·a·to·ry [rɪˋtælɪəˏtorɪ, -ˏtɔrɪ; rɪˈtælɪətərɪ] adj. 報復的, 還擊的.

re·tard [rɪˋtɑrd; rɪˈtɑːd] vt. 《主文章》使延遲; 妨礙. The traffic congestion retarded our arrival. 交通阻塞使我們遲到了.

re·tar·da·tion [ˏritɑrˈdeʃən; ˌriːtɑːˈdeɪʃn] n. 《文章》 1 延遲; 遲滯.
2 ⓤ 妨礙; ⓒ 妨礙〔障礙〕物.

re·tard·ed [rɪˋtɑrdɪd; rɪˈtɑːdɪd] adj. 〔小孩〕智力遲鈍的.

retch [rɛtʃ; retʃ] vi. 作嘔, 噁心.

retd (略) retired.

re·tell [riˋtɛl; ˌriːˈtel] vt. (~s; -told; ~ing) 複述; (以簡易的用語或其他的措辭)重述, 重寫. a Greek myth retold for children 為使小孩易讀而改寫的希臘神話.

re·ten·tion [rɪˋtɛnʃən; rɪˈtenʃn] n. ⓤ 《文章》 1 保持(力), 保有; 保存; 維持(of).
2 記憶(力). ⇨ v. retain.

re·ten·tive [rɪˋtɛntɪv; rɪˈtentɪv] adj. 《文章》 1 有保持力的; 保持的(of). retentive soil 能保持水分的土壤.
2 〔記憶力〕強的, 記性好的. a man of wide learning and retentive memory 博聞強記的人.

re·think [riˋθɪŋk; ˌriːˈθɪŋk] vi., vt. (~s; -thought; ~ing) 再想, 重新考慮.
— [ˋriˏθɪŋk; ˈriːθɪŋk] n. (口) ⓐ ⓤ 再考慮. have a rethink 再考慮, 重新考慮.

re·thought [riˋθɔt; ˌriːˈθɔːt] v. rethink 的過去式、過去分詞.

ret·i·cence [ˋrɛtəsns; ˈretɪsns] n. ⓤ ⓒ 《文章》沈默寡言, 緘默; 節制; (藝術上)感情[表現]的抑制.

ret·i·cent [ˋrɛtəsnt; ˈretɪsnt] adj. 《文章》寡言的, 緘默的; (about, on); 節制的. He was reticent about the motive for his crime. 他閉口不談他犯罪的動機.

ret·i·cent·ly [ˋrɛtəsntlɪ; ˈretɪsntlɪ] adv. 緘默地; 節制地.

re·tic·u·lat·ed [rɪˋtɪkjəˏletɪd; rɪˈtɪkjʊleɪtɪd] adj. 《文章》網狀的.

ret·i·na [ˋrɛtnə, -tɪnə; ˈretɪnə] n. (pl. ~s, -nae) ⓒ 《解剖》(眼球的)網膜.

ret·i·nae [ˋrɛtnˏi, -tɪˏni; ˈretɪniː] n. retina 的複數.

ret·i·nue [ˋrɛtnˏju, -ˏɪu, -ˏu, -tɪˏnju, -ˏnɪu, -ˏnu; ˈretɪnjuː] n. ⓒ (★用單數亦可作複數) (集合) (特指大官、貴族等的)隨員, 隨從.

＊re·tire [rɪˋtaɪr; rɪˈtaɪə(r)] v. (~s [~z; ~z]; ~d [~d; ~d]; -tir·ing) vi. 【 撤回去 】 1 《文章》退, 離去, (to); 〔海岸線等〕後退; 《軍》撤退, 轉進(指主動地後退; 亦用於取代 retreat 表示語氣委婉). They all retired to their rooms after supper. 他們晚飯後就回到他們的房間了/At low tide, the sea retires some 300 yards. 退潮時海水向後退了約300碼.
2 隱退, 隱居; (達退休年齡而)離職, 退休; 《from》. retire from public life 從公職生涯退休/retire on a pension at the age of 65 65 歲退休靠養老金生活/retire from military service 從軍中退伍/He retired to the country and spent the rest of his life there. 他退隱鄉下度過餘生. 囹 非因年齡的因素而離職(口)用 quit, 比較正式的說法則為 resign.
3 《文章》就寢. retire for the night 就寢/She retired to bed early last night. 她昨夜很早就上床睡覺.
— vt. 1 使退休〔退役〕; 《軍事》使撤退. 2 《棒球、板球》使〔打擊手〕出局. ⇨ n. retirement.
retire into oneself (厭惡交際而)閉門不出; 默不作聲.

re·tired [rɪˋtaɪrd; rɪˈtaɪəd] adj. 1 隱退的, 退役的; 退休人員的. a retired military officer 退役(的)陸軍軍官.
2 《文章》不顯眼的; 寂靜的; 〔土地等〕偏僻的. live retired 離群索居地度日/a retired village 偏僻的村落.

＊re·tire·ment [rɪˋtaɪrmənt; rɪˈtaɪəmənt] n. (pl. ~s [~s; ~s]) 1 ⓤⓒ 隱退, 退休, 退役. the retirement pension 退休金/a retirement house (給退休者使用的)老人之家/His income didn't decrease on his retirement. 即使退休, 他的收入也沒有減少/There were many retirements in my office recently. 最近我們公司[辦公室]有好多人退休離職.
2 ⓤ 隱遁, 閒居; ⓒ 隱居處; 偏僻的鄉村. live in retirement 過隱居生活/go into retirement 隱遁[隱居]. 3 ⓒ 退去, 退卻.

retírement áge n. (加the)退休年齡.

re·tir·ing [rɪˋtaɪrɪŋ; rɪˈtaɪərɪŋ] v. retire 的現在分詞、動名詞.
— adj. 1 易畏縮的, 拘謹的, 腼腆的. a shy, retiring girl 羞怯拘謹的女孩.
2 (限定)退休的. retiring age 退休年齡/a retiring allowance 退休金.

re·told [riˋtold; ˌriːˈtəʊld] v. retell 的過去式、過去分詞.

re·took [riˋtʊk; ˌriːˈtʊk] v. retake 的過去式.

＊re·tort¹ [rɪˋtɔrt; rɪˈtɔːt] v. (~s [~s; ~s]; ~ed [~ɪd; ~ɪd]; ~ing) vt. 句型3 (retort that 子句)回嘴道⋯. She retorted that it was none of his business. 她回嘴說那不干他的事/"It's you who are to blame," he retorted. 「都怪你」他反駁說.

— *vi.* 回嘴(*on, upon, against*).

— *n.* (*pl.* ~**s** [~s; ~s]) [UC]頂撞, 回嘴; 反擊. in *retort* 頂嘴地; 還擊地/He made an amusing *retort* to her criticism. 他詼諧地反駁了她的批評.

re·tort² [rɪˋtɔrt; rɪˊtɔːt] *n.* [C](化學)蒸餾器.

re·touch [riˋtʌtʃ; ˌriːˈtʌtʃ] *vt.* 修飾, 修改, 〔照片, 圖畫, 文章等〕.

re·trace [rɪˋtres; ˌriːˈtreɪs] *vt.* **1** 沿著〔道路〕折回, 返回; 再度走(相同的道路). *retrace* one's steps 重新走一趟(來時所走之路); 重來一遍. **2** 尋找…的起源, 追溯調查. The police *retraced* the sequence of events. 警察追究事件的原委.

re·tract [rɪˋtrækt; rɪˈtrækt] *vt.* **1** 把…縮起來; 使收縮. The turtle *retracted* his head into his shell. 那隻海龜把頭縮進龜甲中. **2** 取消, 撤回, 〔宣言, 約定等〕. He had to *retract* his allegation. 他必須撤回他的指控. — *vi.* **1** 縮進去; 收縮起來. The snail *retracted* into its shell. 蝸牛縮回牠的殼中. **2** 取消.

re·tract·a·ble [rɪˋtræktəbl; rɪˈtræktəbl] *adj.* **1** 能縮起來的; 伸縮自如的. **2** 可取消的.

re·trac·tile [rɪˋtræktl, -tɪl; rɪˈtræktaɪl, -tɪl] *adj.* (如貓的腳爪或烏龜的頭般)可縮起來的.

re·trac·tion [rɪˋtrækʃən; rɪˈtrækʃn] *n.* [UC] **1** (腳爪等)縮回. **2** (前言, 聲明, 諾言等的)取消, 撤回.

re·tread [ˌriˋtrɛd; ˌriːˈtred] *vt.* 為(汽車等的舊輪胎)換新胎面(recap).

— [ˋriˌtrɛd; ˈriːtred] *n.* [C]再生輪胎.

﹡re·treat [rɪˋtrit; rɪˈtriːt] *n.* (*pl.* ~**s** [~s; ~s]) **1** [UC]退卻, 後退 (通常加the)撤退信號. be in full *retreat* 全面撤退/sound the *retreat* 吹撤退信號; 鳴退軍鼓/make a *retreat* 退卻. **2** [U]退隱; 隱遁; [C]隱居地, 隱匿處; 避難所; 休息的地方. go into *retreat* 過隱居生活/a summer *retreat* 避暑地. **béat a retréat** (1)打退堂鼓, 退卻; 逃走. He saw me coming and *beat a* hasty *retreat*. 他看到我來便逃走了. (2)(從事業等)抽手不管. **make gòod** one's *retréat* 安然逃離.

— *vi.* (~**s** [~s; ~s]; ~**ed** [~ɪd; ~ɪd]; ~**ing**) **1** 退開, 離開, (*from*). The tramp *retreated from* the large dog. 那個流浪漢避開那條大狗/The pain *retreated*. 疼痛消退了. **2** 〔特指軍隊〕撤退(◀▶ advance), force the enemy to *retreat* 使敵人撤退. **3** 退隱, 歸隱. *retreat* into the country 隱居鄉下/*retreat* into silence 沈默, 一語不發.

re·trench [rɪˋtrɛntʃ; rɪˈtrentʃ] *vt.*(文章) **1** 縮減, 節約, 〔費用等〕. **2** 刪除; 縮短; 截去. — *vi.* 節約, 省會.

re·trench·ment [rɪˋtrɛntʃmənt; rɪˈtrentʃmənt] *n.* [UC](文章) **1** (費用等的)縮減, 節約. **2** 省略; 縮小.

re·tri·al [ˌriˋtraɪəl, -ˋtraɪl; ˌriːˈtraɪəl] *n.* [C]重

做; 複試, 再審. The defense demanded a *retrial* of the case. 被告請求訴訟(案件)的再審.

ret·ri·bu·tion [ˌrɛtrəˋbjuʃən, -ˋbɪu-; ˌretrɪˈbjuːʃn] *n.* [U](文章)報應; 天譴. He regarded his misfortune as divine *retribution*. 他把自己的不幸視為神的懲罰.

re·trib·u·tive [rɪˋtrɪbjətɪv; rɪˈtrɪbjʊtɪv] *adj.* (文章)報應的, 天譴的.

re·triev·al [rɪˋtriv; rɪˈtriːvl] *n.* [U] **1** 挽回, 恢復; 修正, 訂正; 彌補, 補償. Bygone days are beyond *retrieval*. 過去的(日子)是無法挽回的. **2** (電腦)(資訊的)檢索.

re·trieve [rɪˋtriv; rɪˈtriːv] *vt.* **1** (文章)取回; 收回. NASA succeeded in *retrieving* the space capsule. 美國太空總署順利取回太空艙. **2** (獵犬)尋獲而取回(獵物). **3** (文章)恢復; 補償(損失等); 訂正, 修理, 〔錯誤等〕. *retrieve* one's temper 恢復(好的)心情/*retrieve* one's honor 恢復名譽. **4** (文章)解救; 使重新做人; (*from*). **5** (電腦)檢索〔資訊〕(*from* 〔電腦等〕). — *vi.* (獵犬)尋獲獵物歸來.

re·triev·er [rɪˋtrivɚ; rɪˈtriːvə(r)] *n.* [C] **1** 取回(東西)的人. **2** 經過訓練能取回獵物的獵犬.

retro- *pref.* 「向後地, 相反地, 追溯地等」之意.

ret·ro·ac·tive [ˌrɛtroˋæktɪv, ˌretrəʊˈæktɪv] *adj.* (文章)(效力等)溯及既往的; 〔法律等〕有溯及力的.

ret·ro·grade [ˋrɛtrəˌgred; ˈretrəʊgreɪd] *adj.* (文章) **1** 後退的, 倒退回去的; (天文)(行星)逆行的. *retrograde* motion 逆行運動. **2** 退步[退化]的. — *vi.* (文章) **1** 逆行, 往回走; (天文)(行星)逆行. **2** 退步, 退化.

ret·ro·gress [ˋrɛtrəˌgrɛs, ˌrɛtrəˋgrɛs; ˌretrəʊˈgres] *vi.* (文章) **1** 後退. **2** 退步; (生物)退化.

ret·ro·gres·sion [ˌrɛtrəˋgrɛʃən, ˌretrəʊˈgreɪʃn] *n.* [U](文章) **1** 倒退, 後退. **2** 退步; (生物)退化.

ret·ro·gres·sive [ˌrɛtrəˋgrɛsɪv, ˌretrəʊˈgresɪv] *adj.* (文章) **1** 後退的, 倒退的. **2** 退步[退化]的.

ret·ro·rock·et [ˋrɛtrəˌrɑkɪt; ˈretrəʊˌrɒkɪt] *n.* [C]制動[減速]火箭.

ret·ro·spect [ˋrɛtrəˌspɛkt; ˈretrəʊspekt] *n.* [U]回顧, 追憶, 懷舊, (◀▶ prospect). in *retrospect* 回顧[回想].

ret·ro·spec·tion [ˌrɛtrəˋspɛkʃən, ˌretrəʊˈspekʃn] *n.* [UC]回顧, 追憶, 回憶.

ret·ro·spec·tive [ˌrɛtrəˋspɛktɪv, ˌretrəʊˈspektɪv] *adj.* 回顧的, 懷舊的, (◀▶ prospective).

ret·ro·spec·tive·ly [ˌrɛtrəˋspɛktɪvlɪ, ˌretrəʊˈspektɪvlɪ] *adv.* 回顧地.

﹢﹢re·turn [rɪˋtɝn; rɪˈtɜːn] *v.* (~**s** [~z; ~z]; ~**ed** [~d; ~d]; ~**ing**) *vi.* 〖歸來〗 **1** 歸來, 返回; 回歸; (*to; from*).

return from Paris *to* Taipei 從巴黎回到臺北/He *returned* home *from* a trip to Europe only yesterday. 他昨天剛從歐洲旅行回來/She left home never to *return*. 她離開故鄉就不曾再回來/He *returned* safe. 他平安回來了(★ safe 於此處有類似補語之功能).

2 【歸來】再度來到, 輪到; 〔疾病, 戰爭等〕再度發生. Spring has *returned*. 大地春回/The pain has *returned* to my feet. 我的腳又痛起來了.

【回到原處】**3** 返回, 回到, 《*to* 〔原來的狀態或話題等〕》. Now let's *return to* our subject. 現在我們回到主題吧!/*return to* life 復活, 重生/*return to* one's former position 恢復原來的職位/He *returned to* his bad habit. 他又染上他舊有的壞習慣/He *returned to* his reading as though nothing had happened. 他彷彿什麼都沒發生似地又重新開始唸書.

— *vt.* 【歸還】**1** 歸還, 送回, 〔所借用之物等〕; 句型4 (return A B); 句型3 (return B *to* A)把 B 歸還〔送回, 退還〕給 A, (★ 句型4 〔主英〕的疑問句, 否定句). Please *return* the book I lent you. 請歸還我借你的書/The incident *returned* his thoughts *to* that day. 這事件使他回想起那天/He did not *return* me the money. = He did not *return* the money *to* me. 他沒還我那筆錢.

2 返還, 報以…, 《*for*》; 回報《*with*》. *return* evil *for* good = *return* good *with* evil 恩將仇報/*return* like *for* like 以牙還牙/*return* a blow 還擊一拳/*return* a visit 回訪/*return* a compliment 回報他人的稱讚/*return* fire 還擊(別人的砲火)/She's longing for John to *return* her love. 她熱切盼望約翰回報她的愛.

3 產生〔利潤等〕. an investment which *returns* good interest (回收)利潤高的投資.

4 《球賽》回〔球〕.

【回答】**5** 句型3 (return *that* 子句)回答道…. She *returned* softly *that* she did not like it. 她輕輕地回答說她不喜歡.

6 《文章》報告; 〔陪審員等〕回答諮詢, 申報. *return* a list of candidates to the committee 向委員會回報候選人名單/The jury *returned* a verdict of not guilty. 陪審團宣告無罪裁決.

7 選出〔議員〕《通常用被動語態》. He was *returned* to the Senate practically uncontested. 他幾乎是不費吹灰之力即當選參議員.

(*nòw*) *to retúrn* (現在就)回到主題吧.

— *n.* (*pl.* ~*s* [~z; ~z]) 【歸來】**1** UC 歸來, 回家, 回國; 復職, 復原. On his *return* from his lunch, he found a man waiting for him. 吃完中飯回來時, 他發現有位男子等著他/The wife prayed for her husband's safe *return*. 妻子祈禱她的丈夫平安回家/I'm glad of his speedy *return* to health. 我為他迅速復原而高興.

2 UC 回來, 回歸; 〔疾病等的〕再度發生. the *return* of spring 春回大地/Many happy *returns* (of the day)! 福壽無疆!〔生日等的祝福語〕/have a *return* of fever 又發(高)燒.

3 C 《英》來回票(↔ single; → return ticket).

4 【歸來之物】C (常 returns)收入, 收益. a good *return* 好的利潤/Small profits and quick *returns*. 薄利多銷.

【返還】**5** UC 退還, 歸還; (returns) (來自零售店等的)退貨. the *return* of books to the library 還書給圖書館/on sale or *return* (貨品)賣不掉可退還的.

6 C 回信, 回音; 回禮. his prompt *return* of my letter 他迅速給我的回信/the *return* of a favor 對盛情的回報.

7 C 報告, 申報; 報告〔申報〕書. an income tax *return* 所得稅申報(書)/election *return* 選舉的開票結果/The committee made an official *return* of the case. 委員會對那個案件提出正式的報告.

8 C 《球賽》球的回擊, 回擊球.

9 C 《英》(國會議員的)當選. secure a 〔one's〕 *return* 當選國會議員.

10 《形容詞性》(a)回程的; 《英》來回〔雙程〕的(↔ single). a *return* voyage (船)的返航. (b)回擊的, 答覆的; 《球賽》回擊球的. a *return* visit 回禮性的拜訪, 回訪/a *return* shot 一個回擊球.

by retúrn (《*of*》) *máil* (美)〔(英) *póst*〕 接到訊息之後即刻(回信件).

* *in retúrn* (*for…*) 作為(對…的)回禮, 當作答覆地; 當作報復地. write *in return* 寫回信/The old man gave her the book *in return for* her kindness. 那老人送書給她以報答她的好意.

màke retúrn of… 歸還…, 退還….

re·turn·a·ble [rɪ`tɜːnəbl; rɪ`təːnəbl] *adj.* 可退還的, 應退還的; (為了循環使用)可退還〔回收〕的〔瓶罐等〕.

retúrning òfficer *n.* C《英》負責選舉活動的官員.

retúrn gáme 〔**mátch**〕 *n.* C 《為給予比賽輸的一方第二次機會的》第二次比賽, 重賽.

retúrn pòstcard *n.* C 回覆用的明信片.

retúrn tícket *n.* C《美》回程票; 《英》來回票(《美》round-trip ticket).

retúrn tríp *n.* C **1** 《英》來回〔雙程〕旅行(《美》round trip). **2** 歸途.

* **re·un·ion** [ri`junjən; ˌriː`juːnjən] *n.* (*pl.* ~*s* [~z; ~z]) **1** U 再度〔重新〕結合; 重新合併.

2 C 重逢的聚會; 同學會. a family *reunion* at Christmas 聖誕節時全家團圓.

re·u·nite [ˌrijuˋnaɪt; ˌriːjuːˋnaɪt] *vt.* 使再結合〔合併〕; 使重聚.

— *vi.* 再結合, 再合併; 重聚.

re·us·a·ble [riˋjuzəbl; riːˋjuːzəbl] *adj.* 可再使用的.

re·use [riˋjuz; ˌriːˋjuːz] *vt.* 再使用, 再利用.

— [riˋjus; ˌriːˋjuːs] *n.* U 再使用, 再利用.

Reu·ters [ˋrɔɪtɚz; ˋrɔɪtəz] *n.* 路透(通訊)社《正式名稱為 Reuter's News Agency; 總部設於London》.

rev [rɛv; rev] (口) n. © (引擎等的)迴轉.
— vt. (~s; ~ved; ~ving)增加[加速](引擎等)的迴轉(up)(revolution 的縮寫).

Rev. (略) Reverend (…教士).

rev. (略) revised; revision; revolution.

re·val·u·a·tion [ˌrivæljuˈeʃən; ˌriːvæljʊˈeɪʃn] n. Ü 再評價, 重估; (經濟)升值.

re·val·ue [riˈvælju; riːˈvæljʊ] vt. **1** 再評價, 重估. **2** (經濟)調升(貨幣匯率).

re·vamp [riˈvæmp; riːˈvæmp] vt. 《口》改造(老舊之物); 改良, 修訂.

*****re·veal** [rɪˈvil; rɪˈviːl] vt. (~s [~z; ~z]; ~ed [~d; ~d]; ~ing) **1** 顯現, 出示, 呈現, (眼睛未看見之物). Further digging *revealed* a large iron box. 再挖下去就出現一個大鐵箱/The angel *revealed* himself to her in a dream. 天使出現在她的夢中.
2 洩漏, 暴露, (祕密等); [句型3] (reveal *that* 子句)顯示(某事)確實如此、[句型5] (reveal A *to be* B)、[句型3] (reveal A *as* B)顯示 A(的確)是 B, She *revealed* the truth to me. 她向我透露真相/A glance *revealed* (*that*) the bed had not been slept in. 一看就知道那張床沒人睡/The five-minute talk with her *revealed* her *as* [*to be*] a tactful girl. 和她交談五分鐘便明白她是個機靈的女孩. ⇨ n. **revelation**.

re·veal·ing [rɪˈvilɪŋ; rɪˈviːlɪŋ] adj. **1** 明白顯示(隱藏的事實、真相等)的.
2 (衣服等)露出肌膚(身體曲線)的.

rev·eil·le [ˈrɛvl̩ˌi, -ɪ, ˌrɛvlˈi; rɪˈvælɪ] n. © (軍事)(加045的)起床號[鼓].

rev·el [ˈrɛvl; ˈrevl] vi. (~s; (美)~ed, (英)~led; (美)~ing, (英)~ling) **1** 狂歡; 縱酒, 鬧飲.
2 盡情享受(in). *revel* in singing and dancing 歌舞作樂.
— n. ÜC (常 revels)狂歡, 鬧飲.

*****rev·e·la·tion** [ˌrɛvlˈeʃən; ˌrevəˈleɪʃn] n. (pl. ~s [~z; ~z]) **1** Ü 洩漏(祕密, 私事等), 暴露, 揭發; © 被暴露的事物; 意想不到的新事實(的發現). He fears my *revelation* of the facts. 他唯恐我會揭發事實/It is a great *revelation* to me to know he cooks well. 得知他擅長烹飪是我重大的發現.
2 (the Revelation (of St. John); Revelations) (約翰所作的)〈啓示錄〉《新約聖經中的一卷; 亦稱 the Apocalypse》. ⇨ v. **reveal**.

rev·el·er (美), **rev·el·ler** (英) [ˈrɛvlɚ, ˈrɛvlɚ; ˈrevl(r)] n. © 狂歡作樂者.

rev·el·ry [ˈrɛvlrɪ; ˈrevlrɪ] n. (pl. -ries) Ü (或 revel*ies*)(飲酒或歌唱的)喧鬧.

*****re·venge** [rɪˈvɛndʒ; rɪˈvendʒ] n. Ü **1** 復仇, 報復; 復仇心; 宿怨, 怨恨; (→ vengeance 同). plan *revenge* against one's enemy 計畫對敵人報復.
2 復仇的機會; 《比賽》雪恥的機會(復仇賽等). *gèt* [*hàve, tàke*] one's *revénge on* a pèrson 向

某人報仇.
gìve a pèrson his *revénge* (比賽)給予某人雪恥的機會, 接受別人復仇的挑戰.
in [*out of*] *revénge for* [*of*]... 當作對…的復仇, 對…報復地.
— vt. (-veng·es [~ɪz; ~ɪz]; ~d [~d; ~d]; -veng·ing) **1** (人)雪恨, 復仇; 對(侮辱等)報復, 還擊; (→ avenge 同). *revenge* one's father [the murder of one's father] 報父親[殺父]之仇/*revenge* an injustice 報復不公的行為.
2 (revenge oneself 或 be revenged)報復, 復仇, (on, upon). *revenge oneself* [*be revenged*] *on* one's enemy 向敵人報仇.

re·venge·ful [rɪˈvɛndʒfəl; rɪˈvendʒfʊl] adj. 復仇心很盛的, 記恨的.

rev·e·nue [ˈrɛvəˌnju, -ˌnɪu, -ˌnu; ˈrevənjuː] n. Ü (國家的)歲入; (個人, 企業等的)收入(指不減去支出等的總收入(gross income)).

révenue stàmp n. © (印花稅的)印花.

re·ver·ber·ate [rɪˈvɝbəˌret; rɪˈvɜːbəreɪt] v. 《文章》vi. **1** 回響, 響徹. **2** (熱, 光)反射, 折回.
— vt. **1** 使回響, 使反射. **2** 反射, 使折回.

re·ver·ber·a·tion [rɪˌvɝbəˈreʃən; rɪˌvɜːbəˈreɪʃn] n. 《文章》Ü 回響, 餘音; 反射, 反射熱[光]; © (reverberations)回聲.

re·vere [rɪˈvɪr; rɪˈvɪə(r)] vt. 《文章》尊敬, 崇敬.

*****rev·er·ence** [ˈrɛvrəns, ˈrɛvərəns; ˈrevərəns] n. (pl. -enc·es [~ɪz; ~ɪz]) **1** Ü 尊敬; 敬意, 崇敬之心, (for). regard an old man with *reverence* 對老人表示敬意.
2 © 恭敬的態度; (古)敬禮, 鞠躬, 打躬作揖.
dò [*pày*] *réverence to...* 對…表示敬意.
hòld...in réverence 尊敬….
— vt. 《文章》尊敬, 崇敬.

rev·er·end [ˈrɛvrənd, -vərənd; ˈreverənd] adj. (限定) **1** 《文章》應(受)尊敬的, 尊貴的.
2 擔任聖職的; (通常 the Reverend)…教士(主要用於對英國國教系之神職人員的尊稱; 略作 Rev.). (the) *Reverend* John Smith 約翰‧史密斯教士.
— n. © 《口》(通常 reverends)牧師.

rev·er·ent [ˈrɛvrənt, ˈrɛvərənt; ˈreverənt] adj. 《文章》虔誠的, 恭敬的. a *reverent* attitude 虔誠的態度.

rev·er·en·tial [ˌrɛvəˈrɛnʃəl; ˌrevəˈrenʃl] adj. 《文章》恭敬的, 充滿敬意的.

rev·er·en·tial·ly [ˌrɛvəˈrɛnʃəlɪ; ˌrevəˈrenʃlɪ] adv. 《文章》恭敬地, 虔誠地.

rev·er·ent·ly [ˈrɛvərəntlɪ, ˈrɛvrənt-; ˈreverəntlɪ] adv. 恭敬地.

rev·er·ie [ˈrɛvrɪ, ˈrɛvrɪ; ˈrevərɪ] n. ÜC 《文章》空想, 幻想, 夢想.

re·ver·sal [rɪˈvɝsl; rɪˈvɜːsl] n. ÜC 倒轉, 顛倒; 逆轉. a *reversal* of fortune 時運不濟, 倒楣, 厄運.

*****re·verse** [rɪˈvɝs; rɪˈvɜːs] v. (-vers·es [~ɪz; ~ɪz]; ~d [~t; ~t]; -vers·ing) vt.

【使顛倒】 **1** 使顛倒，使相反；將…翻轉過來，翻出來. *reverse* the order of words 調換字的順序/*reverse* a glass 將杯子(口朝下)倒放.

2 使倒著前進，倒開轉. *reverse* a car into the garage 倒車進車庫.

【把決定顛倒過來】 **3** 改變，推翻. *reverse* one's decision〔opinion〕(突然)改變決定〔意見〕.

4 〔法律〕取消，撤銷. *reverse* a decree 撤回命令.

—— *vi.* 倒轉繞轉〔前進〕；倒退，倒轉. The train began to *reverse*. 火車開始倒退.

revèrse the chárges 打對方付費電話(《美》 call collect).

—— *adj.* **1** 相反的，顛倒的，《to》. in the *reverse* order 順序相反地/an opinion *reverse* to mine 與我相反的想法/*reverse* discrimination 過度優待受到差別待遇的一方.

2 倒轉的，〔汽車的排檔〕倒退的.

3 背面的. the *reverse* side of a coin 硬幣的反面.

—— *n.* (*pl.* -vers·es [~ɪz; ~ɪz])【相反】 **1** (加 the)相反，顛倒. She did the *reverse* of what she was expected to do. 她做了與別人期望相反的事/Quite the *reverse* is the case. 事實正是相反.

2【表面的相反】[C] (加 the)(貨幣等的)背面，反面，(↔ obverse).

【倒轉】 **3** [U]《機械》回動，倒退；倒轉〔後退〕裝置. on the *reverse* (車子)後退/put a car into *reverse* 使車倒車.

4〔時運不濟〕[C]〔文章〕厄運；失敗，敗北. a business *reverse* 生意失敗/the *reverse*(s) of fortune 運道不佳，失利/suffer a *reverse* 慘遭厄運.

in revèrse (1)顛倒的〔地〕. run the film *in reverse* 倒捲軟片. (2)(汽車)倒檔的〔地〕.

re·verse·ly [rɪ`vɝslɪ; rɪ`vɜːslɪ] *adv.* 顛倒地，相反地；反之.

re·vers·i·ble [rɪ`vɝsəbl; rɪ`vɜːsəbl] *adj.*

1 可顛倒的，可倒轉的.

2〔衣服等〕可翻過來穿的. a *reversible* coat 可雙面穿的外套.

3 可以撤銷〔取消〕的〔判決等〕. I'm afraid our decision is not *reversible*. 我怕我們的決定無法取消.

re·vers·ing [rɪ`vɝsɪŋ; rɪ`vɜːsɪŋ] *v.* reverse 的現在分詞、動名詞.

[reversible 2]

re·ver·sion [rɪ`vɝʒən, -`vɝʃ-; rɪ`vɜːʃn] *n.* [U]〔文章〕倒退，回歸，《to》；《生物》返祖，隔代遺傳.

re·vert [rɪ`vɝt; rɪ`vɜːt] *vi.* 回到《to〔原來的狀態、話題等〕》；《生物》返祖遺傳，回復突變《to》. *Reverting* [To *revert*] *to* the original topic of conversation.... 回到原來的話題.

re·vet [rɪ`vɛt; rɪ`vet] *vt.* (~**s**; ~**ted**; ~**ting**) 用混凝土〔石頭〕覆蓋〔保護〕〔牆壁，堤防等〕.

re·vet·ment [rɪ`vɛtmənt; rɪ`vetmənt] *n.* [U] 護牆；護岸.

***re·view** [rɪ`vju, -`vɪu; rɪ`vjuː] *v.* (~**s** [~z; ~z]; ~**ed** [~d; ~d]; ~**ing**) *vt.*

【仔細調查】 **1** 仔細調查，再調查，再檢討. *review* the facts 再調查事實/The supreme court *reviewed* the case. 最高法院再審理此案.

2《美》複習〔課程等〕(《英》 revise). Let's *review* yesterday's main points first. 首先讓我們複習昨天的重點.

3 檢閱；閱兵.

4 評論，批評，〔新書，戲劇等〕. *review* a play badly 嚴厲地批評某齣戲劇.

【回頭看】 **5** 回顧，回想. *review* one's past life 回顧過去的人生.

—— *vi.* 寫評論，作書評. *review* for a magazine 為雜誌寫評論.

—— *n.* (*pl.* ~**s** [~z; ~z]) **1** [UC]再調查，再考慮. make a *review* of the case 再度調查該事件.

2《美》[UC]複習；《英》複習題.

3 [UC]檢閱；閱兵；[C]閱兵式，閱艦式. a motion-picture *review* 電影檢查/hold a military *review* 舉行閱兵式.

4 [UC]〔新書，戲劇等的〕評論；[C]書評報導，評論雜誌. a book *review* 書評/a *review* copy 供書評用的贈閱本/His new play got favorable *reviews*. 他的新劇獲得好評.

5 [UC]回顧，概觀，展望. a *review* of the year's events 當年事件的回顧.

under revìew 檢討中；評論中.

re·view·er [rɪ`vjuɚ, -`vɪuɚ; rɪ`vjuːə(r)] *n.* [C] (新書，戲劇等的)評論者；批評家，評論家.

re·vile [rɪ`vaɪl; rɪ`vaɪl] 《文章》 *vt.* 誹謗，咒罵.

—— *vi.* 誹謗《at, against》.

***re·vise** [rɪ`vaɪz; rɪ`vaɪz] *vt.* (-**vis·es** [~ɪz; ~ɪz]; ~**d** [~d; ~d]; -**vis·ing**)【重看】 **1** 修訂. *revise* a dictionary 修訂辭典/a *revised* and enlarged edition 修訂增補版.

2 改變，修正，〔意見，意向等〕；修改〔法律等〕. *revise* the constitution 修改憲法.

3《英》複習〔課程〕(《美》 review).

Revìsed Vérsion *n.* (加 the)改譯本聖經 (the Authorized Version (1611 年)的修訂版；舊約聖經於 1885 年出版，新約聖經於 1881 年出版；略作 RV；→ Bible 參考]).

re·vis·er [rɪ`vaɪzɚ; rɪ`vaɪzə(r)] *n.* [C]修訂者.

re·vi·sion [rɪ`vɪʒən; rɪ`vɪʒn] *n.* **1** [U]修訂；[C]修訂版. **2** [U]改正，修正. **3** [U]《英》複習(《美》 review).

re·vi·sion·ism [rɪ`vɪʒənɪzm; rɪ`vɪʒəˌnɪzm] *n.* [U]修正主義(原指欲將 Marxism 穩健地修正到接近資本主義；一般指將正統理論和慣例加以修正的主義).

re·vis·it [rɪ`vɪzɪt; ˌriː`vɪzɪt] *vt.* 重訪，再訪.

***re·viv·al** [rɪ`vaɪvl; rɪ`vaɪvl] *n.* (*pl.* ~**s** [~z; ~z]) **1** [UC]再生，甦醒；復活，復興，恢復. the *revival* of an old custom 舊習俗的復興/a *revival*

of one's spirits 精神的恢復.
2 《基督教》 [UC] 信仰復興; [C] 信仰復興大會(牧師熱烈地傳教以招募改變宗教信仰者的傳道大會).
3 [UC] 《舊戲、舊片等的)再上演, 重映.
⇨ v. revive.

re·viv·al·ist [rɪˈvaɪvḷɪst; rɪˈvaɪvəlist] n. [C] 《基督教》信仰復興運動者.

Revíval of Léarning n. (加the)文藝復興(Renaissance).

*__re·vive__ [rɪˈvaɪv; rɪˈvaɪv] v. (~s [~z; ~z]; ~d [~d; ~d]; -viv·ing) vi. **1** 甦醒, 振作, 恢復. Flowers *revive* in water. 花在水中恢復生氣/Memories of his young days *revived* in him. 年輕時代的記憶重現於他的腦海中.
2 復活, 復興. The old practice is *reviving*. 舊習慣再度盛行.
— vt. **1** 使甦醒, 使恢復意識; 使振作, 使《記憶等)重現. The fresh air *revived* him. 新鮮的空氣使他精神爲之一振.
2 使復興[復活]; 使再流行. *revive* traditional skills 復興傳統技藝.
3 再上演[上映].
⇨ n. revival.
[字源] VIVE 「活」: re*vive*, sur*vive* (存活), *viv*id (生動的), *vit*al (生命的).

rev·o·ca·ble [ˈrɛvəkəbḷ; ˈrevəkəbl] adj. 可取消的, 可廢除的, (↔ irrevocable).

rev·o·ca·tion [ˌrɛvəˈkeʃən; ˌrevəˈkeiʃn] n. [UC] 《文章)取消, 廢除.

re·voke [rɪˈvok; rɪˈvəuk] vt. 《文章)撤回, 取消, 廢除. He *revoked* his previous statement. 他撤回他先前所講過的話/The government *revoked* the unpopular law. 政府把不受歡迎的法律廢除.

*__re·volt__ [rɪˈvolt; rɪˈvəult] n. (pl. ~s [~s; ~s]) 《反抗》 **1** [UC] 反叛, 暴動; 反抗, 反對. go into *revolt* 造反/put down a *revolt* 鎮壓暴動.
[搭配] v.+revolt: crush a ~ (鎮壓暴動), suppress a ~ (壓制叛亂), stir up a ~ (煽動反叛) // revolt+v.: a ~ breaks out (叛亂爆發), a ~ erupts (叛亂爆發).
2 [U] 討厭, 不快, 反感.
in revólt (1)反抗地[的], 造反地[的]. (2)不耐煩地.
— v. (~s [~s; ~s]; ~ed [~ɪd; ~ɪd]; ~·ing) vi.
1 反抗, 造反, 《against, from》. *revolt against* authority 反抗權威.
2 感到不快, 心情變糟; 反感; 不耐煩, 《against, at, from》. Human nature *revolts against* such a crime. 人性對這樣的罪行會感到反感.
— vt. 使…的心情變糟, 使不快; 使反感. The bad smell *revolted* me. 難聞的氣味令我作嘔/I was *revolted* by [at] the bad smell. 難聞的氣味令我作嘔.

re·volt·ing [rɪˈvoltɪŋ; rɪˈvəultiŋ] adj. 令人作嘔的, 極其不愉快的, 《to》.

re·volt·ing·ly [rɪˈvoltɪŋlɪ; rɪˈvəultiŋli] adv. 令人作嘔地.

---

*__rev·o·lu·tion__ [ˌrɛvəˈluʃən, ˈluˌrɛvəˈjuʃən; ˌrevəˈluːʃn] n. (pl. ~s [~z; ~z]) 《迴轉》 **1** [C] (唱片, 引擎等的)迴轉, 轉動; 循環; [UC] 《天文)公轉 (↔ rotation). 100 *revolutions* per second 每秒迴轉100次/the *revolution* of the four seasons 四季的循環.
2 《大迴轉＞大改革》 [UC] 革命, (政治上的)改革; (思想、技術等的)大變革. a violent *revolution* 暴力革命/a technological *revolution* 技術革命.
[搭配] v.+revolution: carry out a ~ (完成革命), cause a ~ (發起革命), organize a ~ (組織革命), put down a ~ (鎮壓革命) // revolution+v.: a ~ erupts (革命爆發), a ~ occurs (發生革命).
⇨ adj. revolutionary. v. 1爲revolve, 2爲revolutionize.

*__rev·o·lu·tion·ar·y__ [ˌrɛvəˈluʃənˌɛrɪ, ˈluːˌrɛvəˈjuʃənˌ-; ˌrevəˈluːʃnəri] adj. **1** 《限定)革命的; 革命軍方面的. a *revolutionary* government 革命政府.
2 革命性的, 大變革的. a *revolutionary* change in transportation 在交通運輸上的革命性變化.
— n. (pl. -ar·ies) [C] 革命家.

Revolútionary Wár n. (加the)美國獨立戰爭(1775-83)(亦稱the American Revolution).

rev·o·lu·tion·ize [ˌrɛvəˈluʃənˌaɪz, ˈluːˌrɛvəˈjuʃən-; ˌrevəˈluːʃnaɪz] vt. 引起革命; 徹底改變.

*__re·volve__ [rɪˈvolv; rɪˈvɒlv] v. (~s [~z; ~z]; ~d [~d; ~d]; -volv·ing) vi. **1** 旋轉《about, around, round 在…的周圍》; 〔地球〕轉《狹義上指公轉; 「自轉」爲rotate》; 循環; 〔年, 月〕循環. The earth *revolves* around [about] the sun. 地球繞太陽旋轉/Seasons *revolve*. 四季循環.
2 〔議論, 想法等〕(在心中)縈繞, 〔生活等〕循環, 《about, around, round 以…爲中心》. His thoughts *revolved around* his sweetheart. 他懸念著他的愛人.
— vt. **1** 使旋轉.
2 《文章)反覆考慮, 思考. *revolve* an idea in one's mind 反覆思考某一想法. ⇨ n. revolution.
[字源] VOLVE 「捲」: re*volve*, e*volve* (發展), in*volve* (捲入), *vol*ume (卷), de*volve* (移動).

re·volv·er [rɪˈvolvɚ; rɪˈvɒlvə(r)] n. [C] 旋轉式連發手槍, 左輪手槍, (→ pistol).

revólving dóor n. [C] 旋轉門.

re·vue [rɪˈvju, ˈvɪu; rɪˈvjuː] n. [UC] 夾雜歌曲、舞蹈、時事諷刺等熱鬧的戲劇.

re·vul·sion [rɪˈvʌlʃən; rɪˈvʌlʃn] n. [aU] **1** 強烈的厭惡感《against》. She felt a violent *revulsion against* the lawyer. 她十分厭惡那個律師. **2** 《文章)(感

cylinder

grip

[revolver]

情, 意見等的)劇[驟]變. a *revulsion* of public opinion 輿論的驟變.

‡re·ward [rɪ`wɔrd; rɪ`wɔːd] *n.* (*pl.* ~s [~z; ~z]) **1** ⓤ (常 rewards) 報酬;回報, 報應;《*for*》. expect (a) *reward for* one's services 期待付出有所回報/Virtue is its own *reward*. 《諺》善有善報/*rewards* and penalties 賞罰.

2 ⓒ酬金;懸賞, 賞金;《*for*》. She offered a five-hundred-dollar *reward for* her missing dog. 她懸賞五百美元尋找她走丟的狗.

┃ 匿配 *adj.*+reward: a due ~ (應得的報酬), a large ~ (大筆酬金) // *v.*+reward: give a ~ (給與酬金), pay a ~ (支付酬金), receive a ~ (接受酬金).

—— *vt.* (~s [~z; ~z]; ~ed [~ɪd; ~ɪd]; ~ing) 報答〔人〕《*for*》;酬謝《*with*》;回報. He was *rewarded with* a prize *for* his invention of a new medicine. 他發明新藥而獲獎/Success *rewarded* his efforts. 他的努力得到了成功的回報/Their patience was finally *rewarded* by the wonderful aurora. 他們的耐心終於得到清晨曙光的回報.

in rewárd (*for...*) 當作(…的)報酬. get a watch *in reward for* gaining the first prize 獲得頭獎的手錶.

re·ward·ing [rɪ`wɔrdɪŋ; rɪ`wɔːdɪŋ] *adj.* 有報酬的, 值得做的, 值得報答的. a *rewarding* book 值得一讀的書/Teaching is a *rewarding* profession. 教書是一種值得做的行業.

re·wind [ri`waɪnd; riː`waɪnd] *vt.* (~s; re·wound; ~ing) 回捲〔錄音帶等〕.

re·word [ri`wɜːd; ˌriː`wɜːd] *vt.* 改變措辭.

re·wound [ri`waʊnd; riː`waʊnd] *v.* rewind 的過去式、過去分詞.

‡re·write [ri`raɪt; ˌriː`raɪt] *vt.* (~s [~s; ~s]; -wrote, -writ·ten; -writ·ing) 改寫;重寫;《美》《責任編輯》改寫〔報告或來稿〕. *rewrite* a story 改寫故事.

—— [`rɪ͵raɪt; `riːˌraɪt] *n.* ⓒ改寫(的原稿);《美》改寫的報導.

re·writ·ten [ri`rɪtn̩; ˌriː`rɪtn̩] *v.* rewrite 的過去分詞.

re·wrote [ri`rot; ˌriː`rəʊt] *v.* rewrite的過去式.

Rex [rɛks; reks] (拉丁語) *n.* ⓤ國王(Rex 是國王於布告等的簽名, 接於國王名字的後面; → Regina). George *Rex* 喬治國王.

Rey·kja·vik [`rekjə͵vik; `reɪkjəviːk] *n.* 雷克雅維克(冰島首都).

Rey·nard [`rɛnɚd, `renɚd; `renəd, `renɑːd, `reɪnɑːd] *n.* 雷那(中古敍事詩 *Reynard the Fox* 「狐狸雷那的故事」中主角狐狸的名字).

Reyn·old [`rɛnld; `renld] *n.* 男子名.

rhap·sod·ic [ræp`sɑdɪk; ræp`sɒdɪk] *adj.* **1** 狂想曲(風格)的. **2** 狂熱的, 狂熱般的.

rhap·so·dize [`ræpsə͵daɪz; `ræpsədaɪz] *vi.* 《有時表輕蔑》狂熱地說[寫]《*about*, *over*》.

rhap·so·dy [`ræpsədɪ; `ræpsədɪ] *n.* (*pl.* -dies) ⓒ **1** (音樂)狂想曲. **2** 《有時表輕蔑》充滿熱情的

話, 狂熱的言辭[詩文]. go into *rhapsodies* over... 對…表現出強烈的熱中.

rhe·a [`riə; `rɪə] *n.* ⓒ(鳥)鶆鶹(產於南美洲; 只有三趾).

rhe·o·stat [`riə͵stæt; `rɪəʊstæt] *n.* ⓒ(電)變阻器(用以調光器等).

rhe·sus [`risəs; `riːsəs] *n.* ⓒ(動物)恆河猴(亦稱 rhêsus mónkey; 產於印度; 用於醫學實驗的短尾猴).

Rhêsus fàctor *n.* (加 the) =Rh factor.

*rhet·o·ric [`rɛtərɪk; `retərɪk] *n.* ⓤ **1** 修辭學《研究如何有效使用言辭的學問》;雄辯術.

2 《輕蔑》美麗的詞藻;誇張.

rhe·tor·i·cal [rɪ`tɔrɪk, -`tɑr-; rɪ`tɒrɪkl] *adj.*

1 《限定》修辭學的.

2 《輕蔑》文章過於華麗的;誇張的.

rhe·tor·i·cal·ly [rɪ`tɔrɪklɪ, -]ɪ, -`tɑr-; rɪ`tɒrɪkəlɪ] *adv.* 修辭(學)地.

rhetôrical quéstion *n.* ⓒ(文法)修辭問句(不是詢問對方, 而是帶有反問效果的疑問句; 例: What does it matter? 有甚麼關係? (=It doesn't matter.)).

rhet·o·ri·cian [͵rɛtə`rɪʃən; ͵retə`rɪʃn] *n.* ⓒ

1 修辭學家;雄辯家.

2 使用美麗詞藻的人, (內容貧乏)說話誇張的人.

rheu·mat·ic [ru`mætɪk, rɪu-; ruː`mætɪk] *adj.* 風濕症的;患風濕病的.

—— *n.* ⓒ風濕病患者; (rheumatics)《作單數》《口》=rheumatism.

rheumàtic féver *n.* ⓤ(醫學)風濕熱.

rheu·ma·tism [`rumə͵tɪzm̩; `ruːmətɪzəm] *n.* ⓤ(醫學)風濕症.

Rh factor [`ɑr`ɛtʃ`fæktɚ; ɑːr`eɪtʃˌfæktə(r)] *n.* (加 the)(生化學)Rh 因子(存在於人或恆河猴的紅血球中的凝血素).

Rhine [raɪn; raɪn] *n.* (加 the) 萊因河(發源於瑞士, 流經德國西部而注入北海; 德語拼作 Rhein).

rhine·stone [`raɪn͵ston; `raɪnstəʊn] *n.* ⓤⓒ萊因石(一種水晶); 人造鑽石.

rhi·no [`raɪno; `raɪnəʊ] *n.* (*pl.* ~s)《口》=rhinoceros.

rhi·noc·er·os [raɪ`nɑsərəs, -srəs; raɪ`nɒsərəs] *n.* (*pl.* ~, ~es) ⓒ(動物)犀牛.

rhi·zome [`raɪzom; `raɪzəʊm] *n.* ⓒ(植物)根莖, 地下莖.

Rhode Island [rod`aɪlənd, ro`daɪ-; ͵rəʊd`aɪlənd] *n.* 羅德島州(美國東北部的州; 略作 RI, R.I.).

Rhodes [rodz; rəʊdz] *n.* **1** 羅德斯島(位於愛琴海(the Aegean Sea)的希臘島嶼).

2 羅德斯(羅德斯島的海港; 古文明中心之一).

Rho·de·sia [ro`diʒɪə, -ʒə; rəʊ`diːzjə] *n.* 羅德西亞(非洲南部的舊共和國, 現在的 Zimbabwe).

rho·do·den·dron [͵rodə`dɛndrən; ͵rəʊdə`dendrən] *n.* ⓒ石楠, 杜鵑; (杜鵑花屬植物

的總稱).

rhom·boid [ˋrɑmbɔɪd; ˈrɔmbɔɪd] (數學) n. C 平行四邊形。— adj. 平行四邊形的.

rhom·bus [ˋrɑmbəs; ˈrɔmbəs] n. C (數學)菱形.

*__rhu·barb__ [ˋrubɑrb, ˋrɪu-; ˈruːbɑːb] n. U (植物)大黃；大黃葉柄(食用)；大黃根(瀉藥).

[rhubarb]

*__rhyme__ [raɪm; raɪm] 1 (pl. ~s [~z; ~z]) 1 U 韻，韻腳，押韻，《在詩行末尾使重音母音以下的音與他行末尾的音相同；→ alliteration》. 2 C 押韻的字，同韻字，《像 sing 和 ring，leave 和 bereave 般以同音結尾的字》. 3 C 押韻詩，韻文，詩.

*__rhyme or reason__ 原因或理由(用於否定句，強調 reason 的說法). He suddenly burst into anger without *rhyme or reason*. 他突然無故發起無名火/I can see neither *rhyme nor reason* in his conduct. 我看不出他行為的理由.

— vi. 1 押韻，(和某字)合韻；《to, with》. "Run" *rhymes with* "son". run 和 son 押韻.
2 《文章》作詩.

— vt. 1 使成韻文.
2 使押韻《with》. *rhymed* verse 押韻詩.

*__rhythm__ [ˋrɪðəm; ˈrɪðəm] n. (pl. ~s [~z; ~z]) 1 UC 節奏，韻律，《例如聲音強弱規律地重複》. tango *rhythm* 探戈舞曲節奏/the *rhythm* of waves [a heartbeat] 波浪[心跳]的節奏.
2 有規律的反覆[循環]，周期性. the *rhythm* of the seasons 四季有規律的循環.

rhythm and blues n. U 節奏藍調(1940年代至 60 年左右盛行，藍調與黑人音樂混合而成的美國黑人流行音樂).

rhyth·mic [ˋrɪðmɪk; ˈrɪðmɪk] adj. 有節奏的，有韻律的；周期性的，有規律地循環的.

rhyth·mi·cal [ˋrɪðmɪkl; ˈrɪðmɪkl] adj. =rhythmic.

rhyth·mi·cal·ly [ˋrɪðmɪklɪ, -ḷɪ; ˈrɪðmɪkəlɪ] adv. 有節奏地.

rhythm method n. (加 the)周期避孕法.

RI, R.I. (略) Rhode Island.

*__rib__ [rɪb; rɪb] n. (pl. ~s [~z; ~z]) C 1 肋骨，(烹飪)排骨(→ spareribs). He broke a *rib* in his fall. 他跌下來摔斷了一根肋骨.
2 (雨傘、扇子的)骨；(船)的肋材；《植物》葉脈；(編織物)的稜紋.

*__poke__ [dig, nudge] a person in the ribs 碰觸某人的肋骨(為引起注意).

— vt. (~s; ~bed; ~bing) 1 裝肋材於….
2 (口)揶揄，嘲笑.

rib·ald [ˋrɪbḷd; ˈrɪbəld] adj.《文章》〔言辭，態度〕下流的，低俗的. a *ribald* joke 下流的玩笑.

rib·ald·ry [ˋrɪbḷdrɪ; ˈrɪbəldrɪ] n. U 《文章》低俗；下流話.

ribbed [rɪbd; rɪbd] adj. 有稜紋的；稜紋編織物的.

*__rib·bon__ [ˋrɪbən; ˈrɪbən] n. (pl. ~s [~z; ~z]) 1 UC 緞帶；飾帶；緞帶式紀念章；(勳章的)綬帶(緞帶狀；佩戴於軍服的左胸). wear a *ribbon* in one's hair 給頭髮紮上緞帶.
2 C 條[帶]狀物；(打字機的)色帶. a *ribbon* of smoke 一縷煙/From the air, the road was a *ribbon*. 從天空往下看，道路呈帶狀.
3 (ribbons)細長的片段，零碎物，破爛. tear a handkerchief to *ribbons* 把手帕撕碎/The critic cut the play to *ribbons*. 那位評論家把那齣戲貶得一文不值.

ribbon development n. U (英)帶狀開發(沿著幹道向郊外延伸的無計畫性的住宅建設).

ri·bo·fla·vin [ˌraɪbəˋflevɪn; ˌraɪbəʊˈfleɪvɪn] U (生化學)核黃素(肉、魚肉、牛乳等中所含的維他命 B_2).

*__rice__ [raɪs; raɪs] n. U 1 米；米粒(在歐美有向出門的新婚夫妻灑米粒祝賀的習慣). brown *rice* 糙米/polished *rice* 白米/a grain of *rice* 米粒/(a) *rice* cake 年糕/a *rice* ball 飯糰/curry and *rice* 咖哩飯/Chicken and fried *rice* 雞肉炒飯(在歐美用此種菜色搭配米布丁(rice pudding)).
2 稻(→ spike² 圖). a *rice* crop 稻作/a *rice* paddy 稻田，水田.

*__rich__ [rɪtʃ; rɪtʃ] adj. (~·er; ~·est) 【富有的】
1 (a)有錢的，富裕的，(wealthy)，(↔poor). a fabulously *rich* man 大富豪/a *rich* country 富裕的國家.
(b)《名詞性；作複數》(加 the)有錢人. the new *rich* 暴發戶/the *rich* and the poor 富人和窮人(★常省略 the 而成 rich and poor).
2 充足的，充分的，(用 rich in...)大量的，豐富的. a *rich* harvest 豐收/a *rich* supply of water 水的充分供應/a man *rich in* experience 經驗豐富的人/An orange is *rich in* vitamin C. 柳橙含豐富的維他命 C.
3 〔土地等〕肥沃的；多產的《in》. *rich* land 肥沃的土地/This region is *rich in* oil. 這地區蘊藏著豐富的石油.
4 富有營養的；味道重的，油膩的；〔酒等〕醇的；〔香氣等〕濃郁的. *rich* milk [coffee] 濃郁的牛乳[香醇的咖啡]/This food is too *rich* for me. 這食物對我來說太油膩了.
【豐富的>價值高的】5 高價的，貴重的；豪華的，奢侈的. a *rich* jewel 昂貴的寶石/The room is filled with *rich* furniture. 房間裡擺滿了豪華的家具.
【程度強烈的】6 〔色彩等〕濃的，深的；〔嗓音，聲音〕響亮的，宏亮的，響徹的. a *rich* red 鮮紅色/a deep, *rich* baritone 深沈而宏亮的男中音/a *rich* laugh 渾厚的笑聲.
7 (口)很有趣的，富有幽默感的. a *rich* joke 很

有趣的笑話/That's *rich*! 那真有趣! (★常用作反諷，變為「那有這回事!」之意).

as rìch as Cróesus 非常有錢的(→ Croesus).

● ──「the＋形容詞」的用法

(1)表示「複數的人」

The rich are not always happier than *the poor*. 有錢人未必比窮人幸福.

此用法的主要表達式：

the blind	the brave	the dead
the deaf	the disabled	the elderly
the homeless	the injured	the living
the old	the sick	the wealthy
the British	the Dutch	the French

(2)表示「單數或複數的人」

the deceased 已故者

(3)表示抽象概念

The unknown is often feared.

未知的事物經常令人恐懼.

The unexpected is bound to happen.

意想不到的事必定會發生.

Rich·ard [ˋrɪtʃəd; ˈritʃəd] *n.* 男子名.

rich·es [ˋrɪtʃɪz; ˈritʃiz] *n.* 《作複數》《文章》財富 (wealth), 財產 (property), 財寶. amass [heap up] *riches* 積聚財富/*Riches* have wings. 《諺》財易散(如同飛走般地消失).

rich·ly [ˋrɪtʃlɪ; ˈritʃli] *adv.* **1** 富裕地.

2 十分地; 完全地. bread *richly* spread with butter 塗滿奶油的麵包.

3 漂亮地; 豪華地. be *richly* dressed 穿著華麗.

Rich·mond [ˋrɪtʃmənd; ˈritʃmənd] *n.* 里奇蒙

1 New York 市的一區(borough)(Staten Island 的舊稱). **2** 美國 Virginia 首府.

rich·ness [ˋrɪtʃnɪs; ˈritʃnis] *n.* U **1** 富有, 富裕. **2** 豐富; 肥沃. **3** 奢侈; 漂亮, 美麗. **4** 味道濃厚; 滋味; (聲音等的)深沈; (色彩的)豐富.

Rich·ter scale [ˋrɪktə͵skel; ˈriktəˌskeil] *n.* (加 the)芮氏級度(表示地震震級; 源自美國地震學家的名字).

rick [rɪk; rik] *n.* C (為遮雨而鋪在茅草屋頂上的)乾草堆; 乾草[稻草, 穀物等]的堆.

── *vt.* 堆積[乾草等], 堆積…成堆.

rick·ets [ˋrɪkɪts; ˈrikits] *n.* (單複數同形; 《美》則通常作單數)《醫學》佝僂病.

rick·et·y [ˋrɪkɪtɪ; ˈrikəti] *adj.* **1** 〔家具等〕搖晃的; 快要倒下的; 步履蹣跚的.

2 佝僂病的; 患有佝僂病的.

rick·sha, rick·shaw [ˋrɪkʃɔ; ˈrikʃɔ:] *n.* C 黃包車, 人力車.

ric·o·chet [͵rɪkəˋʃe, ·ˋʃɛt; ˈrikəʃei] *n.*

1 UC (像打水漂之石子般的)跳飛. **2** C 跳彈.

── *vi.* (子彈等)跳飛, 彈開.

*rid [rɪd; rid] *vt.* (~s [~z; ~z], ~, ~ded [~ɪd; ~id] ~ding) 句型3 (rid **A** *of* **B**)從 A 除去 B; 使 A (人)免於 B. *rid* a house *of* rats 除去房子裡的老鼠/We *rid* ourselves *of* our coats. 我們脫去大衣.

──────────────── **ride** 1325

* *be ríd of...* 免於…, 擺脫…. He *was* finally *rid of* his cold. 他的感冒終於痊癒.

* *gèt ríd of...* 除去…; 處理掉…; 排除…; 免於…, 從…中解脫. *get rid of* the dead leaves 清除落葉/You must *get rid of* your debts first. 你必須先把債務處理掉.

rid·dance [ˋrɪdns; ˈridəns] *n.* a U 《口》擺脫; 除去; 解決麻煩. Harris is resigning? Hallelujah and good *riddance*. 哈里斯要辭職? 謝天謝地, 真是一大解脫.

rid·den [ˋrɪdn, ˋrɪdən; ˈridn] *v.* ride 的過去分詞.

── *adj.* (主要構成複合字)受(…)支配的; (為…)煩惱的. a police-*ridden* country 受警察支配的國家/worm-*ridden* 蟲蛀的.

*rid·dle[1] [ˋrɪdl; ˈridl] *n.* (*pl.* ~s [~z; ~z]) C

1 謎, 謎語. speak in *riddles* 說令人費解的話.

2 難題; 疑點; 不可理解的人[物]. solve a *riddle* of history 解開歷史上的疑點/He is a *riddle* to me. 對我而言他是個謎樣的人.

rid·dle[2] [ˋrɪdl; ˈridl] *n.* C 粗孔篩(→ sieve).

── *vt.* **1** 篩開[穀物, 砂等]. **2** 使布滿洞; 使充滿, (*with*). I can't wear this sweater—it's *riddled with* holes! 我不能穿這件毛衣──全是破洞!

‡**ride**

[raɪd; raid] *v.* (~s [~z; ~z]; **rode**; **rid·den; rid·ing**) *vi.* 《 騎馬 》

(英)《當作運動》騎馬. learn (how) to *ride* 學騎馬/*ride* away 騎馬離去/*ride* far 騎馬遠行/*ride* on horseback 騎馬.

2 乘, 乘著去, 《*on, in*》. *ride on* a bicycle 騎腳踏車/*ride on* [*in*] a train 坐火車/*ride in* a taxi 坐計程車/*ride* down *in* an elevator 搭電梯下來. 參考 腳踏車用 on, 火車、公車、汽車等用 on, in 都可以, 但(美)較常用 on.

3 騎, 跨, 《*on*》. *ride on* a person's shoulders 騎在某人的肩上.

4 (加修飾語句)騎[乘]在上面的感覺是…; 句型2 (ride **A**) 〔跑馬場等〕跑的情況是 A. The ship *rode* smoothly. 這船坐起來很平穩/The course *rode* heavy after the rain. 雨後的跑馬場跑起來很吃力.

《 船＞在上面 》 **5** 《雅》〔船〕漂浮在〔水面〕; 〔鳥等〕乘著〔風〕; 〔天體〕懸掛於〔天空〕, 《*on*》. There were several ships *riding* at anchor. 有幾艘船停泊著/A hawk was *riding on* the breeze. 一隻鷹乘著微風翱翔(→ *vt.* 3)/The moon was *riding* high above the mountain ridge. 月亮高掛在山脊上方.

6 前進, 行駛, 《*on*〔河流, 軌道等〕》; 趁著《*on*〔時尚等〕》. The new commuter trains *ride on* elevated monorails. 新的通勤列車行駛於高架單軌鐵路上.

── *vt.* 《 乘 》 **1** 騎[馬]; 乘[交通工具]; 乘著去. *ride* a horse [bicycle, train] 騎馬[騎腳踏車, 坐火車]/*ride* the 10:30 train to London 坐十點半開往倫敦的火車.

2 (以馬, 交通工具)通行, 通過, 渡過. He *rode*

the rapids in a rubber boat. 他乘橡皮艇渡過急流.

3《雅》乘著…前進，漂在…上. The ship *rode* the waves lightly. 這艘船乘著波浪輕快地前進/*ride* the breeze〔=*ride* on the breeze → *vi.* 5〕乘著微風.

4【乘勢壓住】《文章》支配，折磨，《主要用被動語態; →ridden》. be *ridden* with disease 為病所苦. 〖 **使乘坐** 〗 **5** 使乘坐; 載運. *ride* a child on one's back 背孩子/Harry *rode* me over in his truck. 哈利用他的卡車載我.

lèt...rìde《口》放著…不管，擱下…. We'll let things *ride* for a few days and see how the situation develops. 我們會把事情擱下數天看看情勢如何發展.

rìde/.../dówn (1)策馬撞倒…; 駕車撞倒…. (2)策馬〔駕車〕追上….

rìde for a fáll 騎馬亂跑; (注定失敗的)毫無條理地做.

rìde/.../óut 安然度過(風暴，困難等).

rìde úp〔衣服〕向上滑動.

— *n.* (*pl.* ~s 〔~z; ~z〕) © **1** (馬，腳踏車，公車等交通工具的)騎，乘; 搭載; (乘坐交通工具的)旅行; (乘交通工具的)路程. go for a *ride* (乘交通工具)兜風/have〔take〕a *ride* 騎馬〔乘車〕/Could I give you a *ride* to the station? 我能載你去車站嗎？/a long train *ride* 長途火車旅行/An hour's *ride* in the car took us to our destination. 我們坐一小時車到達目的地.

2 (森林中等的)騎馬道.

3 (遊樂場等的)騎乘物(Ferris wheel 等).

4《與形容詞連用》乘坐(…)的感覺. The horse gives an easy *ride*. 這匹馬很好騎.

tàke...for a rìde《口》(1)《主美》以汽車將〔人〕帶出並加以殺害. (2)欺騙〔人〕.

*rid·er 〔ˋraɪdɚ; ˈraɪdə(r)〕 *n.* (*pl.* ~s 〔~z; ~z〕) © **1** (馬，腳踏車，摩托車等的)**騎士**，騎手. a motorcycle *rider* 摩托車騎士.

2 《文章》(文書等的)附加事項.

*ridge 〔rɪdʒ; rɪdʒ〕 *n.* (*pl.* **ridg·es** 〔~ɪz; ~ɪz〕) © **1** 山脊，山脈. walk along the *ridge* of the mountain 沿山脊行走.

2 (屋頂的)屋脊; (動物的)背脊; 波峰; (田地的)壟. the *ridge* of the nose 鼻梁.

— *vt.* 給…裝屋脊; 使…成屋脊(壟).

*ri·di·cule 〔ˋrɪdɪ͵kjul, -͵kɪul; ˈrɪdɪkjuːl〕 *n.* Ⓤ 嘲弄，嘲笑，愚弄. lay oneself open to *ridicule* 成為別人的笑柄/hold a person up to *ridicule* 嘲弄某人/John has become an object of *ridicule*. 約翰成了嘲笑的對象.

— *vt.* 嘲弄，嘲笑. They all *ridiculed* me〔my idea〕. 他們都嘲笑我〔我的想法〕.

✍ *adj.* **ridiculous**.

*ri·dic·u·lous 〔rɪˋdɪkjələs; rɪˈdɪkjuləs〕 *adj.* 荒謬的，可笑的，毫無道理的; 滑稽的. a *ridiculous* idea 很荒謬的想法/Don't be *ridiculous*! 別說傻話

〔別做傻事〕!

ri·dic·u·lous·ly 〔rɪˋdɪkjələslɪ; rɪˈdɪkjuləslɪ〕 *adv.* 荒謬地; 可笑地，滑稽地.

rid·ing 〔ˋraɪdɪŋ; ˈraɪdɪŋ〕 *v.* ride 的現在分詞、動名詞.

— *n.* Ⓤ 騎馬; 乘車. bicycle〔bike〕 *riding* 騎腳踏車.

ríding brèeches *n.*《作複數》馬褲.

ríding hàbit *n.* © 女用騎馬裝.

ríding màster *n.* © 騎術教練.

rife 〔raɪf; raɪf〕 *adj.*《敘述》《文章》 **1**〔壞事物〕流行的，橫行的. Crime is *rife* in the big cities. 犯罪橫行於大都市裡.

2 充滿的(*with*). The argument is *rife* with errors. 那議論滿是錯誤.

riff 〔rɪf; rɪf〕 *n.* (*pl.* ~s) ©(流行音樂，爵士樂的)反覆的樂句.

rif·fle 〔ˋrɪf; ˈrɪfl〕 *vt.* 很快地翻(書頁).

— *vi.* 很快地翻(*through*〔頁等〕).

riff·raff 〔ˋrɪf͵ræf; ˈrɪfræf〕 *n.*《作複數》(加 the) 社會最下層的群眾.

*ri·fle[1] 〔ˋraɪf; ˈraɪfl〕 *n.* (*pl.* ~s 〔~z; ~z〕) **1** © 來福槍，步槍. 回 *rifle* 槍膛內有螺旋形的溝槽，可使子彈旋轉，以提高命中率; → gun.

2 (rifles)步槍隊.

— *vt.* **1** 刻螺旋狀的溝於(槍膛，砲膛)內.

2 用來福槍〔步槍〕射擊.

ri·fle[2] 〔ˋraɪf; ˈraɪfl〕 *vt.*《口》(為了偷竊)到處搜索; 搶奪，盜取，(*of*). The safe had been *rifled* (*of* its contents). 那保險箱(內藏的東西)已遭竊.

ri·fle·man 〔ˋraɪf͵mən; ˈraɪflmən〕 *n.* (*pl.* **-men** 〔-͵mən; -mən〕) © 步槍手，狙擊兵; 名射手.

rífle rànge *n.* ©(步槍)射擊場; Ⓤ 步槍射程.

rift 〔rɪft; rɪft〕 *n.* ©《文章》裂縫，裂口，縫隙; 失和，隔閡.

ríft vàlley *n.* ©(地學)地溝，峽谷.

rig[1] 〔rɪg; rɪg〕 *vt.* (~s; ~ged; ~ging) **1** 給〔船〕上設備; 安裝，配備，(*with*). a missile *rigged* with a nuclear warhead 配備核子彈頭的飛彈.

2《口》使打扮，使盛裝，(*out*; *up*). She *rigged* herself *up* like a queen. 她把自己打扮得像個女王.

3《口》草草做成，趕造，(*up*). Viewing stands were *rigged up*. 看臺已趕工完成.

— *n.* © **1** (船的)設備，帆裝; 裝備. a fore-and-aft *rig* 縱帆裝備. **2** =oilrig. **3**《口》(奇特的)打扮，衣服.

rig[2] 〔rɪg; rɪg〕 *vt.* (~s; ~ged; ~ging) 不正當地操縱. *rig* a horse race 操縱賽馬.

Ri·ga 〔ˋrigə; ˈriːgə〕 *n.* 里加(拉脫維亞共和國首都).

rig·ging 〔ˋrɪgɪŋ; ˈrɪgɪŋ〕 *n.* Ⓤ (通常加 the) (集合)索具，纜具，(船的帆、纜等的全部裝備); 一套用具.

*right[1] 〔raɪt; raɪt〕 *adj.* 〖 **對的** 〗 **1** (法律上，道德上)**正直的，正義的**，(⟷ wrong). Telling lies is not *right*. 說謊是不對的.

2〔答案等〕**對的，正確的**，(→ correct 回); 真的(true). the *right* answer 正解/What's the

right time? 現在正確的時間是幾點?/"I guess he is from Canada." "*Right*." 「我猜他來自加拿大」「沒錯」/You visited his home, *right*? 你拜訪過他家, 對吧? (〖語法〗此處的 right 是 is that right 的簡略說法; 常如上例般用於附加問句(right=didn't you)).

3 〔想法等〕合理的, 正當的, 理所當然的; (↔ wrong). You are *right* (there). (那點上)你有道理/That's *right*. 是的; 正是如此/You're *right* in saying [to say] so. 你那樣說是對的/It was *right* and proper that he should apologize to you. 他向你道歉是應當的.

4 健全的, 正常的. Are you all *right* now? 你現在好了嗎?/be in one's *right* mind 神智清醒/He's not *right* in his [the] head. 他腦筋不正常.

5 〔事態〕順利的, 情況良好的. All will be *right*. 一切都會順利的.

〖恰適的〗 **6** (最)恰當的, 適當的, (proper; ↔ wrong). the *right* man in the *right* place 適才適所/a *right* person to answer the question 回答這個問題的適當人選/John is *right* for the job. 約翰適合做那件工作/You came just at the *right* time. 你來得正是時候/The hat was just *right* in size. 這帽子尺寸正合適/Is this the *right* way to the station? 到車站是走這條路嗎?

7 直角的. a *right* angle →見 right angle.

8 〔方向正確的〕〔布等〕表面的, 正面的, (↔ wrong). the *right* side of the (piece of) cloth 這(塊)布的正面/Place the cushion here with the *right* side up. 將座墊正面朝上放在這裡.

àll ríght → all 的片語.

gèt on the ríght síde of... 受〔人〕喜愛, 討〔人〕歡心.

gèt...ríght (1)正確理解[記得]…. (2)整理…, 整頓…. *get* one's sums *right* 正確計算.

on the ríght síde of... 未滿…歲(↔ on the wrong side of...).

pùt...ríght (1)使…處於正確的狀態, 恢復…; 修理…; 調整…. Will you *put* the clock *right*? 你可以調準這時鐘嗎? (2)糾正〔人〕的誤解等. I'd like to *put* you *right* on that point. 我想糾正你對那點的誤會. (3)恢復〔人〕的健康.

ríght enòugh 滿意, 無懈可擊.

Ríght óh [*hó*]*!* =righto.

ríght or wróng 好歹, 不管怎樣. This is my country, *right or wrong*. 不管怎樣, 這是我的國家.

Ríght (you áre)! 《口》(1)你說得有道理! 誠如所言! (2)好了! 知道了!

sèt...ríght =put...right.

— *adv.* **1** 合理地, 公正地, 正當地. act *right* 合理地行動.

2 無誤地, 正確地. If I remember *right*, his father was born in 1930. 如果我沒記錯的話, 他父親生於 1930 年/I guessed *right*. 我猜對了.

3 適當地; 順利地, 如意地. serve a person *right* (→ serve 的片語).

4 正好, 恰好. *right* here 正好在這裡/begin

right from the beginning 就從最初開始/*right* in the middle 在正中間/The ball hit me *right* on the nose. 那球正好打在我的鼻子上/*Right* after the war the country was full of the unemployed. 戰爭剛過, 全國到處都是失業者.

5 筆直地; 一直地. He walked *right* along the waterfront. 他沿著海岸直走.

6 《口》馬上, 立刻. I'll be *right* back [over]. 我會馬上回來[立刻到].

àll ríght → all 的片語.

gò ríght 順利進行; 如己所願. Things *went right*. 事情進展順利.

* *ríght awáy* 馬上, 立即. Start *right away*. 馬上開始.

ríght nów (1)=right away. (2)剛才, 方才; 此刻. *Right now* I want for nothing. 此刻我甚麼也不缺.

ríght óff 《主美》=right away.

— *n.* (*pl.* ~**s** [~s; ~s]) **1** ◎正直, 正義, 公正; 正當的行為; 善. (↔ wrong). know *right* from wrong 辨別是非.

2 ◎◎權利 (↔ duty); (常 rights)(獲得利益的)權利, 法律的權利; (用 right to...)對…的權利; (用 right *to* do [of do*ing*])做…的權利. stand on the [one's] *right* to free expression 主張有自由表達的權利/I have a [the] *right* *to* do [of *doing*] as I please. 我有權利喜歡怎麼做就怎麼做/Now that you've come of age, you have the *right* to vote. 既然你年齡已屆, 你就有投票的權利/human *rights* 人權.

〖搭配〗 *adj.*+right: a full ~ (完全的權利), an unquestionable ~ (無疑的權利) // *v.*+right: assert a ~ (聲明權利), exercise a ~ (行使權利), gain a ~ (得到權利).

be in the ríght 有理的.

by ríght of... 《文章》憑藉…的權限[權利]; 以…的理由.

by ríghts 憑藉正當的權利; 本來. *By rights*, the property belongs to me. 這財產本來就屬於我/Don't be long; *by rights*, you should have arrived there hours ago. 快一點, 你本來在幾小時前就該到了.

dò ríght by a person 公平對待某人; 正確地評價某人.

in one's òwn ríght 憑與生俱來[天生]的權利; 本來, 以其自身. a queen *in her own right* (不是王后, 而是生來便擁有繼承王位權利的)女王/an interesting novel *in its own right* (與文學價值等無關)本身就很有趣的小說.

pùt...to ríghts (1)使〔人, 局勢等〕恢復正常. The premier's tough policies soon *put* the economy *to rights*. 首相的強硬政策不久即使經濟(狀況)恢復正常. (2)整理〔物品, 場所等〕.

sèt...to ríghts =put...to rights.

the ríghts and wróngs 是非善惡; 真相(*of* 〔事

件等)).

— *vt.* **1** 弄直，扶起，重新扶直. *right a cap-sized boat again* 重新扶正一艘翻覆的船.

2 改正[不正當，錯誤等]. *We shall right all the wrongs done by the previous regime.* 我們將改正前政權所做的一切不正當行為.

3 使重新直立; 使恢復(原來的狀態).

right onesèlf (船等)重新直立，取回平衡.

‡**right**[2] [raɪt; raɪt] *adj.* (2的變化為**more ~, ~er; most ~, ~est**) **1** (限定)右的，右側的; 向右方的，朝右的. *hold a pencil in one's right hand* 右手拿一枝鉛筆/*the right bank of a river* (面向下游)右岸/*make a right turn* 向右轉.

2 (常 *Right*) (政治上)右派的，保守的.

— *adv.* 在[向]右，在[向]右方，在[向]右側. *turn right* 向右轉/*Keep right.* 靠右行駛(告示).

right and left (1)左右地. *look right and left* 左右看. (2)(口)[從]四面八方，到處. *Since getting a raise, he's been spending money right and left.* 自從加薪後，他就一直四處花錢.

— *n.* (*pl.* ~**s** [~s; ~s]) **1** [U] (通常加the)右，右側，右方. *keep to the right* 靠右行駛/*Go on till the first crossing and turn to the right.* 一直走到第一個十字路口向右轉/*You'll see the river on the right soon.* 不久你會在右方看到那條河.

2 [C] 向右轉，向右彎. *Make [Take] a right.* 向右轉.

3 [U] (單複數同形) (通常 the *Right*)保守黨，右翼，右派， (→ left[1]) (參考).

4 [C] (軍事)右翼; (棒球)右外野; (拳擊)右拳. ↔ left[1].

right ángle *n.* [C]直角. *at right angles* 成直角.

right-an·gled [`raɪt`æŋgld; ˈraɪtæŋgld] *adj.* 直角的，有直角的. *a right-angled triangle* (英)直角三角形((美) right triangle).

right·eous [`raɪtʃəs; ˈraɪtʃəs] *adj.* (文章) **1** (道德上)正直的，高潔的，廉正的. *lead a clean, righteous life* 過清廉正直的生活.

2 理所當然的，有理的. *righteous indignation at their meanness* 對他們的卑鄙行為應有的憤慨.

right·eous·ly [`raɪtʃəslɪ; ˈraɪtʃəslɪ] *adv.* 正直地; 正當地.

right·eous·ness [`raɪtʃəsnɪs; ˈraɪtʃəsnɪs] *n.* [U] (文章)正直，高潔; 正義.

ríght fíeld *n.* [U] (棒球)右外野.

ríght fíelder *n.* [C] (棒球)右外野手(→ baseball 圖).

right·ful [`raɪtfəl; ˈraɪtfʊl] *adj.* (限定)正當的，合法的. *a rightful claim* 正當的要求/*the rightful heir* 合法繼承人.

right·ful·ly [`raɪtfəlɪ; ˈraɪtfʊlɪ] *adv.* **1** 正當地，合法地. **2** 理所當然地.

ríght hánd *n.* [C] **1** 右手.

2 心腹，得力助手.

right-hand [`raɪt`hænd; ˈraɪtˈhænd] *adj.* (限定) **1** 右的，右側的，向右方的. *the right-hand drawer of the desk* 書桌的右邊抽屜. **2** 右手的，用右手做的，右手用的. **3** 可依靠的. *one's right-hand man* 心腹，得力助手.

right-hand·ed [`raɪt`hændɪd; ˌraɪtˈhændɪd] *adj.* **1** 慣用右手的. *a right-handed pitcher* 右投手. **2** 用右手做的. **3** 向右轉的; 右旋的.

right-hand·er [`raɪt`hændə; ˌraɪtˈhændə(r)] *n.* [C] **1** 慣用右手的人(運動員). **2** 用右手打; 右邊的一擊.

right·ist [`raɪtɪst; ˈraɪtɪst] (常 *Rightist*) *n.* [C] 右翼[右派](分子)，保守主義者.

— *adj.* 右翼[右派]的. ↔ leftist.

right·ly [`raɪtlɪ; ˈraɪtlɪ] *adv.* **1** (道德上)正當地，公正地. *act [judge] rightly* 正當地行動[公正地判斷].

2 正確地，無誤地，對地. *answer a question rightly* 正確地回答問題/*She got married eight years ago if I remember rightly.* 如果我沒記錯，她是在8年前結婚的.

3 理所當然地. *This picture is rightly called a masterpiece.* 這幅畫被稱為一幅傑作，確實不錯/*Your friend is rightly angry.* 你的朋友生氣是理所當然的.

4 (口) (用於否定句)確實地. *I can't rightly tell whether Tom was there or not.* 我無法確實地分辨湯姆是否在那裡.

rightly or wróngly 不論真假[好壞].

right-mind·ed [ˌraɪt`maɪndɪd; ˌraɪtˈmaɪndɪd] *adj.* (限定)心直的，持有正當想法[理念]的.

right·ness [`raɪtnɪs; ˈraɪtnɪs] *n.* [U] (通常加the) **1** 正直，公正，廉正; 正義. **2** 正確. **3** 恰當.

right·o [`raɪto; ˌraɪtˈəʊ] *interj.* (英、口)好的，知道了， (all right).

ríght of wáy *n.* [C] **1** (在他人土地上的)通行權; 有通行權的道路.

2 (相對於其他交通工具而言的)優先通行權.

ríght tríangle *n.* [C] (美)直角三角形((英) right-angled triangle).

ríght wíng *n.* (加the; 常 *Right Wing*) **1** 右翼，右派， (Right). **2** (體育)右翼[側]. ↔ left wing.

right-wing [`raɪt`wɪŋ; ˌraɪtˈwɪŋ] *adj.* 右翼的，右派的; (體育)右翼[側]的. ↔ left-wing.

right-wing·er [`raɪt`wɪŋə; ˌraɪtˈwɪŋə(r)] *n.* [C]右翼[右派]分子. ↔ left-winger.

‡**rig·id** [`rɪdʒɪd; ˈrɪdʒɪd] *adj.* 【堅固的】 **1** 堅固的，硬的; 固定不動的; [手腳等]僵硬的. *a rigid iron bar* 堅固的鐵棒/*a face rigid and pale* 僵硬蒼白的臉/*The lever was so rigid that I couldn't move it.* 這支槓桿太堅固，我沒辦法移動它.

2 嚴格的，嚴正的. *a rigid judge* 嚴正的法官.

3 (人，個性)拘謹的，不變通的. *He has very*

rigid views about sexual morality. 他在性道德方面有著極爲保守的想法.

4 嚴密的, 精密的. conduct *rigid* tests of the new product 進行新產品的嚴密測試.

ri·gid·i·ty [rɪˋdʒɪdətɪ; rɪˈdʒɪdɪtɪ] *n.* 《U》 **1** 堅固, 硬直, 不彎曲; 《物理》剛性. **2** 嚴格, 嚴正.
3 拘謹. ⇨ *adj.* **rigid.**

rig·id·ly [ˋrɪdʒɪdlɪ; ˈrɪdʒɪdlɪ] *adv.* **1** 堅固地; 使身體僵硬地. **2** 嚴格地, 嚴正地. He stuck *rigidly* to the rules. 他嚴格地遵守規則. **3** 拘謹地.

rig·ma·role [ˋrɪgmə͵rol; ˈrɪgməˌrəʊl] *n.* 《口》
1 《a U》冗長的廢話.
2 《U》繁雜而愚蠢的程序, (毫無意義的)「儀式」.

rig·or (美), **rig·our** (英) [ˋrɪgɚ; ˈrɪgə(r)] *n.* 《文章》 **1** 《U》嚴厲, 嚴格; (法律, 規則等的)嚴正的施行.
2 《U》(加 the) (或 rigors) (季節的)嚴酷; (生活的)艱苦, 苛刻. the *rigor*(s) of the New England winter 新英格蘭冬天的嚴寒.
3 《U》(研究等的)嚴密, 準確.

rig·or mor·tis [͵rɪgɚˋmɔrtɪs, ͵rɪgə-; ͵raɪgɔːmɔːtɪs] (拉丁語) *n.* 《U》《醫》屍體僵硬.

rig·or·ous [ˋrɪgərəs, ˋrɪgrəs; ˈrɪgərəs] *adj.*
1 (規則等)嚴厲的, (氣候)嚴酷的, (教師等)嚴格的. The recruits underwent *rigorous* training. 那些新兵接受嚴格的訓練. **2** 嚴密的, 精密的. a *rigorous* analysis of data 資料的嚴密分析.

rig·or·ous·ly [ˋrɪgərəslɪ, ˋrɪgrəslɪ; ˈrɪgərəslɪ] *adv.* 嚴格地; 嚴密地.

rig·our [ˋrɪgɚ; ˈrɪgə(r)] *n.* (英) =rigor.

rig-out [ˋrɪg͵aʊt; ˈrɪgaʊt] *n.* 《U》(英、口)一套衣服(特指奇裝異服), 裝扮.

rile [raɪl; raɪl] *vt.* 《口》激怒, 使煩躁, (irritate).

rill [rɪl; rɪl] *n.* 《C》(詩)小溪, 小河, 細流.

***rim** [rɪm; rɪm] *n.* (*pl.* ~s [~z; ~z]) 《C》(眼鏡, 帽子, 碟子等的)緣, 邊緣, (車輪的)輪緣, (→ bicycle 圖)(□ rim 爲圓形物的邊緣; → edge). the chipped *rim* of the bowl 碗的缺口.
— *vt.* (~s [~z; ~z]; ~med [~d; ~d]; ~ming) 給…裝框〔邊〕; 形成…的邊緣. gold-*rimmed* spectacles 金框眼鏡/A low fence *rims* the swimming pool. 一道矮圍牆把游泳池圍起來.

rime¹ [raɪm; raɪm] *n., v.* (古、詩) =rhyme.

rime² [raɪm; raɪm] *n.* 《U》(文章)霜, (特指)白霜.

rim·less [ˋrɪmlɪs; ˈrɪmlɪs] *adj.* 無邊緣的.

rind [raɪnd, raɪn; raɪnd] *n.* 《U》(果實, 蔬菜等的)皮, 外皮, (臘肉, 乳酪等的)外皮.

***ring¹** [rɪŋ; rɪŋ] *n.* (*pl.* ~s [~z; ~z]) 《C》《圈》
1 輪, 環; 圓, 圓形. Tall pine trees make a *ring* around the lake. 高大的松樹圍繞著湖成一圓圈.

2 戒指, 耳環, 手鐲; 輪狀物(窗簾圈, 餐巾圈等); (體操)(rings)吊環, a wedding [an engagement] *ring* (→見 wedding ring)/a key *ring* 鑰匙圈, 鑰匙圈.

3 《圓形的場所》(加 the) (圓形的)競技場(賽馬場, 相撲的場地, 馬戲團的表演場等); (拳擊的)拳擊臺; 拳擊, 拳擊賽. meet in the *ring* 在拳擊臺上[競

--- ring 1329 ---

技場]上戰鬥.

《人, 物的輪》 **4** 人[物]的輪; 圍坐(著的人們); 一圈污痕(波紋). *Rings* of orange juice stained the tablecloth. 橘子汁把桌巾弄亂一圈污跡/form a *ring* 形成一圈; 圍坐/The children danced in a *ring*. 孩子們圍成圓圈跳舞.

5 (壞人的)一夥, 幫. a *ring* of gangsters 一幫暴徒.

***màke* [*rùn*] *rìngs aróund* [《英》*round*] *a pèrson* 《口》做得比別人好.
— *vt.* **1** 圍住, 把…圍成一圈; 包圍. Enemy forces *ringed* the capital. 敵軍包圍了首都.
2 給…裝環; 給(鳥)繫上腳環, 給…戴上戒指, 給(家畜)套上鼻環.

***ring²** [rɪŋ; rɪŋ] *v.* (~s [~z; ~z]; rang; rung; ~·ing) *vi.* 《響》 **1** (鐘, 鈴, 電鈴等)鳴, 響, 鳴(響)徹; (比喩)在腦中響起. The telephone [bell] *rang*. 電話[電鈴]響了/a sharp, *ringing* voice 尖而響的嗓音.

2 盛傳; 眾人吵嚷, 群情歡騰, (with). The hall *rang* with laughter. 大廳裡響起笑聲/All the country *rang* with his praises. 全國都在歌誦他.

3 《耳》(感到)鳴響, 嗡嗡響.

4 《句型2》(ring A)聽起來 A. His story *rings* true. 他的話聽起來像是真的.

《鳴》 **5** 鳴鐘, 按鈴; 以鈴聲呼叫, 以鈴聲爲信號叫人拿東西來; (for). Someone *rang* at the door. 有人在門口按鈴/*ring for* a bellboy 按鈴叫服務生/*ring for* coffee 按鈴要咖啡.

6 《主英》打電話(up)(call).
— *vt.* **1** 鳴, 敲, (鈴, 鐘等). *ring* the bell 鳴鐘[鈴]/Someone *rang* the doorbell. 有人按門鈴.
2 鳴鈴[鐘]叫(人). The landlady *rang* the servant upstairs. 女主人按鈴叫傭人上樓.
3 《主英》打電話給…(up)(call). He *rang* me (up) to say that he could not come. 他打電話給我說他不能來.
4 (鐘, 手錶)報(時). The clock in the parlor *rang* the hour. 客廳的鐘敲響報告鐘點.

***ring a béll* 《口》使想起甚麼, 心中有反應. The name *rings a bell*. 我聽過那個名字.

***ring agáin* 反響, 回音.

***ring báck¹* 《主英》回電.

***ring/…/báck²* 《主英》給…回電.

***ring dòwn the cúrtain* (1)(戲劇)(向拉幕員)鳴鈴以示落幕. (2)(文章)結束(on). Financial troubles *rang down the curtain* on the project. 財政困難致使那項計畫告終.

***ring ín¹* (1)(用計時鐘)記錄上班時間. (2)《主英》打電話進(公司回報情況).

***ring/…/ín²* (鳴鐘)迎接〔新年等〕(↔ ring/…/out¹). *ring in* the new year 鳴鐘迎接新年.

***ring in a pèrson's éars* (說過的話等)在某人的耳際回響. His words of warning still *rang in* her ears. 他的警告聲至今還留在她耳裡.

ríng óff (英)掛斷電話.

*ríng/.../óut*¹ (鳴鐘)送走〔舊歲等〕. *ring out* the old year 鳴鐘辭舊歲.

*ríng óut*² (1)〔鐘等〕響徹. (2)(用打卡鐘)記錄下班時間.

ríng the béll (美、口)成功, 順利.

ríng/.../úp (1)把〔金額〕打進(收銀機).
(2)(主英)打電話給….

ríng úp the cúrtain (1)(戲劇)(向拉幕員)鳴鈴以示開幕. (2)(文章)開始(*on*).

— *n.* (*pl.* ~s [~z; ~z]) ⓒ **1** (鐘, 電鈴等的)鳴, 響. The visitor gave the doorbell three *rings*. 訪客按了三次門鈴.

2 (用單數)(電鈴, 鈴, 鐘等的)聲; (像鐘等)響徹的聲音〔嗓音〕. the *ring* of church bells 教堂的鐘聲.

3 (用單數)響; 音色; 調子; (*of*). The congressman's speech had a forcible *ring*. 這位國會議員的演說鏗鏘有力/There was no *ring* of conviction in her voice. 她的聲音不帶有說服力.

4 (主英、口)電話呼叫; 打電話. I'll give you a *ring* tomorrow morning. 我明天早上打電話給你.

ringed [rɪŋd; rɪŋd] *adj.* **1** 戴戒指的. **2** 輪的; 環狀的.

ring·er [ˋrɪŋɚ; ˋrɪŋə(r)] *n.* ⓒ **1** (特指教堂的)敲鐘人. **2** (美)(賽馬, 比賽的)替身.

be a déad rínger for... (俚)和…一模一樣.

ríng fínger *n.* ⓒ(特指左手的)無名指(用來戴結婚戒指; → finger 圖).

ring·lead·er [ˋrɪŋ͵lidɚ, ·ˋlidɚ; ˋrɪŋ͵li:də(r)] *n.* ⓒ(壞事的)主謀.

ring·let [ˋrɪŋlɪt; ˋrɪŋlɪt] *n.* ⓒ **1** (長垂的)捲髮. **2** (古)小環.

ring·mas·ter [ˋrɪŋ͵mæstɚ; ˋrɪŋ͵mɑ:stə(r)] *n.* ⓒ(馬戲團的)班主, 領班.

ring-pull [ˋrɪŋ͵pul; ˋrɪŋpol] *n.* ⓒ(英)(易開罐的)拉環(美式用法為 tab).

ríng róad *n.* ⓒ(英)環狀道路.

ring·side [ˋrɪŋ͵saɪd; ˋrɪŋsaɪd] *n.* **1** (拳擊比賽場等的)離拳擊賽場最近的地方, 臺邊區; (相撲場地的)近臺觀眾席. a *ringside* seat 最前排座位.

ring·worm [ˋrɪŋ͵wɝm; ˋrɪŋwɜ:m] *n.* ⓒ金錢癬(又稱頑癬、足癬、白癬等; 形成圈狀痕跡).

rink [rɪŋk; rɪŋk] *n.* ⓒ **1** 溜冰場(→ links 參考). **2** 輪式溜冰場.

***rinse** [rɪns; rɪns] *vt.* (**rins·es** [~ɪz; ~ɪz]; **~d** [~t; ~t]; **rins·ing**)漂洗, 刷洗〔衣服〕; (*out*); 洗掉(泥汙, 肥皂等)(*out of*). *rinse* (*out*) a sheet in clean water 用清水漂洗床單/*rinse* the mud *out of* the socks 洗掉襪子上的泥巴.

— *n.* ⓒ漂洗, 刷洗. Give the washing a good *rinse*. 好好清洗要洗的衣服. **2** ⓤ刷洗用的水(液體等). **3** ⓤ潤絲精; 染髮劑.

Ri·o de Ja·nei·ro [ˋriodədʒəˋnɪro, -deʒəˋnero; ͵ri:əʊdədʒəˋnɪərəʊ] *n.* 里約熱內盧(巴

西舊都, 為一港市; → Brasília)

Ri·o Gran·de [ˋrio͵ɡrænd; ͵ri:əʊˋɡrændɪ] *n.* (加the)里約格蘭德河(位於美國和墨西哥國境)

***ri·ot** [ˋraɪət; ˋraɪət] *n.* (*pl.* ~s [~s; ~s]) ⓒ **1** 暴動, 騷動; (法律)騷亂罪. raise a *riot* 掀起暴動/A *riot* broke out on the campus. 校園裡引發了一起暴動.

搭配 *v.*+riot: cause a ~ (引起暴動), stir up a ~ (煽動暴動), put down a ~ (鎮壓暴動), suppress a ~ (鎮壓暴動).

2 (加 a)絢爛, 繽紛(*of*〔色彩等〕). The flower bed was a *riot* of color. 花壇裡色彩繽紛.

3 (用單數)(口)很有趣的人(事).

réad (a person) the ríot áct [*Ríot Áct*] 命令(暴動等)停止騷動; (戲謔)(特指對小孩)命令(特指對小孩)吵, 叫罵: 「安靜點!」(源自警察對欲起暴動的團體讀 Ríot Áct(騷亂取締法)的部分條文, 令其解散).

rùn ríot (1)到處胡鬧. The pupils *ran riot* in the classroom. 學生在教室裡胡鬧. (2)(植物)四處蔓生.

— *vi.* **1** 掀起暴動; 參加暴動; 強烈抗議. The staff *rioted* when they learnt of the pay cuts. 職員們知道減薪時強烈抗議. **2** (文章)喧鬧.

ri·ot·er [ˋraɪətɚ; ˋraɪətə(r)] *n.* ⓒ **1** 暴徒. **2** (文章)喧鬧者; 放蕩者.

ri·ot·ous [ˋraɪətəs; ˋraɪətəs] *adj.* **1** (文章)暴動的, 騷亂的; 吵鬧的. a *riotous* crowd 一群暴徒. **2** 放縱的, 盡情的. live a *riotous* life 過放蕩不羈的生活.

ri·ot·ous·ly [ˋraɪətəslɪ; ˋraɪətəslɪ] *adv.* 吵鬧地.

ríot políce *n.* (作複數)鎮暴警察.

ríot squàd *n.* ⓒ(美)鎮暴警察小隊.

RIP (略) requiescat in pace(拉丁語)(願他(她)安息吧)(墓碑的詞句).

***rip**¹ [rɪp; rɪp] *v.* (**~s**; **~ped**; **~·ping**) *vt.* **1** 撕開〔衣服, 布, 信等〕; 割破鉤裂〔衣服〕 句型5 (rip A B)把 A 弄破(拆開)成 B, Jane *ripped* the hem of her skirt on a nail. 珍的裙緣被釘子鉤破了/I *ripped* a piece of cloth to pieces. 他把布撕得破爛/He *ripped* the envelope open. 他把信封撕開.

2 剝下, 撕下, (*off*; *away*); 揪下(*out of*). *rip off* the wallpaper 撕下壁紙/Mother *ripped* the comic *out of* my hands. 母親從我的手中揪去漫畫. **3** 縱鋸〔木材等〕.

— *vi.* 破裂, 破損. My sleeve *ripped* on a branch. 我的袖子被樹枝鉤破了.

lét/.../ríp (口)(車, 汽艇等)狂飆.

ríp into... (銳利物, 子彈等)射入…, 刺入…; 猛烈攻擊(責備)…

ríp/.../óff (口)(1)偷走…(steal); 從…奪走, 搶奪…, (rob). *rip off* a bank 搶劫銀行. (2)向(人)索取高價…, 對…敲竹槓.

ríp/.../úp (1)把…撕碎. (2)使(計畫, 約定等)破裂.

— *n.* ⓒ撕開; (衣服等的)鉤破; 破裂處. sew up a *rip* in a shirt 把襯衫上的裂縫縫起來.

***rip**² [rɪp; rɪp] *n.* ⓒ (由兩股潮流的相撞產生的)浪頭翻捲的水域; (海岸頂回的)激浪.

ríp còrd *n.* C (降落傘的)開傘索; (氣球的氣囊的)放氣索(急速下降用).

‡ripe [raɪp; raɪp] *adj.* (**rip·er; rip·est**) **1** 熟的 (↔unripe). *ripe* fruit 成熟的水果／The wheat is fully *ripe* in the fields. 田裡小麥完全成熟了／Soon *ripe*, soon rotten. (諺)大器晚成 (<早熟早凋). ⓢ ripe 強調東西成熟的結果, 在於最適合食用、使用等的時期, 有時包含其後由盛轉衰的意義; → mature.

2 (乳酪, 酒等)熟成的, 適合吃[喝]的時候的. *ripe* wine 釀好的葡萄酒.

3 (想法, 態度等)圓熟的. a person of *ripe* [*riper*] years (委婉)(已不年輕的)中年人, 上了年紀的人／live to a *ripe* old age 活到高齡／be *ripe* in judgment 判斷力成熟.

4 (敘述)時機成熟的, 準備好的, ((for)). The plan is *ripe* for execution. 計畫成熟可以實行了.

*rip·en [ˋraɪpən; ˋraɪpən] *v.* (~**s** [~z; ~z]; ~**ed** [~d; ~d]; ~**ing**) *vi.* **1** 熟. The apples in the garden have *ripened*. 院子裡的蘋果熟了.

2 圓熟; 成熟而變成…(*into*)). Thomas seems to have *ripened* and mellowed with age. 隨著年齡增長, 湯瑪士似乎成熟而老練了／Their friendship *ripened into* a deep love. 他們的友情發展成深摯的愛情.

— *vt.* **1** 使成熟, 使結果. The grapes were just *ripened*. 葡萄剛成熟.

2 使圓熟.

ripe·ness [ˋraɪpnɪs; ˋraɪpnɪs] *n.* U 成熟, 圓熟.

rip·er [ˋraɪpə; ˋraɪpə(r)] *adj.* ripe 的比較級.

rip·est [ˋraɪpɪst; ˋraɪpɪst] *adj.* ripe 的最高級.

rip-off [ˋrɪp͵ɔf; ˋrɪp͵ɒf] *n.* C (口)敲竹槓; 詐欺; 偷竊.

ri·post [rɪˋpost; rɪˋpɒst] *n.* C **1** (擊劍)還刺 (指被對方刺後的反擊動作).

2 隨機應變的對答[反擊].

— *vi.* 還刺; 隨機應變地反擊.

*rip·ple [ˋrɪp]; ˋrɪp]] *n.* (*pl.* ~**s** [~z; ~z]) C **1** 漣漪; 連漪狀物; 小波浪; (頭髮等的)波浪. A gentle wind made *ripples* on the surface of the pond. 微風使池面泛起漣漪.

2 (用單數)波浪的聲音; (講話聲等的)私語. A *ripple* of laughter went around the table. 餐桌上傳出一陣笑聲.

— *vt.* 使起漣漪; 把(頭髮等)做成波浪形. The *rippled* hair becomes her well. 波浪形頭髮很適合她.

— *vi.* **1** (水面)起漣漪; 微微地起浪.

2 (小河的水等)潺潺地流.

rip-roar·ing [ˋrɪpˋrɔrɪŋ; ˋrɪp͵rɔːrɪŋ] *adj.* (口)

1 歡鬧的, 喧鬧的. **2** 極好的, 一流的.

rip·tide [ˋrɪp͵taɪd; ˋrɪptaɪd] *n.* C 回流(潮流相撞所引起的激流; → rip²).

Rip Van Win·kle [͵rɪpvænˋwɪŋk], -vən-; ͵rɪpvænˋwɪŋkl] *adj.* 李伯·凡溫克爾(美國作家 W. Irving 撰 The Sketch Book《見聞札記》故事中的主角; 故事是說他在山中睡了二十年, 醒來時發現人事全非).

---

‡rise [raɪz; raɪz] *vi.* (**ris·es** [~ɪz; ~ɪz]; **rose; ris·en; ris·ing**) (★當 *vt.* 時用 raise)

〖上升〗**1** (太陽, 月亮, 星星等)升起(↔set). The sun *rises* in the east. 太陽從東邊升起.

2 (煙等)上升, 冒起. A white mist was *rising* from the river. 白霧從河上騰升.

3 (幕等)升. The curtain *rises* at 6:00 p.m. 下午六點開幕.

4 (鳥等)飛起來; (魚等)浮上水面. The noise made the birds *rise*. 聲響使得鳥飛起.

〖起來〗**5** (文章)起床, 起身, (get up). *rise* early [late] 早[晚]起(→ riser).

6 (文章)起立, 站起來, 起來. The lady *rose* from her chair. 女士從椅子上起身／All the gentlemen *rose* to meet the ladies. 所有的男士起身迎接女士.

7 (離開席位)(文章)(議會等)閉會, (委員會等)散會, (↔sit).

8 (再站起來)(文章)恢復, 復興; (死者)復生. Though completely destroyed by bombings, the city *rose* from the ashes. 城市雖然完全被炸毀, 但又從餘燼中重建起來／*rise* from the dead (→片語).

9 (起來反抗)(文章)造反, 起義, ((against)). The peasants *rose* in arms *against* the despot. 農民武裝起義反抗暴君.

10 【發生】(河流等)發源, 開始; (爭吵等)產生, 發生, (★表此意多用 arise); (眼淚等)湧現. The Rhine *rises* in the Alps. 萊因河發源於阿爾卑斯山脈／A good idea *rose* in my mind. 我有一計.

11 【聳立】聳立. A tall tower *rose* before our eyes. 一座高塔聳立在我們的眼前／The building *rises* to a height of 50 feet. 那幢建築物高達五十英尺.

〖上升〗**12** (地面)升高. The street *rises* gradually behind the park. 街道在公園後面逐漸往上爬升.

13 (物價, 計量器的刻度等)上升(↔fall). Prices have *risen* considerably. 物價漲得相當高／The barometer has *risen*. 氣壓計上升／The temperature *rose* by three degrees. 氣溫上升三度.

14 (河流等)水位上漲; (潮)滿起來. The river is *rising* after the heavy rains. 豪雨後河水上漲.

15 增加, 上升, 提高, (*in*). The band *rose in* popularity. 那個樂團紅起來了.

16 (地位上升)有出息, 發跡, 晉升. *rise* in the world 飛黃騰達／*rise* to power 掌握權勢／The physicist *rose* to international fame. 那位物理學家名揚國際.

〖提高〗**17** (聲音, 嗓音等)提高; (風雨)增強. The wind *rose* to a gale. 風增強為強風／The girl's voice *rose* in excitement. 女孩興奮地提高嗓音.

18 (感情)高漲; (精神等)來了, 產生. I saw her color *rising*. 我見她臉紅了起來／My spirits began to *rise*. 我的精神開始振作起來了.

rìse above... (1)聳立在…之上。(2)超越…。You should *rise above* such pettiness. 你必須超脫於這些瑣事不足道的小事之上。

rìse agáin = *rìse from the déad*《文章》〔死過一次的人〕復活。

rìse to one's *féet* →to one's feet (foot 的片語)。

rìse úp (1)復活。(2)謀反《*against*》。

— *n.* (*pl.* **ris·es** [~ɪz; ~ɪz]) **1** ⓒ上升，上來，(⬌ fall). at the *rise* of the moon 月出時。

2 ⓒ《物價，溫度等的》上升(⬌ fall). Consumer prices showed a steep *rise* this month. 本月消費者物價顯示急遽上升/a slight *rise* in temperature 溫度的略微上升。

3 ⓒ《英》提高薪資，加薪(額)，((主美) raise). ask for a *rise* 要求增加工資。

4 ⓒ增加，增大；提高；(*in*). a *rise* in population 人口的增加/a steady *rise* in a river 水位逐漸上升/I had a 10% *rise* in wages. 我的薪水加了一成/There was a *rise* in the volume of sound. 音量提高了。

5 ⓒ上坡；上坡度；高地，小山。a gentle *rise* 緩坡/a *rise* in a road 道路上坡/a *rise* that overlooks the town 一處可鳥瞰全鎮的高地。

6 ⓒ發跡，晉升；提高，進步。make a *rise* in life [the world] 出人頭地/a *rise* to the presidency 晉升為總裁。

7 ⓤ出現，抬頭，興起，(⬌ fall)；起源，源頭。the *rise* of new republics in Africa 位於非洲的各共和國的興起/the *rise* of a river 河流的源頭。

gèt [tàke] a ríse out of...《口》嘲弄[欺負]〔人〕使生氣[困擾]。

* *gíve ríse to...* 使產生，引起，〔特別不愉快的事物〕。A severe famine gave *rise* to peasants' revolts. 嚴重饑荒引起農民造反。

on the ríse 〔物價等〕上漲中[的]；〔景氣等〕向上。Business is *on the rise*. 景氣上升。

rìse and fáll 《增減，上下等的》變動。榮枯盛衰。the *rise and fall* of the tide 潮汐的漲落。

ris·en [ˈrɪzn; ˈrɪzn] *v.* rise 的過去分詞。

ris·er [ˈraɪzɚ; ˈraɪzə(r)] *n.* ⓒ起床的人。a late [an early] *riser* 晚[早]起的人。

ris·i·ble [ˈrɪzəbl; ˈrɪzəbl] *adj.*《文章》顯得愚蠢的，滑稽的。

ris·ing [ˈraɪzɪŋ; ˈraɪzɪŋ] *v.* rise 的現在分詞、動名詞。

— *adj.* **1** 上升的，上升中的。the *rising* sun 升上的太陽(★ the *Rising* Sun 是日本國旗)。

2 成長[發達]過程中的；有希望的；新進的。a *rising* musician 初露頭角的音樂家。

— *n.* **1** ⓤ起床；起立。early *rising* 早起。**2** ⓒ叛亂。**3** ⓤ復甦；復興。

rìsing dámp *n.* ⓤ從地面沿建築物的牆壁上升的濕氣(會使牆壁變得脆弱)。

rìsing generátion *n.* (加the)年輕的一代。

‡risk [rɪsk; rɪsk] *n.* (*pl.* ~**s** [~s; ~s]) **1** ⓐ ⓤ 危險，冒險。There is no *risk* involved in this operation. 這種手術毫無危險/Everything worthwhile carries the *risk* of failure. 每件值得做的事都帶有失敗的風險。

⊡ danger 是表[危險]之意最常見的用語；peril 為「切身面臨而重大的危險」；risk 為「具蒙受危害、損失等的高可能性」；hazard 是指帶有很強的偶然性、無法避免的「危險」。

[搭配] *adj.*+risk: (a) great ~ (大冒險), (a) serious ~ (重大的危險), little ~ (幾乎沒有危險), (a) slight ~ (些微的危險) // *v.*+risk: incur a ~ (招致危險), lessen the ~ (減少危險)。

2 ⓒ招致危險的事情。You cannot have peace without *risks*. 你不冒險就不會有和平。

3 ⓒ《保險》被保險人[物]；打賭的對象。a *risk* 火災保險/Thomas is a good *risk*. 賭湯瑪士勝算很大(是可靠的人；反之危險性高的人[事物]則為 a poor *risk*)。

at one's *(òwn) rísk* 自己負責地。Go ahead *at your own risk*. 做了後果你自己負責(為持反對意見的人所說)。

at rísk《文章》遭受危險。I was warned that my life was *at risk*. 我被警告我妻子有生命危險。

* *at the rísk of...* (1)冒…的危險。The young man saved the drowning child *at the risk of* his own life. 年輕人冒著生命危險救起溺水的孩子。(2)在覺悟到…之下。*At the risk of* repeating myself, let me say that I am all against the idea. 容我舊話重提，我堅決反對這個計畫。

rùn [tàke] a rísk [rísks] 冒險。The party *ran* great *risks* (in) climbing the mountain. 一行人冒很大的危險攀登那座山/*take* no *risks* 小心謹慎《別冒險》。

rùn [tàke] the rísk of dóing 冒險…的危險。I'll *run the risk of* incurring his anger in this matter. 在這樁事情上我甘冒惹他生氣的風險。

— *vt.* (~**s** [~s; ~s]; ~**ed** [~t; ~t]; ~**ing**)

1 使遭受危險，使變得危險；把[性命，財產等]當賭注。*risk* one's life [neck] 拚命/He *risked* his whole fortune to discover new oil fields. 他冒了傾家蕩產的危險尋找新的油田。

2 冒…的危險。[句型3] (risk *doing*)冒險做…。*risk* failure 冒失敗的危險/He *risked* losing his job in proposing a reform in the company. 他冒著失去工作的危險提出公司內部改革案。

risk·i·ly [ˈrɪskɪlɪ; ˈrɪskəlɪ] *adv.* 冒險地。

* **risk·y** [ˈrɪskɪ; ˈrɪskɪ] *adj.* (**risk·i·er, more ~; risk·i·est, most ~**) 〔行動〕危險的，碰運氣的。He underwent a *risky* operation. 他動了危險的手術/It's *risky* to lend so much money to him. 借他這麼多錢是危險的。

ris·qué [rɪsˈke; ˈriːskeɪ] (法語) *adj.* 〔玩笑，談話等〕近乎猥褻的，下流的。

ris·sole [ˈrɪsol; ˈrɪsəʊl] *n.* ⓒ炸肉[魚]丸《(魚)裡摻上馬鈴薯、麵包粉等油炸的圓形食品》。

rite [raɪt; raɪt] *n.* ⓒ (常*rites*)(特指宗教上的)儀式。funeral *rites* 葬禮。⇨ *adj.* ritual。

rit·u·al [ˈrɪtʃuəl; ˈrɪtjuəl] adj. 《限定》儀式的，祭禮的。── n. 1 ∪ℂ 儀式，祭禮；∪ 儀式的舉行。

2 ℂ 《日常的》慣例。

rit·u·al·ism [ˈrɪtʃuəl,ɪzəm; ˈrɪtjuəlɪzəm] n. ∪ 儀式主義；偏重儀式。

rit·u·al·is·tic [ˌrɪtʃuəlˈɪstɪk; ˌrɪtjuəˈlɪstɪk] adj. 儀式的；偏重儀式的。

ritz·y [ˈrɪtsɪ; ˈrɪtsɪ] adj. 《口》最好的；豪華的。《源自位於巴黎等地的豪華旅館 Ritz》。

‡**ri·val** [ˈraɪvl; ˈraɪvl] n. (pl. ~s [~z; ~z]) ℂ 1 競爭對手，勁敵，競爭者，(in, for)。a rival in love 情敵/The company was without a rival in the transistor field. 在電晶體的領域中那家公司沒有對手/The city has no rival for polluted air. 那個城市空氣污染嚴得沒得比。

2 (用 rival to...)可匹敵...的人[物]。The only rival to its splendor is the great palace at Versailles. 可與其光彩匹敵的唯有凡爾賽宮。

3 《形容詞性》競爭的，對抗的。a rival team [company] 競爭的隊伍[公司]。

── vt. (~s [~z; ~z]; 《美》~ed, 《英》~led [~d; ~d]; 《美》~·ing, 《英》~·ling) 1 競爭，對抗，(for)。I once rivaled him for the championship. 我曾經和他爭奪冠軍。

2 與...匹敵，不亞於...。Betty rivals her older sister in both beauty and brains. 貝蒂的才能與美貌都不比她姊姊差。

ri·val·ry [ˈraɪvlrɪ; ˈraɪvlrɪ] n. (pl. -ries) ∪ℂ 競爭，對抗，《between 在...之間; with》；爭鬥《for, in》。a keen rivalry between the two schools 兩校間激烈的競爭/in rivalry to 與...對抗。

‡**riv·er** [ˈrɪvɚ; ˈrɪvə(r)] n. (pl. ~s [~z; ~z]) ℂ 1 河，川。fish in the river 在河裡捕[釣]魚/The river winds along between the low hills. 這條河在低矮的山丘間蜿蜒而流。[參考] 指河流名稱時的語序為(美) the Hudson River, (英) the River Thames; 各種河流的相關說法 → stream, brook, rivulet, creek.

╟圖解╢ adj.+river: a deep ~ (深滾的河川), a long ~ (長河), a wide ~ (寬廣的河川), a winding ~ (蜿蜒的河川)。

2 (血，熔岩等的)大量流出。weep a river of tears 淚流成河/shed rivers of innocent blood 流了許多無辜的血。

riv·er·bank [ˈrɪvɚ,bæŋk; ˈrɪvə(r)bæŋk] n. ℂ 河岸，河堤。

rív·er bàsin n. ℂ (河川及其支流流經的)流域。

riv·er·bed [ˈrɪvɚ,bɛd; ˈrɪvəbed] n. ℂ 河床，河底。

riv·er·head [ˈrɪvɚ,hɛd; ˈrɪvəhed] n. ℂ 水源(地)。

riv·er·side [ˈrɪvɚ,saɪd; ˈrɪvə,saɪd] n. 1 ℂ (加 the)河岸，河畔。a café on [by] the riverside 位於河邊的咖啡館。2 《形容詞性》河岸的，河畔的。a riverside hotel 河畔旅館。

riv·et [ˈrɪvɪt; ˈrɪvɪt] n. ℂ 鉚釘(接合鐵板等的)，鉸釘。

── vt. 1 用鉚釘固定。

2 把...釘牢(to)；集中《視線等》(on, upon)。His attention was riveted on the scene. 他凝神注視那景象。

[rivets]

riv·et·ing [ˈrɪvɪtɪŋ; ˈrɪvɪtɪŋ] adj. 《口》(引人注意地)有趣的，引起興趣的。

Riv·i·er·a [ˌrɪvɪˈɛrə; ˌrɪvɪˈeərə] n. (加 the)里維拉(從法國延伸至摩納哥、義大利的地中海沿岸地區；有尼斯、坎城等著名的度假勝地)。

riv·u·let [ˈrɪvjəlɪt; ˈrɪvjolɪt] n. ℂ 《雅》小河(→ river [參考])。

ŕ mònths [ˈɑr-; ˈɑ:(r)-] n. (加 the)名稱含有 r 字母的月分(9-4月；認為是可安全食用牡蠣(oyster)的時期)。

Rn (符號) radon.

R.N. (略) Royal Navy(英國皇家海軍)。

roach¹ [rotʃ; rəʊtʃ] n. (pl. ~, ~·es) ℂ 鯝鯉(一種鯉科魚類；產於歐洲、北美)。

roach² [rotʃ; rəʊtʃ] n. 《口》=cockroach.

‡**road** [rod; rəʊd] n. (pl. ~s [~z; ~z]) ℂ 1 (a) 道路，路，大道。a main road 幹線[主要]道路/build a road 開闢道路/This road leads to Oxford. 這條路通到牛津。(b)《作街名》...街，...路；《作道路名》...大道。6 Waterloo Road 滑鐵盧路6號/the Kent Road 肯特大道。[同義字] road是車輛通行的道路，street 只限於市內的道路；在英國常加the 是因爲具有「通往...的大道」之意； → way¹.

╟圖解╢ adj.+road: a secondary ~ (公路支線), a straight ~ (筆直的道路), a winding ~ (彎曲的道路) // n.+road: a country ~ (鄉村道路)。

2 路徑，方法，手段，(to)。the road to peace 通往和平之路/He opened up new roads in the field of nuclear physics. 他在核子物理學的領域裡開創了新的方向。

3 《美》鐵路(railroad)。

by róad 由陸路。

hòld the róad 〔汽車〕抓地力強(高速行駛時車子不會有漂浮的感覺)。

on the róad (1) (因出差等)在旅行，在旅行途中。(2) 〔劇團，職業棒球等〕巡迴演出(遠征)中。

tàke to the róad 浪跡天涯；去旅行。

road·bed [ˈrod,bɛd; ˈrəʊdbed] n. ℂ (通常用單數)《土木》路基(道路的鋪設和基礎)；(鐵路的)路床(鐵軌、枕木下鋪上碎石的基座)。

road·block [ˈrod,blɑk; ˈrəʊdblɒk] n. ℂ 路障(警察等所設置，以禁止車輛通行)。

róad hòg n. ℂ 《口》(因魯莽，不注意而)妨礙旁人的駕駛人。

road·house [ˈrod,haʊs; ˈrəʊdhaʊs] n. (pl. -hous·es [-,hauzɪz; -hauzɪz]) ℂ 路邊旅館(位於地方幹線道路旁的旅館或娛樂設施)，免下車餐館。

road·man [ˈrodmən; ˈrəudmən] n. (pl. **-men** [-mən; -mən]) C 修路工人.

róad màp n. C 道路地圖, 公路地圖.

road·run·ner [ˈrod͵rʌnɚ; ˈrəud͵rʌnə(r)] n. C (鳥) 走鵑 (產於美國中、南部, 似杜鵑的鳥; 在地面疾走).

[roadrunner]

róad sáfety n. U 交通安全.

róad sènse n. U (駕駛人, 行人的) 路感 《交通安全的能力》.

róad shòw n. C (戲劇的) 巡迴演出.

road·side [ˈrod͵saɪd; ˈrəudsaɪd] n. 1 (加 the) 路邊, 路旁. a wild flower by the *roadside* 路邊的野花. 2 (形容詞性) 路邊的, 路旁的. a *roadside* restaurant 路邊餐館.

róad sìgn n. C 路標.

road·ster [ˈrodstɚ; ˈrəudstə(r)] n. C 敞篷車 《無後排座位》.

róad tèst n. C (新車的) 道路試車.

road·way [ˈrod͵we; ˈrəudweɪ] n. (pl. **-s**) C 道路; (加 the) 車道 (→ pavement, sidewalk).

[roadster]

road·work [ˈrod͵wɝk; ˈrəudwɜːk] n. U 跑步訓練, 長跑練習, (運動選手等的體能訓練).

road·wor·thy [ˈrod͵wɝðɪ; ˈrəud͵wɜːðɪ] adj. 《汽車等》適合路上行駛的.

*__roam__ [rom; rəum] v. (~s [~z; ~z]; ~ed [~d; ~d]; ~·ing) vi. 流浪, 漫步, 《through, around》. Jim likes to *roam through* the forest. 吉姆喜歡在林中漫步.

— vt. 在…流浪, 徘徊. She *roamed* the streets looking for her missing child. 她在街頭徘徊找尋她失蹤的孩子.

roam·er [ˈromɚ; ˈrəumə(r)] n. C 流浪者.

roan [ron; rəun] adj. 〔馬等〕棕色中夾雜白色的.
— n. C 棕色中夾雜白色的馬〔牛等〕.

*__roar__ [ror, rɔr; rɔː(r)] v. (~s [~z; ~z]; ~ed [~d; ~d]; ~·ing [ˈrorɪŋ, ˈrɔr-; ˈrɔːrɪŋ]) vi.

1 〔獸等〕吼叫, 咆哮. A lion was *roaring* in the cage. 獅子在籠子裡吼叫著.

2 大吼, 大叫, 怒吼, 《with; for 要求…》. The coach *roared* at the members of the team. 教練大聲訓斥隊員/The patient *roared* with pain. 病人痛得大叫/We *roared* with laughter at his joke. 他的笑話令我們捧腹大笑.

3 〔大砲, 雷聲, 波浪等〕轟鳴, 轟響; 〔會場等〕吵嚷 《with》. The thunder *roared*. 雷聲隆隆/The hall *roared* with applause. 大廳裡一片喧鬧聲.

4 〔列車等〕發出隆隆響聲地通過 《along, past》. We were *roaring* on a motorbike *along* the coast highway. 我們騎著摩托車呼嘯奔馳在濱海公路上.

5 《口》大笑; 〔小孩〕哭叫.

— vt. 大聲說〔唱等〕《out》. *roar* (*out*) an order 大聲命令/The audience *roared* their approval. 聽眾大聲贊成/*roar* a speaker down 大聲地把演講者轟下臺.

róar onesèlf hóarse 聲嘶力竭.

— n. (pl. **~s** [~z; ~z]) C 1 嘯聲, 吼聲; 大叫聲, 怒號; 大笑聲. the deep *roar* of a tiger 低沈的虎嘯聲/give a *roar* of rage 發出一聲怒吼.

2 〔雷, 大砲等的〕轟鳴, 隆隆響聲; 吵嚷. the *roar* of the waves 波濤的拍擊聲/The rocket went up with a *roar*. 火箭轟隆一聲衝上天空.

roar·ing [ˈrorɪŋ, ˈrɔr-; ˈrɔːrɪŋ] adj. 1 轟鳴的; 呼嘯的; 洶湧的; 吵鬧的. (a) *roaring* applause 震耳的掌聲.

2 〔買賣等〕興盛的, 活躍的; 精神十足的.

— adv. 《口》極.

*__roast__ [rost; rəust] v. (~s [~s; ~s]; ~ed [~ɪd; ~ɪd]; ~·ing) vt. 1 (用烤爐, 直接在火上) 烤, 烘, 炙, 〔肉〕, (→ cook 圖); 〔豆等〕炒. *roast* meat on a spit 烤肉串/*roast* coffee beans 烘焙咖啡豆.

2 烘暖〔手, 身體〕; 處〔某人〕火刑; (用日光) 曬. *roast* oneself at the fire 烤火暖身子/The sun *roasted* her complexion to a golden brown. 太陽把她的皮膚曬成小麥色.

3 《美·口》嘲弄, 愚弄; 嚴厲批評.

— vi. 烤, 炒, 曬; (熱得) 像被烤.

— n. (pl. **~s** [~s; ~s]) 1 UC 烤肉〔塊〕; 燒烤食物. 2 C 烤, 炙, 炒, 烘焙. 3 C《主美》(室外的) 烤肉宴會.

— adj. 《限定》烤的; 烘焙的, 炒的. *roast* potatoes 烤馬鈴薯.

ròast béef n. U 烤牛肉. 參考 生牛肉塊燒烤而成的食物; 像火腿般切成薄片食用; 英國的代表性菜餚.

roast·er [ˈrostɚ; ˈrəustə(r)] n. C 1 烤肉用的烤爐, 烘烤用具; 咖啡豆的烘焙器.

2 燒烤用的乳豬〔小鳥等〕.

roast·ing [ˈrostɪŋ; ˈrəustɪŋ] 《口》adj. 酷熱的.

— adv. 酷熱地.

— n. C (通常用單數) 嚴厲批評, 責難. He got a real *roasting* from his father. 他被他的父親狠狠地訓斥了一頓.

Rob [rɑb; rɒb] n. Robert 的暱稱.

*__rob__ [rɑb; rɒb] v. (~s [~z; ~z]; ~bed [~d; ~d]; ~·bing) vt. 1 句型3 (rob **A** of **B**) 從〔人〕那裡奪取〔搶奪〕B 《圖 rob 與 deprive 一樣以人爲受詞, 而 steal 則在這點上與 rob 有別》. They *robbed* a bank of one million dollars. 他們從銀行搶了一百萬美金/Mr. Brown was *robbed* of his wallet in the park. 布朗先生在公園內被人搶了皮夾子/His passion for her had *robbed* him of his judgment. 他對她的熱情使他失去判斷力.

2 襲擊, 搶挖, 〔場所〕. Some burglars *robbed* the jewelry store. 數名竊賊洗劫了那家珠寶店.

— *vi.* 搶劫. ⇨ *n.* **robbery.**

‡rob·ber [ˋrɑbɚ; ˈrɒbə(r)] *n.* (*pl.* ~**s** [~z; ~z]) © 強盜, 盜賊, (→thief 同). train [bank] *robbers* 火車大盜[銀行搶匪].

rob·ber·ies [ˋrɑbrız, ˋrɑbərız; ˈrɒbərız] *n.* robbery 的複數.

‡rob·ber·y [ˋrɑbrı, ˋrɑbərı; ˈrɒbərı] *n.* (*pl.* **-ber·ies**) UC 強盜(行爲), 搶奪, 搶劫; 《法律》強盜罪; (→theft 同). commit *robbery* on a bank 搶劫銀行/This neighborhood had four *robberies* in a month. 這附近在一個月中發生了四起搶案.

*robe [rob; rəʊb] *n.* (*pl.* ~**s** [~z; ~z]) © **1** 長袍 (家居穿的寬鬆長外衣); 化妝袍(dressing gown); 浴袍(bathrobe).
2 (常 robes)制服, 官服; 禮服; 《法官, 主教, 教授等披在便服外作爲職業, 階級的象徵》. a judge in black *robes* 穿黑袍的法官/coronation *robes* (英國國王的)加冕袍.
3 (主美)(毛灰等製的)蓋膝小毯(在戶外觀看體育比賽等時用來蓋在膝上以保暖).
— *vt.* 給…穿上官服[禮服等].
— *vi.* 穿上官服[禮服等], 穿衣.

Rob·ert [ˋrɑbɚt; ˈrɒbət] *n.* 男子名《暱稱 Bob, Rob, Bobby, Robin》.

*rob·in [ˋrɑbın; ˈrɒbın] *n.* (*pl.* ~**s** [~z; ~z]) © 《鳥》 **1** 知更鳥《因胸部爲黃紅色故亦稱 redbreast; 產於歐洲》.
2 美洲鶇(胸和腹爲紅褐色; 產於美洲).

Rόb·in Hόod [ˋrɑbın‚hʊd; ˈrɒbınhʊd] *n.* 羅賓漢《傳說中住在 Sherwood Forest 的中世紀英國義賊》.

[robin 1]

Rob·in·son Cru·soe [ˋrɑbınsnˋkrʊso; ˈrɒbınsənˈkruːsəʊ] *n.* 魯賓遜‧克魯梭(Daniel Defoe 所著 *Robinson Crusoe* 的主角; 在孤島上長時期過著孤獨的生活).

*ro·bot [ˋrobət, ˋrɑb-, -bɑt; ˈrəʊbɒt] *n.* (*pl.* ~**s** [~s; ~s]) © **1** 機器人. Japan is a leading producer of industrial *robots*. 日本是工業用機器人的主要生產國.
2 (輕蔑)如機器般呆板地工作的人.

ro·bot·ics [roˋbɑtıks; rəʊˈbɒtıks] *n.* 《作單數》 機器人工程學.

ro·bust [roˋbʌst; rəʊˈbʌst] *adj.* **1** (人)強健的, 魁梧的; (精神上)堅強的, 不屈不撓的. Though poor, he is *robust* in mind and body. 他雖窮, 但身心強健/an old man in *robust* health 身體強健的老人.
2 (工作等)費力的, 吃力的. Rock-climbing is a *robust* sport. 攀岩是一項耗費體力的運動.

ro·bust·ly [roˋbʌstlı; rəʊˈbʌstlı] *adv.* 魁梧地, 強健地.

ro·bust·ness [roˋbʌstnıs; rəʊˈbʌstnıs] *n.* U 強壯, 強健.

— **rocket** 1335

roc [rɑk; rɒk] *n.* © 阿拉伯, 波斯傳說中的巨大怪鳥.

‡rock¹ [rɑk; rɒk] *n.* (*pl.* ~**s** [~s; ~s]) **1** U 岩, 岩石; 岩壁; 岩崖; 岩盤. drill the *rock* for oil 爲開採石油而鑿岩盤/The lighthouse stands on the *rock*. 燈塔聳立在岩壁上.
2 © (個別)岩, 岩石; 岩片; (主美)石(塊); (→stone 同). bring back some moon *rocks* 帶回一些月石/Don't throw *rocks* at the ducks. 請不要向鴨子扔石頭.
3 © (通常 rocks)暗礁, 岩礁.
(**as**) *fírm* [**sόlid, stéady**] *as a rόck* (1) 堅如磐石的; 屹立不搖的. (2)(人)足以信賴的.
on the rόcks (1)觸礁, 船隻遇難. run [go] *on the rocks* 觸礁. (2)(口)停滯不前, 瀕臨危機. The firm is *on the rocks* for lack of funds. 那家公司因缺乏資金而陷入危機. (3)加冰塊(的)《在冰塊上倒入威士忌等》. whiskey *on the rocks* 威士忌加冰塊.

‡rock² [rɑk; rɒk] *v.* (~**s** [~s; ~s]; ~**ed** [~t; ~t]; ~**ing**) *vt.* **1** 搖動, 搖; 使震動. He *rocked* himself back and forth in the chair. 他坐在椅子上前後搖動/She took and *rocked* the baby to sleep. 她抱起嬰兒並搖著其入睡.
2 (精神上)使動搖, 給…衝擊. The news of the director's death *rocked* the company he had founded. 董事長去世的消息震撼了他一手創辦的公司.
— *vi.* 搖晃; 震動. The ship *rocked* in the storm. 船在暴風雨中搖晃/*rock* with laughter 笑得渾身抖動.
rόck the bόat → boat 的片語.
— *n.* U **1** 搖, 搖動; 動搖.
2 搖滾樂(rock music); =rock'n'roll. a *rock* band 搖滾樂團.

rock-and-roll [ˋrɑkənˋrol; ‚rɒkənˈrəʊl] *n.* =rock'n'roll.

rόck bόttom *n.* U (價格等的)底價, 最低價格.

rock-bot·tom [ˋrɑkˋbɑtəm; ‚rɒkˈbɒtəm] *adj.* 最低點的, 底層的. the *rock-bottom* price 最低價格.

rόck cándy *n.* ©《美》冰糖.

rock-climb·ing [ˋrɑk‚klaımıŋ; ˈrɒkklaımıŋ] *n.* U 攀岩; 攀岩術.

rόck crýstal *n.* U 水晶.

Rock·e·fel·ler [ˋrɑkı‚fɛlɚ, ˋrɑkə-; ˈrɒkəfelə(r)] *n.* **John Da·vi·son** [ˋdevısn; ˈdeıvısn] ~ 洛克斐勒(1839–1937)《美國資本家, 慈善事業家; 其家族以大財閥聞名》.

rock·er [ˋrɑkɚ; ˈrɒkə(r)] *n.* © **1** 搖椅木馬 (rocking horse). **2** =rocking chair. **3** 搖軸(搖籃, 搖椅等的弧狀彎軸). **4** (美, 口)搖滾樂歌手[作曲家, 歌迷].

rock·er·y [ˋrɑkɚı; ˈrɒkərı] *n.* (*pl.* **-er·ies**) = rock garden.

*rock·et [ˋrɑkıt; ˈrɒkıt] *n.* (*pl.* ~**s** [~s; ~s]) ©

1 火箭; 火箭彈(rocket bomb), 火箭飛彈. launch a space *rocket* 發射火箭. **2** 火箭式煙火.
— *vi.* **1** (像火箭般)直衝, 迅速上升.
2 〔價格等〕暴漲(*up*). Prices have *rocketed* (*up*) this past year. 物價在過去一年中急速攀升.

róck·et bàse *n.* ⓒ火箭基地.

róck·et bòmb *n.* ⓒ火箭彈.

rock·et·ry [ˋrɑkətrɪ; ˈrɒkɪtrɪ] *n.* ⓤ火箭學.

róck gàrden *n.* ⓒ岩石庭園(用岩石擺置成假山再於各處配以高山植物等的庭園).

Rock·ies [ˋrɑkɪz; ˈrɒkɪz] *n.* 《作複數》(加 the) =the Rocky Mountains.

rócking chàir *n.* ⓒ搖椅. sit in a *rocking chair* 坐在搖椅上.

rócking hòrse *n.* =rocker 1.

róck mùsic *n.* ⓤ搖滾樂及後來竄起的各種音樂的總稱; 強烈的音效及節奏爲其特徵.

rock'n'roll [ˋrɑkənˋrol; ˌrɒkənˈrəʊl] *n.* ⓤ搖滾樂(受到節奏藍調影響而竄起的一種活潑並且具有強烈節奏的通俗音樂); 配合搖滾樂跳的舞蹈.

[rocking chair]

róck plànt *n.* ⓒ岩生植物.

róck sàlt *n.* ⓤ岩鹽.

rock·y¹ [ˋrɑkɪ; ˈrɒkɪ] *adj.* **1** 岩石的; 多岩石的, 充滿岩石的. **2** 〔東西, 意志〕堅如岩石的.

rock·y² [ˋrɑkɪ; ˈrɒkɪ] *adj.* **1** 搖晃的, 不安定的. **2** 《俚》(體弱而)蹣跚的.

Rócky Móuntains *n.* 《作複數》(加 the) 落磯山脈(位於北美大陸西部的大山脈; 從新墨西哥綿延至阿拉斯加, 呈南北走向).

ro·co·co [rəˋkoko; rəʊˈkəʊkəʊ] *adj.* 洛可可式[風格]的(始於法國、義大利北部, 18 世紀流行於全歐洲的華麗建築、裝飾的樣式; 亦用於指文學, 美術, 音樂風格; → baroque, Gothic).

— *n.* ⓤ洛可可式[風格].

*****rod** [rɑd; rɒd] *n.* (*pl.* ~s [~z; ~z]) ⓒ **1** (細長的鐵、塑膠等製的)棒; 桿. a fishing *rod* 釣竿/a lightning *rod* 《美》避雷針/fish with *rod* and line 用釣竿垂釣.
2 (剪掉的)小枝, 嫩枝.
3 (用於體罰的)笞鞭(棒或成束的細枝); (加 the) 鞭笞, 懲戒. Spare the *rod* and spoil the child. 《諺》不打不成器.
4 竿(長度單位; 約 5.03 公尺).

rode [rod; rəʊd] *v.* ride 的過去式.

ro·dent [ˋrodn̩t; ˈrəʊdənt] *n.* ⓒ齧齒類動物(鼠、松鼠、兔子等).

ro·de·o [ˋrodɪ,o, roˋdeo; rəʊˈdeɪəʊ] *n.* (*pl.* ~s) ⓒ牛仔競賽會(比賽馴服野馬、用套索(lasso)捕捉牛馬等技術).

Ro·din [roˋdæn; rɒˈdæn] *n.* **Auguste** [ɔˋgʌst; ɔːˈgʌst] ~ 羅丹(1840–1917)(法國雕刻家).

roe¹ [ro; rəʊ] *n.* (*pl.* ~s, ~) ⓒ(動物)狍(亦稱 róe dèer)(小型鹿).

roe² [ro; rəʊ] *n.* ⓤⓒ魚卵; 魚白, 魚精. sturgeon *roe* 鱘魚子(魚子醬的材料).

roe·buck [ˋro,bʌk; ˈrəʊbʌk] *n.* (*pl.* ~s, ~) ⓒ雄狍(roe).

roent·gen [ˋrɛntgən; ˈrɒntjən] *n.* ⓒ樂琴(X 光的輻射單位).

Róentgen ràys *n.* 《作複數》樂琴射線, X 光線, (X-rays).

Rog·er [ˋrɑdʒɚ; ˈrɒdʒə(r)] *n.* 男子名.

rog·er [ˋrɑdʒɚ; ˈrɒdʒə(r)] *interj.* 收到, 瞭解. (無線電通訊中表示收到並且瞭解對方所發的訊息之意).

rogue [rog; rəʊg] *n.* ⓒ **1** 惡棍, 無賴. a black *rogue* 惡名昭彰的壞蛋. **2** 《詼》小淘氣, 淘氣鬼, 調皮鬼.

ro·gue·ry [ˋrogərɪ; ˈrəʊgərɪ] *n.* (*pl.* -ries) ⓤⓒ **1** 壞事; 欺騙(行爲). **2** 淘氣, 調皮.

rògues' gállery *n.* ⓒ(警察等的)犯人照片檔案(陳列室).

ro·guish [ˋrogɪʃ; ˈrəʊgɪʃ] *adj.* **1** 無賴似的. **2** (特指孩子)惡作劇的, 淘氣的.

ro·guish·ly [ˋrogɪʃlɪ; ˈrəʊgɪʃlɪ] *adv.* 惡作劇地,

[rodents]

squirrel

hamster

hare

rabbit

rat

mouse

淘氣地.

roist·er·er [ˋrɔɪstərɚ; ˈrɔistərə(r)] n. C 喧鬧
的人.

ROK 《略》Republic of Korea (→South Korea).

‡role [rol; rəul] n. (pl. ~s [~z; ~z]) C **1** (演員
的)角色. the leading ~ 主角/play the
~ of Romeo 扮演羅密歐的角色.

2 本分, 任務. fulfill one's ~ 完成自己的本分/
play a very important ~ in the society of the
future 在未來社會中扮演非常重要的角色.

> 搭配 adj.+role: a key ~ (重要的角色), a
> major ~ (主角), a minor ~ (次要的角色), a
> secondary ~ (配角) // v.+role: assume a ~
> (承擔任務), fill a ~ (擔任職務).

rôle [rol; rəul] n. = role.

‡roll [rol; rəul] v. (~s [~z; ~z]; ~ed [~d; ~d];
~ing) vi. 《滾動, 轉動》 **1** 《球, 車輪等》
滾, 轉動; 〔眼珠〕溜溜地轉; 〔淚珠等〕流下. The
ball rolled down the hill. 球滾下山坡/Big tear-
drops rolled off her cheek. 豆大的淚珠滾過她的面
頰上直淌下來.

2 〔人, 動物等〕滾動(over); 滾來滾去(about).
~ (over) in bed 在床上翻身/The patient
rolled on to his side. 病人翻身側躺/roll about
with laughter 捧腹大笑.

〖搖晃〗 **3** 〔船, 飛機等〕左右搖擺, 左右搖晃,
(→ pitch¹); 〔人〕大搖大擺地走路. The ship was
rolling in the storm. 船在暴風雨中左右搖晃/The
drunken man rolled along the street. 醉漢搖搖晃
晃地在馬路上行走.

4 〔波浪等〕翻滾; 〔土地〕緩緩起伏. The waves
were rolling in from the ocean. 波浪從海上滾滾
而來.

〖滾動似地前進〗 **5** 〔馬車, 汽車等〕前行; 〔人〕
乘著〔馬車, 汽車等〕前進, 《along》. Our car
rolled down the main street. 我們的車子沿著主要
道路前行/The pioneers rolled along in covered
wagons. 拓荒者乘著篷車前進/One car after
another rolled off the assembly line. 車子一臺接
一臺地從裝配線出來.

6 〔時間〕流逝, 過去; 〔歲月〕循環; 〔工作等〕進度
快, 進展順利. Days rolled along. 光陰流逝/
Spring rolled around again. 春天再度來臨/get
the program rolling 展開計畫, 使計畫有進展.

7 〔發出滾動般的聲音〕〔雷〕轟鳴, 轟隆隆地響;
〔鼓〕咚咚地響. Thunder rolled in the distance.
遠處雷聲隆隆作響.

〖變圓〗 **8** 〔霧等〕揚起, 捲起. The mist rolled
up from the lake. 霧從湖面揚起.

— vt. 〖使轉動〗 **1** 使轉動, 使〔眼珠〕溜溜地轉.
roll a ballpoint pen between one's fingers 手中
轉弄著原子筆玩/roll one's eyes in amazement 驚
訝得眼珠直轉.

2 使〔球等〕滾動, 把〔桶等〕滾開. roll a barrel
over 滾走桶子.

〖搖〗 **3** 〔左右〕搖; 使〔船等〕左右搖晃. roll
oneself from side to side 左右搖擺著身子.

〖使發出滾動般的聲音〗 **4** 使〔鼓〕咚咚地響; 使

〔風琴〕大聲地響; 用低且粗的聲音讀; 《語音學》捲
舌發〔r〕音. The villagers rolled the drums. 村
民們大聲擊鼓/roll (out) a verse 朗讀詩歌/
Scottish people roll their r's. 蘇格蘭人發捲舌音
《使舌尖振動》.

〖使成圓形〗 **5** 弄圓; 捲成…(into); (↔unroll).
roll an umbrella 捲傘/The children rolled the
snow into a big snowman. 孩子將雪堆成一個大雪
球.

6 包, 裹. It was so cold she rolled herself
(up) in a blanket. 她因為天氣太冷而裹著毯子.

〖滾壓〗 **7** 弄平〔地面等〕; 用擀麵棍〔滾筒〕擀〔壓
平〕〔麵團等〕. roll the grass 把草坪推平/The
road menders were rolling the path. 修路工人在
整路.

be rólling in... 《口》沉溺於…中. be rolling in
luxury [money] 沉溺於奢華〔富有〕.

róll/.../báck (1)把〔鋪著的地毯等〕捲起來; 逆轉
…. roll back a clock 逆轉時鐘的指針. (2)擊退〔敵
人〕. (3)《美》使〔工資, 物價等〕回到原來的水準.

róll/.../dówn 旋轉轉枚放下〔百葉窗〕.

rólled into óne (相異之物)合而為一. a poet
and a lawyer rolled into one 一人兼具詩人與律師
雙重身分.

róll ín (1)大量聚集而來, 滾滾而來. Offers of
help rolled in. 援助的提供源源而來. (2)《美·口》
上床, 就寢.

róll on (1)〔歲月〕流逝; 〔河流等〕緩緩地流.
(2)《英·口》〔用於祈望句〕〔節日等〕早點到來. Roll
on, spring! 春天趕快到來吧!

róll óut¹ 消出; 《美·口》起床, 起身.

róll/.../óut² (1)把〔捲著的東西〕攤開來. roll a
screen out 將投影布幕攤開來. (2)用滾筒〔擀麵棍〕
壓平…; 展長…. (3)《口》大量生產.

róll úp (1)〔錢等〕累積, 增加. (2)《口》出現, 到達.
〔用於祈使句〕請進. Roll up! Roll up! 請進! 請
進!《招攬遊客入內看馬戲表演所說的話》.

* **róll/.../úp²** (1)捲〔地毯, 掛畫等〕.
(2)捲起…. roll up one's sleeves 捲起袖子.

— n. (pl. ~s [~z; ~z]) C 〖滾動〗 **1** 滾動, 轉
動. try a roll of dice 擲把骰子. **2** (船的)左右晃
動(→ pitch¹); 跟蹌, 搖擺. **3** 蜿蜒, 起伏. the
roll of a meadow 草原的起伏.

〖捲著的東西〗 **4** 瑞士捲, 茲捲; 一捲(of). a
roll of cake = a cake roll 一捲蛋糕捲/a blanket
roll 一捲毛毯/a roll of film 一捲底片/two rolls
of toilet paper 兩捲衛生紙.

5 點名簿, 名單. call the roll 點名, 唱名/the
roll of honor 陣亡者名單/be on the rolls 在冊登
上. **6** (用單數)轟鳴(of〔雷, 鼓等〕的聲音).

róll càll n. U 點名, 記錄出缺勤.

* **roll·er** [ˋrolɚ; ˈrəulə(r)] n. (pl. ~s [~z; ~z]) C

1 滾筒(圓筒狀棒); (地圖, 窗簾等的)捲軸; 髮捲
〔捲住頭髮固定髮捲使成波浪狀〕.

2 滾輪; 軋路機; 擀麵棍; 輾軋機; 滾軸.

3 巨浪(因暴風雨等而湧向海岸)。

róller còaster *n.* Ⓒ(遊樂場等的)雲霄飛車。

róller skàte *n.* Ⓒ(通常 roller skates)輪式溜冰鞋。

roll·er-skate [ˈrolɚˌsket; ˈrəʊləskeɪt] *vi.* 穿輪式溜冰鞋溜冰。enjoy *roller-skating* 喜歡玩輪式溜冰。

róller tòwel *n.* Ⓒ滾筒毛巾(兩端縫合掛在滾筒上，用來擦手)。

rol·lick·ing [ˈrɑlɪkɪŋ; ˈrɒlɪkɪŋ] *adj.* 快活的；歡鬧的，喧鬧的。

roll·ing [ˈrolɪŋ; ˈrəʊlɪŋ] *adj.* **1** 轉的，旋轉的；滾動的。his *rolling* eyes 他那溜圓直轉的眼睛/A *rolling* stone gathers no moss.《諺》滾石不生苔(→ moss)/a *rolling* stone 住處不定且無固定職業的人。

2 左右搖動的；搖搖晃晃的。

3 〔波浪〕翻騰的；〔土地〕徐緩起伏的。the *rolling* countryside of Vermont 佛蒙特州起伏平緩的鄉間。

—— *n.* Ⓤ **1** 旋轉，轉動。**2** (船，飛機等的)左右晃動(↔ pitching)。**3** (波浪的)翻騰；(地面的)徐緩起伏。**4** (雷等的)轟鳴。

[rolling 2]　　　　[pitching]

rólling mìll *n.* Ⓒ輾壓工廠。

rólling pìn *n.* Ⓒ擀麵棍。

rólling stòck *n.* Ⓤ(集合)(鐵路的)車輛。

Rolls-Royce [ˈrolzˈrɔɪs; ˈrəʊlzˈrɔɪs] *n.* Ⓒ勞斯萊斯(英國製造的高級汽車；商標名)。

roll-top desk [ˈrolˌtɑpˈdesk; ˈrəʊltɒpˈdesk] *n.* Ⓒ捲蓋式書桌(附有捲縮式的頂蓋)。

ro·ly-po·ly [ˈrolɪˌpolɪ; ˌrəʊlɪˈpəʊlɪ] *n.* (*pl.* **-lies**) Ⓒ **1** 《主英》渦卷布丁(亦稱 *ròly-poly púdding*；內加果醬、水果等)。

2 胖嘟嘟的小孩。

—— *adj.* (小孩)胖嘟嘟的，矮胖的。

[roll-top desk]

ROM [rɑm; rɒm] *n.* Ⓤ(電腦)唯讀記憶體(*read-only memory* 的略稱)。

*****Ro·man** [ˈromən; ˈrəʊmən] *adj.* **1** (古)羅馬的；羅馬帝國的；(古)羅馬人[式]的。a *Roman* legion 古羅馬軍團。

2 現代羅馬(市)的。

3 (*roman*)(印刷)羅馬字體的。

4 ＝Roman Catholic. ⇨ *n.* Rome.

—— *n.* (*pl.* ～s [~z; ~z]) **1** Ⓒ(古)羅馬人；(現代)羅馬市民。

2 ＝Roman Catholic.

3 Ⓤ(*roman*)(印刷)羅馬字體(一般印刷字體的鉛字；→ italic, Gothic)。

Róman álphabet *n.* (加 the)羅馬字母。

Ròman Cátholic *adj.* (羅馬)天主教的。

—— *n.* Ⓒ(羅馬)天主教徒。

Ròman Càtholic Chúrch *n.* (加 the)(羅馬)天主教會。

Ro·mance [roˈmæns; rəʊˈmæns] *adj.* 羅曼斯語(系)的(→ Romance languages)。

*****ro·mance** [roˈmæns, rə-, ˈromæns; rəʊˈmæns] *n.* (*pl.* **-manc·es** [~ɪz; ~ɪz]) **1** Ⓒ(中世紀的)騎士傳奇(用羅曼斯語寫成的長篇故事)。

2 Ⓒ傳奇小說(脫離現實、波瀾萬丈的故事)；冒險[戀愛]小說；(音樂)浪漫曲；Ⓤ(成為一種文學風格的)浪漫派文學。write a *romance* 寫傳奇小說。

3 ⓊⒸ誇張虛構的故事，脫離現實的情節。The theory is sheer *romance*. 那個理論簡直是誇大不實。

4 Ⓤ浪漫的氣氛[心境]；幻想癖。a sense of *romance* 浪漫的感覺/a young man full of *romance* 充滿幻想的青年。

5 Ⓒ戀愛(事件)，羅曼史。He has been carrying on a *romance* with her for a long time. 他已經和她談戀愛談了好一陣子了。

6 (*Romance*)＝the Romance language.

—— *vi.* **1** 幻想(*about*)。**2** 談戀愛(*with*)。

⋄ *adj.* **romantic**.

Ròmance lánguages *n.* (加 the)羅曼斯語(從拉丁語分化出來的義大利語，法語，西班牙語，葡萄牙語，羅馬尼亞語等)。

Ròman Émpire *n.* (加 the)羅馬帝國(從27 B.C. 奧古斯都(Augustus)大帝即位，延續到395 A.D.；之後分裂成西羅馬帝國和東羅馬帝國)。

Ro·man·esque [ˌromənˈɛsk; ˌrəʊməˈnesk] *n.* Ⓤ羅馬式(中世紀初在歐洲興起的建築樣式；莊嚴的石材建築和圓拱等為其特徵)。

—— *adj.* 羅馬式的。

Ro·ma·ni·a [roˈmenɪə; ruːˈmeɪnjə] *n.* ＝Rumania.

ro·man·ize [ˈromənˌaɪz; ˈrəʊmənaɪz] *vt.* 使(語言的書寫表記等)羅馬字化；用羅馬字寫。

Ròman nòse *n.* Ⓒ羅馬鼻(高鼻梁的鷹鉤鼻；→ Grecian nose)。

Ròman númeral *n.* Ⓒ羅馬數字(→ Arabic numeral)。

例：MDCCLXIV＝1764。

[Roman nose]　　[Grecian nose]

I ·········· 1	IV ·········· 4
II ·········· 2	V ·········· 5
III ·········· 3	VI ·········· 6

R

*ro·man·tic [ro`mæntɪk, rə-; rəʊˈmæntɪk] *adj.*
1 傳奇(小說)的; 小說般的; 充滿冒險的. a *romantic* life 充滿冒險的生活.
2 脫離現實的; 幻想的, 浪漫的; 熱戀的. a *romantic* plan 不切實際的計畫/a *romantic* atmosphere 浪漫的氣氛.
3 (常 *Romantic*) (文學, 藝術)浪漫主義的, 浪漫派的. (→ classical).
◇ → n. 1, 2 為 **romance**; 3 為 **romanticism**.
— *n.* C **1** (常 *Romantic*)浪漫主義[派]詩人[作家]. **2** 富浪漫氣息的人.

ro·man·ti·cal·ly [ro`mæntɪklɪ, -lɪ, rə-; rəʊˈmæntɪkəlɪ] *adv.* 幻想地, 小說似地; 浪漫地.

ro·man·ti·cism [ro`mæntə,sɪzṃ; rəʊˈmæntɪsɪzəm] *n.* U **1** (常 *Romanticism*) (文學, 藝術的)浪漫主義(→ classicism, realism). **2** 浪漫, 幻想的傾向[心境].

ro·man·ti·cist [ro`mæntəsɪst; rəʊˈmæntɪsɪst] *n.* C (常 *Romanticist*)浪漫主義者; 浪漫派詩人[作家].

ro·man·ti·cize [ro`mæntə,saɪz; rəʊˈmæntɪsaɪz] *vt.* 浪漫地描寫[思考], 美化.

Rom·a·ny [`rɑmənɪ; ˈrɒmənɪ] *n.* (*pl.* **-nies**) **1** C吉普賽人; U吉普賽語(吉普賽語). **2** 《形容詞性》吉普賽的; 羅姆語的.

***Rome** [rom; rəʊm] *n.* 羅馬(義大利首都); 古羅馬(帝國). All roads lead to *Rome*. 《諺》條條大路通羅馬(殊途同歸)/When in *Rome* do as the Romans do. 《諺》入境隨俗(在羅馬時舉止要像羅馬人)/*Rome* was not built in a day. 《諺》羅馬不是一天造成的.

Ro·me·o [`romɪ,o, `romjo; ˈrəʊmɪəʊ] *n.* 羅密歐《Shakespeare 著作 *Romeo and Juliet* 中的男主角》.

romp [rɑmp; rɒmp] *vi.* 〔孩子, 動物等〕跳來跳去, 嬉鬧, 《about》.
— *n.* C活蹦亂跳, 嬉戲.

romp·er [`rɑmpɚ; ˈrɒmpə(r)] *n.* C **1** 活蹦亂跳的人. **2** (rompers)連褲裝(幼兒穿的遊戲服).

Ron·ald [`rɑnḷd; ˈrɒnld] *n.* 男子名.

ron·do [`rɑndo, rɑn`do; ˈrɒndəʊ] *n.* (*pl.* ~s) C《音樂》迴旋曲.

rönt·gen [`rɛntgən; ˈrɒntjən] *n.* = roentgen.

‡**roof** [ruf, rʊf; ruːf] *n.* (*pl.* ~s [~s; ~s]) C
〖 屋頂 〗 **1** 屋頂; 樓頂; 屋頂狀物. Our

house has a tile [slate] *roof*. 我們房子的屋頂是瓦[石板](建的)/the *roof* of a car 車頂.
2 〖屋頂>房屋〗房屋, 住宅; 家庭. live under the same *roof* 住在同一個屋簷下.
〖 頂點 〗 **3** 最高部分, 頂點. the *roof* of heaven 蒼穹, 天空.
a ròof over one's *héad* (自己的)住家.
gò through the róof 《口》(1)(價格)漲翻天. (2)大發雷霆, 氣急敗壞.
hìt the róof 《美, 口》= go through the roof (2).
ràise the róof 《口》(因憤怒等)大喊大叫, 大吵大鬧; 大發牢騷.
— *vt.* 給…蓋屋頂; 像屋頂般[呈屋頂狀]地覆蓋, 《with》. *roof* a house *with* red tiles 用紅磚瓦鋪蓋屋頂.

ròof gàrden *n.* C屋頂花園, 空中花園; 《美》屋頂[空中]花園餐廳.

roof·ing [`rufɪŋ, `rʊf-; ˈruːfɪŋ] *n.* U鋪設屋頂; 蓋屋頂的材料, (防水用的)屋面材料.

roof·less [`ruflɪs, `rʊf-; ˈruːflɪs] *adj.* 〔房子〕無屋頂的. **2** 〔流浪者等〕無房子的, 無家可歸的.

roof·top [`ruf,tɑp, `rʊf-; ˈruːftɒp] *n.* C屋頂上, 屋頂.

roof·tree [`ruf,tri, `rʊf-; ˈruːftriː] *n.* C《建築》棟梁; 屋脊梁.

rook¹ [rʊk; rʊk] *n.* C《鳥》白嘴鳥鴉(群棲於樹上的大烏鴉; 產於歐洲; → crow¹).
— *vt.* 《口》向〔顧客等〕漫天要價; (紙牌等)作弊欺詐.

rook² [rʊk; rʊk] *n.* C《西洋棋》城堡(castle)(如象棋中車[俥]般地移動; → chess 圖).

rook·er·y [`rʊkərɪ; ˈrʊkərɪ] *n.* (*pl.* **-er·ies**) C **1** 白嘴鳥鴉的群棲處(森林等). **2** 企鵝[海豹]的群棲(地).

rook·ie [`rʊkɪ; ˈrʊkɪ] *n.* C《俚》 **1** 新兵; 《棒球等》新選手, 「菜鳥」. **2** (泛指)新手, 初學者.

‡**room** [rum, rʊm; ruːm] *n.* (*pl.* ~s [~z; ~z]) 〖 居住空間>房間 〗 **1** C房間, 室. a dining *room* 飯廳/a living *room* 客廳/a *room* for rent 出租的房間/reserve a *room* at a hotel 向旅館預訂房間/do one's *room* 整理房間.
2 C出租的房間; (rooms)套房; (由數個房間組成的)宿舍. take *rooms* 住宿舍.
3 《作複數》(加 the)室內的人們, 在場的人們. His humorous story set the *room* in a roar. 他那幽默的故事使在場的人們哄堂大笑.
〖 空間>餘地 〗 **4** U空間, 場所, 《for》. The sofa takes up too much *room*. 這沙發占去太多空間/Please make *room* for this old gentleman. 請挪個位置給這位老先生/There's not enough *room* to swing a cat (in). 非常狹窄, 無立錐之地.
5 U餘地, 餘裕, 機會, 《for; to do》. The evidence leaves little *room* for doubt. 那證據不容置疑/The right fielder has *room*. 右外野手有充足的時間(跑到牆邊)[接高飛球時].

R

— *vi.* 〔美〕住宿; 寄宿, 租房間. Tom is *roon-ing* with John in the dormitory. 湯姆和約翰住在同一間宿舍寢室裡.

ròom and bóard *n.* ⓤ供膳的出租房間.

room·er [ˋrumɚ, ˋrumɚ; ˈruːmə(r)] *n.* ⓒ〔美〕房客.

room·ful [ˋrum͵ful, ˋrum-; ˈruːmful] *n.* ⓒ滿屋子的分量[人數]. a *roomful* of clients (湧進的)滿屋子的顧客.

róoming hòuse *n.* ⓒ不供膳食的宿舍 (lodging house; → boardinghouse).

room·mate [ˋrum͵met, ˋrum-; ˈruːmmeit] *n.* ⓒ同住一室者, 室友.

róom sèrvice *n.* ⓤ客房服務(旅館將飯菜等送至客房的服務); (集合)客房服務生.

room·y [ˋrumɪ, ˋrʊmɪ; ˈruːmɪ] *adj.* 〔場所〕寬大的.

Roo·se·velt [ˋrozə͵vɛlt, ˋrozvɛlt, ˋrozə]t; ˈrəuzəvelt] *n.* **1 Franklin Dela·no** [ˋdɛlə͵no; ˈdelənəu] ~ (小)羅斯福(1882-1945)《美國第32任總統(1933-45)》. **2 Theodore** ~ (老)羅斯福(1858-1919)《美國第26任總統(1901-09)》.

roost [rust; ruːst] *n.* ⓒ **1** (鳥的)棲木; 鳥窩; 雞棚. **2** (人的)休息處, 寢室; (臨時的)住宿.
— *vi.* 〔鳥〕棲息, 歸巢.

roost·er [ˋrustɚ, ˋrus-; ˈruːstə(r)] *n.* ⓒ〔主美〕公雞《★母雞爲hen; →cock 注意; →poultry》.

●——動物的雌雄(→ lamb 表)		
雄	雌	
buck	doe	鹿
bull	cow	牛
dog	bitch	狗
drake	duck	鴨
drone	bee	蜜蜂
fox	vixen	狐
gander	goose	鵝
he-cat	she-cat	貓
he-goat	she-goat	山羊
he-wolf	she-wolf	狼
lion	lioness	獅
peacock	peahen	孔雀
rooster	hen	雞
stag	hind	鹿
stallion	mare	馬
tiger	tigress	虎

✲root¹ [rut, rʊt; ruːt] *n.* (*pl.* ~s [~s; ~s]) ⓒ 【根】 **1** (植物的)根; 地下莖, 根莖; (→ shoot 圖); (roots)根莖類. the *roots* of a tree [plant] 樹[草]根/Radishes are edible *roots*. 蘿蔔屬根菜類.

2 (毛髮, 牙齒, 手指, 指甲等的)根處, 根部; (山等的)山麓(foot). the *root* of a hair 髮根.

【根本】 **3** 根本, 基礎, 核心. Your analysis doesn't get at the *root* of the problem. 你的分析

沒有深入問題的核心.

4 根源, 起源, 原因. What is the *root* of the trouble? 這糾紛的起因是甚麼?/The problem has its *roots* in the past of the two countries. 這個問題根源於兩國過去的歷史.

5 【原點】(roots)故鄉, 精神上的故鄉, 根, (精神上的)依靠. I've lived in London for twenty years, but my *roots* are in Dublin. 我雖然已在倫敦住了二十年, 但是都柏林仍是我的故鄉.

【基本形】 **6** (數學)根. a square [second] *root* 平方根/2 is the cube [third] *root* of 8. 2是8的立方根.

7 《文法》(動詞的)原形(與不加to 的不定詞同形); (語言)字根(例: memory 中的 mem-).

by the [*one's*] *róot(s)* (1)連根地, 從根部地. pull up a weed *by the root(s)* 將雜草連根拔起. (2)根本地, 徹底地. That bad practice has to be torn out *by its* [*the*] *root(s)*. 那個壞習慣必須根除.

pull úp one's róots 離開故鄉, 展開新生活.

put dówn (*new*) *róots* 定居[紮根]於新社會[土地].

róot and bránch 完全地, 徹底地.

tàke [*strìke*] *róot* 〔植物〕生根; 〔想法等〕紮根.

— *v.* (~s [~s; ~s]; ~ed [~id; ~id]; ~ing) *vt.*
1 使〔植物〕生根, 種植; 使〔思想等〕紮根(通常用被動語態). *root* seedlings in the soil 種植幼苗/This belief is *rooted* in fear and prejudice. 這種信念乃植根於恐懼與偏見.

2 使不動, 使呆立不動, (通常用被動語態). He stood *rooted* to the spot with fear. 他害怕得呆坐在那裡.

3 連根拔起; 根除, 根絕; (*out*). *root out* a disease 根除疾病.

— *vi.* 生根. Chrysanthemums *root* easily. 菊花容易生根.

root² [rut, rʊt; ruːt] *vi.* 〔豬等〕用鼻掘土; 〔人〕(翻)找(*about*; *around*).

root³ [rut, rʊt; ruːt] *vi.* 〔美, 口〕聲援, 支持, (*for*).

róot bèer *n.* ⓤ〔美〕以各種草根類汁爲原料的碳酸飲料.

róot cròp [**vègetable**] *n.* ⓒ根菜類《胡蘿蔔, 蕪菁, 甘藷等》.

root·less [ˋrutlɪs, ˋrut-; ˈruːtlɪs] *adj.* 無根的; 不安定的.

✲rope [rop; rəup] *n.* (*pl.* ~s [~s; ~s]) **1** ⓤⓒ 繩, 纜繩, 繩索. a piece of *rope* 一根繩索/jump *rope* 跳繩/He was tied to the tree with a *rope*. 他被人用繩子綁在樹上.

参考 按粗細順序排列, 爲 rope>cord>string, yarn>thread.

搭配 *v.+rope*: let go (of) a ~ (放開繩索), loosen a ~ (放鬆繩索), pull a ~ (拉繩索), tighten a ~ (拉緊繩索), unite a ~ (接合繩索).

2 ⓒ〔美〕繩圈, 套索.

3 (ropes)(拳擊臺等的)欄索, 圍繩.

4 (加the)《口》絞索; 絞刑.

5 ⓒ(用細繩串起來的)一串. a *rope of* onions

[pearls] 一串洋蔥[珍珠].
be at [còme to] the ènd of one's rópe 無計可
施; 進退兩難.
give a pèrson enòugh [plènty of] rópe 讓某人
爲所欲爲. *Give* a fool [thief] *enough rope* and
he'll hang himself. 《諺》任其爲所欲爲而自取滅亡.
knòw the rópes 通曉事物, 掌握竅門, 《<知道駕
船索具的使用方法》.
on the rópes (1) 《拳擊》靠在圍繩上. (2)坐困愁城,
一籌莫展.
── *vt.* (~s [~s; ~s]; ~d [~t; ~t]; róp·ing) **1** 用繩
縛[捆]《*to*》; [登山者等](爲安全)用登山繩[繩索]
繫綁; 《美》用套索捕捉[動物]. *Rope* this suitcase
to the roof of your car. 請把這隻皮箱綁在你的車
頂上.
2 用繩[索]圍[隔開]《*in; off*》. The police had
roped off the entrance to the building. 警察已在
建築物的入口處圍上了(禁止通行)繩子.
── *vi.* [登山者]用登山繩繫住自己的身體《*up*》.
ròpe/…/ín 《口》把…哄騙過來, 誘入….
rópe brìdge *n.* C 繩索橋.
rope·danc·er [ˋrop͵dænsɚ; ˈrəup͵dɑːnsə(r)]
n. C 走鋼索者[藝人].
rópe làdder *n.* C 繩梯.
rope·walk·er [ˋrop͵wɔkɚ; ˈrəup͵wɔːkə(r)] *n.*
C 走鋼索者.
rope·way [ˋrop͵we; ˈrəupweɪ] *n.* (*pl.* ~s) C
空中索道.
rop·ing [ˋropɪŋ; ˈrəupɪŋ] *v.* rope 的現在分詞,
動名詞.
Roque·fort [ˋrokfɚt; ˈrɒkfɔː(r)] *n.* U 一種氣
味強烈的青黴羊奶乳酪.
ro·sa·ry [ˋrozərɪ; ˈrəuzərɪ] *n.* (*pl.* -ries) C 《天
主教》念珠(以十一個珠子爲一節, 由五節
或十五節組成的); 念珠祈禱(祈禱一句數
一顆珠子); (泛指)念珠.

rose[1] [roz; rəuz] *n.* (*pl.* ros·es
[~ɪz; ~ɪz]) **1** C 玫瑰, 薔薇;
玫瑰[薔薇]花; 薔薇科植物; 《美、愛、
舒適的象徵; 英國國花》. No *rose* with-
out a thorn. 《諺》玫瑰沒有不帶刺的(人
間沒有十全十美的幸福; 可以在句首補上
There is)/Life is not all *roses*. 人生不
全是樂事/a bouquet of *roses* 一束玫瑰
花/a bed of *roses*「玫瑰床」(安樂的生
活).

2 U 玫瑰色, 玫瑰香; (roses)玫瑰般紅的臉色.
The long rest brought back (the) *roses* to her
cheeks. 長時間的休息使她的兩頰恢復了紅潤.

3 C 玫瑰花紋; 玫瑰花結; =rose window; (灑
水壺, 水管等的)蓮蓬狀噴嘴.

4 (形容詞性)玫瑰的; 玫瑰色的. a *rose* petal 玫
瑰花瓣/a *rose* color 玫瑰色; → *adj.* **rosy**.
còme ùp róses 《口》(通常用進行式)順利, 成功.
under the róse 《文章》祕密地, 隱密地.
rose[2] [roz; rəuz] *v.* rise 的過去式.
ro·sé [roˋze; rəuˈzeɪ] (法語) *n.* U 玫瑰紅(葡萄
酒)(粉紅色的淡葡萄酒).

ro·se·ate [ˋrozɪɪt; ˈrəuzɪət] *adj.* 《雅》玫瑰色的,
深粉紅色的.
rose·bud [ˋroz͵bʌd; ˈrəuzbʌd] *n.* C 玫瑰花苞.
rose·bush [ˋroz͵buʃ; ˈrəuzbuʃ] *n.* C 玫瑰花叢.
rose-col·ored (美), **rose-col·oured**
(英) [ˋroz͵kʌlɚd; ˈrəuz͵kʌləd] *adj.* 玫瑰色的
(rosy); 樂天的, 樂觀的. see the world through
rose-colored spectacles 樂觀地看世界(<透過玫瑰
色的眼鏡看).
rose·leaf [ˋroz͵lif; ˈrəuzliːf] *n.* (*pl.* **-leaves**
[-͵livz; -liːvz]) C 玫瑰花瓣.
rose·mar·y [ˋroz͵mɛrɪ; ˋ-ˌmærɪ; ˈrəuzmərɪ] *n.*
(*pl.* **-ries**) C 迷迭香(產於南歐的紫蘇科常綠灌木;
葉可供烹飪及製作香料; 爲貞節, 忠實, 記憶的象
徵; → herb).
Ro·set·ta stone [roˋzɛtə͵ston;
rəuˈzetə͵stəun] *n.* (加 the)羅塞塔石碑(譯解古埃及
文字線索之石碑; 現存於大英博物館).
ro·sette [roˋzɛt; rəuˈzet] *n.* C **1** 玫瑰花結; 玫
瑰花穗; 玫瑰花飾.
2 《建築》(牆面等的)花形雕飾; =rose window.
róse wàter *n.* U 玫瑰香水.
róse wìndow *n.* C
《建築》玫瑰形窗, 圓花窗,
(教堂等有花朵圖樣的圓
窗).

[rose window]

rose·wood [ˋroz͵wud;
ˈrəuzwud] *n.* C 《植物》紫
檀(產於熱帶); U 紫檀木
(高級家具木材).
ros·in [ˋrazn; ˋrazɪn;
ˈrɒzɪn] *n.* U 松香(從松脂
蒸餾出松節油後的殘留物;
防滑用).
── *vt.* 塗松香於[小提琴
的弓等].
ros·i·ness [ˋrozɪnɪs; ˈrəuzɪnɪs] *n.* U 玫瑰色.
ros·ter [ˋrastɚ; ˈrɒstə(r)] *n.* C 值勤表[名冊];
名簿, 名單.
ros·tra [ˋrastrə; ˈrɒstrə] *n.* rostrum 的複數.
ros·trum [ˋrastəm; ˈrɒstrəm] *n.* (*pl.* ~s, **-tra**)
C 講臺; 臺(特指佈道臺, 指揮臺).
*****ros·y** [ˋrozɪ; ˈrəuzɪ] *adj.* (**ros·i·er**; **ros·i·est**) **1**
玫瑰色的; [臉色等]紅潤的. The children had
rosy cheeks. 小孩子們有著紅潤的雙頰.
2 [特指未來]光明的, 充滿希望的; 樂觀的. take
a *rosy* view of things 樂觀地看事物/Our firm's
prospects are *rosy*. 我們公司前途似錦.
*****rot** [rat; rɒt] *v.* (~s [~s; ~s]; ~ted [~ɪd; ~ɪd];
~ting) *vi.* **1** 腐爛; 腐朽, 枯萎; 《*away; off*》.
The iron bar has *rotted* into dust. 鐵棒已經腐朽
生銹.
2 [社會, 組織等]喪失活力, 衰退; [身體, 器官
等]衰弱; [道德上]墮落. The Roman Empire
was beginning to *rot* and decay. 羅馬帝國正開始

部分; (直升機的)旋轉翼.

衰敗.

— *vt.* **1** 使腐爛, 使腐敗, 《*off*; *away*》. Dampness had *rotted* the straw matting. 濕氣使得草蓆腐爛了. **2** 使墮落.

— *n.* ⓤ **1** 腐敗(作用); 腐敗物. **2** 墮落.

3 《英、俚》蠢事(nonsense).

Ro·tar·i·an [roˈtɛrɪən, -ˈtær-, -ˈter-; rəʊˈteərɪən] *n.* ⓒ扶輪社社員.

ro·ta·ry [ˈrotərɪ; ˈrəʊtərɪ] *adj.* 旋轉的, 輪轉的; 旋轉式的. a *rotary* fan 風扇/a *rotary* press 輪轉式印刷機.

— *n.* (*pl.* **-ries**) ⓒ **1** 《美》圓環. (《英》roundabout). **2** 輪轉式印刷機. **3** 旋轉式引擎(亦作 *rôtary* éngine).

[rotary 1]

Rô·tary Clùb *n.* (加 the)扶輪社(1905 年創立於美國芝加哥; 以服務社會、促進世界和平爲宗旨的團體).

*ro·tate [ˈrotet; rəʊˈteɪt] v. (~s [~s; ~s]; -tat·ed [~ɪd; ~ɪd]; -tat·ing) vi. **1** 旋轉; 《天文》自轉(★「公轉」爲 revolve). The earth *rotates* on its axis. 地球繞著地軸旋轉.

2 交替, 輪流進行; 循環. We *rotated* in keeping watch. 我們輪流看守.

— *vt.* **1** 使旋轉; 使循環. **2** 使交替[輪流]執勤.

字源 ROT 「車輪」: *rot*ate, *rot*ary (旋轉的), *rot*und (胖而圓的), *rot*unda (圓形建築物).

*ro·ta·tion [roˈteʃən; rəʊˈteɪʃn] *n.* (*pl.* ~s [~z; ~z]) **1** ⓤ ⓒ旋轉; 《天文》自轉(↔ revolution). the *rotation* of an engine 引擎的轉動.

2 ⓤ循環; (日月的)周而復始的運行; 輪班(制); (有規則的)交替. the *rotation* of crops 《農業》輪作.

by [*in*] *rotátion* 交替(制)地, 依次地. take office *by* [*in*] *rotation* 輪流擔任職務.

ro·ta·to·ry [ˈrotəˌtorɪ; ˈrəʊtətərɪ] *adj.* **1** 旋轉的; 使旋轉的. **2** 交替的; 循環的.

rote [rot; rəʊt] *n.* ⓤ機械化的程序; (無聊的)重複; 《主要用於下列片語》.

by *róte* (沒有理解其意義)機械式地; 背誦地. learn...*by* *rote* 死記.../The boy was merely repeating phrases *by* *rote*. 那男孩只是死記這些詞語.

ro·tor [ˈrotər; ˈrəʊtə(r)] *n.* ⓒ(發電機等的)旋轉子.

rot·ten [ˈrɑtn̩; ˈrɒtn] *adj.* (**~·er**; **~·est**) **1** 腐爛的; 變壞的. a *rotten* apple 爛蘋果/The *rotten* floorboards gave way beneath him. 腐朽的地板被他踩壞了/a *rotten* stink 腐臭味.

2 (道德上)腐敗的, 墮落的; 不健全的. That young man is *rotten* to the core. 那個年輕人墮落到了極點.

3 《口》極壞的; 不愉快的. *rotten* weather 極惡劣的天氣/I'm feeling *rotten* today. 今天我覺得糟透了.

rot·ten·ly [ˈrɑtn̩lɪ; ˈrɒtnlɪ] *adv.* **1** 腐爛地; 墮落地; 不愉快地. **2** 《口》極壞地.

rot·ten·ness [ˈrɑtn̩nɪs; ˈrɒtnnɪs] *n.* ⓤ腐敗; 墮落; 不愉快.

ro·tund [roˈtʌnd; rəʊˈtʌnd] *adj.* 《文章》《詼》 **1** (人、臉等)(胖而)圓的. a *rotund* figure 圓胖的體型. **2** (聲音)洪亮的.

ro·tun·da [roˈtʌndə; rəʊˈtʌndə] *n.* ⓒ(有圓屋頂的)圓形建築物; (天花板挑高的)圓形大廳.

[rotundas]

ro·tun·di·ty [roˈtʌndətɪ; rəʊˈtʌndətɪ] *n.* (*pl.* **-ties**) **1** ⓤ球狀, 圓形; ⓒ圓的東西. **2** ⓤ圓胖, 肥胖. **3** ⓤ洪亮的響聲; 美麗的辭句.

rou·ble [ˈrubl̩; ˈruːbl] *n.* =ruble.

rouge [ruʒ; ruːʒ] *n.* ⓤ(化妝用的)胭脂, 口紅, 腮紅. — *vt.* 在(臉, 唇)上擦胭脂.

*rough [rʌf; rʌf] *adj.* (**~·er**; **~·est**) 【粗的】 **1** 粗而不滑的, (表面)粗糙的; 凹凸不平的. (↔ smooth). *rough* skin 粗糙的皮膚/the *rough* ground 高低不平的地面/The paper is *rough* to the touch. 這紙的觸感很粗糙.

2 (頭髮, 毛等)蓬亂的; 毛茸茸的. The dog's coat is *rough*. 那條狗毛茸茸的.

3 (聲音等)刺耳的, 不愉快的; (味道等)澀的, 酸的. a *rough* voice 刺耳的聲音/*rough* wine (未釀好的)澀的葡萄酒.

【粗暴的】 **4** (大海, 天空, 風等)狂暴的, 暴風雨的. The sea [weather] was *rough*. 海浪咆哮[天氣惡劣].

5 (人, 態度等)粗野的, 無禮的, 粗暴的; (工作等)粗重的, 費力的. He has *rough* manners. 他沒有禮貌/have a *rough* tongue 說話粗魯/*rough* work 粗活.

6 《口》同情心的, 不親切的; (生活, 命運等)艱苦的, 難以忍受的; 《on 對》. The manager

was unnecessarily *rough on* him. 經理對他過分苛刻/have a *rough* time (of it) 吃苦頭.

【 粗的>未經加工的 】 **7** 粗糙的; 保持自然的, 未經琢磨的; 未完成的. *rough* implements used by cavemen 穴居人使用的簡陋工具/a *rough* draft 草稿.

8 概略的; 大致的. a *rough* sketch 草圖/make a *rough* guess 概略地推測/at a *rough* calculation 概算.

— *adv.* **1** 粗魯地, 粗暴地. treat a person *rough* 粗暴地對待某人/speak *rough* 粗魯地說話.

2 《英》在戶外地, 露宿地. sleep *rough* 露宿.

— *n.* **1** ⓤ 不光滑[凹凸不平]的狀態; 凹凸不平的地面, 荒地; ⓒ 粗糙[不光滑]的東西; ⓤ《高爾夫球》(通常加 the)障礙區, 深草區, 《fairway 兩側未經修剪的草地》.

2 ⓤ 保持自然, 未經加工; ⓒ 保持自然的, 未經加工的物品.

3 (加 the)痛苦的事, 艱難困苦. take the *rough* with the smooth 甘心接受(人生的)苦與樂.

4 ⓒ《口》粗魯的人.

5 ⓒ 草擬, 草圖; 草稿.

in the róugh (1)未經加工的; 未完成的. a talent still *in the rough* 未經琢磨的才能. (2)大致上, 概略地.

— *vt.* **1** 使粗糙, 使不光滑; 使高低不平.

2 使雜亂《使(毛, 頭髮等)蓬鬆[散亂].

3 寫[畫]出…的概略; 使大致與好《*in; out*》. *rough in* the main points of the plan 簡單地勾畫出計畫的概要.

róugh it 《口》(在帳篷等裡)過克難的生活.

róugh⋯úp (1)弄亂…, 破壞…. (2)《口》粗暴地對待, 使用暴力脅迫, 〔人〕. A gang of boys *roughed up* the doorman and then forced their way in. 一票男孩向看門人動粗後闖了進去.

rough·age [ˋrʌfɪdʒ; ˈrʌfɪdʒ] *n.* ⓤ 粗飼料, 粗食《刺激消化的糠, 稻草, 果皮等》.

rough-and-read·y [͵rʌfņˋrɛdɪ; ͵rʌfņˈredɪ] *adj.* **1** 應急的, 湊合的; 粗略的. a *rough-and-ready* meal 勉強湊合的飯菜.

2 魯莽但富熱忱的, 粗疏但可靠的.

rough-and-tum·ble [͵rʌfņˋtʌmbḷ; ͵rʌfņˈtʌmbl] *n.* ⓒ 混戰; 苦戰.

rough·cast [ˋrʌf͵kæst; ˈrʌfkɑːst] *n.* **1** ⓤ 塗壁之粗灰泥《把灰泥和小石子攙和起來塗於外牆》.

2 ⓒ 雛型, 梗概.

— *vt.* (~s; ~; ~ing) **1** 塗粗灰泥於牆.

2 立下大綱, 訂出綱要.

róugh díamond *n.* ⓒ **1** 未經琢磨的金剛石. **2** 待雕琢的優秀才能; 待琢璞玉《指人》.

rough·en [ˋrʌfən; ˈrʌfn] *vt.* 使粗糙; 使不光滑; 使凹凸不平.

— *vi.* 變粗; 變得不光滑; 變得凹凸不平.

rough·hewn [ˋrʌf͵hjun; ˋhɪun; ͵rʌfˈhjuːn] *adj.* 〔木材等〕粗製的; 粗野的.

*rough·ly [ˋrʌflɪ; ˈrʌflɪ] *adv.* **1** 粗魯地, 粗暴地; 無禮地. speak *roughly* 粗魯地說話/Don't treat the machine *roughly*. 請不要亂弄機器.

2 粗削地; 粗糙地, 不光滑地; 凹凸不平地.

3 大約, 大致, 大概. That is *roughly* what he said. 他說的話大致是如此/It's *roughly* ten miles. 大約是十英里.

rough·neck [ˋrʌf͵nɛk; ˈrʌfnek] *n.* ⓒ《美、口》流氓; 沒有教養的人.

rough·ness [ˋrʌfnɪs; ˈrʌfnɪs] *n.* **1** ⓤ 粗糙; 不光滑, 凹凸不平; ⓒ 不光滑[凹凸不平]處.

2 ⓤ 粗野, 粗暴; 〔氣候等的〕惡劣(的狀況); 未經加工. **3** ⓤ 刺耳; 不協調; (酒等的)澀味.

rough·rid·er [ˋrʌf͵raɪdɚ; ˈrʌf͵raɪdə(r)] *n.* ⓒ 擅長騎野馬的人; 馴馬師.

rough·shod [ˋrʌfˋʃɑd; ˈrʌfʃɒd] *adj.* 〔馬〕釘有防滑蹄鐵的.

ride róughshod over⋯ 傷害〔人的感情〕; 完全不斟酌〔他人的意見等〕.

rou·lette [ruˋlɛt; ruːˈlet] *n.* ⓤ 輪盤《使用轉盤的一種遊戲〔賭博〕》.

Rou·ma·ni·a [ruˋmenɪə; ruːˈmeɪnjə] *n.* = Rumania.

Rou·ma·ni·an [ruˋmenɪən; ruːˈmeɪnjən] *adj., n.* = Rumanian.

‡**round** [raʊnd; raʊnd] *adj.* (~·er; ~·est)

【 圓形的 】 **1** 圓的(↔ square), (半)圓形的; 球狀的; 圓筒形的. (as) *round* as a ball 像球一般圓的/a *round* arch 圓形拱門/Her eyes became *round* in surprise. 她驚訝地把眼睛睜得冒溜溜地.

【 呈圓形的 】 **2** 圓圓的; 胖嘟嘟的, 豐滿的. *round* hands 圓胖的手/a *round* cherubic face 胖嘟嘟如天使般可愛的臉/*round* shoulders 弓背屈肩.

【 弄成圓的 】 **3** 《限定》省略餘數的, 概數的; 〔數量〕完整的, 正好的. in *round* numbers [figures] 以約整整數/weigh a *round* ton 剛好重一噸.

4 大約的, 概略的. a *round* guess 大略的估計.

【 轉圈的 】 **5** 《限定》一周的, 一圈的. a *round* tour 周遊.

— *n.* (*pl.* ~s [~z; ~z]) ⓒ【圓形物】 **1** 圓的東西; 圓, 圈; 球形(物); 圓形排列, 圍坐的人們); (梯子, 椅子等的圓形)橫木. dance in a *round* 圍成圈跳舞.

【 轉動 】 **2** 旋轉; 循環. the earth's yearly *round* 地球的公轉/the *round* of the seasons 四季的循環/sleep the whole *round* of the clock 連續睡了整整十二個小時.

3 一周, 一圈; (常 rounds)(警察, 醫生等的)巡迴, 巡迴[負責]區域; 巡迴路線. pay a *round* of visits 遍訪/take a *round* 轉一圈, 散步/The policeman was on his usual nightly *round*. 警員正在進行他例行的夜間巡邏.

【 一連續 】 **4** 一次比賽; (拳擊的)一回合(三分鐘); (高爾夫球的)一局(十八個洞); (聯賽中)一輪(的整個比賽). play a *round* 比賽一局/a fight of fifteen *rounds* (拳擊的)十五回合/be defeated in the first *round* (聯賽中)在第一輪被淘汰.

5 (a)(交涉，協議，會議等的)一連串；(歡笑聲等的)一陣；(彈藥的)一發〔顆〕；齊射. There was a *round* of laughter at his joke. 他開的玩笑引來一陣笑聲/a second *round* of wage (increase) demands 第二波的要求加薪行動.
(b)一巡飲料〔食物〕. buy a *round* of drinks 請在座每位喝一杯酒.

6 (音樂)輪唱.

dò the róund(s)=go the round(s) (1).

gò the róund(s) (1)巡迴(*of*). (2)〔謠言等〕傳開. The rumor *went the rounds* of the town. 那個謠言在小鎮傳開.

in the róund (1)(雕刻)圓雕的. (2)(舞臺)圓形的. a theater *in the round* 圓形劇場.

— adv. (★在(美)一般 around 比 round 常用)

〖轉動地〗 **1** 轉一圈地，旋轉地. look all *round* 掃視/Turn *round* and face the wall. 轉身面對牆.

2 繞道地，迂迴地. go the long way *round* 繞遠路.

3 (從某處到另一處)巡迴地；朝這邊. He ordered the car brought *round*. 他吩咐將汽車開來/Why not come *round* and see me this weekend? 這個週末來看我，如何?/go *round* to see Tom 拜訪湯姆(家).

〖繞一周地〗 **4** 〔季節等〕循環地；繞一周地. The Olympiad comes *round* every four years. 奧林匹克運動會每四年舉行一次.

5 遍及(所有人)地，依次傳遞地；(在)各處，在四面八方，到處. Drinks were handed 〔passed〕*round*. 逐一遞飲料/The news spread *round* immediately. 消息立刻傳遍各地/for a mile *round* 遍及(半徑)一英里以內的區域.

〖在四周〗 **6** 在周圍，在四周. A wood stretched *round*. 森林向周圍擴展/A crowd gathered *round*. 人群聚集在四周.

7 周長為⋯. The pillars looked at least six feet *round*. 這根柱子看起來周長至少有六英尺.

àll róund 周圍全部；在所有的點上.

àll (the) yèar róund 一年的片語.

róund abóut (1)在周圍，在四周(的)，在四面八方的. All the villages *round about* were ravaged. 周圍的村子全遭毀壞了. (2)大約，大概. The population of the town is *round about* ten thousand. 那個鎮的人口約為一萬.

róund and róund 團團(轉).

— prep. (★在(美)一般 around 比 round 常用)

〖繞〗 **1** 繞⋯一圈；在⋯的四周〔周圍〕. We walked slowly *round* the lake. 我們緩步繞湖一圈/The earth moves *round* the sun. 地球繞著太陽轉.

2 繞⋯；在轉過⋯的地方；迂迴⋯. The car disappeared *round* the corner in a moment. 汽車轉眼間就消失於轉角/There's a restaurant *round* the corner. 轉角有一家飯店.

3 〖繞一圈〗在⋯的各個地方，在⋯的四面八方；連續不斷. I'll show you *round* the city. 我帶你逛逛市區/He went walking *round* the shops in the downtown area. 他在鬧區的商店四處閒逛.

〖在周圍〗 **4** 在⋯的周圍，圍著⋯；在⋯的附近，環繞⋯的內側〔裡面〕地. The children were sitting *round* their grandmother. 小孩們圍著祖母坐著/look *round* the room 環視房間.

5 〖在附近〗大概，大約，⋯左右，(→ *adv.* 片語 round about (2)). The book will cost *round* (about) £20. 那本書值 20 英鎊左右/I'll expect you *round* (about) noon. 我大概中午時等你.

round the clóck → clock 的片語.

— vt. (**~s** [~z; ~z]; **~ed** [~ɪd; ~ɪd]; **~ing**)

〖轉〗 **1** 轉，轉彎；繞一圈. *round* a corner 轉過拐角.

〖使變圓〗 **2** 弄圓，使變得圓圓的；去掉⋯的稜角. When attacked, the porcupine *rounds* itself into a ball. 豪豬受到攻擊時就縮成球形/a *rounded* and smooth stone 磨得圓滑的石頭.

3 省略餘數(*off*)，把⋯湊成概略數字(*up*)，把⋯減到概略數字(*down*). 1.256 can be *rounded off* to 1.26. 1.256 可以進位成 1.26.

— vi. 1 轉動；轉向，變換方向. *round* on one's heels 用腳跟轉身.

2 拐彎，彎曲.

3 變圓，成圓形，(*out*). His eyes *rounded* with surprise. 他因驚訝而睜圓了眼睛/Her form is *rounding* (*out*). 她正在發福.

róund/⋯/óff (1)弄圓，修圓，〔角等〕. (2)做完⋯，結束⋯，(*with*). *round off* a meal *with* coffee 以喝咖啡結束用餐. (3)→ *vt.* 3.

róund/⋯/óut (1)=round/⋯/off. (2)使⋯變得胖嘟嘟的.

róund/⋯/úp (1)集合〔人〕，驅集〔家畜等〕；聚集. (2)→ *vt.* 3.

*round·a·bout [ˈraʊndəˌbaʊt; ˈraʊndəˌbaʊt] *adj.* **1** 繞道的，繞路的. go by a *roundabout* route 繞道而行.

2 〔話〕拐彎抹角的，兜圈子的. a very *roundabout* way of saying things 迂迴的說話方式.

— n. Ⓒ **1** 繞道. **2** 兜圈子的說法〔做法〕.

3 (主英)旋轉木馬(merry-go-round).

4 (英)圓環，(美) rotary, traffic circle).

round·ers [ˈraʊndɚz; ˈraʊndəz] *n.* (作單數)一種類似棒球的英國球賽，主要為小孩所玩.

ròund fígure *n.* Ⓒ (以零結束的)整數. This word processor cost $1,987—that's $2,000 in *round figures*. 這部文字處理機價值 1,987 美元——也就是大約整數 2,000 美元.

Round·head [ˈraʊndˌhɛd; ˈraʊndhed] *n.* Ⓒ (英史)圓顱黨員(17 世紀英國清教徒革命內亂時的反國王派；頭髮剪短).

round·house [ˈraʊndˌhaʊs; ˈraʊndhaʊs] *n.* (*pl.* **-hous·es** [-ˌhaʊzɪz; -haʊzɪz]) Ⓒ 圓形火車車庫.

round·ish [ˈraʊndɪʃ; ˈraʊndɪʃ] *adj.* 帶圓形的，略圓的.

round·ly [ˈraʊndlɪ; ˈraʊndlɪ] *adv.* **1** 圓圓地，呈圓形地。**2** (文章) 率直地，露骨地；嚴厲地。**3** (文章) 充分地，徹底地。**4** (美) 概算地，大約。

round·ness [ˈraʊndnɪs; ˈraʊndnɪs] *n.* ⓤ **1** 圓，圓形。**2** 完全，圓滿。**3** 率直，露骨。

rŏund róbin *n.* **1** (為隱瞞誰是第一個簽名的而使簽名呈圓形排列的) 請願書，抗議書。**2** (美) (比賽等的) 循環賽。

round-shoul·dered [ˈraʊndˈʃoldəd, ˈraʊn-; ˈraʊndˈʃəʊldəd] *adj.* 弓背屈肩的。

rounds·man [ˈraʊndzmən; ˈraʊndzmən] *n.* (*pl.* **-men** [-mən; -mən]) ⓒ **1** (美) 巡邏員。**2** (英) (牛乳，麵包等的) 送貨員，外務員；推銷員。

rŏund táble *n.* **1** ⓒ 圓桌 (特徵是無席次之分)；ⓤ 圓桌會議；參加圓桌會議之人。**2** (the *Round Table*) 亞瑟 (Arthur) 王的圓桌。

round-ta·ble [ˈraʊndˌtebl; ˈraʊndteɪbl] *adj.* (限定) (會議等) 圓桌的 (出席者地位全部平等)。

round-the-clock [ˈraʊndðəˈklɑk; ˈraʊndðəˈklɒk] *adj.* =around-the-clock.

rŏund tríp *n.* ⓒ **1** (美) 來回程 [雙程] 旅行 ((英) return trip)。**2** (英) 周遊式旅行 (circular tour)。

round-trip [ˌraʊndˈtrɪp; ˌraʊndˈtrɪp] *adj.* (限定) **1** (美) 來回程 (旅行) 的 (↔ one-way)。a *round-trip* ticket 來回票。**2** (英) 周遊式 (旅行) 的。

round·up [ˈraʊndˌʌp; ˈraʊndʌp] *n.* ⓒ **1** (家畜等的) 驅集；(嫌犯等的) 圍捕。**2** (新聞等的) 綜合報導。

****rouse** [raʊz; raʊz] *v.* (**rous·es** [~ɪz; ~ɪz]；**~d** [~d; ~d]；**rous·ing**) *vt.* **1** (文章) 使 (從…) 清醒，叫醒，(*from, out of*)。The sound *roused* him *from* his sleep. 那聲響使他從睡夢中醒來。**2** 激起 [感情]；激勵，使振奮 (而…)；(*to*)。The students were *roused to* harder study by the teacher's praise. 學生們受老師稱讚的激勵而更努力學習／His curiosity was *roused*. 他的好奇心被激起。

— *vi.* **1** (文章) 醒來 (*up*)。**2** 振奮起來；活躍起來；〔感情〕變得強烈；(*up*)。

rous·ing [ˈraʊzɪŋ; ˈraʊzɪŋ] *adj.* **1** 使人醒的，令人覺醒的；令人振奮的。**2** 活潑的；狂熱的。

Rous·seau [ruˈso; ˈruːsəʊ] *n.* Jean [ʒɑn; ʒɑ̃] Jacques [ʒɑk; ʒɑːk] ~ 盧梭 (1712-78) (法國思想家，文學家)。

roust·a·bout [ˈraʊstəˌbaʊt; ˈraʊstəbaʊt] *n.* ⓒ **1** 雜工 (幹粗活的) 粗工。**2** (美) 碼頭工人；海底石油鑽探工人。

rout [raʊt; raʊt] *n.* **1** ⓤ 崩潰，潰敗 (而逃)，大敗。be put to *rout* 崩潰，潰敗。**2** ⓒ (集合) 暴徒，烏合之眾。

— *vt.* (文章) 使崩潰，使潰敗而逃。

****route** [rut, raʊt; ruːt] *n.* (*pl.* **~s** [~s; ~s]) ⓒ **1** 道路，路線，途徑；航線；(美) (州際公路 (interstate highway) 的) 標號 [參考] 在美國，隸屬國道的州際公路，南北走向者的標號為奇數，東西走向者的標號為偶數；譬如 Rout 1 即是北起 Maine 南達 Florida 的國道)。an air *route* 飛機航

線／the *route* of the parade 遊行路線／We took the coastal *route*. 我們走海線。**2** (美) (郵件，牛奶，報紙等的) 遞送路線。run a milk *route* 按路線送牛奶。

— *vt.* **1** 安排路線。**2** (按安排好的路線) 遞送。

****rou·tine** [ruˈtin; ruːˈtiːn] *n.* (*pl.* **~s** [~z; ~z]) **1** ⓤⓒ 例行公事，日常工作；公式化的手續 [步驟]，慣例。daily *routine* 每天的例行工作／the household *routine* 例行的家事／school *routines* 學校的日課／I was bored with the monotonous *routine* of daily life. 我厭倦了日常生活中一成不變的例行公事。**2** ⓒ (電腦) 程序 (使電腦執行特定功能的一連串指令操作)。

— *adj.* 被安排 [決定] 了的；例行的；老套的，照舊的。one's *routine* work 日常業務／He led a very *routine* life. 他過著非常單調的生活。

rou·tine·ly [ruˈtinlɪ; ruːˈtiːnlɪ] *adv.* 老套地，照形式地，日常地；慣例地，照舊地。

roux [ru; ruː] (法語) *n.* (*pl.* ~ [~z; ~z]) ⓤⓒ 脂肪與麵粉的混合物 (增加湯或調味醬的濃稠度)。

rove [rov; rəʊv] *vi.* (文章) **1** 彷徨，徘徊；漫遊；流浪；(roam)。I have *roved* all over the world. 我已經走遍了全世界。**2** 〔眼睛〕轉來轉去；〔心，想法〕游移不定。

rov·er [ˈrovə; ˈrəʊvə(r)] *n.* ⓒ (文章) 徘徊者；流浪者。

****row**[1] [ro; rəʊ] *n.* (*pl.* **~s** [~z; ~z]) ⓒ **1** (橫的) 列，行，排；(劇場等的) 橫排座位。a *row* of houses 一排房子／She grinned, showing a *row* of white teeth. 她微微一笑，露出一排白牙齒／sit in the front *row* 坐在最前排。**2** (數字等的) 橫列 (↔ column)。**3** (兩旁有成排房屋的狹窄) 街道；…路。live at 20 Maple *Row* 居住在楓樹路 20 號。

in a rów (1) (排成) 一列地。stand in a *row* 排成一列。(2) 連續地。I was off work for four days *in a row*. 我連續休假四天。

****row**[2] [ro; rəʊ] *v.* (**~s** [~z; ~z]；**~ed** [~d; ~d]；**~ing**) *vt.* **1** 划 [船]。*row* a boat 划船。**2** (加副詞 (片語)) 划船運送。I'll *row* you across the river. 我將划船送你過河。**3** 舉行 [划船賽] (*against*)。*row* a race *against* Harvard 與哈佛大學舉行划船比賽。

— *vi.* 划船；舉行 [參加] 划船比賽。I *rowed* for Oxford when I was a student. 學生時代我代表牛津大學參加划船比賽。

be rówed óut 划得筋疲力竭。

— *n.* ⓒ (通常用單數) 划船的距離 [時間]。go for a *row* 去划船。

****row**[3] [raʊ; raʊ] (★注意發音) *n.* (*pl.* **~s** [~z; ~z]) (口) ⓒ **1** 爭吵，口角；受責備，挨罵。have a *row* with a person 與某人發生口角／They constantly got into *rows* over trifles. 他們經常為一些瑣事爭吵。**2** (用單數) 吵鬧，騷動；噪音。

What's the *row*? 在吵些甚麼?

kick úp [*màke*] ***a rów*** 鬧事, 引起騷動.

— *vi.* 《口》鬥嘴, 爭吵, 《*with*》. He and his wife are always *rowing* (*with* each other). 他與妻子老是(互相)鬥嘴.

row·an [ˋroən, ˋraʊən; ˈraʊən] *n.* ⓒ《植物》花楸樹(一種山梨)(mountain ash); 其紅色果實.

row·boat [ˋro‚bot; ˈrəʊbəʊt] *n.* ⓒ用槳划行的小船, 划艇, 《英》rowing boat).

row·di·ly [ˋraʊdəlɪ; ˈraʊdɪlɪ] *adv.* 粗暴地, 吵鬧地.

row·dy [ˋraʊdɪ; ˈraʊdɪ] *adj.* 〔人、態度〕粗暴的, 好爭吵的; 〔話〕多的; 吵鬧的.

— *n.* (*pl.* **-dies**) ⓒ 粗暴的人, 吵鬧的人.

oar

oarlock

[rowboat]

row·dy·ism [ˋraʊdɪ‚ɪzəm; ˈraʊdɪɪzəm] *n.* ⓤ 粗暴的行為; 騷動.

row·er [ˋroɚ; ˈrəʊə(r)] *n.* ⓒ 划船者, 划槳手.

row·ing [ˋroɪŋ; ˈrəʊɪŋ] *n.* ⓤ 划船.

rówing bòat *n.* 《英》=rowboat.

row·lock [ˋro‚lɑk, ˋrʌlək; ˈrɒlək] *n.* ⓒ《英》槳架(《美》oarlock)(★注意發音).

Roy [rɔɪ; rɔɪ] *n.* 男子名.

‡**roy·al** [ˋrɔɪəl, ˋrɔjəl; ˈrɔɪəl] *adj.* 《限定》
〖**國王的**〗**1** (亦包括女王)國王的; 王室的. the *royal* family 王室/a *royal* palace 王宮/*royal* blood 王族/a *royal* prince [princess] 王子[公主].

2 國王設立的; 欽定的, 敕許的. a *royal* charter 敕許狀/a *royal* edict 敕命/He became president by *royal* appointment. 他依敕命當上議長.

〖**帝王般的**〗**3** 有王者之風的; 有威嚴的; 奢華的. He lives in a *royal* way. 他過著帝王般的生活.

4 《口》極佳的, 極好的, (splendid). have a *royal* time 過得極愉快/a *royal* feast 美味的佳餚/be in *royal* spirits 精神奕奕.

— *n.* ⓒ《口》王室的成員; (the royals)王族.

Róyal Acádemy (of Árts) *n.* (加the) (英國)皇家藝術學院(1768年創立; 略作 RA).

Róyal Áir Fòrce *n.* (加the)英國皇家空軍(略作 RAF).

róyal blúe *n.* ⓤ《英》品藍, 紅光藍.

róyal flúsh *n.* ⓒ 同花大順(撲克牌中同花色的 ace, king, queen, jack, ten 五張連續牌; 為得分最高的牌組).

Róyal Híghness *n.* 殿下; 王妃殿下; 《尊稱; → highness 2).

Róyal Hóusehold *n.* (加the)王室.

roy·al·ist [ˋrɔɪəlɪst, ˋrɔjəl-; ˈrɔɪəlɪst] *n.* ⓒ 保皇[王]黨(黨員), 擁皇[王]黨.

— *adj.* 保皇[擁皇]黨的.

Róyal jélly *n.* ⓤ 蜂王漿[乳]《工蜂餵養會成為女王蜂的幼蜂的營養食物》.

roy·al·ly [ˋrɔɪəlɪ, ˋrɔjəlɪ; ˈrɔɪəlɪ] *adv.* **1** (帝王般)堂皇地. **2** 《口》極快活地.

Róyal Marínes *n.* (加 the)英國皇家海軍陸戰隊(略作 R.M.).

róyal mást *n.* ⓒ《海事》最上桅.

Róyal Návy *n.* (加 the)英國皇家海軍(略作 R.N.).

róyal róad *n.* ⓒ 坦途, 捷徑, 輕鬆的方法. There is no *royal* road to learning [knowledge]. 《諺》學問無捷徑.

Róyal Socíety *n.* (加the)英國皇家學會(1662年創立).

roy·al·ty [ˋrɔɪəltɪ, ˋrɔjəl-; ˈrɔɪəltɪ] *n.* (*pl.* **-ties**) **1** ⓤ 國王之尊; 王位; 王權; ⓒ (通常 royalties)國王的特權.

2 ⓒ 國王的領土, 王國.

3 ⓤ 《單複數同形》(集合)王族; ⓒ 王族中的成員.

4 ⓤ 國王的尊嚴, 王者風範; 高貴.

5 ⓒ (通常 royalties)專利[著作]權使用費金; 版稅. He got *royalties* on the book. 他取得該書的版稅. ⇨ *adj.* **royal**.

RP (略) Received Pronunciation.

rpm (略) revolutions per minute (每分鐘轉動次數).

R.S.V.P. (略)《法語》Répondez s'il vous plaît. (敬請惠賜回函)《=Reply if you please.; 請帖等結尾處的用語》.

‡**rub** [rʌb; rʌb] *v.* (~s [~z; ~z]; ~bed [~d; ~d]; ~bing) *vt.* **1** 擦, 摩擦, 磨, 《*with*》. *rub* one's eyes 揉眼睛/*rub* one's hands together (為取暖等而)擦搓雙手, (高興或滿足而)摩拳擦掌/The maid *rubbed* the floor *with* an oiled cloth. 那女傭用油布把地板擦亮.

2 [5型5](rub **A B**)把 A 擦成 B, *rub* oneself dry with a towel 用毛巾把身體擦乾.

3 摩擦 著(*against*); 擦[抹]上(*on, into*); 擦上 (*with*). The cat purred, *rubbing* itself *against* me. 那貓嗚嗚叫著, 並且在我身上摩擦著身體/*rubbed* ointment *on* [*into*] her hands. = She *rubbed* her hands *with* ointment. 她在手上擦上軟膏/*rub* in butter 把奶油揉進麵粉裡(一手拿奶油, 另一手拿麵粉, 把兩者揉在一起).

4 擦掉, 刮掉, (*off; out*). The dirty spots were hard to *rub* out. 那些污斑很難擦去/He *rubbed* the rust *off* with sandpaper. 他用砂紙磨掉鐵鏽.

5 擦破[痛]. These new shoes *rub* my heels. 這雙新鞋麼[痛]我的腳後跟.

— *vi.* **1** 擦碰; 摩擦, (*on, against*). This door *rubs* on the floor. 這扇門與地板擦碰.

2 磨斷; 摩擦剝落, 擦[擦]掉, (*off; out*). This paint won't *rub off* easily. 這油漆不易脫落.

rùb alóng 《英、口》(1)勉強度日. (2)相處融洽(*with* 與〔人〕).

rùb/.../dówn (1)擦掉[污垢等]; 擦[磨, 刷]…. (2)徹底拭乾; 按摩.

rùb it ín = **rùb** a person's **nóse in it**《口》(使某人留下印象般地)囉囉嗦嗦地講不愉快的事, 嘮嘮叨叨地嘀咕〔抱怨〕.

rúb óff (1)擦掉. (2)《口》(習性等)影響〔on, onto〕〔人〕對〔人〕.

rùb/.../óut (1)以橡皮擦〔板擦〕擦去…. (2)《美、俚》使…〔消失〕, 殺死, (murder).

rùb shóulders with... (1)與…擦肩(而過). (2)與〔名人等〕交往.

rùb/.../úp (1)磨光〔亮〕…, 擦光〔亮〕…. (2)複習…, 於〔知識等〕方面精益求精. *rub up* one's Latin 複習拉丁語.

rùb a pèrson **úp the wròng wáy** 惹某人惱怒, 激怒某人.

— n. C **1** (用單數)擦, 拂拭; 磨亮; 摩擦. She gave the windowpanes a good *rub* with a cloth. 她用布把窗玻璃好好地擦過了.

2 傷害(人的)感情的東西[事情], 影射, 諷刺.

3 《雅》障礙, 困難. There's the *rub*. 難就難在這兒(Shakespeare 作品 *Hamlet* 中的句子).

‡**rub·ber¹** [ˋrʌbɚ; ˋrʌbə(r)] n. (pl. ~s [~z; ~z])
1 U 橡膠. hard *rubber* 硬質橡膠/crude *rubber* 生橡膠.

2 C《英》橡皮擦, 板擦, ((主美) eraser); 橡皮筋; 輪胎; 《口》保險套(condom).

3 (rubbers)《英》橡膠鞋; 《美》橡膠鞋套.

4 (形容詞性)橡皮的; 橡膠製的. *rubber* cloth 橡膠布/*rubber* gloves 橡皮手套.

rub·ber² [ˋrʌbɚ; ˋrʌbə(r)] n. C 摩擦〔磨光〕者[物]; 按摩師; 磨刀石; (火柴盒的)摩擦面.

rub·ber³ [ˋrʌbɚ; ˋrʌbə(r)] n. C《紙牌》三局分勝負的比賽.

rùbber bánd n. C 橡皮圈.

rùbber bóots n.《美》= wellingtons.

rub·ber·ize [ˋrʌbəˏraɪz; ˋrʌbəraɪz] vt. 在〔布〕上塗橡膠, 用橡膠處理.

rub·ber·neck [ˋrʌbɚˏnɛk; ˋrʌbənek] n. C《美、口》**1** (好奇而)引頸張望者, (好奇心強)凡事都想知道的人, 愛看熱鬧〔跟著起鬨〕者. **2** 觀光客.

rùbber plánt n. C (觀賞用的)橡膠樹.

rùbber stámp n. C **1** 橡皮圖章. **2**《口》盲目蓋章, 不加考慮或確認即表贊同(者).

rùbber trée n. C (採收橡膠的)橡膠樹.

rub·ber·y [ˋrʌbərɪ; ˋrʌbərɪ] adj. 橡膠[橡皮]般的; 有彈性的.

rub·bing [ˋrʌbɪŋ; ˋrʌbɪŋ] n. **1** U 擦, 磨搓; 按摩. **2** UC (碑銘等的)拓本, 摹拓. brass *rubbing* (刻於黃銅上的)碑銘之摹拓.

‡**rub·bish** [ˋrʌbɪʃ; ˋrʌbɪʃ] n. U **1** 廢物, 破爛, 垃圾, (→garbage圖). a heap [pile] of *rubbish* 一堆垃圾.

2 微不足道之物; 愚蠢的想法[事]. His essay is *rubbish*. 他的文章是篇廢話/Don't talk *rubbish*. 別胡扯!

rub·ble [ˋrʌbl; ˋrʌbl] n. U **1** 粗石(地基工程用的石塊). **2** (爆炸, 地震災後等的)瓦礫.

ru·bel·la [ruˋbɛlə; ruːˈbelə] n. U《醫學》風疹, 德國麻疹, (German measles).

Ru·bi·con [ˋrubɪˏkɑn, ˋrɪu-; ˈruːbɪkən] n. (加the)盧比孔河(義大利北部的河川; Julius Caesar 管轄地的南面界河, 當時, 未經許可渡此河接近羅馬即背叛國家; 西元前 49 年 Caesar 斷然率軍渡河).

cróss [**páss**] **the Rúbicon** 破釜沈舟, 背水一戰.

ru·bi·cund [ˋrubəˏkʌnd, ˋrɪu-; ˈruːbɪkənd] adj.《文章》(臉色)紅潤的.

ru·ble [ˋrubl; ˈruːbl] n. C 盧布(前蘇聯貨幣單位=100 kopecks); 一盧布貨幣[紙幣].

ru·bric [ˋrubrɪk, ˋrɪu-; ˈruːbrɪk] n. C (試題等的)標題注意事項(其字體通常會與題目的字體不同).

ru·by [ˋrubɪ, ˋrɪu-; ˈruːbɪ] n. (pl. **-bies**)
1 C 紅寶石, 紅玉, (→ birthstone 表). **2** U 紅寶石色, 鮮[深]紅色. **3** (形容詞性)紅寶石的; 紅寶石色的, 鮮[深]紅色的.

ruck [rʌk; rʌk] n. **1** (加the)一般大眾; 普通水準的東西. **2** C《橄欖球》兩隊選手靠攏, 圍繞在球四周以爭奪地上的球.

ruck·sack [ˋrʌkˏsæk; ˋrʌksæk] n. C 帆布背袋[背包](knapsack).

ruck·us [ˋrʌkəs; ˋrʌkəs] n. C (通常用單數)《主美、口》騷動, 吵鬧.

rud·der [ˋrʌdɚ; ˋrʌdə(r)] n. C (船的)舵; (飛機的)方向舵; 指針; (→airplane, centerboard 圖).

rud·di·ness [ˋrʌdɪnɪs; ˋrʌdɪnɪs] n. U 膚色紅潤, 好氣色.

rud·dy [ˋrʌdɪ; ˋrʌdɪ] adj. 氣色好的, 健康的, 紅潤的, (↔ sallow); 紅色的. a *ruddy* complexion 臉色紅潤.

‡**rude** [rud, rɪud; ruːd] adj. (**rúd·er**; **rúd·est**)
〖粗糙的〗 **1** (限定)自然原樣的; 未加工的; 天然的; 早孽的; 幼稚的, 未發達的. *rude* cotton 原棉(★ raw cotton 為一般的說法)/a *rude* tribe 未開化的部族/civilizations still in the *rude* state 未發達的文明.

2 《雅》(限定)(事物)粗糙的, 粗製的; 約略的. a *rude* bed 簡陋的床/*rude* classification 大致的分類.

〖潦草的〗 **3** 粗野的, 不夠文雅的, (↔ civil); 粗暴的. *rude* treatment of parcels 包裹胡亂的處理.

4 無禮的, 不禮貌的, 沒規矩的, (↔ polite). He said *rude* things to me. 他對我說話沒禮貌/It's *rude* of you to stare at me. = You are *rude* to stare at me. 你盯著我看是不禮貌的.

5 (限定)劇烈的, 嚴重的; 突然的, 突如其來的. a *rude* awakening 突然清醒; 醒悟; 幻滅/The *rude* shock put him to bed for a week. 那突來的打擊使他在床上躺了一個星期.

＊**rude·ly** [ˋrudlɪ, ˋrɪudlɪ; ˈruːdlɪ] adv. **1** 沒禮貌地, 沒規矩地. speak *rudely* 講話沒禮貌.

2 《雅》粗糙地; 草率地, 粗略地.

3 粗野地, 粗暴地; 猛烈地; 突如其來地. My

father took the comic book *rudely* from me. 我
爸爸粗暴地從我這裡拿走那本漫畫書/I was *rudely*
awakened by a loud noise. 我被巨大的噪音驚醒.

rude·ness [ˋrudnɪs, ˋrɪudnɪs; ˈruːdnɪs] *n.* Ⓤ 沒
規矩; 粗野; 草率; 未加工; 未開化.

rud·er [ˋrudɚ, ˋrɪudɚ; ˈruːdə(r)] *adj.* rude 的比較
級.

rud·est [ˋrudɪst, ˋrɪudɪst; ˈruːdɪst] *adj.* rude 的
最高級.

ru·di·ment [ˋrudəmənt, ˋrɪudə-; ˈruːdɪmənt] *n.*
Ⓒ **1** 《生物》遺留(退化)器官.
2 (the rudiments) 基本(原理), 初步, 「入門」.
learn the *rudiments* of physics 學習物理學基礎
[入門].

ru·di·men·ta·ry [ˌrudəˋmɛntərɪ, ˌrɪu-, -trɪ,
ˌruːdɪˋmentərɪ] *adj.* **1** 《生物》遺留(痕跡)的, 退化
的. **2** 未發達的; 發育不全的. **3** 基本的, 初步
的. His knowledge of French is quite *rudimen-
tary*. 他的法語知識是很粗淺的.

rue¹ [ru, rɪu; ruː] *vt.* 《古》後悔, 悲哀. He'll live
to *rue* it. 他會後悔的.

rue² [ru, rɪu; ruː] *n.* Ⓤ 芸香(原產於南歐的柑橘科
常綠灌木; 從前其苦葉供藥用).

rue·ful [ˋrufəl, ˋrɪu-; ˈruːfol] *adj.* 《文章》**1**
[人、神情、模樣]顯得悲哀的; 悔恨的. She gave
me a *rueful* smile. 她對我悲悽地微笑了一下.
2 [情景等]悲悽的, 慘痛的.

rue·ful·ly [ˋrufəlɪ, ˋrɪu-; ˈruːfolɪ] *adv.* 悲哀地.

ruff [rʌf; rʌf] *n.* (*pl.* ~s) Ⓒ 褶領(流行於 16,
17 世紀); (鳥獸頸部周圍
的)環狀(羽)毛, 頸毛.

ruffed grouse
[ˌrʌftˋgraʊs, rʌftˈɡraʊs]
n. Ⓒ (鳥)披肩松雞.

ruf·fi·an [ˋrʌfɪən,
-fjən; ˈrʌfjən] *n.* Ⓒ 惡棍,
暴徒, 無賴.

ruf·fle [ˋrʌf; ˈrʌfl] *vt.*
[ruff]

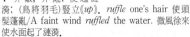

1 弄皺, 弄亂; 使起漣
漪; (鳥將羽毛)豎立(up). *ruffle* one's hair 使頭
髮蓬亂/A faint wind *ruffled* the water. 微風徐來
使水面起了漣漪.
2 擾亂…的心, 使驚慌; 使心焦, 激怒. Nothing
ever *ruffled* that placid man. 那位穩健的男士從
來沒有為任何事亂了方寸.
── *vi.* **1** 起皺, 變得混亂; 起漣漪[微波].
2 生氣; 焦急.
── *n.* Ⓒ (領子、袖口等的)褶邊, 荷葉邊, 《縐褶
大於 frill》.

rug [rʌg; rʌg] *n.* (*pl.* ~s [~z; ~z]) Ⓒ **1** 鋪
[墊]蓋之物, 地毯, 《覆蓋壁爐前或地板的
一部分; → carpet 參考》; 毛皮鋪蓋物. a cat
lying on the *rug* in front of the fire 躺在火爐前
的地毯上睡覺的貓.
2 《主英》膝部取暖用的蓋毯.

[ruffles]

Rug·by [ˋrʌgbɪ; ˈrʌgbɪ] *n.* **1** 拉格比《英格蘭中
部的城市》. **2** 拉格比學校《亦稱 Rúgby Schōol;
位於 Rugby 的著名私立學校》. **3** (rugby) =
rugby football.

rúgby fóotball *n.* Ⓤ 橄欖球《起源於拉格比
學校的比賽; 一隊為 13 人(職業)或 15 人(業餘)
→ soccer; → football 圖》.

*rug·ged** [ˋrʌgɪd; ˈrʌgɪd] 《★注意發音》*adj.*
1 [岩石等]不平整的; [地面等]凹凸不平的; 多岩
石的. a *rugged* coast 崎嶇[多岩石]的海岸/a
rugged mountain 多岩石的山.
2 [臉孔, 相貌等]嚴肅的, 粗糙的, 魁梧的. *rug-
ged* features 粗獷的臉孔.
3 不文雅的, 粗野的; 刺耳的. *rugged* manners
不文雅的舉止.
4 難以忍受的, 難過的, 艱苦的. This winter
was especially *rugged*. 今年冬天特別難熬[嚴寒]/
We had a *rugged* time (of it). 我們很辛苦.

rug·ged·ly [ˋrʌgɪdlɪ; ˈrʌgɪdlɪ] *adv.* 不平整地,
凹凸不平地; 粗野地.

rug·ged·ness [ˋrʌgɪdnɪs; ˈrʌgɪdnɪs] *n.* Ⓤ 坎
坷, 凹凹凸凸; 粗野.

rug·ger [ˋrʌgɚ; ˈrʌgə(r)] *n.* Ⓤ 《英、口》橄欖球
(rugby).

Ruhr [rur; roə(r)] *n.* (加 the) 魯爾河《位於德國西
部; 沿河流域為歐洲主要的礦業及工業地帶》.

*ru·in** [ˋrum, ˋroɪn; ˈruːɪn] *n.* (*pl.* ~s [~z; ~z])
1 Ⓤ 荒廢; 崩潰; 破壞, 毀滅; 破產;
滅亡, 沒落. The tower fell into *ruin*. 那座塔坍
塌了/The country was going to *ruin* when he
took office. 他就任時, 國家正瀕臨滅亡/financial
ruin 破產/bring everything to *ruin* 糟蹋一切, 把
一切搞垮.
2 Ⓒ (常 ruins)毀壞之物, 殘骸; 廢墟, 遺跡.
These *ruins* were once a splendid palace. 這些廢
墟曾是一座華麗的宮殿/an ancient city (lying) in
ruins 化為廢墟的古代城市.
3 Ⓤ (加 the, my, his 等)毀滅的原因, 禍根.
Drinking was the *ruin* of him. = Drinking was
his *ruin*. 酗酒毀了他.
gò to ráck and rúin 破滅, 荒廢.
── *vt.* (~s [~z; ~z]; ~ed [~d; ~d]; ~·ing)
1 使毀滅; 破壞; 使荒廢; 使破產. a *ruined* cas-
tle 變成廢墟的城堡/A third world war would

ruin all civilization. 第三次世界大戰(爆發的話)可能會破壞一切文明.

2 糟蹋, 毀壞. The long drought *ruined* the crops. 長期乾旱毀壞了收成.

[ruin 2]

ru·in·a·tion [ˌruɪnˋeʃən, ˌrɪu-; ruɪˋneɪʃn] *n.* [U] 毀滅[滅亡]; 毀滅的原因, 禍根.

***ru·in·ous** [ˋruɪnəs, ˋrɪu-; ˋruːɪnəs] *adj.* **1** 毀滅性的, 招來[帶來]毀滅的. Air pollution is *ruinous* to health. 空氣污染危害健康/The cost of the project would be *ruinous* to us. 那項計畫的費用恐怕會讓我們破產.

2 荒蕪的; 化為廢墟的.

ru·in·ous·ly [ˋruɪnəslɪ, ˋrɪu-; ˋruːɪnəslɪ] *adv.* 帶來毀滅地, 毀滅性地.

‡**rule** [rul, rɪul; ruːl] *n.* (*pl.* ~s [~z; ~z])

【支配】**1** [U] 支配, 統治; 支配[統治]期間, 在位期間. the *rule* of law [force] 法治[武力支配]/America was at first under the *rule* of England. 美國最初受英國統治.

【支配手段】**2** [C] 規則, 規定, 章程, (→ law 同); (法律)命令. the *rules* of chess 西洋棋的規則/moral *rules* 道德律/break [observe] the *rules* 打破[遵守]規定/Our club has a *rule* that dues must be paid monthly. 我們俱樂部規定會員必須按月繳費.

> 〖搭配〗 *adj.*+rule: a rigid ~ (嚴格的規定), a strict ~ (嚴厲的規定) // *v.*+rule: apply a ~ (引用規定), enforce a ~ (實施規定), make a ~ (制定規定), obey a ~ (遵照規定).

3 【規則>常規】[C] (通常用單數)習慣, 慣例; 常規; 原則, 主義. In these countries hunger is the *rule*. 在這些國家飢餓是很普遍的事/It's against my *rule* to lie. 說謊違背我的原則.

【標準】**3** [C] 尺. a foot *rule* 一英尺的尺.

5 [C] (印刷)縱橫線, 格線.

***as a** (**géneral**) **rúle** 通常, 大概, 一般地. *As a rule*, I do not stay up late. 我通常不熬夜.

bénd the rúles 曲解規則.

by rúle 按規則.

màke it a rúle to dò = **màke a rúle of dòing** 照著習慣做…, 依規定做…. He *makes it a rule* never *to* speak ill of others. 他規定自己不講他人壞話.

rùles and regulátions 各種(繁瑣的)規則.

strètch the rúles = bend the rules.

wòrk to rúle (英)(1)(動詞性)(勞工)進行(不違法

的)變相罷工[怠工].

(2)(名詞性)(不違法的)變相罷工[怠工].

— *v.* (~s [~z; ~z]; ~d [~d; ~d]; **rul·ing**) *vt.*

1 (a)支配, 統治, 治理. a country *ruled* by a despot 暴君統治的國家/The king *ruled* the people with a heavy hand. 國王以高壓手段統治人民. (b)使…唯命是從; (感情等)左右…; (通常用被動語態). Don't allow yourself to be *ruled* by feelings. 不要受到感情的左右.

2 抑制, 克制. *rule* one's anger 抑制怒火.

3 規定, [句型3] (rule *that* 子句)裁決. The court *ruled that* he was not entitled to the property. 法院判決他享有資格繼承那份財產.

4 用尺在…上畫線; 畫(線).

— *vi.* **1** 支配, 統治, (over). **2** 規定, 裁決.

rùle/.../óff 畫線隔開[欄等](from).

* **rùle/.../óut** (按規定等)把…除外, 排除…; 使…不可能. We can't *rule out* the possibility of a war. 我們不能排除戰爭的可能性/Rain *ruled* a picnic *out*. 下雨使郊遊無法進行.

rùle of thúmb *n.* [UC] 概算; 大略(但富經驗且準確)的方法.

‡**rul·er** [ˋrulɚ, ˋrɪulɚ; ˋruːlə(r)] *n.* (*pl.* ~s [~z; ~z]) [C] **1** 支配者, 統治者. the *ruler* and the ruled 統治者與被統治者.

2 尺(rule). a six-inch *ruler* 六英寸的尺.

rul·ing [ˋrulɪŋ, ˋrɪulɪŋ; ˋruːlɪŋ] *v.* rule 的現在分詞, 動名詞.

— *adj.* (限定) **1** 支配的, 統治的. the *ruling* classes 統治階級/the *ruling* party 執政黨(↔ the opposition parties).

2 支配的, 占優勢的, 有力的.

— *n.* **1** [U] 支配, 統治.

2 [C] (法律)裁定, 判決. give a *ruling* 做出判決.

3 [U] 畫線, (用尺)畫格線.

rum[1] [rʌm; rʌm] *n.* [U] 蘭姆酒(用甘蔗, 糖蜜(molasses)釀製的蒸餾酒); (美)(泛指)酒.

rum[2] [rʌm; rʌm] *adj.* (英, 俚)奇怪的; 奇妙的.

Ru·ma·ni·a [ruˋmenɪə; ruːˋmeɪnjə] *n.* 羅馬尼亞(歐洲東南部的國家; 首都 Bucharest; → Balkan 圖).

Ru·ma·ni·an [ruˋmenɪən; ruːˋmeɪnjən] *n.*

1 [C] 羅馬尼亞人. **2** [U] 羅馬尼亞語.

— *adj.* 羅馬尼亞的, 羅馬尼亞人[語]的.

rum·ba [ˋrʌmbə; ˋrʌmbə] *n.* [C] 倫巴(原為古巴黑人的舞蹈, 後來演變成交際舞); 倫巴舞曲.

rum·ble [ˋrʌmbl; ˋrʌmbl] *vi.* **1** 〔雷等〕轟鳴; 〔肚子〕咕嚕地叫.

2 〔車等〕轆轆地經過[通過]. The tanks *rumbled* along the road. 坦克車隆隆地駛過這條路.

— *vt.* 用低而粗的聲音說(out).

— *n.* [UC] **1** (雷, 車等的)隆隆[轆轆]聲.

2 [C] (美, 俚)青少年幫派的街頭鬥毆.

rum·bus·tious [rʌmˋbʌstʃəs; rʌmˋbʌstɪəs] *adj.* (口)吵嚷的; 歡鬧的.

ru·mi·nant [ˋrumənənt, ˋriu-; ˋruːmɪnənt] *adj.* 反芻動物的.

— *n.* ©反芻動物(牛等).

ru·mi·nate [ˋrumə‚net, ˋriu-; ˋruːmɪneɪt] *vi.* 1 (牛等)反芻. 2 (文章)反覆考慮, 沈思苦索, (*about, on, over*). He *ruminated over* his misfortunes. 他苦思他的不幸.

ru·mi·na·tion [‚ruməˋneʃən, ‚riu-; ‚ruːmɪˋneɪʃn] *n.* ⑪反芻; (文章)沈思, 熟慮.

ru·mi·na·tive [ˋrumə‚netɪv, ˋriu-; ˋruːmɪnətɪv] *adj.* (文章)沈思的, 凝神默想的.

rum·mage [ˋrʌmɪdʒ; ˋrʌmɪdʒ] *vi.* 翻亂(*about; around*); 翻找(*among, in, through*). He *rummaged about* in the drawer for the notebook. 他在抽屜裡翻找記事本.

— *vt.* 1 (爲尋找⋯而)翻亂, 徹底地搜索(房間等). 2 搜出, 找出, (*out, up*).

— *n.* 1 ⑪©(翻亂)搜遍; (徹底的)搜索. 2 ⑪(主美)破爛, 廢物.

rúmmage sàle *n.* ©(美)舊貨市場; 義賣會((英) jumble sale).

rum·my [ˋrʌmɪ; ˋrʌmɪ] *n.* ⑪一種比賽收集點數相同牌和點數相同牌的紙牌遊戲.

‡**ru·mor** (美), **ru·mour** (英) [ˋrumə; ˋruːmə(r)] *n.* (*pl.* ~s [~z; ~z]) ⑪© 謠言, (社會上的)傳聞, 傳說, (*about, of* 關於⋯). start [spread] a *rumor* 散播謠言/a strange *rumor about* the doctor 有關那位醫生的奇怪傳聞/*Rumor* says [has it] that the Secretary of State will resign. 傳聞國務卿將要辭職/There is a *rumor* going around that Joan and Peter are going to get married. 四處傳聞著瓊與彼得要結婚了.

[搭配] *adj.*+rumor: a false ~ (不實的謠言), an unfounded ~ (無根據的謠言), a malicious ~ (惡意的謠言), a widespread ~ (廣為流傳的謠言).

— *vt.* (~s [~z; ~z]; ~ed [~d; ~d]; (美) -mor·ing, (英) -mour·ing [-mərɪŋ; -mərɪŋ]) (用be rumored) 謠傳(*that* 子句; *to do*). It *is rumored that* the King is seriously ill. = The King *is rumored to* be seriously ill. 謠傳國王病重.

rump [rʌmp; rʌmp] *n.* 1 © (鳥獸等的)臀部; (諺)(人的)臀部. 2 ⑪(牛的)臀部的肉.

rum·ple [ˋrʌmp!; ˋrʌmpl] *vt.* 弄皺; 使攪亂. The wind *rumpled* his hair. 風吹亂了他的頭髮.

rum·pus [ˋrʌmpəs; ˋrʌmpəs] *n.* ⓐ⑪ (口)吵嚷; 吵架, 口角.

rúmpus ròom *n.* © (美)(家庭的)娛樂室(通常在地下室).

‡**run** [rʌn; rʌn] *v.* (~s [~z; ~z]; ran; ~; ~·ning) *vi.* 【 跑 】 1 (人, 動物, 交通工具等)跑, 快跑, 奔馳; (時間等)(像跑那樣地)移動, 過去. *run* fast 快跑/*run* two miles 跑兩英里/the boys *running* about on the beach 在海灘上奔跑的男孩

們/A boy came *running* toward me. 一個男孩朝我跑來/Her fingers *ran* swiftly over the keys. 她的手指在鍵盤上迅速地移動/How fast time *runs* by! 時間過得真快!

2 快去; 跑到⋯. His friends *ran* to his aid. 他的朋友跑來幫助他/Just *run* (over) to the bakery for some bread. 只要跑一趟麵包店買些麵包/*run* to the government for help 緊急向政府求援.

3 逃, 逃走. Fire! Run! 失火了! 快逃!/*run* and hide in the mountains 逃到山裡躲起來/He *ran* for his life. 他逃命去了/Shall we *run* or stay? 我們要逃走還是留下?

【 跑 > 參加賽跑 】 4 賽跑, 參加賽跑. *run* in the 400 meters 參加四百公尺賽跑/I used to *run* at high school. 高中時我常參加賽跑.

5 (主美)參選(*for* (職位)); 爲候選人(*in* in (選舉)中), (★(英)表此意時多用 stand). *run for* President [(the) Presidency] 競選總統/He is not *running in* the coming election. 他沒有參加即將來臨的選舉.

6 (像跑一般移動)(與副詞(片語)連用)(交通工具)行駛, 開動; (口)開車去; 駕車遠行. Trains *run* on rails. 火車行駛在鐵軌上/Let's *run* down to the coast. 把車開到海邊吧!

【 移動 】 7 (交通工具)(定期地)來往, 往返. The buses *run* every ten minutes here. 公車每隔十分鐘經過這裡/The trains are *running* in this snow. 那車在這雪(地)中移動.

8 (機器)運轉, (順利地)開動. My watch isn't *running* right. 我的手錶走得不準/The motor started to *run*. 那馬達開始運轉了.

9 經營(事業, 生活等); (事)(順利地)進行. The hotel has ceased *running*. 那家飯店已停止營業/Their married life did not *run* smoothly. 他們的婚姻生活過得不大順利.

10 【狀態變遷】 [句型2] (run A)變成 A(通常爲不理想的狀態). *run* mad 發瘋/The well has *run* dry. 那井已乾涸了/The sea was *running* high. 海正在起風浪/I'm *running* a little low on coffee. 我剩下的咖啡不多了/*run* wild (→wild 的片語).

【 跑 > 傳 】 11 (謠言等)傳播, 擴大; (視線)移動; (想法)浮現. A whisper *ran* through the crowd. 耳語在人群中流傳/The rumor *runs* that the mayor will resign. 謠傳市長將要辭職/A shiver *ran* down my spine. 一陣冷顫穿過我的脊椎.

12 (美)(襪子)綻線/(英) ladder); (顏色)滲開.

【 流動 】 13 (液體)流動; (場所, 器官等)流出液體; (鼻子)流鼻水; (傷口)流膿. Blood *runs* in the veins. 血在血管中流動/Water was *running* all over the floor. = The floor was *running* with water. 水流滿地/Tears were *running* down her cheeks. 眼淚從她的臉頰流下來/*run* at the mouth 從嘴巴流出口水.

14 【流動 > 具此傾向】 [句型2] (run A) 一般 [平均] 是 A. Prices are *running* low for vegetables. 蔬菜價格現在很便宜/Pears are *running* large this year. 今年的梨一般來說很大/Unemployment was *running* at 15 per cent. 失業率達百分之十五.

【蔓延，繼續】 15 〔植物等〕蔓延；〔道路〕通往．The ivy *ran* up the wall. 常春藤往牆上蔓延/This street *runs* due north. 這條道路向正北延伸/The fence *runs* along the garden. 籬笆環繞整座庭院．

16 〔條文，詩句，故事等〕寫著…．(★與 as, so, like, how 等或直接與引文連用). *How* does the first article *run*? 第一條條款寫著甚麼?/The letter *runs as* follows [*like* this]. 信的內容如下．

17 〔電影，戲劇等〕(繼續)上演；〔契約等〕繼續，有效；〔慶典〕(在某段期間)持續進行．Is the play still *running*? 那齣戲仍在上演嗎?/In Japan the school year *runs* from April 1 to March 31. 在日本學年是從 4 月 1 日至次年的 3 月 31 日為止/The election campaign *ran* for over a month. 選戰持續了一個多月/The lease has still two years to *run* 訂立租約還有兩年的有效期．

— *vt.* (★相對於不及物動詞，具有命令…之意)

【使跑】 1 (a)使跑．*run* one's horse along the country road 策馬沿著鄉間小路奔跑．

(b) ⌈句型5⌉ (run **A** **B**)讓 A 跑得 B．*run* oneself breathless [out of breath] 跑得喘不過氣來．

2 使〔視線等〕跑動，移動．*run* one's eyes over a list of names 把名單過目一下/*run* one's fingers over the keys 手指在鍵盤上飛快地移動．

3 追趕，驅趕；追查．*run* a fox 驅趕狐狸/*run* a rumor to its source 追查謠言的來源．

4 〔派去賽跑〕使參加賽跑(*in*)；〔主美〕使競選(*as*, *for*). *run* one's horse *in* a race 讓自己的馬參加賽馬/*run* ten candidates in an election 推舉十位候選人參加競選．

5 〔跑〕進行〔賽跑等〕；舉行．*run* a race with 與…賽跑/*run* an errand for one's mother 為媽媽跑個腿(辦事)/The Derby was *run* in bad weather. 賽馬在惡劣的天候中舉行．

【開動】 6 開動，使運行，〔汽車等〕；開動，運轉，〔機器〕；〔電腦〕執行〔程式〕．He *ran* his car over a cliff. 他把車子開落懸崖/*Run* the engine till it gets warm. 發動引擎直到它發熱為止/Our heating system is *run* on solar energy. 我們的暖氣設備仰靠太陽能運轉/*run* a program on a computer 在電腦上執行程式．

7 〔口〕(開車)載〔人〕去，搬運〔物品〕．Shall I *run* you home? 我開車載你回家好嗎?

8 使〔公車等〕往返；(定期地)駕駛．They *run* a ferry service across the river. 那條河上有渡輪可供橫渡．

9 經營，營運，〔企業〕；維持〔設備，車輛〕．*run* a company 經營公司/These persons *run* this country. 這些人操縱這個國家/Lots of women both *run* a home and go out to work. 許多婦女既操持家務又外出工作/What does it cost to *run* a car? 養一輛車需要花多少錢?

【刺入】 10 使相撞，撞；刺透，刺．*run* one's car into the guardrail 開車撞上護欄/*run* a sword through one's enemy = *run* one's enemy through with a sword 把劍刺進敵人的身體．

11 無視…(而突破)；冒〔險〕；逃出〔地點〕．*run* a blockade 突破封鎖/*run* traffic lights 無視交通號

誌/*run* the risk of losing one's post 冒著失去工作的危險．

【使伸展】 12 擴大，伸展，穿通．*run* pipes under the floor 在地板下鋪設管子．

【流】 13 流，淌．*run* hot water into the bath 放熱水到澡盆裡．

14 〔報紙，雜誌等〕刊登．*run* an ad 刊登廣告．

rún abóut = run around.

* *rún acróss...* (1)跑著橫過…．Be careful when you *run across* the street. 橫越馬路時要小心．(2)偶然遇見…．I *ran across* an old friend at Heathrow. 我在希斯羅機場碰見一位老朋友．

* *rún áfter...* 追趕；〔口〕追求〔糾纏〕〔異性〕．*run after* a thief 追小偷．

* *rún agáinst...* (1)碰上…，碰見…．I *ran against* an old friend at the station. 我碰巧在火車站遇見了一位老朋友．(2)違反…．That *runs against* my principles. 那個違反我的原則．

rún alóng 〔口〕走開(★常作為對孩子等的命令)．

rún aróund 到處跑；〔口〕到處玩(*with*〔異性〕)．John *runs around* with girls half his age. 約翰大半輩子都在與女生交往．

* *rún awáy* 跑開；離家出走；私奔；逃走．The convict *ran away* from prison. 這名犯人逃獄了/*run away* from the other runners 大幅領先其他的跑者．

* *rún awáy with...* (1)與…一起逃跑；與…私奔；攜帶…潛逃．Sam *ran away with* the girl next door. 山姆與隔壁的女孩私奔．(2)〔感情等〕抑制不住．His anger *ran away with* him. 他抑制不住他的怒氣/Don't let your tongue *run away with* you. 控制情緒不要把話說過頭．(3)貿然認定〔某想法〕．(4)〔口〕(輕而易舉地)獲取〔獎賞等〕，在〔比賽等〕輕易獲勝．We *ran away with* the first match. 我們首戰輕鬆獲勝．(5)大量消費…，花費〔錢〕．Travel today *runs away with* a lot of money. 現在旅行要花許多錢．

rún báck[1] 跑回；回顧．*run back* over the past 回顧以往．

rún/.../báck[2] 倒回〔磁帶等〕．

rún dówn[1] (1)跑下來；流落；(開車)跑一趟．Just *run down* to the post office, won't you? 你跑一趟郵局好嗎?(2)〔機械〕(因發條，燃料斷了而)停止；〔電池〕用完；〔健康，產業等〕衰弱．My watch has *run down*. 我的手錶停了．

rún/.../dówn[2] (1)〔車子〕撞倒…．(2)窮追〔獵物，逃犯等〕；追究…，搜查出…．*run down* a thief 對小偷窮追不捨/I had a hard time *running* you *down*. 我好不容易才找到你．(3)〔機械〕(因發條，燃料斷了而)停止；〔電池〕耗盡．(4)使…累得精疲力竭，使…衰弱．The hard work has *run* him *down*. 繁重的工作把他累垮了．(5)〔口〕毀謗…，教訓…，貶低…．Why does he always *run* his son *down*? 他為甚麼老是貶低自己的兒子?/Critics *ran*

R

down the play. 評論家們對那齣戲的評價很低. (6)《棒球》夾殺[跑者].

rún for it 《口》一溜煙地逃跑.

rùn ín¹ (1)跑入；流入. (2)順道拜訪.

rùn/.../ín² (1)使...跑入；《口》把...關進(拘留所). be *run in* for reckless driving 因亂開車而被拘留. (2)開習慣[新車].

* **rún into¹...** (1)跑入...，闖入...；〔河流〕注入.... The Mississippi *runs into* the Gulf of Mexico. 密西西比河注入墨西哥灣.

(2)與...相撞，撞上...；碰見.... The car skidded and *ran into* a tree. 那車子打滑而撞上樹/I *ran into* Mr. Lynch on the bus. 我在公車上碰見林奇先生.

(3)陷入〔通常爲壞的狀態〕；達到〔某一數量〕. *run into* debt 負債/We *ran into* a difficulty. 我們遇到了困難/*run into* five figures 達到五位數.

rún A into² B (1)使A跑入[闖入，扔入，流入]B. (2)使A碰撞[撞上]B. (3)使A陷入B的狀態. His long sickness *ran* him *into* debt. 久病使他債務纏身.

* **rùn óff¹** 跑開；逃走；流掉；出軌. The boy *ran off* to see his father's new car. 那男孩跑去看他父親的新車.

rùn/.../óff² (1)流出...；〔體重〕減少.... (2)流利地寫成[讀完]... (3)印...，影印.... Will you *run off* ten copies of this pamphlet? 你可以幫我把這本小冊子影印十份嗎? (4)進行[決賽].

rùn óff² with...=run away with... (1).

* **rùn ón¹** (1)繼續跑[流]；繼續談. How that woman *runs on*! 那個女人真嘮叨! (2)〔時間〕流逝；〔活動等〕繼續，進行. (3)(用於行末)〔字〕接排.

rún on²... 〔想法，話〕以...爲主題，涉及.... His mind kept *running on* his dead child. 他的心思一直圍繞在他那死去的孩子.

rùn/.../ón³ 繼續...；繼續寫，連起，〔句子〕. Don't *run on* your sentences with commas. 不要用逗號串連句子.

* **rùn óut¹** (1)跑[流]出；向外伸；突出. The boy *ran out* into the street. 那男孩跑到馬路上.

(2)〔契約等〕(期限)屆滿；〔庫存，燃料等〕用盡. My time [contract] is *running out*. 我的時間快到[契約快屆滿]了/Our food supplies have almost *run out*. 我們的存糧幾乎要用罄了.

rùn/.../óut² (1)把[繩等]放出，伸出. (2)跑完[賽跑].

* **rún out of¹...** 用完.... We have *run out of* gas. = Our gas has *run out*. (→ run out¹ (2)) 我們的汽油用完了.

rún a person out of²... 《口》把某人從...趕出[驅逐].

* **rùn óver¹** (1)〔液體，容器〕溢出. The tub *ran over* while she was on the phone. 她在講電話時澡盆裡的水滿出來了. (2)(開車)跑一趟；匆忙前往《to》.

rún over²... (1)超過...而溢出. The water *ran*

over the banks. 水淹過了堤防. (2)略微過目...，瀏覽.... *run over* one's notes 約略地瀏覽筆記. (3)〔車〕輾過....

rùn/.../óver³ (1)〔車〕輾過...《常用被動語態》. The bus nearly *ran* him *over*. 那輛公車差點將他輾過去(★ ran 後 over 是介系詞; → run over²... (3))/A child was *run over* here last night. 昨夜一個孩子在這裡被(車)輾了. (2)(用車)運送....

rùn thróugh¹ 跑[穿越]過.

rún through²... (1)跑[通]過...；貫穿...；流過...；〔感情等〕滿溢. The Thames *runs through* London. 泰晤士河流經倫敦/A melancholy note *runs through* his poems. 他的詩中流露出哀愁的語調.

(2)把...略微過目；溫習.... *run through* a list 約略過目名單. (3)(在短時間內)用完.... *run through* one's inheritance 揮霍遺產.

rùn...thróugh³ 《雅》刺穿.... *run* a person *through* with one's sword 用劍刺某人.

rún A through⁴ B 使A[刺穿]B；用A(筆等)劃線把B(文字)塗掉. *run* a pencil *through* a letter 用鉛筆劃線把字塗掉.

rún to... (1)達到[某數量]. The costs will *run to* one million dollars. 費用高達一百萬美元.

(2)(英)有錢[時間]做.... I can't *run to* a trip to Europe. 我沒錢去歐洲旅遊.

rùn úp¹ (1)跑上，順暢地上升；跑到...《to》. The neighbors *ran up* to the scene. 附近的居民趕往現場. (2)〔物價等〕急劇上揚.

rún up²... 跑上...去. *run up* the steps two at a time 一次兩格地跑上階梯.

rùn/.../úp³ (1)(高高地)升起〔旗子等〕. *run up* a flag 升旗. (2)使...急劇上升. The war *ran up* the prices. 戰爭使物價大漲/His daughters have *run up* a big phone bill. 他的女兒們使電話費急劇增加. (3)趕建.... *run up* barracks 趕搭營房.

rùn úp against... 遇上，撞見，〔某人，障礙等〕. Will you help us?—We've *run up against* a difficulty. 幫我們一下好嗎?——我們碰到麻煩了.

rún upon... 碰到...; =run on²....

— *n.* (*pl.* ~s [~z; ~z]) ℂ【跑】**1** 跑，快跑；跑一趟；(牛乳等的)遞送路線；(用單數)短暫的旅行；兜風. quicken one's pace into a *run* 加快腳步跑起來/a cross-country *run* 越野賽跑/go for a *run* in the car 開車兜風.

2 (用單數)(跑的)距離，行程. London is an hour's *run* from here. 倫敦離這裡一個小時(車程).

3 運轉；(飛機的)滑行；(交通工具的)班次. The bus makes only two *runs* daily. 那公車每天只開兩班.

4 〔到處跑的自由〕(加the)出入[使用]自由. I have the *run* of my uncle's library. 我可以自由使用我叔叔的書房.

5 〔到處跑的地方〕(雞，羊等的)飼養場. a rabbit *run* 養兔場.

【求求得…而跑】**6** (用單數)受歡迎，大量需要，暢銷，《on …需求》. There's a great *run on* his new novel. 他的新小說很受歡迎/This summer

was so hot that we had a great *run on* airconditioners. 由於今年夏天非常地炎熱我們收到了許多冷氣機的訂單.

7 《棒球、板球等》(跑得的)**得分**. score a *run* 得分.

【【傳達】】 **8** 《美》(襪子等的)綻線(《英》ladder).

【【流】】 **9** 流, 流出; 流出量; 流逝的時間; 《美》(流速快的)小河.

10 操作(時間); 作業量; 發行份數. The newspaper has a *run* of 400,000. 此報紙發行 40 萬份.

【【流>樣子】】 **11** (加 the)走向; (事態發展的)形勢, 趨勢. the *run* of a mountain range 山脈的走向/the *run* of the money market 金融市場的形勢.

【【繼續】】 **12** (用單數)連續; 連演. a *run* of fine weather 連續的好天氣/The play has had a *run* of three years. 那齣戲連演了三年/a *run* in spades 黑桃的同花順牌.

a (gòod) rún for one's *móney* 《口》(付出金錢、努力等所獲得的)精神上的回報. You'll get *a good run for your money* from this tennis match. 這場網球賽將讓你值回票價.

at a rún 跑著, 以跑步前進.

* in the lóng rùn 長期地, 最終地. Though more expensive, this suit will be cheaper *in the long run.* 這套衣服雖然比較貴, 但長遠來看是划算的.

in the shórt rùn 短期地, 目前.

on the rún (1)跑著; 匆忙地; 忙碌. My mother's always *on the run.* 我的母親總是很忙碌.
(2)在逃亡中. a criminal *on the run* 在逃的犯人.

run·a·bout [ˋrʌnəˌbaʊt; ˈrʌnəˌbaʊt] *n.* C 《口》小汽車; 小型遊艇; 小型飛機.

run·a·round [ˋrʌnəˌraʊnd; ˈrʌnəˌraʊnd] *n.* (加 the)《口》搪塞, 遁辭. give a person the *runaround* 敷衍某人.

run·a·way [ˋrʌnəˌwe; ˈrʌnəˌweɪ] *n.* (*pl.* ~s) C
1 逃亡者, 脫逃者; 奔跑的馬, 脫韁之馬.
2 逃走; 私奔.
— *adj.* 《限定》**1** 逃走的; 逃脫的; 私奔的. *runaway* children 離家出走的孩子/a *runaway* marriage 私奔結婚.
2 無能爲力的; 〔上升等〕急劇的; 輕鬆獲勝[獲得壓倒性勝利]的. *runaway* inflation 急速惡化的通貨膨脹/a *runaway* victory 一面倒的勝利.

run-down [ˋrʌnˋdaʊn; ˌrʌnˈdaʊn] *adj.* **1** 荒廢的, 荒蕪的. Their house is very *run-down.* 他們的房子破敗不堪. **2** 疲憊不堪的; 虛弱的. You look *run-down*; have you been overworking? 你看上去疲憊不堪, 是工作過度嗎? **3** 〔鐘錶〕停止的.
— [ˋrʌnˌdaʊn; ˈrʌndaʊn] *n.* **1** C 《口》詳細報告. Give me a *run-down* on our financial situation. 就我們的財政狀況詳細地向我報告. **2** U 漸減, 縮小; 衰退.

rune [run, rʊn; ruːn] *n.* C 如尼文字(古代北歐民族用於碑文等).

rung[1] [rʌŋ; rʌŋ] *v.* ring[2] 的過去分詞.

rung[2] [rʌŋ; rʌŋ] *n.* C (梯子的)橫木, 梯級; (椅子等的)橫木.

ru·nic [ˋrunɪk; ˈruːnɪk] *adj.* 如尼文字(rune)的.

[runes]

run-in [ˋrʌnˌɪn; ˈrʌnɪn] *n.* C **1** 《主美、口》口角, 吵架(*with*). **2** 《英》最後緊要關頭; 決戰.

run·nel [ˋrʌnl; ˈrʌnl] *n.* C **1** 《雅》細流, 小河. **2** (道路旁的)水溝.

****run·ner** [ˋrʌnɚ; ˈrʌnə(r)] *n.* (*pl.* ~s [~z; ~z]) C

[rungs[2]]

【【跑步的人】】 **1** 奔跑的人; 賽跑者, 賽馬; 《棒球》跑壘者. a good [fast] *runner* 跑得快的人/a long-distance *runner* 長跑者.
2 跑腿的人, 攬客的人; 收款人; 外務員.

【【跑的東西】】 **3** (雪橇的)滑板; (溜冰鞋的)冰刀. **4** (草莓等的)匍匐莖; 長匍匐莖的植物.
5 (襪子的)綻線.
6 (樓梯等的)細長地毯; (桌子, 鋼琴等的)細長蓋布.

rúnner bèan *n.* C 《英》紅花菜豆(《美》string bean).

run·ner-up [ˋrʌnɚˋʌp; ˌrʌnərˈʌp] *n.* (*pl.* **runners-**, ~s) C (比賽, 競爭中)第二名的人[隊]; (選舉中)第二高票(的人).

[runners 4]

****run·ning** [ˋrʌnɪŋ; ˈrʌnɪŋ] *adj.* 《限定》**1** 跑的, 奔馳的. a *running* train 行駛中的火車/the *running* time (火車, 公車等的)行駛時間.
2 匆忙的, 粗略的; 速記的; 草寫體的. *running* notes 速記的筆記/write in a *running* hand 以草體書寫.
3 〔機器等〕開動著的, 運轉中的; 上演中的. be in *running* order 正常運轉中.
4 繼續的, 連續的; 接連不斷的. a *running* pattern 連續不斷的圖樣/a *running* fire of questions 連珠砲似的發問.
5 〔水〕流動的; 流膿的. a *running* sore 流膿的傷口.
— *adv.* 連續地, 接連不斷地. (匾法 置於帶有數字的複數名詞之後). It's been raining three days *running*. 已經連續下了三天雨.
— *n.* U **1** 跑, 跑步; 賽跑; 《棒球》跑壘; 跑步能力. *Running* is good for the health. 跑步有益健康. **2** 運轉; 進行. **3** 管理; 經營.

in the rúnning (1)參加賽跑. (2)有獲勝希望. They are no longer *in the running*. 他們已不再有獲勝的希望.

out of the rúnning (1)不參加競爭. (2)沒有獲勝希望.

rùnning cómmentary *n.* C (收音機、電視的)實況轉播.

rúnning cósts *n.* (作複數)(汽車等的)運轉費, 保養費.

rúnning júmp *n.* U (加the)跑跳(跳遠, 跳高等).

rúnning máte *n.* C (美)(與總統候選人搭配的副總統候選人般居次要地位的)競選伙伴.

rúnning wáter *n.* U 流水; 自來水(設備).

run·ny [ˋrʌnɪ; ˈrʌnɪ] *adj.* (口) **1** 水分多的, 稀的. **2** (感冒)(鼻子)流鼻水的; (眼睛)流淚的.

run-off [ˋrʌnˌɔf; ˈrʌnˌɒf] *n.* (*pl.* ~s) **1** C (同分者的)決賽, 決選投票. **2** U 逕流(不往下滲的雨水).

run-of-the-mill [ˌrʌnəvðəˋmɪl; ˌrʌnəvðəˈmɪl] *adj.* 常見的.

runt [rʌnt; rʌnt] *n.* C **1** 發育不良的動物(特指一窩小豬中最小的). **2** 矮子.

run-through [ˋrʌnˌθru; ˈrʌnˌθru:] *n.* C 瀏覽, 複習; (戲劇的)排練, 彩排.

run-up [ˋrʌnˌʌp; ˈrʌnˌʌp] *n.* **1** C (比賽的)助跑距離. **2** (加the)(主英)準備期間(活動)(*to*).

run·way [ˋrʌnˌwe; ˈrʌnweɪ] *n.* (*pl.* ~s) C **1** (航空)跑道(→ airport 圖). **2** (戲劇)伸展臺.

ru·pee [ruˋpi; ru:ˈpi:] *n.* C 盧比(印度, 巴基斯坦, 斯里蘭卡等國的貨幣單位); 一盧比.

rup·ture [ˋrʌptʃɚ; ˈrʌptʃə(r)] *n.* **1** UC (文章)破裂. the *rupture* of a water pipe 水管的破裂. **2** UC (文章)(友好關係等的)決裂, 斷絕; 失和. **3** C (醫學)疝氣, 脫腸.
— *vt.* (文章) **1** 使破裂, 使裂開.
2 斷絕(關係等); 使(談判等)決裂.
— *vi.* (文章)破裂, 裂開; 失和.

*∗**ru·ral** [ˋrʊrəl, ˋrɪʊrəl; ˈrʊərəl] *adj.* (常作限定)鄉村的, 田園的, 農村的; 鄉村風格的; (↔ urban). a *rural* town 鄉鎮/*rural* life 田園生活/a *rural* community 農村社區/*rural* economy 農村經濟. 圖 rural 強調鄉村悠閒而快樂的一面→ rustic.

ruse [ruz, rɪuz; ru:z] *n.* C 策略, 計策.

*∗**rush**[1] [rʌʃ; rʌʃ] *v.* (~**es** [~ɪz; ~ɪz]; ~**ed** [~t; ~t]; ~**ing**) *vi.* **1** (通常加副詞(片語))衝進; 匆忙(慌張)前往; 蜂湧而至; (*at, on, upon* 向…)). All the players *rushed* at the ball. 所有球員都向球撲去/Tom *rushed* up the stairs to the classroom. 湯姆衝上樓到教室去/The fans *rushed* upon the singer. 歌迷們湧向歌手/Water is *rushing* out. 水噴出.
2 (加副詞(片語))趕快做…; 急忙(輕率)做…. *rush* with a meal 狼吞虎嚥/*rush* around 忙得團團

轉/*rush* to extremes 走極端/Don't *rush* into marriage. 別倉促結婚.
3 突然出現(*to*); (想法等)突然浮現(*into, upon*). Tears *rushed* to her eyes. 她的眼裡湧上淚水/Memories of her happy days *rushed* back upon her. 過去歡樂的時光突然浮現在她的腦海裡.
— *vt.* **1** 使向前衝; 催促, 催趕, 催促做; (*into*). We were *rushed* out of the room. 我們被趕出房間/I was *rushed* into signing the contract. 我被催著匆忙地簽下了契約.
2 趕快帶去, 急忙送去. Emergency supplies were *rushed* to the stricken area. 急救物資被火速送往災區/The wounded men were *rushed* to the hospital. 受傷的人被急速送往醫院.
3 趕緊完成. Please *rush* the work. 請趕快把那項工作做完.
4 襲擊(敵人); 向…突進(襲擊). We *rushed* the fort. 我軍突擊那個要塞.

rùsh a pérson óff his féet 使某人疲於奔命, 強迫某人工作.

rùsh/.../thróugh 趕快完成(工作等); 匆促通過(議案等).

— *n.* (*pl.* ~**es** [~ɪz; ~ɪz]) **1** C 衝, 闖, 衝鋒; 襲擊; (用單數)突然出現. a *rush* of water 一陣急流/In his *rush* down the corridor, he stumbled on something and fell. 他急匆匆地經過走廊時被某個東西給絆倒了.
2 C (人等的)蜂湧而至, 擁擠, 人潮; (用單數)(訂購等的)紛至沓來, 急切的需要. They all came into the room in a *rush*. 他們都湧入房間/a *rush* for oil 搶購石油.
3 aU 忙碌; 瞬息萬變; 喧囂. the *rush* of city life 都市生活的繁忙/What's the *rush*? 為何那麼匆忙?
4 (形容詞性)趕緊的, 緊急的; 蜂湧而至的; 繁忙的. a *rush* order 緊急訂購/a *rush* job 緊急的工作.

with a rúsh (1)猛衝. (2)一口氣地. She told all of it *with a rush*. 她一口氣把話全說完了.

rush[2] [rʌʃ; rʌʃ] *n.* C 燈心草(燈心草科草本的總稱; 生於沼澤等地; 莖為編籃子等的材料; 從前用來作燈芯).

rúsh hóur *n.* C (常加the)交通擁擠時間, 尖峰時間.

rush-hour [ˋrʌʃˌaʊr; ˈrʌʃˌaʊr] *adj.* 尖峰時間的.

rush·y [ˋrʌʃɪ; ˈrʌʃɪ] *adj.* 燈心草(rush)茂盛的.

rusk [rʌsk; rʌsk] *n.* C 烤得硬硬的麵包片; 輕而軟的餅乾.

Rus·kin [ˋrʌskɪn; ˈrʌskɪn] *n.* John ~ 羅斯金 (1819-1900)(英國藝術批評家, 評論家).

Russ. (略) Russia; Russian.

Rus·sell [ˋrʌsl; ˈrʌsl] *n.* Ber·trand [ˋbɝtrənd; ˈbɜːtrənd] ~ 羅素(1872-1970)(英國哲學家, 數學家, 和平主義者).

rus·set [ˋrʌsɪt; ˈrʌsɪt] *n.* **1** aU (雅)紅(黃)褐色. **2** U 從前農民用的紅褐色手織布料. **3** C 一種紅蘋果.
— *adj.* (雅)紅(黃)褐色的.

Rus·sia [ˋrʌʃə; ˈrʌʃə] n. **1** 俄羅斯聯邦(→ Russian Federation).

2 前蘇聯《蘇維埃社會主義共和國聯邦的俗稱; → the Union of Soviet Socialist Republics》.

3 沙俄, 帝俄, 《因俄國革命(1917)而崩潰; 首都 St. Petersburg》. **4** = Russian Soviet Federated Socialist Republic.

Rus·sian [ˋrʌʃən; ˈrʌʃn] adj. 俄羅斯的; 俄羅斯人的; 俄語的; 前蘇聯的, 前蘇聯製造的.
— n. (pl. ~s [~z; ~z]) **1** ⓒ俄羅斯人, 前蘇聯人.
2 ⓤ俄語.

Rùssian Federátion n. 《加 the》俄羅斯聯邦《CIS 最大成員國; 首都 Moscow》.

Rùssian Revolútion n. 《加 the》俄國革命《1917 年發生的革命; 由此羅曼諾夫(Romanov)王朝垮臺, 共產主義政府成立》.

Rùssian roulétte n. ⓤ俄羅斯輪盤《在左輪手槍(revolver)中僅裝一發子彈, 隨意轉動輪盤後把槍口對準自己的頭部扣扳機的賭命遊戲》.

Rùssian Sòviet Fèderated Sócialist Repúblic n. 《加 the》俄羅斯蘇維埃聯邦社會主義共和國《前蘇聯的最大共和國; 現在的俄羅斯聯邦(→ Russian Federation)》.

Rus·so-Jap·a·nese [ˏrʌsoˏdʒæpəˈniz; ˏrʌsəˏdʒæpəˈniːz] adj. 日俄的, 俄國和日本的.

Rùsso-Jàpanese Wár n. 《加 the》日俄戰爭(1904–05).

rust [rʌst; rʌst] n. ⓤ **1** 《金屬的》鏽; 紅褐色. railings covered with rust 生鏽的欄杆/gather rust 生鏽. **2** 《植物》鏽斑病.
— v. (~s [~s; ~s]; ~ed [~ɪd; ~ɪd]; ~ing) vi. **1** 生鏽. If you leave the lawn mower outside in the rain, it will rust. 如果你把割草機放在外面淋雨, 它會生鏽的/Better wear out than rust out. 《諺》《使用布》磨損總比《不使用布》生鏽好.
2 〔技能等〕《因不使用而》變遲鈍, 能力減低, 「生鏽」, 《away》. You'll just rust away in idleness. 你懶惰就會越來越遲鈍.
— vt. **1** 使生鏽. **2** 使《…的能力》生疏.

rus·tic [ˋrʌstɪk; ˈrʌstɪk] adj. **1** 鄉村的; 鄉村風格的; (◆ urban). rustic life 田園生活.
2 樸實的, 木訥的; 樸素的. His music has a certain rustic, unaffected charm. 他的曲子中具有某種樸實而不矯飾的魅力.
3 像鄉下人的, 粗野的, 沒有規矩的. rustic manners 粗野的態度. 同rustic 強調鄉下不雅或粗野的一面; → rural.
— n. ⓒ鄉下人; 粗人.

rus·ti·cate [ˋrʌstɪˏket; ˈrʌstɪkeɪt] vi. 前往鄉村; 定居於鄉村.
— vt. **1** 使去鄉村《住在鄉下》; 使有鄉村風格.
2 《英》《在大學裡》勒令…停學.

rus·ti·ca·tion [ˏrʌstɪˈkeʃən; ˏrʌstɪˈkeɪʃn] n. ⓤ **1** 放逐下鄉; 鄉居. **2** 《英》停學《期間》.

rus·tic·i·ty [rʌsˈtɪsətɪ; rʌˈstɪsətɪ] n. ⓤ鄉村風格; 樸實; 粗野.

rust·i·er [ˋrʌstɪə; ˈrʌstɪə(r)] adj. rusty 的比較級.

rust·i·est [ˋrʌstɪɪst; ˈrʌstɪɪst] adj. rusty 的最高級.

rust·i·ness [ˋrʌstɪnɪs; ˈrʌstɪnɪs] n. ⓤ **1** 生鏽. **2** 遲鈍.

rus·tle [ˋrʌsḷ; ˈrʌsl] v. (~s [~z; ~z]; ~d [~d; ~d]; -tling) vi. **1** 《樹葉, 紙等》颯颯[沙沙]作響; 沙沙作響著移動, 窸窣作響地走路. The leaves rustled as we walked over them. 我們從落葉上走過時發出沙沙聲. **2** 《主美、口》偷牲口.
— vt. **1** 使颯颯[沙沙]作響. A breeze rustled the branches. 微風吹得樹枝沙沙作響.
2 《主美、口》偷〔牲口〕.
rùstle/.../úp 《口》聚集…; 敏捷地做…. Shall I rustle up some lunch? 我是不是該趕快做中飯?
— n. [a ⓤ]颯颯[沙沙]聲, 窸窣聲. a rustle of leaves 樹葉的沙沙聲.

rus·tler [ˋrʌslə; ˈrʌslə(r)] n. ⓒ《主美、口》偷牛[馬等]賊.

rust·proof [ˋrʌstˏpruf; ˈrʌstpruːf] adj. 防鏽的.

rust·y [ˋrʌstɪ; ˈrʌstɪ] adj. (rust·i·er; rust·i·est) **1** 生鏽的; 腐蝕的. a rusty nail 生鏽的釘子/a rusty hinge 生鏽的鉸鏈.
2 紅褐色的; 〔黑布〕已褪色的.
3 《敘述》《口》〔知識, 技能等〕《因長期不使用而》變得遲鈍的, 生疏的, 「生鏽的」. My French is rather rusty. 我的法語相當生疏.

rut [rʌt; rʌt] n. ⓒ **1** 車輪的痕跡, 軌跡. The tires made ruts in the muddy road. 這輪胎在泥濘路上留下痕跡. **2** 老套的做法, 常規, 慣例. be in a rut 墨守成規.
— vt. (~s; ~ted; ~ting)留軌跡於….

Ruth [ruθ; ruːθ] n. **1** 女子名. **2** 〈路得記〉《舊約聖經中的一卷》; 路得《〈路得記〉中的女主角》.

ruth·less [ˋruθlɪs, ˋrɪuθ-; ˈruːθlɪs] adj. 《人, 行為等》毫不留情的, 無慈悲心的, 殘忍的; 粗暴的. a ruthless despot 殘酷的暴君/carry out destruction with ruthless efficiency 以毫不留情的效率進行破壞.

ruth·less·ly [ˋruθlɪslɪ, ˋrɪuθ-; ˈruːθlɪslɪ] adv. 毫不留情地; 無情地.

ruth·less·ness [ˋruθlɪsnɪs, ˋrɪuθ-; ˈruːθlɪsnɪs] n. ⓤ沒有慈悲心, 殘忍.

RV 《略》Revised Version (改譯本聖經)(→AV).

Rwan·da [ruˋɑndə; ruˈændə] n. 盧安達《非洲中東部的共和國; 首都 Kigali》.

Ry 《略》railway.

-ry, -ery suf. 《構成名詞》 **1** 表示「性質, 行為」. rivalry. bravery.
2 表示「境遇, 身分, 階級」. slavery. gentry.
3 表示「…類」. jewelry. machinery.
4 表示「製造廠, 飼養場」. bakery. nursery.

rye [raɪ; raɪ] n. ⓤ **1** 《植物》裸麥《黑麵包的原料, 家畜飼料》. **2** 《主美》裸麥製威士忌《亦稱 rȳe whiskey》; 黑麵包《亦稱 rȳe bread; → bread 參考》.

S s 𝒮 𝓈

S, s [ɛs; es] *n.* (*pl.* **S's, Ss, s's** [ˋɛsɪz; 'esɪz])
　1 [UC] 英文字母的第十九個字母.
　2 [C] (用大寫字母) S 形物.

S 《略》 south; southern; 《符號》 sulfur.

s. 《略》 second(s)(⋯秒); shilling.

-s *suf.* 發音: (在有聲子音的後面)[z; z], (在無聲子音的後面)[s; s], (在 [s, z, ʃ, ʒ, tʃ, dʒ; s, z, ʃ, ʒ, tʃ, dʒ] 的後面)[ɪz; ɪz]
　1 名詞的複數字尾(→ -es 1). boy*s* [~z; ~z], dog*s* [~z; ~z], cup*s* [~s; ~s], judge*s* [~ɪz; ~ɪz].
　2 動詞的第三人稱、單數、現在式字尾(→ -es 2). Man die*s* [~z; ~z]. 人皆會死/She like*s* [~s; ~s] flowers. 她喜歡花/The sun rise*s* [~ɪz; ~ɪz] in the east. 太陽從東邊升起.

＊'s *suf.* 發音: (在有聲子音的後面)[z; z], (在無聲子音的後面)[s; s], (在 [s, z, ʃ, ʒ, tʃ, dʒ; s, z, ʃ, ʒ, tʃ, dʒ] 的後面)[ɪz; ɪz]
　1 名詞的所有格字尾. Jim'*s* [~z; ~z], cat'*s* [~s; ~s], Max'*s* [~ɪz; ~ɪz]. 〔注意〕(1)以 -(e)s 結尾的複數名詞中只加'; girls', babies'. (2)以 -s 結尾的專有名詞用 's 或只加' 都可以; James's [ˌdʒemzəz; ˌdʒeɪmzɪz] 或 James' [dʒemz; dʒeɪmz]. 但在書寫時多用 James', 英語口語中則多用 [ˌdʒemzəz; ˌdʒeɪmzəz].
　2 文字, 數字, 符號等的複數字尾. t'*s*, 3'*s*, 1960'*s* (1960 年代), M.P.'*s*. 〔注意〕有時亦省略 ': the three R*s* [R'*s*](讀 寫 算), 1960*s* (1960 年代), MS*S*. (原稿).
　3 is, has, us, does 的縮寫. It'*s* (=It is) noon. 現在是正午/He'*s* (=He has) finished the job. 他已做完工作了/Let'*s* (=Let us) hurry. 趕快/What'*s* (=What does) he want? 他想要甚麼?

$, ＄ 《略》 dollar(s)(《美國貨幣》; ＄是合併 US 後去掉 U 的底部而成). $1 (=one [a] dollar) 1 美元/$30.50 (=thirty dollars, fifty cents) 30 美元 50 分.

SA 《略》 Salvation Army; South Africa [America, Australia]; 《口》 sex appeal.

Sab·bath [ˋsæbəθ; 'sæbəθ] *n.* (通常加 the)安息日(不去工作或出遊, 爲祈禱和休息的日子, 在猶太教中爲星期六, 在基督教中一般爲星期日, 在回教中爲星期五). break [keep] the *Sabbath* 不遵守[遵守]安息日的習慣).

Sab·bat·i·cal [səˋbætɪk; sə'bætɪkl] *adj.* 安息日(般)的.
　── *n.* [UC] (*sabbatical*)一整年的有薪休假(每隔七年給予大學教授一整年的休假; 亦稱 sabbatical

year). Dr. Hill is away on *sabbatical* this year. 希爾博士今年休假(不開課).

sa·ber (美), **sa·bre** (英) [ˋsebə; 'seɪbə(r)] *n.* [C] **1** (騎兵的)軍刀(→ sword 圖).
　2 (西洋劍)比賽用的劍(→ fencing 參考).

sáber ràttling *n.* [U] 武力威脅(<兩劍相擊而發出鏗鏘的聲響).

sa·ble [ˋsebl; 'seɪbl] *n.* **1** [C] (動物)黑貂(產於北歐、亞洲; 其美麗的毛皮爲高級衣料).
　2 [U] 黑貂皮.
　── *adj.* 黑貂皮[毛]的.

sab·ot [ˋsæbo; 'sæbəʊ] *n.* (*pl.* **~s** [~z; ~z]) [C] 木鞋, 木底鞋, 《法國、荷蘭等國的農民所穿的》.

sab·o·tage [ˋsæbəˌtɑʒ, ˋsæbətɪdʒ; 'sæbətɑ:ʒ] (法語) *n.* [U] **1** 妨礙生產的行動, 破壞活動, 《爲勞資糾紛中的工人或敵方之間諜等所進行》.
　〔注意〕源自想用木鞋(sabot)砸壞機器.
　2 (泛指)計畫的妨礙(暗中或間接的).
　── *vt.* (有計畫地)破壞, 妨礙.

sab·o·teur [ˌsæbəˋtɜ; ˌsæbə'tɜ:(r)] (法語) *n.* [C] 進行妨礙生產行動[破壞活動]的人.

sa·bre [ˋsebə; 'seɪbə(r)] *n.* (英)=saber.

sac [sæk; sæk] *n.* [C] (生物)囊(內含體液等的袋狀部分).

sac·cha·rin [ˋsækərɪn; 'sækərɪn] *n.* [U] 糖精(一種甜味劑: 白色結晶粉末, 比蔗糖甜 500 倍).

sac·cha·rine [ˋsækərɪn, -ˌrɪn; 'sækəraɪn] *adj.*
　1 過甜的. **2** 〔聲音等〕甜蜜的.

sac·er·do·tal [ˌsæsəˋdot; ˌsæsə'dəʊtl] *adj.* 聖職人員(般)的.

sa·chet [sæˋʃe; 'sæʃeɪ] (法語) *n.* [C] (裝有糖、洗髮粉等的)小袋[包].

＊sack[1] [sæk; sæk] *n.* (*pl.* **~s** [~s; ~s]) [C] 〖袋〗 **1** (粗布, 硬紙或塑膠製的)大袋子(用來裝麵粉、煤等); 一袋的量. a *sack* of flour 一袋麵粉.
　〖袋狀物〗 **2** (女性、幼童穿的)寬鬆的上衣.
　3 (加 the)(美、口)床; 睡袋.
　4 (加 the)《口》解雇, 開除.
　gèt [**hàve**] **the sáck** 《口》被開除, 「捲鋪蓋走路」.
　gìve a pèrson **the sáck** 《口》開除某人(sack 原指工匠的工具袋).
　hìt the sáck 《口》鑽入被窩, 就寢.
　── *vt.* **1** 把⋯裝入大袋. **2** (俚)解雇, 「捲鋪蓋」.

sack[2] [sæk; sæk]《文章》*vt.* 〔軍隊〕掠奪〔占領地〕,

—— *n.* U (通常加the)(都市等的)掠奪.

sack·cloth [`sæk͵klɔθ; 'sækklɒθ] *n.* U 帆布, 麻袋布.

sáck còat *n.* C 類似獵裝的男用短外套(亦可作西裝外套).

sáck drèss *n.* C 直筒洋裝(寬鬆的女用洋裝).

sack·ful [`sæk͵ful; 'sækful] *n.* C 滿袋, 一袋.

sack·ing [`sækɪŋ; 'sækɪŋ] *n.* =sackcloth.

sáck ràce *n.* C 套袋賽走(把雙腳套進袋裡跳著前進的比賽).

sac·ra·ment [`sækrəmənt; 'sækrəmənt] *n.*
1 《(新教)聖禮(洗禮或聖餐)》; 《(天主教)聖禮, 聖事, (洗禮, 堅信禮等七種聖禮之一).
2 (the Sacrament)聖餐(禮); 聖餐麵包, 聖體.
3 C (泛指)神聖的事物; 神祕的東西.

sac·ra·men·tal [͵sækrə`mɛntl; ͵sækrə'mentl] *adj.* 聖禮的, 聖餐的; 神聖的.

Sac·ra·men·to [͵sækrə`mɛnto; ͵sækrə'mentəʊ] *n.* 沙加緬度(美國California首府).

✲sa·cred [`sekrɪd; 'seɪkrɪd] *adj.* **1** 神聖的; 神的, 宗教(性)的; 奉獻給神的. a *sacred* book 聖典/*sacred* orders 聖職(holy orders)/*sacred* music 宗教音樂, 教會音樂.
2 〔敘述〕奉獻(給某人, 物, 目的等)的; 祭祀(神等)的. This temple is *sacred* to Apollo. 這座神殿是奉祀阿波羅的.
3 〔約束等〕嚴肅而不可打破的; 神聖而不可冒犯的. a *sacred* promise 鄭重的諾言/a *sacred* right 不可冒犯的權利. ↔ profane.
字源 SACR「神聖的」: sacred, sacrifice (祭牲).

sácred ców *n.* C (印度的)聖牛, (諺)神聖而不可冒犯之物.

sa·cred·ly [`sekrɪdlɪ; 'seɪkrɪdlɪ] *adv.* 神聖地.

sa·cred·ness [`sekrɪdnɪs; 'seɪkrɪdnɪs] *n.* U 神聖.

✲sac·ri·fice [`sækrə͵faɪs, -͵faɪz; 'sækrɪfaɪs] *n.* (*pl.* **-fic·es** [~ɪz; ~ɪz])
1 UC (對神的)獻祭; C 祭牲, 犧牲, 祭品. They killed a goat as a *sacrifice* to God. 他們宰羊祭神.
2 UC 犧牲(以達到特定目的); C 犧牲(的行為). Parents often make *sacrifices* to give a good education to their children. 父母們經常犧牲自己讓孩子們受良好的教育/He said he would do it at any *sacrifice*. 他說他將不惜犧牲做那件事.
3 C 蝕本出售, 拋售.
4 C (棒球)犧牲打(sacrifice hit [bunt]).
at the sácrifice of... 犧牲…. John wrote the book *at the sacrifice of* his health. 約翰寫完了這本書, 但卻犧牲了健康.
—— *vt.* **1** 犧牲, 奉獻, 《for, to》. The soldiers *sacrificed* their lives [themselves] *for* their country. 戰士們為國捐軀.
2 以〔動物等〕為祭牲, 作為牲品來供奉, 《to》.
3 《口》拋售.
4 (棒球)以犧牲打使〔跑壘者〕上壘.

sac·ri·fi·cial [͵sækrə`fɪʃəl; ͵sækrɪ'fɪʃl] *adj.*

1 祭牲的. **2** 犧牲的, 獻身的.
3 拋售的. a *sacrificial* sale 跳樓大拍賣.

sac·ri·lege [`sækrəlɪdʒ; 'sækrɪlɪdʒ] *n.* U 玷辱神聖的東西, 褻瀆; C 褻瀆行為(例如侵擾教堂). It would be (a) *sacrilege* to alter any of Shakespeare's lines. 任何改動莎士比亞作品文句的行為都是褻瀆的動作.

sac·ri·le·gious [͵sækrɪ`lɪdʒəs, -`lidʒ-; ͵sækrɪ'lɪdʒəs] *adj.* 褻瀆的; 荒唐的.

sac·ris·tan [`sækrɪstən; 'sækrɪstən] *n.* C (教堂的)聖器監護者.

sac·ris·ty [`sækrɪstɪ; 'sækrɪstɪ] *n.* (*pl.* **-ties**) C (教堂的)祭具祭服室, 聖器室.

sac·ro·sanct [`sækro͵sæŋkt; 'sækrəʊsæŋkt] *adj.* (常表輕蔑)至聖的, 神聖而不可冒犯的.

✲sad [sæd; sæd] *adj.* (**~·der**; **~·dest**) 〖 悲哀的 〗
〖 (人)悲哀的, 悲傷的, 《at; about; to do》 (↔ glad)〗 顯得悲傷的, feel *sad* 感到悲哀/look *sad* 看起來悲傷的樣子/be *sad at* the news 聽到這個消息而感到悲傷/I'm *sad* to hear that. 我很難過聽到那件事/What makes you so *sad*? 甚麼使你那樣悲傷?/a *sad* look 悲傷的表情/I came back home a *sadder* and [but] wiser man. 我此行歸來雖然(因失敗而)悲傷, 但也(因經歷過的事而)更加成熟懂事.
〖 可憐的 〗 **2** 可悲的, 可憐的, 《↔ glad》. a *sad* story 悲慘的故事/*sad* news 令人傷心的消息/It is *sad* that he has been sick for such a long time. 他病了這麼久真是可憐.
3 〖慘的〗《口》更糟的, 可歎的. a *sad* mistake 離譜的錯/a *sad* state of affairs 情況惡劣.
↦ *n.* sadness. *adv.* sadly. *v.* sadden.
sàd to sáy 遺憾的是. *Sad to say*, he didn't live up to our expectations. 很遺憾, 他辜負了我們的期望.

sad·den [`sædn; 'sædn] *vt.* 使悲傷.
—— *vi.* 悲傷.

✲sad·dle [`sædl; 'sædl] *n.* (*pl.* ~s [~z; ~z]) **1** C (馬的)鞍(↦ harness 圖). put a *saddle* on a horse 給馬上鞍/swing oneself into the *saddle* 縱身上馬.
2 C 鞍形物; (山的)鞍部(兩峰之間的低處).
3 UC (羊等的)脊肉.
in the sáddle 騎著馬; 《口》掌權, 當頭頭.
—— *vt.* (~s [~z; ~z]; ~d [~d; ~d]; **-dling**)
1 給〔馬〕裝鞍. *saddle* a horse 給馬裝鞍.
2 使〔人〕肩負(*with*〔負擔, 討厭的事物〕); 使負擔加諸於(*on, upon*〔人〕). *saddle* a person *with* an unwelcome responsibility=*saddle* responsibility *on* a person 使某人負起不想承擔的責任/He is *saddled with* a large family. 一大家庭的生計都靠他扛著.

sad·dle·bag [`sædl͵bæg; 'sædlbæg] *n.* C 鞍囊(跨裝於馬鞍後或腳踏車, 摩托車車座後的袋子; ↦ bicycle 圖).

sáddle hòrse *n.* ⓒ騎乘用的馬.

sad·dler [`sædlɚ; 'sædlə(r)] *n.* ⓒ鞍工; 馬具商.

sad·dler·y [`sædlərɪ; 'sædlərɪ] *n.* (*pl.* **-dler·ies**)
1 ⓤ(集合)馬具類; 馬具製造業. 2 ⓒ馬具店.

sad·dling [`sædlɪŋ, `sædlɪŋ; 'sædlɪŋ] *v.* saddle 的現在分詞、動名詞.

sad·ism [`sædɪzəm, `sed-; 'seɪdɪzəm] *n.* ⓤ虐待狂(透過虐待對方而得到快感的變態(性慾); ↔ masochism).

sad·ist [`sædɪst, `sed-; 'seɪdɪst] *n.* ⓒ虐待狂者.

sa·dis·tic [sæ`dɪstɪk, se-; sə'dɪstɪk] *adj.* 虐待狂的.

***sad·ly** [`sædlɪ; 'sædlɪ] *adv.* 1 悲傷地, 顯得悲哀地. He said good-by and turned away *sadly.* 他道再見後悲傷地轉身離去.
2 (修飾句子)極其, 令人遺憾地. *Sadly,* his dream didn't come true. 很遺憾, 他的夢想沒有實現.
3 嚴重地; 愕然地; (badly). He is *sadly* mistaken. 他大錯特錯.

***sad·ness** [`sædnɪs; 'sædnɪs] *n.* ⓤ悲傷, 悲哀 (→ sorrow 同). Her death filled us with *sadness.* 她的死使我們陷入愁雲慘霧.

s.a.e. [`ɛs,e`i; 'es,eɪ'iː] (略) stamped addressed envelope (附上回郵及收件人姓名、住址的信封).

sa·fa·ri [sə`fɑrɪ; sə'fɑːrɪ] *n.* ⓒ(特指在非洲東部的)旅行(特指以狩獵, 科學考察為目的者), 沙伐旅; (狩獵, 考察探險的)旅行團.
gò on safári 去 (狩獵, 考察探險的)旅行.

safári pàrk *n.* ⓒ自然動物園, 野生動物園.

***safe** [sef; seɪf] *adj.* (**saf·er; saf·est**)
〖完全的, 平安的〗 1 (a) 安全的, 無危險的, (*from*)(↔ dangerous); (地方等)安全的; (→ secure 同). We are *safe from* any danger while we are in this room. 我們待在這房間裡很安全, 無危險之虞/What places are the *safest* during an earthquake? 地震時甚麼地方最安全呢?
(b)(常作 come, return, arrive 等的補語)平安的, 毫髮無傷的. The climbers all returned *safe.* 登山者皆平安歸來.
2 無妨的, 沒關係的, (*to* do, *in* doing; *for*). It is *safe to* say that we will never lose the game. = You are *safe in saying* that we will never lose the game. 說我們穩贏這場比賽也無妨〔不過分〕/Is this place *safe for* swimming? 在這裡游泳不會怎麼樣吧?
3 (棒球)安全上壘的. a *safe* hit 安打.
〖不用擔心的〗 4 無傷人之虞的, 無害的, (↔ dangerous). The snake is *safe* in the cage. 籠中的蛇是無法傷人的.
5 可信賴的, 確實可靠的; 穩當無誤的(*to* do). a *safe* driver 謹慎的駕駛員/a *safe* investment 安全可靠的投資/The bill is *safe* to pass. 這件法案篤定能通過. ⇨ *n.* **safety.**
be on the sáfe side (口)為了安全起見, 不冒險.

I stayed in bed one more day just to *be on the safe side.* 為了安全起見我又多躺一天.
pláy (*it*) *sáfe* 謹慎行事.
sàfe and sóund 平安地, 安然無恙地. The party returned *safe and sound.* 一行人平安歸來.
— *n.* (*pl.* ~**s** [~s; ~s]) ⓒ 1 保險箱. break [crack] a *safe* (open) 撬開保險箱.
2 存放或保存物品[食物]的器具.

safe-de·pos·it [,sefdɪ`pɑzɪt; 'seɪfdɪ,pɒzɪt] *n.* ⓤ貴重物品存放處; ⓒ(銀行的)保險箱.

sàfe-depósit bòx *n.* ⓒ(銀行的)保險箱.

safe·guard [`sef,gɑrd; 'seɪfgɑːd] *n.* ⓒ保護(手段), 防禦(對策); 安全[防禦]裝置. a *safeguard* against accidents 防止事故的安全裝置.
— *vt.* 保護, 維護; 護衛. Food laws serve to *safeguard* our health. 食品法的功能是保護我們的健康.

safe·keep·ing [`sef`kipɪŋ, ,seɪf'kiːpɪŋ] *n.* ⓤ保管; 保護.

***safe·ly** [`seflɪ; 'seɪflɪ] *adv.* 1 安全地, 平安地. The airplane landed *safely.* 這架飛機安全著陸. 2 (做…也)無妨, 沒關係. It may *safely* be said that health is better than wealth. 說健康勝於財富也無妨.

safe·ness [`sefnɪs; 'seɪfnɪs] *n.* ⓤ安全, 平安.

saf·er [`sefɚ; 'seɪfə(r)] *adj.* safe 的比較級.

saf·est [`sefɪst; 'seɪfɪst] *adj.* safe 的最高級.

***safe·ty** [`seftɪ; 'seɪftɪ] *n.* ⓤ安全(↔ danger), 平安. *Safety* First. 安全第一(標語)/road *safety* rules (汽車的)道路安全駕駛規則/The party crossed the river in *safety.* 一行人平安地渡河. ⇨ *adj.* **safe.**
pláy for sáfety 行事以安全至上為原則.
with sáfety 平安地(通常用於否定句). You cannot cut his class *with safety.* 你不可能蹺掉那個老師的課還可以好端端的.

sáfety bèlt *n.* ⓒ安全帶(seat belt).

sáfety càtch *n.* ⓒ(槍, 門等的)安全裝置.

sáfety cùrtain *n.* ⓒ(垂於劇場舞臺和觀眾席之間的)防火幕.

sáfety glàss *n.* ⓤ安全玻璃(作為汽車的擋風玻璃等; 碎裂時不致飛散傷人).

sáfety ìsland *n.* ⓒ(美)(道路的)安全島.

sáfety làmp *n.* ⓒ(礦坑用的)安全燈.

sáfety màtch *n.* ⓒ安全火柴(現在一般使用的火柴).

sáfety pìn *n.* ⓒ安全別針.

sáfety ràzor *n.* ⓒ安全刮鬍刀.

sáfety vàlve *n.* ⓒ 1 安全閥. 2 (感情, 精力等的)發洩對象.

saf·fron [`sæfrən, `sæfən; 'sæfrən] *n.* 1 ⓒ番紅花(秋天開的 crocus). 2 ⓤ乾番紅花柱頭(昂貴的香辣調味料、食用色素添加劑). 3 ⓤ番紅花色(深黃色).

sag [sæg; sæg] *vi.* (~**s**; ~**ged**; ~**ging**) 1 〔橋等中央橫斷處〕下沈, 下彎; 〔道路等〕下陷; 〔皮膚, 肌肉等〕(因上了年紀)下垂; 〔褲子膝蓋部分等〕撐突出來, 鬆弛, 服起來. His stomach is beginning

to *sag* with age. 他的肚子開始隨著年紀的增長而凸出.

2 沒精神, 洩氣; 〔興趣等〕淡薄. Our spirits *sagged* at the news. 我們聽到那則消息就洩氣了.

3 《商業》(股市)下挫; 〔物價〕下跌.

—— *n.* 〔[U]〕**1** 下彎; (道路等的)下陷. **2** (股市的)下挫.

sa·ga [`sɑgə; 'sɑːɡə] *n.* [C] **1** 古老事蹟(有關中古時期挪威、冰島的王侯、豪門等的傳說).

2 (泛指)英雄傳奇, 冒險故事.

3 長篇小說(取材跨越一個家族數代人的長篇故事; 例如高斯瓦西(Galsworthy)所著的《弗賽特事蹟》(*The Forsyte Saga*)).

sa·ga·cious [sə`geʃəs, se-; sə'ɡeɪʃəs] *adj.* (雅)〔人〕賢明的, 聰穎的, (wise); 敏銳的.

sa·ga·cious·ly [sə`geʃəslɪ, se-; sə'ɡeɪʃəslɪ] *adv.* (雅)賢明地, 聰穎地.

sa·gac·i·ty [sə`gæsətɪ; sə'ɡæsətɪ] *n.* [U](雅)賢明, 聰穎; 敏銳. ⇨ *adj.* **sagacious**.

sage[1] [sedʒ; seɪdʒ] *n.* [C] 賢人, 哲人, 德高望重的人.

—— *adj.* 《主雅》(深思熟慮且經驗豐富的)賢明的, 賢良的. You may depend on him for *sage* advice. 你可以仰仗他明智的忠告.

sage[2] [sedʒ; seɪdʒ] *n.* [U] **1** 鼠尾草, (特指)藥用鼠尾草, (→ herb 【).

2 藥用鼠尾草的葉子(可作香辣調味料).

sage·brush [`sedʒ,brʌʃ; 'seɪdʒbrʌʃ] *n.* [U]山艾《產於美國西部乾燥平原的雜草》.

sage·ly [`sedʒlɪ; 'seɪdʒlɪ] *adv.* 賢明地.

Sag·it·tar·i·us [ˌsædʒɪ`tɛrɪəs, -`ter-, ˌsædʒɪ'teərɪəs] *n.* 《天文》射手座; 射手宮(十二宮的第九宮; → zodiac 【); [C] 射手座的人《於 11 月 22 日至 12 月 21 日之間出生的人》.

sa·go [sego; 'seɪɡəʊ] *n.* (*pl.* ~s) [U]西谷粉《由西谷椰子莖製成的澱粉食品; 可用來增加食物的黏稠度》. **2** [C]《植物》西谷椰子.

Sa·ha·ra [sə`hɛrə, -`herə, -`hɑrə; sə'hɑːrə] *n.* (加 the)撒哈拉沙漠(亦可說 the Sahàra Dèsert).

sa·hib [`sɑɪb, `sɑhɪb; sɑːb] *n.* [U](通常 Sahib) 先生, 閣下, 《從前印度人對歐洲男士的尊稱》.

said [sɛd; sed] (★注意發音) *v.* say 的過去式、過去分詞.

—— *adj.* 《限定》《文章》上述的, 前述的. the *said* John Smith 上述的約翰·史密斯.

Sai·gon [ˌsaɪ·`gɑn, saɪ'ɡɒn; saɪ'ɡɒn] *n.* 西貢《前越南共和國〔南越〕首都; 1976 年 7 月納爲胡志明市的一部分》.

*sail [sel; seɪl] *n.* (*pl.* ~s [~z; ~z], 2 (b) 爲 ~) [C] **1** 帆. hoist [put up] the *sails* = hoist [put up] *sail* 揚帆/lower [take down] a *sail* 下帆/unfurl [furl] a *sail* 張〔收〕帆. 〔語法〕sail 在慣用句中常不加冠詞.

2 (a) 帆船. Sail ho! 有船了!《看見其他船時的喊叫聲》. (b) (*pl.* ~)(加數詞)… 艘船. a fleet of twenty *sail* 二十艘船組成的船隊.

3 (用單數)揚帆行駛; 航海. go for a *sail* 乘船出遊.

4 呈帆形狀之物; (風車的)翼.

in fùll sáil 張滿帆, 以全速.

màke sáil (1)揚帆; 出航. (2)增加帆的數量以加快船的速度.

sèt sáil 啓航(*for* 向…).

take ìn sáil (1)減少〔收〕部分的帆(以降低速度). (2)收斂氣焰, 減少活動.

tàke the wínd out of [*from*] *a pèrson's sáils* 《口》使某人突然失去自信; 先發制人, 扯某人後腿; 《源自航行至其他船隻的上風區, 使其帆無法迎風助航的典故》.

ùnder sáil (1)張著帆. (2) 航行中.

—— *v.* (~**s** [~z; ~z]; ~**ed** [~d; ~d]; ~**ing**) *vi.* 【 揚帆行駛 】 **1** (船, 人)揚帆行駛; 航行, 航海; 〔人〕坐船去; (★ sail 原專指帆船, 但現在可用於任何船). The ship *sailed up* [*down*] the Thames. 這艘船往泰晤士河上游〔下游〕航行.

2 朝…開始, 出航, (*for* 向著…). The Olympia *sailed* from Liverpool *for* New York yesterday. 奧林匹亞號昨天由利物浦出發航向紐約.

【 像帆船那樣前進 】 **3** (鳥、魚、雲等)輕快地前進, 滑翔前進; 〔特指女子〕輕盈優雅地走路; 輕鬆通過(*through* 〔考試〕等). I saw a white cloud *sailing* across the sky. 我看見白雲飄過天空/She *sailed* proudly out of the room. 她踩著輕盈的步伐, 自信滿滿地走出房間/He *sailed through* the examination. 他輕鬆地通過考試.

—— *vt.* **1** 〔船、人〕在…上航行, 行船; 〔飛機〕在〔天空〕中飛航, 飛行. The pirates *sailed* the seven seas. 海盜們航行了七大洋.

2 使揚帆行駛, 駕駛. sail a yacht 駕駛帆船.

sàil clòse to the wínd (1)《海事》搶風航行(雖爲逆風航行, 卻儘可能採取順著上風方向的航路). (2) 遊走於法律〔道德〕的邊緣.

sáil ín (1)進港. (2)《口》精神奕奕地開始行動, 以言辭攻擊.

sáil into… (1)駛進(港口). (2)《口》激烈反抗; 毆打; 責罵…. (3)《口》精神奕奕地開始…

sail·board [`sel,bord, -,bɔrd; 'seɪlbɔːd] *n.* [C] 裝三角帆的衝浪板(衝浪用).

sail·boat [`sel,bot; 'seɪlbəʊt] *n.* [C] 《美》帆船, 小艇, (《英》 sailing boat).

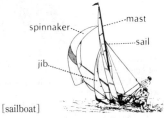

[sailboat]

sail·cloth [`sel,klɔθ; 'seɪlklɒθ] *n.* [U] 帆布, 亞麻布, 《厚的棉布料》.

sail·ing [`seɪlɪŋ; 'seɪlɪŋ] *n.* **1** [*a* U]航行，航海；航海術．Four days' *sailing* left us all exhausted. 四天的海上航程把我們累垮了．**2** UC 出航．

sáiling bòat *n.* C《英》=sailboat.

sáiling shìp [vèssel] *n.* C 帆船《輪船為 steamer》．

[sailing ship]

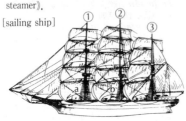

①foremast　②mainmast　③mizzenmast
　a.foresail　　b.mainsail

*sail·or [`seɪlə; 'seɪlə(r)] *n.* (*pl.* ~s [~z; ~z]) C **1** 船員，海員，船夫，《廣義上指從船長、艦長到水手、水兵等所有船務人員》．an old *sailor* 老水手/The boy wanted to become a *sailor*. 那個少年想當船員．

2 水手，下級船員；水兵《→ officer》．a boy *sailor* 少年水手《實習的》．

3 《加形容詞》對船…的人．a bad [good] *sailor* 會[不會]暈船的人．C

sáilor sùit *n.* C《兒童穿的》水手裝．

*saint [sent; seint] *n.* (*pl.* ~s [~s; ~s]) C **1** 聖徒，聖者，聖人，《生前為德高之人，死後被基督教會列入聖人之列的人》．St. Patrick is the patron *saint* of Ireland. 聖派屈克是愛爾蘭的守護聖人．

2 聖人君子；《口》極親切的人．live a *saint's* life 過著高潔的生活．

3 (Saint)聖…《匿法》通常略作St.，置於聖徒名字之前；有關發音→ St.》．*St.* Paul 聖保羅/*St.* Thomas More 聖湯瑪士‧摩爾．⇨ *adj.* **saintly.**

Sàint Bernárd 《美》—；《英》— ⊥ — *n.* C 聖伯納犬《有白色和茶色斑紋的大型犬；阿爾卑斯山區的搜救狗》．

saint·ed [`sentɪd; 'seɪntɪd] *adj.* **1** 被列入聖者之列的．

2 神聖的；德高的．

saint·hood [`sent͵hud; 'seɪnthud] *n.* U **1** 聖人的身分；聖徒的地位．**2** 《集合》聖徒們．

[Saint Bernard]

saint·li·ness [`sentlɪnɪs; 'seɪntlɪnɪs] *n.* U 聖徒氣質；《聖人般的》高潔情操．

saint·ly [`sentlɪ; 'seɪntlɪ] *adj.* 如聖人般的，高潔的，德高的．

sáint's dày *n.* C《天主教》聖徒紀念日．

Sàint Válentine's Dày *n.* 聖華倫泰節，情人節，《紀念基督教殉教者聖華倫泰；2月14日》．

saith [sɛθ; seθ] *v.* 《古》say 的第三人稱、單數、現在式(says)．

*sake¹ [sek; seɪk] *n.* (*pl.* ~s [~s; ~s]) C 緣故；利益；目的；理由；《通常用 for the sake of..., for...'s sake 的形式》．Please come back early today *for the sake of* the children [*for* the children's *sake*]. 看在孩子們的份上，今天請早點回來．《同》英語中表「利益，目的」時用 for the sake of，表「原因，理由」時用 because of, on account of．《匿法》sake 前的名詞以 [s; s] 結尾時通常將 's 的 s 或整個 's 省略: for convenience(') sake《為了方便起見》．

for Gód's [*góodness', héaven's, píty's*] *sàke*《口》拜託啦，幫幫忙，行行好．

sa·ke², sa·ki [`sɑkɪ; 'sɑːkɪ]《日語》*n.* U 日本清酒．

Sa·kha·lin [͵sækə`lin; ͵sɑːkɑː'liːn] *n.* 庫頁島．

sa·laam [sə`lɑm; sə'lɑːm] *n.* C 額手禮《回教徒的禮節，以右手掌貼額鞠躬》．
— *vi.* 行額手禮(to)．

sal·a·ble [`seləbl; 'seɪləbl] *adj.* **1** 變成商品的；暢銷的．**2** 《價格》適當的，恰好的．

sa·la·cious [sə`leʃəs; sə'leɪʃəs] *adj.* 猥褻的，淫亂的．

sa·la·cious·ly [sə`leʃəslɪ; sə'leɪʃəslɪ] *adv.* 猥褻地，淫亂地．

*sal·ad [`sæləd; 'sæləd] *n.* (*pl.* ~s [~z; ~z]) **1** UC 沙拉．fruit [vegetable] *salad* 水果[蔬菜]沙拉．

2 U 用來做生菜沙拉的蔬菜《特指萵苣》．

sálad bàr *n.* C 沙拉吧《設置於某些餐廳中，可隨意取食沙拉的餐檯》．

sálad bòwl *n.* C 沙拉碗．

sálad dàys *n.* 《作複數》《口》孩童時期；初出茅廬的時候．

sálad drèssing *n.* U 沙拉醬．

sal·a·man·der [`sælə͵mændə; 'sælə͵mændə(r)] *n.* **1** 《動物》蠑螈．**2** 火龍，火蜥蜴，《傳說中生活在火中的怪物》．

sa·la·mi [sə`lɑmɪ; sə'lɑːmɪ] *n.* U 義大利鹹味臘腸．

[salamander 1]

sal·a·ried [`sælərɪd; 'sælərɪd] *adj.* 領薪水的；有薪的《工作等》．a *salaried* worker [employee] 領月薪者，職員/the *salaried* class 薪水階層．《參考》salaried 是指領 salary，而非領 wages．

sal·a·ries [`sælərɪz; 'sælərɪz] *n.* salary 的複數．

*sal·a·ry [`sælərɪ; 'sælərɪ] *n.* (*pl.* **-ries**) UC 《公司職員，公務員等的》薪水，薪俸．a high [low] *salary* 高[低]薪/a monthly [an annual] *salary* 月[年]薪/He gets [draws] a *sal-*

ary of 50,000 dollars per annum. 他年薪五萬美元/I live *on* my *salary*. 我靠薪俸維持生計.

回 salary 是支付白領階級、專業人員等的月薪; → wage.

┃搭配┃ *adj.*+salary: a good ～ (豐厚的薪水), a small ～ (一點點薪水), a poor ～ (微薄的薪水) // *v.*+salary: pay a ～ (付薪水), raise a ～ (增加某人的薪), reduce a person's ～ (減某人的薪).

字源 salary 原來爲鹽(salt)之意, 指以前羅馬時代發給士兵作爲鹽費用的錢.

＊sale [sel; seɪl] *n.* (*pl.* ～**s** [~z; ~z]) **1** ⓤ出售, 賣出. for [on] *sale* (→片語)/The *sale* of alcohol from vending machines was prohibited. 禁止自動販賣機出售酒類.

2 ⓒ (一次的)銷售; 銷售; 需求. a *sale* for cash=a cash *sale* 現金交易/a *sale* on credit 簽帳/How many *sales* have you made so far today? 到今天爲止你賣出多少?

3 (sales)銷售額. *Sales* are down this month. 本月的銷售額下降.

4 ⓒ 特價出售, 大減價, 大賤賣, (bargain sale). a *sale* on winter goods 冬季用品大減價.

5 ⓒ 拍賣. ⇨ *v.* sell.

＊*for sále* 待售, 出售. Not For Sale 非賣品(告示等)/Mr. Smith put the house up *for sale* at £50,000. 史密斯先生出價五萬英鎊賣那幢房子.

＊*on sále* 出售; (美)特價出售, 拍賣. The new type of computer will go [be] *on sale* next spring. 這種新型電腦將於明年春天上市/I bought the camera *on sale*. 我買了那臺特價出售的相機.

on sále and [or] retúrn (商業)可退貨經銷, 託售制地.

sale·a·ble [ˋseləbḷ; ˈseɪləbl] *adj.* =salable.

sales·clerk [ˋselzˏklɝk; ˈseɪlzˌklɜːk] *n.* ⓒ (美)(櫃檯的)店員, 售貨員, (亦用於女性).

sáles depártment *n.* ⓒ (公司的)銷售部, 業務部.

sales·girl [ˋselzˏgɝl; ˈseɪlzgɜːl] *n.* ⓒ女店員.

＊sales·man [ˋselzmən; ˈseɪlzmən] (★注意發音) *n.* (*pl.* **-men** [-mən; -mən]) ⓒ **1** (店面的)男營業員, 男店員, (男)售貨員, (通常指熟練者). I asked the *salesman* if they had a larger size. 我詢問店員是否有較大的尺寸. **2** 推銷員, 男業務員. a car [an insurance] *salesman* 汽車推銷員[保險業務員].

sales·man·ship [ˋselzmənˏʃɪp; ˈseɪlzmənʃɪp] *n.* ⓤ銷售技術[手腕].

sales·peo·ple [ˋselzˏpipḷ; ˈseɪlzˌpiːpl] *n.* (作複數)販賣商人, 售貨員; 推銷員; (salesperson 的複數或集合名詞).

sales·per·son [ˋselzˏpɝsṇ; ˈseɪlzpɜːsn] *n.* ⓒ 營業員, 售貨員; 業務員; (→ person 語法).

sales·room (美), **sale·room** (英) [ˋselzˏrum, -ˏrʊm; ˈseɪlzrʊm], [ˋselˏrum, -ˏrʊm; ˈseɪlrʊm] *n.* ⓒ拍賣場.

sáles slíp *n.* ⓒ(美)銷貨傳票, 收據, (receipt).

sáles tálk *n.* ⓤⓒ推銷商品廣告詞, 天花亂墜

的遊說之詞.

sáles táx *n.* ⓤⓒ (美)貨物稅, 營業稅, 《購買者按貨款的百分率所繳納的稅金, 由銷售者集中後繳納給州政府; 相當於英國的 VAT》.

sales·wom·an [ˋselzˏwʊmən, -ˏwum-; ˈseɪlzwʊmən] *n.* (*pl.* **-wom·en** [-ˏwɪmɪn; -wɪmɪn]) ⓒ (店面的)女營業員, 女店員; 女推銷員, 女業務員.

sa·lient [ˋseljənt, -lɪənt; ˈseɪljənt] *adj.* 〔文章〕 **1** 突出的; 〔角〕凸角的. a *salient* angle 凸角.

2 顯著的, 突顯的. the *salient* characteristics 顯著的特徵.

— *n.* ⓒ (要塞, 前線等接近敵人的)突出區域.

sa·line [ˋselaɪn, -lɪn; ˈseɪlaɪn] *adj.* 鹽的; 含鹽分的, 鹹的. a *saline* lake 鹽水湖.

— [ˋselin, səˋlaɪn; ˈseɪlaɪn] *n.* ⓒ鹽水.

sa·lin·i·ty [səˋlɪnətɪ; səˈlɪnɪtɪ] *n.* ⓤ鹽分; 鹽度.

Salis·bur·y [ˋsɔlzˏbɛrɪ, -bərɪ, -brɪ; ˈsɔːlzbərɪ] *n.* 沙利斯伯立(英國南部的城市).

sa·li·va [səˋlaɪvə; səˈlaɪvə] *n.* ⓤ唾液, 涎.

sal·i·var·y [ˋsæləˏvɛrɪ; ˈsælɪvərɪ] *adj.* 唾液的.

sálivary glánds *n.* (作複數)〔解剖〕唾液腺.

sal·i·vate [ˋsæləˏvet; ˈsælɪveɪt] *vi.* 垂涎, 流口水.

sal·low [ˋsælo, -ə; ˈsæləʊ] *adj.* 〔臉色等〕發黃的, 氣色差的, (↔ruddy). a *sallow* complexion 臉色蠟黃.

— *vt.* 使〔臉色等〕變得蠟黃(《氣色不佳》.

Sal·ly [ˋsælɪ; ˈsælɪ] *n.* Sarah 的暱稱.

sal·ly [ˋsælɪ; ˈsælɪ] *n.* (*pl.* **-lies**) ⓒ **1** (被包圍的士兵的)突圍, 出擊. **2** (感情等的)迸發; 突發 (*of*). **3** (口)短程旅行, 遠足.

— *vi.* (**-lies**; **-lied**; ～**ing**) **1** 〔被包圍的士兵〕突圍, 出擊, (*out*). The men in the fort *sallied out* against the enemy. 要塞中的士兵們突出重圍殺向敵軍.

2 精神奕奕地去(買東西), 出發去(旅行等), (*forth*; *out*).

＊sal·mon [ˋsæmən; ˈsæmən] (★注意發音) *n.* (*pl.* ～, ～**s** [~z; ~z]) **1** ⓒ〔魚〕鮭魚. It is widely known that *salmon* return to the rivers where they were born. 一般人都曉得鮭魚會洄游至出生河流的習性.

2 ⓤ鮭魚肉. **3** =salmon pink.

— *adj.* 橙紅色的, 鮭肉色的.

sal·mo·nel·la [ˏsælməˋnɛlə; ˌsælməˈnelə] ⓤ沙門桿菌(爲造成食物中毒的主因).

sálmon pínk *n.* ⓒ鮭肉色(帶點黃的粉紅色).

sálmon tróut *n.* ⓒ〔魚〕鱒魚.

sa·lon [səˋlɑn; ˈsælɔ̃ːŋ] *n.* (*pl.* ～**s** [~z; ~z]) ⓒ

1 (法國等地大宅邸的)客廳, 大廳.

2 沙龍(上流社會婦女在客廳裡舉行作家、畫家等的聚會; 17, 18 世紀在巴黎盛行一時).

3 (美容, 服裝等的)店. a beauty *salon* 美容院 (beauty parlor).

*sa·loon [sə`lun; sə'lu:n] *n.* (*pl.* ~**s** [~z; ~z]) C
1 (客輪, 旅館等的)**大廳**, 交誼廳; (客機的)客艙. a spacious *saloon* 寬闊的交誼廳.
2 (美)(西部片中出現的)**酒館**. They promised to meet again at the *saloon*. 他們相約在酒館中再次碰面. 3 店, …場, (經營者充闊時所說的話). a billiard *saloon* 撞球場/a dancing *saloon* 大舞廳.
4 (英)=saloon bar. 5 (英)=saloon car.

salóon bàr *n.* C (英)雅座吧檯(比普通吧檯(public bar)級級).

salóon càr *n.* C (英) 1 (火車的)特別車廂, 頭等車廂. 2 轎車(→ sedan).

sal·sa [`sælsə; `sælsə] *n.* 薩爾薩(起源於拉丁美洲舞蹈的音樂).

SALT [sɔlt; sɔ:lt] (略) Strategic Arms Limitation Talks (限制戰略武器談判).

*salt [sɔlt; sɔ:lt] (★注意發音) *n.* 1 U鹽, 食鹽. table *salt* 餐桌鹽/rock *salt* 岩鹽/Pass (me) the *salt*, will you? 把鹽遞給我, 好嗎?
2 UC(化學)鹽, 鹽類.
3 U增添風味(熱忱)的要素; 機智. Her story is full of *salt*. 她的話中充滿機智.
4 =saltcellar. ⇨ *adj.* salty.
in sált 撒過鹽的; 醃過的. keep [preserve] meat in *salt* 醃肉.
rùb sált into a pèrson's *wóund*(*s*) 更加深某人的創痛(<把鹽擦進傷口).
tàke...with a gràin of sált → grain 的片語.
the sàlt of the éarth 「地之鹽」, 堪稱社會楷模的人(們), 推動社會進步的人(們). 《<鹽可用來防止腐敗; 源自聖經).
wòrth one's *sált* (口)(通常用於否定句)不是吃白飯的; 足以尊敬的. No writer *worth* his *salt* would use such bad grammar. 沒有一位值得尊敬的作家會寫出文法這麼糟的東西.
— *adj.* 1 含鹽的, 鹹的. (↔ fresh). a *salt* lake 鹽水湖/*salt* butter 鹹奶油. 2 醃的.
— *vt.* 1 加鹽, 撒鹽; 使鹹; 醃漬. *salt* fish 醃魚/*salt* soup 在湯中加鹽.
2 增添風味(*with*)(通常用被動語態). His story was *salted with* amusing episodes. 他的話中不時穿插著趣味軼事, 增添不少趣味.
sàlt /.../awáy (1)醃… (2)(口)積攢, 存, 〔錢等).

salt·cel·lar [`sɔltˌsɛlɚ; `sɔ:ltˌselə(r)] *n.* C (餐桌用)鹽瓶(深碟狀, 用小杓子舀).

salt·i·ness [`sɔltɪnɪs; `sɔ:ltɪnɪs] *n.* U 鹽漬物; 尖酸刻薄.

Sàlt Làke Cíty *n.* 鹽湖城(美國 Utah 首府; 為摩門教總部所在地).

sàlt líck *n.* C (動物集中舔鹽的)鹽漬地.

salt·pe·ter (美), **salt·pe·tre** (英) [`sɔlt`pitɚ; ˌsɔ:lt`pi:tə(r)] *n.* U 硝石, 硝酸鉀, (火藥, 玻璃的原料).

sàlt shàk·er *n.* C (餐桌上用的)搖灑式鹽瓶.

sàlt wàter *n.* U 1 鹽水, 海水, (→ fresh). 2 (俚)淚.

salt·wa·ter [`sɔltˌwɑtɚ; `sɔ:ltˌwɔ:tə(r)] *adj.* 《限定)海水的, 鹽水的; 產於海中的, (↔ freshwater). *saltwater* fish 海水魚.

salt·y [`sɔltɪ; `sɔ:ltɪ] *adj.* 1 含鹽的, 鹹的; 海的. 2 (話等)尖酸的, 刻薄的, 猛烈的. *salty* remarks 尖酸的話. — *n.* salt.

sa·lu·bri·ous [sə`lubrɪəs, -`lɪu-; sə'lu:brɪəs] *adj.* 《雅)(氣候等)有益健康的, (空氣等)清爽的.

sal·u·tar·y [`sæljəˌtɛrɪ, -jʊ-; `sæljʊtərɪ] *adj.* (文章)有益的, 健全的; 有益健康的. The scolding had a *salutary* effect on his behavior. 責備對他的行爲有正面的影響.

*sal·u·ta·tion [ˌsæljə`teʃən, -jʊ-; ˌsæljʊ'teɪʃn] *n.* (*pl.* ~**s** [~z; ~z]) 1 UC(文章)致意(★現在常用 greeting). He took off his hat in *salutation*. 他脫帽致意. 2 C書信中的抬頭(Dear Sir, Dear Mr. Smith 等).

sa·lu·ta·to·ri·an [səˌlutə`torɪən, səˌluːtə'tɔːrɪən] *n.* C (美)(大學, 高中)畢業典禮中上臺致開幕詞的畢業生(通常爲成績第二名的畢業生; → valedictorian).

*sa·lute [sə`lut, -`lɪut; sə'lu:t] *v.* (~**s** [~s; ~s], -**lut·ed** [~ɪd; ~ɪd]; -**lut·ing**) *vt.* 1 (文章)向…致意, 打招呼, (將帽子稍稍舉起致意). She *saluted* me with a smile. 她微笑著對我打招呼.
2 (軍隊)向…敬禮(舉手, 禮砲等). He *saluted* the sergeant. 他向士官敬禮.
3 (文章)(公開)稱讚(人, 工作情況等).
— *vi.* 1 致意(*to*). 2 (軍隊)敬禮; 鳴禮砲.
— *n.* (*pl.* ~**s** [~s; ~s]) C 1 致意, 致敬, 打招呼, (★表此意時常用 greeting). return a *salute* 回禮/exchange *salutes* 相互致意.
2 (軍隊)敬禮; 禮砲. take the *salute* 接受(行進中部屬的)敬禮.
in salúte 表示敬意, 作爲敬意. He raised his hat in *salute*. 他舉帽致意.

Sal·va·dor [`sælvəˌdɔr; `sælvədɔ:(r)] *n.* =El Salvador.

sal·vage [`sælvɪdʒ; `sælvɪdʒ] *n.* U 1 海上救難(人命及貨物的搶救); 打撈沈船(作業), 海上打撈. 2 (火災時的)家庭財物[人命]的搶救. 3 (從海難, 火災中)搶救出來的貨物[家庭財物]; 被打撈上來的船. 4 (海難, 火災的)救助金.
— *vt.* 1 搶救(*from*). We couldn't *salvage* any of our furniture *from* the flood. 我們沒有辦法從洪水中搶救任何一件家具. 2 打撈(沈船). 3 回收(可再次利用的廢物); 修復(已無法再使用的物品).

*sal·va·tion [sæl`veʃən; sæl'veɪʃn] *n.* (*pl.* ~**s** [~z; ~z]) 1 U(宗教)拯救, 救贖. the *salvation* of souls 靈魂的救贖.
2 U(文章)拯救, 救助; 保存.
3 C(文章)救助者[物], 救濟者; (通常用單數)救濟手段.

Sal·vàtion Ármy *n.* (加 the)救世軍(1865年英國人 William Booth 創立的基督教社會福利組

業團體》.

salve [sæv; sɑːv] *n.* U C **1** 軟膏, 藥膏.
2 醫治心靈創傷的東西, 慰藉.
— *vt.* (雅)緩和, 醫治, (心痛). salve one's conscience 使良心得到寬慰.

sal·ver [ˈsælvɚ; ˈsælvə(r)] *n.* C (金屬製成的圓形)淺盤《放飲料、書信、名片等》.

sal·vi·a [ˈsælvɪə, ˈsælvjə; ˈsælvɪə] *n.* C《植物》洋蘇草, 鼠尾草.

sal·vo [ˈsælvo; ˈsælvəu] *n.* (*pl.* ~**s**, ~**es**) C
1 《軍事》齊射; (炸彈的)齊投. **2** 同聲喝采.

sal vo·lat·i·le [ˈsælvoˈlætḷ‚i; ˌsælvəˈlætəli] (拉丁語) U 碳酸銨水《提神藥》.

Sam [sæm; sæm] *n.* Samuel 的暱稱.

Sa·mar·i·tan [səˈmærətṇ, səˈmɛr-; səˈmærɪtən] *n.* C **1** 撒馬利亞人.
2 = good Samaritan.

sam·ba [ˈsæmbɚ; ˈsæmbə] *n.* C 森巴舞《起源於巴西的輕快舞蹈》; 森巴舞曲.

‡**same** [sem; seɪm] *adj.* **1** (通常加 the)同樣的, 同一的; 類似的, 大致相同的, 相似的, (↔ different). You and I are the *same* age. 你和我同年齡/That's the *same* all over. 那完全一樣/You look the *same* as ten years ago. 你看起來和十年前一樣.
2 《用 this [these, that, those] same 的形式》正是這[那], 該, 上述的, (★強調 this 等). I met this *same* man in Paris last year. 去年我在巴黎也遇見這個人/that *same* evening 就是那晚.
⇨ *n.* sameness.
about the same = much the same.
* *at the same time* (1)同時. They arrived *at the same time*. 他們同時抵達. (2)然而, 雖說. He sometimes disappoints us, but, *at the same time*, he is a very able man. 雖然他有時令我們失望, 但他仍然是個能力很強的人.
much the same 大致相同, 大同小異. The two dictionaries are *much the same*. 那兩本辭典大同小異.
one and the same 完全相同的. The evening star and the morning star are *one and the same* star. 黃昏星和晨星是同一顆星.
same here 《口》我也是(me too). "I am afraid I came too late." "*Same here*." 「我恐怕遲到了」「我也是.」
* *the same* (A) *as* B 和 B(在 A 方面)一樣(→ the same (A) that... 語法). Your feet are the same size as mine. 你的腳和我的一樣大/I went to London in the *same* year *as* you did. 我和你都是在同一年去倫敦的.
the same (A) *that* [*which, who, when, where*]... 和…相同的(的 A). This is the *same* camera [*that* [*which*] I sold to John. 這和我賣給約翰的相機是一樣的/Put back that key in the *same* place *where* I left it. 把鑰匙放回我原來放的地方. 語法(1)第一個例句中, 雖然有的說法是用 that 時指「同一件東西」, 而用 as 指「同一類東西」, 但實際上並無嚴格的區別, 一般較常使用 as. (2)受

格 that [which, whom] 大多會省略.
the same (A) *with* B (在 A 方面)和 B 相同(★後面接名詞(片語)). I was born in *the same* year *with* John. 我和約翰在同一年出生.
the very same 完全相同的, 一模一樣的.
— *adv.* (加 the)同樣地(in the same way). We don't think the *same* as they do. 我們和他們的想法並不相同/I feel the *same* about this problem. 對於這個問題我也有同感.
— *pron.* (通常加 the)同樣的事; 同樣的東西[人]. The *same* goes for me. 我也一樣/You've treated me badly. I'll do the *same* to you some day. 你對我這麼壞, 有朝一日我這樣回報/*Same* for me, please. 《口》請給我同樣的(用於點菜等).
* *all the same* (1)可是仍舊, 雖說. Thank you *all the same*. (謝絕對方的好意等後)可是我仍謝謝你. (2)完全相同, 怎麼都可以. It's *all the same* to me what you do. 你做甚麼我都無所謂.
I wish you the same! = 《口》(*The*) *same to you!* 也祝福你! 《回應 Merry Christmas. 或 Good luck.》.
just the same = all the same.

same·ness [ˈsemnɪs; ˈseɪmnɪs] *n.* U **1** 相同, 一致, 同樣, 類似. **2** 單調; 規律.

Sa·mo·a [səˈmoə; səˈməuə] *n.* 薩摩亞《南太平洋的群島》; 西薩摩亞(Western Samoa)《為一獨立共和國, 東部為美屬領地》.

sam·o·var [ˈsæməˌvar; ˈsæməvɑː(r)] *n.* C 俄式茶炊《特指在俄國煮開水沏茶用的壺》.

sam·pan [ˈsæmpæn; ˈsæmpæn] (中文) *n.* C 舢板《中國、東南亞地區使用的平底小船》.

‡**sam·ple** [ˈsæmpḷ; ˈsɑːmpl] *n.* (*pl.* ~**s** [~z; ~z]) C **1** 樣品, 試用品, (→ specimen 同). a free *sample* of shampoo 洗髮精免費試用品.
2 樣本, (實驗用的)抽樣; 實例, 例子. This is a *sample* of his bad manners. 這就是他不禮貌的實例/They took a *sample* of my blood at the hospital. 他們在醫院為我做抽血取樣.
3 《形容詞性》樣本的. a *sample* bottle of perfume 香水試用瓶/a *sample* copy 樣本.
— *vt.* **1** 取…的樣本; 抽樣調查.
2 試吃, 試喝. Let me *sample* your cake. 讓我嚐一下你做的蛋糕.

sam·pler [ˈsæmplɚ; ˈsɑːmplə(r)] *n.* C **1** 樣本[取樣分析]調查員. **2** 試吃者, 試嚐者. **3** 針線習作作品《初學的少女為了展示其針線活手藝而繡上字母及姓名等的布》.

sam·pling [ˈsæmplɪŋ; ˈsɑːmplɪŋ] *n.* **1** U 抽樣(法), 取樣, sampling (→ 見 random sampling). **2** C 選出的樣本.

Sam·son [ˈsæmpsṇ, ˈsæmsṇ; ˈsæmsn] *n.* **1** 男子名. **2** 《聖經》參孫《力大無比的希伯來英雄》.

Sam·u·el [ˈsæmjʊəl, ˈsæmjʊl, ˈsæmjəl; ˈsæmjʊəl] *n.* 男子名.

S

sam·u·rai [ˋsæmʊ͵raɪ; ˊsæmʊraɪ] (日語) *n.* (*pl.* ~, ~s) ⓒ 武士.

san·a·to·ri·a [͵sænəˋtorɪə, -ˋtɔr-; ͵sænəˊtɔːrɪə] *n.* sanatorium 的複數.

san·a·to·ri·um [͵sænəˋtorɪəm, -ˋtɔr-; ͵sænəˊtɔːrɪəm] *n.* (*pl.* ~s, -ria) ⓒ (特指長期療養者的)療養院; 休養地.

sanc·ta [ˋsæŋktə; ˊsæŋktə] *n.* sanctum 的複數.

sanc·ti·fi·ca·tion [͵sæŋktɪfɪˋkeʃən, ͵sæŋktɪfɪˊkeɪʃn] *n.* ⓤ 神聖化; 洗清罪孽.

sanc·ti·fy [ˋsæŋktə͵faɪ; ˊsæŋktɪfaɪ] *vt.* (**-fies; -fied; ~ing**) **1** 使神聖; 把…獻給神; 使聖潔. **2** 洗淨. pray to God to *sanctify* one's heart 向上帝祈求洗滌心靈. **3** 《文章》使正當化, 認可. 《通常用被動語態》. a procedure *sanctified* by tradition 傳統所認可的程序.

sanc·ti·mo·ni·ous [͵sæŋktəˋmonɪəs, -ˋmonjəs; ͵sæŋktɪˊməʊnjəs] *adj.* 故作虔誠的, 假裝神聖的.

sanc·ti·mo·ni·ous·ly [͵sæŋktəˋmonɪəslɪ, -ˋmonjəs-; ͵sæŋktɪˊməʊnjəslɪ] *adv.* 故作虔誠地.

*****sanc·tion** [ˋsæŋkʃən; ˊsæŋkʃn] *n.* (*pl.* ~s [~z; ~z]) 【透過權力的許可】 **1** ⓤ《文章》認可, 批准; 承認, 許可. It is necessary to obtain the *sanction* of the authorities to enter this building. 進入這幢建築物必須得到相關單位的許可/a marriage without church *sanction* 教會不認可的婚姻/give *sanction* to... 認可, 承認. 【無許可>對違反的處罰】 **2** ⓒ (對違反者的)制裁, 處罰. impose *sanctions* on 制裁…. **3** ⓒ (通常 sanctions) (對違反國際法的國家之)制裁. adopt economic *sanctions* against Libya 對利比亞採取經濟制裁. **4** 【處罰>抑制力】ⓒ (制止人不去做壞事的)道德[社會]約束.
— *vt.* 《文章》認可; 贊同. The President refused to *sanction* the use of nuclear weapons in the crisis. 總統拒絕同意在危機時使用核子武器.

sanc·ti·ty [ˋsæŋktətɪ; ˊsæŋktətɪ] *n.* (*pl.* **-ties**) 《文章》 **1** ⓤ 神聖, 尊嚴. the *sanctity* of the marriage tie 婚姻關係的神聖性. **2** ⓤ 高潔, 虔誠. **3** (sanctit*ies*) (在家庭等中的)神聖義務等.

sanc·tu·ar·y [ˋsæŋktʃʊ͵ɛrɪ; ˊsæŋktʃʊərɪ] *n.* (*pl.* **-ar·ies**) **1** ⓒ 神聖的地方(教堂, 神殿, 寺院等); (如教堂的祭壇前如)最神聖的地方. **2** ⓒ (法律所不及的)避難所, 庇護所. (源自中世紀時進入教堂躲避則法律便無法溯及之意). The country is considered to be a *sanctuary* for political refugees. 該國被視為政治犯的庇護所. **3** ⓤ (對罪人等的)庇護, 保護; (教會的)罪人庇護權. **4** ⓒ (鳥獸的)禁獵區, 保護區. a bird *sanctuary* 野鳥保護區.

sèek sánctuary 〔犯人等〕逃進神聖的地方; 流亡(他國等).

sanc·tum [ˋsæŋktəm; ˊsæŋktəm] *n.* (*pl.* ~s, **sanc·ta**) ⓒ **1** 神聖的地方. **2** 《口》僅供自己使用的房間, 不受外界打擾的地方.

‡**sand** [sænd; sænd] *n.* (*pl.* ~s [~z; ~z]) **1** ⓤ 砂. fine grains of *sand* 細砂粒/I got *sand* in my shoe. 我鞋裡進砂了.
2 (sands)沙灘, 沙原, 沙地; 沙丘; 沙漠. play on the *sands* 在沙灘[沙地]上玩/the *sands* of the Sahara 撒哈拉沙漠.
3 ⓒ (the sands)沙漏的沙; 一時一刻; 壽命, 歲數. The *sands* of my life are running out. 我的壽命將盡, 餘生無幾.
⇨ *adj.* sandy.

bùilt on (the) sánd 建在沙地上的; 不穩固的; 《源自聖經》.
— *vt.* **1** 撒砂於…, 用砂覆蓋[埋]…; 攙砂於…. *sand* a road 撒砂於道路上(以防滑).
2 用砂磨; 用砂紙磨; 《*down*》.

*****san·dal** [ˋsænd!; ˊsændl] *n.* (*pl.* ~s [~z; ~z]) ⓒ 涼鞋. a pair of *sandals* 一雙涼鞋.

san·dal·wood [ˋsænd!͵wʊd; ˊsændlwʊd] *n.* ⓒ 檀香木(原產於印度的小喬木); ⓤ 檀香木材(質地堅硬, 有香氣, 可做工藝品、香料).

sand·bag [ˋsænd͵bæg, ˋsæn-; ˊsændbæg] *n.* ⓒ 沙袋, 沙包, (臨時作為防彈, 船的壓艙物等); 亦作為攻人的兇器).
— *vt.* (~s; ~ged; ~ging) **1** 用沙包防禦[堵塞]. **2** 用沙袋把…打倒.

sand·bank [ˋsænd͵bæŋk; ˊsændbæŋk] *n.* ⓒ 沙洲; 沙丘.

sand·bar [ˋsænd͵bɑr; ˊsændbɑː(r)] *n.* ⓒ 沙洲.

sand·blast [ˋsænd͵blæst; ˊsændblɑːst] *vt.* 對…噴砂, 噴砂清洗[切割][金屬, 玻璃等].

sand·box [ˋsænd͵bɑks; ˊsændbɒks] *n.* ⓒ 《美》沙坑(《英》sandpit); 沙箱.

sand·cas·tle [ˋsænd͵kæs!; ˊsændkæsl] *n.* ⓒ (孩子在沙灘上堆的)沙堡.

sánd dùne *n.* ⓒ 沙丘.

sand·er [ˋsændɚ; ˊsændə(r)] *n.* ⓒ 磨砂機.

sand·glass [ˋsænd͵glæs, ˋsæn-; ˊsændglɑːs] *n.* ⓒ 沙漏.

sand·man [ˋsænd͵mæn; ˊsændmæn] *n.* (*pl.* **-men** [-͵mɛn; -men]) ⓒ (加 the) (據說引誘孩子睡覺的)睡魔, 睡眠精靈, (源自人睏了時會揉眼睛, 就像沙子掉入眼睛那樣).

sand·pa·per [ˋsænd͵pepɚ, ˋsæn-; ˊsændˌpeɪpə(r)] *n.* ⓤ 砂紙.
— *vt.* 用砂紙磨《*down*》.

sand·pip·er [ˋsænd͵paɪpɚ, ˋsæn-; ˊsændˌpaɪpə(r)] *n.* ⓒ 《美洲》磯鷸, 斑鷸等鷸科鳥類.

[sandpiper]

sand·pit [ˋsænd͵pɪt; ˊsændpɪt] *n.* ⓒ 《英》(供兒童玩耍的)沙坑; 採沙場.

留下的坑.

San·dra [ˋsændrə; ˋsændrə] *n.* Alexandra 的暱稱.

sand·stone [ˋsænd͵ston, ˋsæn-; ˋsændstəun] *n.* Ⓤ (地質學)砂岩(曾廣泛作為建築石材使用).

sand·storm [ˋsænd͵stɔrm; ˋsændstɔːm] *n.* Ⓒ (沙漠中的)沙暴.

sánd tràp *n.* Ⓒ (美)(高爾夫球場的)沙坑 (bunker).

‡**sand·wich** [ˋsændwɪtʃ, ˋsæn-; ˋsænwɪdʒ] *n.* (*pl.* ~es [~ɪz; ~ɪz]) Ⓒ 三明治, …三明治. Let's make ham [vegetable] *sandwiches*. 我們來做火腿[蔬菜]三明治.
[字源] 源自18世紀英國 Sandwich 伯爵的名字; 此人很喜歡賭牌, 為了可以邊吃邊玩而設計此種食物.
— *vt.* (~es [~ɪz; ~ɪz]; ~ed [~t; ~t]; ~ing) 把…夾在中間, 插入, ((between 介於…)). *sandwich* an interview *between* two meetings 在兩個會議中插入一場面試/He was *sandwiched between* two large women. 他夾在兩位身材高大的婦女中間.

sándwich bòard *n.* Ⓒ (從前)廣告伕掛於身體前後的廣告板(的一塊).

sándwich còurse *n.* Ⓒ(英, 教育)(技術專科學校等的)實習教育課程(在課程中包含3個月至6個月的工廠實習).

sándwich màn *n.* Ⓒ廣告伕,「三明治人」(身體前後掛著廣告板四處行走做廣告的人).

***sand·y** [ˋsændɪ; ˋsændɪ] *adj.* (**sand·i·er**; **sand·i·est**) **1** 沙的; 沙地的; 多沙的. a *sandy* beach 沙灘. **2** (頭髮)黃土色的, 紅黃色的.
⇨ *n.* **sand.**

***sane** [sen; seɪn] *adj.* (**san·er**; **san·est**) **1** 〔人〕神智正常的, 精神健全的, (↔ insane). As far as I can judge, he's perfectly *sane.* 依照我的判斷, 他的精神狀態相當正常.
2 〔想法, 判斷, 忠告等〕健全的, 有理性的, 妥當的. *sane* judgment 理智的判斷. ⇨ *n.* **sanity.**

sane·ly [ˋsenlɪ; ˋseɪnlɪ] *adv.* 神智清楚地; 健全地.

***San Fran·cis·co** [͵sænfrənˋsɪsko; ͵sænfrənˋsɪskəu] *n.* 舊金山(位於美國 California 的都市). *San Francisco* is famous for its cable-cars. 舊金山以電車馳名.

sang [sæŋ; sæŋ] *v.* sing 的過去式.

sang·froid [sɑŋˋfrwɑ; ͵sɑːŋˋfrwɑː] (法語) *n.* Ⓤ冷靜, 沈穩.

san·gui·nar·y [ˋsæŋgwɪn͵ɛrɪ; ˋsæŋgwɪnərɪ] *adj.* (雅) **1** 〔戰鬥等〕血腥的, 沾滿鮮血的, 流血的, (bloody), . a *sanguinary* battle 血戰.
2 〔人〕殘忍的, 性喜殺戮的.

san·guine [ˋsæŋgwɪn; ˋsæŋgwɪn] *adj.* **1** 面容紅潤的. a *sanguine* complexion 紅潤的臉色.
2 多血質的.
3 〔文章〕〔人的性情〕快活的, 爽朗的; 樂天的, 樂觀的, ((about, of 關於…; that 子句)). I am not *sanguine that* the negotiations will succeed. 我對談判能否成功並不樂觀.

san·i·tar·i·um [͵sænəˋtɛrɪəm; ͵sænɪˋteərɪəm] *n.* (美)＝sanatorium.

***san·i·tar·y** [ˋsænə͵tɛrɪ; ˋsænɪtərɪ] *adj.* **1** 衛生的, 公共衛生的. *sanitary* ware 衛生用品.
2 衛生的, 清潔的. ↔ insanitary.
[同義] SAN「健全的」: *sanitary*, *sane* (神智清楚的), in*sane* (發瘋的), *sanatorium* (療養院).

sánitary nàpkin *n.* Ⓒ(美)衛生棉.

sánitary tòwel *n.* (英)＝sanitary napkin.

san·i·ta·tion [͵sænəˋteʃən; ͵sænɪˋteɪʃn] *n.* Ⓤ (公共)衛生; 衛生設施(特指下水道設施).

san·i·ty [ˋsænətɪ; ˋsænətɪ] *n.* Ⓤ **1** 神智清楚, 心智健全, (↔ insanity).
2 (想法, 判斷等的)健全, 安當. ⇨ *adj.* **sane.**

sank [sæŋk; sæŋk] *v.* sink 的過去式.

San Ma·ri·no [͵sænməˋrino; ͵sænməˋriːnəu] *n.* 聖馬利諾(位於義大利半島東北部的小共和國及其首都).

San Sal·va·dor [sænˋsælvə͵dɔr; sænˋsælvədɔː(r)] *n.* 聖薩爾瓦多(中美洲國家薩爾瓦多的首都).

San·skrit [ˋsænskrɪt; ˋsænskrɪt] *n.* Ⓤ 梵文, 梵語, (屬於 Indo-European 語系的古印度語言).
— *adj.* 梵文的.

‡**San·ta Claus** [ˋsæntɪ͵klɔz, ˋsæntə-; ˋsæntəklɔːz] *n.* 聖誕老人(據說是源自荷國的守護聖人 St. Nicholas 的名字; 在(英)亦稱 Father Christmas). Some children believe that *Santa Claus* brings presents for them on the night before Christmas. 有些小孩深信聖誕老人會在聖誕節夜送禮物來.

San·ti·a·go [͵sæntɪˋego, -ˋago; ͵sæntɪˋɑːgəu] *n.* 聖地牙哥(智利首都).

São Pau·lo [saʊŋˋpaʊlu; saʊŋˋpaʊləu] *n.* 聖保羅(巴西南部的都市).

São To·mé and Prin·ci·pe [͵saʊŋtəˋme-(ə)n-ˋprɪnsəpə; ͵saʊŋ-təmeɪ-(ə)n-ˋprɪnsəpə] *n.* 聖多美普林西比(位於西非大西洋上, 為兩個島嶼組成的共和國; 首都 São Tomé).

sap¹ [sæp; sæp] *n.* **1** Ⓤ樹液. Beetles gather for the *sap* of these trees early in the morning. 甲蟲一大清早就聚集在這些樹上吸取樹液.
2 Ⓤ活力, 元氣, 生氣. the *sap* of life 活力.
3 Ⓒ(口)(容易受騙的)笨蛋, 傻瓜. (★主要用於呼喚). ⇨ *adj.* **sappy.**

sap² [sæp; sæp] *n.* Ⓒ(軍事)地道(為接近敵人而挖的戰壕). ⇨ 挖地道.
— *vt.* (~s; ~**ped**; ~**ping**) **1** 挖倒(圍牆等), (挖掘地基)使不牢固. **2** 漸漸削減, 損害. Overwork has *sapped* his energy. 過度工作耗盡他的體力.

sa·pi·ence [ˋsepɪəns, -pjəns; ˋseɪpjəns] *n.* Ⓤ (雅)博識; 自以為聰明.

sa·pi·ent [ˋsepɪənt, -pjənt; ˋseɪpjənt] *adj.* (雅)博識的; 不懂裝懂的.

sap·less [ˋsæplɪs; ˋsæplɪs] *adj.* **1** 無樹液的, 枯萎的, 乾癟的. **2** 沒有精神的; 無趣的.

sap·ling [ˋsæplɪŋ; ˋsæplɪŋ] *n.* Ⓒ **1** 樹苗, 小

樹. **2** 年輕人(youth).

sap·phire [`sæfaɪr; `sæfaɪə(r)] (★注意重音位置) n. **1** ⓒ藍寶石, 青玉. (9月的誕生石; → birthstone 表). **2** ⓤ藍寶石色, 深藍色. — adj. 寶藍色的, 深藍色的.

sap·py [`sæpɪ; `sæpɪ] adj. **1** 多樹液的. **2** 精神好的, 充滿活力的. **3** (美, 口)笨的, 蠢的.

sap·wood [`sæp,wʊd; `sæpwʊd] n. ⓤ邊材(樹木次生木質部的外圍活層, 比中心部軟).

sar·a·band, sar·a·bande [`særəbænd; 'særəbænd] n. ⓒ薩拉邦德舞(17, 18世紀時三拍子的西班牙舞蹈); 薩拉邦德舞曲.

Sar·a·cen [`særəsn̩; 'særəsn] n. ⓒ **1** 撒拉遜人(古代敍利亞, 阿拉伯血統的游牧民族).
2 (與十字軍作戰的)阿拉伯人, 回教徒.

Sar·ah [`sɛrə; 'sɛərə] n. 女子名.

*__**sar·casm**__ [`sɑrkæzəm; 'sɑːkæzəm] n. (pl. ~s [~z; ~z]) **1** ⓤ挖苦, 諷刺, 譏諷, bitter [keen] sarcasm 尖酸的諷刺/in sarcasm 諷刺地.
2 ⓒ諷刺的話, 譏諷的話. 同與irony相比, sarcasm帶有傷害對方的惡意; → satire.

sar·cas·tic [sɑr`kæstɪk; sɑːˈkæstɪk] adj. 諷刺的, 挖苦的, 譏諷的, 尖酸的.

sar·cas·ti·cal·ly [sɑr`kæstɪklɪ; sɑːˈkæstɪkəlɪ] adv. 諷刺地, 挖苦地.

sar·coph·a·gi [sɑr`kɑfə,dʒaɪ; sɑːˈkɒfədʒaɪ] n. sarcophagus 的複數.

sar·coph·a·gus [sɑr`kɑfəgəs; sɑːˈkɒfəgəs] n. (pl. -gi, ~·es) ⓒ石棺(用大理石雕刻製成的).

sar·dine [sɑr`din; sɑːˈdiːn] n. (pl. ~s, ~) ⓒ(魚)沙丁魚.
packed like sardines (口)(如裝在罐頭中的沙丁魚般)擁擠.

Sar·din·i·a [sɑr`dɪnɪə, -njə; sɑːˈdɪnjə] n. 薩丁尼亞(地中海中的島嶼; 義大利屬地; → Balkan 圖).

sar·don·ic [sɑr`dɑnɪk; sɑːˈdɒnɪk] adj. 冷笑的, 諷刺的, 嘲弄的. a sardonic smile 冷笑, 嘲笑.

sar·don·i·cal·ly [sɑr`dɑnɪklɪ, -ɪklɪ; sɑːˈdɒnɪkəlɪ] adv. 冷笑地.

sar·don·yx [`sɑrdənɪks; 'sɑːdənɪks] n. ⓤ(礦物)纏絲瑪瑙(8月的誕生石; → birthstone 表).

sarge [sɑrdʒ; sɑːdʒ] n. (口) = sergeant.

sa·ri [`sɑri; 'sɑːrɪ] n. ⓒ紗麗(印度婦女裹在身上的棉布或絲織品, 一端繞於腰際作為裙子, 另一端則繞過肩頭披在頭上).

sa·rong [sə`rɔŋ, `sɑrɔŋ; səˈrɒŋ] n. ⓒ紗龍(馬來人、印尼人等所穿的布裙).

[sari]

sar·to·ri·al [sɑr`torɪəl, -rjəl, -`tɔr-; sɑːˈtɔːrɪəl] adj. (文章)裁縫的; 男裝的.

sash[1] [sæʃ; sæʃ] n. ⓒ **1** (女子、兒童穿的)飾帶(掛在肩上或繫在腰上). **2** (軍隊)肩帶(斜掛於肩上; 用於軍官的正式服裝).

sash[2] [sæʃ; sæʃ] n. ⓒ(鑲上玻璃的)窗框.

sa·shay [sæ`ʃe; 'sæʃeɪ] vi. (~s; ~ed; ~·ing) (美, 口)(人)動作誇張地走(移動).

sásh còrd n. ⓒ(上下拉動式窗戶的)拉繩(垂吊於牆壁內側, 便於上下拉動窗戶).

sásh wìndow n. ⓒ上下拉動式窗戶.

sass [sæs; sæs] (美, 口) n. = [sash[1] 2] sauce 4. — vt. = sauce 2.

sas·sy [`sæsɪ; 'sæsɪ] (美, 口) adj. = saucy 1.

SAT (略)(美) Scholastic Aptitude Test (學力性向測驗).

sat [sæt; sæt] v. sit 的過去式、過去分詞.

Sat. (略) Saturday.

Sa·tan [`setn̩; 'seɪtən] (★注意發音) n. (基督教所指的)惡魔, 魔王, 撒旦, (the Devil). ⇨ adj. satanic.

sa·tan·ic [se`tænɪk, sə-; səˈtænɪk] adj. (有時Satanic) **1** 撒旦的, 惡魔的, 魔王的.
2 惡魔般的, 壞透了的. a satanic mind 惡魔般的心.

satch·el [`sætʃəl; 'sætʃəl] n. ⓒ書包(通常為皮革製, 背在肩上).

sate [set; seɪt] vt. (文章)供給…直到厭惡的程度(satiate) (with); 使過量地滿足(with). 注圖通常用被動語態.

*__**sat·el·lite**__ [`sætl̩,aɪt; 'sætəlaɪt] n. (pl. ~s [~s; ~s]) ⓒ **1** (天文)衛星(環繞行星(planet)運轉的星球). The moon is the earth's satellite. 月亮是地球的衛星.

[satchels]

2 人造衛星, 太空船(spaceship). an artificial satellite 人造衛星/send a communications satellite into space 發射通訊衛星進入太空.
3 附庸國; 衛星都市.
4 同伴; 跟班, 阿諛諂媚者.

sátellite bróadcasting n. ⓤ衛星傳播.

sátellite dísh n. ⓒ(用來接收衛星傳送訊息的)碟形天線.

sátellite státe n. ⓒ附庸國.

sátellite státion n. ⓒ太空站.

sátellite tòwn [cìty] n. ⓒ衛星都市; (大都市周圍的)新興住宅都市.

sa·ti·ate [`seʃɪ,et; 'seɪʃɪeɪt] vt. 供給…直到厭惡的程度; 使過量地滿足. (with)(通常用被動語態). Satiated with food and drink, I soon fell asleep. 我吃飽喝足後很快就睡著了.

sa·ti·e·ty [sə`taɪətɪ, sæt-; səˈtaɪətɪ] n. ⓤ(文章)吃飽, 飽食, 飽足; 厭膩.

to satiety 到厭膩的程度.

sat·in [ˋsætn, ˋsætın; ˈsætɪn] *n.* **1** ⓤ緞子.

2 《形容詞性》緞子的; 緞子似的.

sat·in·wood [ˋsætn͵wud; ˈsætɪnwʊd] *n.* ⓒ緞木(產於印度); ⓤ緞木木材(主要爲高級家具材料).

sat·in·y [ˋsætnɪ; ˈsætɪnɪ] *adj.* 緞子似的; 有光澤的; 光滑的.

＊**sat·ire** [ˋsætaɪr; ˈsætaɪə(r)] *n.* (*pl.* ~s [~z; ~z])

1 ⓤ諷刺, 譏諷.

🔲 sarcasm 則表示對個人的諷刺, 挖苦, 而 satire 表示對社會或社會地位高的人的諷刺.

2 ⓤ諷刺文學.

3 ⓒ諷刺文; 諷刺詩. He wrote a *satire* on the government control of the press. 他寫了一篇諷刺政府新聞管制的文章.

sa·tir·ic, sa·tir·i·cal [səˋtırık, sæ-; səˈtɪrɪk], [-k]; -kl] *adj.* 諷刺的, 諷刺性的; 挖苦的.

sa·tir·i·cal·ly [səˋtırıklɪ, sæ-, -ıklı; səˈtɪrəkəlɪ] *adv.* 諷刺地; 挖苦地.

sat·i·rist [ˋsætərɪst; ˈsætərɪst] *n.* ⓒ **1** 諷刺詩[文]家, 諷刺詩[作品]的作者.

2 好挖苦的人, 擅於諷刺的人.

sat·i·rize [ˋsætə͵raɪz; ˈsætəraɪz] *vt.* 諷刺, 譏諷, 挖苦.

＊**sat·is·fac·tion** [͵sætɪsˋfækʃən; ͵sætɪsˈfækʃn] *n.*

【滿足】 **1** ⓤ滿足, 滿意; 滿足的喜悅. A fine family is a source of *satisfaction*. 幸福的家庭是喜樂的源泉/She nodded to us with *satisfaction*. 她滿意地向我們點頭/Mr. Brown felt great *satisfaction* over his son's success. 布朗先生對兒子的成功感到十分滿意.

🔲 *adj.*+satisfaction: deep ~ (深深的滿足), lasting ~ (持續的滿足感) ∥ *v.*+satisfaction: find ~ (尋求滿足), give ~ (給予滿足).

2 ⓐⓤ使人滿足的東西[事物], 令人滿意的東西[《文章》]. It is a *satisfaction* to know that you are of the same opinion. 知道你也持相同的意見, 真令人滿意/It would be the greatest *satisfaction* to us if you would join us. 如果你能加入我們, 那是最令人高興的/the *satisfaction* of the customer's demands 對顧客要求的滿足.

3 【使滿足要求】ⓤ《文章》(借款的)償還; (對損害的)賠償; (義務, 約定的)履行; (藉由決鬥等)挽回名譽的機會.

⇨ *v.* **satisfy.** ↔ **dissatisfaction.**

demànd satisfáction 要求道歉; (爲挽回名譽)提出決鬥的要求.

gìve a pèrson satisfáction＝*gìve satisfáction to a pèrson* (1)使某人滿足. (2)賠償某人. (3)接受某人決鬥的要求.

in satisfaction of... 作爲…的補償.

to the satisfaction of a pèrson＝*to a pèrson's satisfáction* 讓某人滿意地; 直到某人接納爲止. She played the violin *to my satisfaction*. 她小提琴拉得令我十分滿意.

sat·is·fac·to·ri·ly [͵sætɪsˋfæktrəlɪ, -tərəlɪ;

͵sætɪsˈfæktərəlɪ] *adv.* 無可挑剔地, 十分滿意地, 稱心地.

＊**sat·is·fac·to·ry** [͵sætɪsˋfæktrɪ, -tərɪ; ͵sætɪsˈfæktərɪ] *adj.*

滿意的, 無瑕疵的, 充足的. The results were *satisfactory* to us all. 結果令我們大家都很滿意/Can you provide a *satisfactory* reason for your lateness? 你能提出說服人的理由來說明你遲到的原因嗎?

⇨ *n.* **satisfaction.** *v.* **satisfy.** ↔ **unsatisfactory.**

sat·is·fied [ˋsætɪs͵faɪd; ˈsætɪsfaɪd] *v.* satisfy 的過去式、過去分詞.

— *adj.* 滿足的, 滿意的, (→ content² 🔲). with a *satisfied* smile 帶著滿意的微笑.

sat·is·fies [ˋsætɪs͵faɪz; ˈsætɪsfaɪz] *v.* satisfy 的第三人稱、單數、現在式.

＊**sat·is·fy** [ˋsætɪs͵faɪ; ˈsætɪsfaɪ] *v.* (**-fies**; **-fied**; **~ing**) *vt.* 【使滿足】 **1** 滿足, 滿意, 〔願望, 需要, 條件等〕; 使〔人〕滿意; 取悅; 《with》《★常用被動語態》. It isn't easy to *satisfy* everybody. 很難讓每個人都滿意/Tom *satisfied* his hunger *with* a heavy meal. 湯姆飽餐了一頓/I'm *satisfied with* my present job. 我很滿意目前的工作/He went home quite *satisfied*. 他心滿意足地回家去/*satisfy* a person's curiosity 滿足某人的好奇心.

【滿足要求】 **2** 履行〔義務〕; 償還〔借款〕; 賠償〔損害〕; 還錢給〔債權人〕; 賠償〔名譽毀損等〕. Bill managed to *satisfy* his debts. 比爾設法還清債務/*satisfy* a creditor 償還(債務給)債權者/*satisfy* a claim (for damages) 履行(損害賠償)的要求.

3 (a)解除〔不安, 疑惑等〕. Susie *satisfied* her anxiety by phoning him. 蘇西打電話給他, 讓自己安心. (b)〖句型3〗(satisfy A *of* B)使〔人〕確信〔事〕, 〖句型4〗(satisfy A *that* 子句)使 A〔人〕瞭解[確信]B〔事〕, 《語法》常作 satisfy oneself, 或用被動語態; →片語). feel *satisfied* 安心; 瞭解/The report *satisfied* the lawyer *of* her innocence.＝The report *satisfied* the lawyer *that* she was innocent. 那份報告使律師確信她是清白的/You must *satisfy* me [I must be *satisfied*] *that* you are not involved in the scandal. 你必須讓我相信你並沒有捲入這件醜聞.

— *vi.* 使滿足, 給予滿足.

⇨ *n.* **satisfaction.** *adj.* **satisfactory.** ↔ **dissatisfy.**

＊ *be sátisfied* (1)滿足的; 滿意的; 《with》(→ *vt.* 1); 滿足於…《*to* do》. I am *satisfied* to hear that. 我很高興能夠聽到那件事. (2)領會, 瞭解, 《*of*; *that* 子句》(→ *vt.* 3). I was at last *satisfied of* my error. 我終於瞭解自己的錯.

🔲 be＋*adv.*＋satisfied (1-2): be completely *satisfied* (完全地滿足), be thoroughly *satisfied* (十分地滿足), be fairly *satisfied* (相當地滿足), be far from *satisfied* (一點也不滿足).

S

sátisfy one*sèlf* 確定, 一再確定; 瞭解; (*of*; *that* 子句)(→ *vt.* 3 (b), be satisfied). I want to *satisfy myself that* his death was an accident as the policy say. 我想讓自己相信他的死眞如警方所說的純屬意外.

空題 SAT「充分的」: satisfy, satiate (使過量地滿足), saturate (使滲透), insatiable (貪得無厭的).

sat·is·fy·ing [ˋsætɪsˌfaɪɪŋ; ˈsætɪsfaɪɪŋ] *adj.* 滿足的, 充足的; 確實的; (satisfactory).

sat·is·fy·ing·ly [ˋsætɪsˌfaɪɪŋlɪ; ˈsætɪsfaɪɪŋlɪ] *adv.* 充足地, 無可挑剔地.

sa·tsu·ma [sætˋsumə; ˌsætˈsuːmə] (日語) *n.* C (主英)橘子.

sat·u·rate [ˋsætʃəˌret; ˈsætʃəreɪt] *vt.* **1** 浸, 浸透; 使滲透; (常用被動語態). The cloth is *saturated* with oil. 那塊布浸透了油/They were all *saturated* in sunshine. 他們那時都在日光浴. **2** (容納到無法再容納的程度)使充滿(*with*). The newspapers nowadays are *saturated with* depressing news of the political scene. 現在的報紙盡是令人喪氣的政治新聞. **3** (化學)使飽和.

saturate one*sèlf in...* 埋頭於….

sat·u·rat·ed [ˋsætʃəˌretɪd; ˈsætʃəreɪtɪd] *adj.* **1** 濕透的. **2** (化學)(溶液)飽和的; (油脂)飽和的(對健康有害). a *saturated* solution of salt 食鹽的飽和溶液.

sat·u·ra·tion [ˌsætʃəˋreʃən; ˌsætʃəˈreɪʃn] *n.* U **1** 浸透, 滲透. **2** (顏色的)飽和度, 彩度, (白色含量越少, 彩度越高). **3** (化學)飽和(狀態).

saturátion póint *n.* C (化學)飽和點.

Sat·ur·day [ˋsætəde; ˈsætədeɪ] *n.* (*pl.* ~s [~z; ~z]) 星期六. 有關星期的例示, 用法→ Sunday. **1** C (常不加冠詞)星期六(略作 Sat.). There is no school *on Saturday*(s). 星期六不上課. **2** (形容詞性)星期六的. **3** (副詞性)(口)在星期六; (Saturdays)(主美, 口)在每週六.

Sat·urn [ˋsætən; ˈsætən] *n.* **1** (羅馬神話)薩坦(農耕, 豐收之神). **2** (天文)土星.

sat·ur·na·lia [ˌsætəˋnelɪə; ˌsætəˈneɪljə] *n.* (*pl.* ~s, ~) C (雅)狂歡, 縱情狂歡的慶祝.

sat·ur·nine [ˋsætəˌnaɪn; ˈsætənaɪn] *adj.* (主雅)(人)沈默的, 憂鬱的, (從前被認爲是土星的影響).

sat·yr [ˋsætə; ˈsætə(r)] *n.* C **1** (希臘神話)薩特(半人半獸的森林之神, 好酒色; 羅馬神話的 faun). **2** (雅)色鬼.

sauce [sɔs; sɔːs] *n.* (*pl.* sauc·es [~ɪz; ~ɪz]) 【 調味汁 】 **1** UC 調味汁(淋在菜餚上的各種調味汁). tomato *sauce* 番茄醬/white *sauce* 白奶醬汁/tartar *sauce* 塔塔醬汁(加入洋葱、橄欖、醃黃瓜等碎末的美乃滋)/Worcester(shire) *sauce* 烏斯特辣醬油/put [pour] *sauce* on fried eggs 在煎蛋上淋醬汁/Hunger is the best *sauce*.

(諺)飢不擇食(飢餓是最美味的調味汁). **2** U (美)果醬.

【 調味 】 **3** UC 增添興味的東西, 刺激, 趣味. The romance added a little *sauce* to her dreary existence. 那段羅曼史爲她那寂寞的生活增添了些許趣味.

4 【厭惡的味道】U (口)(對父母親、老師等的)放肆的話. None of your *sauce*! 別出言不遜!/What *sauce*! 眞不知臊!

— *vt.* **1** 加調味汁, 用醬汁調味; 增添趣味. **2** (口)說狂妄的話.

sauce·boat [ˋsɔsˌbot; ˈsɔːsbəʊt] *n.* C 船形器皿(盛咖哩等的容器).

*sauce·pan** [ˋsɔsˌpæn; ˈsɔːspən] *n.* (*pl.* ~s [~z; ~z]) 煮鍋, 燉鍋, (長柄的深鍋). She boiled beans in the *saucepan*. 她用長柄燉鍋煮豆子.

*sau·cer** [ˋsɔsə; ˈsɔːsə(r)] *n.* (*pl.* ~s [~z; ~z]) C (放茶杯, 咖啡杯的)杯碟. a cup and *saucer* [ˌkʌpənˋsɔsə; ˌkʌpənˈsɔːsə(r)] 附杯碟的咖啡[茶]杯.

sáucer èye *n.* C (因驚訝等)瞪得好大的眼睛.

sau·ci·ly [ˋsɔslɪ; ˈsɔːsɪlɪ] *adv.* 狂妄地, 厚著臉皮地.

sau·ci·ness [ˋsɔsənɪs; ˈsɔːsɪnɪs] *n.* U 狂妄; 厚顏.

sau·cy [ˋsɔsɪ; ˈsɔːsɪ] *adj.* **1** 狂妄的, 不要臉的, 不尊敬的. **2** (口)漂亮的, 俊俏的.

Sau·di Arabia [ˌsaudɪəˋrebɪə; ˌsaʊdɪəˈreɪbɪə] *n.* 沙烏地阿拉伯(阿拉伯半島中部的國家; 石油出產國之一; 首都 Riyadh).

sau·er·kraut [ˋsaur.kraut; ˈsaʊəkraʊt] (德語) *n.* U 泡菜(包心菜切細醃製後經發酵變酸).

Saul [sɔl; sɔːl] *n.* (聖經)掃羅(以色列國王).

sau·na [ˋsauna, ˋsɔnə; ˈsɔːnə] (芬蘭語) *n.* C **1** 三溫暖(浴). **2** 三溫暖浴場.

saun·ter [ˋsɔntə, ˋsɑn-; ˈsɔːntə(r)] *vt.* 蹓躂, 漫無目標地散步. — *n.* a U 蹓躂, 散步.

*sau·sage** [ˋsɔsɪdʒ, ˋsɑs-; ˈsɒsɪdʒ] *n.* (*pl.* -sag·es [~ɪz; ~ɪz]) UC 香腸, 臘腸. a string of *sausages* (如法蘭克福香腸(frankfurter)般的)一串香腸.

sau·té [soˋte; ˈsəʊteɪ] (法語) *n.* C 炒盤(用奶油等快炒的菜餚). a pork *sauté* 炒豬肉. — *vt.* 快炒. — *adj.* 快炒的.

*sav·age** [ˋsævɪdʒ; ˈsævɪdʒ] *adj.* **1** 未開化的(↔ civilized). a *savage* tribe 未開化的部落/a *savage* country 未開化的地區. **2** (土地, 風景等)荒涼的, 荒蕪的. **3** 殘忍的; 兇猛的; 猛烈的. a *savage* dog 惡犬/The speaker made a *savage* attack on the mayor's policies. 那位發言人猛烈抨擊市長的政策.

4 沒規矩的, 粗暴的.

5 《英, 口》氣急敗壞的, 非常生氣的.

— *n.* (*pl.* **-ag·es** [~ɪz; ~ɪz]) © **1** 未開化的人, 野蠻人. **2** 野蠻的人, 粗野的人; 殘忍的人. He regarded the samurai class as *savages*. 他認爲武士階級是一群殘忍的人.

— *vt.* 〔動物〕兇暴地咬〔踐踏〕.

sav·age·ly [`sævɪdʒlɪ; 'sævɪdʒlɪ] *adv.* 兇猛地; 沒規矩地; 《英, 口》氣沖沖地. The show deals *savagely* with politicians. 那場表演把政客們批評得體無完膚.

sav·age·ness [`sævɪdʒnɪs; 'sævɪdʒnɪs] *n.* U 未開化, 野蠻; 殘忍.

sav·age·ry [`sævɪdʒrɪ; 'sævɪdʒərɪ] *n.* (*pl.* **-ries**) **1** U 未開化. **2** U 殘忍, 兇暴; © (通常 *savageries*)殘忍的行爲, 野蠻的行徑.

sa·van·na, sa·van·nah [sə`vænə; sə'vænə] *n.* UC 熱帶草原, 大草原, (特指美國, 熱帶非洲, 亞熱帶地區的)大草原(→ prairie, steppe).

sa·vant [sə`vɑnt, `sævənt; 'sævənt] (法語) *n.* © 〔雅〕讀書人, 飽學之士.

‡**save**[1] [sev; seɪv] *v.* (**~s** [~z; ~z]; **~d** [~d; ~d]; **sav·ing**) *vt.* 【 安全地守護 】 **1** 救, 救助, 搭救, 《*from*》(→ rescue 同). *save* a little boy *from* the fire 從火場中救出一個小男孩/That young man *saved* her *from* drowning. 那個年輕人救了溺水的她/His home run *saved* the game. 他擊出的全壘打拯救了這場比賽(指以全壘打反敗爲勝).

【 看守著而不使用 】 **2** 貯存, 儲蓄, 句型4 (save A B)、句型3 (save B for A) 爲 A 把 B 留起來. *save* money *for* a rainy day 存錢以備不時之需/*Save* me the waltz. 請容我伴你跳這一曲華爾滋/I'll *save* a seat *for* you. 我會留個位子給你的.

3 (a) 節省〔金錢〕; 不浪費〔勞力, 時間等〕, 句型3 (save do*ing*) 省去. You can *save* money by walking to school. 走路上學的話你就可以省點兒錢/*save* time 節省時間/That'll *save* your [you (→(b))] *writing* to him. 那樣(做)你就用不著寫信給他了/A stitch in time *saves* nine. (→ stitch *n.* 1). (b) 〔勞力等〕, 句型4 (save A B)讓 A 省去 B (勞力等), 不給 A(人)添 B(麻煩等), 句型4 (save A do*ing*)、句型3 (save A *from* do*ing*)讓 A 不致…. His helpful advice *saved* me a lot of trouble. 他那有益的忠告省了我許多麻煩/With this huge contribution we will be *saved* the nuisance of fund raising. 有了這一大筆捐款, 我們就不用再煩惱募款的事了/Thank you; you *saved* me (*from*) *making* a gaffe. 謝謝你; 多虧你才讓我免於失態.

— *vi.* **1** 貯存, 儲蓄. *save* for the future 儲蓄爲未來打算. **2** 守衛, 保護.

3 節約; 省著用. *save on* water 節約用水.

Gód sàve the Quéen [Kíng]! 女王[國王]陛下萬歲! 《英國國歌的歌名; 直譯爲「願上帝保佑女王[國王]」; save 爲假設語氣現在式》.

save up 存下, 儲蓄. We're *saving up* for a trip

to Europe. 我們正在存錢準備去歐洲旅行.

— *n.* © (球賽)阻止對手得分的動作, 防衛; 《棒球》(救援投手的)救援.

save[2] [sev; seɪv] *prep.* …之外, 除了…, …另當別論, (except, but). All the students went home *save* one. 只有一個學生還留著, 其他的都放學回家去了. 参考 《英》save 爲《古, 雅》; 《美》較常用 except.

sáve for... 除了…(except for).

sav·er [`sevɚ; 'seɪvə(r)] *n.* © **1** 救助者, 搭救者. **2** 節儉的人; 節省(勞力, 費用等)之物(用具, 設備等).

*****sav·ing** [`sevɪŋ; 'seɪvɪŋ] *v.* save 的現在分詞、動名詞.

— *adj.* 《限定》 **1** 彌補(缺點等)的, 掩飾的; 補救的. a *saving* sense of humor 尚具幽默感/a *saving* grace (彌補缺點的)長處.

2 (a)〔人〕節省的, 節約的; 儉省的, 吝嗇的. a *saving* lodger 節儉的房客. (b)《構成複合字》節省…. labor [time]-*saving* 節省勞力[時間]的.

3〔條款等〕保留的, 但書的.

— *n.* (*pl.* **~s** [~z; ~z]) **1** UC 節省, 儉約. a *saving* of 10 percent in electricity 節省一成用電. **2** (savings)《有時作單數》節約; (節省而)留下的錢, 儲存; 存款, 儲蓄. a *saving* of $5 per person (在旅館等上的廣告上)每人省下 5 美元/You should deposit your *savings* in the bank. 你應該把省下來的錢存入銀行.

3 U 救助.

sávings accòunt *n.* © 《美》儲蓄存款帳戶; 《英》定期儲蓄存款帳戶.

sávings bànk *n.* © 儲蓄銀行(僅接受私人存款, 並支付存戶利息).

*****sav·ior** 《美》, **sav·iour** 《英》 [`sevjɚ; 'seɪvjə(r)] *n.* (*pl.* **~s** [~z; ~z]) **1** © 救濟者, 拯救者. a *savior* of the country 拯救國家的人.

2 (the [our] Savior)救世主基督《此義在《美》也常拼作 -our》.

sa·voir-faire [ˌsævwɑr`fɛr, -`fær; ˌsævwɑː'feə(r)] (法語) *n.* U 社交手腕; 機智. 参考 原意爲 'know how to do'.

*****sa·vor** 《美》, **sa·vour** 《英》 [`sevɚ; 'seɪvə(r)] (*pl.* **~s** [~z; ~z]) *n.* **1** a U 味道, (獨特的)風味; 興味, 樂趣, 感受. a *savor* of strawberries. 這塊糖果有草莓的味道/Life lost its *savor* after his wife died. 自從妻子死後生命對他而言就不再有生趣.

2 © (通常加a)有點, 多少. Her words had a *savor* of malice. 她的話裡含著點惡意.

— *vi.* **1** 有味道, 嘗起來有…味, 《*of*》. This soup *savors* of garlic. 這道湯有大蒜味.

2 有…的意味(*of*). This *savors* of treachery. 這有點背叛的意味.

— *vt.* **1** 嘗, 品嘗. At that restaurant you can

savor the finest French food in the city. 在那家餐廳你可以嘗到全市最好的法國菜.

2 給〔食物等〕調味.

sa·vor·y (美), **sa·vour·y** (英) [ˋsevərɪ, ˋsevrɪ; ˈseɪvərɪ] *adj.* **1** 美味的, 口味佳的; 芳香的.

2 鹹的, 鹹味的; 辛辣的. a *savory* omelet 鹹味的蛋捲餅.

3 舒適的, 舒暢的; 《口》(道德上)健全的, 不會冒犯的. ↔ unsavory.

— *n.* (*pl.* **-vor·ies**) © (英)主餐前後食用的帶有鹹味的菜肴(例如放在烤麵包片上的沙丁魚或anchovy).

sa·vour [ˋsevər; ˈseɪvə(r)] *n., v.* (英) = savor.

sa·vour·y [ˋsevərɪ, ˋsevrɪ; ˈseɪvərɪ] *adj., n.* (英) = savory.

sav·vy [ˋsævɪ; ˈsævɪ] *n.* U (俚)常識; 實用知識; 竅門.

saw¹ [sɔ; sɔː] *v.* see¹ 的過去式.

saw² [sɔ; sɔː] *n.* (*pl.* **~s** [~z; ~z]) © 鋸子. the teeth of a *saw* 鋸齒/a circular [《美》buzz] *saw* 圓鋸/an electric *saw* 電鋸.

●──主要的木匠工具			
auger	螺旋鑽	chisel	鑿子
axe	斧	file	銼刀
drill	鑽錐	gimlet	錐子
hammer	鐵錘	plane	刨子
pliers	老虎鉗	saw	鋸子
screwdriver	螺絲起子		
wrench (美), spanner (英) 扳手			

— *v.* (**~s** [~z; ~z]; **~ed** [~d; ~d]; **~ed**, 《主英》**sawn**; **~·ing**) *vt.* **1** 鋸斷; 鋸出形狀. *saw* a plank in two 把厚板鋸成兩半/*saw* a tree *down* 把樹鋸倒/*saw* timber *into* boards = *saw* boards *out of* timber 把木材鋸成木板.

2 做出鋸東西的動作. He *sawed* the air with his hand as he argued. 他在爭論時手會(像鋸東西般)前後擺動.

— *vi.* **1** 鋸斷, 用鋸子鋸.

2 《加副詞》〔木頭等〕被鋸開. This wood *saws* easily [badly]. 這塊木頭很好[很難]鋸.

sàw/.../úp 把…鋸成小塊.

saw³ [sɔ; sɔː] *n.* © 諺語, 格言. an old *saw* 古諺/a wise *saw* 箴言.

saw·dust [ˋsɔ͵dʌst; ˈsɔːdʌst] *n.* U 鋸屑.

sawed-off [ˋsɔd͵ɔf, -͵ɑf; ˈsɔːdɒf] *adj.* 《美》鋸短槍管[柄]的(散彈槍, 掃帚等). a *sawed-off* shotgun 鋸短槍管的散彈槍(為幫派分子等所使用).

saw·horse [ˋsɔ͵hɔrs; ˈsɔːhɔːs] *n.* © 鋸木架.

saw·mill [ˋsɔ͵mɪl; ˈsɔːmɪl] *n.* © **1** 鋸木廠.

2 大型鋸木機.

sawn [sɔn; sɔːn] *v.* 《主英》saw² 的過去分詞.

sawn-off [ˋsɔn͵ɔf, -͵ɑf; ˈsɔːnɒf] *adj.* 《英》 = sawed-off.

saw·yer [ˋsɔjər; ˈsɔːjə(r)] *n.* © 鋸木工.

sax [sæks; sæks] *n.* 《口》 = saxophone.

sax·i·frage [ˋsæksəfrɪdʒ; ˈsæksɪfrɪdʒ] *n.* U 《植物》虎耳草(一種高山植物).

Sax·on [ˋsæksn̩; ˈsæksn] *n.* **1** © 撒克遜人; (the Saxons)撒克遜族(5, 6世紀時與Angles, Jutes一起侵占英格蘭, 而後定居下來, 具日耳曼血統的部族; → Anglo-Saxon). **2** U 撒克遜語.

— *adj.* 撒克遜人[語]的.

sax·o·phone [ˋsæksə͵fon; ˈsæksəfəʊn] *n.* © 薩克斯風(大型管樂器, 為演奏爵士樂時最常使用的樂器).

[saxophone]

say [se; seɪ] *v.* (**~s** [sɛz; sez]; **said** [sɛd; sed]; **~·ing**) (★注意 says 和 said 的發音) *vt.*

【 **告訴** 】 **1** (a)告訴, 敘述; 說明; 說; (*to*) (與 speak 不同, 未必是口頭用語). "What did you *say to* her?" "I *said* nothing." 「你對她說了甚麼?」「我甚麼也沒說」/He *said* OK. 他說沒問題/*say* no 說不, 拒絕/ That's well *said*. 說得好/Easier *said* than done. 《諺》說易行難/If you break your promise, he'll have plenty to *say* about it. 如果你食言而肥, 那他就有得說了(<會被大肆批評; 委婉語》/*say* a (good) word for... → word 的片語/He talked a lot but *said* very little. 他的話很多但沒甚麼內容.

(b) 《引導直接敍述句》說…. Susan *said*, "I have something to *say to* you." = "I have something to *say to* you," Susan *said*. 蘇珊說: 「我有話告訴你.」

(c) 《句型3》 (say *that* 子句/*wh* 子句、片語)說…. Bill *said* (*that*) Mary was sick in bed. 比爾說瑪莉臥病在床/They *say* (*that*) he is an able teacher. = It is *said* that he is an able teacher. 據說他是位能力強的老師(亦可用(d)的說法)/*Say* what you want to do. 說說看你想要做甚麼/*Say* what you will [like], I think his latest work is his best. 不論你怎麼說, 我還是認為他最近這件作品是他最好的傑作/There is no *saying what* will happen tomorrow. 誰都不知道明天會發生甚麼事(=Nobody knows....)/Who *said* I can't read? 誰說我不會唸(>我很會唸哦!)/Would you *say* that he bribed the witness? 你是說他收買了證人嗎?/He's a bumpkin, I must *say*. (雖然很失禮, 但)我必須說他真是個鄉巴佬/It's not for me to *say whether*.... 我還沒有立場說話.

語法 (1)在口語中多省略 that.

(2)在間接敍述中 He told me that.... 的形式比 He said to me that.... 更常用.

(d) (用 be said to be [have done])據說〔某人, 某物〕是…;做了…. He is *said to be* an able teacher. 據說他是位有能力的老師((c)的說法亦可)/He *is said to have invented* that machine. = It is *said* that he invented that machine. 據說他發明了那臺機器.

語法 (1)如例句(b)那樣的直接敍述句, 引述部分可置

於被引述部分之前或後；或者亦可置於被引述部分的中間，如：“Hurry up,” Susan *said*, “or you'll be late for class.” (蘇珊說：「趕快！不然你上課就要遲到了」)。

(2)引述部分的主詞和動詞之語序可用Susan said或said Susan；但在文章開頭時多用Susan said；通常在人稱代詞為主詞的情況時多用I [he, etc.] said.

2 〔唸〕唸〔禱告等〕；〔學生〕背誦〔課文等〕．*say* (one's) prayers 禱告/*say* one's lesson(s) (學生在教師前)背書．

3 【在說著】(a)〔句型3〕(say *that* 子句/*wh* 子句) (在報紙，告示等上)寫著…，說著…．The weather forecast *says* (*that*) it's going to clear up in the afternoon. 天氣預報說下午會放晴/It *says* in the Bible *that*…. 聖經上說…/That book doesn't *say when* he died. 那本書上並未記載他何時死亡/His face *said that* he was disappointed in me. 從他臉上的表情可以看出他對我很失望．

(b)〔鐘錶等〕顯示，報時．The clock *says* half past seven. 這座鐘顯示的時間是七點半．

4 【假設說】(通常置於舉例說明的東西之前)比如，像是…，(let us say)；假定…(if; suppose)．Would you lend me some money, *say* fifty dollars? 你借點錢給我好嗎，比方說50美元?/(Let's) *say* you had a very large fortune, what would you do? 假如你有一大筆財產，你會做甚麼呢?/*Say* he gets aware of this, what shall we do? 如果他發現這件事，那我們該怎麼辦?

5 〔吩咐〕((主美、口))〔句型3〕(say *to* do)使喚人做…，命令…．Miss Young *said* (for me) *to* come to the teachers' room after school.＝Miss Young told me to come…. 楊老師要我放學後去老師辦公室．

— vi. 1 說，談，講．She did as I *said*. 她照我說的做了/So *saying*, he went out of the room. 他那樣說著便走出了房間/*sad* [*strange*] to *say* → sad [strange] 的片語．

2 說(自己的意見)．I can't *say* for certain. 我不能確定/"When will she be back?" "Who can *say*? [I couldn't *say*.]" 「她何時回來?」「誰知道?」/So she *says*. 她是這麼說的(但不知對不對)．

3 ((美、口))((呼喚))我說，喂，啊，((英、口)) I say).

as mùch as to sáy… 等於說．

héar sáy (*that*…) → hear 的片語．

I dàre sáy → dare 的片語．

I'll sáy! ((口))完全對，當然！ "Do you like lobster?" "*I'll say* (I do)!" 「你喜歡龍蝦嗎?」「當然！」

I sáy ((英、口))(1)哎呀，嗬，(表示輕微的驚訝、惱怒、興趣等)．*I say*, how reckless of him! 天啊！他真是太胡來了！(2)我說，喂，哈囉，((美、口) say)((用於呼喚))．

I should [*would*] *sáy* (*that*)…. 我想大概是…(I should think). ★較謹慎的說法．

It gòes without sáying that…. 無需說明解釋…，…是理所當然的．★較正式的說法．

It is nòt tòo mùch to sáy that…. 說…也不

為過．

lèt us sáy → say *vt.* 4.

nòt to sáy… 即使不說是…，可以說是…的程度．I met with a cool, *not to say* hostile, reception. 雖然算不上有敵意，但我受到的接待相當冷淡．

sáy…for onesèlf 說(話等)來辯解．What have you got to *say for yourself*? 你還有甚麼辯解的話要說?

sáy to onesèlf 心想((*that* 子句))．Nancy *said to herself*, "What will become of me?" 南西暗自思量：「我會變成甚麼樣子呢?」

Sày whén. → when 的片語．

sò to sáy 可以說(so to speak)．

thàt is to sáy = that is (that 的片語)．

* *to sày nóthing of…* …是理所當然的事，更不用說…，(not to speak of)．She can ride a motorcycle, *to say nothing of* a bicycle. 她會騎摩托車，當然也會騎腳踏車了/She can't ride a bicycle, *to say nothing of* a motorcycle. 她不會騎腳踏車，更不用說是摩托車了．〔語法〕可用於表示肯定意義及否定意義；還有let alone, much [still] more, much [still] less 等類似的用法．

* *Whàt do* [*would*] *you sáy*(:.)? ((口))你認為…怎麼樣? …如何? ((*to*/…… 子句))．We'll take a couple of days off. What do you *say*? 我們休個幾天的假，如何?/What would you *say to* (playing) a game of chess? 下盤西洋棋如何?/What do you *say* we eat [*to* eating] out tonight? 今晚出去吃飯如何?

when [*àfter*] *àll is sàid and dóne* 畢竟，終究．

You can sày thát again! 你說得一點也沒錯！

You dòn't sáy (*sò*)! ((口))(用上揚語調)真的嗎！((略表驚訝的用語))．

You sáid it! ((口))正是如此！

● ——直接敘述句中的傳達動詞

Bob *said*, "I am happy."
鮑伯說：「我很幸福。」
The student *cried*, "I've found a correct answer!"
那個學生大叫：「我找到正確答案了！」
其他的傳達動詞：

add	admit	announce
answer	argue	assert
comment	complain	confess
declare	exclaim	explain
insist	observe	remark
reply	report	shout
state	think	whisper
write		

— n. 1 U 想說的話，意見．

2 a U ((口))發言權；發言的機會[順序]．

3 (加the)最後的決定權．

S

hàve a [nó] sáy in... 對…有[沒有]發言權.

hàve [sày] one's sáy 說自己想說的. Let him *have* his *say*. 讓他說出自己的意見.

say·ing [ˈseɪɪŋ; ˈseiŋ] *n.* (*pl.* ~**s** [~z; ~z])
1 言語，話. his *sayings* and doings 他的言行.

2 格言，諺語. a wise *saying* 箴言. 同 saying 是一般人經常說的格言；而 proverb 則是古老且直接的諺語，傳述的基本的真理.

| adj.+saying: a common ~ (一般的說法)，a popular ~ (名言)，an old ~ (古諺)，a true ~ (至理名言).

as the sáying ìs [gòes] 俗語說(得好).

says [sɛz; sez] (★注意發音) *v.* say 的第三人稱、現在式.

say-so [ˈseˌso; ˈseisəu] *n.* ⓤ **1** 《口》(通常用 my [his] say-so 等)沒根據的意見[發言].

2 許可；決定權.

Sb (符號) stibium (拉丁語=antimony).

SbE (略) south by east (南偏東).

SbW (略) south by west (南偏西).

SC (略) Security Council (of the United Nations); South Carolina; Supreme Court.

sc (略) scene; science.

scab [skæb; skæb] *n.* **1** ⓊⒸ 痂.

2 ⓒ《口》非工會成員；破壞罷工者.

—— *vi.* (~**s**; ~**bed**; ~**bing**) **1** (傷口)結痂.

2 《口》破壞罷工.

scab·bard [ˈskæbəd; ˈskæbəd] *n.* ⓒ (刀等的)鞘.

scab·by [ˈskæbɪ; ˈskæbi] *adj.* 結滿痂的.

sca·bies [ˈskebɪˌiz; ˈskeibiːz] *n.* (作單數)《醫學》疥瘡(一種會長出 scab 的皮膚病).

scads [skædz; skædz] *n.* (作複數)《美、口》許多，多數[量].

scaf·fold [ˈskæfld, ˈskæfold; ˈskæfəold] *n.* ⓒ

1 (建築工地等的)鷹架. **2** 死刑臺，絞刑臺，斷頭臺. go to [mount] the *scaffold* 被判處死刑.

scaf·fold·ing [ˈskæfldɪŋ; ˈskæfəldiŋ] *n.* ⓤ (集合)鷹架材料(圓木，木板等).

scal·a·wag [ˈskæləˌwæg; ˈskæləwæg] *n.* ⓒ《主美》小搗蛋.

[scaffold 1]

scald [skɔld; skɔːld] *vt.* **1** (被熱水，蒸氣)燙傷. She *scalded* herself in the bath. 她洗澡時燙傷自己. 同 scald 不同於像 burn 那樣因火造成的燒傷.

2 在…上澆熱水(易於剝取番茄等表皮)；用熱水消毒. **3** 把(牛奶)加熱至接近沸點.

—— *n.* ⓒ (熱水，蒸氣引起的)燙傷.

scald·ing [ˈskɔldɪŋ; ˈskɔːldiŋ] *adj.* **1** 炙熱的. a *scalding* sun 炎炎烈日/*scalding* tears 滾燙的熱

淚/*scalding* hot water 滾燙的熱水(★ scalding 修飾 hot). **2** [批判等]猛烈的.

*scale¹ [skel; skeil] *n.* (*pl.* ~**s** [~z; ~z]) ⓒ
【尺】 **1** 尺(rule, ruler). a 12-inch *scale* 12 英寸長的尺.

2 (溫度計等的)刻度. the *scale* on [of] a thermometer [ruler] 溫度計[尺]上的刻度/a ruler with a *scale* in inches 以英寸標記刻度的尺.

【尺度】 **3** (地圖的)縮尺；(對實物的)比例. a map on [with] a *scale* of 1:25,000 二萬五千分之一比例的地圖(∶ 讀作 to).

4 規模，程度. on a large [small] *scale* 大[小]規模地.

5 層級，等級；階級. a pay *scale* 薪級標準/be high [low] in the social *scale* 高[低]社會地位.

6 (音樂)音階. the major [minor] *scale* 大[小]音階.

7 (數學)…進位法，記數法. the decimal *scale* 十進位法.

to scále (相對於實物)按一定的比例.

—— *vt.* **1** 攀登(山等)；用梯子爬上[圍牆等].

2 按比例製作[地圖，模型等]；按比例訂[薪資等].

scále/.../dówn [úp] 按比例減少[增加]；縮小[擴大]…的規模. *scale down* [*up*] salaries 10 percent 把薪資減少[調高]百分之十.

字源 SCAL「等級」：*scale*, escal*ate* (逐級增加)，escal*ator* (手扶電梯).

*scale² [skel; skeil] *n.* (*pl.* ~**s** [~z; ~z]) ⓒ
1 (常 scales)天平，秤. a pair of *scales* 一個天平/a spring *scale* 彈簧秤/Stand on the (weighing) *scales*. 站在體重計上.

2 天平盤.

hòld the scáles éven 公平裁判(雙方).

tìp [tùrn] the scále(s) (1)改變情勢，帶來決定性的影響. (2)《口》有重量(at). *tip the scales* at 200 pounds 重 200 磅.

—— *vt.* 秤重，量.

—— *vi.* 句型2 (scale A) 重 A(weigh). The boxer *scales* 116 pounds. 那位拳擊手體重 116 磅.

scale³ [skel; skeil] *n.* **1** ⓒ (魚，蛇等的)鱗；鱗狀物；薄片. scrape the *scales* off a fish 刮掉魚鱗. **2** ⓤ (水壺，菸斗等的)沈積污垢.

remòve the scáles from a pèrson's éyes 使某人(從迷惑等中)清醒.

The scáles fáll from a pèrson's éyes. 從迷惑中醒悟，茅塞頓開. (源自聖經).

—— *vt.* **1** 刮掉[魚]的鱗；剝去[豆等]的莢；除去(油漆，牙垢等). **2** 用鱗覆蓋.

—— *vi.* (油漆等)一片片剝落(off; away); 沈積污垢.

scal·lion [ˈskæljən; ˈskæljən] *n.* ⓒ《美》嫩洋蔥；韮菜類植物；蔥類植物.

scal·lop [ˈskɑləp, ˈskæl-; ˈskɒləp] *n.* **1** ⓒ 扇貝. **2** ⓒ 扇貝殼. **3** ⓤ 干貝. **4** ⓒ 淺盤(邊緣做成扇貝殼花紋的淺盤). **5** (scallops)(衣服領子或袖子等的)波形花紋，扇形飾邊.

—— *vt.* **1** 加調味汁烤(牡蠣，馬鈴薯等)(用扇貝殼等盛裝). **2** 用波形花紋裝飾.

scállop shèll *n.* =scallop *n.* 2, 4.

[scallops 1, 5]

scal·ly·wag [ˋskælɪ͵wæg; ˈskælɪwæg] *n.*
《主英》＝scalawag.

scalp [skælp; skælp] *n.* C **1** 頭皮. **2** 連著頭髮的頭皮(以前北美洲原住民從敵人的屍體上剝下來作爲戰利品)；(口)戰利品，勝利的標誌).
— *vt.* **1** 剝下…的頭皮. **2** 打敗；貶低.

scal·pel [ˋskælpɛl; ˈskælpəl] *n.* C (外科用的)手術刀.

scalp·er [ˋskælpɚ; ˈskælpə(r)] *n.* C **1** 剝頭皮者. **2** (美、口)賺取差額利潤者. **3** (美、口)賣黃牛票的人(亦稱tícket scàlper).

scal·y [ˋskelɪ; ˈskeɪlɪ] *adj.* **1** 有鱗的；鱗狀的. **2** (像鱗片般)剝落的. **3** 沈積污垢的.

scamp [skæmp; skæmp] *n.* C **1** 淘氣鬼，調皮鬼. **2** 惡棍，無賴，(rascal).

scam·per [ˋskæmpɚ; ˈskæmpə(r)] *vi.* 〔小孩，小動物〕跑來跑去，活蹦亂跳，《about; around》；飛快逃走. — *n.* C 蹦跳；逃走.

scam·pi [ˋskæmpɪ; ˈskæmpɪ] *n.* (*pl.* ～, ～**es**) **1** C 一種明蝦(較 prawn 大). **2** U 用油及奶油炒明蝦的料理.

***scan** [skæn; skæn] *v.* (～**s** [～z; ～z]; ～**ned** [～d; ～d]; ～**ning**) *vt.* **1** (欲知某事而)來回檢視；詳細調查. *scan* the sky 搜尋著天空.
2 瀏覽. *scan* the newspaper [article] 瀏覽報紙[報導].
3 研究〔詩〕的韻律，分析〔詩〕的押韻，《研究每行詩的 meter 並加上符號；參照下列例句》；按韻律朗讀〔詩〕.
My héart | leaps úp | when Í | behóld |
A ráin | bow ín | the ský.
我的心歡躍起來，當我看見
天空中的一道彩虹.
4 《電視機、電腦、雷達》掃描.
5 (用儀器)掃描檢查〔人體(部位)〕.
— *vi.* 〔詩行〕合韻律；分析韻律.
— *n.* 周密的調查，仔細掃描；(對人體的)掃描檢查. ⇨ *n.* scansion.

***scan·dal** [ˋskændl; ˈskændl] *n.* (*pl.* ～**s** [～z; ～z]) **1** UC 醜聞，醜行；貪污案，瀆職案件. an object of *scandal* 醜聞的主角/hush up a *scandal* 掩飾醜聞.
2 UC (世人對醜聞所持的)驚訝，反感，公憤. cause *scandal* 引起公憤.
3 C 引起反感的事，恥辱，不名譽；過分的話[事]. The slum is a *scandal* to our town. 貧民窟是我們鎮上的恥辱.

4 U 中傷，詆毀，誹謗，《about, over 關於…》. talk *scandal about* the mayor 誹謗市長.
⇨ *adj.* **scandalous.**

scan·dal·ize [ˋskændl͵aɪz; ˈskændəlaɪz] *vt.* 使錯愕，衝擊道德觀. I was *scandalized by* [*at*] his conduct. 他的行爲眞教我難以接受.

scan·dal·mon·ger [ˋskændl͵mʌŋgɚ; ˈskændlmʌŋgə(r)] *n.* C 到處說人壞話的人，散播謠言的人.

scan·dal·ous [ˋskændləs, -dləs; ˈskændələs] *adj.* **1** 〔行爲等〕不像樣的，可恥的，不名譽的；過分的. a *scandalous* act 可恥的行爲. **2** 誹謗的，詆毀的. *scandalous* gossip 誹謗的流言. **3** 〔人〕暗中造謠生事的，好中傷他人的.

scan·dal·ous·ly [ˋskændləslɪ, -dləs-; ˈskændələslɪ] *adv.* 過分地，令人驚愕地.

Scan·di·na·vi·a [͵skændəˋnevɪə, -vjə; ͵skændɪˈneɪvjə] *n.* 斯堪地維亞(包括挪威、瑞典、丹麥，有時還包括冰島、芬蘭的區域，或指半島名稱).

[Scandinavia]

Scan·di·na·vi·an [͵skændəˋnevɪən, -vjə-; ͵skændɪˈneɪvjən] *adj.* **1** 斯堪地那維亞的，北歐的. the *Scandinavian* Peninsula 斯堪地那維亞半島. **2** 斯堪地那維亞人[語]的.
— *n.* **1** C 斯堪地那維亞人.
2 U 斯堪地那維亞語(挪威語、瑞典語、丹麥語、冰島語等北日耳曼語).

scan·ner [ˋskænɚ; ˈskænə(r)] *n.* C 掃描機(電腦、雷達的圖像掃描裝置)；(人體掃描檢查用的)醫學用掃描器，斷層掃描裝置.

scan·sion [ˋskænʃən; ˈskænʃn] *n.* U (詩的)韻律分析；按韻律的朗讀；(→ scan *vt.* 3).

scant [skænt; skænt] 《文章》*adj.* **1** 缺乏的，不足的. a *scant* supply of water 供水不足，缺水/They are *scant* of money. 他們缺錢.
2 只差一些的，剛好的. run a mile in a *scant* five minutes 不到五分鐘就跑了一英里.
— *vt.* 捨不得，吝嗇.

scan·ties [ˋskæntɪz; ˈskæntɪz] *n.* 《作複數》(口) (女用)短內褲，熱褲.

scan·ti·ly [ˋskæntɪlɪ, -tɪlɪ; ˈskæntɪlɪ] *adv.* 不足地，缺乏地；小氣地.

scan·ti·ness [`skæntɪnɪs; ˈskæntɪnɪs] n. Ⓤ缺乏, 少量, 不足.

***scant·y** [`skæntɪ; ˈskæntɪ] adj. (**scant·i·er; scant·i·est**) 缺乏的, 不足的, 少量的, 貧乏的, (↔ ample). a *scanty* crop of wheat 小麥的歉收/He has a *scanty* income. 他的收入微薄.

scape·goat [`skep͵got; ˈskeɪpɡəʊt] n. Ⓒ代罪羔羊, 替他人承擔錯誤的人. (源自聖經裡替人負罪而被流放荒野的山羊的故事).

scap·u·la [`skæpjələ; ˈskæpjʊlə] n. (pl. **-lae**, ~s) Ⓒ(解剖)肩胛骨.

scap·u·lae [`skæpjə͵li; ˈskæpjʊliː] n. scapula 的複數.

***scar** [skɑr; skɑː(r)] n. (pl. ~s [~z; ~z]) Ⓒ **1** 傷疤, (燒傷等的)痕跡; (家具等的)傷痕. bear *scars* 留著傷痕/She has a *scar* on her forehead. 她的額頭上有一個傷疤/The cut left a *scar* on my jaw. 那次刀傷在我的下巴留了個疤痕. **2** 內心的創傷, 隱痛; (戰爭等的)傷痕. Such an awful experience must have left a *scar*. 如此可怕的經驗一定會在心底留下創傷.
— v. (~s; ~red; ~ring) vt. 在…上留下傷疤; 使變醜. His cheek was *scarred* by a sword cut. 他的面頰上留著一道刀疤.
— vi. (傷口癒合而)留下傷疤(over). The wound will *scar* (over) in time. 那傷口不久就會結疤.

scar·ab [`skærəb; ˈskærəb] n. Ⓒ **1** (從前埃及人崇拜的)金龜子. **2** 甲蟲石, 甲蟲形寶石, (雕刻成金龜子形狀的寶石; 古埃及人的護身符).

[scarab 2]

***scarce** [skɛrs, skærs; skeəs] (★注意發音) adj. (**scarc·er; scarc·est**)
1 (通常作敘述)缺乏的, 少的, 不足的, (scanty; ↔ plentiful). Money is *scarce* at the end of every month. 每到月底總是缺錢.
2 罕見的, 珍奇的, (rare). a *scarce* book 珍本. ⇨ n. **scarity**.
màke onesèlf scárce (口)從他人面前悄悄地離開, 避開(from).

***scarce·ly** [`skɛrslɪ, ˈskærslɪ; ˈskeəslɪ] (★注意發音) adv. **1** 幾乎沒有, (not的委婉說法)幾乎無法, 恐怕不能. We could *scarcely* see anything through the thick fog. 濃霧中我們幾乎看不見任何東西/I could *scarcely* believe my eyes. 我簡直不敢相信自己的眼睛. 語法 *scarcely* 通常置於be動詞, 助動詞之後, 一般動詞之前; → *barely*.
2 差一點兒, 幾乎, (barely). He died when he was *scarcely* thirty. 他剛滿三十歲就去世了.
* *scárcely ány...* 幾乎沒有…. There's *scarcely* any time left. 幾乎沒有剩下多少時間.
scárcely éver → *ever* 的片語.
* *scárcely...whèn* [*befòre*] 才剛…就…. He had *scarcely* [*Scarcely* had he] started to speak when [*before*] she slammed down the receiver. 他才剛要開始說話她就把電話掛了.
語法 (1)把 *scarcely* 置於句首, 詞序要變成「助動詞＋主詞＋動詞」的倒裝形式.
(2)口語中通常用 as soon as.

***scar·ci·ty** [`skɛrsətɪ, ˈskærsə-; ˈskeəsətɪ] n. (pl. **-ties** [~z; ~z]) ⓊⒸ不足, 缺乏, (of). a *scarcity* of petroleum 石油不足. ⇨ adj. **scarce**.

※scare [skɛr, skær; skeə(r)] vt. (~s [~z; ~z]) ~d [~d; ~d]; **scar·ing**) **1** (a)使害怕, 使膽怯, 使驚嚇, (→ **frighten** 同). You *scared* me by coming in so quietly. 你一聲不響地進來嚇了我一跳/She was *scared* at the sight of the dead body. 看見那屍體她嚇壞了.
(b)(用be scared)不敢(to do); 提心吊膽(that 句); 害怕(of). At that time I was *scared* to talk to my boss. 當時我嚇得不敢和老闆說話/I'm *scared* (that) our baby might catch cold. 我擔心寶寶會感冒/I'm *scared* of snakes. 我怕蛇.
2 (a)把…嚇跑(away; off); 威嚇使[使不]…((into [out of] (doing)). The giant *scared away* the children. 那個巨漢把孩子們嚇跑了/He *scared* her *into* compliance [*complying* with her requests]. 他強迫她答應[順從他的要求].
(b)句型5 (scare A B)把A嚇成B. The lion's roar *scared* him stiff. 那隻獅子的吼叫把他嚇得一動也不敢動.
scáre/.../úp (美、口)籌措(金錢等).
— n. Ⓒ(用單數)恐懼, 害怕; 驚訝(jump). You gave me a *scare*. 你嚇了我一跳.

scare·crow [`skɛr͵kro, ˈskær-; ˈskeəkrəʊ] n. Ⓒ **1** 稻草人. **2** 用來嚇唬人的東西. **3** (口)(通常詼)穿著洞洞裝[奇裝異服]的人; 衣衫襤褸的人.

scare·mon·ger [`skɛrə͵mʌŋɡɚ, ˈskær-; ˈskeə͵mʌŋɡə(r)] n. Ⓒ(散佈駭人聽聞的謠言等)擾亂社會的人.

***scarf** [skɑrf; skɑːf] n. (pl. ~s [~s; ~s], **scarves** [~vz; ~vz]) Ⓒ **1** 圍巾, 頸巾, 領巾. I bought a woolen *scarf* for my girlfriend. 我幫女朋友買了條羊毛圍巾. **2** (美)桌布, 鋼琴罩布.

scar·i·fy [`skærə͵faɪ, ˈskær-; ˈskærɪfaɪ] vt. (**-fies**; **-fied**; **~ing**) **1** (醫學)淺淺地劃[皮膚的表面](施打預防針等). **2** (農業)鬆(土). **3** (雅)嚴厲批評.

scar·ing [`skɛrɪŋ, ˈskær-; ˈskeərɪŋ] v. scare 的現在分詞, 動名詞.

***scar·let** [`skɑrlɪt; ˈskɑːlət] n. Ⓤ **1** 深紅色, 緋紅色, (鮮豔且略帶橙色的紅色(red), 略帶紫色的紅色為 crimson). *Scarlet* is the color of a cardinal's robes. 深紅色是樞機主教袍子的顏色.
2 鮮紅色衣服; 深紅色大禮服.
— adj. 深紅的, 緋紅色的. the *scarlet* liveries of the Beefeaters 倫敦塔衛兵穿的深紅色制服/blush *scarlet* for shame 因害羞而臉紅.

scàrlet féver n. Ⓤ猩紅熱.

scarp [skɑrp; skɑːp] n. Ⓒ陡坡.

scarves [skɑrvz; skɑːvz] n. scarf 的複數.

scar·y [`skɛrɪ, `skærɪ; ˊskeərɪ] *adj.* (口) **1** [人] 提心吊膽的, 懼怕的. **2** [事物]可怕的, 令人害怕的.

scat[1] [skæt; skæt] *n.* ⓤ(音樂)一種爵士歌曲(即興隨著樂曲哼唱出無意義的音節組合).

scat[2] [skæt; skæt] *vi.* (~s; ~ted; ~ting) (口) 急忙離開. Scat! 走開!

scath·ing [`skeðɪŋ; ˊskeiðiŋ] *adj.* [批評等]極為猛烈的, 毫不留情的. *scathing* criticism 嚴峻的批評.

‡scat·ter [`skætɚ; ˊskætə(r)] *v.* (~s [~z; ~z]; ~ed [~d; ~d]; -ter·ing [-tərɪŋ; -təriŋ]) *vt.* 〖散播〗 **1** 撒, 散播, *(on, over)*; 撒佈…*(with)*; 「撒」, 「散」, 〔錢財〕. *scatter* gravel *on* [*over*] a road=*scatter* a road *with* gravel 把砂石撒在路上/He *scattered* his paper *with* Latin words. 他在論文中動輒使用拉丁文/ *scatter* one's money *about* 到處散財.

⊟ scatter 常指無目的, 雜亂地撒東西; → disperse, sprinkle.

2 (用 be ~ed)分布, 散置於各處. The branches of this bank are *scattered* all over the country. 這家銀行的分行遍及全國.

〖驅散〗 **3** 驅散. The noise *scattered* the birds. 鳥兒被噪音嚇散.

— *vi.* 分散, 四散. The crowd *scattered*. 人群散開了.

— *n.* ⓤ散播.

2 ⓐⓤ 被散播的東西; 微小(的東西).

scat·ter·brain [`skætɚ͵bren; ˊskætəbrein] *n.* ⓒ(口)(還沒有到令人討厭的地步但)善變的人, 散漫的人.

scat·ter·brained [ˊskætəbreind; ˊskætəbreimd] *adj.* (口)善變的, 不小心的, 冒失的.

scat·tered [`skætɚd; ˊskætəd] *adj.* **1** (限定) 分散的, 分布的, 遍布的. a *scattered* village 零星散布的村莊/*scattered* houses 分散的住家.

2 部分的. *scattered* showers 局部陣雨.

scat·ter·ing [`skætərɪŋ; ˊskætəriŋ] *n.* ⓐⓤ 零星, 少數, 稀疏. a *scattering* of spectators 寥寥無幾的觀眾.

scav·enge [`skævɪndʒ; ˊskævindʒ] *vt.* **1** 清掃[馬路]. **2** (從被扔掉的東西中)收集(可使用的東西).

— *vi.* **1** (在馬路上)清掃.

2 (從垃圾中)找食物.

scav·en·ger [`skævɪndʒɚ; ˊskævindʒə(r)] *n.* ⓒ **1** 廢物回收業者.

2 (主英)清道夫(現在通常說 dustman).

3 食腐動物(禿鷹, 鬣狗, 大甲蟲類等).

sce·nar·i·o [sɪˋnɛrɪ͵o, -ˋnær-, -ˋnɑr-; sɪˈnɑːriəu] (義大利語) *n.* (*pl.* ~s) ⓒ(戲劇的)綱要; (電影的)腳本, 劇本.

sce·nar·ist [sɪˋnɛrɪst, -ˋnær-, -ˋnɑr-; ˈsiːnərist] *n.* ⓒ電影劇本作家.

‡scene [sin; siːn] *n.* (*pl.* ~s [~z; ~z]) ⓒ 〖舞臺〗 **1** (小說, 戲劇等的)背景. The *scene* of this drama is 19th-century Japan. 這齣戲的背景是 19 世紀的日本.

2 〖活動的舞臺〗(用單數)活動領域, …界. the British political *scene* 英國政壇.

〖舞臺的情景〗 **3** (戲劇)景(act(幕)中的更小單位, 同一景中通常不換布景; 略作 sc). Act III, *Scene* ii of *Macbeth*「馬克白」第三幕第二景(讀作 [ˏæktˋθriːsinˋtu; ˏæktˈθriː sɪnˈtuː]).

4 (舞臺的)布景; 道具.

〖事物發生的情景〗 **5** (事件, 故事等的)情景; 現場. a love *scene* 戀愛的情景/the *scene* of the crime 犯罪現場.

6 〖打鬥的情景〗(當罵又哭又喊的)大吵大鬧, 騷動, (特指兩人之間的). make a *scene* 當眾大吵大鬧.

〖情景>景像〗 **7** (一眼望去的)景色, 風景; (生活等的)光景. a lovely woodland *scene* 美麗的森林景色/a *scene* from life 人生的一景.

⊟ scene 指一眼望及的景色、情景, 除了大自然以外, 還包括人及其活動; → scenery, view.

⇨ *adj.* scenic.

behind the scénes (口)在幕後; 暗中地. The two parties made an agreement *behind the scenes.* 兩黨暗中達成協議.

chànge of scéne 環境的改變. A *change of scene* will refresh you. 改變環境會使你煥然一新.

còme on the scéne 登臺界出; 上場, 初次演出.

on the scéne (口)在現場, 當場; 演出中. Our reporter is *on the scene* to bring you the latest developments. 我們的記者在現場為您報導最新的發展.

sèt the scéne (for…) (1)教給(人)預備知識, 說明狀況. (2)預做(事物的)準備.

‡scen·er·y [`sinərɪ, -rɪ; ˈsiːnəri] *n.* ⓤ **1** (一個地方整個的)風景, 景色, (注意)與 scene 不同, scenery 是不可數名詞). the *scenery* of the Alps 阿爾卑斯山的風光/The *scenery* is beautiful around here. 這一帶風景很美麗.

2 (集合)舞臺布景, 道具布置.

sce·nic [`sinɪk, `sɛn-; ˈsiːnɪk] *adj.* **1** 風景的; 風景優美的. Naples is famous for its *scenic* beauty. 那不勒斯以其景緻之美著稱.

2 舞臺的; 布景的, 用道具布置的. ⇨ *n.* scene.

sce·ni·cal·ly [`sinɪklɪ, `sɛn-; ˈsiːnɪkəli] *adv.* 置身於風景中; 在舞臺上.

‡scent [sɛnt; sent] *n.* **1** ⓤⓒ氣味(→ smell 同); (特指好聞的)香味, 芳香; ⓤ香水(perfume). the *scent* of roses 玫瑰的香味/She sprinkled some *scent* on her dress. 她在她的衣服上噴了一些香水.

2 ⓒ(通常用單數)(野獸等的)臭跡(獵犬依此追蹤獵物); 線索. a poor [cold] *scent* 淡淡[已不明顯]的獸跡/a strong [hot] *scent* 強烈[剛留下]的臭跡/a false [wrong] *scent* 錯誤的線索, 錯誤的估計.

3 ⓐⓤ (獵犬的)嗅覺; (人的)直覺. The dog has a keen *scent*. 那條狗的鼻子很靈敏.

follow ùp the scént 〔獵犬〕聞著味道追趕；〔人〕追蹤線索.

lòse the scént 〔獵犬〕失去味道；〔人〕失去線索.

off the scént 失去臭跡〔線索〕.

on the scént of... 追蹤…，得到…的線索，找到…. The reporter was *on the scent* of a scoop. 那個記者得到一則獨家新聞的線索.

— *vt.* **1** 聞到，嗅出，〔獵物等〕；〔《out》；發現，查覺〔祕密等〕；|句型3|(scent *that* 子句)查覺…，I *scented* mischief among the boys. 我感覺得到那些男孩子散發著古靈精怪的氣息/I *scented that* he was not telling the truth. 我發覺他沒有說實話.

2 噴香水；使充滿(《with》)；(通常用被動語態). The whole room is *scented with* the fragrance of lilacs. 整個房間瀰漫著紫丁香的香味.

scent·less [ˋsɛntlıs; ˊsentlis] *adj.* 無氣味的，無臭的；嗅跡消失了的.

scep·ter (美)，**scep·tre** (英) [ˋsɛptɚ; ˊseptə(r)] *n.* |C| **1** (國王，女王所持的)權杖(→ regalia |圖|). **2** (加重)王權；王位.

scep·tic [ˋskɛptɪk; ˊskeptik] *adj., n.* (英)= skeptic.

scep·ti·cal [ˋskɛptɪk; ˊskeptikl] *adj.* (英)= skeptical.

scep·ti·cal·ly [ˋskɛptɪklı, -lı; ˊskeptikəli] *adv.* (英)= skeptically.

scep·ti·cism [ˋskɛptəˌsɪzəm; ˊskeptisizəm] *n.* (英)= skepticism.

scep·tre [ˋsɛptɚ; ˊseptə(r)] *n.* (英)= scepter.

✻sched·ule [ˋskɛdʒul; ˊsedjuːl] (★注意(英)的發音) *n.* (*pl.* ~s [~z; ~z]) |C| **1** 計畫(表)，預定(表)，行程，(《for》), a hard *schedule* 忙碌的行程/have a heavy *schedule* 行程排得很緊湊/They made [drew up] a *schedule for* the vacation. 他們擬訂了一個假期計畫表.

|搭配| *adj.*+schedule: a fixed ~ (既定的行程), a full ~ (排滿的行程), a tight ~ (緊湊的行程) // *v.*+schedule: keep to a ~ (照行程), plan a ~ (訂定計畫)

2 表；(主美)(火車等的)時刻表(timetable)；時間表. a train *schedule* 火車時刻表/a school *schedule* 課程表/a salary *schedule* 薪資表.

(*accòrding*) *to schédule* 按預定程序，依照預定程序. The work is going *according to schedule*. 這項工作正按預定計畫進行著.

ahèad of schédule 進度提前.

behìnd schédule 進度落後.

on schédule 按預定計畫，按時. They completed the project *on schedule*. 他們按預定完成計畫.

— *vt.* (~s [~z; ~z], ~d [~d; ~d], -ul·ing) **1** 把…列入計畫，安排；|句型5|(schedule *A to do*) 安排A做…；(通常用被動語態). The baseball game is *scheduled for* tomorrow. 棒球比賽安排在明天舉行/The talks are *scheduled to* begin next Monday. 會談預計下週一展開.

2 作…的目錄[時間表]. *schedule* two special trains 把兩班臨時火車列入時刻表.

sched·ul·ing [ˋskɛdʒulıŋ; ˊsedjuːlıŋ] *v.* schedule 的現在分詞、動名詞.

sche·ma [ˋskimə; ˊskiːmə] *n.* (*pl.* **-ma·ta**) |C| (《文章》)概要，摘要；圖表.

sche·ma·ta [ˋskimətə; ˊskiːmətə] *n.* schema 的複數.

sche·mat·ic [skɪˋmætɪk; skɪˊmætɪk] *adj.* 概要的；圖解的；圖表的.

sche·mat·i·cal·ly [skɪˋmætɪklɪ, -lı; skɪˊmætɪkəli] *adv.* 概略地；按圖地，圖解地.

✻scheme [skim; skiːm] *n.* (*pl.* ~s [~z; ~z]) |C| **1** 計畫，方案；(特指不可能實行的)空想的計畫，紙上空談. prepare [lay down] a *scheme* for fire prevention 制訂防範火災的計畫.

2 圖表；概要. the *scheme* of a novel 小說的大綱.

3 (教育等的)組織；(學術等的)體系；組合，排列，排列. an educational *scheme* 教育制度.

4 陰謀，詭計. a *scheme* to assassinate the President 暗殺總統的陰謀.

— *vt.* **1** 計畫，擬訂. *scheme* (*out*) a new method of taxation 擬訂(出)徵稅的新方法.

2 策劃 |句型3|(scheme *to do*)企圖做…，*scheme* the overthrow of the government 策劃推翻政府/They *schemed to* kidnap the banker's daughter. 他們密謀綁架銀行家的女兒.

— *vi.* 策劃陰謀，暗地活動，(《for, against》).

schem·er [ˋskimɚ; ˊskiːmə(r)] *n.* |C| 陰謀家；計畫者.

scher·zo [ˋskɛrtso; ˊskeətsəʊ] *n.* (*pl.* ~s) |C| (《音樂》)詼諧曲(旋律輕快多變的快板三拍子樂曲).

Schil·ler [ˋʃɪlɚ; ˊʃılə(r)] *n.* **Jo·hann** [ˋjohan; jəʊˊhɑːn] **Fried·rich** [ˋfridrɪk; ˊfriːdrɪk] **von** [fɔn; fɒn] = 席勒(1759-1805)(德國劇作家、詩人).

schism [ˋsɪzəm; ˊsızəm] *n.* **1** |UC| 團體的分裂；(特指教會，宗派的)組織分裂，分派.

2 |U| 分裂教會罪.

schis·mat·ic [sɪzˋmætɪk; sızˊmætık] *adj.* (教會等)分離的；分裂教會(罪)的.

— *n.* |C| 教會分離論者.

schist [ʃɪst; ʃıst] *n.* |U| (地質學)片岩.

schiz·oid [ˋskɪtsɔɪd; ˊskıtsɔıd] (醫學) *adj.* 分裂(症)特徵的(指近似 schizophrenia 的症狀).

— *n.* |C| 精神分裂症患者.

schiz·o·phre·ni·a [ˌskɪzəˋfriːnjə; ˌskıtsəʊˊfriːnıə] *n.* |U| (醫學)精神分裂症.

schiz·o·phren·ic [ˌskɪzəˋfrɛnɪk; ˌskıtsəʊˊfrenık] (醫學) *adj.* 精神分裂症的.

— *n.* |C| 精神分裂症患者.

schnapps [ʃnæps; ʃnæps] *n.* |U| 荷蘭杜松子酒(原產於北歐的蒸餾烈酒).

✻schol·ar [ˋskɑlɚ; ˊskɒlə(r)] *n.* (*pl.* ~s [~z; ~z]) |C| **1** 學者(特指人文學，古典學的學者；自然科學者為 scientist). a famous Greek *scholar* 著名的希臘(語)學者(依重音位置不同而有不同含義 → English *adj.* 2 |注意|).

S

〖搭配〗 *adj.*＋scholar: a brilliant ～ (學識出眾的學者), a distinguished ～ (有名的學者), a learned ～ (博學的學者), a profound ～ (學識淵博的學者).

2 《口》有學問的人, 知識淵博的人. He is no *scholar*. 他算不上是個知識淵博的人.

3 領獎學金的學生. ⇨ *adj.* **scholarly**.

schol·ar·ly [`skɑlɚlɪ; ˈskɒləlɪ] *adj.* **1** 〔人〕有學者風範的, 如學者般的; 好學的; 博學的.

2 有學問的, 學術性的. ⇨ *n.* **scholar**.

schol·ar·ship [`skɑlɚˌʃɪp; ˈskɒləʃɪp] *n.* (*pl.* ～s [～s; ～s]) **1** Ⓤ 學問, 學識, 《特指人文科學方面》. a new epoch of Chaucer *scholarship* 喬叟研究的新時代.

2 ⓒ 獎學金, 獎助金. Mike won [gained] a *scholarship* to the university. 邁克獲得唸大學的獎學金/a student *on a scholarship* 得到獎學金的學生.

scho·las·tic [skoˈlæstɪk; skəˈlæstɪk] *adj.*
1 學校(教育)的.
2 墨守權威的; 學究派頭的(pedantic).
3 (常 Scholastic) 經院哲學的, 煩瑣哲學的.

scho·las·ti·cal·ly [skoˈlæstɪkl̩ɪ; skəˈlæstɪkəlɪ] *adv.* 與學業成績有關的.

scho·las·ti·cism [skoˈlæstəˌsɪzəm; skəˈlæstɪsɪzəm] *n.* ⓒ (常 Scholasticism) 經院哲學.

ʈschool[1] [skul; skuːl] *n.* (*pl.* ～s [～z; ～z]) 〖學校〗 **1** ⓒ (指建築本身或指組織上的)學校, 校舍(schoolhouse). a night [an evening] *school* 夜校.

〖參考〗(1)通常指小學、中學、高中; → college, university. (2)在美國有時亦稱大學為 school. (3)美國學校制度因州而異; →表.

2 ⓒ 培訓班, 訓練班, …教室; (環境, 經驗等的)教育訓練. a dancing *school* 舞蹈教室/a drivers' *school* 駕駛訓練班.

3 〖學校成員〗ⓒ (常加 the) (★用單數亦可作複數) (集合) 全校學生 (與教員). Half of the *school* is [are] absent because of influenza. 一半的學生因流行性感冒而未到校.

4 〖學校裡的教育〗Ⓤ 學校; 就學(期間). John is old enough for *school*. 約翰已達入學年齡/My uncle could not send his son to *school*. 我叔叔無法供他兒子上學/finish *school* 畢業(常指完成義務教育)/teach *school* 《美》＝《英》 teach in a *school* 在學校任教/at [in] high *school* 在(讀)高中.

〖搭配〗 *v.*＋school: attend ～ (上學), drop out of ～ (休學), enter ～ (入學), start ～ (開始上學), graduate from ～ (畢業).

[英美兩國的初等、中等學校制度]

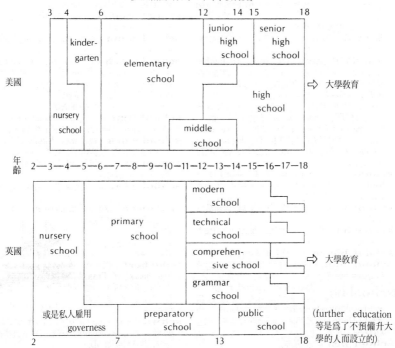

(further education 等是為了不預備升大學的人而設立的)

5 U上課; 上課日; 學校教育. *School* begins on April 8. 學校 4 月 8 日開學/*School* is over. 放學, 下課/There'll be [We'll have] no *school* tomorrow. 明天沒課.

6 《形容詞性》學校的; 上課的. *school* education 學校教育/*school* life 學校生活/a *school* doctor 校醫/in one's *school* days 學生時代中/a *school* day 上課日.

〖 學校裡的專門領域 〗 **7** C(大學(university)的)學院, 學系; 大學的研究所. the law *school* 法學院/the *school* of medicine 醫學院/the graduate *school* 研究所.

8 C(學問, 藝術的)流派, 學派; (泛指)做法. the *school* of Plato 柏拉圖學派/the Romantic *school* (藝術上的)浪漫派/a woman of the old *school* 舊式婦女.

* *after schóol* 放學後; 從學校畢業後. He often plays tennis *after school*. 他經常在放學後打網球.

* *at schóol* (1)在學校; 在學校的授課. He teaches *at school*. 他在學校教書. (2)在學期間, 就學時. My father died when I was *at school* at Harrow. 我在哈洛中學讀書時我的父親便去世了. (3)上課中, 上學中.

* *gó to schóol* (1)上學. I *go to school* by bus. 我搭公車上學. (2)在學校裡, 就學中. Where did you *go to school*? 你就讀那一所學校?《可用於詢問地點, 或詢問具體的學校名稱》.

in schóol (1)《美》在學中; 上課中. (2)在校內; 在學校.

* *léave schóol* (1)畢業(finish school). He finished compulsory education and *left school*. 他結束義務教育後便離開學校(不再進修). (2)退學.

out of schóol 在校外; 畢業.

—— *vt.* 《文章》教育, 訓練; (某人)馴(獸); 鍛鍊(*in*); 句型5 (school A *to* do)訓練 A 去做…. His many misfortunes *schooled* him in patience. 諸多的不幸把他鍛鍊得堅忍不拔/The dog has been *schooled* to obey his master. 那條狗被訓練得很聽主人的話.

school² [skul; skuːl] *n.* C(魚, 鯨等的)群(→ herd 同); 《字源與 shoal¹ 相同》. a *school* of fish [whales] 一群魚[鯨].

schóol áge *n.* U學齡, 就學年齡; 義務教育年限.

school·bag [`skul͵bæg; ˈskuːlˌbæg] *n.* C學生用書包.

schóol bóard *n.* C《美》教育委員會.

school·book [`skul͵buk; ˈskuːlˌbʊk] *n.* C教科書(textbook).

***school·boy** [`skul͵bɔɪ; ˈskuːlˌbɔɪ] *n.* (*pl.* ~s [~z; ~z]) C(小學, 中學的)男學生(★女生為 schoolgirl; 通常有「還是小孩子」的含義). He reddened like a *schoolboy*. 他像小學生那樣臉紅了起來.

schóol bús *n.* C校車.

school·child [`skul͵tʃaɪld; ˈskuːltʃaɪld] *n.* (*pl.* **-chil·dren** [-͵tʃɪldrən; -tʃɪldrən]) C學童《schoolboy 或 schoolgirl》.

school·fel·low [`skul͵fɛlo; ˈskuːlˌfeləʊ] C(過去或現在的)同校同學(schoolmate).

***school·girl** [`skul͵gɝl; ˈskuːlgɜːl] *n.* (*pl.* ~s [~z; ~z]) C女學生, 女學童. (★男生為 schoolboy).

***school·house** [`skul͵haʊs; ˈskuːlhaʊs] *n.* (*pl.* **-hous·es** [-͵haʊzɪz; -haʊzɪz]) C校舍《特指鄉村小學的小型校舍; 亦可用 school》.

school·ing [`skulɪŋ; ˈskuːlɪŋ] *n.* U學校教育; (函授教育的)教室授課.

school·marm [`skul͵mɑrm, -͵mɑm; ˈskuːlmɑːm] *n.* C《口》《謔》女教師《特指思想古板者; marm＜ma'am》.

***school·mas·ter** [`skul͵mæstɚ; ˈskuːlˌmɑːstə(r)] *n.* (*pl.* ~s [~z; ~z]) C **1** 男教員 (★稍微舊式的說法). My father was a *schoolmaster* at a grammar school. 我父親是公立中學的教員. **2** 校長. ★女性為 schoolmistress.

school·mate [`skul͵met; ˈskuːlmeɪt] *n.* C同學(schoolfellow); ＝classmate.

***school·mis·tress** [`skul͵mɪstrɪs; ˈskuːlˌmɪstrɪs] *n.* (*pl.* **-es** [~ɪz; ~ɪz]) C **1** 女教員. My mother was a *schoolmistress* at a local girls' school. 我母親是本地女子學校的教員. **2** 女校長. ★男性為 schoolmaster.

schóol repórt *n.* C《英》成績單, 成績通知單, (《美》report card).

school·room [`skul͵rum; ˈskuːlrʊm] *n.* C教室(classroom).

***school·teach·er** [`skul͵titʃɚ; ˈskuːlˌtiːtʃə(r)] *n.* (*pl.* ~s [~z; ~z]) C(小學, 中學, 高中的)教師. ★ 在《英》中特指小學, 幼稚園的教師. My grandfather was a *schoolteacher* at a local school. 我祖父是本地學校的教師.

school·time [`skul͵taɪm; ˈskuːltaɪm] *n.* U(在學校裡的)上課時間; (在家裡的)唸書時間.

school·work [`skul͵wɝk; ˈskuːlwɜːk] *n.* U功課, 家庭作業, (包括預習, 複習, 作業).

school·yard [`skul͵jard; ˈskuːljɑːd] *n.* C校園; (學校的)運動場.

schóol yéar *n.* C學年(在英美通常指 9 月至 6 月).

schoon·er [`skunɚ; ˈskuːnə(r)] *n.* C **1** 多桅帆船(兩桅(以上)的縱帆式帆船).

2 大(啤)酒杯(通常容量為一品脫).

Schu·bert [`ʃubɚt, `ʃu-; ˈʃuːbət] *n.* **Franz** [frænts; frænts] ~ 舒伯特(1797-1828)《奧地利作曲家》.

[schooner 1]

schwa [ʃwɑ; ʃwɑː] *n.* UC《語音學》弱母音(如 about 中的 a, second 中的 o 等發音微弱且模糊之母音; 其符號為 [ə; ə]).

Schweit·zer [ˈʃvaɪtsə; ˈʃvaɪtsə(r)] *n.* Albert ~ 史懷哲(1875-1965)《法國醫生、傳道者、音樂家; 1952 年獲諾貝爾和平獎).

sci·at·ic [saɪˈætɪk; saɪˈætɪk] *adj.* 《醫學》坐骨的; 髖部的. the *sciatic* nerve 坐骨神經.

sci·at·i·ca [saɪˈætɪkə; saɪˈætɪkə] *n.* ⓤ《醫學》坐骨神經痛.

‡sci·ence [ˈsaɪəns; ˈsaɪəns] *n.* (*pl.* **-enc·es** [~ɪz; ~ɪz]) **1** ⓤ 科學; (特 指)自然科學(↔ the humanities). natural *science* 自然科學/social *science* 社會科學/applied 〔practical〕 *science* 應用〔實用〕科學/a man of *science*(男性)科學家/a doctor of *science* 自然科學博士.

2 ⓤⓒ …學(個別學問的領域(discipline)). medical *science* 醫學/political *science* 政治學.

⟐ *adj.* **scientific**.

字源 SCI「知」: *science*, con*science* (意識的的), con*science* (良知), subcon*scious* (潛意識).

science fiction *n.* ⓤ 科幻小說(略作 SF, sf).

‡sci·en·tif·ic [ˌsaɪənˈtɪfɪk; ˌsaɪənˈtɪfɪk] *adj.* **1** 《限定》科學的, (特指)自然科學的; 科學上的, 學術性的. a *scientific* discovery 科學上的發現/a *scientific* treatise 學術論文.

2 科學性的; 精密的; 有系統的. a *scientific* method 科學方法/*scientific* farming 科學耕作.

sci·en·tif·i·cal·ly [ˌsaɪənˈtɪfɪklɪ, -ɪklɪ; ˌsaɪənˈtɪfɪkəlɪ] *adv.* 科學地.

‡sci·en·tist [ˈsaɪəntɪst; ˈsaɪəntɪst] *n.* (*pl.* **-s** [~s; ~s]) ⓒ 科學家, (特指)自然科學家, (★人文學者, 古典學者爲 scholar). *Scientists* agree that salmon locate home streams by smell. 科學家們一致同意鮭魚是靠嗅覺找到出生所在的河流.

sci-fi [ˌsaɪˈfaɪ; saɪˈfaɪ] *n.* 《口》=science fiction.

scim·i·tar [ˈsɪmətə; ˈsɪmɪtə(r)] *n.* ⓒ 單刃彎刀(從前土耳其人或阿拉伯人所用).

scin·til·late [ˈsɪntl͵et; ˈsɪntɪleɪt] *vi.* **1** 《文章》發出火花; 〔星星〕閃耀.

2 〔對話等〕洋溢著(才華). a *scintillating* conversation 一段才氣橫溢的對話.

scin·til·la·tion [ˌsɪntl̩ˈeʃən; ˌsɪntɪˈleɪʃn] *n.* ⓤ ⓒ **1** 《文章》火花; 星光閃耀.

2 才氣橫溢.

sci·on [ˈsaɪən; ˈsaɪən] *n.* ⓒ **1** (接枝用的)接穗, 幼枝. **2** 《雅》(貴族, 名門的)後裔, 傳人, 子孫.

scis·sor [ˈsɪzə; ˈsɪzə(r)] *vt.* 剪, 剪掉, (*out*; *off*).

‡scis·sors [ˈsɪzəz; ˈsɪzəz] *n.* (★注意發音) **1** ⓒ 《通常作複數》剪刀(注意)數數目時通常用 a pair [two pairs] of scissors (一[兩]把剪刀)). These *scissors* are sharp.=This pair of *scissors* is sharp. 這把剪刀很利.

2 ⓐⓤ (摔角)剪腿, 剪式動作, 《用兩腿鉗住頭、身體的動作》.

scle·ro·ses [sklɪˈrosiz; skləˈrəʊsɪs] *n.* sclerosis 的複數.

---

scle·ro·sis [sklɪˈrosɪs; skləˈrəʊsɪs] *n.* (*pl.* **-ro·ses**) ⓤ ⓒ 《醫學》硬化(症), 變硬.

scoff[1] [skɔf; skɒf] *n.* (*pl.* ~**s**) ⓒ **1** (通常 scoffs)嘲弄, 嘲笑. **2** (用單數)笑柄, 笑料. Jim is the *scoff* of the world. 吉姆成了世人的笑柄.

— *vi.* 嘲笑, 愚弄, (*at*). He *scoffed* at my warning. 他嘲笑我的警告(他無視我的忠告).

scoff[2] [skɔf; skɒf] *vt.* (*pl.* ~**s**). 《英、口》狼吞虎嚥地吃.

scoff·er [ˈskɔfə; ˈskɒfə(r)] *n.* ⓒ 嘲笑者.

‡scold [skold; skəʊld] *v.* (~**s** [~z; ~z]; ~**ed** [~ɪd; ~ɪd]; ~**ing**) *vt.* 斥責, 嚴責, (*for* …的理由). Mother *scolded* me *for* coming home late. 母親責罵我晚歸. 回 scold 是指出於不高興, 焦躁而經常大聲地罵〔嘮叨〕; → blame.

— *vi.* 嘮叨(*at*). That woman is always *scolding* at her husband. 那個女人總是對老公嘮叨個不停.

— *n.* ⓒ (通常用單數)喋喋不休的人(特指女性).

scold·ing [ˈskoldɪŋ; ˈskəʊldɪŋ] *adj.* 〔女人〕嘮叨的.

— *n.* ⓒ 嚴責, 斥責, 嘮叨. give a child a *scolding* 罵孩子一頓.

scol·lop [ˈskɑləp; ˈskɒləp] *n.*, *v.* =scallop.

sconce [skɑns; skɒns] *n.* ⓒ (安裝在牆壁等的)突出的電燈〔燭臺〕.

scone [skon; skɒn] *n.* ⓒ 《英》小圓鬆餅(《美》biscuit).

scoop [skup; skuːp] *n.* ⓒ **1** (舀砂糖, 麵粉等的)小舀匙; (挖冰淇淋的)圓匙.

[sconce]

2 (加煤的)小型鏟; 勺子; (→ shovel, spade[1]).

3 一勺(的量)(亦可說 scoopful); 舀取. in one *scoop* 以一勺/two *scoops* of ice cream 兩球冰淇淋.

4 《口》(報紙, 電臺等的)獨家報導, 漏網新聞.

5 (用單數)《口》(買賣的)賺大錢.

— *vt.* **1** 掏, 舀取, (*up*; *out*); 淘〔泥等〕. *scoop* out some water *from* the boat 從船上舀掉些水. **2** 挖; 挖製(*out*).

3 《口》(報紙, 廣播等)搶在(別家)之前發布新聞; 發布(獨家消息). That newspaper is always *scooping* the others. 那份報紙總是搶在別家之前發出特報.

scoot [skut; skuːt] *vi.* 《口》疾奔; 飛快逃跑.

*scoot·er [ˈskutə; ˈskuːtə(r)] *n.* (*pl.* ~**s** [~z; ~z]) ⓒ **1** (兒童用單腳推進的)踏板車. *Scooters* used to be very popular among children. 踏板車以前很受兒童喜歡.

2 速克達(motor scooter)(一種輕型摩托車).

— *vi.* 騎速克達〔踏板車〕.

*scope [skop; skəʊp] *n.* ⓤ **1** (能力, 活動, 研究等的)範圍, 領域. a study of wide *scope* 範圍廣泛的研究/a man of narrow *scope* 活動範圍〔視

野等]狹隘的男人/The task lies within his *scope*.
那件工作是他的職責所在/The theory is beyond
the *scope* of my understanding. 這個理論超出我的
理解範圍.

2 空間, 機會, 自主性, 《*for*》. He has little
scope for his ability. 他沒有一點發揮能力的空間.

gíve scópe for [*to*]... 給...充分活動的機會, 使
盡量發揮.

-scope《構成複合字》具「看...的儀器」之意. micro-
scope. tele*scope*.

✲**scorch** [skɔrtʃ; skɔːtʃ] v. (~**es** [~ɪz; ~ɪz]; ~**ed**
[~t; ~t]; ~**ing**) *vt*. **1** 燒焦, 把表面燒焦. She
scorched a shirt while ironing it. 她燙襯衫時把它
燙焦了.

回 scorch 指把表面燒焦, 損壞質地; → singe.

2 使[植物]枯萎, 曬枯, (因日照, 乾燥). The
lawn was *scorched* from lack of water. 這片草坪
因水分不足而枯萎.

── *vi*. **1** 燒焦, 燙焦. **2** [植物]枯萎, 曬枯. **3**
《口》[汽車等]高速行駛; [人]高速駕駛(*on* [車等]).

── *n*. Ⓒ **1** 燒焦, 焦痕. **2** 《口》高速駕駛(車等).

scorch·er [ˋskɔrtʃɚ; ˈskɔːtʃə(r)] *n*. Ⓒ《口》
1 《用單數》大熱天. **2** 駕車飛馳的人.

scorch·ing [ˋskɔrtʃɪŋ; ˈskɔːtʃɪŋ] *adj*. **1** 灼熱
的, 極熱的. a *scorching* day in August 8 月的大
熱天. **2** 《口》嚴厲的, 猛烈的. a *scorching*
denunciation 嚴厲的責難.

── *adv*. 《口》灼熱地. It is *scorching* hot. 熱極了.

scorch·ing·ly [ˋskɔrtʃɪŋlɪ; ˈskɔːtʃɪŋlɪ] *adv*.
1 灼熱地. **2** 《口》猛烈地.

✲**score** [skor, skɔr; skɔː(r)] *n*. (*pl*. ~**s** [~z; ~z],
4 (a) ~ 為 ~) Ⓒ 【 刻痕 】 **1** 抓傷; 刻痕;
切痕. a *score* on the table 桌上的刻痕.

【 作標記用的刻痕 】 **2** (罕)欠款, 欠帳, 賒帳,
(源自從前在酒館用粉筆等記下客人飲酒的數量).
Death pays all *scores*. 《諺》一死百了/pay one's
score 付(酒館的)帳.

3 【一筆記錄代表一分】(a) (通用單數)(比賽的)
得分, 分數; 得分表. make a good *score* 得到好
分數/win a game by [with] a *score* of five to
three [5-3] 以五比三獲勝.
(b) (考試或評比的)分數, 成績. Give a *score* out
of 10 in each category. 請以各項的滿分 10 分為標
準給分/a perfect *score* 滿分(full marks).

4 (a) 【一刻記代表20】(用單數亦可作複數)二十
(twenty). a *score* of eggs 20 顆蛋/four *score*
and seven years 87 年/three *score* and ten 70 年
《聖經中所謂人的壽命》.
(b) (scores) 多數, 許多(*of*). *scores of* letters 數
十封信/in *scores* 許多, 眾多.

5 【有如刻數般能夠一目了然的記錄】《音樂》總譜,
配樂. in (full) *score* 用總譜.

kèep (*the*) *scóre* 記分.

knòw the scóre 《口》知道真相.

on thàt scóre 因此; 就這樣. We cannot fire

him simply *on that score*. 我們不能就這樣辭掉
他.

on the scóre of... 因為...理由, 由於....

sèttle [*pay òff*] (*òld*) *scóres* 算舊帳.

── *v*. (~ **s** [~z; ~z]; ~**d** [~d; ~d]; **scor·ing**) *vt*. **1**
在...畫上刻痕; 在...上留下條紋[線條]. The old
man's face was *scored* by age. 那個老人的臉上刻
畫著歲月的痕跡.

2 得[分數], 得分, 《在比賽, 考試等中》. That
slugger *scored* three runs. 那位打擊手得了三分/
score a goal (球射入球門)得分.

3 記錄[比賽分數], 評分; 給[試卷]打分數;
句型4 (score A B)、句型3 (score B *for* [*to*]
A) 給 A(某人) B (分數).

4 獲得[成功等]. *score* a success [victory] 取得
成功[勝利].

5 《美》嚴厲責罵, 教訓, 嚴厲批評, [人].

6 《音樂》作曲[編曲]《*for*》.

── *vi*. **1** 得到分數, 得分; 記錄(比賽的)得分.

2 獲得利益, 達成目的, 《*with*》. He *scored* with
his second play. 他的第二齣戲獲得成功.

scòre a póint [*póints*] (*over* [*against*,
off]...) (辯論等時較對方)處於優勢.

scóre óff... 《口》(爭論中)駁倒, 打敗, [某人].

scòre/.../óut (文章)(畫線)刪去, 勾銷.

scòre/.../úp 記錄(得分); 賒(帳), 賒欠.

score·board [ˋskor͵bord, ˋskɔr-, -͵bord;
ˈskɔːbɔːd] *n*. Ⓒ記分牌, 記分板.

score·book [ˋskor͵buk, ˋskɔr-; ˈskɔːbuk] *n*.
Ⓒ記分簿.

score·card [ˋskor͵kɑrd, ˋskɔr-; ˈskɔːkɑːd] *n*.
Ⓒ(高爾夫球等的)記分卡; 得分表.

scor·er [ˋskorɚ, ˋskɔr-; ˈskɔːrə(r)] *n*. Ⓒ **1** (比
賽等的)記分員. **2** 得分者.

scor·ing [ˋskorɪŋ, ˋskɔr-; ˈskɔːrɪŋ] *v*. score 的
現在分詞, 動名詞.

✲**scorn** [skɔrn; skɔːn] *n*. Ⓤ **1** (公然的)輕蔑, 嘲
弄, 蔑視. with *scorn* 輕蔑地/They poured *scorn*
on my idea. 他們大肆嘲笑我的想法.

2 輕蔑的目標, 嘲笑的對象. The lazy boy is the
scorn of the class. 那個懶惰的男孩是班上嘲笑的對
象. ⇨ *adj*. scornful.

hòld a pèrson in scórn 鄙視某人.

làugh a pèrson to scórn 嘲笑某人.

── *vt*. (~**s** [~z; ~z]; ~**ed** [~d; ~d]; ~**ing**) 《雅》
1 蔑視. He was *scorned for* his bad manners.
大家都瞧不起他的惡形惡狀. 回 scorn 是意含憤怒
或嘲笑的極度輕蔑; → disdain, despise.

2 拒絕[申請等]. She *scorned* all proposals of
marriage. 她拒絕所有的求婚.

3 句型3 (scorn *to* do/doing) 不屑做.... *scorn
to* surrender [*surrendering*] 不屑投降.

✲**scorn·ful** [ˋskɔrnfəl; ˈskɔːnfʊl] *adj*. 輕蔑的, 輕
視的. a *scornful* look 瞧不起人的眼神/Don't be
scornful of the man. 別小看那個人.

scorn·ful·ly [ˋskɔrnfəlɪ; ˈskɔːnfʊlɪ] *adv*. 輕蔑
地, 輕視地.

Scor·pi·o [ˋskɔrpɪ͵o; ˈskɔːpɪəʊ] *n*. (*pl*. ~**s**)《天

文》天蠍座；天蠍宮《十二宮的第八宮；→zodiac》；
Ⓒ 天蠍座的人《於 10 月 23 日到 11 月 21 日之間出生的人》.

scor·pi·on [ˋskɔrpɪən; ˋskɔːpiən] *n.* Ⓒ《動物》蠍子.

Scot [skɑt; skɒt] *n.* Ⓒ 蘇格蘭人(Scotsman, Scotswoman). ⇨ *adj.* **Scotch.**

Scot. 《略》Scotland; Scottish.

Scotch [skɑtʃ; skɒtʃ] *adj.* **1** 蘇格蘭的.
2 蘇格蘭人〔語〕的. 〔參考〕除了蘇格蘭特產的物品(比如 Scotch whisky)外, 蘇格蘭人並不喜歡用 Scotch 來形容東西, 而較常用 Scottish, Scots.
— *n.* **1** 《作複數》《加 the》《集合》蘇格蘭人.
2 Ⓤ 蘇格蘭語. **3** ＝Scotch whisky.
⇨ *n.* **Scotland.**

scotch [skɑtʃ; skɒtʃ] *vt.*《文章》**1** 扼止《謠言等》《出示確實的證據》. **2** 打傷…《使其無害》.

Scotch broth *n.* Ⓤ 蘇格蘭濃湯《用蔬菜、肉、麥粉燉煮成的濃湯》.

Scotch·man [ˋskɑtʃmən; ˋskɒtʃmən] *n.* (*pl.* **-men** [-mən; -mən]) Ⓒ《輕蔑》蘇格蘭男人.
〔參考〕最好使用 Scot 或 Scotsman, Scotswoman.

Scotch tape *n.* Ⓒ《美》透明膠帶《商標名》；《英》sellotape).

Scotch terrier *n.* Ⓒ 蘇格蘭㹴《通常為黑色、短腿的小型犬》.

Scotch whisky
n. Ⓤ 蘇格蘭威士忌.

[Scotch terrier]

Scotch·wom·an
[ˋskɑtʃˏwʊmən;
ˋskɒtʃˏwʊmən] *n.* (*pl.*
-wom·en [-ˏwɪmən;
-ˏwɪmɪn]) Ⓒ《輕蔑》蘇格蘭女人(→ Scotchman 〔參考〕).

scot-free [ˋskɑtˋfri; ˏskɒtˋfriː] *adj.*《敘述》《口》免受罰的；平安的.
gò [*get òff, escàpe*] *scòt-frée* 免於受罰；逃過一劫.

Scot·land [ˋskɑtlənd; ˋskɒtlənd] *n.* 蘇格蘭《位於大不列顛島的北部地區, 不論語言或習性上皆與 England 有相當大的差異；首府Edinburgh》. The language of *Scotland* is English, spoken with a Scottish accent. 蘇格蘭的語言是帶有蘇格蘭腔的英文.
⇨ *adj.* **Scotch, Scottish, Scots,** (→Scotch 〔參考〕).

Scotland Yard *n.* 蘇格蘭警場《倫敦警察廳的俗稱；為其舊址的路名, 1967 年遷移至 Victoria Street》；其刑事部門.

Scots [skɑts; skɒts] *adj.* 蘇格蘭的；蘇格蘭人〔語〕的.
— *n.* **1** Ⓤ 蘇格蘭語. **2** 《加 the》《作複數》《集合》蘇格蘭人(→ Scotch 〔參考〕).

Scots·man [ˋskɑtsmən; ˋskɒtsmən] *n.* (*pl.* **-men** [-mən; -mən]) Ⓒ 蘇格蘭男人(→ Scotchman 〔參考〕).

Scots·wom·an [ˋskɑtsˏwʊmən; ˋskɒtsˏwʊmən] *n.* (*pl.* **-wom·en** [-ˏwɪmən; -ˏwɪmɪn]) Ⓒ 蘇格蘭女人.

Scott [skɑt; skɒt] *n.* **Sir Walter ~** 史考特(1771

-1832)《蘇格蘭小說家、詩人》.

Scot·tish [ˋskɑtɪʃ; ˋskɒtɪʃ] *adj.* **1** 蘇格蘭的. The island was a cradle of *Scottish* Christianity. 這個島是蘇格蘭基督教的發源地.
2 蘇格蘭人〔語〕的.
— *n.* **1** Ⓤ 蘇格蘭語. **2** 《作複數》《加 the》《集合》蘇格蘭人(→ Scotch 〔參考〕).

Scottish terrier *n.* ＝Scotch terrier.

scoun·drel [ˋskaʊndrəl; ˋskaʊndrəl] *n.* Ⓒ 惡棍, 無賴.

scour¹ [skaʊr; ˋskaʊə(r)] *vt.* **1** 刷淨, 擦淨, 《down; out》. *scour out* a pan 把鍋子刷乾淨.
2 擦掉《油污、鐵鏽等》；把…沖洗乾淨, 《away; off》. *scour off* grease from dishes 洗掉盤子上的油污. **3** 把《排水管, 水溝等》沖乾淨, 疏濬.
— *n.* 《a Ⓤ》擦掉, 擦.

scour² [skaʊr; ˋskaʊə(r)] *vt.* 在〔某地〕四處搜尋《for》, 找遍. *scour* the country *for* the kidnapper 在全國各地搜捕綁匪.
— *vi.* 急忙地跑來跑去, 仔細搜索, 《for, after 搜尋…》. The tiger *scoured* about *for* food. 那隻老虎四處搜尋獵物.

scour·er [ˋskaʊrə; ˋskaʊərə(r)] *n.* Ⓒ《尼龍等製的》刷子.

scourge [skɜdʒ; skɜːdʒ]《文章》*n.* Ⓒ **1** 鞭子；懲罰. **2** 天譴, 報應, 《瘟疫、戰爭, 天災等》.
— *vt.* 鞭打；懲罰；折磨.

scout [skaʊt; skaʊt] *n.* (*pl.* ~**s** [~s; ~s]) Ⓒ
1 《軍事》斥候, 偵察兵；偵察機《艦》. send out a *scout* 派出偵察員.
2 《體育界, 文藝界等的》球探, 星探, 物色人才〔新人〕的人.
3 童子軍. ★在《美》亦可指女童軍. My son is a *scout.* 我兒子是童子軍.
4 《口》男人, 傢伙. He's a good *scout.* 他是個好人.
on the scóut 偵察中；搜尋中《for》.
— *vi.* **1** 擔任斥候, 偵察.
2 四處尋找《about; around》；《在體育界, 文藝界》挖掘人才《for》. *scout* about *for* some firewood 四處找些柴火.
— *vt.* 偵察《for 找尋…》. *scout* (out) the place *for* water 在該處尋找水源.

scout·ing [ˋskaʊtɪŋ; ˋskaʊtɪŋ] *n.* Ⓤ **1** 偵察〔調查, 童子軍〕活動. **2** 男[女]童子軍活動.

scout·mas·ter [ˋskaʊtˏmæstɚ; ˋskaʊtˏmɑːstə(r)] *n.* Ⓒ **1** 童子軍團長.
2 偵察隊隊長.

scowl [skaʊl; skaʊl] *vi.* 皺眉, 擺出不悅的臉色《氣呼呼地》瞪眼, 《at》. She *scowled* at the rude salesman. 她朝那個無禮的推銷員瞪了一眼.
— *n.* Ⓒ 皺著眉的臉, 不悅的臉.

scrab·ble [ˋskræbl; ˋskræbl] *vi.*《口》**1** 慌忙地到處翻找《for》. **2** 很快地胡亂塗鴉, 潦草地寫.

Scrab·ble [ˋskræbl; ˋskræbl] *n.* Ⓒ 拼字遊戲

S

《輪流用英文字母上下左右排列拼成單字的遊戲; 商標名).

scrag [skræg; skræg] n. 1 ⓒ骨瘦如柴的人[動物]. 2 Ⓤⓒ(特指羊的)頸肉(用來燉菜或湯). 3 ⓒ《俚》(人的)脖子(neck).
— vt. (~s; ~ged; ~ging) 《口》1 絞死, 吊死. 2 粗暴地對待, 痛打一頓.

scrag·gly [ˋskræglɪ; ˈskrægli] adj. 《美、口》長得稀疏的; 〔頭髮等〕蓬亂的.

scrag·gy [ˋskrægɪ; ˈskrægi] adj. 1 瘦的, 骨瘦如柴的. 2 不整齊的.

scram [skræm; skræm] vi. (~s; ~med; ~ming) 《俚》趕快出去; 逃走; (通常用祈使語氣).

*(**scram·ble** [ˋskræmbl; ˈskræmbl] v. (~s [~z; ~z]; ~d [~d; ~d]; -bling) vi. 1 攀登(up); 爬下(down); 爬行(along); 急急忙忙做…. Our party scrambled along the edge of the cliff. 我們一夥人沿著懸崖的邊緣攀行/scramble to one's feet 慌忙地站起來. 2 爭奪, 搶奪, (for); 爭著做…(to do). The children scrambled for the candy. 孩子們搶著糖果. 3 《軍事》〔戰鬥機〕緊急起飛(應付敵機入侵).
— vt. 1 使雜亂無章, 使混亂. The wind scrambled the pages of my paper. 這陣風吹亂了我的論文內頁. 2 炒〔蛋〕. scrambled eggs (→見 scrambled eggs). 3 《軍事》使〔戰鬥機〕緊急起飛.
— n. (pl. ~s [~z; ~z]) ⓒ 1 (用單數)攀爬, 攀登. 2 (車道急遽起伏的)摩托車越野賽. 3 (用單數)搶奪, 爭奪, (for). There was a scramble for good seats. 大家爭先恐後要搶好位子. 4 《軍事》緊急起飛.

scrambled éggs n. (作複數)炒蛋.

*(**scrap**[1] [skræp; skræp] n. (pl. ~s [~s; ~s]) 1 ⓒ碎片, 小片, 破片, 《用於否定句》一點(也沒有)(of). There is not a scrap of truth in this story. 這則故事太假了/a scrap of paper 一張紙片/The woman tore the letter into little scraps. 那女人把信撕碎.
2 (scraps) 剩飯, 吃剩的東西. The maid fed the scraps to the dog. 那女傭拿吃剩的東西餵狗.
3 ⓒ (報紙等的)剪下的圖片[文章], 剪報. scraps from "The Times" 從「泰晤士報」上剪下的剪報.
4 Ⓤ鐵屑, 廢鐵, 廢物. collect scrap 回收廢物/He sold his car for scrap. 他把車子當廢鐵賣掉了.
— vt. (~s; ~ped; ~ping) 把…當廢料丟掉; 報廢, 廢棄; 廢止〔制度等〕. scrap a car 廢棄車子/Public opposition forced the government to scrap the new tax. 民眾的反對迫使政府廢除新稅制.

scrap[2] [skræp; skræp] 《口》n. ⓒ (特指突然的)爭吵, 口角.
— vi. (~s; ~ped; ~ping)爭吵(with).

scrap·book [ˋskræp͵bʊk; ˈskræpbʊk] n. ⓒ

剪貼簿.

*(**scrape** [skrep; skreɪp] v. (~s [~s; ~s]; ~d [~t; ~t]; scrap·ing) vt. 〖擦〗1 用力擦, 擦乾淨(down); 磨掉〔皮等〕. 句型5 (scrape A B) 把A擦成B. Ann scraped the floor (down) before waxing it. 安在打蠟之前擦地板/scrape potatoes 磨擦馬鈴薯皮/She likes to scrape plates clean. 她喜歡把盤子擦得乾乾淨淨.
2 擦破〔膝蓋等〕; 擦傷. He scraped his knee on a stone. 他的膝蓋被石頭擦傷.
3 擦掉, 刮掉, (off; away); 擦去, 刮除(out). scrape off the old paint 刮掉舊漆/He scraped the mud off his boots. 他擦掉靴上的泥巴.
4 【收集擦掉的碎片】《口》積聚; (辛勤地)積攢, (up; together). scrape up [together] money 攢錢.
— vi. 1 擦, 摩擦, 掠過. The rope scraped against the rock. 那條繩子摩擦到岩石.
2 緊挨著通過(along; past). 3 極為節儉.

scrápe a líving 勉強度日.
scrápe alóng [bý] 勉強度日.
scrápe/…/dówn (英)以鞋子踏響地板使〔演講者〕閉嘴.
scrápe thróugh[1] 勉強及格; 勉強擺脫.
scrápe through[2]… 勉強通過〔考試等〕. I managed to scrape through my driving test. 我總算勉強通過了駕駛考試.
— n. ⓒ 1 擦聲; 摩擦聲. 2 擦傷(→cut); 擦痕.
3 《口》(特指自己造成的)困境, 麻煩. I helped Paul get out of a scrape. 我幫保羅擺脫困境.

scrap·er [ˋskrepɚ; ˈskreɪpə(r)] n. ⓒ 擦鞋墊; (除去油漆的)刮刀.

scráp hèap n. ⓒ 廢鐵堆; (加the)垃圾場.

scrap·ing [ˋskrepɪŋ; ˈskreɪpɪŋ] n. 1 Ⓤ 擦去; 摩擦聲. 2 (scrapings)刮屑; 積聚之物.

scráp pàper n. 《主英》=scratch paper.

scrap·py [ˋskræpɪ; ˈskræpi] adj. 《口》1 碎片的, 剩餘物的. 2 片段的, 不完整的.

*(**scratch** [skrætʃ; skrætʃ] v. (~es [~ɪz; ~ɪz]; ~ed [~t; ~t]; ~ing) vt. 〖搔〗1 抓, 抓傷; 扒出〔洞〕(out). The cat scratched my hand. 那隻貓抓傷了我的手/He scratched his arm on the point of a nail. 他的手臂被釘子尖端刮傷.
2 搔〔癢處等〕; 擦〔火柴等〕. Scratch my back and I'll scratch yours. 《諺》投桃報李(<你搔我的背, 我就搔你的).
〖筆畫的動作〗3 搔>寫>潦草地寫; 刻入〔名字等〕. She scratched a note hurriedly. 她匆忙地寫了張潦草的便條.
4 擦掉》《口》刪除, 刪除, (out; off); (賽馬、選舉等中)從名冊上刪去. I scratched out that sentence. 我把那個句子刪掉了.
5 【湊集】積聚(up; together). Tom scratched up some money. 湯姆存了一些錢.
— vi. 1 抓; 搔癢; 〔狗、貓等〕發出抓搔聲; 到處扒挖(地面等)(about). Sparrows are scratching about on the ground for seeds. 麻雀在地上四處扒挖尋找種子.
2 〔鋼筆等〕斷水, 寫起來不順. This ballpoint

scratches a little. 這枝原子筆有點斷水.

3 (賽馬中)取消參賽; (選舉中)退出競選.

scràtch one's héad 搔頭(困惑或被人詢問而無法立即回答等情形時的動作); 苦思. I was *scratching* my *head* for hours about how to solve the puzzle. 我苦思了幾個小時該如何解開那個謎.

scràtch the súrface of... 僅論及[問題等]的表面, 略知皮毛. The newspaper report only *scratched the surface of* the corruption. 報紙的報導僅觸及那起貪污案的皮毛.

— *n.* (*pl.* ~**es** [~ɪz; ~ɪz]) **1** ⓒ 抓傷, 擦傷, (→ cut). without a *scratch* 完全沒有擦傷.

2 ⓒ (鋼筆, 唱片等的)刮擦聲.

3 ⓒ 潦草的書寫.

4 ⓐⓤ 搔癢. The dog had a *scratch*. 那隻狗在搔癢.

5 ⓤ (比賽)(參加公平競賽的選手的)出發點, 出發線; 比賽開始線.

a scràtch of the pén 潦草的簽名[便箋].

from scràtch (口)從起跑線, 從零, 從頭. The professor told me to rewrite the essay *from scratch*. 教授要我把論文從頭重新寫一遍.

ùp to scrátch (口)(1)達到標準, 處於良好狀態. I'm afraid your son's schoolwork isn't [doesn't come] *up to scratch*. 我擔心你兒子的功課還未達到及格的標準. (2)準備好的.

— *adj.* (限定) **1** 公平參賽的, 未受讓步的. a *scratch* golfer 未受讓步的高爾夫球手.

2 臨時做成的, 拼湊的. a *scratch* team 臨時組成的隊伍.

scràtch pàd *n.* ⓒ (主美)便箋紙.

scràtch pàper *n.* ⓤ (美)便條紙.

scratch·y [`skrætʃɪ; 'skrætʃɪ] *adj.* **1** (鋼筆等)斷水的; (鋼筆, 唱片)發出刮擦聲的. **2** (文字等)潦草的, 塗鴉的. **3** (衣服(的材質)等)令人發癢的, 扎人的.

scrawl [skrɔl; skrɔːl] *vt.* 潦草地寫.

— *vi.* 亂塗; 亂畫; (*over*).

— *n.* ⓒ (通常用單數)潦草書寫[字跡潦草](的信); 塗鴉. a child's *scrawl* 小孩子的塗鴉.

scraw·ny [`skrɔnɪ; 'skrɔːnɪ] *adj.* (口)瘦的, 瘦骨嶙峋的.

*✻**scream*** [skrim; skriːm] *v.* (~**s** [~z; ~z]; ~**ed** [~d; ~d]; ~**ing**) *vi.* **1** 發出尖銳叫聲, 驚叫. She *screamed* for help [in fright]. 她大呼救命[嚇得大叫]. 同 scream 指因痛苦、恐怖、憤怒等而發出大叫聲, 與 shriek 在意義上沒有太大差別; → cry 2.

2 (咯咯地)大笑. *scream with* laughter 大笑.

3 (風)呼嘯; (貓頭鷹, 笛等)發出尖銳的聲音. The wind was *screaming* outside. 外面風聲呼嘯.

— *vt.* 尖聲說(*out*). 句型3 (scream *that* 子句)大叫. She *screamed that* I was to blame. 她大叫說都怪我.

— *n.* ⓒ **1** 尖叫聲, 悲鳴, 驚叫. Joan let out a *scream* when she saw the burglar. 瓊看見竊賊便叫了出來.

2 (用單數)(口)極爲滑稽的人[事]. Bert is a per-

fect *scream*. 伯特是一個非常滑稽的人.

scream·ing [`skrimɪŋ; 'skriːmɪŋ] *adj.* **1** (人)尖叫的. **2** 令人吃驚的, 駭人聽聞的.

scream·ing·ly [`skrimɪŋlɪ; 'skriːmɪŋlɪ] *adv.* (口)非常地, 到不能忍受的程度地, (可笑等).

scree [skri; skriː] *n.* ⓤⓒ 山麓碎石(從山坡崩塌下來的岩石); 山麓碎石滾落的地方.

screech [skritʃ; skriːtʃ] *vi.* **1** 尖叫著說, 發出尖叫聲. 同 screech 指發出比 scream 更刺耳的聲音; → cry 2. **2** (汽車, 門等)發出刺耳聲. The car *screeched* to a halt. 那輛車子發出尖銳的煞車聲停住.

— *vt.* 尖聲說(*out*).

— *n.* ⓒ 尖聲; 突然的爆笑聲; (煞車等的)尖銳的聲音.

scréech òwl *n.* ⓒ (鳥)貓頭鷹(鳴聲尖銳).

screed [skrid; skriːd] *n.* ⓒ (口)冗長的文章[話].

*✻**screen*** [skrin; skriːn] *n.* (*pl.* ~**s** [~z; ~z]) ⓒ

[screech owl]

〖隔開物〗 **1** 屏, 屏風; 幕; (和室的)紙(窗)門. a folding *screen* (折疊式)屏風/a sliding *screen* (和室的)紙(窗)門.

2 (電影, 幻燈片的)銀幕; (電視的)畫面; (通常加the)(集合)電影(界).

〖遮的東西〗 **3** 遮蔽物, 圍牆; (防蟲的)網, 紗窗(門). a smoke *screen* 煙幕.

4 (篩砂石, 煤等的)粗篩.

under scrèen of níght 利用晚上的掩護, 趁著黑夜.

— *vt.* 〖遮蓋〗 **1** 保護, 遮蓋, (*from*). The mayor *screened* his eyes with his hand. 市長用手遮眼(以避免刺眼等).

2 包庇, 窩藏, (犯人等)(*from*). The father tried to *screen* his son *from* blame. 那個父親想包庇他兒子免受責難.

〖遮掩>遮擋〗 **3** 掩蓋, 遮擋; 排斥(*out*); 隔開(*off*). *screen* oneself *from* view 掩人耳目/We have double windows to *screen out* street noises. 我們用雙層窗來隔開馬路上的噪音.

4 給(窗, 房子等)裝上紗窗[紗門].

5 篩(砂石, 煤等); 審查, (篩選), (報名者等)(*out*); 經歷, 思想, 疾病等項目)查核. The secret service *screened* all the arrivals from that country. 祕密情報單位查核所有來自該國的人員.

〖使上銀幕〗 **6** 放映, 上映; 拍成電影, 拍攝.

— *vi.* (加well, badly等)適於上映. That actress *screens* well. 那個女演員很上鏡頭.

screen·ing [`skrinɪŋ; 'skriːnɪŋ] *n.* **1** (screenings)(砂石, 煤等的)篩渣, 煤渣.

2 ⓤⓒ 篩; 資格審查, 選拔. a *screening* test 選拔考試, 團體篩試.

3 ⓤ上映，放映．

screen·play [ˋskrin͵ple; ˈskri:npleɪ] n. (pl. ~s) ⓒ電影劇本．

screen test n. ⓒ(電影演員報名者的)試鏡《實際拍攝一小段》．

☆screw [skru, skrɪu; skru:] n. (pl. ~s [~z; ~z]) ⓒ【螺絲釘】

[screws 1]

1 螺絲釘．tighten a *screw* with a screw-driver 用螺絲起子旋緊螺絲釘．

2 (螺絲釘的)一旋，一轉；《英》(撞球的)旋球．give a bolt another *screw* 再轉一下螺絲釘．【螺旋狀物】 3 軟木塞起子(corkscrew)．

4 (船，飛機的)螺旋槳(propeller)．

hàve a scréw lòose (口)發瘋．Jim has a screw loose. 吉姆腦筋有問題．

pùt the scréw(s) on a *pérson* (俚)給某人施加壓力，強迫．

— v. (~s [~z; ~z]; ~ed [~d; ~d]; ~ing) vt. 1 用螺絲固定；固定…的螺絲(*down*)；卸下…的螺絲(*off*)；用螺絲拴進去．*screw* a latch onto the door 用螺絲把門閂拴固定在門上/I tried to *screw* the lid *down* [*off*]. 我想固定[卸下]蓋子的螺絲．

2 擰，扭，〔手腕等〕；皺〔眉〕．He *screwed* his head *around* to see me. 他轉過頭來看我．

3 (俚)榨取〔錢等〕．*screw* juice *out of* oranges 榨柳橙汁．

4 《俚》欺騙，詐騙，《常用被動語態》．

— vi. 1 用螺絲固定，用螺絲鎖起來．

2 扭著，呈螺旋狀．

hàve one's héad scréwed ón (the rìght wáy) 有判斷力，能正確判斷．

scréw…úp (1)用螺絲把…鎖緊；把〔紙等〕揉成一團．(2)皺〔眉等〕；(陽光刺眼得)瞇起〔眼睛〕．a face all *screwed* up with laughter 笑得眼睛鼻子擠成一團的臉．(3)(俚)弄糟…．

scréw ùp one's cóurage 鼓起勇氣．

screw·ball [ˋskru͵bɔl, ˋskrɪu-; ˈskru:bɔ:l] n. ⓒ 1 (美，俚)古怪的人．2 (棒球)旋轉球．

screw·driv·er [ˋskru͵draɪvɚ, ˋskrɪu-; ˈskru:͵draɪvə(r)] n. 1 ⓒ螺絲起子(→ screw 圖)．2 ⓒ(美)螺絲起子(用柳橙汁與伏特加調配的雞尾酒)．

scréw propèller n. ⓒ(船，飛機的)螺旋槳．

scréw tòp n. ⓒ(瓶子等的)旋蓋．

screw·y [ˋskru, ˋskrɪu; ˈskru:ɪ] adj. (俚)發狂的，精神不正常的；古怪的．

☆scrib·ble [ˋskrɪbl; ˈskrɪbl] v. (~s [~z; ~z]; ~d [~d; ~d]; -bling) vt. 潦草地寫，快速地寫；塗鴉．He *scribbled* a quick note. 他匆匆而潦草地寫了一張便條．

— vi. 寫得很快；寫字潦草，亂塗．No *scribbling*. 禁止亂塗(告示)．

— n. 1 ⓤ快寫；字跡潦草，拙筆．

2 ⓒ(常 scribbles)草草寫成的東西；亂塗．

scrib·bler [ˋskrɪblɚ; ˈskrɪblə(r)] n. ⓒ 1 寫字潦草的人．2 不入流的作家，蹩腳作家．

scribe [skraɪb; skraɪb] n. ⓒ 1 (印刷術發明以前的)書籍抄寫者，抄寫員．

2 (聖經)(通常 Scribe)律法學者．

scrim·mage [ˋskrɪmɪdʒ; ˈskrɪmɪdʒ] n. ⓒ 1 亂打，扭打；小規模衝突．

2 (橄欖球)=scrummage．

3 (美式足球)爭球進攻(從球快速後傳到成為死球的一次進攻過程)；練習賽．

— vi. 1 格鬥，對打．2 (橄欖球)=scrummage．

scrimp [skrɪmp; skrɪmp] vt. 縮減〔食物等〕，節儉；辛苦地積攢〔錢〕．

— vi. 吝嗇．

scrip [skrɪp; skrɪp] n. ⓒ臨時證券，臨時證書，《以後可換取正式證券或正式證書》；ⓤ(集合)臨時證券文件，臨時證書文件．

script [skrɪpt; skrɪpt] n. 1 ⓤ手寫(不是 print (印刷)而是 handwriting)；手寫體(非鉛字，為手寫的連體)；字跡．The letter was written in elegant *script*. 那封信的字跡娟秀．

2 ⓤ(印刷)書寫體鉛字，書寫體．

3 ⓒ(電影，戲劇，廣播等的)腳本，劇本．Don't ad-lib: just follow the *script*. 不要即興發揮，照劇本來．

4 ⓤⓒ(某語言的)字母體系，文字．I can't read Arabic *script*. 我不懂阿拉伯文．

scrip·tur·al [ˋskrɪptʃərəl; ˈskrɪptʃərəl] adj. (有時 Scriptural)聖經的；根據聖經的；(Biblical)．

scrip·ture [ˋskrɪptʃɚ; ˈskrɪptʃə(r)] n. 1 (Scripture)聖經(the Bible)(通常 the Scriptures, Holy Scripture)．a *scripture* text 聖經的一節．2 ⓒ(有時 Scripture)聖經中的話．3 ⓒ(通常 scriptures)(基督教以外的)經典，聖典．Buddhist *scriptures* 佛經．

script·writ·er [ˋskrɪpt͵raɪtɚ; ˈskrɪpt͵raɪtə(r)] n. ⓒ(電影，戲劇，廣播等的)劇本作家，腳本作者．

scrof·u·la [ˋskrɑfjələ, ˋskrɑf-; ˈskrɒfjʊlə] n. ⓤ(醫學)瘰癧，腺病，《特指引起頸部淋巴腺腫大的結核病》．

scrof·u·lous [ˋskrɑfjələs, ˋskrɑf-; ˈskrɒfjʊləs] adj. (醫學)感染瘰癧的，腺病症狀的．

scroll [skrol; skrəʊl] n. 1 ⓒ(羊皮或紙的)捲軸《從前的書籍，文件》．2 ⓤⓒ渦卷式花紋．

— (電腦) vi. (按捲軸)捲動螢幕畫面(可上下、左右移動)．

— vt. 捲動〔電腦螢幕上的資料〕．

Scrooge [skrudʒ; skru:dʒ] n. 1 斯克魯奇(為 Dickens 所著 *A Christmas Carol* 中的主角，極為吝嗇但最後悔改的男人)．

2 ⓒ(有時 scrooge)吝嗇鬼，守財奴，(miser)．

scro·tum [ˋskrotəm; ˈskrəʊtəm] n. ⓒ(解剖)

陰囊.

scrounge [skraʊndʒ; skraʊndʒ] 《口》 vt. 偷、騙. Jack scrounged a pound off me. 傑克騙走了我一英鎊.
— vi. 四處搜尋(around).

scrub[1] [skrʌb; skrʌb] v. (~s; ~bed; ~bing) vt. **1** (a)用力擦; 刷洗; 擦淨(out; off). She scrubbed the kitchen floor with a brush. 她用刷子刷洗廚房的地板/I couldn't scrub the stain out (of the carpet). 我擦不掉(地毯上的)污漬.
(b) 句型5 (scrub A B)(用力)把 A 擦成 B 的狀態. scrub the wall clean 把這面牆壁擦乾淨.
2 《口》停止, 中止, [計畫等].
— vi. 擦洗乾淨.
— n. aU 擦洗, 刷洗. give a pan a scrub 把鍋子刷一刷.

scrub[2] [skrʌb; skrʌb] n. **1** U (集合)灌木林, 雜樹叢; 灌木地帶.
2 C 《口》過於矮小的人, 長得不好的馴養動物; 微不足道的人.
3 (形容詞性)不再生長的; [植物等]低矮的.

scrúb [**scrúbbing**] **brush** n. C 硬毛刷(→ brush[1] 圖).

scrub·by [ˋskrʌbɪ; ˈskrʌbɪ] adj. **1** [動物, 植物]長得不好的, 發育不良的. **2** 《口》不體面的, 矮小的. **3** 灌木茂盛的.

scruff [skrʌf; skrʌf] n. (pl. ~s) C 頸背, 頸子, (通常用於下列片語).
táke [sèize]...by the scrúff of the néck 揪住(某人, 動物)的頸背[頸子].

scruf·fy [ˋskrʌfɪ; ˈskrʌfɪ] adj. 《口》有點髒的; 寒愴的.

scrum [skrʌm; skrʌm] n. 《口》=scrummage.

scrum·mage [ˋskrʌmɪdʒ; ˈskrʌmɪdʒ] n. C 《橄欖球》司克蘭, 集團爭球.
— vi. 舉行司克蘭[集團爭球].

scrump·tious [ˋskrʌmpʃəs; ˈskrʌmpʃəs] adj. 《口》[食物]很好吃的; 極好的, 非常好的.

scrunch [skrʌntʃ; skrʌntʃ] 《口》v. =crunch.
— n. =crunch 1.

scru·ple [ˋskrupl, ˈskrɪu-; ˈskruːpl] n. **1** UC (通常 scruples) 躊躇, 良心的責備. a man of no scruples 肆無忌憚的人/I had a slight scruple about this kind of action. 我對這種行為感到有點不安/have no scruples about lying 肆無忌憚地說謊. **2** C 吩(藥量單位; 20 grains (1.296 克)).
máke nò scrúple to dò 肆無忌憚地做….
without scrúple 無所顧忌地, 毫不客氣地.
— vt. 猶豫(to do); (對於…)躊躇(about 關於…); (通常用於否定句) He does not scruple to betray his friends. 他會毫不猶豫地出賣朋友.

scru·pu·lous [ˋskrupjələs, ˈskrɪu-; ˈskruːpjuləs] adj. **1** 耿直的, 正直的; 有良心的. James is scrupulous in matters of business. 詹姆士工作踏實. **2** 詳盡的, 周密的; 細心的.
⇨ n. scruple.

scru·pu·lous·ly [ˋskrupjələslɪ, ˈskrɪu-; ˈskruːpjuləslɪ] adv. 良心上; 周密地. She keeps

---

the house scrupulously clean. 她把房子維持得一塵不染.

scru·ti·nize [ˋskrutn͵aɪz, ˈskrɪu-; ˈskruːtɪnaɪz] vt. 詳細調查, 仔細檢視. 匣 scrutinize 特別強調調查的嚴謹程度; → examine.

scru·ti·ny [ˋskrutnɪ, ˈskrɪu-; ˈskruːtɪnɪ] n. (pl. -nies) UC 詳細的調查, 探究; 仔細的觀察, 監視. ⇨ v. scrutinize.

scu·ba [ˋskubə; ˈskuːbə] n. C 水肺(潛水用的呼吸裝備; aqualung 是其商標名; <self-contained underwater breathing apparatus).

scúba díving n. U 深海潛水.

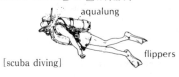

[scuba diving]

aqualung

flippers

scud [skʌd; skʌd] vi. (~s; ~ded; ~ding) 快跑; 快速掠過; (船)(乘著強風)飛快前進. Clouds are scudding across the sky. 雲快速地飄過天際.
— n. **1** U (用單數)疾跑, 飛掠. **2** U 掠飛的雲, 乘風浮雲. **3** (常 scuds) 驟雨.

scuff [skʌf; skʌf] vi. **1** 拖著腳步走.
2 [鞋, 地板等的表面]磨損, 變粗糙, (up).
— vt. 損傷[鞋, 地板等的表面]; 磨損[鞋]; (up).
My shoes are scuffed up. 我的鞋子磨損了.
— n. (pl. ~s) C **1** 拖著腳走. **2** (鞋等的)磨損部分. **3** 居家拖鞋.

scuf·fle [ˋskʌfl; ˈskʌfl] n. C 格鬥, 扭打.
— vi. 格鬥, 扭打. Several drunks were scuffling in the street. 幾個醉鬼在街上扭打成一團.

scull [skʌl; skʌl] n. **1** 尾槳(兩手各持一根划槳); 單人雙槳小賽艇(一個人用兩根短槳划的小賽艇). **2** 尾槳, 櫓, (在船尾左右划動).
— vt. 用短槳[尾櫓]划[船].
— vi. 用短槳[尾櫓]划.

scull·er [ˋskʌlɚ; ˈskʌlə(r)] n. C 用短槳划小船的人.

scull·er·y [ˋskʌlərɪ; ˈskʌlərɪ] n. (pl. -ler·ies) C (主英)(連在廚房旁的)洗碗間(特指舊式房子等中的).

scul·lion [ˋskʌljən; ˈskʌljən] n. C 《古》洗碗工, 廚房的幫傭.

sculpt [skʌlpt; skʌlpt] v. =sculpture.

*__sculp·tor__ [ˋskʌlptɚ; ˈskʌlptə(r)] n. (pl. ~s [~z; ~z]) C 雕刻家. His father was a sculptor. 他父親是位雕刻家.

sculp·tress [ˋskʌlptrɪs; ˈskʌlptrɪs] n. C 女雕刻家.

sculp·tur·al [ˋskʌlptʃərəl; ˈskʌlptʃərəl] adj. 雕刻的; 如雕刻般的.

*__sculp·ture__ [ˋskʌlptʃɚ; ˈskʌlptʃə(r)] n. (pl. ~s [~z; ~z]) **1** U 雕刻, 雕刻術.

S

2 [UC] 雕刻品; (集合)雕刻類藝術品. There is some interesting *sculpture* in this museum. 這間美術館裡收藏了一些有趣的雕刻品.

— *vt.* **1** 雕刻, 製作…的雕像. He *sculptured* a statue *out of* marble. 他用大理石刻琢雕像.

2 用雕刻裝飾. a *sculptured* column 雕飾的圓柱.

— *vi.* 雕刻.

scum [skʌm; skʌm] *n.* **1** [aU] (浮於液體表面的)浮渣, 泡沫; (浮於水面的)水垢.

2 [U](單複數同形)(集合)人渣.

scum·my [ˈskʌmɪ; ˈskʌmɪ] *adj.* **1** 〔液體〕產生浮渣的; 浮渣(般)的. **2** 下等的, 無價值的.

scup·per [ˈskʌpɚ; ˈskʌpə(r)] *n.* [C] (通常 scuppers)(位於船上甲板的)排水孔.

scurf [skɝf; skɜ:f] *n.* [U]頭皮屑.

scurf·y [ˈskɝfɪ; ˈskɜ:fɪ] *adj.* 全是頭皮屑的; 如頭皮屑般的.

scur·ril·i·ty [skəˈrɪlətɪ, skɝˈɪl-; skʌˈrɪlətɪ] *n.* (*pl.* -i·ties)(文章) **1** [U]謾罵.

2 [C] (常 scurrilit*ies*)罵人的話, 刻薄的話.

scur·ri·lous [ˈskɝɪləs, -əl-; ˈskʌrələs] *adj.* 《文章》〔言語〕下流的; 〔人〕說話難聽的, 滿口穢言的. They spread a *scurrilous* rumor about me. 他們散布謠言毀謗我.

scur·ry [ˈskɝɪ; ˈskʌrɪ] *vi.* (-ries; -ried; ~ing) 匆忙地跑, 慌慌張張地跑來跑去; 趕快(hurry). A mouse *scurried* out of the hole. 一隻老鼠慌慌張張地跑出洞來.

— *n.* [aU]小跑, 快步.

scur·vi·ly [ˈskɝvɪlɪ; ˈskɜ:vɪlɪ] *adv.* 《口》卑鄙地, 下流地.

scur·vy [ˈskɝvɪ; ˈskɜ:vɪ] *adj.* (限定)《口》卑鄙的, 無恥的, 下流的.

— *n.* [U]《醫學》壞血病.

scutch·eon [ˈskʌtʃən; ˈskʌtʃn] *n.* ＝escutcheon.

scut·tle¹ [ˈskʌtl; ˈskʌtl] *n.* [C]煤斗(於室內使用; coal scuttle).

scut·tle² [ˈskʌtl; ˈskʌtl] *vi.* 匆忙地跑; 慌亂地逃《away; off》. The crab *scuttled away* into the water. 那隻蟹慌忙地逃入水中.

— *n.* [aU] 小跑, 快步; 慌忙逃走.

[scuttle¹]

scut·tle³ [ˈskʌtl; ˈskʌtl] *n.* [C]舷窗(裝於甲板或船腹作採光、通風用); (有蓋的)天窗, 採光窗, 《裝在建築物的天花板或牆壁上》. — *vt.* (特指將自己的船隻)鑿沈.

Scyl·la [ˈsɪlə; ˈsɪlə] *n.* 《希臘、羅馬神話》席拉(居住在突出於義大利墨西拿海峽的巨岩上的女妖, 將避開 Charybdis 大漩渦而到那裡的水手吞食殺害).

between Scylla and Charybdis 《雅》進退維谷.

腹背受敵.

scythe [saɪð; saɪð] *n.* [C](長柄)大鎌刀(★ 小鎌刀為 sickle).

— *vt.* 用大鎌刀割《down; off》.

SD, S.Dak. (略) South Dakota.

SDI (略) Strategic Defense Initiative (戰略防禦計畫).

[scythe]

SE (略) southeast.

※sea [si; si:] *n.* (*pl.* ~s [~z; ~z]) [C]

【海】 **1** 海, 海洋, (ocean; ⟷ land; [語法]除了片語以外一般加 the). go to the *sea* 去海邊(→ go to *sea* (片語))/I spent my summer vacation by the *sea*. 我暑假在海濱度過/I swam in the *sea* every day. 我每天在海裡游泳.

2 (常 Sea)…海. the Black *Sea* 黑海/the East China *Sea* 東海/the *Sea* of Japan 日本海/an inland *sea* 內海. [參考](1)亦指像 the Dead *Sea* (死海), the Caspian *Sea* (裏海)這種大型湖泊. (2)應寫為 the…*Sea* 或是 the *Sea* of… 大體是依習慣而定, 而不會任意代換: the Bering *Sea* (白令海).

3 《加冠飾語(片語)》某種狀態的海; 波濤, 波浪; 大浪. a calm *sea* 平靜的海(的狀態)/a high *sea* 波濤翻騰的海/There was a heavy *sea* on that day. 那天海面波濤洶湧/She became seasick in rough *seas*. 滔天大浪攪得她暈船.

4 (the seas)(數個區域匯集成的)海, 海洋. closed [territorial] *seas* 領海/the high *seas* 公海, 外海/the four *seas* (英)(圍著英國的)四個海/the seven *seas* (→見 seven seas).

5 《形容詞性》海的; 海上的. *sea* water 海水/*sea* traffic 海上交通.

【如海水般的量】 **6** 極大的量[數]; (a sea [*seas*] of…)大量…; …的海. a *sea* of troubles 許多麻煩/a *sea* of blood 血流成海/a vast *sea* of jungle 如海般廣闊的叢林.

* *at sea* (1)(不見陸地)在海上, 航海中; 當水手. life *at sea* 船上生活. (2)《口》茫然不知所措. I was (all) *at sea* when I was suddenly asked to speak. 突然要求我發言真教我手足無措.

beyond (the) sea(s) 《雅》《誇張》在海那邊(的), 在外國(的).

by sea 由海路, 乘船; 以船運郵件. go *by sea* 乘船去/travel *by sea* 乘船旅行.

follow the sea 當水手.

* *go to sea* (1)當水手. (2)出海.

on the sea (1)在海上, 在海面; 乘船. (2)在海邊(的).

put (out) to sea 開船, 出港.

sea anemone *n.* [C] (動物)海葵.

sea bathing *n.* [U]海水浴.

sea·bed [ˈsiˌbɛd; ˈsi:bed] *n.* [C] (加the)海底.

sea·bird [ˈsiˌbɝd; ˈsi:bɜ:d] *n.* [C]海鳥.

sea·board [ˈsiˌbord, -ˌbɔrd; ˈsi:bɔ:d] *n.* [C]海岸; 沿岸地區. the Atlantic *seaboard* (美國的)大

西洋沿岸.

sea·borne [ˋsiˏbɔrn, -ˏbɔrn; ˈsiːbɔːn] *adj.* (透過)海上運輸的(↔ airborne). *seaborne* goods 海運貨物.

séa brēeze *n.* Ⓒ海風, 海上微風. 《由海上吹向陸地》; → land breeze》.

séa cáptain *n.* Ⓒ《口》(商船)的船長.

séa chánge *n.* Ⓒ《主雅》(社會現象等的)顯著變化.

sea·coast [ˋsiˏkost; ˏsiːˈkəʊst] *n.* Ⓒ海邊, 海岸, 沿岸.

séa cōw *n.* Ⓒ《動物》海牛; 海象.

séa cúcumber *n.* Ⓒ《動物》海參.

séa dōg *n.* Ⓒ《動物》海狗.

sea·far·er [ˋsiˏfɛrɚ, -ˏfærɚ; ˋsiːˏfeərə(r)] *n.* Ⓒ《主雅》 **1** 水手. **2** 乘船旅行者.

sea·far·ing [ˋsiˏfɛrɪŋ, -ˏfær-; ˋsiːˏfeərɪŋ] *adj.* 《主雅》以水手爲業的; 航海的. a *seafaring* man 水手.

sea·food [ˋsiˏfud; ˈsiːfuːd] *n.* ⓊⒸ海鮮.

●——主要的海鮮			
clam	文蛤	cod	鱈魚
herring	鯡魚	lobster	龍蝦
oyster	牡蠣	prawn	明蝦
salmon	鮭魚	sardine	沙丁魚
shrimp	蝦	sole	鰈魚[比目魚]
tuna	鮪魚		

sea·fowl [ˋsiˏfaul; ˈsiːfaul] *n.* Ⓒ海鳥.

sea·front [ˋsiˏfrʌnt; ˈsiːfrʌnt] *n.* Ⓤ(都市的)濱海區; 濱海步道.

sea·go·ing [ˋsiˏgo·ɪŋ; ˈsiːˏgəʊɪŋ] *adj.* 《限定》 **1** (船)遠洋航行的, 遠洋航路用的. a *seagoing* vessel 遠洋船. **2** 〔人〕以航海爲業的.

séa grēen *n.* Ⓤ海綠色(略帶藍的綠色).

séa gúll *n.* Ⓒ《鳥》海鷗.

séa hórse *n.* Ⓒ《魚》海馬.

sea·jack [ˋsiˏdʒæk; ˈsiːdʒæk] *n.* Ⓒ劫船.

*****seal**¹ [sil; siːl] *n.* (*pl.* ~s [~z; ~z]) **1** Ⓒ《動物》海豹; 海狗(亦作 fúr sèal). **2** Ⓤ海豹[海狗]的毛皮.
— *vi.* 獵捕海豹[海狗]. go *sealing* 去獵捕海豹[海狗].

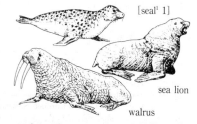

[seal¹ 1]

sea lion

walrus

*****seal**² [sil; siːl] *n.* (*pl.* ~s [~z; ~z]) Ⓒ【印章】 **1** 圖章, 印, 印章; 蓋印. the Great *Seal* of the United States 美國國璽. [參考]一般人不用, 只有

———————————————— **seam** 1387

政府, 大學, 公司等會用於公文或正式文書.

[the Great Seal of the United States] [the Great Seal of Canada]

2 封印, 封緘. break the *seal* of a will 打開遺囑的封印.

3 封緘貼紙(慈善團體等爲了募款運動等所發行之物, 封信封套時用).

4 【印鑑】保證; (承認, 愛情等的)象徵. a ring as a *seal* of undying love 象徵永恆戀情的戒指.

pùt [sèt] one's séal to... (1)在《文件等》上蓋章. (2)承認…, 贊成…; 保證…, 證明….

— *vt.* (~s [~z; ~z]; ~ed [~d; ~d]; ~·ing)

【蓋章】 **1** 在…上蓋章, 蓋印. The treaty was signed and *sealed*. 這份條約已完成簽署.

2 確定, 確認, 保證, 證明, 〔交易, 約定等〕.

3 【蓋章 > 決定】決定〔命運等〕. The jury's verdict *sealed* his fate. 陪審團的裁決決定了他的命運.

【封】 **4** 封, 封印; 密封, 密閉; 《up》. *seal* a letter 把信封上/ *seal* up the windows 封住窗戶.

5 緊閉〔嘴唇, 眼睛〕. Death has *sealed* the child's eyes. 死神閤上了孩子的雙眼/"Don't mention this to anybody." "Don't worry—my lips are *sealed*." 「別對任何人提這件事」「不必擔心, 我會守口如瓶的.」

sèal/.../ín 把…封入; 不溢出〔食物的味道等〕. Vacuum-packing *seals* in freshness. 真空包裝可保新鮮.

sèal/.../óff 封鎖, 禁止進入, 〔某一地區〕; 封閉…. The police *sealed* off the area while they hunted the criminal. 警方在搜捕那名犯人時封鎖該區.

séa lāne *n.* Ⓒ《海事》海中航道, 海上航線.

séa lēgs *n.* 《作複數》《口》不暈船. have one's *sea legs* 習慣在船上.

séa lével *n.* Ⓤ(平均)海面. 500 meters above *sea level* 海拔 500 公尺.

séaling wāx *n.* Ⓤ封蠟.

séa līon *n.* Ⓒ《動物》海獅, (特指)海驢, (→ seal¹ 圖).

seal·skin [ˋsilˏskɪn; ˈsiːlskɪn] *n.* Ⓤ海豹[海狗]的毛皮; Ⓒ用其製成的女用大衣.

Sea·ly·ham [ˋsiliˏhæm, ˋsiliəm; ˈsiːliəm] *n.* Ⓒ西里漢㹴(腿短毛白的小型犬).

*****seam** [sim; siːm] *n.* (*pl.* ~s [~z; ~z]) Ⓒ **1** 〔衣

服等的)縫線; (接合板子等的)接縫. the *seams* of a coat 外衣的縫線/The pants tore along [at] the *seam*. 這條褲子綻裂了(<縫線處破了).

2 (臉等的)痕; 傷疤. the *seam* of an old cut 舊的刀疤.

3 (地質學)(夾於厚地層中的)薄層. a *seam* of gold 金礦脈.

— *vt.* **1** 使留下痕跡[傷疤] (*with*) (通常用被動語態). His face is *seamed with* age. 他的臉上滿佈著歲月的痕跡. **2** 縫合; 接合; (*together*).

****sea·man** [ˈsimən; ˈsiːmən] *n.* (*pl.* **-men** [-mən; -mən]) ○ **1** 水手, 海員, 船員.

2 水兵; (美)海軍一等水兵.

3 (加形容詞)掌舵者. a good [poor] *seaman* 駕船技術優良[不佳]的人.

sea·man·like [ˈsimən,laɪk; ˈsiːmənlaɪk] *adj.* 像水手一樣的.

sea·man·ship [ˈsimən,ʃɪp; ˈsiːmənʃip] *n.* ◎ 航海術, 船舶駕駛技術.

séa mèw *n.* ○ (鳥)(特指產於歐洲的)海鷗.

séa mìle *n.* =nautical mile.

seam·less [ˈsimlɪs; ˈsiːmlɪs] *adj.* 無縫線的; 無接縫的. *seamless* stockings 無縫線的女用長統襪.

seam·stress [ˈsimstrɪs, ˈsɛm-; ˈsemstris] *n.* ○ 女裁縫師.

seam·y [ˈsimɪ; ˈsiːmi] *adj.* **1** 有縫線的.

2 (人生, 社會等的)黑暗面的, 內幕的. the *seamy* side of life (貧困, 犯罪等的)人生的黑暗面.
◇ *n.* **seam.**

Sean [ʃɔn; ʃɔːn] *n.* 男子名.

se·ance [ˈseɑns, ˈsiɑns; ˈseiɑːns] *n.* ○ 通靈會.

séa òtter *n.* ○ (動物)海獺.

sea·plane [ˈsi,plen; ˈsiːplein] *n.* ○ 水上飛機.

****sea·port** [ˈsi,port, -,port; ˈsiːpɔːt] *n.* (*pl.* **~s** [~s; ~s]) ○ 海港; 港口城市. In winter the country's *seaports* are closed by ice. 該國的海港在冬天因冰雪而關閉.

séa pòwer *n.* ◎ 海權強國; ◎ 海軍力量.

sear [sɪr; siə(r)] *vt.* **1** 燒焦…的表面, 烤焦, 燒灼(傷口)(為了治療); *sear* a beefsteak (為了不使味道跑掉)用熾熱的煎鍋焦烤牛排的表面.

2 使(植物)枯乾(枯萎).

3 使(良心, 感情)麻木.

****search** [sɜtʃ; sɜːtʃ] *v.* (~**es** [~ɪz; ~ɪz]; ~**ed** [~t; ~t]; ~**ing**) 【 找 】 *vt.* **1** 在(某地方)搜索; 搜查; 查看, 檢查, (某人的)攜帶品, 衣著); (*for* 看有沒有…). The police *searched* the house. 警方搜索那幢房子/The policeman *searched* him *for* a gun. 那警員搜他身上看有沒有槍.

2 【試探】盯著看(某人的臉); 探究(某人的內心等); (*for* 看有沒有…). She *searched* my face *for* my real intention. 她盯著我的臉瞧, 想探出我真正的目的.

— *vi.* 尋覓, 搜尋, (*for, after*); 檢查(*into, through*). The police are *searching for* [*after*]

the missing child. 警方正在尋找那名失蹤的孩子.

[語法] 比較下列二句: The police *searched* the car. (警方搜查那輛車的內部)/The police *searched for* the car. (警察搜尋那輛車的去向).

Sèarch mé! (口)我哪知道! (=I don't know!)

séarch/…/out 探索…; 搜出….

— *n.* ◎◎ 搜索, 追究; 調查, 探究; (*for, after*). a *search for* facts 事實的探究.

[搭配] *adj.*+**search**: a careful ~ (仔細的研究), a fruitless ~ (無成果的研究), a systematic ~ (系統化的研究), a thorough ~ (徹底的研究) // *v.*+**search**: carry out a ~ (進行研究), make a ~ (做研究).

** **in séarch of**… 尋找…, 尋求…. People rushed to California *in search of* gold. 人們湧向加州去淘金.

màke a séarch for… 搜查….

search·er [ˈsɜtʃɚ; ˈsɜːtʃə(r)] *n.* ○ 搜索者; 搜查者; (海關等的)檢查人員; (品質等的)品管員.

search·ing [ˈsɜtʃɪŋ; ˈsɜːtʃiŋ] *adj.* **1** (眼神)探測似的; 銳利的; (調查等)全面的, 徹底的. He gave me a *searching* look. 他用試探的眼神看我.

2 (風等)刺骨的.

search·ing·ly [ˈsɜtʃɪŋlɪ; ˈsɜːtʃiŋli] *adv.* 試探似地; 銳利地, 嚴厲地.

search·light [ˈsɜtʃ,laɪt; ˈsɜːtʃlait] *n.* ○ 探照燈.

séarch pàrty *n.* ○ 搜索隊.

séarch wàrrant *n.* ○ 搜索狀.

sea·scape [ˈsi,skep; ˈsiːskeip] *n.* ○ 海景; 海景畫; (→ landscape).

sea·shell [ˈsi,ʃɛl; ˈsiːʃel] *n.* ○ (生長於海中的)貝殼.

****sea·shore** [ˈsi,ʃor, -,ʃɔr; ˈsiːʃɔː(r)] *n.* ◎ 海岸, 海邊. We picnicked on the *seashore*. 我們在海邊野餐.

sea·sick [ˈsi,sɪk; ˈsiːsik] *adj.* 暈船的. get *seasick* 暈船.

sea·sick·ness [ˈsi,sɪknɪs; ˈsiːsiknis] *n.* ◎ 暈船.

****sea·side** [ˈsi,saɪd; ˈsiːsaid] *n.* ◎ **1** (通常加 the)海邊; 海邊的土地; (特指作為休閒之用的海岸). go to the *seaside* for the holidays and play on the beach 去海邊度假(游泳, 避暑), 在沙灘上玩.

2 (形容詞性)海邊的. a *seaside* resort 海濱勝地, 海水浴場.

****sea·son** [ˈsizn; ˈsiːzn] *n.* (*pl.* ~**s** [~z; ~z]) 【 季節 】 **1** 季節(四季之一). the four *seasons* 四季/Autumn is the best *season* for reading. 秋天是讀書的最佳季節.

【 特定時期 】 **2** (氣候…的)時期, 季(節); (體育等的)比賽季節; (水果, 魚等的)盛產期; (泛指)時期, 時節. the rainy *season* 雨季; 梅雨期/It's folly to travel around Scotland at this *season*. 這個時節去蘇格蘭旅遊是很傻的/the football *season* 足球季/the harvest *season* 收穫期/the breeding *season* (動物的)繁殖期/the oyster *season* 牡蠣季節(《月份名拼字中有 r 的月

份))/Has the *season for* salmon fishing opened yet? 釣鮭魚的時期開始了嗎?

3 《英、口》=season ticket.

↪ *adj.* **seasonable, seasonal.**

in gòod séason 恰好; 足夠趕上, (時間比較)早; (★較常使用 in good time).

* *in séason* (1)(水果, 魚等)在盛產期, 當期, 〔獵鳥等〕在狩獵期, 開放中; 〔觀光〕正值旺季.
(2)〔忠告等〕時機合適的, 合時宜的.

ín sèason and óut of sèason 在任何時候, 無論何時, (★注意此對等比較所產生的重音轉移).

out of séason (1)(水果, 魚, 觀光等)非當季(的), 淡季(的). Peaches are very dear *out of season.* 桃子在淡季時非常昂貴. (2)錯過時機的.

— *v.* (~**s** [~z; ~z]; ~**ed** [~d; ~d]; ~**ing**) *vt.*
〖使適合(時期)〗 **1** 【使成爲正適於吃的時候】加味於…, 給…調味; 給…增添趣味, *season* soup *with* salt and pepper 放點鹽和胡椒於湯中調味/ This narrative is *seasoned with* humor. 這個故事幽默有趣.

2 使習慣, 使適應; 鍛鍊. The baby is not *seasoned* to the open air. 那嬰兒不習慣戶外的空氣.

3 (爲適於使用)使〔木材〕乾燥, 使枯乾.

— *vi.* 習慣; 〔味道等〕熟; 變得平淡; 〔木材〕乾燥, 枯乾.

sea·son·a·ble [ˋsiznəbḷ, ˋsiznə-; ˈsiːznəbl] *adj.*
1 〔氣候〕符合季節的, 合時令的, *seasonable* weather 合於季節的天氣. **2** 《文章》〔忠告等〕時機合適的, 合時宜的. *seasonable* advice 適時的忠告.

sea·son·a·bly [ˋsiznəbḷɪ, ˋsiznə-; ˈsiːznəbli] *adv.* 合時令地; 在好時期.

sea·son·al [ˋsiznḷ; ˈsiːzənl] *adj.* 季節的; 季節性的; 依季節變化的. a *seasonal* laborer 季節性的勞工/*seasonal* changes of climate 氣候的季節性變化.

sea·son·al·ly [ˋsiznḷɪ; ˈsiːznəli] *adv.* 按季節地; 週期性地.

sea·soned [ˋsiznd; ˈsiːznd] *adj.* **1** 〔菜餚〕調成辣〔甜〕味的; 〔酒〕釀成的; 〔木材〕相當乾燥的. highly *seasoned* dishes (用辛香料等調味)口味重的菜/*seasoned* lumber 很乾燥的木材.

2 經驗豐富的, 老練的. a *seasoned* player 經驗豐富的選手.

***sea·son·ing** [ˋsiznɪŋ, ˋsiznɪŋ; ˈsiːzn̩ɪŋ] *n.* (*pl.* ~**s** [~z; ~z]) **1** 〖U〗加味, 調味.

2 〖C〗(各種)調味品, 辛香料, 佐料. Add *seasoning* to taste. 按各自喜好加佐料.

3 〖UC〗增添樂趣的東西. Humor is the *seasoning* of conversation. 幽默能增添談話的樂趣.

4 〖U〗習慣; 〔木材的〕乾燥.

séason tìcket *n.* 〖C〗 **1** 定期〔回數〕票.

2 (演奏會, 體育比賽等的)定期入場券, (季節中的)長期票.

***seat** [sit; siːt] *n.* (*pl.* ~**s** [~s; ~s]) 〖C〗〖坐處〗
1 座; 椅具(椅子, 長凳等); (劇場等的)座位, 座席. a garden *seat* 庭園用的長凳/take [have] a *seat* 坐下, 就位/Is this *seat* free [occupied]? 這個位子是空的[有人坐]嗎?/rise from

---

one's *seat* 從座位上站起來/a reserved *seat* 預定的座位/He bought [booked] two *seats for* the concert. 他買了兩張[訂了兩個]音樂會的票[座位].

┃ 〖搭配〗 *v.*＋seat: give up one's ~ (讓座), keep one's ~ (占位子), leave one's ~ (離座), take one's ~ (就座).

2 (椅子等的)座部; (身體, 褲子等的)臀部. a chair with a cushioned *seat* 座部有墊子的椅子/the *seat* of my trousers 我的褲子的臀部部分.

3 議席, 議員等的地位; 王位. hold a *seat* in the House of Representatives 在眾議院占有一席/ win a *seat* [lose one's *seat*] 〔議員〕獲得[失去]議席.

〖存在的場所〗 **4** 所在地; (學問等的)中心(center). the *seat* of government 政府所在地/a *seat* of learning 學術中心.

— *vt.* (~**s** [~s; ~s]; ~**ed** [~ɪd; ~ɪd]; ~**ing**)

1 使就座. *seat* the guests at the table 讓客人在桌旁就座/Please *be seated.* 請就座(★比 Please sit down. 更有禮貌的說法).

2 〔劇場等〕容納…人, 有…個座位. This theater *seats* 1,000. 這個劇場有一千個座位.

3 固定, 安裝, 〔零件等〕.

4 更換(椅子)的座部; 縫補〔褲子〕的後襠[臀部部分]. *seat* a chair 更換椅子的座部.

séat one*sélf* 就座.

***séat bèlt** *n.* 〖C〗(汽車, 飛機等的)安全帶(比 safety belt 更常用的詞). *Seat belts* save lives. 安全帶能救性命/Fasten your *seat belt*, please. 請繫上安全帶.

-seater 《構成複合字》(交通工具)可供…人乘坐(的); (沙發等)可坐…人(的). a two-*seater* 雙人座汽車等.

seat·ing [ˋsitɪŋ; ˈsiːtɪŋ] *n.* 〖U〗 **1** 就座.

2 座位數, 容納度.

SEATO [ˋsito; ˈsiːtəʊ] 《略》 Southeast Asia Treaty Organization (東南亞公約組織).

Se·at·tle [sɪˋæt!; ˈsiætl; sɪˈætl] *n.* 西雅圖(美國 Washington 的港市).

séa ùrchin *n.* 〖C〗(動物)海膽.

sea·wall [ˋsi.wɔl; ˈsiːwɔːl] *n.* 〖C〗(海岸的)防波堤.

sea·ward [ˋsiwəd; ˈsiːwəd] *adj.* 向海的, 朝海的, (↔ landward).

— *adv.* 朝海的方向地, 向海地.

sea·wards [ˋsiwədz; ˈsiːwədz] *adv.* = seaward.

sea·wa·ter [ˋsi.wɔtə, -.wɔ-; ˈsiːˌwɔːtə(r)] *n.* 〖U〗海水.

sea·way [ˋsi.we; ˈsiːweɪ] *n.* (*pl.* ~**s**) **1** 〖C〗海路, 航路. **2** 〖C〗(遠洋船可進入的)內陸水路. **3** 〖U〗船速. make good *seaway* (船)以很快的船速前進.

sea·weed [ˋsi.wid; ˈsiːwiːd] *n.* 〖U〗海草; 海藻.

sea·wor·thy [ˋsi.wɝðɪ; ˈsiːˌwɜːðɪ] *adj.* (船)耐風浪[適於航海]的, 有耐航力的, (→ airworthy).

S

sec [sɛk; sek] *n.* C《口》一會兒, 瞬間, (→ second² 2). Wait a *sec*. 稍等.

sec.《略》second(s)(…秒); secretary(祕書).

sec·a·teur [sɛkəˋtɜ; ͵sekəˋtɜ:] *n.* C《英》(通常 secateurs)(盆栽的)修剪樹枝用的大剪刀.

se·cede [sɪˋsid, sɪ-; sɪˋsi:d] *vi.*《文章》退出《*from* 從《教會, 黨派等》》. Taiwan *seceded from* the United Nations in 1971. 臺灣於 1971 年退出聯合國. ⇨ *n.* secession.

se·ces·sion [sɪˋsɛʃən, sɪ-; sɪˋseʃn] *n.* U
1 (從教會, 黨派等的)退出, 脫離.
2《美史》(常 Secession)(南部十一州的)脫離聯邦《爲爆發南北戰爭的原因》. ⇨ *v.* secede.

se·ces·sion·ist [sɪˋsɛʃənɪst, sɪ-; sɪˋseʃnɪst] *n.* C脫離論者;《美史》(常 Secessionist)主張脫離聯邦者.

se·clude [sɪˋklud, -ˋklɪud; sɪˋklu:d] *vt.* 引開, 隔離, 《from》. ⇨ *n.* seclusion.
seclúde oneself **from...** 從…隱退.

se·clud·ed [sɪˋkludɪd, -ˋklɪud-; sɪˋklu:dɪd] *adj.*
〔房子, 地方等〕遠離人煙的; 足不出戶的; 閒靜的;〔生活〕隱遁的. a *secluded* corner 遠離人煙的地方/live a *secluded* life 過隱居生活.

se·clu·sion [sɪˋkluʒən, -ˋklɪuʒən; sɪˋklu:ʒn] *n.*
1 隔離; 隱遁; 閒居. live in *seclusion* 隱遁, 閒居/a policy of *seclusion* 鎖國政策.
2 C遠離人煙的地方. ⇨ *v.* seclude.

※**sec·ond¹** [ˋsɛkənd, ˋsɛkənt; ˋsekənd] *adj.*
【第二個的】**1** (通常加the)第二個的; 第二的; 第二位的; 第二次的(略作 2nd). the *second* son 第二個兒子/the *second* floor《美》二樓[《英》三樓](→floor 參考)/What is the *second* largest city in Taiwan? 臺灣第二大都市爲何?/the *second* officer on a ship 二等船員[大副]/the *second* violin (管弦樂團的)第二小提琴/He is the *second* tallest boy in the class. 他是班上第二高的男孩.〔語法〕如 He was *second* in the race. (他賽跑第二名)中, second 作補語時前面不加冠詞.
2〔第二重要的〕二等的, 二流的; 次於…的, 不如…的,《to》. He's a member of the school's *second* baseball team. 他是學校棒球隊二軍的隊員/*second to* none (→片語).
3 (加 a)另一個的, 別的, (another). Try it a *second* time. 再試一次/May I have a *second* helping of mashed potatoes? 我可以再來一份馬鈴薯泥嗎?
at sècond hánd 間接聽到地, 間接地. I learnt of his divorce *at second hand*. 我輾轉知道他離婚的事.
in the sècond pláce 其次, 第二.
sècond ónly to... 僅次於…. In terms of importance in the company he is *second only to* the president. 他在公司裡的重要性僅次於總裁.
sècond to nóne 不亞於任何人. John is *second* *to none* in math. 約翰的數學(能力)不亞於任何人.
— *adv.* **1** 第二, 其次; 在第二位;《*to* 次於…》. come (*in*) *second* 成爲第二位; 第二個(早)來/His company is his primary concern; the family comes *second*. 他最關心的是公司, 家庭排第二.
2 =secondly.
— *n.* (*pl.* ~**s** [~z; ~z])【第二個東西】**1** C (通常加 the)第二個東西[人]; 第二等[號, 位, 名]. Jim was the *second* to reach the goal. 吉姆是第二個到達終點的人/Pat was a poor *second* to Irene in French. 派特的法語遠不如艾琳.
2 C (通常加 the)(月份的)2日, 第二天(略作 2nd). Today is the *second* of August. 今天是 8 月 2 日.
3 (the Second)二世(置於國王等的名字之後). Elizabeth *the Second* (=Elizabeth II) 伊莉莎白二世.
4 U《棒球》二壘.
5 U(汽車等的)二檔. shift into *second* 換到二檔.
6 C《口》(seconds) (食物的)代替品(亦可說 sècond hélping).
7 UC《音樂》二度(音程).
【等級第二的東西】**8** C(交通工具的)二等.
9 C (常 seconds)次級品.
【跟隨者】**10** C(拳擊的)助手; (決鬥等的)助手; 援助者.
— *vt.* **1** 輔佐, 聲援, 支持.
2 支持[動議], 附議, 《若對提出動議的某人說 I second (the motion). 或 Seconded. 此動議就被會議主席受理》.

※**sec·ond²** [ˋsɛkənd, ˋsɛkənt; ˋsekənd] *n.* (*pl.* ~**s** [~z; ~z]) C **1** (時間的, 角度的)秒(符號 ″; →minute, hour). There are sixty *seconds* in a minute. 一分鐘有六十秒/1h 20′ 43″ (= one hour, twenty minutes, forty-three *seconds*) 1 小時 20 分 43 秒/ longitude twenty degrees, fifteen minutes, twelve *seconds* east (=long. 20°15′12″E)東經 20 度 15 分 12 秒.
2 (通常用單數)一會兒, 瞬間. Wait a *second*. 稍等/in a *second* 轉眼間, 瞬間.

sec·ond·ar·i·ly [ˋsɛkən͵dɛrəlɪ, -ɪlɪ; ˋsekəndərəlɪ] *adv.* 第二地; 次要地; 從屬地.

※**sec·ond·ar·y** [ˋsɛkən͵dɛrɪ; ˋsekəndərɪ] *adj.*
1 第二的;〔重要性等〕次要的, 附帶的, (→ primary, tertiary). a matter of *secondary* interest 次要的事情.
2 副的, 二次的; 輔助的. a *secondary* product 副產品/*secondary* industries 次級產業(加工業等).
3〔學校, 教育〕中等的.

sècondary áccent *n.* =secondary stress.

sècondary módern schòol *n.* C《英》現代中學(不以升學爲目的, 重點放在實用科目上; → school¹ 表》).

※**sécondary schòol** *n.* C中等學校(英國的 grammar school, 美國的 high school 等的總稱; → school¹ 表》).

sècondary stréss *n.* UC《語音學》次重音

(本辭典中以[; ，]表示，相對於primary stress
[ˈ ; ˈ]; 直接標於詞條者，則以ˈ表示).

sècond báse n. Ⓤ(棒球)二壘.

sècond bést n. Ⓒ第二好[次於最好的]的東西.

sec·ond-best [ˋsɛkəndˋbɛst; ˌsɛkəndˈbest]
adj. 次於最好的，第二好的，第二位的. the
second-best policy 次好的對策.
come òff second-bést 結果是第二名，輸掉.

sècond chíldhood n. Ⓤ伴隨年老而來的
愚蠢、幼稚的行為.

sècond cláss n. Ⓤ **1** (交通工具的)二等.
2 (美)第二類郵件(報紙，雜誌等的定期刊物);
(英)平信(相對於快捷郵件).

sec·ond-class [ˋsɛkəndˋklæs, ˋsɛkən-,
ˋsɛkŋ-; ˌsɛkəndˈklɑːs] adj. **1** 二流的; 次等的. a
second-class writer 二流作家.
2 (交通工具等)二等的, a second-class cabin
二等船艙/a second-class carriage 二等車廂.
3 (美)(郵件)第二類的(定期刊物等); (英)平信
的.
— adv. 以次[二]等方式. travel second-class 乘
二等車旅行.

sècond cóusin n. Ⓒ遠房堂[表]兄弟[姊妹]
(父母的堂[表]兄弟姊妹的子女).

sec·ond-de·gree [ˌsɛkənddɪˋgri;
ˌsɛkəndɪˈgriː] adj. **1** (灼傷)第二度的.
2 (罪行)第二級的.

sec·ond·er [ˋsɛkəndə; ˈsekəndə(r)] n. Ⓒ聲援
者; (動議等的)贊成者.

sec·ond-guess [ˌsɛkəndˋgɛs; ˌsekəndˈges]
vt. (主美、口) **1** 馬後砲地判斷[批判].
2 (胡亂地)預測[猜想].

sècond hánd n. Ⓒ(鐘錶的)秒針(→hand 2).

sec·ond·hand [ˋsɛkəndˋhænd, -ənt-;
ˌsekəndˈhænd] adj. **1** (商品等)中古的(used); (商
人)處理中古貨的. a secondhand car [book] 中古
車[舊書]/a secondhand bookstore 舊書店.
2 間接聽到的，轉手的. secondhand informa-
tion 間接聽到的情報，二手消息.
— adv. **1** 以中古地. buy a car secondhand 以
中古車買進.
2 間接聽到地，間接地. I got the news second-
hand. 我間接聽到到那個消息.

sècond lánguage n. Ⓒ第二語言(次於母
語(mother tongue)後學習、使用的語言).

sècond lieuténant n. Ⓒ(陸軍)(美空軍)
少尉.

sec·ond·ly [ˋsɛkəndlɪ; ˈsekəndlɪ] adv. 其次，第
二點, (in the second place) He is first
wealthy, and secondly he is pretty handsome. 首
先, 他很富有; 其次他相當英俊.

sècond náme n. Ⓒ姓氏(或middle name).

sècond náture n. Ⓒ第二天性，第二習性.

sècond pérson n. (加 the)(文法)第二人稱
(→見文法總整理 4. 1).

sec·ond-rate [ˋsɛkəndˋret; ˈsekəndreɪt] adj.
二流的，劣等的. a second-rate play 二流的戲.

sècond síght n. Ⓤ千里眼，預知能力.

sec·ond-string [ˈsɛkəndˌstrɪŋ;
ˈsekəndˌstrɪŋ] adj. (主美)(運動)(選手)預備的，候
補的.

sècond thóught n. ⓊⒸ再考慮. I'm hav-
ing second thoughts about buying the car. 我正
在重新考慮買那輛汽車/on second thought [(英)
thoughts] 重新考慮.

sècond tóoth n. Ⓒ恆齒(→ milk tooth).

se·cre·cy [ˋsikrəsɪ; ˈsiːkrəsɪ] n. Ⓤ **1** 祕密狀
態; 祕密. preserve [maintain] secrecy 保密/in
secrecy 祕密地/The affair is still surrounded by
secrecy. 那件事仍在保密中.
2 守口如瓶，嚴守祕密. I rely on your maintain-
ing [not breaking] secrecy. 我相信你不會洩密的.
⇨ adj. secret.

se·cret [ˋsikrɪt; ˈsiːkrɪt] adj. 【不通知人的】
1 祕密的，機密的. a secret agree-
ment 祕密協定/a secret hiding place 祕密的隱藏
處/I kept it secret from him. 我對他隱瞞此事.
2 (敍述)(口)隱瞞的，守口如瓶的，(about 關於
…).
【不為人所知的】**3** (限定)隱蔽的，不顯眼的;
遠離人煙的. a secret door [pocket] 暗門[袋]/a
secret valley 偏僻的山谷.
4 神祕的，不可思議的. ⇨ n. secrecy.
— n. (pl. ~s [~s; ~s]) Ⓒ【不通知人】**1** 祕
密，機密，祕密之事, (from 對於…). an open
secret 公開的祕密/We have no secrets from each
other. 我們彼此之間沒有祕密/let a person into
[in on] the [a] secret 讓某人知道祕密/make no
secret of... 完全不隱瞞…/Can you keep that a
secret from Jim? 你能不對吉姆洩露那件事嗎?/
confide [reveal] a secret 吐露[洩漏]祕密.
【人們不知道的事】**2** (常 secrets)神祕，謎，不
可思議. nature's secrets 大自然的奧祕.
3 (用單數)祕訣，訣竅，祕密相傳. Please tell
me the secret to [of] making good jam. 請教我
做好果醬的祕訣.
in sécret 暗中地，悄悄地，祕密地.
in the sécret 知道祕密地(的).

sècret ágent n. Ⓒ特務，間諜.

sec·re·tar·i·al [ˌsɛkrəˋtɛrɪəl, -ˋter-;
ˌsekrəˈteərɪəl] adj. 祕書(長)的; 書記(長)的; 大臣的.

sec·re·tar·i·at [ˌsɛkrəˋtɛrɪət, -ˌæt, -ˋter-;
ˌsekrəˈteərɪət] n. Ⓒ **1** 祕書處，書記處; 祕書課.
the United Nations secretariat 聯合國祕書處(→
secretary-general).
2 書記[祕書](官)的職務.
3 (集合)祕書課人員; 書記處人員.

sec·re·tar·ies [ˋsɛkrəˌtɛrɪz, ˋsɛkəˌtɛrɪz;
ˈsekrətrɪz] n. secretary 的複數.

sec·re·tar·y [ˋsɛkrəˌtɛrɪ, ˋsɛkəˌtɛrɪ;
ˈsekrətrɪ] n. (pl. -tar·ies)
Ⓒ **1** (個人的)祕書，私人祕書. She is secretary
to the president. 她是總裁的祕書(匬法)作為補語

S

用的場合一般不加冠詞; She is *a secretary* to the president. 則表示為數位祕書中的一人).

2 (團體的)書記, 幹事; (政府機關等的)書記官, 祕書官.

3 (通常 Secretary)《美》(各部的)部長;《英》大臣《正式稱作 Secretary of State; 在英國較新設立的大臣職務則用 minister); (→ department 表).

4 書桌(把上面的擱板蓋子往下拉, 可在上面寫字; 在英國亦稱 bureau).

sec·re·tar·y-gen·er·al [ˋsɛkrəˌtɛrɪˋdʒɛnərəl; ˌsekrətrɪˋdʒenərəl] *n.* (*pl.* **secretaries-**) ⓒ (聯合國等的)祕書長, 書記長.

Sec·re·tary of State *n.* ⓒ **1** (加 the) 《美》國務卿(相當於其他國家的外交部長).
2 《英》外相. ★→ department 表.

se·crete [sɪˋkrit; sɪˋkri:t] *vt.* **1** 《生理》分泌.
2 使成祕密; 隱藏. The jewels had been *secreted* under the floorboards. 珠寶已被藏在地板下面.

se·cre·tion [sɪˋkriʃən; sɪˋkri:ʃn] *n.* **1** ⓤ 《生理》分泌(作用). **2** ⓒ 分泌物. **3** ⓤ 隱藏, 隱匿.

se·cre·tive [sɪˋkritɪv; ˋsi:krətɪv] *adj.* 〔人〕隱瞞的; 祕密主義的; 祕而不宣的. Why are you being so *secretive*? 為甚麼你要那麼神祕?

se·cre·tive·ly [sɪˋkritɪvlɪ; ˋsi:krətɪvlɪ] *adv.* 隱瞞地; 悄悄地.

se·cre·tive·ness [sɪˋkritɪvnɪs; ˋsi:krətɪvnɪs] *n.* ⓤ 隱瞞; 祕密主義.

***se·cret·ly** [ˋsikrɪtlɪ; ˋsi:krɪtlɪ] *adv.* 暗中地, 祕密地. They *secretly* supplied weapons to the rebels. 他們暗中提供武器給叛軍.

secret service *n.* **1** (加 the) (國家的)祕密情報部[機關]. **2** (Secret Service)《美》財政部特務工作局(從事保護總統和揭發偽造貨幣案).

sect [sɛkt; sekt] *n.* ⓒ **1** 流派, 派別, 派系; 學派. **2** 宗派(→ denomination 同).

sec·tar·i·an [sɛkˋtɛrɪən, ˋtɛr-; sekˋteərɪən] *adj.* **1** 派別的; 宗派的. **2** 黨派意識強烈的; 褊狹的.
— *n.* ⓒ **1** 屬於⋯派系的人; 屬於⋯宗派的信徒. **2** 派系[宗派, 學派]意識強烈的人.

sec·tar·i·an·ism [sɛkˋtɛrɪənˌɪzəm; sekˋteərɪənɪzəm] *n.* ⓤ 門戶主義; 派系意識.

***sec·tion** [ˋsɛkʃən; ˋsekʃn] *n.* (*pl.* **~s** [~z; ~z]) 【被切分的部分】 **1** ⓒ 片段, 部分; 零件. divide a class into five *sections* 把一班分為五個小組/a microscopic *section* 顯微鏡下的切片.
2 ⓒ 截面(圖); ⓤⓒ 開刀, 切除. a horizontal [vertical] *section* 橫斷[縱斷]面/in *section* 在切割面; 用截面圖/Caesarean *section* 剖腹生產.
3 ⓒ (書, 論文等的)節, 項, (→ chapter 同); (報紙等的)⋯欄. the sports *section* of a newspaper 報紙的體育欄.
4 ⓒ 地區, 區域; 階層. the residential *sections* of the city 城市的住宅區/the poorest *section* of

society 社會的赤貧階層.
5 ⓒ 部門;《公司, 政府機關等的)課, 組;《團體等的)派, 黨派. the accounting *section* of a company 公司的會計課.
— *vt.* **1** 區分, 細分, 《into》.
2 《醫學》切除; (顯微鏡用)切取〔組織等之薄片〕.
【字源】 SET, SEC「切, 切割」: section, dissect (切開), insect「由分割的身體部分構成」), sect (派), sector (部門).

sec·tion·al [ˋsɛkʃən; ˋsekʃənl] *adj.* **1** 截面(圖)的. **2** 部分的; 區分的; 部門的; (書等的)章節的. **3** 地域性的, 有地域偏見的. **4** 派系的. **5** 組合[單元]式的.

sec·tion·al·ism [ˋsɛkʃənˌɪzəm; ˋsekʃənlɪzəm] *n.* ⓤ **1** 本位主義; 地域主義. **2** 派閥主義, 派系陋習.

section mark *n.* ⓒ 章節號(§).

sec·tor [ˋsɛktɚ; ˋsektə(r)] *n.* ⓒ **1** 《數學》扇形. **2** 《軍事》(各個部隊負責的)戰區. **3** (活動的)領域, 部門, 《產業, 經濟等方面》. the public *sector* 公營(企業)部門.

[sector 1]

sec·u·lar [ˋsɛkjələ; ˋsekjʊlə(r)] *adj.* 世俗的, 現世的; 凡人的; 非宗教的, (↔ spiritual, religious). *secular* affairs 俗事/*secular* education (相對於宗教教育的)普通教育/*secular* life (相對於修道院生活的)世俗生活.

sec·u·lar·ism [ˋsɛkjələˌɪzəm; ˋsekjʊlərɪzəm] *n.* ⓤ 世俗主義(拒絕宗教介入道德或教育之內).

sec·u·lar·ist [ˋsɛkjələrɪst; ˋsekjʊlərɪst] *n.* ⓒ 主張教育與宗教分離的人, 世俗主義者.

sec·u·lar·ize [ˋsɛkjələˌraɪz; ˋsekjʊləraɪz] *vt.* 使〔教育〕脫離宗教; 使世俗化; 向世人開放.

***se·cure** [sɪˋkjur, ˋkɪur; sɪˋkjʊə(r)] *adj.* (**-cur·er** [-ˋkjurə, -ˋkɪur-; -ˋkjʊərə(r)], **more ~**; **-cur·est** [-ˋkjurɪst, -ˋkɪur-; -ˋkjʊərɪst], **most ~**)
【安全的】 **1** 安全的, 不用擔心〔沒有危險〕的, 《from, against 對於⋯). a *secure* life 安定的生活/ The castle was not quite *secure against* enemy attack. 那座城堡無法充分抵擋敵人的攻擊.
【同】與 safe, sure 相比, secure 表示安全性高, 「不用擔心」之意.
【可放心的】 **2** 〔人〕放心的; 確保的(*of*); 〔勝利等〕可靠的; 〔地位等〕穩固的. I feel *secure with* you. 與你在一起我就安心了/The Oxford crew appeared *secure of* victory. 牛津大學划船隊員似乎勝利在望/His place in the company is now *secure*. 他在公司的地位現在已穩固了.
3 牢固的, 堅固的; 〔門等〕關緊的. a *secure* foundation 牢固的基礎/a *secure* knot 死結.
↔ *n.* **security**. ↔ **insecure**.
— *vt.* (**~s** [~z; ~z]; **~d** [~d; ~d]; **-cur·ing** [-ˋkjurɪŋ, -ˋkɪur-; -ˋkjʊərɪŋ]) 【使安全】 **1** 使安全; 保護(*against, from*). All the paintings in this museum are carefully *secured against* theft. 這個美術館裡所有的畫都有嚴密的防盜措施.

2 關緊〔窗等〕；使固定。She *secured* all the locks. 她全部上鎖了。

3 保證(guarantee)；為…擔保[保險]。Freedom of speech is *secured* by the Constitution. 言論自由受憲法保障。

〖 確實地弄到手 〗 **4** 《文章》(a)好不容易把…弄到手；確保。My father *secured* two seats for the game. 我父親好不容易才弄到兩張比賽入場券。

(b) 句型4 (secure **A** **B**)、 句型3 (secure **B** *for* **A**)替 A 把 B 弄到手；確保可得到。The university *secured* me adequate lodgings.＝The university *secured* adequate lodgings *for* me. 這所大學確保我會有安適的住所。 語法 上句如改為被動語態，I 就不能做主詞，須說成 Adequate lodgings were *secured for* me by the university.

同 secure 指即使與他人爭也定要確保能擁有此難以到手之物；→ obtain.

se·cure·ly [sɪˈkjʊrlɪ; sɪˈkjʊəlɪ] *adv.* 安全地；牢固地。

se·cur·i·ties [sɪˈkjʊrətɪz; sɪˈkjʊərətɪz] *n.* security 的複數。

＊se·cur·i·ty [sɪˈkjʊrətɪ; sɪˈkjʊərətɪ] *n.* (*pl.* **-ties**)〖 安全 〗 **1** Ｕ安全，平安。in *security* 平安地，安全地／The mayor pledged to improve the *security* of the streets. 市長發誓要改進街道上的安全。

2 〖安全的確保〗Ｕ防禦，防衛；防衛措施，保護對策。This dog is (a) *security* against burglars. 這條狗是用來防盜的／The *security* was very tight when the premier was here. 總理在這裡時警備森嚴。

3 〖安全的保證〗Ｕ擔保；保證；擔保品；保證金，押金；Ｃ保證人。give *security* 保證／borrow money on the *security* of one's estate 以房地產抵押貸款。

〖 放心 〗 **4** Ｕ安心(感)，放心。*Security* is the greatest enemy. 《諺》大意不得(＜放心是最大的敵人)。

5 Ｃ(通常securit*ies*)有價證券，股票。government *securities* 國債，公債。⇨ *adj.* secure.

Secúrity Cōuncil *n.* (加the)(聯合國的)安全理事會。

secúrity guàrd *n.* Ｃ(公司等的)保全人員。

secúrity police *n.* 《作複數》祕密警察(擔任防範間諜、保護要人的職務)。

secúrity rìsk *n.* Ｃ有可能危害國家機密的人物(不能擔任接觸到國家機密的職位)。

se·dan [sɪˈdæn; sɪˈdæn] *n.* Ｃ (★注意重音位置) **1** 《美》轎車(不隔間駕駛位之一般轎車；《英》 saloon car; → limousine)。

se·date [sɪˈdet; sɪˈdeɪt] *adj.* 〔人〕沈著的，冷靜的；認真的。— *vt.* 給鎮靜劑(常用被動語態)。

se·date·ly [sɪˈdetlɪ; sɪˈdeɪtlɪ] *adv.* 沈著地，冷靜地。

se·da·tion [sɪˈdeʃn; sɪˈdeɪʃn] *n.* Ｕ(靠鎮靜劑的)鎮靜[催眠](作用)。

sed·a·tive [ˈsɛdətɪv; ˈsedətɪv] *adj.* 有鎮靜作用的。— *n.* Ｃ鎮靜劑。

sed·en·tar·y [ˈsɛdn̩ˌtɛrɪ; ˈsedntərɪ] *adj.* **1** 《文章》坐著做的；老是坐著的。*sedentary* work 坐著做的工作，案頭工作。

2 定居的；(鳥等)不遷徙的(↔ migratory)。

sedge [sɛdʒ; sedʒ] *n.* Ｕ《植物》菅茅。

sed·i·ment [ˈsɛdəmənt; ˈsedɪmənt] *n.* ［a Ｕ］沈澱物，殘渣。

sed·i·men·ta·ry [ˌsɛdəˈmɛntərɪ; ˌsedɪˈmentərɪ] *adj.* 沈澱物的，殘渣的；由沈澱物產生的。

se·di·tion [sɪˈdɪʃən; sɪˈdɪʃn] *n.* Ｕ妨礙治安；煽動。

se·di·tious [sɪˈdɪʃəs; sɪˈdɪʃəs] *adj.* 妨礙治安的；煽動性的。

se·duce [sɪˈdjus, -ˈdɪus, -ˈdus; sɪˈdjuːs] *vt.* **1** (以性)誘惑，誘姦，〔年輕人〕。

2 誘入(*into*)；騙人做…；句型5 (seduce **A** *to* do)引誘 A(人)做…。*seduce* a boy *into* mischief 引誘男孩去搗蛋。

se·duc·er [sɪˈdjusə; sɪˈdjuːsə(r)] *n.* Ｃ誘惑者；玩弄異性的人。

se·duc·tion [sɪˈdʌkʃən; sɪˈdʌkʃn] *n.* **1** ［ＵＣ］誘惑；誆騙。

2 Ｃ(通常seductions)有魅力的東西[事]。

se·duc·tive [sɪˈdʌktɪv; sɪˈdʌktɪv] *adj.* 有魅力的，吸引人的。a *seductive* offer 吸引人的提議。

se·duc·tive·ly [sɪˈdʌktɪvlɪ; sɪˈdʌktɪvlɪ] *adv.* 有魅力地。

sed·u·lous [ˈsɛdʒələs; ˈsedjʊləs] *adj.* 《雅》勤勉的；周到的；精心的。

＊see¹ [si; siː] *v.* (~s [~z; ~z]; saw; seen; ~ing) *vt.* 〖 映入眼簾 〗 **1** (a)看，看見，看到，看得到。I *see* a picture on the wall. 我看見牆上有一幅畫／Can you *see* that smoke? 你能看見那煙嗎?／I've *seen* him around quite a lot; I wonder who he is. 我曾見過他好幾次；我在想他到底是誰／You sometimes *see* very fashion-conscious men. 你有時以看到對流行趨勢非常敏感的男士。

同 (1) look 指有意(想)看甚麼，see 指物體自然而進入眼中：I *looked* out of the window, but *saw* nobody. (我看了一下窗外，但沒看到甚麼人)。(2) 表此義時不用進行式。(3)與助動詞can, could 連用時，一般多表示「努力地看」：We *can see* Kueishan Isle from here on a fair day. (好天氣我們能從這兒看見龜山島)。

(b) 句型5 (see **A** *do*/*do*ing/*done*)看見 A 做…/看見 A 在做…/看見 A 被…。I *saw* a dog *cross* the street. 我看見有隻狗穿越馬路／I *saw* a dog *crossing* the street. 我看見有隻狗正在穿越馬路／I hope I'll not *see* such folly *repeated*. 我不希望再看到這樣愚蠢的行為／They were *seen kissing* passionately. 有人看到了他們熱情地親吻著。

語法 (1)相對於 see **A** *do* 的被動句須接 to 不定詞，如 A dog was *seen to cross* the street. (2) see 的受詞後接原形動詞時，重點在自始至終的整個動作；

後接現在分詞時重點則在動作的進行；因此 I saw a dog *cross* the street. 是看見狗從開始穿越馬路至穿越結束為止，但 I saw a dog *crossing* the street. 是偶然看見狗正在穿越馬路(狗是否完成此動作則不明).

〖(想看而)看〗**2** 眺望，觀察；查看，調查：[句型3] (see *wh* 子句、片語) 觀察…；調查…(以確認). *See* the car carefully before you buy it. 買車之前仔細地看清楚/*See how* the magician shuffles his cards. 看看魔術師是怎樣洗牌的/There's a knock on the door. Go and *see who* it is. 有人在敲門，去看看是誰/*See if* the door is secure. 查看一下門是否關緊了.

3 遊覽(名勝)；看(電影、戲劇等)；《用祈使語氣》看，參照. *see* the sights of London 遊覽倫敦的名勝古蹟/*see* a play 看一齣戲/*See* page 15. 參閱第 15 頁.

4【會面】會見，會面；請(大夫)看病；(通常用進行式)和(異性)來往，交往. I'm glad to *see* you. 很高興見到你，歡迎你(★ 初次見面時用 meet: I'm glad to *meet* you. (我很高興認識你))/I think you'd better *see* the doctor. 我想你還是去看醫生比較好/I'll be [Be] *seeing* you soon. 後會有期(★ 有時也用進行式)/She's still *seeing* Ed. 她還在跟艾德來往.

5【心中看見】**(a)** 認為；想像，as [the way] I *see* it 據我看來/He *sees* life differently than I do. 他對人生的看法與我不同/I *see* no advantage in hiring a maid. 我看不出來雇傭傭人有甚麼好處.
(b) [句型3] (see *do*ing)想像做…；[句型5] (see A *do*ing)想像 A 正在做…. I can't *see* myself *lying* in bed until eleven o'clock. 我無法想像我睡到十一點(的樣子).
(c) 想像；看作；考慮，(*as*). I can't *see* her *as* my boss. 我無法想像她是我的上司/She is widely *seen* as an authority on phonetics. 她被公認為語音學的專家.

〖看了知道〗**6** [句型3] (see A/*that* 子句) 讀了 A 知道…，看了知道…，I *see* in the paper *that* the actress has remarried. 我在報上看到那個女演員再婚了.

7【理解】懂，理解，領會；[句型3] (see *that* 子句/*wh* 子句、片語)懂…；(★表此意時不用進行式). *see* the point 領會要點/I *see what* you mean. 我懂你的意思/Sam never *sees* a joke. 山姆每次都聽不懂笑話/I can't *see* the use of climbing mountains. 我不懂登山有甚麼用/I don't *see how* you can eat that stuff! 我真搞不懂你怎麼會吃那種東西!/I don't *see what* to do to help him/So I *see*. 是那樣啊! 我知道了. 語法此意也可當作插入句來使用: Arguing with him, I could, *see*, would have been useless. (我可以瞭解，跟他爭論是無用的).

8【經驗】**(a)** 經驗，經歷；目睹(場所，時代等). This town has *seen* a lot of changes. 這城鎮經歷

了許多變化/*see* life [the world] 懂世故，累積人生經驗/This coat has *seen* better days. 這件外套已經很舊了(曾經是嶄新的)/The year 1914 *saw* the outbreak of World War I. 1914 年第一次世界大戰爆發.
(b) [句型5] (see A *do*/*do*ing/*done*) (地點，時代等)目擊 A 做…/正做…/被…. Last week *saw* the U.S. *withdraw* from the Persian Gulf. 上週美軍從波斯灣撤退.

〖看到最後〗**9** **(a)** 《加副詞子句》送行，送到. I'll *see* you to the gate. 我送你到門口/I want you to *see* her home. 我希望你送她回家/*see* him (a)round the aquarium 帶他到水族館參觀.
(b) [句型5] (see A B)看到 A 成為 B 為止. I hope I'll live long enough to *see* you a great pianist. 我希望我能活到看見你成為大鋼琴家.

10 [句型5] (see A *do*/*do*ing/*done*) 默默地看著 A 做…/看著 A 正在做…/看著 A 被…(通常用於否定句). I can't *see* her *ruin* her whole life. 我無法眼睜睜地看著她自暴自棄.

11【看到最後>關心】[句型3] (see *that* 子句)照顧一下…；[句型5] (see A *done*)留心(注意)A 被…，關心. *See that* the door is fastened before you go to bed. 你睡覺前請確定門關好了/I'll *see* the job *done* properly. 我會監督這件工作確實做好.

── *vi.* **1** 看，看見，(★多與 can 連用，不用進行式). Owls can *see* in the dark. 貓頭鷹在黑暗中看得見東西/I can't *see* to read; it's so dark here. 我無法看書，這裡太暗了.

2 調查，查明；想一下. If you don't believe me, go and *see* for yourself. 如果你不相信我，那麼自己去弄清楚吧!

3 懂，理解. *See* [Do you *see*]? 懂了嗎?/Don't you *see*, we had no choice. 你不懂嗎? 我們沒有其他選擇的餘地/You'll *see*. 以後再告訴你吧! 你會明白的.

4 關心，注意；照料，(*to*). You go and play, I'll *see* to the dishes. 你去玩吧! 這些碗盤由我來洗/*see* to it that... (→片語)

as fàr as Ĭ can sèe 就我所知道的.

I'll sèe you dámned [hánged, blówed, in héll] fírst. 《口》絕對不做(對要求之強烈拒絕).

I'll sèe [be sèeing] you (láter). = See you.

* *I sèe.* 我瞭解，我明白.

I will [I'll] sèe. 我先想想.

Lèt me [Lèt's] sèe. → let[1] 的片語.

Lòng tíme nò sèe. 《口》好久不見.

sèe abóut... 安排…；關心…；考量…. We'll *see about* the hotel. 我們會安排旅館/I'll *see about* it. 我先考慮看看[先檢討看看](避免承諾等之常用句子；→ We'll (soon) see about that! (片語))

sèe áfter... 照料…(look after).

sèe fít → fit[1] 的片語.

Sèe hére! = Look (here)! (look 的片語).

sèe ínto... 調查…；看穿….

* *sèe múch [nóthing, líttle, sómething] of...* 常常(從沒，很少，有時)見到…. I've *seen* nothing of Jane lately. 最近我根本沒見到珍.

* **sèe** /.../ **óff** 送行(⟷meet). I went to the airport to *see* Mr. Jones *off*. 我去機場給瓊斯先生送行.

sèe /.../ **óut** (1)把…送到門口. (2)看〔聽〕…到最後: 把…做到底. *see out* a two-hour program on TV 將兩個小時的電視節目看完. (3)〔物〕維持到最後: 足夠: 〔人〕堅持到最後. have enough fuel to *see* the winter *out* 有足夠的燃料渡過冬.

sèe over... (1)越過…看: 隔著看…. (2)巡邏…. (3)好好檢查…(examine). He *saw over* the house he wanted to buy. 他仔細地看了他要買的房子.

sèe thíngs 《口》產生幻覺, 看到幻影. He can't be back already—I must be *seeing things*! 他不可能已經回來了——我一定是見鬼了!

* **sèe through**[1]... (1)透過…看. *see through* the window 隔著窗看. (2)看穿…. I *see through* your lies. 我識破了你的謊言.

sèe *A* **through**[2] *B* 幫助 A 擺脫 B. I *saw him through* the difficulty. 我幫他度過難關.

sèe...thróugh[3] 把〔事情〕做到底: 看到最後: 幫〔某人〕擺脫. Now that you've started the project, you must *see* it *through*. 既然你已開始這項計畫, 就把它做到底/There's enough bread to *see us through* till tomorrow. 麵包足夠我們吃到明天.

sèe to... → vi. 4.

* **sèe to it thàt...** 照料好…. *See to it that* breakfast is ready by six tomorrow morning. 確定明天早上六點早餐就要準備好. 〖語法〗(1)口語中省略 to it (→ vt. 11). (2)在 that 子句中, 通常用現在式.

* **Sèe you** (**láter** [**sóon**, **agáin**, 《主美》**aróund**]) 《口》再見, 再會. We'll (**sóon**) **sèe about thát**! 我們等著瞧吧! 《表示說話者不贊成》. We will [We'll] **sée**. (1)預先考慮. (2)不久會明白的.

you sée 你知道的: 你瞧, 你聽我說. "Why didn't you come yesterday?" "*You see*, I had a terrible headache." 「昨天你為甚麼沒來?」「是這樣的, 我頭痛得厲害.」〖語法〗置於句首、句中、句尾, 來作輕微的辯解、說明.

see[2] [si; si:] *n*. C 司教[主教]教座[教區]: 大司教[大主教]教座[教區].

* **seed** [sid; si:d] *n*. (*pl*. ~**s** [~z; ~z], ~)

〖種子〗 **1** UC 種, 種子, (★可用作普通名詞和集合名詞). sunflower *seeds* 向日葵種子/ sow [plant] *seed(s)* in the field 在田裡播種/raise flowers from *seed* 將種子培育成花.

2 C (通常 seeds) (爭端等的)起因, [種]: 萌芽. His indecision sowed the *seeds* of future trouble. 他的優柔寡斷種下了日後的禍端.

3 [由種子而生之物] U (聖經)子孫.

4 [間隔播下的種子] C (比賽)種子選手[隊伍].

⇨ *adj*. **seedy**.

gò [**rùn**] **to séed** [花過了盛開期]結子, 莖葉枯黃, 花朵凋謝: [人]身心俱衰.

— *vi*. **1** [植物]結子, 結果: 落下種子. **2** 播種.

— *vt*. **1** 播種於[土地], 播[種]. She *seeded* her garden *with* vegetables.＝She *seeded* vegetables *in* her garden. 她在庭園裡播種蔬菜.

2 去掉[水果的]子.

3 (比賽)挑選種子選手[隊伍].

seed·bed [`sid,bɛd; 'si:dbed] *n*. C 苗圃: (罪惡等的)溫床.

seed·er [`sidɚ; 'si:də(r)] *n*. C **1** 播種人: 播種機. **2** (果實的)脫子機.

seed·i·ly [`sidɪlɪ; 'si:dɪlɪ] *adv*. 破爛地.

seed·i·ness [`sidɪnɪs; 'si:dɪnɪs] *n*. U 破爛.

seed·less [`sidlɪs; 'si:dlɪs] *adj*. 無子的.

seed·ling [`sidlɪŋ; 'si:dlɪŋ] *n*. C **1** (由種子培育而成的)樹苗, 種苗. **2** 小樹.

seeds·man [`sidzmən; 'si:dzmən] *n*. (*pl*. **-men** [-mən; -mən]) C 播種人: 種子商.

seed·y [`sidɪ; 'si:dɪ] *adj*. **1** 多子的: 有子的: 結子的. a *seedy* orange 多子的柳橙.

2 (口)(外表、服裝等)衣衫襤褸的, 無精打采的.

3 (口)不舒服的, 沒精神的. feel *seedy* 覺得不舒服. ⇨ *n*. **seed**.

* **see·ing** [`siŋ; 'si:ɪŋ] *n*. (*pl*. ~**s** [~z; ~z]) U 看: 視覺, 視力. *Seeing* is believing. 《諺》百聞不如一見.

— *conj*. 鑒於, 既然. *Seeing* (*that*) you are busy on Saturday evening, I'll call you on Monday. 既然你星期六晚上很忙, 那我星期一打電話給你吧!

Sèeing Éye dòg *n*. C 導盲犬《商標名: 源自美國的導盲犬訓練所之名》.

* **seek** [sik; si:k] *v*. (~**s** [~s; ~s]; **sought**; ~**ing**) *vt*. **1** (文章)尋求, 尋找: 努力獲得[幸福, 名聲]. *seek* shelter from the shower [sun] 尋找避雨處[遮陽處].

2 (文章)請求, 要求, [忠告等]. *seek* a doctor's advice 徵求醫生的意見/She is too proud to *seek* help. 她太高傲而不願求助於人.

3 [句型3] (seek *to* do) 試圖. She *sought* vainly *to* make him understand. 她試圖讓他明白, 但白費心機.

— *vi*. 《文章》尋求: 追求: (*for, after*). Many people *seek for* fame. 很多人追求名聲/Electrical engineers are much *sought after*. 電機工程師相當受歡迎.

be nòt fár to sèek 在不遠處. The answer *is not far to seek*. 那個答案不難找到.

seek·er [`sikɚ; 'si:kə(r)] *n*. C 搜索者: 探求者.

* **seem** [sim; si:m] (~**s** [~z; ~z]; ~**ed** [~d; ~d]; ~**ing**) *vi*. 〖看似〗 **1** (a) [句型2] (seem A) 看似 A, 像 A: 似乎(*like*). (★無進行式). Susan *seems* sick. 蘇珊好像病了/Mrs. Evans *seems* a good teacher. 艾凡斯太太似乎是位好老師/It *seemed* wiser to them to give up. 對他們來說, 放棄似乎比較明智/It *seems like* yesterday that we skated together. 我們在一起溜冰好像才是昨天的事一樣.

語法(1) A 為無形容詞相伴的名詞時, 可用(b)的句型:「她像個老師」不可說成 She *seems* a teacher. 而是 She *seems* to be a teacher. (→(a)的第 2 例). (2) A 為被動式或進行式的分詞時(b)的句型較普遍: He *seemed* to be sleeping over there.(他在那兒像睡著了).

(b) 句型2 (seem *to do/to be*)看來好像, 看來似乎. Susan *seems* to be sick. 蘇珊好像病了(★如果省略 to be, 則為(a)的句型)/He *seems* to think we're fools. 他似乎認為我們是傻瓜/She never *seems* to grow older. 她好像永遠不會變老/What *seems* to be the trouble, Mr. Allen? 怎麼了, 亞倫先生?〔醫生向患者說〕/Susan *seems* to have been sick. 蘇珊好像生過病(注意之後若接完成式的不定詞時是表示過去的事, 與 Susan *seemed* to be sick.(蘇珊好像病了)有所區別).

語法否定句的情況有下列二種說法, 前者較為普遍: He doesn't *seem* to be at home. =《文章》He *seems* not to be at home. (他似乎不在家).

2 (用 It seems (that)....)似乎, 好像; 被認為; (用 It seems as if [as though]....)宛如(★在此意上和 It *seems* (that).... 也有相同的用法; as if [though] 子句裡的動詞不限於只用假設法). It *seems* (that) we have no other alternative. 看來我們似乎沒有別的選擇/It *seemed* to everybody *that* success was doubtful. 大家似乎都覺得不太可能成功/It would *seem that* he is wrong. 看來他似乎是錯的(★比 It *seems* that.... 保守、慎重的說法)/It *seems as if* everything he touches turns to gold. 彷彿一切東西經他一碰就會變成黃金.

語法以下兩句可以代換: It *seems* that John doesn't like fish. = John doesn't *seem* to like fish. (約翰好像不太喜歡魚).

同seem 表示說話者主觀的確信, 而 appear 則表示外表雖這樣, 但實際上並非一定如此. 另外, look 表示因目睹而明白: You *seem* tired. (你好像累了)/You *appear* to be tired. (你看起來很累(而實際上是否累了並不明確))/You *look* tired. (很明顯地, 你看起來很累).

cān't sèem to (*dó*) 似乎不能, 看來不能, (=It *seems* that one can't do). I *can't seem* to sleep tonight. 看來我今晚不能睡覺了/She *couldn't seem* to get out of the habit. 她似乎無法改掉那個毛病.

Sò it séems. = *It séems sò.* 似乎如此.

There sèem(s) (*to bé*).... 似乎有.... There *seems* (*to be*) some misunderstanding between us. = It *seems* that there is some misunderstanding between us. 我們之間似乎有誤會/There *seems* *to have been* some misunderstanding between us. 我們之間似乎曾有過誤會.

seem·ing [ˋsimɪŋ; ˈsiːmɪŋ] *adj.*《限定》表面的, 外表上的; 裝出來的, 一本正經的. *seeming* friendliness 表面上的親切.

***seem·ing·ly** [ˋsimɪŋlɪ; ˈsiːmɪŋli] *adv.* 表面上,

外表上, 看起來. a *seemingly* harmless idea 看起來無害的想法/*Seemingly* there are no hard feelings between them. 表面上他們之間並無惡感.

seem·li·ness [ˋsimlɪnɪs; ˈsiːmlɪnɪs] *n.* U《文章》舉止得體, 優雅.

seem·ly [ˋsimlɪ; ˈsiːmli] *adj.*《文章》〔言行等〕合乎禮儀的, 合宜的.

seen [sin; siːn] *v.* see[1] 的過去分詞.

seep [sip; siːp] *vi.* 滲出, 滲透, 漏出. The gas must have *seeped* (out) through a crack in the pipe. 瓦斯一定是從管子的裂縫中漏出來.

seep·age [ˋsipɪdʒ; ˈsiːpɪdʒ] *n.* U滲透, 滲出.

seer [sɪr; sɪə(r)] *n.* C《古、雅》(自稱)先知的人, 預言家; 占卜者.

seer·suck·er [ˋsɪrˌsʌkɚ; ˈsɪəˌsʌkə(r)] *n.* U縐面條紋薄織物(一種有直條紋、縐而薄的棉〔亞麻〕布).

see·saw [ˋsiˌsɔ; ˈsiːsɔː] *n.* **1** C蹺蹺板(玩具).

2 U蹺蹺板遊戲. play on the *seesaw* 玩蹺蹺板.

3 C上下[前後]運動. *seesaw* motion 上下[前後]交替的動作.

— *vi.* **1** 玩蹺蹺板. **2** 交替地上下[前後]運動; 一進一退;〔政策等〕變化無常.

sèesaw gáme *n.* C拉鋸戰(你追我趕、旗鼓相當之戰).

sèesaw mátch *n.* =seesaw game.

seethe [sið; siːð] *vi.* **1** 煮沸, 沸騰.

2 〔波浪等〕翻滾, 激起浪花. *seething* waters 翻騰的波浪.

3 〔群眾等〕沸騰, 騷動;〔人〕憤怒. The crowd was *seething with* discontent. 群眾因不滿而騷動.

see-through [ˋsiˌθru; ˈsiːθruː] *adj.*〔衣服等〕透明的. a *see-through* blouse 透明的襯衫.

seg·ment [ˋsɛgmənt; ˈsegmənt] *n.* C.

1 部分; 分割; 切片;〔社會的〕階層.

2 (數學)線段;〔圓形的〕弧(→ sector 圖).

— [ˋsɛgmɛnt; segˈment] *vt.* 分割, 劃分, 分裂.

— *vi.* 分開, 分裂.

seg·men·ta·tion [ˌsɛgmənˋteʃən; ˌsegmenˈteɪʃn] *n.* a U分割, 分開, 分裂.

seg·re·gate [ˋsɛgrɪˌget; ˈsegrɪgeɪt] *vt.* **1** 隔離, 使分離. **2** 種族歧視; 因種族偏見而分隔〔設施、居住地等〕; (↔ integrate). *segregate* black students 歧視黑人學生(不使其進入白人的學校就讀).

seg·re·ga·tion [ˌsɛgrɪˋgeʃən; ˌsegrɪˈgeɪʃn] *n.* **1** a U分離, 隔離. **2** U差別; 種族歧視(不讓特定的種族進入學校、旅館、公車等); 也可稱作 rácial segregátion; ↔ integration).

seg·re·ga·tion·ist [ˌsɛgrɪˋgeʃənɪst; ˌsegrɪˈgeɪʃnɪst] *n.* C種族隔離主義者; 種族歧視的支持者.

Seine [sen; seɪn] *n.* (加 the)塞納河(流經巴黎, 注入英吉利海峽).

seine [sen; seɪn] *n.* C拉網, 拖網.

seis·mic [ˋsaɪzmɪk, ˋsaɪs-; ˈsaɪzmɪk] *adj.* 地震的; 因地震而引起的. a *seismic* wave 地震波.

seis·mo·graph [ˋsaɪzməˌgræf, ˋsaɪs-;

ˈsaɪzməgrɑːf] *n.* Ⓒ 地震儀.

seis·mol·o·gist [saɪzˈmɑlədʒɪst, saɪs-; saɪzˈmɒlədʒɪst] *n.* Ⓒ 地震學者.

seis·mol·o·gy [saɪzˈmɑlədʒɪ, saɪs-; saɪzˈmɒlədʒɪ] *n.* Ⓤ 地震學.

＊seize [siz; siːz] (★注意發音) *v.* (**seiz·es** [~ɪz; ~ɪz]; **~d** [~d; ~d]; **seiz·ing**) *vt.* **1** (猛然)抓住, 緊握住; 逮捕(犯人等). The policeman *seized* him by the arm. 警察一把抓住了他的手臂. 回 seize 含「強有力地」,「以強權逮捕」之意; → catch.
2 掌握, 理解, 〔意思等〕; 抓住〔機會等〕. I *seized* his point immediately. 我馬上抓到他所說的重點/*seize* the opportunity to work in Los Angeles 把握住在洛杉磯工作的機會.
3 奪取; 占領, *seize* a city 占領一座城市.
4 〔疾病, 恐懼等〕侵襲(常用被動語態). Panic *seized* the whole town. 全鎮陷入了恐慌/He was *seized with* another fit. 他又發病了.
5 〔法律〕扣押, 沒收.
— *vi.* **1** (忽然)抓住, 逮住, 《*on, upon*》. He *seized upon* the dropped knife. 他忽然抓起掉落的刀子.
2 利用〔機會, 藉口等〕. *seize on* an opportunity 趁機.
3 《主英》〔引擎等〕(因過熱)不能動, 停止; 〔交通等〕(因阻塞等)癱瘓; 〔身體, 器官等〕喪失功能; 《*up*》. ⇨ *n.* **seizure**.
sèize hóld of– → hold¹ 的片語.

seiz·ing [ˈsizɪŋ; ˈsiːzɪŋ] *v.* seize 的現在分詞, 動名詞.

sei·zure [ˈsiʒɚ; ˈsiːʒə(r)] *n.* **1** Ⓤ 捕捉; 逮捕.
2 Ⓒ (疾病的)發作; 中風; (感情的)爆發.
3 ⓊⒸ〔法律〕扣押, 沒收.

＊sel·dom [ˈsɛldəm; ˈseldəm] *adv.* 不常(↔often). Mr. Green *seldom* goes to church. 格林先生不常去教堂/It is *seldom* that we have visitors. 我們很少有客人. 匨虼除了 be 動詞外, seldom 通常置於動詞之前.
nòt séldom 經常, 往往, (often).
sèldom, if éver → ever 的片語.
sèldom or néver 極難得.

＊se·lect [səˈlɛkt; sɪˈlekt] *vt.* (**~s** [~s; ~s]; **~ed** [~ɪd; ~ɪd]; **~ing**) (由多數中)選出, 挑選, 《*out of, from, from among; as, to be*》. Miss Universe is *selected from among* many candidates. 環球小姐自眾多的候選人中選出/be *selected as* 〔*to be*〕chairman 被選作議長. 匨比 choose 更為慎重, 挑選的同時有排除其他的意思; 通常不用於二者擇一; → pick.
— *adj.* **1** 《限定》精選的, 一流的, 最佳的. *select* wines 最上等的酒/a *select* collection of art objects 精選的一批藝術品.
2 排他性的; 高級的, (exclusive); 挑剔的. a *select* club 高級俱樂部.
⇨ *n.* **selection**. *adj.* **selective**.

se·lèct com·mit·tee *n.* Ⓒ (英國[美國]議會的)特別委員會(受命處理特殊問題的機構).

＊se·lec·tion [səˈlɛkʃən; sɪˈlekʃn] *n.* (*pl.* **~s** [~z; ~z]) **1** ⓐⓊ 選擇; 選拔; 精選. The child made his own *selection* of toys. 這小孩自己挑選玩具/a wrong *selection* of materials 材料的錯誤選擇.
2 Ⓒ 被選拔之物[人]; 挑選; 精選品; 選粹, 選集. Your new secretary is a good *selection*. 你的新秘書是很適當的人選/*Selections* from Whitman's Poetry《惠特曼詩選》《書名》.
3 Ⓒ (通常用單數)選擇的範圍[對象]. a wide *selection* of up-to-date men's fashions 種類繁多的最新流行男裝.
4 Ⓤ〔生物〕淘汰, 選擇. natural *selection* →見 natural selection. ⇨ *v.* **select**.

se·lec·tive [səˈlɛktɪv; sɪˈlektɪv] *adj.* **1** 選擇性的; 精選的. **2** 有選擇眼光的; 慎重選擇的. **3** 《生物》淘汰的, 選擇的.

se·lec·tive·ly [səˈlɛktɪvlɪ; sɪˈlektɪvlɪ] *adv.* 選擇性地.

se·lèc·tive sérv·ice *n.* Ⓤ《美》義務役(越戰後廢除, 改為志願役).

se·lec·tiv·i·ty [sə͵lɛkˈtɪvətɪ, ͵silɛkˈtɪvətɪ] *n.* Ⓤ 選擇性; 區別; 選擇能力, 鑑別能力.

se·lec·tor [səˈlɛktɚ; sɪˈlektə(r)] *n.* Ⓒ **1** 選擇者. **2** (機械)選擇器.

Se·le·ne [səˈlini; sɪˈliːni] *n.* (希臘神話)瑟莉妮(月神; 相當於羅馬神話中的 Luna).

＊self [sɛlf; self] *n.* (*pl.* **selves**) **1** ⓊⒸ 自己, 自身, 《哲學》自我. a study of *self* 自我探索, 自我省思.
2 Ⓒ 自我的一面, (處於某種狀態的)人. my real *self* 真正的我/your conscious *self* 你意識到的自我/She is her old *self* again. 她又是原來的她了(回復健康或冷靜等).
3 Ⓤ 自我的得失, 私利, 自私. He cares for nothing but *self*. 他凡事只想到他自己.
4 Ⓤ《雅》本質, 真髓, 本性. beauty's *self* 美的本質. ⇨ *adj.* **selfish**.

self- *pref.* 「自己; 自動」之意.

self-ab·sorbed [͵sɛlfəbˈsɔrbd; ͵selfəbˈzɔːbd] *adj.* 專注於自己的事務的.

self-ab·sorp·tion [ˈsɛlfəbˈsɔrpʃən; ͵selfəbˈzɔːpʃn] *n.* Ⓤ 專注於自我, 自我陶醉.

self-act·ing [ˈsɛlfˈæktɪŋ; ͵selfˈæktɪŋ] *adj.* 自動的.

self-ad·dressed [ˈsɛlfəˈdrɛst; ͵selfəˈdrest] *adj.* 寄回發信人的. a *self-addressed* envelope 回郵信封(回信用).

self-ap·point·ed [ˈsɛlfəˈpɔɪntɪd; ͵selfəˈpɔɪntɪd] *adj.* 〔工作等〕自己指定的; 不受委託的.

self-as·ser·tion [͵sɛlfəˈsɝʃən; ͵selfəˈsɜːʃn] *n.* Ⓤ 自我主張.

self-as·ser·tive [͵sɛlfəˈsɝtɪv; ͵selfəˈsɜːtɪv] *adj.* 自我主張的, 一意孤行的; 突顯自我的.

self-as·sur·ance [͵sɛlfəˈʃʊrəns;

self-as·sur·ance [ˌsɛlfəˈʃʊərəns] n. ⓤ自信，自傲.

self-as·sured [ˌsɛlfəˈʃʊrd; ˌsɛlfəˈʃʊəd] adj. 有自信的，自傲的.

self-cen·tered (美)，**self-cen·tred** (英) [ˈsɛlfˈsɛntəd; ˌsɛlfˈsɛntəd] adj. 以自我爲中心的；利己的.

self-col·ored (美)，**self-col·oured** (英) [ˈsɛlfˈkʌləd; self ˈkʌləd] adj. 〔花，編織物等〕單色的；天然色的.

self-com·mand [ˌsɛlfkəˈmænd; ˌsɛlfkəˈmɑːnd] n. ⓤ自制，克己；沈著.

self-com·pla·cent [ˌsɛlfkəmˈplesnt; ˌselfkəmˈpleisənt] adj. 自以爲是的，自負的.

self-con·fessed [ˌsɛlfkənˈfɛst; ˌselfkənˈfest] adj. 〔限定〕自認的，自稱的.

＊**self-con·fi·dence** [ˈsɛlfˈkɑnfədəns; ˌselfˈkɒnfidəns] n. ⓤ自信. Robert's *self-confidence* was shaken by his failure. 羅伯特的自信因他的失敗而動搖了.

self-con·fi·dent [ˈsɛlfˈkɑnfədənt; ˌselfˈkɒnfidənt] adj. 有自信的.

＊**self-con·scious** [ˈsɛlfˈkɑnʃəs; ˌselfˈkɒnʃəs] adj. **1** 自我意識的；害羞的，靦覥的. She's too *self-conscious* to be a good public speaker. 她太靦覥而不能成爲一個好的公眾演說家. **2** 〔哲學、心理〕有自我意識的，自覺的.

self-con·scious·ly [ˈsɛlfˈkɑnʃəslɪ; ˌselfˈkɒnʃəslɪ] adv. 自我意識地，靦覥地.

self-con·scious·ness [ˈsɛlfˈkɑnʃəsnɪs; ˌselfˈkɒnʃəsnɪs] n. ⓤ自我意識.

self-con·tained [ˌsɛlfkənˈtend; ˌselfkənˈteind] adj. **1** 自給自足的；〔機械〕自給的，設備齊全的. **2** (英)〔公寓〕獨門獨戶的《各自具有單獨的浴室、廁所、廚房、入口》. **3** 有自制力的，冷靜的；寡言的，不能和人打成一片的.

self-con·tra·dic·to·ry [ˈsɛlfˌkɑntrəˈdɪktərɪ; ˈself ˌkɒntrəˈdɪktərɪ] adj. 自相矛盾的.

＊**self-con·trol** [ˌsɛlfkənˈtrol; ˌselfkənˈtrəʊl] n. ⓤ自制(力)，克己. lose [keep] one's *self-control* 喪失[保持]自制力.

self-con·trolled [ˌsɛlfkənˈtrold; ˌselfkənˈtrəʊld] adj. 有自制力的.

self-de·feat·ing [ˌsɛlfdɪˈfitɪŋ; ˌselfdɪˈfiːtɪŋ] adj. 自毀性的. Enforcing discipline too strictly often proves *self-defeating*. 過分嚴格地執行紀律經常會有反效果.

＊**self-de·fense,** (英) **self-de·fence** [ˌsɛlfdɪˈfɛns; ˌselfdɪˈfens] n. ⓤ自衛，自我防衛；護身；正當防衛. in *self-defense* 出於自衛／the (manly) art of *self-defense* 防身術(拳擊，柔道等)／the *Self-Defense* Forces 自衛隊.

self-de·ni·al [ˌsɛlfdɪˈnaɪəl, -ˈnaɪl;

[ˌselfdɪˈnaɪəl] n. ⓤ自制；禁慾；(爲幫助別人而)犧牲自己，獻身.

self-de·ny·ing [ˌsɛlfdɪˈnaɪɪŋ; ˌselfdɪˈnaɪɪŋ] adj. 自制的，有自制力的；獻身的.

self-de·ter·mi·na·tion [ˌsɛlfdɪˌtɜːməˈneʃən; ˈselfdɪˌtɜːmɪˈneɪʃn] n. ⓤ自決，自主；民族自決.

self-dis·ci·pline [ˈsɛlfˈdɪsəplɪn; ˌselfˈdɪsɪplɪn] n. ⓤ自我訓練，自我要求.

self-drive [ˈsɛlfˈdraɪv; ˌselfˈdraɪv] adj. (英)租車人自己駕駛的《不雇用司機》.

self-ed·u·cat·ed [ˈsɛlfˈɛdʒəˌketɪd; ˌselfˈedjuˌkeɪtɪd] adj. 自學的，自修的.

self-ef·fac·ing [ˈsɛlfɪˈfesɪŋ; ˌselfɪˈfeɪsɪŋ] adj. (沒有信心而)謙卑的.

self-em·ployed [ˌsɛlfɪmˈplɔɪd; ˌselfɪmˈplɔɪd] adj. 自家經營的，自營的.

self-es·teem [ˌsɛlfəˈstim; ˌselfɪˈstiːm] n. ⓤ自尊心；自負，驕傲.

self-ev·i·dent [ˈsɛlfˈɛvədənt; ˌselfˈevɪdənt] adj. 不證自明的，不言而喻的.

self-ex·am·i·na·tion [ˈsɛlfɪgˌzæməˈneʃən; ˈselfɪgˌzæmɪˈneɪʃn] n. ⓤ自省，反省，內省.

self-ex·plan·a·to·ry [ˌsɛlfɪkˈsplænəˌtorɪ, -ˌtɔrɪ; ˌselfɪkˈsplænətərɪ] adj. 不證自明的，不言而喻的.

self-ex·pres·sion [ˌsɛlfɪkˈsprɛʃən; ˌselfɪkˈspreʃn] n. ⓤ自我表現，突顯自我《個性》.

self-gov·ern·ing [ˈsɛlfˈgʌvənɪŋ; ˌselfˈgʌvənɪŋ] adj. 自治的，自立的；自制的.

self-gov·ern·ment [ˈsɛlfˈgʌvəmənt, -ˈgʌvən-; ˌselfˈgʌvnmənt] n. ⓤ自治；自制，克己.

self-help [ˈsɛlfˈhɛlp; ˌselfˈhelp] n. ⓤ自助，自立.

self-hood [ˈsɛlfhʊd; ˈselfhʊd] n. ⓤ **1** 自我，個性. **2** 利己主義.

self-im·por·tance [ˌsɛlfɪmˈpɔrtns; ˌselfɪmˈpɔːtəns] n. ⓤ自大，驕傲；自尊.

self-im·por·tant [ˌsɛlfɪmˈpɔrtnt; ˌselfɪmˈpɔːtənt] adj. 自大的，驕傲的；自尊心強的.

self-im·posed [ˌsɛlfɪmˈpozd; ˌselfɪmˈpəʊzd] adj. 自己施加的；自願接受的.

self-in·dul·gence [ˌsɛlfɪnˈdʌldʒəns; ˌselfɪnˈdʌldʒəns] n. ⓤ任性，縱慾，放縱.

self-in·dul·gent [ˌsɛlfɪnˈdʌldʒənt; ˌselfɪnˈdʌldʒənt] adj. 任性的，縱慾的，放縱的.

＊**self-in·ter·est** [ˈsɛlfˈɪntərɪst, -ˈɪntrɪst; ˌselfˈɪntrɪst] n. ⓤ自私自利；利己主義. His actions were motivated purely by *self-interest*. 他的行爲純粹是出於自私自利的動機.

self-in·tro·duc·tion [ˈsɛlfˌɪntrəˈdʌkʃən; ˌselfˌɪntrəˈdʌkʃn] n. ⓤⓒ自我介紹.

＊**self·ish** [ˈsɛlfɪʃ; ˈselfɪʃ] adj. 自我本位的；自私的，任性的. Don't be so *selfish*. 別那麼自私／What a *selfish* thing to do! 這麼做眞是自私啊! ⇨ n. **self**. ↔ **unselfish**.

self·ish·ly [ˈsɛlfɪʃlɪ; ˈselfɪʃlɪ] adv. 自私地.

self·ish·ness [ˈsɛlfɪʃnɪs; ˈselfɪʃnɪs] n. ⓤ自我

本位；任性.

self·less [ˈsɛlflɪs; ˈselflɪs] adj. 無私慾的，無私心的.

self·less·ly [ˈsɛlflɪslɪ; ˈselflɪsli] adv. 無私地.

self·less·ness [ˈsɛlflɪsnɪs; ˈselflɪsnɪs] n. U 無私無慾.

self·lock·ing [ˌsɛlfˈlɑkɪŋ; ˌselfˈlɒkɪŋ] adj. 〔門〕自動上鎖的《關閉後會自動鎖上》.

self·made [ˈsɛlfˈmed; ˌselfˈmeɪd] adj. **1** 靠自我奮鬥而成功的. a self-made man 白手起家的人. **2** 靠自己力量的.

self·o·pin·ion·at·ed [ˌsɛlfəˈpɪnjəˌnetɪd; ˌselfəˈpɪnjəˌneɪtɪd] adj. 驕傲的；固執己見的，頑固的.

self·pit·y [ˈsɛlfˈpɪtɪ; ˌselfˈpɪti] n. U 自憐.

self·por·trait [ˈsɛlfˈpɔrtret; ˌselfˈpɔːtrɪt] n. C 自畫像《繪畫，文學作品》.

self·pos·sessed [ˌsɛlfpəˈzɛst; ˌselfpəˈzest] adj. 冷靜的，沈著的.

self·pos·ses·sion [ˌsɛlfpəˈzɛʃən; ˌselfpəˈzeʃn] n. U 沈著.

self·pres·er·va·tion [ˌsɛlfprɛzəˈveʃən; ˈself͵prezəˈveɪʃn] n. U 自衛(本能)，自保(本能).

self·re·li·ance [ˌsɛlfrɪˈlaɪəns; ˌselfrɪˈlaɪəns] n. U 自立，自力更生.

self·re·li·ant [ˌsɛlfrɪˈlaɪənt; ˌselfrɪˈlaɪənt] adj. 自恃的，自力更生的.

*__self·re·spect__ [ˌsɛlfrɪˈspɛkt; ˌselfrɪˈspekt] n. U 自尊(心). How can we keep our self-respect in such poverty and starvation? 在這樣的貧窮和飢餓中，我們如何能夠維持自己的自尊呢？

self·re·spect·ing [ˌsɛlfrɪˈspɛktɪŋ; ˌselfrɪˈspektɪŋ] adj. 有自尊心的.

self·re·straint [ˌsɛlfrɪˈstrent; ˌselfrɪˈstreɪnt] n. U 自制.

self·right·eous [ˈsɛlfˈraɪtʃəs; ˌselfˈraɪtʃəs] adj. 自以為是的，自以為對的.

self·right·eous·ly [ˈsɛlfˈraɪtʃəslɪ; ˌselfˈraɪtʃəsli] adv. 自以為是地.

self·rule [ˈsɛlfˈrul; ˌselfˈruːl] n. = self-government.

self·same [ˈsɛlfˈsem; ˈselfseɪm] adj. 〔限定〕《雅》(加the)完全一樣的《same的強調》. the self-same name 完全相同的姓名.

self·sat·is·fac·tion [ˌsɛlfsætɪsˈfækʃən; ˈself͵sætɪsˈfækʃn] n. U 自足，自滿.

self·sat·is·fied [ˈsɛlfˈsætɪsˌfaɪd; ˌselfˈsætɪsfaɪd] adj. 自以為是的，自滿的.

self·seek·er [ˈsɛlfˈsikə; ˌselfˈsiːkə(r)] n. C 利己主義者，自私的人.

self·seek·ing [ˈsɛlfˈsikɪŋ; ˌselfˈsiːkɪŋ] n. U 利己主義，自私.
— adj. 利己主義的.

*__self·ser·vice__ [ˈsɛlfˈsɝvɪs; ˌselfˈsɜːvɪs] n. U (餐廳，超市等的)自助式. Self-service is a very

convenient system for customers. 自助式對顧客而言是很方便的.
— adj. 自助式的. a self-service laundry 自助洗衣店/Everything in a cafeteria is self-service. 在自助餐廳一切都要自己來.

self·start·er [ˈsɛlfˈstartə; ˌselfˈstɑːtə(r)] n. C (汽車，摩托車等的)自動啟動裝置.

self·styled [ˈsɛlfˈstaɪld; ˌselfˈstaɪld] adj. 《限定》自稱的，自封的. a self-styled authority 自稱的權威.

self·suf·fi·cien·cy [ˌsɛlfsəˈfɪʃənsɪ; ˌselfsəˈfɪʃnsi] n. U **1** 自給自足. **2** 自滿.

self·suf·fi·cient [ˌsɛlfsəˈfɪʃənt; ˌselfsəˈfɪʃnt] adj. **1** 自給自足的. **2** 自滿的，過於自信的.

self·sup·port·ing [ˌsɛlfsəˈpɔrtɪŋ; ˌselfsəˈpɔːtɪŋ] adj. 自立的，自營的. a self-supporting woman (有職業的)自立的女性.

self·taught [ˈsɛlfˈtɔt; ˌselfˈtɔːt] adj. 自學的，自修的. a self-taught scholar 自學成功的學者.

self·tim·er [ˈsɛlfˈtaɪmə; ˌselfˈtaɪmə(r)] n. C (照相機的)自拍裝置，自動快門.

self·will [ˈsɛlfˈwɪl; ˌselfˈwɪl] n. U 任性；固執己見.

self·willed [ˈsɛlfˈwɪld; ˌselfˈwɪld] adj. 任性的；固執己見的.

self·wind·ing [ˈsɛlfˈwaɪndɪŋ; ˌselfˈwaɪndɪŋ] adj. 〔手錶等〕自動上發條的.

‡**sell** [sɛl; sel] v. (~s [~z; ~z]; sold; ~ing) vt. 【賣】**1** (a)賣，銷售，(↔ buy). I sold my house for forty thousand dollars. 我以四萬美元將我的房子賣出/Bananas were sold at ten cents apiece. 香蕉每根賣十分錢/sell cloth by the yard 布匹論碼出售. (b) 句型4 (sell A B)、句型3 (sell B to A)向A(人)賣B(物). Will you sell me your motorcycle? = Will you sell your motorcycle to me? 把你的摩托車賣給我好嗎？

2 出售；經營. Supermarkets sell a great variety of things. 超市販售各類商品/Do you sell stamps? (這裡)出售郵票嗎？

【推銷】**3** 促進銷路，推銷. Its high quality sells this product. 該產品的高品質促進了它的銷路.

4 《口》句型4 (sell A B)、句型3 (sell B to A/A on B)向A(人)兜售B(想法等)，使A(人)接受B(想法). I'll sell the boss this idea. = I'll sell this idea to the boss. = I'll sell the boss on this idea. 我將讓老闆接受這個想法.

【出賣，背叛】**5** 出賣，背叛，〔朋友，祖國等〕出賣(貞操，名譽等). sell one's own country 背叛祖國/sell one's soul(→ soul的片語).

6 《口》哄騙，欺騙，(通常用被動語態).

— vi. **1** 銷售，賣. They won't sell to minors at that liquor store. 那家酒店不賣酒給未成年者.

2 暢銷，銷路好. The new edition of this book

is *selling* well. 這本書的新版本很暢銷/This novel won't *sell*. 這本小說不會暢銷.

3 賣出; 售價; (*for, at*). The picture *sold for* two thousand dollars. 這幅畫賣了兩千美元/These grapefruits *sell at* seventy cents apiece. 這些葡萄柚每個賣七十分錢.

be sóld on... 熱中於…, 沈迷於….

sèll a person dòwn the ríver (口)背叛某人, 棄某人不顧.

sèll/.../óff 廉價出售〔存貨〕.

sèll/.../óut¹ (1)賣完…, …售聲. (2)(口)背叛….

sell óut² (1)(口)勾結(*to*). *sell out* to the enemy 與敵人勾結. (2)(比賽, 演出等)門票售完, 賣完. (*of*). The concert has *sold out*. 音樂會的門票售完了/I'm sorry, sir, but we've *sold out* of bread. 對不起, 先生, 麵包賣完了.

sell onesèlf (1)自我推銷. (2)(爲了金錢等)放棄自我主張, 出賣自己.

sèll/.../shórt (1)(股票)短期賣空…, (2)對…評價過低; 看扁, 輕視. *sell* oneself *short* 瞧不起自己. (3)騙(人).

sèll/.../úp¹ 變賣〔店等〕.

sèll úp² 關店; 拍賣出清.

● ——可表被動語態的不及物動詞

My car *sold* for two thousand dollars.
我的車賣了兩千美元.
This cloth *washes* well.
這布料很好洗.
如以上兩例, 一般與副詞(片語)或形容詞連用, 表示被動之意.
此類的不及物動詞:

bake	烤	compare	比較
cook	做菜	drive	駕駛
feel	感到	read	讀
tear	裂開		

— *n.* **1** C (通常用單數)(口)欺騙; 失望.
2 U 推銷術(→ hard [soft] sell).

***sell·er** [ˋsɛlɚ; ˈselə(r)] *n.* (*pl.* ~**s** [~z; ~z]) C
1 賣方, 銷售人, 販賣者, (↔ buyer).
2 暢銷品; (特指)暢銷書. a good [bad] *seller* 銷路好[差]的商品/a best *seller* 最暢銷商品.

sèllers' màrket *n.* C (通常用單數)賣方市場(供不應求, 有利於賣方的情況; ↔ buyers' market).

sélling pòint *n.* C 產品特色, 賣點, (推銷商品時所強調的長處).

sel·lo·tape [ˋsɛlə‚tep, ˋsɛlo-; ˈseləˌteɪp] *n.* U (英)(常 Sellotape)透明膠帶(商標名; → Scotch tape).

sell·out [ˋsɛl‚aʊt; ˈseləʊt] *n.* C (通常用單數)
1 售完; (入場券全部售完的)滿場(演出)(戲劇, 運動比賽等). **2** (口)背叛; 勾結; (*to*).

sel·vage [ˋsɛlvɪdʒ; ˈselvɪdʒ] *n.* C 編織物的邊,

布邊.

sel·vedge [ˋsɛlvɪdʒ; ˈselvɪdʒ] *n.* =selvage.

selves [sɛlvz; selvz] *n.* self 的複數.

se·man·tic [səˋmæntɪk; sɪˈmæntɪk] *adj.* 語義的, 有關語義的; 語義學的.

se·man·tics [səˋmæntɪks; sɪˈmæntɪks] *n.* (作單數)(語言, 哲學)語義學.

sem·a·phore [ˋsɛmə‚for, -‚fɔr; ˈseməfɔː(r)]
1 U 旗語. send a message by *semaphore* 以旗語傳達訊息.
2 C (鐵路的)臂板信號; 信號機.
— *vi.* 用旗語[信號機]通知.

sem·blance [ˋsɛmbləns; ˈsembləns] *n.* aU
1 外觀, 外型; 外表, 表面. The child bears the *semblance* of an angel. 這小孩有天使般的外貌.
2 類似, 相像.
in sémblance 外表上, 表面上.

se·men [ˋsimən; ˈsiːmən] *n.* U (生理)精液.

se·mes·ter [səˋmɛstɚ; sɪˈmestə(r)] *n.* C (美)(兩學期制的)半學年, 學期, (→ term). the first [the fall] *semester* 第一學期[秋季班](通常從 9 月至 1 月)/the second [the spring] *semester* 第二學期[春季班](通常從 2 月至 6 月).

semi- *pref.* 「半; 部分; 兩次」之意(→ demi-, hemi-). *semi*circle. *semi*monthly.

sem·i·an·nu·al [‚sɛmɪˋænjʊəl; ‚semɪˈænjʊəl] *adj.* 每隔半年的, 一年兩次的; 每隔半年發行的; 持續半年的.

sem·i·breve [ˋsɛmə‚briv; ˈsemɪbriːv] *n.* (英)(音樂)=whole note.

sem·i·cir·cle [ˋsɛmə‚sɝk; ˈsemɪˌsɜːkl] *n.* C 半圓(形).

sem·i·cir·cu·lar [‚sɛmə‚sɝkjʊlə; ‚semɪˈsɜːkjʊlə(r)] *adj.* 半圓(形)的.

***sem·i·co·lon** [ˋsɛmə‚kolən; ‚semɪˈkəʊlən] *n.* (*pl.* ~**s** [~z; ~z]) C 分號(；).

【●分號】
作用基本上介於 comma 和 period 之間, 置於兩個對等子句中間: It was six o'clock in the afternoon, the sun was low in the west. (午後六時; 太陽低掛於西方的天空)此二者爲兩個獨立的句子, 但想顯示相互的緊密關係時, 可用semicolon 來連接.
除非是在特殊狀況之下, 否則是不能用 comma 來連接對等子句的. 特別容易出錯之處是在像 It is only one year since he began to study French, however, he has already made remarkable progress. (他開始學法文不過一年, 但是有非常明顯的進步)這樣的句子中, ...study French; however, he has.... 的 however 之前一定要用 semicolon.

---

sem·i·con·duc·tor [‚sɛməkən‚dʌktɚ; ‚semɪkən'dʌktə(r)] *n.* C (物理)半導體.

sem·i·con·scious [‚sɛmə‚kɑnʃəs; ‚semɪˈkɒnʃəs] *adj.* 半清醒的; 半意識的.

sem·i·de·tached [‚sɛmədɪ‚tætʃt;

,semɪdɪ'tætʃt] *adj.* 《主英》〔房屋〕半獨立式的，雙拼式的，《兩戶房子共有一面隔牆，門朝同一方向》.

[semidetached houses]

sem·i·fi·nal [,sɛmə`faɪn]; ,semi`faɪnl] *adj.* 準決賽的.
— *n.* C 準決賽(→ final, quarterfinal).

sem·i·fi·nal·ist [,sɛmə`faɪnlɪst; ,semi`faɪnəlɪst] *n.* C 參加準決賽的選手.

sem·i·month·ly [,sɛmə`mʌnθlɪ; ,semi`mʌnθlɪ] *adj.* 每隔半個月的，一個月兩次的.
— *adv.* 每隔半個月地，一個月兩次地.
— *n.* (*pl.* -**lies**) C 半月刊(→ periodical 表).

sem·i·nal [`sɛmən]; `seminl] *adj.* **1** 精液(semen)的; 〔植物〕種子的.
2 會有發展的，有前途的.

sem·i·nar [`sɛmə,nɑr, ,sɛmə`nɑr; `seminɑ:(r)] *n.* C 研討會(大學等機構在教授等的指導下定期集會研究、討論的小組).

sem·i·nar·y [`sɛmə,nɛrɪ; `seminəri] *n.* (*pl.* -**nar·ies**) C 神學院(原為培養天主教神父的學校).

sem·i·of·fi·cial [,sɛmə`fɪʃəl; ,semiə`fɪʃl] *adj.* 〔聲明等〕半官方的，半官方半民間的.

sem·i·ot·ics [,simɪ`ɑtɪks; ,semɪ`ɒtɪks] *n.* 《作單數》符號學，符號論.

sem·i·pre·cious [,sɛmə`prɛʃəs; `semɪ,preʃəs] *adj.* 〔礦石〕次等寶石的(amethyst, garnet 等).

sem·i·pro·fes·sion·al [,sɛmɪprə`fɛʃnəl; ,semiprə`feʃnəl] *adj.* 半職業的.
— *n.* C 半職業的人.

sem·i·qua·ver [`sɛmə,kwevɚ; `semɪ,kweɪvə(r)] *n.* 《英》〔音樂〕sixteenth note.

Sem·ite [`sɛmaɪt, `si-; `si:maɪt] *n.* C 閃米特人，閃族人; 猶太人.

Se·mit·ic [sə`mɪtɪk; sɪ`mɪtɪk] *adj.* 閃米特人[族]的; 閃族語的; 猶太人的.

sem·i·tone [`sɛmə,ton; `semɪtəʊn] *n.* C《音樂》半音.

sem·i·trop·i·cal [,sɛmə`trɑpɪk]; ,semɪ`trɒpɪkl] *adj.* 亞熱帶的.

sem·i·vow·el [`sɛmə,vaʊəl, -,vaʊl, -,l; `semɪ,vaʊəl] *n.* C《語言學》半母音([w, j; w, j] 或美語發音的 [r; r] 等).

sem·i·week·ly [,sɛmə`wiklɪ; ,semɪ`wi:klɪ] *adj.* 每週的，一週兩次的.
— *adv.* 半週地，一週兩次地.
— *n.* (*pl.* -**lies**) C 半週刊.

---

sem·o·li·na [,sɛmə`linə; ,semə'li:nə] *n.* U 粗麵粉(粗麥粉; 義大利通心粉、布丁等的原料).

Sen. 《略》Senate; Senator; senior.

sen·ate [`sɛnɪt; 'senɪt] *n.* (*pl.* ~**s** [~s; ~s])《單複數同形》 **1** C (通常 the Senate) (美國的)參議院(各州限額兩名，任期為六年，每兩年改選三分之一; → congress); (美國兩院制的)州議會的上議院(加拿大，法國等的)上議院.
2 (加 the)元老院(古羅馬，希臘的).
3 C (大學的)評議(委員)會，理事會.
⇨ *adj.* **senatorial**.

sen·a·tor [`sɛnətɚ; 'senətə(r)] *n.* (*pl.* ~**s** [~z; ~z]) C **1** (常 Senator) (美國的)參議院議員(⟷ representative). He is a *Senator* from the State of California. 他是加州選出來的參議員.
2 (常 Senator) (古羅馬的)元老院議員.
3 (大學的)評議委員，理事.
⇨ *adj.* **senatorial**.

sen·a·to·ri·al [,sɛnə`torɪəl, ,sɛnɪ-, -`tor-; ,senə`tɔ:rɪəl] *adj.* **1** 上議院(議員)的. **2** 元老院(議員)的. **3** (大學的)評議員的.
⇨ *n.* **senate, senator**.

send [sɛnd; send] *v.* (~**s** [~z; ~z]; **sent**; ~**·ing**) *vt.* 『 送 』 **1** (a)寄，送; 送發，發出; (⟷ receive). Bill *sent* the parcel by airmail. 比爾以航空郵件寄出包裹/*send* a message 發出一個消息/*send* a telegram 打電報/I'll *send* you home in my car. 用我的車送你回家(自己送車的情況通常是說 I'll drive you home (in my car).).
(b) 句型4 (send A B)、句型3 (send B to A) 將B(物)送給[寄 給]A(人). Jane *sent* me some picture postcards. 珍寄給我幾張風景明信片/Jane *sent* some picture postcards *to me*. = Jane *sent* me some picture postcards. = Jane *sent* some picture postcards *to me*. 珍寄給我幾張風景明信片/George asked his mother to *send* him fifty dollars.= George asked his mother to *send* fifty dollars *to him*. 喬治要求他母親寄五十美元給他.
2 射〔箭等〕; 打[投] 〔球等〕; 發射〔子彈等〕. *send* an arrow 射箭/The slugger *sent* the ball into the bleachers. 那位打擊者將球打到了觀眾席裡.
『 使前往 』 **3** (a)讓〔人〕去，派遣，打發. *send* an ambassador abroad 派大使到國外/I'll *send* my secretary with a message for you. 我將派我的祕書送個信給你/Shall I *send* round a car for you? 要我派車子去接你嗎?
(b) 句型4 (send A B)、句型3 (send B to A) 讓B(人)去A(地點)，派遣B(人)去A(地點). I'll *send* him a messenger. = I'll *send* a messenger *to him*. 我將派個信差到他那兒/*send* one's daughter to school 送女兒到學校.
(c) 句型5 (send A *to* do)使A(人)去做…. We *sent* Jim *to* buy some milk. 我們叫吉姆去買點牛奶/I was *sent* *to* pick up our guests. 我被派去開車接客人.
『 使處於某狀態 』 **4** 句型3 (send A *to* [*into*]

B)使 A(人)成爲 B 的狀態. 句型5 (send **A** B/A do*ing*)使 A(人)處於 B(狀態), 使 A 陷入 B/使 A (人)做···. *send* a child *to* sleep 哄孩子睡覺/*send* a person *into* a rage 使某人勃然大怒/His conduct *sent* us mad. 他的行爲使我們發狂/My punch *sent* him *reeling*. 我的一擊使他搖搖晃晃.

5 【使處於興奮狀態】《口》〔特指繪畫、音樂〕使興奮, 使心蕩神馳. That jazz really *sent* me! 那爵士樂眞使人興奮!

6 《雅》(a) 句型5 (send **A** B) 〔神〕賜 A(人)處於 B(狀態). *Send* her [him] victorious! 賜予女王 [國王]勝利吧!《英國國歌中的一句》.
(b) 句型4 (send **A** B)、句型3 (send **B** *to* **A**)〔神〕賜 A(人)以 B. God *send* us rain [good health]! 上帝賜予我們雨[健康]吧!《★此 send 和(c)的 send 一樣, 爲表現願望的現在假設法》.
(c) 句型3 (send *that* 子句)但願〔神〕···. Heaven *send* that it may not be so. 上帝保佑, 但願不要這樣.

— *vi.* 遣[派]人; 寄信(*to; to do*). We *sent* to inquire after him. 我們派人去找他.

* **sènd/.../awáy** (1)驅逐···; 解雇···. (2)把···派往遠方, 派遣···. *send* one's son *away* to England 把兒子送往英格蘭.

sènd awáy for... 透過郵局[郵購]訂貨.

sènd/.../dówn (1)使(物價等)下降. (2)《英》勒令 [大學生]退學[休學].

* **sénd A for¹** 派 A 叫 B. 派 A 拿 B. I'll *send* my girl *for* the record. 我會叫我女兒去拿唱片.

* **sénd for²...** 訂貨; 召喚···. *send for* a record from a company 向公司訂唱片/We must *send for* a doctor. 我們必須請位醫生來.

* **sénd/.../fórth** (1)送走···; 派遣···; 發送···. (2)長出[葉, 芽]. (3)放出, 發出, [光, 香味等]. The moon was *sending forth* its pale beams. 月亮放出淡淡的光芒.

* **sénd/.../ín** (1)讓···進屋. *Send* him *in*. 讓他進來. (2)提出; 遞交···. *send in* one's resignation 遞交辭呈. (3)發表[作品等].

* **sénd/.../óff** (1)寄出[郵件等]. I *sent* the parcel *off* by airmail. 我以航空郵件將包裹寄出. (2)送行. She *sent* her children *off* to school. 她送孩子們去上學. (3)驅逐···.

sènd/.../ón 送回[信件等].

sènd óut¹ 派出(*for* 去拿···).

sènd/.../óut² 寄出···, 送出···; 放出[光, 香味等]; 發出(信號); [樹]長出[葉, 芽].

sènd a pèrson pácking → pack 的片語.

sènd/.../úp (1)揚起[煙等]. (2)提高[價錢等]; 使上升. The war *sent up* prices. 戰爭使物價上漲. (3)發射[衛星等]; 傳[球]. (4)《美、口》把···送進監獄. (5)《英》取笑; 《模仿別人》使可笑.

sènd wórd 轉達給(人), 傳達.

send·er [`sɛndɚ; 'sendə(r)] *n.* C **1** 《文章》發送者, 發信人. **2** 發信機; 傳播機; 發報機.

↔ receiver.

send-off [`sɛnd͵ɔf; 'sendɒf] *n.* (*pl.* ~**s**) C 《口》送行, 送別; 歡送會; (事業等)開始前的預祝. We gave him a good *send-off* at the airport. 我們在機場隆重地歡送他.

Sen·e·ca [`sɛnɪkə; 'senɪkə] *n.* 塞內卡(4? B.C. –A.D. 65)《古羅馬的文人、政治家》.

Sen·e·gal [͵sɛnɪ`gɔl; ͵senɪ'ɡɔːl] *n.* 塞內加爾《非洲西部的國家; 首都 Dakar》.

se·nile [`sɪnaɪl, -nɪl, -nl; 'siːnaɪl] *adj.* 老年的; 衰老的.

se·nil·i·ty [sə`nɪlətɪ, sɪ-; sɪ'nɪlɪtɪ] *n.* U 衰老, 老年.

✲sen·ior [`sɪnjɚ; 'siːnjə(r)] *adj.* **1** 年長的《*to*》; 年老的. Jack is *senior to* me by three years. = Jack is three years *senior to* me. 傑克比我大三歲.

2 年長那方的; 父親那方的. James Moore, *Sen.* [*Sr.*] 大詹姆斯·摩爾; 老詹姆斯·摩爾. [語法]爲區別出同名中的年長者, 多將 senior 加在姓名之後; 通常略作 Sen., Sr.等; ↔ junior.

3 前任的; 前輩的, 老資格的; 高年級的. the *senior* congressman from Arkansas 阿肯色州選出的資深參議員/a *senior* man [student] 《英國大學的》高年級學生/*senior* classes 高年級/a *senior* partner (共同經營的律師事務所, 合股公司等)總經理, 職員代表, 《→ junior *adj.* 2》.

4 《美》(大學, 高中的)最高年級(學生)的.

— *n.* (*pl.* ~**s** [~z; ~z]) C **1** (通常加 my, his 等)年長者; 長老; 《↔ junior》. Susan is my *senior* by two years. = Susan is two years my *senior*. 蘇珊比我大兩歲[高兩個年級]/the village *seniors* 村裡的長老們.

2 (通常加 my, his 等)學長; 前輩; 上司, 長官; 《英》高年級學生(grammar school, public school 的).

3 《美》(大學, 高中的)最高年級的學生. [參考]四年制從低到高爲 freshman, sophomore, junior, senior; 三年制沒有 sophomore, 兩年制只有 junior 和 senior.

[字源]SEN 「年長的」: *senior*, *senile* (老年的), *senate* (元老院).

sènior cítizen *n.* C 《委婉》高齡者《通常指男子六十五歲, 女子六十歲以上的退休者》.

sènior hígh schòol *n.* C 《美》高中(sènior hígh, 亦可僅作 hígh schòol; → school [表]).

se·nior·i·ty [sɪn`jɔrətɪ, -`jɑr-; ͵siːnɪ'brætɪ] *n.* U **1** 年長; 前輩, **2** 資歷, **◊** *adj.* senior.

sen·na [`sɛnə; 'senə] *n.* **1** C《植物》番瀉樹(山扁豆屬植物; 產於阿拉伯、非洲的豆科草本). **2** U (乾燥的) 番瀉樹葉(瀉藥).

se·ñor [sen`jɔr; se'njɔːr] (西班牙語) *n.* (*pl.* **se·ñor·es** [-`jɔrez; -'njɔːrez]) **1** (Señor)《加在姓名前》···氏, ···先生, 《相當於英語的 Mr.的敬稱; 略作 Sr.》; 先生, 閣下, 《相當於英語中 sir 的稱呼》. **2** C 紳士.

se·ño·ra [sen`jɔrə, -`jɔrə; sen'jɔːrə]《西班牙語》 *n.* **1** (Señora)《加在姓名前》···夫人, ···太太, 《相

當於英語中Mrs. 的敬稱). **2** ⓒ淑女, 已婚婦女.

se·ño·ri·ta [ˌsɛnjəˈritə; ˌsenjəˈriːtə] (西班牙語)
n. **1** (Señorita)《加在姓名前》…小姐(相當於英語
中Miss的敬稱). **2** ⓒ小姐.

✲sen·sa·tion [sɛnˈseʃən; senˈseɪʃn] *n.* (*pl.* ~**s**
[~z; ~z])【感覺】 **1** ⓊⒸ(五
官的)感覺, 知覺. He had no *sensation* in the
legs. 他的雙腿失去了知覺.

> 搭配 *adj.*+sensation: a burning ~ (灼熱的感
> 覺), a stinging ~ (刺痛的感覺), a tickling ~
> (麻癢的感覺) // *v.*+sensation: feel a ~ (感覺
> 到…), produce a ~ (產生感覺).

2 Ⓤ(寒冷, 目眩等的)感覺; 感受, 心情. I felt
a *sensation* of dizziness. 我感到頭暈/a *sensation*
of happiness 幸福感.
【感動】 **3** ⒶⓊ轟動, 激動; ⓒ轟動一時的事
件. The scandal created [made] quite a *sensa-
tion*. 那件醜聞引起了轟動.
↪ *adj.* **sensational**.

✲sen·sa·tion·al [sɛnˈseʃənəl; senˈseɪʃənl] *adj.*
1 感覺的, 知覺的.
2 在社會上引起轟動的, 激動的. The news was
sensational. 這則消息引起了轟動.
3 《口》好極了. The food is *sensational* at that
new restaurant! 那家新開的餐館榮棒極了!

sen·sa·tion·al·ism [sɛnˈseʃənəlˌɪzəm, -ʃnəl-;
senˈseɪʃnəlɪzəm] *n.* Ⓤ **1** 煽動主義(文學, 藝術,
政治等); 煽情的文體. **2** 譁眾寫實.

sen·sa·tion·al·ist [sɛnˈseʃənəlɪst, -ʃnəl-;
senˈseɪʃnəlɪst] *n.* ⓒ 寫煽情的文章者; 好譁眾取寵
的人.

sen·sa·tion·al·ly [sɛnˈseʃənəlɪ; senˈseɪʃnəlɪ]
adv. 煽情地.

✲sense [sɛns; sens] *n.* (*pl.* **sens·es** [~ɪz; ~ɪz])
【感覺】 **1** ⓒ 感覺《五種感覺功能之
一》; 感覺器官. The five *senses* are sight, hear-
ing, smell, taste, and touch. 五種感覺功能是指視
覺, 聽覺, 嗅覺, 味覺, 觸覺/the sixth *sense* 第六
感/the pleasures of the *senses* 感官的愉悅.
2 ⒶⓊ感覺, 心情. a *sense* of hunger 飢餓感/a
sense of uneasiness 不安感.
3 ⒶⓊ感受, 感覺; 觀念, 意識. a *sense of*
beauty 美感, 審美觀/have a strong *sense* of
responsibility 有強烈的責任感/He has no *sense*
of right and wrong. 他沒有是非觀念.
【正常的感覺】 **4** (用 my [his] senses 等) 理
智; 精神上穩定的狀態. lose one's *senses* 失去知
覺; 發狂; 失去理智/At last Mary recovered her
senses. 瑪莉終於恢復了理智.
5 Ⓤ辨別, 思慮, 判斷力, 常識; (做某事應有
的)價值, 意義, 道理. a man of *sense* 有判斷力
者, 通情達理者/common *sense* 常識/There is
some *sense* in what you say. 你說的也有些道理.
【情緒 > 意向】 **6** Ⓤ(整個集體的)意見, 意向;
輿論. take the *sense* of the meeting 徵集與會者
的意見.
7 【內在的意圖】ⓒ (詞句的)意思, 意義. in the
broadest *sense* of the word 就此字的廣義上而言/

He is a gentleman in every *sense* of the word.
他是一個名副其實的紳士.
圖在表示「意義」的詞中, meaning 為含義最廣的用
詞, sense 則指語言的特定意義.
↪ *adj.* **sensible, sensitive, sensory, sensuous**.
***brìng** a pèrson **to his sénses** 使人恢復理智; 使
人覺醒過來.
***còme to** one's **sénses** 醒悟, 恢復理智; 恢復意識.
***✲in a sénse** 在某種意義上; 有些. He is, *in a sense*,
a great man. 就某種意義上來說, 他還算是個偉人.
***màke sénse** 〔話等〕有意義, 講得通; 〔事情〕符合
情理. It *makes sense* to save money for one's
old age. 為老年生活而儲蓄是明智的.
***màke sénse (òut) of…** 理解…(通常用於否定句,
疑問句).
***òut of** one's **sénses** 精神錯亂.
***tàlk sénse**《口》言之有理, 說合理的話.
── *vt.* **1** 感覺, 知覺, 察覺到; 句型3 (sense
that 子句/*wh* 子句, 片語)察覺到…. My dog
began to sense the danger. 我的狗開始察覺有危
險. **2** 《機械》檢測. **3** 《美》理解(understand).
字源 SENS「感知」: *sense*, *sensation* (感覺),
sensitive (敏感的), *senseless* (無感覺的).

✲sense·less [ˈsɛnslɪs; ˈsenslɪs] *adj.* **1** 失去意識
的, 無感覺的. fall *senseless* 昏倒, 昏迷倒下.
2 愚蠢的, 無知的, (↔ sensible). That's a
senseless thing to do. 那真是一件蠢事.

sense·less·ly [ˈsɛnslɪslɪ; ˈsenslɪslɪ] *adv.* 愚蠢
地; 無意識地.

sènse óbject *n.* ⓒ《文法》意義受詞.

sènse órgan *n.* ⓒ感官(眼, 耳, 舌等).

sènse súbject *n.* ⓒ《文法》意義主詞.

✲sen·si·bil·i·ty [ˌsɛnsəˈbɪlətɪ; ˌsensɪˈbɪlətɪ] *n.*
(*pl.* **-ties** [~z; ~z]) **1** Ⓤ(神經等的)感覺(力);
敏感, 感受性, (*to* 對於…). *sensibility* to exter-
nal stimuli 對於外在刺激的感受性.
2 ⓒ (常 sensibilit*ies*)(藝術家等的)敏銳的感覺,
感受性; 纖細的情感, 神經過敏; 多愁善感.

✲sen·si·ble [ˈsɛnsəbl; ˈsensəbl] *adj.* **1** 《人,
人的行動等》通情達理的, 明智的,
符合情理的, (↔ senseless);《服裝等》實用的; 適
合的(*for*). It is *sensible* of you to follow her
advice. 你聽從她的勸告是明智的/*sensible* shoes
for walking 適合步行的鞋子. 圖 sensible 的重點
在於適切的判斷及合乎道理; → **clever**.

> 搭配 sensible+*n.*: a ~ choice (明智的選擇),
> a ~ decision (明智的決定), a ~ idea (明智的
> 想法), a ~ solution (合乎情理的解決方式), a
> ~ suggestion (明智的提案).

2 可覺察的; 感覺得到的, 明顯的. There was a
sensible decrease in temperature. 氣溫明顯下降.
3 《敘述》《文章》覺察到; 領悟; (*of*) (aware).
She is *sensible of* her fiancé's weakness for
alcohol. 她察覺到她的未婚夫愛喝酒.
↪ *n.* **sensibility, sense**.

sen·si·bly [ˈsɛnsəblɪ; ˈsensəblɪ] *adv.* **1** 通情達理地，明智地；理智地. The weather being so changeable, the race was *sensibly* postponed until today. 天氣多變，比賽延期到今天是明智的. **2** 明顯地，顯著地.

****sen·si·tive** [ˈsɛnsətɪv; ˈsensɪtɪv] *adj.* **1** 善感的，敏感的，容易受傷的；過敏的((to)). a *sensitive* girl 多愁善感的女孩/She has *sensitive* skin. 她的肌膚很敏感/Dogs are *sensitive* to smell. 狗對氣味很敏銳.

2 神經過敏的；易發怒的；((to))；在意的. a *sensitive* teacher 容易發火的老師/Don't be so *sensitive* to criticism. 別對批評那麼在意.

3 反應靈敏的，〔機械等〕靈敏度高的；〔底片〕感光的. Mercury is *sensitive* to changes in temperature. 水銀對氣溫變化反應靈敏.

4 涉及(政府等的)機密的. people in *sensitive* positions in the government 位居政府機密職位的人們.

sen·si·tive·ly [ˈsɛnsətɪvlɪ; ˈsensɪtɪvlɪ] *adv.* 敏感地；過敏地.

sen·si·tive·ness [ˈsɛnsətɪvnɪs; ˈsensɪtɪvnɪs] *n.* Ⓤ敏感；過敏.

sénsitive plánt *n.* Ⓒ含羞草.

sen·si·tiv·i·ty [͵sɛnsəˈtɪvətɪ; ͵sensɪˈtɪvətɪ] *n.* Ⓤ **1** 敏感性，感受性.

2 (收音機)靈敏度；(攝影)感光度.

sen·si·tize [ˈsɛnsə͵taɪz; ˈsensɪtaɪz] *vt.* **1** 使敏感. **2** (攝影)使具感光性質.

sen·sor [ˈsɛnsɚ; ˈsensə(r)] *n.* Ⓒ感應器(可反應出物理性刺激的檢測器).

sen·so·ry [ˈsɛnsərɪ; ˈsensərɪ] *adj.* 感覺的，知覺的. *sensory* organs 感官/*sensory* nerve 感覺神經.

sen·su·al [ˈsɛnʃʊəl; ˈsensjʊəl] *adj.* **1** 肉感的，性感的；感官的((↔ spiritual)). **2** 沈溺於肉慾的，好色的. 回性的含義較強；→ sensuous.

sen·su·al·ist [ˈsɛnʃʊəlɪst; ˈsensjʊəlist] *n.* Ⓒ沈溺於肉慾的人，好色者.

sen·su·al·i·ty [͵sɛnʃʊˈælətɪ; ͵sensjʊˈæləti] *n.* Ⓤ肉慾，好色；感官性；((↔ spirituality)).

sen·su·ous [ˈsɛnʃʊəs; ˈsensjʊəs] *adj.* (雅) **1** 訴諸感覺的，憑感覺的. **2** 感覺敏銳的，具敏銳審美能力的. 回不含性的意思，但是有時也迂迴用來指 sensual 的意思.

sen·su·ous·ly [ˈsɛnʃʊəslɪ; ˈsensjʊəslɪ] *adv.* 感覺性地.

sent [sɛnt; sent] *v.* send 的過去式、過去分詞.

✻sen·tence [ˈsɛntəns; ˈsentəns] *n.* (*pl.* **-tenc·es** [~ɪz; ~ɪz])

〖判斷〗 **1** 〖判斷的表達〗Ⓒ(文法)句子(→見文法總整理 **1**).

〖图鑑〗 *v.*+sentence: compose a ~ (造句), write a ~ (寫句子), polish a ~ (潤飾句子), rewrite a ~ (重寫句子), quote a ~ (引用句子).

2 ⓊⒸ(法律)判決，宣判；刑罰；(→ convict

〖參考〗). a *sentence* of death＝a death *sentence* 死刑的判決/a life *sentence* 無期徒刑/His son is serving his *sentence*. 他兒子正在服刑.

〖图鑑〗 *adj.*+sentence: a heavy ~ (重刑), a severe ~ (嚴格的判決), a light ~ (輕微的判決) // *v.*+sentence: carry out a ~ (執行判決), suspend a ~ (緩刑).

pàss [gìve, pronòunce] séntence upon [on] … 判決…，宣判….

— *vt.* (**-tenc·es** [~ɪz; ~ɪz]; **~d** [~t; ~t]; **-tenc·ing**) 判決；宣判；((to 〔刑罰〕))；句型5 (sentence A *to* do)對A(人)宣判；(常用被動語態). The defendant was *sentenced* to death. 被告被宣判死刑/He was *sentenced* to pay a fine of 300 dollars. 他被判罰款 300 美元.

sen·tenc·ing [ˈsɛntənsɪŋ; ˈsentənsɪŋ] *v.* sentence 的現在分詞、動名詞.

sen·ten·tious [sɛnˈtɛnʃəs; senˈtenʃəs] *adj.* 〔人，說話方法等〕裝模作樣的，說教式的.

sen·ten·tious·ly [sɛnˈtɛnʃəslɪ; senˈtenʃəslɪ] *adv.* 裝模作樣地.

sen·tient [ˈsɛnʃənt, -ʃɪənt; ˈsenʃnt] *adj.* 有感覺〔知覺能力〕的.

*✻***sen·ti·ment** [ˈsɛntəmənt; ˈsentɪmənt] *n.* (*pl.* ~s [~s; ~s]) 〖情緒，情感〗 **1** ⓊⒸ感情，情感，心情；情緒；情操. a hostile *sentiment* 敵意/religious *sentiment* 宗教情感/True art appeals to *sentiment*. 真正的藝術要訴諸情感/Mary is a girl full of *sentiment*. 瑪莉是個情緒豐富的女孩.

回 sentiment 指富含情緒因素的心情；→ feeling.

2 〖易動感情〗Ⓤ感傷，心軟. There is no place for *sentiment* in business affairs. 做生意不談感情.

〖心情＞想法〗 **3** Ⓒ(通常 sentiments)(關於…的)意見，感想，((on)). I gave him my *sentiments* on the subject. 我向他表達了對這問題的觀感.

〖表達心情的文句〗 **4** Ⓒ(常用 sentiments)問候(語). a New Year's card with a suitable *sentiment* 寫有新年祝福的賀年卡.

*✻***sen·ti·men·tal** [͵sɛntəˈmɛnt!; ͵sentɪˈment!] *adj.* **1** 〔人〕傷感的，多愁善感的；易動情的，善感的. Old people are *sentimental* about the past. 老人易為往事傷感.

2 〔作品等〕催人落淚的，傷感的，多愁善感的. for *sentimental* reasons (非道理上的)出於情感上的理由.

sen·ti·men·tal·ism [͵sɛntəˈmɛnt!͵ɪzəm; ͵sentɪˈmentəlɪzəm] *n.* Ⓤ感情主義，情緒主義；多愁善感，動輒落淚.

sen·ti·men·tal·ist [͵sɛntəˈmɛnt!ɪst; ͵sentɪˈmentəlɪst] *n.* Ⓒ傷感的人，易動情的人.

sen·ti·men·tal·i·ty [͵sɛntəmɛnˈtælətɪ, -mən-; ͵sentimenˈtæləti] *n.* Ⓤ(常表輕蔑)傷感的事；多愁善感；情緒性.

sen·ti·men·tal·ize [͵sɛntəˈmɛnt!͵aɪz; ͵sentɪˈmentəlaɪz] *v.* (輕蔑) *vt.* 感傷地考慮〔行事，演出〕.

— *vi.* 傷感((over, about)). *sentimentalize* about

one's childhood 想到童年就傷感.

sen·ti·men·tal·ly [ˌsɛntə`mɛntl̩ɪ; ˌsentɪ`mentəlɪ] adv. 感傷地; 感情用事地.

sen·ti·nel [`sɛntən̩; `sentinl] n. ⓒ《雅、古》步哨, 衛兵, (★現在軍隊用 sentry).

sen·try [`sɛntrɪ; `sentri] n. (pl. **-tries**)《軍隊》ⓒ哨兵, 衛兵; ⓤ哨兵的任務.
on séntry 站崗.

séntry bòx n. ⓒ哨亭, 崗哨.

Se·oul [sol, se`ol; səul] n.首爾《大韓民國首都》.

se·pal [`sipl; `sepəl] n. ⓒ《植物》萼片(→ flower 圖).

sep·a·ra·ble [`sɛpərəbl̩, `sɛprə-; `sepərəbl] adj. 能分離[區別]的《from》.

sep·a·ra·bly [`sɛpərəblɪ, `sɛprə-; `sepərəbli] adv. 有分別[區別]地.

‡**sep·a·rate** [`sɛpə͵ret, -pret; `sepəreit] (★與 adj. 的發音不同) v. (**~s** [~s; ~s]; **-rat·ed** [~ɪd; ~ɪd]; **-rat·ing**) vt.
〖分離〗**1** 使分離, 分開, 隔開; 劃分;《from》. separate cream from milk 從牛奶中分離出奶油/There is a stone wall separating the two gardens. 石牆分隔了兩座花園/Japan is separated from the Asian Continent by the Sea of Japan. 日本以日本海與亞洲大陸分隔. 回 separate 通常用於分離有獨立性的東西: separate the boys from the girls (把男孩和女孩分開); → divide.
2 使〔家族等〕分別, 拆散; 挑撥離間. She was separated from her father when she was very young. 她在年幼時就與她父親分離.
〖區分〗**3** 區分, 隔開; 區別, 識別; 分類. separate a class into two parts 將一個班級一分為二/Taipei is not clearly separated into residential and business quarters. 臺北的住宅區和商業區無明顯區別.
—— vi. **1** 離別《into》; 分離, 別離; 分散; 獨立;《from》. An orange separates (up) into ten or twelve sections. 一個橘子剝開有十至十二瓣/America separated from England in the eighteenth century. 美國於 18 世紀從英國獨立.
2 〔人〕別離; 散會; 〔夫妻〕分居; 〔家族〕分離. We talked until midnight and then separated. 我們談到深夜才散會[分手].
—— [`sɛprɪt, `sɛpərɪt; `seprət] adj. **1** 分別的, 離別的, 分離的, 《from》. Keep the boys separate from each other or they'll quarrel. 如果不把孩子們分開他們會吵架的.
2 各自的, 個別的; 獨立的; 其他的, 不同性質的. Children want separate rooms. 孩子希望有各自的房間/two separate problems 兩個獨立的問題.

*‡**sep·a·rate·ly** [`sɛprɪtlɪ, -pər-; `sepratlɪ] adv. 各自地, 單獨地; 分別地《from》. The two issues cannot be considered separately (from each other). 這兩個問題不能分開考量.

sep·a·rates [`sɛpə͵rets; `sepəreits] n.《作複數》可成套穿, 亦可上下拆裝穿的(女性)服裝.

sep·a·rat·ing [`sɛpə͵retɪŋ, -prɪt-; `sepəreitɪŋ] v. separate 的現在分詞、動名詞.

---

*‡**sep·a·ra·tion** [ˌsɛpə`reʃən; ͵sepə`reiʃn] n. (pl. **~s** [~z; ~z]) **1** ⓤⓒ分離; 隔離; 分類; 區別; 獨立. the separation of powers 三權分立.
2 ⓤ《法律》(夫妻的)分居; 別離《from》. They began to live together again after a separation of two years. 他們在分居兩年後又開始住在一起.
3 ⓒ分離處, 分歧點; 裂縫. the deep separations in the plateau's rocky surface 高原岩石表面的深裂縫. ⇨ v. separate.

sep·a·ra·tism [`sɛpərə͵tɪzəm, `sɛprə-; `sepərətizəm] n. ⓤ(政治、宗教上的)分離主義, 獨立主義.

sep·a·ra·tist [`sɛpərə͵tɪst; `sepərətist] n. ⓒ分離主義者, 主張獨立的人.

sep·a·ra·tor [`sɛpə͵retɚ; `sepəreitə(r)] n. ⓒ使(物)分離的人[物]; 分離器(特指從牛奶中提取奶油).

se·pi·a [`sipɪə; `si:pjə] n. ⓤ **1** (取自於烏賊墨汁的)深棕色顏料.
2 烏賊墨色, 深棕色, (→見封面裡).

sep·sis [`sɛpsɪs; `sepsɪs] n. ⓤ《醫學》敗血症.

Sept. (略) September.

‡**Sep·tem·ber** [sɛp`tɛmbɚ, səp-; sep`tembə(r)] n. 9 月(略作 Sept.; 9 月的由來見 month 表). in September 在 9 月.
★日期的寫法、讀法→ date[1] ◉.

sept(i)- 《構成複合字》「七…」之意(母音之前則用 sept-).

sep·tet [sɛp`tɛt; sep`tet] n. ⓒ《音樂》七重唱[奏]; 七重唱[奏]團; (→ solo).

sep·tic [`sɛptɪk; `septik] adj. 《醫學》腐敗性的; 敗血性的.

sep·ti·ce·mi·a (美), **sep·ti·cae·mi·a** (英) [ˌsɛptə`simɪə, ͵septɪ`si:mɪə] n. ⓤ《醫學》敗血症.

séptic tànk n. ⓒ(利用細菌的)化糞池.

sep·tu·a·ge·nar·i·an [ˌsɛptʃuədʒə`nɛrɪən, -`ner-; ͵septjuədʒɪ`neəriən] n. ⓒ七十(多)歲的人.

sep·ul·cher (美), **sep·ul·chre** (英) [`sɛplkɚ; `sepəlkə(r)] n. ⓒ《古》墓. the (Holy) Sepulcher 聖墓(基督之墓). 回 特指挖掘岩洞, 用石頭或磚瓦所造之物; → grave[1].

se·pul·chral [sə`pʌlkrəl; sɪ`pʌlkrəl] adj. 《文章》**1** 墳墓的; 埋葬的.
2 〔表情, 聲音等〕陰沉的.

sep·ul·chre [`sɛplkɚ; `sepəlkə(r)] n. (英) = sepulcher.

se·quel [`sikwəl; `si:kwəl] n. ⓒ **1** (小說, 電影等的)續篇, 續集. the sequel to that novel 那部小說的續篇. **2** 結果, 後果. in the sequel 結局.

*‡**se·quence** [`sikwəns; `si:kwəns] n. (pl. **-quenc·es** [~ɪz; ~ɪz]) **1** ⓒ一連串的事物[事情], 連續的事情[事物]. a sequence of tragedies 一連

S

串的悲劇/feed a *sequence of* numbers into a computer 將一連串的數字輸入電腦.

2 Ⓤ順序. in alphabetical *sequence* 按字母順序.

3 Ⓤ結果; 結論.

4 Ⓒ《紙牌》同花色且點數相連的三張以上的牌.

in séquence 連續地, 相繼地.

sèquence of ténses *n.* (加 the)《文法》時態的一致(→見文法總整理 **6. 4**).

se·quent [`sikwənt; 'si:kwənt] *adj.*《文章》**1** 下一個的; 繼續的.

2 連續發生的; 衍生爲⋯結果的.

se·quen·tial [sɪ`kwɛnʃ; sɪ'kwenʃl] *adj.* **1** 連續的; 規則地發生的.

2 衍生出(結果)的.

se·ques·tered [sɪ`kwɛstəd; sɪ'kwestəd] *adj.*《雅》退隱的, 與世隔絕的.

se·ques·trate [sɪ`kwɛstret; sɪ'kwestreɪt] *vt.*《法律》暫時扣押(財產等); 沒收, 接收;《通常用被動語態》.

se·ques·tra·tion [sɪ,kwɛs`treʃən, ,sikwɛs-, ,si:kwe'streɪʃn] *n.* Ⓤ Ⓒ《法律》(暫時的)扣押; 沒收, 接收.

se·quin [`sikwɪn; 'si:kwɪn] *n.* Ⓒ亮片(spangle)《縫在衣服上裝飾用的金屬小圓片》.

se·quoi·a [sɪ`kwɔɪə, sɪ'kwɔɪə; sɪ'kwɔɪə] *n.* Ⓒ紅杉《產於美國加利福尼亞州的巨樹, 有 big tree (巨杉) 和 redwood (美洲杉) 兩種, 樹齡超過 300-500 年, 有的樹高超過 100 公尺》.

[sequoia]

se·ra [`sɪrə; 'sɪrə] *n.* serum 的複數.

se·rag·lio [sɪ`ræljo, -`rɑl-; se'rɑ:lɪəʊ] *n.* (*pl.* ~s) Ⓒ閨房(harem).

ser·aph [`sɛrəf; 'serəf] *n.* (*pl.* ~s, -a·phim) Ⓒ《雅》六翼天使《最高位的天使; → angel》.

se·raph·ic [sə`ræfɪk, sɛ-; se'ræfɪk] *adj.*《雅》六翼天使的;〔微笑, 孩子等〕天使般的, 神般的.

ser·a·phim [`sɛrə,fɪm; 'serəfɪm] *n.* seraph 的複數.

ser·e·nade [,sɛrə`ned; ,serə'neɪd] *n.* Ⓒ小夜曲《夜晚時男子在戀人窗下唱的[演奏的]抒情曲》.

— *vt.* 對⋯唱[演奏]小夜曲.

ser·en·dip·i·ty [,sɛrən`dɪpətɪ, ,serən'dɪpətɪ] *n.* Ⓤ意外發現(寶藏, 財產等)的好運氣.

***se·rene** [sə`rin; sɪ'ri:n] *adj.* **1**《天空》晴空萬里的, 晴朗的;〔風, 空氣等〕平靜的, 風和日麗的;〔海〕恬靜的, 寧靜的. The sky is *serene*. 晴空萬里/the *serene* waters 風平浪靜.

2〔表情, 生活等〕沈著的, 安詳的, 安定的. a *serene* look 安詳的神情/lead a *serene* life 過寧靜

的生活. ⋄ *n.* **serenity**.

se·rene·ly [sə`rinlɪ; sɪ'ri:nlɪ] *adv.* 晴朗地; 風和日麗地; 沈著地.

se·ren·i·ty [sə`rɛnətɪ; sɪ'renətɪ] *n.* Ⓤ **1** 晴朗; 風和日麗, 恬靜. the *serenity* of the lake district 湖畔的恬靜. **2** (心情的)鎮定, 沈著. She looked at me with complete *serenity*. 她沈靜地看著我. ⋄ *adj.* **serene**.

serf [sɝf; sɜ:f] *n.* (*pl.* ~s) Ⓒ農奴(17, 18 世紀在東歐與土地一起被販賣的社會最底層的農民).

serf·dom [`sɝfdəm; 'sɜ:fdəm] *n.* Ⓤ農奴的身分; 農奴制.

serge [sɝdʒ; sɜ:dʒ] *n.* Ⓤ嗶嘰(一種斜紋料子). a blue *serge* suit 藏青色嗶嘰西服.

***ser·geant** [`sɑrdʒənt; 'sɑ:dʒənt] *n.* (*pl.* ~s [~s]) Ⓒ **1** (陸軍、海軍的)上士、中士級的)士官《略作 Sgt.》. ★《口》中爲 sarge.

2 巡佐, 警官, 《在英國位階在爲 constable 之上, inspector 之下》. The *sergeant* was there with two men from Scotland Yard. 巡邏長和兩位從倫敦警察廳來的男子在那裡.

sèrgeant májor *n.* (*pl.* sergeants —, majors) Ⓒ(英陸軍的)准尉; (美陸軍、海軍的)士官長.

se·ri·al [`sɪrɪəl; 'sɪərɪəl] *adj.* **1**《號碼等》連續的, 一連串的. **2**《限定》〔小說等〕連續的, 連載的. a *serial* story 連載故事/a *serial* killer 連續殺人狂.

— *n.* Ⓒ(報刊, 雜誌, 電視等的)連載, 連續; 連載物; 期刊. a 'soap opera' *serial* on TV 電視上下播映的連續劇.

se·ri·al·ize [`sɪrɪə,laɪz; 'sɪərɪəlaɪz] *vt.* 連載; 上映[放映, 播送]連續劇.

se·ri·al·ly [`sɪrɪəlɪ; 'sɪərɪəlɪ] *adv.* 連續地, 以連續形式地.

sérial nùmber *n.* Ⓒ編號, 序號.

ser·i·cul·ture [`sɛrɪ,kʌltʃə; 'serɪ,kʌltʃə(r)] Ⓤ養蠶(業).

***se·ries** [`sɪriz, `sɪriz, `sɪriz, `sɪriz; 'sɪərɪ:z] *n.* (*pl.* ~) **1** Ⓒ一連串, 一系列; 連續. win a *series* of victories 連勝/Her life was a long *series* of misfortunes. 她的一生是一連串的災難. 語法即使在 a series of 之後出現複數名詞, 亦作普通單數: A series of incidents *shows* this tendency. (一連串的事件顯示了這一傾向).

2 Ⓒ叢書, 系列. the 007 spy *series* 007 情報員系列/the first *series* of "American Literary Classics"《美國經典文學全集》第一期叢書.

3 Ⓒ(棒球等同一隊之間的)連續比賽, 系列比賽. the World *Series* 世界大賽(美國職棒大聯盟總冠軍賽).

4 Ⓤ(電氣)串聯(↔ parallel). ⋄ *adj.* **serial**.

in séries (1)連續地. (2)作爲叢書[系列刊物].

se·ri·o·com·ic [,sɪrɪo`kɑmɪk; ,sɪərɪəʊ'kɒmɪk] *adj.* 半嚴肅半詼諧的(故作認眞地使人發笑的, 或是雖令人發笑但卻寓意嚴肅的; 出自 serious 和 comic》).

***se·ri·ous** [`sɪrɪəs; 'sɪərɪəs] *adj.* **1** 認眞的, 嚴肅的, 不是開玩笑的. Let's have a

serious talk. 我們認真地談一談吧!/I'm quite *serious* about this. 我對此非常認真/Don't be so *serious*; it's only a game. 不必當眞, 這只是個遊戲/Are you *serious*? 你是當眞的嗎?

2 (不具趣味)正式的, 認眞的. a *serious* book 嚴肅的書 / *serious* literature 嚴肅的文學 / *serious* music 嚴肅的音樂(不是輕音樂等).

3 〔相貌等〕一本正經的, 過於認眞的. a *serious* look 嚴肅的表情/look *serious* 表情嚴肅.

4 〔事件等〕重大的, 嚴重的; 〔病等〕重的. a *serious* mistake 重大錯誤/This is a more *serious* matter than I thought. 問題比我想像的還要嚴重/He is suffering from a *serious* disease. 他患了重病.

> 搭配 serious + n.: a ~ crime (嚴重的罪行), a ~ injury (重傷), a ~ problem (嚴重的問題), a ~ shortage (嚴重的不足), ~ damage (嚴重的損害).

*se·ri·ous·ly [ˈsɪrɪəslɪ; ˈsɪərɪəslɪ] *adv.* **1** 認眞地, 當眞地; 嚴重地. Don't take his promises *seriously*. 不要把他的許諾當眞.

2 《修飾句子》言歸正傳地. *Seriously* now, we ought to make preparations for tomorrow. 說正經的, 我們必須爲明天準備了.

3 嚴重地, 重大地. His mother is *seriously* sick. 他母親病得很嚴重.

se·ri·ous·ness [ˈsɪrɪəsnɪs; ˈsɪərɪəsnɪs] *n.* ⓤ **1** 認眞, 當眞; 嚴肅. **2** 重大; 重病. *in àll sériousness* 很認真, 眞心地.

*ser·mon [ˈsɜmən; ˈsɜːmən] *n.* (*pl.* ~s [~z; ~z]) ⓒ **1** 說敎. preach a *sermon* 對人說敎.

2 《口》嘮叨, 「念經」. 喋喋不休的說敎. give a person a *sermon* 對人喋喋不休地說敎.

ser·mon·ize [ˈsɜmənˌaɪz; ˈsɜːmənaɪz] *vt.* **1** 說敎. **2** 《口》嘮叨, 「念經」.
— *vi.* 1 說敎. **2** 《口》嘮叨, 「念經」.

Sèrmon on the Móunt *n.* (加 the)《聖經》登山寶訓(《馬太福音》5-7 章中基督的訓誨, 包含著基督敎中許多敎義).

ser·pent [ˈsɜpənt; ˈsɜːpənt] *n.* ⓒ **1** 蛇(通常指比 snake 大的蛇或毒蛇; 常被喻作陰險毒辣的人). **2** (像蛇一樣)狡猾的人, 陰險的人.

ser·pen·tine [ˈsɜpənˌtin, -ˌtaɪn; ˈsɜːpəntaɪn] *adj.* 《雅》蜿蜒的, 蛇行的. a *serpentine* river 蜿蜒的河道.

ser·rat·ed [ˈsɛrɪtɪd; sɪˈreɪtɪd] *adj.* 鋸齒狀的, 有齒狀刻痕的.

ser·ried [ˈsɛrɪd; ˈserɪd] *adj.* 《雅》密集的, 林立的; 排滿的.

se·rum [ˈsɪrəm; ˈsɪərəm] *n.* (*pl.* ~s, -ra) **1** ⓤ ⓒ 《醫學》血清. **2** ⓤ 《生理》漿液, 淋巴液.

*ser·vant [ˈsɜvənt; ˈsɜːvənt] *n.* (*pl.* → *s* [~s; ~s]) ⓒ **1** 僕人, 傭人, (→ servant, maidservant). keep a *servant* 雇傭人/employ a domestic *servant* 雇用家僕[管家].

2 公務員, 公僕. a public *servant* 公務員.

3 (神等的)僕人; (運動等的)自願效力者. a *servant* of God 上帝的僕人.

字源 SERV「服侍」: *serv*ant, *serv*e (服務), *ser*vice (服務), *servi*le (奴隸的).

*serve [sɜv; sɜːv] *v.* (~**s** [~z; ~z]; ~**d** [~d; ~d]; **serv·ing**) *vt.* 【 服務 】 **1** 服務〔人〕, 爲…工作; 盡職於, 服侍, 〔國家, 上帝等〕. Jim *served* his master devotedly. 吉姆盡忠地服侍他的主人/*serve* one's country 爲國效勞/*serve* God 服侍上帝.

2 做滿〔任期, 年限, 刑期等〕, 任職期滿. *serve* one's term 度過任期/Bill has been *serving* his apprenticeship to a carpenter for three years. 比爾當了三年大木匠學徒/I *served* five years in the army. 我在軍中服役五年.

3 【餐桌上服侍】(a) 服侍〔人〕(*with*); 拿出〔飲料, 食物〕(*to*). Dinner is *served*! 晚餐已準備好了!《傭人說的話》/She *served* roast pork *to* me. = She *served* me *with* roast pork. 她爲我端出烤豬排. (b) 句型4 (serve **A B**)爲A(人)拿出B(飲料, 食物), 招待. She *served* me roast pork. 她招待我吃烤豬排(★參照(a)例句). (c) 句型5 (serve **A B**)以B(狀態)拿出A(飲料, 食品). Tea should be *served* hot. 茶要趁熱端出來.

4 【服侍客人】招呼〔店裡顧客等〕; 受理點菜. Are you being *served*? = Have you been *served*? 你點菜了嗎?/I'm waiting to be *served*. 我正等著要點菜/The clerk *served* me with another bathing suit. 店員拿別件泳裝給我看.

【 對待 】 **5** 對待, 招待, 〔人〕; 報答. She was ill *served* when she was in that house. 她在那個人家的期間受到不好的對待/*serve* a person right (→片語).

6 《球賽》發〔球〕.

【 服務 > 有用處 】 **7** 對…有用處, 合用; 符合〔目的等〕. That doesn't *serve* our purpose. 那無助於我們的目的/This old car *serves* me quite well. 這輛舊車對我很有用處.

【 供給必需品 】 **8** 〔交通等〕滿足〔某地區的要求〕; 供給(*with*). This area is *served* both by railroad and bus. 這地區鐵路和公車一應俱全/This city is poorly *served* with water. 這城市用水供給不足.

9 《法律》送達(*with* 〔傳令等〕), 送達(*on*). *serve* a person *with* a summons = *serve* a summons *on* a person 給人送傳票.

— *vi.* 1 (作爲傭人)服務, 服侍. She *served* as a housemaid. 她當過傭人.

2 工作, 任職; 服務. *serve* in the army 服兵役/*serve* on a committee 擔任委員/He *served* as the county sheriff for seven years. 他任職郡法律執行官七年.

3 服侍, 端出飯菜. Mother *served* at the table. 母親端出飯菜.

4 有用處(*to* do); 起作用, 對…有利, 《*as, for*》. The new treaty will *serve* to improve relations between the two countries. 這項新條約有助於改

善兩國關係/This log will *serve as* [*for*] a bench. 這塊圓木可當長椅用.

5 《球賽》發球. ⇨ *n*. **service**.

as (*the*) **occàsion sérves** 一有機會, 在適當時候.

if (*my*) **mèmory sérves** (*me*) 《口》若我沒記錯.

***sèrve*/…/óut** (1)分送《食物等》, 盛飯菜. (2)對…復仇. *serve* him *out* 向他復仇. (3)《任期, 刑期等》服滿, 完成.

sèrve a pèrson right 《口》給某人應得的報應. *Serve*(s) [*It serves*] him *right*! (那傢伙)他活該!/ *Serve*(s) [*It serves*] you *right*! 你活該!

sèrve tíme 《俚》服刑; 服約定的工期.

── *n*. [UC] 《球賽》發球; 發球權; (service).

serv·er [`sɜvɚ; 'sɜ:və(r)] *n*. [C] **1** 侍者; 服務員; 工作人員. **2** 《天主教》《彌撒時協助神父的》輔祭者. **3** 《球賽》發球者(↔ receiver). **4** 《盛飯菜的》大盆子, 盤子; 將食物分至小盤用的大型叉子等. **5** 《電腦網路》伺服器.

✲ser·vice [`sɜvɪs; 'sɜ:vɪs] *n*. (*pl*. **-vic·es** [~ɪz; ~ɪz]) 【 服務 】 **1** [U] 《慈善事業等的》服務; [C] 《常 services》效勞, 盡力. social *service* 社會服務/John offered his *services* to his native country. 約翰爲他的祖國效勞.

> 【搭配】 *adj*.+service: satisfactory ~ 《令人滿意的服務》, valuable ~ 《有價值的服務》// *v*.+service: perform ~ 《服務》, provide ~ 《提供服務》, receive ~ 《接受服務》.

2 [U] 有用, 對…有幫助. of *service* (→片語).

3 《公共服務》[UC] 《交通等的》班次; (公共)設施, 供給; 《公, 郵政, 電話, 瓦斯, 水的》設施, 供給; (公共)事業. hourly train *service* 一小時一班的火車/There is a good bus *service* in this town. 這鎮上的公車運系統相當良好/telephone *service* 電話設施/postal *service* 郵政業務/counter *services* 《郵局, 銀行等的》窗口業務/regular air *service* 定期的航空班次.

【工作】 **4** [UC] 《官方的》工作, 勤務; 《集合》工作中的人們. My son wants to enter the diplomatic *service*. 我兒子想進入外交界/the civil *service* 文職; 《集合》文官《除軍人外的所有公務員》.

5 [U] 軍務, 兵役; [C] 《陸, 海, 空》軍. the *services* 陸海空三軍.

6 [UC] 禮拜; 儀式. a marriage *service* 結婚儀式/He attends church *services* every week. 他每週上教堂做禮拜.

【接待顧客】 **7** [U] 招待; 給顧客點菜; 《旅館等的》待客; 服務. room *service* →見 room service/ give bad [good] *service* 服務差[好]/You don't get very good *service* at that restaurant. 那家餐廳的服務不周. 《注意》service 沒有「降價」, 「優惠」的意思.

8 [UC] 《商品的》售後服務, 維修保養. regular *services* 《車等的》定期維修/The *service* on household electric appliances is pretty good. 家電產品的售後服務相當周到.

9 [UC] 服務業(service industry)《不生產產品而

提供運輸, 娛樂等的行業》.

10 【招待用具的一組】[C] 《餐具等的》一套, 全套. a tea *service* 全套茶具/a dinner *service* for six 一套六人用的餐具.

11 【與對方相應】[UC] 《球賽》發球; 發球權. lose one's *service* 失去發球權/Whose *service* is it? 該誰發球?

12 《形容詞性》(a)軍用的; 軍隊的. a *service* revolver 軍用手槍. (b)受雇者用的; 業務用的. (c)售後服務的.

at a pèrson's sérvice 隨時聽候《某人》的吩咐; 任何時候都可使用. (I'm) *at* your *service*. (我)隨時聽候你的差遣.

in sérvice (1)《交通工具等》在使用中; 《機械等》正常運轉. (2)入伍. (3)《英》任職.

in the sérvices 《英》=in service (1).

of sérvice 對…有用處(*to*). Can I be *of* (any) *service* to you? 你有沒有甚麼需要我幫忙的?

sèe sérvice (1)任職於軍隊; 有實戰經驗. (2)《衣服等》被使用, (被使用而)有用處. This suit has *seen* good *service*. 這套西裝很耐穿.

── *vt*. **1** 提供售後服務, 維修保養.

2 供應瓦斯《水, 電等》.

●──與 SERVICE 相關的用語	
public service	公共事業
self-service	自助
burial service	葬禮儀式
lip service	應酬話, 口惠
secret service	祕密情報部

ser·vice·a·ble [`sɜvɪsəbl; 'sɜ:vɪsəbl] *adj*. **1** 適用的, 有用的, (*to*). **2** 持久的, 耐用的, 《能禁得起長時間或過度使用的》.

ser·vice·a·bly [`sɜvɪsəblɪ; 'sɜ:vɪsəblɪ] *adv*. 適用地, 有用地, 實用性地.

sérvice chàrge *n*. [C] 手續費, 服務費.

sérvice flàt *n*. [C] 《英》旅館式公寓《提供用餐和清潔服務等》.

sérvice ìndustry *n*. [UC] 服務業(→ service *n*. 9).

ser·vice·man [`sɜvɪs͵mæn; 'sɜ:vɪsmən] *n*. (*pl*. **-men** [-͵mɛn, -mən; -mən]) [C] 軍人; 《主美》服務人員, 修理工, 維修工.

sérvice ròad *n*. [C] 便道《從主要幹線分離通往住宅區等》.

sérvice stàtion *n*. [C] 加油站(→ filling station); 《電氣產品, 汽車等的》服務站, 維修站.

ser·vice·wom·an [`sɜvɪs͵wʊmən; 'sɜ:vɪs͵wʊmən] *n*. (*pl*. **-wom·en** [-͵wɪmən; -͵wɪmən]) [C] 女軍人.

ser·vi·ette [͵sɜvɪ`ɛt; ͵sɜ:vɪ'et] *n*. [C] 《英, 口》餐巾(napkin).

ser·vile [`sɜvl, -ɪl; 'sɜ:vaɪl] *adj*. **1** 奴隸的; 奴隸般的, 卑躬屈膝的, 《*to* 對於…》. *servile* flattery 卑躬屈膝的奉承. **2** 一味順從的, 沒有主見的.

ser·vile·ly [`sɜvɪlɪ, -lɪ; 'sɜ:vaɪlɪ] *adv*. 奴隸般地, 卑躬屈膝地.

ser·vil·i·ty [sə`vɪlətɪ, sɜ-; sɜ:ˈvɪlətɪ] n. Ⓤ 奴隸狀態；奴性，卑躬屈膝。

serv·ing [ˈsɜvɪŋ; ˈsɜːvɪŋ] v. serve 的現在分詞、動名詞。
— n. Ⓒ (食物的)一人份，一盤，(helping)。

ser·vi·tude [ˈsɜvə,tjud, -,tɪud, -,tud; ˈsɜ:vɪtjuːd] n. Ⓤ 《雅》 1 奴隸狀態。
2 苦役，勞役。

ser·vo [ˈsɜvo; ˈsɜːvəu] n. (pl. ~s)=servomotor.

ser·vo·mech·a·nism [ˈsɜvo`mɛkə,nɪzəm; ˌsɜːvəuˈmekənɪzəm] n. Ⓤ 自動控制裝置。

ser·vo·mo·tor [ˈsɜvo,motə; ˈsɜː(r)vəu,məutə(r)] n. Ⓒ 間接調速裝置。

ses·a·me [ˈsɛsəmɪ; ˈsesəmɪ] n. Ⓤ 《植物》芝麻；芝麻種子。
Ópen sésame! (1)芝麻開門!《《一千零一夜》中〈阿里巴巴與四十大盜〉的開門咒語》。(2)《名詞性》「芝麻開門」(如魔術般能確實達到目的的祕訣)。

*__**ses·sion**__ [ˈsɛʃən; ˈseʃn] n. (pl. ~s [~z; ~z])
1 ⓊⒸ(會議、議會等的)召開，開會；(法庭的)開庭。go into *session* 召開會議/hold a *session* 開會；開庭/Congress is now *in session*. 議會現在開會中。
2 Ⓒ會期；開會[開庭]期間；**會議**。a long *session* 長的會期[會議]/a plenary *session* 全體會議。
3 Ⓒ《美、蘇格蘭》(大學的)學期；Ⓤ《美》上課(時間)。cut the afternoon *session* 蹺下午的課/a summer *session* 暑期班。
4 Ⓒ(集體或有特定對象的)活動，講習班；(遊戲等的)聚會；(與醫生等的)面談。a folk dance *session* 一堂民族舞蹈課/a *session* with a psychiatrist 與精神醫師的(一次)面談。

*__**set**__ [sɛt; set] v. (~s [~s; ~s]; ~; ~ting) vt.
【放】**1** 放，安置；擺置；豎立；讓〔雞〕孵蛋。*set* a music box on the desk 在桌上放一個音樂盒/The farmer *set* a ladder against the tree. 農夫將一把梯子靠在樹上/*set* a flagpole 豎起旗竿。《日》比 put 更正式的用語；另外表示放在特定場所不動之意。
2 配置，設，〔人員等〕。*set* a watch on the bridge 在橋上設立一崗哨。
【靠近】**3** 靠近，貼近，《to》。She *set* her lips *to* the glass. = She *set* the glass *to* her lips. 她把嘴唇貼近玻璃杯/*set* pen *to* paper (→ pen¹ 的片語)/*set* fire *to*... (→ fire 的片語)。
4 《音樂》[句型3](set A *to* B)為 A〔歌詞〕譜 B〔曲〕；編曲。*set* a poem *to* music 為一首詩譜曲。
【固定】**5** 鑲嵌〔寶石等〕《in》；鑲《with》；種植，定植〔樹苗〕，播〔種〕。排字，*set* a diamond *in* platinum 將一顆鑽石鑲嵌在白金上/*set* a lighter *with* jewels 將寶石鑲在打火機上/*set* plants 種植植物。
6 使凝固；接合〔骨〕。*set* milk for cheese 使牛奶凝固製成乳酪。
【決定】**7** 決定，指定，〔時間〕；訂〔價格〕《on》。Let's *set* the time and date for our next meeting. 我們決定下一次會議的日期和時間吧！/They *set* a high price *on* the old vase. 他們為舊

花瓶定了高價。
8 【決定方向】使朝向《toward》；使〔心，眼等〕集中《to, on》。The speaker *set* his face *toward* the audience. 那位演講者面向聽眾/He can't *set* his mind *to* [*on*] a task. 他不能將他的心思集中到工作上。
【定行動的方向】**9** (a)分配〔工作等〕；樹立〔榜樣等〕；創造〔紀錄等〕。*set* a test 出考題/*set* a good example 樹立好榜樣/The athlete *set* a world record for the high jump. 那個選手創下跳高的世界紀錄。(b) [句型4](set A B)、[句型3](set B *to* [*for*] A)為 A(人)分配 B〔工作〕；為 A(人)樹立 B〔榜樣〕。His success *set* them a good example. = His success *set* a good example *to* them. 他的成功為他們樹立了一個好榜樣。
10 [句型5](set A *to* do)使 A(人)開始…，使 A(人)做…。I *set* Jim *to* unpack. 我讓吉姆卸貨/*Set* a thief *to* catch a thief. 《諺》以惡制惡《<讓小偷抓小偷》。
【使成為固定狀態】**11** 擺設，調整，準備，〔器具等〕；布置〔舞臺，場景等〕。*set* a camera (測距離、亮度等)調整照相機/*set* one's watch *by* the time signal 根據(收音機、電視的)報時來對錶/He *set* a trap for the fox. 他設陷阱捕捉狐狸/*Macbeth* is *set* in medieval Scotland. 《馬克白》以中世紀的蘇格蘭為背景。
12 擺設〔餐桌等〕；做〔頭髮〕。*set* the table 擺設餐桌/get one's hair *set* 請人做頭髮。
13 【使處於某狀態】[句型5](set A B)使 A 處於 B 狀態；[句型5](set A do*ing*)使 A 做…。They wouldn't *set* the hostages free. 他們不打算釋放人質/Will you *set* the clock right? 能否把鐘調準呢？(→ *vt.* 11)/He *set* the engine *going*. 他發動引擎。
— vi. 【朝固定的方向】**1** 〔太陽，月亮〕下沈，落下，《↔rise》。The sun *sets* in the west. 太陽西沈。
2 〔風，河流〕朝(某方向)；〔時代潮流等〕朝(某方向)。The wind *set* to the north. 風向北吹。
3 〔獵犬〕站住朝向獵物所在(→ setter 1)。
【凝固>固定】**4** 凝固，凝結；〔臉等〕板起，僵硬；〔頭髮〕定型。Cement *sets* as it dries. 水泥乾了就會凝固/Her face *set* to hear the news. 聽到這個消息，她的臉僵住了/My hair will *set* in another ten minutes or so. 再過十分鐘左右我頭髮的型就出來了。
5 〔植物等〕結實，結果。The peaches have *set* well this year. 今年桃子的收成很好。

*__**sét abóut...**__ (1)著手…；開始做…《doing》。He *set about shaving*. 他開始刮鬍子。(2)攻擊…；毆打…。
*__**sét A agàinst B**__ (1)使 A 與 B 比較。(2)使 A 與 B 敵對；使 A 反叛 B。*set* the brothers *against* one another 挑撥兄弟使其互相敵對。
*__**sét...apárt**__ → apart 的片語。
*__**sèt/.../asíde**__ (1)留下，儲存，(set/.../by)。*set* some money *aside* for old age 存些錢養老。(2)無視…，

* **sèt /.../báck** (1)阻礙…, 使…延誤; 把〔鐘錶〕撥慢. An obstacle set the project back for three weeks. 一個障礙使計畫延誤了三個星期. (2)退後. The houses were mostly set back from the street. 這些房子大多都遠離道路. (3)((口))((人))花費(一筆錢等). This car must have set you back quite a lot. 這輛車一定花了你不少錢吧! (★back 之後接表示金額等的副詞片語)

sèt /.../bý =set /.../aside (1).

* **sèt /.../dówn** (1)置…於下面; ((英))使〔乘客〕下車. Set me down at the next stop. 讓我在下一站下車. (2)寫下. The policeman set down the witness's description of the thief. 警察記下了目擊者對小偷的描述. (3)歸咎於…(to); 視爲…(as). The teacher set his failure down to his idleness. 老師把他的失敗歸咎於他的懶散/We set his remark down as a slip of the tongue. 我們把他的話視爲失言.

sèt fórth[1] ((雅))出發, 出門.

sèt /.../fórth[2] ((文章))陳述…, 闡明…. set forth one's ideas 陳述己見.

* **sèt ín**[1] (1)〔疾病, 壞天氣等〕開始. The rainy season has set in. 雨季來臨了. (2)〔潮水〕漲, 漲潮.

* **sèt óff**[1] 出發(set out[1]). She set off on another trip to Hawaii. 她又出發到夏威夷旅遊了.

* **sèt /.../óff**[2] 襯托…, 使顯眼. The white dress set off her dark hair. 那件白禮服襯托出她的黑髮/His very long hair set him off from the ordinary businessman. 他那一頭不同於一般生意人的長髮特別引人注目.

(2)隔開, 分開.

(3)放〔煙火〕; 發射〔大砲〕.

(4)使〔人〕開始做…(doing); 引起…. His angry words set her off crying. 他的氣話使她哭了起來/The pay cut set off a wave of strikes. 減薪引起了一陣罷工浪潮.

(5)抵消(against); 一筆勾消(by). set off gains against losses=set off losses by gains 用利潤抵消虧損.

sèt on[1]… 攻擊…. He was set on by a robber. 他遭到盜賊的攻擊.

sèt /.../ón[2] 慫恿…, 唆使…. An older boy set him on to the mischief. 一位大一點的男孩慫恿他惡作劇.

sèt A on[3] **B** 唆使A(狗等)攻擊B. Get out of here or I'll set the dog on you! 快離開這裡, 不然我就放狗咬你!

* **sèt óut**[1] (1)出發, 外出旅遊. set out for New York 出發去紐約/set out on a trip 外出旅遊.

(2)決心做…; 開始做…(to do). He always achieves what he sets out to do. 他總是能達成他決心要做的事.

sèt /.../óut[2] (1)陳述…, 說明…. He set out his reasons for resigning. 他說明他辭職的理由.

(2)擺開, 陳列〔商品等〕.

(3)擺開, 拿出, 準備〔餐點, 文件等〕.

sèt onesèlf úp =set up[2].

sèt tó[1] ((口))認眞地著手工作; 開始吵架; 開始吃. If you set to, you'll finish your assignment in less than an hour. 你如果認眞做的話, 不出一小時你就能做完作業.

sèt tó[2]… 著手…, 開始認眞做…. They set to work. 他們開始認眞做工作.

* **sèt /.../úp**[1] (1)豎立…; 建立…. set up a tent [hut] 搭帳篷〔建小屋〕/set up a sign 豎起招牌. (2)設立…; 創立…; 制定〔規則等〕; 創〔紀錄等〕. set up a private school 創立私立學校/set up house 建房子/The Transport Ministry has set up a committee to investigate the accident. 交通部已設立一個委員會以調查這個事件.

(3)使〔人〕自立, 使獨立; 使開始買賣(as)(→up[2] (1)). His uncle set him up in business. 他叔叔讓他獨立做生意.

(4)發出〔聲音〕, 叫喊; 提出〔抗議, 意見等〕, 提議.

(5)引起〔疾病等〕; 喊出〔聲音等〕.

(6)((口))使…有精神.

(7)供給(with, for)((常用被動語態)). The refugees are well set up with [for] food. 難民們得到充足的食物供應.

sèt úp[2] (1)自立, 獨立, 開始做生意, (as). He set up as a baker. 他開始做麵包生意(→set /.../up[1] (3)). (2)自稱, 自以爲是, (as). Bill sets up as a great scholar. 比爾以一名偉大的學者自居.

sèt upon[1]… = set on[1]…

sèt A upon[2] **B** = set A on[3] B.

— adj. 【固定的】 **1** 固定的; 〔眼睛等〕一動也不動的; 〔表情等〕僵硬的. set eyes 呆滯的眼神/a set smile 強顏歡笑.

2 決心堅定的; 頑固的. Old people are usually too set in their ways to change. 老人往往固執己見而不願改變.

【被決定的】 **3** 〔限定〕預定的, 被指定的. at a set time 預定時間內/the set books for an examination 考試用的指定書籍.

4 定型的; 按照規定的; 正式的. in set terms 以陳腔濫調/a set phrase 老套的話(→見set phrase).

5 準備(for). get set (→片語).

be sèt on [upon] dóing 下決心要…. She was set on quitting. 她下決心要辭職.

gèt sét 預備. On your mark(s)! Get set! Go! (比賽)各就各位! 預備! 跑!

— n. (pl. ~s [~s; ~s])【一套】 **1** ⓒ (餐具的)一套, 一副. a coffee set 一套咖啡組/a set of golf clubs 一套高爾夫球桿(通常有十四根).

2 ⓒ 〔電視機, 收音機的〕接收器, 一臺. buy a television set 買一臺電視機.

3 【一定的成員】ⓐⓤ ((單複數同形))((加修飾語)) 一夥人, 夥伴; (特定的)社會團體. a horsy set 一群喜歡馬的人/a fine set of men 一群出色的男人/the jet set 噴射機階層(→見jet set).

4 ⓒ ((數學))集合. an infinite set 無限集合.

5 ⓒ ((網球, 排球等比賽的))一局.

6 ⓒ ((戲劇, 電影))布景, 舞臺裝置.

〖一定的形狀〗 7 ⒞(用單數)(頭髮的)定型. give one's hair a *set* 做髮型.

8 ⒰(肩, 頭部等的)模樣, 樣子; (衣服的)穿著的感覺; (帽子等的)戴起來的樣子. I can recognize Jim by the *set* of his head. 我從頭型一下就認出了吉姆/the *set* of a coat 外套穿在身上的樣子.

〖一定的方向〗 9 ⒰(通常加the)(風, 潮水等的)朝向, 方向; 歪斜, 彎曲; 形狀; 姿態; (心理的)準備. the *set* of public opinion 輿論的動向.

〖種植的東西〗 10 ⒞苗, 插枝, 小樹; 球莖.

set-back [`sɛt,bæk; ˈsetbæk] *n.* ⒞ 1 (進步的)障礙; 失敗; 敗北; (疾病的)復發. His resignation was a serious *setback* to the company. 他的辭職對公司是一個重大打擊. 2 ⒝(高層建築上層的)逐級內縮.

sét phráse *n.* ⒞形式固定的用語; 成語.

sét píece *n.* ⒞(戲劇, 小說等的)固定的場面.

sét póint *n.* ⒞最後關鍵的一分(網球, 排球等決定一局勝利的得分; → match point).

sét squáre *n.* ⒞(英)三角板(triangle).

[setback 2]

set-tee [sɛˈti; seˈtiː] *n.* ⒞小型沙發.

set-ter [`sɛtɚ; ˈsetə(r)] *n.* ⒞ 1 獵犬((一種長毛獵犬, 經訓練後可指出獵物方位; → set *vi.* 3; → pointer)).

2 排字工人(typesetter); 作曲家; 鑲嵌工人.

sét théory *n.* ⒞(數學)集合論.

[setter 1]

***set-ting** [`sɛtɪŋ; ˈsetɪŋ] *n.* (*pl.* ~s [~z; ~z])

1 ⒰放置, 安裝; (太陽, 月亮的)下沈, 落. the *setting* of the sun 日落(sunset).

2 ⒞(通常用單數)背景; 環境; 舞臺裝置; (小說, 戲劇等的)布局. The village stands in a beautiful mountain *setting*. 那座村莊有美麗的山嶺為襯托/The *setting* of the story is America in the Civil War period. 該故事的背景為南北戰爭時期的美國.

3 ⒰⒞(寶石等的)鑲枱(臺), 鑲嵌(物).

4 ⒰(水泥等的)凝固, 硬化; ⒞(牆壁的)粉刷.

5 ⒰⒞(頭髮的)定型.

6 ⒰作曲; 曲調.

7 ⒞轉換裝置. This record player has three speed *settings*. 這臺錄音機裝有三個變速轉換裝置.

8 ⒞一人份的餐具.

9 ⒞切換裝置[刻度].

***set-tle**¹ [`sɛtl; ˈsetl] *v.* (~s [~z; ~z]; ~d [~d; ~d]; -tling) *vt.* 〖使安靜〗 1 〖解決〗 (a)決心, 決定; 〖句型3〗(settle *that* 子句/*wh* 子句, 片語/*to* do)決定⋯. *settle* the date and place for the next meeting 決定下次會議的日期和地點/That *settles* it. 那就決定了/We've *settled*

---

that we'll start tomorrow. 我們決定明天出發/we *settled to* sell the house. 我們決定賣掉房子. (b)解決; 處理; 收拾. *settle* a quarrel 解決爭端/*settle* a lawsuit out of court 庭外和解.

2 使定居(在某地); 定居; 使移居; 移民. Their forefathers *settled* this island. 他們的祖先定居在這座島上.

3 使安定, 使從事(職業等). He is *settled* in his new job. 他的新工作已安頓妥當.

4 安放, 安置; 使坐下. *settle* oneself(→片語)/She *settled* her baby on the sofa. 她把嬰孩放在沙發上.

〖使安定〗 5 使〔塵埃等〕落定; 使〔渣滓等〕沈澱; 使〔粉末等〕壓緊. The rain *settled* the dust. 雨使塵土不再飛揚.

6 使⋯平靜; 使鎮靜. Susie could not *settle* her fears. 蘇西抑制不住她的恐懼/Music *settles* our nerves. 音樂安定神經.

〖整理〗 7 結算, 支付. *settle* (*up*) a bill 支付帳單.

8 《法律》(決定)將〔財產〕贈與《on, upon》. *settle* one's estate *on* one's wife 將財產贈與妻子.

—— *vi.* 〖安定〗 1 設籍, 定居; 移民. Bob got married and *settled* in Boston. 鮑伯結婚並定居於波士頓.

2 〔人〕安身, 安定下來. His son *settled* into a new job. 他的兒子安於新工作.

3 〖冷靜〗沈著; 決定; 〔事態〕收拾, 解決, 和解; 同意, *settle* for...(→片語)/*settle* on...(→片語).

〖安定〗 4 〔氣候〕穩定; 〔興奮等〕平靜, 平息, 《down》. The weather will *settle* before long. 天氣馬上就會穩定下來.

5 〖停止〗〔塵埃等〕落定; 〔渣滓等〕沈澱; 〔粉末等〕壓緊; 起〔霧等〕. Dust *settled* on the furniture. 塵埃積於家具上/The plum wine *settled*. 梅子酒沈澱了.

〖降下〗 6 〔鳥, 視線等〕停, 停落. The bird *settled* on a branch. 鳥停在樹枝上/Her eyes *settled* on the dress. 她的視線停留在那件禮服上.

7 〔地盤等〕下沈; 〔船〕沈入, 傾斜; 〔車等〕陷入(泥淖中). My car *settled* in the soft ground. 我的車陷入泥淖裡. ⇨ *n.* settlement.

* **séttle dówn** (1)安定; 〔興奮等〕平靜. (2)安身; 專心致力於(*to*). It's time you *settled down to* married life. 是你該結婚安定下來的時候了. (3)定居, 移居. (4)沈澱.

séttle for... (1)(雖有點不滿意)對⋯感到滿足, 勉強接受⋯. I can't *settle for* this boring life. 我無法忍受這種無聊的生活.⋯(2)=settle on...

séttle ín¹ 安定於(新家, 新環境); 在家靜養.

séttle/.../ín² 使⋯安靜, 使⋯沈默; 使⋯安定.

séttle on [*upon*]... 定下⋯, 決定⋯. I have *settled on* green for the curtains. 我決定窗簾用綠色.

séttle onesélf (1)安身；安家．(2)重重地坐(在椅子等)．He *settled himself* (down) in a chair. 他重重地坐在椅子上．

séttle (úp) with... 還…債；與…和解．

set·tle² [ˋsɛt; ˈsetl] *n.* Ⓒ 有扶手的高背木製長椅．

set·tled [ˋsɛtld; ˈsetld] *adj.* **1** 固定的；確定的；根深蒂固的；安定的．a *settled* conviction 堅定的信念／*settled* weather 穩定的天氣／lead a quiet, *settled* life 過平靜安穩的生活．

2 有人定居的．

3 付清的，結了帳的．a *settled* account 已結清的帳單．

set·tle·ment [ˋsɛtlmənt; ˈsetlmənt] *n.* (*pl.* ~s [~s; ~s]) **1** Ⓤ 移民，移居．pioneer *settlement* in Canada 加拿大的早期移民．

2 Ⓒ (特指邊境小規模的)村落，居留地；(從前的)殖民地．They established *settlements* in Africa. 他們在非洲建立了殖民地．

3 ⓊⒸ 解決，和解；決定．come to [reach] a *settlement* 達成和解，調停解決．

4 ⓊⒸ 支付，結算，算清．a *settlement* of a bill 付清帳單．

5 Ⓤ (結婚，就職等的)安身立業；定居．

6 Ⓒ 社會福利事業團體，社會福利機構；《位於貧民區致力於福利的機構》．

7 Ⓒ (法律)(財產等的)贈與，轉讓；Ⓒ 被贈與的財產．make a *settlement* on one's daughter (結婚等時)贈與女兒財產．

*set·tler [ˋsɛtlə; ˈsetlə(r)] *n.* (*pl.* ~s [~z; ~z]) Ⓒ **1** 解決(問題)的人．**2** (初期的)移民者，移居者．pioneer *settlers* in Canada 加拿大的早期移民．

set·tling [ˋsɛtlɪŋ; ˈsetlɪŋ; ˈsetlɪŋ] *v.* settle 的現在分詞、動名詞．

set-to [ˋsɛtˏtu, -ˋtu; ˈsettuː] *n.* (*pl.* ~s) Ⓒ (口) 吵架，口角，《with》．

set-up [ˋsɛtˏʌp; ˈsetʌp] *n.* Ⓒ **1** (公司等的)機構，結構；(機械等的)裝配，裝置．

2 (美)(通常setups)飲酒器具，一套酒器(玻璃酒杯，冰，蘇打等；不包含酒精飲料)．

3 托球(排球比賽等中為攻方便隊友進行下一次攻擊而將球托起)．

*sev·en [ˋsɛvən, ˋsɛvn; ˈsevn] (★基數的例示、用法→five) *n.* (*pl.* ~s [~z; ~z])

1 Ⓤ (基數的)7，七．*Seven* is a lucky number. 七是幸運數字／Lesson *Seven* 第七課．

2 Ⓤ 七點鐘；七分；七歲；七美元[英鎊，分，便士等]；(量詞由前後關係決定)．a girl of *seven* 七歲大的女孩／It's *seven* sharp. 正好七點．

3 (作複數)七人；七歲；七個．There were *seven* of us. 我們有七個人．

4 Ⓒ 七人[七個]一組的東西．

5 Ⓒ (作為文字的)七，數字[鉛字]7．

6 Ⓒ (紙牌)牌數為 7 的牌．

at sixes and sévens → six 的片語．

— *adj.* 七的；七個[七人]的；《敘述》七歲．There are *seven* days in a week. 一週有七天／Jim is *seven*. 吉姆七歲．

sèven séas *n.* (加 the)《作複數》七大洋《南太洋，北太平洋，南大西洋，北大西洋，印度洋，南冰洋，北冰洋》．

*sev·en·teen [ˌsɛvənˋtin, ˋsɛvənˏtin; ˌsevnˈtiːn] *n.* **1** Ⓤ (基數的)17，十七．**2** Ⓤ 十七時；十七分；十七歲；十七美元[英鎊，美分，便士等]．sweet *seventeen* 芳齡十七；妙齡．**3** (作複數)十七人；十七個．

— *adj.* 十七的；十七個[人]的；《敘述》十七歲．

*sev·en·teenth [ˌsɛvənˋtinθ, ˋsɛvənˏtinθ; ˌsevnˈtiːnθ] (亦可寫作17th) *adj.* **1** (通常加 the)第十七號的，第十七的．

2 十七分之一的．

— *n.* (*pl.* ~s [~s; ~s]) Ⓒ **1** (通常加 the)第十七(的人，物)；(月的)17 日．**2** 十七分之一．

*sev·enth [ˋsɛvənθ; ˈsevnθ] (亦可寫作 7th) (★序數的例示、用法→ fifth) *adj.*

1 (通常加the)第七號的，第七的．**2** 七分之一的．

— *n.* (*pl.* ~s [~s; ~s]) Ⓒ **1** (通常加 the)第七(的人，物)；(每月的)7日．July (the) *7th* 7月7日．

2 七分之一．three *sevenths* 七分之三．

in (the) sèventh héaven (口)極樂《(the seventh heaven (第七天堂)被認為是神和天使的國度》．

— *adv.* 第七地．

*sev·en·ties [ˋsɛvəntɪz; ˈsevntɪz] *n.* seventy 的複數．

*sev·en·ti·eth [ˋsɛvəntɪɪθ; ˈsevntɪəθ] (亦可寫作70th) *adj.* **1** (通常加 the)第七十的．

2 七十分之一的．

— *n.* (*pl.* ~s [~s; ~s]) Ⓒ **1** (通常加 the)第七十個(的人，物)．**2** 七十分之一．

*sev·en·ty [ˋsɛvəntɪ; ˈsevntɪ] *n.* (*pl.* -ties)

1 Ⓤ (基數的)70，七十．

2 Ⓤ 七十歲；七十度[美式，英鎊，美分，便士等]．

3 (用 the seventies)(世紀的)70 年代．

4 (用 my [his] seventies 等)七十至七十九歲．

5 (作複數)七十人；七十個．

— *adj.* 七十的；七十個[七十人]的；《敘述》七十歲的．

Sèven Wónders of the Wórld *n.* (加 the)《作複數》世界七大奇觀《有埃及金字塔、亞歷山大港外法羅島上的燈塔、橫跨羅得灣的巨像等，現今僅存的只剩金字塔》．

sev·er [ˋsɛvə; ˈsevə(r)] *vt.* **1** 切斷；使分離《from》．*sever* the barbed wire 割斷有刺的鐵絲／*sever* the meat *from* the bone 從骨頭上割下肉．

2 斷絕(關係等)；使關係破裂．We *severed* our relations *with* that company. 我們已與該公司斷絕一切關係．

— *vi.* 分離，斷開，分裂；斷絕．

*sev·er·al [ˋsɛvrəl, ˋsɛvərəl; ˈsevrəl] *adj.* **1** 幾個的，數個的；數人的．sev-

eral days ago 幾天前/I saw *several* people in the park. 我在公園裡看到了幾個人. 圙 several 通常表示三個或五、六個, 實際數量與 a few 相差無幾, 但不像 a few 具有「少量」之意, 一般不用 *only* *several*; some 則表示模糊的數字概念.

2 《文章》各自的, 個別的. They went their *several* ways. 他們各走各的路.

— *pron.* 《作複數》幾個, 數個; 數人. *Several* of the guests were strangers to me. 客人中有幾個我不認識.

sev·er·al·ly [ˋsɛvərəlɪ, ˋsɛvrəlɪ; ˈsevrəlɪ] *adv.* 《文章》各自地, 個別地. We considered those points *severally*. 我們逐一地考慮那些要點.

sev·er·ance [ˋsɛvərəns, ˋsɛvrəns; ˈsevərəns] *n.* **1** UC 切斷; 分離, 隔離; 斷絕.

2 U 契約解除; 遣散; 解雇.

sěverance pày *n.* U 遣散費.

‡**se·vere** [səˋvɪr; sɪˈvɪə(r)] *adj.* (**se·ver·er, more ~; se·ver·est, most ~**) **1** 〔人, 神情, 紀律等〕嚴肅的, 嚴格的; 〔考試等〕嚴正的, 嚴密的. a *severe* teacher 嚴格的老師/a *severe* look 嚴肅的表情/*severe* reasoning 嚴謹的推論/He is very *severe on* [*with*] his children. 他對自己的孩子非常嚴厲.
圙 severe 意為紀律、職務上的嚴厲, 因此 a *severe* judge 雖意指一名嚴厲的法官, 但也可能充滿人情溫暖; → stern[1], strict.

2 〔批評等〕嚴厲的, 猛烈的. *severe* criticism 嚴厲的批評.

3 〔氣候, 疼痛等〕厲害的, 嚴重的; 〔疾病〕重的. *severe* heat 酷暑/a *severe* pain 劇痛/suffer a *severe* sickness 得重病.

4 〔藝術品等〕素雅的, 簡樸的; 〔文體〕簡潔的, 老練的. ⇨ *n.* **severity**.

‡**se·vere·ly** [səˋvɪrlɪ; sɪˈvɪəlɪ] *adv.* 嚴厲地; 厲害地. be *severely* scolded 被嚴厲地訓斥/Some of the passengers were *severely* injured. 有數位乘客受了重傷.

se·ver·er [səˋvɪrɚ; sɪˈvɪərə(r)] *adj.* severe 的比較級.

se·ver·est [səˋvɪrɪst; sɪˈvɪərɪst] *adj.* severe 的最高級.

se·ver·i·ty [səˋvɛrətɪ; sɪˈverətɪ] *n.* (*pl.* **-ties**)

1 U 嚴厲, 嚴格. the *severity* of the punishment 處罰的嚴厲/punish *with severity* 嚴厲處罰.

2 U 厲害, 嚴酷, 激烈; C (通常 severit*ies*) 艱苦的經歷[行為]. the *severity* of the storm 暴風雨的嚴酷/the *severities* of life 人生的艱苦經歷. **3** U 簡潔, 樸素.

‡**sew** [so; səʊ] *v.* (★注意發音) **~s** [~z; ~z]; **~ed** [~d; ~d]; **sewn, ~ed; ~ing**) *vt.* 縫, 縫製. 縫上(*on, onto*); 縫入(*in, into*); 縫合(*together*). *sew* a dress 縫製禮服/*sew* a button *on* (a shirt) 縫(襯衫的)鈕釦/*sew* pieces of cloth *together* 縫合碎布片.

— *vi.* 縫紉; 用縫紉機縫. She spent the evening *sewing* and ironing. 她整個晚上都在縫紉與燙衣.

sěw/...**/úp** (1)縫合…, 縫攏…. *sew up* a wound

縫合傷口.
(2)《口》順利地完成〔談判等〕.

sew·age [ˋsjuɪdʒ, ˋsɪu-, ˋsu-; ˈsuːɪdʒ] *n.* U 汙水; 穢物.

sěwage fàrm *n.* C 汙水處理場.

sew·er[1] [ˋsoɚ; ˈsəʊə(r)] *n.* C 縫紉者, 裁縫, 做針線活的人.

sew·er[2] [ˋsjuɚ, ˋsɪuɚ, ˋsuɚ; sʊə(r)] *n.* C 下水道, 陰溝.

sew·er·age [ˋsjuərɪdʒ, ˋsɪu-, ˋsu-; ˈsʊərɪdʒ] *n.* U 汙水處理; 下水道工程; 汙水; 汙物.

‡**sew·ing** [ˋsoɪŋ; ˈsəʊɪŋ] *n.* (★注意發音) U 裁縫, 針線活; 縫製物. do the *sewing* 縫紉, 作裁縫.

sěwing machìne *n.* C 縫紉機.

sewn [son; səʊn] *v.* sew 的過去分詞.

‡**sex** [sɛks; seks] *n.* (*pl.* **~es** [~ɪz; ~ɪz]) **1** U 性別, 性. without distinction of age or *sex* 不分年齡、性別/Her voice betrayed her *sex*. (雖然化了妝)她的聲音暴露了她的性別.

2 C (集合)(男, 女)性. the male [stronger] *sex* 男性/the female [weaker] *sex* 女性/the equality of the *sexes* 男女平等/a school for both *sexes* 男女合校的學校/the opposite *sex* 異性.

3 U 性事, 性愛; 性慾; 性交. be interested in *sex* 對性有興趣/I hate too much *sex* in TV programs. 我很討厭電視節目中性愛充斥/have *sex* (*with* a person) (與人)發生性關係.

4 = sex organ.

5 〔形容詞性]性的; 關於性的. a *sex* change (operation) 變性(手術)/one's *sex* life 性生活/a *sex* shop 情趣用品店.
⇨ *adj.* **sexual, sexy**.

sex·a·ge·nar·i·an [ˌsɛksədʒəˋnɛrɪən, -ˋner-; ˌseksədʒɪˈneərɪən] *n.* 六十(多)歲的人.

sěx appèal *n.* U 性的魅力, 性感.

sěx edūcātion *n.* U 性教育.

sex·ism [ˋsɛk͵sɪzm; ˈseksɪzəm] *n.* U 性別歧視; (特指)大男人主義, 歧視女性.

sex·ist [ˋsɛksɪst; ˈseksɪst] *n.* C 性別歧視者.

sex·less [ˋsɛkslɪs; ˈsekslɪs] *adj.* **1** 無男女區別的, 中性的; 無性感魅力的. **2** 沒有性慾的; 除去性(關係等)的.

sex·ol·o·gy [sɛksˋɑlədʒɪ; sekˈsɒlədʒɪ] *n.* U 性科學.

sěx òrgan *n.* C 性器官.

sex·tant [ˋsɛkstənt; ˈsekstənt] *n.* C 六分儀(測天體間的角度等以推測現今所在地, 船舶用的小型觀測器; → quadrant).

[sextant]

sex·tet [sɛks`tɛt; seks'tet] n. C **1** 《音樂》六重唱[奏]；六重唱[奏]團。(→ solo).

2 六個[六人]一組.

sex·ton [`sɛkstən; 'sekstən] n. C 教堂司事, 管理員。(在教堂中當雜工, 負責敲鐘掘墓等).

***sex·u·al** [`sɛkʃʊəl; 'sekʃʊəl] adj. **1** 性的；性方面的. sexual differences 性別差異/sexual equality [discrimination] 男女平等[性別歧視]/sexual harassment 性騷擾.

2 很關心性方面的；性慾的；關於性交的. sexual appetite [desire] 性慾/have sexual intercourse with 與⋯發生性關係/sexual organs 生殖器.

3 《生物》有性的；有性生殖的.

sex·u·al·i·ty [ˌsɛkʃʊˋælətɪ; ˌsekʃʊˈælətɪ] n. U **1** 性別；性徵.

2 性方面的興趣；(過度的)性衝動；性慾.

sex·u·al·ly [`sɛkʃʊəlɪ; 'sekʃʊəlɪ] adv. 性方面地；根據男女[雌雄]之別地.

sex·y [`sɛksɪ; 'seksɪ] adj. 《口》性感的, 有性魅力的；(服裝等)挑逗的. a sexy film 煽情影片.

Sey·chelles [seˋʃɛlz; seɪ'ʃelz] n. (加 the)(單複數同形)塞昔爾(印度洋西部的群島共和國；首都 Victoria).

SF, sf (略) science fiction (科幻小說).

SFX (略)=special effects《(電影等的)特殊效果》(FX<同 effects 發音的拼法).

Sgt. (略) Sergeant.

sh [ʃ; ʃ] interj. 噓(請求緘默、肅靜時發出的聲音；亦可拼作 shh, ssh).

shab·bi·ly [`ʃæblɪ, -ɪlɪ; 'ʃæbɪlɪ] adv. 寒酸地；卑鄙地.

shab·bi·ness [`ʃæbɪnɪs; 'ʃæbɪnɪs] n. U 寒酸；卑鄙.

***shab·by** [`ʃæbɪ; 'ʃæbɪ] adj. (-bi·er; -bi·est)

1 (衣服, 帽子等)破舊的, 襤褸的. The man wore a shabby old hat. 那個人戴了頂破舊的帽子.

2 (人)寒酸的, 衣衫襤褸的. He looked shabby. 他看起來很邋遢.

3 (人, 行為)不講理, 骯髒的, 卑鄙的. What a shabby trick! 多麼卑鄙的手段!

shack [ʃæk; ʃæk] n. C 簡陋的小木屋, 臨時搭建的小屋.

shack·le [`ʃækl; 'ʃækl] n. C **1** (通常 shackles)手銬；腳鐐. **2** 馬蹄形鎖.

3 《雅》(通常 shackles)束縛, 拘束.

— vt. 給⋯上手銬[腳鐐]；束縛, 剝奪⋯自由；《通常用被動語態》.

shad [ʃæd; ʃæd] n. (pl. ~s, ~) C 美洲河鯡(產於北大西洋的鯡科食用魚).

shad·dock [`ʃædək; 'ʃædək] n. C 柚子(樹, 果).

***shade** [ʃed; ʃeɪd] n. (pl. ~s [~z; ~z]) 【陰】 **1** U (通常加 the)陰, 日陰, 樹蔭；(繪畫的)陰影, 陰暗的部分. sit in the shade of a tree 坐在樹蔭下/There is little shade in this desert. 這沙漠很少有遮蔭的地方/light and shade 光和影, 明暗, 回 shade 指無光線照射的空間；shadow 則指如影子般投射在平面上的「影像」.

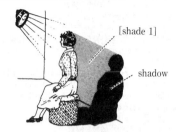

[shade 1]

shadow

2 C 《雅》(shades)暮色. The shades of evening soon fell. 夜色降臨.

【遮光物】 **3** C (燈, 電燈等的)罩子；遮陽物, 百葉窗；《口》(shades)墨鏡.

【陰暗的程度】 **4** C 濃淡, 色調. light and dark shades of green 綠色的明暗深淺. 回 shade 通常指同一顏色因濃淡的程度所造成的差別；→ tint.

5 C (意義)細微的區別, 微妙的差別. a delicate shade of meaning 意義上微妙的差別/all shades of opinion 各種差距不大的意見.

6 C 《口》(加 a)極少的, 略表心意的. a shade of irony 略微諷刺. 語法 如下例亦可作副詞用: This T-shirt is a shade too gaudy for me. (這件 T 恤對我來說有點太過俗麗). ⇨ adj. shady.

in the sháde 在陰暗處；被世人遺忘, 不顯眼.

pùt [thròw, càst] /.../ in [into] the sháde... 失色, 失去光彩. Her performance put mine in the shade. 她的表演使我的演出失色不少.

Shádes of...! 《口》(一看[聽]到)就想起⋯! Shades of the late premier! He would have known what to do! 這使我想起前任首相! 如果是他就會知道該怎麼做.

— vt. **1** 使陰暗, 落陰於. The house is shaded by a big elm. 房子庇蔭於一棵大楡樹下.

2 遮蔽(光, 熱等)；(用罩子等)遮隱. shade one's eyes with one's hand 用手遮陽護眼/shade a lamp 用燈罩罩燈.

— vi. (色彩, 意義, 意見等)漸漸地變化(into). white shading (off) into gray 白(因暈色)漸漸變灰.

shad·ing [`ʃedɪŋ; 'ʃeɪdɪŋ] n. **1** U 遮蔽, 遮光.

2 U (繪畫的)濃淡；《繪畫》描影法, 明暗法.

3 C (色彩, 性質等)微妙的區別[變化].

***shad·ow** [`ʃædo, -ə; 'ʃædəʊ] n. (pl. ~s [~z; ~z]) C 【影】 **1** 影, 影子, (⇔ shade 回, 圖)；(繪畫等的)陰影, 陰暗部分. the shadow of a man 人影/The little girl was afraid [frightened, scared] of her own shadow. 小女孩害怕她自己的影子[被自己的影子嚇一跳]/The tree cast a long shadow. 這棵樹投射出長長的樹影/A man followed me like a shadow. 有個男人如影子

形地跟著我.

2 (水面, 鏡子等映出的) 倒影, 映像, 姿態. The young man looked at his *shadow* in the water. 年輕人看著自己在水中的倒影.

3 【暗】(the shadows) (日落後的) 昏暗, 暮色. the *shadows* of evening 暮色.

〖似影子般的東西〗 **4** 影子般之物; 無實體的東西; 幽靈; 幻影; 黑影, 陰影. Since her sickness, she has been only a *shadow* of her former self. 自從她生病後, 她已(消瘦得)不復往日的身影/a *shadow* of a smile 略帶微笑/the *shadow* of death 死亡的陰影/dark *shadows* of fear 恐懼的陰影/The news of his death cast a *shadow* on [over] our meeting. 他去世的消息使我們的會議蒙上一層陰影.

5 (不好的) 徵兆, 前兆. the *shadow* of recession 經濟衰退的徵兆.

6 (加 a) 極少 (通常用於否定句). There is not a *shadow* of truth in what he says. 他所說的全是一派胡言/I never had a *shadow* of (a) doubt that he was American. 我完全相信他是美國人.

7 (如影隨形的) 糾纏者; 跟蹤者.

in shádow 照不到陽光之處; 在陰暗中. I looked back at the house; it now lay *in shadow*. 我回頭看那間房子, 它現已沒入陰影中了.

in the shádow 在陰暗處; 在不顯眼處. live *in the shadow* 隱居.

in [*under*] *the shádow of...* (1)在陰涼處. lie down *in the shadow of* a tree 躺在樹蔭下. (2)在 …不遠處. He grew up *in the shadow of* St. Paul's. 他在聖保羅附近長大. (3)在…的庇護下.

— vt. (∼s [∼z; ∼z]; ∼ed [∼d; ∼d]; ∼ing)

1 遮暗, 用陰影覆蓋; 使黑暗. The house is *shadowed* by a tall building. 房子被高樓遮住了陽光.

2 使(情緒, 表情等)不悅.

3 尾隨; 形影不離地跟隨. We're being *shadowed*. 我們被跟蹤了.

shad·ow·box·ing [ˈʃædoˌbɑksɪŋ; ˈʃædəuˌbɔksɪŋ] n. Ⓤ (拳擊) (練習時的) 空拳攻防練習 (假想對手就在眼前的自我練習).

shádow cábinet n. Ⓒ (英)影子內閣 (在野黨假想當政的預備內閣).

*shad·ow·y [ˈʃædəwɪ; ˈʃædəui] adj. (-ow·i·er, more ∼; -ow·i·est, most ∼) **1** 有影子的; 多蔭的; 有陰影的. a *shadowy* path 多蔭的小路.

2 影子般的, 模糊的; 虛幻的, 空虛的. a *shadowy* outline 模糊的輪廓/have a *shadowy* hope 存有渺茫的希望.

shad·y [ˈʃedɪ; ˈʃeidɪ] adj. **1** 蔭蔽的, 陰暗的; (樹木等)成蔭的. a *shady* spot 有陰影的地方/a *shady* tree 成蔭的樹.

2 《口》可疑的, 形跡可疑的. *shady* dealings 可疑的交易.

*shaft [ʃæft; ʃɑːft] n. (pl. ∼s [∼s; ∼s]) Ⓒ

〖柄〗 **1** (長矛, 高爾夫球桿, 斧等的)柄, 長柄. the *shaft* of an arrow 箭桿.

2 《文章》箭; 長矛. He loosed a *shaft* at the deer. 他瞄準鹿射了一箭.

3 《機械》軸.

〖縱向很長之物〗 **4** (電梯的)升降通道(電梯移動的空間); (礦坑的)豎坑, 礦井.

〖建築〗 **5** 柱子, 柱腳, 柱體 (→ column 圖).

6 一道光線. a *shaft* of light 一道光.

gèt the sháft (美, 口)受騙, 上當.

gìve a pèrson the sháft (美, 口)〔人〕被不正當地對待; 騙〔人〕, 欺騙.

— vt. (美, 俚)不正當地對待, 利用; 欺騙.

shag [ʃæg; ʃæg] n. Ⓤ **1** (狗等的)密而長的毛.

2 (紡織品的)絨毛. **3** 劣質菸絲.

shag·gi·ness [ˈʃægɪnəs; ˈʃægɪnɪs] n. Ⓤ 毛茸茸; 起絨毛.

shag·gy [ˈʃægɪ; ˈʃægɪ] adj. **1** 〔狗等〕毛茸茸的, 毛濃密的. a *shaggy* dog 長毛狗.

2 〔紡織品等〕起毛球的.

shag·gy-dog story [ˈʃægɪˌdɔgˌstɔrɪ; ˈʃægɪdɔgˌstɔːrɪ] n. Ⓒ (散漫無聊的) 冗長的笑話.

shah [ʃɑ; ʃɑː] n. Ⓒ (帝制時代的) 伊朗國王 (常用作稱號).

❊**shake** [ʃek; ʃeik] v. (∼s [∼s; ∼s]; shook; shak·en; shak·ing) vt.

〖搖動, 搖〗 **1** 搖動, 搖; 揮舞; 震動. *shake* a cocktail 搖動調酒器調雞尾酒/*shake* a tree 搖樹/*shake* a child by the shoulders 搖孩子的肩膀(通常是斥責小孩的動作, 但並非責打)/*shake* one's fist at a person 對某人揮拳/An earthquake *shook* the Osaka area last night. 昨晚大阪地區發生地震/The gas explosion *shook* the whole building. 瓦斯爆炸震動了整幢大樓.

2 (a)(加副詞(片語))搖[抖]落[出]. *shake* apples *from* a tree 把蘋果從樹上搖下來/*shake* crumbs *off* the tablecloth 抖落桌巾上的麵包屑/*shake* salt *on* a boiled egg 在水煮蛋上撒鹽/She *shook* her things *out* of her handbag. 她把手提包裡的所有東西都抖落出來. (b) 句型5 (shake A B)把 A 搖動成 B. The dog *shook* itself dry. 那隻狗把身體抖乾.

〖動搖〗 **3** 使〔心情, 信念等〕動搖, 使不穩定, (常用被動語態). She was badly *shaken* by the news. 她深被那消息所震撼/Nothing will *shake* his courage. 任何事情都不能動搖他的勇氣.

— vi. **1** 搖, 搖動; 震動. The earth is *shaking*. 地在震動. **2** 〔心情, 信念等〕動搖, 不穩定. **3** 顫抖(with〔恐懼, 寒冷等〕). Her voice *shook* with emotion. 她的聲音因激動而顫抖. ◎shake 是最常用來表示「顫抖」的字; → quiver, shiver, shudder, tremble, vibrate. **4** (口)握手(with).

shàke a pèrson by the hánd 與人握手.

shàke/.../dówn[1] (1)搖落[出]. (2)(美, 口)勒索〔人〕錢財. (3)(美, 口)(為搜查私藏武器等)嚴查〔人〕. (4)試航〔新船〕; 運轉〔機械〕等.

shàke dówn[2] (環境等)適應; 安頓.

❊*shàke hánds* 握手(with). Let's *shake hands* and be friends. 讓我們握手言和/I *shook hands*

with him. 我和他握手.

shàke one's ***héad*** 搖頭(相當於“No”, 表示否定、拒絕、責難、不相信等). 〖參考〗以否定句詢問, 如 “Aren't you sleepy?” (你不覺得睏嗎?), 回答時 shake one's head 的動作表示時, 就是”No.”的意思, 也就是說”嗯, 不覺得睏.

* ***shàke*** /.../ ***óff*** (1)抖掉…, 抖落…, (→ *vt.* 2 (a)). She *shook off* the snow from her coat. 她抖掉大衣上的雪.
(2)改〔習慣〕; 治〔病等〕. I just can't *shake off* this tiredness. 我就是無法消除這種疲勞.
(3)(口)甩開, 擺脫, 〔糾纏不清的人等〕.

shàke /.../ ***óut*** (1)搖出…; 抖落〔灰塵〕.
(2)抖開〔旗幟等〕.

shàke /.../ ***úp*** (1)搖勻…, (2)使…奮起. The new teacher has really *shaken up* the students. 新老師真的使學生奮發圖強.
(3)重新組成…. The Premier is going to *shake up* the Cabinet. 首相將要重組內閣.

— *n.* (*pl.* ~s [~s; ~s]) C 〖搖動〗 **1** (通常用單數)搖一搖. a *shake* of the head (否定, 拒絕等)搖頭/a *shake* of the hand 握手/give a bottle a *shake* 搖一下瓶子.
2 (美口)奶昔 (milk shake).
3 〖擲骰子>運氣〗(美, 口)(加 a)(常與修飾語連用)對待, 處置. a fair *shake* 公平的對待.
〖搖〗 **4** 震動, 搖動, (口)地震(earthquake).
5 〖一次搖動的時間〗(口)瞬間, 一會兒. He'll be back in a *shake*. 他馬上就回來.
〖顫抖〗 **6** 發抖, 顫抖. a *shake* in the voice 聲音顫抖.
7 (the shakes) (因恐懼等而引起的)戰慄.

be nò grèat shákes (口)(人, 物)沒甚麼了不起的.

in twò shákes = in hálf a sháke 即刻.

shake·down [ˈʃekˌdaʊn; ˈʃeɪkdaʊn] *n.* C
1 (口)(把草等鋪在地上當)臨時的睡鋪.
2 (美, 口)敲詐, 恐嚇.
3 (美, 口)徹底的檢查[搜查].
4 (形容詞性)(新造船隻[飛機等]的)試航[試飛]的.

shak·en [ˈʃekən; ˈʃeɪkən] *v.* shake 的過去分詞.

shak·er [ˈʃekə; ˈʃeɪkə(r)] *n.* C **1** 搖動的人[物]; 攪拌器. **2** 雞尾酒搖酒杯; (鹽, 胡椒等的)餐桌上用的調味品瓶罐(salt shaker).

* **Shake·speare** [ˈʃekˌspɪr; ˈʃeɪkˌspɪə(r)] *n.* **William ~** 莎士比亞(1564-1616)《英國劇作家, 詩人》.

●─莎士比亞的主要作品
Hamlet《哈姆雷特》, Othello《奧賽羅》, King Lear《李爾王》, Macbeth《馬克白》, 以上稱爲莎士比亞的四大悲劇. 另外還有 Romeo and Juliet《羅密歐與茱麗葉》, Julius Caesar《凱撒大帝》等悲劇. 喜劇則有 A Midsummer Night's Dream《仲夏夜之夢》, The Mer-

---

chant of Venice《威尼斯商人》等. 歷史劇則包括 Henry IV《亨利四世》, Richard III《理查三世》》.

Shake·spear·i·an [ʃekˈspɪrɪən; ʃeɪkˈspɪərɪən] *adj.* 莎士比亞的, 莎士比亞風格的; 莎士比亞時代的.

shake-up [ˈʃekˌʌp; ˈʃeɪkʌp] *n.* C **1** 用力搖晃; 奮起. **2** (口)(內閣, 公司等的)大異動, 大改組. 〖晃地.

shak·i·ly [ˈʃekɪlɪ; ˈʃeɪkɪlɪ] *adv.* 顫抖地; 搖搖

shak·i·ness [ˈʃekɪnɪs; ˈʃeɪkɪnɪs] *n.* U 搖晃.

shak·ing [ˈʃekɪŋ; ˈʃeɪkɪŋ] *v.* shake 的現在分詞, 動名詞.
— *n.* C 搖一搖; 用力搖. give a bottle a good *shaking* 好好地搖一搖瓶子/I gave the boy a *shaking* by the shoulders. 我用力搖晃這男孩的肩膀(→ shake *vt.* 1 的第 3 例).

shak·y [ˈʃekɪ; ˈʃeɪkɪ] *adj.* **1** 搖動的, 搖晃的. a *shaky* foundation 搖晃的地基.
2 (聲音等)顫抖的; (人)跟跟蹌蹌的. a *shaky* voice 顫抖的聲音.
3 不穩定的, 不牢靠的, 不可靠的. Their marriage is *shaky*. 他們的婚姻不穩固.

shale [ʃel; ʃeɪl] *n.* U (地質學)頁岩, 泥板岩.

✵**shall** [強 ʃæl, ˌʃæl, 弱 ʃəl, ʃl; 強 ʃæl, 弱 ʃəl, ʃl, ʃ] *aux. v.* (過去式爲should; 縮寫爲 shan't) 〖語法〗(1)一般以 will 代替 shall, 而 shall 則僅用於特定情況下. 這種傾向在(美)中特別明顯. (2)shall 的否定式除 shall not 以外, 還有 shan't, 但在(美)中不常使用 shan't. (3)過去式 should 的用法→ should.

I (直述句中)
1 (主詞爲第一人稱)
(a)(單純指未來)將要; 將會. I *shall* be sixteen years old next month. 下個月我將滿十六歲/I *shall* have left Chicago by that time. 那時我將已經離開芝加哥了(〖shall+have+過去分詞〗是未來完成式). 〖語法〗(美)通常用 will, (英)口語中也多用 will.
(b)(預期, 表輕微的意志) I *shan't* be long. 我不會去太久的/We *shall* let you know the time and place. 我們會讓你(們)知道時間和地點的. 〖語法〗此用法尤多見於(英).
(c)(決心, 確信)一定要. I *shall* have my own way. 我一定要按照自己的意思去做/I love you. I've never loved anyone else. I never *shall*. 我現在愛你, 我以前沒有愛過其他人, 以後也絕不會. 〖語法〗這時的 shall 發重音; 比 I will [won't] 語氣更強.
2 (文章)(主詞爲第二, 三人稱; 一般發[sæl; sæl])
(a)(說話者的意志)(你[他等])應該…; 最好…, 宜…. You *shall* have a reward. 你應該得到獎賞(= I will give you a reward.)/He *shall* pay for this. 他應該爲這件事付出代價(= I will make him pay for this.)/You *shall* not say things like that. 你不應說出那樣的話.
(b)(用於法律文書等, 表示命令, 禁止, 規定等)必

須，應. All fines *shall* be paid in cash. 所有罰款都必須用現金支付.
(c)《雅》《用於所有人稱，表示預言》會，一定. Seek, and ye *shall* find. 尋找，那麼你將得見《源自聖經》. 參考 現代英語譯爲 Ask, and you *will* receive.
II《疑問句中》
3 《第一人稱用 Shall I [we]...?》
(a)《單純指未來》會…嗎? *Shall* we be back in time? 我們來得及回來嗎? 語法 《美》一般用 will；《英》現今口語中也常使用 will.
(b)《詢問對方的意志、指示》…好嗎? *Shall* I call you again later? 我待會兒再打電話給你好嗎? (★現今多用 Do you want me to call you again later?)/What *shall* we drink? 我們喝甚麼好呢? (★徵求對方意見；What will we drink? 單純指未來「我們會喝甚麼呢?」).
(c)《Let's..., shall we?》我們…吧! Let's begin now, *shall* we? 我們現在開始好嗎?
4 《第二人稱 Shall you...?》《詢問對方的計畫、時間上方便與否》有空[方便]嗎? *Shall* you be free tomorrow? 你明天有空嗎? 語法 現在通常用 Will you...?
5 《古》《第三人稱 Shall he [she, it, they]...?》《徵求對方意見》讓…嗎? *Shall* he wait? 讓他等嗎? 語法 現在已經很少使用這種句型了，通常代之以 Do you want him to wait? 等.

shal·lot [ʃəˋlɑt; ʃəˈlɒt] *n.* C《植物》青葱《類似洋葱、蒜的百合科草本植物或其鱗莖》.

‡shal·low [ˋʃælo, -ə; ˈʃæləʊ] *adj.* (~·**er**; ~·**est**) **1** 〔河川等〕淺的(⇔ deep). a *shallow* dish 淺盤子/The river is *shallowest* here. 這條河此處最淺.
2 淺薄的，膚淺的. a *shallow* woman 膚淺的女人/*shallow* views 膚淺的意見.
— *n.* C (通常 shallows) 淺灘.
— *vi.* 〔河川等〕變淺.

shal·low·ly [ˋʃælolɪ; ˈʃæləʊlɪ] *adv.* 淺薄地，膚淺地.

shal·low·ness [ˋʃælonɪs; ˈʃæləʊnɪs] *n.* U 淺；膚淺.

shalt [強ˋʃælt, ˌʃælt, 弱ʃəlt, ʃl̩t; 強ˋʃælt, 弱ʃəlt, ʃl̩t] *aux. v.* 《古》shall的第二人稱、單數、直述語氣、現在式《主詞爲 thou》. Thou *shalt* not steal. 汝勿盜.

sham [ʃæm; ʃæm] *adj.* 假的，欺騙的；模擬的；假冒的. *sham* friendship 虛假的友情/*sham* pearls 仿造的珍珠.
— *n.* **1** C 贋品，仿造品；騙子.
2 aU 假裝，僞裝. Her headache was a mere *sham*. 她頭痛是假裝的.
— *vt.* (~**s**; ~**med**; ~·**ming**) 佯裝，假裝. She *shammed* interest in his story. 她裝出一副對他的故事很感興趣的樣子.
— *vi.* 佯裝，假裝；句型2 (sham **A**) 裝出 A 的樣子. You're only *shamming*. 你只不過是在假裝/*sham* dead 裝死/He often *shams* sick. 他經常裝病.

sha·man [ˋʃɑmən, ˋʃæm-, ˋʃe-; ˈʃæmən] *n.* C 薩滿教僧侶；巫師.

sha·man·ism [ˋʃɑmənɪzm̩, ˋʃæm-, ˋʃe-; ˈʃæmənɪzəm] *n.* U 薩滿教《亞洲北部信仰巫術[巫師]的原始宗教》.

sham·ble [ˋʃæmbl̩; ˈʃæmbl] *vi.* 蹣跚而行.

sham·bles [ˋʃæmbl̩z; ˈʃæmblz] *n.* aU《通常作單數》 **1** 屠宰場. **2** 大混亂(場面)，屠殺場面，流血場面. The guests left the hotel room in a *shambles*. 房客們在混亂中離開了旅館房間.

‡shame [ʃem; ʃeɪm] *n.* **1** U 羞恥，羞愧；羞恥心. in *shame* 慚愧/blush with *shame* 因羞恥而臉紅/She has no *shame*. 她不知羞恥.
2 U 恥辱，沒面子. bring *shame on* [*to*] a person 羞辱某人，破壞某人名聲.
3 aU 令人羞恥的事[物，人]，丟臉. Her misconduct was a *shame to* her family. 她做的壞事丟盡了全家的臉.
4 aU《口》不應該，可恥的事；遺憾. It's a *shame* (that) you can't come to the party. 眞遺憾你不能來參加宴會/It's a *shame* to eat this beautiful cake. 這麼漂亮的蛋糕，吃掉太可惜了.
⇨ *adj.* **shameful, shameless.**
For sháme! =Shame on you!
for [***from, out of***] ***sháme*** 慚愧(而不能做…). I can't do that *for shame*. 我不好意思做那種事.
pùt...to sháme 使…丟臉；羞辱…. Mike's painting *puts* artists *to shame*. 邁克的畫使(正規的)畫家也自慚不如.
Sháme on yòu! 眞丟臉！眞不要臉！你眞是令人傷腦筋啊！《有點輕鬆的語調》.
Whàt a sháme! (1)太不像話了！(2)那太遺憾[可憐]了！
— *vt.* (~**s** [~z; ~z]; ~**d** [~d; ~d]; **sham·ing**)
1 使難爲情；使丟臉，侮辱. Jim's diligence *shamed* us all. 吉姆的勤勉使我們都感到慚愧/He *shamed* me in front of my friends. 他在我朋友面前侮辱我.
2 使羞愧而…《*into* do*ing*》；使慚愧而不…《*out of*》. He was *shamed into studying* harder [*out of* his lazy life]. 他深感羞愧而開始努力學習[不再懶散地過日子了].

shame·faced [ˋʃemˏfest; ˌʃeɪmˈfeɪst] *adj.*
1 害羞的，內向的.
2 羞愧的. He made a *shamefaced* apology for his conduct. 他對自己的行爲感到羞愧而道歉.

shame·faced·ly [ˋʃemˏfestlɪ; ˌʃeɪmˈfeɪstlɪ] *adv.* 害羞地；羞愧地.

***shame·ful** [ˋʃemfəl; ˈʃeɪmfʊl] *adj.* **1** 可恥的，沒面子的. *shameful* conduct 可恥的行爲.
2 豈有此理的，過分的；卑劣的. The way they treat their dog is *shameful*. 他們對待狗的方式太惡劣了. ⇨ *n.* **shame.**

shame·ful·ly [ˋʃemfəlɪ; ˈʃeɪmfʊlɪ] *adv.* 可恥地，不名譽地.

S

***shame·less** [ˈʃemlɪs; ˈʃeɪmlɪs] *adj.* 不知羞恥的，厚臉皮的；猥褻的. a *shameless* woman 厚顏無恥的女人.

shame·less·ly [ˈʃemlɪslɪ; ˈʃeɪmlɪslɪ] *adv.* 不知羞恥地，厚臉無恥地.

sham·ing [ˈʃemɪŋ; ˈʃeɪmɪŋ] *v.* shame 的現在分詞,動名詞.

sham·my [ˈʃæmɪ; ˈʃæmɪ] *n.* (*pl.* **-mies**) = chamois 2.

sham·poo [ʃæmˈpu; ʃæmˈpuː](★注意重音位置) *n.* (*pl.* ~**s**) **1** ⃝ 洗頭髮. give a person a *shampoo* 替某人洗髮.
2 UC 洗髮粉,洗髮精.
— *vt.* 洗〔髮〕.

sham·rock [ˈʃæmrɑk; ˈʃæmrɒk] *n.* UC (植物)三葉草(苜蓿之類的植物; 愛爾蘭國花).

shan·dy [ˈʃændɪ; ˈʃændɪ] *n.* UC (主英)啤酒和薑汁啤酒或檸檬汁混合成的飲料.

Shang·hai [ˈʃæŋˈhaɪ; ˌʃæŋˈhaɪ] *n.* 上海.

shang·hai [ʃæŋˈhaɪ; ʃæŋˈhaɪ] *vt.* **1** (口)脅迫, 拐騙, 《*into*》. **2** (把人打昏或灌醉後)帶到船上當水手(舊時的行為).

[shamrock]

shank [ʃæŋk; ʃæŋk] *n.* ⃝ **1** (古)脛(knee 至 ankle 部分; 現稱 shin); (人的) (整隻)腿. **2** (動物的)腿肉. **3** (錨, 鑰匙, 湯匙, 魚鉤等的)柄, 軸, (→ anchor 圖).

shan't [ʃænt; ʃɑːnt] shall not 的縮寫.

shan·ty¹ [ˈʃæntɪ; ˈʃæntɪ] *n.* (*pl.* **-ties**) ⃝ 小屋, 簡陋的小屋.

shan·ty² [ˈʃæntɪ; ˈʃæntɪ] *n.* (*pl.* **-ties**) = chantey.

‡**shape** [ʃep; ʃeɪp] *n.* (*pl.* ~**s** [~z; ~z])
〖形狀, 形態〗**1** UC 外型, 樣子, 形狀, (form). houses of all *shapes* and sizes 各種形狀和大小的房屋/What [Of what] *shape* is Venus? 金星是甚麼樣子?/A rugby ball is oval in *shape*. 橄欖球是橢圓形的.
2 UC (用單數)形態; 存在方式. a devil in human *shape* 化爲人形的惡魔; 人面獸心的禽獸(比喻)/in the *shape* of...(→片語)/the *shape* of things to come 未來事物的形態.
3 U (計畫等的)具體形式. He got [put] his ideas *into* shape. 他把他的想法具體化了.
4 ⃝ 模型(mold); 模製物; 種類, 種類. get over difficulties of every *shape* 克服各種困難.
〖樣子>狀態〗**5** U (口)(健康, 經營等的)狀態, 情況. She's in good *shape*. 她身體狀況很好/That company is in pretty bad *shape*. 那家公司

的情況非常糟.
in àny shàpe or fórm (加否定詞)(口)以任何形式也(不); 無論如何也(不).
* *in shápe* 健康, 身體狀況好, (→ 5; ↔ out of shape (2)). Will you be *in shape* for the race next week? 你的身體在下星期可以參加比賽嗎?
* *in the shápe of...* (1)以…的形態; 扮作…. Satan appeared *in the shape of* a serpent. 撒旦以蛇的形態出現.
(2)以…的形式. I received the money *in the shape of* a bonus. 我收到一筆紅利.
out of shápe (1)變形. My hat is *out of shape*. 我的帽子變形了. (2)身體狀況不良(↔ in shape).
* *tàke shápe* 〔想法, 計畫等〕具體化, 成形. The program is *taking shape* now. 計畫正在漸漸成形.
— *v.* (~**s** [~s; ~s]; ~**d** [~t; ~t]; **shap·ing**) *vt.*
〖使成形〗**1** 形成; 製作; (*into*). Jim *shaped* snow *into* a snowman. 吉姆用雪堆了個雪人/A person's character is said to be *shaped* in childhood. 有人說人的性格在孩提時期就成形了.
〖定形〗**2** 明確決定, 具體化, 〔計畫等〕; 說出. *shape* a specific plan 提出明確的計畫/*shape* a question 提出問題.
3 決定, 朝向, 〔前進的路等〕《*for, to*〔…的方向〕》. He early *shaped* his course in life. 他早就決定自己一生的路了/She *shaped* her course to the lake. 她往湖的方向前進.
4 (使符合某形狀)使符合; 使適合; 《*to*》(通常用被動語態). These shoes are not *shaped to* my feet. 這些鞋不合我的腳.
— *vi.* **1** (明顯)成形; 具體化.
2 成形(*into*).
3 發展; 順利進行; 《*up*》. Things are *shaping up* well. 事情進行得很順利.
shàpe úp (1)(口)身體好起來; 〔工作〕有起色. How are things *shaping up* in the lab? 實驗室的工作進展如何? (2)好好地努力, 好好地做; 改變行爲, 洗心革面(好好做). All the newcomers are *shaping up* nicely now. 現在每個新進員工都進入狀況, 努力地在工作.
-shaped (構成複合字)呈某種形狀的. a ship-*shaped* cloud (船形的雲), egg-*shaped* (蛋形的).

***shape·less** [ˈʃeplɪs; ˈʃeɪplɪs] *adj.* **1** 無(明顯)形狀的.
2 走樣的, 不像樣的, 難看的. He was wearing a *shapeless* old raincoat. 他穿一件破舊得不成樣的雨衣.

shape·less·ly [ˈʃeplɪslɪ; ˈʃeɪplɪslɪ] *adv.* 無(明顯)形狀地; 不像樣地.

shape·ly [ˈʃeplɪ; ˈʃeɪplɪ] *adj.* 形狀好看的, 姿態美的. She has *shapely* legs. 她有一雙美腿.

shap·ing [ˈʃepɪŋ; ˈʃeɪplɪŋ] *v.* shape 的現在分詞,動名詞.

shard [ʃɑrd; ʃɑːd] *n.* ⃝ (陶瓷, 玻璃品等的)碎片, 殘片.

‡**share**¹ [ʃɛr; ʃɛə(r)] *n.* (*pl.* ~**s** [~z; ~z])
1 aU (工作, 出資, 責任等的)分配, 分擔. bear one's *share of* the responsibility 分擔

自己的一份責任/John did his *share* of work. 約翰做他被分配到的工作/She's had more than her *share* of trouble. 她比他人加倍辛勞.

2 ⓐ ⓤ 參加; 貢獻; (*in*). The politician has a *share in* this plot. 這個政客有參與這項陰謀/He hasn't taken much *share in* this project. 他對這項計畫沒甚麼貢獻.

3 ⓒ (用單數)(利潤等的)分配, 分紅. a fair *share* 公平的分配/You should claim an equal *share in* [*of*] the profits. 你應當要求利潤公平分配.

4 ⓒ 股, 股票; 股份(整個公司股份(stock)中的一股). He holds 2,000 *shares in* a trading company. 他擁有一家貿易公司的 2,000 股.

5 ⓤⓒ 市場占有率.

gò sháres (*with...*) (英)(與…)分紅; (與…)合夥經營; (與…)共同承擔; (*in*). I went shares with my cousin *in* the profits. 我和我的表哥平分利潤.

on sháres 共同分攤盈虧.

— *v.* (~**s** [~z; ~z]; ~**d** [~d; ~d]; shar·ing) *vt.*

1 共有, 共同使用, (工具, 房間等)(*with*). *share* a responsibility 分擔責任/*share* a taxi 共乘一輛計程車/I don't *share* their view. 我不贊同他們的意見/I *share* an apartment *with* a classmate. 我和一位同學合租一層公寓.

2 分攤; 均分. Why don't you *share* your cookies *with* Jim? 你為甚麼不把餅乾分給吉姆呢?/Let's *share* the expenses *between* us. 我們共同分擔這費用吧!

— *vi.* 分享; 分擔, 共同從事(*with*; *in*); 參加(*in* (工作等)). *share in* the expenses equally 平均分擔費用/Husband and wife should *share in* their joys and sorrows. 夫妻應同甘共苦.

shàre and shàre alíke 平均分攤, 平均分配.

shàre/.../óut 分配…(*between*, *among*).

share² [ʃɛr, ʃær; ʃeə(r)] *n.* ⓒ 犁刀(plowshare).

share·crop·per [ˈʃɛr͵krɑpɚ, ˈʃær-; ˈʃeə͵krɒpə(r)] *n.* ⓒ (美)佃農.

share·hold·er [ˈʃɛr͵holdɚ, ˈʃær-; ˈʃeə͵həʊldə(r)] *n.* ⓒ 股東.

share-out [ˈʃɛr͵aʊt, ˈʃær-; ˈʃeəraʊt] *n.* ⓒ (用單數)分配(*of* (贓物, 利益等)).

shar·ing [ˈʃɛrɪŋ, ˈʃær-; ˈʃeərɪŋ] *n.* share 的現在分詞, 動名詞.

***shark** [ʃɑrk; ʃɑːk] *n.* (*pl.* ~**s** [~s; ~s]) ⓒ **1** (魚) 鯊魚.

2 (口)貪婪的人; 放高利貸的人(也可說 lóan shàrk); 騙子.

shark·skin [ˈʃɑrk͵skɪn; ˈʃɑːkskɪn] *n.* ⓤ **1** 鯊魚皮. **2** 雪克斯金細呢(人造絲等化學纖維布料).

***sharp** [ʃɑrp; ʃɑːp] *adj.* (~**er**; ~**est**)

【 銳利的 】 **1** 〔刀刃等〕銳利的, 鋒利的; 尖的; (◆blunt, dull). a *sharp* knife 鋒利的刀子/a pencil with a *sharp* point 筆尖尖的鉛筆/a *sharp* nose 高挺的鼻子.

2 〔聲音等〕尖銳的, 刺耳的. give a *sharp* cry 發出尖叫聲/He put his wine glass on the table

---

with a *sharp* clink. 他碰地一聲把酒杯放在桌上.

3 〔味道〕強烈的, 辣的; 酸的. This cheese has a *sharp* taste. 這塊乳酪酸酸的.

4 〔人, 感覺, 頭腦等〕敏捷的, 敏銳的; 精明的, 狡猾的. a *sharp* young executive 年輕精明的經營者/have a *sharp* eye [ear] for 對…有敏銳的眼光 [聽力].

5 【對比明顯的】〔輪廓等〕鮮明的, 清楚的, 明顯的. a *sharp* outline 鮮明的輪廓/stand *sharp* against the sky 在天空的映襯下顯得鮮明/a *sharp* contrast between the young and old generations 年輕一輩和老一輩之間的明顯對照.

6 (口)儀表堂堂的, 光鮮的. a *sharp* dresser 衣著光鮮的人.

【 嚴峻的>劇痛的 】 **7** 〔寒冷等〕嚴酷的, 刺骨的; 〔疼痛, 食慾等〕激烈的, 劇烈的, (◆dull). a *sharp* sensation of cold 刺骨的寒冷/I felt a *sharp* pain in my side. 我感到我的腹側一陣劇痛.

8 〔措辭等〕嚴厲的; 尖酸的, *sharp* words 尖酸刻薄的話/Billy has a *sharp* tongue. 比利說話很毒.

【 變化的, 動作敏銳的 】 **9** (a) 〔轉彎處, 山坡等〕急遽的, 陡的. The road makes a *sharp* right turn there. 這條路在那兒有個向右的急轉彎. (b) 〔事實的變化, 程度等〕急速的. a *sharp* rise in prices 物價的急速上升.

10 〔走路等〕有精神的, 輕快的; 〔比賽等〕猛烈的, 激烈的. take a *sharp* walk 輕快地散步/a *sharp* contest 激烈的比賽.

11 〔置於名詞之後〕(音樂)升半音的(符號♯; ◆ flat).

— *adv.* **1** 銳利地; 精明地.

2 忽然地, 突然地. turn *sharp* to the left 突然左轉.

3 (用於時間)正好, 準確地. She arrived at six *sharp.* 她恰好六點到達.

4 (音樂)升半音地.

lòok shárp (口)趕快; 注意.

— *n.* ⓒ (音樂)升半音; 升記號(♯; ◆ flat).

***sharp·en** [ˈʃɑrpən; ˈʃɑːpən] *v.* (~**s** [~z; ~z]; ~**ed** [~d; ~d]; ~·**ing**) *vt.* **1** 使銳利, 削尖; 磨利. *sharpen* a pencil 削鉛筆/*sharpen* a knife 磨刀.

2 增強, 加重, 〔食慾, 疼痛等〕. *sharpen* the appetite 增強食慾.

3 使〔感覺, 機智等〕變敏銳(*up*). *sharpen* one's wit 使機智更加敏銳.

4 使〔言語等〕刻薄. *sharpen* one's tongue 說話愈來愈刻薄.

— *vi.* (更)銳利, 尖銳; 變敏銳; 變激烈.

●──形容詞＋-en →動詞		
blacken	brighten	broaden
darken	deaden	deafen
deepen	fasten	flatten
gladden	harden	lighten
loosen	madden	redden

ripen	sadden	sharpen
shorten	sicken	slacken
soften	stiffen	sweeten
thicken	tighten	weaken
whiten	widen	

★(1)-en 表示「使…」之意.

(2)在 flatten, gladden, madden, redden, sadden 中, 重複原字末尾的子音字母. 而 loosen, ripen, widen, whiten 則只加 -n 即可.

(3)soften 的 t 不發音.

(4)也有 en- [em-]＋形容詞而成的動詞: embitter endear enlarge enrich

sharp·en·er [ˈʃɑrpənə; ˈʃɑːpnə(r)] n. ⓒ **1** 磨者, 磨削工. **2** 磨削工具, 刨具. a pencil *sharpener* 削鉛筆機.

sharp·er [ˈʃɑrpə; ˈʃɑːpə(r)] n. ⓒ 詐騙者, 騙子.

sharp·eyed [ˌʃɑrpˋaɪd; ˌʃɑːpˈaɪd] adj. 目光敏銳的; 善於推理[洞察]的.

*****sharp·ly** [ˈʃɑrplɪ; ˈʃɑːplɪ] adv. **1** 銳利地; 嚴厲地. He looked at me *sharply*. 他目光銳利地看著我/ I rebuked him *sharply*. 我嚴厲地責了他.

2 精明地.

3 鮮明地, 清晰地. The mountain was *sharply* outlined against the sky. 這座山在藍天的映襯下, 輪廓顯得格外清晰.

4 急遽地; 敏捷地. The road turns *sharply* to the right. 道路向右急轉.

sharp·ness [ˈʃɑrpnɪs; ˈʃɑːpnɪs] n. Ⓤ **1** 銳利; 嚴厲. **2** 突然; 敏捷. **3** 鮮明. **4** 精明.

sharp·shoot·er [ˈʃɑrpˌʃutə; ˈʃɑːpˌʃuːtə(r)] n. ⓒ 神槍手; 狙擊手.

sharp·sight·ed [ˈʃɑrpˋsaɪtɪd; ˌʃɑːpˈsaɪtɪd] adj. 目光敏銳的; 精明的.

sharp·wit·ted [ˈʃɑrpˋwɪtɪd; ˌʃɑːpˈwɪtɪd] adj. 機智的; 精明的.

*****shat·ter** [ˈʃætə; ˈʃætə(r)] v. (~s [~z; ~z]; ~ed [~d; ~d]; -ter·ing [-tərɪŋ; -tərɪŋ]) vt. **1** 使粉碎, 打碎. The ball *shattered* the window. 球打破了窗子.

2 《口》損害, 傷害, 〔健康, 精神狀態等〕; 使〔希望等〕破碎. The news *shattered* her completely. 這消息使她完全崩潰了/His hopes were *shattered*. 他的希望破滅了/*shatter* his illusion 粉碎他的幻想.

3 《主英, 口》使筋疲力竭, 使吃不消. He was completely *shattered* after an hour's press conference. 一小時的記者會把他累垮了.

— vi. 粉碎, 破碎. The vase fell to the floor and *shattered* (into pieces). 花瓶摔到地上碎掉了.

shat·ter·ing [ˈʃætərɪŋ; ˈʃætərɪŋ] adj. **1** 震撼〔人心〕的. a *shattering* performance 震撼人心的演出. **2** 《主英》累人的.

shat·ter·proof [ˈʃætəˌpruf; ˈʃætəpruːf] adj. 〔玻璃等〕防碎的.

*****shave** [ʃev; ʃeɪv] v. (~s [~z; ~z]; ~d [~d; ~d], shav·en; shav·ing) vt.

1 刮〔臉, 鬍等〕; 刮除《off》. *shave* one's face [oneself] 刮臉/He *shaved* his mustache *off*. 他把鬍子刮掉了/The barber *shaved* his customer. 理髮師替他的客人刮臉.

2 削, 削成薄片, 〔木頭等〕《off》; 用刨子刨. *shave* a board 刨木板/*shave* a thin slice *off* the piece of cheese 從整塊乳酪上削下薄薄一片.

3 《口》勉強通過. The car just *shaved* the corner. 車子勉強彎過那個轉角.

— vi. 刮鬍子.

— n. (pl. ~s [~z; ~z]) ⓒ **1** (通常用單數)刮鬍子; 剃鬚. have a *shave* 刮鬍子, 請人刮鬍子/give a person a *shave* 替某人刮鬍子. **2** 薄片.

hàve a clòse [nàrrow] sháve 《口》僥倖脫險, 九死一生.

shav·en [ˈʃevən; ˈʃeɪvn] v. shave 的過去分詞.

— adj. 刮過鬍子[剃過頭]的; 〔草坪〕修剪整齊的. clean-*shaven* (→見 clean-shaven).

shav·er [ˈʃevə; ˈʃeɪvə(r)] n. ⓒ **1** 電動刮鬍刀(亦可作 elèctric sháver). **2** 刮鬍人; 刨削工.

shav·ing [ˈʃevɪŋ; ˈʃeɪvɪŋ] v. shave 的現在分詞, 動名詞.

— n. **1** Ⓤ刮臉, 刮鬍子.

2 ⓒ (常 shavings)薄片.

sháving crèam n. Ⓤ刮鬍膏.

Shaw [ʃɔ; ʃɔː] n. **George Bernard ~** 蕭伯納 (1856-1950)《英國劇作家, 評論家》.

shawl [ʃɔl; ʃɔːl] n. ⓒ披巾, 披肩.

*****she** [強 ʃi, ˌʃi, 弱 ʃɪ; ʃiː, ʃɪ] pron. (pl. they)《人稱代名詞》; 女性的第三人稱, 單數, 主格; 所有格為 her, 所有格代名詞為 hers, 反身代詞為 herself》

1 《通常接於表示女性的名詞之後》她, 那女人. My grandmother is seventy-five years old. *She* was a teacher at a local school. 我的祖母 75 歲了, 她曾是本地學校的老師/The actress said that *she* was engaged to a banker. 那位女演員說她和一位銀行家訂婚了. 〖語法〗she 有時指於人以外的雌性動物; 在使用未特別區分男女性別的語詞(如 teacher, everybody)時, 愈來愈多的人改以 he or she, him or her 代替, 書寫時則寫成 he/she, s/he, (s)he 的形式.

2 她, 它, 《用於船, 汽車, 飛機, 國家, 都市, 月亮, 自然等被視為陰性的名詞》. I bought an Italian motorcycle and *she* is a beauty. 我買了一部義大利摩托車, 她非常棒/After Kenya became independent in 1963, *she* pursued a policy of land reform. 肯亞在 1963 年獨立後, 持續實行土地改革政策.

— [強 ʃi, ˌʃi, 弱 ʃɪ; ʃiː, ʃɪ] n. (pl. shes [ʃiz; ʃiːz]) ⓒ **1** 女. Is this baby a he or a *she*? 這嬰兒是男的還是女的?

2 《通常以連字號與其後方的字相接以構成複合字》(動物)雌性的. a *she*-cat 母貓/a *she*-dog 母狗. ↔ he.

sheaf [ʃif; ʃiːf] n. (pl. sheaves) ⓒ 〔穀物, 信件等

的)捆. a *sheaf of* wheat 一捆小麥/a *sheaf of* letters 一捆信件.

shear [ʃɪr; ʃɪə(r)] *vt.* (~s; ~ed; shorn, ~ed; ~ing)
1 剪, 割, 〔羊毛等〕《用大剪刀》; 剪(羊的)毛; 砍〔樹等〕. *shear* wool from sheep [*shear* sheep] 剪羊毛.
2 《文章從〔人〕奪取, 剝奪, (of)(通常用被動語態)》. The disease *sheared* him of his physical strength. 這場病奪走了他的體力(使他變得很虛弱)/They have been *shorn of* the will to resist. 他們的反抗意志已遭剝奪.
— *n.* (shears)大剪刀(也有用雙手持柄的). a pair of *shears* 一把大剪刀.

clippers

[shears]

sheath [ʃiθ; ʃiːθ] *n.* (*pl.* ~s [ʃiðz; ʃiːðz]) C
1 (刀具等的)鞘; (工具等的)護套.
2 《植物》葉鞘; (蟲)鞘翅, 鞘翅.
3 緊身上衣(女裝).

[sheaths 1]

sheathe [ʃið; ʃiːð] *vt.*
1 將…收入鞘內. *sheathe* a knife 把刀子插入刀鞘.
2 (為保護而)覆蓋, 籠罩, (with, in).

sheath·ing [ʃiðɪŋ; ˋʃiːðɪŋ] *n.* UC 覆蓋物, 覆蓋材質; 房屋外壁.

shéath knife *n.* C 帶鞘刀子(相對於折疊式的刀子).

sheaves [ʃivz; ʃiːvz] *n.* sheaf 的複數.

she·bang [ʃiˋbæŋ; ʃiːˋbæŋ] *n.* C 情況; 組織; (一連串的)事件. the whole *shebang* 《主美、口》事情的全貌, 整個事情.

＊shed¹ [ʃɛd; ʃed] *v.* (~s [~z; ~z]; ~; ~·ding) *vt.*
1 《雅》流(淚, 血等); 使流出. She *shed* tears while listening to the story. 她聽著故事, 不禁潸然淚下/*shed* blood 流血《使用暴力傷[殺]人》.
2 脫〔衣〕, 蛻〔皮〕, 脫掉, 脫換〔羽毛, 牙齒, 角等〕, 落〔葉等〕. Snakes *shed* their skin. 蛇蛻去牠們的皮/The maple trees have *shed* their leaves. 楓樹的樹葉已掉落.
3 防〔水等〕. This raincoat *sheds* water perfectly. 這件雨衣防水效果極佳.
4 投放〔光等〕(on). This discovery will *shed* new light on the cause of cancer. 這一發現將為致癌因素的探索提供新的線索.
— *vi.* 蛻皮, 脫毛; 流出.
shèd one's **blóod** 流血; 死亡.

＊shed² [ʃɛd; ʃed] *n.* (*pl.* ~s [~z; ~z]) C **1** 小屋, 置物間; 家畜棚.
2 車棚; 收藏庫. a bicycle *shed* 自行車停車棚.

＊she'd [強 ʃid, ʃid, 弱 ʃid, ʃɪd; ʃiːd] she had, she would 的縮寫.

sheen [ʃin; ʃiːn] *n.* a U 光輝, 光彩, 光澤.

＊sheep [ʃip; ʃiːp] *n.* (*pl.* ~) **1** C 羊. a flock of *sheep* 羊群/*Sheep* bleat. 羊咩咩地叫/follow like *sheep* 盲從(羊隨著帶頭的羊走).
參考 公羊為 ram, 母羊為 ewe, 小羊[小羊肉]為 lamb; 羊肉為 mutton.
2 U 羊皮(sheepskin).
3 C 膽小(如羊)的人; 不爭氣的人; 愚蠢的人.
a wólf in shèep's clóthing → wolf 的片語.
càst [**màke**] **shèep's éyes at...** 《口》對…眉目傳情.
sèparate the shéep from the góats 《聖經》區別好人和壞人(goats 代表壞人).

shéep dòg *n.* C 牧羊犬(collie 等).

sheep·fold [ʃipˏfold; ʃiːpfəʊld] *n.* C 羊圈; 關羊的小屋.

sheep·ish [ˋʃipɪʃ; ˋʃiːpɪʃ] *adj.* (像綿羊般的)唯唯諾諾的; 內向的, 害羞的.

sheep·ish·ly [ˋʃipɪʃlɪ; ˋʃiːpɪʃlɪ] *adv.* 內向地, 害羞地.

sheep·ish·ness [ˋʃipɪʃnɪs; ˋʃiːpɪʃnɪs] *n.* U 內向, 害羞.

sheep·skin [ˋʃipˏskɪn; ˋʃiːpskɪn] *n.* **1** U 羊皮《通常指帶毛的》.
2 C 羊皮製的衣服[手套等].
3 U 羊皮紙; C 羊皮紙文件.
4 C 《美》畢業證書(diploma)《由羊皮紙文件引申而來的戲謔說法》.

＊sheer¹ [ʃɪr; ʃɪə(r)] *adj.* (sheer·er [ˋʃɪrɚ; ˋʃɪərə(r)]; sheer·est [ˋʃɪrɪst; ˋʃɪərɪst])【純粹的】**1** 《限定》完全的, 真正的, 純粹的. a *sheer* delight 真正的喜悅/*sheer* nonsense 一派胡言/hold to the old traditions by *sheer* force of habit 純因習慣而守舊.
2 陡峭的, 險峻的, 垂直的. a *sheer* cliff 陡峭的懸崖.
3 【不摻雜質的>透明的】《紡織品》透明的, 質地薄的. *sheer* stockings 透明絲襪.
— *adv.* **1** 全然地, 完全地, 徹底地. He ran *sheer* into the wall. 他一股腦地撞上牆.
2 垂直地; 陡直地. The stone fell *sheer* 30 feet into the pit. 那石頭直落洞中 30 英尺的地方.

sheer² [ʃɪr; ʃɪə(r)] *vi.* 〔船等〕改變方向, 偏離航道〔方向〕, (away, off).
shèer óff [**awáy**] **from...** 《口》避開(討厭的人, 話題等).

＊sheet [ʃit; ʃiːt] *n.* (*pl.* ~s [~s; ~s]) C【薄的長方形物】**1** 床單, 被單, (通常有上下兩層, 睡於其間). put clean *sheets* on the bed 在床上鋪上乾淨的被單/We change the *sheets* every other day. 我們每隔一天就更換床單.
2 (紙張等薄物的)一張; 薄板《通常指大小固定的; → piece》. a *sheet* [two *sheets*] of paper 一張[兩張]紙/a *sheet* of iron 薄鐵板/a *sheet* of glass 一片玻璃.
3 (水, 雪, 火等的)一大片. a *sheet* of flame 一

S

片火海/a *sheet* of water 一大片的水, 一片汪洋.

4 整版郵票; 〔俚〕報紙.

a clèan shéet → slate 的片語.

(as) pàle [whíte] as a shéet 《口》臉色蒼白的, 沒有血色的.

in shéets (1)滂沱地; 劇烈地. The rain fell *in sheets*. 大雨滂沱. (2)(印刷品)印刷完成尚未裝訂的.

shéet ànchor n. © **1** 《海事》備用大錨.

2 危急時可依靠的人[物].

shéet glàss n. Ü平板玻璃.

sheet·ing [ˈʃitɪŋ; ˈʃiːtɪŋ] n. Ü用來製成被單的料子.

shéet líghtning n. Ü片狀閃電(反射於雲層上呈片狀的閃電).

shéet mùsic n. Ü (不裝訂的)活頁樂譜.

Shef·field [ˈʃɛfild; ˈʃefiːld] n. 雪菲爾德(英格蘭中部 South Yorkshire 的工業都市).

she-goat [ˈʃiˌɡot; ˈʃiːɡəut] n. © 母羊(↔ he-goat).

sheik, sheikh [ʃek; ʃeik] n. © 回教徒, 特指阿拉伯人的)酋長, 族長, 教主.

Shei·la [ˈʃilə; ˈʃiːlə] n. 女子名.

shek·el [ˈʃɛk; ˈʃekl] n. © **1** 錫克爾(古代猶太族的重量單位; 約半盎司).

2 古希伯來硬幣(古猶太族銀幣; 約半盎司重).

3 以色列貨幣單位.

4 (shekels)《口》錢.

*shelf [ʃɛlf; ʃelf] n. (*pl.* **shelves**) © 【架子】 **1** 架子. Put the book on the top *shelf*. 把這本書放在最上層的架子上.

【擱板狀物】 **2** (崖的)岩棚; 暗礁; 淺灘, 沙洲. a continental *shelf* 大陸棚. ⇨ v. **shelve**.

off the shélf 有存貨馬上可以買到.

on the shélf 《口》束之高閣; 〔女子〕變成老小姐, 嫁不出去.

*shell [ʃɛl; ʃel] n. (*pl.* **~s** [~z; ~z]) ©

【硬殼】 **1** 貝殼 (seashell); 蛋殼 (eggshell; →egg 圖); (昆蟲的)脫殼; (龜, 蟹的)甲殼; (豆的)莢; (胡桃, 栗子等的)硬殼 (nutshell); a snail *shell* 蝸牛殼/tortoise *shell* 龜甲.

2 骨架, 框架; 外觀, 外表. the *shells* of bombed buildings 因爆炸而裸露的大樓鋼骨結構.

【貝殼狀物】 **3** 砲彈; (主美)彈殼; (→ cartridge 圖); a blind *shell* 未爆彈/a tear gas *shell* 催淚彈. Ê shell 爲鐵「殼」中裝塡有彈藥和散彈之砲彈; → bullet.

4 划艇(比賽用的輕型賽艇).

còme out of one's *shéll* 《口》拋開自我束縛, 和別人打成一片.

dràw [gò, retíre] into one's *shéll* 《口》自我封閉, 不說話.

— vt. **1** 去…的殼; 從莢中取出[豆]; (美)剝[玉米粒]. **2** 砲轟, shell a village 砲轟村莊.

shèll/.../óut 《口》支付全部[金錢].

---

*she'll [強 ˈʃil, ˌʃil, 弱 ʃil, ʃl; ʃiːl] she will 的縮寫, *She'll* be twenty years old next month. 她下個月將滿二十歲.

shel·lac [ʃəˈlæk; ʃəˈlæk] n. Ü蟲膠(清漆(varnish)的原料).

— vt. (**~s**; **-lacked**; **-lack·ing**) **1** 用蟲膠[清漆]塗. **2** (美)狠狠地揍.

shel·lack·ing [ʃəˈlækɪŋ; ʃəˈlækɪŋ] n. © (通常用單數)《美, 口》慘敗, 徹底擊潰.

Shel·ley [ˈʃɛli; ˈʃeli] n. **Per·cy** [ˈpɜsi; ˈpɜːsi] **Bysshe** [bɪʃ; bɪʃ] ~ 雪萊(1792-1822)(英國詩人).

shell·fish [ˈʃɛlˌfɪʃ; ˈʃelfɪʃ] n. (*pl.* **~**, **~es**) © **1** 貝. **2** 甲殼類(蝦, 蟹等). 匝匝指食物的貝、甲殼類時爲不可數名詞.

*shel·ter [ˈʃɛltɚ; ˈʃeltə(r)] n. (*pl.* **~s** [~z; ~z])

1 Ü (風雨, 危險等的)避難; 保護, 遮蔽. find [take] *shelter from* a storm 躲避暴風雨/The old man gave the child *shelter*. 老人保護那個小孩.

2 © 避難所, 隱藏處; 地下壕溝. an air-raid *shelter* 防空洞/a bus *shelter* (有頂棚的)公車候車亭/a *shelter* from the rain 躲雨處.

3 Ü (特別爲了沒有家的人設置的)臨時住屋, 收容設施; Ü (假的)住處, 住居. food, clothing and *shelter* 食物、衣著和住所.

under the shélter of... 在…保護下, 在…藏匿下.

— v. (**~s** [~z; ~z]; **~ed** [~d; ~d]; **-ter·ing** [-tərɪŋ; -tərɪŋ]) vt. 保護, 庇護; 留宿; 藏匿)《from》. *shelter* a person for the night 留某人住宿一晚/a *sheltered* industry 受保護的產業/Trees *shelter* my house *from* the wind. 樹木爲我的房子擋風.

— vi. 避難; 隱藏; 躲雨. *shelter from* the rain 躲雨/They *sheltered in* the church. 他們在教堂避難.

shelve [ʃɛlv; ʃelv] vt. **1** 將…放到架子上. *shelve* books 把書放在書架上.

2 擱置[問題等]; 延期[解決等]; 暫緩考慮[議案等]. *shelve* a bill 擱置法案.

3 在…裝甲架子. ⇨ n. **shelf**.

shelves [ʃɛlvz; ʃelvz] n. shelf 的複數.

shelv·ing [ˈʃɛlvɪŋ; ˈʃelvɪŋ] n. Ü搭架的材料; (集合)架子.

she-nan·i·gans [ʃəˈnænəˌɡænz, -ɡənz; ʃəˈnænɪɡənz] n. (作複數用)《口》詭計; 欺騙; 惡作劇.

*shep·herd [ˈʃɛpɚd; ˈʃepəd] (★注意發音) n. (*pl.* **~s** [~z; ~z]) © **1** 牧羊者, 牧羊人. There were *shepherds* keeping watch over their flock. 牧羊人看守著他們的羊群. **2** 指導者; (特指)牧師.

— vt. (**~s** [~z; ~z]; **~ed** [~d; ~d]; **~ing**) **1** 看顧[羊]. **2** 引導; 率領; 照顧. The secretary *shepherded* the reporters into the manager's office. 祕書將採訪記者引入經理的辦公室.

shépherd dòg n. ©牧羊犬 (sheep dog).

shep·herd·ess [ˈʃɛpɚdɪs; ˌʃepəˈdes] n. © 牧羊女.

shèpherd's cróok n. ©牧羊人的手杖(趕

羊用，前端彎曲的手杖）．

shep·herd's pie n. U《英》(絞肉上覆上一層馬鈴薯泥烤成的簡易)肉餡餅．

sher·bet [ˋʃɝbɪt; ˋʃəːbət] n. **1** U《美》果汁雪泥((英) sorbet)(果汁加入牛奶、蛋白、砂糖等冷凍而成)；C一杯果汁雪泥．
2 U《美》(水果口味的)果汁粉(沖泡後飲用)．

sher·iff [ˋʃɛrɪf; ˋʃerif] n. (pl. ~s) C **1** 《美》郡法律執行官(選出後掌管郡(county)的治安)．
2 《英》郡長(郡(county)的英王代理人；只負責禮儀上的職務)．

Sher·lock Holmes [ˋʃɝlɑkˋhomz; ˋʃəːlɔkhəumz] n. 夏洛克·福爾摩斯(Conan Doyle 所著的一系列推理小說的主角，為一名偵探)．

Sher·pa [ˋʃɝpə, ˋʃɛr-; ˋʃəːpə] n. (pl. ~, ~s) C雪帕人(西藏的一支少數民族；住在喜瑪拉雅山山區，常擔任登山者的嚮導)．

sher·ry [ˋʃɛrɪ; ˋʃeri] n. U雪利酒(原產於西班牙赫雷斯(Jeres)的淺褐色烈葡萄酒；英國人喜愛將它作為餐前酒)．

Sher·wood For·est [ˋʃɝwʊdˋfɔrɪst, -ˋfɑr-; ˋʃəːwudˋfɔrist] n. 雪伍德森林(英格蘭中部的皇家森林；Robin Hood 和其同伴曾住在這裡)．

※**she's** [強ˋʃiz, ˌʃiz, 弱ʃiz, ʃɪz; ʃiːz] she is, she has 的縮寫．She's at home. 她在家/ She's already finished her homework. 她已經做完她的家庭作業/She's come. 她已經來了(★此例句中的she可作she is，亦可作she has)．

Shet·land [ˋʃɛtlənd; ˋʃetlənd] n. 夏德蘭群島(蘇格蘭東北部的群島；正式名稱為 the Shetland Islands)．

Shetland pony n. 夏德蘭種小馬(原產於夏德蘭群島的健壯小型馬)．

shh [ʃ; ʃ] interj. =sh.

shib·bo·leth [ˋʃɪbəlɪθ; ˋʃibəleθ] n. C **1** 《政黨等)的口號，標語；(老套的)標題．**2**(某一階級、團體成員特殊的)語彙(很容易和他人區別)．字源 源自聖經中以 [ʃ] 的發音來判別敵我的故事．

shied [ʃaɪd; ʃaid] v. shy[1,2] 的過去式、過去分詞．

※**shield** [ʃild; ʃiːld] n. (pl. ~s [~z; ~z]) C **1** 盾(為抵擋長矛、刀、箭等的武器)．

2 防禦物；保護物；(機械的)罩子；擁護者，後盾．The bank robber used one of the bank clerks as a shield. 銀行搶犯挾持一名銀行職員作為談判籌碼．
— vt. (~s [~z; ~z]; ~ed [~ɪd; ~id]; ~·ing) 保護，庇護；遮蔽；《from》．I will shield you from any danger. 我將保護你不受任何危險．

shi·er [ˋʃaɪɚ; ˋʃaiə(r)] adj. shy[1] 的比較級．

shies [ʃaɪz; ʃaiz] v. shy[1,2] 的第三人稱、單數、現在式．
— n. shy[2] 的複數．

shi·est [ˋʃaɪɪst; ˋʃaiist] adj. shy[1] 的最高級．

※**shift** [ʃɪft; ʃift] v. (~s [~s; ~s]; ~·ed [~ɪd; ~id]; ~·ing) vt. **1** 轉移，移動；切換(汽車的排檔)(★以 vi.，vt. 表達此意時，《英》通常用 change)．shift one's position 移動位置/We spent the whole day shifting the furniture around. 我們花了一整天

時間移動家具/Don't try to shift the blame onto your sister. 不要總想把責任推到你妹妹[姊妹]身上．
2 改變成(其他東西)，取代．shift jobs 換工作/ shift ideas 改變想法．
— vi. **1** 移動，變動，動．shift from place to place 到處移動/The wind has shifted to the north. 風轉向北吹/He shifted about uneasily in his chair. 他不安地在椅子上動來動去．
2 〔人〕換檔．shift into high [low] 換成高速[低速]檔．
3 設法謀生；設法應付；欺騙．
— n. (pl. ~s [~s; ~s]) C **1** (地方，方向，職業等的)變化，變更，轉換．a personnel shift 人事的變動/a sudden shift in diplomacy 外交上的急速轉變/the shift of population from the country to the city 人口從鄉村到城市間的流動．
2 交替(制)；輪班工作時間；(集合)輪班的組別．an eight-hour shift 八小時換班一次/work in shifts 輪班工作/He is on the night shift. 他上夜班．**3** 自謀生路；設法；權宜之計；詐騙．be put to shifts 被迫採取權宜之計/The villagers were living by shift(s). 村民自謀生路．
màke shíft 自謀生路；設法應付；湊合；《with》．We'll have to make shift (with twenty dollars) until payday. 我們必須在發薪日之前(以 20 美元)湊和著過日子．

shift·i·ly [ˋʃɪftɪlɪ; ˋʃiftili] adv. 狡猾地；應付自如地．

shift·i·ness [ˋʃɪftɪnɪs; ˋʃiftinis] n. U狡猾．

shift·less [ˋʃɪftlɪs; ˋʃiftlis] adj. 無能的；懶惰的，遊手好閒的．a shiftless son 遊手好閒的兒子．

shift·y [ˋʃɪftɪ; ˋʃifti] adj. 狡猾的，不可靠的；〔眼神等〕狡詐的．a shifty look 狡詐的表情．

shil·ling [ˋʃɪlɪŋ; ˋʃiliŋ] n. C **1** 先令(1971 年以前的英國貨幣單位；一鎊的二十分之一；一先令為十二便士(略稱符號為 s.，/·; → penny)．2 s. [2/·] 2 先令/3 s. 6 d. =3/6 (讀作 three and six) 3 先令 6 便士．
2 先令銀幣(1946 年起改為白銅幣)．

shil·ly-shal·ly [ˋʃɪlɪˌʃælɪ; ˋʃiliˌʃæli] vi. (-lies; -lied; ~·ing) 《口》(人)磨磨蹭蹭；猶豫不決．★ shally 源自 shall I?

shim·mer [ˋʃɪmɚ; ˋʃimə(r)] vi. 閃爍．The moonlight shimmered on the surface of the lake. 月光在湖面上閃爍．同 shimmer 通常指光線反射所造成的微光閃爍；→ shine.
— n. U閃爍，微光．the shimmer of silk cloth 絲布的閃閃發亮．

shin [ʃɪn; ʃin] n. C脛(→ body 圖)；脛骨(shinbone)；牛的小腿肉．
— vi. (~s; ~ned; ~·ning) 敏捷地攀登《up》．

shin·bone [ˋʃɪn‚bon; ˋʃinbəun] n. C《解剖》脛骨．

shin·dig [ˋʃɪndɪg; ˋʃindig] n. C《口》**1** 熱鬧的舞會[聚會]．**2** =shindy.

shin·dy [ˋʃɪndɪ; ˋʃindi] n. (pl. -dies) C《英、口》

騷動；吵鬧．kick up a *shindy* 引起騷動；喧嚷．

‡shine [ʃaɪn; ʃaɪn] v. (~**s** [~z; ~z]; **shone**, vt. 2 中通常作 ~**d** [~d; ~d]; **shin·ing**) vi.

1 照耀，發光，照射．The sun is *shining* bright. 太陽正明亮地照耀著/Her face was *shining* with happiness. 她的臉上散發著幸福的光芒．

回 shine 為表「發光，照耀」之意最常用的字；→ flash, gleam, glimmer, glint, glisten, glow, radiate, shimmer, twinkle.

2 顯眼，引人注目，大放異彩，傑出．He doesn't *shine* as a history teacher. 就一位歷史老師而言，他並不出色/Jane *shines* at German. 珍的德語很棒．

— vt. **1** 用〔光，照明等〕照亮；使發光．I *shone* my torch into the dark room. 我拿著手電筒往那漆黑的房間裡照．

2 擦〔鞋等〕(polish). I had my boots *shined*. 我擦了鞋．

— n. ⓐⓊ **1** 光，光輝，光澤．the *shine* of passing headlights 來往車輛車燈的光芒．

2 (鞋的)擦亮．give one's shoes a *shine* 擦鞋．

tàke a shíne to... 《主美、口》(不知怎地〔突然〕)喜歡…．

shin·gle¹ [ʃɪŋgl; ʃɪŋgl] n. ⓒ **1** 屋頂板，木片瓦；木瓦屋頂．

2 《美、口》(醫生，律師等的)小招牌．hang out [up] one's *shingle* 〔醫生等〕掛出招牌，開業．

— vt. 用木瓦蓋〔屋頂〕．

shin·gle² [ʃɪŋgl; ʃɪŋgl] n. Ⓤ (集合)(海邊等的)小圓石(比砂礫(gravel)大)．

shin·gles [ʃɪŋglz; ʃɪŋglz] n. (通常作單數)《醫學》帶狀疱疹．

shin·gly [ʃɪŋglɪ; ʃɪŋglɪ] adj. 多小圓石的．

shín guàrd n. ⓒ (常 shin guards)(棒球，冰上曲棍球等的)護脛，護腿．

shin·ing [ʃaɪnɪŋ; ʃaɪnɪŋ] v. shine 的現在分詞，動名詞．

— adj. **1** 發光的，閃爍的．a *shining* silver coin 一枚閃閃發光的銀幣．

2 《限定》引人注目的，優秀的．a *shining* example 好榜樣．

shin·ny [ʃɪnɪ; ʃɪnɪ] vi. (-nies; -nied; ~·ing) 《美》=shin.

Shin·to·ism [ʃɪnto͵ɪzəm; ʃɪntəʊɪzəm] (日語) n. Ⓤ 神道．

shin·y [ʃaɪnɪ; ʃaɪnɪ] adj. **1** [特指平滑的表面]發光的，閃爍的，光亮的．*shiny* shoes 光亮的鞋子．

2 〔衣服〕磨損後發亮的．The seat of his pants is *shiny*. 他褲子臀部的地方磨得發亮．⋄ n. **shine**.

‡ship [ʃɪp; ʃɪp] n. (pl. ~**s** [~s; ~s]) ⓒ **1** 船，艦，(★常用陰性的代名詞；→ boat, vessel). go [get] on board (a) *ship* 乘船/a *ship's* doctor 船醫/build a *ship* 造船．

搭配 n.+ship: a merchant ~ (商船), a passenger ~ (客船) // v.+ship: sail a ~ (駕駛), board (a) ~ (乘船), leave (a) ~ (下船)．

2 《口》飛船(airship)；太空船(spaceship)；飛機．*by ship* 坐船，走海路，(by sea). go *by ship* 坐船去．

when one's ship còmes hóme [*ín*] 《口》若發了財，如果時來運轉．

— v. (~**s** [~s; ~s]; ~**ped** [~t; ~t]; ~**ping**) vt.

1 把…裝上船；用船運．*ship* goods 裝貨物/I'll have my car *shipped* to Japan. 我的車用船運往日本．

2 (用卡車、火車等)運輸．*ship* goods by rail 用火車運貨．

3 安裝〔桅桿等〕；把〔船槳〕放到船上〔從槳架上取下〕．

— vi. 乘船；以船員的身分工作．

ship/.../óff [*óut*] 《口》把…送出去，送到；補繳；《to》. Have you *shipped* those products *off to* Japan? 那些產品已送去日本了嗎？

ship wáter [*séa*] (船)浸水．

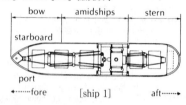

[ship 1]

-ship suf. **1** 加在名詞之後構成表示「狀態，身分，官職，關係，技術等」的抽象名詞．partner*ship*. friend*ship*. penman*ship*.

2 加在形容詞之後構成抽象名詞．hard*ship*.

ship bìscuit n. ⓒ 硬餅乾，乾糧，(從前船員在航海途中吃的；《英》亦作 ship's bìscuit)．

ship·board [ʃɪp͵bord, -͵bɔrd; ʃɪpbɔːd] n. (用於下列片語)

on shípboard 在船上，在船內．go *on shipboard* 乘船．

ship·build·er [ʃɪp͵bɪldɚ; ʃɪp͵bɪldə(r)] n. ⓒ 造船業者；造船技師．

ship·build·ing [ʃɪp͵bɪldɪŋ; ʃɪp͵bɪldɪŋ] n. Ⓤ 造船(技術)；造船業．

ship·load [ʃɪp͵lod; ʃɪpləʊd] n. ⓒ船運量，客運量．

ship·mate [ʃɪp͵met; ʃɪpmeɪt] n. ⓒ (同船的)水手夥伴．

ship·ment [ʃɪpmənt; ʃɪpmənt] n. **1** Ⓤ 裝運，運送．★《英》主要指用船裝運．

2 ⓒ 裝載的貨物；《主英》船貨．

ship·own·er [ʃɪp͵onɚ; ʃɪp͵əʊnə(r)] n. ⓒ船主．

ship·per [ʃɪpɚ; ʃɪpə(r)] n. ⓒ 運送業者；貨主．

ship·ping [ʃɪpɪŋ; ʃɪpɪŋ] n. Ⓤ **1** 裝貨；輸送，運送；貨運業．**2** (集合)(一港或一國的)船舶．

shípping àgent n. ⓒ海運業者．

ship·shape [ʃɪp͵ʃep; ʃɪpʃeɪp] adj. 《口》井然有序的，整齊的．

*ship·wreck [ʃɪp͵rɛk; ʃɪprek] n. (pl. ~**s** [~s; ~s]) **1** ⓊⒸ船舶失事，船難．suffer *shipwreck* 發生船難．**2** ⓒ失事殘骸．**3** Ⓤ破滅；失敗，挫折．the *shipwreck* of her marriage 她失敗的婚

姻.

— vt. (~s [~s; ~s]; ~ed [~t; ~t]; ~ing)使〔人〕遇難; 使破滅; (通常用被動語態). They were *shipwrecked* off the coast of California. 他們在加州海岸附近遇難了.

ship·wright [ˋʃɪp͵raɪt; ˋʃɪpraɪt] n. ⓒ造船木工, 造船工.

ship·yard [ˋʃɪp͵jɑrd; ˋʃɪpjɑ:d] n. ⓒ造船廠.

shire [ʃaɪr; ˋʃaɪə(r)] n. ⓒ(英, 古)郡(county) (→ -shire). 注意在郡名中為 [-ʃɪr, -ʃə; -ʃə(r)].

-shire *suf.* (英)「… 郡」. York*shire*. Lanca*shire*. 注意發音不是 [-ʃaɪr, -ʃaɪə; -ʃaɪə(r)] 而是 [-ʃɪr, -ʃə; -ʃə(r)].

shíre hòrse n. ⓒ(產於英格蘭中部)用來拉貨車的健壯大型馬.

shirk [ʃɜk; ʃɜ:k] vt. 逃避, 懈怠, 〔責任, 義務等〕; [句型3](shirk do*ing*) 逃避做…. — vi. 逃避責任; 逃學; 懈怠.

shirk·er [ˋʃɜkə; ˋʃɜ:kə(r)] n. ⓒ逃避責任者; 懈怠的人.

shirr·ing [ˋʃɜɪŋ; ˋʃɜ:rɪŋ] n. ⓒ抽褶, 打細褶, 《洋裁中數條並行的衣[補]褶》.

✻**shirt** [ʃɜt; ʃɜ:t] n. (*pl.* ~s [~s; ~s]) ⓒ **1** 襯衫. wear a *shirt* 穿襯衫/stripped to the *shirt* 脫得只剩襯衫.
> [搭配] v.+shirt: button one's ~ (扣上襯衫扣子), unbutton one's ~ (解開襯衫扣子), undo one's ~ (脫掉襯衫), put on one's ~ (穿上襯衫), take off one's ~ (脫下襯衫).

2 (美)汗衫, 內衣, (undershirt).

kèep one's **shírt òn** (口)不生氣, 保持冷靜, 《通常用於祈使句》.

lòse one's **shírt** (口)喪失全部財產, 蒙受重大損失.

pùt one's **shírt on...** (口)賭上全部金錢《<連襯衫也拿來賭》.

> ●──與 shirt 相關的用語
> dress shirt 禮服襯衫　nightshirt 寬鬆的睡衣
> polo shirt 馬球衫　sport shirt 運動衫
> sweat shirt 圓領厚料棉衫
> T [tee]-shirt T 恤
> undershirt 汗衫, 內衣

shirt·front [ˋʃɜt͵frʌnt; ˋʃɜ:tfrʌnt] n. ⓒ襯衫的胸部(特指正式服裝中用漿處理過的襯衫).

shirt·ing [ˋʃɜtɪŋ; ˋʃɜ:tɪŋ] n. Ⓤⓒ襯衫料子.

shirt·sleeve [ˋʃɜt͵sliv; ˋʃɜ:tsli:v] n. **1** ⓒ襯衫袖子. **2** (形容詞性)穿著襯衫的; 隨便的, 不拘形式的; 非正式的; 平民百姓的.

in one's **shírtsleeves** 脫去外衣, 只穿著襯衫.

shirt·waist (美), **-waist·er** (英) [ˋʃɜt͵west; ˋʃɜ:tweɪst], [-͵westə; -weɪstə(r)] n. ⓒ(女用)寬鬆襯衫.

shirt·y [ˋʃɜtɪ; ˋʃɜ:tɪ] adj. (口)不高興的, 發怒的.

shit [ʃɪt; ʃɪt] (鄙) vi. (~s; ~, ~ted; ~ting) 大便. — vt. **1** 拉〔屎〕. **2** 用大便弄髒….

shìt one*sélf* (鄙)(1)拉大便. (2)害怕得發抖.

— n. **1** Ⓤ糞. **2** [a Ⓤ]拉大便.

in the shít (鄙)變得困擾麻煩.

nót give a shít about... (鄙)對…一點也無所謂. He doesn't *give a shit about* money. 他一點也不在乎錢.

— interj. 糟糕! 他媽的!

shit·ty [ˋʃɪtɪ; ˋʃɪtɪ] adj. (鄙)討厭的; 過分的; 愚蠢的.

✻**shiv·er** [ˋʃɪvə; ˋʃɪvə(r)] vi. (~s [~z; ~z]; ~ed [~d; ~d]; **-er·ing** [-rɪŋ, -ərɪŋ; -ərɪŋ]) (因寒冷、恐懼、興奮等)顫抖. She was *shivering* with cold. 她冷得直打哆嗦. 同 shiver 是指因寒冷或恐懼所引起的暫時性顫抖; → shake.
— n. (*pl.* ~s [~z; ~z]) ⓒ **1** 顫抖, 冷顫, 寒顫. A *shiver* ran down my back. 我背上打了個寒顫. **2** 《口》(the shivers)寒顫, 顫抖. have the *shivers* 冷得發抖/The sight of blood gives me the *shivers*. 見到血使我不寒而慄.

shiv·er·y [ˋʃɪvrɪ, ˋʃɪvərɪ; ˋʃɪvərɪ] adj. **1** 〔人〕顫抖的, 發冷的. I feel *shivery*. 我渾身發冷(打哆嗦). **2** 〔氣候〕寒冷的.

shoal¹ [ʃol; ʃəʊl] n. ⓒ(魚的)群(→ herd 同); 《口》大量, 許多. a *shoal* of salmon 鮭魚群/*shoals* of people 成群結隊的人.

shoal² [ʃol; ʃəʊl] n. ⓒ淺灘; 洲, 沙洲. the *shoals* 海邊的淺灘.

✻**shock¹** [ʃɑk; ʃɒk] n. (*pl.* ~s [~s; ~s]) **1** ⓒ(碰撞、爆炸等的)震盪, 衝擊; (地震時持續的)震動. the *shock* of an explosion 爆炸的震盪/I didn't feel the first *shock* of the earthquake. 我沒有感覺到地震的第一次震動.
2 Ⓤⓒ(精神上的)震驚, 衝擊, 打擊. Her father's sudden death was a great *shock to* her. 她父親的驟死對她是一個很大的打擊/Ellen was white with *shock*. 艾倫嚇得臉色發白.
> [搭配] adj.+shock: a severe ~ (很大的震撼), a slight ~ (輕微的打擊), a sudden ~ (突然的衝擊) // v.+shock: get a ~ (遭到打擊), have a ~ (受到打擊).

3 ⓒ電擊. An electric *shock* can be fatal. 電擊可能導致死亡.
4 Ⓤ(醫學)休克(症); 衝擊. die of *shock* 休克而死.
5 《口》=shock absorber.
— vt. (~s [~s; ~s]; ~ed [~t; ~t]; ~ing) **1** 給予…衝擊, 使震驚; 使憤慨, 使驚訝. Everybody was *shocked at* [by] the scandal. 大家都對那件醜聞感到震驚. **2** 〔電〕使人觸電(通常用被動語態). get *shocked* 觸電.

shock² [ʃɑk; ʃɒk] n. ⓒ(一頭)蓬亂的頭髮. a *shock* of red hair 一頭蓬亂的紅髮.

shòck absòrber n. ⓒ(機械)(汽車, 摩托車等的)避震器.

shock·er [ˋʃɑkə; ˋʃɒkə(r)] n. 《口》(詼) **1** 令人毛骨悚然的人[物]; 討厭的人[物]. That woman

is a real *shocker*. 那女人真令人討厭.

2 煽情小說[電影, 戲劇].

*shock·ing [ˋʃɑkɪŋ; ˋʃɔkɪŋ] *adj.* **1** 令人震驚的; 恐怖的, 令人毛骨悚然的. *shocking* news 令人震驚的消息.

2 (口)極厲害的; 糟糕的. catch a *shocking* cold 患重感冒/a *shocking* dinner 非常糟糕的晚餐.

shock·ing·ly [ˋʃɑkɪŋlɪ; ˋʃɔkɪŋlɪ] *adv.* 令人震驚地; (口)厲害地.

shock·proof [ˋʃɑkˋpruf; ˋʃɔkpruːf] *adj.* 耐衝擊的; 耐震的. a *shockproof* watch 防震的手錶.

shóck trèatment [thèrapy] *n.* U (醫學)(透過電擊等進行的)休克療法.

shóck wàve *n.* C (爆炸, 飛機等引起的)衝擊波; 精神震撼波.

shod [ʃɑd; ʃɔd] *v.* shoe 的過去式、過去分詞.

shod·di·ly [ˋʃɑdɪlɪ; ˋʃɔdɪlɪ] *adv.* 低廉地.

shod·dy [ˋʃɑdɪ; ˋʃɔdɪ] *adj.* **1** 冒牌的, 虛有其表的. That shop sells *shoddy* goods. 那家店賣冒牌貨. **2** (策略等)卑鄙的, 卑劣的.

— *n.* U **1** 再生毛(從劣質貨再生, 可利用的毛). **2** 虛有其表的便宜貨.

****shoe** [ʃu, ʃɪu; ʃuː] *n.* (*pl.* ~**s** [~z; ~z]) C

【鞋】**1** (通常 shoes)鞋. a pair [two pairs] of *shoes* 一雙[兩雙]鞋/change into indoor *shoes* 換穿室內鞋/He has new *shoes* on. 他穿著新鞋/These *shoes* are tight [fit well]. 這雙鞋很緊[合腳]. [參考](1)(美)不到踝關節的鞋(low shoe)及到踝關節的鞋(high shoe)均稱作 shoe; (英)指 low shoe. (2)(美)超過踝關節的長靴稱作 boot, (英)則將 high shoe 及比其長的鞋都稱為 boot.

[搭配] *v.*+shoe: polish (one's) ~s (擦鞋), put on (one's) ~s (穿上鞋), wear (one's) ~s (穿鞋), take off one's ~s (脫鞋), tie one's ~s (繫鞋帶).

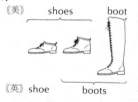

《美》 shoes　　boot

《英》 shoe　　boots

【鞋狀物】**2** 蹄鐵(horseshoe); (手杖等的)金屬套; (包椅腳的)(橡皮)套; (裝在雪橇下的)鐵滑板.

anòther pàir of shóes 另當別論.

fìll a pèrson's shóes 《口》步某人後塵.

in a pèrson's shóes 站在某人的立場; 代替某人. I wouldn't be *in* your *shoes* for anything. 我才不想和你易地而處呢!

(knòw) where the shòe pínches → pinch 的片語.

— *vt.* (~**s**; **shod**, ~**d**; ~**ing**) 使穿上鞋; 給…打蹄鐵; 在…的末端裝金屬套, She was *shod* in pumps. 她穿著一雙輕便舞鞋/*shoe* a horse 給馬釘上蹄鐵/a stick *shod* with iron 尾端加了鐵套的柺杖.

shoe·black [ˋʃu͵blæk, ˋʃɪu-; ˋʃuːblæk] *n.* = bootblack.

shoe·horn [ˋʃu͵hɔrn, ˋʃɪu-; ˋʃuːhɔːn] *n.* C 鞋拔.

*shoe·lace [ˋʃu͵les, ˋʃɪu-; ˋʃuːleɪs] *n.* (*pl.* **-lac·es** [~ɪz; ~ɪz]) C 鞋帶. do one's *shoelaces* (up) 繫鞋帶.

shoe·mak·er [ˋʃu͵mekɚ, ˋʃɪu-; ˋʃuː͵meɪkə(r)] *n.* (*pl.* ~**s** [~z; ~z]) C 製鞋人, 修鞋人.

shóe pòlish *n.* U 鞋油.

shoe·shine [ˋʃu͵ʃaɪn, ˋʃɪu-; ˋʃuːʃaɪn] *n.* UC 擦鞋子.

shoe·string [ˋʃu͵strɪŋ, ˋʃɪu-; ˋʃuːstrɪŋ] *n.* C **1** 《主美》鞋帶(shoelace). **2** (口)極少的錢, 小資本. on a *shoestring* 小本經營地. **3** 《美》(形容詞性)細長的.

sho·gun [ˋʃo͵ɡʌn, -͵ɡun; ˋʃəʊɡuːn] (日語) *n.* C (日本幕府時代的)將軍.

shone [ʃon; ʃɒn] *v.* shine 的過去式、過去分詞.

shoo [ʃu; ʃuː] *interj.* 噓! 噓! (趕鳥等的聲音).

— *vt.* (口)發噓聲驅趕…(*away*).

shook [ʃuk; ʃʊk] *v.* shake 的過去式.

****shoot** [ʃut; ʃuːt] *v.* (~**s** [~s; ~s]; **shot**; ~**ing**) *vt.* 【發射】**1** 開(槍), 射擊; 射(箭). 發射(子彈); 放(箭)(*off*). *shoot* a gun [bow] 開槍[射箭]/He *shot* the arrow clean through the bull's-eye. 他一箭射穿了靶心/He *shot off* a bullet to test the gun. 他射了一發子彈以測試那把槍.

2 **(a)** 放射(光); 扔擲(物); 長出(芽). The sun began to *shoot* its beams through the clouds again. 太陽又再度穿透雲朵, 放射光芒/*shoot* dice 擲骰子. **(b)** [句型4] (shoot A B)、[句型3] (shoot B *at* A)朝A(人)拋出B. She *shot* me a stern look.＝She *shot* a stern look *at* me. 她朝我瞪了一眼/He *shot* questions *at* me. 他連珠砲似地質問我.

3 伸出(*out*); 飛速通過[穿越]. *shoot out* one's tongue 吐舌頭/*shoot* the rapids 穿過急流.

【擊中目標】**4** **(a)** 射, 擊中, [人, 動物等](→ hunt 同). *shoot* a fox 射殺狐狸/*shoot* oneself (舉槍等)自殺/The policeman *shot* the man through the heart. 警察射穿了那男人的心臟/I'll be *shot* if that's true. 那要是真的, 我就死給你看. **(b)** [句型5] (shoot A B)把A射成B. The robber *shot* the guardsman dead. 搶匪射死了那名警衛.

5 拍攝, 拍…的照片. He *shot* children springing into the sky from a trampoline. 他拍下孩子們從彈簧床向空中跳的鏡頭/The greater part of this film was *shot* on location in Arizona. 這部電影大部分在亞利桑那州拍攝.

6 (球賽)朝球門射(球).

— *vi.* **1** 槍擊, 射擊; (用槍)狩獵. He *shoots* badly. 他射擊很差/He went *shooting*. 他打獵去

了. **2** 飛馳((*out*)), 疾走; 驟然發光. The girl *shot* out of the room. 女孩飛快地跑出房間/ Streaks of red flame *shot out*. 幾道紅色的火焰噴了出來. **3** 〔疼痛〕刺痛. A sharp pain *shot* through his right leg. 一陣劇痛刺穿他的右腿. **4** 〔芽〕長出; 〔植物〕發芽; 伸出. New leaves *shoot* forth in spring. 春天新葉發芽. **5** 《主美、口》(通常於祈使句)(說話)開始; 聊天. We'll hear your whole story. *Shoot*! 全都說給我們聽吧! **6** 攝影, 拍照. **7** 《球賽》射門.

shóot at [*for*]... 瞄準…射擊(不含射中之意); 《口》以…為目標.

shòot/.../dówn (1)射落…; 擊落…. (2)《口》使(辯論的對手)無言以對.

shòot it óut 《口》以互相攻擊來解決(爭執).

shòot *one's* **móuth óff** 《口》(1)說大話, 吹牛, 《*about*》. (2)毫不思考就說個不停, 亂講話, 《*about*》.

shòot/.../óff (1)射斷…. (2)拿〔槍〕向空中發射; 放〔煙火〕.

shóot úp 〔孩子, 植物等〕快速成長; 〔塔, 岩石等〕聳立; 〔物價〕飛漲.

— *n*. (*pl.* ~**s** [~s; ~s]) Ⓒ **1** 射擊; (火箭等的)發射. **2** 狩獵會, 遊獵旅行; 射獵場. **3** 新芽, 嫩枝. bamboo *shoots* 竹筍. **4** 《球賽》(對準球門的)射門. — *interj.* 《美、俚》噢! 嗐!(表示失望, 不愉快).

[shoot 3]

seed
root

shoot·er [ʃutɚ; ˈʃuːtə(r)] *n.* Ⓒ 射手; 狩獵者.

shoot·ing [ˈʃutɪŋ; ˈʃuːtɪŋ] *n.* Ⓤ 射擊, 發射; 射獵(權)(→ hunting).

shóoting gàllery *n.* Ⓒ (遊樂場等的)打靶場; 室內射擊練習場.

shóoting stàr *n.* Ⓒ 《口》流星(falling star).

shoot-out [ˈʃut͵aut; ˈʃuːtaut] *n.* Ⓒ 《口》對射決鬥.

✻shoop [ʃap; ʃɔp] *n.* (*pl.* ~**s** [~s; ~s]) **1** Ⓒ (販售物品的)店鋪, 小商店. a dress *shop* 服裝店/a flower *shop* 花店/a chemist's (*shop*) → chemist/a grocer's (*shop*) 雜貨店/a gift *shop* 禮品店/keep a *shop* 經營商店/open [close] a *shop* 開[關]店. 回《美》除雅緻的精品店或賣賣禮品等特定物品之商店外, 通常使用 store. **2** Ⓒ (服務業的)店面; 工作場所, 製造生產處, (workshop); 〔工廠的〕…室, 部門. a beauty *shop* 美容院/a repair *shop* 修理場/the body *shop* in a car factory 汽車廠的車身部門. **3** 《美》Ⓒ (小學、初中的)工作室; Ⓤ 工藝, 技術科[課程].

àll over the shóp 《英、口》(1)雜亂地. Don't leave your toys *all over the shop*. 不要把玩具弄得亂七八糟. (2)到處, 遍處.

còme [**gò**] **to the wròng shóp** 《口》找錯人幫忙.

---

set ùp shóp 開店; 開業. *set up shop* as a lawyer 律師開業.

shut ùp shóp 打烊; 歇業.

tàlk shóp 話不離本行.

— *vi.* (~**s** [~s; ~s]; ~**ped** [~t; ~t]; ~**ping**) 購物, 去買東西(*for*). *shop* around (為買東西)到處看看/go *shopping* at a department store 去百貨公司購物.

— *vt.* **1** 《美》(為了購物)拜訪[店].

2 《英、俚》告密, 「出賣」.

●──與 SHOP 相關的用語

coffee shop	(飯店等的)咖啡廳
curiosity shop	古董店
workshop 工作室	pawnshop 當鋪
barbershop 理髮店	toyshop 玩具店

shóp assìstant *n.* Ⓒ 《英》(小商店的)店員 (《美》clerk).

shop·girl [ˈʃap͵gɝl; ˈʃɔpgɜːl] *n.* Ⓒ 女店員.

✻shop·keep·er [ˈʃap͵kipɚ; ˈʃɔp͵kiːpə(r)] *n.* (*pl.* ~**s** [~z; ~z]) Ⓒ 小商店老闆, 小店店主. ★《美》通常作 storekeeper.

shop·lift [ˈʃap͵lɪft; ˈʃɔp͵lɪft] *vi.* 在店內順手牽羊.

shop·lift·er [ˈʃap͵lɪftɚ; ˈʃɔp͵lɪftə(r)] *n.* Ⓒ 在商店裡行竊者.

✻shop·lift·ing [ˈʃap͵lɪftɪŋ; ˈʃɔp͵lɪftɪŋ] *n.* Ⓤ 在商店裡行竊(指行為).

shop·per [ˈʃapɚ; ˈʃɔpə(r)] *n.* Ⓒ 購物顧客.

✻shop·ping [ˈʃapɪŋ; ˈʃɔpɪŋ] *n.* Ⓤ 購物; (集合)(已買的[要買的])商品. do one's *shopping* 購物/I have some *shopping* to do. 我有些東西要買.

shópping bàg *n.* Ⓒ 《美》(百貨公司等贈送的手提)購物袋(《英》carrier bag).

shópping cènter *n.* Ⓒ 購物中心(有計畫地集中多種商店和餐飲店的地方; 避開鬧區, 有大面積的停車場).

shópping màll *n.* Ⓒ 《美》(通常為設於建築物內的)購物中心.

shop·soiled [ˈʃap͵sɔɪld; ͵ʃɔpˈsɔɪld] *n.* 《英》= shopworn.

shòp stéward *n.* Ⓒ (工會的)工廠代表.

shop·walk·er [ˈʃap͵wɔkɚ; ˈʃɔp͵wɔːkə(r)] *n.* Ⓒ 《英》(百貨公司等的)樓面管理員(《美》floor-walker).

shop·win·dow [ʃap`wɪndo, -, wɪn-, -də; ͵ʃɔpˈwɪndəu] *n.* Ⓒ (商店的)櫥窗, 陳列櫥窗, (show window).

shop·worn [ˈʃap͵wɔrn, -, wɔrn; ˈʃɔpwɔːn] *adj.* **1** 〔商品〕陳列得變舊了的. **2** 〔想法等〕了無新意的.

✻shore¹ [ʃor, ʃɔr; ʃɔː(r)] *n.* (*pl.* ~**s** [~z; ~z]) **1** Ⓒ (海, 河, 湖的)岸; 海岸地帶; (→ coast 回). walk along the *shore* of a lake

S

沿著湖畔行走/I saw a fishing boat about a mile off the *shore*. 我看見距海岸一英里的海上有艘漁船．
2 U (相對於海的)陸，陸地，(land)．set out for *shore* 向陸地游(划)出/fight one's way to *shore* against the current 拚命地逆流游(划)上岸．
in shóre 近岸．
off shóre 離岸較遠的海上．
on shóre 在陸上．go *on shore* 登陸．

shore² [ʃor, ʃɔr; ʃɔ:(r)] *n.* C (建築物、船體等的)支柱．
── *vt.* 用支柱支撐(*up*)．

shore‧line [ˋʃor͵laɪn, ˋʃɔr-; ˋʃɔ:laɪn] *n.* C 海岸線．

shóre patról *n.* C (美海軍)海軍憲兵隊(略作 SP)．

shore‧ward [ˋʃorwəd, ˋʃɔr-; ˋʃɔ:wəd] *adv.* 往岸上，朝陸地方向．
── *adj.* (往)岸上的．

shorn [ʃorn, ʃɔrn; ʃɔ:n] *v.* shear 的過去分詞．

٭short [ʃort; ʃɔ:t] *adj.* (~**‧er**; ~**‧est**)
〖(短的)〗 **1** (尺寸)短的，(距離)短的，近的，(↔long)．a *short* skirt 短裙/*short* legs 短腿/She looks cute with her hair *short*. 她剪短頭髮後看起來很可愛/This coat is too *short* on me. 這件外套我穿太短了/This pencil is *shorter* than that one. 這枝鉛筆比那枝短/at a *short* distance 在附近．
2 個子矮的，尺寸短的，(↔tall)．a *short* man 個子矮的人/*short* grass 短草．
3 (時間)短的(↔long)．a *short* life 短暫的一生/a *short* trip 短期旅遊/in a *short* time 短時間內．
4 〔語音學〕短音的(↔long)．a *short* vowel 短母音(met, pill 中 [ɛ; e], [ɪ; ɪ] 等)．
5 〔文章、故事等〕短的，(詞句)縮略的，簡潔的(brief)．a *short* novel 短篇小說/a *short* explanation 簡短的說明/'Dept.' is *short* for 'department'. Dept. 是 department 的縮寫/To be *short*, he was in love with her. 簡單說，他愛上她了．
〖(短的>不足的)〗 **6** (量，金額，距離等)不足的，不夠的，不充足的．*short* weight 不足的重量/in *short* supply 供應的東西不足/I'm ten dollars *short*. 我還缺 10 美元．
7 〔言語不多的〕傲慢的〔莽撞的，無禮的，(with〔人〕)〕暴躁的，〔人〕話少的．a *short* reply 傲慢的回答/She's always *short* with me. 她總是對我傲慢無禮/have a *short* temper 脾氣暴躁．
8 【黏度不夠的】〔糕點等〕酥的，鬆脆的．
◇ *n.* shortage. *v.* shorten.
٭ *be shórt of...* 缺少…，未達到…．We *are short* of food. 我們食物不夠/It *is* ten minutes *short of* five. 〈美〉現在四時五十分(★亦可省略 short; → of 2)(=It is ten to five.)/That *is* decidedly *short of* satisfactory. 那絕對不能使人滿意．
little shórt of... 簡直跟…一樣．To go out in this blizzard would be *little short of* madness. 在這大風雪中出門簡直是瘋了．

nóthing shórt of... 完全不外乎是…．His win was *nothing short of* a fluke. 他的勝利完全是僥倖．
shòrt and swéet 〈口〉〔話，信等〕短的，簡潔的．His answer was *short and sweet*: "No." 他的回答很乾脆:「不」．
shórt on... 〈口〉…(略有)不足地．
── *adv.* **1** 不充分地，不足地．**2** 簡潔地，傲慢地．**3** 突然地，忽然地，(suddenly)．The car turned *short* to the left. 那輛車突然向左轉．
còme [fàll] shórt (錢，物等)不足．
٭ *còme [fàll] shórt of...* 達不到…，不及…，辜負〔期待等〕．The arrow *fell short of* the target. 箭沒射及箭靶．
cùt/.../shórt → cut 的片語．
٭ *rùn shórt* (1)〔人〕不足;欠缺;(of)．We will *run short* of oil some day. 總有一天我們將缺乏石油．(2)〔東西〕不夠;用完了．Sugar is *running short*. 砂糖不夠用了．
shórt of... 除…外，姑且不論…，*Short of* robbery, I'd do anything to marry her. 除了搶劫外，我願意做任何事來娶她．
── *n.* **1** (口)要點，梗概．
2 C (口)短片，短篇小說．
3 C 〔棒球〕游擊手守備位置;游擊手;(shortstop)．
for shórt 簡稱為．Margaret is called Meg *for short*. Margaret 可簡稱為 Meg．
٭ *in shórt* 總而言之，總之．The plan is, *in short*, wholly unrealistic. 總而言之，這計畫完全不切實際．
── *v.* 〈口〉=short-circuit.

٭**short‧age** [ˋʃortɪdʒ; ˋʃɔ:tɪdʒ] *n.* (*pl.* **-ag‧es** [~ɪz; ~ɪz]) UC 不足，缺乏;不足額．a housing *shortage* 住宅短缺/(a) *shortage* of petroleum 石油不足/a *shortage* of ten tons 十噸的不足額．

short‧bread [ˋʃort͵brɛd; ˋʃɔ:tbred] *n.* U (加了很多奶油的)油酥脆餅．

short‧cake [ˋʃort͵kek; ˋʃɔ:tkeɪk] *n.* UC
1 〈美〉油酥甜餅(用 shortening 製成)．
2 〈英〉=shortbread.

short‧change [͵ʃortˋtʃendʒ; ͵ʃɔ:tˋtʃeɪndʒ] *vt.* 〈口〉故意少找零錢給〔人〕;(泛指)欺騙．

shòrt círcuit *n.* UC (電)短路．

short‧cir‧cuit [ʃortˋsɝkɪt; ʃɔ:tˋsɜ:kɪt] *vt.*
1 (電)使短路．**2** (省略麻煩事等)簡化行之．
── *vi.* (電)短路．

short‧com‧ing [ˋʃort͵kʌmɪŋ, -ˋkʌm-; ͵ʃɔ:tˋkʌmɪŋ] *n.* C 短處，缺點;不足，缺乏．

٭**short‧cut** [ˋʃort͵kʌt; ˋʃɔ:tkʌt] *n.* (*pl.* ~**s** [~s; ~s]) C 捷徑．take a *shortcut* 抄捷徑．

٭**short‧en** [ˋʃortn; ˋʃɔ:tn] *v.* (~**s** [~z; ~z]; ~**ed** [~d; ~d]; ~**ing**) *vt.* 弄短，縮短．have one's trousers *shortened* (請人)將長褲改短/The new express highway will *shorten* the trip a great deal. 新的高速公路一定會大大縮短旅行的時間．
── *vi.* 變短，縮短．I felt the days were *shortening* considerably. 我覺得日子顯著地變短了．
◇ *adj.* short. ↔ lengthen.

short·en·ing [ˈʃɔrtṇɪŋ, -tnɪŋ; ˈʃɔːtnɪŋ] *n.* U
1 縮短. **2** 用於使點心鬆脆的油脂(為使糕點口感更好而放的油脂、奶油等).

short·fall [ˈʃɔrt͵fɔl; ˈʃɔːtfɔːl] *n.* UC 不足額[量]. There was a *shortfall* in income of about a thousand dollars. 收入短缺約一千美元.

short·hand [ˈʃɔrt͵hænd; ˈʃɔːthænd] *n.* U 速記(↔ longhand). write (*in*) *shorthand* 速記/a *shorthand* typist (英)速記打字員((美) stenographer)(速記後用打字機打出).

short·hand·ed [ˈʃɔrt'hændɪd; ˈʃɔːt'hændɪd] *adj.* (敍述)人手不足的.

short·horn [ˈʃɔrt͵hɔrn; ˈʃɔːthɔːn] *n.* C 短角牛(原產於英格蘭的優良肉牛).

shórt líst *n.* C (英)候選人名單(僅登載已通過初選者).

short-list [ˈʃɔrt͵lɪst; ˈʃɔːtlɪst] *vt.* (英)使通過初選.

short-lived [ˈʃɔrt'laɪvd; ˈʃɔːt'lɪvd] *adj.* 短命的; 無常的; 一時的. a *short-lived* cabinet 短命內閣/a *short-lived* success 短暫的成功.

***short·ly** [ˈʃɔrtlɪ; ˈʃɔːtlɪ] *adv.* **1** 不久, 馬上. She will arrive here *shortly*. 她馬上就到這裡/My grandfather died *shortly* after [before] my birth. 我的祖父在我出生後[前]不久就過世了. 語法 shortly不用於修飾副詞(片語)而單獨使用時, 用來表未來事宜.
2 簡潔地, 簡短地. to put it *shortly* 簡言之.
3 唐突地; 輕慢地. The secretary answered me *shortly*. 祕書輕慢地回答我.

short·ness [ˈʃɔrtnɪs; ˈʃɔːtnɪs] *n.* U 短; 不足, 不充分; 輕慢.

shórt ódds *n.* (作複數)(如3比2般)差額小[勝算高]的賭率(↔ long odds).

shórt órder *n.* C (美)(點)快餐.

short-range [ˈʃɔrt'rændʒ; ͵ʃɔːt'rændʒ] *adj.* 射程短的; 短期(間)的(↔ long-range). a *short-range* missile 短距離飛彈/a *short-range* forecast 短期預測.

***shorts** [ʃɔrts; ʃɔːts] *n.* (作複數)(運動用的)短褲;(主美)(男用)短內褲(underpants).

shórt shórt stóry *n.* C 極短篇小說.

shórt shríft *n.* U (人、物的)怠慢. get *short shrift* 受怠慢[輕視].

shórt síght *n.* U 近視; 目光短淺.

***short-sight·ed** [ˈʃɔrt'saɪtɪd; ͵ʃɔːt'saɪtɪd] *adj.*
1 近視的, 近視眼的, ((主美) nearsighted).
2 沒有先見之明的, 目光短淺的. a *shortsighted* plan 無先見之明的計畫. ↔ longsighted.

short·stop [ˈʃɔrt͵stɑp; ˈʃɔːtstɒp] *n.* C (棒球)游擊手守備位置; 游擊手. (→ baseball 圖).

shórt stóry *n.* C 短篇小說.

short-tem·pered [ˈʃɔrt'tɛmpəd; ˈʃɔːt'tempəd] *adj.* 性急的, 暴躁的.

short-term [ˈʃɔrt'tɝm; ˈʃɔːt'tɜːm] *adj.* (商業)短期的(通常不滿一年).

shórt tíme *n.* U 縮短了的工作時間.

shórt tón *n.* C 美噸(重量; → ton 參考).

shórt wáve *n.* U (電)短波.

short-wind·ed [ˈʃɔrt'wɪndɪd; ͵ʃɔːt'wɪndɪd] *adj.* 呼吸困難的; 呼吸急促的.

short·y [ˈʃɔrtɪ; ˈʃɔːtɪ] *n.* (*pl.* **short·ies**)(口)
1 C (用單數)(輕蔑)「矮冬瓜」,「侏儒」. ★稱呼用語. **2** (形容詞性)(衣服)短的.

*****shot**[1] [ʃɑt; ʃɒt] *n.* (*pl.* ~**s** [~s; ~s]) **1** C 開槍, 發射, 射擊; 槍聲; (火箭的)發射. a good *shot* 射中/at a *shot* 一槍/take [have] a *shot* at 瞄準…射擊/I heard a *shot* just now. 我剛才聽到一聲槍響.
2 C (沒爆炸的)槍彈, 砲彈; 散彈(★此義之複數形為 shot). fire a few *shots* 開了幾槍. 回 炸開的子彈為 shell; → bullet.
3 C (比賽用的)鉛球. put the *shot* 推鉛球.
4 C 射手. a good *shot* 好射手.
5 U 射程, 中彈距離. out of [within] *shot* 射程外[內].
6 C 亂猜一通; 猜題; 嘗試. make a good [bad] *shot* (亂猜一通)猜中[沒猜中]/I made very lucky *shots* at the questions on the English test. 我非常幸運地猜對了英文考試的題目.
7 C (球賽等中的)一擊, 一打, 一腳, 射門. a penalty *shot* 罰球.
8 C (口)(皮下)注射; (少量烈酒的)一小杯; 酒錢. have [get] a *shot* 請人注射/He drank a *shot* of whiskey. 他喝了一小杯威士忌.
9 C 照片, 快照; (電影, 電視的)鏡頭(連續的一個場景). This is a *shot* of my wife on the beach. 這是在海濱所拍的我太太的照片.
10 C (火箭等的)發射. fire a moon *shot* 發射探月火箭. ⇨ *v.* shoot.

a shót in the árm (1)手臂的注射. (2)(口)「興奮劑」, 振奮精神之物.
a shót in the dárk (口)亂猜, 離譜的猜測.
càll the shóts (口)下命令; 支配.
hàve a shót at [for]… 嘗試做….
like a shót (口)像子彈般迅速地; 立刻.

shot[2] [ʃɑt; ʃɒt] *v.* shoot 的過去式、過去分詞.
—— *adj.* 閃色的(因光的影響而會變色的織物). *shot* silk 閃色的絲綢.

shot·gun [ˈʃɑt͵gʌn; ˈʃɒtgʌn] *n.* C 散彈槍, 獵槍. 回 shotgun 槍管內側沒有螺旋溝; → gun.

shót pùt *n.* (加 the)(比賽)推鉛球.

*****should**[強]ʃʊd, ʃɑd; 弱 ʃud, ʃt; 強ʃʊd, 弱 ʃəd, ʃd, ʃt] *aux. v.* (shall 的過去式; 否定的縮寫為 shouldn't)

1 (與現在式 shall 對應的用法; 依據時態的一致, 表示從過去某時間來看的未來). I was afraid I *should* be late. 當時我擔心是否會遲到/My holiday was over; I *should* be back home the next day. 我的假期已結束, 準備第二天就回家/We said we *should* win. 我們說我們會贏的(=We said, "We shall win.")/He said that he *should* get well before long. 他說他過不久就會好的. 語法 此

句雖是將直接敘述法的"I shall get well...."中的 shall 保留，並將主詞改爲第三人稱，但在(美)、(英、口)中，不論主詞是第二人稱或第三人稱，甚至第一人稱也都多用 would)。

2 (a)《通常用於與條件子句(以 if＋假設法過去式來表示)相呼應的主要子句)(第一人稱)也許. I *should* be glad to go with you if I could. 如果有可能，我也願意跟你一起去(實際上沒有可能)/I *should* ask him if I were you. 如果我是你的話，我也許會問他(★有時候成爲 You had better ask him. 之意)。

(b)《通常用於與條件子句(以 if＋假設法過去完成式來表示)相呼應的主要子句)(第一人稱)(用 should have＋過去分詞)也許已經. I *should have gone* to the party if I had been invited. 如果我曾被邀請，也許就已出席了那次宴會(實際上並沒被邀請)/If I had had a lot of money at that time, I *should have bought* a new car. 如果當時我有一大筆錢的話，也許我就已經買了新車。

★(a), (b)在(美)中通常都用 would。

(c)《用於第一人稱；假設的意義變淡，僅用來減弱語氣)是想…, 也許該…. I *should* like to talk to you. 我有話想對你說(→like¹ *vt.* 4)/I *should* say [think] she's over forty. 我想她也許已年過四十了吧!/I *should have liked* to go with you. 我原想和你一起去的(可惜沒去成)。

3 (a)應該(★should 發重音). Brothers *should* not quarrel. 兄弟不應該吵架/He told me that I *should* be more careful. 他對我說我應該更小心點。

(b)(用 should have＋過去分詞的形式)本來就應該，如果…就好了，必須. You *should have been* more careful. 你本應該注意些的/You *should have seen* him dance! 你眞應該看看他跳舞!《<你本來應該看他跳舞的>/Applicants *should have worked* for at least five years in a high school. 應徵者至少必須在中學工作過五年。

回(1)作表示義務的助動詞時，should 是比 must, ought 更委婉的表達方式. (2)(b)意爲以現在來看「過去的某時(雖沒有做但)應該做」，單純表達過去某時的義務時使用 had 加以即可(間接敘述用「should＋動詞原形」→(a)第2例)。

4 (表示確實)(當然)應該，一定會;(用 should have＋過去分詞的形式)應該已經…了. John *should* be here any minute now. 約翰應該馬上就到了/Their train *should have arrived* at Manchester by now. 他們乘坐的列車現在該已到達了曼徹斯特。

5 (用於表示批評的 that 子句)竟然會…. It is surprising that you *should* say so. 令人驚訝的是你竟會這麼說/It was natural that he *should* fall sick. 難怪他會生病/He was angry that you *should* suspect him. 他很生氣你竟然會懷疑他/It is a pity that he *should have died* so young. 非常遺憾的是他那麼年輕就死了。 語法(1)這種句法注意

構勿與以下6的結構混淆; 當省略 should 時動詞不用假設法而用直接敘述法; 例如 It is a pity that he *has* died so young. (2)有時省略主句 It is...: That it *should* come to this! (怎麼會這樣(實在是太遺憾了)!)。

6 《用於表示要求、提案等內容的名詞子句中)…必須. The rule requires that theses *should* be written in English. 論文規定必須用英文書寫/I suggested that we *should* start at once. 我提議我們應該馬上出發/It is necessary that everybody *should* do his or her duty. 人人必須各盡其職。 語法(1)經常省略 should 而用假設法現在式動詞; (美)通常省略 should; 引出此名詞子句的動詞常有 command, demand, desire, insist, move, order, propose, request, urge 等。 (2)形容詞中除 necessary 外，構成此種句子的尚有 essential, imperative, proper, advisable, desirable, preferable 等。

7 《與疑問詞共用，表示強調、驚訝等)(★should 發重音). Why *should* she object? 爲甚麼她要反對?/How *should* I know? 我怎麼會知道呢?/Who *should* come in but the teacher herself? 除了老師她自己還會有誰進來呢?

8 《用於條件子句中，表示可能性非常小)萬一 (★should 發重音). If I *should* fail, what would my parents say? 萬一我失敗了，父母親會怎麼說呢?/I will go even if it *should* rain heavily. 即使下大雨我也要去/I will warn him of that, should it be necessary. 如果有必要，我將就此事警告他。 語法(1)were to 表示更難實現之事(→be *aux. v.* 5)。 (2)若省略 if, should 則置於主句前，此結構用於《文章》。

9 《置於 lest, for fear 等之後，或以 so that... should not 的形式)以免…. I took shelter *lest* [*for fear*] I *should* get wet through. 我躲雨以免全身濕透。 語法(1)→ lest。 (2)常用 would, might 等替代 should。

＊**shoul·der** [ˈʃoldɚ; ˈʃəuldə(r)] *n.* (*pl.* ~s [~z; ~z]) **1** C肩; (shoulders)上背部; (→back 圖). broad *shoulders* 寬肩/look over one's *shoulder* 回頭看/shrug one's *shoulders* 聳肩/carry a fishing rod on one's *shoulder* 肩上扛釣竿/He patted me on the *shoulder*. 他拍我的肩膀。

2 (shoulders)(擔負重任，責任等的)雙肩, 肩膀. take the responsibility on one's *shoulders* 肩負責任/They shifted the blame onto my *shoulders*. 他們把責任推到我的頭上。

3 C (服裝的)肩部; (道路的)路肩; (瓶、山的)肩. padded *shoulders* 墊肩/the *shoulder* of a bottle 瓶肩。

4 UC (食用動物的)前腿肩肉。

pùt [*sèt*] *one's* **shóulder** *to the* **whéel** 努力工作，全力以赴。

rùb **shóulders** *with...* → rub 的片語。

shòulder *to* **shóulder** (口)並肩; 互助. The workers stood *shoulder to shoulder* on the issue

of pay cuts. 工人們就減薪問題同心協力.
***the còld shóulder** → cold 的片語.
(stràight) from the shóulder (口)坦率地，直截了當地，一針見血地.《源自拳擊》.
— *vt.* (~s [~z; ~z]; ~ed [~d; ~d]; -der·ing [-dərɪŋ; -dərɪŋ]) **1** 肩扛，肩負. *shoulder* one's backpack 肩上背背包.
2 負，承擔，〔責任等〕. *shoulder* a burden 肩負重任/*shoulder* the expenses 承擔費用.
3 用肩膀推; 用肩膀推擠〔人群〕前進. be *shouldered* aside 被人用肩膀推開/*shoulder* one's way in 〔through, past〕... 用肩膀擠開〔群眾等〕前進.

shóulder bàg *n.* ©肩包.
shóulder blàde *n.* ©肩胛骨.
shóulder pàd *n.* ©(女裝的) 墊肩.
shóulder stràp *n.* ©(褲子, 裙子, 長襯裙等的) 吊帶, 肩帶.

✲should·n't [ˈʃʊdn̩t; ˈʃɔdnt] should not 的縮寫.

shouldst [強 ˈʃʊdst, ˌʃʊdst, 弱 ʃədst; ˈʃɔdst] *aux. v.* (古) shall 的第二人稱、單數、過去式. ★ 用於主詞爲 thou 時.

✲shout [ʃaʊt; ʃaʊt] *v.* (~s [~s; ~s]; ~ed [~ɪd; ~d]; ~ing) *vi.* 大聲說，嚷，叫喊 《at, to》; 叫喊《to do》. *shout* at the top of one's voice 聲嘶力竭地叫/*shout* for [with] joy 高聲歡呼/Don't *shout at* me. 不要對我大吼大叫/"Be quick!" *shouted* Tom. 湯姆嚷道:「快!」/He *shouted* to [for] her to be careful. 他大聲對她說要注意.
⊟ shout 指與感情無直接關係而是純粹大聲嚷嚷; → cry 2.
— *vt.* **1** (a)大聲說，叫喊，〔命令, 姓名等〕. Someone is *shouting* my name. 有人大聲叫喊我的名字. (b) [句型3](shout *that* 子句) 大聲說.... Bill *shouted* that he was all right. 比爾大聲說自己很好.
2 [句型5](shout **A B**)將 A 叫喊成 B. She *shouted* herself hoarse. 她叫啞了喉嚨.
***be àll óver bàr the shóuting** (主英, 口)已分出勝負(只待喝采[正式公布]而已). When the home team went into the lead six to two, it *was all over bar the shouting*. 當地主隊以 6 比 2 領先時勝負便已見分曉.
***shòut* a pèrson dówn** 喝倒采, 大聲叫喊使人住嘴.
— *n.* (*pl.* ~s [~s; ~s]) © 大聲, 叫喊(聲), 歡呼聲. give [let out] a *shout* of joy 高聲歡呼.

shove [ʃʌv; ʃʌv] *vt.* (猛)推, 推開, 推擠; 亂塞 [放]. *shove* a person aside [out of the way] 推開某人/He *shoved* the letter into his pocket. 他把信塞進口袋裡/*shove* one's way 推開人群前進.
— *vi.* 推, 推擠; 推開人群前進《along; through》. *shove* through the crowd 推開人群往前行.
***shòve*/.../aróund** (口)過度使喚〔人〕.
***shòve óff** 〔out〕 〔船上的人〕離岸, (口)走開, 離開, 《通常用祈使語氣》. *Shove off!* 走開!
— *n.* © (通常用單數)猛推, 推開. He gave me a *shove*. 他猛然推了我一下.

──────── **show** 1431

✲shov·el [ˈʃʌv̩; ˈʃʌvl] (★注意發音) *n.* (*pl.* ~s [~z; ~z]) © **1** 鐵鍬(→ scoop, spade¹).
2 一鍬(的量) (shovelful). a *shovel* of cement 一鍬水泥.
— *vt.* (~s; (美) ~ed, (英) ~led; (美) ~ing, (英) ~ling) **1** 用鐵鍬鏟; 用鐵鍬造〔道路等〕. *shovel* up snow 用鐵鍬鏟雪/*shovel* sand into a box 用鐵鍬將沙鏟入箱子/*shovel* a path through the snow 用雪鍬在雪地裡開路.
2 大量地倒入《into》. Don't *shovel* your food *into* your mouth. 別狼吞虎嚥.
shov·el·ful [ˈʃʌv̩ˌfʊl; ˈʃʌvlful] *n.* 一鍬的量.

✲show [ʃo; ʃəʊ] *v.* (~s [~z; ~z]; ~ed [~d; ~d]; shown, ~ed; ~ing) *vt.*
〖(拿出來)給人看〗 **1** (a)給...看, 出示. *Show* your driver's license, please. 請出示你的駕駛執照/The cat *showed* its teeth. 貓眨齜牙咧嘴.
(b) [句型4](show **A B**)、[句型3](show **B** to **A**)給A(人)看B(物). Mary *showed* me the letter. = Mary *showed* the letter *to* me. 瑪莉把信拿給我看. [語法]被動語態是 I *was shown* the letter by Mary. 或 The letter *was shown* (*to*) me by Mary.
2 陳列, 展示; 上映, 上演. Picasso's paintings were being *shown* at the gallery. 畢卡索的畫在那座美術館中展示/The movie will be *shown* next week. 這部電影將在下週上映.
3 〖帶人去看〗(a)引領〔人〕《over; around; round》; 讓人進入(房間等). *show* a person in [out] 帶人進來[送人出去]/He *showed* me to the door. 他送我到門口(★ He *showed* me the door. 是「他叫我出去」之意)/Bill *showed* me *around* Chicago. 比爾帶我參觀芝加哥.
(b) [句型4](show **A B**)帶A(人)去看B; 帶A(人)參觀B. I'll *show* you my room. 我帶你去看我的房間/He *showed* his aunt the sights of the city. 他帶姑媽參觀了這座城市.
〖給人看＞使明白〗 **4** [句型4](show **A B**/A *wh*子句, 片語)向A(人)告知B/教A(人)..., 說明, 《以言語, 態度等》. Please *show* me the way to the nearest police station. 請告訴我(離這兒)最近的警察局的路/I'll *show* you *how* to catch fish. 我來教你怎樣抓魚.
〖表明〗 **5** (a)使明白, 顯示; [句型3](show *that* 子句/*wh*子句)顯示出..., 證明.... This episode *shows* his ingenuity.= This episode *shows that* he is ingenious. 這一次的事件顯示了他的足智多謀/That *shows how* little we know of ourselves. 那證明了我們對自己的了解多麼地不足.
(b) [句型5](show **A** (*to be*) **B/A** doing)顯示[證明]A是B/顯示[證明]A在做.... Jim has *shown* himself (*to be*) a capable leader. 吉姆證明了自己是一個有能力的領導者(＝Jim has *shown that* he is a capable leader.)/This picture *shows* my mother *playing* with me. 這張照片照的是母親在哄

(嬰孩時的)我.

6 (a)表露, 顯露, 〔感情等〕; 表示〔好意, 情感等〕. *show* anger 面露怒色/He doesn't *show* any interest in science. 他對科學全然不感興趣.

(b) 句型4 (show **A** B)、句型3 (show **B** *to* **A**) 對A(人)顯出B. She *showed* me great kindness.＝She *showed* great kindness *to* me. 她對我顯得特別親切.

7 顯示, 表示, 〔溫度等〕. The thermometer *showed* 60 degrees. 溫度計顯示爲60度.

—— *vi.*【看見】**1** 看見, 出現; 《口》(人)露面. Your slip is *showing*. 你的襯裙露出來了/Anger *showed* on his face. 他面露怒色/The scar *shows* clearly. 傷疤清楚可見/Did Tom *show* at the party? 湯姆有沒有在宴會上露面呢?

2 句型2 (show **A**)看起來A(look) (★A主要爲形容詞). The island *showed* black in the moonlight. 島在月光中隱約可見/*show* willing 展現誠意/*show* to good advantage 看起來佔優勢.

【能看見】**3** 《口》〔電影等〕放映, 上演; 〔人〕主演. The movie is now *showing* in the West End. 這部電影現在正在西區放映.

(*have*) *nòthing to shów for...* 〔努力等〕完全沒有成果 (★ nothing 亦可用其他字代替).

shòw/.../óff 炫耀…; 使…顯眼. *show off* one's talent 炫耀自己的才能.

shòw óff 賣弄. He's just *showing off* in front of the girls. 他只是在女孩子面前賣弄.

shów onesèlf 露面; 露出(本性等). Pete *showed himself* (to be) a practical man. 皮特(用實際行動)證明了他自己是一個實際的人.

shòw one's téeth → tooth 的片語.

shòw a pèrson the dóor → door 的片語.

shòw the wáy＝lead the way (way¹ 的片語).

* *shòw/.../úp¹* (1)揭露(人的本性); 使…顯眼. I *showed* him *up* for what he is. 我揭露了那傢伙的本性. (2)《主英、口》使…感到害羞.

* *shòw úp²* (1)《口》(在集會等)露臉, 來到. He *showed up* late. 他來遲了. (2)〔傷疤等〕顯眼.

●——動詞變化　**show**型
過去分詞中也有以[n; n]結尾的不規則形.

gnaw	啃	gnawed	gnawn / gnawed
mow	割	mowed	mown / mowed
prove	證明	proved	proven / proved
saw	用鋸子鋸	sawed	sawn / sawed
sew	縫	sewed	sewn / sewed
shave	刮	shaved	shaven / shaved

show	給人看	showed	shown / showed
sow	播種	sowed	sown / sowed
strew	撒	strewed	strewn / strewed
swell	膨脹	swelled	swollen / swelled

—— *n.* (*pl.* ~s [~z; ~z])【節目】**1** C品評會, 展示會, 展覽會. a cat [flower] *show* 貓[花]展/an automobile *show* 汽車展覽會.

2 C秀, 節目, 演出, 《電影、戲劇、電視節目等》. a picture *show* 電影/a TV *show* 電視節目/go to a *show* 去看表演[電影]/a one-man *show* (歌手等的)個人演出.

【奇觀】**3** C奇觀, 美景. The lineup of pretty girls was quite a *show*. 美女並列看起來美不勝收.

4 U《口》物, 東西; 努力, 表現; 做生意的成績. Good *show*! 《英》做得好!《舊式的表達》/put up a good [poor] *show* (在商業上)取得好成績[成績不理想].

【假裝】**5** UU假裝, 表象; 外觀, 樣子; 徵候, 誇耀. a *show* of friendship 虛僞的友誼/His penitence was (a) mere *show*. 他的悔改僅是表面上的/There is some *show* of reason in what he says. 他說的話有點做作.

6 UU虛榮, 炫耀. Everybody is fond of *show*. 任何人都有虛榮的一面.

for shów 炫耀地; 虛榮地; 爲了給人看地. She's doing it *for show*. 她是做給別人看的.

gèt [*pùt*] *the* [*this*] *shòw on the róad* 《口》開始(事情[行動等]).

gìve the (*whòle*) *shów awày* 《口》洩露祕密; 露出馬腳; 《因失言, 態度等》.

màke a gòod [*pòor*] *shów* 表現出色[遜色].

màke a shów of... 炫耀…; 假裝…. He *made a show of* being very concerned about political reform. 他假裝對政治改革非常關心.

* *on shów* 被陳列, 被展示. The antique cars are now *on show*. 古董車正在展示中.

rùn [*bòss*] *the shów* 《口》(買賣等中)支配, 掌control 一切.

stéal the shów 《口》喧賓奪主; (表現優於主角而)得到喝采.

shów bìz *n.* 《口》＝show business.

show·boat [ˈʃo͵bot; ˈʃəʊbəʊt] *n.* C《美》水上流動劇場《設有舞臺和劇團的船; 過去在Mississippi 河畔巡迴各處, 吸引當地人們前來觀賞演出》.

shów bùsiness *n.* U演藝界; 影劇業.

show·case [ˈʃo͵kes; ˈʃəʊkeɪs] *n.* C用於陳列的玻璃櫥櫃.

show·down [ˈʃo͵daʊn; ˈʃəʊdaʊn] *n.* C《通常用單數》**1** (撲克牌中)攤牌《以此決定勝負》.

2 (決定勝利者的)對決, 最後的階段. The two sides in the dispute are heading for a *showdown*.

※show·er [ˋʃaʊɚ, ˋʃaʊr; ˋʃaʊə(r)] n. (pl. ~s [~z; ~z]) ⓒ〖驟雨〗 **1** (常 showers) 驟雨, 陣雨; (雪, 雨雪等的)短暫的下雪. I was caught in a *shower* on my way home. 回家途中我遇上了陣雨/Mostly cloudy, with scattered snow *showers*. 大部分爲陰天, 局部地區有驟雪《氣象預報用語》.

〖如陣雨般紛至之物〗 **2** (信件, 禮物, 槍彈等的)如雨般紛至, 紛至沓來. a *shower* of letters of protest 大量的抗議信件/a *shower* of bullets 一陣槍林彈雨.

3 淋浴(shower bath). have [take] a *shower* 沖澡. **4** 《美》(爲將要結婚[生產]的女子舉行的)送禮會(禮品如雪花般飛落之意).

— vi. **1** 下陣雨; 如雨般紛至. It started to *shower*. 下起了陣雨. **2** 淋浴.

— vt. **1** 灑水弄濕; 注入水. *shower* the garden plants with water 用水澆庭園中的草木.

2 給予大量…《with》; 對…給予大量的〔讚賞等〕《on》. He was *showered* with praise. 他受到大肆讚揚/He *showered* gifts *on* her. 他送她很多禮物.

shówer báth n. ⓒ **1** 淋浴室.

2 =shower n. 3.

show·er·y [ˋʃaʊrɪ; ˋʃaʊərɪ] adj. 〔氣候〕(有)陣雨的.

show·girl [ˋʃo͵gɝl; ˋʃəʊgɜːl] ⓒ (音樂劇, 歌舞表演等的)歌舞女郎(出現於舞群或合唱).

show·i·ly [ˋʃoɪlɪ; ˋʃəʊɪlɪ] adv. 浮華地, 豔麗地.

show·i·ness [ˋʃoɪnɪs; ˋʃəʊɪnɪs] n. Ⓤ 浮華, 豔麗.

show·ing [ˋʃoɪŋ; ˋʃəʊɪŋ] n. **1** ⓒ 展示, 公開.

2 a Ⓤ 外觀, 面子, 外表; 成績. make a good *showing* 做得漂亮; 取得好成績.

show·man [ˋʃomən; ˋʃəʊmən] n. (pl. -men [-mən; -mən]) ⓒ **1** 表演者, 戲法師.

2 能吸引人注意的人, 帶動氣氛者.

show·man·ship [ˋʃomən͵ʃɪp; ˋʃəʊmənʃɪp] n. Ⓤ 演技; 表演能力; 吸引觀眾[聽眾]的魅力.

shown [ʃon; ʃəʊn] v. show 的過去分詞.

show-off [ˋʃo͵ɔf; ˋʃəʊɒf] n. (pl. ~s) **1** ⓒ 炫耀的人, 愛出風頭者. **2** ⓒ 炫耀.

show·piece [ˋʃo͵pis; ˋʃəʊpiːs] n. ⓒ **1** 展示品; 《特指》引以爲傲的樣本. **2** 模範之物; (比賽等中的)精彩好戲.

show·place [ˋʃo͵ples; ˋʃəʊpleɪs] n. ⓒ 名勝, 古蹟.

show·room [ˋʃo͵rum, -͵rʊm; ˋʃəʊrʊm] n. ⓒ 表演廳; (商品)展示室.

shów wíndow n. ⓒ 櫥窗, 陳列窗.

show·y [ˋʃoɪ; ˋʃəʊɪ] adj. **1** 顯眼的; 華麗的. *showy* flowers 美麗奪目的花朵.

2 時髦的, 豔麗的. *showy* clothes 豔麗的服裝.

shrank [ʃræŋk; ʃræŋk] v. shrink 的過去式.

shrap·nel [ˋʃræpnəl; ˋʃræpnl] n. (pl. ~) **1** ⓒ 榴霰彈. **2** Ⓤ 砲彈(特指榴霰彈的)彈片.

shred [ʃrɛd; ʃred] n. **1** ⓒ (常 shreds)碎條, 碎

片. in *shreds* 支離破碎.

2 (加 a)極少(通常用於否定句、疑問句). There is not a *shred* of truth in what she says. 她的話沒有一句是真的.

— vt. (~s; ~ded, 《美》~; ~ding) 使支離破碎; 切碎. *shred* cabbage for a salad 將甘藍菜切碎做沙拉.

shred·der [ˋʃrɛdɚ; ˋʃredə(r)] n. ⓒ **1** 碎紙機《切碎文件的機器》. **2** 用以攪碎蔬菜的器具或機器.

shrew [ʃru, ʃrɪu, ʃro; ʃruː] n. ⓒ **1** 《動物》鼩鼱.

2 悍婦, 潑婦.

※shrewd [ʃrud, ʃrɪud, ʃrod; ʃruːd] adj. (~·er; ~·est) **1** 〔人〕精明的; 伶俐的. a *shrewd* politician 精明的政治家.

2 〔判斷等〕敏銳的, 銳利的, 機靈的. a *shrewd* guess as to the outcome 對於結果的敏銳推測/ *shrewd* observation 敏銳的觀察.

shrewd·ly [ˋʃrudlɪ, ˋʃrɪu-, ˋʃro-; ˋʃruːdlɪ] adv. 精明地; 機敏地.

shrewd·ness [ˋʃrudnɪs, ˋʃro-, ˋʃrɪu-; ˋʃruːdnɪs] n. Ⓤ 精明; 機靈.

shrew·ish [ˋʃruɪʃ, ˋʃrɪu-, ˋʃro-; ˋʃruːɪʃ] adj. 〔女人〕嘮叨的, 喋喋不休的; 壞心眼的.

※shriek [ʃrik; ʃriːk] v. (~s [~s; ~s]; ~ed [~t; ~t]; ~·ing) vi. 尖聲喊叫, 尖叫, 叫喊. Helen *shrieked* with terror. 海倫嚇得尖叫/ Tommy *shrieked* with laughter. 湯米高聲大笑.

囗 shriek 指「充滿感情地尖叫」; → cry.

— vt. 尖聲說. *shriek* (*out*) an oath 厲聲咒罵.

— n. (pl. ~s [~s; ~s]) ⓒ 尖叫聲, 悲鳴; 高亢的笑聲; 尖銳聲響. give a *shriek* 發出尖叫/the *shriek* of a siren 警鈴的尖銳聲響.

shrike [ʃraɪk; ʃraɪk] n. ⓒ 伯勞(伯勞科野鳥).

※shrill [ʃrɪl; ʃrɪl] adj. (~·er; ~·est) 〔聲音〕尖的, 高亢的, 刺耳的. in a *shrill* voice 聲嘶力竭地/The girl gave a *shrill* cry of surprise. 女孩發出驚訝的尖叫聲/The jet engine makes a *shrill* sound. 噴射機引擎發出刺耳的聲響.

— vt. 尖聲說道(*out*).

— vi. 發出尖叫聲; 發出尖銳刺耳聲.

shrill·ness [ˋʃrɪlnɪs; ˋʃrɪlnɪs] n. Ⓤ (聲音)尖銳, 高頻.

shril·ly [ˋʃrɪlɪ; ˋʃrɪlɪ] adv. 尖銳刺耳地.

shrimp [ʃrɪmp; ʃrɪmp] n. (pl. ~s, ~) ⓒ **1** 小蝦《主要指產於歐洲食用小蝦的總稱; 比prawn小; → crustacean 圖》.

2 《通常表輕蔑》「矮冬瓜」.

※shrine [ʃraɪn; ʃraɪn] n. (pl. ~s [~z; ~z]) ⓒ **1** 神社, 祠堂, 聖堂. (→ temple¹ 參考). a Shinto *shrine* 神社.

2 聖地; (學問等的)殿堂. a *shrine* of learning 學問的殿堂/Liverpool, the *shrine* of the Beatles. 利物浦, 披頭四的聖地.

3 聖骨匣《裝聖者的遺骨、遺物等的小匣》.

◇ v. **enshrine**.

S

※**shrink** [ʃrɪŋk; ʃrɪŋk] v. (~s [~s; ~s]; **shrank, shrunk; shrunk, shrunk·en; ~·ing**)
vi. 【縮】 **1** (布等)縮水, 變小; (量, 價值等)減少. My sweater *shrank* in the wash. 我的毛衣洗後縮水了/The volume of business at that shop began to *shrink*. 那家店的營業額開始縮減/The number of marriages is *shrinking* every year. 結婚人數逐年遞減.

【畏縮】 **2** 退縮, 退卻; 討厭((*from*)). *shrink* back in fear 因害怕而退縮/*shrink* with cold 冷得蜷縮/*shrink from* danger 因危險而退縮不前/He *shrank from* telling her the whole truth. 他不敢告訴她事情的真相.

— vt. 使(布等)收縮; 對(布等)進行防縮加工(利用浸水等方式).

— n. C (俚)精神科醫師.

shrink·age [ʃrɪŋkɪdʒ; ʃrɪŋkɪdʒ] n. a U (布等的)縮水; (量, 規模等的)縮小, 減少, 低落.

shriv·el [ʃrɪvl; ʃrɪvl] v. (~s; (美) ~ed, (英) ~led; (美) ~·ing, (英) ~·ling) vi. 皺縮, 枯萎, 收縮, ((*up*)).

— vt. 使皺縮, 使萎縮, ((*up*)). The potatoes were old and *shriveled*. 這些馬鈴薯放得太久而皺縮.

shroud [ʃraʊd; ʃraʊd]
n. C **1** 壽衣(給死者穿的白衣). **2** 覆蓋物, 遮蔽物. a *shroud* over a statue 雕像覆蓋物/a *shroud* of mist 薄霧籠罩.

[a shroud 3]
b ratline

3 (通常 shrouds)(船舶)左右支索(為固定桅杆而連結船身兩側和桅杆的幾根繩索).

— vt. **1** 給…穿壽衣. **2** 覆蓋(通常用被動語態). His disappearance is *shrouded* in mystery. 他的失蹤迷雲滿佈.

Shrove Tuesday [ʃrovˈtjuzdɪ; ˌʃrəʊvˈtjuːzdɪ] n. =Mardi Gras.

※**shrub** [ʃrʌb; ʃrʌb] n. (pl. ~s [~z; ~z]) C 灌木, 矮樹. They played hide-and-seek among the *shrubs*. 他們在灌木叢中玩捉迷藏. 回 (1) shrub 指比 tree 低矮, 像杜鵑花和夾竹桃般樹幹從根部分開者(→ tree 圖). (2) shrub 指一株灌木, 而 bush 除指一株灌木外, 亦指「灌木叢」.

shrub·ber·y [ʃrʌbərɪ, ʃrʌbrɪ; ʃrʌbərɪ] n. (pl. **-ber·ies**) U (集合)灌木(shrubs); C 灌木叢.

shrub·by [ʃrʌbɪ; ʃrʌbɪ] adj. 灌木的(似的); 灌木茂盛的.

※**shrug** [ʃrʌg; ʃrʌg] v. (~s [~z; ~z]; ~ged [~d; ~d]; ~·ging) vt. 聳(肩)(表示懷疑、迷惑、沒興趣等時的動作). He *shrugged* his shoulders as if it made no difference to him. 他聳聳肩, 好像那件事對他來說沒甚麼差別.

— vi. 聳肩.

shrùg/.../óff 不屑理睬…, 蔑視…. You can't just *shrug off* such a criticism. 你不應對這樣的批評視而不見.

— C 聳肩. He received the news with a *shrug* (of the shoulders). 他知道這消息時, 只是聳了聳肩.

shrunk [ʃrʌŋk; ʃrʌŋk] v. shrink 的過去式、過去分詞.

shrunk·en [ʃrʌŋkən; ʃrʌŋkən] v. shrink 的過去分詞.

— adj. (限定)萎縮的, 收縮的, 枯萎的.

shuck [ʃʌk; ʃʌk] (主美) n. C (玉米, 花生等的)殼, 皮, 莢.

— vt. 剝殼, 剝皮.

shucks [ʃʌks; ʃʌks] interj. (美、口)哼! 呸! (表示困惑, 失望等).

※**shud·der** [ʃʌdɚ; ʃʌdə(r)] vi. (~s [~z; ~z]; ~ed [~d; ~d]; **-der·ing** [-dərɪŋ; -dərɪŋ]) (因厭惡、恐懼、寒冷等)戰慄; 毛骨悚然((*at*)); 發抖((*to* do)). *shudder* with cold 冷得發抖/She *shuddered* at the sight of the accident. 她因目睹那場意外而感到毛骨悚然/He *shuddered* to hear that. 他聽到那件事渾身打戰/I *shudder* to think what we would do without oil. 想到我們沒有石油會怎樣, 我便不寒而慄. 回 shudder 指因強烈的恐懼和厭惡而渾身劇烈顫抖. → shake.

— n. (pl. ~s [~z; ~z]) C 顫抖. She gave a *shudder* of horror. 她嚇得發抖/give a person the *shudders* (口)使人顫抖.

shuf·fle [ʃʌfl; ʃʌfl] vt. **1** 拖著(步伐)走; 以滑步跳(舞). *shuffle* one's feet 拖著步伐走.

2 洗(牌); 攪亂. The cards were *shuffled* before the deal. 這些紙牌在發牌前就洗過了/He *shuffled* the papers on his desk, looking for the letter. 他為了找那封信而把書桌上的文件翻得亂七八糟.

3 把…動來動去[移來移去]; 推開.

— vi. **1** 拖著步伐, 拖著步伐走. He *shuffled* along. 他拖著步伐走去.

2 洗牌. It's your turn to *shuffle*. 輪到你洗牌了.

3 到處移動, 轉來轉去. *shuffle* from city to city 從這城轉移到那城/*shuffle* from job to job 頻繁地換工作.

4 粗暴對待; 擺脫. ((*through*)).

shùffle/.../óff (1)笨拙地脫去(衣服); 拋棄, 去除(麻煩的東西). (2)推卸(責任等)((*on(to)*)). Don't try to *shuffle* the blame *off onto* me. 別想把責任推到我身上.

— n. C **1** (用單數)拖著步伐走; (舞蹈的)曳步, 滑步.

2 洗牌; 洗牌順序[權利]. give the cards a good *shuffle* 好好洗一下牌.

3 (位置, 人員的)交替.

4 推拖, 搪塞.

shuf·fle·board [ʃʌfl͵bord, -͵bɔrd; ʃʌflbɔːd] n. U 推盤遊戲(在船甲板上進行的遊戲, 用長棒將圓盤推向對方的棋盤狀框內, 按得分多少決定輸贏).

shuf·fler [ˈʃʌflə(r)]
ˈʃʌflə(r)] *n.* **1** 洗
牌者. **2** 矇混者.

*蒠**shun** [ʃʌn; ʃʌn] *vt.* (~s
[~z; ~z]; ~ned [~d;
~d]; ~ning) 避開, 迴
避; (句型3) (shun
doing) 迴避做某事.
shun society 避開社交
活動/He was *shunned*
by his friends after
that. 那件事之後他的
朋友都躲著他/I *shun*
borrowing money. 我
避免借錢.

[shuffleboard]

shunt [ʃʌnt; ʃʌnt] *vt.* **1** 轉換, 改變, [話題等];
迴避[問題]; 擱置[計畫等]. He *shunted* the con-
versation onto baseball. 他把話題轉到了棒球.

2 把[人]撤在一邊; 把[人]降職.

3 《鐵路》使[車輛]調軌(通常用被動語態).

— *vi.* **1** 靠邊. **2** 《鐵路》[車輛]轉至岔軌.

shunt·er [ˈʃʌntə; ˈʃʌntə(r)] *n.* C《鐵路》調度員,
轉轍員.

shush [ʃʌʃ; ʃ; ʃʌʃ] *interj.* 噓! (hush).

— *vt.* (用食指放在嘴前)發出噓聲暗示[人, 動物]
不要發出聲音.

*蒠**shut** [ʃʌt; ʃʌt] *v.* (~s [~s; ~s]; ~; ~·ting) *vt.*
〖閉〗**1** 閉, 關, [門等](→close 同).
↔ open). Jim *shut* the door behind him. 吉姆關
上他身後的門/*Shut* your eyes. 閉上你的眼睛/*Shut*
your mouth! 閉嘴!/He *shut* his ears to what his
parents said. 他對他父母的話充耳不聞.

2 收攏, 合上, [刀, 書等]. *shut* an umbrella 把
傘收攏/*Shut* your textbooks. 把教科書合上.

3 關[店等](→片語 shut/.../up).

〖關住〗**4** 關在裡面(in, into). I was *shut*
(up) *in* that dark room all day. 我一整天都被關
在那黑暗的房間裡.

5 夾住[手指等]. *shut* one's finger in the door
手指被門夾住了.

— *vi.* **1** 關上, 關閉. The door *shut* by itself.
門自己關上了. **2** [店等]關閉.

shut/.../awáy 使[人, 自身]遠離塵世; 隔離.
The murderer was *shut away* for life. 謀殺犯終
生被禁閉.

shut/.../dówn[1] 關上[上下升降窗等]; 關閉, 使
[工廠等]歇業.

* *shut dówn*[2] (1)[工廠等]關閉, 停業; [機械等]變
得無法運轉. The factory *shut down* for the
vacation. 這家工廠歇業放假. (2)[霧等]籠罩; [夜
幕]降臨.

* *shut/.../ín* (1)把…關住, 監禁…. I *shut* myself
in. 我把自己關在裡面. (2)[被雲等]使看不見, 遮蔽.
The garden is *shut in* by high hedges. 花園為高
高的樹籬所包圍.

shut/.../óff (1)關閉[瓦斯, 自來水等]; 遮斷[聲
音, 光等]. *shut off* the gas [radio] 關瓦斯[收音
機]. (2)遠離…(from). Deciding to *shut* himself

---

off from the world, he became a hermit. 他決心
遠離塵世當隱士.

* *shùt/.../óut* (1)封閉, 遮蔽; 使[景色等]看不見.
shut out the sunlight 遮住陽光. (2)《棒球》不讓對
方得分, 完全封鎖對方. The pitcher *shut out* the
Giants on three hits. 投手徹底封鎖巨人隊, 只讓
對方擊出三支安打.

* *shùt/.../úp*[1] (1)關好[房屋等]的所有門窗; 使[商
店]結束營業, 停業; 關[店](表示打烊). We *shut
up* the house and set off. 我們關上大門出去了/
shut up shop → shop 的片語. (2)關閉, 保存; 密
封. The money was *shut up* in the safe. 那筆錢
存放在保險箱裡. (3)《口》使靜下來. Give the dog
some food to *shut* it *up*. 給狗吃點東西讓牠安靜下
來.

* *shùt úp*[2] 《口》閉嘴. *Shut up*! 住口!

shut·down [ˈʃʌtˌdaʊn; ˈʃʌtdaʊn] *n.* C《工廠等
的》關閉, 停止作業, 暫時歇業.

shut-in [ˈʃʌtˌɪn; ˈʃʌtɪn] *n.* C《主美》一直待在家
裡的病人, 臥病在床的人.

shut-out [ˈʃʌtˌaʊt; ˈʃʌtaʊt] *n.* C **1** 關在門外;
工廠停業(lockout).

2 《棒球》不讓對方得分, 徹底封鎖方(的比賽).

*蒠**shut·ter** [ˈʃʌtə; ˈʃʌtə(r)] *n.* (*pl.* ~s [~z; ~z]) C
1 (通常 shutters)百葉窗, 遮雨板, (→ house
圖), close [open] the *shutters* 關[開]百葉窗.

2 (照相機的)快門. press [push, release] the
shutter 按快門.

put úp the shútters (1)放下門板. (2)《口》(關店
時)打烊; 關店, 歇業.

— *vt.* 關上門窗(通常用被動語態). The building
was *shuttered* and empty. 這棟大樓門戶緊閉而且
空無一物.

shut·tle [ˈʃʌtl; ˈʃʌtl] *n.*
C **1** (織布機的)梭(橫
線左右來回穿梭編織);
(縫紉機穿下線的)滑梭.

2 (近距離)來回營運的
交通工具(公車, 火車,
(不預約也可乘坐的)飛
機). *shuttle* service 定
時往返運輸.

— *vt.* 使(在兩點間)往
返; 使到處移動.

— *vi.* 往返; 忙碌地移動.

[shuttle 1]

shut·tle·cock [ˈʃʌtlˌkɑk; ˈʃʌtlkɒk] *n.*
1 C《羽毛球, 板羽球的》羽毛球, 飛梭.

2 U 拍羽球遊戲.

shúttle diplòmacy *n.* U 穿梭外交(調停
者往返於國與國之間進行).

*蒠**shy**[1] [ʃaɪ; ʃaɪ] *adj.* (~·er, shi·er; ~·est, shi·est)
〖退縮的〗**1** 害羞的, 怕羞的, 內向的,
害臊的, 羞怯的. a *shy* girl 怕羞的女孩/a *shy*
glance 羞怯的眼神/John is very *shy* with women.
約翰對女人非常害羞.

2 〔動物等〕膽怯的, 畏縮的. Deer are *shy* animals. 鹿是很膽怯的動物.

〖〖 退縮的＞不徹底做的 〗〗《敘述》《主美》不足的, 不夠的, (*of*). My grandpa is a year *shy of* ninety. 我爺爺八十九歲.

be shý of... 小心翼翼, 迴避; 猶豫(do*ing*). Jane *was shy of speaking* to the boss. 珍對老闆說話非常小心/Cats *are* very *shy of* water. 貓很討厭(碰到)水.

fíght shý of... 迴避, 敬而遠之. Employees tend to *fight shy of* learning new skills. 雇員傾向於對學習新技術敬而遠之.

— *vi.* (**shies; shied; ~ing**) 〔馬等〕受驚而退(*at*); 〔人〕退縮(*away*; *from*). The horse *shied at* the sound. 馬被這聲音驚嚇而後退.

shy² [ʃaɪ; ʃaɪ] 《口》 *vt.* (**shies; shied; ~ing**) 投擲(*at*).

— *n.* (*pl.* **shies**) ⓒ **1** 投擲. **2** 嘗試, 企圖.

-shy 《構成複合字》爲「討厭…的」,「怕…的」之意. camera-*shy* (討厭照相的).

Shy·lock [ˈʃaɪlɑk; ˈʃaɪlɔk] *n.* 夏洛克(Shakespeare 劇作 *The Merchant of Venice* 《威尼斯商人》中放高利貸的冷酷猶太人).

shy·ly [ˈʃaɪlɪ; ˈʃaɪlɪ] *adv.* **1** 靦覥地, 害羞地. **2** 膽怯地.

shy·ness [ˈʃaɪnɪs; ˈʃaɪnɪs] *n.* Ⓤ 靦覥, 內向; 膽怯.

shys·ter [ˈʃaɪstɚ; ˈʃaɪstə(r)] *n.* Ⓒ《美、口》騙子; 訟棍.

Si (符號) silicon.

si [si; si:] *n.* Ⓤ Ⓒ《音樂》B 音(大調[大音階]的第七音; → sol-fa).

Si·am [saɪˈæm, ˋsaɪæm; ˌsaɪˈæm] *n.* 暹羅(Thailand 的舊名).

Si·a·mese [ˌsaɪəˈmiz; ˌsaɪəˈmiːz] *adj.* 暹羅的; 暹羅人[語]的.

— *n.* (*pl.* ~) **1** Ⓒ 暹羅人. **2** Ⓤ 暹羅語.

Síamese cát *n.* Ⓒ 暹羅貓.

Síamese twíns *n.* 《作複數》暹羅連體嬰(出生時身體部位相連的雙胞胎).

Si·be·ri·a [saɪˈbɪrɪə, sə-; saɪˈbɪərɪə] *n.* 西伯利亞.

Si·be·ri·an [saɪˈbɪrɪən, sə-; saɪˈbɪərɪən] *adj.* 西伯利亞的.

— *n.* Ⓒ 西伯利亞人.

sib·i·lant [ˈsɪbḷənt; ˈsɪbɪlənt] *adj.* **1** 作噝噝聲的. **2** 《語音學》齒擦音的.

— *n.* Ⓒ《語音學》齒擦音([s; s], [z; z], [ʃ; ʃ], [ʒ; ʒ] 等).

sib·ling [ˈsɪblɪŋ; ˈsɪblɪŋ] *n.* Ⓒ《文章》兄弟姊妹(無男女之別, 指兄, 弟, 姊, 妹中任何一人).

sib·yl [ˈsɪbḷ, -ɪl; ˈsɪbəl] *n.* Ⓒ《古代的》女巫, 女預言家.

sic¹ [sɪk; sɪk] *vt.* (**~s; ~ked; ~k·ing**) 攻擊. *Sic* him! 去咬他! (對狗的命令).

sic² [sɪk; sɪk] (拉丁語) *adv.* 原文如此(引用錯誤的、有疑問的原文時, 加(sic)符號).

Si·cil·ian [sɪˈsɪlɪən, -ljən; sɪˈsɪljən] *adj.* 西西里島[人, 方言]的.

— *n.* **1** Ⓒ 西西里人. **2** Ⓤ 西西里方言.

Sic·i·ly [ˈsɪsḷɪ, -ɪlɪ; ˈsɪsɪlɪ] *n.* 西西里島(位於義大利南部, 地中海最大的島).

٭sick¹ [sɪk; sɪk] *adj.* (**~er; ~est**)

〖〖 有病的 〗〗 **1** 有病的, 生病的, (↔well, healthy). a *sick* man (男)病人/the *sick*＝*sick* people 病人們/I went to the hospital to see my *sick* friend. 我去醫院探望生病的朋友/My mother is *sick* in bed. 我母親臥病在床/Mary has been *sick* for two weeks. 瑪莉病了兩個星期/John is *sick with* a cold. 約翰感冒生病了.

語法 如以上最末三句例句, sick 在第一項解釋中, 可以作補語用的是(美);(英)一般只用於限定用法, 補語則另用 ill 或 unwell.

2 《限定》病人(用)的, a *sick* nurse 特別護士/a *sick* room＝a sickroom.

3 《口》《玩笑等》病態的, 噁心的. a *sick* joke 變態的玩笑.

4 【得病似的】《敘述》思慕的(*for*). You are *sick for* home, aren't you? 你想家[得了思鄉病了]不是?

〖〖 不舒服的 〗〗 **5** 《敘述》《主美》噁心的, 反胃的. She has been *sick* several times since morning. 她從早上就吐了好幾次/I'm a little *sick* to the stomach. 《美》我有點反胃.

語法 作此項解釋時, (英)僅用 be *sick* 即可, (美)則多於 be *sick* 之後加上 to [at] one's stomach 等的說明; → ill.

6 《敘述》厭倦的, 厭惡的, (*of*). You make me *sick*. 你讓我感到厭惡/Her grandchildren are *sick* and tired *of* her sermons. 她的孫子們對她的說教已經厭煩了.

7 《敘述》《口》不愉快的(*at*, *about*); 沮喪的(*at*, *about*). She was *sick at* having failed the test. 她因考試不及格而沮喪.

⇨ *n.* **sickness.** *v.* **sicken.**

fàll [gèt] síck 《美》生病(become ill).

lòok síck 氣色不佳的, 有病的. You *look sick*. 你看起來氣色不佳.

sìck at héart 煩惱; 悲觀.

●——與 SICK 相關的用語
homesick	思鄉的
lovesick	相思病的
airsick	暈機的
seasick	暈船的
carsick	暈車的

---

sick² [sɪk; sɪk] *n.* 《英、口》＝vomit.

— *vt.* **1** 《英、口》＝vomit. **2** ＝sic¹.

síck bày *n.* Ⓒ (船內的)病房, 醫務室.

sick·bed [ˈsɪk͵bɛd; ˈsɪkbed] *n.* Ⓒ 病床.

sick·en [ˈsɪkən; ˈsɪkən] *vi.* **1** 得病, 生病, 《英》顯示出(某病)的症狀. *sicken for* measles 顯示出麻疹病狀.

2 噁心(*at*); 想吐(*to* do). I *sicken at* the sight

of [to see] blood. 我一見到血就想吐.
3 厭倦, 厭煩, 《of》.
— vt. **1** 生病. **2** 使作嘔. The fishy smell *sickened* me. 魚腥味使我作嘔. **3** 使厭倦[厭煩].

sick·en·ing [ˈsɪkənɪŋ, -knɪŋ; ˈsɪkniŋ] adj. 令人作嘔的; 厭倦的; 極不愉快的.

sick·en·ing·ly [ˈsɪkənɪŋlɪ, -knɪŋlɪ; ˈsɪkniŋlɪ] adv. 令人作嘔地; 厭倦地.

sic·kle [ˈsɪkl; ˈsɪkl] n. C (單手用的)鐮刀, 小鐮刀. 參考 大鐮刀爲 scythe.

sick leave n. U 病假《薪資照領的病假》.

sick·ly [ˈsɪklɪ; ˈsɪklɪ] adj. **1** 身體有病的; 虛弱的, 無精打采的; 〔臉色〕蒼白的. a *sickly* child 孱弱的小孩.
2 〔氣候等〕不利健康的.
3 令人作嘔的; 厭倦的.

✲sick·ness [ˈsɪknɪs; ˈsɪknɪs] n. (pl. ~·es [~ɪz; ~ɪz]) **1** UC 疾病. a slight [severe] *sickness* 小[重]病/John can't come because of *sickness*. 約翰因病不能前來. 同 sickness 比 illness 更口語, 但意義相同; 有時表示「噁心」之意; → disease. **2** U 噁心, 嘔吐.

●——與 SICKNESS 相關的用語

seasickness	暈船
homesickness	思鄉病
sleeping sickness	昏睡症
mountain sickness	高山病
radiation sickness	輻射病
airsickness	暈機

sick·room [ˈsɪkˌrum; ˈsɪkrʊm] n. C 病房.

✲side [saɪd; saɪd] n. (pl. ~s [~z; ~z]) C ⟦側, 面⟧ **1** 側; 邊; 面. (★左右, 上下, 表裡, 內外, 前後等的點, 線, 面都可使用). on the left *side* of the river 在河的左側/on the sunny [shady] *side* of the street 道路的向陽[背陽]處/the upper and under *sides* of a box 盒子的上側和下側/the other *side* of the moon 月亮的另一面/on each [either] *side* of the road = on both *sides* of the road 在道路兩旁/You have your socks on wrong *side* out. 你把襪子穿反了. (★ on 是副詞).
2 (長方形中較長一方的)邊; (床, 桌子等的)長邊; 《數學》(三角形的)邊; (立方體的)面.
3 (事物的)局面, 層面. the bright *side* of life 人生的光明面.
⟦側面, 旁邊⟧ **4** (除正面, 背面, 上下以外的)側面; 旁邊. the *side* of a house 房子的側面.
5 身體的兩邊, 側腹; (牛等的)肋肉; 山坡, (丘陵等的)斜面. I had a slight pain in my *side*. 我身體一邊有些疼痛/a *side* of beef 牛肋肉/on the *side* of a mountain 在山坡上.
6 (通常用單數)(人的)旁邊, 一旁. by [at] a person's *side* 在某人的旁邊, 在一旁.
7 〔形容詞性〕(a)一旁的, 旁邊的; 側面的; 從一旁的. a *side* entrance 側門/a *side* glance 斜眼一瞥. (b)次要的; 附加的; 無所謂的. a *side* dish

────────── **sideburns** 1437

→ 見side dish/a *side* effect 副作用/a *side* job 副業, 打工.
⟦一方⟧ **8** (敵, 友的)一方, 組, …派, 夥. the winning [losing] *side* 勝[負]方/the dove [hawk] *side* 鴿[鷹]派/Whose *side* are you on? 你支持哪一邊呢?
9 (血緣的)…方[系]. She is my aunt on my mother's *side*. 她是我(母親娘家那邊的)姨媽.

from àll sídes [*évery síde*] 從各方面, 從四方; 從各種角度, 周密地. His proposal met with criticism *from all sides*. 他的提議遭到來自各方的批評.

from síde to síde 左右地, 橫向地; 從一端到另一端. The great wave rocked the boat *from side to side*. 大浪使船左右搖晃.

Nó síde! (橄欖球等的)比賽結束!《源自比賽一結束就沒有敵我之分之意》.

on àll sídes [*évery síde*] 到處, 四面八方. There were hills *on all sides*. 四周都是小山.

on the síde[1] (口)(1)(英)打工, 副業, 兼職. make some extra money *on the side* 靠打工賺點外快. (2)(主美)作爲附加, 附帶加上.

on the...síde[2] 似乎…, 有點…. He's *on the small side* for a baseball player. 他當棒球選手個子似乎小了一點.

pùt...on òne síde 不顧…; 暫時將…擱置一邊.

✲*síde by síde* 肩並肩地《with》. We walked *side by side*. 我們並肩行走.

tàke sídes with [*the síde of*]... 支持…; 祖護….

this síde (of...) (口)在(…的)這邊(的), 靠近(…)這邊(的). the largest city *this side of* the Alleghenies 靠近阿利根尼山脈這邊《美國東側》最大的城市.

— vi. 站在…一邊《with; against》. She always *sides with* her sister. 她總是站在她姊姊那一邊.

●——與 SIDE 相關的用語

ringside	場邊席位		
underside	下面, 下側		
waterside	水邊		
countryside	鄉村, 鄉間地區		
seaside	海岸	roadside	路邊
broadside	舷側	fireside	火爐邊
hillside	丘陵的斜面	mountainside	山腹
riverside	河岸	wayside	路邊

síde àrms n. 《作複數》腰間佩戴的武器《手槍, 劍等》.

✲**síde·board** [ˈsaɪdˌbord, -ˌbɔrd; ˈsaɪdbɔːd] n. (pl. ~s [~z; ~z]) C 餐具櫥, 餐具架,《餐廳牆上的裝飾的櫥具; → dining room 圖》.

side·burns [ˈsaɪdˌbɜnz; ˈsaɪdbɜːnz] n. 《作複數》《主美》**1** 短的連鬢鬍《→次頁 圖》.
2 (耳朵前的)鬢毛.

S

side·car [ˋsaɪd͵kɑr; ˈsaɪdkɑ:(r)] n. C (安裝在摩托車一側的)單輪側車.

-sided (構成複合字)「有(⋯個)面[邊, 側]的」之意. one-*sided*. many-*sided*. three-*sided* (有三邊的).

síde dísh n. C 副菜(相對於主菜而言).

[sideburns 1]

síde hòrse n. C (美)(體操)鞍馬(→ gym-nastics 圖).

side·kick [ˋsaɪd͵kɪk; ˈsaɪdkɪk] n. C (美, 口)(做壞事的)夥伴, 幫手.

side·light [ˋsaɪd͵laɪt; ˈsaɪdlaɪt] n. 1 U 來自旁邊的光, 側光. 2 C (汽車等的)側燈(→ head-light); (船的)舷燈(夜間, 右舷點綠燈, 左舷點紅燈). 3 C 邊窗; (船的)舷窗. 4 UC 側面消息[瞭解].

side·line [ˋsaɪd͵laɪn; ˈsaɪdlaɪn] n. C 1 (網球場, 足球場等的)邊線, 界線; (sidelines)邊線的外側(觀眾及候補隊員所在位置).
2 副業, 家庭副業. The professor writes for a weekly as a *sideline*. 這位教授爲一家週刊寫稿作爲副業.
— vt. (美)不讓(選手等)上場.

side·long [ˋsaɪd͵lɔŋ; ˈsaɪdlɔŋ] adv. 橫向地, 斜向地.
— adj. 橫向的, 斜向的. a *sidelong* glance 斜看人.

síde òrder n. C (美)(餐廳中的)附加點菜(附加於主菜).

si·de·re·al [saɪˋdɪrɪəl; saɪˈdɪərɪəl] adj. (限定)星的; 根據星座計算的.

side·sad·dle [ˋsaɪd͵sædl; ˈsaɪdsædl] n. C 橫鞍(爲女性兩腿橫向左側騎馬而設計的).
— adv. 橫坐地. ride *sidesaddle* 橫騎.

side·show [ˋsaɪd͵ʃo; ˈsaɪdʃəʊ] n. C 1 (馬戲等的)穿插表演. 2 枝節問題, 附屬事件.

side·slip [ˋsaɪd͵slɪp; ˈsaɪdslɪp] n. C (汽車, 飛機等的)側滑.
— vi. (~s; ~ped; ~ping) 側滑.

side·split·ting [ˋsaɪd͵splɪtɪŋ; ˈsaɪdsplɪtɪŋ] adj. 滑稽透頂的, 捧腹大笑的.

side·step [ˋsaɪd͵stɛp; ˈsaɪdstep] v. (~s; ~ped; ~ping) vt. 1 橫跨一步以躲避(攻擊等)(拳擊, 美式足球等). 2 迴避(討厭的問題等).
— vi. 橫跨以躲避, 閃身跳開.

síde strèet n. C 邊道, 小巷.

side·stroke [ˋsaɪd͵strok; ˈsaɪdstrəʊk] n. U (加the)(游泳)橫泳, 側泳.

side·swipe [ˋsaɪd͵swaɪp; ˈsaɪdswaɪp] (美) vt. (摩擦般地)側擊; (車等)擦撞, 碰觸到⋯.
— n. C 側擊橫打; (口)(突然將矛頭轉向的)批判.

síde tàble n. C 放在牆邊的小桌.

side·track [ˋsaɪd͵træk; ˈsaɪdtræk] n. C (鐵路)側線, 旁軌.
— vt. 1 (鐵路)將火車駛入側線.
2 轉變(話題等); 出軌, 偏離常軌.

side·view mir·ror [ˋsaɪd͵vju`mɪrə; ͵saɪdvju:ˈmɪrə(r)] n. C (汽車的)側照鏡(→ car 圖).

＊side·walk [ˋsaɪd͵wɔk; ˈsaɪdwɔ:k] n. (pl. ~s [~s; ~s]) C (美)人行道(英) pavement). In Tokyo we often find people riding their bicycles on the *sidewalk*. 在東京常可看見人們在人行道上騎著自行車.

sídewalk àrtist n. (美)＝pavement artist.

side·ward [ˋsaɪdwəd; ˈsaɪdwəd] adj. 橫向的; 斜向的.
— adv. 橫向地; 斜向地.

side·wards [ˋsaɪdwədz; ˈsaɪdwədz] adv. ＝ sideward.

＊side·ways [ˋsaɪd͵wez; ˈsaɪdweɪz] adv. 橫地; 從側面地; 橫向地; 斜向地. She looked at him *sideways*. 她斜眼看他/Jim turned *sideways*. 吉姆轉向一旁.
— adj. (限定)橫的; 橫向的; 斜向的. a *sideways* glance 斜眼.

sid·ing [ˋsaɪdɪŋ; ˈsaɪdɪŋ] n. 1 C (鐵路)側線, 旁軌. 2 U (美)(木造房屋的)外壁板(木材或金屬材質).

si·dle [ˋsaɪdl; ˈsaɪdl] vi. (悄悄地)橫著走; (偷偷地, 或羞怯地)側身而行(*up*).

Sid·ney [ˋsɪdnɪ; ˈsɪdnɪ] n. 男子[女子]名.

SIDS (略) sudden infant death syndrome.

siege [sidʒ; si:dʒ] n. UC 1 (城堡, 都市等的)圍攻, 圍攻期間, 圍城期間. stand a *siege* 頑強抵抗圍攻/raise the *siege* 解除圍攻/The town was *under siege*. 此城鎮被圍攻.
2 再三的勸誘[邀請]; (美)(因疾病等引起的)長期折磨, 連續生病. ⇨ v. besiege.
lày síege to... 圍攻⋯; 死皮賴臉地糾纏⋯.

Sieg·fried [ˋsigfrid; ˈsi:gfri:d] n. 齊格菲(古代德國、北歐傳說中的英雄; 斬龍且尋得珍寶).

si·en·na [sɪˋɛnə; sɪˈenə] n. U 濃黃土(含氧化鐵的黏土, 可作顏料).

si·er·ra [sɪˋɛrə, ˋsɪrə; sɪˈerə] n. C 鋸齒狀的山脈(特指西班牙、中南美洲的).

Si·er·ra Le·o·ne [sɪˋɛrəlɪˋon; sɪˈeərəlɪˈəʊn(ɪ)] n. 獅子山(非洲西部的國家; 首都Freetown).

Si·er·ra Ne·va·da n. (加the)內華達山脈(美國California東部的山脈; 西班牙南部的山脈).

si·es·ta [sɪˋɛstə; sɪˈestə] n. C 午睡(西班牙等炎熱國家的習慣).

sieve [sɪv; sɪv] n. C (細)篩; 濾網. put earth through a *sieve* 將土放到篩子裡面.
hàve a héad [mémory] like a síeve (口)非常健忘的(←腦袋像篩子般的).
— vt. 篩, 濾; 篩出(*out*).

sift [sɪft; sɪft] vt. 1 篩, 把⋯過篩; 過濾; 篩選(人, 物)(*out*). *sift* flour 篩麵粉/*sift* the wheat *from* the chaff 以篩將小麥與穀殼分離/*sift out*

some of the brightest students 選出幾個最優秀的學生. **2** (用濾網)篩撒. *sift* sugar *over* a cake 在蛋糕上撒糖. **3** 細查, 詳細調查. We *sifted* the data to find some consistent patterns. 我們細查資料以發現一些慣例.

— *vi.* **1** (粉末等)經篩子篩落; [雪等]飄落進來.

2 詳細調查《*through*》.

sift·er [ˋsɪftɚ; ˋsiftə(r)] *n.* ⓒ 篩選的人; 細查的人; (烹飪用的)篩子, 濾網.

✱sigh [saɪ; sai] (★注意發音) *v.* (~s [~z; ~z]; ~ed [~d; ~d]; ~·ing) *vi.* **1** 歎息; 思慕; 憧憬; 《*for*》. *sigh* with relief 鬆了口氣/*sigh for* one's lost youth 哀歎已逝的青春.

2 [風等]颯颯[沙沙]地作響, 呼嘯. The wind *sighed* in the trees. 風在林中颯颯作響.

— *vt.* 歎息地說《*out*; *forth*》. He *sighed out* his loneliness. 他哀歎自己的孤寂.

— *n.* (*pl.* ~s [~z; ~z]) ⓒ 歎氣, 歎息; (風的)呼嘯聲. give [heave] a *sigh* 歎氣/She let out a *sigh* of grief. 她悲哀地歎了一口氣.

✱sight [saɪt; sait] *n.* (*pl.* ~s [~s; ~s]) [看] [ⓐⓊ看] **1** [ⓐⓊ]看, 一眼, 一瞥; 觀察. I can't bear the *sight* of that fellow. 我連看他一眼都覺得煩/The mere *sight* of a picture of her hometown moved her to tears. 只要看到家鄉的照片她就感動地落淚.

2 [Ⓤ]視力; 視覺. long [near, short] *sight* 遠[近]視/lose one's *sight* 喪失視力/Bill has good [poor] *sight*. 比爾視力很好[很差].

3 [Ⓤ]視界, 視野. in *sight*, in *sight* of..., out of *sight*, (→片語).

4 ⓒ (常 sights)(槍的)瞄準器, 準星; [Ⓤ]目標. adjust a gun's [one's] *sight*(s) 調整槍的瞄準器/take careful *sight* 好好瞄準目標/set one's *sights* (*on...*) 鎖定瞄準器於...; 鎖定目標於...; 對...全力以赴.

5 【看法】[Ⓤ]《文章》看法, 見解, 觀點. In our *sight*, you've done a beautiful job. 在我們看來, 你工作做得很好/All men are equal in the *sight* of God. 在上帝眼中所有人都是平等的.

【能見物】**6** ⓒ光景, 情景; 景色; (→ view ⓑ). This mountain is a glorious *sight* at sunset. 這座山在日落時景色非常壯觀.

┌─ [ⓐ图] *adj.*+sight: a beautiful ~ (美麗的景色), a familiar ~ (熟悉的景致), an impressive ~ (難忘的情景), an ugly ~ (難看的景色).

【值得看的東西】**7** (the sights)名勝, 觀光勝地. see [do] the *sights* of Paris 遊覽巴黎名勝.

【奇觀】**8** ⓒ (用單數)《口》異常的東西; 笑柄. His hair was a perfect *sight*. 他的頭髮實在滑稽可笑/What a *sight* he is! 看他那副德行!/My room was a *sight* after the party. 我的房間在宴會後令人不忍卒睹[杯盤狼藉].

9 (加 a)《英、口》許多(a lot); (副詞性)大量地. a *sight* of money 很多錢. ⇨ *v.* see.

*a **sight** for **sore** **eyes** → sore 的片語.

*at **first** **sight** (1)一見; 立刻. love *at first sight* 一見鍾情/She fell in love with him *at first sight*.

───────── **sigma** 1439

她對他一見鍾情. (2)乍看. The statue looked pretty good *at first sight*. 這座雕刻乍看之下非常好/*At first sight* the case seemed a mystery. 乍看之下這件事宛如一團謎.

*at **sight** 一看見就, 初見. play music *at sight* 直接視譜演奏.

* *at* (*the*) **sight** *of*... 一看到. Pat shuddered *at the sight* of the body. 派特一看到死屍就渾身發抖.

* *catch* **sight** *of*... 發現, 看到. I *caught sight of* the boat. 我發現了那艘船.

come into [*in*] **sight** 可以見到. At last land came *into sight*. 終於可以見到陸地了.

* *in* **sight** 在(物, 地方等)能見範圍內(的). The mountain is still *in sight*. 這座山還在視線內.

in **sight** *of*... [看的人]位於能看見的地方. We came *in sight* of land. 我們能看到陸地了.

know a person by **sight** 與某人見過, 見過面, (→ by name). I *know* the girl *by sight*. 我見過那個女孩.

* *lose* **sight** *of*... 看丟...; ...的音訊斷絕; 忽略, 遺忘. We *lost sight of* our child in the crowd. 在擁擠的人群中, 我們看丟了孩子.

on **sight** =at sight.

* *out of* **sight** (1)(物, 地方等)位於看不見的地方. The ship was soon *out of sight*. 船不久便看不見了/Keep *out of sight*! (不要被任何人看見)請不要露面!/Out of sight, out of mind. (諺)眼不見, 心不想/(Get) *out of* my *sight*! 別讓我再看見你! (2)《口》(價格等)離譜的[地].

sight unseen (事先)未見實物, 無預先檢查. My father bought his car *sight unseen*. 我父親在事先未看到車子的情況下, 就買了它.

within **sight** *of*...=in sight of...

— *vt.* **1** 看見; 目擊; 觀察[天體等]. *sight* land 看見陸地/*sight* a UFO 發現不明飛行物體.

2 瞄準, 調整瞄準器.

-sighted 《構成複合字》「...的視力的」, 「預見未來的眼光是...的」之意. far*sighted*. near*sighted*. long*sighted*.

sight·ing [ˋsaɪtɪŋ; ˋsaitiŋ] *n.* ⓒ目擊; 觀測實例.

sight·less [ˋsaɪtlɪs; ˋsaitlis] *adj.* 《雅》盲目的(blind).

sight·ly [ˋsaɪtlɪ; ˋsaitli] *adj.* **1** 悅目的, 美麗的. **2** 《美》景色美麗的.

sight-read [ˋsaɪtˏrid; ˋsaitriːd] *v.* (~s; ~ [-ˏrɛd; -red]; ~·ing) *vt.* 視譜演奏[唱].

— *vi.* 視譜演奏[唱].

✱sight·see·ing [ˋsaɪtˏsiɪŋ; ˋsaitˏsiːiŋ] *n.* [Ⓤ]觀光, 參觀. go *sightseeing* 去觀光/a *sightseeing* tour 觀光旅行.

sight·se·er [ˋsaɪtˏsiɚ; ˋsaitˏsiːə(r)] *n.* ⓒ觀光客.

sig·ma [ˋsɪgmə; ˋsigmə] *n.* [Ⓤⓒ]希臘字母的第十

八個字母；Σ, σ (字尾 ς)；相當於羅馬字的 s.

‡sign [sam; sam] (★注意發音) *n.* (*pl.* ~**s** [~z; ~z]) © 【標誌】 **1** 記號, 符號, (→signal 回). mathematical *signs* 數學符號(plus sign (＋), minus sign (－), multiplication sign (×), division sign (÷)等)/phonetic *signs* 語音符號/a call *sign* (無線電臺等的)呼叫符號.

2 標誌, 標示; 布告; (店的)招牌(signboard). a traffic *sign* 交通標誌/a street *sign* 路標/the "No Smoking" *sign* 「禁菸」標誌/a neon *sign* 霓虹燈招牌/a drugstore's *sign* 藥房招牌.

3 星座, 宮, 《zodiac 的十二宮之一》. What *sign* were you born under? 你是甚麼星座?

【示意】 **4** 動作, 手勢; (棒球等的)暗示; 暗號, 暗號. make the *sign* of the cross 用手畫十字/Deaf people talk with [in, by] *signs*. 聾人用手勢[手語]溝通/a *sign* and a countersign 對比暗語《例如聽到「河」之類》.

【徵兆, 顯示】 **5** 標誌, 證據; 樣子, 跡象, 蹤跡; 徵候, 前兆; 《*of*》. show *signs* of illness 顯出疾病的各種徵兆/The coming of robins is a *sign of* spring. 知更鳥的到來是春天的前兆/There seems to be no *sign of* life on Mars. 火星上似乎沒有生命的跡象/There is every *sign of* rain. 有種種下雨的跡象/He showed little *sign of* being interested in our project. 他對於我們的企劃, 表現出沒有多大興趣的樣子.

[搭配] *adj.*＋sign: a certain ~ (確切的證據), a sure ~ (確實的跡象), an obvious ~ (明顯的徵候), an unmistakable ~ (明確的徵兆).

6 《聖經》奇蹟, 上帝的顯靈. *signs* and wonders 奇蹟.

*as a **sí**gn of...* 作為…的記號.

*a **si**gn of the times* (通常用於負面含義)時代的徵兆.

*mà**ke** [**gì**ve] a **sí**gn to...* 示意於….

— *v.* (~**s** [~z; ~z]; ~**ed** [~d; ~d]; ~**ing**) *vt.*

1 署名, 簽名; 簽署同意. *sign* a letter 在信上署名/I *signed* my name *to* the contract. 我在合約上簽名.

2 簽約正式雇用. *sign* a player *to* a three-year contract 與選手簽了三年合約.

3 (a) [句型5] (sign **A** *to* do)示意 A(人) 做…. The policeman *signed* me to move on. 警察示意我繼續向前. (b)示意; 用身體動作示意; [句型3] (sign *that* 子句)示意…. She *signed* her impatience. 她用肢體語言來示意她的不耐煩/The referee *signed that* the fight was over. 裁判示意比賽結束.

— *vi.* **1** 簽名; 簽名同意. *Sign* here, please. 請在這裡簽名.

2 在(受雇)合約上簽名.

3 示意. He *signed to* [*for*] us to come. 他示意要我們過去. ⇨ *n.* **signature**.

*sì**gn**/.../a**wá**y* 簽名放棄[權利等].

*sì**gn**/.../**í**n* (用於飯店等)簽到(⬧ sign out).

*sì**gn**/.../**ó**ff* (1)(電臺)示意結束當日廣播節目. (2)(簽名)結束寫信, 擱筆.

*sì**gn**/.../**ó**n*[1] 正式雇用….

*sì**gn ó**n*[2] (1)受雇.
(2)(電臺)示意開始當日的廣播.

*sì**gn ó**ut* (簽名)離開, 簽退, (⬧ sign in).
(2)簽名以借出書本.

*sì**gn**/.../**ó**ver* 簽名讓與….

*sì**gn**/.../**ú**p*[1]＝sign/.../on[1].

*sì**gn ú**p*[2]＝sign on[2].

‡sig·nal [ˈsɪgn̩l; ˈsɪgnl] *n.* (*pl.* ~**s** [~z; ~z]) © 【示意】 **1** 信號; 暗示; 暗號; 信號器. a danger *signal* 危險信號/a stop *signal* 停止信號/a distress *signal*＝a *signal* of distress 遇難信號/a traffic *signal* 交通信號/He gave me the *signal* to begin. 他示意我開始.

© signal 意為用聲音, 光, 旗語等做出的事先約定的暗號; sign 比 signal 意義更廣泛.

2 (電視, 收音機的)信號《使用電波傳送的聲音, 影像, 情報等》.

3 《前兆》前兆, 徵候. a *signal* of cancer 癌症的徵兆.

4 【導火線】契機, 動機, 《*for*》. The murder of the mayor was the *signal for* a riot. 市長的遇難成了暴動的導火線.

— *adj.* (限定) **1** (雅)顯著的, 出眾的, (noticeable). *signal* ability 出眾的才能.

2 信號的. a *signal* fire 烽火.

— *v.* (~**s** [~z; ~z]; (美) ~**ed**, (英) ~**led** [~d; ~d]; (美) ~**ing**, (英) ~**ling**) *vt.* (a)示意, 暗示, 發出信號; 成…信號. *signal* a message 傳送消息/The gong *signals* the beginning and the end of each round. 銅鑼聲表示各回合比賽的開始與結束.

(b) [句型5] (signal **A** *to* do)示意 A 做…. The leader *signaled* the party *to* stop. 領隊示意一行人停下腳步.

(c) [句型4] (signal **A** *that* 子句)對A發信號[示意]. Jim *signaled* us *that* the teacher was coming. 吉姆示意我們老師來了.

— *vi.* 示意; 發信號; 《*to*》. I *signaled to* the waiter to clear the table. 我示意服務生清理一下桌子.

sìgnal **bò**x *n.* © (英)(鐵路的)信號站.

sig·nal·ize [ˈsɪgnə͵laɪz; ˈsɪgnəlaɪz] *vt.* 使有名; 使出眾; (通常用被動語態).

sig·nal·ly [ˈsɪgnl̩ɪ; ˈsɪgnəlɪ] *adv.* (雅)顯著地, 出眾地.

sig·nal·man [ˈsɪgnl̩͵mæn, -mən; ˈsɪgnəlmən] *n.* (*pl.* -**men** [-͵mɛn, -mən; -mən]) © (英)(鐵路的)信號員; (陸海軍的)通信兵.

sig·na·to·ry [ˈsɪgnə͵torɪ, -͵tɔrɪ; ˈsɪgnətərɪ] *n.* (*pl.* -**ries**) © 署名者; (條約的)加盟國, 簽約國.

‡sig·na·ture [ˈsɪgnətʃɚ, ˈsɪgnətʃə(r)] *n.* (*pl.* ~**s** [~z; ~z]) © **1** 名, 簽名. put one's *signature* to a document 簽署文件/forge a person's *signature* 偽造他人的簽名/Swift published these letters over the *signa-*

ture of M. B. Drapier. 斯威夫特將這些信以M. B. Drapier之名出版。 參考 著名人士的簽名為auto-graph; *v.* sign.

2 《音樂》符號。a key *signature* 調號/a time *signature* 拍子記號。

3 (廣播、電視節目的)片頭[主題]音樂。

signature tune *n.* C (廣播、電視節目的)片頭[主題]音樂。

sign·board [`saɪn,bord, -,bɔrd; 'saɪnbɔːd] *n.* C 看板, 廣告招牌。

sign·er [`saɪnɚ; 'saɪnə(r)] *n.* C 署名者。

sig·net [`sɪgnɪt; 'sɪgnɪt] *n.* C 印鑑, 印章, 印記, 《通常刻在戒指上》。

sígnet rìng *n.* C 《過去使用的》圖章戒指(→ signet 圖)。

✳**sig·nif·i·cance**

[sɪg`nɪfəkəns; sɪg'nɪfɪkəns] *n.*
(*pl.* **-canc·es** [~ɪz; ~ɪz]) U **1** 重要性, 重大。a matter of little [no] *significance* 不太[完全不]重要的問題/an event of great *significance* 非常重大的事件。 同 significance 表示由其具有的意義所導致到未來的(非緊急的)重要性; → importance.

2 意義, 旨趣。the *significance* of a sign 符號的意義。 同 significance 常指隱含的、或間接才能的明白的深長意義; → meaning.

3 意味深長。the *significance* of her smile 她的微笑所蘊含的深長意味。

[signets]

✳**sig·nif·i·cant** [sɪg`nɪfəkənt; sɪg'nɪfɪkənt] *adj.*
1 重要的, 重大的。a *significant* contribution to society 對社會的重大貢獻。

2 (數量)相當多的, 相當的。a *significant* portion of the students 學生中相當大的一部分。

3 意味深長的, 有意義的。a *significant* phrase 意味深長的句子。

4 別有深意的。He gave me a *significant* glance. 他意味深長地看了我一眼。
⇨ *n.* significance. *v.* signify.
be significant of... 表…, 意謂…。

sig·nif·i·cant·ly [sɪg`nɪfəkəntlɪ; sɪg'nɪfɪkəntlɪ] *adv.* 有意義地, 意味深長地; 重要的是。

sig·ni·fi·ca·tion [,sɪg,nɪfə`keʃən, ,sɪgnɪfə-; ,sɪgnɪfɪ'keɪʃn] *n.* 《雅》U 意味, 意義; C 詞義, 語義。 同 signification 指如某詞語、符號等般具有約定俗成之明確意義; → meaning.

✳**sig·ni·fy** [`sɪgnə,faɪ; 'sɪgnɪfaɪ] *v.* (**-fies** [~z; ~z], **-fied** [~d; ~d], **~·ing**) *vt.* 《文章》**1** (用肢體語言)表示, 表明。 句型3 (signify *that* 子句)表明…。 *signify* one's agreement by raising one's hand 舉手表示贊成/She *signified that* she was satisfied. 她表示自己很滿意。

2 〔符號等〕意指。The sign ♂ *signifies* 'male'. 這一符號代表「男性」。
── *vi.* 《口》重要(通常用於否定句)。What you think doesn't *signify* at all. 你怎麼想都無所謂。

──────── **silent** 1441

sígn lànguage *n.* UC 手語。

[sign language]

Si·gnor [`sinjor, -jɔr; 'siːnjɔː(r)] (義大利語) *n.* (*pl.* **Si·gno·ri** [`sinjorɪ; 'siːnjɔːrɪ]) 《加在姓名前》…先生, …閣下, 《相當於英語的 Mr., Sir》。

Si·gno·ra [sin`jorɑ, siː'njɔːrə] (義大利語) *n.* (*pl.* **-re** [-re; -reɪ]) 《加在姓名前》…夫人《相當於英語的 Mrs., Madam》。

Si·gno·ri·na [,sinjə`rinɑ, ,siːnjə'riːnə] (義大利語) *n.* (*pl.* **-ne** [-ne; -neɪ])《加在姓名前》…小姐《相當於英語的 Miss》。

sign·post [`saɪn,post; 'saɪnpəʊst] *n.* C 路標, 引導標誌。

si·lage [`saɪlɪdʒ; 'saɪlɪdʒ] *n.* U 青貯飼料《源自穀倉(silo)》; 貯存的青飼料。

✳**si·lence** [`saɪləns; 'saɪləns] *n.* 【沒有聲響】**1** U 寂靜, 寧靜。the *silence* of the night 夜晚的寂靜/the dreadful *silence* before a storm 暴風雨前可怕的寧靜。
【無言】**2** U 沈默, 無言; 不發聲響; C (沈默等的)時間; 無聲響; 音信全無。a man of *silence* 寡言男子/*Silence!* 安靜! 住口!/Speech is silver, *silence* is gold(en). 《諺》雄辯是銀, 沈默是金/Forgive me for my long *silence*. 久疏問候請多見諒。

┌────
│ 搭配 *adj.*+silence: (an) awkward ~ (窘困的沈默), (a) complete ~ (完全的沈默), (a) dead ~ (死寂) // *v.*+silence: break ~ (打破沈默), keep ~ (保持沈默)。
└────

3 U 更加沈默寡言, 沈默, 緘默; 忘卻。The media's *silence* on this issue is unnatural. 傳播媒體對這件事件保持沈默的作法很不尋常/*Silence* gives consent. 《諺》沈默即為默許。
⇨ *adj.* silent.
in sílence 默默地; 靜靜地。We looked at each other *in silence*. 我們相視不語。
── *vt.* 使沈默, 封鎖(發言等); 降低[噪音]。*silence* criticism 封鎖批評。

si·lenc·er [`saɪlənsɚ; 'saɪlənsə(r)] *n.* C
1 (槍的)消音裝置, 消音器。

2 《英》(汽車等的)滅音器《《美》muffler》。

✳**si·lent** [`saɪlənt; 'saɪlənt] *adj.* **1** 沈默的, 無言的; 不發聲的; 緘口的; 沒聯絡的, 音信全無的。a *silent* protest 無言的抗議/keep [remain] *silent* 保持沈默/Be *silent*! 安靜!/*silent*

reading 默讀/You're very *silent* today. 你今天很沈默. ⑰ silent 重點在於「不說話」; → quiet.

2 〔場所等〕安靜的, 無聲無息的. The house is completely *silent*. 屋內一片寂靜/(as) *silent* as the grave 就像墓場般的寂靜.

3 保持沈默的; 不言及的; 《*on, about*》. Why is he *silent* on [*about*] this matter? 他為甚麼對此事保持沈默呢?/History is *silent* on these issues. 歷史上未言及這些事件.

4 《語音學》無聲的, 不發音的. a *silent* letter 不發音的字母(knife 的 k, doubt 的 b 等).

✧ *n*. silence.

***si·lent·ly** [ˈsaɪləntlɪ; ˈsaɪləntlɪ] *adv*. 沈默地; 安靜地; (↔ aloud). The boy followed me *silently*. 男孩默默地跟著我.

silent pártner *n*. C《美》匿名合夥人(僅投資而不參加業務; 《英》sleeping partner).

***sil·hou·ette** [ˌsɪluˈɛt, ˌsɪləˈwɛt; ˌsɪluːˈet] *n*. (*pl.* ~s [~s; ~s]) C **1** 側面影像, 黑色半面畫像; 剪影.

2 (人, 物的)影像, 輪廓.

in silhouétte 成側面影像; 呈現輪廓.

— *vt*. 使現出輪廓; 把…畫成側面影像; (通常用被動語態). The hill was *silhouetted against* the dawn sky. 小山的輪廓映襯在黎明時分的天空下.

sil·i·ca [ˈsɪlɪkə; ˈsɪlɪkə] *n*. U二氧化矽, 無水矽, 矽石. *silica* gel 矽石凝膠(乾燥劑).

sil·i·cate [ˈsɪlɪkɪt, -ˌket; ˈsɪlɪkɪt] *n*. UC《化學》矽酸鹽.

sil·i·con [ˈsɪlɪkən; ˈsɪlɪkən] *n*. U《化學》矽(非金屬元素, 一種利用價值極高的半導體; 符號 Si).

silicon chíp *n*. C矽晶方(從晶圓上切割下來的薄片稱為晶方, 將此薄片加工蝕刻出電子組件, 經封裝後即成積體電路; 為 microchip(微晶方)的主力, 用於電腦等).

sil·i·cone [ˈsɪlɪkon; ˈsɪlɪkəʊn] *n*. UC矽酮(有機矽化合物的聚合體; 用作塗料, 絕緣體等).

sil·i·co·sis [ˌsɪlɪˈkosɪs; ˌsɪlɪˈkəʊsɪs] *n*. U矽肺(症).

S

***silk** [sɪlk; sɪlk] *n*. (*pl.* ~s [~s; ~s]) **1** U絹; 生絲, 絲織; 絲織物. raw *silk* 生絲/artificial *silk* 人造絲(現稱 rayon). **2** 《形容詞性》絲的; 絲製的. a *silk* umbrella 絲綢傘/*silk* stockings 絲襪/a *silk* handkerchief 絲質手帕. **3** C (常 silks)絹物, 綢衣. be dressed in *silks* 身穿綢衣. **4** 《英・口》皇家律師(King's [Queen's] Counsel) (身着絲質法服).

✧ *adj*. silken, silky.

silk·en [ˈsɪlkən; ˈsɪlkən] *adj*. 《雅》**1** 絲的; 絲製的. **2** 絲製的.

silk hát *n*. C大禮帽.

silk·i·ness [ˈsɪlkɪnɪs; ˈsɪlkɪnɪs] *n*. U(像絲般的)光亮; 觸感平滑.

silk·worm [ˈsɪlkˌwɝm; ˈsɪlkwɜːm] *n*. C(蟲)蠶(→ worm 圖).

silk·y [ˈsɪlkɪ; ˈsɪlkɪ] *adj*. **1** 絲般的; 柔軟的; 光滑的; 有光澤的. **2** (聲音, 態度等)奉承討好的.

sill [sɪl; sɪl] *n*. C窗臺(windowsill); 門檻; 基石《柱子, 牆壁等下面的橫木》.

sil·li·er [ˈsɪlɪɚ; ˈsɪlɪə(r)] *adj*. silly 的比較級.

sil·li·est [ˈsɪlɪɪst; ˈsɪlɪɪst] *adj*. silly 的最高級.

sil·li·ness [ˈsɪlɪnɪs; ˈsɪlɪnɪs] *n*. U愚蠢; 蠢行.

***sil·ly** [ˈsɪlɪ; ˈsɪlɪ] *adj*. (**-li·er; -li·est**) **1** 傻的, 愚蠢的, 糊塗的, (★比 foolish 語意強的口語). a *silly* ass 傻瓜/a *silly* mistake 愚蠢的錯誤/Don't be *silly*! 別說傻話[別做傻事]!/It is *silly of* you to trust them. 你真傻, 竟然會相信他們.

2 《敘述》《口》(被毆打等而)失去知覺的; 暈頭轉向的. He was knocked *silly* by the news. 他被這消息整得暈頭轉向.

— *n*. (*pl.* **-lies**) C《口》傻瓜(用於呼喚).

si·lo [ˈsaɪlo; ˈsaɪləʊ] *n*. (*pl.* ~s) **1** 穀倉(用於貯存飼料的密閉式圓形建築物).

2 (飛彈的)地下倉庫(設有飛彈的發射裝置).

silt [sɪlt; sɪlt] *n*. U(河底的)淤泥.

— *vt*. 淤塞〔河口等〕《*up*》.

— *vi*. 淤塞《*up*》.

sil·van [ˈsɪlvən; ˈsɪlvən] *adj*. = sylvan.

***sil·ver** [ˈsɪlvɚ; ˈsɪlvə(r)] *n*. U【銀】**1** 銀(金屬元素; 符號 Ag). sterling *silver* 純銀(→ sterling)/a tiepin made of *silver* 銀製領帶夾.

【銀製物】**2** 銀幣; 貨幣, 金錢. £5 in *silver* 銀幣 5 英鎊/I have some copper and *silver* with me. 我有些銅幣與銀幣.

3 (集合)銀餐具(銀或類似的金屬製造之物); (餐具, 燭臺等的)銀器(silverware). table *silver* 銀餐具(刀, 叉, 湯匙等)/clean the *silver* 擦拭銀器.

— *adj*. **1** 銀的; 銀製的; (★常用作比喻價值次於金的貴重物品). a *silver* bell 銀鈴/a *silver* watch 銀錶/*silver* coins 銀幣/*silver* medal 銀牌.

2 銀色的, 銀白的. *silver* hair 銀髮/a *silver* moon 銀白色的月亮(★英美一般用 white 或 silver 來形容).

3 〔聲音〕清澈的, 清楚的; 銀鈴般的; 〔雄辯〕流利的. a *silver* voice 清澈的聲音.

— *vt*. **1** 上鍍於…, 鍍銀.

2 《雅》使成銀色. Age has *silvered* his hair. 歲月染白了他的頭髮.

— *vi*. 《雅》成銀色; 發銀光.

sílver áge *n*. (加 the)《希臘, 羅馬神話》(僅次於黃金時代的)白銀時代(→ the golden age).

sílver bírch *n*. C《植物》白樺.

sílver júbilee *n*. C二十五週年紀念(→ jubilee).

sílver páper *n*. U銀箔紙(實為錫或鋁).

sílver pláte *n*. U (集合) (鍍)銀製餐具類.

sil·ver·side [ˈsɪlvɚˌsaɪd; ˈsɪlvəsaɪd] *n*. U《英》(牛臀上部的)腿肉.

sil·ver·smith [ˈsɪlvɚˌsmɪθ; ˈsɪlvəsmɪθ] *n*. C銀匠.

sílver stándard *n*. (加 the)銀本位制度.

sil·ver-tongued [ˈsɪlvɚˈtʌŋd; ˌsɪlvəˈtʌŋd]
adj. 《主雅》雄辯的, 有說服力的.

sil·ver·ware [ˈsɪlvɚˌwɛr, -ˌwær;
ˈsɪlvəˌweə(r)] n. ⓤ 《集合》銀器(→ silver n. 3).

silver wedding n. ⓒ 銀婚(結婚二十五週年
紀念; → wedding 表).

sil·ver·y [ˈsɪlvərɪ; ˈsɪlvərɪ] adj. 1 銀色的, 銀白
色的. silvery hair 銀髮. 2 〖聲音〗清澈的; 銀鈴
般的. a silvery voice 銀鈴般的聲音.

Sil·vi·a [ˈsɪlvɪə; ˈsɪlvɪə] n. 女子名.

sim·i·an [ˈsɪmɪən; ˈsɪmɪən] adj. (有如)猴子的;
類人猿的.
— n. ⓒ 猴子; 類人猿.

ᴣsim·i·lar [ˈsɪmələr; ˈsɪmɪlə(r)] adj. 1 類似的,
有共同點的, 同樣的, 《to》. a simi-
lar example 類似的例子/Their views were very
similar. 他們的看法非常相似/The earth is simi-
lar to an orange in shape. 地球形狀似柳橙.
同 similar 相似的程度通常較 like 低; → alike.
2 《數學》相似的. similar triangles 相似三角形.
⇨ n. similarity, similitude. ♦ dissimilar.
字源 SIM 〖同〗: similar, assimilate(同化), sim-
ile (明喻), simulator (模擬裝置).

sim·i·lar·i·ty [ˌsɪməˈlærətɪ; ˌsɪmɪˈlærətɪ] n.
(pl. -ties) 1 ⓤ 類似, 相似. similarity of char-
acter 性格上的相似.
2 ⓒ 類似點, 相同點. There are many similar-
ities between the two districts. 這二個地區有很多
相同點.

sim·i·lar·ly [ˈsɪmələrlɪ; ˈsɪmɪləlɪ] adv. 類似地,
同樣地. my grandfather and another, similarly
old man 我祖父和另一個與其年紀相仿的老人/
Plants need water and sunshine. Similarly, peo-
ple need stimulus and argument for their men-
tal growth. 植物需要水和陽光; 同樣地, 人類需要
激勵和辯論來促進心智上的成長.

sim·i·le [ˈsɪməˌlɪ, -lɪ; ˈsɪmɪlɪ] n. ⓤⓒ 《修辭學》直
喻, 明喻, 《用 as, like 作某物的比喻》: as easy as
ABC （像 ABC 般簡單)/fight like a lion （像獅子
般地(勇猛)作戰); → metaphor).

si·mil·i·tude [səˈmɪləˌtjud; sɪˈmɪlɪtjuːd] n. 《雅》1 ⓤ 類似, 相似, (similar-
ity). 2 ⓒ 類似的物(人). 3 ⓒ 比喻, 比方.
talk in similitudes 說話用比喻, 打個比方.

sim·mer [ˈsɪmɚ; ˈsɪmə(r)] vi. 1 （以小火)燉;
[開水煮沸前的狀態]嗤嗤地直響; (→cook 表).
The soup is simmering. 湯在嗤嗤地直冒泡.
2 （因憤怒等)怒火中燒, 馬上就要爆發. Her sim-
mering rage suddenly boiled over. 她蓄積的怒火
一下子爆發了出來.
— vt. （以小火)慢慢地煮.
simmer down 〖憤怒等〗平靜下來, 冷靜下來.
— n. ⓒ (用單數)將沸而未沸的狀態; (憤怒等)馬
上要爆發的狀態.

Si·mon [ˈsaɪmən; ˈsaɪmən] n. 1 男子名.
2 《聖經》西蒙(基督十二門徒之一).

sim·per [ˈsɪmpɚ; ˈsɪmpə(r)] n. ⓒ (傻傻地)裝
笑, 痴笑.

— vi. (傻傻地)假笑.

sim·per·ing·ly [ˈsɪmpərɪŋlɪ, ˈsɪmprɪŋ-;
ˈsɪmpərɪŋlɪ] adv. 痴笑地.

ᴣsim·ple [ˈsɪmpl; ˈsɪmpl] adj. (~r; ~st)
【單純的】1 簡單的, 容易的;
單純的; 單一的. a simple problem 簡單的問題/a
simple explanation 簡易的說明/a book written
in simple English 一本用簡易英語寫的書/The job
he gave me was simple to do. 他交代給我的工作
很簡單(★亦可使用 It 當主詞, 句型為: It was
simple to do the job he gave me.)/a simple eye
(昆蟲的)單眼.
2 【不裝飾的】樸素的, 簡樸的, 無修飾的. simple
food 粗茶淡飯/a simple life 樸素的生活.
3 《雅》身分低微的; 平民(出身)的. simple people
平民百姓.
4 〖純然的〗完全的, 純然的. simple madness 全
然的瘋狂/the simple truth 全然的真實.
【純真的】5 天真的, 純真的; 坦率的; 純樸的.
My husband is as simple as a child. 我的丈夫像
孩子般天真.
6 老實的, 易受騙的; 愚蠢的. I'm not so simple
as to believe you. 我不會天真到去相信你.
⇨ n. simplicity. adv. simply. v. simplify.

sim·ple-heart·ed [ˈsɪmplˈhɑrtɪd;
ˌsɪmplˈhɑːtɪd] adj. 純真的, 坦率的; 憨厚的.

simple machine n. ⓒ 《機械》簡單機械(可
作複雜機械的零件, 例如千斤頂、楔子、滑輪、螺
旋等).

sim·ple-mind·ed [ˈsɪmplˈmaɪndɪd;
ˌsɪmplˈmaɪndɪd] adj. 純真的; 老實的; 單純的; 愚
蠢的, 低能的.

sim·pler [ˈsɪmplɚ; ˈsɪmplə(r)] adj. simple 的比
較級.

simple sentence n. ⓒ 《文法》簡單句(→見
文法總整理 1).

sim·plest [ˈsɪmplɪst; ˈsɪmplɪst] adj. simple 的
最高級.

sim·ple·ton [ˈsɪmpltən; ˈsɪmpltən] n. ⓒ 傻瓜,
笨蛋.

ᴣsim·plic·i·ty [sɪmˈplɪsətɪ; sɪmˈplɪsɪtɪ] n.
ⓤ 1 簡單, 平易; 單純, 單
一. It's simplicity itself. 事情本身極為單純.
2 質樸, 簡樸. a life of simplicity 簡樸的生活.
3 天真無邪, 純真, 樸素. He smiles with child-
like simplicity. 他像孩子般天真無邪地微笑.
4 憨厚, 爛好人; 單純. ⇨ adj. simple.

sim·pli·fi·ca·tion [ˌsɪmpləfəˈkeʃən;
ˌsɪmplɪfɪˈkeɪʃn] n. 1 ⓤⓒ 簡化, 單純化.
2 ⓒ 簡[單純]化了的事物.

ᴣsim·pli·fy [ˈsɪmpləˌfaɪ; ˈsɪmplɪfaɪ] vt. (-fies
[~z; ~z], -fied [~d; ~d]; ~ing) 使單純化; 使簡
單, 使易懂; (♦ complicate). The introduction
of computers has simplified a lot of jobs. 電腦的
引進使許多工作簡單多了/simplify an explanation

使說明簡單易懂. ⇨ *adj.* **simple**.

✱sim·ply [ˋsɪmplɪ; ˋsɪmplɪ] *adv.* **1** 簡單地；易懂地；簡易地. explain *simply* 簡單地說明/Jim solved this problem quite *simply*. 吉姆明快地解決了這個問題.

2 僅僅，只不過，(only). Bess is *simply* a child. 貝絲還只是個孩子/I say this *simply* because I'm afraid for you. 我說這些只不過是為你擔心.

3 樸素地，簡樸地. live *simply* 簡樸地生活/The girl was dressed *simply*. 女孩衣著簡樸.

4 天真無邪地；愚蠢地.

5 完全地，絕對地，(通常用於否定句). I *simply* can't stand it. 我完全不能忍受/I *simply* refuse to do it. 我絕不願做這件事.

6 簡直，厲害地，非常. That's *simply* ridiculous. 那簡直太荒謬了/The play was *simply* great. 這部戲簡直太棒了.

sim·u·late [ˋsɪmjə͵let; ˋsɪmjʊleɪt] *vt.* **1** 《文章》裝出，假裝，冒充. *simulate* illness 裝病.

2 模仿，模擬，仿造；做…的模擬實驗. We used a computer to *simulate* the effects of global warming on the environment. 我們用電腦做地球溫室效應對環境影響的模擬實驗.

sim·u·la·tion [͵sɪmjəˋleʃən; ͵sɪmjʊˋleɪʃn] *n.* ⓊⒸ **1** 《文章》假裝，裝作.

2 模擬(利用電腦對各種現象進行動向預測和問題分析)，模擬實驗.

sim·u·la·tor [ˋsɪmjə͵letɚ; ˋsɪmjʊleɪtə(r)] *n.* ⓒ 模擬裝置(與實物完全一樣的模型裝置；用於汽車駕駛等的訓練和遊戲).

si·mul·ta·ne·i·ty [͵saɪmltəˋniətɪ, ͵sɪml-; ͵sɪmltəˋniːətɪ] *n.* Ⓤ 同時性，同時.

si·mul·ta·ne·ous [͵saɪmlˋtenɪəs, ͵sɪml-, -njəs; ͵sɪmlˋteɪnjəs] *adj.* 同時的，同時發生的；同時存在的(*with*). *simultaneous* interpretation 同步口譯.

si·mul·ta·ne·ous·ly [͵saɪmlˋtenɪəslɪ, ͵sɪml-, -njəs-; ͵sɪmlˋteɪnjəslɪ] *adv.* 同時地，一齊地. The two accidents happened *simultaneously*. 這兩件事故是同時發生的.

✱sin¹ [sɪn; sɪn] *n.* (*pl.* ~s [~z; ~z]) **1** ⓊⒸ罪，罪惡. My *sin* has been found out. 我的罪行被發現了/a mortal *sin* 大罪，死罪/A certain sect considers going to a movie a *sin*. 某個教派認為看電影是罪惡的. 匲 sin 指宗教上、道德上的罪惡；→ crime, offense.

> 匲配 *adj.*+sin: a deadly ~ (致命的罪), an unforgivable ~ (難以饒恕的罪惡) // *v.*+sin: commit a ~ (犯罪), forgive a person's ~ (原諒某人的罪惡).

2 ⓒ (對於習俗等的)違反，過失. a *sin against* good manners 違反禮節的錯.

3 ⓒ《諔》愚蠢的事；不合情理的事；脫離常軌的事. It's a *sin* to spend a fine day like this indoors. 這般好天氣是待在家裡真是罪過了.

for one's sins 《英、口》《諔》自作孽. I'm in charge of this project, *for my sins*. 我真是自作自受，得擔任這項計畫的負責人.

live in sin 《諔》(未婚的情形下)與人同居 (cohabit).

— *vi.* (~s [~z; ~z]; ~ned [~d; ~d]; ~·ning) **1** 犯罪. I have *sinned*. 我犯了罪.

2 違反(禮節，法律等). *sin against* propriety [the law] 違反禮節[法律].

sin² (略) sine.

Si·nai [ˋsaɪnaɪ, ˋsaɪ͵aɪ; ˋsaɪnaɪ] (★注意發音) *n.* **1** Mount ~ 《聖經》西奈山(摩西被上帝授與十誡的地方). **2** 西奈半島(瀕臨紅海北邊).

✱since [sɪns; sɪns] *conj.* **1** …以來，從…時起. It is [has been 《口》] two years *since* he left for Hawaii. = Two years have passed *since* he left for Hawaii. 他去夏威夷已有兩年了/Pat and I have been good friends ever *since* we first met. 派特和我從第一次見面開始便成了好朋友.

> 匲法(1)從過去某時起到今，有時表示持續到過去或未來某個時候，或表示其間所發生事情的起點.
> (2)通常 since 子句的動詞為過去式，但在(口)中有時用完成式: It's been ages *since* I've seen Tom. (《口》已有好長一段時間未見到湯姆)；尤其當該狀態現在在還在持續時，用完成式就很自然: I've read three English novels *since* I've been ill. (我生病後，讀了三本英文小說)
> (3)主要子句的時態若表示(「…以來」的意思)一般是用完成式；若主要子句的動詞是 be 及表示狀態的情下，特別是《美》時，使用現在[過去]式的例子也不少: I'm feeling better *since* I had an operation. (自從動了手術之後，我覺得身體好多了)/*Since* the accident I walk with a limp. (自車禍發生以來，我就跟著腳走路)/I lost five kilos *since* I started jogging. (從開始慢跑以來，我的體重已減了5公斤).

2 因為…，既然…. *Since* she wants to go, I'd let her. 既然她想去，我就讓她去. 匲法(1)since 比 because 語氣弱，陳述聽者已經知道的理由(→ because ●). (2)此意的 since 子句多出現在句首.

— *prep.* …以來，從…(至今). Susan has been sick in bed *since* last Sunday. 蘇珊從上星期天就一直臥病在床/I haven't eaten anything *since* yesterday. 我從昨天就一直沒吃東西/She's been my secretary *since* leaving university. 她從大學畢業後，就一直是我的秘書/*Since* when have you held such a curious opinion? (《主美、口》你從甚麼時候開始有這種古怪的想法呢? (◆ *conj.* 1 的語法(3))/I had been in Africa *since* the year before. 我從前一年開始就住在非洲/the greatest inventor *since* Edison 自愛迪生以來最傑出的發明家/I spoke to him for the first time *since* the party. 從那次聚會後，我第一次和他說話.

> 匲法 since 表示到現在為止，有時表示持續到過去，或未來的某個時候，或表示其間發生的事的起點，與完成式一起使用；但 from 並非一定表示持續到現

在爲止的狀況，因此可與各種時態並用．

èver sínce... → ever 的片語．

— *adv.* **1** 自那以後，之後，（[語法] 通常與現在完成式並用）．Things have changed *since*. 自那以後，事情起了變化/I haven't heard from him *since*. 自那以後我就沒有他的消息/The old bridge has *since* been reconstructed. 之後古橋業已重新修建．

2 以前(ago)（[語法] 與過去時態、現在時態並用）．My grandma died many years *since*. 我的祖母多年前去世．

èver sínce → ever 的片語．

lòng sínce 很久以前，早已．He has *long since* given up golf. 他早就不打高爾夫球了/The incident happened *long since*. 這一事件早已發生．

✶sin·cere [sɪnˋsɪr, sn̩-; sɪnˈsɪə(r)] *adj.* (**-cer·er, more ~; -cer·est, most ~**)〔人〕誠實的；〔感情、行動等〕衷心的，不虛僞的．a *sincere* friend 眞誠的朋友/She is not quite *sincere* in what she says. 她所說的並非肺腑之言/*sincere* thanks 衷心的感謝/I believe this letter to be entirely *sincere*. 我認爲這封信(的內容)完全出自眞心．

> [搭配] sincere＋*n.*: a ~ belief (眞誠的信念), a ~ effort (眞心的努力), ~ admiration (由衷的讚賞), ~ appreciation (衷心的感謝), ~ love (誠摯的愛)．

⟡ *n.* sincerity. ↔ false.

✶sin·cere·ly [sɪnˋsɪrlɪ, sn̩-; sɪnˈsɪəlɪ] *adv.* 衷心地，眞正地．She thanked them *sincerely*. 她衷心地感謝他們．

Yòurs sincérely,《英》＝《美》***Sincérely yòurs***, → yours 的片語．

sin·cer·er [sɪnˋsɪrɚ, sn̩-; sɪnˈsɪərə(r)] *adj.* sincere 的比較級．

sin·cer·est [sɪnˋsɪrɪst, sn̩-; sɪnˈsɪərɪst] *adj.* sincere 的最高級．

✶sin·cer·i·ty [sɪnˋsɛrətɪ, sn̩-; sɪnˈserətɪ] *n.* [U] 誠實；誠意；老實；認眞．a man of *sincerity* 誠實的男士/speak in all *sincerity* 說眞話．

⟡ *adj.* sincere.

Sind·bad [ˋsɪnbæd; ˈsɪnbæd] *n.* 辛巴達（《一千零一夜》中的水手）．

sine [saɪn; saɪn] *n.* [C]《數學》正弦(略作 sin)．

si·ne·cure [ˋsaɪnɪˌkjʊr, ˋsɪn-, -ˌkɪʊr; ˈsaɪnɪˌkjʊə(r)] *n.* [C]〔有薪水、頭銜但沒甚麼事做的〕閒差．

si·ne qua non [ˋsaɪnɪkweˈnɑn, ˌsaɪnɪkweɪˈnɒn] (拉丁語) *n.* [C] 必要條件；不可缺少的東西．A Ph.D. is a *sine qua non* for a university post. 博士學位是在大學擔任敎職的必要條件．

sin·ew [ˋsɪnju, ˋsɪnɪu, ˋsɪnu; ˈsɪnjuː] *n.* [C] **1**《解剖》腱(tendon)．**2** (通常 sinews) 肌力 (muscles)；體力，力氣；精力．**3**《雅》(通常 sinews)支柱；財力，資金．the *sinews* of war 軍費．

sin·ew·y [ˋsɪnjəwɪ, ˋsɪnəwɪ; ˈsɪnjuːɪ] *adj.* **1** 肌肉發達的，強壯的．*sinewy* arms 粗壯的手臂．

2〔肌肉〕結實的，堅韌的．

3〔文體等〕剛勁的，強有力的．

sin·ful [ˋsɪnfəl; ˈsɪnfʊl] *adj.* **1** 罪孽深重的，有罪的．To the Puritans, to seek pleasure was *sinful*. 對於淸敎徒而言，追求快樂是有罪的．

2《口》過分的，可恥的．The new city hall is a *sinful* waste of money. 新市政府大樓(的建造)過於浪費金錢．

sin·ful·ly [ˋsɪnfəlɪ; ˈsɪnfʊlɪ] *adv.* 罪孽深重地；過分地．

✶sing [sɪŋ; sɪŋ] *v.* (**~s** [~z; ~z]; **sang; sung; ~·ing**) *vi.*【歌唱】**1** 唱(歌)；歌唱 (*to*)．My older sister *sings* very well. 我姊姊唱歌得非常好/Dad likes *singing*, but he *sings* out of tune. 父親喜歡唱歌，但他唱走調/We *sang* to the piano. 我們和著鋼琴唱歌/Sing *to* us. 唱給我們聽．

2〔小鳥、蟲等〕鳴叫，鳴囀．Birds are *singing* merrily in the trees. 鳥兒在樹間愉快地歌唱．【歌唱般鳴叫】**3**〔風、槍彈等〕嗖嗖[呼呼]作響；〔小河〕嘩嘩作響；〔水壺等〕嗖嗖作響．The kettle is *singing*. 水壺響了．【作詩歌】**4**《雅》作詩，詠歌；(用歌、詩)讚美 (*of*)．*sing of* the glories of the past 歌頌過去的光榮．

— *vt.* **1** (a)唱，*sing* a song 唱歌/We *sang* 'White Christmas' together. 我們合唱「銀色聖誕」．(b) [句型4] (sing **A B**)，[句型3] (sing **B** *for* **A**)對 **A**(人)唱 **B**．Sing us a song, Mommy.＝Sing a song *for* us, Mommy. 媽咪，唱首歌給我們聽．

2 (加副詞(片語))唱歌使〔嬰兒等〕…；唱歌送走〔迎來〕〔舊歲，新年〕．*sing* a baby *to* sleep 唱歌哄孩子睡覺/*sing* the old year *out* and the new *year in* 唱除舊歲迎新年．

3〔小鳥等〕鳴囀．

4《雅》歌詠，歌頌．⟡ *n.* song.

sìng óut [1] 《口》叫喊，大聲講．

sìng/.../óut [2] 《口》對著…大聲叫，大聲說．

sìng A's práises＝sìng the práises of A 極力讚賞A(人或物)．

sìng úp《主英》(更)大聲唱歌．

— *n.* [C]《美》歌唱會《英》singsong.

sing.《略》singular.

Sin·ga·pore [ˋsɪŋgəˌpor, ˋsɪŋə-, -ˌpɔr; ˌsɪŋəˈpɔː(r)] *n.* **1** 新加坡（位於馬來半島南端；原爲英屬殖民地，現爲共和國，大英國協成員國之一）．

2 新加坡(新加坡共和國首都；港市)．

singe [sɪndʒ; sɪndʒ] *vt.* (**sing·es; ~d; ~·ing**) 把…表面燒焦．

> singe 指表面的燒焦，另可表示去去毛的雞的細毛；→ scorch.

— *n.* [C] 燒焦，焦痕．

✶sing·er [ˋsɪŋɚ, ˋsɪŋə(r)] (★ ng 並非 [ŋg; ŋg]) *n.* (*pl.* **~s** [~z; ~z]) [C] 歌手；唱歌者．an opera *singer* 歌劇演唱家/a good [bad] *singer* 好

[差勁]的歌手.

sìng·er sóngwriter n. C 歌手兼作詞作曲家.

sing·ing [ˋsɪŋɪŋ; ˈsɪŋɪŋ] n. U **1** 歌唱, 唱歌; 歌聲. a *singing* lesson 聲樂課.

2 鳴囀, 鳥鳴; 嗖嗖[呼呼]聲.

***sin·gle** [ˋsɪŋɡl; ˈsɪŋɡl] adj. **1** 《限定》只有一個[一人]的, 單獨的; 《用於否定句》連一個[一人]也…的. a *single* sheet of paper 只有一張紙/every *single* person 每一個人(★加強 every 之意)/Not a *single* clue was found. 一點線索也沒發現.

2 單身的(↔married); 單獨的, 一個人的. *single* life 單身生活/remain *single* 保持單身/She's over forty but still *single*. 她已年過四十, 但仍單身.

3 《限定》單人的; 一家用的. a *single* bed 單人床(→ double adj. 2, twin bed)/reserve a *single* room 預訂單人房.

4 〔比賽等〕單人的; 一對一的. *single* tennis 網球單打.

5 〔花等〕單瓣的. a *single* rose 單瓣的玫瑰.

6 《限定》《英》單程的(《美》one-way; ↔ return). a *single* ticket 單程車票.

── n. C **1** 《英》單程車票(↔ return).

2 (singles)《作單數》《網球》單打(→ double n. 4, mixed 2).

3 《棒球》一壘安打.

4 (通常 singles)《口》《美》一美元紙幣; 《英》一英鎊紙幣. $10 in *singles* 一美元紙幣十張.

5 單曲唱片(↔ LP).

6 《口》(旅館的)單人房.

── v. (~s [~z; ~z]; ~d [~d; ~d]; -gling) vt. 選拔, 選出, (out). He was *singled out* for promotion. 他單獨被選拔晉級.

── vi. 擊出一壘安打.

sin·gle-breast·ed [ˋsɪŋɡlˋbrɛstɪd; ˌsɪŋɡlˈbrɛstɪd] adj. 〔上衣〕單排鈕扣的(→ double-breasted).

sin·gle-deck·er [ˋsɪŋɡlˋdɛkɚ; ˌsɪŋɡlˈdekə(r)] n. C (相對於 double-decker 的)單層公車[電車].

sìngle fíle n. UC 一列縱隊.

sin·gle-hand·ed [ˋsɪŋɡlˋhændɪd; ˌsɪŋɡlˈhændɪd] adj. **1** 一隻手的; 單手用的.

2 獨力的, 單獨的.

── adv. 用單手地; 獨力地.

sin·gle-heart·ed [ˋsɪŋɡlˋhɑrtɪd; ˌsɪŋɡlˈhɑːtɪd] adj. 誠實的; 專心致志的, 一心一意的.

sin·gle-lens [ˋsɪŋɡlˏlɛnz; ˈsɪŋɡllenz] adj. 《攝影》單鏡的. a *single-lens* reflex (camera) 單眼反光(照相機).

sin·gle-mind·ed [ˋsɪŋɡlˋmaɪndɪd; ˌsɪŋɡlˈmaɪndɪd] adj. 專心致志的, 一心一意的.

sin·gle-mind·ed·ly [ˋsɪŋɡlˋmaɪndɪdlɪ; ˌsɪŋɡlˈmaɪndɪdlɪ] adv. 一心一意地, 專心地.

sin·gle·ness [ˋsɪŋɡlnɪs; ˈsɪŋɡlnɪs] n. U **1** 單一, 單獨. **2** 單身. **3** 誠意; 專心.

sin·glet [ˋsɪŋɡlɪt; ˈsɪŋɡlɪt] n. C 《英》(男子用的)無袖運動衫[汗衫].

sin·gling [ˋsɪŋɡlɪŋ, -ɡlɪŋ; ˈsɪŋɡlɪŋ] v. single 的現在分詞、動名詞.

sin·gly [ˋsɪŋɡlɪ; ˈsɪŋɡlɪ] adv. 各別地, 獨自一人[一個]地, 單獨地. The guests came *singly*. 客人一個個地來了.

sing·song [ˋsɪŋˏsɔŋ; ˈsɪŋsɒŋ] n. **1** 《說話方式的)單調, 單調的聲調. **2** C 單調的歌[詩].

3 C 《英》歌唱會(《美》sing).

── adj. 單調的. in a *singsong* voice 聲音單調地.

***sin·gu·lar** [ˋsɪŋɡjələ; ˈsɪŋɡjʊlə(r)] adj. 【單一的, 無二的】 **1** 罕見的, 超群的, 非凡的. a man of *singular* talent 具有非凡才能的人.

2 奇妙的, 異常的. *singular* behavior 奇怪的舉止/He has a most *singular* countenance. 他有一張極奇特的臉.

3 《文法》單數的(↔ plural). a *singular* form 單數形/the *singular* number 單數.

── n. 《文法》 **1** U (通常加 the)單數. a noun in the *singular* 單數名詞. **2** C 單數型態.

sin·gu·lar·i·ty [ˏsɪŋɡjəˋlærətɪ; ˌsɪŋɡjʊˈlærətɪ] n. (pl. -ties) **1** U 奇特, 與眾不同; 非凡; 罕見. **2** C 奇異的事物; 特殊性. **3** U 單一, 單獨.

sin·gu·lar·ly [ˋsɪŋɡjələlɪ; ˈsɪŋɡjʊləlɪ] adv. **1** 奇妙地, 不可思議地. **2** 異常地; 特別地; 顯著地.

sin·is·ter [ˋsɪnɪstɚ; ˈsɪnɪstə(r)] adj. **1** 不吉利的, 不吉祥的. a *sinister* omen 不祥之兆. **2** 惡意的; 邪惡的; 毛骨悚然的. a *sinister* grin 奸笑.

***sink** [sɪŋk; sɪŋk] v. (~s [~s; ~s]; sank, sunk; sunk; ~ing) vi. 【沈入】 **1** 沈入(水底等)(↔ float); 沈沒; 〔太陽等〕落下. The ship *sank* in the North Atlantic Ocean. 這條船在北大西洋沈沒/The sun *sank* slowly below the horizon. 太陽慢慢地沒入了地平線[海面]/His feet *sank into* the mud. 他的腳陷入了泥沼.

【下陷】 **2** 〔地盤, 建築物等〕下陷, 下降, 下沈; 傾斜. The ground around here has *sunk* more than five centimeters. 這一帶的地盤下陷了五公分以上.

3 〔眼睛等〕下陷, 凹陷; 〔臉頰等〕凹下去. Your eyes [cheeks] have *sunk* (in). 你的眼睛[臉頰]已經凹陷了.

4 【倒下】(人)癱軟地倒下. *sink into* a sofa 倒進沙發裡/*sink to* one's knees 無力地跪倒在地.

5 【陷入】陷入; 衰敗, (into). *sink into* sleep 入睡/The family *sank into* poverty. 家庭陷入貧窮.

【下降, 衰落】 **6** 〔物價等〕下跌, 降低; 〔人〕低, 低落, 《in〔評價等〕》. Prices are *sinking*. 物價下跌/After the scandal he *sank* in his colleagues' estimation. 醜聞傳出後, 他便失去了同事們的敬重.

7 〔風, 火勢等〕減弱《down》; 〔水〕退; 〔聲音〕變低. The wind *sank down*. 風勢減弱/His voice *sank* to a whisper. 他的聲音降低至耳語.

8 〔病人等〕衰弱, 筋疲力竭; 〔精力等〕衰弱, 衰微. She's *sinking* fast, and won't last the week. 她衰弱得很快, 熬不過這星期了/My heart *sank* at the news. 我聽到這消息, 心便沉了下來.

〖進入〗 **9** 〔水等〕浸入, 浸透; 〔某件事〕刻骨銘心, 銘記; (*into, through*). What he said *sank into* my mind. 他的話銘記在我的心裡.

— *vt.* 〖使下沈〗 **1** 使下沈, 使沈沒. *sink* a ship 沈船.

2 〖隱匿〗隱, 隱藏; 〔姓名等〕; 無視, 忘卻, 不聞不問. *sink* evidence [one's identity] 隱匿證據[身分]/They *sank* their differences and cooperated. 他們摒除彼此的差異, 互相協助.

〖降低, 減弱〗 **3** 降低〔聲音〕, 低聲. *sink* one's voice to a whisper 降低聲音至低聲耳語.

4 使衰弱; 使失望; 降低〔聲譽等〕.

〖使進入〗 **5** 掘〔井〕; 打, 埋入, 〔木椿等〕. *sink* a well 掘井/*sink* a post in the ground 將柱子打入地面.

6 〔浪費地〕投入, 投下, 〔資本等〕(*in, into*). I *sank* all my money *into* that project. 我將我所有的錢全部投入那項計畫.

sink in (1)滲入. (2)滲入內心; 能充分理解. When the true significance of the news *sank in*, I felt very depressed. 當我充分理解到這消息真正的意義後, 我覺得非常沮喪.

sink or swim 或沈或浮; (副詞性)孤注一擲地, 不管成敗地. His friends left him to *sink or swim*. 他的朋友任他自生自滅.

— *n.* (*pl.* ~s [~s; ~s]) © 〔廚房的〕洗滌槽; 《美》洗臉臺(→ bathroom 圖); 下水溝; 污水槽; 窪地. a kitchen *sink* 廚房洗滌槽.

sink·er [`sɪŋkə; 'sɪŋkə(r)] *n.* © **1** 下沈的人[物]; 掘井人. **2** (垂釣的)鉛錘. **3** 《棒球》下墜球.

sin·less [`sɪnlɪs; 'sɪnlɪs] *adj.* 無罪的, 清白的; 純潔的.

sin·ner [`sɪnə; 'sɪnə(r)] *n.* © (宗教, 道德上的)罪人.

Si·no-Jap·a·nese [ˌsaɪnodʒæpə'niz, ˌsɪno-; ˌsaɪnəʊˌdʒæpə'niːz] *adj.* 中日(之間)的. the *Sino-Japanese* war 中日戰爭.

Si·nol·o·gist [saɪ'nɑlədʒɪst, sɪ-; saɪ'nɒlədʒɪst] *n.* © 漢學家[研究者].

Si·nol·o·gy [saɪ'nɑlədʒɪ, sɪ-; saɪ'nɒlədʒɪ] *n.* © 漢學(研究中國的語言、歷史、制度等).

sin·u·ous [`sɪnjʊəs; 'sɪnjʊəs] *adj.* 《文章》 **1** 蜿蜒的; 錯綜複雜的. **2** 〔說話等〕委婉的.

sin·u·os·i·ty [ˌsɪnju'ɑsətɪ, ˌsɪnju'ɒsətɪ] *n.* (*pl.* **-ties**) Ⓤ 曲折, 彎曲; © (河川等)的彎曲處, 轉角.

si·nus [`saɪnəs; 'saɪnəs] *n.* (*pl.* ~, ~**es**) © 《解剖》穴, 竇, 《特指副鼻腔(通鼻腔)》.

-sion *suf.* → -ion.

Sioux [su; suː] *n.* (*pl.* ~ [su, suz; suːz]) © 蘇族人《曾居住於美國北部的一個印第安部落》.

sip [sɪp; sɪp] *v.* (~**s** [~s; ~s]; ~**ped** [~t; ~t]; ~**ping**) *vt.* 啜, 啜飲. *sip* (one's) coffee 啜飲咖啡.

— *vi.* 啜(*at*).

— *n.* (*pl.* ~**s** [~s; ~s]) © (飲料的)一口, 啜一口. take a *sip* of tea 啜一口茶.

si·phon [`saɪfən, -fən; 'saɪfn] *n.* © **1** 虹管, 虹吸管. **2** 虹吸瓶(蘇打水因氣壓而噴出).

— *vt.* 用虹吸管吸取.

sir [強 `sɝ, ˌsɝ, 弱 sɚ; 強 sɜː(r), 弱 sə(r)] *n.* (*pl.* ~**s** [~z; ~z]) © **1** 先生, 老師, 老闆, 《★對男上司和不認識的男子或男顧客的敬稱; → madam, ma'am》. Good morning, *sir*. 先生, 早安/Yes, *sir*. 是, 先生/May I help you, *sir*? 先生, 有任何地方需要我效勞的嗎?《店員用語》

2 (常 Sir) 敬啟者(書信的開頭). (Dear) *Sir* 敬啟者/(Dear) *Sirs* 各位《★用於對公司, 團體; 《美》通常用 Gentlemen》.

3 (Sir) 爵士(→ lord). 《參考》(1)用於英國的騎士(knight)或準男爵(baronet)的姓名及敬稱之前. 這類情況不加 Mr. (2)可說 *Sir* Laurence Olivier, *Sir* Laurence, 但不可說 *Sir* Olivier.

4 《美, 口》確實是(…)《不論對方的性別, 強調 Yes 或 No 時, 重讀 sir 字》. Yes *sir*, she sure is rich. 確實如此, 她的確很有錢/I won't agree, no *sir*. 我不同意, 絕不.

sire [saɪr; 'saɪə(r)] *n.* © **1** 《詩》父; 父祖. **2** (家畜, 家禽的)雄親, 父獸; (特指)種馬; (↔ dam²).

— *vt.* 使〔種馬等〕生殖. A was *sired* by B out of C. A(小馬)以 B(公馬)為父由 C(母馬)生出.

si·ren [`saɪrən; 'saɪərən] *n.* © **1** 警報器, 警笛. The police car sounded its *siren*. 警車發出警笛.

2 (常 Siren) 《希臘神話》賽倫《半人半鳥的海妖, 常以美妙歌聲誘惑經過的船隻水手而使其觸礁毀滅》.

3 歌聲動人的女歌手; (誘惑男子的)妖婦.

Sir·i·us [`sɪrɪəs; 'sɪrɪəs] *n.* 《天文》天狼星.

sir·loin [`sɝlɔɪn; 'sɜːlɔɪn] *n.* Ⓤ© 沙朗《牛腰上部的肉; 用作牛排; → tenderloin》.

si·roc·co [sə'rɑko; sɪ'rɒkəʊ] *n.* (*pl.* ~**s**) © 西洛可風《從非洲吹向南歐的熱風》.

sis [sɪs; sɪs] *n.* 《口》=sister. (呼喚)小姐.

si·sal [`saɪs!, `sɪs!; 'saɪsl] *n.* Ⓤ **1** 《植物》西沙爾草, 瓊麻, 《一種龍舌蘭屬的植物》.

2 西沙爾麻(繩索的原料; 取自西沙爾草的葉子).

sis·sy [`sɪsɪ; 'sɪsɪ] 《口》 *n.* (*pl.* **-sies**) © 娘娘腔的男孩《↔ brother》; 膽小鬼.

— *adj.* 〔男人〕沒有氣魄的.

sis·ter [`sɪstɚ; 'sɪstə(r)] *n.* (*pl.* ~**s** [~z; ~z]) 〖姊妹〗 **1** 姊, 妹, 姊妹, (↔ brother). How many *sisters* do you have? 你有幾個姊妹?/The two are brother and *sister*. 他倆是兄妹. 《語法》一般不區別「姊」「妹」, 但必要時「姊」為 big [older, elder] sister, 「妹」為 younger [little] sister.

〖親如姊妹的關係〗 **2** 女性的親密好友; 姊[妹]般的人. She was a *sister* to the children in the

orphanage. 她像姊姊一樣照顧孤兒院的孩子們.

3 《形容詞性》姊妹…. *sister* schools 姊妹校/*sister* cities 姊妹市.

4 《美、口》大姊, 女孩, 《爲十分親暱的稱呼》.

5 《天主教》修女, 同宗派的女性, 《特指從事慈善事業、教育事業的人》.

sis·ter·hood [`sistə,hud; `sistəhod] *n.* **1** ⓤ 姊妹關係; 姊妹情誼.

2 ⓒ 《用單數亦可作複數》(慈善機構等的)婦女團體; (特指天主教的)修女會.

sis·ter-in-law [`sistərin,lɔ, `sistən,lɔ; `sistərinlɔ:] *n.* (*pl.* **sisters-**) ⓒ 夫或妻之姊妹; 兄或弟之妻; 夫或妻的兄嫂或弟妹; (↔ brother-in-law).

sis·ter·ly [`sistəlı; `sistəli] *adj.* 姊妹(般)的; 友好的.

Sis·y·phus [`sisəfəs; `sisifəs] *n.* 《希臘神話》薛西弗斯(希臘 Corinth 的暴君; 被罰在地獄中周而復始地將巨石推到山頂, 但該石在即將到達山頂時又會自動滾下).

‡sit [sit; sit] *v.* (**~s** [~s; ~s]; **sat**; **~ting**) *vi.*

〖坐〗**1** 坐, 坐著, 就座; 句型2 (sit A/doing)以 A 的狀態坐著/坐著做…; (↔ stand) (語法基本上, sit 表示「坐著的狀態」, sit down 表示「就座」的動作). *sit on* [*in*] a chair 坐在椅子上 (★ in 表示深坐在有扶手的椅子裡)/*sit at* (the 美) table 入席/*sit still* 坐著不動/She *sat* reading for hours. 她坐著看了好幾個小時的書/He *sat* [was *sitting*] at the desk. 他坐在書桌前/Jim *sat* at home all day. 傑姆(甚麼事也沒做)待在家裡一整天/It's no good *sitting* and watching TV for hours. 花數小時坐在那裡看電視實在不太好(★ sitting and doing 的句型通常表示責難之意).

2 〔狗等〕「坐」; 〔鳥〕棲息. The puppy was *sitting on* its hind legs. 那隻小狗用後腿蹲踞蹲著/I saw a strange bird *sitting* in a tree in the park. 我看見一隻不知名的鳥棲息在公園的樹上.

3 〔鳥〕孵蛋. The hen is *sitting* now. 母雞正在孵蛋.

4 【變成負擔】〔損失等〕成為苦惱, 成為負擔; 〔食物〕不消化; (*on*). The responsibility *sat* heavily *on* him. 這責任重重地壓在他身上/Fat meat *sits* heavily [heavy] *on* the stomach. 肥肉沈甸甸地積存在胃裡(★ sits heavy 句型2).

5 【占據固定的位置】(a) 坐落於, 位於; 〔風向〕朝…. The church *sits* on the side of the hill. 那座教堂位於山坡上/The wind *sits* in the west. 風朝西吹來. (b) (在不使用的情況下)被擱置, 停留在(同一狀態). My word processor *sat* in the attic for a year. 我的文字處理機已擱在閣樓上一年了/let the matter *sit* 先將問題擱著.

〖擔任公職〗**6** 擔任(委員等)職位; 當議員, *sit in* Congress 《美》[Parliament 《英》] 在國會占有議席/*sit on* a committee 擔任委員.

7 〖入席〗〔議會等〕開會; 〔法院〕開庭; (↔ rise).

Congress is *sitting*. 國會正在召開.

〖相配〗**8** 〔加副詞〕〔衣服, 帽子, 職位等〕適合, 合身, 相配. This coat *sits* very well *on* me. 這件上衣對我來說很合身.

— *vt.* **1** 騎, 駕馭〔馬〕. The knight *sat* his horse well. 那位騎士的騎術很差.

2 使就座(seat). 《美》《劇場等》容納…人. *sit* a child at a table 讓孩子們餐桌座位/The theater *sits* 2,000 people. 劇院可以容納二千人.

3 《主英》接受〔考試〕.

sit abóut [*aróund, bý*] 呆坐著甚麼也不(能)做, 旁閒.

sit báck 向後靠坐; 悠閒; 袖手旁觀. I *sit back* and watch TV in the evenings. 晚上我舒服地坐著看電視/We must not *sit back* and allow those Africans to die of hunger. 我們不能袖手旁觀而那些非洲人餓死.

* *sit dówn*[1] (1)坐, 就座. *Sit down*, please. 請坐. (2)〔部隊〕布陣(發動圍攻).

sit /.../ *dówn*[2] 使…就座. *Sit* yourself *down*. 請坐.

sit dówn to... 開始做….

* *sit for...* (1)爲〔照片, 肖像畫等〕當模特兒, 擺姿勢. My grandfather *sat for* his portrait. 我的祖父請人爲他畫肖像.

(2)《主英》參加〔考試〕. *sit for* an examination 應考.

(3)《英》擔任〔…選區等的〕議員.

sit ín (1)代理出席〔會議等〕(*for*); 參觀, 旁聽, (*on*). (2)參加(抗議)靜坐.

sit on... (1)→ *vi.* 4, 6. (2)審理〔事件等〕. (3)《口》擱置〔信件, 申請書等〕(不回信, 不處理等); 壓制, 抑制, 封鎖, 〔新聞等〕. The government *sat on* the damaging report. 政府抑制了不利的報導. (4)《口》壓制, 欺壓, 〔下屬等〕.

sit /.../ *óut* (1)(忍受著)一直看[聽]到〔戲等〕結束. (2)不參加〔跳舞等〕. I'll *sit* this dance *out*. 我不跳這支舞.

sit through... (忍耐著)一直看[聽]到〔戲, 電影等〕結束.

sit tíght 《口》一直坐著不動; 堅持到最後.

* *sit úp* (1)(從躺著的狀態)起身, (挺直腰背)坐直, 〔狗〕用後腳站立. *Sit up* and drink this. 坐起來把這喝了/I taught the dog to *sit up*. 我教狗用後腳站立. (2)熬夜不睡. *sit up* (till) late 很晚才睡, 熬夜/*sit up* all night 熬一整夜/*sit up for* a person 不睡覺等人. (3)《口》突然一怔; 警覺; 吃驚.

sit upon... =sit on....

si·tar [sı`tɑr; sı`tɑ:(r)] *n.* ⓒ 西塔琴(印度的弦樂器).

sit·com [`sit,kʌm; `sitkʌm] *n.* 《口》= situation comedy.

sit-down [`sit,daun; `sitdaun] *n.* ⓒ 靜坐罷工 (亦作 sit-down strike).

* **site** [sait; sait] *n.* (*pl.* **~s**

[sitar]

[~s; ~s]) C 1 (建築物, 都市等的)用地, 占地. the *site for* a new airport 新機場用地/a home *site* 房屋占地.

2 遺跡. Gettysburg is a famous tourist *site*. 蓋茲堡是著名的旅遊勝地.

— *vt.* 放置於, 設置於, 使位於, (某場所)((通常用被動語態)). The airport was *sited* thirty miles from the city. 該機場坐落在離城市三十英里處.

sit-in [ˋsɪtˏɪn; ˈsɪtɪn] *n.* C 靜坐抗議(源自在有種族歧視的餐廳等靜坐以示抗議).

sit-ter [ˋsɪtə; ˈsɪtə(r)] *n.* C **1** (肖像, 照片等的)模特兒(當模特兒的人). **2** =baby-sitter. **3** 孵蛋的鳥.

sit-ting [ˋsɪtɪŋ; ˈsɪtɪŋ] *n.* **1** U 坐, 入座.

2 C 開會; 開庭; 會期, 開庭期間.

3 C 當一次(攝影等的)模特兒.

4 C (一口氣做完工作的)時間, 一口氣.

5 C (在船內餐廳等輪流用餐時的)一批. Dinner is served in two *sittings*. 分兩批用晚餐.

at a [*òne*] *sítting* 一氣呵成地, 一口氣地.

— *adj.* (限定) **1** 現任的. **2** (英)現在正居著的. a *sitting* tenant 現任房客.

sítting ròom *n.* C(英)起居室(living room).

sit-u-ate [ˋsɪtʃʊˏet; ˈsɪtjʊeɪt] *vt.* (文章)置於(某場所), 使位於…; 置於(某境地, 規章等), 定位.

*sit-u-at-ed** [ˋsɪtʃʊˏetɪd; ˈsɪtjʊeɪtɪd] *adj.* (敘述)

1 位於(某場所)的. Our town is *situated at* the foot of Mt. Ali. 我們的城鎮位於阿里山的山腳下/His house is favorably *situated*. 他家的位置很好.

2 處於(某)境地的, 處於(某)局面的. You'll be awkwardly *situated*. 你的處境將非常尷尬/His firm is badly *situated* economically. 他的公司在經濟上陷於困境/How are you *situated* for money? 你的經濟[財務]狀況怎樣?

‡sit-u-a-tion [ˏsɪtʃʊˋeʃən, ˏsɪtjʊˋweʃən; ˏsɪtjʊˈeɪʃn] *n.* (*pl.* ~s [~z; ~z]) C 【位置】 **1** (建築物, 城鎮等的)位置, 場所. The *situation* of this house affords a lovely view of the bay. 從這棟房子的位置可以欣賞到海灣的美麗風景.

2 【地位】(文章)職務, 職業, (泛指地位低下的工作). *Situations* Wanted. (報紙廣告欄)求職.

【 處在的狀態 】 **3** 情況, 情勢. the international *situation* 國際情勢/the political *situation* 政治情勢/What is the *situation* right now? 目前的情況如何?

4 (事物的)立場, 境遇, 狀態. a difficult *situation* 困難的局面/I find myself in a rather delicate *situation*. 我發現我的立場微妙.

[搭配] *adj.*+situation: an awkward ~ (尷尬的情勢), a hopeless ~ (絕望的局面), a tense ~ (緊張的情勢) // *v.*+situation: accept a ~ (接受情況), face a ~ (面對局勢).

5 (小說, 戲劇等的)緊張場面, 「高潮」, (語言外的)場面, 狀況.

situ-a-tion com-e-dy *n.* UC (電視, 廣播的)情境[單元]喜劇(角色固定, 依劇情不同而製造笑料

的節目).

‡six [sɪks; sɪks] (★基數的例示、用法→five) *n.* (*pl.* ~es [~ɪz; ~ɪz]) **1** U (基數的)6, 六.

2 U 六時; 六分; 六歲; 六美元[英鎊, 美分, 便士等]; (量詞依前後關係決定).

3 (作複數)六人; 六隻, 六個. There are *six* in my family. 我家有六個人.

4 C 六人[六個]一組; 六人運動隊(冰上曲棍球等).

5 C (作為文字的)六, 6 的數字[鉛字].

6 C (撲克牌的)6; (骰子的)6. the *six* of hearts 紅心 6.

at sixes and sévens (口)(頭腦)混亂; 〔意見等〕分歧不一.

— *adj.* **1** 六的; 六個的; 六人的. *six* months 六個月.

2 (敘述)六歲. Jim is *six* (years old). 吉姆六歲.

six-fold [ˋsɪksˏfold; ˈsɪksfəʊld] *adj.* 六倍的, 六重的.

— *adv.* 六倍地, 六重地.

six-foot-er [ˏsɪksˋfʊtə; ˏsɪksˈfʊtə(r)] *n.* C (口)身高超過六英尺的人.

six-pack [ˋsɪksˏpæk; ˈsɪkspæk] *n.* C (主美)(瓶, 罐等)半打裝.

six-pence [ˋsɪkspəns; ˈsɪkspəns] *n.* (英) U 六便士(的價格); C (舊貨幣制的)六便士銀幣. [參考] 1946 年改為白銅幣; 1971 年被新貨幣代替而廢止.

six-pen-ny [ˋsɪksˏpɛnɪ, -pənɪ; ˈsɪkspənɪ] *adj.* (英)六便士的.

six-shoot-er [ˋsɪksˋʃutə, ˋsɪkˋʃ-; ˏsɪksˈʃuːtə(r)] *n.* C 六連發槍.

‡six-teen [sɪksˋtin, ˋsɪksˋtin; ˏsɪksˈtiːn] *n.* **1** U (基數的)16, 十六. **2** U 十六時; 十六分; 十六歲; 十六美元[英鎊, 美分, 便士等]. **3** (作複數)十六個[人].

— *adj.* 十六的; 十六個[人]的; (敘述)十六歲.

‡six-teenth [sɪksˋtinθ, ˋsɪksˋtin-; ˏsɪksˈtiːnθ] (亦寫作16th) *adj.* **1** (通常加the)第十六的, 第十六個的. **2** 十六分之一的.

— *n.* (*pl.* ~s [~s; ~s]) C **1** (通常加 the)第十六個(人, 物); (每月的)16 日. **2** 十六分之一.

sixteenth note *n.* C (美)(音樂)十六分音符((英) semiquaver; → note 圖).

‡sixth [sɪksθ; sɪksθ] (亦寫作6th) (★序數的例示、用法→fifth) *adj.* **1** (通常加the)第六的, 第六個的. **2** 六分之一的.

— *n.* (*pl.* ~s [~s; ~s]) C **1** (通常加 the)第六個(人, 物); (每月的)6日. September *6th*=the *6th* of September 9 月 6 日.

2 六分之一. two *sixths* 六分之二.

— *adv.* 第六地.

sixth form *n.* U (英)第六學年(義務教育完成後為取得A level 的學年(通常為兩年); 也可叫作 sixth-form college 的學校).

sixth sense *n.* a U 第六感, 直覺.

S

six·ties [ˋsɪkstɪz; ˈsɪkstɪz] *n.* sixty 的複數.

***six·ti·eth** [ˋsɪkstɪɪθ; ˈsɪkstɪɪθ](亦寫作 60th) *adj.*
1 (通常加 the)第六十的, 第六十個的.
2 六十分之一的.
— *n.* (*pl.* ~s [~s; ~s]) C **1** (通常加 the)第六十個[人, 物].
2 六十分之一.

***six·ty** [ˋsɪkstɪ; ˈsɪkstɪ] *n.* (*pl.* **-ties**) **1** U (基數的)60, 六十. **2** U 六十歲; 六十度[分, 美元, 英鎊, 美分等].
3 《作複數》六十人; 六十個.
4 (用 my [his] sixties 等)六十至六十九歲間. He is *in his sixties.* 他六十多歲.
5 (the sixties) ((本)世紀的)60 年代.
— *adj.* **1** 六十的; 六十個[人]的.
2 《敘述》六十歲的. My grandmother only lived to be *sixty.* 我祖母只活到六十歲.

siz·a·ble [ˋsaɪzəbl; ˈsaɪzəbl] *adj.* 相當大的, 相當的. obtain a *sizable* pay increase 獲得了薪資上大幅的調升.

***size**¹ [saɪz; saɪz] *n.* (*pl.* **siz·es** [~ɪz; ~ɪz])
【大小】 **1** UC 大小, 尺寸. a building of great [small] *size* 大型[小型]建築物/life *size* 跟實物同大小/It is (half [twice]) the *size* of an egg. 它爲一個雞蛋的(一半[兩倍])大小/A bomb (of) that *size* can sink a battleship. 那樣大小的炸彈可炸沈一艘軍艦/The tailor took my *size*. 那位裁縫師量了我的尺寸.

[搭配] *adj.*+**size**: an average ~ (平均大小), a handy ~ (簡便的尺寸), a medium ~ (中號尺寸), the right ~ (合適的尺寸).

2 C (鞋子, 帽子等的)尺寸, 型, 號, 大小. all *sizes* of shoes=shoes of all *sizes* 各種尺寸的鞋子/What *size* shoes do you wear [take]? 你穿甚麼尺寸的鞋?/This helmet is two *sizes* too large. 這頭盔大了兩號/I tried the suit on for *size*. 我試穿看看這件衣服的尺寸合不合/Do you have a larger *size*? 有沒有(比這件)再大一點的尺寸? 《對店員的詢問》
3 (規模等的)大小, 等級; (人的)度量; 力量. an enterprise of immense *size* 極大規模的企業/a man of *size* 有度量的男士.
4 【實際的大小】 U 《口》眞相, 實情. That's about the *size* of it. 事情大約是如此.

of a [*the same*] *size* 同樣大小的.

— *vt.* 根據大小排列[分類]; 按某尺寸製作. These are chairs *sized* to the average human frame. 這些都是按普通人體型製作的椅子.

size /.../*úp* (《口》評量, 估價, [人, 價值, 程度等]; 判斷, 認識, [情勢等]. I *sized* him *up* carefully. 我非常謹慎地評估他這個人/He *sizes* people *up* very quickly. 他能很快地評斷人.

size² [saɪz; saɪz] *n.* U 膠料(減少紙張或織物吸水性的塗料, 通常爲凝膠質溶液).
— *vt.* 上膠於….

size·a·ble [ˋsaɪzəbl; ˈsaɪzəbl] *adj.* =sizable.

-sized (構成複合字)「大小 爲…的」之意. medium-*sized* (中號尺寸的).

siz·zle [ˋsɪzl; ˈsɪzl] *vi.* 〖油中之物等〗嘶嘶作響. The bacon began to *sizzle* in the frying pan. 燻肉在平底鍋中嘶嘶作響.
— *n.* U 嘶嘶的響聲.

siz·zler [ˋsɪzlɚ; ˈsɪzlə(r)] *n.* C 《口》大熱天.

‡**skate**¹ [sket; skeɪt] *n.* (*pl.* ~s [~s; ~s]) C (通常 skates) **1** (溜冰用的)溜冰鞋 (ice skate); 溜冰鞋金屬滑刀部分. a pair of *skates* 一雙溜冰鞋.
2 輪式溜冰鞋(roller skate).

gèt [*pùt*] *one's skátes òn* 《口》急忙《<穿溜冰鞋》(hurry).

— *vi.* (~s [~s; ~s]; skat·ed [~ɪd; ~ɪd]; skat·ing) 溜冰. *skate on* the pond 在(結凍的)湖面上溜冰/go *skating* 去溜冰.

skàte on thìn íce → ice 的片語.

skàte over [*round*]… 趕緊完成…; 避開[話題等].

skate² [sket; skeɪt] *n.* C 鰩《高級美味的魚》.

skate·board [ˋsket͵bord; ˈskeɪtbɔːd] *n.* C 滑板(板下裝有滑輪的遊樂器具).

skat·er [ˋsketɚ; ˈskeɪtə(r)] *n.* C 溜冰者.

skat·ing [ˋsketɪŋ; ˈskeɪtɪŋ] *v.* skate 的現在分詞, 動名詞.
— *n.* U 溜冰.

skáting rìnk *n.* C 溜冰場.

ske·dad·dle [skɪˋdædl; skɪˈdædl] *vi.* 《口》倉惶逃竄(通常用於祈使句).

skeet [skit; skiːt] *n.* U 飛靶射擊(比賽).

skein [sken; skeɪn] *n.* C **1** (線的)一束線. a *skein* of yarn 一束線.
2 (雁等)飛鳥群.

***skel·e·ton** [ˋskɛlətṇ; ˈskelɪtn] *n.* (*pl.* ~s [~z; ~z]) C 【骨架】 **1** 骷髏; 骨骼; 《口》骨瘦如柴的人[動物]. a mere [living] *skeleton* 骨瘦如柴的人/be reduced to a *skeleton* 瘦得只剩皮包骨.
2 (建築物等的)骨幹; (事件等的)概況, 大致經過. The *skeleton* of a new building has gone up next to my house. 一幢新大樓的鋼架已在我家旁邊架起.
3 《形容詞性》(a)骨架的, 骷髏的; 瘦骨嶙峋的. (b)〖人員〗最小限度的, 骨幹的. a *skeleton* staff [crew] (駕駛必須的)最小限度的員額[機員].

skèleton in the clóset 《英》*cúpboard*》= family skeleton.

skéleton kèy *n.* C 萬能鑰匙(master key).

skep·tic (美), **scep·tic** (英) [ˋskɛptɪk; ˈskeptɪk] *n.* C 疑心重的人; 懷疑論者; (俚)無神論者.
— *adj.* =skeptical.

skep·ti·cal (美), **scep·ti·cal** (英) [ˋskɛptɪkl; ˈskeptɪkl] *adj.* 懷疑的; 懷疑論的. I am *skeptical about* his chances for success. 我對他成功的機會存疑/I am *skeptical that* he will ever succeed. 我懷疑他是否會成功.

skep·ti·cal·ly (美), **scep·ti·cal·ly** (英) [ˈskɛptɪklɪ, -lɪ; ˈskɛptɪklɪ] adv. 懷疑地, 疑心地.

skep·ti·cism (美), **scep·ti·cism** (英) [ˈskɛptə,sɪzm; ˈskɛptɪsɪzm] n. Ⓤ懷疑(論).

⁑sketch [skɛtʃ; sketʃ] n. (pl. ~es [~ɪz; ~ɪz]) Ⓒ **1** 素描, 寫生畫; 草圖; 略圖. Helen made a (rough) sketch of the mountain. 海倫(草草地)畫下了這座山的素描.
2 概略, 摘要, 梗概; 草案. give a sketch of one's career 出示簡歷.
3 (小說, 戲劇等的)小品, 短篇, (滑稽的)短劇; (音樂)小品.
— v. (~es [~ɪz; ~ɪz]; ~ed [~t; ~t]; ~ing) vt.
1 寫生, 速寫, 素描. sketch the animals in the zoo 給動物園裡的動物寫生/sketch a map on the ground 在地面上畫略圖.
2 粗略地記述, 概略地敍述, (in, out); 附加(細節等)(in). She sketched out her plans for the holidays. 她大略地敍述了她的假日計畫.
— vi. 寫生, 素描.
sketch·book [ˈskɛtʃ,bʊk; ˈsketʃbʊk] n. Ⓒ素描本, 寫生簿; 小品集.
sketch·i·ly [ˈskɛtʃɪlɪ; ˈsketʃɪlɪ] adv. 寫生風格地; 粗略地.
sketch·pad [ˈskɛtʃ,pæd; ˈsketʃ,pæd] n. = sketchbook.
sketch·y [ˈskɛtʃɪ; ˈsketʃɪ] adj. 寫生風格的; 概略的, 大致的. a sketchy plan 概略的計畫/I have a very sketchy knowledge of business. 我對做生意僅有一點點的知識.
skew [skju; skju:] adj. 斜的; 歪斜的, 彎曲的. a skew bridge 斜橋(斜架於河川等處的).
— vt. 使歪斜; 歪曲, 曲解, (事實等).
— vi. 扭曲; 歪斜.
— n. 《用於下列片語》
on the skéw 歪斜地, 傾斜地.
skew·er [ˈskjuɚ; ˈskjuɚ(r)] n. Ⓒ串, 烤肉叉.
— vt. 把⋯串起來.

⁑ski [ski; ski:] n. (pl. ~s [~z; ~z]) Ⓒ **1** (木製, 玻璃纖維製成的)滑雪屐; 滑水板(water ski). a pair of skis 一副滑雪屐/glide over the snow on skis 以滑雪屐在雪上滑行.
2 《形容詞性》滑雪(用)的. ski pants 滑雪褲/a ski suit 滑雪裝/a ski resort 滑雪勝地(指包括練習場和飯店等整個地方).
— vi. (~s [~z; ~z]; ~ed [~d; ~d]; ~ing) 滑雪. go skiing 去滑雪.
skid [skɪd; skɪd] n. Ⓒ
1 (通常用單數)(汽車等)打滑. The car went into a skid. 那汽車打滑了. **2** (車輪的)制輪器, 刹車, (用於下坡時直接咬住輪子抑制速度的裝置). **3** (通常 skids)墊木; (使重物滑行的)滑動墊木.

[skids 3]

pùt the skíds under... 《口》催使⋯, 誘使〔某人〕

毀滅(墮落), 《skid 3》.
— vi. (~s; ~ded; ~ding) 〔汽車等〕溜滑, 打滑, (→slip¹ ◎). His car skidded into a ditch. 他的車打滑掉入溝中.
skíd rów n. Ⓒ(美, 口)陋街暗巷(流浪者, 酗酒者等的聚集場所).
⁑ski·er [ˈskiɚ; ˈski:ə(r)] n. (pl. ~s [~z; ~z]) Ⓒ滑雪者, 滑雪的人.
skies [skaɪz; skaɪz] n. sky 的複數.
skiff [skɪf; skɪf] n. (pl. ~s) Ⓒ一種小舟.

⁑ski·ing [ˈskiɪŋ; ˈski:ɪŋ] n. Ⓤ(作為比賽, 體育運動的)滑雪. a skiing ground 滑雪場/a skiing slope 滑雪坡/My favorite sport is skiing. 我最喜愛的運動是滑雪.
skí jùmp n. Ⓤ(比賽)跳臺滑雪; Ⓒ(滑雪的)跳臺.
skil·ful [ˈskɪlfəl; ˈskɪlfʊl] adj. (英) = skillful.
skil·ful·ly [ˈskɪlfəlɪ; ˈskɪlfʊlɪ] adv. (英) = skillfully.
skí lìft n. Ⓒ(滑雪場的)上山吊椅.

⁑skill [skɪl; skɪl] n. (pl. ~s [~z; ~z]) **1** Ⓤ技能, 熟練. sing with skill 唱得很有技巧/skill in diplomacy 具有外交手腕/Jim shows great skill in skiing. 吉姆在滑雪技巧上表現得相當出色/The carpenter's work requires a lot of skill. 木匠的工作需要相當的技能.

> 搭配 adj. + skill: exceptional ~ (特殊的技能), remarkable ~ (卓越的技能) // v. + skill: develop one's ~ (發展技能), improve one's ~ (磨練技能), perfect one's ~ (使技能臻於完美).

2 Ⓒ(特定的)技術, 技能. Skin diving is a skill that takes time to learn. 浮潛是項要花時間才能學會的技能.
⇨ adj. **skilled, skillful.**
skilled [skɪld; skɪld] adj. **1** (人)熟練的, 技巧好的. skilled hands [workmen] 熟練的工人/He is skilled in carpentry. 他的木工很出色.
2 (限定)(工作)需要熟練的. a skilled job 需要熟練的工作.

> 同 skilled 指以往訓練的累積, skillful 指現有的技能.

skil·let [ˈskɪlɪt; ˈskɪlɪt] n. Ⓒ **1** (美)平底鍋 (frying pan).
2 (英)長柄鍋(通常有支撐架).

⁑skill·ful (美), **skil·ful** (英) [ˈskɪlfəl; ˈskɪlfʊl] adj. 熟練的, 技巧好的, (→skilled 同). a skillful cook 手藝好的廚師/Nowadays children are not skillful at [in] using chopsticks. 現在的孩子不太會使用筷子/She's skillful with her fingers. 她的手很巧.
⁑skill·ful·ly (美), **skil·ful·ly** (英) [ˈskɪlfəlɪ; ˈskɪlfʊlɪ] adv. 熟練地, 靈巧地. He skillfully took the clock to pieces. 他熟練地把鐘拆開來.

✲skim

[skɪm; skɪm] v. (~s [~z; ~z]); **~med** [~d; ~d]; ~·**ming**) vt.

〖掠過表面〗 **1** 從…的表面上拿掉浮物, 撈起〔奶油等〕. skim the cream off〔from〕milk 撈起牛奶上的奶油/skim off the grease from soup 撈起湯面上的浮油.

2 在…上掠過, 在…上擦過. The airplane skimmed the ground before it crashed. 那架飛機在擦過地面後墜毀.

3 瀏覽; 應付. skim three newspapers 瀏覽三份報紙.

— vi. **1** 掠〔擦〕過(along, over). The swallow skimmed over the water. 那隻燕子掠過水面.

2 瀏覽(through, over). skim through a report 瀏覽一份報告.

skim·med mílk n. =skim milk.

skim·mer [ˋskɪmɚ; ˈskɪmə(r)] n. C **1** 漏杓(撈起浮物的杓子).

2 〔鳥〕剪嘴鷗(剪嘴鷗類水鳥, 掠過水面覓食).

skīm mílk n. U 脫脂奶粉, 脫脂乳.

skimp [skɪmp; skɪmp] vt. **1** 捨不得用〔材料等〕; 捨不得給〔人〕. skimp sugar when making cookies 做餅乾時糖用得很省.

2 馬虎地做〔工作〕.

[skimmer 2]

— vi. 節儉, 節省. skimp on food 吃得省.

skimp·i·ly [ˋskɪmpəlɪ; ˈskɪmpəlɪ] adv. 不足地, 儉省地.

skimp·y [ˋskɪmpɪ; ˈskɪmpɪ] adj. 不足的; 貧乏的;〔衣服〕尺寸不夠的. a skimpy supper 填不飽肚子的晚餐.

✲skin

[skɪn; skɪn] n. (pl. ~s [~z; ~z])

〖表皮〗 **1** UC (人的)皮膚, 肌膚; (動物的)皮, (→ bone, flesh). Mary has (a) fair skin. 瑪莉的皮膚白皙/We got wet to the skin. 我們全身濕透了/The skin of animals is covered with hair. 動物的皮膚上覆毛/My skin was crawling. 我起了雞皮疙瘩.

〖搭配〗 adj.+skin: pale ~ (皮膚蒼白), ruddy ~ (皮膚紅潤), smooth ~ (光滑的皮膚), wrinkled ~ (有皺紋的皮膚), delicate ~ (細緻的肌膚).

2 C (從動物身上剝下來未經處理的)皮, 毛皮, (鞣製過的為 leather; → leather 〖參考〗); (用作皮墊的)獸皮; 皮裝容器, (特指)皮囊(盛放液體). a wine skin 酒囊/This coat is genuine leopard skin. 這件大衣是真豹皮.

3 UC (果實等的)皮, (種子等的)殼, (→ core 〖圖〗). an apple skin 蘋果皮/slip on a banana skin 踩到香蕉皮而滑倒.

4 U (牛奶, 燉物表面結成的)薄膜.

be àll〔**ònly**〕**skìn and bóne(s)** 《口》〔人〕瘦到皮包骨.

by the skìn of one's **téeth** 《口》僅以身免, 勉強, 好不容易, (narrowly).

gèt under a pèrson's **skín** 《口》使人惱火; 使人興奮〔激動〕.

hàve a thìck〔**thìn**〕**skín** 〔人〕(反應, 感覺等)遲鈍〔敏感〕的.

in a whòle skín =with a whole skin.

sàve one's〔**òwn**〕**skín** 《口》倖免於難, 逃脫災禍.

under the skín 在外表之後, 在內心裡, 實質上.

with a whòle skín 《口》毫髮未損地.

— vt. (~s [~z; ~z]; ~ned [~d; ~d]; ~ning)

1 剝去…的皮; 削去〔水果〕的皮. skin a deer 剝鹿皮/skin an apple 削蘋果皮.

2 擦破. skin one's knee 擦破膝蓋的皮.

3 《口》騙取(of).

skin-deep [ˋskɪnˋdip; ˌskɪnˈdiːp] adj. 膚淺的, 表面的, 外觀上的. Beauty is but skin-deep. 《諺》美貌是膚淺的(內涵重於外在).

skin-dive [ˋskɪnˌdaɪv; ˈskɪndaɪv] vi. (~s; ~d [~d; ~d] -dove; -div·ing) 浮潛(不穿潛水服及使用水肺潛水).

skín dìver n. C 浮潛者.

skín dìving n. U 浮潛運動.

skín flìck n. C 《俚》色情電影.

skin-flint [ˋskɪnˌflɪnt; ˈskɪnflɪnt] n. C 一毛不拔的人.

skín gàme n. C 《口》騙人的把戲, 騙局.

skín gràft n. C 《醫學》皮膚移植(手術); 皮膚移植片.

skin-head [ˋskɪnˌhɛd; ˈskɪnhed] n. C (將頭剃成)光頭的男子; (英)剃光頭的小流氓.

skin·ner [ˋskɪnɚ; ˈskɪnə(r)] n. C 剝獸皮者; (毛)皮商人.

skin·ny [ˋskɪnɪ; ˈskɪnɪ] adj. 《輕蔑》瘦巴巴的, 皮包骨的. ★常作為男子的綽號.

skin-tight [ˋskɪnˋtaɪt; ˈskɪnˈtaɪt] adv. 〔衣服等〕緊身的.

✲skip

[skɪp; skɪp] v. (~s [~s; ~s]; ~ped [~t; ~t]; ~·ping) vi. 〖蹦蹦跳跳〗 **1** 蹦跳; 彈跳, 跳過. skip over a low fence 跳過矮籬笆/skip about 跳來跳去/The children skipped happily home. 孩子們高興地蹦蹦跳跳回家了.

2 (英)跳繩(→ vt. 3). I was skipping in the garden when Dad came home. 爸爸回來的時候我正在院子裡跳繩.

3 【無次序地急速轉換】快速地翻閱(through); (美)跳級. skip through a magazine 匆匆翻閱一下雜誌.

4 《口》溜走(害怕處罰, 討債); 跳高; (off; out).

— vt. **1** 躍過. skip a stream 躍過小河.

2 使〔石子〕跳躍著擦過水面(打水漂遊戲).

3 (美)跳〔繩〕(→ vi. 2). skip (a) rope 跳繩.

4 跳過不讀; 略去, 漏去; 逃〔課等〕. skip a few pages 跳過幾頁不讀/skip a lecture (學生)蹺課/skip breakfast 不吃早餐.

5 《口》逃離〔某地方〕. skip town 逃出城.

—— *n.* © **1** 小跳步; 蹦跳; 跳繩.

2 跳著讀(的部分); 省略, 跳越.

ski-plane [`ski,plen; 'ski:plein] *n.* 雪上飛機.

skí pòle *n.* ©《美》滑雪杖(★杖[桿](stock)為德語).

skip-per¹ [`skɪpə; 'skɪpə(r)] *n.* ©《口》**1**（小商船, 漁船等的）船長. **2**（飛機的）機長. **3**（隊伍的）隊長, 領隊.

—— *vt.*《口》當…的船長[隊長].

skip-per² [`skɪpə; 'skɪpə(r)] *n.* © 蹦跳的人, 彈跳的東西.

skip-ping-rope [`skɪpɪŋ,rop; 'skɪpɪŋrəʊp] *n.* ©《英》跳繩用繩子(《美》jump rope).

skirl [skɜl; skɜ:l] *n.* Ⓤ 風笛(bagpipe)的高亢而尖銳的聲音.

skir-mish [`skɝmɪʃ; 'skɜ:mɪʃ] *n.* © 小衝突; 小爭論.

—— *vi.* 發生小衝突(*with*).

skir-mish-er [`skɝmɪʃə; 'skɜ:mɪʃə(r)] *n.* © 進行小規模械鬥的士兵; 前哨兵, 偵察兵.

‡skirt [skɝt; skɜ:t] *n.* (*pl.* ~**s** [~s; ~s]) 【下襬】 **1** 裙子; (衣服的)下襬. a long *skirt* 長裙/*Skirts* are getting shorter and shorter again. 裙子又再度變得愈來愈短/hide behind one's mother's *skirt* 躲在母親的(裙子)後面; 受母親庇護.

┌[搭配] *v.*+skirt: put on one's ~ (穿上裙子), take off one's ~ (脫掉裙子), zip (up) one's ~ (拉上裙子的拉鍊), undo one's ~ (脫掉裙子), unzip one's ~ (拉開裙子的拉鍊), wear a ~ (穿著裙子).

2 (通常skirt*s*)(城鎮, 森林等的)**外圍**; 市郊, 郊外, (outskirts). His house is on the *skirts* of the town. 他家在市郊.

3 【穿裙子的人】Ⓤ《俚》(集合, 指被視為性對象的)女人, 姑娘.

4 © (為了防止危險, 於機械, 車輛等的底部安裝的)擋板.

—— *vt.* **1** 沿著…的邊緣走; 環繞, 圍繞. A river *skirts* the farm on the east. 河川環繞著農場的東側.

2 避開; 迴避[問題等]. *skirt* a delicate problem 迴避敏感的問題.

—— *vi.* 位於邊緣; 〔人等〕沿著邊緣走. *skirt around* the forest 沿著森林的邊緣前進.

skírting bōard *n.* (英)＝baseboard.

skí stìck *n.* (英)＝ski pole.

skit [skɪt; skɪt] *n.* © 諷刺小品, 諷刺短劇, (*on*); 短片, 滑稽短劇.

skit-tish [`skɪtɪʃ; 'skɪtɪʃ] *adj.* **1** 〔馬等〕易受驚嚇的.

2 〔特指女子〕過於活潑好動的, 像野丫頭的; 輕佻的.

skit-tle [`skɪtl̩; 'skɪtl̩] *n.* © **1** (skittle*s*)《作單數》九柱球(ninepins)(一種英國遊戲, 類似保齡球).

2 九柱球用的木柱.

skiv-vy [`skɪvɪ; 'skɪvɪ] *n.* (*pl.* -**vies**) ©《英, 口》(輕蔑)下女, 女僕.

skoal [skol; skəʊl] (丹麥語) *interj.* 乾杯!

skul-dug-ger-y [skʌl`dʌgərɪ, -grɪ; skʌl'dʌgərɪ] *n.* Ⓤ《口》欺騙, 詐騙.

skulk [skʌlk; skʌlk] *vi.* 溜走; 躲藏; 偷偷摸摸地做.

*＊**skull** [skʌl; skʌl] *n.* (*pl.* ~**s** [~z; ~z]) © **1** 顱骨, 頭骨; 骷髏. Fragments of a *skull* were dug up. 顱骨的碎片被挖掘出來.

2《口》腦袋. have a thick *skull* 頭腦愚鈍, 感覺遲鈍.

skùll and cróssbones *n.* Ⓤ 由骷髏頭和交叉成十字狀的大腿骨組成之圖案(昔日的海盜旗(→ Jolly Roger 圖); 現今標示在毒藥瓶等上).

skull-cap [`skʌl,kæp; 'skʌlkæp] *n.* © 室內便帽, 無邊帽(天主教的神職者, 猶太人及老人在室內戴的帽子).

[skullcap]

skunk [skʌŋk; skʌŋk] *n.* **1** © (動物)臭鼬(產於北美的鼬科動物).

2 Ⓤ 臭鼬的毛皮.

3 © (詼)討厭的傢伙, 惹人嫌的討厭鬼.

—— *vt.*《美, 口》使得零分[慘敗].

‡sky [skaɪ; skaɪ] *n.* (*pl.* **skies**) ⓊⒸ **1** 天空, 天, (★the sky, the skies, 亦可加形容詞成 a...sky). a blue *sky* 藍天/a cloudy *sky* 陰天/high up in the *sky* 登上雲霄/There's a bit of blue *sky* between the clouds. 雲間露出一小片藍天/Judging from the look of the *sky*, it will rain at any moment. 看天空的模樣, 隨時都會下雨.

┌[搭配] *adj.*+sky: a bright ~ (晴朗的天空), a cloudless ~ (無雲的天空), a dull ~ (陰霾的天空), a gray ~ (灰暗的天空), a threatening ~ (天氣轉壞的天空).

2 (常skies)天氣, 天候; 氣候; 風土. Clear *skies* are forecast for tomorrow's race. 預測明天的比賽會是晴天/Welcome to the land of sunny *skies*. 歡迎來到這陽光燦爛的地方.

3 (常skies)天國, 天堂, (heaven); 蒼天. be raised to the *skies* 升天, 死亡.

out of a clèar ský 出乎意料地, 突如其來地.

The skỳ's the límit.《口》沒有任何限制.

sky-blue [,skaɪ`blu; ,skaɪ'blu:] *adj.* 天藍色的.

ský dìving *n.* Ⓤ 高空跳傘(利用降落傘在空中翱遊的體育活動).

sky-high [,skaɪ`haɪ; ,skaɪ'haɪ]《口》*adj.* 像天一般高的, 極高的. *sky-high* prices 天高的物價.

—— *adv.* (天一般地)高. Land prices have soared *sky-high*. 地價飛漲.

sky-jack [`skaɪ,dʒæk; 'skaɪdʒæk] *vt.* 劫持〔飛行中的飛機〕(hijack)(源自 sky＋*jack*).

sky-jack-er [`skaɪ,dʒækə; 'skaɪdʒækə(r)] *n.* © 劫機犯(hijacker).

S

Sky·lab [ˋskaɪ͵læb; ˈskaɪlæb] *n.* 太空實驗室(美國的太空實驗站).

***sky·lark** [ˋskaɪ͵lɑrk; ˈskaɪlɑːk] *n.* (*pl.* ~s [~s; ~s]) C《鳥》雲雀 (→ lark¹). I heard a *skylark* singing. 我聽到雲雀在唱歌.
— *vi.*《口》喧鬧(*about*).

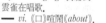
[skylark]

sky·light [ˋskaɪ͵laɪt; ˈskaɪlaɪt] *n.* C天窗, 採光用窗.

[skylight]

sky·line [ˋskaɪ͵laɪn; ˈskaɪlaɪn] *n.* C **1** 地平線 (horizon).
2 天際線《高樓建築, 市街, 山脈等映襯在天空下所呈現出的輪廓線條》.

[skyline 2]

sky·rock·et [ˋskaɪ͵rɑkɪt; ˈskaɪrɔkɪt] *n.* C流星煙火.
— *vi.*《口》如煙火般飛升; 急升, 飛漲. *skyrocketing* unemployment 急速增加的失業.

***sky·scrap·er** [ˋskaɪ͵skrepɚ; ˈskaɪskreɪpə(r)] *n.* (*pl.* ~s [~z; ~z]) C摩天大樓, 超高層大樓, 《<擦過(scrape)天幕般高聳》. Several *skyscrapers* have gone up in Shanghai recently. 最近在上海建造了幾幢摩天大樓.

sky·ward [ˋskaɪwɚd; ˈskaɪwəd] *adv.* 朝天空地.

— *adj.* 朝天空的.

sky·wards [ˋskaɪwɚdz; ˈskaɪwədz] *adv.* = skyward.

sky·writ·ing [ˋskaɪ͵raɪtɪŋ; ˈskaɪraɪtɪŋ] *n.* U空中文字《廣告》《用飛機放煙等在空中描繪》.

slab [slæb; slæb] *n.* C(石, 木等的)較寬的厚板; (肉, 乳酪, 麵包等的)厚片. a stone *slab* 一塊石板/a *slab* of meat 厚厚的一片肉.

slack [slæk; slæk] *adj.* **1** 鬆弛的, 不緊的, (↔ tight). a *slack* rope 鬆垂的繩子.
2 〔法律, 規則等〕不嚴的, 馬虎的.
3 〔人〕懈怠的, 馬虎的, 鬆懈的; 遲緩的. John is *slack in* [*at*] finishing his assignments. 約翰做作業拖拖拉拉的.
4 〔生意等〕不景氣的, 清淡的. Business is *slack* these days. 近來生意清淡.
— *n.* **1** U(通常加 the)鬆懈, 鬆弛; 鬆弛的部分. take up [pull in] the *slack* (將放出的網等)收緊取回. **2** C蕭條, 不景氣(時期).
— *vt.* **1** 放鬆, 使鬆弛.
2 懈怠, 疏忽, 〔義務等〕.
— *vi.* **1** 放鬆, 鬆弛. **2** 〔景氣等〕遲滯, 蕭條.
3《口》懈怠, 懶散, (*off*).

slack·en [ˋslækən; ˈslækən] *vt.* **1** 放鬆〔繩索等〕, 使鬆弛, (*off*; *up*). **2** 減緩〔力量, 速度等〕. *slacken* one's pace 放慢步伐.
— *vi.* **1** 〔繩索等〕鬆弛, 變鬆; 鬆開繩子.
2 〔速度等〕變緩慢; 〔生意等〕變清淡.

slack·er [ˋslækɚ; ˈslækə(r)] *n.* C偷懶的人, 逃避工作的人; 逃避兵役的人.

slack·ly [ˋslæklɪ; ˈslæklɪ] *adv.* 鬆弛地; 懈怠地, 懶散地.

slack·ness [ˋslæknɪs; ˈslæknɪs] *n.* U鬆弛; 懈懈.

***slacks** [slæks; slæks] *n.*《作複數》長褲, 便褲, 《與上衣不成套的便褲》. She wore a blue blazer and brown *slacks*. 她穿著藍色的上衣和棕色的長褲.

slag [slæg; slæg] *n.* U金屬鎔渣《從礦石中提煉出金屬後的渣滓》; 火山岩渣.

slain [slen; sleɪn] *v.* slay 的過去分詞.

slake [slek; sleɪk] *vt.* **1** 《文章》消解〔乾渴, 飢餓等〕; 平息〔怒氣〕; 掃除〔怨恨〕. I *slaked* my thirst with a large glass of beer. 我喝了一大杯啤酒解渴. **2** 〔澆水〕熟化〔石灰〕. *slaked* lime 消石灰《氫氧化鈣; 澆水之前的為 quicklime》.

sla·lom [ˋslɑləm; ˈslɑːləm] *n.* C(通常加 the)(滑雪, 摩托車等的)障礙賽, 彎道迴轉賽.

***slam** [slæm; slæm] *v.* (~s [~z; ~z]; ~med [~d; ~d]; ~·ming) *vt.* **1** (a)使勁〔砰地〕關上〔門等〕. *slam* the door to 使勁地關上(→ to *adv.* 2)/He *slammed* the door in my face [on me]. 他當著我的面摔上門; 斷然拒絕/She *slammed* the window down. 她猛然〔砰地〕拉下窗戶. (b)句型5 (slam A B)關上 A 使成 B. *slam* the door shut=*slam* shut the door 使勁地關上門.
2 砰地放下〔扔下〕(*on, onto* …之上). *slam* a book down *on* the desk 把書往書桌上砰地一放.

3 猛擊〔踢，推 等〕；猛撞〔頭 等〕；緊急踩〔煞車〕(*on*). *slam* a ball 強力擊球/She *slammed* the brakes *on* [*on* the brakes] when she saw a child run into the road. 當她看到一個小孩子跑到馬路上時，猛地踩了煞車/*slam* one's head against a wall 以頭撞牆.

4 抨擊(通常作新聞用語).

— *vi.* 啪〔砰〕地關上；砰地掉下. The door *slammed* (shut [to]) in the wind. 風吹得門啪一聲關上了.

— *n.* ©(通常用單數)砰，啪，(之類的聲音). shut the door with a *slam* 啪〔砰〕地一聲摔上門.

slan·der [ˈslændɚ; ˈslɑːndə(r)] *n.* ©©誹謗，中傷；《法律》口頭誹謗(→ libel). Your foul *slander* has damaged my reputation. 你卑鄙的誹謗已損毀了我的名譽.

— *vt.* 誹謗，中傷.

slan·der·er [ˈslændərɚ; ˈslɑːndərə(r)] *n.* ©誹謗者，中傷者.

slan·der·ous [ˈslændərəs, -drəs; ˈslɑːndərəs] *adj.* 〔話語〕誹謗人(般)的，中傷的；〔人〕沒有口德的，好造謠的，喜中傷人的. a *slanderous* allegation (無證據)中傷性的指控.

slang [slæŋ; slæŋ] *n.* ⓤ **1** 俚語(的表達方式)(一種口語體，產生新奇或特殊效果的詞句、語法；由語言表現層次上來看乃非標準用語，例如 kick the bucket (翹辮子)〔按字面是「踢水桶」〕. 此外，用於特定意義時亦可稱 slang，例如表「錢」之意的 dough，表「美元」之意的 buck).

2 (在特定組織中使用的)…(俚)語，行話，用語. college [students'] *slang* 學生俚語/army *slang* 軍中俚語.

— *vt.* (英、口)辱罵(abuse).

slang·y [ˈslæŋɪ; ˈslæŋɪ] *adj.* 俚語的；大量使用俚語的，用語粗魯的.

slant [slænt; slɑːnt] *n.* (*pl.* ~s [~s; ~s]) **1** ⒶⓊ 傾斜，歪斜；斜面. The top of my desk has a slight *slant*. 我的桌面有些傾斜.

2 © (心等的)傾向，偏向；看法，觀點(常指片面之事物). The paper gives us news with a leftist *slant*. 該報紙的報導立場偏左/The article gave me a new *slant* on Taiwanese attitudes to work. 那篇報導使我對臺灣人的工作態度有了新的看法.

on the [*a*] *slant* 歪斜地，傾斜地.

— *v.* (~s [~s; ~s]; ~ed [~ɪd; ~ɪd]; ~ing) *vi.* 歪斜，傾斜，變傾斜. The land *slants* down to the sea. 地面傾斜入海/the sunlight *slanting* into the chapel 斜射進教堂的陽光.

— *vt.* **1** 使傾斜，使歪斜.

2 歪曲〔報導，事實 等〕；編輯〔雜誌 等〕(*for* 針對…). a weekly *slanted for* young women 適合年輕女性閱讀的週刊.

— *adj.* 傾斜的，歪斜的. a *slant* roof 斜背式屋頂.

slant·ing·ly [ˈslæntɪŋlɪ; ˈslɑːntɪŋlɪ] *adv.* 斜向地，傾斜地.

slant·wise [ˈslænt͵waɪz; ˈslɑːntwaɪz] *adv.* 斜向地，傾斜地.

slap [slæp; slæp] *n.* (*pl.* ~s [~s; ~s]) © 打耳光；斥責，侮辱. I gave him a *slap* on the face. 我給了他一記耳光.

a slap in the face (口)摑臉，打耳光；痛擊；拒絕；公然地侮辱.

slap and tickle 《英、口》(男女的)調情，打情罵俏.

— *vt.* (~s [~s; ~s]; ~ped [~t; ~t]; ~ping)

1 (用手掌)摑. She *slapped* him in [on] the face. = She *slapped* his face. 她摑他耳光.

2 啪一聲地放下，隨便地扔置. The waitress *slapped* the plate down in front of me. 那個女服務生把盤子丟在我前面.

— *adv.* 啪地一聲，砰地一聲；《口》猛然地；直接地. She ran *slap* into the wall. 她猛然撞上了牆壁.

slap·bang [͵slæpˈbæŋ; ͵slæpˈbæŋ] *adv.* 《口》直接地；恰好地；猛然地.

slap·dash [ˈslæp͵dæʃ; ˈslæpdæʃ] *adv.* 輕率地，馬虎地.

— *adj.* 馬馬虎虎完成的，草草了事的.

slap·hap·py [ˈslæp͵hæpɪ; ˈslæphæpɪ] *adj.* 《口》**1** 樂過頭的，過度歡愉的. **2** 頭昏眼花的.

slap·stick [ˈslæp͵stɪk; ˈslæpstɪk] *n.* ⓤ粗俗的滑稽劇(亦可作 slápstick cómedy).

slap-up [ˈslæp͵ʌp; ˈslæpʌp] *adj.* (限定)(英、口)〔特指飯菜〕豪華的，講究的.

slash [slæʃ; slæʃ] *vt.* 〖猛砍〗 **1** 唰地砍下，猛砍，劈開. *slash* a sheet 割破床單.

2 在〔衣服〕上做切口，做開叉. a *slashed* dress 開叉的女裝〔禮服〕.

3 貶低；嚴斥.

〖大刀闊斧地砍除〗 **4** 大幅度地削減〔價格，薪資 等〕. *slash* $1 million from the budget 從預算中削減一百萬美元.

5 刪除，大幅度修訂，〔書的內容 等〕.

— *vi.* 猛砍〔擊〕(*at*).

— *n.* © **1** 猛砍，鞭打；又深又長的刀傷.

2 (衣服的)切口〔開叉〕，減少.

3 斜線(例：and/or；或用來表示音標，如：/ə/).

slat [slæt; slæt] *n.* ©(金屬，木製，塑膠等製的)薄板條(→ Venetian blind).

slate¹ [slet; sleɪt] *n.* (*pl.* ~s [~s; ~s]) **1** ⓤ© 石板瓦〔用於蓋屋頂，把石板岩做成薄板狀的東西〕；ⓤ石板岩；石板色(暗藍灰色). roofing *slates* 蓋屋頂的石板瓦. **2** © 石板(從前小學生用來代替習簿的石板岩或木板). **3** ©(美)被提名的候選人名單. ⇨ *adj.* **slaty.**

a clean slate [*sheet*] 無污點的經歷〔背景〕. have a *clean slate* 持有無污點的經歷/After coming out of prison, he started his new job with a *clean slate*. 出獄後，他徹底拋開過去，開始新的工作.

clean the slate = *wipe the slate clean* 徹底拋開過去，重新開始.

— vt. **1** 用石板瓦鋪蓋〔屋頂〕.

2 (美、口) 句型3 (slate A for B)、句型5 (slate A to be B)使 A(人)成為 B 的候選人, 定 A(人)為 B 的人選. (通常用被動語態). Miller was *slated* for the chairmanship. 米勒已被提名為(會議)主席.

3 (美、口) 句型3 (slate A for B)、句型5 (slate A to do) 把 A 預定在 B〔做…〕(通常用被動語態). The election is *slated* for January. 選舉預定在 1 月舉行.

slate² [slet; sleɪt] vt. (英、口)嚴厲抨擊(在報紙的書評欄等).

slat·tern [ˈslætən; ˈslætən] n. C(文章)衣冠不整的女人, 邋遢的女人.

slat·y [ˈsletɪ; ˈsleɪtɪ] adj. 石板狀的; 石板色的(暗藍灰色). ⇨ n. **slate¹**.

*****slaugh·ter** [ˈslɔtə; ˈslɔːtə(r)] n. (pl. ~s [~z; ~z]) **1** UC (通常指大規模的)殘殺, 大屠殺, (massacre). **2** U(食用動物的)屠宰, 宰殺.

— vt. (~s [~z; ~z]; ~ed [~d; ~d]; -ter·ing [-tərɪŋ; -tərɪŋ]) **1** 屠殺, 殘殺. (→kill圖). Many civilians were *slaughtered* by the victorious army. 許多老百姓遭到了戰勝軍隊的屠殺/Many people are *slaughtered* in car accidents every year. 每年有許多人死於交通事故.

2 屠宰. Cattle are *slaughtered* for meat. 牛為肉而被屠宰.

slaugh·ter·house [ˈslɔtəˌhaʊs; ˈslɔːtəhaʊs] n. (pl. -hous·es [-ˌhaʊzɪz; -haʊzɪz]) C 屠宰場.

Slav [slɑv, slæv; slɑːv] n. C **1** 斯拉夫人.

2 (the Slavs)斯拉夫民族(俄羅斯人, 捷克人, 波蘭人等).

— adj. **1** 斯拉夫民族的. **2** 斯拉夫語的.

*****slave** [slev; sleɪv] n. (pl. ~s [~z; ~z]) C **1** 奴隸. free *slaves* 解放奴隸.

2 奴隸般工作的人; (奴隸般)獻身的人. I'll be your *slave* for ever. 我將永遠是你的奴隸.

3 (文章)被(慾望, 習慣等)驅使的人, 奴隸. a *slave* to alcohol 酒鬼. ⇨ adj. **slavish**.

— vi. (口)奴隸般地工作(away).

sláve drìver n. C奴隸的監工; (口)逼迫他人拚命工作的雇主.

slav·er¹ [ˈslevə; ˈsleɪvə(r)] n. C奴隸販子; 奴隸船.

slav·er² [ˈslævə; ˈslævə(r)] vi. 流口水.

— n. U口水(saliva).

*****slav·er·y** [ˈslevərɪ, -rɪ; ˈsleɪvərɪ] n. U **1** 奴隸身分, 奴役. be sold into *slavery* 被販賣當奴隸.

2 奴隸制度. the abolition of *slavery* 奴隸制度的廢除. **3** 隸屬, 束縛; (文章)沈溺(to). *slavery* to gambling 沈迷於賭博. **4** 艱苦的工作, 苦工.

Sláve Stàtes n. (加the)(作複數)(美)蓄奴州(南北戰爭前實行奴隸制度的南部十五個州).

sláve tràde n. U奴隸買賣.

Slav·ic [ˈslævɪk, ˈslɑv-; ˈslɑːvɪk] adj. 斯拉夫

〔民族〕的; 斯拉夫語的. — n. U斯拉夫語.

slav·ish [ˈslevɪʃ; ˈsleɪvɪʃ] adj. **1** 奴隸(制)的; 奴隸般的, 卑屈的, 可鄙的. **2** 盲從的, 無獨創性的.

slav·ish·ly [ˈslevɪʃlɪ; ˈsleɪvɪʃlɪ] adv. 卑屈地; 盲目地.

slay [sle; sleɪ] vt. (~s; slew; slain; ~ing) 殺; 慘殺. (★在(英)中是 kill 的雅語, 在(美)中, 特別在報紙等中, 用以代替 kill). President Kennedy *Slain* in Dallas. 甘迺迪總統在達拉斯市遇刺身亡 (★一般用語時在 Slain 的前面要加was).

slay·er [ˈsleə; ˈsleɪə(r)] n. C 殺人者; 殺人兇手.

slea·zy [ˈsliz; ˈslizɪ; ˈsliːzɪ] adj. **1** 污穢的, 低劣的; 破爛的. a *sleazy* hotel 破爛的旅館.

2 〔編織物, 衣服等〕質地單薄的, 薄的.

*****sled** [sled; sled] n. (pl. ~s [~z; ~z]) C(主美)

1 (小孩在雪上玩耍的)小型雪橇. ride on a *sled* 乘雪橇.

2 (用馬來拉的)大型雪橇(→ sleigh).

— v. (~s; ~ded; ~ding) vi. 乘雪橇, 乘雪橇滑行. *sled* down the hillside 乘雪橇滑下山坡.

[sled 1]

— vt. 用雪橇載運.

sléd dòg n. C拉雪橇的狗.

sledge¹ [slɛdʒ; sledʒ] n., v. (主英)=sled.

sledge² [slɛdʒ; sledʒ] n. C大槌子.

sledge·ham·mer [ˈslɛdʒˌhæmə; ˈsledʒhæmə(r)] n. =sledge².

sleek [slik; sliːk] adj. **1** 〔頭髮, 毛皮等〕光滑的, 潤滑的, 有光澤的. *sleek* hair 光滑的頭髮.

2 時髦的, 衣冠楚楚的.

— vt. 使光滑; 使有光澤.

sleek·ly [ˈsliklɪ; ˈsliːklɪ] adv. 光滑地.

*****sleep** [slip; sliːp] v. (~s [~s; ~s]; slept [slɛpt; slept]; ~ing) vi. 【睡】**1** 睡, 睡眠; 投宿. *sleep* well [badly] 熟睡[沒睡好]/*sleep* on a bed [sofa] 睡在床[沙發]上/I can't seem to *sleep* tonight. 我今晚似乎不能入睡/I *sleep* eight hours every night. 我每晚睡八個小時/I *slept* at a hotel last night. 我昨晚睡旅館/*sleep* late in the morning 早上睡晚了.

【入睡似的狀態】**2** (委婉)〔死者〕永眠, 安息. He *sleeps* in his grave here. 他長眠於此墓中.

3 休止; 〔城鎮等〕寂靜; 〔人〕虛度日子; 〔轉動的陀螺〕(快速旋轉看起來像)靜止.

— vt. **1** (用 sleep a...sleep)睡個…. *sleep* a sound *sleep* 睡一個好覺.

2 (口)供…投宿, 供〔…人〕住宿. This hotel *sleeps* fifty. 這家旅館可供五十人住宿.

sléep aróund (口)跟許多異性有性關係.

sléep/.../awáy (1)以睡覺度過…; (2)以睡覺消除〔頭痛等〕. *sleep away* the better part of the day 睡掉一天的大好時光.

sléep ín (1)賴床, 晚起. I usually *sleep in* on holidays. 假日我通常很晚起床.

(2)〔傭人〕住宿在雇主的家(↔ sleep out).

sléep/.../ **óff** 以睡覺消除〔忘掉〕…. sleep off a headache 以睡覺消除頭痛.

sléep on [**upon, over**]... (口)(不馬上決定)把…考慮一個晚上再做決定. I don't need your answer now: sleep on it. 我現在不需要你馬上答覆, 你考慮一個晚上再說吧.

sléep óut (1)外宿; 睡在野外.
(2)不住宿在工作的地方, 通勤(↔ sleep in).

sléep through... 即使…也能入睡. sleep through a noise 即使有噪音也照睡不誤.

sléep with... 跟…睡覺, 有性關係.

●——動詞變化 **sleep** 型
　　([X; X]為原形的字尾子音)

[iX; i:X]	[ɛXt; eXt]	[ɛXt; eXt]
creep 爬行	crept	crept
deal 分配	dealt	dealt
feel 觸摸	felt	felt
keep 保持	kept	kept
leave 離開	left	left
mean 意味	meant	meant
sleep 入睡	slept	slept
sweep 打掃	swept	swept
weep 哭泣	wept	wept

★ leave 的字尾子音 [v; v] 變成 [f; f].

— n. **1** Ⓤ睡眠, 睡覺; ⓐ ⓤ睡眠時(間). get to sleep 入睡/have little [a good] sleep 幾乎沒睡[睡得很甜]/My wife often talks in her sleep. 我太太常說夢話/put [send] a child to sleep 哄孩子睡覺/She sang her baby to sleep. 她哼著(催眠曲)歌把孩子哄睡了.

┃ 搭配 adj.+sleep: a deep ~ (沈睡), a heavy ~ (熟睡), a sound ~ (酣睡), a dreamless ~ (無夢的睡眠), a peaceful ~ (安穩的睡眠), a broken ~ (間斷的睡眠).

2 Ⓤ(委婉)永眠, 長眠. one's last [big, long, eternal] sleep 永眠, 長眠.

3 Ⓤ活動停止, 靜止; (感覺的)麻木.
⇨ adj. **sleepy.**

* **gò to sléep** (1)睡眠, 入睡. He went to sleep as soon as he lay down. 他一躺下就立刻睡著了.
(2)(口)〔手, 腳 等〕發麻. Sitting on the floor made my feet go to sleep. 我坐在地板上坐得腳麻了.

lòse sléep òver... 擔心…以致難以入睡, 因…的事而非常地擔憂, (常用於否定句).

sleep·er [ˋslipɚ; ˈsliːpə(r)] n. Ⓒ **1** 睡眠者; 睡懶覺的人. a heavy [light] sleeper 睡得很沈不易醒的[淺眠的, 易醒的]人. **2** (美、口)出乎意料成功的東西, 一鳴驚人的作品(書, 戲劇等). **3** 臥鋪車廂的臥鋪). **4** (英)枕木(=(美) tie).

sleep·i·er [ˋslipɪɚ; ˈsliːpɪə(r)] adj. sleepy 的比較級.

sleep·i·est [ˋslipɪɪst; ˈsliːpɪɪst] adj. sleepy 的最高級.

sleep·i·ly [ˋslipɪlɪ; ˈsliːpɪlɪ] adv. 想睡地.

---

sleep·i·ness [ˋslipɪnɪs; ˈsliːpɪnɪs] n. Ⓤ睡意.

* **sleep·ing** [ˋslipɪŋ; ˈsliːpɪŋ] adj. (限定)睡著的, 睡眠中的; 麻木的; 〔語法〕作敘述性時用 asleep). Let sleeping dogs lie. (諺)別去招惹麻煩(<睡著的狗就讓牠睡吧).
— n. Ⓤ睡眠; 休止; 不活躍.

sléeping bàg n. Ⓒ睡袋.

sléeping càr n. Ⓒ臥車.

sléeping pàrtner n. Ⓒ(英)=silent partner.

sléeping pìll [tàblet] n. Ⓒ安眠藥片.

sléeping sìckness n. Ⓤ昏睡症(由刺蠅傳播的一種熱帶非洲的傳染病).

* **sleep·less** [ˋsliplɪs; ˈsliːplɪs] adj. **1** 睡不著的; 不睡覺的. spend a sleepless night 度過不眠之夜.
2 不休息的, 不斷的; 不鬆懈的. the sleepless ocean 永不停息的大海.

sleep·less·ly [ˋsliplɪslɪ; ˈsliːplɪslɪ] adv. 不睡覺地; 不休息地.

sleep·less·ness [ˋsliplɪsnɪs; ˈsliːplɪsnɪs] n. Ⓤ不睡, 睡不著; 不休息.

sleep·walk·er [ˋslip͵wɔkɚ; ˈsliːp͵wɔːkə(r)] n. Ⓒ夢遊症者.

sleep·walk·ing [ˋslip͵wɔkɪŋ; ˈsliːp͵wɔːkɪŋ] n. Ⓤ夢遊症.

* **sleep·y** [ˋslipɪ; ˈsliːpɪ] adj. (**sleep·i·er; sleep·i·est**) **1** 想睡的, 睏的. I was sleepy all day today. 我今天一整天都很睏.
2 (人)睡著似的, 昏昏沈沈的.
3 使人想睡的, 不活躍的, 寂靜的; (英)〔水果等〕過熟的, 開始腐爛的. a sleepy town 死氣沈沈的[寂靜的]城鎮.

sleep·y·head [ˋslipɪ͵hɛd; ˈsliːpɪhed] n. Ⓒ貪睡者, 睡懶覺的人, (特指小孩).

sleet [slit; sliːt] n. Ⓤ霰.
— vi. (以 it 當主詞)降霰. It sleeted yesterday. 昨天下了霰.

sleet·y [ˋslitɪ; ˈsliːtɪ] adj. 霰(似)的; 下霰的.

* **sleeve** [sliv; sliːv] n. (pl. ~s [~z; ~z]) Ⓒ **1** 袖子, 衣袖. Jim pulled me by the sleeve. = Jim pulled my sleeve. 吉姆拉我的衣袖(★前句中「拉我」是目的, 而「拉衣袖」是方法).
2 (機械)套筒, 套管; 風向袋.
3 (主英)(唱片的)套子(=(美) jacket).

hàve [kèep]...up one's sléeve (口)有…作為錦囊妙計.

ròll úp one's sléeves (口)捲起袖子(準備工作, 打架等), (認真地)開始工作.

sleeve·less [ˋslivlɪs; ˈsliːvlɪs] adj. 無袖的, 無套的.

* **sleigh** [sle; sleɪ] n. Ⓒ雪橇(→次頁圖). Santa Claus in his sleigh 乘坐在雪橇上的聖誕老人. 同 sleigh 通常為馬在前邊拉, 人乘坐在後面; 為(美)最普通的用語, 但(英)則通常使用 sledge, 不過亦開始多用 sleigh 了; → sled, sledge[1].

[sleigh]

— *vi.* 駕雪橇; 乘雪橇. go *sleighing* 駕雪橇去; 去玩雪橇.

sleight of hand [`slaɪtəv`hænd; ˌslaɪtəv'hænd] *n.* U 手法敏捷; 戲法, 魔術.

✻slen·der [`slɛndɚ; 'slendə(r)] *adj.* (**-der·er** [-dərɚ, -drɚ; -dərə(r)], **more ~**; **-der·est** [-dərɪst; -dərɪst], **most ~**) **1** 苗條的, 修長的, 細長的. a *slender* girl 身材苗條的女孩/*slender* fingers 細長的手指/a *slender* bottle 細長的瓶子.
回*slender* 爲具有優雅、柔美的感覺; → thin.
2 〔收入等〕微薄的, 不足的; 〔希望, 根據等〕微小的, 微弱的. a *slender* income 微薄的收入/We have only a *slender* chance of success. 我們只有一線成功的希望.

slen·der·ness [`slɛndɚnɪs; 'slendənɪs] *n.* U 修長; 不足.

slept [slɛpt; slept] *v.* sleep 的過去式、過去分詞.

sleuth [sluθ, slɪuθ; sluːθ] *n.* C《口》偵探(detective).

slew[1] [slu, slɪu; sluː] *v.* slay 的過去式.

slew[2] [slu, slɪu; sluː] *vt.* 使旋轉; 使偏向一側.
— *vi.* 旋轉; 偏移.《around》.

slew[3] [slu, slɪu; sluː] *n.* C (通常用單數)《主美、口》許多. We've got a *slew* of problems. 我們有許多問題.

✻slice [slaɪs; slaɪs] *n.* (*pl.* **slic·es** [~ɪz; ~ɪz]) C **1** (麵包等的)薄片. a *slice* of bread 一片麵包/a *slice* of meat 一片肉. **2** 部分, 分, 《of》(share). a *slice* of luck 一點好運.
3 《高爾夫球, 棒球等》斜擊(球), 削(球)《與擊球的手指方向擊出的球; 其打法; ↔ hook》.
4 薄刀; 切割(魚等)用的小刀, 《塗漆用的》抹刀.
— *vt.* (**slic·es** [~ɪz; ~ɪz]; **~d** [~t; ~t]; **slic·ing**)
1 把~切成薄片; 把~切下《off》. 回型5 *slice* A B)把 A 切成 B. *slice* a loaf of bread 把麵包切成薄片/She *sliced* the ham thin. 她把火腿切得薄薄的/a *sliced* lemon 一片檸檬.
2 《高爾夫球, 網球》削(球).

slic·er [`slaɪsɚ; 'slaɪsə(r)] *n.* C 切片機(把麵包, 臘肉等切成薄片的機器).

slic·ing [`slaɪsɪŋ; 'slaɪsɪŋ] *v.* slice 的現在分詞、動名詞.

slick [slɪk; slɪk] *adj.* **1** 光滑的, 油滑的; 〔道路

等〕(因結冰或油而變得)滑溜溜的.
2 技巧嫻熟的, 靈巧的; 〔手法等〕巧妙的. a *slick* speech 精采的演說.
3 〔人〕能說善道的, 圓滑的, 狡猾的.
— *n.* C **1** (水面等的)光滑的部分《地方》.
2 《美、口》(通常 slicks)(用光滑的高級紙印刷的)豪華雜誌《內容通俗; → pulp》.
— *vt.* 使光滑.

slick·er [`slɪkɚ; 'slɪkə(r)] *n.* C《口》 **1** 《美》(橡膠, 塑膠, 油布等製成的)雨衣.
2 (衣著講究, 能言善道的)狡猾人物.

slid [slɪd; slɪd] *v.* slide 的過去式、過去分詞.

✻slide [slaɪd; slaɪd] *v.* (**~s** [~z; ~z]; **slid**; **slid·ing**) *vi.* 【滑】 **1** 滑, 滑行, 滑動. *slide* on the ice 在冰上滑行/*slide* down a tree 從樹上滑下來/The drawers *slide* badly. 那抽屜很難抽出來. 回slide 爲有意圖地滑得較長; slip 則爲「瞬間的一滑」; → slip[1].
2 (從手中等)滑落. The glass *slid* from my hand. 玻璃杯從我手中滑落.
3 《棒球》滑壘《*into* (壘)》. He *slid* into second base, but he was out. 他滑進二壘, 但被判出局了.
【滑動】 **4** 悄悄地離去《進來》; 〔時光等〕悄悄地流逝. The man *slid* quietly *into* [*out of*] the room. 那男子悄悄地溜進《溜出》了房間/The years *slid* past. 時光悄悄地流逝.
5 【漸漸陷入】不知不覺地陷入《*into*》. My son *slid into* bad habits. 我兒子漸漸養成了壞習慣.
— *vt.* **1** 使滑動, 使滑行. He *slid* the book *across* the desk to me. 他把書從書桌對面推到我面前來. **2** 使滑入, 悄悄地放入, 《*in*, *into*》. He *slid* the money *into* my pocket. 他悄悄地把錢放進了我的口袋.
lèt...slíde 《口》棄之不顧, 聽其自然. let homework *slide* 荒廢家庭作業.
slíde òver [*around*]... (不是直接解決而是)迴避〔問題等〕.
— *n.* (*pl.* **~s** [~z; ~z]) C **1** 滑動, 滑行. take a *slide* on the ice (以溜冰鞋等)在冰上滑行.
2 地層滑動, 山崩(landslide); 雪崩(snow-slide).
3 (兒童的)滑梯; (雪橇等的)滑道. play on a *slide* 在滑梯上玩.
4 《棒球》滑壘.
5 幻燈機用的幻燈片; (顯微鏡用的)載玻片.

slíde fàstener *n.* 《主美》=zipper.

slíde projèctor *n.* C 幻燈機.

slid·er [`slaɪdɚ; 'slaɪdə(r)] *n.* C 滑行者[物]; 《棒球》滑球(進壘後滑向內[外]角的曲球).

slíde rùle *n.* C 計算尺.

slid·ing [`slaɪdɪŋ; 'slaɪdɪŋ] *v.* slide 的現在分詞、動名詞.
— *n.* UC 滑動, 滑行; 《棒球》滑壘.

slíding dóor *n.* C 滑門.

slíding scále *n.* C《經濟學》機動[浮動]制(例如根據物價上漲的指數調整薪資).

sli·er [`slaɪɚ; 'slaɪə(r)] *adj.* sly 的比較級.

sli·est [`slaɪɪst; 'slaɪɪst] *adj.* sly 的最高級.

slight [slaɪt; slaɪt] *adj.* (~**er**; ~**est**) **1** 一點點的, 少量的, 輕微的; 些微的. a *slight* reward 極少的報酬/a *slight* pain 稍微的疼痛/I believe I was of some *slight* service to you. 我想我對你多少有一些幫助(注意]若是...was of *slight* service..., 則為「沒多少幫助」之意)/I don't have the *slightest* idea what his real intention is. 我實在不知道他眞正的意圖是甚麼.

2 〔身材等〕纖細的; 〔物〕脆弱的. a *slight* girl 身材纖細的女孩.

in the slightest 《用於否定句、疑問句》一點也(不). I don't mind *in the slightest* who he is. 我根本不在乎他是誰.

— *n.* C 輕蔑, 侮辱; 輕視, 忽視, 冷落.

— *vt.* 輕視, 忽視; 侮辱. The receptionist *slighted* me on purpose. 那接待員故意冷落我.

slight·ing·ly [ˋslaɪtɪŋlɪ; ˈslaɪtɪŋli] *adv.* 沒有禮貌地, 輕視地.

slight·ly [ˋslaɪtlɪ; ˈslaɪtli] *adv.* **1** 一點點地, 微微地, 少量地. get *slightly* hurt 受輕傷/I know her *slightly*. 我對她稍微知道一點.

2 細長地, 纖細地. a *slightly*-built young man 體格瘦弱的青年.

slight·ness [ˋslaɪtnɪs; ˈslaɪtnɪs] *n.* U 輕微; 苗條.

sli·ly [ˋslaɪlɪ; ˈslaɪli] *adv.* =slyly.

slim [slɪm; slim] *adj.* (~**mer**; ~**mest**) **1** 細長的, 纖細的, 苗條的. a *slim* person 身材修長的人/keep *slim* 保持苗條. 同 slim 為肌肉結實, 無贅肉, 感覺很好的身材. → thin.

2 少的, 微薄的; 〔希望等〕渺茫的. have a *slim* chance 機會渺茫.

— *v.* (~**s**; ~**med**; ~**ming**) *vi.* (以節食, 運動等)減輕體重, 變苗條. She is *slimming* down with diet and exercise. 她正以節食和運動來減輕體重.

— *vt.* 使變細, 使變苗條.

slime [slaɪm; slaɪm] *n.* U **1** (河底等的)黏泥.

2 (魚, 蝸牛等的)黏液.

slim·ly [ˋslɪmlɪ; ˈslimli] *adv.* 苗條地; 不足地.

slim·ness [ˋslɪmnɪs; ˈslimnɪs] *n.* U 苗條, 纖細.

slim·y [ˋslaɪmɪ; ˈslaɪmi] *adj.* **1** 黏滑的, 黏答答的. **2** 〔人, 言辭等〕汚穢的, 令人厭惡的; 諂媚的, 卑屈的. a *slimy* manner 卑屈的態度.

sling [slɪŋ; sliŋ] *n.* C **1** 投石器(從前的武器).

2 吊腕帶, 三角巾; 起吊機; 吊索〔鏈〕(用以吊起重物).

— *v.* (~**s**; **slung**; ~**ing**) **1** 扔; 用投石器投擲. The boy *slung* a stone *at* the dog. 那男孩朝狗扔石頭. **2** 吊掛, 懸掛. a gun *over* one's shoulder 將槍(用吊帶)掛在肩上.

[slings 1, 2]

sling·shot [ˋslɪŋˌʃɑt; ˈsliŋʃɔt] *n.* C (美)(小孩射石子的)彈弓((英)catapult).

---

slink [slɪŋk; sliŋk] *vi.* (~**s**; **slunk**; ~**ing**) 潛行〔走〕((*away*; *off*; *by*; *in*)). The robber must have *slunk* in through the back door. 盜賊一定是從後門溜進來的/He *slunk* away with his head bowed in shame. 他羞愧地低著頭溜走了.

slip[1] [slɪp; slip] *v.* (~**s** [~s; ~s]; ~**ped** [~t; ~t]; ~**ping**) *vi.*【 滑溜 】 **1** 滑溜; 滑跤, 滑倒((*on*)); 從(應處的位置)滑開; 滑落, 滑掉, (*down*, *off*)). *slip* on a banana peel 踩在香蕉皮上滑了一跤/The tablecloth *slipped* down from the table. 桌布從桌子上滑下來/The razor *slipped* and he cut himself. 剃刀滑了一下, 他刮到了自己. 回 slip 指突然(因失誤而)滑倒, 「(汽車)滑行」為 skid; slide, glide.

2【滑倒】失誤, 出差錯. Jim often *slips* in his spelling. 吉姆經常拼錯字/*slip* up 出錯(→片語).

3 滑落>低下〔體力, 記憶力等〕衰退; 〔生產等〕遲滯; 〔股票〕下跌. My memory is *slipping*. 我的記憶力衰退.

【 輕快地移動 】 **4** (加副詞(片語))溜進, 溜走; 滑行(slide); (不知不覺)變成, 陷入, (*into* 〔不好的狀態等〕)). *slip* away from the party 溜出宴會/I just *slipped* in to say goodby. 我只是順便去道別/A mistake has *slipped in*. 不知不覺中犯了了錯誤/The ship *slipped* through the water. 船隻切水滑行般地前進/My son has *slipped* back *into* his drug habit. 我的兒子不知何時又陷入吸食毒品的惡習中.

5 迅速穿上〔脫下〕. The child *slipped into* [*out of*] his pajamas. 那個小孩迅速穿上〔脫下〕睡衣.

6【悄然逝去】〔時間〕不知不覺地過去(*by*; *past*)); 〔機會等〕錯過, 失去, (*from*)). Months *slipped by*. 不知不覺中, 幾個月過去了/Her name had *slipped from* his mind. 她的名字已從他的心中悄悄地消逝了.

— *vt.*【 使滑動 】 **1** (a)使滑行; 偷偷塞進((*into*)), 偷偷拿出((*out of*)). She *slipped* the money *into* my hand. 她偷偷地把錢塞到了我的手中. (b)〔句型4〕(slip A B), 〔句型3〕(slip B *to* A)把B(物)悄悄地給A(人). *slip* the girl my letter. = I *slipped* my letter *to* the girl. 我悄悄地把信給那個女孩.

【 迅速穿上〔脫下〕】 **2** 迅速穿上〔衣服〕((*on*)), 迅速脫下((*off*)). *slip* on a coat=*slip* a coat *on* 迅速穿上外衣/*slip* off a sweater=*slip* a sweater *off* 迅速脫下毛衣/*slip* a ring *on* to a finger 把戒指戴到手指上.

【 迅速放開〔逃脫〕】 **3** 放出〔狗等〕((*from*)); 解開〔狗的項圈等〕; 擺脫〔追趕者等〕. *slip* a hound *from* the leash 解開項圈放狗獵狗.

4 從〔記憶等中〕消失, 被遺忘; 從〔注意力等中〕遺漏. It had *slipped* my mind that she was coming today. 我忘了她今天要來. ⇨ *adj.* **slippery**.

lèt...slíp → let 的片語.

slìp one [something] óver on a pèrson (美、

口)騙人, 使某人上當.

slíp through *a pèrson's fíngers* (從某人的指縫間溜走般地)不見; 逃走. Money *slips through* my *fingers* somehow. 我總是留不住錢.

slíp úp 絆倒, 滑跤; ((口))出差錯.

— *n.* (*pl.* ~**s** [~s; ~s]) C **1** 滑動; 滑跤, 滑倒. have a *slip* in the bathroom 在浴室裡滑了一跤.

2 差錯. make a *slip* 出差錯/a *slip* of memory 一時遺忘/a *slip* of the pen [tongue] 筆誤[口誤].

3 (婦女用)長襯裙; 枕套.

4 (通常 slips) =slipway.

gìve *a pèrson the* ***slíp*** 躲過某人, 避開.

*****slip²** [slɪp; slɪp] *n.* (*pl.* ~**s** [~s; ~s]) C **1** (紙, 樹木等的)長條; 傳票; 便條紙. a *slip* of paper 細長紙片/a sales *slip* 售貨單.

2 ((園藝))接枝, 插枝.

slip·cov·er [`slɪpˌkʌvɚ; 'slɪpkʌvə(r)] *n.* C (椅子等的)套子, 罩子, (可卸下).

slip·knot [`slɪpˌnɑt; 'slɪpnɒt] *n.* C 活結(只要拉一頭就可解開的).

slip-on [`slɪpˌɑn; -ˌɑn; 'slɪpɒn] *adj.* 穿[脫]方便的(套頭衫, 手套, 鞋等).

— *n.* C (套頭衫, 手套等)穿脫方便的東西; 無帶便鞋(免繫鞋帶, 穿脫方便的鞋).

[slipknots]

slip·o·ver [`slɪpˌovɚ; 'slɪpˌəʊvə(r)] *adj.* 從頭部套穿的(毛衣等).

— *n.* C 套頭衫(pullover).

slipped dísk *n.* a U 脊椎環節軟骨脫位.

*****slip·per** [`slɪpɚ; 'slɪpə(r)] *n.* (*pl.* ~**s** [~z; ~z]) C (通常 slippers)室內穿的淺口便鞋, 拖鞋. a pair of *slippers* 一雙拖鞋/in one's *slippers* 穿著拖鞋; 舒適地.

slip·per·i·ness [`slɪprɪnɪs, `slɪpərɪnɪs; 'slɪpərɪnɪs] U 滑溜; 難抓.

*****slip·per·y** [`slɪprɪ, `slɪpərɪ; 'slɪpərɪ] *adj.* (**-per·i·er, more ~**; **-peri·est, most ~**) **1** 滑溜溜的, 滑的. a *slippery* road 很滑的路.

2 ((口))難抓住的; 靠不住的, 不能相信的; (情況等)不穩定的. ⇨ *v.* **slip¹**.

slip·py [`slɪpɪ; 'slɪpɪ] *adj.* ((口)) **1** =slippery.

2 (英)敏捷的. Look *slippy*! 趕快!

slip·shod [`slɪpˌʃɑd; 'slɪpʃɒd] *adj.* **1** (衣著等)邋遢的.

2 (工作等)馬虎的, 不嚴謹的. a *slipshod* report 不嚴謹的報導.

slip-up [`slɪpˌʌp; 'slɪpʌp] *n.* C ((口))錯誤.

slip·way [`slɪpˌwe; 'slɪpweɪ] *n.* C 船臺(便於船下水、拖起而做成的斜坡狀物體).

slit [slɪt; slɪt] *n.* C **1** 狹長的縫, 裂縫; 狹長的裂口. My eyes narrowed into *slits* in the strong sunlight. 我的眼睛因強烈的陽光而眯成細縫.

2 (自動販賣機等的)投幣口; (信箱等的)投信口.

3 開叉(slash)(裙子等的開口).

— *vt.* (~**s**; ~; ~**ting**) **1** 縱向剪(撕); 裁開; 句型5 (slit A B) 把A弄成B的狀態. *slit* a piece of cloth into strips 把布撕成長條/*slit* an envelope (open) with a knife 用刀子裁開信封.

2 在(衣服)上開叉(*up*). a coat *slit up* (at) the back 後面開叉的外套.

slith·er [`slɪðɚ; 'slɪðə(r)] *vi.* ((口))搖曳地行.

slith·er·y [`slɪðərɪ, -ðrɪ; 'slɪðərɪ] *adj.* 易滑的, 滑溜溜的.

sliv·er [`slɪvɚ; 'slɪvə(r)] *n.* C (木材等的)細片, 碎片.

— *vt.* 砍(撕)成細長片.

— *vi.* 撕成長薄片, 碎成小片.

slob [slɑb; slɒb] *n.* C((口))糊塗蟲, 衣冠不整且舉止粗魯的人.

slob·ber [`slɑbɚ; 'slɒbə(r)] *vi.* **1** 流口水; 情意纏綿地熱吻.

2 溺愛; 大肆稱讚. ((over)).

— *vt.* 以口水把…弄髒. — *n.* **1** 口水. **2** 感傷的話.

sloe [slo; sləʊ] *n.* C((植物))黑刺李(李子類); 黑刺李的果實.

slóe gín *n.* U 黑刺李琴酒(李子酒).

slog [slɑg; slɒg] *v.* (~**s**; ~**ged**; ~**ging**) *vt.* (拳擊, 板球中)猛擊(slug). The boxer *slogged* his opponent on the jaw. 那拳擊手猛擊對手的下巴.

— *vi.* **1** 步履艱難地走(行進); 努力苦幹(*at*(工作)). *slog* through the snow 冒雪前進/*slog* (*away*) at one's work 賣力地工作.

2 猛擊(*at*).

— *n.* **1** C 猛打, 亂打.

2 a U 艱難的路程; 艱苦的工作.

*****slo·gan** [`slogən; 'sləʊgən] *n.* (*pl.* ~**s** [~z; ~z]) C (政黨, 團體等的)口號, 標語. under the *slogan* of… 打著…的口號.

回 slogan 表具有政治性、宣傳性目的的標語; "From the Cradle to the Grave" (從生到死); motto.

sloop [slup; sluːp] *n.* C 單桅帆船(單桅, 其前後有 jib; 一般的帆船爲此型).

slop [slɑp; slɒp] *n.* **1** C 溢出的水; (道路上的)水坑, 泥漿.

2 U (或 slops) (廚房等處流出的)污水; (餵豬的)餿水, 廚餘.

3 U (或 slops) (不好吃的)流質食物(病人等吃的); 稀薄乏味的食物(飲料).

— *v.* (~**s**; ~**ped**; ~**ping**) *vt.* 使濺出; (濺出污水)弄髒; 在…上潑潑污水. *slop* milk onto the floor 牛奶濺到地板上.

— *vi.* 濺出; 溢出. ((over)).

slòp aróund [***abóut***] ((口))(1)(液體在容器中)搖蕩. (2)(在水坑裡)潑著水走來走去.

slóp bàsin [***bòwl***] *n.* C (英)(桌上用的)盛茶渣的淺碟.

✽slope [slop; sləʊp] n. (pl. ~s [~s; ~s]) **1** ⓒ 斜坡, 坡地. a steep [gentle] *slope* 陡 [緩]坡/an upward [a downward] *slope* 上[下]坡/mountain *slopes* 山坡/walk *up* [*down*] a *slope* 爬[下]坡.

2 ⓊⒸ傾斜, 坡度. give a *slope* to a roof 把屋頂建成斜坡形式/at a *slope* of 1 in 3 以三分之一的斜率《底爲 3, 高爲 1 的比例》.

— vt. 使傾斜, 使有坡度; 弄傾斜.

— vi. 傾斜; 成斜坡(up; down). The land *slopes down* toward the lake. 那塊地向著湖邊傾斜/His handwriting *slopes* backward. 他的筆跡向左傾.

slòpe óff 《主英、口》(爲了逃避工作而)溜走, 悄悄地逃走.

slop·pi·ly [ˋslɑpɪlɪ; ˈslɔpɪlɪ] adv. 凌亂地, 馬虎地.

slop·pi·ness [ˋslɑpɪnɪs; ˈslɔpɪnɪs] n. ⓊⒸ凌亂.

slop·py [ˋslɑpɪ; ˈslɔpɪ] adj. **1** 水分多的, 稀薄的. *sloppy* mashed potatoes 稀糊的馬鈴薯泥.

2 〔道路等〕泥濘的, 濕漉漉的; 〔餐桌等〕濺濕的. a *sloppy* road 泥濘的路.

3 〔衣服等〕凌亂的, 邋遢的; 〔工作等〕馬虎的, 草率的.

4 《口》傷感的, 動不動就哭的, 懦弱的.

slosh [slɑʃ; slɒʃ] vt. 把(污水)潑濺出來; 啪嚓啪嚓攪動〔液體〕(about).

— vi. 踩著泥漿[水]艱難地行進.

sloshed [slɑʃt; slɒʃt] adj. 《敍述》《俚》喝醉的.

slot [slɑt; slɒt] n. ⓒ **1** (機器的)槽; 狹長孔.

2 (自動販賣機等的)投幣口(slit).

3 《口》(在組織, 一群人等之中)(應該占有的)位置, 地位; (電視或廣播的)時段. the 8 o'clock *slot* on TV 電視節目八點的時段.

— vt. (~s; ~ted; ~ting) 嵌入(in, into 一槽). You *slot* the flash unit *into* the top of the camera. 請把閃光燈嵌向照相機上部的槽中.

sloth [sloθ, slɔθ; sləʊθ] n. **1** Ⓤ《主雅》怠惰, 懶散. **2** ⓒ《動物》樹懶《一種像猴的哺乳類動物; 產於熱帶美洲》.

sloth·ful [ˋsloθfəl; ˈsləʊθfʊl] adj. 《主雅》怠惰的, 懶散的; 行動遲緩的.

slót machìne n. ⓒ《英》自動販賣機; 《美》吃角子老虎《一種遊戲機》; 《英》fruit machine.

slouch [slaʊtʃ; slaʊtʃ] n. ⓒ **1** (用單數)彎著腰向前傾, 無精打采地低頭垂肩的[走路的]姿態. walk with a *slouch* 低頭垂肩地走.

2 《口》笨手笨腳的人; 懶散的人; 無能的人; 《通常用於否定句》He is no *slouch* at chess. 他棋下得很好.

— vi. 顯得懶散; 低頭垂肩地走[坐]; 下垂.

slóuch hát n. ⓒ帽緣下垂的軟帽.

slouch·ing·ly [ˋslaʊtʃɪŋlɪ; ˈslaʊtʃɪŋlɪ] adv. 低頭垂肩地, 無精打采地.

slough[1] [1, 3 爲 slaʊ; slaʊ; 2 爲 slu, slɪu; slaʊ] n. ⓒ《文章》**1** 泥潭.

2 《美》沼澤, 泥沼.

3 (難以擺脫的)困境, 「泥淖」.

slough[2] [slʌf; slʌf] (★注意發音) n. ⓒ (蛇等的)蛻皮, 脫皮.

— vt. 蛻皮(off).

Slo·vak [ˋslovæk, sloˋvæk; ˈsləʊvæk] n. ⓒ斯洛伐克人《居住在前捷克斯洛伐克的東半部》; Ⓤ斯洛伐克語.

— adj. 斯洛伐克人[民族]的; 斯洛伐克語的.

Slo·va·ki·a [sloˋvɑkɪə; sləʊˈvækɪə] n. 斯洛伐克共和國《位於前捷克斯洛伐克東部; 首都Bratislava》.

slov·en [ˋslʌvən; ˈslʌvn] n. ⓒ《雅》(衣著等)不修邊幅的人, 邋遢的人, 懶散的人.

Slo·ve·ni·a [sloˋvinɪə; sləʊˈviːnjə] n. 斯洛維尼亞共和國《前南斯拉夫共和國的一部分; 首都Ljubljana》.

slov·en·li·ness [ˋslʌvənlɪnɪs; ˈslʌvnlɪnɪs] n. Ⓤ邋遢.

slov·en·ly [ˋslʌvənlɪ; ˈslʌvnlɪ] adj. 不修邊幅的, 邋遢的; 馬虎的, 輕率的.

— adv. 邋遢地.

✽✽slow [slo; sləʊ] adj. (~er; ~est) 〖(時間上)慢的〗**1** (a)慢的, 緩慢的, (↔ fast, quick, swift). *slow* progress 緩慢的進步/a *slow* train 慢[普通]火車/a *slow* walker 走路慢吞吞的人/at a *slow* pace 以緩慢的速度/*Slow* and steady wins the race. 《諺》欲速則不達《<慢而穩健的人終會獲勝》.

(b)《敍述》遲的, 爲時已晚的, 遲於(做⋯), 《in doing, to do》. The Smiths were *slow in arriving* [to arrive]. 史密斯夫婦很晚才到達.

2 《敍述》〔鐘錶〕慢了的(↔ fast); 〔人〕遲到的. My watch is five minutes *slow*. 我的錶慢了五分鐘.

〖慢吞吞的〗**3** (a)〔人〕反應慢的, 遲鈍的, 不靈巧的, (↔ quick). a *slow* pupil 反應慢的學生/*slow* of speech 笨嘴笨舌的/Jim is *slow* at figures. 吉姆的算術很差/You are *slow of* [*in*] understanding. 你理解得眞慢.

(b)《敍述》慢的(to do, in doing). Bill is very *slow* to learn [*in learning*] his lessons. 比爾理解所課文很慢.

(c) 不輕易⋯的, 勉強⋯的, (to do, in doing; to). He's *slow* to take offense. = He's *slow* to anger. 他不易動怒.

4 〔藥等〕藥性慢的; 〔軟片等〕感光度低的. a *slow* poison 慢性毒藥.

5 〔不活躍的〕〔生意等〕清淡的, 無生氣的; 〔火爐等〕火力弱的; 無聊的, 乏味的. a *slow* town 死氣沈沈的小鎮/Business is *slow* these days. 最近生意清淡/Cook the fish on a *slow* fire. 用慢火煮魚/a *slow* game 一場乏味的比賽.

— adv. (~er; ~est) 遲緩地, 緩慢地, 慢慢地. Do it *slow*. 慢慢地做. 語法 slow 通常只接在動詞後面, slowly 則句首和動詞前都可使用; slow 用於口語中.

gò slów (1)緩慢地行進; 按步做事; 小心.

(2)《英》= slow down (→ v. 片語).

off). **2** 引水沖洗(*out*; *down*).

— *vi.* (水)從水閘放出.

sluice·way [`sluswe, `sliu-; `slu:sweɪ] *n.* (*pl.* ~s) C排水道, 人工水道, (水閘的)槽, 洩洪道.

slum [slʌm; slʌm] *n.* C(常slums)陋街暗巷, 貧民窟. live in a *slum* 住在貧民窟/the *slums* of New York 紐約的貧民窟.

— *vi.* (~s; ~med; ~ming) (為了慈善, 參觀等)探訪貧民窟, (口)過貧陋的生活.

slúm it (口)過貧陋生活, 生活水準低落.

slum·ber [`slʌmbɚ; `slʌmbə(r)](雅) *n.* UC (常slumbers)睡眠, 打盹, (sleep)〔不活躍狀態, 靜止〕. fall into a deep *slumber* 進入深沈的夢鄉/She woke from her *slumber*(s). 她從睡夢中醒來.

— *vi.* 睡眠, 小睡; (火山)休眠.

— *vt.* 用睡眠打發, 虛度, 〔時間〕. *slumber* an afternoon *away* 睡掉一下午.

slum·ber·ous, slum·brous [`slʌmbərəs, -brəs; `slʌmbərəs, [-brəs; -brəs] *adj.* (雅)想睡的, 睏倦的; 催人入睡的.

slúmber pàrty *n.* (美)=pajama party.

slum·my [`slʌmɪ; `slʌmɪ] *adj.* 貧民窟(般)的; (口)不整潔的, 骯髒的.

slump [slʌmp; slʌmp] *n.* C **1** (股票, 物價的)暴跌(↔boom); (聲望的急落, 評價不好. a *slump in* business 生意的蕭條/a *slump in* prices 物價的暴跌.

2 (主美)(運動員等的)消沈不振, 水準下降. He is *in a slump*. 他消沈不振.

— *vi.* **1** 沈重地落下, 重重地倒下, 癱陷, 跌坐. The man *slumped* to the floor. 那男子重重地倒在地板上.

2 〔物價等〕暴跌; 〔景氣〕突然蕭條; 〔聲望, 熱情等〕突然下降. Sales *slumped* badly. 銷售急遽下降.

slung [slʌŋ; slʌŋ] *v.* sling 的過去式, 過去分詞.

slunk [slʌŋk; slʌŋk] *v.* slink 的過去式, 過去分詞.

slur [slɝ; slɜ:(r)] *v.* (~s; ~red; ~ring) *vt.* **1** 含糊地說(言詞重複或前後不連貫); 含糊潦草地寫. The drunk's speech was *slurred*. 那醉漢說的話含糊不清.

2 (音樂)連唱(奏)〔音符〕; 在…上標連結線(連線).

3 草草地辦; 裝作沒看見; (*over*).

4 毀謗, 中傷.

— *vi.* **1** 含糊不清地發音〔書寫〕.

2 (音樂)連唱(奏)音符; 標連線.

— *n.* C **1** 含糊不清的發音; 潦草的字跡; 發音〔書寫, 唱法〕含糊不清的地方.

2 中傷, 誹謗; 壞名聲, 恥辱, (*on*, *upon*). a *slur on* one's reputation 玷汙某人名譽的誹謗.

3 (音樂)連結線(⌒或⌣的符號; → tie).

pùt a slúr upon... = càst 〔*thròw*〕*slúrs at...* 中傷, 誹謗.

slurp [slɝp; slɜ:p] *vt.* (口)嘖嘖出聲地吃(喝). Don't *slurp* your soup. 喝湯不要出聲.

— *vi.* 出聲地吃(喝).

slush [slʌʃ; slʌʃ] *n.* U **1** 雪泥; 稀泥漿.

2 (口)無聊煽情的文學作品〔電影等〕.

slúsh fùnd *n.* U(美)(政客等使用的)黑金,

— *v.* (~s [-z; -z]; ~ed [-d; -d]; ~·ing) *vi.* 速度變慢, 變得緩慢; 放慢(汽車等的)速度; (*down*; *up*). Population growth has *slowed*. 人口成長的速度減緩了/The car *slowed down* [*up*]. 那輛汽車的速度變慢了.

— *vt.* 使緩慢; 放慢…的速度; (*down*; *up*). *Slow down* your car. 放慢你的車速.

slòw dówn (特指)(美)〔工人〕擅自降低生產量, 怠工, (英) go slow).

slow·coach [`slo`kotʃ; `sləʊkəʊtʃ] *n.* C(英, 口)行動遲緩的人, 跟不上時代者, ((美) slowpoke).

slow·down [`slo͵daun; `sləʊdaʊn] *n.* C

1 減速等的)低迷, 停滯.

2 (美)怠工, 擅自降低生產量, 合法抗爭, ((英) go-slow).

***slow·ly** [`slolɪ; `sləʊlɪ] *adv.* 慢慢地, 緩慢地, 遲緩地, (↔ quickly; → slow 語法). speak *slowly* 慢慢地說/drive *slowly* 緩慢行駛/The patient's condition is *slowly* improving. 那位病人的病情逐漸地好轉.

slòw mótion *n.* U(電影等的)慢動作.

slow-mo·tion [`slo`moʃən, ͵slo`məʊʃn] *adj.* 慢動作的; 行動慢於正常速度的. a *slow-motion* picture 慢動作的影片.

slow-mov·ing [`slo`muvɪŋ; `sləʊ`mu:vɪŋ] *adj.* **1** 遲緩的, 緩慢的. *slow-moving* traffic 移動緩慢的車陣. **2** 滯銷的.

slow·ness [`slonɪs; `sləʊnɪs] *n.* U緩慢; 遲鈍.

slow·poke [`slo͵pok; `sləʊpəʊk] *n.* C(美, 口)行動遲緩者; 跟不上時代的人, ((英) slowcoach).

sludge [slʌdʒ; slʌdʒ] *n.* U **1** (開始融化的)雪泥; 爛泥, 污泥. **2** (沈澱在污水處理池等底下的)沈澱物, 膠狀污泥.

slue [slu, slɪu; slu:] *v.* (美)=slew².

slug¹ [slʌg; slʌg] *n.* C **1** (動物)蛞蝓. **2** 行動緩慢的人, 行動緩慢的動物〔車輛〕. **3** 金屬小塊.

4 (美)(用於自動販賣機的)代幣.

slug² [slʌg; slʌg] *vt.* (~s; ~ged; ~ging) (美, 口)重擊; (棒球等)強勁打擊.

slug·gard [`slʌgəd; `slʌgəd] *n.* C(雅)懶鬼.

slug·ger [`slʌgɚ; `slʌgə(r)] *n.* C(美, 口)(棒球的)強打者, 強棒; (拳擊的)猛攻猛擊的拳擊手.

slug·gish [`slʌgɪʃ; `slʌgɪʃ] *adj.* 〔人, 行為等〕懶惰的, 怠惰的, **2** (水流等)慢的, 緩慢的. a *sluggish* stream 流動緩慢的小溪. **3** 〔引擎等〕無力的; 〔生意等〕不佳的.

slug·gish·ly [`slʌgɪʃlɪ; `slʌgɪʃlɪ] *adv.* 怠惰地; 緩慢地; 無活力地.

slug·gish·ness [`slʌgɪʃnɪs; `slʌgɪʃnɪs] *n.* U怠惰; 緩慢; 呆滯.

sluice [slus, slɪus; slu:s] *n.* C **1** (水壩等的)水閘, 水門. **2** =sluiceway. **3** 壩水; (從水閘放出的)放水.

— *vt.* **1** 用水渠引〔水〕; (開閘)放〔水〕((*out*;

行賒資金.

slush·y [ˋslʌʃɪ; ˈslʌʃi] *adj.* **1** 雪泥的; 泥漿的.

2 《口》胡說八道的; 無聊煽情的.

slut [slʌt; slʌt] *n.* ⓒ 邋遢的女人; 行為不檢點的女人.

slut·tish [ˋslʌtɪʃ; ˈslʌtiʃ] *adj.* 〔女人〕行為不檢點的, 淫蕩的.

*****sly** [slaɪ; slai] *adj.* (~·er; ~·est, 或《美》sli·er; sli·est)

　1 狡猾的, 奸詐的; 陰險的. as *sly* as a fox 像狐狸般狡猾的.

　2 俏皮的, 淘氣的. a *sly* wink 俏皮的眨眼.

　***on the slý** 偷偷地. Jim sometimes has a smoke *on the sly* in his room. 吉姆有時候偷偷地在自己的房間裡抽菸.

sly·ly [ˋslaɪlɪ; ˈslaili] *adv.* 狡猾地; 偷偷摸摸地.

sly·ness [ˋslaɪnɪs; ˈslainis] *n.* ⓤ 狡猾.

smack¹ [smæk; smæk] *n.* ⓒ (通常用單數)

　1 味道, 風味, 香味, 特有的滋味. This candy has a *smack* of ginger. 這糖果有薑味.

　2 …意味(*of*); …跡象; 略微…. His behavior has a *smack* of insanity about it. 他的舉止有點瘋狂的跡象.

　── *vi.* **1** 有某種滋味, 有某種香味, (*of*). This soup *smacks* of fish. 這湯有點魚味.

　2 含有特定意味(*of*), 帶有…跡象.

smack² [smæk; smæk] *vt.* **1** 啪地打一巴掌, 摑. *smack* one's boy's bottom 打兒子的屁股/She *smacked* him across the face. 她摑了他耳光.

　2 使〔嘴〕啪的一聲作響.

　3 (因嘴饞或氣忿而)咂唇作響; 響吻.

　── *vi.* 咂唇; 舐嘴咂舌, (*at*).

　***smáck one's líps** = lick one's *lips* (lick的片語).

　── *n.* ⓒ **1** (巴掌, 鞭子的)砰[啪]的聲音; 掌摑. a *smack* in the face 打耳光; 受訓斥.

　2 咂唇; 出聲的一吻. with a *smack* of the lips 咂著唇地/She gave me a *smack* on the cheek. 她在我的臉上給我一個響吻.

　── *adv.* 《口》啪地作響地, 不偏不倚地, 恰好地. run *smack* into a wall 正好撞到牆上.

smack³ [smæk; smæk] *n.* ⓒ (有活魚艙的)小型漁船.

smack·er [ˋsmækɚ; ˈsmækə(r)] *n.* ⓒ 《俚》

　1 《美》一美元; 《英》一英鎊. **2** 響吻.

‡small [smɔl; smɔːl] *adj.* (~·er; ~·est)

　〖小的〗 **1** 小的, 小型的; 狹小的; (↔ large). a *small* town 小鎮/a *small* house 小[狹小的]屋子/★像這二個例子中提到面積狹小時, 不用 narrow)/a *small* family 小家庭/This hat is a little too *small* for me. 這帽子對我來說小了點/My dog is *smaller* than yours. 我家的狗比你家的小.

　🔲 small 表示客觀上的小, 而 little 除了表示小之外, 還含有「可愛」的主觀意味: *small* children (年齡幼小的小孩子們)/cute *little* children (可愛的小孩子們). → big.

　2 〔聲音〕小的, 微弱的. The old man spoke in a *small* voice. 那老人聲音微弱地說話.

　〖數量少的〗 **3** 少的, 一點少的; 〔限定〕極少的,

幾乎沒有的, (little). a *small* sum of money 一點點錢/a *small* number of attendants 屈指可數的出席人數/live on a *small* income 靠微薄的收入過日子/The expense was *small*. 花費極少/She pays *small* attention to what people say. 她很少留意別人說甚麼/*Small* wonder that he thinks so. 他會這麼想並不意外(句首省略了 It is; 前面加上 some 可表示肯定的意思: It is a matter of some *small* concern. (這是件值得關切的事)).

　〖規模小的〗 **4** 小規模的, 簡單的. a *small* dinner party 簡單的晚餐會/a *small* farmer 小農, 農民/a *small* businessman 小商人/on a *small* scale 小規模地.

　5 〖顯得小的〗不重要的, 無關緊要的; 度量狹小的, 小氣的; 卑劣的. a *small* mistake 小錯誤/a *small*, nasty trick 卑鄙下流的花招/It's *small* of you to speak ill of your friends. 你講朋友的壞話是度量狹小.

　***fèel [lòok] smáll** 覺得渺小; 覺得臉上無光. The boss's criticizing me in front of my colleagues made me *feel small*. 老闆當著同事的面批評我讓我覺得臉上無光.

　***in a smàll wáy** 小規模地[的], 小巧地[的]; 適度地, 量力而為地. He keeps a toyshop *in a small way*. 他小本經營一家玩具店.

　***nò smáll** 不小的, 相當大的. a matter of *no small* importance 頗為重要的問題.

　── *adv.* **1** 小地, 細小地. Don't write so *small*. 不要(把字)寫得那麼小. **2** 小型地. **3** 小聲地.

　── *n.* **1** ⓤ (加the)細小部分(*of*). the *small* of the back 後腰(<背部最細的部分).

　2 《英、口》(small*s*)小件洗濯物(內衣, 手帕等).

smáll ád *n.* 《英》= want ad.

smáll árms *n.* (作複數)輕型武器(手槍, 步槍等).

smáll cálorie *n.* ⓒ《物理》小卡路里(把一公克水的溫度提高攝氏一度所需要的熱量).

smáll cápital *n.* ⓒ《印刷》小大寫字母, 小體大寫字母 参考 No NEWS is good news. 中的 NEWS 是 small capitals (請比較 No 中的 N).

smáll chánge *n.* ⓤ 零錢; 不重要的人[事].

smáll frý *n.* (作複數)《口》小人物, 小孩子.

small·hold·er [ˋsmɔl‚holdɚ; ˈsmɔːl‚həuldə(r)] *n.* ⓒ《英》小農(擁有小塊農田者或佃農).

small·hold·ing [ˋsmɔl‚holdɪŋ; ˈsmɔːl‚həuldiŋ] *n.* ⓒ《英》小塊耕地(通常在五十英畝以下).

smáll hóurs *n.* (作複數)深夜(從凌晨一點至四點左右; 源自1-4 數字).

smáll intéstine *n.* ⓒ (加the)《解剖》小腸.

*****smáll létter** *n.* ⓒ 小寫字母(↔ capital letter).

small-mind·ed [‚smɔlˋmaɪndɪd; ‚smɔːlˈmaindid] *adj.* 心胸狹窄的; 卑劣的.

small·ness [ˋsmɔlnɪs; ˈsmɔːlnis] *n.* ⓤ 小; 度

量狹窄.

small·pox [ˈsmɔlˌpɑks; ˈsmɔːlpɒks] n. Ⓤ《醫學》痘瘡, 天花.

small-scale [ˈsmɔlˌskel; ˈsmɔːlskeɪl] adj. **1** 小規模的. **2** 小比例尺的(地圖).

smáll tálk n. Ⓤ 聊天, 閒談. After some *small talk*, we got down to business. 我們聊了一會兒後便開始工作.

small-time [ˈsmɔlˈtaɪm; ˌsmɔːlˈtaɪm] adj. 《口》無關緊要的, 三流的. a *small-time* criminal 不成氣候的罪犯.

✱smart [smɑrt; smɑːt] adj. (~·er; ~·est)
〖劇痛的〗 **1** 〔痛苦等〕劇烈的, 刺[陣陣作]痛的; 〔處罰等〕嚴厲的. a *smart* blow 狠狠的一擊/He felt a *smart* pain in the side. 他感到側腹劇烈疼痛/receive a *smart* punishment 受到嚴厲的處罰.
〖有緊迫感的>有緊張感的〗 **2** 〔步伐等〕輕快的, 敏捷的. be *smart* at one's work 辦事敏捷/She walks at a *smart* pace. 她以輕快的步伐走路.
3 〔人, 言行〕伶俐的; 聰明的; 〔有時用於負面含義〕精明的, 狡猾的; 《口》自大狂妄的. a *smart* saying 機靈的言詞/Jim is *smart* at [in] math. 吉姆數學相當好/That salesman looks pretty *smart*. 那推銷員看起來相當精明[狡猾]. 同 smart 除了有 clever 的意思外, 還有敏捷的感覺. → clever.
4 〔外觀漂亮整潔的〕〔服裝, 人〕時髦的, 漂亮的. a *smart* cocktail dress 漂亮的小禮服/You look very *smart* in that new leather jacket. 你穿那件新的皮夾克看起來很時髦.
— n. Ⓤ **1** 疼痛, 刺痛.
2 悲傷, 苦惱; 憤慨.
— vi. (~s [~s; ~s]; ~ed [~ɪd; ~ɪd]; ~·ing)
1 〔口〕引起疼痛, 刺痛; 〔人〕感到劇痛. My eyes still *smart*. 我的眼睛仍然刺痛.
2 傷感情, 憤慨, 煩惱, 痛苦. Are you still *smarting* over [from] my remarks? 你還在為我的話感到難過嗎?
3 受報應, 遭殃, (*for*). I'll make you *smart for* this. 我會讓你為此付出代價的.

smart al·eck [al·ec] [ˈsmɑrtˌælɪk; ˈsmɑːtælɪk] n. Ⓒ《口》自作聰明的人, 傲慢自大的人.

smart·en [ˈsmɑrtn̩; ˈsmɑːtn̩] vt. **1** 使整潔, 使漂亮, (*up*). You had better *smarten* yourself *up* for the interview. 為了這次面試, 你最好將自己打扮整潔. **2** 使活潑, 使機靈, (*up*).
— vi. 〔人〕變得整潔漂亮.

smart·ly [ˈsmɑrtlɪ; ˈsmɑːtlɪ] adv. **1** 整潔地, 時髦地. **2** 活潑地, 敏捷地. **3** 精明地; 狡猾地. **4** 嚴厲地; 劇烈地, 厲害地.

smart·ness [ˈsmɑrtnɪs; ˈsmɑːtnɪs] n. Ⓤ
1 整潔, 時髦. **2** 精明. **3** 嚴厲.

✱smash [smæʃ; smæʃ] v. (~·es [~ɪz; ~ɪz]; ~ed [~t; ~t]; ~·ing) vt. 〖粉碎〗 **1** 打碎, 粉碎, (*up*). 句型5 (smash A B)把 A 砸成

B. *smash* a window 打碎一扇窗/*smash up* a toy 把玩具砸碎/*smash* a mirror *to* pieces 把鏡子砸得粉碎/*smash* a door open 把門砸開.
2 粉碎〔希望等〕; 使破滅. The error *smashed* all hopes of success. 那次的錯誤粉碎了所有的希望.
3 擊潰〔敵人等〕; 破除〔舊習〕, 打破〔紀錄〕, 打破. *smash* the enemy 擊潰敵人/*smash* an opponent in argument 推翻對手的論點/*smash* all traditions 破除所有的傳統.
〖痛擊〗 **4** 猛擊; 〔用劍等〕猛砍; 使相撞. *smash* a person on the head 猛擊某人的頭/He *smashed* his head *against* the door. 他用他的頭撞門.
5 猛扣〔球, 羽毛球〕《在打網球, 羽毛球等時用力向下擊球》.
— vi. **1** 粉碎; 〔希望等〕破滅; 《*up*》. The vase *smashed* to pieces. 那花瓶摔碎成碎片.
2 破產, 垮臺, 《*up*》.
3 猛撞, 猛擊, 《*into*》; 擊穿《*through*》. The sports car *smashed into* a truck. 那輛跑車猛撞上卡車.
— n. (pl. ~·es [~ɪz; ~ɪz]) Ⓒ **1** 破碎, 粉碎; 碎碎時的嘩啦聲. The plate fell to the floor with a *smash*. 那盤子嘩啦一聲地掉在地板上碎了.
2 破產, 倒閉; 失敗.
3 〔車輛, 火車等的〕猛撞; 墜落; 倒塌. He was badly injured in a high-speed *smash*. 他在一次高速撞擊的車禍中受了重傷.
4 〔網球等的〕高壓球.
5 =smash hit.
gò [**còme**] **to smásh** 《口》粉碎, 壓扁; 破產.
— adv. 啪一聲地, 嘩啦一響地; 不偏不倚地; 徹底地. The bus went *smash* into a tree. 那輛公車迎面撞上一棵樹.

smash-and-grab [ˌsmæʃənˈgræb; ˌsmæʃn̩ˈgræb] adj. 《主英》砸櫥窗搶東西的.

smashed [smæʃt; smæʃt] adj. 〔敘述〕《俚》喝醉的.

smash·er [ˈsmæʃɚ; ˈsmæʃə(r)] n. Ⓒ《主英, 口》了不起的人[物].

smásh hít n. Ⓒ (演出等) 非常的成功.

smash·ing [ˈsmæʃɪŋ; ˈsmæʃɪŋ] adj. **1** 〔打擊等〕猛烈的. a *smashing* blow 猛烈的一擊.
2 了不起的. a *smashing* victory 大勝利.

smash-up [ˈsmæʃˌʌp; ˈsmæʃʌp] n. Ⓒ **1** (火車等的) 嚴重撞車. **2** 慘敗; 大失敗; 倒閉, 破產.

smat·ter·ing [ˈsmætərɪŋ, -trɪŋ; ˈsmætərɪŋ] n. Ⓒ (通常用單數) 一知半解的知識. He has a *smattering* of French. 他略懂一點法語.

smear [smɪr; smɪə(r)] vt. **1** 塗上〔油, 油漆等〕 《*on, over*》; 塗上, 抹上, 《*with*》; 弄髒《*with*》. *smear* cream *on* one's face=*smear* one's face *with* cream 在臉上擦上乳霜.
2 把…弄得〔塗抹得〕模糊不清. The address on the parcel got *smeared* during delivery. 這包裹上的地址在運送中被弄得模糊不清了.
3 詆毀, 中傷.
— vi. 〔油漆等〕弄髒, 塗汙.
— n. Ⓒ **1** (油, 油漆等的) 汙跡, 汙斑.

2 中傷，詆毀.

sméar wòrd *n.* C (用以誹謗人的)綽號，標籤，《例: sexist (性別歧視者)，Bourbon (極端保守主義者)》.

✲smell [smɛl; smel] *v.* (~**s** [~z; ~z])《主美》~**ed** [~d; ~d]，《主英》**smelt**; ~**ing**) *vt.*
1 嗅，聞…的氣味. He *smelled* the wine. 他聞了聞酒.
2 (a)聞到，(因某種氣味而)察覺到; (因某種跡象而)感覺到; (★不用進行式). I *smell* gas. 我聞到瓦斯味/She *smelled* danger. 她感覺到有危險(的跡象)/Some people cannot *smell* certain odors. 有的人聞不到某些(特殊)的氣味/I could *smell* (that) she had been drinking. 我可以聞出她喝了酒. (b) 句型5 (smell **A** do*ing*)聞到A 在…. I can *smell* something *burning*. 我聞到東西燒焦的味道.
— *vi.* **1** 句型2 (smell **A**)有A 的氣味，散發A 味，有香味，(★不用進行式). Roses *smell* sweet. 玫瑰花馥郁芬芳/Rotten eggs *smell* bad. 腐爛的蛋散發臭味.
2 散發惡臭，發臭，(★不用進行式). The fish began to *smell*. 那條魚開始臭了/Your breath *smells*. 你有口臭.
3 散發特定氣味; 有特定氣味;《*of*》(★不用進行式). Babies' skin *smells of* milk. 嬰兒身上有股奶香/This deal *smells of* dishonesty. 這筆交易有詭詐的意味.
4 嗅，聞聞看，《*at*》; 嗅覺靈敏，有嗅覺. *smell at* the meat 聞一聞那塊肉.
smèll/.../óut 嗅出，查出.
— *n.* (*pl.* ~**s** [~z; ~z]) **1** U 嗅覺. Dogs have a keen sense of *smell*. 狗的嗅覺靈敏.
2 C (通常用單數)聞一下. take a *smell at* [*of*] a violet 聞一聞紫羅蘭花.
3 UC 氣味，香味，臭味. the *smell* of lilies 百合花的香味/have a nice *smell* [bad] 聞到好[不好]的氣味. 同 *smell* 為表示「氣味」之意最廣的詞，可用於表示芳香或臭味，但未加形容詞時(或是不及物動詞未加副詞時(→ *vi.* 2))多表示臭味; odor 雖有時表示香味之意，但多表示廁所等特定場所的臭味; aroma 為咖啡等香味濃郁的氣味; fragrance, perfume 為花等的甜美香味; scent 為動物等走後留下的微弱氣味或花的甜美芳香; 臭氣為 stench, stink.
|圖解| *adj.*+smell: a disagreeable ~ (難聞的味道)，a foul ~ (惡臭)，a good ~ (好聞的氣味)，a slight ~ (淡淡的味道)，a strong ~ (濃烈的味道)，a sweet ~ (香甜的味道).
4 |a U| 意味，嫌疑，《*of*》. There is a *smell* of dishonesty about this transaction. 這筆交易有詭詐的嫌疑.

smélling sàlts *n.* 《作複數》嗅鹽(一種碳酸銨).

smell·y [ˋsmɛlɪ; ˈsmeli] *adj.* (口)發臭的，有惡臭的.

smelt¹ [smɛlt; smelt] *v.* smell 的過去式、過去分詞.

smelt² [smɛlt; smelt] *vt.* 《冶金》冶煉; 精煉. *smelt* copper 煉銅.

---

smelt³ [smɛlt; smelt] *n.* (*pl.* ~, ~**s**) C《魚》胡瓜魚(產於歐洲的食用魚).

smelt·er [ˋsmɛltɚ; ˈsmeltə(r)] *n.* C 冶煉業者; 冶煉廠; 冶煉工; 冶煉爐.

smid·gen, smid·gin [ˋsmɪdʒən; ˈsmidʒən] *n.* 《主美、口》(a smidgen) 一點兒，微量，《*of*》.

✲smile [smaɪl; smail] *v.* (~**s** [~z; ~z])~**d** [~d; ~d]; **smil·ing**) *vi.* **1** 笑，露出笑容，微笑，《*at*》. Mike seldom *smiles*. 邁克難得露出笑容/Jane is always *smiling* happily. 珍總是笑得很開心/He *smiled* bitterly. 他苦笑了一下/The doctor *smiled at* the patient. 那位醫生對病人露出了微笑.
2 《幸運等》表示友好，微笑，降臨，《*on, upon*》. Fortune *smiled on* her. 幸運之神對她微笑了/The weather *smiled on* us. 我們遇到好天氣.
— *vt.* **1** 用微笑表示|同義等|. She *smiled* her approval. 她微笑表示同意.
2 (smile a...smile) 露出…的笑容. *smile a* happy *smile* 露出愉快的笑容/He *smiled a smile* of contempt. 他輕蔑地笑了笑.
3 用笑來忘掉|悲傷等|; 以微笑帶來…. Jim *smiled* his sadness *away*. 吉姆以微笑忘卻悲傷/She *smiled* her husband *into* a good humor. 她以笑容使丈夫心情好了起來.
— *n.* (*pl.* ~**s** [~z; ~z]) C 微笑，笑容，笑顏; (幸運等的)降臨. with a *smile* 以微笑/He entered the room with a proud *smile* on his face. 他臉上帶著得意的微笑進入房間/Bob was all *smiles* when he heard of the birth of his son. 當鮑伯聽到兒子的誕生時，他滿面笑容/the *smiles* of fortune 幸運的來臨. 同 smile 指不發出聲音，嘴唇幾乎不張開而嘴角向兩邊咧開的表情; → laugh.
|圖解| *adj.*+smile: a bright ~ (燦爛的笑容)，a faint ~ (淡淡的笑容)，a friendly ~ (親切的笑容)，a happy ~ (快樂的笑容) // *v.*+smile: give a ~ (報以微笑)，wear a ~ (掛著微笑).

smil·ing [ˋsmaɪlɪŋ; ˈsmailiŋ] *v.* smile 的現在分詞，動名詞.

smil·ing·ly [ˋsmaɪlɪŋlɪ; ˈsmailiŋli] *adv.* 微笑地.

smirch [smɝtʃ; smɜːtʃ] *vt.* 《文章》**1** (用污泥等)弄髒. **2** 詆毀|名聲等|.
— *n.* C 污跡; 污點，壞名聲，《*on, upon*》.

smirk [smɝk; smɜːk] *vi.* (得意洋洋地/傻地)作態地笑.
— *n.* C 裝腔作勢的笑.

smite [smaɪt; smait] *vt.* (~**s**; **smote**; **smit·ten**, 《美》**smote**; **smit·ing**) **1** 《主雅》|良心等|指責，責備; |疾病，災難等|侵襲. be *smitten* by remorse 感到後悔不已.
2 |美人，魅力等|打動(通常用被動語態). He was all *smitten* by [with] her beauty. 他完全被她的美貌迷住了.

Smith [smɪθ; smiθ] *n.* **Adam** ~ 亞當‧史密斯 (1723-90)《英國經濟學家;《國富論》的作者》.

smith [smɪθ; smɪθ] n. C 金屬工匠; (特指)鐵匠. ★通常與其他的字構成複合字; → black*smith*, gold*smith*.

smith·er·eens [ˌsmɪðəˋrinz; ˌsmɪðəˈriːnz] n. 《作複數》(口)碎片, 粉碎. smash a vase *to* [*into*] *smithereens* 把花瓶砸得粉碎.

smith·y [ˋsmɪθɪ, ˋsmɪðɪ; ˈsmɪðɪ] n. (pl. **smith·ies**) C 鍛冶工廠.

smit·ten [ˋsmɪtn̩; ˈsmɪtn̩] v. smite 的過去分詞.

***smock** [smɑk; smɒk] n. (pl. ~**s** [~s; ~s]) C (穿在衣服外面的)罩衣, 工作服; (主要為幼兒穿的)罩衫.

[smocks]

smock·ing [ˋsmɑkɪŋ; ˈsmɒkɪŋ] n. U (衣服等的)衣褶, 褶飾.

***smog** [smɑg; smɒg] n. (pl. ~**s** [~z; ~z]) UC 煙塵, 煙霧, 《源自 smoke+fog》. photochemical *smog* 光化學的煙霧.

smog·gy [ˋsmɑgɪ; ˈsmɒgɪ] adj. 煙霧彌漫的.

‡**smoke** [smok; sməʊk] n. (pl. ~**s** [~s; ~s])

1 UC 煙. I see *smoke* coming out of the chimneys. 我看見煙從煙囪冒出來/He was gone like *smoke*. 他一溜煙地(飛快地)不見了/We saw volumes of *smoke*. 我們看到滾滾濃煙/There is no *smoke* without fire. 〔諺〕無火不起煙[事出必有因]《諺言必定會有根據; 亦可作 Where there's *smoke*, there's fire.》.

2 UC 煙霧般的東西(霧, 熱氣, 塵埃等).

3 C (香菸的)抽一根菸; (口)(一根, 菸斗的)菸. have a quiet *smoke* after dinner 飯後悠然地抽支菸.

4 UC 虛幻的事物, 塵煙幻夢. His hopes proved to be *smoke*. 他的願望終究是場夢.

ènd (úp) in smóke 〔計畫等〕泡湯.

gò úp in smóke (燒)成灰; 泡湯. The house *went up in smoke*. 那房子被燒毀了/Our plans *went up in smoke* when we ran out of money. 當我們的資金花光時, 我們的計畫也泡湯了.

— v. (~**s** [~s; ~s]; ~**d** [~t; ~t]; **smok·ing**) vi.

1 冒煙; 煙霧瀰漫, 煙燻; (煙霧般地)冒熱氣, 冒水蒸氣. The chimney is *smoking*. 那煙囪正在冒煙/Damp paper *smokes* before bursting into flame. 潮濕的紙在燃燒前直冒煙/The fireplace *smokes*. (因煙囪堵塞)壁爐冒出煙來/The valley lay *smoking* in the dawn light. 那座山谷在晨曦中

煙霧瀰漫.

2 吸菸, 抽菸. Fewer and fewer people *smoke* nowadays. 最近愈來愈少人抽菸.

— vt. 【抽菸】**1** 抽, 吸, 〔菸, 鴉片等〕. *smoke* a cigar 抽雪茄/*smoke* a pipe 抽菸斗.

【燻】**2** 燻製. *smoke* a ham 燻製火腿.

3 燻; 燻黑; 煙燻, *smoked* glass 燻黑的玻璃《表層用煤煙燻黑, 用以直視太陽》.

smòke/.../óut (1)用煙燻出[蟲子等]; 用煙燻消滅〔場所〕. *smoke* cockroaches *out* 用煙把蟑螂燻出來. (2)把…(從隱藏處等)引出來, 使公開; 找出來.

smoke·less [ˋsmoklɪs; ˈsməʊklɪs] adj. 無煙的.

smok·er [ˋsmokɚ; ˈsməʊkə(r)] n. C **1** 吸菸者, 抽菸的人. a heavy *smoker* 老菸槍.

2 (口)＝smoking car [carriage]; ＝smoking compartment.

smóke scrèen n. C (軍事)煙幕; (用以隱瞞真正意圖的)偽裝.

smoke·stack [ˋsmok͵stæk; ˈsməʊkstæk] n. C (工廠, 輪船的)煙囪/(美)蒸汽機的煙囪.

‡**smok·ing** [ˋsmokɪŋ; ˈsməʊkɪŋ] v. smoke 的現在分詞、動名詞.

— n. U **1** 吸菸. *Smoking* can damage your health. 吸菸有害健康/No *smoking*. ＝*Smoking* prohibited. 禁止吸菸《告示》.

2 《形容詞性》吸菸用的, 可以吸菸的. a *smoking* room 吸菸室.

— adj. **1** 冒氣的, 冒煙的.

2 《副詞性》冒著氣地. *smoking* hot bread (剛烤好的)熱騰騰的麵包.

● —— 主要的英語告示

(1)僅是名詞的:

  Entrance 入口　Exit 出口　Detour 繞道　Information 詢問處, 服務臺

(2)由名詞和形容詞、副詞等構成的:

  Admission free 免費入場　Entrance free 免費入場　Adults only 謝絕未成年人　Danger ahead! 前方危險!　Hands off! 請勿觸摸!　Fresh Paint (英)＝Wet Paint 油漆未乾

(3)形容詞或過去分詞的:

  Closed 打烊　Open 營業中　Reserved 預定席　Sold out 售完

(4)祈使句的:

  Keep to the left 靠左行駛　Keep right 靠右行駛　Keep off the grass 勿踐踏草坪　Watch your step 小心腳步　Do not disturb 請勿打擾　Keep out 禁止入內

(5)NO+... 的:

  No smoking 請勿吸菸　No passing 禁止超車　No trespassing 不得穿越　No parking 禁止停車　No entrance 禁止進入　No dogs allowed 狗不准入內

---

smóking càr n. C (美)(火車上的)吸菸車廂.

smóking càrriage n. (英)＝smoking car.

smóking compàrtment *n.* C (車輛內的)吸菸室.

smóking jàcket *n.* C (男子穿的別緻的)家居便服(昔日吸菸等時穿著).

smok·y [`smokɪ; 'sməʊkɪ] *adj.* **1** 冒煙的, 燻煙的; 煙霧瀰漫的. a *smoky* fireplace 冒煙的壁爐. **2** 似煙的; (顏色)煙灰色的, 燻黑的; (味道)有煙味的.

smol·der [`smoldə; 'sməʊldə(r)] (美) *vi.* **1** (火, 木柴等)無火苗地冒煙, 悶燒. **2** (不滿等)受壓抑, (在心中)悶悶不樂. *smoldering* discontent across the country 遍及全國受壓抑的不滿情緒／Her eyes were *smoldering* with anger. 她的眼睛充滿著怒火.
— *n.* C (通常用單數)無火苗的冒煙, 悶燒.

smooch [smutʃ; smuːtʃ] *vi.* (口)摟抱親吻.

❋**smooth** [smuːð; smuːð] (★ th 發 [ð; ð]) *adj.* (~·er; ~·est)
〖光滑的〗 **1** (表面)光滑的, 平滑的; 無凹凸不平的, 平坦的; 滑溜的, (頭髮等)梳理過的; (⇄ rough). (as) *smooth* as marble (大理石般)極光滑的／This cloth feels *smooth*. 這塊布質感光滑／a *smooth* road 平坦的道路／a *smooth* face 無皺的臉. **2** (動作等)圓滑的; (事物)順利的, 無障礙的, (航海等)平穩的. We had some rough seas, but mostly it was *smooth* sailing. 雖然我們有時遇到海浪洶湧, 但大致上這是一次平穩的航行; 雖我們有一些困難, 但事情還算進展得很順利／His path has always been *smooth*. 他的路一直很平穩(平順地走過來了).
〖待人接物圓融的〗 **3** 〔態度等〕溫和的, 平和的; 世故的, 圓滑的, 會說話的. have a *smooth* temper 性情温和／*smooth* manners 圓通的態度／a *smooth* talker 說話圓滑的人. **4** 〔文體, 言辭等〕流利的, 流暢的; 〔音色〕圓潤的, 和諧悅耳的; 〔飲料〕爽口的. have a *smooth* tongue 口齒伶俐／*smooth* wine 醇酒.
— *v.* (~s [~z; ~z]; ~ed [~d; ~d]; ~·ing) *vt.* **1** 使平滑, 弄平, 把(布)燙平, 把(皺褶)弄平, (out); 梳平(頭髮)(down). *smooth* a board with sandpaper 用砂紙把板子磨平／*smooth* out handkerchiefs with an iron 用熨斗把手帕燙平. **2** 使順利, 使平穩; 使(怒氣等)平息, 使安詳. Your help *smoothed* our path to success. 你的幫助使我們平穩地邁向成功之路.
— *vi.* 變光滑, 變平滑; 變平穩, 變緩和, (down).
smòoth/.../awáy 把(皺褶)弄平; 去除(困難等).
smòoth/.../óver 掩飾, 庇護, (錯誤等); 圓滿解決(困難的局面). We tried to *smooth* over the mistrust between the two sides. 我們設法紓解雙方間的相互猜忌.
— *adv.* =smoothly.

smooth·ie [`smuðɪ; 'smuːðɪ] *n.* C (口)善於逢迎的傢伙.

smooth·ly [`smuðlɪ; 'smuːðlɪ] *adv.* **1** 光滑地, 平滑地; 圓滿地, 順利地. **2** 流暢地; 圓滑地.

smooth·ness [`smuðnɪs; 'smuːðnɪs] *n.* U

1 光滑; 順利. **2** 圓通, 圓滑; 爽口; 悅耳.

smooth·y [`smuðɪ; 'smuːðɪ] *n.* (*pl.* **smooth·ies**) (口)=smoothie.

smor·gas·bord [`smɔrgəs,bɔrd; 'smɔːgəsbɔːd] (瑞典語) *n.* UC 自助餐(北歐料理); C (歐式)自助餐廳.

smote [smot; sməʊt] *v.* smite 的過去式及(美)過去分詞.

smoth·er [`smʌðə; 'smʌðə(r)] *vt.*
〖使窒息〗 **1** 使窒息(死), 使透不過氣. The baby was accidentally *smothered* under the pillow. 那嬰兒意外地在枕頭下悶死了／The smog is *smothering* me. 這濃煙令我透不過氣.
〖撲滅, 壓制〗 **2** (用灰等)把(火)悶熄, 撲滅. *smother* a fire with sand 用沙子把火撲滅. **3** 抑制(感情等); 憋住(呵欠等). *smother* one's anger [a yawn] 壓抑怒火[忍住呵欠]. **4** 掩飾(罪行等), 使含糊不清; 擱置(事實, 回答等); (up). *smother* (up) a scandal 掩飾醜聞.
〖完全地覆蓋〗 **5** 完全地覆蓋[包裹](with, in). a steak *smothered with* mushrooms 覆蓋著蘑菇的牛排／The gift was *smothered in* wrapping paper. 禮品以包裝紙包裝. **6** 令人喘不過氣(with, in). Jane *smothered* her dear child *with* kisses. 珍熱烈地吻著她的寶貝孩子(吻得小孩透不過氣來).
— *vi.* 窒息(死亡), 透不過氣.
— *n.* a U (令人窒息的)濃霧, 濃煙(塵埃等)(of).

smoul·der [`smoldə; 'sməʊldə(r)] (主英) *v.*, *n.* =smolder.

smudge [smʌdʒ; smʌdʒ] *vt.* **1** 弄髒, 塗污; 玷污(名譽等). The signature on the letter was *smudged*. 信上的署名被弄髒了. **2** (美)用煙燻(果園等)(為了驅蟲, 防止霜凍).
— *vi.* 被弄髒, 留下污跡; (墨水)滲開.
— *n.* C **1** 污垢, 污點, 污跡. **2** (美)(驅蟲, 防止霜凍的)燻煙.

smug [smʌg; smʌg] *adj.* 沾沾自喜的, 自鳴得意的; 裝模作樣的. *smug* optimism 自我陶醉的樂觀主義.

smug·gle [`smʌgl; 'smʌgl] *vt.* (~s; ~d; -gling) **1** 走私; 走私入境, 偷渡入境, (into); 走私出境, 偷渡出境, (out of). *smuggle in* [*out*] cocaine 走私挾帶古柯鹼入[出]境(★ in, out 為副詞). **2** 偷偷帶進(in), 偷偷帶出(out).

smug·gler [`smʌglə; 'smʌglə(r)] *n.* C 走私者; 走私船.

smug·ly [`smʌglɪ; 'smʌglɪ] *adv.* 自鳴得意地.

smug·ness [`smʌgnɪs; 'smʌgnɪs] *n.* U 自命不凡, 自鳴得意.

smut [smʌt; smʌt] *n.* **1** UC (一點)煤塵, 煤灰; 污點. **2** U (麥子等的)黑穗病. **3** U (口)淫詞穢語, 淫穢作品. talk *smut* 講下流話.
— *vt.* (用煤塵等)弄髒, 弄黑.

smut·ty [`smʌtɪ; 'smʌtɪ] *adj.* **1** 弄髒的, 煤煙

燻黑的, 煤灰色的. **2** 《口》淫穢的, 下流的.

Sn 《符號》tin.

*snack [snæk; snæk] n. (pl. ~s [~s; ~s]) © (主要指兩頓飯之間的)小吃, 點心, (→ meal¹ 〖參考〗). Let's drop into this café for a snack. 我們到這家小吃店裡吃些點心吧!
—— vi. 《美》吃快餐[點心].

snáck bàr n. © 快餐店, 小吃店.

snag [snæg; snæg] n. © **1** (深埋水底的)水中沈木, 暗樁, (阻礙航行).

2 《主英》意外的障礙, 阻撓. hit [strike] a snag 遇到意外的障礙.

3 (衣服等的)裂口, (絲襪等的)裂開處, 抽絲處.
—— vt. (~s; ~ged; ~ging) **1** (鉤在釘子等上)使鉤破. **2** 《美·口》揪住, 抓住.

*snail [snel; sneɪl] n. (pl. ~s [~z; ~z]) © **1** (動物)蝸牛. (as) slow as a snail 慢如蝸牛.

2 行動遲緩的人, 懶鬼.

at a snàil's páce [gállop] 《口》慢吞吞地.

*snake [snek; sneɪk] n. (pl. ~s [~s; ~s]) © **1** (動物)蛇(體型較 serpent 小). Snakes coil. 蛇盤成一團.

2 (蛇般)陰險[狡猾]的人. ⇨ adj. **snaky**.

a snàke in the gráss 潛伏的危險; 不誠實的朋友.
—— vi. 彎曲, (河流等)曲折蜿蜒. Pipes snaked all around the ceiling. 天花板裡到處都是彎彎曲曲的管線.

snàke one's wáy 曲折前進, 蛇行.

snàkes and ládders n. ⓤ 一種雙陸棋遊戲, 棋子走到蛇頭的格子時要退至蛇尾的格子, 走至梯腳的格子時可進至梯頂的格子.

snáke chàrmer n. © (印度等的)耍蛇人.

snake-skin [`snek͵skɪn; ˈsneɪkskɪn] n. © 蛇皮. ⓤ(加工, 工藝用的鞣過的)蛇皮革.

snak·y [`snekɪ; ˈsneɪkɪ] adj. **1** 蛇(般)的; 蜿蜒的. a snaky river 彎彎曲曲的河流.

2 多蛇的. a snaky forest 多蛇的森林.

3 陰險的, 狡猾的. ⇨ n. **snake**.

*snap [snæp; snæp] v. (~s; ~s; ~s; ~ped [~t; ~t]; ~ping) vi. 〖響亮地發出聲音〗 **1** (a)發出啪嗒[吧嗒, 劈啪]聲. The whip snapped sharply across the horse's flank. 鞭子打在馬腹上發出劈啪聲/The door snapped to. 門砰地一聲關上了(★ to 為副詞). (b)咔嚓一聲折斷, (線等)啪地繃斷(off); 精神崩潰, (精神上)不堪負荷. The flag pole snapped off at the base. 旗桿在底部咔嚓一聲折斷了/The cord snapped when I pulled it tight. 我一拉緊繩子它就啪嗒一聲斷掉了.
(c) 〖句型2〗(snap A)啪地一聲成 A. The lock snapped shut. 鎖咔嚓一聲鎖上了.
〖有氣勢地做動作〗 **2** 急速地做動作. The soldiers snapped to attention. 戰士們啪地一聲立正.

3 (猛地張嘴)咬(at). The fish snapped at the

bait. 魚猛地咬餌.

4 (樂於)接受(at 〖好事等〗). The boy snapped at the opportunity to go abroad. 那男孩馬上抓住了這個出國的機會.

5 「反咬」, 大聲嚴厲訓斥, (at). The angry man snapped at everyone. 那個憤怒的男人對每個人大罵.
—— vt. **1** (a)使啪嗒[吧嗒, 劈啪]作響; 使發出啪嗒一聲關上[打開][蓋子等]. snap the switch off [on] 吧嗒一聲打開[關掉]開關/snap the light on 吧嗒一聲把電燈打開/snap down the lid of a box 吧嗒一聲關上箱蓋. (b)使咔嚓一聲; 咔嚓一聲把棍子折成兩截. snap a stick in two 咔嚓一聲把棍子折成兩截. (c) 〖句型5〗(snap A B)使發出啪嗒聲地把 A 弄成 B. snap a suitcase shut 啪地一聲關上手提箱.

2 (猛地張嘴)咬; 咬斷(off). A shark snapped the man's leg off. 鯊魚撕裂了那男子的腿.

3 厲聲說[話等](out). snap out orders 厲聲命令.

4 《口》拍攝[照片]; 給…拍快照.

snáp one's fíngers at... 對著…彈手指(表示輕蔑或引起注意的動作); 輕視, 蔑視.

snàp a pérson's nóse [héad] òff 《口》粗魯地打斷某人的談話; 責罵某人.

snàp óut of it 《口》振作起精神, 恢復過來.

snàp to it 《口》加緊做, 做做.

snáp/.../úp 抓住不放…, 馬上接受…; 搶奪…, 攫取…. The cheapest articles were snapped up. 最便宜的商品一下子就被搶光了.
—— n. (pl. ~s [~s; ~s]) **1** 啪嗒[吧嗒, 劈啪]聲; 咔嚓一聲(斷裂), 啪嗒一聲(繃斷). Mother closed her purse with a snap. 母親啪嗒一聲合上了手提包.

2 © (張開嘴)猛咬. The dog made a snap at the meat. 狗猛地咬那塊肉.

3 © (天氣的)急變, (特指)一時的寒冷. a cold snap 驟冷.

4 ⓤ 《口》活力, 勁力. Students do not seem to have much snap these days. 這些天來學生們都提不起勁來.

5 © 按扣, 扣環, (一按便能扣上的扣子). close the snaps on the suitcase 扣上手提箱的扣環.

6 © 快照(snapshot). These are some snaps I took on vacation. 這些是我在度假中拍的照片.

7 © 脆餅乾(通常構成複合字). ginger snaps 薑汁脆餅.

8 © (用單數)《美·口》好辦的事. The test was a snap. 考試很簡單.

in a snáp 馬上.

nòt (càre) a snáp 一點也不(在意).
—— adj. 《限定》〖決斷〗馬上的, 迅速的; 突然的. a snap judgment 迅速的判斷.
—— adv. 啪嗒一聲地; 咔嚓一聲, 啪一聲地. Snap went the stick. 棒子咔嚓一聲折斷了.

snap·drag·on [`snæp͵drægən; ˈsnæpˌdrægən] n. © 金魚草(元參科園藝植物).

snáp fàstener n. © 《主美》(衣服等的)按扣《成對的凹凸形的金屬扣子》.

snap·pish [ˋsnæpɪʃ; ˊsnæpiʃ] *adj.* 〔狗等〕好咬人的;〔人〕厲聲說話的, 沒好氣的.

snap·pish·ly [ˋsnæpɪʃlɪ; ˊsnæpiʃli] *adv.* 大聲嚴厲地, 沒好氣地.

snap·py [ˋsnæpɪ; ˊsnæpi] *adj.* **1** 〔火等〕劈啪作響的. **2** 《口》生氣勃勃的, 敏捷活潑的. **3** 《口》時髦的, 漂亮的.
Màke it snáppy! =《英》*Lóok snáppy!* 《口》乾脆一點! 趕快!

****snap·shot** [ˋsnæpˌʃɑt; ˊsnæpʃɔt] *n.* (*pl.* ~**s** [~s; ~s]) ⓒ快照. Mr. Green took a *snapshot* of his son. 格林先生給他兒子拍了一張快照.

snare [snɛr, snær; sneə(r)] *n.* ⓒ **1** (捕捉動物的)陷阱(一種繩子套住動物的腳後會勒緊的裝置). lay *snares* for a hare 為捕捉野兔設陷阱.
2 (人容易陷入的)陷阱, 圈套. The enemy fell right into our *snare*. 敵人中了我們設下的圈套.
— *vt.* **1** 用陷阱捕捉; 使入圈套, 誘惑.
2 《口》取得.

snarl[1] [snɑrl; snɑːl] *vi.* **1** 〔狗等〕(齜牙咧嘴)對…嗥叫(*at*). The big dog *snarled* at the salesman. 那隻大狗對著推銷員狂吠.
2 大聲嚴厲地說, 咆哮(*at*).
— *vt.* 咆哮著說.
— *n.* ⓒ嗥叫聲; 吼叫, 咆哮. in an angry *snarl* 怒吼著.

snarl[2] [snɑrl; snɑːl] *n.* ⓒ (通常用單數) **1** (頭髮, 線等的)纏結. **2** 混亂. a terrific traffic *snarl* 交通嚴重堵塞.
— *vt.* 使纏結; 使〔交通等〕混亂(*up*);《通常用被動語態》.
— *vi.* 纏結; 混亂.

snarl-up [ˋsnɑrlˌʌp; ˊsnɑːlʌp] *n.* ⓒ (交通等的)堵塞, 擁擠, 混亂.

****snatch** [snætʃ; snætʃ] *vt.* (~**es** [~ɪz; ~ɪz]; ~**ed** [~t; ~t]; ~**ing**) **1** 奪走, 搶奪, 一把抓走. The thief *snatched* her purse and ran. 小偷一把搶過她的手提包就跑/The princess was *snatched* away [off] by fairies. 公主被小妖精們捉走了.
回較 grab 更加迅速猛烈; → catch.
2 (看準機會)迅速把…抓住; 抓緊時間(吃飯, 休息等). The youth *snatched* a kiss from the girl. 那個年輕人出其不意地吻了那女孩一下/*snatch* a victory out of defeat 敗部復活/*Snatching* meals is bad for your digestion. 狼吞虎嚥有害消化.
snátch at... (1)奪取, 抓住…. He *snatched* at the rock too late and fell. 他想抓住岩石, 但沒來得及就摔了下去. (2)迅速接受(建議等). *snatch* at an offer [a chance] 馬上接受提議[一把抓住機會].
— *n.* ⓒ **1** 奪取, 搶奪. make a *snatch* at a bag 搶包包. **2** (通常 snatches)小片; (歌曲, 話語等的)片段; (工作的一段落. gather little *snatches* of information 收集零星的情報/work in *snatches* 斷斷續續地工作.

snatch·er [ˋsnætʃɚ; ˊsnætʃə(r)] *n.* ⓒ搶賊, 搶犯.

snaz·zy [ˋsnæzɪ; ˊsnæzi] *adj.* 《口》時髦的, 瀟灑的.

****sneak** [snik; sniːk] *v.* (~**s** [~s; ~s]; ~**ed** [~t; ~t], ~**ing**) *vi.* 《通常加副詞(片語)》偷偷地行動. *sneak* about 鬼鬼祟祟地走來走去/*sneak* away 溜走/*sneak* in by the back door 偷偷地從後門潛入/*sneak* out of the room 偷偷地溜出房間/He *sneaked* up on the thief and grabbed his collar. 他悄悄地走到小偷身邊抓住了他的衣領.
— *vt.* **1** (通常加副詞(片語))偷偷地放入[拿出]. The man *sneaked* the bird under his coat. 那男子偷偷地把鳥藏到大衣下.
2 《俚》順手牽羊, 偷竊.
— *n.* ⓒ **1** 鬼鬼祟祟的人, 卑鄙的人.
2 =sneak thief.

****sneak·ers** [ˋsnikɚz; ˊsniːkəz] *n.* 《作複數》《美》(橡膠底的)運動鞋, 帆布鞋, (《英》trainers).

sneak·ing [ˋsnikɪŋ; ˊsniːkiŋ] *adj.* **1** 偷偷摸摸的, 卑鄙的, 畏畏縮縮的.
2 《限定》〔感情等〕祕密的, 難以啟齒的.

sneak·ing·ly [ˋsnikɪŋlɪ; ˊsniːkiŋli] *adv.* 偷偷摸摸地; 暗中地.

snéak thíef *n.* ⓒ (乘人不在家時進屋行竊的)小偷.

sneak·y [ˋsnikɪ; ˊsniːki] *adj.* 《口》偷偷摸摸的; 陰險的.

****sneer** [snɪr; sniə(r)] *v.* (~**s** [~z; ~z]; ~**ed** [~d; ~d]; **sneer·ing** [ˋsnɪrɪŋ; ˊsniəriŋ]) *vi.* 譏笑, 嘲笑, 冷笑, (*at*). They *sneered* at the prophet's warning. 他們嘲笑預言家的警告.
— *vt.* 嘲笑著說出.
— *n.* (*pl.* ~**s** [~z; ~z]) ⓒ 譏笑, 嘲笑, (→ laugh 同); 輕視人的表情. He curled his lip in a *sneer*. 他不屑地撇了撇嘴.

sneer·ing·ly [ˋsnɪrɪŋlɪ; ˊsniəriŋli] *adv.* 嘲笑地, 冷笑地.

****sneeze** [sniz; sniːz] *vi.* (**sneez·es** [~ɪz; ~ɪz]; ~**d** [~d; ~d]; **sneez·ing**) 打噴嚏. Cover your mouth when you *sneeze*! 打噴嚏時請捂住嘴!/"God bless you!" said the old man when the boy *sneezed*. 當那男孩打噴嚏時, 老人就說:「願上帝保佑你!」(但願打噴嚏的人不要發生不吉利的事就說(God) bless you! 是自古以來的習慣).
參考 打噴嚏的聲音為 atchoo, atishoo.
nòt to be snéezed at 《口》不可小看, 相當不錯. Such a job offer is *not to be sneezed at*. 這樣的工作機會不可小看.
— *n.* (*pl.* **sneez·es** [~ɪz; ~ɪz]) ⓒ噴嚏. *Sneezes* are often a sign of a cold. 打噴嚏往往是感冒的症狀.

snick [snɪk; snɪk] *vt.* 刻細痕於…之上.
— *n.* ⓒ刻痕, 切口.

snick·er [ˋsnɪkɚ; ˊsnɪkə(r)] *vi.* 《主美》竊笑, 暗笑, (*at*).
— *n.* ⓒ竊笑, 暗笑.

snide [snaɪd; snaɪd] *adj.* 惡毒的, 奚落的. a *snide* remark 惡毒的話.

*****sniff** [snɪf; snɪf] *v.* (~s [~s; ~s]; ~ed [~t; ~t]; ~ing) *vi.* **1** (出聲地)嗅((*at*)). The dog *sniffed at* the stranger. 那條狗嗅了嗅那陌生人.

2 吸鼻子, 呼呼地吸氣. People with hay fever often *sniff* and sneeze. 患乾草熱的人老是又吸鼻子又打噴嚏.

3 呼呼地以鼻吸氣(輕蔑, 不相信的動作); 嗤之以鼻, 蔑視((*at*)).

— *vt.* **1** (從鼻子)吸進; 聞氣味. The cook *sniffed* the soup. 廚師聞了聞湯.

2 發覺, 覺察出.

sniff/.../*óut* ((口))(1)〔動物等〕嗅出…的氣味; 找出〔東西, 犯人等〕. (2)感到, 嗅出, 〔危險, 原因等〕.

— *n.* (*pl.* ~s) C **1** 嗅聞; 呼呼的吸氣聲. take a *sniff* of 聞…的氣味. **2** 嗤之以鼻.

snif·fle [ˈsnɪfl; ˈsnɪfl] *vi.* 咻咻地吸鼻子, 抽鼻子.

— *n.* C **1** 呼呼的吸氣聲. **2** ((口))(the sniffles) (輕微)感冒; 鼻炎.

sniff·y [ˈsnɪfɪ; ˈsnɪfɪ] *adj.* ((口)) **1** 傲慢的, 藐視的. **2** ((英))臭的, 衝鼻的.

snig·ger [ˈsnɪgə; ˈsnɪgə(r)] ((主英)) *v., n.* = nicker.

snip [snɪp; snɪp] *v.* (~s; ~ped; ~ping) *vt.* 用剪刀剪, 剪斷, *snip* a string 把帶子剪斷/*snip* the ends off 把末端剪掉.

— *vi.* 剪.

— *n.* C **1** 剪; (剪刀的)咔嚓聲.

2 剪下的碎片, 片段; 少量(bit).

3 (通常用單數)((英, 口))特價品.

snipe [snaɪp; snaɪp] *n.* (*pl.* ~s, ~) C (鳥)鷸.

— *vi.* 獵捕鷸; 狙擊((*at*)).

snip·er [ˈsnaɪpə; ˈsnaɪpə(r)] *n.* C 狙擊手; 放冷槍的人.

snip·pet [ˈsnɪpɪt; ˈsnɪpɪt] *n.* C 切下的碎片; (知識, 消息等的)片段.

snitch [snɪtʃ; snɪtʃ] ((口)) *vi.* 告密, 告發, ((*on*)).

— *vt.* 擅取, 偷, 〔不太值錢的東西〕.

— *n.* C 告密者.

[snipe]

sniv·el [ˈsnɪvl; ˈsnɪvl] *vi.* (~s; ((美)) ~ed, ((英)) ~led; ((美)) ~ing, ((英)) ~ling) **1** 流鼻涕; 吸鼻子. **2** 抽噎; 哭訴.

snob [snɑb; snɒb] *n.* C 勢利小人, 媚上欺下的人, ((對財富和地位等非常關心, 仿效職位比自己高的人的生活方式, 不喜歡與社會階低的人來往的人)).

snob·ber·y [ˈsnɑbərɪ; ˈsnɒbərɪ] *n.* (*pl.* -ber·ies) U snob 的生活方式, 勢利性格, 裝紳士的架子; C (通常 snobber*ies*)勢利的言行.

snob·bish [ˈsnɑbɪʃ; ˈsnɒbɪʃ] *adj.* 勢利的, 裝派頭的.

snob·bish·ly [ˈsnɑbɪʃlɪ; ˈsnɒbɪʃlɪ] *adv.* 勢利地, 裝派頭地.

snob·bish·ness [ˈsnɑbɪʃnɪs; ˈsnɒbɪʃnɪs] *n.* U 擺紳士架子, 勢利性格.

snood [snud; snuːd] *n.* C (女子的)髮網.

snook [snuk, snʊk; snuːk] *n.* C ((英))(通常用於下列片語)

còck a snóok at... (用拇指頂著鼻尖展開其餘四指)對…表示輕蔑.

snook·er [ˈsnukə; ˈsnuːkə(r)] *vt.* ((口))阻礙((常用被動語態)).

— *n.* U 司諾克(一種落袋撞球).

snoop [snup; snuːp] *vi.* ((口))窺視; 偷偷地到處窺探((*around*)); 偵察, 打探, ((*into*)).

— *n.* C 窺探者; 窺探.

[cock a snook]

Snoop·y [ˈsnupɪ; ˈsnuːpɪ] *n.* 史努比(美國漫畫(C. M. Schulz 所畫的 *Peanuts* 中可愛逗趣的小狗)).

snoot·i·ly [ˈsnutɪlɪ; ˈsnuːtɪlɪ] *adv.* ((口))目中無人地.

snoot·y [ˈsnutɪ; ˈsnuːtɪ] *adj.* ((口))高傲自大的, 目中無人的.

snooze [snuz; snuːz] ((口)) *vi.* 小睡, 打盹.

— *n.* C (通常用單數)小睡, 打盹.

*****snore** [snor, snɔr; snɔː(r)] *vi.* (~s [~z; ~z]; ~d [~d; ~d]; snor·ing [ˈsnorɪŋ; ˈsnɔːrɪŋ])打鼾. People who are drunk *snore* loudly. 喝醉的人鼾聲如雷.

— *n.* (*pl.* ~s [~z; ~z]) C 鼾聲. His loud *snores* woke me up. 他那如雷的鼾聲吵醒了我.

snor·er [ˈsnorə, ˈsnɔrə; ˈsnɔːrə(r)] *n.* C 打鼾者.

snor·kel [ˈsnɔrkl; ˈsnɔːkl] *n.* C 水下呼吸管(浮潛時用來呼吸的管子; 一端啣在嘴中, 一端露出水面); (潛水艇的)水下通氣管.

— *vi.* 使用水下呼吸管浮潛.

*****snort** [snɔrt; snɔːt] *v.* (~s [~s; ~s]; ~ed [~ɪd; ~ɪd]; ~ing) *vi.* **1** (馬等)從鼻孔噴氣; (蒸氣火車等)發出很大的噴汽聲. The horse stood up on its hind legs and *snorted*. 那匹馬用後腿直立起來呼嚕呼嚕地噴氣.

2 發出哼聲((*at* 對…))(表示輕蔑, 氣憤等). The workers *snorted at* the employer's answer. 工人們對雇主的答覆表示不屑.

— *vt.* 氣呼呼地說((*out*)); 哼著鼻子表示(憤怒, 輕蔑等). *snort out* a curt reply 冷冷地「哼」了一聲作為回答/*snort* one's indignation 發出哼聲以示憤怒.

— *n.* C 粗重的鼻息, 哼鼻子; 機械的排氣聲.

snort·er [ˈsnɔrtə; ˈsnɔːtə(r)] *n.* C **1** 鼻息粗重的人〔動物〕.

2 (通常用單數)((口))令人咋舌的事物.

snot [snɑt; snɒt] *n.* ⓤ (鄙) 鼻水, 鼻涕.

snot·ty [ˈsnɑtɪ; ˈsnɒtɪ] *adj.* **1** (鄙) 流鼻水的, 滿著鼻涕的.

2 (俚) 傲慢自大的, 蠻橫無禮的.

snout [snaʊt; snaʊt] *n.* ⓒ **1** (豬, 狗, 鱷魚等的) 突出的口鼻部分, 鼻頭; (口) (輕蔑) (人的) 鼻子 (特指大而醜陋的).

2 鼻狀突出物 (水管的噴嘴等).

✲✲snow [sno; snəʊ] *n.* (*pl.* **~s** [~z; ~z])

【雪】 **1** ⓤ雪; ⓤⓒ下雪, 降雪; (snows) 積雪. (as) white as *snow* 雪白的/*Snow* fell in large flakes. 雪大片大片地飄落/The *snow* lay thick on my car. 雪在我的車上積了厚厚的一層/The *snow* has melted. 雪融化了/New York got much *snow* that winter. 那年冬天紐約下了大量的雪/We expect a heavy *snow* tonight. 我們預料今晚會下大雪/the eternal *snows* of the Himalayas 喜馬拉雅山終年不化的積雪.

【像雪一般的白粉】 **2** ⓤ (俚) 古柯鹼, 海洛因.

— *v.* (**~s** [~z; ~z]; **~ed** [~d; ~d]; **~ing**) *vi.*

1 (以 it 當主詞) 下雪. *It snows* heavily here during the winter. 此地冬天下大雪/Has *it* stopped *snowing*? 雪停了嗎?

2 〔花瓣等〕雪片似地飄落; 〔信件等〕紛至沓來.

— *vt.* **1** 以雪 (狀之物) 覆蓋, 被雪封閉 (→ snow/.../in).

2 使像雪片似地落下 [飄落]. The cherry tree *snowed* its blossoms on the grass. 櫻花花瓣似雪般飄落到草地上.

3 (美·俚) 以花言巧語欺騙, 用甜言蜜語使受騙, 誘騙. Don't try to *snow* me with that kind of lies. 別想用那種花言巧語欺騙我. ⇨ *adj.* **snowy**.

be snówed únder (1)用雪覆蓋.

(2)(口) 被…壓得透不過氣來 (*with*). He *was snowed under with* work. 他堆積如山的工作讓他忙得不可開交.

snów/.../ín [*úp*] 被雪困住 (通常用被動語態). The area remains *snowed in*. 該地區依然被雪封住/The blizzard *snowed us in*. 暴風雪把我們困住了.

snow·ball [ˈsnoˌbɔl; ˈsnəʊbɔːl] *n.* ⓒ (用來打雪仗的) 雪球, 雪塊; (在雪中滾成的) 大雪球.

— *vt.* 向…扔雪球.

— *vi.* 滾雪球般地越滾越大. His debts *snowballed*. 他的債務如滾雪球般地增大.

snow·blind [ˈsnoˌblaɪnd; ˈsnəʊˌblaɪnd] *adj.* 雪盲的.

snów blíndness *n.* ⓤ雪盲.

snow·bound [ˈsnoˌbaʊnd; ˈsnəʊbaʊnd] *adj.* 被雪困住的, 因雪而受阻的.

snow·capped [ˈsnoˌkæpt; ˈsnəʊkæpt] *adj.* 積雪覆頂的.

snow·drift [ˈsnoˌdrɪft; ˈsnəʊdrɪft] *n.* ⓒ積雪, 被風吹成的雪堆.

snow·drop [ˈsnoˌdrɑp; ˈsnəʊdrɒp] *n.* ⓒ雪花蓮 (雪尚未融化時即綻放的白色花朵, 花朵朝下).

snow·fall [ˈsnoˌfɔl; ˈsnəʊfɔːl] *n.* ⓒ降雪. ⓐⓤ降雪量.

snow·field [ˈsnoˌfild; ˈsnəʊfiːld] *n.* ⓒ雪原.

snow·flake [ˈsnoˌflek; ˈsnəʊfleɪk] *n.* ⓒ雪片.

snow·i·er [ˈsnoɪɚ; ˈsnəʊɪə(r)] *adj.* snowy 的比較級.

snow·i·est [ˈsnoɪɪst; ˈsnəʊɪɪst] *adj.* snowy 的最高級.

snów líne *n.* (加 the) 雪線 (終年積雪的最低界線).

[snowdrop]

✲snow·man [ˈsnoˌmæn; ˈsnəʊmæn] *n.* (*pl.* **-men** [-mən; -mən]) ⓒ **1** 用雪堆成的雪人, 雪人 (一般用木炭做眼睛、嘴巴、鈕釦, 鼻子用紅蘿蔔做成, 帽子則用水桶裝飾). The children made [built] a *snowman*. 孩子們堆了一個雪人.

2 (常 Snowman) 雪人 (傳說居住在喜馬拉雅山上; 亦作 Abominable Snowman, yeti).

snow·mo·bile [ˈsnomoˌbil; ˈsnəʊməˌbiːl] *n.* ⓒ摩托雪車.

snow·plow (美), **snow·plough** (英) [ˈsnoˌplaʊ; ˈsnəʊplaʊ] *n.* ⓒ雪犁, 除雪機; 除雪車.

snow·shoe [ˈsnoˌʃu; ˈsnəʊʃuː] *n.* ⓒ雪鞋.

snow·slide [ˈsnoˌslaɪd; ˈsnəʊslaɪd] *n.* ⓒ雪崩.

✲snow·storm [ˈsnoˌstɔrm; ˈsnəʊstɔːm] *n.* (*pl.* **~s** [~z; ~z]) ⓒ暴風雪.

[snowshoes]

snow-white [ˈsnoˈhwaɪt; ˌsnəʊˈwaɪt] *adj.* 雪白的, 潔白的.

✲snow·y [ˈsnoɪ; ˈsnəʊɪ] *adj.* (**snow·i·er; snow·i·est**) **1** 下雪的, 多雪的. It was *snowy* yesterday. 昨天下雪/*snowy* weather 下雪的天氣/the *snowy* season 多雪的季節.

2 覆蓋著雪的, 積雪的.

3 似雪的, 雪白的; 潔白無瑕的. a *snowy* skin 雪白的皮膚/His *snowy* (white) hair reached his shoulders. 他的白髮及肩. ⇨ *n.* **snow**.

snub [snʌb; snʌb] *vt.* (**~s; ~bed; ~bing**) 冷落; 斷然地拒絕〔要求等〕; 不問情由地制止〔人〕的發言; (常用被動語態). be *snubbed* into silence 被罵得無言以對.

— *n.* ⓒ責罵; 嚴厲拒絕; 怠慢.

snùb nóse *n.* ⓒ獅子鼻.

snub-nosed [ˈsnʌbˈnozd; ˈsnʌbnəʊzd] *adj.* **1** 獅子鼻的. **2** 〔手槍〕槍管極短的.

snuck [snʌk; snʌk] *v.* sneak 的過去式、過去分詞.

snuff[1] [snʌf; snʌf] *vt.* 用鼻子嗅.

— *vi.* **1** 用鼻孔吸; 呼呼地聞氣; 發出聲響地聞 《at》. **2** 吸鼻菸.

— *n.* (*pl.* ~**s**) **1** ⓒ (通常用單數)發出聲響地聞、氣味. **2** ⓤ 鼻菸. take *snuff* 吸鼻菸.

snuff² [snʌf; snʌf] *vt.* 剪去〔蠟燭、煤油燈等的〕芯, 熄滅火苗.

snùff/.../óut 熄滅〔蠟燭等〕; 使〔希望等〕幻滅; 扼殺; 消滅.

snuff·box [`snʌf͵bɑks; ˈsnʌfbɒks] *n.* ⓒ 鼻菸盒.

snuff·er [`snʌfɚ; ˈsnʌfə(r)] *n.* ⓒ **1** 熄燭器《蓋住火苗的有柄圓錐形金屬器具》.

2 (snuffers)〔蠟燭的〕剪燭芯剪刀.

snuf·fle [`snʌf]; ˈsnʌfl] *vi.* **1** 鼻塞, (因感冒等)鼻子頻頻發出聲響;〔狗等〕(嗅物)時〕發出哼哼聲. **2** 發出鼻音, 帶鼻音說話(唱歌).

— *vt.* 帶鼻音說〔唱〕. The old man *snuffled* (out) his assent. 那位老人帶著鼻音說「好」.

— *n.* ⓒ 鼻音; 鼻塞; (the snuffles)感冒.

snug [snʌg; snʌg] *adj.* (~·**ger**; ~·**gest**) **1** 舒服的, 安樂的, 溫暖舒適的. a *snug* corner by the fireside 爐邊舒適的一角/We lay *snug* in our beds. 我們舒舒服服地在床上睡了一覺. **2** 整潔的; 小而舒適的. a *snug* kitchen 小巧的廚房. **3**〔收入, 地位等〕足夠過舒適生活的, 可以溫飽的, lay by a *snug* little fortune 存一小筆錢. **4**〔衣服等〕合身且舒適的. a *snug* vest 合身的(穿著舒服的)背心.

snug·gle [`snʌg]; ˈsnʌgl] *vi.* (為得到溫暖、愛情等)貼近, 依偎. The kitten *snuggled* onto my lap. 小貓挨近我跳到了我的膝上.

— *vt.* 使依偎, 緊抱. She *snuggled* her baby close in her arms. 她把嬰孩緊緊地摟在懷裡.

snug·ly [`snʌglɪ; ˈsnʌglɪ] *adv.* **1** 舒適地, 安適地. **2** 小巧地. **3** 合適地.

snug·ness [`snʌgnɪs; ˈsnʌgnɪs] *n.* ⓤ 舒適, 安逸.

‡‡so¹ [強`so, ͵so, 弱 so, sə, sʊ; səʊ] *adv.*

〖(像)那樣〗 **1** 這樣, 那樣, 此地, Don't hold your chopsticks *so*. 不要那樣拿筷子/You must not behave *so*. 你不可以有這種行為/Why are you hurrying *so*? 你為何如此匆忙?

2《代替前述已出現的詞語》如此, 這樣, "Is he rich?" "Yes, immensely *so*." 「他很富有嗎?」「是的, 非常富有」/I am his friend and will remain *so*. 我是他的朋友, 而且永遠都是.

3《承接前文的內容》(語法 so 用於肯定句, not 用於否定句; → not 6)

(a)《補語性》如此, 那樣, (語法 用於副詞、連接詞等之後常省略) 「Jane is engaged to Jim." "Oh, is that *so*?" 「珍貴吉姆訂婚了」「哦, 是的嗎?」(★常用來表示驚訝)/Well, maybe *so*. 或許是這樣吧!/*So* it appears [seems]. 看來似乎如此/Quite *so*. 全然如此/Not *so*. 不是這樣的/Do you say he is too busy? 你說他太忙碌了嗎? 要是那樣的話, 我們必須另找他人.

(b)《受詞性》這樣, 那樣. *So* said Socrates. 蘇格拉底如是說/I don't think *so*. 我不認為如此/"Do

you think it'll be rainy tomorrow?" "I'm afraid *so*." 「你覺得明天會下雨嗎?」「恐怕會吧」/You don't say *so*! (→ say 的片語)/do *so* (→片語)/I told you *so*. 我告訴過你會這樣的. 語法 與 say, speak, think, suppose, hope, fear, be afraid, do 等連用.

4《so 用於句首》 語法 (1)承接前面的肯定句, (2)句中用 be 動詞或助動詞時, 則用 be 動詞或助動詞; 前句中用一般動詞時, 則用 do, (3)放在句末的主詞或(助)動詞就是所要強調的部分, 要發重音.

(a) (so+主詞+(助)動詞的形式)正是那樣, 的確是那樣, (★主詞爲代名詞). "Your little brother likes beef very much." "*So* he dóes." 「你弟弟很喜歡吃牛肉」「他的確很喜歡」/"Susie will be very happy." "*So* she wíll." 「蘇西將會非常高興」「她會的」/"I've heard your son is in Chicago." "*So* he ís." 「我聽說你兒子在芝加哥」「是的, 正是如此.」

(b) (so+(助)動詞+主詞的形式)…也一樣, "Tom speaks French." "*So* does his bróther." 「湯姆會講法語」「他弟弟也會」/My father was a doctor, and so am Í. 父親曾是位醫生, 我也是位醫生. 語法 接在否定句之後為 neither [nor]+(助)動詞+主詞; → neither *adv.*, nor 3.

〖那樣(的程度)〗 **5** (如此)那樣, 那麼地. Why are you *so* late? 你爲甚麼這麼晚?/Don't be *so* worried! 別那麼擔心!/Dick can't understand that, he is *so* stupid. 狄克不會懂那個, 他那麼笨(語法 此句的 so 是承接前述的子句), 整個句子較同樣意思的 Dick is *so* stupid that he can't understand that. 更爲通俗易懂).

語法 (1)主要用於形容詞、副詞之前.
(2)常與 as, that 等連用; →片語.
(3)把 so 用於 an idle man 之類帶有不定冠詞的名詞結構時, 詞序必須變成 so idle a man (=such an idle man); 複數時不用 so 而作 such idle men.

6 《口》非常, 很, (very; very much). I am *so* glad. 我好高興(呀)/It's *so* kind of you. 你真好/Susie loves gardening *so*. 蘇西非常喜歡園藝. 語法 究竟表示何種程度, 沒有一個明確的基準, 僅表示程度相當高.

7 《口語》的確, 真的, (語法 反駁否定的說法時, 小孩等常用). "You weren't there, were you?" "I was *so*!" 「你不在那裡吧?」「我在呀!」

and so 所以, 因此, (and) so I did it. 父親叫我做, 所以我就做了. 語法 在口語中 and 常被省略, so 被視爲連接詞; → *conj.* 1.

and so òn [fòrth] → and 的片語.

às A, só B 正如 A 一樣, B 也…, *As* bees love honey, *so* Frenchmen love their wine. 正如蜜蜂喜歡花蜜一樣, 法國人也喜歡他們的酒.

Bè it só. =So be it.

*** dó so** 就這麼做(★承接前述動詞子句的一部分). If you haven't sent a telegram to him, please *do* so immediately. 假如你還沒有打電報給他的話, 請立刻打給他/She told me to close the door, and I *did* so as quietly as possible. 她叫我去關門, 我盡量保持安靜地關上了門.

***èven só** → even 的成語.

***éver só** → ever 的片語(★ so *adv.* 6 的加強語氣).

***jùst só** (1)正如你所說的(那樣) (quite so).

(2)有條不紊, 井然有序. Everything is *just so*. 所有的東西都井然有序.

***Lèt it be só.** =So be it.

***like só** 《口》像這樣地.

...or só → or 的片語.

***só A as B** (1)《用於否定句》A (並非)像 B 那樣(★ *A* 為形容詞, 副詞; 沒有特殊必要用動詞表示 *B* 時, 其動詞通常被省略; 亦可以 as...as...代用). Joe is not *so* strong *as* his brother (is). 喬沒有他哥哥那樣強壯/It's not *so* hot *as* yesterday. 天氣沒有像昨天那樣熱.

(2)像 B 那樣 A 的(★ *A* 為形容詞). Do you know anyone *so* capable *as* Allen? 你有認識像亞倫那樣有才能的人嗎?/*so* charming *a* girl *as* Betty 像貝蒂那樣有魅力的女孩(與 such a charming girl as Betty 意義相同(→ *adv.* 5 語法(3)).

***só as to dó** 為了(in order to), 為使, (★相對於片語 so that (1)的句法結構). I left home early *so as to* get [*so that* I might get] a good seat. 為了得到一個好位子, 我很早就出門了/hurry *so as to* be in time [*so as not to* be behind time] 為了趕上時間[避免遲到]趕緊前往(★注意 not 的位置).

***só...as to dó** (★相對於片語 so...that 的句法結構). (1)如此…以至於…(語法 so 之後為形容詞、副詞). The driver was *so* fortunate *as to* escape death. 那個駕駛員真是幸運, 大難不死/I spoke *so* loudly *as to* be heard by everyone. 我說得很大聲以至於大家都聽到[我說得很大聲, 所以大家都聽到了]《★比較: I spoke loudly *so as to* be heard by everyone. (我說得很大聲, 以便大家都能聽到)).

(2)以便…(語法 so 修飾動詞). The coat is *so* made *as to* be buttoned [*so made that* it buttons] all the way to the neck. 那件外套設計成鈕釦可以一直扣到脖子的樣式.

***So bé it.** 既然如此只好這樣了[沒有辦法了], 這樣好了, 《承諾, 不得不放棄的抱怨語》.

***só fár** → far 的片語.

***Sò lóng!** 《口》再見(比 goodbye 更為通俗的道別語, 從 salaam 音譯而來).

***so lóng as...** → long[1] 的片語.

***so many [múch]** → many [much] 的片語.

***so múch so thàt [às to]...** 因為非常…所以…. I was afraid, *so much so that* I couldn't move. 我很害怕, 害怕到動不了(★本句第 2 個 so 是代替 afraid)/He is shy, *so much so as to* seem unsociable. 他因為非常害羞, 所以看起來不善交際.

***só that...** (1)為了…, 為使…, (語法 在 that 子句中, 用 may 或 can, 在《美、口》中亦用 will). He worked hard (*so*) *that* his family might [could] live in comfort. 為了讓家裡的人過得舒適, 他拚命地工作(語法 省略 so 為書寫用語)/Hurry *so* (*that*) you won't miss the bus. 快點, 你才不會錯過了公車(語法 省略 that 為口語用法).

---

soak 1473

(2)所以, 因此. It was extremely hot, *so* (*that*) I took my coat off. 天氣很熱, 所以我脫掉了外套(語法 省略 that 為口語).

***só...that** (1)非常…(以至於…); 像…那樣地…; (語法 so 修飾形容詞、副詞; 在口語中亦可省略 that; → such...that). Mary was *so* tired (*that*) she went to bed early. 瑪麗很累, 所以她很早就睡了/No man is *so* busy (*that*) he cannot talk to his wife for a week. 沒有一個男人會忙得一個星期都沒有時間和妻子說話.

(2)使成為…(的情況) (語法 so 修飾動詞; → 片語 so...as to do (2)的例句). It *so* happened *that* I was on the spot when the accident happened. 事故發生時, 我正好在場.

***só to sáy** → say 的片語.

***sò to spéak** → speak 的片語.

— conj. 1 所以, 因此, 於是, (★亦可作 and so (→ *adv.* 片語)). It was late, *so* I went home. 當時很晚了, 所以我回家了.

2 《用於句首》那麼, 也就是說, 總算, 原來. *So* you really don't care. 那麼, 你是真的不介意/*So* here we are at last. 我們總算到了/*So* this is Paris. 原來這是巴黎.

3 (表示目的) =so that... (1).

***jùst só...** 《口》這樣做就好, 只要…. *Just* so it is done, it doesn't matter how. 只問結果, 不計手段.

***Sò whát?** → what 的片語.

— interj. (表示驚訝, 不愉快等)難道! (表示同意等)行! 就這樣! *So*, you too suspect me! 啊, 連你也懷疑我嗎!/A little more to the right, *so*! 往右靠一點, 好了!

so[2] [so; səʊ] *n.* =sol.

***soak** [sok; səʊk] *v.* (~s [~s; ~s]; ~ed [~t; ~t]; ~ing) *vt.* 【浸泡】**1** 浸泡, 浸漬, (*in*). seeds *soaked* in water 浸在水裡的種子/Mother *soaked* the dirty rug *in* hot water. 母親把弄髒的小地毯浸在熱水中.

2 使濕透. I was caught in the rain and got *soaked* to the skin. 我被雨淋得渾身濕透了.

【吸收】**3** 吸入, 吸取, (*up*); 吸收(知識等)(*up*). The trail of her long dress *soaked up* the morning dew. 她那長禮服的下襬被晨露沾濕了/The boy *soaked up* everything he was taught. 那個男孩把所學的都吸收了.

4 《口》向(人)敲詐, 敲竹槓.

— vi. 1 浸泡, 浸漬, (*in*). Let the beans *soak* overnight *in* water. 把豆子在水裡浸泡一夜/I like to *soak in* a hot bath when I'm tired. 我累的時候喜歡泡熱水澡.

2 滲入(*in, into*); (逐漸)被(頭腦)吸收(*in*); 滲透(*through*). The blood had *soaked into* the carpet. 血滲進了地毯裡/The significance of the news began to *soak in*. 那消息的重要性開始為人們所明白/The rain began to *soak through* the

roof. 雨開始從屋頂滲漏下來了.

sóak onesélf in... 埋首於〔學問等〕.

— *n.* ⓒ **1** (通常加 a)浸泡；滲入. give the sheets a good *soak* in hot water 把被單好好地在熱水裡浸泡一下. **2** 〔俚〕酒鬼.

soaked [sokt; səʊkt] *adj.* 〔敘述〕 **1** 濕透的. **2** 滿滿的, 充滿的, 〔*in, with*〕. This cottage is *soaked* in fond memories of my childhood. 這幢別墅充滿了我童年時代的美好回憶.

3 〔俚〕醉醺醺的. get *soaked* 喝醉.

soak·ing [ˈsokɪŋ; ˈsəʊkɪŋ] *adj.* **1** (使)濕透的. **2** 〔副詞性〕濕淋淋地. I got *soaking* wet. 我渾身濕透了.

so-and-so [ˈsoənˌso; ˈsəʊənsəʊ] *n.* (*pl.* ~s) **1** ⓤ某人, 某某；某事, 如此這般；(★用於忘記了或不知其名稱〔內容〕或者不想講出口的情況). Mr. *So-and-so* 某某先生, 某先生/say *so-and-so* 如此這般地說.

2 ⓒ可惡的像伙(罵人用語, 是 bastard 等的委婉說法). You dirty *so-and-sos*! 你們這些混蛋!

soap [sop; səʊp] *n.* ⓤ肥皂. a cake of *soap* 一塊肥皂/a bar of *soap* 一塊肥皂/toilet *soap* 香皂/liquid *soap* 沐浴乳(★(合成)洗滌劑是 detergent)/wash with *soap* 用肥皂洗/I got *soap* in my eyes! 肥皂弄到我眼睛裡啦!

nò sóap (美‧俚)(1)不行, 不同意, (作爲對提議等的答覆). (2)無用處, 無效果. I did everything I could, but it was just *no soap*. 雖然我盡了最大努力, 但還是沒用.

— *vt.* **1** 用肥皂擦洗；塗肥皂於…；(*up*). **2** (口)對…拍馬屁(*up*).

soap·box [ˈsopˌbɑks; ˈsəʊpbɒks] *n.* ⓒ **1** 肥皂箱(裝肥皂用的木箱).

2 (口)(用作街頭演說臺之)空木箱, 臨時演講臺.

on* [*off*] *one's sóapbox (口)可[不可]明確地主張自己意見.

sóap bùbble *n.* ⓒ肥皂泡.

sóap ōpera *n.* ⓒ(口)(白天播放[放映]的)連續劇, 肥皂劇, (源自於以前廣播、電視節目的贊助者往往是肥皂製造商).

soap·stone [ˈsopˌston; ˈsəʊpstəʊn] *n.* ⓤ肥皂石(一種 talc, 裝飾品等的材料).

soap·suds [ˈsopˌsʌdz; ˈsəʊpsʌdz] *n.* (作複數)肥皂水的泡沫；起泡沫的肥皂水.

soap·y [ˈsopɪ; ˈsəʊpɪ] *adj.* **1** (塗滿)肥皂的；似肥皂的, 肥皂的. *soapy* water 肥皂水.

2 (口)(言辭, 語調等)奉承的, 諂媚的.

3 (口)似肥皂劇的(→ soap opera).

⇨ *n.* **soap.**

soar [sor, sɔr; sɔ:(r)] *vi.* (~s [~z; ~z]; ~ed [~d; ~d]; **soar·ing** [ˈsorɪŋ, ˈsɔr-; ˈsɔ:rɪŋ]) **1** 高飛. The lark *soared* into the sky. 那雲雀飛向天空.

2 (鳥)(展開翅膀而非振翅)翱翔, (滑翔機等)滑翔. the hawks *soaring* above 在天空翱翔的鷹.

3 (物價等)暴漲, 劇增. The unemployment rate

has *soared* recently. 最近失業率劇增.

4 〔雄心壯志等〕充滿, 高漲, 飛騰.

5 〔山脈等〕高聳, 聳立. Manhattan's skyscrapers *soared* in the distance. 在遠處的曼哈頓的摩天大樓高聳入雲.

SOB, s.o.b. [ˌɛs·o·`bi; ˌes-ˌəʊ-`bi:] (略)(俚) son of a bitch.

sob [sɑb; sɒb] *v.* (~s [~z; ~z]; ~**bed** [~d; ~d]; ~**bing**) *vi.* **1** 啜泣, 嗚咽, (→ cry 同). The widow stood by the casket *sobbing* bitterly. 那位寡婦站在棺材旁哀慟地啜泣著/The disappointed girl *sobbed* into her handkerchief. 那個失望的女孩摀著手帕啜泣.

2 〔風等〕發出嗚咽般的聲音. The wind *sobbed* in the trees. 風在樹林裡發出嗚咽般的聲音.

— *vt.* 嗚咽著說(*out*). The old woman *sobbed* out her answer. 那位老婦人哭著回答.

sòb one's héart òut 哭得死去活來.

sòb onesélf to sléep 哭著入睡.

— *n.* (*pl.* ~s [~z; ~z]) ⓒ啜泣, 啜泣聲；(風的)嗚咽般的聲音. ask with a *sob* 哭著請求.

sob·bing·ly [ˈsɑbɪŋlɪ; ˈsɒbɪŋlɪ] *adv.* 啜泣地.

so·ber [ˈsobɚ; ˈsəʊbə(r)] *adj.* (**-ber·er** [-bərɚ; -bərə(r)], **more** ~; **-ber·est** [-bərɪst; -bərɪst], **most** ~) **1** 未醉的, 未喝酒的, (⟷ drunk(en))；不酒過量的. Drunk or *sober*, he is a gloomy man. 無論是喝醉時或清醒時他總是愁容滿面/become *sober* 酒醒.

2 〔人品, 態度等〕認真的, 嚴謹的；〔言行等〕冷靜的, 沈著的, 穩當的. lead a *sober* life 過著嚴謹的生活/a *sober* critic 冷靜的評論家.

3 〔事實等〕不言過其實的, 不誇大的. a *sober* fact 毫不誇張的事實.

4 〔顏色等〕樸素的；不顯眼的, 暗淡的. The room was painted a *sober* gray. 那個房間漆成暗灰色. ⇨ *n.* **sobriety.**

(as) sòber as a júdge 一點也沒醉；非常嚴肅的[地], 非常鄭重的[地].

— *vt.* **1** (口)使酒醒(*up*). A cup of coffee will *sober* you *up*. 你喝杯咖啡可以醒醒酒.

2 使冷靜；使認真；(*down*).

— *vi.* **1** (口)酒醒(*up*).

2 變得認真；變得冷靜；(down).

so·ber·ly [ˈsobɚlɪ; ˈsəʊbəlɪ] *adv.* 認真地；冷靜地.

so·bri·e·ty [sə`braɪətɪ, so-; səʊ`braɪətɪ] *n.* ⓤ (雅) **1** 未醉, 神志清醒；戒酒, 節制[控制]飲酒量. **2** 認真, 嚴謹；冷靜, 穩健. ⇨ *adj.* **sober.**

so-called [ˈso`kɔld; ˌsəʊ`kɔ:ld] *adj.* (限定)所謂的, 號稱的, (★有時含有「有名無實」這類表示輕蔑的語氣). The *so-called* reform bill is all nonsense. 那所謂的修正法案簡直是一派胡言/a *so-called* Buddhist 虛有其名的佛教徒.

soc·cer [ˈsɑkɚ; ˈsɒkə(r)] *n.* ⓤ足球((英)亦作 association football 或亦可僅作 football；源自 association football+-*er*). play *soccer* 踢足球/a *soccer* coach 足球教練.

so·cia·bil·i·ty [ˌsoʃə`bɪlətɪ; ˌsəʊʃə`bɪlətɪ] *n.* ⓤ 合群；好交際；善於交際.

so·cia·ble [ˋsoʃəbl; ˈsəuʃəbl] *adj.* **1** 好交際的; 社交性的; 合群的. She is very *sociable*. 她很善於交際. **2** (聚會等)聯誼的, 融洽的. a *sociable* evening 聯誼晚會.
— *n.* C(美)(特指教會舉辦的)聯誼會.

so·cia·bly [ˋsoʃəblɪ; ˈsəuʃəbli] *adv.* 好交際地, 善於應酬地; 融洽地.

***so·cial* [ˋsoʃəl; ˈsəuʃl] *adj.* **1** 社會的, 社會性的. *social* life 社會生活/*social* justice 社會正義/a *social* problem 社會問題/*social* classes 社會階層.
2 過著群居生活的; (動物)群居的; (植物)群集的. Ants are *social* insects. 螞蟻是群居的昆蟲.
3 社交性的(sociable), 聯誼的; 融洽的. a *social* club 聯誼俱樂部/a *social* gathering 聯誼會.
4 社交界的, 上流社會的. a *social* event 社交界的活動/*social* gossip 上流社會的小道消息.
⇨ *n.* **society.**
— *n.* C聯誼會.

so·cial clímber *n.* C(輕蔑)設法要擠進上流社會的人.

so·cial demócracy *n.* U社會民主主義(與共產主義不同, 主張漸進式的社會主義).

so·cial démocrat *n.* C社會民主主義者; 社會民主黨黨員.

***so·cial·ism** [ˋsoʃəl͵ɪzəm; ˈsəuʃəlizəm] *n.* U社會主義; 社會主義運動[政策]. the concept of *socialism* 社會主義的概念.

***so·cial·ist** [ˋsoʃəlɪst; ˈsəuʃəlist] *n.* (*pl.* ~s [~s; ~s]) C **1** 社會主義者. He was a *socialist* in prewar days. 戰前他是一個社會主義者.
2 (通常 Socialist)社會黨黨員.
— *adj.* 社會主義(者)的; (通常 Socialist) 社會黨(黨員)的.

so·cial·is·tic [͵soʃəˋlɪstɪk; ͵səuʃəˈlistik] *adj.* 社會主義(者)的.

Sócialist Párty *n.* (加 the)社會黨.

so·cial·ite [ˋsoʃə͵laɪt; ˈsəuʃəlait] *n.* C社交界的名人.

so·cial·i·za·tion [͵soʃəlaɪˋzeʃən; ͵səuʃəlaiˈzeiʃn] *n.* U社會化; 社會主義化.

so·cial·ize [ˋsoʃə͵laɪz; ˈsəuʃəlaiz] *vt.* **1** 使合群, 使適應社會生活; 使具有社交性.
2 使社會化, 使適應社會需要.
3 使社會主義化; 使[產業等]國有化.
— *vi.* 進行社交活動; 參加[聚會]; 與…往來 (*with*).

sócialized médicine *n.* U(美)公費醫療制度.

so·cial·ly [ˋsoʃəlɪ; ˈsəuʃəli] *adv.* **1** 社會地; 社交方面地; 社會界地. *socially* inferior people 社會地位低下的人們. **2** 親密地, 融洽地.

sócial scíence *n.* UC社會科學(政治學, 經濟學, 社會學等).

sócial secúrity *n.* U社會福利(制度).

sócial sèrvice *n.* **1** U慈善事業[活動].
2 (social services)(主英)(政府, 自治團體等辦的)社會福利事業.

sócial stúdies *n.* (作複數)(美)社會學科(包括地理, 歷史等).

sócial wòrk *n.* U(有組織的)社會福利工作.

sócial wòrker *n.* C社會福利工作者.

so·ci·e·ties [səˋsaɪətɪz; səˈsaiətiz] *n.* society 的複數.

***so·ci·e·ty* [səˋsaɪətɪ; səˈsaiəti] *n.* (*pl.* **-ties**) 【社會】**1** U社會, 世上; C共同體(community). a member of *society* 社會中的一員/the laws of *society* 社會的慣例/Western *society* 西方社會/a danger to *society* 危害社會的人[思想].

┃[搭配] *adj.*＋society: an advanced ~ (先進的社會), an affluent ~ (富足的社會), a backward ~ (落後的社會), a civilized ~ (文明的社會), an open ~ (開放的社會).

【特定的團體】**2** C…界; 社會階層. the lower income *society* 低收入階層/the musical *society* of this country 該國的音樂界[樂壇].
3 U社交界(的人們), 上流社會; (形容詞性)社交界的, 上流社會的. She made her debut in *society* last autumn. 她在去年的秋天首次進入社交界/All the high *society* of London attended the concert. 倫敦的所有上流社會人士都出席了這次音樂會/a *society* occasion 社交界的活動.
4 C協會, 會, 學會; 社團, 會社; (→association [同]). a medical *society* 醫師公會/a *society* of musicians 音樂家協會/a co-operative *society* 合作社.
【社交】**5** U(文章)(與人的)交往, 交際; 共處, 在一起; (★或把 a person's 置於前面, 或用 of 片語). I enjoy the poet's *society* [the *society* of the poet] very much. 我非常喜歡與那詩人交往[相處]/avoid each other's *society* 避開彼此的會面.
⇨ *adj.* **social, sociable.**

Socìety of Friends *n.* (加 the)基督教教友派(約於1650年創立的基督教團體; 俗稱 Quakers).

Socìety of Jésus *n.* (加 the)耶穌會(於1534年創立的天主教修道會).

so·ci·o·log·i·cal [͵soʃɪəˋlɑdʒɪkḷ, ͵sosɪ-; ͵səusiəˈlɔdʒikl] *adj.* 社會學的; 有關社會學的.

so·ci·ol·o·gist [͵soʃɪˋɑlədʒɪst, ͵sosɪ-; ͵səusiˈɔlədʒist] *n.* C社會學家.

***so·ci·ol·o·gy** [͵soʃɪˋɑlədʒɪ, ͵sosɪ-; ͵səusiˈɔlədʒi] *n.* U社會學. *Sociology* is a comparatively new field of inquiry. 社會學是一個比較新的研究領域.

***sock**[1] [sɑk; sɔk] *n.* (*pl.* ~s [~s; ~s]) (★(主美)用作商標名等, 有時作 *pl.* **sox** [~s; ~s])
C(通常 socks)(長度未及膝)短襪(→ stocking). two pairs of cotton *socks* 兩雙棉製短襪/in one's *socks* 僅穿著短襪(不穿鞋; 用來表示不穿襪時的標準身高有呎…).

pùll one's *sócks ùp* 把襪子往上拉; (英、口)奮起, 加緊努力.

sock[2] [sɑk; sɔk] (俚) *vt.* (用拳頭)猛擊, 狠揍.

***sóck it to** a person《主美》《詼》狠狠地打擊某人，壓倒某人．

— **n.** [C]《通常用單數》(用拳頭的)猛擊．

— **adv.**《主英》不偏不倚地，當頭地．

＊**sock·et** [ˋsɑkɪt; ˈsɒkɪt] **n.** (**pl.** **~s** [~s; ~s]) [C]
1 (電燈的)插座；(插入物體的)孔，承口．screw a light bulb into a *socket* 把燈泡旋進插頭．
2 凹處；《解剖》(眼睛等的)窩，腔．the *socket* of the eye 眼窩．

Soc·ra·tes [ˋsɑkrəˌtiz; ˈsɒkrətiːz] **n.** 蘇格拉底 (469-399 B.C.)《古希臘哲學家》．

So·crat·ic [soˋkrætɪk; sɒˈkrætɪk] **adj.** 蘇格拉底(哲學)的．

sod [sɑd; sɒd] **n.** **1**《主文章》草坪；連土地挖起來的草皮；[C](切成四方形以鋪草坪的)草皮．
under the sód 長眠在地下，在九泉之下．

— **vt.** (**~s**; **~ded**; **~ding**) 用生草(土)覆蓋．

＊**so·da** [ˋsodə; ˈsəʊdə] **n.** (**pl.** **~s** [~z; ~z]) **1** [U] 蘇打(特指碳酸鈉，碳酸氫鈉[重碳酸鈉])．baking *soda* 小蘇打．
2 [U] 蘇打水(soda water)．
3 [C]《主美》(作爲一杯飲料的)汽水，冰淇淋蘇打．I like (an) ice-cream *soda*. 我喜歡冰淇淋汽水．

sóda fòuntain **n.** [C]《美》汽水機(從龍頭裡流出已調好的蘇打水、糖漿等的機器)；冷飲販賣部(櫃檯式的，供應冰淇淋、點心等)．

sóda pòp **n.** [U]《美、口》汽水(已調味好的清涼飲料)．

sóda wàter **n.** [U](未調味過的)蘇打水，汽水．

sod·den [ˋsɑdn; ˈsɒdn] **adj.** **1** 濕漉漉的，濕透的．**2**〔麵包等〕未烤透的；泡濕的．

[soda fountain]

so·di·um [ˋsodɪəm; ˈsəʊdɪəm] **n.** [U]《化學》鈉《金屬元素；符號 Na》．

sòdium bicárbonate **n.** [U]《化學》碳酸氫鈉，重碳酸鈉《「鹽」》．

sòdium chlóride **n.** [U]《化學》氯化鈉《食鹽》．

sòdium hydróxide **n.** [U]《化學》氫氧化鈉，苛性鈉．

Sod·om [ˋsɑdəm; ˈsɒdəm] **n.**《聖經》索多瑪城(位於死海南岸的城市；因爲人們的罪惡而與相鄰的蛾摩拉城 (Gomorrah) 一同被天火燒毀)．

sod·om·ite [ˋsɑdəmˌaɪt; ˈsɒdəmaɪt] **n.** [C] 肛交[獸交]的人．

sod·om·y [ˋsɑdəmɪ; ˈsɒdəmɪ] **n.** [U] 獸姦；雞姦，肛交．

＊**so·fa** [ˋsofə; ˈsəʊfə] **n.** (**pl.** **~s** [~z; ~z]) [C] 沙發(→ chair). sleep on a *sofa* 在沙發上睡覺．

sófa bèd **n.** [C] 沙發床．

---

‡**soft** [sɔft; sɒft] **adj.** (**~er**; **~est**)
【 柔軟的 】 **1**〔物體等〕柔軟的；〔金屬，木材等〕軟質的；(↔ hard). a *soft* cushion 柔軟的墊子/The ice cream soon got *soft* in the warm room. 冰淇淋在溫暖的房間裡很快就軟掉了/*soft* clay 軟黏土/*soft* pencils 軟(筆芯)鉛筆/Lead is a *soft* metal. 鉛是一種軟金屬．
2 觸感柔細的，(表面)光滑柔軟的，(smooth; ↔ rough). Velvet feels *soft*. 天鵝絨觸感光滑柔軟．
3〔顏色，光線，聲音等〕柔和的，不強烈的，不刺眼的；〔輪廓〕柔和的．*soft* gray 柔和的灰色/a *soft* light [shadow] 柔和的燈光 [隱約可見的影子]/Nancy has a *soft*, sweet voice. 南西的聲音輕柔甜美．
4〔水〕軟性的(無機鹽含量少的；↔ hard)；〔飲料〕無酒精成分的．*soft* drink →見 soft drink.
5 軟音的(普通用來說明 c, g 並不發 [k; k], [g; g], 而發 [s; s], [dʒ; dʒ] 等時的用語；↔ hard)．
【 衝擊力小的 】 **6**〔氣候，季節〕溫和的，和煦的；〔風等〕輕柔的，清爽的．a *soft* climate 溫和的氣候/a *soft* summer night 一個怡人的夏夜．
7〔性情，態度等〕溫和的；親切的；和藹的．The girl has a *soft* heart. 那女孩心腸很軟/*soft* eyes 慈祥的目光/Don't be *soft* on kids. 對孩子不要太寬容．
8《口》〔工作等〕舒服的，輕鬆的．lead a *soft* life 過舒適的生活．
【 弱的 】 **9**〔性格等〕軟弱的，懦弱的；弱的．He's getting *soft* in his old age. 上了年紀後他變得懦弱了/*soft* muscles 鬆弛的肌肉．
10《口》愚蠢的．a bit *soft* in the head 頭腦有點笨．
11〔麻藥〕藥性弱的，較不易上癮的，(大麻中的菸草，藥用大麻等)；〔色情雜誌等〕猥褻程度低的；(↔ hard)．

— **adv.** 柔軟地；平靜地；軟弱地．⇨ **v.** soften.

soft·ball [ˋsɔftˌbɔl; ˈsɒftbɔːl] **n.** [U]《比賽》壘球運動；[C] 壘球．

soft-boiled [ˋsɔftˋbɔɪld; ˌsɒftˈbɔɪld] **adj.**〔蛋〕煮得半熟的(↔ hard-boiled)．

sòft cóal **n.** [C] 瀝青煤，煙煤．

sòft drínk **n.** [UC] 清涼飲料《不含酒精成分的；↔ strong drink》．

＊**sof·ten** [ˋsɔfən; ˈsɒfn] **v.** (**~s** [~z; ~z]; **~ed** [~d; ~d]; **~ing**)《★注意發音》 **vt.** **1** 使變軟．Oil *softens* leather. 油使皮革變軟．
2 使〔心靈，聲音，顏色等〕柔和；使軟弱．The baby's sweet smile *softened* my heart. 那嬰兒可愛的微笑使我的心腸軟了下來．

— **vi.** 變軟；變溫和；變緩和，變弱．The butter *softened* near the stove. 奶油在火爐旁變軟了/Ellen's attitude towards me began to *soften*. 艾倫對我的態度開始軟化了．

⇨ **adj.** soft. ↔ harden.

sof·ten·er [ˋsɔfənɚ; ˈsɒfnə(r)] **n.** [C] 起軟化[緩和]作用的人[物]；(纖維)柔軟劑；(使硬水變成軟水的)軟化劑[器]．

sòft frúit **n.** [UC]《主英》小而沒有硬皮及果核

soft-head·ed [`sɔft`hɛdɪd; ˏsɒft,hedɪd] *adj.*
傻的，愚蠢的.

soft-heart·ed [`sɔft`hɑrtɪd; ˏsɒft`hɑːtɪd] *adj.*
溫柔的，仁慈的.

soft·ie [`sɔftɪ; `sɒftɪ] *n.* 《口》=softy.

sóft lánding *n.* ⓒ (太空船的)緩慢著陸.

✻**soft·ly** [`sɔftlɪ; `sɒftlɪ] *adv.* **1** 輕輕地，悄悄地. walk [speak] *softly* 輕輕地走[說]/Snow was falling *softly*. 雪輕輕地下著.
2 安靜地；溫柔地. She picked up her baby *softly*. 她溫柔地抱起她的嬰兒.

✻**soft·ness** [`sɔftnɪs; `sɒftnɪs] *n.* Ⓤ柔軟；平靜；溫和；軟弱.

sóft óption *n.* ⓒ《常用於輕蔑語氣》簡易的作法[選擇].

sóft pálate *n.* ⓒ《解剖》軟顎.

soft-ped·al [`sɔft`pɛdl; ˏsɒft`pedl] *vt.* (~s; 《美》~ed, 《英》~led; 《美》~ing, 《英》~ling)
1 用弱音踏板(sóft pèdal)降低[鋼琴]的音調.
2 《口》緩和…的聲調；使變得不顯眼，使不張揚.

sóft séll *n.* Ⓤ (常加the)勸誘推銷(⟷hard sell).

sóft sóap *n.* Ⓤ **1** 液態或半液態的肥皂.
2 《口》恭維話.

soft-soap [`sɔft`sop; `sɒftsəʊp] *vt.* 《口》奉承，討好.

soft-spo·ken [`sɔft`spokən; ˏsɒft,spəʊkən] *adj.* [人]說話溫柔的;[言語]柔和的.

sóft spót *n.* ⓒ《口》(通常用單數)愛好…(*for*). have a *soft spot for* a tall man喜歡高個子的男人.

✻**soft·ware** [`sɔft,wɛr; `sɒftweə(r)] *n.* Ⓤ軟體(控制電腦操作的整套程式系統; →hardware). We need more sophisticated *software*. 我們需要更精密的軟體.

sóft wáter *n.* Ⓤ軟水(→ soft *adj.* 4).

soft-wood [`sɔft,wud; `sɒftwud] *n.* Ⓤ軟質木材(材質柔軟的木材; 特指松、樅等的針葉樹木材).― *adj.* 針葉樹的(⟷hardwood).

soft·y [`sɔftɪ; `sɒftɪ] *n.* (*pl.* **soft·ies**) ⓒ《口》
1 (身體)虛弱的人.
2 多愁善感的人；意志薄弱的人.

sog·gy [`sɑgɪ; `sɒgɪ] *adj.* **1** 濕透的，[土地等]濕潤的. **2** [麵包等]未烤透的；泡漲的. **3** [話語等]冗長的，乏味的.

So·Ho [`soho; `səʊhəʊ] *n.* 蘇荷區(紐約曼哈頓東南部以高級商店及餐廳聞名的地區).

So·ho [`soho, so`ho; `səʊhəʊ] *n.* 蘇荷區(倫敦中心地帶的一個地區; 多由外國人經營餐飲業及表演等的場所).

✻**soil**¹ [sɔɪl; sɔɪl] *n.* Ⓤ **1** 泥土, 土壤, (earth); 風土. Watermelons grow well in sandy *soil*. 西瓜在沙地裡長得好/His genius thrived in the rich artistic *soil* of Vienna. 他的才華在維也納濃厚的藝術氣氛中施展開來.

> 【搭配】 *adj.*+soil: barren ~ (不毛之地), poor ~ (貧瘠之地), fertile ~ (肥沃的土地) // *v.*+soil: cultivate the ~ (耕地), till the ~ (耕地).

2 (加the)農業, 農耕的 生活[土地]. make

one's living from the *soil* 《雅》從土地得到生活的糧食(以農爲生)/a man of the *soil* 農夫.
3 《雅》國家，國土. one's native *soil* 故鄉, 出生地.

✻**soil**² [sɔɪl; sɔɪl] *v.* (~**s** [~z; ~z]; ~**ed** [~d; ~d]; ~**ing**) *vt.* 弄髒; 玷污〔名聲等〕. Bob *soiled* his Sunday clothes. 鮑伯把他的外出服弄髒了.
― *vi.* 弄髒, 變髒. White cloth *soils* easily. 白色的布容易髒.
― *n.* Ⓤ航髒, 污斑; 污物, 糞便.

soi·ree, soi·rée [swɑ`re; `swɑːreɪ] *n.* ⓒ(以欣賞音樂, 進行交談等爲目的的)晚會, 晚上舉行的聚會.

so·journ [`sodʒɝn; `sɒdʒɜːn] 《雅》 *n.* ⓒ旅居, 逗留. a long *sojourn* 長期旅居/during my *sojourn* in England 在我旅居英國的期間.
― *vi.* 停留, 逗留, 《in, at》; 旅居, 寄居, 《with》.

Sol [sɑl, sɔl; sɒl] *n.* 《羅馬神話》索爾(太陽神; 相當於希臘神話中的 Helios); 《雅》太陽.

sol [sol; sɒl] *n.* ⓊⒸ《音樂》G音(大調[大音階]的第五音; → sol-fa).

sol·ace [`sɑlɪs, -əs; `sɒləs]《文章》 *n.* Ⓤ慰藉, 安慰; ⓒ安慰物. give *solace* to a person 安慰某人.
― *vt.* 安慰[人]; 減輕[痛苦等].

✻**so·lar** [`solɚ; `səʊlə(r)] *adj.* **1** 太陽的(→ lunar). *solar* time 太陽時(以太陽出沒爲基準的時刻). **2** 由太陽產生的;利用太陽能的. *solar* heat 太陽熱/*solar* energy 太陽能.

> 【字根】 SOL「太陽」: *sol*ar, para*sol* (陽傘), *sol*stice (夏, 冬)至).

sólar báttery *n.* ⓒ太陽能電池.

sólar cálendar *n.* (加the)陽曆.

sólar céll *n.* =solar battery.

sólar eclípse *n.* ⓒ日蝕.

sólar hóuse *n.* ⓒ利用太陽能的住宅.

so·lar·i·a [so`lɛrɪə, ·`ler-; səʊ`leərɪə] *n.* solarium 的複數.

so·lar·i·um [so`lɛrɪəm, ·`ler-; səʊ`leərɪəm] *n.* (*pl.* ~**s**; **-i·a**) ⓒ(醫院等的)日光浴室, 日光治療室.

sólar pléxus *n.* (加the) **1** 《解剖》太陽神經叢(位於胃與大動脈之間).
2 《口》心窩.

sólar sýstem *n.* (加the)《天文》太陽系.

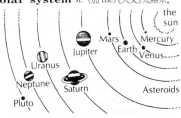

[solar system]

sōlar yéar n. ©(天文)太陽年(365日5小時48分46秒).

sold [sold; səʊld] v. sell 的過去式、過去分詞.

sol·der [ˋsɑdɚ; ˈsɒldə(r)] (★注意發音) n. ⓤ
1 焊料，焊錫. **2** 紐帶.
— vt. **1** 焊接，以焊錫修補，(up).
2 使牢牢地聯結在一起(up).

sóldering īron n. ©焊接器.

✲sol·dier [ˋsoldʒɚ; ˈsəʊldʒə(r)] n. (pl. ~s [~z; ~z]) © **1** (陸軍的)軍人，soldiers and sailors 海陸軍人/go for a soldier 從軍，去當兵/an old soldier 老兵，老手，(→下例)；熟手；《俚》空酒瓶(也可以用 a dèad sóldier)/Old soldiers never die. They only [simply] fade away. 老兵不死，只是逐漸凋零(第一次世界大戰時英軍軍歌歌詞的一部分).
2 (相對於軍官的)士兵，兵，(→ officer). a private soldier 普通兵.
3 (通常加形容詞)(…的)軍官，將軍. a fine [poor] soldier 優秀[沒有能力]的軍官.
4 (為公義而獻身的)戰士，鬥士. a soldier for peace 和平鬥士.
— vi. 當兵，從軍. go soldiering 當兵.
sóldier ón 《主英、口》(不顧困難而)堅忍地繼續做下去.

sol·dier·ly [ˋsoldʒɚlɪ; ˈsəʊldʒəlɪ] adj. 軍人似的，勇敢的.

✲sole¹ [sol; səʊl] adj. 《限定》 **1** 唯一的，僅有的. Mike lost his sole son. 邁克失去了他唯一的兒子/We were the sole passengers. 我們是僅有的乘客.
2 單獨的，獨占的. the sole right of use 獨family使用權/the sole agent in Japan for the sale of … 在日本的總代理商.
[字源] SOLE 《獨自的》；sole, solitary (孤獨的), solitude (孤獨), desolate (荒蕪的).

sole² [sol; səʊl] n. ©腳底；(鞋、拖鞋等的)底.
— vt. 給[鞋等]裝底(通常用被動語態).

sole³ [sol; səʊl] n. (pl. ~s, ~) ©(魚)鰈魚.

sol·e·cism [ˋsɑlə,sɪzəm; ˈsɒlɪsɪzəm] n. ©
1 《文法》文法錯誤，破格.
2 無禮，沒規矩.

✲sole·ly [ˋsolɪ; ˈsəʊlɪ] adv. **1** 唯一地，單獨地. We are solely to blame. 只該怪我們.
2 僅僅，只，(only)；完全地(entirely). read solely for pleasure 僅僅為了消遣而看書.

✲sol·emn [ˋsɑləm; ˈsɒləm] adj. **1** 〔態度、臉部表情等〕認真的，嚴肅的；假裝認真的，一本正經的. put on a solemn face 板著臉孔. 回solemn 較 grave² 會讓人聯想到儀式的莊嚴性.
2 〔儀式等〕莊嚴的，隆重的，莊重的，鄭重的；按照儀式舉行的. a solemn funeral 莊嚴的葬禮/take a solemn oath 鄭重宣誓[正式宣誓].
➪ n. **solemnity**.

so·lem·ni·ty [səˋlɛmnətɪ; səˈlemnətɪ] n. (pl. -ties) **1** ⓤ認真，嚴肅，一本正經.

2 ⓤ莊嚴，鄭重，莊重. a ceremony of great solemnity 非常莊嚴的儀式.

3 © (通常 solemnities)儀式，典禮.

sol·em·ni·za·tion [ˌsɑləmnəˋzeʃən, -naɪˋz-; ˌsɒləmnaɪˈzeɪʃn] n. ⓤ《文章》以隆重儀式舉行，莊嚴化.

sol·em·nize [ˋsɑləm,naɪz; ˈsɒləmnaɪz] vt. 《文章》 **1** 正式舉行…. solemnize a marriage (在教堂正式)舉行婚禮. **2** 使莊嚴[嚴肅].

sol·emn·ly [ˋsɑləmlɪ; ˈsɒləmlɪ] adv. 認真地，一本正經地；莊嚴地，嚴肅地.

sol·emn·ness [ˋsɑləmnɪs; ˈsɒləmnɪs] n. ⓤ認真，莊嚴，鄭重.

sol-fa [sol`fɑ; ˌsɒlˈfɑː] n. ⓤ(音樂)大音階(do, re, mi, fa, sol, la, ti [si]).

✲so·lic·it [səˋlɪsɪt; səˈlɪsɪt] v. (~s [~s; ~s]; ~ed [~ɪd; ~ɪd]; ~ing) vt. **1** 《文章》 (a) 懇求，央求，請求，〔幫助，金錢，情報，投票等〕(of, from 〔人〕). solicit alms 乞求施捨/solicit votes from those people 懇求那些人賜票/The situation solicits the closest attention. 情勢必須要審慎的注意.
(b) 請求(for)；句型5 (solicit **A** to do)請求A(人)做…. solicit the government for relief = solicit relief of [from] the government 要求政府救助/solicit all workers to join the movement 懇請全體勞工參加活動.
— vi. 懇[請]求(for)；〔妓女等〕拉客.

so·lic·i·ta·tion [sə,lɪsəˋteʃən; sə,lɪsɪˈteɪʃn] ⓤ©懇求，請求；勸誘.

so·lic·i·tor [səˋlɪsɪtɚ; səˈlɪsɪtə(r)] n. ©
1 《美》遊說者(推銷員，助選員等).
2 《美》(市，鎮的)法務官.
3 《英》初級律師(負責法律諮詢或法律文件的起草，管理等工作；→ lawyer 回).

Solícitor Géneral n. (pl. Solicitors —) ©《美》(聯邦政府的)司法部次長；《英》副檢察長.

so·lic·i·tous [səˋlɪsɪtəs; səˈlɪsɪtəs] adj. 《文章》 **1** 擔憂的，掛念的，(about)；關心的(for). Your father is solicitous about your future. 你父親很憂心你的前途. **2** 渴望的(of). be solicitious of praise 渴望博得讚美.

so·lic·i·tous·ly [səˋlɪsɪtəslɪ; səˈlɪsɪtəslɪ] adv. 擔憂地，掛念地；渴望地，熱切地.

so·lic·i·tude [səˋlɪsə,tjud, -,tɪud, -,tud; səˈlɪsɪtjuːd] n. ⓤ《文章》擔憂，焦慮，(對別人的事過度的)掛念.

✲sol·id [ˋsɑlɪd; ˈsɒlɪd] adj. 【 堅固的 】 **1** 固體的，固態的，(↔ liquid, fluid, gaseous). a solid body 固體/solid food 固體食物/solid fuel 固體燃料/Water in its solid form is ice. 水的固體形態是冰.
【 實心的 】 **2** 非中空的，實心的，(↔ hollow)；〔飯菜等〕豐盛的，充實的. a solid tire 實心輪胎《非中空，內有橡膠；用於手推嬰兒車等》/a solid meal 一頓豐盛的飯菜/solid reading 熟讀玩味.
3 《數學》立體的，立方的.
【 (內容是)一樣的，不折不扣的 】 **4** 《限定》〔金，銀等〕純的，質純的；〔顏色等〕一樣的，同一顏色的，

的. a tray of *solid* silver 純銀的托盤/a cloth of *solid* blue 純藍色的布.

5 持續不斷的, 不停頓的;《口》實際有效數量的, 整整的. two *solid* hours of work 整整兩小時的工作.

〖〖 堅固的 〗〗 **6** 牢固的, 堅實的, 結實的, (→ firm¹回). This house has a *solid* foundation. 這棟房子有堅固的地基.

7 〔事業等〕腳踏實地的;〔人, 議論等〕可靠的, 可信賴的. a *solid* business 穩定的生意/a *solid* citizen 可信賴的公民.

8 團結的, 聯合起來的, 全體一致的. My classmates were *solid* against my proposal. 班上的同學全體一致反對我的提議.

⇨ *n*. **solidity**. *v*. **solidify**.

— *n*. (*pl*. ~s [~z; ~z]) C **1** 固體(→ liquid 參照).

2 (通常 solids)(液體中的)固體物質; 固體食物.

3 《數學》立體.

sol·i·dar·i·ty [ˌsɑləˈdærətɪ; ˌsɒlɪˈdærətɪ] *n.* U(因共同的意見, 目的, 利害等而產生的)聯合, 團結, 團結; 連帶責任.

so·lid·i·fi·ca·tion [səˌlɪdəfəˈkeʃən; səˌlɪdɪfɪˈkeɪʃn] *n.* U變硬, 凝固; 團結, 聯合.

so·lid·i·fy [səˈlɪdəˌfaɪ; səˈlɪdɪfaɪ] *v*. (-fies; -fied; ~ing) *vt*. **1** 使凝固, 使固體化; 使〔結論等〕紮實. **2** 使團結.

— *vi*. **1** 凝固, 固體化; 堅固. **2** 團結.

so·lid·i·ty [səˈlɪdətɪ; səˈlɪdɪtɪ] *n*. U **1** 固體性. **2** 實心; 充實. **3** 堅硬; 堅固; 堅實.

sol·id·ly [ˈsɑlɪdlɪ; ˈsɒlɪdlɪ] *adv*. **1** 牢固地, 堅固地. The chair is very *solidly* made. 這把椅子做得很牢固.

2 堅實地, 紮實地, 可信賴地.

3 團結地, 一致地. We are *solidly* behind you. 我們都一致支持你.

sol·id·ness [ˈsɑlɪdnɪs; ˈsɒlɪdnɪs] *n*. U固體性; 充實.

sol·id-state [ˌsɑlɪdˈstet; ˌsɒlɪdˈsteɪt] *adj*. 〔電子機械等〕使用固體零件的, 不使用真空管的,《另行使用電晶體等半導體》.

so·lil·o·quize [səˈlɪləˌkwaɪz; səˈlɪləkwaɪz] *vt*. 獨白, 自言自語.

— *vi*. 獨白, 自言自語.

so·lil·o·quy [səˈlɪləkwɪ; səˈlɪləkwɪ] *n*. (*pl*. -quies) UC自言自語;《戲劇》獨白.

sol·ip·sism [ˈsɑlɪpˌsɪzm; ˈsɒlɪpsɪzəm] *n*. U《哲學》唯我論.

sol·i·taire [ˌsɑləˈtɛr, -ˈtær; ˌsɒlɪˈteə(r)] (法語) *n*. **1** C單粒鑽石(的首飾)《特指鑽戒》.

2 U《美》一人玩的紙牌遊戲(一種單人紙牌遊戲);《英》patience》.

sol·i·tar·i·ly [ˈsɑləˌtɛrəlɪ; ˈsɒlɪtərəlɪ] *adv*. 獨自地, 單獨地, 寂寞地.

*****sol·i·tar·y** [ˈsɑləˌtɛrɪ; ˈsɒlɪtərɪ] *adj*. **1** 獨自的, 單獨的; 喜歡孤獨的(→ lonely回). a *solitary* traveler 單獨旅行的人/He leads a *solitary* life, without family or friends. 他沒有家人, 也沒有朋

友, 過著孤獨的生活.

2 〔地方等〕荒涼的, 偏僻的. a *solitary* lighthouse 人跡罕至的燈塔.

3 《限定》唯一的(sole); 單個的(single)《用於否定句、疑問句等》. a *solitary* example 唯一的例子/There wasn't a *solitary* tree left on the hill. 山丘上連一棵樹也沒剩.

— *n*. (*pl*. -tar·ies) **1** C獨居者; 遁世者.

2 《俚》= solitary confinement.

sol·i·tar·y con·fine·ment *n*. U單獨監禁.

*****sol·i·tude** [ˈsɑləˌtjud, -ˌtɪud, -ˌtud; ˈsɒlɪtjuːd] *n*. (*pl*. ~s [~z; ~z]) **1** U孤獨, 單獨(的狀態); 寂寞, 孤單. live in *solitude* 一人獨居, 避開人群過孤寂的生活/Some people enjoy *solitude*. 有些人喜歡孤獨.

2 C荒涼之地, 偏僻處. a vast *solitude* 空闊寂寥的荒涼之地.

*****so·lo** [ˈsolo; ˈsəʊləʊ] *n*. (*pl*. ~s [~z; ~z]) C **1** 《音樂》獨奏(曲), 獨唱(曲), (→ duet, trio, quartet, quintet, sextet, septet, octet). play a piano *solo* 鋼琴獨奏《彈鋼琴獨奏曲》.

2 (舞蹈等的)單獨表演.

— *adj*. 單人進行的, 單獨的. a *solo* flight 單人飛行.

— *vi*. 《口》(特指初次)單人飛行.

2 獨奏, 獨唱, 單獨表演.

so·lo·ist [ˈsoˌloɪst; ˈsəʊləʊɪst] *n*. C獨奏〔獨唱, 單獨表演〕者.

Sol·o·mon [ˈsɑləmən; ˈsɒləmən] *n*. **1** 《聖經》所羅門王《西元前10世紀左右時的Israel國王; David之子; 以智慧和財富著稱》.

2 C(所羅門般的)賢者.

Sol·o·mon Is·lands *n*. (加the)《用複數》所羅門群島《南太平洋西部新幾內亞島(New Guinea)東方的群島, 為大英國協的成員國; 首都Honiara》.

So·lon [ˈsolən; ˈsəʊlən] *n*. 梭倫(638?-559? B.C.)《古代雅典的立法家; 希臘七賢人之一》.

sol·stice [ˈsɑlstɪs; ˈsɒlstɪs] *n*. C至(太陽離赤道最南或最北的時候). summer *solstice*, winter *solstice* →見 summer solstice, winter solstice.

sol·u·bil·i·ty [ˌsɑljəˈbɪlətɪ; ˌsɒljʊˈbɪlətɪ] *n*. U可溶性, 溶解性〔度〕;(問題等的)解決的可能性.

sol·u·ble [ˈsɑljəbl; ˈsɒljʊbl] *adj*. **1** 可溶的, 易溶化的,《in》. Resin is *soluble in* alcohol. 樹脂可溶於乙醇.

2 〔問題等〕可解決的, 可解釋的.

*****so·lu·tion** [səˈluʃən, -ˈlɪu-; səˈluːʃn] *n*. (*pl*. ~s [~z; ~z]) **1** U溶解, 溶解作用, 溶解狀態; C溶液. Sea water contains salt in *solution*. 海水中含有溶解狀態的鹽/a *solution* of sugar and vinegar 糖與醋的溶液.

2 U解決, 解釋; C解決方法, 解答,《to, for, of》. The problem seemed too difficult to admit *solution*. 這個問題似乎難以解決/find a *solution to* [*for*] the trouble 找到解決此糾紛的辦法.

⇨ *v*. **solve**.

［圖解］ *adj.*＋solution: an ideal ～ (理想的解答)，an ingenious ～ (巧妙的解答)，a logical ～ (合邏輯的解答)，a sensible ～ (明智的解答)，a satisfactory ～ (滿意的解答).

solv·a·ble [`sɑlvəbl; 'sɒlvəbl] *adj.* 可解決的，可解答的.

✻solve [salv; sɒlv] *vt.* (～**s** [~z; ~z]; ～**d** [~d; ~d]; **solv·ing** [★相當於 solve 的現在分詞，動名詞]) 解決，闡明，〔問題等〕解答，解出，〔提出的問題等〕. *solve* the problem of food 解決食物問題/*solve* a mystery 解開謎團/*solve* an arithmetic problem 解算術題.
⇨ *n.* **solution.**

sol·ven·cy [`sɑlvənsɪ; 'sɒlvənsɪ] *n.* ⓤ (對債務的)償付能力 (↔ insolvency).

sol·vent [`sɑlvənt; 'sɒlvənt] *adj.* **1** 有償付能力的 (↔ insolvent). **2** 有溶解力的.
── *n.* ⓒ 溶劑，溶媒.

solv·ing [`sɑlvɪŋ; 'sɒlvɪŋ] *v.* solve 的現在分詞、動名詞.

So·ma·li·a [so'mɑlɪə; səʊ'mɑːlɪə] *n.* 索馬利亞 (非洲東部的共和國；首都 Mogadishu).

✻som·ber (美)，**som·bre** (英) [`sɑmbɚ; 'sɒmbə(r)] *adj.* **1** 昏暗的，陰沉的；〔顏色等〕暗色的，暗淡的. a *somber* brown suit 暗褐色的套裝. **2** 沮喪的，憂鬱的. Jack is in a *somber* mood. 傑克情緒低落.

som·ber·ly (美)，**som·bre·ly** (英) [`sɑmbɚlɪ; 'sɒmbəlɪ] *adv.* 昏暗地；樸素地；沮喪地.

som·bre [`sɑmbɚ; 'sɒmbə(r)] *adj.* (英)＝somber.

som·bre·ro [sɑm'brɛro, -'brɪro, -'brero; sɒm'breərəʊ] *n.* (*pl.* ～**s**) ⓒ 闊邊帽(流行於墨西哥，美國西南部的一種闊邊氈帽).

✻some [強 `sʌm, ˏsʌm, 弱 sʌm, sm, sə; 強 sʌm, 弱 səm, sm (★根據詞類、詞義之不同分成強、弱)] (→ any) *adj.*

〖若干，一些〗 **1** [sʌm; səm] 《修飾可數名詞的複數》若干的，一些的，少許的, (→ several 回)；《修飾不可數名詞》一些的，若干的.
(**a**)《用於肯定直述句》Some boys were singing in the room. 幾個男孩在房間裡唱著歌 (★相當於 A boy was singing.... 的複數)/I see *some* birds on that branch. 我看到了樹枝上有幾隻鳥/I want *some* stamps [money]. 我需要一些郵票[錢] (★下面例句中，表示「並不要其他東西，就只要錢而已」之意時，不需要著重: I want money, not sympathy. (我需要的是錢，並不是同情)).
(**b**)《用於疑問句、條件子句》Will [Won't] you have *some* tea? 你要喝點茶嗎?/Did you do *some* work last night? 昨晚你有工作嗎?/If you have *some* money, you should buy the book. 如果你有錢，你就該買那本書.
(**c**)《用於否定直述句》It is surprising that you have *not* paid *some* attention to this fact. 真沒想到你對這事實竟沒甚麼留意.

〖◉ some 與 any〗

(1)一般 some 用於肯定直述句中，而在否定句，疑問句，條件子句中通常用 any. 因此，I want *some* stamps. 相對應為 I *don't* want *any* stamps. (我不需要郵票)《否定句》Do you want *any* stamps? (你要郵票嗎?)《疑問句》/If you want *any* stamps.... (如果你需要郵票的話…)《條件句》(→ (b) 和 ◉(2), (3)).
這也適用於 *somebody*, *something*, *somewhere* 等的複合字，在非肯定直述句時，分別變成 *anybody*, *anything*, *anywhere* 等. 因此，I know *somebody* who can speak Hebrew. (我認識會說希伯來語的人)相對應為 I *don't* know *anybody* who can speak Hebrew. (我不認識會說希伯來語的人)；Do you know *anybody* who...?; *If* you know *anybody* who....
(2)如 (b) 的例句一般，其形式雖然是疑問句(不管是肯定還是否定)，但當意思是表示命令，請求，勸誘，或期待得到對方肯定答覆時，不用 any 而用 some. (b) 的第二例 Did you do *some* work...? 是期待得到對方有工作的答覆而問的，Did you do *any* work...? 則沒有這種期待.
(3)(b) 的最後一個例句，如果把 If you have *some* money.... 改成 If you have *any* money....(如果有(一點)錢的話)，雖然還是一般的條件子句，但用 some 比 any 更暗示其條件的可能性.
(4)(c) 的例句中，含有暗示對方依理應該注意的 (You ought to have paid *some* attention to this fact.) 語氣. 如果用 any 則成了「全然沒有注意」的意思.

2 [sʌm; sʌm]《某(若干的)》《修飾可數名詞的複數或不可數名詞》(某)一部分的. *Some* houses are damp in winter. 在多天有些房子會潮濕/*Some* people are tall and *some* [others] (are) not. 有些人個子高，有些人則不然/The President's speech did not please *some* people. 總統的演說並沒有令某些人滿意. 〖語法〗(1) some 多譯成「(其中)也有…的東西[人]」，亦可譯「有些人」. *some*...some, some...others [other＋複數名詞]常作對比使用.

〖某(不明確的)〗 **3** [sʌm; sʌm]《修飾可數名詞的單數》某，某一，某人. Mary is talking with *some* boy. 瑪莉正與某個男孩在說話/I have read that in *some* book. 我在某本書上看到過/The train came late for *some* reason. 火車因某種緣故而誤點了. 〖語法〗通常用於不太清楚甚麼是甚麼[誰是誰]的情況下，有時也用於不想明說的情況下；→ certain 6.

4 [sʌm; sʌm]《大約》《修飾數詞》大約，約，(about). *Some* thirty of our class came to the meeting. 我們班上大約有三十名同學參加了那次聚會/*some* twenty houses 二十棟左右的房子.
★這裡的 some 可看作副詞.

〖一些＞少許＞相當的〗 **5** [sʌm; sʌm]相當的，

很多的；《口》了不起的，出色的．I had *some* trouble over this matter. 我在這件事情上費了一些〔相當的〕功夫/That was *some* race. 那是一場精彩的比賽(★ some 要重讀)/*Some* friend yóu are! 你是很重要的朋友/*Some* help yóu've been! 你真是幫了大忙． 語法 最後二個例子常用於諷刺．

sòme dày＝someday.

sòme féw [*líttle*] (1)少數〔量〕(的)(a few [little]). There were *some few* (teachers) present. 有少數人(老師)出席． (2)相當(多)的．He was kept waiting for *some little* time. 他等了有些時候了．

sòme móre 再略多一些，再多幾個．This bag isn't quite the right color. Show me *some more*. 這個提袋的顏色不太對，再給我看看其他的(★「再另一個」用 another (one)).

some one (1)[ˋsʌm,wʌn, `sʌmwən; ˈsʌmwʌn]＝someone. (2)[ˌsʌmˈwʌn; ˌsʌmˈwʌn] 其中的一個(的)，其中的一人(的)．*some one* of the houses 那些房子中的其中一幢．

* **sòme...or óther** 某…，某人．(in) *some way or other* 設法/*some day or other* 總有一天． 語法 這兩個與 some way [day] 意思不變，只是 or other 加強 some 所包含的不確定的語氣；somebody, somehow, something 等都是此片語的應用變化．

sòme òther dáy [*tíme*] 改天．I'm not feeling well today—let's go *some other time*. 今天我不大舒服，我們改天再去那兒吧!

* **sòme tíme** 暫時，頗長的一段時間．We lay (for) *some time* on the grass. 我們在草地上躺了一會兒．

—— *pron.* (語法 代替可數名詞使用時作複數，代替不可數名詞使用時作單數).

1 [sʌm; sʌm] 若干，一部分，(★與 any 在用法上的區別，比照 *adj.* 的●). You can eat *some of* these oranges. 你可以吃這裡的幾個柳橙/*Some* (*of* the milk) was spilled. 一些(牛奶)濺出來了/I need some money. 我需要錢，如果你有 *any*, please lend me *some*. 我需要錢，如果你有，請借給我一些(★第一個 some 為形容詞).

2 [sʌm; sʌm] 有些人，有些東西，(★比照 *adj.* 2 的用法). *Some* agree with us. 有些人與我們意見相同/*Some* of the class said it was true, others not, and still others were indifferent. 班上的學生中，有些人說是真的，有些人說並不是那樣，還有些人(對這件事)毫不關心．

—— [sʌm; sʌm] *adv.* 《口》有些，稍微，有點；《美、口》非常，相當．Lie down and rest *some*. 躺下來休息一下．

-some *suf.* **1** 構成形容詞．trouble*some*. win*some*.

2 接在數詞之後構成表示「…人一組(的)」之意的形容詞、名詞．two*some*.

¥some·bod·y [ˋsʌm,badɪ, -ˌbʌdɪ, `sʌmbədɪ; ˈsʌmbədɪ] *pron.* 有人，某人．*somebody* else (某個)別人/*Somebody* careless left the door open. 某個粗心的人讓門開著/There's *somebody* (who) wants to see you. 有人

要見你/If *somebody* is to be blamed, it is me. 如果真要怪誰的話，那就是我(→ some ●)/*Somebody* left their umbrella. 有人把傘忘了．

語法 (1)somebody 較同義的 someone 更為通俗． (2)否定句、疑問句、條件子句中通常用 anybody; → anybody; → some ●. (3)通常作單數，但在《口》中，有時也可解釋成 they; 參照最後的例句． (4)修飾的形容詞置於 somebody 之後．

sómebody or òther 某個(不認識的人).

—— *n.* (*pl.* **-bod·ies** [~z; ~z]) ⓒ 重要人物，了不起的人，(★常省略不定冠詞 a，這種情況下的some·body 可視為代名詞). He thinks himself (a) *somebody*. 他自以為了不起．

¥some·day [ˋsʌm,de; ˈsʌmdeɪ] *adv.* (未來的)某一天，來日，(→ one day (day 的片語)). *Someday* I'll visit America. 有朝一日我要去美國玩．

¥some·how [ˋsʌm,hau; ˈsʌmhaʊ] *adv.* **1** 以某種方式，設法．*Somehow* (or other) the pilot managed to land the plane. 飛行員設法使飛機著陸了/I'll finish it today *somehow*. 我會設法在今天完成．

2 不知怎地，總覺得．*Somehow* I don't trust him. 不知怎地，我不信任他．

¥some·one [ˋsʌm,wʌn, `sʌmwən; ˈsʌmwʌn] *pron.* 有人，某人．"I want to see *someone*," she said. "Anyone—but right away." 「我想見見甚麼人，任何人都行，但是立刻要見」/*Someone* of you must go. 你們之中得有人去(注意 這種有 of 片語的場合，不能用 somebody 代替).

語法 (1)someone 較 somebody 稍屬文章用語． (2)否定句、疑問句、條件子句中通常用 anyone; → anyone; → some ●. (3)亦拼作 some one; 但這種拼法不僅表示人，有時亦表示物; → some one (2)(some 的片語).

some·place [ˋsʌm,ples; ˈsʌmpleɪs] *adv.* 《美、口》＝somewhere.

som·er·sault [ˋsʌmɚ,sɔlt; ˈsʌməsɔːlt] *n.* ⓒ 筋斗，前滾翻，後滾翻．turn [do] a *somersault* 翻筋斗．

—— *vi.* 翻筋斗．

[somersault]

Som·er·set [ˋsʌmɚ,sɛt, -sɪt; ˈsʌməsɪt] *n.* 薩默

塞特(英格蘭西南部的一郡).

‡some·thing [ˋsʌmθɪŋ; ˈsʌmθiŋ] *pron.* **1** 甚麼, 甚麼事; 某物, 某事. I have *something* to tell you. 我有事要對你說/Some people try to get *something* for nothing. 有些人只想不勞而獲/Here's (a little) *something* for you. 這(一點)東西給你/Please give me *something* cold to drink. 請給我一點冷飲喝/There is *something* wrong with this machine. 這部機器有些不對勁/There was *something* mysterious about him. 他總是給人一種神秘感(氣氛)/There is *something* in what you say. 你說的有些道理/He does *something* in the movies. 他從事與電影有關的工作/This serenity of mind is not *nothing* that comes easily. 心靈的平靜不是那麼容易達到的.

[語法](1)否定句、疑問句、條件子句中通常用 anything; → anything; → some ⬤. 但是, Did you say *something*? (你說了甚麼[說過甚麼吧]?), If you don't eat *something* now, you'll be hungry on the train. (你現在甚麼不吃的話, 在火車上會餓的)等例子, 當說話者態度十分確定時, 則用 something.

(2)與 anything, everything, nothing 一樣, 修飾 something 的形容詞置於其後.

2 若干, 一些. *something* of...(→片語)/I know *something* about law. 我略懂法律/Five thousand dollars—that isn't much, but it's *something*. 五千美元雖不是大數目, 但也不少了/*Something* is better than nothing. (諺)有總比沒有好.

3 《僅作補語、受詞》(a)重要的事物; 了不起的[很好的]事. It is *something* at any rate that the worst is now over. 總之, 最壞的情形已經結束了, 這是值得慶幸的. (b)重要的人物. That upstart thinks he is *something*. 那個暴發戶自以為了不起.

4 是甚麼的, 叫甚麼的, 在甚麼的, (★用於不很清楚, 或是預留(部分的)名字、數字等時), The actor's name was Charles *something*. 這個演員的名字叫做查理甚麼的/the two *something* train 兩點幾分開的列車/in the year eighteen (hundred and) *something* 在西元一八多少年.

hàve sómething to dó with... 與…有(多少)的關係(→ have...to do with A (do 的片語)).

...or sómething …之類的, 諸如此類的, (★是一種對內容不明確的補充說明, 不限用於名詞). Use a knife *or something*. 用把小刀或諸如此類的東西/John came late—his car had broken down *or something*. 約翰遲到了, 可能是他的車子故障了或諸如此類的事.

sómething élse (1)甚麼其他的(事). (2)《口》再好不過的東西[人]. His new movie is *something else*. 他這次的電影真是再好也不過了.

sómething like... → like² 的片語.

* **sómething of...** 有些, 有點[相當]像…, 有點兒…, (→ anything of..., nothing of...). Tom is

something of a miser. 湯姆有點兒小氣/I have seen *something of* the world. 我也見過一些世面.

sòmething or òther 某事[物].

Sòmething télls [tóld] me... 《口》感到…. *Something told me* I would find you here. 我總覺得會在這裡碰到你.

— *adv.* 幾分, 有點, (somewhat); 《口》很, 非常. Bob was *something* stouter than his brother. 鮑伯比他哥哥還要結實.

* **some·time** [ˋsʌm͵taɪm; ˈsʌmtaim] *adv.* **1** (未來的)某個時候, 過些日子, 日後. Why don't you come over *sometime*? 何不找個時間過來?

2 (過去的)某個時間, 某個時候. I saw him *sometime* last month. 我在上個月的某一天見過他.

sómetime or òther 早晚, 遲早.

— *adj.* 《限定》《文章》從前的, 一度的, 原…的, 前…的. a *sometime* professor at London University 前倫敦大學教授.

‡some·times [ˋsʌm͵taɪmz, sʌmˈtaɪmz, səmˈtaɪmz; ˈsʌmtaimz] *adv.* 有時, 間或. My brother *sometimes* plays the piano. 我弟弟[哥哥]有時彈彈鋼琴/*Sometimes* I wish I were somewhere else. 有時我希望我不在這裡就好了/Career women are *sometimes* haughty. 職業婦女有時會自以為了不起的/*Sometimes* he came alone and *sometimes* with his wife. 他有時一個人來, 有時和他太太一起.

some·way [ˋsʌm͵we; ˈsʌmwei] *adv.* 《美、口》= somehow.

‡some·what [ˋsʌm͵hwɑt, ˋsʌmhwət; ˈsʌmwɒt] *adv.* 稍微, 一些, 有點, (rather, a little). It is *somewhat* cold today. 今天有點冷/You look *somewhat* paler than usual. 你看起來比平時稍微蒼白些/We were *somewhat* disturbed to hear the news. 聽到這個消息我們多少有些不安.

— *pron.* 少量, 一些, (something).

sómewhat of... 《口》= something of.... (something 的片語).

‡some·where [ˋsʌm͵hwɛr, -͵hwær; ˈsʌmwɛə(r)] *adv.*

1 在某處, 到某處. The accident happened *somewhere* around here. 這起事故發生在這附近某處/You will find the book *somewhere* in my study. 你可以在我書房裡的某個地方找到那本書.

[語法]否定句、疑問句、條件子句中通常用 anywhere; → anywhere; → some ⬤.

2 《用於表示場所以外的意思》大概…, …左右, 約…, (★例如 around, between, in 等, 伴隨含有數詞等的副詞片語). arrive *somewhere* around ten o'clock 十點左右到達/The cost will be *somewhere* between one and two million dollars. 費用約在一百萬到二百萬美元之間(的任一數字)/The old man must be *somewhere* in his eighties. 那個老先生一定有八十多歲了.

gèt sómewhere 《口》有一些成果, 有(相當的)進展.

som·nam·bu·lism [sɑmˋnæmbjə͵lɪzəm;

sɒm'næmbjʊlɪzəm] n. ⑤《文章》夢遊症(sleep-walking).

som·nam·bu·list [sam'næmbjəlɪst; sɒm'næmbjʊlɪst] n. ⑥《文章》夢遊症患者.

som·no·lent [`sɑmnələnt; 'sɒmnələnt] adj. 《文章》想睡的(sleepy); 催眠的.

‡**son** [sʌn; sʌn] n. (pl. ~s [~z; ~z]) ⑥ **1** 兒子; 男孩子, (⟷ daughter); 女婿; 養子; (son-in-law). You have a fine son. 你有一個好兒子/ My oldest son is a doctor. 我的大兒子是位醫生/ Ted is his father's son. 泰德和他爸爸長得很像/ Edward, son of the king. 愛德華王子.

2 (通常 sons)(男性)後裔. the sons of Adam 亞當的後裔(人類).

3 《雅》…國的人; …之子, 一員, 《of》. a faithful son of America 美國忠實的公民/a son of Mars 馬爾斯[戰神]之子《軍人》/a son of the Muses 繆斯[詩神]之子《詩人》/a son of the soil 大地之子, 農夫.

4 (呼喚)孩子 (★長者、神職人員等對年輕男子的呼喚). Looking for someone, son? 在找人嗎, 孩子?

5 (用 the Son)聖子(Trinity(三位一體)的第二位, 即基督).

so·nar [`sonɑr; 'səʊnɑ:(r)] n. ⑪⑥ 水中聲波探測儀, 聲納, 《源自 sound navigation ranging》.

＊**so·na·ta** [sə'nɑtə; sə'nɑ:tə] n. (pl. ~s [~z; ~z]) ⑥《音樂》奏鳴曲. Beethoven's violin sonatas 貝多芬的小提琴奏鳴曲.

‡**song** [sɔŋ; sɒŋ] n. (pl. ~s [~z; ~z]) **1** ⑥ 歌; 唱歌; 歌曲. sing a song 唱歌/a popular [marching] song 流行歌曲[進行曲].

> ⑯ adj.＋song: a beautiful ~ (優美的歌), a joyful ~ (愉快的歌), a sad ~ (悲傷的歌) // v.＋song: compose a ~ (作曲), write a ~ (寫曲).

2 ⑥ (特指適於歌唱的)詩(poem); ⑪ 詩歌(poetry). a lyric song 抒情詩.

3 ⑪ 歌唱. rejoice in song 唱歌取樂/break [burst] into song 突然唱起歌來.

4 ⑪ (鳥的)囀鳴, (蟲的)鳴聲. The birds filled the morning with song. 早晨充滿了小鳥們的鳴叫聲.

5 ⑪ (小溪的)潺潺流水聲; (水壺的)滾滾沸騰聲. ⇨ v. sing.

a sòng and dánce 《主美、口》(冗長)喋喋不休的話; 難以置信的說辭;《英、口》(不必要的)大驚小怪.

for a sóng 《口》等於不要錢地, 非常便宜地, 《出售等》.

on sóng 《英》最好不過.

song·bird [`sɔŋ,bɝd; 'sɒŋbɜ:d] n. ⑥ 鳴鳥 (blackbird, canary, lark, nightingale 等).

song·book [`sɔŋ,bʊk; 'sɒŋbʊk] n. ⑥ 歌曲集, 歌本.

song·ster [`sɔŋstɚ; 'sɒŋkstɚ; 'sɒŋstə(r)] n. ⑥《雅》**1** 歌手; 作曲家; 詩人.

2 鳴鳥(songbird).

song·stress [`sɔŋstrɪs; 'sɒŋstrɪs] n. ⑥《雅》女

歌手, 歌女.

song·writ·er [`sɔŋ,raɪtɚ; 'sɒŋraɪtə(r)] n. ⑥ 作詞[作曲]家.

son·ic [`sɑnɪk; 'sɒnɪk] adj. 聲音的, 音波的; 音速的.

[字源] SON「聲音」: sonic, unison (調和), resonant (回聲的), sonata (奏鳴曲)

sònic bóom n. ⑥ 音爆《飛機超音速飛行時, 由於衝擊波引起近似爆炸聲的聲音》.

son-in-law [`sʌnɪn,lɔ; 'sʌnɪnlɔ:] n. (pl. sons-) ⑥ 女婿; 養子.

＊**son·net** [`sɑnɪt; 'sɒnɪt] n. (pl. ~s [~s; ~s]) ⑥ 十四行詩《起源於義大利的一種短詩, 以每行十個音節, 共十四行構成》.

son·ny [`sʌnɪ; 'sʌnɪ] n. (pl. -nies) ⑥《口》孩子《由 son 變化而來; 主要是年長者所用的呼喚》.

sòn of a bítch n. (pl. sons of bitches) ⑥ 《鄙》畜生, 婊子養的, 《因為是粗話, 所以常省略為 S.O.B., s.o.b., SOB, 或改作 son of a gun》; 《感歎詞性》哎呀, 他媽的.

sòn of a gún n. (pl. sons of guns) ⑥ 畜生, 狗娘養的, 《男人之間極親密的用詞, 常用來表示「那傢伙」, 「你這小子」用 you (old) son of a gun 表示》.

so·nor·i·ty [sə'nɔrətɪ, -'nɑr-; sə'nɒrətɪ] n. ⑪ **1** 響亮. **2** 《語音學》響度(通常母音比子音、有聲子音比無聲子音的 sonority 要大).

so·no·rous [sə'nɔrəs, -'nor-; 'sɒnərəs] adj. **1** 〔聲音〕響亮的, 圓潤宏亮的; 〔場所〕能製造出響亮聲音的.

2 〔文體, 演說〕鏗鏘有力的; 格調高雅的.

‡**soon** [sun, sʊn; su:n] adv. (~·er; ~·est) **1** 不久, 馬上; 過些日子, 遲早. Spring will soon be here. 春天馬上就要來臨了/The accident happened soon after sunset. 那件事故是發生在日落後不久/I shall hear from him soon. 我不久就會有他的消息. ⇔soon 指從某時刻起算之後的不久; → early.

2 快, (比預定的要)早. I didn't expect you to get here so soon. 我沒想到你會這麼早就到這裡/How soon can you come to help me? 你甚麼時候[最快甚麼時候]可以來幫忙呢?/The vacation came to an end all too soon. 假期結束得太快了/Such bad fellows should be thrown in jail, and the sooner the better. 這樣的壞蛋應被關到牢裡去, 而且越快越好(→ The sooner, the better. (better 的片語)).

＊**as sóon as...** 一…就, 剛…就. Call me as soon as you get there. 你一到那裡就立刻打電話給我.

＊**as sòon as póssible** 儘快. The fighting must be brought to an end as soon as possible. 那場紛爭一定得儘快結束. [語法] as soon as possible 有時可以換成表示相同意義的as soon as one can: I'll start as soon as I can. (我會盡快出發).

＊**no sóoner A than...** 剛做 A 就…, 一做 A 馬上就

S

···, I had *no sooner* [*No sooner* had I] hung up *than* the phone started ringing again. 我剛掛上話筒, 電話又響了/*No sooner* said *than* done. 一說就做, 說到做到. 　語法(1)通常 no sooner 的子句爲過去完成式(有時過去式), 由 than 引導的子句爲過去式的動詞時態. (2)注意 no sooner 出現在句首時主詞與動詞的位置.

* **sóoner or láter** 遲早, 終歸. We all die *sooner or later*. 我們終歸要死的.

* **would** (*jùst*) **as sóon** 寧可做[是]···, I'd *just as soon* stay home (*as go out*). (與其出門)我寧可待在家裡/He'd *just as soon* you didn't tell anyone about that. 他寧可你不要把那件事講出去/I'd *as soon* be dead. = I'd *sooner* be dead. 我還不如死了的好. 　語法(1)通常 would (just) as soon 之後會接原形動詞, 但有時也會接含有假設語氣過去式的子句, 如上述第二個例句. (2)此外, 如第一個例句所示, 有時用 as +原形動詞, 或 as not 來表明另一個選擇的內容.

* **would sóoner** *A* **than** *B* 與其 *B* 寧願···, 還不如···比較好], I'd *sooner* be a live coward *than* a dead hero. 好死不如賴活/If I had the choice, I'd *sooner* stay (*than* go). 如果我能選擇的話, (與其去)我寧願留下. 　語法sooner, than 後接原形動詞, 有時 than 以下可省略.

* **soot** [sʊt, sut, sʌt; sʊt] (★注意發音) *n.* Ⓤ煤灰, 煤煙. clean the *soot* out of the fireplace 清掃壁爐的煤灰.
　— *vt.* 用煤煙污染, 用煤灰覆蓋, 《up》(通常用被動語態).　◇ *adj.* **sooty**.

* **soothe** [suð; suːð] *vt.* (~s [~z; ~z]; ~d [~d; ~d]; **sooth·ing**) **1** 撫慰, 安慰, 〔人〕; 使〔神經, 感情等〕平靜. *soothe* a person's nerves [hurt feelings, anger] 舒緩某人的焦慮[受傷的心靈, 怒氣].
　2 緩和〔痛苦等〕; 使舒服. This syrup will *soothe* your sore throat. 這種糖漿能減輕你的喉嚨痛.

sooth·ing [ˈsuðɪŋ; ˈsuːðɪŋ] *adj.* 撫慰的, 安慰的; 〔藥等〕有鎮靜效果的.

sooth·ing·ly [ˈsuðɪŋlɪ; ˈsuːðɪŋlɪ] *adv.* 撫慰地; 親切地.

sooth·say·er [ˈsuθˌseə; ˈsuːθˌseɪə(r)] *n.* Ⓒ 〔古〕占卜者, 預言家, (fortune-teller).

soot·y [ˈsʊtɪ, ˈsutɪ; ˈsʊtɪ] *adj.* **1** (似)煤灰的; 滿是煤煙的. **2** 〔顏色〕灰暗的, 烏黑色的. ◇ *n.* **soot**.

sop [sɑp; sɒp] *n.* Ⓒ **1** 泡在牛奶, 湯, 肉汁等裡吃的食物[麵包片等].
　2 (讓人高興的)誘餌, 「甜頭」, (小)賄賂.
　— *vt.* (~s; ~ped; ~ping) **1** 浸泡〔麵包片等〕《in》. *sop* bread *in* gravy 把麵包片浸在肉汁裡.
　2 (用布等)吸乾〔液體〕《up》.

So·phi·a [səˈfaɪə, ˈsofɪə; səʊˈfaɪə] *n.* 女子名.

soph·ism [ˈsɑfɪzəm; ˈsɒfɪzəm] *n.* Ⓒ 詭辯, 牽強附會.

soph·ist [ˈsɑfɪst; ˈsɒfɪst] *n.* Ⓒ 詭辯家, 詭辯者; 詭辯學家.

so·phis·ti·cate [səˈfɪstɪˌket; səˈfɪstɪkeɪt] *vt.* 〖 使複雜 〗 **1** (用於正面含義)使〔嗜好等〕有品味, 使高雅.
　2 (用於負面含義)使〔人, 態度等〕世故, 使世故圓滑; 使具有都市習性. Their minds have been *sophisticated* by literature. 文學使他們的思想變得世故圓滑.
　3 使〔機械, 裝置等〕複雜; 使精緻.
　— *n.* Ⓒ **1** 精於世故的人, 老油條.
　2 有教養的人; 知識淵博的人.

* **so·phis·ti·cat·ed** [səˈfɪstɪˌketɪd; səˈfɪstɪkeɪtɪd] *adj.* 〖 不單純的 〗 **1** (用於正面含義)老練的, 有良好教養的; 〔雜誌等〕適合有教養的人[知識分子]的; 高級的. His father has *sophisticated* tastes. 他父親具有高尚的品味/The magazine has a small, but *sophisticated* readership. 這本雜誌的讀者雖少, 但層次很高.
　2 (用於負面含義)習於世故的, 世故圓滑的; 矯揉造作的, 油腔滑調的; (◆ naive). Jane seems rather too *sophisticated* for one so young. 珍世故得似乎和她的年齡不相稱.
　3 〔機械, 裝置等〕複雜的, 精密的. very *sophisticated* data-processing techniques 非常複雜的資料處理技術/This computer is the most *sophisticated* yet devised. 這種電腦是迄今設計出最精密的機種. 　注意本字與衍生字 sophisticate, sophistication 意思稍有不同, 有正面的也有反面的意義.
　◆ **unsophisticated**.

so·phis·ti·ca·tion [səˌfɪstɪˈkeʃən; səˌfɪstɪˈkeɪʃn] *n.* Ⓤ (使)精於世故(的狀態); (非常)老練; 有教養; 精密度.

soph·ist·ry [ˈsɑfɪstrɪ; ˈsɒfɪstrɪ] *n.* (*pl.* **-ries**) Ⓒ(通常複數) sophistr*ies*)=sophism; Ⓤ 詭辯法.

soph·o·more [ˈsɑfmˌor, -ˌɔr; ˈsɒfəmɔː(r)] *n.* Ⓒ(美)(四年制大學, 高中的)二年級學生(→ senior 3 參考).

sop·o·rif·ic [ˌsɑpəˈrɪfɪk, ˌsapə-; ˌsɒpəˈrɪfɪk] 〔文章〕 *adj.* 引起睡眠的, 催眠的. a *soporific* drug 安眠藥/*soporific* lectures 令人昏昏欲睡的演講.
　— *n.* Ⓒ 安眠藥.

sop·ping [ˈsɑpɪŋ; ˈsɒpɪŋ] *adj.* (口)濕透的, 濕淋淋的; (副詞性)濕淋淋地. be *sopping* wet 濕透.

sop·py [ˈsɑpɪ; ˈsɒpɪ] *adj.* **1** 濕淋淋的, 濕漉漉的; 〔天氣〕潮濕的, 多雨的. **2** (口)〔人, 故事等〕易傷感的, 多愁善感的(自作多情的). **3** (英·口)熱中的, 著迷的, 《about》; 迷戀的《on〔人〕》.

so·pran·o [səˈpræno, -ˈprɑno; səˈprɑːnəʊ] *n.* (*pl.* ~s)(音樂) **1** Ⓤ最高音部(女子或變聲期前少男的最高音). sing *soprano* 唱最高音部.
　2 Ⓒ 女高音歌手.
　— *adj.* 女高音的.

sor·bet [ˈsɔrbɪt; ˈsɔːbeɪ] *n.* Ⓤ(主英)果汁雪泥((美) sherbet).

Sor·bonne [sɔrˈbɑn, -ˈbʌn; sɔːˈbɒn] *n.* (加 the)巴黎大學(原巴黎大學文理學院; 學制改革後, 現今爲巴黎第四大學的俗稱).

sor·cer·er [ˈsɔrsərə; ˈsɔːsərə(r)] *n.* Ⓒ 術士, 魔法師.

sor·cer·ess [ˈsɔrsərɪs; ˈsɔːsərɪs] *n.* ⓒ女術士，女魔法師。

sor·cer·y [ˈsɔrsərɪ; ˈsɔːsərɪ] *n.* ⓤ魔法，妖術。

***sor·did** [ˈsɔrdɪd; ˈsɔːdɪd] *adj.* **1** 〔場所，環境等〕骯髒的，汙穢的。a *sordid* little house in the slums 貧民窟裡骯髒的小屋。
2 下流的，卑鄙的，下賤的；利慾薰心的，貪婪的。a *sordid* scheme 卑鄙的計謀。

sor·did·ly [ˈsɔrdɪdlɪ; ˈsɔːdɪdlɪ] *adv.* 汙穢地；卑鄙地。

sor·did·ness [ˈsɔrdɪdnɪs; ˈsɔːdɪdnɪs] *n.* ⓤ骯髒；下流，卑鄙。

***sore** [sor, sɔr; sɔː(r)] *adj.* (**sor·er; sor·est**)
〖熱熱地疼痛的〗 **1** (稍微碰一下也)痛的; (因受傷、發炎等)火辣辣地痛的，陣陣刺痛的，疼痛發炎的; 〔肌肉等〕(因活動過度而)酸痛的。a *sore* heel (因鞋子磨腳)感到疼痛的後腳跟/a *sore* throat 喉嚨痛/I have a very *sore* arm where you hit me. 你撞到我手臂的地方，現在非常疼痛/My eyes are *sore* after so much reading. 看了這麼多書之後，我的眼睛很酸痛。
2 〔敘述〕〔人〕感到疼痛的。I feel *sore* all over after all that sudden exercise. 在那突然的激烈運動之後，我感到渾身酸痛。
〖痛心的〗 **3** 〔精神等〕痛苦的，〔人〕悲傷的，傷心的。with a *sore* heart 日夜悲傷地，傷心地/a young widow *sore* at heart 一位日夜哀傷的年輕寡婦。
4 (限定)〔話題等〕惹人生氣的，使人難堪的。Her son's failure is a *sore* point [spot, subject] with her. 兒子的失敗是她的痛處。
5 (主美、口)〔敘述〕生氣的((*at* 〔人〕; *about, for* 〔不當處置等〕))。He is *sore* at me for criticizing him. 他因為我批評他，所以很氣我/He got *sore about* not being invited to the party. 他很生氣沒被邀請參加那次的宴會。
a síght for sòre éyes 樂於看到的東西，(特指)稀客。
— *n.* ⓒ觸到就痛的地方(腫瘡，潰瘍，傷口等)；傷心事，恨事，痛處。

sore·ly [ˈsorlɪ, ˈsɔrlɪ; ˈsɔːlɪ] *adv.* 嚴厲地，激烈地；非常。

sore·ness [ˈsornɪs, ˈsɔrnɪs; ˈsɔːnɪs] *n.* ⓤ痛。

sor·er [ˈsoræ, ˈsɔræ; ˈsɔːrə(r)] *adj.* sore 的比較級。

sor·est [ˈsorɪst, ˈsɔrɪst; ˈsɔːrɪst] *adj.* sore的最高級。

sor·ghum [ˈsɔrgəm; ˈsɔːgəm] *n.* ⓤⓒ高粱(蜀黍屬植物的總稱)；ⓤ高粱糖漿。

so·ror·i·ty [səˈrɔrətɪ, ˈˈrar-; səˈrɒrətɪ] *n.* (*pl.* **-ties**) ⓒ(美)(特指大學的)姊妹會(會員住在其宿舍)；婦女俱樂部; (→ fraternity)。

sor·rel[1] [ˈsɔrəl, ˈsar-; ˈsɒrəl] *n.* ⓤⓒ(植物)酸模羊蹄(類)；酢漿草(類)。

sor·rel[2] [ˈsɔrəl, ˈsar-; ˈsɒrəl] *adj.* 紅褐色的; 〔馬等〕栗色的。— *n.* ⓤ紅褐色; ⓒ栗色馬等。

sor·ri·er [ˈsɔrɪæ, ˈsarɪ-; ˈsɒrɪə(r)] *adj.* sorry 的比較級。

sor·ri·est [ˈsɔrɪɪst, ˈsarɪ-; ˈsɒrɪɪst] *adj.* sorry 的最高級。

***sor·row** [ˈsaro, ˈsɔro, -ə; ˈsɒrəʊ] *n.* (*pl.* **~s** [~z; ~z]) **1** ⓤ(深深的)悲傷，悲哀，悲歎，((*at, for, over* 對於…))。The death of his father filled him with *sorrow*. 他父親的死使他滿懷悲傷/in *sorrow* and in joy 無論是悲傷還是喜悅/feel much *sorrow* for 對…感到很悲痛/To my great *sorrow*, my father died young. 令我感到非常悲痛的是，我父親年輕輕就去世了。
🔄 sadness (悲哀的心情)，到了激烈的、持久的程度則爲 sorrow; → grief.
┌─── 〖搭配〗*adj.*+sorrow: deep ~ (深切的悲傷)，intense ~ (強烈的傷痛) // *v.*+sorrow: cause ~ (引起傷悲)，relieve a person's ~ (減輕某人的傷痛)。
2 ⓤ後悔，可惜，遺憾。We left the place without much *sorrow*. 我們離開那個地方，沒有多少遺憾/express one's (great) *sorrow* at [for] the death of one's former teacher 對以前的老師的去世表示深切的哀悼〔遺憾〕。
3 ⓒ悲傷的原因; 後悔的根源。Try to forget every care and *sorrow*. 試著把痛苦與悲傷的事全部忘掉/The boy's laziness was a great *sorrow* to the family. 這個孩子懶惰的毛病是讓全家人頭痛的原由/the Man of *Sorrows* 《聖經》(背負著種種悲哀的人)(指基督)。
⇨ *adj.* **sorrowful**. ↔ **joy**.
— *vi.* (主雅)感到悲傷，悲歎，((*at, for, over*))。When I am gone, do not *sorrow* for me. 當我死去，別爲我感到悲傷/He was *sorrowing over* his bad luck. 他爲自己的不幸而悲歎。

***sor·row·ful** [ˈsarofəl, ˈsɔro-, -əfəl; ˈsɒrəʊfʊl] *adj.* **1** 〔人〕傷心的，哀聲歎氣的; 〔表情等〕顯得哀痛的，十分悲傷的。The news made us all *sorrowful*. 那個消息使我們都感到很難過/a *sorrowful* face [voice] 悲傷的臉〔聲音〕。
2 〔事物〕可歎的，令人傷心的，悲哀的，悲慘的。a *sorrowful* event 令人悲傷的事件 / a *sorrowful* sight 悲慘的景象。⇨ *n.* **sorrow**.

sor·row·ful·ly [ˈsarofəlɪ, ˈsɔro-, -əfəlɪ; ˈsɒrəʊfəlɪ] *adv.* 傷心地，悲痛地。

sor·row·ful·ness [ˈsarofəlnɪs, ˈsɔro-, -əfəlnɪs; ˈsɒrəʊfʊlnɪs] *n.* ⓤ悲傷，悲慘。

***sor·ry** [ˈsɔrɪ, ˈsarɪ; ˈsɒrɪ] *adj.* (**-ri·er; -ri·est**)
〖可悲的，可憐的〗 **1** 〔敘述〕(a)感到抱歉，I am (very) *sorry*. 我感到(非常)抱歉。
(b)抱以同情((*about, for*))。We are *sorry about* your misfortune. 我們對你的不幸感到非常同情/Nobody will feel *sorry for* such a scoundrel. 沒有人會同情這個惡棍/I rather feel *sorrier for* the murderer than *for* the murdered. 我覺得殺人者比被殺者更値得同情。
(c)覺得難過((*that* 子句))。I am very *sorry* (*that*) your father is ill. 我對令尊生病一事覺得很難過。
(d)感到遺憾((*to* do))。I'm very *sorry to* hear that. 聽到這件事，我感到非常遺憾。

【對不起】**2**《敘述》(**a**) 內疚的，懊惱的。I'm *sorry*. 對不起《常單獨使用 Sorry；→ excuse me (excuse 的片語)；→ I beg your pardon (pardon 的片語)》。

(**b**) 感到抱歉，後悔，《*about, for*》。I'm awfully *sorry about* the matter. 這件事真的很抱歉/He isn't really *sorry for* what he has done. 那傢伙對自己所做的事根本不感到後悔。

(**c**) 感到抱歉，後悔，《*that* 子句》。(I'm) *sorry* (*that*) I've given you so much trouble. 我很抱歉帶給你這麼多麻煩。

(**d**) 很抱歉《*to do*》。(I'm) *sorry to* be late. 很抱歉遲到了/I'm *sorry to* have given you so much trouble. 很抱歉給你帶來這麼多麻煩。 語法 日常會話中 I am [I'm] 多會被省略。

【覺得可惜】**3**《敘述》(有禮貌的謝絕，辯解等的表達)可惜的，遺憾的，(★ I am *sorry*. (→ 2)；I am *sorry* 為省略)。I'm *sorry*, sir, but we are closed. 對不起，先生，我們打烊了/I am *sorry* (*that*) I cannot come to your party. 很遺憾，我不能前來參加你的宴會/I'm *sorry* I don't know. 很抱歉，我不知道(★光說 I don't know. 比較沒禮貌)。

4(感歎詞性)(**a**)《表示道歉或有禮貌的謝絕等》對不起，抱歉，(→ 2, 3)。*Sorry*! 對不起！《走路等相撞，踩到別人的腳等時》/*Sorry*, but I'm a stranger here. 遇到問路)抱歉，我不是這地方的人。

(**b**)(主英)(上揚語調)對不起，請再講一遍，(Pardon?)。"Oh, I'm tired." "*Sorry*?" "I said I am tired."「啊，我好累。」「你說甚麼?」「我說我好累。」

5《限定》悲慘的，可憐的；粗糙的，拙劣的。come to a *sorry* end 落得悲慘的下場/Dressed in rags, the little orphan was a *sorry* sight. 那瘦小的孤兒穿著破爛的衣服，看起來一副悲慘的模樣。

sort [sɔrt; sɔːt] *n*. (*pl.* ~**s** [~s; ~s]) C **1** 種類，類型，類別，(*of*)(→ kind 同)。this *sort of* apples＝apples of this *sort* 這類的蘋果(★「這些種類的」these *sorts* of...，...of these *sorts*)/various *sorts* of toys 各式各樣的玩具/people *of* every *sort* and kind 各式各樣的人/phrases *of* a noble *sort* 一種文雅的說法/What *sort of* animal is this? 這是哪種動物?/What *sort of* a man is he? 他是哪一類型的男人?/This is not the *sort of* car I want. 這不是我要的那種車/I said nothing of the *sort*. 我沒說過這種話。 語法 sort 和 of 連用，表示「…種類的」，有 sort(s) of＋名詞和名詞＋of...sort(s) 兩種用法。

2(通常加 a, the 或 my, his 等)(口)…種類[性質，類]的人[物](★帶有形容詞等的修飾語)。Tom is not a bad *sort*. 湯姆是個人並不壞/Jane is not my *sort* (of woman). 珍並不是我喜歡的那一型(女人)/It takes all *sorts* to make a world. (諺)各式各樣(各種性格、類型)的人構成這個世界；世界上的人有千百種，(takes 是「必須」之意)。

* *àll sòrts of...* 所有種類的…，各種各樣的…，all *sorts of* flowers [trouble] 各種各樣的花卉 [麻煩]

(★亦作 flowers [trouble] *of all sorts*)。

* *a sòrt of...* 一種…；像…一樣的；(★與不加冠詞的單數名詞連用)。He is *a sort of* poet in his own way. 他是個特立獨行的詩人。

of a sòrt (1)同類型的。The two political systems are very much *of a sort*. 這兩種政治體制很相似。(2)勉強稱得上…的，有名無實的。coffee *of a sort* 名不副實的咖啡。

of sórts (1)各式各樣的。(2)(口)＝of a sort (2)。

out of sórts 不舒服，沒精神；心情不佳。I've been feeling *out of sorts* lately. 最近我覺得不大舒服/Father is always *out of sorts* when he has had a busy day. 父親在忙碌的日子總是心情不好。

sòrt of (副詞性)(口)有幾分，有那麼點兒，(rather)。I *sort of* expected it. 我對它有著幾分期待/He looked *sort of* sleepy. 他看起來略帶睡意。

— *vt*. 分類，區分，《*from, into*》；整理，《*through, over*》。

* *sòrt/.../óut* (1)區分，挑選，《*from*》。She's *sorting out* the files. 她把檔案區分開來。(2)(主英)整理；解決。I've been to Shanghai to *sort out* some personal affairs. 為了處理一些個人事務，我去了一趟上海。

sort·er [`sɔrtɚ; `sɔːtə(r)] *n*. C 分類者；分類機，揀選機。

sor·tie [`sɔrti, -tɪ; `sɔːti:] *n*. C **1** (從防禦陣地的)出擊，突擊；(軍用飛機的)單機出擊。 **2** (去不太熟悉的地方的)短期旅行。

SOS [`ɛs.o`ɛs; `es.əʊ`es] *n*. (*pl.* ~**'s**) C (船隻，飛機的無線電的)呼救信號；(口)請求緊急支援。send an *SOS* 發出緊急求救信號。

so-so, so so [`so.so; `səʊsəʊ] (口) *adj.*, *adv.* (成績等)還過得去的[地]，不好不壞的[地]。My father's health is *so-so*. 我父親的健康狀態還好/"How are you getting along with your work?" "*So-so*."「工作做得怎麼樣?」「馬馬虎虎」/The negotiations went *so-so*. 談判進行得還可以。

sot [sɑt; sɒt] *n*. C 酒量大的人，酒鬼。

sot·tish [`sɑtɪʃ; `sɒtɪʃ] *adj.* 酒鬼的；(因飲酒過度而)麻木遲鈍的。

sot·to vo·ce [`sɑto`votʃɪ, ˌsɒtəʊ`vəʊtʃɪ] (義大利語) *adv.* (為了不讓他人聽到而)低聲地，小聲地，悄悄地；(音樂)輕聲地。

souf·flé [su`fle, `sufle; `su:fleɪ] (法語) *n*. UC 蛋奶酥(在蛋黃、白色調味汁、乳酪等中加入起泡的蛋白烤製而成的一種點心)。

sough [sʌf, saʊ; saʊ] *vi.* (文章)(風)颯颯作響，(樹木等)發出沙沙聲。

sought [sɔt; sɔːt] *v.* seek 的過去式、過去分詞。

sought-af·ter [`sɔt.æftɚ, -.ɑftɚ; `sɔːt.ɑːftə(r)] *adj.* (限定)(主英)受歡迎的，競相招攬的。

soul [sol; səʊl] *n*. (*pl.* ~**s** [~z; ~z]) 【魂】 UC (相對於肉體的)心靈，靈魂，(↔body, flesh)；(脫離肉體的)靈魂；死者的靈魂，幽靈。believe in the immortality of the *soul* 相信靈魂不滅/Does the *soul* leave the body at death? 人死的時候靈魂會離開肉體嗎?/Let's pray for the

souls of the dead. 讓我們為亡靈祈禱吧!

⑤spirit，heart，mind 均為表示心靈的詞彙，但如果認為靈魂是相對於 body 而存在的「東西」的話，則用 soul；→ spirit, heart.

〖 靈魂的作用 〗 **2** ⓊⒸ精神，心，(⬌body).
The artist put his heart and *soul* into the painting. 那位畫家投注全部的精神在那幅畫上.

3 Ⓤ(口)(相對於智能，智力的)溫情，人情；熱情；氣魄；活力. The fellow has no *soul*. 那個傢伙沒甚麼活力.

〖 靈魂般的東西 〗 **4** Ⓒ(事物的)精華，精髓；生命. Brevity is the *soul* of wit. 言以簡潔為貴(出自 Shakespeare 的劇作 *Hamlet*).

5 Ⓒ(運動，組織等的)中心人物，主腦. the (life and) *soul* of the party 宴會的中心人物[最活躍的人].

6 Ⓒ(加 the)典型，化身，(*of*). Martha is the *soul* of kindness. 瑪莎是仁慈的化身[典範].

〖 靈魂之主 〗 **7** Ⓒ(口)人(person). a kind *soul* 親切的人.

8 (a)(加形容詞)…的人(person). every living *soul* on the earth 地球上所有的人.
(b)(加 a)(用於否定句)人；(加數詞)…人. Not a (single) *soul* was to be seen in the park. 公園裡一個人影也看不到/a village of barely a hundred *souls* 不過一百人的一座村莊.

9 =soul music.

bòdy and sóul → body 的片語.

sèll one's sóul (為名利等)做出可恥的[卑鄙的]事，出賣靈魂.

Upon my sóul! 我可真沒想到! 真的!

with àll one's hèart and sóul → heart 的片語.

sóul bròther *n.* Ⓒ(美、俚)黑人兄弟(★特指年輕黑人用語).

soul-de·stroy·ing [ˋsold̩ˌstrɔɪɪŋ; ˈsəuldɪˌstrɔɪɪŋ] *adj.*(口)(工作等)十分單調的，令人生厭的.

soul·ful [ˋsolfəl; ˈsəulful] *adj.* 感情深切的；充滿熱情的.

soul·ful·ly [ˋsolfəlɪ; ˈsəulfulɪ] *adv.* 感情深切地.

soul·less [ˋsollɪs; ˈsəullɪs] *adj.* 沒有靈魂的；沒有活力的；冷漠無情的.

sóul mùsic *n.* Ⓤ靈魂樂(一種融合節奏藍調、黑人靈歌、爵士樂、搖滾樂的音樂；原意「撼動靈魂的音樂」之意).

soul-search·ing [ˋsolˌsɝtʃɪŋ; ˈsəulˌsɜːtʃɪŋ] *n.* Ⓤ深刻的自我反省.

sóul sìster *n.* Ⓒ(美、俚)黑人姊妹(→ soul brother ★).

‡**sound**¹ [saund; saund] *n.* (*pl.* ~**s** [~z; ~z]) **1** ⓊⒸ聲音，響聲. *Sound* travels in waves. 聲音以波狀前進/the *sound* of thunder [a piano] 雷[鋼琴]聲/Not a *sound* was heard. 一點聲音也聽不到/merry *sounds* of laughter 歡笑聲. ⑤sound 是表示能聽到的所有聲音，其詞義廣泛；→ clamor, noise.

[搭配] *adj.*+sound: a faint ~ (微弱的聲音)，a loud ~ (巨響) // sound+*v.*: a ~ gets louder (逐漸大聲)，a ~ dies away (逐漸消失).

2 Ⓒ(語音學)音. a vowel [consonant] *sound* 母音[子音].

3 Ⓒ(用單數)(言語等的)印象；含義；感覺. That report has a false *sound*. 那個報告(聽起來)有點不真實的意味[感覺].

4 Ⓤ聽力範圍(*of*). I can't sleep well within (the) *sound* of waves. 我在聽得到波濤聲的地方睡不好覺/out of *sound* of his voice 在聽不到他聲音的地方.

— *v.* (~**s** [~z; ~z]; ~**ed** [~ɪd; ~ɪd]; ~**ing**) *vi.*
1 發出聲音，響. I pushed the buzzer but it didn't *sound*. 我按了鈴但是沒響/This instrument *sounds* well. 這種樂器音色很好/Can you make this trumpet *sound*? 你可以讓這個小喇叭發出聲嗎?

2 〖句型2〗 (sound A)、〖句型1〗 (sound *like* A/as *if* 子句) **(a)**(聲音等)聽起來 A/ 聽起來好像(是)…；回響(在耳邊). The flute *sounded* clear. 長笛發出了清脆的聲音/Your English *sounds* a bit *like* German. 你的英語聽起來有點像德語/This record *sounds as if* it is cracked. 這張唱片聽起來好像壞了(好像上面有刮痕般). **(b)**〔話等(聽起來)〕A/似乎(是)…，聽起來，(seem). That *sounds* reasonable. 此話聽起來有些道理/That *sounds* great! 真是太棒了!(〖語法〗(口)中可說成 Sounds nice. (聽起來不錯)，主詞 (That 等)有時會被省略)/This *sounds* a very good idea [*like* a fairy tale]. 這似乎是個好主意[聽起來像個童話故事]/It *sounds* (to me) *as if* he has something to do with this matter. (我覺得)聽起來好像他與這件事有關聯.

— *vt.* **1** 〖 發出聲音 〗 使(樂器，鈴等)發出聲響. *sound* a horn 吹號角/The dinner gong was *sounded* and the guests filed into the hall. 用餐的鑼敲響了，賓客們陸續地走進了餐廳.

2 (用喇叭，鼓，鐘等)發信號，通知. *sound* the retreat 用喇叭[鼓等]發出撤退信號/*sound* the alarm 發出警報.

3 發出(字母，詞語等)的音. The Japanese tend to *sound* 'thank you' as 'sank you'. 日本人常把 thank you 說成 sank you.

〖 用聲音檢測 〗 **4** 敲打(鐵軌等)檢查(是否有異常)；聽診. The doctor *sounded* the boy's back. 醫生聽診男孩的背部.

sòund óff (口)滔滔不絕地大聲說，說大話，(*about, on* 關於…).

‡**sound**² [saund; saund] *adj.* (~**er**; ~**est**) 〖 完好狀態的 〗 **1** (肉體上，精神上)健全的，健康的. A *sound* mind in a *sound* body. (諺)健全的心靈寓於健康的身體. ⑤sound 為無病沒有受傷完好的健康狀態；→ healthy.

2 〔東西〕無損傷的，沒有破損[腐爛]的；牢固的，堅固的. *sound* timber 沒有腐朽的木材/The ship

is old and no longer *sound*. 這艘船很舊, 已經不堅固了.

3 〔睡眠等〕充分的; 〔打擊等〕嚴厲的. have a *sound* sleep 熟睡/My father is a *sound* sleeper. 我父親是個容易熟睡的人/I gave him a *sound* beating. 我痛打了他一頓/a *sound* defeat 徹底的失敗.

〖〖 健全的>可靠的 〗〗 **4** 堅實的, 穩當的, 紮實的. a *sound* financial policy 穩健的財政政策/a *sound* plan 紮實的計畫/*sound* society 安定的社會.

5 正確的, 妥當的; 〔思想等〕正統的; 穩健的. *sound* reasoning 正確的推論.

(*as*) *sòund as a béll* → bell 的片語.

sàfe and sóund → safe 的片語.

— *adv*. 酣暢地, 充分地, (soundly). be *sound* asleep 酣睡/sleep *sound* 睡得很熟.

sound[3] [saund; saond] *vt*. **1** 探測[海等]的深度, 測量[水深]; 探查[水底]. *sound* (the depth of) a lake 測量湖的深度.

2 試探…的心意, 探詢, 《*out*》. Let's *sound* him (*out*) about this question. 我們試探一下他對這個問題的想法吧!

— *vi*. **1** 測量水深; 探查水底; 〔測錘〕沈到水底.

2 〔魚〕潛入水底.

sound[4] [saund; saond] *n*. ⓒ海峽, 海灣; 峽灣.

sóund bàrrier *n*. (加the)音速障礙(飛機、子彈等的速度接近於音速時所產生的空氣阻力).

sóund effécts *n*. 《作複數》(戲劇、廣播等的)音響效果.

sound·ing [ˈsaundiŋ; ˈsaondiŋ] *adj*.發聲的, 鳴響的; 響亮的(resounding).

sound·ings [ˈsaundiŋz; ˈsaondiŋz] *n*. 《作複數》**1** (用測錘測量的)水深. **2** 審慎的調查[試探]. take *soundings* 審慎地試探.

sound·less [ˈsaundlis; ˈsaondlis] *adj*. 無聲的, 不響的, 寂靜的, (silent).

sound·less·ly [ˈsaundlisli; ˈsaondlisli] *adv*. 無聲地, 寂靜地.

sound·ly [ˈsaundli; ˈsaondli] *adv*. **1** 健全地; 堅固地; 堅實地, 可靠地; 正確地, 妥當地, the ability to judge *soundly* 準確判斷的能力/He stated his opinion very *soundly*. 他非常有條理地敘述了自己的意見.

2 嚴厲地, 狠狠地, 〔打, 擊敗等〕; 〔睡眠〕酣暢地 (sound). Father thrashed me *soundly*. 父親狠狠地鞭打了我(作為處罰).

sound·ness [ˈsaundnis, ˈsaondnis; ˈsaondnis] *n*. ⓤ健全; 堅固; 堅實; 妥當; 穩健; (睡眠的)充足.

sound·proof [ˈsaundˌpruf; ˈsaondpruːf] *adj*. 隔音的.

— *vt*. 為〔房間、建築物等〕裝上隔音設施, 使隔音.

sóund tràck *n*. ⓒ(電影)聲軌, 聲道, 《影片邊緣的錄音部分》; 電影配樂; 電影原聲帶.

sóund wàves *n*. 《作複數》聲波.

‡**soup** [sup; suːp] *n*. (*pl*. ~s [~s; ~s]) ⓤ (★指不同種類時為ⓒ)湯(《正餐的第一道菜; 有consommé, potage). tomato [vegetable, chicken] *soup* 番茄[蔬菜, 雞]湯/(a) thick [thin] *soup* 濃[清]湯/eat *soup* (用調羹自碗中舀出)喝湯/drink *soup* (直接就著杯子)喝湯/Eat your *soup* without making a noise. 喝湯時不要出聲音.

in the sóup (俚)陷於困境, 處於痛苦的境地.

— *vt*. (用於下列片語)

sòup/…/úp (口)增加[引擎, 馬達等的]馬力.

sóup kìtchen *n*. ⓒ (貧困者用的)免費餐廳.

‡**sour** [saur; ˈsaoə(r)] *adj*. (**sour·er** [ˈsaura; ˈsaoərə(r)]; **sour·est** [ˈsaurist; ˈsaoərist]) **1** 酸的; (發酵後)變酸的, 酸敗的, 餿的. *sour* green apples 酸的青蘋果/The dressing tastes too *sour*. 這沙拉醬太酸了.

2 [土壤]酸性的, 貧瘠的.

3 不高興的; 乖戾的; 心地不好的, 〔事物〕令人不快的, 討厭的. *sour* looks 臉色難看.

gò [tùrn] sóur (1)變酸的. (2)(口)〔事物〕進展不順利, 出毛病. Their marriage soon *turned sour*. 他們的婚姻不久就破裂了.

— *vt*. **1** 使變酸. Thunder *sours* milk. 雷聲會使牛奶變餿[變酸](《舊時的迷信》).

2 使變得不愉快, 使變得乖戾. His misfortunes have *soured* his outlook on life. 不幸的遭遇使他的人生觀變得乖戾.

— *vi*. **1** 變酸, 變餿. **2** 變得不高興, 變得乖戾.

‡**source** [sors, sors; soːs] *n*. (*pl*. **sourc·es** [~ɪz; ~ɪz]) ⓒ **1** 源, 源泉, 根源; 原因. We must find a new *source* of energy. 我們必須找到新的能源/cut off the evil at its *source* 根除禍害/My salary is not my main *source* of income. 薪水並不是我主要的收入來源/The Bible is a constant *source* of comfort to me. 聖經是讓我得到安慰的泉源.

2 水源(地). the *source* of the Nile 尼羅河的發源地/The River Moselle has its *source* in rance. 摩塞爾河發源於法國.

3 (通常 sources)(情報等的)出處, 來源. This information comes from a reliable *source*. 這個情報有可靠的消息來源/according to well-informed *sources* 據消息靈通人士報導.

sòur créam *n*. ⓤ酸奶油(利用發酵作用, 故意使其產生酸味).

sòur grápes *n*. 《作複數》酸葡萄心理(源自《伊索寓言》中狐狸和葡萄的故事).

sour·ly [ˈsaurli; ˈsaoəli] *adv*. 酸酸地; 不高興[心地不好]地.

sour·ness [ˈsaurnis; ˈsaoənis] *n*. ⓤ **1** 酸, 酸味; 酸度. **2** 不高興; 乖戾; 心地不好.

souse [saus; saos] *vt*. **1** 把…浸入水中; 潑水使濕透. **2** 醃漬, 用醋浸泡, 〔食品等〕.

— *n*. ⓤ **1** 浸水, 濕透. **2** 醃漬物(特指醃豬頭, 醃豬耳, 醃豬腳等); (醃漬用的)鹽水.

soused [saust; saost] *adj*. (敘述)(口)喝醉的.

‡‡**south** [sauθ; saoθ] *n*. ⓤ **1** (通常 加the)南, 南方, 《略作S》. We are sailing to the

south. 我們朝著南方航行.

2 (the south [South]) 南部(地方). the *south* of France 法國南部.

3 (the South) **(a)**《美》南部(地方)《Pennsylvania 南境和 Ohio 河以南的地區, 曾指 Mississippi 河東部各州(→ the Deep South); 主要由南北戰爭時期形成南部同盟的各州構成》. **(b)**《英》《英格蘭》南部地方《大約自 Cambridge 北邊連接 Bristol 灣以南的地區》. **(c)** 南半球開發中國家《對北半球先進工業國而言》.
⇨ *adj.* **southern, southerly.** ◆ **north.**
★ 下列片語的用法, 例句 → *east* 的片語.
in the south of... 在…的南部.
on the south 在南面.
to the south of... 在…之南.

—— *adj.* (常 South) **1** 南的, 南方的, 南部的; 向南方的; (→ *east* 語法). the *south* side of my house 我家的南面/the *south* latitudes 南緯.

2 〔風〕來自南方的. *south* wind 南風.

—— *adv.* **1** 向[在]南面, 向[在]南方. Wild geese fly *south* before the winter comes. 野雁在冬天來臨之前飛往南方.

2 在南(of). Mexico lies *south* of the U.S. 墨西哥位於美國之南.

down south 《口》往[在]南方, 在南部. (◆ up north). He moved *down south* in search of a better job. 他為了找到更好的工作而搬往南部.

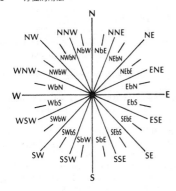

●——方位的用法

四個基本方位稱為 cardinal points; 通常以 north, south, east, west 的順序稱呼. N (north北), S (south南), E (east東), W(west西).
NE (northeast 東北), SE (southeast 東南), SW(southwest 西南), NW (northwest 西北).
NNE (north-northeast 北北東), ENE (east-northeast 東 北 東), ESE (east-southeast 東南東), SSE (south-southeast 南 南 東), SSW (south-southwest 南 南 西), WSW (west-southwest 西南西), WNW (west-northwest 西北西), NNW (north-northwest 北北西).

NbE (north by east 北偏東), NEbN (northeast by north 東北偏北), NEbE (northeast by east 東北偏東), EbN (east by north 東偏北), EbS (east by south 東偏南), SEbE (southeast by east 東南偏東), SEbS (southeast by south 東南偏南), SbE (south by east 南偏東), SbW (south by west 南偏西), SWbS (southwest by south 西南偏南), SWbW (southwest by west 西南偏西), WbS (west by south 西偏南), WbN (west by north 西偏北), NWbW (northwest by west 西北偏西), NWbN (northwest by north 西北偏北), NbW (north by west 北偏西).

★ by 表示僅約 11°15′: north by east 北偏東(自北向東僅偏 11°15′的方位, 即表示位在北和北北東的中間).

South África *n.* 南非(共和國)《首都 Pretoria》.

South Áfrican *adj.* 南非(共和國)的.
—— *n.* C 南非(共和國)人.

South América *n.* 南美洲大陸, 南美洲.

South Américan *adj.* 南美洲(人)的.
—— *n.* C 南美洲人.

South·amp·ton [sauθˈhæmptən, sauˈθæmptən; sauθˈæmptən] *n.* 南安普敦《英格蘭南部的海港》.

south·bound [ˈsauθbaund, ˈsauθˌbaund] *adj.* 〔船, 飛機, 火車等〕向南的.

south by éast [wést] *n.* U 南偏東[西]《略作 SbE, SbW》.

South Carolína *n.* 南卡羅萊納州《美國東南部的州; 略作 SC》.

South Dakóta *n.* 南達科塔州《美國中北部的州; 略作 SD》.

✲south·east [ˌsauθˈist, ˌsauθˈiːst] *n.* U (通常加 the, 常 Southeast)
東南; 東南部(地方);《略作 SE; →方向的詳細說明請參見 south 表》.
—— *adj.* (限定) **1** 東南的; 〔旅行〕往東南的.
2 〔風〕來自東南的.
—— *adv.* (常 Southeast) 向[在]東南.

Sóutheast Ásia *n.* 東南亞.

south·east·er [ˌsauθˈistə, ˌsauθˈiːstə(r)] *n.* C 東南風, 來自東南的強風[暴風].

south·east·er·ly [ˌsauθˈistəlɪ, ˌsauθˈiːstəlɪ] *adj.* **1** 東南的, 向東南的. **2** 〔風〕來自東南的.
—— *adv.* **1** 在[向]東南. **2** 〔風〕從東南[吹來].

south·east·ern [ˌsauθˈistən, ˌsauθˈiːstən] *adj.* **1** 東南的; 東南部的; 向東南的.
2 〔風等〕來自東南的.

south·east·ward [ˌsauθˈistwəd, ˌsauθˈiːstwəd] *adj.* (向)東南的.
—— *adv.* 向東南(地).

south·east·wards [ˌsauθˈistwədz,

ˌsouθˈi:stwədz] *adv.* =southeastward.

south·er·ly [ˈsʌðəlɪ; ˈsʌðəlɪ] *adj.* **1** 南的; 向南的. **2** 〔風〕來自南面的.

— *adv.* 向[在]南; 〔風等〕從南面[吹來].

‡**south·ern** [ˈsʌðən; ˈsʌðən] (★注意發音) *adj.* **1** (常 Southern) 南的, 南部的; 向南的, 朝南的; 〔風〕來自南面的; (→ east 語法). *Southern* Europe 南歐/a strong *southern* wind 從東南吹來的強風.

2 (Southern)《美》南部各州的. Jimmy has a *Southern* accent. 吉米有南方口音.

⇨ *n.* **south.** ↔ **northern.**

Sóuthern Cróss *n.* (加 the)《天文》南十字星座(四顆星構成菱形的各頂點).

south·ern·er [ˈsʌðənə, ˈsʌðənə; ˈsʌðənə(r)] *n.* ⓒ **1** 南部地區的人.

2 (Southerner)《美》南部人.

Sóuthern Hémisphere *n.* (加 the)南半球.

sóuthern líghts *n.* 《作複數》(加 the)南極光.

south·ern·most [ˈsʌðən,most; ˈsʌðənməʊst] *adj.* 最南(端)的.

Sóuth Koréa *n.* 南韓(正式名稱爲the Republic of Korea (大韓民國); 首都 Seoul).

south·paw [ˈsauθ,pɔ; ˈsauθpɔː] *n.* ⓒ《口》慣用左手的人(棒球的左手投手, 慣用左手的拳擊手等);《美》(泛指)左撇子(left-hander).

Sóuth Póle *n.* (加 the)南極(↔ North Pole; → Antarctica 圖).

Sóuth Séa Íslands *n.* 《作複數》(加 the)南太平洋諸島.

Sóuth Séas *n.* 《作複數》(加 the)南太平洋.

south-south·east [ˈsauθ,sauθˈist; ˈsauθ,sauθˈiːst] *n.* ⓤ (一般加 the)南南東(略作 SSE).

— *adj.* 向南南東的; 〔風〕從南南東來的.

— *adv.* 向南南東(地).

south-south·west [ˈsauθ,sauθˈwɛst; ˈsauθsauθˈwest] *n.* ⓤ (一般加 the)南南西(略作 SSW).

— *adj.* 向南南西的; 〔風〕從南南西來的.

— *adv.* 向南南西(地).

*‡**south·ward** [ˈsauθwəd; ˈsauθwəd] *adv.* 向南; 朝著南方. The refugees moved *southward* into India. 難民向南移到了印度.

— *adj.* 向南(方)的. The *southward* flow of tourists reaches its peak in December. 遊客南湧的趨勢於 12 月達到最高峰. ↔ **northward.**

south·wards [ˈsauθwədz; ˈsauθwədz] *adv.* =southward.

*‡**south·west** [ˌsauθˈwɛst; ˌsauθˈwest] *n.* ⓤ (通常加 the, 常 Southwest) 西南; 西南部(地方)《(美)鄰接墨西哥各州;《英》Somerset, Devon, Cornwall 各郡; 略作 SW; → 方向的詳細說明請參見 south 表》).

— *adj.* 《限定》 **1** 西南的;〔旅行〕向西南的.

2 〔風〕來自西南方的.

— *adv.* (常 Southwest)向[在]西南.

south·west·er [ˌsauθˈwɛstə, ˌsauθˈwestə(r)] *n.* ⓒ **1** 西南風, 來自西南方的大風[風暴].

2 (水手, 消防隊員等的)防水帽(後緣較寬的).

south·west·er·ly [ˌsauθˈwɛstəlɪ; ˌsauθˈwestəlɪ] *adj.* **1** 西南的; 向西南的.

2 〔風〕來自西南的.

— *adv.* **1** 在[向]西南. **2** 〔風〕從西南(吹來)地.

south·west·ern [ˌsauθˈwɛstən; ˌsauθˈwestən] *adj.* **1** 西南的; 西南部的; 向西南的. **2** 〔風等〕來自西南的.

south·west·ward [ˌsauθˈwɛstwəd; ˌsauθˈwestwəd] *adj.* 西南的.

— *adv.* 向西南(地).

south·west·wards [ˌsauθˈwɛstwədz, ˌsauθˈwestwədz] *adv.* =southwestward.

*‡**sou·ve·nir** [ˌsuvəˈnɪr, ˈsuvə,nɪr; ˌsuːvəˈnɪə(r)] *n.* (*pl.* ~s [~z; ~z]) ⓒ (旅遊等的)紀念品, 紀念物, 《作爲回憶往昔經歷等的東西》. *souvenirs* of my American trip 我去美國旅行的紀念品/collect restaurant menus for *souvenirs* 收集餐廳菜單留作紀念/I bought the key ring at a *souvenir* shop. 我在紀念品商店買了一個鑰匙圈.

sou'west·er [ˌsau'wɛstə; sau'westə(r)] *n.* = southwester.

*‡**sov·er·eign** [ˈsɑvrɪn; ˈsʌv-, -rən; ˈsɒvrɪn] (*pl.* ~s [~z;~z]) ⓒ **1** 《文章》君主, 元首, (monarch); 當權者. the relation between *sovereign* and subject 君主與臣子的關係.

2 沙弗林《英國從前面值一英鎊的金幣》.

— *adj.* **1** 《文章》君主[元首]的; 擁有主權的. a *sovereign* prince 君主/*sovereign* authority 主權(者).

2 《限定》〔國家〕擁有主權的, 獨立的, 自主的. a *sovereign* state 主權國家.

3 最高的, 至高無上的. the *sovereign* good 至善/a problem of *sovereign* importance 最最重要的問題.

4 《雅》《誇張》極度的;〔藥等〕極有效的, 得到公認的. a *sovereign* remedy for a headache 頭痛特效藥〔療法〕/a *sovereign* fool 十足的傻瓜.

sov·er·eign·ty [ˈsɑvrɪntɪ, ˈsʌv-, -rən-; ˈsɒvrəntɪ] *n.* (*pl.* **-ties**) **1** ⓤ主權; 宗主權, 統治權. **2** ⓒ獨立國, 主權國家.

‡**So·vi·et** [ˈsovɪɪt, -ət, -vɪˌɛt, ˌsovɪ'ɛt; ˈsəʊvɪət] *n.* (*pl.* ~s [~s; ~s])《歷史》 **1** (加 the)蘇聯.

2 (the Soviets)蘇聯政府(官員); 蘇聯人民.

3 ⓒ (soviet)《蘇聯的》會議, 委員會, 工人代表會議.

— *adj.* **1** 蘇聯的. *Soviet* missiles 蘇聯的飛彈.

2 (soviet)會議[委員會]的.

Sóviet Rússia *n.* 《歷史》蘇聯(the Soviet Union 的通稱).

Sóviet Únion *n.* 《歷史》(加 the)蘇維埃聯邦, 蘇聯, 《蘇維埃社會主義共和國聯邦(the Union

of Soviet Socialist Republics)的簡稱; 亦作 USSR; 首都 Moscow; 1991 年瓦解).

*sow[1] [so; səʊ] v. (**~s** [~z; ~z]; **~ed** [~d; ~d]; **sown**, **~ed** [~d; ~d]; **~ing**) vt. **1** 撒播〔種子〕, 種植(作物); 播種, 種植, 《with》. sow oats in the field=sow the field with oats 在田裡播種燕麥(的種子).

2 《雅》散布(糾紛等的種子), 傳播〔不信任感等〕. sow (the seeds of) dissension [hatred, discontent] 撒下不和〔仇恨, 不滿〕的種子.

—— vi. 撒播種子, 播種. As a man sows, so he shall reap. (諺)種瓜得瓜, 種豆得豆(<播下的種子必須(親自)收割).

sow[2] [saʊ; saʊ] (★與 sow[1] 的發音不同) n. C(長大的)母豬(→pig [參考]); (熊, 狸等的)雌性動物.

sow·er [ˋsoɚ; ˋsəʊə(r)] n. C **1** 播種者; 播種機. **2** 《雅》(不和等的)煽動者.

sown [son; səʊn] v. sow[1] 的過去分詞.

sox [sɑks; sɒks] n. 《作複數》《主美》《短》襪子(socks)《主作爲商標名》.

soy, soy·a (英) [ˋsɔɪ; sɔɪ], [ˋsɔɪə; ˋsɔɪə] n. U 醬油(亦作 soy sauce); 大豆. [字源] 日語「醬油(shoyu)」之訛音.

soy·bean [ˋsɔɪˏbin, -ˏbɪn; ˋsɔɪbiːn] n. C 大豆(植物, 果實).

sóy sàuce n. U 醬油.

SP (略)《美》shore patrol (海軍憲兵隊).

Sp. (略) Spain; Spaniard; Spanish.

sp. (略) special; spelling.

spa [spɑ; spɑː] n. C 礦泉, 溫泉; 溫泉勝地, 溫泉療養浴場. [字源] 源自比利時有名的溫泉勝地 Spa.

*space [spes; speɪs] n. (pl. **spac·es** [~ɪz; ~ɪz])

〖空間〗 **1** U (相對於時間的)空間; 宇宙, 太空. time and space 時間和空間/stare into space 怔怔地望著天空, 茫然直視.

2 U (地球大氣層外的)宇宙(空間) (★ outer space 爲嚴格的用語); (形容詞性)宇宙的. travel through space 到外太空旅行/Can people live in space? 人可以在外太空生活嗎?/launch a rocket into (outer) space 向外太空發射火箭/the space age 太空時代.

〖有限的空間〗 **3** U (有一定面積的)地方; 面積, 空隙; (報紙等的)篇幅. The house has a lot of space. 這間房子很寬敞/These books take up too much space on the shelf. 這些書占了書架上太多的地方/Space forbids fuller treatment. 由於篇幅的關係不能進一步詳述.

4 UC (作某用途的)地方, 用地, 地區. a parking space 停車場.

〖空地方〗 **5** UC 空的地方, 空隙, 餘地; 空白. This city has little open space left [few open spaces left]. 這個城市裡幾乎沒有留下一點空地/a blank space 空白處, 空欄.

6 〖兩物之間的空隙〗 UC (兩物之間的)間隔, 距離. There isn't enough space between the two houses. 這兩間房子的間隔太狹窄了/for a space of five miles 五英里的距離.

7 〖時間的間隔〗 C (通常用單數) (時間的)期間; (加 a)一段時間. for the [a] space of ten years 十年的時間/after a short space (of time) 片刻之後/for a space 一會兒.

—— vt. 用間隔分隔開, 留間隔放(排列), 《out》《通常用被動語態》. space out the potted plants half a meter apart 將盆栽以半公尺間隔放置/The trees are evenly spaced. 樹木均匀地排列著.

⟡ adj. spacious, spatial.

space-age [ˋspesˏedʒ; ˋspeɪseɪdʒ] adj. 《口》最新式的, 最先進的.

spáce càpsule n. C 太空船座艙(搭載人員、實驗儀器等).

spáce còlony n. C 外太空殖民地(供人類居住的大型人造衛星).

space-craft [ˋspesˏkræft; ˋspeɪskrɑːft] n. (pl. ~) C 太空船.

[spacecraft]

space probe

space shuttle

spáce flìght n. UC 太空旅行.

space-lab [ˋspesˏlæb; ˋspeɪslæb] n. C 太空實驗室.

space-man [ˋspesˏmæn; ˋspeɪsmæn] n. (pl. -men [-ˏmən; -mən]) C (男)太空人(astronaut).

spáce pròbe n. C 太空探測(所用的火箭).

space-science [ˋspesˏsaɪəns;] n. U 太空科學.

space-ship [ˋspesˏɪp; ˋspeɪsɪp] n. =spacecraft.

spáce shùttle n. C 太空梭(往返於太空中的運輸工具, 可重複使用).

spáce stàtion n. C 太空站.

spáce sùit n. C 太空衣.

spáce tràvel n. U 太空旅行.

space-walk [ˋspesˏwɔk; ˋspeɪswɔːk] n. C 太空漫步(在太空艙外活動).

space-wom·an [ˋspesˏwʊmən; ˋspeɪswʊmən] n. (pl. -wom·en [-ˏwɪmən; -wɪmən]) C 女太空人.

spac·ing [ˋspesɪŋ; ˋspeɪsɪŋ] n. U (調整)間隔; C (字距, 行距等的)間隔. single [double, triple] spacing 一行[二行, 三行]間隔.

*spa·cious [ˋspeʃəs; ˋspeɪʃəs] adj. 寬敞的, 廣闊的. a spacious hall 寬敞的大廳. ⟡ n. space.

spa·cious·ly [ˋspeʃəslɪ; ˋspeɪʃəslɪ] adv. 寬敞地, 廣闊地.

spa·cious·ness [ˋspeʃəsnɪs; ˋspeɪʃəsnɪs] n. U

寬敞, 廣闊.

＊spade¹ [sped; speɪd] *n.* (*pl.* ~s [~z; ~z]) C 鏟, 鍬, dig a hole with a *spade* 用鏟子挖坑. 回 shovel 用於搬運泥土、沙、雪等, spade 用於挖坑.
càll a spàde a spáde 《口》有甚麼就說甚麼, 直言不諱, (<鏟子就叫作鏟子>).
— *vt.* 用鏟挖掘[地面等].

spade² [sped; speɪd] *n.* C (紙牌)黑桃; (spade s)黑桃花色. the 9 of *spades* 黑桃 9.

spade·work [`sped.wɝk; 'speɪdwɜːk] *n.* U (用 spade¹ 做的勞力工作>)艱苦繁重的準備工作[打基礎].

spa·ghet·ti [spə`ɡɛtɪ; spə'ɡetɪ] (義大利語) *n.* U 通心麵.

＊Spain [spen; speɪn] *n.* 西班牙(歐洲西南部的國家; 首都 Madrid; → Spanish, Spaniard). Five-sixths of *Spain* is a plateau. 西班牙有六分之五是高原.

＊span [spæn; spæn] *n.* (*pl.* ~s [~z; ~z]) C 〖 從一端至另一端的長度 〗 **1** 一掌寬, 手掌平直攤開後拇指到小指之間的距離(通常 9 英寸(約 23 cm)).
2 (從一端至另一端的)全長, 全幅度; (飛機兩翼從一端至另一端的)翼長[輻]; (橋, 拱橋等支柱間的)跨距. the *span* of one's arms 展開雙臂後的長度.
3 (特指時間的, 某限定的)一段時間, 期間; (加 a)短時間[距離]. the (average) *span* of life (平均)壽命/for a short [long] *span* of time 短[長]時間/Our life is but a *span*. 人生苦短.
— *vt.* (~s [~z; ~z]; ~ned [~d; ~d]; ~·ning) **1** (橋等)橫跨, 在…架設(*with*); 在…上架橋. A fine bridge *spans* the river. 一座漂亮的橋橫跨在河上/the rainbow *spanning* the lake 橫掛在湖上的彩虹.
2 跨越[某時間, 距離]; 涵蓋; 延伸. His life *spanned* nearly a century. 他的一生跨越了近一個世紀.

span·gle [`spæŋɡl; 'spæŋɡl] *n.* C 金屬亮片(特指舞臺服裝等用的閃閃發亮之金屬片); (泛指)閃閃發亮之物(星星, 雲母, 霜等).
— *vt.* (以閃閃發亮的金屬片等)裝飾; 使閃爍發光; 《通常用被動語態》. The flowers were *spangled with* morning dew. 花朵在朝露中閃耀著.

＊Span·iard [`spænjəd; 'spænjəd] *n.* (*pl.* ~s [~z; ~z]) C 西班牙人(→ Spain, Spanish).

span·iel [`spænjəl; 'spænjəl] *n.* C 西班牙長耳犬(毛長而垂耳的小型[中型]犬).

＊Span·ish [`spænɪʃ; 'spænɪʃ] *adj.* 西班牙的; 西班牙人[語]的; 西班牙式的. *Spanish* gypsies 西班牙籍的吉普賽人/a *Spanish* omelet 《美》西班牙煎蛋捲(以洋芋、洋蔥作餡). ⇨ *n.* **Spain**.
— *n.* **1** U 西班牙語. *Spanish* and three other languages are spoken in Spain. 西班牙通行西班牙語及其他三種語言.
2 (加 the)《作複數》《集合》西班牙人[國民].
★一個西班牙人為 Spaniard.

Spàn·ish América *n.* 通用西班牙語的美洲國家(通用西班牙語的中南美洲各國; 除使用葡萄牙語的巴西外, 中南美洲各國幾乎都包括在內).

Span·ish-A·mer·i·can [ˌspænɪʃ'merɪkən; ˌspænɪʃ'merɪkən] *adj.* 通用西班牙語的中南美洲(人)的; 西班牙與美國的.
— *n.* C **1** 使用西班牙語的中南美洲人.
2 (居住在美國的)西班牙裔的美國人.

spank [spæŋk; spæŋk] *vt.* 用手掌〔拖鞋等〕打(小孩的屁股等)[(使其趴在膝蓋上拍打作為處罰]; 鞭打(馬)使之前進. He *spanked* the naughty boy with a slipper. 他用拖鞋打了那個淘氣男孩的屁股.
— *vi.* (馬, 船等)快速前進, (人)(騎馬, 乘船等)輕快地前進, 《along》.
— *n.* C 拍打, 一摑.

spank·ing [`spæŋkɪŋ; 'spæŋkɪŋ] *adj.* 《限定》(步伐等)飛快的; (馬等)疾行的; (風等)勁吹的.
— *adv.* (口)非常地, 嚇人地, (用於 new, clean, fine 等形容詞前). a *spanking* new bicycle 一輛嶄新的自行車.
— *n.* UC (作為處罰的)打屁股. give [get] a *spanking* 痛打[被痛打]一頓屁股.

span·ner [`spænɚ; 'spænə(r)] *n.* C 《英》扳鉗(《美》wrench)(工具; → tool圖).

spar¹ [spɑr; spɑː(r)] *n.* C (船的)圓材(桅杆, 帆桁等); (飛機機翼的)翼梁.

spar² [spɑr; spɑː(r)] *vi.* (~s; ~red; ~·ring) **1** (拳擊)練習, 拳鬥. **2** 辯論, 爭論, 《with》.

＊spare [spɛr, spær; speə(r)] *vt.* (~s [~z; ~z]; ~d [~d; ~d]; spar·ing) 〖 控制使用 〗 **1** 刪去; 省略; 放手. I cannot *spare* you today. 今天不能沒有你(我需要你的幫助).
2 吝惜, 珍惜, 〔金錢, 勞力等〕(通常用於否定句). *spare* no expense [pains, efforts] 不惜工本[勞力, 努力]/*Spare* the rod and spoil the child. 《諺》不打不成器(<如果不用鞭子的話就會寵壞孩子).
3 〖節制自己使用的東西〗《用於否定句、疑問句》抽出; 分給(時間等). 句型4 (spare B A) 把 B(物)分給 A(人). I have no time to *spare* away from my work. 我工作很忙抽不出時間來/Can you just *spare* me five minutes [*spare* five minutes *for* me]? 你能給我五分鐘的時間嗎?
〖 免去勞力, 痛苦等 〗 **4** 句型4 (spare A B) 使 A(人)免遭 B(勞力, 痛苦等). The phone will *spare* you a visit. 打個電話去可以省你跑一趟/I was *spared* the agony of standing in line for a seat. 我免受排隊訂位之苦.
5 饒恕…的命; 不加傷害[處罰等], 寬容; 句型4 (spare A B) 饒恕 A(人)的 B(命等). The plan was changed to *spare* the old tree. 為了留下那棵老樹而改變了計畫/Please *spare* (me) my life. 請饒我一命/Our house was *spared* in [by] the

earthquake. 我家倖免於地震的災害.

enòugh and to spáre → enough 的片語.

spáre onesèlf 愛惜自己.

to spáre 《修飾前面的名詞》剩下的, 多餘的. have no money *to spare* 沒有多餘的錢/arrive at the station with only a minute *to spare* 僅僅早一分鐘抵達車站/He came in first with energy *to spare*. 他從容地首先抵達終點.

— *adj.* (**spar·er; spar·est**) 【 剩下的 】 **1** 備用的, 額外的; 〔金錢等〕多餘的, 剩下的; 〔時間〕空間的(leisure). a *spare* room 沒使用的[客人用的]房間, 備用房間/a *spare* tire 備用輪胎/in a *spare* moment 抽空/a *spare* part 備件, 備用零件. 【 備用程度的>不足的 】 **2** 〔飯菜等〕少量的, 貧乏的; 儉樸的.

3 瘦的, 瘦削的, (lean). a *spare* old horse 一匹瘦削的老馬.

— *n.* C **1** 備用(零件), 備用品, 〔輪胎等〕.

2 《保齡球》兩擊全倒(得分)《在第二次把第一次未擊倒的球瓶全部擊倒(得分); → strike》.

spar·er [`spɛrə, `spær-; 'speərə(r)] *adj.* spare 的比較級.

spare·ribs [`spɛr͵rɪb, `spær-; 'speərɪbz] *n.* 《作複數》小排骨《帶肉的豬肋骨; 事先已去掉大部分的肉》.

spar·est [`spɛrɪst, `spær-; 'speərɪst] *adj.* spare 的最高級.

spar·ing [`spɛrɪŋ, `spær-; 'speərɪŋ] *v.* spare 的現在分詞, 動名詞.

— *adj.* 節約的, 節省的; 謹慎的; 《*of, in, with*》(→ economical 同). Dr. Johnson makes *sparing* use of medicine. 強生醫生用藥謹慎/He was *sparing with* words, but quick to take action. 他話說得很少, 但行動得很快《以行動代替言語》/The critics were *sparing in* their praise of this book. 書評家對這本書沒甚麼好評.

spar·ing·ly [`spɛrɪŋlɪ, `spær-; 'speərɪŋlɪ] *adv.* 節省地, 有節制地; 吝惜地.

*spark [spɑrk; spɑːk] *n.* (*pl.* ~s [~s; ~s]) C **1** 火花, 火星; (放電時的)火花, 電火花; 閃光, 閃耀. strike a *spark* from a flint 在打火石上打出火花/What was the *spark* that touched off the war? 為甚麼會引起這場戰爭?《「導火線」<「火種」》.

2 (才智等的)閃現; 生氣, 活力. a *spark* of genius [wit] 天才[智力]的閃現/the vital *spark* = the *spark* of life 活力, 生氣.

3 《加a》一點兒《*of*》《通常用於否定句》. I don't have a *spark* of interest in abstract art. 我對抽象藝術絲毫不感興趣/I wish he had shown a *spark* of human warmth. 我希望他至少表現出一點人情溫暖.

— *vi.* 發出火花; 閃耀; 發出電光. The coal was *sparking* in the fireplace. 煤在壁爐中噼哩啪啦地燃燒著.

— *vt.* **1** 使有活力; 激起 〔興趣等〕. What *sparked* your interest in classical music? 是甚麼激起了你對古典音樂的興趣呢?

2 成為…的導火線《契機》《*off*》. My comment

sparked off an argument in the group. 我的意見在小組裡引起了爭論.

spárking plùg *n.* 《英》=spark plug.

*spar·kle [`spɑrkḷ; 'spɑːkl] *vi.* (~s [~z; ~z]; ~d [~d; ~d]; -kling) **1** 〔寶石, 眼睛等〕閃耀; 閃閃發光. The icy road *sparkled* in the sunlight. 結冰的路面在陽光下閃閃發光/His eyes *sparkled* with delight [anger]. 他的雙眼閃耀著喜悅[迸射怒火].

2 (猛)發火花; 〔香檳等〕發泡.

3 (才智等)煥發, 出眾. His lectures *sparkle* with wit. 他的演講妙語如珠.

— *n.* (*pl.* ~s [~z; ~z]) UC **1** 〔寶石, 眼睛等的〕光芒, 閃耀. the *sparkle* of a diamond 鑽石的光芒. **2** (才智等的)煥發, 才氣. He played the piece precisely, but without any *sparkle*. 他雖然精準地演奏了那首曲子, 但缺乏令人激賞的才氣.

spar·kler [`spɑrklə; 'spɑːklə(r)] *n.* C **1** 煙火. **2** 《俚》晶瑩的寶石, (特指)鑽石.

spar·kling [`spɑrklɪŋ; 'spɑːklɪŋ] *adj.* **1** 光輝的, 閃亮的. **2** 充滿生氣的; 〔才華等〕洋溢的. **3** 〔酒等〕冒泡的(⟷ still).

spárkling wíne *n.* U 冒泡的葡萄酒《香檳等》.

spárk plùg *n.* C《美》(引擎的)火星塞《《英》sparking plug》.

spárring pàrtner *n.* C 拳擊式的練習對手.

*spar·row [`spæro, -ə; 'spærəʊ] *n.* (*pl.* ~s [~z; ~z]) C《鳥》麻雀《最普通的家雀(house sparrow)》. the chirping of a flock of *sparrows* 一群麻雀吱吱喳喳的叫聲.

sparse [spɑrs; spɑːs] *adj.* 稀疏的; 〔毛髮等〕稀薄的; 〔人口等〕稀少的; (⟷ dense). a *sparse* audience 稀稀落落的聽眾.

sparse·ly [`spɑrslɪ; 'spɑːslɪ] *adv.* 稀疏地, 稀稀落落地, 稀少地.

sparse·ness [`spɑrsnɪs; 'spɑːsnɪs] *n.* U 稀疏; 稀少.

Spar·ta [`spɑrtə; 'spɑːtə] *n.* 斯巴達《與古希臘的雅典相對立的一軍事化城邦》.

Spar·tan [`spɑrtṇ; 'spɑːtən] *adj.* 斯巴達(人)的; 斯巴達式的; 樸實剛健的, 嚴格的.

— *n.* C 斯巴達人; 樸實剛健的人.

spasm [`spæzəm; 'spæzəm] *n.* **1** UC 痙攣, 抽搐; C (泛指)發作. go into a *spasm* of coughing 一陣陣地咳起嗽來.

2 C (感情等的)突發. a *spasm* of grief 驟然湧起的一陣悲痛.

spas·mod·ic [spæz`mɑdɪk; spæz'mɒdɪk] *adj.* **1** 痙攣(性)的, 抽搐的.

2 一陣陣的, 突發的; 不連貫的, 不持續的. a *spasmodic* pain 斷斷續續的疼痛.

spas·mod·i·cal·ly [spæz`mɑdɪkḷɪ, -ɪklɪ; spæz'mɒdɪkəlɪ] *adv.* 一陣陣地, 不連貫地.

spas·tic [`spæstɪk; 'spæstɪk] 《醫學》*adj.* 痙攣的; 患痙攣性麻痹的.

— *n.* C 痙攣性麻痹患者; 腦性麻痹患者.

spat[1] [spæt; spæt] *v.* spit[1] 的過去式、過去分詞.

spat[2] [spæt; spæt] *n.* C (通常 spat*s*) 鞋套(有鈕扣、包住腳踝之保溫用短綁腿; 包住短靴的鞋套).

spat[3] [spæt; spæt] *n.* C (小)爭吵, 口角.
　── *vi.* (~**s**; ~**ted**; ~**ting**) 發生小爭吵.

spate [spet; speɪt] *n.* a U 1 (話語, 感情等的)突然迸發; (東西的)到處充斥; 洪水. a *spate* of angry words 一連串的氣話.
2 (英)氾濫; 傾盆大雨, 豪雨. The river is in *spate*. 那條河河水猛漲[氾濫].

spa·tial [ˈspeʃəl; ˈspeɪʃl] *adj.* 空間的, 空間性的; 占空間的; 場所的. ⇨ *n.* space.

spa·tial·ly [ˈspeʃəlɪ; ˈspeɪʃəlɪ] *adv.* 空間性地.

spat·ter [ˈspætɚ; ˈspætə(r)] *vt.* 1 濺(水, 泥漿等); 使濺散; 飛濺(*with*); 污蔑(*with* (惡言等)); (泥漿等)濺散, 濺污. A passing car *spattered* mud *on* us [*spattered* us *with* mud]. 過往的汽車把泥漿濺到了我們身上.
2 (雨, 子彈等)噼哩啪啦地打. Rain *spattered* the streets. 雨水滴滴答答地落在馬路上.
　── *vi.* (水等)濺出; (雨等)滴滴答答地灑落.
　── *n.* C 飛濺; 飛濺的東西; 噼啪聲.

spat·u·la [ˈspætʃələ; ˈspætjʊlə] *n.* C 抹刀(用於食物, 藥物的調拌; 上漆等; → utensil 圖).

spawn [spɔn; spɔːn] *n.* U (集合)(魚, 蛙, 貝等的)卵, 塊卵.
　── *vt.* 1 產(卵). 2 (文章)(常輕蔑)大量地產下[生產]; (接連地)大量設立. The Government has *spawned* a lot of new organizations. 政府不斷成立許多新機構.
　── *vi.* 1 (魚, 蛙, 貝等)產卵[子]. 2 (文章)(常輕蔑)大量地被產下[被生產]; (接連地)大量生成. Small businesses have *spawned*. 小型企業不斷地大量出現.

spay [spe; speɪ] *vt.* (~**s**; ~**ed**; ~**ing**) 切除(雌性動物)的卵巢(閹割).

‡**speak** [spik; spiːk] *v.* (~**s** [~s; ~s]; **spoke**; **spo·ken**; ~**ing**) *vi.* 【人說話】 1 說話, 講話, 開口. Our baby is learning to *speak*. 我家的嬰兒在牙牙學語了/I was so upset, I couldn't *speak*. 我氣得連話都說不出來/Don't *speak* so rapidly, please. 請不要說得那麼快/*speak* in English 用英語講(話)/We are no longer *speaking*. 我們(彼此)已經不說話了(失和).

> ┃ **說話** speak+*adv*.: ~ frankly (坦白地說), ~ freely (暢言), ~ openly (公然地講), ~ loudly (大聲說), ~ politely (客氣地說).

2 交談, 談話, (→ talk 圖). *speak* to... (→ 片語)/*speak* with... (→ 片語)/"Hello, (this is) Ann *speaking*. May I *speak* to Mike?" "(This is Mike) *speaking*." (電話用語)「喂, 我是安, 請麥克聽電話」「我是麥克」/Who is *speaking*, please? (電話用語)請問是哪位?
3 演說, 發表意見, 論述, (*about*, *on* 關於…). Professor Mann *spoke about* urban life [*on the* use of solar energy]. 曼敎授論述都市生活[作了一次關於利用太陽能的演講]/*speak* to a large audience 對著一大群聽眾演說/Personally *speaking*, I don't agree with them. 就我個人而言, 我不贊同他們.

【 用物表達 】 4 (眼睛或臉色, 行動等)表明事實[感情等]. Her eyes *spoke* of suffering. 她的眼神流露出痛苦/Actions *speak* louder than words. 行動勝於言語, 事實勝於雄辯.
5 【發出聲音】(樂器, 槍, 鐘等)發響聲; (狗)吠. The dog *spoke* for a biscuit. 那隻狗叫著要吃餅乾.
　── *vt.* 1 說, 講, (話等)陳述, 講出, (意見, 事實等). Not a single word was *spoken*. 一句話也沒說/*Speak* your mind freely. 坦率地說出你心裡的話/*speak* the truth 說實話/*speak* one's lines (在戲劇等中)說臺詞.
2 說, 能使用, (語言). *speak* several languages 說數種語言/I can *speak* German a little. 我會講一點德語.
3 (文章)表明, 顯示, (表情, 動作, 事實等). Her every gesture *spoke* her complete bewilderment. 她每個動作都顯示出她極端的困惑.
⇨ *n.* speech.

gènerally spéaking → generally 的片語.

* *nòt to spéak of...* 更不用說…, 當然. His friends are now against him, *not to speak of* his enemies. 他的朋友現在都反對他, 更不用說他的敵人了.

* *sò to spéak* 可以說. He is, *so to speak*, a wise fool. 他可以說是一個聰明的傻瓜.

spéak for... (1)為…辯護; 代表…講話. *speak for* the poor 代表窮人講話.
(2)表明…, 證明…. This *speaks for* his honesty. 這證明他很誠實.
(3)預定…, 預約…. Is she already *spoken for*? 她已有對象[受邀]了嗎?

spéak for itsélf [*themsélves*] (事物)不言而喻; 傳遞出事情本身的經過[眞相]; 無需說明, let the situation *speak for itself* (不須提出說明)讓情況呈現眞相.

spéak for onesélf (1)為自己辯護; 發表自己的觀點[想法]. (2)(用於祈使句; 用 speak for your self 的形式)別把我[我們]扯進去. "After all, we both like her, don't we?" "*Speak for yourself*, honey!"「總之, 我們倆都喜歡她, 不是嗎?」「老弟, 別把我扯進去!」

* *spéak íll of...* 說…的壞話, 貶低…, (↔ speak well of...). I was brought up never to *speak ill of* others. 我從小就被敎著不能說別人的壞話.

spéaking of... = talking of... (talk 的片語).

* *spéak of...* (1)談起[提到]…的事, 說起…. The incident was much *spoken of*. 那個事件被廣泛談論/*Speak(ing) of* the devil, look who's here. 說曹操, 曹操就到.
(2)(事物)顯示…, 表示…, (→ *vi.* 4).
(3)用…的表達方式. We *speak of* high temperature, not hot temperature. 我們說 high temperature (高溫), 而不說 hot temperature (熱溫).

spèak óut 毫不隱諱地[斷然地]發表意見.

* *spèak to...* (1)對…說話; 與…說話; (〔參考〕與 speak with... 相比, speak to... 的說法更普遍, 用法也更寬). Who was that girl you were *speaking to*? 與你說話的那個女孩是誰? (2)(因有所要求等)對…說; 勸告; 責備. I'd better *speak to* that naughty boy. 我最好勸勸那淘氣的男孩. (3)《文章》證明…; 針對…陳述. I can *speak to* his having been there. 我能證明他曾在那裡.

spèak úp (1)用(更)響亮的聲音清楚地說.
(2) =speak out.

spèak wéll for... 證明…很好.

* *spèak wéll of...* 說…的好話, 表揚…, (↔ speak ill of...). His former colleagues *speak well of* him. 他以前的同事都稱讚他.

spèak wíth... 跟…說話, 交談, (→ speak to... 〔參考〕). ★ speak with 用於較長時間的說話.

to spéak of... 《修飾前面的名詞(片語)》(不)值得一提的(《通常用於否定句、疑問句》). The book isn't much *to speak of*. 那本書沒甚麼好說的.

●── 慣用的分詞片語
Generally speaking, Taiwanese work hard. 一般說來, 臺灣人工作很勤奮.
Considering her age, she ran fast. 以她的年紀而言, 她跑得很快.
其他的慣用片語:

allowing for...	即使考慮到也…
frankly speaking	坦白地說
judging from...	根據…來判斷
relatively speaking	比較而言
roughly speaking	概略地說
strictly speaking	嚴格地說
taking...into account	考慮到…
talking of...	若是說到…

\#**speak·er** [`spikɚ; ˈspiːkə(r)] *n.* (*pl.* ~s [~z; ~z]) ⓒ 1 講話的人, 說話者; 《加形容詞》話說得…的人, …的說話者; 〔講…語的〕說話者. a dull *speaker* 說話很無趣的人/a fluent *speaker of* English 英語說得很流利的人.

2 演說家, 演講者, (↔ hearer). Each *speaker* was allotted twelve minutes. 每位演講者有十二分鐘的時間.

3 (the Speaker) (英美等的下議院[眾議院]的)議長. ★請求發言的議員稱呼其為 Mr. Speaker.

4 揚聲器, 擴音器, (loudspeaker).

Spèakers' Córner *n.* 演講者之一隅(倫敦 Hyde Park 的東北角; 每個星期日演講者和聽眾絡繹不絕).

speak·ing [`spikɪŋ; ˈspiːkɪŋ] *adj.* 1 談話的, 說話的; 《構成複合字》講(…語)的. a *speaking* voice 說話聲(相對於歌聲等而言)/a *speaking* acquaintance 見面會交談的交往關係[熟人]/ English-*speaking* peoples 講英語的民族/*speaking* machines 有聲機器(以語音傳達我們需要的資訊; a *speaking* camera [car, VTR, etc.]).

2 會說話似的, 栩栩如生的. a *speaking* likeness

栩栩如生的(的肖像[畫]).

— *n.* ⓤ 說話, 談話; 演說, 辯論.

be on spéaking térms 只是點頭之交[泛泛之交]的關係(*with*). She has not *been on speaking terms with* her husband. 她有一陣子(因關係不和)沒和她的丈夫說話了.

* **spear** [spɪr; spɪə(r)] *n.* (*pl.* ~s [~z; ~z]) ⓒ 1 矛, 槍; (戳魚的)魚叉. throw a *spear* 投矛.

2 (草等細長的)芽, 嫩枝.

— *vt.* 用矛[魚叉]戳[刺].

spear·head [`spɪr,hɛd; ˈspɪəhed] *n.* ⓒ 1 矛頭. 2 (攻擊等的)先鋒.

— *vt.* 作[攻擊, 事業等的]先鋒.

spear·mint [`spɪr,mɪnt; ˈspɪəmɪnt] *n.* ⓤ 綠薄荷(原產於歐洲的脣形科芳香草本植物; 用於增添口香糖等的味道).

spec [spɛk; spek] *n.* ⓤⓒ (口)投機(speculation).

on spéc 投機性地, 碰碰運氣地.

\#**spe·cial** [`spɛʃəl; ˈspeʃl] *adj.*【不普通, 不平凡】

1 特別的, 特殊的, (↔ general, ordinary; →especial 〔同〕). a *special* correspondent (報社的)特派員/for a *special* purpose 為了特殊目的(的)/His is a very *special* case, not an ordinary one. 他的情況特別, 非比尋常.

2 特例的; 值得特別記下的; 格外的, 與眾不同的. Nothing *special* was happening. 沒有甚麼特別的事情發生/a matter of *special* importance 特別重要的事/She has a lot of boyfriends, but this one is *special*. 她雖有許多男性朋友, 但這位很特別[格外親密].

【獨自的】 3 獨特的; 獨自的; 固有的; (→ peculiar 〔同〕). a *special* talent 特殊才能/This fruit has a *special* flavor. 這種水果有獨特的味道.

4 專門的, 專業的. his *special* field of study 他所研究的專業領域/a *special* hospital 專門醫院.

5 【特殊用途的】專用的, 特製的; 特設的; 特地安排的. my father's *special* chair 我父親專用的椅子/He was ordered on a *special* diet. 他被指示用特殊飲食療法/There is a *special* train leaving for Dover in an hour's time. 有一班往多佛的加開列車再過一個鐘頭就要開了.

⇨ *n.* specialty, speciality. *v.* specialize.

●──以 -ial 為詞尾的形容詞重音
重音置於 -ial 的前一個音節上:

artifícial	colónial	commércial
crúcial	differéntial	esséntial
fácial	fináncial	génial
impérial	indústrial	influéntial
inítial	matérial	memórial
offícial	pártial	poténtial
rácial	sócial	spécial
superfícial		

— n. © **1** 特別的人[物]；特派員，特使；加開列車；特別節目；(報紙的)特刊. Did you see the TV *special* on the oil crisis? 你看了關於石油危機的電視特別報導了嗎？

2 (餐廳等的)特餐；(美)便宜貨，特價品. I'll have today's *special*, please. 請給我一份今日特餐/There's a *special* on beachwear at that store. 那家商店正在出售特價的海灘裝.

be on spécial 特價[廉價]出售中.

spé·cial delívery n. ⓤ(美)快遞.

spé·cial effécts n. (作複數)(電影等的)特殊效果；特殊拍攝. (略作 SFX)

spe·cial·ise [ˋspɛʃəˌlaɪz; ˋspeʃəlaɪz] v. (英) = specialize.

‡**spe·cial·ist** [ˋspɛʃəlɪst; ˋspeʃəlɪst] n. (pl. ~s [~s; ~s]) © 專家；專科醫生；(*in*). a *specialist* in Greek history 希臘史專家/an eye *specialist* 眼科醫生.

spe·ci·al·i·ty [ˌspɛʃɪˋælətɪ; ˌspeʃɪˋælətɪ] n. (英) = specialty.

spe·cial·i·za·tion [ˌspɛʃələˋzeʃən; ˌspeʃəlaɪˋzeɪʃn] n. ⓤ 專門化，特殊化.

***spe·cial·ize** [ˋspɛʃəˌlaɪz; ˋspeʃəlaɪz] v. (**-iz·es** [~ɪz; ~ɪz]; **~d** [~d; ~d]; **-iz·ing**) vi. **1** 專攻，專門從事，(*in, on*). *specialize* in economics 專攻經濟學/*specialize on* Women's Lib 專致於婦女解放運動/The store *specializes in* men's wear. 那家商店專賣男性服飾. **2** 特殊化；(生物)分化.

— vt. 使專門[特殊]化；(生物)使分化. *specialized* knowledge 專業知識.

***spe·cial·ly** [ˋspɛʃəlɪ; ˋspeʃəlɪ] adv. 特別地，尤其；特地；臨時地；(→ especially 回). He is not *specially* talented in music. 他在音樂方面並沒有特別的才能/a *specially* large room 特別大的房間/I came here *specially* to see you. 我是特地來看你的.

spe·cial·ty [ˋspɛʃəltɪ; ˋspeʃltɪ] n. (pl. **-ties**) © (主美) **1** 專業，專門研究；本行；專長. This painter's *specialty* is portraits. 這個畫家的專長是肖像畫. **2** (商店，公司的)特製品，精製品；(地方的)名產，特產(榮譽). Roast beef is the *specialty* of Simpson's. 烤牛肉是辛普森餐廳的招牌菜. **3** 特徵；特殊性.

spe·cie [ˋspiʃɪ; ˋspiːʃiː] n. ⓤ(文章)(相對於紙幣的)硬幣，錢幣. payment in *specie* 以硬幣支付.

‡**spe·cies** [ˋspiʃɪz, -ʃiz; ˋspiːʃiːz] (★注意發音) n. (pl. ~) © **1** (生物)種. The lion and the tiger are two different *species* of cat. 獅子與老虎是貓(科)兩個不同種的動物/The *Origin of Species* 《物種原始》(Darwin 的著作)/an endangered [extinct] *species* 瀕臨絕種[已經絕種]的生物.

2 (加 the 或 our) 人類(亦作 the hùman spécies).

3 (口)種類(sort). a *species* of bravery 一種勇氣.

***spe·cif·ic** [spɪˋsɪfɪk; spəˋsɪfɪk] adj. **1** 〔目的，理由等〕明確的，清楚的；特別的(↔ general). The doctor could find no *specific* reasons for my illness. 那個醫生找不出我的病的明確原因/Please be more *specific* about your plan. 請把你的計畫說得更具體一點.

2 (限定)(金額等)特定的，一定的. No *specific* time has been set for the meeting. 會議的確切時間並未確定.

3 特有的，獨特的，(*to*)(→peculiar 回). a tendency *specific to* Victorian poetry 維多利亞時代的詩中特有的傾向.

— n. © (文章)特效藥(*for*)；(通常 specifics)詳情，細節.

***spe·cif·i·cal·ly** [spɪˋsɪfɪklɪ; spəˋsɪfɪkəlɪ] adv. **1** 尤其，特別地. The text was written *specifically* for high school students. 這份教材是專爲高中生編寫的.

2 確切地(說)，亦即.

spec·i·fi·ca·tion [ˌspɛsəfəˋkeʃən; ˌspesɪfɪˋkeɪʃn] n. **1** ⓤ明確說明，詳述.

2 © (通常 specifications)(建築等的)設計書，設計明細單.

specífic grávity n. ⓤ(物理)比重.

spec·i·fy [ˋspɛsəˌfaɪ; ˋspesɪfaɪ] vt. (**-fies**; **-fied**; **~ing**) **1** 詳細說明[記載]，明確指定；(句型3)(specify *that* 子句/*wh* 子句，片語)明確說明[記載]…. The will *specified who* should receive his fortune. 這份遺囑中說明了誰該繼承他的財產.

2 逐項說明；指定，指名. Please *specify* the time and place for our next meeting. 請指定我們下次集會的時間和地點.

***spec·i·men** [ˋspɛsəmən; ˋspesɪmən] n. (pl. ~s [~z; ~z]) © **1** 樣例，實例，典範. Please show me some *specimens* of your work. 請讓我看幾個你的工作樣本/an excellent *specimen* of primitive art 原始藝術的一個出色實例. 回 specimen 與 sample 意思幾乎相同，但 specimen 偏重於「同類的代表」的意思.

2 標本. butterfly *specimens* 蝴蝶標本/a tissue [blood] *specimen* (醫學檢驗用的)組織[血液]抽樣.

3 (加形容詞)(口)…的人，…的傢伙. What a stupid *specimen*! 真是個笨蛋！

spe·cious [ˋspiʃəs; ˋspiːʃəs] adj. (文章)似是而非的，虛有其表的，華而不實的. I was not deceived by his *specious* argument. 我沒有被他那華而不實的論點所騙.

spe·cious·ly [ˋspiʃəslɪ; ˋspiːʃəslɪ] adv. 似是而非地.

***speck** [spɛk; spek] n. (pl. ~s [~s; ~s]) © **1** 小點，斑點，污跡，污點. There were a few *specks* of paint on the rug. 地毯上有一些油漆的斑點.

2 小片，小粒；一點點(通常用於否定句，疑問句). There wasn't a *speck* of truth in his story. 他的話沒有一點真實性.

speck·le [ˋspɛk; ˋspekl] n. © (皮膚上的)斑點，褐斑；(動物身上的)花斑，斑紋.

speck·led [ˋspɛkļd; ˈspekld] *adj.* 有斑點的, 斑紋的.

specs [spɛks; speks] *n.* 《作複數》《口》眼鏡(spectacles).

✲spec·ta·cle [ˋspɛktək!, -tɪk!; ˈspektəkl] *n.* (*pl.* ~s [~z; ~z]) ⓒ **1** (令人瞠目而視的)情景, 景象; 壯觀, 奇觀. The sunrise we saw from the top of Mt. Ali was a fine *spectacle*. 我們在阿里山山頂上看到的日出真是美妙的景像.
2 值得看的東西; (滑稽的)演出. The victory parade was a tremendous *spectacle*. 勝利遊行的隊伍場面非常盛大.
3 (spectacles)眼鏡. a pair of *spectacles* 一副眼鏡. ⇨ *adj.* **spectacular**.
màke a spéctacle of *onesélf* 做[穿]被人取笑的動作[衣服], 使自己出醜.
[字源] SPECT「看」: *spect*acle, *spect*ator (觀眾), in*spect* (詳細調查), re*spect* (尊重), pro*spect* (遠景).

spec·ta·cled [ˋspɛktək!d, -tɪk!d; ˈspektəkld] *adj.* 戴眼鏡的.

✲spec·tac·u·lar [spɛkˋtækjələ; spekˈtækjulə(r)] (★注意重音位置) *adj.* **1** 戲劇性的; 值得看的.
2 壯觀的, 豪華的; 驚人的; 突出的. The race ended in a *spectacular* finish. 那場比賽以精采的結局收場. ⇨ *n.* **spectacle**.
— *n.* ⓒ (電影, 電視節目等)場面壯觀的演出.

spec·tac·u·lar·ly [spɛkˋtækjələlɪ; spekˈtækjuləlɪ] *adv.* 驚人地, 壯觀地.

✲spec·ta·tor [ˋspɛktetə; spekˈteɪtə(r)] *n.* (*pl.* ~s [~z; ~z]) ⓒ 觀眾, 觀看者; 旁觀者, 目擊者. The baseball game drew over 50,000 *spectators*. 那場棒球賽吸引了五萬多名的觀眾/a *spectator* sport 吸引觀眾的運動(拳擊, 橄欖球等吸引大量觀眾的體育運動).

spec·ter (美), **spec·tre** (英) [ˋspɛktə; ˈspektə(r)] *n.* ⓒ 幽靈, 妖怪, (ghost); 可怕的東西, 恐怖的東西.

spec·tra [ˋspɛktrə; ˈspektrə] *n.* spectrum 的複數.

spec·tral [ˋspɛktrəl; ˈspektrəl] *adj.* **1** 幽靈(specter)(似)的; 奇怪的; 可怕的. **2** 《物理》光譜(spectrum)的. *spectral* colors 彩虹的七色.

spec·tre [ˋspɛktə; ˈspektə(r)] *n.* (英) = specter.

spec·tro·scope [ˋspɛktrəˌskop; ˈspektrəskəup] *n.* ⓒ《物理》分光儀.

spec·trum [ˋspɛktrəm; ˈspektrəm] *n.* (*pl.* -tra, ~s) ⓒ **1** 《物理》光譜(用三稜鏡分析光而得到的連續七色色帶). → rainbow [參見].
2 (泛指)(變動)範圍. a wide *spectrum* of political views 政見的包羅萬象.

✲spec·u·late [ˋspɛkjəˌlet; ˈspekjuleɪt] *v.* (~s [~s; ~s]; -lat·ed [~ɪd; ~ɪd]; -lat·ing) *vi.* **1** (無確切資料地, 無根據地)思索, 推測, 《about, on, upon 關於…》. *speculate about* [*on*] the future 思考將來的事. **2** 投機, 做投機買賣, 《in》. *speculate in* gold mines 做金礦的投機買賣.
— *vt.* 句型3 (speculate *that* 子句)推測. I *speculated that* the war would end within a month. 我推測戰爭會在一個月內結束.

spec·u·la·tion [ˌspɛkjəˋleʃən; spekjuˈleɪʃn] *n.* ⓤ **1** (不依據事實的)推測; 空論. His idea is only *speculation*. 他的想法只不過是一種推測.
2 投機, 投機事實, 《in》. *speculation in* stocks 搞股票投機買賣/buy land on *speculation* 從事土地的投機買賣. ⇨ *v.* **speculate**.

spec·u·la·tive [ˋspɛkjəˌletɪv; ˈspekjulətɪv] *adj.* **1** 推測的; 空論的, 不實際的; 〔學問等〕純理論的. His approach is rather too *speculative*. 他的方法有點過於理論化.
2 投機的, 投機性的, 投機買賣的. a *speculative* deal 投機交易/make a *speculative* investment 從事投機性投資.

spec·u·la·tive·ly [ˋspɛkjəˌletɪvlɪ; ˈspekjulətɪvlɪ] *adv.* 投機性地, 投機買賣地.

spec·u·la·tor [ˋspɛkjəˌletə; ˈspekjuleɪtə(r)] *n.* ⓒ **1** 思索者; 純理論家. **2** 投機者, 投機商.

sped [spɛd; sped] *v.* speed 的過去式, 過去分詞.

✲speech [spitʃ; spiːtʃ] *n.* (*pl.* ~es [~ɪz; ~ɪz])
〖說話〗 **1** 【語言】《a ⓤ》口語; 言語, 國語. the *speech* of the common people 一般大眾的用語/Music is a common *speech* for humanity. 音樂是人類共通的語言/the native *speech* of Ireland 愛爾蘭的當地語言.
2 【說話能力】ⓤ 說話能力, 語言能力; 說話, 講話. Man has the faculty of *speech*. 人具有語言能力/lose [find] one's *speech* 喪失[恢復]說話能力/*Speech* is silver, silence is golden. 《諺》雄辯是銀, 沈默是金/freedom of *speech* 言論自由/give *speech* to horrible thoughts 說出可怕的想法.
3 【話】ⓒ 演說, 演講, 致辭; 談話; 發言. make an opening [a closing] *speech* 致開幕[閉幕]辭/make an offhand *speech* 即席演講. 圓 *speech* 是面對聽眾進行「演說」之意, 為一般用語; address 是事先準備好發言內容, 在公開場合所作的 speech; oration 是在典禮或儀式等時, 充滿華麗辭藻的 speech; discourse 是就指定的某一主題進行周密, 充分論述的 speech, 牧師所進行的 sermon 亦為一種 speech; talk 是內容, 講話方式較不拘束的簡短 speech.

> 搭配 *adj.*+speech: an after-dinner ~ (正餐後的談話), an eloquent ~ (滔滔不絕的雄辯), a persuasive ~ (有說服力的話語), a powerful ~ (震撼人心的話語) // *n.*+speech: a farewell ~ (告別演說).

〖說話的方式〗 **4** ⓤ 說話的方式; 用語. We knew from her *speech* that she was British. 我們聽她說話知道她是英國人/His *speech* is clear [blurred]. 他說話很清楚[不清楚].
5 ⓤ (學科上的)說話技巧, 辯論. a *speech* con-

test 辯論大會〔賽〕.

6 U《文法》敍述法(narration; → 見文法總整理 17). direct [indirect] *speech* 直接[間接]敍述法. ⇨ *v.* speak.

spéech dày *n.* C《英》學年最後一天《結業〔畢業〕典禮日; 進行演講或授獎》.

speech·i·fy [ˈspitʃəˌfaɪ; ˈspiːtʃɪfaɪ] *vi.* (**-fies; -fied; ~ing**)《口》《謔》(滔滔不絕地)演講.

speech·less [ˈspitʃlɪs; ˈspiːtʃlɪs] *adj.* **1** 《敍述》(因激動等)講不出話來的; 目瞪口呆的. be *speechless* with anger [grief, shock] 氣[難過, 震驚]得說不出話來/He was struck *speechless* at the horror of it. 他對此驚嚇得講不出話來.

2 《限定》不能用言語表達的. *speechless* grief 無法用言語描述的悲傷.

3 不會說話的; 沈默的, 話不多的. *speechless* animals 不會說話的動物.

speech·less·ly [ˈspitʃlɪslɪ; ˈspiːtʃlɪslɪ] *adv.* 目瞪口呆地; 沈默地.

spéech thèrapy *n.* U 言語矯正(治療法).

✻speed [spid; spiːd] *n.* (*pl.* ~s [~z; ~z])〖快〗 **1** U《行動之》快, 迅速. In this case quality rather than *speed* is essential. 在這種情況下,《工作的》品質比速度更重要/make *speed* 加快/his reading *speed* 他的閱讀速度.

〖速度〗**2** UC 速度. drive at a *speed* of 50 miles an hour 以時速50英里的速度行駛/gain [gather] *speed* 加速/at full *speed* 以最快速度[全速]

〖搭配〗*adj.*＋speed: high ~ (高速), low ~ (低速), slow ~ (慢速), moderate ~ (中速) // *v.*＋speed: maintain ~ (保持速度), reduce ~ (減速).

3 C (汽車等的)變速器, 排檔. a car with five forward *speeds* (前進)有五段變速的汽車.

4【感光速度】U《攝影》(膠片, 感光紙的)感光度; 曝光時間.

at spéed 加速地, 迅速地.

with àll spéed 火速地, 迅速地.

— *v.* (~s [~z; ~z]; ~**ed** [~ɪd; ~ɪd], **sped; ~ing**) *vi.* **1** 《通常加副詞(片語)》快速行進, 急行. The ambulance *sped* down the street. 那輛救護車在馬路上奔馳/The arrow *sped* to its mark. 那支箭朝靶飛去.

2 超速;《駕車》違規超速;《通常用現在分詞》. I don't think I was *speeding*. 我認為我沒有超速.

— *vt.* 使《事業等》進展順利; 促進; 加快…的速度. *speed* the building program 促進建設計畫.

✻ **spèed úp¹** 加快速度, 變快. The flow of traffic *speeded up*. 交通的流速變快了.

spèed /.../ **úp²** 加快…的速度, 使…加快速度, 加快…. *speed up* the preparations 加快準備工作.

speed·boat [ˈspidˌbot; ˈspiːdbəʊt] *n.* C 快艇.

speed·i·ly [ˈspidlɪ, -ɪlɪ; ˈspiːdɪlɪ] *adv.* 快, 迅速地.

speed·i·ness [ˈspidɪnɪs; ˈspiːdɪnɪs] *n.* U 敏捷.

speed·ing [ˈspidɪŋ; ˈspiːdɪŋ] *n.* U 超速行駛. She was fined £150 for *speeding*. 她因超速被罰款 150 英鎊.

spéed lìmit *n.* UC 速限.

speed·om·e·ter [spɪˈdɑmətɚ; spɪˈdɒmɪtə(r)] *n.* C《汽車等的》速度計.

spéed tràp *n.* C 有汽車超速監視的道路, 實施取締違規超速的路段.

speed·up [ˈspidˌʌp; ˈspiːdʌp] *n.* UC **1** 增速, 加速. **2** 提高生產率, 促進效率.

speed·way [ˈspidˌwe; ˈspiːdweɪ] *n.* (*pl.* ~s) C 摩托車[汽車]比賽跑道;《美》高速公路.

✻**speed·y** [ˈspidɪ; ˈspiːdɪ] *adj.* (**speed·i·er; speed·i·est**) 快的, 迅速的, 敏捷的. a *speedy* worker 手腳敏捷的工人/I wish you a very *speedy* recovery. 祝你早日康復. 回 speedy 語氣較 quick 更強, 意指高速度.

✻**spell¹** [spɛl; spel] *v.* (~s [~z; ~z];《主美》~**ed** [~d; ~d],《主英》**spelt; ~ing**) *vt.*

〖拼寫〗**1** (a)拼寫, 用字母拼寫[拼寫][單字]. I could not *spell* the word correctly. 我無法正確地拼寫出那個單字/*Spell* your name. 拼寫你的名字. (b) 句型5 (spell A B)、句型3 (spell A *as* B) 把 A 拼成 B. Don't *spell* "achieve" (*as*) "acheive". 不要把 achieve 拼成 acheive.

2 〔字母(被拼成後)〕成爲…字. What word do these letters *spell*? 這些字母拼成甚麼字?

〖(拼成的字)意爲〗**3** (必然會)招致…結果. Diminished sales *spelled* disaster for the firm. 銷路不好而導致公司倒閉.

— *vi.* 拼字, 拼讀[寫]. ⇨ *n.* spelling.

spèll /.../ óut (1)一個字母一個字母地讀[寫, 說]; 費力地讀. (2)按順序詳細地說明…. (3)不以縮寫而以完整寫法書寫[字, 詞].

✻**spell²** [spɛl; spel] *n.* (*pl.* ~s [~z; ~z]) C **1** 一段持續時間, 一段期間; 一會兒. a *spell* of fine weather 一陣子好天氣/rest (for) a *spell* 休息一會兒.

2 (一陣)發作, 發病. have a coughing *spell* 一陣咳嗽.

3 一段工作[服務]時間; 輪班. a *spell* of work 一段工作時間/take *spells* at rowing 輪流划船.

— *vt.* 交替;《替換以》讓〔某人〕休息. Will you *spell* me while I have my lunch? 我吃中飯的時候, 你可以代我的班嗎?

spell³ [spɛl; spel] *n.* C **1** 咒語, 符咒. The wizard muttered *spells* over the prince. 那個巫師對王子唸咒語.

2 (通常用單數)魔力, 魅力. cast a *spell* on 對…施魔法; 迷住…/break the *spell* 破除魔法; 使意識恢復正常/under a *spell* 在符咒的魔力之下; 被迷住.

spell·bind·er [ˈspɛlˌbaɪndɚ; ˈspelbaɪndə(r)] *n.* C 能使聽眾入迷的演說家《特指政治家》.

spell·bound [ˈspɛlˌbaʊnd; ˈspelbaʊnd] *adj.* 《通常作敍述》被符咒[魔法]鎮住的; 入迷(得精神恍惚)的. hold [keep] a person *spellbound* 迷惑某人/She stared at him *spellbound*. 她著迷似地凝望

著他.

spell·er [`spɛlə; 'spelə(r)] n. C **1** (加形容詞) 拼單字者. a good [bad] *speller* 拼寫正確的[常拼錯字的]人. **2** =spelling book.

✽spell·ing [`spɛlɪŋ; 'spelɪŋ] n. (pl. ~s [~z; ~z]) **1** U (單字的)拼法, 拼寫. 正確的拼法. His *spelling* is very good. 他的拼字(能力)很好/The *spelling* of English is rather arbitrary. 英語的拼寫比較不規則.

2 C (單字的)拼寫, 拼法. 'Shakespeare' has some variant *spellings*. Shakespeare 這個字有幾種不同的拼法.

spélling bèe n. C 拼字比賽.

spélling bòok n. C 單字拼寫課本.

spelt [spɛlt; spelt] v. spell[1] 的過去式、過去分詞.

✽spend [spɛnd; spend] v. (~s [~z; ~z]; spent; ~·ing) vt. 【花費】**1** 用, 花費, 〔錢〕 ((on, upon, for)) (→ expend 同). He *spends* most of his money *on* books. 他把大部分的錢用於買書/She *spends* most of her salary *for* new clothes. 她將她大部分的薪水花在買新衣服.

2 度過〔時間〕((on; (in) doing)). *spend* a sleepless night 度過失眠之夜/She *spent* a lot of time *on* the plot of her new novel. 她花了很多時間在她新小說的構思上/How did you *spend* your Christmas vacation? 你如何度過聖誕假期的?/He *spent* long hours *in* repairing his car. 他花了很長的時間修理他的車子(★在〔口〕中通常省略 in)/*spend* the night with a person 與某人過夜[上床] ((暗指性關係)).

3 〔雅〕用盡〔氣力等〕; 使變弱, 使筋疲力竭; ((常用被動語態, 或用 spend oneself)). *spend* one's strength 用盡力氣/Don't *spend* any more breath trying to reason with him. 別再多費唇舌跟他講道理/The storm will soon *spend* itself. 暴風雨不久就會平靜下來.

— vi. 花錢; 浪費. *spend* foolishly [lavishly] on... 在…之上揮霍[浪費]錢/*Spend* rather than save. 與其存錢, 不如花錢.

spend·er [`spɛndə; 'spendə(r)] n. C (通常加形容詞)花錢…樣的人; 浪費者. a good *spender* 善於用錢的人.

spend·thrift [`spɛnd,θrɪft, 'spɛn,θrɪft; 'spendθrɪft] n. C 揮霍者, 浪費者; 放蕩者.

Spen·ser [`spɛnsə; 'spensə(r)] n. Edmund ~ 史賓塞(1552?-99)(英國詩人).

spent [spɛnt; spent] v. spend 的過去式、過去分詞. — adj. 筋疲力竭的, 衰竭的; 用盡的.

sperm [spɝm; spɜːm] n. (pl. ~, ~s) (生理) U 精液(semen); C 精子, 精蟲.

spérm whàle n. C (動物)抹香鯨.

spew [spju, spɪu; spjuː] vt. (口)噴出; 嘔吐. — vi. 嘔吐.

✽sphere [sfɪr; sfɪə(r)] n. (pl. ~s [~z; ~z]) C

1 球, 球體. the celestial *sphere* (天文)天球.

2 天體; 地球儀. a heavenly *sphere* 天體.

3 (活動, 勢力等的)領域, 範圍; (社會上的)地位, 身分, 階層. his *sphere* of action [influence]

他的活動領域[勢力範圍]/in many *spheres* of life 在生活上的許多領域/remain in one's (proper) *sphere* 守自己的本分.

spher·i·cal [`sfɛrɪk; 'sferɪkl] adj. 球(形)的; 天體的.

spher·oid [`sfɪrɔɪd; 'sfɪərɔɪd] n. C 橢圓體.

sphinc·ter [`sfɪŋktə; 'sfɪŋktə(r)] n. C (解剖)括約肌.

sphinx [sfɪŋks; sfɪŋks] n. (pl. ~·es) **1** (the Sphinx)(希臘神話)斯芬克斯(帶翼的獅身女人頭怪物; 傳說出謎題給路人猜, 猜不出者即遭殺害).

[sphinxes 1, 2]

2 C (古埃及)人[獸]面獅身像(身體為獅子, 頭為男性(鷹, 羊]的虛構動物); (the Sphinx)(埃及 Giza 附近的)人面獅身巨像.

3 C 難於理解的人, 猜不透的人.

✽spice [spaɪs; spaɪs] n. (pl. **spic·es** [~ɪz; ~ɪz])

1 UC 佐料; (集合)香料, 調味品. She put too much *spice* in this soup. 她放太多調味料在這個湯裡了/*Spices* give relish to a dish. 香料給菜肴增添美味.

2 (a U) 刺激的東西; (增添)趣味(的東西); 情趣; 一點; ((of)). Variety is the *spice* of life. 變化增加生活的樂趣/There was a *spice* of envy in her tone. 她的語氣中有一點羨慕的味道.

— vt. 加(香料), 添加(佐料), ((with)); 使增添趣味((with)). He *spices* his lecture *with* a lot of humor. 他運用許多幽默的言語增加上課的趣味.

spic·i·ly [`spaɪslɪ, -ɪlɪ; 'spaɪsɪlɪ] adv. 芳香地; 辛辣地.

spic·i·ness [`spaɪsɪnɪs; 'spaɪsɪnɪs] n. U 芳香; 辛辣.

spick-and-span [`spɪkən'spæn, ˏspɪkŋ'spæn; 'spɪkən'spæn] adj. (口)(服裝, 房間等)極整潔的; (款式, 想法等)全新的, 嶄新的.

spic·y [`spaɪsɪ; 'spaɪsɪ] adj. **1** 加有香料的; 芳香的. a *spicy* flower 散發芳香的花.

2 具刺激性的, 富含趣味的; (話等)下流的.

⇨ n. **spice**.

✽spi·der [`spaɪdə; 'spaɪdə(r)] n. (pl. ~s [~z; ~z]) C (蟲)蜘蛛; (像蜘蛛一樣)設圈套者. Most *spiders* spin webs. 絕大部分的蜘蛛是會織網的.

spi·der·y [`spaɪdərɪ; 'spaɪdərɪ] adj. 蜘蛛(網)似

的; (蜘蛛足般)細長的; 多蜘蛛的, 全是蜘蛛的.

spied [spaɪd; spaɪd] v. spy 的過去式、過去分詞.

spiel [spil; ʃpiːl] (德語) n. UC (俚)(為招攬生意, 辯解等的)長時間的談話.

spies [spaɪz; spaɪz] n. spy 的複數.
— v. spy 的第三人稱、單數、現在式.

spig·ot [ˋspɪɡət; ˋspiɡət] n. C (木桶等的)塞子; 自來水的龍頭.

spike¹ [spaɪk; spaik] n. C 1 長釘, 牆頭遮欄, 《尖頭朝上或朝外裝在牆上、籬笆等上》; (鐵軌用的)大釘. 2 (比賽時運動鞋底上的)釘, 鞋釘, 《防滑用》; (spikes)釘鞋. 3 (排球)扣球.
— vt. 1 用長釘(大釘)釘牢; 在…裝牆頭遮欄; 在(鞋)上裝鞋釘. 2 (棒球比賽等中)用鞋釘刺傷, 用釘鞋踩傷, (人). 3 (排球)扣(球).

spike² [spaɪk; spaik] n. C (穀物的)穗; (植物的)穗狀花序(例如唐菖蒲屬植物的花).

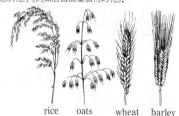

rice   oats   wheat   barley

[spikes²]

spik·y [ˋspaɪkɪ; ˋspaiki] adj. 1 釘子似的, 尖尖的; 很多釘子的. 2 (口)(人)頑固難以應付的; 易發怒的.

✻spill¹ [spɪl; spil] v. (~s [~z; ~z]; ~ed [~d; ~d], spilt; ~ing) vt. 1 使(液體, 粉末等)溢出; 使(東西)散落. It is no use crying over spilt milk. (諺)覆水難收(為過去的事後悔是無益的)/The child spilled his toys out of the box onto the floor. 那個小朋友把箱子裡的玩具都倒在地板上.
2 (雅)使(血)流出(通常用被動語態). Enough blood has been spilled─stop the war now! 血已經流得夠多了, 停止戰爭吧!
3 (口)使跌下; 抛出. My horse spilled me. = I was spilled from my horse. 我從馬背上摔了下來.
4 (口)說出, 洩漏, (祕密等).
— vi. 灑落, 溢出, (over); 洩漏. The mob spilled over from the square into the streets. 暴民從廣場湧向街道/Tears spilled from her eyes. 眼淚從她眼睛裡落了下來/Tons of oil spilled out from the tanker. 好幾噸的石油從那艘油輪溢了出來.

spill the beans (口)(無意中)洩漏祕密.
— n. C 1 溢出, 散落; 溢出的(量).
2 (口)(從交通工具上)跌下, 摔下. take [have] a spill 跌下.

spill² [spɪl; spil] n. C (點火用的)木片, 紙捻.

spill-o·ver [ˋspɪl͵ovɚ; ˋspil͵əuvə(r)] n. UC 溢出; 溢出物; 《特指大城市容納不下而外流的人口等》.

spill·way [ˋspɪlwe; ˋspilwei] n. (pl. ~s) C (水庫等的)洩洪道.

spilt [spɪlt; spilt] v. spill¹ 的過去式、過去分詞.

✻spin [spɪn; spin] v. (~s [~z; ~z]; spun; ~·ning) vt. 【紡】 1 紡(紗), 紡織. spin cotton [yarn] 紡棉紗(紗)/spin wool into thread 把羊毛紡成毛線.
2 (蜘蛛, 蠶)吐(絲); (蜘蛛)結(網), (蠶)作(繭). Silkworms spin cocoons. 蠶作繭.
3 【編造】撰寫, 編造, (故事).
【使像紡錘似地旋轉】 4 使(陀螺等)旋轉. spin a top 打陀螺/spin a coin (用手指彈)使硬幣旋轉《以正面或反面來決定順序等》.
— vi. 【紡】 1 紡, 紡紗; (蜘蛛, 蠶)吐絲; 結網; 作繭. She passed her days spinning and sewing. 她每天忙於紡紗和裁縫.
【快速旋轉】 2 (陀螺, 紡錘等)旋轉(around; round); (汽車)車身旋轉; (飛機)盤旋下降. The dancer spun around on her toes. 那個舞者用腳尖旋轉.
3 (頭)暈, 暈眩. My head is spinning. 我頭正在暈.
4 【快速地到處奔跑】(駕駛)汽車(的人)疾馳, 奔馳.

spin a yarn 沒完沒了地講(冒險的故事等); 編藉口.

spin/.../off (1)衍生出(作為副產品生產)…. (2)(主美)(經濟)成立(子公司)(→ spin-off).

spin/.../out 拖長(談話等)時間, 拉長; 度過, 消磨, (歲月等); 使(金錢等)多維持一段日子.
— n. 1 UC 旋轉. give a ball lots of spin 讓球一直旋轉/the Earth's spin 地球的自轉.
2 C (通常加a)(汽車等的)兜一圈, 短程兜風. take [go for] a spin (乘車)兜一圈, 兜風一下.
3 C (航空)盤旋下降.

spin·ach [ˋspɪnɪtʃ, -ɪdʒ; ˋspinidʒ] n. U (植物)菠菜.

spi·nal [ˋspaɪnl; ˋspainl] adj. 脊骨的, 脊椎的; 脊髓的. ⇨ n. spine.

spínal cólumn n. C 脊椎骨.

spínal córd n. C 脊髓.

spin·dle [ˋspɪndl; ˋspindl] n. C 1 紡車軸(將線纏繞於其上的桿); (紡織機的)紡錘. 2 (機械的)軸, 主軸.

spin·dly [ˋspɪndlɪ; ˋspindli] adj. 細長的, 瘦長的.

spin-dri·er, spin-dry·er [ˋspɪn͵draɪɚ; ˋspin'draiə(r)] n. C (洗衣用的)旋轉式脫水機.

spin-dry [ˋspɪn͵draɪ; ˋspin'drai] vt. (-dries; -dried; ~·ing) (用旋轉式脫水機將衣物等)脫水.

spine [spaɪn; spain] n. C 1 脊椎, 脊柱, (spinal column).
2 (書, 丘陵等的)脊(→ book 圖).
3 (仙人掌等的)刺, 棘; (動物的)棘狀突起, 刺. ⇨ adj. spinal.

spine-chil·ler [ˋspaɪn͵tʃɪlɚ; ˋspain'tʃilə(r)] n.

© 恐怖小說[電影]《<令人毛骨悚然的作品》).

spine-chil-ling [`spaɪn.tʃɪlɪŋ; `spaɪntʃɪlɪŋ] adj. 令人毛骨悚然的, 恐怖的.

spine-less [`spaɪnlɪs; `spaɪnlɪs] adj. **1** 〔動物〕無脊椎的; 無棘[刺]的.

2 沒有骨氣的, 軟弱的.

spin-et [`spɪnɪt; spɪˈnet] n. ⓒ 小型的鍵琴(小型的 harpsichord); 《美》小型直立式鋼琴.

spin-na-ker [`spɪnəkə, `spɪni-; `spɪnəkə(r)] n. ⓒ (船首的)大三角帆(張掛在賽艇主帆的對面; → sailboat 圖).

spin-ner [`spɪnə; `spɪnə(r)] n. ⓒ 紡織工; 紡織機.

spin-ney [`spɪnɪ; `spɪnɪ] n. (pl. ~s) ⓒ 《英》矮林, 灌木林.

spin-ning [`spɪnɪŋ; `spɪnɪŋ] n. Ⓤ 紡織. a spinning mill [machine] 紡織廠[機].

spinning wheel n. ⓒ (舊時的)手紡車, 紡車.

spin-off [`spɪn.ɔf; `spɪnɒf] n. (pl. ~s) ⓒ

1 (通常指有用的)副產品. **2** Ⓤ 《主美》《經濟》股本轉移法(母公司將其所擁有之子公司的股票分配給其股東, 使與之財務分離的做法).

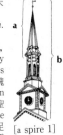

[spinning wheel]

spin-ster [`spɪnstə; `spɪnstə(r)] n. ⓒ

1 (已過適婚年齡的)未婚女子, 老處女, (old maid). ★男性為 bachelor. **2** 《英》《法律》未婚婦女.

spin-ster-hood [`spɪnstə.hʊd; `spɪnstəhʊd] n. Ⓤ (女性已過適婚年齡的)單身(狀態).

spin-y [`spaɪnɪ; `spaɪnɪ] adj. **1** 有刺[棘]的, 多刺的. **2** 〔問題等〕麻煩的, 棘手的. ⇨ n. **spine**.

spiny lobster n. ⓒ 龍蝦.

spi-ral [`spaɪrəl; `spaɪərəl] n. (pl. ~s [~z; ~z]) ⓒ **1** 螺旋, 螺線. a long blue spiral from his pipe 從他的菸斗裡飄出的一縷長長的藍煙/the spiral of a tornado 龍捲風的漩渦.

2 螺旋形的東西; 螺旋彈簧; 螺旋形的貝.

3 《航空》盤旋下降.

4 《經濟》(由於惡性循環而產生的)螺旋狀行進, 連續變動. an inflationary spiral (由於物價上漲與工資提高的惡性循環所引起的)通貨膨脹的惡性循環.

— adj. 螺旋形的, 螺旋狀的. a spiral staircase 螺旋狀樓梯/a spiral spring 螺旋彈簧.

— vi. (~s; 《美》~ed, 《英》~led; 《美》~ing, 《英》~ling) 成螺旋形[螺旋形行進]; 〔飛機〕盤旋下降; 〔物價等〕不斷地變動[上漲]. The prices began to spiral (up). 物價開始不斷上漲.

spi-ral-ly [`spaɪrəlɪ; `spaɪərəlɪ] adv. 螺旋狀地.

spire [spaɪr; `spaɪə(r)] n. (pl. ~s [~z; ~z]) ⓒ **1** (尖塔的)尖塔頂, 尖頂; 尖塔. The spires of Oxford University were visible in the distance. 牛津大學的尖塔從遠處就能看到.

2 (尖山的)山頂; (圓錐形的)末梢; 尖細的莖[葉片, 芽等].

[a spire 1]
b steeple

spir-it [`spɪrɪt, `spirɪt; `spɪrɪt] n. (pl. ~s [~s; ~s])

【精神】**1** Ⓤ 精神, 心, 靈魂, (↔ body, flesh, matter), body and spirit 肉體與精神/May his spirit rest in peace. 願他的靈魂安息/Blessed are the poor in spirit. 虛心的人有福了(源自聖經)/The spirit is willing but the flesh is weak. 心有餘而力不足《源自聖經》. 回 在同樣心中以作靈魂解釋時, spirit 不只是將靈魂視為「物」, 而更偏重其性質, 作用, 活動方面; → soul.

2 Ⓤ 神靈; (the Spirit)《基督教》= Holy Spirit. the spirit of God 聖靈.

3 ⓒ (精)靈; 妖怪, 妖精; 幽靈. children dressed as spirits and goblins 扮成妖精和小妖怪的孩子們/drive away evil spirits 驅趕魔鬼.

【精神的狀態】**4** ⓐⓊ 《加形容詞[片語]》《…的》心境, 心, 心意. He made an offer in a spirit of kindness. 他出於好心而提議/His patriotic spirit bordered on fanaticism. 他的愛國心已近乎狂熱/team spirit 團隊精神.

5 ⓐⓊ 《加形容詞[片語]》《…的》風氣, 風格; 《…的》精神, 趨勢. a spirit of reform 改革的風氣/the adventurous spirit of the times 當代的冒險精神.

6 【具有特定精神的人】ⓒ 《加形容詞》《…氣質的》人, 人物. a noble spirit 高尚的人/one of the leading spirits of the anti-war movement 反戰運動的領導者之一.

7 (spirits)心情, 情緒; 精神. be in good [high] spirits 情緒極佳, 精神飽滿/be in bad [low] spirits 情緒低落/Keep up your spirits. 打起你的精神來.

8 【堅實的精神】Ⓤ 勇氣; 氣魄, 意氣; 熱情. a man of backbone and spirit 有骨氣的人/the fighting spirit 鬥志/That's the spirit! 對, 就是那種衝勁!/have no spirit 沒衝勁; 不想做.

【精神>精髓】**9** Ⓤ (法律等的)精神, 真諦. Policemen must understand both the letter and the spirit of the law. 警察必須理解法律之字面意義及其內在精神/in letter and in spirit (→ letter 的片語).

10 〔酒精〕ⓒ (通常 spirits)蒸餾酒, 烈酒, 《威士忌, 白蘭地等》. My father drinks beer but no spirits. 我父親喝啤酒, 不喝烈酒.

⇨ adj. **spiritual**, **spirituous**.

— vt. 拐走[小孩等], 使失蹤, 《away; off》. The girl was spirited away by fairies. 那個女孩被妖怪拐走了.

spir-it-ed [`spɪrɪtɪd; `spɪrɪtɪd] adj. **1** 精神飽滿

的, 活潑的; 勇敢的; 猛烈的. She made a *spirited* reply to the accusation. 她對這指控給予猛烈的還擊. 2 《構成複合字》情緒[精神]…的. high-spirited 精神飽滿的.

spir·it·ed·ly [ˈspɪrɪtɪdlɪ; ˈspɪrɪtɪdlɪ] *adv.* 精神飽滿地.

spírit làmp *n.* ⓒ 酒精燈.

spir·it·less [ˈspɪrɪtlɪs; ˈspɪrɪtlɪs] *adj.* 無精打采[不熱心]的, 無氣力的.

spírit lèvel *n.* ⓒ 酒精水準器.

***spir·it·u·al** [ˈspɪrɪtʃʊəl, -tʃʊl, -tʃəl; ˈspɪrɪtʃʊəl] *adj.* **1** 精神的, 精神上的, 心靈的, 靈魂的, (↔ material, physical, sensual, earthly). *spiritual* comfort 精神上的慰藉/*spiritual* beings 靈魂的存在/have a *spiritual* love for a person 對某人有心靈上的愛戀.
2 崇高的. a *spiritual* mind 高尚的心.
3 《文章》宗教上的, 教會的, (↔ secular). *spiritual* songs 聖歌.
⟡ *n.* spirit.
— *n.* ⓒ (特指美國南部的)黑人靈歌(亦作 Nègro spíritual).

spir·it·u·al·ism [ˈspɪrɪtʃʊəlˌɪzəm, -tʃʊl-, -tʃəl-; ˈspɪrɪtʃʊəlɪzəm] *n.* Ⓤ **1** 《哲學》唯心論, 心靈論, (↔ materialism).
2 招魂術, 招魂, 招魂說.

spir·it·u·al·ist [ˈspɪrɪtʃʊəlɪst, -tʃʊl-, -tʃəl-; ˈspɪrɪtʃʊəlɪst] *n.* ⓒ《哲學》唯心論者; 招魂術信徒, 招魂術士.

spir·it·u·al·i·ty [ˌspɪrɪtʃʊˈælətɪ; ˌspɪrɪtʃʊˈælətɪ] *n.* Ⓤ屬於精神性的東西; 精神性; 靈性; 脫俗; (↔ sensuality).

spir·it·u·al·ize [ˈspɪrɪtʃʊəlˌaɪz, -tʃʊl-, -tʃəl-; ˈspɪrɪtʃʊəlaɪz] *vt.* **1** 使(人、心)淨化; 使高尚純潔. **2** 按精神上的意義解釋, 賦予…精神上的意義.

spir·it·u·al·ly [ˈspɪrɪtʃʊəlɪ, -tʃʊl-, -tʃəl-; ˈspɪrɪtʃʊəlɪ] *adv.* 精神上; 脫俗地, 高尚純潔地; 虔誠地.

spir·it·u·ous [ˈspɪrɪtʃʊəs; ˈspɪrɪtʃʊəs] *adj.* 含酒精量多的; 蒸餾酒的.

***spit¹** [spɪt; spɪt] *v.* (~s [~s; ~s]; **spat**, (美) ~; ~ting) *vi.* **1** 吐口水; 表示輕蔑(*at, on, upon*). Don't *spit* on the sidewalk. 不要把痰吐在人行道上/I *spit* on his authority! 我瞧不起他的權威!
2 《貓》(發怒地)發呼呼聲(*at*).
3 (以 it 當主詞)(雨)稀疏地下. It was *spitting* with rain. 天空飄著小雨.
4 (蠟燭油、火、熱油等)濺[噴, 滾, 冒]; (槍)砰地發射.
— *vt.* **1** 吐出(唾液、血、食物等)(*out*). The machine gun *spat* bullets. 那部機關槍射出子彈.
2 發洩般地說出(壞話等)(*out*). She *spat* (*out*) the words at him contemptuously. 她輕蔑地對他說了那些話.

Spìt it óut! (口)說實話!
— *n.* Ⓤ吐唾液.
be the spìt and ímage [*the spìtting ímage*] *of a pèrson* (口)和某人一模一樣的人, 酷似.

spit² [spɪt; spɪt] *n.* ⓒ **1** 烤肉串.
2 (狹長地伸入大海的)沙洲, 岬.
— *vt.* (~s; ~ted; ~ting) 把(肉等)串在烤肉叉上; 刺(人等), 截, 《on (刺刀等)》.

***spite** [spaɪt; spaɪt] *n.* Ⓤ惡意, 壞心眼; 怨恨, 反感. do a thing *from* [*out of*] *spite* 出於惡意[反感, 洩憤]而做某事.
* *in spìte of...* 儘管…. He went alone *in spite* of my warning. 他不顧我的警告獨自前往.
in spìte of onesèlf (想堅決不做但)不由自主地; (雖不想做但)不得已. The policeman smiled *in spite of himself.* 警察不由得笑了起來.
— *vt.* 使…難堪, 捉弄, (★僅用不定詞). She went out with another boy just to *spite* me. 她和別的男孩出去只是為了讓我難堪.

spite·ful [ˈspaɪtfəl; ˈspaɪtfʊl] *adj.* 懷有惡意的, 惡意的.

spite·ful·ly [ˈspaɪtfəlɪ; ˈspaɪtfʊlɪ] *adv.* 惡意地.

spite·ful·ness [ˈspaɪtfəlnɪs; ˈspaɪtfʊlnɪs] *n.* Ⓤ惡意.

spit·fire [ˈspɪtˌfaɪr; ˈspɪtˌfaɪə(r)] *n.* ⓒ (特指女性的)脾氣暴躁的人, 愛大聲罵人的人.

spit·tle [ˈspɪtl; ˈspɪtl] *n.* Ⓤ唾液(spit).

spit·toon [spɪˈtun; spɪˈtuːn] *n.* ⓒ痰盂.

spitz [spɪts; spɪts] *n.* ⓒ狐狸狗(玩賞的狗).

***splash** [splæʃ; splæʃ] *v.* (~es [~ɪz; ~ɪz]; ~ed [~t; ~t]; ~ing) *vt.* **1** 潑(水, 泥漿等)(*about*); 濺濕[污](*on, over*); 潑於(*with*). Don't *splash* paint *about.* 別把顏料潑得到處都是/*splash* the book *with* ink 把墨水灑在書上/I *splashed* cold water *on* my face. 我把冷水潑在自己的臉上.
2 《主英》慷慨地花(錢)(*about; out*).
3 《主英》大肆報導, 炒作, 《新聞等》. The story of their marriage was *splashed* across [over] the front page (of the newspaper). 他們結婚的消息占據了(報紙的)第一版.
— *vi.* **1** (水, 泥漿等)濺, 飛濺; 濺起(水花). Waves *splashed* against the rocky coast. 波浪沖擊著海岸的岩壁, 濺起了水花/My dog likes to *splash* in the river. 我的狗喜歡在河裡戲水.
2 (加副詞(片語))濺起水行進; 噗通落下; 嘩啦嘩啦地發出(水)聲前進. *splash* across the river 嘩啦嘩啦地濺起水花渡過河流.
3 《主英》慷慨地花錢(*about; out*).
splàsh one's wáy 濺起水行進.
— *n.* (*pl.* ~es [~ɪz; ~ɪz]) ⓒ **1** 濺潑聲, 潑濺. fall into water with a *splash* 噗通一聲掉進水裡.
2 (泥漿等的)飛濺; 污漬; 斑點, 斑. a *splash* of ink on the shirt 濺在襯衫上的墨漬.
3 《主英、口》(沖調酒的)微量蘇打水(飛濺>少量). A Scotch, with just a *splash* of soda, please. 請給我一杯加點蘇打水的蘇格蘭威士忌.
4 (口)擺闊, 造成轟動; (報紙等的)炒作. *splash*

headlines 聳動的標題.

màke a splásh (1)啪地發出聲音.
(2)《口》引起轟動, 使人大吃一驚.

splash·down [`splæʃ,daun; 'splæʃdaun] n. ©
(太空船等的)海上降落.

splash·y [`splæʃɪ; 'splæʃɪ] adj. **1** 嘩啦嘩啦濺
潑的. **2** 多泥漿的; 多斑點的. **3** 《主美、口》轟
動的; 華麗的.

splat·ter [`splætɚ; 'splætə(r)] vt. (嘩啦嘩啦)濺
潑〔水等〕.
— vi. 〔水等〕(嘩啦嘩啦)濺潑.
— n. © 濺潑(水等); 嘩啦嘩啦(聲).

splay [sple; spleɪ] v. 《~s; ~ed; ~·ing》 vt. 使〔窗
等〕向外張開, 使成扇形打
開, 《out》.
— vi. 向外張開, 成扇形
展開, 《out》.
— adj. 向外張開的; 〔膝
等〕難看地外張的; 不像樣
的, 樣子難看的.
— n. (pl. ~s) © 〔窗框等
的)向外張開(部分).

[splays]

spleen [splin; spliːn] n.
1 © 〔解剖〕脾臟《從前被
認爲怒氣、惡意等的積藏
處》. **2** Ⓤ 怒氣, 發脾氣; 惡意. in a fit of
spleen 發火/vent one's spleen upon [on] 遷怒於
…, 洩憤.

✻**splen·did** [`splɛndɪd; 'splendɪd] adj. **1** 壯
麗的, 豪華的. a splendid sunset
壯麗的日落景象/a splendid display of precious
stones 光彩奪目的寶石展示/a splendid palace 豪
華的宮殿.
2 光輝的; 值得佩服的; 卓越的. the most splen-
did of our legendary heroes 在我們傳奇性的英雄
中最傑出的一位/win a splendid success 獲得卓越
的成功.
3 《口》令人滿意的, 極好的. have a splendid
time 過〔玩〕得非常愉快/a splendid idea 極妙的主
意. ⇨ n. splendor.

splen·did·ly [`splɛndɪdlɪ; 'splendɪdlɪ] adv. 壯
麗地, 豪華地; 出色地, 輝煌地;《口》非常…; 令
人滿意地.

splen·dif·er·ous [splɛn`dɪfərəs, -frəs;
splen'dɪfərəs] adj. 《口》=splendid.

✻**splen·dor** (美), **splen·dour** (英)
[`splɛndɚ; 'splendə(r)] n. (pl. ~s [~z; ~z]) ⓊC
1 輝煌, 光輝, 光彩. the splendor of a diamond
鑽石的光輝.
2 (有時 splendors)壯麗, 華麗, 豪華; (名聲等
的)顯赫, 卓越. boast a scenic splendor 以風景的
壯麗而自豪/the splendors of Rome 羅馬的光輝燦
爛/the splendor of his name 他那顯赫的名聲.
⇨ adj. splendid.

sple·net·ic [splɪ`nɛtɪk; splɪ'netɪk] adj. 《雅》惡
意的; 易怒的; (→ spleen 2).

splice [splaɪs; splaɪs] vt. **1** 絞接, 捻接, 〔繩子

等〕; 疊接〔木片等〕;
接合〔軟片, 錄音帶
等〕.
2 《口》使結婚(通常用
被動語態). get spliced
結婚.
— n. © 撚〔疊〕接
(處); 接合(部分).

splic·er [`splaɪsɚ;
'splaɪsə(r)] n. © 接合
軟片、錄音帶等的工
具.

splint [splɪnt; splɪnt]
n. © **1** (固定在骨折部位的)夾板. **2** (編結籃子
等用的)薄片條.
— vt. 用夾板固定.

[splice 1]

splin·ter [`splɪntɚ; 'splɪntə(r)] n. © **1** (木頭,
玻璃等刺狀的)碎片, 裂片; 木屑, 刺. I got a
splinter of glass in my thumb. 我的拇指殘留著玻
璃碎片/Tornadoes can reduce a house to a pile
of splinters. 龍捲風能把一幢房屋摧毀成一堆瓦片碎
礫. **2** (形容詞性)以少數分裂(分派)的. a splinter
group 分裂出來的團體/a splinter party 脫黨人士
另創的團體.
— vt. 劈(成碎片); 使分裂.
— vi. 裂(成碎片); 分裂; (從組織)分派分裂;
《off》.

✻**split** [splɪt; splɪt] v. 《~s [~s; ~s]; ~; ~·ting》 vt.
1 劈開; 撕裂; 《in, into》. split logs for
the fireplace 劈木柴以作壁爐的燃料/Lightning
split the trunk in two. 閃電把樹幹劈爲兩half.
2 使分裂, 使不團結, 《up》. The party was
split (up) into two groups over the issue. 該黨因
這個問題而分裂成兩派.
3 分割, 割分; 分配, 分擔; 《up》. Split (up)
the chocolates among you. 你們平分這塊巧克力
吧/I split the cost with him. 我和他分擔費用.
— vi. **1** 破裂, 裂開. This wood splits easily
[straight]. 這塊木頭容易[筆直地]裂開.
2 分裂, 分離, 《up》. The couple split up some
time ago. 那對夫婦前一陣子離婚了/split (up) into
three factions 分裂成三派.
3 分攤付款. Let's split on the gas. 汽油費用平
均分攤吧.
4 《主美、俚》(迅速)離去, 溜走.

split háirs → hair 的片語.

splìt one's sídes 笑破肚皮.

split the dífference 取差額的半數; 妥協, 彼此
讓步, 折衷.

— n. © **1** 裂口, 裂縫; 裂片. a Chinese dress
with a split up the thigh 開叉至大腿的旗袍.
2 分裂, 分離; 不和; 分派; 分割. a split of a
party 黨的分裂.
3 (常 the splits)劈腿(上半身挺起, 兩腳左右[前
後]伸直而坐的一種表演).

S

— *adj.* 劈開的, 裂開的; 分裂的, 分離的.

split-lev·el [ˌsplɪtˋlɛvl; ˌsplɪtˈlevl] *adj.* 〔房屋, 房間等〕地板水平面有兩種以上高度的[錯層式的].

split personálity *n.* ⓒ雙重人格.

split sécond *n.* ⓒ(用單數)一瞬間. in a *split second* 在一瞬間.

split·ting [ˋsplɪtɪŋ; ˈsplɪtɪŋ] *adj.* 〔頭〕爆裂似的(痛); (爆裂似地)劇烈的(頭痛等).

splodge [splɑdʒ; splɒdʒ] *n., v.* (英)=splotch.

splotch [splɑtʃ; splɒtʃ] *n.* ⓒ汚點, 汚漬.
— *vt.* 弄髒, 塗污.

splurge [splɜdʒ; splɜːdʒ] (口) *vi.* 揮霍金錢.
— *n.* ⓒ揮霍.

splut·ter [ˋsplʌtɚ; ˈsplʌtə(r)] *vi.* **1** 發噼剝[咕嚕]聲. **2** (因激動等)急促(語無倫次)地說話.
— *vt.* 急促地說.
— *n.* ⓒ噼剝[咕嚕]聲.

‡**spoil** [spɔɪl; spɔɪl] *v.* (**~s** [~z; ~z]; **~ed** [~d; ~d], **spoilt**; **~·ing**) *vt.* **1** 糟蹋, 毀掉; 使〔肉, 酒等〕變質. The rainstorm has *spoiled* the cherry harvest. 這場暴風雨破壞了櫻桃的收成/The scandal will *spoil* his chances for the presidency. 這件醜聞將毀掉他當選總統的機會/Too many cooks *spoil* the broth. (→ cook).

2 (特指)寵壞[溺愛][孩子]; 特別照顧; 服務過分周到. a *spoilt* child 被寵壞的孩子/Take care not to *spoil* your dog. 注意不要寵壞你的狗/You're *spoiling* me! 您太照顧我了! (您那樣地照顧我, 我會被寵壞的)/Spare the rod and *spoil* the child (→ spare 2).

— *vi.* 變糟; 腐敗, 變壞. Meat *spoils* quickly in warm weather. 肉熱天時很快就會腐敗.

be spóiling for... 一心想…〔特指〕吵架). He *is spoiling for* a fight. 他一心想打架.

be spòilt for chóice 可能挑選得如此迷人.

— *n.* (*pl.* **~s** [~z; ~z]) **1** Ⓤ(或 spoils)掠奪物, 掠奪品, 戰利品. The thieves divided up the *spoils*. 這批盜賊瓜分了那些贓物.

2 (spoils)(主美)政治分贓酬庸(競選勝利的政黨可隨意分配的官職、權利、特權等).

spoil·er [ˋspɔɪlɚ; ˈspɔɪlə(r)] *n.* ⓒ **1** 損壞者[物]; 寵壞他人者. **2** 擾流器《使飛機減速及防止高速賽車車身往上浮的裝置》.

spoil-sport [ˋspɔɪlˌspɔrt; ˈspɔɪlspɔːt] *n.* ⓒ敗興[掃興]者, 令人不高興的傢伙.

spoilt [spɔɪlt; spɔɪlt] *v.* spoil 的過去式、過去分詞.

spoke¹ [spok; spəʊk] *v.* speak 的過去式.

spoke² [spok; spəʊk] *n.* ⓒ **1** (車輪的)輪輻, 輻, (→ bicycle 圖). **2** (梯子的)梯級, 橫格.
pùt a spóke in a pèrson's whéel 破壞某人(的計畫).

‡‡**spo·ken** [ˋspokən; ˈspəʊkən] *v.* speak 的過去分詞.
— *adj.* **1** 口頭的, 口述的; 口語的. a *spoken*

order 口頭命令/*spoken* language 口頭用語, 口語, (↔ written language).

2 《構成複合字》說話…的, 說話有…特點的. soft-*spoken* 說話柔和的.

spokes·man [ˋspoksmən; ˈspəʊksmən] *n.* (*pl.* **-men** [-mən; -mən]) ⓒ發言人, 代言人, 代表, (→ spokesperson).

spokes·per·son [ˋspoksˌpɜsn; ˈspəʊksˌpɜː(r)sn] *n.* ⓒ代言人, 代表; 說明者. a *spokesperson for* Buckingham Palace 白金漢宮發言人. 注意此字可用來避免有性別之分的 spokes-man 及 spokeswoman.

spokes·wom·an [ˋspoksˌwumən; ˈspəʊksˌwʊmən] *n.* (*pl.* **-wom·en** [-ˌwɪmɪn; ˌwɪmɪn]) ⓒ女發言人, 女代言人, (→ spokesperson).

spo·li·a·tion [ˌspolɪˋeʃən; ˌspəʊlɪˈeɪʃn] *n.* Ⓤ《文章》掠奪, 搶劫, 破壞.

‡**sponge** [spʌndʒ; spʌndʒ] (★注意發音) *n.* (*pl.* **spong·es** [~ɪz; ~ɪz]) **1** ⓒ海綿, 海綿動物. **2** ＵＣ(用於洗澡等的)人造海綿. wipe up the water with a *sponge* 用海綿把水吸乾. **3** Ⓤ(泛指)海綿狀物; (醫學)紗布; (英)=sponge cake. **4** ⓒ(口)食客.

thròw [tòss] ìn [ùp] the spónge 《口》認輸, 投降, 《源自拳擊手扔掉擦身用的海綿或毛巾表示擊敗》.

— *vt.*【用海綿擦拭】 **1** 用海綿拭[擦, 洗](down); 用海綿擦掉, 拭去, (away; off; out). *sponge* (down) a car 用海綿擦車子.
【吸收】 **2** (用海綿等)吸收(up). *sponge up* the spilt ink with an old rag 用舊抹布把溢出的墨水吸起來.

3 (口)死皮賴臉地要, 乞討, (from, off〔人〕). He *sponged* the fare *off* his brother and went south. 他向他的哥哥討旅費便到南部去了.
— *vi.* **1** 〔海綿等〕吸收液體.
2 (口)依賴別人生活; 當食客; (on, off〔別人家〕).

spónge càke *n.* ＵＣ海綿蛋糕《一種蛋糕; 質自像海綿一樣鬆軟》.

spong·er [ˋspʌndʒɚ; ˈspʌndʒə(r)] *n.* ⓒ(口)食客. a *sponger on* one's relative 依賴親戚生活的人.

spong·y [ˋspʌndʒɪ; ˈspʌndʒɪ] *adj.* 海綿狀[質]的; 多小孔的; 鬆軟的; 有吸水性的.

‡**spon·sor** [ˋspɑnsɚ; ˈspɒnsə(r)] *n.* (*pl.* **~s** [~z; ~z]) ⓒ **1** 保證人, 保人. stand *sponsor for* a person 當某人的保證人.

2 (民營電臺的)贊助者; 節目提供者; 廣告客戶.

3 發起人; 後援者; (法案的)提案人.

4 (洗禮時)給孩子取名的人(godparent), 教父, 教母. stand *sponsor to* 做…的教父[教母].
— *vt.* 做…的保證人; 贊助[民營電臺]; 發起, 支持. *sponsor* a TV program 贊助電視節目/The tennis tournament is *sponsored* by a Taiwanese firm. 該網球錦標賽是由一家臺灣企業贊助的.

spon·sor·ship [ˋspɑnsɚˌʃɪp; ˈspɒnsəʃɪp] *n.* Ⓤ保證人[贊助者, 發起人, 教父, 教母]的地位.

spon·ta·ne·i·ty [ˌspɑntə`niətɪ; ˌspɒntə`neɪətɪ] *n.* Ⓤ 自然, 自發性.
⇨ *adj.* **spontaneous.**

***spon·ta·ne·ous** [spɑn`tenɪəs; spɒn`teɪnjəs] *adj.* **1** 〔行動等〕無意識的; 不由自主的; 自動的. There was a *spontaneous* burst of applause from the audience. 聽眾不由自主地拍手叫好.
2 〔現象等〕自然發生的; 〔行動等〕自然的; 〔植物等〕自生的, 天然(生長)的. *spontaneous* combustion 自燃/*spontaneous* recovery from a disease 疾病的自然痊癒. ⇨ *n.* **spontaneity.**

spon·ta·ne·ous·ly [spɑn`tenɪəslɪ; spɒn`teɪnjəslɪ] *adv.* 自然地; 自發地.

spoof [spuf; spuːf] *n.* (*pl.* ~s) ⓊⒸ《口》欺騙, 捉弄.

spook [spuk, spuk; spuːk] *n.* Ⓒ 幽靈, 鬼.
— *vt.*《主美》〔特指〕嚇走〔動物〕.

spook·y [`spukɪ, `spukɪ; `spuːkɪ] *adj.*《口》似幽靈的, 出現幽靈般的; 怪異得使人害怕的.

spool [spul; spuːl] *n.* Ⓒ《美》線軸(《英》reel); (軟片的)軸; 一卷[捆](線等). a *spool* of tape [red thread] 一卷錄音帶[一捆紅線].

‡**spoon** [spun, spun; spuːn] *n.* (*pl.* ~s [~z; ~z]) Ⓒ **1** 湯匙, 調羹. eat with a *spoon* 用調羹吃/He can't even lift a *spoon*. 他(衰弱得)連一支湯匙都拿不動. **2** ＝spoonful.
be bòrn with a sílver spóon in one's *móuth* 生在富貴人家.
— *vt.* 用湯匙舀(*up*; *out*). *spoon out* cocoa into cups from the can 用湯匙把罐裡的可可粉舀到茶杯裡.

spoon·er·ism [`spunəˌrɪzəm; `spuːnərɪzəm] *n.* ⓊⒸ 前音互換, 首音誤置,《例如把 *cr*ushing *bl*ow 說成 *bl*ushing *cr*ow 等》.

spoon-fed [`spunˌfɛd, `spun-; `spuːnfed] *v.* spoon-feed 的過去式、過去分詞.

spoon-feed [`spunfid, `spun-; `spuːnfiːd] *vt.* (~s; ~·fed; ~·ing) **1** 用湯匙餵. **2** 溺愛, 嬌生慣養; 填鴨式地教〔學生等〕. The teacher *spoon-fed* her students. 那位老師用填寫式的方法教學生.

***spoon·ful** [`spunfəl, `spun-; `spuːnfol] *n.* (*pl.* ~s [~z; ~z], **spoons·ful** [`spunzfəl; `spuːnzfol]) Ⓒ 一匙的量, 一茶匙. a level *spoonful* 平平的一茶匙/two *spoonfuls* of sugar 兩茶匙的糖.

●──以 **-ful** 表示「一…的量」之意

bagful	一袋	bucketful	一桶
cupful	一杯	glassful	一杯
handful	一把	pocketful	一口袋
sackful	一袋	spoonful	一茶匙

---

spoor [spur, spor, spɔr; spʊə(r)] *n.* Ⓒ (野生動物的)足跡, 臭跡.

spo·rad·ic [spo`rædɪk, spɔ-; spə`rædɪk] *adj.* **1** 有時發生的; 零散的; 〔疾病等〕偶發的, 突發的. *sporadic* gunfire 零星的砲火.
2 〔植物〕分散的, 散落的.

spo·rad·i·cal·ly [spo`rædɪklɪ, spɔ-; spə`rædɪkəlɪ] *adv.* 偶爾地, 零散地; 稀疏地.

spore [spor, spɔr; spɔː(r)] *n.* Ⓒ《生物》孢子, 芽孢.

spor·ran [`spɔrən; `spɒrən] *n.* Ⓒ 毛皮袋(蘇格蘭高地的男子掛在短裙(kilt)前的毛皮袋子).

[sporran]

‡**sport** [sport, spɔrt; spɔːt] *n.* (*pl.* ~s [~s; ~s])
〖消遣〗 **1** Ⓤ 娛樂, 遊戲, 消遣. It was great *sport* to make snowmen. 堆雪人是很棒的消遣.
〖戶外的消遣〗 **2** (a) Ⓤ (集合)體育活動, 運動; Ⓒ (各種的)體育比賽, 體育活動; (注意 sport 也包括打獵、釣魚、賽馬等, 比一般概念的「體育運動」範圍更廣). be fond of *sport*(s) 喜歡體育運動/play [do] *sports* 從事體育活動/athletic *sports* 運動比賽/country *sports* 郊外(體育)活動(打獵、釣魚、賽馬等)/indoor [outdoor] *sports* 室內[戶外]運動/Tennis is my favorite *sport*. 網球是我最喜歡的運動.
(b) (常 sport*s*)〔形容詞性〕體育運動的, 運動(用)的. *sport*(s) clothes [shoes] 運動服[鞋]/a *sports* page (報紙的)體育版.
3 (sports)《英》運動會. school *sports* 學校運動會.
4 Ⓒ《口》(具有運動員性格的)開朗的人, 爽快的人. a good [bad, poor] *sport* 爽朗的[不爽快的]人/Be a *sport*! 拿出運動員的樣子來[乾脆點]!
〖捉弄〗 **5** ⒶⓊ 捉弄; 玩耍, 玩笑. in [for] *sport* (→片語)/make *sport* of... (→片語)/a *sport* of words 文字遊戲, 詼諧語.
6【嘲弄的對象】Ⓒ 受(命運、波濤等)擺布者; 笑柄, 嘲弄的對象. be the *sport* of fortune 受命運捉弄.
7 Ⓒ《生物學》變種.
in [*for*] *spórt* 開玩笑地, 捉弄地, 半開玩笑地. He said it just in *sport*. 他僅僅是說著玩的.
màke spórt of... 嘲笑…, 嘲弄….
— *vi.*《小孩, 動物》玩耍, 嬉戲.
— *vt.*《口》炫耀(show/.../off[1]). *sport* a new tie 炫耀一條新領帶.

sport·ful [`sportfəl, `spɔrt-; `spɔːtfol] *adj.* 好玩的; 鬧著玩的; 爽朗的.

sport·ing [`sportɪŋ, `spɔrt-; `spɔːtɪŋ] *adj.*
1 《限定》愛好體育運動[比賽, 打獵]的; 運動用的. a *sporting* goods store 體育用品店.
2 具有運動家精神的, 光明正大的.
3 〔特指與賭博有關的〕賭性的, 打賭的.

sport·ive [`sportɪv, `spɔrt-; `spɔːtɪv] *adj.* 〔特指雅語〕愛玩耍的, 鬧著玩的; 爽朗的; 戲言的, 玩笑的.

sport·ive·ly [`sportɪvlɪ, `spɔr-; `spɔːtɪvlɪ] *adv.* 鬧著玩地; 爽朗地.

spórts càr *n.* Ⓒ 跑車.

sports·cast [ˋspɔrtsˏkæst, ˋspɔrts·; ˋspɔːtsˏkæst, -ˏkɑːst] n. ⓒ (美)體育節目; 體育新聞[解說].

spórts shīrt n. ⓒ 運動衫.

✲sports·man [ˋsportsmən, ˋsports·; ˋspɔːtsmən] n. (pl. **-men** [-mən; ·mən]) ⓒ **1** 運動員; (特指)打獵的人, 愛好釣魚的人, 愛好賽馬的人. **2** 具有運動精神的人, 做事正大光明的人, 不計較勝負的人.

sports·man·like [ˋsportsmənˏlaɪk, ˋsports·; ˋspɔːtsmənlaɪk] adj. 具有運動精神的; 堂堂正正的.

sports·man·ship [ˋsportsmənˏʃɪp, ˋsports·; ˋspɔːtsmənʃɪp] n. ⓤ 運動精神; 光明正大的態度.

sports·wear [ˋsportsˏwɛr, ˋsports·; ˋspɔːtsweə(r)] n. ⓤ (集合)運動服, 休閒服.

sports·wom·an [ˋsportsˏwʊmən, ˋsports·; ˋspɔːtswʊmən] n. (pl. **-wom·en** [-ˏwɪmɪn; ·wɪmɪn]) ⓒ 女運動員.

sports·writer [ˋsportsˏraɪtɚ, ˋsports·; ˋspɔːtsˏraɪtə(r)] n. ⓒ (報紙等的)體育版記者.

sport·y [ˋsportɪ, ˋsportɪ; ˋspɔːtɪ] adj. (口) **1** (服裝, 外觀等)華麗的, 花俏的; 輕便的, 非正式場合穿的. **2** 運動員(精神)的.

✲spot [spat; spɒt] n. (pl. **~s** [~s; ~s]) ⓒ 【斑點】 **1** 斑點, 斑紋, 斑駁. My dog is white with brown *spots*. 我的狗白色裡帶有棕色的斑點/She wore a white scarf with green *spots* on it. 她繫著一條白底綠點的領巾. **2** 《像點似地》少量》(加 a)(主英, 口)少量, 少許, 《*of*》. Would you care for a *spot* of tea? 你要來點茶嗎?/Let's do a *spot* of work before we rest. 趁休息前我們再做點事吧! 【污點】 **3** (墨水等的)污漬, 污垢, 污點; (皮膚的)老人斑, 痣; 《委婉》面皰, 疹. The spilled tea left a *spot* on her dress. 濺出來的茶在她的衣服上留下了一塊污漬. **4** (人格, 名聲等的)瑕疵, 污點. a *spot* on his reputation 他名譽上的污點. 【地點】 **5** 地方, (某特定的)地點, 場所; (事件等的)現場. a good *spot* for a picnic 適合野餐的地方/Sun Moon Lake is a beautiful *spot*. 日月潭是一處美麗的風景勝地/the very *spot* on which Kennedy was shot to death 正是甘迺迪遭槍殺身亡的那個地方. **6** 《加形容詞》…的地方, 處所. a sore *spot* 不希望別人觸及的地方, 痛處. **7** (口)(順序中的)位置, 等級, 地位; (表演節目等的)出場序. **8** (口)=spotlight. **9** 《當場的》(形容詞性)當場的; (電視, 廣播節目間的)廣告. ⇨ adj. **spotty**. *chánge* one's *spóts* 《主要用於否定句、疑問句》個

性[行為](向好的方向)轉變. *hít the spót* (主美, 口)(特指食物等)無可挑剔的; 正如所願的; 切合需要的. *in a spót* (口)在困境中, 在窘境中. I was *in a spot* when my car broke down in the mountains. 車子在山裡拋錨, 害得我進退兩難. **✲** *on the spót* (1)立即, 當場, be killed *on the spot* 當場死亡. (2)在[到]場, 到現場. The police were *on the spot* within ten minutes. 警方在十分鐘內便到達現場. *pút a person on the spót* (1)使某人為難; 迫使某人立即回應[即刻答覆]. (2)(美, 俚)意圖暗殺某人, 打算使某人消失.

— v. (**~s** [~s; ~s]; **~ted** [~ɪd; ~ɪd]; **~ting**) vt. 【使有斑點】 **1** 弄髒, 使有污漬, 《*with*》. The mud *spotted* her dress. (一點一點的)泥漿弄髒了她的衣服/His jeans were *spotted with* paint. 他的牛仔褲被油漆弄髒了. 【放置在各點上】 **2** 部署(衛兵等); 使散布;《通常用被動語態》. 【查明存在的地方】 **3** 發現, 找出; 辨認(難以發覺的東西). *spot* an error 找出錯誤/I *spotted* my friend in the crowd. 我從人群中認出了我的朋友. — vi. (布等)沾上污漬, 被弄髒, 《*with*》; (墨水等)產生污漬. Silk *spots with* rain. 絲綢被雨淋出污點.

spót annóuncement n. ⓤⓒ 廣告[報導] (在電視, 廣播節目前[中]播出的簡短廣告等).

spót chéck n. ⓒ 抽樣檢查[調查].

spot-check [ˋspatˏtʃɛk; ˋspɒttʃek] vt. 抽樣檢查….

✲spot·less [ˋspatlɪs; ˋspɒtlɪs] adj. 沒有污點[污漬]的; 沒有缺點的, 無懈可擊的; 潔白的. a *spotless* pearl 一顆潔白無瑕的珍珠/His reputation is *spotless*. 他的名聲是毫無污點的.

spot·less·ly [ˋspatlɪslɪ; ˋspɒtlɪslɪ] adv. 毫無污點地; 無懈可擊地.

spot·light [ˋspatˏlaɪt; ˋspɒtlaɪt] n. ⓒ **1** 聚光燈(把光集中照射於舞臺某處的照明設備). **2** (加 the)(公眾)注意[關心]的焦點. be in the *spotlight* 引人矚目. — vt. (**~s**; **~ed**, **-lit**; **~ing**) **1** 聚光照明. **2** 使突出醒目, 使公眾注意. The Seminar *spotlighted* the pollution crisis. 這次研討會把焦點集中在污染危機上.

spot·lit [ˋspatlɪt; ˋspɒtlɪt] v. spotlight 的過去式、過去分詞.

spót néws n. ⓤ (節目中的)新聞快報.

spot·ted [ˋspatɪd; ˋspɒtɪd] adj. 有斑點的, 多斑點的; 有污漬的, 有污點的.

spot·ter [ˋspatɚ; ˋspɒtə(r)] n. ⓒ **1** (美)(看顧作業員等的)監視員, 監督員. **2** 防空監視員.

spot·ty [ˋspatɪ; ˋspɒtɪ] adj. **1** 有斑點的, 多斑點的; 滿是污漬的. [參考] Spotty (小花)常作為有斑點的狗的名字. **2** (英, 口)多青春痘的, 面皰的. **3** (主美)不規律的, 不規則的, 不穩定的. ⇨ n. **spot**.

spouse [spauz, spaus; spaʊz] n. ⓒ《文章》配偶《夫或妻》.

spout [spaut; spaut] vt. **1** 噴出〔液體等〕. an elephant *spouting* water from his trunk 把水從鼻子裡噴出來的象. **2** 《口》滔滔不絕地講.

— vi. **1** 〔液體等〕噴出;〔鯨〕噴水;〔噴水池〕噴水. Blood *spouted* from the wound. 鮮血從傷口噴出. **2** 《口》滔滔不絕地說話(off).

— n. ⓒ **1** (茶壺等的)嘴;(鯨)的噴水孔;(屋頂上排水的)水筧, 承霤.

2 噴水, 水柱. The fireman sent a *spout* of water into the burning building. 那個消防隊員把水柱噴向失火的大樓.

sprain [spren; sprem] n. ⓒ扭傷.

— vt. 扭傷〔手腕等〕, 扭;扭傷…的筋. I *sprained* my ankle on the stairs. 我走樓梯時扭傷了腳踝.

sprang [spræŋ; spræŋ] v. spring¹ 的過去式.

sprat [spræt; spræt] n. ⓒ小鯡(產於歐洲海域的小型鯡魚).

sprawl [sprɔl; sprɔːl] vi. **1** (懶散地)伸展四肢躺〔坐〕, 四肢伸開;俯臥. sprawl on the lawn 四肢攤開躺在草坪上/The blow sent the champion *sprawling* on all fours. 那一擊把衛冕者打得四腳朝天. **2** 〔植物等〕蔓延;〔筆跡等〕寫得零亂;〔都市等〕無計畫地擴展, 無計畫地延伸.

— vt. 懶散地伸展〔手腳〕(通常用被動語態);使俯臥;使蔓延. Jack was *sprawled* on the sofa, fast asleep. 傑克四肢攤平躺在沙發上酣睡.

— n. ⓒ (通常用單數) **1** (懶散地)伸開四肢躺臥;俯臥.

2 不規則的伸展;(都市等)無計畫的擴展(現象). The countryside is being destroyed by urban *sprawl*. 都市無計畫的擴展使郊區遭受破壞.

***spray**¹ [spre; spreɪ] n. (pl. ~s [~z; ~z])

1 ⓐⓤ水花, 飛沫;(消毒劑等的)噴霧. get wet with sea *spray* 被浪花濺濕/a *spray* of bullets 槍林彈雨.

2 ⓒ噴霧器;噴灑器;ⓤⓒ噴霧液, 噴霧劑. a hair *spray* 美髮定型液.

— vt. (~s [~z; ~z]; ~ed [~d; ~d]; ~ing) 噴〔香水, 塗料等〕, (使成噴霧狀)噴灑〔藥劑等〕, 《on》;向…噴(with);向…噴灑(水, 殺蟲劑等). She *sprayed* perfume *on* herself. 她在身上噴香水/*spray* flowers *with* water＝*spray* water *on* flowers (用水)澆花.

spray² [spre; spreɪ] n. (pl. ~s) ⓒ (有花, 葉的)小枝;(寶石等的)枝狀圖案, 枝狀裝飾.

spray·er [ˋspreə; ˋspreɪə(r)] n. ⓒ噴水[消毒劑]者;噴霧器.

spráy gùn n. ⓒ(塗料等的)噴槍.

***spread** [sprɛd; spred] v. (~s; ~; ~ing) vt. 〖攤開〗 **1** 攤開, 張開, 展開, 《out》. spread a map 攤開地圖/Granny *spread* (*out*) her arms to hug me. 奶奶張開雙臂擁抱我.

2 鋪上;塗抹, 覆蓋, 《on》;用…鋪上[塗抹, 覆蓋]《with》. *spread* butter *on* the hot toast＝

---

sprig **sprig** 1507

spread the hot toast *with* butter 在剛烤好的麵包上塗奶油/The floor was *spread* with carpet. 地板上鋪著地毯.

3 擺好〔食物等〕;把飯菜擺在〔餐桌〕上. spread dishes on the table 把(做好的)飯菜擺在餐桌上/*spread* the table 在餐桌上擺好飯菜.

4 〖傳播〗傳播〔謠言等〕;使〔疾病等〕蔓延, 撒, 散布;《over, among》. spread a groundless rumor 散布毫無根據的謠言/*spread* learning 傳播知識/*spread* fertilizer *over* a field 在田裡施肥.

〖伸向遠處⇒使延續〗 **5** 使拖延;伸長. spread the work over a year 把這項工作拖延成一年.

— vi. **1** 擴展, 伸展, 《out》. A blush spread over her face. 她的臉紅了起來/The desert *spread* (*out*) before us. 沙漠展現在我們眼前.

2 〔謠言等〕擴散, 傳開;〔疾病等〕蔓延. The news spread quickly. 消息一下子就傳開了.

3 繼續, 延續, 《over〔期間〕》. Our trip *spread* (*out*) over two weeks. 我們的旅行已經持續了兩個星期.

spréad like wíldfire → wildfire 片語.

spréad onesélf (1)伸展四肢;擴展, 伸展;〔都市等〕發展. (2)《口》打腫臉充胖子;極力突顯自己, 自誇.

— n. 〖(使)擴展〗 **1** ⓤ擴大, 擴張;普及. the *spread* of education [the disease] 教育的普及[疾病的蔓延].

2 ⓐⓤ擴展;寬闊;範圍;寬度;伸展. a wide *spread* of grassland 一片遼闊的大草原/The wings of this bird have a *spread* of two feet. 這隻鳥的翼輻有兩英尺長.

〖能鋪開之物〗 **3** ⓒ桌巾;床罩(bedspread).

4 ⓤⓒ用來塗抹食品的醬(塗於麵包上的果醬、奶油等).

5 ⓒ《口》(擺好在餐桌上的)豐盛的飯菜, 盛宴.

6 ⓒ (報紙, 雜誌等)橫跨兩版的篇幅(橫跨兩頁的廣告或文章).

spréad éagle n. ⓒ展翅雄鷹(的圖案)(美國國徽).

spread-ea·gle [ˋsprɛd.igl; ˌspredˈiːgl] vt. 使四肢張開躺著(站立)(通常用被動語態). He was *spread-eagled* to the canvas by the blow. 那一拳把他擊倒成大字形躺在拳擊場的地板上.

[spread eagle]

spread·er [ˋsprɛdə; ˌspredə(r)] n. ⓒ 散布[擴展]者[物];塗抹奶油等用的刀.

spree [spri; spriː] n. ⓒ歡鬧, 喧鬧;(一時衝動的)狂熱行為. have a drinking *spree* 狂飲作樂/go on a spending *spree* 盡情地花錢.

sprig [sprɪg; sprɪg] n. ⓒ (有葉, 花的)小枝, 嫩枝, (→ branch 參考);形似樹枝的花樣.

spright·ly [ˋspraɪtlɪ; ˋspraɪtlɪ] *adj.* 活潑的, 輕快的, 快活的, 爽朗的. He's a *sprightly* old fellow of 82. 他是一位 82 歲精神爽朗的老人.

‡**spring**¹ [sprɪŋ; sprɪŋ] *n.* (*pl.* ∼s [∼z; ∼z])
【跳】**1** 跳躍, 跳, (回 spring 為比 jump 更正式的用語). He went over the fence with a *spring*. 他一躍跳過了柵欄/The pup made a *spring* at the butterfly. 那隻小狗朝蝴蝶撲了過去.
2【彈力】U 彈性, 彈力; aU 活力, 精神. The coils have no *spring* left in them. 這些線圈已經沒有彈性了/His mind has lost its *spring*. 他的腦筋已經不靈活了/have a *spring* in one's step 步伐輕快.
【能彈起的東西】**3** C 彈簧, 發條. a watch *spring* 錶的發條/The toy works by a *spring*. 那個玩具是利用彈簧操作的/a *spring* balance 彈簧秤/a *spring* lock 彈簧鎖.
4【湧出的東西】C 泉, 天然泉水; (常 springs) 溫泉, 礦泉. There is a small *spring* in the village. 那個村莊裡有一座小泉/mineral *springs* 礦泉/*spring* water 泉水.
5【泉源】C (常 springs) 根源; 動機; 原動力. the *spring* of human happiness 人類幸福的泉源/*springs* of action 行動的動機.
── *v.* (∼s [∼z; ∼z]; sprang, sprung; sprung; ∼ing) *vi.*【跳, 躍】**1**〔加副詞(片語)〕躍, 跳, 躍起, 跳起. *spring* up 跳起來/*spring* out of bed 從床上跳下來/*spring* to one's feet 忽然站起來/The tiger *sprang* upon its prey. 老虎撲向獵物.
2 (靠彈簧裝置等)彈開, 反彈, (*back*). 句型2 (spring A)反彈後〔猛烈地〕變成A的狀態. The lock *sprang* open [shut]. 鎖咯噠一聲開了[鎖上].
3〔如彈簧般地變形〕(木材等)翹曲, 歪曲; 裂, 裂開. The beams had *sprung* with age. 屋樑因老舊而彎曲.
【冒出】**4** (水等)湧出; (突然)出現; 產生; (*up*); 突然(*into*). Water was *springing* out of a crevice in the rocks. 水從岩石縫裡湧出/New grass *springs* up in spring. 新草在春天裡長出嫩草/His fan clubs *sprang* up all over the country. 他的歌[影]迷俱樂部一下子如雨後春筍般遍及全國各地/Strange thoughts *sprang* up in my mind. 奇怪的想法在我腦海中浮現/*spring into* existence [fame] 突然出現[一舉成名].
【湧出】**5** (加副詞片語)(河)發源. The Rhine *springs* in the Alps. 萊茵河發源於阿爾卑斯山.
6〔人〕出身(*from*)〔門第等〕; 〔事物〕發生(*from*)〔原因, 動機等〕. *spring from* a noble stock 出身貴族/Where did that foolish idea *spring from*? 從哪冒出那愚蠢的想法?
── *vt.*【跳過】**1** 跳過〔柵欄等〕.
【使(突然)跳出】**2** 使〔獵鳥等〕(從躲藏處)飛出.
3 使〔彈簧〕反彈; 句型5 (spring A B)使A反彈成B的狀態. He *sprang* the lid open with a knife. 他用小刀啪地一下把蓋子打開.
4 突然提出〔對于吃驚的事實等〕(*on*). He likes to *spring* surprises *on* us. 他喜歡突然講一些話讓我們吃驚.

‡**spring**² [sprɪŋ; sprɪŋ] *n.* (*pl.* ∼s [∼z; ∼z])
1 UC (通常無冠詞用單數, 或加 the) 春天. Crocuses are the first sign of *spring*. 番紅花開即是春天來臨的徵兆/in (the) *spring* 在(一到)春天/in the *spring* of 1998 在 1998 年的春天/in (the) early [late] *spring* 在早春[晚春]/this [last, next] *spring* 在(到)今年[去年, 明年]春天. 參考 在北半球一般指約 3-5 月, 天文學上指自春分至夏至; 此意義的形容詞為 vernal.
2 UC (人生等的)初期, 青春年華. Her life entered a second *spring*, so to speak. 可以說她的人生進入了第二春.
3 (形容詞性)春季的; 春季用的, 適於春季的. the *spring* semester (美)春季學期(兩學期制的第二學期, 2月至6月)/a *spring* rain 春雨/*spring* wear 春裝.

spring·board [ˋsprɪŋ͵bord, ͵͵bɔrd; ˋsprɪŋbɔːd] *n.* C **1** (跳水運動的)跳板; (體操的)起跳板. **2** 出發點, 開端, (*to*).

spring·bok [ˋsprɪŋ͵bak; ˋsprɪŋbɒk] *n.* (*pl.* ∼s, ∼) C 跳羚(一種產於非洲南部的羚羊(antelope); 能高高躍起).

spring chícken *n.* C **1** (油炸用的)雛雞. **2** (通常用於否定句)(俚)乳臭未乾的小鬼, 黃毛丫頭.

spring-clean·ing (美), **-clean** (英) [ˋsprɪŋˋklinɪŋ; ˋsprɪŋkliːnɪŋ], [-ˋklin; -kliːn] *n.* C (通常用單數)春季的大掃除.

spring ónion *n.* (英)＝scallion.

spring róll *n.* (英)＝egg roll.

spring tíde *n.* C 大潮(新月, 滿月時潮差最大的潮汐).

*∗**spring·time** [ˋsprɪŋ͵taɪm; ˋsprɪŋtaɪm] *n.* U 春天, 春季.

spring·y [ˋsprɪŋɪ; ˋsprɪŋɪ] *adj.* 有彈性的; 像彈簧的; 輕快的.

*∗**sprin·kle** [ˋsprɪŋkl; ˋsprɪŋkl] *v.* (∼s [∼z; ∼z]; ∼d [∼d; ∼d]; -kling) *vt.* **1** 撒〔粉, 液體等〕; 撒上, 散布, (*on*); 撒在…上面(*with*); 使散落[散置](通常用被動語態). *sprinkle* water on the lawn ＝ *sprinkle* the lawn *with* water 在草坪上灑水/a speech *sprinkled with* humor 語帶幽默的演說. 回 sprinkle 為撒粉末或水滴等; → scatter.
2 在〔某處〕撒水. *sprinkle* the lawn 在草坪上灑水/The priest *sprinkled* (holy water over) the infant's head. 牧師把聖水灑在嬰兒的頭上.
── *vi.* (以it當主詞)下毛毛雨. It began to *sprinkle*. 開始下毛毛雨了.
── *n.* C 毛毛雨; ＝sprinkling 2.

sprin·kler [ˋsprɪŋklɚ; ˋsprɪŋklə(r)] *n.* C 噴水裝置(防火用, 灑水用).

sprin·kling [ˋsprɪŋklɪŋ; ˋsprɪŋklɪŋ] *n.* **1** U 散布. **2** C (通常用單數)少量, 少數, (*of*). a *sprinkling of* snow 稀疏的雪/a *sprinkling of*

S

passengers 稀落的乘客.

sprint [sprɪnt; sprɪnt] *n.* C 短距離賽跑; (賽跑近終點時的)衝刺. Ben won the 100-meter *sprint*. 班獲得一百公尺短跑的勝利.

— *vi.* 用全速奔跑(短距離). He *sprinted* down the road to catch the bus. 他使盡全力衝去趕那班公車.

sprint·er [`sprɪntɚ; ˈsprɪntə(r)] *n.* C 快跑者, 短跑選手.

sprite [spraɪt; spraɪt] *n.* C (調皮搗蛋的)小妖精; 小鬼.

sprock·et [`sprɑkɪt; ˈsprɒkɪt] *n.* =sprocket wheel.

sprócket whèel C (帶動自行車鏈條的)鏈輪; 扣連鏈輪.

***sprout** [spraʊt; spraʊt] *v.* (~**s** [~s; ~s]; ~**ed** [~ɪd; ~ɪd]; ~**ing**) *vi.* **1** 〔植物, 種子等〕發芽, 萌芽. Buds are *sprouting* on the roses. 玫瑰發出花蕾了.

2 迅速發展[成長]《*up*》. Billy *sprouted up* this summer. 比利今年夏天一下子長高許多/Hotels are *sprouting up* in this part of the city. 本區的旅館數量急速成長.

— *vt.* 使發芽. George *sprouted* a beard during the vacation. 喬治利用假期留起了鬍子.

— *n.* (*pl.* ~**s** [~s; ~s]) C **1** 芽, 新芽. potato *sprouts* 馬鈴薯芽.

2 (sprouts)《口》西洋甘藍(Brussels sprouts).

spruce[1] [sprus, sprɪus; spruːs] *n.* C 雲杉(松科雲杉屬常綠針葉樹的總稱; 蝦夷松, 針樅等); U 雲杉木(材).

spruce[2] [sprus, sprɪus; spruːs] *adj.* 〔服裝等〕整潔的, 漂亮的.

— *vt.* 《口》打扮漂亮, 裝束整齊.

spruce·ly [`spruslɪ, ˈsprɪus-; ˈspruːslɪ] *adv.* 整潔清爽地, 瀟灑地.

[spruce[1]]

sprung [sprʌŋ; sprʌŋ] *v.* spring[1] 的過去式、過去分詞.

spry [spraɪ; spraɪ] *adj.* (**spri·er**, ~**er**; **spri·est**, ~**est**) 〔老人等〕充滿活力的, 活潑的, 敏捷的.

spud [spʌd; spʌd] *n.* C **1** (除草用的)小鋤.

2 《口》馬鈴薯(potato).

spume [spjum, spɪum; spjuːm] *n.* U 泡沫(foam).

spun [spʌn; spʌn] *v.* spin 的過去式、過去分詞.

spunk [spʌŋk; spʌŋk] *n.* U《口》活力; 勇氣.

spunk·y [`spʌŋkɪ; ˈspʌŋkɪ] *adj.*《口》充滿活力的; 勇敢的.

***spur** [spɝ; spɜː(r)] *n.* (*pl.* ~**s** [~z; ~z]) C **1** 馬刺, 靴刺. The cowboy wore boots and *spurs*. 那個牛仔穿著裝有馬刺的長靴/put [set] *spurs* to the horse 用馬刺催促馬 (疾馳).

2 馬刺狀的東西; (公雞等的)後爪; (山脈等的)支脈; (鐵路等的)支線.

— **spy** 1509

3 刺激, 刺激物; 激勵. Poverty can be a good *spur* to [for] an artist. 對藝術家來說, 貧窮可以是一種激勵.

on the spùr of the móment 一瞬間, 一剎那; (不加思索)衝動地.

[spur 1]

wín one's spúrs 功成名就.

— *vt.* (~**s** [~z; ~z]; ~**red** [~d; ~d]; **spur·ring** [`spɝɪŋ; ˈspɜːrɪŋ]) **1** 用馬刺驅〔馬〕前進; 鞭策〔馬〕疾馳《*on; onward*》. The rider *spurred* his horse *on*. 那個騎士策馬疾馳.

2 刺激; 激勵〔某物〕使其前進[努力]《*on*》; 刺激〔某物〕使⋯《*to, into*》; 句型5 (spur A *to* do) 鼓勵 A 使其⋯. A sense of competition *spurred* the students *on*. 競爭心激勵學生(用功)/spur a person *to* [*into, to* take] action 鼓舞某人起而行.

3 促進, 獎勵, 〔進步, 改革等〕. The Government should *spur* more private investments in high-tech industries. 政府應誘發更多民間在高科技產業上的投資.

spu·ri·ous [`spjʊrɪəs, ˈspɪʊ-; ˈspjʊərɪəs] *adj.* 《文章》**1** 假冒的, 偽造的.

2 外表的; 煞有介事的, 假正經的.

3 〔推理等〕可疑的, 不可靠的.

spu·ri·ous·ly [`spjʊrɪəslɪ, ˈspɪʊrɪəs-; ˈspjʊərɪəslɪ] *adv.* 不正當地, 欺騙地.

spurn [spɝn; spɜːn] *vt.*《文章》斷然拒絕; 不理會〔提案, 人等〕.

spurt [spɝt; spɜːt] *vi.* **1** 〔液體〕噴出, 迸出, 湧出,《*out*》. Blood *spurted* from the cut in his arm. 血從他手臂上的傷口湧出.

2 短時間使出全部力氣;《比賽》〔賽跑〕衝刺.

— *vt.* 使〔液體〕噴出《*out*》. The broken pipeline *spurted* oil. 破裂的輸油管噴出石油.

— *n.* C **1** 〔液體的〕噴出.

2 (活動, 能量等的)噴發, 突然迸發;《比賽》衝刺. put on a *spurt* 衝刺, 加快速度/an initial [a last] *spurt* 最初[最後]的衝刺.

sput·nik [`spʌtnɪk; ˈspʊtnɪk] (俄語) *n.* C (前蘇聯的)人造衛星, 史普坦尼克號,《第一號於 1957 年發射上太空, 這也是世界上首次成功發射的人造衛星》.

sput·ter [`spʌtɚ; ˈspʌtə(r)] *vi.* **1** 發出啪啪[劈啪]聲. The candle *sputtered* out. 蠟燭啪地熄滅了. **2** (因說得快而)口沫橫飛地說話.

— *vt.* 口沫橫飛〔急速〕地說.

— *n.* UC 啪啪[劈啪]聲; 說話快.

spu·tum [`spjutəm, ˈspɪu-; ˈspjuːtəm] *n.* U 唾液;《醫學》痰.

***spy** [spaɪ; spaɪ] *n.* (*pl.* **spies**) C 間諜; 偵探. act as an industrial *spy* 從事工業間諜活動/Spies are often hanged when caught. 間諜一旦被抓住,

S

常常被處絞刑.

— *v.* (**spies**; **spied**; ~**ing**) *vi.* 偵察；暗中監視 ((*on, upon*))，暗中調查，探尋，((*into*))． *spy* for [on behalf of] the enemy 為敵人偵探/*spy on a person* [*into* a person's activities] 監視某人的行動.

— *vt.* **1** ((文章))發現，看見； 句型5 (*spy* A do*ing*)看到 A 正在…. *I spied* a tiny flame (*flickering*) in the distance. 我發現遠處有道微弱的火焰(若隱若現).

2 暗中監視，偵察；探查出，暗中調查，((*out*))． *spy out* the secret 查出祕密.

spy·glass [ˋspaɪ͵glæs; ˈspaɪglɑːs] *n.* © 小型望遠鏡．

sq. (略) square (平方).

sq. ft. (略) square foot [feet].

sq. in. (略) square inch(es).

sq. mi. (略) square mile(s).

squab [skwɑb; skwɒb] *n.* © (食用的)雛鴿，乳鴿.

squab·ble [ˋskwɑb!; ˈskwɒbl] *n.* © (由一些無聊的瑣事而引起的)口角，吵架.

— *vi.* 口角，爭吵，((*about, over*))．

squad [skwɑd; skwɒd] *n.* © (★用單數亦可作複數)(軍隊)的班，(小)分隊(→ company ◉)；(泛指)團，隊組成．a *squad* of troops 一個班的兵力.

squád càr *n.* (主美)=patrol car.

squad·ron [ˋskwɑdrən; ˈskwɒdrən] *n.* © (★用單數亦可作複數) **1** (海軍)(艦隊(fleet)的)分隊，分遣艦隊，(陸軍)騎兵大隊，(英空軍)(飛行)中隊，(美空軍)飛行大隊．

2 (有管制約束的)集團，團體.

squádron lèader *n.* © (英)(軍事)空軍少校；飛行中隊長．

squal·id [ˋskwɑlɪd; ˈskwɒlɪd] *adj.* **1** 〔住所，環境等〕骯髒的，污穢的；悲慘的，悽慘的．

2 (道德上)卑劣骯髒的．

squal·id·ly [ˋskwɑlɪdlɪ; ˈskwɒlɪdlɪ] *adv.* 骯髒地；悲慘地．

squall[1] [skwɔl; skwɔːl] *n.* © (伴隨雨、雪等短暫的)暴風，強風；(口)(短暫的)騷動．

squall[2] [skwɔl; skwɔːl] *vi.* (嬰孩等)哇哇啼哭[吵嚷]，— *n.* © (哇哇)吵嚷，喊叫聲．

squall·y [ˋskwɔlɪ; ˈskwɔːlɪ] *adj.* 多暴風的，將起暴風的；(口)〔事物趨勢等〕多風波的，險惡的．

squal·or [ˋskwɑlɚ; ˈskwɒlə(r)] *n.* ⓤ 骯髒，污穢；悲慘，墮落，不潔．

squan·der [ˋskwɑndɚ; ˈskwɒndə(r)] *vt.* 浪費，亂花，揮霍，〔金錢，時間，勞力等〕(*on*)． *squander* away a fortune by gambling 賭光所有的財產/Don't *squander* your life *on* drink. 別把你的一生浪費在酒上頭．

✲✲square [skwɛr, skwær; skweə(r)] *n.* (*pl.* ~**s** [~z; ~z]) © 〖 正方形 〗 **1** 正方形，四角；方形物；(西洋棋等的)方格，格狀物． draw a *square* 畫正方形/All sides of a *square* are the

same length. 正方形的四個邊長度相等/a *square* of glass 正方形玻璃.

2 (方形)廣場，小公園．a town *square* 鎮上的廣場/Trafalgar *Square* (倫敦的)特拉法加廣場．

3 (美)(被街道四面環繞的)某一區，街區；街區一邊的長度；(★ block 較為普遍)． a house a few *squares* up 再往前過兩三條街的房子．

4 (數學)平方，二次方，(略 sq.；→ cube)． Nine is the *square* of three. 9 是 3 的平方.

5 直角曲尺(T [L] 字形尺，曲尺等)．

bàck to squáre òne (口)回到出發點；重頭開始 ((square one 為西洋棋等的第一個格子))．

on the squáre (1)成直角地．

(2)(口)正直地[的]，公平地[的]．

out of squáre (1)不成直角地，歪斜地．

(2)不適合，不一致，((*with*))．

— *adj.* (**squar·er**; **squar·est**) 〖 正方形的 〗 **1** 正方形的，見方的，(⟷ round)．The room isn't quite *square*; it's rectangular. 那間房間不是正方形，是長方形/a *square* box 正方形的箱子．

2 直角的．a *square* corner 直角．

3 〔肩膀，體格等〕寬闊而結實的，健壯的．*square* shoulders 寬厚的肩膀/a *square* jaw 下巴/a man of *square* frame 體格健壯的男人．

4 (限定)平方的，二次方的；(加在長度單位之後)…平方[見方]的．a *square* inch [yard] 一平方吋[碼]/*square* measure 面積/three *square* miles of land 三平方英里的土地/ten feet *square* 十英尺見方(長寬皆為十英尺；面積為一百平方英尺(one hundred *square* feet))．

〖 方正正的 〗 **5** (敘述)收拾[變得]整齊的．get everything *square* 將每件東西都整理得整整齊齊．

6 (做法等)正正的；正直的．be *square* with a person 公正對待某人/a *square* deal 公正的交易．

7 【公平的】(敘述)互不相欠的；對等的，不分上下的；(*with*)(even)．Now we're all *square*. 現在，我們是互不相欠[不分上下]了/Let's call it *square*. 我們就算是兩不相欠了吧!

8 〔拒絕等〕率直的，斷然的．My proposal met with a *square* refusal. 我的提案斷然遭拒.

9 〔飯菜〕豐盛的．What I want most now is a *square* meal. 現在我最想要的是豐盛的一餐．

10 (口)陳舊的；(古板而)拘謹的．

a squàre pég in a ròund hòle → hole 的片語．

gèt squáre with... 與…變得平等[不分上下]，變得互不相欠[不分勝負]；向…討回公道．

— *adv.* **1** 直角地，見方地．stand *square* 站得挺直/Cut it *square*. 把它切割成正方形．

2 (口)公正地，堂堂正正地，正直地．play (fair and) *square* 正大光明地比賽．

3 (通常加副詞(片語))(口)正面地；直接地；完全地．The ball hit me *square* between the eyes. 球擊中我的眉心．

— *vt.* 〖 使成方形 〗 **1** 使成方形[直角]；在…之上畫棋盤的格子(*off*)．

2 挺直(肩膀，臂肘等)；挺胸．

3 把(某數)平方(通常用被動語態)． 5 *squared* is 25. 將 5 平方後得 25.

【弄整齊】 **4** 使符合, 使適合. *square* the theory with the facts 使理論合乎事實.

5 結清《帳目等》; 使《比賽等》同分, 平手. *square* accounts with 與…算清帳目.

6 【加以解決】《口》收買, 拉攏, 《人》; 靠賄賂擺平〔事情〕.

— *vi.* 一致, 適合, 《with》. Your opinion does not *square* with mine. 你的想法和我的不一致.

squàre awáy 《美、口》準備《for; to do》; 弄整齊.

squàre/.../óff[1] 使成方形.

squàre óff[2] 《美、口》《拳擊中》擺好〔出拳〕架勢.

squàre the círcle 畫出與圓同面積的正方形《比喻不可能的事》.

squàre úp (1)清算〔帳目〕. (2)《拳擊》擺好架勢接近〔對手〕; 鼓起勇氣面對〔困難等〕; 《to》.

squàre bràcket *n.* ⓒ《通常 square brackets》方括號《[ ]》.

square-built [ˋskwɛrˏbɪlt, ˋskwær-; ˋskweəbɪlt] *adj.* 肩膀寬厚的, 〔體格〕健壯的.

squáre dànce *n.* ⓒ方塊舞《兩人一組, 四組〔男女〕面對面站成方形而跳的舞蹈》.

squàre knòt *n.* ⓒ《美》=reef knot.

***square·ly** [ˋskwɛrlɪ, ˋskwæ-; ˋskweəlɪ] *adv.*
1 方形地, 四角形地; 直角地.

2 公正地, 正直地; 率直地, 斷然地. Deal *squarely* with me, and I'll deal *squarely* with you. 你公正地待我, 我也會公正地回報.

3 《口》〔相撞等〕正面地, 〔飲食等〕充分地. He hit me *squarely* on the jaw. 他不偏不倚地擊中了我的下巴.

square·ness [ˋskwɛrnɪs, ˋskwær-; ˋskweənɪs] *n.* ⓤ正方; 方形〔四角形〕之物, 成直角之物《to》; 公正, 正直.

squar·er [ˋskwɛrɚ, ˋskwæərɚ; ˋskweə(r)] *adj.* square 的比較級.

square-rigged [ˋskwɛrˋrɪgd, ˋskwær-; ˋskweərɪgd] *adj.* 《海事》橫帆式的《→fore-and-aft》.

squàre róot *n.* ⓒ《數學》平方根.

squar·est [ˋskwɛrɪst, ˋskwæ-; ˋskweərɪst] *adj.* square 的最高級.

squash[1] [skwɑʃ; skwɒʃ] *vt.* **1** 壓碎, 壓皺, 壓扁. *squash* a hat by sitting on it 把帽子坐皺.

2 壓入, 塞入《in, into》. *squash* clothes *into* a small suitcase 把衣服塞進小行李箱中.

3 鎮壓〔暴動等〕; 壓制, 封鎖, 〔言論, 消息等〕; 駁倒〔人〕使不作聲. His appearance on TV yesterday *squashed* the rumor that he was dead. 昨天他在電視上露面, 平息了他已死亡的謠言.

— *vi.* **1** 壓壞, 壓扁.

2 發出啪啪地移動〔前進〕. *squash* through the mud 啪啪地在泥地裡行走.

3 硬擠入《in, into》, 擠進…《through》.

— *n.* **1** ⓒ啪(地破碎的聲音); ⓤ壓碎後〔變得亂七八糟〕的東西〔狀態〕. go to *squash* 壓得亂七八糟.

2 ⓐⓤ (在狹窄的場所中) 推擠, 人潮. a *squash* of fans in the doorway 一堆擠在門口的歌迷.

3 《英》ⓤ果汁汽水《不含酒精的果汁飲料》; ⓒ (一杯) 果汁汽水. orange [lemon] *squash* 柳橙〔檸檬〕汽水.

4 =squash rackets.

squash[2] [skwɑʃ; skwɒʃ] *n.* (*pl.* ~, ~es) ⓒ《植物》南瓜(之類).

squásh ràckets *n.* 《作單數》回力球《在四周牆壁圍住的球場內, 打者輪流用短球拍把橡皮球擊向牆壁; 為兩人或四人進行的比賽》.

[squash²]

squásh tènnis *n.* ⓤ回力網球《類似 squash rackets 的雙人比賽; 使用的球及球拍則稍大》.

squash·y [ˋskwɑʃɪ; ˋskwɒʃɪ] *adj.* 易壓碎的; 〔地面等〕泥濘的; 起皺的.

[squash rackets]

***squat** [skwɑt; skwɒt] *vi.* (~s [~s; ~s]; ~ted [~ɪd; ~ɪd]; ~ting) **1** 蹲, 蹲坐, 蹲下, 《down》; 〔動物等〕(為了躲藏)蹲伏在地上, 趴在地上. He *squatted* on his heels and drew a picture in the sand. 他跪在沙地上畫畫.

2 《英、口》坐(sit).

3 擅自居住在他人的土地〔公有土地〕上, 非法佔據土地〔房屋〕.

— *adj.* 蹲著的, 蹲坐的; 矮胖的.

— *n.* **1** ⓐⓤ蹲著的姿勢.

2 ⓒ遭非法佔據的建築物.

squat·ter [ˋskwɑtɚ; ˋskwɒtə(r)] *n.* ⓒ **1** 蹲著的人〔動物〕. **2** 擅自居住(他人的土地, 空屋)者, 非法佔據者; 公有土地佔據〔定居〕者.

squaw [skwɔ; skwɔː] *n.* ⓒ **1** (北美印第安)女人, 妻子. **2** 《美》《謔》(上了年紀的)女人, 老婦人; (加　大、口　等)(自己的)老婆, 黃臉婆.

squawk [skwɔk; skwɔːk] *vi.* 〔海鷗、鸚鵡等〕呱呱啼叫; 《口》《人》粗聲或大聲抱怨, 訴苦.

— *n.* ⓒ呱呱(的叫聲); 《口》不滿, 牢騷.

squeak [skwik; skwiːk] *n.* ⓒ **1** 吱吱(老鼠等的叫聲); 軋軋(門窗的摩擦聲); 《→squeal》.

— *vi.* **1** 〔老鼠等〕吱吱叫; 〔門等〕摩擦作響; 〔人〕發出尖叫聲. a *squeaking* door 軋軋響的門.

2 《口》脫險《through; by》. **3** 《俚》=squeal 2.

— *vt.* 以尖銳的聲音說話.

squeak·y [ˋskwikɪ; ˋskwiːkɪ] *adj.* 以尖銳的聲音說話的, 吱吱叫的.

squeal [skwil; skwiːl] *n.* ⓒ尖銳(聲)《豬等的叫聲, 緊急剎車時輪胎的摩擦軋軋聲等》; 尖叫〔高亢〕的叫聲〔歡鬧聲〕. ▣ squeak 是細而短的高音, 而 squeal 則是刺耳大聲且持續的高音.

— *vi.* **1** 尖銳鳴叫, 發出尖銳高亢的叫聲[歡鬧聲]. **2**《俚》出賣, (向警察)告密(*on*).

squeam·ish [ˋskwimɪʃ; ˋskwiːmɪʃ] *adj.* **1** 易嘔吐的, 容易噁心的.

2 (道德上)過於拘謹的, 挑剔的.

squeam·ish·ly [ˋskwimɪʃlɪ; ˋskwiːmɪʃlɪ] *adv.* 神經質地, 愛挑剔地.

squee·gee [ˋskwidʒi, skwiˋdʒi; ˌskwiːˋdʒiː] *n.* ⓒ(用於擦窗等的)橡皮清潔刮刷.

— *vt.* (~s; ~d; ~ing) 用橡皮拖把擦拭.

[squeegee]

✱squeeze [skwiz; skwiːz] *v.* (**squeez·es** [~ɪz; ~ɪz]; ~d [~d; ~d]; squeez·ing) *vt.* 〖捆緊〗 **1** 壓; 榨; 捆. The boa *squeezes* its victim to death. 這隻蟒蛇絞死了牠的獵物/*squeeze* a piece of paper into a ball 把紙張揉成一團.

2 緊緊抱住[某人]; 用力地緊握[手]. The girl *squeezed* her doll affectionately. 女孩憐愛地緊抱住她的娃娃.

〖榨, 擠〗 **3** 榨[果汁]; 擠, 榨出, [水分等](*out*; *from*, *out of*); 句型5 (squeeze **A B**)擠[擠, 榨]A(物)使之成為B(狀態). *squeeze* juice *out* 擠出果汁/*squeeze* a lemon 榨檸檬(汁)/*squeeze* the water *from* [*out of*] the sponge 擠出海綿裡的水/*squeeze* the towel dry 擰乾毛巾.

4 榨取[他人錢財等]; 榨取[稅金等], 奪取[金錢等], (*from*, *out of*). *squeeze* money [the truth] *out of* the man 從那個男人那裡榨取錢財[逼問真相]/*squeeze* money *out of* the family budget 從家庭預算中勉強擠出錢來.

〖勉強裝入〗 **5** 塞入, 擠入. *squeeze* everything *into* the suitcase 把所有的東西都塞入手提箱/*squeeze* one's way through the crowd 從人群中擠過去.

— *vi.* **1** 被重榨, 被擰絞. Foam rubber *squeezes* easily. 海綿橡膠很容易擰(乾).

2 擠開[勉強]通過(*through*); 擠進(*in*, *into*). *squeeze through* a narrow doorway 擠過狹窄的門口/*squeeze into* [(美) *onto*] a crowded train 擠進擁擠的火車.

— *n.* **1** ⓒ壓榨; 擁抱; 緊緊地握手. The teacher gave Jim's hand a *squeeze*. 老師緊握了一下吉姆的手.

2 ⓒ(檸檬等水果)榨出的果汁.

3 aU 擁擠, 雜會. It was a tight *squeeze* in the bus. 公車裡非常的擁擠.

4 aU《口》財政困窘; 緊縮. be in a tight [close, narrow] *squeeze* 陷入財務困境/a credit *squeeze* 金融緊縮/a housing *squeeze* 住宅荒.

5 =squeeze play.

pùt the squéeze on... 對…施加壓力.

squéeze bòttle *n.* ⓒ(以柔軟塑膠製成的)容器(裝牙膏, 美乃滋, 番茄醬等的容器; 用手擠壓).

squéeze plày *n.* ⓒ《棒球》搶分戰術.

squeez·er [ˋskwizɚ; ˋskwiːzə(r)] *n.* ⓒ榨汁機; (檸檬, 柳橙的)榨汁器; 榨取者.

squeez·ing [ˋskwizɪŋ; ˋskwiːzɪŋ] *v.* squeeze 的現在分詞, 動名詞.

squelch [skwɛltʃ; skweltʃ] *vt.* 壓碎, 壓扁; 《口》駁倒[人](使對方不再作聲).

— *vi.* 咯吱咯吱作響; 咯吱咯吱地行走.

[squeezer]

— *n.* ⓒ **1** 《口》壓制[使對方不再作聲的反駁言辭]. **2** 咯吱咯吱(聲).

squib [skwɪb; skwɪb] *n.* ⓒ **1** 一種爆竹. **2** 諷刺短文; 諷刺.

squid [skwɪd; skwɪd] *n.* (*pl.* ~s, ~) ⓒ《動物》(特指)槍魚賊. ★墨魚為 cuttlefish.

squig·gle [ˋskwɪgl; ˋskwɪgl] *n.* ⓒ呈波浪形彎曲的線; 胡亂塗鴉.

squint [skwɪnt; skwɪnt] *vi.* **1** 瞇著眼看(光線刺眼時); 斜著眼看; 懷疑地看; (*at*).

2 斜視.

— *n.* ⓒ **1** 斜視, 斜眼. **2** 《口》一瞥; 窺視. have [take] a *squint* at a thing 對某物瞟了一眼.

squint-eyed [ˋskwɪntˋaɪd; ˋskwɪntaɪd] *adj.* **1** 斜視的; 斜眼看的.

2 有偏見[惡意]的.

squire [skwaɪr; ˋskwaɪə(r)] *n.* ⓒ **1** (英國地方上的)鄉紳, 大地主. ★有時亦當作「主人、老爺」的意思作為敬稱.

2 《美》地方法官. ★對地方法官的敬稱.

squirm [skwɝm; skwɜːm] *vi.* **1** (蝦等)蠕動; 掙扎.

2 (因厭倦而)坐立不安地搖晃身體; (因疑惑等)侷促不安.

✱squir·rel [ˋskwɝəl, skwɝl; ˋskwɪrəl] *n.* (*pl.* ~s [~z; ~z]) ⓒ《動物》松鼠(→ rodent 圖); Ⓤ松鼠的毛皮.

squirt [skwɝt; skwɜːt] *vi.* (液體)噴出; 噴水流.

— *vt.* 噴出[液體]; 向…噴[水等]. The little boy *squirted* me *with* a water pistol. 小男孩用水槍朝我噴水.

— *n.* ⓒ **1** 噴出, 湧出; 注射器(syringe), 水槍. **2** 《口》(輕蔑)狂妄自大的年輕人.

Sr[1] (略) Senior(年長的); Señor(…先生).

Sr[2] (符號) strontium.

Sri Lan·ka [ˌsriˋlɑŋkə; ˌsriːˋlæŋkə] *n.* 斯里蘭卡(舊稱 Ceylon; 首都 Sri Jayewardenepura Kotte).

SSE (略) south-southeast.

ssh [ʃ, ʃ] *interj.* =sh.

SST (略) supersonic transport.

SSW (略) south-southwest.

∗St., St[1] [強 `sent, ˌsent, 弱 sent, sənt, sɪnt; sənt, sɪnt, snt] (略)聖…(Saint 的縮寫; 加在基督教聖者或使徒的名字前; 亦用於和聖者、使徒有關聯的建築物、地名上). *St.* George 聖喬治(英格蘭的守護聖者)/*St.* Paul's (Cathedral) 聖保羅大教堂.

∗St., St[2] [strit; striːt] (略)…街(Street 的縮寫; 用於街道路名). No. 224 Baker *St.* 貝克街224號.

St., St[3] (略) Strait(海峽).

st. (略) stanza; stone (重量單位).

-st 表示以 first 結尾的序數. 21 *st* =twenty-fir*st*.

∗stab [stæb; stæb] v. (~**s** [~z; ~z]; ~**bed** [~d; ~d]; ~**bing**) vt. **1** 用刀刺[戳]; 刺, 捅; 刺穿(*into*). Caesar was *stabbed* to death. 凱撒是被人用刀刺死的/He *stabbed* the fish *with* his spear. = He *stabbed* his spear *into* the fish. 他用魚叉刺魚.

2 刺痛(感情, 良心等); 中傷. The sight of those orphans *stabbed* my conscience. 看到孤兒們(的情況)刺痛我的心.

— vi. **1** 朝…刺, 欲刺向, (*at*).

2 一陣陣地刺痛. a *stabbing* pain 如刀刺般的痛楚.

*stàb a pérson **in the báck*** (從背後對)刺某人的後背; 卑劣地襲擊[背叛]某人.

— n. ⓒ **1** 刺, 戳; 刺傷的傷口.

2 刺傷般的痛楚; (感情方面)被刺傷般的痛苦. a *stab* of regret [envy] 懊悔之痛[嫉妒].

3 (口)嘗試. I had a *stab* at fixing the engine. 我試著想修好那個引擎.

a stàb in the báck 從背後刺上一刀(意想不到的背叛、中傷等).

stab·bing [ˋstæbɪŋ; ˈstæbɪŋ] adj. (特指疼痛)像被刺痛似的.

∗sta·bil·i·ty [stəˋbɪlətɪ, ste-; stəˈbɪlətɪ] n. ⓤ **1** 安定, 安定性[程度], 穩固. emotional *stability* 情緒穩定.

2 鞏固, 穩健, 踏實. a man of *stability* 踏實的人. ⇨ adj. **stable**.

sta·bi·li·za·tion [ˌstebḷəˋzeʃən, -aɪˋz-; ˌsteɪbɪlaɪˈzeɪʃn] n. ⓒ 安定(化).

sta·bi·lize [ˋstebḷˌaɪz; ˈsteɪbɪlaɪz] vt. 使安定, 使穩定, 固定; 使堅固. *stabilize* prices 穩定物價.

sta·bi·liz·er [ˋstebḷˌaɪzɚ; ˈsteɪbɪlaɪzə(r)] n. ⓒ **1** 使安定的人[物].

2 (船, 飛機的)穩定裝置, (飛機的)水平尾翼(→ airplane 圖); (用於防止變質等的)安定劑.

∗sta·ble[1] [ˋstebḷ; ˈsteɪbḷ] adj. (~**r**, ~**st**) **1** 安定的; 堅固的; 持久的. The world needs a *stable* peace. 世界需要長久的和平/*stable* foundations 穩固的基礎.

2 (信念等)堅定的, 堅固的; 踏實的. a man of *stable* character 個性踏實的人.

3 (化學物質)安定的(不易變化分解的).

⇨ n. **stability**. ↔ **unstable**.

∗sta·ble[2] [ˋstebḷ; ˈsteɪbḷ] n. (pl. ~**s** [~z; ~z]) ⓒ **1** 馬廄, 家畜的廄棚; (賽馬的)廄舍. He led the horse into the *stable*. 他把馬牽進馬廄.

2 (某廄棚裡的)賽馬(全體)(同一馬廄的賽馬.

3 (通常用單數)(口)(同一個)訓練組織(所屬的人們)(受雇於同一個老闆的拳擊手, 劇團, 日本相撲選手等).

— vt. 把(馬)拴進馬廄.

sta·ble·boy [ˋstebḷˌbɔɪ; ˈsteɪbḷbɔɪ] n. (pl. ~**s**) ⓒ 小馬伕, 馬廄的看顧人[飼養人].

sta·bler [ˋstebḷɚ; ˈsteɪblə(r)] adj. stable[1] 的比較級.

sta·blest [ˋstebḷɪst; ˈsteɪblɪst] adj. stable[1] 的最高級.

sta·bly [ˋstebḷɪ; ˈsteɪblɪ] adv. 安定地; 穩固地.

stac·ca·to [stəˋkɑto; stəˈkɑːtəʊ] adj. 斷奏的, 斷音的, ((把每個音符明顯斷開的演奏方式; ↔ legato). — adv. 斷續地, 不連貫地.

∗stack [stæk; stæk] n. (pl. ~**s** [~s; ~s]) ⓒ **1** (堆積在室外的)乾草[麥稈]堆(→ haystack).

2 (整齊)堆疊, 堆積, ((口)大量, 多數, 很多, 許多; (*of*). pile blocks up in a neat *stack* 把木頭整齊地堆好/a *stack of* papers 一堆文件, 堆積如山的文件.

3 (圖書館的)書架; (stacks)書庫.

4 (輪船, 工廠等的)煙囪.

— vt. **1** 堆積, 堆起, (*up*). 堆滿(with). *stack up* books on the table=*stack* the table *with* books 將書堆滿桌子上. **2** 指示[飛機](在機場上空盤旋飛行)等待著陸(*up*).

— vi. 等待(著陸)(*up*).

∗sta·di·um [ˋstedɪəm; ˈsteɪdjəm] (★注意發音) n. (pl. ~**s** [~z; ~z]) ⓒ 體育場, 運動場; 棒球場.

∗staff [stæf; stɑːf] n. (pl. ~**s** [~s; ~s], 2, 3, 4 亦有 **staves** 的形式) ⓒ【 支撐 】 **1** (集合; 用單數亦可作複數) (a)(團體, 公司等的)職員, 工作人員, (↔ management); 幹部, 班底人員. a large [small] *staff* 員工人數眾多[很少]/*Staff* only. 非員工請勿進入(告示)/Our editorial *staff* is [are] excellent. 我們的編輯部人員很優秀/the teaching *staff* 教師群(相對於行政單位的職員)/a member of the *staff*=a *staff* member 職員之一/be on the *staff* of …的職員[幹部]. (b)(軍隊)參謀, 幕僚. the general *staff* 參謀本部.

2 支柱, 依靠. The Constitution is the *staff* of our democracy. 憲法是我們民主政治的支柱.

【 杖, 棒 】 **3** 杖, 棒; 竿子, 旗竿; 權杖(為顯示高官, 高僧的權威所持的杖). The shepherd leaned on his *staff*. 牧羊人倚著他的牧羊杖/a bishop's *staff* 主教的權杖.

4 【橫列的棒(線條)】(音樂)譜表, 五線譜, (stave).

— vt. 為…分派職員(通常用被動語態). The school is *staffed* by [with] twenty men and five women. 該校分派到二十位男性教職員及五位女性教職員.

stag [stæg; stæg] n. ⓒ **1** 公鹿(→ deer 參考); 狐狸, 火雞等的雄性.

2 (口)(a)(社交集會)不帶女伴的男子. (b)(形容詞性)只有男子的; [表演, 影片等]色情的. a *stag*

dinner 只有男性參加的晚餐聚會

✱stage [sted3; steɪdʒ] n. (pl. **stag·es** [~ɪz; ~ɪz])

©【劇場】 1 《劇場的》舞臺(→ theater 圖); 演講壇; 《加the》戲劇; 演藝界; 演員的職業. appear on (the) stage 登上舞臺/bring [put] a play to the stage 將劇作搬上舞臺/go on [take to] the stage 踏入演藝圈/quit [retire from] the stage 退出演藝圈/the medieval stage 中世紀的戲劇.

2 《通常雅語》《活動, 事件等的》舞臺. the political stage=the stage of politics 政治舞臺/set the stage for a summit meeting 爲高峰會議做準備.

【 高的階梯>階段 】 3 階段, 時期, 《of 《發達等》》. The negotiations have reached an important stage. 談判已進入重要階段/at an early stage 在初期/the toddling stage of a child 嬰兒的學步期.

【搭配】 adj.+stage: an advanced ~ (進階), a critical ~ (重要的階段), the initial ~ (初階), the final ~ (最後的階段) // v.+stage: enter a ~ (邁入一個階段).

4 《火箭的》…段《顯微鏡的》載物臺. a two-stage rocket 兩段式的火箭/The rocket was fired in three stages. 火箭分三段發射.

【 旅程的一個階段 】 5 《街道的》驛站, 車站, 《從前在此替換驛馬》; 《驛站與驛站之間的》旅程.

6 =stagecoach.

— v. (**stag·es** [~ɪz; ~ɪz]; ~**d** [~d; ~d]; **stag·ing**) vt. 1 上演《戲劇等》; 舉行《公開集會》; 漂亮地完成. stage an opera [a flower show] 上演歌劇《舉辦花展》/stage a comeback 捲土重來/It turned out that the incident had been staged by the TV station. 結果那起事件是由電視臺一手策劃出來的.

2 《暴動, 罷工等》計畫與執行. stage a 12-hour strike 進行 12 小時的罷工/stage a sit-in 進行靜坐抗議.

— vi. 《加副詞》《作品》上演. His play staged terribly. 他戲演[導, 製作]得糟透了.

stage·coach [ˋstedʒ,kotʃ; ˋsteɪdʒkəʊtʃ] n. © 驛馬車《從前在驛站換馬, 定期運送乘客和郵件等的大型四輪馬車》.

[stagecoach]

stáge diréction n. © 舞臺指導說明《寫在腳本上的指示》.

stáge dóor n. © 後臺入口.

stáge fríght n. ⑪ 《特指初上舞臺的》怯場.

stage-man·age [ˋstedʒ,mænɪdʒ; ˌsteɪdʒˋmænɪdʒ] vt. 爲…做舞臺經理; 《口》做…的準備工作.

stáge mànager n. © 舞臺[劇場]經理《在演出的道具布置方面協助 director, 演出中負責對整場演出的順利進行做幕後的安排和指揮》.

stáge nàme n. © 藝名.

stage-struck [ˋstedʒ,strʌk; ˋsteɪdʒstrʌk] adj. 《特指想當演員而》渴望上舞臺的.

stáge whìsper n. © 《觀眾仍聽得見的》自言自語的臺詞, 獨白; 故意說給人聽的耳語《自語》.

stag·fla·tion [stægˋfleʃən; ˌstægˋfleɪʃn] n. ⑪ 《經濟》經濟危機《經濟蕭條導致的通貨膨脹; 源自 stagnation + inflation》.

✱stag·ger [ˋstægɚ; ˋstægə(r)] v. (~**s** [~z; ~z]; ~**ed** [~d; ~d]; **-ger·ing** [-gərɪŋ; -gərɪŋ]) vi. 1 蹣跚, 搖晃. The sick man staggered to his feet. 那個病人搖搖晃晃地站起來/come staggering into the house 跌跌撞撞地進了屋子.

2 畏縮, 猶豫; 《決心等》動搖. Her resolution staggered. 她的決心動搖了.

— vt. 1 使搖晃; 使《決心等》動搖; 使《人》嚇破膽; 讓人震驚. The difficulty of the situation staggered his determination. 事情困難的程度動搖了他的決心/She was staggered by the news of his death. 他的死訊使她感到驚愕.

2 錯開《交錯》放置; 錯開《上班的時間, 休假日等》. stagger office hours 錯開辦公時間.

— n. © 1 搖晃, 蹣跚. walk with a stagger 走路搖晃.

2 《the staggers》《作單數》《馬, 牛等的》暈倒症, 暈眩病.

stag·ger·ing [ˋstægərɪŋ, ˋstægrɪŋ; ˋstægərɪŋ] adj. 1 搖晃的, 動搖的; 猶豫不決的, 躊躇的.

2 《數, 量等》使震驚的, 使吃驚的. a staggering sum of money 驚人的鉅款.

stag·ger·ing·ly [ˋstægərɪŋlɪ, ˋstægrɪŋ-; ˋstægərɪŋlɪ] adv. 1 搖晃地; 猶豫地.

2 令人驚愕地.

stag·ing [ˋstedʒɪŋ; ˋsteɪdʒɪŋ] v. stage 的現在分詞, 動名詞.

— n. 1 ⑪© 上演, 演出.

2 ⑪ 《建築的》臨時鷹架.

✱stag·nant [ˋstægnənt; ˋstægnənt] adj. 1 《水, 空氣等》停滯的, 不流動的; 因不流動而發臭的. a stagnant pond 水流停滯的池塘.

2 《活動, 工作等》沈悶的, 不活潑的. The economy has been stagnant for the past six months. 過去這六個月經濟成長長停滯不前.

stag·nant·ly [ˋstægnəntlɪ; ˋstægnəntlɪ] adv. 不流動地; 不活潑地, 沈悶停滯地.

stag·nate [ˋstægnet; stægˋneɪt] vi. 1 《水等》停滯, 腐臭. 2 《活動等》停滯; 變得遲鈍; 不活潑.

stag·na·tion [stægˋneʃən; stægˋneɪʃn] n. ⑪ 停滯; 蕭條.

stág pàrty n. © 《口》只限男性參加的社交聚會《特指爲即將結婚的男性所舉行者; → hen party》.

stag·y [ˋstedʒɪ; ˋsteɪdʒɪ] adj. 舞臺的; 似演戲的,

誇張的.

staid [sted; steɪd] *adj.* 沈穩的; 認真的, 踏實的.

staid·ly [ˋstedlɪ; ˈsteɪdlɪ] *adv.* 沈著地; 踏實地.

‡stain [sten; steɪn] *v.* (~**s** [~z; ~z]; ~**ed** [~d; ~d]; ~**ing**) *vt.* **1** 弄髒; 使沾上污跡; (*with*). The rug was *stained with* ink. 地毯沾上了墨水.

2 敗壞, 玷辱, (名聲等).

3 在(布, 木材, 玻璃等上面)著色[染色]; [句型5] (stain **A B**)給 A 著[染]上 B(顏色). *stain* the leather dark brown 把這塊皮革染成深褐色.

— *vi.* 弄髒, 沾污. This fabric *stains* easily. 這塊布料容易(弄)髒.

— *n.* (*pl.* ~**s** [~z; ~z]) **1** [UC]髒, 污垢. Fruit *stains* are difficult to get out. 水果的污漬很難去掉.

2 [C](文章)污點, 瑕疵, (*on, upon*)(人格, 名聲等)). leave a great *stain on* the family's good name 在家族的美名上留下了很大的污點.

3 [UC]著色劑, 染料.

stained gláss *n.* [C](教堂門窗上的)彩繪玻璃.

stain·less [ˋstenlɪs; ˈsteɪnlɪs] *adj.* **1** (金屬)不生鏽的; 不鏽鋼的(stainless steel)(製)的.

2 無污跡的, 無瑕疵的; (道德上)無瑕疵的, 清白的; 潔白的.

stáinless stéel *n.* [U]不鏽鋼.

‡stair [stɛr, stær; steə(r)] *n.* (*pl.* ~**s** [~z; ~z]) **1** [C] (樓梯的)一階(step); (stairs)(單複數同形)(一排)樓梯(特指室內的樓梯; 室外的樓梯稱 steps). the top [bottom] *stair* but one 樓梯上[下]面數來的第二階/run up the *stairs* two at a time 一次跨兩階地跑上樓梯/a flight of *stairs* 一段樓梯/Watch your step, the *stairs* are steep. 留心走, 這樓梯很陡.

2 (一排)樓梯(stairs). a steep winding *stair* 陡峭的螺旋梯.

‡stair·case [ˋstɛrˌkes, ˋstær-; ˈsteəkeɪs] *n.* (*pl.* ~**s** **-cas·es** [~ɪz; ~ɪz]) [C] (一排)樓梯(不僅指梯級, 還包括扶手等部分), (房屋的)樓梯部分. a narrow *staircase* 狹窄的樓梯.

stair·way [ˋstɛrˌwe, ˋstær-; ˈsteəweɪ] *n.* (*pl.* ~**s**)=staircase.

stair·well [ˋstɛrˌwɛl, ˋstær-; ˈsteəwel] *n.* [C] 樓梯井(樓梯所占的井狀垂直空間).

‡stake [stek; steɪk] *n.* (*pl.* ~**s** [~s; ~s]) [C]【 椿 】 **1** 椿, 棒. drive a *stake* into the ground 在地面上打椿/The cowboy tied his horse to a *stake*. 那個牛仔把他的馬拴在椿上.

2 火刑柱; (加 the)炮烙, 火刑. be burned at the *stake* 被處以火刑.

【 展示在椿上的賭金 】 **3** (通常 stakes)(賭博的)賭金, 賭注; (賽馬等的)獎金; (stakes)(作單數)(賽馬)特別獎金比賽(主要當作比賽名稱來使用). play for high *stakes* 豪賭; 孤注一擲.

4 【賭局結果】利害關係.

at stáke (1)打賭, 賭錢. I have a lot of money *at stake* in this enterprise. 我在這家企業投資了大筆金錢. (2)以〔名譽, 生命等〕作賭注; 處在危急之中, 存亡攸關. He fought desperately to win the suit, for his political career was *at stake*. 他無論如何要打贏官司, 因為他的政治生涯正危如累卵.

gò to the stáke over [*for*]... (冒著危險)執著於..., 甘願為...事受苦.

pull ùp stákes (口)遷居; 換工作; 移至他處.

— *vt.* (~**s** [~s; ~s]; ~**d** [~t; ~t]; stak·ing) **1** 把〔家畜等〕拴在椿上; 用木棍支撐〔植物等〕. *stake* (up) tomato plants 用支柱撐起番茄的苗木.

2 在〔地上〕打椿隔開〔圈住〕(*out*; *off*). *stake out* the boundaries 立椿標示邊界.

3 拿〔錢, 名譽等〕下賭注(*on*). He *staked* his political future *on* the outcome of the election. 他把政治前途押注在這次選舉的結果上.

stàke/.../óut (1)→ *vt.* 2. (2)界定〔自己的專業領域等〕. (3)(主美、口)監視〔某個場所〕.

stàke (òut) one's [*a*] *cláim* 要求權利(*to*).

stake·out [ˋstekˌaʊt; ˈsteɪkˌaʊt] *n.* [C](主美、口)警察的監視(場所).

sta·lac·tite [stəˋlæktaɪt; ˈstæləktaɪt] *n.* [C](礦物)(在鐘乳洞頂壁上形成的)鐘乳石.

sta·lag·mite [stəˋlægmaɪt; ˈstæləgmaɪt] *n.* [C](在鐘乳洞地面上形成的)石筍.

‡stale [stel; steɪl] *adj.* (stal·er; stal·est) **1** 〔食物等〕不新鮮的, 腐敗的; 〔酒等〕走味的; 霉臭的; (⟷ fresh). *stale* bread 變硬[發霉臭]的麵包/*stale* air 不流通的空氣.

2 〔俏皮話, 笑話等〕聽厭了的, 陳舊的. a *stale* joke 老掉牙的笑話.

3 〔人〕(因勞累過度而)疲憊的, 無生氣的; 〔運動選手等〕(因過多的練習[練習不足]而)情況不佳的. I've been feeling *stale* lately—I think I need a vacation. 我最近老覺得疲勞——我想我需要休假.

— *vi.* 變陳舊; 走味.

stale·mate [ˋstelˌmet; ˈsteɪlmeɪt] *n.* [UC] **1** (西洋棋)僵局, 僵持狀態, (雙方都沒有招數可出的狀態; 比賽打成平手). **2** (交涉等的)僵局, 膠著狀態. be at a *stalemate* 陷入僵局.

— *vt.* (西洋棋中)使〔對方的國王〕受困; 使〔交涉等〕陷入僵局; (通常用被動語態).

stale·ness [ˋstelnɪs; ˈsteɪlnɪs] *n.* [U]陳腐, 不新鮮.

Sta·lin [ˋstɑlɪn, -lɪn; ˈstɑːlɪn] *n.* **Joseph** ~ 史達林(1879-1953)(前蘇聯共產黨總書記、國家元首).

stalk[1] [stɔk; stɔːk] *n.* [C] **1** (植物)莖, (葉子、花的)柄, 梗. **2** 莖狀物; 細長的支撐物(酒杯腳等).

‡stalk[2] [stɔk; stɔːk] *v.* (~**s** [~s; ~s]; ~**ed** [~t; ~t]; ~**ing**) *vt.* **1** 偷偷靠近〔獵物等〕, 躡手躡腳地靠近〔獵物〕. Wolves *stalked* the flock. 狼悄悄地靠近羊群. **2** (雅)〔疫疾, 死亡等〕蔓延.

— *vi.* **1** (驕傲地)昂首闊步. "I will never come here again." So saying he *stalked* out of the room. 「我再也不來這裡了!」他這麼說著, 頭抬得高高的走出房間/Cranes were *stalking* gracefully along the shore. 鶴群優雅地在岸邊踱步.

S

2 《雅》〔瘟疫等〕蔓延(*through*).

— *n.* ⓒ **1** 悄悄靠近. **2** 昂首闊步.

***stall**¹ [stɔl; stɔːl] *n.* (*pl.* ~s [~z; ~z]) ⓒ

〖 被分隔的場所 〗 **1** (家畜廄舍內的)分隔欄, (畜舍內的)馬廄, (stable 中一頭一頭分隔的欄).

2 攤位, 貨攤, 販賣處; 商品陳列處; (★常構成複合字). a market [street] *stall* 市場攤位[路邊攤]/a book*stall* 書報攤.

[stall¹ 1]

3 (教堂的)牧師座席; 唱詩班席位.

4 《英》(stalls)(劇場的)一樓正面席位((美) parquet; → theater 圖).

— *vt.* 把〔家畜〕關進廄舍裡.

stall² [stɔl; stɔːl] 《口》 *vt.* 〖 中止進行 〗 **1** 拖延〔交涉等〕. *stall* 拖延時間以矇騙(人). *stall* (off) the creditors 哄騙債權人延緩還債期限.

2 使〔引擎〕熄火; 使〔飛機〕失速; 使〔交通工具〕進退不得.

— *vi.* **1** 採用拖延戰術; (體育比賽中)拖延比賽結束. *stall* for time 拖延(矇騙)時間.

2 (因引擎故障等而)停止; 失速; 進退不得. The car [engine] *stalled* on a steep hill. 車子[引擎]在上陡坡時熄火了.

— *n.* ⓒ **1** (拖延時間的)口實, 藉口.

2 (引擎)停止; (飛機)失速; (交通工具)進退不得.

stal·lion [ˈstæljən; ˈstæljən] *n.* ⓒ 種馬(→ horse 參考).

stal·wart [ˈstɔlwət; ˈstɔːlwət] 《文章》 *adj.*

1 高大健壯的, 魁梧的; 剛毅勇猛的.

2 〔人〕信念[意志]堅定的; 忠於某一政黨的.

— *n.* ⓒ高大健壯[勇猛]的人; 忠實的黨員; 熱心的支持者.

sta·men [ˈstemən; ˈsteimən] *n.* (*pl.* ~s, **stam·i·na**) ⓒ《植物》雄蕊(→ flower 圖) (★雌蕊為 pistil).

stam·i·na¹ [ˈstæmənə; ˈstæminə] *n.* Ⓤ 精力; 耐力, 持久力. Working long hours in an office needs great *stamina*. 長時間在辦公室裡工作需要很大的耐力.

stam·i·na² [ˈstæmənə; ˈstæminə] *n.* stamen 的複數.

***stam·mer** [ˈstæmə; ˈstæmə(r)] *v.* (~s [~z; ~z]; ~ed [~d; ~d]; **-mer·ing** [-mərɪŋ; -məriŋ]) *vi.* 說話結巴(→ stutter 同). The secretary often *stammered*. 那個秘書經常說話結巴.

— *vt.* 結結巴巴地說(out), *stammer* (out) a speech of gratitude 結結巴巴地致謝.

— *n.* ⓒ(通常用單數)結巴; 口吃. She speaks with a *stammer*. 她有口吃.

stam·mer·er [ˈstæmərə; ˈstæmərə(r)] *n.* ⓒ

口吃的人, 說話結巴的人.

stam·mer·ing·ly [ˈstæmərɪŋlɪ, ˈstæmrɪŋ-; ˈstæmərɪŋlɪ] *adv.* 結結巴巴地.

‡**stamp** [stæmp; stæmp] *v.* (~s [~s; ~s]; ~ed [~t; ~t]; ~·ing) *vt.* 〖 踩 〗 **1** 踩, 跺; 沈重地跺(腳), 用腳踩響; 句型5 (stamp **A** **B**)踩[跺]A 使其變成 B. *stamp* one's foot in anger 憤怒地跺腳/He *stamped* the mud off his shoes. 他用力踩腳甩掉鞋上的泥/*stamp* the grass flat 把草踩扁.

〖 踩上腳印 ▷ 印下戳記 〗 **2** 蓋印章於…; 蓋[章]; 按[蓋]《with》〔章等〕, 印上(on 〔文件等〕). The officer *stamped* my passport. 辦事員在我的護照上蓋章/*stamp* a document *with* one's name = *stamp* one's name *on* a document 在文件上蓋上自己的印章/*stamp* the trademark into the metal 在金屬部分打上商標.

3 貼郵票[印花]. *stamp* a letter 在信封上貼郵票/This envelope is not *stamped*. 這個信封上沒有貼郵票.

〖 給人深刻的印象 〗 **4** 深深銘刻在(心裡等), 給人很深的印象, (on); 銘刻著(with). The event was *stamped* on his memory. 那件事深深地銘刻在他的記憶裡/The mother's face was *stamped* with deep grief. 那位母親的臉上流露著深切的悲悽.

5 句型5 (stamp **A** **B**/**A** *to be* **B**)、句型3 (*stamp* **A** *as* **B**)表示 A 是 B. This alone *stamps* him (as) a swindler. 單憑此事就可以看出他是個騙子.

— *vi.* 《加副詞(片語)》頓足[大力地]走路; 重重地踩腳, (氣憤或懊惱地)踩腳. *stamp* out of the room 粗暴地頓足走出房間/*stamp* on a spider 踩死蜘蛛/*stamp* on the floor 用腳踩響地板.

stàmp/.../óut (1)踩熄(火等). (2)根絕(疾病等); 鎮壓(暴動等). The mayor pledged to *stamp* out crime in the city. 市長誓言要打擊這個城市的犯罪.

— *n.* (*pl.* ~s [~s; ~s]) 〖 踩, 跺 〗 **1** ⓒ踩腳聲; 憤而頓足.

〖 印章 〗 **2** ⓒ打印器(壓印器); 印章; (蓋好的)印戳, 郵戳, 驗印. a rubber *stamp* 橡皮章/a date *stamp* 日期章.

3 ⓒ郵票(postage stamp); 印花(revenue stamp); 檢查證明單. I put a 25-pence *stamp* on my letter. 我在我的信上貼了一張 25 便士的郵票/My hobby is collecting *stamps*. 我的嗜好是集郵.

> 搭配 *v.*+stamp: cancel a ~ (蓋郵戳), issue a ~ (發行郵票), lick a ~ (舔郵票), moisten a ~ (沾濕郵票), affix a ~ to... (把郵票貼在…), stick a ~ on... (把郵票貼上…).

〖 蓋上的印戳 〗 **4** ⓒ (通常用單數)印記; 特徵, 特質. the *stamp* of genius 天才的標誌.

5 〖用以區別的種類〗Ⓤⓒ類型, 種類, men of the same *stamp* 同一類型的人/music of (a) serious *stamp* 嚴肅的[有深度的]音樂.

stámp àlbum *n.* ⓒ集郵簿[冊].

stámp collèctor *n.* ⓒ集郵者.

stam·pede [stæm`pid; stæm'pi:d] *n.* ⓒ
1 (家畜群受驚而)成群奔逃; (經濟恐慌狀態下的人們)爭先恐後地逃走; (軍隊的)落荒而逃, 全軍覆沒. **2** (群眾)蜂湧而至.
── *vi.* 落荒而逃, 敗退; 蜂湧而至.
── *vt.* 使落荒而逃; 使狼狽不堪(*into doing*).

stance [stæns; stæns] *n.* ⓒ (通常用單數)
1 (高爾夫球、棒球等擊球之際的)站姿.
2 姿態, 態度, (*on* 處理[事物]). adopt a social-ist *stance* 採用社會主義的態度.

stanch¹ [stæntʃ, stɑntʃ; stɑ:ntʃ] *vt.* 《主美》止[血], 使(傷口)止血. ★《英》主要用 staunch, 《美》則 stanch 和 staunch 一樣常用.

stanch² [stɑntʃ, stæntʃ; stɑ:ntʃ] *adj.* =staunch¹.

stan·chion [`stænʃən, -tʃən; 'stɑ:nʃn] *n.* ⓒ 支柱; (家畜廐棚等)分隔欄的支柱.

✲stand [stænd; stænd] *v.* (**~s** [~z; ~z]; **stood**; **~ing**) *vi.* 〖站立〗 **1** 站起來, 站立, (⟷ sit). *stand up* (→片語)/Everybody *stood* (*up*) when the lady came in. 這位女士進來時, 大家都站了起來. 語法一般而言, stand 是「站著」, 「站起來」則是 stand *up*, 但有些場合並不能明確區別.

〖站著〗 **2** 站著(做…); 句型2 (stand A) 以 A 的狀態站著. *stand still* 站立不動/*stand upright* 直立/I hate *standing* around [about] waiting. 我討厭一直站著等待/Can you *stand* on your hands? 你能用手撐著倒立嗎?/*stand* at ease [attention] 稍息[立正].

3 〖物〗站立; 站立著; (被豎起來)放置. My hair *stood* up on end at the sight. 看了那種情景, 我的頭髮豎了起來/High above the city on a hill *stood* the statue of the prince. 在那城市的一座山岡上, 高高地聳立著王子的塑像/a broom *standing* in the corner 豎在角落的掃帚.

〖站著時為…的高度〗 **4** 〖站著時為…的高度〗(加表示數量的詞) (a) 句型2 (stand A)〖人〗站著時為 A 的高度[身長 A]; [物]為…的高度[長度]. He *stands* six feet [foot] two. 他身高六英尺二英寸/The building *stands* over 100 feet *high*. 那棟大樓的高度超過一百英尺. (b)〖溫度計等〗顯示, [溫度, 得分, 價錢等]是…. The thermometer *stands* at 86°F [30°C]. 溫度計顯示為華氏 86 度[攝氏 30 度](86°F 和 30°C 分別讀作 eighty-six degrees Fahrenheit 和 thirty degrees centigrade).

〖站在某個位置>存在於〗 **5** 位於, 存在於; 句型2 (stand A) 處在 A 的位置; (★意思和 be 無太大差別; 不可用進行式). There once *stood* a little village by the river. 在那河畔曾經有一個小村落/Her name *stands* first in the list. 她的名字排在名單上的第一個/Where do you *stand* in the matter? 對這件事, 你抱持甚麼立場?

6 〖處於某種狀態〗處於(…的狀態); 句型2 (stand A/*to* do)處於做…的狀態[立場]. The door *stood* open. 門開著/as affairs [matters, things] *stand* 按照現狀/*stand* astonished 驚愕地/You *stand* in need of extra training. 你需要接受特別訓練/*stand* accused of murder 以謀殺罪被起

訴/*stand* (*as*) godfather for a child 替孩子取名字[成為孩子的教父]/He *stands* to win a great deal of money. 他可望獲得一筆為數可觀的錢.

〖站著>不動〗 **7** 站住, 停著; 《美》(車)(因卸貨等而)停車. The train was *standing* at a country station. 那列火車正停在鄉村的車站上/No *stand-ing*. 《美》禁止停車(交通標誌).

8 照原樣; 仍有效; 沒有變更; 持久, 持續. Our agreement still *stands*. 我們的契約仍然有效/Let the words *stand*. 讓這些文字(不加變動地)保持不變/The military government will not *stand* very long. 這個軍政府不會持續很久.

── *vt.* 〖豎起〗 **1** 豎起, 把…直立起來. The farmer *stood* a ladder against the wall. 那農夫把梯子架在牆壁上.

〖一直站著>忍耐〗 **2** (通常用於否定句、疑問句, 不用進行式或被動語態) (a)忍耐, 忍受, (→ bear 同). I will not *stand* any nonsense. 我不能容忍任何愚蠢的行為/Who could *stand* this noise? 誰受得了這種噪音? (b) 句型3 (stand do*ing*/*to* do)容忍…, 忍耐, (endure). I can't *stand* hearing [*to* hear] it. 我無法忍受聽到這件事/This cloth will not *stand* washing. 這種布不耐洗. (c) 句型5 (stand A do*ing*/*to* do) 忍受 A(人)所做的…. I just can't *stand* them talking loudly. 我真的無法忍受他們大聲說話.

3 忍受, 面對, [考驗, 困難等]. *stand* an attack 承受攻擊/His plays have *stood* the test of time. 他的劇作禁得起時間的考驗(獲得很高評價).

4 接受[裁決等]. *stand* trial for murder 因謀殺罪受審.

5 〖承受負擔〗《口》招待[食物等]; 承擔費用; 句型4 (stand A B)、句型3 (stand A) 替 A(人)支付 B(食物等)的費用; 請 A(人)用 B(食物等). Who will *stand* the cost? 誰付帳?/I will *stand* you a dinner.=I will *stand* a dinner *for* you. 我請你吃飯.

stànd a chánce 有希望(*of*). *stand* very little [a poor] *chance of* being elected 當選的希望渺茫.

stànd agàinst... (1)背對…而立. *stand against* the fire 背對暖[火]爐站著. (2)抵抗….

stànd alóne 孤立; 唯一; 引人注目.

stànd asíde (1)讓開, 閃開. (2)旁觀.

stànd awáy 遠離, 不靠近.

stànd báck 退, 讓, 退後.

✲ **stànd bý** (1)站在一旁; 旁觀. We just *stood by* while the two men quarreled. 那兩人吵架時, 我們只是袖手旁觀.
(2)等待適當時機(*for*); 《廣播》等待出場, 準備節目. *stand by for* a message 等待接收訊息.

stànd bý²... (1)幫助, 援助, [人]. Only Philip has *stood by* me during this crisis. 在這場危機中只有菲力普支援我. (2)牢牢遵守[約定等].

stànd dówn (1)辭退公職. 〔候選人〕退出競選.
(2)〔證人〕離開法庭的證人席.

stánd for... (1)表示…, 象徵…. What does this sign *stand for*? 這個符號表示甚麼?/EC *stands for* European Community. EC 是 European Community(歐洲共同體)的縮略.
(2)提倡, 擁護, 〔主義等〕. *stand for* liberty (支持)擁護自由.
(3)(口)忍耐…(通常用於否定句、疑問句).
(4)(英)參加競選, 出馬, ((主美)) run for).

stànd ín (主美、口)友好(*with*).

stànd ín for... 替代…, 頂替…; 代理…的事務; (→ stand-in).

stànd óff [1] 遠離; 冷淡(*from*).

stànd/.../óff [2] (1)打敗, 擊退; 對…敬而遠之.
(2)(英)暫時解雇…(lay off).

stánd on... (1)基於…. My philosophy *stands on* principles of freedom and equality. 我的人生觀建立在自由和平等原則的基礎上.
(2)遵守〔禮儀等〕; 對…講究〔挑剔〕; 要求〔權利等〕. *stand on* ceremony 遵守禮儀.

stànd óut (1)突出(*from*); 引人注目; 傑出 ((among)).
(2)不屈服, 不氣餒, ((against)); 支撐到底(*for*).

stánd over [1]... 站在一旁監視〔人〕.

stànd óver [2] 延期.

stànd/.../óver [3] 使…延期.

stànd to [1]... 堅持〔立場〕; 遵守〔諾言〕.

stànd tó [2] (主英)等待機會(*for*).

stànd úp [1] (1)站起來, 起立; 勇敢地面對(*to*). Stand up, everybody! 全體起立! (口令).
(2)(物)持久; 耐用; ((to, under)). *stand up to* rough use [*under* high pressure] 禁得起粗魯草率的使用[高壓].

stànd/.../úp [2] (口)(因不遵守約定而)讓(約會對方)白白等待.

stànd úp for... 支持〔人, 主義等〕, 為其辯護.

stánd upon... = stand on...

— *n.* (*pl.* ~s [~z; ~z]) © 【站住】 **1** 停止, 靜止; 停滯, 陷入僵局. be at a *stand* 停頓著; 陷入僵局/come to a *stand* 停止; 陷入僵局/bring a project to a *stand* 擱置一計畫.

2 【路過暫作停留】(巡迴演出的)住宿處, 演出地; 演出. a one-night *stand* 一個晚上的停留演出.

【站的位置】 **3** (站立的)場所, 位置. take a *stand* at the gate 站在門口看守.

4 立場, 主張; 根據. the minister's *stand* on higher taxes 部長對增稅的立場/take a *stand* (→片語).

> 搭配 *adj.*+stand: a firm ~ (堅定的立場), a resolute ~ (堅決的主張), a strong ~ (強烈的主張), a tough ~ (強硬的立場).

5 【堅持立場】抵抗, 堅持(到最後); 固守. make a *stand* (→片語)/the enemy's last *stand* 敵人最後的抵抗.

【(站立的)臺架】 **6** (豎起[放]東西的)臺架; …架. an umbrella *stand* 傘架/a music *stand* 樂譜架.

7 售貨攤, 小商店. a roadside fruit *stand* 路邊水果攤/a news*stand* 報攤.

8 (美)(法庭上)證人席; 演講臺. take the *stand* 站在證人席上, 做證.

9 (計程車的)招呼站, 乘車處, ((主美)taxi stand, (英)亦稱 taxi rank).

10 (常 stands)觀眾席, 看臺.

【豎立著的東西】 **11** (樹木等)群生, 林立; (林立的)植物群; 作物. a *stand* of elms 茂密的榆樹林.

màke a stánd (1)站住, 立定, ((at)).
(2)堅持戰鬥到最後; 固守(*for*), 抵抗(*against*). make a *stand* for independence 為獨立而戰.

tàke a stánd 表示明確的態度(*on, over*).

tàke one's stánd on... 以…作依據, 立足於…之上.

｜stand·ard [ˋstændəd; ˈstændəd] *n.* (*pl.* ~s [~z; ~z]) © 【筆直豎立之物】 **1** 直立的支柱(燈臺, 杯子的腳等); (直立的)樹木, 灌木.

2 旗; 軍旗. The royal *standard* is flying over Buckingham Palace. 皇家旗幟飄揚在白金漢宮上方/raise the *standard* of revolt 舉起反叛的旗幟.

【作為標準而建立起來的東西】 **3** 標準, 基準, 水準; (常 standards)(人的道德)水準, 模範. the *standard* of living 生活水準/set high *standards* for pupils. 為學生建立高尚模範/The Pilgrim Fathers were cultivated people by the *standards* of the time. 以當時的標準來看, (1620 年抵達美洲建立普里茅斯殖民地的)英國清教徒是有教養的人.

> 搭配 *v.*+standard: lower the ~ (降低標準), maintain the ~ (維持水準), raise the ~ (提高水準) // standard+*v.*: the ~ goes down (水準下滑), the ~ improves (水準提高).

4 (度量衡的)基準, 基本單位.

5 本位(貨幣體系的價值基準). the gold [silver] *standard* 金[銀]本位(制).

6 (音樂的)標準曲目((爵士, 流行音樂等)作為標準演奏曲目的曲子).

below (the) stándard 低於標準, 不合格.

up to (the) stándard 達到標準; 合格.

— *adj.* **1** 標準的, 標準性的; 平常的, 普通的. a *standard* size 標準尺寸/*standard* procedure 一般的程序/*standard* English 標準英語.

2 (限定)一流的, 有權威的. a *standard* writer 一流作家.

stand·ard-bear·er [ˋstændəd͵bɛrə; ˈstændəd͵bɛərə(r)] *n.* © (軍隊)旗手; (政黨等的)領導者.

stand·ard·ise [ˋstændəd͵aɪz; ˈstændədaɪz] *v.* (英)=standardize.

stand·ard·i·za·tion [͵stændədəˋzeʃən, -aɪˋz-; ͵stændədaɪˋzeɪʃn] *n.* © 標準[規格]化, 統一.

｜stand·ard·ize [ˋstændəd͵aɪz; ˈstændədaɪz] *vt.* (**-iz·es** [~ɪz; ~ɪz]; **~d** [~d; ~d]; **-iz·ing**) 使標準

化, 使合乎標準, 規格化; 使整齊劃一. Education has been excessively *standardized*. 教育一向都過於僵化.

stándard lámp *n.* 《英》=floor lamp.

stándard tíme *n.* ⓤ標準時間(英國是 Greenwich 時間; 美國本土依照經度劃分為 Pacific, Mountain, Central, Eastern 四個地區時間; 此外還有 Alaska 標準時間等).

stand·by [ˋstændˏbaɪ, ˋstænˏbaɪ; ˈstændbaɪ] *n.* (*pl.* ~s) ⓒ **1** (一旦有事的時候)能依靠的人[物].
2 緊急時刻的待命人員[物資]; (演員等的)替身; (代替預定節目的)備用節目.
3 (飛機等)補位的旅客.
4 (形容詞性)預備的, 代替的; 補位的. a *stand-by* ticket (飛機等的)補位機票.
on stándby 準備, 等待機會. put the troops *on standby* 讓軍隊在備戰狀態/I was put *on standby*. 我被安排等候補位.

stand·ee [stænˋdi; stænˈdiː] *n.* ⓒ(口)(因沒有座位而)站著的觀眾[乘客], 站席觀眾.

stand·in [ˋstændˏɪn; ˈstændɪn] *n.* ⓒ (電影演員的)替身; (泛指)代理他人職務者; 冒名頂替者.

stand·ing [ˋstændɪŋ; ˈstændɪŋ] *n.* ⓤ **1** 地位, 身分, 立場; 名聲, 信譽聲望. one's social *standing* 社會地位/a person of *standing* 有聲望的人/He enjoys considerable *standing* among his peers. 他在同輩中很有地位.
2 持續(期間). a friend of long *standing* 交往很久的朋友.
— *adj.* (限定) **1** 站著的, 站著不動的; (比賽)無助跑的. *standing* corn 還沒收割的玉米/a *standing* jump [start] 立定跳遠(或跳高)[立定起跑]. **2** 持久的; 常設的; 不變的; 固定的. a *standing* jest [dish] 老笑話[固定的菜餚]. **3** 〔水等〕靜止的, 不流動的.

stánding commíttee *n.* ⓒ常務委員會.

stánding órder *n.* ⓤⓒ **1** (定期購買的)持續性訂購.
2 《英》(從銀行帳號)自動取款[轉帳]的委託手續.

stánding ovátion *n.* ⓒ一齊起立鼓掌喝采(表示熱烈感激或歡迎).

stánding róom *n.* ⓤ站立的空間; (劇場的)站票. Standing Room Only. 只剩站票(告示).

stand·off·ish [ˋstændˋɔfɪʃ; ˌstændˈɒfɪʃ] *adj.* 冷淡的, 疏遠的; 冷漠的; 擺等架子(傲氣)的.

*stand·point [ˋstændˏpɔɪnt, ˋstænˏpɔɪnt; ˈstændpɔɪnt] *n.* (*pl.* ~s [~s; ~s]) ⓒ立場; 見解, 觀點. from my *standpoint* 從我的立場(看的話)/ Let's look at the problem from the *standpoint* of the teacher. 我們從那位老師的立場來考慮那個問題吧.

*stand·still [ˋstændˏstɪl, ˋstænˏstɪl; ˈstændstɪl] *n.* [ɑⓤ]停止, 休止, 止住; 停滯. be at a *standstill* 停止, 停滯/come to a *standstill* 停止, 停滯.

stand-up [ˋstændˏʌp, ˋstænˏʌp; ˈstændʌp] *adj.* (限定) **1** 豎起著的(衣領等)(↔ turndown).
2 (用餐等)站著的, 站立的. a *stand-up* comedian (站在觀眾面前)以脫口秀方式引人發噱的喜劇

演員.

stank [stæŋk; stæŋk] *v.* stink 的過去式.

stan·za [ˋstænzə; ˈstænzə] *n.* ⓒ(韻律學)(詩的)節(通常由四行以上押韻的詩句形成).

sta·ple¹ [ˋstepl; ˈsteɪpl] *n.* **1** ⓒ主要產物; 特產. Coffee is one of the *staples* of Brazil. 咖啡是巴西的主要產物之一.
2 ⓒ基本生活物資[食品](棉花, 鹽, 麵粉等).
3 ⓒ要素, 主要成分; (說話等的)主題. the *staple* of our talk 我們談話的主題.
4 ⓤ纖維; (纖維的)絨毛; 原料.
— *adj.* (限定)主要的, 重要的. *staple* foods 主食/*staple* industries 主要產業.

sta·ple² [ˋstepl; ˈsteɪpl] *n.* ⓒU 字形釘; 金屬鎖環; 釘書針; 扣環.
— *vt.* 用 U 字形釘[釘書針]固定.

sta·pler [ˋsteplɚ; ˈsteɪplə(r)] *n.* ⓒ釘書機(釘住紙張的用具).

‡**star** [stɑr; stɑː(r)] *n.* (*pl.* ~s [~z; ~z]) ⓒ【星】 **1** 星; 恆星. watch *stars* through a telescope 用望遠鏡看星星.

[staples²]

2 (用單數)(占星術中的)星宿; (常 stars)運氣, 運勢. His *star* has set. 他的好運已經過去了/ curse one's *stars* 詛咒命運/bless one's *stars* 祈求好運.
【類似星星的東西】 **3** 星狀物; 星形勳章; 星號 (asterisk)(*). [參考](1)旅遊手冊等中, 用以對旅館或餐廳分等級, 通常五顆星為最高級; a three-*star* hotel (三星級旅館). (2)(美, 口)用以表示陸軍將領的級別; → general *n.*.
4 明星, 名演員. a movie *star* 電影明星/a *star* in the classroom 班上的風雲人物.
5 (形容詞性)(a)星的; 星形的. a *star* map 星座圖. (b)出名的, 走紅的, 主角的; 出色的, 優秀的. a *star* football player 足球明星/a *star* student 出類拔萃的學生.
sèe stárs (頭部被強烈撞擊等後)眼冒金星; 目眩.
thànk one's (**lùcky**) **stárs** 對自己的幸運懷著感謝.
— *v.* (~s; ~red; ~ring) *vt.* **1** 用星星(般的東西)裝飾; 給…加上星號. The valley was *starred* with yellow flowers. 那座山谷裡如滿天星星般開滿了黃色的花朵.
2 使擔任主角. She is *starred* in the new film. 她在這部新片裡擔任主角/'The Forest Gump' *starring* Tom Hanks as Forest Gump 「阿甘正傳」中由湯姆‧漢克斯擔綱演出阿甘一角.
— *vi.* 主演(*in*; *as*).

star·board [ˋstɑrˏbord, -ˏbɔrd; ˈstɑːbɔːd] ⓤ右舷(朝向船首的右側; → ship圖); (朝向飛機

機首的)右弦; (⟷ port).

— *adj.* 右舷的.

— *vt.* 把(舵)轉向右, 轉向右舷航行.

starch [startʃ; staːtʃ] *n.* **1** ⓤ ⓤⒸ (通常 starches) 澱粉類食物. **2** ⓤ (衣服用的)漿燙漿. **3** ⓤ (態度等的)拘謹, 古板.

— *vt.* 給(衣服)上漿.

starch·y [ˋstartʃɪ; ˈstaːtʃɪ] *adj.* **1** 澱粉(類)的, 澱粉般的. **2** 漿糊(似)的; 〔衣服等〕上漿(後變硬) 的. **3** 《口》(態度等)拘謹的, 僵硬的.

star·dom [ˋstardəm; ˈstaːdəm] *n.* ⓤ 明星的地 位; (集合)演藝界. leap into international *stardom* 一躍成爲國際巨星.

star·dust [ˋstarˌdʌst; ˈstaːdʌst] *n.* ⓤ **1** 星塵. 〔天文〕宇宙塵. **2** 《雅》如夢般的〔羅曼蒂克的〕氣氛.

✲stare [stɛr, stær; steə(r)] *v.* (~s [~z; ~z]; ~d [~d; ~d]; star·ing) *vi.* 一直盯著, 目不 轉睛地看, 《at》; (因驚訝而)瞪大眼睛. The teacher *stared* in disapproval at the noisy pupils. 那個老師用責備的眼光瞪著吵鬧的學生.

— *vt.* (加副詞(片語))一直凝視, 直盯著看, 瞪; 瞪著…使其…《into》. *stare* a person up and down 從頭到腳直盯著某人看/*stare* a person *into* silence 瞪著某人使其閉嘴.

stáre...in the fáce (1)一直凝視〔人〕的臉. The strange old man *stared* me straight *in the face*. 那陌生的老人目不轉睛地看著我的臉. (2)擺在〔人〕 的面前〔眼前〕; 〔事實等對人〕明白呈示. Ruin was *staring* him *in the face*. 他的失敗迫在眉睫.

stáre/.../óut 〔(美)*dówn*〕瞪視〔人〕使其目光轉移.

— *n.* (*pl.* ~s [~z; ~z]) ⓒ 一直盯著, 凝視. In the countryside foreigners often receive curious *stares*. 在鄉下, 外地人常招來好奇的眼光.

star·fish [ˋstarˌfɪʃ; ˈstaːfɪʃ] *n.* (*pl.* ~, ~·es) ⓒ (動物)海星.

star·gaz·er [ˋstarˌgezɚ; ˈstaːˌgeɪzə(r)] *n.* ⓒ **1** 眺望星星的人; (詼)天文學家, 占星家. **2** 夢想家, 空想家.

star·ing [ˋstɛrɪŋ, ˋstær-; ˈsteərɪŋ] *v.* stare 的 現在分詞, 動名詞.

stark [stark; staːk] *adj.* **1** 僵硬的, 生硬的; 〔屍 體等〕僵硬的. **2** 〔場所等〕煞風景的, 荒涼的; 〔描寫等〕露骨的, 明目張膽的. *stark* facts 赤裸裸的事實. **3** 〔愚蠢〕完全的, 十足的. *stark* incompetence 完 全的無能/in *stark* contrast to my father 和我父 親形成完全的對比.

— *adv.* 《口》全然, 完全. *stark* naked 赤裸裸的/ *stark* mad [crazy] 完全瘋狂的.

stark·ly [ˋstarklɪ; ˈstaːklɪ] *adv.* 完全地; 明顯 地. His deed *starkly* contrasts with his word. 他 所做的和他所說的完全相反.

star·less [ˋstarlɪs; ˈstaːlɪs] *adj.* 無星(光)的.

star·let [ˋstarlɪt; ˈstaːlɪt] *n.* ⓒ **1** 小星星. **2** (以明日之星的姿態初露頭角的)新進女演員.

star·light [ˋstarˌlaɪt; ˈstaːlaɪt] *n.* ⓤ 星光. a *starlight* night 星光之夜.

star·ling [ˋstarlɪŋ; ˈstaːlɪŋ] *n.* ⓒ (鳥)燕八哥 (善饒舌, 模仿(其他動物的聲音), 偷啄東西).

star·lit [ˋstarˌlɪt; ˈstaːlɪt] *adj.* 《雅》星光燦爛的.

star·ry [ˋstarɪ; ˈstaːrɪ] *adj.* **1** 繁星的, 鑲嵌星星 的. **2** 〔眼睛等〕星星般閃亮的.

star·ry-eyed [ˋstarɪˌaɪd; ˈstaːrɪˌaɪd] *adj.* 空 想的, 逐夢的, 非現實的.

Stárs and Strípes *n.* (加 the)星條旗(美 國國旗; →見封底裡).

star-span·gled [ˋstarˌspæŋgld; ˈstaːˌspæŋgld] *adj.* 鑲著星星的.

Stár-spangled Bánner *n.* (加 the)「星 條旗」(美國國歌); 星條旗(the Stars and Stripes) (美國國旗).

✲start [start; staːt] *v.* (~s [~s; ~s]; ~ed [~ɪd; ~ɪd]; ~·ing) *vi.* 〖開始移動〗 **1** 出發 《from》, 起程《for》. *start* from New York *for* London 從紐約出發前往倫敦/The train *starts* at six. 火車六點出發.

2 《比賽》開始; (比賽的先發隊員)出場; 《賽跑》起 跑.

3 開始, 著手, 《on, in 〔事業等〕》. *start* on a task 開始工作/He *started* in business two years ago. 他兩年前開始做生意.

4 啓動, 發動, 〔機器等〕《⟷ stop》. This engine won't *start*. 這部引擎發不起來.

〖開始〗 **5** 〔工作, 例行活動等〕開始. School *starts* at eight-thirty. 學校八點半開始上課/The new program will *start* early next spring. 新計 畫會儘早在來春開始實施.

6 《火災等》(驟然)發生. Where did the fire *start*? 從哪裡開始起火的?

〖突然動起來〗 **7** (受驚而)跳起來, 嚇了一跳, 《at》. *start* back [aside] 朝後〔旁邊〕一閃.

8 〔眼睛〕(因吃驚而)瞪大, 鼓起; 〔淚水〕驟然湧 出; 〔液體〕大量流出. His eyes seemed to be *starting* out of their sockets. 他(過於吃驚)眼睛都 快從眼眶裡掉出來了/Great gushes of oil suddenly *started* from the well. 大量的石油從油田噴出.

— *vt.* 〖開始〗 **1** 開始, 句型3 (start to do/ do*ing*)開始做…(★ to do 和 do*ing* 的用法區別與 begin 的情況相同; → begin ●). *start* one's jour-ney [a long discussion] 開始旅行[長時間的討論]/ *start* work [*to* work, *working*] 開始工作/I always *start* the day with a good, hearty break-fast. 我的一天總是開始於豐盛的早餐/*start* a book 開始讀[寫]書/I *started* college three years ago. 我三年前進大學讀書/It *started* snowing [*to* snow]. 開始下雪了. 同start 在多數情況下與 begin 意義相同, 但 start 更偏重於「開始」.

〖使…開始〗 **2** 《比賽》使…開始; 使…起跑[(步 行)出場]. *start* a rookie at quarterback 讓新手 擔任(橄欖球的)四分衛出場比賽.

3 使開始《in, on 〔事業等〕》; 句型5 (start A do*ing*)使 A 開始做…. He *started* his son *in* poli-

tics [*on* a tour of Europe]. 他讓兒子進入政界[前往歐洲旅行]/The shock of his fiancée's death *started* him *drinking*. 未婚妻死亡的打擊使他開始酗酒.

4 使〔機器等〕發動, 開始運轉. *Start* the car. 把車子發動.

5 點〔火〕, 使〔火災〕發生. I learned to *start* a fire without matches. 我已學會不用火柴點火.

【使突然動起來】**6** 使〔動物〕(驚嚇得)跳起來; 驅趕〔動物〕. *start* a rabbit [bird] 把兔子趕出來[讓鳥飛起來《以便在飛起時射獵》].

stàrt ín 《口》著手工作; 開始《*to* do, (*on*) do*ing*》.

stàrt óff =start out (1).

stàrt óut (1)起程旅行; 開始運轉; 開始. We *started out* at dawn. 我們天亮時出發/*start out* as an actor 開始當一名演員. (2)《口》著手, 開始進行, 《*to* do》.

stàrt óver (從頭開始)重做.

stàrt sómething 《口》引起紛爭[吵架].

stàrt úp[1] (1)驚嚇得站起來; 嚇一跳. *start up* from sleep 從睡夢中驚醒. (2)〔想法, 念頭等〕突然浮現. (3)開始工作[活動]; 〔引擎等〕開始發動.

stàrt/.../úp[2] 使…開始發動.

stàrt (óff) with... 從…開始. Mr. Smith always *starts with* a joke when he gives a lecture. 史密斯先生總是先說個笑話再開始上課.

to stárt with=to begin with (begin 的片語).

— *n.* (*pl.* **~s** [~s; ~s])【出發】**1** Ⓒ **出發**; 出發點; 《比賽》起跑線. make an early *start* 早點出發/give a person a *start* in life 讓某人開始進入社會/The runners lined up for the *start*. 賽跑者就起跑線位置.

2【早早開始】[aU] 先行出發; 有利的位置. He gave me a ten-yard *start* but beat me. 他讓我先跑十碼, 但還是勝了我/His father's name gave him the *start* on other applicants. 他父親的名聲讓他比其他申請者更有利.

【開始】**3** Ⓒ (事業等的)**開始**, 著手. make a *start* on a job 開始工作/make a fresh *start* 開始實施新規定/from the *start* 一開始, 從開始[出發]就….

【驟然開始】**4** Ⓒ (通常加 a)(**驚嚇地**)**跳起來**, 嚇一跳. awake with a *start* 驚醒/The news gave me quite a *start*. 那個消息使我大吃一驚/She gave a *start* (of surprise). 她嚇了一跳.

at the stárt 起初, 最初.

for a stárt 第一, 首先.

from stàrt to fínish 自始至終, 從頭到尾.

gèt ôff to a bàd [gòod, flŷing] stárt 有了不好[好]的開始.

start·er [ˋstɑrtɚ; ˈstɑːtə(r)] *n.* Ⓒ **1** 出發[開始]的人[物]; 參加賽跑者; 參賽的馬. a slow *starter* 起跑遲緩的選手[賽馬等].

2 (賽跑的)發令員; (列車的)發令開車的人.

3 (機器的)起動裝置, (自動)起動器.

for stárters 《口》第一, 首先.

stárting blǒck *n.* Ⓒ (比賽用的)起跑架.

stárting gâte *n.* Ⓒ (賽馬的)起跑柵門.

stárting pîtcher *n.* Ⓒ 《棒球》先發投手.

stárting pòint *n.* Ⓒ 出發點.

‡star·tle [ˋstɑrtḷ; ˈstɑːtl] *vt.* (**~s** [~z; ~z]; **~d** [~d; ~d]; **-tling**) **使…驚嚇地跳起來**; 使大吃一驚. I was *startled* at the sight. 看到那情景使我大吃一驚/The girl was *startled* to see a bulldog. 那個女孩看到一隻鬥牛犬, 大吃了一驚/How you *startled* me! 你嚇了我一跳!

***star·tling** [ˋstɑrtlɪŋ, -tḷɪŋ; ˈstɑːtlɪŋ] *v.* startle 的現在分詞、動名詞.

— *adj.* **吃驚似的, 令人吃驚的**. *startling* news 令人吃驚的消息.

star·tling·ly [ˋstɑrtlɪŋlɪ, -tḷɪŋ-; ˈstɑːtlɪŋlɪ] *adv.* 吃驚地.

***star·va·tion** [stɑrˋveʃən; stɑːˈveɪʃn] *n.* Ⓤ **1** 飢餓; 餓死. be driven to *starvation* 瀕臨飢餓邊緣/die of *starvation* 餓死.

2 《形容詞性》使飢餓產生的. *starvation* wages 不足以餬口的工資《極低的工資》. ⇨ *v.* **starve**.

‡starve [stɑrv; stɑːv] *v.* (**~s** [~z; ~z]; **~d** [~d; ~d]; **starv·ing**) *vi.* **1** **飢餓; 餓死**; 《口》餓得發慌《通常用進行式》. *starve* to death 餓死/I'm simply *starving*. 我快餓死了.

2 (對愛情等)飢渴; 渴望《*for*; *to* do》; 《通常用進行式》. The boy is *starving for* companionship [*to* hear from you]. 那個男孩渴望獲得友情[望眼欲穿地等著你的信].

— *vt.* **1** **使挨餓**; 使餓死; 讓〔人〕飢餓而去做…《*to*, *into*》. torture and *starve* a prisoner *to* death 使囚犯因受拷打及挨餓而死/The model tried to *starve* herself *into* shape. 模特兒試著以挨餓來得到好身材.

2 使…渴求《*for*, *of* 〔愛情等〕》《通常用被動語態》. be *starved of* [*for*] affection 渴望著關愛.

stàrve/.../óut 使〔敵人〕斷糧而出堡壘.

starve·ling [ˋstɑrvlɪŋ; ˈstɑːvlɪŋ] *n.* Ⓒ 《雅》餓得瘦骨嶙峋的人[動物].

starv·ing [ˋstɑrvɪŋ; ˈstɑːvɪŋ] *v.* starve 的現在分詞、動名詞.

Stár Wârs *n.* 《口》星戰計畫防禦系統《SDI的別稱》.

stash [stæʃ; stæʃ] *vt.* 《口》把…收藏起來, 隱藏起來, 《*away*》.

‡state [stet; steɪt] *n.* (*pl.* **~s** [~s; ~s])【狀態】**1** [aU] **狀態, 狀況, 形勢**, (→condition 同). the *state* of things 事態/*state* of mind 精神狀態/We should preserve this forest in its natural *state*. 我們應該使這片森林維持其自然原貌/declare [proclaim] a *state* of emergency 宣告緊急情況/Ice is water in the solid *state*. 冰是水的固體狀態/The patient was in a critical *state*. 這位病人處於危急狀態/in a *state* of confusion 處於混亂狀態.

2 《口》(通常作單數)嚴重的樣子; 興奮狀態. She

S

worked herself up into an awful *state*. 她把自己弄得很糟糕/The room was in (quite) a *state*. 房間很亂.

〖在社會中的處境〗 **3** ⓤ身分, 階級, 地位. the *state* (in)to which a person was born 出身的階級/the *state* of a royal monarch 王侯身分/descend in *state* 地位下降.

4 【很高的身分>威嚴】ⓤ威嚴, 堂皇的模樣; 壯觀, 隆重禮儀. keep (up) one's *state* 擺架子/a visit of *state* 正式訪問.

〖統治型態>政體〗 **5** ⓤ(常加 the, 或作 State)國家, 國, 《作爲政治權力, 或者作爲與教會相對的最高世俗權力機構而言》; ⓒ(作爲單一集合體的)國家. affairs of *state* 國家事務/the clear separation of Church and State 政教的明確分離/an independent *state* 獨立國家. 同state 指眞正擁有政府, 政治組織以及主權的國家; → nation, country.

6 【州】ⓒ(常 State)(美國, 澳大利亞等國的)州. Georgia is his native *state*. 他出生於喬治亞州/There are fifty *states* in the U.S. 美國有五十個州.

7 《口》(the States)美國《★主要是旅居在外的美國人談及其本國事務的場合時所用》. Where in the *States* do you come from? 你是美國那個地方的人?

8 《形容詞性》(a)儀式的, 正式的; 豪華的. a *state* coach 舉行隆重儀式時所用的馬車/a *state* banquet 正式的宴會/a *state* visit 正式訪問.

(b)國家的; 國立的. *state* affairs 國事/a *state* school 國立學校.

(c)《美》州的(↔ federal). Lansing is the *state* capital of Michigan. 蘭辛爲密西根州的首府/a *state* university 州立大學/a *state* prison 州立監獄《收容重刑犯》/a *state* flower 州花.

in státe (1)堂皇地, 盛裝地. ride [perform a ceremony] *in state* 威風凜凜駕馬前行[莊重地舉行儀式]. (2)正式地.

lie in státe (國王等的)遺體在葬儀前的)入殮安放(以供民眾瞻弔).

— *vt.* (~s [~s; ~s], stat·ed [~ɪd; ~ɪd]; stat·ing) (明確地)陳述[意見, 立場等], (正式地)表明; 句型3 (state *that* 子句/*wh* 子句, 片語)述說…, 陳述, 言明, 供述, 《★尤用於述說形式化的內容時》. *state* one's case 陳述立場/The minister *stated* that he would visit China soon. 部長表明近期將訪問中國/as *stated* above 如上所述.

搭配 state+*n.*: ~ one's case (陳述立場), ~ one's intention (表明意向), ~ one's opinion (表達意見), ~ one's position (陳述立場).

⇨ *n.* statement.

state·craft [ˈstetˌkræft; ˈsteɪtkrɑːft] *n.* ⓤ國政的方針, 治國手腕.

stat·ed [ˈstetɪd; ˈsteɪtɪd] *adj.* 既定的, 約定的; 明言[明示]的. the *stated* time 約定的時間.

Státe Depártment *n.* (加 the)美國國務院《相當於他國的外交部; 亦即 the Department of State》.

state·house [ˈstetˌhaʊs; ˈsteɪthaʊs] *n.* (*pl.* -hous·es* [-ˌhaʊzɪz; -haʊzɪz]) ⓒ(常 寫 作 State-house)(美國的)州議會廳《★國會大廈爲 Capitol》.

state·less [ˈstetlɪs; ˈsteɪtlɪs] *adj.* 無國籍的.

state·li·ness [ˈstetlɪnɪs; ˈsteɪtlɪnɪs] *n.* ⓤ威嚴, 莊重.

***state·ly** [ˈstetlɪ; ˈsteɪtlɪ] *adj.* (-li·er; -li·est)威嚴的; 堂皇的; 莊重的, 有地位的. (→grand 同). a *stately* air 儀表堂堂, 舉止非凡/a *stately* house fit for an earl 和伯爵身分相稱品味高尚的房子.

***state·ment** [ˈstetmənt; ˈsteɪtmənt] *n.* (*pl.* ~s [~s; ~s]) **1** ⓤ敘述. The details require exact *statement*. 需要有關細節的正確陳述(報告).

2 ⓒ陳述(內容); 聲明; 供述. Don't make a false *statement*. 不許作虛假的陳述.

搭配 *adj.*+statement: an oral ~ (口頭聲明), a written ~ (書面聲明), a clear ~ (明確的聲明), a misleading ~ (誤導他人的陳述).

3 ⓒ(政府等的)聲明(書)《*on, about* 關於…的》. The government issued a *statement* condemning the invasion. 政府發表聲明譴責侵略.

4 ⓒ(公司等的)報表, 清單; (銀行的)結算單.

Stat·en Island [ˈstætṇˈaɪlənd; ˈstætən`aɪlənd] *n.* 斯塔頓島《紐約港內的島; 也是紐約市行政區(borough)之一》.

state·room [ˈstetˌrum, -ˌrʊm; ˈsteɪtrʊm] ⓒ **1** (船, 列車等的)特等艙.

2 (王宮中等的)謁見室, 大廳.

státe's évidence *n.* 《美》=King's evidence.

state·side [ˈstetsaɪd; ˈsteɪtsaɪd] 《美, 口》*adj.* (向)美國本土的. — *adv.* 向美國本土地.

***states·man** [ˈstetsmən; ˈsteɪtsmən] *n.* (*pl.* -men* [-mən; -mən]) ⓒ政治家. There are many politicians, but few *statesmen*. 政客很多而政治家極少《statesman 有時指見識高卓者, 這一點與politician 有所不同》.

states·man·like [ˈstetsmənˌlaɪk; ˈsteɪtsmənlaɪk] *adj.* 政治家的, 具有政家風範的.

states·man·ship [ˈstetsmənˌʃɪp; ˈsteɪtsmənʃɪp] *n.* ⓤ政治手腕[才能, 見識].

stat·ic [ˈstætɪk; ˈstætɪk] *adj.* **1** 靜止的, 靜止的; 靜態的, 不活潑[沒精神]的. Commodity prices have been *static* for some time. 物價暫時穩定.

2 《物理》靜力學的(↔ dynamic, kinetic).

3 《電氣》天電的; 靜電的.

— *n.* 《電氣》天電; (收音機, 電視機的)天電干擾; =static electricity.

státic electrícity *n.* ⓤ靜電.

stat·ics [ˈstætɪks; ˈstætɪks] *n.* 《作單數》《物理》靜力學(↔ dynamics, kinetics).

stat·ing [ˈstetɪŋ; ˈsteɪtɪŋ] *v.* state 的現在分詞, 動名詞.

***sta·tion** [ˈsteʃən; ˈsteɪʃṇ] *n.* (*pl.* ~s [~z; ~z]) **1** ⓒ(鐵路)火車站; (公共汽車)車站(bus station). a railroad 《美》[railway 《英》

station (鐵路)火車站/a terminal station 終點站.

2 C (政府機關等的)署, 局; (有設施的)所, 站. a police [fire, radio, service [filling]] station 警察局[消防隊, 廣播站, 加油站](就上下文就能判斷所指種類時只用 station 即可).

3 C 《軍事》屯駐地, 根據地. a naval station 軍港, 海軍基地.

4 C 工作崗位, 職守. keep [take up] one's station 堅守工作崗位.

5 UC 《雅》地位, 身分. people in all stations of life 各階層的人/marry beneath one's station 和比自己身分地位低的人結婚.

6 C 《澳洲》牧場.

— vt. 使…置身工作崗位, 配置, 《常用被動語態》. Missiles were stationed in Europe. 歐洲部署了導彈裝置/station oneself at a window 獨自站在窗口.

*sta·tion·ar·y [ˋsteʃənˌɛrɪ; ˈsteɪʃnərɪ] adj.
1 不動的, 靜止的; 無變化[增減]的. The population remains stationary. 人口沒有變動/stand stationary 一直站著.
2 〔機器等〕安裝的; 〔軍隊等〕常備的, 常駐的. stationary scenery 固定的舞臺布景(道具).

sta·tion·er [ˋsteʃənɚ, ˋsteɪnɚ; ˈsteɪʃnə(r)] n. C 文具商(人). a stationer's (shop) 文具商店.

*sta·tion·er·y [ˋsteʃənˌɛrɪ; ˈsteɪʃnərɪ] n. U (集合)文具; (旅館等的)便箋(通常附有信封). the stationery section in a department store 百貨公司的文具部/The letter was written on company stationery. 這封信是用公司便箋寫的.

sta·tion·mas·ter [ˋsteʃənˌmæstɚ; ˈsteɪʃnˌmɑːstə(r)] n. C 站長.

sta·tion-to-sta·tion [ˌsteʃəntəˋsteʃən; ˌsteɪʃntəˈsteɪʃn] adj. 〔長途電話〕叫號的(不限定特定的人, 接通後即開始計算電話費; → person-to-person).

sta·tion wag·on n. C 《美》客貨兩用車(後排座位為折疊式的, 可以從後面取放物品的小型客車).

sta·tis·tic [stəˋtɪstɪk; stəˈtɪstɪk] n. C (一項)統計數值, 統計值.

sta·tis·ti·cal [stəˋtɪstɪk; stəˈtɪstɪkl] adj. 統計的, 統計上的, 統計學的.

sta·tis·ti·cal·ly [stəˋtɪstɪklɪ, -ɪklɪ; stəˈtɪstɪkəlɪ] adv. 統計上, 統計(學)上.

sta·tis·ti·cian [ˌstætəˋstɪʃən; ˌstætɪˈstɪʃn] n. C 統計學家, 統計人員.

*sta·tis·tics [stəˋtɪstɪks; stəˈtɪstɪks] n. **1** 《作複數》統計. The statistics indicate [show] that about two-thirds of Japanese students study one hour or less every school day. 本統計顯示日本約有三分之二的學生, 放假除外每天的讀書時間僅有一小時或更少/These statistics do not tell the whole story. 光憑這些統計數值還無法說明整個內容. **2** 《作單數》統計學.

stat·u·ar·y [ˋstætʃuˌɛrɪ; ˈstætjʊərɪ] n. U
1 (集合)雕(塑)像(★個別的雕像是 statue).
2 雕塑藝術.

— adj. 雕塑(藝術)的; 用於雕塑的(大理石等).

*stat·ue [ˋstætʃu; ˈstætjuː] n. (pl. ~s [~z; ~z]) C 雕像, 塑像. carve [set up] a statue 雕刻[設置]雕像/tear down the dictator's statue 拆毀獨裁者的雕像.

Stat·ue of Lib·er·ty n. 《加 the》(美國紐約的)自由女神像.

stat·u·esque [ˌstætʃuˋɛsk; ˌstætjʊˈesk] adj. 雕像般的; 輪廓清晰的; 外型勻稱的; 威嚴的.

stat·u·ette [ˌstætʃuˋɛt; ˌstætjʊˈet] n. C 小雕像.

stat·ure [ˋstætʃɚ; ˈstætʃə(r)] n. U **1** 身高. be short of stature 身材矮小/He is more than six feet in stature. 他身高六英尺以上.
2 (智力, 道德的)發展(程度); 才能. We rarely meet men of his intellectual stature. 我們很少遇見具有他那種智力程度的人.

*sta·tus [ˋstetəs, ˋstætəs; ˈsteɪtəs] n. aU **1** (社會、法律上的)地位, 身分; 崇高地位. the social status of women 婦女的社會地位/the status of a spouse 配偶的身分/Do doctors enjoy [have] (a) high status in your society? 在你們的社會裡, 醫生的地位很高嗎?/seek status 追求地位/lose one's status (in the company) (在公司)失去地位, 下臺.
2 狀態, 情況. The premier made a statement on the status of the conflict. 首相針對紛爭的狀況作了聲明.

sta·tus quo [ˋstetəsˋkwo, ˋstætəs-; ˌsteɪtəsˈkwəʊ] (拉丁語) n. 《加 the》現狀.

sta·tus sym·bol n. C 身分[地位]的象徵(豪邸, 高級轎車等表示所有者之社會、經濟地位的東西; 此類象徵隨時代的變遷而有所改變).

stat·ute [ˋstætʃut; ˈstætjuːt] n. C **1** 法令, 法規; 制定法, 成文法, (statute law). statute 特指成文的法律; → law.
2 (大學等的)規則, 章程; (法人等的)章程.

stat·ute book n. C 法令全書.

stat·ute law n. C 制定法, 成文法, (不是 common law (習慣法), 是由國會所制定的法令).

stat·u·to·ry [ˋstætʃuˌtorɪ, -ˌtɔrɪ; ˈstætjʊtərɪ] adj. 法令的, 法定的; 依照法令的.

staunch[1] [stɔntʃ, stɑntʃ; stɔːntʃ] adj. 足以信賴的, 忠實的; (抵抗等)頑強的. staunch friendship 值得信賴的友好關係.

staunch[2] [stɔntʃ, stɑntʃ; stɔːntʃ] v. =stanch[1].

stave [stev; steɪv] n. C **1** (木桶的)桶板.

2 棍棒; 桿.

3 (梯子的)梯級, 格, 《橫木》.

4 《韻律學》=stanza; 《音樂》=staff 4.

— *vt.* (~**s**; ~**d, stove; stav·ing**) 在〔木桶, 船等〕鑿洞(使往内凹陷)(*in*).

stàve/.../**óff** (暫時)阻擋, 防止, 設法避免〔危險, 災難等〕.

staves [stevz, stævz; steɪvz] *n.* staff, stave 的複數.

‡**stay**¹ [ste; steɪ] *v.* (~**s** [~z; ~z]; ~**ed** [~d; ~d]; ~**ing**) *vi.* 〖 停留 〗 **1** 停留(在某場所), 為⋯暫留; 留下來⋯; (*for, to; to do*). Are you going or *staying*? 你要去, 還是要留下來?/*stay* (at) home 在家(→ home *adv.* 2)/*stay* in [out] 一直待在(家, 房間等之)內[外]/*stay* in bed 躺在床上/Won't you *stay* for [*to*] dinner? 留下來吃晚飯好嗎?/He couldn't *stay* to see the end of the game. 他無法留下來看到比賽結束.

2 逗留; 暫住(*at*), 暫住在⋯的家裡(*with* 〔人〕). *stay* in Paris for a month 在巴黎逗留一個月/*stay* overnight (暫)住一晚/*stay* with Tom [*at* Tom's] 暫住在湯姆的家裡.

3 【停留在(某種)狀態】 句型2 (stay **A**)保留 A 的原樣; 持續 A 的狀態. *stay* up late 熬夜/The weather *stayed* bad. 天氣持續惡劣/*Stay* active and *stay* young. 經常活動可常保年輕/Bus rates have *stayed* the same for two years. 公車票價兩年來維持不變.

4 【堅持到底】持續, 堅持; (在比賽等中)支撐下去; (不落後地)緊跟著(*with*). *stay with* the front runners 緊跟著跑在前面的人.

— *vt.* **1** 暫留 (一段時間); 在外度過⋯; (*out*). *stay* the night *with* Tom [*at* Tom's] 在湯姆家過夜(→ *vi.* 2)/*stay* the summer (*out*) in Hawaii 在夏威夷度過盛夏季.

2 堅持下去, 忍耐. The horse will *stay* the distance. 這匹馬有耐力跑完這段距離.

3 《文章》(暫時地)滿足, 抑止; 防止. He *stayed* his hand. 他抑制住性揮出去(揍人)的拳頭/*stay* the plague 控制傳染病蔓延/A snack will *stay* your hunger. 吃個點心可以充飢.

4 《法律》延期, 延緩, 〔判決等〕.

be hère to stáy (口)〔事物等〕固定下來; 生根; 被接受. Rap music *is here to stay*. = Rap has *come to stay*. (→ come to stay (2))饒舌歌(在此)已被廣為接受了.

còme to stáy (1)來投宿〔歇息, 逗留〕. (2)(通常用完成式)(口)=be here to stay.

stày awáy (*from...*) 遠離, 不靠近; 外出; 缺席. Father warned me to *stay away from* drunkards. 父親告誡我別靠近醉漢.

stày behínd (1)(比他人)留得晚; 留下來不走. (2)在後面.

stày ón (1)留下; 繼續停留. Wanting to get the job finished, John *stayed on* after his colleagues

had gone home. 約翰想把工作做完, 所以在同事們回家後他仍留下來加班.

(2)(任期結束後, 已過退休年齡等)仍然在職.

stày óut 外出, 沒回家. (→ *vi.* 1).

stày out of... 遠離⋯.

stày pút (口)保持原狀不動[不變]. *Stay put* here till I come back. 在我回來之前待在這裡別動.

— *n.* (*pl.* ~**s** [~z; ~z]) **1** ⓒ (通常用單數)停留, 逗留; 停留期間. My father made a long *stay* in Paris. 我父親在巴黎停留很久/a week's *stay* in Italy 在義大利逗留一個星期.

2 Ⓤ 《法律》延緩執行, 延期; 停止, 中止, 《*on*》. grant (a) *stay* of execution 給予延緩執行/a *stay* on raises 凍結加薪.

stay² [ste; steɪ] *n.* (*pl.* ~**s**) ⓒ 支撐, 支柱; 《雅》(成為)支柱(的人[物]). Religion was the *stay* of his old age. 宗教是他晚年的精神支柱.

stay³ [ste; steɪ] *n.* (*pl.* ~**s**) ⓒ《海事》支索(將船板前後支撐住; → shroud *n.* 3).

stay-at-home [ˈsteətˌhom; ˈsteɪəθhəʊm] (口) *adj.* 深居簡出的, 不愛出門的.

— *n.* ⓒ 不愛出門的人.

stay·er [ˈsteə; ˈsteɪə(r)] *n.* ⓒ 有耐力的賽跑者[賽馬](常指長距離賽跑).

St. Bernard [ˌsntbɜˈnəd, -nɑrd, -bəˈnɑrd; ˌseɪmtbɜˈnɑːd] *n.* =Saint Bernard (dog).

St. Chris·to·pher and Ne·vis [sənt͵krɪstəfə-(ə)nˈnevəs, -ˈniːvəs; seɪnt͵krɪstəfə-(ə)nˈniːvəs] *n.* 聖克里斯多福及尼維斯(加勒比海東部的島; 為一獨立國; 首都Basseterre).

STD code [ˌɛstiˈdiˌkod, ˌestiˈdiːˌkəʊd] *n.* ⓒ (英)(電話的)區域號碼(《美》 area code)《STD 是subscriber trunk dialling 的縮略》.

stead [stɛd; sted] *n.* Ⓤ 替代, 代理, 《用於下列片語》.

* *in a pèrson's stéad* 《文章》代替某人, 代理某人, (→ instead). If you can't come, send *in your stead*. 如果你無法來, 請個人代替你來.

stànd a pèrson in gòod stéad 《文章》(必要之時)對某人有很大的幫助.

‡**stead·fast** [ˈstɛdˌfæst, -fəst; ˈstedfɑːst] *adj.*

1 堅定的, 不變的. a *steadfast* faith 堅定的信念.

2 堅固的, 穩固的. study with *steadfast* concentration 持續穩固地專心研究.

stead·fast·ly [ˈstɛdˌfæstlɪ, -fəst-; ˈstedfɑːstlɪ] *adv.* 堅固地, 紮實地.

stead·fast·ness [ˈstɛdˌfæstnɪs, -fəst-; ˈstedfɑːstnɪs] *n.* Ⓤ 固定; 堅定不移.

stead·i·er [ˈstɛdɪə; ˈstedɪə(r)] *adj.* steady 的比較級.

stead·i·est [ˈstɛdɪɪst; ˈstedɪɪst] *adj.* steady 的最高級.

‡**stead·i·ly** [ˈstɛdəlɪ; ˈstedɪlɪ] *adv.* 穩固地, 堅實地; 不間斷地. hold *steadily* to one's beliefs 固守自己的信念/The rain fell *steadily* all day. 雨不停地下了一整天.

stead·i·ness [ˈstɛdɪnɪs; ˈstedɪnɪs] *n.* Ⓤ 穩定;

不變; 紮實.

*stead·y [ˋstɛdɪ; ˊstedɪ] adj. (stead·i·er; stead·i·est) **1** 〔立足點, 地位等〕穩固的, 不動搖的, 牢固的. Hold the stool steady, will you? 請你扶穩凳子, 好嗎?/The patient is not very steady on his feet. 那個病人還站不太穩.
2 不變的, 一樣的; 不間斷的. a steady rise in prices 物價持續上漲/get a steady job 獲得固定的工作/walk at a steady pace 以一定的步伐走路/a steady gaze (目不轉睛地盯著) 凝視.
3 〔人品, 行為舉止等〕沈著的, 穩重的; 踏實的; 認真的. a steady young man 踏實的青年/steady nerves 從容不迫.
gò stéady 《口》只和固定的異性交往, 成爲固定的情侶《with》《稍舊式的說法》.
— v. (stead·ies; stead·ied; ~·ing) vt. 使安定〔穩定〕; 使沈著; 《down》. Steady yourself. 請站端正.
— vi. 穩定; 沈著《down》. He will steady down when he gets a regular job. 當他獲得固定的工作後就會穩定下來.
Stèady (ón)! 《主英, 口》小心! 保持鎮定!
— n. (pl. stead·ies) C 《口》情侶《交往對象只限於此一人, 很有可能與之結婚的異性》.

*steak [stek; steɪk] 《★注意發音》 n. (pl. ~s [~s; ~s]) UC 牛排, 烤肉. How would you like your steak (done), sir? 請問你的牛排要幾分熟? 《參考》steak 泛指魚類、肉類較厚的切片, 或以其做成的菜肴; 特指牛排(beefsteak); 詳見各種燒烤程度用語 → rare².

steak·house [ˋstek͵haʊs; ˊsteɪkhaʊs] n. (pl. -hous·es [-͵haʊzɪz; -haʊzɪz]) C 牛排專賣店.

*steal [stil; stiːl] v. (stole; sto·len; ~·ing) vt. **1** 偷, 竊取, (→ rob 圖). a stolen car 失竊的車/steal money from a safe 從保險箱裡偷錢/I had my watch stolen. 我的手錶被偷了.
2 《悄悄地, 飛快地》將…拿到手, 偷取; 獲得; 〔吻等〕. steal a glance at a person 偷看某人一眼/steal a person's heart (away) 巧妙地獲得了某人的愛〔芳心〕.
3 《棒球》盜壘.
— vi. **1** 盜竊. Robin Hood stole from the rich and gave to the poor. 羅賓漢劫富濟貧.
2 偷偷地走; 潛入; 溜出. steal out (of the house) 偷偷地溜出(房子)/The killers stole up on him. 殺手們偷偷地挨近他的身邊/Sleep stole over us. 睡意在不知不覺中向我們襲來/The years stole by. 歲月悄悄地流逝.
— n. **1** U 《口》盜竊.
2 C 《美、口》贓物.
3 C 《用單數》《美、口》極划算《千載難逢》的物品. At only $1,500 this car is a real steal, sir. 先生, 才美金一千五, 這輛車可真是划算啊!
4 C 《棒球》盜壘.

stealth [stɛlθ; stelθ] n. U 祕密《通常用於下列片語》.
by stéalth 偷偷地, 祕密地, (stealthily).

stealth·i·ly [ˋstɛlθɪlɪ, -ɪlɪ; ˊstelθɪlɪ] adv. 偷偷

地, 暗中地.

stealth·y [ˋstɛlθɪ; ˊstelθɪ] adj. 偷偷的, 暗中的, 悄悄的. a stealthy whisper 暗中嘀咕/stealthy eyes 鬼鬼祟祟的眼神.

*steam [stim; stiːm] n. U **1** (水)蒸氣; 水氣; 霧. The windows got clouded with steam. 窗子因水蒸氣而變得模糊不清.
2 蒸氣動力; 《口》(人的)氣力, 精力. The first car was driven by steam. 最早的汽車是用蒸氣推動的.
fùll stéam ahéad 全速前進; 竭盡全力.
let [blow] òff stéam 《口》發洩過剩的精力〔抑鬱的情感〕; 發洩積憤.
rùn out of stéam 《口》氣力〔精神〕用盡.
under one's **òwn stéam** 憑自己的力量; 不依靠別人的幫助.
— vi. **1** 冒蒸氣〔熱氣〕; 蒸發. a steaming kettle 冒著熱氣的水壺.
2 用蒸氣推動〔前進〕. The ship steamed out of the harbor. 汽船離港出航.
— vt. 用蒸氣加熱…, 蒸…(→ cook 表). steam potatoes 蒸馬鈴薯/steam a stamp off an envelope 用蒸氣在郵票上加熱後將它取下.
stèam úp 〔玻璃等〕因蒸氣而模糊不清.
stèam/.../úp (1)使…有蒸氣. (2)《口》激怒…《通常用被動語態》. He got steamed up. 他被激怒了.

steam·boat [ˋstim͵bot; ˊstiːmbəʊt] n. C 汽船, 蒸氣船, 《河流、湖泊、沿岸用的小型船; → steamship》.

stéam èngine n. C 蒸氣機.

*steam·er [ˋstimɚ; ˊstiːmə(r)] n. (pl. ~s [~z; ~z]) C **1** 《相對於帆船的》汽船; 《特指》=steamship. travel by steamer 搭汽船旅行. **2** 蒸鍋, 蒸籠.

stéam ìron n. C 蒸氣熨斗.

stéam locomótive n. C 蒸氣火車頭, SL.

steam·roll·er [ˋstim͵rolɚ; ˊstiːm͵rəʊlə(r)] n. **1** C 《碾平路面的》蒸氣壓路機.
2 《口》高壓手段, 專橫.
— vt. 用蒸氣壓路機碾平路面; 《口》用高壓手段壓抑〔反對等〕.

steam·ship [ˋstim͵ʃɪp; ˊstiːm͵ʃɪp] n. C 汽船, 商船, 《在海洋中航行的大型船隻; →steamboat》.

stéam shòvel n. C 《美》(土木工程用的)汽鏟《《英》excavator》.

steam·y [ˋstimɪ; ˊstiːmɪ] adj. 蒸氣(般)的; 冒蒸氣的; 熱氣〔霧氣〕籠罩的.

steed [stid; stiːd] n. C 《雅、詩》馬, 戰馬.

*steel [stil; stiːl] n. U **1** 鋼鐵, 鋼. Steel is made from iron. 鋼由鐵煉成/tools made of steel 鋼製的工具.
2 《雅》劍, 刀.
3 《鋼鐵般的》堅硬; 冷酷. muscles of steel 強韌的肌肉/a heart of steel 鐵石心腸(的人).
4 《形容詞性》鋼鐵(製)的; 像鋼一般的. a steel

knife 鋼製的小刀/steel gray 鐵灰色(帶青色的灰色)。⇨ adj. steely.

— vt. **1** 使(心)堅強起來，使硬起心腸；(steel oneself)使心變冷酷。Bob *steeled himself* [his heart] against his students. 鮑伯對他的學生冷酷無情/She *steeled herself* not to cry. 她使自己堅強起來不哭泣。

2 給…包上鋼；給…裝上鋼刃。

stéel bánd n. ⓒ(★單數亦可作複數)鋼鼓樂隊(起源於西印度群島的樂團，敲擊汽油桶製成的樂器)。

stéel wóol n. ⓤ鋼絲絨(把鋼鐵製成棉絨狀；用來研磨或清洗金屬製品)。

steel·work [`stil,wɝk; 'sti:lwɜ:k] n. ⓤ (集合)鋼鐵製品；鋼鐵結構部分[骨架]。

steel·works [`stil,wɝks; 'sti:lwɜ:ks] n. (pl. ~) ⓒ煉鋼廠。

steel·y [`stilɪ; 'sti:lɪ] adj. **1** 鋼鐵(製)的；鋼鐵色的。**2** 堅固的。**3** 冷酷無情的。a *steely* glance 冷眼。

steel·yard [`stɪljəd, `stil,jard; 'sti:lja:d] n. ⓒ 提秤。

*steep¹ [stip; sti:p] adj. (~·er; ~·est) **1** 險峻的，陡峭的；急遽升降的。a *steep* hill [incline] 險峻的山坡[陡坡]/a *steep* rise in prices 物價飛漲。

2 (口)[要求，價格等]過分的；[說話]誇大的，荒唐的。£30 for a lunch? That's a bit *steep*! 一頓午餐要 30 英鎊嗎? 太貴了!

*steep² [stip; sti:p] v. (~s [~s; ~s]; ~ed [~t; ~t]; ~·ing) vt. **1** 浸，泡。*steep* beans *in* water overnight 把豆子放在水中浸泡一夜。

2 被完全包圍(in (霧等))；使完全浸(染)(in (罪惡等))；使埋首[熱中](in (研究等))；(通常用被動語態)。the hillsides *steeped in* darkness 被黑夜籠罩的山腰/She is *steeped* [*steeps* herself] *in* learning. 她熱中於學習。

— vi. 浸(著)(in)。

steep·en [`stipən; 'sti:pən] vt. 使…險峻。

— vi. 變險峻。

stee·ple [`stipl; 'sti:pl] n. ⓒ(教堂等的)尖塔(其頂端是 spire; → spire 圖)。

stee·ple·chase [`stipl,tʃes; 'sti:pltʃeɪs] n. ⓒ 障礙賽馬；(人)障礙賽跑(特指3,000公尺障礙賽)。

stee·ple·jack [`stipl,dʒæk; 'sti:pldʒæk] n. ⓒ 尖塔[高煙囪等]的修理工人。

steep·ly [`stiplɪ; 'sti:plɪ] adv. 險峻地。

steep·ness [`stipnɪs; 'sti:pnɪs] n. ⓤ險峻。

*steer¹ [stɪr; stɪə(r)] v. (~s [~z; ~z]; ~ed [~d; ~d]; steer·ing [`stɪrɪŋ; 'stɪərɪŋ])

1 操縱，駕駛，[交通工具]。*steer* a ship 駕駛船隻/*steer* the car into the driveway 把車輛開進車道。

2 朝[一定的方向]前進。*steer* a straight course 朝筆直的路走。

3 操縱，引導，(人)；(加副詞(片語))將…引向。The coach *steered* his team to victory. 那名教練

帶領他的隊伍獲得了勝利/*steer* the conversation away from taboo subjects 使談話內容避開禁忌的話題。

— vi. **1** 掌舵，駕駛；朝向，前進，(for, to)。

2 (加副詞(片語))[交通工具]可操控。His car *steers* like a sports car. 他的車具有跑車水準的操控性能。

stéer cléar of... (口)避開…。

— n. ⓒ(主美、口)建議，忠告。

steer² [stɪr; stɪə(r)] n. ⓒ(沒有生殖能力的)小公牛(供食用)。

steer·age [`stɪrɪdʒ; 'stɪərɪdʒ] n. ⓤ **1** 掌舵。

2 (古)(汽船的)三等船艙。

stéering commìttee n. ⓒ指導委員會。

stéering whèel n. ⓒ (船的)舵輪；(汽車的)方向盤(注意亦可僅作 wheel；→ car 圖)。

steers·man [`stɪrzmən; 'stɪəzmən] n. (pl. -men [-mən; -mən]) ⓒ舵手，掌舵人。

stel·lar [`stɛlɚ; 'stelə(r)] adj. **1** 星的；像星星的；鑲嵌有星狀物的。

2 主角的，明星的；主要的；一流的。

*stem¹ [stɛm; stem] n. (pl. ~s [~z; ~z]) ⓒ **1** (草的)莖，(樹的)幹；花梗，葉柄，果梗。The plant has a tall flowering *stem*. 那株植物有高高的花梗。

2 莖狀物；(高腳杯的)腳；(菸斗的)柄；(工具的)柄；(溫度計的)柱；(手錶的)轉軸。

3 船首(⟷ stern²)。

4 (語言)詞幹(除去詞尾變化的基本形；例如: talks, talking, talked, talker 中的 talk)。

5 血統，家系。

from stèm to stérn 從船頭到船尾，徹底地。

— v. (~s; ~med; ~·ming) vt. 摘去(水果等的)莖梗。

— vi. 起源，發生，(from)。Your failure obviously *stemmed from* lack of planning. 你的失敗顯然導因於計畫不周。

stem² [stɛm; stem] vt. (~s; ~med; ~·ming) 遏止，擋住(水流，血流等)。*stem* the (flow of) blood 止血。

stench [stɛntʃ; stentʃ] n. ⓒ (通常用單數)(文章)惡臭(←smell 圖)。⇨ v. stink.

sten·cil [`stɛnsl; 'stensl] n. (pl. ~s [~z; ~z]) ⓒ 印刷模板，鏤空版型，《在金屬板，紙等上面剪成圖案(文字)，然後塗上油墨印刷》；油印蠟紙；用印刷模板印刷的圖案(文字)。

— vt. (~s; (美) ~ed; (英) ~led; (美) ~·ing; (英) ~·ling) 印刷[謄寫](圖案，文字等)；在(紙等上面)印上圖案[文字]。

[stencil]

ste·nog·ra·pher [stə`nɑɡrəfɚ; stə'nɒɡrəfə(r)] n. ⓒ(美)速記打字員((主英) shorthand typist)。

ste·nog·ra·phy [stəˈnɑɡrəfɪ; stəˈnɒɡrəfɪ] *n.*
U (美)速記(法) ((主英) shorthand).

sten·to·ri·an [stɛnˈtorɪən, -ˈtɔr-; stenˈtɔːrɪən]
adj. 《文章》《聲音》宏亮的, 響亮的. 字源 源自特洛伊戰爭中以聲音宏亮聞名的古希臘軍傳令使 Stentor.

✽step [stɛp; step] *n.* (*pl.* ~s [~s; ~s]) 【步】 1
C 步; 一步, (一步的)步幅; 小距離. The baby could take a few *steps*. 小嬰兒已能走兩三步了/make a false *step* 踏空, 失足/The station is only a *step* away. 離車站只有幾步路而已.

2 C 腳步聲. I heard *steps* outside and went out to look. 我聽到外面有腳步聲就去看了一下.

3 C 足跡. We saw *steps* in the mud. 我們看到了泥裡的腳印.

【步伐】 **4** C 走路的樣子, 步伐. She has a brisk *step*. 她走路步伐輕快/The old man walks with steady *steps*. 那個老人以穩健的步伐走路.

5 UC 步調, (跳舞的)舞步. dance with a waltz *step* 用華爾滋舞步跳舞.

【前進的一步】 **6** C (邁向成功等的)一步, 進步. a giant *step* forward in space science 太空科學上的一大進步/I'll go a *step* further in my analysis. 我將做更進一步的分析.

7 【朝向目的的一步】C (爲了進步等所採用的)手段, 方法, 措施. After giving first aid, the next *step* is to call a doctor. 急救之後, 接下來的步驟就是請醫生來/take a rash *step* 儘早做出處置.

> 搭配 *adj.*+step: a bold ~ (大膽的手段), a decisive ~ (決定性的步驟), a drastic ~ (激烈的手段), an important ~ (重要的步驟), the right ~ (正確的步驟).

【臺階】 **8** C (樓梯, 梯子等的)級, 臺階; (steps) (英)梯凳(stepladder). He put his foot on the *step* of the bus. 他一腳踏上了公車/a pair of *steps* (一把)梯凳.

9 (steps)樓梯(通常指屋外的階梯); 屋內則稱爲 stair). a flight of *steps* (一段)階梯/go up the stone *steps* of a temple 沿著寺院的石階拾級而上.

【等級】 **10** C (軍隊等中的)軍階(等級); 升級. A major is one *step* above a captain. 陸軍少校比上尉高一個軍階/get one's *step* 升級.

11 C (溫度計等指示溫度的)格, 度; 《主美》《音樂》音級(兩個音高之間的音程), 度, (tone).

in step 齊步, 與⋯協調, 《with》.

follow in a person's steps 跟著某人的腳步走; 效法某人的榜樣.

keep step 調整步伐, 與⋯步調一致, 與⋯調和, 《with》.

out of step 步調不一致, 不協調, 《with》. His ideas are *out of step with* the times. 他的想法跟不上時代.

step by step 一步一步地, 踏實地.

take steps 採取手段, 作出處置, 《to do》.

✽watch one's step 注意腳下, 小心行走; 慎重行動. *Watch* your *step*! 當心腳下! 小心行走!

— *vi.* (~s [~s; ~s]; ~ped [~t; ~t]; ~ping)
1 (特指短距離的)行走; (以某種步伐, 步調)行走, 前進. Please *step* this way. 請往這邊走/step along 趕快走/The student *stepped* forward. 那名學生向前跨一步/*step* high 抬腳走; (馬)抬腿快跑.

2 踏, 踩, 《on, upon》. Don't *step on* the flowers. 勿踐踏花朵.

step aside (1)靠邊, 讓開.
(2)偏離方向; 引退; 讓步.

step down (1)走下《from〔交通工具〕》. (2)辭職, 下臺, 《from〔職位等〕》.

✽ *step in* (1)走進〔房屋〕, 過訪.
(2)介入, 干涉. The teacher *stepped in* when the boys started to hit each other. 這幾個男孩開始打架的時候, 老師介入(阻止).

step into... (1)進入⋯. (2)介入⋯, (3)得到⋯. *step into* a great fortune 得到一筆龐大的財產.

step on it = *step on the gas* 《口》趕快, 加速; 踩(汽車的)油門.

step out (1)暫時出去[離席]一下. My husband has *stepped out* for a minute, but do come in and wait. 我丈夫剛出去一會兒, 請進來等候.
(2)快速地大步走.
(3)《口》(因聚會, 約會等而)外出赴約.

step up¹ (1)爬上〔階梯〕; 升級.
(2)走近, 靠近, 《to》.

step/.../up² 《口》(1)增加〔量, 速度等〕.
(2)促進, 更致力於, 〔目標等〕.

step- 《構成複合字》表示「(無血緣的)親屬關係的」意思.

step·broth·er [ˈstɛpˌbrʌðɚ; ˈstepˌbrʌðə(r)]
n. 繼兄弟(繼父與其前妻或繼母與其前夫所生養的兒子).

step·child [ˈstɛpˌtʃaɪld; ˈstepˌtʃaɪld] *n.* (*pl.*
-chil·dren [-ˌtʃɪldrən, -drm, -dən; -ˌtʃɪldrən]) C 繼子女(妻與前夫或丈夫與前妻所生養的孩子).

step·daugh·ter [ˈstɛpˌdɔtɚ; ˈstepˌdɔːtə(r)]
n. C 繼女(→ stepchild).

step·fa·ther [ˈstɛpˌfɑðɚ; ˈstepˌfɑːðə(r)] *n.* C
繼父.

Ste·phen [ˈstivən; ˈstiːvn] *n.* 男子名.

Ste·phen·son [ˈstivənsn̩; ˈstiːvnsn] *n.*
George ~ 史蒂芬生(1781-1848)《英國技師; 蒸氣火車頭的發明者》.

step·lad·der [ˈstɛpˌlædɚ; ˈstepˌlædə(r)] *n.* C
梯凳.

✽**step·moth·er** [ˈstɛpˌmʌðɚ; ˈstepˌmʌðə(r)] *n.*
(*pl.* ~s [~z; ~z]) C 繼母.

step·par·ent [ˈstɛpˌpɛrənt, -ˌpær-, -ˌper-;
ˈstepˌpeərənt] *n.* C 繼父母.

steppe [stɛp; step] *n.* C (通常 steppes)大草原
《西伯利亞等地無樹木的大草原》.

step·ping-stone [ˈstɛpɪŋˌston;
ˈstepɪŋstəʊn] *n.* C **1** 踏腳石.

2 墊腳石, 手段. ((to)).

step·sis·ter [ˋstɛpˌsɪstɚ; ˈstepˌsɪstə(r)] *n.* C 繼姊妹(繼父與其前妻或繼母與其前夫所生養的姊妹).

step·son [ˋstɛpˌsʌn; ˈstepsʌn] *n.* C 繼子((= stepchild)).

-ster *suf.* 構成「做…的人, …人」之意的名詞(通常含有輕蔑的意思). youngster. gangster. mobster.

*****ster·e·o** [ˋstɛrɪo, ˋstɪrɪo; ˈsterɪəʊ] *n.* (*pl.* ~s [~z; ~z]) U 立體音響; C 立體音響(播放設備). Put a record on the *stereo*. 請在立體音響上放唱片.
— *adj.* 〔唱片等〕立體音效的, 立體音響的. a *stereo* effect 立體音響效果/*stereo* broadcasting 立體音響廣播.

ster·e·o·phon·ic [ˌstɛrɪəˋfɑnɪk, ˌstɪr-; ˌsterɪəʊˋfɒnɪk] *adj.* (《文章》= stereo.

ster·e·o·scope [ˋstɛrɪəˌskop, ˋstɪrɪə-; ˈsterɪəskəʊp] *n.* C 立體(實體)鏡(依據用不同的視角同時看兩張照片的原理, 製作出立體感的光學設備).

ster·e·o·scop·ic [ˌstɛrɪəˋskɑpɪk, ˌstɪrɪə-; ˌsterɪəˋskɒpɪk] *adj.* 立體(實體)鏡的; 立體的.

ster·e·o·type [ˋstɛrɪəˌtaɪp, ˋstɪrɪə-; ˈstɪərɪətaɪp] *n.* UC (印刷)鉛版; 鉛版印刷. 参考 把熔化的鉛注入紙版而製成的版版, 能使字固定不動; 由此生成 2 的意思.
2 C 定型, 固定觀念; 陳規; 陳腔濫調.
— *vt.* **1** 澆製…的鉛版; 以鉛版印刷.
2 使定型, 使刻板化, 使僵化.

ster·e·o·typed [ˋstɛrɪəˌtaɪpt, ˋstɪrɪə-; ˈstɪərɪətaɪpt] *adj.* **1** 用鉛版印刷的. **2** 刻板的, 陳腐的. a *stereotyped* excuse 陳腔濫調的託辭.

*****ster·ile** [ˋstɛrəl, -ɪl; ˈsteraɪl] *adj.* **1** 〔土地等〕不毛的, 貧瘠的; 〔動物〕不能生育的, 不孕的; 〔植物〕不結果實的((↔ fertile). Unfortunately my wife is *sterile*. 不幸地我的妻子不能生育.
2 無菌的, 殺過菌的. Milk is rendered *sterile* by heating. 牛奶可用加熱來殺菌.
3 〔議論, 文章等〕內容貧乏的; 〔想像力等〕貧乏的, 枯燥無味的; 〔文體等〕沒變化的, 含蓄乏味的. have a *sterile* hope 懷著不切實際的願望.

ster·il·i·ty [stəˋrɪlətɪ, stɛ-; stəˈrɪlətɪ] *n.* U 貧瘠; 不能生育; (內容)貧乏; 無效果, 無益.

ster·i·li·za·tion [ˌstɛrələˋzeʃən, -aɪˋz-; ˌsteraɪlaɪˋzeɪʃn] *n.* U 貧瘠化; 不能生育, 不孕法; 殺菌, 消毒.

ster·i·lize [ˋstɛrəˌlaɪz; ˈsteraɪlaɪz] *vt.* **1** 使〔土地〕貧瘠; 使不孕, 使不能生育. **2** 將…殺菌, 使消毒.

ster·ling [ˋstɝlɪŋ; ˈstɜːlɪŋ] *n.* U **1** 英國貨幣.
2 (英國金幣, 銀幣的)法定純度(金幣是 92%, 銀幣為 50%). **3** (法定)純銀((= sterling silver))(純度 92.5%以上); (集合)純銀製品.
— *adj.* **1** 英國貨幣的, 英鎊的. 語法 附註於金額之後, 通常略作 stg.: £500 *stg.* = five hundred

pounds *sterling* (500 英鎊). **2** 《限定》〔銀〕含有法定純度的; 〔貨幣, 製品〕(法定)純銀的. **3** 《限定》實在的, 可信賴的. a *sterling* reputation 真正的名聲.

*****stern**[1] [stɝn; stɜːn] *adj.* (~·er; ~·est) **1** 〔人等〕嚴格的; 〔命令, 處分等〕嚴厲的, 苛刻的. The father was too *stern* with his children. 那位父親對小孩太過嚴格了/a *stern* punishment 嚴厲的懲罰/the *stern* realities 嚴酷的現實.
同 stern 表示情不容赦的嚴厲. a *stern* judge 嚴峻而且難以接近的法官; → severe.
2 堅決的, 頑固的.
3 〔表情等〕令人害怕的, 難以接近的. He gave me a *stern* look. 他以嚴峻的眼神看著我.

stern[2] [stɝn; stɜːn] *n.* C **1** 船尾((↔ bow, stem[1]; → ship 圖).
2 (泛指)後部; (口)(諺)(獵犬等的)尾巴; 臀部.

stern·ly [ˋstɝnlɪ; ˈstɜːnlɪ] *adv.* 嚴厲地, 嚴格地.

stern·ness [ˋstɝnnɪs; ˈstɜːnnɪs] *n.* U 嚴厲, 嚴格.

steth·o·scope [ˋstɛθəˌskop; ˈsteθəskəʊp] *n.* C 聽診器.

stet·son [ˋstɛtsn; ˈstetsn] *n.* C 寬邊帽(牛仔所戴; 源自製作者 John Stetson 之名).

Steve [stiv; stiːv] *n.* 男子名(Stephen, Steven 的暱稱).

ste·ve·dore [ˋstivəˌdor, -ˌdɔr; ˈstiːvədɔː(r)] *n.* C (裝卸船貨的)碼頭工人, 裝卸工人.

Ste·ven·son [ˋstivənsn̩; ˈstiːvnsn] *n.* **Robert Louis ~** 史蒂文生(1850–94)(生於蘇格蘭的英國小說家, 詩人; 略稱 R.L.S.).

*****stew** [stju, stɪu, stʒu; stjuː] *v.* (~s [~z; ~z]; ~ed [~d; ~d]; ~·ing) *vt.* 以慢火煮, 燉, (→ cook 表).
— *vi.* **1** 燉煮. Let the meat *stew* for two hours. 讓肉燉兩個小時.
2 (口)擔心, 焦慮不安.
***stéw in** one's **òwn júice** (口)自作自受.
— *n.* (*pl.* ~s [~z; ~z]) **1** UC 燉煮物(烹飪). beef *stew* 燉牛肉.
2 (口)焦慮. in a *stew* 擔心著, 焦慮著.

*****stew·ard** [ˋstjuwɚd, ˋstɪu-, ˋstu-; ˈstjʊəd] *n.* (*pl.* ~s [~z; ~z]) C **1** 管家, 執事; 管理人.
2 (俱樂部, 醫院, 校舍等的)伙食管理員, 總務人員.
3 (飛機, 輪船等的)服務員(女性為 stewardess).
4 (集會, 文康活動等的)庶務人員, 幹事.

*****stew·ard·ess** [ˋstjuwɚdɪs, ˋstɪu-, ˋstu-; ˈstjʊədɪs] *n.* (*pl.* ~·es [~ɪz; ~ɪz]) C (飛機, 輪船等的)女服務員(男性為 steward; → flight attendant).

stew·ard·ship [ˋstjuwɚdˌʃɪp, ˋstɪu-, ˋstu-; ˈstjʊədʃɪp] *n.* U 執事的地位[職務].

stewed [stjud, stɪud, stud; stjuːd] *adj.* **1** 燉爛的; 燉煮過的. *stewed* fruit 燉糊了的水果(通常作點心用).
2 (英)〔紅茶等〕(在壺裡煮得太久而)過濃的.
3 (敘述)(口)酒醉的.

stew·pan [ˋstjuˌpæn, ˋstɪu-, ˋstu-; ˈstjuːpæn] *n.* C 燉鍋.

stg. 《略》sterling.

*stick¹ [stɪk; stik] n. (pl. ~s [~s; ~s]) **1** C 棒, 棍; (從樹上截取[折取]的)小樹枝; 枯枝; 柴. collect *sticks* to start a fire 收集枯枝來生火.

2 C《主英》杖, 手杖, (walking stick).

3 C (用小樹枝製成的)鞭子.

4 U《英、口》嚴厲處罰; 懲罰, 嚴格批評. give a person *stick* 懲罰人/get [take] *stick* from a person 受到某人嚴厲的責罵.

5 C (賽跑用的)接力棒, (曲棍球的)球棒; (音樂的)指揮棒, (鼓的)槌; (飛機的)操縱桿, (汽車的)排檔桿.

6 C 棒狀物. a *stick* of dynamite [chocolate] 一根炸藥[一條巧克力]/a *stick* of celery 一根芹菜.

7 C《口》笨蛋, 木頭人; 傢伙. a dull [dry] old *stick* 愚蠢的傢伙.

8 (the sticks)《口》遠離都市的區域; (森林地區的)深處, 偏遠地區. out in the *sticks* 在偏遠地區, 在郊外.

gèt (hòld of) the wròng énd of the stick 誤解, 誤判情勢.

*stick² [stɪk; stik] v. (~s [~s; ~s]; stuck; ~ing) vt. 〖刺〗 **1** 刺, 戳, 《with》; 扎 刺《into, in》, 刺穿《through》; 用魚叉刺《魚》; 《口》刺殺〖宰殺〗《豬等》. *stick* butterflies 用大頭針固定住的蝴蝶《標本》/*stick* one's thumb *with* a needle＝*stick* a needle *into* one's thumb 針扎到大拇指(在縫紉等時)/*stick* a person (to death) 以刀刃刺(殺)人.

2 插進, 塞進, 《in, into》; 伸出《out of》; 《口》放置(put). *stick* a rose *into* one's buttonhole 把玫瑰花插入鈕扣孔裡/Don't *stick* your head *out of* the window. 別把頭伸出窗外/Let's *stick* the vase on the shelf for the time being. 我們暫時把這花瓶放在架子上吧/They *stuck* me in a dingy room. 他們把我安置在一間極骯髒的房間裡.

3 【插牢】(用針等)固定住, 固定, 《on》. *stick* a medal *on* one's coat 把徽章(用別針等固定)別在外套上.

〖黏上〗 **4** (用漿糊等)張貼《on》; 黏上《with》. *stick* a stamp *on* an envelope 將信封貼上一張郵票/Stick no bills! 禁止張貼!(告示).

5 《美、口》強索《with〔討厭的事等〕》; 強要《for〔錢〕》. *stick* a person *with* a bill 硬要人付賬.

6 《黏住》《主英、口》忍受(通常用於否定句、疑問句).

〖無法行動〗 **7** 使不能動, 使〔車, 人〕進退不得; 使〔工作等〕停頓;《通常用被動語態》. Our car was *stuck* in traffic. 我們的車因交通堵塞而動彈不得.

— vi. 〖扎〗 **1** 扎進. An arrow *stuck* in the King's eye. 一支箭刺進了國王的眼睛.

〖黏著〗 **2** 黏住; 緊束不離, 黏住〔固定〕. Two color prints have *stuck* together. 兩張彩色照片黏在一起了/The memory of the accident still *sticks* in my mind. 那起事故的記憶仍然在我的腦海中盤旋不去.

——— stick-in-the-mud 1529

——— **stick-in-the-mud** 1529

3 動彈不得, 進退不得; 堵塞. The door has *stuck* fast. 這道門卡得死死的/The wheels *stuck* in the mud. 車輪陷在泥裡動彈不得.

⇨ adj. sticky.

stick aróund 《口》逗留, 在附近等待.

stick at... (1)拼命做…, 努力於…. *Stick at it*, and you're sure to succeed. 拼命做下去, 這樣你一定會成功的. (2)(通常用於否定句)對…遲疑, 對…猶豫不決. He will *stick at* nothing for money. 他為了錢甚麼事情都做得出來.

stick by... 對…忠誠〔忠實〕, 不抛棄〔朋友〕, 堅持〔主義等〕. She *stuck by* her husband through thick and thin. 她與丈夫有福同享有難同當.

stick/.../dówn (1)黏貼…. (2)《口》把…寫下來; 把…放下, 卸下.

stick in one's thróat → throat 的片語.

stick it óut 《口》拼到底.

stick one's néck óut → neck 的片語.

* *stick óut*¹ 伸出》《口》顯眼.

*stick/.../óut*² 伸出…. *stick out* one's tongue 伸出舌頭.

stick óut for... 堅持要求….

* *stick to...* (1)黏上…. (2)不鬆懈地繼續〔工作, 努力等〕; 不離〔議題等〕; 對…始終如一. He never *sticks to* anything very long. 他對任何事都無法持久〔不耐煩〕. (3)＝stick by….

stick to one's gúns → gun 的片語.

*stick togéther*¹ 〔物等〕黏合在一起(→ vi. 2); 《口》保持團結, 維持友好.

*stick/.../togéther*² 黏合…. *stick* broken pieces *together* with glue 用接著劑黏合碎片.

stick tó it 忍耐.

*stick úp*¹ 挺出, 直立.

*stick/.../úp*² (1)張貼〔傳單等〕; 舉起…, 豎立…, (put up). *Stick 'em up!* 手舉起來!(搶劫時所說的). (2)(俚)使舉起手來(為了搶劫而亮出凶器), 持槍搶劫〔商店等〕. *stick up* a bank 搶劫銀行.

stick úp for... 《口》為〔人〕辯護, 庇護…, 支持….

stick with... 《口》徹底忠於…, 永不放棄地支持….

stick wíth it 堅持下去, 加油.

stick·er [ˈstɪkɚ; ˈstikə(r)] n. C **1** 標籤(背面附有黏膠的紙片). **2** (泛指)張貼(廣告或標籤等)的人[物]; 堅忍不拔的人, 執著的人.

stick·i·er [ˈstɪkɪɚ; ˈstikiə(r)] adj. sticky 的比較級.

stick·i·est [ˈstɪkɪɪst; ˈstikiist] adj. sticky 的最高級.

stick·i·ly [ˈstɪkɪlɪ; ˈstikili] adv. 黏黏地, 糾纏地.

stick·i·ness [ˈstɪkɪnɪs; ˈstikinis] n. U 黏糊〔逕黏〕.

stícking plàster n. UC 絆創膏(adhesive tape).

stick-in-the-mud [ˈstɪkɪnðə͵mʌd

'stɪkɪnˈðəmʌd] *n.* C《口》古板的人.

stick·ler [ˈstɪklɚ; ˈstɪklə(r)] *n.* C **1** 拘泥於小事的人, 愛挑剔的人.

2《口》難題, 棘手的事物.

stick-on [ˈstɪkˌɑn; ˈstɪkɒn] *adj.*《限定》(反面) 附有黏膠的; 可輕易黏貼的.

stick·pin [ˈstɪkˌpɪn; ˈstɪkpɪn] *n.* C《美》領帶夾 (類似安全別針, 用來固定領帶).

stick-up [ˈstɪkˌʌp; ˈstɪkʌp] *n.* UC《口》持槍搶劫(行為; → stick/.../up² 2).

***stick·y** [ˈstɪkɪ; ˈstɪkɪ] *adj.* (**stick·i·er; stick·i·est**) **1** 黏糊〔溼黏〕的; 具黏著性的; 黏住的. The paint is still *sticky*. 那油漆還黏糊糊的.

2〔氣候等〕潮溼的; 悶熱的. Taiwan is hot and *sticky* in summer. 臺灣在夏天很悶熱潮溼.

3《口》〔問題, 狀況等〕麻煩的, 棘手的. the *stickiest* problem 最棘手的問題.

4〔敍述〕《口》發牢騷的, 不情願的,《about 對…》. ⇨ *v.* stick².

mèet [còme to] a stìcky énd《口》結局很慘〔走上絕路, 走向死亡〕.

***stiff** [stɪf; stɪf] *adj.* (~**er**; ~**est**)〖堅硬的〗 **1** 堅硬的, 硬直的; 〔手, 腳等〕僵硬的, 發硬的; 〔繩索等〕繃緊的, a *stiff* brush 很硬的刷子/I've got a *stiff* neck. 我的脖子僵掉了/The corpse was *stiff*. 這具屍體變得很僵硬.

2 固定的, 凝固的; 黏稠的. a *stiff* paste 變硬了的漿糊/*stiff* dough 凝固的麵糰.

3〔鉸鏈等〕不易轉動的, 不靈活的. The machine's gears were rusted and *stiff*. 這部機器的齒輪生鏽卡住了.

〖拘謹的〗 **4**〔動作, 態度等〕拘謹的, 呆板的; 拘束的. The young man made a *stiff* bow. 那個年輕人拘謹地鞠躬/a *stiff* style of writing 呆板的文風.

5〔風等〕強烈的; 〔競爭等〕激烈的; 〔酒等〕強烈的, 酒精濃度高的. There was a *stiff* breeze blowing. 有一陣強風吹著/A *stiff* drink will make you feel less nervous. 喝杯烈酒會使你感覺比較不緊張.

〖強烈的, 嚴厲的〗 **6** 強硬的, 頑固的; 〔抵抗等〕頑強的; 〔問題等〕艱難的; 〔懲罰等〕嚴厲的. a *stiff* opposition 強烈的反對/That book was *stiff* reading. 那本書艱澀難懂/a *stiff* examination 困難的考試/The judge imposed a *stiff* penalty. 法官判定予以重罰.

7《口》〔價格等〕過高的, 離譜的.

8《口》(副詞性)非常地, 徹底地. scare [bore] a person *stiff* 使人非常害怕[無趣].

kèep a stìff upper líp〔lip 的片語.

— *n.* (*pl.* ~**s**) C〔俚〕屍體. ⇨ *v.* stiffen.

***stiff·en** [ˈstɪfən; ˈstɪfn] *v.* (~**s** [~z; ~z]; ~**ed** [~d; ~d]; ~**ing**) *vt.* 使…堅硬; 使…硬挺[硬化]; 使〔身體〕僵硬《*up*》. *stiffen* cotton sheets with starch 上漿使棉質床單堅挺(上漿)/The doctor's warning *stiffened* my resolve to stop drinking. 醫生的警告堅定了我戒酒的決心.

— *vi.* **1** 變硬; 堅挺; 硬化.

2〔風等〕變強; 〔價格等〕上漲.

3 變得拘謹, 變生硬; 使態度變得強硬. He *stiffened* at her vulgar language. 在她粗鄙的言語(刺激)下, 他的態度自然變為強硬. ⇨ *adj.* stiff.

stiff·en·er [ˈstɪfənɚ; ˈstɪfnə(r)] *n.* C 使堅硬之物; (領子, 封面等的)硬質襯裡.

stiff·ly [ˈstɪflɪ; ˈstɪflɪ] *adv.* 堅硬地; 呆板地, 頑固地.

stiff-necked [ˈstɪfˈnɛkt; ˌstɪfˈnekt] *adj.* 頑固的, 倔強的.

stiff·ness [ˈstɪfnɪs; ˈstɪfnɪs] *n.* U 堅硬; 死板; 笨拙生硬.

***sti·fle** [ˈstaɪf; ˈstaɪfl] *v.* (~**s** [~z; ~z]; ~**d** [~d; ~d]; **-fling**) *vt.* **1** 使窒息, 使悶住[悶住]. The smoke almost *stifled* me. 這些煙幾乎要讓我窒息了. **2** 熄滅〔火等〕; 抑制〔打哈欠等〕; 壓制〔自由等〕; 鎮壓〔叛亂等〕. *stifle* a sob 忍住啜泣/*stifle* complaints 制止抱怨.

— *vi.* 窒息(至死); 呼吸困難.

sti·fling [ˈstaɪflɪŋ, -flɪŋ; ˈstaɪflɪŋ] *adj.* 令人窒息似的; 窒悶的; 不舒暢的. *stifling* heat 悶熱.

stig·ma [ˈstɪɡmə; ˈstɪɡmə] *n.* C **1** 恥辱, 污名, 污點. a *stigma* on the entire family 全家的恥辱. **2**〔植物〕(雌蕊的)柱頭.

stig·ma·tize [ˈstɪɡməˌtaɪz; ˈstɪɡmətaɪz] *vt.* 使…沾上壞名聲《*as*》, 非議《*as* 為…》.

stile [staɪl; staɪl] *n.* C 供人跨越的階梯(隔分田地的棚欄、牆壁; 為使家畜不能通行而設, 人可跨越).

[stile]

sti·let·to [stɪˈlɛto; stɪˈletəʊ] *n.* (*pl.* ~**s**) C **1** (銳利的)短劍. **2** 用於刺繡的穿孔錐.

stilétto hèel *n.* C《主英》細高跟(婦女皮鞋的尖高後跟).

***still¹** [stɪl; stɪl] *adj.* (~**er**; ~**est**)〖靜止的〗 **1** 靜止的, 不動的; (水面等)平靜的, 不起波浪的. (a)《限定》a *still* picture 靜物攝影(與 a motion picture 相對)/a *still* lake 平靜的湖面. (b)〔敍述〕Babies don't keep *still*. 幼兒是一刻也靜不下來的/stand *still* 站著不動/sit *still* 坐著不動. 〖注意〗亦可將此 still 視為副詞. 〖同〗still 除了表靜止之意以外, 更著重於沒有活動和變動. → quiet.

2〔酒等〕不起泡的(↔ sparkling).

[stilettos]

〖寂靜的〗 **3** 寂靜的, 不作聲的, 沈默的. a *still* evening 寂靜的傍晚/The empty house was *still*. 那座空屋靜極了/in *still* meditation 在沈思默想中/*Still* waters run deep. 《諺》靜水流深; 大智若愚; 《沈默的人思慮深遠〔隱藏內心的情感〕》.

4 〔聲音等〕溫柔的, 低聲的, (low, soft), the [a] *still*, small voice 〔聖經〕寂靜細微的聲音〔良心的低語〕/the *still* murmuring of the pines 松樹林輕輕的沙沙作響.

— *adv.* **1** 還, 仍, 至今仍, 至此仍. Though he is so worldly-wise, he is *still* very young. 雖然他很世故, 但他還很年輕/I am *still* in the dark. 我還一無所知/Night fell, but it was *still* hot. 入夜了, 但氣溫還是很高/We *still* had ten minutes. 我們還有十分鐘/I *still* did not understand why he had done so. 我仍舊不知道他為甚麼這麼做.
[語法](1)still 爲某狀況持續進行(沒有終止)的肯定表達法, 其相反意義的表達法爲 no longer. (2)中文的「還沒…」的表達是使用 not…yet, 其對應的肯定性表達則是 already. (3)still 和 already 各自含有對「終止之遲」和「開始之早」感到意外之意味.

2 《常爲連接詞性》儘管如此還, 即使仍, 仍, (→ however 同). Mr. Jones, though rich, is *still* unhappy. 瓊斯先生雖然富有, 卻一點也不快樂/I'm tired, (but) *still* I'll work. 我很累了, (可是)我仍要工作.

3 《加強比較級》更加, 還要. You should study *still* harder. 你應該還要更加努力地學習.

4 《加 another, other》再加上…, 又. The shortstop made *still* another error. 這個游擊手又失誤了.

still less → less 的片語.
still more = much more (much 的片語).

— *vt.* 〔雅〕使安靜, 使鎮靜, 平靜, 使〔哭泣的孩子等〕安靜下來. The good news *stilled* my worries. 這個喜訊平息了我的焦慮.

— *n.* **1** 〔雅〕《加 the》寂靜, 沈默. the *still* of night 夜的寂靜.
2 ⓒ (電影的)靜物(攝影).

still² [stɪl; stɪl] *n.* ⓒ (酒精類的)蒸餾器[室].

still·birth [ˈstɪlˌbɝθ; ˈstɪlbəːθ] *n.* ⓤⓒ 死產; ⓒ 死產兒.

still·born [ˈstɪlˌbɔrn; ˈstɪlbɔːn] *adj.* 〔嬰兒〕出生時死亡的, 死產的.

still life *n.* (*pl.* — lifes) ⓤ 靜物; ⓒ 靜物畫.

***still·ness** [ˈstɪlnɪs; ˈstɪlnɪs] *n.* ⓤ 寂靜; 靜止; 沈默. The explosion shattered the *stillness* of the night. 那爆炸聲打破了夜的寂靜.

stilt [stɪlt; stɪlt] *n.* ⓒ (通常 stilts)高蹺(木製或金屬製等的高蹺). a pair of *stilts* 一對高蹺/walk on *stilts* 踩高蹺.

stilt·ed [ˈstɪltɪd; ˈstɪltɪd] *adj.* 〔文體, 說話方式等〕拘謹的, 拘泥於形式的; 誇張的.

stim·u·lant [ˈstɪmjələnt; ˈstɪmjʊlənt] *adj.*
1 興奮的, 刺激性的. **2** 激勵的, 鼓舞的.
— *n.* ⓒ **1** 興奮劑; 刺激性的飲料(酒類, 咖啡, 茶等). **2** 刺激, 誘因.

***stim·u·late** [ˈstɪmjəˌlet; ˈstɪmjʊleɪt] *v.* (~s [~s; ~s]; **-lat·ed** [~ɪd; ~ɪd]; **-lat·ing**) *vt.* **1** 刺激〔感官等〕; 使興奮. Physical exercise *stimulates* the circulation. 運動促進血液循環.

2 使…打起精神, 激勵, 鼓舞〔感情等〕; 勉勵, 刺激…, 《to, into》. [句型5] (stimulate **A** to do) 激勵[刺激]A 使…, *stimulate* a person's curiosity 激發人的好奇心/I could not *stimulate* him *into* a display of courage [to work harder]. 我無法激勵他使他發揮勇氣[更加努力工作].

┌─────────────────────────────────┐
│ [搭配] stimulate + *n.*: ~ a person's ambition │
│ (激發某人的野心), ~ a person's imagination │
│ (激發某人的想像力), ~ a person's interest (激 │
│ 發某人的興趣). │
└─────────────────────────────────┘

— *vi.* 起刺激[激勵]的作用.
⇨ *n.* **stimulus, stimulation.** *adj.* **stimulant.**
[字源] STI「刺」: *sti*mulate, *sti*mulus (刺激), *sting* (刺), in*sti*gate (煽動), *sti*gma (恥辱).

stim·u·lat·ing [ˈstɪmjəˌletɪŋ; ˈstɪmjʊleɪtɪŋ] *adj.* 有刺激性的, 刺激的; 引起興趣的.

stim·u·la·tion [ˌstɪmjəˈleʃən; ˌstɪmjʊˈleɪʃn] *n.* ⓤ (受)刺激; 激勵, 鼓舞.

stim·u·li [ˈstɪmjəˌlaɪ; ˈstɪmjʊlaɪ] *n.* stimulus 的複數.

***stim·u·lus** [ˈstɪmjələs; ˈstɪmjʊləs] *n.* (*pl.* **-li**) ⓒ 刺激物, 興奮劑; ⓤⓒ 刺激, 激勵, 《to》(↔ response). Bonus pay is a *stimulus to* higher production. 獎金可以促進生產量的提高/That scholarship system will provide a good *stimulus to* young scholars. 那項獎學金制度將給予年輕學者一個好的激勵. ⇨ *v.* **stimulate.**

***sting** [stɪŋ; stɪŋ] *v.* (~s [~z; ~z]; **stung**; ~·ing) *vt.* **1** 刺〔用針, 刺等〕. Bees *stung* him. 蜜蜂螫了他.

2 使…刺痛, 使抽痛[火辣地痛]; 使〔舌頭等〕有火辣的感覺, 刺痛…. The seawater *stings* my cut. 海水刺痛了我的傷口.

3 使〔良心等〕苦惱, 使受責難; 傷害…的感情. The murderer was *stung* with remorse. 那個謀殺犯悔恨不已/His criticism *stung* Mary sharply. 他的批評深深地傷害了瑪莉.

4 刺激〔驅使〕…《to, into》. Her words *stung* him *into* action. 她的話刺激他採取行動.

5 《俚》欺騙…; 從…敲詐, 攫取, 《for 〔金額〕》. They *stung* me *for* £80. 他們騙了我 80 英鎊.

— *vi.* **1** 〔蜜蜂, 蕁麻等〕刺. Some insects *sting*. 有些昆蟲會螫人.

2 刺痛, 抽痛, 火辣地痛; 〔藥品等〕在…產生刺痛感. My cut *stings*. 我的傷口一陣一陣地痛.

3 〔言語等〕帶給人痛苦, 刺痛人心.

— *n.* (*pl.* ~s [~z; ~z]) ⓒ **1** (蜜蜂等的)針; 毒刺; (植物的)刺. A bee dies when it loses its *sting*. 蜜蜂一旦失去牠的螫刺, 就會死去.

2 刺, 被刺; 刺傷; 被刺的痛楚. I got a nasty *sting* from a wasp. 我被黃蜂狠狠地螫了一下.

3 被刺般的痛楚，劇痛；(心的)痛楚，苦惱. I felt a sharp *sting* in my hand. 我感到手上一陣尖銳的痛楚.

4 (包含在話語等之中的)「刺」，刻薄；刺激. make a jest with a *sting* 說帶刺的笑話.

5 (美,俚)警方設下誘餌進行犯罪偵察.

a stíng in the táil 話中帶刺；讓人不舒服[大吃一驚]的結局.

sting·er [ˋstɪŋɚ; ˈstɪŋə(r)] *n.* ⓒ **1** 有刺的動物[植物]；刺. **2** (口)痛打.

stin·gi·ly [ˋstɪndʒɪlɪ; ˈstɪndʒɪlɪ] *adv.* 吝嗇地.

stin·gi·ness [ˋstɪndʒɪnɪs; ˈstɪndʒɪnɪs] *n.* ⓤ 吝嗇.

stin·gy [ˋstɪndʒɪ; ˈstɪndʒɪ] *adj.* (口) **1** 吝嗇的，小氣的. He is *stingy* with his money. 他對錢很吝嗇. **2** (收入, 飯菜等)缺乏的，極少的.

stink [stɪŋk; stɪŋk] *v.* (~s; **stank, stunk; stunk**; ~ing) *vi.* **1** 發出惡臭，有…的臭味(*of*). *stink* of wine 酒臭/*stink* of corruption 腐敗的跡象.

2 (俚)聲名狼籍；臭名遠播. Oh, Diane, marriage *stinks*. 哦, 黛安, 婚姻眞是要不得.

— *vt.* (口)將〔場所〕弄得充滿惡臭；用臭氣趕出[燻出](*out*).

— *n.* ⓒ **1** 惡臭，臭氣. **2** (口)爭執.

ráise [*kíck up, máke*] *a stínk* (口)(提出不滿)引起騷動.

stink·er [ˋstɪŋkɚ; ˈstɪŋkə(r)] *n.* ⓒ **1** 散發臭氣的人[動物]. **2** (俚)討厭的人[物]；困難的事.

stink·ing [ˋstɪŋkɪŋ; ˈstɪŋkɪŋ] *adj.* (限定)

1 散發臭氣的.

2 (俚)討厭的，過分的. I'll bid farewell to this *stinking* school. 我將要向這個可憎的學校告別.

— *adv.* (俚)令人受不了地，非常地.

stint [stɪnt; stɪnt] *vt.* 縮減〔費用, 伙食等〕；對…吝惜，限制，(*of*). *stint* oneself *of* food 縮減食物.

— *vi.* 吝嗇(*on*).

— *n.* **1** ⓤ吝惜，節制. help without *stint* 毫不吝惜地[無限制地]援助.

2 ⓒ分配的工作；約定的工期年限.

sti·pend [ˋstaɪpɛnd; ˈstaɪpend] *n.* ⓒ (牧師, 教授, 法官等的)薪俸.

sti·pen·di·ar·y [staɪˋpɛndɪˌɛrɪ; staɪˈpendjərɪ] *adj.* 薪俸的；(人)領取薪水的，(職業)有薪俸的.

stip·ple [ˋstɪpl; ˈstɪpl] *vt.* 點刻…，點畫….

— *n.* 點刻[點畫](法)；點畫畫.

stip·u·late [ˋstɪpjəˌlet; ˈstɪpjʊleɪt] *vt.* (文章)(作爲協議條件而)要求，規定，[句型3](stipulate *that* 子句)規定…，明定…. The contract *stipulates* that all payments (should) be made in dollars. 契約中明定須以美金付款.

stip·u·la·tion [ˌstɪpjəˋleʃən; ˌstɪpjʊˈleɪʃn] *n.* 《文章》ⓤ契約[規定, 載明]；ⓒ契約條款，條件.

stir [stɝ; stɜː(r)] *v.* (~s [~z; ~z]; ~red [~d; ~d]; **stir·ring** [ˋstɝɪŋ; ˈstɜːrɪŋ]) *vt.*

〖搖動〗 **1** (微微)移動…，使搖動. The wind gently *stirred* the leaves. 風微微地吹動樹葉/The boy didn't *stir* an eyelid. 那個男孩眼皮眨都沒眨[毫不在乎].

2 【攪拌】攪拌〔液體等〕；將…加入攪拌. *stir* the soup 攪拌湯/She *stirred* the milk into her coffee. 她把牛奶加進咖啡裡然後攪動/He *stirred* the fire with a poker. 他用撥火棒撥動火堆/*Stir* in vinegar and olive oil. 拌進醋和橄欖油(in是副詞).

〖激起〗 **3** 使〔人〕奮起，煽動…，(*up*)；(激動)驅使…(*to*)；引起(騷動等)(*up*). His speech *stirred* the crowd *to* a rebellion. 他的演說煽動群眾叛亂.

4 激發起(感情等)(*up*)；使…的心撼動，使受感動. His story *stirred up* my curiosity. 他的話激起了我的好奇心.

— *vi.* **1** (輕微地)動，移動身體；活動，走動. Not a blade of grass *stirred*. 一片草葉也沒動/If you *stir*, I'll shoot. 你一動我就開槍.

2 (感情等)湧現，被喚起. No tender emotion ever *stirred* in his icy breast. 他的鐵石心腸從不曾湧現過絲毫溫情.

— *n.* **1** ⓒ(通常用單數)(輕微的)動；(風)微微吹動.

2 ⓒ攪拌. give the fire a *stir* 撥動火堆.

3 *a* ⓤ混亂，騷動；興奮. The news caused a great *stir*. 那項新聞引發了相當大的騷動.

stir·rer [ˋstɝɚ; ˈstɜːrə(r)] *n.* ⓒ **1** 攪拌者[物]. **2** (口)引起問題的人；煽動者.

stir·ring [ˋstɝɪŋ; ˈstɜːrɪŋ] *adj.* **1** 打動人心的，使鼓舞(感動)的.

2 活潑的，忙碌的，活躍的；(大街等)熱鬧的.

stir·ring·ly [ˋstɝɪŋlɪ; ˈstɜːrɪŋlɪ] *adv.* 感動地；忙碌地，活躍地.

stir·rup [ˋstɝəp; ˈstɜːrəp, ˈstɜːrəp; ˈstɪrəp] *n.* ⓒ (騎馬用的)馬鐙(→ harness圖).

*∗**stitch** [stɪtʃ; stɪtʃ] *n.* (*pl.* ~es [~ɪz; ~ɪz]) **1** ⓒ 一針，(縫)一針，(織)一針. drop a *stitch* 漏了一針/The cut needed seven *stitches*. 這個傷口需要(縫)七針/A *stitch* in time saves nine. (諺)及時行事，事半功倍(<及時一針，省掉九針).

2 ⓤⓒ 縫法，編織法，針法.

3 (通常用單數)(口)(一丁點)碎布頭；些許，一點兒；(主要用於否定句, 疑問句). The orphan hadn't a *stitch* on. 那個孤兒一絲不掛/You don't do a useful *stitch* of work. 你都不做有用的事情.

4 *a* ⓤ (奔跑時等發生的)側腹痛.

in stítches 捧腹大笑，笑個不停.

— *vt.* 縫…(sew). — *vi.* 縫.

St. Lawrence [sentˋlɔrəns; ˌseɪntˈlɔːrəns] *n.* **1** (加 the)聖羅倫斯河(發源於安大略湖(Ontario), 流經加拿大與美國國境，由加拿大東南部注入大西洋).

2 (用 the Gulf of St. Lawrence) 聖羅倫斯灣(加拿大東南部 Newfoundland 與東海岸之間的港灣).

St. Louis [ˌsentˋluɪs, -ˋlu; ˌseɪntˈluːɪs] *n.* 聖路易(美國 Missouri 東部的城市).

St. Lucia [sent`luʃə; seint`luːʃə] *n.* 聖露西亞《加勒比海東南方的小島；為一獨立國家；首都Castries》.

stoat [stot; stəut] *n.* ⓒ白鼬《尤指夏季時毛皮成褐色者》.

✽stock [stak; stɒk] *n.* (*pl.* ~s [~s; ~s])【幹】1 ⓒ(樹)幹；(修剪後的)枝幹.

2 ⓒ(植物)紫羅蘭《十字花科；莖像樹幹一樣堅硬》.

【成為根基之物】3 ⓒ(接枝的)砧木.

4 aU血統, 家系. a man of French *stock* 有法國血統的男子/come of (a) good *stock* 出身良好.

5 U原料；湯頭, 原汁,《肉, 骨頭等熬出來的高湯》. paper *stock* 製紙原料.

【架】6 ⓒ槍托《槍的木頭部分》；木柄《刨子等的木頭部分》；(鞭子等的)握把, 柄. the *stock* of a rifle 步槍槍托.

7 (the stocks) (古代用於刑罰的)木腳鐐《有時亦附有手銬》. sit in the *stocks* 成為(被套上腳鐐的)犯人.

8 (the stocks) 造船臺.

【地基>儲存】9 ⓒ貯藏, 儲存. Our *stock* of food is low. 我們的糧食儲存量少/They have a large *stock* of information. 他們掌握了豐富的資訊.

[stocks 7]

10 UC (商品的)存貨, 庫存. The store has a large *stock* of toys. 那家商店的玩具種類齊全.

【資金】11 (a) U股票；股票資金；《公司發行股票所獲得的資金總額；個別的單股稱為share》；(stocks)(個人持有的)股票. I have 5,000 shares of that company's *stock*. 我有那家公司五千股的股票. (b) ⓒ(特定公司的)股票. There's not a *stock* on the market today that's safe. 目前上市的股票沒有一家不具風險. (c) U《英》公債.

12 U《文章》(社會上的)評價, 評判. His *stock* is going up. 他受歡迎的程度正在上升中.

13 U (集合)家畜(livestock)《肉食用》.

in stóck 有庫存, 手頭上有存貨. We have many cars of this type *in stock*. 我們有很多這一型車子的庫存.

* *out of stóck* 賣完, 沒有存貨. Sorry, sir. That product's *out of stock* right now. 很抱歉, 那項產品目前缺貨.

stòcks and stónes 無生命之物, 木石；石製或木製的偶像；遲鈍的人.

tàke stóck 清查〔盤點〕存貨.

tàke stóck in... (1)《美》投資於….

(2)《口》重視…, 信賴….

tàke stóck of... 調查, 判斷, 〔情勢等〕；再檢討…；仔細檢查. Let's *take stock of* the present situation before we go any further with the scheme. 在進一步進行這個計畫之前, 我們來研究現況吧!

— *adj.* 《限定》1 現存的, 庫存的；標準[品]的. *stock* articles 庫存品/*stock* sizes in shoes 鞋子的標準尺碼. 2 常見的, 平凡的. a *stock* phrase 陳腔爛調/a *stock* joke 老掉牙的笑話. 3 飼養家畜的. 4 股票的.

— *vt.* 1 貯藏, 蓄積, 《up》.

2 (a)為〔商店〕購進…《with》. He *stocked* his store *with* fashionable clothes. 他為店裡採買時裝/Our library is well *stocked with* books on education. 我們圖書館擁有豐富的教育方面的藏書.

(b) 記存, 留存, 《with》. Her memory is *stocked with* a great deal of information. 她的記憶中存有許多資訊.

3 〔商家〕備置, 購進, 〔商品等〕. The store *stocks* imported wines. 那家店有賣進口酒.

stòck úp 採購[購進]《on, with》. *stock up on* [*with*] food for the winter 為冬季採購食物.

stock·ade [stak`ed; stɒ`keid] *n.* ⓒ 1 (防禦用的)柵欄, 籬笆；用樁圍住的地方.

2 《美》《軍隊》禁閉室.

stock·breed·er [`stak,bridə; `stɒk,briːdə(r)] *n.* ⓒ畜牧業者.

stock·bro·ker [`stak,brokə; `stɒk,brəʊkə(r)] *n.* ⓒ股票〔證券〕經紀人.

stòck còmpany *n.* ⓒ《美》1 股份公司(joint-stock company).

2 定期輪換劇目的劇團《擁有固定的劇場、演員和一定的演出劇目》.

stòck exchànge *n.* ⓒ《加 the》證券交易所.

stock·hold·er [`stak,holdə; `stɒk,həʊldə(r)] *n.* ⓒ《美》股東(shareholder).

Stock·holm [`stak,hom, -,holm; `stɒk,həʊm] *n.* 斯德哥爾摩《瑞典首都》.

stock·i·ly [`stakılı; `stɒkılı] *adv.* 矮壯地.

stock·i·net, -nette [,stakın`εt; ,stɒkı`net] *n.* ⓒ針織品《內衣褲等的材料》.

✽stock·ing [`stakıŋ; `stɒkıŋ] *n.* (*pl.* ~s [~z; ~z]) ⓒ (通常 stockings)長統襪《★短襪為sock》. a pair of *stockings* 一雙襪子/silk *stockings* 絲襪.

in one's *stóckings* [*stócking fèet*] 不穿鞋, 只穿襪. She is six feet *in her stockings*. 她不穿鞋時身高有六英尺.

stock-in-trade [,stakın`tred; ,stɒkın`treid] *n.* U 1 庫存品；(泛指)營業用的工具.

2 慣用手法, 故技.

stock·job·ber [`stak,dʒabə; `stɒk,dʒɒbə(r)] *n.* ⓒ《英》(只與股票經紀人做交易的)證券交易商《1986年10月以後, 此名稱已不作正式使用》.

stòck màrket *n.* ⓒ證券交易所, 股票市場.

stock·pile [`stak,paıl; `stɒkpaıl] *n.* ⓒ (物資材料等為防不時之需而做的)貯積；貯藏原料[武器]. — *vt.* 貯備.

stock·room [`stak,rum; `stɒkruːm, -,rʊm] *n.*

S

ⓒ貯藏室.

stock-still [`stɑk`stɪl; ˏstɒk'stɪl] *adv.* 靜止地, 不動地, 〈stock 是「(剝了皮的)原木」〉.

stock·tak·ing [`stɑkˏtekɪŋ; 'stɒkˏteɪkɪŋ] *n.* Ⓤ 清點庫存, 盤存; 成果調查.

stock·y [`stɑkɪ; 'stɒkɪ] *adj.* 〔體型〕矮壯的, 結實的.

stock·yard [`stɑkˏjɑrd; 'stɒkjɑːd] *n.* Ⓒ (在送至屠宰場、市場前暫讓動物的)牲畜圍欄.

stodg·y [`stɑdʒɪ; 'stɒdʒɪ] *adj.* (口) 1 〔食物〕(味濃)難消化的. 2 〔書, 學科等〕難解乏味的; 〔文體等〕枯燥沈悶的. 3 〔人〕乏味的, 遲鈍的.

sto·ic [`sto·ɪk; 'stəʊɪk] *n.* Ⓒ 1 (Stoic)斯多噶學派的哲學家(→ stoicism 1). 2 禁慾主義者. — *adj.* 1 (Stoic)斯多噶學派的. 2 =stoical 1.

sto·i·cal [`sto·ɪk; 'stəʊɪkl] *adj.* 1 禁慾主義的, 克己心強的; 冷靜的. 2 (Stoical)=stoic 1.

sto·i·cal·ly [`sto·ɪkl̩ɪ, -ɪklɪ; 'stəʊɪkəlɪ] *adv.* 禁慾地; 冷靜地.

sto·i·cism [`sto·ɪˏsɪzəm; 'stəʊɪsɪzəm] *n.* Ⓤ 1 (Stoicism)斯多噶哲學〈希臘哲學家 Zeno (335 -263 B.C.)所倡導的學說; 主張經由禁慾克己獲得的平靜心境最能符合人類的本性〉. 2 禁慾(主義); 冷靜.

stoke [stok; stəʊk] *vt.* 給〔爐子, 機器等〕添加燃料[升火](*up*). *stoke up* the fire (with coal) 給〔爐子等的〕火添加燃料(煤炭). — *vi.* 添燃料.

stok·er [`stokɚ; 'stəʊkə(r)] *n.* Ⓒ 1 (汽船, 火車頭等的)火伕, 司爐. 2 添煤機[裝置].

stoke·hold, -hole [`stokˏhold; 'stəʊkhəʊld], [-ˏhol; -həʊl] *n.* Ⓒ (汽船的)生火室, 鍋爐艙.

STOL [stɑl; stɒl] *n.* Ⓒ (航空)短距離起降飛機〈源自 short *t*akeoff and *l*anding〉.

stole[^1] [stol; stəʊl] *v.* steal 的過去式.

stole[^2] [stol; stəʊl] *n.* Ⓒ 1 (女性用的)長披肩. 2 (基督教)聖帶(牧師舉行儀式時披的長帶; 法衣的一部分).

sto·len [`stolən, stoln; 'stəʊlən] *v.* steal 的過去分詞.

stol·id [`stɑlɪd; 'stɒlɪd] *adj.* 感覺遲鈍的, 麻木的.

sto·lid·i·ty [stɑ'lɪdətɪ; stɒ'lɪdətɪ] *n.* Ⓤ 遲鈍, 麻木.

stol·id·ly [`stɑlɪdlɪ; 'stɒlɪdlɪ] *adv.* 感覺遲鈍地, 麻木地.

stol·id·ness [`stɑlɪdnɪs; 'stɒlɪdnɪs] *n.* Ⓤ 遲鈍, 麻木.

stom·ach [`stʌmək; 'stʌmək] (★注意發音) *n.* (*pl.* ~s [~s; ~s]) 1 Ⓒ胃, 胃部. a sour *stomach* 胸口作嘔/Don't go swimming on a full *stomach*. 不要在吃飽飯後游泳/turn a person's *stomach* 令人反胃/The beef-

[stole[^2] 2]

steak lay heavy on my *stomach*. 我的胃塞滿了牛排, 很難消化.

2 Ⓒ腹, 腹部. the pit of the *stomach* 心窩/I have a pain in the *stomach*. 我腹痛/lie on one's *stomach* 俯臥. 回stomach 比 belly, abdomen 文雅.

3 ⓐⓤ食慾; 慾望; 喜好; 〈*for* 對於…〉(通常用於否定句、疑問句), have no *stomach* for heavy food 對油膩的食物沒有食慾. — *vt.* 忍著吃[喝]下…; 忍受[侮辱等]; (通常用於否定句、疑問句). He could not *stomach* the arrogance of his superiors. 他無法忍受上司的傲慢.

*****stom·ach·ache** [`stʌmək,ek; 'stʌməkeɪk] *n.* (*pl.* ~s [~s; ~s]) ⓊⒸ腹痛; 胃痛. I have (a) bad *stomachache*. 我的腹部[胃]痛得很厲害.

stomp [stamp, stɔmp; stɒmp] *v.* (口) *vt.* 使勁地[沈重地]踩; 用力地踩[腳]. ★ stamp 的異體. — *vi.* 用力地踩[走](*about*).

*****stone**[^1] [ston; stəʊn] *n.* (*pl.* ~s [~z; ~z]) 【石】 1 Ⓤ石, 石材; (形容詞性)石頭的, 石造的. a house built of *stone*=a *stone* house 石造的房子. 2 Ⓒ小石, 礫石. a heap of *stones* 一堆小石子/The mob threw *stones* at the police. 暴民向警察丟擲石塊. 回stone 指 rock(岩石)的小塊; (美)有時 rock 亦表 stone (小石)之義; pebble, gravel 是比 stone 體積更小的石頭, ballast 則爲碎石. 3 Ⓒ寶石(precious stone). a ring set with five *stones* 鑲有五顆寶石的戒指. 【像石頭般之物】 4 Ⓒ雹, 冰雹, (hailstone). 5 Ⓒ(植物)(桃子等的)種子, 果核, (→ core 參考). peach *stones* 桃核. 6 Ⓒ(醫學)結石. a kidney *stone* 腎結石. ⇨ *adj.* **stony**.

kìll twò bírds with òne stóne → bird 的片語.

lèave nò stóne untúrned (*to* do) 用盡一切手段(要…)(《將所有石頭都翻遍般地徹底搜查).

withìn a stòne's thrów 近擲石處, 在投石能及的距離內. — *vt.* 1 朝…扔擲石頭; 投石驅逐[殺害]…(特指作爲懲罰). The murderer was *stoned* to death. 殺人犯被人用石頭擊斃. 2 鋪石於…; 堆石於…. 3 去除(水果)的果核.

Stòne the cròws! = Stòne mé! (英、口)哎呀! 喔唷! (舊式的說法).

stone[^2] [ston; stəʊn] *n.* (*pl.* ~, ~s) Ⓒ(英)英石(重量單位, 相當於 14 磅(約 6.35 公斤); 特用於表示人的體重).

Stòne Àge *n.* (加 the)(考古學)石器時代(→ Bronze Age, Iron Age).

stone-blind [ˏston'blaɪnd; ˏstəʊn'blaɪnd] *adj.* 全盲的.

stone-cold [ˏston`kold; ˏstəʊn'kəʊld] *adj.* 非常冷的, 冷透了的.

stone-cut·ter [`stonˏkʌtɚ; 'stəʊnˏkʌtə(r)] *n.*

S

Ⓒ石匠; 切石機.

stoned [stond; stəund] *adj.* 《敘述》《俚》爛醉的;
(因麻醉藥而)興奮的.

stone-dead [,ston`dɛd; ,stəun`ded] *adj.* 完全
斷氣的.

stone-deaf [`ston`dɛf; ,stəun`def] *adj.* 全聾的.

stóne frùit *n.* Ⓒ《植物》核果(桃子, 櫻桃等
內有硬核的水果》.

Stone·henge [`stonhɛndʒ, ·`hɛndʒ;
,stəun`hendʒ] *n.* 石柱群(位於英國 Wiltshire 的
Salisbury 平原的巨大石柱群; 被視爲石器時代後期
的遺物).

[Stonehenge]

stone·less [`stonlɪs; `stəunlɪs] *adj.* 〔水果〕無核
的; 去核的.

stone·ma·son [`ston,mesn̩, ·`mesn̩;
`stəun,meɪsn̩] *n.* Ⓒ石匠, 切石匠.

stóne pìt *n.* Ⓒ採石場, 切石場.

stòne wàll *n.* Ⓒ石壁, 石牆,《田地的界線,
房屋的外壁等).

stone·ware [`ston,wɛr, ·`wær;
`stəunweə(r)] *n.* Ⓤ粗
陶器(將黏土與細礦石粉
經高溫處理後製成的
硬質陶器; → ceramics
參考).

[stone walls]

stone·work [`ston,wɝk; `stəunwɜːk] *n.* Ⓤ石雕工藝; 石製品,
(建築物的)石造部分.

ston·i·er [`stonɪə; `stəunɪə(r)] *adj.* stony 的比
較級.

ston·i·est [`stonɪɪst; `stəunɪɪst] *adj.* stony 的最
高級.

ston·i·ly [`stonɪlɪ; `stəunɪlɪ] *adv.* 石頭般地; 冷酷地.

✻**ston·y** [`stonɪ; `stəunɪ] *adj.* (ston·i·er; ston-
i·est) **1** 石的; 多石的, 布滿小石頭
的. a *stony* road 布滿小石頭的道路.

2 石頭般的; 石頭般堅硬的.

3 〔心等〕(像石頭般)冷酷的, 無情的; 〔眼神等〕
(像石頭般)不動的, 無表情的. a *stony* expression
像石頭般的沒有表情/keep *stony* silence 像石頭般
地默不作聲. ➪ *n.* **stone**¹.

stood [stud; stud] *v.* stand 的過去式、過去分詞.

stooge [studʒ; stuːdʒ] *n.* Ⓒ **1** 《喜劇, 相聲》
配角, 陪襯的角色.

2 《口》(對人唯命是從的)走狗, 手下.
— *vi.* 《口》扮演配角; 成爲…的手下;《*for*》.

✻**stool** [stul; stuːl] *n.* (*pl.* ~**s** [~z; ~z]) **1** Ⓒ(沒
有靠背、扶手的)凳子. a piano *stool* 鋼琴專用椅/
perch [sit] on a *stool* 坐在凳子上.

2 Ⓒ腳凳(footstool); 跪拜用的矮凳.

3 Ⓤ(或 stools)《醫學》(檢查用的)大便.

fàll between twò stóols 兩頭落空(＜沒坐到兩把
椅子的任何一把).

stóol pìgeon *n.* Ⓒ **1** 誘鴿.

2 《口》攬客者, 僞裝顧客以引誘他人購買商品的
人; 警察的線民; 密告者.

✻**stoop**¹ [stup; stuːp] *v.* (~**s** [~s; ~s]; ~**ed** [~t;
~t]; ~**ing**) *vi.* **1** 俯身, 向前傾, 彎腰,
《*down*》. He *stooped* (*down*) to put on his
shoes. 他俯身穿鞋.

2 傴僂, 駝背. He *stoops* with age. 他因年老而
彎腰駝背.

3 屈服; 淪落(*to*; *to do*);《通常用於否定句、疑
問句》. I couldn't *stoop* to taking [*to take*]
bribes. 我不能墮落到接受賄賂的地步.

4 〔鷹等〕(從空中)飛撲, 俯衝襲擊,《*at, on*》.
— *vt.* 彎下, 彎曲,〔頭, 脖子, 背等〕.
— *n.* Ⓒ(通常用單數) **1** 前屈(的姿勢); 傴僂,
駝背. walk with a *stoop* 彎著腰走路.

2 〔鷹, 鷲等的〕俯衝, 襲擊.

stoop² [stup; stuːp]
n. Ⓒ《美》門口的臺階.

[stoop²]

✻**stop** [stɑp; stɒp] *v.*
(~**s** [~s; ~s];
~**ped** [~t; ~t]; ~**ping**)
vt. 【停止】 **1** 停止
〔工作等〕; 句型3
(stop *doing*)停止做…;
(⟷ begin, start)(★作
此義時不與 to do 連用;
→ *vi.* **1**). *stop* work
[*crying*] 停止工作[哭
泣]/It has *stopped*
raining. 雨停了.

【停止活動】 **2** 使〔正在活動的東西〕停下來, 使
停止; 使〔活動, 供給, 效力等〕停止[中止, 中斷].
The storm *stopped* the train. 暴風雨使火車停駛
了/The game was *stopped* by rain. 比賽因雨而中
止[中斷]了/*stop* the electricity 停止供電/*stop* a
quarrel 停止爭論.

3 妨礙, 阻擋, 制止; 句型3 (stop A *from*
doing/A's *doing*)、句型5 (stop A *doing*)妨礙
[制止]A…, 不讓 A…. I won't *stop* you, if you
really want to. 如果你眞的想做, 我絕不阻止你/
Nothing will *stop* his [him] *marrying* Jane. 沒有
任何事能阻止他娶珍/She could scarcely *stop* her-
self *from* *crying* aloud. 她無法控制自己不大聲痛
哭.

4 《拳擊》擊倒.

【阻住通道＞堵塞】 **5** 隔斷, 堵塞, 〔通道, 水道
等〕; 止住〔出血等〕. Don't *stop* the way. 別擋住

路;別添麻煩/*stop* bleeding 止血/*stop* a person's breath 使人停止呼吸.

6 堵塞,填塞,〔洞等〕《*up*》;《英》填補〔蛀牙〕(fill);〔用蓋子〔塞子〕堵住…的口. *stop* one's ears (用手)堵住耳朵/*stop up* cracks with putty 用油灰塞住裂縫/have a tooth *stopped* 填補牙齒.

7 《音樂》壓〔管樂器(的)孔,音栓〕;按住〔弦樂器(的)弦〕.

— *vi.* 〖停止〗 **1** (運動中的東西,運動,活動等)中止,停止,(⟷ start; → cease 同). My watch had *stopped*. 我的手錶停了/The rain had already *stopped*. 雨已經停了/*stop* dead 突然停止.

2 站住不走(halt);停下腳步做…《*to* do》. He *stopped* to help her. 他停下了腳步來幫助她(★比較: He *stopped* helping her. 他停止幫助她)／— *vt.* 1)/*Stop* or I'll shoot you! 站住,否則我就開槍射你!/*stop to* think 定下心來思考/No one *stops to* listen to him. 沒有人停下來聽他說話.

〖停止>逗留〗 **3** 《主英、口》歇宿;逗留《*at*》. Let's *stop* at this hotel overnight. 我們在這家旅館過夜吧/*stop at* home 待在家裡.

cãnnot stóp dóing (1)無法停止…, Once I started, I *could not stop running*. The descent was so steep. 這個下坡是如此的陡峭,一旦起跑,我就無法停下來.
(2)不能不…, He was so funny that I *could not stop laughing*. 他是如此地滑稽,讓我笑個不停.

stòp at nóthing 甚麼事都做得出來.

stòp bý[1] 《主美》順道造訪〔某人的家等〕.

stòp bý[2]… 《主美》順道前往….

stòp/…/dówn 《攝影》縮小〔光圈〕.

stòp ín (1)《口》(因下雨等)待在家,沒出門.
(2)《美》=stop by[1].

stòp óff 《口》中途順便停留,中途下車,《*at*》.

stòp óver=stop off; 稍作停留.

stòp shórt[1] (1)突然停止.
(2)在做…之前停住《*of* doing; *at*》.

stòp…shórt[2] 打斷〔話等〕;突然停止….

stòp/…/úp[1] 塞住,填塞,〔洞,孔等〕(→ *vt.* 6).

stòp úp[2] 《口》未睡,熬夜.

— *n.* (*pl.* ~s [~z; ~z]) ⓒ **1** 中止,停止,休止,終止. come to a *stop* 停止,停頓,終止/make a *stop* 停止,暫停一下,(交通工具在載客處)停靠/without a *stop* 不停止地/Put a *stop* to their fighting. 制止他們的爭鬥.

2 (短期的)逗留,停留;停泊. She will make a week's *stop* in Italy. 她將在義大利停留一星期.

3 停車處,候車處. a bus *stop* 公車站/We are getting off at the next *stop*. 我們在下一站下車.

4 調整裝置,制動器. a *stop* for a door 門擋.

5 《主英》標點符號,(特指)句點(full stop).

6 堵塞物;栓;《音樂》(管風琴,管樂器的)音栓.

7 〔照相機的〕光圈.

8 《語音學》爆發音,閉塞音,(〔p, t, k, b, d, g; p, t, k, b, d, g〕等).

pùll óut àll (*the*) **stóps** 盡最大的努力,用盡各種所有的手段,(〈音栓(→ 6)全部拔掉後,彈奏時會產生極大的聲音》).

with àll the stóps òut 傾全力.

stop·cock [ˈstɑpˌkɑk; ˈstɒpkɒk] *n.* ⓒ (水管的)調節旋塞,龍頭.

stop·gap [ˈstɑpˌgæp; ˈstɒpgæp] *n.* ⓒ 臨時的替代物〔人〕;權宜之計;(雜誌的)補白短文.
— *adj.* 權充的,臨時替代的.

stop·light [ˈstɑpˌlaɪt; ˈstɒplaɪt] *n.* ⓒ **1** 交通信號,(特指)紅色信號.
2 (汽車尾部的)停車燈,煞車燈.

stop·o·ver [ˈstɑpˌovɚ; ˈstɒpˌəʊvə(r)] *n.* ⓒ (旅行途中的)短期停留;中途下車暫住.

stop·page [ˈstɑpɪdʒ; ˈstɒpɪdʒ] *n.* ⓤⓒ **1** 停止(狀態);停滯;停止支付.
2 堵塞,受阻;障礙〔阻塞〕(物).

stop·per [ˈstɑpɚ; ˈstɒpə(r)] *n.* ⓒ **1** 阻礙的〔制止的,堵塞的〕工具〔人〕;(機器等的)制動裝置.
2 (瓶,桶等的)塞子. **3** 《足球》三分衛;《棒球》贏得重要比賽的投手(救援投手).
— *vt.* 用塞子塞住.

stóp prèss *n.* (加 the)《英》(報紙付印時插入的)最新消息(源自中止輪轉機以追加[更正]新聞).

stop·watch [ˈstɑpˌwɑtʃ; ˈstɒpwɒtʃ] *n.* ⓒ 馬錶,記秒錶.

*stor·age [ˈstɔrɪdʒ; ˈstɔː-; ˈstɔːrɪdʒ] *n.* ⓤ
1 貯藏,保管;貯藏〔保管〕用的空間. in *storage* 被貯藏〔保管〕/Let's use our garage for *storage*. 把我們的車庫當倉庫用吧!
2 保管費. ⇨ *v.* store.

stórage bàttery *n.* ⓒ 蓄電池.

‡**store** [stor, stɔr; stɔː(r)] *n.*
〖貯藏〗 **1** ⓒ 貯存,積蓄,貯藏;存貨. Squirrels lay in a *store* of food for the winter. 松鼠貯存食物以過冬/a *store* of books 藏書.
2 (stores)(食物,衣物,武器等的)貯備,準備;備用品. military *stores* 軍需品.
3 〖多量貯藏〗ⓒ 豐富,大量. He has vast *stores* of experience. 他有相當豐富的經驗/a *store* of facts 許多的事實.
〖貯藏場所〗 **4** 《主英》=storehouse 1.
5 〖商品貯藏場所〗ⓒ《美》店,商店,(→ shop 同). a department *store* 百貨公司/keep [run] a little stationery *store* 經營〔開設〕一家小文具店.
6 《英》(a) (the stores)(單複數同形)百貨商場,大型商店. The Army and Navy *Stores* are [is] in this street. 陸海軍供應合作社就在這條街上.
(b) (a [the] stores)《作單數》小雜貨店. a general *stores* (鄉村等的)雜貨店,小型百貨店,(《美》general store).
7 ⓒ (電腦)儲存體.

in stóre (1)(被)貯存著,準備著. They have plenty of grain in *store*. 他們貯備著大量的穀物.
(2)《命運等》等待著…,即將降臨到…身上,《*for*》. What does the future have in *store* for us? 未來將會有甚麼等待著我們呢?

sèt stóre by… 重視…(★通常在 store 前加容

詞). I *set great store by* what he says. 我很重視他所說的話.
— *vt.* (~**s** [~z; ~z]; ~**d** [~d; ~d]; **stor·ing**) **1** 把…蓄積〔儲藏〕起來, (*up*). *store* (*up*) food [energy] 把食物[能量]貯存(起來).

2 備置, 供給; 準備於~; (*with*). *store* a cabin *with* provisions 把糧食貯藏在小屋裡.

3 把〔家具等〕保管〔貯存〕在(倉庫). Thousands of books are *stored* in his library. 上千本的藏書收納在他的書房裡/*store* old things away in the attic 把舊東西收拾進閣樓裡.

4 《電腦》將〔資料〕儲存在〔記憶體〕.
⟹ *n.* **storage**.

store·house [ˋstorˌhaʊs, ˋstɔr-; ˋstɔ:haʊs] *n.* (*pl.* -**hous·es** [-ˌhaʊzɪz; -haʊzɪz]) ⓒ **1** 倉庫, 貨棧, 貯藏場所. **2** (知識等的)寶庫.

*store·keep·er [ˋstorˌkipɚ, ˋstɔr-; ˋstɔ:ki:pə(r)] *n.* (*pl.* ~**s** [~z; ~z]) ⓒ 《主美》店主, 小商店的老闆, 店長, (shopkeeper); 《主英》(特指軍需品的)倉庫管理員. Both *storekeepers* and customers were against the consumption tax. 不論是店主或顧客都反對消費稅.

store·room [ˋstorˌrum, ˋstɔr-, -ˌrʊm; ˋstɔ:rʊm] *n.* ⓒ 貯藏室, 庫房.

sto·rey [ˋstorɪ, ˋstɔrɪ; ˋstɔ:rɪ] *n.* 《英》= story².

sto·ried [ˋstorɪd, ˋstɔrɪd; ˋstɔ:rɪd] *adj.* 《雅》 **1** 故事[歷史]中很有名的. **2** 〔壁毯, 掛氈等〕用歷史故事圖畫[圖案]裝飾的.

-storied 《美》, **-storeyed** 《英》《構成複合字》「有…層樓的」之意. a two-*storied* house (兩層樓的房子).

sto·ries [ˋstorɪz, ˋstɔr-; ˋstɔ:rɪz] *n.* story¹·² 的複數.

stor·ing [ˋstorɪŋ, ˋstɔrɪŋ; ˋstɔ:rɪŋ] *v.* store 的現在分詞, 動名詞.

stork [stork; stɔ:k] *n.* ⓒ 鸛《歐美等地的成人會告訴小孩說是這種鸛鳥把嬰兒帶來的》. a visit from the *stork* 鸛鳥來訪(指嬰兒誕生).

*storm [stɔrm; stɔ:m] *n.* (*pl.* ~**s** [~z; ~z]) **1** 暴風雨(雪); 《氣象》暴風《風速每秒28.5-32.6 公尺》. A *storm* is brewing [coming up]. 暴風雨將起[就要來了]/After a *storm* comes a calm. 《諺》暴風雨過後就會有風平浪靜(雨過天晴).

2 (箭, 子彈)(密集如)雨, (鼓掌等)暴風雨(般), (憤怒等)的激發; 動亂, 騷動, 風波. a *storm of* bullets 一陣槍林彈雨/The heroes were welcomed with a *storm of* applause. 英雄們受到熱烈的掌聲歡迎. ⟹ *adj.* **stormy**.

a stòrm in a téacup 《英》小事引起的大風波, 大驚小怪, (《美》a tempest in a teapot).

tàke...by stórm 強攻而占領〔敵人陣地等〕; 使〔觀眾等〕陶醉, 心神嚮往.

— *vt.* 猛攻〔堡壘〕. *storm* a fort 攻占要塞.

— *vi.* **1** 《以 it 當主詞》颳暴風雨. It *stormed* all day. 暴風雨持續了一整天.

2 怒罵, 大發雷霆, (*at*).

3 《加副詞(片語)》(因暴怒等)猛衝而出[進], 直衝進去. *storm* out (of the room) (從房間)衝出去/

story 1537

The angry workers *stormed* into the building. 憤怒的工人們蜂擁衝進這幢大樓裡.

● ——與 STORM 相關的用語
sandstorm	沙暴
hailstorm	(伴有霰的)暴風雨
brainstorm	突發性精神錯亂
windstorm	暴風
rainstorm	暴風雨
thunderstorm	大雷雨
snowstorm	暴風雪

storm-bound [ˋstɔrmˌbaʊnd; ˋstɔ:mbaʊnd] *adj.* 〔船, 旅行者等〕為暴風雨所阻[困]的.

stórm cènter *n.* ⓒ 暴風中心; 騷亂[爭論等]的中心點[人物].

stórm clòud *n.* ⓒ 暴風雨前的烏雲; (通常 storms)(動亂等的)前兆.

storm·i·er [ˋstɔrmɪɚ; ˋstɔ:mɪə(r)] *adj.* stormy 的比較級.

storm·i·est [ˋstɔrmɪɪst; ˋstɔ:mɪɪst] *adj.* stormy 的最高級.

storm·i·ly [ˋstɔrmɪlɪ; ˋstɔ:mɪlɪ] *adv.* 暴風雨般地, 猛烈地; 粗暴地.

stòrm [stòrmy] pétrel *n.* ⓒ 《鳥》海燕《產於大西洋、地中海; 據說能預測暴風雨》.

*storm·y [ˋstɔrmɪ; ˋstɔ:mɪ] *adj.* (**storm·i·er; storm·i·est**) **1** 狂風暴雨的, 暴風雨的; 如暴風雨般的; (↔ calm). *stormy* weather 暴風雨的天氣.

2 〔熱情, 行動等〕激烈的; 粗野的, 暴躁的; 嘈雜的; 激動的. a man of *stormy* passion 性情暴躁的人/a *stormy* debate 激烈的辯論/a *stormy* life 歷盡滄桑的一生. ⟹ *n.* **storm**.

*sto·ry¹ [ˋstorɪ, ˋstɔrɪ; ˋstɔ:rɪ] *n.* (*pl.* -**ries**) **1** ⓒ 故事, 傳說. a true *story* 真實的故事/a ghost *story* 鬼故事/a success *story* 成功的故事/Dad used to tell me bedtime *stories*. 父親以前常常在我入睡前講故事給我聽.

| 搭配 *adj.*＋story: a boring ~ (無聊的故事), an exciting ~ (刺激的故事), an interesting ~ (有趣的故事), a sad ~ (悲傷的故事), a touching ~ (動人的故事).

2 ⓊⒸ (作為一種文學形式的)故事, 小說, (通常篇幅比 novel 短). a short *story* 短篇小說(★ a short novel 為「中篇小說」).

3 ⓊⒸ (小說, 戲劇等的)情節(plot).

4 ⓊⒸ (圍繞人或物的)傳說; 身世, 來歷. a personage famous in *story* 傳說中有名的人物/a woman with a *story* 有來歷的女人.

5 ⓒ 敘述(的內容), 內情. His *story* is different from yours. 他說的話和你說的不一樣/It is another *story* now. 現在事情起了變化/Tell me the whole *story*. 從頭到尾說給我聽/It is the same old *story*. 又是老套的話[常用的藉口].

S

6 C 謠傳. The *story* goes that the prime minister is going to resign. 據謠傳首相即將辭職.

7 C (口)(幼兒語)謊話, 騙人的話, (lie). tell *stories* 說謊, 說假話騙人.

8 C 新聞記事, 新聞報導; 新聞題材.

to màke [*cùt*] *a lòng stóry shòrt* 長話短說, 簡而言之.

● ——與 STORY 相關的用語
detective story	偵探小說
life story	傳記
fairy story	童話
cover story	(雜誌的)封面故事

＊sto·ry² (美), **sto·rey** (英) [ˈstorɪ, ˈstɔrɪ; ˈstɔːrɪ] *n.* (*pl.* (美) **-ries**, (英) **~s** [~z; ~z]) C (建築物的)層, 樓. a house of three *stories* 三層樓的房屋/an upper *story* 樓上. 回义 story 是指構成樓層的地板, story 則是指包括地板與地板之間的空間在內的樓層; 樓層的數法與 floor 相同, 但英美有所不同. → floor 参考

sto·ry·book [ˈstorɪˌbʊk, ˈstɔr-; ˈstɔːrɪbʊk] *n.* C (適合孩子的)故事書, 童話書. a *storybook* ending 一個(故事)的收場, 圓滿的結局(諸如善有善報、惡有惡報之類).

＊sto·ry·tell·er [ˈstorɪˌtɛlə, ˈstɔr-; ˈstɔːrɪˌtelə(r)] *n.* (*pl.* **~s** [~z; ~z]) C **1** 說故事的人. a great *storyteller* 說故事能手; 優秀的故事作者. **2** (口)說謊者(特指孩子).

sto·ry·tell·ing [ˈstorɪˌtɛlɪŋ, ˈstɔr-; ˈstɔːrɪˌtelɪŋ] *n.* U **1** 講述[寫作]故事; (講述)故事的技巧[手腕]. **2** (口)(特指孩子)編造假話.

stoup [stup; stuːp] *n.* C **1** (從前的)大酒杯, 酒壺. **2** (基督教)(教堂入口內的)聖水盆.

＊stout [staʊt; staʊt] *adj.* (**~·er**; **~·est**) **1** 結實的, 健壯的; 堅固的. a *stout* wall 堅固的牆/a *stout* ship 牢固的船.

2 (委婉)胖的, 肥胖的. "You're getting a little *stout*," the wife told her husband. 「你胖了點兒」妻子對丈夫說. 参考 不用 fat 而以 stout 指「健壯的」之意; stout 不像 corpulent 那般肥胖.

normal　　[stout 2]　　corpulent

3 (文章)勇敢的, 不屈的; (敵人, 抵抗等)頑強的. *stout* resistance 頑強的抵抗.

— *n.* U 烈啤酒(一種黑啤酒).

stout·heart·ed [ˈstaʊtˈhɑrtɪd; ˌstaʊtˈhɑːtɪd] *adj.* (文章)剛毅的; 大膽的.

stout·ly [ˈstaʊtlɪ; ˈstaʊtlɪ] *adv.* 頑強地; 毅然地.

stout·ness [ˈstaʊtnɪs; ˈstaʊtnɪs] *n.* U **1** 頑強, 堅固. **2** (文章)勇敢, 大膽. **3** 肥胖.

＊stove¹ [stov; staʊv] *n.* (*pl.* **~s** [~z; ~z]) C **1** (暖氣用的)火爐; 暖爐. an oil [a wood] *stove* 油[柴]爐.

2 (烹飪用)小火爐; 瓦斯[電]爐. a cooking *stove* 烹飪爐.

stove² [stov; staʊv] *v.* stave 的過去式、過去分詞.

stove·pipe [ˈstovˌpaɪp; ˈstaʊvpaɪp] *n.* C **1** 火爐的煙囪. **2** (口)(高頂的)大禮帽.

stow [sto; staʊ] *vt.* (整齊地)裝載, 裝填, 堆積〔物等〕, 裝貨, (*in*, *into*); 把⋯裝滿(*with*). stow baggage *in* a car trunk 在車子的行李箱裡裝載行李/The ship was *stowed with* arms. 那艘船裝滿了武器.

stòw/⋯/*awáy¹* 裝載⋯, 收拾⋯; 裝貨. The four suitcases were *stowed away* by the driver. 這四個行李箱是由司機放置(到卡車上)的.

stòw awáy² 偷渡; 未付費乘船[搭車].

stow·age [ˈstoɪdʒ; ˈstaʊɪdʒ] *n.* U **1** 裝貨. **2** 裝載空間.

stow·a·way [ˈstoəˌwe; ˈstaʊəweɪ] *n.* (*pl.* **~s**) C 偷渡客; 未付費搭乘交通工具的人.

St. Paul's Cathedral [sənt`pɔlzkə`θidrəl; sənt`pɔːlzkə`θiːdrəl] *n.* (位於倫敦的 the City)聖保羅大教堂(英國國教會的倫敦主教在此有主教席; 略作 St. Paul's).

[St. Paul's Cathedral]

St. Peter's [sənt`pitəz; sənt`piːtəz] *n.* (梵蒂岡的)聖彼得大教堂(天主教的中心).

strad·dle [ˈstrædl; ˈstrædl] *vt.* **1** 跨騎〔馬等〕; 跨足於⋯. a multinational that *straddles* the globe 橫跨全球的多國企業. **2** (美, 口)對〔問題等〕腳踏兩條船, 採取觀望的態度.

— *vi.* **1** 叉開腿站[坐, 走]. **2** 〔兩腳〕叉開.

3 《美、口》見風轉舵，採取觀望的態度.

strafe [stref, straf; strɑːf] (德語) vt. (低空飛行時)以機槍掃射；對…加以猛烈轟炸.

strag·gle [ˈstræg!; ˈstrægl] vi. **1** 緩慢地連接[前進，蔓延]；零散；散落，散布，《along》. Cows straggled along the lane. 牛群緩慢地沿著小路前進. **2** 《從道路、隊伍等》脫離，脫隊，走散.

strag·gler [ˈstræglɚ; ˈstræglə(r)] n. © 脫隊者；遊蕩者；蔓延叢生的草木[樹枝].

strag·gly [ˈstræglɪ; ˈstræglɪ] adj. **1** 零亂行進的；蔓延的；散布的，稀疏的. **2** 離隊的，脫隊的.

‡straight [stret; streɪt] 【筆直的】 **1** 筆直的，一直線的；直立的. draw a straight line 畫一條直線/straight hair 直髮《相對於捲髮》/a straight back 挺直的背《相對於駝背》/Keep your spine straight! 挺直你的腰!/The flagstaff is straight. 這根旗桿是直的.

2 【直接延續的】《限定》連續的，不中斷的；《紙牌》《撲克牌中》五張連續的. in straight succession 不間斷地，連續地/for the fourth straight day 接連的第四天/get straight A's 得到全部優等(的成績).

【 不彎曲的 】 **3** 《敘述》整齊的，整理過的，(tidy)；〔計算等〕正確的，無誤的，(correct). Let's get the house straight. 讓我們把屋子收拾乾淨吧/keep things [accounts] straight 整理東西[把帳算清]/set [put] a person straight 糾正某人的錯誤.

4 正直的；〔生活方式等〕認真的，率直的，公開的，(candid, honest). straight dealings 公平的交易/Be straight with others. 公正地對待他人/keep straight (不走邪道)正直行事.

5 《限定》〔演技等〕正統的.

6 《口》正經的，循規蹈矩的；異性戀的；沒有吸毒的.

【 直的＞純粹的 】 **7** 《限定》《美》〔黨員等〕道地的，始終忠實的.

8 不摻水(等)的，純的. drink whiskey straight 喝不摻水的威士忌.

kèep a stràight fáce (不露笑臉的)保持一本正經的表情.

pùt [sèt]／…／stráight 矯正〔人〕的錯誤想法.

— adv. **1** 筆直地，一直線地；直行地；直接地. run straight ahead 一直向前跑/keep straight on 一直行進，不間斷/John went straight to London. 約翰直接去了倫敦/The chairman came straight to the point. 主席直接切入要點.

2 直立地，挺直地. stand [sit up] straight 站得筆直[上身挺直地坐著].

3 連續. for three years straight 連續三年(★ for three straight years 的 straight 為 adj.).

4 正直地；坦率地，公開地. talk straight 坦率地說話/live straight 正直地生活.

gò stráight 改邪歸正，重新做人.

stràight awáy [óff] 立即，即刻；毫不猶豫地. I refused his request straight off. 我立即拒絕了他的要求.

stràight óut 直率地，直截了當地. She told me

straight out that she didn't believe me. 她直截了當地說她不相信我.

— n. © **1** (通常用單數)筆直，一直線；(加the)(比賽跑道上近終點的)直線跑道.

2 《紙牌》《撲克牌的》五張連續的牌.

3 《拳擊》直拳.

4 《口》正派的人；保守的人；異性戀者(heterosexual)；不碰毒品的人. ⇨ v. straighten.

straight·a·way [ˈstretəˌwe; ˈstreɪtəweɪ] adv. 立即地，馬上地，當下地.

‡straight·en [ˈstretn̩; ˈstreɪtn̩] v. (~s [~z; ~z]; ~ed [~d; ~d]; ~ing) (常 straighten up [out]) vt. **1** 使變直. straighten one's tie 把領帶打直. **2** 整理，使整齊，清理. straighten (up) a room 整理房間/straighten one's face 板起面孔.

— vi. 變直[整齊].

stràighten／…／óut[1] (1)消除…的混亂[糾紛等]. (2)矯正[糾正]〔人等〕.

stràighten óut[2] (1)制止〔混亂等〕. (2)變成正直的人.

stràighten／…／úp[1] 使(變)直；矯正〔人等〕.

stràighten úp[2] 挺直身子，端正姿勢.

stràight fíght n. © (特指選舉中的)一對一的兩人競選.

stràight flúsh n. © (撲克牌的)同花順(相同花色的五張連號的牌).

‡straight·for·ward [ˌstretˈfɔrwɚd; ˌstreɪtˈfɔːwəd] adj. 筆直的；正直的，率直的. a straightforward person 率直的人/a straightforward refusal 明白的拒絕.

straight·for·ward·ly [ˌstretˈfɔrwɚdlɪ; ˌstreɪtˈfɔːwədlɪ] adv. 筆直地；坦率地.

straight·way [ˈstretˌwe; ˈstreɪtweɪ] adv. 《英、古》立刻，立即.

‡strain[1] [stren; streɪn] v. (~s [~z; ~z]; ~ed [~d; ~d]; ~ing) vt. 【 繃緊 】 **1** 繃緊，拉緊，勒緊，〔繩，繩索等〕. The load was straining the cables. 這些貨物的重量使纜繩變得緊繃/The giant strained his chains and broke them. 那個巨人拉緊鎖鏈然後把它扯斷.

2 極度使用，繃緊，〔神經，肌肉等〕；竭盡〔眼力，耳力等〕. strain every nerve to win 傾注全力求勝/I strained my eyes but could make out nothing in the fog. 雖然我張大眼睛仔細地看，但在霧裡甚麼也分辨不清/strain one's ears 豎耳傾聽.

【 過度拉我 】 **3** 過分使用而傷害…；扭傷〔筋等〕；使承受過度負擔. He strained his eyes by reading too much. 他讀太多書，結果把眼睛弄壞了/strain oneself (身體)過度使用(而疲勞)；過度勉強而傷了身. 過度勉強，腳踝用錯 sprain.

4 【使彎曲】扭曲，曲解，歪曲，〔規則，意義等〕；濫用. strain the constitution to the limit 牽強附會地將憲法亂解釋一通/strain the truth 歪曲事實/strain the author's real intention 曲解作者的真正目的/strain one's official power 濫用職權/strain

a person's friendship 利用某人的友情.

【 緊抱, 擠 】 **5** 緊抱. She *strained* her child to her bosom. 她把孩子緊緊抱在懷裡.

6 過濾; 濾除(*out*; *off*). *strain* soup 過濾湯汁.

— *vi.* **1** 拉緊, 用力拉, (*at*). The horse *strained* at the harness. 那匹馬用力地拉緊馬具.

2 竭盡全力(*at*); 拚命努力(*to do*; *after* 求取…). *strain* at the oars 拚命划槳/*strain* under pressure 竭力承受壓力/I *strained* to hear him. 我努力聽他說話.

3 〔液體等〕被過濾, 滲出.

— *n.* (*pl.* ~**s** [~z; ~z]) ⓊⒸ **1** 緊繃; 緊張; (承受的)壓力, 負擔. The rope broke under the *strain*. 那根繩子拉得太緊, 結果斷了.

2 (對身心等的)負擔, 壓力; 過度勞累; 過度使用. The boy's education put a *strain on* the family budget. 這個男孩的教育(費用)加重了家計的負擔/the constant *strain* of worry 持續的焦慮/The pitcher was under a heavy mental [nervous] *strain*. 投手承受著精神上的沈重壓力.

strain² [stren; streɪn] *n.* Ⓒ 【 一貫的血脈 】
1 〔血統〕種族; 品種; 血統, 家世. come of a good *strain* 出身名門.

2 〔遺傳的〕特質; 氣質; 傾向, 特徵. the Celtic *strain* in the English character 英國人民族性中具有的塞爾特人氣質/There is a *strain* of sadness in his poems. 他的詩裡流露出一股悲哀的味道.

3 (用單數)(說話等的)調子(tone); (雅)(常 *strain*s)(作單數)旋律, 曲調, (melody). in the same *strain* 以相同的曲調/*strains* of mirth 歡樂的旋律.

strained [strend; streɪnd] *adj.* **1** 緊張的. *strained* relations between labor and management 勞資雙方之間的緊張關係/a *strained* silence 令人窘迫的沈默.

2 不自然的, 假惺惺的; 牽強的. a *strained* laugh 勉強的笑.

strain·er [ˋstrenɚ; ˋstreɪnə(r)] *n.* Ⓒ 過濾器; 過濾網, 濾茶器(tea strainer).

***strait** [stret; streɪt] *n.* (*pl.* ~**s** [~s; ~s]) Ⓒ
【 狹窄的水域 】 **1** 海峽. the *Strait*(*s*) of Dover 多佛海峽(→ the (English) Channel). ⓘ strait 比 channel 狹窄; 當專有名詞時通常以複數作單數用.
【 窮困的狀況 】 **2** (通常 straits)窮困, 困境. He is in dire [great, difficult] *straits* financially. 他的財務狀況十分艱困.

strait·ened [ˋstretn̩d; ˋstreɪtnd] *adj.* 貧困的. in *straitened* circumstances 處於貧困的境地, 陷於窮困中.

strait jàcket *n.* Ⓒ 緊身衣(給精神病患等穿著以約束其行動); 束縛.

strait-laced [ˋstretˋlest; ˌstreɪtˋleɪst] *adj.* 過於拘謹的; 嚴格的.

strand¹ [strænd; strænd] *vt.* **1** 使(船)觸礁; 使擱淺. **2** (be stranded)束手無策; 進退不得. The

party *was stranded* in the desert. 一行人被困在沙漠中.

— *n.* Ⓒ (主particularly)海濱; 湖畔; 岸邊.

strand² [strænd; strænd] *n.* Ⓒ 一股[條](多股絞合而成為一條線、繩索、纜繩); 捻合成的線; (珍珠, 念珠等的)串; (頭髮的)縷. *strands of* a rope 繩索的股/a *strand of* pearls 一串珍珠.

‡**strange** [strendʒ; streɪndʒ] *adj.* (**strang·er**; **strang·est**) 【 未知的 】 **1** 陌生的; 未看[聽]過的; 不熟悉的, 未知的; (*to* 對…)(↔ familiar). a *strange* face 陌生的臉孔[人]/I cannot sleep well in a *strange* bed. 我睡覺會睡不好(在陌生的床上我睡不安穩).

【 不習慣的 】 **2** (敘述)〔人〕對地方不熟悉的; 不習慣的; 不擅長的; (*to*). I am quite *strange* here. 我完全不熟悉這裡/I am *strange to* this job. 我不熟悉這份工作.

3 【珍貴的>奇怪的】奇妙的; 奇怪的; 意外的, 意想不到的. Her behavior has been a bit *strange* lately. 最近她的舉止有點怪異/That's a *strange* thing to say! 說起來真奇怪!/It's *strange* that we should meet here. 真想不到我們竟然會在這裡碰面/*Strange* enough, the giraffe has no voice. 真不可思議, 長頸鹿居然無法發出聲音.

fèel stránge (1)因環境改變而覺得不對勁; 感到格格不入. (2)情緒[身體狀況]不對勁.

strànge to sáy [*téll*] 說也奇怪, 奇怪的是. *Strange to say*, none of us noticed the mistake. 說來奇怪, 我們誰也沒有注意到那個錯誤.

***strange·ly** [ˋstrendʒlɪ; ˋstreɪndʒlɪ] *adv.* **1** 奇怪地, 古怪地. Mary stared at me *strangely*. 瑪莉奇怪地盯著我看.

2 (修飾句子)不可思議地. *Strangely* (enough), his letter came two months later. 真不可思議, 他的信兩個月後才寄達.

strange·ness [ˋstrendʒnɪs; ˋstreɪndʒnɪs] *n.* Ⓤ 生疏, 陌生; 奇怪, 不可思議.

‡**stran·ger¹** [ˋstrendʒɚ; ˋstreɪndʒə(r)] *n.* (*pl.* ~**s** [~z; ~z]) Ⓒ **1** 陌生人; 外國人(→ foreigner ⓘ); 異國[鄉]人. a complete [perfect, total] *stranger* to me 一個我完全不認識的陌生人/Country people are often afraid of *strangers*. 鄉下的人們通常很怕外地人/You're quite a *stranger*. (口) 好久不見(對很久來訪的客人說)/make a *stranger* of a person 把某人當外人看.

2 不熟悉當地的人; 沒經驗[不習慣]的人(*to*). I am quite a *stranger* in this town. 我對這個城鎮一點也不熟悉/I am no *stranger to* this kind of work. 這種工作對他來說並非頭一回.

stran·ger² [ˋstrendʒɚ; ˋstreɪndʒə(r)] *adj.* strange 的比較級.

strang·est [ˋstrendʒɪst; ˋstreɪndʒɪst] *adj.* strange 的最高級.

stran·gle [ˋstræŋgl̩; ˋstræŋgl] *vt.* **1** 絞死; 使窒息(而死). **2** 壓制, 鎮壓.

stran·gle·hold [ˋstræŋglˌhold; ˋstræŋglhəʊld] *n.* Ⓒ **1** (摔角)扼頸(犯規動作).

2 高壓(手段), 壓制, 《箝制思想、行爲等自由》.

stran·gu·late [`stræŋgjə,let; 'stræŋɡjʊleɪt]
vt. **1** 《醫學》箝住血液的流通, 絞扼. **2** 絞死.

stran·gu·la·tion [,stræŋgjə'leʃən; ,stræŋɡjʊ'leɪʃn] *n.* [U] **1** 《醫學》絞扼, 箝住.
2 絞死.

****strap** [stræp; stræp] *n.* (*pl.* ~s [~s; ~s]) [C]
1 (用來固定物品, 特指皮革材質的)帶子; (用作鞭子的)皮帶; (加 the)(用皮帶)抽打. a watch *strap* 錶帶/a book *strap* (學生等捆書的)捆書帶.
2 (電車等的)吊環.
3 (女裝, 泳裝等的)肩帶.
4 (磨刮鬍刀的)磨刀皮革.

[straps 1, 2, 3]

— *vt.* (~s; ~ped; ~ping) **1** 用帶子捆〔綁〕. I *strapped* myself in before the plane took off. 我在飛機起飛之前繫上安全帶.
2 用皮帶鞭打.
3 用磨刀皮帶磨〔刀〕.
4 《英》於〔受傷的手腳等〕綁繃帶(*up*)(《美》tape)《常用被動語態》.

strap·hang·er [`stræp,hæŋə; 'stræp,hæŋə(r)] *n.* [C]《口》(拉著吊環的)站立的乘客(指搭火車, 公車, 捷運的人).

strap·less [`stræplɪs; 'stræplɪs] *adj.* 〔洋裝, 胸罩等〕無肩帶的.

strapped [stræpt; stræpt] *adj.* **1** 用皮繩捆綁的; 用皮繩裝飾的.
2 (口)(敍述)手頭緊的. He's *strapped* for cash. 他缺錢.

strap·ping [`stræpɪŋ; 'stræpɪŋ] *adj.* 《口》魁梧健壯的. a *strapping* youngster 壯碩的年輕人.

stra·ta [`stretə; 'strɑːtə] *n.* stratum 的複數.

strat·a·gem [`strætədʒəm; 'strætədʒəm] *n.* [UC]戰略; 計策, 策略.

stra·te·gic, stra·te·gi·cal [strə`tidʒɪk; strə'tiːdʒɪk, [-dʒɪk]; -dʒɪkl] *adj.* 《軍事》戰略(上)的, 戰略上重要的; (泛指一般)策略(上)的. occupy *strategic* points 占據戰略要點/the company's *strategic* priorities 公司策略上的優先項目/*Strategic* Defense Initiative → SDI. [參考]常與 tactical(戰術(上)的)對照使用. → strategy 回.

stra·te·gi·cal·ly [strə`tidʒɪklɪ, -lɪ; strə'tiːdʒɪkəlɪ] *adv.* 戰略性地, 戰略上.

strat·e·gist [`strætədʒɪst; 'strætədʒɪst] *n.* [C]戰略[兵法]家; 策略顧問.

****strat·e·gy** [`strætədʒɪ; 'strætɪdʒɪ] *n.* (*pl.* -gies [~z; ~z]) **1** [U]兵法, 戰略學. military *strategy* 軍事戰略.
2 [UC]《大規模的》戰略, 作戰. 回strategy 與表

示戰場上個別作戰、用兵的 tactics 相對, 指「整體性」的策略或作戰用兵.
3 [UC](泛指一般的)策略, 計畫. our marketing *strategy* in the U.K. 我們在英國的行銷策略/the company's *strategies* to increase revenues and reduce expenses 公司增加收益及減少經費的策略/*strategies* for communicating effectively in English 用英語有效溝通的策略.

Strat·ford-up·on-A·von [,strætfədəpɑn'evən; ,strætfədpɒn'eɪvn] *n.* 斯特拉福艾文(位於英國 Warwickshire 的都市, 臨 Avon 河; 英國文豪 Shakespeare 的出生地; 通稱 Stratford-on-Avon).

strat·i·fi·ca·tion [,strætəfə'keʃən; ,strætɪfɪ'keɪʃn] *n.* [U]分層化, 成層, 層狀化.

strat·i·fy [`strætə,faɪ; 'strætɪfaɪ] *vt.* (-fies; -fied; ~ing) 使分層; 使階層化(通常用被動語態).

strat·o·sphere [`strætə,sfɪr, `stretə-; 'strætəʊ,sfɪə(r)] *n.* 《氣象》(加 the)同溫層(對流層之上的大氣層).

stra·tum [`stretəm, `stræt-; 'strɑːtəm] *n.* (*pl.* -ta, ~s) **1** 層. **2** 《地質學》地層.
3 (社會的)階層.

****straw** (a)稻草, 麥稈. a house thatched with *straw* 用稻草蓋成屋頂的房子/a heap of *straw* 一堆麥稈. (b) (形容詞性)麥稈製的; 像稻草般的; 麥稈色的. a *straw* hat 草帽.
[strɔ; strɔː] *n.* (*pl.* ~s [~z; ~z]) **1** [U]
2 [C]一根稻草(★常比喻為不足取之物, 微不足道之物). → last straw). A *straw* shows which way the wind blows. 《諺》一葉知秋(＜用一根稻草就可測知風向＞)/A drowning man will catch at a *straw*. 《諺》急不暇擇(＜溺水的人連稻草也會抓).
3 [C]極少量, 少量, (用於否定句、疑問句). I don't care a *straw*. 我一點也不在乎.
4 [C] (麥等的)莖.
5 [C] (飲料的)吸管.
a straw in the wind 顯示風向[輿論動向]的事物.

straw·ber·ries [`strɔ,bɛrɪz, -bərɪz; 'strɔː'bərɪz] *n.* strawberry 的複數.

****straw·ber·ry** [`strɔ,bɛrɪ, -bərɪ; 'strɔːbərɪ] *n.* (*pl.* -ries) **1** [C]《植物》草莓(→ berry [參考]). **2** [U]草莓色(深紅色).

straw·board [`strɔ,bord, -,bɔrd; 'strɔːbɔːd] *n.* [U]馬糞紙, 草紙板, (由稻草製成).

straw·col·or·ed [`strɔ,kʌləd; 'strɔːkʌləd] *adj.* 麥稈色的; 淡黃色的.

straw man *n.* [C] **1** 稻草人. **2** 可有可無的人[物]; 被當成工具利用的人, 爪牙. **3** (故意提出以供人反駁的)立論薄弱的論點.

stráw vòte [pòll] *n.* [C] (測試輿論動向, 非正式的)調查投票.

****stray** [stre; streɪ] *vi.* (~s [~z; ~z]; ~ed [~d; ~d]; ~ing) **1** 迷路, 走失; 徘徊. The children

strayed off into the woods. 孩子們走進森林中迷了路/The plane *strayed* across the border. 飛機迷失了方向而越過國境.

2 〔說話等〕離題. Don't *stray off* the subject [*from* the point]. 不要偏離主題〔要點〕.

3 偏離正道，誤入歧途，《from》.

— adj. 《限定》 **1** 迷路的，走失的；偏離的；《★ 敘述用法時爲 astray》. a *stray* child [cat] 迷路的小孩〔貓〕/He was hit by a *stray* bullet. 他被流彈擊中. **2** 偶然的；少有的；零星的；出乎意料的. a *stray* customer 偶爾光顧的客人.

— n. 《pl. ~s》 **1** 迷途〔逃脫〕的家畜.

2 迷路的小孩；無家可歸的人，waifs and *strays* 流浪兒；被遺棄的動物；無人認領的失物.

***streak** [striːk; striːk] n. 《pl. ~s [~s; ~s]》 ©

1 條紋，斑紋，線條. *streaks* of sunlight on the wall 映在牆上的陽光/a *streak* of lightning 一道閃電.

2 《通常用單數》(性格中的)傾向；氣質. He has a mean *streak* [a *streak of* meanness] in him. 他有點小氣.

3 《口》(短的)一段時期；連續的事件(series). have a *streak of* bad luck 一段運氣不佳的時期/be on a winning [losing] *streak* 正在連勝〔連敗〕中.

like a stréak (*of líghtning*) 閃電似地，一瞬間.

— vt. 在…弄上條紋. The boy's face was *streaked* with mud and sweat. 那個男孩的臉上沾滿著一道道的泥和汗.

— vi. **1** 成條條〔條紋〕. **2** 《口》疾走，飛跑. Bob *streaked* down the street to catch the bus. 鮑伯沿街奔馳想趕上公車. **3** 裸奔.

streak·er [ˈstriːkɚ; ˈstriːkə(r)] n. © 裸奔者 (→ streaking).

streak·ing [ˈstriːkɪŋ; ˈstriːkɪŋ] n. Ⓤ 裸奔《爲了引人注意而裸體地在戶外奔跑》.

streak·y [ˈstriːkɪ; ˈstriːkɪ] adj. 有條紋〔紋理〕的. *streaky* bacon 五花培根(肥瘦肉相間成條紋狀).

***stream** [striːm; striːm] n. 《pl. ~s [~z; ~z]》 ©

1 小河，溪水. walk along a clear *stream* 沿著清澈的小河走去.

Ⓢ stream 比 river 小，但比 brook 大.

2 (河，液體，氣體)流，流動；(人或物)(川流不息的)流動，jet *stream* → 見 jet stream/*Streams of* angry spectators poured onto the field. 憤怒的觀眾不斷湧入場中/a steady *stream of* cars 川流不息的車流/letters of complaint coming in *streams* 源源不絕的抱怨信件.

3 (通常加the，單數)(流動的方向)；(情勢，歷史等的)趨勢. row a boat down [up] 〔the〕 *stream* 划船順流而下〔溯溪而上〕/go against [with] the *stream* 逆時勢而行〔順應時勢〕.

4 《主英》《教育》能力分班.

on stréam 在生產中；〔工廠等〕投入生產.

(*the*) *stréam of cónsciousness* 《心理、文學》意

識流(描寫書中人物連續的想法或感情等的文學創作手法).

— v. 《~s [~z; ~z]; ~ed [~d; ~d]; ~ing》 vi.

1 流動；流水般地移動；〔眼睛，額頭〕流淌《with 〔淚，汗等〕》. The moonlight *streamed* into the room. 月光(靜靜地)流瀉進室內/The people *streamed* out of the hall. 人們絡繹不絕地走出大廳/His forehead *streamed with* perspiration. 汗珠從他的額頭上滴下來/*streaming* eyes = eyes *streaming with* tears 淚眼婆娑.

2 〔旗幟〕飄揚；〔髮等〕飄動. hair *streaming* in the breeze 微風中飄揚的秀髮.

— vt. 使…流出〔流入〕. The gaping wound *streamed* blood. 血從裂開的傷口流出.

stream·er [ˈstriːmɚ; ˈstriːmə(r)] n. © **1** 飄揚的旗幡，三角旗. **2** 飾帶；彩色紙帶(送輪船出港等時所拋投的彩帶). **3** (極光等的)流光，射光.

stream·let [ˈstriːmlɪt; ˈstriːmlɪt] n. © 小溪流，細流.

stream·line [ˈstriːmlaɪn; ˈstriːmlaɪn] vt.

1 使…成爲流線型.

2 (簡化非必要的流程)使〔機械等〕精簡，使提高效率. In a recent corporate *streamlining*, I found myself out on the street. 因最近公司精簡人事之故，我被掃地出門了.

stream·lined [ˈstriːmlaɪnd; ˈstriːmlaɪnd] adj.

1 流線型的. **2** 精簡的，有效率的；最新式的.

***street** [striːt; striːt] n. 《pl. ~s [~s; ~s]》 **1** ©

街道，馬路. the main [《英》high] *street* 主要街道，繁華大街/meet a friend on 《美》[《英》in] the *street* 在街上遇到了朋友/The *street* was crowded with pedestrians. 街上擠滿了行人. Ⓢ street 爲都市中建築物櫛比鱗次地區的道路；中文多作「街道」；→ road, way[1].

Ⓓ adj. + street: a busy ~ (熱鬧的街道)，a quiet ~ (清靜的街道)，a main ~ (主要的街道)，a back ~ (後街)，a narrow ~ (狹窄的街道)，a wide ~ (寬闊的街道).

2 《Street》(街道名)…街，…路，《常略作 St.; → avenue》. No. 221 b, Baker *Street* (倫敦的)貝克街 221 號之 b《Sherlock Holmes 的寓所》/Wall *Street* (紐約的)華爾街.

3 (加the)(相對於人行道的)車道. cross the *street* 穿越馬路.

4 (加the)(集合)街上的人們.

5 《形容詞性》(面向)大街〔馬路〕的；外出穿的〔衣服等〕.

be (*out*) *on the stréets* (1)無家可歸. (2)《委婉》賣淫維生(阻街拉客).

gò [*líve*] *on the stréets* 靠賣春過日子.

nòt in the sàme stréet with [*as*]... 《口》遠不能與…相比.

on [*in*] *the stréet* (1) → 1. (2)無家可歸的；失業的. (3)(出獄)爲自由之身的.

stréets ahéad (*of...*) 《主英、口》遠較(…)優秀；遙遙領先(…).

the màn in [《美》*on*] *the stréet* 普通市民；(相對於專家的)外行人.

up [*down*] *a pèrson's* **strèet** 為某人的專長; 合乎某人的喜好.

wàlk the strèet = be (out) on the streets.

*street·car [ˈstritˌkɑr; ˈstriːtkɑː(r)] *n.* (*pl.* ~s [~z; ~z]) C (美)市區電車, 街車, 《英》tram, tramcar).

street·light [ˈstritˌlaɪt; ˈstriːtlaɪt] *n.* C 街燈.

strèet vàlue *n.* UC (特指毒品的)市面上的售價, 市價.

street·walk·er [ˈstritˌwɔkɚ; ˈstriːtˌwɔːkə(r)] *n.* C 妓女, 阻街女郎.

street·wise [ˈstritˌwaɪz; ˈstriːtwaɪz] *adj.* 《口》對都市生活瞭若指掌的.

*strength [strɛŋkθ, strɛŋθ; strɛŋθ] *n.* U 【力】 **1** 力, 力量, 力氣; 體力. the *strength* of a blow 一擊[拳]的力量/with all one's *strength* 竭盡全力/He hardly has the *strength* to walk since the operation. 自從(動過)手術以後, 他幾乎沒有力氣走路.

圖 strength 為本質上內在具備的力量; → power.

┃圖解┃ *adj.*+strength: enormous ~ (巨大的力量), great ~ (強大的力量) // *v.*+strength: build up one's ~ (增強體力), lose one's ~ (失去力量), recover one's ~ (恢復體力), save one's ~ (儲存體力).

2 (精神上的)力量; 能力; 智力; 持久的耐力; 抵抗力; 勢力. *strength* of mind 精神力量, 智力/It is beyond my *strength*. 它超出了我的能力範圍/the economic *strength* of a nation 一國的經濟實力.

3 【成為力量之物】支柱, 依靠; 優勢, 長處. Religion was her *strength*. 宗教是她心靈的支柱/Patience is his *strength*. 忍耐是他的長處.

【強度】 **4** (東西的)強度; (酒等的)濃度, 效力. The *strength* of materials is an important subject of study. 材料的強度是個重要的研究課題/the *strength* of coffee 咖啡的濃度/the *strength* of a drug 藥的效力.

5 兵力, 兵員; 大批的人; 人數. the *strength* of the fort 要塞的兵力/in full *strength* 總動員.

⇨ *adj.* **strong**. *v.* **strengthen**.

at fùll stréngth 沒有缺額; 全體動員地.

belòw stréngth 未達一定人數.

gò from stréngth to stréngth 越來越出名[強而有力].

on the stréngth 《口》(1)從軍. (2)正式被雇用, 成為正式職員.

on the stréngth of... 依賴…; 指望….

*strength·en [ˈstrɛŋkθən, ˈstrɛŋθ-; ˈstrɛŋθn] *v.* (~s [~z; ~z]; ~ed [~d; ~d]; ~ing) *vt.* 使強化; 使變得結實牢固; 增強; 使打起精神, 鼓勵…. *strengthen* the support of a building 強化建築物的支柱/The news *strengthened* our hopes. 那件消息增加了我們的希望.

— *vi.* 變強, 變得堅固; 振作精神, 恢復元氣. The wind has *strengthened* into a gale. 風力已增強為強風/The patient is beginning to *strengthen*. 病人開始恢復健康.

────────── **stress** 1543

⇨ *n.* **strength**. *adj.* **strong**. ↔ **weaken**.

●──── en-＋名詞, 名詞＋-en → 動詞

en- 在 p, b, m 之前為 em-.

(1)「使成為…」的意思:

embrace	擁抱	encourage	鼓勵
endanger	危害	enforce	強迫
enslave	奴役	heighten	提高
lengthen	加長	strengthen	強化

(2)「入…中, 置於…上」的意思:

| encircle | 圍繞 | enmesh | 套入網中 |
| enshrine | 祭於神殿 | | |

stren·u·ous [ˈstrɛnjʊəs; ˈstrenjʊəs] *adj.* **1** 〔工作等〕需要努力的, 費工夫的. a *strenuous* task 費力氣的工作.

2 精力旺盛的; 奮發努力的; 熱心的. make *strenuous* efforts 拚命努力/a *strenuous* advocate of tax reform 稅制改革的熱心提倡者.

stren·u·ous·ly [ˈstrɛnjʊəslɪ; ˈstrenjʊəslɪ] *adv.* 精力充沛地; 熱心地. live *strenuously* 奮發努力地過日子.

stren·u·ous·ness [ˈstrɛnjʊəsnɪs; ˈstrenjʊəsnɪs] *n.* U 精力充沛; 努力.

strep·to·coc·ci [ˌstrɛptəˈkɑksaɪ; ˌstreptəʊˈkɒkaɪ] *n.* streptococcus 的複數.

strep·to·coc·cus [ˌstrɛptəˈkɑkəs; ˌstreptəʊˈkɒkəs] *n.* (*pl.* -coc·ci) C 鏈球菌.

strep·to·my·cin [ˌstrɛptəˈmaɪsɪn; ˌstreptəʊˈmaɪsɪn] *n.* U 鏈黴素《治療結核病等的有效抗生素》.

*stress [strɛs; stres] *n.* (*pl.* ~es [~ɪz; ~ɪz]) 【壓力】 **1** UC (物理的)壓力, 重力, 《on》. the *stress on* the wings of an airplane 機翼承受的壓力.

2 UC (狀況等的)壓迫, 緊迫; 強制. in times of *stress* 在緊迫之際/The boy stole under the *stress* of hunger. 那個男孩為飢餓所迫, 所以才會行竊.

3 UC 心理上的壓迫感, 緊張, 精神上的壓力. *stress* disease 緊張症/He developed a stomach ulcer from the constant *stress*. 長期不斷的精神壓力使他得了胃潰瘍.

【加強】 **4** U 強調, 極力說明, 重視, 《on》. The professor laid [put] *stress on* the importance of education. 那位教授強調教育的重要.

5 UC 《語音學》重讀, 重音. In "educate" the *stress* falls on the first syllable. educate 這個字的重音落在第一個音節上.

— *vt.* (~es [~ɪz; ~ɪz]; ~ed [~t; ~t]; ~ing) **1** 強調, 著重說明…, 將重點置於…; [句型3] (stress *that* 子句)強調…, I want to *stress* this point. 我想強調這一點/Our teacher *stressed that* we should study harder. 我們的老師再三強調我們應該要更用功.

2 《語音學》把重音置於其上，用重音讀. *stressed* vowels 重讀的母音.

stréss màrk *n.* C《語音學》重音符號(在本字典音標裡為 [ˋ; '] 和 [ˏ; ˌ] 詞條時略ˇˇ).

＊stretch [stretʃ; stretʃ] *v.* (~**es** [~ɪz; ~ɪz]; ~**ed** [~t; ~t]; ~**ing**) 【【展】】 *vt.*

1 把…伸展開來，鋪開，張開; 拉直，拉緊…; (*out*) 句型5 (stretch **A B**)伸展 A 變成 B (狀態). *stretch* a carpet on the floor 在地板上鋪開地毯/*stretch* a rubber band 拉緊橡皮筋/*stretch* a rope tight 把繩索拉緊/After you've washed the woollen sweater, *stretch* it *out* a little. 你洗完羊毛衣後要稍微拉一拉.

2 舒展[手腳]; 伸出[手]; (*out*); (用 stretch oneself)舒展身體[手腳], 伸懶腰. *stretch* (*out*) one's arm for a book 伸長手臂取書.

【【 拚命伸展 】】 **3** 過度使用; 使〔神經等〕極度緊張; (多方設法)長久持有〔金錢等〕(*out*); (用 stretch oneself) (超越能力的極限)勉強去做, 逞強. *stretch* one's powers to the utmost 用盡全力/be fully *stretched* 盡全力/She does everything to *stretch* her low wages as far as she can. 她盡其所能使微薄的薪水發揮最大效益/You've *stretched yourself* too thin. 你過度勞累以致筋疲力竭(★套用 句型5 (stretch A B)的句型, too thin 是 B).

4 牽強附會, 曲解[法律等]. *stretch* the truth 歪曲事實/*stretch* the law [rule] 曲解[擴大解釋]法律.

— *vi.* **1** 伸展, 鋪開; [道路等]延伸; [土地等]鋪展, 綿延, 延續. The road *stretches* for miles through the hills. 那條道路貫穿丘陵地帶, 延伸了好幾英里.

2 舒展手腳, 伸懶腰; 躺成大字形. (*out*). *stretch out* on the bed 四肢伸展躺在床上/yawn and *stretch* 打哈欠並伸懶腰/*stretch* for a book 伸手取書.

3 (時間的)持續, 延續. The talks *stretched* on for days. 會談持續了好幾天.

strétch a póint → point 的片語.

strétch one's légs (坐了很長一段時間後等)伸伸腿, 活動一下筋骨.

— *n.* (*pl.* ~**es** [~ɪz; ~ɪz]) 【【伸展, 延伸】】 **1** C (通常用單數)伸展, 伸張, 擴張; (身體等的)伸懶腰. The dog got up with a *stretch*. 狗伸伸懶腰站了起來.

2 U伸展力, 收縮性, 彈性. This elastic band has lost its *stretch*. 這條橡皮筋失去了彈性.

【【 伸展＞延展 】】 **3** C (土地等的)鋪展, 綿延. a *stretch of* road 一段(延伸的)道路/a sandy *stretch of* beach 海邊一片綿延的沙灘.

4 C一段(時間, 工作等). over a *stretch of* two years 經過兩年.

5 C (通常用單數)(跑道的)直邊, 直線跑道, (→ backstretch, homestretch).

【【 極力伸展 】】 **6** C用盡[過度使用](能力等);

(法律等的)濫用. beyond the *stretch of* reason 超過了理性的限度.

at a strétch 一口氣地, 連續不斷地. The sentry has to stand for several hours *at a stretch*. 衛兵必須一口氣站上好幾個小時.

at fúll strétch 竭盡全力. Our factories are working *at full stretch* to meet the increased demand. 我們的工廠正竭盡全力生產, 以滿足需求量的增加.

by àny strétch of the imaginátion 《用於否定句》無論如何極盡想像之能事也…. These acts cannot be justified *by any stretch of the imagination*. (我們)再怎麼自圓其說也無法使這些行為合理化.

strétch·er [ˋstrɛtʃɚ; ˈstretʃə(r)] *n.* C **1** (運送病人的)擔架. **2** 伸展[離開, 撐開]的工具.

strew [stru, strɪu; struː] *vt.* (~**s**; ~**ed**, ~n; ~**ing**) 撒…, 散播…; 將…的表面覆滿, 撒在…上, (*with*). The crowd *strewed* roses over the path [*strewed* the path *with* roses]. 群眾在路上灑滿了玫瑰花.

strewn [strun, strɪun; struːn] *v.* strew 的過去分詞.

stri·at·ed [ˋstraɪetɪd; straɪˈeɪtɪd] *adj.* 有線條[條紋]的; 有細溝紋的.

strick·en [ˋstrɪkən; ˈstrɪkən] *v.* 《古》strike 的過去分詞.

— *adj.* **1** 《限定》(被箭等射到)受傷的; 被打擊的; 苦惱的. a *stricken* deer 受傷的鹿/a *stricken* look 苦惱的神情.

2 (a)被襲擊的(*with* [疾病, 苦難等]). Some of them were *stricken with* malaria. 好幾個人感染了瘧疾. (b)(構成複合字)被…所侵襲的. a terror-*stricken* girl 飽受驚嚇的女孩/a poverty-*stricken* family 極為貧困的家庭.

＊strict [strɪkt; strɪkt] *adj.* (~**er**; ~**est**) **1** 嚴厲的, 嚴格的; 嚴重的. give *strict* orders 下嚴格的命令/Our teacher is *strict* about being punctual. 我們的老師嚴格要求準時/My father was *strict* with me. 我父親對我很嚴厲. 回 strict 指強烈禁止違反既有規定的態度. → severe.

2 嚴密的, 精確的. a *strict* translation 精確的翻譯/He is not a Cockney in the *strict* sense of the word. 嚴格地說, 他並非倫敦佬.

3 全然的, 完全的. *strict* silence 完全的沈默/live in *strict* seclusion 過著完全隱居的生活.

＊strict·ly [ˋstrɪktlɪ; ˈstrɪktlɪ] *adv.* **1** 嚴厲地, 嚴格地. Steve was brought up *strictly*. 史提夫自小受嚴格的教養.

2 精確地, 正確地; 嚴密地. *Strictly* speaking, England is not U.K. 嚴格地說, 英格蘭並不能代表(完整的)「英國」.

strict·ness [ˋstrɪktnɪs; ˈstrɪktnɪs] *n.* U嚴厲, 嚴格; 嚴密.

stric·ture [ˋstrɪktʃɚ; ˈstrɪktʃə(r)] *n.* C

1 (常 strictures)《文章》譴責, 非難, 指責, (*on*, *upon* 對…). pass *strictures on* a person 抨擊某人. **2** 《醫學》狹窄.

strid·den [ˋstrɪdn̩; ˋstrɪdn] v. stride 的過去分詞.

*__stride__ [straɪd; straɪd] v. (~s [~z; ~z]; strode; strid·den; strid·ing) vi. 大踏步地走, 闊步走; 跨, 跨越, 《over, across》. He strode away from us. 他大步離我們而去/stride over a ditch 跨越水溝.
— vt. 大步走在[馬等]上; 騎在[馬等]上.
— n. (pl. ~s [~z; ~z]) © 1 (一)大步, 闊步; 一跨步. He has a long stride that is hard to keep up with. 他的步伐很大, 不容易跟上他/at [in] a stride 跨一步.
2 (通常 strides)進步. make great [rapid] strides 大步邁進[突飛猛進].
hit [*gèt into*] one's *stríde* 恢復正常的步調, 開始上軌道.
tàke...in one's *stríde* 輕鬆地度過[解決]….

stri·dent [ˋstraɪdn̩t; ˋstraɪdnt] adj. 〔聲音〕刺耳的; 軋軋響的, 尖銳的.

stri·dent·ly [ˋstraɪdn̩tlɪ; ˋstraɪdntli] adv. 刺耳地, 軋軋作響地.

*__strife__ [straɪf; straɪf] n. ⓤ 爭奪, 鬥爭, 吵架; 不和, 反目. political strife 政治鬥爭/There is strife between the two countries. 兩國之間發生了紛爭.

*__strike__ [straɪk; straɪk] v. (~s; struck; strik·ing) (★作過去分詞用時, vt. 5 (a)在(美)用法中有時也會用(古)的strick·en] vt.
〖打〗 1 打, 敲, 毆打; 句型4 (strike A B) 對 A 施以 B[打擊]; 句型5 (strike A B) 打[毆打]A使成為B的狀態. strike the table with one's fist 用拳頭打桌子/strike a person down 把某人打倒/〔疾病〕使某人病倒[喪命]/Jim struck me on the head [struck my head]. 吉姆打我的頭/strike a person a violent blow 狠狠地打某人/strike a person senseless 把某人打昏. 同 strike 是指給予比較重的打擊, 可以和 hit 代換.
2 〖打進〗把[釘子, 短刀等]釘入, 刺進, 刺穿; 用…刺戳[人或物]《with》. strike a dagger into a person's heart = strike a person to the heart with a dagger 用短劍刺入某人心臟.
〖打中〗 3 撞到; 刺中; 使…碰撞到或《against》. The ball struck a passer-by. 那顆球打到了一個路人/The ship struck a shoal. 船擱淺了/I struck my shin against something hard in the dark. 在黑暗中我的大腿骨被一個硬東西撞到.
4 與…(不期)交會, 遇見; 偶然發現. The road eventually strikes the river. 這條路走到底就會通到河流處.
〖打>襲擊〗 5 (a)〔災害, 死亡等〕襲擊; 使纏住; 俘虜[人或物]; 《with》使突然感到[恐怖]《into》. The enemy struck the fortress before dawn. 敵人在黎明前突襲要塞/A curious disease struck the town. 一種奇特的疾病侵襲了這個鎮/A twinge of shame struck Ellen. 文倫突然感到一陣羞愧/He was struck [(美)有時用 stricken] with terror at the sight. 看了那情形使他驚懼不已/His words struck terror into her (heart). 他的話使她毛骨悚然.

<hr>

strike 1545

(b) 句型5 (strike A B) 將 A 一下子變成 B 的狀態《通常用被動語態》. My mother was struck dumb at the sight. 我母親看到那幅景象, 嚇得目瞪口呆/be struck blind 眼前突然一片空白.
〖打動人心〗 6 打動…的心, 令…感動; 使…吃驚; 給…留下印象《as》. She was struck by the beauty of the scenery. 她被這美麗的風景感動了/He doesn't strike me as efficient [an efficient person]. 我看不出他是個能幹的人/How does his plan strike you? 你覺得他的計畫怎麼樣?
7 〖突然浮上心頭〗〔念頭〕浮現在…的心頭; 《以 it 當主詞》[…的想法]浮上心頭《that 子句》. An idea struck me. 我突然有一個想法/It struck me that he was hiding something from me. 我覺得他有甚麼事瞞著我.
〖打製[出]〗 8 鑄造〔貨幣等〕. strike a medal 打造獎牌.
9 〔火柴〕點火; 擊打[摩擦]出〔火, 光 等〕. strike a match 點一根火柴/sparks out of a flint 用燧石打火.
10 〔鐘等〕敲響報時; 彈奏出〔聲音〕《用鋼琴等》. The clock [It] has just struck four. 時鐘才剛敲過四點鐘.
11 〖講和〗締結〔交易, 契約等〕; 結算〔餘額, 帳目等〕. strike a bargain 完成交易/strike a balance 結算餘額.
12 〖擺出姿態〗採取[〔裝腔作勢的〕姿態等]. strike a graceful attitude 裝出優美的姿態/The actress struck a pose for the cameramen. 那個女演員擺姿勢給攝影師(拍照).
〖撣掉>收拾〗 13 把〔旗, 帆 等〕降下; 卸下, 收拾〔帳篷等〕. strike camp 收帳篷.
— vi. 〖打〗 1 打, 毆打, 《at 對準…》; 攻擊, 進攻, 《at 朝向…》. He struck at me with a stick. 他用手杖毆打我/Snakes strike only if they are surprised. 蛇只在受到驚嚇時才會攻擊.
〖碰, 撞〗 2 碰撞, 衝突, 《against, on, upon》. The car struck violently against a tree. 那輛車猛烈地撞上一棵樹.
〖(碰上後)穿過>前進〗 3 刺穿, 貫穿, 《to, through》. The damp strikes through the walls. 濕氣滲透過牆壁.
4 向著[(新的)方向]走, 前進. The ship struck northward. 那艘船朝北航去/The disease struck inward. 疾病往體內侵襲.
〖打製〗 5 用〔火柴等〕點火. The damp match refused to strike. 這根潮濕的火柴點不著.
6 〔時鐘等〕鐘響, 報時. The hour has struck. 時鐘報時了; 時間到了.
〖丟下工作不管〗 7 罷工. striking workers 罷工中的工人們/The laborers are striking for shorter hours. 工人們罷工要求縮短工作時間.
⇨ n. stroke¹. adj. stricken.
strike báck (1)反擊, 回手; 報復. (2)反駁, 反攻, 《at》.

strìke hóme 〔刀等〕刺中要害, 給予致命傷; 〔言詞等〕擊中要害, 一語道破.

strìke ín 插嘴.

strìke it rích 發現豐富礦藏; 一下子發了財.

strìke /...**óff**[1] (1)砍掉〔頭等〕. (2)刪除, 除去, 〔名字, 語句等〕. (3)印刷…

strìke óff[2] 偏離(*from*).

strìke A off[3] B 將A從B裡刪除. His name was *struck off* the register. 他已經從登記簿裡除名了.

* ***strìke on*** [*upon*] ... (1)(突然)想起〔某想法等〕. (2)碰上, 撞上, (→ *vi.* 2).

strìke /...**óut**[1] (1)打出〔火花等〕. (2)刪除. (3)擬出, 想出, 〔計畫等〕. (4)〔棒球〕使三振出局.

strìke óut[2] (1)連續猛打(*at*). (2)奮力划水游去. (3)開始走; 開始進行〔某事或某項活動〕. *strike out* on one's own 獨立, 開始獨立. (4)〔棒球〕三振出局.

strìke /...**thróugh** (1)(畫線)刪去…, 塗掉…. (2)穿透…

strìke /...**úp**[1] (1)開始〔演奏或對話等〕. (2)開始〔交際等〕; 締結〔協定等〕. *strike up* an acquaintance with a person 和某人(突然)成了朋友.

strìke úp[2] 〔樂團等〕開始演奏〔樂等〕.

within strìking dìstance 在可立即攻擊的範圍內的〔地〕; 在非常近的地方; (*of*).

●――動詞變化　**strike** 型

		[ʌ; ʌ]		[ʌ; ʌ]	
cling	黏住		clung		clung
dig	挖掘		dug		dug
fling	用力投擲		flung		flung
hang	吊掛		hung		hung
sling	投擲		slung		slung
spin	紡織		spun		spun
stick	刺, 戳		stuck		stuck
sting	刺		stung		stung
strike	打, 擊		struck		struck
swing	搖動		swung		swung
win	勝		won		won

★ hang 若表「處以〔遭受〕絞刑」之意時, 作規則變化.

― *n.* (*pl.* ~s [~s; ~s]) ○ **1** 打擊, 毆打; 〔蛇等的〕攻擊; 空襲.

2 罷工, 罷課, 罷市. a general *strike* 大罷工/a hunger *strike* 絕食抗爭/Production stopped for a week because of a *strike*. 因罷工的關係, 生產停頓了一個禮拜.

[搭配] *v.*+strike: break up a ~ (破壞罷工), call a ~ (勒令罷工), settle a ~ (平息罷工), stage a ~ (策劃罷工).

3 發現〔石油, 金礦等〕; 走運; 意想不到的成功. make a lucky *strike* 走運; 賺了一大筆錢.

4 《棒球》好球(↔ ball); 《保齡球》全倒(第一球就

將球瓶全部打倒; → spare). I had two *strikes* against me. 《棒球》我已經是兩好球了; 《美、口》我陷入困境了.

* (**òut**) **on strìke** 罷工中. be [go] *on strike* 罷工中[進行罷工].

strike·bound [ˈstraɪkˌbaʊnd; ˈstraɪkbaʊnd] *adj.* (因罷工而導致)〔工廠等〕停工的, 〔交通等〕癱瘓的.

strike·break·er [ˈstraɪkˌbrekɚ; ˈstraɪkˌbreɪkə(r)] *n.* ○ 破壞罷工者.

strike·break·ing [ˈstraɪkˌbrekɪŋ; ˈstraɪkˌbreɪkɪŋ] *n.* ○ 破壞罷工的行為.

strike·out [ˈstraɪkˌaʊt; ˈstraɪkaʊt] *n.* ○ 《棒球》三振出局.

strìke pày *n.* ○ (罷工中的)罷工津貼(由工會支付).

strik·er [ˈstraɪkɚ; ˈstraɪkə(r)] *n.* ○ **1** 參與罷工者. **2** 打擊者[工具]; (時鐘的)報時裝置. **3** 《足球》前鋒(負責主攻的球員).

strìke zòne *n.* ○ 《棒球》好球區.

* **strik·ing** [ˈstraɪkɪŋ; ˈstraɪkɪŋ] *v.* strike 的現在分詞, 動名詞.

― *adj.* 顯著的, 引人注目的, 耀眼的. a *striking* nose 醒目的鼻子/a *striking* difference 明顯的不同.

strik·ing·ly [ˈstraɪkɪŋlɪ; ˈstraɪkɪŋlɪ] *adv.* 顯著地, 引人注目地.

* **string** [strɪŋ; strɪŋ] *n.* (*pl.* ~s [~z; ~z]) 【繩子】 **1** ○○ 繩子, 線. a ball of *string* 繞成一團的繩子, (毛)線球/I need some *string* to tie up this package with. 我需要一些繩子來綁這包裹/work puppets with *strings* 用線操縱木偶. [語法] string 通常作○, 表示數量時通常用 a piece of *string*, two pieces of *string*, 不過指一定長度的繩子時則作可數名詞, 可用 a *string*, two *strings*. 圈 string 既指細的繩子, 亦指粗的繩子, 主要用於捆綁東西; → rope [參考].

2 ○ (圍裙等的)繫帶; (主美)鞋帶(shoestring).

3 【一段】○ 一串; 連接之物; 一連串. a *string* of pearls 一串珍珠/a long *string* of cars 一長列的車/a *string* of questions 一連串的問題/run a *string* of coffee shops 經營咖啡連鎖店.

4 【附有帶子】○ (口) (通常 strings)附帶條件. an offer with no *strings* attached to it 完全無任何附帶條件的提供.

【弦】 **5** ○ (樂器的)弦; (弓的)弦. A violin has four *strings*. 小提琴有四根弦.

6 (the strings) (集合)弦樂器; (管弦樂團的)弦樂器(演奏者).

7 ○ (按照能力區分的)選手等級. the first [second] *string* 先發上場的陣容[預備隊].

◇ *adj.* **stringy**.

hàve a pèrson on a [*the*] ***strìng*** 《口》任意操縱某人.

hàve twò strìngs to one's bów 有兩種對策(<持有兩根弓弦).

pùll strìngs 在背後操縱; 祕密活動.

― *vt.* (~s; strung; ~ing) **1** 把〔念珠等〕用線串

起；用[穿]繩繫住.

2 調緊[弓，樂器等]的弦；把[繩子]拉長.

3 使[人，心情]緊張，興奮，(*up*)(通常用被動語態). The boxer was *strung up*. 那個拳擊手很緊張[興奮]/a highly *strung* woman 非常神經質[感情用事]的女人.

string/.../**alóng**[1] (口)(用口說無憑的約定等)欺騙[人].

string alóng[2] 忠實地追隨；贊同；(*with*).

string/.../**óut**[1] (1)把…(間隔)排成一列. They *strung out* the flags of many countries on a line. 他們把各國國旗排成一列.
(2)(口)延長[演講等].

string óut[2] 排成一長列.

string/.../**úp** (1)用繩子繫…. (2)用繩子吊掛…. (3)(口)處以絞刑.

string bèan *n.* C (植物) (美)菜豆 ((英) runner bean).

strìnged ínstrument *n.* C 弦樂器.

bow
violin
cello
viola
double bass (contrabass)

[stringed instruments]

strin·gen·cy [ˋstrɪndʒənsɪ; ˈstrɪndʒənsɪ] *n.* U (文章)(規則等的)嚴厲，迫切；拮据；(爭論等的)說服力.

strin·gent [ˋstrɪndʒənt; ˈstrɪndʒənt] *adj.* (文章) **1** (規則等)嚴厲的，嚴正的.
2 (金融等)短缺的，拮据的.

strin·gent·ly [ˋstrɪndʒəntlɪ; ˈstrɪndʒəntlɪ] *adv.* (文章)嚴厲地，嚴正地.

strìng quartét *n.* C 弦樂四重奏樂團[樂曲].

string·y [ˋstrɪŋɪ; ˈstrɪŋɪ] *adj.* **1** 線(似)的；成絲的；黏的. **2** 多纖維的；帶筋的[肉等].
⇨ *n.* **string**.

✸strip[1] [strɪp; strɪp] *v.* (~s [~s; ~s]; ~ped [~t; ~t]; ~ping) *vt.* **1** (a)脫，剝，[外皮，衣服等](*from, off*)；剝去(*from, off*). *strip* the wall-paper *off* 撕下壁紙/The boy *stripped off* his clothes. 那個男孩脫掉他的衣服/*strip* husks *from* corn 剝玉米皮/He was *stripping* the bark *off a* tree. 他在剝樹皮. (b)使[人，樹等]赤裸；從…剝去((*of*) ⇨ 匣型5 (strip **A B** 將 A 剝成 B (狀態)/*strip* oneself 裸露/*strip* a tree (*of its leaves*)= *strip* the leaves *from* [*off*] a tree (→(a))使樹葉落光/*strip* a room *of* furniture 撤去房間裡的家具/The bandits *stripped* the gentleman naked. 強盜把那位先生剝得精光.

2 從…奪取，搶奪，(*of*)(rob)；從…剝奪(*of*). The robbers *stripped* the traveler *of* all his money. 盜賊搶走旅客所有的錢/The soldier was *stripped* of his rank. 那個軍人被剝奪了軍階.
— *vi.* 脫去衣服，赤裸身體.

✸strip[2] [strɪp; strɪp] *n.* (*pl.* ~s [~s; ~s]) C
1 (布，紙等)細長的一片；狹長的土地. a *strip* of paper 細長的紙片/a tiny metal *strip* 細長的小金屬片/a sandy *strip* of beach 狹長的海灘/cut papers into *strips* 把文件絞碎.
2 (英，口)(足球等的)制服(其配色使觀眾能輕易地分辨出兩隊的選手).
3 =airstrip. **4** =comic strip.

stríp cartòon *n.* (英)=comic strip.

✸stripe [straɪp; straɪp] *n.* (*pl.* ~s [~s; ~s]) C
1 (和底色不同的)條紋，線條；(聚集而構成圖樣的)斑紋. a white cloth with a green *stripe* 有綠色條紋的白布/Zebras have black and white *stripes*. 斑馬身上有黑白條紋.
2 (stripes)(軍人的)臂章(常以條紋數表示軍階). get one's *stripes* 擢升.
3 (美)種類，類型. people of that intolerant *stripe* 那種心胸狹窄的人.
— *vt.* 以條紋裝飾，作成條紋花樣. the barber's *striped* pole 理髮店(掛在店門口)的條紋圓柱.

striped [straɪpt; straɪpt] *adj.* 加有條紋的；條紋花樣的.

strip·ling [ˋstrɪplɪŋ; ˈstrɪplɪŋ] *n.* C 毛頭小子，年輕人.

strip·per [ˋstrɪpɚ; ˈstrɪpə(r)] *n.* C **1** 脫[剝]…的人[工具]. **2** (口)=stripteaser.

strip·tease [ˋstrɪpˏtiz; ˈstrɪptiːz] *n.* C 脫衣舞.

strip·teas·er [ˋstrɪpˏtizɚ; ˈstrɪptiːzə(r)] *n.* C 脫衣舞孃[舞男].

strip·y [ˋstraɪpɪ; ˈstraɪpɪ] *adj.* 線條(縱橫條紋)(多)的.

✸strive [straɪv; straɪv] *vi.* (~s [~z; ~z]; strove, (美) ~d [~d; ~d]; striv·en, (美) ~d [~d; ~d]; striv·ing) **1** 努力，拼命，(*for, after* 為了 …)；爭取，奮勉，(*to* do). *strive for* victory [*to* win] 爭取勝利. **2** (古)戰鬥，爭奪，(*against, with*).

striv·en [ˋstrɪvən; ˈstrɪvn] *v.* strive 的過去分詞.

strobe light [ˋstrobˏlaɪt; ˈstrəʊblaɪt] *n.* C (攝影)高速閃光燈(與快門同步的閃光裝置).

strode [strod; strəʊd] *v.* stride 的過去式.

✸stroke[1] [strok; strəʊk] *n.* (*pl.* ~s [~s; ~s]) C [[敲打]] **1** 一擊，一敲，一刺，(blow). He cut down the tree with one *stroke* of his axe. 他用斧頭一劈便將樹砍倒/One of the climbers was killed with a *stroke* of lightning. 有一名登山者遭雷電擊斃.

2 [[敲打聲]](時鐘的)響聲；(加 the)報時. arrive at [on] the *stroke* of three 於三點鐘鐘響時到達.

3 (心臟的)跳動，脈搏.

S

〖(意想不到的)一擊〗**4**(疾病的)發作,(特指)中風. have [suffer] a *stroke* 罹患中風.

5〖意想不到的事件〗(加 a)(幸運等)意外的到來. What a *stroke* of luck! 眞是幸運!

〖(反覆運動中的)一個動作〗**6**(鳥的)(一次)振翅;(活塞的)(上下一次)滑動,(引擎)衝程.

7(小船的)一划,(游泳的)一划;游法,(網球、高爾夫球等的)一擊. row with long *strokes* 大幅距地划槳/Jane cannot swim a *stroke*. 珍完全不會游泳/He has a good backhand *stroke*. 他(網球)的反拍打得很好/do a short hole in four *strokes* 以四桿打(高爾夫球的)短距洞.

8(船的)尾槳手.

9一筆;筆法;筆觸;一刀,一鏤,(字的)一畫. Another *stroke* of the brush, and the painting will be finished. 再畫上一筆,這幅畫就完成了.

10【一件工作】(用單數)工作量;一次完成的動作. He hasn't done a *stroke* of work. 他甚麼事都沒做/clear away all obstacles at a [one] *stroke* 一口氣排除所有障礙. ⇨ v. strike.

pùt a person òff his stróke 使某人發狂;使某人躊躇.

*stroke² [strok; strəʊk] *vt.* (~**s** [~s; ~s]; ~**d** [~t; ~t]; strok·ing) 撫摸(頭等). *stroke* (down) one's hair 撫摸頭髮.

— *n.* ⓒ 撫摸.

*stroll [strol; strəʊl] *vi.* (~**s** [~z; ~z]; ~**ed** [~d; ~d]; ~**ing**) 閒逛, 散步. My grandfather *strolls* along the river every morning. 我的祖父每天早晨沿著河散步.

— *n.* (*pl.* ~**s** [~z; ~z]) ⓒ (通常用單數)閒逛, 散步. take a *stroll* 蹓躂/go for a leisurely *stroll* in the woods 在森林裡悠閒地散步.

stroll·er [ˋstrolə; ˋstrəʊlə(r)] *n.* ⓒ **1** 閒逛者;流浪者.

2 巡迴演出的藝人.

3(美)輕便嬰兒車((英) pushchair)(折疊式嬰兒車;讓嬰兒坐著, 由大人推動; → pram).

strong [strɒŋ; strɒŋ] *adj.* (~·er** [~gɚ; ~gə(r)]; ~**·est** [~gɪst; ~gɪst])〖有力的〗**1**(力量)強的(⇦ weak);(國家, 軍隊等)強大的;(風等)很強烈的. A tiger is bigger and *stronger* than a cat. 老虎的體型和力量都比貓大/He was a small man but he was terribly *strong*. 他雖然個子小但力量大得不得了/Give a *strong* pull on the rope. 用力拉一下繩索/That country has a *strong* army. 該國擁有一支強大的陸軍/a *strong* wind [current] 很強的風[潮流].

2《置於數詞之後》兵力[人員]達…的, 總數達…的. The army [crowd] was three thousand *strong*. 兵力[群眾的總數]達三千人.

3〖言論, 證據等〗有說服力的, 強而有力的;〖支援等〗有力的, 靠得住的;〖可能性等〗成分大的. I have a *strong* reason to believe so. 我有充分的理由那樣相信/The chances are not *strong* that we

will win. 我們獲勝的可能性很低.

4〖優越的〗擅長的, 拿手的(*in, on*)(⇦ weak). one's *strong* point 長處, 優點/He is *strong in* mathematics. 他的數學(能力)很強.

〖強的>結實的〗**5**(物等)堅實的;(身體)結實的, 健康的;(委婉)胖的(→ fat 回). a *strong* chain 牢固的鎖鏈/*strong* cloth 密實的布/She isn't very *strong*. 她身體不太好.

6(性格, 信念等)堅定的, 堅強的, 不動搖的, (firm). His nerves are *strong* enough to face such difficulties. 他的精神十分堅強, 足以應付那種困難/a *strong* faith in the democratic system 對民主制度的堅定信念.

〖強烈的〗**7**(感情等)激烈的, 強烈的;(手段等)強硬的. his *strong* love for her 他對她的熾熱愛情/voice a *strong* protest 提出強烈的抗議/the enemy's *strong* resistance 敵人的激烈抵抗/take *strong* measures 採取強硬手段.

8〖效果強烈的〗(咖啡, 茶等)濃的;(酒等)烈的;(光線, 氣味, 味道等)強烈的. Do you like your coffee *strong*? 你喜歡喝濃咖啡嗎?/the *strong* sunshine on the beach 海灘上強烈的日光/Her perfume is a little too *strong*. 她擦的香水稍微濃了點. ⇨ *n.* strength. *v.* strengthen.

(*as*) *stròng as a hórse* [*an óx*] 非常強而有力.

be (*stíll*) *góing stróng* (口)(不畏年齡等)健朗的, (依然)強盛的. Miniskirts *are still going strong*. 迷你裙至今仍然流行.

còme [*gò*] *it stróng* (口)做得過火.

strong-arm [ˋstrɒŋ͵arm; ˋstrɒŋɑːm] *adj.* (限定)用暴力的, 強制性的.

strong·box [ˋstrɒŋ͵bɑks; ˋstrɒŋbɒks] *n.* ⓒ (小型)保險箱, 貴重物品保險箱.

strŏng drínk *n.* Ⓤⓒ 含酒精飲料(⇦ soft drink).

strong·hold [ˋstrɒŋ͵hold; ˋstrɒŋhəʊld] *n.* ⓒ **1** 要塞, 堡壘. **2**(思想等的)根據地.

*strong·ly [ˋstrɒŋlɪ; ˋstrɒŋlɪ] *adv.* **1** 強烈地;熱烈地;強硬地;激烈地. They protested *strongly*. 他們強烈地抗議/a *strongly* worded speech 措辭強硬的演說/I *strongly* agree that the plan should be abandoned. 我極力贊成取消該計畫.

2 堅實地, 堅固地. Our house is *strongly* built. 我們的房子蓋得十分堅固.

strong-mind·ed [ˋstrɒŋˋmaɪndɪd; ͵strɒŋˋmaɪndɪd] *adj.* 意志堅定的, 果斷的;(女性)好勝的.

strong·room [ˋstrɒŋ͵rum; ˋstrɒŋruːm] *n.* ⓒ (銀行等的)金庫, 保險庫.

stron·ti·um [ˋstranʃɪəm; ˋstrɒntɪəm] *n.* Ⓤ (化學)鍶(金屬元素; 符號 Sr). *strontium 90* 鍶 90 (核爆時所釋出的輻射, 對人畜有害).

strop [strɒp; strɒp] *n.* ⓒ 磨刀皮革(strap)(理髮店等用來磨剃刀).

— *vt.* (~**s**; ~**ped**; ~**ping**) 用磨刀皮革磨.

strove [strov; strəʊv] *v.* strive 的過去式.

struck [strʌk; strʌk] *v.* strike 的過去式、過去分詞.

***struc·tur·al** [ˈstrʌktʃərəl; ˈstrʌktʃərəl] *adj.* 構造的, 結構的, 組織上的. a *structural* fault 結構上的缺陷. ⇨ *n.* **structure**.

struc·tur·al·ism [ˈstrʌktʃərəlˌɪzəm; ˈstrʌktʃərəlɪzm] *n.* Ⓤ (哲學, 語言學等的)結構主義.

struc·tur·al·ly [ˈstrʌktʃərəlɪ; ˈstrʌktʃərəli] *adv.* 結構上, 構造上. The building was *structurally* unsound. 那棟建築物的結構不穩.

*#**struc·ture** [ˈstrʌktʃɚ; ˈstrʌktʃə(r)] *n.* (*pl.* ~**s** [~z; ~z]) **1** Ⓤ構造, 構成, 結構, 組織. the *structure* of the human body 人體的結構/Taiwan's economic *structure* 臺灣的經濟結構/the *structure* of a novel 小說的結構. **2** Ⓒ構造物; 組織體; 建築, 建築物. There are many fine marble *structures* in Rome. 羅馬有許多漂亮的大理石建築.
— *vt.* 設計, 構思, 構築, 〔想法, 計畫等〕. a well *structured* argument 構思完善的論述.
⇨ *adj.* **structural**.

*#**strug·gle** [ˈstrʌgl; ˈstrʌgl] *vi.* (~**s** [~z; ~z]; ~**d** [~d; ~d]; **-gling**) **1** 掙扎. The rabbit *struggled* to escape from the snare. 兔子掙扎著要逃離陷阱.
2 抗爭, 激烈地爭鬥, 《*against*, *with*》. My father *struggled with* the robber. 我父親和強盜格鬥/*struggle* hard *against* difficulties 和困境苦戰.
3 努力, 奮鬥, 《*for* 為了⋯》; 竭力《(*for* to do)》. *struggle for* a living 為討生活而奮鬥/The doctor *struggled to* keep his patient alive. 醫生努力維持病人的生命.
4 《加副詞(片語)》掙扎著〔辛苦地, 好不容易地〕做⋯; 奮力前進《*along*》, 從⋯中擠過去《*through*》. *struggle along* 好不容易往前進/*struggle through* the crowd 從人群中擠過去.
strúggle to *one's* **féet** 奮力站起來.
strúggle *one's* **wáy** 辛苦向前擠進(→**way**[1] 表).
— *n.* (*pl.* ~**s** [~z; ~z]) Ⓒ **1** 掙扎.
2 爭鬥, 激戰. have a conclusive *struggle* with the enemy 與敵人對決/a *struggle* for power 一場權力鬥爭/the *struggle* for existence [life] 生存競爭/a *struggle* with disease 一場與疾病的奮戰.
3 (通常用單數)努力, 奮鬥, 辛苦. I got the tickets without a *struggle*. 我毫不費力地把票弄到手/make a desperate *struggle* to make both ends meet 盡全力使收支平衡.

[搭配] *adj.*+struggle (1-3): a constant ~ (不間斷的努力), a desperate ~ (拚命的努力), a hard ~ (辛苦的努力), a heroic ~ (勇敢的奮鬥) // *v.*+struggle: carry on a ~ (繼續努力), wage a ~ (努力).

strug·gling [ˈstrʌglɪŋ, -glɪŋ; ˈstrʌglɪŋ] *v.* struggle 的現在分詞, 動名詞.

strum [strʌm; strʌm] *v.* (~**s**; ~**med**; ~**ming**) *vi.* 胡亂彈奏〔撥弄〕(吉他, 班克琴等). *strum* on a guitar 漫不經心地撥弄吉他.
— *vt.* 用指甲彈〔撥〕樂器.
— *n.* Ⓒ彈奏(出的聲音).

strum·pet [ˈstrʌmpɪt; ˈstrʌmpɪt] *n.* Ⓒ《古》妓女.

女.   「分詞.

strung [strʌŋ; strʌŋ] *v.* string 的過去式、過去分詞.

strut[1] [strʌt; strʌt] *vi.* (~**s**; ~**ted**; ~**ting**) 趾高氣昂地〔擺起架子地〕走路, 裝腔作勢地走路.
— *n.* Ⓒ (通常用單數)裝腔作勢的走路模樣.

strut[2] [strʌt; strʌt] *n.* Ⓒ《建築》支柱, 支撐物.

strych·nine [ˈstrɪknɪn; ˈstrɪkniːn] *n.* Ⓤ馬錢子鹼, 士的寧, 《興奮劑》.

Stu·art [ˈstjuət, ˈstɪu-, -ət; ˈstjʊət] *n.* **1** 男子名. **2** Ⓒ《英國》斯圖亞特王朝的人; (the Stuarts)斯圖亞特王朝《從 James 一世到 Anne 女王為止(1603-1714)的英國王朝》.

stub [stʌb; stʌb] *n.* Ⓒ **1** (樹的)殘株, 殘根.
2 (鉛筆等)用剩的部分. a cigar *stub* 雪茄菸蒂/a *stub* of a pencil 用剩的鉛筆頭.
3 (泛指)短而粗的東西.
4 (支票等的)存根《支票撕下後留在支票簿上的部分》; (票券等的)票根.
— *vt.* (~**s**; ~**bed**; ~**bing**) **1** 拔除〔樹樁等〕, 挖除〔土地〕裡的樹樁, 《*up*》.
2 使〔腳尖〕踫上《殘株, 石頭等》.
3 揉滅〔菸頭〕《*out*》.

stub·ble [ˈstʌbl; ˈstʌbl] *n.* ⓊⒸ (通常stubbles)(麥子等的)殘株《★亦可作集合名詞》.
2 Ⓤ殘梗狀物體; 剪短的頭髮[鬚]; 因懶得剃而長出硬硬的青髭.

stub·bly [ˈstʌblɪ, ˈstʌblɪ; ˈstʌblɪ] *adj.* 殘株滿布的; 殘株般的; 〔髭等〕短而硬的.

*#**stub·born** [ˈstʌbən; ˈstʌbən] *adj.* **1** 頑固的, 執拗的. a *stubborn* child 脾氣拗的孩子/(as) *stubborn* as a mule 像騾子般頑固的.
2 頑強的, 不屈服的, 倔強的. a *stubborn* refusal 斷然拒絕.
3 〔問題等〕難處理的, 棘手的. a *stubborn* fact 不容歪曲的事實.

stub·born·ly [ˈstʌbənlɪ; ˈstʌbənlɪ] *adv.* 頑固地, 固執地; 頑強地.

stub·born·ness [ˈstʌbənnɪs; ˈstʌbənnɪs] *n.* Ⓤ頑固, 執拗; 頑強.

stub·by [ˈstʌbɪ; ˈstʌbɪ] *adj.* **1** 殘梗般的; 殘株滿布的; 〔毛髮等〕短而硬的.
2 〔手指等〕粗短的. a *stubby* tail 粗短的尾巴.

stuc·co [ˈstʌko; ˈstʌkəʊ] *n.* Ⓤ裝飾用的灰泥.

stuc·coed [ˈstʌkod; ˈstʌkəʊd] *adj.* 牆壁用灰泥裝飾的.

stuck [stʌk; stʌk] *v.* stick[2] 的過去式、過去分詞.
— *adj.* 《敘述》 **1** 黏著不動的. The key is *stuck* in the lock. 那把鑰匙卡在鎖裡.
2 《口》動彈不得, 進退兩難.
be stúck on... 《口》十分喜歡⋯, Bill seems to be *stuck on* Mary. 比爾好像喜歡上瑪莉了.
gèt stúck ín (英、口)認真地著手去做〔工作等〕; 迅速地吃. We must finish this work by tonight, so let's *get stuck in*. 我們必須在今晚以前完成這項工作, 所以大家努力地做吧!

S

gèt stúck into... (英、口)認真地著手於….

stuck-up [`stʌk`ʌp; ˌstʌk`ʌp] *adj.* (口)神氣十足的, 傲慢的, 自大的.

stud¹ [stʌd; stʌd] *n.* C (裝飾)釘(釘於皮革上);(為表示道路的分隔而釘的)鉚釘;(鞋底的)鞋釘;(襯衫的)裝飾鈕扣(袖扣亦為其中的一種). a belt with brass *studs* 釘有銅扣的皮帶.

— *vt.* (~**s**; ~**ded**; ~**ding**) **1** 釘飾釘, 釘飾扣.

2 鑲嵌, 點綴, *(with)*; 散布於…. The night sky was *studded with* stars. 夜空中滿布著星星.

stud² [stʌd; stʌd] *n.* C **1** (集合)(為繁殖、狩獵、賽馬而飼養的)馬群.

2 (美)種馬.

stu‧dent [`stjudnt, ˋstɪu-, ˋstu-; ˈstju:dnt] *n.* (*pl.* ~**s** [~s; ~s]) C **1** **(a)** (美)(大學, 高中的)學生;(英)大學生;(→ pupil 同). a law *student* 法律科系的學生/a Harvard *student* 哈佛大學的學生.

(b)(形容詞性)學生的;實習[見習]的. a *student* nurse 實習護士/a *student* activist 學生激進分子.

[圖示] *adj.*＋student: a good ~ (好學生), an outstanding ~ (出類拔萃的學生), a poor ~ (成績差的學生), a diligent ~ (用功向學的學生), an industrious ~ (勤勉的學生), a lazy ~ (怠惰的學生).

2 研究者, 學者. a great *student* of Oriental art 研究東方藝術的卓越學者.

stùdent cóuncil *n.* C (美)學生自治會.

stùdent téacher *n.* C 實習教師.

stud‧ied [`stʌdɪd; ˈstʌdɪd] *v.* study 的過去式、過去分詞.

— *adj.* (文章) **1** 蓄意的, 故意的;〔文體〕矯揉造作的, 不自然的. in a *studied* way 裝模作樣地.

2 經過深思熟慮的;審慎的, 周到的.

stud‧ies [`stʌdɪz; ˈstʌdɪz] *v.* study 的第三人稱、單數、現在式.

— *n.* study 的複數.

＊**stu‧di‧o** [`stjudɪˌo, ˋstɪu-, ˋstu-; ˈstju:dɪəʊ] (★注意發音) *n.* (*pl.* ~**s** [~z; ~z]) C **1** (藝術家的)工作室;畫室;雕刻室;攝影室, 照相館.

2 (廣播, 電視臺的)播音室, 攝影棚, (唱片公司等的)錄音室.

3 (常 studios)電影製片廠, 攝影棚.

stúdio apártment (美)[**flàt** (英)] *n.* C (附有浴室、廚房的)公寓套房.

stúdio còuch *n.* C 沙發床(通常可當作雙人床).

stu‧di‧ous [`stjudɪəs, ˋstɪu-, ˋstu-; ˈstju:dɪəs] *adj.* **1** 好學的, 用功的.

2 熱心的;苦心的;努力的; *(to* do). Shopkeepers should be *studious to* please customers. 店主應當努力使顧客滿意.

3 (文章)細心的, 仔細的, 慎重的. The report treats the problem in *studious* detail. 報告書仔細地研究了那個問題.

stu‧di‧ous‧ly [`stjudɪəslɪ, ˋstɪu-, ˋstu-; ˈstju:dJəslɪ] *adv.* 勤奮地;熱心地;慎重地;故意地.

＊**stud‧y** [`stʌdɪ; ˈstʌdɪ] *v.* (**stud‧ies**; **stud‧ied**; ~**ing**) *vt.* 〖非常努力地學習〗**1** 學習, 研究. He's *studying* law. 他正在學法律/Professor West *studied* Shakespeare under Dr. Horn. 韋斯特教授在霍恩博士的指導下研究莎士比亞. 同 learn 為「學成」之意, study 則指為學成而做的「努力」;由 I've been *studying* Russian for two years but have *learned* very little. (我已經學了兩年俄文, 但仍然懂得很少)即可明顯地看出兩者的不同.

〖仔細研討〗**2** (詳細地)調查, 研討. We'd better *study* the map before we set out. 我們最好在出發前研究一下地圖/The lawyer *studied* the case. 律師仔細研究了那個案件.

3 仔細看;注視(人的臉等). I *studied* his face for signs of weariness. 我仔細端詳了他的臉, 看看是否有消瘦的跡象.

4 用心於…, 關懷. The mayor *studied* the refugees' needs. 市長關懷難民們的需要.

[圖示] study (1–4)＋*adv.*: ~ carefully (專注地學習), ~ closely (詳盡地研討), ~ diligently (勤奮地學習), ~ earnestly (用心地學習).

— *vi.* 學習, 練習;研究. *study* abroad 出國留學/Susie *studies* harder than Jack. 蘇西比傑克用功/Fred is *studying* to be a doctor. 弗雷德正在唸書[醫科]準備當醫生/*study* for the bar 唸書[法律]想當律師.

— *n.* (*pl.* **stud‧ies**) 〖學習, 研究〗**1** U 學習, 研究; C (常 studies)學業, 研究(活動). language *study* 語言學習/Students should spend a lot of time in *study*. 學生應該花很多時間去唸書/We begin the *study* of English in junior high school. 我們從初中開始學英語/He continued his *studies* at Cambridge. 他在劍橋大學繼續他的研究.

〖研究的對象〗**2** C 學科, 學習範圍;學問, 研究範圍. social *studies* 社會學科.

3 〖好的研究對象＞典型〗C (用單數)值得研究[注目]的東西;值得看的東西;樣本, 典型, *(of, in)*. His entire career was a *study* in selflessness and service. 他整個生涯就是無私與奉獻的典範.

〖研究的地方〗**4** C 書房;研究室. I visited Professor Smith in his *study*. 我去史密斯教授的研究室裡拜訪他.

〖研究的結果〗**5** C 研究(論文);研討, 調查, 調查報告; *(of, in, on)*. A *Study* of History 《歷史探索》(書名)/*Studies* in English 《英語研究》(書名)/Pete has made a thorough *study of* traffic problems. 彼特已對交通問題作了徹底的研討.

[圖示] *adj.*＋study: a careful ~ (謹慎的研究), a detailed ~ (詳盡的研討).

6 C (文學, 美術等的)習作, 試作;(音樂)練習曲. a *study* of a woman's profile 一幅女性側面的繪畫練習.

in a brówn stúdy → brown 的片語.

stúdy hàll *n.* C (學校的)自習室;自習時間.

＊stuff [stʌf; stʌf] *n.* U 【材料】 **1** 材料, 原料; 資料, 素材. building *stuff* 建築材料/What kind of *stuff* is this article made from? 這種東西是用甚麼材料製成的?

2 (人的)素質. He has good *stuff* in him. 他資質優異/I'll let them know what *stuff* I'm made of. 我要讓他們知道我是個怎樣的人.

3 【材料＞物資】食物, 飲料; 藥, 酒;《俚》毒品 (drug). garden [green] *stuff* 蔬菜, 青菜/doctor's *stuff* 藥品.

【物資＞物】 **4** (口)(泛指)物, 物體, 物質, 事情, (★用於指原形不明之物, 無需明說之物等). some sticky *stuff* 某種黏稠物/What's the name of that *stuff* you mended the vase with? 你用來修補花瓶的那樣東西叫甚麼?/We can get curtain rods, screws and all that *stuff* nearby. 我們在附近可以買到窗簾桿, 螺絲釘之類各種物品/This is very good *stuff*. 這是很好的東西/I don't want to go through that *stuff* again. 我不想再碰到那樣的事.

5 (口)家產; 持有物, 攜帶物. Did the insurance pay for the *stuff* that was burned in the fire? 保險已賠償在火災中燒毀的東西了嗎?/I've packed and sent my *stuff* already. 我已經把東西打包送走了.

6 【微不足道之物】廢物, 破爛. The attic is full of old *stuff*. 閣樓堆滿了老舊的東西.

dò one's *stúff* (口)大顯身手; 不負期望.

knòw one's *stúff* (口)對於份內工作很在行, 精通自己的業務.

Stúff and nónsense! (口)(認為他人所說的事)胡說八道! 廢話!《現代英語中較罕見的說法》.

Thàt's the stúff! = *Grèat stúff!* (口)正如你所說的! 正是那樣!

— *vt.* ~**s** [~s; ~s]; ~**ed** [~t; ~t]; ~**ing**

【塞東西】 **1** 滿滿地裝入〖容器等〗; 把…塞得滿滿的〖with〗; 裝進, 塞進,〖into〗. My pockets were *stuffed* with small change. 我的口袋裡塞滿了零錢/*stuff* one's head *with* facts = *stuff* facts *into* one's head 把各種事實灌輸至某人的腦海裡/*stuff* a turkey 在火雞裡塞入(蔬菜, 調味料等)填料/Don't *stuff* your mouth so full (*with* food). 別把嘴巴塞得那麼滿[塞滿食物](★與 full 連用 句型5 的用法).

2 把(鳥, 獸)剝製成標本. a *stuffed* tiger 老虎標本/a *stuffed* animal 動物標本;《美》填充玩偶.

3 (塞東西)堵住(洞, 耳朵等)〖up〗. My nose is *stuffed up*. 我的鼻子塞住了/*stuff* a hole in the wall with newspaper 用報紙把牆上的洞堵起來.

4 填飽肚子;《口》使填飽〖with〗. He *stuffed* himself *with* hotdogs. 他吃了一堆熱狗填肚子/The baby's simply *stuffed*, and he can't eat another bite. 嬰兒已經飽了, 再也吃不下.

gèt stúffed 《英, 俚》退下; 消失不見. *Get stuffed!* 住嘴! 給我滾!《非常不客氣的說法; 亦作 *Stuff* it [you]!》.

stùffed shírt *n.* C (口)自命不凡好擺架子的人, 自以為了不起而惹人厭的人.

---

stuff·i·ness [ˋstʌfɪnɪs; ˈstʌfinis] *n.* U 通風不良; 拘謹古板.

stuff·ing [ˋstʌfɪŋ; ˈstʌfiŋ] *n.* U 填塞物(在傢具等中塞入羽毛, 棉花, 稻草等; 烹飪時將雞的腹部掏空所填入的餡料, 配料等).

stuff·y [ˋstʌfɪ; ˈstʌfi] *adj.* **1** (房間等)通風不良的; 悶得慌的; 沈悶的;(鼻子)塞住的. *stuffy* weather 悶熱的天氣. **2** (談話等)無聊的, 枯燥乏味的. **3** (人)拘謹古板的.

stul·ti·fi·ca·tion [ˌstʌltəfəˋkeʃən; ˌstʌltifiˈkeiʃn] *n.* U (文章)顯得愚蠢; 歸於無效.

stul·ti·fy [ˋstʌltəˌfaɪ; ˈstʌltifai] *vt.* (-**fies**; -**fied**; ~**ing**) (文章) **1** 使(努力等)顯得(感到)愚蠢. The reform plan was *stultified* by general indifference. 改革方案因為大眾的漠視而不了了之.

2 (因其後的矛盾行為而)使前功盡棄, 搞砸; 使沒有氣力(沒有希望). Repetitive work will *stultify* your mind. 一成不變的工作會使你的腦筋遲鈍.

＊stum·ble [ˋstʌmbl; ˈstʌmbl] *vi.* (~**s** [~z; ~z]; ~**d** [~d; ~d]; -**bling**) **1** 絆倒, 絆跌,〖over〗;(加副詞(片語))跟蹌, 蹣跚而行. He *stumbled* and fell down the stairs. 他絆倒然後從樓梯上跌下來/The old man *stumbled* over a stone. 老人被石頭絆倒了/*stumble* along 蹣跚而行.

2 (雅)(道德上)過失; 犯罪.

3 慌亂而出錯, 結巴,〖at, over〗(言詞等〗. He often *stumbled* over his words. 他講話經常結巴.

stúmble across [*on, upon*]… 偶然碰見〖邂逅〗…; 偶然發現.

— *n.* C 絆倒, 跟蹌;(雅)失策, 過失.

stúmbling blòck *n.* C 障礙物, 障礙. Distrust among nations is the major *stumbling block* to disarmament. 國家之間的互不信任是裁減軍備的主要障礙.

stump [stʌmp; stʌmp] *n.* C 【殘株】 **1** (樹的)殘株(stub). sit on a *stump* and have a rest 坐在樹樁上休息一下.

2 演講臺(源自從前在美國新開發地區人們在樹樁上演講的習慣);〖political〗演說;〖political〗演講.

【切剩的東西】 **3** (鉛筆等)用剩的短筆頭;(香菸的)菸蒂;(斷齒的)牙根,(被切斷的四肢之)殘肢. Use your pencils till they are worn down to their *stumps*. 要把鉛筆用到只剩下筆頭為止/the *stump* of a tail 尾巴(切除了前端的)短而粗的尾巴.

— *vt.* **1** 使(樹)成殘株; 除去(土地裡的)樹樁.

2 奔走(各地)進行(選舉)演說, 遊說.

3 (口)(問題等)使…困惑, 不知所措.

— *vi.* **1** (像用義肢走路般)笨重地行走,(沈重的)步伐走路. Stop *stumping* around the room. 不要在房間裡這麼用力地走來走去.

2 遊說.

stùmp/…/úp 《主英, 口》勉勉強強地付錢, 拿出錢來.

stump·y [ˋstʌmpɪ; ˈstʌmpi] *adj.* 布滿殘株的;(像樹樁似的)矮胖的, 粗短的.

S

‎*stun [stʌn; stʌn] vt. (~s [~z; ~z]; ~ned [~d; ~d]; ~ning) **1** 使…昏厥過去, 頭昏眼花; 〔巨響〕把耳朵震聾. The robber *stunned* him with a blow to the head. 強盜打他的頭把他打昏了過去.
2 使人大吃一驚; (be stunned) 使人目瞪口呆. He *was stunned* by the news. 那則消息嚇得他目瞪口呆.

stung [stʌŋ; stʌŋ] v. sting 的過去式、過去分詞.

stún gùn n. ⓒ 電擊槍, 電擊棒, (利用電擊來防身的用具).

stunk [stʌŋk; stʌŋk] v. stink 的過去式、過去分詞.

stun·ner [ˈstʌnɚ; ˈstʌnə(r)] n. ⓒ 《口》有魅力的女性; 極好的東西.

stun·ning [ˈstʌnɪŋ; ˈstʌnɪŋ] adj. **1** 使人昏厥的; 震耳欲聾的, 使人啞然失聲的.
2 《口》出色的, 極好的; 極漂亮的. What a *stunning* beauty! 多麼漂亮的美人!

stun·ning·ly [ˈstʌnɪŋlɪ; ˈstʌnɪŋlɪ] adv. 驚愕地; 非常地.

stunt¹ [stʌnt; stʌnt] vt. 妨礙(人或物)的成長, 使(人或物)萎縮; 阻止(成長, 發展).

stunt² [stʌnt; stʌnt] n. ⓒ **1** (使人發出驚叫, 伴隨著危險的)驚險表演, 巧妙技術, 絕技; 特技[高級]飛行, (汽車的)特技駕駛.
2 (引人注目的)宣傳(行為); 討好. pull a *stunt* 耍噱頭.

stúnt màn n. ⓒ 《電影》特技演員(拍攝危險場面時的演員替身).

stúnt wòman n. 《電影》女性特技演員.

stu·pe·fac·tion [ˌstjupəˈfækʃən; ˌstjuːpɪˈfækʃən] n. Ⓤ 《文章》昏睡狀態; 茫然若失.

stu·pe·fy [ˈstjupəˌfaɪ; ˈstjuːpɪfaɪ] vt. (-fies; -fied; ~ing) 《文章》**1** 使[人]昏厥, 使[人]失去知覺. The drug *stupefied* her. 藥使她失去知覺. **2** 使[人]茫然; 使[人]吃驚; 使驚慌失措. The mother was *stupefied* with grief. 那位母親因悲傷而茫然若失.

stu·pen·dous [stjuˈpɛndəs, stɪu-, stu-; stjuːˈpendəs] adj. 驚人的; 巨大的. a *stupendous* mistake 大錯.

stu·pen·dous·ly [stjuˈpɛndəslɪ, stɪu-, stu-; stjuːˈpendəslɪ] adv. 毫無道理地.

‎*stu·pid [ˈstjupɪd, ˈstɪu-, ˈstu-; ˈstjuːpɪd] adj. (~er, more ~; ~est, most ~)
1 (生來)愚蠢的, 愚鈍的, 糊塗的; 〔言行等〕顯得愚蠢的, 傻呼呼的. This dog is too *stupid* to learn tricks. 這條狗太笨了, 甚麼把戲都學不來/ This is the *stupidest* mistake. 這是最愚蠢的錯誤了/How *stupid* of me (it was to have forgotten it)! 我是多麼糊塗啊(竟然把它給忘了)!
🔲 stupid 比 foolish 語氣強烈, 包含有責罵和斥責的情緒; ➡ clever, wise.
2 乏味的, 無意義的, 無聊的. a *stupid* speech [party] 無聊乏味的演說[聚會].

‎*stu·pid·i·ty [stjuˈpɪdətɪ, stɪu-, stu-; stjuːˈpɪdətɪ] n. (pl. -ties [~z; ~z]) Ⓤ 愚鈍, 愚蠢; ⓒ (通常 stupidit*ies*)愚蠢的行為[言語]. the *stupidity* of his remark 他的愚蠢言論/This is just another of her *stupidities*. 這只不過是她的另一件蠢事.

stu·pid·ly [ˈstjupɪdlɪ, ˈstɪu-, ˈstu-; ˈstjuːpɪdlɪ] adv. 愚蠢地, 顯得愚蠢地.

stu·por [ˈstjupɚ, ˈstɪu-, ˈstu-; ˈstjuːpə(r)] n. ⓊⒸ 不省人事, 昏睡; 無感覺; 茫然若失.

stur·di·ly [ˈstɝdlɪ, -dɪlɪ; ˈstɜːdɪlɪ] adv. 堅強地; 頑強地.

stur·di·ness [ˈstɝdɪnɪs; ˈstɜːdɪnɪs] n. Ⓤ 倔強, 頑強; 不屈, 剛毅.

‎*stur·dy [ˈstɝdɪ; ˈstɜːdɪ] adj. (-di·er; -di·est) **1** 倔強的, 身體強健的; (構造)結實牢固的. He is not tall but *sturdy*. 他雖然不高, 但很結實/the *sturdy* oaks of the forest 森林中堅硬的橡樹.
2 不屈的, 剛毅的, 頑強的. a *sturdy* resistance 頑強的抵抗.

stur·geon [ˈstɝdʒən; ˈstɜːdʒən] n. (pl. ~, ~s) ⓒ 鱘魚(食用魚; 其卵可製成 caviar).

stut·ter [ˈstʌtɚ; ˈstʌtə(r)] vi. 結結巴巴地說話, 有結巴的習慣. 🔲 stammer 泛指「結巴」, stutter 則特指習慣性的「結巴」.
— vt. 結巴地說(某事)(out). *stutter* (out) a reply 結巴地回答.
— n. ⓒ 結巴, 口吃(習慣).

stut·ter·er [ˈstʌtərɚ; ˈstʌtərə(r)] n. ⓒ 口吃的人.

stut·ter·ing·ly [ˈstʌtərɪŋlɪ; ˈstʌtərɪŋlɪ] adv. (說話)結結巴巴地.

St. Valentine's Day [ˌsɛntˈvæləˌtaɪnzˌde, ˌseɪntˈvæləntaɪnzˌdeɪ] n. = Saint Valentine's Day.

St. Vin·cent and the Gren·a·dines [sɛntˌvɪnsn̩t-ən-ðə-ˌgrɛnəˈdinz; seɪntˌvɪnsənt-ən-ðə-ˌɡrenəˈdiːnz] n. 聖文森(加勒比海東南部的共和國; 首都 Kingstown).

St. Vi·tus's dance [ˌsɛntˈvaɪtəsɪzˌdæns, ˌseɪntˈvaɪtəsɪzˌdæns] n. 舞蹈症(手腳、顏面等肌肉痙攣).

sty¹ [staɪ; staɪ] n. (pl. sties) ⓒ 豬圈, 豬舍, (現在一般稱 pigsty); (豬圈般)骯髒的場所[屋子].

sty², **stye** [staɪ; staɪ] n. (pl. sties, styes) ⓒ 《醫學》麥粒腫, 針眼. have a *sty* in one's eye 眼睛長了針眼.

‎*style [staɪl; staɪl] n. (pl. ~s [~z; ~z]) 【方式】 **1** Ⓤ (事物的)做法, 作風, 方式, (manner). I like the British *style* of living. 我喜歡英國式的生活/a strange *style* of swimming 奇怪的游泳姿勢.
2 Ⓤ文體; 說話方式; 語調. He writes in a simple *style*. 他寫的文章很簡潔/a writer without a *style* 沒有風格的作家.
3 【樣式】 Ⓤ (有關建築、工藝、文藝等的時代、流派等的)樣式, 風格, 作風. classic *styles* of architecture 古典風格的建築樣式/compose in the *style* of Beethoven 仿貝多芬風格作曲.
【類型】 **4** ⓒ (服裝等的)類型, 款式. the lat-

est *styles* in hats 帽子的最新款式.

5 ⊡⊡ 流行(款式), 時尚. *Styles* in clothing keep changing. 服裝的流行款式不斷在變/be in [come into] *style* 正在[變得]流行/be [go] out of *style* 變得不[不再]流行.

6 ⊡ 種類, 型, 類型. (kind, sort). What *style* of man is he? 他是哪種類型的人?

7 【種類>定 等級】⊡ 稱號, 頭銜, 稱呼. He wrote under the *style* of Mark Twain. 他以馬克•吐溫爲筆名寫作.

〖 優雅的生活方式 〗 **8** ⊡ 時尚的生活; 優雅[奢華] (的 生活). The actor lives in (grand) *style*. 那個演員過著奢華的生活/travel in *style* 奢侈地旅行.

9 ⊡ (作法, 態度等的) 高雅, 品味. There is no *style* about her. 她沒有格調.

— *vt.* **1** 使(服裝, 家具等)合乎一定的款式[按一定款式製作]; 設計(*for*).

2 句型5 (style A B) 把 A 稱[叫]作 B. Lincoln was *styled* "Honest Abe." 林肯被稱爲[誠實的亞伯].

style·book [ˋstaɪl͵bʊk; ˋstaɪlbʊk] *n.* ⊡ **1** 《美》時裝書刊(圖示流行服裝的書). **2** 印刷手册(說明印刷、編輯上的標點等規則的書).

sty·li [ˋstaɪlaɪ; ˋstaɪlaɪ] *n.* stylus 的複數.

styl·ish [ˋstaɪlɪʃ; ˋstaɪlɪʃ] *adj.* 流行的, 時尚的, 時髦的.

styl·ish·ly [ˋstaɪlɪʃlɪ; ˋstaɪlɪʃlɪ] *adv.* 時尚地, 時髦地.

styl·ist [ˋstaɪlɪst; ˋstaɪlɪst] *n.* ⊡ **1** 講究文體的人; 風格特殊的作家. **2** (服裝、髮型、室內裝潢等的)設計師; (汽車的)設計家.

sty·lis·tic [staɪˋlɪstɪk; staɪˋlɪstɪk] *adj.* 文體(上)的; 文體論(上)的; 樣式(上)的.

sty·lis·ti·cal·ly [staɪˋlɪstɪklɪ, -l̩ɪ; staɪˋlɪstɪklɪ] *adv.* 文體(論)上地; 在樣式上地.

sty·lis·tics [staɪˋlɪstɪks; staɪˋlɪstɪks] *n.* 《作單數》文體論(語言學中研究文體的一個領域).

styl·ize [ˋstaɪlaɪz; ˋstaɪlaɪz] *vt.* 使(表達方式等)因襲已有的形式, 固定化; 使圖案(傳統)化.

[stylize]

sty·lus [ˋstaɪləs; ˋstaɪləs] *n.* (*pl.* ~es, styli) ⊡ (昔日於蠟版等上書寫的)鐵筆, 尖筆; (唱機上的)唱針; (電腦) 觸控筆; (心電儀等的)指針, 紀錄針.

sty·mie [ˋstaɪmɪ; ˋstaɪmɪ] *n.* ⊡ (高爾夫球)妨礙球(對方的球打到自己的球與球洞之間的位置); (口)困境.

— *vt.* 《口》阻礙, 妨礙.

Sty·ro·foam [ˋstaɪrə͵fom; ˋstaɪrəfəʊm] *n.* ⊡ 聚苯乙烯泡沫塑料《商標名》.

Styx [stɪks; stɪks] *n.* 《希臘神話》(加the)冥河

《環繞冥府(Hades)四周的河流》.

suave [swɑv, swev; swɑːv] *adj.* 〔人, 說話語調、態度等〕柔和的, 溫和的, 對人和藹的; 舉止恭敬的.

suave·ly [ˋswɑvlɪ, ˋswevlɪ; ˋswɑːvlɪ] *adv.* 柔和地, 恭敬地.

suav·i·ty [ˋswævətɪ, ˋswɑv-; ˋswɑːvətɪ] *n.* (*pl.* **-ties**) **1** ⊡ 柔和, 文雅, 懇切.

2 (suavit*ies*) 恭敬的言行, 懇切的態度.

sub [sʌb; sʌb] *n.* ⊡《口》(★以 sub- 開頭的字的縮略) **1** 潛水艇(submarine). **2** 替身, 候補(選手); 代用品; (substitute). **3** (英)(向所加入的團體支付定期性的)會費(subscription).

— *vi.* (~**s**; ~**bed**; ~**bing**)《口》替代(*for*).

sub- *pref.* 「下; 次, 亞, 副; 稍, 半」等之意. *sub*marine (海面下的). *sub*tropical (亞熱帶的).

sub·al·tern [səbˋɔltən; ˋsʌbltən] *n.* ⊡ 次官, 副官; (英陸軍)中[少]尉.

sub·com·mit·tee [ˋsʌbkə͵mɪtɪ; ˋsʌbkəmɪtɪ] *n.* ⊡ (★單數亦可作複數)小組[分科]委員會.

*****sub·con·scious** [sʌbˋkɑnʃəs; ͵sʌbˋkɒnʃəs] *adj.* 潛意識(裡)的; 意識模糊的. Your nervousness in his presence comes from a *subconscious* hatred of him. 你在他面前會焦躁不安是源於你潛意識中對他的憎惡.

— *n.* ⊡ (加 the) 潛意識, 下意識.

sub·con·scious·ly [sʌbˋkɑnʃəslɪ; ͵sʌbˋkɒnʃəslɪ] *adv.* 潛意識地, 模糊地.

sub·con·scious·ness [sʌbˋkɑnʃəsnɪs; ͵sʌbˋkɒnʃəsnɪs] *n.* ⊡ 潛意識.

sub·con·ti·nent [sʌbˋkɑntənənt; ͵sʌbˋkɒntɪnənt] *n.* ⊡ 次大陸(印度, 阿拉伯, 新幾內亞等).

sub·con·tract [sʌbˋkɑntrækt; sʌbˋkɒntrækt] *n.* ⊡ 轉包承攬(契約).

— [͵sʌbkənˋtrækt; ͵sʌbkənˋtrækt] *vt.* 使轉包承攬(契約).

— *vi.* 轉包承攬(契約).

sub·con·trac·tor [͵sʌbkənˋtræktɚ; ͵sʌbkənˋtræktə(r)] *n.* ⊡ 轉包人[業者].

sub·cul·ture [ˋsʌb͵kʌltʃɚ; ˋsʌbkʌltʃə(r)] *n.* ⊡⊡ 次文化(一種文化中的小文化(集團); 例如: 美國文化中的猶太人文化).

sub·cu·ta·ne·ous [͵sʌbkjuˋtenɪəs, -kɪu-; ͵sʌbkjuːˋteɪnjəs] *adj.* 皮下的. *subcutaneous* fat 皮下脂肪.

*****sub·di·vide** [͵sʌbdəˋvaɪd; ͵sʌbdɪˋvaɪd] *v.* (~**s** [~z; ~z]; **-vid·ed** [~ɪd; ~ɪd]; **-vid·ing**) *vt.* 把(某物)再分開, 再分割. *subdivide* the land and sell it in small lots 把土地再劃分成小區域來賣/The second part is *subdivided* into eight chapters. 第二部分再分爲八章.

— *vi.* 被再分割, 被細分, (*into*).

sub·di·vi·sion [ˋsʌbdə͵vɪʒən; ˋsʌbdɪ͵vɪʒn] *n.* ⊡ 再分割[細分]; ⊡ (被分割的)一部分, 再區分之後的部分; (美)分成小塊出售的建地.

*sub·due [səb'du, -'dɪu, -'dju; səb'dju:] vt. (~s [~z; ~z]; ~d [~d; ~d]; -du·ing) 1 征服〔敵國等〕, 使屈服, 鎮壓〔暴徒等〕. *subdue* a country [revolt] 征服一個國家〔鎮壓一場暴動〕.

2 抑制, 壓抑, 〔憤怒等〕. I could not *subdue* the desire to laugh. 我無法抑制笑的衝動.

3 調和, 緩和, 減輕, 〔聲音, 色彩等〕(主要用過去分詞). (→ subdued).

sub·dued [səb'dud, -'dɪu-, -'dɪu-; səb'dju:d] adj.
1 被抑制的, 〔聲音, 色彩等〕被調成柔和的, 緩和的. in a *subdued* voice 以壓低的聲音/We danced in the *subdued* lighting. 我們在柔暗的燈光下起舞.

2 消沉的, 無精打釆的. He looks very *subdued*. 他看起來很消沉.

sub·ed·i·tor [sʌb'ɛdɪtə; ˌsʌb'edɪtə(r)] n. C 副主筆, 副主編.

sub·head·ing [`sʌbˌhɛdɪŋ; 'sʌb,hedɪŋ] n. C (報紙的)小標題; 副標題.

sub·hu·man [ˌsʌb'hjumən; ˌsʌb'hju:mən] adj. (進化程度)接近人類的, 類人的; (智能, 道德上)次於人類的.

‡sub·ject [`sʌbdʒɪkt; 'sʌbdʒɪkt] (★與 v. 的重音位置不同) n. (pl. ~s [~s; ~s]) C

【 被視爲中心的物體 】 1 (討論等的)主題, 題目, (theme); 話題(topic). an unfit *subject* for discussion 一個不適合討論的主題/pursue a *subject* 對一項目持續研究/His comments are getting off the *subject*. 他的評論偏離了主題/Suddenly he changed the *subject*. 他突然改變了話題.

[圖解] adj.+subject: a boring ~ (無聊的主題), a controversial ~ (有爭議性的主題), a difficult ~ (難理解的主題), an interesting ~ (有趣的主題) // v.+subject: avoid a ~ (避開主題), bring up a ~ (提出主題), deal with a ~ (論述主題).

2 (學校的)科目, 學科. elective (主美) [optional] *subjects* 選修科目/required [compulsory] *subjects* 必選科目/How many *subjects* are you taking? 你修了幾科?

3 (音樂)主題, 主旋律; (美術)主題.

4 (文法)主語(↔ predicate); 主詞(構成主語中心的字). Give the *subject* of each sentence. 說出各句的主詞.

【 受支配的物體 】 5 (相對於君主的)臣民, 臣下, (★指王國, 帝國的國民而言; 共和國的國民則為 citizen). a British *subject* 英國國民/the emperor's *subjects* 皇帝的臣民.

6 被試驗者, 實驗材料(動物); 作爲(繪畫等)題材的人[物]; 被描述[拍攝]的對象; 解剖用的屍體. He proved a poor *subject* for hypnosis. 他不適合催眠術實驗(難以進入催眠狀態)/The photographer asked his *subject* to change her pose. 攝影師要他的模特兒換個姿勢.

7 (情感等投射的)對象, 標的, 目標; 原因, 理由; ((for, of)). a *subject* of [for] rejoicing 高興

的原因/His behavior is a *subject of* much controversy. 他的行爲是引起許多爭議的原因.

8 (哲學)主體(↔ object).

— adj. ([語法]1以外其餘均屬敘述性用法, 與 to 連用)

【 接受支配和影響的 】 1 (限定)被支配的, 附屬的, 隸屬的. the *subject* peoples in colonies 殖民地中被統治的各民族.

2 受支配的; 附屬[服從]的; ((to)). That country has never been *subject* to foreign rule. 那個國家從未受過外國的統治.

3 易受…的, 易遭…的; 容易遭受…的; (會)受…的; ((to)). be *subject* to damage 易損壞的/My wife is *subject* to moods. 我太太容易受情緒影響/He is *subject* to colds. 他容易患感冒/The prices are *subject* to change without notice. 這價格隨時都可能不經通知而變更(列入商品目錄等)/If you break this law, you are *subject* to a fine of £100. 如果你違反這項法律, 你就會被罰錢100英鎊.

4 需要…接受的, 作爲條件的; 全憑…的; ((to)). Railway fares are *subject* to Government approval. 鐵路的運輸費率必須經政府核准.

subject to... (連接詞性)把…視爲條件, 要視…而定, (→ 4). *Subject* to my parents' consent, I will marry you. 必須得到父母的同意, 我才能和你結婚.

— [səb'dʒɛkt; səb'dʒekt] vt. (~s [~s; ~s]; ~ed [~ɪd; ~ɪd]; ~ing [~ɪŋ; ~ɪŋ])([語法]和 adj. 2, 3, 4 一樣, v. 也是加 to 的情形比較多)

【 使受支配, 作用 】 1 使〔其他國家等〕服從, 置於支配之下; 使從屬, ((to)). Rome *subjected* much of Europe *to* her rule. 羅馬將大半個歐洲置於其管轄之下.

2 使遭受, 使面對; 使暴露, 使碰觸, ((to)). The prisoner was *subjected to* torture. 犯人遭受拷打/an object *to* X-rays [high pressure] 使物體暴露在 X 光線下[對物體施加高壓].

sub·jec·tion [səb'dʒɛkʃən; səb'dʒekʃn] n. U 征服, 平定; 服從, 從屬, ((to)). in subjection to 服從[從屬]於….

*sub·jec·tive [səb'dʒɛktɪv; səb'dʒektɪv] adj.
1 主觀的, 主觀性的, (↔ objective); 想像(上)的. Most of our likes and dislikes are *subjective*. 我們的好惡大多是主觀的.

2 〔文學, 藝術作品等〕主觀性的(表現的).

3 (文法)主格的, 主語的, 主詞的. *subjective* case 主格.

subjèctive cómplement n. C (文法) 主詞補語(→ complement ◉).

sub·jec·tive·ly [səb'dʒɛktɪvlɪ; səb'dʒektɪvlɪ] adv. 主觀地.

sub·jec·tiv·i·ty [ˌsʌbdʒɛk'tɪvətɪ; ˌsʌbdʒek'tɪvətɪ] n. U 主觀性, 自我本位; 主觀(主義); (↔ objectivity).

súbject màtter n. U (論文等的)內容, 主題.

sub·join [səb'dʒɔɪn; ˌsʌb'dʒɔɪn] vt. (文章)附加, 增補, 追加, ((to)).

sub·ju·gate [`sʌbdʒə͵get; 'sʌbdʒʊgeɪt] vt. 《文章》征服，鎮壓，使服從.

sub·ju·ga·tion [͵sʌbdʒə`geʃən; ͵sʌbdʒʊ'geɪʃn] n. Ü《文章》征服；從屬.

*__sub·junc·tive__ [səb`dʒʌŋktɪv; səb'dʒʌŋktɪv] 《文法》adj. 假設語氣的，虛擬語氣的. subjunctive past [present] 假設語氣過去[現在]式.
— n. (加the)假設語氣，虛擬語氣，(亦作subjùnctive móod; →mood ●); Ç 假設語氣的動詞.

【●假設語氣】
某事並非事實，而是依說話者的想法(idea)述說時，動詞所表現的形式. 如 Tom goes. 只不過是描述「湯姆去」這件事，而 I demand that Tom go. 則意味著「我要求湯姆去」，句中「湯姆去」並不是事實(fact)，而是陳述說話者的想法(idea)，這時動詞的形式稱為「假設語氣」.
現代英文中，假設語氣並無特殊形式，只有在現在式第三人稱單數的時候不加 -s (be動詞用原形 be)；而過去式中，若主詞為單數時，be 動詞不用 was 而用 were 表示，其餘與直述語氣過去式相同. 當陳述與事實相反的假設時，現在式會用過去式，過去式會用過去完成式的形態來表示.
而上述 demand 的例句中，如 I demanded that Tom go. 的主要動詞用過去式，子句中動詞 go 並未遵守時態一致性的規則. 另外也可寫成 I demand(ed) that Tom should go. (特別是用於《英》).
除從屬子句外，用假設語氣現在式則表示「願望」，與助動詞 may 相同: God send us rain. (= May God send us rain.) (祈求老天下雨). 假設語氣過去(完成)式的例子請參照 if 2 以下各例. 另外 It's high time that you went to bed. → high(片語).

sub·lease [`sʌb͵lis; ͵sʌb'li:s] n. Ç (土地，房屋等的)轉租，分租.
— [͵sʌb`lis; ͵sʌb'li:s] vt. 轉租；分租[第三者].

sub·let [sʌb`lɛt; ͵sʌb'let] vt. (~s; ~; ~ting) 轉租，分租；轉包.

sub·lieu·ten·ant [͵sʌblu`tɛnənt; ͵sʌblef'tenənt] n. Ç 《英》海軍中尉.

sub·li·mate [`sʌblə͵met; 'sʌblɪmeɪt] vt. 1 《化學》使昇華. 2 《心理》(特指)使〔(性)衝動〕昇華.
3 《文章》使高尚，純化.
— [`sʌbləmɪt, -͵met; 'sʌblɪmət] n. ŪÇ 《化學》昇華物.

sub·li·ma·tion [͵sʌblə`meʃən; ͵sʌblɪ'meɪʃn] n. Ū《化學》昇華；《心理》昇華；純化；高尚化.

*__sub·lime__ [sə`blaɪm; sə'blaɪm] adj. (-lim·er; -lim·est) 1 (a)崇高的，莊嚴的；雄偉的，卓越的. sublime beauty 崇高之美/a sublime sight 莊嚴的景象/one of the sublimest poems in all English literature 英國文學中最卓越的詩篇之一. (b)《名詞性》(加the)崇高之物，崇高(性)；至高. "On the Sublime and the Beautiful"《論崇高與美》《論文名》.
2 《限定》《口》《輕蔑或諷刺》了不起的；出奇的. a

---

submit **submit** 1555

sublime idiot 天大的傻瓜. ⇨ n. **sublimity**.

sub·lime·ly [sə`blaɪmlɪ; sə'blaɪmlɪ] adv. 崇高[莊嚴]地；《口》出奇地，極度地.

sub·lim·i·nal [sʌb`lɪmən͵, -͵laɪm-; ͵sʌb'lɪmɪnl] adj. 《心理》下意識的，沒有進入意識的，潛意識的.

sub·lim·i·ty [sə`blɪmətɪ; sə'blɪmətɪ] n. (pl. -ties) 1 Ū崇高；莊嚴；雄偉；絕頂，極致. 2 (sublimities)崇高之物. ⇨ adj. **sublime**.

*__sub·ma·rine__ [`sʌbmə͵rin; ͵sʌbmə'ri:n] n. (pl. ~s [~z; ~z]) Ç潛水艇. a submarine equipped with missiles 配備有飛彈的潛水艇.
— adj. 海面下的；海底的，海中的. a submarine volcano 海底火山/submarine plants [animals] 海底植物[動物].

sub·ma·rin·er [`sʌbmə͵rinɚ; ͵sʌbmə'ri:nə(r)] n. Ç 潛水艇乘員.

sub·merge [səb`mɝdʒ; səb'mɜ:dʒ] vt. 1 使沈入水中，浸在水中. Whales can remain submerged for a long time. 鯨魚能長時間地潛在水裡/My house was submerged by the flood. 我的房子被洪水淹沒了.
2 完全地掩蓋[隱瞞]；使沈入，使埋首，《in》.
— vi. 沈入水中，〔潛水艇〕潛水，(⟷emerge).

sub·mer·gence [səb`mɝdʒəns; səb'mɜ:dʒəns] n. Ū淹沒；浸水；潛水.

sub·mers·i·ble [səb`mɝsəb͵; səb'mɜ:səbl] adj. 〔船〕能潛水[潛航]的.

sub·mer·sion [səb`mɝʃən, -ʒən; səb'mɜ:ʃn] n. =submergence.

*__sub·mis·sion__ [səb`mɪʃən; səb'mɪʃn] n. (pl. ~s [~z; ~z]) 1 Ū服從，降服，《to》. starve the enemy into submission 將敵人斷糧使之投降/in submission to a person's orders 服從某人的命令.
2 Ū順從，恭順；柔和.
3 Ū《文件等的》遞呈，交付；《意見等的》報告，呈報；Ç《文章》提案《that 子句》.
⇨ v. **submit**.

sub·mis·sive [səb`mɪsɪv; səb'mɪsɪv] adj. 順從的，聽命的；服從的《to》.

sub·mis·sive·ly [səb`mɪsɪvlɪ; səb'mɪsɪvlɪ] adv. 聽命地，溫順地.

sub·mis·sive·ness [səb`mɪsɪvnɪs; səb'mɪsɪvnɪs] n. Ū順從.

*__sub·mit__ [səb`mɪt; səb'mɪt] v. (~s [~s; ~s]; ~ted [~ɪd; ~ɪd]; ~ting) vi.
【屈從】 1 屈服；投降；服從；《to》. The enemy will submit. 敵人會投降的/submit to a person's will 屈從於某人的意志.
2 甘受，情願忍受，《to〔痛苦的事等〕》；接受《to〔手術等〕》. submit to one's fate 甘願接受命運的安排/She would not submit to being hospitalized. 她不願住院.
— vt. 【向上級提出】 1 提出〔報告，資料等〕；提出，提示，託付，委託，《to》. Submit your

S

homework on Monday. 星期一繳交作業/Mr. Brown *submitted* the case *to* the court. 布朗先生將此案提交法院了.

> |歷| submit＋*n*.: ～ an application (提出申請書), ～ a claim (提出要求), ～ a proposal (提出建議), ～ a report (提出報告), ～ a request (提出請願書)

2【呈報】(法律) |句型3| (submit *that* 子句) 提出可供參考的意見, 提議. I *submit that* my opinion is better-founded than yours. 我認爲我的意見比你的要來得有根據.

⋄ *n.* **submission.** *adj.* **submissive.**

submít onesélf to... 屈服於, 服從於, 〔權力等〕; 情願…, 甘心於…, *submit oneself to* many injustices 屈服於許多不公平的待遇.

> |字源| **MIT**〔送〕: sub*mit*, e*mit* (放射), trans*mit* (傳送), re*mit* (匯錢).

sub·nor·mal [sʌb`nɔrml; ˌsʌb'nɔ:ml] *adj.* (特指智能上)低於一般標準的; 智力發育晚的.

*sub·or·di·nate [sə`bɔrdṇɪt, -dṇt; sə'bɔ:dənət] (★與 *v.* 的發音不同) *adj.* **1** 下(級)的, 次要的, 不如的; 從屬的, 附屬的; 《*to*》. a *subordinate* officer 下屬(副)官/Quickness of work should be *subordinate to* accuracy. 工作的迅速性應次要於正確性.
2 《文法》從屬的 (⟷ coordinate).
— *n.* ⓒ 下級部屬, 部下.
— [sə`bɔrdṇˌet; sə'bɔ:dɪneɪt] *vt.* **1** 使居次要地位, 使從屬於…, 《*to*》.
2 看低(輕), 不看重, 《*to*》. We *subordinated* our wishes *to* his. 我們摒除我們的願望而以他的(願望)爲重.

sub·ór·di·nate cláuse *n.* ⓒ《文法》從屬子句(→見文法總整理 15. 2).

sub·órdinate conjúnction *n.* ⓒ《文法》從屬連接詞(→見文法總整理 12).

sub·or·di·na·tion [səˌbɔrdṇ`eʃən; səˌbɔ:dɪ'neɪʃn] *n.* Ⓤ **1** 置於[被置於]下一級的位置; 從屬; 服從. **2** 《文法》從屬(關係).

sub·orn [sə`bɔrn, sʌ-; sʌ'bɔ:n] *vt.* 《文章》(以錢等賄賂人使其)作僞證.

sub·or·na·tion [ˌsʌbɔr`neʃən; ˌsʌbɔ:'neɪʃn] *n.* Ⓤ《文章》(以錢等賄賂人使其)作僞證.

sub·poe·na, sub·pe·na [sə`pinə, səb-; səb'pi:nə] (法律) *n.* ⓒ (上法庭的) 傳票, 傳訊命令.
— *vt.* 《～s; ～ed; ～ing》召喚, 傳喚.

sub·rou·tine [ˌsʌbru`tin, ˌsʌbru:'ti:n] *n.* ⓒ (電腦)子例行程式(爲特定的目的而設計, 可供反覆對照執行的程式).

*sub·scribe [səb`skraɪb; səb'skraɪb] *v.* 《～s [～z; ～z]; ～d [～d; ～d]; -scrib·ing》*vt.* **1** 在文件下面寫上〔姓名等〕, 署名, 記名; 在〔請願書等上面〕署名(表示贊成)(sign). The Premier *subscribed* his name to the charter. 首相在憲章上簽他的名字.
2 捐款《*to, for*》. I *subscribed* $100 *to* the campaign. 我認捐了 100 美元給那項活動.

— *vi.* **1** 署名[簽名](表示贊同、承認)《*to*》. *subscribe to* a petition 在請願書上簽名.
2 贊同, 贊成, 《*to*》(常用於否定句、疑問句). I don't *subscribe to* your idea. 我不贊成你的想法.
3 捐錢贊助(《基金, 運動等》). *subscribe to* a fund 捐錢贊助基金.
4 預約(訂閱)《*to, for*》. *subscribe to* a newspaper (按月等)訂報紙/*subscribe for* a book (書)在出版前先預訂. ⋄ *n.* **subscription.**

> |字源| **SCRIBE**〔寫〕: sub*scribe*, de*scribe* (記述), pre*scribe* (規定), pro*scribe* (禁止).

*sub·scrib·er [səb`skraɪbə; səb'skraɪbə(r)] *n.*
ⓒ **1** 記名者, 署名人; 贊同者, 同意者, 《*to*》.
2 認捐者《*to*》.
3 預約(訂閱)者《*to, for*》; 電話用戶.

*sub·scrip·tion [səb`skrɪpʃən; səb'skrɪpʃn] *n.* (*pl.* ～s [～z; ～z]) **1** ⓒ《文章》署名, 記名.
2 Ⓤ同意, 贊成.
3 Ⓤ捐款; 預約(訂閱). renew one's *subscription* to a magazine 續訂雜誌.
4 ⓒ捐款; 預約(訂閱)款; 《英》(俱樂部, 協會等)的會費. collect *subscriptions* 募款.
⋄ *v.* **subscribe.**

sub·sec·tion [ˈsʌb,sɛkʃən, `sʌb,sɛkʃən; 'sʌb,sekʃn] *n.* ⓒ細目, 細部區分.

*sub·se·quent [`sʌbsɪ,kwɛnt, -kwənt; 'sʌbsɪkwənt] *adj.* 其次的; 後來的, 接下來發生(成爲結果)的, 一起發生的《*to*》; (⟷previous). His *subsequent* statement cleared up the question. 他接下來說的話澄清了這點疑問/I want quick action *subsequent to* the decision. 我希望決定之後就趕快付諸行動.

> |字源| **SEQU**〔連續〕: sub*sequent*, con*sequent* (結果的), *sequence* (一連串), *sequel* (續篇).

sub·se·quent·ly [`sʌbsɪ,kwɛntlɪ, -kwənt-; 'sʌbsɪkwəntlɪ] *adv.* 其後, 隨後, 接下來.

sub·ser·vi·ence [səb`sɜvɪəns; səb'sɜ:vjəns] *n.* Ⓤ《文章》**1** 追隨, 卑屈. **2** 有益, 貢獻.

sub·ser·vi·ent [səb`sɜvɪənt; səb'sɜ:vjənt] *adj.* 《文章》**1** 屈從的, 諂媚的, 聽人使喚的; 《*to*》. a *subservient* waiter 過於謙恭的侍者/Don't be *subservient* to your boss. 不要對你的上司低聲下氣. **2** 有助益的, 有貢獻的, 《*to*》.

sub·ser·vi·ent·ly [səb`sɜvɪəntlɪ; səb'sɜ:vjəntlɪ] *adv.* 《文章》低聲下氣地; 奉承地.

sub·side [səb`saɪd; səb'saɪd] *vi.* **1** 〔建築物, 地面等〕下陷, 陷落.
2 蹲下身子, 疲倦地坐下, 《*into*》.
3 〔風雨, 騷動, 激動的情緒等〕平靜下來, 平息; 〔洪水等〕消退; 〔爭論者等〕安靜下來. The angry waves *subsided*. 怒濤平息了.

> |字源| **SIDE**〔坐〕: sub*side*, pre*side* (主持會議), re*side* (居住).

sub·sid·ence [səb`saɪdns, `sʌbsədns; səb'saɪdns] *n.* ⓊⒸ(地盤等)下陷, 陷落; (風暴等)平息, 減退.

sub·sid·i·ar·y [səb`sɪdɪ,ɛrɪ; səb'sɪdjərɪ] *adj.* **1** 輔助的; 其次的, 從屬的, 《*to*》. *subsidiary*

business 副業.

2 受其他公司支配的; 屈於別人勢力下的《*to*》. a *subsidiary* company 子公司.

3 (依靠)補助金的.

— *n.* (*pl.* **-ar·ies**) C 補助者[物], (特指)分公司.

sub·si·di·za·tion [ˌsʌbsədəˋzeʃən, -aɪˋ-; ˌsʌbsɪdaɪˋzeɪʃn] *n.* U補助[獎助]金的發放.

sub·si·dize [ˋsʌbsəˌdaɪz; ˋsʌbsɪdaɪz] *vt.* 給與…補助[獎助]金.

sub·si·dy [ˋsʌbsədɪ; ˋsʌbsɪdɪ] *n.* (*pl.* **-dies**) C 補助金, 獎助金.

sub·sist [səbˋsɪst; səbˋsɪst] *vi.*《文章》**1** (好不容易)生存下去, 勉強餬口, 《*on*》. *subsist on* bread and water 靠麵包和水勉強維生.

2 〔風俗等〕(仍然)留存著, 殘存, 持續. Many feudal practices *subsist* in that village. 那個村子裡仍留存著許多封建習俗.

[字源] SIST「站立」: sub*sist*, con*sist* (組成), per*sist* (固執), re*sist* (抵抗).

sub·sist·ence [səbˋsɪstəns; səbˋsɪstəns] *n.* U (勉強的)生存, 維持生命; 生計. a bare *subsistence* 勉強度日.

subsístence cròp *n.* C 自用的農作物《僅供生產者自己消費; → cash crop》.

sub·soil [ˋsʌbˌsɔɪl; ˋsʌbsɔɪl] *n.* U 下層土, 底土.

sub·son·ic [sʌbˋsɑnɪk; sʌbˋsɔnɪk] *adj.* 音速以下的.

✲sub·stance [ˋsʌbstəns; ˋsʌbstəns] *n.* (*pl.* **-stanc·es** [~ɪz; ~ɪz])

〖 物 〗**1** C 物質, 物. a chemical *substance* 化學物質/a solid *substance* 固體/I wonder what this powdery *substance* is. 我真不知道這種粉狀的東西是甚麼.

〖 物的本體 〗**2** U (事物的)本質, 實體, 本體. in *substance* (→ 片語)/the *substance* of religion 宗教的本質.

〖 實 質 〗**3** U 實質, 內容; 內容物(的堅實)(氣體、液體等的)濃厚. An argument of little *substance* 內容貧乏的議論/sacrifice the *substance* for the shadow 不務實, 捨本逐末/The rumor is without *substance*. 傳聞是沒有根據的/The castle was surrounded by stone walls of massive *substance*. 城堡被沈甸甸的堅實石壁所包圍/This cloth lacks *substance*. 這塊布不夠結實.

4 U (加the)旨趣, 要點, 本意. I will tell you the *substance* of his remarks. 我會告訴你他話中的要點.

5 U《文章》資產, 財力. a man of (some) *substance* 一個有(一些)資產的人.

⇨ *adj.* **substantial.** *v.* **substantiate.**

in sûbstance 實質上, 本質上; 大體上; 事實上, 實際上. My opinion is the same as yours *in substance*. 我的意見大體上和你的意見相同.

sub·stand·ard [sʌbˋstændəd; sʌbˋstændəd] *adj.* **1** 低於標準的; 〔產品等〕不合規格的, 未達到法定標準的. **2** 〔文法等〕低於標準的, 不標準的, 《例如用 I *seen* it. 取代 saw, 用 hisself 取代 himself 這樣的文法, 被認為是沒有知識的表現》.

✲sub·stan·tial [səbˋstænʃəl; səbˋstænʃl] *adj.*

<hr/>

〖 實在的 〗**1** 實體的; 實在的, 真實的, (real). His fears are not *substantial*. 他的恐懼實為杞人憂天.

〖 實質上的 〗**2** (限定)〔一致, 成功等〕本質的, 實質的, 事實上的. The two parties are in *substantial* agreement. 兩黨實質上[在要點上]是一致的.

3 相當的, 很大的; 重要的, 重大的. a *substantial* improvement 很大的進步/Dr. White made a *substantial* contribution to science. 懷特博士對科學做了重大的貢獻.

| 搭配 | *substantial* + *n.*: a ~ change (相當大的變化), a ~ increase (巨幅的增加), a ~ loss (相當的損失), ~ benefit (很大的利益), ~ help (相當的援助). |

〖 具有實質的 〗**4** 實質性的, 充實的; 〔餐點等〕豐盛的, 充足的. have [eat] a *substantial* meal 吃豐盛的一餐.

5 結實的, 牢固的, 質地好的. The tents were more *substantial* than they looked. 這些帳篷比外觀看起來還堅固.

6 有資產的, 富裕的. ⇨ *n.* **substance.**

sub·stan·tial·ly [səbˋstænʃəlɪ; səbˋstænʃəlɪ] *adv.* **1** 本質地, 實質地; 大體地; 實際地. The two theories are *substantially* the same. 這兩種理論本質上是相同的.

2 充分地, 充足地; 大量地.

sub·stan·ti·ate [səbˋstænʃɪˌet; səbˋstænʃɪeɪt] *vt.* 〖 表示具有實質 〗《文章》**1** 證實, 提供…證據. I am going to *substantiate* this theory. 我將證實這個理論. **2** 使實體化, 使具體化.

sub·stan·ti·a·tion [səbˌstænʃɪˋeʃən; səbˌstænʃɪˋeɪʃn] *n.* U《文章》實證, 證明; 實體化, 具體化.

sub·stan·tive [ˋsʌbstəntɪv; ˋsʌbstəntɪv] *adj.* 《文章》具有實質的; 相當的, 可觀的.

— *n.* C《文法》名詞, 實詞.

sub·sta·tion [səbˋsteʃən; ˋsʌbˌsteɪʃn] *n.* C (郵局, 廣播電臺等的)支署, 支所, 分局, 分所; 變電所.

✲sub·sti·tute [ˋsʌbstəˌtjut, -ˌtɪut, -ˌtut; ˋsʌbstɪtjuːt] *n.* C **1** 取代者, 代理人, 候補者, 替身, 《*for*》. He is a *substitute* for his brother. 他是他哥哥的代理人/act as a *substitute* 作替身[當候補].

2 代用物, 代用品, 《*for*》. I don't want a *substitute*; I want the real thing. 我不喜歡代用品; 我想要真的東西.

3 〔形容詞性〕替代的; 代理的, 替身的, 候補的; 代用的. a *substitute* player 候補選手.

— *v.* (~**s** [~s; ~s]; **-tut·ed** [~ɪd; ~ɪd]; **-tut·ing** [~ɪŋ; ~ɪŋ]) *vt.* 代用; 使代替《*for*》, 替代…《*for*》. *substitute* another word *for* this one 用其他的字來代換這個字/We cannot *substitute* any other wine *for* champagne at celebrations. 在慶祝的場合, 我們

S

不能用其他的酒來代替香檳.
— *vi.* 代替, 成為替代, (*for*). The Foreign Secretary *substituted for* the Prime Minister on the committee. 外交部長在這個委員會中代理首相.

sub·sti·tute tea·cher *n.* ⓒ(美)代課老師 ((英) supply teacher).

sub·sti·tu·tion [ˏsʌbstə`tjuʃən, -`tɪu-, -`tu-; ˏsʌbstɪ`tjuːʃn] *n.* ⓤⓒ代用, 代理; 取代, 置換; (*for*). *substitution* of one evil *for* another 為消除一項罪惡而換來另一項罪惡/sentence patterns and *substitution* drills 句型和代換練習/in *substitution for* 在代理[代用]…的期間.
▷ *v.* **substitute**.

sub·stra·ta [sʌb`stretə, -`stræt-, `sʌb·str-; ˏsʌb`strɑːtə] *n.* substratum 的複數.

sub·stra·tum [sʌb`stretəm, -`stræt-, `sʌb·str-; ˏsʌb`strɑːtəm] *n.* (*pl.* **-ta**) **1** ⓒ(位於表層之下的)下層; ⓤ下層土(subsoil).
2 ⓒ(泛指)根基, 基礎, 根底.

sub·struc·ture [sʌb`strʌktʃə, `sʌb·str-; ˏsʌb`strʌktʃə(r)] *n.* ⓒ下部[基礎]構造, 基礎(工事), 根基; (泛指)基礎.

sub·sume [səb`sum, -`sɪum, -`sjum; səb`sjuːm] *vt.* (文章)把(某物)包含在…, 納入…, 歸入…, (*under*).

sub·ter·fuge [`sʌbtəˏfjudʒ, -ˏfɪudʒ; `sʌbtəfjuːdʒ] *n.* ⓒ(文章)藉口; 口實; ⓤ欺騙, 矇混.

sub·ter·ra·ne·an [ˏsʌbtə`renɪən, ˏsʌbtə`reɪnjən] *adj.* **1** 地下的, 地底的, (underground). *subterranean* heat 地熱/a *subterranean* tunnel 地下隧道. **2** 隱藏的, 偷偷的, 祕密的.

sub·ti·tle [`sʌbˏtaɪt]; `sʌbˏtaɪtl] *n.* ⓒ **1** (書籍的)副標題(為說明正標題而添加的). **2** (電影、電視)(通常 subtitles)字幕.

*   **sub·tle** [`sʌt]; `sʌtl] (★注意發音) *adj.* (~r; ~st) 〖細微(到難以捉摸程度)的〗 **1** 〔香氣, 味道等〕微弱的, 隱約的, 淡的; 〔區別等〕微妙的, 細微的. a *subtle* perfume 淡雅的芳香/a difference so *subtle* as to be barely noticeable 幾乎看不出來的細微差別/a *subtle* change in his attitude 他態度上的微妙變化.
    2 〔意義, 意圖等〕難以捉摸的; 難以描述的, 不可思議的; 〔問題等〕難解的, 複雜的. a smile as *subtle* as the Mona Lisa's 似蒙娜麗莎(微笑)般令人費解的一個微笑.
    〖涉及到細微的〗 **3** 〔人, 知覺等〕敏感的, 敏銳的; 精巧的; 精緻的. a *subtle* observer 敏銳的觀察者/subtle* reasoning 敏銳的推理.
    4 〔沒有漏洞的〕狡猾的, 陰險的, 有企圖的. I read a *subtle* design behind his smile. 我看出在他微笑的背後隱藏著陰險的意圖. ▷ *n.* **subtlety**.

sub·tle·ty [`sʌtltɪ; `sʌtltɪ] *n.* (*pl.* **-ties**) **1** ⓤ微妙; 難解; 敏感; 精巧; 狡猾.
2 ⓒ(常 subtle*ties*)(加以)細微的區別, 細微[微

妙]之處. It is very difficult for us Chinese to grasp the *subtleties* of English meter. 對我們中國人而言要抓住英詩韻律的微妙[細微]之處是很難的. ▷ *adj.* **subtle**.

sub·tly [`sʌtlɪ, `sʌtltɪ; `sʌtlɪ] *adv.* 細微地, 微妙地; 敏銳地, 敏感地; 精細地; 巧妙地; 陰險地.

sub·to·tal [`sʌb`tot], sʌb`totl] *n.* ⓒ小計, 部分之和.

*   **sub·tract** [səb`trækt; səb`trækt] *v.* (~s [~s; ~s]; ~ed [~ɪd; ~ɪd]; ~ing) *vt.* 把(某個數)減去計算, 扣掉, (*from*)(↔ add); 扣除(某部分)後計算. *Subtract* three *from* eight and you get five. 8 減 3 得 5.
    — *vi.* 作減法計算.
    字源 TRACT「拉, 拖」: sub*tract*, at*tract* (吸引), *tract*or (曳引機), pro*tract* (拖延).

sub·trac·tion [səb`trækʃən; səb`trækʃn] *n.* ⓤⓒ減法(↔ addition); 扣除, 減除.

sub·trop·i·cal [sʌb`trɑpɪk], ˏsʌb`trɒpɪkl] *adj.* 亞熱帶的.

*   **sub·urb** [`sʌbɝb; `sʌbɜːb] *n.* (*pl.* ~s [~z; ~z]) ⓒ **1** (the suburbs)(集合, 籠統而不明確)郊區, 都市周圍區域, 郊外(住宅)地區, (相對於城市中的商業區域或純粹的農村地區). commuters from the *suburbs* 來自市郊的通勤者/beautiful houses in the *suburbs* 郊外的漂亮房屋.
    2 郊外(的一個區). Wimbledon is a southwestern *suburb* of London. 溫布頓是倫敦西南的一個郊區. ▷ *adj.* **suburban**.
    字源 URB「都市」: sub*urb*, *urb*an (都市的), *urb*ane (都市風格的), *urb*anity (都市風格).

*   **sub·ur·ban** [sə`bɝbən; sə`bɜːbən] *adj.* 郊外的, 都市周邊的. a *suburban* area 市郊地區/*suburban* life 市郊生活. ▷ *n.* **suburb**.

sub·ur·ban·ite [sə`bɝbənˏaɪt; sə`bɜːbənaɪt] *n.* ⓒ(口)居住於郊區者.

sub·ur·bi·a [sə`bɝbɪə; sə`bɜːbɪə] *n.* ⓤ(常表輕蔑)(集合)郊外; 居於市郊的人們; 郊外居住者的生活[思考]方式.

sub·ven·tion [səb`vɛnʃən; səb`venʃn] *n.* ⓒ(文章)補助金, 津貼.

sub·ver·sion [səb`vɝʃən, -ʒən; səb`vɜːʃn] *n.* ⓤ顛覆, 破壞.

sub·ver·sive [səb`vɝsɪv; səb`vɜːsɪv] *adj.* 顛覆性的, 起破壞作用的, (*of* (政府, 體制等)). *subversive* activities 破壞活動.
— *n.* ⓒ危險人物, 破壞分子.

sub·vert [səb`vɝt; səb`vɜːt] *vt.* (文章) **1** 顛覆, 破壞(政府, 體制等); 打破(主義等).
2 使(道德)敗壞, 墮落.

*   **sub·way** [`sʌbˏwe; `sʌbweɪ] *n.* (*pl.* ~s [~z; ~z]) ⓒ **1** (美)地下鐵(英) underground, tube). Let's take the *subway*; it's faster than a cab. 我們坐地鐵吧! 比計程車要快/the complicated network of *subways* 複雜的地下鐵路網/go by *subway* 坐地鐵去.
    2 (英)地下道((美) underpass). Pedestrians use *subways* to cross busy streets. 行人經由地下道穿

越交通繁忙的街道.

suc·ceed [sək`sid; sək'si:d] v. (~s [~z; ~z]; ~ed [~ɪd; ~ɪd]; ~ing) vi.

【事情接連發生】 **1**〖順利進展〗成功(*in*);〔人〕發跡,有出息,〔買賣,計畫等〕進展順利. My brother *succeeded in* the entrance examination. 我弟弟通過了入學考試/*succeed in* solving the problem 順利解決問題/*succeed as* a politician 成爲成功的政治家/*succeed in* life 發跡,有出息.

♢ *n.* **success.** *adj.* **successful.** ↔ **fail.**

2〖接任〗繼承(*to*);成爲下一任,繼任;〔事情等〕隨後發生,接著發生. He *succeeded to* his father's business. 他繼承了他父親的事業/*succeed to* a fortune 繼承一筆財產/If the king dies childless, who will *succeed* (*to* the throne)? 如果國王在沒有子嗣的情況下死了的話,王位由誰繼承呢?

♢ *n.* **succession.** *adj.* **successive.**

— *vt.*【繼續】 **1**〔事情等〕緊接在…之後,在…之後發生. A week of sunshine *succeeded* the typhoon. 颱風之後緊接著一週的好天氣.

2 接任,繼任,代替. Mr. Jones *succeeded* Mr. Smith as chairman. 瓊斯先生繼任史密斯先生擔任主席一職/The model T Ford was *succeeded* by the model A. 福特 T 型已爲 A 型所取代.

▣ 一般較常用 follow 來表[接下來,隨…之後]之意,succeed 則指取代先前的人[或物].

字源 CEED [去]: suc*ceed* (<接續), pro*ceed* (前進), ex*ceed* (勝過), pre*cede* (居先).

suc·cess [sək`sɛs; sək'ses] *n.* (*pl.* ~es [~ɪz; ~ɪz])【順利進展】 **1** U 成功〖*in*〗,順利進展之事〖*in*〗;(人生,社會方面的)成功,有出息; (↔ **failure**). Our efforts met with little *success*. 我們的努力幾乎沒有甚麼結果/seek social *success* 追求社會方面的成功/a *success* story 成功談/Money is not a measure of *success*. 金錢不是衡量成功的基準/I tried hard without *success*. 我努力嘗試但還是不成功.

2 C 成功(的事或物). The play was a great [an instant] *success*. 這部戲的演出非常成功/Napoleon had a series of military *successes*. 拿破崙有一連串的軍事勝利.

3 C 成功者. He wanted to be a *success*. 他想要成爲成功的人/He was a *success* in business [*success* as a dramatist]. 他是一位事業有成的人[成功的劇作家].

♢ *v.* **succeed.** *adj.* **successful.**

màke a succéss of... 做好…,使…做得成功.

suc·cess·ful [sək`sɛsfəl; sək'sesful] *adj.* 成功的,有成就的,〖*in*〗(在人生,社會上)成功的,有出息的; (考試等)合格的. a *successful* businessman 成功[發跡]的商人/a *successful* candidate 合格者,當選者/She was *successful in* persuading him out of this plan. 她成功地說服他斷了這計畫的念頭/Mike was *successful in* the examination. 麥克考取了[考試及格]/Their efforts were *successful*. 他們的努力成功了. ♢ *n.* **success.** ↔ **unsuccessful.**

suc·cess·ful·ly [sək`sɛsfəlɪ; sək'sesfuli] *adv.*

順利地,成功地. He passed the examination *successfully*. 他順利地通過考試了.

suc·ces·sion [sək`sɛʃən; sək'seʃn] *n.* (*pl.* ~s [~z; ~z])【後續】 **1** U 繼承,後繼,〖*to*〗;王位繼承權,繼承權;繼承順序. the *succession* of a new king *to* the throne 新國王的王位繼承/the first in *succession* 繼承第一繼承(人).

2〖連續〗U 連續; C (通常用單數)一段,連續,一連串,〖*of* (事故等)〗(series). a *succession* of rainy days 一段持續的雨天/a *succession* of disasters 一連串的災害.

♢ *v.* **succeed.** *adj.* **successive.**

by succéssion 依據世襲.

in succéssion (1)連續,相續地[的],接連. She had two boys *in succession*. 她連續生了兩個兒子/Four traffic accidents happened *in* quick *succession* here. 這裡連續發生了四件交通事故. (2)(與 to 連用)做爲…的繼承(者),繼承.

suc·ces·sive [sək`sɛsɪv; sək'sesiv] *adj.* 連續的,繼續的. Our team won [lost] three *successive* games. 我隊連勝[輸]了三場比賽.

♢ *n.* **succession.** *v.* **succeed.**

suc·ces·sive·ly [sək`sɛsɪvlɪ; sək'sesivli] *adv.* 連續地. three times *successively* 連續三次.

suc·ces·sor [sək`sɛsɚ; sək'sesə(r)] *n.* C 後繼者,繼承者,接替者,〖*to, of*〗;連續而來之物,取而代之之物,〖*to, of*〗. the *successor to* the throne 王位繼承者/that professor's *successor* 那位教授的後繼者[繼任者]/the *successor to* Mr. Jones as chairman 主席瓊斯先生的繼任者.

↔ **predecessor.**

suc·cinct [sək`sɪŋkt; sək'sɪŋkt] *adj.*〔文體等〕簡潔的,簡明的. a *succinct* explanation 簡潔的說明.

suc·cinct·ly [sək`sɪŋktlɪ; sək'sɪŋktli] *adv.* 簡潔地.

suc·cinct·ness [sək`sɪŋktnɪs; sək'sɪŋktnɪs] *n.* U 簡潔.

suc·cor (美), **suc·cour** (英) [`sʌkɚ; 'sʌkə(r)] (雅) *n.* U (危急之際的)救助,救援, (help).

— *vt.* 救援,救濟.

suc·cu·bi [`sʌkjə͵baɪ; 'sʌkjubaɪ] *n.* succubus 的複數.

suc·cu·bus [`sʌkjəbəs; 'sʌkjubəs] *n.* (*pl.* **-bi**) C 女夢淫妖《傳說會和熟睡的男子性交;→ incubus》.

suc·cu·lence [`sʌkjələns; 'sʌkjuləns] *n.* U (文章)多汁液[水分].

suc·cu·lent [`sʌkjələnt; 'sʌkjulənt] *adj.*《文章》 **1** (水果等)多汁[水分]的;(因水分充足而)鮮美的. **2** (植物)(像仙人掌般的)多肉多汁的.

suc·cumb [sə`kʌm; sə'kʌm] *vi.*《文章》 **1** 屈服,輸,敗,〖*to*〗. *succumb to* temptation [persuasion] 被誘惑,被說服.

2 死〖*to*〗. He finally *succumbed to* cancer. 他最後死於癌症.

such [強 sʌtʃ, 弱 ʃtʃ, ʒtʃ; 強 sʌtʃ, 弱 ʃətʃ, ʒətʃ] adj. (語法)such 與單數名詞連用時，置於「不定冠詞＋名詞」之前；與 some, any, no, many, all 等連用時，則置於其後)

[[那樣的(情況的)]] **1** 那樣的，這樣的. I've never seen *such* a (beautiful) rose. 我從未見過那樣(美)的玫瑰/The scientist denied all *such* possibilities. 那位科學家否定了所有那樣的可能性/I shall never have another *such* chance. 我不會再有這樣的機會了.

2 《敘述》承接前面陳述過的事，或替代先行的形容詞)那種樣子的，這種情況的, (語法)常被倒裝，置於句首)*Such* is life. 這就是人生/If *such* is the case, I must change my mind. 如果事實如此，我就得改變我的想法.

3 【那樣的(高度的)]非常的，極，特別，(在「形容詞＋名詞」之前，具有副詞的性質)那樣地，這種程度地；非常地. His death was *such* a blow to our plan. 他的死對我們的計畫是個很大的打擊/It was *such* a lovely day. 非常好的天氣.

[[與此相似的]] **4** 與此相似的，同樣的. beer, soda water, or some *such* cold beverage 啤酒，蘇打水，或諸如此類的冷飲.

sùch and sùch 如此這般的，等等的. Each of us went to *such and such* a place to see *such and such* a person. 我們每個人到了某某地方見到某某人.

* *sùch as...* (1)《舉例》譬如像…一般的. beautiful flowers, *such* as lilies, roses, and tulips 美麗的花，像是百合花、玫瑰、鬱金香(與★such A as... 的第一例同義). (2)《引導子句》像像…的，像是…的. She is a girl *such* as any man would want to marry. 她是一個每個男人都會想要娶她為妻的女人.

* *sùch A as...* (1)像…的A. *such* beautiful flowers *as* lilies, roses, and tulips 像百合、玫瑰、鬱金香這樣美的花(與★such as... 的例子同義)/There is no *such* thing *as* a typical English school. 沒有所謂的典型英國學校這樣的東西. (2)《引導子句》像[是]…的A. *such* animals *as* eat meat 如肉食類的動物/I lost *such* patience *as* I had left. 我失去了我所剩下的一點耐性.

sùch as it ís 雖是微不足道的，雖不是很好的東西. You can use my room, *such as it is*. 你可以用我的房間，雖然它並不怎麼樣.

sùch(...)as to dó 像做…似的(…)，達到做…程度的(…). The accident was *such as to* make everybody uneasy. 那起事故是如此地讓大家感到不安/Mike is not *such* a fool *as to* rely on you. 邁克不會蠢到去相信你.

sùch that...＝Súch...that... 因為非比尋常，所以…；是一般性質[種類]的東西. His courage was *such that* people couldn't help admiring him. ＝*Such* was his courage *that* people.... 他的勇氣是這樣地使人們不得不佩服他/His behavior was *such that* people disliked him. 他的行為舉止是如此地讓人們討厭他.

* *sùch...that...* 非常地…所以(★ such 之後接名詞(片語)；→so...that). It was *such* a nice day *that* we decided to go on a picnic. 天氣這麼好，所以我們決定去野餐.

— pron. 《單複數同形》《承接前面所述的人、物、事》像那樣的人[物，事]，像這樣的人[物，事]. Everybody thought him a foreigner, but he proved not to be *such*. 大家都以為他是外國人，但他證明並非如此.

...and sùch …等等(and so on). doctors, lawyers, *and such* 醫生、律師等等.

as sùch (1)由此，因其資格. The young man was a prince and was welcomed *as such*. 那位年輕人是個王子，並且受到了應有的禮遇. (2)僅就…而言，光是其本身. Smoke *as such* is not a pollution problem. 煙本身不是一個污染的問題.

such·like [ˋsʌtʃ͵laɪk; ˈsʌtʃlaɪk] 《口》adj. (限定)那般的，這種的.

— pron. 像那樣的東西，這種東西. loafers and *suchlike* 流浪漢之輩.

suck [sʌk; sʌk] v. (~s [~s; ~s] ~ed [~t; ~t] ~ing [~ɪŋ]) vt. **1** 吸，啜飲，〔液體的滲透物〕. *suck* soda through a straw 用吸管吸汽水/*suck* an orange 吸榨橙的汁.

2 吸收，吸取，(up; in)；〔植物等〕吸收〔水分〕(up). The vacuum cleaner *sucked up* the dust on the carpet. 吸塵器吸掉了地毯上的灰塵/The dry earth *sucked up* the spring rain. 乾旱的大地吸乾了春雨.

3 吸吮，舔，〔手指，糖果等〕. Stop *sucking* your thumb. 別再吸你的大拇指.

4 獲取，吸收，〔知識等〕(in).

— vi. 吸奶；吸，啜，(at). a *sucking* pig 乳豬《於聖誕節等時烹調》/A bear likes *sucking* at a honeycomb. 熊喜歡吸吮蜂巢/the baby *sucking* at its mother's breast 吸吮著母親乳房的嬰兒.

sùck úp to...《口》《人》拍馬屁. *suck up to* the manager 拍經理的馬屁.

— n. **1** ⓒ一吸，吸. have [take] a *suck* at an orange 對著柳橙吸一口汁.

2 ⓤ吸，吸入；吮奶.

suck·er [ˋsʌkɚ; ˈsʌkə(r)] n. ⓒ **1** 吸吮的人[物]；乳兒，(豬、鯨的)尚未斷奶的幼仔.

2 《口》容易受騙的人，糊塗蟲.

3 《動物》吸盤；〔植物〕吸枝，吸根.

4 《美、口》棒棒糖(lollipop).

suck·le [ˋsʌkḷ; ˈsʌkl] vt. **1** 讓…吮奶，哺乳.

2 撫育〔乳兒，幼兒〕.

— vi. 吮奶.

suck·ling [ˋsʌklɪŋ; ˈsʌklɪŋ] n. ⓒ乳兒；未斷奶的獸類的幼仔.

su·crose [ˋsukros, ˋsɪu-, ˋsju-; ˈsuːkrəʊs] n. ⓤ《化學》蔗糖.

suc·tion [ˋsʌkʃən; ˈsʌkʃn] n. ⓤ **1** 吸.

2 吸引力；吸入，吸上.

súction pùmp n. ⓒ抽水機.

Su·dan [suˋdæn; suːˈdɑːn] n. (加 the) 蘇丹《非洲

東北部的國家；首都 Khartoum）．

*sud·den [ˋsʌdṇ; ˈsʌdn] adj. 突然的，忽然的，意外的．a *sudden* rain 驟雨/a *sudden* change in the weather 天氣的驟變/regret a *sudden* decision 爲倉卒而下的決定後悔/Oh, this is so *sudden*. 哦，這眞是太突然了《面對突如其來的求婚等時的反應》．

sudden + n.: a ~ attack（突然的攻擊），~ decision（突然的決定），a ~ idea（突然而來的想法），a ~ increase（突然的增加），a ~ shock（突然的衝擊）．

— n.《僅用於下列片語》

àll of a súdden 突然，冷不防．*All of a sudden*, the lights went out. 突然間，燈都滅了．

sùdden déath n. ⓤ **1** 暴斃．**2**《體育》決勝負的延長賽《在得分相同的比賽中，爲決定勝負的延長賽；以投幣來決定，或先得分者爲勝等》．

sùdden ìnfant déath sỳndrome 嬰兒猝死症候群《使出生 1-5 個月止都健康的嬰兒突然因不明原因而暴斃的病；略作 SIDS》．

*sud·den·ly [ˋsʌdṇlɪ; ˈsʌdnlɪ] adv. 突然地，意外地，冷不防地．*Suddenly*, the telephone rang. 電話突然響了/One of the boys *suddenly* ran away. 其中一個男孩突然逃走了．

sud·den·ness [ˋsʌdṇnɪs, ˋsʌdnɪs; ˈsʌdnnɪs] n. ⓤ 突然，意外．

suds [sʌdz; sʌdz] n.《作複數》**1** 肥皂泡；起泡沫的肥皂水；(soapsuds)．

2《美、俚》啤酒．

Sue [su, sɪu, sju; su:] n. Susan, Susanna等的暱稱．

sue [su, sɪu, sju; su:] v. (~s; ~d; su·ing) vt. 控告，控訴，〔人〕《for》. *sue* a person *for* libel 控告某人誹謗/They *sued* the company *for* damages. 他們因受到損害而控告那家公司．

— vi. **1** 控告，起訴．

2 請願，請求，《for》. *sue for* mercy 請求寬恕．

suede, suède [swed; sweɪd] n. 麂皮《內側起毛之鞣製加工的小山羊皮的皮革》；仿麂皮的布．

su·et [ˋsuɪt, ˋsɪuɪt, ˋsjuɪt; ˋsɔɪt] n. ⓤ 牛脂，羊脂，《採自腎臟、腰部的堅硬脂肪；用於烹飪等》．

Su·ez Canal [ˋsuɛzkəˋnæl, ˋsɪu-, ˋsju-, suˋɛz-, sɪu-, sju-; ˌsɔɪzkəˈnæl] n. (加the)蘇伊士運河．

*suf·fer [ˋsʌfɚ; ˈsʌfə(r)] v. (~s [~z; ~z]; ~ed [~d; ~d]; -fer·ing [-frɪŋ, -fərɪŋ; -fərɪŋ]) vt. **1** 遭受，蒙受，〔痛苦，損害等〕. *suffer* severe injuries in the accident 在事故中受重傷/China *suffered* great losses in World War II. 中國在第二次世界大戰中蒙受了極大的損失．

suffer + n.: ~ a blow（遭受一擊），~ destruction（遭受破壞），~ a disaster（蒙受災難），~ harm（蒙受損害），~ misfortune（遭遇不幸）．

2 忍受，忍耐，《主要用於否定句、疑問句》. He could not *suffer* the slightest disobedience from his men. 他無法容忍部下絲毫的不服從．

3《古》句型5 (suffer A to do)允許A做…，委託A做…，(allow, permit)．

— vi. **1** 痛苦，煩惱，苦惱，《from, for》. The

---

victims *suffered* terribly. 受害者們非常痛苦/Many people are *suffering from* hunger in Africa. 在非洲有許多人正受著飢餓之苦/*suffer from* rheumatism 爲風溼所苦/We made him *suffer for* his impudence. 我們讓他爲自己的傲慢受苦．

2 蒙受損害．His health has *suffered* much *from* overwork. 他的健康因工作過度而受損/Poems usually *suffer* badly in translation. 詩常常在翻譯中大損其原有的風貌．

suf·fer·ance [ˋsʌfrəns, ˋsʌfərəns; ˈsʌfərəns] n. ⓤ《文章》容許，默認．

on súfferance（沒辦法地）礙於情面；被寬恕，被默許．

suf·fer·er [ˋsʌfərɚ; ˈsʌfərə(r)] n. ⓒ 痛苦的人，煩惱的人；被害人，受害者；患者．

*suf·fer·ing [ˋsʌfrɪŋ, ˋsʌfərɪŋ; ˈsʌfərɪŋ] n. **1** ⓤ (身心的)痛苦．The medicine relieved the patient of his *suffering*. 藥解除了病人的痛苦．

adj. + suffering: great ~（很大的痛苦），intense ~（強烈的苦痛）// v. + suffering: cause ~（引起痛苦），endure ~（忍受痛苦），experience ~（經歷痛苦）．

2 (sufferings)痛苦的心情；苦難；災難．

suf·fice [səˋfaɪs, -ˋfaɪz; səˈfaɪs] v. 足夠《for》. One more witness will *suffice*. 再一個證人就足夠了/The water *sufficed for* their needs. 水滿足了他們的需要．

— vt. 使…足夠，滿足…. A glass of wine will *suffice* me. 一杯酒就能滿足我了．

⇨ adj. sufficient.

suf·fi·cien·cy [səˋfɪʃənsɪ, səˋfɪʃnsɪ; səˈfɪʃnsɪ] n. **1** ⓐⓤ 充足的量《↔ deficiency》. a *sufficiency of* funds 充足的資金．

2 ⓤ 充足．⇨ adj. sufficient.

*suf·fi·cient [səˋfɪʃənt; səˈfɪʃnt] adj. 充足的《for》；足夠的《to do》；(↔ deficient, insufficient). *sufficient* supplies 充足的供給/*sufficient* evidence *for* the trial 審判的充分證據/Do we have *sufficient* time *to* do the work? 我們有足夠的時間做那個工作嗎？

📖 sufficient 是比 enough 稍正式的用語，enough 是就分量而言，sufficient 則是就分量、內容、程度等而言．

⇨ v. suffice. n. sufficiency.

suf·fi·cient·ly [səˋfɪʃəntlɪ; səˈfɪʃntlɪ] adv. 充分地《for; to do》. The water is not *sufficiently* warm *to* swim in. 水不夠溫暖，不能游泳/He is not *sufficiently* experienced *for* the job. 他對那件工作並沒有具備足夠的經驗．

suf·fix [ˋsʌfɪks; ˈsʌfɪks] n. ⓒ《文法》詞尾《-ly, -ment 等》《↔ prefix》.

*suf·fo·cate [ˋsʌfəˌket; ˈsʌfəkeɪt] v. (~s [~s; ~s]; -cat·ed [~ɪd; ~ɪd]; -cat·ing) vt. 使窒息(致死)，使透不過氣來．The baby was *suffocated* with a blanket. 那個嬰兒被毛毯悶死了．

— *vi.* 窒息(死)；呼吸困難，噎住. *suffocate* in the smoke 被煙嗆到.

suf·fo·ca·tion [ˌsʌfəˈkeʃən; ˌsʌfəˈkeɪʃn] *n.* U窒息.

suf·frage [ˈsʌfrɪdʒ; ˈsʌfrɪdʒ] *n.* **1** U投票權，選舉權，參政權. manhood *suffrage* 成年男子選舉權/women's *suffrage* 婦女選舉權[參政權].

2 C《文章》贊成票；投票，票.

suf·fra·gette [ˌsʌfrəˈdʒɛt; ˌsʌfrəˈdʒet] *n.* C(特指20世紀初期英國的)婦女參政權論者(的女性).

suf·fra·gist [ˈsʌfrədʒɪst; ˈsʌfrədʒɪst] *n.* C參政權擴大論者；婦女參政權論者.

suf·fuse [səˈfjuz, -ˈfɪuz; səˈfjuːz] *vt.* 《文章》(液體，光等)籠罩，充滿，《常用被動語態》. His face was *suffused* with blood. 他的臉漲得通紅.

suf·fu·sion [səˈfjuʒən, -ˈfɪuʒ-; səˈfjuːʒn] *n.* U《文章》充滿.

‡sug·ar [ˈʃʊgɚ; ˈʃʊgə(r)] *n.* (*pl.* ~s [~z; ~z]) **1** U砂糖. a lump of *sugar* 一塊方糖/three spoonfuls of *sugar* 三匙砂糖/drink coffee without *sugar* 喝不加糖的咖啡.

2 C《化學》糖.

3 U《主美、口》(對喜歡的人的呼喚)親愛的，愛的，(darling, honey).

— *vt.* 在…放[加]糖，將…包上糖衣，加糖使變甜. I've *sugared* your coffee for you. 我已經在你的咖啡裡放了糖了.

súgar the píll 使令人不愉快之事物較易為人接受(<藥片裹上糖衣).

súgar bèet *n.* UC《植物》甜菜.

sug·ar·cane [ˈʃʊgɚˌken; ˈʃʊgəkeɪn] *n.* U《植物》甘蔗《由此物製造 cane sugar(蔗糖)》.

sug·ar·coat [ˈʃʊgɚˌkot; ˈʃʊgəkəʊt] *vt.* **1** 把[藥片等]包上糖衣. **2** 美化，粉飾.

sug·ar-free [ˌʃʊgɚˈfri; ˈʃʊgəˈfriː] *adj.* 不加糖的，抽出糖分的.

súgar lòaf *n.* C棒狀糖塊《從前販賣的凝固成圓錐形的糖》；棒狀糖塊般的物品.

súgar màple *n.* C《植物》糖楓《由該樹汁液煎熬製成之物稱作 maple syrup》.

sug·ar·y [ˈʃʊgrɪ, ˈʃʊgərɪ; ˈʃʊgərɪ] *adj.* **1** 用糖製成的，含糖的，甜的.

2 嬌滴滴的，(用諂話)恭維的. speak in a *sugary* voice 用嬌嗲的聲音說話.

‡sug·gest [səgˈdʒɛst, səˈdʒɛst; səˈdʒest] (★注意(美)的發音) *vt.* (~s [~s; ~s]; ~ed [~ɪd; ~ɪd]; ~ing [~ɪŋ; ~ɪŋ]) 〖使想起〗 **1** 建議，提出(構想，計畫等) 〖 句型3 〗(suggest *that* 子句/*wh* 子句、片語/*doing*) 提議 做…；*to* (向…). ~ a new remedy 提出新的治療方法/a *suggested* price (廠商的)建議售價/Tom *suggested* another plan *to* the committee. 湯姆向委員會提出了另一個方案/The aide *suggested changing* the tactics. 副官建議改變戰術/I *suggest* (*that*) your son (should)

spend a week with us. 讓您的兒子在我們這兒過一個禮拜你覺得如何？(語法 使用這句子的時候(英)常與 should 連用(→ should 6)；另外(英)有時也用類以 ...your son spends....的直述語氣來表示)/It was *suggested* (*that*) the boys (should) go to the sea by themselves. 有人建議男孩子們(應)自行去海邊/Can you *suggest how* we should [might] deal with this situation? 你可否建議我們該如何解決這個狀況？

2 暗示，示意，〖某人〗；使人聯想〖某事〗〖 句型3 〗(suggest *that* 子句)暗示…的事情. Ink blots *suggest* different things to different people. 墨漬讓不同的人聯想到不同的事物《墨漬被用於心理測驗》/Father *suggested* to me *that* I might be wrong. 父親暗示地說我或許錯了/The dark sky *suggested that* it would rain. 陰暗的天空表示要下雨了/His attitude *suggested* indifference to fame. 他的態度表示出他對名聲毫不關心.

◇ *n.* **suggestion.**

suggèst itsèlf to... 〖事物〗浮現在…的心頭. That idea never *suggested itself to* me. 那個想法未曾浮現在我的腦海裡.

sug·gest·i·ble [səgˈdʒɛstəbl, səˈdʒɛst-; səˈdʒestəbl] *adj.* **1** 〖人〗易受暗示影響的.

2 可暗示[示意]的.

‡sug·ges·tion [səgˈdʒɛstʃən, səˈdʒɛs-; səˈdʒestʃən] *n.* (*pl.* ~s [~z; ~z]) 〖令人想起〗 **1** U提案，提倡，提議；C提議，被提議的事物. offer a helpful *suggestion* 提出有益的建議/He decided to go abroad at my *suggestion*. 他因為我的建議而決定出國.

| 搭配 *adj.*+suggestion: a sensible ~ (明智的建議), a timely ~ (適時的建議), a useless ~ (毫無用處的提案), a valuable ~ (寶貴的建議) // *v.*+suggestion: follow a ~ (遵照建議), make a ~ (提案).

2 U暗示，示意，略微表示；C暗示，被暗示的事物. a speech full of *suggestions* 充滿暗示的演說.

3 〖些微的啓發〗C模糊的印記；模樣；…傾向；略含. red with a *suggestion of* yellow 略帶黃的紅色/speak English with a *suggestion of* an Italian accent 說英語時稍微帶有義大利口音/There is no *suggestion that* he will be offered the job. 沒有任何跡象顯示那工作將交付給他.

4 UC聯想；想起. The sound of waves always carries a *suggestion* of my hometown by the sea. 波濤聲總是讓我聯想起我在海邊的故鄉.

sug·ges·tive [səgˈdʒɛstɪv, səˈdʒɛs-; səˈdʒestɪv] *adj.* **1** 暗示的，引起聯想的，《of》. The gentleman's manner is *suggestive* of his noble birth. 那位紳士的舉止暗示著他高貴的家世.

2 暗示性的，啓發的；富於暗示[啓發]的. a *suggestive* book 一本具啓發性的書(★在 3 的意義時，亦具有「一本挑撥性的書」之意).

3 挑撥性的，猥褻的.

sug·ges·tive·ly [səgˈdʒɛstɪvlɪ, səˈdʒɛs-; səˈdʒestɪvlɪ] *adv.* 暗示[引發聯想]地.

S

su·i·cid·al [ˌsuə`saɪd], ˌsɪu-, ˌsju-; ˌsʊɪ`saɪdl] *adj.* **1** 自殺的，自殺性的；想自殺的．

2 自取滅亡的，自殺性行為的． a *suicidal* plan 一個自取滅亡的計畫．

*su·i·cide [`suə,saɪd, `sɪu-, `sju-; `sʊɪsaɪd] *n.* (*pl.* ~**s** [~z; ~z]) **1** ⓤ自殺；自殺的行為，自滅． commit *suicide* 自殺/artistic *suicide* 藝術的自殺行為(身為藝術家，被世人唾棄的行為，罪行等)．

2 ⓒ自殺者；自殺行為． ⇨ *adj.* **suicidal**.

字源 CIDE「殺」: sui*cide*, insecti*cide* (殺蟲劑), homi*cide* (殺人), fratri*cide* (殺害兄弟)．

*suit [sut, sɪut, sjut; sut] *n.* (*pl.* ~**s** [~s; ~s])

〖 一貫之物＞一套 〗 **1** ⓒ (**a**)成套西裝(男性的由上衣、褲子所組成，女性的則由上衣、裙子所組成；男性用的有時加上背心)． wear a dark *suit* 穿著一套黑色西裝/My *suit* is made to order. 我的西裝是定做的．

(**b**) (為特定目的所備好的)衣服，…裝． a bathing *suit* 泳裝 (swimsuit)/a wet *suit* 橡皮潛水服．

2 ⓒ (紙牌)一組紙牌(同花色的紙牌有十三張)．

〖 一貫的追求 〗 **3** ⓤⓒ起訴，起訴，(lawsuit)． bring a *suit* against a company 提出訴訟控告公司/drop one's *suit* 撤銷訴訟．

4 ⓤ(文章)要求；懇求；(request)；(古)(向女性的)求婚． plead [press] one's *suit* 拚命地(糾纏不止地)求婚． ⇨ 3, 4 的 *v.* 為 **sue**.

fòllow súit (1)(紙牌)出與先前同花色的牌．
(2)仿照(前面的)人． Mike joined the club, and Ted *followed suit*. 麥克加入俱樂部，泰德也跟著加入了．

— *v.* (~**s** [~s; ~s]; ~**ed** [~ɪd; ~ɪd]; ~**ing**) *vt.*

〖 使一致＞使符合 〗 **1** 使符合，使適合，(*to*)． *suit* one's words *to* the occasion 使用和那種場合相稱的語言．

〖 合適 〗 **2** 合乎…，正合適，正好；滿足(需要等)；適用於…． What day of the week *suits* you best? 星期幾對你最合適呢?/That car will *suit* all our needs. 那輛車將滿足我們所有的需要/The climate of California *suits* my health. 加州的氣候對我的健康正合適．

3 與(人)相配． Your hairstyle doesn't *suit* you. 你的髮型和你不相配．

4 (be suited)適合，合適，(*for, to*)；適合，合適，(*to do*)． My son *is* not *suited for* teaching. 我兒子不適合教書．

— *vi.* 適合，正好． The ten o'clock train will *suit* fine. 十點鐘的火車非常合適．

sùit a pèrson dòwn to the gróund (英、口)正適合某人．

Súit yoursèlf! (口)隨你便!

suit·a·bil·i·ty [ˌsutə`bɪlətɪ, ˌsɪu-, ˌsju-; ˌsjutə`bɪlətɪ] *n.* 適當，適合，相稱，合適． I question his *suitability* as manager. 我懷疑他是否適合當經理．

*suit·a·ble [`sutəbl], `sɪu-, `sjut-; `sutəbl] *adj.* 適當的，恰當的；相稱的，恰好的；(*for, to*)(→ fit 回)． shoes *suitable* for hik-

ing 適用於健行的鞋/*suitable* presents *for* girls 適合送給女孩子的禮物/His conduct was not *suitable* to the occasion. 他的行為就該場合而言不太合宜．

suit·a·bly [`sutəblɪ, `sɪu-, `sjut-; `sutəblɪ] *adv.* 適當[恰當]地，相稱地．

*suit·case [`sut,kes, `sɪut-, `sjut-; `sutkeɪs] *n.* (*pl.* ~**s** [~ɪz; ~ɪz]) ⓒ手提箱(旅行用的小提箱；比 trunk 小)． I packed a *suitcase* for my trip. 我將我此次旅行的用品裝進手提箱．

suite [swit; swiːt] (★注意發音) *n.* ⓒ **1** (旅館等的)套房(由寢室、起居室、浴室等組成)．

2 一組[一套]家具；(泛指)一組，一套． a *suite* for the living room 一組客廳家具．

3 (音樂)組曲．

suit·ing [`sutɪŋ, `sɪut-, `sjut-; `sutɪŋ] *n.* ⓤⓒ西服布料(特指男性西服用的)．

suit·or [`sutə, `sɪu-, `sju-; `sutə(r)] *n.* ⓒ **1** (法律)起訴人，原告． **2** 請願者．

Su·la·we·si [ˌsulə`wesɪ, ˌsuːlə`weɪsɪ] *n.* 蘇拉威西(Celebes的印尼名)．

sul·fa (美) [[(英) **sul·pha**] **drug** [`sʌlfə,drʌg; `sʌlfədrʌg] *n.* ⓒ硫胺劑．

sul·fate (美)，**sul·phate** (英) [`sʌlfet; `sʌlfeɪt] *n.* ⓤ(化學)硫酸鹽．

sul·fide (美)，**sul·phide** (英) [`sʌlfaɪd, -fɪd; `sʌlfaɪd] *n.* ⓤⓒ(化學)硫化物．

sul·fur (美)，**sul·phur** (英) [`sʌlfə; `sʌlfə(r)] *n.* ⓤ(化學)硫磺．

sul·fu·ric (美)，**sul·phu·ric** (英) [sʌl`fjurɪk, -`fɪu-; sʌl`fjʊərɪk] *adj.* **1** 硫磺的；含大量硫磺的． **2** 硫酸的．

sulfùric (美) [[(英) **sulphùric**] **ácid** *n.* ⓤ硫酸．

sul·fur·ous (美)，**sul·phur·ous** (英) [`sʌlfərəs, -fjərəs, sʌl`fjurəs, -`fɪu-; `sʌlfərəs] *adj.* **1** 硫磺(般)的． **2** 含少量硫磺的．

3 像(燃燒的)硫磺般臭的．

sulk [sʌlk; sʌlk] *vi.* 發脾氣，慍怒地噘著嘴．

— *n.* (the sulks)發脾氣而噘嘴． My daughter is in the *sulks*. 我女兒在發脾氣[噘著嘴]．

sulk·i·ly [`sʌlkɪlɪ, -]ɪ; `sʌlkəlɪ] *adv.* 發脾氣地，不高興地．

sulk·i·ness [`sʌlkɪnɪs; `sʌlkɪnɪs] *n.* ⓤ慍怒，不高興，發脾氣．

sulk·y [`sʌlkɪ; `sʌlkɪ] *adj.* **1** 慍怒的，噘嘴的；立刻翻臉的，嘔氣的． a *sulky* child 任性的小孩．

2 (天氣等)陰沈的，沈悶的． the *sulky* gray sky 陰沈灰暗的天空．

— *n.* (*pl.* **sulk·ies**) ⓒ(一人乘坐用的)輕便二輪馬車(現在主要用於比賽)．

*sul·len [`sʌlɪn, -ən; `sʌlən] *adj.* **1** 不高興的，慍怒的，繃著臉的． a *sullen* look 不悅的神情．

2 (天空等)陰沈的，陰鬱的． The *sullen* sky suggested rain. 陰沈的天空表示要下雨了．

S

sul·len·ly [ˈsʌlɪnlɪ, -ən-; ˈsʌlənlɪ] *adv.* 不悅地, 繃著臉地.

sul·len·ness [ˈsʌlɪnnɪs, -lənnɪs; ˈsʌlənnɪs] *n.* Ⓤ不悅, 板著臉; 陰暗.

sul·ly [ˈsʌlɪ; ˈsʌlɪ] *vt.* (**-lies; -lied; ~ing**) 《主雅》玷污, 毀損, 〔名譽, 品格等〕.

sul·pha drug [ˈsʌlfə-; ˈsʌlfə-] *n.* 《英》=sulfa drug.

sul·phate [ˈsʌlfet; ˈsʌlfeɪt] *n.* 《英》=sulfate.

sul·phide [ˈsʌlfɪd, -faɪd; ˈsʌlfaɪd] *n.* 《英》=sulfide.

sul·phur [ˈsʌlfɚ; ˈsʌlfə(r)] *n.* 《英》=sulfur.

sul·phu·ric [sʌlˈfjʊrɪk, -ˈfɪu-; sʌlˈfjʊərɪk] *adj.* 《英》=sulfuric.

sul·phur·ous [ˈsʌlfərəs, -fjərəs; ˈsʌlfərəs] *adj.* 《英》=sulfurous.

sul·tan [ˈsʌltn; ˈsʌltən] *n.* **1** Ⓒ伊斯蘭教國家的君主, 蘇丹. **2** (the Sultan) (昔日的)土耳其皇帝.

sul·tan·a [sʌlˈtænə, -ˈtɑnə; səlˈtɑːnə] *n.* Ⓒ **1** 伊斯蘭教國家的王妃; 伊斯蘭教國家君主的母親〔姊妹, 女兒〕. **2** 一種無子葡萄乾.

sul·tan·ate [ˈsʌltnɪt, -ˌet; ˈsʌltənət] *n.* Ⓒ **1** (通常用單數)伊斯蘭教國家君主的地位〔統治〕. **2** 伊斯蘭教國家君主的領地, 伊斯蘭教國家.

sul·tri·ness [ˈsʌltrɪnɪs; ˈsʌltrɪnɪs] *n.* Ⓤ悶熱.

***sul·try** [ˈsʌltrɪ; ˈsʌltrɪ] *adj.* (**-tri·er; -tri·est**) **1** 悶熱的, 酷熱的; 如燒炙般熱的. a *sultry* day 悶熱的一天. **2** 熱情的, 性感的. She wore a *sultry* smile. 她帶著熱情的微笑.

***sum** [sʌm; sʌm] *n.* (*pl.* ~**s** [~z; ~z]) Ⓒ **1** (加 the)總計, 合計, 總額〔數〕, 和. find the *sum* 求總和/The *sum* of four and five is nine. 4 加 5 之和爲 9.
2 (加 the)概要, 概略, 要點. the *sum* (and substance) of the report 報告的概要.
3 金額. a small [large] *sum* of money 小額〔巨額〕的金錢/the *sum* of 500 dollars 500 美元的金額/I won't part with this picture for any *sum*. 就算是再高的價錢我也不會將這幅畫脫手.
4 算術題, 加減乘除. do *sums* 作算術題目.
in súm 簡言之, 總之.
— *v.* (~**s** [~z; ~z]; ~**med** [~d; ~d]; ~**ming**) *vt.*
1 合計, 總計, (*up*). *sum up* the prices 合計價錢.
2 概括言之, 簡言之; 一言以蔽之; (*up*). John, will you *sum up* the discussion so far? 約翰, 你能將目前爲止的討論做個歸納嗎?
3 判斷〔人, 情況等〕, 抓住某種本質〔要點〕, (*up*). I quickly *summed up* the situation. 我迅速地判斷那情況.
— *vi.* 概括, 概述.
to súm úp 總之, 簡言之.

su·mac, su·mach [ˈʃumæk, ˈʃɪu-, ˈsu-, ˈsɪu-, ˈsju-, ˈʃumek, ˈʃɪu-; ˈʃuːmæk] *n.* Ⓒ《植物》鹽膚木

《產於南歐, 一種漆樹屬的植物》; Ⓤ鹽膚木乾燥後的葉子(鞣皮材料, 染料).

Su·ma·tra [suˈmatrə, -ˈmetrə; suˈmɑːtrə] *n.* 蘇門答臘(屬印度尼西亞).

sum·mar·i·ly [ˈsʌmərəlɪ, sʌˈmɛrəlɪ; ˈsʌmərəlɪ] *adv.* **1** 扼要地, 概括地. **2** 簡單地; 即刻地.

sum·ma·rise [ˈsʌməˌraɪz; ˈsʌməraɪz] *v.* 《英》=summarize.

***sum·ma·rize** [ˈsʌməˌraɪz; ˈsʌməraɪz] *vt.* (**-riz·es; -rized; ~d** [~d; ~d]; **-riz·ing**) 將…概括, 簡而言之. *Summarize* the passage in about one hundred words. 用一百字左右來概述這一段文章. ⬧ *n.* **summary**.

***sum·ma·ry** [ˈsʌmərɪ; ˈsʌməri] *n.* (*pl.* **-ries** [~z; ~z]) Ⓒ概要, 扼要, 大略. write a *summary* at the end of each chapter 在各章末尾寫上概要. ⬧ *v.* **summarize**.
— *adj.* 《文章》 **1** 概略的, 扼要的. *summary* descriptions 概略的說明.
2 〔手續等〕簡略的; 〔判決等〕速決的. *summary* dismissal 立即開除.

sum·ma·tion [sʌmˈeʃən, sʌˈmeɪʃn] *n.* 《文章》 **1** Ⓤ合計, 累計, 加法; Ⓒ合計. **2** Ⓒ總括, 歸納; 結辯.

***sum·mer** [ˈsʌmɚ; ˈsʌmə(r)] *n.* (*pl.* ~**s** [~z; ~z]) ⓊⒸ(通常作無冠詞單數, 或是加 the)夏, 夏天. a beautiful *summer's* day 美麗的夏日/during the *summer* 在夏季期間/The days are longer in *summer* than in winter. 夏天的白晝比冬天長/We are going to Europe this *summer*. 我們今年夏天將去歐洲. 【参考】在北半球 summer 一般說來大概是 6-8 月, 在天文學上則是從夏至開始到秋分爲止.
【搭配】 *adj.*+summer: a glorious ~ (極美的夏季), a hot ~ (炎熱的夏天), a scorching ~ (會把人烤焦似的夏天), a cool ~ (涼爽的夏天), a poor ~ (糟透了的夏天).
2 Ⓤ《主雅》(加 the)(人生的)顛峰期, 壯年期. the *summer* of life 人生的顛峰期.
3 《形容詞性》夏天的; 適合夏天的, 夏用的. the *summer* heat 夏天的暑熱/a *summer* drink 夏天喝的飲料/a *summer* vacation 暑假.

súmmer cámp *n.* Ⓒ(美)夏令營, 夏日集訓. (主要是舉辦兒童訓練兼有娛樂的活動; →camp 2).

sum·mer·house [ˈsʌməˌhaʊs; ˈsʌməhaʊs] *n.* (*pl.* **-hous·es** [-ˌhaʊzɪz; -haʊzɪz]) Ⓒ(設在庭院等處的)涼亭.

súmmer schóol *n.* Ⓒ(大學的)暑期學校, 暑修班.

súmmer sól·stice *n.* (加 the)夏至.

súmmer tíme *n.* Ⓤ(英)夏令時間(把時鐘

[summerhouse]

撥快一小時的制度；在英國大致在3月底到10月底施行；(美) daylight saving time).

sum·mer·time [`sʌmə͵taɪm; 'sʌmətaɪm] *n.* Ⓤ夏季，夏.

sum·mer·y [`sʌmərɪ; 'sʌmərɪ] *adj.* 夏天(般)的；夏天的.

sum·ming-up [͵sʌmɪŋ`ʌp; ͵sʌmɪŋ'ʌp] *n.* (*pl.* **sum·mings-**) Ⓒ概要，摘要；《法律》(法官做的)證詞摘要.

*__sum·mit__ [`sʌmɪt; 'sʌmɪt] *n.* (*pl.* ~**s** [~s; ~s])

1 Ⓒ(山等的)頂點，頂峰. reach the *summit* of a hill 到達小山頂. 回summit 比 peak 狹小，指山的「頂峰」；引申爲「能力所能達到的最高點、政治機構的最高層」；→ top.

2 Ⓤ(加the)絕頂，頂點. reach the *summit* of success 達到了成功的頂點.

3 Ⓤ(加the)(國家等的)領導階層；Ⓒ高峰會議. The matter was discussed at the *summit*. 問題已在高峰會議上被提出討論/the G-7 *summit* 七國高峰會議.

字源SUM「最高處」: *summ*it, *sum* (總計)，*sum*marize(概要)，con*sum*mate(完成).

súmmit cònference *n.* Ⓒ高峰會議.

*__sum·mon__ [`sʌmən; 'sʌmən] *vt.* (~**s** [~z; ~z]; ~**ed** [~d; ~d]; ~**ing**) 《文章》**1** 召喚(人). 句型5 (summon **A** to do) 召喚A做…. *summon* the doctor 請醫生/The driver was *summoned to* appear in court as a witness. 駕駛人被傳訊出庭作證.

2 召集(會議等). *summon* a monthly conference 召集每月之會.

3 鼓起，竭盡，〔勇氣，力量等〕(*up*). *summon up* one's strength to move a stone 使盡全力移動石頭.

sum·mons [`sʌmənz; 'sʌmənz] *n.* (*pl.* ~**es**) Ⓒ

1 召喚，召集，傳票. **2** 《法律》傳訊(去法庭)出庭的書面命令，傳票. issue a *summons* 發出傳票.
— *vt.* 傳喚…出庭.

sump·tu·ar·y [`sʌmptʃʊ͵ɛrɪ; 'sʌmptʃuərɪ] *adj.* 《文章》〔法令等〕限制消費的，禁止奢侈浪費的.

sump·tu·ous [`sʌmptʃʊəs; 'sʌmptʃʊəs] *adj.* 奢侈的，豪華的；高價的. a *sumptuous* meal 豪華宴席.

sump·tu·ous·ly [`sʌmptʃʊəslɪ; 'sʌmptʃʊəslɪ] *adv.* 奢侈地，豪華地.

sump·tu·ous·ness [`sʌmptʃʊəsnɪs; 'sʌmptʃʊəsnɪs] *n.* Ⓤ奢侈，豪華.

sùm tótal *n.* Ⓒ(加the)合計，總計.

‡sun [sʌn; sʌn] *n.* (*pl.* ~**s** [~z; ~z]) **1** Ⓒ(通常加the)太陽，日. worship the *sun* 崇拜太陽/The *sun* rises in the east and sets in the west. 太陽從東方升起，在西方落下/paint the *sun* yellow 將太陽畫成黃色(★英美多以黃色描繪太陽)/rise with the *sun* 日出則起(早起)/a tropical *sun* 熱帶(般)的太陽(★特別描述某種狀態的太陽時，要加上冠詞a).

搭配 *adj.*+sun: a bright ~ (明亮的太陽), a hot ~ (灼熱的太陽), a strong ~ (強烈的太陽), a weak ~ (微弱的太陽) // sun+*v.*: the ~ shines (陽光照耀), the ~ comes out (露出陽光), the ~ goes in (太陽隱藏在雲裡).

2 Ⓤ(常加the)日光，陽光. bask in the *sun* 曬太陽/You need some *sun*. 你需要曬點太陽/The bottle should be kept out of the *sun*. 瓶子必須避免陽光照射.

3 Ⓒ恆星.
↳ *adj.* **sunny**.

a plàce in the sún 有陽光的地方；有利的地位〔狀況〕.

tàke the sún 做日光浴，曬太陽.

under the sún (1)這個世界(的). There is nothing new *under the sun*. 《諺》太陽底下無新鮮事(所有的事物，都有本源；源自聖經). (2)《加強疑問句》究竟，到底，(on earth).

— *v.* (~**s**; ~**ned**; ~**ning**) *vt.* 曬太陽，曬乾，在日光下取暖. I spent the day *sunning* myself on the beach. 我整天在海灘上曬太陽.
— *vi.* 曬太陽，做日光浴.

Sun. (略) Sunday.

sun-baked [`sʌn͵bekt; 'sʌnbeɪkt] *adj.* **1** 〔道路等〕被太陽曬乾〔曬裂〕的.

2 〔磚等〕被太陽曬得乾而硬硬的.

3 太陽火辣辣地照射著的.

sún bàth *n.* Ⓒ日光浴.

sun·bathe [`sʌn͵beð; 'sʌnbeɪð] *vi.* 做日光浴，曬太陽. The English like to *sunbathe* in their gardens. 英國人喜歡在他們的花園裡做日光浴.

sun·bath·er [`sʌn͵beðər; 'sʌnbeɪðə(r)] *n.* Ⓒ做日光浴的人.

sun·beam [`sʌn͵bim; 'sʌnbi:m] *n.* (*pl.* ~**s** [~z; ~z]) Ⓒ日光，太陽光線. *Sunbeams* filtered through the blinds. 陽光自百葉窗流瀉.

Sun·belt [`sʌn͵bɛlt; 'sʌnbelt] *n.* (加the)《美、口》陽光地帶(美國南部、西南部一帶的溫暖地區).

sun·block [`sʌn͵blɑk; 'sʌnblɒk] *n.* Ⓤ防曬油.

sun·bon·net [`sʌn͵bɑnɪt; 'sʌn͵bɒnɪt] *n.* Ⓒ(幼兒戴的) 遮陽帽(爲遮擋照射臉、脖子的太陽光而把帽沿做得很寬).

*__sun·burn__ [`sʌn͵bɝn; 'sʌnbɜ:n] *n.* (*pl.* ~**s** [~z; ~z]) ⓊⒸ曬黑；日炙；曬斑(因陽光直射而患的皮膚炎症；→ suntan)；(皮膚的)曬黑的部分. have a bad *sunburn* 曬得很黑.
— *v.* (~**s**; ~**ed**, -**burnt**; ~**ing**) *vt.* 使曬黑〔焦〕.
— *vi.* 日炙，曬黑. The boy's back *sunburned* terribly. 少年的背曬得非常黑.

sun·burned [`sʌn͵bɝnd; 'sʌnbɜ:nd] *v., adj.* = sunburnt.

sun·burnt [`sʌn͵bɝnt; 'sʌnbɜ:nt] *v.* sunburn 的過去式、過去分詞.
— *adj.* 曬黑的(《美》多指曬得發紅有刺痛感的).

sun·dae [`sʌnde; 'sʌndeɪ] *n.* Ⓒ聖代(加上水果、淋上糖漿的冰淇淋).

‡Sun·day [`sʌndɪ; 'sʌndɪ] *n.* (*pl.* ~**s** [~z; ~z]) **1** Ⓒ(常不加冠詞)星期日(略作 Sun.)；(基督教徒的)安息日. *Sunday* is the first day of the week. 星期日是一週的第一天(注意除

片語外. 以下例句中的 Sunday 也可以用其他星期日數替換)/We have five *Sundays* this month. 這個月有五個星期日/Ann comes to see us of a *Sunday*. 安星期日常來看我們(★ of a Sunday 表示習慣性的行為)/Ann will visit [Ann visited] me on *Sunday*. 安星期日要來探望我[已經來探望過我了].

[語法]「上個[下個]星期日」為 last [next] *Sunday* (副詞性用法; → 3), on *Sunday* last [next]; 「某個[特定的]星期日」為 on a [the] *Sunday*; 「星期天總是」為 on *Sunday*(s), 但 on *Sundays* 較傾向於習慣之意.

2 《形容詞性》星期日的. I leave for Bonn on *Sunday* afternoon. 我星期天下午動身前往波昂/a *Sunday* painter 星期日畫家, 業餘畫家.

3 《副詞性》(口)每星期日; (Sundays)《主美、口》每逢星期日. The store is closed *Sundays* [every *Sunday*]. 那家店週遇日休業.

one's **Sùnday clòthes** [**bést**] 《口》(特指星期天去教堂時所穿著的衣服)盛裝, 外出穿的服裝.

●──星期名稱的由來

Sunday	星期日	源自「太陽(sun)之日」
Monday	星期一	源自「月(moon)之日」
Tuesday	星期二	源自「Tiu (北歐神話中的神)之日」
Wednesday	星期三	源自「Woden(盎格魯撒克遜民族的主神)之日」
Thursday	星期四	源自「Thor(北歐神話中的神)之日」
Friday	星期五	源自「Frigg(北歐神話中的神)之日」
Saturday	星期六	源自「Saturn(羅馬神話中的農神以及土星)之日」

Súnday schòol n. [UC] (為宗教教育而設的)主日學校.

sun·der [ˋsʌndɚ; ˈsʌndə(r)] *vt.* 把⋯分成兩份, 分開; 把⋯弄零散.

sun·di·al [ˋsʌn͵daɪəl, -͵daɪl; ˈsʌndaɪəl] *n.* [C] 日晷.

sun·down [ˋsʌn͵daʊn; ˈsʌndaʊn] *n.* [U] 日落(時) (sunset).

sun·down·er [ˋsʌn͵daʊnɚ; ˈsʌndaʊnə(r)] *n.* [C] 《主英、口》傍晚時喝的一杯酒.

sun·drenched [ˋsʌn͵drɛntʃt; ˈsʌndrentʃt] *adj.* 《口》豔陽高照的.

sun·dries [ˋsʌndrɪz; ˈsʌndrɪz] *n.* 《作複數》繁雜之物, 雜物; 種種繁雜之事, 瑣事.

***sun·dry** [ˋsʌndrɪ; ˈsʌndrɪ] *adj.* 《限定》《文章》各式各樣的, 雜多的. in *sundry* ways 用各種方法/I have assisted him on *sundry* occasions. 我在許多場合援助過他.

àll and súndry 《名詞性》《作複數》各式各樣的人, 所有的人. They asked *all and sundry* to their

---

housewarming. 他們邀請了所有的人參加他們的喬遷喜宴.

sun·fish [ˋsʌn͵fɪʃ; ˈsʌnfɪʃ] *n.* (*pl.* ~, ~·es) [C] 《魚》翻車魚(側面看起來有如太陽般的圓形).

sun·flow·er [ˋsʌn͵flaʊɚ, -͵flaʊr; ˈsʌnflaʊə(r)] *n.* [C] 《植物》向日葵, 葵花, 《菊科》.

sung [sʌŋ; sʌŋ] *v.* sing 的過去分詞.

sun·glass·es [ˋsʌn͵glæsɪz; ˈsʌnglɑːsɪz] *n.* 《作複數》太陽眼鏡, 墨鏡.

sun·god [ˋsʌn͵gɑd; ˈsʌngɒd] [C] (昔日被當作支配者太陽的)太陽神, 日神.

sunk [sʌŋk; sʌŋk] *v.* sink 的過去式、過去分詞.

sunk·en [ˋsʌŋkən; ˈsʌŋkən] *adj.* **1** 《限定》沈沒的; 水中的. a *sunken* vessel 沈船/a *sunken* reef 暗礁.

2 (眼睛等)凹陷的, 下陷的; (臉頰等)削瘦的. deep *sunken* eyes 深陷的眼睛.

3 《限定》(比周圍)挖低了的, 挖深的. a *sunken* pool 比周圍地面低的游泳池.

sun·lamp [ˋsʌn͵læmp; ˈsʌnlæmp] *n.* [C] (放射紫外線的)太陽燈(醫療用).

sun·less [ˋsʌnlɪs; ˈsʌnlɪs] *adj.* **1** 背陽的, 陰暗的.

2 無精打采的; 憂鬱的.

***sun·light** [ˋsʌn͵laɪt; ˈsʌnlaɪt] *n.* [U] 日光. He likes to bask in the *sunlight*. 他喜歡曬太陽/Draw the curtains to let in the *sunlight*. 拉開窗簾, 讓陽光照進來.

sun·lit [ˋsʌn͵lɪt; ˈsʌnlɪt] *adj.* 被陽光照射的, 照著日光的.

sún lòunge *n.* 《英》= sun parlor.

sun·ni·er [ˋsʌnɪɚ; ˈsʌnɪə(r)] *adj.* sunny 的比較級.

sun·ni·est [ˋsʌnɪɪst; ˈsʌnɪɪst] *adj.* sunny 的最高級.

sun·ni·ly [ˋsʌnɪlɪ; ˈsʌnɪlɪ] *adv.* 陽光普照地; 爽朗地, 快活地.

***sun·ny** [ˋsʌnɪ; ˈsʌnɪ] *adj.* (**-ni·er; -ni·est**) **1** 陽光燦爛的; 採光良好的. Our living room is *sunny*. 我們客廳的採光很好.

2 (天空, 天氣等)晴朗的. a *sunny* sky 萬里晴空/It is *sunny* today. 今天天氣晴朗.

3 爽朗的, 快樂的. Kate has a *sunny* disposition. 凱特的性情爽朗/a *sunny* smile 爽朗的微笑.

the súnny síde 陽光充足的、向陽的一面; 樂觀的[明朗的]一面. look on *the sunny side* of life 看人生的光明面.

sun·ny-side up [͵sʌnɪsaɪdˋʌp; ͵sʌnɪsaɪdˈʌp] *adj.* 《美》(荷包蛋)單煎一面的, three eggs *sunny-side up* 三個單煎一面的荷包蛋.

sún pàrlor [pòrch] *n.* [C] 《美》日光室, 日光浴室, (《英》sun lounge).

***sun·rise** [ˋsʌn͵raɪz; ˈsʌnraɪz] *n.* (*pl.* **-ris·es** [~ɪz; ~ɪz]) [UC] 日出; 日出時, 黎明; (↔ sunset). at *sunrise* 日出時/start before *sunrise* 日出前出發/a splendid *sunrise* 絢麗的日出.

sun·roof [ˋsʌn͵ruf; ˈsʌnruːf] *n.* (*pl.* ~s) [C] (汽車的)天窗(車頂的一部分, 像窗一樣可打開).

sún ròom *n.* 《美》= sun parlor.

sún scrèen *n.* = sunblock.

✲sun·set [ˋsʌnˏsɛt; ˈsʌnset] n. (pl. ~s [~s; ~s])
[UC] **1** 日落, 日沒; 日落時, 晚霞.
(↔sunrise). go home at *sunset* 日暮時分回家/a
beautiful *sunset* 美麗的晚霞.
2 晚年, 衰退期. Mr. Brown is in the *sunset* of
his life. 布朗先生正值他人生的晚年.

sun·shade [ˋsʌnˏʃed; ˈsʌnʃeid] n. [C] **1** (大型
的) 遮陽傘(→ umbrella 回), 遮陽帽.
2 (櫥窗等的) 遮篷.

✲sun·shine [ˋsʌnˏʃaɪn; ˈsʌnʃain] n. [U] **1** 日
光; 向陽(處); 晴天. play in the
sunshine 在陽光下遊玩/I go for a walk every
day, in *sunshine* or in rain. 不管晴雨, 我每天都
外出散步.
2 開朗, 樂觀; 使人開朗[幸福]者. You are my
sunshine. 你是我的陽光.

✲sun·spot [ˋsʌnˏspat; ˈsʌnspɔt] n. (pl. ~s [~s;
~s]) [C] **1** 太陽黑子. **2** (英, 口)(溫煦而日光充
足的)休閒勝地, 遊覽地.

sun·stroke [ˋsʌnˏstrok; ˈsʌnstrəuk] n. [U]《醫
學》中暑.

sun·tan [ˋsʌnˏtæn; ˈsʌntæn] n. [C] (使皮膚呈健
康的小麥色的)棕褐色. get a *suntan* 曬成棕褐色.

sun·tanned [ˋsʌnˏtænd; ˈsʌntænd] adj. 曬黑的.

sun-up [ˋsʌnˏʌp; ˈsʌnʌp] n. [U](主美, 口)日出
(sunrise).

sún vīsor n. = visor 3.

sún wŏrship n. [U] **1** 太陽崇拜.
2 《口》喜好日光浴, 喜歡曬太陽.

sup [sʌp; sʌp] v. (~s; ~ped; ~·ping) vt. 少量地
喝, 啜飲, (sip).
── vi. 少量地喝.
── n. [C] (飲料的)一口, 一啜.

su·per [ˋsupɚ, ˋsɪu-; ˈsuːpə(r)] n. [C](口) **1** 監
督者, 管理者[人].
2 (電影的)配角.
── adj. (口)極好的, 上等的. a *super* cook 超級
廚師.

super- pref. 表「上、超、過度」等之意. *super*a-
bundant. *super*natural.

su·per·a·bun·dance [ˏsupərəˋbʌndəns,
ˏsɪu-, ˏsɪu-; ˏsuːpərəˈbʌndəns] n. [a U]《文章》過多,
過剩, 剩餘.

su·per·a·bun·dant [ˏsupərəˋbʌndənt, ˏsɪu-,
ˏsɪu-; ˏsuːpərəˈbʌndənt] adj.《文章》過剩的, 剩餘的.

su·per·an·nu·ate [ˏsupɚˋænjuˏet, ˏsɪu-,
ˏsɪu-; ˏsuːpəˈrænjueit] vt. 因年老[病弱]而(給與養
老金)讓[人]離職.

su·per·an·nu·at·ed [ˏsupɚˋænjuˏetɪd, ˏsɪu-,
ˏsɪu-; ˏsuːpəˈrænjueitid] adj.《文章》**1** 年老而無
法工作的; 老舊而不能使用的.
2 過時的, 舊式的.

su·per·an·nu·a·tion [ˏsupɚˏænjuˋeʃən,
ˏsɪu-, ˏsɪu-; ˏsuːpəˏrænjuˈeiʃn] n. [U] **1** 年老離職.
2 退休金.

✲su·perb [suˋpɝb, sə-, sɪu-, sɪu-; suːˈpɜːb] adj.
1 〔建築物以〕宏偉的, 堂皇的. a *superb* palace
宏偉的宮殿.

2 極好的, 出色的. give a *superb* performance
展現了出色的演技.
3 豪華的, 華麗的. a *superb* meal 豪華的餐點.

su·perb·ly [suˋpɝblɪ, sə-, sɪu-, sɪu-; suːˈpɜːbli]
adv. 堂皇地; 華麗地.

Súper Bŏwl n. (加the) 超級盃(每年1月全美
所舉行的職業足球冠軍賽).

su·per·car [ˋsupɚˏkar; ˈsuːpəkɑː(r)] n. [C] 超級
汽車(超高性能汽車).

su·per·charge [ˏsupɚˋtʃardʒ, ˏsɪu-, ˏsɪu-;
ˈsuːpətʃɑːdʒ] vt. 加壓於[引擎](常用被動語態).

su·per·charg·er [ˏsupɚˋtʃardʒɚ, ˏsɪu-, ˏsɪu-;
ˈsuːpətʃɑːdʒə(r)] n. [C] (引擎等的)增壓器(增加馬力
的加壓裝置).

su·per·cil·i·ous [ˏsupɚˋsɪlɪəs; ˏsuːpəˈsɪlɪəs]
adj. 瞧不起人的, 傲慢的, 妄自尊大的.

su·per·cil·i·ous·ly [ˏsupɚˋsɪlɪəslɪ;
ˏsuːpəˈsɪlɪəsli] adv. 擺架子地, 妄自尊大地.

su·per·con·duc·tiv·i·ty
[ˏsupɚˏkandʌkˋtɪvətɪ; ˏsuːpəˏkɒndʌkˈtɪvəti] n. [U]
《物理》超導性, 超導電性.

su·per·con·duc·tor [ˏsupɚkənˋdʌktɚ;
ˏsuːpəkənˈdʌktə(r)] n. [C]《物理》超導體.

✲su·per·fi·cial [ˏsupɚˋfɪʃəl, ˏsɪu-, ˏsɪu-;
ˏsuːpəˈfɪʃl] adj. **1** 表面的, 表面上的, 只是外表的.
receive a *superficial* wound 受擦傷[皮肉之傷]/
Our teacher bears a *superficial* resemblance to
that man. 我們老師在外表上與那個男人相似.
2 膚淺的, 淺薄的. He has a *superficial* knowl-
edge of navigation. 他只懂得航海的一點皮毛/a
superficial person 膚淺的人.

su·per·fi·ci·al·i·ty [ˏsupɚˏfɪʃɪˋælətɪ, ˏsɪu-,
ˏsɪu-; ˈsuːpəˏfɪʃɪˈælətɪ] n. [U] 表面, 膚淺.

su·per·fi·cial·ly [ˏsupɚˋfɪʃəlɪ, ˏsɪu-, ˏsɪu-;
ˏsuːpəˈfɪʃəli] adv. 表面上; 膚淺地.

su·per·fine [ˏsupɚˋfaɪn, ˏsɪu-, ˏsɪu-;
ˏsuːpəˈfaɪn] adj. **1** 〔商品〕極好的. *superfine* silk
上好的絲綢.
2 〔區別, 討論等〕過分細微的.
3 〔粒狀物〕過分細小的, 極微粒的.

su·per·flu·i·ty [ˏsupɚˋfluətɪ, ˏsɪupɚˋflu-,
ˏsɪupɚˋflu-; ˏsuːpəˈfluəti] n. (pl. -ties) [UC] 過剩,
多餘; [C] 多餘之物.

✲su·per·flu·ous [suˋpɝfluəs, sə-; suːˈpɜːfluəs]
(★注意重音位置) adj. 過剩的, 多餘的, 不必要
的. a *superfluous* remark 一句多餘的話.

su·per·flu·ous·ly [suˋpɝfluəslɪ, sə-;
suːˈpɜːfluəsli] adv. 多餘地; 不必要地.

su·per·high·way [ˏsupɚˋhaɪwe;
ˏsuːpɜːˈhaɪwei] n. (pl. ~s) [C](主美)高速公路
(expressway).

✲su·per·hu·man [ˏsupɚˋhjumən, ˏsɪupɚˋhɪu-,
ˏsɪupɚˋhɪu-, -ˋjumən; ˏsuːpəˈhjuːmən] adj. 超人的,
神的. *superhuman* endurance 超人的耐力/*super-
human* efforts 超人的努力.

su·per·im·pose [ˌsupɚɪmˋpoz, ˌsɪu-, ˋsju-; ˌsu:pərɪmˈpəʊz] vt. 將…置於上方(on); 添加…(on). superimpose one's own ideas on the report 在報告中加上自己的想法.

su·per·in·tend [ˌsuprɪnˋtɛnd, ˌsɪu-, ˋsju-, -pərɪn-; ˌsu:pərɪnˈtend] vt. 指揮, 監督, 管理, 〔工作, 工人等〕.

su·per·in·tend·ence [ˌsuprɪnˋtɛndəns, ˌsɪu-, ˋsju-, -pərɪn-; ˌsu:pərɪnˈtendəns] n. Ⓤ 指揮, 監督, 管理. work under the superintendence of the manager 在經理的監督下工作.

su·per·in·tend·ent [ˌsuprɪnˋtɛndənt, ˌsɪu-, ˋsju-, -pərɪn-; ˌsu:pərɪnˈtendənt] n. ~s [~s] Ⓒ 1 監督者, 管理者, 管理人; 所長, 局長, 部長, 校長. the superintendent of a factory 工廠廠長.
2 《英》警長《階級比 inspector 高》.

Su·pe·ri·or [səˋpɪrɪɚ; su:ˈpɪərɪə(r)] n. Lake ~ 蘇必略湖《位於美國和加拿大的邊境; 位置在五大湖的最西北方; → Great Lakes 圖》.

su·pe·ri·or [səˋpɪrɪɚ, su-; su:ˈpɪərɪə(r)] adj. 【在上的】 1 上級的, 職位較高的; 在上的《to 比…》. my superior officer 我的上級長官/Bill was superior to me in the military. 比爾在軍中階級比我高.
2 優勢的, 多的. superior numbers 多數, 優勢/We fought against superior forces. 我們與佔有優勢的敵軍作戰.
3 《敘述》不受左右的《to》, 超越的《to》. be superior to prejudice 不為偏見所左右/He seems superior to earthly hardship. 他似乎超脫於人世間的困頓之上.
【優秀的】 4 傑出的, 優秀的; 卓越的, 上等的, 《to》. a superior grade of gasoline 高級汽油/superior skill 優良的技術/This dictionary is superior to that one. 這本辭典比那本更好.
5 【深信其優越的】高傲的, 傲慢的. The villagers resented her superior airs. 村人們對她的傲慢態度感到氣憤.
— n. 《pl. ~s [~z; ~z]》Ⓒ 1 上司, 長官, 長輩. Show respect to your superiors. 對長輩們要表示尊敬. 2 佔優勢者《in》. Ted is my superior in swimming. 泰德游泳比我強.
3 《通常 Superior》修道院長.
⇨ n. **superiority**. ⬌ **inferior**.

su·pe·ri·or·i·ty [səˌpɪrɪˋɔrətɪ, su-, -ˋɑr-; su:ˌpɪərɪˈɒrətɪ] n. Ⓤ 1 優越, 卓越, 優勢, 《over, to》《→ supremacy 同》. a sense of superiority 優越感/Tom's superiority over the other students 湯姆超越其他學生的優越性/the American superiority of two to one in tanks 美國在坦克方面二比一的優勢.
2 傲慢, 高傲. assume an air of superiority 擺出傲慢的態度.
⇨ adj. **superior**. ⬌ **inferiority**.

superiority complex n. ⓊⒸ《精神分析》優越感《⬌ inferiority complex》.

su·per·la·tive [səˋpɝlətɪv, su-, sɪu-, sju-; su:ˈpɜ:lətɪv] adj. 1 最高級的, 最上等的. His performance was superlative. 他的演出是第一流的. 2 《文法》最高級的. the superlative degree 最高級.
— n. 1 Ⓒ 最高級的人[物].
2 《文法》《加 the》最高級; Ⓒ 最高級的詞; 《→ comparison ●》.

su·per·la·tive·ly [səˋpɝlətɪvlɪ, su-, sɪu-, sju-; su:ˈpɜ:lətɪvlɪ] adv. 極致地, 最高地.

su·per·man [ˋsupɚˌmæn, ˋsɪu-, ˋsju-; ˈsu:pəmæn] n. 《pl. -men [-mən; -mən]》Ⓒ 1 超乎常人的人, 超人. 2 (Superman)超人《美國漫畫[電影]裡的英雄人物》.

su·per·mar·ket [ˋsupɚˌmarkɪt; ˈsu:pəˌmɑ:kɪt] n. 《pl. ~s [~s; ~s]》Ⓒ 超級市場. There are four large supermarkets in my town. 我所住的城鎮有四間大型超級市場.

su·per·nat·u·ral [ˌsupɚˋnætʃrəl, ˌsɪu-, ˌsju-; ˌtʃərəl; ˌsu:pəˈnætʃrəl] adj. 1 超自然的; 不可思議的, 神祕的. supernatural beings 超自然的存在.
2 《名詞性》《加 the》超自然現象, 神祕事物. believe in the supernatural 相信超自然現象《的存在》.

su·per·nat·u·ral·ly [ˌsupɚˋnætʃrəlɪ, ˌsɪu-, ˌtʃərəlɪ; ˌsu:pəˈnætʃrəlɪ] adv. 超自然地; 神祕地.

su·per·no·va [ˌsupɚˋnovə, ˌsu:pəˈnəʊvə] n. 《pl. ~s, -vae》Ⓒ 超新星.

su·per·no·vae [ˌsupɚˋnovi, ˌsu:pəˈnəʊvi:] n. supernova 的複數.

su·per·nu·mer·ar·y [ˌsupɚˋnjumɚˌrɛrɪ, -ˋnu-, ˌsupɚˈnɪu-, sjupəˈnju-; ˌsu:pəˈnju:mərərɪ] adj. 《文章》 1 多餘的; 不必要的.
2 《演員》《無臺詞的》配角的, 臨時的.
— n. 《pl. -ar·ies》Ⓒ 1 正式編制以外的人; 臨時雇員.
2 《沒有臺詞的》小角色, 臨時演員.

su·per·pow·er [ˋsupɚˌpauɚ, ˌsɪu-, ˌsju-, -ˋpaʊr; ˈsu:pəˌpaʊə(r)] n. Ⓒ 超級強權《特指美國和前蘇聯》.

su·per·scrip·tion [ˌsupɚˋskrɪpʃən, ˌsɪu-, ˌsju-; ˌsu:pəˈskrɪpʃn] n. Ⓒ 題字; 《信件, 郵包等的》收件人姓名.

su·per·sede [ˌsupɚˋsid, ˌsɪu-, ˌsju-; ˌsu:pəˈsi:d] vt. 《文章》 1 《取而》代替《陳舊之物等》. Oil has largely superseded coal as fuel. 石油已經大半取代煤炭成為現代的能源.
2 更換《人事》; 免職.

su·per·son·ic [ˌsupɚˋsɑnɪk, ˌsu:pəˈsɒnɪk] adj. 超音速的. a supersonic aircraft 超音速飛機.

supersonic transport n. Ⓒ 超音速客機《略作 SST》.

su·per·star [ˋsupɚˌstar; ˈsu:pəstɑ:(r)] n. Ⓒ 大明星, 超級巨星, 《非常受歡迎的歌手, 演員、運動員等》.

su·per·sti·tion [ˌsupɚˋstɪʃən, -ˌsɪu-, ˌsju-;

ˌsuːpəˈstɪʃn] n. (pl. ~s [~z; ~z]) ⓤⓒ迷信; 迷信的習慣[行為]. believe in *superstitions* 相信迷信.

*su·per·sti·tious [ˌsupɚˈstɪʃəs, ˌsɪu-, ˌsju-; ˌsuːpəˈstɪʃəs] adj. 迷信的, 充滿迷信的, 因迷信引起的. a *superstitious* belief 迷信的觀念/The islanders are *superstitious* about old taboos. 島民很迷信古老的禁忌[對古老的禁忌深信不疑].

su·per·sti·tious·ly [ˌsupɚˈstɪʃəslɪ, ˌsɪu-, ˌsju-; ˌsuːpəˈstɪʃəslɪ] adv. 非常迷信地.

su·per·struc·ture [ˈsupɚˌstrʌktʃɚ, ˈsɪu-; ˈsuːpəˌstrʌktʃə(r)] n. ⓒ 1 (建築物, 船等的)上部結構(基礎[主要甲板]以上的部分).
2 (社會的)上層結構.

su·per·tank·er [ˈsupɚˌtæŋkɚ; ˈsuːpətæŋkə(r)] n. ⓒ 超級油輪.

su·per·vene [ˌsupɚˈvin, ˌsɪu-, ˌsju-; ˌsuːpəˈviːn] vi. 《文章》〔無法預期的事等〕發生, 併發.

su·per·vise [ˈsupɚˌvaɪz, ˌsɪu-, ˌsju-; ˈsuːpəvaɪz] vt. 監督, 管理, 〔工作, 人等〕.

su·per·vi·sion [ˌsupɚˈvɪʒən, ˌsuːpəˈvɪʒn] n. ⓤ 監督, 管理. under a person's *supervision* 在某人的管理下.

su·per·vi·sor [ˌsupɚˈvaɪzɚ, ˌsɪu-, ˌsju-; ˈsuːpəvaɪzə(r)] n. ⓒ 1 監督者, 管理者[人].
2 《美》督學(通常幾個公立學校共設一名, 指導監督某學科的教學方法).

su·per·vi·so·ry [ˌsupɚˈvaɪzərɪ, ˌsɪu-, ˌsju-; ˈsuːpəvaɪzərɪ] adj. 監督的, 管理的.

su·pine [suˈpaɪn, sɪu-, sju-; suːˈpaɪn] adj. 《文章》
1 仰(臥)的(↔ prone).
2 懶散的, 怠惰的.

su·pine·ly [suˈpaɪnlɪ, sɪu-, sju-; suːˈpaɪnlɪ] adv. 仰(臥)著; 懶散地.

‡sup·per [ˈsʌpɚ; ˈsʌpə(r)] n. (pl. ~s [~z; ~z])
1 ⓤⓒ 晚餐(若中午用了豐盛的一餐(dinner), 當天較 dinner 便的晚餐便稱作 supper); (簡便的)宵夜(晚上用過 dinner 之後才吃的); (→ meal¹ 參考). eat *supper* 吃晚餐/I had a hamburger for *supper*. 我晚餐吃了個漢堡/We usually watch television after *supper*. 我們通常晚飯後會看電視/take a light *supper* after the party 在宴會之後吃一點清淡的宵夜.
2 ⓒ 《美》晚宴(比 dinner 便宜).

sup·plant [səˈplænt; səˈplɑːnt] vt. 1 取代. Streetcars were *supplanted* by subways. 電車已被地鐵所取代.
2 騙取[人]的地位. That man tried to *supplant* the manager. 那個男的想奪取經理的職位.

sup·ple [ˈsʌpl; ˈsʌpl] adj. 1 〔身體關節等〕柔軟的, 柔韌的. the *supple* limbs of a cat 貓柔軟的四肢.
2 〔頭腦〕反應迅速的; 思緒敏銳的; 處事圓滑的.

*sup·ple·ment [ˈsʌpləmənt; ˈsʌplɪmənt] n. (pl. ~s [~s; ~s]) ⓒ 補充, 追加; 附錄, 《to》. a Sunday *supplement* (報紙的)週日增刊.
— [ˈsʌpləˌmɛnt; ˈsʌplɪmɛnt] vt. (~s [~s; ~s]; ~ed [~ɪd; ~ɪd]; ~ing [~ɪŋ]) 補充, 補足; 加上附錄. *supplement* one's diet with vitamins 吃維他命補充營養/The text is *supplemented* by a glossary.

文末附有特殊用語字彙表.
回指並非因不足或缺陷而「增補」的意思; → complement.

sup·ple·men·ta·ry [ˌsʌpləˈmɛntrɪ, -ˈmɛntərɪ; ˌsʌplɪˈmentərɪ] adj. 補充的, 補足的; 附錄的; 《to》. a *supplementary* lesson 補充課.

sùpplementary bénefit n. ⓤ 《英》補貼給付(政府發給低收入者, 補貼其生活的費用).

sup·ple·ness [ˈsʌplnɪs; ˈsʌplnɪs] n. ⓤ 柔軟, 柔韌.

sup·pli·ant [ˈsʌplɪənt; ˈsʌplɪənt] 《主雅》 n. ⓒ 請願者, 懇求者.
— adj. 請願, 懇求, 《for》.

sup·pli·cant [ˈsʌplɪkənt; ˈsʌplɪkənt] n., adj. =suppliant.

sup·pli·cate [ˈsʌplɪˌket; ˈsʌplɪkeɪt] v. 《雅》 vt. 請願, 懇求, 《for》. 句型5 (supplicate A to do) 請求[哀求]A 做…. *supplicate* the King for mercy 乞求國王憐憫.
— vi. 哀求, 祈求, 《for》.

sup·pli·ca·tion [ˌsʌplɪˈkeʃən; ˌsʌplɪˈkeɪʃn] n. ⓤⓒ 請求, 哀求.

sup·plied [səˈplaɪd; səˈplaɪd] v. supply 的過去式, 過去分詞.

sup·pli·er [səˈplaɪɚ; səˈplaɪə(r)] n. ⓒ (常 suppliers) (商品等的)供給者, 補充者, 供應公司[廠商].

sup·plies [səˈplaɪz; səˈplaɪz] v. supply 的第三人稱, 單數, 現在式.
— n. supply 的複數.

*sup·ply [səˈplaɪ; səˈplaɪ] vt. (-plies; -plied; ~ing) 1 (a) 提供, 給與, 〔人〕《with》; 供給〔物〕《for, to》. Cows *supply* milk. 乳牛供給牛乳/The company *supplies* gasoline for my service station. 那家公司供應汽油給我的加油站/They *supplied* the soldiers *with* enough food. = The soldiers were *supplied* *with* enough food. 士兵們糧食供應充足.
(b) 《美》 句型4 (supply A B) 把 B 提供給 A. Cows *supply* us milk. 乳牛供給我們牛乳. 回 supply 亦常指補充必需品的不足之意; → provide.
2 滿足〔需要等〕; 彌補〔不足, 損失等〕. *supply* the need for money 補上所需的錢/Losses must be *supplied* from reserve funds. 必須動用預備資金來彌補損失.
— n. (pl. -plies) 1 ⓤ 供給, 補給, 《↔ demand》. problems of food *supply* 食品供應的問題/*supply* and demand 供給與需求/Skilled carpenters are in short *supply* now. 目前技術好的木工供不應求.
2 ⓒ (通常用單數)供給物品, 供應量, 供給率; (商店)存貨; 貯藏物; 貯備, 貯存. The farmers were busy laying in a *supply* of hay for winter feed. 農民們忙著收割糧草作為冬季飼料/the emergency *supply* 緊急貯備物/We have a good *supply* of canned goods in the cellar. 我們在地下室貯備了很多罐頭食品.

[搭配] adj.+supply: an abundant ~ （充裕的供給品）, a large ~ （大量的供給品）, an adequate ~ （足夠的供給品）, a limited ~ （有限的供給品）.

3 (suppl*ies*)生活必需品; （軍隊的）軍需品(食物, 彈藥, 衣服等). The soldiers were short of *supplies*. 士兵們軍需短缺.

supp·lý tēacher n. ⓒ（英）代課老師((美) substitute teacher).

* **sup·port** [sə`pɔrt, ·`pɔrt; sə`pɔːt] *vt.* (~**s** [~s; ~s]; ~**ed** [~ɪd; ~ɪd]; ~**ing**)

【 支撐 】 **1** 支撐(使之不致倒塌). a beam *supporting* the roof 支撐屋頂的樑/Her sprained ankle could not *support* her. 她扭傷的腳踝使她無法站立.

2 【在精神上支持】鼓舞, 鼓勵. Sally had no one to *support* her. 莎莉缺乏人的鼓勵.

3 支持, 贊成; 援助, 後援. *support* a plan 支持某項計畫/Which candidate do you *support*? 你支持哪一位候選人?

4 【戲劇】陪襯[主角]演出, 擔任配角. a *supporting* actor [actress] 男[女]配角/a *supporting* part [role, cast] （英）配角/a *supporting* film （英）(電影的)副片.

5 【維持經濟】(a)扶養, 供養, 〔家屬等〕; (財政上)支持, 維持, 〔機構等〕. *support* one's wife and children 扶養妻子兒女/*support* a hospital (提供經濟的援助)使醫院得以維持. (b)(用support oneself)經濟上獨立自主.

6 【支持事實】證明…, 證實…. The latest data strongly *support* your theory. 最新的資料有力地證實了你的理論.

【 支持>克服壓力 】 **7** 《文章》(加 can 或 cannot)忍受, 忍耐…. They could not *support* the fatigue. 他們無法忍受疲勞.

— *n.* (*pl.* ~**s** [~s; ~s]) **1** ⓊⒹ支持; ⓒ支撐(物), 支柱. Paul offered her his arm for *support*. 保羅伸手扶住她/One of the *supports* of the porch has broken. 迴廊的一根支柱斷了.

2 Ⓤ支持, 贊成, 援助; 激勵; ⓒ支持者, 後援者. The students gave the plan little *support*. 學生們幾乎都不支持該項計畫/The President lost the *support* of the people. 總統失去了人民的支持/Nobody spoke in *support* of Bill's claim. 沒人發言贊成比爾的主張.

[搭配] adj.+support: enthusiastic ~ （熱烈的支持）, full ~ （全面的支持）, strong ~ （強烈的支持） // v.+support: gain ~ （得到支持）, win ~ （贏得支持）.

3 Ⓤ扶養; 生活費; ⓒ維生計者. a means of *support* 維持生計的手段[工作等]/He is the sole *support* of the family. 他是家中僅有的經濟來源.

[字源] PORT「運」: sup*port* （<扛著運）, *port*able (可以搬運), im*port* (輸入), *port*folio (公事包).

sup·port·a·ble [sə`pɔrtəbl; sə`pɔːtəbl] *adj.*

《文章》《通常用於否定句》 **1** 能支持的; 能支撐的. **2** 能扶養的. **3** 《文章》能忍耐的.

sup·port·er [sə`pɔrtə; sə`pɔːtə(r)] *n.* ⓒ

1 支柱. **2** 〔體育比賽時用的〕護膝[肘]. **3** 支持者, 贊成者; 援助者, 後援者; 〔足球等的〕球迷, 支援者. He is a strong *supporter* of the death penalty. 他極力贊成死刑. **4** 扶養者.

sup·port·ive [sə`pɔrtɪv; sə`pɔːtɪv] *adj.* 支持的, 後援的; 幫助的; 鼓勵的.

* **sup·pose** [sə`poz; sə`pəʊz] *vt.* (-**pos·es** [~ɪz; ~ɪz]; ~**d** [~d; ~d]; -**pos·ing**)

1 [句型3] (suppose *that* 子句)認爲…, 推測…; [句型5] (suppose **A B/A** *to* do) 把 A 想像成 B/以爲 A 做…. I *suppose* (*that*) the answer is correct. 我想那個答案是對的/Where do you *suppose* you'll spend your vacation? 你打算到哪兒度假?/The man was *supposed* (*to* be) guilty. 那個人應該有罪. [語法]在語義 1, 2, 3的句型裡, that 往往可以省略.

2 [句型3] (suppose *that* 子句)假設, 設想…; [句型5] (suppose **A** *to* do)假設 A 做…; (suppose *that* 子句)如果 假設…, 假如…的話, (if). Let's *suppose* (*that*) it is raining now. 假設現在正下著雨/We *supposed* them *to* strike first. 我們假設他們先發起攻擊/*Suppose* you were President, what would you do? 假設你是總統, 你會怎麼做? [語法]有時其意義相當於 if 條件句的用法; *Suppose* our teacher should find us. (要是讓老師發現我們會怎麼樣).

3 【用祈使語氣】[句型3] (suppose *that* 子句)如果做…怎麼樣? *Suppose* we wait for Jim here. 我們在這裡等吉姆怎麼樣?

4 (be supposed) (★在 be supposed to 的句型中通常讀成 [·sə`pos(t)tə; ·sə`pəʊs(t)tə])

(a)(根據習慣、法律等)應該的((to do)). What are you *supposed* to wear to the party? 你應該穿甚麼衣服出席那場宴會?/Jimmy is *supposed* to be of an age to understand such things. 吉米的年紀應該是可以理解這種事了/The servant was *supposed* to clean the cellar. 僕人應該把地下室清掃一下的.

(b)(be not supposed)不可以…((to do)). You are not *supposed* to swim here. 你不可以在這裡游泳.

5 《文章》將…作爲前提, 作爲條件, (presuppose). Most crimes *suppose* motivation. 大部分的犯罪都有動機.

I suppose (1)我以爲(大概)是…(→ 1). (2)(I suppose so [not].) 我想是這樣[不是這樣]. "Will he come?" "Yes, I *suppose* so. [No, I *suppose* not.]"「他會來嗎?」「是的, 我想他會來[不, 我想他不會來].」(3)(附加於句末, 作爲插入句)(多半)是…吧! Your classmates are waiting for you, I *suppose*. 我想你的同學正在等你吧!

sup·posed [sə`pozd; sə`pəʊzd] *adj.* 《限定》(特指反對事實的)假設的, 想像上的; 道聽塗說的. the politician's *supposed* wealth 在一般人想像中的那名政治人物所擁有的財富/This is the *supposed* route he took. 這是他可能會選擇的路線.

sup·pos·ed·ly [sə`pozdlɪ; sə`pəʊzɪdlɪ] (★注

發音) adv. 想像地; 恐怕, 多半. the *supposedly* stolen car 那部可能是失竊的車/Kate is *supposedly* sick and won't attend the party. 凱特恐怕是生病了, 不會出席宴會.

*sup·pos·ing [sə`pozɪŋ; sə'pəʊzɪŋ] v. suppose 的現在分詞, 動名詞.
— *conj.* 如果…(if). *Supposing* I declined your offer, what would you do? 如果我拒絕你的要求, 你怎麼辦呢?

sup·po·si·tion [ˌsʌpə`zɪʃən; ˌsʌpə'zɪʃn] n.
1 Ⓤ 想像, 推測. That report is based upon *supposition*. 那份報告乃是基於推測.
2 Ⓒ 假說, 假定. We started on the *supposition* that the rain would stop soon. 我們以為雨很快就會停, 於是便出發了.

sup·pos·i·to·ry [sə`pazəˌtorɪ, -ˌtɔrɪ; sə'pɒzɪt(ə)rɪ] n. (*pl.* -ries) Ⓒ 栓劑.

*sup·press [sə`prɛs; sə'pres] vt. (~es [~ɪz; ~ɪz]; ~ed [~t; ~t]; ~ing) 〖 抑制 〗 **1** 壓制, 鎮壓, 〔叛亂, 暴動等〕. The revolt was *suppressed* by the police. 暴動活動被警察鎮壓住了.
2 壓抑, 抑制, 〔感情等〕. I couldn't *suppress* a laugh. 我忍不住笑了出來/*suppress* one's astonishment 忍住驚訝.
〖 禁止, 隱瞞 〗 **3** 隱瞞〔事實等〕; 禁止發行出售〔書籍等〕. The news was *suppressed* for the time being. 這條新聞暫時被禁/That writer's novels have been *suppressed* in this country. 那位作家的小說在該國被禁.
⇨ *n.* suppression. *adj.* suppressive.

sup·pres·sion [sə`prɛʃən; sə'preʃn] n. Ⓤ
1 (叛亂等的)平定, 鎮壓.
2 (感情等的)抑制, 壓抑. Constant *suppression* of feelings produces neurosis. 經常不斷地壓抑情感將導致神經衰弱.
3 隱瞞, 隱蔽〔事實等〕; (書籍等)禁止發行出售.
⇨ *v.* suppress.

sup·pres·sive [sə`prɛsɪv; sə'presɪv] adj. 〔藥〕有鎮靜效果的. ⇨ *v.* suppress.

sup·pres·sor [sə`prɛsɚ; sə'presə(r)] n. Ⓒ
1 壓制者, 鎮壓者.
2 (收音機, 電視的)防電波干擾裝置.

sup·pu·rate [`sʌpjəˌret; 'sʌpjʊəreɪt] vi. 〔傷口〕化膿, 生膿.

sup·pu·ra·tion [ˌsʌpjə`reʃən; ˌsʌpjʊə'reɪʃn] n. Ⓤ 化膿.

su·prem·a·cy [sə`prɛməsɪ, su-, sɪu-, sju-; sʊ'preməsɪ] n. Ⓤ **1** 至高, 至上; 最高位.
2 主權; 支配權. Each nation asserted its *supremacy*. 各國均堅持擁有主權.
3 優越, 優勢. America's *supremacy* in naval power 美國在海軍兵力上的(絕對)優勢.
ⓞ superiority 是指較為優越; 而 supremacy 則指絕對的優勢; 因此「制空權」稱作 air supremacy.

*su·preme [sə`prim, su-, sɪu-; sʊ'priːm] adj.
1 (地位, 權力等)最高的, 至高無上的. the *supreme* ruler 最高統治者/*supreme* power 至高無上的權力.

---

2 (程度, 性質, 重要性等)最大的, 極度的, 最重要的; 無與倫比的. make a *supreme* effort to pass the examination 盡最大的努力通過考試.

Supreme Being n. (加 the)《雅》至高無上的存在, 上帝, 神(God).

Supreme Court n. (加 the)《美》(國家, 州的)最高法院.

su·preme·ly [sə`primlɪ, su-, sɪu-; sʊ'priːmlɪ] adv. 最高地; 無上地, 極度地.

sur·charge [`sɝˌtʃɑrdʒ; 'sɜːtʃɑːdʒ] n. Ⓒ
1 追加(不足的)費用, 額外的費用; (對納稅申報不實的)追加罰款.
2 (信件的)欠資金額通知.
3 (行李的)超載, 超重.
— [sɝ`tʃɑrdʒ; sɜː'tʃɑːdʒ] vt. **1** 向〔某人〕收取額外費用〔附加罰款〕. **2** 使超額承載.

✻✻sure [ʃur; ʃɔː(r)] adj. (sur·er; sur·est) **1** 《敘述》(a)〔人〕確信的, 有把握的. I am not *sure*, but I think he will accept your invitation. 我不敢確定, 但我想他會接受你的邀請.
(b)〔人〕確信的, 相信的, 《*of*, *about*》. Susie seems *sure* of that. 蘇西似乎確信那件事/Do you feel *sure* *about* the phone number? 你覺得那個電話號碼是確實的嗎?
(c)確信《*that* 子句》. Are you *sure* (*that*) you did your best? 你確定你盡了最大的努力了嗎?
(d)確信《*wh* 子句, 片語》. I'm not *sure* *whether* I can solve the problem or not. 我沒有把握是否能解決那個問題/I am not *sure* *where* to go. 我不確定要去哪裡.
ⓞ certain 是表示基於根據, 證據上的確信; 相對地, sure 表示對於事實上主觀性的確信; confident, assured, positive 表示頗為強烈的確信; → secure, positive.
2 〔事物〕確實的, 可信的; 可靠的, 不容置疑的. Don't you know a *sure* remedy for colds? 你不知道有甚麼能確實治療感冒的藥物嗎?/*sure* skills as a carpenter 值得信賴的木工技術/a *sure* sign of coming rain 即將下雨的確實徵兆/One thing is *sure*: he will not be elected (as) President. 只有一件事是可確定的: 他將不會當選總統.
3 《敘述》一定《*to* do》. My horse is *sure* to win. 我的馬必勝無疑《說話者主觀性的確信》《 囧困 因 It is *sure* that my horse will win. 顯得不自然, 所以以 it 當主詞時, 通常用 certain 取代 sure》/The party is *sure* to be a noisy one. 那一定是個吵鬧的晚會/Be *sure* to 《(口)and] mention my name to the manager. 務必向經理提起我的名字.
be [feel] sure of oneself 有信心, 擁有自信.
✻ for sure 的確, 確實, 一定. Betty will come *for sure*. 貝蒂一定會來/I don't know *for sure*, but I think so. 我不能確定, 但我認為是那樣/The boss will retire soon. It's *for sure*. 老闆即將退休. 這是千真萬確的.
✻ I'm sure 《口》《加強語氣》真的, 一定, (★用於句

首、句末);《作為插入句使用》的確. *I'm sure* I don't know about that. = I don't know about that, *I'm sure*. 那件事我不知道, 真的.

* **màke súre** (1)查明, 確認. *Make sure* again. 再確認一次.

(2)弄清楚《of》. You should *make sure* of its condition before buying a car. 買車前你應該先弄清楚車況/*make sure* of the fact 認清事實.

(3)確信, 確定, 《that 子句》. I *made sure* that no one was watching. 我確定沒有人在看.

(4)確實得到手《of》. *make sure* of a villa for the summer 確定地為夏季安排一幢別墅.

(5)一定要《that 子句》. *Make sure* (that) you get back before ten o'clock. 務必於十點鐘之前回來.

Sùre dó! 《口》好啊! 拜託了! 麻煩了!《接受勸誘》. "You want a beer?" "*Sure do!*" 「要喝啤酒嗎?」「好啊!」

sùre thíng 《口》(1)(通常加 a)絕對是確有其事. It's *a sure thing* that she'll accept Ben's offer. 她的確確實會接受班的提議.

(2)《主美》好的; 當然; 了解; 真的; 沒錯.

* **to be súre** (1)確實, 的確…《★後接 but…》. *To be sure*, Steve came here as usual. 史帝夫的確如往常般地來過這裡/*To be sure*, Sam is young, *but* he has originality. 山姆的確很年輕, 但他具有獨創性. (2)(用 Well to be sure)哎呀! 真的啊!《吃驚的表現》.

— *adv.* 《主美、口》**1** 確實, 一定, 真的. I *sure* am tired. 我真的累了/Your father will come back as *sure* as you are sitting there. 你父親(就如同你坐在那裡這件事一樣確實無疑地＞)絕對會回來.

2 (回答詢問、委託)沒錯, 正如你說的; 當然;《回答對方的致謝》不用客氣. "May I use your dictionary?" "*Sure*." 「我能用你的辭典嗎?」「當然」/ "Thank you very much." "*Sure*." 「謝謝」「不客氣.」

sùre enóugh 《口》果真; 確實, 真的. I thought the boy would come, and *sure enough* he appeared. 我想這男孩會來的, 果然他就出現了.

sure·foot·ed [ˋʃʊrˋfʊtɪd; ˈʃɔːˈfʊtɪd] *adj.* 腳踏實地的; 紮實的, 確實的.

* **sure·ly** [ˋʃʊrlɪ; ˈʃɔːlɪ] *adv.* **1** 確實, 必定, 一定; 真的. It will *surely* rain tonight. 今夜必定會下雨.

2 著實地, 無疑地; 安全地. Slowly but *surely* the civil rights movement has been gaining support. 腳步雖緩, 但無疑地, 民權運動逐漸得到了支持.

3 《主美》(回答詢問)正如所說的; 當然(of course). "Will you lend me your French dictionary?" "*Surely!*" 「你能借我你的法語辭典嗎?」「當然!」

4 《用於否定句》絕不…; 的確…. *Surely* you didn't forget to write to him. 你不會忘了要寫信給他吧!

sure·ness [ˋʃʊrnɪs; ˈʃɔːnɪs] *n.* ⓤ 確實(的事).

sur·er [ˋʃʊrə; ˈʃɔːrə(r)] *adj.* sure 的比較級.

sur·est [ˋʃʊrɪst; ˈʃɔːrɪst] *adj.* sure 的最高級.

sure·ty [ˋʃʊrtɪ, ˋʃʊrətɪ; ˈʃɔːrətɪ] *n.* (*pl.* **-ties**)

1 ⓤ(損失, 損害等的)保證; ⓒ保證品, 擔保. A fire insurance company gives *surety* against loss by fire. 火災保險公司保證(補償)因火災造成的損失. **2** ⓤⓒ 保證人. stand *surety* for a person 做某人的保證人.

surf [sɝf; sɜːf] *n.* ⓤ(拍打山岩、海岸等的)浪花, 拍岸浪.

— *vi.* 滑水, 衝浪. go *surfing* 去衝浪.

* **sur·face** [ˋsɝfɪs, -əs; ˈsɜːfɪs] *n.* (*pl.* **-fac·es** [~ɪz; ~ɪz]) ⓒ **1** (物體, 液體等的)表面, 外面. The moon has a lot of craters on its *surface*. 月球的表面有許多火山口/The fish came to the *surface* of the stream. 魚浮出河的水面/The tree was reflected in the *surface* of the lake. 那棵樹倒映在湖面上/This table has a smooth *surface*. 這張桌子的表面很光滑.

2 外觀, 表面, 外表. look below the *surface* of the problem 觀察問題的內涵.

on the súrface 外表上, 表面上; 外觀的, 只是外表上的. The teacher was calm *on the surface* but angry inside. 老師表面上很冷靜, 但心裡卻很生氣.

— *adj.* 《限定》**1** 表面的; (相對於空中、地下、水中的)地上的; 水上的. a *surface* line (相對於地下鐵的)(地上)鐵路線.

2 外表上的, 外觀上的. *surface* kindness 外表上[表面上]的親切.

— *vt.* **1** 加上表面; 使表面光潔[光滑], 鋪設(道路等). **2** 使(潛水艇等)浮出水面.

— *vi.* **1** (魚、潛水艇等)浮出水面. The submarine *surfaced* before entering port. 那艘潛水艇在進入港口之前浮出了水面.

2 (隱藏著的事)明朗化. The details of the plot have just begun to *surface*. 陰謀的詳細內容剛剛才開始浮現.

3 《口》(經過長期蟄伏)重現身影, 重新展開活動.

sùrface máil *n.* ⓤ水路[陸路]郵件, 船郵, 《相對於 airmail 的普通郵件》.

sùrface ténsion *n.* ⓤ表面張力.

sur·face-to-air [ˋsɝfɪstʊˋɛr; ˌsɜːfɪstuːˈeə(r)] *adj.* 《限定》《軍事》[飛彈等]地[海]對空的. a *surface-to-air* missile 地對空飛彈.

surf·board [ˋsɝf͵bord; ˈsɜːfbɔːd] *n.* ⓒ衝浪板.

sur·feit [ˋsɝfɪt; ˈsɜːfɪt] *n.* **1** ⓒ (通常用單數)過多, 過剩. a *surfeit* of problems 太多的問題.

2 ⓤ飲食過度.

— *vt.* 使(人)飲食過度《with》; 使(人)厭煩《with》. The guests were *surfeited with* food and drink. 客人們已酒足飯飽.

surf·er [ˋsɝfə; ˈsɜːfə(r)] *n.* ⓒ衝浪者.

surf·ing [ˋsɝfɪŋ; ˈsɜːfɪŋ] *n.* ⓤ衝浪.

surge [sɝdʒ; sɜːdʒ] *n.* ⓒ (通常用單數) **1** 巨浪, 波濤. **2** (群眾等的)人潮. a *surge* of demonstrators 一波示威的人潮. **3** (感情等的)湧現, 高漲; 遽增. a *surge* of anger 怒氣的高漲/There has

been a sudden *surge* in demand for air condi-
tioners. 冷氣機的需求量遽增.
— *vi.* **1** 起大浪, 波濤洶湧. The sea *surges*
onto the cliffs. 海濤激湧向峭壁.
2 〔群眾等〕(如波濤般地) 蜂湧而至. The specta-
tors *surged* towards the exits. 觀眾湧向出口.
3 〔感情等〕沸騰, 湧現, 《up》.

***sur·geon** [ˋsɝdʒən; ˈsɜ:dʒən] *n.* (*pl.* **~s** [~z; ~z])
ⓒ **1** 外科醫生(→ doctor 參考). The *surgeon*
operated on him for appendicitis. 外科醫生替他
動盲腸炎手術. **2** 軍醫.

***sur·ger·y** [ˋsɝdʒərɪ, -dʒrɪ; ˈsɜ:dʒərɪ] *n.* (*pl.*
-ger·ies [~z; ~z]) **1** ⓤ外科(醫學). study *sur-*
gery 學習外科.
2 ⓤ(外科)手術. undergo [have] *surgery* for
cancer of the breast 接受乳癌手術治療.
3 (外科)手術房.
4 (英)ⓒ門診室; ⓤⓒ門診時間.

sur·gi·cal [ˋsɝdʒɪkl; ˈsɜ:dʒɪkl] *adj.* 外科的(→
medical), (外科)手術的; 外科[手術]用的. a *sur-*
gical treatment 外科治療.

sur·gi·cal·ly [ˋsɝdʒɪklɪ, ˋsɝdʒɪklɪ; ˈsɜ:dʒɪklɪ]
adv. 以外科方法地.

Su·ri·name [ˌsʊrɪˋnɑm, -ˋnæm; ˌsʊərɪˈnæm]
n. 蘇利南(南美洲東北部的共和國); 首都 Paramar-
ibo).

sur·ly [ˋsɝlɪ; ˈsɜ:lɪ] *adj.* 板著臉的, 情緒不好的,
粗魯的. He gave me a very *surly* look. 他對我板
著臉孔.

sur·mise [səˋmaɪz; sɜ:ˈmaɪz] *v.* 《文章》 *vt.* 推
測, 猜測. 句型3 (surmise *that* 子句)推測….
surmise the rest of the story 推測其餘的故事情
節/We *surmised that* the news was false. 我們推
測那則消息是假的.
— *vi.* 推測.
— *n.* ⓤⓒ《文章》猜想, 推測. Your *surmise* is
far from the truth. 你的推測與事實相距甚遠.

***sur·mount** [səˋmaʊnt; sɜ:ˈmaʊnt] *vt.* **1** 克服, 超越, 〔困
難等〕. *surmount* the problem 克服問題.
2 越過〔山, 障礙物等〕. *surmount* a fence 跨越
柵欄.
3 站在[放置]於…之上(通常用被動語態). The
tower is *surmounted* by a large clock. 塔上裝有
一座大鐘.

sur·mount·a·ble [səˋmaʊntəbl;
sɜ:ˈmaʊntəbl] *adj.* 〔困難等〕可克服的, 可超越的.

***sur·name** [ˋsɝ͵nem; ˈsɜ:neɪm] *n.* (*pl.* **~s** [~z;
~z]) ⓒ姓(family name)(如 John Smith 中的
Smith; → Christian name).

***sur·pass** [səˋpæs; sɜ:ˈpɑːs] *vt.* (**~es** [~ɪz; ~ɪz])
~ed [~t; ~t]; **~ing**) 凌駕, 勝過…, 《in》; 超越.
Dick *surpasses* his classmates *in* skiing ability.
迪克的滑雪本領勝過他的同班同學/*surpass* (all)
description 非筆墨所能形容/The pianist's perform-
ance *surpassed* all expectation. 那位鋼琴家的演奏比
預期的還好.
回 surpass 為日常用語, excel 為文章用語.

---

sur·pass·ing [səˋpæsɪŋ; sɜ:ˈpɑːsɪŋ] *adj.* 《限
定》《雅》優秀的, 卓越的, 出類拔萃的.

sur·plice [ˋsɝplɪs, ˈsɜ:plɪs] *n.* ⓒ《基督教》(牧
師, 唱詩班等於舉行儀
式時所穿的)白袍.

sur·plus [ˋsɝplʌs,
-pləs; ˈsɜ:pləs] *n.* ⓒ
1 多餘, 剩餘, 過剩. a
surplus of exports over
imports 出超(量). **2**
盈餘, 餘額, (↔deficit).
Japan enjoys a hefty
trade *surplus*. 日本擁有
大量的貿易順差.
— *adj.* 多餘的, 殘餘
的, 過剩的. *surplus*
funds 盈餘.

[surplices]

‡**sur·prise** [səˋpraɪz, sə-; səˈpraɪz] *vt.*
(**-pris·es** [~ɪz; ~ɪz]; **~d** [~d;
~d]; **-pris·ing**) **1** 使驚訝, 使吃驚; (be sur-
prised)驚奇(*at, by*; *to* do; *that* 子句). Polly
wanted to *surprise* her mother. 波麗想讓她母親吃
驚/His behavior never ceases to *surprise* me. 他
的行為總是讓我吃驚/We were all *surprised* at
the news. = We were all *surprised to* hear the
news. 聽到那消息, 我們都很驚訝/She could no
longer be *surprised by* anything he might say or
do. 不管他會說出甚麼話或做出甚麼事, 她再也不會
感到驚訝/I'm *surprised* (*that*) he got married to
that pretty girl. 他和那位漂亮的女孩結婚, 真令我
驚訝/I shouldn't be *surprised* if it rained today.
如果今天下雨, 我也不會感到驚訝(表示也許會下雨
之意).
語法 在被動語態中, 修飾 surprised 時用 much;
但有時將 surprised 視為形容詞而用 very: She was
much [very] *surprised* to see me there. (她看到
我在那裡, 大為吃驚).
同 驚奇的程度依次為 astound > astonish > amaze
> surprise.
2 奇襲, 突襲, 突襲占領, 〔敵軍, 敵人陣地等〕.
surprise the enemy 突襲敵人/He *surprised* his
opponent. 他突襲他的對手/They *surprised* the
woman in the act of stealing. 他們突擊逮捕正下
手行竊的女人.
3 使〔人〕突然受到打擊做出…, 使〔人〕吃驚之餘
…, 《into》; 意外撞見. They *surprised* him *into*
acknowledging his guilt. 他們使他一時驚慌而俯首
認罪/Next day I *surprised* John and Mary deep
in conversation. 翌日我撞見約翰和瑪麗正在深談.
— *n.* (*pl.* **-pris·es** [~ɪz; ~ɪz]) **1** ⓤ驚訝.
exclaim in *surprise* 驚叫/I felt great *surprise*
at the change in the situation. 我對情勢的變化感到
相當驚訝/faint with *surprise* 驚嚇得昏過去.
2 ⓒ值得驚奇的事, 意料之外的事. His answer
was quite a *surprise* to me. 他的回答對我來說完

全出乎意料之外/What a wonderful *surprise*! 多麼美妙的驚喜啊!/I have a *surprise* for you. 我要給你一個驚喜(消息，禮物等)/Surprise! Surprise! 號外! 號外!

[搭配] *adj.*+surprise: a complete ~ (完全的出乎意料), a painful ~ (令人痛苦的意外), a pleasant ~ (令人愉快的驚喜), a tremendous ~ (極大的驚喜).

3 (形容詞性)突然的, 出乎意料的. a *surprise* attack 突襲/a *surprise* party 驚喜宴會(友人們瞞著主角而籌劃舉辦)/a *surprise* visit 突如其來的拜訪/a *surprise* ending (故事的)意外的結局.

* **tàke..by surprise** (1)突襲並奪取(要塞, 城市等). They *took* the fort *by surprise*. 他們突襲占領了那個堡壘.
(2)突然襲擊. The burglar was *taken by surprise*. 小偷冷不防地被捉住.

to *a pèrson's* **surprise** 使(某人)驚奇的是…. *To my surprise*, Ron was not hurt in the accident. 讓我驚訝的是, 朗在那場事故中毫髮未損.

sur·prised [sə`praɪzd, sə-; sə`praɪzd] *adj.* 吃驚的. a *surprised* look 吃驚的表情.

[注意] be *surprised* 句型→surprise *vt.* 1.

● ──用「be＋過去分詞」表達感情
He *is satisfied* with the new car.
他對那輛新車感到滿意.
Nancy *was surprised* at the news.
南西對此消息大吃一驚.
這樣的過去分詞帶有強烈的形容詞性, 通常不用 much, 而用 very 修飾. 譯成中文時, 一般譯成主動語態.
此類的過去分詞:

alarmed	annoyed	contented
delighted	disappointed	excited
frightened	pleased	worried
---

* **sur·pris·ing** [sə`praɪzɪŋ, sə-; sə`praɪzɪŋ] *v.* surprise 的現在分詞、動名詞.
── *adj.* 驚人的, 出人意料的; 異常的. a *surprising* incident 驚人的事件/a *surprising* amount of money 讓人吃驚的金額/How *surprising*! 多麼驚人啊!/It is really *surprising* that Kay (should have) failed the examination. 凱這次考試沒及格, 真是出人意料之外.

sur·pris·ing·ly [sə`praɪzɪŋlɪ; sə`praɪzɪŋli] *adv.* **1** 驚人地.
2 (修飾句子)使人驚奇地. *Surprisingly*, Bob won first prize in the contest. 令人驚訝地, 鮑伯在這次比賽中得了第一名.

sur·re·al·ism [sə`rɪəl͵ɪzəm; sə`rɪəlizəm] *n.* U (美術, 文學)超現實主義.

sur·re·al·ist [sə`rɪəlɪst; sə`rɪəlist] *n.* C 超現實主義者.

sur·re·al·is·tic [sə͵rɪəl`ɪstɪk; sə͵rɪəl`istik]

adj. 超現實主義(者)的.

* **sur·ren·der** [sə`rɛndə; sə`rendə(r)] *v.* (~s [~z; ~z]; ~ed [~d; ~d]; -der·ing [-dərɪŋ; -dəriŋ])
vt. **1** 交出, 讓出, (要塞, 軍隊等)(*to*). They had to *surrender* the fortress *to* the enemy. 他們不得不把要塞讓給敵人.
2 (文章)不得不放棄(權利, 希望等). The king was forced to *surrender* his absolute power. 國王被迫放棄他的專權/She never *surrendered* hope. 她從未放棄希望.
── *vi.* 投降, 屈服, (*to*). The troops *surrendered*. 軍隊投降了.
surrénder (*onesèlf*) **to...** 使沈迷[耽溺]於(感情, 狀況等). Janet *surrendered* (*herself*) *to* despair. 珍妮特陷入絕望之中.
── *n.* (*pl.* ~s [~z; ~z]) UC **1** 交出; 讓渡; 放棄. The *surrender* of the city was a turning point in the war. 放棄那座城市是這場戰爭的轉捩點.
2 投降; 自首. (an) unconditional *surrender* 無條件投降.

sur·rep·ti·tious [͵sɝəp`tɪʃəs; ͵sʌrəp`tiʃəs] *adj.* 祕密的, 暗中的, 鬼鬼祟祟的, 偷偷摸摸的.

sur·rep·ti·tious·ly [͵sɝəp`tɪʃəslɪ; ͵sʌrəp`tiʃəsli] *adv.* 鬼鬼祟祟地, 偷偷摸摸地.

Sur·rey [`sɝɪ; `sʌri] *n.* 薩里(位於 England 南部, 與倫敦南部相接的郡).

sur·ro·gate [`sɝə͵get; `sʌrəget] *n.* C (文章)
1 代理, 代理人.
2 (美)主管遺囑檢驗(處理遺囑)的地方推事.
3 (形容詞性)代理的; 成爲替代人的. a *surrogate* mother 借腹生子的女子, 代理孕母.

* **sur·round** [sə`raʊnd; sə`raʊnd] *vt.* (~s [~z; ~z]; ~ed [~ɪd; ~ɪd]; ~ing) 圍繞, 圍住, (*with, by*); 包圍. The reporters *surrounded* the actress. 記者們圍住那位女演員/The enemy was *surrounded*. 敵人被包圍了/Taiwan is *surrounded by* the sea. 臺灣四面環海/The affair is *surrounded* with secrecy. 這件事充滿了神祕/He *surrounded* himself with young poets. 他與年輕的詩人們爲伍.
── *n.* C (主英)飾邊.

* **sur·round·ing** [sə`raʊndɪŋ; sə`raʊndɪŋ] *n.* (surroundings) 周圍的狀況, 環境, (→environment 同); 周圍的事物. social *surroundings* 社會環境/The detective found himself in unfamiliar *surroundings*. 那位偵探發現自己在一處陌生的地方.
── *adj.* (限定)周圍的, 附近的. the *surrounding* villages 附近的村子.

sur·tax [`sɝ͵tæks; `sɝːtæks] *n.* UC 附加稅; 累進所得稅(超過一定收入額後附加的稅款).

sur·veil·lance [sɝ`veləns, -`veljəns; sɜː`veiləns] *n.* U (文章)監視; 監督.
under survéillance 在監視下. The police are keeping the apartment *under* constant *surveillance*. 警察二十四小時監視著那幢公寓.

* **sur·vey** [sə`ve; sə`vei] (★與 *n.* 的重音位置不同) *vt.* (~s [~z; ~z]; ~ed [~d;

~d]; ~·ing】【展望全體】 **1** 環視, 俯視,〔物〕; 觀察; 概括; 概述. We *surveyed* the scenery from the top of a hill. 我們從山頂上眺望景色/This course attempts to *survey* the whole of European history. 這門課將針對整個歐洲史做一概述.
【 仔細觀看】 **2** 詳細觀察; 檢查; 調查〔事〕;〔鑑定員〕鑑定〔房屋等〕. The customs inspector *surveyed* me grimly. 海關人員一絲不苟地檢查我/*Survey* the house before you buy it. 買下房子之前一定要仔細檢查一下.
3 測量, 測定,〔土地等〕. The engineer *surveyed* the land. 工程師測量這片土地.
4 (用問卷調查等)調查〔人們(的想法等)〕. Sixty percent of those *surveyed* supported the Government. 受訪者中有 60%支持政府. *(pl. ~s* [~z; ~z])
1 C 概觀, 概論; 展望. a *survey* of human geography 人文地理學概論.
2 UC (整體性的)調查, 檢查. a market *survey* 市場調查/make a complete *survey* of the situation 對情勢做一徹底的調查.
3 UC 測量; C 測量圖. make a *survey* of the site 測量土地.

sur·vey·ing [səˈveɪŋ; səˈveɪɪŋ] *n.* U 測量(術).
sur·vey·or [səˈveə, sə-; səˈveɪə(r)] *n.* C
1 測量者;〔土地, 房屋的〕測量技師.
2 (英)不動產鑑定人.

✲**sur·viv·al** [səˈvaɪv; səˈvaɪvl] *n. (pl. ~s* [~z; ~z]) **1** U 倖存, 殘存, 存續. His *survival* is doubtful under the circumstances. 在這種情況下他是不太可能生還的/the *survival* of the fittest 適者生存.
2 C 生存者; 殘留物; 遺物. *survivals* of the feudal period 封建時代的遺物[跡].
survíval kìt *n.* C (探險, 災害時等用)緊急用品箱.

✲**sur·vive** [səˈvaɪv; səˈvaɪv] *v. (~s* [~z; ~z]; ~**d** [~d; ~d]; **-viv·ing**) *vt.* **1** 比…活得更久. He *survived* his wife by ten years. 他比他的妻子多活了十年.
2 從〔災難, 危機, 事故等〕中逃脫出來, 從…逃生. Two of the crew *survived* the shipwreck. 兩名船員在海難中逃過一劫/None of the flowers *survived* the storm. 暴風雨過後, 花朵無一倖存/How many people would *survive* a third World War? 要是發生第三次世界大戰, 有多少人能生還呢?
— *vi.* 活下來, 殘存. That custom has *survived* into the twentieth century. 那種習俗一直延續到 20 世紀前還流傳著.
【字源】 VIVE「生存, 活」: sur*vive*, re*vive* (復活), *viv*id (生氣蓬勃的), *vit*al (生命的).
sur·viv·ing [səˈvaɪvŋ; səˈvaɪvɪŋ] *v.* survive 的現在分詞, 動名詞.
sur·vi·vor [səˈvaɪvə; səˈvaɪvə(r)] *n.* C 生還者, 生存者; 殘存物, 遺物. He was the only *survivor* of the accident. 他是那起事故的唯一生還者/look for *survivors* 搜尋生還者.

Su·san, Su·san·na(h) [ˈsuzṇ, ˈsɪuzṇ,

ˈsjuzṇ; ˈsuːzn], [suˈzænə, sɪu-, sju-; suːˈzænə] *n.* 女子名.

sus·cep·ti·bil·i·ty [səˌsɛptəˈbɪlətɪ; səˌseptəˈbɪlətɪ] *n. (pl.* **-ties**) **1** a U 易受感動; 易受影響的事或物; 感受性, 敏感度; 《*to*》. (a high) *susceptibility* to flu 很容易患流行性感冒.
2 (susceptibili*ties*)(易受傷的)情感; 內心脆弱的部分. My words seem to have wounded his *susceptibilities*. 我的話似乎傷到他的痛處.
sus·cep·ti·ble [səˈsɛptəbḷ; səˈseptəbl] *adj.*
1 《敘述》易受感動的, 易受影響的; 容易接受…的; 《*to*》. He is *susceptible* to flattery. 他喜歡別人給他戴高帽子/She is very *susceptible* to criticism. 她對(別人的)批評非常敏感.
2 易感動的, 敏感的; 多愁善感的, 情感脆弱的. a *susceptible* nature 敏感的本性.
3 《敘述》《文章》容許…的, 可以…的, 有可能…的,《*of*》. That argument is *susceptible of* serious misunderstanding. 那種論點有可能引起很大的誤解.
su·shi [ˈsusɪ; ˈsuːʃɪ] (日語) *n.* U 壽司.
Su·sie [ˈsuzɪ; ˈsuːzɪ] *n.* Susan, Susanna(h) 的暱稱.

✲**sus·pect** [səˈspɛkt; səˈspekt] (★與 *n., adj.* 的重音位置不同) *v. (~s* [~s; ~s]; ~**ed** [~ɪd; ~ɪd]; ~·**ing**) **1** 覺得〔人〕可疑; 認為〔人〕有嫌疑, 懷疑…,《*of*》. a *suspected* person 有嫌疑者/a *suspected* case 疑似患者[病例]/My son is *suspected of* having diphtheria. 我兒子有可能得了白喉/The detective *suspected* the butler *of* the murder. 刑警認為管家有謀殺的嫌疑.
2 (a)〔句型3〕 (suspect *that* 子句)認爲是…, 覺得似乎是…. I *suspect (that)* he was on the spot. 我想他可能在現場.
回 doubt 與同樣可作爲「懷疑」, 但 suspect 用於懷疑「可能是…」的情況, 而 doubt 則用於懷疑「不是…」的情況: I *suspect* he is ill. (我懷疑他好像生病了)/I *doubt* he is ill. (我懷疑他是否真的生病[好像沒病]). 但 doubt 也有如 4 的用法.
(b)〔句型5〕 (suspect **A** *to* do)覺得可能是 A 做…; 以爲 A 是…. I *suspect* him *to* be a liar. 我覺得他可能在撒謊.
3 察覺到, 隱約感覺到,〔危險, 陰謀等〕. *suspect* a plot 察覺到一項陰謀/None of the victims *suspected* the danger. 在所有受害者中沒有一個人察覺到危險.
4 懷疑…的可信度(doubt). *suspect* the evidence 懷疑證據的可信度/I *suspect* his honesty. 我懷疑他的誠實.
↦ *n.* **suspicion.** *adj.* **suspicious.**
— [ˈsʌspɛkt; ˈsʌspekt] *n. (pl. ~s* [~s; ~s]) C 嫌疑犯, 可疑的人. a most likely *suspect* 嫌疑最大的人/He's a *suspect* in the case. 他是這起案子的嫌疑犯.
— [ˈsʌspɛkt; ˈsʌspekt] *adj.* 懷疑的, 可疑的. a very *suspect* person 很可疑的人/What he says is

very *suspect*. 他說的話很可疑.

✲sus·pend [səˋspɛnd; səˈspend] *vt.* (~**s** [~z; ~z]; ~**ed** [~ɪd; ~ɪd]; ~**ing**)

〖懸空〗 **1** 吊, 懸掛, (*from*). *suspend* a paper doll by a thread 用線把紙娃娃懸掛起來/ Chandeliers are *suspended from* the ceiling. 吊燈從天花板垂掛下來.

2 使[灰塵, 微粒等]飄浮在空中, 使不沈[落]下; 使懸浮; (通常用被動語態). A dust was *suspended* in the air. 塵土飄浮在空中/Fat particles are *suspended* in milk. 脂肪的微粒懸浮在牛奶中.

〖中途停止〗 **3** 暫時中止[停止]; 中斷[權力, 法律效力等]; 使[人]停職[罷職], 使停學, (通常用被動語態). *suspend* business 暫停營業/ *suspend* payment 暫時中止支付/*suspend* a player 對選手做停出出賽的處分/Jeff was *suspended* from school for misbehaving. 傑夫因行為不檢而受到停學的處分/a *suspended* sentence 緩刑.

4 保留; 暫不決定, 延後, [決定, 承諾等]. *suspend* a decision 暫緩決定/He *suspended* his judgment for the time being. 他目前暫時不作判斷.

↪ *n.* **suspension, suspense**.

〖字源〗 PEND「吊掛」: su*spend*, de*pend* (依靠), *pend*ulum (擺錘), *pend*ent (垂下).

sus·pend·er [səˋspɛndə; səˈspendə(r)] *n.*

1 (美)(suspenders)吊帶((英) braces). a pair of *suspenders* 一副吊帶.

2 ⓒ(英)(通常suspenders)吊襪帶(garter). a pair of *suspenders* 一副吊襪帶.

sus·pénder bèlt *n.* (英)=garter belt.

sus·pense [səˋspɛns; səˈspens] *n.* Ⓤ **1** 不安, 掛心; (小說, 電影等的)懸疑(持續的不安, 緊張). Don't keep me in *suspense* like this. 別讓我這麼提心吊膽/a movie full of *suspense* 一部充滿懸疑的電影. **2** 未定, 懸而未決; 懷疑, 靠不住.

↪ *v.* **suspend**.

sus·pen·sion [səˋspɛnʃən; səˈspenʃn] *n.* **1** Ⓤ 懸掛; 下垂; 浮游(狀態); 懸空; 懸而未決.

2 Ⓤ暫時停止, 中止; 延期; 保留; 停職, 停學; 停止支付; (刑罰的)暫緩執行. the *suspension* of a student 學生的停學處分.

3 Ⓤ Ⓒ (汽車, 火車等的)底盤懸吊裝置.

↪ *v.* **suspend**.

suspénsion brìdge *n.* ⓒ吊橋.

[suspension bridge]

1 Ⓤ Ⓒ 懷疑, 疑心, (→ doubt 同); 嫌疑. with *suspicion* 懷疑地, 用疑惑的眼光/He has a lot of *suspicions*. 他是個疑心很重的人/This aroused her *suspicion*. 這件事讓她起了疑心.

2 Ⓒ 猜想(*that* 子句); 感覺(*of*). I had a *suspicion that* the man was dishonest. 我覺得那個男人在撒謊/I hadn't the slightest *suspicion of* his presence. 我根本沒注意到他在場.

〖搭配〗 *adj.*＋**suspicion** (1-2): a faint ~ (些微的猜疑), a strong ~ (強烈的懷疑), an unfounded ~ (沒根據的猜想), a vague ~ (曖昧的感覺) // *v.*＋**suspicion**: confirm a person's ~ (加深某人的猜疑), dispel a person's ~ (消除某人的猜疑).

3 〖少得令人懷疑的量〗 a Ⓤ 一點點, 些微. a salad with just a *suspicion* of garlic 帶點兒蒜味的沙拉/There was a *suspicion* of arrogance in his speech. 他的話裡似乎有些許傲慢的氣息.

↪ *v.* **suspect**. *adj.* **suspicious**.

above suspícion 不容懷疑的. Everyone here is *above suspicion*. 這裡的每個人都不容懷疑.

on (the) suspícion of... 因...的嫌疑, 因涉嫌..., (而被逮捕等). He was arrested *on suspicion of* murder. 他因涉嫌殺人被捕.

under suspícion 被懷疑; 受到指控.

✲sus·pi·cious [səˋspɪʃəs; səˈspɪʃəs] *adj.* **1** 令人懷疑的, 可疑的. a *suspicious* character 可疑的人物/*suspicious* behavior 可疑的行為.

2 懷疑, 覺得可疑, (*of*). I am *suspicious* of him. 我覺得他很可疑.

3 多疑的, 瞎猜的. *suspicious* people 多疑的人們/with a *suspicious* glance 用一種猜疑的眼光.

↪ *v.* **suspect**. *n.* **suspicion**.

sus·pi·cious·ly [səˋspɪʃəslɪ; səˈspɪʃəslɪ] *adv.* 多疑地; 可疑地. He looked *suspiciously* at me. 他一臉懷疑地看著我.

Sus·sex [ˋsʌsɛks, -ɪks; ˈsʌsɪks] *n.* 蘇塞克斯郡 (England 東南部的舊郡; 現分為 East Sussex 和 West Sussex).

✲sus·tain [səˋsten; səˈsteɪn] *vt.* (~**s** [~s; ~s]; ~**ed** [~d; ~d]; ~**ing**) 〖支撐〗 **1** (文章)支撐[重量等]. Heavy piers *sustain* the bridge. 厚重的橋墩支撐著橋身.

2 〖承受而不屈服〗忍受, 不屈服於[困難, 災害等]. *sustain* a shock 經得起打擊.

3 〖承受負擔 > 遭受〗蒙受, 遭受, [損害等]. *sustain* a loss 蒙受損失/I *sustained* minor injuries in the accident. 我在事故中受到輕傷.

〖維持〗 **4** 維持[生命力, 活力等]; 養, 扶養, [人]. food sufficient to *sustain* life 足以維持生命的糧食/His income was not adequate to *sustain* a family of six. 他的收入不足以扶養一家六口.

5 使[活動等]持續, 維持. It requires a great effort to *sustain* a conversation in a foreign language. 要用外國語言與人交談需要耗費相當大的心神/make *sustained* efforts 孜孜不倦地努力/a *sus-*

taining member 支持〔社團的〕會員.

〖 支持 〗 **6** 支持〔主張等〕; 證實〔預言等〕. My findings *sustain* what he said. 我的發現證實了他所說的話.

7 〔法律〕(在法庭等)承認, 確認, 〔發言等〕. The lawyer's objection was *sustained*. 律師的抗議成立/The judge [court] *sustained* his objection. 法官[法庭]認可他的反對意見.

⇨ *n.* **sustenance**.

字源 TAIN「保持」: sus*tain*, con*tain* (包含), main*tain* (維持), enter*tain* (接待).

sus·tain·ing pro·gram *n.* ⓒ〔廣播、電視〕(美)(不依賴贊助廠商的)自主性節目, 非營利性節目.

sus·te·nance [ˈsʌstənəns; ˈsʌstɪnəns] *n.* ⓤ **1** 生命的維持; 食物, 營養(物). The orphans were in need of proper *sustenance*. 孤兒們需要適當的營養. **2** 生計; 生活.

⇨ *v.* **sustain**.

su·ture [ˈsutʃə, ˈsɪu-, ˈsju-; ˈsuːtʃə(r)] (醫學) *n.*
1 ⓒ(傷口的)縫合. **2** ⓒ縫合用的線.
— *vt.* 縫合(傷口).

su·ze·rain [ˈsuzərɪn, -ˌren, ˈsɪu-, ˈsju-; ˈsuːzəreɪn] *n.* ⓒ〔文章〕 **1** 宗主國(相對於附屬國而言).
2 (封建)領主.

su·ze·rain·ty [ˈsuzərɪntɪ, -ˌren-, ˈsɪu-, ˈsju-; ˈsuːzəreɪntɪ] *n.* ⓤ〔文章〕宗主權; 領主的地位[權力].

svelte [svɛlt; svelt] *adj.* (特指女性)苗條的, 身材好的.

SW (略) southwest, southwestern.

Sw. (略) Sweden; Swedish.

swab [swɑb; swɒb] *n.* ⓒ **1** (消毒用的)棉球, 棉棒. **2** 拖把(擦洗甲板等使用).
— *vt.* (~s; ~bed; ~bing) **1** 用棉球擦拭(身體的一部分). **2** 清掃[甲板等](down).

swad·dle [ˈswɑdl; ˈswɒdl] *vt.* (特指)用(細長的)布包裹(嬰兒)(舊時的習俗).

swag [swæg; swæg] *n.* **1** ⓒ花飾, 花綵.
2 ⓤ(俚)贓物.

swag·ger [ˈswægə; ˈswægə(r)] *vi.* **1** 昂首闊步, 大搖大擺地走. **2** 傲慢, 狂妄自大.
— *n.* aⓤ昂首闊步. walk with a *swagger* 大搖大擺地走路.

swag·ger·ing·ly [ˈswægərɪŋlɪ, ˈswægrɪŋ-; ˈswægərɪŋlɪ] *adv.* 大搖大擺地, 神氣活現地.

Swa·hi·li [swɑˈhili; swɑˈhiːlɪ] *n.* (*pl.* ~s, ~)
1 ⓒ斯瓦希里人(居住在非洲 Zanzibar 及其附近區域的 Batu 人).
2 ⓤ斯瓦希里語(非洲東部、中部的共通語言).

swain [swen; sweɪn] *n.* ⓒ〔雅〕鄉村的年輕人; 情人, 求婚者, 〔男性〕.

✱swal·low¹ [ˈswɑlo, -lə; ˈswɒləʊ] *v.* (~s [~z; ~z]; ~ed [~d; ~d]; ~ing) *vt.*
〖圖圖吞嚥〗 **1** 吞, 嚥下, 圖圖吞下, 〔食物, 飲料等〕. Chew your food well before you *swallow* it. 細嚼後再吞下去/*Swallow* this pill with a sip of water. 喝一口水把這顆藥丸吞下去.

2 被〔水, 大地等〕吞沒; 榨取〔利益等〕; (up). The waters of the lake *swallowed* him *up*. 他被湖水淹沒了/The boat was *swallowed up* in the fog. 船在霧中失去了蹤影.

3 《口》輕易接受; 貿然斷定〔他人的話等〕. Surely you won't *swallow* that story. 你當然不會接受那種說法吧.

〖 忍氣吞聲 〗 **4** 忍受, 忍耐, 〔侮辱等〕. I had to *swallow* his insult. 我不得不默默忍受他的侮辱.

5 取消, 收回, 〔話語等〕. He said I would fail, but I made him *swallow* his words. 他說我會失敗, 不過我讓他收回他所說過的話(成功了).

— *vi.* **1** 吞嚥.

2 (因緊張, 興奮等)喉嚨一個勁地做吞嚥動作. He *swallowed* hard, and stepped onto the stage. 他緊張地直嚥口水, 走上舞臺.

a bitter pill to swallow → pill 的片語.

swallow...whole (1)將〔食物等〕整個吞下.
(2)對〔別人的話等〕不經思考即採信.

— *n.* ⓒ吞下, 嚥下; 吞食一口(的量). at one *swallow* 咕嚕地喝一口, 吞食一大口/take a *swallow* of beer 灌了一口啤酒.

✱swal·low² [ˈswɑlo, -lə; ˈswɒləʊ] *n.* (*pl.* ~s [~z; ~z]) 燕子. One *swallow* does not make a summer. (諺)一燕不成夏(告誡人不可貿然斷定, 輕信別人的話).

swal·low·tail [ˈswɑloˌtel, -lə-; ˈswɒləʊteɪl] *n.* ⓒ **1** 燕尾. **2** =swallow-tailed coat.
3 (蟲)鳳蝶.

swal·low-tailed [ˈswɑloˌteld, -lə-; ˈswɒləʊteɪld] *adj.* 燕尾狀的.

swallow-tailed coat *n.* ⓒ燕尾服(男子的晚禮服; 白天的禮服是 morning dress).

swam [swæm; swæm] *v.* swim 的過去式.

✱swamp [swɑmp, swɔmp; swɒmp] *n.* (*pl.* ~s [~s; ~s]) ⓤⓒ沼澤地; 濕地. He got lost in the *swamp*. 他迷失在沼澤地裡.

— *vt.* **1** 使浸在水裡; 使淹沒; 使(船)(進水)沈沒. The street was completely *swamped* in the flood. 街道全被洪水淹沒了/High waves *swamped* the boat. 巨浪吞沒了小艇.

2 〔困難等〕(如洪水般地)湧來, 一波接一波地到來; (be swamped)應接不暇(with). We *were swamped with* visitors. 來訪的客人使我們忙得不可開交.

swamp·y [ˈswɑmpɪ, ˈswɔmpɪ; ˈswɒmpɪ] *adj.* 沼澤的; 多沼澤的; 濕地的, 潮濕的.

✱swan [swɑn, swɔn; swɒn] *n.* (*pl.* ~s [~z; ~z]) ⓒ天鵝(雁科天鵝屬水鳥的總稱). "*Swan* Lake" 「天鵝湖」(根據柴可夫斯基同名的曲子而編的芭蕾舞劇).

the Swan of Avon 「艾文河畔的天鵝」(Shakespeare 的外號; 源自莎翁誕生地 Stratford-upon-Avon).

— *vi.* (~s; ~ned; ~ning) 《口》(像天鵝般地)悠

然自得地旅行 [移動] (*around; off*). He *swanned off* to the cinema when he should have been at school. 他應該去上學, 但卻忝哉悠哉地去看電影了.

swank [swæŋk; swæŋk] (口) n. 1 ⓤ炫耀; 裝腔作勢, 虛張聲勢. He wears a diamond tiepin just for *swank*. 他佩戴鑲鑽的領帶別針只是爲了炫耀. 2 ⓒ愛出風頭的人; 裝腔作勢的傢伙.

— vi. 追求虛榮, 逞威風.

swank·y [ˋswæŋkɪ; ˋswæŋkɪ] adj. (口) 1 好炫耀的; 虛張聲勢的. 2 漂亮的, 奢華的, 瀟灑的.

swân sòng n. ⓒ 1 天鵝之歌(相傳是天鵝臨死前所唱).

2 (詩人, 音樂家等的)最後的作品; 絕筆, 遺作.

swap [swɑp, swɔp; swɔp] vt. (~s; ~**ped**; ~**ping**) 交換; 取代(*for*). *swap* a watch *for* a camera 以手錶交換照相機/Never *swap* horses in midstream [while crossing a stream]. (諺)渡河的中途途不得換馬(> 在危機解除之前, 必須堅持現況).

— n. ⓒ (通常用單數) (物的)交換; 交換物.

＊**swarm** [swɔrm; swɔːm] n. (pl. ~s [~z; ~z]) ⓒ

1 (★用單數亦可作複數)(昆蟲等的)群(→ herd 同); 蜂群(特指女王蜂率領爲了分巢而遷出(去築新巢)的蜂群). a *swarm* of ants 螞蟻群.

2 (常 swarms)(活動的人)群, 群眾; 眾多. *swarms* of enemy soldiers 大批的敵軍士兵/*swarms* of letters 蜂湧而來的信.

— vi. (~s [~z; ~z]; ~**ed** [~d; ~d]; ~**ing**) 1 集結; 集結而行(飛翔). The bees *swarmed* around the queen. 蜜蜂們集結在蜂后的周圍/Bargain hunters *swarmed* into the department store. 想買折扣商品的顧客成群地湧入百貨公司.

2 充滿, 盡是, 擠滿, (*with*). The garden is *swarming with* bees. 庭院裡盡是蜜蜂/The beach is *swarming with* people. 海灘上擠滿了人群(★若用作1的句法結構則可寫成 People are *swarming over* the beach).

● ——主詞的替換

即使表示主詞和地方副詞(片語)互相顛倒, 仍可表示相同意義的動詞:

Bees *swarm* in the garden.＝The garden *swarms with* bees. 院子裡飛滿了蜜蜂.

Fish *abound* in this river.＝This river *abounds* in fish. 這條河裡魚很多.

Cockroaches were *crawling* in the kitchen. ＝ The kitchen was *crawling with* cockroaches. 廚房裡爬滿了蟑螂.

swarth·y [ˋswɔrθɪ, -ðɪ; ˋswɔːðɪ] adj. (皮膚, 顏色)淺黑的, 黝黑的; (人)膚色微黑的.

swash [swɑʃ; swɒʃ] vi. (水)嘩嘩作響; (波浪)沖激作響, 濺潑作響.

— vt. 把(水等)濺開來, 使水濺出聲來.

— n. ⓒ水花; 澎散聲, 激濺聲, 沖刷聲.

swash·buck·ling [ˋswɑʃˌbʌklɪŋ, -ˌbʌklɪŋ; ˋswɒʃˌbʌklɪŋ] adj. 虛張聲勢的.

swas·ti·ka [ˋswɑstɪkə, ˋswæs-; ˋswɒstɪkə] n. ⓒ 1 萬字記號(卍).

2 (納粹徽章)向右彎曲的鉤型十字(卐).

swat [swɑt; swɒt] vt. (~s; ~**ted**; ~**ting**) 猛打 (蒼蠅等).

— n. ⓒ 1 猛打. 2 蒼蠅拍.

swath [swɑθ, swɔθ, swɑð; swɔːθ] n. (pl. ~s [-θs, -ðz; -ðz]) ⓒ (用鐮刀的)牧草的一割幅; 一割的痕跡; (用割草機等的)收割的一排草. When it crashed, the plane cut a half-mile-long *swath* across the mountainside. 那架飛機墜落時在山腰畫出了一道半英里長的痕跡.

swathe [sweð; sweɪð] vt. 纏, 包裹, (*in*)(通常用被動語態). After the accident, my head was *swathed* in bandages for a week. 那次意外之後, 我頭上纏了一個星期的繃帶.

swat·ter [ˋswɑtɚ; ˋswɒtə(r)] n. ⓒ猛打的人[物]; 蒼蠅拍.

＊**sway** [swe; sweɪ] v. (~s [~z; ~z]; ~**ed** [~d; ~d]; ~**ing**) vi. (搖動) 1 搖動, 搖擺. The trees are *swaying* in the wind. 樹在風中搖擺/With a glass in his hand, the drunken man stood *swaying* in front of me. 那個醉漢手裡拿著杯子, 搖搖晃晃地站在我面前.

2 (意見等)動搖.

(傾向一方) 3 (物或意見等)傾向一方, 朝向某個方向. The truck *swayed* to the right on the curve. 那輛卡車在轉彎處向右傾斜/Public opinion has *swayed* in favor of the reforms. 輿論傾向於改革的一方.

— vt. 1 使搖動, 使搖晃. The boxer *swayed* his body from side to side. 拳擊手左右晃動他的身體. 2 動搖; 左右(意見等); 掌握(聽眾等); 隨心所欲地做. The politician was unable to *sway* the voters. 那位政治人物抓不住選民的心.

— n. ⓤ 1 搖晃, 動搖. At this speed, a certain amount of *sway* is unavoidable. 在這種速度之下, 多多少少會產生一些晃動.

2 影響(力), 勢力. Antony is under the *sway* of his ambitious mother. 安東尼受到野心勃勃的母親的支配.

hòld swáy 統治; 有支配力量; (*over*). hold *sway over* the tennis world 稱霸網球界.

Swa·zi·land [ˋswɑzɪlænd; ˋswɑːzɪlænd] n. 史瓦濟蘭(非洲東南部的王國, 大英國協成員國之一; 首都 Mbabane).

＊**swear** [swɛr, swær; sweə(r)] v. (~s [~z; ~z]; swore; sworn; swear·ing [ˋswɛrɪŋ, ˋswærɪŋ; ˋsweərɪŋ]) vi. 1 發誓, 宣誓, (*by*). Will you *swear*? 你願發誓嗎?/I don't know anything about it, I *swear*. 我發誓那件事我毫不知情/*swear by* [to, before] God 對天發誓/The witness *swore* on the Bible. 那名證人手按聖經發誓.

2 (發誓)斷定, 確信, (*to*)(通常用於否定句). I wouldn't *swear to* that. 我不敢斷定那件事.

3 詛咒, 罵, (*at*)(curse); 說粗魯[詛咒]的話

(swearword)《By God!, Jesus Christ! 等話由於違反了 the Ten Commandments 中「不可妄稱主名」的誡規, 因而成為褻瀆[粗魯]的話》. curse and *swear* 破口大罵/Stop *swearing*! 別再說髒話!/Don't *swear* at me. 別對我惡言相向.

— *vt.* **1** 發誓; 句型3 (swear *to do*/*that* 子句) 發誓…, 約定. They *swore* their loyalty to the crown. 他們宣誓效忠國王/The witness *swore to* tell the truth. = The witness *swore* (*that*) he would tell the truth. 證人發誓要說出真相.

2 《口》句型3 (swear *that* 子句) 斷言…, 肯定地說. Helen *swears* she has nothing to do with it. 海倫肯定地說她與那件事毫無關係.

3 使(在法庭等)宣誓(*to*). I *swore* him *to* secrecy. 我要他發誓絕對保守祕密/They were all *sworn to* silence. 他們全都被要求發誓保持緘默.

swéar by... (1)對…發誓(→ *vi.* 1). (2)《口》非常信賴…, 認為…絕對沒錯; 極力推薦…. My father *swears by* that brand. 我父親極為信服那個品牌.

swèar/.../ín (1)(在法庭上)讓(證人等)宣誓(通常用被動語態). The witness was *sworn in* by the clerk. 那位證人透過書記官完成宣誓. (2)使(人)宣誓就職(通常用被動語態). Bill Clinton was *sworn in* as President at noon on January 20. 比爾・柯林頓於 1 月 20 日中午宣誓就任總統.

swéar óff... 《口》發誓戒除(酒, 菸等). He's *sworn off* smoking. 他發誓戒菸.

swèar/.../óut 《美》透過宣誓而取得[拘捕令]. A warrant was *sworn out* for their arrest. 為了逮捕他們而發出拘捕令.

swear·word [ˋswɛr͵wɝd, ˋswær-; ˈsweəwɜ:d] *n.* ⓒ罵人的話, 無禮的話, 詛咒, (→ swear *vi.* 3).

****sweat** [swɛt; swet] *n.* 【汗】 **1** ⓤ汗, 出汗(狀態). work dripping with *sweat* 汗水淋漓地工作/The *sweat* stood on his face. 他臉上冒著汗/Freddy wiped the beads of *sweat* from his face. 弗雷迪擦去臉上的汗珠.

囸sweat 用於人(特別是女性)的時候, 往往有一種粗鄙的感覺; → perspiration.

2 ⓐⓤ出汗; 《口》不安, 著急. in a *sweat* (→片語).

3 【流汗的工作】ⓐⓤ《口》辛苦的工作, 苦差事. What a *sweat*! 多麼辛苦的事!/A *sweat* will do him good. 流點汗對他有好處.

【像汗水的東西】 **4** ⓤ(在物品表面生出的)水氣, 水滴. the *sweat* on the wall 牆上的水滴.

àll of a swéat 《口》滿身大汗.

by [*in*] *the swèat of* one's *brów* [*fáce*] 靠自己辛苦勞動. He earned that money *by the sweat of* his brow. 他靠自己的勞力賺得那筆錢.

in a swèat 《口》流汗; 擔心, 焦急. Don't get yourself all *in a sweat*; there's nothing to worry about. 不要那麼焦急, 沒有甚麼好擔心的.

nò swéat 《口》輕鬆; 簡單, 《感歎用法》輕而易舉的事.

— *v.* (~**s** [~s; ~s]; ~, ~**ed** [~ɪd; ~ɪd]; ~**ing**) *vi.* **1** 出汗, 微微出汗; 冒冷汗. It was so hot that

they were *sweating* all over. 天氣熱得他們全身冒汗/The child *sweated* with fear. 那個孩子害怕得直冒冷汗.

2 《口》努力工作, 拼命工作. They had to *sweat* twelve hours a day in the mines. 他們必須在礦場裡一天拼命地工作十二小時.

3 〔牆上等〕冒出濕氣, 凝結水滴. The cheese *sweated* slightly soon after it was taken out of the refrigerator. 乳酪從冰箱裡取出後不久, 表面就結了一層薄薄的水珠.

— *vt.* **1** 使〔人〕出汗. *sweat* a patient 讓病人出汗/*sweat* a horse 使馬流汗.

2 讓〔人〕汗水淋漓地勞動, 無情地驅使; 以低廉的工資不當地使〔人〕工作. *sweat* one's employees 壓榨雇工.

3 使滲出濕氣[水分].

swèat blóod 《口》(1)非常辛勞地工作. (2)著急, 坐立不安. I *sweated blood* until the doctor told me the tumor was benign. 我坐立難安, 一直到醫生告訴我腫瘤是良性的 (才鬆口氣).

swèat it óut 《口》(1)做劇烈運動. (2)忍受〔討厭的事〕到底; 無論如何也要做到底.

swèat/.../óut (1)出汗治療〔病等〕. *sweat out* a cold 出汗治感冒. (2)《口》引頸企盼, 焦急等待.

***sweat·er** [ˋswɛtɚ; ˈswetə(r)] *n.* (*pl.* ~**s** [~z; ~z]) ⓒ毛線衣. knit a *sweater* 織毛線衣/Polly is wearing a pink *sweater*. 波莉穿著一件粉紅色的毛線衣.

swéat glànd *n.* ⓒ《解剖》汗腺.

swéat pànts *n.* 《作複數》運動長褲.

swéat shìrt *n.* ⓒ圓領厚料棉衫.

sweat·shop [ˋswɛt͵ʃɑp; ˈswet͵ʃɒp] *n.* ⓒ剝削勞工的工廠(在惡劣的工作環境中, 要員工長時間勞動的工廠).

swèat sùit *n.* ⓒ成套運動衣褲(包括 sweat shirt 和 sweat pants).

sweat·y [ˋswɛtɪ; ˈsweti] *adj.* **1** 〔人〕出汗的; 汗濕透的; 汗臭的. **2** 引起出汗(似)的; 悶熱的. *sweaty* work 吃力的工作. ◆ *n.* **sweat**.

Swede [swid; swi:d] *n.* ⓒ瑞典人(指個人).

***Swe·den** [ˋswidn̩; ˈswi:dn] *n.* 瑞典(北歐的國家; 首都 Stockholm; → Scandinavia 圖). The people of *Sweden* enjoy the most advanced welfare system in the world. 瑞典人享有世界上最進步的社會福利制度.

Swed·ish [ˋswidɪʃ; ˈswi:dɪʃ] *adj.* 瑞典的; 瑞典人的; 瑞典語的.

— *n.* **1** ⓤ瑞典語.

2 (加the)《作複數》瑞典人(指全體; → Swede).

****sweep** [swip; swi:p] *v.* (~**s** [~s; ~s]; ~**t** [~pt; ~pt]; ~**ing**) *vt.* 【掃】 **1** (a)(用掃帚, 刷子等)打掃, 清掃, 〔房間等〕. *Sweep* the floor. 把地板掃一掃/My mother is *sweeping* the living room. 我母親正在打掃客廳. (b)句型5 (sweep **A** **B**)把 A 打掃成 B. Barbara *swept* the room clean.

芭芭拉把房間打掃得很乾淨.

2 掃掉〔垃圾, 灰塵等〕《*away*》, 掃攏《*up*》. *sweep up* dead leaves 把枯葉掃攏在一起/*sweep* the crumbs from the table 掃掉桌上的麵包屑.

〖掃蕩〗**3** 掃蕩; 吹去; 沖走; 《*away*; *off*》. The wind *swept* all the leaves *away*. 風把樹葉都吹走了/The bridge was *swept away* by the flood. 橋被洪水沖走了.

4 一掃而空《*away*》, 撲滅, 驅逐, 《*of*》. *sweep away* all the difficulties 將所有的困難一掃而空/*sweep* enemies *out of* the country＝*sweep* the country *of* enemies 把敵人驅逐出境.

5〖全部奪得, 全盤贏得〕〔選舉, 比賽等〕大獲全勝. The Republicans *swept* the election. 共和黨在選舉中大獲全勝.

〖如打掃般迅速移動〗**6** 猛地一碰; 迅速揮動〔刷子, 手等〕. Her fingers *swept* the keys of the piano. 她的手指快速地彈奏著鋼琴琴鍵/She *swept* her brush across the canvas. 她迅速地揮舞畫筆, 在畫布上作畫.

〖迅速移動〗**7**〔颱風, 新聞等〕迅速地通過〔席捲〕〔某個區域〕; 擴展到…的全體; 〔眼睛等〕飛快掃視, 迅速地環視. A storm *swept* the southern district. 暴風雨橫掃南部地區/The miniskirt *swept* the whole country. 迷你裙風靡全國/The searchlights *swept* the darkness. 探照燈迅速地往暗處掃射.

— *vi.* 〖掃除〗**1** 掃, 掃除. Mother is busy *sweeping*. 母親正忙著打掃/A new broom *sweeps* clean. → broom.

2《加副詞(片語)》迅速走過; 一掠而過; 襲來; 飛去, 颳起. The wind *swept* over the valley. 風颳過山谷/A flock of birds *swept* by. 一群鳥兒急速飛掠而過.

〖掃除似地迅速移動〗**3** 精神抖擻地走; 大搖大擺地前進. The actress *swept* on to the stage. 女演員大搖大擺地走上舞臺.

4〔山岡, 道路等〕連綿延伸〔伸展〕, 彎曲〔蜿蜒〕不斷. The river *swept* down the hill in graceful curves. 那條河流以優美的曲線從石陵下蜿蜒而下.

swèep the bóard → board 的片語.

swèep a pérson óff his féet (1)橫掃某人的腳, 使某人跌倒在地. (2)使某人著迷, 使某人狂熱, 使某人欣喜若狂. The audience was *swept off* its feet by his speech. 聽眾被他的演說給迷住了.

swèep...under the cárpet [*rúg*] 《英》把〔看似不合適的事〕隱藏, 保密.

— *n.* ⓒ 〖打掃〗**1** 清掃, 打掃. I gave the room a good *sweep*. 我把房間好好地打掃了一下.

2 一掃; 全部奪取; 大獲全勝.

3 迅速的動作〔移動〕; (手臂, 鐮刀等)一揮; 流動, 水流似的移動, 不斷地流動; (風, 浪等)猛颳, 猛衝. with an impatient *sweep* of the hand 不耐煩地揮著手/the *sweep* of the tide 潮流/a *sweep* of wind 一陣風.

〖一掃而過後的痕跡〗**4** (通常用單數)曲線; 彎曲, 彎度很大的路〔河流〕. the *sweep* of his eyebrows 他眉毛的彎度/the *sweep* of the road 道路的大彎道.

5 (動作等的)範圍, 領域; 視界; 周圍, 一帶. beyond the *sweep* of the flashlight 在手電筒照不到的地方/within the *sweep* of the eye 在視線內/an unbroken *sweep* of desert 無邊無際的沙漠.

6《口》＝chimney sweep.

at òne swéep 一舉, 一擊.

màke a clèan swéep of... 徹底掃除…, 全部廢棄…; 獲勝, 全勝. The fire has *made a clean sweep* of the village. 那場火把村子燒得精光.

sweep·er [ˋswipɚ; ˈswiːpə(r)] *n.* ⓒ **1** 清潔工; 吸塵器. **2**(足球、曲棍球)後衛(在goalkeeper面前防守的球員).

＊**sweep·ing** [ˋswipɪŋ; ˈswiːpɪŋ] *adj.* **1** 一掃而空的; 掃蕩的; 迅速移動的; 驚人的. a *sweeping* torrent 席捲的洪流/a *sweeping* storm 狂風暴雨.

2 廣大的, 總括的; 大致的. *sweeping* reforms 整體的改革/with one *sweeping* glance 迅速地環視一下/a *sweeping* generalization 大致概括.

3 徹底的, 完全的. a *sweeping* victory 完全的〔壓倒性的〕勝利.

— *n.* (*pl.* ~s [~z; ~z]) Ⓤ 打掃.

2 (sweepings)垃圾, 廢物. throw the *sweepings* in the garbage 把掃攏後的垃圾扔進垃圾筒裡.

sweep·ing·ly [ˋswipɪŋlɪ; ˈswiːpɪŋlɪ] *adv.* 總括地; 全面地; 大致地.

‡**sweet** [swit; swiːt] *adj.* (~*er*; ~*est*) 〖感覺舒暢的〗**1** 甜的(↔bitter); 加糖的; 好吃的, 美味的. Sugar is ~. 糖是甜的/Paul is fond of *sweet* things. 保羅喜歡甜食/*sweet* tea 加糖的茶.

2 芳香的. a *sweet* smell 香氣/The roses in our garden smell *sweet*. 我們花園裡的玫瑰散發著甜美的芳香.

3〔聲音, 音樂等〕悅耳的, 美妙的, 舒適的. *sweet* music 悅耳的音樂/a *sweet* voice 美妙的聲音.

4 可愛的, 漂亮的, 絕妙的. Susie is a *sweet* little girl. 蘇西是個可愛的小女孩.

5 新鮮的. *sweet* milk〔air〕新鮮的牛奶〔空氣〕.

〖心裡舒暢的〗**6** 親切的, 和藹的. a *sweet* temper 溫和的脾氣/How *sweet* of you to come and see me! 你真好, 還特地來看我! (★女性的說法).

7 (泛指)舒暢的, 愉快的, 高興的. a *sweet* sleep 甜眠/a *sweet* home 快樂的家庭. ◇ *v.* sweeten.

be swéet on [*upon*]... 《口》喜歡…, 沈迷於….

hàve a swèet tóoth 喜歡甜食.

— *n.* (*pl.* ~s [~s; ~s]) **1** ⓒ 《英》甜點, 甜食, 糖果, (《主美》candy). a box of *sweets* 一盒糖果/Don't eat any *sweets* before dinner. 吃飯前別吃甜食.

2 ⓊⒸ 《英》餐後的甜點(冰淇淋, 布丁等).

3《文章》(the sweets)愉快, 歡樂; 令人愉快的東西, 快活的事. the *sweets* and bitters *of* life 人生的苦樂/taste the *sweets of* success 品味成功的喜悅.

4 《呼喚》(常加 my)蜜糖；親愛的.
— *adv.* =sweetly.

sweet-and-sour [ˌswitənˈsaur; ˌswiːtənˈsauə(r)] *adj.* (食物)用糖醋調味的. *sweet-and-sour* pork 糖醋排骨.

sweet·bread [ˈswitˌbrɛd; ˈswiːtbred] *n.* C 小牛、小羊的胰臟(食用).

sweet·bri·er, sweet·bri·ar [ˈswitˌbraɪɚ; ˈswiːtˈbraɪə(r)] *n.* C (植物)類似薔的一種野薔薇(紅色, 單瓣；多見於歐洲).

sweet corn *n.* U (主英)(植物)玉米, 甜玉米.

sweet·en [ˈswitn̩; ˈswiːtn] *vt.*
1 (特指加糖)使變甜. *sweeten* coffee 咖啡加糖.
2 使(味道, 聲音, 氣味等)變得香甜；悅耳；芳香.
3 減輕, 緩和(痛苦, 重擔等). **4** (口)安慰(人)；(施小惠等以)擺佈, 收買, (人), (*up*).
— *vi.* 變甜. ⇨ *adj.* sweet.

[sweetbrier]

sweet·en·er [ˈswitn̩ɚ; ˈswiːtnə(r)] *n.* C
1 甜的調味料.
2 (口)賄賂.

sweet·en·ing [ˈswitn̩ɪŋ; ˈswiːtnɪŋ] *n.* U
1 使變甜.
2 甜的調味料.

sweet flag *n.* C (植物)菖蒲.

sweet·heart [ˈswitˌhart; ˈswiːthɑːt] *n.* **1** C 情人. **2** (呼喚)甜心, 親愛的, (darling).

sweet·ie [ˈswitɪ; ˈswiːtɪ] *n.* (口) **1** C 好可愛的人(東西)(特指女性用語).
2 C(英)點心, 甜點, (特指幼兒用語).
3 (呼喚)親愛的(特用於指稱女性).

sweet·ish [ˈswitɪʃ; ˈswiːtɪʃ] *adj.* 微甜的.

sweet·ly [ˈswitlɪ; ˈswiːtlɪ] *adv.* **1** 甜甜地；芳香地；愉快地；順暢地.
2 和藹地, 親切地；漂亮地；可愛地.

sweet·meat [ˈswitˌmit; ˈswiːtmiːt] *n.* C (通常 sweetmeats)甜點(蜜餞, 糖果等).

＊sweet·ness [ˈswitnɪs; ˈswiːtnɪs] *n.* U **1** 甜；芳香；(聲音等的)美妙. The *sweetness* of the music softened my heart. 音樂的甜美舒緩了我的心.
2 可愛；舒暢；溫和；親切. the *sweetness* of her smile 她的微笑溫柔甜美.

sweet pea *n.* C (植物)香豌豆.

sweet pepper *n.* C (植物)甜椒.

sweet potato *n.* C (植物)甘薯, 地瓜.

sweet talk *n.* U (口)奉承, 諂媚.

sweet-talk [ˈswitˌtɔk; ˈswiːtˈtɔːk] *vt.* (口)用甜言蜜語勸說；勸誘(*into*).

sweet William *n.* C 美國石竹(產於美國的觀賞性植物).

＊swell [swɛl; swel] *v.* (~s [~z; ~z]; ~ed [~d; ~d]; ~ed, swol·len; ~·ing) *vi.*
【膨脹】**1** 膨脹；鼓起；(手腳等)腫脹；隆起, 突起；(河水等)高漲, (*up*). The balloon *swelled*. 氣球漲大了/My injured finger began to *swell* (*up*). 我受傷的指頭開始腫起來/The buds are *swelling*. 花蕾漸漸長大/The river *swelled* with the rain. 河流因爲降雨使水位高漲.
2 《口》(心)充滿了…(*with*). Her heart *swelled* with sorrow. 她滿心悲戚.
【增大】**3** (數量)增加, 增大；(聲音等)升高. My bank account has been *swelling*. 我的銀行存款額持續增加.
— *vt.* **1** 使膨脹；使腫脹；使(水位等)高漲. The wind *swelled* (out) the sails. 風將帆吹得鼓起/The river was *swollen* with the rain. 河流因爲雨水而上漲.
2 增加(數量), 使增大. *swell* the population 使人口增加/His expenditures were *swollen* by extravagance. 他的開支因奢侈揮霍而節節高漲.
— *n.* (*pl.* ~s [~z; ~z]) **1** C (用單數)漲大, 膨脹；(數量的)增大, 增加. a *swell* in population 人口的膨脹.
2 C (用單數)(陸地, 胸脯等的)隆起, 鼓起. the *swell* of the ground 地面的隆起/the *swell* of the upper arm 上臂隆起的部分.
3 C (暴風雨後等的)大浪(連續不間斷的波浪).
4 U C (聲音的)高揚；(音樂)(音量的)漸強漸弱；C 漸強漸弱符號(<-->).
— *adj.* (美、口)了不起的；一流的, 很棒的. a *swell* hotel 很棒的旅館/a *swell* tennis player 網球好手/That's *swell*. 那太棒了.

swelled head *n.* C (主美、口)極度地驕傲自大, 非常的自負. (英) swollen head).

swell·ing [ˈswɛlɪŋ; ˈswelɪŋ] *n.* **1** U 膨脹；增大. **2** C 腫, 瘤, 隆起部分.

swel·ter [ˈswɛltɚ; ˈsweltə(r)] *vi.* (人)熱得發昏, 汗水淋漓. *swelter* under a tropical sun 在熱帶的豔陽下汗流浹背.
— *n.* U 炎熱, 酷暑.

swept [swɛpt; swept] *v.* sweep 的過去式、過去分詞.

swerve [swɝv; swɜːv] *vi.* **1** 偏離(*from* 〔目的, 目標等〕). The bullet *swerved from* the mark. 子彈偏離了目標/He has never *swerved from* his duty. 他從未踰越他的職責. **2** (進行中)突然偏離[靠近]一側. I saw the car *swerve* toward me. 眼看車子突然朝我的方向靠過來.
— *n.* C (突然的)偏向, 急轉彎.

Swift [swɪft; swɪft] *n.* **Jonathan** ~ 斯威夫特(1667-1745)(英國諷刺作家, Dublin 的牧師；《格列佛遊記》(*Gulliver's Travels*)的作者).

＊swift [swɪft; swɪft] *adj.* (~·er; ~·est) **1** 快的, 迅速的, (↔ slow). a *swift* horse 跑得快的馬/She is *swift* in her movements. 她的動作很敏捷. 回 swift 是較正式的用語, 常表不僅速度快且動作流利之意；→ fast[1].
2 (做…)很快的；易於…的;(*to do*)；立即變成…的(*to*). Arthur is *swift* to judge others. 亞瑟

動輒批評他人/be *swift to* anger 動不動就發怒.

3 立即的, 立刻的. a *swift* reply 即刻回答/the *swift* execution of the plan 計畫迅速實施.

— *n.* ⓒ(鳥)雨燕((飛行能力特別出色)).

[swift]

swift·ly [ˈswɪftlɪ; ˈswɪftlɪ] *adv.* 迅速地, 敏捷地. run *swiftly* 疾速地奔跑/work *swiftly* 敏捷地工作/Time goes very *swiftly*. 時間飛快地流逝.

swift·ness [ˈswɪftnɪs; ˈswɪftnɪs] *n.* ⓤ迅速, 敏捷.

swig [swɪg; swɪg] (口) *vt.* (~s; ~ged; ~·ging) 一口氣喝, 大口地喝.

— *n.* ⓒ痛飲.

swill [swɪl; swɪl] *vt.* **1** (口)大口大口地喝; 暴飲.

2 (主英)(注入大量的水)洗, 洗刷, (*out*; *down*). — *vi.* (口)痛飲.

— *n.* **1** ⓒ(口)痛飲. **2** ａⓤ(主英)洗濯. give one's mouth a *swill* 漱口.

3 ⓤ(廚房的)剩飯; 豬的飼料(主要來源爲廚房的餿水).

swim [swɪm; swɪm] *v.* (~s [~z; ~z]; swam; swum; ~·ming) *vi.* 【游泳】**1** 游泳. *swim* on one's back 仰泳/"Can you *swim*?" "No, I can't." 「你會游泳嗎?」「不, 我不會游」/My brother *swims* well. 我哥哥很會游泳/They *swam* across the river. 他們游過河/Let's go *swimming*. 我們去游泳吧.

【游泳似地動】 **2** 輕盈地移動[行走]. She *swam* into the room. 她輕盈地走進房間.

3 暈眩, (頭)發暈; 眼花. My head is *swimming*. 我的頭發暈.

【浮】 **4** 漂浮. Leaves were *swimming* on the water. 樹葉漂浮在水面上.

5 【浮在液體中】滿溢, 充滿, ((with, in)); 浸泡, 浸水, ((in)). Her eyes were *swimming* with [in] tears. 她的眼眶充滿了淚水/The floor was *swimming* with blood. 地板上都是血/*swim* in delight 沈浸在喜悅中/meat *swimming* in gravy 浸透肉汁的肉.

— *vt.* **1** 游過(河流, 海峽等). *swim* a river 游過河流/*swim* the (English) Channel 游泳橫渡英吉利海峽((擅於長泳者的自我挑戰)).

2 使游過. They *swam* their horses across the river. 他們讓馬游過河.

3 參加(泳賽); 游(⋯式游法). *swim* a race 比賽游泳/*swim* a dynamic butterfly 游充滿活力的蝶式.

swìm agàinst the tíde [*stréam*] 違背時勢.

swìm with the tíde [*stréam*] 順應潮流.

— *n.* (*pl.* ~s [~z; ~z]) ⓒ(通常用單數)游泳; 游的距離. have a *swim* 游一會兒/Let's go (out)

for a *swim*. 我們出去游泳吧.

in the swím 順應潮流; 識時務.

out of the swím 跟不上潮流; 不識時務.

swim·mer [ˈswɪmɚ; ˈswɪmə(r)] *n.* (*pl.* ~s [~z; ~z]) ⓒ游泳者; (加形容詞)泳技⋯的人. a good [poor] *swimmer* 泳技好[差]的人.

swim·ming [ˈswɪmɪŋ; ˈswɪmɪŋ] *n.* **1** ⓤ游泳. (→ bathe *n.* ★). *swimming* contest [meet] 泳賽. **2** ａⓤ暈眩. have a *swimming* in the head 頭暈.

swimming bàth *n.* ⓒ(英)(通常指公共的室內)游泳池.

swímming còstume *n.* =swimsuit.

swim·ming·ly [ˈswɪmɪŋlɪ; ˈswɪmɪŋlɪ] *adv.* 順利地, 輕鬆地; 節奏輕快地.

swímming pòol *n.* ⓒ游泳池(★也可簡稱爲pool).

swímming sùit *n.* =swimsuit.

swímming trùnks *n.* (作複數)泳褲.

swim·suit [ˈswɪmˌsut; ˈswɪmsuːt] *n.* ⓒ泳裝(連身式).

swin·dle [ˈswɪndl; ˈswɪndl] *vt.* 欺騙(人), 詐取; 騙取((out of(人)), 騙取((out of(錢財等)). You've been *swindled*. 你被騙了/*swindle* him *out of* his money=*swindle* money *out of* him 騙他的錢. 回swindle 特指利用別人的信任以詐取金錢; → defraud.

— *n.* ⓒ **1** 詐欺, 作假欺騙. He was arrested for a *swindle*. 他因詐欺而遭逮捕.

2 (口)假貨, 贋品.

swin·dler [ˈswɪndlɚ; ˈswɪndlə(r)] *n.* ⓒ騙子, 詐欺者.

swine [swaɪn; swaɪn] *n.* (*pl.* ~) ⓒ **1** 豬(★(英)爲動物學用語, 除此之外爲(古); 通常作複數(→ pig 參考))). cast [throw] pearls before *swine* 把珍珠扔給豬(出自新約聖經), 對牛彈琴之意).

2 (口)(常用於呼喚)膽小鬼; 貪心鬼; 討厭鬼. You *swine*! 你這個畜生!

swine·herd [ˈswaɪnˌhɝd; ˈswaɪnhɜːd] *n.* ⓒ養豬人.

swing [swɪŋ; swɪŋ] *v.* (~s [~z; ~z]; swung; ~·ing) *vi.* 【懸著晃動】**1** 〔懸掛的東西〕搖晃, 擺動. He was watching the pendulum *swing* on the old clock. 他看著那座老鐘的鐘擺擺來回擺動/Our arms *swing* as we walk. 我們走路時會擺動手臂/The hanging rope was *swinging* to and fro. 垂掛的繩索前後晃動著.

2 懸著, 吊著; (懸著)突然移動. *swing* from a tree 吊在樹上/*swing* on the rope 用繩吊著.

3 (口)(因⋯罪而)被處以絞刑((for)).

4 盪鞦韆. My son likes to *swing* in the park. 我兒子喜歡在公園裡盪鞦韆.

【急速搖動】**5** 迴轉, 旋轉. 句型2(swing A) [門等]轉成A的狀態; 拐彎((風向, 意見等)轉換方向, 完全改變. He *swung* around to see me. 他轉過頭來看我/The door *swung* to with a loud click. 門咔嚓地大聲關上了/The gate *swung* open

[closed]. 大門啪地一聲開了[關住]/The road *swings* to the left here. 路在這裡向左拐了很大一個彎/France *swung* back to protectionism. 法國轉而重新主張貿易保護主義.

〖〖揮舞〗〗 **6** 打, 毆打, 《at》. *swing at* him 揍他/That player has a habit of *swinging at* bad pitches. 那位球員常常會打壞球揮棒.

7 (擺動身體)疾走; 猛跑; 靈活地活動. George came *swinging* along. 喬治蹦蹦跳跳地來了.

8 〔音樂〕具有強烈的節奏.

9 《俚》《人》趕時髦, 具有現代風格.

— *vt.* **1** 搖晃, 使晃動; 揮; 搖動; 搖著哄《小孩》. *swing* one's arms 揮動雙臂/Don't *swing* your handbag as you walk. 不要一邊走一邊亂甩手提包.

2 懸吊起《吊床等》. *swing* a hammock between nearby trees 在鄰近的樹之間掛起吊床.

〖〖揮舞〗〗 **3** 揮舞《武器, 球棒等》; 使《物》迴轉; 使《車子等》轉彎; 揮起, 輕輕舉起. *swing* a bat (at the ball) (對準球)揮出球棒/I *swung* the bag onto my back. 我把袋子甩到背上/The driver *swung* his car into a side road. 駕駛員拐個彎, 把車子開進了旁邊的岔路.

4 〔句型5〕(swing **A B**)把A轉成B的狀態. A blast of wind *swung* the door shut. 一陣風突然颳來, 把門啪地一聲關上了.

5 《隨心所欲地操縱》《美、俚》順利地處理〔事〕; 對…行使影響力. *swing* a deal 順利成交. *swing the léad* 《英、俚》假裝生病等而偷懶.

— *n.* (*pl.* ~s [~z; ~z]) **1** [UC]振動, 搖動; 揮動; 揮舞. the *swing* of the pendulum (→ pendulum 的片語)/with a few *swings* of the axe 揮動了幾下斧頭.

2 [C]振幅, 搖擺的幅度[距離].

3 [C]變動, 很大的變化. a *swing* in prices 物價的波動.

4 [C]鞦韆; 盪鞦韆. get on a *swing* 盪鞦韆/have a *swing* 玩盪鞦韆.

5 [C]輕快而帶節奏的步態. walk with a *swing* 蹦蹦跳跳地走.

6 [a U]〔音樂, 詩〕節奏, 調子. the *swing* of a dance tune 舞曲的節奏.

7 [U]行動的自由, 隨心所欲. Give him full *swing*. 給他足夠的自由.

8 [U](爵士樂的)搖擺樂(流行於1930年代後半至1940年代).

gèt in [*into*] *the swíng of...* 《口》〔事情, 情況〕明白了; 習慣.

gò with a swíng (1)〔音樂, 詩〕具有優美的節奏. (2)順利地進行.

in fùll swíng 正在最高潮中; 正在全力進行中. The party was *in full swing* when I got there. 當我到達的時候, 宴會正進行到最熱鬧的時候.

swings and róundabouts 《主英、口》有得有失(的情形)《<lose on the swings what you make on the roundabouts (在旋轉木馬上得到的, 在鞦韆上失去)》.

swíng brídge *n.* [C]迴旋橋.

[swing bridge]

swinge·ing [ˈswɪndʒɪŋ; ˈswɪndʒɪŋ] *adj.* 《主英、口》**1** 〔打擊等〕很強的, 厲害的, 嚴厲的.

2 〔特指金錢, 財政〕極大的, 龐大的. The government has announced *swingeing* increases in income tax. 政府宣布在所得稅稅收方面有極爲龐大的增加.

swing·er [ˈswɪŋɚ; ˈswɪŋə(r)] *n.* [C] **1** 爽朗活潑的人. **2** (特指性方面)自由豪放的人.

swing·ing [ˈswɪŋɪŋ; ˈswɪŋɪŋ] *adj.* **1** 搖動的; 轉動的. **2** 爽朗活潑的.

3 (特指性方面)自由的.

swìng·ing dóor *n.* [C] (前後開的)迴轉門《一推即開, 離手即關》.

swíng mùsic *n.* =swing *n.* 8.

swin·ish [ˈswaɪnɪʃ; ˈswaɪnɪʃ] *adj.* 像豬似的; 粗野的; 下流的.

swipe [swaɪp; swaɪp] *n.* [C] **1** 猛擊, 用力揮棒, 《板球等》; 猛然一擊. I made a *swipe* at the fly with the newspaper. 我用報紙用力打蒼蠅.

2 指責.

— *vt.* **1** 猛擊[用力揮打]《板球等》; 猛然擊打….

2 《口》偷盜, 矇騙, 〔物品等〕.

— *vi.* 猛擊《at》.

swirl [swɝl; swɜːl] *vi.* **1** 〔水, 空氣等〕打漩. the *swirling* water 打著漩渦的水.

2 〔頭〕暈眩; 目眩.

— *vt.* **1** 使〔水, 空氣等〕打漩.

2 使捲入漩渦被水捲走《away; off》.

— *n.* **1** 渦, 漩渦. a *swirl* of dust 打漩的塵土.

swish [swɪʃ; swɪʃ] *vt.* 咻咻地揮動〔鞭子等〕; 使發出咻咻聲.

— *vi.* **1** 咻咻作響; 咻咻地飛.

2 〔衣服等〕發出沙沙的摩擦聲.

— *n.* 咻咻[沙沙]聲.

— *adj.* 《主英、口》漂亮的, 時髦的.

*Swiss [swɪs; swɪs] *n.* (*pl.* ~) **1** [C]瑞士人.

2 (加the)(集合)瑞士人, 瑞士國民. The *Swiss* are mostly people of Germanic or Latin origin. 瑞士人大都是日耳曼民族或拉丁民族的後裔.

— *adj.* 瑞士的; 瑞士風格的; 瑞士人的. *Swiss* neutrality 瑞士的中立政策/*Swiss* cheese 瑞士乳酪.
★國名爲 Switzerland.

Swìss róll *n.* [C]《主英》瑞士捲《在海綿蛋糕上

塗上果醬或奶油後捲成的蛋糕).

※switch [swɪtʃ; swɪtʃ] *n.* (*pl.* ~·**es** [~ɪz; ~ɪz])
© **1** (電的)開關; turn on [off] the light *switch* 打開[關上]電燈開關.

2 (主美)(鐵路)轉軌器((英)) points).

3 轉換; 交換; 代替; (急遽的)變化, 變更. a *switch* in attitude 態度的轉變[驟變].

4 (特指從樹上截取的)柔軟的枝條; 鞭子. whip with a *switch* 用鞭子抽打.

5 (通常指長的)假髮, 假髮絡.
— *v.* (~·**es** [~ɪz; ~ɪz]; ~ed [~t; ~t]; ~·ing) *vt.*
1 使改變, 轉換; 交換. Let's *switch* the party to Friday. 我們把宴會改到星期五吧!/*switch* ideas 交換意見.

2 (火車等)轉轍. The train was *switched* to another track. 火車轉到另一條軌道上.

3 開關(電燈等). *switch* off [on](→片語).

4 用鞭子[尾巴]打. The horse *switched* the flies off his back with his tail. 馬兒揮動尾巴趕走背上的蒼蠅.
— *vi.* 改變, 轉變. That politician has *switched* to the opposition party. 那個政客轉投向在野黨/ I've *switched* to a milder brand of cigarettes. 我改抽一種味道較淡的香菸品牌.

* switch/.../óff¹ 關掉(電燈等), 關掉…的開關. Please *switch* off the TV [light]. 請將電視機[電燈]關掉.

switch óff² (1)關掉開關.
(2)(口)打斷[對方的]話.

switch/.../ón¹ 打開(電燈等), 打開…的開關. He *switched* on the radio. 他打開了收音機.

switch ón² 打開開關.

switch óver (1)轉換, 轉換, (*from*; *to*). I've *switched over* from Protestant *to* Catholic. 我從新教改信天主教.
(2)切換(電視, 電臺的)頻道.

switch·back [`swɪtʃ͵bæk; ʹswɪtʃbæk] *n.* ©
1 (鐵路)Z字形軌道(為了在山區爬升而鋪設).
2 (陡坡的)Z字形道路, Z字形坡道.
3 (英)=roller coaster.

switch·blade [`swɪtʃ͵bled; ʹswɪtʃbleɪd] *n.* ©
(美)彈簧刀((英)) flick knife).

switch·board [`swɪtʃ͵bord, -͵bɔrd; ʹswɪtʃbɔːd]
n. © (電力的)配電盤; (電話的)總機.

switch-hit·ter [`swɪtʃ͵hɪtɚ; ʹswɪtʃhɪtə(r)] *n.*
© (棒球)左右開弓型打者(在左右的打擊位置上能能擊球的打者).

switch·man [`swɪtʃmən; ʹswɪtʃmən] *n.* (*pl.*
-men [-mən; -mən]) © (美)(鐵路)負責將火車換軌的人((英)) pointsman).

*Switz·er·land [`swɪtsɚlənd; ʹswɪtsələnd] *n.*
瑞士(歐洲中部的國家; 首都 Bern). *Switzerland* is a highly industrialized nation. 瑞士是高度工業化的國家. ⇨ *adj.* Swiss.

swiv·el [`swɪvl; ʹswɪvl] *n.* © **1** (機械)旋轉接

頭, 鉤環, 旋轉軸承, ((相連的兩個零件可自由任意旋轉)). **2** (旋轉椅的)旋轉臺.
— *v.* (~s; (美)) ~ed; (英)) ~led; (美)) ~ing, (英)) ~ling) *vt.* **1** (用鉤環)轉…. **2** 在…上裝轉軸.
— *vi.* (用鉤環)轉.

swiv·el châir *n.* ©
旋轉椅.

[swivels 1]

swol·len [`swolən; swoln; ʹswəʊlən](★注意發音) *v.* swell 的過去分詞.
— *adj.* **1** 腫起的; 膨脹的; 漲滿水的. *swollen* feet 腫脹的雙腳/a *swollen* river 水位上漲的河流.
2 (限定)(評價等)過高的, 誇大的; 驕傲自負的. *swollen* head(→見 swelled head).

swoon [swun; swuːn] *vi.* **1** (雅)(詼)出神; (因強烈的感情, 痛苦等而差點)昏厥. *swoon* for joy 高興得差點昏倒.
2 暈厥, 迷迷, (★現在通用 faint).
— *n.* ©(雅)暈厥, 昏倒, (faint). fall into a *swoon* 昏倒.

swoop [swup; swuːp] *vi.* (鷹等)從高處俯衝下來; 猛襲目標; (*on*); (軍隊等)突襲(*on*). The hawk *swooped* down *on* its prey. 老鷹鎖定獵物猛然飛撲而下.
— *vt.* 猛然抓住, 攫取, ((*up*)).
— *n.* © 自高處飛撲下來; 猝然攻擊. at [with] a *swoop* 猛然地[突襲等].

swop [swɑp; swɒp] *v.* (~s; ~ped; ~ping), *n.* = swap.

※sword [sord, sɔrd; sɔːd](★注意發音) *n.* (*pl.* ~s [~z; ~z]) © **1** 劍, 刀. an old Chinese *sword* 一把中國的古劍/draw a *sword* 拔刀. 圖dagger 是短劍, saber 是軍刀, rapier 是專用於刺, 戳的細劍, bayonet 是槍上的刺刀.

dagger　　　cutlass
rapier　　　saber

[swords 1]

2 (加 the 作單數)武力, 兵力. The pen is mightier than the *sword*. (諺)文勝於武/Those who live by the *sword* perish by the *sword*. 恃武而存者必因此而敗亡.

at swórd pòint = at the pòint of the swórd 在刀尖下; 被脅迫地; 以武力.

at swórds' póints 關係極為惡化的, 爭吵[戰爭]一觸即發的, 即將發生衝突的, 劍拔弩張的. I wouldn't *cross swords with* him, if I were you. 我若是你, 決不會和他爭.

cròss swórds with... (1)和…交鋒, 交戰. (2)和…針鋒相對, 爭論. I wouldn't *cross swords with* him, if I were you. 我若是你, 決不會和他爭.

pùt...to the swórd (雅)以刀斬殺…, 殺死…

sword·fish [ˋsord͵fɪʃ, ˋsɔrd-; ˋsɔːdfɪʃ] *n.* (*pl.* ~, ~·es) ⓒ《魚》旗魚《上顎呈劍狀》.

[swordfish]

sword·play [ˋsord͵ple, ˋsɔrd-; ˋsɔːdpleɪ] *n.* Ⓤ
1 劍術, 擊劍.
2 彼此間的激烈爭論.

swords·man [ˋsordzmən, ˋsɔrd-; ˋsɔːdzmən] *n.* (*pl.* -men [-mən; -mən]) ⓒ 劍客, 劍術家.

swords·man·ship [ˋsordzmən͵ʃɪp, ˋsɔrd-; ˋsɔːdzmənʃɪp] *n.* Ⓤ 劍道, 劍術.

swore [swor, swɔr; swɔː(r)] *v.* swear 的過去式.

sworn [sworn, swɔrn; swɔːn] *v.* swear 的過去分詞.
— *adj.* 《限定》發過誓的, 宣誓完畢的; 義結誓盟的; 絕對的. *sworn* brothers [friends] 盟友/ *sworn* enemies 不共戴天的仇敵/ *sworn* evidence 宣誓後所提出的證據.

swot [swɑt; swɒt] *vt.* (~s; ~·ted; ~·ting)《英、口》用功讀書(*up*). I'm *swotting* up my mathematics for tomorrow's test. 我正在猛 K 數學應付明天的考試.
— *n.* ⓒ《英、口》死讀書的(學生).

swum [swʌm; swʌm] *v.* swim 的過去分詞.

swung [swʌŋ; swʌŋ] *v.* swing 的過去式、過去分詞.

swúng dàsh [《英》 ～] *n.* ⓒ 波形符號, 代字號, 《~》.

syc·a·more [ˋsɪkə͵mor, -͵mɔr; ˋsɪkəmɔː(r)] *n.*
ⓒ《植物》**1** 一種無花果樹《產於中東、近東》.
2 《英》大楓樹.
3 《美》美國梧桐, 篠懸木《一種 plane⁴》.

syc·o·phant [ˋsɪkəfənt; ˋsɪkəfænt] *n.* ⓒ 諂媚者, 阿諛者; 追隨者.

syc·o·phan·tic [͵sɪkəˋfæntɪk; ͵sɪkəʊˋfæntɪk] *adj.* 阿諛的, 諂媚的.

[sycamore 2]

Syd·ney [ˋsɪdnɪ; ˋsɪdnɪ] *n.* 雪梨《位於澳洲東南部的港都》.

syl·la·bi [ˋsɪlə͵baɪ; ˋsɪləbaɪ] *n.* syllabus 的複數.

syl·lab·ic [sɪˋlæbɪk; sɪˋlæbɪk] *adj.* **1** 音節的.
2 由音節所構成的; 表示音節的; 構成音節的.

syl·lab·i·cate [sɪˋlæbɪ͵ket; sɪˋlæbɪkeɪt] *vt.* 劃分⋯音節, 音節劃分.

syl·lab·i·ca·tion [sɪ͵læbɪˋkeʃən; sɪ͵læbɪˋkeɪʃn] *n.* Ⓤ 音節劃分, 音節劃分法.

syl·lab·i·fi·ca·tion [sɪ͵læbəfəˋkeʃən;

sɪ͵læbɪfɪˋkeɪʃn] *n.* = syllabication.

syl·lab·i·fy [sɪˋlæbə͵faɪ, sɪˋlæbɪfaɪ] *v.* (-fies; -fied; ~·ing) = syllabicate.

* **syl·la·ble** [ˋsɪləbl; ˋsɪləbl] *n.* (*pl.* ~s [~z; ~z])
ⓒ **1** 音節《以母音為主構成母音小節的語音單位; 有時由一個母音就可構成音節; 例如 syllable 這個字由 [sɪl; sɪl], [ə; ə], [bḷ; bl] 三個音節組成, 但在拼字上則劃分為 syl, la, ble》. There are three *syllables* in the word 'restaurant.' restaurant 這個字有三個音節.
2 一句話, 一個字. Don't breathe a *syllable* of this. 這件事一個字都不能洩露/ in words of one *syllable* 簡單的[直率的] [回答等].

syl·la·bus [ˋsɪləbəs; ˋsɪləbəs] *n.* (*pl.* ~·es, -bi) ⓒ (大學等的)課程(概要)一覽表; (課程的)摘要; (課程)時間表.

syl·lo·gism [ˋsɪlə͵dʒɪzəm; ˋsɪlədʒɪzəm] *n.* ⓒ (邏輯)三段論法《由大前提(major premise)、小前提(minor premise)及結論(conclusion)構成》.

syl·lo·gis·tic [͵sɪləˋdʒɪstɪk; ͵sɪləˋdʒɪstɪk] *adj.* 三段論法的.

sylph [sɪlf; sɪlf] *n.* ⓒ **1** 空氣的精靈. **2** 窈窕優雅的女性.

syl·van [ˋsɪlvən; ˋsɪlvən] *adj.* 《雅》森林的; 居住在森林裡的.

Syl·vi·a [ˋsɪlvɪə; ˋsɪlvɪə] *n.* 女子名.

sym- *pref.* syn- 的變體《在 b, m, p(h)之前》. *sym*pathy. *sym*phony.

sym·bi·o·sis [͵sɪmbaɪˋosɪs, ͵sɪmbɪ-; ͵sɪmbɪˋəʊsɪs] *n.* Ⓤ《生物學》共生《如螞蟻和蚜蟲的關係》.

sym·bi·ot·ic [͵sɪmbaɪˋɑtɪk, -bɪ-; ͵sɪmbaɪˋɒtɪk] *adj.* 共生的.

* **sym·bol** [ˋsɪmbl; ˋsɪmbl] *n.* (*pl.* ~s [~z; ~z])
ⓒ **1** 象徵, 表徵. The cross is a *symbol* of Christianity. 十字架是基督教的象徵.
2 記號, 符號, 《for》. a chemical *symbol* 化學符號/ a phonetic *symbol* 音標符號/ On road signs, P is a *symbol for* parking. 交通標誌中的 P 是表示 parking(停車場)的記號.

* **sym·bol·ic, sym·bol·i·cal** [sɪmˋbɑlɪk; sɪmˋbɒlɪk], [-k; -kl] *adj.* **1** 象徵性的, 象徵的; 作為象徵的《of》. a *symbolic* meaning 象徵的意義/ A dove is *symbolic* of peace. 鴿子象徵和平.
2 記號的, 符號的. **3** 象徵主義的.

sym·bol·i·cal·ly [sɪmˋbɑlɪklɪ; sɪmˋbɒlɪkəlɪ] *adv.* 象徵性地; 符號性地, 藉由符號地.

sym·bol·ism [ˋsɪmbl͵ɪzəm; ˋsɪmbəlɪzəm] *n.* Ⓤ《文學、藝術的》象徵主義.

sym·bol·ist [ˋsɪmblɪst; ˋsɪmbəlɪst] *n.* ⓒ 象徵主義者.

sym·bol·i·za·tion [͵sɪmblˋəˋzeʃən, -aɪˋz-; ͵sɪmbəlaɪˋzeɪʃn] *n.* Ⓤ象徵化; 符號化.

sym·bol·ize [ˋsɪmbl͵aɪz; ˋsɪmbəlaɪz] *vt.* **1** 象徵⋯, 表示⋯, 為⋯的象徵[符號]. *symbolize*

truth 象徵眞理. **2** 使象徵[符號]化.

sym·met·ric, sym·met·ri·cal
[sɪˋmɛtrɪk; sɪˊmetrɪk], [-k], -kl] adj. (左 右)相稱的, 對稱的; 保持平衡[均衡]的.

sym·met·ri·cal·ly [sɪˋmɛtrɪklɪ, -lɪ; sɪˊmetrɪkəlɪ] adv. 對稱地; 保持平衡地. There were two pictures hung on the wall, *symmetrically* placed at equal distances from the door. 兩幅畫等距離對稱地掛在門兩邊的牆上.

sym·me·try [ˋsɪmɪtrɪ; ˋsɪmɪtrɪ] n. U **1** (左右)對稱, 相稱. **2** 均衡, 勻稱之美; 和諧之美. the perfect *sym·metry* of the garden 庭院造景的完美勻稱.

***sym·pa·thet·ic** [͵sɪmpəˋθɛtɪk; ͵sɪmpəˊθetɪk] adj. **1** 有同情心的, 體諒人的; 感到同情的, ((to, toward)). a *sympathetic* person 有同情心的人/ They were all *sympathetic* to [toward] the orphan. 他們都對那個孤兒深感同情.
2 共鳴的, 有好感的, 有同感的, ((to)); 贊成的, ((to, toward)). He's *sympathetic* to our plan. 他贊成我們的計畫.
⇨ n. **sympathy**.

sym·pa·thet·i·cal·ly [͵sɪmpəˋθɛtɪklɪ, -lɪ; ͵sɪmpəˊθetɪkəlɪ] adv. 同情地; 共鳴地.

sym·pa·thies [ˋsɪmpəθɪz; ˋsɪmpəθɪz] n. sympathy 的複數.

sym·pa·thise [ˋsɪmpə͵θaɪz; ˋsɪmpəθaɪz] v. ((英))=sympathize.

***sym·pa·thize** [ˋsɪmpə͵θaɪz; ˋsɪmpəθaɪz] vi. (-thiz·es (~ɪz; ~ɪz); ~d (~d; ~d); -thiz·ing)
1 同情, 覺得…可憐, ((with)). Susie *sympathized* with her friend. 蘇西同情她的朋友.
2 共鳴, 有同感, 贊成, ((with)). I do not *sympathize* with his view. 我不贊成他的意見.
⇨ n. **sympathy**.

sym·pa·thiz·er [ˋsɪmpə͵θaɪzɚ; ˋsɪmpəθaɪzə(r)] n. C **1** 同情者. **2** 共鳴者, 支持者.

‡**sym·pa·thy** [ˋsɪmpəθɪ; ˋsɪmpəθɪ] n. (pl. -thies) **1** U同情; 憐憫; 體諒; ((with, for))(→ pity 同). weep in *sympathy* 因同情而哭泣/The Mayor expressed deep *sympathy* for the victims. 市長對罹難者致上深切的憐憫之意.

┌搭配┐ adj.+sympathy: heartfelt ~ (由衷的同情), strong ~ (強烈的同情) // v.+sympathy: arouse ~ (喚起同情), feel ~ (感到同情), show ~ (表示憐憫)

2 UC(通常 sympath*ies*) 同情的言語[表現]; 同情的感覺; 弔唁. You have my *sympathies*. 我很同情你(=Please accept my *sympathies*.).
3 UC共鳴, 同感, 贊成, ((with, for)); (sympath*ies*)共鳴的情緒, 共同點; (↔ antipathy). The President expressed *sympathy* for the plan. 總統同意該項計畫/We have a lot of *sympathies* in common. 我們有許多共同點.

⇨ adj. **sympathetic**. v. **sympathize**.

***in sympathy with...** 同情…, 對…產生共鳴; 與……一致. They were not *in sympathy with* the strike. 他們不贊成這次的罷工.

┌字源┐ PATH「感情」: sym*pathy*, a*pathy* (冷漠的), *pathetic* (可憐的), tele*pathy* (心電感應).

sýmpathy strìke n. C同情[支援]罷工.

sym·phon·ic [sɪmˋfɑnɪk; sɪmˊfɒnɪk] adj. 交響樂的. a *symphonic* poem 交響詩.

***sym·pho·ny** [ˋsɪmfənɪ; ˋsɪmfənɪ] n. (pl. -nies (~z; ~z)) C **1** 交響曲((樂)). Beethoven's 5th *symphony* 貝多芬第 5 號交響曲.
2 交響樂團(symphony orchestra).

sýmphony órchestra n. C交響樂團.

sym·po·si·a [sɪmˋpozɪə; sɪmˊpəʊzjə] n. symposium 的複數.

sym·po·si·um [sɪmˋpozɪəm; sɪmˊpəʊzjəm] n. (pl. ~s, -si·a) C **1** 座談會, 討論會, ((特指就學術上的問題互相交換意見)).
2 論文集(有關同一主題的各種觀點, 意見).

***symp·tom** [ˋsɪmptəm; ˋsɪmptəm] n. (pl. ~s (~z; ~z)) C **1** (疾病等的)徵候, 症狀. The patient is developing the *symptoms* of pneumonia. 那位病人開始出現肺炎的症狀.
2 (事物的)徵兆, 前兆. a *symptom* of social change 社會變遷的徵兆.

symp·to·mat·ic [͵sɪmptəˋmætɪk; ͵sɪmptəˊmætɪk] adj. 有(成爲)徵兆的((of)). Unusual thirst may be *symptomatic* of diabetes. 異常的口渴可能是糖尿病的徵兆.

syn- pref.「共同, 合成, 同時, 類似」之意(→sym-). *synonym*. *synthesis*.

syn·a·gogue [ˋsɪnə͵gɔg, ͵-͵gɑg; ˋsɪnəgɒg] n. C **1** 猶太教堂.
2 (加 the) (爲了做禮拜的)猶太人集會.

[synagogue 1]

sync, synch [sɪŋk; sɪŋk] n. ((口)) =synchronization.

syn·chro·mesh [ˋsɪŋkrə͵mɛʃ, ˋsɪn-; ͵sɪŋkrəʊˊmeʃ] n. U (汽車齒輪的)同步嚙合裝置.

syn·chro·ni·za·tion [͵sɪŋkrənaɪˋzeʃən;

,sɪŋkrənaɪˈzeʃn] n. ⓤ同時發生；同時性.

syn·chro·nize [ˈsɪŋkrəˌnaɪz, ˈsɪn-; ˈsɪŋkrənaɪz] vi. 時間一致，同時發生，《with》.
— vt. 1 使〔兩種以上的事物〕同時發生，使同步.
2 使…的時間一致. Let's *synchronize* our watches. 我們把手錶的時間調相同吧.
3 《電影、電視》使〔聲音〕與畫面同步.

synchronized swimming n. ⓤ同步花式游泳《配合音樂進行的水上芭蕾比賽》.

syn·chro·nous [ˈsɪŋkrənəs, ˈsɪn-; ˈsɪŋkrənəs] adj. 同時發生的，同步的.

syn·co·pate [ˈsɪŋkəˌpet, ˈsɪn-; ˈsɪŋkəpeɪt] vt.
1 《音樂》切分〔樂曲〕. 2 《語言》詞中省略.

syn·co·pa·tion [ˌsɪŋkəˈpeʃən, ˌsɪn-; ˌsɪŋkəˈpeɪʃn] n. ⓤ 1 《音樂》切分.
2 《語言》詞中省略；節縮作用.

syn·di·cal·ism [ˈsɪndɪkˌlɪzəm; ˈsɪndɪkəlɪzəm] n. ⓤ工團主義《主張工會以總罷工等行動從資本家手中奪取生產工具與分配工具》.

syn·di·cate [ˈsɪndɪkɪt, -ket; ˈsɪndɪkət] (★與 v. 的發音不同) 1 ⓒ (★單數亦可作複數) 1 《經濟》企業財團，企業聯合組織,《cartel 更進一步發展後的形式；→ cartel, trust》.
2 新聞社《同時向許多報紙或雜誌出售新聞或照片等的行業》.
3 《美》犯罪組織《黑社會集團》.
— [ˈsɪndɪˌket; ˈsɪndɪkeɪt] vt. 1 使成聯合組織.
2 透過新聞社發表〔新聞等〕.

syn·di·ca·tion [ˌsɪndɪˈkeʃən; ˌsɪndɪˈkeɪʃn] n. ⓤ企業聯合，組織化.

syn·drome [ˈsɪndrom; ˈsɪndrəʊm] n. ⓒ
1 《醫學》症候群.
2 社會症候群《表現出社會中某種狀態特徵共同意見、行動》.

syn·od [ˈsɪnəd; ˈsɪnəd] n. ⓒ 1 《基督教》教會會議，宗教會議. 2 《泛指》會議，集會.

*__syn·o·nym__ [ˈsɪnəˌnɪm; ˈsɪnənɪm] n. (pl. ~s [~z; ~z]) ⓒ同義詞《例：hit 和 strike；kind 和 sort；↔ antonym》. look for *synonyms* in a thesaurus 用同義詞典查同義詞.
  【字源】 ONYM「姓名」: *synonym*, *synonym*ous (同義詞的), ant*onym* (反義詞), pseud*onym* (筆名).

syn·on·y·mous [sɪˈnɑnəməs; sɪˈnɒnɪməs] adj. 同義詞的；同義的《with》.

syn·op·ses [sɪˈnɑpsiz; sɪˈnɒpsiːz] n. synopsis 的複數.

syn·op·sis [sɪˈnɑpsɪs; sɪˈnɒpsɪs] n. (pl. -ses) ⓒ概要，大意，梗概.

syn·op·tic [sɪˈnɑptɪk; sɪˈnɒptɪk] adj. 整體性的，綜合的；概要的，大意的.

synóptic Góspels n. (加 the)對觀福音書《新約聖經的馬太、馬可、路加三部福音書；這三書和約翰福音不同，是從大致相同的觀點來記述基督的生平等，故有此稱》.

syn·tac·tic [sɪnˈtæktɪk; sɪnˈtæktɪk] adj. 《文法》文章構成法的，造句法的；按照句法規則的；句法上的. ⇨ n. syntax.

syn·tac·ti·cal·ly [sɪnˈtæktɪk]ɪ;

sɪnˈtæktɪkəlɪ] adv. 句法上，文章結構上.

syn·tax [ˈsɪntæks; ˈsɪntæks] n. ⓤ《文法》句法，句子結構；句子構成法，造句法；《句子中字詞配置排列、結構方式的規則以及對此進行研究的文法領域》.

syn·the·ses [ˈsɪnθəˌsiz; ˈsɪnθəsiːz] n. synthesis 的複數.

syn·the·sis [ˈsɪnθəsɪs; ˈsɪnθəsɪs] n. (pl. -ses)
1 ⓤ綜合《↔ analysis》；ⓒ綜合體.
2 ⓤ《化學》合成.

syn·the·size [ˈsɪnθəˌsaɪz; ˈsɪnθəsaɪz] vt. 1 把…綜合起來. 2 《化學》把…做合成處理.

syn·the·siz·er [ˈsɪnθəˌsaɪzɚ; ˈsɪnθəsaɪzə(r)] n. ⓒ 1 負責綜合的人.
2 電子合成樂器《用鍵盤及電流回路複製各種樂器聲音並加以合成的裝置》.

syn·thet·ic [sɪnˈθɛtɪk; sɪnˈθetɪk] adj. 1 綜合的，綜合性的，《↔ analytic》.
2 《化學》《橡膠》合成的. *synthetic* fibers [resin] 合成纖維[樹脂].

syn·thet·i·cal·ly [sɪnˈθɛtɪkl̩ɪ, -lɪ; sɪnˈθetɪkəlɪ] adv. 綜合地；合成地.

syph·i·lis [ˈsɪflɪs; ˈsɪfɪlɪs] n. ⓤ《醫學》梅毒.

syph·i·lit·ic [ˌsɪflˈɪtɪk; ˌsɪfɪˈlɪtɪk] adj. 《醫學》梅毒(性)的.
— n. ⓒ梅毒患者.

sy·phon [ˈsaɪfən, -fɑn; ˈsaɪfn] n., v. =siphon.

Syr·i·a [ˈsɪrɪə; ˈsɪrɪə] n. 敘利亞《位於地中海東岸，土耳其南面的共和國；首都 Damascus》.

Syr·i·an [ˈsɪrɪən; ˈsɪrɪən] adj. 敘利亞的，敘利亞人[語]的.
— n. ⓒ敘利亞人.

sy·ringe [ˈsɪrɪndʒ; ˈsɪrɪndʒ] n. ⓒ 1 (皮下)注射器. 2 洗滌器；灌腸器.
— vt. 1 清洗〔患部等〕. 2 注射；注入.

*__syr·up__ [ˈsɪrəp, ˈsɝəp; ˈsɪrəp] n. ⓤ糖汁，糖漿. cough *syrup* 止咳糖漿.

syr·up·y [ˈsɪrəpɪ, ˈsɝəpɪ; ˈsɪrəpɪ] adj. (似)糖漿的；帶有糖汁的；過甜的.

*__sys·tem__ [ˈsɪstəm, -tɪm; ˈsɪstəm] n. (pl. ~s [~z; ~z]) 1 ⓒ組織；制度；(加 the)體制，社會的慣例. a social *system* 社會組織/a *system* of government 政府體制/the feudal *system* 封建制度/a *system* of education 教育制度/You can't beat the *system*. 你無法戰勝體制.
2 ⓒ體系；系統；系. the railway *system* 鐵路系統/the nervous [digestive] *system* 神經[消化]系統/the solar *system* 太陽系.
3 ⓤⓒ系統性的方法；方式，方法. There is no *system* in his study. 他的研究沒有條理[系統].
4 ⓒ (加 the, my, his等)身體，全身，(body). Too much coffee is bad for the *system*. 咖啡過量對身體有害.
⇨ adj. systematic, systemic. v. systematize.
gèt...òut of one's **sýstem** 《口》把〔煩惱，激情，

━━━━━━━━━━━━━━━━━━━ **system** 1587

S

欲望等〕從腦中趕走，徹底地拋開. Go for a long walk to *get* the anger *out of your system*. 出去好好地散個步，把怒氣拋到九霄雲外吧!

⁑sys·tem·at·ic, sys·tem·at·i·cal

[͵sɪstə`mætɪk; ͵sɪstə'mætɪk], [-k]; -kl] *adj.* 組織的; 有系統的; 條理分明的. a *systematic* method 有系統的方法/a *systematic* attempt to eradicate crime in the city 採取有系統的行動消滅都市裡的犯罪/His treatment of the matter was not very *systematic*. 他處理那件事的方法並不怎麼有條理.
⇨ *n.* **system**.

sys·tem·at·i·cal·ly　[͵sɪstə`mætɪklɪ, -lɪ; ͵sɪstə'mætɪkəlɪ] *adv.* 有組織地; 有系統地; 有條理地.

sys·tem·a·ti·za·tion　[͵sɪstəmətaɪ`zeʃən; ͵sɪstɪmətaɪ'zeɪʃn] *n.* Ⓤ 組織化, 系統化; 分類.

sys·tem·a·tize [`sɪstəmə͵taɪz; 'sɪstɪmətaɪz] *vt.* 使〔事, 物〕組織化, 系統化; 把…加以分類.

sys·tem·ic [sɪs`tɛmɪk; sɪs'temɪk] *adj.* **1** 有系統[體系, 組織]的. **2** 《醫學》全身的. a *systemic* disease 全身的病.

sýstems análysis *n.* Ⓒ 系統分析《利用電腦計算出如何使某個組織或計畫以最高效率運作的方法》.

sýstems ánalyst *n.* Ⓒ (電腦的)系統分析師.

S

T t $\mathcal{T}\,t$

T, t [ti; ti:] *n.* (*pl.* **T's, Ts, t's** [~z; ~z])

1 UC 英文字母的第二十個字母.

2 C (用大寫字母) T 字形物(★常和其他字連用). 參考 *T*-bone (steak), *T*-junction, *T*-shirt, *T*-square 等.

to a T [`ti; 'ti:] 《口》恰好地, 完全相符地, (<源於使用 T-square(丁字尺)即可正確描繪出直角和平行線等). The job suits him *to a T*. 那份工作正適合他.

t 《略》ton(s).

ta [tɑ; tɑ:] *interj.* 《英幼兒語、口》謝謝(thank you).

tab¹ [tæb; tæb] *n.* C **1** 懸垂物, 把手, 拉環. stick a *tab* on the file 在檔案上貼上標籤/pull a *tab* 拉開(易開罐上的拉環). 附有抓、掛或作為標記的布條、紙片等; 《美》易開罐上面的拉環(《英》ring-pull); 附在帳簿、卡片邊緣上作為檢索標記的突出部分等. **2** 標籤, 掛牌.

3 《口》帳單.

kèep tábs [*a táb*] *on…* (1)把…記在帳上. *keep tabs on* daily expenses 把每天的支出記在帳上. (2)《口》監視…, 目不轉睛地盯著….

pìck ùp the táb (*for…*) 《美、口》負擔(…的)費用(→ 3).

tab² [tæb; tæb] *n.* 《口》=tabulator.

Ta·bas·co [tə`bæsko; tə'bæskəʊ] *n.* U 辣椒醬(用辣椒製成的辣醬; 商標名).

tab·by [`tæbɪ; 'tæbɪ] *n.* (*pl.* **-bies**) C **1** (灰色以及棕色的)斑紋貓, 虎紋貓.

2 (泛指)貓; (特指)母貓(↔ tomcat).

tab·er·nac·le [`tæbə,nækl, -,nɛk; 'tæbənækl] *n.* C 大禮拜堂; 《英》(非國教派的)禮拜場所.

ta·ble [`tebl; 'teɪbl] *n.* (*pl.* **~s** [~z; ~z])
〖(裝有支架的)平板>桌子〗 **1** C (特指用餐、開會用的)桌子, 餐桌; 餐桌. (→ desk 圖). clear the *table* (用餐完畢後)收拾桌面/He reserved a *table* for five. 他預訂了一張五人的用餐席位/lay [set] the *table* (鋪上桌巾, 排好盤子、餐刀、叉子等)擺好餐桌.

2 工作臺, 遊戲臺, 手術臺. a billiard *table* 撞球臺/a card *table* 紙牌桌.

3 《形容詞性》桌子的, 桌上的. a *table* lamp 檯燈/*table* wine 餐酒(用餐時喝的; 價位、品質中等的酒)/a *table* fork [knife] 用餐時使用的叉子[餐刀].

4 〖置於餐桌上的東西〗aU 食物, 菜餚; 餐飲.

pleasures of the *table* 用餐的樂趣 / The hotel keeps a good *table*. 那家飯店的餐飲十分可口.

5 〖圍著桌子的人群〗C (★用單數亦可作複數)一桌子的人. a *table* of bridge 一桌打橋牌的人/keep the *table* amused (說有趣的事等)使在座每個人都覺得高興.

6 〖桌狀物〗C 高原, 臺地.

〖記錄東西的平板〗 **7** C 表格, 一覽表; 目錄; 統計表, 乘法表. a *table* of contents 目次/a time *table* 時刻表, 行程預定表/learn one's multiplication *tables* 學習九九乘法表.

* *at* (*the*) *táble* (★《美》加the)入餐桌席, 正在用餐. sit (down) *at table* 入席/It is bad manners to sing *at table*. 用餐時唱歌是不禮貌的.

lày…on the táble (1)《美》擱置[議案等], 作無限期的延期. (2)《英》把…交付(委員會)討論. 注意 英美意義相反.

lìe on the táble (1)《美》使擱置, 作無限期的延議. (2)《英》[議案等](正交由委員會等)審議中.

tùrn the táble on… [占上風的對手]情勢逆轉, 扭轉形勢. We *turned the tables on* our opponents. 我們扭轉了形勢, 使對手處於劣勢.

under the táble 《口》祕密地; 偷偷地. Something is going on *under the table* in that company. 那家公司正在祕密進行著甚麼勾當.

— *vt.* **1** 《美》擱置[議案].

2 《英》將[問題]交付討論.

3 把[某物]作成表格[統計表, 目錄].

tab·leau [`tæblo, tæb`lo; 'tæbləʊ] 《法語》 *n.* (*pl.* ~s, ~x [~z; ~z]) C **1** 繪畫; 生動如畫的描繪.

2 驚人的事件, 戲劇性的場面.

* **ta·ble·cloth** [`tebl,klɔθ; 'teɪblklɒθ] *n.* (*pl.* ~s [-,klɔðz, -,klɔθs; -klɒθs]) C 桌巾. a spotless *tablecloth* 沒有污漬的桌巾.

ta·ble d'hôte [`tebl`dot, `tɑbl-; ,tɑːbl'dəʊt] 《法語》 *n.* (加the)套餐(預先排定所包括的菜餚並標明定價; 原意是 table of the host; → à la carte).

ta·ble·land [`tebl,lænd; 'teɪbllænd] *n.* C (常 tablelands)高原, 臺地.

táble lìnen *n.* U 餐桌用白布(桌巾, 餐巾等).

táble mànners *n.* (作複數)餐桌禮儀.

ta·ble·mat [`tebl,mæt; 'teɪblmæt] *n.* C (盤子等的)桌墊(隔熱用).

táble nàpkin *n.* C (布或紙製的)餐巾(→ serviette).

táble sàlt *n.* U 擺放在餐桌上的鹽.

ta·ble·spoon [ˈtebḷˌspun, -ˌspun; ˈteɪblˌspuːn] n. C **1** 餐桌用大湯匙(自大盤子分盛菜餚於小盤子時使用). **2** =tablespoonful.

ta·ble·spoon·ful [ˈtebḷˌspunˌful, -spun-, ˌtebḷˈspunˌful, -ˌspun-; ˈteɪblˌspuːnfʊl] n. (pl. ~s, -spoons·ful [-spunzˌful, -spunz-, -ˈspunz-, -ˌspunz-, -ˌspuːnzfʊl]) C 一大匙(的量)(約15 cc; 約三小匙).

‡tab·let [ˈtæblɪt; ˈtæblɪt] n. (pl. ~s [~s; ~s]) C 【小平板】 **1** 碑間, 匾額, ((刻有銘文的石、碑、金屬等平板, 嵌入牆壁等; → plaque)). a memorial tablet 紀念碑牌. **2** (古人的)寫字板(用黏土或蠟製成). **3** 【小片之硬物】藥片(pill) (→ medicine); 片狀物(糕點, 肥皂等). take a sleeping tablet 服用一粒安眠藥.

táble tálk n. C 席間閒談.

táble tènnis n. U 桌球, 乒乓球, ((口)) ping-pong).

ta·ble·ware [ˈtebḷˌwɛr, -ˌwær; ˈteɪblweə(r)] n. U (集合)餐桌用餐具(盤子, 刀, 叉, 湯匙等).

tab·loid [ˈtæblɔɪd; ˈtæblɔɪd] n. C 小報(四開型報紙, 大小約爲一般報紙的一半, 刊登很多照片, 插畫, 大部分篇幅集中於煽情報導、花邊新聞等). ━ adj. 小型的; 摘要的.

ta·boo [təˈbu, tæˈbu; təˈbuː] n. (pl. ~s) **1** UC 忌諱, 禁忌, (將某物或某人視爲神聖或不潔, 禁止與之接觸或言及其名的習俗); C 禁忌的言辭. **2** UC (特指依據習俗而定的)禁令, 法令; (泛指)禁止. Kissing in public is a taboo in some countries. 當眾接吻在某些國家中是不被允許的. ━ adj. 忌諱的, 嚴禁的. taboo words 禁忌(詞語) ((不可當眾說出的(例如性方面的)詞語)). ━ vt. 視爲禁忌; 嚴禁.

ta·bor [ˈtebɚ; ˈteɪbə(r)] n. C 昔日用來爲笛子伴奏的小鼓.

tab·u·lar [ˈtæbjəlɚ; ˈtæbjʊlə(r)] adj. **1** 表格的, 作成表格的. in tabular form 以表格的形式. **2** 平的, 桌狀的.

tab·u·late [ˈtæbjəˌlet; ˈtæbjʊleɪt] vt. 將(數字, 資料等)作成表格, 作成一覽表.

tab·u·la·tion [ˌtæbjʊˈleʃən; ˌtæbjʊˈleɪʃn] n. U 作成表格之事物; 圖表化.

tab·u·la·tor [ˈtæbjəˌletɚ; ˈtæbjʊleɪtə(r)] n. C (特指打字機、文字處理機等的)製表機(能把游標移到事先設定好的位置當作輸入, 或指具有此功能的按鍵; 原義爲圖表製作裝置). 製作圖表者.

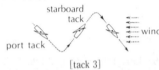
[tabor]

tach·o·graph [ˈtækəˌgræf; ˈtækəʊɡrɑːf] n. C 自動記速器(記錄卡車等行駛速度及距離的儀器).

ta·chom·e·ter [təˈkɑmətɚ, tæ-; tæˈkɒmɪtə(r)] n. C (引擎的)轉速計.

tac·it [ˈtæsɪt; ˈtæsɪt] adj. ((通常作限定))不說出來的; 默示的. a tacit agreement 默示的同意/tacit consent 默許.

tac·it·ly [ˈtæsɪtlɪ; ˈtæsɪtlɪ] adv. 不說出來地; 默示地.

tac·i·turn [ˈtæsəˌtɝn; ˈtæsɪtɜːn] adj. ((文章))無法溝通的; 寡言的, 話少的.

tac·i·tur·ni·ty [ˌtæsəˈtɝnətɪ; ˌtæsɪˈtɜːnətɪ] n. U ((文章))無法溝通; 沈默寡言.

tack [tæk; tæk] n. 【釘住之物】 **1** C 圖釘; 大頭釘; (→ thumbtack, tie tack). **2** C (針腳粗的)粗縫, 大針縫. 【帆的固定方法】 **3** UC ((海事)) (a) (帆的)張帆(搶風行帆時船帆的架設). port [starboard] tack 開左[右]舷(左[右]舷受風帆的朝向). (b) 搶風行帆(左右交替地斜向受風而呈Z字形前進的航行方式). (c) 搶風轉帆(搶風行帆時爲使船頭保持頂風行駛的方向轉換).

starboard tack
wind
port tack
[tack 3]

4 【進路】 UC 方針; 政策; 做法. be on the wrong [right] tack 方針錯誤[正確]. ━ vt. **1** 用圖釘固定; 粗略地縫合. tack a notice to the wall 用圖釘將告示釘在牆上/tack down a carpet 用平釘將地毯固定. **2** 附加, 添加. **3** ((海事))使(帆船)搶風前進. ━ vi. **1** ((海事))搶風, 搶風前進. **2** 改變方針, 改變態度.

táck/.../ón 附加···, a paragraph tacked on as an afterthought 事後想起而加上去的一個段落.

‡tack·le [ˈtækḷ; ˈtækl] n. (pl. ~s [~z; ~z]) 【捕捉的工具】 **1** U 工具, 用具. fishing tackle 釣魚用具. **2** UC 捲升裝置, 絞車; ((海事)) [ˈtekḷ; ˈteɪkl] 滑輪裝置. 【攫住】 **3** C ((橄欖球))抱人截球(抓住帶球跑的對方球員以阻止其跑動). ━ v. (~s [~z; ~z]; ~d [~d; ~d]; -ling) vt. 【抓住】 **1** ((足球、橄欖球))攔截(對手); 抓住, 逮捕, (小偷等). The policeman tackled the thief. 警察逮住了那個小偷. **2** 著手解決(問題), 著手去做(工作). I'll tackle the problem tomorrow. 我明天會去處理那個問題. **3** 與(人)爭議(about, on 關於···). tackle the boss on a raise 與老闆爭論加薪的事/We tackled the neighbor about the noise from his stereo. 我們因爲鄰居的音響聲音太大而與他爭吵. ━ vi. 攔截.

tack·y [ˈtækɪ; ˈtækɪ] adj. **1** (因油漆等未乾而)黏黏的. **2** ((主美、口))不值錢的, 破舊的.

ta·co [ˈtako; ˈtɑːkəʊ] n. (pl. ~s) C 塔可餅(在玉米餅中包乳酪、絞肉等炸成的墨西哥食物).

∗tact [tækt; tækt] *n.* ⓤ機智，圓滑；竅門。 handle a situation with *tact* 運用機智掌握狀況/He lacks *tact*. 他不夠機智。

tact·ful [`tæktfəl; 'tæktful] *adj.* 機智的，圓滑的；巧妙的，老練的。 That wasn't very *tactful* of you. 你竟然告訴她，這實在不智。

tact·ful·ly [`tæktfəlɪ; 'tæktfuli] *adv.* 機智地，圓滑地；巧妙地，老練地。

tac·tic [`tæktɪk; 'tæktik] *n.* ⓒ (通常 tactics) **1** (爲達到目的而使用的)策略。 **2** (個別的)戰術(在戰場上的; → tactics)。 His battle *tactics* were brilliant. 他的戰略很高明。

tac·ti·cal [`tæktɪk!; 'tæktikl] *adj.* 戰術的，戰術上的，(→ strategic 參考)；策略巧妙的。 *tactical* (nuclear) weapons 戰術(核子)武器。

tac·ti·cal·ly [`tæktɪklɪ; 'tæktikəli] *adv.* 戰術性地；策略性地。

tac·ti·cian [tæk`tɪʃən; tæk'tiʃn] *n.* ⓒ 戰術家；策略家。

∗tac·tics [`tæktɪks; 'tæktiks] *n.* **1** 《單複數同形》戰術學，兵法，(→ strategy 同)。 He studied *tactics* at the military academy. 他在軍校學過戰術學。 **2** 《作複數》策略，戰略。

tac·tile [`tæktl̩, `tæktɪl; 'tæktail] *adj.* **1** 觸覺的；有觸覺的。 a *tactile* organ 觸覺器官。 **2** 能觸知的。

tact·less [`tæktlɪs; 'tæktlis] *adj.* 不機智的，不圓滑的。 It was very *tactless* of me to say that. 我還真是笨呢，居然那樣說!

tact·less·ly [`tæktlɪslɪ; 'tæktlisli] *adv.* 笨拙地，不高明地。

tact·less·ness [`tæktlɪsnɪs; 'tæktlisnis] *n.* ⓤ 笨拙。

tad·pole [`tæd,pol; 'tædpəul] *n.* ⓒ 蝌蚪。

Ta·dzhik·i·stan [ta,dʒɪkɪ`stæn, -`stan; tə'dʒikistan] *n.* 塔吉克(位於中亞，鄰近巴基斯坦與中國的共和國，CIS成員國之一；首都Dushanbe)。

Taf·fy [`tæfɪ; 'tæfi] *n.* (*pl.* -fies) ⓒ 《口》《通常表輕蔑》威爾斯人(Welshman)。

taf·fy [`tæfɪ; 'tæfi] *n.* (*pl.* -fies) ⓤⓒ 《美》太妃糖(《英》 toffee, toffy)(一種牛奶糖)。

tag¹ [tæg; tæg] *n.* ⓒ **1** 標籤；貨運標籤；價格標籤；附箋。 a name [number] *tag* 姓名[號碼]牌。 **2** 垂飾品；鞋帶的金屬包頭。 **3** (特指法語的)陳腔濫調的引用句。 **4** 《文法》= tag question.
— *v.* (~s; ~ged; ~ging) *vt.* **1** 加標籤於(某物)。 *tag* a parcel 給包裹加上標籤。 **2** 認定(人等)爲(as)。 *tag* her *as* stupid 認定她很愚蠢。 **3** 附上，附加。
— *vi.* 《口》 **1** (有時用 tag along)緊跟著，尾隨，(with, behind)。 **2** (有時用 tag on)糾纏(to)。

tag² [tæg; tæg] *n.* **1** ⓤ 捉迷藏(★指「鬼」(蒙眼捉人者)時人稱代名詞用 it)。 play *tag* 玩捉迷藏。 **2** ⓒ 《棒球》觸殺，刺殺。

— *vt.* (~s; ~ged; ~ging) **1** (玩捉迷藏時)(當鬼時)碰到[其他玩遊戲的人]。 **2** 《棒球》將…觸殺，刺殺，(out)。

Ta·ga·log [`tægə,lag, -,lɔg; tə'gɑ:lɒg] *n.* **1** ⓒ (菲律賓的)達加洛人。 **2** ⓤ 達加洛語。

tág quèstion *n.* ⓒ 《文法》附加問句(→ 見文法總整理 **1**, **2**)。

Ta·hi·ti [tɑ`hitɪ, -ti; tɑ:'hi:ti] *n.* 大溪地(南太平洋上的島嶼；法國屬地)。

Ta·hi·tian [tɑ`hitɪən; tɑ:'hi:ʃn] *adj.* 大溪地[人，語]的。
— *n.* ⓒ 大溪地人；ⓤ 大溪地語。

∗tail [tel; teil] *n.* (*pl.* ~s [~z; ~z]) ⓒ 【尾】 **1** (動物的)尾，尾巴。 a dog's *tail* 狗尾巴。 **2** 類似尾巴的東西。 a comet's *tail* 彗星的尾部。 **3** (tails) (衣服的)下襬；《口》= tailcoat. the *tails* of a dress 衣服的下襬。 【後部】 **4** 《通常加 the》後部，尾部；末端，最後面的部分；(of)。 the *tail* of a plane 飛機尾部/ the *tail* of a parade 遊行隊伍的末端。 **5** 【後面>反面】(通常 tails)硬幣背面(⟷ head; → coin 圖)。 **6** 《俚》(嫌犯等的)跟蹤探員[偵探]。 He has (put) a *tail* on me. 他跟蹤我。
màke hèad or táil of... → head 的片語。
tùrn táil (轉身)逃跑。 As soon as they saw the enemy, they *turned tail* and ran. 他們一看到敵人就夾著尾巴逃了。
with one's táil between one's légs 〔狗〕夾起[垂下]尾巴；〔人〕完全折服。
— *vt.* 《口》 **1** 跟蹤(人)；附在…之後。 The detective *tailed* the suspect. 那個刑警跟蹤著嫌疑犯。 **2** 從根部截取(草木)。
— *vi.* 尾隨而行(after)。 The correspondent was assigned to *tail after* the President. 該通訊記者被指派去跟蹤總統(採訪新聞)。
tàil óff [awáy] 逐漸變細[變少，消失]。 The sound *tailed off* into the jungle stillness. 那聲音消失於叢林的寂靜中。

tail·board [`tel,bord, -,bɔrd; 'teilbɔ:d] *n.* 《主英》= tailgate 2.

tail·coat [`tel,kot; ,teil'kəut] *n.* ⓒ 燕尾服(男性的晚禮服；亦可僅作 tails)。

tàil énd *n.* ⓒ (通常加 the)末端；終點。 He was at the *tail end* of the line. 他排在隊伍的最後面。

tail·gate [`telget; 'teilgeit] *n.* ⓒ **1** (運河的)放水閘門。 **2** 《美》(卡車等裝卸貨物時)可翻[卸]下的後擋板，尾板。

tail·lamp [`tel,læmp; 'teil,læmp] *n.* = taillight.

tail·less [`tellɪs; 'teillis] *adj.* 無尾的。

tail·light [`tel,laɪt; 'teillait] *n.* ⓒ (汽車等的紅色)尾燈(亦作 stoplight; ⟷ headlight)。

*tai·lor [ˋtelɚ; ˈteɪlə(r)] n. (pl. ~s [~z; ~z])
© (主要指訂做男士服裝的)西服店, 裁縫店, (★訂做女士服裝的洋裁店爲 dressmaker). a custom *tailor* 專門接受訂做的西服店/The *tailor* makes the man. 《諺》佛要金裝, 人要衣裝.
— vt. 1 裁製(服裝).
2 適合…(for, to). This course is *tailored* to the needs of beginners. 這門課是配合〔針對〕初學者而設計的.
— vi. 裁製衣服, 經營裁縫店.
[字源] TAIL「割」: *tailor*, de*tail*(細部), re*tail*(零售), cur*tail*(削減).

tai·lor·ing [ˋtelərɪŋ; ˈteɪlərɪŋ] n. Ⓤ **1** 西服業; 裁縫業. **2** 裁縫技術, 剪裁方法.

tai·lor-made [ˋtelɚˋmed; ˈteɪləˈmeɪd] adj. **1** (男士服裝)訂做的, 訂製的, (custom-made; ↔ ready-made). a *tailor*-made suit 訂做的成套西裝. **2** (泛指)恰好的, 合適的, (for). This job is *tailor*-made for Jim. 這份工作正適合吉姆.

tail·piece [ˋtelˌpis; ˈteɪlpiːs] n. © **1** (印刷)(加在章節終結處等的)裝飾圖案, 結束圖示.
2 (加在末尾的)跋, 後記.

táil pìpe n. © (汽車等的)排氣管.

tail·spin [ˋtelˌspɪn; ˈteɪlspɪn] n. © **1** (航空)盤旋(下降)(尾部作急速的迴旋). **2** 驚惶失措.

táil wìnd n. © 順風.

taint [tent; teɪnt] n. **1** UC 汚點, 汚垢; 缺點; 汚名. a *taint* on his reputation 他名譽上的汚點. **2** a Ⓤ 痕跡, 氣味; (of 〔壞事情〕的). **3** Ⓤ 毒害; 腐敗; (道德的)腐敗, 墮落.
— vt. **1** 玷汚; 使〔某人〕墮落. Such programs *taint* young minds. 這種節目會汚染青少年的心靈. **2** 腐蝕, 使敗壞.
— vi. 玷汚, 腐敗.

taint·less [ˋtentlɪs; ˈteɪntlɪs] adj. 無汚點的, 純潔的.

Tai·pei [ˋtaɪˋpe; ˈtaɪˈpeɪ] n. 臺北.

Tai·wan [ˋtaɪˋwɑn; ˈtaɪˈwɑːn] n. 臺灣.

Tai·wa·nese [ˌtaɪwɑˋniz; ˌtaɪwɑːˈniːz] n. (pl. ~) © 臺灣人.

*take [tek; teɪk] v. (~s [~s; ~s]; took; tak·en; tak·ing) vt. 【得手】**1** 抓住, 握住, 抱住, 取得(某物), (→ grasp 同). He *took* my hand as the road was uneven. 因爲道路崎嶇難行, 他握住了我的手/She *took* her baby in her arms. 她把嬰兒抱在懷裡.
【捉拿】**2** 捕捉; [句型5](take A B)把 A 變成 B(俘虜等). *take* many prisoners 抓了許多俘虜/I was *taken* prisoner. 我被俘虜了.
3 罹患(疾病); 〔疾病等〕侵襲(人); [句型5](take A B)使 A 罹患〔感染〕B(疾病等), 《通常用被動語態》. 《古》 *take* cold [a chill] 感冒/be *taken* ill 生病.
4 【打敗】戰勝, 打敗; 跨越〔柵欄, 障礙等〕. He's a tough opponent but I think I can *take* him. 他

雖是個強敵, 但我有信心能打敗他/The horse *took* the stream in one jump. 這匹馬一跳就越過了小河.
【到手】**5** 獲得, 取得, 得到〔稱號等〕; 占據〔位置〕; 就任〔職位〕. *take* first prize in the contest 在競賽中獲得首獎/*take* an important position 就任重要職位/*take* the chair (→ chair 的片語).
6 買, 租借, 〔房子, 公寓等〕買〔東西〕; 訂閱〔報紙〕. *take* an apartment downtown 租了一間位於市中心的公寓/We *took* the house for $80,000. 我們花了八萬美元買下那間房子/We've been *taking* the same newspaper for twenty years. 我們二十年來都訂同樣的報紙/OK, I'll *take* this. 好, 我要這個.
【吸收】**7** 吃, 喝, 攝取; 吸入. I *take* cream in my coffee. 我喝咖啡時要加鮮奶油/*Take* your medicine. 把藥吃了吧/*take* a deep breath 深呼吸.
[語法] 現在一般多用 have 來表示「吃, 喝」的意思; → drink [注意].
8 採用, 採取; 接受〔忠告等〕; 聽從〔勸解等〕. We've decided to *take* him, not you. 我們已經決定要用他, 不是用你/*Take* my advice; don't go. 聽我的忠告, 別去.
【取得利用】**9** 選出, 選擇; 選修, 修習, 〔課程科目〕; 檢討. *take* an opportunity 利用良機/Which road shall we *take*? 我們該走哪條路?/I'm *taking* European history. 我正在修歐洲史/*taken* altogether 從整體看來, 概括論之.
10 使用, 乘坐, 〔交通工具〕. *take* a bus [taxi] 乘坐公共汽車〔計程車〕/*take* the 10:30 train 乘坐十點半的那班火車. 同 take 是表示利用巴士等的交通工具; get on 則是〔搭乘〕交通工具的動作.
【領收】**11** 領受; 領取〔報酬, 費用等〕(for 〔對於…〕). He wouldn't *take* any money for his services. 他不願收取任何服務的費用/What will you *take* for it? 你這個要賣多少錢?/Beth *takes* her good manners from her mother. 貝絲良好的教養皆出自於母親.
12 接受, 接納, 承認. He *took* the news calmly. 他平靜地接受那個消息/He *took* the applause with a bow. 他鞠躬答謝掌聲/He never *takes* no for an answer. 他總讓別人無法拒絕他.
13 (a)〔加副詞(片語)〕(妥善地, 不妥善地)採取, 解釋. *take* it ill [well] 不好好地〔好好地〕採納它/No one *took* me seriously. 沒有人肯認眞聽我說/Don't *take* it so hard. 別那麼介意〔不要難過〕.
(b)理解; 瞭解; [句型5](take A to be B), [句型3](take A for [as] B)把 A 理解成〔當作, 看作〕B; [句型5](take A to do)推斷〔以爲〕A(會)…. I *take* your point. 我瞭解你的意思/He *took* me to be a Chinese. 他以爲我是中國人/Do you *take* me for a fool? 你把我當傻瓜嗎?/He *took* me to mean that I refused. 他認定我拒絕了.
14 【甘受】忍受, 忍耐, 〔侮辱等〕. His rude words were more than I could *take*. 我無法忍受他無禮的言語.
【承擔】**15** 承擔〔責任等〕; 接受〔申請等〕; (→片語take/…/in [on]); 督導〔班級等〕. Does she

take lodgers? 她收房客嗎?/I don't have time to *take* any more pupils. 我沒有時間再收學生了.

16【容納】容量達…，具…容量；能裝載. This bottle *takes* nearly two liters. 這個瓶子的容量將近兩公升/The plane can *take* only ten passengers. 那架飛機只能搭載十名乘客.

【取走】 17 (a)搬運，移動；拿[帶]走；使[人]達到…；《*to*》. Let's *take* our dog *with* us. 我們把狗一起帶去吧/This bus [road] *takes* you *to* the station. 這輛巴士[這條路]會到車站/*take* a girl home 送女孩子回家/I'll *take* you around. 我帶你到處看看/I'll *take* you across. 我帶你穿過(道路, 河川)到對面去/*take* her *for* a drive [walk] 帶她去兜風[散步]/My work *takes* me *to* London twice a year. 由於工作上的關係, 我一年去倫敦兩次/His diligence *took* him *to* the top of the class. 由於用功, 他的成績名列班上第一.

⚠語法(1) bring 表示「拿到」、「帶到」說話者所在之處的意思, 而 take 表示從說話者所在之處「拿走」、「帶走」的意思. (2)表示「帶著」、「攜帶」的意思時, 往往用 one *takes...with* one 的句法結構.

(b) 句型4 (take A B)、 句型3 (take B *to* A)把 B 拿到[送到]A 處. *Take* him this note.=*Take* this note *to* him. 把這張便條送到他那裡.

18【除去】減去, 減少；刪減；《*from*》. When you *take* six *from* ten, four remains [you get four]. 十減六等於四.

【奪取】 19 奪取, 占領；奪走[生命], 奪去…的生命[心]《通常用被動語態》. I *took* the knife *from* the child. 我把那孩子的小刀沒收了/The enemy *took* the city in a day. 敵軍在一天內便占領了那座城市/He was *taken* from us last October. 他去年10月過世/He was *taken* *by* her charm. 他被她的魅力迷住了.

20 偷盜, 竊取；借用；抄襲, 盜用, [故事, 描寫等], 《*from, out of*》. Who has *taken* my dictionary? 誰拿走了我的辭典?/Shakespeare *took* the story *from* Plutarch. 莎士比亞從蒲魯塔克那裡借用了這個故事.

【占有】 21 占有, 占用, [場所]；占據[席位]；坐[位子], (→片語 take /…/ up (6)). I *took* a chair near the door. 我選了靠門的椅子坐.

22【需要】(a)需要[時間, 金錢, 勞力等]；需花費…；《*to* do》. We *took* five hours *to* get there. 我們花了五個小時才抵達那裡/The experiment *takes* time and money (*to* conduct). = It *takes* time and money *to* conduct the experiment. (做)這個實驗既花錢又花時間/It *takes* a long time (for us) *to* master a foreign language. (我們)花了很長的時間才能精通一種外語/It *took* some doing *to* persuade him. 花了不少功夫才說服他.

(b) 句型4 (take A B)[人]花[時間, 金錢等]；A 需要 B；《*to* do》. It *took* me five hours *to* drive from here to London. 我花了五個小時從這裡開車去倫敦.

(c)需要[燃料, 零件等]. This engine only *takes* unleaded gasoline. 這個引擎只能使用無鉛汽油/This machine doesn't *take* fifty-NT-dollar coins.

這臺機器不接受新臺幣50元硬幣.

【採取行動】 23 (a) 實行, 經驗；做, 執行, 進行；製作；《把表示動作的名詞當作受詞使用時, 該受詞與同形動詞的意思大致相同》. *take* a look around town 在鎮上到處看看/*take* a bath 洗澡/*take* a walk 散步/If you *take* another step, I'll shoot. 你再動一步的話, 我就開槍了/*take* an oath 發誓.

⚠語法若將 I looked. 和 I *took* a look. 作比較的話, 前者只是籠統地表示「看」的動作, 後者則表示前後來回仔細看一次的意思, 兩者意思不同.

(b)【開始著手】處理, 處置；參加[考試等]. *take* an exam 參加考試.

(c)抱持[某種感情]. *take* offense 發怒/*take* pride in... 對…感到驕傲.

【作記錄】 24 檢查, 測量. The doctor *took* my pulse. 醫生量了我的脈搏.

25 拍攝[照片]. They *took* her picture. 他們拍了她的照片/She had her picture *taken*. 她讓人替她拍照.

26 記下. *take* notes 記筆記.

━━ *vi.* **1** [印染物品]印染；施打[疫苗]；[植物]發芽生根. The vaccination didn't *take*. 未施打預防針.

2 《加(副詞)片語》被拍[照片]. *take* well [badly] 照片拍得很好[不好].

3 [魚]上鉤, 吞食誘餌.

4 《美、口》 句型2 (take A)罹患 A (病症等) (become). She suddenly *took* ill. 她突然生病.

5 前往, 前進. *take* to... →片語 (3).

● ━━ take+動作性名詞的慣用片語
→ have, give, make, 表

take action	採取行動
take a glance at...	瞥見…
take a look at...	看一眼…
take a nap	打個盹兒
take a rest	休息
take a shower	淋浴
take a turn	轉彎
take a walk	散步
take breath	呼吸
take care of...	照顧…
take exercise	運動
take hold of...	抓住
take note of...	留心…
take notice of...	注意…

---

tàke...abáck → aback 的片語.

＊*táke after...* (1)和[父母]相像. The boy *takes* *after* his father in everything. 那個男孩像極了他父親. (2)仿效[人]. (3)《美》追趕…, I *took* *after* him, but couldn't catch him. 我去追他, 但沒能抓住他.

tàke...apárt → apart 的片語.

you got the sack, but don't *take it out on* me. 我知道你被炒魷魚, 但是可別拿我出氣.

* *tàke/.../óff*[1] (1)取走…; 脫下〔帽子, 衣服等〕; (⇔ put/.../on). *take off* the cover 把蓋子拿掉/He *took off* his hat. 他脫下帽子.
(2)放開〔手等〕. *Take your hand off.* 把你的手拿開. (3)把…帶去. The police *took him off* to jail. 警方把他送進監獄裡.
(4)停止〔火車, 巴士〕的運行; 結束〔戲劇, 舞臺劇〕的上演. (5)〔口〕模仿〔人〕.
(6)請〔休〕…的假. *take ten days off* in August 8 月份請十天的假. (7)削減〔價格等〕.

tàke A off[2] B (1)從 B 處將 A〔手等〕挪開. He could not *take his eyes off* her. 他無法將視線從她身上移開. (2)從 B 減去 A〔金額等〕. *take 50 cents off* the price 價格便宜 50 美分. (3)解除〔人〕的 B〔職務〕, 免職.

tàke óff[3]〔飛機等〕起飛; 飛起來〔*from* 從〔地面等〕〕; 〔口〕離家, 出門. My plane *takes off* at nine o'clock. 我的飛機九點整起飛/The kids *took off* for the movies tonight. 孩子們今天晚上出去看電影了.

tàke/.../ón[1] (1)雇用…, 採用…. We *took* the girl *on* as an assistant. 我們雇用那個女孩當助理. (2)顯現, 呈現, 〔外觀〕; 具有〔性質〕. *take on* new meanings 具有新的意義. (3)承擔〔工作, 責任等〕. I can't *take on* any more work. 我無法再承擔更多的工作了. (4)載〔客〕; 裝載〔貨物〕. The ship *took on* additional passengers. 這艘船多載了一些旅客.

tàke ón[2] (1)〔口〕極其悲傷; 勃然大怒, 激動. Please don't *take on* so. 請別這麼亢奮. (2)流行, 受歡迎. That hairstyle *took on* for some time. 那種髮型流行過一陣子.

tàke...on onesèlf 承擔〔責任等〕; 斷然去〔*to do*〕. *take on oneself* the responsibility for 承擔…的責任/She *took it on herself to* call the police. 她不顧一切地打電話給警察.

* *tàke/.../óut* (1)把…〔從中間〕取出; 拿出…, 借出…. He *took out* his pen. 他取出鋼筆/*take* the letter *out of* the envelope 從信封中取出信/Not to be taken out. 禁止攜出.
(2)帶…出去〔玩, 吃飯等〕. Have you ever *taken* her *out*? 你有帶她出去過嗎?
(3)去掉…; 去除…. have one's tooth *taken out* 去拔牙/Cold water will *take out* that stain. 冷水可以去掉那個污垢.
(4)領取, 取得, 〔執照等〕; 訂立〔保險〕契約. *take out* a hunting license (申請)領取狩獵的執照.
(5)〔口〕破壞…, 使…不起作用. The bomber *took out* the enemy's fuel depot. 那架轟炸機炸毀了敵人的燃料庫.
(6)〔美〕外帶〔食物〕回家吃〔不在店裡吃〕; → take/.../away (3)〕. Three cheeseburgers to *take out*, please. 請給我三個起司漢堡外帶.

tàke A óut on B 〔口〕把 A〔憤怒等〕向 B〔人〕傾吐〔→ take it out on...〕. Never *take out* your anger *on* the children. 別把怒氣發在孩子們身上.

---

tàke...as réad 全盤接受….

tàke awáy[1] 收拾餐桌.

* *tàke/.../awáy*[2] (1)把…搬〔拿〕走; 去除〔痛苦, 煩惱〕; 奪取…. The waiter *took* the dishes *away*. 那侍者收走了餐桌/The sight *took* his breath *away*. 那情景讓他大吃一驚. (2)減去, 減掉, 〔某個數額〕. Ten *take away* two leaves eight. 十減二是八(★ take away 等於 minus 之意). (3)〔英〕買〔菜餚〕回家〔不在店裡食用; → take/.../out (6)〕.

* *tàke/.../báck* (1)收回〔說過的話等〕. I *take back* what I said about her. 我收回那些談論她的話. (2)歸還…, 拿〔帶〕回, 〔*to*〕取回…; 迎接〔某人〕重返〔工作崗位等〕. *take back* a book *to* the library 把書歸還圖書館. (3)使〔人〕想起〔*to*〕. The book *takes* you *back* to the prewar days. 這本書會帶領你回到戰前的時光.

* *tàke/.../dówn* (1)降下…, *take down* a flag 降旗. (2)寫下〔話語〕. The policeman *took down* the witness's statement. 警員記錄目擊者的陳述. (3)拆除〔建築物〕; 拆卸〔機械〕. The circus tents were *taken down*. 那座馬戲團的帳篷被拆掉了. (4)解開〔髮辮等〕. (5)〔口〕譏笑, 貶低, 〔人〕. (6)喝下….

* *tàke A for* B (1)→ vt. 13 (b). (2)把 A 和 B 搞混, 將 A 誤認為 B. I *took* him *for* an American. 我把他當成美國人了.

tàke A from B 從 B 處減少〔削弱〕A〔價值, 效果等〕. The tiny birthmark *took* nothing *from* her loveliness. 那個小小的胎記絲毫無損她的美.

* *tàke/.../ín* (1)收進…, *take in* the clothes ahead of the rain 趁下雨之前把衣服收進來. (2)讓〔客人〕留宿; 安置〔房客〕; 收養〔小孩〕. *take in* boarders 安置〔留宿〕房客/She *took* the child *in* and raised it as her own. 她收留那個小孩, 並視如己出地撫養他. (3)在自己家中承接〔工作〕. *take in* sewing 在自己家中做些縫紉的副業. (4)含有…, 包括…; 把…納入考慮. The study will *take in* all the country. 這個研究將涵括全國. (5)把〔衣服等〕縮小; 收捲〔帆〕; (⇔ let/.../out[1]). have the waist *taken in* 把〔衣服的〕腰改小. (6)理解…; 看透…; 輕信〔謊言等〕. He *took in* all I taught him. 我教他的他全都懂了. (7)〔口〕欺騙〔人〕(cheat). She was *taken in* by his sweet talk. 她被他的甜言蜜語給騙了. (8)〔美〕訪問…; 出席…; 看〔電影等〕. (9)〔英〕訂閱〔報紙等〕(→ vt. 6).

tàke...in hànd → hand 的片語.

tàke it (1)以為〔*that* 子句〕. I *take it that* you know each other very well. 我以為你們彼此很瞭解. (2)〔口〕能夠忍受懲罰〔困難, 批評等〕.

tàke it [*thìngs*] *éasy* → easy 的片語.

tàke it or léave it 接受或放棄〔★表示這是最後的提議, 多用於祈使句〕.

tàke it óut on... 〔口〕對〔人〕亂發脾氣. I know

* **tàke/.../óver**[1] (1)搬走…，帶…去。I'll *take* you *over* to the manager's office. 我會帶你去經理辦公室。(2)接管，繼任，〔工作等〕；接辦，接收，〔企業的經營權等〕。He *took over* his father's business. 他繼承了父親的事業/The firm has been *taken over* by an international corporation. 那家公司已被一家跨國公司給接收了。(3)占據〔地方〕；搶奪，爭取，〔席位等〕。

tàke óver[2] (1)接替，接管；〔代替〕管轄，(→ take over)。I'll *take over* while you're gone. 你不在的時候我將〔代替你〕接管/*take over* as chairman 成為下一任主席。(2)〔占優勢〕進而取代(《from》)。

tàke pláce → place 的片語。

* **tàke to...** (1)變得喜歡…，適應…；變得〔愉快地〕想去…。The children *took to* her right away. 孩子們立刻喜歡上她了/He *took to* his new job like a fish to water. 他如魚得水般(很快地)適應了新工作。(2)養成習慣…，熱中於…，持續去…。*take to* drink 酗酒/*take to* jogging before breakfast 養成早餐前慢跑的習慣/*take to* one's bed 臥病在床。(3)(為了休息，逃亡等而)朝…去。*take to* the hills 逃進山裡。

* **tàke/.../úp** (1)撿〔拿〕起…。He *took up* the puppy in his arms. 他把小狗抱在懷裡。(2)使〔人〕搭乘交通工具，搭載〔乘客〕；採用〔人〕。The bus stopped to *take up* passengers. 那輛公車停下來載客。(3)支持〔主義，運動等〕。*take up* the reform cause 支持改革運動。(4)吸收〔水等〕。(5)保護〔人〕；逮捕…。(6)花費〔時間〕；占用〔場所〕；占據〔某人的心〕，熱衷於…，〔常用被動語態〕。Excuse me for *taking up* so much of your time. 很抱歉占用了你這麼多時間/The bed *took up* practically the entire room. 這張床幾乎占滿了整個房間/*take up* one's position 安排職位/The government is *taken up* with modernizing the country. 政府致力於國家現代化的建設。(7)投入〔研究，嗜好等〕。He *took up* jogging for the sake of exercise recently. 他最近開始慢跑做運動。(8)處理，討論，〔問題〕。The committee *took up* the problem. 由該委員會接手處理那個問題。(9)繼續〔中斷的談話，中止的工作等〕。We'll *take up* the story where we left off yesterday. 我們從昨天講到的地方繼續這個故事。(10)答應；接受〔招待，挑戰，打賭等〕；回應〔人〕(《on》)。I *took up* his offer. = I *took* him *up on* his offer. 我接受了他的提議。(11)固定〔住處〕。*take up* (one's) residence 住了下來/I *took up* my quarters in the new building. 我在這棟新建的大樓裡住了下來。(12)改小〔衣服等〕；拉緊〔鬆弛的線等〕。*take up* a hem 挽起衣服下襬。(13)打斷〔別人〕的話；指責〔某人〕。I'd like to *take* you *up* on one point in your speech. 我想針對你演說中的一個論點對你提出不同的意見。

tàke úp with... 《口》和〔人〕變得親近。
— *n.* © **1** 《電影、電視》一次拍攝，一個鏡頭。**2** (通常用單數)領取金額；銷售額；(小偷等的)應得的一份。**3** 捕獲〔漁獲量〕。

take·a·way [ˋtekəˌwe; ˈteɪkəˌweɪ] 《英》 *n.* (*pl.* ~s), *adj.* =takeout.

tak·en [ˋtekən; ˈteɪkən] *v.* take 的過去分詞。

take-home pay [ˋtekhom͵pe; ˈteɪkhəʊmˌpeɪ] *n.* ⓤ (扣除稅金等後的)實領薪資。

* **take·off** [ˋtekˌɔf, -ˌaf; ˈteɪkɒf] *n.* (*pl.* ~s [~s; ~s]) **1** ⓤ© (飛機等的)起飛升空(↔ landing)，出發；(跳躍的)起跳(點)。Most accidents occur during either *takeoff* or landing. 大部分的意外發生於飛機起飛或降落的時候。**2** © 《口》(嘲弄性質的)模仿；諷刺漫畫。He did a brilliant *takeoff* of the President. 他把總統模仿得維妙維肖。

take·out [ˋtekˌaut; ˈteɪkaʊt] 《美》 *n.* © 可外帶的食品；出售此類食品的商店。
— *adj.* 〔食物等〕可外帶的(→take/.../out (6); 《英》takeaway)。

take·o·ver [ˋtekˌovɚ; ˈteɪkˌəʊvə(r)] *n.* © 接收；取得〔接管〕(公司等的)經營權(→ take over[2])。

tak·er [ˋtekɚ; ˈteɪkə(r)] *n.* © (欣然)接受〔答應〕(意見，賭博等)的人。

tak·ing [ˋtekɪŋ; ˈteɪkɪŋ] *v.* take 的現在分詞、動名詞。
— *n.* **1** 捕獲量，漁獲量。**2** (takings)收入。the day's *takings* 該日的銷售額。
— *adj.* 《古口》有魅力的，擄獲人心的。a *taking* smile 充滿魅力的微笑。

talc [tælk; tælk] *n.* ⓤ 《礦物》滑石。

tal·cum [ˋtælkəm; ˈtælkəm] *n.* ⓤ =talc.

tálcum pòwder *n.* ⓤ 滑石粉(抹擦在身體上的粉末;〔爽身粉〕的主要成分)。

* **tale** [tel; teɪl] *n.* (*pl.* ~s [~z; ~z]) © **1** (真實的或虛構的)故事。fairy *tales* 童話故事/*tales* of adventure 冒險故事/The statistics tell their own *tale*. 那項統計無需說明(〔意義非常明白〕的意思)。**2** 謊言，假話；(惡意的)流言，壞話；中傷，搬弄是非。all sorts of *tales* 各種流言。**tèll táles** (1)揭人隱私。She's the type who *tells tales*. 她是那種說長道短的人/Dead men *tell* no *tales*. 《諺》死人是不會洩漏祕密的。(2)說謊。

tale·bear·er [ˋtel͵bɛrɚ, -͵bærɚ; ˈteɪlˌbeərə(r)] *n.* © 好撥弄是非的人，好揭人隱私的人。

* **tal·ent** [ˋtælənt; ˈtælənt] *n.* (*pl.* ~s [~s; ~s]) **1** ⓤ© (天生的)才能〔for 對於…〕。He has a *talent for* languages. 他有語言的天賦/have a *talent for* making friends 擅長交友/He has great musical *talent*. 他有極佳的音樂天分/develop one's *talents* 發展自我的才能。⊜ talent 是指經努力及訓練後便得以發展的才能，而 gift 則強調「上天所賦

與」之意.

2 ⓤ (集合)**有才能的人，人才；** ⓒ (美)(通常與修飾語連用)**有才能的人.** scout musical *talent* 物色才華洋溢的音樂家/We are always looking out for new *talent*. 我們經常尋求有才能的新人/The rookie is a real *talent*. 那個新人真的很有天分.

3 ⓒ (歷史)**塔蘭**(古希臘、羅馬、希伯來等使用的貨幣[重量]單位).

tal·ent·ed [ˈtæləntɪd; ˈtæləntɪd] *adj.* 有才能的.

tálent scòut *n.* ⓒ 星探(以發掘新人為業).

tal·is·man [ˈtælɪsmən, ˈtælɪz-; ˈtælɪzmən] *n.* (*pl.* ~s) ⓒ (避邪的，或可帶來幸運的)護身符；具有特異力量之物.

‡talk [tɔk; tɔːk] *v.* (~s [~s; ~s]; ~ed [~t; ~t]; ~·ing) *vi.* **1** 說話，談話，((about, on 關於…))；商量，交談，((to, with)). talk about old times 絮舊/I'll *talk* to him. 我會跟他談談/He doesn't *talk* much. 他話不多/*talk* in low voices 低聲談話/*talk* on the telephone 講電話/talk together 一起討論. ◎ speak 指說話，talk 則強調說出自己的想法；此外，speak 是談正經事，而 talk 則指日常輕鬆的會話交談.

> 【搭配】talk+*adv.*: ~ frankly (率直地說)，~ freely (自由地交談)，~ openly (坦白地說)，~ loudly (大聲地說)，~ seriously (認真地談).

2 (嬰兒)學語；(重病病人)說話；(鳥等)模仿(人類)說話. Can the baby *talk* yet? 小嬰兒會說話了嗎?/I taught my parrot to *talk*. 我教我的鸚鵡說話.

3 (用身體動作等)溝通，說話. We *talked* in sign language. 我們用手語溝通.

4 說閒話；(受威脅利誘而)揭露祕密. People will *talk*. 人家會說長道短的/(諺)人言可畏/make the prisoner *talk* 逼那個犯人招供.

5 發揮效果，起作用. Money *talks*. 金錢萬能.

— *vt.* **1** 說[談，論]…事；用言語表示，說；(★不可用 that 子句當受詞). *talk* business [music, politics] 談生意[音樂，政治]/You're *talking* nonsense. 你在胡說八道.

2 說話[說服]使成為…的狀態. *talk* her to sleep 勸她上床睡覺/*talk* a person into [out of]… (→片語).

3 說(外語)(speak). Do you *talk* German? 你會說德語嗎?

*tálk abóut… (1)談論…. What are you *talking about*? 你在說些甚麼? (2)傳言…. She is always *talked about*. = She always gets herself *talked about*. 她經常成為別人談論的話題.

*tàlk /…/ aróund*¹ (美)說服…使聽從自己的意見. I *talked* him *around* finally. 我終於說服了他.

tàlk at… (1)說話諷刺(人)，對(人)冷言冷語.
(2)對(人)喋喋不休地說話.

*tàlk /…/ awáy*¹ (1)聊天度過(時間). We *talked away* the evening. 我們整晚都在聊天.
(2)藉談論解決，藉談說而解除，(問題等).

*tàlk awáy*² 喋喋不休.

tàlk báck 頂嘴((to)).

tàlk bíg (口)說大話，吹牛. He *talks big*, but doesn't seem to achieve much. 他說得很動聽，但似乎沒做到多少事.

tàlk /…/ dówn (1)說話駁倒(人). (2)貶低…. (3)(航空)以無線電引導(飛機)降落.

tàlk dówn to… (1)以輕視的口吻對(人)說話. She resented being *talked down to*. 她很氣憤別人用輕蔑的態度對她說話.
(2)配合…說通俗易懂的話. He tends to *talk down to* his students. 他會配合學生的程度講課.

*tálking of… (通常置於句首)說到…. *Talking of* Jimmy, how is his mother these days? 說起吉米，他母親近來好嗎?

tàlk a pérson ínto [*òut of*]… 說服某人去做[停止做]…. The salesman *talked* me *into* buying the sewing machine. 那個售貨員說服我買了這臺縫紉機.

*tálk of… (1)談論…；傳言…；(★ talk about 較常用). We *talked of* many things. 我們談了很多事情.
(2)(talk of doing)說要做…. He's always *talking of quitting* his job. 他老是說要辭掉他的工作.

tàlk onesélf… 自個兒一股勁地講到…. I *talk myself* blue in the face but he never listens. 我說得臉都綠了，但他卻充耳不聞.

tàlk one's wáy óut 打斷別人的談話，插嘴，((of)).

tàlk /…/ óut 徹底討論…；商量以解決….

**tàlk /…/ óver*¹ 仔細商議…；討論…. I'll *talk* it *over* with him. 我會和他好好商量那件事.
(2)=talk/…/around.

*tàlk òver*²… 邊做…邊交談(→ over *prep.* 9). Let's *talk over* a cold beer. 我們邊喝冰啤酒邊談吧!

*tàlk /…/ róund*¹ (英)=talk/…/around.

*tàlk róund*²… 拐彎抹角地談(問題)，兜著圈子說….

*tálk to… (1)跟…說話，和…交談(→ *vi.* 1).

> 【參考】基本上 talk to 用於自己向對方說的情況，而 talk with 則是指雙方互相交談，但實際上並無明確的區分. He is easy to *talk to*. 他是個很容易攀談的人.
(2)(口)責備…，申斥…. I must *talk to* him for his behavior. 我必須訓誡他的行為.

tálk to onesèlf 自言自語.

*tàlk /…/ úp*¹ (主美)讚揚…；宣傳….

*tàlk úp*² 大聲地說，清楚地說.

*tálk with… 和(人)說話，交談，(→ talk to 【參考】). I have often *talked with* him. 我常和他談話.

— *n.* (*pl.* ~s [~s; ~s]) **1** ⓒ 話，談話；交談. I had a long *talk* with my teacher. 我和老師長談過/I must have a *talk* with my son. 我得和我兒子談一談(委婉地責備).

2 ⓒ (特指廣播等的、短的)演講，談話，((about, on 關於…)的)(→ speech ◎). a TV *talk* on

music today 當代(流行)音樂的電視評論/He gave a *talk* on fire prevention. 他作了宣導防火的演講.
3 ⓤ無意義的話, 廢話; 流言. You mustn't believe that—it's just *talk*. 你不能相信那種事情, 那只是謠言/be all *talk* (and no action) 光說不練/end in *talk* 談不出結論而作罷.
4 ⓤ(用the *talk* of...)成爲被…議論的人[物]. the *talk* of the town 城裡議論的話題.
5 (talks)會談. Peace *talks* will begin next week. 和平談判下週開始.
6 ⓤ(特殊的)說話方式, 語氣. baby *talk* 幼兒語. **máke tálk** 閒談; 評判.

talk·a·tive [ˋtɔkətɪv; ˈtɔːkətɪv] *adj.* 健談的, 喜歡說話的.

talk·a·tive·ness [ˋtɔkətɪvnɪs; ˈtɔːkətɪvnɪs] *n.* ⓤ喜歡說話, 健談.

talk·er [ˋtɔkə; ˈtɔːkə(r)] *n.* ⓒ **1** 饒舌者; 健談者; 演講者. **2** 話者. a good [bad, poor] *talker* 能言善道[拙於言辭]的人.

talk·ie [ˋtɔkɪ; ˈtɔːkɪ] *n.* ⓒ《古》有聲影片, 有聲電影. (亦作 tàlking pícture).

talk·ing [ˋtɔkɪŋ; ˈtɔːkɪŋ] *adj.* **1** 〔鳥等〕說話的. **2** 〔眼睛等〕表情豐富的.
— *n.* ⓤ說話.

tálking póint *n.* ⓒ(令人感興趣的)話題.

talk·ing-to [ˋtɔkɪŋ͵tu; ˈtɔːkɪŋtuː] *n.* (*pl.* ~s) ⓒ《口》責備(→ talk to... (2)). The boy was given a good *talking-to* by his teacher. 那個男孩被老師狠狠地訓斥了一頓.

tálk shòw *n.* ⓒ(廣播電臺、電視的)脫口秀.

⁂tall [tɔl; tɔːl] *adj.* (~·er; ~·est) **1** 身材高的, 高的, (⟷ short; → high 1 圖). a *tall* man 高個子的人/The boy is *tall* for his age. 以他的年齡來說, 那個男孩算是高的了/He's *taller* than I. 他長得比我高/Jim is the *tallest* student in his class. 吉姆是他班上身高最高的學生/a *tall* building 高樓大廈.
2 高…有…, …的高度. "How *tall* are you?" "I'm five feet *tall*." 「你身高多少?」「五英尺.」
3 《口》過分的; 誇大的, 難以置信的. a *tall* price 昂貴的價格/a *tall* order 難題, 過分的要求/a *tall* tale 吹牛, 誇大其辭.
— *adv.* 《口》挺直地; 驕傲地. talk *tall* 吹牛/walk *tall* 抬頭挺胸地走路.

tall·boy [ˋtɔl͵bɔɪ; ˈtɔːlbɔɪ] *n.* (*pl.* ~s) ⓒ《英》(寢室中的)高腳衣櫥(《美》highboy).

tàll hát *n.* ⓒ絲質的禮帽.

tall·ish [ˋtɔlɪʃ; ˈtɔːlɪʃ] *adj.* 身材高峭的.

tall·ness [ˋtɔlnɪs; ˈtɔːlnɪs] *n.* ⓤ(身材)高.

tal·low [ˋtælo, ˈtælə; ˈtæləʊ] *n.* ⓤ動物脂肪(蠟燭, 肥皂等的原料).

tàll shíp *n.* ⓒ大型的帆船.

tàll tálk *n.* ⓒ《口》說大話, 大吹大擂.

tal·ly [ˋtælɪ; ˈtælɪ] *n.* (*pl.* -lies) ⓒ **1** 符木(從前在狹長木片上刻上記痕, 以記錄出借的金額, 交付的物品數量等, 分作兩半, 當事人各執一半以作爲日後的憑證依據). **2** 號碼牌, 姓名牌. **3** 記

錄, 帳簿. **4** 計算, 結算; (比賽的)得分; 得票數.
— *v.* (-lies; -lied; ~·ing) *vt.* **1** 使一致[符合].
2 計算; 總計《up》. tally *up* the figures 計算總和.
— *vi.* 一致, 符合, 《with》. His story *tallied* with yours. 他的說法和你說的相符.

Tal·mud [ˋtælmʊd, ˋtælməd; ˈtælmʊd] *n.* (加the) 猶太教法典《集猶太教律法之大成》.

tal·on [ˋtælən; ˈtælən] *n.* ⓒ(通常 talons) (像鷲一樣的猛禽的)爪.

tam·a·ble [ˋtemәbl; ˈteɪməbl] *adj.* =tameable.

tam·a·rind [ˋtæmə͵rɪnd; ˈtæmərɪnd] *n.* **1** ⓒ(植物)羅望子樹(產於熱帶, 豆科的常綠喬木). **2** ⓤ羅望子果(可供食用, 可調製成清涼飲料).

tam·a·risk [ˋtæmə͵rɪsk; ˈtæmərɪsk] *n.* ⓒ檉柳(在春、夏兩季開淺紅色小花的喬木).

tam·bour [ˋtæmbʊr; ˈtæm͵bʊə(r)] *n.* **1** (圓形的)刺繡用繃圈. **2** (特指低音的)鼓.

tam·bou·rine [͵tæmbəˋrin; ͵tæmbəˈriːn] *n.* ⓒ鈴鼓(→ percussion instrument 圖).

⁂tame [tem; teɪm] *adj.* (**tam·er; tam·est**) **1** 馴養的〔動物〕, 馴服了的, 溫順的, 順從的, (⟷ wild). a *tame* cat 豢養的貓; 因爲可派上用場而被豢養的人.
2 任人擺布的, 卑躬屈膝的, 沒志氣的. a *tame* follower 唯唯諾諾的跟班.
3 無精打采的; 無聊的, 平淡無奇的. a *tame* book 無聊的書/*tame* scenery 普通的風景.
— *vt.* (~s [~z; ~z]; ~d [~d; ~d]; **tam·ing**) **1** 馴養〔野生動物〕. *tame* a lion 馴養獅子.
2 使〔反抗的人等〕變得順從; 削弱, 抑制, 〔精力等〕. He *tamed* his temper. 他壓抑住自己的脾氣.
3 控制, 利用, 〔河水等自然力〕.

tame·a·ble [ˋteməbl; ˈteɪməbl] *adj.* 能馴養的, 能馴服的.

tame·ly [ˋtemlɪ; ˈteɪmlɪ] *adv.* 馴服地; 溫順地.

tame·ness [ˋtemnɪs; ˈteɪmnɪs] *n.* ⓤ馴服; 順從; 無精打采; 平淡無奇.

tam·er [ˋtemə; ˈteɪmə(r)] *adj.* tame 的比較級.
— *n.* ⓒ馴服(野獸等)的人, 馴獸師. a lion *tamer* 馬戲團的馴獅者.

tam·est [ˋtemɪst; ˈteɪmɪst] *adj.* tame 的最高級.

Tam·il [ˋtæml, ˋtæmɪl; ˈtæmɪl] *n.* ⓒ坦米爾人《居住在南印度以及錫蘭島》; ⓤ坦米爾語.

tam·ing [ˋtemɪŋ; ˈteɪmɪŋ] *v.* tame 的現在分詞, 動名詞.

tam-o'-shan·ter [͵tæməˋʃæntə; ͵tæməˈʃæntə(r)] *n.* ⓒ(起源於蘇格蘭的)扁帽.

tamp [tæmp; tæmp] *vt.* **1** 輕輕拍打填實(土等)《down》. **2** 用砂[黏土等]塞住(裝入炸藥的孔眼)《以增強爆炸力》.

tam·per [ˋtæmpə; ˈtæmpə(r)] *vi.* **1** 亂搞, 弄糟, 《with》. *tamper with* a manuscript 胡

[tam-o'-shanter]

亂更改原稿. **2** 非法干涉; 收買.

tam·pon [`tæmpɑn; 'tæmpɒn] n. ⓒ 止血棉球, 棉塞, 《用脫脂棉捲緊用來吸收分泌物或止血等》.

***tan**[1] [tæn; tæn] v. (~**s** [~z; ~z]; ~**ned** [~d; ~d]; ~**ning**) vt. **1** 鞣製〔皮革〕. **2** 把〔皮膚〕曬黑. a tanned face 曬黑的臉. 回tan 與 burn 不同, 是指曬得健康黝黑.

— vi. 被太陽曬黑. tan to a golden brown 曬成古銅色.

tàn a pèrson's **híde** → hide[2] 的片語.

— n. ⓤ 黃褐色; ⓒ 日曬後的古銅色. get a good tan 皮膚曬成古銅色/She came back from Miami with a beautiful tan. 她從邁阿密回來, 曬了一身美麗的古銅色.

— adj. 黃褐色的.

tan[2] (略) tangent.

tan·dem [`tændəm; 'tændəm] adv. (兩個(以上)的)座席, 兩匹(以上)的馬)前後排列地, 縱向排列地.

— adj. 前後的; 兩個(以上)的座席前後排列的.

— n. ⓒ **1** 成縱列的兩匹[馬]車]. **2** =tandem bicycle.

in tándem (兩個)成縱列排列; (兩人)協力合作. They write in tandem. 他們兩人合著.

tándem bícycle n. ⓒ 兩人(以上)協力車.

Tang, T'ang [tæŋ; tæŋ] n. 唐朝《中國古代的王朝; 西元618-907 年》.

tang [tæŋ; tæŋ] n. ⓒ (通常用單數) **1** 濃烈的味道, 強烈的氣味. the tang of the sea air 海風(撲鼻而來)的味道. **2** 感覺, 氣味; (of). There was a tang of irony in his praise. 他的讚美中帶了些許諷刺的意味.

[tandem bicycle]

tan·gent [`tændʒənt; 'tændʒənt] n. ⓒ (數學) **1** 切線. **2** 正切(略作 tan).

gò [**flý**] **óff at** [**on**] a **tángent** (口)(談話, 行動)突然改變話題, 突然改變方式.

tan·gen·tial [tæn`dʒɛnʃəl; tæn'dʒenʃl] adj. **1** (數學)切線的. **2** 輕輕相觸的; 離題的, 不相干的.

tan·ge·rine [ˌtændʒə`rin, ˌtændʒə·'rin; ˌtændʒə'ri:n] n. **1** ⓤⓒ 紅橘, 柑橘, 《產於美國、南非的橘子》. **2** ⓤ 橘紅色.

tan·gi·bil·i·ty [ˌtændʒə`bɪlətɪ; ˌtændʒə'bɪlətɪ] n. ⓤ(文章)可觸知性; 有實體的東西; 具體性.

tan·gi·ble [`tændʒəbl; 'tændʒəbl] adj. **1** (文章)可觸知的, 有實體的; (法律)有形的, 實質的. tangible objects such as tables and chairs 像桌子和椅子這種摸得到感覺得到的物體.

2 確實的, 明白的, 具體的. produce no tangible evidence 一個實證也提不出來.

tan·gi·bly [`tændʒəblɪ; 'tændʒəblɪ] adv. 可觸知地; 清楚地.

***tan·gle** [`tæŋgl; 'tæŋgl] v. (~**s** [~z; ~z]; ~**d** [~d; ~d]; ~**gling**) vt. **1** 使(線, 繩子等)糾結在一起. Her hair was tangled. 她的頭髮都糾在一起了.

2 使(事情等)糾纏不清, 使混亂; 把(人等)捲入混亂. a tangled affair 糾纏不清的事情.

— vi. **1** 糾結, 糾纏; 紛紜. The fishing line tangled every time he cast. 他每次拋擲釣線時都會糾結在一起.

2 《口》吵架(with). Don't tangle with him. 別和他吵.

— n. (pl. ~**s** [~z; ~z]) ⓒ **1** (頭髮或線等)纏成一團. a tangle of wool 一團纏結的羊毛.

2 糾紛, 混亂. a tangle of figures 胡亂排列的數字. **3** (口)爭吵, 口角, (with).

in a tángle 糾葛, 糾紛; 紛亂, 混亂.

tan·go [`tæŋgo; 'tæŋgəʊ] n. (pl. ~**s**) **1** ⓒ 探戈(起源於南美的交際舞).

2 ⓤⓒ 探戈(歌曲, 音樂).

— vi. 跳探戈.

tang·y [`tæŋɪ; 'tæŋɪ] adj. (味道)強烈的; (氣味)明顯的. a tangy sea breeze 一股濃濃的海風味.

‡**tank** [tæŋk; tæŋk] n. (pl. ~**s** [~s; ~s]) ⓒ **1** (貯存水、油、瓦斯等的)槽, 大容器. an oil tank 油槽/a water tank 水槽.

2 坦克車, 戰車. a German tank 德製的坦克車. [參考]源自當初這種新武器被製造出來時, 為了防止機密洩露而祕稱為 water tank(水槽).

— vi. 貯滿整槽.

tank·ard [`tæŋkəd; 'tæŋkəd] n. ⓒ 大杯子, 大酒杯, 《通常附有把手、蓋子、喝啤酒用》; 大杯子一杯的量.

[tankard]

tánk càr n. ⓒ (鐵路)油槽車(運送天然氣、汽油等).

***tank·er** [`tæŋkə; 'tæŋkə(r)] n. (pl. ~**s** [~z; ~z]) ⓒ油輪; 空中加油機; 油罐車. an oil tanker (→見 oil tanker).

tank·ful [`tæŋkˌful; 'tæŋkfʊl] n. ⓒ 滿槽的量.

tánk tòp n. ⓒ 運動背心(無袖低領的女用運動上衣).

tánk trùck n. ⓒ (美)油罐車.

tanned [tænd; tænd] adj. **1** 熟的〔皮革〕. **2** 曬黑的〔皮膚〕.

tan·ner [`tænə; 'tænə(r)] n. ⓒ 製革工人.

tan·ner·y [`tænərɪ; 'tænərɪ] n. (pl. -**ries**) ⓒ 製革工廠.

tan·nic acid [ˌtænɪk`æsɪd; ˌtænɪk'æsɪd] n. =tannin.

tan·nin [`tænɪn; 'tænɪn] n. ⓤ(化學)丹寧酸.

tan·ta·lize [`tæntlˌaɪz; 'tæntəlaɪz] vt. (把令人渴望的東西展現在拿不到的地方來)引誘人, 吊人胃口, (with)(→ Tantalus).

tan·ta·liz·ing [`tæntlˌaɪzɪŋ; 'tæntəlaɪzɪŋ] adj. 誘人的, 吊人胃口的. a tantalizing smell of food 食物的誘人氣味.

Tan·ta·lus [`tæntləs; 'tæntələs] n. 《希臘神話》

坦塔羅斯《Zeus之子；因洩漏諸神的祕密而受到懲罰，他所在之處水至下顎邊，想喝卻喝不得，想摘取頭頂上的果實充飢，卻也摘不到；→ tantalize）.

tan·ta·mount [ˋtæntəˏmaʊnt; ˋtæntəmaʊnt] *adj.* 《敘述》《文章》同等的，相等的，《to》. Working here is *tantamount to* slavery. 在這裡工作無異於做奴隸.

tan·trum [ˋtæntrəm; ˋtæntrəm] *n.* ⓒ (特指小孩的)鬧脾氣. Jim is in a *tantrum*. 吉姆在鬧脾氣.

Tan·za·ni·a [ˏtænzəˋnɪə; ˏtænzəˊnɪə] *n.* 坦尚尼亞(位於非洲東部的共和國；大英國協成員國之一；首都 Dar es Salaam).

Tao·ism [ˋtaʊˏɪzəm, ˋtaʊɪzəm; ˊtɑːəʊɪzəm] *n.* ⓤ 道教(中國老子開創的學說).

‡tap¹ [tæp; tæp] *v.* (~s [~s; ~s]; ~ped [~t; ~t]; ~·ping) *vt.* **1** 輕拍，輕敲，(為引起注意等). He *tapped* me on the shoulder. 他輕拍我的肩膀/ Rain *tapped* the windows. 雨聲敲著窗戶.
2 (手，腳等)啪啪地敲打(on)；(用手)打拍子. She *tapped* her fingers *on* the table. 她用手指頭敲著桌子(由於焦躁等).
3 彈落 (菸灰等).
4 輸入，鍵入，(書信，資訊等). *tap* data into a computer 把資料打進電腦.
— *vi.* **1** 敲，叩，(at, on). *tap at* [on] a door 敲[叩]門. **2** 跳踢躂舞.
— *n.* ⓒ **1** 輕叩[叩]聲(at, on). Didn't you hear a *tap* at the window? 你難道沒有聽見有輕敲窗戶的聲音? **2** 踢躂舞.

‡tap² [tæp; tæp] *n.* (*pl.* ~s [~s; ~s]) ⓒ **1** (主英) (自來水等的)水龍頭 (美) faucet，→ bathroom . turn the *tap* on [off] 打開[關上]水龍頭/ The *tap* leaks. 這個水龍頭會漏(水).
2 (桶等的)塞子，開關閥.
3 (電話的)竊聽裝置.
on táp (1)(啤酒等)隨時可以從桶中汲出地.
(2)任何時候都能使用的狀態.
— *vt.* (~s; ~ped; ~·ping) **1** 打開(桶)的塞口；從…的開關閥汲(酒)；為(桶)裝上塞子. *tap* a barrel 拔掉桶塞.
2 開發(資源，土地等). *tap* new energy sources 開發新的能源.
3 竊聽(電話，人的對話).

tap-dance [ˋtæpˏdæns; ˊtæpdɑːns] *vi.* 跳踢躂舞.

táp dàncing *n.* ⓤ 踢躂舞.

‡tape [tep; teɪp] *n.* (*pl.* ~s [~s; ~s]) **1** ⓤ (用於包裝等的)扁平的帶子. red *tape* (→見 red tape).
2 ⓒ 賽跑終點線的帶子. breast the *tape* (賽跑中首位跑者)衝過終點線，跑第一名.
3 ⓤⓒ 磁帶(錄音，錄影用)(magnetic tape)；ⓒ 已錄音[錄影]的磁帶. a cassette *tape* 卡式錄音帶/ I have a *tape* of the movie. 我有那部電影的錄影帶/We have his confession on *tape*. 我們把他的招供錄在錄音帶上了.
4 ⓤ 電報的收報帶(ticker tape)；電腦的打孔帶；絕緣帶；OK 繃(adhesive tape)；透明膠帶((美)

Scotch tape; (英) Sellotape)；ⓒ 捲尺(tape measure).
— *vt.* (~s [~s; ~s]; ~d [~t; ~t]; tap·ing)
1 將(音樂，電視節目等)錄音，錄影，(tape-record). *tape* a TV program 把電視節目錄下來.
2 用帶子捆綁(包裹等)(up)；用(膠帶)固定(某物)；用捲尺來測量.
3 《美》為…纏上繃帶(up)((英) strap). The nurse *taped up* my sprained ankle. 那個護士包紮我扭傷的腳踝.

tápe dèck *n.* ⓒ 卡座.

tápe mèasure *n.* ⓒ 捲尺(用布，金屬製成).

ta·per [ˋtepɚ; ˊteɪpə(r)] *n.* ⓒ **1** (長形物的)前端漸細.
2 (塗蠟的)燈芯(點火用)；細長的蠟燭.
— *vt.* 使…愈來愈細；使…逐漸減少；(off).
— *vi.* 愈來愈細；逐漸減少；愈變愈小；(off).

tape-re·cord [ˋteprɪˏkɔrd; ˊteɪprɪˏkɔːd] *vt.* 用磁帶錄音[錄影].

‡tápe recòrder *n.* ⓒ 錄音機. start [stop] a *tape recorder* 打開[關掉]錄音機.

tápe recòrding *n.* **1** ⓤ 錄音，錄影.
2 ⓒ 已錄音[錄影]的磁帶；被錄音[錄影]下來的東西.

tap·es·try [ˋtæpɪstrɪ; ˊtæpɪstrɪ] *n.* (*pl.* -ries) ⓤⓒ 壁毯，掛毯，織錦，(以色線織上圖案、繪畫的毯子；用於壁飾或鋪蓋家具).

tape·worm [ˋtepˏwɝm; ˊteɪpwɜːm] *n.* ⓒ (蟲)條蟲(→ worm).

tap·ing [ˋtepɪŋ; ˊteɪpɪŋ] *v.* tape 的現在分詞、動名詞.

tap·i·o·ca [ˏtæpɪˋokə; ˏtæpɪˊəʊkə] *n.* ⓤ 木薯粉(由熱帶植物 cassava 根部所製成的食用澱粉；為食品，布丁，漿糊等的原料).

ta·pir [ˋtepɚ; ˊteɪpə(r)] *n.* (*pl.* ~, (罕) ~s) ⓒ (動物)貘(產於馬來半島、中南美洲，外型似豬的動物).

tap·ping [ˋtæpɪŋ; ˊtæpɪŋ] *v.* tap 的現在分詞、動名詞.

tap·root [ˋtæpˏrut, -rʊt; ˊtæpruːt] *n.* ⓒ (植物)(筆直朝下伸展然後由此生出支根的)主根，直根.

taps [tæps; tæps] *n.* (通常作單數)《美軍》熄燈號；(軍隊葬禮中的)哀樂.

tap·ster [ˋtæpstɚ; ˊtæpstə(r)] *n.* ⓒ (酒吧的)酒保，侍者.

‡tar [tɑr; tɑː(r)] *n.* ⓤ 焦油，柏油，(coal tar)《用於鋪修道路、保存木材等，黑色或褐色的濃稠物質》；(香菸的)焦油. a low [high]-*tar* cigarette 焦油含量低[高]的香菸.
— *vt.* (~s; ~red; ~·ring) 將(某物)塗上瀝青.
be tárred with the sàme brúsh 有同樣的缺點，一丘之貉，《as 和(他人)》(<被塗上同樣的刷子塗上了柏油).
tàr and féather... 將(某人)身上塗滿柏油並黏上羽毛(從前用的私刑).

tar·an·tel·la [ˌtærənˈtɛlə; ˌtærənˈtelə] *n.*
1 ⓒ塔蘭臺拉舞《起源於義大利，活潑輕快的雙人舞》. **2** Ⓤⓒ塔蘭臺拉舞曲.

ta·ran·tu·la
[təˈræntʃələ; təˈræntjolə]
n. ⓒ狼蛛《原產於南歐的
大蜘蛛；一般以為是毒蜘
蛛，但其毒性並不強》.

[tarantula]

tar·di·ly [ˈtɑrdlɪ, -dɪlɪ;
ˈtɑːdili] *adv.* 緩慢地；遲到地.

tar·di·ness [ˈtɑrdɪnɪs; ˈtɑːdinis] *n.* Ⓤ緩慢；
遲到.

tar·dy [ˈtɑrdɪ; ˈtɑːdi] *adj.* **1** 《文章》《動作等》遲鈍
的，緩慢的；遲到的；磨蹭的. *tardy* consent 勉強
的答應.
2 《美》遲到的(late). be *tardy* for school 上學
遲到.

tare¹ [tɛr, tær; teə(r)] *n.* ⓒ《聖經》(通常 tares)
稗子；雜草.

tare² [tɛr, tær; teə(r)] *n.* ⓒ(通常用單數)
1 (貨物的)外裝重《貨物的容器或包裝材料的重量》.
2 (不包括燃料的)車體重量.

***tar·get** [ˈtɑrgɪt; ˈtɑːgit] *n.* (*pl.* ~s [~s; ~s]) ⓒ
1 《槍，弓，箭等的》靶子，目標；《轟炸，飛彈等
的》攻擊目標. hit [miss] the *target* 擊中[偏離]目
標.
2 (指責，嘲笑等的)對象. She made him a *tar-
get for* her scorn. 她把他當作自己嘲笑的對象/Jim
was the *target of* their jokes. 吉姆是他們開玩笑
的對象.
3 (努力的)目標，目的物. reach one's *target* 達
到目的/the *target* language (學習或翻譯的)目標
語言.
on tárget 命中目標地；不離題地.
— *vt.* 朝向，使朝向，〔標的，目標等〕(at, on)(常
用被動語態). The bombing was *targeted* precise-
ly *on* the enemy's military bases. 這次轟炸精確
地命中敵人的軍事基地/The program is *targeted*
at young people. 那個節目是針對年輕族群的.

tar·iff [ˈtærɪf; ˈtærif] *n.* (*pl.* ~s) ⓒ **1** 關稅.
a *tariff* on foreign cars 對外國汽車所徵收的關稅/
a *tariff* wall [barrier] 關稅壁壘.
2 (旅館，飯店等的)價目表. a hotel *tariff* 飯店住
宿價目表.

tar·mac [ˈtɑrmæk; ˈtɑːmæk] *n.* **1** Ⓤ柏油(混
合瀝青和碎石用以鋪設道路的材質).
2 ⓒ(通常用單數)用柏油鋪設的跑道[道路].
— *vt.* (~s; -macked; -mack·ing)用柏油碎石鋪設
〔道路等〕.

tar·ma·cad·am [ˌtɑrməˈkædəm;
ˌtɑːmə'kædəm] *n.* =macadam, tarmac.

tarn [tɑrn; tɑːn] *n.* ⓒ(山中的)小湖，山湖，《在
英格蘭北部，蘇格蘭的山中》.

tar·nish [ˈtɑrnɪʃ; ˈtɑːniʃ] *vt.* **1** 使〔光澤〕模糊；
使生鏽；使變色. Salt *tarnishes* silver. 鹽會使銀

變色. **2** 敗壞，傷害，〔名譽等〕.
— *vi.* 變模糊；變色.
— *n.* Ⓤ **1** 模糊，鏽；變色. **2** 污點，瑕疵.

ta·ro [ˈtɑro; ˈtɑːrəo] *n.* (*pl.* ~s) ⓒ《植物》芋《產於
熱帶地方》；芋頭(食用).

tar·ot [ˈtæro; ˈtærəo] *n.* (★注意發音) ⓒ塔羅
牌(22張1組，占卜用).

tar·pau·lin [tɑrˈpɔlɪn; tɑːˈpɔːlin] *n.* Ⓤ
1 (塗上焦油等的)防水布，帆布.
2 (特指水手的)防水帽.

tar·pon [ˈtɑrpan; ˈtɑːpɒn] *n.* (*pl.* ~s, ~) ⓒ大
鱗白魚《墨西哥灣盛產的銀色大魚》.

tar·ra·gon [ˈtærə,gan; ˈtærəgən] *n.* Ⓤ《植
物》龍蒿(苦艾類)；龍蒿葉(香辛料).

*tar·ry¹ [ˈtærɪ; ˈtæri] *vi.* (-ries [~z; ~z]; -ried
[~d; ~d]; ~·ing)《古，雅》**1** 停留，滯留，
(stay). We *tarried* awhile in the picturesque
village. 我們在那個風景如畫的村莊稍作停留.
2 延遲，耽誤，(delay). Don't *tarry* on the
way. 不要在路上逗留.

tar·ry² [ˈtɑrɪ; ˈtɑːri] *adj.* 焦油的，焦油質的；塗
上焦油的.

tart¹ [tɑrt; tɑːt] *adj.* **1** 酸的. a *tart* apple 酸的蘋
果. **2** 激烈的，尖酸刻薄的.

tart² [tɑrt; tɑːt] *n.* Ⓤⓒ奶油水果派《以水果，
乳酪，果醬等為餡加以烤製而成的餡餅》《(英)的作
法多看得見內餡，(美)則較小，多只有一口大小》
(→ pie 參考). **2** ⓒ《俚》淫蕩的女人，妓女.

tar·tan [ˈtɑrtn; ˈtɑːtən] *n.* **1** Ⓤ格子花紋的毛
織品，蘇格蘭格子花紋，《特指蘇格蘭高地上各個
clan(氏族)所特有的圖樣》.
2 ⓒ格子呢，蘇格蘭格子呢.

Tar·tar [ˈtɑrtɚ; ˈtɑːtə(r)] *n.* ⓒ **1** 《歷史》韃靼
人. **2** (或 *tartar*)難以對付的[兇暴的]人；頑固的
人《特指女性》.
càtch a tártar 遇到意想不到的勁敵；碰到棘手
的事.《<意外抓到了韃靼人》.

tar·tar [ˈtɑrtɚ; ˈtɑːtə(r)] *n.* Ⓤ **1** 牙結石.
2 酒石(沈澱於釀造酒的酒桶底部；酒石酸的原料).

tar·tar·ic acid [tɑrˈtærɪk,æsɪd, -ˈtɑrɪk-;
tɑːˈtærik,æsid] *n.* Ⓤ《化學》酒石酸.

tártar sàuce *n.* Ⓤ塔塔醬《以剁碎的菜和蛋
乃滋調製而成，多附於魚類菜餚中；也稱為 tartare
[ˈtɑtɚ; ˈtɑːtɑː(r)]》.

Tar·ta·rus [ˈtɑrtərəs; ˈtɑːtərəs] *n.* 《希臘神話》
地獄之下蓁坦族被囚禁於此的無底深淵；地獄.

tart·ly [ˈtɑrtlɪ; ˈtɑːtli] *adv.* 尖酸刻薄地，不容分
說地.

tart·ness [ˈtɑrtnɪs; ˈtɑːtnis] *n.* Ⓤ尖酸刻薄.

*task** [tæsk; tɑːsk] *n.* (*pl.* ~s [~s; ~s]) ⓒ工作；
課業；職務. a routine *task* 固定的工作/a
home *task* (指定給學生的)家庭作業《★ homework
是Ⓤ》/The care of the dog is the boy's *task*. 照
顧狗是那個男孩的工作/He undertook the *task*
with reluctance. 他勉強接受了那份工作/Mother
set me the *task* of milking the cows. 母親叫我去
擠牛奶. 同 *task* 是指不愉快或困難的義務性工作；
→ work.

〔搭配〕 adj.+task: an allotted ~ (被分配到的職務), a difficult ~ (困難的工作), an urgent ~ (緊急的任務) // v.+task: accomplish a ~ (完成任務), do a ~ (實行任務).

tàke a **pèrson** to **tásk** 斥責人，指責人，((for)). She would often take him to task for his laziness. 她會經常斥責他懶惰.

— vt. 過分地加諸〔工作等〕; 指派〔人〕工作〔任務〕 ((with)).

tásk fòrce n. ⓒ **1** (軍事)(負有特殊任務的)機動部隊. **2** (因應不時之需而組成的)特別研究小組, 特搜隊.

task·mas·ter [ˋtæsk͵mæstɚ; ˈtɑːskˌmɑːstə(r)] n. ⓒ (嚴厲的)工頭, 監工; 嚴厲的主人〔教師〕.

task·mis·tress [ˋtæsk͵mɪstrɪs; ˈtɑːskˌmɪstrɪs] n. ⓒ 女工頭; 嚴厲的女主人〔女性教師〕.

Tas·ma·ni·a [tæzˋmenɪə, -njə; tæzˈmeɪnjə] n. 塔斯馬尼亞島(位於澳洲東南方).

Tass [tæs; tæs] n. 塔斯社(前蘇聯國營通訊社).

tas·sel [ˋtæsḷ; ˈtæsl] n. ⓒ **1** (裝飾用的)流蘇(服裝, 旗幟, 窗簾等的). **2** (植物)(玉米等的)穗狀花絮.

tas·seled, tas·selled [ˋtæsḷd; ˈtæsld] adj. (飾)有流蘇的.

‖**taste** [test; teɪst] v. (~s [~s; ~s]; tast·ed [~ɪd; ~ɪd]; tast·ing) vt. **1** 嚐味道, 試吃(慢慢地)品嚐, 品味; 吃東西. She tasted the soup to see if it was salty enough. 她嚐了嚐湯的味道, 看是否夠鹹/Have you ever tasted sashimi? 你嚐過生魚片嗎?/The boy was so hungry that he hardly tasted the meal but just swallowed it. 那個男孩實在太餓了, 所以嚐都沒嚐就狼吞虎嚥一頓/I haven't tasted anything since morning. 我從早到現在甚麼也沒吃.

2 嚐出…的味道(常與 can 連用). Can you taste the garlic in this dish? 你嚐得出來這道菜的大蒜味嗎?

3 體驗. They have never tasted freedom. 他們不曾體驗過自由的滋味.

— vi. **1** 〔句型2〕 (taste A)有 A 的味道(★ A 是具體描繪味道的形容詞). The milk tasted sour. 這牛奶喝起來酸酸的.

2 有…(東西)的味道(of; like). This tastes of mint. 這個吃起來有薄荷味/What does caviar taste like? 魚子醬是甚麼味道?

3 體驗到((of)) have never tasted of fame 從未體驗過成名的滋味.

— n. (pl. ~s [~s; ~s]) **1** Ⓤⓒ味覺. It was bitter to my 〔the〕 taste. 這個有苦味.

2 Ⓤⓒ (食物, 飲料的)味道. The cheese had a strange taste. 這塊乳酪有股怪味道.

3 ⓒ (食物, 飲料的)一口, 少量; 品嚐. May I have just a taste of the pie? 讓我嚐一嚐這個派好不好?

4 ⓒ (用 a taste of…)…的體驗. a taste of poverty 貧窮的滋味/We can get a taste of foreign life by traveling. 我們可以藉由旅遊體驗異國生活.

5 Ⓤ鑑賞力, 審美眼光. He has no taste in poetry. 他不懂得欣賞詩.

6 ⓊⒸ愛好, 品味, ((for, in 對於…)). I don't like your taste in color. 我不喜歡你對色彩的品味/There is no accounting for tastes. (諺)人各有所好(<各人的品味愛好是無法說明的).

〔搭配〕 adj.+taste (5-6): (a) discriminating ~ (具有鑑賞力的品味), (a) refined ~ (高雅的品味), (a) simple ~ (單純的喜好), (a) vulgar ~ (低俗的品味).

in bàd 〔**pòor**〕 **táste** 低級品味, 粗俗.

in gòod táste 品味高雅, 優雅. The room was decorated in good taste. 這個房間佈置得很雅致.

lèave a bàd 〔**nàsty**〕 **táste in the** 〔**one's**〕 **mòuth** 〔吃完東西〕後嘴巴留下不好的氣味; 〔經驗等〕留下一種令人嫌惡的感覺.

to táste 合口味. Salt the food to taste. 依個人喜好酌量加鹽於食物中.

✶ **to a pèrson's táste** 合某人的意. I hope the wine is to your taste. 我希望你會喜歡這種酒的味道.

táste bùd n. ⓒ(解剖)味蕾(位於舌頭表面, 控制味覺).

taste·ful [ˋtestfəl; ˈteɪstfʊl] adj. 〔人, 服裝等〕品味高雅的, 風雅的, (↔tasteless). a tasteful dress 〔room〕 高雅的服裝〔房間〕.

taste·ful·ly [ˋtestfəlɪ; ˈteɪstfʊlɪ] adv. 高雅地, 雅致地.

taste·less [ˋtestlɪs; ˈteɪstlɪs] adj. **1** 乏味的, 難吃的. a tasteless meal 難吃的餐點.

2 〔人, 服裝等〕低俗的, 不雅的, (↔tasteful); 〔演技, 文章等〕枯燥的, 無聊的. a tasteless performance 索然無味的表演.

taste·less·ly [ˋtestlɪslɪ; ˈteɪstlɪslɪ] adv. 乏味地; 下流地.

taste·less·ness [ˋtestlɪsnɪs; ˈteɪstlɪsnɪs] n. Ⓤ平淡無味; 低級.

tast·er [ˋtestɚ; ˈteɪstə(r)] n. ⓒ品嚐者(職業品酒師或品茶師).

tast·i·ly [ˋtestɪlɪ, -tḷɪ; ˈteɪstɪlɪ] adv. 美味地.

tast·ing [ˋtestɪŋ; ˈteɪstɪŋ] v. taste 的現在分詞, 動名詞.

tast·y [ˋtestɪ; ˈteɪstɪ] adj. **1** 好吃的, 美味的. a tasty meal 美味的餐點. 〔同〕特別用來描述鹹味, 但並不包括聞起來的香味; → delicious.

2 〔口〕〔特指新聞消息等〕有趣的, 令人愉悅的.

tat [tæt; tæt] v. (~s [~s; ~s]; ~·ted [~ɪd; ~ɪd]; ~·ting) vt. 用梭(tatting)織(花邊, 飾邊).

— vi. 梭織.

ta-ta [ˋtɑ͵tɑ; ˈtæˈtɑː] interj. ((英, 幼兒語))= good-by(e).

tat·ter [ˋtætɚ; ˈtætə(r)] n. ⓒ **1** (撕裂而垂掛著的)破布條; (tatters)破衣服. The curtains hung in tatters. 那些窗簾像破布條似地垂掛著.

tèar...to tátters 把〔布等〕撕碎; 把〔對手的論點等〕批評得體無完膚.

tat·tered [ˈtætəd; ˈtætəd] *adj.* 衣衫襤褸的; 衣著破爛的.

tat·ting [ˈtætɪŋ; ˈtætɪŋ] *n.* ⓤ 梭織(花邊類的編織工藝品); 梭織的花邊.

tat·tle [ˈtætl; ˈtætl] *vi.* 饒舌; 談論別人的隱私.
— *vt.* 談論(他人的隱私).
— *n.* ⓤ 閒談; 傳閒.

tat·tler [ˈtætlə, ˈtætlə, ˈtætlə(r)] *n.* ⓒ 愛說閒話的人.

tat·too[1] [tæˈtu; təˈtuː] *n.* (*pl.* ~s) ⓒ **1** (軍隊)(深夜的)歸營號. **2** 擊鼓聲. **3** (晚間爲娛樂而舉行的)軍樂隊遊行.

tat·too[2] [tæˈtu; təˈtuː] *n.* (*pl.* ~s) ⓒ 刺青, 紋身.
— *vt.* 紋上(…的圖案等); 在(皮膚等)上刺青. He had a snake *tattooed* on his chest. 他的胸膛上刺了一條蛇.

tat·ty [ˈtætɪ; ˈtætɪ] *adj.* (口)磨破的; 破舊的; 低劣的.

tau [tɔ, tau; tɔ, tau] *n.* ⓤⓒ (希臘字母中的第十九個字母; T, τ; 相當於羅馬字母中的 T, t).

taught [tɔt; tɔːt] *v.* teach 的過去式、過去分詞.

taunt [tɔnt, tɑnt; tɔːnt] *vt.* 嘲弄, 愚弄, (人)(*with*); 嘲笑(人)而使其…(*into*). They *taunted* him *with* his accent. 他們嘲笑他說話的口音/He was *taunted into* fighting by the other boys. 他受到其他男孩嘲弄, 憤而打起架來.
— *n.* ⓒ 嘲笑, 嘲弄人的話.

taunt·ing·ly [ˈtɔntɪŋlɪ; ˈtɔːntɪŋlɪ] *adv.* 嘲弄地.

Tau·rus [ˈtɔrəs; ˈtɔːrəs] *n.* **1** (天文)金牛座; 金牛宮(十二宮的第二宮; → zodiac). **2** ⓒ 金牛座的人(於 4 月 20 日至 5 月 20 日之間出生的人).

taut [tɔt; tɔːt] *adj.* **1** (纜索、肌肉、髮絲等)繃緊的, 拉緊的. They pulled the rope *taut*. 他們拉緊了繩索.
2 (神經等)緊張的; (表情等)焦慮的.
3 整潔的, 整齊的. a *taut* figure 乾乾淨淨的人.

taut·ly [ˈtɔtlɪ; ˈtɔːtlɪ] *adv.* 緊張地; 并然有序地.

tau·to·log·i·cal [ˌtɔtlˈɑdʒɪkl; ˌtɔːtəˈlɒdʒɪkl] *adj.* 重複同義字的; 冗長的.

tau·tol·o·gy [tɔˈtɑlədʒɪ; tɔːˈtɒlədʒɪ] *n.* (*pl.* -gies) ⓤⓒ (修辭學)重複同義字; 冗辭; (例如 The war *finally* ended *at last*. (戰爭最後終於結束了)等; → pleonasm).

tav·ern [ˈtævən; ˈtævən] *n.* ⓒ (古)客棧(inn); 酒館, 酒店. stay at a *tavern* 住宿客棧.

taw·dry [ˈtɔdrɪ; ˈtɔːdrɪ] *adj.* 鮮豔而廉價的, 俗氣的. a *tawdry* dress 俗麗的衣著.

taw·ny [ˈtɔnɪ; ˈtɔːnɪ] *adj.* 黃褐色的.

*tax [tæks; tæks] *n.* (*pl.* ~**es** [~ɪz; ~ɪz]) **1** ⓤⓒ 稅金, 租稅. an income *tax* return 所得稅申報書/the *tax* cuts 減稅(措施)/free of *tax* 免稅/He evaded (paying) his *taxes*. 他逃漏稅/Nearly half of my income goes in *tax*. 我將近一半的收入都繳稅去了/That comes to $52 with [plus] *tax*.

含稅一共是 52 美元(店員說的話).

[搭配] *v.*+tax: collect a ~ (徵收稅金), impose a ~ (課稅), increase a ~ (增稅), reduce a ~ (降低稅金), cut a ~ (減稅).

2 (*a* ⓤ) 沈重的負擔, 嚴峻的責任, (*on, upon* 對於…). a heavy *tax upon* a person's health 對某人健康的沈重負擔/Having to teach the children put a *tax on* her patience. 管教小孩對她的耐性是一種挑戰.

after [*before*] *tax* (收入金額)已扣稅[未扣稅]的.
— *vt.* (~**es** [~ɪz; ~ɪz]; ~**ed** [~t; ~t]; ~**ing**)
1 對(人, 物)徵稅(課稅). *tax* the rich to provide welfare services for the poor 向富人徵稅, 以提供貧者福利/These foreign goods are heavily *taxed*. 這些外國商品被課很重的稅.
2 (勞累的工作等)給人)帶來沈重負擔; 強迫, 折磨, (人). *tax* one's eyes 用眼過度/The climb *taxed* my strength. 爬這一段令我筋疲力竭.
3 (文章)責備, 譴責, (人)(*with*). *tax* a person *with* being neglectful 責備某人的疏失.
⇨ *n.* taxation.

●──與 TAX 相關的用語	
consumption tax	消費稅
value-added tax	(英)增值稅
inheritance tax	遺產稅
income tax	所得稅
sales tax	(美)營業稅
surtax	累進所得稅; 附加稅
overtax	*v.* 超額徵稅, 課稅重稅

tax·a·ble [ˈtæksəb; ˈtæksəbl] *adj.* 可課稅的; 有稅的.

tax·a·tion [tæksˈeʃən; tækˈseɪʃn] *n.* ⓤ **1** 課稅, 徵稅. be exempt from *taxation* 免稅/be subject to *taxation* 成爲課稅的對象.
2 稅收. ⇨ *v.* tax.

tax collector *n.* ⓒ 稅務人員.

tax-de·duct·i·ble [ˌtæksdɪˈdʌktəbl; ˌtæksdɪˈdʌktəbl] *adj.* (經費, 支出等)(申報稅金時)可予以免除的.

tax e·vad·er [ˈtæksˌivedə; ˈtæksˌɪveɪdə(r)] *n.* ⓒ 逃稅者.

tax evasion *n.* ⓤⓒ 逃稅.

tax-ex·empt [ˈtæksɪgˈzɛmpt; ˈtæksɪgˈzempt] *adj.* 免稅的.

tax-free [ˌtæksˈfri; ˌtæksˈfriː] *adj.* 免稅的, 不需繳稅的; 扣除稅款的(股息等).

tax haven *n.* ⓒ 租稅避風港, 「避稅聖地」, (幾乎不徵收稅金的國家, 以中南美洲居多, 有利外國企業投資的場所).

tax year *n.* ⓒ 稅制年度(在美國是 1 月 1 日開始, 英國是從 4 月 6 日起一年的期間).

tax·i [ˈtæksɪ; ˈtæksɪ] *n.* (*pl.* ~s**, ~**es** [~z; ~z]) ⓒ 計程車 (taxicab 的略稱; 亦作 cab). We went to the airport by *taxi*. 我們搭計程車到機場/a *taxi* driver 計程車司機.

〖搭配〗 *v.*+taxi: call (for) a ~ (叫計程車), get in(to) a ~ (搭乘計程車), get out of a ~ (下計程車), hail a ~ (招計程車), hire a ~ (雇計程車), take a ~ (搭乘計程車).

— *vi.* (~s, ~es; ~ed; ~ing, tax·y·ing) 〔飛機〕在地面[水面]滑行. The plane is *taxiing* along the runway. 飛機在跑道上滑行.

tax·i·cab [ˋtæksɪ͵kæb; ˈtæksɪkæb] *n.* C 計程車《*taximeter cab* 的略稱》.

tax·i·der·mist [ˋtæksə͵dɝmɪst; ˈtæksɪdɜːmɪst] *n.* C (動物標本的)剝製師.

tax·i·der·my [ˋtæksə͵dɝmɪ; ˈtæksɪdɜːmɪ] *n.* U (動物標本的)剝製技術.

tax·i·me·ter [ˋtæksɪ͵mitɚ; ˈtæksɪ͵miːtə(r)] *n.* C (計程車的)里程錶.

táxi rànk *n.* (英)＝taxi stand.

táxi stànd *n.* C (主美)計程車招呼站.

tax·i·way [ˋtæksɪ͵we; ˈtæksɪweɪ] *n.* (*pl.* ~s) C (機場的)滑行跑道(→ airport 圖).

tax·man [ˋtæks͵mæn; ˈtæksmæn] *n.* (*pl.* **-men** [-͵mɛn; -͵mən]) C 收稅人員《(英)(加上 the 表示)國稅局.

tax·on·o·my [tæksˋɑnəmɪ; tækˈsɒnəmɪ] *n.* U (生物的)分類[法].

*__tax·pay·er__ [ˋtæks͵peɚ; ˈtæks͵peɪə(r)] *n.* (*pl.* ~s [-z; -z]) C 納稅人. Military spending is a waste of *taxpayers'* money. 軍事支出是在浪費納稅人的錢.

táx shèlter *n.* C 節稅政策, 節稅手段.

TB (略) tuberculosis.

T-bar lift [ˋtibɑr͵lɪft; ˈtiːbɑː(r)lɪft] *n.* C 丁字形纜車(載送滑雪者的丁字形纜車).

T-bone steak [ˋtibon͵stek; ˈtiːbəʊnsteɪk] *n.* UC 丁骨牛排《僅次於 porterhouse 的上等牛排; 亦僅稱 T-bòne》.

tbs, tbsp (略) tablespoon(ful).

Tchai·kov·sky [͵tʃaɪˋkɔfskɪ, -vskɪ, -ˋkauskɪ; tʃaɪˈkɒfskɪ] *n.* **Peter Ilyich ~** 柴可夫斯基(1840-93年)(俄國的作曲家).

*__tea__ [ti; tiː] *n.* (*pl.* ~s [-z; -z]) **1** (a) U 茶(通常指紅茶); 茶葉; C 茶樹. a cup of *tea* 一杯茶/serve black [green] *tea* 端上紅[綠]茶/The hostess poured *tea*. 女主人斟茶/a pound of *tea* 一磅茶葉/grow *tea* 種茶/a *tea* plantation 茶園/I put milk and two lumps of sugar in my *tea*. 我在茶裡放了牛奶和兩塊方糖/I take my *tea* black [white]. 我喝紅茶時不加「加」牛奶.

〖搭配〗*adj.*+tea: strong ~ (濃茶), weak ~ (淡茶) // *v.*+tea: brew ~ (泡茶), make ~ (泡茶), drink ~ (喝茶), have ~ (喝茶).

(b) C 一杯茶(a cup of tea). Three *teas*, please. 請來三杯茶《在茶樓裡說的》.

2 UC (英)下午茶(afternoon tea); 晚餐(→ high tea; → meal 〖參考〗); (午後的) 茶會(tea party). You are invited to *tea* on Thursday. 你受邀參加星期四的茶會.

3 U (藥用)煎汁. herb *tea* 花草茶/beef *tea* (病人喝的)濃牛肉湯.

one's cùp of téa (口)喜好, 愛做的事. Watching television isn't my *cup of tea*. 看電視非我所好.

téa bàg *n.* C 茶包.

téa bàll *n.* C (主美)濾茶網(球狀的金屬濾茶網).

téa brèak *n.* C (英)喝茶的休憩時間(→ coffee break).

téa càddy *n.* C 茶葉罐, 茶筒.

téa càke *n.* UC (英)(喝茶時加奶油吃的)夾有果仁的扁圓形糕點; (美)小甜餅乾.

téa càrt *n.* C (美)(餐廳用的)推車.

téa cèremony *n.* C (日本的)茶道.

*__teach__ [titʃ; tiːtʃ] *v.* (~es [-ɪz; -ɪz]; taught; ~ing) *vt.* **1** (a) 〖句型4〗(teach A B) 〖句型3〗(teach B to A) 把 B 教給 A; 教 A 學 B; 使 A 明白 B. Please *teach* me the alphabet. 請教我字母/*teach* him swimming 教他游泳/*teach* English *to* the immigrants from Asia 教來自亞洲的移民學英語/That experience *taught* me a lesson. 那次經驗給了我一個教訓.

(b) 〖句型4〗(teach A that 子句)教 A (人)…, 使 A 理解…. She has *taught* us (*that*) reading poetry is fun. 她使我們瞭解讀詩是件愉快的事.

(c) 〖句型4〗(teach A how 片語)把…的方法教給 A (人). He is *teaching* his son *how* to swim. 他正在教他兒子如何游泳.

(d) 〖句型4〗(teach A wh 子句、片語)告訴 A(人)…. I *taught* her *where* she could buy the freshest vegetables in town. 我告訴她哪裡可以買到城裡最新鮮的蔬菜.

(e) 〖句型3〗(teach that 子句/how 片語/doing/wh 子句、片語)教…/教…的方法. Father *taught* that we should always do our best. 父親教導我們永遠都要竭盡全力/Mike can *teach how* to ski. 麥克能教滑雪.

(f) 〖句型5〗(teach A to do)教[訓練]A(人)學習…的方法; (口)告誡 A(人)…. *teach* a child *to* ride a bicycle 教孩子如何騎腳踏車/I'll *teach* you *to* disobey me. 我會告訴你不聽我的話會有甚麼後果[不聽我的話就絕不饒你].

〖同〗teach 為「教」這個意義最常用的字; → instruct, educate, train.

2 教授〔學科等〕; 教〔人〕. *teach* history 教歷史/*teach* a class in physics 教某一班物理/*teach* dancing/That'll *teach* you. 你應該從中得到教訓了吧!/*teach* school (美)在學校教書.

3 (用 teach oneself)自修. It is difficult to *teach* yourself Russian. 自修俄語是很難的.

— *vi.* 教書; 當老師. He is now *teaching* at a high school. 他現在在高中教書. ↔ teach

teach·a·ble [ˋtitʃəbl; ˈtiːtʃəbl] *adj.* 〔學科等〕可教授的; 〔人〕願意學的, 有心向學的.

*__teach·er__ [ˋtitʃɚ; ˈtiːtʃə(r)] *n.* (*pl.* ~s [-z; -z]) C 老師, 教師; 教學的人. a high-school *teacher* of English 高中英文老師/a

teachers' manual 教師手冊/Experience is the best *teacher*. 經驗就是最好的老師。

參考(1)由於美國初等、中等教育中女性教師偏多，所以一般場合中往往用代名詞 she 來稱呼教師。
(2)稱呼教師時，要在名字前加 Mr. [Miss, Mrs.], 而不可用 teacher.
(3)若已知道某人的教師身分, 並且知道其姓名時, 多稱呼其姓名而不用 teacher. Here comes Miss Smith. (史密斯老師來了。)

téachers cóllege *n.* ⓒ(美) 師範學院 ((英) teacher's) training college).

téa chèst *n.* ⓒ(運送用的) 茶箱。

teach-in [ˋtitʃˏɪn; ˈtiːtʃin] *n.* ⓒ校園討論會(在大學等中有關政治等議題的討論集會)。

*teach-ing [ˋtitʃɪŋ; ˈtiːtʃiŋ] *n.* (*pl.* ~s [~z; ~z])
1 Ⓤ教學; 授課; 教學方法; 教職. His *teaching* is excellent. 他的教學很出色/He left *teaching* to become a businessman. 他辭去教職轉而從商。
2 ⓒ(常 teachings)教誨, 教訓. the *teachings* of the Bible 聖經的教誨。

téaching machine *n.* ⓒ學習機(讓學習者按計畫自習進修的教育機器)。

téa clòth *n.* ⓒ桌巾. =tea towel.

téa còzy [còsy] *n.* ⓒ(茶壺的)套子(為防止茶壺的熱散逸; → cozy 圖)。

tea-cup [ˋtiˏkʌp; ˈtiːkʌp] *n.* **1** (紅茶)茶杯。
2 =teacupful.
a stòrm in a téacup → storm 的片語。

tea-cup-ful [ˋtikʌpˏful; ˈtiːkʌpˌful] *n.* ⓒ一茶杯的量。

tea-gar-den [ˋtiˏgɑrdn̩, -dɪn; ˈtiːˌgaːdn] *n.* ⓒ
1 室外餐廳(提供飲料, 簡餐). **2** 茶園, 茶園。

tea-house [ˋtiˏhaʊs; ˈtiːhaus] *n.* (*pl.* **-hous-es** [-ˏhaʊzɪz; -hauziz]) ⓒ (中國, 日本等的)茶館, 茶樓。

teak [tik; tiːk] *n.* **1** ⓒ柚木[樹]((產於緬甸、泰國等的馬鞭草科喬木)。
2 Ⓤ柚木材(用於製造傢具, 造船等)。

tea-ket-tle [ˋtiˏkɛtl̩, ˈtikɪtl; ˈtiːˌketl] *n.* ⓒ茶壺。

teal [til; tiːl] *n.* (*pl.* **~s, ~**) ⓒ(鳥)小野鴨。

tea-leaf [ˋtiˏlif; ˈtiːliːf] *n.* (*pl.* **-leaves** [-ˏlivz; -liːvz]) ⓒ茶葉; (tealeaves)茶渣(有時用來占卜)。

*team [tim; tiːm] *n.* (*pl.* ~s [~z; ~z]) ⓒ★用單數亦可作複數
1 (比賽等的)隊, 組. Our soccer *team* is the strongest. 我們的足球隊是最強的/The U.S. *team* were mostly blacks. 美國隊大部分是黑人/參考(英)多作複數/a *team* game 分組遊戲/*Team* sports are exciting. 分組對抗的運動比賽很刺激/Jim made the baseball *team*. 吉米終於能進入那個棒球隊了/He is on [((英)) in] the school football *team*. 他是足球校隊。

搭配 *adj.*+team: a home ~ (地主隊), a visiting ~ (客隊), an opposing ~ (敵隊) // *v.*+team: coach a ~ (訓練團隊), manage a ~ (監督團隊)。

2 (兩人以上一組工作的)組, 隊. a research *team* 研究小組/a rescue *team* 救援隊。
3 (繫於馬車等的)兩匹以上的馬[牛等]集合成的組. a *team* of four horses 四匹馬的一組。
— *vi.* 合作; 聯合; 組隊. *team up with* 與⋯合作[聯合]/The companies *teamed up* to build the dam. 那些公司合作[合資]建築水壩。

team-mate [ˋtimˏmet; ˈtiːmmeit] *n.* ⓒ隊友。

tèam spírit *n.* Ⓤ團隊精神。

team-ster [ˋtimstɚ; ˈtiːmstə(r)] *n.* ⓒ **1** (一群馬[牛等]的)駕馭者。
2 (美)卡車司機。

team-work [ˋtimˏwɝk; ˈtiːmwɜːk] *n.* Ⓤ團隊合作, 共同努力。

téa pàrty *n.* ⓒ(午後的)茶會。

tea-pot [ˋtiˏpɑt; ˈtiːpɒt] *n.* ⓒ(裝紅茶的)茶壺。

*tear[1] [tɪr; tiə(r)] *n.* (*pl.* ~s [~z; ~z]) ⓒ(通常bring *tears* to a person's eyes 使某人落淚/burst [break] into *tears* 突然哭了/draw *tears* from a person 催某人落淚/The movie moved her to *tears*. 那部電影令她感動得落淚/shed [weep] bitter *tears* 流下傷心的淚/Dry your *tears*. 把你的眼淚擦乾/A big *tear* rolled down her cheek. 偌大的淚珠從她的臉頰滑落下來/German without *tears* 不用流淚(輕輕鬆鬆)就能學會德語(語言學習書上的宣傳文字)。

in téars 流淚, 哭泣. The little girl was *in tears* because she had lost her doll. 那個小女孩因弄丟了洋娃娃而哭泣。

with téars 含著淚地. She told the story of her husband's death *with tears*. 她淚眼婆婆地訴說她丈夫的死。

*tear[2] [tɛr, tær; teə(r)] *v.* (~s [~z; ~z]; tore; torn; ~ing [ˋtɛrɪŋ, ˋtær-; ˈteəriŋ]) *vt.*
〖撕裂〗 **1** (a)撕開, 撕破, ((up; in, to, into 〔狀態〕). Don't *tear* the newspaper. 別撕報紙/She *tore* her dress on a nail. 她的衣服被釘子鉤破了/*tear* a memo in two [half] 把便箋撕成兩半/*tear* a letter *to* [*into*] pieces 把信撕碎/His clothes were *torn* to shreds. 他衣服被撕得破破爛爛/an old *torn* dress 破爛的舊衣服. (b) 句型5 (tear A B)把 A 撕成 B. She *tore* the package open. 她把包裹拆開。
2 割開(破洞等); 鉤破; ((in)); 使(筋肉)斷裂; 受到裂傷(割傷). The nail *tore* a hole *in* my coat. 那根釘子把我的外衣鉤破了一個洞。
3 使〔國家〕分裂; 使〔精神〕煩擾((通常用被動語態)). The country was *torn* by civil war. 該國由於內戰而分裂/His heart was *torn* with sorrow. 他傷心欲碎。
〖用力[粗暴地]撕裂〗 **4** 撕下, 扯開, ((off, down; out of, from)); 亂抓〔頭髮等〕. He *tore* a page *out of* his notebook. 他從筆記本中撕下一頁。
— *vi.* 〖裂開〗 **1** 裂開, 破裂. This paper *tears* easily. 這種紙容易破/The cloth *tore* down the middle. 這塊布從正中央裂開。
〖使勁地跑〗 **2** 衝, 快跑, ((和表示方向的副詞一

起使用). The boy *tore* out of the door. 那個男孩飛奔到門外去/A gust of wind *tore* through the town. 突然一陣狂風橫掃過城鎮.

be tórn between A and B 苦惱不知該選擇 A 或 B.

tèar...apárt (1)拉開[扭打在一起的人等]. (2)使[國家等]分裂. (3)《口》嚴加批評…; 嚴厲斥責. The professor *tore* my theory *apart*. 教授毫不留情, 狠狠地批評我的理論.

téar at... 把…拆開; 弄破…. He *tore at* the parcel of books from England. 他拆開從英國寄來的書籍包裹.

tèar/.../awáy 撕開…; 拉離…(*from*). She couldn't *tear* her eyes *away from* the scene. 她無法將視線移開那個景象.

tèar/.../dówn 拆除[建築物等]; 拆卸[機器等]. *tear down* an old building 拆除古老的建築物.

téar into... 《口》(1)激烈地攻擊[指責][人].
(2)狼吞虎嚥地吃起…. Being hungry, I *tore into* a bag of potato chips. 我肚子餓極了, 所以狼吞虎嚥地吃了一包洋芋片.

tèar/.../óff (1)撕下…, 扯開…; 撕取…, 拔掉…. *tear off* one's clothes 扯開衣服.
(2)《口》十萬火急地處理[工作等].

tèar onesélf awáy from... 從[捨不得離去的地方]勉強地離去, 依依不捨地離開….

* *tèar/.../úp* (1)把…撕碎. *tear up* a sheet of paper 把一張紙撕碎.
(2)毁棄…. *tear up* a treaty 毁約.
— *n.* **1** 撕裂, 裂縫; 撕裂的東西. mend a *tear* 補裂縫. **2** 衝, 趕忙.

tear·a·way [ˋtɛrəˏwe; ˋteərəˏweɪ] *n.* (*pl.* ~s) C《英、口》行事莽撞的年輕人, 狂暴的人.

téar bòmb [tɪr-; tɪər-] *n.* C 催淚彈.

tear-drop [ˋtɪrˏdrɑp; ˋtɪədrɒp] *n.* C 涙(滴).

tear·ful [ˋtɪrfəl, -fl; ˋtɪəfʊl] *adj.* **1** [眼睛]含涙的; [人]愛落涙的. in a *tearful* voice 用哽咽的聲音(說). **2** [事態等]使人落涙的, 悲傷的. *tearful* news 悲痛的消息.

tear·ful·ly [ˋtɪrfəlɪ, -flɪ; ˋtɪəfʊlɪ] *adv.* 含涙地.

téar gàs *n.* U 催涙瓦斯.

tear·jerk·er [ˋtɪrˏdʒɝkə; ˋtɪəˏdʒɜːkə(r)] *n.* C《口》賺人熱涙的小說[戲劇, 電影等].

tear·less [ˋtɪrlɪs; ˋtɪəlɪs] *adj.* 不流涙的; 沒有涙的.

tea·room [ˋtiˏrum, -ˏrʊm; ˋtiːrʊm] *n.* C 茶藝館, 茶樓.

* **tease** [tiz; tiːz] *v.* (**teas·es** [~ɪz; ~ɪz]; ~**d** [~d; ~d]; **teas·ing**) *vt.* **1** 欺負, 戲弄, [人, 狗等]. He *teased* the dog until it bit him. 他一直欺負那條狗, 結果被狗給咬了.
2 向[人]央求, 強求, 《for》 句型5 (tease **A** to do)央求 A(人)做…. The boy *teased* his mother *to* buy him a bicycle. 那個男孩求母親買部自行車給他.
3 梳理[羊毛, 麻等]; 使[呢絨]起毛.
— *vi.* 欺負, 戲弄.
— *n.* C《口》喜歡欺負[戲弄]別人的人.

teas·er [ˋtizə; ˋtiːzə(r)] *n.* C **1** =tease.
2 《俚》難事, 難題.

téa sèrvice [sèt] *n.* C 一套茶具.

[tea service]

teas·ing [ˋtizɪŋ; ˋtiːzɪŋ] *n.* U 欺負, 嘲弄.
— *adj.* 挪揄的, 嘲弄的.

* **tea·spoon** [ˋtiˏspun, -ˏspun, ˋtisˏp-; ˋtiːspuːn] *n.* (*pl.* ~**s** [~z; ~z]) C **1** 茶匙, 小匙, (★由小到大的順序爲 teaspoon, dessertspoon, tablespoon). **2** =teaspoonful.

tea·spoon·ful [ˋtispunˏful, -spun-; ˋtiːspuːnˏfʊl, -spunzˏful; -puːnzˏful] *n.* (*pl.* ~**s**, **-spoons·ful** [-spunzˏful; -puːnzˏful]) C 一茶匙(的量)[烹調]一茶匙的量(約 5 cc).

téa stràiner *n.* C 濾茶器.

teat [tit; tiːt] *n.* C 乳頭(nipple); (英)(奶瓶上的)橡皮奶嘴.

téa tàble *n.* C 茶几, 茶桌.

tea-things [ˋtiˏθɪŋz; ˋtiːθɪŋz] *n.* 《作複數》《主英》(一套)茶具.

tea-time [ˋtiˏtaɪm; ˋtiːtaɪm] *n.* U 下午茶時間.

téa tòwel *n.* C (英)茶巾((美) dish towel).

téa trày *n.* C 茶盤.

téa tròlley *n.* (英)=tea cart.

téa wàgon *n.* C (美)=tea cart.

tech [tɛk; tek] *n.* (英、口)=technical college.

tech·nic [ˋtɛknɪk; ˋteknɪk] *n.* **1** =technique.
2 (technics) **(a)**《作單數》=technology.
(b)《作複數》專門語彙; 專門事項.

⁂tech·ni·cal [ˋtɛknɪkl; ˋteknɪkl] *adj.* **1** 工業的; 科學技術的. *technical* education 工業(技術)教育.
2 技術的, 技術性的. a *technical* adviser 技術顧問/*technical* skill 技能, 技巧/He played with *technical* precision but little warmth. 他的演奏精準無誤, 但卻顯得有點冷冰冰.
3 專門的, 專門性的; 特殊的. *technical* terms 專門語彙, 術語/go into *technical* detail 深入專門的細節.

tèchnical còllege *n.* C (英)技術學院(專爲技職進修教育(further education)而設立).

tech·ni·cal·i·ty [ˏtɛknɪˋkælətɪ, ˏteknɪˋkælətɪ] *n.* (*pl.* **-ties**) **1** C 專門的事項; 詳細的規則; 專門語彙.
2 C 形式上的手續, 業務上的程序. a mere *technicality* 只不過是形式上的手續.
3 U 專門的東西.

T

tèchnical knóckout *n.* ⓒ《拳擊》技術得勝《略作 TKO》.

tech·ni·cal·ly [`tɛknɪklɪ, -ɪklɪ; 'teknɪkəlɪ] *adv.* 技術性地;《修飾句子》(依據法律等) 嚴格地說.

tèchnical schóol *n.* ⓒ《英》技術學校(→ school 表).

tech·ni·cian [tɛk`nɪʃən; tek'nɪʃn] *n.* ⓒ **1** 技術人員; 技師. a dental *technician* 牙科技師.
2 專家. **3** (音樂, 繪畫等的) 技巧熟練的人.

Tech·ni·col·or [`tɛknɪ,kʌlɚ; 'teknɪ,kʌlə(r)] *n.* Ⓤ《電影》特藝彩色(一種彩色電影的沖印方式; 商標名).

‡**tech·nique** [tɛk`nik; tek'ni:k] *n.* (*pl.* **~s** [~s; ~s]) **1** Ⓤ (音樂, 繪畫等的) 技巧. a pianist's finger *technique* 鋼琴演奏者的指法技巧.
2 ⓒ (達到目的的) 方法; 演奏法, 畫法. a unique *technique* of painting 獨特的畫法/She has a wonderful *technique* for handling children. 她照顧小孩很有一套.

tech·noc·ra·cy [tɛk`nɑkrəsɪ, tek'nɒkrəsɪ] *n.* (*pl.* **-cies**) Ⓤⓒ 專家政治[統治]; 專家集團; ⓒ 專家治理的國家.

tech·no·crat [`tɛknə,kræt; 'teknəʊkræt] *n.* ⓒ 技術官僚; 鼓吹專家政治(technocracy)的人.

tech·no·log·i·cal [,tɛknə`lɑdʒɪk; ,teknə'lɒdʒɪkl] *adj.* 科學技術的, 工學的. a great *technological* advance 科學技術上的一大進步.

tech·nol·o·gist [tɛk`nɑlədʒɪst; tek'nɒlədʒɪst] *n.* ⓒ 科學技術專家; 工學專家.

*****tech·nol·o·gy** [tɛk`nɑlədʒɪ; tek'nɒlədʒɪ] *n.* (*pl.* **-gies** [~z; ~z]) **1** Ⓤ 科學技術, 工學, 應用科學. modern *technology* 現代科學技術.
2 ⓒ (個別專門的) 技術; 施行技術的方法. a new *technology* for striking oil 開採石油的新技術.
3 Ⓤ (集合) (特定範圍的) 專門語彙.

tech·nop·o·lis [tɛk`nɑplɪs; tek'nɒpəlɪs] *n.* ⓒ 科技城(充分運用尖端科技的產業都市).

tec·ton·ic [tɛk`tɑnɪk; tek'tɒnɪk] *adj.* 《地質學》(根據)地質構造的; 地殼變動的.

tec·ton·ics [tɛk`tɑnɪks; tek'tɒnɪks] *n.* 《作單數》構造地質學.

Ted [tɛd; ted] *n.* Edward, Theodore 的暱稱.

Ted·dy [`tɛdɪ; 'tedɪ] *n.* =Ted.

téddy bèar *n.* ⓒ 泰迪熊(源自喜歡狩獵的 Theodore Roosevelt 總統之暱稱 (Teddy)).

Téddy bòy *n.* ⓒ《英、口》太保(1950年代間穿著打扮模仿20世紀初愛德華國王的不良少年; Teddy 源自於 Edward 七世).

Te Deum [tɪ`diəm, ti-; ,ti:'di:əm] (拉丁語) *n.* ⓒ《基督教》讚美頌(以 Te Deum「神, (我們)讚美」稱之意)起首, 是對神的感恩讚美詩); 讚

[teddy bear]

美頌的樂曲; 讚美神的禮拜儀式.

*****te·di·ous** [`tidɪəs, `tidʒəs; 'ti:djəs] *adj.* 枯燥無聊的, 令人煩悶的. a *tedious* speech [job] 冗長乏味的演說[工作].

te·di·ous·ly [`tidɪəslɪ, `tidʒəslɪ; 'ti:djəslɪ] *adv.* 冗長乏味地, 令人厭煩地.

te·di·ous·ness [`tidɪəsnɪs, `tidʒəs-; 'ti:djəsnɪs] *n.* Ⓤ 冗長乏味, 無聊.

te·di·um [`tidɪəm; 'ti:djəm] *n.* =tediousness.

tee [ti; ti:] *n.* ⓒ **1**《高爾夫球》球座(發球時置球的塑膠[木]製球座; → golf 圖); 發球位置.
2 (保齡球、套圈遊戲, 冰上滾石遊戲(curling)等的) 目標物.
— *vt.*《高爾夫球》把(球)置於球座上.
tèe óff (1)《高爾夫球》(在各洞)擊出第一桿. (2)開始.
tèe/.../úp (1)《高爾夫球》把(球)放在球座上. (2)《口》準備…(prepare).

teem[1] [tim; ti:m] *vi.*《主雅》**1** 〔魚等〕成群出現(*in* 〔河川等〕). Fish *teem* in the river. 這條河魚兒成群. **2** 〔河流等〕充滿(*with* 〔魚等〕). The river *teems* with fish. = Fish *teem* in the river. (→ 1)/His thesis is *teeming* with new ideas. 他的論文充滿了新的想法. ≒abound.

teem[2] [tim; ti:m] *vi.*《口》(雨)傾注(通常用進行式). It's *teeming* (with rain). (大雨)滂沱.

teem·ing [`timɪŋ; 'ti:mɪŋ] *adj.*《主雅》(限定)有許多生物生存的; 混亂的, 擁擠的. a *teeming* forest 生物種類繁多的森林.

-teen *suf.*「10…」的意思(基數 13 到 19 的字尾). thir*teen*, nine*teen*.

teen·age, teen·aged [`tin,edʒ; 'ti:n,eɪdʒ], [-,edʒd; -,eɪdʒd; -,eɪdʒd] *adj.* (限定)十幾歲的, 13-19 的. *teenage* fashions 十多歲青少年所流行的.

*****teen·ag·er** [`tin,edʒɚ; 'ti:n,eɪdʒə(r)] *n.* (*pl.* **~s** [~z; ~z]) ⓒ 十多歲的少年[少女], 13-19 歲的少年[少女]. a gang of *teenagers* 一群年輕的少年[少女].

*****teens** [tinz; ti:nz] *n.*《作複數》十幾歲(的少年少女)(13-19 歲的字尾都是 -teen). The *teens* are the hardest period. 十多歲是最麻煩的時期/late *teens* 18-19 歲/be in one's *teens* 正值十幾歲的年齡.

tee·ny [`tinɪ; 'ti:nɪ] *adj.*《幼兒語》小的(特指有關小孩等的事物; 源自 tiny).

tèeny wèeny *adj.* =teeny.

tèe shírt *n.* =T-shirt.

tee·ter [`titɚ; 'ti:tə(r)] *vi.* 搖晃, 晃動; (心理上的) 游移不定. The rock *teetered* at the edge of the cliff. 那塊岩石在懸崖邊緣上搖搖欲墜.

tee·ter·tot·ter [`titɚ,tɑtɚ; 'ti:tə(r),tɒtə(r)] *n.* ⓒ《美》蹺蹺板(seesaw).

teeth [tiθ; ti:θ] *n.* tooth 的複數.

teethe [tið; ti:ð] *vi.* 〔幼兒〕長乳牙(★通常用 teething).

tèething rìng *n.* ⓒ 幼兒咬出的環狀牙印(齒痕).

tèething tròubles *n.*《作複數》(事業剛起

步的時候)初期的困難.

tee·to·tal [ti`totl; ti:'təutl] *adj.* 絕對禁酒的.
the *teetotal* movement 禁酒運動.

tee·to·tal·er (美), **tee·to·tal·ler** (英)
[ti`totlə, ·`totlə; ti:'təutlə(r)] *n.* © 絕對禁酒(主義)者.

tee·to·tal·ism [ti`totl͵ɪzəm; ti:'təutlɪzəm] *n.*
© 絕對禁酒(主義).

TEFL [`tɛfl; 'tefl] *n.* © 把英文視爲外語的教學法(< *T*eaching *E*nglish as a *F*oreign *L*anguage; → TESL).

Tef·lon [`tɛflɑn; 'teflɒn] *n.* © 鐵氟龍, 聚四氟乙烯, 《作爲平底鍋等不沾鍋表面的加工材料; 商標名》.

Te·he·ran, Teh·ran [͵tɛhə`rɑn, ͵tɪə`rɑn, tɛ`rɑn, ͵tɪə'rɑn] *n.* 德黑蘭(伊朗首都).

tel. (略) telegram; telegraph; telephone.

Tel A·viv [͵tɛlə`viv; ͵telə'vi:v] *n.* 臺拉維夫(以色列西部的都市, 海港).

tele- (構成複合字)「遠; 電視」之意.

tel·e·cast [`tɛlə͵kæst; 'telɪkɑːst] *vt.* (~s; ~, ~ed; ~ing) 電視播送(源自 *tele*vision + broad*cast*). — *n.* © 電視播送[節目].

tel·e·com·mu·ni·ca·tions
[`tɛləkə͵mjunə`keʃənz; 'telɪkə͵mjuːnɪ'keɪʃnz] *n.* 《作複數》遠距電信通訊(透過電話, 電報, 有線電, 無線電等通訊).

tel·e·gen·ic [͵tɛlɪ`dʒɛnɪk; ͵telɪ'dʒenɪk] *adj.* 適合電視播放的; 適合電視拍攝的.

tel·e·gram [`tɛlə͵græm; 'telɪgræm] *n.* (*pl.* ~s [~z; ~z]) © 電報. Send us a *telegram* when you arrive. 你抵達時給我們拍個電報/We received a *telegram* from Tom this morning. 今天早上我們收到湯姆打來的電報/by *telegram* 用電報.

📖 telegram 指被傳送的電文或其用紙; telegraph 則指電報的制度, 機構, 設備.

tel·e·graph [`tɛlə͵græf; 'telɪɡrɑːf] *n.* (*pl.* ~s [~s; ~s]) **1** © 電信, 電報, 《由 tele- + graph 而來; → telegram 📖》. send a message by *telegraph* 以電報傳送信息/a *telegraph* form 電報用紙/a *telegraph* office [station] 電報局.

2 © 電報機.

3 (*T*elegraph)…電訊報(報紙名). The Daily *Telegraph* 每日電訊報(英國的一家報社).

— *vt.* (~s [~s; ~s]; ~ed [~t; ~t]; ~ing)
1 打電報給(某人); 利用電報傳送(匯款等)(*to*). Remember to *telegraph* him. 記得打電報給他/*telegraph* money *to* one's son 匯款給兒子.

2 [句型4] (telegraph **A B**)、[句型3] (telegraph **B** *to* **A**)打電報通知A(人)B(事). Please *telegraph* me the result *to* me. = Please *telegraph* the result *to* me. 請打電報通知我結果/*telegraph* condolences to the widow 打電報給遺孀以示弔問之意.

3 [句型3] (telegraph *that* 子句)打電報告知…, 打電報; [句型4] (telegraph **A** *that* 子句)打電報告知A(人)…. I *telegraphed* (my father) (*that*) I had been accepted by the company. 我打電報(給父親)告知我已被公司錄取.

4 [句型5] (telegraph **A** *to* do)打電報叫A(人)…. We *telegraphed* him *to* come as soon as possible. 我們打電報叫他儘快來.

— *vi.* 打電報.

te·leg·ra·pher [tə`lɛgrəfə; tɪ'legrəfə(r)] *n.* © 電報員.

tel·e·graph·ese [͵tɛlɪgræ`fiz; ͵telɪgrɑ'fiːz] *n.* © 電報文體(電報中所用的較爲簡略的文體).

tel·e·graph·ic [͵tɛlə`græfɪk; ͵telɪ'græfɪk] *adj.* 電報的; 電信的; 電報機的. a *telegraphic* code 電碼/a *telegraphic* picture 電信傳真照片/with *telegraphic* brevity 如電報般簡短地.

te·leg·ra·phist [tə`lɛgrəfɪst; tɪ'legrəfɪst] *n.* © 電報員 (telegrapher).

télegraph pòle [pòst] *n.* © 電線桿.

te·leg·ra·phy [tə`lɛgrəfɪ; tɪ'legrəfɪ] *n.* © 電報(技術).

tel·e·mar·ket·ing [`tɛlə͵mɑrkɪtɪŋ; 'telɪ͵mɑːkɪtɪŋ] *n.* =telesales.

tel·e·path·ic [͵tɛlə`pæθɪk; ͵telɪ'pæθɪk] *adj.* 〔人〕有心電感應能力的; 精神感應的.

tel·e·path·ist [tə`lɛpəθɪst; tɪ'lepəθɪst] *n.* © 有心電感應能力的人; 心電感應的研究者.

te·lep·a·thy [tə`lɛpəθɪ; tɪ'lepəθɪ] *n.* © 精神感應, 心電感應. (不借助一般的溝通方法而能將自己的心思傳達給別人, 並感覺到別人的意志).

tel·e·phone [`tɛlə͵fon; 'telɪfəun] *n.* (*pl.* ~s [~z; ~z]) © 電話; © 電話機; (★口語中作 phone). a pay [public] *telephone* 公用電話/a *telephone* receiver [transmitter] 收話器[發話器]/by *telephone* 用電話/call a person on the *telephone* 打電話給某人/talk to a person on [over] the *telephone* 用電話與某人交談/I answered the *telephone* as soon as it rang. 電話一響我就馬上接了/You're wanted on the *telephone*. 有你的電話/May I use your *telephone*? 我可以借用你的電話嗎?

● 美國、英國的緊急電話號碼

美國爲 911, 英國爲 999. 打緊急電話(美)作 dial 911 (níne òne óne), 《英》則作 dial 999 (níne nìne níne).

— *v.* (~s [~z; ~z]; ~d [~d; ~d]; -phon·ing) *vt.*
1 [句型4] (telephone **A B**)、[句型3] (telephone **B** *to* **A**)打電話把 B 轉告[傳遞]給A(人) (★《口》用 phone, call, 《英》則較常用 ring). I *telephoned* him the news. = I *telephoned* the news to him. 我打電話告訴他那則消息/He *telephoned* Mary a congratulatory telegram. 他打電話轉告瑪莉賀電的內容.

2 打電話給(人或場所); 打電話(訂購等). She *telephoned* her fiancé. 她打電話給她的未婚夫/Please *telephone* us *on* 2500-6600. 請打 2500-6600

這支電話給我們/She *telephoned* her regrets. 她打電話婉拒了邀請/I *telephoned* my order for the book. 我打電話訂購那本書.

3 句型5 (telephone **A** to do)打電話叫 A(人)…. I *telephoned* the police to come at once. 我打電話叫警察馬上過來.

4 句型4 (telephone **A** that 子句)打電話告訴 A(人)…. She *telephoned* him *that* she couldn't attend the meeting. 她打電話告訴他說她無法參加會議.

— vi. 打電話((to; for 要求…)). She *telephoned* to me and asked after my father's health. 她打電話給我詢問我父親的健康狀況(★此句中若無to時, 則和 vt. 2 的用法相同)/*Telephone for* a doctor, please. 請打電話叫醫生.

[字源] PHONE「音」: tele*phone*, gramo*phone* (留聲機), micro*phone* (麥克風), *phone*tic (語音的).

têlephone bòok n. =telephone directory.

têlephone bòoth ((英) **bòx**) n. C 公用電話亭.

têlephone càll n. =phone call.

têlephone dirèctory n. C 電話簿.

têlephone exchànge n. C 電信局.

têlephone nùmber n. =phone number.

têlephone òperator n. C 電話接線生 ((英) telephonist).

têlephone sèlling n. =telesales.

tel·e·phon·ic [ˌtɛləˋfɑnɪk; ˌtelɪˋfɒnɪk] adj. 電話的, 透過電話傳送的.

tel·e·phon·ing [ˋtɛləˌfonɪŋ; ˋtelɪfəʊnɪŋ] v. telephone 的現在分詞, 動名詞.

tel·eph·o·nist [təˋlɛfənɪst; tɪˋlefənɪst] n. C ((英)電話接線生(telephone operator).

tel·e·pho·to [ˋtɛləˋfoto; ˌtelɪˈfəʊtəʊ] n. (pl. ~s)((口)=telephotograph.

tel·e·pho·to·graph [ˌtɛləˋfotoˌgræf; ˌtelɪˈfəʊtəgrɑːf] n. C **1** 遠距照片. **2** 電傳照片.

tel·e·pho·tog·ra·phy [ˌtɛləfəˋtɑgrəfɪ; ˌtelɪfəˈtɒgrəfɪ] n. U **1** 遠距攝影術. **2** 電傳照相技術.

telephôto léns n. C 遠距攝影用的鏡頭.

tel·e·print·er [ˋtɛləˌprɪntɚ; ˋtelɪˌprɪntə(r)] n. ((主英)=teletypewriter.

tel·e·sales [ˋtɛlɪˌselz; ˋtelɪseɪlz] n. U ((作單數)電話銷售.

*__tel·e·scope__ [ˋtɛləˌskop; ˋtelɪskəʊp] n. (pl. ~s [~s; ~s]) **1** C 望遠鏡(★雙筒望遠鏡為binoculars). an astronomical *telescope* 天文望遠鏡/look at Halley's comet through a *telescope* 用望遠鏡看哈雷彗星.

2 ((形容詞性)(類似望遠鏡的)套疊式的. a *telescope* bag (可依序拆放的)套疊式旅行袋.

— vt. (像望遠鏡鏡筒那樣)套入, 疊進, 壓縮. The cars were *telescoped* together in the head-on collision. 這些車子正面相撞, 壓擠成一團/The author *telescoped* 500 years of European history into a single chapter. 作者把 500 年的歐洲歷史濃縮在一個章節中.

— vi. (像望遠鏡筒那樣)套疊; 伸縮.

tel·e·scop·ic [ˌtɛləˋskɑpɪk; ˌtelɪˈskɒpɪk] adj. **1** 望遠鏡的; 如用望遠鏡那樣能看得很遠的; 能夠把遠處的事物放大的. a *telescopic* lens 望遠鏡頭. **2** 用望遠鏡看的; 只能用望遠鏡才看得到的〔星星等〕.

3 套疊式的, 能伸縮的. a *telescopic* antenna 伸縮式天線.

tel·e·thon [ˋtɛləˌθɑn; ˋteləθɒn] n. C((美)長時間的電視節目(為慈善募款等而製作的; 由 tele-+mara*thon* 而來).

Tel·e·type [ˋtɛləˌtaɪp; ˋtelɪtaɪp] n. ((美)(商標名)=teletypewriter.

tel·e·type·writ·er [ˌtɛləˋtaɪpˌraɪtɚ; ˌtelɪˈtaɪpˌraɪtə(r)] n. C((主美)電傳打字電報機 ((像打字那樣按動機鍵發報, 透過電報或電話線路傳送或接收訊息的機器)).

tel·e·view·er [ˋtɛləˌvjuɚ; ˋtelɪvjuːə(r)] n. C 電視觀眾.

tel·e·vise [ˋtɛləˌvaɪz; ˋtelɪvaɪz] vt. 以電視播放.
— vi. 〔戲劇, 演說等〕由電視播放.

__tel·e·vi·sion__ [ˋtɛləˌvɪʒən; ˋtelɪˌvɪʒn] n. (pl. ~s [~z; ~z]) **1 U電視; 電視播放; 電視事業. watch *television* 看電視/satellite *television* (電視)衛星傳送/We watched a football game on (the) *television*. 我們看電視轉播的足球比賽/He has appeared several times on (the) *television*. 他在電視上出現過好幾次/John works in *television* as a cameraman. 約翰在電視臺當攝影師/What's *on television* tonight? 今晚有甚麼電視節目? [參考](1)常用略語 TV. (2)((美、口)亦稱 tube, ((英、口)亦稱 telly.

2 C 電視機(亦稱 télevision sèt). We need a new *television*. 我們需要一臺新的電視機/a color [black-and-white] *television* 彩色[黑白]電視.

[搭配] v.+television: put [switch, turn] the ~ on (打開電視), switch [turn] the ~ off (關掉電視).

3 ((形容詞性)電視機的. a *television* camera 電視攝影機/*television* commercials 電視廣告/a *television* station 電視臺.

tel·ex [ˋtɛlɛks; ˋteleks] n. **1** U電報用戶直通電路, 直通電報, ((用戶利用 teletypewriter 直接收發電文的國際通訊網絡; 由 *tele*type+*ex*change 而來). **2** C用戶電報, 直通電報電文.
— vt. 用直通電報發電文((to).

Tell [tɛl; tel] n. **William ~** 威廉・泰爾(瑞士 14 世紀時的傳奇英雄; 據說殘酷的地方官曾命令他射一顆放在他愛子頭上的蘋果, 而他成功了).

__tell__ [tɛl; tel] v. (~s [~z; ~z]; **told; ~·ing) vt. 【 說, 講 】 **1** 講〔故事等〕; 說〔笑話等〕; 〔對某人〕說話, 講, ((about, of 關於…); 句型4 (tell **A B**), 句型3 (tell **B** to **A**) 對 A(人)講 B (故事等); 句型4 (tell **A** that 子句/A wh 子句, 片語)向 A(人)講述…. *tell* a fairy tale 講童話

事/*tell* a lie [joke] 說謊話[笑話]/*tell* the truth 述說真相(實際情況)/He *told* me *about* his childhood. 他告訴我他孩提時候的事/*Tell* us a story. 給我們講個故事吧!/The story was *told* (*to*) me by a friend. 那個故事是一個朋友告訴我的/He *told* me (*that*) he would be right back. 他告訴我他會馬上回來((參考)) 在間接敘述法中, 與 He said to me that.... 相較, He told me that.... 的說法爲普遍; 如果省略了間接受詞, 則不可用 He told that...., 而須說成 He said that....)/I want to *tell* you *how* sorry I am. 我想告訴你我有多麼遺憾[抱歉].

〖告知〗 **2** 告知(祕密等); 告訴, 告知, 〔〕(*about, of*), (句型4) (tell **A** **B**), (句型3) (tell **B** *to* **A**)把B(祕密等)告訴A(人); (句型4) (tell **A** *that* 子句) 告知A(人)…; ((口)) 洩露, 打小報告 (*on* 〔人的事〕)(→ *vi*. 2). He *told* her *about* her work in his office. 他在辦公室裡對她說明工作的內容/*Tell* me your name, please. 請把你的姓名告訴我/He *told* me his secret. 他把他的祕密告訴了我/He didn't *tell* me *when* he would be back. 他沒有告訴我他甚麼時候會回來/*Tell* me *which* button to push. 請告訴我該按那一個鈕/Please don't *tell* the police *on* me. 拜託你不要向警方檢舉我.

(語法) 若當作插入的子句時, 必須加上間接受詞, 如果省略的話, 則必須用 say(→ 1 (語法)); He had robbed the bank, she told me [she said], and had been arrested. (她告訴我[她說]他搶劫銀行並被逮捕的事).

3 〔事物〕表示出…, 顯示…; (句型4) (tell **A** *that* 子句/**A** *wh* 子句, 片語) 向A(人)表示…, 顯示出…. The red lamp *tells* you (*that*) the machine is working. 紅燈亮顯示器機器正在運作.

4 【使明白, 知道】(通常用 can tell...)(a)明白, 知道, 斷定; (句型3) (tell *that* 子句/*wh* 子句, 片語) 明白…/只有分辨…. You can always *tell* a gentleman. 只要是紳士總是看得出來的/You can *tell* by his speech *that* he is educated. 從他的言談可以知道他是受過教育的/Who can *tell* *what* will happen? 誰能預見將會發生甚麼事? (b)識別, 分辨, ((*from*)). I couldn't *tell* Tom *from* his brother. 我無法分辨出湯姆和他的弟弟/A four-year-old child can't *tell* the difference between right and wrong. 一個四歲的孩子是無法分辨是非的.

5 【使知道該做…】(句型5) (tell **A** *to* do), (句型4) (tell **A** *wh* 子句, 片語)命令[吩咐]A(人)做…; 警告A(人)得做…, I'll *tell* him *to* come at three. 我會叫他三點鐘來/He's always *telling* me *what* to do. 他老是叫我做這個那個.

— *vi*. 〖說, 告知〗 **1** 講, 說; 表明; ((*of, about* 關於…)). He was *telling* about his adventures in Africa. 他正在講述他在非洲的冒險經歷/The shell marks *told* of the fierce battle. 這些彈痕述說了那場激戰的故事/Time will *tell*. 時間會證明一切.

2 洩露某人的祕密; ((口, 幼兒語))打小報告 (*on* 〔人的事〕). I'll never *tell*. 我絕不告訴別人/"I'll

---

tell *on* you," said the girl to her brother. 女孩對她哥哥說:「我要把你的事說出去。」

3 (通常用 can tell)明白, 分辨. She may or may not wear makeup but I *can't* *tell*. 她也許化了妝, 不過我看不出來/as far as I *can* *tell* 據我所知.

〖發揮作用〗 **4** 產生效果; 造成影響, 使受到不良影響, ((*on, upon*)). Lack of sleep is beginning to *tell* *on* his health. 睡眠不足開始影響到他的健康.

àll tóld 全部, 合計. *All told*, thirty people died in the plane accident. 在那次空難中總共有三十人罹難.

Dòn't téll me...! 不會…吧!((有「難以置信」之意)). *Don't tell me* you're going away! 你該不是要走了吧!

I (*can*) *téll you*=*Lèt me téll you* 確實是…. I've never felt happier, *I can tell you*. 我從來沒有這麼快樂, 真的.

Ì'll téll you whát. ((口))我跟你講; 照我的話做. *I'll tell you what*. You go ahead and wait for me. 我跟你講, 你先去, 然後等我.

tèll /...*óff* (1)((口))責備…; 譏諷…. His wife began *telling* him *off* in front of the guests. 他的妻子當著客人的面就開始譏諷他.
(2)把…(從整體中)分出, 分配, ((*to* do; *for*)).

téll onesélf 說給自己聽, 心裡想.

tèll tále → tale 的片語.

tèll the tíme (看鐘錶等)知道時間.

There is nó télling.... 不太清楚…, 很難說…. *There's no telling* what they will do next. 不知道他們下一步會做甚麼.

to tell the trúth → truth 的片語.

You nèver can téll. → you 的片語.

You're tèlling mé! ((俚))我就知道! 的確如此!

● ——動詞型

(句型4) (~ **A B**)、(句型3) (~ **B** *to* **A**)
→ buy (表)

Tell me the story. → *Tell* the story *to* me. 告訴我那件事.

Will you *bring* me a glass of water?
→ Will you *bring* a glass of water *to* me? 你倒杯水給我好嗎?

此類的動詞:

give	hand	lend	offer
owe	pass	pay	promise
read	send	show	throw
write			

---

tell·er [ˈtɛlɚ; ˈtelə(r)] *n.* C **1** (故事的)敘述者. a clever joke *teller* 很會說笑話的人.

2 ((主美))(銀行櫃檯的)出納員.

3 (選舉等的)計票員.

tell·ing [ˈtɛlɪŋ; ˈtelɪŋ] *adj.* **1** 有效的; 明顯的, 令人印象深刻的. a *telling* argument 有力的辯論/

suffer *telling* losses 受到很大的損害.

2 (不爲人知的事等自然)顯露的.

tell·ing·ly [ˋtɛlɪŋlɪ; ˋtelɪŋlɪ] *adv.* 有效地.

tell·ing-off [ˌtɛlɪŋˋɔf; ˌtelɪŋˋɔf] *n.* ⓒ(通常用單數)叱責, 責備.

tell·tale [ˋtɛl͵tel; ˋtelteɪl] *n.* ⓒ(口)告密者.
— *adj.* (限定)自動表露(祕密等)的, 遮掩不住的; 暴露的.

tel·ly [ˋtɛlɪ; ˋtelɪ] *n.* (*pl.* **-lies**)(英、口)= television.

tem·blor [tɛmˋblɔr; ˋtemblə(r), -blɔ:(r)] (西班牙語) *n.* ⓒ(美)地震(earthquake).

te·mer·i·ty [təˋmɛrətɪ; tɪˋmerətɪ] *n.* ⓤ(文章)魯莽, 蠻勇; 直率.

temp [tɛmp; temp] (口) *n.* ⓒ臨時雇員(特指祕書; < *temp*orary).
— *vi.* 臨時雇用.

temp. (略) temperature; temporary.

✲tem·per [ˋtɛmpɚ; ˋtempə(r)] *n.* (*pl.* ~**s** [~z; ~z]) 【心情(的調節)】 **1** ⓒ(一時的)情緒, 心情; 性情, 氣質. John's in a bad *temper*. 約翰現在心情不好/Mary has a sweet *temper*. 瑪莉性情溫和.

[搭配] *adj.*+temper: an explosive ~ (脾氣暴躁), a short ~ (性急), a violent ~ (性情暴戾), an even ~ (性情沈穩).

2 【被傷害的心情】ⓤ性急, 憤怒, 暴躁. have a *temper* 容易生氣/be in a *temper* 發脾氣, 心情不好.

3 ⓤ冷靜, 沈著. keep [lose] one's *temper* (→片語).

【硬度的調節】**4** ⓤ(鋼等的)鍛燒; 硬度, 延展性.

flý [*gèt*] *into a témper* 發怒.

kèep one's *témper* 忍住怒氣.

lòse one's *témper* 發脾氣.

out of témper 生氣, 發怒. The report put him *out of temper*. 那個報告讓他很生氣.

— *vt.* (~**s** [~z; ~z]; ~**ed** [~d; ~d]; **-per·ing** [-pərɪŋ, -prɪŋ; -pərɪŋ]) 【調節】 **1** (文章)調節, 緩和, 減輕, 《*with*》. She *tempered* her anger *with* reason. 她以理性平息了憤怒(仔細想清楚之後, 怒氣便消了).

2 煉(鋼等)(爲增加硬度, 加熱後迅速使其冷卻). a *tempered* sword 一把超過淬煉的鋼劍.

3 調準(樂器)的音調, 調和(聲音)的音階.

⇨ *adj.* temperate. *n.* temperance.

tem·per·a [ˋtɛmpərə; ˋtempərə] *n.* ⓤ蛋彩畫的用具; 蛋彩畫法(特指用於蛋彩畫).

✲tem·per·a·ment [ˋtɛmpərəmənt, -prə-; ˋtempərəmənt] *n.* (*pl.* ~**s** [~s; ~s]) **1** ⓤⓒ氣質, 性情; 體質. a person of a nervous *temperament* 神經質的人/He has an artistic *temperament*. 他具有藝術家的氣質.

2 ⓤ(無法抑制的)激烈情緒.

tem·per·a·men·tal [ˌtɛmpərəˋmɛntl̩, -prə-;

ˌtempərəˋmentl] *adj.* **1** 氣質上的, 本質的, 天性的. I have a *temperamental* dislike for modern music. 我生來就不喜歡現代音樂.

2 脾氣暴躁的; 喜怒無常的. a *temperamental* girl 喜怒無常的女孩.

tem·per·a·men·tal·ly [ˌtɛmpərəˋmɛntl̩ɪ, -prə-; ˌtempərəˋmentl̩ɪ] *adv.* 氣質上地; 喜怒無常地.

tem·per·ance [ˋtɛmprəns, -pərəns; ˋtempərəns] *n.* ⓤ **1** (言語行爲)有分寸, 節制, 自制; 節制飲酒. **2** 禁酒.

✲tem·per·ate [ˋtɛmprɪt, -pərɪt; ˋtempərət] *adj.* **1** (人、生活)有節制的, 自制的; 節制飲酒的, 禁酒的. be *temperate* in eating and drinking 飲食有節制的/He is *temperate* though his father was a heavy drinker. 雖然他父親酗酒, 但是他卻很能自制.

2 (氣候)溫暖的; 溫帶的(→ frigid, torrid). *temperate* climate 溫暖的氣候.

Témperate Zóne *n.* (加 the) 溫帶(→ zone 圖).

✲tem·per·a·ture [ˋtɛmprətʃɚ, -pərə-; ˋtemprətʃə(r)] *n.*
(*pl.* ~**s** [~z; ~z]) ⓤⓒ **1** 溫度; 氣溫; 體溫. The *temperature* is too high in this room. 這間房間溫度太高了/Taipei has had high *temperatures* this summer. 今年夏天臺北的氣溫很高/The nurse took my *temperature*. 那個護士量了我的體溫/The *temperature* of his passion began to cool. 他的熱情已開始冷卻.

2 (生病的)高熱(fever). bring down the patient's *temperature* 給病人退燒.

[搭配] *adj.*+temperature (1-2): a low ~ (低溫), a normal ~ (常溫) // temperature+*v.*: the ~ falls (溫度下降), the ~ goes up (溫度上升).

háve a témperature 發熱, 發燒.

rùn a témperature 發燒.

-tempered (構成複合字)「…氣質的」之意. sweet-*tempered*(性情溫和的), hot-*tempered*(易衝動的).

tem·pest [ˋtɛmpɪst; ˋtempɪst] *n.* ⓒ(雅)大風暴, 暴風雨, 暴風雪.

a tèmpest in a téapot (美)= a storm in a teacup (storm 的片語).

tem·pes·tu·ous [tɛmˋpɛstʃʊəs; tem'pestjʊəs] *adj.* (雅) **1** 大風暴的, 暴風雨的, 暴風雪的.

2 騷動的; 激烈的(爭論等).

tem·pi [ˋtɛmpi; ˋtempi:] *n.* tempo 的複數.

✲tem·ple¹ [ˋtɛmpl̩; ˋtempl] *n.* ⓒ(*pl.* ~**s** [~z; ~z]) **1** (古希臘、羅馬、埃及等的)神殿(古代希臘、羅馬、埃及等的)神殿. a Greek *temple* 希臘神殿/the *temple* of Apollo 阿波羅神殿.

2 (佛教、道教的)寺廟. the Longshan *Temple* 龍山寺. [參考]一般的寺廟用 temple, 而日本的神社用 shrine.

3 (the *Temple*)耶路撒冷的耶和華神殿; 猶太教教堂.

4 (藝術等的)殿堂. The new theater will be a *temple* of pleasure. 新劇場將會成爲歡樂的殿堂.

*__tem·ple__² [ˋtɛmpl; ˈtempl] *n.* (*pl.* ~s [~z; ~z]) ©(解剖)太陽穴(→ head ▢).

__tem·po__ [ˋtɛmpo; ˈtempəʊ] (義大利語) *n.* (*pl.* ~s, tempi [~pɪ; ~piː] © **1** (工作等的)速度. increase the *tempo* of production 加快生產的速度.

2 (音樂)速度, 拍子. [參考] 樂曲演奏速度由快到慢依序爲 presto, allegro, allegretto, moderato, andantino, andante, adagio, lento, largo.

__tem·po·ral__ [ˋtɛmpərəl, -prəl; ˈtempərəl] *adj.*
1 時間的;(文法)表示時間的, 時態的.
2 現世的, 非宗教的; 世俗的, 凡塵的, (↔ religious). *temporal* affairs 俗事.
[注意] 勿與 temporary 混淆.

__tem·po·rar·i·ly__ [ˋtɛmpəˌrɛrəlɪ; ˈtempərərəlɪ] *adv.* 暫時地; 臨時地.

__tem·po·rar·i·ness__ [ˋtɛmpəˌrɛrɪnɪs; ˈtempərərɪnɪs] *n.* Ⓤ暫時; 臨時.

*__tem·po·rar·y__ [ˋtɛmpəˌrɛrɪ; ˈtempərərɪ] *adj.* 暫時的; 臨時的; (↔ permanent, eternal). a *temporary* job 臨時的工作／*temporary* measures 暫時的處置方式／*temporary* pleasures 一時的快樂.
— *n.* (*pl.* -ries) ©臨時工.
[字源] TEMPO「時」: *tempo*rary, con*tempo*rary (同時代的), *tempo* (速度), *tempo*ral (時間的).

__tem·po·rize__ [ˋtɛmpəˌraɪz; ˈtempəraɪz] *vi.* (文章)採取權宜之計, (爲爭取時間, 避免衝突而)妥協, 規避.

*__tempt__ [tɛmpt; tempt] *vt.* (~s [~s; ~s]; ~ed [~ɪd; ~ɪd]; ~ing) **1** 誘惑〔人〕; [句型5] (tempt **A** *to* do), [句型3] (tempt **A** *into*...)引誘 A(人)去做…; (→ lure ▢). Satan *tempted* Eve. 撒旦誘惑夏娃／I was *tempted* by his generous offer. 他出手大方, 很吸引我／Bad friends *tempted* him to steal [him *into* stealing]. 壞朋友引誘他去偷竊.

2 吸引, 迷惑,〔人〕; [句型5] (tempt **A** *to* do)使 A(人)有興趣去(做…); [句型3] (tempt **A** *into* [*to*]...)吸引 A(人)去做…; (常用被動語態). The food *tempted* the boy. 那食物令這男孩食指大動／The magazine *tempted* us [We were *tempted* by the magazine] *to* go to Florida. 那本雜誌吸引我們去佛羅里達／Hearing the music, we were *tempted into* dancing. 聽到音樂聲, 我們禁不住跳起舞來.

*__temp·ta·tion__ [tɛmpˋteʃən; tempˈteɪʃn] *n.* (*pl.* ~s [~z; ~z]) **1** ⓊⒸ誘惑. resist *temptation* 抗拒誘惑／fall into [yield to] *temptation* 抵擋不住誘惑／lead a person into *temptation* 引某人陷入誘惑.
2 © 誘惑之物〔事〕. A big city provides many *temptations*. 大城市有許多誘惑／Money was no *temptation* to him. 金錢誘惑不了他. ⇨ *v.* tempt.

__tempt·er__ [ˋtɛmptə; ˈtemptə(r)] *n.* **1** ©誘惑者〔物〕. **2** (the *T*empter)撒旦(Satan).

__tempt·ing__ [ˋtɛmptɪŋ; ˈtemptɪŋ] *adj.* 誘惑人的, 引誘的. a *tempting* offer 誘人的提議.

__tempt·ing·ly__ [ˋtɛmptɪŋlɪ; ˈtemptɪŋlɪ] *adv.* 誘

人地.

__tempt·ress__ [ˋtɛmptrɪs; ˈtemptrɪs] *n.* ©誘人的女人.

*__ten__ [tɛn; ten] (★基數的例示, 用法 → five) *n.* (*pl.* ~s [~z; ~z]) **1** Ⓤ(基數的)10, 十. Seven and three are [make, equal] *ten*. 7 加 3 等於 10／Five times two is *ten*. 5 乘 2 等於 10／Chapter *Ten* 第十章.

2 Ⓤ十時; 十分; 十歲; 十元[英鎊, 美分, 便士等]; (量詞由前後關係決定). go to bed at *ten* (o'clock) 十點就寢／a boy of *ten* (years of age) 十歲的男孩／The thermometer stands at *ten* (degrees C). 溫度計顯示爲(攝氏)十度.

3 (作複數)十人;十, 十個. In the traffic accident, *ten* were killed and over a hundred injured. 該起交通事故造成十人死亡, 百餘人受傷.

4 ©十人[十個]一組的東西.
5 ©(作爲文字的)十, 十的數字[鉛字].
6 ©(通常 tens)十位數.
7 ©十美元[英鎊]紙鈔.
8 ©(紙牌)10 點的牌.

tàke tén (口)(工作等)休息十分鐘, 稍事休息.

tèn a pénny (英、口)常見的, 不值錢的, ((美、口)) a dime a dozen)(一分錢換一便士).

tèns of thóusands 好幾萬.

tèn to óne 十之八九, 大致沒錯. (源自「以十比一的有利形勢佔上風」). *Ten to one* Ned will be late. 奈德肯定會遲到.

— *adj.* **1** 十人的; 十的, 十個的.
2 (敘述)十歲的. My son is nearly *ten*. 我兒子快十歲了.

tèn tímes 十倍之多; (口)遙遠地.

__ten·a·ble__ [ˋtɛnəbl; ˈtenəbl] *adj.* **1** 〔陣地等〕守得住的;〔學說等〕站得住腳的, 靠得住的.
2 (敘述)〔官職等〕可繼續[維持]的(*for* …的期間; *by* 根據…).

__te·na·cious__ [tɪˋneʃəs; tɪˈneɪʃəs] *adj.* **1** 黏著力強的; 糾纏不休的. her *tenacious* suitor 她那糾纏不休的追求者.
2 〔記憶力〕強的, 過目不忘的.
3 (敘述)緊握不放的, 固執的, (*of*). The tribe is *tenacious of* its traditions. 那個部族堅持守著自己的傳統.

__te·na·cious·ly__ [tɪˋneʃəslɪ; tɪˈneɪʃəslɪ] *adv.* 糾纏地, 執拗地.

__te·nac·i·ty__ [tɪˋnæsətɪ; tɪˈnæsətɪ] *n.* Ⓤ依附, 緊密相連; 固執. with *tenacity* of purpose 具有不屈不撓的精神.

__ten·an·cy__ [ˋtɛnənsɪ; ˈtenənsɪ] *n.* (*pl.* -cies) **1** Ⓤ(土地, 房屋等的)租賃. **2** ©租期.

*__ten·ant__ [ˋtɛnənt; ˈtenənt] *n.* (*pl.* ~s [~s; ~s]) ©房客; 租屋者; (承租大樓等的)租戶, 賃居者; 佃農, 佃戶; (↔ landlord). the *tenants* of an apartment house 出租公寓的房客.
— *vt.* 租借〔土地, 房屋等〕. The house was

tenanted by the Indian Consul. 那間房子曾由印度領事租賃.

tèn·ant fár·mer *n.* Ⓒ 佃農.

ten·ant·ry [ˋtɛnəntrɪ; ˈtenəntrɪ] *n.* (*pl.* **-ries**) Ⓒ (★用單數亦可作複數) (從地主那裡租賃土地的) 承租人.

ten-cent store [ˋtɛnˏsɛnt store; ˈtensent stɔː(r)] *n.* =dime store.

Tèn Commándments *n.* (加 the) (聖經) 十誡 (上帝在西奈山頂向摩西出示的十條戒律).

‡tend[1] [tɛnd; tend] *vi.* (~**s** [~z; ~z]; ~**ed** [~ɪd; ~ɪd]; ~**ing**) 1 易於…(*to* do), 傾向…(*to, toward*). One *tends* to shout when excited. 人一興奮就容易大聲說話/Students *tend toward* radicalism. 學生比較傾向於激進的思想.

2 (加副詞(片語)) (朝…方向) 前進, 趨向. Crime figures continue to *tend* upward. 犯罪率有繼續增加的趨勢. ⇨ *n.* **tendency.**

*‡**tend[2]** [tɛnd; tend] *vt.* (~**s** [~z; ~z]; ~**ed** [~ɪd; ~ɪd]; ~**ing**) *vt.* 看護, 照顧, 〔病人等〕; 看管, 管理, 〔家畜, 機械等〕; 整理〔稻田, 庭園等〕; (take care of, look after). *tend* the sick 照顧病人/*tend* shop [store] (美)看顧商店.
— *vi.* (美) 注意, 留心, 處理; ((*to*) (attend). *Tend* to your own business. 別多管閒事/*tend to* the customer [complaints] 接待客人[處理抱怨]/The doctor *tended to* his wound. 醫生處理了他的傷口(★省略 to 則成爲 *vt.*).

tend·en·cies [ˋtɛndənsɪz; ˈtendənsɪz] *n.* tendency 的複數.

‡tend·en·cy [ˋtɛndənsɪ; ˈtendənsɪ] *n.* (*pl.* **-cies**) Ⓒ 1 毛病, 傾向, ((*to* do; *to, toward*)). Babies have a *tendency* to cry when they are hungry. 嬰兒一餓就會哭/There is a *tendency* for weak vowels *to* disappear. 弱母音有消失不唸的趨勢/The *tendency toward* violence is increasing. 暴力傾向正逐漸增加中.

2 (藝術等的) 天分, 素質. Some people are born with musical *tendencies*. 有些人生來便有音樂天分. ⇨ *v.* **tend[1].**

ten·den·tious [tɛnˋdɛnʃəs; tenˈdenʃəs] *adj.* (文章) 〔書, 說話等〕(思想上) 偏頗的, 宣傳性的. spread false or *tendentious* news 散佈錯誤的或偏頗的消息.

‡ten·der[1] [ˋtɛndɚ; ˈtendə(r)] *adj.* (**-der·er** [-dərɚ; -drə; -dərə(r)]; **-der·est** [-dərɪst; -dərɪst]) 【柔軟的】 1 〔食用肉等〕嫩的(↔ tough). feed on *tender* young leaves 以嫩葉爲食/The meat was *tender* and deliciously flavored. 這塊肉既嫩味道又鮮美.

2 【內心溫柔的】溫柔的, 親切的, 體貼的. a *tender* heart 溫柔的心/a warm and *tender* smile 親切又溫柔的微笑.

【易受傷害的】 3 柔弱的, 脆弱的, 易碎的. the girl's *tender* frame 那個女孩纖細的身軀.

4 (限定) 年輕的, 幼小的, 未成熟的. at the *tender* age of nine 在九歲的幼齡.

【敏感的】 5 一觸即痛的; 敏感的. a *tender* spot 痛處; 弱點/his *tender* conscience 他敏感的良知/My finger is still *tender* from the injury. 我的手指因爲受傷至今仍是一觸即痛.

6 難以處理的, 微妙的. a *tender* subject 敏感的話題.

ten·der[2] [ˋtɛndɚ; ˈtendə(r)] *n.* Ⓒ 【看護者】 1 值班人, 看護者. 2 (鐵路)(連接於火車頭的) 煤水車. 3 駁船(航行於岸邊與母船之間運送乘客, 食物等).

*‡**ten·der[3]** [ˋtɛndɚ; ˈtendə(r)] *v.* (~**s** [~z; ~z]; ~**ed** [~d; ~d]; **-der·ing** [-dərɪŋ, -drɪŋ; -dərɪŋ]) *vt.* (文章) 1 支付(錢等). Passengers are requested to *tender* the exact fare. 乘客必須支付金額正確的車費. 2 提出, 提交. *tender* one's regret (that...) (對…事)表示遺憾/*tender* one's resignation 提出辭呈.
— *vi.* 投標((*for*)).

2 =legal tender.

ten·der·foot [ˋtɛndɚˏfʊt; ˈtendəfʊt] *n.* (*pl.* ~**s**, **-feet** [-ˏfit; -fiːt]) Ⓒ 1 (美)(西部拓荒時)還無法適應野地艱困生活的人. 2 新手, 生手. a business *tenderfoot* 商場新手.

ten·der·heart·ed [ˋtɛndɚˋhartɪd; ˈtendəˏhɑːtɪd] *adj.* 內心溫柔的, 深情款款的.

ten·der·ize [ˋtɛndəˏraɪz; ˈtendəraɪz] *vt.* (拍打等而)使〔肉〕變嫩.

ten·der·loin [ˋtɛndɚˏlɔɪn; ˈtendəlɔɪn] *n.* Ⓤ 腰部嫩肉(牛、豬腰部的肉; 與 fillet 同義, 或指靠近腰部前面最嫩的上等肉).

*‡**ten·der·ly** [ˋtɛndɚlɪ; ˈtendəlɪ] *adv.* 溫柔地, 親切地; 輕柔地; 慎重地. She sang *tenderly* to the child. 她輕柔地唱歌給孩子聽.

ten·der·ness [ˋtɛndɚnɪs; ˈtendənɪs] *n.* Ⓤ 1 溫柔, 親切. her *tenderness* with the children 她對小孩的慈愛. 2 柔軟; 柔弱.

ten·don [ˋtɛndən; ˈtendən] *n.* Ⓒ (解剖) 腱.

ten·dril [ˋtɛndrɪl, -əl; ˈtendrəl] *n.* Ⓒ (植物)捲鬚, 藤蔓.

ten·e·ment [ˋtɛnəmənt; ˈtenəmənt] *n.* Ⓒ 1 tenement house. 2 (法律)(tenant 所租賃的) 租地, 租屋.

tén·ement hòuse *n.* Ⓒ 廉價公寓(特指大城市貧困地區的 apartment house).

ten·et [ˋtɛnɪt, ˋtinɪt; ˈtenɪt] *n.* Ⓒ (文章)(個人, 黨派等的)主義, 信條, 教義.

ten·fold [ˋtɛnˏfold; ˈtenfəʊld] *adj.* 十倍的.
— *adv.* 十倍地.

ten-gal·lon hat [ˏtɛnˏgælənˋhæt; ˏtengælənˈhæt] *n.* Ⓒ (美)(寬邊的) 牛仔帽. 〔字源〕源自開玩笑地形容帽子像是有十加侖容量那麼大.

Tenn. (略) Tennessee.

ten·ner [ˋtɛnɚ; ˈtenə(r)] *n.* (口) Ⓒ (美)十美元紙幣/(英)十英鎊紙幣.

Ten·nes·see [ˏtɛnəˋsi, ˏtɛnɚˋsi; ˏtenəˈsiː] *n.* 田

納西州(美國東南部的州; 首府 Nashville; 略作 TN, Tenn.)).

Tennessee Valley Authority n. (加 the)田納西河流域開發局(設立於 1933 年; 在發電、治水等方面頗有成效, 而成為類似計畫的模範; 略作 TVA).

＊ten·nis [ˈtɛnɪs; ˈtenis] n. U網球. play *tennis* 打網球/a *tennis* ball 網球/a *tennis* racket 網球拍/a good [poor] *tennis* player 網球打得好[差]的人. 參考 現在一般說 tennis 是指 lawn tennis(草地網球); lawn tennis 是 tennis 的基本形式, 主要是在與室內的 court tennis 區別時所使用的語彙.

tennis court n. C網球場.

tennis elbow n. U網球肘(因打網球等使肘部運動過度而引起).

ten·on [ˈtɛnən; ˈtenən] n. C(木工)榫(→ mortise).

ten·or [ˈtɛnɚ; ˈtenə(r)] n. 主旋律 **1** UC(音樂)男高音(男聲的最高音部; → bass¹ 參考).

2 C(音樂)男高音歌手[次中音樂器].

3 (形容詞性)男高音[次中音樂]的. a *tenor* voice 男高音/a *tenor* sax 次中音薩克斯風.

主流 **4** C(通常用單數)(文章)(人生的)路途, 趨勢. The event affected the *tenor* of my life. 那次事件影響了我人生的發展.

5 C(通常用單數)(文章或演說的)大意, 旨趣.

ten·pence [ˈtɛn‚pɛns; ˈtenpəns] n. (英) **1** U 十便士. **2** C 十便士的銅幣(→ coin 圖).

ten·pin [ˈtɛn‚pɪn; ˈtenpɪn] n. C tenpins 遊戲中使用的瓶[柱].

tenpin bowling n. (英)=tenpins.

ten·pins [ˈtɛn‚pɪnz; ˈtenpɪnz] n. (作單數)(美) 十柱球(類似保齡球, 有十個球瓶; → ninepins).

＊tense¹ [tɛns; tens] adj. (tens·er; tens·est) **1** 繃緊的. a *tense* rope 拉緊的繩索/*tense* muscles 緊繃的肌肉.

2 (精神)緊張的, 繃緊的. *tense* nerves 緊繃的神經/a face *tense* with worry 因擔心而緊張的臉/You're too *tense*—try to relax. 你太緊張了, 試著放鬆一下/There was a *tense* atmosphere in the room. 房間裡瀰漫著一股緊張的氣氛.

— vt. 繃緊(某物), 使緊張, (*up*). He seems *tensed up*. 他好像很緊張的樣子.

— vi. 緊張, 變得繃緊, (*up*).

＊tense² [tɛns; tens] n. (pl. tens·es [~ɪz; ~ɪz]) UC(文法)(動詞的)時態, 時式. the present [past, future] [perfect] *tense* 現在[過去, 未來][完成]式(→見文法總整理 6.3).

tense·ly [ˈtɛnslɪ; ˈtenslɪ] adv. 緊張地.

tense·ness [ˈtɛnsnɪs; ˈtensnɪs] n. U緊張.

tens·er [ˈtɛnsɚ; ˈtensə(r)] adj. tense的比較級.

tens·est [ˈtɛnsɪst; ˈtensɪst] adj. tense的最高級.

ten·sile [ˈtɛnsl, -sɪl; ˈtensaɪl] adj. **1** 能拉長的; 能伸長的. **2** (限定)張力的. the *tensile* strength of a rope 繩索的張力.

＊ten·sion [ˈtɛnʃən; ˈtenʃn] n. (pl. ~s [~z; ~z]) **1** U(繩等的)拉緊, 繃緊; (物理)

---

tepee 1613

張力. the *tension* in the strings 弦的繃緊程度/surface *tension* 表面張力.

2 U(精神的)緊張, 不安. be under extreme *tension* 極度緊張/ease the *tension* in the room 緩和屋子裡的緊張氣氛.

3 UC(通常tensions)緊張關係(個人、國家間的). racial *tensions* 種族間的緊張關係/international *tension(s)* 國際間緊張的情勢/*Tension* was mounting between the two. 兩者的關係愈來愈緊張.

搭配 adj.+tension (2-3): acute ~ (嚴重的緊張關係), severe ~ (激烈的緊張關係) // v.+tension: cause ~ (造成緊張關係), increase ~ (增加緊張關係), reduce ~ (減緩緊張關係).

4 U(電)電壓, high-*tension* wires 高壓電線.

＊tent [tɛnt; tent] n. (pl. ~s [~s; ~s]) C **1** 帳篷. pitch [put up] a *tent* 搭帳篷/strike [take down] a *tent* 拆帳篷/live in *tents* 住在帳篷裡. **2** 帳篷狀物. an oxygen *tent* 氧氣罩.

ten·ta·cle [ˈtɛntək!, -ɪk; ˈtentəkl] n. C(動物)觸手、觸角; (植物)觸鬚.

ten·ta·tive [ˈtɛntətɪv; ˈtentətɪv] adj. **1** 試驗性的; 暫時的. China and the U.S. came to a *tentative* agreement. 中國和美國達成了暫時性協議/a *tentative* plan 試行方案.

2 躊躇的, 不明確的. give a *tentative* nod 遲疑地點頭同意.

ten·ta·tive·ly [ˈtɛntətɪvlɪ; ˈtentətɪvlɪ] adv. 試驗性地; 躊躇地.

ten·ter·hooks [ˈtɛntɚ‚hʊks; ˈtentəhʊks] n. (用於下列片語)

on tenterhooks 焦慮不安, 如坐針氈. (<新紡織品織線緊繃的狀態).

＊tenth [tɛnθ; tenθ] (亦寫作 10th) (★序數的例示、用法 → fifth) adj. **1** (通常加 the)第十的, 第十名[號]的. the *tenth* year of Chienlung 乾隆十年/John Tyler was the *tenth* President of the U.S. 約翰‧泰勒是美國第十任總統.

2 十分之一的. a *tenth* part of... …的十分之一.

— n. (pl. ~s [~s; ~s]) C **1** (通常加 the)第十, 第十名[號].

2 (通常加 the)(每月的)第十日. on the *tenth* of April 4 月 10 日.

3 十分之一. one *tenth* 十分之一/three *tenths* 十分之三.

— adv. 第十名.

ten·u·ous [ˈtɛnjʊəs; ˈtenjʊəs] adj. (文章) **1** 微細的, 極薄的; 稀薄的(空氣等). a *tenuous* thread 細線. **2** (意見等)沒有實質內容的, 不足取的.

ten·ure [ˈtɛnjɚ; ˈte‚njʊə(r)] n. UC **1** (土地, 職業等的)保有(權). during his *tenure* of office 在他任職期間. **2** 保有的條件. **3** 任期, 在職期間. **4** (美)(大學教師等的)終身在職權(直至退休為止的職業、身分保障; 通常只要是 associate professor (副教授)就有這個資格).

te·pee [ˈtipi; ˈtiːpiː] n. C(北美原住民的)圓錐形

帳篷.

tep·id [ˋtɛpɪd; ˋtepɪd]
adj. **1** [開水, 茶水等]溫
的, 不熱的. a *tepid* bath
溫水澡／*tepid* tea 溫茶.
2 [反應, 歡迎等]不熱
烈的.

[tepee]

te·pid·i·ty [tɪˋpɪdətɪ;
teˋpɪdətɪ] *n.* U 不冷不熱;
冷淡.

tep·id·ly [ˋtɛpɪdlɪ; ˋtepɪdlɪ] *adv.* 不冷不熱地; 冷
淡地.

tep·id·ness [ˋtɛpɪdnɪs; ˋtepɪdnɪs] *n.* =tepidity.

te·qui·la [təˋkilə, teˋkilə; teˋkiːlə] *n.* U 龍舌蘭
酒(以龍舌蘭為原料的墨西哥蒸餾酒).

ter·cen·te·nar·y [tɝˋsɛntəˌnɛrɪ,
ˌtɝsɛnˋtɛnərɪ; ˌtɜːsenˈtiːnərɪ] *n.* (*pl.* **-nar·ies**) C
三百週年; 三百週年慶. ─ *adj.* 三百週年慶的.

ter·cen·ten·ni·al [ˌtɝsɛnˋtɛnɪəl;
ˌtɜːsenˈtenjəl] *n., adj.* =tercentenary.

Te·re·sa [təˋrisə, ˋrizə, ˋrɛsə; təˈriːzə] *n.* 女
子名.

***term** [tɝm; tɜːm] *n.* (*pl.* **~s** [~z; ~z])
〖時間上的限定〗 **1** C 期間, 期限; 任
期. for a *term* of ten years 在十年的期間裡／a
person's *term* of life 人的壽命[一生]／The Presi-
dent's *term* of office is four years. 總統的任期為
四年／He served a long *term* in prison. 他在獄中
長期服刑／a short-*term* contract 短期契約.
2 C (學校 的)學期(→ semester). the spring
term 春季學期／the fall [autumn] *term* 秋季學期／
at the end of the *term* 在學期末時／during the
term 在學期中／The school year is divided into
two or three *terms*. 一學年分為兩個或三個學期／
term time 學期期間(相對於假期).
3 C (法律)(法庭的)開庭期.
4 C (租賃等的)終止期, 約滿期; (產婦的)預產期.
〖限定>條件〗 **5** (*terms*)(契約, 支付等的)條
件; 價格, 費用, 索價. the *terms* of peace [pay-
ment] 和談[付款]的條件／sell at reasonable
terms 以合理的價錢出售／on our *terms* 依照我們開
出的條件／set *terms* 附加條件／*Terms* cash. (商業)
現金支付.
〖相互間的條件>關係〗 **6** (*terms*)交誼, 交往
關係, (*with*). We are on good [bad] *terms*
with them. 我們和他們的交情很好[不好]／They
weren't on speaking *terms* at that time. 那時候
他們互不與對方說話.
7 C (數學)項(構成比率的各項, 分數的分子, 分
母, 等式中的各項等).
〖限定的表達〗 **8** C 術語, 專門語彙, (特殊的)
語言. a business *term* 商業術語／a legal [medi-
cal] *term* 法律[醫學]用語／a technical *term* 專業
用語.
9 (*terms*)措辭, 說法. explain in layman's

terms 用通俗的言辭來解釋／speak *in* general
terms 以一般的說法來說.
bring a *person to terms* 迫使某人同意.
come to terms (1)達成協議, 妥協, (*with*). The
two sides eventually *came to terms*. 雙方終於達
成了協議. (2)接受, 逆來順受, (*with*). You must
come to terms with the fact that you will never
be a first-rate actor. 你必須要接受自己永遠無法
成為一流演員的事實.
in no uncertain terms 毫不留情地, 斷然地.
* *in terms of...* (1)用…的字眼, 以…的措辭[口吻],
(→ *n.* 9). talk *in terms of* politics 以政治的說
法[觀點(→(2))]來說.
(2)依據…, 以…的觀點[角度]; 換算成…. *In
terms of* quality, his is the best report. 以品質
來看, 他的報告是最好的／a good job *in terms of*
money 薪水優渥的工作.
in the long [*short*] *term* 長期[短期]來看.
not on [*upon*] *any terms* = *on* [*upon*] *no*
terms (無論有任何條件都)決不…. I will *not*
accept their request *on any terms*. 我無論如何不
會接受他們的要求.
on equal terms (*with*...) 以(和…)對等的立場
[條件](→ *n.* 5, 6). In our firm, foreigners are
employed *on equal terms with* Chinese. 在我們公
司裡, 外籍人士的任用條件和中國人是相同的.
── *vt.* 回型5 把 A 命名為 B, 稱呼 A
為 B, (name) (★ B 為名詞或形容詞). He *terms*
himself a scholar. 他自詡為一名學者.

ter·ma·gant [ˋtɝməgənt; ˋtɜːməgənt] *n.* C
尖酸潑辣的女人.

ter·mi·na·ble [ˋtɝmɪnəbl; ˋtɜːmɪnəbl] *adj.* 可
終止的; (契約等)有期限的.

***ter·mi·nal** [ˋtɝmɪnl; ˋtɜːmɪnl] *adj.* **1** 每期
的; 學期的; (學)期末的. *ter-
minal* accounts 期末結算／a *terminal* examina-
tion 期末考試.
2 (病症等)末[晚]期的, 將死的. *terminal* can-
cer 末期癌症.
3 終結的; 終點的[車站等]; 最後一次的[付款
等]. the *terminal* station 終點站／the *terminal*
payment (分期付款等的)最後一次付款, 尾款.
── *n.* (*pl.* **~s** [~z; ~z]) C **1** 往返機場與市區的
巴士總站(設在市內); (美)(鐵路, 長途客運等的)
終點, 終點站. The bus pulled into the *terminal*.
公車駛抵終點站.
2 (電)端子; (電腦)終端機(將資料輸入或輸出電
腦的設備).

ter·mi·nal·ly [ˋtɝmɪnlɪ; ˋtɜːmɪnlɪ] *adv.* 每期
地, 定期地; 每學期地; 最終地; 末期症狀地. be
terminally ill 患病末期.

***ter·mi·nate** [ˋtɝməˌnet; ˋtɜːmɪneɪt] *v.* (**~s**
[~s; ~s]; **-nat·ed** [~ɪd; ~ɪd]; **-nat·ing** [~ɪŋ; ~ɪŋ]) (文章)
1 終結. *terminate* a contract 終止契約.
2 結束, 終止. The hero's death *terminates* the
play. 主角的死為這齣戲畫下句點.
── *vi.* **1** 結束. The contract *terminates* on
June 30. 那份契約到 6 月 30 日終止.

2 終結((in〔結果〕)). The game *terminated in* a draw. 比賽結果不分勝負.

ter·mi·na·tion [ˌtɝməˈneʃən; ˌtɜːmɪˈneɪʃn] *n.*
1 《文章》[U][C]終止；結局；期滿；《of》.
2 [C]《文法》語尾.

ter·mi·ni [ˈtɝmənaɪ; ˈtɜːmɪnaɪ] *n.* terminus 的複數.

ter·mi·no·log·i·cal [ˌtɝmənəˈlɑdʒɪkl; ˌtɜːmɪnəˈlɒdʒɪkl] *adj.* 術語的, 用語上的.

ter·mi·nol·o·gy [ˌtɝməˈnɑlədʒɪ; ˌtɜːmɪˈnɒlədʒɪ] *n.* (*pl.* **-gies**) [U][C] (集合)術語, 專門語彙, (term 的集合名詞). legal *terminology* 法律術語.

ter·mi·nus [ˈtɝmənəs; ˈtɜːmɪnəs] *n.* (*pl.* **-ni**, **~·es**) [C]《英》終點, 終點站, (《美》terminal).

ter·mite [ˈtɝmaɪt; ˈtɜːmaɪt] *n.* [C]《蟲》白蟻.

tērm pàper [C]《美》期末〔研究〕報告.

tern [tɝn; tɜːn] *n.* [C]燕鷗(海鷗科海鳥).

***ter·race** [ˈtɛrɪs, -əs; ˈterəs] *n.* (*pl.* **-rac·es** [~ɪz; ~ɪz]) [C] **1** (階梯式)梯形地(的一層)；梯田(的一階). **2** (庭院等的)平臺, 陽臺.
3 (足球場的)站立觀看區.
4 《英》連棟式住宅(通常二至三層樓, 沿道路而建, 各戶側牆相連；常常用大寫字母作爲街名的一部分).
── *vt.* **1** 使〔土地等〕成階梯狀. *terraced* fields 梯田. **2** 在〔院子等〕裡鋪設陽臺〔平臺〕.

tèrrace [tèrraced] hòuse *n.* [C]《英》連棟式住宅(連棟式住宅(terrace *n.* 4)中的一戶).

[terraced houses]

ter·ra·cot·ta [ˌtɛrəˈkɑtə; ˌterəˈkɒtə] (義大利語) *n.* [U] **1** 赤土陶器(赤土的素陶)；赤陶工藝品(花瓶, 雕像等). **2** 赤褐色.

ter·rain [tɛˈren; ˈterem] *n.* [U][C]土地；地形, 地勢. hilly *terrain* 丘陵地帶.

ter·ra·pin [ˈtɛrəpɪn; ˈterəpɪn] *n.* [C]《動物》水龜(一種北美的 turtle；供食用).

ter·rar·i·um [təˈrɛrɪəm; təˈreərɪəm] *n.* (*pl.* **~s**, **-i·a** [-ɪ; -ɪə]) [C]《陸上》動物飼養場(→ aquarium)；(栽培植物用的)盆缽.

ter·res·tri·al [təˈrɛstrɪəl; təˈrestrɪəl] *adj.*
1 地球的. *terrestrial* life 地球上的生物(全體).
2 陸地的；陸生的. *terrestrial* heat 地熱 / terrestrial animals [plants] 陸生動物[植物].

---

territory 1615

terrèstrial glòbe *n.* [C]地球儀.

***ter·ri·ble** [ˈtɛrəbl; ˈterəbl] *adj.* 【可怕的】
1 可怕的, 恐怖的, (→ horrible 回). He was afflicted with a *terrible* disease. 他患了一種嚴重可怕的疾病/a *terrible* fire 可怕的火災/look *terrible* 看起來很恐怖.
【極度的】**2** 猛烈的, 厲害的, 極度的. *terrible* heat 酷熱/make a *terrible* mistake 鑄成大錯.
3 《口》極度的, 極差的；很不好的(*at*), *terrible* weather 惡劣的天氣/*terrible* manners 很糟糕的舉止/As a teacher he is *terrible*, but he is nice personally. 他雖然不是個好老師, 但仍是個好人/He is *terrible* at golf [a *terrible* golfer]. 他的高爾夫球打得很爛.
⇨ *n.* **terror**.

***ter·ri·bly** [ˈtɛrəblɪ; ˈterəblɪ] *adv.* **1** 《口》極, 非常. be *terribly* worried 非常擔心/That was *terribly* nice of you. 你真好.
2 極壞地, 很糟地. The work was *terribly* done. 那件工作做得很糟.

ter·ri·er [ˈtɛrɪɚ; ˈterɪə(r)] *n.* [C]㹴犬.

***ter·rif·ic** [təˈrɪfɪk; təˈrɪfɪk] *adj.* 《口》**1** 極佳的, 出色的. a *terrific* idea 好主意/You look *terrific* in that red gown. 你穿上那件紅色禮服好看極了.
2 驚人的, 猛烈的. a *terrific* wind 猛烈的風/drive at a *terrific* speed 以驚人的速度駕駛.
⇨ *n.* **terror**.

ter·rif·i·cal·ly [təˈrɪfɪklɪ; təˈrɪfɪkəlɪ] *adv.* 《口》極佳地, 非常地.

***ter·ri·fy** [ˈtɛrəˌfaɪ; ˈterɪfaɪ] *vt.* (**-fies** [~z; ~z]; **-fied** [~d; ~d]; **~·ing**) **1** 使〔人〕非常害怕〔畏懼〕(→ frighten 回). The man *terrified* the little children. 那個男人嚇壞了這些小孩子/He was *terrified* of being found out. 他害怕會被發現.
2 恐嚇…(*into*)；脅迫搶奪(*out of*). She was *terrified into* compliance. 她被迫順從/be *terrified out of* one's wits 嚇得六神無主.
⇨ *n.* **terror**. *adj.* **terrible**.

ter·ri·fy·ing [ˈtɛrəˌfaɪɪŋ; ˈterɪfaɪɪŋ] *adj.* 可怕的；令人恐懼的. a *terrifying* nuisance 極其麻煩.

ter·ri·to·ri·al [ˌtɛrəˈtorɪəl, -ˈtɔr-; ˌterəˈtɔːrɪəl] *adj.* **1** 土地的；領土的；地域的. *territorial* air 領空/*territorial* waters 領海(★《公海》the high seas)/*territorial* possessions 領土.
2 (限定)(*T*erritorial)《美, 加拿大, 澳洲》尚未成爲州〔省〕的區域的, 半自治區的.

ter·ri·to·ries [ˈtɛrəˌtorɪz, -ˌtɔrɪz; ˈterətɔrɪz] *n.* territory 的複數.

***ter·ri·to·ry** [ˈtɛrəˌtorɪ, -ˌtɔrɪ; ˈterətərɪ] *n.* (*pl.* **-ries**) **1** [U][C]領土, 領地, 地域. invade Chinese *territory* 侵略中國領土/drive through unknown *territory* 駕車穿過未知的地方.
2 [C](*T*erritory)《美, 加拿大, 澳洲》尚未成爲州〔省〕的區域, 半自治區. The *Territories* of Alas-

ka and Hawaii were the last to become states. 阿拉斯加和夏威夷是最後升格為州的區域/the Yukon *Territory* 育空地方(位於加拿大西北部).

3 [UC] (學問, 藝術等的)領域; (個人的)活動範圍. That subject is outside my *territory*. 那個論題在我的研究領域之外.

4 [UC] (動物的)勢力範圍; (推銷員等的)責任區域. Birds sing to proclaim their *territory*. 鳥以鳴唱來宣告自己的勢力範圍/The new salesman cut into my *territory*. 新來的業務員侵犯了我負責的區域.

字源 TERR「土地」: *territory*, *terr*ain (地形), *terr*estrial (陸地的), Medi*terr*anean (地中海).

*ter·ror [ˈtɛrɚ; ˈterə(r)] **1** [aU] (非常的)恐懼, 驚駭. run away in *terror* 驚惶地逃走/sob with *terror* 受到驚嚇而哭泣/I have a *terror* of snakes. 我怕蛇/live in *terror* of... 生活在…的恐懼中/The captive was in *terror* of his life. 俘虜們懼怕隨時會被殺.

回 *terror* 指比 fear 更強烈的恐懼.

2 [C] 引起恐懼的[事, 人]. He was a *terror* to his enemies. 他使敵人感到害怕/Miss Brock was the *terror* of the school. 布羅克小姐是學校裡令人畏懼的人物.

3 [U] 恐怖主義(terrorism).

4 [C] (口) 極麻煩的人, 難應付的傢伙.

⇨ v. **terrify**. adj. **terrible**.

字源 TERR「恐嚇」: *terror*, *terr*ify (使非常畏懼), *terror*ism (恐怖主義), de*ter* (因恐懼而)打消念頭).

ter·ror·ism [ˈtɛrɚˌrɪzəm; ˈterərɪzəm] *n.* [U] (特指具有政治目的之)暴力行為; 恐怖主義.

ter·ror·ist [ˈtɛrərɪst; ˈterərɪst] *n.* [C] 暴徒; 恐怖分子.

ter·ror·ize [ˈtɛrəˌraɪz; ˈterəraɪz] *vt.* (用脅迫, 暴力等手段)使[人]感到恐怖; 以恐怖政治統治[人].

ter·ror-strick·en, ter·ror-struck [ˈtɛrɚˌstrɪkən; ˈterəˌstrɪkən], [-ˌstrʌk; -ˌstrʌk] *adj.* 畏懼恐怖的.

ter·ry [ˈtɛrɪ; ˈterɪ] *n.* [U] 兩端絨絲未修掉的厚(棉)織品(作鋪浴巾, 浴墊等).

terse [tɜs; tɜːs] *adj.* **1** [文體, 表現等]簡潔的, 生動的, (concise). **2** 過分簡短而顯得倉莽的.

terse·ly [ˈtɜslɪ; ˈtɜːslɪ] *adv.* 簡潔地, 生動地.

terse·ness [ˈtɜsnɪs; ˈtɜːsnɪs] *n.* [U] 簡潔.

ter·ti·ar·y [ˈtɜʃɪˌɛrɪ, -ʃərɪ; ˈtɜːʃərɪ] *adj.* **1** (文章)第三(位)的(→ primary, secondary). **2** (醫學) (症狀)嚴重的, 第三期的.

— *n.* (地質學) (the Tertiary)第三紀.

TESL [ˈtɛsl; ˈtesl] [U] 以英語為第二語言的教學法(< *T*eaching *E*nglish as a *S*econd *L*anguage; second language 和一般外語不同, 其使用頻率僅次於母語, 印度、菲律賓的英語即為此例; → TEFL).

TESOL [ˈtɛsɑl; ˈtesɔːl] *n.* [U] 對以其他語言為母語者的英語教學法(< *T*eaching *E*nglish to *S*peakers of *O*ther *L*anguages; 與 TEFL 大致相同).

Tess [tɛs; tes] *n.* 女子名.

tes·sel·lat·ed [ˈtɛslˌetɪd; ˈtesəleɪtɪd] *adj.* (地板、人行道等)鑲嵌花樣的.

*test [tɛst; test] *n.* (*pl.* ~**s** [~s; ~s]) [C] **1** 試驗, 考試, 測驗; (核爆等的)測試. an intelligence *test* 智力測驗/an eye *test* 視力檢查/We had a *test* in English yesterday. 我們昨天考英文/pass the driving *test* 通過駕照考試/stand the *test* of time 經得起時間的考驗(受到後人極高的評價)/make a laboratory *test* 在實驗室做實驗.

回 *test* 的目的是要確認是否符合一定的規範與準則; → experiment.

搭配 *v.*+test: give a ~ (舉行測驗), sit a ~ (接受測驗), take a ~ (接受測驗), fail a ~ (測驗失敗).

2 考驗(人或物)的東西, (試金石); (判斷等的)標準. The fight was a *test* of strength. 這場打鬥是比力氣的/Poverty is sometimes a *test* of character. 貧窮有時也可作為人格的試金石.

pùt...to the tést 測驗…, 考驗…. Adversity put his faith *to the test*. 逆境考驗了他的信念.

— *vt.* (~**s** [~s; ~s]; ~**ed** [~ɪd; ~ɪd]; ~**ing**) **1** 測驗, 檢查; 實驗. *test* the water of a well 檢驗井水/I had my eyesight *tested*. 我去檢查視力/*test* food *for* harmful additives 檢查食品有無添加有害物質/The new medicine has been *tested* on animals. 這種新藥正在動物身上進行測試.

2 測試; (嚴格)考驗. I was only *testing* you. 我不過考驗了你一下/*testing* times 嚴格考驗的時候.

3 分析, 研究, (*for* 為了找出…). *test* the ore *for* its gold content 分析礦石的含金量.

— *vi.* **1** 接受測驗[檢查]; 進行檢查, ((for)).

2 句型2 (test A)測驗[檢查]的結果是 A.

tes·ta·ment [ˈtɛstəmənt; ˈtestəmənt] *n.* [C] (文章) (法律)遺言[書] (特別是 one's last will and testament). the New *Testament*, the Old *Testament* (→見 New Testament, Old Testament).

tes·tate [ˈtɛstet; ˈtesteɪt] *adj.* (主法律)(人)留下遺囑而亡的(⟷ intestate).

tes·ta·tor [ˈtɛstetɚ, tɛsˈtetɚ; teˈsteɪtə(r)] *n.* [C] (法律)立遺囑人(★女性為 **tes·ta·trix** [tɛsˈtetrɪks; teˈsteɪtrɪks]).

tést bàn *n.* [C] 禁止核子試爆協定.

tést càse *n.* [C] (法律)判例(其結果可作為其後訴訟案件的先例).

tést drìve *n.* [C] (車的)試乘.

test-drive [ˈtɛstˌdraɪv; ˈtestdraɪv] *vt.* (~**s**; -**drove** [-ˌdrov; -drəʊv]; -**driv·en** [-ˌdrɪvən; -drɪvn]; -**driv·ing**) 試開, 試乘, (車子).

test·er [ˈtɛstɚ; ˈtestə(r)] *n.* [C] **1** 測試者, 檢驗員. **2** 測試裝置, 測定器.

tes·ti·cle [ˈtɛstɪkl; ˈtestɪkl] *n.* [C] (解剖) (通常 testicles)睪丸.

*tes·ti·fy [ˈtɛstəˌfaɪ; ˈtestɪfaɪ] *v.* (-**fies** [~z; ~z];

-**fied** [~d; ~d]; **~·ing**) vi. **1** 證明; 作證. *testify before the court* 在法庭作證/*testify against* [*for*] *the defendant* 提出對被告不利 [有利] 的證詞/*testify to* a person's honesty 證明某人是誠實的.

2 《文章》成爲證據(*to*). *The buds testified to the approach of spring.* 含苞的花蕾告訴我們春天卽將來臨/*The book testifies to his deep knowledge of Chinese art.* 那本書證明了他對中國藝術的淵博知識.

— vt. **1** 作證, 證明; [句型3] (testify *that* 子句) 提出…的證詞. *He testified that the defendant had purchased the gun at his shop.* 他指證被告在他的店裡買了那支槍.

2 《文章》成爲…的證據; [句型3] (testify *that* 子句)證實. *The confusion testifies a total lack of leadership.* 這場混亂證明完全沒有領導能力/*Your conduct testifies that you are irresponsible.* 你的行爲證明自己不負責任.

[字源] TEST「證人」: testify, testimony (證詞), protest (抗議), contest (競爭).

tes·ti·ly [ˋtɛstɪlɪ; ˋtɪ; ˈtestɪlɪ] adv. 易怒地.

tes·ti·mo·ni·al [ˌtɛstəˋmonɪəl; ˌnjəl; ˌtestɪˈməʊnjəl] n. © **1** (人或物的)證明書, 推薦書. **2** 獎狀, 感謝狀; 紀念品.

tes·ti·mo·ny [ˋtɛstəˌmonɪ; ˈtestɪmənɪ] n. (pl. **-nies**) **1** [UC] (特指法庭上的)證詞; 證明. *The witness gave testimony that he had seen the accused at the scene of the crime.* 那名證人作證他曾在犯罪現場見到過被告.

2 [U]證據(proof). *produce testimony of* [*to*] *his innocence* 提出他無罪的證據/*in testimony of* 做爲…的證據.

bèar téstimony (*to...*) 證明(事實等); 證明[證實]….

càll a pèrson in téstimony 請某人作證.

tes·ti·ness [ˋtɛstɪnɪs; ˈtestɪnɪs] n. [U]暴躁, 粗暴.

tèst màtch n. © (英)國際比賽(特指板球[橄欖球]比賽; 參賽國包括 England, Australia, New Zealand, India, West Indies 等).

tèst pàper n. © 試題紙, 答案卷/(化學)試紙.

tèst pàttern n. © (電視)測試圖.

tèst pìlot n. © (航空)飛機試飛員.

tèst tùbe n. © 試管.

test-tube [ˋtɛstˏtjub, -ˏtɪu-, -ˏtub; ˈtesttjuːb] adj. 在試管裡製造的. a *test-tube baby* 人工授孕兒; 試管嬰兒.

tes·ty [ˋtɛstɪ; ˈtestɪ] adj. [人, 脾氣]暴躁的; [言行]焦躁的.

tet·a·nus [ˋtɛtn̩əs; ˈtetənəs] n. [U](醫學)破傷風.

tetch·y [ˋtɛtʃɪ; ˈtetʃɪ] adj. 容易生氣的, 暴躁的.

tête-à-tête [ˋtetəˋtet; ˌteɪtɑːˈteɪt] (法語的意思是 head to head) adj. 兩人之間的, 面對面的, 祕密的. *They had a tête-à-tête luncheon.* 他們兩人(私下)一起吃晚餐.

— adv. 只限於兩人地, 兩人面對面地, 祕密地.

— n. © 兩人之間的密談.

teth·er [ˋtɛðə; ˈteðə(r)] n. © (繫, 拴食牧草家畜的)繫繩, 繫鏈.

at the ènd of one's téther (因擔心等)忍耐已達到極限.

— vt. 用繫繩拴[牽][家畜].

tet·ra·pod [ˋtɛtrəˏpɑd; ˈtetrəpɒd] n. © 四足構造物; 鋼筋水泥四腳砌塊(用混凝土灌鑄的構造物, 用於防波堤、填築、基礎工程等).

Teu·ton [ˋtjutn̩, ˋtɪu-, ˋtu-; ˈtjuːtən] n. © **1** 條頓人. **2** 德國人. **3** (the Teutons)條頓民族《西元前4世紀時居住於歐洲中部的民族, 包括現在的德國人、荷蘭人、斯堪地那維亞人、英國人等北歐民族; 亦稱日耳曼民族》.

Teu·ton·ic [tuˋtɑnɪk, tju-, tɪu-; tjuːˈtɒnɪk] adj. **1** 條頓人[民族]的; 條頓語系的. **2** 德國人的.

— n. [U]條頓語系.

Tex. (略) Texas.

Tex·as [ˋtɛksəs; ˈteksəs] n. 德克薩斯州《美國西南部的州; 首府 Austin; 略作 TX, Tex.》.

✲text [tɛkst; tekst] n. (pl. ~**s** [~s; ~s]) **1** [UC] (相對於注釋、插圖等的)正文(→ book 圖). *The book has 200 pages of text and 15 pages of maps.* 這本書有200頁的正文和15頁的地圖.

2 [UC] (演說, 論文等的)本文, (翻譯等的)原文. *The full text of the President's speech is printed here.* 總統演說的全文列印在此/*work on the text of a speech* 撰寫演說文.

3 © (書的)…版. *the original text of Moby-Dick*《白鯨記》的原版本.

4 © 聖經經文(作爲佈道的主題).

5 =textbook. ⇨ adj. **textual**.

✲text·book [ˋtɛkstˏbʊk; ˈtekstbʊk] n. (pl. ~**s** [~s; ~s]) © 教科書. *Open your textbook to page 37.* 把課本翻到第37頁.

tex·tile [ˋtɛkstl̩, -tɪl, -taɪl; ˈtekstaɪl] n. © 紡織品; 紡織品的原料. *England is famous for its woolen textiles.* 英格蘭以毛織品聞名.

tex·tu·al [ˋtɛkstʃʊəl; ˈtekstjʊəl] adj. 本文的, 原文的; 版本的[研究等]. a *textual error* 原文的錯誤.

tex·ture [ˋtɛkstʃə; ˈtekstʃə(r)] n. [UC] **1** (皮膚, 木材, 岩石等的)紋理, 觸感. *Her skin has the texture of silk.* 她的肌膚有著絲綢般的觸感.

2 (紡織品的)質地. **3** (組織體的)構造, 構成.

4 特質, 本質.

5 (音樂, 文學作品等的, 整體的)顯著的特質.

Th. (略) Thursday.

-th[1] suf. 《接在形容詞、動詞之後形成抽象名詞》truth. growth. health. length. stealth.

-th[2] suf. 《接在個位數以0或4-9中任何一個數爲結尾的序數後, 以及最後二位數以11, 12, 13結尾的序數後》fourth. twelfth. twentieth.

Thai [ˋtɑ·i; taɪ] n. **1** (pl. ~ (**s**)) © 泰國人; (加 the)(集合)泰國人.

2 [U]泰語《亦稱暹羅語(Siamese)》.

— *adj.* 泰(國)的; 泰語的.

Thai·land [ˋtaɪlənd; ˈtaɪlænd] *n.* 泰國(東南亞國家; 舊稱 Siam; 首都 Bangkok).

tha·lid·o·mide [θəˋlɪdəˌmaɪd; θəˈlɪdəmaɪd] *n.* Ⓤ酞胺哌啶酮(鎮靜劑; 對胎兒有副作用, 現已禁止孕婦服用). a *thalidomide* baby [child] 孕婦服用酞胺哌啶酮後產出的畸形兒.

*Thames [tɛmz, temz; temz] *n.* (加 the)泰晤士河(貫穿倫敦的河流).

sèt the Thámes on fíre (英) → fire 的片語.

‡‡than [強 ˋðæn, ˌðæn, 弱 ðən, ðɛn, ðn, ŋ, n; 強 ðæn, 弱 ðən, ðn] *conj.* **1** (接於比較級之後)比…, 在…之上的. He's *taller than* I (am). 他長得比我還要高(在 than 引導的子句中常省略動詞.) → *prep.*)/You love him *more than* (you love) me. 你愛他勝過愛我(注意在 than 所引導的子句中, 省略後的代名詞會因受格和主格而有不同的意思: You love him *more than* I (love him). (你比我更愛他)和/He runs *faster than* any other boy in his class. 他比班上任何一個男孩都跑得快(參考 最高級則改寫爲 He is the fastest runner of all the boys in his class.)/She's *prettier than* she used to be. 她比以前漂亮了/It's sometimes *cheaper* to travel by plane *than* by train. 有時候搭飛機旅行比坐火車還要便宜/I was *more* surprised *than* angry. 與其說是憤怒, 倒不如說我是吃驚(憤怒的程度沒有吃驚來得大)/There's *more* in life *than* meets the eye. 人生中有太多你沒見過的東西(並不如想像般單純)/There were *more* applicants *than* was expected. 申請者比預期的多/He has *more* money *than* I have. 他比我有錢. ★最後三個例句中的 than 可視爲關係代名詞.
2 (接於 rather, sooner 等之後)毋寧…, 莫如…. He would *rather* [*sooner*] be starving than work. 他寧願餓死也不願工作/no *sooner* A *than*... (→ soon 的片語)
3 (接於 other, else 等之後)除…之外. There was no *other* way *than* that. 除此之外沒有其他辦法了/(none [no] *other* than...(→ other 的片語)/How *else* can we reach him *than* by helicopter? 除了直昇機, 還有甚麼方法能夠讓我們到達他目前所在的地方?
— *prep.* (接於比較級之後) **1** (口)比…, 在…之上. He's *taller* than me. 他長得比我還高(★若改成…*than* I (am). 的話, than 就變成連接詞).
2 (用於 ever, before, usual 等前面)比…, 超過…. I left home *earlier than usual*. 我比平常早出門.

‡‡thank [θæŋk; θæŋk] *vt.* (~s [~s; ~s]; ~ed [~t; ~t]; ~·**ing**) ⓀⒺ感謝)對(某人)表示感謝, 道謝, 《*for* 對於…》(→ appreciate 同). The old man *thanked* me *for* helping him across the road. 那個老人感謝我協助他過馬路/I can't *thank* you enough *for* all your help. 對於你的幫助, 我真是感激不盡.

hàve onesèlf to thánk (for...) (…是)咎由自取, 自作自受. You *have* only *yourself to thank for* the trouble you've had. 那麻煩是你自找的.
hàve a pèrson to thánk (for...) (…是)由於某人的緣故. You *have* Jim *to thank for* your failure. 你的失敗都要怪吉姆.
I'll thánk you for...[*to do*] 你…我就感激不盡. (注意表現方式雖極爲客氣, 但通常帶有強迫性的要求, 諷刺, 責難等意思). *I'll thank you for* not interrupting. 你別打斷我就感激不盡了.
* *Nò, thánk you.* 不, 謝謝(用於拒絕別人的提議時; 接受別人提議時則說 Yes, please.). "Do you want some more tea?" "*No, thank you.*"「你要再來點茶嗎?」「不, 謝謝.」
Thànk Gód [*góodness, héaven(s)*]*!* → god 的片語.

* *Thank you.* (1)[‑ ˊ‑] 謝謝;《用於演說結束時》到此結束, 感謝(諸位的聆聽). *Thank you* very much for inviting me. 非常謝謝您的邀請. (2)[‑ ˋ‑] (語氣輕輕地)謝謝(★有時亦僅發 [ŋkju; ŋkjʊ]的音). "*Thank you.*" "You're welcome." 「謝謝」「不客氣」(→ You are welcome. (welcome 的片語). 注意以"Thank you."回答別人的某種建議時, 通常即表示 Yes 的意思.
— *n.* (*pl.* ~s [~s; ~s]) (thanks)感謝的心情. bow one's *thanks* 鞠躬致謝/express one's *thanks* 致謝/Give my *thanks* to your mother for her cake. 替我謝謝您母親的蛋糕.

圖解 *adj.*+thank: grateful ~s (深摯的感謝), heartfelt ~s (衷心的感謝), sincere ~s (誠摯的感謝), warmest ~s (由衷的感謝).

Nò, thánks. = No, thank you. (→ v. 的片語).
Thanks. 謝謝. "How are you?" "Fine, *thanks*." 「你好嗎?」「很好, 謝謝」/*Thanks for* asking. 謝謝你的邀請/I want to do it myself. *Thanks* just the same. 我想自己做, 謝謝您的好意(謝絕對方的提議時所說)/*Thanks* so much *for* your help. 非常感謝您的幫助. 參考 較 Thank you. 更爲口語的說法; 亦可誇張地說成 Many [A thousand] *thanks*. *Thanks* a lot [thousand, million]. 等.
* *thánks to...* 幸虧…, 托…的福, (★偶作諷刺). *Thanks* to his help, we succeeded. 幸虧有他的幫忙, 我們才能成功/*Thanks* for your being late we must wait till the next train. 多虧你遲到, 我們不得不等到下一班火車來.

*thank·ful [ˋθæŋkfəl; ˈθæŋkfʊl] *adj.* 感謝的, 感激的, 覺得值得慶幸的, 《*to* 人, 神; *for* 事; *to do; that* 子句》. I'm *thankful* to you *for* giving me the chance. 感謝你給了我這個機會(同感謝別人時通常都用 grateful)/The boys were *thankful* (that) they could go. = The boys were *thankful* to be able to go. 那些男孩慶幸他們可以去.
↔ thankless.

thank·ful·ly [ˋθæŋkfəlɪ; ˈθæŋkfʊlɪ] *adv.* 感謝地; 值得慶幸地.

thank·ful·ness [ˋθæŋkfəlnɪs; ˈθæŋkfʊlnɪs] *n.* Ⓤ感激之情.

thank·less [ˋθæŋklɪs; ˈθæŋklɪs] *adj.* **1** (人)

不感激的; 不知感恩的. **2** 〔工作等〕不討好的, 不被感激的. the difficult and *thankless* task of bringing up other people's children 撫養別人孩子這種吃力不討好的事. ↔ thankful.

thank·less·ly [ˈθæŋklɪslɪ; ˈθæŋklɪslɪ] *adv.* 不感激地; 不被感激地.

thanks·giv·ing [ˌθæŋksˈgɪvɪŋ; ˈθæŋksˌgɪvɪŋ] *n.* **1** ⓤ (特指對神的)感謝; 感恩祈禱.
2 (*T*hanksgiving) = Thanksgiving Day.

*Thanksgíving Dày n. 《美、加拿大》感恩節(美國是 11 月的第四個星期四; 加拿大是 10 月的第二個星期一).

thank·you, thank-you [ˈθæŋkju; ˈθæŋkju:] *n.* ⓒ 感謝的表示.
— *adj.* 《限定》表示感激之情的. write a *thank-you* note 寫一封致謝函.

‡**that** [ðæt; ðæt] *pron.* (指示代名詞) (*pl.* **those**) **1** (a)《指著遠離說話者的東西說》那, 那個; 那個東西, 那個人; (↔ this). *That*'s my daughter. 那是我女兒/What's *that* on the table? 桌上那個東西是甚麼?/Which will you take, this or *that*? 你要拿哪一個, 這個或那個? (b)《用手指著圖片說》 "Who's *that*?" "It's me." 「是誰?」「是我」/"Who's *that*, please?" 《英》(電話用語)「哪位?」(★《美》用 this).

2 《指前面曾提及的》那個, 那件事. What does *that* mean? 那是甚麼意思?/*That's* all. 全部就是這樣[如此而已]/*That's* true. 就是那麼一回事.

3 《指前面所提及的兩者之間》前者《相對於後者 (this); →和 former **2** 意思大致相同》. She inherited beauty and talent, *this* from her father and *that* from her mother. 她繼承了美貌和才智, 後者來自父親, 前者來自母親《語法》this 指句子中較近的 talent, 所以譯爲「後者」, that 是指較遠的 beauty, 故譯爲「前者」).

4 (a)《代替前面出現的名詞》那個. The climate of England is milder than *that* of Scotland. 英格蘭的氣候比蘇格蘭的(氣候)暖和/His manners were not *those* of a gentleman. 他的舉止完全不像個紳士. (b)《作爲關係代名詞的先行詞》《文章》東西, 物品 (the thing, something). He wasted *that* which he had received from his father. 他把他從父親那兒得來的東西揮霍掉(★ that which 相當於 what)/There is *that* about him which inspires respect in others. 在他身上有種(說不上來的)感覺, 使人感到肅然起敬.

and àll thát → all *adj.* 的片語.
and thát → and 的片語.
at thát → at 的片語.
like thát (1)那樣地[的]. Don't talk *like that*. 別那樣說. (2)《口》不困難地, 輕鬆地. He did the job just *like that*. 他毫不費力就完成那件工作.
* *thàt ís = thàt is to sáy* (1)也就是說, 換言之. The meeting will be held next Tuesday, *that is*, April 3rd. 這次會議將於下個星期二, 也就是 4 月 3 日舉行. (2)意思是…, 至少. 《用於限定前面的發言》. There's

been no post today. *That is*, so far. 今天沒有信件, 至少到目前爲止是這樣的.

thàt is whý... 那是…的原因, 因爲…的緣故 (therefore). I had a bad headache. *That's why* I went to bed early. 我頭痛得厲害, 因爲這樣所以我很早就睡了.

Thát's it. (1)是的, 對啦, 是那麼回事. (★ that 是指眼前所提到的事物, it 則指在這之前就被當作是問題或一直在找尋的東西). "Isn't this the book you're looking for?" "*That's it*, thanks." 「這不就是你正在找的書嗎?」「就是這本, 謝謝」」(2)這樣就行了; 適可而止《表達焦躁的情緒》. *That's* (about) *it* for tonight. 今晚就到此爲止. (3)這就是問題之所在《即 it 上》. (4)(很好, 很好)就是這樣《表示鼓勵等》.

thàt's thát 那麼, 就這樣, 就是那麼回事; 《作爲說話的終結》事情就是這樣. I'm not going to take you with me, and *that's that*. 我不會帶你去的, 就是這樣.

with thát → with 的片語.

— [ðæt; ðæt] *adj.* 《指示形容詞》 (*pl.* **those**) **1** 那, 那個. (a)《用手指著》 What is *that* tree? 那是甚麼樹?/*Those* girls are her classmates. 那些女孩是她的同班同學/*That* gentleman over there is my boss. 那邊的那位男士是我的老闆. (b)《用手示意》 What's *that* sound? 那是甚麼聲音? (c)《帶有感情地》 He's done it, *that* fool of a Tom. 湯姆那個傻瓜, 居然做了那樣的事.

2 《指前面提到的》那樣的, 那個. Mr. Bloom? I don't know any man of *that* name. 布魯姆先生? 我不認識有誰叫那個名字/I didn't go out *that* day. 我那天並未外出.

3 《附加於關係代名詞的先行詞前》 It is warmer in *that* part of the country *which* lies south of the Thames. 泰晤士河以南地區那兒的氣候較爲溫暖. 《語法》因爲 that 比 the 更具有強調性, 所以可以清楚地指出關係代名詞的先行詞.

— [ðæt; ðæt] *adv.* 《指示副詞》《口》那樣地, 那種程度地, (so). Don't go *that* far. 不要去那麼遠/It's not *that* easy. 沒那麼容易/"He has nine children." "*That* many!" 「他有九個小孩.」「真的, 那麼多啊!」

thát mùch 那樣地(多)(→ as much, so much (much *adj.* 的片語)). I don't like baseball *that much*. 我沒有那麼喜歡棒球.

— [ðət; ðət] *pron.* 《關係代名詞》 **1** 爲(…), 是(…)物. (a)《在關係子句中作主詞》the house *that* stands over there 坐落在那裡的房屋/G. B. Shaw is one of the greatest dramatists *that* have ever lived. 蕭伯納是史上最偉大的劇作家之一/In the two weeks *that* followed, I finally made my decision. 在那之後的二週內, 我終於做出了決定(★ 先行詞爲表示時間的名詞時, 通常關係代名詞用 that). (b)《在關係子句中用作主格補語》 He's not the

haughty man *that* he was five years ago. 他已經不是五年前那個傲慢自大的人了/Fool *that* I am! 我真是個笨蛋!

語法 不管先行詞是人或物，都用 that.

(c) 《在關係子句中作爲及物動詞、介系詞的受詞》(★多省略 that) All the pictures (*that*) I painted last year are shown here. 我去年所畫的所有作品都在這裡展出/This is the only English dictionary (*that*) I have. 這是我唯一僅有的一本英文辭典/the book (*that*) I was looking for 我在找的書.

語法 (1)先行詞若被 all, the same, the only, the first 這些最高級形容詞修飾時，一般多用 that 而不用 which. (2)若 who, which, that 皆可使用時，一般多用 that. (3)一般認爲先行詞同時包括物和人，人和動物〔其他生物〕時，關係代名詞用 that 較好，但實際使用時，若最靠近關係代名詞的先行詞爲人時則常用 who, 若爲物時則用 which. (4)that 用於限定用法，極少用於非限定用法. (5)和 which 不同的是，that 前不可加介系詞: the things *that* I am interested in (我感興趣的事)〔如用 which 便可以說成 the things *in which* I am interested〕.

2 《關係副詞的用法》…的(at [in] which, when) (★可以省略 that). I don't like the way (*that*) he does everything. 我不喜歡他做事的方式/This is the first time (*that*) I've heard that from you. 這是我第一次從你這裡聽到那件事/The last time (*that*) I saw him, he looked in good health. 我上次看到他的時候，他看起來還很健康.

3 《用 it...that 子句所構成的強調用法》→ it 6.

—— *conj.* [ðət; ðət]

I 《引導名詞子句》(做[是]…)的事.

1 《主詞》*That* he is sick is true. (= *It* is true *that* he is sick.) 他是真的病了.

2 《補語》The plain fact is (*that*) he has been cheating us. 事實很簡單，就是他一直在欺騙我們.

3 《動詞的受詞》(★多省略 that). I know (*that*) you don't like him. 我知道你不喜歡他. 語法 that 子句以 and, but 連接時，雖然可省略第一個 that, 但不能省略第二個之後的 that: He says (*that*) he was born in London, but *that* his wife comes from Scotland. (他說他在倫敦出生，不過他的妻子是蘇格蘭人).

4 《介系詞的受詞》He said nothing except *that* he was willing. 他除了表示願意以外甚麼也沒說/in *that*... (→ in *prep.* 的片語). 參考 以 that 子句爲受詞的介系詞僅限於 in, except, but, save 等，主要爲書寫用語.

5 《同位格子句》(★通常不會省略 that). He was blind to the fact *that* he was behind the times. 他不自覺其實是自己已經趕不上時代了/his belief *that* he will win 他必勝的信念★比較: He believes *that* he will win. 他相信自己會獲勝.

6 《引導與形容詞等連用的子句》(★多省略 that).

I'm sure (*that*) I'll get well soon. 我確定我很快就會痊癒.

參考 能與 that 子句連用的形容詞還有 anxious, certain, eager, glad, happy, sorry 等.

7 《省略主要子句》《雅》要是…的話就好了(表示驚訝的語氣)…, O *that* he were alive! 哦，要是他活著(該有多好啊)!/Would (to God) *that* the rumor might be false! 要是那個謠言是假的該有多好啊!/*That* it should come to this! 事情發展至此真是令人遺憾!

II 《引導副詞子句》

8 《表示目的的子句》爲了做…，爲了…. Some people read *that* they can [may] have pleasure. 有些人讀書是爲了得到樂趣. ★多作 so *that*, in order that.

9 《表示判斷依據的子句》從…看來. You are crazy *that* you should lend money to him. 你真是瘋了，竟然借錢給他.

10 《與 so, such 的子句連用; 表示程度、結果》so [such]...*that* (→ so [such]的片語).

11 《用於否定句》僅就…(so far as). She's not happy *that* I know of. 就我所知，她並不快樂/"Is she married?" "Not *that* I know of." 「她結婚了嗎?」「就我所知，沒有.」

12 《用 it...that 子句所構成的強調用法》→ it 6.

thatch [θætʃ; θætʃ] *n.* **1** Ⓤ 鋪蓋屋頂的材料(稻稈、茅草等).

2 Ⓒ 《諧》濃密〔蓬亂〕的頭髮.

—— *vt.* 鋪〔屋頂〕《with 用〔稻稈等〕》; 把〔房子〕鋪成稻草鋪頂.

thatched [θætʃt; θætʃt] *adj.* 〔屋頂〕用稻草鋪蓋的.

[thatched house]

✲that'll [ˈðætl; ˈðætl] that will 的縮寫.
That'll be fine. 那樣可以.

✲that's [ðæts; ðæts] that is [has] 的縮寫.
That's great. 那太棒了.

✲thaw [θɔ; θɔː] *v.* (~**s** [~z; ~z]; ~**ed** [~d; ~d]; ~**ing**) *vi.* **1** 《雪，冰等》融解(melt). The snow [river] began to *thaw*. 雪〔河川的冰〕開始融化了. **2** 《以 it 當主詞》雪〔冰等〕融化，到了融雪的時令. It *thawed* early this spring. 今年春天雪融化得很早.

3 〔冷凍物〕解凍; 〔冰冷的身體〕變暖和(*out*). We gathered the stove to *thaw out*. 我們擠在暖爐四周取暖.

4 〔態度，心情等〕緩和，變融洽. His reticence

began to *thaw* after a few drinks. 喝了幾杯酒之後他開始打開話匣子.

— *vt.* 使〔雪, 冰 等〕融化; 使〔冷凍物〕解凍; 使〔冰冷的身體〕暖和(*out*); 使〔態度等〕暖和緩. The sun *thawed* the snow. 太陽把雪融化了.

— *n.* ⓒ **1** 融雪; 融雪的季節, 解凍期. We usually have a *thaw* in March. 通常在 3 月雪會融化/*thaw* the old antagonism 解除長久的對立關係. **2** (緊張關係的)緩和, 「融解」. a *thaw* in U.S.-Chinese relations 中美緊張關係的緩和.

‡the [強 ˈði, ˌði, 弱 ðə(在子音前), ði(在母音前); 強 ðiː; 弱 ðə, ði(在子音前), ði(在母音前)]《定冠詞》那, 這, 那個, 這個, 〔[語法](1) the 可加於被限定的名詞之前, 但由於意思不像 this 或 that 那般明確, 因此多不譯出; 去除慣用法後, 基本上還有特定用法(1-8), 一般用法(9, 11), 抽象用法(10, 12) 等. (2)省略的冠詞→見文法總整理 **5. 1**〕.

1 《置於由前後關係、當時狀況或說明句所限定而確定的名詞之前》那[這], 那個[這個]. We keep a dog and a cat. *The* dog is white and *the* cat is black. 我們養了一隻狗和一隻貓. 狗是白的, 貓是黑的/Open *the* door, please. 請開門/I'm going to *the* post office. 我正要去郵局/*the* day before yesterday 前天/I made a kennel and painted *the* roof blue. 我做了間狗屋, 把屋頂塗成藍色 (★指與前述名詞有關聯的部分).

2 《加於最高級, 序數, 叭 等之間》Tom is *the* tallest of us. 湯姆是我們中最高的/Of all seasons I like autumn (*the*) best. 在所有的季節中我最喜歡秋天 (★副詞性的最高級常省略 the)/Ann was *the* third person to arrive. 安是第三個到達的人/Mr. Smith is *the* only Englishman in this school. 史密斯先生是這所學校裡唯一的英國人. [語法]在難以限定為唯一的情況時仍可加不定冠詞: a most delightful day (最愉快的一天), *an* only child (獨生子).

3 《置於獨一無二之物前》*the* sun 太陽/*the* earth 地球/*the* moon 月亮. [注意]除地球以外的八大行星(Mars(火星) 等)皆無冠詞.

4 《置於某專有名詞之前》(**a**) 《行政機關, 公共設施, 建築物, 教堂, 宮殿等》*the* White House 白宮/*the* British Museum 大英博物館/*the* Louvre 羅浮宮.《公園, 車站, 街道, 寺院, 宮殿, 大學等通常不加冠詞: Hyde Park (海德公園), Washington Square (華盛頓廣場), Waterloo Station (滑鐵盧車站), Oxford Street (牛津大街), Westminster Abbey (西敏寺), Buckingham Palace (白金漢宮), Yale University (耶魯大學). (**b**)《船, 列車, 鐵路, 航線等》*the* Queen Elizabeth II 伊莉莎白二世號/*the* Orient Express 東方快車. (**c**)《橋》*the* Brooklyn Bridge (美國紐約的)布魯克林大橋. [注意]《英》不加冠詞: London Bridge (倫敦大橋). (**d**)《河川, 海洋, 半島, 沙漠等》*the* Mississippi (River) 密西西比河/*the* Pacific (Ocean) 太平洋/*the* Iberian Peninsula 伊比利半島/*the* Sahara 撒哈拉沙漠. [注意]海灣、湖泊、山脈、島嶼等, 不加

— the 1621 —

冠詞: Lake Michigan (密西根湖), Mount Ali (阿里山).

5 《置於複數形專有名詞(群島, 山脈, 國民, 家族)之前》*the* Hawaiian Islands 夏威夷群島/*the* Rockies [Rocky Mountains] 落磯山脈/*the* Italians 義大利人/*the* Bennets 貝內特家族.

6 《置於用修飾詞句限定的專有名詞之前》*the* England of Chaucer 喬叟(時代)的英國/*the* English for 'shui' 英語的「水」/*the* late President Kennedy 故總統甘迺迪/*the* New York I like 我喜歡的紐約. [注意]形容詞只表示主觀性的感情時, 有趨於不加冠詞的傾向: poor John (可憐的約翰), old Tom (老湯姆).

7 《發強音 [ˈðiː, ˌðiː; ðiː]; 印刷時通常採斜體字》通常的; 有名的; 最好的; 典型的. He's *the* man for the job. 他是那件工作的最佳人選/You're not *the* Harrison Ford? 你該不會就是那個哈里遜·福特吧?

8 《置於表示身體部位的名詞之前, 代替所有格的代名詞》He patted me on *the* shoulder. 他拍我的肩. [語法]這種說法著重於行為動作本身, 身體的某部分只是手段; 上述的例句可解釋為「為了引起我的注意而拍了我的肩膀」.

9 《置於形容詞以及分詞之前, 主要代替複數普通名詞》*the* living and *the* dead (= living and dead people) 活著的和死去的人們/*the* wounded 傷患們/*the* poor 窮人們. [注意] the accused (被告), the deceased (死者)單複數同形.

10 《置於形容詞之前, 代替抽象名詞》*the* beautiful 美(beauty)/*the* true 真實(truth). [參考]亦有如 *the* unknown (未知的世界)等不同於抽象名詞的情況.

11 《加在單數普通名詞和集合名詞前, 以表示這一種類的全體》…的東西. *The* horse is a useful animal. 馬是一種有用的動物/*the* nobility 貴族階級. [語法] (1) man, woman 不加冠詞即代表「人類、男人」、「女人」全體. (2)此外, 可以用不定冠詞和單數普通名詞(例如 a horse), 不加冠詞的複數普通名詞(例如 horses)等, 表示此類全體; → a, an 6 [語法].

12 《加在普通名詞前, 表示其機能, 性質》*The* artist in him wanted to paint it. 他的藝術本能想將它畫下來/*The* pen is mightier than *the* sword. (→ pen¹ 2)/*the* mother (→ mother 2).

13 《置於特殊疾病名稱之前》*the* measles 痲疹/*the* mumps 腮腺炎. [注意]疾病名稱大多不加冠詞; measles, mumps 亦不加冠詞.

14 《置於不加形容詞的 sea, air, wind, sky 等之前》*The* wind was strong. 風力強勁 [語法]若加形容詞時, 就不用 the, 而用 a: There was a strong wind. (颳了一陣強風).

15 《置於表單位的名詞之前》at 100 dollars *the* ton 以每噸一百美元/sell by *the* dozen 以打(十二個)為單位出售/rent by *the* hour 以小時計價租用.

16 《置 於 20's, 30's, 40's 等 之 前》*the* 50's

[fifties] 五〇年代；(人)五十多歲.
17 《置於 east, west, south, north 以及其複合字之前，表示「…地方」的意思》 the west 西部(地方)/the Northeast (特指美國的)東北部(地方).
18 《置於 play, like 等受詞的樂器名稱之前》 I can't play *the* violin, but I can play *the* piano. 我不會拉小提琴，但我會彈鋼琴. 注意體育(項目)名稱前不加冠詞：play tennis.
— *adv.* **1** 《用法同 the more…，the more…，置於兩個比較級之前》愈來愈…，愈…愈愈…. *The* more I knew him, *the* less I liked him. 我愈瞭解他就愈不喜歡他/*The* sooner, *the* better. 愈早[愈快]愈好. 語法這類句子的主詞和動詞常被省略.
2 《置於比較級之前》唯獨那個，更加，相反. I like him (all) *the* better for his faults. 就因為他有缺點，我反而更喜歡他/His parents loved him (all) *the* more because he was sickly. 由於他體弱多病，他的父母親格外疼愛他. 語法後接 for…, because… 時多用來敍述原因、理由等.

‡**the·a·ter** (美)**, the·a·tre** [ˈθiətəˌ ˈθiə-; θɪˈetə(r)] 注意(美)亦用 -tre 的拼法，但僅限於此字. *n.* (*pl.* ~s [~z; ~z])【劇場】 **1** ⓒ劇場；電影院(《主英》cinema). We often go to the *theater*. 我們經常去看戲[電影].

[theater 1]

proscenium arch
curtain
box
wings
apron
parquet (美)
stage
stalls (英)
footlights

2 ⓤ(加 the)戲劇；戲劇界；(常加 the)(集合)戲劇文學. the ancient Greek *theater* 古希臘戲劇. 【(活動的)舞臺】 **3** ⓒ(重要事件等的)舞臺；

(軍事)戰區(包括各個戰場). the Pacific *theater* of war 太平洋戰區.
4 ⓒ手術教室(operating theater)；階梯教室(亦作 lécture thèater). ⇨ *adj.* **theatrical**.
be [*màke*] *gòod théater* 〖戲劇〗舞臺效果好，適合演出.

the·a·ter·go·er [ˈθiətəˌgoəˌ ˈθiə-; θɪˈetəˌgəʊə(r)] *n.* ⓒ常看戲的人，戲迷.

the·a·ter·go·ing [ˈθiətəˌgoɪŋ, ˈθiə-; θɪˈetəˌgəʊəŋ] *n.* ⓤ(經常去)看戲.

the·a·tre [ˈθiətəˌ ˈθiə-; θɪˈetə(r)] *n.* =theater.

the·at·ri·cal [θiˈætrɪk; θɪˈætrɪkl] *adj.* **1** 劇場的；戲劇的. a *theatrical* company 劇團/*theatrical* performances 上演，演戲. **2** 〔人、態度〕戲劇似的；不自然的. Paula made a *theatrical* entrance. 寶拉裝模作樣地走進來.

the·at·ri·cal·ly [θiˈætrɪklˌ -ɪklˌ; θɪˈætrɪkəlɪ] *adv.* 戲劇性地；誇張地.

the·at·ri·cals [θiˈætrɪklz; θɪˈætrɪklz] *n.* 《作複數》戲劇，(特指)業餘的戲劇.

Thebes [θibz; θiːbz] *n.* **1** 底比斯(古埃及的都市). **2** 底比斯(古希臘的一個城邦；被 Alexander (亞歷山大)大帝消滅).

thee [強 ði, 弱 ðɪ; 強 ðiː, 弱 ðɪ] *pron.* 《古》汝，爾；(thou 的受格).

***theft** [θɛft; θeft] *n.* (*pl.* ~s [~s; ~s]) ⓤⓒ偷竊，竊盜；(★「小偷」為 thief). He was accused of the *theft* of a car. 他被控盜竊車輛.
圓表示偷竊的尚有 burglary, larceny, robbery. theft 為最普通的用語.

‡**their** [強 ðɛr, ðær, ðer, 弱 ðə; 強 ðeə(r), 弱 ðər] *pron.* 《they 的所有格》他們的，她們的，它們的. The boys like *their* school. 這些男孩喜歡他們的學校/No one in *their* right mind would do such a thing. 任何一個心智正常的人都不會做那種事. 語法(1)如例句中的用法，their 常可用來代替非特定人(one)的單數(代)名詞. (2) their 可做動名詞在意義上的主詞. I pointed out the danger of *their* going out in the storm. 我指出他們在暴風雨中外出的危險性.

‡**theirs** [ðɛrz, ðærz, ðerz; ðeəz] *pron.* 《they 的所有格代名詞》 **1** (單複數同形)他們[她們，它們]的東西《語法當讀者可根據上下文關係判斷其意義時，可用來代替「their+名詞」. *Theirs* is the best way. 他們的方法是最好的.
2 (用 of theirs)他們[她們，那些]的. a friend *of theirs* 他們的朋友(之一)/that car *of theirs* 他們的那輛車《語法由於冠詞及 this, that 等無法與所有格共用，故需使用 of theirs).

the·ism [ˈθiɪzəm; ˈθiːɪzəm] *n.* ⓤ有神論(↔ atheism).

the·ist [ˈθiɪst; ˈθiːɪst] *n.* ⓒ有神論者(↔ atheist).

the·is·tic [θiˈɪstɪk; θiːˈɪstɪk] *adj.* 有神論(者)的(↔ atheistic).

‡**them** [強 ðɛm, ðæm, 弱 ðəm; 強 ðem, 弱 ðəm, ðm] *pron.* 《they的受格》他們，她們，它們. He wrote two letters and mailed *them*. 他寫了兩封信，並且把它們寄出去了/Mr.

and Mrs. Smith have two children, and love *them* very much. 史密斯夫婦有兩個孩子, 並且很愛他們/When you see John and Mary, give *them* my love. 看見約翰及瑪麗時, 代我問候他們/It happened that they had no money with *them*. 他們偶爾也會有沒錢的時候. 語法 them 亦可成爲動名詞在意義上的主詞: I'm counting on *them* getting the job done. (我要靠他們來做完這項工作).

*theme [θim; θiːm] *n.* (*pl.* ~s [~z; ~z]) C
1 主題, 話題, 題目. the *theme* of an essay 論文的主題. **2** 《音樂》主題; 主旋律. **3** 《主美》命題作文, (短篇)論文.

théme pàrk *n.* C 主題樂園(依不同的主題所建造的遊樂場、動物園等; 例如以美國西部歷史爲主題的遊樂園等).

théme sòng [tùne] *n.* C (電影, 歌舞劇等的)主題歌[曲].

*them·selves [ðəmˋsɛlvz; ðəmˈselvz] *pron.* (they 的反身代名詞) **1** (加強語氣用法)他們自己, 她們自己, 它們本身. They did it *themselves*. = They *themselves* did it. 那是他們自己做的.

2 《作爲動詞、介系詞的受詞; 重音不在themselves 上而在動詞上》把[對]他們自己. The warriors killed *themselves*. 戰士們自殺了/They should be ashamed of *themselves*. 他們應該爲自己感到慚愧.

3 本來的[正常的]他們自己. be *themselves* (→ oneself 的片語). ★相關片語 → oneself.

*then [ðɛn; ðen] *adv.* **1** 那時, 那個時候, 到時候, (語法 可指過去, 亦可指未來; → now 2). We were younger *then*. 那個時候我們比較年輕/See you tomorrow. I'll show you around *then*. 明天見. 到時候我會帶你到處逛逛.

2 接下來, 然後, (★表示順序). We watched TV and *then* went to bed. 我們看完電視後就去睡覺/First came the band and *then* the dancers. 樂團先到, 接著是舞者.

3 那麼, 那樣的話; 因此, (語法 通常出現於句首[子句的開頭]或句尾). *Then* don't do it. 那麼就別做了/If you're free, *then* come on over. 如果你有空, 那就過來(★此例句中的 if 與 when 的用法類似)/He worked really hard, and *then* passed all the exams. 他非常認眞地唸書, 並通過所有的考試.

4 另外, 還有. He gained wealth, fame and *then* power. 他得到了財富, 名聲, 還有權力.

but thén → but 的片語.

(èvery) nòw and thén → now 的片語.

nòw A thén B → now 的片語.

thèn and thére=thère and thén 當場, 立刻. He said OK *there and then*. 他當場就答應了.

— *n.* 《主要作爲介系詞的受詞》那時, before *then* 在那之前/from *then* on 從那時起/Since *then* we have become friends. 從那時起我們就成爲朋友了/Goodbye till *then*. 到時候再見.

— *adj.* 《限定》當時的(★用法 the then). the *then* Prime Minister Winston Churchill 當時的首相溫

斯頓·邱吉爾.

thence [ðɛns, θɛns; ðens] *adv.* 《文章》**1** 從那裡(from there; → hence). We went to New York and *thence* to Washington. 我們去紐約, 再從那裡到華盛頓. **2** 因此(therefore).

thence·forth [ˌðɛnsˋforθ, ˌθɛns-, ˋfɔrθ; ˌðensˈfɔːθ] *adv.* 《文章》從那時起, 從那以後.

thence·for·ward [ˌðɛnsˋforwəd, ˌθɛns-; ˌðensˈfɔːwəd] *adv.* 《文章》=thenceforth.

theo- 《構成複合字》表「神」之意.

the·oc·ra·cy [θiˋɑkrəsɪ; θiˈɒkrəsi] *n.* (*pl.* **-cies**) U 神權政治; C 神權國家.

the·o·crat·ic [ˌθiəˋkrætɪk; θiəˈkrætik] *adj.* 神權政治的.

the·od·o·lite [θiˋɑdḷˌaɪt; θiˈɒdəlait] *n.* C (測量)經緯儀(測定水平角、仰俯角的儀器).

The·o·dore [ˋθiəˌdor, -ˌdɔr; ˈθiədɔː(r)] *n.* 男子名(暱稱爲 Ted, Teddy).

the·o·lo·gian [ˌθiəˋlodʒən, -dʒɪən; θiəˈləudʒən] *n.* C 神學家.

the·o·log·i·cal [ˌθiəˋlɑdʒɪk!; θiəˈlɒdʒikl] *adj.* 神學的; 神學上的; 神學性的.

the·o·log·i·cal·ly [ˌθiəˋlɑdʒɪk!ɪ, -lɪ; θiəˈlɒdʒikəli] *adv.* 神學上, 神學性地.

the·ol·o·gy [θiˋɑlədʒɪ; θiˈɒlədʒi] *n.* (*pl.* **-gies**)
1 U 神學.
2 UC (特定的)宗教理論; …神學.

the·o·rem [ˋθiərəm; ˈθiərəm] *n.* C **1** 《數學》定理(→ axiom). **2** 一般原理, 法則.

the·o·ret·ic [θiəˋrɛtɪk; θiəˈretik] *adj.* = theoretical.

the·o·ret·i·cal [θiəˋrɛtɪk!; θiəˈretikl] *adj.* **1** 理論的, 理論上的; 純理論的; (↔ empirical, practical, applied), *theoretical* physics 理論物理學. **2** 虛構的, 只存在於理論上的; 空談的.
⇨ *n.* theory.

the·o·ret·i·cal·ly [θiəˋrɛtɪk!ɪ, -lɪ; θiəˈretikəli] *adv.* 理論性地; 理論上, 從理論上來說.

the·o·ries [ˋθiərɪs, ˋθiərɪz; ˈθiəriz] *n.* theory 的複數.

the·o·rist [ˋθiərɪst; ˈθiərist] *n.* C 理論家.

the·o·rize [ˋθiəˌraɪz; ˈθiəraiz] *v.* 《文章》*vi.* 建立理論(*about, on*).
— *vt.* 句型3 (theorize *that* 子句)推論爲…, 推理. The detectives *theorized* that the two killings were connected. 刑警們推論這兩件殺人案有關聯.

*the·o·ry [ˋθiərɪ, ˋθiərɪ; ˈθiəri] *n.* (*pl.* **-ries**)
1 C 學說; …說, …論. the Copernican *theory* 哥白尼(Copernicus)的地動說/Einstein's *theory* of relativity 愛因斯坦的相對論.

2 U 理論(↔ practice). Your plan, though excellent in *theory*, is impracticable. 你的計畫雖然在理論上很不錯, 但是不切實際.

3 C 道理; 推測; 意見, 想法. My *theory* is that he is the murderer. 我推測他就是殺人兇手/on the

T

theory that... 基於…的想法.

搭配 v.+theory (1-3): propose a ~ (提出意見), put forward a ~ (提出想法), prove a ~ (證明理論), disprove a ~ (證明理論錯誤), refute a ~ (反駁意見).

⇨ *adj.* **theoretical**. *v.* **theorize**.

ther·a·peu·tic [͵θɛrə`pjutɪk, -`pɪu-; ͵θerə`pjuːtɪk] *adj.* 治療(上)的. *therapeutic* exercise 有治療效果的運動.

ther·a·peu·tics [͵θɛrə`pjutɪks, -`pɪu-; ͵θerə`pjuːtɪks] *n.* 《作單數》(醫學)治療學.

ther·a·pist [`θɛrəpɪst; `θerəpɪst] *n.* C (特定的疾病或缺陷的)治療醫師, 治療師, 臨床醫學家, (特別幫助殘障者重返社會的專家). a physical *therapist* 物理治療師.

ther·a·py [`θɛrəpɪ; `θerəpɪ] *n.* (*pl.* **-pies**) UC 治療(法). radium *therapy* 放射線療法.

‡‡there [δɛr, `δɛr, `δær, ͵δɛr, 弱 δər; 強 δεə(r), 強 δeə(r), 弱 δə(r)] *adv.* 《(聽者所在的)那裡》

1 (a)《(指稍有一段距離的地方)在那裡〔往那裡〕, 在那邊〔往那邊〕, (⟷ here). What are you doing *there*? 你在那裡做甚麼?/Your book is *there*, on the sofa. 你的書在那邊的沙發上/I see a bird up *there*. 我看見一隻鳥在那上面. 語法 如上例, 有時候加上方向副詞, 語意會更清楚; 另外還有down *there*, over *there*, out *there* 等.

(b)《(指前面出現過的地方)在那裡〔往那裡〕He was born in London and lived *there* all his life. 他在倫敦出生, 並住在那裡過了他的一生/I left my hometown ten years ago and have never been *there* since. 我十年前離開家鄉, 此後就再也沒有回去過那裡.

2《(在說話的中途等)在那裡; 那時; 在那點上. The teacher read to the end of the chapter and stopped *there*. 老師讀到章節末, 就在那裡停了下來/I agree with you *there*. 在那一點上我同意你.

3《置於句首引起對方的注意》喂; 瞧; (語法 主詞如果不是代名詞, 則立刻連接動詞; → here ●). *There* they are! 瞧, 他們在那裡!/"He should be here by now." "*There* he is!" 「他現在應該來了吧」「瞧, 他來了!」/*There* goes the bell! 鐘聲響了!

4《置於句首, 無意義的there》注意 不具有「在那裡」的意思, 發弱音 [δə; δə(r)].

(a)《there is [are] 等》有…《★在口語中常用there's, there're 等》. *There's* a man at the door. 有人在門外《★比 A man is at the door. 更為自然的說法》/*There's* nobody there. 沒有人在那裡《★第二個 there 才是「那裡」的意思》/Is *there* a grocery store near here? 這附近有雜貨店嗎?/*There was* another runner coming up from behind. 又一位跑者從後面追趕上來/*There's* very little we can do now. 現在我們甚麼也沒辦法做/*There's* a bed, a table and a couple of chairs in the room. 房間裡有一張床, 一張桌子和一對椅子《語法 因主詞為複數, 文法上There are.... 是對的, 但列舉東西時,

特別是在隨後有單數名詞出現的情況下, 可用 There is....)/*There* must *be* some mistake. 一定是那裡有錯/*There* used to *be* a store on the corner. 以前在轉角處有一家商店/*There* is likely to *be* some rain in the night. 夜裡可能會下一點雨/*There's* [*There has*] *been* an important change. 已經有重大的改變/*There being* no moon that night, it was completely dark in the wood. 那天晚上沒有月亮, 森林裡一片漆黑(=As there was no moon....).

(b)《there comes [seems] 等》…來了〔似乎…〕. *There* once *stood* a castle on the hill. 山丘上曾聳立著一座城堡/*There came* a group of demonstrators. 來了一群示威者/*There appeared* a car in the distance. 遠處出現一輛車/*There were collected* quite a number of famous paintings. 收集了為數不少的名畫. 語法 可以和表示存在(exist), 狀態(remain), 往來(come) 等情況的各種不及物動詞以及被動語態助動詞一起使用.

語法 (1)《(a) (b) 例句中「there+v.+A」的句型, 一般來說 A 是不特定的名詞片語, 並且為義上的主詞; 但為了修飾語句等因素, A 亦可能是特定的名詞子句: *There is*, however, *the problem of housing*. (但住宅問題仍未解決). (2) there 是文法上的主詞: (作為疑問句的主詞) (a) 的第 3 例句; (作為分詞構句中的主詞) (a) 的最後一例句.

5《置於名詞之後具形容詞性》那裡的, 在那裡的. She lives in that house *there*. 她住在那裡的那幢房子裡.

Are you thére? 喂, 你在聽嗎?《(打電話時確認對方是否正在聆聽等情況下使用)》.

be áll thére 《(頭腦)清醒的, 可靠的.

gét thére 《口》(到達那裡>)達到目的; 進行順利. You'll *get there* one of these days. 你總有一天會成功的.

thère and báck → back 的片語.

thère and thén = *thèn and thére* → then 的片語.

***There is nó dóing...* …是辦不到的(=It is impossible to do....). *There is no telling* when the rain will stop. 無法預測雨甚麼時候會停.

thère's a good bóy 《girl, etc.》好孩子《用於褒獎、鼓勵相當年幼的孩子》. Go to bed now, *there's* a good boy. 好孩子要趕快上床睡覺哦!

thère you áre 《口》瞧, 在這裡, 請吧; 對吧, 你看. The teller said, "*There you are*. One hundred dollars." 那名出納員說: 「給您的, 一百美元」《(邊拿錢邊說)》/*There you are!* That's what I told you! 你看, 就像我跟你說的吧!

thère you gó 《口》瞧, 你又來了〔說了〕; 真沒辦法, 確有其事.

— *n.* U《(作介系詞或及物動詞的受詞)》那裡, 在那附近/We went to Rome from *there*. 我們從那裡前往羅馬/leave *there* 離開那裡.

— *interj.* **1** 喂! 噯! 瞧! 好啦好啦!《(★表示確認、滿足、鼓勵、慰問等; 視當時的情況, 說法等含義有所不同). *There, there*. Don't cry. 好啦好

啦，別哭了／*There* now, I told you he would come. 瞧，我告訴過你他會來的.

2 喂! (呼喚對方) Hello, there! 喂!/Stop talking, *there*! 喂，別講了!

there·a·bout, there·a·bouts
[ˌðɛrəˈbaʊt, ˌðærə-; ˈðeərəbaʊt], [ˈ-baʊts; -baʊts] *adv.* 《口》 **1** 在那附近，在那一帶. He was from Texas or *thereabout*. 他是德州那一帶的人.

2 那個時候，在那前後. I'll be there at ten or *thereabout*. 我十點左右會到.

3 大概，…左右.

*there·aft·er [ðɛrˈæftə, ðær-; ˌðeərˈɑːftə(r)] *adv.* 《文章》其後，從那以後，(→ hereafter). *Thereafter* he stayed away from the place. 從那以後他就不再接近那個地方了.

there·by [ðɛrˈbaɪ, ðær-; ˌðeəˈbaɪ] *adv.* 《文章》因此；結果；關於那個. He signed the document, *thereby* gaining control of the firm. 他在文件上簽名，(藉此)取得公司的控制權.

there'd [ðɛrd, ðærd; ðeəd] **1** there would 的縮寫. The weather forecast said *there'd* be a heavy snowfall that night. 天氣預報曾說那天晚上會下大雪. **2** there had 的縮寫. *There'd* been a storm the day before. 那天有一場暴風雨.

*there·fore [ˈðɛr͵for, ˈðær-, -͵for; ˈðeəfɔː(r)] *adv.* 因此，因而，結果. He was very attractive and *therefore* he was liked by everyone. 他很有魅力，因此受到大家的喜愛.

there·in [ðɛrˈɪn, ðær-; ˌðeərˈɪn] *adv.* **1** 《古》《法律》在那裡；在其(文書之)中. the conditions *therein* stated 其中所陳述的條件.

2 《文章》在那點上；關於那個問題.

there·in·af·ter [ˌðɛrɪnˈæftə, ðær-; ˌðeərɪnˈɑːftə(r)] *adv.* 《法律》在下文，以下.

there'll [ðɛrl, ðærl; ðeəl] there will [shall] 的縮寫.

there·of [ðɛrˈɑv, ðær-, ðə-, -ˈɑf; ˌðeərˈɒv] *adv.* 《文章》《法律》及其，其；由此. these projects and the costs *thereof* 這些研究計畫及其費用.

there·on [ðɛrˈɑn; ˌðeərˈɒn] *adv.* 《文章》在那上面；關於那個；隨即.

*there's [強 ðɛrz, ˈðærz, ˌðɛrz, ˌðærz, 弱 ðəz; 強 ðeəz, 弱 ðəz] **1** there is 的縮寫. *There's* a cherry tree in our garden. 我們院子裡有一棵櫻桃樹.

2 there has 的縮寫. *There's* been little snow this winter. 今年冬天幾乎沒有下雪.

The·re·sa [təˈrisə; təˈriːzə] *n.* 女子名(暱稱為 Tess, Terry).

there·to [ðɛrˈtu, ðær-; ˌðeəˈtuː] *adv.* 《文章》 **1** 此外，又，(in addition). **2** 向那個，到那裡.

there·un·der [ðɛrˈʌndə, ðær-; ˌðeərˈʌndə(r)] *adv.* 《文章》 **1** 在其下. **2** 以下；依此.

there·up·on [ˌðɛrəˈpɑn, ðær-, -ˈpɔn; ˌðeərəˈpɒn] *adv.* 《文章》 **1** 結果；關於那個. They reached an agreement *thereupon*. 他們在那一點上達成協議. **2** 隨即，於是.

there·with [ðɛrˈwɪθ, ðær-, -ˈwɪð; ˌðeəˈwɪð]

---

adv. **1** 《文章》與此同時. **2** 《古》隨即，於是.

therm [θɝm; θɜːm] *n.* C 《英》撒姆(瓦斯使用量的單位).

ther·mal [ˈθɝml; ˈθɜːml] *adj.* **1** 熱的，熱量的，溫度的. a *thermal* power station 火力發電廠.

2 熱的；溫泉的. a *thermal* bath 熱水澡.

3 〔內衣等〕保暖性佳的.

— *n.* C (滑翔翼等藉以滑翔的)上升暖氣流.

ther·mi·on·ic tube 《美》[valve 《英》] [θɝmɪˈɑnɪkˈtjub; θɜːmɪˈɒnɪkˈtjəːb], [ˈ-vælv; -vælv] *n.* C 《物理》熱離子管.

ther·mo·dy·nam·ics [ˌθɝmodaɪˈnæmɪks; ˌθɜːməʊdaɪˈnæmɪks] *n.* 《作單數》熱力學.

*ther·mom·e·ter [θəˈmɑmətə, θə-; θəˈmɒmɪtə(r)] *n.* (*pl.* ~s [~z; ~z]) C 溫度計，寒暑表，(→temperature, mercury). a centigrade [Celsius] *thermometer* 攝氏溫度計／a clinical *thermometer* 體溫計／a Fahrenheit *thermometer* 華氏溫度計(冰點為 32 度，沸點為 212 度)／The *thermometer* stands at.... 溫度計顯示為…(→ stand *vi.* 4 (b)).

〔字源〕 METER 「計量儀器」: thermo*meter*, baro*meter* (氣壓計), chrono*meter* (經線儀), hygro*meter* (濕度計).

ther·mo·nu·cle·ar [ˌθɝmoˈnuklɪə; ˌθɜːməʊˈnuːklɪə(r)] *adj.* 熱核反應的，核融合的. a *thermonuclear* bomb 熱核子彈.

ther·mo·plas·tic [ˌθɝmoˈplæstɪk; ˌθɜːməʊˈplæstɪk] *adj.* 熱塑性的.

— *n.* UC 熱塑性物質(塑膠等).

ther·mos [ˈθɝməs; ˈθɜːmɒs] *n.* C 熱水瓶(源自商標名 Thermos).

thérmos bòttle *n.* 《美》=thermos.

thérmos flàsk *n.* 《英》=thermos.

ther·mo·stat [ˈθɝmə͵stæt; ˈθɜːməʊstæt] *n.* C 恆溫器，自動調溫器.

the·sau·ri [θɪˈsɔraɪ; θɪˈsɔːraɪ] *n.* thesaurus 的複數.

the·sau·rus [θɪˈsɔrəs; θɪˈsɔːrəs] *n.* (*pl.* **-ri**, ~**es**) C 詞典，分類字彙詞典，(以匯集同義詞、反義詞，依其所表示的概念編排而成的 Roget 分類詞典較為著名).

*these [ðiz; ðiːz] 《this的複數》 *pron.* 這些(東西[人]). (♦those). Are *these* yours or Jane's? 這些東西是你的還是珍的?／*These* are my brothers. 這些人是我的兄弟.

— *adj.* 這些的，這些個的；近來的；(→those). *These* students are freshmen; those are sophomores. 這些是大一新生，那些是大二學生／I have been teaching *these* five years. 這五年來我一直在這裡任教(★ 通常用 for the past five years)／*these* days 最近，近來/Let's get together one of *these* days for lunch. 我們最近找一天一起吃個午餐吧.

the·ses [ˈθisiz; ˈθiːsiːz] *n.* thesis 的複數.

the·sis [ˋθisɪs; ˈθiːsɪs] n. (pl. **-ses**) © **1** 論文 (dissertation)(畢業論文，學位論文等). write a thesis on Victorian novels 寫關於維多利亞女王時代小說的論文. **2** 論點；主張.

Thes·pi·an [ˋθɛspɪən; ˈθespɪən] adj. 戲劇(演員)的(<Thespis (傳說爲希臘悲劇的創始人)).

the·ta [ˋθetə, ˋθitə; ˈθiːtə] n. UC (希臘字母的第八個字母)；Θ, θ；相當於羅馬字母的 th).

they [ðe, 弱 ðe, ðɪ; ðeɪ, 弱 ðe] pron. (人稱代名詞；第三人稱、複數、主格；所有格 their, 受格 them, 所有格代名詞 theirs, 反身代名詞 themselves). **1** 他(她)們, 那些, (he, she, it 的複數). They're coming back soon. 他們很快就會回來／They're really exciting stories. 那些眞是刺激的故事.

注意 有時可搭配單數的不定(代)名詞, 以避免性別用法的困擾: Everyone tried the best they could. (大家都盡了全力).

2 (a)(一般的)人們, 世人. They say [=People say, It is said] that he will run for mayor. 據說他將參選市長.

語法 they 與 we 2 同爲「人們, 大家」的意思, 但 they 並不包括說話者本身, 與 we 不同. (b)(與某特定的事物)有關係的人. They usually sell things cheap at that store. 那家店的東西經常賣得很便宜／They speak English and French in Canada. 在加拿大, 人們講英語和法語.

they'd [ðed; ðeɪd] **1** they would 的縮寫. They thought they'd visit Paris the next year. 他們想明年去巴黎遊覽.

2 they had 的縮寫. They'd already left when we arrived. 我們到達時他們已經離開了.

they'll [ðel; ðeɪl, ðel] they will 的縮寫. They'll go abroad this summer. 他們今年夏天會出國.

they're [ðer, ðɛr; ðeɪə(r), ðe(r)] they are 的縮寫. They're talking about peace. 他們正在談論和平(的問題).

they've [ðev; ðeɪv] they have 的縮寫. They've finished eating lunch. 他們已經吃完午餐了.

thick [θɪk; θɪk] adj. (~·er; ~·est)

【厚的】 **1** (a)厚的(↔ thin). a thick sweater 一件厚毛衣／a thick and heavy dictionary 一本又厚又重的辭典／We need a thicker board. 我們需要更厚的板子／cover a wall with a thick coat of paint 在牆上塗厚厚的油漆.

(b)《用在表示長度的名詞之後》…厚的. ice ten centimeters thick 厚達10公分的冰／The board was more than two inches thick. 木板的厚度不只2英寸.

2 【粗的】粗的, 矮胖的, (↔ thin, slim). a thick tree trunk 粗大的樹幹／thick fingers [ankles] 粗短的手指[腳踝].

【塞滿內容物的>密的】 **3** (草, 木)密集的, 茂

密的, (頭髮等)濃密的, 〔人群等〕擁擠的, (→ dense 同), (↔ thin). a thick forest 茂密的森林／He has a thick head of hair. 他有一頭濃密的頭髮.

4 〔敍述〕厚厚地覆蓋著…的, 滿滿的, 《with》. The desk was thick with dust. 桌子上積了一層厚厚的灰塵.

【濃的】 **5** 〔液體〕濃稠的, 黏稠的, (↔ thin). thick honey [soup] 濃稠的蜂蜜[湯].

6 〔霧等〕濃的, 深的, (dense; ↔ thin). a thick fog 濃霧／The chimneys were pouring forth very thick smoke. 煙囪正冒出濃煙.

7 【關係密切的】(口)親密的(with). Meg and Bob are very thick with each other. 梅格和鮑伯交往甚密.

【濁的>不清楚的】 **8** 〔聲音〕不清楚的, 嘶啞的, He was drunk and his speech was thick. 他醉得話都說不清楚.

9 〔天氣等〕陰的, 陰沈的.

10 〔頭腦〕糊塗的, 遲鈍的；(口)愚笨的. Don't be so thick. 別這麼傻!

【濃的>強的】 **11** 〔口音〕重的, 明顯的. He has a thick accent. 他的口音很重.

12 《敍述》(英, 俚)過分的, 過度的. It's a bit thick. 這有點不合情理吧.

as thìck as thíeves (口)非常親密.

give a pèrson a thìck éar (英, 俚)把某人的耳朵打腫.

thìck on the gróund (口)有很多.

— n. U (通常加 the) **1** 厚的[粗的]部分. the thick of his thumb 他的拇指腹.

2 最密集的地方, 最激烈的時期. in the thick of the fight 在戰鬥方酣之時.

through thìck and thín 不論時機好壞, 不管發生甚麼事情, 同甘共苦.

— adv. (~·er; ~·est) 厚厚地, 濃濃地. Don't spread the jam too thick. 不要把果醬塗得太厚.

làly it òn thìck → lay¹ 的片語.

thìck and fást 接連不斷地, 接二連三地. Orders for the book are coming in thick and fast. 那本書的訂單不斷地湧入.

thick·en [ˋθɪkən; ˈθɪkən] v. (~s [~z; ~z]; ~ed [~d; ~d]; ~·ing) vt. **1** 使變厚[粗]；使變濃[密]. thicken the soup 使湯變濃.

2 使〔故事的情節等〕變複雜.

— vi. **1** 變厚[粗]；變濃[密]. The fog quickly thickened. 霧很快地變濃了.

2 變複雜. The plot thickened. 情節變複雜了.

⇨ adj. thick. ↔ thin.

thick·en·ing [ˋθɪkənɪŋ; ˈθɪkənɪŋ] n. UC 液體濃化劑；使(湯, 調味汁等)變濃的東西(蛋黃, 麵粉等).

thick·et [ˋθɪkɪt; ˈθɪkɪt] n. (pl. ~s [~s; ~s]) © 雜木林, 灌木叢. hide in the thicket 隱藏於灌木叢中.

thick·head·ed [ˋθɪkˋhɛdɪd; ˈθɪkˌhedɪd] adj. (口)笨的, 愚蠢的.

thick·ly [ˋθɪklɪ; ˈθɪklɪ] adv. **1** 厚厚地, 粗大地, 濃密地, 密集地. a thickly populated area 人口密

集地區. **2** 聲音嘶啞地.

***thick·ness** [ˋθɪknɪs; ˈθɪknɪs] *n.* (*pl.* ~**es** [~ɪz; ~ɪz]) **1** ⓤⓒ厚度, 粗細, 濃度; 濃密, 繁茂; (聲音)不清楚. the *thickness* of a wall 牆壁的厚度. **2** ⓒ張, 層(layer). wrap the article in two *thicknesses* of newspaper 用兩層報紙包裹物品. **3** ⓤ(通常加 the)厚的部分(*of*).

thick·set [ˋθɪkˋsɛt; ˈθɪkset] *adj.* **1** 〔體型〕粗短的, 矮胖的. **2** 繁茂的; 密集的. **3** 〔衣料等〕質地密實的.

thick-skinned [ˋθɪkˋskɪnd; ˈθɪkˈskɪnd] *adj.* (對責難, 侮辱等)感覺遲鈍的; 厚臉皮的; (◆ thin-skinned).

‡**thief** [θif; θi:f] *n.* (*pl.* **thieves**) ⓒ小偷, 盜賊. Stop *thief*! 小偷! 別跑!/The police caught the jewel *thief*. 警察抓到珠寶大盜. ⊟ thief 指不用暴力而偷偷拿走; robber 則是使用暴力及威脅以奪取; theft 則指偷竊行為. ⇨ *adj.* **thievish.** *v.* **thieve.**

thieve [θiv; θi:v] *vi.* 作賊, 偷東西, (→ steal, rob). ⇨ *n.* **thief, theft.**

thiev·er·y [ˋθivərɪ, -vrɪ; ˈθi:vərɪ] *n.* ⓤ偷盜, 竊盜.

thieves [θivz; θi:vz] *n.* thief 的複數.

thiev·ish [ˋθivɪʃ; ˈθi:vɪʃ] *adj.* (主雅)有偷竊習慣的; 賊似的, 偷偷摸摸的.

‡**thigh** [θaɪ; θaɪ] *n.* (*pl.* ~**s** [~z; ~z]) ⓒ股, 大腿, (腰與膝蓋之間; → body 圖). a *thigh* injury 大腿傷.

thigh·bone [ˋθaɪ͵bon; ˈθaɪbəʊn] *n.* ⓒ大腿骨.

thim·ble [ˋθɪmbl; ˈθɪmbl] *n.* ⓒ(縫紉用的)頂針.

thim·ble·ful [ˋθɪmbl͵fʊl; ˈθɪmblfʊl] *n.* ⓒ(口)(酒等的)極少量(<一頂針的量).

[thimble]

‡**thin** [θɪn; θɪn] *adj.* (~**ner**, ~**nest**)
〖薄的〗 **1** 薄的(◆ thick). a *thin* blanket 薄毛毯/*thin* ice 冰/a *thin* slice of bread 一片薄麵包/a *thin* summer dress 薄的夏裝.
〖細的〗 **2** 細的(fine; ◆thick). a *thin* thread 細線/*thin* wire 細鐵絲.
3 瘦的, 纖細的, (◆ fat, thick). *thin* fingers 纖細的手指/He looks *thin* and weak after his sickness. 他病後看起來很瘦弱. ⊟ thin 為表示「瘦」的最普遍的用語, 特別是用於形容病後身體的消瘦; → lean², gaunt, slim, slender.
〖內容物薄的〗 **4** 稀薄的, 淡的, 薄的; 水分多的, (◆thick). *thin* soup 味淡的湯/a *thin* mist 薄霧/This wine's a bit *thin*, isn't it? 這酒有點淡, 不是嗎?
5 〔頭髮, 人群等〕稀少的(◆thick). My hair's getting *thin*. 我的頭髮變稀疏了/The attendance was very *thin*. 出席者非常少/*thin* on top 禿頭.
6 貧乏的; 歉收的. a *thin* purse 扁扁的錢包(沒錢)/a *thin* year 荒年/*thin* soil 貧瘠的土壤.
7 易於識破的; 無實質的. a *thin* excuse 易於識破的藉口/I found his thesis rather *thin*. 我覺得他的論文內容十分貧乏/a *thin* plot 空洞的計畫/He had only the *thinnest* of alibis. 他的不在場證明極為薄弱.
〖薄的>弱的〗 **8** 〔聲音等〕細微的, 〔光線等〕微弱的; 〔攝影〕〔底片等〕明暗對比微弱的. a *thin* voice 細微的聲音/*thin* winter sunshine 微弱的冬陽.
hàve a thìn tíme (口)(因不景氣等)進行得不順利; 感到討厭.
into thìn áir 無影無蹤地[消失等].
thìn on the gróund (口)少量的, 缺乏的. First-rate teachers are *thin on the ground*. 一流的教師寥寥無幾.
wèar thín (1)磨薄. (2)〔玩笑等〕不有趣; 無法繼續[忍耐等].
—— *adv.* (~**ner**; ~**nest**) =thinly.
—— *v.* (~**s**; ~**ned**; ~**ning**) *vt.* 使變薄; 使變細; 使稀疏. *thin* the soup by adding water 加水稀釋湯汁.
—— *vi.* 變薄; 變細; 消瘦. His hair is *thinning* rapidly. 他的頭髮越來越稀少. ◆ **thicken.**
thìn dówn 變薄[細]; 體重減輕.
thìn óut 變稀疏. The crowd *thinned* out slowly. 人群慢慢散去.

thine [ðaɪn; ðaɪn] *pron.* 《古》 **1** 《thou 的所有格代名詞》你的東西. **2** 《代替 thy, 用於以母音開頭的名詞之前》你的.

‡**thing** [θɪŋ; θɪŋ] *n.* (*pl.* ~**s** [~z; ~z])
〖東西〗ⓒ **1** 東西. What is that *thing* on your head? 你頭上那是甚麼東西?/What use do you find in this *thing*? 這個東西到底有甚麼用處? (★ thing 加上 this, 而 that 等含有輕蔑, 不快, 焦躁等意義)/All the *things* in the house were burned. 房屋內所有的東西都燒毀了/There can be no such *thing* as perfection. 不可能有完美無缺的事/a *thing* of the past 過去的事物(落伍). **2** (my [his] 等)隨身用品, 攜帶品. Let's pack our *things*. 我們來整理行李吧!/We'll send your *things* on after you. 我們隨後會將你的行李送達. **3** (*things*)工具, 用具. fishing *things* 釣具/tea-*things* (→見 tea-things). **4** 〖生物〗動物; (口)人, 傢伙, (表示輕蔑, 愛憐等). all living *things* 所有的生物/Oh, poor *thing*! 哦, 好可憐!/You silly *thing*! 你這個傻瓜!
〖事, 事物〗 **5** 事, 行為, 問題; 言詞, 想法. A strange *thing* happened. 發生了一件怪事/We have many *things* to talk over. 我們有很多事要談/How dare you say such a *thing*? 你竟敢這麼說?/He always manages to say the right *thing*. 他總是看場合說適當的話. **6** (*things*)事物; 事情, 事態. He takes *things*

too seriously. 他把事情看得太過嚴重/How are *things* going? 情況如何?

7 (things)《接形容詞》…的事物, 風物. John has a liking for *things* Chinese. 約翰喜歡中國的風物.

《 重要的物[事] 》 **8** (加the)適當的物[事], 必要[重要]的物[事]. This is just the *thing* for me. 這正適合我/The *thing* is whether Tom will help us. 關鍵在於湯姆是否會幫我們.

9 (加the)(最新)流行樣式((in)). the latest *thing* *in* cars 最新型的汽車.

…and things《口》…等. We had books, drinks *and things* to help pass the time. 我們有書、飲料等供我們打發時間.

as things are [*gó, stánd*] 在這樣的情況下; 以社會的標準來說. As *things stand*, we can't expect to make any profit this year. 照這樣的情況看來, 我們不能指望今年能賺到錢.

dò one's (*òwn*) *thíng*《口》做自己(喜歡)的事.

for óne thing 一方面, 理由之一是, (★追加說明「另一方面」、「另一個理由是」時則用for anóther (thìng)). *For one thing*, we haven't got the money. *For another* (*thing*), the timing is wrong now. 一方面我們沒有那筆錢. 另一方面, 現在時機不對.

hàve a thíng about...《口》厭惡[喜愛]….

knòw a thíng or twó → know 的片語.

màke a gòod thíng (*out*) *of...* 善用…, 從…獲利.

màke a thíng of... 渲染….

of áll thìngs → of all... (all *adj.* 的片語)

sèe thíngs → see¹ 的片語.

tàking óne thíng with anóther 把兩件事合起來想.

(the) fírst thíng → first 的片語.

thing·a·ma·bob [ˈθɪŋəməˌbɑb; ˈθɪŋəməbɒb] *n.* =thingamajig.

thing·a·ma·jig, thing·um·a·jig [ˈθɪŋəməˌdʒɪg; ˈθɪŋəmədʒɪg] *n.* ⓒ《口》某某人[東西]《用於忘記或不知其名時》.

thing·um·my [ˈθɪŋəmɪ; ˈθɪŋəmɪ] *n.* (*pl. -mies*) =thingamajig.

think [θɪŋk; θɪŋk] *v.* (~**s** [~s; ~s]; **thought**; ~**ing**) *vt.* 《 想, 想像 》 **1** (a) 句型3 (think *that*子句)想, 認為, 想像. I *think* (that) he's right. 我認為他是對的/I don't *think* it will rain tonight. 我想今晚不會下雨(注意不常用 I *think* it will not rain tonight.)/"Do you *think* it will snow?" "No, I don't *think* so. [No, I *think* not.]" 「你認為會下雪嗎?」「不, 我想不會」(★本句的 so, not 代表 that 子句. 語法 可加下述例句置於句尾, 當作插入子句: That's his appeal, I *think*. (我認為, 那就是他的魅力所在).

(b) 句型5 (think **A** B/**A** *to be* **B**)把 A 看作[判斷, 認為]是 B. He *thinks* himself (*to be*) a great painter. 他自以為是個大畫家/He *thought*

her (*to be*) very charming. 他認為她很迷人/I *thought* it better not to tell him. 我想最好不要告訴他(★本例句的 it 為形式(假)受詞).

2 《用於以 *wh*- 開頭的疑問句》判斷, 想像[誰[如何等]…]. What do you *think* happened then? 你認為接下來發生了甚麼事?/Who do you *think* I met at the party? 你猜我在宴會上遇到誰?

3 句型3 (think *that*子句/*to* do)預料, 預期. We all *thought* (that) he would marry her. 我們都認為他會娶她/I never *thought* *to* see you here. 我從沒想到會在這裡見到你.

《 想出 》 **4**《接 cannot, could not》句型3 (think *wh*子句、片語)《用於 cannot [could not]或 try [want etc.] to 後》不知道, 想像不出來. I cannot *think why* she married him. 我想不通她為何嫁給他/He couldn't *think where* to go. 他不知道要去哪裡.

5 句型3 (think *wh*子句、片語)《用於 cannot [could not]或 try [want, etc.] to 後》想起. I cannot *think who* he is. 我想不起來那個人是誰/I'm trying to *think how* to spell the word. 我正努力想那個單字怎麼拼.

6 句型3 (think *that*子句/《文章》*to* do)想做…, 打算做…. I *think* (that) I'll tell him. 我想我會告訴他/I *thought* *to* return the money. 我打算歸還那筆錢.

《 想 》 **7** 想, 心懷, (consider). *think* strange thoughts 胡思亂想/What were you *thinking*? (那時)在想甚麼?

8 句型3 (think *wh*子句、片語)考慮, 深思. You don't *think how* old you are. 你也不想想自己多老了/*Think what* to do next. 想一想接下來要做甚麼?

— *vi.* 思考, 想; 深思; 想起, 想出, (語法多搭配 about, of, on, upon, over 等; → 片語). *think* hard 努力思考/*think* in English 用英語思考/Use your head, you're not *thinking*. 快動動腦, 你根本沒想. ⇨ *n.* thought.

I thìnk nót. 我認為不是那樣(=I don't think so; → *vt.* 1 (a) ★; not *adv.* 6). "Is he coming?" "I *think* not." 「他會來嗎?」「我想不會.」

lèt me thínk 請讓我想一想(馬上給你答案).

thínk about... 考慮…事; 檢討…. *Think about* your future. 考慮一下你的前途/*think about* a problem 檢討問題/I've been *thinking about* sending you to college. 我一直在考慮送你上大學.

thínk agáin 改變想法, 重新思考.

thínk ahéad to... 預先思考[未來的事].

thínk alóud 說出心事; 邊自言自語邊想.

thínk báck to... 回想起[過去的事].

thínk bétter of... (1)重新認識[人等], 改變對…的評價. When I understood him I *thought better* of him. 當我瞭解他之後, 便對他有新的看法. (2)重新考慮後放棄…. She started to say something but *thought better of* it. 她開口想說些甚麼, 但考慮了一下又沒說.

thínk bíg《口》想做大事.

thínk fít → fit¹ 的片語.

* ***thìnk íll of...*** 認爲〔人〕壞. Don't *think ill of* me because I criticize you severely. 不要因爲我嚴厲批評你就認爲你壞.
* ***thìnk líttle of*** A (1)看輕[低估]A. Critics *thought little of* the play. 評論家對那齣戲評價不高.
(2)《A 爲 doing時》不(怎麼)討厭做…, 不苦惱. *think little of being* locked up in prison 不把坐牢當一回事.
* ***thìnk múch [híghly] of...*** 高度評價…, 看重. The drug was *much thought of* at first. 那種藥起初頗受好評.
thìnk nóthing of A (1)輕視A.
(2)《A 爲 doing時》毫不介意做…, 即使做…也不在乎. Students nowadays *think nothing of coming* late to class. 現在的學生不把上課遲到當一回事.
(3)《A 爲 it時; 用於祈使語氣》不用客氣, 不要放在心上,《別人道謝或道歉時禮貌性的回答》. "I don't know how to thank you." "That's all right. *Think nothing of* it." 「我不知道該如何感謝你」「沒甚麼, 別放在心上.」
* ***thìnk of...*** (1)考慮…的事, 深思; 就…做判斷; 視爲…(*as*). What did you *think of* him? 你覺得他怎麼樣?/His friends *think of* him *as* a man who has had little success in life. 他的朋友們認爲他是個一生沒甚麼成就的人.
(2)想像…; 想起…; 沒忘記…. It thrilled her just to *think of* it. 光是想到就讓她覺得害怕/I remembered her face but I couldn't *think of* her name. 我記得她的樣子, 但是想不起她的名字.
(3)想出…, 想到. I couldn't *think of* anything to say. 我想不出要說甚麼.
(4)(用 think of do ing)考慮做…; 打算做…. I'm *thinking of buying* an encyclopedia. 我打算買一套百科全書/I *thought of calling* you but it was too late. 我想打電話給你, 但是時間太晚了.
thìnk/.../óut (1)徹底考慮〔問題等〕. Have you *thought out* all the difficulties? 所有的難題你都徹底考慮過了嗎?
(2)想出, 研究出,〔方案等〕. *think out* a plan 想出一個計畫.
thìnk/.../óver 仔細考慮…. *Think* it *over* carefully before you decide. 在你決定之前仔細考慮清楚.
thìnk/.../thróugh=think/.../out (1).
thínk to onesèlf 獨自思索, 暗想.
thìnk twíce 再考慮, 躊躇; 深思熟慮(*about* (do*ing*)).
thìnk/.../úp《口》想出…, 設計….
* ***thìnk wéll of...*** 認爲〔人〕好(↔ think ill of...). He is not very *well thought of* by those who know him. 認識他的人都不覺得他好.
To thínk (that)... 想到…的事(悲傷, 驚訝等). To *think that* people still believe in that nonsense! 沒想到人們還深信那種愚蠢的事!
Whàt do you thínk? (認爲如何>)你知道事實是這樣嗎?《用於敍述出人意料之外的事情時》.

●──動詞變化 **think** 型

	[t; ɔː]	[t; ɔː]
bring 帶來	brought	brought
buy 購買	bought	bought
catch 捕捉	caught	caught
fight 戰鬥	fought	fought
seek 尋求	sought	sought
teach 教導	taught	taught
think 思考	thought	thought

— *n.* ⓒ (用單數)《口》思考. have a *think* about a question 思考一個問題/Give it a good *think*. 好好地想一想.
have anòther think cóming《口》還有另一種想法.
think·a·ble [ˋθɪŋkəbl; ˈθɪŋkəbl] *adj.* 可以思考的(↔ unthinkable).
think·er [ˋθɪŋkɚ; ˈθɪŋkə(r)] *n.* ⓒ 思考者; 思想家. a great *thinker* 偉大的思想家/a deep *thinker* 深思熟慮的人.
* **think·ing** [ˋθɪŋkɪŋ; ˈθɪŋkɪŋ] *n.* ⓤ **1** 思考, 思索. His way of *thinking* is unique. 他的思考方式很獨特.
2 意見, 判斷; 思想. What's your *thinking* about this question? 你對這個問題有甚麼想法?
to mỳ (wày of) thínking 就我的想法. She is, *to my thinking*, a very clever woman. 依我看來, 她是個非常聰明的女人.
— *adj.* (限定)思考的; 有思考能力的; 懂事的. a *thinking* man 通達事理的人, 明白道理的人/Man is said to be a *thinking* animal. 人被認爲是有思考能力的動物.
thínk tànk *n.* ⓒ 智囊團.
thin·ly [ˋθɪnlɪ; ˈθɪnlɪ] *adv.* 薄薄地; 稀疏地, *thinly* sliced meat 切得薄薄的肉片/The country is *thinly* populated. 該國人口稀少.
thin·ner [ˋθɪnɚ; ˈθɪnə(r)] *n.* ⓤ (特指油漆的)稀釋劑, 溶劑.
thin·ness [ˋθɪnnɪs; ˈθɪnnɪs] *n.* ⓤ稀薄; 細微.
thin-skinned [ˋθɪnˋskɪnd; ˈθɪnskɪnd] *adj.* 《有時表輕蔑》易怒的, 敏感的, (↔ thick-skinned).
* **third** [θɝd; θɜːd] (亦寫作 3rd) *adj.* **1** (通常加 the)第三的, 第三個的. be in the *third* grade 小學三年級/the *third* man from the left 左起第三個男人/a case of *third* time lucky 第三次走運的例子.
2 (加 a) (第三個地)再一個的, 別的. Try it a *third* time. (這次爲第三次時)再試一次/"Let's listen to him!" cried a *third* man. 「且讓我們聽他說吧!」另一個男人這麼喊道.
3 三分之一的. a *third* part of …的三分之一.
— *n.* (*pl.* ~s [~z; ~z]) **1** ⓒ (通常加 the)第三個人[物]. He is the *third* from the right. 他是右起第三個.

2 [C] (通常加 the)(每月的)三號. on the *third* of May＝on May (the) *third* 在 5 月 3 日.

3 [C] 三分之一. one [a] *third* of the population 人口的三分之一／two *thirds* 三分之二／The pie was divided into *thirds*. 這個餡餅被分成三份.

4 (the *Third*)三世(置於國王等的名字之後). Richard the *Third* [Richard III] 理查三世.

5 [U] (汽車等的)三檔; (棒球)三壘.

— *adv.* 第三; 在第三位. The horse finished *third*. 那匹馬跑第三名.

thīrd báse *n.* [U] (棒球)三壘.

thīrd báseman *n.* [C] (棒球)三壘手.

third-class [ˋθɝdˋklæs; ˌθɜːdˈklɑːs] *adj.* **1** 三等[級]的; 三流的. **2** (美)(郵件)第三類的(商品目錄, 書籍等屬此類).

— *adv.* **1** 搭乘三等的車[艙]. travel *third-class* 搭乘三等車[艙]旅行.

2 (美)用第三類郵件(郵寄等).

thīrd degrée *n.* (加 the)(警察等對嫌犯的)嚴刑逼供.

third-degree [ˋθɝddɪˏgri; ˈθɜːddɪˌgriː] *adj.* 第三級(度)的.

thīrd diménsion *n.* (加 the)第三次元(高度).

Thīrd Fórce *n.* (加 the)第三勢力(特指具有緩衝作用的國家).

third·ly [ˋθɝdlɪ; ˈθɜːdlɪ] *adv.* 第三地.

thīrd párty *n.* [C] (法律)第三者.

thīrd pérson *n.* (加 the)(文法)第三人稱(→見文法總整理 **4. 1**).

third-rate [ˋθɝdˋret; ˌθɜːdˈreɪt] *adj.* 三等的; 三流的, 劣等的. a *third-rate* writer 三流作家.

Thīrd Wórld *n.* (加 the)第三世界(主要指亞洲、非洲、中南美洲的開發中國家; 此一名詞出現於東西方冷戰時期, 特指不隸屬於任何一方的國家團體).

‡**thirst** [θɝst; θɜːst] *n.* [a U] **1** 口渴. quench [slake] one's *thirst* 止渴.

2 渴望, 熱切期望, ((for, after 對於…)). have a great *thirst* for knowledge 具有強烈的求知慾／a *thirst* after power 對權力的渴求.

— *vi.* (~s [~s; ~s]; ~ed [~ɪd; ~ɪd]; ~ing)(文章)渴望(for, after). *thirst* for a drink 想喝一杯／*thirst* after glory 渴望榮譽. ⇨ *adj.* **thirsty**.

thirst·i·er [ˋθɝstɪɚ; ˈθɜːstɪə(r)] *adj.* thirsty 的比較級.

thirst·i·est [ˋθɝstɪɪst; ˈθɜːstɪɪst] *adj.* thirsty 的最高級.

thirst·i·ly [ˋθɝstɪlɪ; ˈθɜːstɪlɪ] *adv.* 口渴地; 渴望著.

‡**thirst·y** [ˋθɝstɪ; ˈθɜːstɪ] *adj.* (**thirst·i·er**; **thirst·i·est**) **1** 口渴的; 乾燥的(土地等). I always get *thirsty* when I sing. 我唱歌時總會覺得口渴／The *thirsty* land drank in the rain. 乾燥的土地吸收了雨水.

2 (主限定)使人口渴的. Digging the garden is

thirsty work. 在花園裡挖土是件使人口渴的工作.

3 (敘述)渴望的 ((for)). The philosopher is *thirsty* for truth. 哲學家渴求眞理.

⇨ *n., v.* **thirst**.

‡**thir·teen** [θɝˋtin; ˌθɜːˈtiːn] *n.* **1** [U] (基數的)13, 十三. *Thirteen* is considered an unlucky number. 十三被認爲是不吉利的數字. [參考] 由於基督最後的晚餐中人數爲十三, 處死在十字架時亦爲 13 日(星期五), 故被認爲是不吉利的數字. **2** [U] 十三時; 十三分; 十三歲; 十三美元[英鎊, 美分, 便士等].

3 (作複數)十三個[人].

— *adj.* 十三的; 十三個[人]的; (敘述)十三歲的. *thirteen* girls 十三個女孩／I'm *thirteen*. 我十三歲.

***thir·teenth** [θɝˋtinθ; ˌθɜːˈtiːnθ] (亦寫作 13 th) *adj.* **1** (通常加 the)第十三的, 第十三個的.

2 十三分之一的.

— *n.* (*pl.* ~s [~s; ~s]) [C] **1** (通常加 the)第十三個(人, 物); (每月的)13 日. the *13th* of May 5 月 13 日.

2 十三分之一. two *13ths* 十三分之二.

thir·ties [ˋθɝtɪz; ˈθɜːtɪz] *n.* thirty 的複數.

***thir·ti·eth** [ˋθɝtɪɪθ; ˈθɜːtɪəθ] (亦寫作 30th) *adj.* **1** (通常加 the)第三十的, 第三十個的.

2 三十分之一的.

— *n.* (*pl.* ~s [~s; ~s]) [C] **1** (通常加 the)第三十(個人, 物); (每月的)30 日. the *30th* of June 6 月 30 日.

2 三十分之一. seven *30ths* 三十分之七.

‡**thir·ty** [ˋθɝtɪ; ˈθɜːtɪ] *n.* (*pl.* **-ties**) **1** [U] (基數的)30, 三十. *Thirty* divided by six gives five. 30 除以 6 等於 5.

2 [U] 三十歲; 三十分; 三十度[分, 美元, 英鎊, 美分, 便士等]. **3** (作複數)三十個[人].

4 [U] (網球)在一局中得兩分(一局中第二分的稱法; 第三分爲 forty).

5 (用 my [his] thirt*ies* 等)(年齡的)三十多歲. a man in his (late) *thirties* 三十多歲(快四十歲)的男人.

6 (the thirt*ies*)三〇年代(亦寫作 the 30s, the 30's). in the (early) *thirties* 在三〇年代(初期).

— *adj.* 三十的; 三十個[人]的; (敘述)三十歲的.

‡**this** [ðɪs; ðɪs] *pron.* (指示代名詞)(*pl.* **these**) [[這]] **1** (指位於說話者身邊的東西)這; 這個東西, 這個人; (↔ that). *This* is my book. 這是我的書／Shall we buy *this* or that? 我們買這個還是買那個?／Tom, *this* is Alex. 湯姆, 這位是艾力克斯／Hello, *this* is Jack (speaking). 喂, 我是傑克."Who's *this*, please?" (美)(電話用語)「請問是哪位?」(★(英)用 that)／I've never felt like *this* before. 我從未有過現在這種感覺.

2 (有關抽象的東西)現在, 今天, 這次. *This* is how it is. (事實上)就是這樣／Do you know what day *this* is? 你知道今天星期幾嗎?／*This* is my first time in London. 這次是我第一次來倫敦.

3 剛才所述的; 以下所述的; (注意)指「以下所述」時用 this, 而不用 that). The buses collided. I re-

ported *this* immediately to the police. 公車相撞了，我馬上(把這件事)報警處理/The question is *this*. Will they help us? 問題是，他們會幫我們嗎？ **4** (前面出現的兩個事物中的)後者(對前者(that)而言；→ that *pron.* 3；→和 latter 2 的意思雷同).

at thís → at 的片語.

thís and thát = thís, thàt and the óther 《口》這個那個.

with thís → with 的片語.

— *adj.* 《指示形容詞》(*pl.* **these**) **1** 這個的，這裡的，這邊的. *this* book 這本書/*this* country 這個國家.

2 本〔月，週等〕，現在的. *this* morning 〔evening, week, month, year〕今天早上〔今晚，本週，本月，今年〕/*this* day week (英)上週〔下週〕的今天/*this* very moment 這特別的時刻/*this* time 這次/about *this* time yesterday 昨天的此時/*this* summer 今年夏天(★指的是剛過去或還沒到到的「今年夏天」，若已經過去了好幾個月的「今年夏天」或去年〔明年〕夏天爲 last 〔next〕 summer)/by *this* time 到現在爲止.

3 《口》某一個人的，某一個的. There was *this* kid who always played with me. 有這麼一個孩子總是和我一起玩.

— *adv.* 《指示副詞》《口》這麼，僅此，(so). No kidding, it was *this* big. 不是開玩笑的，它有這麼大(邊做動作邊說).

this múch 這麼(多)；(指以下所述)僅此；(→ as much, so much (much *adj.* 的片語)). I know *this much*, that the show will go on. 這場表演會繼續進行的，我就知道這麼多了.

this·tle [ˋθɪsl; ˈθɪsl] *n.* ○薊(菊科；蘇格蘭地區的代表性植物).

this·tle·down
[ˋθɪsl͵daʊn; ˈθɪsldaʊn] *n.*
○薊種子上的冠毛.

thith·er [ˋθɪðɚ, ˋðɪðɚ; ˈðɪðə(r)] *adv.* 《古》向那裡；向彼方；(◆ hither). hither and *thither* (→ hither 的片語).

tho, tho' [ðo; ðəʊ] *conj.*, *adv.* 《美、詩》though的縮寫.

Thom·as [ˋtɑməs; ˈtɒməs] *n.* **1** 男子名(暱稱爲 Tom, Tommy).
2 《聖經》托馬斯(耶穌的十二門徒之一).

thong [θɔŋ, θɒŋ; θɒŋ] *n.* ○皮帶(用來捆東西或作鞭子).

Thor [θɔr; θɔː(r)] *n.* (北歐神話)雷神(Odin 之子，雷、戰爭之神；*Thurs*day 取「雷神之日」).

tho·ra·ces [ˋθoræ͵siz; ˈθɔːræ͵siz] *n.* thorax 的複數.

tho·rax [ˋθoræks; ˈθɔːræks] *n.* (*pl.* **-ra·ces**, ~**es**) ○(解剖)胸部，胸廓；(昆蟲的)胸部(→ insect 圖).

Thor·eau [ˋθoro, θəˋro, ˋθʒo; ˈθɔːrəʊ] *n.* **Henry David** ~ 梭羅(1817-62)《美國的思想家；《湖濱散記》(*Walden*) 的作者》.

[thistle]

---

*thorn [θɔrn; θɔːn] *n.* (*pl.* ~**s** [~z; ~z]) **1** ○(主要指植物的)刺，針. Roses have *thorns*. = No rose without a *thorn*. 《諺》玫瑰皆有刺，沒有無刺的玫瑰，《世上沒有絕對的幸福》.

2 ○○有刺的植物；(特指)山楂(→ hawthorn 圖). a *thorn* bush 一叢山楂.

a thórn in a *pèrson's síde* 〔*flésh*〕 擔心〔操心〕的原因. My delinquent son is *a thorn in* my *side*. 我那個胡作非爲的兒子是我操心的原因.

the crówn of thórns (耶穌被釘於十字架時所戴的)棘冠；(泛指)苦難.

thorn·y [ˋθɔrnɪ; ˈθɔːnɪ] *adj.* **1** 多刺的. **2** 困難的，棘手的. discuss a *thorny* issue 討論棘手的問題/a *thorny* path 艱苦的道路.

*thor·ough [ˋθʒo, -ə; ˈθʌrə] (★注意發音) *adj.* **1** 完全的. a *thorough* investigation 徹底的調查/a *thorough* knowledge of the subject 關於此主題之完整的知識.

2 《限定》一個 *thorough* gentleman 道地的紳士/a *thorough* rascal 十足的惡棍.

3 徹底的. He is *thorough* in everything. 他做甚麼事都很徹底/a *thorough* worker 做事仔細的人.

thor·ough·bred [ˋθʒo͵brɛd, -ə-, ˋ-brɛd; ˈθʌrəbred] *adj.* **1** (動物，特指馬)英國純種的，純種的. **2** 〔人〕有教養的.
— *n.* ○ **1** 英國純種馬，純種馬(動物).
2 有教養的人.

thor·ough·fare [ˋθʒo͵fɛr, -ə-, -͵fær; ˈθʌrəfeə(r)] *n.* ○(交通頻繁的)大街，道路，(→ way 圖). No *Thoroughfare* 禁止通行〔穿越〕《告示》.

thor·ough·go·ing [ˋθʒoˋgo·ɪŋ, -ə-; ˈθʌrə͵gəʊɪŋ] *adj.* **1** 完全的，徹底的. a *thoroughgoing* reform 徹底的改革.

2 《限定》十足的(utter). Jack is a *thoroughgoing* fool. 傑克是個十足的傻瓜.

*thor·ough·ly [ˋθʒolɪ, -ə-; ˈθʌrəlɪ] *adv.* 完全地，十足地；徹底地. be *thoroughly* annoying 極度的迷惑/get *thoroughly* exhausted 筋疲力竭/search *thoroughly* 徹底地調查.

thor·ough·ness [ˋθʒonɪs, ˋθʒə-; ˈθʌrənɪs] *n.* ○完全，徹底. a reputation for *thoroughness* in research 以研究之充分徹底著稱.

*those [ðoz; ðəʊz] *pron.* 《that 的複數；一般的→that *pron.*》人們，人，(★其後與 who 或形容詞連用). *Those* who were tired didn't go any farther. 那些疲憊的人沒有再往前走/Heaven helps *those* who help themselves. 《諺》天助自助者/All *those* present were astonished. 所有在場的人都感到震驚.

— *adj.* that 的複數(→ that *adj.*). one of *those* great events in English history that every child knows 英國史上每個小孩都知道的重大事件之一(★置於關係代名詞的先行詞之前；→that *adj.* 3).

thou [ðaʊ; ðaʊ] *pron.* 《古》汝. *Thou* shalt not

steal. 你不可偷竊《源自聖經》.

字形: (1)第二人稱單數主格; 所有格爲 thy [thine], 受格爲 thee, 複數爲 you]. (2)現在僅在向上帝祈禱時使用或公誼會教徒之間互稱等. (3)以 thou 作主詞的動詞在字尾加 -st 或 -est. 此外 are, have, shall, will, were 分別變成 art, hast, shalt, wilt, wast [wert].

‡**though** [ðo; ðəʊ] *conj.* **1** 雖然…, 儘管… (→ although 語法). *Though* she had no money, she wanted to buy the dress. = She wanted to buy the dress, *though* she had no money. 她雖然沒有錢, 但是想買那件衣服(語法 *though* 子句可以置於主要子句的前後)/*Though* he was) old, he still worked hard. 儘管上了年紀, 他還是努力工作(語法 *though* 子句的主詞和主要子句的主詞相同時 *though* 子句的主詞和 be 動詞可省略)/Ill *though* he was (=*Though* he was ill), he went to work as usual. 儘管生病了, 他還是照常上班(語法 這個句子中, *though* 子句爲了強調而倒裝; 也可用 as 替代 though)/a handsome *though* brainless young man 英俊卻沒大腦的年輕男子.
2 即使…也(even if) (★亦作 even though). Let's try, (even) *though* we may fail. 我們試一下吧, 即便我們可能會失敗.
3 (補充)不過, 可是. He is determined to go, *though* I don't know why. 他下定決心要去, 不過我不知道爲甚麼/He has a great deal of money, *though* not so much as he used to. 他有一大筆財富, 雖然沒有以前那麼多.
as thôugh...=as if... (as的片語).
― *adv.* (口)可是, 不過, 還是, (however) (★通常置於句尾). I missed the bus. John gave me a ride, *though*. 我沒趕上公車. 不過約翰讓我搭他的便車.

‡‡**thought**¹ [θɔt; θɔːt] *n.* (*pl.* ~**s** [~s; ~s])
【思考】**1** U 思考, 思索; 考慮, 深思. after much *thought* 經再三考慮/without *thought* 不考慮地, 輕率地/After serious *thought*, I have decided to decline your offer. 經認眞考慮之後, 我已決定謝絕你的提議/He was lost in *thought*. 他陷入沈思/He shuddered at the mere *thought* of it. 他一想到那件事就毛骨悚然/The *thought* that he would be able to return home excited him. 想到能夠返鄉就讓他雀躍不已/I have given the matter considerable *thought*. 這個問題我想了很久.
【想法】**2** UC 主意, 想法; 意見. He put down his *thoughts* in the notebook. 他把自己的想法寫在筆記本上/He kept his *thoughts* to himself. 他把心裡想, 不說出來/read a person's *thoughts* 看穿某人的心.
[搭配] *adj.*+thought: a happy ~ (快樂的想法), a pleasant ~ (愉悅的想法), a sad ~ (悲觀的想法), a sober ~ (穩健的想法), an unpleasant ~ (不愉快的想法).

3 U 意圖, 心意, 《of》. I gave up all *thought* of going to college. 我放棄了所有上大學的打算.
4 U (某個人, 時代, 國家, 階級等的)思想, 想法, modern *thought* 現代思想/scientific *thought* 科學思想.
5 【關心】UC 體貼, 注意, 關心, 《for》. Show some *thought* for others. 多關心一下別人/Without *thought* for his own safety, he rushed into the burning house. 他不顧自身的安全, 衝進那棟燃燒中的房子. ⇨ *v.* think. *adj.* thoughtful.
a thôught (口)(副詞性)一點點, 稍許, (a little). He became *a thought* more careful thereafter. 此後, 他變得稍微小心些了.
quìck as thôught 飛快地, 轉瞬間地.
sècond thôught → 見 second thought.

thought² [θɔt; θɔːt] *v.* think 的過去式、過去分詞.

‡**thought·ful** [ˋθɔtfəl; ˈθɔːtful] *adj.* **1** 沈思的, 深思的. I found him in a *thoughtful* mood. 我發現他在沈思中.
2 深謀遠慮的, 富於思想的. a *thoughtful* person 深謀遠慮的人/a *thoughtful* book 內涵豐富的書.
3 (敍述)謹慎的, 小心的, 《of》. I was not *thoughtful* enough of my own safety. 我不夠小心自己的安全.
4 體貼的, 親切的, 《of, for 對於…》. Try to be more *thoughtful* of others. 試著多體諒別人.
↔ thoughtless.

thought·ful·ly [ˋθɔtfəlɪ; ˈθɔːtfulɪ] *adv.* 沈思地; 深謀遠慮地; 謹慎地; 親切地.

thought·ful·ness [ˋθɔtfəlnɪs; ˈθɔːtfulnɪs] *n.* U 深謀遠慮; 親切.

thought·less [ˋθɔtlɪs; ˈθɔːtlɪs] *adj.* **1** 不去考慮的, 《of》; 不注意的, 欠考慮的. He was utterly *thoughtless* of its consequences. 他完全沒考慮後果. **2** 不體貼的, 沒有同情心的, 不親切的. a *thoughtless* remark 不體貼的話.
↔ thoughtful.

thought·less·ly [ˋθɔtlɪslɪ; ˈθɔːtlɪslɪ] *adv.* 欠考慮地; 輕率地; 不親切地.

thought·less·ness [ˋθɔtlɪsnɪs; ˈθɔːtlɪsnɪs] *n.* U 欠考慮, 輕率; 不親切.

thought-out [ˋθɔt͵aʊt; ˈθɔːt͵aʊt] *adj.* 經過(仔細)考慮的(通常搭配 well 等副詞). a well *thought-out* plan 非常周詳的計畫.

‡‡**thou·sand** [ˋθaʊzn̩d, ˋθaʊzn̩; ˈθaʊznd] *n.* (*pl.* ~**s** [~z; ~z]) **1** C 一千; 一千個[人]; 一千美元[英鎊等]; 千的記號(1,000, M). five hundred and forty-three *thousand* 543,000(數字讀法). (注意 與數詞或表示數的形容詞連用時不用複數)/by the *thousand* 以千爲單位.
2 (thousands)幾千, 無數. *thousands* of people 數以千計的人們/Tens of *thousands* of letters came. 成千上萬封信湧入/by (the) *thousands* 好幾千, 無數.
a...in a thôusand 千個之中的一個[人]…, 出類拔萃的…. a man *in a thousand* 男人中的男人.
a thòusand to óne 一定, 確實. It's *a thousand*

to one that he won't keep such a promise. 他一定不會遵守這樣的承諾.

óne in a thóusand 千中選一, 出類拔萃的東西[人].

— *adj.* 一千的; 一千個[人]的; 無數的; (→ hundred, million). more than a *thousand* applicants 一千多名的申請者/A *thousand* thanks [apologies]. 萬分感謝[抱歉].

(a) *thóusand and óne...* 無數的…. We still have *a thousand and one* things to do. 我們仍有數不清的要事做.

Thōusand and Ōne Nīghts *n.* (加 the)《一千零一夜》(Arabian Nights).

*thou·sandth [ˈθaʊznᵈθ; ˈθaʊznθ; ˈθaʊzntθ] (亦寫作 1,000th) *adj.* **1** (通常加 the)第一千的.
2 千分之一的. a *thousandth* part of it 千分之一.
— *n.* (*pl.* ~s [~s; ~s]) C **1** (通常加 the)第一千, 第一千個[人]. from the first to the *thousandth* 從第一號到第一千號.
2 千分之一. three *thousandths* 千分之三.

thral·dom [ˈθrɔldəm; ˈθrɔːldəm] *n.* (英)= thralldom.

thrall [θrɔl; θrɔːl] *n.* (雅) **1** C 奴隸, 俘虜, ((to, of)). He is a *thrall* to worldly wealth. 他是物慾的奴隸. **2** U 奴隸的境遇; 束縛, 著迷(的狀態). The music held the audience *in thrall*. 這音樂令聽眾著迷.

thrall·dom [ˈθrɔldəm; ˈθrɔːldəm] *n.* (雅) = thrall 2.

thrash [θræʃ; θræʃ] *vt.* **1** (用鞭子、棍棒)打(作為懲罰); 打垮. Your father will *thrash* you if he finds out. 如果你父親發現的話, 他會鞭打你的.
2 (口)(比賽等中)將…打得落花流水.
3 急劇地移動(手腳), 使急躁, ((about)).
4 =thresh.
— *vi.* **1** 急劇移動, 亂翻亂滾, ((about; around)). The fish was *thrashing about* in the net. 魚在網中亂翻亂滾.

thràsh/.../óut 徹底地討論(問題等); (反覆檢討後)做出[結論等]. After many hours of talks, we *thrashed out* an agreement. 經過好幾個小時的會談後, 我們達成了協議.

thrash·ing [ˈθræʃɪŋ; ˈθræʃɪŋ] *n.* C **1** 鞭打; 揍. **2** (口)大敗, 慘敗. Our team got a thorough *thrashing* in the game. 我們的隊伍在比賽中慘敗.

*thread [θrɛd; θred] *n.* (*pl.* ~s [~z; ~z]) 【線】 **1** U C 線, 縫紉線. sew with cotton *thread* 用棉線縫/a needle and *thread* 穿了線的針(★作單數). 回thread 指細的捻線、縫紉線, 有時亦指紡線; → rope [參考]
【線、細長物】 **2** C (金屬, 光等的)細線; (煙等的)似線一般細之物; 毛髮, 蜘蛛絲等. a *thread* of light [smoke] 一絲光線[一縷煙].
3 C (機械)螺紋.
4 C (論述, 故事的)條理, 順序, 脈絡. We lost the *thread* of the argument. 我們的論述失去了條理.

hàng by a thréad (用一根線懸垂>)千鈞一髮.
— *vt.* (~s [~z; ~z]; ~ed [~ɪd; ~ɪd]; ~ing)
1 穿線於[針等]. *thread* a needle 將針穿線.
2 穿線於[念珠等]. *thread* shells together 用線將貝殼串在一起.
3 將[影片]穿過放映機; 在[放映機]架上影片.
4 將[螺絲釘等]刻上螺紋.
thrèad one's wáy through... 穿梭於….

thread·bare [ˈθrɛd͵bɛr, -͵bær; ˈθredbeə(r)] *adj.* **1** (布, 衣服等)磨破的; (人)衣衫襤褸的. a *threadbare* overcoat 磨破的外套.
2 (俏皮話等)過時的, 陳腐的.

*threat [θrɛt; θret] *n.* (*pl.* ~s [~s; ~s]) 【威脅】 **1** U C 恐嚇, 脅迫. make empty *threats* 進行虛張聲勢的恐嚇/under *threat* of death 在死亡的脅迫下/He carried out his *threat* to reveal our secret. 他將威脅付諸行動, 把我們的祕密洩露出去了.
2 C (通常用單數)構成脅迫的東西[人]((to)). A reckless driver is a *threat* to everybody else. 魯莽的駕駛員對他人構成威脅.

> 回配 *adj.*+threat: a dire ~ (恐怖的威脅), a grave ~ (嚴重的威脅), a serious ~ (嚴重的威脅) // *v.*+threat: pose a ~ (引起威脅), present a ~ (引起威脅).

3 C (通常用單數)惡兆, 兆頭, ((of [不好的事物])). There is a *threat* of rain in the clouds. 雲朵間透露著下雨的徵兆/The *threat* of nuclear war hung over the world for forty years. 40 年來核子戰爭的威脅始終存在這個世界.

*threat·en [ˈθrɛtn; ˈθretn] *v.* (~s [~z; ~z]; ~ed [~d; ~d]; ~ing) *vt.*
【使感到威脅】 **1** (a)威脅, 脅迫, (人). He shook his fist and *threatened* me. 他揮舞拳頭威脅我. (b)威脅(人)(with)). Her husband *threatened* her *with* divorce. 她的丈夫以離婚來脅迫她. (c)威脅要…; 回型3 (threaten *to* do)揚言要…. He *threatens* revenge. 他揚言要報仇/He *threatened* to beat me if I didn't obey. 他威脅如果我不順從就要打我.
2 威脅(和平等). Drugs are one of the dangers which *threaten* modern society. 毒品是現代社會的威脅之一.
3 有(不好的事)之虞, 徵兆, 回型3 (threaten *to* do)快要…. Those clouds *threaten* rain. 那些雲看來似乎要下雨了/Influenza is *threatening* to spread. 流行性感冒有擴大蔓延之虞.
— *vi.* **1** 威脅, 脅迫. His voice was soft but his eyes *threatened* unmistakably. 他的聲音輕柔, 但目光中明顯地透露出脅迫的眼神.
2 (壞事)迫近, 即將發生. Trouble *threatens*. 麻煩就要來了.

threat·en·ing [ˈθrɛtnɪŋ, -tnɪŋ; ˈθretnɪŋ] *adj.*
1 威脅的, 脅迫的. a *threatening* look 威脅的表情. **2** (天氣等)險惡的, 要轉壞的. The sky

looks *threatening*. (天色看起來)天氣似乎要轉壞了.

threat·en·ing·ly [ˋθrɛtn̩ɪŋlɪ, -tnɪŋ-; ˈθretn̩ɪŋlɪ] *adv.* 威脅地, 脅迫地; 險惡地.

***three** [θri; θri:] (★基數的例示、用法 → five) *n.* (*pl.* ~s [~z; ~z]) **1** U (基數的)3, 三. *Three* from seven leaves four. 7 減 3 剩 4/ page *three* (第)三頁.

2 U 三時; 三分; 三歲; 三美元[英鎊, 美分, 便士等]; (量詞由前後關係決定), at *three* in the afternoon 在下午三點鐘.

3 (作複數)三人; 三個, *Three* of them have passed. 他們當中有三個人過關了.

4 C 三人[三個]一組的東西.

5 C (作為文字的)三, 3的數字[鉛字].

6 C (紙牌, 骰子等的)3點.

— *adj.* **1** 三人的; 三的, 三個的. *three* children 三個孩子/*three* fifths 五分之三.

2 (敘述)三歲的. My sister is *three*. 我妹妹三歲.

three-base hit [ˋθriˋbesˋhɪt; ˌθriːˈbeɪsˈhɪt] *n.* C (棒球)三壘安打.

three-cor·nered [ˋθriˋkɔrnəd; ˈθriːˌkɔːnəd] *adj.* (帽子等)有三個角的.

three-D, 3-D [ˋθriˋdi; ˈθriːˈdiː] *adj.* = three-dimensional 1.

three-di·men·sion·al [ˌθridəˋmɛnʃən̩; ˌθriːdɪˈmenʃən̩l] *adj.* **1** 三次元的; 立體的.

2 (上場人物等)有真實感的, 栩栩如生的.

three·fold [ˋθriˋfold; ˈθriːˈfəʊld] *adj.* 三倍的; 三重的; 由三部分組成的.

— *adv.* 三倍地; 三重地.

three-leg·ged race [ˌθrilɛgɪdˋres, -lɛgd-; ˌθriːˈlegdˈreɪs] *n.* C 兩人三腳競走.

three-piece [ˋθriˋpis; ˈθriːˈpiːs] *adj.* (衣服等)三件一套的; 三件成套的. a *three-piece* suit 三件一套的服裝.

three-quar·ter [ˋθriˋkwɔrtə; ˈθriːˌkwɔːtə(r)] *adj.* **1** (全體的)四分之三的; (服裝等)(一般長度的)四分之三的. a *three-quarter* (length) sleeve 七分袖/*three-quarter* time (音樂)四分之三拍(華爾滋等的拍子).

2 (肖像畫)七分身的, 大半身的.

— *n.* C (橄欖球)中衛, 後衛, (亦作 thrée-quarter báck)(位置 在 halfbacks 和 fullbacks 之間).

three R's [ˋθriˋɑrz; ˌθriːˈɑːz] *n.* (作複數)(加 the)(初等教育的基本)讀寫算(*r*eading, *w*riting, a*r*ithmetic).

three·score [ˋθriˋskor, -ˋskɔr; ˌθriːˈskɔː(r)] *adj., n.* U (古)六十(的); 六十歲.

three·some [ˋθrisəm; ˈθriːsəm] *n.* C 三人一組. (高爾夫球)一對二的比賽.

thresh [θrɛʃ; θreʃ] *vt.* 使(穀物等)脫粒.

— *vi.* 脫穀.

thresh·er [ˋθrɛʃə; ˈθreʃə(r)] *n.* C **1** 打穀者;

脫穀機. **2** (魚)長尾鯊(亦作 thrésher shàrk).

thresh·ing ma·chine [ˋθrɛʃɪŋməˋʃin; ˈθreʃɪŋməˌʃiːn] *n.* C 脫穀機.

***thresh·old** [ˋθrɛʃold, ˋθrɛʃhold; ˈθreʃhəʊld] *n.* (*pl.* ~s [~z; ~z]) C **1** 門檻. You shall never cross the *threshold* of this house again! 你永遠別想再跨過這幢房子的門檻!

2 (通常用單數)出發點; 開端. Dr. Smith was on the *threshold* of a great discovery. 史密斯博士正開始一項重大的發現.

3 (心理、生理)閾(意識作用所產生的界限). the *threshold* of consciousness 識閾.

[threshold 1]

threw [θru, θrɪu; θruː] *v.* throw 的過去式.

thrice [θraɪs; θraɪs] *adv.* (古)三度地; 三倍地 (three times; → once). Alex was *thrice* Lord Mayor of London. 艾力克斯曾三度擔任倫敦市長.

thrift [θrɪft; θrɪft] *n.* U **1** 儉樸, 節約, (⟷ waste). She had to practice *thrift*. 她必須力行節儉. **2** (植物)海石竹屬.

thrift·less [ˋθrɪftlɪs; ˈθrɪftlɪs] *adj.* 亂花錢的; 有浪費習性的.

***thrift·y** [ˋθrɪftɪ; ˈθrɪftɪ] *adj.* (**thrift·i·er**; **thrift·i·est**)節儉的, 儉樸的, (→ economical 同). a *thrifty* shopper 精打細算的購物者.

***thrill** [θrɪl; θrɪl] *n.* (*pl.* ~s [~z; ~z]) C緊張刺激的感覺(喜悅, 恐懼, 興奮等); 毛骨悚然; 戰慄. feel a *thrill* of joy [terror] 感到一陣喜悅[令人毛骨悚然的恐懼]/The movie was full of *thrills*. 這部電影充滿了驚險刺激/With a *thrill* of excitement, I tore the wrapping paper off the present. 懷著興奮的緊張心情, 我撕下了禮品的包裝紙.

— *v.* (~s [~z; ~z]; ~ed [~d; ~d]; ~·ing) *vt.* 使激動[恐懼]. be *thrilled* with joy [horror] 因爲高興而激動[恐懼而戰慄]/We were *thrilled* to hear that you had passed the entrance exams. 聽到你通過入學考試的消息, 我們感到興奮.

— *vi.* 激動; 毛骨悚然; (*at, to*). Travelers *thrill* at the scenic wonders. 遊客們爲這景致的奧妙而激動不已/*thrill* to the sound of his singing 因他的歌聲而激動/*thrill* with joy 心情亢奮.

thrill·er [ˋθrɪlə; ˈθrɪlə(r)] *n.* C驚險[恐怖]作品 (特指涉及犯罪、暴力)充滿恐怖感的小說、戲劇、電影等).

thrill·ing [ˋθrɪlɪŋ; ˈθrɪlɪŋ] *adj.* 令人激動[毛骨悚然]的; 極爲驚險的. a *thrilling* experience 令人感動[毛骨悚然]的經驗.

***thrive** [θraɪv; θraɪv] *vi.* (~s [~z; ~z]; **throve**, ~d [~d; ~d]; **thriv·en**, ~d; **thriv·ing**) **1** 繁榮; 成功. Our company is *thriving*. 我們的公司事業蒸蒸日上/*thrive on* government contracts 因承攬政府契約致富/a *thriving* business 興旺的事業/a *thriving* town 繁榮的城鎮.

2 (動植物)發育良好; 繁茂, (壞事等)蔓延.

Begonias do not *thrive* in a cold climate. 秋海棠在寒冷的氣候下長不好/Prejudice *thrives* on ignorance. 偏見因無知而加深.

thríve on... (1)→ *vi.* 1, 2. (2)愈⋯(反而)愈有精神. Our team *thrives* on pressure. 我隊在壓力下表現更出色.

thriv·en [ˋθrɪvən; ˈθrɪvn] *v.* thrive的過去分詞.

thro', thro [θru; θruː] 《雅》*prep., adv.* = through.

‖**throat** [θrot; θrəʊt] *n.* (*pl.* ~s [~s; ~s]) ⓒ **1** 喉嚨, 咽喉; 頸前部. clear one's *throat* 清喉嚨/I have a sore *throat*. 我喉嚨痛.

2 咽喉狀物; (物的)口, 頸. the *throat* of a bottle 瓶頸(亦稱 neck).

cùt one anòther's thróats 由於過度的競爭導致兩敗俱傷(<兩者互相殘殺).

cùt one's òwn thróat 《口》自取滅亡.

stìck in one's thróat 哽在喉嚨; 〔話等〕說不出口; 〔要求等〕無法接受.

tàke [sèize] a pèrson by the thróat 掐住某人的喉嚨; 致某人於死地.

thrùst [fòrce, ràm]...down a pèrson's thróat 強迫某人同意〔己見等〕. He tried to *ram* his ideas *down* my *throat*. 他想強迫我接受他的想法.

throat·i·ly [ˋθrotɪlɪ; ˈθrəʊtɪlɪ] *adv.* 聲音沙啞地.

throat·i·ness [ˋθrotɪnɪs; ˈθrəʊtɪnɪs] *n.* Ⓤ (聲音的)沙啞.

throat·y [ˋθrotɪ; ˈθrəʊtɪ] *adj.* (口)〔人〕聲音沙啞的; 〔聲音〕低沉的(像是從喉嚨深處發出般).

＊**throb** [θrab; θrɒb] *vi.* (~s [~z; ~z]; ~bed [~d; ~d]; ~bing) 〔心臟, 太陽穴等〕劇烈地跳; 怦怦地跳; 悸動; 〔機器等〕(強力地)震動. My heart *throbbed* with emotion. 我因感動而心怦怦直跳/His finger *throbbed* with pain. 他的手指陣陣抽痛.

— *n.* ⓒ 震動; 跳動. the *throb* of my pulse [heart] 我的脈搏[心臟]的跳動/the *throb* of the engine 引擎的震動.

throe [θro; θrəʊ] *n.* ⓒ(文章)(通常 throes)劇痛; 掙扎, 臨死前的痛苦. the *throes* of childbirth 分娩的陣痛/The country is in the *throes* of inflation. 那個國家正處於通貨膨脹的困境中.

throm·bo·ses [θramˋbosiz; θrɒmˈbəʊsiːz] *n.* thrombosis的複數.

throm·bo·sis [θramˋbosɪs; θrɒmˈbəʊsɪs] *n.* (*pl.* -bo·ses) ⓊⒸ(醫學)血栓形成.

＊**throne** [θron; θrəʊn] *n.* (*pl.* ~s [~z; ~z]) **1** ⓒ 王座, 寶座, 《(女)王、主教等在主持儀式時所坐的座位》. The old king sat on the *throne*. 老國王坐在王位上.

2 Ⓤ(加 the)王位, 王權. come to the *throne* 即位/succeed to the *throne* 繼承王位.

┃搭配┃ *v.*＋throne: ascend the ~ (即位), mount the ~ (登基), give up the ~ (退位), occupy the ~ (占據王位), seize the ~ (篡奪王位).

⇨ *v.* enthrone.

＊**throng** [θrɔŋ; θrɒŋ] *n.* (*pl.* ~s [~z; ~z]) ⓒ (★用單數亦可作複數)群眾, 聚集的人群; 大量〔的人們等〕. *Throngs* of people were crossing the

border. 大批人群穿越國境.

— *v.* (~s [~z; ~z]; ~ed [~d; ~d]; ~ing) *vt.* 聚集在⋯, 蜂湧至(場所). Shoppers *thronged* the store on its opening day. 購物者在該店的開張日湧向那家店.

— *vi.* 〔人們〕聚集, 蜂湧而至. People were *thronging* to get into the concert hall. 人潮正湧進音樂廳.

throt·tle [ˋθratl; ˈθrɒtl] *n.* ⓒ(機械)節汽閥, 節流閥, (亦稱 thróttle vàlve)《調節引擎的燃料流量的閥門; 一打開就加速》.

at fùll thróttle 以全速.

— *vt.* **1** 勒住⋯的喉嚨, 使⋯窒息. **2** 壓制〔發言等〕. *throttle* the press 打壓新聞媒體. **3** (機械)控制〔汽油等〕的流速(調節閥); 〔引擎, 車〕減速(*down*, *back*).

— *vi.* 車子減速(*down*, *back*).

‖**through** [θru, θru, θru; θruː] *prep.*
〖貫穿, 穿越〗**1** 通過⋯, 穿過⋯, 透過⋯. They*escaped* *through* the backdoor. 他們從後門逃走了/The train was going *through* a tunnel. 火車正通過隧道/He made his way *through* the crowd. 他撥開人群前進/The sun broke *through* the clouds 陽光穿透雲層/The star can be seen only *through* a telescope. 那顆星只有透過望遠鏡才看得見.

2 〔聲音等〕透過來, 穿透⋯. I could hear his voice *through* the noise in the station. 在火車站的嘈雜聲中我仍能聽到他的聲音.

3 遇〔紅燈〕不停而(通過); 突破〔困難〕; 通過⋯. He drove *through* the red light without knowing it. 他沒注意而闖了紅燈.

〖通過＞終了〗**4** 結束⋯. What time are you *through* work? 你幾點結束工作?/He joined the company right after he got *through* high school. 他高中畢業後就進了這家公司/I'm only halfway *through* my lunch. 我的午餐只吃了一半.

〖從這端到那端通過〗**5** 在⋯所及之處, 在⋯之中. He wandered *through* Europe. 他遊遍了歐洲/The news spread *through* the country. 那件消息傳遍全國/Blood circulates *through* the body. 血液在體內循環.

6 從⋯開始到結束; ⋯之間一直⋯. He talked about it all *through* dinner. 他整個晚餐時間都在談論那件事/Singing and dancing continued *through* the night. 徹夜歌舞.

7 (美)直到. (from) Monday *through* Friday 從星期一到星期五(★亦包括星期一和星期五; 《英》用 from Monday to [till] Friday inclusive 表達)/all the children from 10 *through* 12 所有從 10 歲到 12 歲的小孩(包含 12 歲).

〖透過媒介〗**8** 透過⋯, 靠⋯. I met him *through* Bob. 我透過鮑羅而認識他/learn *through* doing 靠實踐來學習.

9 由於⋯, 因為⋯. The quarrel began *through*

her misunderstanding. 爭論因她的誤解而引起/The old man was saved *through* her efforts. 由於她的努力使得這老人得救了.

— *adv.* 【貫穿，通過】 **1** 貫穿，通過，pass *through* 通過/let a person *through* 讓某人通過.

2《英》電話接通地(*to*〔對方〕). Can you put me *through* to Mr. Carter? 你可以幫我接卡特先生嗎?/You are *through*. 與對方接通了〔接線生用語〕.

3【順利通過】順利地，成功地. I wondered if I could get *through*. 我不知道他能否成功(→ get through (get 的片語))/Will he pull *through*, doctor? 醫生，他能夠脫離險境嗎? (→ pull through (pull 的片語)).

4【四處貫通】完全，徹底. I was wet *through*. 我渾身上下濕透了.

【連接】 **5** 一直. This train goes right *through* to London. 這列火車直達倫敦.

6 自始至終地；完全地. I read the book *through*. 我把那本書讀完了.

thròugh and thróugh 完全地，徹底地.

— *adj.* **1**〔限定〕穿透的〔光線等〕；直達的〔列車等〕；能穿越的〔道路等〕. a *through* ticket 全程票/a *through* train to Chicago 往芝加哥的直達火車.

2〔敘述〕結束(*with*)；《美》(通話)完畢. I'm *through*. 我已通話完畢.

3〔敘述〕…結束了(*with*);《口》沒關係了(*with*). Are you *through* with my pen yet? 我的鋼筆你用完了沒?/I'm *through* with her for good. 我與她永久斷絕關係了.

‖through·out [θruˋaʊt, θrıʊ-; θru:ˈaʊt] *prep.* **1** 貫穿，…之間. *throughout* one's life 終生/The crowd shouted *throughout* the game. 觀眾整場比賽都在吶喊喝采.

2 到處，遍及. The movement spread *throughout* the country. 那項運動遍及全國.

— *adv.* 《通常置於句末》 **1** 到處，處處. The laboratory is painted white *throughout*. 實驗室整個塗漆成了白色.

2 一貫，自始至終；完全. Your story is a fiction *throughout*. 你所說的話完全是虛構的.

through·put [ˋθru͵pʊt; ˈθru:pʊt] *n.* ⓤ《電腦》(一定時間內被處理的)資料量.

through·way [ˋθru͵we; ˈθru:weı] *n.* (*pl.* ~s)《美》= thruway.

throve [θrov; θrəʊv] *v.* thrive 的過去式.

‖throw [θro; θrəʊ] *v.* (~s [~z; ~z]; **threw;** **thrown;** ~·**ing**) *vt.*【投】 **1** 投，投擲. |句型4| (throw A B)、|句型3| (throw B to A) 把 B 投給 A. *Throw* me the ball. = *Throw* the ball to me. 把那個球扔給我/Don't *throw* your clothes on the floor. 別把衣服扔在地板上/The rioters *threw* stones at the police. 暴民向警察投擲石塊 (|語法| throw...at 與 throw...to 的差異 → at 4).

|同| throw 為「投」之意的最普通用語；→ cast, fling, pitch¹, toss.

2 **(a)** 把〔視線，談話等〕朝向；投到…上；加以〔懷疑〕(*on, upon*). |句型4| (throw A B)、|句型3| (throw B at A) 把 B 朝向 A. He *threw* me an angry look. = He *threw* an angry look *at* me. 他對我投以憤怒的眼光/The trees *threw* long shadows on the grass. 樹在草坪上投下了長長的影子/*throw* doubt *on*... 對…起疑/*throw* light *on*... (→ light¹ 的片語).

(b) 給予〔打擊等〕. |句型4| (throw A B)、|句型3| (throw B at A) 對 A(敵人等)給予 B(打擊等). He *threw* his opponent a fatal blow. 他給予對手致命的一擊.

(c) 投入〔精力，人等〕(*into*).

3 把…摔倒，把…用出去. He was *thrown* from his horse. 他從馬上摔了下來.

4 擲，搖出〔骰子〕；擲出〔骰子的點數〕.

5 《美、口》故意輸掉〔比賽〕.

【投擲＞突然動作】 **6** 《加副詞(片語)》急遽地移動〔身體或其一部分〕. I *threw* myself at the thief. 我朝小偷猛撲過去/She *threw* her head back. 她突然回頭.

7 匆忙穿上〔衣服等〕(*on*);匆忙脫掉(*off*);隨便披上〔披肩等〕. He *threw* on a shirt. 他匆忙地穿上襯衫/She *threw* her clothes *off*. 她匆忙地脫掉衣服.

8 開，關,〔機器的開關等〕. *throw* the switch 打開開關.

【突然投入，使陷入】 **9** 《加副詞(片語)》把〔人，物〕投入；使陷入(…的狀態). They *threw* him into prison. 他們把他關進監獄/The meeting was *thrown* into confusion. 會議陷入一片混亂.

10 《俚》使嚇一跳；使慌張. That really *threw* me. 那真的讓我嚇了一大跳.

【急忙做出，製造出來】 **11** 匆匆架設〔橋等〕. We *threw* a makeshift bridge across the stream. 我們很快地在河上架起了一座代用橋.

12 《口》舉辦，舉行〔宴會等〕. We're *throwing* a party tonight. 我們今晚要舉行一個宴會.

13 〔家畜〕產〔幼子〕.

14 〔放在拉坯輪上〕製作〔陶器〕.

— *vi.* 投擲，投球. I can't *throw* so far. 我投不了那麼遠.

thròw/.../abóut [*aróund*] (1)亂扔；揮動. His clothes were *thrown* about all over the room. 他的衣服扔得滿整個房間都是.

(2)亂花〔錢等〕. He *throws* his money *around* as if he were a millionaire. 他彷彿百萬富翁似的任意揮霍金錢.

* *thròw/.../awáy* (1)扔掉…; 浪費…; 糟蹋…. Lending him money is just like *throwing* it *away*. 借他錢就好像把錢扔掉一樣/He *threw* away all his chances. 他糟蹋了所有的機會. (2)流暢地說著(臺詞).

* *thròw/.../báck*¹ 把〔球等〕投回；擊退〔敵人等〕；使〔人〕依賴，使依存,《on, upon〔方法〕》(通常用被動語態). Without my parents to help me, I was *thrown* back on my own resources. 沒有父母幫我，我得自力更生.

***thròw báck*²** 〔動植物〕隔代遺傳《*to*》.

thròw/.../dówn 扔棄; 使倒下.

thròw/.../ín (1)投入…. (2)插入…; 穿插〔話〕. I *threw in* a few jokes to make my lecture enjoyable. 我穿插了一些笑話以使我的演講有趣些. (3)《口》免費贈送. When I bought the camera, the shopkeeper *threw in* a roll of film. 我買照相機時, 老闆免費贈送了一捲底片.

thròw ín with... 《美·口》與…成為夥伴.

* ***thròw/.../óff*** (1)匆匆脫掉…《→ *vt.* 7》. (2)摒除〔習慣, 拘束等〕. *throw off* the mask 摘下面具. (3)擺脫, 甩掉, 〔追蹤者等〕. *throw off* a chaser 擺脫跟蹤者. (4)從〔疾病等〕恢復. I'm trying to *throw* this cold *off*. 我正設法治好感冒. (5)即席創作, 信手拈來地寫, 〔詩等〕.

thròw/.../ón 匆匆穿上…《→ *vt.* 7》.

* ***thròw/.../ópen*** (1)突然打開…. *throw open* the door 突然打開門. (2)開放〔公開〕〔非公開的場所, 文件等〕《*to*》. The race was *thrown open* to anyone. 這場比賽開放給大家自由參加.

* ***thròw/.../óut*** (1)投出…; 扔掉…; 趕走…. *throw* the old shoes *out* 扔掉舊鞋. (2)若無其事地說出〔暗示〕. He *threw out* a hint but I didn't catch it. 他不露痕跡地做了暗示但我卻沒察覺到. (3)否決〔提案等〕. (4)發〔芽等〕. The plants began to *throw out* new shoots. 植物開始長出新芽. (5)發出〔光, 熱等〕. The pot *threw out* a marvelous aroma. 鍋子裡散發出食物的香味. (6)《棒球》傳球使〔跑壘者〕出局.

thròw/.../óver (1)(特指)拋棄〔情人〕. She *threw* him *over* for a younger man. 她為了一個更年輕的男人而拋棄了他. (2)撕毀〔條約等〕. (3)顛覆〔政府等〕.

thròw onesèlf at... (1)向〔人等〕猛撲過去《→ *vt.* 6》. (2)《口》〔女人〕向〔男人〕拋媚眼, 對…一送秋波.

thròw onesèlf into... (1)投身於…, 加入…. (2)開始埋首〔專心〕於…. I *threw myself into* my studies. 我開始埋首於我的研究.

thròw/.../togéther (1)使〔人們〕(偶然)聚在一起. Fate *threw* us *together*. 命運使我們相聚. (2)把…湊在一起; 飛快地做〔飯菜等〕. I'll *throw* a quick meal *together* for you. 我馬上給你準備好飯菜.

* ***thròw/.../úp*** (1)拋起…; 把〔窗〕推上去; 舉起〔雙手〕; 將…沖上岸〔在海邊等〕. *throw up* one's hands in despair 在絕望之下高舉雙手. (2)匆匆建造…, *throw up* barricades 築起路障. (3)產生〔偉人等〕. (4)放棄, 作罷. *throw up* one's job 放棄工作.

thròw úp² 《俚》嘔吐, 反胃. I felt like *throwing up*. 我想吐.

—— *n.* (*pl.* ~s [~z; ~z]) C 1 投擲, 〔棒球的〕投球, 傳球; 擲〔骰子〕; 抛〔釣〕線. He lost his money on one *throw* of the dice. 他擲一把骰子就把錢輸光了.

2 投擲可及的距離; 射程. She lives within a stone's *throw* of my house. 她就住在我家附近《<從我家丟石頭可以丟到的距離》.

throw‧a‧way 〔ˋθroəˌwe; ˈθrəʊəweɪ〕 *n.* (*pl.*

───────────── **thud** 1637

~s) C 《口》廣告傳單, 傳單.

throw‧back 〔ˋθroˌbæk; ˈθrəʊbæk〕 *n.* C 《口》(動植物的)隔代遺傳《*to*》; (流行等的)復古; 《→ throw back²》.

throw‧er 〔ˋθroə; ˈθrəʊə(r)〕 *n.* C投擲者〔物〕. a discus [hammer, javelin] *thrower* 擲鐵餅〔鎚, 標槍〕選手.

throw‧in 〔ˋθroˌɪn; ˈθrəʊɪn〕 *n.* C〔足球、籃球〕發邊線球.

thrown 〔θron; θrəʊn〕 *v.* throw 的過去分詞.

thru 〔θru; θruː〕《美》*prep.*, *adv.*, *adj.* =through 《★簡化的拼法》.

thrum 〔θrʌm; θrʌm〕 *v.* (~s; ~med; ~‧ming) *vt.*
1 彈弄, 彈, 〔吉他等〕.
2 〔用手指頭〕敲打〔桌子等〕.
—— *vi.* 1 彈弄《*on*〔吉他等〕》. 2 敲打《*on*〔桌子等〕》. 3 〔大型機器〕發出隆隆聲.

thrush 〔θrʌʃ; θrʌʃ〕 *n.* C 鶇〔鶇科鳴鳥的總稱; 特指 sóng thrush 〔唱鶇〕).

* **thrust** 〔θrʌst; θrʌst〕 *v.* (~s [~s; ~s]; ~; ~‧ing) *vt.* 〖用力推〗 1 〔加副詞(片語)〕用力推; 插入; 刺. He *thrust* me aside. 他把我推開/I *thrust* my hand into my pocket. 我將手插進口袋.

2 強迫《*on*, *upon*》; 迫使…《*into*》. She had three extra guests suddenly *thrust upon* her. 她突然多出了三位不速之客/Captain Jones' death *thrust* me *into* command. 瓊斯上尉的去世迫使我接下指揮官的位置.

3 〔用 thrust oneself〕插入《*into*》; 插嘴《*forward*》. He *thrust himself* rudely *into* the conversation. 他粗魯地插入談話/She always *thrusts herself forward*. 她總喜歡插嘴.

—— *vi.* 1 推, 頂; 伸出刀. The fencers continued *thrusting* and parrying. 那群劍士不斷地攻擊並閃躲/He *thrust* at me with a knife. 他用刀刺我.

2 推進《*forward*》. The enemy tanks *thrust* through the gap. 敵軍的坦克車從峽谷入侵.

thrùst one's wáy 擠過去. He *thrust* his *way* through the crowd. 他從人群中擠過去.

—— *n.* (*pl.* ~s [~s; ~s]) 1 C 猛推〔刺〕; 用力一推; 一刺. make a *thrust* with one's elbow 用手肘一頂/My final *thrust* burst the door open. 我最後的一推把門撞開了.

2 U 〔噴射機等的〕推進力.

3 C 猛烈的攻擊, 激烈的批評. halt the enemy *thrust* 阻擋敵軍入侵/the critic's *thrusts* at the Administration 那位評論家對政府的猛烈批評.

thrust‧er 〔ˋθrʌstə; ˈθrʌstə(r)〕 *n.* C 1 《口》多嘴的人. 2 (太空船的)控制方向火箭.

thru‧way 〔ˋθruˌwe; ˈθruːweɪ〕 *n.* (*pl.* ~s) C 《美》高速公路.

thud 〔θʌd; θʌd〕 *n.* C 砰然, 咕咚, 《重物掉落的聲音》. The dictionary fell with a *thud*. 那本辭典砰地掉了下來.

— *vi.* (~**s**; ~**ded**; ~**ding**) 砰地落下; 咕咚地響.

thug [θʌg; θʌg] *n.* ⓒ暴徒.

‡**thumb** [θʌm; θʌm] (★注意發音) *n.* (*pl.* ~**s** [~z; ~z]) ⓒ(手的)大拇指; (手套等的)大拇指. [参考] thumb 通常不包括在 fingers(手指)之中; 腳的大拇指爲 big toe. → finger ▣.

be àll thúmbs (口)笨拙的. He *is all thumbs* when it comes to fine work. 他一碰到細活就笨手笨腳的.

rùle of thúmb → 見 rule of thumb.

thùmbs dówn (口)不同意[不滿意]的手勢.

thùmbs úp (口)同意[滿意]的手勢. *Thumbs up!* 可以! 好!

[thumbs down]　[thumbs up]

under a pèrson's thúmb (口)對某人唯命是從. He is completely *under his wife's thumb*. 他對他太太唯命是從.

— *vt.* **1** 用拇指翻[弄髒][書頁等]; 快速地翻; 跳著讀[書等]〈*through*〉. a well-*thumbed* dictionary 翻髒了的辭典.

2 (口)用拇指作手勢以求搭乘[便車等]. The boy *thumbed* a ride [lift] to town. 那個男孩搭便車到鎭上去.

— *vi.* 翻弄〈*through*〉[書頁]〉. While I waited, I *thumbed through* a magazine. 我邊等邊翻閱雜誌.

thùmb one's nóse at... (口)對...做嘲笑的動作(把拇指頂在鼻尖並張開其他的手指).

thúmb ìndex *n.* ⓒ字母刻標(辭典等的書邊便於翻閱的切口).

thumb·nail [ˈθʌmˌnel, -ˌnel; ˈθʌmneil] *n.* ⓒ **1** 拇指的指甲.

2 (形容詞性)極小的, 簡略的. a *thumbnail* sketch 簡略的草稿.

[thumb index]

thumb·screw [ˈθʌmˌskru, -ˌskrɪu; ˈθʌmskru:] *n.* ⓒ **1** (機械)翼形螺釘. **2** 拇指夾(昔日的刑具).

thumb·tack [ˈθʌmˌtæk; ˈθʌmtæk] *n.* ⓒ (美)圖釘((英) drawing pin).

***thump** [θʌmp; θʌmp] *n.* (*pl.* ~**s** [~s; ~s]) ⓒ砰[碰]地重擊; 砰, 哆, (聲音). She sat down on the sofa with a *thump*. 她砰地一屁股坐在沙發上.

— *v.* (~**s** [~s; ~s]; ~**ed** [~t; ~t]; ~**ing**) *vt.* 重擊[毆]... He *thumped* the boy on the head. 他猛打那個男孩的頭.

— *vi.* **1** 重擊; 猛撞. Somebody is *thumping* on the door. 有人在猛敲門.

2 砰砰地走.

3 〔心臟等〕怦怦地跳. The suspense made my heart *thump*. 這懸疑緊張(的氣氛)使我的心怦怦地跳.

thump·ing [ˈθʌmpɪŋ; ˈθʌmpɪŋ] (口) *adj.* (限定)巨大的, 極大的. a *thumping* lie 天大的謊話.

— *adv.* 極大地, 非常地.

‡**thun·der** [ˈθʌndɚ; ˈθʌndə(r)] *n.* (*pl.* ~**s** [~z; ~z]) **1** Ⓤ雷, 雷聲, (★「閃電」爲 lightning). a clap [peal] of *thunder* 一陣雷聲／There was *thunder* and lightning all night. 整個晚上雷電交加.

2 ⓊⒸ(通常 thunders)如雷的轟響. *thunders* of applause 如雷的掌聲.

by thúnder! (口)太好了! 眞的! (表示驚訝、滿意等).

like [as blàck as] thúnder (口)大發雷霆的.

stèal a pèrson's thúnder 搶在某人的前頭; 奪取某人的利益. You *stole* my *thunder* when you made that announcement. 你搶在我之前做了那項聲明.

— *v.* (~**s** [~z; ~z]; ~**ed** [~d; ~d]; ~**der·ing** [-dərɪŋ, -dərɪŋ]) *vi.* **1** (以 it 當主詞)打雷. It was *thundering*, and there was a lot of lightning. (天空)正在打雷, 而且發出許多閃電.

2 (像雷那樣地)轟響. Artillery *thundered* in the distance. 遠處的大砲轟隆作響／The herd of elephants *thundered* away. 象群隆隆地遠離而去.

3 強烈譴責〈*at, against*〉. The politician *thundered at* the President's plans. 那位政治家強烈譴責總統的計畫.

— *vt.* 吼著說〈*out*〉. *thunder out* one's words 大聲說話.

thun·der·bolt [ˈθʌndɚˌbolt; ˈθʌndəbəolt] *n.* ⓒ **1** 雷電, 打雷. That *thunderbolt* was close. 那雷電很近. **2** 料想不到的麻煩事, 晴天霹靂.

thun·der·clap [ˈθʌndɚˌklæp; ˈθʌndəklæp] *n.* ⓒ雷聲.

thun·der·cloud [ˈθʌndɚˌklaud; ˈθʌndəklaud] *n.* ⓒ雷雲.

thun·der·er [ˈθʌndərɚ; ˈθʌndərə(r)] *n.* **1** 大聲吼叫的人. **2** (the *T*hunderer) ＝ Jupiter.

thun·der·head [ˈθʌndɚˌhɛd; ˈθʌndəhed] *n.* ⓒ雷雨雲, 積雨雲.

thun·der·ing [ˈθʌndərɪŋ, ˈθʌndrɪŋ; ˈθʌndərɪŋ] *adj.* **1** 打雷的; 轟響的.

2 (限定)(口)極度的, 非常的. The match ended in our *thundering* victory. 我們以壓倒性的勝利宣告比賽結束.

— *adv.* (口)不尋常地, 特別地.

thun·der·ous [ˈθʌndərəs, -drəs; ˈθʌndərəs] *adj.* 如雷的, 響徹的. *thunderous* applause 如雷般的掌聲.

thun·der·ous·ly [ˈθʌndərəslɪ, -drəs-]

ˈθʌndərəslɪ] *adv.* 如雷似地.

thun·der·show·er [ˈθʌndərˌʃauɚ, -ˌʃaur; ˈθʌndəʃauə(r)] *n.* 雷雨.

＊**thun·der·storm** [ˈθʌndəˌstɔrm; ˈθʌndəstɔːm] *n.* (*pl.* ~**s** [~z; ~z]) 雷雨(→ lightning [參考]). A *thunderstorm* broke up the picnic. 一場暴風雨結束了這次的野餐.

thun·der·struck [ˈθʌndəˌstrʌk; ˈθʌndəstrʌk] *adj.* (主敘述)大吃一驚的. He was *thunderstruck* by the news. 他爲那消息大吃一驚.

thun·der·y [ˈθʌndərɪ; ˈθʌndərɪ] *adj.* (天氣)要打雷的.

Thur., Thurs. (略) Thursday.

‡**Thurs·day** [ˈθɜzdɪ; ˈθəːzdɪ] *n.* (*pl.* ~**s** [~z; ~z])(★星期的例示、用法 → Sunday) **1** ◯ (常無冠詞)星期四(略作 Thurs., Thur., Th.). on *Thursday*(s) 每個星期四.

2 《形容詞性》星期四的. on *Thursday* morning 星期四的早晨.

3 《副詞性》◯(口)在星期四; (Thursday*s*)(主美、口)在每週四.

‡**thus** [ðʌs; ðʌs] *adv.* 《文章》 **1** 如此; 那樣. Push the button *thus*. 這樣按按鈕.

2 從而, 於是. *Thus* they managed to prevent Hitler's invasion of Britain. 於是他們總算阻止了希特勒入侵英國.

3 《修飾形容詞、副詞》到這個程度. *thus* much 到此/*Thus* far we have been successful. 到目前爲止我們很成功.

thwack [θwæk; θwæk] *n., v.* (口)=whack.

thwart [θwɔrt; θwɔːt] *vt.* 妨礙, 阻止; 使挫敗. *thwart* a person's plans 妨礙某人的計畫.
— *n.* ◯ (小船的)坐板.

thy [ðaɪ; ðaɪ] *pron.* (古)你的(your)《thou 的所有格; → thine》. *thy* name 你的名字.

thyme [taɪm; taɪm] *n.* [U C] (植物)百里香《紫蘇科草本植物; 葉子可做香料; → herb 圖》.

thy·roid [ˈθaɪrɔɪd; ˈθaɪrɔɪd] *n.* ◯ (解剖)甲狀腺(亦作 thýroid glànd).

thy·self [ðaɪˈsɛlf; ðaɪˈself] *pron.* (古)你自己(yourself)《thou 的反身代名詞》. Love thy neighbor as *thyself*. 愛鄰如愛己(聖經).

Ti (符號) titanium.

ti [ti; tiː] *n.* (音樂)=si.

Tian·an·men Square [ˈtjɛnænmən ˈskwɛr; ˈtjɑːnˈænˈmən ˈskwɛə(r)] *n.* 天安門廣場.

Tian·jin [ˈtjɛnˈdʒɪn; ˈtjɑːnˈdʒɪn] *n.* 天津.

ti·ar·a [taɪˈɛrə, -ˈɛrə, tɪˈarə; tɪˈɑːrə] *n.* ◯ **1** 帶有寶石的小型冠冕《女性的頭飾》.

2 羅馬教皇的三重冠.

[tiara 1]

Ti·ber [ˈtaɪbɚ; ˈtaɪbə(r)] *n.* (加 the)臺伯河《流經羅馬》.

Ti·bet [tɪˈbɛt, ˈtaɪbɪt; tɪˈbet] *n.* 西藏《中國西南部的自治區》.

Ti·bet·an [tɪˈbɛtn, ˈtaɪbɪtn; tɪˈbetən] *adj.* 西藏的; 西藏人[語]的.

— *n.* ◯ 西藏人; [U] 西藏語.

tic [tɪk; tɪk] *n.* [a U] (醫學)(特指臉部)肌肉抽搐.

＊**tick**[1] [tɪk; tɪk] *v.* (~**s** [~s; ~s]; ~**ed** [~t; ~t]; ~**ing**) *vi.* **1** (鐘錶等)滴答地響. listen to the clock *ticking* 聽鐘錶滴答滴答響.

2 (口)(機械等)(正常地)運作, 運轉.

— *vt.* **1** (鐘錶)滴答滴答走過(away). *tick away* the seconds (鐘錶等)一秒一秒滴答滴答地流逝.

2 在…上標以檢查[核對]完畢的記號, 核對, (off). *tick off* the items on the list 核對表格上的項目.

tíck/…/óff (1) = *vt.* 2.
(2)(英、口)(溫和地)責備.

tíck/…/óut (通訊器材)(滴答滴答地)打出(訊號).

tíck óver (1)(汽車引擎)慢慢地空轉(idle). (2)(工作等)勉強繼續.

what màkes a pèrson tíck (口)某人的動機.

— *n.* **1** (鐘錶等的)滴答聲.

2 檢查[核對]完畢的記號(√等)((美) check).

3 (主英、口)一瞬間(moment). I'll be back in a *tick*. 我馬上回來.

tick[2] [tɪk; tɪk] *n.* ◯ **1** (蟲)壁虱.

2 (英、口)討厭[無聊]的像伙.

tick[3] [tɪk; tɪk] *n.* [UC] (枕頭, 床墊等的)粗而厚的布外套, 套子, (ticking).

tick·er [ˈtɪkɚ; ˈtɪkə(r)] *n.* ◯ **1** 自動收報機.

2 (俚)錶. **3** (俚)心臟.

tícker tàpe *n.* [U] **1** (自動收報機的)收報用紙帶. **2** (從窗戶往下拋的)紙帶, 色紙紙片.

‡**tick·et** [ˈtɪkɪt; ˈtɪkɪt] *n.* (*pl.* ~**s** [~s; ~s]) **1** ◯ 票; 入場券; 車票. a bus [train] *ticket* 公車[火車]票/a theater [concert] *ticket* 劇場[音樂會]的入場券/a single [return] *ticket* (英)單程[來回]票/a one-way [round-trip] *ticket* 單程[來回]票/a commutation *ticket* (主美)回數票/a (monthly) season *ticket* (英)(一個月的)定期車票/Admission by *ticket* only. 憑票入場《告示》/get a *ticket* for Michael Jackson's recital 取得一張麥可·傑克森演唱會的入場券.

2 ◯ (貼於商品上的)價格標籤; 標籤《表示尺寸、品質等》. a price *ticket* 價格標籤.

3 ◯ (口)(給違反交通規則者的)罰單. get a parking *ticket* 收到違規停車的罰單.

4 ◯ (主美)(政黨)指定的候選人名單; (選舉時政黨發布的)政綱.

5 [U] (加 the)(口)恰好需要的東西[事情]. That's just the *ticket*. 就是那樣! 正正好!

— *vt.* **1** 在(商品等)加標籤.

2 (加副詞(片語))(口)用於…特定的用途.

3 開告發單給(違反交通規則者).

tícket àgency *n.* ◯ (交通工具、劇場等的)車票、入場券代售處.

tícket collèctor *n.* ◯ (車站的)收票員.

tícket óffice *n.* ⓒ票房，售票處，(《主英》 booking office).

tícket wíndow *n.* ⓒ售票口．

tick·ing [ˋtɪkɪŋ; ˈtikiŋ] *n.* ⓤ床墊、枕頭用的厚棉布(tick³)．

***tick·le** [ˋtɪkl; ˈtikl] *v.* (~s [~z; ~z]; ~d [~d; ~d]; **tick·ling**) *vt.* **1** (用指尖等)搔〔身體的一部分〕使發癢；使感刺癢．I *tickled* the baby in the ribs. 我搔那嬰兒的肋骨癢／The blanket *tickles* me. 這條毛毯使我感到刺癢．

2 使〔人〕快樂，使高興，使覺得有趣．The old man's story really *tickled* us. 那位老人的話真讓我們高興．

— *vi.* **1** 〔人、身體的一部分〕發癢，癢．My nose *tickles*. 我的鼻子發癢．**2** 〔物〕使人感到發癢．

be tickled pínk [*tickled to déath*] *to do* 《俚》做…使人非常愉快．

— *n.* ⓤⓒ搔癢，癢的感覺．

tick·lish [ˋtɪklɪʃ, ˋtɪklɪʃ; ˈtikliʃ] *adj.* (口)

1 〔人〕怕癢的，〔身體的一部分〕癢的．

2 〔問題、事態〕難處理的，微妙的．

tick·tack [ˋtɪk͵tæk; ˈtiktæk] *n.* ⓒ **1** (心)怦怦跳的(感覺)．**2** (美)(鐘)的滴答(聲)．

tick-tack-toe [͵tɪktæk`to, ͵tɪttækˋto; ͵tiktækˈtəʊ] *n.* ⓤ(美)井字遊戲(在井字形的九個格子中，一人畫○，另一人畫×，先連成一條直〔橫、斜〕線者為贏家；(英) noughts and crosses)．

tick·tock [ˋtɪkˏtak, ˏtak, tɪkˋtak; ˈtiktɒk] *n.* =ticktack.

tid·al [ˋtaɪdl; ˈtaidl] *adj.* 潮的；受潮汐作用[影響]的；有潮的．a *tidal* current 潮流．

tídal wáve *n.* ⓒ **1** (因地震等而引起的)海嘯(★因與潮汐(tide)無關，故學術上用 tsunami)．

2 (抗議等的)浪潮．

tid·bit [ˋtɪdˏbɪt; ˈtidbit] *n.* (美) **1** (美食的)一口．**2** (有趣新聞的)一則．

tid·dler [ˋtɪdlɚ; ˈtidlə(r)] *n.* ⓒ(英、口) **1** 小魚(特指絲魚、棘魚)．

2 小孩；小〔微不足道的〕東西．

tid·dly [ˋtɪdlɪ; ˈtidli] *adj.* (英、口) **1** 微醉的．

2 非常小的．

tid·dly·winks [ˋtɪdlɪ͵wɪŋks, ˋtɪdlɪ-; ˈtidliwiŋks] *n.* (單數形)挑賀盤遊戲(一種用力壓小圓盤一端使其跳進杯子的遊戲)．

***tide** [taɪd; taid] *n.* (*pl.* ~s [~z; ~z]) ① 〔潮流〕 **1** ⓒ潮，潮汐；潮水．at low [high] *tide* 退[漲]潮時／the flood [ebb] *tide* 漲[退]潮／The *tide* is going out [coming in]. 正在退[漲]潮／The ship will sail with the *tide*. 船乘著潮水出航／Time and *tide* wait for no man. (諺)歲月不饒人．

2 ⓒ形勢，傾向；潮流．go with [against] the *tide*＝swim with [against] the *tide* 順應[反]潮流／The *tide* turned against him. 形勢轉而對他不利／That battle turned the *tide* of the war. 那場戰役改變了戰爭的形勢．

3 【時機】ⓤ(古)時期；季節；(★現在作為 yule-*tide* 等複合字的一部分)．⇨ *adj.* tidal.

— *v.* (用於下列片語)

tíde/…/*óver*¹ 使〔人〕度過(逆境等)．Will fifty dollars *tide* you *over* till next week? 五十美元能讓你撐到下星期嗎？

*tíde A óver*² *B* 使A克服B．There was enough food to *tide* them *over* the winter. 有足夠的食物讓他們度過冬天．

tide·mark [ˋtaɪd͵mark; ˈtaidmɑːk] *n.* ⓒ **1** (水)標線(漲潮或退潮時)；(英、口)殘留在浴缸內側的污垢線．

tide·wa·ter [ˋtaɪd͵wɔtɚ, -͵wɑtɚ; ˈtaidwɔːtə(r)] *n.* ⓤ **1** 漲潮時覆蓋海岸的水．

2 受潮汐影響的河水．

3 (美)低的濱海地區(特指 Virginia 的)．

tide·way [ˋtaɪd͵we; ˈtaidwei] *n.* (*pl.* ~s) ⓒ

1 潮水的(狹窄的)潮路．

2 (流經狹窄潮路的)強潮流．

ti·di·er [ˋtaɪdɪɚ; ˈtaidiə(r)] *adj.* tidy 的比較級．

ti·di·est [ˋtaɪdɪɪst; ˈtaidiist] *adj.* tidy 的最高級．

ti·di·ly [ˋtaɪdlɪ; ˈtaidili] *adv.* 整齊地，整整齊齊地；衣著整潔地．

ti·di·ness [ˋtaɪdɪnɪs; ˈtaidinis] *n.* ⓤ整齊；衣著整潔．

tid·ings [ˋtaɪdɪŋz; ˈtaidiŋz] *n.* (單複數同形)(古)音訊(news)．good [glad] *tidings* 好消息[喜訊]／evil *tidings* 噩耗．

***ti·dy** [ˋtaɪdɪ; ˈtaidi] *adj.* (**-di·er; -di·est**) **1** 整潔的，整齊的．a *tidy* apartment 整潔的公寓／a *tidy* desk 整齊的書桌(桌面)．圖tidy 指仔細收拾，有整理的意思；→ orderly．

2 愛整潔的．a *tidy* person 喜愛整潔的人．

3 (口)相當大的〔金額等〕(considerable)．a *tidy* sum of cash 相當數額的現金．

— *v.* (**-dies; -died; ~ing**) *vt.* 使整潔，整理，(*up*)．*tidy* (*up*) a room 整理房間／*tidy* one's hair 梳理頭髮／*tidy* (*up*) oneself 整理自己／Tidy your books away when you've finished your homework. 當你做完家庭作業時，把書本收拾好．

— *vi.* 收拾，整理，(*up*)．

— *n.* (*pl.* **-dies**) ⓒ **1** 放小東西的容器；(廚房洗滌槽的)濾渣器．**2** (主美)椅套．

***tie** [taɪ; tai] *v.* (~s [~z; ~z]; ~d [~d; ~d]; **ty·ing**) *vt.* 【繫】 **1** (加副詞(片語))繫上，拴，綁．He *tied* the horse to a tree. 他把馬拴在樹上．圖 tie 指用帶子、繩子把一個東西繫在別的東西上；bind 指把兩個或兩個以上的東西繞上一圈捆牢；→ fasten．

2 繫〔領帶、鞋帶等〕；打〔結等〕．Let me *tie* your shoes. 讓我幫你繫鞋帶／*tie* a knot 打結．

【綁住】 **3** 束縛(bind)；拘束(*to*〔工作等〕)．Fear tied him to his chair. 由於過度的恐懼使他癱坐在椅子上／He was *tied* to his job. 他被他的工作綁得死死的．

4 【互相綁在一起使不動】使〔比賽等〕不分勝負；和…得分〔記錄〕相同，不分勝負，平局，(通常用被動語態)．be *tied* 不分勝負／The Giants *tied* the Drag-

ons. 巨人隊和龍隊戰平了／*tie* a record 平記錄.
— *vi.* **1** 打結; 繫. This bonnet *ties* under the chin. 這頂女帽要繫在下巴的地方.
2 得分相同, 不分勝負. 《*with*〔對手〕; *for*〔成績等〕》. *tie with* him *for* first place 和他並列為第一名.
tìe/.../dówn (1)壓住〔人〕. (2)束縛〔人〕《*on, to*》. My father is *tied down to* a position of responsibility. 我父親受其職責束縛.
tìe ín (使)有密切的關聯, 一致. 《*with*》.
* *tìe/.../úp*¹ (1)繫緊…, 包紮…. She *tied* the package *up*. 她繫緊包裹.
(2)《口》使〔人〕忙碌. I'm afraid I'm *tied up* this afternoon. 我恐怕我今天下午沒空.
(3)使…動彈不得. Traffic was *tied up* by the parade. 交通因遊行而癱瘓.
(4)《口》使無法挪作他用《*in*〔投資〕》. He's got most of his money *tied up in* oil. 他已投資大部分的資金在石油上.
(5)《口》使…有關聯; 使聯合, 使合作, 《*with*》. *tie up* his irritability *with* lack of sleep 他的易怒與睡眠不足有關.
*tìe úp*² 《口》有關聯; 聯合, 合作. 《*with*》.
— *n.* (*pl.* ~s [~z; ~z]) C 【連結物】 **1** (繫的)帶子. She unfastened the *ties* and removed the boots. 她解開鞋帶脫掉靴子.
2 《音樂》連結線(用⌢或⌣的記號, 表示不間斷地演奏兩個同音的意思; → slur).
3 《美》(鐵路的)枕木(《英》sleeper).
4 繫(結); 《英》領帶(《主美》necktie; → bow tie, four-in-hand). They never wear *ties*. 他們從不打領帶.
【束縛】 **5** (通常 ties)聯繫, 羈絆, 關聯, (→ bond 回); (通常加 a)(束縛人自由的)重擔, 累贅. He gave up marriage and family *ties* and went over to Tahiti. 他捨棄了婚姻和家累而到大溪地去.
6 【綁在一起>未終結】(得分, 得票等)同分, 平手, 不分勝負; 《英》(平手後的)決勝比賽. The game ended in a *tie*. 那比賽結果為和局.
tìe clásp [clíp] *n.* C 領帶夾(可夾式的).
tìed hóuse *n.* C 《英》(只賣特定公司啤酒的)特約酒館.
tie-dye [ˋtaɪˌdaɪ; ˈtaɪdaɪ] *vt.* 絞纈染法.
tie-in [ˋtaɪˌɪn; ˈtaɪɪn] *n.* C **1** 關聯, (因果)關係. **2** 搭配販賣(品).
— *adj.* 搭配的.
Tien·tsin [ˋtjɛnˋtsɪn; ˈtjenˈtsɪn] *n.* = Tianjin.
tie-on [ˋtaɪˌɑn; ˈtaɪɒn] *adj.* 《限定》(被)繫上〔牌子, 標籤〕的.
tie·pin [ˋtaɪˌpɪn; ˈtaɪpɪn] *n.* C 領帶別針(有安全別針型(《美》stickpin), 與同時穿過領帶及襯衫, 由卡底從內側固定型(《美》tie tack)).
tier [tɪr; tɪə(r)] *n.* C (階梯式座位的)一排, 一列; (重疊)層. *tiers* of seats 階梯式座位.
tìe táck *n.* C 《美》(插入式的)領帶別針.
tie-up [ˋtaɪˌʌp; ˈtaɪʌp] *n.* C **1** 關係, 密切關聯; 聯合, 合作. **2** 《美》業務的停止(由於事故,

罷工等造成的). **3** 《美》交通中斷; 交通阻塞.
tiff [tɪf; tɪf] *n.* (*pl.* ~s) C 《口》 **1** (情侶間等的)爭吵. **2** 不愉快.
* **ti·ger** [ˋtaɪgɚ; ˈtaɪgə(r)] *n.* (*pl.* ~s [~z; ~z]) C **1** 《動物》虎(★ 雌 虎 為 tigress). The *tiger* is native to Asia. 虎原產於亞洲.
2 狂暴[殘忍]的人. He's a real *tiger* when he's roused. 他一被激怒就會變得相當狂暴.
tìger cát *n.* C 《動物》山貓; 虎貓.
ti·ger·ish [ˋtaɪgərɪʃ, ˋtaɪgrɪʃ; ˈtaɪgərɪʃ] *adj.* 如虎般的; 狂暴的, 殘忍的.
tìger líly *n.* C 《植物》卷丹.
* **tight** [taɪt; taɪt] *adj.* (~·er; ~·est) 【無間隙的, 擠滿的】 **1** 緊身的〔衣服等〕; 緊的, 窄小的, (↔ easy). a *tight* collar 緊的衣領/These shoes are too *tight*. 這雙鞋太緊.
2 無縫隙的, 緊緊塞滿的; 嚴重的, 嚴厲的. a *tight* schedule 排得滿滿的計畫表/He maintains *tight* control of the company. 他對公司採取嚴格的控制.
3 不漏水〔空氣〕的, 質地緊密的. a *tight* ship 不進水的船/air*tight*, water*tight* (→見 airtight, watertight).
4 《灌滿酒的》《俚》醉了的.
【繫緊的】 **5** 繫緊的, 繫牢的, (↔ loose). Make sure the cover of the jar is *tight*. 確實關緊罐蓋/a *tight* knot 繫牢的結.
6 繃緊的, 拉緊的, (↔ slack). Pull this string *tight*. 拉緊這條繩子.
7 【緊張的】勢均力敵的, 短兵相接的, 〔比賽等〕. a *tight* contest 勝負難分的比賽.
【緊的】 **8** 緊身的, 貼身的.
9 〔立場等〕困難的, 棘手的, 動彈不得的. He helped us to get out of a *tight* spot. 他幫助我們脫離困境.
10 《商業》緊縮的; 缺貨的. a *tight* money policy 緊縮貨幣政策.
kèep a tìght rèin on... → rein 的片語.
— *adv.* 緊緊地, 牢固地. Screw the lid on *tight*. 把蓋子轉緊/This shirt fits me *tight*. 這件襯衫我穿很貼身.
sìt tíght 坐穩; 堅持. The government is *sitting tight* on that policy. 政府堅持那項政策.
slèep tíght 酣睡.
* **tight·en** [ˋtaɪtn̩; ˈtaɪtn̩] *v.* (~s [~z; ~z]; ~ed [~d; ~d]; ~·ing) *vt.* 拉緊; 使牢固; 繃緊; 《*up*》 (↔ loosen). *tighten* a string on the guitar 將吉他的一根弦拉緊/*tighten up* the money supply 縮緊銀根.
— *vi.* 繃緊; 固定. His muscles *tightened* with cold. 他的肌肉因冷而變得僵硬. ⇨ *adj.* tight.
tìghten one's [the] bélt (1)勒緊褲帶; (2)挨餓; 過艱苦的生活.
*tìghten/.../úp*¹ 嚴格訂定〔罰則等〕.
*tìghten úp*² 嚴格《*on* 關於…》.

T

tight·fist·ed [ˋtaɪtˋfɪstɪd; ˌtaɪtˈfɪstɪd] *adj.* 《口》吝嗇的，小氣的，(stingy).

tight-lipped [ˋtaɪtˋlɪpt; ˈtaɪtˈlɪpt] *adj.* **1** 緊閉嘴唇的，**2** 口風緊的，　　　　　　地.

tight·ly [ˋtaɪtlɪ; ˈtaɪtlɪ] *adv.* 堅固地，緊牢地，牢固

tight·ness [ˋtaɪtnɪs; ˈtaɪtnɪs] *n.* ⓤ拉緊；牢固；(金融等的)緊縮.

tight·rope [ˋtaɪtˌrop; ˈtaɪtrəup] *n.* ⓒ(走鋼絲的)繃緊的鋼絲. perform on a *tightrope* (雜技演員)表演走鋼絲/a *tightrope* walker 走鋼絲的雜技演員.

trèad [*wàlk*] *a tíghtrope* 走鋼絲(比喻極微小的失敗就可能造成毀滅[失敗]的狀況).

tights [taɪts; taɪts] *n.* (作複數)緊身衣(女用的內衣；或是舞者，雜技演員等所穿的緊身衣)；褲襪. a pair of *tights* 一雙褲襪.

ti·gress [ˋtaɪgrɪs; ˈtaɪgrɪs] *n.* ⓒ《動物》雌虎(★公虎為 tiger).

Ti·gris [ˋtaɪgrɪs; ˈtaɪgrɪs] *n.* (加 the)底格里斯河(與幼發拉底河(the Euphrates)匯流而注入波斯灣).

til·de [ˋtɪldə, -dɪ; ˈtɪldə] *n.* ⓒ(西班牙語)顎鼻音符號(在西班牙語中加於n上方的 ˜ 符號; señor等).

tile [taɪl; taɪl] *n.* (*pl.* ~**s** [~z; ~z]) ⓒ瓦；瓷磚(用於地板，牆壁)；(排水用的)陶管. The gale loosened many *tiles* on the roof. 強風使屋頂上的許多瓦片鬆動/a *tile* floor 鋪瓷磚的地板.

— *vt.* 用瓦片修葺(屋頂)；鋪瓷磚於[地板，牆壁等]. *tile* a floor 鋪瓷磚在地板上.

till¹ [tɪl; tɪl] *prep.* (一直)到…(↔ from). Wait *till* tomorrow. 等到明天/He worked from morning *till* night. 他從早工作到晚.

— *conj.* 直到(…(時))；直到(…(程度)). Stay here *till* the rain stops. 待在這兒直到雨停.

[語法] till 與 until 意思相同，但 until 廣泛用作介系詞，連接詞，而 till 主要用在口語上，多用作介系詞，例句，語法等請全部參照 until.

till² [tɪl; tɪl] *vt.* 耕種(土地)(plow).

till³ [tɪl; tɪl] *n.* ⓒ(商店，銀行等的)現金箱，現金抽屜.

hàve one's fíngers in the tíll 《口》挪用公款.

till·a·ble [ˋtɪləbl; ˈtɪləbl] *adj.* 適於耕種的[土地等].

till·age [ˋtɪlɪdʒ; ˈtɪlɪdʒ] *n.* ⓤ **1** 耕作. **2** 耕地.

till·er¹ [ˋtɪlɚ; ˈtɪlə(r)] *n.* ⓒ《船》舵柄.

till·er² [ˋtɪlɚ; ˈtɪlə(r)] *n.* ⓒ耕作者，農夫.

tilt [tɪlt; tɪlt] *vt.* 使傾斜，歪斜. He *tilted* his chair back against the wall. 他把椅背斜靠在牆上.

— *vi.* 【傾斜】 **1** 傾斜，歪斜. Public opinion *tilted* toward the ruling party. 輿論傾向執政黨. 【想刺倒】 **2** (中世紀的騎士)用長槍刺(at 瞄準…)；騎馬比槍. **3** 抨擊(at).

tilt at wíndmills → windmill 的片語.

— *n.* **1** ⓤⓒ傾側，傾斜. give a *tilt* to a cask 使桶子傾斜/wear one's hat at a *tilt* 斜戴著帽子/

on the *tilt* 斜的.

2 ⓒ(中世紀騎士的)長槍突刺(at)；騎馬比槍；(→ joust 圖).

3 ⓒ抨擊(at 對於…).

(at) fùll tílt 《口》以全速；用全力.

Tim [tɪm; tɪm] *n.* 男子名(Timothy 的暱稱).

Tim. (略) Timothy.

*timber** [ˋtɪmbɚ; ˈtɪmbə(r)] *n.* (*pl.* ~**s** [~z; ~z])

1 ⓤ(建築用的)木料，方材，木材，(《主美》lumber). Japan imports most of its *timber*. 日本的木材大部分是進口的.

2 ⓒ(砍伐木材的)林場；《主美》林地.

3 ⓒ橫樑，棟樑;(船舶)肋材.

4 ⓤ《文章》(加修飾語(句))人才，素質，(capacity). a player of major league *timber* 具有大聯盟級的選手.

tim·bered [ˋtɪmbɚd; ˈtɪmbəd] *adj.* **1** 〔建築物〕木造的. **2** 有樹木的.

tim·ber·land [ˋtɪmbɚˌlænd; ˈtɪmbəˌlænd] *n.* ⓤ《美》森林地.

tim·ber·line [ˋtɪmbɚˌlaɪn; ˈtɪmbəˌlaɪn] *n.* ⓒ(加 the)(高山，極地的)林木界線.

tim·bre [ˋtɪmbɚ, ˈtæm-; ˈtæmbrə] *n.* ⓤⓒ(音樂)音色，音質.

*time** [taɪm; taɪm] *n.* (*pl.* ~**s** [~z; ~z])

【時間】**1** ⓤ時間，時；歲月. *time* and space 時間和空間/till the end of *time* 直到世界末日/*Time* is money. 《諺》時間就是金錢/*Time* flies. 《諺》時光飛逝/Only *time* will tell if he's right. 只有時間才能證明他是否正確.

2 ⓤ…標準時間. Greenwich *Time* 格林威治標準時間/British Summer *Time* 英國夏令時間/Eastern *Time* 《美》東部標準時間.

3 ⓐⓤ(…的)期間，之間；(自己的)時間. I'll be here a short *time* only. 我只能在這裡待很短的時間/It's (been) a long *time* since I heard from you. 自從上次收到你的信已有好長一段時間了/He has so little *time* these days. 他最近幾乎沒空/in a week's *time* 一星期左右的時間(★ in a week 的模稜兩可的說法).

4 ⓤ必要的時間(for)，空閒(to do). There is enough *time* left. 還有足夠的時間/I had no *time* to do it. 我沒有時間做那個/I've had little *time* for reading recently. 我近來幾乎沒有時間讀書.

【必要的時間】 **5** ⓤ(常加 my, his等)(學徒的)年限；(加修飾語(句))工作[上班]時間；計時工資. serve out one's *time* 期[年]限到期/full [part] *time* (→見 full time, part time)/receive double *time* for overtime 得到加班的雙倍鐘點費.

6 ⓤ《俚》刑期. serve [do] *time* 服刑.

7 ⓒ(比賽)所需要的時間；(感歎詞性)停! 時間到! My *time* was a little over four minutes. 我的時間略為超過四分鐘.

【特定的時間】 **8** ⓤ(常加 the)時刻. What's the *time*? = What *time* is it? = Have you got the *time* (on you)? = 《美》What *time* do you have? 現在幾點?

9 ⓤ(特定的)時候，時機；季節；時間(to do;

for)). You may come any *time* you like. 你隨時想來就可以來〔★ any *time*, every *time*, next *time* 等, 有時也像此例一樣被當作連接詞使用〕/at this *time* of year 在每年這時候/at your *time* of life 在你這個年紀/It's the children's bed*time*. = It's *time* for the children *to* go to bed. 是孩子們的就寢時間了/It's *time* to think about your future. 該是考慮將來的時候了/It's *time* you went to bed. 你該上床睡覺了/at Christmas*time* 在聖誕節期間/It's *time* for tea. 現在是下午茶時間.

10 【時機】 ⓒ好時機, (絕佳的)機會, 《*to* do》. Now's the *time* to sell. 現在是出售的時機.

11 【帶有經驗時】 *a* Ⓤ (痛苦的, 愉快的)經驗. have a good [bad] *time* (of it) (→片語).

〖時期〗 **12** Ⓤ (常加 my, his 等)(人的)一生; (特指)年輕時; 死期. The money will last my *time*. 這些錢夠我度過餘生/When my *time* comes, I hope to be ready. 當我大限來臨, 我希望自己已有所準備.

13 ⓒ (通常 times)時代; 當時; 現代; 時勢, 情況. in ancient *times* 在古代/in Napoleon's *time* 在拿破崙時代/the greatest philosopher of all *time* 自古至今最偉大的哲學家/the painters of the *time* 當時[現代]的畫家們/ *Times* are changing. 時代在改變/move with the *times* 順應潮流/We have hard *times* ahead of us. 我們前有困境.

〖事情發生時>次數〗 **14** ⓒ …回, …次; …倍. eat three *times* a day 一日吃三次/many *times* 〔雅〕 many a *time* 屢次, 多次/for the first *time* 第一次/next *time* 下次, 下回/I can't do it this *time*. 這次不能做/Six *times* five is thirty. 六乘以五等於三十〔語法 6×5=30 讀法如上〕/This box is three *times* as big as that one. 這個箱子是那個的三倍大/A flea can jump 150 *times* its own length. 跳蚤能跳到自己身高的150倍高/charge three *times* the normal price 索價是平常的三倍.

15 【步數】 Ⓤ 《軍》行進速度.

16 Ⓤ 《音樂》拍子, 速度. in slow *time* 以緩慢的節拍/beat *time* 打拍子/in ¾ *time* 用四分之三拍 《讀作 in three-quarter *time*》.

against ***time*** 被限期地; 以猛烈的速度. work *against* time 迫於時限而快速地工作.

ahead of ***time*** 比原定時間早. get there *ahead of* time 提前到達那裡.

ahead of one's ***time*** [*the times*] 思想先進, 走在時代前端.

* ***all the time*** (1)始終, 一直. The baby kept crying *all the time*. 那個嬰兒一直在哭.
(2)《美》總是(always). Things like this happen *all the time*. 像這樣的事情老是發生.

any ***time*** → time *n*. 9.

Any ***time***. 《口》別客氣(You're welcome.).

at ***all times*** 總是, 隨時. You must be ready *at all times*. 你必須隨時做好準備.

at ***any time*** → any 的片語.

at a ***time*** 一次地; 連續地. I'll answer your questions one *at a time*. 我將一一地回答你的問

題/work at math for seven hours *at a time* 連續七個小時做數學.

at ***óne time*** 同時; 有一度, 曾經. I can watch TV *at one time* and do my homework *at one time*. 我能同時看電視和寫作業/They had been friends *at one time* (or another). 他們曾經是朋友.

at ***thát time*** (在)那時.

at the ***sáme time*** → same 的片語.

at the ***tíme*** [1]=at that time.

at the ***tíme***[2]... 《連接詞性》在…時候. *at the time* you phoned me 你打電話給我的時候.

at ***thìs time of dáy*** 到(一天之中的)這個時候; (泛指)這麼遲, 到這個時候.

at ***tímes*** 有時. *At times* I want to give up my job and escape to South Seas. 有時我真想辭掉工作跑到南太平洋去.

before one's ***time*** 時候未到之前; 未盡天年而〔死亡等〕(→ *n*. 12); 不足月而〔出生等〕.

* *behind the* ***times*** 落伍. The old man's political ideas were badly *behind the times*. 那位老先生對政治的看法已經大大地落伍了.

behind ***time*** (比預定)慢, 遲到. We're *behind time* according to our schedule. 依照進度表來看, 我們落後了.

búy ***tíme*** = gain time (1).

* *by the* ***tíme***... 《連接詞性》在…之前. I shall have a house of my own *by the time* I'm fifty. 五十歲以前我會有一屬於自己的房子.

by ***thís time*** 此時.

éach ***tìme***... 《連接詞性》每次做….

évery ***time*** → time *n*. 9.

for a ***lóng time*** 很長一段期間.

* *for a* ***tíme***—會兒, 一時. They kept silent *for a time*. 他們沈默片刻.

for the ***tìme béing*** → being 的片語.

* *from* ***tìme to tíme*** 有時(sometimes). He visited us *from time to time*. 他有時來看我們.

gàin ***tíme*** (1)〔人〕(以託辭等來)爭取時間.
(2)〔鐘錶〕走得快(↔ lose time).

hálf the ***tìme*** (1)一半時間. I can do that in *half the time*. 我用一半的時間就能做完它.
(2)《口》差不多的(時間).

hàve a gòod [*bàd, hàrd*] ***tíme*** (*of it*) 過得愉快[倒楣]. Did you *have a good time* at the party? 在舞會上玩得還愉快嗎?/I *had a hard time* finding her house. 我費了好大的力氣才找到她家.

hàve an èasy ***tíme*** (*of it*) 《口》(不費勁地)過得輕鬆.

hàve nò ***tìme for***... 《口》(沒有做…的時間>)懶得理它, 討厭…. I *have no time for* liars. 我討厭說謊.

have nó ***tìme to lòse*** 沒時間了, 不要慢吞吞的.

hàve the ***tìme of*** one's ***lífe*** 《口》開心極了.

in bàd ***tíme*** 延遲.

in gòod ***tíme*** → good 的片語.

in nó tíme (at áll) 即刻, 立刻. He fixed the car *in no time at all*. 他馬上把車修好了.

in one's òwn gòod tíme 《口》在自己方便時.

* *in tíme* (1)及時(*for; to do*). You're just *in time for* supper. 你剛好趕上晚餐/I'll be home *in time to* see the children before they go to bed. 我會趕在孩子們睡覺前回家. (2)總有一天, 不久. You'll be sorry *in time*. 你總有一天會後悔的. (3)配合著節拍(*to, with*〔音樂等〕). He tapped his foot *in time to* the music. 他配合著音樂用腳打拍子.

in one's tíme 在年輕時; (就某種意義上)有相關的時候; 到目前為止. She was a great beauty *in her time*. 她年輕時是個大美人/Mr. Smith was the Principal *in my time*. 我還是學生〔工作〕時的校長是史密斯先生/I have had plenty of enemies *in my time*. 到目前為止我有很多敵人.

It is hígh tíme… → high 的片語.

kèep gòod [*bàd*] *tíme* 〔鐘錶〕準〔不準〕.

kèep tíme (1)打拍子; 配合著拍唱〔跳等〕. *keep time* with a stick 用棒子(敲)打拍子. (2)記錄工作時間.

kíll tíme 消磨時間.

lòse nò tíme in dóing 立刻做…. They *lost no time in sending* the injured to the hospital. 他們立刻將病人送往醫院(★＝They didn't lost any time….).

lòse tíme 〔鐘錶〕走得慢(↔ gain time).

màke gòod tíme (比預計)進展快; 趕快.

màke tíme 迅速前進; 急忙趕上(火車等).

néxt tíme → time n. 9.

* *on tíme* (1)準時, 按時. The trains run *on time* in this country. 這個國家的火車都很準時開出. (2)《美、口》以分期付款方式.

out of tíme 比(期限等)晚; 不合節拍(*with*).

pàss the tíme of dáy → pass 的片語.

some óther tíme 下次.

sóme tìme or óther 遲早, 總有一天.

* *tàke tíme* 花時間, 需要時間, (→ take vt. 22). Will the repairs *take time*? 修理很耗費時間嗎?

tàke one's tíme 從容進行. *Take your time* and tell me everything. 慢慢來並告訴我一切.

tàke tíme óff [*óut*] (為了做某事)抽出時間, 找空閒.

there is nó tíme to lòse＝have no time to lose.

tìme after tíme＝*tìme and* (*tìme*) *agáin* 多少次(反覆地).

tíme enòugh 還早. Tomorrow morning will be *time enough*. 到明天早上都還來得及.

tìmes without númber 無數次.

Tíme was whèn… 曾經是…(when 以下的子句修飾 Time, was 表示「曾經存在的」之意).

with tíme 隨著時間的消逝, 終究. Your grief will pass *with time*. 你的悲痛終究會過去的.

── *vt.* (~s [~z; ~z]; ~d [~d; ~d]; tím·ing)

1 (a)決定…的時刻; 選擇適當的時間. He *timed* his arrival just right. 他到達得正是時候.

(b) 句型5 (time **A** *to do*)決定A…的時刻; 調整A…; (通常用被動語態). The bomb was *timed to* explode at 7 o'clock. 炸彈被設定在7點整爆炸/The broadcast was *timed to* coincide with the dinner hour. 那個廣播節目安排配合晚餐時刻播出.

2 測量〔賽跑, 選手等〕的時間〔速度〕. The miler was *timed* at four minutes flat. 那位參加一英里賽跑的選手花了整整四分鐘跑完全程.

3 適時地打〔球等〕.

4 使合…的節拍(*to*).

tíme bòmb *n.* ⓒ定時炸彈.

tíme càpsule *n.* ⓒ時代文物存放器, 「時間膠囊」, (為了將現代的記錄等傳給後世的人而放入其內並埋於地下的特殊金屬製容器).

time-card [ˋtaɪm͵kɑrd; ˈtaɪmkɑːd] *n.* ⓒ工作時間記錄卡(記錄工作時間).

tíme clòck *n.* ⓒ打卡鐘; 馬錶(timer).

time-con·sum·ing [ˋtaɪmkən͵sumɪŋ; ˈtaɪmkən͵sjuːmɪŋ] *adj.* 費時的.

tíme expòsure *n.* ⓒ《攝影》(相對於瞬間曝光的)長時間曝光(通常使用快門等進行一秒鐘以上的曝光).

time-hon·ored 《美》, **time-hon·oured** 《英》 [ˋtaɪmˋɑnəd; ˈtaɪm͵ɒnəd] *adj.* 自古以來的, 有來歷的, 有來歷的. a *time-honored* custom 由來已久的習俗.

time·keep·er [ˋtaɪm͵kipɚ; ˈtaɪm͵kiːpə(r)] *n.* ⓒ **1** (比賽等的)計時員. **2** (工作等的)時間記錄員. **3** 鐘錶(★通常加準確, 不準確等的形容詞). a good *timekeeper* 準確的鐘錶.

tíme làg *n.* ⓒ(原因、結果之間等的)時差, 不一致.

time-lapse [ˋtaɪm͵læps; ˈtaɪmlæps] *adj.* 縮時(攝影)的〔電影等〕(將緩慢進行的事物以固定的間隔時間拍攝, 再以普通速度放映的方法).

time·less [ˋtaɪmlɪs; ˈtaɪmlɪs] *adj.* **1** 永久的; 超越時間的. **2** 不受時間影響的; 不滅的. **3** 永久有效的(可能的).

time·less·ly [ˋtaɪmlɪslɪ; ˈtaɪmlɪslɪ] *adv.* 永久地.

tíme lìmit *n.* ⓒ期限, 時限.

time·li·ness [ˋtaɪmlɪnɪs; ˈtaɪmlɪnɪs] *n.* Ⓤ適時.

* **time·ly** [ˋtaɪmlɪ; ˈtaɪmlɪ] *adj.* (-li·er; -li·est)適時的, 合時宜的. His *timely* advice saved me from making a fool of myself. 他及時的忠告使我不至於做出傻事/a *timely* hit 〔棒球〕適時的安打.

┃ 搭配 timely＋*n.*: a ~ remark (適時的意見), a ~ suggestion (適時的建議), ~ help (適時的幫助).

tíme machìne *n.* ⓒ(出現於科幻小說中的)時光機(乘坐其上即可置身於過去或未來).

time-out [ˋtaɪmˋaʊt; ˈtaɪmˈaʊt] *n.* ⓊⒸ(比賽等的)暫停. call *timeout* to tie up one's shoestring 叫暫停以繫鞋帶.

time-piece [ˋtaɪm͵pis; ˈtaɪmpiːs] *n.* ⓒ《古》鐘

錶《clock, watch 皆包括在內》.

tim·er [`taɪmə; 'taɪmə(r)] *n.* ⓒ **1** =time-keeper 1, 2. **2** 馬錶. **3** 定時開關, 定時器.

Times [taɪmz; taɪmz] *n.* **1** 《加 The》泰晤士報《英國的報紙》. **2** 《The...Times》…時報《做為報紙名稱》. The New York *Times* 紐約時報.

time·sav·ing [`taɪm,sevɪŋ; 'taɪm,seɪvɪŋ] *adj.* 節省時間的.

time·serv·er [`taɪm,sɚvɚ; 'taɪm,sɜːvə(r)] *n.* ⓒ 機會主義者.

time·serv·ing [`taɪm,sɚvɪŋ; 'taɪm,sɜːvɪŋ] *adj., n.* ⓤ 機會主義的.

tíme shàring *n.* ⓤ 分時《多人同時使用一臺電腦主機的方式》.

tíme shèet *n.* =timecard.

tíme sìgnal *n.* ⓒ 《廣播, 電視的》報時信號.

tíme sìgnature *n.* ⓒ 《音樂》拍子記號.

Tìmes Squàre *n.* 時報廣場《位於 New York 市 Manhattan 的 Seventh Avenue《第七街》與 Broadway 斜向交叉的廣大區域; 附近爲鬧區; 以前「紐約時報」的總部在此》.

tíme swìtch *n.* ⓒ 定時開關《於設定的時刻自動啓動》.

***time·ta·ble** [`taɪm,tebl; 'taɪm,teɪbl] *n.* 《*pl.* ~s [~z; ~z]》ⓒ 《火車, 公車等的》**時刻表**; 《英》《學校的》**課程表**; 《計畫等的》預定表. consult a train *timetable* 查火車時刻表/The project is going according to the *timetable*. 計畫正按預定表進行.
— *vt.* 《通常用被動語態》預定〔聚會等〕《for〔時刻〕》; 匡匤5 (timetable A to do) A(人)預定做…, 預定在三點鐘進行/The interview is *timetabled* for 3 o'clock. 面試預定在三點鐘進行/They are *timetabled* to take two grammar lessons a week. 他們預定每週上二堂文法課.

time·work [`taɪm,wɝk; 'taɪmwɜːk] *n.* ⓤ 按時計酬的工作(→ piecework).

time·worn [`taɪm,wɔrn, -,worn; 'taɪmwɔːn] *adj.* 《雅》老舊的, 陳舊的, 用舊的.

tíme zòne *n.* ⓒ 時區《使用同一標準時間的地區; 大致沿地球的經線各15分爲一區, 共有24區; → standard time》.

***tim·id** [`tɪmɪd; 'tɪmɪd] *adj.* 膽怯的, 膽小的, 羞怯的, (⟷ bold). She is as *timid* as a rabbit. 她非常膽小《像兔子般膽小》/Little Johnnie is *timid* with strangers. 小強尼很怕生.

ti·mid·i·ty [tɪ`mɪdətɪ, tə-; tɪ'mɪdətɪ] *n.* ⓤ 膽怯, 膽小.

tim·id·ly [`tɪmɪdlɪ; 'tɪmɪdlɪ] *adv.* 膽怯地, 提心吊膽地.

tim·ing [`taɪmɪŋ; 'taɪmɪŋ] *v.* time 的現在分詞、動名詞.
— *n.* ⓤ 適時, 時間調整, 《戲劇, 音樂, 比賽等, 爲取得時間上的最大效果, 在時機的選擇與節奏方面所做的調整》.

tim·or·ous [`tɪmərəs, `tɪmrəs; 'tɪmərəs] *adj.* 《文章》〔人〕畏懼的, 膽小的.

tim·or·ous·ly [`tɪmərəslɪ, `tɪmrəslɪ; 'tɪmərəslɪ]

adv. 怯生生地.

Tim·o·thy [`tɪməθɪ; 'tɪməθɪ] *n.* **1** 男子名《暱稱爲 Tim》. **2** 《提摩太前[後]書》《新約聖經的一卷; 略作 Tim.》.

tim·o·thy [`tɪməθɪ; 'tɪməθɪ] *n.* ⓤ 《植物》蒂牧草《一種牧草, 禾科; 亦稱 tímothy gràss》.

tim·pa·ni [`tɪmpənɪ; 'tɪmpənɪ] *n.* 《單複數同形》定音鼓《組合兩個以上的 kettledrum 者》.

tim·pa·nist [`tɪmpənɪst; 'tɪmpənɪst] *n.* ⓒ 定音鼓手.

***tin** [tɪn; tɪn] *n.* (*pl.* ~s [~z; ~z]) **1** ⓤ 錫《金屬元素; 符號 Sn》. a *tin* mine 錫礦.
2 ⓤ 馬口鐵, 鍍錫鐵皮, 白鐵皮, (tinplate). a kettle made of *tin* 馬口鐵做的水壺.
3 ⓒ 《英》《馬口鐵》罐頭《美》can). a *tin* of peaches [tobacco] 桃子罐頭[一罐菸草]/a *tin* box 白鐵罐[箱].
— *vt.* (~s; ~ned; ~ning) **1** 《英》把…製成罐頭《《美》can). *tin* fruit [fish] 把水果[魚]製成罐頭.
2 在…上鍍錫.

tìn càn *n.* ⓒ 《罐頭等的》白鐵罐.

tinc·ture [`tɪŋktʃɚ; 'tɪŋktʃə(r)] *n.* **1** ⓤⓒ 《藥學》酊劑. *tincture* of iodine 碘酒.
2 ⓐⓤ 《雅》《顏色, 味道的》氣味, 有一點《…》之意味, 《*of*》. a *tincture* of red 略紅/He has a *tincture* of learning. 他有點學問.
3 ⓤⓒ 《通常 tinctures》《紋章》用於紋章的金屬、原色、毛皮的總稱》.
— *vt.* 《雅》使傾向於…《*with*》.

tin·der [`tɪndɚ; 'tɪndə(r)] *n.* ⓤ 火絨《從前搭配燧石點火》; (乾的) 易燃物.

tin·der·box [`tɪndɚ,bɑks; 'tɪndəbɒks] *n.* ⓒ **1** 火絨盒《從前放置鐵, 燧石, 火絨等點火用品的盒子》. **2** (一觸即發的) 危險場所[狀態].

tine [taɪn; taɪn] *n.* ⓒ 尖銳物的尖端《叉子等的》齒; (鹿角的) 分叉.

tin·foil [`tɪn,fɔɪl; ,tɪn'fɔɪl] *n.* ⓤ 《特指烹調時用於包裹食品的》錫紙, 錫箔.

ting [tɪŋ; tɪŋ] *vt.* 使發出叮鈴聲.
— *vi.* 叮鈴地響.
— *n.* ⓒ 叮鈴 (鈴等的聲音).

***tinge** [tɪndʒ; tɪndʒ] *n.* ⓐⓤ 淡色, 《…的》氣味, 略帶…, 《*of*》. blue with a *tinge* of green 帶點綠的藍色/He spoke of his crime without a *tinge* of remorse. 他說到自己所犯的罪時, 毫無一絲悔意.
— *vt.* (ting·es [~ɪz; ~ɪz]; ~d [~d; ~d]; ting·ing) **1** 淡淡地著色於…《*with*》. The sky was *tinged* with pink near the horizon. 天空在靠近地平線的地方染上了淡淡的桃紅色.
2 使帶…的氣味《*with*》. Her compliments were *tinged* with malice. 她的恭維中帶著惡意.

tin·gle [`tɪŋgl; 'tɪŋgl] *vi.* 《耳或手等》刺痛; 如針扎般地疼痛; (因激動等)《身體》顫動. The cold made my ears *tingle*. 我的耳朵凍得好痛.
— *n.* ⓐⓤ 刺痛, 悸痛; (非常) 激動. with a tin-

gle of excitement 興奮不已地.

tin gŏd *n.* Ⓒ(口)(錫製的神＞)(不值得尊敬的)騙子, 冒牌貨.

tin hắt *n.* Ⓒ(口)(士兵的)頭盔, 鋼盔.

ti·ni·er [ˈtaɪnɪə; ˈtaɪnɪə(r)] *adj.* tiny 的比較級.

ti·ni·est [ˈtaɪnɪɪst; ˈtaɪnɪɪst] *adj.* tiny 的最高級.

tin·ker [ˈtɪŋkə; ˈtɪŋkə(r)] *n.* **1** Ⓒ焊錫匠(流動的; 吉普賽人居多). **2** Ⓒ拙劣的工匠. **3** *a* Ⓤ焊補; 笨拙地修理, 馬虎將就地修理, 胡亂修理. have a *tinker* at a TV set 隨便亂修電視機.
— *vi.* **1** 焊補. **2** 笨拙地修理, 胡亂修理, 《*at, with*》. *tinker* with a broken clock 亂修故障的鐘. **3**《加副詞(片語)》做些無關緊要的事來打發時間(《*about*》).

tin·kle [ˈtɪŋkl; ˈtɪŋkl] *n.* Ⓒ(通常用單數) **1** 叮鈴叮鈴(鈴等的聲音). **2**《英、口》(電話的)鈴聲; 打電話. I'll give you a *tinkle* when I arrive home. 我一到家就打電話給你. **3**《英、口》(委婉)小號; 噓噓.
— *vt.* 使叮鈴叮鈴地響. The music box *tinkled* a lullaby. 音樂盒叮鈴叮鈴地奏著催眠曲.

tinned [tɪnd; tɪnd] *adj.*《英》罐裝的(《美》canned).

tin·ny [ˈtɪnɪ; ˈtɪnɪ] *adj.* **1** (似)錫的; 含錫的. **2** 〔聲音〕像敲打白鐵皮似的. **3**《俚》沒用的, 沒價值的.

tin ōpener *n.* Ⓒ《英》開罐器(《美》can opener).

Tin Pan Alley [ˈtɪnˌpænˈælɪ; ˌtɪnpænˈælɪ] *n.* Ⓤ流行音樂界(作曲家, 歌手, 製作人等的總稱; 原指 Broadway 的一個地區; tinpan 是「廉價鋼琴」).

tin·plate [ˈtɪnˈplet; ˈtɪnpleɪt] *n.* Ⓤ馬口鐵, 鍍錫鐵皮, 白鐵皮(tin).

tin·sel [ˈtɪnsḷ; ˈtɪnsl] *n.* Ⓤ **1** (裝飾用等的)金屬亮片. **2** 外觀亮麗的便宜貨.

tin·sel(l)ed, tin·sel·ly [ˈtɪnsḷd; ˈtɪnsld], [ˈtɪnsḷɪ; ˈtɪnslɪ] *adj.* **1** 用亮片裝飾的. **2** 華而不實的.

tint [tɪnt; tɪnt] *n.* Ⓒ **1** 淡色, 淺色; 色調, 濃淡. The sky at sunrise was filled with *tints* of red and orange. 黎明時的天空沾染著深淺不一的紅橙色. 同通常 tint 為淺亮的色調, shade 為深濃的色調. **2** (淡色調的)染髮劑. **3** (通常用單數)(稍微地)染髮.
— *vt.* **1** (淡淡地)著色於…; (稍微地)染〔髮〕. *tinted* glasses (鏡片顏色較淺的)太陽眼鏡.

＊ti·ny [ˈtaɪnɪ; ˈtaɪnɪ] *adj.* (**-ni·er**; **-ni·est**)極小的, 微小的, (⟷huge). a *tiny* baby chick 幼小的雛雞／a *tiny* chance (of success) (成功的)渺茫的希望.
tiny little = little tíny《口》非常小的.

-tion *suf.* 構成表示「…的行為, 狀態, 結果」等之意的名詞. construct*ion*. solut*ion*.

＊tip¹ [tɪp; tɪp] *n.* (*pl.* ~**s** [~s; ~s]) Ⓒ **1** 頂端, 尖端. the *tip* of a pencil 鉛筆尖／I burned

the *tip* of my finger. 我燒傷了我的指尖.
2 附於尖端之物(蓋子, 金屬箍, 皮罩等). white shoes with black *tips* 鞋尖黑色的白鞋子.
3 (山等的)頂峰, 尖頂.
on the tĭp of one's *tóngue* 話到嘴邊, 差點就說起來. His name is right *on the tip of* my tongue. 我差一點就想起他的名字了.
— *vt.* (~**s**; ~**ped** [-t; -t]; ~**ping**)加尖頭於…; 在尖端加…; 《*with*》. Some African tribesmen used arrows *tipped* with poison. 有些非洲部落使用尖端塗了毒藥的箭／*tipped* cigarettes 裝有濾嘴的香菸.

＊tip² [tɪp; tɪp] *n.* (*pl.* ~**s** [~s; ~s]) Ⓒ【微薄的心意】
1 小費, 心意, 賞錢. a large [10 percent] *tip* 慷慨的[一成的]小費／give [offer] a *tip* 給小費／leave a *tip* on the table 把小費留在桌上.
2 建議; 祕訣; (特指賭博, 行情等的)內線消息, 情報, 《*on; that* 子句》. cooking *tips* 烹飪的祕訣／Take a *tip* from me. 聽我的建議吧／give him a *tip on* the races [market] 給他一點賽馬[市場]的內線消息.
— *v.* (~**s**; ~**ped** [-t; -t]; ~**ping**) *vt.* **1** 給〔侍者等〕小費; 句型4 (tip **A B**)給A(人)B(金額)的小費. *tip* the bellboy 給(旅館等的)侍者小費／We *tipped* the driver one dollar. 我們給司機一美元的小費.
2 預料…; 句型5 (tip **A** *to* do)預料A會…. I'm *tipping* Mr. Anderson as the next President. 我預測安德森先生會成為下屆總統／Are you *tipping* Black Beauty *to* win? 你預料黑美人《馬匹名》會贏嗎?
— *vi.* 給小費.
tĭp/.../óff 《口》向〔警察等〕密告, 向〔人〕洩漏情報, 《*about; that* 子句》. He *tipped* me *off about* the coup. 他偷偷告訴我政變的內情／The police were *tipped off that* a robbery was being planned. 警察接到密報說有人在策劃搶劫.

tip³ [tɪp; tɪp] *vt.* (~**s**; ~**ped** [-t; -t]; ~**ping**) 【使傾斜】 **1** 使…傾斜, 歪斜. She *tipped* her head to the side. 她歪過頭去.
2 翻倒, 傾倒, 《*over; up*》. The child *tipped* the vase *over*. 那孩子把花瓶打翻了.
3 稍微舉起, 稍微碰一下, 〔帽子〕, 《打招呼》. 【傾倒】 **4**《英》丟棄(垃圾等).
5《加副詞(片語)》倒出(容器的內容物). *tip* the milk into a bucket 把牛奶倒進桶子裡.
— *vi.* **1** 傾斜. The ship *tipped* on its side. 船傾向一邊. **2** 翻覆, 翻倒, 《*over; up*》.
— *n.* **1** Ⓒ傾斜; 翻覆. **2** Ⓒ《英》垃圾場.

tip⁴ [tɪp; tɪp] *n.* Ⓒ **1** 輕輕的一觸.
2 (棒球)觸球. hit a foul *tip* 打擦棒球.
— *vt.* (~**s**; ~**ped** [-t; -t]; ~**ping**) **1** 輕敲…. **2** 觸(球).

tip-off [ˈtɪpˌɔf; ˈtɪpɒf] *n.* (*pl.* ~**s**) Ⓒ《口》(有用的)情報, 內線消息; 警告.

tip·ple [ˈtɪpḷ; ˈtɪpl] 《口》 *vi.* 不斷地喝酒.
— *n.* Ⓒ(通常用單數)含酒精飲料, 酒.

tip·pler [ˈtɪplə, ˈtɪplɚ; ˈtɪplə(r)] *n.* Ⓒ《口》酒

鬼.

tip·si·ly [ˋtɪpsɪlɪ; ˈtɪpsɪlɪ] adv. 微醺地.

tip·ster [ˋtɪpstə; ˈtɪpstə(r)] n. ⓒ提供(賽馬等)情報的人.

tip·sy [ˋtɪpsɪ; ˈtɪpsɪ] adj. 微醉的.

***tip·toe** [ˋtɪpˏto; ˈtɪptəʊ] n. Ⓤ腳尖(用於下列片語).

on típtoe (1)用腳尖走路; 躡手躡腳地. I walked up the stairs *on tiptoe*. 我躡手躡腳地走上樓梯. (2)期待; 熱心;《*for*》. My sister is *on tiptoe for* your answer. 我妹妹熱切期待著你的回音.
—— *vi.* 用腳尖走. We *tiptoed* around so as not to wake the baby. 我們踮腳走路以免吵醒嬰兒.

tip·top [ˋtɪpˋtɑp; ˈtɪptɒp]《口》adj. 極好的, 最佳的. be in *tiptop* health 健康狀況極佳的.
—— adv. 完美地, 極致地.
—— n. ⓒ極點.

tip-up [ˋtɪpˏʌp; ˈtɪpʌp] adj. (限定)(東西不用時)可翻起的. a *tip-up* seat (劇場等的)翻椅.

ti·rade [ˋtaɪred, təˋred; taɪˈreɪd] n. ⓒ《文章》長篇大論; 長篇的攻擊性演說. The speaker delivered a *tirade* against political corruption. 演說者發表長篇演講抗議政界的腐敗.

***tire¹** [taɪr; ˈtaɪə(r)] v. (~s [~z; ~z]; ~d [~d; ~d]; **tir·ing**) vt. **1** 使疲倦(→ fatigue 同). It will *tire* you to work all day without a break. 整天工作而不休息一下會很累的.
2 使厭煩. You *tire* me. 你令我厭煩.
—— vi. **1** 疲倦(★ get [be] tired 較常用). I *tire* so easily lately. 我近來非常容易疲倦.
2 厭煩(*of*). The child *tired of* the game very soon. 孩子很快就玩膩那個遊戲了.
◇ adj. **tired, tiresome.**

tìre/…/óut 使…筋疲力竭. The long hike had *tired* us all *out*. 長途的健行使我們全部筋疲力竭.

***tire²**(美), **tyre**(英) [taɪr; ˈtaɪə(r)] n. (pl. ~s [~z; ~z]) ⓒ **1** (汽車, 腳踏車等的)輪胎(→ car, bicycle 圖). The *tire* was flat. 輪胎沒氣了/inflate a *tire* 將輪胎充氣/Help me change the *tire*. 幫我換輪胎.
2 (車輪的)輪圈.

***tired** [taɪrd; ˈtaɪəd] adj.【疲乏的】**1** 疲倦的, 疲乏的,《*from*〔工作等〕》. I'm very *tired*. 我很累/He gets *tired* easily. 他容易疲倦/I was *tired* out *from* running. 我跑得筋疲力竭. 同tired 是表「疲倦的」之意的一般用語; → exhausted, weary.
2〔衣服等〕破舊的;〔言辭等〕陳腐的. His speech was full of *tired* old sayings. 他的演講盡是一堆陳腔濫調.
【厭煩的】**3**〔敘述〕厭煩的(*of*). I'm *tired of* your conversation. 你的話我已經聽膩了/He grew [got] *tired of* his quiet life. 他開始厭倦平靜的生活.

sìck and tíred of… 完全厭倦….

tired·ly [ˋtaɪrdlɪ; ˈtaɪədlɪ] adv. 疲倦地; 厭煩地.

tired·ness [ˋtaɪrdnɪs; ˈtaɪədnɪs] n. Ⓤ疲勞; 厭煩.

---

tire·less [ˋtaɪrlɪs; ˈtaɪəlɪs] adj.〔人〕不知疲倦的; 勤奮的;〔努力等〕不懈的. a *tireless* worker 工作起來不知疲倦的人/*tireless* industry 勤奮不倦.

tire·less·ly [ˋtaɪrlɪslɪ; ˈtaɪəlɪslɪ] adv. 孜孜不倦地; 不懈地.

***tire·some** [ˋtaɪrsəm; ˈtaɪəsəm] adj. **1** 討厭的, 麻煩的. a *tiresome* child 討人厭的小孩/Answering children's questions can be *tiresome*. 回答小孩的問題是很煩人的.
2 (冗長而)無聊的, 無趣的. a *tiresome* ceremony 冗長乏味的儀式.

tire·some·ly [ˋtaɪrsəmlɪ; ˈtaɪəsəmlɪ] adv. 討厭地; 厭煩地.

tir·ing [ˋtaɪrɪŋ; ˈtaɪərɪŋ] v. tire¹ 的現在分詞、動名詞.
—— adj. 令人疲倦的; 無聊的. a long and *tiring* speech 冗長無聊的演講.

ti·ro [ˋtaɪro; ˈtaɪərəʊ] n. (pl. ~s) =tyro.

Tir·ol [ˋtɪrəl, -ɑl, tɪˋrol; ˈtɪrəl] n. =Tyrol.

'tis [ˋtɪz, ˏtɪz; tɪz]《詩、古》it is 的縮寫.

***tis·sue** [ˋtɪʃu; ˈtɪʃuː] n. (pl. ~s [~z; ~z]) **1** ⓊⒸ《生物》(由動植物的細胞構成的)組織. muscular [nervous] *tissue* 肌肉[神經]組織.
2 ⓒ衛生紙, 面紙, a box of *tissues* 一盒面紙/I need a *tissue* so I can blow my nose. 我要一張面紙來擤鼻涕.
3 =tissue paper.
4 Ⓤ薄織品.
5 ⓒ《文章》交織, 連續,《*of*〔謊言等〕》. a *tissue of* lies 一連串的謊言.

tíssue pàper n. Ⓤ **1** 薄紙(用於包裹易破損的物品等). a dress wrapped in *tissue paper* 用薄紙包裹的洋裝.
2 衛生紙, 面紙, (tissue).

tit¹ [tɪt; tɪt] n. =titmouse.

tit² [tɪt; tɪt] n. ⓒ《俚》**1** 乳房; 乳頭.
2《英》蠢貨.

tit³ [tɪt; tɪt] n.《用於下列片語》
tìt for tát [tɪt; tɪt]《口》以牙還牙, 一報還一報,《作副詞片語》以牙還牙地.

Ti·tan [ˋtaɪtn; ˈtaɪtən] n. ⓒ **1**《希臘神話》泰坦《巨人族(之一人)》. **2** (titan)力量非凡的人; 巨人(giant); 大人物, 巨匠.

ti·tan·ic [taɪˋtænɪk; taɪˈtænɪk] adj. 強有力的, 巨大的, (→ Titan).
—— n. (the *Titanic*)鐵達尼號《1912 年首航途中於北大西洋和冰山相撞而沈沒的英國豪華客船》.

ti·ta·ni·um [taɪˋtenɪəm, tɪ-; tɪˈteɪnɪəm] n. Ⓤ《化學》鈦《金屬元素; 符號 Ti》.

tit·bit [ˋtɪtˏbɪt; ˈtɪdˏbɪt] n.《英》=tidbit.

tithe [taɪð; taɪð] n. ⓒ **1** (常 tithes)《歷史》什一稅《昔日教區居民將年收入的十分之一繳納給教會》.
2 十分之一; 小部分, 極少量;《*of*》.
—— vt. 向…徵收什一稅.
—— vi. 繳納什一稅.

tit·il·late [ˈtɪtḷˌet; ˈtɪtɪleɪt] vt. 引起(人)的興趣；搔癢.

tit·il·la·tion [ˌtɪtḷˈeʃən; ˌtɪtɪˈleɪʃn] n. [U][C] 引發興趣；搔癢；逗笑.

tit·i·vate [ˈtɪtəˌvet; ˈtɪtɪveɪt] v. 《口》vi. 裝飾，打扮.

— vt. 使打扮. *titivate* oneself 打扮自己.

ti·tle [ˈtaɪtḷ; ˈtaɪtl] n. (pl. ~s [~z; ~z]) **1** [C] 書名，標題；題目. the *title* of a book 書名/the *title* story (短篇文集等的)標題作品/under the *title* of 以…爲標題[書名].
2 [C] (通常 titles) (電影，電視的)字幕，標題，(→ subtitle, credit titles).
3 [C] 頭銜，稱號，敬稱；爵位；(Mr., Lord, Dr., Professor, Lady 等). He was given a *title* by the King. 他被國王賜予爵位.
4 [a][U] 《法律》所有權(to (土地，財產等))；正當的權利(to 要求…). the *title* to the throne 王位繼承權.
5 [C] 冠軍 (championship). win the tennis *title* 贏得網球冠軍.

[搭配] v.+title: defend a ~ (保衛所有權)，hold a ~ (持有頭銜)，lose a ~ (失去頭銜)，surrender a ~ (讓出頭銜)，retain a ~ (保有頭銜).

⇨ v. entitle. adj. titular.

— vt. [句型5] (title **A** B) 給 A 加上 B (標題[書名])；給 A 冠上 B (稱號).

ti·tled [ˈtaɪtḷd; ˈtaɪtld] adj. 有爵位的；貴族級的. the *titled* class 貴族階級.

title deed n. [C] 不動產權狀.

ti·tle·hold·er [ˈtaɪtḷˌholdə; ˈtaɪtlˌhəʊldə(r)] n. [C] 冠軍保持者[隊].

title page n. [C] (書的)標題頁，扉頁，(開頭印有書名、作者名等的書頁).

title rôle n. [C] 主題角色(成爲劇名的主角角色；例如 *Hamlet* 中的 Hamlet 一角).

tit·mice [ˈtɪtˌmaɪs; ˈtɪtmaɪs] n. =titmouse 的複數.

tit·mouse [ˈtɪtˌmaʊs; ˈtɪtmaʊs] n. (pl. **-mice**) [C] 《鳥》花雀，山雀等之類(亦作 tit).

tit·ter [ˈtɪtə; ˈtɪtə(r)] vi. 嗤笑，竊笑.
— n. [C] 嗤笑，竊笑.

tit·ter·ing·ly [ˈtɪtərɪŋlɪ; ˈtɪtərɪŋlɪ] adv. 嗤笑著地.

tit·tle [ˈtɪtḷ; ˈtɪtl] n. [a][U] 僅僅，稍微，《通常用於否定句》.
nòt one [a] *jòt or títtle* 一點也不….

tit·tle-tat·tle [ˈtɪtḷˌtætḷ; ˈtɪtlˌtætl] 《口》n. [U] 閒話，閒談.
— vi. 說閒話，閒談.

tit·u·lar [ˈtɪtʃələ; ˈtɪtjələ(r)] adj. **1** 書名的，標題的；頭銜的，稱號的. a *titular* character (小說等的)標題人物. **2** 名義上的；有名無實的.
⇨ n. title.

tiz·zy [ˈtɪzɪ; ˈtɪzɪ] n. [a][U] 《俚》慌亂緊張.

in a tízzy 慌亂緊張地.

T-junc·tion [ˈtiˌdʒʌŋkʃən; ˈtiːˌdʒʌŋkʃn] n. [C] T字路；(菸管等的)T字形接縫.

TKO 《略》technical knockout.

TN 《略》Tennessee.

TNT [ˈtiˌɛnˈti; ˌtiːen'tiː] n. [U] 三硝基甲苯(一種強力火藥；trinitrotoluene 的縮寫).

⁑to [強 ˈtu, ˌtu, 弱 tə(在子音前), tʊ, tə(在母音前); tuː, tʊ, tə, t] prep. 【往…的方向】**1** 往…，去…，到…，(⟷ from). the way *to* the station 去火車站的路/I'm going *to* the bookstore. 我正要去書店/Turn *to* the left. 向左轉/The runner got back *to* first. 跑壘者回到了一壘/How far is it from here *to* London? 從這裡到倫敦有多遠?/The lake lies *to* the south of the woods. 湖在森林的南邊/He threw the ball *to* me. 他把球扔給了我(|注意|注意與下面例句中 at 的差異: He threw a stone *at* me. 他朝我扔了塊石頭); → at 4).

2 【向著[朝著]…的目標】爲了…的(目的)；針對…，*to* that end 爲了那個目的/He came *to* our help. 他來幫助我們/We sat down *to* dinner. 我們坐下來吃晚飯/They drank *to* his health. 他們爲他的健康乾杯.

【到達…爲止】**3** …之前，到…爲止. The water came (up) *to* my neck. 水深達我的脖子/I'm wet *to* the skin. 我全身濕透了/The citizens supported the Mayor *to* a man. 市民們一致支持市長/from beginning *to* end 自始至終/count (from 1) *to* 10 (從 1)數到 10.

4 到…(之時)(till)；〔時間在〕…分前(⟷ past). from Monday *to* Friday inclusive (=《美》(from) Monday through Friday) 從星期一到星期五(|注意|包括星期一，星期五；若沒有 inclusive 則不清楚是否包括星期一，星期五；→ through 7)/It's ten minutes *to* six. 現在差十分六點(★《美》在美國有時用 of [before] 代替 to)/He will remember the scene *to* his dying day. 他到死都不會忘記那一幕.

【成爲[變爲]…的結果】**5** 達到…，朝向…；變成…爲止. The lights changed *to* green. 紅燈變成綠燈了/He filled the bag *to* bursting. 他把袋子塞破了/The glass was broken *to* pieces. 玻璃杯摔成了碎片.

6 (用 to a person's…) (令某人)感到(驚訝，喜悅等)的是. *to* her surprise 令她驚訝的是/*To* my joy, I won (the) first prize. 令我高興的是，我得了第一名.

【附於…上，附著】**7** 歸附於…，歸向…，附著於…. The notice was fastened *to* the bulletin board. 啓事釘在布告欄上/stick *to* one's principles 堅持自己的原則/a school attached *to* a university 附屬於大學的學校.

8 加…，添加…. This child can't add 2 *to* 5. 這孩子算不出來 2 加 5 等於多少/In addition *to* his, there was her income. 除了他的收入以外，還有她的收入.

9 屬於…，…的，對…的. He is secretary *to* the president. 他是董事長的祕書/Who has the key *to*

the car? 誰有這輛汽車的鑰匙?/You can't go and that's all there is *to* it. 你不可以去，就是這樣。

〖 和…相呼應 〗 **10** 和著，和…一起。We danced *to* the music. 我們隨著音樂起舞。

11 和…對應，適合…，如同…。Is the wine *to* your taste? 這酒合你的口味嗎?/This overcoat was made *to* order. 這件外套是訂做的。

12 〖和…相對應〗對…，關於…。There are 100 cents *to* every dollar. 一百美分相當於一美元/This car does 10 kilometers *to* the liter. 這輛車每一公升汽油能跑十公里/It's ten *to* one he'll win. 他十之八九會贏/What C is *to* D, A is *to* B. (→ what *pron.* 的片語).

〖 和…相對 〗 **13** 和…面對面，面對…。the store opposite *to* my house 我家對面的商店/Stand back *to* back with Bill. 和比爾背對背站著。

14 〖和…對比〗和…比較，相對於…。This is nothing *to* what you've done. 這和你所做的相比根本微不足道/My car is inferior *to* yours. 我的車沒你的(車)好/The score was 5 *to* 7. 比數是五比七/We won by four *to* one. 我們以四比一獲勝。

〖 對… 〗 **15** 對…，向…，(★後接間接受詞)。I'll give this book *to* him. = I'll give *him* this book. 我會把這本書給他。

16 對於…來說。Halley's comet is visible *to* the naked eye. 用肉眼看得見哈雷彗星/This carpet is soft *to* the touch. 這毛毯觸感柔軟/He's always been kind *to* me. 他對我總是很親切/What do you say *to* that? 你對此有何看法?

17 對…。He looked *to* me like a monster. 他像看怪物似地盯著我瞧/*To* me that seemed nonsense. 我覺得那很荒謬/of no use *to* me. 對我來說是沒用的。

18 《用於被動語態》被…，由…。The singer is well known *to* young people. 年輕人都很熟悉這位歌手。

19 《構成不定詞》

(**a**)《名詞用法》…事。It is good *to* be here again. 回到這兒真好/I'd like *to* play the piano. 我想彈鋼琴。

(**b**)《形容詞用法》為了…的，應該…。It's time *to* get up. 該起床了/We have a room *to* rent. 我們有個房間要出租。

(**c**)《副詞用法》為了做…，做…，為做…；假使…，如果…。I came *to* see you. 我是來看你的《目的》/I'm sorry *to* hear it. 聽到這件事我很難過《原因》/She lived *to* be ninety. 她活了九十歲《結果》/He's too old *to* work now. 他現在太老了，沒辦法工作(→ too 1 (b))《限定》/It's kind of you *to* invite us. 你真好，邀請我們來《判斷的理由》/He would have been wiser not *to* have taken a share in the enterprise. 他要是沒有投資那家公司就聰明多了《假設》/*To* tell the truth, I don't like him. 說實在的，我不喜歡他《獨立用法; ★主要修飾句子，多用於片語》。

(**d**)《疑問詞+*to* do》應該在何時[哪裡，如何等]做…；是否該…。Tell me *where to* meet him. 告訴

我該到哪裡和他碰面/I don't know *whether to* date her. 我不知道是否該和她約會。

to and from… 來回…。I walk *to and from* work, a distance of two miles. 我上下班來回的路程有兩英里。

語法《加 to 的不定詞》(1)前後關係或意義清楚時，有時會省略動詞，只留 *to*: You can go if you want *to*. (你想去的話就去)，此句即省略了動詞 go。(2) not, never 等否定詞置於 *to* 之前: I asked her *not to* cry. (我叫她別哭)。(3)感官動詞(see, hear, feel 等)或使役動詞(make, let, have 等)接受格補語時會省略 to; 但在被動語態時則不可省略 to: They *saw* him enter the building. = He was *seen* by them *to* enter the building. (他們看見他進入那幢建築物)。

— [tu; tuː] *adv.* **1** 恢復意識地，清醒地。When he came *to*, he was lying on a hospital bed. 當他甦醒過來時，發現自己躺在醫院的床上。

2 (門，窗等)關著; (船等)停止。He shut the door *to*. 他關上門/bring…*to* (→ bring 的片語)。

3 (幾分鐘)之前(確定是幾點的時候用)。It's ten minutes *to*. 還差十分鐘。

tò and fró → fro 的片語。

●————主要的獨立不定詞片語	
needless to say	不用說
not to say…	且不說…
sad to say	悲傷的是
so to speak	所謂
strange to say [tell]	不可思議的是
to be frank with you	坦白地說
to be honest about it	老實說
to be sure	確實
to begin with	首先
to do justice to…	
= to do…justice	公平地評判…
to make matters worse	更糟糕的是
to say nothing of…	不用說…
to sum up	總之
to tell the truth	說真的

toad [tod; təud] *n.* ⓒ 蟾蜍(→ frog)。

[toad]　　　　　frog

toad·stool [ˈtodˌstul; ˈtəudstuːl] *n.* ⓒ 蘑菇，(特指)毒菇，(→ mushroom)。

toad·y [ˈtodɪ; ˈtəudɪ] *n.* (*pl.* **toad·ies**) ⓒ 拍馬屁的人，阿諛奉承者。

— *vi.* (**toad·ies; toad·ied; ~·ing**) 諂媚，奉承，

《to》.

to-and-fro [ˋtuənˋfro; ˌtuːənˈfrəʊ] *adj.* 前後地[左右地]動的(→ fro 的片語).
— *n.* Ⓤ《口》(加重)來回.

‡**toast**¹ [tost; təʊst] *n.* Ⓤ土司. a slice of buttered [dry] *toast* 一片奶油[白]土司/I have *toast* and marmalade for breakfast. 我早餐吃土司夾果醬.
  as wàrm as tóast 暖烘烘的.
  — *v.* (~s [~s; ~s]; ~ed [~ɪd; ~ɪd]; ~ing) *vt.*
  1 烘烤[麵包等](成黃褐色), 用火將…加熱[烤暖]. I like my bread *toasted*. 我喜歡吃烘烤過的麵包.
  2 《口》烘暖[冰冷的腳等]. *toast* one's feet by the fire 在火邊把腳烘暖.
  — *vi.* 烤成黃褐色.

toast² [tost; təʊst] *n.* Ⓒ **1** 乾杯, 舉杯祝賀; 乾杯時的祝辭. Let's drink a *toast* to the bride and groom. 我們為新郎新娘乾杯吧!/propose a *toast* 舉杯祝賀.
  2 (加the)接受乾杯的人; 成為乾杯對象的事物; (特定團體中)受歡迎者. The singer was the *toast* of Broadway. 這位歌手是百老匯的紅人.
  — *vt.* 為…的(健康, 幸福等)乾杯. *toast* the (health of the) new mayor 為新市長的(健康)乾杯.

┌──●──舉杯的主要用語─────────┐
│ Cheers!/Bottoms up!/Skoal! ──口語 │
│ Here's to your health!   │
│ Your health!   ┐   │
│ Good health!   ├─正式的說法 │
│ Here's health to you! ┘   │
└──────────────────────────────┘

toast·er [ˋtostɚ; ˋtəʊstə(r)] *n.* Ⓒ烤麵包機.

toast·mas·ter [ˋtostˏmæstɚ; ˋtəʊstˏmɑːstə(r)] *n.* Ⓒ宴會的主持人; 帶頭乾杯的人.

‡**to·bac·co** [təˋbæko, -ə; təˈbækəʊ] *n.* (*pl.* ~s, ~es [~z; ~z]) **1** ⓊⒸ(特指菸斗用的)菸草(絲). a mixture of several *tobaccos* 數種菸草的混合/pipe *tobacco* 菸斗用的菸草. 參考(1)有時亦包括 cigarette(香菸), cigar(雪茄)等,(2)指種類時為Ⓒ.
  2 Ⓤ菸草(植物). They planted corn and *tobacco*. 他們種植玉米和菸草.
  3 Ⓤ吸菸. *Tobacco* is now considered dangerous to the health. 現在人們認為吸菸有害健康.

to·bac·co·nist [təˋbækənɪst; təˈbækənɪst] *n.* Ⓒ(零售的)菸草小販. a *tobacconist's* (shop) 菸草店(主(英); (美)為 tobácco shòp).

-to-be [構成複合字]「未來的, 將來會成為…的」之意(⇔ ex- 2). a bride-*to-be* (準新娘).

to·bog·gan [təˋbɑgən; təˈbɒɡən] *n.* Ⓒ平底雪橇(前端呈圓形彎曲的一種平底雪橇).
  — *vi.* **1** 滑雪橇. I used to go *tobogganing* when I lived in Canada. 住在加拿大時我常玩滑雪

橇.
  2 《英》用雪橇(sledge)滑下斜坡.

[toboggan]

to·by [ˋtobɪ; ˈtəʊbɪ] *n.* (*pl.* **-bies**) Ⓒ啤酒杯(亦作 tóby jùg)《形狀像戴著三角帽的胖老人》.

toc·ca·ta [təˋkɑtə; təˈkɑːtə] *n.* Ⓒ《音樂》觸技曲(以風琴, 鋼琴即興彈奏的樂曲).

‡**to·day, to-day** [təˋde; təˈdeɪ] *adv.* **1** 今天, 今日, 今天之內. It is Monday *today*. 今天是星期一/The ship leaves *today*. 船今天出航/*today* week 《英》上週[下週]的今天(★以前後文來決定「上週」或「下週」)/a week ago [from] *today* = *today* last [next] week 《美》上週[下週]的今天/It is [was] six years ago *today* that my father died. 我父親是在六年前的今天去世的.
  2 現在(的), 今日(的). More women have jobs *today* than their mothers did. 比起母親那一代, 今日有更多的婦女就業/Tokyo *today* has grown too large. 今日的東京已經過度發展.
  — *n.* Ⓤ **1** 今天, 今日. *Today* is Monday. 今天是星期一/Have you seen *today's* paper? 你看了今天的報紙了嗎?
  2 現代, 今日. the science of *today* 現今的科學/He is one of *today's* greatest minds. 他是當代最有智慧的人物之一.

tod·dle [ˋtɑdl; ˈtɒdl] *vi.* **1** 《嬰兒等》搖搖晃晃地走. **2** 《俚》(加副詞(片語))散步(walk); 去(go).

tod·dler [ˋtɑdlɚ; ˈtɒdlə(r)] *n.* Ⓒ搖晃行走[學步]的幼兒.

tod·dy [ˋtɑdɪ; ˈtɒdɪ] *n.* Ⓤ **1** 在威士忌中加入熱水, 砂糖等的飲料.
  2 椰子(棕櫚)的樹汁; 椰子酒.

to-do [təˋdu; təˈduː] *n.* (*pl.* ~s) Ⓒ《俚》(通常a)騷動(fuss). make a big *to-do* about the loss of a ring 對遺失戒指一事小題大作.

‡**toe** [to; təʊ] *n.* (*pl.* ~s [~z; ~z]) Ⓒ **1** 腳趾(★手指為 finger; → body圖). the big [great] *toe* 大腳趾/the little *toe* 小趾頭.
  2 (鞋, 襪等的)指尖部分. I have a hole in the *toe* of my sock. 我襪子的指尖破一個洞.
  3 似腳尖之物.
  from tòp to tóe → top 的片語.
  on one's **tóes** (1)踮起腳尖地[走]. He stood on his toes and reached for the book. 他踮起腳尖拿書. (2)《口》等候中, 緊張地, 機敏地. You have to keep *on* your *toes* if you wish to remain in your present job. 如果你想保住現在的工作, 就得提高警覺.

***trèad* [*stèp*] *on* *a* *pèrson's* *tóes* (1)踩某人的腳.
(2)((口))激怒某人, 傷害某人的感情. I hope I'm not
treading on your *toes* by making critical
remarks about your paper. 我對你的論文提出批
判性的意見, 希望沒有傷害到你.
— *vt.* (~s; ~d; ~ing)用腳尖觸碰.

tòe the líne [**márk**] (1)(比賽時)站在起跑線上.
(2)((口))服從(黨、團體的行為).

tóe càp *n.* ⓒ (鞋子)腳尖部分的皮革, 鞋頭.

tóe dànce *n.* ⓒ (芭蕾舞的)腳尖舞.

TOEFL [`tofl; 'təʊfl] ((略))托福(Test of English as a Foreign Language (作為外語的英語能力檢定)).

toe·hold [`to,hold; 'təʊhəʊld] *n.* ⓒ (登山)(岩石等上)腳尖能踏上去的地方, 立足點.

toe·nail [`to,nel; 'təʊneɪl] *n.* ⓒ **1** 腳趾甲.
2 釘歪的釘子.

tof·fee [`tɔfɪ, `tɑ-; 'tɒfɪ] *n.* (英)=taffy.

tof·fy [`tɔfɪ, `tɑ-; 'tɒfɪ] *n.* (*pl.* **-fies**)((英))= taffy.

to·fu [`tofu; 'təʊfuː] (日語) *n.* ⓤ 豆腐.

tog [tɑg; tɒg] *vt.* (~s; ~ged; ~ging)((口))使盛裝打扮. *tog* oneself up [out] 盛裝打扮.

to·ga [`togə; 'təʊgə] *n.* ⓒ 寬鬆外袍(古羅馬市民所穿的寬鬆外衣).

‡to·geth·er

[tə`gɛðɚ; tə'geðə(r)]

adv. **1** 一起, 一道; 集中;
結合在一起; 共同. Let's
all sing *together*. 我們一起
唱吧!/The teacher called
the students *together*. 老師
把學生集合起來/He glued
the broken vase *together*
again. 他把碎花瓶(用黏膠)
重新黏起來/The workers
stood *together* against the
management. 勞方團結起
來對抗資方.

[toga]

2 一共, 總共, 全部. How much is it all
together? 這總共多少錢?/This is worth more
than all the others put *together*. 其他東西全加起
來也沒比這個值錢.

3 同時地. They started to speak all *together*.
大家一起七嘴八舌地說起來了.

4 連續. It would snow for days *together*. 有時
會連下好幾天的雪.

clòse [*nèar*] *togéther* (相互)接近; 親密地.

togéther with... 和⋯一起; 加上⋯. His personality *together with* his appearance made him
popular. 他的人品加上相貌使他大受歡迎.

to·geth·er·ness [tə`gɛðɚnɪs; tə'geðənɪs] *n.*
ⓤ 連帶感, 連帶意識, 一體感.

tog·gle [`tɑgl; 'tɒgl] *n.* ⓒ 套環; 細長木製鈕釦
(→ duffel coat ⌷).

To·go [`togo; 'təʊgəʊ] *n.* (加the)多哥(非洲中西
部瀕臨 Guinea 灣的共和國; 首都 Lomé).

togs [tɑgz; tɒgz] *n.* (作複數)((俚))衣服(clothes).

*‡**toil** [tɔɪl; tɔɪl] *n.* ⓤ 辛苦; 費勁的工作, 勞
苦. He finished the project after years of *toil*.
經過幾年的辛勞後, 他完成了那項計畫. ⓘ toil 指
累人的或不愉快的工作 = work.
— *v.* (~s [~z; ~z]; ~ed [~d; ~d]; ~ing) *vi.* (主
要加副詞(片語)) **1** 努力, 不辭勞苦地工作. *toil*
at the task 拚命工作.
2 奮力前進. The soldiers *toiled up* the hill. 士
兵們費力地登上山岡.

toil·er [`tɔɪlɚ; 'tɔɪlə(r)] *n.* ⓒ 辛勤工作者; 工人.

*‡**toi·let** [`tɔɪlɪt; 'tɔɪlɪt] *n.* (*pl.* ~s [~s; ~s]) **1** ⓒ
廁所 (lavatory, W.C.); 便器; (→ bathroom ⌷). The boy flushed the *toilet*. 那男孩沖
了馬桶.
⌷參考(1)在英、美因此項設備通常設置於 bathroom
之中, 所以詢問「廁所在哪裡?」時, 就說 Where is
the bathroom? 或 Where can I wash my hands?
等. (2)特指公用廁所時, 用(public) convenience
(英), rest room (美)等委婉說法.
2 ⓤ ((文章))化妝, 打扮. We waited while the
ladies made their *toilet*. 我們等女士們化妝.
3 ⓤ ((文章))服裝, 髮型.
4 (形容詞性)化妝的. *toilet* articles 化妝用品.

tóilet pàper *n.* ⓤ 衛生紙.

toi·let·ries [`tɔɪlɪtrɪz; 'tɔɪlɪtrɪz] *n.* (作複數)化
妝用品(肥皂, 牙膏, 面霜等).

tóilet ròll *n.* ⓒ (捲筒式的)衛生紙.

tóilet tràining *n.* ⓤ (對幼兒的)大小便的
訓練.

tóilet wàter *n.* ⓤ 化妝水, 淡香水, ((古龍水
等)).

toils [tɔɪlz; tɔɪlz] *n.* (作複數)((主雅))羅網(nets);
圈套(snares).

toil·some [`tɔɪlsəm; 'tɔɪlsəm] *adj.* 辛勞的, 勞
苦的.

*‡**to·ken** [`tokən; 'təʊkən] *n.* (*pl.* ~s [~z; ~z]) ⓒ
【標誌, 象徵】 **1** 標誌, 證據. A white flag is
the *token* of surrender. 白旗象徵投降.
2 (形容詞性)形式上的, 表面的. with only *token*
resistance 只做了些象徵性的抵抗.
3 紀念品, 留念. He gave me a ring as a farewell *token*. 他給我一只戒指作為臨別留念.
【代用品】 **4** 代幣(用來代替硬幣, 支付地下鐵、
公車、遊樂器等).
5 (英)商品兌換券. a £5 [five-pound] book
token 五英鎊的圖書禮券.
by the sàme tóken ((文章))同樣地; 而且. He is
guilty and *by the same token* so are you. 他有
罪, 你也同樣有罪.
in tóken of... = *as a tóken of...* 作為⋯的標誌
[證據]; 作為⋯的紀念.

tóken páyment *n.* ⓤ 訂金((作為承認債務
的證據)); (些微的)形式上的支付.

To·kyo·ite [`tokɪo,aɪt, -kjo-; 'təʊkɪəʊ,aɪt] *n.*

told [told; təʊld] v. tell 的過去式、過去分詞.

*tol·er·a·ble [`tɑlərəbl, `tɑlrə-; ˈtɒlərəbl] adj.
1 能忍受的(↔ intolerable). The heat is tolerable if you don't work. 如果不工作的話, 這種熱是還能忍受的.
2 相當好的; 尚可的. a tolerable income 不錯的收入/a tolerable meal 還過得去的飯菜.

tol·er·a·bly [`tɑlərəblɪ, `tɑlrə-; ˈtɒlərəblɪ] adv.
尚能忍受地; 相當地. She has tolerably good looks. 她的容貌不差.

tol·er·ance [`tɑlərəns, -lrəns; ˈtɒlərəns] n.
1 ⓤ (對他人行為等的)寬容, 雅量, (↔ intolerance). The new regime showed tolerance toward minority groups. 新政府對少數黨相當寬容.
2 ⓊⒸ (對困難, 苦痛等的)抵抗力, 忍耐力.
3 ⓊⒸ (生物, 醫學)(對毒, 藥物等的)耐受性.
4 ⓊⒸ (建築, 機械)容許限度(誤差).

tol·er·ant [`tɑlərənt; ˈtɒlərənt] adj. 1 寬容的, 寬大的, (of, toward); 默認的(of); (↔ intolerant). I'm not very tolerant of that kind of mistake. 我不太能容忍那種錯誤.
2 (醫學)有耐受性的(of). ⇨ n. tolerance.

tol·er·ant·ly [`tɑlərəntlɪ; ˈtɒlərəntlɪ] adv. 寬大地.

*tol·er·ate [`tɑlə͵ret; ˈtɒləreɪt] vt. (~s [~s; ~s]; -at·ed [~ɪd; ~ɪd]; -at·ing [~ɪŋ; ~ɪŋ]) 1 寬容地對待, 睜一隻眼閉一隻眼; 容忍, 忍耐; (bear). They wouldn't tolerate our belief. 他們不能容忍我們的信仰/tolerate some inconvenience [pain] 忍受些許不便[疼痛]/I cannot tolerate a snob. 我受不了勢利小人.
2 對(藥物, 放射能等)具有耐受性(容許性).
⇨ adj. tolerant. n. tolerance, toleration.

tol·er·a·tion [͵tɑlə`reʃən; ͵tɒlə`reɪʃn] n. ⓤ
1 (特指對信仰的)容忍, 信仰自由.
2 =tolerance 1.

*toll¹ [tol; təʊl] n. (pl. ~s [~z; ~z]) Ⓒ 1 (道路, 橋樑等的)通行費; (港灣等的)使用費. We must pay a toll when we cross the bridge. 過那座橋時必須繳通行費.
2 (美)長途電話費. How much is the toll to Denver? 打到丹佛的電話費要多少錢?
3 (通常用單數)損失; 犧牲; 死傷人數. last week's traffic toll 上週交通事故的死傷人數/The Easter holidays took a heavy toll. 復活節假期裡(因交通事故)死傷很多.
tàke its tóll 招致重大的損失[損害](on). The strain took its toll on his health. 過度勞累傷害了他的健康.

*toll² [tol; təʊl] v. (~s [~z; ~z]; ~ed [~d; ~d]; ~·ing [~ɪŋ]) vt. 1 (鐘)慢慢地反覆鳴響. toll a funeral knell 鳴喪鐘.
2 (鐘)報知(時刻, 死亡, 葬禮等). toll the hour (鐘)整點報時/His downfall tolled the end of an era. 他的下臺宣告了一個時代的結束.
— vi. (鐘)鳴響; 鳴鐘. The bells were tolling for the dead. 響起哀悼死者的鐘聲.
— n. aⓊ (有時加 the)鐘聲; 鳴鐘.

tóll bàr n. Ⓒ (通行收費站的)遮斷橫木.

tóll càll n. Ⓒ (美)長途電話(↔ local call).

toll-free [`tol`fri; ˈtəʊlfriː] adj., adv. (美)電話費由接聽一方付費的(地).

toll·gate [`tol͵get; ˈtəʊlgeɪt] n. Ⓒ (特指高速公路的)收費站.

toll·house [`tol͵haʊs; ˈtəʊlhaʊs] n. (pl. -hous·es [-͵haʊzɪz; -haʊzɪz]) Ⓒ (通行費)收費站(的建築物).

tóll ròad n. Ⓒ 收費公路.

Tol·stoy [`tɑlstɔɪ; ˈtɒlstɔɪ] n. Le·o [`lio; ˈliːəʊ] ~ 托爾斯泰(1828-1910)(俄國的小說家).

tol·u·ene [`tɑlju͵in; ˈtɒljuˌiːn] n. ⓤ (化學)甲苯(無色的可燃性液體); 火藥, 合成樹脂等的原料).

Tom [tɑm; tɒm] n. 1 Thomas 的暱稱.
2 Ⓒ (tom)(口)動物的雄性, (特指)雄貓(tomcat). **Tòm, Dìck, and [or] Hárry** (輕蔑)不論是誰, 無論張三或李四, (★通常與 every [any]連用).

tom·a·hawk [`tɑmə͵hɔk, `tɑmɪ-; ˈtɒməhɔːk] n. Ⓒ (北美印第安人的)戰斧, 鉞. **bùry the tómahawk** =bury the hatchet(hatchet 的片語).
— vt. 用戰斧打[殺](人).

*to·ma·to [təˈmeto, -ə-; təˈmɑːtəʊ] n. (pl. ~es [~z; ~z]) Ⓒ 番茄(的果實, 植物). tomato ketchup [juice]番茄醬[汁].

*tomb [tum; tuːm] n. (★注意發音)(pl. ~s [~z; ~z]) Ⓒ 墓. They laid the king in his tomb. 他們把國王葬在墓裡. 圖tomb 通常指有裝飾的墳墓, 且內部寬敞; → grave¹.

[tomahawks]

[tombs]

tom·boy [`tɑm͵bɔɪ; ˈtɒmbɔɪ] n. (pl. ~s) Ⓒ (口)野丫頭, 頑皮的女孩.

tomb·stone [`tum͵ston; ˈtuːmstəʊn] n. Ⓒ 墓石, 墓碑.

tom·cat [`tɑm͵kæt; ˈtɒmkæt] n. Ⓒ 雄貓(在口語中亦可僅作 tom; → cat 參考); ↔ tabby).

tome [tom; təʊm] n. Ⓒ (雅, 詼)巨著, 大部頭的書.

tom·fool [`tɑm`ful; ͵tɒm`fuːl](口) n. Ⓒ 笨蛋, 蠢貨.

— *adj.* (限定)糊塗的, 愚蠢的.

tom·fool·er·y [ˌtɑmˋfulərɪ, -ˋfulrɪ; tɔmˈfuːlərɪ] *n.* (*pl.* **-er·ies**) [UC](口)愚蠢的行為.

Tom·my [ˋtɑmɪ; ˈtɔmɪ] *n.* Thomas的暱稱.

✵✵✵to·mor·row [təˋmɔro, -ˋmɑr-; ə; təˈmɔrəu] *adv.* 明天, 明日. I leave *tomorrow.* 我明天出發/It'll be fine *tomorrow.* 明天會是晴天/*tomorrow* week 《英》下星期[上週]的明天.

— *n.* 1 [U]明天, 明日. (the) day after *tomorrow* 後天/I'll see you at nine *tomorrow* morning. 我們明天早上九點見/*tomorrow* afternoon [evening, night] 明天下午[傍晚, 夜晚]/Don't put off till *tomorrow* what you can do today. 《格言》今日事今日畢/*Tomorrow* is another day. 《諺》明天又是新的一天《別因失敗而喪志》.

2 [U](最近的)將來, the world of *tomorrow* 明日世界/Who knows what *tomorrow* will bring? 誰知道明天會發生甚麼事呢?

Tom Saw·yer [ˌtɑm-ˋsɔjə; ˌtɔm-ˈsɔːjə(r)] *n.* 湯姆·沙耶(Mark Twain 小說中的少年; →Huckleberry Finn).

Tòm Thúmb *n.* 大拇指湯姆(童話的主角).

tom-tom [ˋtɑmˌtɑm; ˈtɔmtɔm] *n.* [C]用手拍打的長型鼓, 或用棒子敲擊的大型鼓.

✵ton [tʌn; tʌn] *n.* (*pl.* **~s** [~z; ~z], ~) 1 [C]噸(重量的單位). 20 *ton*(s) of coal 二十噸煤. [參考]法國使用的公噸(metric ton)為 1,000 kg; 英噸(long ton)約 1,016 kg; 美噸(short ton)約 907 kg.

2 [C]噸(船舶大小的單位). a 50,000-*ton* tanker 五萬噸的油輪. [參考]註冊噸位(register tòn)是 100 立方英尺; 裝載噸位(fréight tòn)是 40 立方英尺; 排水噸位(displácement tòn)是 35 立方英尺.

3 [a U](俚)笨重. The box weighs (half) a *ton.* 這個箱子重得要命.

4 [C](通常tons)《口》很多, 大量. *tons* of money 很多錢/We had *tons* of fun. 我們玩得很高興.

5 [a U](通常加the)《英, 俚》時速一百英里. (còme dówn) like a tòn of brícks (口)以猛烈的速度(落下); 不分青紅皂白地(斥責).

ton·al [ˋtonl; ˈtəʊnl] *adj.* 1 《音樂》音調的, 音色的. 2 《繪畫》色調的, 顏色搭配的.
⇨ *n.* tone.

to·nal·i·ty [toˋnælətɪ; təʊˈnælətɪ] *n.* (*pl.* **-ties**) [UC] 1 《音樂》音調, 調子. 2 《繪畫》色調.

✵tone [ton; təʊn] *n.* (*pl.* **~s** [~z; ~z]) 【 調子 】 1 [C]調子, 音色. the deep *tone* of a pipe organ 管風琴的低沈音色/adjust the *tone* of the radio 調整收音機的音調.

[搭配] *adj.*+tone: a bright ~ (明亮的音色), a clear ~ (清澈的音色), a harsh ~ (刺耳的音調), a soft ~ (柔和的音色), a sweet ~ (柔美的音色).

2 [C] (常 tones)聲調, 語調, 語氣; (報紙等的)論調. He spoke to me in gentle *tones.* 他以溫和的聲調對我說話/He softened his *tone.* 他緩和了語

氣/the *tone* of the press 報紙的論調.

[搭配] *adj.*+tone: an angry ~ (憤怒的語氣), an emphatic ~ (強調語氣), a friendly ~ (和善的語氣), a happy ~ (快樂的語氣), a serious ~ (認真的語氣).

3 [C]《音樂》樂音; 全音, 全音程.

4 [C]《語音學》音的高低, 抑揚.

5 [C]《繪畫》色調; 顏色搭配, 濃淡. green with a yellowish *tone* 略帶點黃的綠色/a dress in several *tones* of blue 一件以藍色系配色的衣服.

【 基調 】 6 [U](身心的)正常狀態, 健康. recover one's mental *tone* 恢復平靜/His skin has the *tone* of a young man's. 他的皮膚有年輕人的彈性.

7 [傾向] [U]風氣; 風潮, 一般的傾向. improve the low moral *tone* of the city 改善城市道德頹廢的風氣.

— *vt.* 使…具音色[色調]; 改變…的音調[色調].
— *vi.* 帶有音調[色調]; 〔色彩〕調和.

tòne /…/ *dówn*[1] 緩和…的音調了; 減弱…. They should *tone* down all this violence on TV. 電視上應該減少這樣的暴力畫面.

tòne dówn[2] 調子低緩[柔和].

tòne ín (*with...*) (和…)協調. These cushions *tone* in well *with* the rugs. 這些墊子的顏色和地毯很協調.

tòne /…/ *úp*[1] 提高調子; 增強…. Brisk walking *tones* up the muscles. 快速行走可使肌肉更強壯.

tòne úp[2] 調子變高; 變強.

tone-deaf [ˋtonˌdɛf; ˌtəʊnˈdef] *adj.* 無法分辨音調的, 音盲的.

tóne lànguage *n.* [C]《語言》聲調語(如中文等是以聲調來區分語意的語言).

tone·less [ˋtonlɪs; ˈtəʊnlɪs] *adj.* 1 (顏色)不清晰的, 暗沈的. 2 (聲音)沒有高低的, 單調的. 3 無生氣的, 無聊的.

tone·less·ly [ˋtonlɪslɪ; ˈtəʊnlɪslɪ] *adv.* 單調地; 無聊地.

Ton·ga [ˋtɑŋgə; ˈtɔŋgə] *n.* 東加(南太平洋的王國; 大英國協成員國之一; 首都 Nuku'alofa).

tongs [tɔŋz; tɔŋz] *n.* (作複數)夾具(方糖夾, 火鉗, 鉗子等). a pair of sugar [ice] *tongs* 一個方糖[冰]夾.

hàmmer and tóngs → hammer的片語.

✵tongue [tʌŋ; tʌŋ] *n.* (*pl.* **~s** [~z; ~z]) 【 舌 】 1 [C] 舌. put [stick] out one's *tongue* 伸出舌頭(就診時, 表輕蔑時等)/the tip of the *tongue* 舌尖.

[tongs]

2 [UC] (牛等的, 烹調用的)舌肉.

3 [C]舌狀物(火舌, 鞋帶下方鞋面的長條部分等).

【 舌的使用→語言 】 4 [C]說話能力; 說話方式. a slip of the *tongue* 失言/find one's *tongue* (驚嚇

後)終於能開口說話/lose one's *tongue* (因害羞等)
說不出話來/Hold your *tongue*! 閉嘴!/The news
was on everyone's *tongue* by afternoon. 一直到
下午人人都還在談論那件事.

5 ⓒ 國語, 語言, (language). the German
tongue 德語/Chinese is my mother *tongue*. 中文
是我的母語.

bíte one's *tóngue* (1)咬舌頭. (2)閉口不說. (3)說
完才發現說錯話((*off*)).

gìve a pérson the ròugh síde of one's *tóngue*
訓斥某人.

gìve tóngue (文章)(把心裡的話)說出來, 表達.

kèep a cìvil tóngue (*in one's héad*) 注意
措辭.

sèt tóngues wàgging 成為謠言的起因.

(*with*) (one's) *tòngue in* (one's) *chéek* (口)諷
刺地, 半開玩笑地.

tongue-tied [ˋtʌŋ͵taɪd; ˈtʌŋtaɪd] *adj.* 口齒不
清的, (因為不好意思而)開不了口的.

tóngue twìster *n.* ⓒ 繞口令(jawbreaker)
(如果唸得很快舌頭就很容易「打結」的語句; 例:
Peter Piper picked a peck of pickled pepper.).

ton·ic [ˋtɑnɪk; ˈtɒnɪk] *n.* **1** ⓒ (醫學)強壯劑.

2 ⓒ 使精神振奮的東西. His visit was a real
tonic to me. 他的來訪真令我振奮.

3 Ⓤ 一種碳酸水, 用來稀釋杜松子酒, 伏特加酒
等. gin and *tonic* 琴湯尼(調酒).

4 ⓒ (音樂)主調音, 基音.

— *adj.* **1** (文章)(藥物)使強壯的; 使精力充沛
的. Swimming has a *tonic* effect. 游泳能健身.

2 音調(tone)的; (音樂)主調音的.

tónic wàter *n.* (英)=tonic *n.* 3.

to·night [təˋnaɪt; təˈnaɪt] *n.* Ⓤ 今夜, 今晚.
That's all for *tonight*. 今晚到此結
束/on *tonight*'s TV news 在今晚的電視新聞中/I'll
be working *tonight*. 今晚我要工作.

— *adv.* 今夜. It's cold *tonight*. 今晚很冷.

ton·nage [ˋtʌnɪdʒ; ˈtʌnɪdʒ] *n.* ⓊⒸ **1** (船,
貨物的)噸位(數(→ ton). The new ship has a *ton-
nage* of 25,000. 新船的噸位數是兩萬五千噸.

2 (一個國家的海軍, 商船的)總噸數.

3 噸稅(按貨物的噸位來徵收).

tonne [tʌn; tʌn] *n.* (英)=metric ton (→ ton 1
參考]).

ton·sil [ˋtɑns!; ˈtɒnsl] *n.* ⓒ 扁桃腺.

ton·sil·li·tis [͵tɑns!ˋaɪtɪs;
͵tɒnsɪˈlaɪtɪs] *n.* Ⓤ (醫學)扁桃腺
炎.

ton·so·ri·al [tɑnˋsorɪəl;
ˋsɔr-; tɒnˈsɔːrɪəl] *adj.* (常表詼
諧)理髮(師)的. a *tonsorial* art-
ist [parlor] 理容師[理髮店].

ton·sure [ˋtɑnʃɚ; ˈtɒnʃə(r)] *n.*
1 ⓒ (修道士)頭頂剃成圓形的
部分. **2** Ⓤ 剃髮.

[tonsure 1]

— *vt.* 對〔修道士〕施行剃髮.

To·ny [ˋtonɪ; ˈtəʊnɪ] *n.* Ant(h)ony 的暱稱.

too [tu; tuː] *adv.* **1** **(a)**《用於形容詞, 副詞前》
太, 過於…, (★後面常出現帶 *for* 的片語)
too beautiful *for* words 言語無法形容的美/This
dress is (much) *too* large *for* you. 這件洋裝對你
來說太大了/It was *too* difficult a problem *for*
them. 這個問題對他們來說太難了([語法] 如上例所
示, 不定冠詞的名詞片語其語序為 too+形容詞+a
[an]+名詞; → so 5 [語法](3)).

(b) (too A to do)太 A 以致於不能做…, 過於 A 而
不能…, *too* hot to eat 燙[辣]得吃不下/The
news is *too* good to be true. 這個消息好得簡直不
像是真的/The book was *too* difficult *for* me *to*
read. 這本書太難了, 我讀不下去(=The book
was *so* difficult that I could *not* read it.)/You
are *too* old *not to* see the reason. 你已經不是孩
子了, 應該懂得這個道理才是(=You are old
enough to see the reason.)/You are not *too* old
to learn another foreign language. 你還沒有老到
不能再多學一種外語的程度.

2 (用於句末[句中])…也…; 而且; 且, (★比 also
還淺顯的說法). Jane has already come. Fred
will come, *too*. 珍已經來了, 弗瑞德也會來/The
dog is hungry, and thirsty *too*. 那條狗又餓又渴/
"Have a good weekend." "You *too*." 「週末愉快」
「你也是」/"I'm from Texas." "Me *too*!" 「我是德
州人」「我也是!」(★比 I am too. 更通俗的說法)/It
snowed yesterday, and in May *too*. 昨天還下雪
了, 而且已經是 5 月了/Won't you come with us,
too? 你不跟我們一起來嗎?(勸誘)/Don't you think
so, *too*? 你不這麼認為嗎?/I, *too*, studied in
Canada. 我也在加拿大唸過書.

[語法] (1) too 的位置很自由, 為避免誤解可直接放在
修飾語的後面(上面最後的例句); 會話時可說成 I
studied in Canada too. 如果把重音放在 I 上, 就是
「我也…」的意思(一般重音放於 Canada 上, 是「我
在加拿大也…」的意思).

(2)「A 不…, B 也不…」的情況時, 否定句就不用 too
而用 either: He won't come. She won't come,
either. (他不會來, 她也不會來); 不過這種情況也
可以說成 She, too, won't come.

(3)除非在句中會引起以下的誤解, 否則 too 的前後
不一定要加逗點: He, *too*, often comes to see
me. (他也經常來看我); 把這個句子改成 He *too*
often comes…. 時其意義即轉變為「他太常來…」.

3 (口)很, 非常地, (extremely). You're *too*
kind. 你真是太親切了/That's *too* bad. 真是太糟
糕了/The two men didn't get on *too* well. 那二個
男人不是相處得很好(委婉表示關係不融洽).

4 (美、口)實際上, 確實. He said he would win
and he did, *too*. 他說要贏, 結果就真的贏了.

áll tòo = all *adv.* 6 的片語.

but tóo = only too (1).

cànnot dò tóo… → can 的片語.

nóne tòo… 一點也不…. He appeared *none* too
glad to see us. 他似乎一點也不高興見到我們.

ònly tóo (1)遺憾, 非常. The rumors turned out

to be *only too* true. 雖然遺憾，然而傳言完全屬實. (2)實在，極其. I was *only too* glad to be able to help. 我實在很高興能幫上你的忙.

quite tóo=too too.

tòo múch (1)〔打擊等〕過於嚴重; 〔要求，期待等〕過度，不合理. This is (just) *too much*, really! 這實在太嚴重了[太過分了]! (2)敵不過，對付不了，《*for*》. The Giants were *too much for* the Yankees. 巨人隊遠非洋基隊可匹敵.

tòo múch of a gòod thíng (過度而)受不了的，難以忍受的.

tòo tóo (口)特別出色的; 極端的. ★常用來表示諷刺; 亦寫作 too-too.

took [tuk; tʊk] v. take 的過去式.

✱tool [tul; tuːl] n. (*pl.* ~s [~z; ~z]) C 1 (工匠等用手操作的)器具，工具. carpenters' *tools* 木工工具. 同 tool 主要指手工操作的器具; → implement.

2 (泛指工作所需要的)道具; 方法，手段. A politician's mouth is the most important *tool* of his trade. 嘴巴是政客最重要的職業道具/make a *tool* of 拿…作為工具.

3 (人的)爪牙，幫兇. He is just their *tool*. 他只不過是他們的爪牙.

— vt. 1 用工具加工(書封面的定型加工，皮製品的加工等). 2 《俚》駕駛〔車〕《along》.

— vi. 1 用工具加工. 2 《俚》開車.

tòol/.../úp 在〔工廠等〕安裝機器設備.

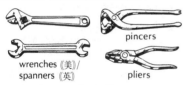

pincers

wrenches (美)/
spanners (英)

pliers

[tools 1]

tool·box [`tulbɑks; `tuːlbɒks] n. C 工具箱.

toot [tut; tuːt] vt. 嘟嘟地吹響〔喇叭，笛子等〕. *toot* a horn 嘟嘟地吹響喇叭/The driver *tooted* his horn. 那位駕駛嘟嘟地按著喇叭.

— vi. 吹奏喇叭〔笛子等〕; 〔喇叭，笛子等〕嘟嘟地響.

— n. C 1 嘟嘟響的聲音.

2 (美·俚)(邊喝酒邊唱歌的)喧鬧.

✱✱✱tooth [tuθ; tuːθ] n. (*pl.* **teeth**) C

1 牙齒(→ dental). cut a *tooth* (嬰兒)長牙/brush one's *teeth* clean 把牙齒刷乾淨/have a *tooth* pulled by the dentist 請牙醫拔牙/a false *tooth* 假牙，義齒/cut one's wisdom *teeth*(→ wisdom tooth).

molars
premolars

incisors   canine

[human teeth]

图配 v.+tooth: extract a ~ (拔牙)，fill a ~ (補牙)，clean one's *teeth* (刷牙)，pick one's *teeth* (剔牙).

─────── **toothsome** 1655

2 (齒輪，鋸子，梳子等的)齒. the *teeth* of a comb [saw] 梳子[鋸子]的齒.

3 (口)(*teeth*)(緊咬不放的)力量，威力.

bàre one's téeth 〔動物〕齜牙咆哮.

between one's téeth 咬牙切齒地(說)(壓抑著怒火的表情).

by the skìn of one's téeth → skin 的片語.

càst...in a pèrson's téeth 以…來責備某人. I *cast* the evidence *in his teeth*. 我拿出證據來責備他.

clènch one's téeth=set one's teeth.

cùt one's téeth → cut 的片語.

gèt one's téeth into... 全神貫注於〔工作，問題等〕，認真投入…. I'm bored without work that I can *get my teeth into*. 我沒有可以認真投入的工作，覺得好無聊.

grìt one's téeth → grit 的片語.

hàve a swèet tóoth → sweet 的片語.

in the téeth of... 不顧…，與…相對抗; 一點也不在乎…. She married him *in the teeth of* her family's opposition. 她不顧家裡的反對和他結婚.

lòng in the tóoth (口)上了年紀.

sèt one's téeth 咬緊牙關; 下定決心. I *set my teeth* and went to face him. 我下定決心要去面對他.

sèt a pèrson's téeth on èdge 給某人厭煩的感覺; 使某人不愉快.

shòw one's téeth 齜牙咧嘴; (明顯地)表示敵意.

sìnk one's téeth into...=get one's teeth into...

tàke the bít between one's téeth 〔馬〕咬馬銜反抗; 〔人〕反抗.

thròw...in a pèrson's téeth = cast...in a person's teeth.

tòoth and náil 猛烈地，拚命地. fight *tooth and nail* 拚命奮鬥.

to the téeth 完全地，寸隙不留地. armed *to the teeth* 全副武裝.

— vt. 把〔鋸子等〕裝上鋸齒.

✱tooth·ache [`tuθ͵ek; `tuːθeɪk] n. (*pl.* ~s [~s; ~s]) UC 牙痛. I had a (terrible) *toothache* and went to the dentist. 我的牙齒(劇烈地)疼痛，所以去看牙醫.

✱tooth·brush [`tuθ͵brʌʃ; `tuːθbrʌʃ] n. (*pl.* ~es [~ɪz; ~ɪz]) C 牙刷(→ brush¹圖). They didn't use a *toothbrush* to clean their teeth. 他們不用牙刷清潔牙齒.

toothed [tuθt, tuðd; tuːθt] adj. 有齒的; 鋸齒狀的.

tooth·less [`tuθlɪs; `tuːθlɪs] adj. 無齒的; 掉了齒的.

tooth·paste [`tuθpest; `tuːθpeɪst] n. U 牙膏.

tooth·pick [`tuθ͵pɪk; `tuːθpɪk] n. C 牙籤.

tóoth pòwder n. U 牙粉.

tooth·some [`tuθsəm; `tuːθsəm] adj. 〔食物〕美味的.

tooth·y [ˋtuθɪ; ˈtuːθɪ] adj. 《口》牙齒(大而)明顯的. have a *toothy* smile 露齒微笑.

too·tle [ˋtutl; ˈtuːtl]《口》 vi. **1** 輕輕地反覆吹著〔笛子等〕.

2 《英》(驅車等悠閒地)前往.
— n. ○ 吹笛子等的聲音.

toot·sy [ˋtutsɪ; ˈtuːtsɪ] n. (pl. **-sies**) ○《幼兒語》腳(foot).

‡**top**¹ [tɑp; tɒp] n. (pl. ~**s** [~s; ~s]) 《頂峰》

1 ○ (通常加the)頂部, 頂, 頭; 頂峰; 上部; 尖端; (樹的)梢. the *top* of a mountain 山頂/at the *top* of the page 在該頁的最上端/the treetops 樹梢. 《top 為表示「最高部分」的最常用語; →peak, summit.

2 ○ (通常加the) (容器的)蓋子, 栓塞; (汽車等的)頂蓋, 車篷. the *top* of a bottle 瓶塞/the *top* of a convertible 敞篷車的折疊式頂篷.

3 ○ (通常加the) (桌子等的)表面, 桌面. the *top* of the table 桌面/the *top* of the pond 池塘的水面.

4 ⋃ (加the) (第一的)上席; 首席, 最高位. sit at the *top* of the table 坐在餐桌的上座/He is at the *top* of his class. 他是班上第一名.

5 ⋃ (加the)極限, 極度, 頂峰, 極致; 最優秀的部分. at the *top* of one's voice 發出最響的聲音/the *top* of the harvest 收成的最好部分.

6 《形容詞性》最高的; 首席的. the *top* drawer (→見 top drawer)/at *top* speed 全速, 高速/a *top* secret 最高機密/the *top* ten 前十名《特指暢銷的唱片等)/come out *top* 成為第一, (在班上)成為第一名/He holds one of the *top* jobs in that company. 他擔任那家公司的最高層職位(之一).

《上部》 **7** ○ (通常tops) (紅蘿蔔, 白蘿蔔等的)露出地面的部分, 莖葉. carrot [turnip] *tops* 紅蘿蔔[蕪菁]的葉子.

8 ○ (身體的)上半身所穿著的衣服. a pajama *top* 睡衣的上衣.

9 ○ 《棒球》(一局的)前半局.

10 =top gear. ↔ bottom.

blów one's tóp 《口》發脾氣.

còme to the tóp 出現; 出類拔萃.

from tòp to bóttom [*tóe*] 從頭到腳; 完全地. search the house *from top to bottom* 找遍屋中每個角落.

gò over the tóp (1)(為衝鋒而)自壕溝跳出來向前衝; 《口》毅然地付諸行動. (2)《美》獲得超過目標的成績.

in tòp (géar) 《英》《汽車》以最高速檔行駛.

off the tóp of one's héad 未深思地, 即席地.

on tóp (1)在上面; 《英》在雙層巴士的上層座位上. a birthday cake with twelve candles *on top* 插著十二根蠟燭的生日蛋糕. (2)成功地; 勝利地. come out *on top* 成功, 勝利. (3)支配, 統治.

on tóp of... (1)在…之上. The wall fell *on top of* the child. 那座牆塌落在小孩的身上. (2)加上….

She lost her way and *on top of* that it began to rain. 她迷了路, 而且又下起雨來. (3)支配…. get *on top of...* 征服[壓倒]…. (4)管理…. be *on top of* the situation 掌握情況[局勢].

on tòp of the wórld 《口》得意洋洋的.

rèach the tòp of the trée [*ládder*] (地位等)達到頂峰; 成為首要人物.

to the tòp of one's *bént* 盡力, 竭盡全力; 全心全意.

— vt. (~**s** [~s; ~s]; ~**ped** [~t; ~t]; ~**ping**)

1 到達…的頂峰, 登上…. *top* a peak 到達山頂.

2 覆蓋於…的頂端, 給…蓋上蓋子. 《with》. a mountain *topped* with snow 被雪覆蓋的山峰.

3 居…的首位. He *topped* the league in homers. 他的全壘打數居聯盟首位/He *tops* his class in English. 他的英語是班上第一.

4 更高; 勝過, 超越. He *tops* six feet. 他身高超過六英尺/Our profits have *topped* our rivals' this year. 今年我們的利潤超過了競爭對手.

5 《高爾夫球》擊(球)的上半部.

6 切除(紅蘿蔔等的)頂端的葉子.

tòp/.../óff 《美》(1)完成…, 結束…. 《with》. He *topped* the meal *off with* a glass of brandy. 他最後喝了一杯白蘭地, 結束用餐. (2) =top/.../out.

tòp/.../óut 舉行〔大型建築物)的竣工儀式.

tòp/.../úp 在〔容器中)加滿…《with》; 補足…不足的部分/《口》在〔人)的杯裡添加飲料. *top up* a battery 補充電瓶液.

to tòp it áll 再者, 更有甚者.

● ——與 TOP 相關的用語		
screw top	(瓶子等可轉開的)旋蓋	
treetop	樹梢	housetop 屋頂
rooftop	屋頂	hilltop 山丘頂
mountaintop	山頂	tiptop 顛峰

*‖**top**² [tɑp; tɒp] n. (pl. ~**s** [~s; ~s]) ○ 陀螺. spin a *top* 抽(轉)陀螺.

slèep like a tóp 酣睡.

to·paz [ˋtopæz; ˈtəʊpæz] n. **1** ⋃《礦物》黃玉.

2 ○ 黃玉石(黃玉磨製成的寶石; 11 月的誕生石; → birthstone 表)).

tòp bráss n. ○《俚》《集合》高級軍官.

top·coat [ˋtɑp͵kot; ˈtɒpkəʊt] n. **1** ⋃○ (漆等的)表層.

2 =overcoat.

tòp dóg n. ○《俚》勝利者(↔ underdog).

tòp dráwer n. ○ (加the)抽屜的最上層; 《口》(社會的)最上層.

to·pee [toˋpi; ˈtəʊpiː] n. ○ (在熱帶地方戴的)用以遮陽的盔形帽(用一種草芯做成的).

top-flight [ˋtɑpˋflaɪt; ˈtɒpflaɪt] adj.《口》一流的, 最高級的.

top·gal·lant [͵tɑpˋgælənt, təˋgælənt; ͵tɒpˋgælənt] n. ○《海事》 **1** 上桅, 頂桅(連接在 topmast 上; → mast¹ 參考); 亦稱作 topgállant màst). **2** 上桅帆(亦稱作 topgállant sàil).

tòp géar n. ⋃《英》(汽車的)高速檔《美》為

high gear).

in tòp géar → top n. 的片語。

tŏp hăt *n.* C 大禮帽。

top-heav·y [ˋtɑpˏhɛvɪ; ˏtɒpˈhevɪ] *adj.* 〔主敍述〕頭腦昏沈的, 頭重腳輕的; 不穩定的。

to·pi [ˋtopi, toˋpi; ˈtəʊpɪ] *n.* = topee.

to·pi·ar·y [ˋtopɪˏɛrɪ; ˈtəʊpjərɪ] *n.* (*pl.* **-ar·ies**) U 裝飾性的修剪法; C 經過刻意修剪美化的庭園。

[top hat]

[topiary]

***top·ic** [ˋtɑpɪk; ˈtɒpɪk] *n.* (*pl.* **~s** [~s; ~s]) C 話題; 論題, 題目。discuss *topics* of the day [current *topics*] 談論現在(熱門)的話題/the main *topic* of a lecture 演講[講課]的主題/a *topic* sentence 主題句(通常置於段落第一句)。

top·i·cal [ˋtɑpɪkḷ; ˈtɒpɪkl] *adj.* 時事問題的。a *topical* novel 談論時事問題的小說/subjects of *topical* interest 時事性的主題。

top·i·cal·i·ty [ˏtɑpɪˋkælətɪ; ˏtɒpɪˈkælətɪ] *n.* (*pl.* **-ties**) **1** U 時事性。 **2** C (通常 -ties)時事議題。

top·i·cal·ly [ˋtɑpɪkḷɪ, -ɪklɪ; ˈtɒpɪkəlɪ] *adv.* 順著話題地; 作為時事議題地。

top·knot [ˋtɑpˏnɑt; ˈtɒpnɒt] *n.* C **1** (鳥的)冠毛; **2** (頭頂的)髮絡; 髮髻; (蝴蝶結的)絲帶(從前裝飾於女子頭上)。

top·less [ˋtɑplɪs; ˈtɒplɪs] *adj.* **1** 〔衣服等〕露胸的。 **2** 〔女性〕穿著露胸裝的, 上空的。

top-lev·el [ˋtɑpˋlɛvḷ; ˏtɒpˈlevl] *adj.* 最高層級的。a *top-level* meeting 高層會議。

top·mast [ˋtɑpˏmæst, -məst; ˈtɒpmɑːst] *n.* C (海事)中桅(→ mast¹ 參考)。

***top·most** [ˋtɑpˏmost, -məst; ˈtɒpməʊst] *adj.* 最高的, 最上面的。Bring me the red book on the *topmost* shelf. 把架子最上層的紅皮書拿給我。

top-notch [ˋtɑpˋnɑtʃ; ˈtɒpnɒtʃ] *adj.* 《口》一流的; 最高級的。

to·pog·ra·pher [toˋpɑgrəfɚ, tə-; təˈpɒgrəfə(r)] *n.* C 地形學家, 地誌學家。

top·o·graph·ic [ˏtɑpəˋgræfɪk; ˏtɒpəˈgræfɪk] *adj.* 地形學的; 地形上的; 地誌的。

top·o·graph·i·cal [ˏtɑpəˋgræfɪkḷ; ˏtɒpəˈgræfɪkl] *adj.* = topographic.

top·o·graph·i·cal·ly [ˏtɑpəˋgræfɪkḷɪ, -ɪklɪ; ˏtɒpəˈgræfɪkəlɪ] *adv.* 地形(學)上。

to·pog·ra·phy [toˋpɑgrəfɪ, tə-; təˈpɒgrəfɪ]

n. (*pl.* **-phies**) **1** U 地形學, 地誌。 **2** UC (一地區的)地勢(圖)。

top·per [ˋtɑpɚ; ˈtɒpə(r)] *n.* C《口》**1** 大禮帽 (top hat)。 **2** 寬鬆的半短外套(婦女穿的短大衣)。

top·ping [ˋtɑpɪŋ; ˈtɒpɪŋ] *n.* UC 上層裝飾物(添加在食品上頭的奶油, 調味醬等)。put chocolate *topping* on a cake 在蛋糕上撒[淋]巧克力。
—— *adj.* 《主英、俚》極棒的(excellent)。

top·ple [ˋtɑpḷ; ˈtɒpl] *vi.* 搖搖欲墜; 倒下《over》。The pile of bricks *toppled over* onto the ground. 磚堆坍倒在地面上。
—— *vt.* 顛覆; 推倒《over》。*topple* the regime 推翻政權。

top-rank·ing [ˋtɑpˋræŋkɪŋ; ˈtɒpˈræŋkɪŋ] *adj.* 最高位的; 一流的。

tops [tɑps; tɒps] *adj.* 〔敍述〕一流的; 最高的。Who's *tops* in the mystery field now? 誰是當今推理小說界的第一把交椅?

top·sail [ˋtɑps!; ˈtɒpsl] *n.* C (海事)上桅帆, 中桅帆, (連接在 topmast 上的帆, 分為 upper topsail 和 lower topsail)。

top-se·cret [ˋtɑpˋsikrɪt; ˈtɒpˈsiːkrɪt] *adj.* (通常指軍事上)極[最高]機密的。A *top-secret* document was stolen from the Foreign Office. 一份極機密文件從外交部被盜出。

top·side [ˋtɑpˋsaɪd; ˈtɒpsaɪd] *n.* **1** U《英》條板肉(從腿的上部割取的上等(牛)肉)。 **2** C (通常 topsides)(船舶)乾舷(吃水線以上的舷側)。

top·soil [ˋtɑpˏsɔɪl; ˈtɒpsɔɪl] *n.* U 表土, 土壤的表層。

top·sy-tur·vy [ˋtɑpsɪˋtɝvɪ; ˏtɒpsɪˈtɜːvɪ] *adj.* **1** 顛倒的; 反了的。 **2** 亂七八糟的。
—— *adv.* **1** 顛倒地; 相反地。 **2** 亂七八糟地。
—— *n.* U **1** 顛倒, 翻倒。 **2** 混亂。

toque [tok; təʊk] *n.* C 小圓帽(無邊的婦女帽)。

tor [tɔr; tɔː(r)] *n.* C 多岩石的小山。

***torch** [tɔrtʃ; tɔːtʃ] *n.* (*pl.* ~es [~ɪz; ~ɪz]) C **1** 《英》手電筒(《美》flashlight)。shine a *torch* 用手電筒照。 **2** 火把, 火炬。a flaming *torch* 熊熊的火炬/the Olympic *torch* 奧林匹克聖火。 **3** 《美》(焊接用的)焊接燈。 **4** (知識, 文化的)光, 「火炬」。hand on the *torch* of learning 將學問之光傳給後世。
càrry a [the] tórch for... 單戀…。

[toque]

torch·bear·er [ˋtɔrtʃˏbɛrɚ, -ˏbærɚ; ˈtɔːtʃbeərə(r)] *n.* **1** 舉火把者。 **2** (團體, 組織的)領袖, 領導者。

torch·light [ˋtɔrtʃˏlaɪt; ˈtɔːtʃlaɪt] *n.* U 火把的光。

tore [tor, tɔr; tɔː(r)] *v.* tear² 的過去式。

tor·e·a·dor [ˋtɔrɪəˏdɔr; ˈtɒrɪədɔː(r)] *n.* (西班牙

語) n. C (特指騎馬的)鬥牛士.

***tor·ment** [ˋtɔrment; ˈtɔːment] (★與 v. 的重音位置不同) n. (pl. ~s [~s; ~s]) **1** UC (精神上, 肉體上的)劇烈的痛苦, 苦惱, 苦悶, (torture). be in torment 受苦/torture 遭受各種苦痛煎熬.

2 C 痛苦的原因, 勞苦的起因. The boy is a constant torment to his parents. 這個男孩一直讓他的父母苦惱.

— [tɔrˋment; tɔːˈment] vt. ~s [~s; ~s]; ~ed [~ɪd; ~ɪd]; ~ing) 使受苦, 使苦惱, (with). be tormented with toothache 受牙痛之苦/torment a person with troublesome questions 以麻煩的問題困擾某人/His crime tormented his conscience. 他的罪孽折磨著他的良心/The memory tormented him for years. 回憶折磨了他許多年.

tor·men·tor [tɔrˋmentɚ; tɔːˈmentə(r)] n. C 使痛苦的人; 使苦惱的東西.

torn [tɔrn, tɔrn; tɔːn] v. tear² 的過去分詞.

tor·na·do [tɔrˋnedo; tɔːˈneidəʊ] n. (pl. ~s, ~es) C (特指美國中部平原的)龍捲風, 旋風.

To·ron·to [təˋranto; təˈrɒntəʊ] n. 多倫多(加拿大 Ontario 首府).

tor·pe·do [tɔrˋpido; tɔːˈpiːdəʊ] n. (pl. ~es) C **1** 水雷, 魚雷. **2** (美)(鐵路)信號雷管(安裝於線路上作為警報之用). **3** (美)摔砲(一種往地上摔使其爆裂的砲竹).

— vt. **1** 用水雷[魚雷]攻擊, 破壞.
2 破壞(政策等).

torpédo bòat n. C 魚雷艇.

tor·pid [ˋtɔrpɪd; ˈtɔːpɪd] adj. **1** 無活力的; 笨拙的, 遲鈍的.
2 (冬眠中的動物)一動也不動的; 無感覺的.

tor·pid·i·ty [tɔrˋpɪdətɪ; tɔːˈpɪdəti] n. U 不活潑, 笨拙; 無感覺.

tor·pid·ly [ˋtɔrpɪdlɪ; ˈtɔːpɪdli] adv. 不活潑地.

tor·por [ˋtɔrpɚ; ˈtɔːpə(r)] n. U **1** 不活潑; 無感覺. **2** 多眠.

torque [tɔrk; tɔːk] n. **1** C (歷史)金屬項圈, 飾環, (古代條頓人或高盧人戴在脖子或手腕上的裝飾品). **2** U (機械)轉矩(軸的扭轉力).

***tor·rent** [ˋtɔrənt, ˋtar-; ˈtɒrənt] n. (pl. ~s [~s; ~s]) C **1** 急流, 奔流, 激流. a mountain torrent 山谷中的急流.
2 (如奔流般的)湧出; 連發; (torrents)傾盆大雨. a torrent of abuse 恣意謾罵/The rain is falling in torrents. 雨如瀑布般傾瀉而下.

tor·ren·tial [tɔrˋrenʃəl, ta-; təˈrenʃl] adj. 急流的; 噴湧而出的; 猛烈的. a torrential rain 傾盆大雨.

tor·rid [ˋtɔrɪd, ˋtar-; ˈtɒrɪd] adj. **1** 非常熱的, 炎熱的; 熱帶的; (→ frigid, temperate).
2 (感情, 戀愛, 故事等)熾熱的, 強烈的.

tor·rid·ly [ˋtɔrɪdlɪ, ˋtar-; ˈtɒrɪdli] adv. 如火般燙地; 熱烈地.

Tórrid Zòne n. (加 the)熱帶(→ zone 圖).

tor·sion [ˋtɔrʃən; ˈtɔːʃn] n. U 扭轉; 扭; (機械)扭力.

tor·so [ˋtɔrso; ˈtɔːsəʊ] n. (pl. ~s) C **1** (人體的)軀幹(trunk). **2** 軀幹像(沒有頭, 手, 腳的人體像). **3** (文章)未完成的作品, 一部分殘缺[不完全]的作品.

tort [tɔrt; tɔːt] n. C (法律)不法行為(民事上可要求賠償損害之行為; 諸如詐欺, 強占, 毆打之類).

tor·til·la [tɔrˋtija, tɔːˈtiːjə] n. (西班牙語) n. UC 未經發酵的玉米餅(墨西哥的扁圓玉米麵餅).

tor·toise [ˋtɔrtəs, -tɪs; ˈtɔːtəs] (★注意發音) n. C (動物)(特指陸生的)龜(→ turtle).

tor·toise·shell [ˋtɔrtəs͵ʃɛl, -tɪs-; ˈtɔːtəʃel] n. **1** U 龜甲. **2** C 花貓. **3** C (蟲)蛺蝶.

tor·tu·ous [ˋtɔrtʃʊəs; ˈtɔːtʃʊəs] adj. **1** 曲折的. a tortuous path 彎曲的小路.
2 不直率的, 拐彎抹角的, 有陷阱的. a tortuous argument 拐彎抹角的爭論.

tor·tu·ous·ly [ˋtɔrtʃʊəslɪ; ˈtɔːtʃʊəsli] adv. 曲折地; 拐彎抹角地, 不正當地.

***tor·ture** [ˋtɔrtʃɚ; ˈtɔːtʃə(r)] n. (pl. ~s [~z; ~z]) **1** UC (精神上, 肉體上)極度的痛苦, 折磨, (torment) 受折磨/The long wait was (a) torture for us all. 長久的等待對我們大家來說是一種折磨.
2 U 拷問; C 拷問的方法. put a person to torture 拷問某人/an instrument of torture (拷問用的)刑具/make a person talk by torture 拷問某人使其開口(說實話).

— vt. (~s [~z; ~z]; ~d [~d; ~d]; ~tur·ing [-tʃərɪŋ; -tʃərɪŋ]) **1** 虐待, 折磨, (人, 動物), (with, by). be tortured with (a) headache 受頭痛折磨/be tortured by conscience 受良心譴責.
2 拷問. The prisoner was tortured to death. 犯人被拷問至死.

tor·tur·er [ˋtɔrtʃərɚ; ˈtɔːtʃərə(r)] n. C 使人極度痛苦者[之物]; 施行拷問的人.

To·ry [ˋtɔrɪ, ˋtorɪ; ˈtɔːri] n. (pl. -ries) C **1** (英史)托利黨黨員, 保皇黨黨員, (→ Whig). the Tories = the Tory Party.
2 (英, 口)(現在的)保守黨黨員(Conservative); (或 tory)保守主義者.
3 (美史)英國派(獨立戰爭時反對獨立的人).

— adj. 英國保守黨(員)的.

To·ry·ism [ˋtɔrɪɪzəm, ˋtorɪ-; ˈtɔːriɪzəm] n. U 保皇黨主義; 保守主義.

Tóry Pàrty n. (加 the)(英史)托利黨(原英國保皇黨; 1832 年改名為 Conservative Party (保守黨), 但現在仍常作為保守黨的通稱).

***toss** [tɔs; tɒs] v. (~·es [~ɪz; ~ɪz]; ~ed [~t; ~t]; ~ing) vt. **1** (a)向上拋, 輕輕地投擲, (→ throw 圖). toss a ball (向上)拋球/toss a pancake (在煎鍋上)將煎餅拋起翻面/The father tossed the baby into the air. 父親將小孩拋向空中. (b) 句型4 (toss A B), 句型3 (toss B to A)把B(物)投給A(人); 把B(球)傳給A(隊友). (★從下面撈起似地輕輕拋擲). Toss me the

ball. = *Toss* the ball *to* me. 把球傳給我.

2 (爲決定順序等而)抛〔硬幣〕(*up*). *toss* a coin (→ coin *n.*).

3 使上下猛烈搖動. The ship was *tossed* about by the waves. 船被波浪打得劇烈搖晃.

4 (身體的一部分)突然地向(向後仰等)〔向後仰等〕. *toss* one's head (back) 把頭猛然向後一仰(輕蔑或情緒焦躁的表現).

5 《烹飪》攪拌〔蔬菜沙拉等〕.

— *vi.* **1** (爲決定順序等而)抛硬幣(*up*). They *tossed* (*up*) to decide who should go first. 他們丟硬幣來決定由誰先去.

2 (上下地)搖動; 亂翻亂滾; 睡覺翻身. Our ship *tossed* in the stormy sea. 我們的船在暴風雨的海上顛簸搖晃/He was *tossing* all night long. 他整夜翻來覆去.

tòss a pérson for... 抛硬幣決定某人〔順序等〕. I *tossed* John *for* the seat. 我和約翰抛硬幣決定由誰坐那個位子.

tòss /.../óff (1)〔馬將人〕摔下來. (2)迅速地做完〔工作等〕. *toss off* a novel in just three weeks 僅用三週的時間就把一部小說寫完了. (3)把〔酒等〕一飲而盡.

tòss /.../óut (棒球)封〔觸〕殺跑者.

tòss úp¹ 向上抛硬幣(→ toss-up).

tòss /.../úp² (1)向上抛〔硬幣〕. (2)迅速地料理〔食物等〕. *toss up* a light snack 很快做個點心.

— *n.* (*pl.* ~es [~ɪz; ~ɪz]) **1** ⓒ 向上投擲; 〔頭〕猛然後仰. with a *toss* of the head 把頭向後一仰(→ *vt.* 4).

2 (加 the) 抛硬幣(由抛出的正反面來決定事物). win [lose] the *toss* 抛硬幣獲勝〔落敗〕.

3 ⓒ (用單數)(常加 the)上下晃動, 搖動. the *toss* of the waves 波浪的起伏.

àrgue the tóss 《口》(對已經決定的事情)找碴, 挑毛病.

toss-up [ˋtɔs͵ʌp; ˈtɒsʌp] *n.* **1** ⓒ (通常加 a)抛硬幣(由抛出的正反面來決定事物). The game was decided by a *toss-up*. 比賽勝負由抛硬幣決定.

[toss-up 1]

2 ⓐⓤ 《俚》輸贏各半的打賭, 成敗各半的可能. It's a *toss-up* whether he will be elected or not. 他選上與否的機率各佔一半.

tot¹ [tɑt; tɒt] *n.* ⓒ 《口》 **1** 幼兒, 小孩. a tiny *tot* 小孩子. **2** (酒的)一點點, 一杯.

tot² [tɑt; tɒt] *v.* (~s; ~ted [-ɪd; -ɪd]; ~ting) 《口》 *vt.* 加上, 總計, (*up*).

— *vi.* 總計爲…(*up to*).

*to·tal [ˋtotl; ˈtəʊtl] *adj.* **1** 全部的(↔ partial); 總計的. the *total* amount 總額/a

total eclipse of the sun 日全蝕.

2 《限定》完全的, 徹底的. a *total* failure 徹底的失敗/I was stopped in the street by a *total* stranger. 我在街上被一個完全陌生的人攔住.

> 搭配 total + *n.*: ~ confusion (非常混亂), ~ defeat (慘敗), ~ destruction (嚴重的破壞), ~ ignorance (極度的無知), ~ nonsense (一派胡言).

— *n.* (*pl.* ~s [~z; ~z]) ⓒ 合計, 總計. What's the grand *total*? 總共多少?/a *total* of $120 合計 120 美元/in *total* 總共, 總計.

— *v.* (~s [~z; ~z]; 《美》~ed, 《英》~led [~d; ~d]; 《美》~ing, 《英》~ling) *vi.* 合計(爲…)(*up*). Our debts *totaled up* to $80,000. 我們的債務總計達八萬美元.

— *vt.* **1** 合計(*up*); 合計爲…. *total* a column of figures 把一列數字加起來/Traffic accidents in this town *total* two hundred a year. 這個鎮上的交通事故一年共達兩百起.

2 《美, 俚》使〔車子等〕完全毀損, 報廢.

to·tal·i·tar·i·an [͵totælǝˋtɛrɪǝn, to͵tælǝ-, -ˋter-, ͵totlˋtɛr-; ͵tǝʊtælɪˈteǝrɪǝn] *adj.* 極權主義的. a *totalitarian* state 極權主義國家.

— *n.* ⓒ 極權主義者.

to·tal·i·tar·i·an·ism [͵totælǝˋtɛrɪǝ͵nɪzǝm, to͵tælǝ-, -ˋter-, ͵totlˋtɛr-; ͵tǝʊtælɪˈteǝrɪǝnɪzǝm] *n.* ⓤ 極權主義.

to·tal·i·ty [toˋtælǝtɪ; tǝʊˈtælɪtɪ] *n.* (*pl.* -ties) **1** ⓤ 全體; 完整性. **2** ⓒ 《文章》合計, 總計. **3** ⓒ 《天文》全蝕(的時間)(亦作 tòtal eclípse).

to·tal·i·za·tor [ˋtotl͵zetǝ; ˈtǝʊtǝlaɪzeɪtǝ(r)] *n.* ⓒ 《文章》(賽馬等的)賭金計算器(總計賭金後並從中扣除手續費, 稅金等, 計算中獎者應得金額的機器). 【參考】日本採此種賽馬方式; 英國則大部分是透過 bookmaker 的方式: 各個 bookmaker 將每匹參賽馬的賭注率(odds)顯示出來後再募集賭金.

*to·tal·ly [ˋtotlɪ; ˈtǝʊtǝlɪ] *adv.* 完全地, 徹底地; 所有地. The enemy was *totally* destroyed. 敵人被徹底消滅了/I *totally* forgot it. 我完全忘記了.

tote¹ [tot; tǝʊt] *vt.* 《口》搬運, 攜帶.

tote² [tot; tǝʊt] *n.* 《口》totalizator.

tóte bàg *n.* ⓒ 大型購物袋.

to·tem [ˋtotǝm; ˈtǝʊtǝm] *n.* ⓒ **1** 圖騰(北美洲原住民等視爲其氏族象徵的動植物等自然物). **2** (特指木雕的)圖騰像.

tótem pòle *n.* ⓒ 圖騰柱(北美洲原住民雕繪圖騰像的柱子).

tot·ter [ˋtɑtǝ; ˈtɒtǝ(r)] *vi.* **1** 跟蹌; 搖搖晃晃地走. **2** 〔建築物等〕搖搖欲墜; 〔國家, 制度等〕動搖.

tot·ter·y [ˋtɑtǝrɪ; ˈtɒtǝrɪ] *adj.* 跟蹌的; 搖搖晃晃的.

tou·can [ˋtukæn, tuˋkæn;

[totem pole]

 ['tu:kən] *n.* ⓒ (鳥)巨嘴鳥
《有巨大的喙和美麗的羽毛;
產於熱帶美洲》.

[toucan]

***touch** [tʌtʃ; tʌtʃ] *v.*
(~·**es** [~ɪz; ~ɪz];
~ed [~t; ~t]; ~**ing**) *vt.*

〖用手觸摸〗 **1** 觸摸, 觸
碰; 用手觸碰. *Touch* it
and see if it's hot. 摸摸看
是不是熱的/He *touched*
his hat. 他摸摸他的帽子.

2 吃〔食物, 飲料〕(通常用
於否定句); 動用〔資金等〕.
What's wrong? You haven't *touched* your sup-
per. 怎麼了? 你晚飯一口都沒吃.

〖輕觸〗 **3** 輕觸; 按〔門鈴等〕; 彈奏〔樂器〕.
touch a bell 按鈴/She hasn't *touched* the piano
for a year. 她有一年沒有碰那臺鋼琴了.

4 〔輕微地〕描繪; 潤飾; 收尾. *touch/.../in* [up]
(→片語).

5 塗上(*with* 〔淡的顏色〕); 使有(…的)樣子
(*with*); (通常用被動語態). His hair was slightly
touched with gray. 他的頭髮有點白/admiration
touched with envy 夾雜著嫉妒的讚美.

6 《文章》言及, 觸及. He *touched* the subject
briefly in his talk. 他在談話中簡短地論及那個
話題.

7 〔船〕停泊, 停靠. We won't *touch* land for
another month yet. 我們未來一個月內尚不會靠岸.

〖伸手所及〗 **8** 達到, 及. I jumped and
touched the ceiling. 我跳起來摸到天花板/The dol-
lar *touched* 125 yen today. 今天1美元(的匯率)達
到125日圓.

9 《及於》匹敵(*for, in* …的方面; *as* 作爲…)(通常
用於否定句). No one can *touch* him *for* dili-
gence [*as* a playwright]. 沒有人能比他勤奮[他是
無人能比的劇作家].

〖接觸〗 **10** 觸及, 接觸; 鄰接; 使接觸(*to*).
The branches hung down and *touched* the
ground. 樹枝下垂碰到地面/The town *touches* the
Kansas border. 那座城鎮與堪薩斯州的邊境相鄰/
She *touched* her lips *to* his forehead. 她用雙唇輕
吻他的前額.

11 【取得接觸】《口》央求(*for*). *touch* the bank
for a loan 向銀行接洽貸款/Can I *touch* you *for*
ten dollars? 我能向你借10美元嗎?

〖涉及>影響〗 **12** 《文章》有關; 影響. This
problem *touches* all of us. 這個問題與我們都
有關.

13 使感動; 使發怒; 使發狂; (通常用被動語態).
I was greatly *touched* by the sad story. 我被那個
悲哀的故事深深感動/His abuse did not *touch* me.
我不在乎他的毀謗/*touch* a person on a sore spot
觸及某人的痛處/be a little *touched* in the head
頭腦有點不正常.

14 損害, 傷害. The orange crop was *touched*
by frosts. 柳橙的收成因霜害而受損/The rumor
didn't *touch* his reputation. 謠言無損於他的名譽/
The depression hasn't *touched* my company yet.
景氣低迷尚未對我們公司造成影響.

— *vi.* 接觸, 碰觸. Their hands *touched*. 他們的
手碰在一起了/Do not *touch*. 請勿觸摸《展覽會等的
告示》.

tóuch at... 〔船等〕停泊在….

tòuch dówn (1)〔橄欖球、美式足球〕達陣(→ touch-
down). (2)〔飛機等〕著陸, 降落.

tòuch/.../ín 〔畫的細部等〕潤飾, 著色. Details
in the background were *touched in* afterwards.
後來又對背景的細節部分潤飾.

tòuch/.../óff (1)發射〔大砲等〕; 引爆〔炸藥等〕; 使
產生〔爆炸 等〕. (2)使開始…, 引起…, 觸發….
touch off an argument 引起一場爭論.

tóuch on [*upon*]... (1)稍稍言及…. I want to
touch on one more subject. 我想稍稍再談一個問
題. (2)接近…, 靠近…. His scheme *touches on*
madness. 他的計畫幾近瘋狂.

tòuch/.../óut (棒球)=tag² *v.* 2.

tòuch/.../úp 修正…; 加工…. *touch up* a paint-
ing [photo] 把畫加以潤色[把照片加以修整]/*touch
up* one's makeup 補妝.

— *n.* (*pl.* ~·**es** [~ɪz; ~ɪz]) 〖碰觸〗 **1** ⓒ觸,
摸, 觸摸的方式; 輕輕的敲擊. at a *touch* of his
hand 碰一下他的手/give him a light *touch* 輕輕地
摸他一下/at the *touch* of the whip 用鞭子輕輕抽
了一下.

2 ⓤ觸覺; ⓒ(通常用單數)觸感, 手的觸摸感.
the woolly *touch* of the cloth 這塊布的羊毛觸感/
This cloth is silky to the *touch*. 這塊布摸起來的
觸感像絲綢.

3 ⓒ(鋼琴琴鍵等的)觸感, 調子. a piano with a
smooth *touch* 觸感滑順的鋼琴/This keyboard has
a stiff *touch*. 這臺電腦的鍵盤不好按.

4 ⓤ〔橄欖球、足球〕觸界(touchlines 外側的區
域).

〖稍稍碰觸〗 **5** ⓒ(最後完成的)潤筆, 潤色; 修
正. put the finishing *touches* to a work 最後把作
品加以潤飾/add a romantic *touch* to a story 在故
事中增添羅曼蒂克的描述.

6 ⓒ些許, 氣味; ⓐⓤ輕微的病; 徵候; (*of*).
There's a faint *touch of* spring in the air. 空氣
中已依稀可感覺到些微春天的氣息了/Jane is a
touch darker than June. 珍比瓊稍黑些/★此句中a
touch 是副詞性的用法/There seems to have a
touch of the sun. 她好像有點兒中暑.

〖碰觸的方法〗 **7** ⓐⓤ(藝術的)技巧, 手法, 訣
竅; 演奏的姿勢, 演奏; 文章的風格. He's losing
his *touch*. 他的技巧生疏了/The painter has a
skillful *touch*. 那位畫家手法純熟/He has a light
touch on the piano. 他輕柔地彈奏鋼琴.

8 ⓒ(人的)做事的方法, 手法. The author's per-
sonal *touches* are sprinkled all over the book.
這位作者的獨特手法在書中隨處可見/I recognized
Mary's feminine *touch* in everything in the

room. 房間裡隨處可感受到瑪莉的女性風格.

＊ **in tóuch** 保持聯繫(with); 知曉, 瞭解, 《with》. Have you been *in touch with* Fred recently? 你最近與弗瑞德有聯繫嗎?/He wanted to get *in touch with* his old friends. 他想和以前的老朋友取得聯繫? 你能幫我介紹一位好醫生嗎? (<使與好的醫生接觸)/remain *in touch with* the international situation 依然明瞭國際形勢.

kèep in tóuch (**with…**) (和…)保持聯繫; 通曉(…), Let's *keep in touch* (*with* each other). 我們繼續保持聯繫吧!

lòse tóuch 失去聯繫(with); 生疏, 不瞭解, 《with》.

＊ **out of tóuch** 失去聯繫[接觸]; 生疏, 不瞭解, 《with》. The leaders were *out of touch with* the people. 領導階層已疏離了人民/be *out of touch with* reality 脫離現實.

tòuch and gó *n.* ⓤ危險的狀態. It's *touch and go* whether the patient will live. 這個病人是否得以脫險目前還不清楚.

touch-and-go [ˋtʌtʃənˋgo; ˌtʌtʃənˋgəu] *adj.* 危急的, 間不容髮的. a *touch-and-go* state of affairs 一觸即發的狀態.

touch·down [ˋtʌtʃˌdaun; ˋtʌtʃdaun] *n.* ⓊⒸ
1 《橄欖球、美式足球》達陣; 達陣所得的分數.
2 《飛機等的》降落, 著陸.

tou·ché [tuˋʃe; tuːˋʃeɪ] (法語) *interj.* (這局)你贏啦! (在擊劍或討論等場合中向對方認輸).

touched [tʌtʃt; tʌtʃt] *adj.* 《敘述》**1** 《俚》有點精神不正常的. **2** 感動的, 感激的.

touch·ing [ˋtʌtʃɪŋ; ˋtʌtʃɪŋ] *adj.* 令人感動的; 感傷的. a *touching* story of a son's devotion to his mother 一個兒子對母親無私奉獻的感人故事.
— *prep.* 《雅》(有時用 as touching)關於….

touch·ing·ly [ˋtʌtʃɪŋlɪ; ˋtʌtʃɪŋlɪ] *adv.* 感動地; 催人落淚地.

touch·line [ˋtʌtʃˌlaɪn; ˋtʌtʃlaɪn] *n.* ⓒ(足球等的)邊線(賽場上兩邊的長線; → goal line).

touch·stone [ˋtʌtʃˌston, ˋtʌtʃˌstoʊn; ˋtʌtʃstəun] *n.* ⓒ**1** 試金石(以前用來鑑定金、銀的純度).
2 測驗真實價值之物, 試金石. Adversity is the *touchstone* of friendship. 逆境是友誼的試金石.

touch-type [ˋtʌtʃˌtaɪp; ˋtʌtʃtaɪp] *vi.* 不看鍵盤打字.

touch·wood [ˋtʌtʃˌwud; ˋtʌtʃwʊd] *n.* ⓤ火絨, 引火用木條, 《移接打火石火花之物》.

touch·y [ˋtʌtʃɪ; ˋtʌtʃɪ] *adj.* **1** 易怒的, 暴躁的. It's no use talking to you if you will be so *touchy*. 你要是這麼容易生氣的話跟你講也沒用.
2 〔身體的一部分〕神經過敏的.
3 〔問題等〕難處理的; 〔形勢等〕危險的.

＊ **tough** [tʌf; tʌf] *adj.* (**~er; ~est**)〖頑強的〗**1** 〔肉 等〕堅韌的(↔ tender); (彎曲也)不易折斷的. *tough* meat 堅韌的肉/*tough* leather 堅韌的皮革.
2 〔體格等〕結實的, 強壯的. a big, *tough* dog 一條又大又壯的狗/He is really *tough*. 他真是強壯.

---

3 〔行動等〕不屈不撓的; 頑固的; 難對付的, 強硬的. a *tough* worker 能吃苦耐勞的工人/a *tough* customer 《口》難纏的顧客.
〖難對付的〗**4** 胡亂的, 無法無天的; 不法者出入的〔地區等〕. a *tough* criminal 兇暴的罪犯/a *tough* guy 《口》壯漢; 無賴漢/belong to a *tough* gang 屬於流氓幫派.
5 〔工作等〕棘手的, 困難的. a *tough* job 棘手的工作/a very *tough* battle 艱苦的戰役/It will be *tough* to break his alibi. 要推翻他的不在場證明是很困難的/a *tough* nut to crack (→ nut 的片語)
6 《口》遭殃的, 倒楣的. (too bad). That's your *tough* luck. 那是你運氣不好/That's *tough*. 真倒楣.

as tòugh as òld bóots [**léather**] (1)非常堅硬的. (2)非常健壯的. (3)冷酷的.

gèt tóugh with… 嚴格地對待…. You have to *get tough with* these young men. 你必須嚴厲對待這些年輕人.
— *n.* ⓒ《口》胡作非為的人, 粗暴兇狠的人, 流氓地痞.

tough·en [ˋtʌfn; ˋtʌfn] *vt.* 使堅硬; 使強健. Import controls have been *toughened*. 進口管制更加嚴苛了.
— *vi.* 變堅硬; 變健壯. The fighter *toughened* up for the bout. 拳擊手為迎接比賽而鍛鍊身體.

tough·ly [ˋtʌflɪ; ˋtʌflɪ] *adv.* 健壯地; 堅韌地.

tough·ness [ˋtʌfnɪs; ˋtʌfnɪs] *n.* ⓤ堅硬; 健壯; 堅韌; 嚴厲.

tou·pee [tuˋpe, tuˋpi; ˋtuːpeɪ] *n.* ⓒ(遮住禿頭的)假髮(男性用).

＊ **tour** [tur; tʊə(r)] *n.* (*pl.* **~s** [~z; ~z]) ⓒ**1** 旅遊, 旅行, 《因觀光、考察等而周遊各地的旅行》; 短程旅行, 參觀, 《around, round》. a guided [conducted] *tour* 跟團的旅行/a *tour* around the world 環遊世界之旅/go on a *tour* of the factory 去參觀工廠/make an annual *tour* to Europe 到歐洲做一趟年度之旅.
同 tour 指四處走走看看的旅行; → travel.
2 (劇團等的)巡迴演出; (體育隊伍等的)遠征旅行. a provincial *tour* 地方性的巡迴演出.

on tóur (劇團等)巡迴演出中. take a company *on tour* 帶著劇團巡迴演出/The play went *on tour*. 那齣戲在各地巡迴演出.
— *vt.* 旅遊, 旅行; 參觀; 做〔地方等〕巡迴演出. *tour* Canada 去加拿大旅行.
— *vi.* 旅遊, 旅行; 巡迴演出. *tour* in [round] Italy 在義大利旅行.

tour de force [ˌturdəˋfors, -ˋfɔrs; ˌtʊədəˋfɔːs] (法語) *n.* (*pl.* **tours** [~tur-; ~təə-]) ⓒ絕技; 〔藝術]上的)力作, 出色的表演.

tour·ism [ˋtur,ɪzəm; ˋtʊərɪzəm] *n.* ⓤ觀光旅行; 觀光業. *Tourism* is the country's booming industry now. 觀光業是目前該國蓬勃發展的產業.

＊ **tour·ist** [ˋturɪst; ˋtʊərɪst] *n.* (*pl.* **~s** [~s; ~s]) ⓒ**1** 觀光客, 旅行者. Lon-

don is full of *tourists* in summer. 夏天倫敦到處都是觀光客.

2 到外地比賽的運動員.

3 《形容詞性》觀光用的; 觀光客的. the *tourist* industry 觀光業/a *tourist* spot 觀光勝地/a *tourist* attraction 吸引觀光客聚集的名勝[慶典].

4 =tourist class.

tóurist cláss *n.* Ⓤ (飛機等的)經濟艙(二等艙; 有時可以只說 tourist). I always travel *tourist* (*class*). 我都是搭經濟艙旅行.

tour·na·ment [ˋtɔnəmənt, ˋtʊr-; ˈtɔːnəmənt] *n.* Ⓒ **1** 錦標賽, 淘汰賽; 競賽.

2 (中世紀騎士的)馬上比武大會.

tour·ni·quet [ˋtɜrnɪˌkɛt, -ˌke; ˈtʊənɪkeɪ] *n.* Ⓒ(醫學)止血帶.

tou·sle [ˋtaʊzl; ˈtaʊzl] *vt.* 弄亂(頭髮等), 使混亂. *tousled* hair 蓬亂的頭髮.

— *n.* Ⓤ 蓬亂的頭髮.

tout [taʊt; taʊt] *vi.* **1** 招徠, 拉生意, 《*for*》.

2 兜售賽馬的情報.

3 將票加價售出, 賣黃牛票.

— *vt.* 兜售(賽馬的情報); 加價出售(票).

— *n.* Ⓒ (旅館等的)拉客者; (賽馬等的)估計行情者; (英)「黃牛」(《美》scalper).

tow¹ [to; təʊ] *vt.* 用繩索[鐵鏈]牽引(船, 汽車等). *tow* a wrecked car to a garage 把損壞車輛拖到修理廠去.

— *n.* ⓊⒸ 用繩索[鏈子]拖引.

in tów 用繩索[鏈子]拖引; 《口》跟隨在後. take a ship *in tow* 拖引船隻/She walked with all her children *in tow*. 她把全部的孩子帶出去散步.

tow² [to; təʊ] *n.* Ⓤ 麻屑, 亞麻屑, 《製作繩索的材料》.

‡**to·ward** [tord, tɔrd, təˋwɔrd; təˈwɔːd] *prep.* 〖朝著(方向)〗 **1** (與能否到達無關地)朝…的方向, 朝向…. He walked slowly *toward* us. 他朝我們慢慢走來/Our plane was flying *toward* Rome. 我們的飛機正飛往羅馬.

2 朝著…的方向, 面向…. My room faces *toward* the south. 我的房間面朝南方/She stood with her back *toward* us. 她背對我們站著.

3 〖向著(目的)〗為了…(的目的); 以助於…. work *toward* a peaceful world 為世界和平而努力/I made a contribution *toward* the building of a new church. 我捐款協助建造新教堂.

〖向著(對象)〗 **4** 對…. His attitude *toward* us was very warm. 他對我們態度非常親切/How do you feel *toward* him? 你覺得他怎麼樣?

〖向著(時間) > 靠近〗 **5** 靠近…, …時分. *toward* evening 傍晚時分/*toward* the end of the 15th century 將近 15 世紀末.

to·wards [tordz, tɔrdz, təˋwɔrdz; təˈwɔːdz] *prep.* (主英)=toward.

tow·boat [ˋto͵bot; ˈtəʊbəʊt] *n.* Ⓒ 拖船(tugboat).

‡**tow·el** [taʊl, ˋtaʊəl; ˈtaʊəl] *n.* (*pl.* ~s [~z; ~z]) Ⓒ 毛巾; 抹布. a bath *towel* 浴巾/a dish *towel* 抹布/a paper *towel* 紙巾.

thròw ìn the tówel (拳擊)把毛巾丟進場(表示認輸); 《口》認輸, 投降.

— *vt.* (~s; 《美》~ed, 《英》~led; 《美》~ing, 《英》~ling)用毛巾擦拭(*down*).

tow·el·ing (美), **tow·el·ling** (英) [ˋtaʊlɪŋ, ˋtaʊlɪŋ; ˈtaʊəlɪŋ] *n.* Ⓤ 毛巾布.

tówel ràil [ràck] *n.* Ⓒ(通常指金屬條狀的)毛巾架.

‡**tow·er** [ˋtaʊɚ, taʊr; ˈtaʊə(r)] *n.* (*pl.* ~s [~z; ~z]) Ⓒ **1** 塔; 城樓; 塔樓. a bell *tower* 鐘樓/a church *tower* 教堂的塔/a clock *tower* 鐘塔/a television *tower* 電視塔.

2 (呈塔狀的)要塞.

— *vi.* **1** 高聳(*above, over* …之上). The new building *towers* over our houses. 那棟新大樓高高地聳立在我們的房子前面.

2 傑出(*above, over* …之上). As an actor, he *towered* above his contemporaries. 身為一位演員, 他比同時期的人都傑出.

tówer blòck *n.* Ⓒ(英)高層建築.

Tówer Brídge *n.* (很少加the)塔橋(倫敦內橫跨 Thames 河的開啟式橋樑).

tow·er·ing [ˋtaʊrɪŋ, ˋtaʊrɪŋ; ˈtaʊərɪŋ] *adj.* (限定) **1** 個子高的; 高聳的.

2 非常大的; 〔怒氣等〕激烈的. a *towering* achievement 豐功偉業.

Tówer (of Lóndon) *n.* (加the)倫敦塔《位於倫敦市內 Thames 河北岸的舊要塞; 由數座塔構成, 曾作為王宮, 監獄等》.

[the Tower of London]

tówer of stréngth *n.* Ⓒ可完全依賴的人.

‡**town** [taʊn; taʊn] *n.* (*pl.* ~s [~z; ~z]) **1** Ⓒ 城鎮. We live in a small *town* near the sea. 我們住在一個靠海的小城鎮. 同town 比 village(村)大, 但比 city(市)小; 《口》中 city 亦多稱為 town.

2 Ⓤ (通常無冠詞)(城鎮的)商業地區, 中心地帶. go to (the) *town* to do some shopping 到城裡去採購些東西/have an office in *town* 在市區有一間辦事處/Why don't you meet me in *town* after

work? 你何不在下班後在城裡與我碰面？

3 ⓤ (通常無冠詞) 首都，(該地區的) 主要城市 (若在 England 則通常指 London)；自己所居住的城鎮. come to *town* 進城/You're new in *town*, aren't you? 你是鎮上新來的人吧，對吧？/I was out of *town* on that day. 那天我人不在城裡.

4 ⓒ (★用單數亦可作複數) (特定的) 城鎮的居民，市民. The entire *town* was opposed to the project. 全鎮的居民都反對那項計畫.

5 ⓤ (通常加 the) 城鎮的生活；都市 (↔ the country). I like the *town* better than the country. 我喜歡都市勝過鄉村.

6 (形容詞性) 城鎮的，都市的. a *town* girl 都會女子.

gò to tówn (1)進城；去首都.
(2)(口) (歡喜地) 揮霍錢財. After winning the lottery, he really *went to town* on buying jewels for his wife. 中了彩券後，他大手筆地買珠寶給太太.
(3)(口)徹底地做(*on*). The professor really *went to town* on my theory. 那位教授徹底地實行我的理論.
(4)(美、口)大獲成功.

màn about tówn 遊手好閒的人.

(òut) on the tówn (口)尋歡作樂；夜遊.

pàint the tòwn réd → paint 的片語.

●──與 TOWN 相關的用語	
midtown	市中心區
hometown	故鄉(的城鎮)
satellite town	衛星城市，以住宅區為主的新興都市
downtown	鬧區，市中心
uptown	住宅區
boom town	新興城市
Chinatown	唐人街，中國城
ghost town	廢棄的城鎮
new town	新市鎮

tòwn clérk *n.* ⓒ(美)市[鎮]公所的辦事員；市[鎮]書記.

tòwn cóuncil *n.* ⓒ(英)市[鎮]議會.

tòwn cóuncillor *n.* ⓒ(英)市[鎮]民代表.

tòwn críer *n.* ⓒ (以前)在城[鎮]裡四處宣讀公告等的人.

tòwn gás *n.* ⓤ (英)都市瓦斯，天然瓦斯.

tòwn háll *n.* ⓒ 鎮公所；市政廳；公會堂.

tòwn hòuse *n.* ⓒ **1** (二、三層樓的建築物)一幢幢相連的城市住宅.

[town crier]

2 (通常指住所在鄉村而另外擁有的)城裡的宅邸 (→ country house).

tòwn plánning *n.* ⓤ(英)都市計畫((美)

city planning).

town·scape [ˈtaʊnˌskep; ˈtaʊnskeɪp] *n.* ⓒ 都市風景(畫)(→ landscape).

towns·folk [ˈtaʊnzˌfok; ˈtaʊnzfəʊk] *n.* = townspeople.

town·ship [ˈtaʊnʃɪp; ˈtaʊnʃɪp] *n.* ⓒ **1** (美、加拿大)鎮區(county 下的行政區域單位).
2 (美)(測量)六平方英里的土地.
3 (南非)非白人居住區.

towns·man [ˈtaʊnzmən; ˈtaʊnzmən] *n.* (*pl.* **-men** [-mən; -mən]) ⓒ **1** 城市的居民，都人，市人. **2** 同一城市的人.

towns·peo·ple [ˈtaʊnzˌpipl; ˈtaʊnzˌpiːpl] *n.* (作複數) **1** 城市的居民；城裡人，都市人. **2** (加 the)(特定)城鎮的居民，市民，鎮民.

tow·path [ˈtoˌpæθ; ˈtəʊpɑːθ] *n.* ⓒ(沿著河流、運河的)拖船路，拉縴路.

tow·rope [ˈtoˌrop; ˈtəʊrəʊp] *n.* ⓒ (牽引船、汽車等的)纜繩，縴繩.

tòw trúck *n.* (美)= wrecker 2.

tox·ic [ˈtɑksɪk; ˈtɒksɪk] *adj.* 毒(性)的；中毒的；有毒的(poisonous). *toxic* waste 有毒的廢料.

tox·ic·i·ty [tɑksˈɪsətɪ; tɒkˈsɪsətɪ] *n.* ⓤ 毒性(程度).

tox·i·col·o·gist [ˌtɑksɪˈkɑlədʒɪst; ˌtɒksɪˈkɒlədʒɪst] *n.* ⓒ 毒物學家.

tox·i·col·o·gy [ˌtɑksɪˈkɑlədʒɪ; ˌtɒksɪˈkɒlədʒɪ] *n.* ⓤ 毒物學.

tox·in [ˈtɑksɪn; ˈtɒksɪn] *n.* ⓒ 毒素.

toy [tɔɪ; tɔɪ] *n.* (*pl.* ~s [~z; ~z]) ⓒ **1** 玩具(plaything). play with *toys* 玩玩具/make a *toy* of 把…當作玩具，玩弄…. **2** 當作寵物的小型狗. **3** (形容詞性)玩具的；供玩賞的(小型狗等). a *toy* car 玩具汽車/a *toy* soldier 玩具兵.
── *v.* (~s; ~ed; ~ing) *vi.* 玩弄；隨便想想，未認真考慮，(*with*). The child *toyed with* his food. 那個小孩在玩食物(根本不吃)/He is *toying with* the idea of going to Europe. 他興起去歐洲的念頭.

toy·shop [ˈtɔɪˌʃɑp; ˈtɔɪʃɒp] *n.* ⓒ 玩具店.

trace 1 [tres; treɪs] *v.* (**trac·es** [~ɪz; ~ɪz]; ~**d** [~t; ~t]; **trac·ing**) *vt.* 【追蹤】 **1** 追蹤，跟蹤，(犯人等). *trace* the footprints of the thief 沿著小偷的足跡追蹤.
2 追溯…的歷史[發展的史跡等]. *trace* the beginnings of World War II 追溯第二次世界大戰的起源.
3 調查…的起源，查明出處，(*back*). The history of his family can be *traced back to* the 11th century. 他的家族歷史可以追溯到 11 世紀.
4 【查明】找出，查出. I can't *trace* the bill. 我找不到賬單.
【描摹】 **5** 摹繪，摹寫，(*over*). make a copy of the drawing by *tracing* it 把畫[圖]放在紙下把它摹繪出來.

6 畫出…的輪廓；以圖表示；計畫；《(out)》. *trace out* a basic policy 制訂出基本政策.

7 辛苦地[緩慢地]畫[寫].

— *vi.* 追溯，上溯. This custom *traces back to* the Middle Ages. 這個習俗可以追溯到中世紀.

— *n.* (*pl.* **trac·es** [~ɪz; ~ɪz]) **1** [UC] 跡，足跡，痕跡，形跡. We saw *traces* of a bear in the snow. 我們在雪地裡發現了熊的足跡/We've lost all *trace* of our son. 我們完全不知道兒子的行蹤/The dogs were hot on the *traces* of the deer. 獵狗專心地搜索鹿的行跡/The civilization vanished without leaving a *trace*. 此文明消失後，未留下任何遺跡. ◉最常用來表示「某物通過或發生某事後所殘留的痕跡」的用語，特指可以成為證據的事物; → track, trail.

2 [C] 少量，一點兒，氣味，《(of)》. She didn't show a *trace* of fear. 她毫無懼色.

trace² [tres; treɪs] *n.* 挽繩[鏈，皮革]《用於牛車，馬車; → harness 圖》.

in the tráces 從事工作[業務].

kick over the tráces 不聽從[人]的話，掙脫管束獲得自由.

trace·a·ble [ˈtresəbl; ˈtreɪsəbl] *adj.* 可追蹤的；可查出的；可歸因的，《(to)》.

tráce èlement *n.* =tracer 6.

trac·er [ˈtresɚ; ˈtreɪsə(r)] *n.* [C] **1** 追蹤者，搜索者. **2**《運輸中等的》失物查詢員. **3** 失物[失蹤者]搜員. **4** 摹寫筆；刻寫筆，鐵筆. **5**《軍》曳光彈，曳煙彈. **6**《醫學、生物》放射追蹤劑《為了探明體內等某一元素的動向而加入的微量放射性物質》.

trac·er·y [ˈtresərɪ; ˈtreɪsərɪ] *n.* (*pl.* **-er·ies**) [UC]《建築》窗花格《哥德式建築中用來裝飾窗戶上部等的鏤空雕刻》.

tra·che·a [ˈtrekɪə, trəˈkiə; trəˈkiːə] *n.* (*pl.* **-che·ae**) [C]《解剖》氣管(windpipe).

tra·che·ae [treˈkiɪ; trəˈkiːiː] *n.* trachea 的複數.

tra·cho·ma [treˈkomə, tre-; trəˈkəumə] *n.* [U]《醫學》砂眼，顆粒性結膜炎.

trac·ing [ˈtresɪŋ; ˈtreɪsɪŋ] *v.* trace 的現在分詞、動名詞.

— *n.* **1** [U] 追溯；追蹤；追尋. **2** [U] 摹繪，摹寫，描繪；[C] 摹寫圖.

trácing pàper *n.* [U] 摹寫紙，半透明的描圖紙.

‡track [træk; træk] *n.* (*pl.* ~**s** [~s; ~s]) [C]

〖經過的痕跡〗**1**《常作tracks》(人，獸，車等)經過的痕跡，車轍；足跡. There was a pair of clear car *tracks* on the road. 路上有兩道明顯的車輪痕跡/There were bear *tracks* all over. 到處都有熊的足跡. ◉特指人，動物，車輛等通過後所留下來的「足跡，車轍」; → trace¹.

[tracery]

〖通道〗**2** (踏出的)小道. a narrow *track* through the fields 田間的小路/We followed the *track* to the lake. 我們循著小路來到了湖泊.

3 (固定不變的)做法，常規. go along in the same *track* year after year 年復一年遵循相同的做法/follow a different *track* 改變方針.

4 路線(course). the *track* of a typhoon 颱風行進的路線.

〖軌道〗**5** 鐵路，軌道；《美》月臺. a narrow-gauge *track* 窄軌/leave [jump] the *track* 脫軌.

6 跑道(→ field)，《(加 the)》(集合)徑賽運動；田徑運動(track and field).

7 (坦克車等的)履帶. *Track* vehicles can move over rough ground. 履帶車能在高低不平的地面上行駛.

8 (錄在 LP，錄音帶，CD 等上的)(一首)曲子；(錄音帶的)音軌，聲道. I like the first *track* on this side. 我喜歡這面的第一首曲子/a four-*track* tape 四音軌的磁帶.

còver (*ùp*) *one's trácks* 遮掩蹤跡；隱藏意圖[計畫].

in one's trácks《口》當場；突然. Her warning gesture stopped him *in his tracks*. 她的警告手勢當場制止了他.

kèep tráck of... 跟蹤…；知道…的消息. Radar enables weathermen to *keep track of* approaching typhoons. 雷達使天氣預報員能夠追蹤正在逼近的颱風動向.

lòse tráck of... 失去…的線索；失去…的聯繫[消息]. We *lost track of* him right after graduation. 畢業以後我們就失去了他的消息.

màke trácks《俚》(1)匆匆離去，(2)急忙前去《(for …方向)》.

off the tráck (1)脫軌. The train has gone *off the track*. 火車脫軌了. (2)離開本題；弄錯. You're *off the track* if you think so. 你要是這樣想就錯了. (3)失去(犯人等)的線索. The police were way off the track. 警察失去追查罪犯的線索.

on the rìght [*wròng*] *tráck*〖想法，做法〗正確[錯誤]. We haven't discovered the cause yet, but I think we're *on the right track*. 我們還沒有查出原因，但是我認為我們的方向正確.

on the tráck (1)未離題；正確. Let's keep this discussion *on the track*. 我們針對本題進行討論吧. (2)追蹤《of〔犯人等〕》；獲得線索《of》. The police quickly got *on the track of* the murderer. 警方很快便掌握了謀殺犯的線索.

on the wròng síde of the trácks《美》在窮人的居住區內. 〖字源〗源自過去同一階層的人常集中居住在鐵路的同一側.

on a pèrson's tráck = *on the tráck of a pèrson* → on the track (2).

— *vt.* **1** 追蹤[搜索]〔動物，人等〕的蹤跡. He *tracked* the bear to its den. 他一路跟蹤那頭熊到牠的洞穴.

2 觀測〔太空船，飛彈等的〕飛行.

3《美》留下(泥巴，雪等的)足跡；在〔地板上等〕留下足跡《(up)》. You're *tracking* mud into the house.

你把泥巴都踩進屋裡來了.
— vi. 1 〔唱針〕循著唱盤的紋路走.
2 《美》留下足跡.
3 《電影、電視》〔攝影機〕移動拍攝.
tràck/…/dówn (1)追蹤〔獵物, 犯人等〕.
(2)追查, 搜查,〔遺失物品, 原因等〕. *track down* the source 追查來源.

tráck and fíeld *n.* ⓤ(集合)田徑運動.
tráck·er [ˋtrækə; ˈtrækə(r)] *n.* ⓒ 追蹤者.
tráck èvent *n.* ⓒ 徑賽(項目)(賽跑, 接力賽, 障礙賽等的總稱; → field event).
trácking stàtion *n.* ⓒ (太空船等的)飛行觀測站.
tráck·lay·er [ˋtrækleə; ˈtrækleɪə(r)] *n.* ⓒ《美》(鐵路)鋪軌工(《英》platelayer).
tráck·less [ˋtræklɪs; ˈtræklɪs] *adj.* **1** 無路的, 人跡未至的.
2 無軌道的. a *trackless* trolley 無軌市街電車(trolley bus).
tráck mèet *n.* ⓒ 田徑運動會.
tráck rècord *n.* ⓒ (個人或組織)過去的成績. You have no *track record* to prove that you are a good translator. 你沒有以前的記錄證明你是個很好的翻譯員.
tráck·suit [ˋtræk‚sut; ˈtræksuːt] *n.* ⓒ運動外套(運動員在比賽暫停或結束時穿著用來保暖).
tract¹ [trækt; trækt] *n.* ⓒ **1** 廣闊的土地; 地區; 〔天空, 海洋等的〕大片區域. a large *tract* of land 廣大的土地/a *tract* of water 一片水域.
2 《解剖》管, 道; 器官的一部分. the digestive *tract* 消化道.
tract² [trækt; trækt] *n.* ⓒ小冊子, 宣傳手冊, 《特指與宗教有關的》.
trac·ta·bil·i·ty [‚træktəˋbɪlətɪ; ‚træktəˈbɪlɪtɪ] *n.* ⓤ(文章)溫順; 易於加工, 處理簡便.
trac·ta·ble [ˋtræktəbl; ˈtræktəbl] *adj.* **1** 《文章》〔人, 動物〕溫順的. **2** 〔材料〕易於加工的.
trac·tion [ˋtrækʃən; ˈtrækʃn] *n.* ⓤ **1** 牽引; 牽引力.
2 (車輪和路面的)摩擦阻力.
tráction èngine *n.* ⓒ (蒸汽)牽引車(在路上或農場牽引重物用).

‡**trac·tor** [ˋtræktə; ˈtræktə(r)] *n.* (*pl.* ~s [~z; ~z]) ⓒ拖拉機, 牽引車. a farm *tractor* 農業用拖拉機.
 字源 TRACT「拖引」: *tract*or, at*tract* (吸引), con*tract* (簽約), ex*tract* (汲取).
trad [træd; træd] *adj.* 《口》=traditional.
 — *n.* ⓤ 傳統爵士樂(起源於美國紐奧良(約1920年代)的爵士樂)).

‡**trade** [tred; treɪd] *n.* (*pl.* ~s [~z; ~z]) **1** ⓐ ⓤ 貿易, 通商; ⓤ ⓒ 買賣; (the)…業〔界〕. foreign *trade* 對外貿易/a *trade* agreement between the two countries 兩國之間的貿易協定/ Japan has a lot of *trade* with Canada. 日本和加拿大貿易往來頻繁/be in *trade* 正在進行交易/the tea *trade* = the *trade* in tea 茶的買賣/We're doing a very good *trade*. 我們的生意很興隆.

 搭配 *adj.*+*trade*: (a) brisk ~ (熱絡的交易), (a) thriving ~ (興盛的貿易) // *trade*+*v.*: ~ is flourishing (生意興隆), ~ is declining (交易衰退).
2 ⓤⓒ 職業. the *trade* of a carpenter [printer] 木匠的職業[印刷業]/follow a *trade* 從事某項職業/learn a *trade* 一技在身/I'm a shoemaker by *trade*. = Shoemaking is my *trade*. 我的職業是鞋匠/Jack of all *trades* and master of none. 《諺》樣樣懂, 樣樣不(精)通/Two of a *trade* seldom [never] agree. 《諺》同行相忌. 同 *trade* 是指木匠或印刷工之類, 需要一定熟練技術的職業; → occupation.
3 ⓤ (加the)(單複數同形)同行業者. the publishing *trade* 出版業同行.
4 ⓤ (加the)(單複數同形)顧客, 老主顧, (customers). The store lost its *trade* to the supermarket. 那家店的顧客都讓超市給拉走了.
5 (the trades) (口)= trade winds.
 — *v.* (~s [~z; ~z]; *trad·ed* [~ɪd; ~ɪd]; *trad·ing*) *vi.* **1** 交易, 貿易, 《with》. *trade with* the firm 和那家公司做生意.
2 做生意, 買賣, 《in》. *trade in* textiles 做紡織品生意.
3 《美》經常買東西《at, with 在〔…的店〕).
 — *vt.* 交換(with〔人〕); 進行以物易物《for〔物〕). *trade* places *with* a person 與某人易地而處/He *traded* his comics *for* my whistle. 他用他的漫畫來換我的哨子.
tràde/…/ín 以舊物折價購買…. I *traded in* my old car *for* [on] a new one. 我用舊車抵價購買新車.
tràde/…/óff 賣出…, 賣掉…; (透過交換)將…處理掉.
tráde on [upon] … 利用〔某人的同情等〕, 乘…之機. *trade on* one's good looks 將自己的美貌當作謀利的工具.
tráde gàp *n.* ⓒ 入超, 貿易逆差.
trade-in [ˋtred‚ɪn; ˈtreɪdɪn] *n.* ⓒ 得用以抵價購買的舊貨.
trade·mark [ˋtred‚mark; ˈtreɪdmɑːk] *n.* ⓒ **1** (註冊)商標.
2 (個人, 行動上習慣性的)特徵, 標誌.
tráde nàme *n.* ⓒ 商標; 商號.
trade-off [ˋtred‚ɔf; ˈtreɪdɒf] *n.* ⓒ (為取得妥協的)交易; 交換; 妥協.
tráde prìce *n.* ⓒ 批發價.
‡**trad·er** [ˋtredə; ˈtreɪdə(r)] *n.* (*pl.* ~s [~z; ~z]) ⓒ商人; 貿易業者. a fur *trader* 毛皮商.
tráde schòol *n.* ⓒ 職業學校.
‡**trades·man** [ˋtredzmən; ˈtreɪdzmən] *n.* (*pl.* -men [-mən; -mən]) ⓒ 《英》(零售)商人(shopkeeper); (商品的)送貨員. The *tradesmen* came to the backdoor to deliver goods. 送貨員把貨送到後門.

trades·peo·ple [ˈtrɛdzˌpipl; ˈtreɪdzˌpiːpl] n. 《作複數》《英》(零售)商人(及其家屬).

trādes únion n. 《主英》= trade union.

Trādes Únion Cóngress n. (加 the) 工會會議(英國的行業工會組織; 略作 TUC).

trāde únion n. ⓒ《主英》工會(《美》labor union).

trāde únionist n. ⓒ工會會員; 工會的支持者.

trāde wīnd n. ⓒ(通常 the trade winds)信風, 貿易風.

trad·ing [ˈtrɛdɪŋ; ˈtreɪdɪŋ] v. trade 的現在分詞, 動名詞.

tráding còmpany n. ⓒ貿易公司.

tráding pòst n. ⓒ(設在未開發地區等的)貿易站.

tráding stàmp n. ⓒ(商店等所發出的)禮品兌換券(收集到一定張數後可兌換禮品).

＊tra·di·tion [trəˈdɪʃən; trəˈdɪʃn] n. (pl. ~s [~z; ~z]) ⓤⓒ **1** 傳統; 慣例; 常規. keep up the family traditions 維持家規/Oxford University has a long tradition. 牛津大學具有悠久的傳統.

> 搭配 adj.+tradition: an old ~ (古老的傳統), a popular ~ (民間的傳統) // v.+tradition: break (with) (a) ~ (打破傳統), cherish (a) ~ (珍惜傳統), follow (a) ~ (遵循傳統).

2 傳說, 傳承, 口傳. according to long tradition 根據自古以來的傳說/That was the family tradition. 那是家族的傳統/It has been handed down by tradition [Tradition says] that.... 據傳⋯. ♢ adj. traditional.

＊tra·di·tion·al [trəˈdɪʃən]; trəˈdɪʃənl] adj. **1** 傳統的, 傳統性的; 慣例的. traditional foods for Thanksgiving 感恩節的傳統食物/It is traditional to throw rice on a newly married couple. 將米粒撒向新婚夫婦是一種傳統.

2 傳說的, 根據傳說的. a traditional fairy story 流傳下來的童話故事.

tra·di·tion·al·ism [trəˈdɪʃənˌɪzəm; trəˈdɪʃnəlɪzəm] n. ⓤ(特指宗教方面的)傳統主義.

tra·di·tion·al·ist [trəˈdɪʃən]ɪst; trəˈdɪʃnəlɪst] n. ⓒ傳統主義者.

tra·di·tion·al·ly [trəˈdɪʃən]ɪ; trəˈdɪʃnəlɪ] adv. **1** 傳統性地, 根據傳統地. Traditionally, the Chinese worship their ancestors. 傳統上中國人有祭拜祖先的習俗(★ traditionally 通常用來修飾全句).

2 根據傳說地.

tra·duce [trəˈdjus, -ˈdɪus, -ˈdus; trəˈdjuːs] vt. 《文章》中傷, 誹謗, 〔人〕.

Tra·fal·gar [trəˈfælgɚ; trəˈfælgə(r)] n. 特拉法各角(位於西班牙南端西海岸的岬角; 1805 年在此海面上, 英國艦隊的 Nelson 將軍大敗西班牙、法國艦隊).

Trafálgar Squáre n. 特拉法加廣場(倫敦市中心的廣場; 中央有一大圓柱, 上面立有 Nelson 的雕像).

＊traf·fic [ˈtræfɪk; ˈtræfɪk] n. ⓤ〖往來〗 **1** (人、車、船、飛機的)交通, 往來, 通行; 交通量. a traffic accident 交通事故/a traffic policeman 交通警察/There is a lot of traffic [The) traffic is heavy] on this street. 這條街交通繁忙/The street is closed to traffic for road repairs. 那條街因道路維修而封閉交通.

> 搭配 adj.+traffic: light ~ (交通很順暢), slow-moving ~ (車行緩慢的交通狀況), rush-hour ~ (尖峰時段的交通) // v.+traffic: obstruct (the) ~ (妨礙交通), stop (the) ~ (阻斷交通).

2 (旅客, 貨物的)運輸量; 運輸業. The recent hijacks have caused a decrease in passenger traffic. 最近的劫機事件導致客運量的減少.

3 【商品的流通】交易, 買賣, 貿易, 交易〔商品〕; 交涉〈with〉; (通常用於負面含義, 指從事違法的交易). traffic in slaves 販賣奴隸/The gang's traffic in drugs amounted to a billion dollars a year. 這個幫派的毒品交易額每年達到十億美元.

— v. (~s; -ficked; -fick·ing) vi. 交易, (特指以不正當手段)買賣, 〈in; with〉. traffic in arms with the guerrillas 與游擊隊進行武器交易.

traf·fi·ca·tor [ˈtræfɪˌketɚ; ˈtræfɪkeɪtə(r)] n. ⓒ《英》(汽車的)方向燈.

tráffic cìrcle n. ⓒ《美》(路口的)圓環, 環形交叉口, (《英》roundabout; → rotary 圖).

tráffic còp n. ⓒ《美、口》交通警察(取締違反交通規則的車輛或行人).

tráffic ìsland n. ⓒ安全島.

tráffic jàm n. ⓒ交通堵塞.

traf·fick·er [ˈtræfɪkɚ; ˈtræfɪkə(r)] n. ⓒ《通常用於負面含義》商人, 掮客, 〈in〉. a drug trafficker 做毒品生意的人.

＊tráffic lìghts [sìgnals] n. 《作複數》交通號誌, 紅綠燈, (red, yellow, green 三種顏色燈號的通稱; 單講一種顏色之燈號時必須使用單數). Turn right at the traffic lights. 在紅綠燈路口右轉/a red traffic light 紅燈.

tráffic sìgn n. ⓒ交通標誌.

tráffic wàrden n. ⓒ《英》交通管理員(主要指取締前方道路違規停車的人員).

tra·ge·di·an [trəˈdʒidɪən; trəˈdʒiːdjən] n. ⓒ **1** 悲劇作家.

2 悲劇演員.

tra·ge·di·enne [trəˌdʒidɪˈɛn; trəˌdʒiːdɪˈen] (法語) n. ⓒ悲劇女演員.

trag·e·dies [ˈtrædʒədɪz; ˈtrædʒədɪz] n. tragedy 的複數.

＊trag·e·dy [ˈtrædʒədɪ; ˈtrædʒədɪ] n. (pl. -dies) **1** ⓒ悲劇; ⓤ《作爲戲劇種類的)悲劇; (↔ comedy). a tragedy in five acts 五幕的悲劇/Hamlet is one of Shakespeare's greatest tragedies. 《哈姆雷特》是莎士比亞最偉大的悲劇之一.

2 [UC] 悲劇性的事件, 慘劇. avoid the *tragedy* of war 避免戰爭的悲劇/It's a *tragedy* that thousands of children die of hunger every year. 每年都有數千名兒童死於飢餓, 這實在是件悲慘的事.

*trag·ic [ˋtrædʒɪk; ˈtrædʒik] *adj.* **1** (限定)悲劇的(↔ comic). a *tragic* actor 悲劇演員.
2 悲劇性的; 不幸的; 悲痛的. a *tragic* event 悲慘的事件/a *tragic* cry 慘叫/His death was a *tragic* loss to the acting profession. 他的去世對劇壇而言乃是慘痛的損失.

trag·i·cal [ˋtrædʒɪk; ˈtrædʒikl] *adj.* =tragic.

trag·i·cal·ly [ˋtrædʒɪklɪ, -kḷɪ; ˈtrædʒikəli] *adv.* 悲劇性地, 悲慘地. His life ended *tragically*. 他的一生以悲劇收場.

trag·i·com·e·dy [͵trædʒɪˋkɑmədɪ; ͵trædʒiˈkɔmədi] *n.* (*pl.* **-dies**) [UC] 悲喜劇.

trag·i·com·ic [͵trædʒɪˋkɑmɪk; ͵trædʒiˈkɔmik] *adj.* 悲喜劇性的.

*trail [trel; treil] *v.* (~**s** [~z; ~z]; ~**ed** [~d; ~d]; ~**ing**) *vt.* **1** 拖曳, 把…拖著走. The child was *trailing* a toy cart. 那個孩子拉著一輛玩具車/He dropped his arm over the side and *trailed* his hand in the water. 他把手臂伸出船舷, 用手(藉由船身的移動)滑水.
2 追蹤(人, 動物)的蹤跡. Police *trailed* the escaped convicts with dogs. 警察帶著警犬去追捕逃犯.
3 移動於…, 追趕….
4 使(煙等)繚繞; 揚起(灰塵等).
5 踏出(小路).
— *vi.* **1** 〔衣物等〕拖曳(*along*; *behind*); 拖曳《*behind* 在後方》. Her long skirt *trailed along behind* her. 她的長裙拖在身後.
2 拖著步伐〔疲倦地〕走(*along*; *behind*); 慢慢地走, 落後, 《*behind* 在…之後》; 落在(競爭者)之後. In the opinion polls, the Conservatives are *trailing* far *behind* the Socialists. 根據民意調查, 保守黨落後社會黨甚多.
3 〔藤蔓植物等〕蔓生(*along*). Vines *trailed along* the garden wall. 蔓藤沿著花園的圍牆蔓延.

tràil óff 逐漸消失.

— *n.* (*pl.* ~**s** [~z; ~z]) [C] **1** 蹤跡, 行蹤; 《狩獵》動物的嗅跡. follow a *trail* of blood 沿著血跡搜尋. 囵 按照味道所作的追蹤, 重點在尾隨於獵物之後; → trace¹.
2 (邊境地區等)踏出的小路, 小徑.
3 長串物, 行列; 長長拖曳的(衣服)下襬. The jeep left a *trail* of dust across the desert. 吉普車穿越沙漠時, 車後揚著一陣塵土 / A *trail* of reporters followed him into the office. 一列記者尾隨他進入辦公室.

blàze a [the] tráil → blaze² 的片語.

hòt on a pèrson's **tráil** 緊跟在某人身後.

trail·er [ˋtrelɚ; ˈtreilə(r)] *n.* [C] **1** 藤蔓植物.
2 (由卡車等牽引的)拖車.
3 《美》(由汽車牽引的)活動房屋, 拖車式活動房屋, (《英》caravan).
4 (電影的)預告片.

[trailers 3]

tráiler cămp [cóurt, pàrk] *n.* [C] 《美》拖車式活動房屋停車場.

*train [tren; trein] *n.* (*pl.* ~**s** [~z; ~z]) [C] 《連續排列》 **1** 【車輛的行列】列車, 電車, 火車. by *train* 搭電車[火車]/on [in] a *train* 在火車上/get on [off] a *train* 上[下]火車/catch [miss] one's *train* 趕上[未趕上]火車/take a *train* to Boston 搭火車去波士頓/This *train* has ten cars [《英》carriages]. 這列火車有十節車廂.

 囵 *adj.*+train: an express ~ (特快車), a local ~ (普通車), a down ~ (南下列車), an up ~ (北上列車) // *n.*+train: a freight ~ (貨車), a passenger ~ (客車).

2 (移動的人或車的)長列, 行列. a funeral *train* 送葬的隊伍/a *train* of camels 一列駱駝商隊.
3 【人的行列】(★用單數亦可作複數)(集合)隨從, 隨員. Half a dozen journalists were included in the President's *train*. 總統一行人中包括了六名記者.
4 (拖曳在地上的女裝)裙襬. wear a long *train* 穿著曳地長裙.
5 (火藥的)導火線; (流星, 彗星的)尾巴.
《連續》 **6** 〔觀念, 事件等的〕連續, 關聯; 〔事件等的〕延續, 後果. a *train* of events 一連串的事件/The noise interrupted his *train* of thought. 噪音打斷了他的思路.

in (gòod) tráin 《文章》準備妥當. Everything was *in good train* for the forthcoming negotiations. 即將進行的談判已一切準備就緒.

[train 4]

— *v.* (~**s** [~z; ~z]; ~**ed** [~d; ~d]; ~**ing**) *vt.*
1 (a) 訓練, 培訓, 培養, 《*for*》; 訓練…(*for* 使其具備…)(drill). *train* nurses 培養護士/*train* soldiers in the use of weapons 訓練士兵操作武器/*train* young men and women *for* the professions 對青年男女進行職業訓練. 囵train 是指為特定目標的訓練或培訓; → teach.
(b) 〔句型5〕(train **A** to do)訓練A(人, 動物等)做…; 〔句型4〕(train **A** *how* 片語)教A…的方法. She *trained* her baby(*how*)to use the toilet. 她訓練孩子(如何)使用廁所.

2 〔槍砲，照相機等〕對準(*on, upon*). All cameras were *trained on* the courthouse entrance. 所有的攝影機都對準了法院的入口.
3 將〔樹，樹枝等〕培植成一定的形態(使彎曲，截枝等).
— *vi.* 訓練；操練(*for* 為…做準備). They are *training for* the boat race. 他們正在為划船比賽進行訓練.

train·a·ble [ˋtrenəbl; ˈtreɪnəbl] *adj.* 可訓練[培養]的.

train·bear·er [ˋtren͵bɛrə; ˈtreɪn͵beərə(r)] *n.* Ⓒ (特指替新娘)持衣裙者，牽紗者.

trained [trend; treɪnd] *adj.* 受過訓練的；熟練的. a *trained* soldier 訓練有素的士兵.

train·ee [treˋni; treɪˈniː] *n.* Ⓒ 實習生；練習生.

***train·er** [ˋtrenɚ; ˈtreɪnə(r)] *n.* (*pl.* ~s [~z; ~z])
Ⓒ **1** 施行訓練的人；訓練師；(體育運動隊伍等的)教練. a racehorse *trainer* 賽馬訓練師.
2 (航空)教練機.
3 (英)(trainers) (橡膠底的)運動鞋 (sneakers).

‡train·ing [ˋtrenɪŋ; ˈtreɪnɪŋ] *n.* Ⓤ **1** 訓練，鍛鍊；練習；(馬等的)調教. go into *training* for the competition 為比賽而展開訓練／The job requires technical *training*. 這項工作需要專業的訓練／an engineer by *training* 受過訓練的工程師[技師].

搭配 *adj.*+training: intensive ~ (激烈的訓練)，thorough ~ (徹底的訓練)，professional ~ (職業訓練) // *v.*+training: provide ~ (給予訓練)，receive ~ (接受訓練).

2 (參賽者的良好)體能狀況. be in [out of] *training* 體能狀況良好[不好].

tráining còllege *n.* (英)= training school.

tráining pànts *n.* 《作複數》訓練大小便用的內褲(給剛開始練習不使用尿布的幼兒所穿之厚內褲). 注意 「運動長褲」是 sweat pants.

tráining schòol *n.* Ⓒ (針對特定職業的)訓練學校.

train·man [ˋtrenmən; ˈtreɪnmən] *n.* (*pl.* -men [-mən, -͵mɛn; -mən]) (美)列車乘務人員；煞車員.

traipse [treps; treɪps] *vi.* (口)閒蕩，徘徊.

***trait** [tret; treɪ] *n.* (*pl.* ~s [~s; ~z]) Ⓒ 特色，特性，特徵. Honesty is one of the basic *traits* of the English character. 誠實是英國人性格中的基本特徵之一.

***trai·tor** [ˋtretɚ; ˈtreɪtə(r)] *n.* (*pl.* ~s [~z; ~z])
Ⓒ 背叛者；叛徒(*to* 對…). a *traitor* to one's country 賣國賊.
tùrn tráitor 背叛(*to*).

trai·tor·ous [ˋtretərəs, -trəs; ˈtreɪtərəs] *adj.* 《主雅》反叛的，叛變的；不忠的.

tra·jec·to·ry [trəˋdʒɛktərɪ, -trɪ; trəˈdʒektərɪ] *n.* (*pl.* -ries) Ⓒ (子彈等的)彈道；軌道.

***tram** [træm; træm] *n.* (*pl.* ~s [~z; ~z]) Ⓒ

1 (英)市街電車，有軌電車，(亦作 tramcar; (美) streetcar). by *tram* 搭乘電車／There aren't many *trams* left running in Tokyo. 在東京已沒有甚麼市街電車在行駛了.
2 (英)電車軌道.
3 (礦山等的)軌道，礦車.

***tram·car** [ˋtræm͵kɑr; ˈtræmkɑː(r)] *n.* (*pl.* ~s [~z; ~z]) (英)市街電車(亦作 tramcar (tram). get on [off] a *tramcar* 上[下]市街電車.

tram·line [ˋtræm͵laɪn; ˈtræmlaɪn] *n.* Ⓒ (通常 tramlines) **1** (英)有軌電車的軌道.
2 (口)(網球的)(兩條)邊線(單打時使用內側部分的線).

tram·mel [ˋtræml; ˈtræml] (文章) *n.* Ⓒ
1 (trammels)任何阻礙物，束縛；羈絆. the *trammels* of convention 繁瑣的禮俗. **2** (捕鳥，魚等的)網. **3** (吊在火爐等上)可以上下活動的吊鉤.
— *vt.* (~s; (美) ~ed; (英) ~led; (美) ~ing, (英) ~ling)妨礙…的自由，束縛.

***tramp** [træmp; træmp] *v.* (~s [~s; ~s]; ~ed [~t; ~t]; ~ing) *vi.* **1** 以沈重的腳步行走. Who is *tramping* upstairs? 是誰在樓上踩那麼重的腳步聲啊？ **2** 踩住，踏上，(*on, upon*). Someone *tramped* on my toes on the train. 在火車上有人踩到我的腳趾頭. **3** 步行；徒步旅行. He *tramped* all over the country. 他走遍了全國.
— *vt.* **1** 踩. **2** 徒步行走；流浪. *tramp* the streets 在街上四處走動／*tramp* it 用走的.
— *n.* (*pl.* ~s [~s; ~s]) **1** Ⓤ (加зин的)(行走等)沈重的腳步聲. We could hear the steady *tramp* of marching soldiers. 我們可以聽到行軍士兵們規律的踏步聲.
2 Ⓒ (長距離的)徒步旅行. go for a *tramp* 去健行.
3 Ⓒ (輕蔑)流浪者(hobo). Police drove the *tramps* from the city. 警察把流浪者趕出了城市.
4 Ⓒ (俚)蕩婦.
5 Ⓒ 不定期貨輪(亦作 tràmp stéamer).
on the trámp 四處奔走，流浪. He spent two years *on the tramp*. 他流浪了二年.

***tram·ple** [ˋtræmpl; ˈtræmpl] *v.* (~s [~z; ~z]; ~d [~d; ~d]; -pling) *vt.* **1** 踩，踐踏. be *trampled* to death 被踩死／*trample* out a fire 將火踏熄. **2** 踐踏，蹂躪，(法律，權利，感情等).
— *vi.* **1** 沈重地走. **2** 踩；踐踏；蹂躪，(*on, upon, over*). Tyrants *trample on* the rights of the people. 暴君踐踏人民的權利／I left him because he was always *trampling on* my feelings. 我與他分手是因為他總是踐踏我的感情.
trámple/…/dówn [under fóot] 踩壞；踐踏. The majority *trampled down* all minority objections. 多數派壓倒了少數派的意見.
— *n.* Ⓒ 踐踏；踩碎的聲音.

tram·po·line [ˋtræmpə͵lin, ͵træmpəˈlin; ˈtræmpəliːn] *n.* Ⓒ 健身用彈床(體育用品).

tram·way [ˋtræm͵we; ˈtræmweɪ] *n.* (*pl.* ~s) Ⓒ **1** (英)電車軌道. **2** (美)(纜車的)空中索道.

trance [træns; trɑːns] *n.* Ⓒ 似夢非夢，恍惚；

昏睡狀態. fall into a *trance* 出神; 陷入昏迷狀態/ be in a *trance* 陷入忘我的境界.

tran·ny [ˋtrænɪ; ˋtrænɪ] *n.* (*pl.* **-nies**) C (英, 口)電晶體收音機(<*transistor*).

＊**tran·quil** [ˋtrænkwɪl, ˋtræŋ-; ˋtræŋkwɪl] *adj.* 〔環境等〕安靜的, 安穩的; 〔心情等〕鎮定的, 平靜的. a *tranquil* life in the country 在鄉村的平靜生活/in a *tranquil* voice 以平穩的聲音/a *tranquil* mind 平靜的心.

tran·quil·i·ty (美), **tran·quil·li·ty** (英) [trænˋkwɪlətɪ, træŋ-; træŋˋkwɪlətɪ] *n.* U 平靜, 平穩, 鎮定.

tran·quil·ize (美), **tran·quil·lize** (英) [ˋtrænkwɪˌlaɪz; ˋtræŋkwɪlaɪz] *vt.* 使平靜, 使鎮定. — *vi.* 平靜, 鎮定.

tran·quil·iz·er (美), **tran·quil·liz·er** (英) [ˋtrænkwɪˌlaɪzɚ; ˋtræŋkwɪlaɪzə(r)] *n.* C 精神安定劑, 鎮定劑.

tran·quil·ly [ˋtrænkwəlɪ, ˋtræŋ-, -kwɪlɪ; ˋtræŋkwɪlɪ] *adv.* 安靜地.

trans. (略) transitive, translated, translation, translator.

trans- *pref.*「橫跨」跨過」轉向別的場所〔狀態等〕」之意. *trans*continental. *trans*cend. *trans*form.

trans·act [trænsˋækt, trænz-; trænˋzækt] *vt.* 處理〔事務等〕; 進行〔交易等〕. *transact* business with... 與…進行交易.

trans·ac·tion [trænsˋækʃen, trænz-; trænˋzækʃn] *n.* 1 U (業務, 交易的)辦理, 處理. the *transaction* of a deal 交易的處理.
2 C 交易, 買賣. a business *transaction* 生意上的交易/a shady *transaction* 暗中交易.
3 (transactions) (社團等會議的)會議記錄.
⇨ *v.* transact.

trans·al·pine [trænsˋælpɪn, trænz-, -paɪn; ˌtrænzˋælpaɪn] *adj.* **1** (特指從義大利一方來看的)阿爾卑斯山那邊的. **2** 橫越阿爾卑斯山的.

trans·at·lan·tic [ˌtrænsətˋlæntɪk, ˌtrænz-; ˌtrænzətˋlæntɪk] *adj.* **1** 大西洋彼岸的. Britain's *transatlantic* ally 隔著海洋的英國友邦(通常指美國). **2** 橫越大西洋的. a *transatlantic* flight 橫越大西洋的飛行/a *transatlantic* phone call 橫越大西洋的電話. **3** 大西洋兩岸各國的.

trans·ceiv·er [trænsˋsivɚ; trænˋsi:və(r)] *n.* C 無線電收發兩用機(源自 *trans*mitter＋re*ceiver*).

tran·scend [trænsˋsɛnd; trænˋsend] *vt.* 《文章》
1 超越〔經驗, 知識等的界限〕. His love for her *transcended* mere passion. 他對她的愛已超越了單純的激情. **2** 勝過, 凌駕, 《*in* …方面》.

tran·scend·ence [trænsˋsɛndəns; trænˋsendəns] *n.* U 《文章》超越, 超群, 卓越.

tran·scend·ent [trænsˋsɛndənt; trænˋsendənt] *adj.* 《文章》卓越的, 超群的. the *transcendent* genius of Shakespeare 莎士比亞無與倫比的天才.

tran·scen·den·tal [ˌtrænsɛnˋdɛntl; ˌtrænsenˋdentl] *adj.* 《文章》**1** (康德哲學中)先驗性的; 超驗的. **2** 超自然的. **3** 卓越的.

---

tran·scen·den·tal·ism [ˌtrænsɛnˋdɛntl̩ˌɪzəm; ˌtrænsen'dentəlɪzəm] *n.* U 《哲學》(康德的)先驗哲學; (Emerson等的)超驗論.

trans·con·ti·nen·tal [ˌtrænskɑntəˋnɛntl̩; ˈtrænzˌkɒntɪˈnentl] *adj.* 橫越大陸的. a *transcontinental* railroad 橫越大陸的鐵路.

tran·scribe [trænˋskraɪb; trænˋskraɪb] *vt.*
1 謄寫, 抄寫. **2** 將〔速記符號等〕轉譯成普通文字. **3** 將〔聲音〕以發音符號記錄. **4** 《美》以發音符號記錄. **5** 《音樂》重新編曲《*for* 〔其他樂器等〕》. **6** 《廣播》錄音, 錄影, 《*on, onto* 〔錄音帶, 錄影帶〕》.

tran·script [ˋtrænˌskrɪpt; ˋtrænskrɪpt] *n.* C
1 謄本, 複寫, 副本. **2** 《美》(學校的)成績單.

tran·scrip·tion [trænˋskrɪpʃən; trænˋskrɪpʃn] *n.* **1** U 謄寫, 轉譯; C 謄本, 複寫.
2 U 以改寫(或其他語言的文字)所做的記錄; C 改寫(或翻譯成其他語言文字)之物. phonetic *transcription* 用發音符號所做的記錄.
3 UC 《音樂》樂曲改編.
4 UC 《廣播》錄音, 錄影.

tran·sept [ˋtrænsɛpt; ˋtrænsept] *n.* C 《建築》袖廊, 兩側走廊. 〔十字形教堂的左右翼部; → church 圖 〕.

＊**trans·fer** [trænsˋfɝ; trænsˋfɜ:(r)] (★ 與 *n.* 的重音位置不同) *v.* (**~s** [~z; ~z]; **~red** [~d; ~d]; **-fer·ring** [-ˋfɝɪŋ; -ˋfɜ:rɪŋ]) *vt.*
1 移轉; 運送; 《*from* A *to* B 從 A 至 B》. The cargo was *transferred from* the ship *to* the dock. 貨物從船上被運到碼頭.
2 使調任〔轉校〕; 使〔職業選手等〕轉隊《*from* A *to* B 從 A 至 B》. The player will be *transferred to* another team. 那位選手將被調到另一個隊伍.
3 臨摹〔圖案等〕.
4 《法律》轉讓〔財產等〕《*to*》.
5 把〔錢〕匯入《*into* 〔帳戶〕》.
— *vi.* **1** 調任; 轉校; 移轉; 《*to*》. The boy *transferred to* a local school. 男孩轉學到當地一間學校. **2** 換乘《*to*》. We'll *transfer to* a bus at the next station. 我們會在下一個車站改搭公車.
— [ˋtrænsfɝ; ˋtrænsfɜ:(r)] *n.* **1** UC 移動; 調任; 轉校; (職業選手等的)轉隊. ask for a *transfer* out of this area 請求調離此地區.
2 C 調職者; 轉學生; 轉隊的選手.
3 C 乘車券; 換〔轉搭〕車地點.
4 C 臨摹圖; 轉印畫.
5 UC 《法律》(財產, 權利等的)轉讓, 讓渡; C 轉讓〔讓渡〕證書; U 劃撥, 轉帳.
〔字源〕 FER 「運送」: *trans*fer, *pre*fer (兩者中較喜歡…), *re*fer, *in*fer 的字根.

trans·fer·a·ble [trænsˋfɝəbl; trænsˋfɜ:rəbl] *adj.* 可轉讓的; 可轉讓〔讓渡〕的; 可轉印的.

trans·fer·ence [trænsˋfɝəns; ˋtrænsfərəns] *n.* U **1** 移動; 轉移, 移轉; 調職; 轉讓, 讓渡; 轉印; 臨摹. **2** 《精神分析》情感轉移, 移情.

trans·fig·u·ra·tion [ˌtrænsfɪgjəˈreʃən, træns͵fɪgjə-; ͵trænsfɪgəˈreɪʃn] *n.* 1 ⓊⒸ 變形, 改變外貌. 2 (the *T*ransfiguration)《聖經》基督的變容(基督帶著三名弟子登山時, 在他們面前現出光輝閃爍的容貌); 主顯聖容節(8月6日).

trans·fig·ure [trænsˈfɪgjə; trænsˈfɪgə(r)] *vt.*
1 使變形[改觀]; 使變貌.
2 使美化, 使理想化.

trans·fix [trænsˈfɪks; trænsˈfɪks] *vt.*《文章》
1 戳穿, 刺穿, (*with*). *transfix* a tiger *with* a spear 用矛刺穿老虎.
2 〔恐懼等〕使〔人〕嚇得呆住[呆住不動](通常用被動語態). He was *transfixed* with amazement. 他驚訝得呆若木雞.

***trans·form** [trænsˈfɔrm; trænsˈfɔːm] *vt.* (~**s** [~z; ~z]; ~**ed** [~d; ~d]; ~**ing**) 1 使〔外型, 性質, 功能等〕變化(*into*)(change). The sleepy town has been *transformed into* a bustling city. 沈睡的小鎮轉變爲繁忙的都市.
2 〔生物〕使形態改變; 〔物理〕使〔能源〕轉換; 〔電學〕使〔電流〕變壓; 〔語言〕使〔句子〕變形, (*into*). The worm *transformed* itself *into* a butterfly. 毛毛蟲變成了蝴蝶.

trans·for·ma·tion [ˌtrænsfəˈmeʃən; ͵trænsfəˈmeɪʃn] *n.* ⓊⒸ 變形; 變質; (昆蟲等的)轉變形態.

trans·form·er [trænsˈfɔrmə; trænsˈfɔːmə(r)] *n.* Ⓒ〔電〕變壓器.

trans·fuse [trænsˈfjuz, -ˈfɪuz; trænsˈfjuːz] *vt.*
1 〔醫學〕輸〔血〕; 輸血給〔人〕.
2 灌輸〔熱情等〕.

trans·fu·sion [trænsˈfjuʒən, -ˈfɪu-; træns ˈfjuːʒn] *n.* ⓊⒸ《醫學》輸血(blood transfusion).

trans·gress [trænsˈgrɛs, trænz-; trænsˈgres] *v.*《文章》*vt.* 1 超越(限度等).
2 觸犯〔法律等〕, 違反〔規則等〕.
— *vi.* 犯法, 犯規, 違規; (宗教, 道德上的)犯罪(*against*).

trans·gres·sion [trænsˈgrɛʃən, trænz-; trænsˈgreʃn] *n.* ⓊⒸ《文章》違反; 犯罪; (宗教, 道德上的)罪.

trans·gres·sor [trænsˈgrɛsə, trænz-; trænsˈgresə(r)] *n.* Ⓒ《文章》違反者; (宗教, 道德上的)罪人.

tran·ship [trænˈʃɪp; trænˈʃɪp] *v.* (~**s**; ~**ped**; ~**ping**) =transship.

tran·sience, -sien·cy [ˈtrænʃəns; ˈtrænzɪəns], [-sɪ, -sɪ] *n.* Ⓤ《文章》短暫, 無常.

tran·sient [ˈtrænʃənt; ˈtrænzɪənt] *adj.* 1 《文章》短暫的, 一時的, 無常的. *transient* popularity 一時的流行.
2 〔客人等〕路過的, 短期停留的. a *transient* guest at a hotel 旅館的短期住客.
— *n.* Ⓒ《美》(旅館等的)短期住客(↔resident).

tran·sient·ly [ˈtrænʃəntlɪ; ˈtrænzɪəntlɪ] *adv.* 短暫地.

***tran·sis·tor** [trænˈzɪstə; trænˈsɪstə(r)] *n.* (*pl.* ~**s** [~z; ~z]) Ⓒ 1 〔電〕電晶體(用半導體材料製作的一種增幅器; 用於收音機、電視機等). The *transistor* replaced the vacuum tube. 電晶體取代了真空管. 2 電晶體收音機(亦作transistor radio).

tran·sis·tor·ize [trænˈzɪstə͵raɪz; trænˈsɪstəraɪz] *vt.* 使用電晶體於….

tran·sit [ˈtrænsɪt, -zɪt; ˈtrænsɪt] *n.* 1 Ⓤ 通過, 通行; 推移, 變遷, 變化. They granted us safe *transit* across the country. 他們允許我們安全通過該國/the *transit* from dictatorship to democracy 從獨裁體制轉變爲民主體制.
2 Ⓤ 運送, 輸送. My letter was lost in *transit*. 我的信是在郵遞過程中遺失的/mass *transit* 大眾運輸(業)(利用火車、公車等).
3 ⓊⒸ〔天文〕中天, 凌日.

***tran·si·tion** [trænˈzɪʃən, trænsˈɪʃən; trænˈsɪʒn] *n.* (*pl.* ~**s** [~z; ~z]) ⓊⒸ 1 演變, 轉變; 過渡; 變遷. the *transition* from a feudal to a modern society 由封建社會轉變爲現代社會.
2 過渡期, 交替期. a *transition* period [stage] 過渡期/Africa in *transition* 處於過渡期的非洲.

tran·si·tion·al [trænˈzɪʃən; trænˈsɪʒnl] *adj.* 轉變的, 過渡期的. a *transitional* period [stage] 過渡期.

tran·si·tion·al·ly [trænˈzɪʃənlɪ; trænˈsɪʒnəlɪ] *adv.* 過渡性地.

tran·si·tive [ˈtrænsətɪv; ˈtrænsɪtɪv] *adj.*《文法》及物動詞的(↔ intransitive).
— *n.* Ⓒ 及物動詞.

tran·si·tive·ly [ˈtrænsətɪvlɪ; ˈtrænsɪtɪvlɪ] *adv.* 及物動詞地, 作及物動詞用地.

trānsitive vérb *n.* Ⓒ《文法》及物動詞(後面須接受詞的動詞; 略作 vt., v.t.; ↔ intransitive verb).

tran·si·to·ry [ˈtrænsə͵torɪ, ˈtrænzə-; ˈtrænsɪtərɪ] *adj.*《文章》短暫的, 無常的, (transient).

trānsit pássenger *n.* Ⓒ 過境旅客(飛機中途降落在非其目的地的機場以致無法入境的旅客).

trans·lat·a·ble [trænsˈletəb; trænsˈleɪtəbl] *adj.* 可翻譯的.

✱**trans·late** [trænsˈlet, trænz-; trænsˈleɪt] *v.* (~**s** [~s; ~s]; -**lat·ed** [~ɪd; ~ɪd]; -**lat·ing**) *vt.*
〖 轉換成另一種表現方式 〗1 翻譯(*from A into B* 將A譯成B)(→ put 圖). *translate* English [Shakespeare] *into* Chinese 將英文[莎士比亞(的作品)]譯成中文/a poem *translated from* the German 一首譯自德文的詩.
2 將〔暗語等〕翻譯成…(*into*). *translate* radio signals 翻譯無線電訊號/*translate* information *into* computer language 將資訊轉換成電腦語言.
3 將…變成(*into* 〔其他形式〕). *translate* a campaign promise *into* action 將競選承諾付諸實行/*translate* one's dream *into* reality 實現夢想.
4 句型5 (translate **A** *to* do)、句型3 (translate **A** *as* **B**)將A(言行等)解釋爲B, 將A解釋[說

明〕爲 B. She *translated* his silence *to* mean that he was not interested. 她把他的沈默解釋成他不感興趣/I *translate* this *as* a protest. 我將此解釋爲一種抗議.

【〖移向別的地方〗】**5** 《文章》使〔人〕移動; 《聖經》使(不經死亡而)升天; 《基督敎》使〔主敎(bishop)〕轉任.

—— *vi.* **1** 翻譯.

2 能夠(順利, 容易地)翻譯成…. These poems do not readily *translate* into English. 這些詩不易譯成英文. ⇨ *n.* **translation.**

● ——以 **trans-** 爲詞首的動詞重音
重音放在第二音節.

transáct	transfér*	transfórm
transláte	transmít	transplánt*
transpórt*	transpóse	transvérse

★帶 * 號的字重音爲〔﹣﹣〕時, 亦可作名詞使用.

---

trans·lat·ing [træns`letɪŋ, trænz-; træns`leɪtɪŋ] *v.* translate 的現在分詞, 動名詞.

✲trans·la·tion [træns`leʃən, trænz-; træns`leɪʃn] *n.* (*pl.* ~s [~z; ~z]) **1** U 翻譯; UC 翻譯(成的東西), 譯文; C 譯著. a literal [free] *translation* 直[意]譯/an English *translation* of the Four Books《四書》的英譯/read Dickens in *translation* 讀狄更斯作品的譯文.

〖搭配〗 *adj.*+translation: a correct ~ (正確的翻譯), a faithful ~ (忠實的翻譯), a word-for-word ~ (逐字的翻譯) // *v.*+translation: do a ~ (做翻譯), make a ~ (做翻譯).

2 U 換句話說; 替換, 調換, (*into, to*). the *translation* of words *into* action 將言語化爲行動. ⇨ *v.* **translate.**

trans·la·tor [træns`letɚ, trænz-; træns`leɪtə(r)] *n.* C 翻譯家, 譯者.

trans·lit·er·ate [træns`lɪtə,ret, trænz-; trænz`lɪtəreɪt] *vt.* 將…字譯[音譯]成(別國的文字)《將某種語言根據其發音改寫成另一種文字; 例如將俄文用羅馬字母拼寫(如ДОМОЙ拼成 domoĭ)即爲此例》.

trans·lit·er·a·tion [ˌtrænslɪtə`reʃən, ˌtrænz-; ˌtrænzlɪtə`reɪʃn] *n.* UC 字譯, 音譯, (→transliterate).

trans·lu·cence, -cen·cy [træns`lusn̩s, trænz-, -`lju-; træns`luːsns, [-sɪ, -sɪ] *n.* U 半透明.

trans·lu·cent [træns`lusn̩t, trænz-, -`lju-; trænz`luːsnt] *adj.* (如毛玻璃般)半透明的《在 transparent 和 opaque 之間》.

trans·mi·gra·tion [ˌtrænsmaɪ`greʃən, ˌtrænz-; ˌtrænzmaɪ`greɪʃn] *n.* U (死亡時靈魂)投胎, 轉生.

trans·mis·sion [træns`mɪʃən, trænz-; trænz`mɪʃn] *n.* **1** U 傳送, 傳達; 送達. the *transmission* of secret documents 祕密文件的送達/the *transmission* of traditional culture 傳統文化的繼承. **2** C 播送. **3** C (汽車的)傳動裝置,

變速裝置, 傳動器. an automatic *transmission* 自動變速(→見 automatic transmission).

trans·mit [træns`mɪt, trænz-; trænz`mɪt] *v.* (~**s**; ~**ted**; ~**ting**) *vt.* **1** 傳送(貨物等); 傳播, 傳達, 〔知識等〕; 傳染(疾病). *transmit* a letter by hand 親手送交一封信/*transmit* a tradition to the younger generation 將傳統傳給年輕一代/a disease *transmitted* by mosquitoes 由蚊子傳染的疾病.

2 《無線電》發射(信號, 訊息); 播送. a *transmitting* station 廣播電臺, 發射站.

3 《物理》傳導〔光, 熱, 聲音等〕. *transmit* light 透光/Wires *transmit* electricity. 金屬線導電.

4 《機械》傳動〔動力等〕.

—— *vi.* 發射; 播送.

〖字源〗 MIT 「送」: trans*mit*, com*mit* (委託), e*mit* (放射), o*mit* (省略).

trans·mit·ter [træns`mɪtɚ, trænz-; trænz`mɪtə(r)] *n.* C **1** 傳送[傳達]者[物].

2 (廣播, 電視的)發射裝置; (無線電的)發射器; (電話的)話筒.

trans·mu·ta·tion [ˌtrænsmju`teʃən, ˌtrænz-, ˌtrænzmjuˈteɪʃn] *n.* UC 《文章》變化, 變形, 變質.

trans·mute [træns`mjut, trænz-, -`mɪut; trænz`mjuːt] *vt.* 《文章》改變, 使變化[變形, 變質], 《into〔高尚的事物〕》.

trans·o·ce·an·ic [ˌtrænsoʃɪ`ænɪk, ˌtrænz-; ˈtrænzəʊʃɪ`ænɪk] *adj.* **1** 橫越海洋的.

2 在海洋彼岸的, 海外的.

tran·som [`trænsəm; `trænsəm] *n.* C 《建築》

1 門楣(門和其上窗戶間的橫樑)(lintel).

2 窗隔; 有隔的窗.

3 《美》(門, 窗戶上的)氣窗(亦作 tránsom wìndow; 《英》fan-light).

tran·son·ic [træn`sɑnɪk; [transom 3] træn`sɒnɪk] *adj.* 《航空》穿音速的.

trans·pa·cif·ic [ˌtrænspə`sɪfɪk; ˌtrænspə`sɪfɪk] *adj.* **1** 橫越太平洋的.

2 太平洋彼岸的.

trans·par·en·cy [træns`pɛrənsɪ, -`pær-; træns`pærənsɪ] *n.* (*pl.* -**cies**) **1** U 透明(度).

2 C 透明畫[字]; (彩色照片的)幻燈片(slide); 幻燈片(軟片)《用 overhead projector 將教材等投射在屏幕上》.

✲trans·par·ent [træns`pɛrənt, -`pær-; træns`pærənt] *adj.* **1** 透明的(↔ opaque); 〔服裝等〕薄的, 透明可見的. *transparent* glass 透明的玻璃/a *transparent* liquid 透明的液體.

2 易懂的, 明白的; 直率的. works of *transparent* simplicity 簡明易懂的作品.

3 〔謊言等〕易被看穿的. I won't be deceived by

those *transparent* excuses. 我不會被那些顯而易見的託辭給騙了.

字涵 PAR 「顯現」: trans*par*ent, ap*pear* (出現), ap*par*ent (明白的), ap*par*ition (幽靈).

trans·par·ent·ly [træns`pɛrəntlɪ, -`pær-; træns`pærəntlɪ] *adv.* 透明地; 明顯地.

tran·spi·ra·tion [͵trænspə`reʃən; ͵trænspɪ`reɪʃn] *n.* ⓊＵ **1** (水分的)蒸發, 發散.
2 (祕密的)洩漏.

tran·spire [træn`spaɪr; træn`spaɪə(r)] *vi.*
〖〖 發散 〗〗 **1** 〔動植物等〕散發水蒸氣; 〔水分等〕蒸發. Moisture *transpires* through the skin. 水分透過皮膚蒸發出來.
〖〖 出現在表面 〗〗 **2** (用 it transpires that...)〔祕密, 事件等〕洩漏, 表面化. It *transpired* that he had been receiving bribes. 他收賄已爲人所知.
3 〔口〕〔事件等〕發生(happen) (★此用法雖普遍, 但亦有多數學者認爲此用法並非正統用法). Tell us what *transpired* at the meeting. 告訴我們會議上發生了甚麼事.
— *vt.* 使〔水分等〕蒸發.

trans·plant [træns`plænt; træns`plɑːnt] (★與 *n.* 的重音位置不同) *vt.* **1** 移植〔植物〕. *transplant* flowers from pots to the garden 把花從盆裡移植到庭園中.
2 〔醫學〕移植〔器官, 組織等〕. *transplant* a kidney 〔heart〕 移植腎臟〔心臟〕.
3 使〔人〕移居.
— *vi.* 可以〔順利, 容易地〕移植.
— [`træns͵plænt; `trænsplɑːnt] *n.* Ⓒ **1** 被移植的植物. **2** 〔醫學〕被移植的器官〔組織〕.
3 〔醫學〕移植(手術).

trans·plan·ta·tion [͵trænsplæn`teʃən; ͵trænsplɑːn`teɪʃn] *n.* Ⓤ 移植; 移居.

trans·po·lar [træns`polɚ, trænz-; træns`pəʊlə(r)] *adj.* 越過北極〔南極〕的; 穿越極地的. take a *transpolar* flight from Tokyo to London 乘坐往東京飛越北極到倫敦的班次.

trans·port [træns`port, -`pɔrt; træn`spɔːt] (★與 *n.* 的重音位置不同) *vt.* (~s [~s; ~s]; ~ed [~ɪd; ~ɪd]; ~ing)
〖〖 送往他處 〗〗 **1** 輸送, 運送. *transport* goods by truck 用卡車運送貨物/*transport* passengers 運送乘客. 同 transport 是用於大量且長距離的運送; → carry.
2 〔歷史〕流放, 放逐. *transport* convicts to the colonies 把犯人流放至殖民地.
3 〖使心神激盪〗〔雅〕使欣喜若狂, 使樂不可支, (通常用被動語態). The child was *transported* with delight. 孩子高興得歡天喜地/The music *transported* him. 音樂使他渾然忘我.
— [`træns͵port, -͵pɔrt; `trænspɔːt] *n.* (*pl.* ~s [~s; ~s]) **1** Ⓤ〔主英〕運輸; 運輸系統; (〔主美〕transportation). the *transport* of supplies by air 物資的空運/public *transport* 公共運輸/a *transport*

company 運輸公司/a *transport* ship 運輸船/the Department of *Transport* (英)交通部/London *Transport* 倫敦交通局.
2 Ⓤ〔英, 口〕交通工具, 代步工具.
3 Ⓒ (運輸部隊或物資的)運輸船〔機〕.
in a *transport* of... = in *transports* of... 《雅》因〔喜悅等〕而狂歡不已; 因〔憤怒等〕而大發雷霆.

字涵 PORT 「運送」: trans*port*, ex*port* (出口), im*port* (進口), *port*able (可攜帶的).

trans·port·a·ble [træns`portəbl, -`pɔr-; træn`spɔːtəbl] *adj.* 可運輸〔運送〕的.

*⃰**trans·por·ta·tion** [͵trænspɚ`teʃən; ͵trænspɔː`teɪʃn] *n.* Ⓤ **1** 〔主美〕運輸; 運輸系統; (〔主英〕transport). the *transportation* of farm products to market 農產品至市場的運輸/The company paid for his *transportation*. 公司支付了他的交通費/the Department of *Transportation* (美)交通部.
2 〔美〕運輸費; (旅客的)旅費.
3 〔美〕交通工具, 代步工具. The village is too far away on foot—we need *transportation*. 村子走路去太遠了, 我們需要交通工具.
4 〔歷史〕流放(的期間). ⇨ v. transport.

transport café [`trænsport͵kæ͵fe, -pɔr-, -kə-; `trænspɔːt͵kæfeɪ] *n.* (英)=truck stop.

trans·port·er [træns`portɚ, -`pɔr-; træn`spɔːtə(r)] *n.* Ⓒ運輸者; 搬運裝置; (大型的)車輛運輸車.

trans·pose [træns`poz; træns`pəʊz] *vt.* **1** 置換, 互換, 替換, 調換. *transpose* two words in a sentence 將句中的兩個字互換.
2 〔音樂〕將〔曲子〕轉調〔變調〕.

trans·po·si·tion [͵trænspə`zɪʃən; ͵trænspə`zɪʃn] *n.* ⓊＣ **1** 互換, 調換.
2 〔音樂〕轉調(曲).

trans·ship [træns`ʃɪp, trænʃ`ʃɪp; træns`ʃɪp] *vt.* (~s; ~ped; ~ping)將〔貨物等〕移到其他船〔車等〕, 轉載.

trans·ship·ment [træns`ʃɪpmənt, trænʃ`-; træns`ʃɪpmənt] *n.* Ⓤ轉載.

tran·sub·stan·ti·a·tion [͵trænsəb͵stænʃɪ`eʃən; `trænsəb͵stænʃɪ`eɪʃn] *n.* Ⓤ 〔神學〕變體論(天主教和東正教的一種教說, 認爲聖餐(the Eucharist)的麵包和葡萄酒可變成耶穌的肉和血).

trans·verse [træns`vɝs, trænz-; `trænzvɜːs] *adj.* 橫的, 橫截的. a *transverse* section 橫斷面.

trans·verse·ly [træns`vɝslɪ, trænz-; ͵trænz`vɜːslɪ] *adv.* 橫地, 橫截地.

trans·ves·tism [træns`vɛstɪzəm; trænz`vestɪzəm] *n.* Ⓤ異性裝扮癖(男的穿女裝, 女的穿男裝的慾望以及行爲).

trans·ves·tite [træns`vɛstaɪt; trænz`vestaɪt] *n.* Ⓒ異性裝扮癖者.
— *adj.* 異性裝扮癖者的.

*⃰**trap** [træp; træp] *n.* (*pl.* ~s [~s; ~s]) Ⓒ **1** (捕捉動物的)陷阱(例如 mousetrap), 圈套,

set a *trap* for mice 放置一個
捕鼠器〔夾〕.

2 (陷害人的)詭計, 陷阱, 圈
套. fall [walk] into a *trap*
落入圈套/The police laid a
trap for the thieves. 警察設
下陷阱來捕捉盜賊.

3 (排水管等的)存水彎管, 防
臭閥, ((U [S])的部分, 使該部
分常年存水以防止臭氣的逆
流)).

4 (英)兩輪輕便馬車.

5 (俚)口 (mouth). Shut your *trap*. 閉嘴.

6 (在賽狗前)圈放狗的籠子.

7 (射擊練習用的)飛靶發射器, 射靶裝置.

[trap 3]

— v. (~s [~s; ~s]; ~ped [~t; ~t]; ~ping) vt.

1 以陷阱捕捉〔動物〕. a *trapped* fox 落入陷阱的
狐狸.

2 在(某處)設置陷阱.

3 對〔某人〕施以詭計〔計謀〕, 欺騙; 欺騙〔某人〕使
做…(into (doing)). She *trapped* him into wed-
lock. 她騙他跟她成了婚/He was *trapped* into giv-
ing away the secret. 他被騙洩漏了那個祕密.

4 堵住(水流等); 將〔人, 動物〕關起來. The bear
was *trapped* in the cave. 熊被關進了洞穴裡.

— vi. 用套捕捉動物, 設置圈套行獵, (特指為
取得毛皮).

trap·door [ˋtræpˏdɔr; ˏtræpˈdɔː(r)] n. ⓒ (天
花板, 屋頂等的)通氣門, (地板, 舞臺等的)活揭門.

tra·peze [træˋpiz, trə-; trəˈpiːz] n. ⓒ (體操,
雜技用的)高空鞦韆.

tra·pe·zi·a [trəˋpiziə; trəˈpiːziə] n. trapezium
的複數.

tra·pe·zi·um [trəˋpiziəm; trəˈpiːzjəm] n. (pl.
~s, -zi·a) ⓒ (數學)(美)不等邊四邊形; (英)梯形.

trap·e·zoid [ˋtræpəˏzɔɪd; ˈtræpɪzɔɪd] n. ⓒ
(數學)(美)梯形; (英)不等邊四邊形.

trap·per [ˋtræpɚ; ˈtræpə(r)] n. ⓒ (特指為獲取
毛皮爲目的的)以陷阱和圈套狩獵的獵人.

trap·pings [ˋtræpɪŋz; ˈtræpɪŋz] n. (作複數)

1 馬飾. **2** (特指表示官銜的)裝飾華美的服裝,
飾物; 裝飾品.

Trap·pist [ˋtræpɪst; ˈtræpɪst] n. (天主教)

1 ⓒ 特拉比思特苦修會的修士.

2 (the Trappists) 特拉比思特苦修會(在祈禱, 禁
聲, 勞動等方面有嚴格的戒律).

traps [træps; træps] n. (作複數)(口)攜帶品, 隨
身小件行李.

trash [træʃ; træʃ] n. U **1** (美)(丟棄的)垃圾,
廢物, (→ garbage 圖). Take out the *trash*
before you leave for work. 上班前把垃圾拿出去.

2 下流的著作, 拙劣的作品; 無聊的想法; 劣等
品. He wrote four novels, all *trash*. 他寫了四部
小說, 都是垃圾.

3 (單複數同形)(美、口)(集合或個別的)無賴
的人, 無能的人. white *trash* (南部的)下層白人(poor
white).

trásh càn n. ⓒ (美)垃圾筒((英) dustbin).

trash·y [ˋtræʃɪ; ˈtræʃɪ] adj. 廢物的; 無價值的.

trau·ma [ˋtrɔmə, ˋtraumə; ˈtrɔːmə] n. (pl.
~ta, ~s) ⓒ **1** (心理)精神創傷(在心靈上留下永
久創傷的劇烈刺激); (口)創痛的過去.

2 (醫學)外傷. 字源 源自希臘語 wound(傷)之意.

trau·ma·ta [ˋtrɔmətə, ˋtrau-; ˈtrɔːmətə] n.
trauma 的複數.

trau·mat·ic [trɔˋmætɪk; trɔːˈmætɪk] adj.

1 造成精神上創傷〔衝擊〕的. His mother's death
was a deeply *traumatic* experience for him. 他母
親的死對他造成了很深的創傷.

2 外傷的; 外傷用的.

trau·ma·tize [ˋtrɔməˏtaɪz; ˈtrɔːməˏtaɪz] vt.

1 (心理)使受精神的傷害. **2** 使發外傷.

trau·mat·i·cal·ly [trɔˋmætɪklɪ, -ḷɪ;
trɔːˈmætɪkəlɪ] adv. 打擊性地.

trav·ail [ˋtrævel, -vḷ; ˈtræveɪl] n. U **1** (古)
分娩的痛苦, 陣痛, (labor). a woman in *travail*
正面臨生產陣痛的婦女.

2 (文章)勞苦, 辛苦.

✲trav·el [ˋtrævl̩; ˈtrævl] v. (~s [~z; ~z]; (美)
~ed, (英)~led [~d; ~d]; (美)~ing,
(英)~ling) vi. 【 旅行, 巡遊 】 **1** 旅行; 旅行(到
往來兩地, 通勤, 通學). *travel* abroad 去海外旅
行/*travel* all over the country 遊遍全國/*travel*
around the world 環遊世界/They're *traveling* in
Europe this summer. 今年夏天他們會去歐洲旅行/
travel first class 坐頭等艙旅行/*travel* light 輕裝
旅行/How far do you *travel* to work? 你(從家
裡)到工作的地點有多遠?

2 想到; 〔眼睛〕四處環視. His mind *traveled*
over the recent events. 他想到了最近發生的一連
串事件/Her eyes *traveled* around the courtroom.
她環視法庭四周.

3 當業務員四處推銷(for 〔公司等〕); 巡迴銷售
(in 〔物品〕). *travel* in insurance 當保險業務員.

【 行進 】 **4** 〔光, 聲音等〕傳導, 行進. Light
travels faster than sound. 光速比音速快/The
news *traveled* fast. 消息迅速地傳開/The typhoon
is *traveling* in a northeasterly direction. 颱風向
東北方向行進.

5 (俚)急步行走, 快步行走.

6 〔洋酒等〕經得起運送.

— vt. **1** 旅行. *travel* South America 在南美旅
行. **2** 行走, 走過, 〔某段距離〕. *travel* 500 miles
行走了 500 英里.

— n. (pl. ~s [~z; ~z]) **1** U 旅行(注意 a
travel 是錯的). In those days *travel* was slow
and dangerous. 當時旅行既慢又危險. 同 travel
是表示「旅行」之意最常用的詞, 但是多用於「旅遊觀
光」方面. → journey, trip, tour.

2 (travels) (特指)長期的旅行, 海外旅行. Did
you go to Rome during your *travels*? 旅行中你有
沒有去羅馬?

3 (travels) 旅行遊記. He wrote a number of

travels. 他寫了好幾冊的旅行遊記/*Gulliver's Travels*《格列佛遊記》.

trável ágency [bùreau] *n.* Ⓒ旅行社.

trável ágent *n.* Ⓒ旅行業者.

trav·eled (美), **trav·elled** (英) [ˈtrævld; ˈtrævld] *adj.* **1** (人)旅行過許多地方的. a (widely) *traveled* man 旅行經驗豐富的人.
2 (通常加副詞)(路線, 地方等)旅行者多的. a well-*traveled* road 眾多旅客來往的路線.

‡**trav·el·er** (美), **trav·el·ler** (英)
[ˈtrævlɚ, ˈtrævlɚ; ˈtrævlə(r)] *n.* (*pl.* **~s** [~z; ~z]) Ⓒ **1** 旅行者; 旅行家. an airplane *traveler* 飛機旅客/He is a great *traveler*. 他是位經常旅行的人(非常愛好旅行).
2 (主英)巡迴銷售者, 推銷員, (*in*), (亦作(美) tràveling sálesman, (英)commèrcial tráveller).

tráveler's chèck (美), **tràveller's chéque** (英) *n.* Ⓒ旅行支票.

trav·el·ing (美), **trav·el·ling** (英)
[ˈtrævlɪŋ, -vlɪŋ; ˈtrævlɪŋ] *n.* Ⓤ旅行; 巡迴演出.
— *adj.* 旅行的; 旅行用的; 巡迴演出的. a *traveling* bag 旅行包(袋)/a *traveling* salesman (美)= traveler 2.

trav·e·log, trav·e·logue [ˈtrævl͵ɔg, -͵ɑg; ˈtrævəlɒg] *n.* Ⓒ (使用幻燈片的)旅行見聞演講(講座); 遊記電影.

*‡**trav·erse** [ˈtrævɚs, ˈtrævɝs; ˈtrævəs] *v.* (**-ers·es** [~ɪz; ~ɪz]; **~d** [~t; ~t]; **-ers·ing**) *vt.* 橫越, 橫斷; 橫貫; 橫渡; (在某處)到處走動. The caravan *traversed* the desert. 商隊橫越了沙漠.
— *vi.* (登山)在山坡上作Z字形攀登, 橫線下坡.
— [ˈtrævɚs; ˈtrævəs; ˈtrævɜs] *n.* Ⓒ **1** (登山)Z字形攀登(的地方). **2** 橫跨之物; 橫樑, 橫木.
〖字源〗 VERSE「轉」: tra*verse*, re*verse* (顛倒), trans*verse* (橫斷), ad*verse* (逆反的).

trav·es·ty [ˈtrævɪstɪ, -vəstɪ; ˈtrævəstɪ] *n.* (*pl.* **-ties**) Ⓒ 將(正經的作品等)詼諧化, 戲謔化; 歪曲. That report is a *travesty* of the facts. 那份報告完全扭曲了事實.
— *vt.* (**-ties; -tied; ~ing**) 使戲謔化; 使歪曲.

trawl [trɔl; trɔ:l] *n.* Ⓒ **1** 拖網(亦作 tráwl nèt). **2** (美)延繩, 排鉤, (亦作 tráwl lìne).
— *vi.* 以拖網(延繩)捕魚. *trawl* for fish 以拖網(延繩)捕魚.
— *vt.* 以拖網(延繩)捕捉(魚); 拖曳(拖網); 垂放(延繩); 在(海, 湖等)進行拖網捕魚作業.

trawl·er [ˈtrɔlɚ; ˈtrɔ:lə(r)] *n.* Ⓒ拖網漁船.

‡**tray** [tre; treɪ] *n.* (*pl.* **~s** [~z; ~z]) Ⓒ **1** 盤; 盆. carry glasses on a *tray* 將玻璃杯放在托盤上傳送.
2 一盤的量(*of*). a *tray* of food 一盤食物.
3 (當作容器的)碟子; 文件格(放在書桌上用來置放文書檔案等).

---

treach·er·ous [ˈtrɛtʃərəs, ˈtrɛtʃrəs; ˈtretʃərəs] *adj.* **1** 不忠的, 背叛的, (*to* 對…). He was *treacherous* to the King. 他背叛了國王.
2 不可靠的, 危險的. *treacherous* weather 變幻莫測的天氣/a *treacherous* memory 不可靠的記憶/*treacherous* ice 不堅實的冰. ⇨ *n.* **treachery**.

treach·er·ous·ly [ˈtrɛtʃərəslɪ, ˈtrɛtʃrəs-; ˈtretʃərəslɪ] *adv.* 背叛地.

treach·er·y [ˈtrɛtʃərɪ, ˈtrɛtʃ-; ˈtretʃərɪ] *n.* (*pl.* **-er·ies**) **1** Ⓤ背叛, 變節, 不忠實, (→ treason 〖〗).
2 Ⓒ (通常 treacheries)背叛的行爲, 背信棄義. ⇨ *adj.* **treacherous**.

trea·cle [ˈtrikl; ˈtri:kl] *n.* Ⓤ(英)糖蜜((美) molasses).

trea·cly [ˈtrikl͵ɪ, -lɪ; ˈtri:klɪ] *adj.* **1** 糖蜜的.
2 (飲料)甜的. **3** (聲音, 言語等)甜蜜的.

*‡**tread** [trɛd; tred] *v.* (**~s** [~z; ~z]; **trod, trod·den, trod; ~ing**) *vt.* **1** (在路上)步行, 行走. *tread* a path through a field 行走於田野間的小徑.
2 踩踏, 踩踐, (*out*); 把(泥土等)踩得結實(*down*). *tread* grapes (爲釀造葡萄酒而)將葡萄踩碎/*tread out* a fire 把火踩熄/*tread down* a person's feelings 踐踏人的感情.
3 踩踏出(路等).
— *vi.* **1** 踩踏; 步行. *tread* lightly 輕輕地走; 小心地進行.
2 踩踏, 踩碎, (*on, upon*). *tread on* the flowers 踐踏花朵/*tread on* a person's foot 踩到了某人的腳.
trèad /... /ín 把…踩到泥土裡去.
trèad in a *pèrson's stéps*=follow in a person's steps (step 的片語).
trèad on áir (高興得)輕飄飄地, 洋洋得意.
trèad on a *pèrson's córns [tóes]* → corn¹ [toe] 的片語.
trèad on the héels of...= *trèad on* a *pèrson's héels* 緊跟著….
trèad the bóards [stáge] 踏上舞臺; 成爲演員.
trèad wáter 踩水.
— *n.* **1** [aⓊ]踩; 步行方式; 腳步聲. walk with a heavy *tread* 踏著沉重步伐而行.
2 Ⓒ (樓梯的)踏板; (梯子的)橫木.
3 ⓊⒸ (輪胎的)著地面; (輪胎面的)紋路. The *treads* of the front tires are worn. 前輪胎的紋路已磨損了.

trea·dle [ˈtrɛdl; ˈtredl] *n.* Ⓒ (腳踏車, 縫紉機等的)踏板.
— *vi.* 踩踏板.

tread·mill [ˈtrɛd͵mɪl; ˈtredmɪl] *n.* **1** Ⓒ踏車(如腳踩水車等). **2** Ⓤ (加 the) (從前處罰犯人的)踏車刑. **3** Ⓤ單調的工作.

trea·son [ˈtrizn̩; ˈtri:zn̩] *n.* Ⓤ **1** 背信, 背叛, (*to* 對…).
2 反叛罪; 通敵行爲. an act of *treason* 反叛(通敵, 賣國)行爲.
〖〗 treason 是特指叛國行爲; treachery 泛指「背叛」.

➥ *adj.* **treasonable, treasonous.**

trea·son·a·ble [ˋtriznəbl, ˋtriznə-; ˈtriːznəbl]
adj. 反叛的, 犯叛國罪的; 背信忘義的. a *treason-able* conspiracy 反叛的陰謀.

trea·son·ous [ˋtriznəs, ˋtriznəs; ˈtriːznəs]
adj. =treasonable.

‡treas·ure [ˋtrɛʒɚ, ˈtrɛʒə(r)] *n.* (*pl.* ~s [~z; ~z]) **1** ⓤ (集合)寶物, 財寶, 《金錢, 金銀珠寶等》. dig for buried *treasure* 挖掘埋藏的財寶.

2 ⓒ (單項的)貴重物品, 珍寶. art *treasures* 藝術珍品/The brooch was her greatest *treasure*. 這枚胸針是她最喜愛的寶貝.

3 ⓒ 《口》寶貴的人才; 最心愛的人; 《★亦可用來呼喚孩子》. He is a real *treasure* to our company. 他真是我們公司之寶/Stop crying, *treasure*. 別哭了, 寶貝.

— *vt.* (~s [~z; ~z]; ~d [~d; ~d]; -ur·ing [-ərɪŋ, -ʒrɪŋ; -ərɪŋ]) **1** 珍藏, 祕藏. *treasure* jewels [valuable postage stamps] 珍藏珠寶[珍貴的郵票]/He *treasures* the watch his father gave him. 他很珍惜父親給他的手錶.

2 把…銘記在心(*up*). She *treasured* (*up*) every word he said. 她把他的每句話都銘記在心.

tréasure hòuse *n.* ⓒ 寶庫.

tréasure hùnt *n.* ⓒ 尋寶(遊戲).

‡treas·ur·er [ˋtrɛʒərɚ; ˈtrɛʒərə(r)] *n.* (*pl.* ~s [~z; ~z]) ⓒ 會計, 出納員, (機關團體等的)會計人員. the society's *treasurer* 協會[學會]的會計.

treas·ure-trove [ˋtrɛʒɚͺtrov; ˈtrɛʒətrəuv] *n.* ⓤ (挖掘出的)物主不詳的埋藏物(金錢, 財寶等).

‡treas·ur·y [ˋtrɛʒərɪ; ˈtrɛʒərɪ] *n.* (*pl.* -ur·ies [~z; ~z]) ⓒ **1** (特指從前的)國庫; (公共團體等的)基金; 金庫. manage the *treasury* efficiently 有效率地運用基金.

2 寶庫(*of* (知識等)的); 名作集(*of* (詩文等)的). a *treasury* of useful information 實用的知識寶庫/a *treasury* of ancient art 古代藝術精華集(選粹).

3 (the *T*reasury) 《美》財政部; 《英》財政部(財政部長稱爲 the Chancellor of the Exchequer).

tréasury bìll *n.* ⓒ 國庫券(爲臨時彌補財政赤字, 由政府發行的一種短期債券).

‡treat [trit; triːt] *v.* (~s [~s; ~s]; ~ed [~ɪd; ~ɪd]; ~·ing) *vt.* 〖處理〗**1** (a) 對待(某人). Don't *treat* me as if I were a child. 別把我當小孩看待/The people *treated* the poor man very warmly. 人們非常熱情地對待那個貧窮的男子.

(b) 處理(事物); 論述(問題等). *Treat* your books with more care. 要多愛惜你的書/He *treated* the matter very lightly in his book. 他在書中對這個問題只是輕描淡寫.

2 把…當作(*as*). *treat* rumors *as* facts 把流言當成事實/We *treated* his words *as* a warning. 我們把他的話看成是警告.

3 〖款待〗款待(人), 宴請(人)(*to*); 請客拉攏(選

民等). I will *treat* you all. 全部我請客/He *treat*-ed me *to* a movie and dinner. 他請我看電影和吃飯.

〖處置〗**4** 治療(病人); 醫治(傷處等); 對(某人)施行治療(*for* (疾病)). The doctor *treated* my broken leg. 醫生治了我骨折的腿/Dr. Jones *treated* my aunt *for* the flu last week. 瓊斯大夫上星期醫治了我姑媽的流行性感冒.

5 (以藥物等)進行處理. *treat* a metal plate with acid 用酸處理金屬板.

— *vi.* **1** 請客, 款待.

2 《文章》談判(*with*).

trèat a *pérson like dírt* 《口》瞧不起人.

trèat of... 《文章》(書等)論述, 探討, (問題等). This essay *treats* of U.S.-Japan relations. 這篇論文探討美日關係.

trèat onesélf to... 下決心去買[吃], 下決心去享受一下…. I'm going to *treat* myself *to* a holiday in Europe next year. 我打算善待自己一下, 明年去歐洲度假.

— *n.* ⓒ 〖招待〗**1** (特指未想到的)樂事, 開心事. It was a real *treat* to see my old friend. 見到老朋友真是高興.

2 款待, 請客. This is my *treat*. 這個我請客.

stànd tréat 《口》請客. My friend insisted on *standing treat*. 我朋友堅持要請客.

treat·a·ble [ˋtritəbl; ˈtriːtəbl] *adj.* 可處理的; 能治療的.

trea·tise [ˋtritɪs; ˈtriːtɪz] *n.* ⓒ (專題性的, 學術性的)論文. A *Treatise* of Human Nature 《人性論》(David Hume 的著作).

‡treat·ment [ˋtritmənt; ˈtriːtmənt] *n.* (*pl.* ~s [~s; ~s]) **1** ⓤ 處理; 對待; 論述. The teacher gave all the students fair *treatment*. 老師對待學生都很公平/The author's *treatment* of the problem is too brief. 那位作者對這個問題論述得太簡略.

〖搭配〗 *adj.*+treatment: harsh ~ (殘酷的對待), kind ~ (親切的對待), special ~ (特別的處理), sympathetic ~ (富同情心的對待), unjust ~ (不當的對待).

2 ⓤ (醫生進行的)醫治, 治療; ⓒ 治療的藥物[方法]. The patient is under (medical) *treatment* in this hospital. 那位病人正在醫院裡接受治療/prescribe a new *treatment* for the disease 對這一病症開新的藥方[進行一種新的療法].

‡trea·ty [ˋtritɪ; ˈtriːtɪ] *n.* (*pl.* -ties [~z; ~z]) **1** ⓒ (國家之間的)條約. a peace *treaty* 和平條約/International *Treaties* 《國際條約集》.

〖搭配〗 *v.*+treaty: break a ~ (毀約), conclude a ~ (締結條約), observe a ~ (遵守條約), sign a ~ (簽訂條約).

2 ⓤ 《文章》(個人間的)契約, 協議書.

in tréaty 正在交涉[商議](*with*).

tre·ble [ˋtrɛbl; ˈtrebl] *adj.* **1** 三倍的, 三重的,

(triple). He earns *treble* my salary. 他的收入是我的三倍.

2 〔音樂〕高音部的,最高聲部的;〔聲音〕尖銳的,高音的.

— *n.* **1** U三倍,三重之物.

2 〔音樂〕U高音部;C高音部的樂器,唱高音部的人;高亢〔尖銳〕的聲音.

— *vt.* 使達到三倍.

— *vi.* 達到三倍.

＊＊＊tree [tri; tri:] *n.* (*pl.* ~s [~z; ~z]) C **1** 樹,樹木,喬木. a cherry *tree* 櫻花樹/a rose *tree* 玫瑰花樹(|参考|原應稱作 rose bush, 但是當其呈挺拔直立的樹狀時亦可稱為 rose tree)/I used to climb this *tree* when I was a boy. 我幼時常爬這棵樹/The gale uprooted a lot of *trees*. 強風把許多樹連根拔起. 同tree指有生命力的挺立樹木; wood 是指作為物質的木材; 灌木稱之為 bush 或 shrub.

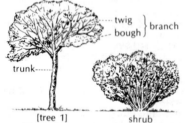

[tree 1]　　shrub

|搭配| *v.*+tree: cut down a ~ (砍樹), fell a ~ (伐木), trim a ~ (修剪樹木) // tree+*v.*: a ~ dies (樹枯了), a ~ grows (樹成長).

2 〔主要構成複合字〕木製品. a boot [shoe] *tree* (防止鞋子變形的)鞋楦/a clothes *tree* 衣帽架(因其外型類似直立的樹).

3 樹枝狀的圖表; 族譜(family tree).

rèach the tòp of the trée → top¹ 的片語.

ùp a trée (1)被追逼到樹上. (2)《口》上下不得, 進退兩難.

— *vt.* 將〔動物等〕追逼到樹上. The dog *treed* the cat. 狗把貓追逼到樹上.

●——主要的樹名

ash	梣木	beech	椈; 山毛櫸
birch	樺樹	cedar	香柏, 西洋杉
cypress	柏樹	elm	榆樹
eucalyptus	桉樹 尤加利樹	fir	樅木
holly	冬青樹	horse chestnut	歐洲七葉樹(果實為 conker)
larch	落葉松		
oak	橡樹(果實為 acorn)	maple	楓樹
		pine	松樹
plane (tree)	洋梧桐	spruce	針樅; 雲杉
sycamore《美》	美國梧	willow	柳樹

trée fèrn *n.* C《植物》桫欏《其木質的莖高大如樹的蕨類》.

trée fròg *n.* C《動物》樹蛙《習慣棲息於樹上》.

tree·less [ˋtrilɪs; ˋtri:lɪs] *adj.* 無樹的.

tree·top [ˋtri,tɑp; ˋtri:tɒp] *n.* 樹梢.

tre·foil [ˋtrifɔɪl; ˋtrefɔɪl] *n.* C **1** 《植物》車軸草屬植物《如車軸草等三葉的植物》.

2 《建築》(浮雕等的)三葉圖案(→ foil¹ 3).

trek [trɛk; trek] *n.* C艱辛的長途旅行; (特指)徒步旅行.

— *vi.* (~s; ~ked; ~king)進行艱辛的長途旅行《通常指穿山越嶺般的》.

trel·lis [ˋtrɛlɪs; ˋtrelɪs] *n.* UC格子; 格子籬[棚架](可供蔓草、葡萄藤等攀爬).

— *vt.* 用格子籬[棚架]支撐.

trel·lis·work [ˋtrɛlɪs,wɝk; ˋtrelɪswɜ:k] *n.* U格子工藝.

＊trem·ble [ˋtrɛmbl; ˋtrembl] *vi.* (~s [~z; ~z]; ~d [~d; ~d]; -bling) 〖抖動〗 **1** 〔身體, 聲音等〕顫抖. She *trembled* with fear. 她嚇得直發抖/She opened the envelope with *trembling* fingers. 她用顫抖的手指打開了信封. 同tremble 是指因寒冷或恐懼所引起身體小幅度的抖動; → shake.

2 〔大地等〕震動; 〔樹葉等〕搖曳, 搖動. The bridge *trembled* under the heavy traffic. 因為車流量大, 橋有點顫動/The leaves were *trembling* in the breeze. 樹葉隨微風輕輕搖曳.

3 〔發抖, 打顫〕焦慮, 焦急. I *tremble* for his safety. 我為他的安全而焦慮不安/I *tremble* to think what might happen. 一想到可能發生甚麼事, 我便坐立不安.

— *n.* a U顫抖, 發抖. There was a *tremble* in his voice. 他的聲音有點顫抖.

àll of a trémble 《口》渾身發抖.

trem·bling [ˋtrɛmblɪŋ, -blɪŋ; ˋtremblɪŋ] *v.* tremble 的現在分詞、動名詞.

trem·bling·ly [ˋtrɛmblɪŋlɪ, -blɪŋ-; ˋtremblɪŋlɪ] *adv.* 顫抖地; 嚇得發抖地.

trèmbling póplar *n.* = aspen.

trem·bly [ˋtrɛmblɪ; ˋtremblɪ] *adj.* 《口》戰慄的; 發抖的.

＊tre·men·dous [trɪˋmɛndəs, -dʒʊəs, -dʒəs; trɪˋmendəs] *adj.* **1** 極大的; 驚人的; 非常的; 可怕的. The car was moving at a *tremendous* speed. 汽車正以驚人的速度行駛/a *tremendous* earthquake 大地震/a *tremendous* talker 非常健談的人/His success was a *tremendous* surprise to me. 他的成功對我來說是個極大的震驚.

搭配 tremendous＋n.: a ～ amount (驚人的量), a ～ loss (巨大的損失), a ～ shock (極大的震撼), a ～ struggle (可怕的搏鬥), ～ joy (非常愉快).

2 極佳的. a *tremendous* singer 傑出的歌手/We had a *tremendous* time last night. 昨晚我們玩得非常愉快.

tre·men·dous·ly [trɪˈmɛndəslɪ, -dʒʊəs-, -dʒəs-; trɪˈmendəslɪ] *adv.* 驚人地；非常地. I was *tremendously* impressed by his fluency in Japanese. 他流暢的日語令我印象極爲深刻.

trem·o·lo [ˈtrɛml̩ˌo, ˈtrɛmə̩lo; ˈtreməˌləʊ] *n.* (*pl.* ~s) C《音樂》顫音《微微震顫的(弦)樂器聲或歌聲》；(風琴的)顫音裝置.

trem·or [ˈtrɛmɚ, ˈtrimɚ; ˈtremə(r)] *n.* C
1 (大地的)震動, 微震.
2 發抖；(因恐懼、疾病、緊張等引起的)顫抖. I felt a *tremor* of excitement when I heard the news. 當我聽到那則消息時我感到一陣興奮的顫抖/a *tremor* in one's voice 顫抖的聲音/The *tremor* in his hands is due to old age. 他的手顫抖是因爲年紀大的關係.
3 (樹葉等的)微動, 搖曳.

trem·u·lous [ˈtrɛmjələs; ˈtremjʊləs] *adj.*《文章》**1** 發抖的, 顫抖的. in a *tremulous* voice 以顫抖的聲音.
2 [人]不安的；膽小的.

trem·u·lous·ly [ˈtrɛmjələslɪ; ˈtremjʊləslɪ] *adv.* 顫抖地；發抖地.

trench [trɛntʃ; trentʃ] *n.* C **1** 溝, 渠.
2 (軍隊的)壕溝. *trench* warfare 塹壕戰.
— *vt.* **1** 在[某處]挖掘溝[渠].
2 在[陣地等]挖掘戰壕.
— *vi.* **1** 挖掘溝渠[壕溝].
2 侵犯《*on, upon* [他人的權利、土地等]》；蠶食《*on, upon*》.

trench·ant [ˈtrɛntʃənt; ˈtrentʃənt] *adj.* [批評等]尖銳的, 苛刻的. *trenchant* satire 尖刻的諷刺.

trench·ant·ly [ˈtrɛntʃəntlɪ; ˈtrentʃəntlɪ] *adv.* 尖銳地, 苛刻地.

trénch còat *n.* C 軍服式雨衣《原爲在戰壕內所穿的防水雨衣》.

trench·er·man [ˈtrɛntʃɚmən; ˈtrentʃəmən] *n.* (*pl.* -men [-mən; -mən]) C《英、詼》食客；(特指)食量大的人. a good [poor] *trencherman* 食量大[小]的人.

＊**trend** [trɛnd; trend] *n.* (*pl.* ~s [~z; ~z]) C 傾向, 趨勢；流行. the latest *trend* in beachwear 海灘裝的最新流行趨勢/the *trend* of public opinion 輿論的動向/Stock prices are on a downward *trend*. 股價有下跌的趨勢.

搭配 adj.＋trend: a current ～ (最新趨勢), a general ～ (一般趨勢), a marked ～ (顯著的傾向), an undesirable ～ (不受歡迎的傾向), a welcome ～ (受歡迎的傾向).

sèt the trénd 創造流行.
— *vi.* 朝向, 傾向,《*to, toward*》. The mountains *trend toward* the coast. 山脈向海岸延伸/

Car sales *trended* sharply downward. 汽車的成交量急速下跌.

trend·i·ness [ˈtrɛndɪnɪs; ˈtrendɪnɪs] *n.* U《口》趕流行.

trend·set·ter [ˈtrɛndˌsɛtɚ; ˈtrendˌsetə(r)] *n.* C《口》創造流行[使流行普及化]的人(→ set the trend (trend 的片語)).

trend·y [ˈtrɛndɪ; ˈtrendɪ] 《口》*adj.* [服裝等]最新流行的；[年輕人等]趕流行的.
— *n.* (*pl.* **trend·ies**) C 趕流行的人. young *trendies* 趕流行的年輕人.

trep·i·da·tion [ˌtrɛpəˈdeʃən; ˌtrepɪˈdeɪʃn] *n.* U《文章》恐懼；顫抖；驚慌失措. in *trepidation* (恐懼地)發抖.

＊**tres·pass** [ˈtrɛspəs, -ˌpæs; ˈtrespəs] *vi.* (~es [~ɪz; ~ɪz]; ~ed [~t; ~t]; ~·ing) **1** 《法律》非法侵害；侵入《*on, upon* [他人的土地等]》. *trespass on* a person's land [rights] 侵入[侵害]某人的土地[權利]/No *Trespassing*. 禁止入內(告示).
2 乘機(利用)《*on, upon* [他人的好意等]》；妨礙《*on, upon* [他人的時間等]》. *trespass upon* a person's patience 利用某人的耐心/I'm sorry to have *trespassed on* your time. 我很抱歉妨礙你的時間.
— *n.* UC **1** 《法律》非法侵害；侵入私宅.
2 [對他人的時間, 好意等的]侵害, 打擾.

tres·pass·er [ˈtrɛspəsɚ, -ˌpæs-; ˈtrespəsə(r)] *n.* C (入侵他人土地的)侵入者.

tress [trɛs; tres] *n.* C《雅》(通常 tress*es*)女性長而濃密的頭髮.

tres·tle [ˈtrɛsl̩; ˈtresl] *n.* C **1** 檯架, 支架, 《將兩個檯架並排再架上板子即可成爲桌子等》.
2 (土木》(高架橋等的)棧架；＝trestle bridge.

trèstle brídge *n.* C 排架橋.

trèstle táble *n.* C 檯架桌.

trey [tre; treɪ] *n.* (*pl.* ~s [~z; ~z]) C (骰子, 紙牌的)3(點).

tri- *pref.* 「三, 三重的」之意. *tri*angle. *tri*o.

tri·ad [ˈtraɪæd, -əd; ˈtraɪæd] *n.* C (★用單數亦可作複數)三個一組, 三人一組.

＊**tri·al** [ˈtraɪəl, ˈtraɪl; ˈtraɪəl] *n.* (*pl.* ~s [~z; ~z]) 〖試, 嘗試〗**1** C 嘗試, 企圖, (attempt). His third *trial* was a great success. 他第三次的嘗試非常的成功.
2 UC 試驗, 嘗試, 試用, (test). give the machine a *trial* ＝put the machine to *trial* 試用機器/The new plane is undergoing *trials*. 新型飛機正在進行試飛.
3 《形容詞性》試驗性的, 嘗試的. a *trial* flight 試飛/*trial* marriage (→見 trial marriage)/a *trial* run [trip] (→見 trial run [trip]).
〖考驗〗**4** UC 考驗；困難；麻煩的事；難對付的人. Misfortune is a great *trial*. 災難是很大的考驗/English was a terrible *trial* for him. 英語對他來說是個很大的麻煩/The disobedient boy was a great *trial* to his parents. 那個不聽話的男孩令他的父母大感頭痛.

5【審判】UC（法律）審判，審理；公審. a murder *trial* 謀殺犯的審判/a public *trial* 公開審判/*trial* by jury 由陪審團審理. ⇨ v. **try**.

bríng...to tríal＝**pùt...on tríal** 控告；將…交付審判.

on tríal (1)試驗性地，嘗試地. take a person for a month *on trial* 試用某人一個月. (2)經過試驗的結果. The machine proved excellent *on trial*. 經過試用證明這臺機器性能優越. (3)審判中，正在審理. He is *on trial* for murder. 他因謀殺罪而受審/go *on trial* 交付審判.

stànd tríal for... 因…而受到審判.

trìal and érror n. U 反覆試驗法《不斷反覆嘗試試驗與失敗，最後達到期望目標的一種方法》. by trial and error 探反覆試驗法.

tríal ballóon n. C 測風氣球；為試探〔輿論〕而進行的調查〔發表的言論〕.

tríal márriage n. UC 試婚《經過一段時間的同居以考驗對方是否為合適的結婚對象》.

tríal rún [**tríp**] n. C 試行連轉；試車，試乘.

trìals and tribulátions n. 《作複數》辛苦.

✲tri·an·gle [ˋtraɪˏæŋgl; ˈtraɪæŋgl] n. (pl. ~s [~z; ~z]) C **1** 三角形. **2** 三角形的物體；三角規〔尺〕. **3** 三角鐵《一種三角形的金屬打擊樂器》. **4** 三個一組，三人一組；《男女的》三角關係《亦作 etèrnal tríangle》.

●——圖形的種類

triangle	三角形	square	正方形
rectangle	長方形	quadrilateral	四邊形
pentagon	五角形	hexagon	六角形
octagon	八角形	polygon	多角形
circle	圓	ellipse	橢圓
trapezoid	《美》梯形,	《英》不等邊四邊形	
parallelogram	平行四邊形		

★立體的種類有: sphere （球體）, cube (立方體), 正六面體）, cone(圓錐體), cylinder (圓柱體), pyramid(角錐體), prism(角柱體)等.

---

tri·an·gu·lar [traɪˋæŋgjələˋ; traɪˈæŋgjʊlə(r)] adj. **1** 三角形的.
2 三者間的；三國間的；三角關係的.

tri·ath·lon [traɪˋæθlɑn; traɪˈæθlɒn] n. U 三項全能比賽《一個人連續進行游泳，自行車，馬拉松此三項比賽》.

trib·al [ˋtraɪbl; ˈtraɪbl] adj. 部落的；種族的. a tribal dance 部落的舞蹈. ⇨ n. **tribe**.

trib·al·ism [ˋtraɪblˏɪzm; ˈtraɪbəˏlɪzəm] n. U 種族制度；部族的歸屬意識；部族主義.

✲tribe [traɪb; traɪb] n. (pl. ~s [~z; ~z]) C (★用單數亦可作複數) **1** 《通常指原始的》部落，部族；種族. a cannibal *tribe* 食人族/the chief of a *tribe* 部落酋長/The whole *tribe* was [were] wiped out by smallpox. 整個部落(的人)

都死於天花.
2《生物》族《介於目(order)和科(family)，或是科和屬(genus)之間的類目，用法較為含混》. the cat *tribe* 貓族.
3《常表輕蔑》一群，同夥，同類. the *tribe* of racing fans 熱中於賽馬的一群人. ⇨ adj. **tribal**.

tribes·man [ˋtraɪbzmən; ˈtraɪbzmən] n. (pl. **-men** [-mən; -mən]) C 部落的一員(男性).

trib·u·la·tion [ˏtrɪbjəˋleʃən; ˏtrɪbjʊˈleɪʃn] n. UC《文章》苦難；試煉. in *tribulation* 在苦難中/a time of *tribulation* 苦難的時期/trials and *tribulations*(→見 trials and tribulations).

tri·bu·nal [trɪˋbjunl, traɪ-, -ˋbɪun-; traɪˈbjuːnl] n. **1** 法院，法庭. 參考 多用於指正規法院體系之外裁定特殊問題的機構. A special *tribunal* was set up to try the war criminals. 設置了審判戰犯的特別法庭.
2《興論等的》裁決，制裁.

trib·une [ˋtrɪbjun, trɪˋbjun, -ˋbɪun; ˈtrɪbjuːn] C **1**《古羅馬的》護民官.
2 民眾的領袖，人民的保護者.
3《用the...Tribune》…論壇《報紙名》. the Chicago *Tribune*《芝加哥論壇報》.

trib·u·tar·y [ˋtrɪbjəˏtɛrɪ; ˈtrɪbjʊtərɪ] n. (pl. **-tar·ies**) C **1** 納貢者；屬國《to》.
2 支流. a *tributary* of the Amazon River 亞馬遜河的支流.
—— adj. **1**〔人，國家等〕納貢的；從屬的《to》. a *tributary* nation 屬國.
2 支流的. a *tributary* river 支流.

✲trib·ute [ˋtrɪbjut; ˈtrɪbjuːt] n. (pl. ~s [~s; ~s]) UC【貢物】**1** 貢品；《為交納貢金而收的》稅. pay an annual *tribute* to the king 向國王進年貢.
【敬意的表示】**2** 頌詞；感謝〔尊敬〕的表示. a *tribute* of praise 頌詞/pay (a) *tribute* to 向…表示敬意/lay a floral *tribute* 獻花致意.
3 表現；證明；《to《力量，價值等》的》. His latest book is a *tribute* to his excellent scholarship. 他最近出的書即是他淵博學識的展現.

trice [traɪs; traɪs] n.《用於下列片語》
in a tríce 一轉眼，一瞬間.

tri·ceps [ˋtraɪsɛps; ˈtraɪseps] n. (pl. ~**es**, ~) C《解剖》三頭肌.

tri·cer·a·tops [traɪˋsɛrəˏtɑps; ˏtraɪˈserəˏtɒps] n. C 三觭龍《一種恐龍》.

✲trick [trɪk; trɪk] n. (pl. ~s [~s; ~s]) C 【策劃】**1** 騙局；計謀；(→ cheat 同)；幻覺. obtain money by a *trick* 騙取錢財/Her tears were just a *trick* to win his sympathy. 她的眼淚不過是為了博取他同情的一種計謀/*tricks* of the memory 記錯，想錯.
2 惡作劇；卑劣的作為；愚蠢的[像小孩似的]行為. a mean *trick* 惡作劇/play *tricks* on his friends. 他喜歡弄朋友/He's up to his (old) *tricks* again.《口》他又在惡作劇了.
【矇騙眼睛的》戲法】**3** 戲法；把戲；《電影的》特技. a conjurer's *trick* 魔術師的戲法/do card

tricks 變紙牌的戲法/You can't teach an old dog new *tricks*. 《諺》老狗學不了新把戲(老人無法吸收新的觀念).

4【(神速的)竅門】(做事的)竅門, 祕訣. He learned the *tricks* of the trade quickly. 他很快就學會了這門生意的竅門/I've not quite learned the *trick* of making good tea. 我尚未學到泡好茶的竅門.

5【與常人不同的做法】癖性, 習慣. a *trick* of scratching one's head 搔頭的習慣.

6《形容詞性》變戲法的, 雜耍技藝的, 騙人的, 詭計的. *trick* candies made of wax 用蠟做成的假糖/*trick* questions 騙人上當的問題.

dò the tríck 《口》達到目的, 順利進行; 〔藥等〕有效. I never felt better in my life—that hot soup *did the trick*, thanks. 我這輩子從感覺這麼好過——那熱湯確實有效, 謝謝你.

Hów's tricks? 《口》近來怎麼樣?(How are you?)

knòw a tríck wòrth twó of thàt 知道更好的方法.

nòt [nèver] mìss a tríck 《口》不錯失良機.

Trìck or tréat! 《主美》不給我糖果的話, 我就惡作劇! (在 Halloween 時孩子到別人家門口時習慣說的話).

— *vt.* (~**s** [~s; ~s]; ~**ed** [~t; ~t]; ~**ing**) **1** 欺騙〔人〕. He *tricked* her into signing the paper. 他騙她在文件上簽了名/The man was *tricked* out of his money. 男人的錢被騙走了.

2 打扮〔人等〕. The girls were *tricked* out [up] for the party. 女孩們打扮得漂漂亮亮地去赴宴.

trick·er·y [`trɪkərɪ; ·krɪ; 'trɪkərɪ] *n.* U 計策; 詐欺.

trick·i·ness [`trɪkɪnɪs; 'trɪkɪnɪs] *n.* U 狡詐; 難以對付.

trick·le [`trɪkl; 'trɪkl] *vi.* 〔(加副詞(片語)〕 **1** 滴下; 潺潺而流. Tears *trickled* down her cheeks. 眼淚滑下她的臉頰.

2 〔人等〕陸陸續續地來[去]. The students *trickled* into the classroom. 學生陸陸續續地進了教室.

— *vt.* 使滴下; 使潺潺而流.

— *n.* C (通常用單數) **1** (水等的)滴. A slow *trickle* of blood ran down his arm. 一滴血從他的手臂滴落下來.

2 (人等的)來去; 一點點《*of*》.

trick·ster [`trɪkstɚ; 'trɪkstə(r)] *n.* C 騙子.

trick·y [`trɪkɪ; 'trɪkɪ] *adj.* **1** 〔人等〕狡詐的, 狡猾的. a *tricky* salesman 狡猾的推銷員.

2 〔問題, 工作等〕棘手的, 難辦的; 巧妙的.

tri·col·or 《美》, **tri·col·our** 《英》 [`traɪ͵kʌlɚ; 'traɪkʌlə(r)] *adj.* 三色的.

— *n.* **1** C 三色旗.

2 (the *T*ricolor)法國國旗(藍、白、紅三色的).

tri·cot [`triko; 'tri:kəʊ] (法語) *n.* U 斜紋織物(一種女裝布料).

tri·cy·cle [`traɪsɪk]; 'traɪsɪkl] *n.* C 三輪車(孩童騎的車等); (三輪的)輪椅(病人用的車等); 三輪摩托車.

tri·dent [`traɪdn̩t; 'traɪdnt] *n.* C **1** 《希臘、

羅馬神話》三叉戟《海神 Neptune [Poseidon]的武器》. **2** 有三個叉的魚叉《用來叉魚的》.

tried [traɪd; traɪd] *v.* try 的過去式、過去分詞.

— *adj.* 試驗過的; 可靠的. a *tried* and true friend 可靠且真誠的朋友.

tri·en·ni·al [traɪˋɛnɪəl; traɪˋenjəl] *adj.* **1** 三年一次的(→ biennial 參考). **2** 連續三年的.

— *n.* C **1** 三年一次的活動. **2** 三周年紀念.

tri·er [`traɪɚ; 'traɪə(r)] *n.* C 用功的人; 發奮努力的人.

tries [traɪz; traɪz] *v.* try 的第三人稱、單數、現在式.

— *n.* try 的複數.

*tri·fle [`traɪfl̩; 'traɪfl] *n.* (*pl.* ~**s** [~z; ~z]) **1** C 瑣碎的東西; 瑣碎的事. They often quarrel over *trifles*. 他們常為一些瑣碎的事吵吵/stick at *trifles* 拘泥於一些瑣碎小事/waste time on *trifles* 浪費時間在瑣碎事情上.

2 C 少量; 一點點錢. It cost him just a *trifle*. 這只花了他一點點錢.

3 UC 《英》在浸過雪利酒等的鬆軟蛋糕裡, 加上水果、果凍、牛奶、蛋汁等製成的一種糕點(多作飯後甜點).

a trífle (副詞性)一點點. The girl was *a trifle* shy. 女孩有點害羞.

— *v.* (~**s** [~z; ~z]; ~**d** [~d; ~d]; **-fling**) *vi.* 隨意地嘲弄; 玩弄; 《*with*》. *trifle with* one's beard 摸弄某人的鬍鬚/He *trifled with* her feelings. 他玩弄了她的感情/a man not to be *trifled with* 不好惹的男人.

— *vt.* 虛度; 浪費; 《*away*》. *trifle* one's life *away* 虛度一生. ⇨ *adj.* **trifling**.

tri·fler [`traɪflɚ; 'traɪflə(r)] *n.* C 愛開玩笑的人; 不正經的人; 遊手好閒的人.

*tri·fling [`traɪflɪŋ; 'traɪflɪŋ] *adj.* 瑣碎的, 微不足道的. a *trifling* matter 微不足道的事/a *trifling* sum 很少的金額.

> 搭配 trifling+*n.*: a ~ detail (瑣碎的細節), a ~ difference (一點點的不同), a ~ error (一點點的錯誤), a ~ loss (些微的損失), a ~ reason (微不足道的理由).

⇨ *v.* **trifle**.

*trig·ger [`trɪgɚ; 'trɪgə(r)] *n.* (*pl.* ~**s** [~z; ~z]) C (槍砲的)扳機. pull the *trigger* 扣扳機.

quìck on the trígger (1)射擊(動作)很快的. (2)《口》《反應等》敏捷的, 機靈的.

— *vt.* 引起, 激發起, 《*off*》. A small incident on the border *triggered off* a full-scale war. 邊境的一件小事引起了一場全面性的戰爭.

trig·ger-hap·py [`trɪgɚ͵hæpɪ; 'trɪgə͵hæpɪ] *adj.* 愛開槍的; 愛吵架的; 好戰的.

trig·o·nom·e·try [͵trɪgəˋnɑmətrɪ; ͵trɪgəˋnɒmɪtrɪ] *n.* U 《數學》三角法.

trike [traɪk; traɪk] *n.* 《英、口》=tricycle.

tri·lat·er·al [traɪˋlætərəl; ͵traɪˋlætərəl] *adj.* **1** 有三邊的. **2** 三者間有關係的.

tril·by [ˋtrɪlbɪ; ˈtrɪlbɪ] *n.* (*pl.* **-bies**) ⓒ(英)(用氈布做成帽頂有溝的)軟氈帽(亦作 trɪlby hat).

tri·lin·gual [traɪˋlɪŋgwəl; ˌtraɪˈlɪŋgwəl] *adj.* (人，地區等)通三國語言的(→ bilingual).

trill [trɪl; trɪl] *n.* ⓒ **1** (音樂)顫音.
2 (鳥的)囀鳴.
3 (語音學)顫音; (帶有 r 音等的)捲舌音(歌劇歌手的捲舌音等).
— *vt.* **1** 以顫音唱…; 以顫音演奏….
2 以(r 音等)捲舌音發音.
— *vi.* **1** 以顫音唱; 以顫音演奏.
2 (鳥等)鳴囀.

tril·lion [ˋtrɪljən; ˈtrɪljən] *n.* (*pl.* ~, ~s) ⓒ
1 一兆(million 的二次方).
2 (英, 古)百萬兆(million 的三次方).

tri·lo·bite [ˋtraɪləˌbaɪt; ˈtraɪləubait] *n.* ⓒ三葉蟲(古生代的海洋生物; 現有殘存化石).

tril·o·gy [ˋtrɪlədʒɪ; ˈtrɪlədʒɪ] *n.* (*pl.* **-gies**) ⓒ(小說, 戲劇, 音樂等的)三部曲.

***trim** [trɪm; trɪm] *v.* (~**s** [~z; ~z]; ~**med** [~d; ~d]; ~**ming**) *vt.* 【使整齊】 **1** 修剪, 修整. *trim one's nails* 修剪指甲／I got my hair *trimmed.* 我去修頭髮／*trim* a hedge 修整樹籬／*trim* a lamp 修剪煤油燈的芯.
2 削除(多餘之物)(*off*); 削減(預算等). *trim* the fat *off* the meat 剔除肉上的脂肪／*trim* the budget 削減預算.
3 裝飾, 布置, 打扮, (*with*). *trim* the Christmas tree 裝飾聖誕樹／*trim* a dress *with* lace 用蕾絲裝飾衣服.
4 【乾淨俐落地收拾】(口)(在體育比賽中)擊敗, 收拾. The Mets *trimmed* the Pirates, 5-0. 大都會隊以五比零擊敗海盜隊(★5-0 讀成 five to zero [(英) nil, nothing]).
【調整】 **5** 調整(帆); 使(船或飛機)平穩(改變裝載貨物等的位置).
6 (見風轉舵地)改變(原則, 觀點).
— *vi.* **1** 順風行帆; (船或飛機)保持平穩.
2 迎合潮流, 見風轉舵.
trìm one's sáils 控制支出.
— *adj.* (~·**mer**; ~·**mest**) 整齊的, 整潔的. a *trim* garden 整潔的庭園[院子]／a *trim* woman 整潔的女子. 同與 neat 詞義大致相同, 但偏重於外觀上的整齊清潔; → orderly.
— *n.* **1** ⓐⓊ剪, 修剪, 整修.
2 Ⓤ整潔的狀態; 準備齊全的狀態; (健康等的)狀況. The boxer is trying hard to get into *trim.* 拳擊手努力準備進入顛峰狀態／The car was in good *trim.* 這輛車的狀況很好.

tri·ma·ran [ˋtraɪməˌræn; ˈtraɪməræn] *n.* ⓒ三連用具, 三體艇, (三個船體平行相連; → catamaran).

tri·mes·ter [traɪˋmɛstɚ; traɪˈmestə(r)] *n.* ⓒ (美)(三學期制的)學期(→ semester).

trim·ly [ˋtrɪmlɪ; ˈtrɪmlɪ] *adv.* 整潔地, 清潔地.

trim·mer [ˋtrɪmɚ; ˈtrɪmə(r)] *n.* ⓒ **1** 修整的人; 裝飾的人; 整治的人.
2 切割器(剪刀, 小刀, 小尖刀等).
3 見風轉舵的人.

trim·ming [ˋtrɪmɪŋ; ˈtrɪmɪŋ] *n.* **1** ⓊⒸ整理; 完成; 修剪, 修整.
2 ⓒ(通常 trimmings)(衣服等的)修飾, 裝飾, (烹飪等的)配菜, 搭配物.
3 ⓒ(通常 trimmings)修剪下來的東西, (裁縫的)剪裁下來的碎布.

Trinidad and To·ba·go [ˋtrɪnɪdæd(ə)ntə,bego; ˈtrɪnɪdæd(ə)ntəˌbeigəu] *n.* 千里達·托貝哥(加勒比海東南部的共和國; 大英國協成員國之一; 首都 Port-of-Spain).

tri·ni·tro·tol·u·ene [traɪˌnaɪtroˋtɑljuˌin; traɪˌnaɪtrəuˈtɒljuin] *n.* Ⓤ(化學)三硝基甲苯(威力強大的炸藥; 略作 TNT).

Trin·i·ty [ˋtrɪnətɪ; ˈtrɪnətɪ] *n.* (*pl.* **-ties**)
1 (基督教)(加the)三位一體(聖父(上帝, the Father)、聖子(基督, the Son)和聖靈(the Holy Ghost)的三位一體; 此為基督教的基本教義之一).
2 ⓒ(★用單數亦可作複數)(雅)(trinity)三個一組, 三人一組.

trin·ket [ˋtrɪŋkɪt; ˈtrɪŋkɪt] *n.* ⓒ小飾品; 廉價的珠寶.

***tri·o** [ˋtrio; ˈtriːəu] *n.* (*pl.* ~**s** [~z; ~z]) ⓒ **1** (★用單數亦可作複數)三個一組, 三人一組. There is a *trio* of them to take care of. 他們三人一組互相照顧.
2 (音樂)(a)(★用單數亦可作複數)三重奏(唱)(團)(→ solo). He sang in a *trio* when he was in high school. 他唸中學時曾加入一支三重唱團演唱. (b)三重唱[奏]曲. a piano *trio* 鋼琴三重奏曲[團].

‡**trip** [trɪp; trɪp] *n.* (*pl.* ~**s** [~s; ~s]) *travel.*
【輕鬆的步行>出外散步】 **1** 旅行, 遠足. a bus *trip* 公車旅行／a pleasure *trip* 愉快的旅行／a holiday *trip* 假日旅行／a *trip* abroad 海外旅行／a *trip* around the world 環球旅行／go on a *trip* to 到…去旅行／make [take] a *trip* to... 去…旅行／He is away on a *trip* now. 他正出外旅行中／meet a person on one's *trip* 旅行中結識某人／Have a nice *trip*! 祝旅途愉快!(向要出發旅行的人說的話). 同 *trip* 多指短途旅行.
搭配 *n.*+trip: a summer ~ (夏日旅遊), a weekend ~ (週末旅行), a sightseeing ~ (觀光旅行) // *v.*+trip: plan a ~ (計畫旅行).
2 (因有事或工作需要而)外出. one's daily *trip* to and from work 每天來回上下班／go on a sales *trip* 出外推銷商品／make a *trip* to the drugstore 到藥房去買東西.
3 (幻覺之旅)(俚)(服用麻醉毒品後產生的)幻覺.
【邁小步地走>踩空】 **4** 絆倒, 踩空; 過失, 失誤. a *trip* of the tongue 失言.
5 (機械)鬆開裝置(開關, 發條等).
— *v.* (~**s** [~s; ~s]; ~**ped** [~t; ~t]; ~**ping**) *vi.*
【跌倒】 **1** 跌倒, 絆倒, (*over, on*). Don't *trip over* that wire! 別讓電線絆倒了!／She *tripped on*

the rug. 她在地毯上給絆了一下.

2 出差錯, 弄錯, 《*up*》. catch a person *tripping* 抓某人的過錯[抓小辮子]/His tongue *tripped*. 他失言了/He *tripped up* at the job interview. 他在求職面試時出了點差錯.

〖【輕快地走】〗**3** 《加副詞(片語)》輕快地走[跳舞]. The dancers *tripped* lightly across the stage. 舞者輕快地從舞臺的一端走到另一端.

4 《俚》(服用麻醉毒品後)產生幻覺《*out*》(turn on).

— *vt.* **1** 使《人》絆倒, 使失足, 《*up*》. I was *tripped up* by someone's foot. 我被別人的腳絆倒了.

2 使《某人》失敗; 找碴; 挑錯《*up*》. Lawyers try to *trip up* witnesses in court. 律師試圖在法庭上挑出證人的破綻.

3 《機械》使《開關, 發條等》啟動.

tri‧par‧tite [traɪˋpɑrtaɪt, ˋtraɪpɑˏtaɪt; ˏtraɪˈpɑːtaɪt] *adj.* **1** 分成三部的; 《葉片》三片的.

2 三者之間的. a *tripartite* agreement 三方協定.

tripe [traɪp; traɪp] *n.* ①U① **1** 牛肚等(供食用).

2 《口》毫無意義的話[想法, 書].

***tri‧ple** [ˋtrɪpl; ˈtrɪpl] *adj.* **1** 由三部分[三者]組成的, 三重的; 三倍的; (→ single, double). demand *triple* pay 要求三倍的工資. **3** 《音樂》三拍子的. *triple* time 三拍子.

— *n.* ① **1** 三倍的數[量].

2 《棒球》三壘安打.

— *vt.* 使成爲三倍.

— *vi.* **1** 成爲三倍. **2** 《棒球》擊出三壘安打.

tríple crówn *n.* **1** ① = tiara 2.

2 《加 the》《賽馬, 棒球等的》三冠王.

tríple júmp *n.* 《加 the》《the 常》三級跳遠.

tríple pláy *n.* ①《棒球》三殺.

tri‧plet [ˋtrɪplɪt; ˈtrɪplɪt] *n.* ① **1** 三胞胎中的一個; (triplet*s*)三胞胎; (→ twin).

2 《音樂》三連音符; 《韻律學》三行連句.

3 三個一組, 三件一套.

tri‧plex [ˋtrɪplɛks, ˋtraɪ-; ˈtrɪpleks] *n.* **1** ①《美》三層樓的公寓.

2 ①《英》(常 *T*riplex)夾層玻璃《作爲汽車上的安全玻璃; 商標名》.

— *adj.* = triple.

trip‧li‧cate [ˋtrɪplɪkɪt, -ˏket; ˈtrɪplɪkət] *adj.* 同樣文字一式三份的〔文件等〕(→ duplicate).

— *n.* ① 一式三份文件中的一份(特指第三份).

in tríplicate (被做成)一式三份地.

— [ˋtrɪpləˏket; ˈtrɪplɪkeɪt] *vt.* **1** 把〔文件等〕做成一式三份(內含一份正本). **2** 使成爲三倍.

tri‧ply [ˋtrɪplɪ; ˈtrɪplɪ] *adv.* 三重地, 三倍地.

tri‧pod [ˋtraɪpɑd; ˈtraɪpɒd] *n.* 三腳凳; 三腳桌; (照相機等的)三腳架.

trip‧per [ˋtrɪpɚ; ˈtrɪpə(r)] *n.* ①《英》《常表輕蔑》當日往返的旅行者.

trip‧ping [ˋtrɪpɪŋ; ˈtrɪpɪŋ] *adj.* 〔人〕腳步輕快的, 〔步履〕輕快的.

trip‧ping‧ly [ˋtrɪpɪŋlɪ; ˈtrɪpɪŋlɪ] *adv.* 步履輕快地, 輕快地; 流暢地.

trip‧tych [ˋtrɪptɪk; ˈtrɪptɪk] *n.* ①(折疊的)三

張相連的圖畫[雕刻]《裝飾於教堂的祭壇等》.

trip‧wire [ˋtrɪpˏwaɪr; ˈtrɪpwaɪə(r)] *n.* ①絆線《鋪在地面上連接陷阱、炸藥, 用來鉤絆人或動物》.

tri‧sect [traɪˋsɛkt; traɪˈsekt] *vt.* 將…分成三份[三等分].

trite [traɪt; traɪt] *adj.* 〔詞句, 思想等〕平凡的; 老套的. a *trite* remark 陳腐的言詞.

trite‧ly [ˋtraɪtlɪ; ˈtraɪtlɪ] *adv.* 陳腐地.

trite‧ness [ˋtraɪtnɪs; ˈtraɪtnɪs] *n.* ①平凡; 陳腐.

Tri‧ton [ˋtraɪtn̩; ˈtraɪtn] *n.* **1** 《希臘神話》特萊頓(Poseidon 之子, 半人半魚的海神).

2 《天文》海衛一《海王星的兩個衛星之一; 另一個是 Nereid》.

*‖**tri‧umph** [ˋtraɪəmf, -mpf; ˈtraɪəmf] *n.* (*pl.* ~**s** [~s; ~s]) **1** ①凱旋, 大勝利, 大成功. the *triumph* of right over might 正義對強權的勝利/a *triumph* of modern science 現代科學的偉大成就/The new play was a *triumph*. 新戲大獲成功.

2 ①凱旋[成功]的喜悅. shouts of *triumph* 勝利的歡呼/with a smile of *triumph* 帶著成功喜悅的微笑/return home in *triumph* 凱旋而歸.

3 ①《古羅馬的》凱旋儀式.

— *vi.* (~**s** [~s; ~s]; ~**ed** [~t; ~t]; ~**ing**) **1** 獲得勝利, 取勝, 《*over*》. Medical science has *triumphed over* smallpox. 醫學戰勝[消滅]了天花.

2 誇耀勝利, 耀武揚威. He *triumphed* over his rival's misfortunes. 他因敵手的不幸而得意洋洋.

tri‧um‧phal [traɪˋʌmfl̩, -ˋʌmpfl̩; traɪˈʌmfl] *adj.* 勝利的; 慶祝勝利的; 凱旋的. a *triumphal* march 凱旋進行(曲).

triúmphal árch *n.* ①凱旋門.

*tri‧um‧phant** [traɪˋʌmfənt, -ˋʌmpf-; traɪˈʌmfənt] *adj.* **1** 勝利的; 成功的. the *triumphant* troops 勝利軍/We were *triumphant* at the games. 我們贏了這場比賽.

2 誇耀勝利的; 得意洋洋的. give a *triumphant* shout 發出勝利的歡呼/His expression was *triumphant*. 他的表情很得意.

tri‧um‧phant‧ly [traɪˋʌmfəntlɪ, -ˋʌmpf-; traɪˈʌmfəntlɪ] *adv.* 耀武揚威地; 得意洋洋地.

tri‧um‧vi‧rate [traɪˋʌmvɪrɪt; traɪˈʌmvɪrət] *n.* ①《★單數亦可作複數》 **1** 《古羅馬的》三頭政治, 三人執政. **2** 三人一組.

triv‧et [ˋtrɪvɪt; ˈtrɪvɪt] *n.* ① **1** (置放鍋子等的)三腳架. **2** (置放熱盤子等的)矮腳鐵架《放在餐桌上等》.

triv‧i‧a [ˋtrɪvɪə; ˈtrɪvɪə] *n.* 《作複數》無關緊要的事, 瑣碎的事, (trifles).

[trivet 1]

His thesis treats of absolute *trivia*. 他的論文探討的都是瑣碎無聊的事.

*triv‧i‧al** [ˋtrɪvɪəl, -vjəl; ˈtrɪvɪəl] *adj.* **1** 瑣碎的,

微不足道的. *trivial* matters 微不足道的事情/a *trivial* sum小數目的金額. **2** 平常的; 平凡的. *trivial* everyday life平凡的日常生活.

triv·i·al·i·ty [ˌtrɪvɪˈælətɪ; ˌtrɪvɪˈæləti] *n.* (*pl.* **-ties**) **1** ⓒ 微不足道的事物. domestic *trivialities* 家庭內的瑣事. **2** ⓤ 瑣碎, 平凡.

triv·i·al·ize [ˈtrɪvɪˌaɪz, -vjəl-; ˈtrɪvɪəlaɪz] *vt.* 使變得瑣碎無聊; 使平凡.

triv·i·al·ly [ˈtrɪvɪəlɪ, -vjəl-; ˈtrɪvɪəlɪ] *adv.* 瑣碎無聊地; 細碎地.

tro·cha·ic [troˈke·ɪk; trəʊˈkeɪɪk] 《韻律學》 *adj.* 揚抑格的(→ trochee).
— *n.* ⓒ 揚抑格的詩句.

tro·che [ˈtrokɪ; ˈtrəʊʃ] *n.* ⓒ 喉片(含在口中治療喉嚨發炎等的錠劑).

tro·chee [ˈtroki; ˈtrəʊkiː] *n.* ⓒ 《韻律學》揚抑格(韻腳(foot)由強音、弱音〔́ ×〕的兩個音節構成的音步; 例如Thróugh the | shádows | ánd the | súnshine; 並不如 iamb 一般普遍).

trod [trɑd; trɒd] *v.* tread的過去式、過去分詞.

trod·den [ˈtrɑdn̩; ˈtrɒdn̩] *v.* tread的過去分詞.

trog·lo·dyte [ˈtrɑglə͵daɪt; ˈtrɒglədaɪt] *n.* ⓒ (史前的)穴居人.

troi·ka [ˈtrɔɪkə; ˈtrɔɪkə] (俄語) *n.* **1** 三駕馬車(俄國三匹馬拉的馬車(雪橇)).

2 (★用單數亦可作複數)三者聯盟; 三頭政治; 三人一組.

[troika 1]

Tro·jan [ˈtrodʒən; ˈtrəʊdʒən] *adj.* 特洛伊(人)的(→ Troy).
— *n.* ⓒ 特洛伊人.
wòrk like a Trójan 拼命地工作.

Trójan hórse *n.* ⓒ **1** =wooden horse. **2** (從外部潛入的)破壞人員.

Trójan Wár *n.* (加the)特洛伊戰爭(Homer作品*Iliad* 的題材).

troll[1] [trol; trəʊl] *vi.* **1** 輪唱. **2** 拖釣《*for*〔魚〕》.
— *vt.* 輪唱〔歌曲〕.

troll[2] [trol; trəʊl] *n.* ⓒ《北歐神話》特洛爾(住在洞窟、山岡等處, 被視為具有超自然能力的怪物; 常被描寫成巨人或侏儒等各種形象).

trol·ley [ˈtrɑlɪ; ˈtrɒlɪ] *n.* (*pl.* ~s) ⓒ **1** (美)=trolley car; (英)=trolley bus.

2 (英)(兩輪或四輪的)手推車, 臺車.

3 (英)推車(運送菜餚等附有腳輪).

4 (電)觸輪(位於電車、無軌電車等觸電桿頂端, 與架空電線相接的車輪).

trólley bùs *n.* ⓒ 市街電車(藉由 trolley 4 導電而啟動的公車).

trólley càr *n.* ⓒ《美》市街電車(streetcar); (英) tram).

trol·lop [ˈtrɑləp; ˈtrɒləp] *n.* ⓒ **1** 自甘墮落的女人. **2** 行為不檢的女人; 妓女(prostitute).

trom·bone [ˈtrɑmbon, trɑmˈbon; trɒmˈbəʊn] *n.* ⓒ 伸縮喇叭(一種銅管樂器; → brass instrument 圖).

trom·bon·ist [trɑmˈbonɪst; trɒmˈbəʊnɪst] ⓒ 伸縮喇叭手.

***troop** [trup; truːp] *n.* (*pl.* ~s [~s; ~s]) **1** ⓒ (人、動物的)集團, 群, 《特指移動中的》a *troop* of elephants [children] 一群象[小孩]/in a *troop* 成群地.

2 (troops)軍隊; 部隊. 10,000 *troops* 一萬兵力/The general inspected the *troops*. 將軍校閱部隊.

3 ⓒ 騎兵[坦克]中隊.

4 ⓒ 童子軍的中隊(約32人).
— *vi.* 《加副詞(片語)》成群而行, 成群結隊而來. The students *trooped* into the classroom. 學生們成群結隊地進了教室.

tróop càrrier *n.* ⓒ 運兵機[船].

troop·er [ˈtrupɚ; ˈtruːpə(r)] *n.* ⓒ **1** 騎兵; 坦克兵. **2** (美)州警察; 騎警.
swèar like a tróoper 破口大罵髒話.

troop·ship [ˈtrup͵ʃɪp; ˈtruːpʃɪp] *n.* ⓒ 運兵船.

***tro·phy** [ˈtrofɪ; ˈtrəʊfɪ] *n.* (*pl.* **-phies** [~z; ~z]) ⓒ **1** (比賽的)優勝紀念品, 獎品, 《獎杯, 盾牌等). John won the golf *trophy*. 約翰贏得了高爾夫球比賽的優勝獎杯.

2 (戰勝, 狩獵等的)紀念品(敵人的軍旗, 野獸的頭等; 通常裝飾於室內). He hung the deer's head on the wall as a *trophy* of his hunting trip. 他把鹿頭掛在牆上, 作為他狩獵之旅的紀念品.

trop·ic [ˈtrɑpɪk; ˈtrɒpɪk] *n.* **1** ⓒ (常 *T*ropic) 回歸線(有南、北兩條).

2 (the tropics)熱帶(南、北回歸線之間的地區), 熱帶地方. The hottest parts of the earth are in the *tropics*. 地球上最熱的地方在熱帶.
— *adj.* =tropical.

***trop·i·cal** [ˈtrɑpɪkl̩; ˈtrɒpɪkl̩] *adj.* **1** 熱帶的, 熱帶地方的. a *tropical* disease熱帶疾病/a *tropical* fish熱帶魚/*tropical* plants熱帶植物/*tropical* rain forests熱帶雨林/a town in *tropical* Africa 熱帶非洲的一個城鎮.

2 像熱帶般炎熱的, 酷熱的.

Tròpic of Cáncer *n.* (加the)北回歸線(北緯23°27′; → zone 圖), (北半球的)夏至線.

Tròpic of Cápricorn *n.* (加the)南回歸線(南緯23°27′; → zone圖), (北半球的)冬至線.

***trot** [trɑt; trɒt] *n.* (*pl.* ~s [~s; ~s]) **1** ⓐⓤ (馬的)快跑, 快步, 《右前腳與左後腳, 左前腳與右後腳同時移動的跑法; 比 canter 慢; → gallop 圖). The cavalry went at a *trot*. 騎兵隊快馬行進.

2 〔aU〕(人的)急行，小跑步；〔C〕快步散步．The little boy followed his father at a *trot*. 小男孩小跑步地跟在他父親後面．

3 〔C〕《美，俚》(學生的)參考書；(特指外語教材的)翻譯本；(pony)．

4 〔口〕(the trots)拉肚子．

on the trót 《口》(1)不停地忙碌，忙得連坐下的時間也沒有．keep a person *on the trot* 使某人一刻不得閒．(2)連續不停地．read two novels *on the trot* 連續讀了兩本小說．

— *vi.* (~s [~s; ~s]; ~ted [~ɪd; ~ɪd]; ~**ting**)
1 〔特指馬〕快跑．The dog *trotted* along after the sheep. 狗在羊身後快步追趕．

2 〔人〕急速步行，小跑步．The child was *trotting* beside his father. 孩子跟在父親旁小跑著．

3 〔加副詞(片語)〕《口》《詼》〔人〕小跑步地，趕快走，快跑走．"You children *trot off* to bed," said the father. 父親說:「孩子們趕快去睡覺吧」/Now I must be *trotting* along. 我得走了．

— *vt.* **1** 驅趕〔馬〕使馬走．

2 快步行走〔某段距離〕．

trôt /.../ *óut* 《口》炫耀…；書寫，說出，〔老掉牙的〕故事等．He always *trots out* the same old jokes. 他老是講那個老掉牙的笑話．

trot·ter [ˈtrɑtɚ; ˈtrɒtə(r)] *n.* **1** 〔C〕被訓練成擅長快跑的馬．**2** 〔UC〕(食用的)豬腳．

trou·ba·dour [ˈtrubəˌdʊr, -ˌdor, -ˌdɔr; ˈtruːbədɔː(r)] (法語) *n.* 〔C〕吟遊詩人(11-13世紀在義大利、法國南部的顯貴宅邸中吟唱的抒情詩人)．

✱trou·ble [ˈtrʌbl; ˈtrʌbl] *n.* (*pl.* ~**s** [~z; ~z])

〖 勞苦，辛苦 〗 **1** 〔UC〕(a)勞苦；困難；憂慮，煩惱；煩惱的根源．What's the *trouble*, John? 在煩惱甚麼呢，約翰?/The main *trouble* is lack of money. 主要的煩惱是沒有錢/She has had many *troubles* in her life. 她一生中吃了很多苦/He's nothing but *trouble* here. 他在這裡只是增麻煩．(b) have *trouble* do*ing*)…有困難．I have *trouble remembering* names. 我不大會記名字/Did you *have* any *trouble finding* the bank? 你找不到銀行嗎?

〖搭配〗 *adj.*+trouble: serious ~ (重大的困難) // *v.*+trouble: avoid ~ (避免困難)，cause ~ (引起困難)，remedy the ~ (排除困難)．

2 〔aU〕麻煩；費事；辛苦；不方便；災難．Thank you for your *trouble*. 謝謝你的辛勞/If it's any *trouble*, don't bother. 如果不方便的話就不要麻煩了/The child gives me so much *trouble*. 那孩子給我添了許多麻煩/Don't go to a lot of *trouble* for me. 不要為我費事/take *trouble* 不辭辛勞/I took all the *trouble* to go to see him. 我費盡千辛萬苦去看他．

〖 麻煩的事情 〗 **3** 〔UC〕動亂；紛爭；糾紛；混亂；(the *T*roubles)北愛爾蘭紛爭(新舊兩教徒間的(武力)抗爭)．labor *troubles* 勞工紛爭．

4 〔U〕(如受處罰般的)困擾的情況，需要警察來處理的事件；《口》未婚女性的懷孕；危險的(狀況)．be in *trouble*(→片語)/You'll get in *trouble* if you're not careful. 你要是不小心的話會惹起麻煩/I don't

---

want any *trouble*. 我不要任何麻煩/I saved the little boy in *trouble*. 我救了那位遭遇危險的小男孩．

〖 故障 〗 **5** 〔U〕(機器等的)故障．I'm having some *trouble* with my car. 我的車出了點毛病/locate the source of the *trouble* 找出故障的來源．

6 〔UC〕疾病，病．He has heart *trouble*. 他有心臟方面的疾病．

7 〖缺陷〗〔C〕短處，缺點，《with》．The *trouble* with him is (that) he doesn't study. 他的缺點是不肯讀書．⇨ *adj.* **troublesome**.

àsk for tróuble 自找麻煩．Saying such a thing to him is *asking for trouble*. 跟他說這種事是自找麻煩．

be nò tróuble 不麻煩；不難．

✱*be in tróuble* (1)處於困難中．I'm *in trouble* and I need your help. 我有困難，需要你的幫助．(2)惹出麻煩《with》．(3)受到檢舉，將受處罰，《with〔警察〕》．(4)《口》〔未婚女性〕懷孕．My son is *in trouble with* the law. 我兒子犯了法．

gèt into tróuble (1)發生糾紛《with》．(2)被檢舉，受處罰等，《with〔警察〕》．(3)《口》〔未婚女性〕懷孕．

gèt a pèrson into tróuble 使某人捲入麻煩；《口》使未婚女性懷孕．

have tróuble with... 有…困難；對…傷腦筋．

lòok for tróuble=ask for trouble.

màke tróuble 惹麻煩．

The tróuble is (that)... 麻煩的是…．

● ——名詞型　the ~ is that 子句

The trouble is that he doesn't admit the fact.
問題是他不承認這個事實．
The fact is that he didn't do that.
事實是他沒有做那件事．
My* opinion is that Mike is wrong.
我的看法是麥克錯了．
此類的名詞:

advantage	conclusion	excuse
explanation	rumor	suggestion
supposition	truth	view
wonder		

★(1)口語中有時省略 that.
(2)如以上第三個例句所示，the 有時可用 my，his 等代替．

— *v.* (~**s** [~z; ~z]; ~**d** [~d; ~d]; **-bling**) *vt.*
1 弄亂；使起波浪．The wind *troubled* the surface of the pond. 風吹皺池面．

2 使煩惱，使苦惱．What's *troubling* you? 是甚麼事使你愁眉不展呢?/He seems to be *troubled* about [with] family matters. 他似乎是為了家裡的事而苦惱/He is *troubled* by his wife's weak health. 他為了他太太虛弱的身體而煩惱．

3 (a)給〔某人〕添麻煩，使受累，I won't *trouble* you again. 我不會再麻煩你了/Sorry to have *trou-*

bled you. 對不起, 給你添麻煩了.

(b) 〔句型3〕(trouble A *for* B)、〔句型5〕(trouble A *to* do) 麻煩 A(人)B(事)〔麻煩 A 做…〕. May I *trouble* you *for* a light? 可否麻煩你借個火?/May I *trouble* you *to* close the window? 可否麻煩你把窗戶關上?

4 〔疾病等〕折磨〔人〕. My back is *troubling* me again. 我背痛的毛病又犯了.

— *vi.* 憂慮; 費心; 不辭勞苦地做…(*to* do); (通常用於否定句, 疑問句). You don't have to *trouble* about her now. 你不必再為她的事擔憂了/Oh, don't *trouble*, thanks. 啊, 不要麻煩, 謝謝你/Don't *trouble* to see me off. 不要專程來送我了.

***I'll tróuble you to* dó** 你能不能…(粗魯的說法). *I'll trouble you to* hold your tongue. 麻煩你閉嘴.

***tróuble onesèlf* (*about...*)** 擔心(…).

***tróuble onesèlf to* dó** 費功夫做…, 不辭勞苦地做…. He never *troubled himself to* write to us. 他從來不肯費功夫寫信給我們.

trou·bled [ˋtrʌbld; ˈtrʌbld] *adj.* 困擾的; 混亂的; 騷動的.

fish in tròubled wáters 混水摸魚(★ troubled waters 是波濤的海>混亂狀態).

trou·ble·mak·er [ˋtrʌblˌmekɚ; ˈtrʌblˌmeɪkə(r)] *n.* ⓒ 挑起紛爭的人, 煽動爭端的人; 惹禍者.

trou·ble·shoot·er [ˋtrʌblˌʃutɚ; ˈtrʌblˌʃuːtə(r)] *n.* **1** 故障修理專家.

2 紛爭的解決者[調停人].

⁂trou·ble·some [ˋtrʌblsəm; ˈtrʌblsəm] *adj.* **1** 討厭的; 添麻煩的. a *troublesome* child 令人討厭的孩子/a *troublesome* car 老出毛病的車/His stammer was *troublesome* for him. 他的口吃給他添了不少麻煩.

2 難的, 不好辦的. a *troublesome* problem [task] 難題, 棘手的問題[工作].

trou·bling [ˋtrʌblɪŋ, -blɪŋ; ˈtrʌblɪŋ] *v.* trouble 的現在分詞、動名詞.

trough [trɔf, -θ; trɒf] *n.* ⓒ **1** (細長的)飼料槽, 水槽, (家畜用).

2 (波和波之間的)波谷.

3 《氣象》低壓槽.

4 (屋頂的)承霤.

5 《地理》地塹.

trounce [traʊns; traʊns] *vt.* **1** 痛打; 狠狠教訓. **2** (口)打敗. The Yankees thoroughly *trounced* the Tigers. 洋基隊徹底擊敗了老虎隊.

[trough 1]

troupe [trup; truːp] *n.* ⓒ 劇團, 戲班; 歌舞團.

troup·er [ˋtrupɚ; ˈtruːpə(r)] *n.* ⓒ (劇團, 戲班等的)演員, 團員.

a gòod tróuper 工作上很有默契的同事, 工作上的好夥伴.

tróu·ser prèss [ˋtraʊzɚ-; ˈtraʊzə(r)-] *n.* ⓒ 褲夾.

⁂trou·sers [ˋtraʊzɚz; ˈtraʊzəz] *n.* **1** 《作複數》褲子, 長褲, (→ slacks, breeches). *trousers* with cuffs (美) [(英) turn-ups] 有翻邊的長褲. 〔語法〕(1)(美)多用 pants. (2)計數時說成 a pair of *trousers* (一條褲子)《作單數》, two pairs of *trousers* (兩條褲子)《作複數》.

| 〔搭配〕*v.* +trousers: put on one's ~ (穿褲子), take off one's ~ (脫褲子), zip (up) one's ~ (拉好拉鍊), undo one's ~ (脫褲子), unzip one's ~ (拉開拉鍊), wear ~ (穿著褲子).

2 《形容詞性》(trouser)褲子的. a *trouser* pocket 褲子的口袋.

wèar the tróusers 《口》《主要指妻子》具有(家中的)支配權; 河東獅吼. 〔參考〕(美) wear the pants 較普遍.

trous·seau [truˋso, ˋtruso; ˈtruːsəʊ] *n.* (*pl.* ~s, ~x [~z; ~z]) ⓒ 嫁妝.

⁎trout [traʊt; traʊt] *n.* **1** ⓒ (*pl.* ~, ~s [~s; ~s]) 《魚》鱒魚(鮭魚科虹鱒屬淡水魚的總稱). a rainbow *trout* 虹鱒. **2** Ⓤ (做成菜餚的)鱒魚.

trove [trov; trəʊv] *n.* =treasure-trove.

trow·el [ˋtraʊəl, traʊl; ˈtraʊəl] *n.* ⓒ **1** 鏝刀(泥水匠等的工具). **2** 挖土[移植花木]用的小鏟子(用於園藝). → gardening 〔圖〕.

Troy [trɔɪ; trɔɪ] *n.* 特洛伊(小亞細亞西北部的古城; 此地曾發生過特洛伊戰爭). ⇨ *adj.* **Trojan.**

tróy wèight [ˋtrɔɪˌwet; ˈtrɔɪweɪt] *n.* Ⓤ 金衡(用於計稱金、銀和珠寶等; 1 pound為373.24 g, 12 ounces為1 pound; 亦可僅稱 troy; → avoirdupois). ★ 置於單位後: three pounds *troy* (*weight*).

tru·an·cy [ˋtruənsɪ, ˋtrɪu-; ˈtruːənsɪ] *n.* Ⓤ 無故缺席, 曠課.

tru·ant [ˋtruənt, ˋtrɪu-; ˈtruːənt] *n.* ⓒ **1** 無故缺席者; 曠課的學生. **2** 《輕蔑》怠忽職守者. **3** 《形容詞性》逃學的; 偷懶的.

plày trúant 逃學, 曠課; 曠職逃避工作責任.

truce [trus, trɪus; truːs] *n.* ⓊⒸ **1** 休戰; 停戰協定. a flag of *truce* 停戰的白旗/declare [call] a *truce* 休戰宣言.

2 (痛苦, 勞苦等的)中止, 暫停.

⁂truck¹ [trʌk; trʌk] *n.* (*pl.* ~s [~s; ~s]) ⓒ **1** (美)卡車, 貨車, (《英》lorry). transport goods by *truck* 用卡車運貨/a *truck* driver 卡車司機.

2 (英)(鐵路的)無蓋貨車, 敞篷貨車.

3 手推車; 搬運車.

— 《美》*vt.* 用卡車搬運.

— *vi.* 開卡車.

truck² [trʌk; trʌk] *n.* Ⓤ **1** (以物易物的)商品.

2 (美)供應市場的蔬菜. **3** (工資的)現金支付.

hàve nò trúck with... 《文章》與…沒有交易[往來]; 與…沒有關係.

truck·er [ˋtrʌkɚ; ˈtrʌkə(r)] *n.* ⓒ《主美》卡車

司機.

truck fàrm *n.* ⓒ(美)主要供應市場蔬菜[水果]的農場((英) market garden)(農場主人是 truck farmer; 其事業是 truck farming).

truck·ing [`trʌkɪŋ; 'trʌkɪŋ] *n.* ⓤ(美)卡車運輸(業).

truck·le [`trʌkl; 'trʌkl] *vi.* 屈從(to).

trúckle bèd *n.* (英)=trundle bed.

truck·load [`trʌklod; 'trʌkləud] *n.* ⓒ一臺卡車所能載裝的貨.

trúck stòp *n.* ⓒ(美)服務長途卡車司機的廉價餐館((英) transport café).

truc·u·lence [`trʌkjələns, `truk-; 'trʌkjuləns] *n.* ⓤ(文章) **1** 殘忍; 兇猛.
2 尖酸刻薄, 不留情. **3** 攻擊性.

truc·u·lent [`trʌkjələnt, `truk-; 'trʌkjulənt] *adj.* (文章) **1** 殘忍的, 兇猛的. a *truculent* villain 惡漢. **2** 尖酸的[批評等]. **3** 攻擊性的; 威嚇性的.

trudge [trʌdʒ; trʌdʒ] *vi.* 步履沈重地行走, 艱苦地行走. I *trudged* home through deep snow. 我在厚雪中步履艱辛地回家.
— *vt.* 艱苦地走過[某段距離].
— *n.* ⓒ(長途)跋涉, 艱辛的行走.

✳✳✳true [tru; tru:] *adj.* (**tru·er, more ~; tru·est, most ~**)‖《真正的》‖ **1** 真的, 真實的, (⟷ false); 《名詞用》(加the)真實(truth). a *true* story 真的事情, 實話/Is the news *true*? 消息是真的嗎?/Is it *true* that you are going abroad? 你要出國的事是真的嗎?/That's *true*. 正是.
2 真貨的, 真正的; 純粹的. a *true* diamond 真的鑽石/*true* friendship 真正的友誼/*true* love 真愛/a *true* Picasso 畢卡索的真跡.
3 【不虛假的】忠實的, 忠誠的, (to)(faithful). He is *true* to his principles. 他忠於自己的原則/Be *true* to your word [friend]. 要恪守自己的諾言[不可背叛朋友].
‖《正確的》‖ **4** 正確的, 沒錯的, (exact); 準確的(to). a *true* copy 正確的複本/in the *true* sense of the word 那個字的正確含義/be *true* to life [nature] 逼真.
5 適宜的(proper); 適合的(of). the *true* heir 適當的繼承者/What is *true* of them is equally *true* of you. 適合他們的, 也同樣適合你.
6 位置正確的, 準確的[角度, 車輪等]. *true* north 正北/This wheel isn't quite *true*. 這個車輪有些不正.
* **còme trúe** (夢想, 希望等)成真, 實現. His dream *came true* at last. 他的夢想終於實現了.
hòld trúe =hold good (hold 的片語).
(It is) trúe A bùt B. 沒錯[確實]…但是…. *It is true* that I saw him *but* we didn't talk. 沒錯, 我是見到他了, 但我們沒有交談.
Trúe, bùt... 話是沒錯, 可是…
— *adv.* 真實地(★搭配下列特定動詞). aim *true* 瞄準目標/breed *true* 培育純種/speak *true* 說實話.
— *n.* 《用於下列片語》
out of trúe 不準的, 偏的.

— *vt.* 對[調]準(up).
✧ *adv.* **truly.** *n.* **truth.**

true blúe *n.* ⓒ **1** 忠實的人.
2 (英)頑固的保守黨員.

true-blue [`tru`blu, `triu-; 'tru:blu:] *adj.*
1 (對主義等)忠誠的.
2 (英)頑固的, 保守派的.

true-born [`tru`bɔrn, `triu-; 'tru:bɔ:n] *adj.*
1 道地的, 十足的. a *true-born* Londoner 道地的倫敦人, 土生土長的倫敦人. **2** 嫡出的.

true-false [`tru`fɔls; 'tru:'fɔ:ls] *adj.* (試題等)是非題的.

true-heart·ed [`tru`hɑrtɪd, `triu-; 'tru:,hɑ:tɪd] *adj.* **1** 忠誠的, 忠實的. **2** 正直的.

true-life [`tru`laɪf, `triu-; 'tru:laɪf] *adj.* 《限定》(話語等)有事實根據的, 真實的.

true-love [`tru,lʌv, `triu-; 'tru:lʌv] *n.* ⓒ情人(sweetheart).

tru·er [`truə, `triu-; 'tru:ə(r)] *adj.* true 的比較級.

tru·est [`truɪst, `triu-; 'tru:ɪst] *adj.* true 的最高級.

truf·fle [`trʌfl, `trʌfl; 'trʌfl] *n.* ⓒ **1** 法國蕈, 塊菌屬植物, 《生長於地下, 是一種具有芳香美味的蕈類》.
2 一種西式糕點(上面灑巧克力的點心).

tru·ism [`truɪzəm, `triu-; 'tru:ɪzəm] *n.* ⓒ自明之理, 不言而喻的事; 陳腔濫調.

✳tru·ly [`trulɪ, `triulɪ; 'tru:lɪ] *adv.* **1** 真正地; 確實地. a *truly* interesting book 一本真正有趣的書/I am *truly* happy. 我真的很幸福.
2 真實地, 沒錯地; 正確地, 分毫不差地. Tell me *truly*. 老實告訴我/You cannot *truly* call him English; he was born in Scotland. 你不能完全說他是英格蘭人, 因為他在蘇格蘭出生/It is *truly* said that time is money. 時間就是金錢, 這話說得沒錯.
3 忠誠地; 由衷地. I am *truly* grateful for your kind help. 我由衷地感謝你好心的幫助/I admire her *truly*. 我由衷地崇拜她. ✧ *adj.* **true.**
Yóurs trúly, → yours 的片語.

trump¹ [trʌmp; trʌmp] *n.* ⓒ (紙牌的)王牌; (trumps)一套王牌.
còme [tùrn] up trúmps (口)(事情)比原先所想的進行得更順利.
— *vt.* (以王牌)取勝.
trùmp/.../úp 捏造(理由等). They *trumped up* a charge to put him in jail. 他們捏造罪名陷害他入獄.

trump² [trʌmp; trʌmp] *n.* ⓒ《雅》 **1** 喇叭(trumpet). **2** 喇叭聲.

trúmp càrd *n.* ⓒ **1** 王牌.
2 絕招. play one's *trump card* 使出絕招.

trump·er·y [`trʌmpərɪ, -prɪ; 'trʌmpərɪ] 《雅》 *n.* ⓤ **1** 中看不中用的廉價品.
2 愚蠢的想法[行為等].
— *adj.* **1** 中看不中用的. **2** 無用的.

***trum·pet** [ˈtrʌmpɪt; ˈtrʌmpɪt] n. (pl. ~s [~s; ~s]) © **1** 小號(→ brass instrument ); 小號聲; 吹奏小號的人.

2 喇叭(的聲音); 大象的叫聲.

3 喇叭狀的東西; (喇叭形的)助聽器[擴音器].

blòw one's *òwn trúmpet* (英、口)自吹自擂. The candidates were busy *blowing* their *own* trumpets. 候選人忙著自吹自擂.

— vi. **1** 吹喇叭. **2** [大象]叫.

— vt. 吹噓. She's *trumpeting* her daughter's accomplishments. 她到處吹噓她女兒多才多藝.

trum·pet·er [ˈtrʌmpɪtɚ; ˈtrʌmpɪtə(r)] n. ©
1 小號吹奏者; 喇叭手. **2** 愛吹噓的人.

trun·cate [ˈtrʌŋket; trʌŋˈkeɪt] vt. **1** 切除…的頭[尾]部. **2** 刪減[文章等].

trun·cheon [ˈtrʌntʃən; ˈtrʌntʃən] n. ©
1 (英)(巡警的)警棍((美) nightstick).
2 (表示權威的)杖, 權杖.

trun·dle [ˈtrʌndl; ˈtrʌndl] vt. 推動[手推車等].
— vi. 滾動.
— n. =trundle bed.

trúndle bèd n. ©(美)有腳輪的矮床(不用時可推入另一床下的矮床).

***trunk** [trʌŋk; trʌŋk] n. (pl. ~s [~s; ~s]) ©
【樹的主幹】 **1** 樹幹(→ tree ). He carved his initials on the *trunk* of that tree. 他把自己姓名的(英文)縮寫刻在那棵樹幹上.

2 【樹幹狀的東西】象鼻(→ tusk ). The elephant picked up the food with his *trunk*. 大象用鼻子捲取食物.

【主要部分】 **3** 軀體, 軀幹. He has a short *trunk* and long legs. 他身短腿長.

4 =trunk line.

5 【遮蔽身軀之物】(trunks)(男用)運動褲. bathing [swimming] *trunks* 游泳褲.

【(由樹幹製成的)容器】 **6** 旅行箱(旅行用的大型皮箱; 據說最早是將樹幹挖空製成的; 比 suitcase 大). a tin *trunk* 鍍錫鐵皮的旅行箱.

7 (美)後車箱(汽車尾部的行李置放處)((英) boot).

trúnk càll n. ©(英)長途[市外]電話((美) long-distance call).

trúnk lìne n. © **1** (鐵路等的)幹線, 主線.
2 (電話的)長途線.

trúnk ròad n. ©(英)幹線道路.

truss [trʌs; trʌs] n. © **1** (建築)構架, 桁架(支撐屋頂、橋樑等). **2** (醫學)疝氣帶. **3** (英)(乾草、稻草等的)束.

— vt. **1** (用繩索)捆紮(*up*).
2 (為了烹飪)將(雞、鴨等的)腳和翅膀與身體紮在一起(*up*).
3 用桁架支撐[屋頂, 橋樑].

trúss brìdge n. ©桁架橋.

***trust** [trʌst; trʌst] n. (pl. ~s [~s; ~s]) **1** (a) ⑩信賴, 信任; 相信; ((in)). Peace is impossible without *trust* among nations. 國家之間若無法相互信賴就不可能有和平/She doesn't have much *trust* in his word. 她不大相信他的承諾/

[truss bridge]

Place your *trust* in me and I will take care of everything. 信任我, 我會處理好每一件事情.
(b) ⓐ⑩確信, 期待, ((that 子句)). I have a *trust* that God will protect me. 我相信神會守護著我.

┃ **配例** adj.+trust: absolute ~ (絕對的信任), complete ~ (完全的信任) // v.+trust: put one's ~ in... (把某人的信賴置於…), abuse a person's ~ (濫用某人的信任), betray a person's ~ (背叛某人的信賴).

2 ⑩委託; 保管, 看管; ©委託物. I left my dog in *trust* with a neighbor while I was away. 我不在的時候就把狗委託給鄰居看管/We are unequal to so large a *trust*. 我們無法看管如此龐大的東西.

3 ⑩(不辜負信賴、委託的)責任, 義務. fulfil one's *trust* 盡到責任/a breach of *trust* 未履行職責/He's in a position of considerable *trust*. 他的職位責任重大.

4 (法律)⑩信託; ©信託財產; ©保管委員會. I set up a *trust* in my daughter's name. 我以女兒的名義開了一個信託戶頭.

5 ⑩(商業)信用貸款; 賒帳. sell goods on *trust* 以信用進貨銷售.

6 ©(經濟)托拉斯, 企業聯合, ((以壟斷市場為目的的組織); → cartel, syndicate).

tàke...on trúst (不經調查便)任意相信[某人的話等].

— v. (~s [~s; ~s]; ~ed [~ɪd; ~ɪd]; ~ing) vt.
1 (a)信任, 信賴, 相信. He is a man to be *trusted*. 他是個可信賴的人/You can't *trust* the buses. 公車是靠不住的/I never *trust* what he tells me. 我從來不相信他對我說的話.
(b) [句型5] (trust A to do)信賴 A 去做…; 相信 A 做…. I *trust* him *to* do the work without supervision. 我相信不用監督他, 他也能做(好)這項工作.

2 託付給, 委託, 〔某人〕((with)); 交給((to)). I would *trust* him *with* my life. 我全心全意地信任他/This ring is too precious to *trust* to anyone. 這枚戒指太貴重了, 無法託付任何人.

3 賒賣, 借貸, 〔錢〕((for)).

4 [句型3] (trust *that* 子句)相信(believe), 希望(hope). I *trust* (*that*) you met him yesterday. 我希望[相信]你昨天見到他了.

— vi. (文章) **1** 期望. You're comfortable, I *trust*. 我希望你覺得舒適([語法] I trust 常置於句

尾).

2 相信《*in*》. *In* God we *trust*. 我們相信上帝《刻印在美國貨幣上的話》/You should *trust* more *in* your own judgment. 你應該多相信自己的判斷.

3 指望《*to*》. He always *trusted to* luck. 他老是指望好運.

trus·tee [trʌsˋti; ˏtrʌsˋtiː] *n.* ⓒ **1** (他人財產等的)受託人; 保管者.

2 (大學, 公司等的)理事; 評議員. a board of *trustees* 理事會.

trus·tee·ship [trʌsˋtiˏʃip; ˏtrʌsˋtiːʃip] *n.*

1 ⓊⒸ 受託人的地位[權限].

2 (經由聯合國委任的)託管; ⓒ託管地(trust territory).

trust·ful [ˋtrʌstfəl; ˋtrʌstfʊl] *adj.* 相信別人的; 容易相信的.

trust·ful·ly [ˋtrʌstfəlɪ; ˋtrʌstfʊlɪ] *adv.* 信賴地.

trust·ful·ness [ˋtrʌstfəlnɪs; ˋtrʌstfʊlnɪs] *n.* Ⓤ容易相信.

trúst fūnd *n.* ⓒ信託基金.

trust·ing [ˋtrʌstɪŋ; ˋtrʌstɪŋ] *adj.* =trustful.

trust·ing·ly [ˋtrʌstɪŋlɪ; ˋtrʌstɪŋlɪ] *adv.* 信賴地.

trúst tērritory *n.* ⓒ(由聯合國委託的)託管地.

trust·wor·thi·ness [ˋtrʌstˏwɝðɪnɪs; ˋtrʌstˏwɜːðɪnɪs] *n.* Ⓤ可信, 可靠.

***trust·wor·thy** [ˋtrʌstˏwɝðɪ; ˋtrʌstˏwɜːðɪ] *adj.* 值得信賴的; 可靠的. a *trustworthy* pilot 值得信賴的飛行員/I doubt if that information is *trustworthy*. 我懷疑那份情報是否可靠.

trust·y [ˋtrʌstɪ; ˋtrʌstɪ] *adj.* 《主古》可信任的; 能指望的(dependable); 忠實的(faithful).
— *n.* (*pl.* **trust·ies**) ⓒ (享有特權的)模範囚犯.

***truth** [truθ, truːθ; truːθ] *n.* (*pl.* ~s [truðz, -θs; truːðz, -θs]) **1** Ⓤ眞實; 事實; 眞相. Beauty is *truth*, *truth* beauty. 美就是眞實, 眞實就是美(Keats 詩中的一節)/There's some *truth* in what he says. 他說的或多少有點是事實/the *truth*, the whole *truth*, and nothing but the *truth* 事實, 全部事實, 絲毫不假(證人在法庭中的誓詞)/The *truth* was obvious. 眞相大白/Tell me the *truth*! 告訴我眞相吧!
   ◆ *v.*+truth: establish the ~ (證明事實), find (out) the ~ (找出眞相), face the ~ (面對事實), reveal the ~ (揭發眞相).

2 Ⓤ眞實性. deny the *truth* of his statements 否定他所陳述的眞實性/the *truth* of the actor's characterization of the politician 該演員對政治人物一角之性格刻畫的眞實性.

3 ⓒ (可證明的)事實; 眞理. a general *truth* 普遍的眞理/scientific *truths* 科學上的眞理.

4 Ⓤ忠實; 誠實. I doubt his *truth*. 我懷疑他的忠實/test the *truth* of his character 測試他的人品是否誠實. ◇ *adj.* true.

in trúth 《文章》眞的; 實際上. He was *in truth* a saint. 他眞是個聖人.

The trúth is (*that*)...= *The trúth is*, ... 說實

話, 說實在的.... *The truth is*, I just don't have the money. 說實話, 我就是沒有這筆錢.

to téll (*you*) *the trúth* = *trùth to téll* 說實話, 老實說(★通常用於句首). *To tell the truth*, I don't like that man. 老實說, 我不喜歡那個人.

truth·ful [ˋtruθfəl, ˋtruːθ-; ˋtruːθfʊl] *adj.*

1 〔人〕說實話的, 不說謊的. a *truthful* child 誠實的孩子. **2** 〔話等〕眞實的, 不虛假的. a *truthful* story 一個眞實的故事.

truth·ful·ly [ˋtruθfəlɪ, ˋtruːθ-; ˋtruːθfʊlɪ] *adv.*

1 誠實地; 確實地; 眞地; 不虛假地.

2 說眞地.

truth·ful·ness [ˋtruθfəlnɪs, ˋtruːθ-; ˋtruːθfʊlnɪs] *n.* Ⓤ誠實; 眞實.

---

‡try** [traɪ; traɪ] *v.* (**tries**; **tried**; ~**ing**) *vt.*

【 **嘗試著做** 】 **1** 嘗試, 試用, 試吃; 試試看〔門, 窗 等〕(能否打開). *try* a person's strength 試試某人的力氣/She *tried* the cake and liked it. 她嘗了一下蛋糕而且覺得不錯/He *tried* the door, but it wouldn't move. 他試著開門, 但門卻一動也不動.

2 試, 試做; 〔句型3〕(try do*ing*/*wh* 子句、片語) 試著做.... *try* a new remedy 嘗試一種新療法/*Try sleeping* on your left side. 試試看躺在邊睡/He *tried how* long he could stand on his hands. 他試試看用手能倒立多久. 同try 是表「嘗試」之意最常用的字; 與 attempt 相比, 其成功的可能性較大; → endeavor.

3 〔句型3〕(try *to* do)試圖, 力圖, 努力. (→片語 try and do [be]). *try to* learn English 試著學習英語/*Try* not *to* forget this. 想辦法不要忘記這件事.

語法 try do*ing* 是指「試著做某事」, try *to* do 是指「想要做某事(實際上是否做到並不明確)」之意. He *tried* *getting* up early. (他試著早起)/He *tried* *to get* up early. (他打算要早起).

【 **試驗** 】 **4** 【給予考驗】使受苦; 使難受; 使疲倦. My patience was severely *tried*. 我的耐心受到嚴厲的考驗(一再地忍耐)/The small print of the book will *try* your eyes. 這本書的小字體會使你的眼睛很疲倦.

5 【進行審判】(法律)判決, 審理, 〔人, 事件等〕. *try* a person for murder 以謀殺罪審理某人.

— *vi.* 嘗試, 試做; 努力. I don't think I can do it, but I'll *try*. 我認為我沒辦法做這件事, 但我會試試看. ◇ *n.* trial.

trỳ and dó [*bé*] 《口》試圖. *Try and* get it finished by tomorrow. 想辦法明天以前完成它.
   語法 用於祈使句或不定詞的句子; 常說成 I'll *try and* get...., 而不說 I'll *try and* got.....

trý for... 謀求...; 希求..., *try for* the presidency 謀求總統的職位/The President was *trying for* peace while preparing for war. 總統在備戰的同時也試圖謀求和平.

trỳ /.../ ón 試穿[戴]..., She *tried on* the

dress in the fitting room. 她在試衣間裡試穿那套衣服.

trỳ/.../óut 試驗, 試用, [計畫, 機器等]. *try out* a new car 試開新車.

trỳ óut for... (美)=try for... *try out for* the leading role 遴選主角.

━ *n.* (*pl.* **tries**) [C] **1** 嘗試; 努力. Just have a *try*. 試試看吧!/Let's give it a *try*. 我們來試試看吧! **2** (橄欖球)達陣(得五分).

‡try·ing [ˋtraɪɪŋ; ˈtraiiŋ] *adj.* **1** 難受的, 痛苦的. a *trying* experience 痛苦的經驗/Those were *trying* times. 當時是艱苦的時代.
2 惹人忍受的; 令人氣惱的. a *trying* person 令人氣惱的人/You are very *trying* to me sometimes. 你有時候很讓我討厭.

try-on [ˋtraɪͺɑn, -ͺɔn; ˈtraiɔn] *n.* [C] **1** (英、口)試圖欺騙. **2** (假縫衣服的)試穿, 假縫.

try·out [ˋtraɪͺaʊt; ˈtraiaut] *n.* [C] (口)試用; 試驗; (美)(演員, 運動員等的)選拔賽, 選拔表演; (新戲等的)預演, 試演.

tsar [tsar; zɑ:(r)] *n.* =czar.

tsa·ri·na [tsɑˋrinə; zɑ:ˈri:nə] *n.* =czarina.

tset·se [ˋtsɛtsɪ; ˈtsetsi] *n.* [C] (蟲)采采蠅(產於非洲的一種家蠅; 為酣睡症等的媒介; 亦作 tsétse flỳ).

T-shirt [ˋtiͺʃɝt; ˈti:ʃɜ:t] *n.* [C] T 恤, 短袖圓領衫. (亦拼作 tee shirt).

tsp (略) teaspoon; teaspoonful.

T-square [ˋtiͺskwɛr, -ͺskwær; ˈti:skweə(r)] *n.* [C] 丁字尺.

tsu·na·mi [tsuˋnɑmɪ; tsu:ˈnɑ:mi] (日語) *n.* (*pl.* ~s, ~) [C] 海嘯(→ tidal wave).

Tu. (略) Tuesday.

‡tub [tʌb; tʌb] *n.* (*pl.* ~s [~z; ~z]) [C] **1** 盆, (大)桶, 一盆[桶](的量)(tubful). a *tub* of water 一盆[桶]水.
2 (口)浴缸(bathtub); (英、口)入浴. soak in the *tub* 浸泡在浴缸裡.
3 (口)笨拙緩慢的船. an old *tub* 老舊的船.
4 (俚)胖子.

tu·ba [ˋtjubə, ˋtiubə, ˋtubə; ˈtju:bə] *n.* [C] 低音號(大型的低音銅管樂器; → brass instrument 圖).

tub·by [ˋtʌbɪ; ˈtʌbi] *adj.* (口)矮胖的, 肥胖的.

‡tube [tjub, tɪub, tub; tju:b] *n.* (*pl.* ~s [~z; ~z]) [C] **1** (金屬, 玻璃, 塑膠等的)管, 軟管, 筒. a glass [plastic, rubber] *tube* 玻璃[塑膠, 橡膠]管/the inner *tube* of a bicycle tire 自行車的內胎.
2 (牙膏, 顏料等的)管. a *tube* of toothpaste 一條牙膏.
3 (生物)管, 管狀器官. the bronchial *tubes* 支氣管.
4 (收音機等的)真空管((英)亦作 valve).
5 (電視機等的)映像管(cathode-ray tube).
6 (美、口)(加 the)=television.

7 隧道. An underwater *tube* connects the two cities. 利用海底[河底]隧道連接兩座城市.
8 (英)(常 the *T*ube)(特指 London 的)地下鐵(underground; (美) subway). go by [on the] *tube* 搭地下鐵去. ⇨ *adj.* **tubular**.

tube·less [ˋtjublɪs, ˋtɪub-, ˋtub-; ˈtju:blɪs] *adj.* [輪胎]無[不需]內胎的(將空氣直接灌入輪胎).

tu·ber [ˋtjubə, ˋtɪu-, ˋtu-; ˈtju:bə(r)] *n.* [C]
1 (植物)塊莖(如馬鈴薯般的瘤狀地下莖).
2 (解剖)結節, 病態的隆起.

tu·ber·cle [ˋtjubəkl, ˋtɪu-, ˋtu-; ˈtju:bəkl] *n.* [C]
1 (植物)小塊莖, 塊根. **2** (解剖)(小)瘤.
3 (醫學)結核結節.

tu·ber·cu·lar [tjuˋbɝkjələ, tɪu-, tu-, tə-; tju:ˈbɜ:kjʊlə(r)] *adj.* **1** 結節的. **2** =tuberculous.

tu·ber·cu·lin [tjuˋbɝkjəlɪn, tɪu-, tu-, tə-; tjʊ:ˈbɜ:kjʊlɪn] *n.* [U](醫學)結核菌素(於診斷治療結核病的注射液). a *tuberculin* test 結核菌檢驗.

tu·ber·cu·lo·sis [tjuͺbɝkjəˋlosɪs, tɪu-, tu-, tə-; tjʊ:ͺbɜ:kjʊˈləusɪs] *n.* [U](醫學)結核, (特指)肺結核, (略作 TB). pulmonary *tuberculosis* 肺結核.

tu·ber·cu·lous [tjuˋbɝkjələs, tɪu-, tu-, tə-; tju:ˈbɜ:kjʊləs] *adj.* 結核性的; 患結核的.

tu·ber·ous [ˋtjubərəs, ˋtɪu-, ˋtu-; ˈtju:bərəs] *adj.* **1** (植物)塊莖狀的; 有塊莖的.
2 (解剖)有結節的; 結節狀的.

tub·ful [ˋtʌbful; ˈtʌbfʊl] *n.* [C]一盆[桶]的量.

tub·ing [ˋtjubɪŋ; ˈtju:bɪŋ] *n.* **1** [U]管; (集合)管類. one meter of rubber *tubing* 一公尺的橡膠管.
2 [C](一定長度的)管.

tu·bu·lar [ˋtjubjələ, ˋtɪu-, ˋtu-; ˈtju:bjʊlə(r)] *adj.* 管狀的; 由管構成的; 有管的. *tubular* furniture 鋼管製家具. ⇨ *n.* **tube**.

TUC (略)(英) Trades Union Congress (工會會議).

tuck [tʌk; tʌk] *vt.* **1** 擠進, 塞入, [狹窄的地方]; 將(衣服, 餐巾等的)邊緣塞入, 塞進. He *tucked* the handkerchief in [into] his pocket. 他把手帕塞進口袋裡/*tuck* a napkin under the chin 把餐巾塞進衣領內/*Tuck* your shirt into your pants. 把你的襯衫塞進褲子裡/*tuck* in the flap of an envelope 塞入信封口.
2 把(住宅等)建築在隱密的地方(*away*). Their house was *tucked away* among the trees. 他們的房子蓋在樹林中的隱密處.
3 在(衣服)上打褶.

tùck/.../awáy (1)把…塞入; 隱藏. *tuck away* a little money 偷偷存了一點錢. (2)(口)吃飽喝足的. He*tucked away* so much that he couldn't move. 他吃得太飽, 走不動了.

tùck ín¹ (口)貪婪地吃.

tùck/.../ín² 把…塞進去(→ *vt.* 1); [特指替孩子]蓋好被子使其安睡(將棉被拉至胸部以上). Climb into bed and I'll *tuck* you *in*. 上床來, 我替你蓋好被子.

tùck into... (口)大吃特吃….

tùck/.../úp (1)捲起, 摺起, [下襬, 袖口等]. *tuck up* one's sleeves 捲起袖子. (2) =tuck/.../in².

— *n.* **1** C 縫褶，橫褶．

2 U《英、俚》食物，(特指)蛋糕，糖果．

tuck·er [`tʌkə; 'tʌkə(r)] *vt.* 《美、口》使筋疲力竭(*out*)．

tuck-in [`tʌkˏɪn; 'tʌkɪn] *n.* C (通常用單數)《英、口》豐盛的一餐．

túck shòp *n.* C《英、俚》(校內或附近的)糖果店．

-tude *suf.* 作「狀態，程度」等意思之抽象名詞. soli*tude*. magni*tude*.

Tu·dor [`tjudə, `tu-, `tɪu-; 'tjuːdə(r)] *n.*

1 (the Tudors)都鐸王朝(英國的王朝；自 Henry VII 至 Elizabeth I (1485-1603)；亦作 the Hòuse of Túdor). **2** C 都鐸王朝的人．

— *adj.* **1** 都鐸王室[王朝]的．

2 《建築》都鐸式的(英國晚期的哥德式)．

Tues. (略) Tuesday.

‡**Tues·day** [`tjuzdɪ, `truz-; 'tjuːzdɪ] *n.* (*pl.* ~**s** [~z; ~z]) (★星期的例句、用法→ Sunday) **1** C (常無冠詞)星期二(略作 Tu, Tues.). The first *Tuesday* (of) next month is my birthday. 下個月第一個星期二是我的生日/on *Tuesday* 在星期二．

2 (形容詞性)星期二的．

3 (副詞性)《口》在星期二；(Tuesday*s*)《主美、口》每星期二．

tuft [tʌft; tʌft] *n.* C **1** 一簇，一束，(*of* 〔毛，羽毛，草等〕的). a *tuft* of grass [hair] 一簇草[頭髮]/grow in *tufts* 簇生．

2 (樹木的)叢生；灌木叢．

tuft·ed [`tʌftɪd; 'tʌftɪd] *adj.* 〔鳥〕長有冠毛的．

***tug** [tʌg; tʌg] *v.* (~**s** [~z; ~z]; ~**ged** [~d; ~d]; ~**ging**) *vt.* **1** 猛拉，使勁拉，(pull). *tug* a car out of the mud 使勁將汽車從泥淖中拉出來．

2 用拖船拖(tow). *tug* a ship out of port 將船拖出港外．

— *vi.* 用力拉(*at*). *tug* at a person's sleeve 猛拉某人的袖子．

— *n.* C **1** 猛拉. give a *tug* at a person's hair 拉扯某人的頭髮. **2** ＝tugboat.

tug·boat [`tʌgˏbot; 'tʌgbəʊt] *n.* C 拖船，牽引船，(口亦可僅作 tug；→ port¹ 圖)．

túg of wár *n.* C 拔河，(兩者之間的)爭霸．

tu·i·tion [tju`ɪʃən, tu-; tjuː'ɪʃn] *n.* U **1** 學費(亦可作 tuition fèe)．

2 教授，講授. give [have] private *tuition* in English 擔任[接受]英文家教．

‡**tu·lip** [`tjuləp, `tru-, `tɪu-; 'tjuːlɪp] *n.* (*pl.* ~**s** [~s; ~s]) C《植物》鬱金香(的花). Holland is famous for its *tulips*. 荷蘭以鬱金香聞名．

túlip trèe *n.* C《植物》鵝掌楸屬喬木，美國鵝掌楸，(產於北美的木蓮科喬木；其木材用於製作家具)．

tulle [tjul, trul, tul; tjuːl] *n.* C 絹網，薄紗，(用來做為面紗等網狀的薄絲綢，薄尼龍)．

***tum·ble** [`tʌmbl; 'tʌmbl] *v.* (~**s** [~z; ~z]; ~**d** [~d; ~d]; **-bling**) *vi.* 〖 突然跌倒 〗 **1** 跌倒，摔

倒；跌落，滾下：(*down*; *over*; *off*; *from*). *tumble down* the stairs 從樓梯上跌下來/*tumble over* the roots of a tree 被樹根絆倒．

2 翻騰，打滾；(加副詞(片語))**跌跌撞撞**；匆匆地來[去]. toss and *tumble* from pain 痛得直打滾/*tumble* along 跌跌撞撞地跑過去/*tumble* out of bed 從床上跳下來/Words *tumbled* from her lips. 她說得口沫橫飛．

3 (體操練習)翻筋斗．

4 【恍然明白】《口》突然意識到，恍然大悟，(*to*)．

〖 跌落 〗 **5** 〔建築物〕倒塌(*down*)．

6 〔價格〕猛跌；〔數量〕銳減. Stock prices *tumbled* today. 今天股價暴跌．

— *vt.* **1** 使倒下；使摔倒. The tyrant was *tumbled* from power. 獨裁者[暴君]被趕下臺了/The shacks were all *tumbled* over by the gale. 簡陋的小木屋都被強風刮倒了/He *tumbled* the papers back into the drawer. 他把文件扔回抽屜．

2 弄散；弄亂. in *tumbled* confusion (房間等)亂七八糟．

túmble over one anóther to dò 爭先恐後地．

— *n.* **1** C 跌倒；跌落. take a *tumble* in the dark 在黑暗中跌倒．

2 a U 混亂，雜亂. The furniture was all in a *tumble*. 家具全都亂七八糟．

tum·ble-down [`tʌmblˏdaun; 'tʌmbldaʊn] *adj.* 〔建築物〕搖搖欲墜的；荒蕪的．

túmble drìer [drỳer] *n.* C 迴轉式乾衣機．

tumble-dry [`tʌmblˏdraɪ; 'tʌmblˏdraɪ] *vt.* 將(洗衣物)以(迴轉式)乾衣機烘乾．

tum·bler [`tʌmblə; 'tʌmblə(r)] *n.* C **1** (平底無柄的)大杯，平底的大玻璃杯. **2** (鎖的)制栓(用鑰匙轉動此金屬零件後，鎖(便打開)). **3** 雜耍演員；體操選手．

tum·ble·weed [`tʌmblˏwid; 'tʌmblˏwiːd] *n.* U 風滾草(生於北美草原上的雜草；成球形生長，枯萎後從根部折斷，隨風翻轉)．

tum·brel, -bril [`tʌmbrəl; 'tʌmbrəl] *n.* C (農夫的)兩輪運糞車(可向後傾倒卸下肥料)．

tu·mes·cence [tju`mɛsns, tɪu-, tu-; tjuː'mesns] *n.* U 腫脹．

tu·mes·cent [tju`mɛsnt, tɪu-, tu-; tjuː'mesnt] *adj.* 腫脹的；〔性器〕勃起的．

tu·mid [`tjumɪd, `tru-, `tɪu-; 'tjuːmɪd] *adj.* 《文章》**1** 腫脹的. **2** 〔文體等〕浮華的，誇張的．

tu·mid·i·ty [tju`mɪdətɪ, tru-, tɪu-; tjuː'mɪdətɪ] *n.* U《文章》**1** 腫脹. **2** 〔文體等的〕誇張．

tum·my [`tʌmɪ; 'tʌmɪ] *n.* (*pl.* **-mies**) C《口》肚子(源自 stomach + -y³)．

tu·mor, tu·mour 《英》[`tjumə, `tru-, `tɪu-; 'tjuːmə(r)] *n.* C **1** 腫塊. **2** 《醫學》腫瘤．

***tu·mult** [`tjumʌlt, `tru-, `tɪu-; 'tjuːmʌlt] *n.* (*pl.* ~**s** [~s; ~s]) U C **1** (群眾的)騷亂；喧嘩；騷動；暴動. an age of political *tumult* 政治動盪的年代/His remarks caused a *tumult* among the

audience. 他的話引起了聽眾一陣騷動.

2 (思緒的)紊亂; 動搖. His mind was in a *tumult*. 他心煩意亂.

tu·mul·tu·ous [tjuˋmʌltʃʊəs, tɪʊ-, tʊ-; tjuːˋmʌltjʊəs] *adj.* **1** 騷動的; 混亂的. a *tumultuous* meeting 混亂的集會/The fans gave the rock star a *tumultuous* welcome. 歌迷們熱烈地歡迎這位搖滾歌星.

2 (思緒)動搖的; 使動搖的.

3 (波浪, 風等)狂烈的, 激烈的.

tu·mul·tu·ous·ly [tjuˋmʌltʃʊəslɪ, tɪʊ-, tʊ-; tjuːˋmʌltjʊəslɪ] *adv.* 騷動地; 狂亂地.

tun [tʌn; tʌn] *n.* ⓒ **1** (裝酒等的)大酒桶; 發酵桶. **2** 酒類的容量單位(相當於 252 加侖).

tu·na [ˋtunə; ˋtuːnə] *n.* (*pl.* ~, ~s) **1** ⓒ(魚)鮪魚. **2** Ⓤ鮪魚的肉(亦作 túna fĭsh).

tun·dra [ˋtʌndrə, ˋtʊndrə; ˋtʌndrə] (俄語) *n.* ⓊⒸ(西伯利亞等的)苔原, 凍原地帶.

✲**tune** [tjun, tɪʊn, tʊn; tjuːn] *n.* (*pl.* ~s [~z; ~z]) Ⓒ曲調; 旋律; 歌曲. play a *tune* on the violin 用小提琴演奏一首曲子/Do you know the *tune* to this song? 你知道這首歌的曲調嗎?

càll the túne 具有決定權, 可以命令[指揮]. (源自於付錢給演奏者的人享有點歌的權利).

chànge one's túne 改變意見[態度].

in [out of] túne (1)符合[偏離]調子. They sang *in tune*. 他們唱得很和諧[調子很準]/The piano is *out of tune*. 鋼琴走音了. (2)協調[不協調](*with*). He is no longer *in tune with* the times. 他再也跟不上時代了.

sìng anòther [a dìfferent] túne = change one's tune.

to the túne of... (1)和著⋯的曲調. (2)(口)多達⋯. I was robbed *to the tune of* $500. 我被搶走的錢多達 500 美元.

— *vt.* (~s [~z; ~z]; ~d [~d; ~d]; tun·ing)

1 爲(樂器)調音(*up*). The piano hasn't been *tuned* for years. 那架鋼琴已經很久沒調音了.

2 調整(引擎)的狀況, 調整, (*up*). This engine needs *tuning* (*up*). 這部引擎需要調整一下.

3 調整(電視機, 收音機)(*to*)(節目, 電臺). Keep your dial *tuned* to ICRT. 請繼續收聽 ICRT (臺北國際社區廣播電臺)的節目.

tùned ín to... 使⋯配合, 使⋯理解.

*tùne ín*¹ 調頻率[頻道](*to*, *on*). We *tuned in to* CNN to hear the news. 我們轉到 CNN 聽新聞.

tùne/.../ín² 調(收音機, 電視機)的頻率[頻道] (*to*, *on*). Keep your set *tuned in on* Channel Five. 請繼續收看第五頻道的節目.

tùne/.../óut (1)(調頻率)使聽不見[無法收聽] (某電臺, 某節目). *tune out* the news 從新聞節目轉至其他節目. (2)(美, 口)不聽; 無視.

tùne úp 調整樂器的音調.

tune·ful [ˋtjunfəl, ˋtʊn-, ˋtɪʊn-; ˋtjuːnfʊl] *adj.* (曲調)優美的; 音樂般的.

tune·ful·ly [ˋtjunfəlɪ, ˋtʊn-, ˋtɪʊn-; ˋtjuːnfʊlɪ] *adv.* 優美的曲調地.

tune·less [ˋtjunlɪs, ˋtʊn-, ˋtɪʊn-; ˋtjuːnlɪs] *adj.* (曲調)難聽的; 走調的; 不成調子的.

tun·er [ˋtjunə, ˋtʊnə, ˋtɪʊnə; ˋtjuːnə(r)] *n.* **1** (電視機, 收音機的)選頻器, 選頻設備(的一部分), **2** 調音師.

tune-up [ˋtjunˌʌp, ˋtʊn-, ˋtɪʊn-; ˋtjuːnˌʌp] *n.* ⓒ (引擎等的)調整.

tung·sten [ˋtʌŋstən; ˋtʌŋstən] *n.* Ⓤ(化學)鎢《金屬元素; 符號 W; 正式名稱爲 wolfram》.

tu·nic [ˋtjunɪk, ˋtʊ-, ˋtɪʊ-; ˋtjuːnɪk] *n.* ⓒ **1** (古希臘人, 古羅馬人的)束腰外衣(短袖或無袖, 長達膝蓋的衣服).

2 (英)(警察, 軍人制服的)短上衣.

3 束腰上衣(一種女性穿著的寬鬆上衣, 通常以帶繫身; 作爲女校的制服等).

tun·ing [ˋtjunɪŋ, ˋtʊn-, ˋtɪʊn-; ˋtjuːnɪŋ] *v.* tune 的現在分詞, 動名詞.

túning fòrk *n.* ⓒ(音樂)音叉(樂器調音用的 U 字形金屬棒).

túning pèg *n.* ⓒ(音樂)(弦樂器的)絃軸.

Tu·ni·sia [tjuˋnɪʃɪə, tʊ-, tɪʊ-; tjuːˋnɪzɪə] *n.* 突尼西亞(位於北非的共和國; 首都 Tunis).

✲**tun·nel** [ˋtʌnl; ˋtʌnl] *n.* (*pl.* ~s [~z; ~z]) **1** 隧道; 地下通道; (礦山的)坑道. make a *tunnel* through a hill [under the sea] 挖一條穿山[海底]隧道/They escaped through a secret *tunnel* under the house. 他們從房子底下的一條祕密通道逃脫/The train entered a long *tunnel*. 火車駛入了一條長長的隧道.

2 (動物挖掘的)洞穴.

— *v.* (~s; (美) ~ed, (英) ~led; (美) ~·ing, (英) ~·ling) *vt.* **1** (在山等)挖掘隧道.

2 開挖, 挖掘(通道等)前進. They *tunneled* their way out of the prison. 他們挖地道逃出了監獄.

— *vi.* 挖隧道. Moles have *tunneled* under the lawn. 鼴鼠在草坪底下挖地道.

túnnel vìsion *n.* Ⓤ **1** 視野狹窄.

2 (口)狹隘的視野, 褊狹.

tun·ny [ˋtʌnɪ; ˋtʌnɪ] *n.* (*pl.* ~, -nies) (主英) = tuna.

tup·pence [ˋtʌpəns; ˋtʌpəns] *n.* (英) = two-pence. ★依據發音所拼成的字.

tup·pen·ny [ˋtʌpənɪ; ˋtʌpnɪ] *adj.* (英) = two-penny. ★依據發音所拼成的字.

tur·ban [ˋtɝbən; ˋtɜːbən] *n.* ⓒ **1** 頭巾(回教徒的男子將其纏繞於頭部), **2** 頭巾式的女帽.

tur·baned [ˋtɝbənd; ˋtɜːbənd] *adj.* 纏頭巾的.

tur·bid [ˋtɝbɪd; ˋtɜːbɪd] *adj.* **1** (液體)混濁的.

2 混亂的(思考等). **3** 濃密的(雲, 煙等).

tur·bid·i·ty [tɝˋbɪdətɪ, tɝˋbɪdɪtɪ] *n.* Ⓤ (液體的)混濁; 混濁.

tur·bid·ness [ˋtɝbɪdnɪs; ˋtɜːbɪdnɪs] *n.* = turbidity.

tur·bine [ˋtɝbaɪn, -bɪn; ˋtɜːbaɪn] *n.* ⓒ(機械)渦輪機.

tur·bo·jet [ˈtɝboˌdʒɛt; ˌtɜ:bəʊˈdʒɛt] *n.* C

1 渦輪噴射引擎(亦作 túrbojet èngine).

2 渦輪噴射機.

tur·bo·prop [ˈtɝboˌprɑp; ˌtɜ:bəʊˈprɒp] *n.* C

1 渦輪螺旋槳引擎(亦作 túrboprop èngine).

2 渦輪螺旋槳飛機.

tur·bot [ˈtɝbət; ˈtɜ:bət] *n.* (*pl.* ~, ~s) C

1 《魚》鰈魚(產於歐洲). 2 U 鰈魚肉.

tur·bu·lence [ˈtɝbjələns; ˈtɜ:bjʊləns] *n.* U

1 (海洋, 氣候等的)狂暴. 2 騷亂, 動亂. 3
《氣象》亂流.

tur·bu·len·cy [ˈtɝbjələnsɪ; ˈtɜ:bjʊlənsɪ] *n.* =
turbulence.

tur·bu·lent [ˈtɝbjələnt; ˈtɜ:bjʊlənt] *adj.* 1 狂
暴的《波浪, 風等》. 2
〔時代等〕不穩定的, 動亂
的. 3 〔群眾等〕粗野的;
棘手的.

tu·reen [tʊˈrin, tɪʊˈrin,
tjʊˈrin; təˈri:n] *n.* C 有蓋
湯盅(盛入湯菜, 各自從
中取用).

[tureen]

***turf** [tɝf; tɜ:f] *n.* (*pl.* ~s [~s; ~s], **turves**) 1
U 草坪, 草皮, 《包括草
皮及其根的土壤層》. a
lush stretch of *turf* 滿
是青綠的草皮.

2 C 一塊草皮《為便於
移植而切割成的》.

3 C 一片泥炭《作為燃
料而切割成的》.

[turfs 2]

4 U《美, 俚》鄰 近 一
帶; 自己的地盤. 5 U《加 the》賽馬; 賽馬場.

— *vt.* 用草皮鋪〔地面〕.

túrf/.../óut《英, 口》趕走〔人〕; 扔出〔東西〕.

tur·gid [ˈtɝdʒɪd; ˈtɜ:dʒɪd] *adj.*《文章》1 腫脹
的, 腫大的.

2 〔用辭, 文體等〕誇大的, 裝腔作勢的.

tur·gid·i·ty [tɝˈdʒɪdətɪ; tɜ:ˈdʒɪdətɪ] *n.* U《文
章》腫大, 腫脹; 誇大, 誇張.

Turk [tɝk; tɜ:k] *n.* C 1 土耳其人(→ Tur-
key).

2 粗野的人; 難對付的傢伙.

Tur·key [ˈtɝkɪ; ˈtɜ:kɪ] *n.* 土耳其(中東的共和國;
首都 Ankara; → Turk, Turkish).

*tur·key [ˈtɝkɪ; ˈtɜ:kɪ] *n.* (*pl.* ~s [~z; ~z], ~)

1 C 火雞(→ poultry 圖); U 火雞肉. Thanks-
giving without *turkey* isn't Thanksgiving. 沒有火
雞的感恩節稱不上是感恩節.

2 C (保齡球)連續三次全倒.

tálk túrkey《主美, 口》直截了當地說(商談中).

túrkey còck *n.* C 1 公火雞.

2 裝模作樣的人; 擺架子的人.

Turk·ish [ˈtɝkɪʃ; ˈtɜ:kɪʃ] *adj.* 土耳其的; 土耳其
人的; 土耳其語的; 土耳其風格的; (→ Turkey,
Turk).

— *n.* U 土耳其語.

Túrkish báth *n.* C 土耳其浴, 蒸氣浴.

Túrkish delíght *n.* U 一種膠狀的糖果.

Túrkish tówel *n.* C (絨毛長的)土耳其
毛巾.

Turk·men·i·stan [tɝkmɛnɪˈstɑn;
ˌtɜ:kmenɪˈsta:n] *n.* 土庫曼(中亞共和國; 位於裏海
東邊, 鄰接巴基斯坦, 伊朗, 阿富汗等; CIS 成員
國之一; 首都 Ashkhabad).

tur·mer·ic [ˈtɝmərɪk; ˈtɜ:mərɪk] *n.* U 1 《植
物》薑黃(生薑科; 產於印度).

2 薑黃根的粉末《染料, 調味料, 咖哩粉的原料等》.

tur·moil [ˈtɝmɔɪl; ˈtɜ:mɔɪl] *n.* ⓐU 騷亂, 騷
動, 混亂. be in (a) *turmoil* 處於混亂的狀態/The
king's death threw the country into *turmoil*. 國
王駕崩使國家陷於混亂之中.

‡**turn** [tɝn; tɜ:n] *v.* (~s [~z; ~z]; ~ed [~d; ~d];
~ing) *vi.* 《轉》1 轉, 旋轉, 《on 以…
為軸心》. A wheel *turns on* its axle. 車輪以車軸
為中心旋轉/The door *turns on* its hinges. 這扇門
靠鉸鏈轉動.

2 〔頭〕暈眩, 目眩.

《翻轉》3 翻轉, 翻倒; 翻身. Our boat *turned*
upside down. 我們的船翻覆了/*turn* (over) in bed
在床上翻身/*turn* over (→片語).

4 〔胃〕(如翻轉般地)反胃. The sight of blood
makes my stomach *turn*. 我一看到血就反胃.

《轉向》5 轉向, 面向《to, toward …的方向》;
轉過臉《from》; 回頭; 〔興趣等〕轉向《to》. All
faces *turned toward* me. 所有人的臉都朝我這邊
看/He *turned from* the horrible sight. 他轉開臉
不去看那可怕的景象/He *turned* at the door and
said good-by. 他在門口回頭說了聲再見.

6 折回, 返回; 轉彎; 偏離. Let's *turn* before
it's too late. 我們趁還未太遲之前折回去吧!/
Turn to the left at the next crossing. 在下一個
十字路口左轉/*turn* round a corner 在轉角處轉彎.

《向前行進》7 求助《to 向…; for 《協助等》).
turn to one's friends *for* help 向朋友求助/I don't
know where to *turn for* the money. 我不知道要去
哪兒去尋那些錢.

8 正式開始做, 著手, 《to》. He *turned to* teach-
ing at forty. 他四十歲就教書/*turn to* crime 走
上犯罪之途.

《轉變＞變化》9 轉變, 變化. His health
turned for the better. 他的健康情形好轉了.

10 改變. The tide has *turned*. 潮流變了/The
leaves have begun to *turn*. 葉子開始變色了.

11 變成《into, to》. [句型2] (turn A)變成A.
The snow *turned to* rain. 雪變成了雨/Caterpillars
turn into butterflies. 毛毛蟲蛻變成蝴蝶/The
leaves have *turned* brown. 葉子變黃了/He
turned deadly pale. 他臉色變得慘白/a writer
turned politician 作家出身的政治家《此處 turned
為 who has turned 之意》.

— *vt.* 《轉動》1 轉動, 使轉動; 扭轉〔栓 等〕
(→片語turn/.../off [on]); 扭傷, 挫傷, 〔腳踝〕. *turn*

a wheel 轉動輪子／*turn* a key in the lock 鑰匙插入鎖中轉動．
2 (轉動絞車[車床])製成…的形狀；〔推敲用字〕使〔句子等〕優美；〔常動作〕迴轉．*turn* an epigram 琢磨警句／a well-*turned* phrase 洗鍊優美的措辭／*turn* a somersault 翻筋斗．
3 使〔資金等〕流轉；獲得〔利益等〕．
〖 **轉** 〗 **4** 在〔街角等〕轉彎；迂迴．*Turn* the next corner. 在下個街角轉彎／*turn* the enemy's flank 從敵人的側面迂迴〔攻擊〕．
5 越過〔年齡的某個階段〕；超過〔時刻〕．He has *turned* sixty. 他年逾六十．
〖 **翻** 〗 **6** 翻，翻轉；使翻倒；翻掘〔土地〕．*turn* the pages of a book 翻書／*turn* an omelette 把蛋捲翻面／*turn*/…/over (→片語)．
7 使〔頭腦等〕錯亂，使反〔胃〕．The grief has quite *turned* his head. 悲痛已使他的頭腦混亂了．
〖 **改變方向，使轉向** 〗 **8** 〔加地方副詞(片語)〕趕向〔某地方，方向〕．*turn* cattle into the corral 把牛趕進畜欄／People *turned* the dictator out of their country. 人民把獨裁者趕出他們的國家．
9 改變〔前進的道路〕，使〔行進物〕偏離，使回到原處．*turn* one's horse 趕馬回去／The storm *turned* their ship from its course. 暴風雨使他們的船偏離了航道．
10 使轉向(*to, toward* …的方向)．*Turn* your face *toward* me. 把臉朝向我／*turn* one's back *to* the light 背對著光／He *turned* his thoughts *to* his boyhood. 他把思緒轉向自己的少年時代／*turn* one's steps homeward 走上回家的路／*turn* one's attention *to* the scenery 將注意力轉移至景色上／*turn* a blind eye [a deaf ear] *to*… (→ blind [deaf]的片語)．
〖 **改變** 〗 **11** (a)改變，使變化〔變質〕，(*into, to*)；解釋，換句話說，(*into*)．*turn* seawater *into* fresh water 把海水變成淡水／His betrayal of her *turned* her love *into* hate. 他對她的變心使她由愛轉恨／The warm weather has *turned* the milk. 炎熱的天氣使牛奶變質／*turn* a sentence *into* English 把句子譯成英語．
(b)〔句型5〕(turn **A** B)將 A 變成 B．Care *turned* his hair gray. 憂慮使他的頭髮變灰白／*turn* milk sour 使牛奶變酸．
tùrn abóut¹=turn around¹.
tùrn/…/abóut²=turn/…/around².

＊**túrn agàinst**¹… 反抗…；嫌惡…；不利於…．The tide *turned* *against* us. 形勢對我們不利．
tùrn A agàinst² B 使A(人)反抗B；使A(人)嫌惡B．What has *turned* the child *against* me? 是甚麼使得那個孩子討厭我呢？

＊**tùrn aróund**¹ (1)轉動；回頭．She *turned* a-round when she heard a sound behind her. 她聽到身後有聲音便轉過身來．(2)改變〔想法，信仰等〕；〔股市行情等〕逆轉．

＊**tùrn/…/aróund**² (1)使轉身；使轉向，使回頭．

turn the car *around* 掉轉車頭．(2)使改變．
tùrn asíde¹ 往側邊，把臉轉過去(*from*)．
tùrn/…/asíde² 往旁側彎；躲開，閃躲．

＊**tùrn awáy**¹ 離去；抛棄(*from*)；轉過臉去(*from*)．I *turned* *away* *from* the terrible sight. 我別過臉不去看那可怕的景象．
tùrn/…/awáy² 驅逐，不許〔人〕進入；停止援助．The inn was full, so they were *turned* *away*. 旅館客滿了，所以他們被拒絕投宿．

＊**tùrn báck**¹ 折回；回歸．There can be no *turning back*. 已無法折回了．
tùrn/…/báck² (1)使折回；使〔時鐘，時光等〕倒流．(2)折〔紙角等〕．*turn back* the corner of the page 在書頁上折角．

＊**tùrn dówn**¹ 〔道路，景氣等〕走下坡．The road sharply *turned down* there. 道路在那裡開始急速地下坡／Production is *turning down*. 產量開始走下坡．
túrn down²… 轉入．*turn down* an alley 轉入一條巷子．

＊**tùrn/…/dówn**³ (1)使往下彎曲[折]，翻回〔書頁等〕．*turn down* the corners of one's mouth 把嘴角拉下來，使嘴角下垂／(2)將〔紙牌面〕朝下．(3)扭小〔音量，光線等〕，使變弱．*turn* the radio *down* 將收音機聲音轉小．(4)退回，拒絕，〔申請，建議等〕．The manuscript was *turned down*. 稿件被退回了／*turn down* an offer [a proposal] 拒絕提出的申請[提案]／We had to *turn down* so many applications for the job. 我們必須退回這麼多求職信．

＊**tùrn ín**¹ 進〔折〕入；順道；〔口〕就寢．His feet *turn in*. 他的腳趾向內彎／*turn in* upon oneself 自我封閉．
＊**tùrn/…/ín**² (1)使…進入，把〔家畜〕趕進去；向內彎，向內折．(2)歸還〔用畢物品〕；將…抵〔折〕價．*Turn in* your uniform when you leave the club. 離開俱樂部時，請交還制服．(3)提出，遞交，〔文件等〕；達到〔某成績〕．*turn in* one's report 提出報告．(4)〔口〕引渡(給警察等)．*turn* oneself *in* 自首．
tùrn…insíde óut 把〔口袋等〕翻到外面來；徹底搜查〔某處〕．

＊**tùrn óff**¹ 轉入岔路；〔道路〕分歧．I went straight ahead, instead of *turning off*. 我直走，不轉入岔路．
túrn off²… 從…轉入岔路[支線等]；自…分開．*turn off* the main street into a narrow lane 從大街轉入一條小巷．

＊**tùrn/…/óff**³ (1)關閉〔瓦斯，自來水〕，切斷〔電流〕，關掉〔收音機，電燈，電視機〕；(泛指)停止〔繼續供給〕(↔ turn/…/on (1))．Don't forget to *turn off* the lights when you leave. 離開時別忘了關電燈．(2)〔英〕解雇〔傭人等〕．(3)〔口〕使〔人〕厭煩(↔ turn/…/on (2))．Rock *turns* me *off*. 搖滾樂使我厭煩／Many of his friends were *turned off* by his behavior. 他的很多朋友都很討厭他的行為．

＊**tùrn/…/ón**¹ 扭開〔瓦斯，自來水〕，開通〔電流〕，打開〔電燈，電視機，收音機〕；(泛指)開始〔持續性供給〕；(↔ turn/…/off (1))．*turn on* the gas 開瓦

斯/*turn on* the light [television] 打開電燈[電視]. (2)《口》使興奮; 使〔人〕感興趣; (↔ turn/.../ off (3)). Rock *turns* me *on*. 搖滾樂令我陶醉. (3)《俚》(用藥物等)使興奮.

túrn on² ... (1) 對 ... 發怒; 攻擊 .... The dog *turned on* its master. 那狗攻擊牠的主人. (2) → *vi.* 1. (3) 依靠 ...; 取決於 .... Everything *turns on* her will. 凡事取決於她的意志. (4)爲〔辯論等〕找主題.

túrn on³ 《俚》(因服用麻醉劑等)產生幻覺.

* **túrn out**¹ (1)轉向外, 向外彎曲; 外出, 出動; 《口》下床. A huge crowd *turned out* to watch the game. 大批的人群聚集來看這場比賽/Do I have to *turn out* in this nasty weather? 在這樣糟糕的天氣裡我還必須外出嗎? (2)(**a**)(turn out (*to be*)**A**)成爲A, 原來是A. The business *turned out* a success. 這件生意結果大爲成功/The dirty boy *turned out* (*to be*) a prince in disguise. 骯髒的男孩原來是王子假扮的. (**b**)〔事情〕進展. Everything *turned out* well [badly]. 一切進展順利[不順利]/as it *turned out* 從結果來看, 結果是. (**c**)(用 It turns out that....)成爲 ..., 結果是 ..., 證明是 .... Now *it turns out that* you were right after all. 最後證明你是對的.

túrn/.../out² (1)關掉〔瓦斯, 電燈等〕. (2)趕出 ...; 解雇 ...; 〔*of*〕. *turn out* the occupants into the streets 把居住者[房客]趕到街上去/*turn* a person *out of* a company 解雇某人. (3)把〔口袋等〕向外翻(以便拿出裡面全部的東西); 《英》騰出〔房間, 抽屜等〕, 將〔內部之物〕拿出. (4)生產 ..., 製造 .... This factory *turns out* 500 cars a month. 這家工廠一個月生產500輛汽車. (5)扮, 穿戴. *turn out* one's children nicely 把孩子穿戴得漂漂亮亮.

* **túrn óver**¹ 翻轉, 翻倒. She felt her heart *turn over* in her chest. 她覺得心裡七上八下的/Please turn over. → PTO.

* **túrn/.../óver**² (1)使翻轉, 使翻倒, 使倒下; 使翻身. A big wave *turned over* his canoe. 一個大浪打翻了他的獨木舟. (2)翻〔書頁〕; 翻找〔文件等〕. (3)反覆考慮. I *turned* it *over* in my mind all night. 這件事我反覆考慮了整個晚上. (4)交付 ..., 移交 ...; 引渡 ...(給警察等); 《*to*》. *Turn* those keys *over* to her when you are through. 事情完成以後你把這些鑰匙交給她/*turn* oneself *over to* the police 向警察自首. (5)周轉〔資金〕; 營業額爲 .... *turn over* £3,000 a week 一週的營業額爲三千英鎊. (6)發動〔引擎〕.

túrn róund¹=turn around¹.

túrn/.../róund²=turn/.../around².

túrn to¹... (1) → *vi.* 5, 7, 8, 11. (2)將〔書頁〕翻到 .... Please *turn to* page 18. 請把書翻到第18頁.

túrn to² 致力於, 認眞做.

* **túrn úp**¹ (1)轉向上, 向上彎曲; 〔景氣等〕向上攀升, 好轉. The road *turns up* sharply from there. 那條路從那裡起陡然上升[變成上坡]. (2)〔人, 物〕(突然)出現, 〔事件〕發生. He *turned up* at my office yesterday. 他昨天突然來到我的辦公

室.

túrn/.../úp² (1)使發生, 引起; 捲起〔袖口等〕. *turn up* the collar of one's overcoat 把大衣的領子豎起來. (2)把〔紙牌面〕朝上, 翻〔某張牌〕打出去. (3)挖出 ..., 挖掘 ...; (經調查)揭露出 ..., 發現 .... *turn up* human bones 挖出人骨. (4)將〔煤氣, 煤油爐, 收音機等〕開大. (5)《英, 口》令人作嘔, 使人厭惡. The mere sight of him *turns* me *up*. 光是看到他就令我噁心.

— *n.* (*pl.* ~s [~z; ~z]) ©【轉】**1** 轉動; 轉向. give the screw another *turn* 再轉一下螺絲/by a *turn* of Fortune's wheel 由於命運女神的紡車一轉, 由於機運一變《用於命運逆轉的時候》.

2 走一圈, 散步. Let's take a *turn* in the park after dinner. 晚飯後我們到公園裡走走吧!

【輪流】**3** 依次, 輪流. It is our *turn* to laugh. 這次輪到我們笑了/wait one's *turn* 等著輪到自己/miss a *turn*(輪流)休息一下.

4 (用單數)工作的輪値, 〔輪班工作的〕值班. take a *turn* at the wheel 値班開車/be on the night *turn* 値夜班.

5 (雜耍, 演藝等的一個)節目, 項目.

【方向的轉換】**6** 拐彎, 折回, 返回. The road took a sharp *turn* to the left. 那條道路向左急轉.

7 拐角. stop at a *turn* in the road 停在道路的拐角處.

8 彎曲的程度, 樣子. the *turn* of the leg 腿的形狀.

9 (加 the)轉捩點, 轉換點, 《*of*》. at the *turn of* the century 在世紀交接的轉折期.

【變化】**10** (用單數)(情勢等的)轉變, 新發展. The discussion took a new *turn*. 討論轉向一個新的方向/take a *turn* for the better [worse] 好轉[惡化]/I didn't foresee this *turn* of events. 我沒想到會演變成這樣子.

11【身心狀態的變化】《口》(疾病的)發作; (用單數)驚嚇. He's had one of his *turns*. 他的疾病經常發作/Oh, it's you! You gave me quite a *turn*. 噢, 是你! 嚇了我一跳.

【方向>特性】**12** (用單數)(天生的)性情; 才能. be of an artistic *turn* (of mind) 有藝術家的氣質/have a *turn* for mathematics 有數學天分.

13【性格的表現】(加形容詞)(善良的, 良好的, 惡劣等的)行爲. He did me a bad *turn*. 他對我態度惡劣/One good *turn* deserves another.《諺》善有善報, 施惠者當受惠, 《結果對自己也有幫助》.

14 措辭. a beautiful *turn* of expression 美麗的措辭.

at èvery túrn 在每個角落; 到處; 總是. He opposes me *at every turn*. 他老是反對我.

* **by túrns** 輪流, 交替. They helped the poor family *by turns*. 他們輪流幫助那戶貧窮的人家.

* **in túrn** (1)依次; 輪流. We introduced ourselves *in turn*. 我們依次自我介紹. (2) =in one's turn.

* **in one's túrn** (1)輪到自己. speak *in one's turn*

輪到自己講話. (2)輪到，自己也跟著…. One who laughs at others' misery will *in* (his) *turn* be laughed at. 嘲笑別人不幸的人[幸災樂禍的人]總有一天也會爲人所嘲笑.

on the túrn 正在變化;《口》〔牛奶等〕開始腐壞.

out of túrn 不依順序; 不合宜地, 不顧場所地. speak *out of turn* 不按順序隨便說話;（不顧別人的情緒等）亂說.

sèrve a pèrson's túrn 對某人有用.

tàke one's túrn 按照順序.

tàke túrns 輪流做…(*at; doing, to do*). Let's *take turns sleeping.* 我們輪流睡吧!/ *take turns at* the wheel = *take turns* (*at*) *driving* the car 輪流開車.

to a túrn 〔菜餚做得〕剛好, 恰到好處. a roast done *to a turn* 烤得恰到好處的肉.

tùrn (*and tùrn*) *abóut* = by turns.

turn·a·bout [ˈtɝnəˌbaʊt; ˈtɜːnəbaʊt] *n.* C
1 轉向, 旋轉.
2 （思想的）轉變，（向反對黨等的）倒戈.

turn·a·round [ˈtɝnəˌraʊnd; ˈtɜːnəˌraʊnd] *n.*
C 1 = turnabout.
2 （通常用單數）（經濟，營業狀況）好轉.
3 （通常用單數）（船，飛機等的）折返所需的空間.

turn·coat [ˈtɝnˌkot; ˈtɜːnkəʊt] *n.* C 叛變者, 變節者; 轉向者.

turn·cock [ˈtɝnˌkɑk; ˈtɜːnkɒk] *n.* （英）= stop-cock.

turn·down [ˈtɝnˌdaʊn; ˈtɜːndaʊn] *adj.* 《限定》翻摺的（衣襟等）(↔ stand-up).
— *n.* U《美、口》拒絕, 摒斥.

Tur·ner [ˈtɝnə; ˈtɜːnə(r)] *n.* **Joseph M. W.** ~ 泰納(1775-1851)〔英國畫家〕.

turn·er [ˈtɝnə; ˈtɜːnə(r)] *n.* C 1 鏇匠; 車床工人. 2 （烤薄餅等用的）翻勺, 鍋鏟.

☨turn·ing [ˈtɝnɪŋ; ˈtɜːnɪŋ] *n.* (*pl.* ~**s** [~z; ~z]) 1 U轉動; 轉向; 變化. the *turning* of a wheel 車輪的轉動/the *turning* of her love into hate 她由愛生恨的轉變.
2 C（道路的）轉彎處, 轉角. take the first *turn-ing* to the left 在第一個轉角左彎.

túrning pòint *n.* C轉捩點, 轉機, 轉變期. the *turning point* of one's career 生涯的轉捩點.

tur·nip [ˈtɝnəp, -ɪp; ˈtɜːnɪp] *n.* 1 C《植物》蕪菁, 蘿蔔. 2 U C蕪菁的根(可供食用或作飼料).

turn·off [ˈtɝnˌɔf; ˈtɜːnˌɒf] *n.* (*pl.* ~**s**) C《美》岔道, 岔路口,《從主要道路岔開的路》.

turn·on [ˈtɝnɑn; ˈtɜːnɒn] *n.* C《口》(通常用單數)(特別是性方面的)刺激的物[人].

turn·out [ˈtɝnˌaʊt; ˈtɜːnaʊt] *n.* 1 C(通常用單數)與會者(人數); 觀衆(人數); 投票者(總數). There was a poor *turnout* for the match because of bad weather. 因爲天氣不好, 看比賽的觀衆寥寥無幾.
2 C打扮, 裝束; 裝備, 設備.

3 C《英》(房間, 櫥櫃等的)清掃.
4 C《美》(狹路上的)避車處.
5 a U(工人, 工廠等的)產量(output).

turn·o·ver [ˈtɝnˌovə; ˈtɜːnˌəʊvə(r)] *n.* 1 C (車等的)傾覆, 翻倒.
2 a U(一定期間內商品的)周轉率.
3 a U(一定期間內的)銷售額, 營業額, 成交額.
4 a U(新員工的)補充率, 補缺數,《一定期間內的》; 人員流動.
5 U C半圓形餡餅《內部含有果仁等》.

turn·pike [ˈtɝnˌpaɪk; ˈtɜːnpaɪk] *n.* C《美》(收費)高速公路(亦作 pike, tùrnpike róad).

turn·stile [ˈtɝnˌstaɪl; ˈtɜːnstaɪl] *n.* C 旋轉式木門; 繞桿式剪票口(放入硬幣、車票等後, 繞桿便會轉動讓人通過).

[turnstile]

turn·ta·ble [ˈtɝnˌtebl; ˈtɜːnˌteɪbl] *n.* C 1 (鐵路)轉車臺(改變車頭方向的裝置).
2 (唱機的)轉盤.
3 (機場手提物提交的)轉臺裝置, 輸送帶.

[turntable 1]

turn·up [ˈtɝnˌʌp; ˈtɜːnʌp] *n.* C 1 《英》(常 turn-ups)(褲腳的)翻折(《美》cuff).
2 《口》出乎意料的事.

tur·pen·tine [ˈtɝpənˌtaɪn; ˈtɜːpəntaɪn] *n.* U 松節油(用於稀釋油漆等).

tur·pi·tude [ˈtɝpəˌtjud, -ˌtɪud, -ˌtud; ˈtɜːpɪtjuːd] *n.* U《文章》邪惡; 卑劣; 墮落.

turps [tɝps; tɜːps] *n.*《口》= turpentine.

tur·quoise [ˈtɝkwɔɪz, -ˌkɔɪz; ˈtɜːkwɔɪz] *n.*
1 C U 土耳其玉(寶石; → birthstone 表).
2 U 土耳其玉色(藍綠色).
— *adj.* 土耳其玉色[藍綠色]的.

tur·ret [ˈtɝɪt, ˈtʌrɪt; ˈtʌrɪt] *n.* C 1 (建於城牆、建築物等一角的)小塔, 望樓, (→ castle 圖).
2 (坦克, 軍用飛機, 軍艦等的)(旋轉)砲塔.
3 (車床的)轉臺.

tur·ret·ed [ˈtɝɪtɪd, ˈtʌrɪtɪd; ˈtʌrɪtɪd] *adj.* 有小塔的; 有砲塔的.

☨tur·tle [ˈtɝtl; ˈtɜːtl] *n.* (*pl.* ~**s** [~z; ~z], ~) C 《動物》(特指)海龜(→次頁圖); U海龜肉(供食用的); (→tortoise). *turtle* soup 海龜(肉)湯.
tùrn túrtle 《口》〔船〕翻覆.

tur·tle·dove [ˈtɝtlˌdʌv, -ˌdʌv; ˈtɜːtldʌv] *n.*

[turtle]　　　　tortoise

ⓒ《鳥》斑鳩(一種鳩鳩；其特徵爲鳴聲柔和，雌雄間相親相愛)．

tur·tle·neck [ˋtɝtl͵nɛk; ˈtɜ:tlnek] *n.* ⓒ《美》
1 高而緊的衣領，高領，((英) polo-neck)．
2 高領毛衣．

turves [tɝvz; tɜ:vz] *n.* turf 的複數．

tusk [tʌsk; tʌsk] *n.* ⓒ(象等的)長牙．

Tus·saud's [təˋsoz, tu-; təˈsəʊdz] *n.* 達索蠟像館(陳列歷史人物或當代名人的蠟像；London 的名勝；也稱作 Mádame Tussáud's)．

tus·sle [ˋtʌsl; ˈtʌsl]
((口) *vi.* 扭打．
— *n.* ⓒ扭打．

[tusks]

tus·sock [ˋtʌsək; ˈtʌsək] *n.* ⓒ(小的)樹叢，草叢．

tut [tʌt; tʌt] *interj.* 噴!《表示困惑、斥責等的咋舌聲；通常重複兩次；→ click *n.* 2)．
— *vi.* (~s; ~ted; ~ting)發出噴噴聲，咋舌．

Tut·ankh·a·men [͵tutəŋˋkɑmɛn, ͵tuˈtæŋˈkɑːmen] *n.* 圖唐卡門(古埃及王(1361-1352 B.C.)；其墓於 1922 年被發現)．

tu·te·lage [ˋtutl͵ɪdʒ, ˋtru-, ˋtju-; ˈtju:tɪlɪdʒ] *n.*
1 ⓤ保護，監護．
2 ⓐⓤ受保護[監護]；受保護[監護]期間．

tu·te·lar·y [ˋtutl͵ɛrɪ, ˋtɪu-, ˋtju-; ˈtju:tɪlərɪ] *adj.* 守護的；保護[監護]的．a *tutelary* deity 守護神．

*****tu·tor** [ˋtutɚ, ˋtɪu-, ˋtju-; ˈtju:tə(r)] *n.* (*pl.* ~s [~z; ~z]) ⓒ 1 (有時住進家裡的)家庭教師(→ governess)．They employed a *tutor* for the boy. 他們爲兒子請了一位家庭教師．
2 《英》(大學的)導師．
3 《美》(大學的)講師(職位低於 instructor)．
— *vt.* 1 當家庭教師(*in*)．Beth *tutored* him *in* math. 貝絲曾當過他的數學家教．
2 以家庭教師的身分教授[學科]．*tutor* French 當法語家教．
3 管教[人]；馴養，訓練，[動物]．
— *vi.* 1 做家庭教師(*in*)．
2 《美》接受個別指導(*in*)．He's *tutoring in* all of his school subjects. 學校裡的所有課程他都請家教個別指導．
字源 TU「守護」：*tutor*, *tuition* (授課)，in*tui*tion (直覺)，*tutelage* (保護)．

tu·to·ri·al [tuˋtorɪəl, tɪu-, tju-; tju:ˈtɔ:rɪəl] *adj.*
1 家庭教師的．2 《英》(教師)個別指導的．
— *n.* ⓒ《英》(大學的)個別指導時間．

tut·ti-frut·ti [͵tutɪˋfrutɪ, ͵tu:tɪˈfru:tɪ] *n.* ⓤ什錦水果冰淇淋．

tut-tut [ˋtʌtˋtʌt; ˈtʌtˈtʌt] *interj., v.* (~s; ~ted; ~ting) = tut.

tu·tu [ˋtutu; ˈtu:tu:] *n.* ⓒ芭蕾短裙(芭蕾舞者所穿的短裙)．

Tu·va·lu [tuˋvalu; tu:ˈvɑːlu:] *n.* 吐瓦魯(太平洋中部的島國；大英國協成員國之一；首都 Funafuti)．

tux [tʌks; tʌks] *n.* 《美、口》= tuxedo.

tux·e·do [tʌkˋsido, -də; tʌkˈsi:dəʊ] *n.* (*pl.* ~s) ⓒ《美》半正式的晚禮服(男子的簡單晚宴服；《主英》dinner jacket)．

**TV [ˋtiˋvi; ͵ti:ˈvi:] *n.* (*pl.* ~s, ~'s [~z; ~z])
1 ⓤ電視(播放) (television)．go on *TV* 在電視上播出，上電視/watch a baseball game on *TV* 收看電視轉播的棒球比賽．
2 ⓒ電視機．
3 《形容詞性》電視的．a *TV* commercial 電視廣告/a *TV* set 電視機． 字源 *tele*vision.

TVA (略) Tennessee Valley Authority.

TV dínner *n.* ⓒ電視即食餐(經過包裝的冷凍食品，加熱後即可食用，可邊看電視邊吃)．

twad·dle [ˋtwɑdl; ˈtwɒdl] *n.* ⓤ廢話．
— *vi.* 說[寫]廢話．

Twain [twen; tweɪn] *n.* → Mark Twain.

twain [twen; tweɪn] *n.* 《詩、古》兩個；兩人；一對．cut in *twain* 分成兩份，一分爲二．

twang [twæŋ; twæŋ] *n.* ⓒ 1 (弦等的)聲響．
2 鼻音，由鼻子所發出的聲音．
— *vt.* 使(弦等)發出聲響．
— *vi.* (弦等)發出聲響．

tweak [twik; twi:k] *vt.* 擰，扭，[耳，鼻等]．
— *n.* ⓒ擰，扭．

tweed [twid; twi:d] *n.* 1 ⓤ粗花呢(用數種顏色毛線織成的一種粗羊毛布料)．my *tweed* suit 我的粗花呢套裝．2 (tweeds)粗花呢服．

tweed·y [ˋtwidɪ; ˈtwi:dɪ] *adj.* 1 粗花呢(般)的．
2 常穿粗花呢服的．
3 直爽的，不裝腔作勢的，(運動員類型的)．

tweet [twit; twi:t] *vi.* (小鳥)啾啾地鳴叫．
— *n.* ⓒ啾啾聲．

tweet·er [ˋtwitɚ; ˈtwi:tə(r)] *n.* ⓒ高音專用揚聲器，(→ woofer)．

tweez·ers [ˋtwizɚz; ˈtwi:zəz] *n.* (作複數)小鉗子，鑷子．a pair of *tweezers* 一把小鉗子．

***twelfth [twɛlfθ; twelfθ] (亦寫作 12th) (★序數的例句、用法 → fifth) *adj.*
1 (通常加 the)第十二的，第十二個的，(→ twelve)．the *twelfth* year 第十二年．
2 十二分之一的．a *twelfth* part of... …的十二分之一．
— *n.* (*pl.* ~s [~s; ~s]) ⓒ 1 (通常加 the)第十二個(的人，物)；(每月的) 12 日．the *twelfth* [12th] of April 4 月 12 日．
2 十二分之一．a [one] *twelfth* 十二分之一/five *twelfths* 十二分之五．

Twélfth Níght *n.* 主顯節的前夕(1 月 5 日晚上)，第十二夜；主顯節之夜(1 月 6 日晚上)．

‡**twelve** [twɛlv; twelv] (★基數的例句、用法 → five) *n.* (*pl.* ~**s** [~z; ~z])

1 Ⓤ (基數的)12，十二. *Twelve* divided by four gives three. 12 除以 4 得 3.

2 Ⓤ十二點；十二分；十二歲；十二美元[英鎊，美分，便士等]；《量詞由前後關係決定》. at *twelve* noon [midnight] 正午[午夜十二點]/a boy of *twelve* 十二歲的男孩.

3 《作複數》十二人；十二個. *Twelve* of them were safe. 他們之中有十二個人平安無事. 語法 在下列例句中，通常以 a dozen 代替 twelve: Those apples look very good. Give me *a dozen* (of them), please. 那蘋果看起來不錯，請給我 12 個.

4 Ⓒ十二人[十二個]一組的事物.

— *adj.* **1** 十二人的；十二個的. Only *twelve* students attended my lecture. 只有 12 位學生來聽我的課. **2** 《敍述》十二歲的. I was *twelve* then. 當時我十二歲.

twelve‧month [ˋtwɛlv͵mʌnθ; ˈtwelvmʌnθ] *n.* Ⓒ (用單數)《主英、古》十二個月，一年.

‡**twen‧ties** [ˋtwɛntɪz; ˈtwentɪz] *n.* twenty 的複數.

‡**twen‧ti‧eth** [ˋtwɛntɪɪθ; ˈtwentɪəθ] (亦寫作 20th) *adj.* **1** (通常加the)第二十的，第二十個的. the *twentieth* century 20 世紀. **2** 二十分之一的. a *twentieth* part of …的二十分之一.

— *n.* (*pl.* ~**s** [~s; ~s]) Ⓒ **1** (通常加the)第二十個(的人，物)；(月的)20 日. the *twentieth* [20th] of April 4 月 20 日.

2 二十分之一. a [one] *twentieth* 二十分之一/three *twentieths* 二十分之三.

‡**twen‧ty** [ˋtwɛntɪ; ˈtwentɪ] (★基數的例句、用法 → five) *n.* (*pl.* -**ties**) **1** Ⓤ (基數的)20，二十. Four times five is *twenty*. 4 乘以 5 等於 20.

2 Ⓤ二十歲；二十美元[英鎊，美分，便士]. What were you doing at *twenty*? 20 歲時，你作些甚麼呢?

3 《作複數》二十人；二十個. Of the twenty-five students, *twenty* were Taiwanese. 25 個學生中，就有 20 人是臺灣人.

4 Ⓒ二十人[二十個]一組的東西.

5 (用 my [his] *twenty*es 等)(年齡的)二十多歲. women in their late *twenties* 年近三十的女性.

6 (the *twenty*es)(世紀的)二〇年代，(特指)1920年代. the booming *twenties* 急速發展的1920年代.

— *adj.* **1** 二十人的；二十個的. I think there were more than *twenty* people. 我想有 20 人以上.

2 《敍述》二十歲的. She's *twenty*. 她 20 歲.

3 很多的. *twenty* times 二十次；屢次.

twen‧ty‧first [͵twɛntɪˋfɝst; ˈtwentɪˈfɜːst] (也可寫 21st) *adj.* (通常加the)第二十一的，二十一號的. the *twenty-first* century 21 世紀.

— *n.* (*pl.* ~**s** [~s]) Ⓒ (通常加the)第二十一號(的人，物)；(月的)21 日. the *twenty-first* [21st] of

April 4 月 21 日.

twen‧ty‧one [͵twɛntɪˋwʌn; ͵twentɪˈwʌn] *n.* Ⓤ **1** 21，二十一. **2** 《美》=blackjack.

twerp [twɝp; twɜːp] *n.* Ⓒ《俚》笨蛋，討厭的傢伙.

‡**twice** [twaɪs; twaɪs] *adv.* **1** 兩次，兩回 (→ once). I've been here *twice*. 我來過這裡兩次/*twice* a week 一週兩次/*twice* over 兩次(反覆).

2 兩倍. He had *twice* as much money as I. 他的錢是我的兩倍/*twice* that amount 兩倍的量[金額]/I am *twice* your age. 我的年齡是你的兩倍/*Twice* three is six. 三的兩倍是六. 參考 twice 在《口》中亦作 two times；三次(三倍)以上則作 three times, four times 等.

think twice → think 的片語.

twice‧told [ˋtwaɪsˋtold; ˈtwaɪsˈtəʊld] *adj.* 《限定》已說過的；(話等)陳腐的.

twid‧dle [ˋtwɪdl; ˈtwɪdl] *vt.* **1** 轉弄[手指等].

2 (用手)把玩.

— *vi.* 玩弄，把玩，《with》. Stop *twiddling* with your spoon. 別再玩你的湯匙了.

twiddle one's thumbs (1)(閒來無聊地)轉弄大拇指. (2)《口》(甚麼也不做而)無所事事.

— *n.* Ⓐ Ⓤ 轉弄；把玩.

*‧**twig**¹ [twɪg; twɪg] *n.* (*pl.* ~**s** [~z; ~z]) Ⓒ 細枝，嫩枝，(→ tree 🖼；→ branch 參考). A *twig* snapped under his foot. 一根小樹枝在他的腳下地斷掉.

twig² [twɪg; twɪg] *v.* (~**s**; ~**ged**; ~**ging**)《英、俚》 *vt.* 懂得，注意到.

— *vi.* 明白.

twig‧gy [ˋtwɪgɪ; ˈtwɪgɪ] *adj.* **1** 多細枝的.

2 如細枝般的.

*‧**twi‧light** [ˋtwaɪ͵laɪt; ˈtwaɪlaɪt] *n.* Ⓤ **1** (日出前，日落後的)微明，薄暮；黃昏時分，(→ dusk ★). at *twilight* 黃昏時分/*Twilight* slowly faded into night. 薄暮漸漸逝去進入夜晚.

2 衰退(期). spend one's *twilight* years in Brighton 在布來頓度晚年.

twill [twɪl; twɪl] *n.* Ⓤ斜紋織；斜紋織物.

— *vt.* 將…織成斜紋.

‡**twin** [twɪn; twɪn] *n.* (*pl.* ~**s** [~z; ~z]) Ⓒ **1** 雙胞胎中的一個；(twins)雙胞胎；(→ triplet, quadruplet, quintuplet). They are *twins*. 他們是雙胞胎/John is my *twin*. 約翰是我的孿生兄弟. **2** 非常相像的人[物]，一對中的一方；(twins)一對. **3** (the *T*wins)=Gemini.

— *adj.* **1** 雙胞胎的. Jane is my *twin* sister. 珍是我的孿生姊妹.

2 非常相像的；成對的. There are *twin* statues at the entrance. 入口處有一對雕像.

— *vt.* (~**s**; ~**ned**; ~**ning**)使成對；使[都市]結成姊妹市；《with》.

twin bed *n.* Ⓒ一對單人床中的一張；(通常 twin beds)一對單人床《2 張單人床(single bed)→ double *adj.* 2》.

twine [twaɪn; twaɪn] *v.* (~**s**; ~**d**; twin‧ing) *vt.*

1 使[藤蔓，繩線等]纏繞，使纏結，《around，

about》. His arm was *twined about* her waist. 他摟著她的腰.

2 捻, 搓,〔繩, 線等〕; 編織. *twine* strings into a rope 把線搓成繩子.

— *vi.* 〔藤蔓, 繩線等〕纏繞, 纏結,《*around, about*》.

— *n.* ⓤ細繩, 麻繩; 幾股捻成的線. tie up a package with *twine* 用繩子捆紮行李.

twin·en·gine, twin·en·gined
[ˏtwɪnˈɛndʒən; ˈtwɪnˈendʒən], [-d; -d] *adj.* 〔飛機等〕雙引擎的.

twinge [twɪndʒ; twɪndʒ] *n.* ⓒ **1** 刺痛, 劇痛.

2 (心靈的)痛苦, (良心等的)呵責. I feel a *twinge* of regret that I never had any children. 沒有孩子這件事, 使我感到遺憾.

*twin·kle [ˈtwɪŋkl; ˈtwɪŋkl] *v.* (~s [~z; ~z]; ~d [~d; ~d]; -kling) *vi.* **1** 〔星星等〕閃爍, 閃耀. The stars are *twinkling* in the sky. 星星在天空中閃爍. ⓘⓡtwinkle 指瞬間發出柔和的光; → shine.

2 〔眼睛〕閃閃發光《*with*》;〔眼睛〕一眨一眨. Their eyes were *twinkling with* excitement. 他們的眼睛閃爍著興奮的光芒.

3 〔舞者的腳等〕快速地移動.

— *n.* ⓐⓤ (有時加the) **1** 閃爍. the *twinkle* of the stars [town lights] 星星[鎮上的燈火]閃爍的光芒.

2 (眼睛的)閃亮. There was a mischievous *twinkle* in his eyes. 他的眼神閃爍著惡意.

3 =twinkling.

in a twinkle = in the twinkling of an eye (twinkling 的片語).

twin·kling [ˈtwɪŋklɪŋ, -klɪŋ; ˈtwɪŋklɪŋ] *n.* ⓐⓤ一眨眼之間; 瞬間.

in the twinkling of an eye 眨眼間; 瞬間.

twin set *n.* ⓒ兩件一套的毛衣(女用毛衣; 圓領的套頭毛衣和開襟毛衣等).

twirl [twɝl; twɜːl] *vt.* **1** 使快速轉動; 揮舞. *twirl* a stick 揮舞棍棒.

2 捻弄〔鬍鬚等〕; 使彎曲.

— *vi.* 快速轉動; 彎曲.

twirl one's thumbs = twiddle one's thumbs (twiddle 的片語).

— *n.* ⓒ (快速的)扭轉[旋轉].

twirl·er [ˈtwɝlɚ; ˈtwɜːlə(r)] *n.* =baton twirler.

*twist [twɪst; twɪst] *v.* (~s [~s; ~s]; ~ed [~ɪd; ~ɪd]; ~ing) *vt.* 〖捲繞〗 **1** 捲繞, 盤捲,《*around*》. She *twisted* her hair *around* the curlers. 她把頭髮捲繞在髮捲上.

〖擰, 捻, 搓〗 **2** 捻〔線等〕《*together*》. a strong rope made by *twisting* wires *together* 由金屬線搓揉而成的結實的繩子.

3 搓〔繩等〕; 編織《*into*》. *twist* a rope 搓繩子/ *twist* the flowers *into* a wreath 把花編織成花環.

〖擰彎〗 **4** 扭脫, 使彎曲; 擰掉《*off*》. *twist* the handle to the right 將把手往右轉/ *twist* an apple *off* a tree 從樹上摘下一粒蘋果.

5 挫傷, 扭傷,〔腳踝等〕. He *twisted* his left ankle. 他扭傷了左腳踝.

---

twitch 1697

〖弄歪〗 **6** 扭曲〔臉等〕. a face *twisted* with pain 一張因痛楚而扭曲的臉.

7 扭曲〔心靈, 心情〕, 使乖僻,《通常用過去分詞》. He has a *twisted* personality. 他性格乖僻.

8 曲解〔話語等〕; 歪曲〔事實等〕. You've *twisted* my meaning. 你曲解了我的意思/The government has *twisted* the facts to conceal its responsibility. 政府歪曲事實以逃避責任.

— *vi.* **1** 扭歪; 彎曲; 纏繞; 打轉. Her lips *twisted* into a strained smile. 她咧了咧嘴, 勉強做了個笑臉.

2 〔河流, 道路等〕彎彎曲曲. The path *twisted* and turned through the forest. 小路在林中連綿不絕地繞著.

3 扭轉身體. She *twisted* out of his embrace. 她轉身從他的擁抱中掙脫了出來.

4 〔舞蹈〕跳扭扭舞.

twist a person's arm (1)扭住某人的手臂. (2)強迫某人.

twist a person around [round] one's little finger* 任意擺布某人.

twist one's way 擠身通過《*through*》. I *twisted* my *way through* the crowd. 我從人群中擠身而過.

— *n.* (*pl.* ~s [~s; ~s]) 〖扭, 捻〗 **1** ⓒ搓, 扭; 搓, 捻, 歪; 挫傷; (意思的)歪曲. give the rope a few more *twists* 再搓幾下繩子/give a *twist* to a person's words 曲解[歪曲]某人的話.

2 ⓤⓒ搓捻成的東西(捻成的線, 繩, 捲菸等). a *twist* of paper 捲起來的紙(用作引火物等).

3 ⓤⓒ捲切麵包.

4 ⓤⓒ (投球時投出)曲球.

5 ⓤ (加the)扭扭舞(配合著搖滾樂的節奏劇烈扭腰的舞蹈; 流行於1960年代).

〖彎曲的狀況〗 **6** 〔道路等的〕曲折, 彎曲. The road has lots of *twists* and turns in it. 那條路有多處轉彎.

7 ⓒ (人的)性向, 傾向; 乖僻. an eccentric *twist* 怪癖.

8 ⓒ (事件等的)意外的進展. He ended the story with a *twist*. 他以意想不到的結局結束了這個故事.

twists and turns 彎彎曲曲(→ 6); 迂迴曲折.

twist·er [ˈtwɪstɚ; ˈtwɪstə(r)] *n.* ⓒ **1** 搓捻(線繩等的)人; 扭轉者; 跳扭扭舞的人.

2 捻線機;〔球賽〕曲球.

3 (口)不誠實的人, 騙子.

4 (口)難題; =tongue twister.

5 (美, 口)龍捲風(tornado), 旋風.

twist·y [ˈtwɪstɪ; ˈtwɪstɪ] *adj.* **1** 彎彎曲曲的〔道路等〕; 多彎曲的. **2** 不誠實的.

twit [twɪt; twɪt] *vt.* (~s; ~ted; ~ting) (口)嘲笑, 譏諷, 責備,〔人〕《*about, on, with* 以…的理由》.

— *n.* ⓒ(主英, 俚)糊塗蟲, 傻蛋.

twitch [twɪtʃ; twɪtʃ] *vt.* **1** 使抽動, 使抽搐. The rabbit *twitched* its nose. 兔子抽動鼻子.

2 猛地一拉; 搶奪. He *twitched* the bag out of her hand. 他從她手中猛地搶走了袋子.

— *vi.* **1** 抽動, 痙攣. Her face *twitched* with pain. 她的臉因痛苦而抽搐著.

2 猛拉, 搶奪, (*at*).

— *n.* ⒸⒸ **1** (肌肉等的)抽動, 抽搐, 痙攣, (→tic).
a *twitch* of one's eyelid 眼瞼的顫動[眨動].

2 猛拉; 搶奪.

twit·ter [ˋtwɪtɚ; ˈtwɪtə(r)] *vi.* **1** 〔鳥〕鳴叫.
twittering birds 鳴叫著的小鳥.

2 喋喋不休地說(*on, about*).

— *n.* **1** ⒶⒶ (有時加 the)啾鳴.

2 Ⓒ (通常加 a)〔口〕緊張不安, 恐懼不安. She was all in [of] a *twitter*. 她顯得非常緊張.

3 Ⓒ 竊笑.

‡**two** [tu; tu:] (★基數的例示, 用法 → five) *adj.*
1 兩個人的; 兩個的. a day or *two* 一、兩天/one or *two* pages 一、兩頁; 幾頁.

2 《敘述》兩歲的. I was merely *two* then. 我那時只有兩歲.

— *n.* (*pl.* ~s [~z; ~z]) **1** Ⓤ (基數的)2, 二.
Two and four are [make, equal] six. = *Two* plus four is [makes, equals] six. 2 加 4 等於 6/ Chapter *Two* 第二章/Act *Two* 第二幕(the second act).

2 Ⓤ 兩點; 兩分; 兩歲; 兩美元[英鎊, 美分, 便士等]; 《量詞由前後關係決定》. ten past [to] *two* 2 點 10 分[1 點 50 分]/an infant of *two* 兩歲幼兒.

3 《作複數》兩個人, *two* by *two* = *two* at a time 兩個兩個, 一次兩個.

4 Ⓒ 兩個人[兩個一組的事物].

5 Ⓒ (文字的)2, 2 的數字[鉛字].

6 Ⓒ (紙牌的)點數為 2 的牌; (骰子的)2 點.
by [*in*] *twòs* *and* *thrées* 三三兩兩地, 零零星星地. The guests left *by twos and threes*. 客人們陸陸續續地離開了.

in twó 兩個地. split a log *in two* 把圓木一分為二.

pùt twò and twó togèther 綜合各種事實後得知(真相等).

Twò can plày at thát gàme. 此仇必報(<這場戲要兩個人來演, 誰怕誰; 恐嚇的慣用語).

two-base hit [ˋtubesˋhɪt; ˈtu:beɪsˋhɪt] *n.* Ⓒ (棒球)二壘安打.

two-bit [ˋtubɪt; ˈtu:bɪt] *adj.* 《限定》(美、口) 微不足道的, 沒有價值的, (bit 為「十二分半」).

two-by-four [ˋtubəˋfor, -ˋfɔr; ˈtu:bəˌfɔ:(r)] *adj.* (美) **1** (木板等)2 寸(尺)厚 4 寸(尺)寬的.

2 《俚》狹小的〔房間等〕.

— *n.* Ⓒ 2×4(橫截面為 2×4 英吋木料; 因經刨削, 實際上只有 1 ⅝×3 ⅝英吋).

two-edged [ˌtuˋɛdʒd; ˌtu:ˈedʒd] *adj.* = double-edged.

two-faced [ˋtuˋfest; ˈtu:ˈfeɪst] *adj.* 〔人〕表裏不一的, 偽善的.

two·fold [ˋtuˋfold; ˈtu:fəʊld] *adj.* 兩倍的; 雙重的.

— *adv.* 兩倍地; 雙重地.

two-hand·ed [ˋtuˋhændɪd; ˈtu:hændɪd] *adj.*
1 以雙手使用的, 雙手用的, 〔刀劍等〕.

2 要用兩手拿的; 兩隻手都會使用的.

3 雙人用的〔鋸子等〕.

two·pence [ˋtʌpəns; ˈtʌpəns] *n.* (英) **1**
兩便士(的金額).

2 Ⓒ 兩便士的硬幣(亦作 twòpenny píece; → coin).

nòt càre twópence (口)毫不介意.

two-pen·ny [ˋtʌpənɪ; ˈtʌpənɪ] *adj.* 《限定》(英) 兩便士的.

two-piece [ˋtuˋpis; ˈtu:pi:s] *adj.* 《限定》兩件套的〔套裝, 女性泳裝等〕.

— *n.* Ⓒ 兩件式[上下分開]的服裝.

two-ply [ˋtuˌplaɪ; ˈtu:plaɪ] *adj.* 兩層的〔衛生紙等〕; 由兩股撚捻成的〔線等〕.

two-seat·er [ˋtuˋsitɚ; ˌtu:ˈsi:tə(r)] *n.* Ⓒ 雙人座汽車〔飛機等〕.

two·some [ˋtusəm; ˈtu:səm] *n.* Ⓒ (口)(通常加a) **1** 兩個人一組.

2 兩個人進行的遊戲〔舞蹈等〕.

two-step [ˋtuˌstɛp; ˈtu:step] *n.* Ⓒ **1** 兩步舞(《一種社交舞蹈》). **2** 兩步舞曲.

two-time [ˋtuˌtaɪm; ˈtu:taɪm] *vt.* (口)背叛〔情人〕(另結新歡).

two-tone [ˋtuˌton; ˌtu:ˈtəʊn] *adj.* 《限定》兩種色調的; 雙色的; 在一種顏色中有濃淡區別的.

two-way [ˋtuˋwe; ˈtu:ˈweɪ] *adj.* **1** 雙向通行的〔道路等〕(→ one-way). a *two-way* street 雙向通行的街道.

2 收發兩用的〔無線電收音機等〕.

TX (略) Texas.

-ty[1], **-ity** *suf.* 加在形容詞後, 構成表示「性質, 狀態, 程度」的名詞. safe*ty*. novel*ty*. rapid*ity*.

-ty[2] *suf.* 表示「10」之意. thir*ty*. six*ty*.

ty·coon [taɪˋkun; taɪˈku:n] *n.* Ⓒ **1** 實業界的大亨, 鉅子. **2** (德川幕府的)將軍.
字源 源自日語中的「大君」.

ty·ing [ˋtaɪɪŋ; ˈtaɪɪŋ] *v.* tie 的現在分詞, 動名詞.

tyke [taɪk; taɪk] *n.* Ⓒ **1** (雜種的)野狗.

2 《主美、口》(特指淘氣的)小孩.

tym·pa·na [ˋtɪmpənə; ˈtɪmpənə] *n.* tympanum 的複數.

tym·pa·num [ˋtɪmpənəm; ˈtɪmpənəm] *n.* (*pl.* ~s, -na) Ⓒ (解剖)中耳; 鼓膜; (eardrum).

‡**type** [taɪp; taɪp] *n.* (*pl.* ~s [~s; ~s]) **1** Ⓒ 類型, 型, 種類. a new *type* of car=a car of a new *type* 新型車/*type* O blood O 型血/I don't like that *type* of person. 我不喜歡那種人/What *type* (of) car do you drive? 你開哪一種車? (*type* 省略了的表達為(美、口))/Show me another pen of this *type*. 請拿另一枝這一型的筆給我看/You're not my *type*. 你不是我所喜歡的類型.

2 Ⓒ 典型, 榜樣; 典型的人物, (*of*). a perfect *type of* the American hero 美國式英雄的完美典

型/His characters are *types* rather than people. 他所描寫的角色是完美的典範而不是眞實的人.

3 《印刷》 Ⓤ (集合)鉛字; 字體; (被composed成的)文字; Ⓒ (一個)鉛字. a book in large *type* 用大字體印刷的書/set *type* 排字/Her typewriter has pica *type*. 她的打字機是 12 點的鉛字.

trúe to týpe 典型的, 合乎原型的.

— *v.* (~s [~s; ~s]; ~d [~t; ~t]; **typ·ing**) *vt.*

1 查明(疾病等)的類型.

2 將(人或物)視為…(*as* …的型).

3 用打字機打出. Please *type* this letter by noon. 請在中午以前把這封信打好.

— *vi.* 打字(*away*). The new clerk *types* well. 新來的職員打字打得不錯.

typed [taɪpt; taɪpt] *adj.* 用打字機(電腦)打出的(書信等).

type·face [ˋtaɪp͵fes; ˈtaɪpfeɪs] *n.* Ⓒ 《印刷》鉛字面(大小和字體).

type·script [ˋtaɪp͵skrɪpt; ˈtaɪpskrɪpt] *n.* ⓊⒸ 用打字機(文書處理機)打出來的原稿(文件).

type·set·ter [ˋtaɪp͵sɛtɚ; ˈtaɪpseta(r)] *n.* Ⓒ **1** 排字工人(compositor). **2** 排字機.

type·write [ˋtaɪp͵raɪt; ˈtaɪpraɪt] *vt.* (~s; -wrote; -writ·ten; -writ·ing)用打字機打, 打字, (亦可僅作 type).

***type·writ·er** [ˋtaɪp͵raɪtɚ; ˈtaɪpraɪtə(r)] *n.* (*pl.* ~s [~z; ~z]) Ⓒ 打字機. Her letter was written on a *typewriter*. 她的信是用打字機打出來的.

type·writ·ing [ˋtaɪp͵raɪtɪŋ; ˈtaɪpraɪtɪŋ] *n.* Ⓤ 打字; 打字技術; (集合)打印出來的東西.

type·writ·ten [ˋtaɪp͵rɪtn̩; ˈtaɪprɪtn] *v.* typewrite 的過去分詞.

— *adj.* 用打字機打的(亦作 typed).

type·wrote [ˋtaɪp͵rot; ˈtaɪprəʊt] *v.* typewrite 的過去式.

ty·phoid [ˋtaɪfɔɪd, taɪˋfɔɪd; ˈtaɪfɔɪd] *n.* Ⓤ 《醫學》傷寒(亦作 týphoid féver). catch *typhoid* 感染傷寒.

*ty·phoon** [taɪˋfun; taɪˈfuːn] *n.* (*pl.* ~s [~z; ~z]) Ⓒ 颱風(特指在太平洋西部發生的熱帶風暴; → hurricane, cyclone). The island was hit by several *typhoons* last year. 去年那座島遭到數次颱風的襲擊.

ty·phus [ˋtaɪfəs; ˈtaɪfəs] *n.* Ⓤ《醫學》斑疹傷寒(亦作 týphus féver).

‡typ·i·cal [ˋtɪpɪk!; ˈtɪpɪkl] *adj.* **1** 典型的(*of*); 代表性的(*of*). a *typical* American businessman 典型的美國商人/Our company is *typical* of many. 本公司爲眾多公司中的一個典型(意味著相同的公司很多).

2 特有的, 象徵性的, (*of*); 顯示出特徵的(*of*). with *typical* sarcasm 以特有的諷刺(語氣)/the clothes *typical of* college boys 大學男生典型的服裝/It is *typical of* Jim to apologize in writing like this. 以這樣的書面方式致歉正是吉姆的特點/ "He's late again." "*Typical!*" 「他又遲到了」「常有的事. 」 ⇨ *n.* type.

typ·i·cal·ly [ˋtɪpɪklɪ, -k!ɪ; ˈtɪpɪkəlɪ] *adv.* **1** 典

型地; 獨特地; 顯示出特徵地. Mr. Mackintosh is *typically* Scottish. 麥金塔希是典型的蘇格蘭人.

2 《修飾句子》通常如此, 既定地; 一般地; 正如預想地. Food prices *typically* decline in April. 食品價格在 4 月份總是會下跌/*Typically*, Ned made no comment. 正如所料, 奈德沒有發表任何意見.

typ·i·fy [ˋtɪpə͵faɪ; ˈtɪpɪfaɪ] *vt.* (**-fies; -fied; ~ing**) **1** 作爲…的典型來表示.

2 顯出…的特質.

3 爲…的典型, 代表. He *typified* the new rich. 他是新貴(暴發戶)的典型.

4 象徵. The dove *typifies* peace. 鴿子象徵和平.

typ·ing [ˋtaɪpɪŋ; ˈtaɪpɪŋ] *v.* type 的現在分詞、動名詞.

— *n.* =typewriting.

*typ·ist** [ˋtaɪpɪst; ˈtaɪpɪst] *n.* (*pl.* ~s [~s; ~s]) Ⓒ 打字員; 打字的人. a good *typist* 一位優秀的打字員.

ty·po [ˋtaɪpo; ˈtaɪpəʊ] *n.* (*pl.* ~s) Ⓒ《口》誤植(typographical error).

ty·pog·ra·pher [taɪˋpɑgrəfɚ; taɪˈpɒgrəfə(r)] *n.* Ⓒ **1** 印刷工人. **2** 排字工人.

ty·po·graph·ic [͵taɪpəˋgræfɪk; ͵taɪpəˈgræfɪk] *adj.* =typographical.

ty·po·graph·i·cal [͵taɪpəˋgræfɪk!; ͵taɪpəˈgræfɪkl] *adj.* 印刷(方面)的. a *typographical* error 誤排(《口》typo).

ty·pog·ra·phy [taɪˋpɑgrəfɪ; taɪˈpɒgrəfɪ] *n.* Ⓤ **1** 印刷術. **2** 印刷體裁(式樣).

ty·ran·ni·cal [tɪˋrænɪk!, taɪ-; tɪˈrænɪkl] *adj.* 暴君的, 壓制的, 專橫的; 暴虐的. a *tyrannical* ruler 專制的統治者. ⇨ *n.* tyranny.

ty·ran·ni·cal·ly [tɪˋrænɪk!ɪ, taɪ-; tɪˈrænɪkəlɪ] *adv.* 暴君式地, 專橫地; 暴虐地.

tyr·an·nize [ˋtɪrə͵naɪz; ˈtɪrənaɪz] *vi.* 施行暴政, 施虐, (*over*).

— *vt.* 濫施暴威; 施虐.

tyr·an·nous [ˋtɪrənəs; ˈtɪrənəs] *adj.* =tyrannical.

*tyr·an·ny** [ˋtɪrənɪ; ˈtɪrənɪ] *n.* (*pl.* **-nies** [~z; ~z]) **1** Ⓤ 暴政; 專制統治; 壓制. fight *tyranny* 與暴政抗爭/The boy ran away to escape his father's *tyranny*. 男孩逃離家以脫離他父親的壓制.

2 Ⓒ (常 tyrannies)暴虐行爲.

*ty·rant** [ˋtaɪrənt; ˈtaɪərənt] *n.* (*pl.* ~s [~s; ~s]) Ⓒ 暴君, 專制君主; 壓制者. Nero was a Roman *tyrant*. 尼祿是古羅馬的專制君王/The father was a *tyrant* over his family. 那位父親是家裡的暴君.

tyre [taɪr; ˈtaɪə(r)] *n.* 《英》=tire[2].

ty·ro [ˋtaɪro; ˈtaɪərəʊ] *n.* (*pl.* ~s) Ⓒ 新手, 初學者.

Tyr·ol [ˋtɪrəl, -al, tɪˋrol; ˈtɪrəl] *n.* (加 the)提洛爾(阿爾卑斯山的一個地區; 也寫爲 Tirol).

tzar [tsɑr; tsɑː(r)] *n.* =czar.

tza·ri·na [tsɑˋrinə, tsɒˋriːnə] *n.* =czarina.

tzet·ze fly [ˋtsɛtsɪ͵flaɪ; ˈtsetsɪ͵flaɪ] *n.* = tsetse.

U u

U, u [ju, jɪu; juː] *n.* (*pl.* **U's, Us, u's** [~z; ~z])
1　Uᴄ 英文字母的第二十一個字母.
2　ᴄ (大寫字母的)U 字形物.

U[1] (略) University; (符號) uranium.

U[2] [ju, jɪu; juː] *adj.* (英、口)〔言辭，舉止等〕上流階級的(< *u*pper class; ⟷ non-U).

UAE (略) United Arab Emirates (阿拉伯聯合大公國).

u·biq·ui·tous [juˋbɪkwətəs; juːˈbɪkwɪtəs] *adj.*(文章)普遍存在[發生]的，遍存的；無所不在的.

U-boat [ˈjuˌbot; ˈjuːbəʊt] *n.* Ⓤ U 型潛艇(德國在第一次世界大戰期間所開發出來的潛水艇).

UCLA (略) University of California at Los Angeles (加州大學洛杉磯分校).

ud·der [ˈʌdɚ; ˈʌdə(r)] *n.* Ⓒ (牛，山羊等的)乳房.

UFO [ˈjufo, ˌjuɛfˈo; ˌjuːefˈəʊ] *n.* (*pl.* **~'s, ~s**) Ⓒ飛碟，不明飛行物體，幽浮，(在空中飛行的圓盤狀飛行物; 源自 *u*nidentified *f*lying *o*bject).

U·gan·da [juˋɡændə, uˋɡɑndə; juːˈɡændə] *n.* 烏干達(非洲中部偏東的國家; 大英國協成員國之一; 首都 Kampala).

ugh [ux; ʌx, ʊh, ɜːh] *interj.* 唷! 啊! 咬呀!(表示厭惡，輕蔑等的聲音).

ug·li·er [ˈʌɡlɪɚ; ˈʌɡlɪə(r)] *adj.* ugly 的比較級.

ug·li·est [ˈʌɡlɪɪst; ˈʌɡlɪɪst] *adj.* ugly 的最高級.

ug·li·ness [ˈʌɡlɪnɪs; ˈʌɡlɪnɪs] *n.* Ⓤ 醜陋，難看；不愉快；險惡.

‡**ug·ly** [ˈʌɡlɪ; ˈʌɡlɪ] *adj.* (-li·er; -li·est)
〖令人不愉快的〗 1　醜陋的，難看的，(⟷ beautiful). an *ugly* building 難看的建築物/an *ugly* face 醜陋的臉. 〔參考〕用 ugly 形容人的容貌時太過於直接，因此表示女人「長得不好看」之意時可用 plain, (美) homely 等.
2　令人非常不愉快的; 醜陋的; 令人厭惡的. an *ugly* story 令人不愉快的故事/What an *ugly* prejudice! 多麼令人厭惡的偏見!
〖情緒壞的〗 3　(口)不高興的; 易怒的; 心地壞的; 好鬥的. be in an *ugly* mood 心情不好.
4　〔氣候，情勢等〕險惡的，陰沈的，轉壞的. an *ugly* wound 可怕的傷口/The sky looks *ugly*. 天色看起來很陰沈/The situation is getting *uglier*. 情況越來越惡化了.

ǔgly dǔckling *n.* Ⓒ 醜小鴨(小時候不被看好，但是後來卻變成傑出的人; 源自《安徒生童話》).

uh [ʌh; ʌh] *interj.* 嗯，啊，(無意義的發語詞).

UHF, uhf (略) (廣播、電視) ultrahigh frequency (超高頻)(300-3,000 兆赫的頻率; →VHF).

a *UHF* television set UHF 超高頻電視(接收器).

uh-huh [ˈʌˋhʌ; əˈhʌ] *interj.* 1　嗯; 對; (表示肯定或注意傾聽對方的話等). 2　=uh-uh.

uh-uh [ˈʌ˺ʌ˺; ˈʔʌʔə] *interj.* 哦，咦，(表示否定對方的話).

UK (略) United Kingdom (聯合王國).

U·kraine [ˈjukren, juˈkren, juˈkraɪn; juːˈkreɪn] *n.* (加 the)烏克蘭(位於俄羅斯西南方的共和國; CIS 成員國之一; 首都 Kiev).

U·krain·i·an [juˈkrenɪən, ˋkraɪnɪən; juːˈkreɪnjən] *adj.* 烏克蘭的; 烏克蘭人[語]的.
— *n.* Ⓒ 烏克蘭人; Ⓤ 烏克蘭語.

u·ku·le·le [ˌjukəˋleli; juːkəˈleɪlɪ] *n.* Ⓒ 一種夏威夷的四弦樂器.

U·lan Ba·tor [ˈulɑnˋbɑtor; ˈuːlɑnˈbɑːtɔː(r)] *n.* 烏蘭巴托(蒙古首都).

ul·cer [ˈʌlsɚ; ˈʌlsə(r)] *n.* Ⓒ (醫學)潰瘍. a gastric [stomach] *ulcer* 胃潰瘍.

ul·cer·ate [ˈʌlsəˌet; ˈʌlsəreɪt] *vt.* 使罹患潰瘍.
— *vi.* 罹患潰瘍.

ul·cer·ous [ˈʌlsərəs; ˈʌlsərəs] *adj.* 潰瘍性的; 罹患潰瘍的.

Ul·ster [ˈʌlstɚ; ˈʌlstə(r)] *n.* 1　阿爾斯特(愛爾蘭北部的郡的舊稱; 包括現在的北愛爾蘭(Northern Ireland)及愛爾蘭共和國(the Republic of Ireland)的北部). 2　(俗稱)北愛爾蘭.

ul·te·ri·or [ʌlˋtɪrɪɚ, ʌlˈtɪərɪə(r)] *adj.* (限定)
1　(動機，理由等)不公開的，隱藏的. *ulterior* motives [reasons] 隱藏的動機[理由].
2　彼方的; 那一邊的，在較遠的地方的.
3　後來的，將來的.

ul·ti·ma·ta [ˌʌltəˋmetə; ˌʌltɪˈmeɪtə] *n.* ultimatum 的複數.

*ul·ti·mate** [ˈʌltɪmɪt; ˈʌltɪmət] *adj.* 1　最終的，最後的; 終極的，結尾的. an *ultimate* decision 最後的決定/the *ultimate* weapon 終極武器(能毀滅全人類的核子武器等)/Our *ultimate* goal is to establish world peace. 我們的最終目標是要達成世界和平.
2　根本的，根源的，基本的. *ultimate* principles 基本原理.
3　(口)最大限度的; 極限的. the *ultimate* effort 最大限度的努力.
— *n.* (加 the)終極; 最後. the *ultimate* in luxury 窮極奢華.

ul·ti·mate·ly [ˈʌltəmɪtlɪ; ˈʌltɪmətlɪ] *adv.* 最終地，究竟. Who is *ultimately* responsible for

this? 這究竟是誰要負責?

ul·ti·ma·tum [ˌʌltəˋmetəm; ˌʌltɪˋmeɪtəm] *n.* (*pl.* **~s, -ta**) © 最後通牒; 最後的要求[提案]. deliver an *ultimatum* 遞交最後通牒.

ul·tra [ˋʌltrə; ˋʌltrə] *adj.* 〔思想等〕激進的, 極端的.
— *n.* © 激進論者, 極端論者.

ultra- *pref.* 表「極端地, 過…, 超…」等之意.

ul·tra·high frequency [ˌʌltrəhaɪˋfrikwənsɪ; ˌʌltrəhaɪˋfriːkwənsɪ] *n.* ⓊⒸ 《廣播、電視》超高頻(→ UHF).

ul·tra·ma·rine [ˌʌltrəməˋrin; ˌʌltrəməˋriːn] *adj.* **1** 深藍(色)的.
2 海外的, (來自)海的那一邊的.
— *n.* Ⓤ 深藍色, 群青色. (→見封面裡).

ul·tra·son·ic [ˌʌltrəˋsɑnɪk; ˌʌltrəˋsɒnɪk] *adj.* 超音波的.

ul·tra·vi·o·let [ˌʌltrəˋvaɪəlɪt; ˌʌltrəˋvaɪələt] *adj.* **1** 紫外線的. *ultraviolet* rays 紫外線(參考 紅外線為 infrared rays).
2 利用紫外線的. an *ultraviolet* lamp 紫外線燈.

U·lys·ses [juˋlɪsiz; juːˋlɪsiːz] *n.* 《希臘神話》尤里西斯(綺色佳(Ithaca)之王, 特洛伊戰爭中希臘軍的一名指揮官; 敘事詩 *Odyssey* 的主角; Odysseus 的拉丁名稱).

um·ber [ˋʌmbɚ; ˋʌmbə(r)] *n.* Ⓤ 棕土(用作顏料的茶色泥土). (焦)茶色(→見封面裡).
— *adj.* (焦)茶色的.

um·bil·i·cal [ʌmˋbɪlɪk; ʌmˋbɪlɪkl] *adj.* 肚臍的, 臍帶的.

umbílical córd *n.* © 臍帶.

um·brage [ˋʌmbrɪdʒ; ˋʌmbrɪdʒ] *n.* Ⓤ 《文章》(對輕視, 侮辱等的)不快, 憤怒.
tàke úmbrage at... 對…發怒.

✲**um·brel·la** [ʌmˋbrɛlə, əm-; ʌmˋbrelə] *n.* (*pl.* ~**s** [~z; ~z]) © **1** 傘; 雨傘. a beach *umbrella* 海灘傘/put up an *umbrella* 撐傘/close an *umbrella* 收傘/Will you let me walk under [May I take] your *umbrella*? 我能和你共撐一把傘嗎? 同「洋傘」為 sunshade, parasol, (美)亦用 umbrella.
2 保護, 後援; 總括[統一]的組織[團體]. under the Conservative *umbrella* 在保守黨的勢力之下/a nuclear *umbrella* 核子傘(比喻擁有核子武器的強國對友好國家提供的庇護).
3 《形容詞性》總括的, 概括性的. *umbrella* talks 策略性的談判/"Cancer" is an *umbrella* term for many complex diseases. 「癌症」其實是許多複雜疾病的概括性說明.

um·laut [ˋumlaut; ˋumlaut] *n.* Ⓤ 母音變化, 母音變化, 《日耳曼語系的語言中因後續母音的影響而產生的母音變化; 德語的 Mann (男)的複數(Männer)的母音變成ä等).
2 ©(母音變化所產生的)變音母音; 母音變化符號(ä, ö, ü 的"¨").

✲**um·pire** [ˋʌmpaɪr; ˋʌmpaɪə(r)] *n.* (*pl.* ~**s** [~z; ~z]) © **1** 裁判(→ baseball 圖). a plate *umpire* in a ball game 棒球的裁判/act as *umpire* 當裁判(★這種情形不加冠詞).

——————— **unabridged** 1701

同 umpire通常為棒球, 網球, 排球, 羽毛球, 板球等的裁判, referee 為籃球, 足球, 橄欖球, 拳擊, 摔角等的裁判; umpire 在指定的地方進行裁判, referee 則來回移動地進行裁判.
2 (紛爭等的)仲裁者.
— *vt.* 裁判. I was asked to *umpire* the game. 我被邀請擔任這場比賽的裁判.
— *vi.* 當裁判.

ump·teen [ˋʌmpˋtin; ˌʌmpˋtiːn] *adj.* 《口》非常多的, 多數的.

ump·teenth [ˋʌmpˋtinθ; ˌʌmpˋtiːnθ] *adj.* 《限定》已分不清(順序)為第幾次的. She sang it for the *umpteenth* time. 這首歌她不知道是唱第幾次了.
— *pron.* 非常多的人[物].

UN, U.N. (略) United Nations (聯合國).

un- *pref.* **1** 接在形容詞, 動詞的分詞, 副詞, 名詞之前表示「否定」之意. *un*happy (不快樂的). *un*scientific (非科學的). *un*ending (無盡的). *un*known (未知的). *un*fortunately (不幸地). *un*truth (虛假). *un*happiness (不幸福).
語法 (1)除了字首為in-, 表示否定之意的字以外, un- 幾乎可以加在所有的字前面.
(2)注意原字涵義相配的「否定意義」外, 亦有其他語義: *un*advised (輕率的), *un*canny (令人害怕的), *un*easy (心神不安的), *un*moral (與道德無關的; → immoral).
(3)有些字去掉 un 以後便無法單獨使用: *un*speakable (無法用言語表達的), *un*doubtedly (無疑地), *un*kempt (未加梳理的).
2 加在動詞之前表示相反的動作. *un*tie (解開). *un*leash (解開皮帶). *un*burden (卸下重擔). *un*cork (拔去塞子).
語法 有時 un- 不一定表示相反的動作. *un*say (取消), *un*deceive (使醒悟), *un*loose (解開).
(2)untied 之類的詞可分析為'un- + tied'(未相連的)和'untie + -(e)d'(分解開的)兩種形態; 可作此種分解的字有 *un*done, *un*said 等.
3 加在名詞之前, 可構成動詞, 表示「除去原名詞之意義」. *un*man (使喪失勇氣), *un*mask (摘去面具).

un·a·bashed [ˌʌnəˋbæʃt; ˌʌnəˋbæʃt] *adj.* 不知羞恥的, 無所謂的, 厚顏無恥的.

un·a·bat·ed [ˌʌnəˋbetɪd; ˌʌnəˋbeɪtɪd] *adj.* 〔人的力量, 風的強度等〕未減弱的.

✲**un·a·ble** [ʌnˋeb; ʌnˋeɪbl] *adj.* 《敘述》不能(做)…的(→片語 be unable to do).
↪ *n.* **inability.** ↔ **able.**
be unáble to dó 不能(做)…(cannot) (↔ be able to). I am *unable to* walk as fast as he can. 我不能走得像他那樣快/My secretary will be *unable to* finish typing the report by tomorrow. 我的秘書無法在明天前打完這份報告.

un·a·bridged [ˌʌnəˋbrɪdʒd; ˌʌnəˋbrɪdʒd] *adj.* 〔書等〕未刪節的, 未縮簡[摘要]的, 完整的.

un·ac·cent·ed [ˌʌnækˈsɛntɪd, ʌnˈæksɛntɪd; ˌʌnækˈsentɪd] *adj.* 無重音的.

un·ac·cept·a·ble [ˌʌnəkˈsɛptəbl; ˌʌnəkˈseptəbl] *adj.* 不能接受的; 不受人喜歡的.

un·ac·com·pa·nied [ˌʌnəˈkʌmpənɪd; ˌʌnəˈkʌmpənɪd] *adj.* **1** 無同伴的; 無人伴隨的((by)). **2** 《音樂》無伴奏的.

un·ac·count·a·ble [ˌʌnəˈkaʊntəbl; ˌʌnəˈkaʊntəbl] *adj.* **1** 無法說明的, 不可理解的; 不可思議的. **2** 無責任的((for)). He is *unaccountable* for this matter. 他對這件事沒有責任.

un·ac·count·a·bly [ˌʌnəˈkaʊntəblɪ; ˌʌnəˈkaʊntəblɪ] *adv.* 難以說明地, 不可理解地; 《修飾句子》不知道為甚麼. *Unaccountably*, his son loves soap operas. 不知甚麼原因, 他兒子喜歡電視肥皂劇.

un·ac·cus·tomed [ˌʌnəˈkʌstəmd; ˌʌnəˈkʌstəmd] *adj.* **1** 《敘述》不習慣的((to)). I am quite *unaccustomed* to speaking in English. 我很不習慣說英語. **2** 《限定》不尋常的, 珍奇的. He paid his old parents an *unaccustomed* visit. 他很難得的來探望他年老的雙親.

un·ac·quaint·ed [ˌʌnəˈkwentɪd; ˌʌnəˈkwentɪd] *adj.* **1** 未被知曉的; (互相)不認識的, 不熟悉的, 生疏的, 《with》. He seems to be *unacquainted with* basic table manners. 他看來連最基本的餐桌禮儀也不懂.

un·a·dul·ter·at·ed [ˌʌnəˈdʌltəˌretɪd; ˌʌnəˈdʌltəreɪtɪd] *adj.* **1** 《特指食品》無混雜物的, 不摻雜質的. **2** 《限定》道地的, 純粹的, (utter).

un·ad·vised [ˌʌnədˈvaɪzd; ˌʌnədˈvaɪzd] *adj.* **1** 未經仔細考慮的, 輕率的. John agreed to the proposal with *unadvised* haste. 約翰未經仔細考慮就匆忙地同意了這項建議. **2** 未受規勸的.

un·ad·vis·ed·ly [ˌʌnədˈvaɪzɪdlɪ; ˌʌnədˈvaɪzɪdlɪ] (★注意發音) *adv.* 魯莽地, 輕率地.

un·af·fect·ed[1] [ˌʌnəˈfɛktɪd; ˌʌnəˈfektɪd] *adj.* 不受影響的; 不動心的, (by). ↔ **affected**[1].

un·af·fect·ed[2] [ˌʌnəˈfɛktɪd; ˌʌnəˈfektɪd] *adj.* 不裝腔作勢的, 自然的, 無矯飾的; 樸素的; 真誠的. ↔ **affected**[2].

un·aid·ed [ʌnˈedɪd; ʌnˈeɪdɪd] *adj.* 無幫助的, 無援助的. Bacteria cannot be seen with the *unaided* eye. 肉眼是看不見細菌的.

un·a·lien·a·ble [ˌʌnˈeljənəbl; ˌʌnˈeɪljənəbl] *adj.* =inalienable.

un·al·loyed [ˌʌnəˈlɔɪd; ˌʌnəˈlɔɪd] *adj.* 〔感情等〕純真的, 單純的.

un·al·ter·a·ble [ʌnˈɔltərəbl, -trə-; ʌnˈɔːltərəbl] *adj.* 不可變更的, 不變的.

un·al·ter·a·bly [ʌnˈɔltərəblɪ, -trə-; ʌnˈɔːltərəblɪ] *adv.* 不變地.

un-A·mer·i·can [ˌʌnəˈmɛrəkən; ˌʌnəˈmerɪkən] *adj.* **1** 不像美國(人)的, 非美國式的. **2** 〔理念等〕反美國的, 違背美國利益的. *un-American* activities 反美活動. 注意 non-American (非美式的)語氣是中立的, 不含譴責之意.

u·na·nim·i·ty [ˌjunəˈnɪmətɪ; ˌjuːnəˈnɪmətɪ] *n.* ◎ (全體的)同意, 全場一致. with *unanimity* 全體一致地. ⇨ *adj.* **unanimous**.

***u·nan·i·mous** [juˈnænəməs, ju-; juːˈnænɪməs] *adj.* 全體一致的, 全體無異議的, 意見相同的. a *unanimous* decision 全體一致的決定/by a *unanimous* vote 以全員一致的贊成投票[當選, 通過]/The judges were *unanimous* in rejecting the appeal. 法官們一致駁回了那項指控. ⇨ *n.* **unanimity**.

u·nan·i·mous·ly [juˈnænɪməslɪ, ju-; juːˈnænɪməslɪ] *adv.* 全體一致地, 全員地.

un·an·nounced [ˌʌnəˈnaʊnst; ˌʌnəˈnaʊnst] *adj.* 無預告的, 突然的.

un·an·swer·a·ble [ʌnˈænsərəbl, -srə-; ʌnˈɑːnsərəbl] *adj.* **1** 〔問題等〕無法回答的, 難以解答的. **2** 〔訴訟等〕不能反駁的, 無可辯駁的.

un·an·swered [ʌnˈænsəd; ʌnˈɑːnsəd] *adj.* 未回答[回覆]的. The crucial question remains *unanswered*. 這個重大的問題尚未得到答覆.

un·ap·proach·a·ble [ˌʌnəˈprotʃəbl; ˌʌnəˈprəʊtʃəbl] *adj.* **1** 〔人〕難以親近的, 不易搭訕的. **2** 〔地方等〕無法靠近的, 難以到達的.

un·armed [ʌnˈɑrmd; ʌnˈɑːmd] *adj.* 不帶[不用]武器的, 赤手空拳的. Karate is an art of *unarmed* defense. 空手道是一種空手防身術.

un·asked [ʌnˈæskt; ʌnˈɑːskt] *adj.* **1** 《常作副詞性》未經請求的; 未經邀請的. She helped me *unasked*. 她主動地幫助了我. **2** 《用 unasked for...》未被要求的. The contributions were *unasked for*. 捐贈都是自發的.

un·as·sum·ing [ˌʌnəˈsumɪŋ, -ˈsɪum-, -ˈsjum-; ˌʌnəˈsjuːmɪŋ] *adj.* 不裝腔作勢的, 不擺架子的, 謙遜的.

un·as·sum·ing·ly [ˌʌnəˈsumɪŋlɪ, -ˈsɪum-, -ˈsjum-; ˌʌnəˈsjuːmɪŋlɪ] *adv.* 不裝腔作勢地, 謙遜地.

un·at·tached [ˌʌnəˈtætʃt; ˌʌnəˈtætʃt] *adj.* **1** 未被連結的; 無關係的. **2** 未訂婚[結婚]的, 獨身的.

un·at·tend·ed [ˌʌnəˈtɛndɪd; ˌʌnəˈtendɪd] *adj.* **1** 無人伴隨的, 無人照料的, 《with, by》; 不伴有…的《with, by》. Our trip was *unattended by* adventures. 我們的旅程並沒有甚麼驚險的經歷隨之而來. **2** 未受照顧的, 未被注意的, 無人看管的. *unattended* wounds 未包紮[治療]的傷口/Don't leave your suitcase *unattended* at the station. 在火車站不可不注意自己的手提箱.

un·a·vail·ing [ˌʌnəˈvelɪŋ; ˌʌnəˈveɪlɪŋ] *adj.* 無益的, 徒勞的, 無效果的. All my efforts to persuade him were *unavailing*. 我企圖說服他的所有努力都白費了.

un·a·void·a·ble [ˌʌnəˈvɔɪdəbl; ˌʌnəˈvɔɪdəbl] *adj.* 無法避免的, 不得已的.

un·a·void·a·bly [ˌʌnəˈvɔɪdəblɪ;

ˌʌnə'vɔɪdəblɪ] adv. 不得已地.

un·a·ware [ˌʌnə'wɛr, -'wær; ˌʌnə'weə(r)] adj.
《敍述》沒有注意的, 未察覺的,《of》; 不知道的
《of; that 子句》. They were carelessly *unaware*
of the danger. 他們粗心大意毫無察覺到危
險/I was *unaware that* she was so sick. 我沒有
注意到她病得那麼重.

un·a·wares [ˌʌnə'wɛrz, -'wærz; ˌʌnə'weəz]
adv. **1** 未察覺地, 不留神地, 不知不覺地. He
gave away the secret *unawares*. 他不留神地洩漏
了祕密. **2** 未料到地, 意外地.
take a person unawáres 突然襲擊某人.

un·bal·ance [ʌn'bæləns; ʌn'bæləns] vt. **1** 使
不平衡, 使不均衡. **2** 使…紊亂; 使動搖.

un·bal·anced [ʌn'bælənst; ʌn'bælənst] adj.
1 不平衡的, 失去均衡的.
2 不穩定的; 心靈失去平衡的, 精神錯亂的.

un·bar [ʌn'bɑr; ʌn'bɑ:(r)] vt. (~s; ~red;
~ring) **1** 卸除門閂; 打開〔窗戶等〕.
2 打開…門戶, 開放….

*****un·bear·a·ble** [ʌn'bɛrəbl, -'bær-; ʌn'beərəbl]
adj. 難以忍耐的, 忍受不了的. The heat was *un-*
bearable. 這炎熱眞難忍受/He is quite *unbearable*
when drunk. 他喝醉時眞敎人受不了.

un·bear·a·bly [ʌn'bɛrəblɪ, -'bær-;
ʌn'beərəblɪ] adv. 難以忍受地.

un·beat·a·ble [ʌn'bitəbl; ʌn'bi:təbl] adj. 無
法打敗的. That store sells cameras at *unbeata-*
ble prices. 那家商店以比其他商店無法相比的價格出
售照相機.

un·beat·en [ʌn'bitn; ʌn'bi:tn] adj. 〔運動隊伍
等〕沒有輸過的, 不敗的; 〔紀錄〕未曾被打破的.

un·be·com·ing [ˌʌnbɪ'kʌmɪŋ; ˌʌnbɪ'kʌmɪŋ]
adj. **1** 不適當的, 不合適的,《to, for, of》. *un-*
becoming conduct 不適宜的行爲/behavior *unbe-*
coming for educated people 不像受過教育的人的
行爲/It is *unbecoming of* him to have done such
a thing. 這種行爲不像他一向的行徑.
2 不相稱的, 不適宜的. Her dress was very *un-*
becoming. 她的服飾很不合適.

un·be·known [ˌʌnbɪ'non; ˌʌnbɪ'nəʊn] adv.
《口》不爲所知地, 不被察覺地,《to》.

un·be·lief [ˌʌnbə'lif, -bl'ɪf, -brɪ'lif; ˌʌnbɪ'li:f] n.
Ⓤ不相信, 不信仰.

un·be·liev·a·ble [ˌʌnbə'livəbl, -bl'ɪv-, -brɪ'liv-;
ˌʌnbɪ'li:vəbl] adj. 難以相信的, 不可置信的.

un·be·liev·er [ˌʌnbə'livə, -bl'ɪvə, -brɪ'livə;
ˌʌnbɪ'li:və(r)] n. Ⓒ **1** 不信敎者. **2** 多疑者.

un·be·liev·ing [ˌʌnbə'livɪŋ, -bl'ɪv-, -brɪ'liv-;
ˌʌnbɪ'li:vɪŋ] adj. **1** 不輕易相信的; 懷疑心重的.
2 無信仰的.

un·bend [ʌn'bɛnd; ʌn'bend] v. (~s; -bent;
~ing) vt. **1** 伸直, 拉直,〔彎曲物〕.
2 使〔身心〕舒暢〔解放, 休息〕.
— vi. **1** 變直, 伸直. **2** 舒暢.

un·bend·ing [ʌn'bɛndɪŋ; ʌn'bendɪŋ] adj. 〔精
神等〕不屈不撓的, 不退卻的; 固執的.

un·bent [ʌn'bɛnt; ʌn'bent] v. unbend 的過去

式、過去分詞.

un·bi·ased,《主英》**un·bi·assed**
[ʌn'baɪəst; ʌn'baɪəst] adj. 無偏見的, 公平的.

un·bid·den [ʌn'bɪdn; ʌn'bɪdn] adj.《主雅》
1 未受託的, 未受指示的; 未受邀請的. an *un-*
bidden guest 不請自來的客人.
2 自動的, 自願的.

un·bind [ʌn'baɪnd; ʌn'baɪnd] vt. (~s; -bound;
~ing) **1** 解開, 鬆開,〔繩, 結等〕. *unbind* the
ropes 解開繩索. **2** 解放, 釋放.

un·blink·ing [ˌʌn'blɪŋkɪŋ; ˌʌn'blɪŋkɪŋ] adj.
不眨眼的; 冷靜(面對恐懼等)的.

un·blush·ing [ʌn'blʌʃɪŋ; ʌn'blʌʃɪŋ] adj. 不會
臉紅的, 不知羞恥的, 厚顏無恥的.

un·bolt [ʌn'bolt; ʌn'bəʊlt] vt. 打開〔門等〕的閂.

un·born [ʌn'bɔrn; ʌn'bɔ:n] adj. 尚未出生的;
將來的. *unborn* generations 後世, 下幾代的人.

un·bos·om [ʌn'buzəm, -'buzm; ʌn'buzəm]
vt.《文章》吐露, 表白,〔內心〕《to》.

un·bound [ʌn'baund; ʌn'baund] v. unbind 的
過去式, 過去分詞.
— adj. **1** 未被束縛的; 鬆開的, 被解放的.
2《書》尚未裝訂的, 無封面的.

un·bound·ed [ʌn'baundɪd; ʌn'baundɪd] adj.
無限制的; 無邊的. the *unbounded* ocean 無邊無
際的海洋/He was driven by *unbounded* ambi-
tion. 他被無窮盡的野心所驅使.

un·break·a·ble [ʌn'brekəbl; ʌn'breɪkəbl]
adj. 不易損壞的.

un·bri·dled [ʌn'braɪdld; ʌn'braɪdld] adj. 未受
壓抑的, 無拘束的; 無限度的. *unbridled* rage 狂
怒.

un·bro·ken [ʌn'brokən; ʌn'brəʊkən] adj.
1 未弄壞的, 沒有破損的; 完整的.
2 未中斷的, 連續的. Our country has enjoyed
many years of *unbroken* peace. 我們國家已享有
持續多年的和平.
3 〔紀錄等〕未被刷新的, 未被打破的.
4 〔馬等〕未馴服的.
5 不屈的. *unbroken* spirit 不屈的精神.
6 〔約定等〕未被破壞的, 被遵守的.

un·buck·le [ʌn'bʌkl; ʌn'bʌkl] vt. 解開帶扣.

un·bur·den [ʌn'bɝdn; ʌn'bɜ:dn] vt. **1** 卸下…
的貨物,〔人〕卸去…《of》.
2《文章》卸下〔心理〕負擔《of》; 卸下〔重擔等〕; 吐
露〔祕密等〕. She *unburdened* her heart to her
friends. 她向朋友們吐露心事.
unbúrden onesèlf 傾吐〔祕密等〕; 卸下心理負擔.
He *unburdened himself* of a secret. 他如釋重負
般地說出了祕密.

un·but·ton [ʌn'bʌtn; ʌn'bʌtn] vt. 解開〔衣服〕
的鈕扣.

un·called-for [ʌn'kɔld,fɔr; ʌn'kɔ:ldfɔ:(r)]
adj. 〔言行等〕不必要的, 多餘的; 無緣無故的.

un·can·ni·ly [ʌn'kænlɪ, -nɪlɪ; ʌn'kænɪlɪ] adv.

令人害怕地.

un·can·ny [ʌn`kænɪ; ˌʌn`kænɪ] *adj.* 神祕的, 不可思議的; 屬害的, 令人害怕的. *Uncanny* sounds came from the dark forest. 奇怪的聲音從陰暗的森林中傳來.

un·cared-for [ʌn`kɛrd͵fɔr, -`kærd-; ˌʌn`kɛədfɔː(r)] *adj.* 沒人照顧的, 被忽略的; 無人收拾的.

un·ceas·ing [ʌn`sisɪŋ; ʌn`siːsɪŋ] *adj.* 不停息的, 不斷的, 接連不斷的. *unceasing* efforts for world peace 為爭取世界和平而不懈的努力.

un·ceas·ing·ly [ʌn`sisɪŋlɪ; ʌn`siːsɪŋlɪ] *adv.* 不間斷地.

un·cer·e·mo·ni·ous [͵ʌnsɛrə`moniəs, -`monjəs; ˈʌn͵serɪˈməʊnjəs] *adj.* **1** 不拘儀式的, 隨便的. **2** 無禮的; 粗魯的.

un·cer·e·mo·ni·ous·ly [͵ʌnsɛrə`moniəslɪ, -`monjəs-; ˈʌn͵serɪˈməʊnjəslɪ] *adv.* 不拘禮儀地, 隨便地; 無禮地.

‡**un·cer·tain** [ʌn`sɝtn̩, -`sɝtɪn; ʌn`sɜːtn] *adj.* **1** 〔事物〕不確實的, 不確切的, 不確定的; 含糊的; (↔ certain). a woman of *uncertain* age 年齡不確定的女子(★對中年婦女的委婉說法)/The future of this firm is *uncertain*. 這家公司的前途未卜/It remains *uncertain* whether the vacant post will be filled soon. 目前尚不確定這個空位是否會很快有人填補上.
2 (用 uncertain of [about]...)〔人〕(對於…)不能肯定的, 不清楚的, 無法斷言的, (匦函後接 *wh* 子句[片語]時常省略 of [about]). I am *uncertain of* success. 我不確定能否成功/We're all *uncertain* (*about*) how he's going to solve the problem. 我們都不清楚他會如何解決這個問題/He looked *uncertain* (*of*) what to do. 他一副不知該做甚麼好的樣子.
3 靠不住的, 不可靠的; 〔氣候等〕易變的, 不穩定的. a man of *uncertain* temper 喜怒無常的人/the *uncertain* weather forecast 靠不住的天氣預報.

un·cer·tain·ly [ʌn`sɝtn̩lɪ, -`sɝtɪn-; ʌn`sɜːtnlɪ] *adv.* 不確切地; 含糊不清地; 跟跟蹌蹌地〔站起來等〕.

***un·cer·tain·ty** [ʌn`sɝtn̩tɪ, -`sɝtɪn-; ʌn`sɜːtntɪ] *n.* (*pl.* **-ties** [~z; ~z]) **1** ⓤ 不確切, 不確定; 靠不住, 不穩定, with *uncertainty* 靠不住地, 不穩定地/He is worried by the *uncertainty* of success. 他因不確定能否成功而擔憂/the *uncertainty* of the weather 天氣的變化不定/The evidence left no room for *uncertainty*. 此證據確鑿無疑.
2 ⓒ (用 uncertain*ies*)不確定的狀態; 含混不清的事實; 未確定的事情. His statement dispelled many *uncertainties*. 他的聲明除去了很多疑慮.

un·chain [ʌn`tʃen; ʌn`tʃeɪn] *vt.* 打開…的鎖鏈; 解放, 使自由.

un·chal·lenged [ʌn`tʃælɪndʒd, -əndʒd;

‑əndʒd] *adj.* 未受挑戰的; 沒有異議的. I cannot let that statement go [pass] *unchallenged*. 我不能讓那項陳述毫無異議地通過.

un·change·a·ble [ʌn`tʃendʒəbl; ˌʌn`tʃeɪndʒəbl] *adj.* 無法改變的; (絕對)不變的; 穩定的.

un·changed [ʌn`tʃendʒd; ˌʌn`tʃeɪndʒd] *adj.* 沒有變化的, 不變的, 一如原狀的. The situation remains *unchanged*. 情況依舊沒有改變.

un·char·i·ta·ble [ʌn`tʃærətəbl; ˌʌn`tʃærɪtəbl] *adj.* 無慈悲心的, 無情的.

un·chart·ed [ʌn`tʃɑrtɪd; ˌʌn`tʃɑːtɪd] *adj.* 《文章》航海圖[地圖]上沒有記載的; 未知的, 人跡未至的.

un·checked [ʌn`tʃɛkt; ˌʌn`tʃekt] *adj.* **1** 未受阻止[抑制]的; 放縱的. The disease remained *unchecked* for several years. 那種疾病持續蔓延了好幾年一直未能防治. **2** 未檢查的, 未核對的.

un·chris·tian [ʌn`krɪstʃən; ˌʌn`krɪstʃən] *adj.*
1 違反基督教精神的, 不像基督教徒的.
2 不寬大的, 無同情心的.

un·civ·il [ʌn`sɪvl; ˌʌn`sɪvl] *adj.* 粗魯的, 無禮的.

un·civ·i·lized [ʌn`sɪvl͵aɪzd; ˌʌn`sɪvlaɪzd] *adj.* 未開化的.

un·claimed [ʌn`klemd; ˌʌn`kleɪmd] *adj.* 未被要求[請求]的; 〔遺失物等〕無人領取的.

un·clasp [ʌn`klæsp; ˌʌn`klɑːsp] *vt.* 解開…的扣子.

‡**un·cle** [`ʌŋkl; ˈʌŋkl] *n.* (*pl.* ~**s** [~z; ~z]) ⓒ (常 Uncle) **1** 叔父, 伯父, 舅舅, 《廣義上亦包括姑、姨的配偶》, (↔ aunt). He's my *uncle* on my mother's side. 他是我舅舅/*Uncle* Harry 哈利叔叔/I'll become an *uncle* next month. 下個月我要當舅舅[叔叔, 伯伯]了《外甥[姪子]即將誕生》.
2 《口》叔叔, 伯伯, 舅舅, 《對小孩來說親密而年長的男性》.
sày [*crý*] *úncle* 《美、俚》投降; 認輸.

un·clean [ʌn`klin; ˌʌn`kliːn] *adj.* **1** 骯髒的, 航髒的; 不乾淨的.
2 (宗教上, 道德上)不乾淨的, 不純潔的, 失貞的; 猥褻的.

Ûncle Sám *n.* 《口》山姆叔叔, (擬人化的)美國(政府); 典型的美國人; 《首字母 US 與美國(the United States)相同; → John Bull》.

Ûncle Tóm *n.* ⓒ 《輕蔑》屈服於白人的黑人《源自 H. B. Stowe 的小說 *Uncle Tom's Cabin* 中的同名主角》.

un·cloud·ed [ʌn`klaudɪd; ˌʌn`klaʊdɪd] *adj.* **1** 無雲的, 晴朗的.
2 明朗的, 清楚的.

un·coil [ʌn`kɔɪl; ˌʌn`kɔɪl] *vt.* 攤開, 解開, 〔捲起的物品〕.
— *vi.* 〔捲著的物品〕鬆開.

[Uncle Sam]

un·col·ored 《美》,

un·col·oured (英) [ʌnˈkʌləd; ˌʌnˈkʌləd] *adj.* **1** 未著色的; 原色的.
2 《文章》原有的, 自然的.

‡un·com·fort·a·ble [ʌnˈkʌmfətəbl; ʌnˈkʌmfətəbl]
adj. **1** 〔事物〕令人不舒服的, 難受的. an *uncomfortable* chair 坐起來不舒服的椅子/an *uncomfortable* memory 令人不愉快的回憶/They found the place *uncomfortable* to live in. 他們覺得那個地方住起來不舒適.
2 〔人〕不自在的, 不安的, 心神不定的. I felt *uncomfortable* when I was interviewed for the job. 接受那份工作的面試時我感到不自在.

un·com·fort·a·bly [ʌnˈkʌmfətəblɪ; ʌnˈkʌmfətəblɪ] *adv.* 令人不舒服地; 不自在地.

un·com·mit·ted [ˌʌnkəˈmɪtɪd; ˌʌnkəˈmɪtɪd] *adj.* **1** 未受約束的, 不從屬的, 《to》; 中立的. *uncommitted* countries 中立國(不屬於以強國為中心的同盟). **2** 未約定的《to》.

‡un·com·mon [ʌnˈkɑmən; ʌnˈkɒmən] *adj.* 罕見的, 珍奇的, (rare); 異常的, 不平常的; 〔才能等〕非凡的. a young man of *uncommon* talent 具有非凡才能的年輕人/It was *uncommon* for a woman to seek a career outside the home. 當時婦女要在家庭以外尋找一份職業是很不尋常的.

un·com·mon·ly [ʌnˈkɑmənlɪ; ʌnˈkɒmənlɪ] *adv.* 《文章》非常地; 稀有地. an *uncommonly* pretty girl 極其漂亮的女孩.

un·com·mu·ni·ca·tive [ˌʌnkəˈmjunəˌketɪv, -ˈmɪun-; ˌʌnkəˈmjuːnɪkətɪv] *adj.* 不融洽的, 沉默寡言的.

un·com·pro·mis·ing [ʌnˈkɑmprəˌmaɪzɪŋ; ʌnˈkɒmprəmaɪzɪŋ] *adj.* 不讓步的; 不通融的. He took an *uncompromising* stand on the issue. 他對那個問題採取不妥協的立場.

un·con·cern [ˌʌnkənˈsɝn; ˌʌnkənˈsɜːn] *n.* ⓤ 漠不關心; 漫不經心; 不在乎. with *unconcern* 不在乎地.

un·con·cerned [ˌʌnkənˈsɝnd; ˌʌnkənˈsɜːnd] *adj.* **1** 不介意的《about, for》; 漠不關心的《with》. His loss must have been great, but he looked quite *unconcerned*. 他的損失一定很慘重, 但是他看起來好像毫不在意/I can't be *unconcerned about* your future. 我不能對你的將來漠不關心.
2 沒有關連的, 無關的, 《with》.

un·con·cern·ed·ly [ˌʌnkənˈsɝnɪdlɪ; ˌʌnkənˈsɜːnɪdlɪ] (★注意發音) *adv.* 漫不經心地, 漠不關心地.

un·con·di·tion·al [ˌʌnkənˈdɪʃənl, -ˌnəl; ˌʌnkənˈdɪʃənl] *adj.* 無條件的, 無限制的. an *unconditional* surrender 無條件投降.

un·con·di·tion·al·ly [ˌʌnkənˈdɪʃənlɪ, -ˌnəlɪ; ˌʌnkənˈdɪʃənlɪ] *adv.* 無條件地.

un·con·di·tioned [ˌʌnkənˈdɪʃənd; ˌʌnkənˈdɪʃnd] *adj.* **1** ＝unconditional. **2** 《心理》無條件的. *unconditioned* reflex 無條件反射.

un·con·quer·a·ble [ʌnˈkɑŋkərəbl, -ˈkɒŋ-;

----

uncritical 1705

ʌnˈkɒŋkərəbl] *adj.* 無法征服的, 不屈撓的; 難以克服的.

un·con·scion·a·ble [ʌnˈkɑnʃənəbl; ʌnˈkɒnʃnəbl] *adj.* 《文章》《詼》 **1** 過度的, 不合理的; 肆無忌憚的. cost an *unconscionable* amount of money 揮金如土. **2** 昧著良心的.

‡un·con·scious [ʌnˈkɑnʃəs; ʌnˈkɒnʃəs] *adj.* **1** 失去意識的, 意識不清的. He was *unconscious* for about two hours. 他失去意識大約兩個小時.
2 (用 unconscious of...) 未察覺…的, 不知道…的. He seemed *unconscious* of my presence. 他似乎未察覺到我的存在.
3 無意識的; 並非故意的. an *unconscious* habit 無意識的習慣/*unconscious* humor 自然流露出來的幽默.
the uncónscious 《心理》無意識. ↔ **conscious**.

un·con·scious·ly [ʌnˈkɑnʃəslɪ; ʌnˈkɒnʃəslɪ] *adv.* 無意識地, 不知不覺地, 自覺地.

un·con·scious·ness [ʌnˈkɑnʃəsnɪs; ʌnˈkɒnʃəsnɪs] *n.* ⓤ 無意識; 意識不清.

un·con·sid·ered [ˌʌnkənˈsɪdəd; ˌʌnkənˈsɪdəd] *adj.* **1** 〔言行等〕未經仔細思考的, 沒準備的, 輕率的. **2** 被忽視的; 不加考慮的.

un·con·sti·tu·tion·al [ˌʌnkɑnstəˈtjuʃənl, -ˈtɪu-, -ˈtu-; ˈʌnˌkɒnstɪˈtjuːʃənl] *adj.* 違反憲法的, 違憲的.

＊un·con·trol·la·ble [ˌʌnkənˈtroləbl; ˌʌnkənˈtrəʊləbl] *adj.* 無法控制的, 難以抑制的. *uncontrollable* children 難以管束的孩子/He was seized with *uncontrollable* rage. 他怒不可抑.

un·con·ven·tion·al [ˌʌnkənˈvɛnʃən, -ʃnəl; ˌʌnkənˈvɛnʃənl] *adj.* 不依慣例的, 不因循舊習的, 不落俗套的, 自由的.

un·cork [ʌnˈkɔrk; ʌnˈkɔːk] *vt.* 拔去…的塞子.

un·count·a·ble [ʌnˈkaʊntəbl; ʌnˈkaʊntəbl] *adj.* 數不清的; 無法計算的. an *uncountable* noun 不可數名詞.
― *n.* ⓒ **1** 數不清的東西. **2** 《文法》不可數名詞 (↔ countable; →見文法總整理 **3. 2**).

un·cou·ple [ʌnˈkʌpl; ʌnˈkʌpl] *vt.* 解開〔車輛等〕的連結(器).

un·couth [ʌnˈkuθ; ʌnˈkuːθ] *adj.* 〔人, 行為等〕粗魯的, 粗野的, 無禮的. *uncouth* manners 粗野的舉止.

un·couth·ly [ʌnˈkuθlɪ; ʌnˈkuːθlɪ] *adv.* 粗魯地, 無禮地.

un·couth·ness [ʌnˈkuθnɪs; ʌnˈkuːθnɪs] *n.* ⓤ 粗魯, 無禮.

un·cov·er [ʌnˈkʌvɚ; ʌnˈkʌvə(r)] *vt.* **1** 取下〔打開〕〔容器等〕的蓋子. Her mother *uncovered* the dish. 她母親拿掉了餐盤上的蓋子.
2 揭開〔祕密等〕. *uncover* a political scandal 揭開政界的醜聞. ↔ **cover**.

un·crit·i·cal [ʌnˈkrɪtɪk; ˌʌnˈkrɪtɪkl] *adj.* 非批

判性的; 不加批判的. people who are *uncritical of* propaganda 對宣傳不加以判斷的人們.

un·crowned [ʌnˋkraʊnd; ˌʌnˋkraʊnd] *adj.* 尚未加冕的; (雖有實權但)並非正式國王[女王]的.

unc·tion [ˋʌŋkʃən; ˋʌŋkʃn] *n.* U 塗油(特指天主教中施塗聖油的臨終儀式; → anoint).

unc·tu·ous [ˋʌŋktʃʊəs; ˋʌŋktjʊəs] *adj.* 《文章》獻殷勤的; 假裝很熱情的, 好像很感動的.

un·cut [ʌnˋkʌt; ˌʌnˋkʌt] *adj.* **1** 尚未切除的, 尚未割掉的; 〔書籍〕頁邊尚未切割整齊的(在口語中亦可表示「書頁尚未裁開」(unopened) 之意).
2 〔電影, 書等〕未縮減的, 未刪減的.
3 〔珠寶等〕未經雕琢加工的.

un·daunt·ed [ʌnˋdɔntɪd, -ˋdɑntɪd; ˌʌnˋdɔːntɪd] *adj.* 不膽怯的; 勇敢的, 不屈的. He was *undaunted* by his failure. 他沒有因失敗而退縮.

un·daunt·ed·ly [ʌnˋdɔntɪdlɪ, -ˋdɑntɪd-; ˌʌnˋdɔːntɪdlɪ] *adv.* 勇敢地.

un·de·ceive [ˌʌndɪˋsiv; ˌʌndɪˋsiːv] *vt.* 《文章》解開…的迷惑, 使(人)醒悟(*of*).

un·de·cid·ed [ˌʌndɪˋsaɪdɪd; ˌʌndɪˋsaɪdɪd] *adj.*
1 〔問題等〕未決定的, 未定的; 〔勝負等〕尚未分出的. The date of our departure is *undecided*. 我們出發的日期尚未決定.
2 〔人〕尚未下定決心的. I am *undecided* whether to go to the party or not. 我尚未決定是否要參加這場宴會.

un·de·clared [ˌʌndɪˋklɛrd; ˌʌndɪˋkleəd] *adj.*
1 〔物品〕未(向海關)申報的. **2** 尚未宣戰的.

un·de·mon·stra·tive [ˌʌndɪˋmɑnstrətɪv; ˌʌndɪˋmɒnstrətɪv] *adj.* 感情不表露於外的, 拘謹內向的; 沈默寡言的.

un·de·ni·a·ble [ˌʌndɪˋnaɪəbl; ˌʌndɪˋnaɪəbl] *adj.* 不可否定[否認]的; 不容置疑的, 非常清楚的. His suitability for the job is *undeniable*. 他適合擔任這項工作是不容置疑的.

un·de·ni·a·bly [ˌʌndɪˋnaɪəblɪ; ˌʌndɪˋnaɪəblɪ] *adv.* 非常清楚地, 確實地.

‡**un·der** [ˋʌndɚ; ˋʌndə(r)] *prep.* 〖 在下 〗 **1** 在…的下面(◆ over); 在正下方; 在(包裹物)的裡面, 在…之內; 在…底下; (◆ over). → below 回), *under* a tree 在樹下/*under* a hill 在山丘下/*under* the bridge 在橋下(★ *below* the bridge 意爲「河流流過橋之後的下游地帶」)/My desk is *under* the clock. 我的桌子在時鐘下方/*under* the ground 在地底下/*under* water 在水面下/*under* the skin 皮下/Wear a sweater *under* your coat. 在你的外套裡面加穿一件毛衣/The subway runs *under* this street. 地下鐵就在這條街的下方行駛/The student held a book *under* his arm. 那個學生腋下夾著一本書/The baby came out from *under* the table. 那個嬰兒從桌子底下鑽了出來(★ under the table 整個都是 from 的受格).
〖 在…之下 〗 **2** 〔以下地〕未滿…地[的], 在…之下地[的], (◆ over). children *under* twelve years old 未滿十二歲的兒童(★不含十二歲)/It cost *under* two thousand dollars. 它價值不到兩千美元/*under* (the rank of) a colonel 上校官階以下的.
3 〖所屬的〗在〔所屬, 種類〕之內, 包含在…之內, 屬於…. *Under* what family do those animals belong? 這些動物(在分類學上)屬於甚麼科呢?/The two problems obviously do not come *under* the same category. 這兩個問題顯然並非屬於同一範疇/We classify this book *under* biographies. 我們把這本書分類爲傳記.
4 〖從屬的〗在〔支配, 監督, 保護等〕之下, 在…的指導下. a man *under* me 在我監督之下的人(★ a man *below* me 爲地位在自己之下者)/The island remained *under* Spanish rule for two hundred years. 這個島受西班牙的統治長達兩百年/We studied *under* Dr. Hill for two years. 我們在希爾博士的指導下學習了兩年.
〖 在力量之下, 受影響 〗 **5** 受到〔壓迫, 痛苦, 刑罰等〕, 在〔影響, 義務〕之下. *under* the effect of the medicine 在藥物的作用下/*under* the influence of wine 在酒精作用的影響下/I won't do it *under* the threat of punishment. 我不會在懲罰的威脅下做那件事/*under* a great mental strain 受到很大的精神壓力/*under* orders 接受命令/*under* oath 宣誓/*under* treatment for a stomach ulcer 接受胃潰瘍的治療.
6 在〔某種條件, 狀態, 情況〕之下; 《占星》在〔星座〕之下. *under* such conditions [circumstances] 在這樣的條件[情況]之下/I was born *under* Aquarius. 我的星座是水瓶座.
7 處於…狀態中. a road *under* construction 正在施工中的道路/a question *under* discussion 正在討論的問題/*under* investigation 正在調查中/The wall is *under* repair now. 那道牆目前正在整修.
〖 隱藏在…之下 〗 **8** 隱藏於…, 在…的掩護之下. *under* a false name 使用假名/*under* the cover of darkness 在夜色的掩蔽下/He went *under* the name of Dick. 他以迪克之名矇混過去.

— *adv.* **1** 在下, 向下; 在正下方; 在水中. go *under*, get/…/*under* (→ go, get的片語)/Can you stay under for two minutes? 你可以待在水裡二分鐘嗎? **2** 未滿地; 從屬地. I bought this book for 5 dollars or *under*. 我花了5美元或是更少的錢買了這本書.

— *adj.* 下面的, 下部的, (lower; ◆ upper). the *under* lip [jaw] 下唇[下顎]/the *under* surface of a leaf 葉背/*under* servants 傭人, 打雜的人.

under- *pref.* 接在名詞, 形容詞, 動詞, 副詞之前表示「(在, 來自)下面的; 較差的; 次要的; 較少[小, 便宜]的; 不充分的」等之意.

un·der·act [ˌʌndɚˋækt; ˌʌndərˋækt] *vt.* 〔演員對角色〕詮釋得不好; 刻意保守演出〔角色〕.
— *vi.* 保守地表演.

un·der·age [ˋʌndɚˋedʒ; ˌʌndərˋeɪdʒ] *adj.* 未成年的; 未達法定年齡的.

un·der·arm [ˋʌndɚˌɑrm; ˋʌndəraːm] *adj.*

1《委婉》腋下(armpit)的. an *underarm* deodorant 腋下除臭劑. **2** =underhand 2.
— *adv.* =underhand 2.

un·der·bel·ly [ˋʌndɚˏbɛlɪ; ˈʌndəˏbeli] *n.* ⓒ (用單數) **1** (特指豬、牛等提供肉品的動物的)下腹部. **2** 易受攻擊的部位, 要害.

un·der·bid [ˏʌndɚˋbɪd; ˏʌndəˈbid] *vt.* (~s; ~; ~**ding**) 開出比…更低的價格, 以比…更低的價格得標.

un·der·brush [ˋʌndɚˏbrʌʃ; ˈʌndəbrʌʃ] *n.* Ⓤ (森林中大樹下的)矮樹叢, 灌木叢.

un·der·car·riage [ˋʌndɚˏkærɪdʒ; ˈʌndəˏkæridʒ] *n.* ⓒ **1** (汽車等的)底盤. **2** (飛機的)起落架(landing gear).

un·der·charge [ˏʌndɚˋtʃɑrdʒ; ˏʌndəˈtʃɑːdʒ] *vt.* 向〔人〕索價過低.

un·der·clothes [ˋʌndɚˏkloz, -ˏklooz; ˈʌndəkləʊðz] *n.* 《作複數》內衣, 貼身襯衣. change one's *underclothes* 換內衣.

un·der·cloth·ing [ˋʌndɚˏkloðɪŋ; ˈʌndəˏkləʊðiŋ] *n.* Ⓤ 內衣類, 襯衣類.

un·der·coat [ˋʌndɚˏkot; ˈʌndəkəʊt] *n.* ⓊⒸ (油漆的)底漆.

un·der·cov·er [ˏʌndɚˋkʌvɚ; ˈʌndəˏkʌvə(r)] *adj.*《限定》暗中的, 祕密的; 進行情報活動的.

un·der·cur·rent [ˋʌndɚˏkɝənt; ˈʌndəˏkʌrənt] *n.* ⓒ **1** (水流, 空氣等的)底流, 潛流. **2** (時勢等的)暗流.

un·der·cut [ˏʌndɚˋkʌt; ˏʌndəˈkʌt] *vt.* (~s; ~; ~**ting**) **1** 切除…的下部. **2** 將商品賣得比〔其他商店等〕便宜; 以低於〔別家公司等〕的工資搶做生意.

un·der·de·vel·oped [ˏʌndɚdɪˋvɛləpt; ˏʌndədɪˈveləpt] *adj.* **1** 發展不充分的, 發育不健全的. **2**〔國家等〕低度開發的(★現在用 developing (開發中的)).

un·der·dog [ˋʌndɚˏdɔg; ˈʌndədɒg] *n.* ⓒ **1** (在比賽等中)獲勝希望較小者. **2** (社會, 政治的不健全等的)犧牲者; 失敗者. (↔ top dog).

un·der·done [ˏʌndɚˋdʌn; ˏʌndəˈdʌn] *adj.*《主英》〔肉等〕稍稍烤一下的, 烤得半生不熟的. (→ rare² 參考). (↔ overdone).

un·der·es·ti·mate [ˏʌndɚˋɛstəˏmet; ˏʌndərˈestimeit] (★與 *n.* 的發音不同) *vt.* 對〔費用等〕估價比較低; 對〔人的能力等〕評價過低, 低估. We failed because we *underestimated* the difficulty of the task. 因我們低估了這項工作的困難度, 結果失敗了.
— [-mɪt, -ˏmet; -mət] *n.* ⓒ 估計不足; 低估, 過低的評價. (↔ overestimate).

un·der·ex·pose [ˏʌndɚɪkˋspoz; ˏʌndərɪkˈspəʊz] *vt.*《攝影》使曝光不足(↔ overexpose).

un·der·ex·po·sure [ˏʌndɚɪkˋspoʒɚ; ˏʌndərɪkˈspəʊʒə(r)] *n.* Ⓤ《攝影》曝光不足.

un·der·fed [ˏʌndɚˋfed; ˏʌndəˈfed] *adj.* 未給與充分食物的; 營養不良的.

un·der·floor [ˋʌndɚˏflor, -ˏflɔr; ˏʌndəˈflɔː(r)] *adj.*〔特指暖氣設備〕置於地板下的.

un·der·foot [ˏʌndɚˋfut; ˏʌndəˈfut] *adv.* **1** 在腳下; 踩踏地. During the riot, several people were trampled *underfoot*. 在暴動中, 有幾個人被踩在腳下. **2** 礙事, 妨礙. My children tend to get *underfoot*. 我的孩子老是礙手礙腳的.

un·der·gar·ment [ˋʌndɚˏgɑrmənt; ˈʌndəˏgɑːmənt] *n.* ⓒ 內衣褲.

***un·der·go** [ˏʌndɚˋgo; ˏʌndəˈgəʊ] *vt.* (~**es** [~z; ~z]; **-went**; **-gone**; ~**ing**) **1** 經歷〔變化, 考驗等〕. The country has *undergone* great changes. 這個國家經歷了很大的變化. **2** 接受〔考試, 檢查等〕. We must *undergo* an examination. 我們必須接受考試. **3** 忍受〔苦難等〕. He has *undergone* many trials. 他經歷了很多磨練/*undergo* years of poverty 忍受了多年的貧困.

un·der·gone [ˏʌndɚˋgɔn; ˏʌndəˈgɒn] *v.* undergo 的過去分詞.

***un·der·grad·u·ate** [ˏʌndɚˋgrædʒuɪt, -ˏet; ˏʌndəˈgrædʒʊət] *n.* (*pl.* ~**s** [~s; ~s]) ⓒ **1** 大學部學生, 大學生. 《與畢業生和研究生不同; → graduate》. a lecture for *undergraduates* 針對大學生的課程. **2**《形容詞性》大學部的, 大學生的. an *undergraduate* student 大學部的學生.

***un·der·ground** [ˏʌndɚˋgraund; ˈʌndəgraund]
(★與 *adv.* 的重音位置不同) *adj.*《限定》【 在地下的 】 **1** 地下的. an *underground* railroad (美) [railway (英)] 地鐵/*underground* water 地下水/an *underground* passage 地下通道.
【 地下的 > 祕密的 】 **2** 隱匿的, 祕密的; 暗地進行的. their *underground* activities 他們的祕密行動/form an *underground* organization 組成祕密[地下]組織/He joined an *underground* movement. 他參加了一個祕密運動. **3** 反現行體制的; 激進的;〔戲劇, 報刊等〕前衛的; 非傳統的. an *underground* theater 上演前衛劇的劇場/*underground* films 前衛電影.
— *n.* (*pl.* ~**s** [~z; ~z]) **1** ⓒ《英》(通常加 the) 地下鐵(《美》subway; → tube, Metro). Certain stations on the *Underground* are closed on Sundays. 倫敦的某些地下鐵車站在星期天關閉(★在英國若要表示「倫敦的地下鐵」時通常開頭用大寫字母)/Jimmy travels to work every day by *Underground*. 傑米每天搭乘地鐵上班. **2** Ⓤ 地下空間(通道). **3** ⓒ (加 the)地下組織, 祕密反抗組織.
— *adv.* [ˏʌndɚˋgraund; ˏʌndəˈgraund] *adv.* 祕密地, 悄悄地; 地下地. He went *underground*. 他轉入地下了《從事非法活動等》/Moles burrow *underground*. 鼴鼠在地下挖洞.

un·der·growth [ˋʌndɚˏgroθ; ˈʌndəgrəʊθ] *n.* Ⓤ **1** (大樹下的)矮樹叢, 灌木叢. **2** 發育不全.

un·der·hand [ˋʌndɚˋhænd; ͵ʌndəˈhænd] adj.
1 祕密的; 不光明正大的; 不正當的; (↔ aboveboard). by underhand means 以不正當手段.
2 《球賽》低手投球[擊球]的 (↔ overhand).
── adv. **1** 祕密地; 陰險地.
2 《球賽》低手投球[擊球]地.

un·der·hand·ed [ˋʌndɚˋhændɪd; ͵ʌndəˈhændɪd] adj. **1** =underhand 1.
2 人手不夠的, 人手短缺的.

un·der·lain [ˋʌndɚˋlen; ͵ʌndəˈleɪn] v. underlie 的過去分詞.

un·der·lay[1] [ˋʌndɚˋle; ͵ʌndəˈleɪ] v. underlie 的過去式.

un·der·lay[2] [ˋʌndɚ͵le; ˈʌndəleɪ] n. (pl. ~s) [UC] (出於絕緣、隔音等目的的)底層的襯墊(地毯下面鋪設的毛氈, 橡膠等).

un·der·lie [ˋʌndɚˋlaɪ; ͵ʌndəˈlaɪ] vt. (~s; -lay; -lain; -ly·ing) **1** 位於⋯之下, 橫置於⋯下. Solid rock underlies this soil. 這土壤下是堅硬的岩石.
2 構成⋯的基礎, 成為⋯的基礎; 隱藏在[行為, 態度等]背後(的原因). What do you think underlies John's refusal? 你覺得約翰拒絕的背後原因是甚麼?

‡un·der·line [͵ʌndɚˋlaɪn; ͵ʌndəˈlaɪn] (★與 n. 的重音位置不同) vt. (~s [~z; ~z]; ~d [~d; ~d]; -lin·ing) **1** 在[詞句等]的下面畫線(表示強調等). Underline important words. 在重要的詞句下畫線/Put the underlined parts into Chinese. 將畫底線部分譯成中文.
2 強調[想法, 感情等]. The speaker underlined three points in his speech. 那位演講者在他的演說中強調了三點事項.
── [ˋʌndɚ͵laɪn; ˈʌndəlaɪn] n. (pl. ~s [~z; ~z]) [C] 底線.

un·der·ling [ˋʌndɚlɪŋ; ˈʌndəlɪŋ] n. [C] 《輕蔑》部下, 下屬.

un·der·lin·ing [ˋʌndɚˋlaɪnɪŋ; ͵ʌndəˈlaɪnɪŋ] v. underline 的現在分詞, 動名詞.

un·der·ly·ing [ˋʌndɚˋlaɪɪŋ; ͵ʌndəˈlaɪɪŋ] v. underlie 的現在分詞, 動名詞.
── adj. **1** 橫置在下面的, 在下面的.
2 成為基礎的, 基本的. underlying principles 基本的原理.
3 內部的; 隱藏的, 潛在性的. an underlying motive 內在的動機.

un·der·manned [ˋʌndɚˋmænd; ͵ʌndəˈmænd] adj. 《船》船員不足的; [工廠等]人員不夠的.

un·der·men·tioned [ˋʌndɚˋmɛnʃənd; ͵ʌndəˈmɛnʃnd] adj. 《限定》《英, 文章》下列的. the undermentioned 《名詞性; 作複數》下列事項[人, 物].

un·der·mine [͵ʌndɚˋmaɪn; ͵ʌndəˈmaɪn] vt.
1 挖掘⋯的下部; 在⋯挖坑道; 侵蝕⋯的基礎. The sea has undermined the cliff. 海水侵蝕掉山崖的底部.

2 逐漸損害[健康等]; 暗中地破壞[名聲等]. Overwork is undermining his health. 工作過度漸漸損害了他的健康.

*un·der·neath [͵ʌndɚˋniθ, ˋʌndɚˋniθ; ͵ʌndəˈniːθ] prep. **1** 在⋯之下; 在⋯的下面[下側]. I found a letter underneath the bed. 我在床下發現一封信/from underneath the bridge 從橋下.
2 在⋯的形式下, 在⋯的掩飾下. There must be something underneath his flattery. 在他的恭維話裡一定藏有某些用意.
── adv. 在下面, 在下側; 裡面. The prices for each item are listed underneath. 每種商品的價格標示於下/He seems to be brave, but underneath he's a coward. 他看起來似乎很勇敢, 但骨子裡他卻是個膽小鬼.
── n. (加 the)底部, 底面. the underneath of a pan 鍋的內底.

un·der·nour·ished [ˋʌndɚˋnɝɪʃt; ͵ʌndəˈnʌrɪʃt] adj. 營養不良的.

un·der·nour·ish·ment [ˋʌndɚˋnɝɪʃmənt; ͵ʌndəˈnʌrɪʃmənt] n. [U] 營養不良.

un·der·paid [ˋʌndɚˋped; ͵ʌndəˈpeɪd] v. underpay 的過去式, 過去分詞.

un·der·pants [ˋʌndɚ͵pænts; ˈʌndəpænts] n. 《作複數》襯褲, 內褲. ★《英》為男用.

un·der·pass [ˋʌndɚ͵pæs; ˈʌndəpɑːs] n. [C] **1** (與鐵路, 道路成立體交叉的)下方道路, 鐵橋下的道路. (→ overpass, flyover).
2 《美》地下道(《英》subway).

un·der·pay [ˋʌndɚ͵pe; ͵ʌndəˈpeɪ] vt. (~s; -paid; ~ing) 不足支付(工資).

un·der·pin [ˋʌndɚˋpɪn; ͵ʌndəˈpɪn] vt. (~s; ~ned; ~ning) **1** (特指)從下面支撐[牆壁].
2 支持, 加強, [討論等].

un·der·play [ˋʌndɚˋple; ͵ʌndəˈpleɪ] vt. (~s; ~ed; ~ing) **1** 輕視. **2** =underact.

un·der·pop·u·lat·ed [ˋʌndɚˋpɑpjə͵letɪd; ͵ʌndəˈpɒpjʊleɪtɪd] adj. 人口過少的, 人口稀疏的.

un·der·priv·i·leged [ˋʌndɚˋprɪvəlɪdʒd; ͵ʌndəˈprɪvɪlɪdʒd] adj. (在社會上和經濟上)所享權益較少的. ★常委婉地表示 poor(貧困的)時的用語.

un·der·pro·duc·tion [ˋʌndɚprəˋdʌkʃən; ͵ʌndəprəˈdʌkʃn] n. [U] 產量低, 生產不足.

un·der·rate [ˋʌndɚˋret; ͵ʌndəˈreɪt] vt. 低估; 對⋯評價不高; 輕視; (↔ overrate).

un·der·score [ˋʌndɚˋskor, ˋskɔr; ͵ʌndəˈskɔː(r)] v. =underline.

un·der·sea [ˋʌndɚˋsi; ˈʌndəsiː] adj. 海裡的.

un·der·sec·re·tar·y [ˋʌndɚˋsɛkrə͵tɛrɪ; ͵ʌndəˈsekrətərɪ] n. (pl. -tar·ies) [C] 次長. a parliamentary [permanent] undersecretary 《英》政務[事務]次長.

un·der·sell [ˋʌndɚˋsɛl; ͵ʌndəˈsel] vt. (~s; -sold;

un·der·pass 1 [underpass 1]
overpass

~ing)〔商品〕賣得比〔其他商店等〕便宜; 減價銷售.

un·der·shirt [ˋʌndɚˏʃɜt; ˈʌndəˏʃəːt] n. Ⓒ《主美》(通常指無袖的)汗衫, 內衣, (《英》vest).

un·der·shoot [ˏʌndɚˋʃut; ˏʌndəˈʃuːt] vt. (~s; -shot; ~ing) **1** 未達到〔目標, 位置等〕. **2** 〔飛彈, 飛機〕在未達到〔目標, 跑道〕時便著陸〔著地〕.

un·der·shot [ˋʌndɚˏʃɑt; ˈʌndəˏʃɔt] v. undershoot 的過去式、過去分詞.

un·der·side [ˋʌndɚˏsaɪd; ˈʌndəsaɪd] n. Ⓒ(通常加the)下面, 下側, 內面.

un·der·signed [ˋʌndɚˈsaɪnd; ˏʌndəˈsaɪnd] adj. 《限定》(下面)有簽名的. the undersigned 《名詞性; 單複數同形》(文件下面的)簽名者.

un·der·sized [ˋʌndɚˋsaɪzd; ˏʌndəˈsaɪzd] adj. 比一般小的, 小型的; 發展不充分的.

un·der·sold [ˋʌndɚˋsold; ˏʌndəˈsəʊld] v. undersell 的過去式、過去分詞.

un·der·staffed [ˋʌndɚˋstæft; ˏʌndəˈstɑːft] adj. 人員不足的.

‡**un·der·stand** [ˏʌndɚˋstænd; ˏʌndəˈstænd] v. (~s [~z; ~z]; -stood; ~ing) vt. 〖充分瞭解〗 **1** (a)理解 (make/.../out); 〔句型3〕(understand wh 子句、片語)理解…, 懂…. Do you understand my question? 你明白我的問題嗎?/Do you understand Spanish? 你懂西班牙語嗎?/The children easily understood the meaning of the proverb. 孩子們很容易地就瞭解這句諺語的意思了/I can't understand what he means by this. 我不知道他這件事指的是甚麼/They understand how to use the machine. 他們知道如何使用這部機器/Her brother understands space science. 他的哥哥通曉太空科學.

(b) 〔句型3〕(understand A's doing)、〔句型5〕(understand A doing)瞭解 A 做…的行為. I can't understand your [you] behaving like that. = I can't understand why you behaved like that (→(a)). 我真不明白你為甚麼會有那樣的行為.

2 非常瞭解, 設身處地地瞭解,〔某人的個性、心情等〕理解〔某人說的話〕. We understand one another perfectly. 我們彼此心意相通/He understood their feelings sympathetically. 他深切地瞭解他們的感情/I don't understand you. = I don't understand what you are saying (→1 (a)). 我不瞭解你所說的話.

〖瞭解〗 **3** (常作文章)(a) 〔句型3〕(understand that 子句)獲悉, 聽說. It is understood that you are planning to buy some property. 你計畫購入資產的事情已為人所知/We understand there was some trouble here last night. What happened? 我們聽說昨晚這裡有點麻煩, 發生了甚麼事?/Your son, I understand, is going to America next month. 我聽說你的兒子下個月要去美國/I understand so. 這我明白(★此句以 so 代替 that 所引導的子句).

(b) 〔句型5〕(understand A to do)認為 A 在做…, 以為, 認為. Mr. Martin understood my silence to be a refusal. 馬丁先生將我的沈默解釋為拒絕.

〖解釋〗 **4** 解釋〔言詞等的意義〕; 理解為…(《by》);

〔句型5〕(understand A to do)將 A 理解為…(do 通常用 mean 等). The phrase has to be understood here in its figurative sense. 'Old age' is often understood to mean 'being over sixty-five.'「老年」通常意味著「超過六十五歲」/What am I to understand by his refusal? 我應該怎樣解釋他的拒絕呢?

5 在腦海中補充, 補充解釋,〔言詞等〕(常用被動語態). In this case the verb 'is' may be understood. 在這種場合之下, 可省略動詞 is.

— vi. 理解, 具有理解力, 明白; 瞭解; 聞及. Do you understand? 你明白嗎?/I don't understand. 我不明白. 〖參考〗I understand. 此句不僅表示聽懂了對方的話, 而且還含有「明白, 同意, 諒解」之意, 使用時請注意.

give a pèrson to understánd that... → give 的片語.

màke onesèlf understóod 使別人明白自己所說的話, 表達自己的意思. He seemed to have no trouble making himself understood in French. 看來他用法語表達自己的想法並沒有甚麼困難.

un·der·stand·a·ble [ˏʌndɚˋstændəbḷ; ˏʌndəˈstændəbl] adj. 可理解的. His English is not understandable. 他的英語讓人無法理解/Your disappointment is perfectly understandable. 你失望的心情是完全可以理解的.

un·der·stand·a·bly [ˏʌndɚˋstændəblɪ; ˏʌndəˈstændəbli] adv. 可理解地; 能體會地. Tom's mother was understandably upset by his arrest. 湯姆被捕, 他母親的驚慌可想而知.

‡**un·der·stand·ing** [ˏʌndɚˋstændɪŋ; ˏʌndəˈstændɪŋ]

n. **1** Ⓐ Ⓤ理解; 判斷(力); 意見; 體會; 知識. She has a good understanding of this problem. 她對這個問題有很清楚的理解/It was my understanding that John was one of our allies. 依我之前的理解, 約翰一直是我們的同夥之一.

〖搭配〗 adj.+understanding: a correct ~ (正確的理解), a poor ~ (膚淺的知識), a profound ~ (深入的理解), a thorough ~ (徹底的理解).

2 Ⓐ Ⓤ理解力; 智力, 智能; 辨別力, 思慮. a man of [without] understanding 有[無]分辨力的人/It is beyond my daughter's understanding. 這超過了我女兒的理解力.

3 Ⓐ Ⓤ溝通; 相互瞭解. We have to further mutual understanding between the two countries. 我們必須增進兩國間的相互瞭解/We tried to establish a secret understanding with them. 我們試圖和他們建立一種默契.

〖搭配〗 adj.+understanding: (a) deep ~ (深刻的瞭解), (a) friendly ~ (友好的諒解), (a) sympathetic ~ (同情的諒解) // v.+understanding: bring about ~ (達成協調), promote ~ (促進瞭解).

4 C (通常用單數)(事先的)瞭解, 意見的一致, 同意, 個人間的協議. The two leaders were unable to come to an *understanding* on the oil question. 這兩位領導人在石油問題上無法達成協議. ***on the understánding that...*** 在…的瞭解之下; 在…的條件下. The money was lent to him *on the* clear *understanding that* he would return it within two months. 那筆錢以協定兩個月內歸還的明確條件下借給他了.
— *adj.* 有理解力的; 有辨別力的; 懂事的; 諒解的. I come home late every night, but my wife is very *understanding*. 我每天晚上都很晚回家, 但是我妻子卻很體諒.

un·der·state [ˌʌndɚˋstet; ˌʌndəˈsteɪt] *vt.*
1 謹慎(有所保留)地陳述, 保守地表達.
2 說得比實際的(數目, 數量, 程度等)少.
↔ **overstate**.

un·der·state·ment [ˋʌndɚˋstetmənt; ˌʌndəˈsteɪtmənt] *n.* U 謹慎(有所保留)的陳述; C 保守的表達(例如把 very good 說成 not bad 等). ↔ **overstatement**.

un·der·stood [ˌʌndɚˋstud; ˌʌndəˈstʊd] *v.* understand 的過去式, 過去分詞.

un·der·stud·y [ˋʌndɚˌstʌdɪ; ˈʌndəˌstʌdɪ] *n.* (*pl.* **-stud·ies**) C 候補演員, 替身.
— *vt.* (**-stud·ies**; **-stud·ied**; ~**ing**)當替身; 為代演而排練.

‡**un·der·take** [ˌʌndɚˋtek; ˌʌndəˈteɪk] *vt.* (~**s** [~s; ~s]; **-took** [~ˋtuk; ~ˈtʊk]; **-tak·en**; **-tak·ing**) **1** 著手, 進行, 開始, 準備做, (工作等). *undertake* a voyage 出航/The directors were reluctant to *undertake* a risky venture. 董事們不願意從事有風險的事業.
2 接受(工作, 地位, 責任等); 句型3 (undertake *to* do)承擔, 同意做…事. Susie always *undertakes* what the others don't want to do. 蘇西總是承擔別人所不願做的事/Her aunt *undertook to* look after the orphaned children. 她的姨媽承擔了照料孤兒的工作.
3 句型3 (undertake *that* 子句)保證, 肯定, 擔保. I cannot *undertake that* you will make a profit by it. 我不能保證你會從中獲利.

un·der·tak·en [ˌʌndɚˋtekən; ˌʌndəˈteɪkən] *v.* undertake 的過去分詞.

un·der·tak·er *n.* C **1** [ˌʌndɚˋtekɚ; ˌʌndəˈteɪkə(r)] 承辦人.
2 [ˋʌndɚˌtekɚ; ˈʌndəˌteɪkə(r)] 葬儀社.

‡**un·der·tak·ing** [ˌʌndɚˋtekɪŋ; ˌʌndəˈteɪkɪŋ] *n.* (*pl.* ~**s** [~z; ~z]) **1** C (通常用單數)工作, 事業. They ventured on a new *undertaking*. 他們冒險從事一項新的事業.
2 C 保證, 擔保. I gave an *undertaking* not to reveal their secret. 我保證決不洩漏他們的祕密.
3 [ˋʌndɚˌtekɪŋ; ˈʌndəˌteɪkɪŋ] U 喪葬業.

un·der-the-count·er, -the-ta·ble [ˌʌndɚðəˋkauntɚ; ˌʌndəðəˈkauntə(r); ˌʌndəðəˈtebl; ˌʌndəðəˈteɪbl] *adj.* (口)祕密交易的, 黑市買賣的; 違法的.

un·der·tone [ˋʌndɚˌton; ˈʌndətəʊn] *n.* C **1** 低聲, 小聲. speak in an *undertone* [in *undertones*] 小聲說話.
2 潛在的含義(情緒, 成分). I noticed an *undertone* of anxiety in her letter. 我發覺到她的信中流露出一種不安的情緒.
3 底色(在其上面可塗各種顏色). His pictures have an *undertone* of dark brown. 他的畫是以深褐色為底色.

un·der·took [ˌʌndɚˋtuk; ˌʌndəˈtʊk] *v.* undertake 的過去式.

un·der·tow [ˋʌndɚˌto; ˈʌndətəʊ] *n.* a U (從岸上折回的)退流(對游泳者危險).

un·der·val·ue [ˌʌndɚˋvælju; ˌʌndəˈvæljuː] *vt.* 低估, 輕視, 小看.

un·der·wa·ter [ˋʌndɚˌwɔtɚ, -ˌwɑtɚ; ˌʌndəˈwɔːtə(r)] *adj.* 水面下的, 水中的. an *underwater* camera 水中攝影機.
— *adv.* 水面下地, 水中地.

un·der·way [ˋʌndɚˋwe; ˌʌndəˈweɪ] *adj.* (敘述)=under way (way¹ 的片語).

un·der·wear [ˋʌndɚˌwɛr, -ˌwær; ˈʌndəˌweə(r)] *n.* U (集合) 內衣褲. wash one's *underwear* 洗內衣褲.

un·der·weight [ˋʌndɚˋwet; ˌʌndəˈweɪt] *adj.* 未達標準重量的, 分量不足的.

un·der·went [ˌʌndɚˋwɛnt; ˌʌndəˈwent] *v.* undergo 的過去式.

un·der·world [ˋʌndɚˌwɝld; ˈʌndəwɜːld] *n.* **1** (加 the)黑社會; 下層社會. **2** (希臘, 羅馬神話)(通常 the Underworld)陰間, 冥府.

un·der·write [ˋʌndɚˌraɪt; ˈʌndəraɪt] *vt.* (~**s**; **-wrote**; **-writ·ten**; **-writ·ing**) **1** 在(文件)上簽名保證(背書). **2** 包銷(證券)(指在發行股票時同意收買賣剩的股份). **3** 同意負擔.

un·der·writ·er [ˋʌndɚˌraɪtɚ; ˈʌndəˌraɪtə(r)] *n.* C **1** 保險業者, (特指)海上保險業者.
2 證券包銷商.

un·der·writ·ten [ˌʌndɚˋrɪtn̩; ˈʌndəˌrɪtn̩] *v.* underwrite 的過去分詞.

un·der·wrote [ˌʌndɚˋrot; ˈʌndərəʊt] *v.* underwrite 的過去式.

un·de·served [ˌʌndɪˋzɝvd; ˌʌndɪˈzɜːvd] *adj.* 不值得的, 不相稱的, 不應當的. *undeserved* punishment 不應當的懲罰.

‡**un·de·sir·a·ble** [ˌʌndɪˋzaɪrəbl; ˌʌndɪˈzaɪərəbl] (文章) *adj.* 不被喜歡的, 不討好的. Overwork has an *undesirable* effect on one's health. 過度工作對健康造成不良影響/an *undesirable* character (社會上; 交際上)不受歡迎的人物.
— *n.* C 不受歡迎的人物.

un·de·vel·oped [ˌʌndɪˋvɛləpt; ˌʌndɪˈveləpt] *adj.* (特指地區, 國家)未開發的; 不發達的; 未成熟的.

un·did [ʌnˋdɪd; ʌnˈdɪd] *v.* undo 的過去式.

U

un·dies [ˋʌndɪz; ˈʌndiz] *n.* 《作複數》《口》(特指女用的) 內衣褲.

un·dis·charged [͵ʌndɪsˋtʃɑrdʒd; ͵ʌndɪsˈtʃɑːdʒd] *adj.* **1** 〔借款等〕未還清的; 〔破產者〕尚未償債的. **2** 〔槍砲等〕尚未發射的.

un·dis·cov·ered [͵ʌndɪsˋkʌvəd; ͵ʌndɪsˈkʌvəd] *adj.* 尚未被發現的.

un·dis·put·ed [͵ʌndɪsˋpjutɪd, -ˋspjutɪd; ͵ʌndɪsˈpjuːtɪd] *adj.* 無議論餘地的, 無異議的; 當然的. That company is the *undisputed* leader in laptop computers. 那家公司在生產攜帶型電腦方面無疑是處於領先的地位.

un·dis·tin·guished [͵ʌndɪsˋtɪŋgwɪʃt; ͵ʌndɪsˈtɪŋgwɪʃt] *adj.* 不特別顯眼的, 不特別出色的, 平凡的.

un·dis·turbed [͵ʌndɪsˋtɜbd; ͵ʌndɪsˈtɜːbd] *adj.* 未弄亂的, 未受干擾的; 安穩的. have an *undisturbed* sleep 睡一個安穩的覺.

un·di·vid·ed [͵ʌndəˋvaɪdɪd; ͵ʌndɪˈvaɪdɪd] *adj.* **1** 未分開的, 未分離的. **2** 完全的; 專心的, 集中的. Please give me your *undivided* attention. 請全神貫注地聽我說.

✱un·do [ʌnˋdu; ͵ʌnˈduː] *vt.* (**-does; -did; -done; ~ing**) **1** 解開, 鬆開〔繩, 結等〕; 打開〔包裹等〕; 解開〔鈕扣, 門栓等〕; 脫下〔人〕的衣服, 脫〔衣服〕. *undo* a knot 解開結/*undo* a package 打開包裹/He *undid* the buttons. 他解開了鈕扣. **2** 使恢復原狀, 使還原, 取消; 使〔結果, 效果〕報銷. *undo* one's mistake 糾正錯誤/What is done cannot be *undone*. 《諺》覆水難收. **3** 《古》使〔人〕毀滅(ruin). His follies have *undone* him. 他愚蠢的行為毀了自己.

un·does [ʌnˋdʌz; ͵ʌnˈdʌz] *v.* undo 的第三人稱、單數、現在式.

un·do·ing [ʌnˋduɪŋ; ͵ʌnˈduːɪŋ] *n.* ⓤ **1** 還原. **2** 毀滅, 墮落; 墮落的原因. Drinking was his *undoing*. 酗酒毀了他.

✱un·done [ʌnˋdʌn; ͵ʌnˈdʌn] *v.* undo 的過去分詞. — *adj.* **1** 《源自 un-+done》未做的, 未了的. She left her housework *undone*. 她丟下家事沒做. **2** 《源自 undo 的過去分詞》《敘述》解開的, 脫落的, 鬆開的. Your shoelaces are *undone*. 你的鞋帶鬆開了.

un·doubt·ed [ʌnˋdautɪd; ͵ʌnˈdautɪd] *adj.* 無疑的, 確實的; 貨真價實的. *undoubted* evidence in his favor 對他有利的確鑿證據.

✱un·doubt·ed·ly [ʌnˋdautɪdlɪ; ͵ʌnˈdautɪdlɪ] *adv.* 無疑地, 確實地, (→doubtless 同). You are *undoubtedly* right about it. 這一點你確實是對的.

un·dreamed-of [ʌnˋdrimd͵ɑv, ͵ʌnˈdremtɒv] *adj.* 做夢也沒想到的, 想都沒想過的.

un·dreamt-of [ʌnˋdrɛmt͵ɑv, ͵ʌnˈdremtɒv] *adj.* =undreamed-of.

✱un·dress [ʌnˋdrɛs; ͵ʌnˈdres] *v.* (**~es** [~ɪz; ~ɪz]; **~ed** [~t; ~t]; **~ing**) *vt.* 脫掉⋯的衣服, 使赤裸. She *undressed* the child. 她脫掉小孩的衣服.

──────────── **uneasy** 1711

— *vi.* 脫衣服. The tired boy fell asleep without *undressing*. 那個疲憊的男孩沒脫衣服就睡著了.

— *n.* ⓤ **1** 〔文章〕赤裸的狀態. She was found wandering in the woods in a state of *undress*. 她被發現在樹林中赤裸地漫遊. **2** (相對於禮服的) 便服.

un·dressed [ʌnˋdrɛst; ͵ʌnˈdrest] *adj.* **1** 沒穿衣服的, 赤裸的; 便服的. **2** 〔肉等〕未經調味的. **3** 〔傷口〕未包紮的.

un·due [ʌnˋdju, -ˋdɪu, -ˋdu; ͵ʌnˈdjuː] *adj.* 《限定》不相稱的, 過度的; 不正當的, 非法的. with *undue* haste 過於著急地.

un·du·late [ˋʌndjə͵let, ˋʌndə-; ˈʌndjʊleɪt] *vi.* 〔水面, 草原等〕起波浪; 〔地面等〕起伏.

un·du·la·tion [͵ʌndjəˋleʃən, ͵ʌndə-; ͵ʌndjʊˈleɪʃn] *n.* ⓤⓒ 波動; 起伏. The country spreads in gentle *undulations*. 那個地區的地形微起伏地伸展開來.

un·du·ly [ʌnˋdjulɪ, -ˋdɪulɪ, -ˋdulɪ; ͵ʌnˈdjuːlɪ] *adv.* 過度地, 不必要地; 不正當地. ⇨ *adj.* undue.

un·dy·ing [ʌnˋdaɪɪŋ; ͵ʌnˈdaɪɪŋ] *adj.* 無止盡的, 不滅的, 永恆的. *undying* fame 不朽的名聲.

un·earned [ʌnˋɜnd; ͵ʌnˈɜːnd] *adj.* 不勞而獲的. *unearned* income 不勞而獲的收入.

un·earth [ʌnˋɜθ; ͵ʌnˈɜːθ] *vt.* **1** 挖出, 挖掘. *unearth* fossils 挖掘化石. **2** 發現, 揭露, 揭穿, 〔陰謀, 祕密等〕. The police *unearthed* a plot to kill the President. 警方揭穿一宗謀刺總統的陰謀.

un·earth·ly [ʌnˋɜθlɪ; ͵ʌnˈɜːθlɪ] *adj.* **1** 超自然的, 神祕的; 可怕的. **2** 《限定》《口》〔時間〕不合常規的, 不合情理的. She often calls me at an *unearthly* hour. 她常常在不適當的時間打電話給我《三更半夜等》.

un·ease [ʌnˋiz; ͵ʌnˈiːz] *n.* ⓤ 不安, 擔心.

un·eas·i·er [ʌnˋiziə; ͵ʌnˈiːziə(r)] *adj.* uneasy 的比較級.

un·eas·i·est [ʌnˋizɪɪst; ͵ʌnˈiːzɪɪst] *adj.* uneasy 的最高級.

un·eas·i·ly [ʌnˋizɪlɪ, -ˋizɪlɪ; ͵ʌnˈiːzɪlɪ] *adv.* 不安地, 擔心地; 不沈著地; 不自在地. The student looked at the examiners *uneasily*. 那個學生不安地看著考試委員.

un·eas·i·ness [ʌnˋizɪnɪs; ͵ʌnˈiːzɪnɪs] *n.* ⓤ 不安, 擔心; 不沈著; 不自在. sweep away *uneasiness* 消除不安.

✱un·eas·y [ʌnˋizɪ; ͵ʌnˈiːzɪ] *adj.* (**-eas·i·er; -eas·i·est**) **1** 〔人〕不安的, 擔心的; (用 uneasy about...)因⋯事而擔心的; 〔事物〕令人不安的, 令人擔心的. an *uneasy* sensation 不安的感覺/Conny's parents were very *uneasy* about her going to the party alone. 康妮的父母親對於她單獨去參加宴會深感不安. **2** 〔人, 態度等〕不沈著的; 不自在的, 不自然的.

look around in an *uneasy* manner 心神不定地四處張望/She looked *uneasy* in their presence. 在他們面前她顯得很不自在/I felt *uneasy* in tight jeans. 穿緊身的牛仔褲我覺得很不舒服.

un·ec·o·nom·ic, un·ec·o·nom·i·cal [ˌʌnikəˈnɑmɪk, -ɛk-; ˈʌnˌiːkəˈnɒmɪk, [-k], -kl] *adj.* 不划算的, 不經濟的; 浪費的.

un·ed·u·cat·ed [ʌnˈɛdʒəˌketɪd, -dʒʊ-; ʌnˈedjʊkeɪtɪd] *adj.* 未受過教育的, 沒知識的. He speaks *uneducated* English. 他說一口粗俗的英語.

un·em·ploy·a·ble [ˌʌnɪmˈplɔɪəbl; ˌʌnɪmˈplɔɪəbl] *adj.* 〔人〕不適宜雇用的.

***un·em·ployed** [ˌʌnɪmˈplɔɪd; ˌʌnɪmˈplɔɪd] *adj.*
1 失業的, 無工作的; 空閒的, 有空的. *unemployed* miners 失業的礦工/John has been *unemployed* for months. 約翰已經失業好幾個月了.
2 未利用[活用]的, 閒置的.
the unemplóyed 《作複數》失業的人們.

***un·em·ploy·ment** [ˌʌnɪmˈplɔɪmənt; ˌʌnɪmˈplɔɪmənt]
n. Ⓤ **1** 無職業, 失業(狀態). *unemployment* insurance 失業保險/an *unemployment* problem 失業問題.
2 失業率, 失業人數. *Unemployment* is on the rise in this country. 該國的失業率正在增加.

un·end·ing [ʌnˈɛndɪŋ; ʌnˈendɪŋ] *adj.* 無終止的, 無窮盡的; 《口》接連不斷的.

un·en·light·ened [ˌʌnɪmˈlaɪtṇd; ˌʌnɪmˈlaɪtnd] *adj.* **1** 未受教化的, 未經啟蒙的.
2 無知的; 被偏見[迷信]所蒙蔽的.

un·e·qual [ʌnˈikwəl; ʌnˈiːkwəl] *adj.* **1** 不相等的, 非同等的, 《to》 choose two numbers *unequal* to each other 選二個不相等的數字/children of *unequal* abilities=children *unequal* in ability 能力有所差異的小孩.
2 不一致的, 不齊的, 不平均的; 〔比賽等〕不公平的, 偏袒的. an *unequal* marriage 不相配的婚姻/an *unequal* match 不公平的比賽.
3 《敘述》不能勝任的《to》. Cecil felt himself *unequal* to the task. 賽希爾覺得自己無法勝任那項工作. ◇ *n.* **inequality**.

un·e·qualed 《美》, **un·e·qualled** 《英》 [ʌnˈikwəld; ʌnˈiːkwəld] *adj.* 出類拔萃的, 無與倫比的, an *unequaled* masterpiece 無與倫比的傑作.

un·e·qual·ly [ʌnˈikwəlɪ; ʌnˈiːkwəlɪ] *adv.* 非同等地, 不平等地; 不一致地.

un·e·quiv·o·cal [ˌʌnɪˈkwɪvək̩; ˌʌnɪˈkwɪvəkl] *adj.* 清楚的, 明白的, 不含糊的.

un·e·quiv·o·cal·ly [ˌʌnɪˈkwɪvək̩lɪ, -kl; ˌʌnɪˈkwɪvəklɪ] *adv.* 不含糊地, 明白地.

un·err·ing [ʌnˈɝɪŋ, -ˈɛr-; ʌnˈɜːrɪŋ] *adj.* 無誤的, 準確的, 確實的. with *unerring* aim 目標準確地.

un·err·ing·ly [ʌnˈɝɪŋlɪ, -ˈɛr-; ʌnˈɜːrɪŋlɪ] *adv.* 無偏差地, 準確地.

un·e·ven [ʌnˈivən; ʌnˈiːvn] *adj.* **1** 不平坦的, 凹凸不平的. an *uneven* road 凹凸不平的道路.
2 不同的, 非等質的, 不均勻的; 不規則的. a person of *uneven* temper 喜怒無常的人/The quality of the company's products is *uneven*. 那家公司的產品品質良莠不齊.
3 不公平的, 偏頗的.
4 奇數的(odd). *uneven* numbers 奇數.

un·e·ven·ly [ʌnˈivənlɪ; ʌnˈiːvnlɪ] *adv.* 凹凸不平地; 不公平地; 不規則地.

unéven (párallel) bárs *n.* (加 the) 《作複數》《體操》高低槓.

un·e·vent·ful [ˌʌnɪˈvɛntfəl; ˌʌnɪˈventfəl] *adj.* 無事的, 太平的; 平淡而乏味的. an *uneventful* life 太平[平凡]的生活.

un·ex·am·pled [ˌʌnɪɡˈzæmpld; ˌʌnɪɡˈzɑːmpld] *adj.* 《文章》無可比擬的, 無與倫比的; 史無前例的.

un·ex·cep·tion·a·ble [ˌʌnɪkˈsɛpʃənəbl, -ʃnəbl; ˌʌnɪkˈsepʃnəbl] *adj.* 《文章》完美無瑕的, 無懈可擊的.

un·ex·cep·tion·al [ˌʌnɪkˈsɛpʃən̩, -ʃnəl; ˌʌnɪkˈsepʃənl] *adj.* **1** 非例外的, 普通的.
2 不承認[容許]例外的.

***un·ex·pect·ed** [ˌʌnɪkˈspɛktɪd; ˌʌnɪkˈspektɪd] *adj.* 沒想到的, 意外的, 未預料到的; 突然的. We received an *unexpected* welcome. 我們受到了意不到的歡迎/An *unexpected* event took place there. 那裡發生了一件意料之外的事情.

un·ex·pect·ed·ly [ˌʌnɪkˈspɛktɪdlɪ; ˌʌnɪkˈspektɪdlɪ] *adv.* 料想不到地, 意外地; 突然地. He showed up *unexpectedly* yesterday. 他昨天突然出現了.

un·fail·ing [ʌnˈfelɪŋ; ʌnˈfeɪlɪŋ] *adj.* **1** 〔特指喜歡的東西〕無窮盡的, 不絕的. Human nature is of *unfailing* interest to me. 對我來說, 人性是永遠值得玩味的. **2** 足以信賴的, 不會背叛的. an *unfailing* friend 可信賴的朋友.

un·fail·ing·ly [ʌnˈfelɪŋlɪ; ʌnˈfeɪlɪŋlɪ] *adv.* 不絕地; 確實地.

***un·fair** [ʌnˈfɛr, -ˈfær; ʌnˈfeə(r)] *adj.* (**-fair·er** [-ˈfɛrə; -ˈfeərə(r)]; **-fair·est** [-ˈfɛrɪst; -ˈfeərɪst]) **1** 不公平的, 不當的, 《↔ fair》. an *unfair* judge 不公正的法官/*unfair* treatment 不公平的待遇/Some of the questions were *unfair* to foreigners. 這其中有部分問題對外國人而言是不公平的.
2 不正當的, 不誠實的. an *unfair* player 不誠實的選手/It is *unfair* of him to mention my past mistakes. 他揭我的舊瘡疤是不公平的.

un·fair·ly [ʌnˈfɛrlɪ, -ˈfær-; ʌnˈfeəlɪ] *adv.* 不公平地, 不正當地, 不誠實地.

un·faith·ful [ʌnˈfeθfəl; ʌnˈfeɪθfʊl] *adj.* 不忠實[誠實]的; 不貞的, 《to 對…》. He has never been *unfaithful* to his wife. 他從未對妻子不忠.

un·faith·ful·ly [ʌnˈfeθfəlɪ; ʌnˈfeɪθfʊlɪ] *adv.*

不忠實地.

un·faith·ful·ness [ʌnˈfeθfəlnɪs; ˌʌnˈfeɪθfʊlnɪs] *n.* Ⓤ 不忠實, 不貞.

un·fal·ter·ing [ʌnˈfɔltrɪŋ, -ˈfɔltərɪŋ; ʌnˈfɔːltərɪŋ] *adj.* 不搖晃的, 穩定的; 不躊躇的. with *unfaltering* steps 以穩健的步伐.

un·fa·mil·iar [ˌʌnfəˈmɪljɚ; ˌʌnfəˈmɪljə(r)] *adj.* **1** 〔事物等〕不爲人熟知的, 陌生的, 生疏的, 《to》. This street is quite *unfamiliar* to me. 這條街我相當不熟悉.
2 〔人〕不通曉的; 不習慣的, 不熟習的, 無經驗的; 《with》. a tourist *unfamiliar with* Japanese ways 不熟悉日本習俗的旅客/Marilyn was *unfamiliar with* that kind of party. 瑪莉蓮未曾有參加過那種宴會的經驗.

un·fas·ten [ʌnˈfæsn̩; ʌnˈfɑːsn̩] (★注意發音) *vt.* 鬆開, 解開.

un·fath·om·a·ble [ʌnˈfæðəməbl̩; ʌnˈfæðəməbl̩] *adj.* 《文章》 **1** 深不可測的, 深不見底的. **2** 〔因深奧而〕難以理解的.

*****un·fa·vor·a·ble** (美), **un·fa·vour·a·ble** (英) [ʌnˈfevrəbl̩, -ˈfevərə-; ʌnˈfeɪvərəbl̩] *adj.* **1** 〔事物〕不適宜的, 不利的, 《to, for》. *unfavorable* conditions 不利的條件/The weather was *unfavorable for* sailing. 那種天氣不適於航行.
2 不友善的, 反對的. The orchestra's performance received *unfavorable* reviews. 交響樂團的演出受到負面的批評. ↔ **favorable**.

un·fa·vor·a·bly (美), **un·fa·vour·a·bly** (英) [ʌnˈfevrəblɪ, -ˈfevərə-; ʌnˈfeɪvərəblɪ] *adv.* 不利地; 冷漠地, 否定地. The manager is *unfavorably* disposed toward John. 經理對於約翰沒有好感.

un·fazed [ʌnˈfezd; ʌnˈfeɪzd] *adj.* 《口》冷靜沈著的.

un·feel·ing [ʌnˈfilɪŋ; ʌnˈfiːlɪŋ] *adj.* **1** 無感覺的, 無情的. **2** 沒同情心的, 缺乏溫情的, 冷酷的.

un·feel·ing·ly [ʌnˈfilɪŋlɪ; ʌnˈfiːlɪŋlɪ] *adv.* 冷漠地.

un·feigned [ʌnˈfend; ʌnˈfeɪnd] *adj.* 《文章》非表面上的, 出自內心的, 真誠的.

un·fet·tered [ʌnˈfɛtɚd; ʌnˈfetəd] *adj.* 去掉腳鐐的; 不受束縛的, 自由的.

un·fin·ished [ʌnˈfɪnɪʃt; ʌnˈfɪnɪʃt] *adj.* **1** 未做完的, 未完成的. an *unfinished* story 未結束的故事. **2** 〔琢磨, 油漆等〕尚未加工完成的; 〔布〕尚未完成加工處理的.

un·fit [ʌnˈfɪt; ʌnˈfɪt] *adj.* (~·ter; ~·test) **1** 不適當的, 不適任的, 《for》; 不適宜的, 《to do》. That fruit is *unfit* for eating [to eat]. 那果子不適合食用/He is *unfit for* military service. 他不適宜服兵役. **2** 不健康的, 不健全的.
— *vt.* (~s; ~·ted; ~·ting) 使〔人〕不適合〔適任〕於…; 使〔人〕失去…資格, 《for》.

un·flag·ging [ʌnˈflæɡɪŋ; ʌnˈflæɡɪŋ] *adj.* 未減弱的, 不鬆懈的; 不斷的. *unflagging* effort 不懈的努力.

un·flap·pa·ble [ʌnˈflæpəbl̩; ʌnˈflæpəbl̩] *adj.* 《口》(面對困難)冷靜的, 沈着的.

un·flinch·ing [ʌnˈflɪntʃɪŋ; ʌnˈflɪntʃɪŋ] *adj.* 不畏縮的, 堅定的; 果敢的.

un·flinch·ing·ly [ʌnˈflɪntʃɪŋlɪ; ʌnˈflɪntʃɪŋlɪ] *adv.* 不畏縮地; 果敢地.

un·fold [ʌnˈfold; ʌnˈfəʊld] *vt.* **1** 把〔折疊的東西等〕展開[打開] (↔ fold). *unfold* a letter 打開一封信/Louise *unfolded* the napkin on her lap. 露薏絲將餐巾攤放在膝上.
2 公開, 使知曉, 〔計畫, 祕密等〕; 展開〔故事情節等〕. Don't *unfold* our plans to outsiders. 不要將我們的計畫洩漏給外人.
— *vi.* **1** 〔蓓蕾等〕綻放. **2** 呈現, 明朗化; 顯露.

un·fore·seen [ˌʌnforˈsin, -fɔr-, -fə-; ˌʌnfɔːˈsiːn] *adj.* 未料想到的, 出乎意料的, 意外的. 〖搭配〗*unforeseen*+n.: an ~ difficulty (出乎意料的困難), an ~ disaster (意外的災害), an ~ obstacle (未料想到的障礙), ~ circumstances (意外的狀況).

un·for·get·ta·ble [ˌʌnfɚˈɡɛtəbl̩; ˌʌnfəˈɡetəbl̩] *adj.* 〔經歷等〕無法忘懷的, 永遠留在記憶裡的.

un·for·giv·a·ble [ˌʌnfɚˈɡɪvəbl̩; ˌʌnfəˈɡɪvəbl̩] *adj.* 不可原諒的, 不可饒恕的.

*****un·for·tu·nate** [ʌnˈfɔrtʃənɪt; ʌnˈfɔːtʃənət] *adj.* 〖不幸的〗 **1** 運氣不佳的, 不幸的, 《↔ fortunate; *n.* misfortune》. the *unfortunate* victims of the recent earthquake 在最近地震中不幸的罹難者/You were *unfortunate* in losing your passport. 你真是倒楣遺失了護照/It was [is] *unfortunate* that he had an accident on his way home. 他在回家途中出了意外, 真是不幸.
〖運氣不佳的>不成功的〗 **2** 不成功的. an *unfortunate* expedition 失敗的探險活動/an *unfortunate* result 糟糕的結果.
3 〔言詞等〕不合適的, 不適宜的; 遺憾的. a most *unfortunate* choice of words 措辭極爲不當.
— *n.* Ⓒ (特指社會上)不幸的人, 命運不好的人. One more *unfortunate* jumped to her death. 又一個不幸的人死了.

*****un·for·tu·nate·ly** [ʌnˈfɔrtʃənɪtlɪ; ʌnˈfɔːtʃənətlɪ] *adv.* 倒楣地, 不幸地, 不湊巧地, 《↔ fortunately》. They were *unfortunately* caught in a traffic jam on their way. 在途中他們不巧遇到了塞車/*Unfortunately* I have to cancel my class. 眞不巧, 我必須取消我的課.

un·found·ed [ʌnˈfaʊndɪd; ʌnˈfaʊndɪd] *adj.* 無事實根據的, 無憑無據的, (↔ well-founded). an *unfounded* rumor 無事實根據的流言[謠傳].

un·freeze [ʌnˈfriz; ʌnˈfriːz] *vt.* (~s; -froze; -fro·zen; -freez·ing) 解凍; 解除對(價格, 工資等)的凍結.

un·friend·ly [ʌnˈfrɛndlɪ; ʌnˈfrendlɪ] *adj.* 缺乏友情的, 冷淡的; 懷有敵意的; 不宜人的.

un·frock [ʌn`frɑk; ˏʌn'frɒk] vt. (作爲懲罰)免去…的聖職.

un·froze [ʌn`froz; ˏʌn'frəʊz] v. unfreeze 的過去式.

un·fro·zen [ˏʌn`frozn; ˏʌn'frəʊzn] v. unfreeze 的過去分詞.

un·fruit·ful [ʌn`frutfəl, -`frɪut-; ˏʌn'fruːtfʊl] adj. **1** 徒勞的, 無效果的. make unfruitful efforts 白費力氣, 徒勞無功. **2** 不結果實的; 不毛的.

un·furl [ʌn`fɝl; ˏʌn'fɜːl] vt. 展開[捲繞的東西].

un·fur·nished [ʌn`fɝnɪʃt; ˏʌn'fɜːnɪʃt] adj. 〔公寓等〕不附帶家具的.

un·gain·ly [ʌn`genlɪ; ʌn'geɪnlɪ] adj. 〔動作, 舉止等〕笨拙的, 不靈活的, 難看的.

un·gen·er·ous [ʌn`dʒɛnərəs, -`dʒɛnrəs; ˏʌn'dʒenərəs] adj. **1** 心胸狹窄的; 卑劣的. **2** 吝嗇的. **3** 不公平的, 不合理的.

un·god·ly [ʌn`gɑdlɪ, -`gɒdlɪ; ʌn'gɒdlɪ] adj. **1** 不虔誠的, 不敬神的; 罪孽深重的. **2** (口)可怕的; 荒唐的; 不合常規的. an ungodly hour for visiting a friend 不適合拜訪朋友的時刻.

un·gov·ern·a·ble [ʌn`gʌvənəbl; ˏʌn'gʌvənəbl] adj. 無法控制的, 難以處理的.

un·gra·cious [ʌn`greʃəs; ʌn'greɪʃəs] adj. 粗魯的; 無教養的, 無禮的.

un·gram·mat·i·cal [ˏʌngrə`mætɪkl; ˏʌngrə'mætɪkl] adj. 不合文法的, 不合語法的.

un·grate·ful [ʌn`gretfəl; ʌn'greɪtfʊl] adj. **1** 不知感恩的(↔ grateful). **2** (雅)〔人, 工作等〕令人不悅的, 無收穫的.

un·grate·ful·ly [ʌn`gretfəlɪ; ʌn'greɪtfʊlɪ] adv. 不知感恩地, 忘恩負義地.

un·grudg·ing [ʌn`grʌdʒɪŋ; ˏʌn'grʌdʒɪŋ] adj. 不吝惜的, 慷慨的; 自願的. He has my ungrudging admiration. 我對他的讚美是毫無保留的.

un·grudg·ing·ly [ʌn`grʌdʒɪŋlɪ; ˏʌn'grʌdʒɪŋlɪ] adv. 不吝惜地; 自願地.

un·guard·ed [ʌn`gɑrdɪd; ˏʌn'gɑːdɪd] adj. **1** 無防備的, 無人看守的. **2** 疏忽的, 大意的, 不留神的. in an unguarded moment 疏忽的一瞬間.

un·hap·pi·er [ʌn`hæpɪɚ; ʌn'hæpɪə(r)] adj. unhappy 的比較級.

un·hap·pi·est [ʌn`hæpɪɪst; ʌn'hæpɪɪst] adj. unhappy 的最高級.

un·hap·pi·ly [ʌn`hæpɪlɪ, -p|ɪ; ʌn'hæpɪlɪ] adv. **1** 不幸地, 悲慘地. live unhappily 悲慘地活著. **2** 不湊巧地, 遺憾地. Unhappily we missed the train. 不湊巧地, 我們錯過了火車.

un·hap·pi·ness [ʌn`hæpɪnɪs; ʌn'hæpɪnɪs] n. Ⓤ不幸; 悲傷.

‡**un·hap·py** [ʌn`hæpɪ; ʌn'hæpɪ] adj. (**-pi·er; -piest**) **1** 不幸的, 悲慘的; 不快樂的; 悲傷的; (↔ happy). a very unhappy man 非常不幸的人/make an unhappy face 顯露悲戚的神情/What is she so unhappy about? 她爲了甚麼事情這樣悲傷?
2 運氣不佳的, 不巧的, 時機不對的. an unhappy coincidence 雪上加霜/face an unhappy situation 面對惡劣的處境.
3 〔表達等〕不適當的, 拙劣的. a very unhappy choice of words 極爲拙劣的措辭.
4 不滿的((about, at, with 對…)). He was unhappy with his new assistant. 他不滿意新來的助理.

un·harmed [ʌn`hɑrmd; ˏʌn'hɑːmd] adj. 無損的, 平安的.

un·health·i·ly [ʌn`hɛlθəlɪ, -ɪlɪ; ʌn'helθɪlɪ] adv. 不健康地; 不健全地.

un·health·i·ness [ʌn`hɛlθɪnɪs; ʌn'helθɪnɪs] n. Ⓤ不健康; 不健全.

*__un·health·y__ [ʌn`hɛlθɪ; ʌn'helθɪ] adj. (**-health·i·er; -health·i·est**) **1** 不健康的, 體弱多病的; 樣子顯得不健康的. an unhealthy child 體弱多病的孩子.
2 對健康有害的, 不利於健康的. unhealthy habits 不衛生的習慣, 不良習慣.
3 〔道德上, 精神上〕不健全的. ↔ healthy.

un·heard [ʌn`hɝd; ʌn'hɜːd] adj. 聽不見的; 不被接納的; 不允許辯解的.

un·heard-of [ʌn`hɝd͵ɑv, -͵ʌv; ˏʌn'hɜːdɒv] adj. 前所未聞的, 史無前例的. an unheard-of calamity 空前的災難[慘劇].

un·hinge [ʌn`hɪndʒ; ʌn'hɪndʒ] vt. **1** 把[門等]自鉸鏈上取下來. **2** (口)擾亂〔人, 心〕, 使瘋狂.

un·ho·ly [ʌn`holɪ; ʌn'həʊlɪ] adj. **1** (主雅)不神聖的, 不淨的. **2** 不虔誠的, 罪孽深重的. **3** (口)驚人的, 可怕的.

un·hook [ʌn`hʊk; ʌn'hʊk] vt. 將…自鉤上取下; 解開〔衣服等〕的鉤扣.

un·hoped-for [ʌn`hopt͵fɔr; ˏʌn'həʊptfɔː(r)] adj. 不敢奢望的, 未料到的; 意外的, 未想到的.

un·horse [ʌn`hɔrs; ˏʌn'hɔːs] vt. 把〔人〕從馬上拉下來.

un·hurt [ʌn`hɝt; ˏʌn'hɜːt] adj. 未受(損)害的, 無傷的.

uni- 《構成複合字》表示「一, 單一」之意. uniform (同樣的). unity(單一).

u·ni·cam·er·al [͵junɪ`kæmərəl; ˏjuːnɪ'kæmərəl] adj. 〔議會〕一院制的(→ bicameral).

UNICEF [`junɪsɛf; 'juːnɪsef] n. 聯合國兒童(急難救助)基金會((United Nations International Children's Emergency Fund)).

u·ni·corn [`junɪˏkɔrn; 'juːnɪkɔːn] n. Ⓒ獨角獸(一種虛構的動物, 馬身獅尾, 額上生獨角; 是純潔的象徵); (紋章)獨角獸((在

[unicorn]

英國王室的紋章中與獅子並列的圖案).

u·ni·cy·cle [ˈjunɪˌsaɪkl; ˈjuːnɪsaɪkl] n. C 單輪車《作特技表演》.

un·i·den·ti·fied [ˌʌnaɪˈdɛntəˌfaɪd, ˌʌnə-; ˌʌnaɪˈdentifaɪd] adj. 身分不明的; 未確認的, 來路不明的. an *unidentified* body [corpse] 身分不明的屍體/An *unidentified* airplane invaded American air space. 一架國籍不明的飛機侵入了美國的領空.

unidêntified flỹing óbject n. → UFO.

u·ni·fi·ca·tion [ˌjunəfəˈkeʃən; ˌjuːnɪfɪˈkeɪʃn] n. U 統一, 一體化. ⇨ v. **unify**.

‡u·ni·form [ˈjunəˌfɔrm; ˈjuːnɪfɔːm] adj. **1** 同樣的, 均一的, 等質的, 均勻的. The sky was a *uniform* gray. 天空是一片灰色.
2 一定的, 不變的. drive at a *uniform* speed 以一定的速度行駛.
3 相同的, 整齊劃一的. *uniform* in size 大小一樣/The new houses were of a *uniform* height. 新住宅的高度一致/They are of a *uniform* opinion. 他們的意見一致.
— n. (pl. ~s [~z; ~z]) UC 制服; 軍服(⟷mufti). The pupils wear gray *uniforms*. 學生們穿著灰色的制服/guards in *uniform* 身穿制服的警衛.

u·ni·formed [ˈjunəˌfɔrmd; ˈjuːnɪfɔːmd] adj. 穿著制服的.

*u·ni·form·i·ty [ˌjunəˈfɔrmətɪ; ˌjuːnɪˈfɔːmətɪ] n. U 相同性; 劃一, 均一, 等質; 一定, 不變. the dull *uniformity* of suburban houses 單調劃一的郊區住宅.

u·ni·form·ly [ˈjunəˌfɔrmlɪ; ˈjuːnɪfɔːmlɪ] adv. 同樣地, 均等地; 一致地, 相同地; 一定地, 不變地.

u·ni·fy [ˈjunəˌfaɪ; ˈjuːnɪfaɪ] vt. (-fies; -fied; ~ing) **1** 使一體化; 使統一. **2** 使單一[同樣]化.

u·ni·lat·er·al [ˌjunɪˈlætərəl; ˌjuːnɪˈlætərəl] adj. **1** 僅單方面的; 偏向一方的; 片面的. *unilateral* disarmament 片面的裁軍.
2 《法律》《商業》單方的(→ bilateral).

u·ni·lat·er·al·ly [ˌjunɪˈlætərəlɪ; ˌjuːnɪˈlætərəlɪ] adv. 單方面地.

un·im·ag·i·na·ble [ˌʌnɪˈmædʒɪnəbl, -ˈmædʒnəbl; ˌʌnɪˈmædʒɪnəbl] adj. 無法想像的; 想不到的. The earthquake caused *unimaginable* damage. 地震造成了無法想像的損害.

un·im·peach·a·ble [ˌʌnɪmˈpitʃəbl; ˌʌnɪmˈpiːtʃəbl] adj. 《文章》**1** 無法彈劾的; 無可非議的, 可靠的, 可靠的. The information comes from an *unimpeachable* source. 那則情報來源相當可靠.

*un·im·por·tant [ˌʌnɪmˈpɔrtn̩t; ˌʌnɪmˈpɔːtənt] adj. 不重要的, 無足輕重的, 微小的. an *unimportant* problem 無足輕重的問題.

un·in·formed [ˌʌnɪnˈfɔrmd; ˌʌnɪnˈfɔːmd] adj. **1** 未接獲資料的, 未被告知的; 資料不充分的. He made an *uninformed* criticism of my book. 他沒有仔細閱讀就批評我的書.
2 無知的, 不學無術的.

un·in·hab·i·ta·ble [ˌʌnɪnˈhæbɪtəbl; ˌʌnɪnˈhæbɪtəbl] adj. 不適合居住的, 不能住人的. Big cities are becoming more and more *uninhabitable*. 大都市變得越來越不適合居住了.

un·in·hab·it·ed [ˌʌnɪnˈhæbɪtɪd; ˌʌnɪnˈhæbɪtɪd] adj. 沒有人居住的, 無人的. an *uninhabited* island 無人島.

un·in·hib·it·ed [ˌʌnɪnˈhɪbɪtɪd; ˌʌnɪnˈhɪbɪtɪd] adj. 未受抑制[束縛]的; 盡情的.

un·in·jured [ʌnˈɪndʒəd; ʌnˈɪndʒəd] adj. 未受傷害的, 未受損的, 無傷的. They escaped *uninjured* from the accident. 他們毫髮無傷地從那場事故中脫險.

un·in·spired [ˌʌnɪnˈspaɪrd; ˌʌnɪnˈspaɪəd] adj. 未得到靈感的, 無獨創性的, 平凡的.

un·in·tel·li·gi·ble [ˌʌnɪnˈtɛlədʒəbl; ˌʌnɪnˈtelɪdʒəbl] adj. 無法理解的, 不明瞭的. He writes *unintelligible* English. 他寫的英文令人難以理解.

un·in·ten·tion·al [ˌʌnɪnˈtɛnʃən̩l, -ʃnəl; ˌʌnɪnˈtenʃənl] adj. 非蓄意的, 不是有意的.

un·in·ter·est·ed [ʌnˈɪntərɪstɪd, -ˈɪntrɪstɪd, -ɪntəˌrɛstɪd; ʌnˈɪntrəstɪd] adj. 不感興趣的, 漠不關心的; 無利害關係的; 《in》(→ disinterested 注意). I am quite *uninterested in* sport. 我對運動毫無興趣.

*un·in·ter·est·ing [ʌnˈɪntərɪstɪŋ, -ˈɪntrɪstɪŋ, -ɪntəˌrɛstɪŋ; ʌnˈɪntrəstɪŋ] adj. 無趣的, 引不起興趣的, 枯燥乏味的. I found the story *uninteresting*. 我覺得那則故事很乏味.

un·in·ter·rupt·ed [ˌʌnɪntəˈrʌptɪd; ˈʌnˌɪntəˈrʌptɪd] adj. 連續的, 不間斷的.

un·in·vit·ed [ˌʌnɪnˈvaɪtɪd; ˌʌnɪnˈvaɪtɪd] adj. 未被邀請的, 不請自來的. an *uninvited* guest 不速之客.

*un·ion [ˈjunjən; ˈjuːnjən] n. (pl. ~s [~z; ~z]) **1** UC 結合, 合爲一體; 合併, 聯合; 團結; 《雅》(男女的)結合, 結婚. the *union* of several companies 達成數家公司的合併/They were joined in holy *union*. 他們神聖地結合在一起《結婚》.
2 U 一致, 和睦, 和諧. act in *union* with... 與…採取同一步調/The two sisters lived in perfect *union*. 姊妹倆十分和睦地生活在一起.
3 C (★用單數亦可作複數)同盟, 聯盟, 協會; 工會. a labor 《美》[trade 《主英》] *union* 工會.
4 C 聯邦. the Soviet *Union* 《歷史》蘇聯.
⇨ v. **unite, unionize**.
the Únion (1)美利堅合眾國(the United States of America) (2)《美史》(南北戰爭時的)北方聯盟(⟷ the Confederate States).
[字源] UNI「單一」: *union*, *unity* (單一), *unique* (唯一的), *unite* (使結合).

un·ion·ism [ˈjunjənˌɪzm̩; ˈjuːnjənɪzəm] n. U

1 工會主義. **2** (常 Unionism)《(英史)》愛爾蘭統一主義《主張大不列顛與愛爾蘭的聯合統一》;《(美史)》(南北戰爭時的)聯邦主義(反對南北的分離).

un·ion·ist [ˈjunjənɪst; ˈjuːnjənɪst] *n.* ⓒ **1** 工會會員; 工會主義者. **2** (英史)(常 Unionist)愛爾蘭統一主義者. **3** (美史)(常 Unionist)(南北戰爭時期的)聯邦主義者(↔ Confederate).

un·ion·i·za·tion [ˌjunjənaɪˈzeʃən; ˌjuːnjənaɪˈzeɪʃṇ] *n.* Ⓤ 成立工會; 加入工會.

un·ion·ize [ˈjunjənˌaɪz; ˈjuːnjənaɪz] *vt.* 使組成工會, 使加入工會.
— *vi.* 加入[組成]工會. ⊹ *n.* union.

Únion Jáck *n.* (加 the)聯合王國[英國]國旗《→見封底裡》.

Únion of Sòviet Sòcialist Repúblics *n.* (加 the)(歷史)蘇維埃社會主義共和國聯邦(前蘇聯的正式名稱; 首都 Moscow; 略作 USSR).

únion shòp *n.* ⓒ 在雇用非工會會員的雇主時, 規定其在一定期間內必須加入工會的工商企業.

u·nique [juˈnik; juːˈniːk] *adj.* 〖只有一個的〗 **1** 唯一的; 獨特的. To ordinary people, the sun is a *unique* object. 對一般的人來說, 太陽是唯一的/Getting money should not be your *unique* goal in life. 賺錢不是你人生唯一的目標/Ancestor worship is not *unique* to this country. 祖先崇拜的習俗並非是這個國家所獨有的. **2** 特有的, 特別的; 無法相比的. My position was *unique*; so you won't learn anything from my experience. 我的情況特殊, 因此你無法從我的經驗中學到任何東西/Shakespeare was *unique* among his contemporaries. 莎士比亞是他同時代的作家所無法望其項背的/a *unique* opportunity to buy a house in the countryside 購買鄉間住宅千載難逢的時機. **3** 《口》珍稀的, 與眾不同的, (unusual). a *unique* gift 珍貴的禮物/His style of dress is certainly *unique*. 他的服裝樣式的確獨特.

u·nique·ly [juˈniklɪ; juːˈniːklɪ] *adv.* 獨特地; 與眾不同地.

u·nique·ness [juˈnik, juːˈniːknɪs] *n.* Ⓤ 獨特; 《口》與眾不同.

u·ni·sex [ˈjunɪˌsɛks; ˈjuːnɪseks] *adj.* (服裝, 髮型等)男女通用的, 不分男女的, 中性的. — *n.* Ⓤ 中性(服裝等).

u·ni·son [ˈjunəzṇ, ˌjunəsṇ; ˈjuːnɪzṇ] *n.* Ⓤ **1** 和諧, 一致. **2** (音樂)齊唱, 齊奏; 同音. *in únison* (1)和諧地, 一致地. (2)齊唱.

u·nit [ˈjunɪt; ˈjuːnɪt] *n.* (*pl.* ~s [~s; ~s]) ⓒ 〖無法分割之物〗 **1** 單位; 構成的單位, (整體中的)一個; 一個人. an administrative *unit* 行政單位/The family is a *unit* of society. 家庭是社會的組成單元/A word is a *unit* of language. 字詞是構成語言的單位. **2** (計量等的)單位. a monetary *unit* 貨幣單位/

A gram is a *unit* of weight. 公克是重量單位. **3** (學科的)單元. **4** (★有時用單數亦可作複數)(軍隊等的)部隊單位; (組織等的)部署單位. **5** (數學)一; 個位數(一到九). The number 5 consists of five *units*. 5 這個數字由 5 個 1 構成. **6** 一套設備; (組合家具等的)一套; (機器等成為一組的)零件. a kitchen *unit* 一套廚具(水槽、流理臺等的一套).

U·ni·tar·i·an [ˌjunəˈtɛrɪən, -ˈterɪən, -rjən; ˌjuːnɪˈteərɪən] *n.* ⓒ (基督教)唯一神教派的教徒《不承認三位一體(Trinity), 否定基督是神》. — *adj.* 唯一神教派(教徒)的.

u·nite [juˈnaɪt; juːˈnaɪt] *v.* (~s [~s; ~s]; u·nit·ed [~ɪd; ~ɪd]; u·nit·ing) *vt.* 〖合而為一〗 **1** 使聯合, 使連結; 使結合, 使為一體; 合併. The two companies were *united* to form a new one. 那兩家公司合併成一家新公司. 📖 unite 意味著結合成一體後能發揮功能, 其緊密的程度比 combine 高; → join. **2** 使結婚. They were *united* in holy matrimony. 他們透過神聖的婚姻結合在一起. **3** 兼備, 兼具, (各種性質等). His daughter *unites* beauty and intelligence. 他的女兒兼具美麗與才智. **4** 使團結. The Finnish people were *united* in their resistance against the invaders. 芬蘭人民團結一致抵抗侵略者. — *vi.* 〖形成一體〗 **1** 連結; 成為一體; 合併; 融合, 化合. Hydrogen and oxygen *unite* to form water. 氫和氧化合成水. **2** 團結, 合力, 合作. All the students *united* in producing the play. 所有的學生團結合作一同製作這齣戲. ⊹ *n.* union, unity.

u·nit·ed [juˈnaɪtɪd; juːˈnaɪtɪd] *adj.* **1** 聯合的, 合併的. The *united* forces of the two countries drove out the invaders. 兩國的聯軍趕走了侵略者. **2** 團結的; 協力的, 合作的. a *united* family 團結的家庭/a group *united* in spirit 精誠團結的團體/make a *united* effort 同心協力.

Unìted Árab Emírates *n.* (加 the)阿拉伯聯合大公國《由七個酋長國組成; 略作 UAE; 首都 Abu Dhabi》.

Unìted Kíngdom *n.* (加 the)聯合王國《通常稱作「英國」; 首都 London; 略作 UK; 正式名稱為 the United Kingdom of Great Britain and Northern Ireland; → Great Britain》.

Unìted Nátions *n.* (加 the)《作單數》聯合國(1945 年創立; 總部設在 New York 市; 略作 UN, U.N.》.

Unìted Prèss Internátional *n.* (加 the)合眾(UPI)國際社《美國的兩大通訊社之一; → AP》.

Unìted Státes (of América) *n.* (加 the)《作單數》美利堅合眾國《由五十州和首都 Washington 的所在地 the District of Colum-

bia (略作D.C.) 所組成; 略作US, U.S., USA, U.S.A.; → America).

u·nit·ing [ju`naɪtɪŋ; ju:'naɪtɪŋ] v. unite 的現在分詞、動名詞.

ūnit trūst n. ⓒ《英》投資信託 (公司) (《美》 mutual fund).

*__**u·ni·ty**__ [`junətɪ; 'ju:nətɪ] n. (pl. **-ties** [~z; ~z])
〖單一體〗 **1** ⓊⒸ 單一, 單一性; 統一(性); 整體. a picture lacking in unity 缺乏整體性的圖畫.
2 Ⓤ 一致, 和諧, 融合. In unity there is strength. 團結就是力量/live in unity with one's neighbors 和鄰居們和睦相處. ⇨ v. unite.
【字源】 UNI「單一, 統一」: unity, union (聯合), unique (唯一的), unite (使聯合).

univ., Univ. (略) university.

‡__**u·ni·ver·sal**__ [͵junə`vɝsḷ; ͵ju:nɪ'vɜ:sl] adj.
【共同的 】 **1** 普遍的, 一般的; 一般通行的; 全體人類的, (適用於) 每個人的; (→ general 回). universal truth 普遍的眞理/a universal rule 一般的法則/a universal practice 社會上一般的的慣例/universal human characteristics 一般人所共有的特質/win universal acceptance 得到所有人的承認.
【全體的 】 **2** 全世界的; 宇宙的. universal gravitation 萬有引力/They are working for universal peace. 他們為世界和平而努力.
3 【整體的 】範圍廣泛的, 多方面的; 適用於所有目的的, 萬能的. a principle of universal application 普遍適用的原則/a universal spanner 萬用扳手/a universal genius 多才多藝的天才.

u·ni·ver·sal·i·ty [͵junəvɝ`sælətɪ, -və`sæl-; ͵ju:nɪvɜ:'sælətɪ] n. Ⓤ 普遍性, 一般性; 普及; 廣泛.

univèrsal jóint n. ⓒ《機械》萬能接頭.

u·ni·ver·sal·ly [͵junə`vɝsḷɪ; ͵ju:nɪ'vɜ:səlɪ] adv. 普遍地; 整體地; 所有人地; 範圍廣泛地; 全世界地. a universally accepted fact 舉世公認的事實.

‡__**u·ni·verse**__ [`junə͵vɝs; 'ju:nɪvɜ:s] n. (pl. **-vers·es** [~ɪz; ~ɪz])
1 (加the 或作the Universe) 宇宙. God made the universe. 上帝創造宇宙/The universe seems boundless to man. 宇宙對人而言似乎是無邊無際.
2 (加the) 全世界, (全) 人類. The whole universe will admit the truth. 全人類都會承認這一眞理.
3 ⓒ 範圍, 領域. one's private universe 私人領域.

u·ni·ver·si·ties [junə`vɝsətɪz, -`vɝstɪz; ͵ju:nɪ'vɜ:sətɪz] n. university 的複數.

‡__**u·ni·ver·si·ty**__ [͵junə`vɝsətɪ, -`vɝstɪ; ͵ju:nɪ'vɜ:sətɪ] n. (pl. **-ties**) **1** ⓒ 大學, (特指) 綜合大學, (★專科大學 [學院] 為college). go to a university 上大學, 進大學, 〔語法〕《英》常不加冠詞; 《美》亦作 go to the university;「上大學」通常說 go to college)/Her brother went to the University of California. 她的哥哥進入加州大學就讀 (〔語法〕若前有地名, 人名則一般不加冠詞: Oxford [Harvard] University)/His daughter is at (the) university. 他的女

兒在讀大學.
2 Ⓤ (單複數同形) (加the) (集合) 大學的學生、職員; 大學當局.
3 (形容詞性) 大學的. a university professor 大學教授/a university town 大學城/a university extension 大學公開講座, 大學推廣教育.

*__**un·just**__ [ʌn`dʒʌst; ͵ʌn'dʒʌst] adj. (~**er, more** ~; ~**est, most** ~) 不正當的; 不合理的, 不公平的, (↔ just). We received very unjust treatment. 我們受到非常不公平的待遇.

un·jus·ti·fi·a·ble [ʌn`dʒʌstə͵faɪəbl̩; ͵ʌn'dʒʌstɪfaɪəbl] adj. 無理的, 不合理的. Your conduct was unjustifiable. 你的行為眞是無理.

un·just·ly [ʌn`dʒʌstlɪ; ͵ʌn'dʒʌstlɪ] adv. 不正當地; 不合理地; 不公平地.

un·kempt [ʌn`kɛmpt; ͵ʌn'kempt] adj. (頭髮) 未梳理的, 蓬鬆的; 〔服裝等〕 不整潔的, 亂七八糟的. 【字源】-kempt 為與 combed 同義的舊式用法.

‡__**un·kind**__ [ʌn`kaɪnd; ͵ʌn'kaɪnd] adj. 不友善的, 不近人情的, 不體貼的, 冷酷的, (to 對…) (↔ kind). Mrs. Jones was very unkind to us. 瓊斯太太對我們非常冷漠/What an unkind thing to say! 多麼無情的話!/It is very unkind of you to say so. 你這樣說眞是無情.

un·kind·ly [ʌn`kaɪndlɪ; ͵ʌn'kaɪndlɪ] adv. 不友善地, 不近人情地; 懷有惡意地. He took my remark unkindly. 他惡意地曲解了我的話.

un·kind·ness [ʌn`kaɪndnɪs; ͵ʌn'kaɪndnɪs] n. Ⓤ 不友善, 不近人情; ⓒ 不友善的行為 [態度].

un·know·ing [ʌn`noɪŋ; ͵ʌn'nəʊɪŋ] adj. 不知道的; 不曉得的, 未察覺的, (of).

un·know·ing·ly [ʌn`noɪŋlɪ; ͵ʌn'nəʊɪŋlɪ] adv. 不知道地.

‡__**un·known**__ [ʌn`non; ͵ʌn'nəʊn] adj. 不為人所知的, 未知的, (用 unknown to…); 不清楚的, 無名的. an unknown region 不為人所知的地區/an unknown face 陌生的面孔/This hot spring is unknown to many people. 很多人都不知道這個溫泉.
— n. ⓒ **1** (常加the) 不知道的人 [物, 事]; 未知的世界. **2** 《數學》未知數.

Unknówn Sóldier n. 《美》(加the) 無名戰士 (死於世界大戰的無名戰士; 其紀念碑在美國 Washington, D.C. 鄰近的Virginia的Arlington National Cemetery).

Unknówn Wárrior n. 《英》(加the) 無名戰士 (紀念碑在英國 London 的 Westminster Abbey; → Unknown Soldier).

un·lace [ʌn`les; ͵ʌn'leɪs] vt. 解開 [鬆開] 〔鞋等〕 的繩帶.

un·law·ful [ʌn`lɔfəl; ͵ʌn'lɔ:fʊl] adj. 違法的, 非法的.

un·law·ful·ly [ʌn`lɔfəlɪ; ͵ʌn'lɔ:fʊlɪ] adv. 非法地.

un·learn [ʌn`lɝn; ͵ʌn'lɜ:n] vt. (~**s**; ~**ed, -learnt**; ~**ing**) (有意地) 忘卻, 從思想中去除, 〔知道的事,

學過的事等）.

un·learnt [ʌn`lɜnt; ˌʌn'lɜːnt] v. unlearn 的過去式、過去分詞.

un·leash [ʌn`liʃ; ˌʌn'liːʃ] vt. **1** 解開[鬆開][拴扣等]的皮帶. **2** 使〔壓抑的感情等〕發洩. unleash one's anger 怒不可遏.

un·leav·ened [ʌn`lɛvənd; ˌʌn'levnd] adj.
1 未加酵母的. **2** 未受影響的, 一如往昔的.

‡un·less [ən`lɛs; ən'les] conj. 如果不…, 除非
…, 只要不是…, (if...not; except when). Unless it rains, Ann will come. 只要不下雨, 安會來的/I don't use taxis unless (it is) absolutely necessary. 除非有絕對的需要, 否則我不坐計程車/All the books in this list were published in London unless stated otherwise. 除非另有說明, 否則清單上所有的書皆在倫敦出版.

【慣法】(1)與最後二個例句一樣, unless子句中的主詞與動詞（一般為 be 動詞）通常會被省略.

(2)unless 子句很少使用假設語氣. 不能把 If he had not helped me.... 說成 Unless he had helped me....

(3)unless 通常可翻譯成「如果沒有…的話」及「除非…」. 但是 I'll be surprised if that reckless driver doesn't have an accident. (那個粗心的駕駛如果沒有肇事的話我會感到很意外)中的 if 子句不可改成 unless that reckless driver has an accident.

un·let·tered [ʌn`lɛtəd; ˌʌn'letəd] adj. 未受教育的; 沒知識的, 不會讀寫的; (↔ lettered).

un·li·censed [ʌn`laɪsənst; ˌʌn'laɪsnst] adj. 無執照的.

‡un·like [ʌn`laɪk; ˌʌn'laɪk] adj. 《敍述》不像的, 不一樣的, 不相同的. The two brothers are quite unlike. 這兩兄弟很不像.
— prep. 與…不相似的, 與…不一樣, 不像…. Unlike his father Bob is tall. 和父親不一樣, 鮑伯的個兒高/It's unlike him to get so angry. 發這麼大的火, 實在是不像他(平常的樣子).

‡un·like·ly [ʌn`laɪklɪ; ˌʌn'laɪklɪ] adj. (-li·er, more ~; -li·est, most ~) **1** 不太可能的; (用unlikely to do)可能不會…; (↔ likely). an unlikely situation 不太可能的情形/It is unlikely that he told a lie. 他不太可能說謊/They are unlikely to come today. 他們今天可能不會來.
2 不太可能成功的, 沒有多少希望的. an unlikely candidate 不太可能當選的候選人/Our victory is unlikely but not impossible. 我們勝利的希望渺茫, 但並非全無可能.

‡un·lim·it·ed [ʌn`lɪmɪtɪd; ˌʌn'lɪmɪtɪd] adj. 沒有限度的, 無限的, 無盡的; 極大的. unlimited wealth 用不完的財富/unlimited knowledge 淵博的知識.

un·list·ed [ʌn`lɪstɪd; ˌʌn'lɪstɪd] adj. **1** 未登入名冊的. **2** 《主美》未登記在電話簿上的((英) ex-directory). an unlisted telephone number 未登記在電話簿上的電話號碼.

‡un·load [ʌn`lod; ˌʌn'ləʊd] v. (~s [~z; ~z]; ~ed [~ɪd; ~ɪd]; ~ing) vt. **1** 卸下〔船, 車等〕的貨物, 清除〔倉庫〕的貨物; 卸下〔貨物, 乘客等〕. unload a ship 卸下船上的貨物/unload cargo 卸貨.
2 放下〔心中的負擔〕, 去除〔令人不快之物〕, 傾吐〔煩惱等〕. unload responsibilities 卸下責任/He had no one to whom he could unload his anxieties. 他沒有人可以傾訴心中的焦慮.
3 從〔槍砲〕中取下彈藥; 從〔照相機〕中取出底片.
— vi. 〔船, 車〕卸貨.

‡un·lock [ʌn`lɑk; ˌʌn'lɒk] v. (~s [~s; ~s]; ~ed [~t; ~t]; ~ing) vt. 打開〔門等〕的鎖; 開鎖. unlock a door 打開門鎖.
— vi. 開啟著.

un·looked-for [ʌn`lʊktˌfɔr; ʌn'lʊktfɔː(r)] adj. 未受期待的, 沒有料想到的, 意外的, (unexpected).

un·loose [ʌn`lus; ˌʌn'luːs] vt. 《主雅》打開, 鬆開; 解放.

un·loos·en [ʌn`lusn; ˌʌn'luːsn] vt. =loosen.

un·loved [ʌn`lʌvd; ˌʌn'lʌvd] adj. 不惹人愛的, 不討人喜歡的.

un·luck·i·er [ʌn`lʌkɪə; ʌn'lʌkɪə(r)] adj. unlucky 的比較級.

un·luck·i·est [ʌn`lʌkɪɪst; ʌn'lʌkɪɪst] adj. unlucky 的最高級.

un·luck·i·ly [ʌn`lʌkɪlɪ; ʌn'lʌkɪlɪ] adv. 倒楣地, 不巧地, 不幸地.

‡un·luck·y [ʌn`lʌkɪ; ʌn'lʌkɪ] adj. (-luck·i·er, -luck·i·est) **1** 運氣不佳的; 不順利的; 不幸的. an unlucky man 倒楣的男人/Last year he was unlucky in everything. 去年他甚麼事情都不順利.
2 不吉利的, 不祥的. Some people believe that thirteen is an unlucky number. 有人認為 13 是不吉利的數字.
3 時運不佳的, 不湊巧的. unlucky weather 不湊巧的(壞)天氣.

un·made [ʌn`med; ˌʌn'meɪd] adj. 〔床鋪〕未整理過的.

un·man [ʌn`mæn; ˌʌn'mæn] vt. (~s; ~ned; ~ning) 《雅》使喪失勇氣, 使膽怯.

un·man·ly [ʌn`mænlɪ; ˌʌn'mænlɪ] adj. 無男子氣概的, 懦弱的, 膽小的.

un·manned [ʌn`mænd; ˌʌn'mænd] adj. 〔船, 太空船等〕無人操控的, 無人的.

un·man·ner·ly [ʌn`mænəlɪ; ˌʌn'mænəlɪ] adj. 《文雅》粗魯的, 冒失的.

‡un·mar·ried [ʌn`mærɪd; ˌʌn'mærɪd] adj. 未婚的, 單身的. an unmarried woman 未婚的女性.

un·mask [ʌn`mæsk; ˌʌn'mɑːsk] vt. 取下[摘下]…的面具; 使露出原形. unmask hypocrisy 摘下偽君子的面具.

un·matched [ʌn`mætʃt; ˌʌn'mætʃt] adj. **1** 無可匹敵的, 無與倫比的. He remains unmatched as a chess player. 他依然是一位所向無敵的西洋棋高手. **2** 不相稱的.

un·meas·ured [ʌn`mɛʒəd; ˌʌn'meʒəd] adj.

沒有限度的, 無限的; 無法測知的.

un·men·tion·a·ble [ʌnˋmɛnʃənəbl̩, -ˋn̩əbl̩; ʌnˈmenʃn̩əbl̩] adj. 不可提及的; (因低俗而)說不出口的. —— n. (unmentionables)《作複數》《古》《委婉》內衣褲.

un·mind·ful [ʌnˋmaɪndfəl, -ˋmaɪnfəl; ʌnˈmaɪndfʊl] adj. 《文章》不放在心上的《of》; 不注意的. Father is *unmindful* of his health. 父親不注意自己的健康.

un·mis·tak·a·ble [ˌʌnməˋstekəbl̩; ˌʌnmɪˈsteɪkəbl̩] adj. 不可能弄錯的, 明白的, 不會混淆的. The *unmistakable* voice of my father came from the room. 房間裡傳出的一定是我爸爸的聲音.

un·mis·tak·a·bly [ˌʌnməˋstekəblɪ; ˌʌnmɪˈsteɪkəblɪ] adv. 不會錯地, 明顯地.

un·mit·i·gat·ed [ʌnˋmɪtəˌgetɪd; ʌnˈmɪtɪgeɪtɪd] adj. 《限定》 **1** 未緩和的, 未減輕的. The boy cried from *unmitigated* pain. 男孩因持續的疼痛而哭叫. **2** 完全的, 不會混淆的.

un·mor·al [ʌnˋmɔrəl, -ˋmɑrəl; ʌnˈmɒrəl] adj. 與道德無關的, 超乎道德的《(既非 moral 亦非 immoral)》.

un·moved [ʌnˋmuvd; ʌnˈmuːvd] adj. **1** 不知同情的, 沒有同情心的. **2** 不為所動的, 冷靜的. Her husband was *unmoved* by her tears. 她丈夫對她的眼淚無動於衷.

*****un·nat·u·ral** [ʌnˋnætʃərəl, -ˋnætʃrəl; ʌnˈnætʃrəl] adj. 《違反自然的》 **1** 不自然的, 異常的, (↔ natural). There is something *unnatural* about his leaving so suddenly. 他這樣突然地離開有點不對勁/His son has an *unnatural* fondness for raw carrots. 他兒子異常偏好生的胡蘿蔔. **2** 矯揉造作的, 裝腔作勢的. his *unnatural* manner 他矯揉造作的神態/I don't like the model's *unnatural* way of walking. 我不喜歡那位模特兒做作的走路方式. **3** 【有悖於自然或人情的】違反人道的, 不合人情的; 殘忍的. They regarded him as an *unnatural* fiend. 他們認為他是個殘酷無情的人.

un·nat·u·ral·ly [ʌnˋnætʃərəlɪ, -ˋnætʃrəlɪ; ʌnˈnætʃrəlɪ] adv. 不自然地, 異常地; 矯揉造作地; 不合人情地. an *unnaturally* partial witness 過於偏袒一方的證人[證詞].

un·nec·es·sar·i·ly [ʌnˋnɛsəˌsɛrəlɪ; ʌnˈnesəsərəlɪ] adv. 不必要地, 多餘地.

‡**un·nec·es·sar·y** [ʌnˋnɛsəˌsɛrɪ; ʌnˈnesəsərɪ] adj. 不必要的, 多餘的, (↔necessary). *unnecessary* worry 不必要的擔憂/It is *unnecessary* for me to go there today. 我今天沒必要去那裡/Your plan would involve us in *unnecessary* expense. 你們的計畫會連累我們支付不必要的費用.

un·nerve [ʌnˋnɝv; ʌnˈnɜːv] vt. 使氣餒, 使喪失勇氣[魄力].

un·no·ticed [ʌnˋnotɪst; ʌnˈnəʊtɪst] adj. 未受注目的; 不被注意的. His mistake passed *unnoticed*. 他的錯誤沒被發現.

——————————— **unpopularity** 1719

un·num·bered [ʌnˋnʌmbəd; ʌnˈnʌmbəd] adj. **1** 數不盡的, 無數的. **2** 沒有編號的.

un·ob·tru·sive [ˌʌnəbˋtrusɪv, -ˋtrɪus-; ˌʌnəbˈtruːsɪv] adj. 不出鋒頭的, 客氣的, 不引人注意的.

un·oc·cu·pied [ʌnˋɑkjəˌpaɪd; ʌnˈɒkjʊpaɪd] adj. **1** (房間, 土地等)未被占用的, 空著的. **2** 沒有工作的, 閒著的. an *unoccupied* hour 沒事做的[空檔的]一個小時.

un·of·fi·cial [ˌʌnəˋfɪʃəl; ˌʌnəˈfɪʃl̩] adj. 非正式的, 私下的; 非公認的, 未被確認的. an *unofficial* strike 不被認可的罷工《工會總部不認可的》.

un·of·fi·cial·ly [ˌʌnəˋfɪʃəlɪ; ˌʌnəˈfɪʃl̩ɪ] adv. 非正式地.

un·or·gan·ized [ʌnˋɔrgənˌaɪzd; ʌnˈɔːgənaɪzd] adj. 未經組織[整理]的, 未組織的; 〔工人等〕未加以組織的, 未加入工會的.

un·or·tho·dox [ʌnˋɔrθəˌdɑks; ʌnˈɔːθədɒks] adj. 非正統的, 異端的.

un·pack [ʌnˋpæk; ʌnˈpæk] vt. **1** 解開, 打開, 〔包裹, 貨物〕; 卸貨. *unpack* a trunk 打開皮箱. **2** 將〔行李〕解開後取出. *unpack* one's clothes 打開行李取出衣物. —— vi. 解開行李.

*****un·paid** [ʌnˋped; ʌnˈpeɪd] adj. **1** 未支付的, 未繳納的. an *unpaid* bill 未付的帳單. **2** 無薪水的, 無報酬的. *unpaid* work 無報酬的工作.

un·par·al·leled [ʌnˋpærəˌlɛld; ʌnˈpærəleld] adj. 《文章》無可匹敵的, 無與倫比的.

un·par·lia·men·ta·ry [ˌʌnˌpɑrləˋmɛntərɪ, -trɪ; ˈʌnˌpɑːləˈmentərɪ] adj. 〔言行〕違反議院規則的.

un·pick [ʌnˋpɪk; ʌnˈpɪk] vt. 拆開〔縫合之物等〕.

un·placed [ʌnˋplest; ʌnˈpleɪst] adj. (賽馬, 比賽等)未進入前三名的, 未列入名次的.

un·play·a·ble [ʌnˋpleəbl̩; ʌnˈpleɪəbl̩] adj. **1** 〔音樂等〕(難度過高而)無法演奏的. **2** 〔球〕打不中的, 難以擊回的. **3** 〔運動場〕(因狀況不佳而)無法使用的.

*****un·pleas·ant** [ʌnˋplɛzn̩t; ʌnˈpleznt] adj. 不愉快的, 令人討厭的; 壞心眼的, (↔ pleasant). *unpleasant* days 不愉快的日子/an *unpleasant* experience 不愉快的經驗/He speaks in an *unpleasant* way. 他講話的方式令人討厭/I found my roommate very *unpleasant* when I asked for his help. 當我請室友幫忙時, 我發覺他非常不高興.

un·pleas·ant·ly [ʌnˋplɛzn̩tlɪ; ʌnˈplezntlɪ] adv. 不愉快地.

un·pleas·ant·ness [ʌnˋplɛzn̩tnɪs; ʌnˈplezntnɪs] n. ⓤ不愉快的, 不悅; ⓒ不愉快的事.

*****un·pop·u·lar** [ʌnˋpɑpjələ; ˌʌnˈpɒpjʊlə(r)] adj. 不受歡迎的, 評價不高的; 不流行的. an *unpopular* politician 聲譽不佳的政治人物/The management's decision was *unpopular* among the workers. 主管階層的決定不受工人們的歡迎.

un·pop·u·lar·i·ty [ˌʌnpɑpjəˋlærətɪ;

'ʌn,pɒpjʊ'lærətɪ] *n.* ⓤ不受歡迎, 評價不高.

un·prac·ticed(美), **un·prac·tised**(英)
[ʌn`præktɪst; ˌʌn'præktɪst] *adj.* 缺乏經驗的, 不熟練的, 〔手法等〕生硬的.

un·prec·e·dent·ed [ʌn`prɛsəˌdɛntɪd;
ʌn'prɛsɪdəntɪd] *adj.*《文章》史無前例的, 空前的. Our company experienced an *unprecedented* drop in earnings last year. 去年我們公司的利潤跌到了有史以來的最低點.

un·pre·dict·a·ble [ˌʌnprɪ`dɪktəb!;
ˌʌnprɪ'dɪktəbl] *adj.* 無法預測的, 無法預言的; 出人意料之外的, 難以預料的.

un·prej·u·diced [ʌn`prɛdʒədɪst;
ˌʌnpredʒʊdist] *adj.* 無偏見的, 沒有成見的, 公平的.

un·pre·pared [ˌʌnprɪ`pɛrd, -`pærd;
ˌʌnprɪ'peəd] *adj.* 未準備好的, 準備不充分的; 即席的; 未做好心理準備的(*for; to* do). I was *unprepared for* the next lecture. 我還沒準備好下一次講課的內容.

un·pre·ten·tious [ˌʌnprɪ`tɛnʃəs;
ˌʌnprɪ'tenʃəs] *adj.* 不招搖的, 不裝腔作勢的; 節制的. Although he is very rich, he lives in an *unpretentious* house. 雖然他很富有, 但卻住在一棟毫不起眼的房子裡.

un·prin·ci·pled [ʌn`prɪnsəp!d;
ʌn'prɪnsəpld] *adj.* 〔人, 行為〕無節操的, 缺乏道德心的.

un·print·a·ble [ʌn`prɪntəb!; ˌʌn'prɪntəbl] *adj.* 不適合付印〔出版〕的(因內容淫猥等理由).

un·pro·duc·tive [ˌʌnprə`dʌktɪv;
ˌʌnprə'dʌktɪv] *adj.* 無生產力的; 非生產性的; 無收益的; 不毛的(*of*). an *unproductive* argument 徒勞的爭論.

un·pro·fes·sion·al [ˌʌnprə`fɛʃən!, -fɛʃnəl;
ˌʌnprə'feʃənl] *adj.* **1** 〔行為等〕違反職業道德〔習慣〕的, 不像專家的. **2** 非專業的, 外行的; 專業〔本職〕以外的, 不熟練的.

un·prof·it·a·ble [ʌn`prɑftəb!, -fɪtə-;
ˌʌn'prɒfɪtəbl] *adj.* 沒有利益的; 無益的, 徒勞的.

un·prompt·ed [ʌn`prɑmptɪd; ʌn'prɒmptɪd] *adj.* 未受煽動的, 未經邀請的, 自發的.

un·pro·voked [ˌʌnprə`vokt; ˌʌnprə'vəʊkt] *adj.* 非因外來因素〔刺激, 煽動等〕引起的, 無緣無故的. an *unprovoked* attack 無緣無故的攻擊.

un·qual·i·fied [ʌn`kwɑləˌfaɪd; ʌn'kwɒlɪfaɪd] *adj.* **1** 無資格的; 不適任的(*for*); 沒有資格的(*for; to* do). He was obviously *unqualified for* the job. 他顯然不適合這項工作. **2** 無限制的, 無條件的; 絕對的. *unqualified* support 無條件的援助/an *unqualified* success 徹底的成功.

un·quench·a·ble [ʌn`kwɛntʃəb!;
ʌn'kwɛntʃəbl] *adj.*《文章》消除不了的, 無法壓抑的.

un·ques·tion·a·ble [ʌn`kwɛstʃənəb!;
ʌn'kwɛstʃənəbl] *adj.* 毫無疑問的. a man of *unquestionable* character 品格完美無缺的人.

un·ques·tion·a·bly [ʌn`kwɛstʃənəbl!;
ʌn'kwɛstʃənəblɪ] *adv.* 無庸置疑地.

un·ques·tioned [ʌn`kwɛstʃənd;
ʌn'kwɛstʃənd] *adj.* **1** 不成為問題的, 不受懷疑的, 無可置疑的, 清楚明白的. the *unquestioned* hero of the game 無疑是這場比賽中表現最傑出的英雄. **2** 未經調查的, 未經審查的.

un·ques·tion·ing [ʌn`kwɛstʃənɪŋ;
ʌn'kwɛstʃənɪŋ] *adj.* 無庸置疑的, 絕對相信的. *unquestioning* obedience 盲從.

un·qui·et [ʌn`kwaɪət; ʌn'kwaɪət] *adj.*《雅》〔社會〕不安定的; 〔人, 心〕動盪的; 不安的.

un·quote [ʌn`kwot; ʌn'kwəʊt] *vi.* 結束引文. 【參考】用口頭傳述引文時, 與 quote 前後連用, 即 "…"中的"( )". The president said, (*quote*) the negotiations are concluded, (*unquote*). 董事長說: 「(上引號)談判結束了」(下引號).

un·rav·el [ʌn`ræv!; ʌn'rævl] *v.* (~**s**; (美) ~**ed**, (英) ~**led**; (美) ~**ing**, (英) ~**ling**) *vt.* **1** 解開, 拆開, 〔糾結的線, 織品等〕. **2** 弄清〔事態等〕的糾葛, 解決〔疑問等〕. *unravel* a mystery 解開謎團.
— *vi.* 解決, 澄清, 〔紛亂〕.

un·read·a·ble [ʌn`ridəb!; ˌʌn'riːdəbl] *adj.*
1 〔因枯燥乏味而〕令人難以閱讀的.
2 無法讀的, 無法判讀的.

un·re·al [ʌn`rɪəl, ʌn`rɪl, ʌn`rɪəl; ˌʌn'rɪəl] *adj.* 非現實的, 實際上不存在的, 虛構的; 非現實的.

un·re·al·is·tic [ˌʌnrɪə`lɪstɪk, -rɪə-;
ˌʌnrɪə'lɪstɪk] *adj.* 非現實主義的; 〔計畫等〕不切實際的.

*∗**un·rea·son·a·ble** [ʌn`riznəb!, -znəb!;
ʌn'riːznəbl] *adj.* **1** 〔人〕不講道理的, 非理智的, 不通情理的. Don't be *unreasonable*! 別不講理! **2** 〔要求等〕不合理的, 無理的; 〔價格, 費用等〕高的, 不合理的. The union made *unreasonable* demands for higher wages. 工會提出了不合理的加薪要求. 【同】 *unreasonable* 意為〔過度〕, 〔過分〕, 主要指不合情理, 不顧情勢; irrational 則有強烈的「脫離常軌的」, 「荒謬的」之含意.

un·rea·son·a·bly [ʌn`riznəblɪ, -znəblɪ;
ʌn'riːznəblɪ] *adv.* 不分青紅皂白地; 不合理地; 過分地; 亂來地; 不通情理地. She very *unreasonably* complains of me. 她毫無理由地責怪我.

un·rea·son·ing [ʌn`riznɪŋ, ʌn'riːznɪŋ] *adj.* 不憑理性的; 未加思量的. be roused to *unreasoning* fury 不分青紅皂白地勃然大怒.

un·re·lent·ing [ˌʌnrɪ`lɛntɪŋ; ˌʌnrɪ'lentɪŋ] *adj.* 不寬恕的, 鐵石心腸的; 不鬆懈的, 不懈怠的.

un·re·li·a·ble [ˌʌnrɪ`laɪəb!; ˌʌnrɪ'laɪəbl] *adj.* 不可信的; 不可靠的; 不負責任的. a piece of news from an *unreliable* source 從不可靠來源獲得的消息.

un·re·lieved [ˌʌnrɪ`livd; ˌʌnrɪ'liːvd] *adj.* 無變化的, 單調的; 徹頭徹尾的, 完全的. ten years of *unrelieved* failure 徹底失敗的十年.

un·re·mit·ting [ˌʌnrɪ`mɪtɪŋ; ˌʌnrɪ'mɪtɪŋ] *adj.* 《文章》不休止的, 不間斷的; 堅韌的, 耐力強的.

un·re·quit·ed [ˌʌnrɪˋkwaɪtɪd; ˌʌnrɪˈkwaɪtɪd] *adj.* 〔愛情等〕沒有回報的. *unrequited* love 單戀.

un·re·served [ˌʌnrɪˋzɝvd; ˌʌnrɪˈzɜːvd] *adj.*
1 無顧慮的, 直率的. He is *unreserved* in manner. 他的態度坦率. **2** 無限制的, 無條件的, 全面的. *unreserved* support 全面支持. **3** 〔位子等〕未預定的.

un·re·serv·ed·ly [ˌʌnrɪˋzɝvɪdlɪ; ˌʌnrɪˈzɜːvɪdlɪ] (★注意發音) *adv.* **1** 無顧慮地, 直率地. **2** 無限制地, 全面地.

un·rest [ʌnˋrɛst; ʌnˈrest] *n.* Ⓤ〔文章〕社會的不安, 動盪; 〔精神方面的〕動搖, 不安.

un·re·strained [ˌʌnrɪˋstrend; ˌʌnrɪˈstreɪnd] *adj.* 不受抑制的; 難以壓抑的; 自由放任的.

un·ripe [ʌnˋraɪp; ʌnˈraɪp] *adj.* 尚未成熟的; 未成熟的.

un·ri·valed 《美》, **un·ri·valled** 《英》 [ʌnˋraɪvld; ʌnˈraɪvld] *adj.* 無敵的, 無比的.

un·roll [ʌnˋrol; ʌnˈrəʊl] *vt.* 攤開, 打開, 〔捲起來的東西〕. *unroll* a scroll and hang it on the wall 將捲軸展開掛在牆上.
— *vi.* 攤開, 打開.

un·ruf·fled [ʌnˋrʌfld; ʌnˈrʌfld] *adj.* 心緒平穩的, 冷靜的; 安靜的, 〔水面等〕平滑的.

un·rul·y [ʌnˋrulɪ; ʌnˈruːlɪ] *adj.* 〔人〕難以駕馭的, 難以對付的; 〔事物〕難以處理的, 難以處置的. an *unruly* crowd 一群難應付的人/*unruly* hair 不好整理的頭髮.

un·safe [ʌnˋsef; ʌnˈseɪf] *adj.* 不安全的, 危險的.

un·said [ʌnˋsɛd; ʌnˈsed] *v.* unsay 的過去式、過去分詞.
— *adj.* 《un-+said(過去分詞)》〔心裡想到但〕不說的, 不說出口的. You'd better leave that *unsaid*. 你最好還是別說那件事.

***un·sat·is·fac·to·ry** [ˌʌnsætɪsˋfæktrɪ, -tərɪ; ˈʌnˌsætɪsˈfæktərɪ] *adj.* 不滿足的, 不充分的. It was a most *unsatisfactory* interview for both parties. 對雙方來說這都是一次極不滿意的會談.

un·sat·is·fied [ʌnˋsætɪsˌfaɪd; ʌnˈsætɪsfaɪd] *adj.* 不滿足的; 不滿的((with)).

un·sa·vor·y 《美》, **un·sa·vour·y** 《英》 [ʌnˋsevərɪ, -ˋsevrɪ; ʌnˈseɪvərɪ] *adj.* **1** 味道〔氣味〕不好的; 沒有味道的.
2 (道德上)聲譽惡劣的, 令人厭惡的.

un·say [ʌnˋse; ʌnˈseɪ] *vt.* (~s [~z; ~z]; -said; ~ing) 《主雅》收回〔以前所說的話〕.

un·scathed [ʌnˋskeðd; ʌnˈskeɪðd] *adj.* 未受傷的, 無傷的.

un·sci·en·tif·ic [ˌʌnsaɪənˋtɪfɪk; ˌʌnsaɪənˈtɪfɪk] *adj.* 非科學的; 對科學無知的.

un·scram·ble [ʌnˋskræmbl; ʌnˈskræmbl] *vt.* **1** 使〔混亂〕恢復原狀, 整頓〔雜亂〕.
2 讀解〔密碼等〕(decode). *unscramble* a secret message 讀解祕密訊息.

un·screw [ʌnˋskru, -ˋskrɪu; ʌnˈskruː] *vt.*
1 拔出…的螺絲〔釘子〕; 旋出…的螺絲.
2 旋開〔瓶蓋等〕.

un·script·ed [ʌnˋskrɪptɪd; ʌnˈskrɪptɪd] *adj.*

〔演講、廣播等〕沒有草稿的, 沒有腳本的, 沒有準備的.

un·scru·pu·lous [ʌnˋskrupjələs, -ˋskrɪup-; ʌnˈskruːpjʊləs] *adj.* 沒有良心的, 不顧道德的, 肆無忌憚的. an *unscrupulous* merchant 毫無良心的商人.

un·scru·pu·lous·ly [ʌnˋskrupjələslɪ, -ˋskrɪupjʊləslɪ] *adv.* 不慎重地; 不謹慎地.

un·seal [ʌnˋsil; ʌnˈsiːl] *vt.* 拆封.

un·sea·son·a·ble [ʌnˋsiznəbl, -znə-; ʌnˈsiːznəbl] *adj.* **1** 不合季節的; 〔天候等〕反常的.
2 不合時宜的. *unseasonable* advice 不合時宜的忠告.

un·seat [ʌnˋsit; ʌnˈsiːt] *vt.* **1** 〔馬〕將人甩落; 使落馬. **2** 使〔人〕失去職位.

un·see·ing [ʌnˋsiɪŋ; ʌnˈsiːɪŋ] *adj.* (甚麼都)不看的.

un·seem·ly [ʌnˋsimlɪ; ʌnˈsiːmlɪ] *adj.* 《文章》〔舉止, 行為等〕不適宜的; 不體面的, 不合禮節的. It would be *unseemly* to attend a party so soon after your father's death. 你父親才過世不久你就參加宴會, 這恐怕不恰當.

un·seen [ʌnˋsin; ʌnˈsiːn] *adj.* (眼睛)看不見的; 不為人所注意的. He left the room *unseen*. 他悄悄地離開房間/the *unseen* 冥界.
— *n.* Ⓒ《英》即席翻譯的文章.

***un·self·ish** [ʌnˋsɛlfɪʃ; ʌnˈselfɪʃ] *adj.* 不自私的, 無私的. an *unselfish* act 無私的行為.

un·set·tle [ʌnˋsɛt; ʌnˈsetl] *vt.* 擾亂, 使混亂, 〔人、心等〕; 使不安定.

***un·set·tled** [ʌnˋsɛtld; ʌnˈsetld] *adj.* **1** 〔社會〕不安定的, 混亂的; 〔天氣〕變化的; 〔人, 心〕紊亂的, 動搖的. *unsettled* weather 多變的天氣.
2 〔問題等〕未解決的; 未付清的, 未結清的. He died leaving many *unsettled* bills. 他死後留下一堆債務未償還. **3** 無定居者的.

un·shak·a·ble, un·shake·a·ble [ʌnˋʃekəbl; ʌnˈʃeɪkəbl] *adj.* 〔信念等〕堅定不移的, 難以動搖的.

un·shak·en [ʌnˋʃekən; ˌʌnˈʃeɪkən] *adj.* 堅決不變的, 不動搖的; 〔信念等〕堅定的. His trust in God remained *unshaken*. 他對上帝的信仰堅定不移.

un·sight·ly [ʌnˋsaɪtlɪ; ʌnˈsaɪtlɪ] *adj.* 不雅觀的, 難看的. an *unsightly* birthmark 難看的胎記.

un·skilled [ʌnˋskɪld; ʌnˈskɪld] *adj.* **1** 〔人〕技術不純熟的, 不熟練的((in)).
2 〔工作〕不須特殊技能的.

un·skill·ful 《美》, **un·skil·ful** 《英》 [ʌnˋskɪlfəl; ʌnˈskɪlfʊl] *adj.* 笨拙的, 拙劣的.

un·so·cia·ble [ʌnˋsoʃəbl; ʌnˈsəʊʃəbl] *adj.* 不喜歡交際的, 不善於與人相處的, 冷淡〔冷漠〕的. He is *unsociable*, but not unkind. 他雖不善與人相處, 但卻非不親切.

un·so·cial [ʌnˋsoʃəl; ʌnˈsəʊʃəl] *adj.* **1** 〔信念, 行為等〕反社會的. **2** =unsociable.

un·so·phis·ti·cat·ed [ˌʌnsəˋfɪstɪˌketɪd;

ˌʌnsəˈfɪstɪkeɪtɪd] adj. **1** 不世故的，純真的，樸實的. **2** 〔機械，工具，理論等〕不複雜的，不精密的. an *unsophisticated* tool 簡單的工具.

un·sound [ʌnˈsaund; ˌʌnˈsaond] adj. **1** 〔身體〕不健康的，不健全的. He can do only light work because of an *unsound* heart. 他心臟不好，只能做很輕鬆的工作. **2** 〔建築物等〕不堅固的. The old house is structurally *unsound*. 這棟老房子的結構並不堅固. **3** 〔想法等〕證據薄弱的. an *unsound* argument 薄弱的論證. **4** 〔經營等〕不健全的，危險的.

un·spar·ing [ʌnˈspɛrɪŋ, -ˈspær-; ʌnˈspeərɪŋ] adj. **1** 不吝惜的，慷慨的；不愛惜的《in, of》. be *unsparing* of money 花錢大方的. **2** 不寬恕的，嚴厲的. *unsparing* censure 嚴厲的譴責.

un·speak·a·ble [ʌnˈspikəbl; ʌnˈspiːkəbl] adj. **1** 〔喜悅，恐懼等〕難以用言辭表達的，說不出口的. an *unspeakable* fear 難以表達的恐懼. **2** 壞得令人難以啟齒的，厭惡得不願說出口的，非常惡劣的. His behavior at the party was *unspeakable*. 他在宴會上的行為實在太惡劣了.

un·speak·a·bly [ʌnˈspikəblɪ; ʌnˈspiːkəblɪ] adv. 難以用言辭表達地(惡劣).

un·sta·ble [ʌnˈstebl; ʌnˈsteɪbl] adj. **1** 不穩定的，不安定的. **2** 〔情緒〕善變的，不穩定的. ⇨ n. **instability**.

un·stead·y [ʌnˈstɛdɪ; ʌnˈstedɪ] adj. **1** 〔東西〕搖搖晃晃的；不穩固的. an *unsteady* foothold 不穩的踩腳處. **2** 〔走路的樣子等〕東搖西擺的，不穩的. *unsteady* steps 不穩的步伐. **3** 〔態度，習慣等〕無常的，善變的；不規則的，易變的.

un·stop [ʌnˈstɑp; ˌʌnˈstɒp] vt. (~s; ~ped; ~ping) 拔去…的塞子；去除…的堵塞物.

un·stressed [ʌnˈstrɛst; ˌʌnˈstrest] adj. 《語音學》輕讀的，無重音的.

un·strung [ʌnˈstrʌŋ; ˌʌnˈstrʌŋ] adj. **1** 〔樂器的絃〕鬆的[脫落的]；〔念珠等〕從線上脫落下來的. **2** 神經衰弱的；失去自制力的.

un·stuck [ʌnˈstʌk; ʌnˈstʌk] adj. 〔插入的東西〕鬆開的，脫落的.
còme unstúck (1)鬆開，脫落. (2)《口》失敗，倒楣，進退不得.

un·stud·ied [ʌnˈstʌdɪd; ʌnˈstʌdɪd] adj. 《文章》不學而獲的；不做作的，自然的.

un·suc·cess·ful [ˌʌnsəkˈsɛsfəl; ˌʌnsək'sesfol] adj. 不成功的，失敗的；未做成的. an *unsuccessful* work 失敗之作/We were *unsuccessful* in our attempt. 我們的努力都徒勞無功/an *unsuccessful* candidate for the presidency 總統大選的落選人.

un·suc·cess·ful·ly [ˌʌnsəkˈsɛsfəlɪ; ˌʌnsək'sesfolɪ] adv. 不成功地，失敗地. I tried *unsuccessfully* to teach my dog tricks. 我想教我的狗一些把戲，但沒成功.

un·suit·a·ble [ʌnˈsutəbl; -ˈsɪut-, -ˈsjut-; ˌʌnˈsuːtəbl] adj. 不適當的，不合適的，《for, to》. a story *unsuitable* for children 兒童不宜的故事.

un·sung [ʌnˈsʌŋ; ˌʌnˈsʌŋ] adj. (詩等)〔英雄等〕未被歌頌[讚頌]過的.

un·sur·passed [ˌʌnsɚˈpæst; ˌʌnsəˈpɑːst] adj. 沒被任何東西超越[勝過]的，無與倫比的.

un·sus·pect·ed [ˌʌnsəˈspɛktɪd; ˌʌnsəˈspektɪd] adj. **1** 未被懷疑的. **2** 出乎意料的；難以想像的；實在是意外的.

un·sus·pect·ing [ˌʌnsəˈspɛktɪŋ; ˌʌnsəˈspektɪŋ] adj. 不懷疑(人)的，不猜疑的，相信的. an *unsuspecting* victim 太輕信別人[易遭人欺騙]的受害者.

un·swerv·ing [ʌnˈswɜvɪŋ; ʌnˈswɜːvɪŋ] adj. 〔意志等〕堅定的，不變的，〔人〕聚精會神的. *unswerving* loyalty to the king 對國王的忠貞不渝.

un·tan·gle [ʌnˈtæŋgl; ʌnˈtæŋgl] vt. 解開，拆解，〔糾結之物〕；解決〔糾紛等〕.

un·tapped [ʌnˈtæpt; ˌʌnˈtæpt] adj. **1** 〔木桶的〕塞子尚未打開的. **2** 〔資源，經驗，知識等〕未充分運用的.

un·taught [ʌnˈtɔt; ˌʌnˈtɔːt] adj. **1** 自然理解的，天生的. **2** 未受教育的，沒有學問的.

un·ten·a·ble [ʌnˈtɛnəbl; ʌnˈtenəbl] adj. (對反駁)站不住腳的〔論點等〕，難以主張的.

un·think·a·ble [ʌnˈθɪŋkəbl; ʌnˈθɪŋkəbl] adj. 無法想像的，無法設想的；不可能的. Retreat is *unthinkable*. 撤退是不可能的.

un·think·ing [ʌnˈθɪŋkɪŋ; ʌnˈθɪŋkɪŋ] adj. 缺乏思慮的，不加思考的；輕率的，不注意的.

un·think·ing·ly [ʌnˈθɪŋkɪŋlɪ; ʌnˈθɪŋkɪŋlɪ] adv. 未加思考地；輕率地.

un·thought-of [ʌnˈθɔtˌɑv, -ˌʌv; ʌnˈθɔːtɒv] adj. 未料到的，非常意外的.

*__un·ti·dy__ [ʌnˈtaɪdɪ; ʌnˈtaɪdɪ] adj. (-di·er; -di·est) 不整齊的，邋遢的；凌亂的，雜亂的. his *untidy* clothes 他邋遢的衣服/an *untidy* room 凌亂的房間.

un·tie [ʌnˈtaɪ; ˌʌnˈtaɪ] vt. (~s; ~d; -ty·ing) 打開，解開，〔結等〕；解開〔拴著的動物〕. *untie* a tight knot 解開很緊的結/*untie* one's shoes 鬆開鞋帶.

‡**un·til** [ənˈtɪl; ənˈtɪl] 〖語法〗until 和 till 同義，下例中的 until 和 till 可互相代換，但通常多用 until. prep. 【直到某個時刻】 **1** 直到…(為止)，在…之前. *until* last week 直到上星期/He was single *until* recently. 他一直到最近還是單身/Let's wait here *until* two o'clock. 我們在這兒等到兩點吧!/I had lived in Paris *until* the war. 我一直住在巴黎，直到戰爭爆發(★不包括戰爭時期)/The exhibition will be open *until* May 2. 展覽會開到5月2日為止(★包括5月2日)/You may have a vacation *until* Monday. 你可以休息到星期一(★星期一不包括在休假中). 〖注意〗像最後的這一個句子，有可能會讓人誤解為星期一亦包括在假期內，若作 ...*through* Sunday 則明確表示不包括星期一(→ through prep. 7). 〖語法〗通常在肯定句中會使

用可表示持續性動作的動詞(→ by 10 [語法]).

2 《用於否定句》直到…(才…)(before). I did not see them again *until* the following Christmas. 直到第二年的聖誕節我才再度見到他們/He did not realize what was happening *until* too late. 等他意識到發生了甚麼時, 已經太遲了/It was not *until* Wednesday that I phoned the office. 直到星期三我才打電話到辦公室. [語法]與 1 不同, 使用可表示瞬間之動作的動詞.

— *conj.* 【直到某一時刻為止】 **1** 直到…(為止), 直到…之時. I'll wait here *until* school is over. 我會在這兒等到放學為止. [語法]通常在肯定句中, 主要子句會使用可表示持續性動作的動詞.

2 《用於否定句》直到…(才…)(before). Ned couldn't solve that problem *until* the teacher explained it. 直到老師解釋後, 奈德才瞭解那道題目/I knew nothing about London's climate *until* I went to live there. 在我到倫敦居住之前, 我對那裡的氣候一無所知.

【直到某個程度、結果為止】 **3** 至…程度; 直到…, (★用法與 1 之[語法]相同). Stella worked hard *until* she became sick. 史黛拉拚命地工作, 直到她病了(才停下來)/They walked on and on, *until* they found a little stream. 他們走了又走, 直到發現一條小溪[注意]until 之前有逗號分開時, 通常翻譯起來會比較自然)/Boil the macaroni in salted water *until* (it is) tender. 將通心麵放入鹽水中煮, 直到變軟為止.

un·time·li·ness [ʌnˈtaɪmlɪnɪs; ʌnˈtaɪmlɪnɪs] *n.* Ü 過早; 不合時宜.

un·time·ly [ʌnˈtaɪmlɪ; ʌnˈtaɪmlɪ] *adj.* **1** 過早的, 時機尚早的.
2 不合時宜的, 時機不佳的; 不合季節[時期]的. an *untimely* joke 不合時宜的玩笑.

un·tir·ing [ʌnˈtaɪrɪŋ; ʌnˈtaɪərɪŋ] *adj.* 不知疲倦的, 不鬆懈的, 孜孜不倦的.

un·to [ˈʌntu, ˈʌntə, ˈʌntʊ, ˈʌntu, ˈʌntə, ˈʌntʊ] (★[ˈʌntu; ˈʌntu] 主要用於母音前, [ˈʌntə; ˈʌntə] 主要用於子音前, [ˈʌntu; ˈʌntʊ] 主要用於句末) *prep.* (廢)《聖經》對…, 向…, 至…, (★ 現在用 to). Thus Jesus said *unto* them. 耶穌對他們如是說.

un·told [ʌnˈtold; ʌnˈtəʊld] *adj.* **1** 未說過的; 未表明的. **2** (多得)數不清的, 無數的, 龐大的. *untold* wealth 龐大的財產.

un·touch·a·ble [ʌnˈtʌtʃəbl; ʌnˈtʌtʃəbl] *adj.* **1** 無法用手觸摸的, 手碰不到的; 譴責[攻擊等]不到的. **2** 不可用手觸摸的; 骯髒的, 不乾淨的.
— *n.* © (有時 Untouchable) 賤民(印度最低階層的人民).

un·touched [ʌnˈtʌtʃt; ʌnˈtʌtʃt] *adj.* **1** 未被觸摸過的; 原封不動的. **2** 《敘述》不受影響的; 不為所動的. **3** 〔問題等〕未被提出的.

un·to·ward [ʌnˈtord, ˈtord; ʌntəˈwɔːd] *adj.* 《文章》〔事件〕不幸的, 不順利的.

un·trod·den [ʌnˈtrɑdn̩; ʌnˈtrɒdn̩] *adj.* 人跡未至的.

un·trou·bled [ˌʌnˈtrʌbld; ʌnˈtrʌbld] *adj.* 不困惑的, 不煩惱的; 平靜的.

---

un·true [ʌnˈtru, ˈtrɪu; ʌnˈtruː] *adj.* **1** 不真實的, 虛偽的. **2** 不忠實[誠實]的. **3** 不對的, 不正確的.

un·trust·wor·thy [ʌnˈtrʌst͵wɝðɪ; ʌnˈtrʌst͵wɜːðɪ] *adj.* 不可信賴的, 不可靠的.

un·truth [ʌnˈtruθ, ˈtrɪuθ; ʌnˈtruːθ] *n.* (*pl.* ~**s** [-ðz, -θs; -ðz, -θs])《文章》Ü 虛偽; © 假話, 謊言. ★ lie 的委婉表達.

un·truth·ful [ʌnˈtruθfəl, ˈtrɪuθ-; ʌnˈtruːθfʊl] *adj.* **1** 說謊(那樣)的, 不誠實的, 〔人〕. **2** 不真實的, 虛假的.

un·tu·tored [ʌnˈtutɚd, ˈtɪutɚd, ˈtjutɚd; ʌnˈtjuːtəd] *adj.* 《主雅》未受(正規)教育的, 無知識的; 樸實的.

un·ty·ing [ʌnˈtaɪɪŋ; ʌnˈtaɪɪŋ] *v.* untie 的現在分詞、動名詞.

un·used[1] [ʌnˈjuzd; ʌnˈjuːst] *adj.* (用 unused to...)不習慣…的, 沒有…經驗的, (★ unused to 在子音前發音為 [ʌnˈjuzdə; ʌnˈjuːstə], 在母音前發音為 [ʌnˈjuzdʊ; ʌnˈjuːstʊ]). I am *unused to* a life of luxury. 我不習慣過奢侈的生活.

un·used[2] [ʌnˈjuzd; ʌnˈjuːzd] *adj.* 尚未用過的, 未曾用過的; 新的.

*‡**un·u·su·al** [ʌnˈjuʒʊəl, ˈjuʒʊl, ˈjuʒəl; ʌnˈjuːʒl] *adj.* 不尋常的; 罕見的; 獨特的; 不同於一般的, 異常的; (↔ usual). an *unusual* custom 罕見的習慣/a man of *unusual* wit 聰穎過人的人/It is *unusual* for him to be so late. 他很少這麼晚到/Did you find anything *unusual* about the car? 你是否注意到這輛車有甚麼異狀?

*‡**un·u·su·al·ly** [ʌnˈjuʒʊəlɪ, ˈjuʒʊlɪ, ˈjuʒəlɪ; ʌnˈjuːʒlɪ] *adv.* **1** 異常地, 不同於一般地; 不尋常地, 少見地. Mike was *unusually* friendly to me that day. 那天麥克對我特別地友善/It's an *unusually* cold day for this time of year. 一年中這個時候這麼冷, 真是不尋常.
2 極其(extremely).

un·ut·ter·a·ble [ʌnˈʌtɚəbl; ʌnˈʌtərəbl] *adj.* **1** 無法用言語表達的; 難以言喻的. *unutterable* grief 難以言喻的悲痛.
2 《限定》《口》澈頭徹尾的; 不像話的.

un·ut·ter·a·bly [ʌnˈʌtɚəblɪ; ʌnˈʌtərəblɪ] *adv.* 難以言喻地.

un·var·nished [ʌnˈvɑrnɪʃt; ʌnˈvɑːnɪʃt] *adj.* **1** 未油漆過的, 原色的, 本色的. **2** 未加粉飾的, 原色的.

un·veil [ʌnˈvel; ʌnˈveɪl] *vt.* **1** 取下…的面罩[遮蓋], 舉行〔雕像等〕的揭幕儀式. *unveil* a new statue 為新雕像舉行揭幕式.
2 公開〔祕密等〕; 弄明白〔真相、本來面目〕. *unveil* a secret plan 公開一項祕密計畫.
— *vi.* 取下自己的面罩[遮蓋]; 顯現本來的面目.

un·voiced [ʌnˈvɔɪst; ʌnˈvɔɪst] *adj.* **1** 不出聲的, 不講話的. an *unvoiced* fear 無聲的恐懼.
2 《語音學》無聲的(voiceless)([t; t], [f; f]等).

un·want·ed [ʌnˈwɑntɪd, ˈwɔntɪd; ʌnˈwɒntɪd]

adj. 不期望的, 不想要的.

un·war·rant·ed [ʌnˋwɔrəntɪd, -ˋwɑr-; ʌnˈwɒrəntɪd] *adj.* 不能允許的; 無根據的, 無來由的, 不當的.

un·war·y [ʌnˋwɛrɪ, -ˋwerɪ, -ˋwærɪ; ʌnˈweərɪ] *adj.* 不警惕的, 不注意的, 疏忽大意的.

un·wel·come [ʌnˋwɛlkəm; ʌnˈwelkəm] *adj.* 不受歡迎的; 討人厭的. *unwelcome* news 令人不悅的消息.

un·well [ʌnˋwɛl; ʌnˈwel] *adj.* 《敍述》不舒服的, (一時地)難受的; 《委婉》〔女性〕在生理期的. 回用於狀況比 ill, sick 輕微的場合.

un·whole·some [ʌnˋholsəm; ʌnˈhəulsəm] *adj.* **1** 對健康有害的.
2 (道德上, 精神上)不健全的, 有害的. *unwholesome* amusements 不健康的娛樂.

un·wield·y [ʌnˋwildɪ; ʌnˈwiːldɪ] *adj.* **1** 〔行李〕(因太重或太大等而)難以處理的, 難以搬運的. heavy, *unwieldy* baggage 又重又難搬運的行李.
2 不好使用的; 麻煩的, 〔笨重得〕累贅的.

*****un·will·ing** [ʌnˋwɪlɪŋ; ʌnˈwɪlɪŋ] *adj.* 不情願的, 不喜歡的, 不想做的(*to* do); (reluctant; ◆ willing). *unwilling* permission 不情願的同意/He was *unwilling to* go to the ball. 他不想去參加舞會.

un·will·ing·ly [ʌnˋwɪlɪŋlɪ; ʌnˈwɪlɪŋlɪ] *adv.* 不情願地, 不願意地.

un·will·ing·ness [ʌnˋwɪlɪŋnɪs; ʌnˈwɪlɪŋnɪs] *n.* ⓤ不情願.

un·wind [ʌnˋwaɪnd; ʌnˈwaɪnd] *v.* (~s; -wound; ~ing) *vt.* 展開, 解開, 〔捲著的東西等〕.
— *vi.* 攤開, 鬆開, 放鬆.

un·wise [ʌnˋwaɪz; ʌnˈwaɪz] *adj.* 不聰明的; 愚笨的.

un·wise·ly [ʌnˋwaɪzlɪ; ʌnˈwaɪzlɪ] *adv.* 愚笨地.

un·wit·ting [ʌnˋwɪtɪŋ; ʌnˈwɪtɪŋ] *adj.* 《文章》毫不知情的, 未留意的; 不是故意的; 無意識的.

un·wit·ting·ly [ʌnˋwɪtɪŋlɪ; ʌnˈwɪtɪŋlɪ] *adv.* 毫不知情地.

un·wont·ed [ʌnˋwʌntɪd; ʌnˈwəuntɪd] *adj.* 《限定》《主文章》非比尋常的, 異常的. He showed *unwonted* generosity. 他顯得格外的慷慨大方[寬宏大量].

un·world·ly [ʌnˋwɝldlɪ; ʌnˈwɜːldlɪ] *adj.* 非世俗的, 超越名利的; 超凡脫俗的, 脫離塵世的.

*****un·wor·thy** [ʌnˋwɝðɪ; ʌnˈwɜːðɪ] *adj.* (-thi·er; -thi·est) **1** (用 unworthy of...)無價值的; (用 unworthy *to* do)不值得的. a deed *unworthy of* praise 不值得讚揚的行為/I am *unworthy of* such honors. 我不配得到這樣的榮譽/a man *unworthy to* be chosen as captain 不配被選為隊長的人.
2 (用 unworthy of...)不合適的, 不像的, 不相稱的. conduct *unworthy of* a gentleman 不像紳士的行為/Such behavior is *unworthy of* you. 這樣的舉止與你不相稱/The rascal is *unworthy of* the

family name. 那惡棍有辱家族名聲.
3 可恥的, 不名譽的; 無價值的. *unworthy* conduct 可恥的行為/an *unworthy* son 不肖子.

un·wound [ʌnˋwaʊnd; ʌnˈwaʊnd] *v.* unwind 的過去式、過去分詞.

un·wrap [ʌnˋræp; ʌnˈræp] *v.* (~s; ~ped; ~ping) *vt.* 打開, 解開, 〔包裹等〕.
— *vi.* 〔包裝〕解開.

un·writ·ten [ʌnˋrɪtn; ʌnˈrɪtn] *adj.* **1** 未寫下的, 未記錄的; 不成文的. an *unwritten* law [rule] 不成文法, 習慣法.
2 甚麼都沒寫過的, 白紙(般)的.

un·yield·ing [ʌnˋjildɪŋ; ʌnˈjiːldɪŋ] *adj.* 不彎曲的, 硬的; 對〔壓力, 影響等〕不屈服的, 不退讓的.

un·zip [ʌnˋzɪp; ʌnˈzɪp] *vt.* (~s; ~ped; ~ping) 拉開拉鏈.

up [ʌp; ʌp] *adv.* 語法(1)雖無比較級(在形態上 upper 似乎是比較級, 但卻是具有獨立意義的形容詞), 但有最高級 uppermost. (2)當作為動詞的補語時近似敍述形容詞. (3)與各動詞搭配的情況請參照各項動詞.

〖向上, 往上〗 **1** 向上(地), 向上方(地), 往上, (◆ down). climb *up* to the top of a hill 登上山頂/The birds flew *up* into the air. 小鳥飛上了天空/At the news Bill jumped *up* in surprise. 比爾聽到那則消息驚訝得跳了起來/Everyone looked *up* at the plane flying. 每個人都抬頭看著天空中的那架飛機/the road *up* 上坡路段/pick *up* a stone 撿起一塊石頭.
2 (在)上面, 〔太陽等〕升起. My uncle lives three floors *up*. 我叔叔住在往上數的第三層樓/The sun is already *up*. 太陽已經升起.

〖起來〗 **3** 起立, 直立, 立起, 建立; (從睡覺的位置)起來; 起床. stand *up* 站起來/sit *up* 在床上坐起來/put *up* a house 造房子/get *up* early in the morning 早晨早起/Isn't Father *up* yet? 爸爸還沒起床嗎?/Some of the students were *up* out of their seats. 有幾個學生從座位上站起來/stay [be] *up* all night 徹夜未眠.
4 出現(於表面), 發生, 引起; 被提出. This plant will come *up* again next spring. 這種植物明年春天會再長出來/dig *up* potatoes 挖馬鈴薯/What's *up*? 發生甚麼事了[怎麼了]?/Their demand was *up* for discussion. 他們的要求已被提出來討論/The house is *up* for sale. 這棟房子正在出售.

〖上升〗 **5** 升起, 升高; 提升; 變大; 增加, 漲大; 漲價; 擢升. grow *up* in the country 在鄉下長大/The river is *up* today. 今天河水上漲/come *up* in the world 出人頭地/Food prices are *up*. 食品價格上漲/Turn *up* the radio, please. 請把收音機的聲音開大一點.
6 〔情緒〕昂揚, 沸騰, 精神抖擻, 興奮; ⋯起來. My blood was *up*. 我熱血沸騰/His temper is *up*. 他發脾氣了/We were worked *up*. 我們很激動/rouse oneself *up* 振奮起來/Speak *up*! 大聲說!
7 〖達到極限＞完全地〗(強調)⋯光, ⋯完, ⋯盡, 〔期限等〕到期, 終止; 徹底地. drink *up* 喝光/burn *up* all the papers 燒光所有的文件/Did you

use *up* the ink? 你把墨水用光了嗎?/The dog ate *up* the food quickly. 狗很快地把食物吃光了/Let's finish *up* in a hurry. 我們趕緊結束吧!/Time is *up*. 時間到了/The game is *up*. 比賽結束《勝負已定》/tie a person *up* 緊緊地將人綁住/All the doors are locked *up*. 所有的門都鎖上了/Tea's *up*. 《口》茶沏好了.

〖向中心靠近〗 **8** 【朝說話者的方向】往這邊. A gentleman came *up* to me. 一位紳士朝我走來/Come *up* here. 到這裡來.

9 (朝…方向)靠近. The beggar walked *up* to the door. 乞丐走向門口/*Up* close, he was sweating. 靠近一點就可以看到他在流汗.

10 《主英》朝(向倫敦);向(自己上的)大學(特指牛津大學,劍橋大學). I'm going *up* to London. 我要上倫敦去/George went *up* to Oxford. 喬治上了〔回到〕牛津大學.

〖朝地圖的上方〗 **11** 朝[在]北方. go *up* to Boston (從南方)北上波士頓/They live *up* north. 他們住在北方.

be àll úp with... …完了,…不行了. It seems to *be all up with* their team. 他們那一隊好像快不行了.

be ùp and dóing 忙碌而勤快地工作, 非常活躍.

úp against... 面對[困難等]. He was *up against* a tremendous difficulty. 他面臨了極大的困難/We were *up against* it when it started to snow. 我們遇上下雪的難題《被困住了》.

ùp and aróund [abóut] (病癒而)起來走動; 再次開始活動. Betty's mother is *up and about* again. 貝蒂的母親又能起來走動了.

* *ùp and dówn* (1)上下地. The man bounced the child *up and down* on his knees. 這個男人把孩子放在膝蓋上蹦上蹦下地玩著.

(2)到處地, 來回地. I looked for my purse *up and down* in the street. 我在街上四處尋找我的錢包.

* *úp to...* (1)(時間, 程度, 數量, 價值等)達到…, 到…爲止. *up to* now 至今/*up to* the beginning of the twentieth century 直到 20 世紀初期/*Up to* six people can play this game. 這項遊戲最多可以六個人玩/He is not *up to* his father as a scholar. 以學者的身分而言, 他仍有許多不及他父親之處.

(2)《口》《通常用於否定句、疑問句》能忍受…; (up to do*ing*)能…. My English is not *up to* simultaneous interpretation. 我的英文能力還無法做到同步口譯/Do you feel *up to* going out today? 你今天能出去走動了嗎?《對病人等說》.

(3)《口》(偷偷地)做…, (正)準備做…. What are you *up to* now? 你現在在做甚麼?/The cat is *up to* some mischief again. 貓兒又在惡作劇了.

(4)《口》…的責任; 全憑…. It's *up to* the court to decide. 那要由法庭來決定/You've been given an opportunity, but it's *up to* you to make the best of it. 你已經得到機會, 但如何善用就全看你了.

úp untíl [tíll]... 直到…爲止(★until [till]的強調用法). *up until* last week 直到上個禮拜.

Úp (with)...! …站起來! 振奮起來吧! *Up with* you! 《立刻》起立!/*Up with* you, young men! 年輕人, 奮起吧!

— *prep.* 〖向上〗 **1** 登上, 向著…的上面. climb *up* a mountain 登山/I hate going *up* and down these stairs. 我討厭在樓梯跑上跑下的/go *up* the promotion [social] ladder 《比喻》登上晉升[社會]之梯.

2 向(河)的上游; 溯(流)而上. row *up* a stream 划船溯流而上/We traveled *up* the river in a canoe. 我們划著獨木舟溯流而上.

〖朝向中心〗 **3** 沿著(道路等)(★與 1 的「登上」之意不同). walk *up* the street 沿著街道走[來(這裡)]/Our office is *up* the block. 我們的辦公室就在這一街區的前面.

4 由(沿海)向內陸; 朝…的內部. travel *up* (the) country 到內陸地區旅行/The settlement was ninety kilometers *up* country. 那片殖民地位於離岸九十公里的內陸地區.

● ——關於上下關係的 **up, down, over, under, above, below, beneath** 的比較

(1)與表示動作的動詞連用.

go *up* the hill
上山

go *down* the hill
下山

jump *over* the fence
跨越圍欄

fly *over* the mountain
飛越山脈

pass *under* the bridge
通過橋下

fly *above* the plain
在平原上空飛行

swim *below* [*beneath*] the surface
在水面下游泳

(2)與表示狀態的動詞連用.

be *up* the hill
在[爬到了]山上

be *down* the hill
下了山

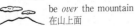

be *over* the mountain
在山上面

be *over* the mountain
在山的另一邊

be *under* the table
在桌子下面

be *above* the plain
在平原上方

be *below* [*beneath*] the surface
在水面下

★「範圍、空間」,「線、面」的比較 →in 表, on 表.

— *adj.* 《限定》 **1** 上行的; 〔列車等〕上行線的; 向中心地區行駛的. 〔注意〕《美》表示「朝北方」,「朝住宅區」之意,《英》表示「朝大城市之意」. an *up* train 上行列車/an *up* platform 上行線的月臺. **2** 向上的, 往上的. Take the *up* elevator. 搭往上的電梯.

— *n.* ⓒ **1** 上行, 上坡; 上升, 向上. **2** (通常 ups)幸運; 興隆.

on the úp and úp (1)《美、口》誠實.
(2)《英、口》朝好的方向, 情況好轉地. Business is *on the up and up*. 生意蒸蒸日上.

＊ùps and dówns (1)浮沈, 榮枯盛衰. Father had his *ups and downs* in his career. 父親的事業起伏落落.
(2)(價格等的)高低, 上下. the *ups and downs* of stock prices 股價的漲跌.

— *v.* 《口》(~**s**; ~**ped**; ~**ping**) *vt.* 提升, 提高, (raise); (突然)增加(價值等). The typhoon has *upped* the prices of vegetables. 颱風使蔬菜價格上漲了.

— *vi.* (up and *do*)突然[下決心]做…. One day he just *upped and disappeared*. 有一天他突然消失無蹤. 〔語法〕up and 有時也可當作副詞, 表「突然地」之意, 注意 up 在此時沒有動詞變化, 例: He *up* and left her. (他突然離開她).

up- *pref.* 表示「在上面」,「在上方」,「向上」等的意思; 接在動詞、名詞之前可構成副詞、形容詞、名詞、動詞. *up*town (在住宅區), *up*hill (上坡的), *up*side (上側), *up*lift (舉起).

up-and-com-ing [ˌʌpənˈkʌmɪŋ; ˌʌpənˈkʌmɪŋ] *adj.* 《主限定》嶄露頭角的, 將來有希望的.

up-beat [ˈʌpˌbit; ˈʌpbiːt] *n.* ⓒ《音樂》(進入主強拍前時)指揮棒的高舉; 弱拍.
— *adj.* 《口》開朗的, 樂天的.

up-braid [ʌpˈbred; ʌpˈbreɪd] *vt.* 《文章》斥責, 申斥. He *upbraided* his son *for* [*with*] idleness. 他斥責兒子的懶惰.

up-bring-ing [ˈʌpˌbrɪŋɪŋ; ˈʌpˌbrɪŋɪŋ] *n.* [*a* U] 養育, 培育, (孩子的)教育.

up-com-ing [ʌpˈkʌmɪŋ; ʌpˈkʌmɪŋ] *adj.* 《美》即將發生的, 即將來臨的.

up-coun-try [ˈʌpˈkʌntrɪ; ˌʌpˈkʌntrɪ] *adj.* (自)內陸的, (自)內地的; 向內陸[腹地]的.
— *adv.* 在[向]內陸, 在[向]腹地.

up-date [ʌpˈdet; ʌpˈdeɪt] *vt.* 更新[書的內容等], (經改訂後)出[書等]的最新版.

— [ˈʌpdet; ˈʌpdeɪt] *n.* **1** UC 最新式.
2 ⓒ 最新的資訊; 最新版.

up-end [ʌpˈɛnd; ʌpˈend] *vt.* **1** 使倒置[倒立].
2 (拳擊等)擊倒, 打敗.

up-grade [ˈʌpˌgred; ʌpˈgreɪd] *vt.* 擢升〔雇員等〕, 使升級, (◆ downgrade).
— [ˈʌpˌgred; ˈʌpgreɪd] *n.* ⓒ 上坡路, 上坡.
on the úpgrade 正在往好的方向發展[進步], 正在改善.

up-heav-al [ʌpˈhiv!; ˌʌpˈhiːv!] *n.* UC
1 舉起, 鼓起. **2** (社會, 政治等的)劇變, 大變革.

up-held [ʌpˈhɛld; ʌpˈheld] *v.* uphold 的過去式及過去分詞.

up-hill [ˈʌpˈhɪl; ˈʌphɪl] *adj.* **1** 〔路等〕上坡路的, 往上的. **2** 《限定》辛苦的, 艱辛的. an *uphill* task 艱難的工作.
— *adv.* 往上坡, 向上面. walk *uphill* 上坡而行.

＊up-hold [ʌpˈhold; ʌpˈhəʊld] *vt.* (~**s** [~z; ~z]; -**held**; ~**ing**) **1** 舉起, 支撐, (support). Slender pillars *uphold* the heavy roof. 細柱子支撐著沈重的屋頂.
2 支持, 贊同. *uphold* a person in his belief 支持某人的信念/The higher court *upheld* the lower court's verdict. 高等法院支持下級法院的判決.

up-hol-ster [ʌpˈholstɚ; ʌpˈhəʊlstə(r)] *vt.*
1 在〔椅子, 床等〕裝上填充物後鋪上布.
2 在〔房間〕裡鋪上地毯[裝上窗簾].

up-hol-ster-er [ʌpˈholstərɚ, -ˈholstɚ; ʌpˈhəʊlstərə(r)] ⓒ 室內裝潢業者, 家具商.

up-hol-ster-y [ʌpˈholstrɪ, -ˈholstərɪ; ʌpˈhəʊlstərɪ] *n.* U **1** (集合)室內擺飾用品(地毯, 窗簾, 椅子等); 室內裝潢器材(椅子, 床罩, 墊子[填塞物]等). **2** 室內裝潢業, 家具(製造)銷售業.

UPI (略) United Press International.

up-keep [ˈʌpˌkip; ˈʌpkiːp] *n.* U **1** (建築物等的)維護, 保存. **2** 維護費.

＊up-land [ˈʌplənd, -ˌlænd; ˈʌplənd] *n.* (*pl.* ~**s** [~z; ~z]) **1** ⓒ (常 uplands)高地, 山地. inhabitants of the *uplands* 高地上的居民.
2 《形容詞性》高地的, 山地的.

up-lift [ʌpˈlɪft; ʌpˈlɪft] *vt.* **1** 《雅》高舉, 舉起. **2** 使(精神上, 感情上)振奮, 高揚. The preacher delivered an *uplifting* sermon. 牧師做了一場鼓舞人心的佈道.
— [ˈʌpˌlɪft; ˈʌplɪft] *n.* **1** U 舉起, (由下的)支撐; ⓒ 舉起物, 支撐物. **2** UC 振奮的(事物).

up-most [ˈʌpˌmost; ˈʌpməʊst] *adj.* ＝uppermost.

＊up-on [強 əˈpɑn, əˈpɔn; 弱 əpən; 強 əˈpɒn, 弱 əpən] *prep.* ＝on. 〔語法〕(1)upon 和 on 基本上是同義的, 兩者差別不大; 但在某些慣用的句型上, upon 與 on 有特定用法, 不可替換使用: *upon* my word (我發誓), once *upon* a time (從前); *on* foot (徒步), *on* the radio (在收音機上), *on* the telephone (在電話上), *on* fire (燃燒中), *on* strike (罷工中), *on* Monday (在星期一).

(2)用作「臨近」之意的 upon 通常不能與 on 代換: Christmas is *upon* us. (聖誕節將至).

(3)upon 比 on 更適於書寫文章時使用。爲配合句子的順暢或語調較常使用 upon: *upon* my word (我發誓)(★音節上呈弱強弱強之順序).

‡up·per [ˈʌpɚ; ˈʌpə(r)] *adj.* 《限定》**1** 上面的，上方的，(↔ lower). an *upper* room 上面的房間/the *upper* lip 上唇/the *upper* shelf 架子的上層/the *upper* story 樓上.

2 居上位的，上級的，上流的，(↔ lower). He's in the *upper* circle of society now. 他現在已躋身上流社會了.

3 高地的；內地的；(川河的)上游的. the *upper* Colorado (River) 科羅拉多河的上游.

gèt 〔hàve〕 the ùpper hánd 佔有優勢; 支配, 控制, 《of》.

── *n.* © **1** (通常 uppers)皮鞋鞋底以上的部分.
2 《口》興奮劑.

(dòwn) on one's úppers 《口》極其貧窮.

ùpper árm *n.* © 上臂(↔ forearm¹; → arm¹). [case].

ùpper cáse *n.* Ⓤ 大寫字母鉛字(↔

ùpper cláss(es) *n.* (加 the)上層階級(→ lower class, middle class).

up·per·class [ˌʌpɚˈklæs; ˌʌpəˈklɑːs] *adj.*
1 上層(階級)的. **2** 《美》高年級(學生)的.

up·per·class·man [ˌʌpɚˈklæsmən; ˌʌpəˈklɑːsmən] *n.* (*pl.* **-men** [-mən; -mən]) Ⓒ 《美》高年級學生(大學、四年制高中的三、四年級學生; 三年制高中的二、三年級學生).

ùpper crúst *n.* (加 the)《口》《詼》上流社會, 富裕階級.

up·per·cut [ˈʌpɚˌkʌt; ˈʌpəkʌt] *n.* ©《拳擊》曲臂揮拳向上的一擊, 上鈎拳.

Ùpper Hóuse *n.* (加 the)(兩院制議會的)上議院(英國的 the House of Lords, 美國的 the Senate 等).

‡up·per·most [ˈʌpɚˌmost; ˈʌpəməʊst] *adj.* 至高的，最高的，最上面的; 地位最高的; 腦子裡最先想到的. the *uppermost* branches of the great oak 這棵大橡樹最高的樹枝.

── *adv.* 最上面[最高]地(相當於 up 的最高級); 最先地. *Uppermost* in my mind is your welfare. 我心裡第一想到的是你的幸福.

còme úppermost 首先想到的.

up·pish [ˈʌpɪʃ; ˈʌpɪʃ] *adj.* 《主英、口》＝uppity.

up·pi·ty [ˈʌpətɪ; ˈʌpɪtɪ] *adj.* 《主美、口》傲慢的, 自大的.

‡up·right [ˈʌpˌraɪt; ˈʌpˈraɪt] *adj.*【筆直的】**1** 直立的，垂直的. an *upright* posture 直立的姿勢/an *upright* pole 筆直的竿子/The old man walks *upright*. 那老人走路抬頭挺胸.

2 正直的，公正的. an *upright* judge 公正的法官/*upright* dealings 公平的交易.

── [ˈʌpˌraɪt, ʌpˈraɪt; ˈʌpˈraɪt] *adv.* 垂直地, 直立地; 姿勢挺拔地. The tree grew *upright*. 那樹筆直地生長着.

── [ˈʌpˌraɪt; ˈʌpraɪt] *n.* **1** Ⓤ 垂直.

2 © 筆直的東西; 支柱. **3** ＝upright piano.

up·right·ly [ˈʌpˌraɪtlɪ; ˈʌpˌraɪtlɪ] *adv.* 直立地, 筆直地.

up·right·ness [ˈʌpˌraɪtnɪs; ˈʌpˌraɪtnɪs] *n.* Ⓤ 直立; 正義, 公正.

ùpright piáno *n.* © 直立式鋼琴(→ grand piano).

up·ris·ing [ʌpˈraɪzɪŋ, ˈʌpˌraɪzɪŋ; ˈʌpˌraɪzɪŋ] *n.* © 起義, 暴動.

‡up·roar [ˈʌpˌror, -ˌrɔr; ˈʌprɔː(r)] *n.* ⓐⓊ 騷亂, 騷動, 騷動聲. in an *uproar* 騷亂; 騷動.

up·roar·i·ous [ʌpˈrorɪəs, -ˈrɔrɪəs; ʌpˈrɔːrɪəs] *adj.* **1** 鬧哄哄的, 喧鬧的. an *uproarious* party 喧鬧的宴會/*uproarious* laughter 笑鬧聲.

2 令人捧腹大笑的, 非常逗人的.

up·roar·i·ous·ly [ʌpˈrorɪəslɪ, -ˈrɔrɪəs-; ʌpˈrɔːrɪəslɪ] *adv.* 喧鬧地.

up·root [ʌpˈrut, -ˈrʊt; ʌpˈruːt] *vt.* **1** 連根拔掉.

2 根除, 滅絕. *uproot* a bad habit 徹底根除壞習慣.

‡up·set [ʌpˈsɛt; ʌpˈset] (★與 *n.* 的重音位置不同) *v.* (~s [~s; ~s]; ~; ~·ting) *vt.* **1** 弄翻, 打翻. *upset* a vase 打翻花瓶/The boat was *upset* by the strong wind. 船被強風給吹翻了.

2 打亂, 攪亂, 〔計畫等〕. The weather *upset* all our travel plans. (惡劣的)天氣打亂了我們所有的旅行計畫.

3 使〔人〕沮喪, 使驚慌失措; 使煩惱, 使擔憂. The bad news *upset* me terribly. 那個壞消息使我煩惱極了/Joan got *upset* about Tom's getting married to her friend. 瓊因爲湯姆要和她的朋友結婚而心情鬱悶.

4 使〔胃等〕不適. The raw oysters *upset* his stomach. 那生蠔使他的胃不舒服.

5 (意外地)擊敗. Our team *upset* the league leaders by a wide margin. 我隊以懸殊比數擊敗聯盟排名第一的隊伍.

── *vi.* 翻倒, 顛覆, 傾覆; 〔液體等〕(從容器中)溢出, 濺出.

── *adj.* 心神不寧的, 驚慌失措的, (幾近失態地)憤怒的, 《at, about, with 對…; that 子句》. Joan was *upset* at having her behavior criticized. 瓊爲自己的行爲受到批評而感到懊惱不已/I was very *upset* that he made a sarcastic remark about my book. 他對我的書冷嘲熱諷, 這令我感到非常生氣.

── [ˈʌpˌsɛt; ʌpˈset] *n.* **1** ⓤⓒ 傾覆, 翻倒; 混亂; 慌張失措, 不安. His sudden illness caused the *upset* of all our arrangements. 他突然病倒打亂了我們所有的安排.

2 © (身體, 特指胃的)不適.

3 (比賽等的)程序大亂.

up·shot [ˈʌpˌʃɑt; ˈʌpʃɒt] *n.* Ⓤ 《口》(加 the)結局, 結果, 結論.

‡up·side [ˈʌpˈsaɪd, ˌʌpˈsaɪd; ˈʌpsaɪd] *n.* (*pl.* ~s

[~z; ~z)] ⓒ上側，上面，上部.

* **ùpside dówn** (副詞性)上下顛倒地，倒轉地；混亂地，胡亂地. You're looking at the picture *upside down*. 你把畫拿反了/The bus fell *upside down* into the valley. 公車翻落在山谷中.

up·side-down [ˋʌpˏsaɪdˋdaʊn; ˏʌpsaɪdˈdaʊn] *adj.* 上下顛倒的，倒過來的；本末倒置的；混亂的.

up·stage [ˋʌpˋstedʒ; ˏʌpˈsteɪdʒ] *adv.* 在[向]舞臺後方.
— *adj.* 1 舞臺後方的. 2 (口)自負的，傲慢的.
— *vt.* 1 朝舞臺後方移動以使[另一位演員]改變原先的注意焦點(結果使該演員背對觀眾)；使⋯的影子變淡.
2 (口)壓倒[別人]以使自己獨出鋒頭.

‡up·stairs [ˋʌpˋstɛrz, -ˋstærz; ˏʌpˈsteəz] *adv.* 在[往]樓上(實際的情形多譯作「在[往]二樓」) go *upstairs* 到樓上去(有時亦含有去廁所，回臥室等意思)/My room is *upstairs*. 我的房間在樓上/We have an office *upstairs*. 我們在樓上有一個辦公室.
kick a pèrson upstáirs (口)(明升暗降地)把某人調任閒職.
— *adj.* (限定)樓上的(→ *adv.*). the *upstairs* neighbor 樓上的鄰居.
— *n.* ⓤ樓上(→ *adv.*). The *upstairs* has three rooms. 樓上有三間房間. ↔ **downstairs**.

up·stand·ing [ʌpˋstændɪŋ; ʌpˈstændɪŋ] *adj.* 1 直立的，豎立的；身材高大魁梧的. 2 (人)誠實可信的，人品好的.

up·start [ˋʌpˏstɑrt; ˈʌpstɑːt] *n.* ⓒ(輕蔑)(自以為可一世的)成功者.

up·state [ˋʌpˋstet; ˈʌpˈsteɪt] *adj.* (美)(特指New York 州的)州北部的.
— *adv.* (美)(特指New York州的)在[往]州北部.
— *n.* ⓤ(美)州北部；州中偏僻的地區.

up·stream [ˋʌpˋstrim; ˏʌpˈstriːm] *adv.* 在[往]上游，溯河而上，逆流而行.
— *adj.* (在)上游的；向著上游的，溯流而上的. ↔ **downstream**.

up·surge [ʌpˋsɝdʒ; ˈʌpsɜːdʒ] *n.* ⓒ(感情等的)急速高漲；急遽上升；急增.

up·swing [ˋʌpˏswɪŋ; ˈʌpswɪŋ] *n.* ⓒ(急速)上升，增加，進展，(*in*).

up·take [ˋʌpˏtek; ˈʌpteɪk] *n.* (加the)(特指對新事物的)理解力(主要用於下列片語)
quick [slòw] on the úptake (口)領會快的[慢的]，理解敏捷的[遲鈍的].

up·tight [ˋʌpˋtaɪt; ˈʌptaɪt] *adj.* (口)(因擔憂等而)暈頭轉向的，忐忑不安的；非常煩惱的(*about*).

‡up-to-date [ˋʌptəˋdet; ˏʌptəˈdeɪt] *adj.* 迄今為止的，收到最新的資訊的；最現代化的，最新式的，(↔ out-of-date). an *up-to-date* hotel 設備新穎的旅館/the most *up-to-date* teaching method 最新的教學方法/This book brings us *up-to-date* information on the political

situation in the Middle East. 這本書提供我們有關中東政治形勢的最新動態.

up-to-the-minute [ˋʌptəðəˋmɪnɪt; ˏʌptəðəˈmɪnɪt] *adj.* 最新(式)的；刊載最新資訊的. Our station broadcasts *up-to-the-minute* news every hour. 我們電臺每小時播送最新的新聞.

up·town [ˋʌpˋtaʊn; ˏʌpˈtaʊn] (美) *adv.* 在[向]住宅地區，在[向]非商業區.
— *adj.* 住宅區的，非商業區的.
— *n.* ⓤ住宅區，非商業區. ↔ **downtown**.

up·turn [ʌpˋtɝn; ʌpˈtɜːn] *n.* ⓒ 1 騷動，混亂. 2 上升；好轉；改善，(*in*). an *upturn in* stock prices 股價的上升.

up·turned [ʌpˋtɝnd; ˏʌpˈtɜːnd] *adj.* 1 向上的；〔鼻子等〕往上翹的. 2 被翻倒的.

‡up·ward [ˋʌpwəd; ˈʌpwəd] *adv.* 1 在上方，向上，往上，look *upward* 仰視/We climbed farther *upward*. 我們再往上爬/From the waist *upward* his body is a mass of scars. 他腰部以上的身體傷痕累累/Prices continued to move *upward*. 價格持續上漲.
2 ⋯以來，⋯以上，from one's teens *upward* 自十幾歲以來/Admission to the show is from one dollar *upward*. 演出的門票最便宜的是一美元.
and úpward (以及)⋯以上. Children of six years *and upward* are required to attend primary school. 六歲及六歲以上的兒童必須上小學.
úpward of... = upwards of... (upwards 的片語)
— *adj.* 向上的，往上的；上升的；好轉的. an *upward* current of air 上升氣流/an *upward* glance 往上瞥了一眼/an *upward* trend in business 景氣的上升趨勢. ↔ **downward**.

up·wards [ˋʌpwədz; ˈʌpwədz] *adv.* =upward.
úpwards of... 多於⋯(more than). The sculpture was valued at *upwards of* two hundred thousand dollars. 這座雕刻估計價值超過二十萬美元.

up·wind [ˋʌpˋwɪnd; ˈʌpwɪnd] *adj.* 逆風的，迎風的.
— *adv.* 逆風地，迎風地. The fire was *upwind* of our house. 火災在我們家的上風處.

U·ral Moun·tains [ˋjʊrəlˋmaʊntnz; ˏjʊərəlˈmaʊntɪnz] *n.* (加the)烏拉山脈(俄羅斯共和國境內分隔歐洲和亞洲的大山脈).

u·ra·ni·um [juˋrenɪəm, -njəm; jʊˈreɪnɪəm] *n.* ⓤ(化學)鈾(放射性金屬元素；符號 U).

U·ra·nus [ˋjʊrənəs; ˈjʊərənəs] *n.* 1 《希臘神話》烏拉諾斯(統治宇宙最古老的神). 2 《天文》天王星.

‡ur·ban [ˋɝbən; ˈɜːbən] *adj.* 都市的；住在都市裡的；都市性的；(↔ rural, rustic). *urban* problems 都市問題/the hectic pace of *urban* life 都市生活的急促步調/*urban* renewal (拆除舊房屋的)都市更新/*urban* sprawl 都市擴展.

ur·bane [ɝˋben; ɜːˈbeɪn] *adj.* 都會風情的；溫文有禮的；高雅的.

ur·bane·ly [ɝˋbenlɪ; ɜːˈbeɪnlɪ] *adv.* 都會風情地；高雅地；溫文有禮地.

ur·ban·i·ty [ɝ`bænətɪ; ɜ:'bænətɪ] *n.* ① 都會風情; 高雅; 溫文優雅.

ur·ban·i·za·tion [͵ɝbənɪ`zeʃn; ͵ɜ:bənaɪ'zeɪʃn] *n.* ① 都市化, 城市化.

ur·ban·ize [`ɝbən͵aɪz; 'ɜ:bənaɪz] *vt.* 使都市化, 使城市化; 使(人)具有都會氣息, 使溫文有禮.

ur·chin [`ɝtʃɪn; 'ɜ:tʃɪn] *n.* ② **1** 淘氣鬼, 小淘氣; (衣衫襤褸的)男孩.
2 《動物》海膽(sea urchin).

Ur·du [ʊr`du, `ʊrdu, ɝ`du; 'ʊədu:] *n.* 烏爾都語《Hindustani 語的一個分支, 爲巴基斯坦的官方語言; 巴基斯坦、印度等國的回教徒使用該語言》.

ur·e·thane [`jʊrə͵θen; 'jʊərɪθeɪn] *n.* ① 《化學》烏拉坦, 氨基甲酸乙酯.

*urge [ɝdʒ; ɜ:dʒ] *vt.* (**urg·es** [~ɪz; ~ɪz]; **~d** [~d; ~d]; **urg·ing**) 〖向某一方向催促〗 **1** 驅趕, 驅策, 〔馬, 人等〕(*on; onward; forward*). *urge* a horse *on* [*forward*] 策馬前行/Susie was exhausted, but fear *urged* her *on*. 蘇西已經筋疲力竭了, 但恐懼仍驅使著她往前走.
2 [句型5] (urge A *to* do)催促[力勸, 要求]A 做; [句型3] (urge A *into* doing/A *to* B)促使A做…/使A做B. We *urged* Ned *to* finish college. 我們力勸奈德讀完大學/I was *urged* not *to* resign the post. 有人勸阻我辭去這個職位/The prospect of fame and wealth *urged* him *to* the task. 名譽和財富的前景促使他接下這份工作/They *urged* the government *into* allocating money for welfare facilities. 他們要求政府撥出一部分經費用於社會福利設施.
3 強烈主張, 大力倡導, 力陳, (*on* 〔人〕); [句型3] (urge *that* 子句)極力主張, 力陳. We *urged* his competence. = We *urged that* he was competent. 我們極力主張他能勝任/The lecturer *urged on* the audience the importance of conservation. 演講者向聽衆力陳保育的重要性/He strongly *urged that* we should use more coal as fuel. 他極力主張我們應該多使用煤作燃料.
— *n.* (*pl.* **urg·es** [~ɪz; ~ɪz]) ② (通常用單數)衝動, 急切的願望. I sometimes have an *urge* to visit my home town. 我有時會有一股回鄉的衝動.

> 搭配 *adj.*+urge: a strong ~ (強烈的衝動), a sudden ~ (突然的衝動) // *v.*+urge: control an ~ (克制衝動), feel an ~ (感覺衝動), satisfy an ~ (滿足衝動).

ur·gen·cy [`ɝdʒənsɪ; 'ɜ:dʒnsɪ] *n.* ① **1** 緊急, 急迫. a matter of some *urgency* 略爲緊急的事情.
2 堅持; 迫切的必要性.

*ur·gent [`ɝdʒənt; 'ɜ:dʒənt] *adj.* **1** 〔事態〕急迫的, 緊急的; 重大的. an *urgent* telegram 緊急電報/an *urgent* phone call 緊急電話/The situation was so *urgent* that he acted at once. 由於情況非常緊急, 所以他立刻採取行動.

> 搭配 urgent+*n.*: an ~ appeal (緊急的呼籲), an ~ need (緊急的需求), an ~ problem (急迫的問題), an ~ request (緊急的請求), an ~ task (急迫的工作).

2 〔人, 態度〕逼迫的, 強求的. The employees were *urgent* in demanding a pay raise. 員工們態度強硬, 要求加薪/My sister was *urgent* with me for particulars. 妹妹纏著我急切地想知道詳情.
⇨ *n.* urgency.

ur·gent·ly [`ɝdʒəntlɪ; 'ɜ:dʒəntlɪ] *adv.* 緊急地; 催促地. need money *urgently* 急需用錢.

urg·ing [`ɝdʒɪŋ; 'ɜ:dʒɪŋ] *v.* urge 的現在分詞、動名詞.

u·ric [`jʊrɪk; 'jʊərɪk] *adj.* 《醫學》尿的; 存在尿中的. *uric* acid 尿酸.

u·ri·nal [`jʊrən̩; 'jʊərɪnl] *n.* ② **1** (男生)小便的地方; (安裝於牆壁上的)小便斗.
2 (供病人等用的)尿壺.

u·ri·nar·y [`jʊrə͵nɛrɪ; 'jʊərɪnərɪ] *adj.* 尿的; 泌尿(器官)的. the *urinary* organs 泌尿器官.

u·ri·nate [`jʊrə͵net; 'jʊərɪneɪt] *vi.* 小便, 排尿.

u·rine [`jʊrɪn; 'jʊərɪn] *n.* ① 小便, 尿. pass *urine* 排尿.

urn [ɝn; ɜ:n] *n.* ② **1** 甕, 缸, (特指單腳的, 或有底座的容器); 骨灰甕, 骨灰罐.
2 (紅茶, 咖啡的)大壺.

[urns 1, 2]

Ur·sa Ma·jor [͵ɝsə`medʒɚ; ͵ɜ:sə'meɪdʒə(r)] *n.* 《天文》大熊星座.

Ur·sa Mi·nor [͵ɝsə`maɪnɚ; ͵ɜ:sə'maɪnə(r)] *n.* 《天文》小熊星座.

U·ru·guay [`jʊrə͵gwe, ͵gwaɪ; 'jʊərʊgwaɪ] *n.* 烏拉圭(南美東南部的共和國; 首都 Montevideo).

US [ju`ɛs; ͵ju:'eɪs] (略) United States (美國).
語法 (1)通常加 the. (2)亦可作形容詞用法: the *US* team (美國隊). *US* computer development (美國的電腦發展).

us [強 ʌs, ͵ʌs, 弱 əs; ʌs] *pron.* 《we 的受格》 **1 我們. Will you see *us* home? 你能送我們回家嗎?/The man told *us* we could park our car here. 那個人告訴我們可以把車停在這裡/None of *us* noticed Paula going out. 我們沒有一個人注意到寶拉出去了.
2 (口)=we(主要作 be 動詞的補語, 接在比較副詞 than, as 之後). It's not *us* that tried to upset their plans. 要破壞他們計畫的不是我們.

USA [͵ju͵ɛs`e; ͵ju:es'eɪ] (略) United States of

America (美利堅合眾國). 〖語法〗通常加 the.

us·a·ble [ˋjuzəbl; ˈjuːzəbl] *adj.* 可用的；適用的.

＊us·age [ˋjusɪdʒ; ˈjuːzɪdʒ] *n.* (*pl.* **-ag·es** [~ɪz; ~ɪz]) **1** U(使用)(方式)；對待(方式)；使用程度. rough *usage* 粗魯的使用／The tools had been worn smooth by long *usage*. 由於長期使用，這些工具已磨滑了.

2 UC習慣，慣例，常規.

3 UC(語言的)慣用(法)，語法；約定俗成的用法. modern English *usage* 現代英語慣用法.

〖搭配〗*adj.*＋usage: correct ～ (正確的用法), current ～ (目前的用法), established ～ (已固定的用法), popular ～ (普遍的用法).

＊use [juz; juːz] (★與 *n.* 的發音不同) *vt.* (**us·es** [~ɪz; ~ɪz]; **~d** [~d; ~d]; **us·ing**) 〖使用〗

1 用，使用，運用. *use* a typewriter 用打字機／"Can I *use* your telephone?" "Yes, of course." 「我能借用你的電話嗎?」「當然可以」(→ borrow 回)／Please don't *use* that knife for sharpening a pencil. 請不要用那把刀來削鉛筆／I can't *use* anyone who isn't willing to work. 我不能用不願意工作的人／No butter is *used* in this dish. 這道菜並未使用奶油.

回 In use, utilize, employ 中，use 是最常用且意義最廣泛的字，以人作受詞時，則含有「冷淡對待」「任意驅使」之意(→ 5).

2 發揮，運用，〔體力，能力等〕；使用〔權力，手段等〕. *use* one's eyes (用眼睛)看／*use* extreme caution 全神貫注／*Use* your brains. 用用你的腦筋／*Use* a little patience with small children. 對小孩子要用點耐心.

3 〔用盡〕消耗，耗費. Ned *used* all his savings on a trip abroad. 奈德出國玩一次就把所有的積蓄花光了／Don't *use* all your money on one project. 不要把你所有的錢全部投入一個計畫.

〖利用〗**4** 利用〔人，事物〕，運用手段. You're just *using* me. 你只是在利用我／He *used* his political influence to save the situation. 他利用自己的政治影響力來挽救局勢.

〖對待〗**5** 〔加副詞(片語)〕《〈文章〉》對待，款待，招待，〔人〕. *use* a person ill 惡劣地待人／I'm afraid you *used* him badly. 我擔心你沒有善待他／*Use* others as you would have them use you. 待人如待己(＜用你希望別人怎麼對你的方式對待別人).

còuld úse... 〔口〕希望得到…，想要…，I *could use* a cup of hot tea. 我想要一杯熱茶.

＊ùse/.../úp (1)用盡…，It will be little more than a hundred years before we *use up* the remaining oil. 不到一百年我們將會用盡尚存的石油. (2)〔口〕使筋疲力竭. She's *used up* with overwork. 過量的工作使她體力透支.

── [jus; juːs] *n.* (*pl.* **us·es** [~ɪz; ~ɪz]) 〖使用〗**1** U使用；利用. the *use* of force 使用力量〔武力〕／We got a bowler hat for *use* in the play. 我們拿

到了戲裡要用的圓頂高帽／These books are for the *use* of teachers only. 這些書僅供教師使用／by (the) *use* of a key 用鑰匙.

〖搭配〗*adj.*＋use: constant ～ (不斷的使用), frequent ～ (頻繁的使用), regular ～ (定期的使用), general ～ (廣泛的使用), private ～ (私用).

2 U用法，使用方法. the *use* of the verb 'do' 動詞 do 的用法／the wise *use* of one's leisure 休閒時光的妥善利用／I was taught the *use* of the word processor. 有人教我文字處理機的使用方法.

3 U使用的能力，使用的自由〔權利〕. Lewis has lost 〔recovered〕 the *use* of his right arm. 路易斯的右臂已經殘廢〔痊癒〕了／Graduate students were given the *use* of the computer for their research. 提供電腦給研究生使用以進行研究.

〖使用的目的〗**4** UC用途；用處；使用的必要，需要. This acid has several important industrial *uses*. 這種酸有幾項重要的工業用途／You'll find all kinds of *uses* for this gadget. 你會發現這件工具有各式各樣的用途.

〖使用的效果〗**5** U效用，有用，獲益. What's the *use* of having a lot of money at my age? 在我這樣的年紀有一大筆錢有甚麼用呢?／Is this desk any *use* to you? 這張桌子對你有用嗎?／How much *use* did you get out of the machine? 你從那部機器中得到了多少助益?

＊còme into úse 開始使用. When did "OK" *come into* common *use*? OK 是甚麼時候開始普遍使用的呢?

＊hàve nò úse for... (1)不需要…，用不著…，We *have no use for* you. 我們不需要你《表示絕交》. (2)〔口〕討厭…，無法忍受…，I *have no use for* that kind of man. 我受不了那種人.

＊in úse 使用中；進行中. The car won't be *in use* next Saturday. 下星期六不會用到這輛車／This room is *in* daily *use*. 這間房間每天都會用到／His phone was *in use*. 他的電話正在講話中.

＊màke (*the* **bèst**, **gòod**, **fùll**) **úse of...** (有效地，好好地，充分地)利用…，*Make* good *use of* this opportunity. 要善用這次機會／He *made the best* possible *use of* his time. 他儘可能地充分利用自己的時間.

＊nò úse 無益. It's *no use* for you to try to run away. 你想逃也逃不掉的／There's *no use* complaining about it. 抱怨是無濟於事的.

＊of úse 有用，有幫助. I hope this money will be *of* some *use* to you. 我希望這筆錢會對你有所幫助／information of great *use* 極為有用的情報／His help will be *of* no *use* to me at all. 他的幫助對我一點也沒有.

out of úse 不被使用. Steam locomotives have gone *out of use* now. 現在已經不用蒸汽火車頭了.

＊pùt...to úse 活用…，利用…，使用…. The basement was *put to use* as a recreation room. 地下室被用來作為娛樂室／The farmer will not *put* his land *to* more productive *use*. 那個農夫不會將他的土地做更有生產效益的使用.

used[1] [just; juːst] *adj.* (used to)《用於下列片語》★ used to 在子音前發音爲 [ˋjustə; ˈjuːstə], 在母音前發音爲 [ˋjustʊ; ˈjuːstʊ].

＊ **be úsed to...** 習慣…. I *am* not *used to* this kind of business. 我不習慣這種事情/My father *is used to* getting up early. 我父親習慣早起.

＊ **gèt** [**gròw, becòme**] **úsed to...** 習慣…. We soon *got used to* their way. 我們很快就習慣了他們的做法/I don't think I'll ever *get used to* living in the country. 我想我永遠也不會習慣住在鄉下的.

— [just; juːst] *vi.* (used+to 不定詞) ★有關 used to 的發音 → *adj.*

《表示過去的習慣》過去常常…, 以前經常…, 過去習慣…;《表示過去的狀態、事實》以前曾…. We *used to visit* them quite often. 我們以前常去探望他們/Grandfather *used to tell* good jokes. 爺爺以前經常說有趣的笑話/There *used to be* a store right here. 這裡以前有一家商店/Betty is more talkative than she *used to be*. 貝蒂比以前話更多了.

語法 (1)雖然以下的形式在疑問句及否定句中皆可使用, 但是一般仍多使用 did, 把 used 當作助動詞是比較舊式的說法: What *used* he *to drink* after dinner? = What *did* he *use to drink* after dinner? (他以前晚餐後都喝些甚麼呢?)/She *used not* [*usedn't* [ˈjusnt; ˈjuːsnt] *to smoke*. = She *didn't use*(d) *to smoke*. (她以前不抽菸).
(2)由於是表示過去不明確的習慣, 因此不能與明確描述期間、次數的副詞連用. 例如不能將例句 1 的 quite often 改成 four times 等. 此外 She *used to* stay at the hotel for five days. 也是錯的.
同 used to 和 would 皆表示過去的習慣, 然而 used to 主要是表示過去所存在的或延續時間較長的習慣, 含有與目前相對照之意; 而 would 則常與 often 等副詞連用, 表示過去反覆性的習慣, 亦可用來指短時期的行爲.

＊**used**[2] [juzd; juːzd] *adj.* 舊的, 用過的. a *used* car 二手車/collect *used* stamps 收集用過的郵票/a *used* book 舊書/*used* nuclear fuel 用過的核子燃料.

use·ful [ˈjusfəl; ˈjuːsfʊl] *adj.* **1** 〔某物〕有用的, 有效的, 有益的, (→ useless). This book is very *useful* to us [*in* our studies]. 這本書對我們[我們的研究]很有用/Thank you very much for your *useful* advice. 非常感謝你那有益的忠告.
2 〔人〕有用的, 有才能的. Consider how you can make yourself *useful* to society. 想想你如何讓自己對社會有所助益.

use·ful·ly [ˈjusfəlɪ; ˈjuːsfʊlɪ] *adv.* 有益地, 有用地.

＊**use·ful·ness** [ˈjusfəlnɪs; ˈjuːsfʊlnɪs] *n.* Ⓤ 有用, 有益; 有才能. the *usefulness* of a dictionary 辭典的用處.

use·less [ˈjuslɪs; ˈjuːslɪs] *adj.* **1** 〔物〕無用的, 沒有用的, (↔ useful). *useless* information 沒有用的情報[資訊]/a *useless* book 沒用的書.
2 不可能成功的, 白費力氣的. a *useless* attempt 沒有用的嘗試/It is *useless* to resist him. 反抗他是沒有用的.
3 〔人〕沒用的, 甚麼也不會的. a *useless* fellow 沒用的人.

use·less·ly [ˈjuslɪslɪ; ˈjuːslɪslɪ] *adv.* 徒勞地, 無用地; 無益地.

use·less·ness [ˈjuslɪsnɪs; ˈjuːslɪsnɪs] *n.* Ⓤ 無用, 無效; 無益.

＊**us·er** [ˈjuzɚ; ˈjuːzə(r)] *n.* (*pl.* ~s [~z; ~z]) Ⓒ 使用者; 利用者. a dictionary *user* 辭典的使用者.

us·er-friend·ly [ˈjuzɚˋfrɛndlɪ; ˈjuːzəˈfrendlɪ] *adj.* 〔特指電腦〕對使用者方便的, 容易操作的.

＊**ush·er** [ˈʌʃɚ; ˈʌʃə(r)] *n.* (*pl.* ~s [~z; ~z]) Ⓒ **1** (教堂, 劇場等的)帶位員 (★女性爲 usherette).

2《英》(特指法庭的)法警, 警衛, (《美》 bailiff).
— *vt.* 《文章》引領; 引導. *usher* a visitor out 送訪客出去.

ùsher /.../ ín (1)引領〔客人〕入內. *usher in* a guest 帶客人入內.
(2)成爲預兆; 宣告開始; 開始. A long spell of rain *ushered in* the autumn. 連綿的霪雨宣告秋天的來臨.

[usher 1]

ush·er·ette [ˌʌʃəˋrɛt; ˌʌʃəˈret] *n.* Ⓒ (電影院等的)女性帶位員(兼售貨員) (★男性爲 usher).

us·ing [ˈjuzɪŋ; ˈjuːzɪŋ] *v.* use 的現在分詞、動名詞.

USSR 《略》《歷史》Union of Soviet Socialist Republics (蘇維埃社會主義共和國聯邦).

u·su·al [ˈjuʒʊəl; ˈjuːʒʊl, ˈjuːʒəl; ˈjuːʒl] *adj.* 一般的, 通常的, 平常的; 向來如此的, (↔ unusual). their *usual* breakfast of toast, eggs and milk 他們平常包括土司、雞蛋和牛奶的早餐/He gave his *usual* answer. 他的答覆和往常一樣/Is it *usual* for you to get up so late? 你常常這樣晚起嗎?/The students were more active than *usual* in today's class. 今天課堂上學生們比平常活躍.

as is úsual with... …像往常一樣. He arrived, *as is usual with* him, ten minutes late. 就像往常一樣, 他遲到了十分鐘.

＊ **as úsual** 照常, 依然, 照例. *As usual*, she took my advice. 一如往例, 她聽從了我的勸告/Nothing

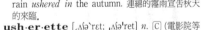

happened, and our life went on *as usual*. 甚麼都沒發生，我們的生活和往常一樣繼續著.

u·su·al·ly [ˈjuʒʊəlɪ, ˈjuʒʊlɪ, ˈjuʒəlɪ, ˈjuʒəlɪ] *adv.* 通常，平常，一般；總是；(→ always 表). Tom *usually* studies in his own room. 湯姆平常都在自己的房間裡讀書／*Usually* we don't go out on Sundays. 通常我們星期天都不會外出／It isn't *usually* so cold at this time of year. 往年這個時候都沒有這麼冷／Ned was more than *usually* kind to me. 奈德對我比以往友善.

u·su·rer [ˈjuʒərɚ, ˈjuːʒərə(r)] *n.* © 放高利貸者.

u·su·ri·ous [juˈʒʊrɪəs, -rjəs; juːˈzjʊərɪəs] *adj.* 《文章》放高利貸的；高利的，牟取暴利的.

u·surp [juˈzɜp, -ˈsɜp; juːˈzɜːp] *vt.* 《文章》(非法)奪取，強奪，〔權力，地位等〕篡奪王位. *usurp* the throne

u·sur·pa·tion [ˌjuzɚˈpeʃən, ˌjuːzɜː-ˈpeɪʃn] *n.* UC 《文章》(地位，權力等的)篡奪.

u·surp·er [juˈzɜpɚ, -ˈsɜpɚ; juːˈzɜːpə(r)] *n.* © 篡奪者.

u·su·ry [ˈjuʒərɪ, ˈjuʒrɪ; ˈjuːʒərɪ] *n.* U 《輕蔑》 **1** 高利貸；放高利貸. **2** (不正當的)高利.

UT, Ut. 《略》Utah.

U·tah [ˈjutɔ, ˈjutɑ; ˈjuːtɑː] *n.* 猶他州(美國西部的州；首府 Salt Lake City；略作 UT, Ut.).

u·ten·sil [juˈtɛnsl; juːˈtensl] *n.* © 用具，工具，器具；廚房用具，家庭用品(主要爲小型物品). kitchen *utensils* 廚房用具／farming *utensils* 農具／writing *utensils* 文具／household *utensils* 家庭用品，⑤ utensil 最主要是指鍋釜瓢類的用具；→ implement.

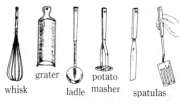

whisk　grater　ladle　potato masher　spatulas

[kitchen utensils]

u·ter·ine [ˈjutərɪn, ˈjuːtəraɪn] *adj.* 《解剖》子宮的.

u·ter·us [ˈjutərəs, ˈjuːtərəs] *n.* © 《解剖》子宮 (womb).

u·til·ise [ˈjutlˌaɪz, ˈjuːtəlaɪz] *v.* 《英》=utilize.

u·til·i·tar·i·an [ˌjutɪləˈtɛrɪən, juˌtɪlə-, -ˈter-; ˌjuːtɪlɪˈteərɪən] *adj.* **1** 實用(性)的，實利(性)的；功利(性)的. **2** 實用主義的；功利主義的. —— *n.* © 實用主義者；功利主義者.

u·til·i·tar·i·an·ism [ˌjutɪləˈtɛrɪəˌnɪzəm, juˌtɪlə-, -ˈter-; ˌjuːtɪlɪˈteərɪənɪzəm] *n.* U 《哲學》功利主義(以實現最大多數人的最大幸福爲最終目標).

u·til·i·ty [juˈtɪlətɪ; juːˈtɪlətɪ] *n.* (*pl.* -ties [~z; ~z]) **1** U 效用，用處；實用(性). a book of practical *utility* 具實用價值的書／Such information has little *utility* for me. 這樣的消息[情報]對我沒啥用處. **2** © 有用的東西，實用的東西. **3** 《形容詞性》實用的，實用取向的. *utility* furniture 實用的家具. **4** © (常作 utili*ties*)公用事業(public utility)《自來水，瓦斯，電力，鐵路，電信電話等》；(日常生活必須的)公用設施(電力，瓦斯，自來水等). a *utility* pole 電線桿.

utílity róom *n.* © 家庭用具間，(地下室)設備間，(家中放置鍋爐、中央冷暖空調機、洗衣機等設備的房間).

[utility room]

u·ti·li·za·tion [ˌjutl̩əˈzeʃən, -aɪˈz-; juːtəlaɪˈzeɪʃn] *n.* U 《文章》利用，使用.

u·ti·lize [ˈjutlˌaɪz, ˈjuːtəlaɪz] *vt.* (-liz·es [~ɪz; ~ɪz]; ~d [~d; ~d]; -liz·ing) 《文章》利用，使用，發揮效用. *utilize* natural resources 利用天然資源／*utilize* nuclear energy for peaceful purposes 爲和平目的的使用核能／I wonder how I can best *utilize* my abilities. 我不知道該如何最充分地發揮自己的能力. ⑤ utilize 是比 use 更爲正式的用語，意爲發揮某物的實用功效.

ut·most [ˈʌtˌmost, ˈʌtməst; ˈʌtməʊst] *adj.* 《限定》(通常加 the)最大限度的，極度的. with the *utmost* pleasure 以無比的喜悅／a conference of the *utmost* importance 極爲重要的會議／draw up a plan with the *utmost* care 極爲謹慎地擬訂計畫. —— *n.* U (通常加 the)最大限度；極限；極度，極端.

dò one's **útmost** 竭盡全力. He *did* his *utmost* to please his old parents. 他竭盡所能使年老的父母親高興.

to the útmost 盡全力地；極力地. They shouted *to the utmost* of their strength. 他們竭盡全力叫喊.

U·to·pi·a [juˈtopɪə, -pjə; juːˈtəʊpjə] *n.* (*pl.* ~s [~z; ~z]) **1** 烏托邦(Sir Thomas More 所著 *Utopia* (1516)中所描繪的理想國). **2** © (有時 *u*topia)理想國，理想的社會；理想的社會改革方案.

U·to·pi·an, u·to·pi·an [juˈtopɪən, -pjən;

ju:'təupjən] *adj.* **1** 理想國的，烏托邦的，理想社會的．**2** 非現實的，空想的．
— *n.* C **1** (非現實的)社會主義者；幻想家．
2 理想國[烏托邦]的居民．

*ut·ter¹ [ˈʌtə; ˈʌtə(r)] *adj.*《限定》完全的；無條件的，徹底的．*utter* darkness 一片漆黑/*utter* disbelief 完全不相信/an *utter* fool 無可救藥的傻瓜/He stared at me in *utter* astonishment. 他極爲震驚地瞪著我．

[語法] utter 通常與具否定含義的字連用．

[搭配] utter+*n.*: ~ confusion (非常的混亂)，~ defeat (徹底的擊敗)，~ ignorance (極度的無知)，~ nonsense (愚蠢之至)．

*ut·ter² [ˈʌtə; ˈʌtə(r)] *vt.* (~s [~z; ~z]; ~d [~d; ~d]; -ter·ing [-təriŋ; -təriŋ]) 〖發出〗 **1** 發出〔聲音，話語〕．*utter* a groan 發出呻吟聲/Someone *uttered* a cry of joy. 有人高興得叫了起來．
2 用言語表明出來，說出，述說，〔想法，心情等〕．No matter how angry he got, he didn't *utter* a word of protest. 無論他多麼氣憤，都沒說過一句抗議的話．
〖發出>傳開〗 **3** 《法律》使用〔僞幣等〕，使〔僞幣等〕流通．⇨ *n.* utterance.

ut·ter·ance [ˈʌtərəns, ˈʌtrəns; ˈʌtərəns] *n.*
《主文章》 **1** U 說出，講述．The dying man attempted *utterance* in vain. 那個奄奄一息的人試

圖想說些甚麼，但已發不出聲音了．
2 C 言詞，言論．They criticized Tom's public *utterances*. 他們批評湯姆的公開言論．
3 ⓐ U 說話的樣子；說話的能力．She has a clear *utterance*. 她口齒清晰．
give útterance to... 以言詞表達…．She never *gave* utterance to her personal feelings. 她從來不說出她個人的感受．

*ut·ter·ly [ˈʌtəlɪ; ˈʌtəlɪ] *adv.* 完全地，徹底地．You're *utterly* wrong. 你大錯特錯/He was *utterly* exhausted. 他已殆欲斃然．

[語法] 通常與具否定含意的字連用．

ut·ter·most [ˈʌtəˌmost, -məst; ˈʌtəməust] *adj., n.*《主雅》=utmost.

U-turn [ˈju,tɜn; ˈju:tɜ:n] *n.* C (汽車等的)迴轉．No *U-turn*. 禁止迴轉《告示》．

u·vu·la [ˈjuvjələ; ˈju:vjələ] *n.* C《解剖》口蓋垂，懸壅垂，小舌．

u·vu·lar [ˈjuvjələ; ˈju:vjələ(r)] *adj.*《解剖》口蓋垂的，懸壅垂的；小舌音的．

Uz·bek·i·stan [uz,bekɪˈstɑn; ʊz,bekɪˈstɑ:n] *n.* 烏茲別克《位於中亞的共和國，CIS 成員國之一；首都 Tashkent》．

V v *Vv*

V，v [vi; vi:] *n.* (*pl.* **V's, Vs, v's** [~z; ~z])
  1 [UC] 英文字母的第二十二個字母.
  2 [C] (用大寫字母)V 字形物.
  3 [C] (羅馬數字的)五. *VI* [vi] =6/Page *vii* 第七頁.

V (符號) vanadium; (略) volt.

v (略) verb; verse ((聖經的)一小節); versus(與…相對).

VA, Va. (略) Virginia.

vac [væk; væk] *n.* [C] (英、口)(特指大學的)假期 (<*vacation*).

*va·can·cy [ˋvekənsɪ; ˈveɪkənsɪ] *n.* (*pl.* **-cies** [~z; ~z]) 【 空白 】 **1** [UC] 虛空, 空(的狀態); 空間. With glazed eyes the soldier stared into *vacancy*. 那士兵凝望著一片廣闊無垠的天空.
  【 空 】 **2** [C] 空地; (公寓, 旅館等的)空房間, 空屋. This hotel has no *vacancies* today. 今天這家旅館沒有空房間.
  3 [C] (地位等的)空位, 空缺, 缺額. There are several *vacancies* in our company. 我們公司有幾個空缺.
  4 【心靈的空虛】 [U] 出神(狀態), 發呆, 神情恍惚. The bereaved wife stood with an expression of *vacancy* on her face. 那位喪夫的妻子神情呆滯地站在那兒. ⇨ *adj.* **vacant**.

*va·cant [ˋvekənt; ˈveɪkənt] *adj.* 【 空的 】 **1** 空的, 空白的. stare into *vacant* space. 凝望著一片空茫.
  【 (暫時)空的 】 **2** 〔住宅, 房間等〕空著的, 無人的. Some boys are playing in the *vacant* lot. 幾個男孩在空地上玩/Is this seat *vacant*? 這個座位沒人坐嗎?/We found a *vacant* parking space. 我們找到了一個空的停車位/ˋVacant' 「無人」(浴室, 廁所等的標示; ↔ ˋOccupied'). 回 vacant 特指無人; empty 意為裡面甚麼也沒有: a *vacant* room(旅館, 公寓等的空房間), an empty room (既無傢具也無人居住的房間).
  3 〔職位等〕空(缺)的, 缺額的. An election was held to fill the *vacant* seat. 為塡補缺額舉行了一場選舉.
  4 〔時間等〕空著的, 空暇的, 閒著的. I have much *vacant* time this week. 這星期我空閒的時間很多.
  5 【空白的】〔心靈, 頭腦等〕出神的, 心不在焉的, 神情恍惚的. have a *vacant* look on one's face [in one's eyes] 臉上[眼睛裡]顯露出心不在焉的神色. ⇨ *n.* **vacancy**. *v.* **vacate**.

va·cant·ly [ˋvekəntlɪ; ˈveɪkəntlɪ] *adv.* 心不在焉地, 發呆地.

va·cate [ˋveket; vəˈkeɪt] *vt.* 《文章》 **1** 空出, 騰出, 〔房子, 場所等〕. *vacate* one's apartment 空出[搬出]某人的公寓. **2** 辭去, 退出, 〔地位, 職務等〕, 使成空位. ⇨ *adj.* **vacant**.

*va·ca·tion [veˋkeʃən, və-, vɪ-; vəˈkeɪʃn̩] *n.* (*pl.* ~**s** [~z; ~z]) **1** [UC] (主美)休假, 假日, 假期. take a *vacation* of two weeks 休兩個星期的假/Father spends his annual *vacation* in the mountains. 父親在山裡度年假. 參考 vacation 指一次的休假, 與天數的長短無關; (英)通常用 a holiday, 亦與天數無關, 但兩天以上也用 holidays.
  2 [UC] (學校的)假期; (法庭的)休庭期間. summer *vacation* 暑假/Christmas *vacation* 聖誕假期/Easter *vacation* 復活節假期(學校的春假). 參考 (1)指學校的假期時, (英)僅限於大學的假期, 即 university [college] vacation; 其他則稱 school holiday. (2)會議的休會為 recess.
  3 (形容詞性)休假的. make a *vacation* trip to Florida 到佛羅里達州度假旅遊/a nice *vacation* resort 一處怡人的度假勝地.
  4 [UC] 空出, 搬出; 辭職. ★ *v.* 爲 vacate. *on vacation* (主美)度假期間. go *on vacation* 去度假/I'll take care of your dog while you are *on vacation*. 你出去度假時我會照顧你的狗.
    ── *vi.* 《主美》休假; 度假. *vacationing* young men 正在度假的年輕人/We always *vacation* in Spain. 我們總是在西班牙度假.

va·ca·tion·er [veˋkeʃənə, və-, vɪ-; vəˈkeɪʃnə(r)] *n.* [C] (美)遊客, 度假者, 避暑[避寒]者.

vac·ci·nate [ˋvæksn̩͵et; ˈvæksɪneɪt] *vt.* 預防接種, 打預防針, (*against* 預防…). Your children must be *vaccinated against* measles. 你的孩子必須要接種疫苗預防麻疹.

vac·ci·na·tion [͵væksn̩ˋeʃən; ͵væksɪˈneɪʃn] *n.* [UC] 預防接種, 預防針, (*against* 預防…).

vac·cine [ˋvæksin, -sɪn; ˈvæksiːn] *n.* [UC] **1** (預防天花的)牛痘疫苗. **2** 疫苗.

vac·il·late [ˋvæsl͵et; ˈvæsəleɪt] *vi.* **1** 搖擺, 動搖; 前後[左右]搖晃. **2** (意見, 想法等)不堅定, 舉棋不定, 猶豫. *vacillate between* two opinions 在兩種意見之間猶豫不決.

vac·il·la·tion [ˌvæslˋeʃən; ˌvæsəˊleɪʃn] *n.*
U C 搖擺；舉棋不定，猶豫.

va·cu·i·ty [væˋkjuətɪ, və-, -ˋkɪu-; væˊkjuːəti] *n.*
(*pl.* **-ties**)《文章》 **1** U C (有時 vacuities)虛空，
空；真空. **2** U 出神，呆鈍. **3** C (通常 vacu-
ities)愚蠢的[荒唐的]言論[行為, 想法].

vac·u·ous [ˋvækjuəs; ˊvækjʊəs] *adj.*《文章》
1 出神的，惘然的；愚笨的，呆傻的.
2 無聊的，無目的. a *vacuous* life 空虛的人生.

vac·u·ous·ly [ˋvækjuəslɪ; ˊvækjʊəslɪ] *adv.*《文
章》惘然出神地；無聊地.

*__**vac·u·um**__ [ˋvækjuəm; ˊvækjʊəm] *n.* (*pl.* ~**s**
[~z; ~z]) **1** C 真空. Sound does not travel in
a *vacuum*. 聲音在真空狀態下無法傳播.
2 *a* U 空白，空虛；空處. The divorce created
a great *vacuum* in her life. 離婚造成她生活的空
虛.
3 =vacuum cleaner.
── *vt.* 《口》用吸塵器清掃.

vácuum bòttle *n.* (美)=vacuum flask.

vácuum clèaner *n.* C 真空吸塵器.

vácuum flàsk *n.* C 保溫瓶.

vac·u·um-packed [ˌvækjuəmˋpækt;
ˊvækjʊəmˈpækt] *adj.* 真空包裝的.

vácuum pùmp *n.* C 真空[排氣]泵.

vácuum tùbe *n.* C 真空管.

va·de me·cum [ˌvedɪˋmikəm; ˌvɑːdɪˈmeɪkəm]
(拉丁語) *n.* C 隨身攜帶的參考書，必備(的書籍)，
手冊.

*__**vag·a·bond**__ [ˋvægəˌbɑnd; ˊvægəbɒnd] *n.* (*pl.*
~**s** [~z; ~z]) C 流浪者，漂泊者. lead the life of
a *vagabond* 過著流浪的生活.
字源 VAG「流浪」: *vag*abond, *vag*rant (流浪
者), extra*vag*ant (浪費).

va·ga·ry [vəˋgɛrɪ, ve-, -ˋgerɪ; ˊveɪgərɪ] *n.*
(*pl.* **-ries**) C 《文章》奇異的想法，古怪的行為，離
奇的行為；反覆無常，朝三暮四. *vagaries* of
weather 天氣的變化無常.

va·gi·na [vəˋdʒaɪnə; vəˊdʒaɪnə] *n.* C (解剖)陰
道.

va·gi·nal [ˋvædʒən1; vəˊdʒaɪnl] *adj.*
陰道的.

va·gran·cy [ˋvegrənsɪ; ˊveɪgrənsɪ] *n.* U 流浪，
漂泊；遊盪罪.

va·grant [ˋvegrənt; ˊveɪgrənt] *n.* C 流浪者，漂
泊者.
── *adj.* (限定) **1** 流浪的，漂泊的. a *vagrant*
life 流浪生活.
2 《雅》(情緒，想法等)易變的，反覆無常的.

*__**vague**__ [veg; veɪg] *adj.* (**vagu·er; vagu·est**)
【不清晰的】 **1** 〔想法，意義，人等〕
曖昧不明的，不明確的，模糊的， (→ ambiguous
同). He gave a very *vague* answer to my ques-
tion. 他含混地回答了我的問題/I have only *vague*
memories of my father. 我對我的父親只有一些模
糊的記憶/Kate had a *vague* impression that she
had seen the man before. 凱蒂依稀記得以前見過
這個男人.

2 〔形狀，顏色等〕模糊的，不清晰的. The *vague*
outline of the hills was visible in the distance.
在遠處可以看得見山岡的模糊輪廓.
3 《口》(限定; 通常用於否定句，疑問句，條件句，
以最高級的形式出現)〔想法等〕朦朧的，微量的. I
haven't the *vaguest* idea who I met in the dark-
ness. 我一點都不知道在黑暗中遇到了誰.

vague·ly [ˋveglɪ; ˊveɪglɪ] *adv.* 隱隱約約地，模糊
地，含混地. She pointed *vaguely* in the direction
of the village. 她不確定地指著村莊的方向.

vague·ness [ˋvegnɪs; ˊveɪgnɪs] *n.* U 模糊，含混.

vagu·er [ˋvegər; ˊveɪgə(r)] *adj.* vague 的比較級.

vagu·est [ˋvegɪst; ˊveɪgɪst] *adj.* vague 的最高級.

*__**vain**__ [ven; veɪn] *adj.* (~**er; ~est**) 【無結果的】
1 徒勞的，無益的，無效的. make a *vain*
effort 作徒勞的努力 / The fly made *vain* at-
tempts to escape. 那隻蒼蠅企圖逃走. 那計劃失敗了.
2 《文章》空虛的，虛幻的；枉然的；無意義的.
vain longings for impossible things 對不可能實現
事物的虛幻願望/ *vain* deeds 沒有意義的行為.
3 自命不凡的；虛榮心強的；自滿的，引以為傲
的. The actress is *vain* about her acting ability.
那位女演員對自己的表演能力非常自負.
⇨ *n.* vanity.

* **in vain** (1)枉然地，徒勞地；白白地，徒勞的.
The firemen tried *in vain* to extinguish the fire.
消防隊員試圖撲滅火災，卻勞累無功/*In vain*, the
boy cried for help. 那男孩大喊救命，但卻毫無用
處/Bill's excuses for coming late were *in vain*.
比爾為自己的遲到所作的辯解都是白費力氣 (in vain
為補語).
(2)輕慢地，不尊敬地. Don't take the Lord's
name *in vain*. 不可妄稱主名(源自聖經).

vain·ly [ˋvenlɪ; ˊveɪnlɪ] *adv.* **1** 徒勞地，無益地，
枉然地，(in vain). The wife *vainly* waited for
her husband day after day. 妻子日復一日地等待
著丈夫的回來，但都是徒然.
2 自命不凡地，自負地.

val·ance [ˋvæləns; ˊvæləns] *n.* C **1** 帳幔(床
或架子等周圍的掛帷).
2 《美》窗簾上部的掛帷，裝飾性的窗簾，(為遮掩
窗簾上部的金屬桿而被當作裝飾品掛在窗子的上部；
《英》pelmet).

[valances]

vale [vel; veɪl] *n.* C 《詩》谷，溪谷， (valley)《常
用作地名的一部分》. stroll o'er hill and *vale* 翻山
越谷.

val·e·dic·tion [ˌvæləˈdɪkʃən; ˌvælɪˈdɪkʃn] n. 《文章》 ⓤ告别; ⓒ告别辞.

val·e·dic·to·ri·an [ˌvælədɪkˈtorɪən, -ˈtɔr-; ˌvælidikˈtɔːriən] n. ⓒ《美》(畢業典禮上)致告別辭者(第一名的畢業生; → salutatorian).

val·e·dic·to·ry [ˌvæləˈdɪktərɪ, -trɪ; ˌvælɪˈdɪktərɪ] adj. 《文章》告別的. valedictory remarks 告別辭.
— n. (pl. **-ries**) ⓒ《美》(畢業生代表的)告別演說.

va·lence [ˈveləns; ˈveɪləns] n. ⓒ《主美》《化學》原子價.

va·len·cy [ˈvelənsɪ; ˈveɪlənsɪ] n. (pl. **-cies**) 《主英》=valence.

val·en·tine [ˈvælən͵taɪn; ˈvæləntaɪn] n. ⓒ
1 情人卡[禮物](聖華倫泰節[情人節]當天通常以匿名方式贈送情人).
2 (常 Valentine)情人節當天(被)選出的情人.

val·et [ˈvælɪt; ˈvælɪt] n. ⓒ 1 (照料男子衣食等方面的)僕從.
2 (旅館等的)男侍.

val·e·tu·di·nar·i·an [ˌvælə͵tjudn̩ˈɛrɪən, -͵tɪu-, -͵tu-, -ˈɛrɪən; ˌvælɪtjuːdɪˈneəriən] 《文章》 n. ⓒ 1 病弱的人. 2 過度注意健康的人.
— adj. 病弱的, 有病的; 過度注意健康的.

val·iant [ˈvæljənt; ˈvæljənt] adj. 《主雅》(人、行為)(特指在戰鬥中)勇敢的, 英勇的, (brave). a valiant corps 勇敢善戰的軍團/valiant explorers 勇敢的探險家們. ⇨ n. valor.

val·iant·ly [ˈvæljəntlɪ; ˈvæljəntlɪ] adv. 勇敢地, 英勇地.

✱**val·id** [ˈvælɪd; ˈvælɪd] adj. 1 (理由、觀點等)有充分根據的, 正當的. He had a valid reason for being absent. 他有正當的理由缺席/Your assumption is not valid in this point. 就這一點來說, 你的假設並不正確.
2 合法的; 有效的, 有效力的. a valid contract 合法的契約/a ticket valid for three days 三天內有效的票/This treaty is valid under international law. 這項條約在國際法的範圍內有效.
⇨ n. validity. ↔ invalid².

val·i·date [ˈvælə͵det; ˈvælɪdeɪt] vt. 1 使生效; 使具有法律效力.
2 《文章》認為正當; 確認, 證實. ↔ invalidate.

val·i·da·tion [ˌvæləˈdeʃən; ˌvælɪˈdeɪʃn] n. ⓤⓒ有效; 《文章》確認; 批准.

va·lid·i·ty [vəˈlɪdətɪ; vəˈlɪdətɪ] n. ⓤ 1 (論點等的)正當性, 合理性. There is no validity in your idea. 你的想法不合理.
2 《法律》有效性; 合法性; 效力. ⇨ adj. valid.

val·id·ly [ˈvælɪdlɪ; ˈvælɪdlɪ] adv. 合理地; 合法地.

va·lise [vəˈlis; vəˈliːz] n. ⓒ旅行用手提包.

✱**val·ley** [ˈvælɪ; ˈvælɪ] n. (pl. **~s** [~z; ~z]) ⓒ
1 (山間的)谷, 山谷, 溪谷, (《圖》谷之意的一般用語; → canyon, dale, gorge, gully, ravine, vale). cross a deep valley and climb a steep mountain 穿過深谷, 登上陡峭的山峰/a river flowing in the valley 在山谷間流過的河流.
2 (通常用單數)(河川的)流域(地帶). the Amazon valley 亞馬遜河流域/The valley is fertile. 流域沿岸的土地很肥沃.

val·or (美), **val·our** (英) [ˈvælə; ˈvælə(r)] n. ⓤ《主雅》(特指在戰鬥中的)勇猛, 勇敢, an act of valor 勇敢的行動/fight with valor 勇猛地戰鬥/The soldier received a medal for valor. 那名士兵因為英勇的表現獲得了勳章. ⇨ adj. valiant.

✱**val·u·a·ble** [ˈvæljəbḷ, ˈvæljʊəbḷ; ˈvæljʊəbl] adj. 1 昂貴的, valuable jewelry 昂貴的珠寶/The car is valuable. 那輛車很昂貴. 2 貴重的, 珍貴的; 有用的, 有益的, (for, to 對…). valuable materials 珍貴的資料/a valuable experience 寶貴的經驗/valuable friends 珍貴的朋友/Your help was very valuable to me. 你的幫助對我來說是非常有益的.
🔲 valuable 多指在金錢或用途上具有高價值的東西, precious 則多指無法以金錢衡量的價值: This watch is not very valuable, but precious to me for special reasons. (這支錶並不很值錢, 但具有特殊的意義, 對我來說是很珍貴的); → invaluable.
⇨ n. value. ↔ valueless, worthless.
— n. (pl. **~s** [~z; ~z]) ⓒ (通常 valuables)貴重物品(珠寶、貴金屬之類等). Put your valuables in the safe. 把你的貴重物品放在保險箱裡.

val·u·a·tion [ˌvæljuˈeʃən; ˌvæljʊˈeɪʃn] n.
1 ⓤⓒ (價格的)估值, 定價; (能力、人品等的)評價, 評語. Nobody takes Bob at his own valuation. 沒有人認同鮑伯對自己的評價.
2 ⓒ估價額, 評定的價格.

✱**val·ue** [ˈvælju; ˈvæljuː] n. (pl. **~s** [~z; ~z])
1 ⓤ價值, 價格; 有用性, 重要性. realize the value of music 瞭解音樂的價值/get the full value of a university education 充分瞭解大學教育的價值/The monetary value of the car is small. 這輛車價格十分低廉(物超所值)/What's the value of arguing about such trivial matters? 為這種瑣事爭吵有甚麼意義呢?
🔲 adj.+value: great ~ (很大的價值), high ~ (高價值) // value+v.: the ~ goes down (價值下跌), the ~ increases (價值增加).
2 ⓤⓒ (a) 價格, 價錢. the market value of van Gogh's paintings 梵谷畫作的市價/the value of land 地價/What is the real value of the watch? 這支錶的真正價格是多少?/Oil steadily increased in value. 石油價格持續上揚.
🔲 value和worth都表示金錢上的價格, worth 多指精神上的價值, value 則多指實際上的效益.
(b) (通用貨幣的)交換價值. The value of the yen has risen rapidly. 日圓迅速升值.
3 ⓤ (有別於價格, 指該物的)價值; 與(事物的)代價相應的價值; 與價值相應的代價. Though relatively expensive, the book is excellent value for the money. 這本書雖然比較貴, 但很值得花這筆錢/You should pay the value of the wrecked

car. 你得賠償這輛毀壞的車.

4 (values)價值觀(例如對正義、自由等的重要性之看法). middle-class *values* 中產階級的價值觀/Don't impose your *values* on others. 不要把你的價值觀加諸於別人身上.

5 ⓊⒸ(詞語等的正確的)意義, 含義, 旨趣.

6 ⓊⒸ(主數學)數值, 值;(音樂)(音符所表示)的長度;(繪畫)色彩的明暗程度;(語音學)音值.

⇨ *adj.* **valuable**.

* *of válue* 有價值的, 貴重的; 有用的. an invention *of value* 有價值的發明物/The discovery is *of* great [little, no] *value*. 那項發現相當有[幾乎沒有, 完全沒有]價值.

—— *vt.* (~**s** [~z; ~z]; ~**d** [~d; ~d]; **-u·ing**)
1 (a) (從金錢的角度)評價…; 估算…的價格(*at*). The jeweler *valued* the diamond *at* $5,000. 那位珠寶商評估這顆鑽石價值達 5,000 美元.
(b) (從有用[重要]性等的角度)評價, 判斷. How do you *value* him as a sculptor? 就一位雕刻家而言, 你對他的評價如何?

2 對…的價值給予(高度)評價; 尊重; 重視. The father *valued* his children's opinion. 那位父親尊重孩子們的意見/I *value* his friendship very highly. 我非常重視他的友誼.

字源 **VAL**「價值」: *val*ue, in*val*id (無價值的), equi*val*ent (相等的), e*val*uate (評價).

val·ue-add·ed tax [ˋvæljuːædɪdˈtæks; ͵væljuːædiːdˈtæks] *n.* ⓊⒸ(英)附加價值稅, 加值營業稅,((略作 **VAT**).

val·ued [ˋvæljud; ˈvæljuːd] *v.* value 的過去式、過去分詞.
—— *adj.* 貴重的, 重要的; 受到好評的. a *valued* friend 重要的朋友.

válue júdg(e)ment *n.* ⓊⒸ價值判斷.

val·ue·less [ˋvæljulɪs; ˈvæljuːlɪs] *adj.* 無價值的, 沒有用的, 不足取的, (↔ valuable).

val·u·er [ˋvæljuə; ˈvæljuə(r)] *n.* ⓒ 評價者, 價格審核者.

val·u·ing [ˋvæljuɪŋ; ˈvæljuːɪŋ] *v.* value 的現在分詞、動名詞.

***valve** [vælv; vælv] *n.* (*pl.* ~**s** [~z; ~z]) ⓒ **1** (機械設施, 管樂器等的)閥, 活門. open [shut] a *valve* 打開[關閉]活門.
2 (解剖)(血管, 心臟等的)瓣, 瓣膜. *valves* of the heart 心臟瓣膜.
3 (雙殼貝的)殼.
4 (英)真空管(vacuum tube).

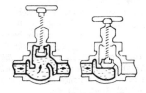

[valve 1]

val·vu·lar [ˋvælvjələ; ˈvælvjʊlə(r)] *adj.*

---

1 (有)瓣的, 瓣狀的, 有瓣的作用的.
2 心臟瓣膜的.

va·moose [væˋmus; vəˈmuːs] (西班牙語) *vi.* (美、俚)快走開(常用祈使語氣).

vamp [væmp; væmp] *n.* ⓒ **1** (鞋子, 長靴的)鞋面; 用於修補鞋面的皮革. **2** (口)(音樂)即席伴奏.
—— *vt.* **1** 在(皮鞋, 長靴)上安裝新的皮面, 換修新鞋面. **2** (口)(音樂)為(歌曲等)即席伴奏(*out*; *up*).

vam·pire [ˋvæmpaɪr; ˈvæmpaɪə(r)] *n.* ⓒ **1** 吸血鬼(傳說中死而復活後, 在夜間吸食他人的血). **2** 吃人的惡魔; 女妖. **3** =vampire bat.

vámpire bàt *n.* ⓒ(動物)(產於南美熱帶地區的)吸血蝙蝠.

***van**[1] [væn; væn] *n.* (*pl.* ~**s** [~z; ~z]) ⓒ(常構成複合字) **1** (特指運貨的)有頂卡車, 廂型車. a furniture *van* 家具搬運車/a delivery *van* 小型送貨車.
2 (英)(鐵路的)廂型貨車((美) boxcar; ↔ wagon). a goods *van* 廂型貨車/a guard's *van* (火車車廂的)守車. 字源 源自 cara*van*.

[vans[1] 1]

van[2] [væn; væn] *n.* =vanguard.

va·na·di·um [vəˋnediəm, -djəm; vəˈneɪdiəm] *n.* Ⓤ(化學)釩(金屬元素; 符號 V).

Van·dal [ˋvændl; ˈvændl] *n.* ⓒ **1** 汪達爾人(4, 5 世紀時侵入高盧、西班牙、北亞、羅馬的日耳曼民族的分支). **2** (*vandal*)文化(藝術)的破壞者; 公共物品[自然景觀]的破壞者.

van·dal·ism [ˋvændl͵ɪzəm; ˈvændəlɪzəm] *n.* Ⓤ文化(藝術, 公共物品, 自然等)的破壞, 野蠻的行為.

van·dal·ize [ˋvændl͵aɪz; ˈvændəlaɪz] *vt.* 破壞, 損害, (公共物品等).

Van·dyke [vænˋdaɪk; ͵vænˈdaɪk] *n.* **1** Sir Anthony ~ 凡戴克(1599–1641)(荷蘭畫家; 晚年住在英國). **2** =Vandyke beard.

Vandyke béard *n.* ⓒ(下巴上的)短尖鬚.

vane [ven; veɪn] *n.* ⓒ **1** 風向標, 風向計, (weather vane). 參考 狀如雞形的稱之為 weathercock.
2 (風車, 水車, 螺旋槳的)翼, 導向葉片.

van·guard [ˋvæn͵gɑrd; ˈvænɡɑːd] *n.* **1** (加 the) (軍隊、艦隊、隊伍等的)前陣, 前衛, 先鋒,

(↔ rear guard).

2 (加 the) (文化, 社會運動等的) 先鋒, 先驅.

3 ⓒ 〔用單數亦可作複數〕 (集合) 先鋒部隊的士兵; 先鋒者, 先導者.

va·nil·la [vəˋnɪlə; vəˈnilə] *n.* **1** ⓒ 香子蘭《蘭科的蔓生植物; 產於美洲熱帶地區》.

2 Ⓤ 香草《從香子蘭的果實中取得的香精》. *vanilla ice cream* 香草冰淇淋.

✲van·ish [ˋvænɪʃ; ˈvæniʃ] *vi.* (~·es [~ɪz; ~ɪz]; ~ed [~t; ~t]; ~·ing) **1** (突然) 消失, 不見, 瞬間消失. When Beth heard the news, her smile *vanished*. 一聽到這個消息, 貝絲的笑容馬上消失了／The ship *vanished* below the horizon. 船消失在地平線外／When I came out of the shop, my car had *vanished*! 我走出店門時, 車已經不見了! 📖 vanish 強調消失的速度之快令人費解的情形; → disappear.

2 漸漸不存在, 消失; 滅亡. The city *vanished from* the face of the earth. 那座城市從地球表面上消失了／Many scholars are searching for *vanished* civilizations. 很多學者正在尋找已消失的文明.

vánishing crèam *n.* Ⓤ 滋潤面霜《使肌膚柔嫩的一種乳霜》.

vánishing pòint *n.* ⓒ (通常用單數) 有時省略冠詞) (美術) (透視畫法中的) 消失點; (物體漸漸消失的) 交會點; (→ perspective 圖). My self-control reached *vanishing point*. 我的自制力到達極限.

✲van·i·ty [ˋvænətɪ; ˈvænəti] *n.* (*pl.* -ties [~z; ~z]) **1** Ⓤ 虛空, 空虛; 無益, 無意義. mock the *vanity* of the world 嘲諷人世的虛空.

2 ⓒ 空虛〔無意義〕的事〔物, 行為等〕. the *vanities* of life 人生中無意義的事.

3 Ⓤ 虛榮心, 虛榮. His remarks wounded her *vanity*. 他的話傷了她的虛榮心. ⇨ *adj.* **vain**.

[字源] VAN 「空虛的」: *vanity*, *vanish* (消失), *vain* (徒勞的).

vánity càse *n.* ⓒ 裝化妝品的小手提包.

van·quish [ˋvæŋkwɪʃ, ˋvæn-; ˈvæŋkwiʃ] *vt.* (主雅) **1** 擊敗, 征服, 〔對手〕. Napoleon was *vanquished* at Waterloo. 拿破崙在滑鐵盧被打敗.

2 克制, 抑制, 戰勝, 〔感情等〕.

van·tage [ˋvæntɪdʒ; ˈvɑːntidʒ] *n.* Ⓤ **1** (文章) 優越, 優勢, 有利的地位. a point of *vantage* =vantage point 1.

2 (主英) (網球) 平分後獲得的第一分《deuce 後首先獲得的第一分; 源自 ad*vantage*》.

vántage pòint *n.* ⓒ **1** (攻擊, 眺望等) 有利的地位. From our *vantage point* on the hill, we could see all the enemy's movements. 從我們在山上的有利位置, 可以看到敵人的所有動靜.

2 見解, 觀點, 〔特指有利的〕. from the *vantage point* of fifty years later 從五十年後的有利觀點來看.

Va·nu·a·tu [ˌvænuˈɑtu; ˌvɑːnuˈɑːtu] *n.* 萬那杜(共和國)《太平洋西南部的共和國; 首都 Port Vila》.

vap·id [ˋvæpɪd; ˈvæpid] *adj.* **1** 〔飲料〕沒味道的, 走味的. **2** 死氣沈沈的, 枯燥的, 無聊的.

va·pid·i·ty [væˋpɪdətɪ, və-; væˈpidəti] *n.* (*pl.* -ties) **1** Ⓤ 無味; 死氣沈沈. **2** ⓒ (通常 vapid*ities*) 枯燥無味的話.

vap·id·ly [ˋvæpɪdlɪ; ˈvæpidli] *adv.* 走味地; 無生氣地.

✲va·por (美), **va·pour** (英) [ˋvepɚ; ˈveipə(r)] *n.* (*pl.* ~s [~z; ~z]) Ⓤ ⓒ 蒸氣, 水蒸氣, 熱氣; 霧, 靄. A thin *vapor* rose from the marsh. 薄薄的水氣從沼澤裡昇起.

2 Ⓤ (物理) 氣體《液體、固體因加熱等原因而汽化的物質》. ⇨ *v.* **vaporize**.

vápor bàth *n.* ⓒ 蒸氣浴.

va·por·i·za·tion [ˌvepərəˋzeʃən, -aɪˋz-; ˌveipəraiˈzeiʃn] *n.* Ⓤ 蒸發; 汽化.

va·por·ize [ˋvepəˌraɪz; ˈveipəraiz] *vt.* 使蒸發〔汽化〕.

— *vi.* 蒸發, 汽化. ⇨ *n.* **vapor**.

va·por·iz·er [ˋvepəˌraɪzɚ; ˈveipəraizə(r)] *n.* ⓒ 汽化器; 噴霧器; 蒸發器.

va·por·ous [ˋvepərəs; ˈveipərəs] *adj.* **1** 多霧氣的; 霧氣瀰漫的, 因霧而看不清楚的. **2** 蒸氣般的, 蒸氣狀的.

vápor tràil *n.* ⓒ 飛機的雲霧狀尾跡.

va·pour [ˋvepɚ; ˈveipə(r)] *n.* (英)=vapor.

var·i·a·bil·i·ty [ˌvɛrɪəˋbɪlətɪ, ˌver-, ˌvær-; ˌveəriəˈbiləti] *n.* Ⓤ 易變性; 可變性.

var·i·a·ble [ˋvɛrɪəbl, ˋver-, ˋvær-; ˈveəriəbl] *adj.* **1** 易變的, 變化無常的; 無定規的; (↔ invariable, constant). *variable* weather 易變的天氣／*variable* winds 方向不定的風／a man of *variable* moods 喜怒無常的人.

2 能變化的, 可變更的, 可變的. at *variable* speeds 以不同的速度.

3 品質不穩定的, 時好時壞的. The pianist's performance was *variable*. 那位鋼琴家的演奏水準時好時壞.

— *n.* ⓒ **1** 易變〔常變〕的東西. I can't tell you the exact cost beforehand because there are so many *variables*. 因為有很多變數, 所以我無法事先告訴你確切的費用.

2 (數學) 變數. ⇨ *v.* **vary**.

var·i·a·bly [ˋvɛrɪəblɪ, ˋver-, ˋvær-; ˈveəriəbli] *adv.* 易變地, 不穩定地; 可變地.

var·i·ance [ˋvɛrɪəns, ˋver-, ˋvær-; ˈveəriəns] *n.* Ⓤ ⓒ (意見, 想法等的) 相左, 不一致; 不和, 分歧, 爭論. There is some *variance* between the two accounts. 這兩個敍述之間有些差異.

at **váriance** 有差異, 矛盾; 不和, 關係弄僵; (*with*). The brothers are *at variance with* each other over the inheritance. 他們兄弟之間為了遺產繼承的問題而弄得彼此關係緊張.

var·i·ant [ˋvɛrɪənt, ˋver-, ˋvær-; ˈveəriənt] *adj.* (限定) **1** 不一樣的, 有差異的. *variant* pronun-

ciations of the same word 同一個字的不同發音.
2 易變的, 無常的.
— *n.* C **1** 變種, 變形.

2 別體((某些字在拼法或發音上的別體; 如enquire 和 inquire, often 的發音[`ɔfən; 'ɒfən]和[`ɔftən; 'ɒftn]等)).

*var·i·a·tion [ˌvɛrɪ`eʃən, ˌver-, ˌvær-; ˌveərɪ'eɪʃn] *n.* (*pl.* ~s [~z; ~z]) 【變化】 **1** UC 變化, 變動. *variation*(s) of air pressure 氣壓的變化/There is little seasonal *variation* in temperature here. 這裡的氣溫幾乎沒有季節變化/Prices shown are subject to *variation*. 標價時有變更.

2 UC 差異; 變化量, 變化的程度. There is some *variation* between the original and the copy. 在原物與複製物[原件與複本]之間有些差異. 【已變化的東西】 **3** C 變形, 變體. This is a *variation* of the original story. 這已經不是原先的說法[故事了].

4 C (音樂)變奏(曲, 樂部). *variations* on a theme by Mozart 莫札特主題變奏曲.

⇨ *v.* **vary.**

var·i·col·ored [`vɛrɪˌkʌləd, `ver-, `vær-; 'veərɪˌkʌləd] *adj.* 五顏六色的, 雜色的.

var·i·cose [`vɛrɪˌkos, `vɛrɪ-; 'værɪkəʊs] *adj.* (醫學)靜脈瘤(性)的(靜脈異常曲張).

var·ied [`vɛrɪd, `verɪd, `værɪd; 'veərɪd] *v.* vary 的過去式, 過去分詞.

— *adj.* **1** 各式各樣的, 多種類的. The kinds of flowers he grows are extremely *varied*. 他栽培的花種類非常繁多/The people in our firm are from *varied* backgrounds. 我們公司的員工來自各種不同背景.

2 富於變化的, 多彩多姿的, 不斷變化的. *varied* scenery 富於變化的景象/He has led a very *varied* life. 他的生活十分多彩多姿.

var·ie·gat·ed [`vɛrɪˌgetɪd, `ver-, `vær-; 'veərɪgeɪtɪd] *adj.* (花, 葉等)雜色的, 多色彩變化的, 帶斑點的, 有雜色斑紋的.

var·ie·ga·tion [ˌvɛrɪ`geʃən, ˌver-, ˌvær-; ˌveərɪ'geɪʃn] *n.* U (花, 葉等)雜色, 多色彩.

var·ies [`vɛrɪz, `ve-, `væ-; 'veərɪz] *v.* vary 的第三人稱, 單數, 現在式.

va·ri·e·ties [və`raɪətɪz; və'raɪətɪz] *n.* variety 的複數.

*va·ri·e·ty [və`raɪətɪ; və'raɪətɪ] *n.* (*pl.* **-ties**) **1** U 變化, 多種類; 多樣性. a career full of *variety* 充滿變化的一生/enjoy the *variety* of city life 享受豐富多彩的城市生活/You had better do something else for the sake of *variety*. 為了換換花樣你最好還是做別的事.

2 C 種類; 異種, 變種; (*of*)(★接在 of 之後的名詞一般是用單數, 無冠詞). a new *variety* of dahlia 新品種大麗花/many *varieties* of seashell 各式各樣的貝殼. 回 在同一種類中, 以更小的部位來區別其不同; → kind².

3 (a variety of)各式各樣的(★接在 of 之後的可數名詞要用複數). a *variety* of cars 各式各樣的車輛/Petroleum has a wide *variety* of uses. 石油有

各式各樣的用途.

4 (主英)＝variety show. ⇨ *v.* **vary.**

varíety shōw *n.* U (主英)綜藝節目(歌唱、舞蹈、雜技等的綜合表演).

varíety stōre *n.* C (美)雜貨店(出售各種廉價品的雜貨店).

*var·i·ous [`vɛrɪəs, `ver-, `vær-; 'veərɪəs] *adj.* 【各式各樣的】 **1** 各式各樣的, 種類繁多的; 不同的, 不一樣的. Helen had *various* reasons for being late. 海倫有各種遲到的理由/There are *various* views about the origin of 'OK.' 關於 OK 的起源有各種不同的說法.

2 多樣的, 多彩多姿的, 多方面的; 富於變化的. The young man's tastes are *various*. 那位年輕人的興趣很廣泛.

3 (限定)好幾個的, 很多的. The ship called at *various* ports. 那艘船停泊過很多港口.

⇨ *v.* **vary.** *n.* **variety.**

var·i·ous·ly [`vɛrɪəslɪ, `ver-, `vær-; 'veərɪəslɪ] *adv.* 各種地, 各式各樣地, 用各種名義地.

*var·nish [`vɑrnɪʃ; 'vɑːnɪʃ] *n.* (*pl.* ~es [~ɪz; ~ɪz]) **1** UC 清漆, 透明漆, 釉. This box needs another coat of *varnish*. 這個箱子需要再上一層亮光漆.

2 U (加 the)(上過清漆的)光澤面. The *varnish* on the desk shone in the sunlight. 上過清漆的桌面在陽光下閃閃發亮.

3 (*a* U)外表的樣子; 虛飾, 掩飾. a *varnish* of good manners 彬彬有禮的外表.

— *vt.* **1** 在…上塗清漆. **2** 裝飾…的外表, 整修外觀, (over)).

var·si·ty [`vɑrsətɪ, `vɑrstɪ; 'vɑːsətɪ] *n.* (*pl.* **-ties**) C **1** (英, 口)(常 the *V*arsity)大學(特指 Oxford 或 Cambridge 大學).

2 (美)大學[學系, 學科, 社團]代表隊.

字源 源自 uni*versity*.

*var·y [`vɛrɪ, `verɪ, `værɪ; 'veərɪ] *v.* (**var·ies**; **var·ied**; ~**·ing**) *vt.* **1** 改變, 更改; 修正. An old man does not like to *vary* his way of life. 老人不喜歡改變其生活方式/*vary* the original schedule 改變最初的計畫.

2 給…添加變化, 使…多樣化. My monotonous life is *varied* only by occasional visits from my former students. 在我單調的生活中, 僅有的變化是偶爾會有從前的學生來訪.

— *vi.* **1** 改變, 變化. The prices of vegetables *vary* from day to day. 蔬菜的價格每天改變/The boiling point *varies* with atmospheric pressure. 沸點隨氣壓而改變/His *varying* attitude confused me. 他多變的態度令我不知所措.

2 (在相同種類事物之間的)不同, 差異; 各式各樣; 參差不齊. *vary* in size [price] 尺寸[價錢]有所不同/Opinions *vary* from person to person. 意見因人而異/Kate's story *varied* somewhat from yours. 凱特的說法與你稍有不同.

3 偏斜, 偏離, 《*from*》. conduct that *varies from* the code 違反規章的行為.
✦ *n.* **variation, variety.** *adj.* **variable, various, variant.**
字源 VAR 「改變」: *vary*, *various* (各式各樣的), in*vari*able (不變的), *vari*ation (變化).

vas·cu·lar [ˋvæskjələ; ˈvæskjʊlə(r)] *adj.* 《解剖、生物學》導管的, 脈管的, 血管的.

✱vase [ves; vɑːz] *n.* (★注意發音) (*pl.* **vas·es** ~ɪz; ~ɪz] C 花瓶; (作為裝飾品的)瓶, 罐. a *vase* filled with roses 插滿了玫瑰的花瓶.
字源 與 vessel 同字源, 指拉丁語「小的器皿」之意.

va·sec·to·my [vəˋsɛktəmɪ; vəˈsektəmɪ] *n.* UC 《醫學》輸精管切除, 輸精管結紮手術.

Vas·e·line [ˋvæsl͵in, -͵ɪn; ˈvæsəliːn] *n.* U 凡士林(商標名).

vas·sal [ˋvæs!; ˈvæsl] *n.* C **1** (被中世紀封建君主授與領地的)家臣, 臣下. **2** 僕人; 奴隸.
— *adj.* 家臣的; 僕人的, 隸屬性的.

✱vast [væst; vɑːst] *adj.* (~**·er**; ~**·est**) **1** 巨大的, 廣大的, 無垠的, (→ huge 同). a *vast* building 巨大的建築物/the *vast* universe 浩瀚無邊的宇宙/a *vast* expanse of plains 無邊無際的平原. **2** 《數, 量, 程度等》龐大的; 多的; 《口》非常的, 很大的, (very great). a *vast* amount of money 一筆鉅款/the *vast* difference between the two opinions 兩種意見的巨大差異/Tom has made a *vast* improvement in his German. 湯姆在學習德語方面有極大的進步.

vast·ly [ˋvæstlɪ; ˈvɑːstlɪ] *adv.* **1** 廣大地, 寬廣地. **2** 龐大地, 大量地; 《口》非常地, 大大地. The patient's health has *vastly* improved. 那位病人的健康情況已大為好轉.

vast·ness [ˋvæstnɪs; ˈvɑːstnɪs] *n.* U 廣大, 巨大; 龐大, 眾多; C (通常 vastness*es*) 無邊無際的寬廣.

VAT [͵vie`ti; ͵viːˈiːˈtiː] 《略》value-added tax (附加價值稅, 加值營業稅).

vat [væt; væt] *n.* C 木桶, 大木桶, 《釀造, 染色, 鞣皮等所使用的》.

Vat·i·can [ˋvætɪkən; ˈvætɪkən] *n.* (加 the) **1** 梵蒂岡宮(羅馬教皇居所; 位於羅馬市內). **2** 羅馬教廷.

Vàtican Cíty *n.* 梵蒂岡(位於羅馬市內, 由羅馬教皇所統治的獨立小國).

vau·de·ville [ˋvodə͵vɪl, ˋvodv-, ˋvodə͵vɪl; ˈvɔːdəvɪl] *n.* U 《主美》綜藝節目(綜合了歌唱, 舞蹈, 特技, 短劇等的表演); 《主英》variety show).

✱vault¹ [vɔlt; vɔːlt] *n.* (*pl.* ~**s** [~s; ~s]) C **1** 拱形屋頂[天花板]. The *vault* of this cathedral is very high. 這座大教堂的拱頂非常高. **2** 地下室, 地下貯藏室; (銀行等的)保險庫. a wine *vault* 酒窖/be locked in the *vault* 收藏在保險庫裡. **3** (教會, 墓地的)地下骨灰存放處.

[vaults¹ 1, 2]

4 《詩》《加 the》天空, 蒼穹. the *vault* of heaven 天空.

vault² [vɔlt; vɔːlt] *vi.* (以手, 棒等為支撐)跳躍, 《加副詞(片語)》縱身跳上(*into*, *onto*), 跳過(*over*). *vault* onto a horse 躍上馬背/*vault* over a brick wall 跳過磚牆.
— *vt.* 跳過…. The boy used a pole to *vault* a ditch. 男孩撐著竿子跳過溝渠.
— *n.* C (以手, 棒等為支撐的)一躍.

vault·ed [ˋvɔltɪd; ˈvɔːltɪd] *adj.* 〔房間, 走廊等〕有拱形天花板的, 〔屋頂〕呈拱形的; 有拱形屋頂的.

vault·ing¹ [ˋvɔltɪŋ; ˈvɔːltɪŋ] *n.* U **1** 拱形屋頂結構. **2** (集合)(拱形屋頂的)拱門.

vault·ing² [ˋvɔltɪŋ; ˈvɔːltɪŋ] *adj.* **1** 跳躍的, 跳過的. **2** 《主雅》〔野心等〕過高的, 過度的. *vaulting* ambition 自不量力的野心.
— *n.* U **1** 跳, 跳躍. **2** 撐竿跳.

váulting hórse *n.* C 跳馬(體操用具).

vaunt [vɔnt, vɑnt; vɔːnt] 《雅》*vi.* 自誇, 誇耀, 《*of*, *about*》.
— *vt.* 自誇…. He is forever *vaunting* his riding skill. 他總是誇耀他的騎術.
— *n.* UC 自誇, 大話.

VCR (略) video cassette recorder.

VD (略) venereal disease (性病).

VDU (略) visual display unit.

✱'ve [v; v] have 接在 I, you, we, they 之後的縮寫. I*'ve* finished my homework. 我已經做完我的家庭作業了.

veal [vil; viːl] *n.* U 小牛(calf) 肉.

vec·tor [ˋvɛktɚ; ˈvektə(r)] *n.* C **1** 《數學》向量. **2** 《生物學》傳播病毒的媒介生物(蒼蠅, 蚊子等). **3** 《航空》(飛機的)航向.

veer [vɪr; vɪə(r)] *vi.* **1** 〔行人, 車輛, 道路等〕改變方向, 轉彎. The car *veered* to the left at the crossroads. 那輛車在十字路口左轉. **2** 〔風〕逐漸轉向(如西風逐漸轉成北風的情況). The typhoon *veered* towards the north. 颱風轉向北方了. **3** 〔意見, 話等〕改變, 〔人〕改變意見〔計畫〕. While we were talking about economy, the conversation suddenly *veered* round to air pollution. 正當我們在談論經濟時, 話題突然轉向空氣污染.
— *vt.* **1** 改變〔船〕的航向(特指轉向下風). **2** 改變〔意見, 計畫等〕.

veg [vɛdʒ; vedʒ] *n.* (*pl.* ~) [UC]《英、口》蔬菜(< *vegetable*).

Ve·ga [ˈvigə; ˈviːgə] *n.*《天文》織女一《天琴座的一等星；相當於織女星；→ Altair).

ve·gan [ˈvigən; ˈviːgən] [C] 嚴格的素食主義者(只吃蔬菜和水果；→ vegetarian).

‡veg·e·ta·ble [ˈvɛdʒtəbl, ˈvɛdʒətəbl; ˈvedʒtəbl] *n.* (*pl.* ~s [~z; ~z]) **1** [C](通常 vegetables) 蔬菜, 青菜. fresh *vegetables* 新鮮的蔬菜/frozen *vegetables* 冷凍蔬菜/grow [raise] *vegetables* 種植蔬菜/Celery is a good *vegetable* for the health. 芹菜是有益健康的蔬菜/They served a meal of roast beef and two *vegetables*. 他們供應了一道烤牛肉和兩道蔬菜的餐點.
2 [U] 植物(plant). animal, *vegetable*, or mineral 動物, 植物, 或礦物.
3 [C] 植物人.

● —— 主要的蔬菜

asparagus	蘆筍	bean	豆
beet	甜菜	broccoli	硬花甘藍
carrot	胡蘿蔔	cabbage	甘藍菜
cucumber	黃瓜	celery	芹菜
green pepper	青椒	leek	韭菜
lettuce	萵苣	lentil	扁豆
mushroom	蘑菇	okra	秋葵
onion	洋蔥	pea	豌豆
potato	馬鈴薯	pumpkin	南瓜
radish	櫻桃蘿蔔	spinach	菠菜
tomato	番茄	turnip	蕪菁
Brussels sprouts		芽甘藍	
cauliflower		花椰菜	
corn [《英》maize]		玉蜀黍	
eggplant [《主英》aubergine]		茄子	

—— *adj.*《限定》**1** 蔬菜的, 青菜的. a *vegetable* salad 蔬菜沙拉.
2 植物的, 植物性的. a *vegetable* cell 植物細胞/a *vegetable* garden 菜園/use *vegetable* oil for cooking 用植物油烹調.

végetable kíngdom *n.* (加 the) 植物界 (→ kingdom 3).

végetable márrow *n.* [C]《植物》一種西洋南瓜.

veg·e·tar·i·an [ˌvɛdʒəˈtɛrɪən, -ˈter-; ˌvedʒɪˈteərɪən] [C] 素食主義者(不吃動物和魚類的肉, 但食用雞蛋、牛奶、乾酪等；→ vegan).
—— *adj.* **1** 素食主義的, 素食主義者的.
2〔飲食〕僅有蔬菜的. My aunt is on a *vegetarian* diet. 我的姑媽吃素.

veg·e·tar·i·an·ism [ˌvɛdʒəˈtɛrɪənɪzəm, -ˈter-, ˌvedʒɪˈteərɪənɪzəm] *n.* [U] 素食主義.

veg·e·tate [ˈvɛdʒəˌtet; ˈvedʒɪteɪt] *vi.* (不從事社會活動) 無所事事地過單調的生活, 無所作為.

veg·e·ta·tion [ˌvɛdʒəˈteʃən; ˌvedʒɪˈteɪʃn] *n.* [U] **1** (集合) 植物, 草木. **2** (某種地域特有的) 全部植物. jungle *vegetation* 生長於叢林的植物.

ve·he·mence [ˈviəməns, ˈvihɪ-; ˈviːəməns] *n.* [U]《文章》猛烈, 激烈；熱切, 熱烈. He spoke with *vehemence* about political corruption. 他以激烈的口吻講述政治的腐敗.

‡ve·he·ment [ˈviəmənt, ˈvihɪ-; ˈviːəmənt] *adj.*《文章》**1**〔好惡, 贊成與否等〕劇烈的, 激烈的；熱烈的. a *vehement* argument 激烈的爭論/*vehement* anger 大怒.
2〔動作, 勢力等〕猛烈的, 粗暴的. a *vehement* gesture 粗野的動作.

ve·he·ment·ly [ˈviəməntlɪ, ˈvihɪ-; ˈviːəməntlɪ] *adv.* 激烈地；熱烈地.

‡ve·hi·cle [ˈviɪk, ˈviək, ˈvihɪk; ˈviːɪkl] (★ 注意發音) *n.* (*pl.* ~s [~z; ~z]) [C]
〖交通工具〗**1** 交通工具, 運輸工具, 車輛；搬運工具. public *vehicles* 大眾運輸工具/a space *vehicle* 太空船/All *vehicles* are prohibited in this street on Sundays. 在星期天所有的車輛都禁止進入這條街.
〖載運工具〗**2**《文章》手段, 表達[表現]的手段,《of, for》；可發揮能力的空間. Language is the *vehicle of* thought. 語言是表達思想的工具/That movie is nothing more than a *vehicle for* the stars. 那部電影完全是為明星們量身訂作的.

ve·hic·u·lar [vɪˈhɪkjələ; vɪˈhɪkjələ(r)] *adj.*《文章》交通工具的, 車輛的. a *vehicular* tunnel 行車隧道.

‡veil [vel; veɪl] *n.* (*pl.* ~s [~z; ~z]) [C] 〖遮掩物〗
1 面紗. raise [drop] one's *veil* 掀起[放下]面紗/The widow wore a *veil* at the funeral. 那位寡婦在葬禮上戴著面紗.
2 覆蓋物；帷幕, 窗簾, 屏風. draw [lift] a *veil* 拉開[拉起]帷幕/There was a *veil* of mist over the valley. 山谷裡瀰漫著一層薄霧/A *veil* of cloud covered the top of the mountain. 雲層遮蔽住山頂/The plans were hidden in a *veil* of secrecy. 那些計畫被隱藏在神祕的面紗內.

dràw a véil over... 閉口不談, 保密,〔不快之事等〕.

tàke the véil 成為修女.

under the véil of... 隱藏在…裡, 以…為藉口. Paul cheated me of money *under the veil of* friendship. 保羅以友誼為幌子騙了我的錢.

—— *vt.* (~s [~z; ~z]; ~ed [~d; ~d]; ~·ing) **1** 用面紗把(臉等)遮蓋住；覆蓋住…使之無法被看見. The Muslim women *veiled* their faces. 回教徒婦女用面紗把臉遮住/The airport was *veiled* in the fog. 機場籠罩在霧中.
2 把…包藏起來, 保密. She *veiled* her anger with a smile. 她用微笑掩飾憤怒.

‡vein [ven; veɪn] *n.* (*pl.* ~s [~z; ~z]) **1** [C]《解剖》靜脈(↔ artery)；(俗稱)血管. The blue of her *veins* showed beneath her pale skin. 她藍色的血管在蒼白的皮膚之下清晰可見.
〖類似靜脈的物體〗**2** [C]《動物》(昆蟲翅膀的)翅

脈;《植物》葉脈;《地質學》礦脈, 岩脈;《石, 木材等)的)條形花紋, 紋理. a *vein* of gold 蘊藏黃金的礦脈/marble with bluish *veins* 帶一點藍色紋理的大理石.

3 [aU] 心情, 情緒; 語氣. speak in a leisurely [humorous] *vein* 以從容不迫的語調[幽默的語調]說話/I was in the *vein* for crying. 我很想哭.

4 [aU] (人, 作品等略帶有的)氣質, 個性, 特徵. There is a *vein* of perverseness in him. 他的個性有點剛愎自用. ⇨ adj. **venous.**

veined [vend; veɪnd] adj. 有靜脈的; 有葉脈的; 有條形花紋的.

ve·lar [ˋvilɚ; ˈviːlə(r)] adj. 《解剖》軟顎的; 《語音學》軟顎音的.
— n. C 軟顎音([k; k], [g; g]等).

vel·cro [ˋvɛlkro; ˈvelkrəʊ] n. U (常 *Velcro*)尼龍自粘扣帶(商標名).

veld, veldt [vɛlt; velt] n. UC (南非高原的)大草原.

vel·lum [ˋvɛləm; ˈveləm] n. U 上等皮紙(由牛犢, 羔羊等的皮製成, 比 parchment 更爲高級的紙張; 用於書本的封面, 燈罩等); 模造皮紙.

ve·loc·i·pede [vəˋlɑsəˌpid; vɪˈlɒsɪpiːd] n. C **1** (美)兒童用三輪車. **2** (昔日的)腳踏車(主要用腳踏地面前進). (戲謔)自行車.

ve·loc·i·ty [vəˋlɑsətɪ; vɪˈlɒsətɪ] n. (pl. **-ties**)
1 [aU] 速度(speed); 高速. at peak *velocity* 以最高速度. **2** [UC] 《物理》(物體朝某一方向移動的)速率, 速度. at a *velocity* of 400 meters a second 以每秒 400 公尺的速度.

ve·lour, ve·lours [vəˋlʊr; vəˈlʊə(r)] n. U 絲絨(把絲綢, 棉等起絨毛後製成的天鵝絨或像毛氈一樣的織物; 可以用於西裝料子, 室內裝飾品, 帽子等).

***vel·vet** [ˋvɛlvɪt; ˈvelvɪt] n. U 天鵝絨. as smooth as *velvet* 像絲鵝絨一般光滑.
— adj. 天鵝絨製的; 像絲絨般(柔軟)的. *velvet* goods 天鵝絨製品.

vel·vet·een [ˌvɛlvəˋtin; ˌvelvɪˈtiːn] n. U 平絨, 棉天鵝絨.

vel·vet·y [ˋvɛlvɪtɪ; ˈvelvɪtɪ] adj. **1** 宛如天鵝絨一般柔軟[光滑]的. This cloth feels *velvety*. 這塊布觸感很好. **2** (顏色, 聲音等)柔和的; (酒等)口感好的, 溫和的.

ve·nal [ˋvin]; ˈviːnl] adj. 《文章》**1** (人)容易被收買的. the *venal* electors 容易被收買的選民. **2** (地位, 行爲等)以賄賂的方式獲得的, 單憑金錢的; 藉由收買得到的. a *venal* position 用金錢買來的職位.

ve·nal·i·ty [viˋnælətɪ; viːˈnælətɪ] n. U 《文章》見錢眼開; 唯利是圖.

vend [vɛnd; vend] vt. **1** 《文章》沿街叫賣, 兜售貨物. **2** 《法律》售賣(土地, 房屋等)(sell).

vend·er [ˋvɛndɚ; ˈvendə(r)] n. =vendor.

ven·det·ta [vɛnˋdɛtə; venˈdetə] n. C (兩個家族間的)復仇; 根深蒂固的仇恨關係.

vend·ing machine n. C 自動販賣機.

ven·dor [ˋvɛndɚ; ˈvendɔː(r)] n. C **1** 流動攤販, (街頭)的叫賣; 《法律》(土地, 房屋等的)賣方, 賣主, (seller). **2** =vending machine.

ve·neer [vəˋnɪr; vəˈnɪə(r)] n. **1** [UC] (貼在木材, 家具等表面的)裝飾板(比裡面的材質更好的). **2** [UC] (膠合板所用的薄的)單層木板. **3** C (通常用單數)虛有其表, 虛飾, (of). a thin *veneer* of culture over coarseness 用以掩飾粗鄙的淺薄的文化.
— vt. **1** 在…上貼裝飾板, 把…黏貼後製成膠合板. **2** 裝飾…的外表; 掩藏…(with).

ven·er·a·ble [ˋvɛnərəb], -nrə-; ˈvenərəbl] adj. **1** (人)(因高齡, 高職位, 品德等而)傑出的, 值得尊敬的. a *venerable* old conductor 德高望重的老指揮家. **2** (建築物, 場所等)古老而莊嚴的, 神聖的; 有來歷[歷史]的. a *venerable* church 莊嚴的教堂. **3** (通常 the *Venerable*) (a) 《英國國教》對副主教 (archdeacon)的尊稱. the *Venerable* Mr. Jones 瓊斯副主教. (b) 《天主教》對成爲聖人前的三個階段中的最低一級者之尊稱.

ven·er·ate [ˋvɛnəˌret; ˈvenəreɪt] vt. 《文章》(特指對高齡者, 有來歷的人士等)尊敬, 敬仰, 崇拜.

ven·er·a·tion [ˌvɛnəˋreʃən; ˌvenəˈreɪʃn] n. U 《文章》尊敬; 崇敬. hold...in *veneration* 尊崇….

ve·ne·re·al [vəˋnɪrɪəl; vəˈnɪərɪəl] adj. (限定) 《醫學》**1** 由性交而產生的[傳播的]. **2** 性病的; 患上性病的.

venereal disease n. [UC] 性病(略作 VD).

Ve·ne·tian [vəˋniʃən; vəˈniːʃn] adj. 威尼斯(人)的; 威尼斯人的.
— n. C 威尼斯人. ⇨ n. **Venice.**

Venetian blind n. C 百葉窗(綜合了木片, 金屬片, 塑膠片的遮陽窗).

Ven·e·zue·la [ˌvɛnəˋzwilə, ˌvɛniˋzweilə; ˌvenɪˈzweɪlə] n. 委內瑞拉(南美洲北部的國家; 首都 Caracas).

[Venetian blind]

***venge·ance** [ˋvɛndʒəns; ˈvendʒəns] n. U 復仇, 報復, 報仇; [aU] 復仇的行爲. The young man set Sam's house on fire for *vengeance*. 那個年輕人爲了復仇, 放火燒山姆的房子/He swore *vengeance* for his brother's murder. 他發誓要爲他哥哥的遇害復仇. [同] revenge 用於受害者爲自身之時, vengeance 亦可用於受害者本身以外之時. ⇨ v. **avenge.**

take vengeance on [upon]... 對…進行報復.

with a vengeance (口)激烈, 猛烈; 極端. Last night it snowed *with a vengeance*. 昨夜雪下得很大.

venge·ful [ˋvɛndʒfəl; ˈvendʒfʊl] adj. 《主雅》(情緒, 行動)復仇心切的.

venge·ful·ly [ˋvɛndʒfəlɪ; ˈvendʒfʊlɪ] adv. (主

雅)復仇心切地.

ve·ni·al [ˋvɪnɪəl, -njəl; ˋviːnjəl] *adj.* 《文章》〔過失，犯罪等〕輕微的，微小的，可以寬恕的.

Ven·ice [ˋvɛnɪs; ˋvenɪs] *n.* 威尼斯(義大利東北部的港口城市；觀光及文化的中心地).
⇨ *adj.* **Venetian.**

ven·i·son [ˋvɛnəzn; ˋvenɪzn] *n.* ⑪ 鹿(deer)肉《食用》.

ven·om [ˋvɛnəm; ˋvenəm] *n.* ⑪ **1** (毒蛇，毒蜘蛛，蠍子等的)毒液，劇毒. A rattlesnake has *venom*. 響尾蛇有毒. ▣poison 是指毒藥，毒液的一般性用語；venom 是指動物和昆蟲分泌出的毒液.
2 惡意；怨恨，憎惡；刻薄話. He said with *venom* that he would repay me for my illtreatment. 他充滿恨意地說他將對我的虐待進行報復.

ven·om·ous [ˋvɛnəməs; ˋvenəməs] *adj.* **1** 有毒的；分泌毒液的. a *venomous* spider 毒蜘蛛.
2 〔言語，舉動等〕充滿惡意的，滿懷怨恨的. with *venomous* eyes 用充滿了惡意的眼睛.

ven·om·ous·ly [ˋvɛnəməslɪ; ˋvenəməslɪ] *adv.* 惡毒地；帶有惡意地.

ve·nous [ˋvinəs; ˋviːnəs] *adj.* **1** 靜脈的(⟷arterial). a *venous* injection 靜脈注射.
2 葉脈多的，葉脈清晰的. ⇨ *n.* **vein.**

vent¹ [vɛnt; vent] *n.* **1** ⓒ(氣體，液體等的)排出口，漏孔；通氣孔，排氣孔；(笛子等的)指孔. The smoke escaped through the *vent*. 煙從通風口排出. **2** ⓐ⑪(感情等的)宣洩(出口). Their frustrations found a *vent* in drinking. 他們的挫折在飲酒中找到了宣洩. **3** ⓒ(鳥，魚，爬蟲類等的)肛門.
give vént to... 傾吐，發洩，表露，〔激烈的感情等〕發出〔怪聲等〕. The students *gave* vent to their anger in demonstrations. 學生們以示威遊行的方式來表達他們的憤怒.
— *vt.* **1** 在…上開孔[洞]；把〔液體或煙等〕排放出來. **2** 給予〔感情等〕宣洩的管道，使…發洩出來以解憂悶，(*in*)；傾吐〔感情等〕(*on*). Mike *vented* his feelings *in* poetry. 麥克用詩歌來表達自己的感情.
[字源] VENT「風」: vent, ventilate (通風), ventilator (通風設備).

vent² [vɛnt; vent] *n.* ⓒ開叉(外套，上衣等的後背或兩脇底襟的開縫).

ven·ti·late [ˋvɛntl͵et; ˋventɪleɪt] *vt.* **1** 使〔房間，建築物等〕空氣流通，使通風，把…讓風〔新鮮的空氣〕吹. **2** 自由公開地討論(問題等).

ven·ti·la·tion [͵vɛntlˋeʃən; ͵ventɪˋleɪʃn] *n.* ⑪ **1** 換氣，通風，空氣的流通；通風設備. The *ventilation* in this office is poor. 這間辦公室的通風設備簡陋.
2 (問題等的)自由討論；公開討論. The problem demands a thorough *ventilation*. 那個問題有必要進行公開討論.

ven·ti·la·tor [ˋvɛntl͵etɚ; ˋventɪleɪtə(r)] *n.* ⓒ通風設備，通風扇，氣窗，通風孔[管].

ven·tri·cle [ˋvɛntrɪkl; ˋventrɪkl] *n.* ⓒ《解剖》**1** (心臟的)心室. **2** (腦髓，喉頭等的)腔，室.

ven·tril·o·quism [vɛnˋtrɪlə͵kwɪzəm; venˋtrɪləkwɪzəm] *n.* ⑪腹語術.

ven·tril·o·quist [vɛnˋtrɪləkwɪst; venˋtrɪləkwɪst] *n.* ⓒ會腹語術的人.

ven·ture [ˋvɛntʃɚ; ˋventʃə(r)] *n.* (*pl.* -**s** [~z; ~z]) 【冒險】 ⓒ **1** 冒險，冒險事業. make a *venture* into the Amazon jungle 去亞馬遜河的叢林裡探險. ▣venture 指會帶來生命、金錢危險的冒險；adventure 是較為普通的用語，重點在於冒險所給予的刺激.
2 【金錢上的冒險】投機；賭注. a *venture* in publishing 一個冒險性的出版計畫/invest in a *venture* 投資於冒險性的事業.
at a vénture 聽天由命地；胡亂地.
— *v.* (~**s** [~z; ~z]; ~**d** [~d; ~d]; -**tur·ing** [-tʃərɪŋ; -tʃərɪŋ]) *vt.* 【冒險】《文章》**1** 使〔生命，金錢等〕暴露在危險中，打賭. The soldiers *ventured* their lives for their country. 士兵們為了他們的國家出生入死/Ted *ventured* most of his money on the horse race. 泰瑞把他大部分的錢都下注在那場賽馬上了/Nothing *venture(d)*, nothing gain(ed). (諺)不入虎穴，焉得虎子《<If you *venture* nothing, you will gain nothing. (倘若你不冒任何危險，那麼你將一無所獲)》.
2 冒險從事…，勇於面對，毅然做…；將〔想法等〕斷然地說出. The hunters *ventured* the blizzard and went into the woods. 獵人們冒著暴風雪進入了森林/Bill *ventured* an apology to Tom. 比爾毅然地向湯姆表示道歉.
3 (a) 〔句型3〕(venture *to* do)大膽地做…，敢於做…. I *ventured* to write George that his novel was not interesting. 我大膽地寫信告訴喬治他的小說很無趣/May I *venture* to ask why? 可容我冒昧地請問原因嗎?
(b) 〔句型3〕(venture *that*子句)大膽地說…. I *venture* that you are wrong. 恕我大膽直言你錯了.
— *vi.* 冒著危險做[去]；大膽地嘗試(*on, upon*). The frightened cat *ventured* into the busy street. 受驚嚇的貓不顧危險地跑上了交通繁忙的街道/We *ventured* on the project without preparation. 我們未做準備就大膽地嘗試了那項計畫.

vénture bùsiness *n.* ⑪投資風險高的事業.

vénture scòut *n.* ⓒ《英》資深童子軍隊員《童子軍的年長隊員；→ boy scout》.

ven·ture·some [ˋvɛntʃɚsəm; ˋventʃəsəm] *adj.* 《主雅》**1** 〔人〕喜歡冒險的；大膽的；魯莽的. **2** 〔行為〕危險的，冒險性的.

ven·tur·ous [ˋvɛntʃərəs, -tʃrəs; ˋventʃərəs] *adj.* ＝venturesome.

ven·ue [ˋvɛnju, ˋvɛnɪu; ˋvenjuː] *n.* ⓒ **1** (比賽，會議等的)舉辦地點[場所]. **2** 《法律》(舉行陪審，審判的)法院. change the *venue* 更改審判地(為了能公平審判).

Ve·nus [ˋvinəs; ˋviːnəs] *n.* **1** 《羅馬神話》維納斯《愛與美之女神；希臘神話中的 Aphrodite》.

2 ©維納斯女神像。the *Venus* de [də] [of]
Milo 米隆的維納斯女神(像)《發現於希臘的 Milo
[ˈmaɪlo, ˈmi-; ˈmaɪləʊ] 島)。**3** 金星(Lucifer)。

ve·ra·cious [vəˈreʃəs; vəˈreɪʃəs] *adj.* 《文章》
1 〔人〕講實話的，誠實的。
2 〔言語等〕真實的，真的；正確的；(true)。

ve·ra·cious·ly [vəˈreʃəslɪ; vəˈreɪʃəslɪ] *adv.*
《文章》真實地；正確地。

ve·rac·i·ty [vəˈræsətɪ; vəˈræsətɪ] *n.* ⓤ《文章》
真實，正直；正確性，真實性。I doubt the *veracity* of his statement. 我懷疑他供述的真實性。

*****ve·ran·da, ve·ran·dah** [vəˈrændə;
vəˈrændə] *n.* (*pl.* ~s [~z; ~z]) © 陽臺，走廊。
[參考](美)多作 porch；veranda 位於一樓，附有屋簷。

[veranda]

‡verb [vɝb; vɜːb] *n.* (*pl.* ~s [~z; ~z]) ©《文法》
動詞。an auxiliary *verb* 助動詞/an intransitive [a transitive] *verb* 不及物[及物]動詞/a regular [an irregular] *verb* 規則[不規則]動詞。

ver·bal [ˈvɝbl; ˈvɜːbl] *adj.* **1** (有關)言辭的，由言辭構成的。Shakespeare's *verbal* magic 莎士比亞劇中對白的魔力/a *verbal* difference 言辭上的差異。
2 口頭的，用嘴說的，(spoken)；(⇔ written)；只是言辭上[口頭上]的。a *verbal* message 口信/It was a *verbal* contract, not a written one. 那是口頭上的約定而不是書面上的。
3 逐字逐句的，字面上的，(verbatim)。a *verbal* translation 逐字翻譯。
4 《文法》動詞的，由動詞衍生的。

ver·bal·ize [ˈvɝblaɪz; ˈvɜːbəlaɪz] *vt.* 用言辭表示…，使動詞化。

ver·bal·ly [ˈvɝblɪ; ˈvɜːbəlɪ] *adv.* **1** (非書面而是)口頭上地。**2** 《文法》作爲動詞。

vérbal nóun *n.* ©《文法》動名詞(gerund)。

ver·ba·tim [vɝˈbetɪm, vɝ-; vɜːˈbeɪtɪm] *adv.*
逐字逐句地，一字一句(依照原樣)地，(word for word)。
— *adj.* 逐字逐句的，字面上的。

ver·be·na [vɝˈbinə; vɜːˈbiːnə] *n.* ©《植物》馬鞭草《馬鞭草科植物》。

ver·bi·age [ˈvɝbɪɪdʒ, -bjɪdʒ; ˈvɜːbɪɪdʒ] *n.* =
verbosity.

ver·bose [vɝˈbos, vɝ-; vɜːˈbəʊs] *adj.* 《文章》話多的，冗長的，嘮叨的。

ver·bose·ly [vɝˈboslɪ; vɜːˈbəʊslɪ] *adv.* 《文章》
冗長地，嘮叨地。

ver·bos·i·ty [vɝˈbasətɪ; vɜːˈbɒsətɪ] *n.* ⓤ《文章》話多，冗長，嘮叨。

ver·dant [ˈvɝdnt; ˈvɜːdənt] *adj.* 《詩》**1** 〔土地〕草木青蔥茂盛的；〔草木〕翠綠的，綠油油的，(green)。**2** 〔顏色〕新綠的。

*****ver·dict** [ˈvɝdɪkt; ˈvɜːdɪkt] *n.* (*pl.* ~s [~s; ~s])
© **1** 《法律》(陪審團的)裁判，判決，《只決定是否有罪(guilty)》(《[參考]接受 verdict 而由法官所下的判決爲 sentence)。The jury arrived at its *verdict*. 陪審團做出了判決。

> [搭配] *adj.*+verdict: a guilty ~ (判決有罪), a not-guilty ~ (判決無罪) // *v.*+verdict: deliver a ~ (下判決), hand down a ~ (下判決), appeal a ~ (對判決提出上訴)。

2 判斷；意見(發表)。What is your *verdict on* the new cabinet? 對於新內閣你有甚麼看法？

ver·di·gris [ˈvɝdɪˌgris; ˈvɜːdɪgrɪs] *n.* ⓤ銅綠。

ver·dure [ˈvɝdʒɚ, -dʒʊr; ˈvɜːdʒə(r)] *n.* ⓤ《詩》
1 綠；新綠。**2** 新綠的草木，嫩葉。
◇ *adj.* **verdant**.

verge [vɝdʒ; vɜːdʒ] *n.* **1** © 邊緣，邊；疆界；路邊。putt from the *verge* of the green (高爾夫球)從果嶺的邊緣推輕球。
2 (加the)正要…之時，緊要關頭。Her husband's death drove her to the *verge of* madness. 她丈夫的死使她瀕臨崩潰邊緣。

***on the vérge of...** 在…的緊要關頭(的)，現在正要…的[地]。My uncle was *on the verge of* economic ruin. 我叔叔瀕臨破產/We were *on the verge of* starting without him, when he arrived. 正當我們要不管他自行開始時，他就到了。
— *vi.* **1** 鄰接，毗連，(*on, upon*)。My estate *verges on* the lake. 我的土地緊鄰著那座湖。
2 接近(*on, upon*)。Her queer actions *verged on* madness. 他怪異的行爲近乎瘋狂。

verg·er [ˈvɝdʒɚ; ˈvɜːdʒə(r)] *n.* © **1** (主英)
(高階層神職人員，大學校長等的)持權杖者《權杖爲教會、大學等權威的象徵》。**2** (教堂的)守衛，帶路人。

Ver·gil [ˈvɝdʒəl; ˈvɜːdʒɪl] *adj.* =Virgil.

ver·i·fi·a·ble [ˈvɛrəˌfaɪəbl; ˈverɪfaɪəbl] *adj.*
可以證明[查證，證實]的。

ver·i·fi·ca·tion [ˌvɛrəfɪˈkeʃən; ˌverɪfɪˈkeɪʃn]
n. ⓤ證明，查證；確認；證據。

ver·i·fy [ˈvɛrəˌfaɪ; ˈverɪfaɪ] *vt.* (**-fies; -fied; ~ing**) **1** 〔證據，行爲等〕證明[證實，驗證]〔陳述，事實等〕的正確性 (⇔ falsify)。Experimental results *verified* the hypothesis. 實驗的結果證明了那項假設的正確性。
2 查明…的正確性，確認…；[句型3](verify *that* 子句/*wh* 子句)查明…。I could not *verify* my son's

story. 我無法證實我兒子所言之事的正確性.

〔字源〕VER「真實」: verify, verity (真實), verdict (判決), veracious (誠實的).

ver·i·si·mil·i·tude [ˌvɛrəsəˈmɪləˌtjud, -ˌtud, ˌtɪud, ˌvɛrɪsɪˈmɪlɪtjuːd] n. 〔文章〕 **1** ⓤ 貌似真實; 逼真; 可能性. **2** ⓒ 外表逼真的事物.

ver·i·ta·ble [ˈvɛrɪtəbl; ˈverɪtəbl] adj. 〔限定〕真的, 名副其實的. He is a veritable Shylock. 他是一個不折不扣的貪財者.

ver·i·ty [ˈvɛrətɪ; ˈverətɪ] n. (pl. **-ties**)〔雅〕 **1** ⓤ 真實(性). the verity of the report 那份報告的真實性. **2** ⓒ (通常 verities) 真實的陳述; 真理.

ver·mi·cel·li [ˌvɝməˈsɛlɪ; ˌvɜːmɪˈselɪ] (義大利語) n. ⓤ 細麵條(義大利式細麵條; → macaroni, spaghetti).

ver·mi·form [ˈvɝməˌfɔrm; ˈvɜːmɪfɔːm] adj. 蠕蟲狀的, 呈(蚯蚓, 蛆等的)蟲子形狀的.

vérmiform appéndix n. ⓒ 〔解剖〕闌尾, (俗稱)盲腸.

ver·mil·ion [vəˈmɪljən; vəˈmɪljən] n. ⓤ 朱紅, 朱紅色(→見封面裡).
— adj. 朱紅色的; 朱紅色的; 塗成朱紅色的.

ver·min [ˈvɝmɪn; ˈvɜːmɪn] n. ⓤ (通常為複數)
1 (亂咬農作物、家禽等的)害獸, 害鳥 (狐狸, 黃鼠狼, 老鷹, 貓頭鷹等). **2** (附著在人等身上的)害蟲(跳蚤, 蝨子, 臭蟲等). **3** 社會的敗類, 人渣.

ver·min·ous [ˈvɝmɪnəs; ˈvɜːmɪnəs] adj. **1** 孳生害蟲的, 全是寄生蟲的.
2 (疾病)以蟲為媒介的.
3 (人)像害蟲似的; 令人討厭的.

Ver·mont [vəˈmɑnt, vɝ-; vɜːˈmɒnt] n. 佛蒙特州(美國東北部的州; 首府 Montpelier; 略作 VT, Vt.).

ver·mouth [vɝˈmuθ, vəˈmuθ; ˈvɜːməθ] n. ⓤ 苦艾酒(用藥草等調味成的白葡萄酒; 通常作餐前酒).

ver·nac·u·lar [vəˈnækjələ; vəˈnækjʊlə(r)] adj. **1** 〔語言, 語法〕本國的, 該國的; 該地所特有的. **2** 使用該國〔地區〕語言的; 使用日常用語的.
〔參考〕原本指拉丁語在各地區發生變化而生成的法語、義大利語等.
— n. ⓒ (加 the)(特指相對於外語)本國的口語, 本國語; 當地話; 日用語. the vernaculars of West Africa 非洲西部的各種語言.

ver·nal [ˈvɝnl; ˈvɜːnl] adj. 〔雅〕 **1** 春天的; 像春天般的; 在春季產生〔出現〕的. **2** 青春的, 朝氣蓬勃的.

vérnal équinox n. ⓒ (加 the)春分(→autumnal equinox).

ver·o·nal [ˈvɛrənl; ˈverənl] n. ⓤ (常 Veronal) 佛羅拿(安眠藥; 商標名).

ve·ron·i·ca [vəˈrɑnɪkə; vəˈrɒnɪkə] n. ⓒ (植物)婆婆納(玄參科的草本植物).

Ver·sailles [vəˈselz, vɝˈsɑɪ; veəˈsaɪ] n. 凡爾賽(在巴黎西方, 由路易十四所建的宮殿).

ver·sa·tile [ˈvɝsət, -tɪl; ˈvɜːsətaɪl] adj. **1** 〔人〕有多項才能的, 多才多藝的, 靈活多變的; 〔才能〕

———————————— **vertebra** 1745

涵括多方面的. a man of versatile talents 有許多才能的人. **2** 〔物品〕用途廣泛的; 多功能的.

ver·sa·til·i·ty [ˌvɝsəˈtɪlətɪ; ˌvɜːsəˈtɪlətɪ] n. ⓤ 多才多藝; 用途廣泛.

*__verse__ [vɝs; vɜːs] n. (pl. **vers·es** [~ɪz; ~ɪz])
1 ⓤ 韻文(↔ prose). a story written in verse 用韻文寫成一個故事.
2 ⓤ (集合)詩, 詩歌. epic [lyrical] verse 敘事[抒情]詩/blank verse (→見 blank verse).
3 ⓒ 詩的一行.
4 ⓒ (詩的)節, 章, (stanza). I know only the first two verses of the poem. 我僅僅知道那首詩的開頭兩節.
5 ⓒ (聖經的)節(在 chapter 的下文劃分處標有號碼; 通常由一個句子組成; 略作 v, vs). He quoted a verse from the Bible. 他引用了一節聖經.
chápter and vérse → chapter 的片語.

versed [vɝst; vɜːst] adj. 《敘述》(常 well versed) 嫻熟的, 熟練的, 精通的 (in). The old man is well versed in Chinese mythology. 那位老人非常精通中國神話學.

ver·si·fi·ca·tion [ˌvɝsəfəˈkeʃən; ˌvɜːsɪfɪˈkeɪʃn] n. ⓤ 作詩; 作詩法, 韻律法; 韻律(形式).

ver·si·fi·er [ˈvɝsəˌfaɪɚ; ˈvɜːsɪfaɪə(r)] n. ⓒ 作詩者; 詩人, (特指)拙劣的詩人.

ver·si·fy [ˈvɝsəˌfaɪ; ˈvɜːsɪfaɪ] v. (**-fies; -fied; ~ing**) vt. 把〔散文〕改寫成韻文; 把〔故事等〕改寫成詩. versify a folktale 把民間故事改寫成詩的形式.
— vi. (常含輕蔑)寫作(拙劣的)詩歌.

*__ver·sion__ [ˈvɝʒən, ˈvɝʃən; ˈvɜːʃn] n. (pl. ~**s** [~z; ~z]) ⓒ 〔改變原有形式的事物〕 **1** 翻譯; 譯文; (常 Version)(聖經的)譯本. ... 版. the German version of Othello 《奧賽羅》的德語譯本/the Authorized Version, the Revised Version (→見 Authorized Version, Revised Version).
2 (某個人的)說明, 意見; 不同的說法. Each of them gives a different version of the event. 關於那一事件, 他們每個人說法不同/In another version of the story, the hero becomes a king. 在那個故事的另一種說法中, 男主角成為國王.
3 (某種事物的)變形, 另一形式; ...版; ...化. Nancy has an abridged version of the dictionary. 南西有一冊該辭典的節略本/the film version of King Lear 電影版的《李爾王》.
〔字源〕VERS「轉變」: version, conversion (變換), diversion ((方向)轉換), subversion (顛覆).

ver·sus [ˈvɝsəs; ˈvɜːsəs] (拉丁語) prep. 《文章》(在比賽, 訴訟等當中的)...對...(略作 v, vs). an Oxford versus Cambridge regatta 牛津對劍橋的划船比賽/the case of Mr. Smith versus Mr. Brown 史密斯先生對布朗先生的訴訟案件(史密斯先生是原告, 布朗先生是被告).

ver·te·bra [ˈvɝtəbrə; ˈvɜːtɪbrə] n. (pl. **-brae**, ~**s**) ⓒ 〔解剖〕脊椎骨, 椎骨. the vertebrae 脊柱,

脊背骨，(backbone).

ver·te·brae [ˋvɝtəˏbri; ˋvəːtibriː] *n.* vertebra 的複數.

ver·te·bral [ˋvɝtəbrəl; ˋvəːtibrəl] *adj.* 脊椎的; 由椎骨組成的.

ver·te·brate [ˋvɝtəˏbret; ˋvəːtibreit] *adj.* 有脊椎[脊椎骨]的, 脊椎動物的, (↔ invertebrate). *vertebrate* animals 脊椎動物.
— *n.* ⓒ 脊椎動物.

ver·tex [ˋvɝtɛks; ˋvəːteks] *n.* (*pl.* ~**es**, **ver·ti·ces**) ⓒ 頂點, 最高點; (數學)頂點, 角頂.

✲ver·ti·cal [ˋvɝtɪk!; ˋvəːtik(ə)l] *adj.* **1** 垂直的, 直立的, 縱的; 垂直地上升[下降]的; (↔horizontal). The tower is not completely *vertical* to the ground. 那座塔並非完全與地面垂直/The plane went into a *vertical* dive. 那架飛機開始垂直俯衝/*vertical* motion 垂直運動.
2 〔支配構造等〕垂直的, 縱的. a society with a *vertical* structure 具有上下階層的社會.
— *n.* ⓒ 垂直線, 垂線; 垂直面; 垂直位置.

ver·ti·cal·ly [ˋvɝtɪk!ɪ, -ɪklɪ; ˋvəːtik(ə)li] *adv.* 垂直地.

ver·ti·ces [ˋvɝtəˏsiz; ˋvəːtisiːz] *n.* vertex的複數.

ver·tig·i·nous [vɝˋtɪdʒənəs; vəːˋtidʒinəs] *adj.* (在高處等)感到頭暈的; (高度等)令人頭暈目眩的.

ver·ti·go [ˋvɝtɪˏgo; ˋvəːtigəu] *n.* (*pl.* ~**es**) ⓤⓒ (醫學)頭暈, 眩暈.

verve [vɝv; vəːv] *n.* ⓤ (文章)(藝術作品等的)氣勢, 氣魄; 活力, 熱情. The pianist performed with tremendous *verve*. 那位鋼琴家的演奏氣勢磅礡.

✲ver·y [ˋvɛrɪ; ˋveri] *adv.* **1** 非常, 很, 極其. a *very* able woman 非常有才能的女性/How *very* lovely you are! 你真是的漂亮!/The soldier was *very* brave. 那個士兵非常勇敢/The family received me *very* warmly. 那家人十分熱情地招待我/I like oranges *very* much. 我非常喜歡柳橙/a *very* highly praised book 一本受到極高讚譽的書/Ed is *very* English. 艾德實在是非常像英國人(★這裡的English係指「英國的」)/There were *very* few passengers in the train. 僅有極少數的乘客在那輛火車裡/I'm so *very* glad to see you again. 真高興能再次重逢.

[語法] (1) very 修飾形容詞、副詞和作為形容詞的分詞之原級和最高級(→ 3)(與 much 的比較為→ much ●): *very* tired (非常疲憊的)/a *very* interesting story (一個十分有趣的故事).
(2)有時單純為了強調而反覆使用very: I'm *very*, *very* pleased. (我非常, 非常地高興).
(3) few, little, many, much 等形容詞當代名詞用法時也能用 very 修飾: I see *very* little of him. (我極少見到他).
(4)以下的形容詞通常不用very, 而是以absolutely 等來修飾: boiling, certain, convinced,
---

delighted, desperate, fascinated, fine, freezing, starving 等.

2 (用於否定句)不是太[很]…. The student did not study *very* hard. 那個學生並沒有很用功/I didn't pay *very* much attention to him. 我並不是很注意他/"Did you find the book interesting?" "Not *very*." 「你覺得那本書有趣嗎?」「不是很有趣」(★以上三個例子中的 not 都用來否定 very).

3 完全, 的確, 實在, (語法用以修飾形容詞的最高級, 及 first, last, next, same, opposite, own 等限定含義很強的詞). Ted was the *very* best (可能是最好)player in the team. 泰德在那個隊裡絕對是最優秀的選手/It was the *very* first time Bill saw a lion. 比爾還是頭一次看見獅子/Now I have my *very* own car. 我現在擁有自己的車.

✲very good (1)非常好. (2)(英)行, 知道了, (表示同意、認可的客氣說法). "Type this letter, please." "*Very good*." 「請打這封信」「知道了.」

✲very well (1)很好, 妙極了. (2)知道了(★雖然在有些情況下, 和 very good (2)的用法相同, 但常表示勉強同意的心情). "How about seven o'clock?" "*Very Well*." 「七點如何?」「好啊!」/ *Very well*, if that's the way you want it. 好吧, 假如你希望那樣的話, 就照辦吧!

— *adj.* (限定)(強調名詞的意義) **1** (★沒有比較變化)(a)(通常會加上the, this, that, my, his 等)正是那個, 恰好是那個, 完全的; 完全相同的. Here comes the *very* man you are waiting for. 現在來的就是你在等的人/This is the *very* point on which I cannot agree with you. 這正是我不同意你的地方/They were married that *very* day. 他們就在那一天結婚了/The man was killed by his *very* son. 殺死那個男子的人就是他自己的兒子/the *very* beginning of his speech 他說話的起頭/The *very* step taken to help him brought about his ruin. 為了幫助他而採取的手段反而招致他的毀滅. (b)(雖然)僅僅只是…(mere); 甚至於…(even). Mary faints at the *very* sight of a snake. 瑪莉只要一看到蛇便會昏倒/The *very* thought of the terrible event makes me tremble. 只要一想到那件可怕的事情, 就會使我顫抖/The *very* flowers sighed as the beautiful woman walked past. 當那個美麗的女子走過時, 就連花朵(彷彿)都在歎息.
2 (雅)(最高級 **ver·i·est**)(★沒有比較級)真的, 確實的; 真正的, 現實的. The writer's latest novel is a *very* masterpiece. 那位作家的最新小說是件不折不扣的傑作.

very high frequency *n.* ⓤⓒ (廣播、電視)超高頻率(→ VHF).

Ver·y light [ˋvɛrɪˏlaɪt; ˋveriˏlait, ˋviəri-] *n.* ⓒ 維利式信號彈(在海上尋求救助而發射的夜間信號).

ves·per [ˋvɛspɚ; ˋvespə(r)] *n.* **1** ⓒ (詩)夜晚, 黃昏, (evening). **2** (*Vesper*)長庚星, 金星.
3 (*vesper*s)晚禱, 晚課; 晚禱[晚課]的時刻.

Ves·puc·ci [vɛs`putʃɪ; vɛs'puːtʃi] n. **A·me·ri·go** [ə`mɛrɪˌgo; ə'merəgəu] ~ 韋斯普奇(1454-1512) 《數次航行至美國的義大利航海家、商人; America 之名即源自他的拉丁文名字 Americus》.

‡ves·sel [`vɛsḷ; 'vesl] n. (pl. ~s [~z; ~z]) C 【容器】 **1** (文章)(裝液體的)容器, 器皿,《普通玻璃杯, 陶瓷碗, 鐵桶, 瓶子, 有蓋木桶等圓形物品》.

2 (大型的)船. a merchant *vessel* 商船/a rescue *vessel* 救生船. 回意指大型船, 比 ship 更常作為書寫用語.

3 《解剖、動物、植物》導管, 脈管, 管. blood *vessels* 血管. 字源 拉丁語指「小的器皿」之意.

‡vest [vɛst; vest] n. (pl. ~s [~s; ~s]) C **1** 《美》西裝背心 (《英》為商業用語, 一般使用 waistcoat).

2 《英》汗衫, 貼身內衣, (《主美》undershirt).

— vt. (文章)授與, 給與, 《財產, 權利等》(in); 向(人)授與, 給與, (with). Our constitution *vests* ultimate authority *in* the people. 我們的憲法賦予人民最大的權力.

Ves·ta [`vɛstə; 'vestə] n. 《羅馬神話》維斯塔《司掌家庭爐火爐與爐灶的女神》.

ves·tal [`vɛstḷ; 'vestl] adj. **1** 女神維斯塔的; 獻身於維斯塔的. **2** 處女的; 純潔的, 貞潔的.

— n. C 貞潔(純潔)的女性; 處女.

vest·ed [`vɛstɪd; 'vestɪd] adj. 〔財產等〕確定歸屬的, 〔權利等〕既得的.

vèsted ínterest n. C (常表指責)既得利益, 權利.

ves·ti·bule [`vɛstəˌbjul, -ˌbɪul; 'vestɪbjuːl] n. C **1** 玄關, 門廳, 門廊. **2** 《美》通廊, 連廊, (客車車廂的連接部; 為乘客上下車的通道).

ves·tige [`vɛstɪdʒ; 'vestɪdʒ] n. **1** 蹤跡; 痕跡; 面容; 遺跡; 殘存物. No *vestige* of the prosperous town remains now. 那座繁華的城鎮如今未留下一絲痕跡. **2** (通常用單數)絲毫, 一點點, (通常用於否定句). There is not a *vestige* of kindness in him. 他絲毫沒有仁慈心腸. **3** 《生物學》退化器官.

ves·tig·i·al [vɛs`tɪdʒɪəl; ves'tɪdʒɪəl] adj. 《生物學》退化的; 留有痕跡的. a *vestigial* tail 一條退化的尾巴.

vest·ment [`vɛstmənt; 'vestmənt] n. C (文章)(常 vestments)衣服; 禮服, 儀式用祭服; 祭服, 法衣.

vest-pock·et [`vɛstˌpɑkɪt; ˌvest'pɒkɪt] adj. 可放入懷中的, 極小型的. a *vest-pocket* camera 袖珍型照相機.

ves·try [`vɛstrɪ; 'vestrɪ] n. (pl. -tries) C **1** (教堂的)祭服室, 祭具室. **2** (非國教教會的)附屬於教堂的房間〔辦公室〕(用於禮拜, 祈禱會, 主日學校教室等). **3** (英國國教)教區委員會(的委員們).

Ve·su·vi·us [və`suvɪəs, -vjəs, -ˋsɪu-, -ˋsju-; vɪ'suːvjəs] n. **Mount** ~ 維蘇威火山《位於義大利那不勒斯灣東面的活火山》.

vet¹ [vɛt; vet] n. C 《口》獸醫 (veterinarian). a *vet's* 動物醫院.

— vt. (~s; ~·ted; ~·ting) 《主英》 **1** 診斷治療〔動物〕. **2** 《口》診察〔人〕. **3** 《口》調查, 檢查.

vet² [vɛt; vet] n. 《美、口》= veteran 2.

vetch [vɛtʃ; vetʃ] n. C 《植物》野豌豆, 巢菜, 《豆科植物, 主要被用作家畜的飼料及改良土壤》.

‡vet·er·an [`vɛtərən, ˋvɛtrən; 'vetərən] n. (pl. ~s [~z; ~z]) C **1** 老練的人, 行家老手; 老兵, 久戰沙場的士兵. a *veteran* of political campaigns 一位政治運動的老將.

2 《美》退役軍人 (《主英》ex-serviceman), 解編的軍人. a *veterans'* association 退伍軍人協會.

— adj. 老練的, 有經驗的; 〔士兵〕實戰經驗豐富的, 身經百戰的. a *veteran* baseball player 一個經驗豐富的棒球選手/a *veteran* sailor 一個身經百戰的海軍士兵.

Véterans Dày n. 《美國、加拿大的》退伍軍人節《為紀念第一次、第二次世界大戰結束而訂於 11 月 11 日的國定休假日; 一度為 10 月第四個星期日, 以前稱為 Armistice Day; → Remembrance Day》.

vet·er·i·nar·i·an [ˌvɛtrə`nɛrɪən, -tərə-, -ˋner-; ˌvetərɪ'neərɪən] n. C 《美》獸醫 (《英》veterinary surgeon).

vet·er·i·nar·y [`vɛtrəˌnɛrɪ, ˋvɛtərəˌnɛrɪ; 'vetərɪnərɪ] adj. (限定)(關於)治療家畜疾病的, 獸醫的. a *veterinary* hospital 家畜醫院/*veterinary* medicine 獸醫學.

véterinary súrgeon n. C 《英》獸醫 (《美》veterinarian).

ve·to [`vito; 'viːtəu] n. (pl. ~es) **1** U (特指按照國際政治上的職權來行使)否決權; 否決權的行使. exercise the *veto* 行使否決權. **2** C 禁止; 否決; (on, upon). The mayor set [put] his *veto* on the city plan. 市長否決了那項都市計畫.

— vt. **1** 〔利用職權把法案等〕否決, 否認. The bill may be *vetoed* by the President. 那項法案可能會遭總統否決. **2** 禁止; 阻止.

‡vex [vɛks; veks] v. (~·es [~ɪz; ~ɪz]; ~ed [~t; ~t]; ~·ing) vt. (常用被動語態) **1** 使著急, 使覺得厭煩, 使焦急; 使發怒. The pupil's attitude always *vexes* Mr. West. 那個學生的態度總是激怒衛斯特先生/My wife was *vexed* with me for forgetting her birthday. 我妻子因為我忘了她的生日而非常生氣.

2 使…煩惱; 使…為難. My grandfather is *vexed* with rheumatism. 我的祖父為風濕症所苦/Europe was then *vexed* by religious conflict. 歐洲當時飽受宗教衝突所困.

vex·a·tion [vɛks`eʃən, vek'seɪʃn] n. **1** U 令人焦急的事, 傷腦筋的事情; 焦躁, 氣惱. To my great *vexation*, all the gas stations were closed that day. 令我萬分惱火的是, 那天所有的加油站都打烊了.

2 C 生氣的人〔事物〕; 發怒〔煩惱〕的原由.

vex·a·tious [vɛks`eʃəs; vek'seɪʃəs] adj. 令人發

火的; 著急的; 麻煩的; 難辦的.

vexed [vɛkst; vekst] adj. 麻煩的, 困難的, 〔問題等〕.

VHF, vhf 《略》《廣播、電視》very high frequency (超高頻率)《30-300 兆赫的頻率》; →UHF.

vi., v.i. 《略》 verb intransitive (不及物動詞) 《↔ vt.》.

***vi·a** [ˋvaɪə; ˋvaɪə] (拉丁語) prep. **1** 經由(by way of), 經過. come back to Rome via Paris 經過巴黎返回羅馬.
2 透過…, 以…爲媒介. send books via airmail 用航空郵件寄書/read 'Faust' via an English version 讀《浮士德》的英譯本.

vi·a·bil·i·ty [͵vaɪəˋbɪlətɪ, ͵vaɪəˋbɪlɪtɪ] n. U
1 (胎兒, 新生兒, 種子等的)生長生存的能力. **2** 實行能力; (計畫等)實行的可能性.

vi·a·ble [ˋvaɪəb; ˋvaɪəbl] adj. **1** (胎兒, 新生兒, 種子等)能夠生長發育的, 能夠生存的. **2** (計畫等)可以實行的, 可望成功的.

vi·a·duct [ˋvaɪə͵dʌkt; ˋvaɪədʌkt] n. C (架設在山谷, 高速公路等上面的)高架橋, 陸橋; 高架道路〔鐵路〕.

vi·al [ˋvaɪəl, vaɪl; ˋvaɪəl] n. C (裝入藥、香水等的)小瓶子(★現在多用 phial).

vibes [vaɪbz; vaɪbz] n. (pl. ~) C **1** 《單複數同形》＝vibraphone. **2** 《作複數》＝vibration 2.

[viaduct]

vi·brant [ˋvaɪbrənt; ˋvaɪbrənt] adj. **1** 《雅》〔聲響, 聲音〕強有力的, 響徹四方的, 有力度的. **2** 〔色彩等〕鮮明的, **3** 充滿活力的, 精力充沛的. the vibrant atmosphere of the city 那座城市充滿活力的氣氛.

vi·bra·phone [ˋvaɪbrə͵fon; ˋvaɪbrəfəʊn] n. C 《音樂》電顫琴(裝有電動共鳴裝置的鐵琴; → percussion instrument).

***vi·brate** [ˋvaɪbret; vaɪˋbreɪt] v. (~s ~s; ~s; -brat·ed [~ɪd; ~ɪd]; -brat·ing) vi. **1** 震動, 顫動. I felt the motor vibrating. 我感到發動機在震動/The passing express made the house vibrate. 駛過的快車使房屋震動. 回 指十分細微而快速的顫動(例如弦樂器的弦); → shake.
2 〔響聲, 聲音〕響遍四方, 十分響亮; 回響. The ship's horn vibrated into the fog. 船上的汽笛聲迴盪在霧中.
3 《口》感動(to); 心情激動(with). The bride was vibrating with happiness. 新娘因喜悅而心情激動.
— vt. 使震動, 使顫動. ⇨ n. vibration.

vi·bra·tion [vaɪˋbreʃən; vaɪˋbreɪʃn] n. **1** UC 顫動, 震動. The vibration of the window woke

me up. 窗戶的震動吵醒了我. **2** C 《口》《通常 vibrations》(從人, 場所所受到的)精神上的感應, (好的〔壞的〕)感覺. get good vibrations from a person 對某人有很好的印象. ⇨ v. vibrate.

vi·bra·to [vɪˋbrato; vɪˋbrɑːtəʊ] n. (pl. ~s) C 《音樂》顫音, 振動音.

vi·bra·tor [ˋvaɪbretə; vaɪˋbreɪtə(r)] n. C **1** 振動器〔者〕. **2** 電動按摩器, 震動按摩器.

vic·ar [ˋvɪkə; ˋvɪkə(r)] n. C **1** 《英國國教》教區牧師(教堂與該教區的負責人; → curate). **2** 《美》(聖公會的)會堂牧師(教區內的一個 chapel 的負責人). **3** 《天主教》教皇, 主教等的代理.

vic·ar·age [ˋvɪkərɪdʒ; ˋvɪkərɪdʒ] n. C 教區牧師(vicar)的住處, 牧師館.

vi·car·i·ous [vaɪˋkɛrɪəs, vɪ-, -ˋker-; vɪˋkeərɪəs] adj. **1** 《文章》(人, 事物)代理的, 替代的. **2** 《文章》替身的. **3** 親身體驗(獲得)般的. Watching the film, Susie felt a vicarious sadness. 看了那部電影, 蘇西感受到一種宛如親身經歷的悲傷.
[用法] 第 1, 2 項含義已逐漸不用, 現在較普遍的用法是第 3 項.

vi·car·i·ous·ly [vaɪˋkɛrɪəslɪ, vɪ-, -ˋker-; vɪˋkeərɪəslɪ] adv. 替代性地; 代理性地.

***vice**[1] [vaɪs; vaɪs] n. (pl. vic·es [~ɪz; ~ɪz])【 惡 】
1 UC 惡, 不道德, (↔ virtue). know the difference between virtue and vice 分辨善惡/He led a life of vice. 他過著罪惡的生涯/such vices as greed and envy 像貪婪, 嫉妒等的惡癖.
2 〔壞習慣〕UC 惡習, 惡癖. the vice of smoking 抽菸的惡習.
3 U (違反社會一般的秩序, 道德)不道德(行爲)《指賣淫、濫用毒品、賭博之類》. protect the young from vice 保護年輕人遠離罪惡.
4 〔不好的方面〕C《口》(身體, 個性, 組織等的)缺陷, 缺點. In spite of his vices, Steve was loved by all. 雖然史提夫有許多缺點, 但仍然爲所有人的喜愛. ⇨ adj. vicious.

vice[2] [vaɪs; vaɪs] n. 《英》＝vise.

vice- pref. 表「副, 代理, 次」等的意思. vicepresident (副總統).

vìce ádmiral n. C 海軍中將.

vice-chair·man [͵vaɪsˋtʃɛrmən; ͵vaɪsˋtʃeəmən] n. (pl. -men [-mən; -mən]) C 副議長; 副委員長; 副會長.

vice-chan·cel·lor [ˋvaɪsˋtʃænsələ, -slə; ͵vaɪsˋtʃɑːnsələ(r)] n. C 大學副校長《《英》爲實際的校長; → chancellor》.

vice-con·sul [ˋvaɪsˋkɑnsl; ͵vaɪsˋkɒnsl] n. C 副領事.

vìce présidency, vice-pres·i·den·cy [ˋvaɪsˋprɛzədənsɪ, -ˋprɛzdənsɪ; ͵vaɪsˋprezɪdənsɪ] n. (pl. -cies) UC 副總統[副總裁, 副董事長]的職位[任期].

vìce président, vice-pres·i·dent [ˋvaɪsˋprɛzədənt, -ˋprɛzdənt; ͵vaɪsˋprezɪdənt] n. C **1** (常 Vice-President) 副總統. **2** 副總裁; 副董事長; 副會長; 銀行副董事長; 大學副校長.

vice·roy [ˋvaɪsrɔɪ; ˋvaɪsrɔɪ] n. (pl. ~s) C (統

治殖民地，領地等的)總督.

vi·ce ver·sa [ˋvaɪsıˋvɝsə; ˌvaɪsıˋvɜːsə] (拉丁語) *adv.* 反而，相反地；反之亦然. The Republicans slandered the Democrats, and *vice versa*. 共和黨人中傷民主黨人，反之亦然.

vi·cin·i·ty [vəˋsınətı; vəˋsınətı] *n.* (*pl.* **-ties**)
1 [UC]近處，附近，近旁. Last night a big fire broke out in my *vicinity*. 昨夜在我家附近發生了一場大火. **2** [U]靠近，接近，鄰近，((*of, to*)).
in the vicinity of... (1) 在 … 的 附 近. The accident happened *in the vicinity of* the airport. 那場意外發生在機場附近. (2)(數量等)大約是 …. The price of this car is *in the vicinity of* $8,000. 這輛汽車的價格大約是 8,000 美元.

***vi·cious** [ˋvɪʃəs; ˋvɪʃəs] *adj.* 【個性惡劣的】**1** 懷有惡意的，心腸壞的. Bill made some *vicious* remarks about you. 比爾說你的壞話/have a *vicious* tongue 嘴巴很惡毒.
2 〔馬等〕癖性不好的，(因脾氣倔強而)難以應付的. a *vicious* horse 一匹難以駕馭的馬/a *vicious* dog 一條兇惡的狗.
3【無法對付的】((口))厲害的；激烈的. a *vicious* toothache 劇烈的牙痛/a *vicious* storm 一場猛烈的風暴/He gave the barking dog a *vicious* kick. 他狠狠地踢了一下那條正在吠的狗. ⇨ *n.* vice.

vícious círcle *n.* [C]惡性循環.

vi·cious·ly [ˋvɪʃəslı; ˋvɪʃəslı] *adv.* 惡意地；粗暴地；激烈地. attack *viciously* 猛烈地攻擊.

vi·cis·si·tude [vəˋsısə͵tjud, -͵tɪud, -͵tud; vɪˋsɪsɪtjuːd] *n.* [C]((文章))(vicissitudes) (人生的)變遷，沈浮，變幻無常. the *vicissitudes* of fortune 命運的無常.

***vic·tim** [ˋvɪktım; ˋvɪktım] *n.* (*pl.* **~s** [~z; ~z]) [C] **1** 犧牲者；遭受損害的東西；被騙的人，(欺詐，詭計等的)受害者；(魅力等的)俘虜. the annual number of *victims* of automobile accidents 一年之中汽車事故的罹難人數/the *victims* of the innocent 無辜的人們/flood *victims* 洪水的受害者/The war ended with many *victims*. 那場戰爭犧牲了許多人後才告結束/a *victim* of slander 誹謗的犧牲品[者].
2 (獻給神的)活祭品，祭祀品. offer a *victim* to the deity 把活祭品供奉給神祇. ⇨ *v.* victimize.
fall a victim to... 成為…的犧牲品；成為俘虜. He *fell a victim to* a deadly disease. 他罹患了致命的疾病.

vic·tim·i·za·tion [͵vɪktımaıˋzeʃən; ͵vɪktımaıˋzeɪʃən] *n.* [U]犧牲，成為犧牲品；被騙.

vic·tim·ize [ˋvɪktım͵aız; ˋvɪktımaız] *vt.* 把…變成犧牲品；使…苦於不合法；把罪行全推給…；把…當成壞人. ⇨ *n.* victim.

vic·tor [ˋvɪktɚ; ˋvɪktə(r)] *n.* [C]((主雅))(戰爭的)勝利者，優勝者，(conqueror)；(競技，比賽的)勝者，優勝者，(winner).

Vic·to·ri·a [vɪkˋtorɪə, -ˋtɔr-, -rjə; vɪkˋtɔːrɪə] *n.*
1 女子名. **2** 維多利亞女王(Queen Victoria) (1819-1901)((英國女王；在位 1837-1901)).

Victória Cróss *n.* [C]((英))維多利亞十字勳

章(授與建立戰功的英國軍人；1856 年由維多利亞女王制定).

Vic·to·ri·an [vɪkˋtorɪən, -ˋtɔr-, -rjən; vɪkˋtɔːrɪən] *adj.* **1** 維多利亞女王的；維多利亞時代的. the *Victorian* age 維多利亞時代 ((1837-1901)). **2** 維多利亞式的；(像維多利亞時代的中產階級一般)故作高雅的；偽善的. *Victorian* architecture 維多利亞式的建築.
— *n.* [C]維多利亞時代的人.

vic·to·ries [ˋvɪktərız, ˋvɪktrız; ˋvɪktərız] *n.* victory 的複數.

***vic·to·ri·ous** [vɪkˋtorɪəs, -rjəs, -ˋtɔr-; vɪkˋtɔːrɪəs] *adj.* **1** 取得勝利的，獲勝的，((*over*)). a *victorious* army 戰勝的軍隊/We were *victorious* over the other team. 我們打敗了另一隊.
2 ((限定))勝利的，優越的；因獲勝而得意的. The returning army was welcomed with *victorious* cheers. 凱旋歸來的軍隊接受勝利的歡呼.
⇨ *n.* victory.

vic·to·ri·ous·ly [vɪkˋtorɪəslı, -ˋtɔr-, -rjə-; vɪkˋtɔːrɪəslı] *adv.* 勝利地；因得勝而自鳴得意地.

***vic·to·ry** [ˋvɪktrı, ˋvɪktərı; ˋvɪktərı] *n.* (*pl.* **-ries**) [UC]勝利，戰勝；優勝，征服，克服，((*over* 對於…；*in* 在…方面))(◆ defeat). gain a glorious *victory* over the enemy 戰勝敵人獲得輝煌的勝利/win a *victory* in the general election 在大選中贏得勝利/My father scored a miraculous *victory* over cancer. 我父親奇蹟似地戰勝了癌症.

> [搭配] *adj.*+victory: a decisive ~ (決定性的勝利), a narrow ~ (險勝) // *v.*+victory: get a ~ (獲勝), have a ~ (獲勝).

vict·ual [ˋvɪtl; ˋvɪtl] *n.* [C]((古)) (通常 victuals) 食物，飲食.
— *v.* (**~s**; ((美)) **~ed**, ((英)) **~led**; ((美)) **~ing**, ((英)) **~ling**) *vt.* 供給[許多人]食物，把食品裝載於〔船等〕.
— *vi.* 裝載[貯藏]食品.

vict·ual·er ((美)), **vict·ual·ler** ((英)) [ˋvɪtlɚ; ˋvɪtlə(r)] *n.* [C] **1** (特指軍隊的)糧食供應者. **2** ((英))=licensed victualler.

vi·cu·ña, -na [vɪˋkjunə, -ˋkıunə; vɪˋkjuːnə] (西班牙語) *n.* **1** [C]駱馬((產於南美洲，類似美洲駝的駱駝科動物，毛質纖細)). **2** [U]用駱馬的毛織成的呢絨.

vi·de [ˋvaɪdi; ˋvaɪdiː] (拉丁語) *vt.* (用祈使語氣)見 …，參照…，(see). *vide* p 35 參閱第 35 頁.

***vid·e·o** [ˋvɪdı͵o; ˋvɪdıəʊ] *n.* (*pl.* **~s** [~z; ~z])
1 [UC]錄影機；電視的影像[畫面].
2 [UC](錄有影像的)錄影帶；((口))=videotape. I lent him a *video* of the movie. 我借給他一捲這部電影的錄影帶.
— *adj.* ((限定))電視的；電視影像[畫面]的(→audio)；藉由錄影帶的. I have a *video* recording of the ceremony. 我有一捲那場典禮的錄影帶/a *video*

movie 電視電影(不在戲院上映，專供電視頻道播放)。
— vt. =videotape.

víde·o cas·sétte n. Ⓒ卡式錄影帶.

víde·o cas·sétte re·córder n. =video
tape recorder (略作 VCR).

vid·e·o·disc [ˋvɪdɪoˏdɪsk; ˈvɪdɪəʊdɪsk] n. Ⓒ
《電視》影碟(錄有影像、聲音)。

víde·o gàme n. Ⓒ電視遊樂器。

vid·e·o·phone [ˋvɪdɪoˏfon; ˈvɪdɪəʊfəʊn] n. Ⓒ
視訊電話機。

vid·e·o·tape [ˋvɪdɪoˏtep; ˈvɪdɪəʊteɪp] n. ⓊⒸ
《電視》錄影帶，錄影用的磁帶。
— vt. 把⋯錄在錄影帶上。

víde·o tàpe re·córder n. Ⓒ錄影機(略作
VTR).

vie [vaɪ; vaɪ] vi. (~s; ~d; vy·ing) 競爭，互爭，
《with; for》. Jim *vied with* Sam [Jim and Sam
vied with each other] *for* first place in the high
jump. 吉姆與山姆在跳高項目中爭奪第一名。

Vi·en·na [vɪˋɛnə; vɪˈenə] n. 維也納(奧地利首
都)。

Víenna sáusage n. Ⓒ維也納香腸.

Vi·en·nese [ˏviəˋniz; ˏvɪəˈniːz] adj. 維也納的；
維也納人的；維也納風格的。
— n. (pl. ~) Ⓒ維也納人.

Vi·et·nam, Vi·et Nam [ˏvjɛtˋnɑm;
ˏvjetˈnæm] n. 越南(中南半島東部的共和國；首都
Hanoi).

Vi·et·nam·ese [vi·ˏɛtnəˋmiz; ˏvjetnəˈmiːz]
adj. 越南的；越南人的；越語的。

✱view [vju, vɪu; vjuː] n. (pl. ~s [~z; ~z]) 【看】
1 Ⓤ看，眺望，看得見. at first *view* 看
一眼，乍看之下/Our last *view* of the village was
at sunset. 我們最後看見那個村莊是在日落的時候。
2 Ⓤ眼界，視野；視力. The ship soon came
into *view*. 那艘船很快地進入視野中/The airplane
was lost to *view*. 那架飛機失去了蹤影/That tall
building keeps Mt. Fuji out of *view*. 那棟高樓擋
住了視線，看不到富士山/The island was still
beyond our *view*. 那座島嶼仍然在我們的視野之
外。
3 【對事物的看法】Ⓒ想法；意見，見解. Some
people hold very narrow *views* on education. 有
些人對教育抱持非常狹隘的見解/In my *view*, the
law should be amended. 以我的觀點來看，這部法
律應該修改。 回*view* 通常指具有感情或個人色
彩的意見(opinion)，個人的主觀性較爲強烈。
【搭配】adj.＋view: a liberal ~ (自由的想法), an
old-fashioned ~ (舊式的想法), a progressive
~ (先進的想法) // v.＋view: abandon a ~ (捨
棄想法), express a ~ (表明想法)。
【看得見之物】**4** Ⓒ景致，風景，景色；眺望，
展望. You will get a better *view* of the sea
from the upstairs windows. 從樓上的窗戶看海視
野更佳/This tower commands a *view* of the

whole city. 從這座塔可以俯看全城的景致. 回
view 意指從特定的場所看到的風景，景色；sight
意指所能看到的景致本身；→ scene, scenery.
5 Ⓒ檢視；概觀. a general *view* of our econ-
omy 我國經濟的概觀.
6 【將來的概觀】Ⓒ前景；期待；可能性. He took
the entrance examination with no *view* of suc-
cess. 他對於參加入學考試不抱任何成功的希望/The
view for the country's future is bright. 該國的前
程似錦.
7 Ⓒ風景畫[照片].

✱**in víew** (1)看得見，在看得見的地方. There was
not a man *in view* on the street. 街上看不到一個
人影/Always keep your child *in view* while you
walk in the street. 走在街上要隨時注意別讓孩子
離開視線。(2)圖謀著；考慮中；期待著；心懷著.
The man seemed to have no selfish aim *in
view*. 那個男子似乎未懷私心/I had my failing
health *in view* when I sought a job in the
countryside. 我之所以到鄉下求職，是因爲考慮到
日漸衰退的健康狀況。

✱**in víew of...** (1)在看得見⋯的地方；從看得見⋯的
地方. At last we came *in view of* the
mountaintop. 最後我們來到了看得見山頂的地方.
(2)考慮到⋯；預料到⋯，估計到⋯；⋯的緣故. *In
view of* the price of the new car, you had bet-
ter buy a used one. 考慮到那輛新車的價格，你最
好還是買一輛中古車。

on víew 展示中，公開中. Turner's paintings are
on view at the museum now. 透納的畫現在正於
那座美術館展出。

tàke a dìm [pòor] víew of... 對⋯持悲觀[否
定]的態度。

with a víew to... 期待著⋯，指望著⋯. open
negotiations *with a view to* reconciliation 以和
解爲目的開始進行交涉。

✱**with a víew to dóing** 爲了⋯的目的，意圖⋯.
We held a meeting *with a view to* discussing the
problem. 我們爲了討論那個問題而召開會議。

with the [a] víew of dóing=with a view to
doing.
— vt. (~s [~z; ~z]; ~ed [~d; ~d]; ~·ing)
1 (仔細地)眺望，(注意地)看；調查，觀察，視
察. *view* the island from an airplane 從飛機上俯
瞰那個島嶼/The doctor *viewed* the wound. 醫生
檢查那個傷口/Tomorrow we'll *view* the house
we're thinking of buying. 明天我們要去看那間我
們想買的房屋。
2 看，觀看，〔電視〕(watch)。
3 視爲，認爲，《as》；充分考慮⋯. The natives
view the old man's words *as* their law. 原住民把
老人的話視爲他們的法律/We need to know how
the rest of the world views Taiwan. 我們必須知
道世界上其他國家是如何看臺灣的/*view* the bill
from every angle 從每一個角度來考慮那項法案.

view·er [ˋvjuɚ, ˋvɪuɚ; ˈvjuːə(r)] n. Ⓒ **1** 觀看
的人；遊客；觀察者. **2** 電視觀眾. *Viewers* are
invited to write us about this program. 本節目歡

迎觀眾來函指敎. **3** 投影機《可將投影片放大投射於螢幕上》.

view·find·er [ˈvjuˌfaɪndə, ˋvɪu-; ˈvjuːˌfaɪndə(r)] *n.* ⓒ《照相機的》取景器.

view·less [ˈvjulɪs; ˈvjuːlɪs] *adj.*《美》沒有意見的, 不闡述見解的.

*__view·point__ [ˈvjuˌpɔɪnt, ˋvɪu-; ˈvjuːpɔɪnt] *n.* (*pl.* ~s [~s; ~s]) ⓒ 見地(point of view); 觀點; 立場; 見解. From an economic *viewpoint*, the plan has no merits. 從經濟的觀點來看, 那項計畫並無優點.

vig·il [ˈvɪdʒəl; ˈvɪdʒɪl] *n.* UC《文章》(為了看守, 護理病人等的)通宵值班, 熬夜; (為死者舉行的)守夜.
kēep vígil (因看守, 護理病人等)值夜班, 通宵; 守夜. *keep vigil over* a sick child 徹夜不眠地看護病童.

vig·i·lance [ˈvɪdʒələns; ˈvɪdʒɪləns] *n.* U 小心; 警戒.

vig·i·lant [ˈvɪdʒələnt; ˈvɪdʒɪlənt] *adj.* 不放鬆警戒[注意]的; 不疏忽大意的, 小心謹慎的. keep a *vigilant* lookout at the border 謹慎地守衛邊境.

vig·i·lan·te [ˌvɪdʒəˈlæntɪ, ˌvɪdʒɪˈlæntɪ] *n.* ⓒ《美》(非常時期或警力不夠完備之地區的)治安維持會成員.

vig·i·lant·ly [ˈvɪdʒələntlɪ; ˈvɪdʒɪləntlɪ] *adv.* 警戒[注意]地; 不疏忽大意地, 小心謹慎地.

vi·gnette [vɪnˈjɛt; vɪˈnjet] *n.* ⓒ **1** 蔓葉花飾, 裝飾性花紋, 《標於書本的扉頁, 章節的首尾處》. **2** 漸層刷淡的圖片《使輪廓變得模糊的風景或半身照片, 繪畫》. **3** 小品文《描寫有關人物或風景之簡短雋永的文章》.

*__vig·or__《美》, **vig·our**《英》[ˈvɪgə; ˈvɪgə(r)] *n.* U **1** 活力, 精力; (強大的)精神力量; 體力; 精神. mental *vigor* 精神力量/The sick man recovered his *vigor*. 病人恢復了元氣/The young workers were full of *vigor*. 年輕的工人們精力充沛. **2** (言辭, 文章等的)氣勢, 魄力, 氣魄. protest a plan with *vigor* 強烈反對一項計畫/The *vigor* of the general's words raised the morale of the soldiers. 將軍那番話中的氣魄激起士兵們的士氣.

*__vig·or·ous__ [ˈvɪgərəs; ˈvɪgərəs] *adj.* **1** 精力旺盛的, 有活力的; 有精神的, 活潑的, 朝氣蓬勃的. Mr. Grey is still continuing his *vigorous* activity in the business world. 格雷先生仍舊繼續活躍於商界/a *vigorous* old man 精神矍鑠的老人/They had a *vigorous* argument about the problem. 他們就那個問題進行了熱烈的辯論.

> 搭配 *vigorous* + *n*.: a ~ attack (強有力的攻擊), a ~ complaint (強烈的不平), a ~ objection (強烈的反對), ~ resistance (激烈的抵抗), ~ support (熱烈的支持).

2 強而有力的, 充滿力道的. write in a *vigorous* style 以強而有力的風格寫作/He set out with *vigorous* steps. 他踏著強健有力的步伐出發.

vig·or·ous·ly [ˈvɪgərəslɪ; ˈvɪgərəslɪ] *adv.* 精力充沛地; 強而有力地; 有氣勢地.

---

vig·our [ˈvɪgə; ˈvɪgə(r)] *n.*《英》= vigor.

Vi·king [ˈvaɪkɪŋ; ˈvaɪkɪŋ] *n.* ⓒ 維京人(8-10 世紀左右攻掠歐洲各地的北歐海盜; 入侵英國的丹族(→ Dane 2)即為其中的一部分).

*__vile__ [vaɪl; vaɪl] *adj.* (**vil·er; vil·est**) **1** 卑賤的; 不道德的, 可恥的; 下流的, 低級的. a *vile* scheme to get money from widows 奪取寡婦錢財的卑鄙計畫/a *vile* coward 可恥的懦夫/*vile* language 髒話.
2《口》非常壞的; 令人嫌惡的, 討厭的. a *vile* smell 惡臭/We had *vile* weather yesterday. 昨天天氣很惡劣/The food at that hotel is *vile*! 那家旅館的菜糟透了!

vile·ly [ˈvaɪllɪ; ˈvaɪllɪ] *adv.* 卑賤地.

vile·ness [ˈvaɪlnɪs; ˈvaɪlnɪs] *n.* U 卑劣; 下賤.

vil·i·fi·ca·tion [ˌvɪləfəˈkeʃən, ˌvɪlɪfɪˈkeʃn] *n.*《文章》U 中傷, 誹謗; ⓒ 惡言, 壞話.

vil·i·fy [ˈvɪləˌfaɪ; ˈvɪlɪfaɪ] *vt.* (**-fies; -fied; ~ing**)《文章》中傷…, 說…的(無憑無據的)壞話.

*__vil·la__ [ˈvɪlə; ˈvɪlə] *n.* (*pl.* ~s [~z; ~z]) ⓒ **1** 別墅, (位於幽靜之處的)別館.
2《英》(位於鄉下, 郊外的)住宅(常構成住宅名稱的一部分). Hawthorn *Villa* 霍桑別墅. 字源 原指古羅馬有錢人所擁有(附農場)之鄉下別墅.

*__vil·lage__ [ˈvɪlɪdʒ; ˈvɪlɪdʒ] *n.* (*pl.* -lag·es [~z; ~z; ~ɪz]) **1** ⓒ 村, 村落. live in a *village* 居住在一個村落裡/a farming *village* 農村/*village* life 鄉村生活/*village* elders 村中長者.
參考 village 比 hamlet 大, 比 town, city 小.
2 ⓒ (★用單數亦可作複數)(加 the) (集合)村民. The *village* was against the construction of an atomic power plant. 村民們反對建造核能發電廠.

vil·lag·er [ˈvɪlɪdʒə; ˈvɪlɪdʒə(r)] *n.* ⓒ 村民.

*__vil·lain__ [ˈvɪlən; ˈvɪlən] *n.* (*pl.* ~s [~z; ~z]) ⓒ **1**《文章》壞蛋, 惡棍, 歹徒;《英, 口》罪人(criminal). kick *villains* out of the town 把惡棍們趕出城. **2** (加 the)(戲劇, 電影, 小說等的)壞蛋, 反派角色. That actor always plays the *villain* well. 那個演員演起反派角色總是入木三分. **3**《口》(指小孩, 動物)淘氣鬼, 壞傢伙.

vil·lain·ous [ˈvɪlənəs; ˈvɪlənəs] *adj.* **1**《主雅》惡棍的, 惡人般的; 窮凶極惡的, 毒辣的. a *villainous* deed 罪大惡極的行為. **2**《口》厲害的; 討厭的; (very bad). *villainous* weather 惡劣的天氣.

vil·lain·y [ˈvɪlənɪ; ˈvɪlənɪ] *n.* (*pl.* -lain·ies)《雅》 **1** U 窮凶極惡. **2** (villain*ies*)壞事, 極其惡毒的行為.

vil·lein [ˈvɪlɪn; ˈvɪlɪn] *n.* ⓒ (中世紀歐洲封建時代的)農奴(與一般人交往時是自由民的身份, 但仍需服從領主命令的農民).

vim [vɪm; vɪm] *n.* U《口》精力; 精神; 活力.

Vin·cent [ˈvɪnsn̩t; ˈvɪnsənt] *n.* 男子名.

Vin·ci [ˈvɪntʃɪ; ˈvɪntʃɪː] *n.* → da Vinci.

vin·di·cate [ˈvɪndəˌket; ˈvɪndɪkeɪt] *vt.* **1** 證明

〔人〕的清白，去除嫌疑；去除對〔事物〕的責怪。The facts *vindicate* Jack completely. 種種事實都證明傑克的清白。**2** 《文章》證明〔權利，主張等〕的合理性〔正當性〕。

vin·di·ca·tion [ˌvɪndəˋkeʃən; ˌvɪndɪˈkeɪʃən] *n.* **1** ⓊⒸ (受)擁護；辯護，辯白；證明。speak in *vindication* of one's policy 為某人的政策辯護。**2** ⓐⓤ 成為證明〔辯護〕之根據的事實。

vin·dic·tive [vɪnˋdɪktɪv; vɪnˈdɪktɪv] *adj.* 有報復心的；執拗的；報復性的。
vin·dic·tive·ly [vɪnˋdɪktɪvlɪ; vɪnˈdɪktɪvlɪ] *adv.* 執拗地。

***vine** [vaɪn; vaɪn] *n.* (*pl.* ~s [~z; ~z]) Ⓒ **1** 藤蔓，蔓草。The wall is covered with *vines*. 牆壁爬滿了藤蔓。**2** 葡萄樹(grapevine)。

***vin·e·gar** [ˋvɪnɪgə; ˈvɪnɪgə(r)] *n.* Ⓤ **1** 醋，食用醋。**2** (美)活力。

vin·e·gar·y [ˋvɪnɪgrɪ, -gərɪ; ˈvɪnɪgərɪ] *adj.* **1** 醋般的，酸的。**2** 不愉快的；脾氣不好的，易怒的。

vin·er·y [ˋvaɪnərɪ; ˈvaɪnərɪ] *n.* (*pl.* **-er·ies**) Ⓒ 種葡萄的溫室；葡萄園。

vine·yard [ˋvɪnjəd; ˈvɪnjəd] *n.* Ⓒ 葡萄園(特指栽培釀製葡萄酒的葡萄)。

vi·no [ˋvino; ˈviːnəʊ] *n.* Ⓤ (口)(特指廉價的)葡萄酒。

vi·nous [ˋvaɪnəs; ˈvaɪnəs] *adj.* 《文章》葡萄酒(般)的；葡萄酒色的；喝葡萄酒喝醉的。

vin·tage [ˋvɪntɪdʒ; ˈvɪntɪdʒ] *n.* **1** ⓊⒸ (各年釀造的)葡萄酒；=vintage wine. This French wine is of 1967 *vintage* [of the *vintage* of 1967]. 這瓶法國葡萄酒是 1967 年釀製的。**2** Ⓒ (通常用單數)(每年釀造葡萄酒用的)葡萄產量；(葡萄酒用的)葡萄的收穫(期)；葡萄酒的產量。an abundant [a poor] *vintage* 葡萄豐收[歉收]。**3** Ⓤ Ⓒ 《口》(製造[生產等])的特定的年分[時期]；所屬年代。an automobile of 1970 *vintage* 1970 年代車型的車/words of recent *vintage* 新造的字彙。—— *adj.* 《限定》**1** 〔葡萄酒〕陳年的；品質優良的，上等的；(→ vintage wine)。**2** 在出現優良[作品]的時期生產的；(家具等)有年代的。**3** 特指傑出時期[年代]的(作品等)；典型的。

vintage car *n.* Ⓒ (英)古董汽車(1917-30 年生產的汽車)。

vintage wine *n.* Ⓤ佳釀葡萄酒((vintage year 產的葡萄釀成的葡萄酒)。

vintage year *n.* Ⓒ (佳釀葡萄酒的)豐收年(釀酒用優質葡萄的豐收年分)；(泛指)豐收年。

vint·ner [ˋvɪntnə; ˈvɪntnə(r)] *n.* Ⓒ 葡萄酒商。

vi·nyl [ˋvaɪnl; ˈvaɪnɪl] *n.* ⓊⒸ 乙烯樹脂；Ⓤ (化學)乙烯基。

vi·o·la¹ [vɪˋolə, ˌvaɪələ; vɪˈəʊlə] *n.* Ⓒ 中提琴(大小介於小提琴與大提琴間的弦樂器；→ stringed instrument 圖)。

vi·o·la² [ˋvaɪələ; ˈvaɪələ] *n.* Ⓒ 堇菜科植物(堇菜

科堇菜屬植物的總稱；violet, pansy 等)。

***vi·o·late** [ˋvaɪəˌlet; ˈvaɪəleɪt] *vt.* (~s [~s; ~s]; **-lat·ed** [~ɪd; ~ɪd]; **-lat·ing**) 《文章》**1** 破壞，觸犯〔法律，規則，約定等〕。You must not *violate* the constitutional law. 你不可以違反憲法/*violate* a commandment 違反戒律。**2** 侵害；侵入。I didn't mean to *violate* your privacy. 我沒有侵犯你隱私的意思。**3** 玷污，褻瀆；騷擾，〔神聖的事物〕。*violate* the sacred precincts of a cathedral 褻瀆大教堂此一神聖之地。**4** (委婉)強姦，強暴，〔女性〕(rape)。◇ *n.* **violation.** *adj.* **violent.**

vi·o·la·tion [ˌvaɪəˋleʃən; ˌvaɪəˈleɪʃən] *n.* **1** Ⓤ (法律，規則等的)違反；Ⓒ 違規行為。You are in *violation* of the regulations. 你違反規則。**2** Ⓤ妨害；侵害。a *violation* of human rights 人權的侵害。**3** ⓊⒸ (對神聖事物)冒瀆。**4** Ⓤ (委婉)對婦女的暴行(rape)。

vi·o·la·tor [ˋvaɪəˌletə; ˈvaɪəleɪtə(r)] *n.* Ⓒ **1** 違規者；侵害者。**2** 冒瀆者。

***vi·o·lence** [ˋvaɪələns; ˈvaɪələns] *n.* Ⓤ **1** (自然現象等的)激烈，猛烈；(感情，行為等的)激烈。the *violence* of the typhoon 颱風帶來的狂風暴雨/The angry mob broke the iron gate with great *violence*. 憤怒的群眾以暴力衝破了鐵門。**2** 暴力，暴行，粗暴。use *violence* 使用暴力/At last the students resorted to *violence*. 最後學生們訴諸暴力。◇ *adj.* **violent.**

dò víolence to... (1)對…施暴；傷害〔感情〕。My words *did violence to* Jane's feelings. 我的話傷了珍的感情。(2)扭曲〔意義，事實〕。His translation *does violence to* the original. 他的翻譯扭曲了原作。

***vi·o·lent** [ˋvaɪələnt; ˈvaɪələnt] *adj.* 【激烈的】**1** 激烈的，猛烈的。walk in a *violent* storm 在猛烈的暴風雨中行走/a *violent* eruption from the volcano 火山的猛烈爆發/Mike received a *violent* blow on the jaw. 麥克下巴被用力揍了一拳。**2** 〔行動，感情等〕激烈的，激動的；興奮的。George had a *violent* quarrel with his wife. 喬治與太太大吵了一架/a *violent* speech 言辭激烈的演說。

【搭配】 violent+n.: a ~ objection (強烈的反對)，a ~ reaction (激烈的反應)，~ anger (震怒)，~ hatred (恨之入骨)，~ resistance (激烈的抵抗)。

3 很厲害的，非常的，極端的。feel a *violent* pain in the head 感到劇烈的頭痛。

【激烈行為的>暴力的】**4** 〔人，行為〕兇暴的，使用暴力的；蠻橫的。a *violent* man 兇暴的人/The servant laid *violent* hands on his master. 僕人對主人施暴。**5** 《限定》因暴力而引起的。die a *violent* death 橫死，死於非命。◇ *n.* **violence.** *v.* **violate.**

*vi·o·lent·ly [`vaɪələntlɪ; 'vaɪələntlɪ] *adv.* 激烈地, 猛烈地; 蠻橫地; 粗暴地. sob *violently* 激動地啜泣/Mr. Johnson is *violently* opposed to that policy. 強森先生強烈反對那項政策.

*vi·o·let [`vaɪəlɪt; 'vaɪələt] *n.* (*pl.* ~s [~s; ~s])
1 C (植物)紫羅蘭; 紫羅蘭的花.
2 U 藍紫色.
— *adj.* 藍紫色的.

*vi·o·lin [ˌvaɪə`lɪn; ˌvaɪə'lɪn] (★注意重音位置)
n. (*pl.* ~s [~z; ~z]) C **1** 小提琴(→ stringed instrument). play the *violin* 拉小提琴. **2** (交響樂團的)小提琴演奏者. the first [second] *violin* (管弦樂團的)第一[第二]小提琴(通常分別由十幾位演奏者組成).

vi·o·lin·ist [ˌvaɪə`lɪnɪst; ˌvaɪə'lɪnɪst] *n.* C 小提琴家, 小提琴演奏者.

vi·o·lon·cel·lo [ˌvaɪələn`tʃɛlo, ˌvaɪəlɑn`sɛlo; ˌvaɪələn'tʃeləʊ] *n.* (*pl.* ~s) C 大提琴(cello).

VIP [`vi,aɪ`pi; ˌviːaɪ'piː] *n.* (*pl.* ~s) C (口)重要人物, 要人. (源自 *v*ery *i*mportant *p*erson).

vi·per [`vaɪpɚ; 'vaɪpə] *n.* C **1** (動物)蝰蛇; 毒蛇. **2** (像蝮蛇一樣)狠毒的人, 忘恩負義的人.

vi·ra·go [və`rego, vaɪ`rego; vɪ'rɑːgəʊ] *n.* (*pl.* ~es, ~s) C 潑辣的女人; 嘮嘮叨叨的女人.

vi·ral [`vaɪrəl; 'vaɪrəl] *adj.* (像)病毒(virus)的; 由病毒引起的.

Vir·gil [`vɝdʒəl; 'vɜːdʒɪl] *n.* 維吉爾(70-19 B.C.)(古羅馬詩人; *Aeneid* 的作者).

*vir·gin [`vɝdʒɪn; 'vɜːdʒɪn] *n.* (*pl.* ~s [~z; ~z])
1 C 處女; 童男, 處男.
2 (the *V*irgin)聖母瑪利亞.
3 C (基督教)守貞女. ⇨ *adj.* **virginal**.
— *adj.* **1** (限定)處女的, 童貞的.
2 像處女的; 適合於處女的. a girl of *virgin* modesty 一位謙遜嫻靜的少女.
3 無污點的; 純潔的, 清純的. tread on the *virgin* snow 踏在新雪上.
4 (行為等)首次的, 最初的; (土地等)人跡未至的, 未開墾的; (東西)未使用過的. a *virgin* voyage 處女航/*virgin* soil 處女地/a *virgin* forest 原始森林. ⇨ *n.* **virginity**.

vir·gin·al [`vɝdʒɪnl; 'vɜːdʒɪnl] *adj.* **1** 處女的; 像處女的; 適合處女的. **2** 純潔的, 未遭玷污的. ⇨ *n.* **virgin**.

vírgin bírth *n.* (加 the)(常 *V*irgin *B*irth)(神學)處女懷胎說(指耶穌由童貞女瑪利亞所生).

Vir·gin·ia [və`dʒɪnjə; və'dʒɪnjə] *n.* **1** 女子名.
2 維吉尼亞州(美國東部的州; 首府 Richmond; 略作 VA, Va.). **3** 美國維吉尼亞州產的菸葉(*Virgin*ia *tob*acco).

Virgínia créeper *n.* (植物)五葉地錦(產於北美, 能攀附於牆壁等表面的藤蔓性植物; (美)亦作 woodbine).

vir·gin·i·ty [və`dʒɪnətɪ; və'dʒɪnətɪ] *n.* U
1 處女, 處女的身份; 童貞. **2** 純潔, 清純.
⇨ *adj.* **virgin**.

Vírgin Máry *n.* (加 the)聖母瑪利亞.

Vir·go [`vɝgo; 'vɜːgəʊ] *n.* (*pl.* ~s) (天文)處女

座; 處女宮(十二宮的第六宮; → zodiac); C 處女座的人(於 8 月 23 日至 9 月 22 日之間出生的人).

vir·ile [`vɪrəl, `vaɪrəl; 'vɪraɪl] *adj.* **1** (個性, 文體等)有男子氣概的, 男性的; 雄糾糾的.
2 (男性)性慾強的.

vi·ril·i·ty [və`rɪlətɪ, vɪ-; vɪ'rɪlətɪ] *n.* U **1** 男子氣概; 強勁. **2** (男性的)生殖能力.

vi·rol·o·gy [vaɪ`rɑlədʒɪ; ˌvaɪə'rɒlədʒɪ] *n.* U 病毒學.

vir·tu·al [`vɝtʃʊəl; 'vɜːtʃʊəl] *adj.* (限定)(非名義上)事實上的, 實質上的. The plan is a *virtual* impossibility. 這個計畫實際上是不可能的.

*vir·tu·al·ly [`vɝtʃʊəlɪ; 'vɜːtʃʊəlɪ] *adv.* 事實上, 實際上; 幾乎, 差不多. It is *virtually* impossible to get to the airport before noon. 在中午前要到達機場是完全不可能的/My work on this dictionary is *virtually* over. 我處理這本辭典的工作差不多結束了.

*vir·tue [`vɝtju, `vɝtju; 'vɜːtʃuː] *n.* (*pl.* ~s [~z; ~z]) 【【道德上的優點】】 **1** UC 美德, 德行; 善行; 高潔. (◆ vice). a man of *virtue* 有道德的人/Patience is the most difficult *virtue*. 忍耐是最難做到的美德/Kindness is a *virtue*. 仁慈是一種美德.
2 U (女性的)貞操, 純潔, (chastity). Jane is a woman of easy *virtue*. 珍是個貞操觀念淡薄的女人.
【【可取之處】】 **3** C 長處, 優點. (◆ fault). Mr. Long's speeches have the *virtue* of being brief. 隆先生的演說以簡短見長/The *virtue* of this sewing machine is that it needs so little repair. 這臺縫紉機的優點是幾乎不用修理.
4 UC 效力, (藥 等)的功效. a medicine of dubious *virtue* 藥效令人置疑的藥.
⇨ *adj.* **virtuous**.

by vírtue of... 託…之福, 藉由…. Ted rose in the company *by virtue of* hard work. 泰德因勤奮工作而在公司獲得晉升.

màke a vìrtue of necéssity → necessity 的片語.

vir·tu·o·si [ˌvɝtʃʊ`osi; ˌvɜːtjʊ'əʊziː] *n.* virtuoso 的複數.

vir·tu·os·i·ty [ˌvɝtʃʊ`asətɪ; ˌvɜːtjʊ'ɒsətɪ] *n.* U 精湛技巧(特指音樂演奏的).

vir·tu·o·so [ˌvɝtʃʊ`oso; ˌvɜːtjʊ'əʊzəʊ] *n.* (*pl.* ~s, -si) C 巨匠; (特指)大師級的音樂演奏家. a *virtuoso* on the piano 鋼琴大師.

*vir·tu·ous [`vɝtʃʊəs; 'vɜːtʃʊəs] *adj.* **1** 有品德的, 德高望重的, 高潔的; (女性)貞淑的; (◆ vicious). a *virtuous* priest 德高望重的牧師/*virtuous* deeds 德行. **2** (輕蔑)道貌岸然的, 偽善的.
⇨ *n.* **virtue**.

vir·tu·ous·ly [`vɝtʃʊəslɪ; 'vɜːtʃʊəslɪ] *adv.* 高潔地.

vir·u·lence [`vɪrjələns, `vɪrʊləns, `vɪrə-; 'vɪrʊləns] *n.* U (文章) **1** 毒性, 有毒; 惡性.

2 (極度的)憎恨；惡意；敵意.

vir·u·lent [ˋvɪrjələnt, ˋvɪrulənt, ˋvɪrə-; ˋvɪrulənt] adj. 《文章》**1** 毒性強的, 劇毒的. **2** 〔疾病〕惡性的；致命的. **3** 〔感情, 言辭等〕充滿惡意[敵意]的.

*__vi·rus__ [ˋvaɪrəs; ˋvaɪərəs] n. (pl. ~es [~ɪz; ~ɪz]) © 《醫學》病毒, 濾過性病毒. AIDS is caused by a virus. 愛滋病是由病毒引起的.

vi·sa [ˋvizə; ˋviːzə] n. © 簽證. apply for an entry visa 申請入境簽證.
── vt. 將〔護照〕予以簽證.

vis·age [ˋvɪzɪdʒ; ˋvɪzɪdʒ] n. © 《雅》容顏(face)；外表, 容貌. a grim visage 嚴肅的外表.

vis·à·vis [ˌvizəˋvi, ˌviːzɑːˋviː] (法語) 《文章》adv. 面對面, 相對地, (to, with). I sat vis-à-vis to Mary at the table. 我和瑪麗面對面地坐在餐桌兩側.
── prep. **1** 和…面對面. **2** 和…相對；和…相比；關於….

vis·cer·a [ˋvɪsərə; ˋvɪsərə] n. 《作複數》(加 the) **1** 〔解剖〕內臟. **2** 〔俗稱〕五臟六腑；腸子.

vis·cer·al [ˋvɪsərəl; ˋvɪsərəl] adj. **1** 內臟的. **2** 直覺的, 本能的. Love isn't intellectual—it's visceral. 愛不是理性, 是直覺.

vis·cid [ˋvɪsɪd; ˋvɪsɪd] adj. =viscous.

vis·cos·i·ty [vɪsˋkɑsətɪ, vɪˋskɒsətɪ] n. Ⓤ 黏度; 黏(著)性.

vis·count [ˋvaɪkaʊnt; ˋvaɪkaʊnt] (★注意發音) n. © 子爵(→ duke 參考).

vis·count·ess [ˋvaɪkaʊntɪs; ˋvaɪkaʊntɪs] n. © 子爵夫人；女子爵(→ duke 參考).

vis·cous [ˋvɪskəs; ˋvɪskəs] adj. 黏著性的；黏滯的, 黏答答的.

vise (美), **vice** (英) [vaɪs; vaɪs] n. © 虎頭鉗. The man held me in a grip as tight as a vise. 那個男人像鉗子般緊緊地抓住我.

vis·i·bil·i·ty [ˌvɪzəˋbɪlətɪ, ˌvɪzəˋbɪlətɪ] n. Ⓤ 可見性；能見度；視野；[ᴜᴄ] 《氣象》視程. All planes were grounded because of poor visibility. 所有的飛機都因為能見度太低而停飛. ⇨ adj. visible.

[vise]

*__vis·i·ble__ [ˋvɪzəbl; ˋvɪzəbl] adj. **1** 可見的, 肉眼看得見的, (↔invisible). A lighthouse became visible in the distance. 可以看見遠處一座燈塔/stars visible to the naked eye 肉眼看得見的星星.
2 明白的, 明顯的. show a visible improvement 表現出明顯的進步/He answered my questions with visible impatience. 他明顯很不耐煩地回答我的問題/That he was lying was visible to all of us. 我們都明白他是在說謊.
3 常 (在電視、報紙等) 看到的〔人〕. a visible nov-

elist 常在媒體上露臉的小說家.
⇨ n. visibility.

vis·i·bly [ˋvɪzəblɪ; ˋvɪzəblɪ] adv. 可見地, 顯明地; 明顯地.

*__vi·sion__ [ˋvɪʒən; ˋvɪʒn] n. (pl. ~s [~z; ~z]) 〔視力〕**1** Ⓤ 視力, 視覺. The boxer lost his vision in one eye. 那位拳擊手一隻眼睛失明了/an organ of vision 視覺器官/the field of vision 視野.
2 〔眼光〕Ⓤ 想像力；先見之明；洞察力. Statesmen should be men of great vision. 政治家必須是具備敏銳洞察力的人.
〔心中可見之物〕**3** © 想像, 幻想, 意象；想法, 見解. The failure of the plot shattered his visions of power. 陰謀的失敗粉碎了他掌權的夢想/have a pessimistic vision of reality 對現實抱持悲觀的想法/have a vision of becoming a movie star 抱著當電影明星的幻夢.
4 © 幻覺, 幻影；幻想, 夢境, 空想. The oracle appeared in a vision. 神諭顯靈了.
5 © (通常用單數)《雅》如夢之物；罕見[意外]的事物；特別美的景致[人]. She was a vision of sheer beauty. 她實在是人間少有的美人.
⇨ adj. visionary.
〔字源〕 VIS 「看」: vision, visible (可見的), visual (視覺的), provision ((先見>) 準備).

vi·sion·ar·y [ˋvɪʒənˌɛrɪ; ˋvɪʒnrɪ] adj. **1** 幻想的, 如幻覺般的. a visionary image 幻影.
2 非現實的, 不切實際的；虛構的. a visionary proposal 不切實際的提案.
3 〔人〕好幻想[空想]的, 夢想的. ⇨ n. vision.
── n. (pl. -ar·ies) © **1** 夢想[幻想]家. **2** 看見幻象的人；預言家.

*__vis·it__ [ˋvɪzɪt; ˋvɪzɪt] vt. (~s [~s; ~s]; ~ed [~ɪd; ~ɪd]; ~ing) 〔拜訪〕**1** (社交)訪問；以客人身分停留. Please visit us once in a while. 偶而請來看看我們/My sons will be visiting their grandfather over the holidays. 我的兒子們將會在他們祖父那裡度假/I visited him at his office. 我到他的辦公室拜訪他.
2 探望, 慰問, 〔病人等〕; 〔醫生爲病人〕出診. Susan visited me in the hospital every day. 蘇珊每天都來醫院探望我/The doctor will visit you in the afternoon. 醫生下午會到你那兒出診.
〔探訪某地〕**3** 去…地方；觀光；參觀, 觀摩. Many foreigners visit the ancient city. 許多外國人來此古城觀光/The museum is often visited by young people. 那座博物館常有年輕人來參觀.
4 視察, 調查. The mayor visited all the municipal hospitals. 市長視察了所有的市立醫院.
〔災難臨頭〕**5** 《文章》〔災害, 疾病等〕侵襲, 降臨; 因…而煩惱; 《常用被動語態》. Formerly the region was often visited with famine. 從前那個地方經常鬧饑荒/The patient is visited by hallucinations every night. 那個病人每晚爲幻覺所苦.
── vi. **1** 訪問；參觀. visit in Paris 訪問[參觀]巴黎.
2 《美》探望《with 〔人〕》; 滯留《with 在〔某人的地

方). Right now many tourists are *visiting* in this city. 目前有許多觀光客在本市停留參觀.
3 《美、口》閒聊, 談天, 《*with* 〔人〕》(chat). *visit over the phone* 打電話聊天/Your child often *visits with* her neighbors in class. 您的小孩經常在上課時和隔壁的同學聊天.
— n. (pl. ~s [~s; ~s]) C 1 訪問; 探視, 慰問; 出診. Yesterday I had [received] a *visit* from my uncle. 昨天我叔叔來看我.
回《英》visit 用於長時間的訪問或者是職務上的訪問, 短時間的訪問用 call; 《美》無論訪問目的或時間的長短, 都用 visit.

> 搭配 *adj.*+visit: an informal ~ (非正式的訪問), a private ~ (私下的訪問), an official ~ (正式的訪問), frequent ~s (頻繁的訪問).

2 滯留, 逗留. The children went for a long *visit* to their uncle's. 孩子們去叔叔家待一段日子.
3 遊玩, 觀光; 訪問, 參觀. Our father is now on a *visit* to New Zealand. 我們的父親目前正在紐西蘭觀光/Is this your first *visit* to this museum? 這是你第一次來參觀這座博物館嗎?
4 視察, 巡視. have a *visit* from the police 警察(到府)巡訪.
5 《美、口》閒談, 聊天. I had a nice *visit* with him. 我和他聊得很高興.
gò on a vísit to...=pày [màke] a vísit to... 訪問, 拜訪, 探視. go *on a visit to* India 到印度訪問/*pay a visit to* a doctor 去看醫生(看病).
vis·it·ant [ˈvɪzətənt; ˈvɪzɪtənt] n. C 1 《雅》(特指從超自然界來的)訪問者, 來訪者; 幽靈, 亡魂. 2 候鳥.
vis·it·a·tion [ˌvɪzəˈteʃən; ˌvɪzɪˈteɪʃn] n. C 1 《文章》(牧師的)訪問, 探視; 視察, 巡視; (特指主教的)教區巡視. 2 《文章》上天降臨(懲罰, 恩惠等); 災難, 災害. 3 《口》(添麻煩的)長期逗留, 久留而不離開. ⇨ v. visit.
vis·it·ing [ˈvɪzɪtɪŋ; ˈvɪzɪtɪŋ] n. U 1 訪問, 探視; 視察, 巡視.
2 (形容詞性)訪問的; 巡察的. *visiting* hours (入院患者的)探訪時間/Mr. Jones is on *visiting* terms with the novelist. 瓊斯先生與那位小說家經常互相拜訪(交情頗深).
— *adj.* 正在訪問中的(↔home). a *visiting* team 遠征隊; 客隊/a *visiting* student (到外校參觀學習的)交換學生.
vísiting càrd n. C (訪問用的)名片(《美》calling card).
vísiting proféssor n. C 客座教授.
*** vis·i·tor** [ˈvɪzɪtɚ; ˈvɪzɪtə(r)] n. (pl. ~s [~z; ~z]) C 1 訪問者, 訪客; 住宿客; 探訪客. We had two *visitors* today. 今天我們來了兩位客人.
2 觀光客; 參觀[觀摩]者. The art gallery was full of student *visitors* from the country. 美術館內擠滿了從鄉下來參觀的學生.
3 視察者, 巡視官.
4 (飛來的)候鳥.
vísitors' bòok n. C (旅館, 賓館)旅客登記

簿; (教堂, 大使館, 觀光地點等的)訪客簽名簿.
vi·sor [ˈvaɪzɚ; ˈvaɪzə(r)] n. C 1 (盔甲的)面罩(視需要可以打開或關閉). 2 帽舌, 帽沿. 3 汽車的遮陽板(sun visor)《附在擋風玻璃上, 可上下翻動》.

[visors]

vis·ta [ˈvɪstə; ˈvɪstə] n. C 1 遠景(特指從兩排樹木或建築物等中間看出去的狹長視野), 展望, 眺望. 2 (對未來的)展望, 預測; (對過去的)回想, 追憶.
*** vis·u·al** [ˈvɪʒʊəl; ˈvɪʒʊəl] adj. 1 《限定》視覺的; 與視覺有關的. a *visual* test 視力檢查/*visual* organs 視覺器官/the *visual* field 視野. 2 看得見的, 憑視覺的. *visual* landing 以目視著陸(與儀器著陸相對)/the *visual* arts 視覺藝術(繪畫, 舞蹈等).
vísual áid n. C 視覺器[教]材(幻燈片, 電影, 掛圖等).
vísual displáy ùnit n. C(電腦)資料顯示裝置, 監控器, (略作 VDU).
vis·u·al·ize [ˈvɪʒʊəlˌaɪz; ˈvɪʒʊəlaɪz] vt. 1 使可見, 視覺化. 2 清晰地描繪於心中, 想像, 句型3 (visualize do*ing*/wh子句, 片語)想像(做)…/在心中清楚描繪…; 句型5 (visualize A do*ing*)想像A做…. Can you *visualize what* your son will be like when he grows up? 你能否想像你兒子長大以後會是甚麼樣子?
vis·u·al·ly [ˈvɪʒʊəlɪ; ˈvɪʒʊəlɪ] adv. 1 視覺性地; 看得見地. 2 外表上地; 視覺上地.
*** vi·tal** [ˈvaɪtl; ˈvaɪtl] adj. 1 《限定》生命的; 與生命有關的; 維持生命所必須的. the *vital* organs 維持生命所必須的器官.
2 致命的; 攸關性命的. a *vital* wound 致命傷.
3 絕對必要的; 重大的. 《to, for》. Your help is *vital* to the program. 你的援助對於這個計畫是絕對必要的/make a *vital* decision 作出重大的決定/It is *vital* that he (should) finish the work today. 他無論如何都必須在今天完成這項工作.
4 充滿活力的, 生氣勃勃的. a *vital* personality 活潑的個性. ⇨ n. vitality. v. vitalize.
— n. (vitals) 1 《古》維持生命所必須的各個器官(心臟, 肺, 腦, 胃腸等).
2 (事物的)重要部分; 要害; 核心.
vítal capácity n. U 肺活量.
*** vi·tal·i·ty** [vaɪˈtælətɪ; vaɪˈtælətɪ] n. U 1 生命力; 生存能力; 活力; 持續力. Strong sunshine is essential to the plant's *vitality*. 強烈的日照是植

物生長不可或缺的.

2 活力, 朝氣；健康. a young man always full of *vitality* 活力充沛的年輕人. ⇨ *adj.* **vital**.

vi·tal·ize [ˈvaɪt‚aɪz; ˈvaɪtəlaɪz] *vt.* 賦予⋯生命力；使振起精神. ⇨ *adj.* **vital**.

vi·tal·ly [ˈvaɪt‚lɪ; ˈvaɪtəlɪ] *adv.* **1** 與生命有關地；致命地. **2** 非常地, 極端地.

vital signs *n.*《作複數》《醫學》生命跡象(呼吸、脈搏、體溫等).

vital statistics *n.*《有時作單數》**1** 人口統計(出生, 結婚, 死亡等的統計). **2**《口》(女性的)三圍.

‡vi·ta·min [ˈvaɪtəmɪn; ˈvaɪtəmɪn] *n.* (*pl.* ~s [~z; ~z]) Ⓒ 維他命. *vitamin* A 維他命 A/This food is rich in *vitamins*. 這食物含有豐富的維他命.

vi·ti·ate [ˈvɪʃɪˌet; ˈvɪʃɪeɪt] *vt.*《文章》**1** 損害, 破壞, (spoil)；污染(空氣等). *vitiate* public morals 危害社會道德. **2** 使無效. Logical contradiction *vitiates* his argument. 邏輯上的矛盾使他的論述不能成立/*vitiate* a contract 使契約無效.

vit·i·cul·ture [ˈvɪtɪˌkʌltʃɚ; ˈvɪtɪkʌltʃə(r)] *n.* Ⓤ (特指為了釀造葡萄酒的)葡萄栽培(學).

vit·re·ous [ˈvɪtrɪəs; ˈvɪtrɪəs] *adj.* 如玻璃般的；玻璃材質的；玻璃製的.

vit·ri·fy [ˈvɪtrəˌfaɪ; ˈvɪtrɪfaɪ] *v.* (**-fies; -fied; ~ing**) *vt.* (用熱)使玻璃化；使成玻璃狀.
— *vi.* 玻璃化；成玻璃狀.

vit·ri·ol [ˈvɪtrɪəl; ˈvɪtrɪəl] *n.* Ⓤ **1** 《化學》硫酸鹽；硫酸. **2**《文章》尖酸的言辭[批評], 刻薄的諷刺.

vit·ri·ol·ic [ˌvɪtrɪˈɑlɪk; ˌvɪtrɪˈɒlɪk] *adj.* **1** 硫酸(鹽)的；硫酸(鹽)般的. **2**《文章》(言辭, 批評等)尖酸的, 刻薄的.

vi·tu·per·a·tion [vaɪˌtupəˈreʃən, vɪ-, -ˌtju-, -ˌtɪu-; vɪˌtjuːpəˈreɪʃn] *n.* Ⓤ《文章》謾罵, 咒罵；斥責.

vi·tu·per·a·tive [vaɪˈtupəˌretɪv, vɪ-, -ˈtɪu-, -ˈtju-; vɪˈtjuːpərətɪv] *adj.*《文章》謾罵的, 諷刺的.

vi·va [ˈvivə; ˈviːvə]《義大利語》*interj.* 萬歲!
— *n.* 歡呼萬歲的聲音.

vi·va·ce [viˈvɑtʃɪ; viˈvɑːtʃɪ]《音樂》*adv.* 活潑地.
— *adj.* 活潑的.

vi·va·cious [vaɪˈveʃəs; vaɪˈveɪʃəs] *adj.* 活潑的, 有生氣的；快活的, 爽朗的.

vi·va·cious·ly [vaɪˈveʃəslɪ; vaɪˈveɪʃəslɪ] *adv.* 活潑地, 爽朗地.

vi·vac·i·ty [vaɪˈvæsətɪ; vaɪˈvæsətɪ] *n.* Ⓤ 活潑；快活, 有生氣.

vi·va vo·ce [ˈvaɪvəˈvosɪ; ˌvaɪvəˈvəʊsɪ]《拉丁語》*n.* Ⓒ (大學的)口試.
— *adj.* 口頭[口述]的.
— *adv.* 口頭地.

‡viv·id [ˈvɪvɪd; ˈvɪvɪd] *adj.* **1**〔光, 色彩等〕鮮豔的, 強烈的, (⟷ dull). the *vivid* colors of the autumn forest 秋日森林繽紛的色彩/

The festival decorations were *vivid* in the sunlight. 節慶的裝飾物在陽光中絢麗多彩.

2〔描寫, 表現, 記憶等〕生動的, 逼真的. The actor gave a *vivid* performance. 那個演員演出逼真/the *vivid* description of the scene 那幕情景的生動描寫/The event is still *vivid* in my memory. 那件事在我的記憶裡依然清晰.

3〔想像力等〕活躍的, 旺盛的. a *vivid* imagination 活躍的想像力.

字源 VIV「生存」：*viv*id, *viv*acious (活潑的), re*viv*e (復活), sur*viv*e (存活).

viv·id·ly [ˈvɪvɪdlɪ; ˈvɪvɪdlɪ] *adv.* **1** 鮮豔地, 鮮明地.

2 生動地, 逼真地；活潑地. The terrible scene remains *vividly* in my memory. 那恐怖的景象依然清晰地留在我的記憶中.

viv·id·ness [ˈvɪvɪdnɪs; ˈvɪvɪdnɪs] *n.* Ⓤ 鮮豔；活潑；朝氣.

viv·i·sect [ˌvɪvəˈsɛkt; ˌvɪviˈsekt] *vt.* 活體解剖.

viv·i·sec·tion [ˌvɪvəˈsɛkʃən; ˌvɪviˈsekʃn] *n.* ⓊⒸ 活體解剖.

vix·en [ˈvɪksn̩; ˈvɪksn] *n.* Ⓒ **1** 雌狐(★雄性為 fox). **2** 潑婦, 刁婦.

vix·en·ish [ˈvɪksn̩ɪʃ; ˈvɪksnɪʃ] *adj.*〔女人〕潑辣的；惡毒的.

viz. [vɪz; vɪz] *adv.* 亦即, 換言之, (★通常讀作 namely〔ˈnemlɪ; ˈneɪmlɪ〕).

vi·zor [ˈvaɪzɚ, -ˌde; -vɪz-; ˈvaɪzə(r)] *n.* = visor.

V-J Day [ˈviˈdʒe, ˌviːˈdʒeɪˌdeɪ] (第二次世界大戰同盟國的)抗日勝利紀念日(1945年8月15日；＜Victory over Japan Day).

Vla·di·vos·tok [ˌvlædɪˈvɑstɑk, ˌvlædɪˈvɒstɒk] *n.* 海參崴(臨日本海的俄國海港).

V-neck [ˈviˈnɛk; ˈviːnek] *n.* Ⓒ (衣服的)V字領.

VOA (略) Voice of America (「美國之音」).

‡vo·cab·u·lar·y [vəˈkæbjəˌlɛrɪ, voˈ-; vəʊˈkæbjʊlərɪ] *n.* (*pl.* **-lar·ies** [~z; ~z]) **1** ⓊⒸ 字彙(一種語言或屬於某一職業, 階級等的人群或個人使用的單字總成). John has a large *vocabulary* for his age. 以約翰的年齡來說, 他的詞彙相當豐富/increase one's *vocabulary* 增加某人的詞彙/Physicists have their own *vocabulary*. 物理學家有其專業的詞彙.

搭配 *adj.*+vocabulary: a rich ~ (豐富的詞彙), a wide ~ (範圍廣的詞彙), a poor ~ (貧乏的詞彙), a small ~ (詞彙少).

2 Ⓒ 單字表, 字彙表；(簡略的)字典. This book has a *vocabulary* in the back. 這本書後面附有字彙表.

vo·cal [ˈvok‚; ˈvəʊkl] *adj.* **1** 《限定》聲的, 聲音的；有關聲音的. the *vocal* organs 發聲器官.

2 發出聲音的；說話的；歌唱的；(⟷ instrumental). *vocal* music 聲樂.

3 《口》自由地發表意見的；喧鬧地說話的, 高聲的. one of the most *vocal* among the anti-nuclear activists 反核運動者中發言最積極的人之一. ⇨ *n.* **voice**.
— *n.* Ⓒ (常 vocals)人聲演唱(流行歌手演唱的歌

曲，通常由樂團伴奏）．

vo·cal cords *n.* 《作複數》《加the》《解剖》聲帶．

vo·cal·ist [ˋvokḷɪst; ˋvəʊkəlɪst] *n.* C 歌手(↔ instrumentalist)；(特指)聲樂(vocal)的歌手．

vo·cal·ize [ˋvokḷ͵aɪz; ˋvəʊkəlaɪz] *v.* 《文章》*vt.* 發聲表示；說出；唱．
— *vi.* 發聲；說話；唱；做聲樂的練習．

vo·cal·ly [ˋvokḷɪ; ˋvəʊkəlɪ] *adv.* 用聲音地，發出聲音地；口頭地；用語言地．

*vo·ca·tion [voˋkeʃən; vəʊˋkeɪʃn] *n.* (*pl.* ~s [~z; ~z]) **1** *a U* 神召；天職；使命． She felt that helping the poor was her *vocation* in life. 她認為幫助窮人是她人生的使命．
2 C 職業；工作． Bill decided to make medicine his *vocation*. 比爾決定以行醫作為他的職業． 回 vocation 指非為金錢的報酬，而是為了服務他人而選擇的職業； → calling, occupation.
3 *a U* (特指對於有價值的職業的)適應性；素質；才能． The man seems to have no *vocation for* the priesthood. 這個人似乎完全不適合擔任神職．

vo·ca·tion·al [voˋkeʃənḷ; vəʊˋkeɪʃnl] *adj.* 職業的，職業上的；為了職業訓練的． a *vocational* disease 職業病/*vocational* guidance 職業指導．

voc·a·tive [ˋvɑkətɪv; ˋvɑkɪ-; ˋvɒkətɪv] 《文法》 *adj.* 呼格的，稱呼的．
— *n.* C 呼格(的詞)《現代英語中呼格並無特別的詞尾結構》．

vo·cif·er·ate [voˋsɪfə͵ret; vəʊˋsɪfəreɪt] *v.* 《文章》*vi.* 大聲說話，吼叫，喧鬧地喊叫．
— *vt.* 大聲說話，吼叫．

vo·cif·er·a·tion [͵vosɪfəˋreʃən; vəʊ͵sɪfəˋreɪʃn] *n.* UC 《文章》(由於不平，憤怒等而)喊叫；叫嚷；怒號．

vo·cif·er·ous [voˋsɪfərəs; vəʊˋsɪfərəs] *adj.* 《文章》(人，言語等)大聲叫喊的，高聲的；喧鬧的；嘈雜的．

vod·ka [ˋvɑdkə; ˋvɒdkə] (俄語) *n.* U 伏特加(以黑麥，馬鈴薯等原料釀製的俄國蒸餾酒)．

vogue [vog; vəʊg] *n.* C **1** 流行，風氣，《of, for》；流行品． A rock-and-roll *vogue* swept the country. 一陣搖滾風潮橫掃全國/a *vogue for* broad ties 寬領帶的流行風潮．
2 (用單數)受歡迎；有人緣． The song had a great *vogue* a few years ago. 這首歌幾年前很受歡迎．
be all the vógue 《口》大流行．
còme into vógue 流行，開始風行．
gò out of vógue 過時，不時興．
*in vógue 正在流行，正時髦． What kind of hairdo is now *in vogue* in Paris? 現在巴黎流行甚麼髮型？

‡**voice** [vɔɪs; vɔɪs] *n.* (*pl.* voic·es [~ɪz; ~ɪz]) 【聲音】 **1** UC 聲音；音質，音色，音調． I heard my father's *voice* inside the room. 我聽到房間裡父親的聲音/speak under one's *voice* 小聲說話/in a clear *voice* 用清楚的聲音/Jill cried for help at the top of her *voice*. 吉兒尖聲呼救/How's your *voice* today? 你今天聲音狀況如何?/A *voice* said, "Please be quiet." 有人說：「請安靜

點．」
 搭配 *adj.*＋voice: a loud ~ (大聲), a low ~ (低聲), a deep ~ (低沉的聲音), a high ~ (高聲), a gentle ~ (溫柔的聲音), a stern ~ (嚴峻的聲音)．
2 C (與人聲相似的)聲音(神，良心，義務等的)聲音；勸告． the *voice* of a stream 小溪的聲音/the *voice* of God 上帝之聲[勸告]/the *voice* of conscience 良心之聲．
3 U 《語音學》濁音，有聲音，《不止發氣音(breath)，而是由聲帶振動而引起的聲響》．
【用聲音發表意見】 **4** U 發言權，投票權；發言的力量；C 代言人(spokesman)． The minority has little *voice* in national affairs. 少數黨在國家事務上僅能發出微弱的聲音/The handicapped have found a *voice* in Senator Green. 殘障者找到格林參議員為他們代言．
5 U (發表的)意見，意思；希望． The *voice* of the people must be heard. 必須聽取民意．
6 U (意見等的)發表，發言． The poet's love of beauty found *voice* in his works. 詩人把他對於美的喜愛呈現在他的作品之中．
7 《發言的意見》C 《通常用單數》《文法》語態(表示主詞屬於主動或被動的動詞形式；→見文法總整理 7). in the active [passive] *voice* 以主動[被動]語態．
be in (gòod) vóice 聲音完美．
find one's vóice 發出聲音． The girl was so stunned that she couldn't *find* her *voice* for a while. 那個女孩大吃一驚，好一會兒說不出話來．
give vóice to... 說出，表達，《意見等》．
ràise one's vóice (1)提高說話音量；(由於憤怒)提高嗓門． I have never heard him *raise* his *voice to* [at] anybody. 我從沒有聽到過他對任何人粗聲粗氣． (2)抱不平，表明反對，《against》． The working classes *raised* their *voice against* the war. 勞工階層表明反對戰爭．
with [in] òne vóice 《雅》異口同聲；一齊． The committee members accepted the proposal *with one voice*. 委員們一致接受那項提案．
— *vt.* **1** 《文章》[想法等] (清楚地)用言語表達，表現，表明． The citizens *voiced* concern about the projected atomic power plant. 人民對於核能發電廠的計畫表示關切．
 搭配 voice＋*n.*: ~ one's criticism (提出批判), ~ one's disappointment (表示失望), ~ one's doubt (表示懷疑), ~ one's fear (表現恐懼), ~ one's suspicion (表示懷疑)．
2 《語音學》(特指子音)發出有聲音發出．

voiced [vɔɪst; vɔɪst] *adj.* **1** 出聲的，講出來的．
2 《語音學》有聲的(↔ voiceless). *voiced* consonants 有聲子音([b; b], [d; d], [g; g] 等)．

voice·less [ˋvɔɪslɪs; ˋvɔɪslɪs] *adj.* **1** 無聲的；無言的；不開口的．
2 《語音學》無聲的(↔ voiced). *voiceless* conso-

Vŏice of América *n.* (加 the)「美國之音」(美國政府向海外宣傳的電臺; 略作 VOA).

voice-o·ver [ˋvɔɪs͵ovɚ; ˋvɔɪs͵əʊvə(r)] *n.* ⓤ (電影、電視的)旁白.

***void** [vɔɪd; vɔɪd] *adj.* (~·er; ~·est) (★1, 3沒有比較級變化) **1** 《雅》空虛的(empty). *void space* 虛空.

2 (用 void of...)沒有…的, 缺乏…的. His argument is *void* of reason. 他的論述沒有道理.

3 《法律》無效的, 沒有效力的, (invalid). a *void* contract 無效的契約.

nùll and vóid → null 的片語.

— *n.* **1** (加 the)(包圍著地球的)空間; 空虛, 真空. the stars blinking down out of the *void* 星星在天空閃爍.

2 ⓒ (通常用單數)空地, 空曠的場所.

3 ⓒ (通常用單數)空虛感, 空虛. Her death left a profound *void* in his life. 她的死為他的人生留下深沉的空虛感.

— *vt.* **1** 《法律》使〔契約, 條約等〕無效.

2 《文章》排泄〔大, 小便〕(excrete).

voile [vɔɪl; vɔɪl] *n.* ⓤ 巴里紗(透明薄紗; 用來做夏裝, 窗簾等).

vol, Vol (略) volume (冊).

vol·a·tile [ˋvɑlət͵ -͵tɪl; ˋvɒlətaɪl] *adj.* **1** 揮發性的; 易爆炸的. *volatile oil* 揮發(性)油. **2** 〔人, 性情等〕易變的, 反覆無常的.

vol·a·til·i·ty [͵vɑləˋtɪlətɪ, ͵vɒləˋtɪlətɪ] *n.* ⓤ **1** 揮發性. **2** 易變, 反覆無常.

vol·can·ic [vɑlˋkænɪk; vɒlˋkænɪk] *adj.* **1** 火山的; 火山性的; 由火山運動產生的. *volcanic activity* 火山活動/a *volcanic earthquake* 火山(爆發引起的)地震. **2** 有火山的, 多火山的. **3** 〔個性, 感情等〕暴躁的, 激烈的. Kate has a *volcanic* temper. 凱特脾氣暴躁. ⇨ *n.* **volcano**.

***vol·ca·no** [vɑlˋkeno; vɒlˋkeɪnəʊ] *n.* (*pl.* ~**es**, ~**s** [~z; ~z]) ⓒ 火山. an active *volcano* 活火山/a dormant *volcano* 休火山/an extinct *volcano* 死火山/The *volcano* erupted two years ago. 那座火山兩年前曾爆發過. ⇨ *adj.* **volcanic**.

vole [vol; vəʊl] *n.* ⓒ (動物)田鼠(頭大, 耳朵圓而小, 尾巴短的野生鼠).

Vol·ga [ˋvɑlgə; ˋvɒlgə] *n.* (加 the)窩瓦河(南流經俄羅斯, 注入裏海; 為歐洲最長的河流).

vo·li·tion [voˋlɪʃən; vəʊˋlɪʃn] *n.* ⓤ 《文章》意志作用; 意欲; 意志力; 決斷力.

of one's ὸwn volítion 出於自己的意志; 自願.

vo·li·tion·al [voˋlɪʃən|; vəʊˋlɪʃnl] *adj.* 《文章》意志的; 意志性的; 基於意志的.

vol·ley [ˋvɑlɪ; ˋvɒlɪ] *n.* (*pl.* ~**s**) ⓒ **1** 一齊射擊; 一齊射出的子彈〔箭, 石頭等〕. loose a *volley of* arrows at the enemy 瞄準敵人一齊放箭. **2** (罵, 質問等)連發. let out a *volley* of curses at the culprit 齊聲謾罵那個犯人. **3** 《球賽》截擊(網球、足球等在球落地之前把球擊〔踢〕回去的技術).

— *v.* (~**s**; ~**ed**; ~**·ing**) *vt.* **1** 一齊發射〔子彈, 箭等〕; 連續發出〔咒罵, 質問等〕. **2** 以截擊方式將球打回去〔踢回去〕.

— *vi.* **1** 一齊發射. **2** 截擊.

***vol·ley·ball** [ˋvɑlɪ͵bɔl; ˋvɒlɪbɔːl] *n.* (*pl.* ~**s** [~z; ~z]) ⓤ 《球賽》排球; ⓒ 排球用的球. play *volleyball* 打排球.

***volt** [volt; vəʊlt] *n.* (*pl.* ~**s** [~s; ~s]) ⓒ 伏特(電壓單位; 略作 V).

volt·age [ˋvoltɪdʒ; ˋvəʊltɪdʒ] *n.* ⓤⓒ 電壓, 電壓量. 參考 美國使用 110 伏特, 英國使用 240 伏特的電力.

Vol·taire [vɑlˋtɛr, ͵-ˋtɛr; ˋvɒlteə(r)] *n.* 伏爾泰(1694-1778)(法國的啓蒙思想家).

volte-face [vɑltˋfɑs, ͵vɑltə-; ͵vɒltˋfɑːs] (法語) *n.* ⓒ (通常用單數)(向反方向)急轉, 向後轉(意見, 態度等的)完全改變, 大轉變.

vol·u·bil·i·ty [͵vɑljəˋbɪlətɪ, ͵vɒljʊˋbɪlətɪ] *n.* ⓤ 《文章》健談, 滔滔不絕; 健談的人.

vol·u·ble [ˋvɑljəbl; ˋvɒljʊbl] *adj.* 《文章》《常用於負面含義》 **1** 〔人〕滔滔不絕的, 健談的. **2** 〔言辭等〕流暢的.

vol·u·bly [ˋvɑljəblɪ; ˋvɒljʊblɪ] *adv.* 滔滔不絕地; 流暢地.

***vol·ume** [ˋvɑljəm; ˋvɒljuːm] *n.* (*pl.* ~**s** [~z; ~z]) 【 體積大的書籍 】 **1** ⓒ 本, 冊, 《系列叢書, 雜誌等的一冊; 略作 vol)《文章》書籍 (特指大型的), 書. This library has over 50,000 *volumes*. 這座圖書館有五萬冊以上的藏書/The dictionary consists of thirteen *volumes*. 這套辭典共有十三冊/*Volume* [Vol] 4 第四冊.

【 數量多 】 **2** ⓒ (volume*s*)(通常指液體的)大量, 多量, 多. *volumes* of water 大量的水/His speech inspired *volumes* of criticism. 他的演說引發了許多批評.

【 分量 】 **3** ⓤ 體積, 容積; 分量; ⓤⓒ (企業等的)生產〔銷售, 交易〕量, 產值. a container with great *volume* 容積很大的容器/The company's sales *volume* has risen markedly. 那家公司的銷售量明顯地提高了.

4 ⓤ 音量. turn down [up] the *volume* on a TV set 調低[高]電視機的音量/The singer has a voice of great *volume*. 那個歌手聲音很宏亮.

⇨ *adj.* **voluminous**.

spèak vólumes 很有意義; 充分說明, 充分證明, 《for》. This act *speaks volumes for* George's courage. 這種行為充分證明了喬治的勇氣.

vo·lu·mi·nous [vəˋlumənəs, vəˋlɪu-; vəˋluːmɪnəs] *adj.* **1** 容積大的, 裝得多的. **2** 大量的, 豐富的; 〔書籍等〕冊數多的, 大部頭的. *voluminous information* 豐富的資訊. **3** 《常用於負面含義》〔作者〕多產的. **4** 《服裝等》寬大的, 寬鬆的. a *voluminous* skirt 寬鬆的裙子. ⇨ *n.* **volume**.

vol·un·tar·i·ly [ˋvɑlən͵tɛrəlɪ; ˋvɒləntərəlɪ] *adv.* 自發地, 自願地.

‡vol·un·tar·y [ˈvɑlənˌtɛrɪ; ˈvɔləntərɪ] *adj.*

1 自發的，主動的；自願的；
(↔ compulsory). a *voluntary* worker 義工/The suspect made a *voluntary* confession. 嫌犯自動認罪了/Attendance at the meeting is *voluntary*. 會議是自由參加的.

2 (限定)(設施等)經善心人士之手的，靠捐贈的. a *voluntary* hospital 靠捐獻維持營運的醫院.

3 (生理學)隨意的(可憑自我的意志行動). *voluntary* muscles 隨意肌.

— *n.* (*pl.* **-tar·ies**) © (音樂)(在教堂禮拜前(中, 後)演奏的)管風琴獨奏.

字源 VOL「意志」: *vol*untary, *vol*unteer (自願者), bene*vol*ent (大慈大悲的), *vol*itional (意志的).

*vol·un·teer [ˌvɑlənˈtɪr; ˌvɔlənˈtɪə(r)] (★ 注意重音位置) *n.* (*pl.* ~s [~z; ~z]) © **1** 志願者，奉獻者，義工，(*for*). My uncle needs some *volunteers* to help with the work. 我叔叔需要一些志願者去幫忙這件工作.

2 志願兵(非由徵兵而來的)，義勇兵. Britain's armed services now consist entirely of *volunteers*. 現在英國軍隊完全由志願兵組成.

3 (形容詞性)自願的，奉獻的；志願兵的. a *volunteer* worker 義工，志工/a *volunteer* army 義勇軍.

— *vi.* **1** 主動地提出(*for*). A friend of mine *volunteered for* the medical mission. 我的一個朋友志願去醫療團服務.

2 志願入伍(非徵兵)，當志願兵.

— *vt.* **1** 主動提出，自願去做；句型3 (volunteer to do)自願去做…，*volunteer* an opinion (雖未被請求而)主動提出意見/Tom will *volunteer* to help us. 湯姆會主動幫助我們.

vo·lup·tu·ar·y [vəˈlʌptʃuˌɛrɪ; vəˈlʌptjuərɪ] *n.* (*pl.* **-ar·ies**) © (雅)(通常用於負面含義)酒色之徒；驕奢淫逸之人.

vo·lup·tu·ous [vəˈlʌptʃuəs; vəˈlʌptjuəs] *adj.*

1 (女性，女性的身體等)肉感的，性感的.

2 (人，生活等)貪圖酒色的，好色的；(慾望，藝術作品等)肉慾的. *voluptuous* desires 肉慾.

vo·lup·tu·ous·ly [vəˈlʌptʃuəslɪ; vəˈlʌptjuəslɪ] *adv.* 肉慾地.

vo·lup·tu·ous·ness [vəˈlʌptʃuəsnɪs; vəˈlʌptjuəsnɪs] *n.* ⓤ 肉感，性感.

vom·it [ˈvɑmɪt; ˈvɔmɪt] *vi.* **1** 嘔吐，反胃. In the storm even the crew *vomited*. 在暴風雨中連船員都吐了. **2** (煙，熔岩等)(猛烈地，大量地)噴出，流出，(*out*).

— *vt.* **1** 嘔吐，吐，(胃中之物). Your son *vomited* his lunch today. 今天你兒子把他吃的午飯吐出來了. **2** (猛烈地，大量地)吐出，噴出，(*out, forth*). The huge chimney *vomits* volumes of smoke into the air. 那個大煙囪將大量的煙霧排入空氣中.

— *n.* © 嘔吐，吐；ⓤ 嘔吐物.

voo·doo [ˈvudu; ˈvuːduː] *n.* ⓤ 巫毒教(西印度群島等地黑人之間流傳的一種原始宗教).

voo·doo·ism [ˈvuduˌɪzəm; ˈvuːduːɪzəm] *n.* =

---

voodoo.

vo·ra·cious [voˈreʃəs; vəˈreɪʃəs] *adj.* (文章)

1 狼吞虎嚥的，大吃大喝的，暴飲暴食的. a *voracious* eater 吃東西很猛的人(動物).

2 不知飽足的，貪婪的.

vo·ra·cious·ly [voˈreʃəslɪ; vəˈreɪʃəslɪ] *adv.* (文章)狼吞虎嚥地；貪婪地.

vo·rac·i·ty [voˈræsətɪ; vəˈræsətɪ] *n.* ⓤ(文章)

1 大吃大喝，暴飲暴食. **2** 貪婪，貪心.

vor·tex [ˈvɔrtɛks; ˈvɔːteks] *n.* (*pl.* ~·es, -ti·ces) ©

1 (水等的)渦流，漩渦；旋風.

2 (雅)(加 the)(形勢，革命，運動等的)漩渦.

vor·ti·ces [ˈvɔrtɪˌsiz; ˈvɔːtɪsiːz] *n.* vortex 的複數.

vo·ta·ry [ˈvotərɪ; ˈvəutərɪ] *n.* (*pl.* -ries) ©

1 神職人員，修道士，修女. **2** (文章)信徒，信奉者，崇拜者. **3** (文章)(主義，運動等的)熱心支持者，(興趣等的)醉心者.

‡vote [vot; vəut] *n.* (*pl.* ~s [~s; ~s]) **1** © 投票，投票表決，表決，決議. a *vote* of confidence [censure] 信任[不信任]投票/The matter was decided by a *vote* of the committee. 這個問題已由委員會投票決定/The bill came to the *vote*. 那項法案已經投票表決了/take a *vote* on a question 就某一問題進行表決/One man one *vote*. 一人一票(選舉的基本原則).

同 vote 為一般用語，指舉手、起立、投票等的選舉，ballot 特指written記名投票，或指投票用紙. poll 則為選舉的投票、投票數或投票結果.

2 (通常加 the)投票權，選舉權，表決權. Women did not have the *vote* in those days. 當時婦女沒有投票權/The students are not given a *vote* in the matter. 學生未被給予該議題的表決權.

3 © (個別的)票，選票. count the *votes* 計票/buy *votes* 買票/How many *votes* did Mr. Smith get? 史密斯先生獲得幾票?/cast [give] a *vote* for [against] a candidate 投給候選人贊成[反對]的一票/win by 294 *votes* to 49 以 294 票對 49 票獲勝.

4 © (單單數)投票總數，得票數；贊成[反對]票數. the blue-collar *vote* 藍領階級的投票數/The *vote* was the largest in the nation's history. 此得票數是該國史上最高的/The Act passed by a *vote* of 294 to 49. 那項法案以 294 票對 49 票通過.

pút...to the vóte 以投票表決…，進行…的表決.

— *v.* (~s [~s; ~s]; **vot·ed** [~ɪd; ~ɪd]; **vot·ing**) *vi.* 投票. 句型2 (vote **A**)投票給 A. You have the right and the responsibility to *vote*. 你有投票的權利及責任/*vote for* [against] the bill 投票贊成[反對]那項法案/*vote for* the Labour candidate 投票給勞工黨候選人/*vote on* the matter 投票表決該議題/*vote* Conservative = *vote for* the Conservative party 投票給保守黨.

— *vt.* **1** 投票給(政黨，候選人等). *vote* the Democratic ticket 投民主黨的票.

2 以投票決定[選擇]…，表決通過，投票表決；

句型3 (vote to do/that 子句)以投票決定…, 表決通過. The Senate *voted that* all trade restrictions (should) be lifted. = The Senate *voted to* lift all trade restrictions. 參議院表決通過取消所有的貿易限制/The House *voted* sanctions against South Africa. 眾議院表決通過對南非的制裁/The governor was *voted* out of office. 州長經(人民)投票而遭罷免.

3 句型4 (vote A B)、句型3 (vote B to A)透過投票表決將B(權限, 資金等)給A(人, 黨等). The council *voted* the Institute £200,000 to help it in its research. 議會決議撥款二十萬英鎊給該機構, 以援助其研究.

4 《口》句型5 (vote A B)大多將A視爲B; 一致認爲. The picnic was *voted* a great success. 大夥一致認爲那次野餐辦得很成功/Critics *voted* the novel a masterpiece. 評論家一致認爲那本小說是一部傑作.

5 《口》句型3 (vote that 子句)(通常I作主詞)提議…(suggest), 建議…. I *vote* (that) we go to the mountains this summer. 我提議我們今年夏天到山上去.

vòte/.../**dówn** 否決(議案等). The amendment was *voted* down. 那項修正案被否決了.

vòte/.../**ín** (用投票)選出….

vòte/.../**óut** (用投票)把…驅逐, 使落選.

vòte/.../**thróugh** 通過[議案等]. The tax measure has already been *voted through* by both Houses. 參眾兩院已通過稅法.

***vot·er** [ˋvotɚ; ˈvəʊtə(r)] n. (pl. ~s [~z; ~z]) C **1** 投票者; 選舉人. The policy is just designed to attract the *voters*. 那項政策只不過是爲了吸引選民而設計的. **2** 有選舉權的人.

vot·ing [ˋvotɪŋ; ˈvəʊtɪŋ] v. vote 的現在分詞、動名詞.

vo·tive [ˋvotɪv; ˈvəʊtɪv] adj. (爲了履行對神、聖人的契約而)供奉的. *votive* offerings 還願的供品.

vouch [vaʊtʃ; vaʊtʃ] vi. **1** 保證(for). No one will *vouch for* the man. 沒有人會爲那個男人做保. **2** 擔保; 斷言[作證](for).

vouch·er [ˋvaʊtʃɚ; ˈvaʊtʃə(r)] n. C **1** 保證人, 保人. **2** 《法律》傳票. **3** 《英》商品兌換券, 折扣券.

vouch·safe [vaʊtʃˋsef; vaʊtʃˈseɪf] vt. 《雅》 **1** 給予, 惠予, 賜予; 句型4 (vouchsafe A B)、句型3 (vouchsafe B to A)給予A(下屬、晚輩)B, May God *vouchsafe* you a pleasant journey! 願上帝賜給你一趟快樂的旅行! **2** 空中之旅; 句型3 (vouchsafe to do) 賜…, 贈…, The Duke *vouchsafed to* attend the party. 公爵大駕光臨宴會.

***vow** [vaʊ; vaʊ] n. (pl. ~s [~z; ~z]) C 誓言, 誓約. The son took a *vow* to avenge his father's murder. 兒子立誓要爲被謀殺的父親報仇/a marriage *vow* 婚約.

搭配 adj.+vow: a solemn ~ (莊嚴的誓言) // v.+vow: make a ~ (立誓), fulfill a ~ (履行誓言), keep a ~ (遵守誓言), break a ~ (違反誓言).

tàke vóws 《天主教》立誓修道. 參考 修道誓願 (monastic vows)是指 poverty (安貧), chastity (貞潔), obedience (順從), 立下此誓言者才能成爲眞正的修士、修女.

— vt. (~s [~z; ~z]; ~ed [~d; ~d]; ~ing) **1** 《文章》發誓. *vow* allegiance 發誓忠誠. **2** 句型3 (vow to do)立誓一定做…, 發誓; 句型3 (vow that 子句)發誓…, 立下誓約. The boys *vowed* never to swim in the river again. 孩子們發誓再也不去那條河裡游泳了/Their son *vowed that* he would never take another drink. 他們的兒子發誓再也不喝酒了.

vow·el [ˋvaʊəl, vaʊl, ˋvaʊɪl; ˈvaʊəl] n. (pl. ~s [~z; ~z]) C 《語音學》母音: 母音字母(表示母音的字母 a, e, i, o, u 等)(↔ consonant).

vox pop [ˏvɑksˋpɑp; vɒksˈpɒp] n. C 《英、口》 街頭民意調查.

vox po·pu·li [ˏvɑksˋpɑpjəˏlaɪ; vɒksˈpɒpjʊlaɪ] (拉丁語) n. 民眾之聲, 輿論. *Vox populi*, vox Dei [ˋdaɪ; ˈdiːaɪ].「天聽自我民聽」(輿論是重要的).

voy·age [ˋvɔɪɪdʒ, ˋvɔɪɪdʒ; ˈvɔɪɪdʒ] n. (pl. ~·es [~ɪz; ~ɪz]) C **1** 航海, 航行. the *voyage* from Hawaii to San Francisco 從夏威夷到舊金山的航行/go on a long *voyage* 長程航海/make [take] a *voyage* across the Pacific 航海橫渡太平洋.

2 空中之旅; 太空之旅. an airplane *voyage*(搭)飛機旅行/The trip to the moon is still an adventurous *voyage*. 月球之旅仍然是一項冒險的太空旅行.

3 (the voyages) 遊記, 航海記.

— vi. 《雅》航海, (水路的)長期旅行.

voy·ag·er [ˋvɔɪɪdʒɚ, ˋvɔɪɪdʒɚ; ˈvɔɪɪdʒə(r)] n. **1** C 航海者, 航行者. **2** (Voyager)航海家(美國觀測木星、土星用的無人探測太空船).

vo·yeur [vwɑˋjɜ; vwɑːˈjɜː(r)] (法語) n. C 偷窺狂, 喜歡偷窺他人的人.

vo·yeur·ism [vwɑˋjɜrɪzəm; vwɑːˈjɜːrɪzəm] n. U 窺淫癖.

VP (略) Vice-President (副總統).

vs (略) verse ((聖經的)詩篇); versus (…對…).

V-sign [ˋviˏsaɪn; ˈviːsaɪn] n. C V字形(勝利的象徵, 手背向裡由食指和中指構成 V 字形; 同樣的手勢, 手背向外表示輕蔑, 憤怒, 嘲笑; V 是 victory 的字首).

VSO (略) very superior old 《白蘭地的等級》.

VSOP (略) very superior old pale 《白蘭地的等級; 比 VSO 高級》.

VT, Vt. (略) Vermont.

vt., v.t. (略) verb transitive (及物動詞) (↔ vi.).

VTOL [ˋviˏtɔl; ˈviːtɒl] n. C 《航空》垂直起降飛機 (*v*ertical *t*ake*o*ff and *l*anding).

VTR (略) video tape recorder (錄影機).

Vul·can [ˈvʌlkən; ˈvʌlkən] *n.* 《羅馬神話》瓦爾肯 《火和鍛冶之神》.

vul·can·ite [ˈvʌlkən‚aɪt; ˈvʌlkənaɪt] *n.* Ⓤ 硬質橡膠.

vul·can·i·za·tion [‚vʌlkənaɪˈzeʃən; ‚vʌlkənaɪˈzeɪʃn] *n.* Ⓤ (橡膠的) 硫化.

vul·can·ize [ˈvʌlkən‚aɪz; ˈvʌlkənaɪz] *vt.* 硫化〔橡膠〕《爲使橡膠硬化，在高溫下加入硫磺處理》.

*****vul·gar** [ˈvʌlgə; ˈvʌlgə(r)] *adj.* **1** 《限定》《主雅》大眾的，庶民的; 通俗的，一般的. *vulgar* entertainment 大眾娛樂/*vulgar* conceptions of politics 一般人對政治的看法.

2 卑下的，下流的; 庸俗的; 粗鄙的，低俗的. a *vulgar* expression 粗俗的措辭/a man of *vulgar* taste 品味低俗的人/a *vulgar* novel 低俗小說.

vul·gar·ism [ˈvʌlgə‚rɪzəm; ˈvʌlgərɪzəm] *n.* 《文章》 **1** =vulgarity 1.

2 Ⓒ 粗俗的措辭. 'Shit' is a *vulgarism*. 「狗屎」是粗俗的話.

vul·gar·i·ty [vʌlˈgærətɪ; vʌlˈgærətɪ] *n.* (*pl.* **-ties**) **1** Ⓤ 粗鄙，粗俗，低俗.

2 Ⓒ (常 vulgarit*ies*) 庸俗的語言，粗鄙的行爲.

vul·gar·i·za·tion [‚vʌlgəraɪˈzeʃən; ‚vʌlgəraɪˈzeɪʃn] *n.* ⓊⒸ 低俗化; 通俗化.

---

vul·gar·ize [ˈvʌlgə‚raɪz; ˈvʌlgəraɪz] *vt.* 使粗鄙，低俗化; 通俗化.

vul·gar·ly [ˈvʌlgəlɪ; ˈvʌlgəlɪ] *adv.* 下流地; 粗俗地; 通俗地.

Vul·gate [ˈvʌlget, -gɪt; ˈvʌlgeɪt] *n.* (加 the) 拉丁通行本《於 4 世紀時編纂，爲天主教所公認的拉丁文聖經譯本》.

vul·ner·a·bil·i·ty [‚vʌlnərəˈbɪlətɪ; ‚vʌlnərəˈbɪlətɪ] *n.* Ⓤ 《文章》易受傷，脆弱，《to》.

vul·ner·a·ble [ˈvʌlnərəbl; ˈvʌlnərəbl] *adj.* **1** 〔人，感情，身體等〕易受傷的，脆弱的，《to》. a *vulnerable* girl 脆弱的少女.

2 〔場所，事物等〕易受攻擊的; 弱小的，脆弱的; 《to》. Our camp was very *vulnerable to* attack. 我們的營地非常容易遭受攻擊.

vul·ture [ˈvʌltʃə; ˈvʌltʃə(r)] *n.* Ⓒ **1** 《鳥》兀鷲.

2 貪得無厭的人.

vul·va [ˈvʌlvə; ˈvʌlvə] *n.* (*pl.* **-vae**, **~s**) Ⓒ 《解剖》(女子的) 外陰部，陰門.

vul·vae [ˈvʌlvi; ˈvʌlviː] *n.* vulva 的複數.

vy·ing [ˈvaɪɪŋ; ˈvaɪɪŋ] *v.* vie 的現在分詞、動名詞.

V

W w 𝒲𝓌

W, w [`dʌb·lju, `dʌblju, `dʌbju; 'dʌblju:] *n.* (*pl.* **W's, Ws, w's** [~z; ~z])

1 [UC] 英文字母的第二十三個字母.

2 [C] (用大寫字母)W 字形物.

W (略) watt(s); Wednesday; west; western; 《符號》 tungsten.

w. (略) week; wide; width; weight.

WA (略) Washington (州).

wab·ble [`wabl; 'wɒbl] *v.*, *n.* =wobble.

WAC [wæk; wæk] (略) 《美》 Women's Army Corps (陸軍女子部隊).

Wac [wæk; wæk] *n.* [C] 《美》陸軍女子部隊隊員.

wack·y [`wækɪ; 'wækɪ] *adj.* 《主美、口》古怪的; 乖僻的; 發瘋的.

wad [wad; wɒd] *n.* [C] **1** (用棉花, 紙等柔軟物揉成的)團, 小塊. a *wad* of chewing tobacco 一小塊嚼菸/make a *wad* out of a piece of paper 把紙張揉成一團.

2 填料, 填補物, 填塞物.

3 (紙幣、文件等的)束, 疊; 很多. a *wad* of bank notes 一疊鈔票.

— *vt.* (~s; ~**ded**; ~**ding**) **1** 把(棉花, 紙等)揉成一團, 壓成一堆. *wad* paper into a ball 把紙張揉成圓球. **2** 把…作爲填料(*with*).

wad·ding [`wadɪŋ; 'wɒdɪŋ] *n.* [U] 填料, (特指醫療用的)棉塞.

wad·dle [`wadl; 'wɒdl] *vi.* (像鴨子似地)搖搖擺擺[蹣跚]地走(*along*).

— *n.* [C] (用單數)搖搖擺擺[蹣跚]步行.

*****wade** [wed; weɪd] *v.* (~s [~z; ~z]; **wad·ed** [~ɪd; ~ɪd]; **wad·ing**) *vi.* **1** 在(水, 泥濘中)跋涉[前進]. The river is too deep to *wade* across. 這條河太深無法涉水而過/*wade* through deep snow 在深雪中跋涉.

2 艱難地行進; 設法擺脫(困境等). It took John a week to *wade* through this book. 約翰花了一個星期才讀完了這本書.

— *vt.* 涉(河川, 泥濘等)而過[前進].

wáde ín 《口》精神飽滿地開始著手; 猛烈攻擊, 猛撲過去.

wáde into... 《口》精神飽滿地開始…; 猛烈攻擊…, 使 waded into the work and had it finished in no time. 他精神飽滿地開始工作, 不久就完成了.

wad·er [`wedɚ; 'weɪdə(r)] *n.* [C] **1** 渡過(河川等)的人. **2** =wading bird. **3** (waders) (釣魚等時所穿的)防水長靴, 防水連靴長褲, 《高至大腿以下

胸部的).

wád·ing bírd *n.* [C] 涉禽類之鳥, 水禽, 《鶴, 鷺鷥等在淺水中來回走動找尋食物的鳥類》.

wád·ing pòol *n.* [C] 《美》(公園等兒童用的)淺水游泳池; (幼兒用的)塑膠游泳池.

wa·fer [`wefɚ; 'weɪfə(r)] *n.* [C] **1** 威化餅乾(《一種薄而脆的點心》).

2 《天主教、英國國教》聖餅(聖餐用的圓形薄餅; 不屬於麵包類).

3 (用於封緘書信, 公文等的圓形)封緘紙.

wa·fer-thin [`wefɚ`θɪn; 'weɪfəθɪn] *adj.* 非常薄的.

waf·fle[1] [`wafl, `wɔfl; 'wɒfl] *n.* [C] 鬆餅(將牛奶, 雞蛋, 麵粉等攪拌後以 waffle iron 烤成的點心).

waf·fle[2] [`wafl, `wɔfl; 'wɒfl] 《英、口》 *n.* [U] 廢話; 託辭.

— *vi.* 胡扯; 含糊其辭.

wáffle ìron *n.* [C] 烤製鬆餅的鐵模.

[waffle irons]

waft [wæft, waft; wɑːft] 《文章》 *vt.* 使〔東西, 氣味, 聲音等〕浮動, 使飄浮.

— *vi.* 浮動, 飄浮, (*along*).

— *n.* [C] **1** 隨風飄來的氣味[聲音]; (一陣)微風. **2** 浮動.

*****wag**[1] [wæg; wæg] *v.* (~s [~z; ~z]; ~**ged** [~d; ~d]; ~**ging**) *vt.* 〔尾巴等〕(上下, 左右)搖動, 晃動. The puppy *wagged* its tail. 小狗搖尾巴.

— *vi.* **1** 晃動, 搖晃. The seal's head *wagged* back and forth rhythmically. 海豹的頭有節奏地前後搖擺. **2** 〔舌頭等〕不停地動, 來回晃動.

— *n.* [C] (通常用單數)搖動, 晃動.

wag[2] [wæg; wæg] *n.* [C]《口》愛說笑打鬧的人.

*****wage** [wedʒ; weɪdʒ] *n.* (*pl.* **wag·es** [~ɪz; ~ɪz])

1 [C] (常 wages)工資, 薪水. a weekly *wage* of $300 週薪 300 美元/Ned earns good *wages*. 奈德賺取高額的薪資/The laborers demanded higher *wages*. 工人們要求更高的工資/The minimum *wage* for most kinds of work is set by law. 大多

數工作的最低工資由法律規定. 回 wage 主要指體力勞動者的日薪或週薪; → salary.

[搭配] adj.+wage: decent ~s (不錯的薪資), poor ~s (微薄的薪資) // v.+wage: pay a person's ~s (支付某人薪資), raise a person's ~s (調高某人的薪資), reduce a person's ~s (降低某人的薪資).

2 (wages)《單複數同形》(罪的)報應, 代價. The *wages* of sin is death. 罪的代價乃是死《源自聖經》.

— vt.《文章》發動《戰爭, 運動等》. *wage* war *against* [*on*] social problems 為社會問題而戰.

wáge èarner n. © 工資勞動者.

wáge frèeze n. © (特指依政府命令所施行的)工資凍結.

wa·ger [`wedʒɚ; `weɪdʒə(r)]《文章》n. © 賭賽(bet); 賭金, 賭注. lay a *wager* on the horse 下注賭這匹馬.

— vt. **1** 賭[錢, 物品]《*on*; *that* 子句》: [句型 4] (wager A B)在 A 上賭 B(錢等). *wager* a large sum of money *on* the dark horse 在那匹黑馬身上投下一大筆賭注/I will *wager* you one dollar *that* our team will win. 我跟你賭一美元, 我們隊會贏 [語法] 上句中同時有三個受詞; you 和 one dollar 分別都是受詞, 二者皆去掉亦可).

2 [句型 3] (wager *that* 子句)保證….
— vi. 賭博, 賭.

wáge scàle n. © 《經濟》工資等級; 工資級別.

wage·work·er [`wedʒ,wɝkɚ; `weɪdʒ,wɜːkə(r)] n. 《美》=wage earner.

wag·ger·y [`wægərɪ; `wægəri] n. (*pl.* -ger·ies) ⓤ 詼諧, 滑稽; © 玩笑, 惡作劇.

wag·gish [`wægɪʃ; `wægɪʃ] adj. 詼諧的, 滑稽的.

wag·gish·ly [`wægɪʃlɪ; `wægɪʃli] adv. 詼諧地, 滑稽地.

wag·gle [`wægl; `wægl] v., n. =wag[1].

wag·gon [`wægən, `wægŋ; `wægən] n. 《英》=wagon.

wag·gon·er [`wægənɚ; `wægənə(r)] n. 《英》=wagoner.

Wag·ner [`wægnɚ, `vægnɚ; `vɑːgnə(r)] n. Richard ~ 華格納(1813-83)《德國作曲家》.

☀wag·on [`wægən, `wægŋ; `wægən] n. (*pl.* ~s [~z; ~z]) © **1** (四輪的)貨運馬車(→ cart). a covered *wagon* 有篷馬車.

2 《美》(小孩玩具)四輪貨車.

3 《英》無頂貨車(goods wagon), 《美》freight car). [參考]「有頂貨車」為 van(《美》boxcar).

4 《美》=station wagon.

5 手推服務車(運送菜餚, 飲料的小推車).

[wagon 5]

—caster

on the (*wáter*) *wàgon* 《口》戒酒《<坐上送水車(只喝水)》.

wag·on·er [`wægənɚ; `wægənə(r)] n. © (貨

運馬車的)車伕.

wag·on-lit [vagon`li; ˌvægɔːn`liː] 《法語》n. (*pl.* **wag·on(s)-lits** [vagon`li; ˌvægɔːn`liːz]) © (歐洲大陸的鐵路的)臥鋪車《法語 lit=bed》.

wágon tràin n. © 《美》(美國拓荒者的)篷車隊.

wag·tail [`wæg,tel; `wægteɪl] n. © (鳥)鶺鴒.

waif [wef; weɪf] n. (*pl.* ~s) © 《主雅》無家可歸者, 流浪者, 流浪兒.

Wai·ki·ki [ˌwɑˌi,kiki; ˌwaɪkɪ`kiː] n. 威基基(Hawaii 的 Oahu 島的著名海濱地帶).

[wagtail]

☀wail [wel; weɪl] v. (~s [~z; ~z]; ~ed [~d; ~d]; ~·ing) vi. **1** 放聲大哭, 嚎啕痛哭,《with 為了…; for 要求…》. The child *wailed* with pain. 孩子痛得嚎啕大哭/The bereaved wife *wailed* for her husband. 遺孀為她死去的丈夫失聲痛哭.

2 《風等》悲鳴, 呼嘯. The wind *wailed* through the trees. 風呼嘯地吹過樹林.

3 《輕蔑》悲歎, 絮叨,《over, about 關於…》. Bill is always *wailing about* his low pay. 比爾總是發牢騷說自己薪水太低.

— vt. 悲歎; [句型 3] (wail *that* 子句)痛苦地[悲傷地]說…. "I'm so unhappy!", she *wailed*. 她悲歎地說:「我好不快樂啊!」

— n. © **1** 悲歎; 慟哭聲.

2 《風, 汽笛等的》悲鳴聲.

Wain [wen; weɪn] n. (加 the)大熊星座, 北斗七星,《原義 wagon; 亦稱為 Chàrles's Wáin》.

wain·scot [`wenskət, -,skɑt, -,skot; `weɪnskət] 《建築》n. © (內牆的)護壁板, 板壁, (特指)圍板.

— vt. 貼圍板.

☀waist [west; weɪst] n. (*pl.* ~s [~s; ~s]) © 【腰】 **1** 腰部, 腰, (肋骨(ribs)和髖部(hips)的)中間部分; → back 圖). 腰的中間細的部位. Nancy has a slender *waist*. 南西有纖細的腰/He took her round the *waist*. 他摟著她的腰.

[wainscot]

2 衣服的腰部; 衣服的腰身(從肩到腰的剪裁). The dress is belted at the *waist*. 這件衣服佩有腰帶.

3 《軀體的腰部》(小提琴等弦樂器的)中間腰狀部分.

4 《美》(婦女, 兒童穿著的)襯衫型上衣(blouse).

5 (船的)甲板中段; (飛機的)機身中段.

waist·band [`west,bænd; `weɪstbænd] n. © 縫住褲子, 裙子等腰部的帶狀布.

waist·coat [ˈwest͵kot, ˈwes͵kot, ˈwɛskət; ˈweɪskəʊt] *n.* ⓒ (英)背心((美) vest).

waist-deep [͵westˈdip, ͵weɪstˈdiːp] *adj.* 深及腰的.
—— *adv.* 深及腰地.

waist-high [͵westˈhaɪ, ͵weɪstˈhaɪ] *adj., adv.* 與腰齊高的[地].

waist·line [ˈwest͵laɪn, ˈweɪstlaɪn] *n.* ⓒ **1** 腰身部分, 腰線. **2** (洋裁)腰圍; 腰線[腰的位置].

wait [wet; weɪt] *v.* (~s [~s; ~s]; ~ed [~ɪd; ~ɪd]; ~ing) *vi.* **1** 等, 等候, ((for)); 等待, 期待, ((for **A** to do)); 等著做…(to do). Please *wait* until I come back. 請等到我回來/ *Wait* a minute [second, moment]. 稍等一下/ What are you *waiting* for? (口)你還在等甚麼?/ Time and tide *wait* for no man. (諺)歲月不饒人/The festival was *waited* for by the villagers. 村民們期盼著慶典的到來/The boys *waited* for the day to come. 男孩們等待著那一天的到來/The spectators were *waiting* for the boxer to appear in the ring. 觀眾等候拳擊手上場/ *Wait* to hear his opinion. 等著聽他的意見.
2 (be waiting)已經準備好了. Your meal is *waiting* (for you). 你的飯已經準備好了.
3 (口)(事物)保持原狀, 延長. The report can *wait* until next week. 那份報告可順延至下週.
—— *vt.* **1** 等待, 等候, (機會, 順序, 命令等). I'm *waiting* my chance to get even with him. 我等候機會以報復他/ *Wait* your turn. 等著輪到你.
2 使…延長, 延緩, ((for)). The wife kept dinner *for* her husband. 妻子為了丈夫等晚飯延後.
can't wáit (**to** do) (口)(對於做…)等不及. I *can't wait.* 我等不及了/I *couldn't wait* to see him. 我等不及要跟他見面.
(*Jùst*) *yòu wáit.* (口)你等著(瞧)吧.
kéep a pèrson wáiting 讓某人繼續等. The passengers are being *kept waiting* at the station. 乘客被迫繼續在車站等候.
wàit abóut [*aróund*] 悠哉[焦急]地等待.
wàit and sée 觀望, 靜觀其變.
* *wáit on* [*upon*]… (1)服侍(人), 在…身旁照顧. The old man has no one to *wait on* him. 那個老人無人照顧/*wait on* a person hand and foot 無微不至地照顧某人.
(2)招待(人); 接待(客人). They don't *wait on* you very well at that store. 那家店的服務不是很周到.
(3)(雅)(結果)隨…而產生; 由…, 出於…. Success *waits upon* diligence. 成功來自勤奮.
wàit on (美)[*at* (英)] *táble* (在用餐時)服侍.
wàit úp 不眠地等待(for). Jane *waits up for* her husband every night. 珍每天晚上守候丈夫回家.
—— *n.* ⓒ 等待; 等待的時間. We had a long *wait* for the bus. 我們等公車等了很久.
lìe in wáit for… 埋伏以待….

wait·er [ˈwetɚ; ˈweɪtə(r)] *n.* (*pl.* ~s [~z; ~z]) ⓒ (旅館, 餐廳等的)服務生, 侍者, (★女性為 waitress). *Waiter,* two sirloin steaks, please. 服務生, 請來兩客沙朗牛排.

wait·ing [ˈwetɪŋ; ˈweɪtɪŋ] *n.* ⓤ **1** 等待. No *waiting* (英)禁止停車/(美) No stopping). **2** 招待.
in wáiting 侍奉(國王, 女王等), 在宮廷服侍.

wáiting gàme *n.* ⓒ 持久戰.
wáiting lìst *n.* ⓒ 候補順位名冊.
wáiting ròom *n.* ⓒ (醫院等的)等候室.

wait·ress [ˈwetrɪs; ˈweɪtrɪs] *n.* (*pl.* ~es [~ɪz; ~ɪz]) ⓒ 女服務生, 女侍者, (★男性為 waiter). I asked the *waitress* for another cup of coffee. 我向女服務生又要了一杯咖啡.

waive [wev; weɪv] *vt.* 《主文章》《法律》放棄[權利, 機會等]; 擱置[要求等].

waiv·er [ˈwevɚ; ˈweɪvə(r)] *n.* (法律) **1** ⓤ (權利, 主張等的)放棄, 棄權. **2** ⓒ 棄權聲明書.

wake¹ [wek; weɪk] *v.* (~s [~s; ~s]; ~d [~t; ~t], woke; ~d [~t; ~t], wo·ken, woke; wak·ing) *vi.* **1** 醒, 醒來, (*up*)(★就此義而言, wake 比waken, awake 更常用). My mother *wakes up* at six every morning. 我母親每天早晨六點起床/I *woke* with a sore throat. 我因喉嚨痛而醒來/I *woke* to find the sun shining. 我醒來看見陽光普照.
2 (**a**) (精神上)覺醒; 覺悟((*up*) to); (★就此義而言, 通常用 awake). *wake from* one's reverie 從幻夢中醒悟/Just then the girls *woke up* to the danger. 正在那時女孩們警覺到危險.
(**b**) (從死亡狀態)復活(up).
—— *vt.* **1** 喚醒, 弄醒, (人)(*up*)(★被動語態通常用 waken). Please *wake* me up at six tomorrow morning. 請在明天早晨六點叫醒我/The noise downstairs *woke* John from [out of] his nap. 樓下的吵鬧聲把約翰從午睡中吵醒.
2 使(人)覺醒, 使察覺, ((*up*) to); 激發, 使奮起; 使回憶; (★就此義而言, 通常用 awaken). The child's death *woke* the father *up* to his foolishness. 孩子的死使父親意識到自己的愚蠢/The sight of a lion *woke* the old terror inside the hunter. 看見獅子喚起了獵人心中昔日的恐懼.
3 喚起[記憶].
Wáke úp! (口)起來! 聽著! 注意!
—— *n.* ⓒ (葬禮前夜的)守靈.

wake² [wek; weɪk] *n.* ⓒ 船的尾波, 航跡; (物體經過的)痕跡.
in the wáke of… (1)尾隨….
(2)緊跟…; 隨著…而來. Fires *in the wake of* the earthquake destroyed most of the city. 隨著地震而來的火災把這座城市燒毀了大半.

wake·ful [ˈwekfəl; ˈweɪkfʊl] *adj.* (夜裡等)睡不著的, 不眠的; (人)醒的, 清醒的. spend a *wakeful* night 度過不眠的夜.

wake·ful·ly [ˈwekfəlɪ; ˈweɪkfʊlɪ] *adv.* 不眠地.

wake·ful·ness [ˈwekfəlnɪs; ˈweɪkfʊlnɪs] *n.* ⓤ 不眠.

*wak·en [ˈwekən; ˈweɪkən] v. (~s [~z; ~z]; ~ed [~d; ~d]; ~ing)《文章》 vt. **1** 喚醒, 弄醒, 〔人〕, (up)(→ wake¹ vt. ★). All of us were *wakened* by an earthquake. 我們全被地震給弄醒了.

2 使奮起, 使覺醒, (awake, awaken). What *wakened* your interest in art? 是甚麼激發你對藝術的興趣?

— vi. 醒來, 睡醒, (up)(→ wake¹ vi. ★). I *wakened* early this morning. 今天早晨我起得早.

wáke-up càll n. ⓒ (飯店爲叫醒旅客而打的)晨呼電話(= morning call).

wak·ing [ˈwekɪŋ; ˈweɪkɪŋ] v. wake 的現在分詞, 動名詞.

— adj. (限定)醒著的〔時間等〕. Dick spends every *waking* minute thinking about baseball. 迪克只要醒著, 每一分鐘都在想著棒球.

*Wales [welz; weɪlz] n. 威爾斯(Great Britain 島的西南部地區; 首府 Cardiff). ⋄ adj. **Welsh**.

***walk [wɔk; wɔːk] v. (~s [~s; ~s]; ~ed [~t; ~t]; ~ing) vi. 〖走〗 **1** 走, 徒步行走, Don't run; *walk*. 不要跑, 用走的. The children *walked* around in the woods. 孩子們在樹林裡四處走/*walk* home 走路回家/*walk* to work 步行上班/The horse *walks* nicely. 那匹馬行進的姿態優美/I used to *walk* one mile [hour] to school. 我以前散步一英里〔一小時〕去上學.

2 散步, 漫步. I like to *walk* along the river. 我喜歡沿著河散步/My father *walks* half an hour every morning. 我父親每天早晨散步半個小時.

3 〖棒球〗(四壞球保送時向一壘)走, 上壘, (→ base on balls).

— vt. 〖走〗 **1** (在馬路, 場所等)走, 走過. The students *walked* the neighborhood singing. 學生們唱著歌走過附近/The captain was seen to *walk* the deck. 船長被看到在甲板上走過.

〖使走動〗 **2** 讓〔狗等〕散步; 使〔馬等〕慢行; 帶著〔人〕. Harry is out *walking* his dog. 哈利出去蹓狗了/I'll *walk* you home. 我會陪你走回家.

3 〖棒球〗(四壞球)保送〔打者〕上壘.

4 〖使物體運動〗走著搬運; 使…像走似地移動. *walk* a bicycle up a slope 推自行車上坡.

wàlk abóut... 繞圈子走, 蹓躂.

wàlk awáy from... (1)〖口〗(競爭, 比賽等)輕易地勝過…, 輕鬆贏過…. The white horse *walked away from* all the others to win the race. 那匹白馬在比賽中輕易地勝了其他的馬. (2)從〔意外中〕安全地脫身; 從〔討厭的事物〕中逃離. Jim *walked away from* the crash unharmed. 吉姆在那場墜機事故中安然無恙.

wàlk awáy [óff] with... 〔口〕(1)順手牽羊地拿走…, 偷盜…. Who *walked off with* my ballpoint? 誰拿走我的原子筆? (2)輕易贏取, 贏得, 〔獎項等〕. The young man *walked away with* the trophy. 那個年輕人輕易地舉地贏得獎杯.

wàlk into... (1)進入…. (2)輕易地獲得〔工作等〕. (3)被〔圈套等〕套住. He *walked* right *into* her trap. 他一腳踏進了她的圈套.

wàlk óff¹ (急忙)離開.

---

walking 1765

wàlk /.../ óff² 用走路來消除〔醉意, 疼痛, 體重等〕. *walk off* some weight 用走路來減輕一些體重.

wàlk a pérson óff his légs 〖口〗使某人走得筋疲力竭.

*wàlk óut (1)(特指表示不滿)突然離開. He *walked out* of the meeting in a fury. 他憤怒地退出會議. (2)罷工(go on strike).

wàlk óut on... 〖口〗遺棄…, 離開…, (desert).

wàlk óver... 〖口〗(1)對…輕易獲勝. (2)輕蔑地對待, 虐待, 〔人〕.

wàlk úp (1)走近(to). A policeman *walked up* to the car. 一名警察走近那輛車/*Walk up!* 歡迎光臨!〔馬戲團等招徠觀眾的呼喊〕. (2)走上(樓梯等).

— n. (pl. ~s [~s; ~s]) ⓒ 〖走〗 **1** 走, 步行. drop into a *walk* 〔在奔跑的人等〕放慢速度步行.

2 散步; 遠足. Let's go for a *walk*. 我們去散步吧/We had a good *walk* this morning. 今天早上我們散步得很愉快/take a dog for a *walk* 蹓狗.

3 〖棒球〗(四壞球保送時向一壘)走, 上壘, (→ base on balls 注意).

〖走的距離〗 **4** 步行距離, 路程. It's a ten-minute *walk* from here to my school. 從這兒到我的學校要走十分鐘/The station is a short *walk* from my house. 從我家到車站沒多遠/within a few minutes' *walk* of the park 距離公園幾分鐘路程的地方.

〖走路的姿勢〗 **5** 走路的姿勢; 步調〔馬的〕普通步伐(→ gallop). Everybody knew Jane by her *walk*. 每個人都能從珍的走路姿勢認出她.

〖走路的場所〗 **6** 人行道; 散步道. You shouldn't play catch on the *walk*. 你們不應該在人行道上玩接球的遊戲.

wàlk of lífe 職業, 階級, 身分. The meeting was attended by people from all *walks of life*. 那個會議有各行各業的人參加.

walk·a·way [ˈwɔkəˌwe; ˈwɔːkəweɪ] n. (pl. ~s) ⓒ (主美, 口)輕易取勝, 輕易取勝的比賽, (walkover).

walk·er [ˈwɔkə; ˈwɔːkə(r)] n. ⓒ **1** 步行者, 走路的人; 散步的人.

2 (幼兒, 肢體殘障者用的)學步車, 步行器.

walk·ie-talk·ie [ˈwɔkɪˈtɔkɪ; ˈwɔːkɪˈtɔːkɪ] n. ⓒ〖口〗無線電收發兩用機, 手提式無線電話機.

walk-in [ˈwɔkˌɪn; ˈwɔːkɪn] adj. (限定) **1** (壁櫥等)大得能容人走進去的. **2** (美)(公寓等)(無共用的大廳)可直接進入各房間的.

walk·ing¹ [ˈwɔkɪŋ; ˈwɔːkɪŋ] v. walk 的現在分詞.

— adj. (限定)走路的, 能走的; 活著的. a *walking* dictionary [encyclopedia] 「活字典」, 萬事通.

walk·ing² [ˈwɔkɪŋ; ˈwɔːkɪŋ] v. walk 的動名詞.

— n. **1** ⓤ 走路, 步行. I prefer *walking* to taking a taxi. 我比較喜歡走路而不喜歡搭計程車.

2 Ⓤ《籃球》走步《犯規》.

3《形容詞性》徒步的; 步行用的, 散步用的. *walking* shoes 散步時穿的鞋/a *walking* trip [tour] 徒步旅行.

wálking pàpers *n.*《作複數》《美、口》解雇通知;《英、口》marching orders).

wálking stìck *n.* ⓒ手杖, 拐杖.

Walk·man [ˋwɔkəmən; ˋwɔːkmən] *n.* (*pl.* ~s) ⓒ《商標名》隨身聽《附耳機, 可携帶》.

walk-on [ˋwɔkˏɑn; ˋwɔːkˏɒn] *n.* ⓒ (沒有臺詞的)小角色, 跑龍套.

walk·out [ˋwɔkˏaʊt; ˋwɔːkaʊt] *n.* ⓒ **1** 罷工. **2** 退場, 退席; 離會;《以表示不滿的情緒》.

walk·o·ver [ˋwɔkˏovɚ; ˋwɔːkˏəʊvə(r)] *n.* ⓒ《口》輕易獲勝, 輕易獲勝的比賽, (walkaway).

walk-up [ˋwɔkˏʌp; ˋwɔːkʌp] *n.* ⓒ《美、口》沒有電梯的公寓[建築物];《形容詞性》沒有電梯的.

walk·way [ˋwɔkˏwe; ˋwɔːkweɪ] *n.* (*pl.* ~s) ⓒ (公園等的)步道;《主美》(建築物中的)通道, 聯絡通道.

wall [wɔl; wɔːl] *n.* (*pl.* ~s [~z; ~z]) ⓒ 【牆】**1** 壁; (石頭, 木頭, 磚等的)圍牆, 牆壁. hang a picture on the *wall* 在牆上掛一幅畫/They built a stone *wall* around the city. 他們在城市四周築起石牆/*Walls* have ears.《諺》隔牆有耳.

2 城牆; 壁壘. a castle protected by *walls* and moats 由城牆及護城河防護的城堡/the Great *Wall* (of China) 萬里長城.

3【內壁】(空心物的)內壁, 內部. the *walls* of the esophagus 食道內壁.

4【障礙物】障礙, 障壁. come up against the *wall* of racial discrimination 起而對抗種族歧視之障礙.

【 高聳之物 】**5** 像牆壁般高的東西(斷崖絕壁, 熊熊的火焰等). A *wall* of fire prevented the firemen from going into the building. 熊熊的火牆使得消防隊員無法進入建築物內.

drìve [*pùsh, sènd*]...*to the wáll* 逼〔人〕至絕境, 使〔人〕走投無路,《〈窮追至牆角》.

drìve [*sènd*]...*ùp the wáll* 使〔人〕非常不愉快, 使大發雷霆.

gò to the wáll (1)(比賽等)敗北. (2)(事業等)失敗, 破產. Lots of small businesses have *gone to the wall* in recent years. 近幾年內許多小型企業都破產了.

gò up the wáll《口》勃然大怒; 氣急敗壞.

rùn [*bàng*] *one's héad against a* (*brìck*) *wáll*《口》嘗試不可能的事.

with one's bàck to the wáll 被逼得走投無路, 陷入困境,《〈被逼到了牆角》.

— *vt.* **1** 用牆圍住《*in*》; 用牆隔開《*off*》. We *walled off* the garden to keep intruders out. 我們在庭園四周築起一道圍牆以防止闖入者.

2 用牆《如圍牆般地》堵住《入口, 窗戶等》《*up*》.

wal·la·by [ˋwɑləbɪ; ˋwɒləbɪ] *n.* (*pl.* **-bies**) ⓒ 袋鼠《小型袋鼠》.

Wal·lace [ˋwɑlɪs; ˋwɒlɪs] *n.* 男子名.

wall·board [ˋwɔlˏbɔd; ˋwɔːlˏbɔːd] *n.* Ⓤ 覆蓋牆壁用的材料.

walled [wɔld; wɔːld] *adj.* 有(城)牆的.

＊**wal·let** [ˋwɑlɪt, ˋwɔlɪt; ˋwɒlɪt] *n.* (*pl.* ~s [~s; ~s]) ⓒ 錢包, 皮夾, 皮包. a leather *wallet* 皮夾/I had my *wallet* stolen from the hotel room. 我的皮夾被人從飯店房間裡偷走了. ⓘ wallet (主要為男子用)為裝紙鈔的皮夾;《美》也稱為 billfold; purse 主要指裝硬幣的錢包.

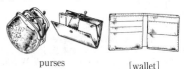

purses　　　　　[wallet]

wall·flow·er [ˋwɔlˏflaʊɚ, -ˏflaʊr; ˋwɔːlˏflaʊə(r)] *n.* ⓒ **1** 香羅蘭《油菜科的多年生草本植物; 原產於南歐》.

2《口》壁花《在舞會上因沒有舞伴而坐在牆邊的人, 主要指女性》.

wal·lop [ˋwɑləp; ˋwɒləp] 《俚》 *vt.* 毆打; 重擊《物》.

— *n.* ⓒ **1** 強力一擊, 猛然一拳.

wal·lop·ing [ˋwɑləpɪŋ; ˋwɒləpɪŋ] *adj.* 《限定》《口》碩大的; 龐大的.

wal·low [ˋwɑlo, -lə; ˋwɒləʊ] *vi.* **1** (在泥, 水等中)打滾;《船》在巨浪中顛簸. **2** 沈迷, 耽溺,《*in*》. wallow in pleasure 耽溺於享樂之中. **3** 擁有過多《*in*》. He is *wallowing in* money. 他有的是錢.

— *n.* ⓒ **1** 打滾.

2 動物高興時打滾的地方(泥地, 沙地, 池塘等).

wáll pàinting *n.* ⓒ 壁畫.

wall·pa·per [ˋwɔlˏpepɚ; ˋwɔːlˏpeɪpə(r)] *n.* Ⓤ 壁紙.

— *vt.* 在《房間》貼壁紙.

Wall Street [ˋwɔlˏstrit; ˋwɔːlˏstriːt] *n.*

1 華爾街《New York 市股票交易所所在的街道; 美國金融中心》. **2** 美國金融市場.

wall-to-wall [ˋwɔltəˋwɔl; ˋwɔːltəˋwɔːl] *adj.* 〔鋪地毯〕(從牆的一頭到另一頭)鋪滿整個地板的.

Wal·ly [ˋwɑlɪ; ˋwɒlɪ] *n.* 男子名《Wallace, Walter 的暱稱》.

wal·nut [ˋwɔlnət, -ˏnʌt; ˋwɔːlnʌt] *n.* **1** ⓒ《植物》胡桃; 胡桃樹(也可說成 wálnut trèe). **2** Ⓤ 胡桃木《極貴重的家具材料》. **3** Ⓤ 胡桃色, 茶色.

wal·rus [ˋwɔlrəs, ˋwɑl-; ˋwɔːlrəs] *n.* (*pl.* ~es, ~) ⓒ《動物》海象(→ seal¹ 圖).

Walt [wɔlt; wɔːlt] *n.* 男子名《Walter 的暱稱》.

Wal·ter [ˋwɔltɚ; ˋwɔːltə(r)] *n.* 男子名《暱稱為 Wally, Walt》.

waltz [wɔlts; wɔːls] *n.* ⓒ **1** 華爾滋《兩人跳的四分之三拍的舞蹈》. **2** 華爾滋舞曲, 圓舞曲.

— *vi.* **1** 跳華爾滋. **2**《口》用輕快的步伐走路.

— *vt.* 帶〔舞伴〕跳華爾滋.

wàltz óff with... 《口》(1)竊取潛逃. (2)輕鬆地奪取《獎賞等》.

wam·pum [`wɑmpəm, `wɔmpəm; 'wɒmpəm] *n.* ⓤ貝殼串珠《用細線串成的貝殼串; 從前北美印第安人用作貨幣、裝飾》.

[wampum]

wan [wɑn; wɒn] *adj.* (~·**ner**; ~·**nest**)《主雅》
1 蒼白的, 無血色的.
2 〔表情等〕微弱的, 疲憊的, 無力的. a *wan* smile 勉強的微笑.

wand [wɑnd; wɒnd] *n.* ⓒ (用於施魔法, 魔術師等的)杖, 棒; (顯示職權的)權杖.

wan·der [`wɑndə; 'wɒndə(r)] *v.* (~s [~z; ~z]; ~ed [~d; ~d]; -der·ing [-dərɪŋ; -dərɪŋ]) *vi.* 〖徬徨〗 **1** 徬徨, 徘徊, 漂泊; 《*about, around*》. The children *wandered about* in the forest. 孩子們在森林裡徘徊/We *wandered around* the town for two hours. 我們在城裡漫步了兩個小時/My father *wandered* far and wide in his youth. 我父親年輕時四處漂泊.
〖脫離正軌〗 **2** 迷路. The hikers *wandered off* in the mountains. 健行者在山裡迷路了.
3 〔人〕步入歧途, 偏離〔話題〕; 偏離《*from, off*》. Those politicians have *wandered from* their original purpose. 那些政治家偏離了原來的目的/*wander off* the point 偏離論點.
4 〔人, 想法等〕不專心, 混亂. Mary's mind is *wandering*. 瑪莉心神紊亂/The patient *wandered* in his talk. 那位病人說話不著邊際.
5 〔河流, 道路等〕蜿蜒彎曲.
— *vt.* 徬徨; 漂泊. She *wandered* the streets, admiring the old buildings. 她漫步街頭, 欣賞著古老的建築.

wan·der·er [`wɑndərə; 'wɒndərə(r)] *n.* ⓒ徘徊者, 徬徨者, 漂泊者, 流浪者.

wan·der·ing [`wɑndərɪŋ, -drɪŋ; 'wɒndərɪŋ] *adj.* 〔限定〕 **1** 徬徨的; 漂泊的. **2** 〔河流, 道路等〕蜿蜒彎曲的.
— *n.* (wanderings)漂泊; 漂泊之旅.

wan·der·lust [`wɑndəˌlʌst; 'wɒndəlʌst] (德語) *n.* ⓤ漂泊癖, 流浪癖; 旅行癖.

wane [wen; weɪn] *vi.* **1** 〔月〕虧《↔ wax²》.
2 變小; 〔勢力等〕衰落, 沒落.
— *n.* ⓤ **1** (月的)虧. **2** 減少; 衰微.
on the wáne (1)〔月〕開始缺. (2)〔勢力等〕開始衰落. That singer's popularity is *on the wane*. 那位歌手受歡迎的程度開始下跌.

wan·gle [`wæŋgl; 'wæŋgl] *vt.* 《口》以詭計騙得, 騙取, 《*out of*》. Bill *wangled* a ticket to the concert *out of* the singer's boyfriend. 比爾從那位歌手的男朋友那裡弄到兩張音樂會的入場券/*wangle* oneself [one's way] *out of* a difficulty (靠著欺騙術)從困境中順利脫身.
— *n.* ⓒ騙取; 詭計.

wan·ly [`wɑnlɪ; 'wɒnlɪ] *adv.* 蒼白地; 衰弱地.

wan·na [`wɑnə; 'wɒnə] 《非正式》= want to;

want a. I *wanna* go. 我想去(＝I want to go.)/I *wanna* doll. 我想要一個洋娃娃(＝I want a doll.).

‡want [want; wɒnt] *v.* (~s [~s; ~s]; ~ed [~ɪd; ~ɪd]; ~ing [‖ 希望, 想要]《通常不用進行式》 **1** 想要, 要, 希望. The baby *wants* some milk. 嬰兒想喝奶/The more you have, the more you *want*. 擁有的東西愈多, 想要的東西也愈多.
2 〖句型3〗(want *to* do)想…, George *wanted to* be a doctor. 喬治想當醫生/I *want to* play tennis with you. 我想和你打網球/You may go if you *want to*. 你想去就去吧(用 to 表示 to go).
〖語法〗由於在請求或詢問他人時使用 want (to do)顯得比較沒有禮貌, 因此一般多使用 would [should] like (to do); I'd like a cup of coffee. (我想要一杯咖啡)/Would you like to come with me? (一起去好嗎?)
3 〖句型5〗(want A *to* do/A do*ing*) 想要A做… 〖語法〗want A do*ing* 主要用於否定句). Father *wanted* me *to* be an engineer. 我父親希望我當工程師/I don't *want* my husband *knowing* my secrets. 我不想讓丈夫知道我的祕密.
4 〖句型5〗(want A (*to be*) B/A (*to be*) done) 希望 A 是 B/希望 A 被做好《★ B 是形容詞》. I *want* breakfast (*to be*) ready by seven. 我希望早飯在七點前把早飯準備好/The manager *wanted* the job (*to be*) done with the greatest care. 經理希望這工作要在最謹慎的情況下完成.
〖(有需要卻)缺少〗 **5** 〔文章〕缺乏, 沒有; 不足; (lack). The doll *wants* a hand. 那個洋娃娃少了一隻手/The singer has a nice voice, but she *wants* personality. 那個歌手有一副好嗓子, 但缺乏個性/It *wants* three minutes *of* two o'clock. 差3分2點.
〖缺乏＞需要〗 **6** 需要; 〖句型3〗(want do*ing*)必要《注意 do*ing* 有被動的意思》. This stew *wants* a little more salt. 這份燉品還需要加點鹽/The patient *wants* plenty of rest. 這位病人需要大量的休息/This watch *wants* *repairing*. 這隻錶需要修理(＝This watch needs to be repaired.).
7 (**a**)有事找〔人〕, 有事而召喚; 通緝〔犯人等〕; 《常用被動語態》. Your father is *wanted* on the telephone. 找你父親的電話/Knock on the door when you *want* me. 你要找我就敲敲門/That man is *wanted* for murder. 那個男人因謀殺而被通緝. (**b**) (wanted) (廣告文宣等)招聘, 募集. *Wanted* a secretary. 誠徵祕書(A secretary is wanted. 之略).
8 《口》〖句型3〗(want *to* do)必須做…, 不得不做…, (ought)《★通常主詞是you》. You don't *want* to call on her so late. 你不該這麼晚打擾她/The law itself *wants* to be changed. 法律本身必須修改.
— *vi.* **1** 缺乏, 不足, 《*for*》(→ wanting). The leader *wanted for* judgment. 這位領導者缺乏判斷力.

2 《文章》《通常用於否定句》生活困難. The Whites were never rich, but they never *wanted*. 懷特一家並不富裕，但從不因生活而發愁.

3 希望；喜好. We can wait for you if you *want*. 如果你願意我們可以等你.

wànt for nóthing 〔人〕不缺乏任何東西；豐衣足食.

wànt ín [**óut**]《美、口》想要加入[退出].

● —— 動詞型 句型5 (**~ A to do**)

The doctor *advised him to* take a rest.
醫生勸他休息一下.
I can't *allow my son to* behave like that.
我不允許我兒子那樣做.
此類的動詞：

ask	bear	beg
cause	command	compel
encourage	expect	forbid
force	get	hate
help	instruct	intend
invite	leave	like
mean	oblige	order
permit	persuade	prefer
recommend	request	teach
tell	tempt	trouble
want	warn	wish

—— *n.* (*pl.* ~s [~s; ~s]) 〖 必要 〗 **1** Ⓤ 必要，需要. The refugees are *in want of* food, clothing and shelter. 難民需要食物、衣物和住所.

2 Ⓒ (通常 wants)(個人的)需要；有用的東西，必需品；想要的東西. a man of few *wants* 欲望少的人/The prisoners' *wants* were barely supplied. 犯人的那些必需品供應十分充足.

〖 必需品不足 〗 **3** ⒶⓊ 欠缺，不足，(→ lack ⬜). That district has a *want* of water. 那個地區缺水.

4 Ⓤ 貧困，窮困. The young men of today don't know real *want*. 現在的年輕人沒有見識過真正的貧窮.

for [**from**] **wánt of...** 因…不足而…, *For* [*From*] *want* of fresh air we became sick. 我們因為缺少新鮮空氣而生病.

in wánt 貧乏. The islanders live *in* great *want*. 島上的居民生活十分困苦.

wánt àd *n.* Ⓒ《主美》(報紙、雜誌等的)分類廣告(《英》 small ad).

want·ed [ˈwɑntɪd, ˈwɔn-; ˈwɒntɪd] *adj.* **1** 〔求才廣告等〕需要…的，徵求…的. **2** 被通緝的. a *wanted* man 通緝犯.

*****want·ing** [ˈwɑntɪŋ, ˈwɔn-; ˈwɒntɪŋ] *adj.*《文章》《敘述》缺少的，沒有的；不足的；(*in*). A few of the pages are *wanting*. 少了幾頁/He is *wanting in* common sense. 他缺乏常識/The program was found *wanting in* several respects. 該

計畫有幾處不完全.

—— *prep.* 沒有…；欠缺…；(without). a coat *wanting* some buttons 掉了些扣子的外套.

wan·ton [ˈwɑntən; ˈwɒntən] *adj.* **1** 不當的，胡亂的. a *wanton* act of destruction 不當的破壞行為/*wanton* waste 胡亂浪費.

2 〔特指女性〕不貞潔的，淫亂的.

3 《文章》變化無常的；〔想法等〕奔放的；頑皮的，活蹦亂跳的. a *wanton* child 頑皮的孩子.

4 〔植物等〕繁茂的. a *wanton* growth of vines 生長繁茂的藤.

wan·ton·ly [ˈwɑntənlɪ; ˈwɒntənlɪ] *adv.* 不當地，胡亂地；無常性地.

wap·i·ti [ˈwɑpətɪ; ˈwɒpɪtɪ] *n.* (*pl.* ~s, ~) Ⓒ 《動物》馬鹿(elk)(產於北美、亞洲的大型鹿).

✦war [wɔr; wɔː(r)] *n.* (*pl.* ~s [~z; ~z]) **1** (**a**) Ⓤ (相對於和平的)戰爭，戰爭狀態，(⬌ peace)；戰術，兵法；軍事. the issues of *war* and peace 戰爭與和平的問題/make [wage] *war* on...(→片語)/We must avoid *war* by all possible means. 我們必須用所有可能的方法避免戰爭/Germany declared *war* on Russia. 德國向俄國宣戰了/the art of *war* 戰術.

(**b**) Ⓒ (個別的)戰爭，戰役，(→ battle ⬜). a lost *war* 失敗的戰役/a racial *war* 種族戰爭/win [lose] a *war* 贏得[輸掉]戰爭/A *war* broke out between England and France. 英國與法國之間爆發了戰爭.

> 搭配 *adj.*＋war: a bloody ~ (流血的戰爭), a brutal ~ (殘酷的戰爭), a global ~ (全球大戰) // *v.*＋war: renounce ~ (放棄戰爭) // war＋*v.*: ~ erupts (戰爭爆發), ~ rages (戰爭激烈).

2 ⓊⒸ 鬥爭，衝突，戰鬥. a *war* of nerves 神經戰/the *war* against an endemic disease 對抗區域性疾病/the *war* on poverty 消除貧困的戰鬥/a *war* of words 舌戰，論戰.

***at wár** 交戰狀態；不和；(with)(⬌ at peace). Our country was *at war* with England at the time. 當時我國正與英國處於交戰狀態.

càrry the wár into the ènemy's cámp (積極地)攻入敵陣.

gò to wár (1)發動戰爭，訴諸武力，(*against*, *with* 對於…). (2)上戰場.

have bèen in the wárs《口》受傷；吃苦頭.

màke [**wàge**] **wár on** [**against**]... 對…開戰；與〔社會的罪惡等〕作戰.

—— *vi.* (~s; ~red; ~ring)《雅》進行戰爭，戰鬥，(*with*, *against*). The *warring* states declared a cease-fire. 交戰國發布停戰宣言.

war·ble [ˈwɔrbl; ˈwɔːbl] *vi.* **1** 〔小鳥〕鳴囀.

2 〔特指女性〕用顫音歌唱(*away*).

—— *vt.* 用顫音唱…；〔小鳥〕鳴囀…；(*out*).

—— *n.* (~s) 用顫音鳴囀；運用顫音的演唱. the *warble* of a bird 鳥的鳴囀.

war·bler [ˈwɔrblə; ˈwɔːblə(r)] *n.* Ⓒ **1** 鳴禽；顫音歌手(特指女性).

2 (產於歐洲的)鶯科的鳴禽；美洲食蟲類的鳥.

wár bònnet *n.* Ⓒ(北美原住民，後面插著鳥

wár crìme *n.* ⓒ 戰爭罪行.

wár críminal *n.* ⓒ 戰爭罪犯, 戰犯.

wár crỳ *n.* ⓒ **1** 作戰時的吶喊. **2** (政黨等的)口號, 標語.

[war bonnet]

*****ward** [wɔrd; wɔːd] *n.* (*pl.* ~s [~z; ~z]) 〖保護, 監督〗 **1** ⓤ(雅)保護, 看護; 監督. be in *ward* to the court 在法庭的監護下.

2 〖被保護者〗ⓒ(法律)被監護人, 被保護者, (↔ guardian). 〖(保護[監視]下的)場所〗 **3** ⓒ病房, 病室; (監獄的)牢房. the children's *ward* 兒童病房/a surgical *ward* 外科病房/an isolation *ward* (醫院的)隔離室[病房].

4 ⓒ(都市的)區; 選舉區. the chief of a *ward* 區長/the *ward* office 區公所.

— *vt.* 躲開, 避開, (危險, 討厭的事物等)(*off*). The boxer tried to *ward* off the blow. 那個拳擊手想要躲開那拳.

-ward *suf.* 構成表「向…方向(的)」之意的形容詞、副詞. up*ward*. north*ward*.

語法 作副詞的時候, 《英》通常用 -wards.

wár dànce *n.* ⓒ (未開化民族的)出征前的舞蹈; 戰勝的舞蹈.

war·den [ˈwɔrdn; ˈwɔːdn] *n.* ⓒ **1** 管理員, 看守員, 《美》典獄長. **2** (國家行政機關等的)長官, 《英》校長, 大學校長.

ward·er [ˈwɔrdə; ˈwɔːdə(r)] *n.* ⓒ《英》(監獄的)看守員.

*****ward·robe** [ˈwɔrdˌrob; ˈwɔːdrəʊb] (★注意 發音) *n.* (*pl.* ~s [~z; ~z]) ⓒ **1** 衣櫥, 衣櫃, (→ bedroom 圖); 藏衣室.

2 (集合)(個人或劇團的)服裝, 戲服; (某一季節穿的)服裝. Mother left her summer *wardrobe* in the villa. 母親把她的夏裝全留在別墅裡.

ward·room [ˈwɔrdˌrum, -ˌrʊm; ˈwɔːdrʊm] *n.* ⓒ(軍艦的)軍官室.

-wards *suf.* 構成表「向…方向」之意的副詞. back*wards*. for*wards*. south*wards*.

語法《美》主要用 -ward. → -ward.

ware [wɛr, wær; weə(r)] *n.* **1** (wares)商品 (goods). Uncle George is out peddling his *wares* in the town. 喬治叔叔到城裡叫賣貨品去了.

2 ⓤ(集合)製品, 器皿; 瓷器, 陶器.

參考 主要構成複合字使用, 單獨時為書面用語.

●—與 **WARE** 相關的用語

tableware	餐桌上用的餐具
enamelware	搪瓷器皿
kitchenware	廚房用品
earthenware	瓦器, 陶器
glassware	玻璃器皿
software	軟體
hardware	金屬物品; 硬體

---

stoneware	粗陶器
silverware	銀器

*****ware·house** [ˈwɛrˌhaʊs, ˈwær-; ˈweəhaʊs] *n.* (*pl.* **-hous·es** [-ˌhaʊzɪz; -haʊzɪz]) ⓒ(存放商品等用的)倉庫, 貯藏所.

war·fare [ˈwɔrˌfɛr, -ˌfær; ˈwɔːfeə(r)] *n.* ⓤ戰鬥(行為); 交戰狀態. jungle *warfare* 叢林戰/wage guerrilla *warfare* against... 對…進行游擊戰/economic *warfare* 經濟戰.

war·head [ˈwɔrˌhɛd; ˈwɔːhed] *n.* ⓒ (飛彈, 魚雷等的)彈頭.

war·i·ly [ˈwɛrəlɪ, ˈwerəlɪ, ˈwæ-; ˈweərəlɪ] *adv.* 注意地, 小心地, 不馬虎地. ⇨ *adj.* **wary**.

war·i·ness [ˈwɛrənɪs, ˈwe-, ˈwæ-; ˈweərənɪs] *n.* ⓤ小心, 注意.

war·like [ˈwɔrˌlaɪk; ˈwɔːlaɪk] *adj.* **1** 好戰的; 挑戰的. a *warlike* tribe 好戰的部族.

2 戰爭的, 軍事的. a *warlike* action 軍事行動.

*****warm** [wɔrm; wɔːm] *adj.* (~·er; ~·est) 〖溫暖的〗 **1** 溫暖的, 暖和的. a *warm* blanket 暖和的毛毯/*warm* soup 熱湯/It was a *warm* day in May. 那是 5 月裡的一個暖和天/Florida is much *warmer* than Michigan. 佛羅里達比密西根暖和多了/Keep your room *warm*. 你要保持房間溫暖. 注意有時也指稍有點熱(rather hot); ↔ cool, cold.

2 暖身的(運動等), (身體)發熱的. The children got *warm* from jump rope. 孩子們因跳繩而身體發熱.

3 〖給予溫暖的感覺〗(顏色)暖色的, 溫暖的, (↔ cool, cold). *warm* colors 暖色/paint the wall a *warm* brown 將牆壁粉刷成暖暖的茶色.

4 溫情的, 體貼的, 熱情的; (↔ cold). The guests were given a *warm* welcome by the host. 客人受到主人熱烈的歡迎/*warm* friendship 溫馨的友情/a *warm* feeling 溫暖的感覺.

5 〖留有餘溫的〗(獵物的臭跡等)剛留下的; (敘述) (捉迷藏, 猜謎等)人差一點就被發現的, (答案)很接近的, a *warm* trail of a fox 狐狸剛留下的足跡/Tell me if I'm *warm*. 如果我很接近答案的話要告訴我.

〖熱烈的>激烈的〗 **6** 熱烈的, 熱心的; (討論等)活潑的, 激烈的; (性情等)易發脾氣的. Sally takes a *warm* interest in her husband's work. 莎莉對她丈夫的工作有強烈的興趣/The argument got a little *warm*. 爭論變得有點激烈了/Cathy has a *warm* temper. 凱西易發脾氣.

〖炎熱的>不愉快的〗 **7** (口)(立場, 情況等)辛苦的, 難以忍受的. It was *warm* work. 那是個辛苦的工作. ⇨ *n.* **warmth**.

— *v.* (~s [~z; ~z]; ~ed [~d; ~d]; ~·ing) *vt.* **1** 使暖和, 使熱, (*up*)(↔ cool). *Warm* your hands at the fire. 用火暖暖你的手/*warm* up the soup for dinner 把晚餐喝的湯熱一下/This new

heater *warms up* the room quickly. 這臺新的暖爐很快就使房間溫暖起來.
2 使熱心; 使興奮, 使激動. The leader's words *warmed* the boys to their task. 由於受到領導者的鼓舞, 孩子們全力以赴地投入工作.
3 使感到溫暖, 使感動. The girl's smile *warmed* my heart. 那位女孩的微笑溫暖了我的心.
── *vi.* **1** 變暖和, 變溫暖, 《*up*》. Wait until the stew *warms up*. 等這道燉菜熱/The engine takes a long time to *warm up* on a winter morning. 引擎在冬天早晨要花一段長的時間暖機.
2 《口》變得熱心, 感興趣, 《*to*》. The boxer didn't *warm to* the fight till the sixth round. 那位拳擊手直到第六回合才施展開來.
3 《口》覺得親切, 同情, 《*to, toward*》. Everyone *warms to* the boy right away. 每個人都立刻對那位男孩產生好感.
wàrm/.../óver 《美》(1)把[菜餚]重新加熱. (2)《輕蔑》重提, 重複, 〔相同的想法等〕.
* **wàrm úp**[1] (1)變暖和(→ *vi.* 1). (2)(在運動之前)做準備運動, 做暖身運動.
wàrm/.../úp[2] (1)使…溫暖(→ *vt.* 1). (2)《英》重新加熱[飯菜]. (3)暖[機器, 引擎等] (4)使〔人、事物〕活躍起來.
── *n.* **1** ⓒ (用單數)《口》暖和, 加熱. Sit round the fire and have a *warm*. 坐在爐火旁邊取暖.
2 ⓤ (加the)暖和的場所.

warm-blood·ed[ˌwɔrmˈblʌdɪd; ˌwɔːmˈblʌdɪd] *adj.* 〔動物〕溫血的.
2 容易興奮的, 熱血的. ↔ **cold-blooded**.

warmed-o·ver[ˈwɔrmdˌovɚ; ˈwɔːmdˌəuvə(r)] *adj.* 《美》**1** 〔飯菜等〕重新加熱過的. **2** 〔意見等〕舊調重彈的, 了無新意的.

warm·er[ˈwɔrmɚ; ˈwɔːmə(r)] *n.* ⓒ加熱裝置, 加熱的人[物]. a foot *warmer* (→ 見 foot warmer).

wàrm frònt *n.* ⓒ《氣象》暖鋒(↔cold front; → weather map 圖).

warm-heart·ed[ˈwɔrmˈhɑrtɪd; ˈwɔːmˈhɑːtɪd] *adj.* 熱心的, 體貼的, 親切的.

warm-heart·ed·ness[ˈwɔrmˈhɑrtɪdnɪs; ˈwɔːmˈhɑːtɪdnɪs] *n.* ⓤ體貼, 親切.

* **warm·ly**[ˈwɔrmlɪ; ˈwɔːmlɪ] *adv.* **1** 溫暖地, 暖和地. The baby was wrapped up *warmly* in a blanket. 那個嬰兒被毛毯溫暖地包了起來.
2 熱心地, 熱烈地; 興奮地.
3 和藹地, 親切地. They always welcome guests *warmly*. 他們總是盛情地歡迎客人.

warm·ness[ˈwɔrmnɪs; ˈwɔːmnɪs] *n.* =warmth.

war·mon·ger[ˈwɔrˌmʌŋɡɚ; ˈwɔːˌmʌŋɡə] *n.* ⓒ《輕蔑》挑起戰爭的人, 戰爭販子, 好戰分子.

* **warmth**[wɔrmθ, wɔːrmθ; wɔːmθ] *n.*
1 暖和, 溫暖. The *warmth* of the room made me sleepy. 房間裡的暖意使我想睡.
2 興奮; 熱心, 熱情. Rose spoke of the event

with *warmth*. 蘿絲興奮地敍述那個事件.
3 溫情, 體貼, 親切. The young man is bright, but he has no *warmth*. 那個年輕人很聰明, 但是他不親切. ⇨ *adj.* **warm**.

warm-up[ˈwɔrmˌʌp; ˈwɔːmˌʌp] *n.* ⓒ(運動之前的)暖身運動, 準備運動.

* **warn**[wɔrn; wɔːn] *vt.* (~**s** [~z; ~z]; ~**ed** [~d; ~d]; ~**ing**) 〖事先通知〗 **1** (a)警告, 提醒, 〔人等〕, 《*of*》; 要〔人等〕小心(*against* 對於…). I *warn* you, stay away from my daughter. 我警告你, 離我女兒遠一點/You have been *warned*! 我已經警告過你了!(以後不要說沒聽過)/Mike *warned* me of the man. 麥克提醒我要當心那個男人/Be *warned*. 注意(以下事項)/The father *warned* his sons *against* swimming in the river. 父親警告他的兒子們別在那條河裡游泳.
(b) 句型4 (warn A *that* 子句)警告[提醒]A(人等). The doctor *warned* Joe *that* he should not drink too much. 醫生警告喬不要喝太多酒.
(c) 句型5 (warn A *to* do)警告A(人等)做…. The teacher *warned* Paul *to* be more careful [not to make careless mistakes]. 老師提醒保羅要更加小心[別犯下粗心的過錯].
2 事先通知, 通告, 〔人等〕《*of*》; 句型4 (warn A *that* 子句)向A(人)通告…. The heavy clouds *warned* the sailors *of* an approaching storm. 密布的雲層預告水手們一場將要來臨的暴風雨/The buzzer *warned* the audience *that* the play would begin in a few minutes. 鈴聲通知觀眾幾分鐘內此劇將要開演.
wàrn/.../awáy=warn/.../off[1].
wàrn/.../óff[1] 警告…遠離[使離開]. The policeman *warned* the children *off*. 警察警告孩子們不得靠近.
wàrn A óff[2] B 警告A離開B. They *warned* the students *off* the spot. 他們警告學生離開那個場所.

* **warn·ing**[ˈwɔrnɪŋ; ˈwɔːnɪŋ] *n.* (*pl.* ~**s** [~z; ~z]) **1** ⓤⓒ警告, 警報, 提醒; 告誡. an air-raid *warning* 空襲警報/a *warning* not to drive fast 勿超速的警告/a *warning* to young people to be careful when driving 要年輕人小心駕駛的警語/You should not attack without *warning*. 你不該不加警告就進行攻擊/Early hurricane *warnings* reduced the storm damage. 及早發布的颶風警報減少了暴風雨的損失.

> 搭配 *adj.*＋warning: a strict ~ (嚴厲的警告), an urgent ~ (緊急的警告) // *v.*＋warning: give a ~ (提出警告), ignore a ~ (無視警告), receive a ~ (收到警告).

2 ⓒ警告[警惕]的事物; ⓤ徵兆, 前兆. Robert's death in the car accident will be a *warning* to young drivers. 羅伯特死於車禍這件事對年輕的駕駛人來說將是個警戒/It started raining without *warning*. 毫無前兆地開始下雨.
tàke wárning from... 以…為借鏡. We should *take warning from* his bankruptcy. 他的破產值得我們警惕.

— *adj.* 警告的; 告誡的. *warning* lights 警示燈/ *warning* coloration (動物的)警戒色/ *warning* shots 開槍示警.

warp [wɔrp; wɔ:p] *vt.* 使(物體)彎翹, 彎曲; 扭曲, 歪曲, 〔心意, 判斷, 意義等〕. The translation badly *warps* the original. 翻譯嚴重地扭曲了原作/His judgment was *warped* by his prejudice. 他的判斷爲其偏見所扭曲/have a *warped* mind 心術不正.

— *vi.* 〔物體〕折彎, 彎曲, 彎.

— *n.* ⓒ **1** (作單數)(木材等的)翹曲, 變形, 扭曲; 心地不正, 乖僻, 偏見, 彆扭.

2 (加the)(織品的)經線(指全體)(⇔weft, woof).

wár páint *n.* ⓤ (特指美國印第安人塗在身體上的)出征油彩; 《口》《謔》化妝品.

war·path [ˋwɔr͵pæθ; ˋwɔ:pɑ:θ] *n.* (*pl.* ~s [-͵pæðz; -pɑ:ðz]) ⓒ (北美洲印第安人的)出戰的征途(主要用於下列片語).

on the wárpath (1)準備打仗; 在戰爭中.
(2)《口》勃然大怒; 懷敵意地.

war·plane [ˋwɔr͵plen; ˋwɔ:plein] *n.* ⓒ 軍機.

***war·rant** [ˋwɔrənt, ˋwɑr-; ˋwɔrənt] *n.* (*pl.* ~s [~s; ~s]) 〖(正當, 合理的一種)保證〗 **1** ⓤ《文章》正當理由, 根據; 權限. You have no *warrant* for such a claim. 你沒有正當的理由[權利]如此要求/slander without *warrant* 無正當根據的毀謗.

2 ⓒ《法律》(逮捕, 搜查住宅等的)令狀; 委任狀. an arrest [a search] *warrant* 一張逮捕令[搜索狀]/There is a *warrant* out for the man. 已對那男子發出逮捕令.

3 ⓒ 證書, 許可證, 執照.

— *vt.* [~s [~s; ~s]; ~ed [~ɪd; ~ɪd]; ~ing] **1** 視…爲正當的, 認可; 句型3 (warrant do*ing*) 視…行爲是正當的. Circumstances *warranted* his action. 情勢證明他的行動是正當的/His failure doesn't *warrant firing* him. 他的失敗並不表示解雇他是正確的.

2 (a)保證…; 句型3 (warrant *that* 子句)保證…事情. (★在這一意義上通常用 guarantee). This sewing machine is *warranted* for a year. 這臺縫紉機保證使用一年/I *warrant that* this tie is made of pure silk. 我保證這條領帶是由純絲製成的. (b) 句型5 (warrant **A** B/A *to be* B)保證 A 爲 B. They *warranted* the old table (*to be*) antique. 他們保證那張舊桌子是件古董.

3 句型4 (warrant **A** B/A *that* 子句)向 A(人)保證[擔保] B/向 A(人)保證[擔保]…. I'll *warrant* you *that* our team will win. 我向你保證我們隊將獲勝. 語法 I [I'll] warrant (you) 爲比較舊的用法, 常附加於句中: Frank is a liar, I [I'll] *warrant* (you). (我)(向你)保證法蘭克是個騙子).

war·ran·tee [͵wɔrən'ti, ͵wɑr-; ͵wɔrən'ti:] *n.* ⓒ《法律》被保證人.

wárrant ōfficer *n.* ⓒ《軍隊》准尉(介於軍官與士官之間).

war·ran·tor [ˋwɔrən͵tɔr, ˋwɑr-; 'wɔrəntɔ:(r)] *n.* ⓒ《法律》保證人.

war·ran·ty [ˋwɔrəntɪ, ˋwɑr-; 'wɔrənti] *n.* (*pl.*

-ties) ⓤⓒ (對於商品等的品質, 維修所作出的)保證; ⓒ保證書. The refrigerator is still under *warranty*. 那臺冰箱仍在保證期間內.

war·ren [ˋwɔrɪn, ˋwɑr-, -ən; ˋwɒrən] *n.* ⓒ **1** 兔子的飼養場[群棲地]. **2** 髒亂的地區[建築物].

war·ri·or [ˋwɔrɪə, ˋwɑr-, -rjə; ˋwɒriə(r)] ⓒ《文章》武士, 軍人, 戰士; 沙場老兵.

War·saw [ˋwɔrsɔ; ˋwɔ:sɔ:] *n.* 華沙(Poland首都).

war·ship [ˋwɔr͵ʃɪp; ˋwɔ:ʃip] *n.* ⓒ軍艦.

wart [wɔrt; wɔ:t] *n.* ⓒ **1** 疣. **2** (樹的)瘤.

wart·hog [ˋwɔrt͵hɑg; ˋwɔ:thɒg] *n.* ⓒ《動物》疣豬(產於非洲南部; 臉上有疣狀肉瘤).

***war·time** [ˋwɔr͵taɪm; ˋwɔ:taim] *n.* ⓤ戰時(⇔ peacetime). We had no school in *wartime*. 戰爭時期我們不上學[停課]/*wartime* propaganda 戰時的宣傳活動.

wart·y [ˋwɔrtɪ; ˋwɔ:ti] *adj.* 布滿疣[瘤]的; 疣[瘤]狀的.

war·y [ˋwɛrɪ, ˋwɛrɪ, ˋwærɪ; ˋweəri] *adj.* 小心謹慎的, 不疏忽的, 《of 對於…》; 慎重的. He has a *wary* look. 他的表情凝重/Be *wary* of strangers. 當心陌生人/Jim was very *wary* of lending people money. 吉姆對於借錢給人十分謹慎.

‡**was** [強waz, ͵waz, 弱waz; 強wɒz, 弱waz, wz] *v., aux. v.* be的第一人稱、第三人稱單數、直述語氣、過去式(★關於詳細的意義、用法 → be). 語法 當主詞爲單數時, 可在與現在事實相反的假設語氣中代替were: If I *was* younger, I would climb the mountain. (若我能再年輕一點, 我會去爬那座山).

‡**wash** [waʃ, wɔʃ; wɒʃ] *v.* (~*es* [~ɪz; ~ɪz]; ~*ed* [~t; ~t]; ~*ing*) *vt.* 〖洗滌〗 **1** 洗, 洗濯; 句型5 (wash **A** B)洗滌 A 使成爲 B 的狀態. The child can *wash* himself. 那個小孩會自己洗澡/*Wash* your hands before eating. 飯前要洗手/Mother *washed* a lot of clothes yesterday. 母親昨天洗了許多衣服/Tom *washed* his car clean. 湯姆把他的車洗乾淨了.

2 把(污垢等)洗掉; 《比喻》洗淨; 《away; off; out》. I *washed* the dirt *off* (my feet). 我把泥垢(從我的腳上)洗去/*wash* the stains *off* one's hands 洗掉手上的污垢/The rain *washed away* the dust of the summer. 雨水洗去了夏日的塵埃/Her tears of remorse *washed away* her guilt. 悔恨的淚水沖滌掉她的罪惡.

3 〖沖洗〗把…沖走, 沖跑, 《通常用被動語態》. The old sailor was *washed* overboard. 那個老水手被浪從船上沖走了/A lot of houses were *washed away* by the flood. 許多房子被洪水沖走了.

4 〖波浪, 水流等〗湧來; 侵蝕, 沖刷出〖洞, 水渠〗. The base of the lighthouse was *washed* by the sea. 那座燈塔的基座被海浪沖蝕/The heavy rain *washed* a channel in the ground. 豪雨在地上

沖刷出一條溝.

— *vi.*【洗】 **1** 洗身體(的一部分). We *wash* before meals. 我們飯前洗手/The child often fails to *wash* behind his ears. 那個孩子常常沒有清洗他的耳後(小孩子不容易清洗到自己的耳後).

2 洗衣服. She *washes* once a week. 她每週洗一次衣服.

3 【可以洗濯】耐洗; 可以(不傷顏色, 質地地)洗濯; 〔衣料等〕洗濯後變得乾淨. This shirt *washes* in any detergent. 這件襯衫可以使用任何一種洗滌劑洗/This kind of cloth *washes* well. 這種衣料容易洗滌[污垢容易去掉]. 語法 此意之 wash 表示被動之意.

4 【宛若沖洗一般】湧來[波濤]沖刷, 湧來. The waves *washed* against [*over*] the beach. 波浪拍打沙灘.

5 【被沖刷】被(流水)沖走, 被沖走, 《*away*, *out*》. The bridge *washed away* in the flood. 橋樑被洪水沖垮.

* *wàsh*/.../*dówn* (1)嘩啦嘩啦地清洗, 沖洗, 〔車子, 牆壁等〕. Let's *wash down* the walls. 我們來沖洗牆壁吧. (2)把〔食物〕吞入; 把〔藥〕嚥下; 《*with*》. *wash* the bread *down with* milk 喝牛奶來吞嚥麵包.

wàsh one's hánds 洗手; 去洗手間.

wàsh one's hánds of... → hand 的片語.

* *wàsh*/.../*óut¹* (1)把〔污穢, 顏色等〕洗掉; 洗去…的污垢. When you've brushed your teeth, *wash* your mouth *out*. 刷牙後, 要漱口. (2)暴風雨, 洪水等〕把…沖走, 毀壞; 使(比賽等)不能舉行, 中止. The baseball game was *washedout* by the heavy rain. 這場棒球比賽因大雨而停賽.

wàsh óut² (1)被沖走, 被流走. (2)洗掉(污垢, 顏色等). (3)《美, 口》不及格; 失敗.

wàsh A óut of B 把A從B上洗掉. She *washed* the stain *out of* her skirt. 她洗掉裙子上的污痕.

wàsh úp¹ 《美》洗手洗臉; 《英》洗滌(飯後的)餐具. Nelly helped her mother *wash up* after dinner. 晚飯後奈莉幫她母親洗滌餐具.

wàsh/.../*úp²* (波浪等)把…沖上岸. A big shark was *washed up* on shore. 一條大鯊魚被沖上岸.

— *n.* (*pl.* ~**es** [-ɪz; -ɪz]) **1** 《*a U*》洗滌, 洗濯. Give the dog a *wash*. 給那條狗洗澡/be in the *wash* 〔衣物〕正在洗滌中.

2 《*a U*》洗滌物, 要洗的東西. hang the *wash* in the sun 將洗好的衣物掛起來曬太陽/I have a large *wash* today. 今天我有一大堆衣物要洗/Has the *wash* been delivered? 洗好的衣物已經送去了嗎?

3 U (加the)(波浪)拍打的聲音; (船行進時等所形成的)波浪. The *wash* of the waves against the cliffs kept me awake all night. 拍打在懸崖上的波濤聲使我徹夜難寢.

4 C《常與其他單字連用》洗滌劑; 化妝水. a mouth*wash* 漱口水/an eye*wash* 眼藥水.

5 U水分多的食物; 拌湯汁的剩飯《作為豬飼料》.

6 C (塗料, 金等的)薄膜, 電鍍.

7 《*a U*》(船行進時產生的)波浪; (飛機飛行時產生的)氣流.

còme óut in the wásh 《口》(1)(可恥之事等)為世人所知. (2)(困難等)不久就得到解決.

— *adj.* 《美, 口》《限定》=washable.

Wash. 《略》Washington.

wash·a·ble [ˋwɑʃəbl, ˋwɔʃ-; ˈwɒʃəbl] *adj.* (不傷衣料, 顏色而)能洗的; 可以洗滌的.

wash-and-wear [ˌwɑʃənˋwɛr; ˈwɒʃənˌweə(r)] *adj.* 《主美》洗後免燙即可穿的, 免燙的.

wash·ba·sin [ˋwɑʃˌbesn; ˈwɒʃˌbeɪsn] *n.* C洗臉臺.

wash·bowl [ˋwɑʃˌbol; ˈwɒʃˌbəʊl] *n.* 《主美》washbasin.

wash·cloth [ˋwɑʃˌklɔθ; ˈwɒʃˌklɒθ]) *n.* (*pl.* ~**s** [-ˌklɔðz, -ˌklɔðs; -ˌklɒθs]) C《美》(洗臉用)毛巾, 小手巾, 《小正方形; facecloth》.

wash·day [ˋwɑʃˌde, ˋwɔʃ-; ˈwɒʃˌdeɪ] *n.* (*pl.* ~**s**) C(常無冠詞)洗衣日《由全家人決定為星期幾, 但多為星期一》.

washed-out [ˋwɑʃtˋaʊt, ˋwɔʃt-; ˈwɒʃtˈaʊt] *adj.* **1** 因洗滌而褪色的, 褪色的.

2 《口》筋疲力竭的, 疲乏的.

washed-up [ˋwɑʃtˋʌp, ˋwɔʃt-; ˈwɒʃtˈʌp] *adj.* 《口》〔特指人〕完全失敗的, 沒有希望好轉的.

wash·er [ˋwɑʃɚ, ˋwɔʃɚ; ˈwɒʃə(r)] *n.* C **1** 洗滌的人; 洗衣者. **2** 洗衣機(washing machine); 洗碗機(dishwasher). an electric *washer* 電動洗衣[碗]機. **3** (使螺帽不鬆動的)墊圈, 墊片, 《皮革, 橡膠, 金屬等的》.

wash·er·wom·an [ˋwɑʃɚˌwʊmən, ˋwɔʃ-; ˈwɒʃəˌwʊmən] *n.* (*pl.* -**wom·en** [-ˌwɪmɪn; -ˌwɪmɪn]) C(昔日受雇的)洗衣女工, 洗衣婦.

wash·house [ˋwɑʃˌhaʊs, ˋwɔʃ-; ˈwɒʃˌhaʊs] *n.* (*pl.* -**hous·es** [-ˌhaʊzɪz; -haʊzɪz]) C洗衣店, 洗衣場.

wash·ing [ˋwɑʃɪŋ, ˋwɔʃɪŋ; ˈwɒʃɪŋ] *n.* **1** 洗, 洗滌. On Mondays Laura helped Ma do the *washing*. 蘿拉每星期一幫媽媽洗衣服.

2 (集合)洗滌的衣物, 洗濯物. hang the *washing* out 把洗好的衣物晾在外面.

wáshing dày *n.* 《英》=washday.

***wáshing machìne** *n.* C洗衣機. a fully automatic *washing machine* 全自動洗衣機.

***Wash·ing·ton** [ˋwɑʃɪŋtən, ˋwɔʃ-; ˈwɒʃɪŋtən] *n.* **1** George ~ 華盛頓(1732-99)《獨立戰爭的總指揮; 美國第1任總統(1789-97)》.

2 =Washington, D.C.

3 華盛頓州《美國西北部, 太平洋沿岸的州; 首府 Olympia; 略作 Wash., WA》.

Wàshington's Bírthday *n.* 華盛頓誕辰紀念日《2月22日; 美國大部分的州將2月的第三個星期一定為 Presidents' Day, 為法定假日》.

***Wàshington, D.C.** *n.* 華盛頓特區《美國首都; D.C. → District of Columbia》.

wash·ing-up [ˌwɑʃɪŋˋʌp, ˌwɔʃ-; ˈwɒʃɪŋˈʌp] *n.* U《英, 口》餐後洗碗盤; 洗澡.

wash·leath·er [ˈwɑʃˌlɛðə, ˈwɔʃˌ; ˈwɒʃˌleðə(r)] *n.* ⊙C (羊，羚羊等的)油鞣革(擦拭金屬等用).

wash·out [ˈwɑʃˌaʊt, ˈwɔʃˌ; ˈwɒʃaʊt] *n.* **1** ⊙U (道路，鐵路等的)流失，崩塌；ⓒ流失[崩塌]處.
2 ⓒ《口》失敗(者)；(學習，讀書等的)落第(者).

wash·room [ˈwɑʃˌrum, ˈwɔʃˌ, -ˌrʊm; ˈwɒʃrʊm] *n.* ⓒ《美》盥洗室，洗手間，《廁所(lavatory)的委婉說法》.

wash·stand [ˈwɑʃˌstænd, ˈwɔʃˌ; ˈwɒʃstænd] *n.* ⓒ盥洗臺(特指以前置於寢室的舊式用具).

wash·tub [ˈwɑʃˌtʌb, ˈwɔʃˌ; ˈwɒʃtʌb] *n.* ⓒ洗衣盆.

wash·y [ˈwɑʃɪ, ˈwɔʃɪ; ˈwɒʃɪ] *adj.* **1** (液體)稀薄的，水分多的. **2** (顏色)淡的. **3** (性格，文體，表現等)無力的，軟弱的.

✲✲was·n't [ˈwʌznt, ˈwʌzn̩t; ˈwɒznt] 《口》was not 的縮寫(→ be ⦿). I *wasn't* sleepy at all. 我一點也不睏.

WASP, Wasp [wɑsp, wɔsp; wɒsp] *n.* ⓒ《常表輕蔑》盎格魯撒克遜血統的白人新教徒(*White Anglo-Saxon Protestant* 的略稱；被認為是構成美國統治階層的主要族群).

wasp [wɑsp, wɔsp; wɒsp] *n.* ⓒ《蟲》黃蜂，胡蜂.

wasp·ish [ˈwɑspɪʃ, ˈwɔspɪʃ; ˈwɒspɪʃ] *adj.* 易怒的，性急的；嘮叨的.

wast [強 wɑst, wɔst, ˌwast, 弱 wəst; 強 wɒst, 弱 wəst] *v.* 《古》be 的第二人稱、單數、直述語氣、過去式(主詞爲 thou).

wast·age [ˈwestɪdʒ; ˈweɪstɪdʒ] *n.* ⊙U (由於使用，腐蝕等而產生的)消耗，損耗；消耗程度，消耗量.

✲waste [west; weɪst] *v.* (~s [~s; ~s]; **wast·ed** [~ɪd; ~ɪd]; **wast·ing**) *vt.* **1** (a) 白費…，浪費，《on》；錯失(機會等). *waste* time and money 浪費時間與金錢/Don't *waste* your time *on* such a TV program. 不要把你的時間浪費在這種電視節目上/Never *waste* a good opportunity. 切勿錯失良機.
(b) 浪費(人力，能力等)；糟蹋(好東西，良言)(*on* 人)；《通常用被動語態》. My advice was *wasted on* him. 他糟蹋了我對他的忠告/His jokes were *wasted on* them. 他們(由於遲鈍)完全無法理解他所說的笑話/He's *wasted* in his present job. 他目前的工作不能發揮他的能力.
2 (特指疾病)使…(逐漸地)衰弱，侵蝕，使消瘦. Alice was *wasted* by consumption. 愛麗絲因肺病而憔悴.
3 蹂躪，使(土地，國家等)荒廢，《常用被動語態》. Our town was *wasted* by the bombs. 我們的城鎮因被炸而荒廢.
— *vi.* **1** 浪費；白費. *Waste* not, want not. 《諺》不浪費則無所缺.
2 (逐漸地)消失，消耗. The water supply was *wasting* day by day. 供水一天一天地減少.
3 衰弱，消瘦，《away》. That girl has been *wasting away* since she was sent to hospital. 女孩自從被送進醫院後就日漸消瘦.
— *n.* (*pl.* ~**s** [~s; ~s]) **1** ⓐU 徒耗，濫用，浪

watch 1773

費，(⟷ thrift). It's a *waste* of time to wait for Carl. 等卡爾是浪費時間/Haste makes *waste*. 《諺》忙中有錯；欲速則不達.
2 ⊙UC (常 wastes)廢物，剩餘之物，廢料；(人，動物的)排泄物. Put the food *waste* into the garbage can. 把廚餘倒入垃圾桶裡/chemical [industrial] *wastes* 化學[工業]廢料/nuclear *waste* 核廢料.
3 ⓒ《雅》(常 wastes)荒地，荒涼的原野[水面]. the *wastes* of the Sahara 荒涼的撒哈拉沙漠.
gò [*rùn*] *to wáste* 成為浪費，被浪費. I hate to see food *go to waste*. 我不願意見到食物被浪費.
— *adj.* **1** (限定)廢物的，剩餘之物的；沒用的；多餘的. *waste* water 廢水/*waste* products (生產過程的)報廢品/dispose of *waste* materials in the ocean 把廢棄物傾倒在海洋裡.
2 (土地等)荒蕪的，不毛的，未耕作的. a *waste* land of cactus and sand 只有沙礫與仙人掌的不毛之地.
lày...wáste 蹂躪，荒廢，(土地，國家等). The city was *laid waste* by the air raids. 該城市因遭空襲而荒廢.

waste·bas·ket [ˈwestˌbæskɪt; ˈweɪstˌbɑːskɪt] *n.* ⓒ紙屑簍，垃圾桶.

✲waste·ful [ˈwestfəl; ˈweɪstfʊl] *adj.* 濫用的，浪費的，《of》；不經濟的，徒勞的，(⟷ economical, frugal). Don't be so *wasteful of* your money. 不要如此濫用你的錢/a *wasteful* man 浪費的人.

waste·ful·ly [ˈwestfəlɪ; ˈweɪstfʊlɪ] *adv.* 徒勞地，不經濟地.

waste·ful·ness [ˈwestfəlnɪs; ˈweɪstfʊlnɪs] *n.* ⊙U浪費；不經濟.

waste·land [ˈwestˌlænd; ˈweɪstlænd] *n.* ⊙UC荒地.

waste·pa·per [ˈwestˌpepə; ˈweɪstˌpeɪpə(r)] *n.* ⊙U紙屑，廢紙.

wástepaper bàsket (★在《英》中通常是 [ˈ-ˌ--ˌ--; -ˈ---ˌ--]) *n.* = wastebasket.

wáste pìpe *n.* ⓒ排水管.

wast·er [ˈwestə; ˈweɪstə(r)] *n.* ⓒ浪費(金錢，時間等)的人[事物].

wast·ing [ˈwestɪŋ; ˈweɪstɪŋ] *v.* waste 的現在分詞、動名詞.

wast·rel [ˈwestrəl; ˈweɪstrəl] *n.* ⓒ《雅》揮霍浪費的人.

✲✲watch [wɑtʃ, wɔtʃ; wɒtʃ] *v.* (~**es** [~ɪz; ~ɪz]; ~**ed** [~t; ~t]; ~**ing**) *vi.*
【毫不鬆懈地持續觀看】**1** 注視，仔細地觀察. *watch* breathlessly 屏息凝視/*Watch* carefully now. 現在請仔細看/The boy *watched* as the snake swallowed a frog. 男孩仔細觀察蛇吞下青蛙/Father never plays baseball, but he likes to *watch*. 父親從來不打棒球，可是他喜歡看.
2 看守，戒備；留神. There's a guard *watching* at the door. 有個警衛在門口看守著/ *Watch* when

you talk about religion. 當你談論宗教時要小心謹慎.

3 《古》值夜班. The mother *watched* all night beside her sick child's bed. 那位母親整夜守候在她那生病的孩子的床邊.

4 期待, 等待, 《for》. He was *watching for* the mailman (to come). 他在等郵差來.

── vt. 〖注視動靜〗 **1** (a)注視, 仔細看; 觀賞; 句型3 (watch wh子句、片語)仔細觀察…. watch television 看電視/Bill likes to *watch* football. 比爾喜歡看足球/*Watch* what the coach does. 注意看教練的動作. 參考由於 watch 通常不使用於不會移動的物體, 所以「欣賞圖畫」爲 look at a picture.

(b) 句型5 (watch A do/A doing)注視A做…/注視A正在做…(★不用於被動語態). The mother *watched* her son *cross* the street. 那位母親看著兒子穿越馬路/The climbers *watched* the sun *rising*. 登山者們注視著太陽升起.

〖小心地看守〗 **2** 看管, 監視, 輪值看守; 句型3 (watch that子句)注意著…. Several policemen *watch* the building. 幾個警察監視著那幢建築物/set a dog to *watch* sheep 放狗看守羊/He felt that he was being *watched*. 他覺得被監視了/*Watch that* the baby does not fall out of the bed. 注意別讓嬰兒從床上掉下來.

3 照顧, 看護. The nurse *watched* the wounded soldiers all night. 那位護士徹夜看護著傷兵.

4 等待, 窺伺, 〔機會等〕. We *watched* our time. 我們等待機會/A *watched* pot never boils. 《諺》等待的時光是漫長的(<越是盯著水壺看越覺得水永遠燒不開).

5 《口》注意, 小心. watch one's language 留意自己說的話.

Watch it [*yourself*]! 《口》當心! 小心!

wàtch óut 小心, 留神, 《for》; 警戒, 看守, 《for》. *Watch out*, the man has a gun! 小心, 那個人有槍!/*Watch out for* avalanches. 小心雪崩!

wátch òver... 監視…; 護衛…. Will you *watch over* my bag while I'm buying our tickets? 我去買票時你幫我看一下袋子好嗎?

wàtch one's **stép** → step 的片語.

── n. (pl. ~**es** [~ɪz, ~ɪz]) 〖看守〗 **1** aU 警戒, 看守; 小心, 注意. He was under continuous *watch*. 他持續被監視著.

2 C〔值勤時間〕(海事)值班(船員每次輪值四個小時的值班時間); U當值. be on [off] *watch* 當班[不當班].

3 aU 輪流不睡看守; C《雅》(通常 watch*es*)夜間(不睡)醒著的時間. in the night *watches* = in the *watches* of the night 在夜晚醒著的時候.

4 C(用單數)(一人或一組的)值夜人; U(加the)(單複數同形)《歷史》巡夜隊, 值夜人. They set a *watch* on the house. 他們派人看守這棟住宅.

〖監視時間的東西〗 **5** C錶. What time is it

by your *watch*? 你的錶現在幾點?/My *watch* is fast [right, slow]. 我的錶快了[正確, 慢了]/My *watch* neither gains nor loses. 我的錶不快也不慢/My *watch* keeps (good) time. 我的手錶準確.

回 watch 指手錶(wristwatch)、懷錶等可攜帶的東西; 座鐘、掛鐘等爲 clock.

搭配 adj.+watch: a digital ~ (電子錶), a mechanical ~ (機械錶) // n.+watch: a pocket ~ (懷錶), a quartz ~ (石英錶) // v.+watch: set a ~ (設定錶的時間), wind (up) a ~ (上緊錶的發條).

kèep (**a**) **wátch** 監視, 不睡看守[看護], 《on, over》; 警戒, 小心等候, 《for》. They kept (a) close *watch on* his activities. 他們嚴密地監視著他的行動/keep *watch over* the treasure 看守寶藏/keep *watch for* an invader 防範入侵者.

on the wátch for... 戒備…, 等待…. Be on the *watch for* any sign of enemy movement. 小心戒備敵人的動靜.

watch·band [ˋwɑtʃˏbænd; ˈwɒtʃˏbænd] n. C《美》錶帶.

watch·dog [ˋwɑtʃˏdɔg, ˋwɔtʃ-; ˈwɒtʃdɒg] n. C **1** 看門犬. **2** 謹慎小心的看守人[警衛人員].

watch·er [ˋwɑtʃɚ, ˋwɔtʃ-; ˈwɒtʃə(r)] n. C **1** 守衛人員, 監視人; 值班人員. **2** 值夜的值班[護理]人員.

*watch·ful** [ˋwɑtʃfəl, ˋwɔtʃ-; ˈwɒtʃfʊl] adj. 小心謹慎的, 非常小心的, 慎重的, 《of, for, against 對…》; 警戒. keep a *watchful* eye out *for* drugs 小心毒品/Be *watchful for* cars when you cross the street. 你穿越馬路時要當心車輛/That politician is always *watchful of* what he says. 那個政治家說話總是很小心.

watch·ful·ly [ˋwɑtʃfəlɪ, ˋwɔtʃ-; ˈwɒtʃfʊlɪ] adv. 小心地, 慎重地; 警戒地.

watch·ful·ness [ˋwɑtʃfəlnɪs; ˈwɒtʃfʊlnɪs] n. U小心謹慎; 警惕.

watch·mak·er [ˋwɑtʃˏmekɚ, ˋwɔtʃ-; ˈwɒtʃˏmeɪkə(r)] n. C鐘錶製造[修理]者.

watch·man [ˋwɑtʃmən, ˋwɔtʃ-; ˈwɒtʃmən] n. (pl. -**men** [-mən; -mən]) C警衛人員, 警備員; 夜間巡邏[管理]員.

watch·strap [ˋwɑtʃˏstræp, ˋwɔtʃ-; ˈwɒtʃˏstræp] n. 《主英》=watchband.

watch·tow·er [ˋwɑtʃˏtaʊɚ, ˋwɔtʃ-; ˈwɒtʃˏtaʊə(r)] n. C瞭望塔, 監視塔.

watch·word [ˋwɑtʃˏwɝd, ˋwɔtʃ-; ˈwɒtʃwɜːd] n. C **1** 《歷史》(軍隊的)口令, 暗號, (password). **2** (政黨, 社會運動等的)口號, 標語.

wa·ter [ˋwɔtɚ, ˋwɑtɚ; ˈwɔːtə(r)] n. (pl. ~**s** [~z; ~z]) 〖水〗 **1** U水. Father drinks a glass of *water* every morning. 父親每早晨都會喝一杯水/Add two cups of *water* and stir. 加兩杯水後攪拌/Oil and *water* do not mix. 油與水不會混合/hard [soft] *water* 硬水[軟水]. 注意「冷水」爲 cold water, 「熱水」爲 hot water, 「滾水」爲 boiling water.

〖搭配〗 *v.*＋water: pour ～ (倒水), run ～ (使水流) // water＋*v.*: ～ boils (水沸騰), ～ freezes (水結冰), ～ leaks (漏水), ～ runs (流水).

2 Ⓤ (加 the)水中. Some snakes live in the *water*. 有一些蛇是生活在水裡的.

〖大量的水〗 **3** (water*s*)河川, 湖泊, 《雅》海: (海, 河, 湖等的)滿滿的水. cross the *waters* 渡過海洋[河流, 湖泊]/the blue *waters* of the Mediterranean 地中海湛藍的海水/Still *waters* run deep. (→ deep *adv.* 1(a)).

4 (water*s*)(一國的)海域; 近海, 領海. British *waters* 英國近海/within our territorial *waters* 在我們的領海內.

5 Ⓤ 水位, 潮位. high [low] *water* →見 high [low] water.

〖含有礦物質的水〗 **6** (常 water*s*)礦泉水, 溫泉水, 《供飲用》. drink [take] the *waters* (前往有飲療效的泉水區)飲用礦泉水.

7 Ⓤ 水溶液; 藥水; 水分多的飲食(味道淡的湯等). lime *water* 石灰水.

8 Ⓤ 分泌液(淚, 汗, 尿, 唾液等); (因疾病而在體內某處積存的)水. make [pass] *water* 小解.

above wáter (1)把頭伸出水面. (2)免於(財政上等的)困難.

by wáter 乘船, 由水路, (→ by land). He came to China *by water*. 他乘船來中國.

gèt into [***be in***] ***hòt wáter*** → hot water 的片語.

* ***hòld wáter*** (1)(容器)不漏水. (2)(理論, 計畫等)合理, 沒有疏漏, 《用於否定句》. Your argument does not *hold water*. 你的爭辯不合情理[漏洞百出].

in dèep wáter(s) → deep 的片語.

kèep one's héad above wáter → head 的片語.

like wáter 《口》毫不珍惜地, 大量地. Bill spends money *like water*. 比爾揮金如土.

of the fìrst wáter 第一等的, 一流的.

on the wáter 乘船; 在水上.

pòur [***thròw***] ***còld wáter on*** [***upon***]*...* 《口》攻擊[計畫, 想法等]的缺點, 向…潑冷水. She loves to *pour cold water on* everybody's plans. 她喜歡向每一個人的計畫潑冷水.

tread wáter → tread 的片語.

under wáter 被淹沒.

wàter over the dàm＝***wàter under the brídge*** 已成過往之事.

— *vt.* (～**s** [～z; ～z]; ～**ed** [～ɪd; ～ɪd]; **-ter·ing** [-tərɪŋ; -tərɪŋ]) **1** 給(植物, 地面等)澆[灑]水, 供給水. I *water* the lawn almost every day. 我幾乎每天都給草坪澆水.

2 讓(動物)飲水, 餵水. *water* a horse 讓馬飲水.

3 給(引擎, 船等)加水.

4 灌溉, 供水, 《常用被動語態》. The river keeps our land well *watered* all year round. 河流全年灌溉我們的土地.

5 用水沖淡, 用水稀釋. *water* Scotch 用水稀釋蘇格蘭威士忌.

— *vi.* **1** 〔眼睛〕流淚; 〔嘴巴〕流口水. Bob's

---

mouth *watered* at the sight of the big beefsteak. 鮑伯看到大塊的牛排而垂涎三尺.

2 (動物)飲水, 去喝水. camels *watering* at an oasis 在綠洲飲水的駱駝.

3 〔引擎, 船等〕加水.

wàter/.../dówn (1)用水沖淡[稀釋]…. This brandy has been *watered down*. 這白蘭地已經稀釋過了. (2)把…淡化; 緩和…. The newspaper report *watered down* my criticism of the minister. 那則報紙新聞淡化處理了我對部長的批評.

● ——與 **WATER** 相關的用語

soda water	蘇打水
ground water	地下水
drinking water	飲用水
running water	流水; 自來水(設備)
backwater	河流的淤水處
seawater	海水
mineral water	礦泉水
rainwater	雨水
freshwater	*adj.* 淡水的
saltwater	*adj.* 海水的

wàter bàllet *n.*＝synchronized swimming.

Wàter Bèarer *n.* (加 the)＝Aquarius.

wàter bìrd *n.* Ⓒ 水鳥.

wàter bìscuit *n.* Ⓒ (用麵粉和水做成的)無甜味餅乾.

wàter blìster *n.* Ⓒ (皮膚的)水腫, 水泡.

wa·ter·borne [ˈwɔtɚˌbɔrn, -ˌbɔrn; ˈwɔːtəbɔːn] *adj.* **1** 浮在水面上的; 〔貨物〕用船運輸的, 水上運輸的. **2** 〔傳染病〕以飲用水為媒介的.

wàter bòttle *n.* Ⓒ 《主英》水瓶, 水壺.

wàter bùffalo *n.* Ⓒ 水牛《在東南亞用於耕作; 亦可僅作 buffalo》.

wàter cànnon *n.* Ⓒ 高壓水砲《用於鎮壓示威遊行等》.

wàter càrt *n.* 《主英》＝water wagon.

wàter chùte *n.* Ⓒ 滑水槽.

wàter clòset *n.* 《文章》(沖水式)廁所《舊式的說法; 略作 W.C.》.

wa·ter·col·or (美), **wa·ter·col·our** (英) [ˈwɔtɚˌkʌlɚ, ˈwɑtɚ-; ˈwɔːtəˌkʌlə(r)] *n.* ⓊⒸ (通常 watercolors)水彩顏料(→ oil color); Ⓤ 水彩畫法; Ⓒ 水彩畫.

wa·ter·cooled [ˈwɔtɚˌkuld, ˈwɑtɚ-; ˈwɔːtəkuːld] *adj.* (引擎)水冷式的.

wa·ter·course [ˈwɔtɚˌkɔrs, -ˌkɔrs; ˈwɔːtəkɔːs] *n.* Ⓒ (河川, 地下等的)水流; 水路, 運河.

wa·ter·cress [ˈwɔtɚˌkrɛs; ˈwɔːtəkres] *n.* Ⓤ (植物)水芹, 水芹.

* **wa·ter·fall** [ˈwɔtɚˌfɔl; ˈwɔːtəfɔːl] *n.* (*pl.* ～**s** [～z; ～z]) Ⓒ 瀑布(→ geography). They came in sight of a great *waterfall*. 他們可見到大瀑布的地方. 〖參考〗分段落下的小瀑布為 cascade; 筆直

落下的大瀑布爲 cataract.

wa·ter·fowl [ˋwɔtɚˌfaʊl; ˈwɔːtəfaul] *n.* (*pl.* ~, ~s) ⓒ 狩獵用的水鳥.

wa·ter·front [ˋwɔtɚˌfrʌnt; ˈwɔːtəfrʌnt] *n.* ⓒ (通常用單數)濱水地區(連接河[湖, 海等]的土地), 河岸, 濱海公路.

wáter gàte *n.* ⓒ 水門.

wáter gàuge *n.* ⓒ 水位表; (蓄水池, 水槽等的)水位刻記表.

wáter hèn *n.* ⓒ 鷭(水鳥).

wáter hòle *n.* ⓒ 水坑(在乾燥地帶, 爲動物的飲水處).

wáter ìce *n.* ⓒ 果汁雪泥.

wa·ter·ing [ˋwɔtərɪŋ; ˈwɔːtəriŋ] *n.* ⓤ 灑水; 供水.

wátering càn *n.* ⓒ 灑水壺(→ gardening 圖).

wátering plàce *n.* ⓒ 1 《主英》海水浴場; 溫泉浴場. 2 ＝water hole.

wáter lèvel *n.* ⓒ 1 水位. 2 水平儀.

wáter lìly *n.* ⓒ 睡蓮.

wáter lìne *n.* ⓒ《海事》吃水線.

wa·ter·logged [ˋwɔtɚˌlɔgd, -ˌlɑgd; ˈwɔːtəlɔgd] *adj.* (船等)浸水的; (木材, 地面等)吸飽水的.

Wa·ter·loo [ˌwɔtɚˋlu; ˌwɔːtəˈluː] *n.* 1 滑鐵盧 (1815 年拿破崙被 Wellington 所率聯軍打敗所在的比利時中部的村莊).
2 ⓒ (通常用單數)決定性的失敗, 慘敗. **mèet** *one's* **Wáterloo** 慘遭敗北.

wáter màin *n.* ⓒ 自來水[供水]幹管.

wa·ter·man [ˋwɔtɚmən; ˈwɔːtəmən] *n.* (*pl.* **-men** [-mən; -mən]) ⓒ 船伕; (船的)划槳手.

wa·ter·mark [ˋwɔtɚˌmɑrk; ˈwɔːtəmɑːk] *n.* ⓒ 1 (海, 河等的)水位標.
2 (紙的)浮水印(花紋).

wa·ter·mel·on [ˋwɔtɚˌmɛlən; ˈwɔːtəˌmelən] *n.* ⓤⓒ《植物》西瓜.

wáter mìll *n.* ⓒ 水車; (借助於水車的)磨坊.

wáter mòccasin *n.* ⓒ 水蝮蛇(產於美國東南部河川, 沼地等的大型毒蛇).

wáter nỳmph *n.* ⓒ《希臘、羅馬神話》水中仙女.

wáter pìpe *n.* ⓒ 1 輸水管. 2 水菸袋.

wáter pìstol *n.* ⓒ 玩具水槍.

wáter pòlo *n.* ⓤ 水球.

wa·ter·pow·er [ˋwɔtɚˌpaʊɚ; ˈwɔːtəˌpauə(r)] *n.* ⓤ 水力.

***wa·ter·proof** [ˋwɔtɚˌpruf; ˈwɔːtəpruːf] *adj.* 防水的, 不透水的. a *waterproof* overcoat 防水外套/a *waterproof* watch 防水手錶.
— *n.* (*pl.* ~s) ⓒ 防水布; 《主英》防水衣, 防水雨衣.
— *vt.* 對〔布等〕施以防水處理.

wáter ràt *n.* ⓒ《口》(住在水邊的)水鼠.

wáter ràte *n.* ⓒ《英》自來水費率.

wa·ter·shed [ˋwɔtɚˌʃɛd; ˈwɔːtəʃed] *n.* ⓒ
1 分水界[線]. 2 《美》(河流的)流域.
3 (問題, 事態等的)分歧點, 轉捩點. the *watershed* of my life 我生命的轉捩點.

wa·ter·side [ˋwɔtɚˌsaɪd; ˈwɔːtəsaid] *n.* ⓒ (加 the)水邊, 水際.

wáter skì *n.* ⓒ 滑水板.

wa·ter·ski [ˋwɔtɚˌski; ˈwɔːtəski] *vi.* (~s; ~ed; ~ing) 滑水. go *water-skiing* on the lake 去湖上滑水.

wa·ter·ski·ing [ˋwɔtɚˌskiɪŋ; ˈwɔːtəski:iŋ] *n.* ⓤ《比賽》滑水運動.

wáter sòftener *n.* ⓒ 硬水軟化劑[裝置].

wáter spàniel *n.* ⓒ 水獵狗, 水猿, 《獵水鳥用的獵犬》.

wa·ter·spout [ˋwɔtɚˌspaʊt; ˈwɔːtəspaut] *n.* ⓒ 1 排水口, 落水管.
2 (因海上的龍捲風而產生的)水柱.

wáter supplỳ *n.* ⓒ 供水(設施); 給水裝置.

wáter tàble *n.* ⓒ 地下水位.

wa·ter·tight [ˋwɔtɚˌtaɪt; ˈwɔːtətait] *adj.*
1 不透水的, 防水的. *watertight* shoes 防水靴.
2 〔議論, 計畫等〕無懈可擊的, 無隙可乘的, 堅實的.

wáter tòwer *n.* ⓒ 1 水塔.
2 (用於救高處火災的)噴水塔.

wáter vàpor *n.* ⓤⓒ (特指在沸點以下蒸發的)水蒸氣.

wáter wàgon *n.* ⓒ《主美》供水車.

wa·ter·way [ˋwɔtɚˌwe; ˈwɔːtəwei] *n.* (*pl.* ~s) ⓒ (河流等的)水路; 航路; 運河.

wa·ter·weed [ˋwɔtɚˌwid; ˈwɔːtəwiːd] *n.* ⓒ (各種的)水草.

wa·ter·wheel [ˋwɔtɚˌhwil; ˈwɔːtəwiːl] *n.* ⓒ 水車.

wa·ter·works [ˋwɔtɚˌwɝks; ˈwɔːtəwɜːks] *n.*
1 (單複數同形)自來水[供水]設備.
2 《作單數》供水[輸水]處, 水廠.
tùrn on the wáterworks 《口》《責備》(毫無顧忌地)號啕大哭, 流淚.

wa·ter·worn [ˋwɔtɚˌworn, -ˌwɔrn; ˈwɔːtəwɔːn] *adj.* 水蝕的.

***wa·ter·y** [ˋwɔtərɪ, ˋwɑtrɪ; ˈwɔːtəri] *adj.* 1 水的; 似水一般的.
2 〔食物〕水分多的; 潮濕的, 濕氣重的. *watery* coffee 淡咖啡.
3 〔眼睛〕含淚的. The smoke made my eyes *watery*. 煙使我的眼睛流淚.
4 〔天空, 月亮, 雲等〕要下雨似的, 潮濕的. a *watery* sky 像要下雨的天空.
5 〔顏色等〕淺的, 淡的.

Watt [wɑt; wɒt] *n.* **James ~** 瓦特(1736-1819) 《發明製作蒸汽火車頭的蘇格蘭機械工程師、發明家》.

watt [wɑt; wɒt] *n.* ⓒ 瓦特(電力的單位; 略作 W, w).

watt·age [ˋwɑtɪdʒ; ˈwɒtidʒ] *n.* ⓐⓤ (電器的)

瓦特數. a microwave oven with a *wattage of two kilowatts* 一臺兩瓩的微波爐.

watt·hour [ˋwɑtˏaʊr; ˈwɒtaʊə(r)] *n.* Ⓒ 瓦特小時(一小時一瓦特的電量單位).

wat·tle [ˋwɑtl; ˈwɒtl] *n.* **1** Ⓤ (或 wattles) (用於牆壁、籬笆、屋頂的)編條.

2 Ⓤ《植物》金合歡樹的一種(產於澳洲; 其金色的花朵爲澳洲的國花).

3 Ⓒ(懸於火雞等喉部下方的)肉垂.

‡**wave** [wev; weɪv] *n.* (*pl.* ~s [~z; ~z]) Ⓒ【 波 】 **1** 波, 波浪. The *waves*

[wattle 1]

were running very high. 浪愈來愈高/The little boat was lost beneath the *waves*. 那條小船淹沒於波浪間.

【 與波浪相似之物 】 **2** 起伏, 高低起伏; 波動; (頭髮的)捲曲. golden *waves* of daffodils 黃水仙的金色波浪/Her hair has a beautiful *wave*. 她的頭髮有漂亮的捲曲.

3《物理》波動, 波. radio *waves* 無線電波/light *waves* 光波/sound *waves* 音波.

4 (感情, 狀況, 天候等暫時性的)潮流, 高潮, 高漲. a heat [cold] *wave* 熱浪[寒流]/Ben used dirty words in a *wave* of anger. 在氣憤之餘班說了髒話/check the crime *wave* 抑制犯罪的潮流.

【 像波浪般地搖晃 】 **5** (爲了示意, 寒暄等)揮動手[手帕等]. She gave me a *wave*, and left. 她向我揮手, 然後離去/The policeman signed us to leave with a *wave* of his hand. 警察揮手示意我們離開.

in wáves 波狀地, 一波一波地. Refugees entered our country *in waves*. 難民們一波波地湧入我國.

— *v.* (~s [~z; ~z]; ~d [~d; ~d]; **wav·ing**) *vi.*

【 如波浪般搖動 】 **1** (旗幟, 樹枝等)搖曳, 飄揚. The branches are *waving* in the wind. 樹枝在風中搖曳.

2 揮動手[手帕等]《*at, to* 向…》. The children *waved* at the train. 孩子們向火車揮手/Mike *waved* to us as the car started off. 汽車開動時麥克對我們揮手.

3 起波浪, 起伏; (頭髮)捲曲. Mary's hair *waves* a little. 瑪莉的頭髮有點捲曲.

— *vt.* **1** 揮, 搖動, 〔手, 手帕, 旗幟等〕《*to, at*》. He *waved* his handkerchief on the receding ship. 他在逐漸遠去的船上揮動手帕/The pupils *waved* their hands *to* the teacher. 學生們向老師揮手.

2《(加表示方向的副詞(片語))向〔人〕揮動手[手帕等]示意; 揮手[手帕等]打招呼. The old man *waved* the children away from the garden. 老人揮手要孩子們離開花園/The girl *waved* good-by from the window. 女孩從窗口揮手告別.

(b) 句型4 (wave A B)、句型3 (wave B to A)

揮手[手帕等]向A做B(示意); 句型5 (wave A to do)揮手[手帕等]向A示意做…. The girl *waved* me good-by. = The girl *waved* good-by *to* me. 女孩向我揮手告別/The manager *waved* the boys (*to get*) out of the way. 經理揮手要男孩們讓開(→(a)).

3 燙捲〔頭髮〕. I had my hair *waved* at a beauty parlor. 我去美容院把頭髮燙捲.

wàve/…/asíde 把…拂去; 把〔想法, 提案等〕擱置一旁. The chairman *waved* my suggestion *aside*. 主席不採納我的提案.

wàve/…/dówn 揮手(示意)停〔車〕. The patrolman *waved* us *down*. 巡邏警員揮手要我們停車.

● ── 與 WAVE 相關的用語

microwave	微波	heat wave	熱浪
long wave	長波	medium wave	中波
short wave	短波	tidal wave	海嘯

wáve bànd *n.* Ⓒ(收音機等的)波段.

wave·length [ˋwevˏlɛŋθ, -ˏlɛŋθ; ˈweɪvleŋkθ] *n.* Ⓒ《物理》(聲波, 電波等的)波長. be on the same *wavelength* 波長相合; 想法一致.

****wa·ver** [ˋwevɚ; ˈweɪvə(r)] *vi.* (~s [~z; ~z]; ~ed [~d; ~d]; **-ver·ing** [-vərɪŋ, -vrɪŋ])

【 搖晃 】 **1** 〔火焰等〕搖曳, 晃動; 〔聲音, 手等〕顫抖. The flame of the candle *wavered* in the wind. 蠟燭的火焰在風中搖曳/The girl's voice *wavered* with emotion. 女孩的聲音激動得發抖.

【 搖擺 】 **2** 動搖; 變動; 〔軍隊等〕浮動. The bridge *wavered* as Ted walked across. 當泰德走過時橋晃個不停/Stock prices *wavered* for a while. 股價一度上下波動.

3 困惑, 難以決定, 躊躇,《*between A and B* 在A和B之間; *in*》. He *wavered* between accepting *and* declining the invitation. 他難以決定究竟是要接受或者是拒絕邀請/Don't *waver* *in* your resolve to learn your English textbook by heart. 你背誦英語課本的決心可別動搖.

wav·ing [ˋwevɪŋ; ˈweɪvɪŋ] *v.* wave 的現在分詞、動名詞.

wav·y [ˋwevɪ; ˈweɪvɪ] *adj.* **1** 多浪的, 起波浪的. **2** 波浪狀的, 起伏的. *wavy* hair 波浪狀的頭髮/*wavy* terrain 起伏的地形.

****wax**[1] [wæks; wæks] *n.* Ⓤ **1** 蠟; 蜜蠟, 蜂蠟(beeswax). 〔形容詞性〕蠟製的. melt *wax* 熔化蠟/This doll is made of *wax*. 這個玩偶是由蠟製成的.

2 擦拭家具等的蠟; 封蠟(sealing wax).

3 耳垢.

— *vt.* 在…上塗蠟, 用蠟燭拭…. He *waxes* his car once a month. 他一個月給他的汽車上一次蠟.

wax[2] [wæks; wæks] *vi.* 〔月〕盈滿, 變大, (↔ wane).

wàx and wáne 〔月〕盈虧; 盛衰, 增減.

wáxed pàper *n.* =wax paper.

wax·en [ˈwæksn̩; ˈwæksən] *adj.* **1** 〈古〉蠟製的 (wax). **2** 〈文章〉=waxy.

wáx pàper *n.* Ｕ石蠟紙, 蠟紙.

wax·work [ˈwæks,wɝk; ˈwækswɜːk] *n.*

1 Ｃ蠟製工藝; 蠟像. **2** (waxwork*s*)〈用複數亦可作單數〉蠟像的展覽(會); 蠟像館(倫敦的Tussaud's 頗爲著名).

wax·y [ˈwæksɪ; ˈwæksɪ] *adj.* (像蠟一般)光滑的; 〔臉色等〕蒼白的.

‡‡way¹ [we; weɪ] *n.* (*pl.* ~**s** [~z; ~z])

〖【行走的路】〗 **1** (a) Ｃ (常加 the)道, 通路, 通行的道路, 《*to* 通往…》. Tell me the *way* to the station. 告訴我去車站的路/They took the shortest *way* to the lake. 他們抄最近的路去湖邊/On my *way* home, I met Tom. 在回家的路上, 我遇見了湯姆.

回 way 是表示道路的一般性(有時爲抽象性)的名詞; → road, street, alley, highway, thoroughfare, path.

(b) Ｃ (常與地名連用, 或構成複合字)道路, 街道. a high*way* 幹道/a rail*way* 鐵路/Broad*way* 百老匯(紐約的街道名)/His house stands across [over] the *way*. 他家在街道對面.

(c) Ｕ (加 the, my, his 等)(抽象的)道路. stand in the *way* 阻礙(→片語 in the way).

2〖沿路前行〗Ｕ (加 my, his 等)行進, 前進; 速度. The lawyer won his *way* to fame. 那位律師成名了/Slowly we made our *way* through the forest. 我們緩緩地穿過森林(→ make one's way(片語))/The ship gathered [lost] *way*. 那艘船加[減]速了.

3〖程距〗［*a* Ｕ］距離, 路程. It is a long *way* to the village. 去那個村莊的路途相當遙遠/The theater is a long *way* from here. 那間劇場距此地頗遠/My uncle lives a little *way* off. 我叔叔住在離此不遠之處/Christmas is a long *way* off. 離聖誕節還有很久.

4〖人生的經歷〗Ｃ人生之路; 經驗的範圍. come a person's *way*(→片語).

〖【前進>方向】〗 **5** Ｃ方向, 方位,〈通常作副詞性〉. This *way*, please. 請這邊走/Look both *ways* before you cross the street. 在你橫越馬路之前要看清左右兩邊/The river is the other *way*. 那條河在另一個方向/Which *way* is the post office? 郵局是在哪個方向?

6〖方面〗［*a* Ｕ］〈口〉(健康, 事情等的)狀態, 情形. My mother is not in a good *way*. 我母親的身體欠佳/Things have been in a bad *way*. 事態一直不佳.

7〖方面>領域〗Ｃ點, 方面, (respect). The book is excellent in every *way*. 這本書面面俱佳/Your father was a very attractive man in some *ways*. 令尊在某些方面來說是位有魅力的人.

〖【程序>做法】〗 **8** Ｃ做法, 辦法; 方法, 手段; 《*to do, of doing*》. a right [wrong] *way* 正確[錯誤]的方法/What's the best *way to learn* French? 學法語的最佳方法是甚麼?/There are many *ways of arranging* flowers. 插花有許多種方法/the American *way* of life 美國人的生活方式/To my *way of thinking*, Nancy is not a good teacher. 我認爲南西不是一個好老師/This is the *way* (that) we write letters. 這就是我們寫信的方式. 〖語法〗與 this, that 等連用時, 尤其是在口語中, 介系詞 in 大多被省略: Jane always acted (in) that *way*. (珍總是那樣), I'll manage (in) some *way* or other. 〈我會想辦法應付的〉. 回 way 是最常用來表示「做法」的字; → manner, fashion, method.

9 Ｃ (個人的)習慣, 癖性; 語氣, 舉止; (常 *ways*)(社會等的)習慣, 風俗. My son has fallen into bad *ways*. 我兒子已養成了壞習慣/Susie has a *way* of drawing a hasty conclusion. 蘇西有一種貿然下結論的習慣/He spoke in a very cheerful *way*. 他興高采烈地說/They are young in the *ways* of the world. 他們還不諳處世之道.

* **àll the wáy** (1)途中一直都…; 自始至終都…; 遙遠地; 特意地. Mr. Smith drove *all the way* from Chicago to New York. 史密斯先生從芝加哥一路開車到紐約/He has come *all the way* from the States to attend my wedding. 他爲了參加我的婚禮, 千里迢迢地從美國來. (2)全部, 完全. I'll go *all the way* with you on this. 關於這一點我與你意見完全相同.

àlways the wáy 〈口〉(特指不好的事情)總是這樣.

* **by the wáy** (1)(在改變話題時)可是; 順便提起. *By the way*, have you received the letter yet? 對了, 你已經收到那封信了嗎? (2)在途中; 在路旁.

* **by wáy of...** (1)〈文章〉經由…, 通過…, (via). John went to Paris *by way of* London. 約翰取道倫敦赴巴黎. (2)作爲…的打算; 作爲…. I said so *by way of* a joke. 我這麼說是開玩笑的. (3)爲了做…. He did so *by way of* helping you. 爲了幫助你他才這麼做的.

còme a pèrson's wáy 〔事件〕發生在某人身上; 〔東西〕落入某人手裡. the first chance that has *come* my *way* 我碰到的第一個機會.

cùt bòth wáys → cut 的片語.

fínd one's **wáy** → find 的片語.

gèt [hàve] one's **wáy** 如同所想的那樣做, 任意而爲. Mary insisted on *having her own way*. 瑪莉堅持要照她自己所想的去做.

* **gìve wáy** (1)讓路; 讓步; 《*to*》. (2)屈服, 投降, 《*to*》; 忍不住《*to* 〔悲傷等〕》. Don't *give way to* their demand. 別向他們的要求屈服/She *gave way to* tears [anger]. 她忍不住哭了起來[生起氣來]. (3)倒塌, 毀壞, 斷掉. The roof *gave way* under the snow. 在雪的重壓下屋頂塌了/The rope *gave way*. 繩索斷了.

(4)被取代(*to*). Tears *gave way to* smiles. 眼淚化作了微笑.

gò a lóng wày → go 的片語.

gò out of one's [the] **wáy** (1)繞道. (2)特意做…; 超出常規地做…; 《*to* do》. Joe *went out of* his *way to* find a job for me. 喬費了一番功夫替我找工作.

gò [tàke] one's **ówn wáy** 我行我素, 按自己所想的那麼做. Jack continued to *go his own way*. 傑克繼續一意孤行.

gò one's **wáy** 離去(★稍微舊式的說法).

hàve a wáy with... 善於應付〔人, 動物等〕. He *has a way with* children. 他對小孩很有辦法.

hàve it bóth wàys 腳踏兩條船, 從(正好相反的)雙方得利. You can't *have it both ways*. 你不能腳踏兩條船.

hàve one's (**ôwn**) **wáy**=get one's (own) way.

in a bìg wáy 大規模地; 《口》狂熱地; 大肆地. Tom is a coffee merchant *in a big way*. 湯姆咖啡生意做得很大/He fell for Jane *in a big way*. 他瘋狂地迷戀著珍.

in a smàll wáy → small 的片語.

* **in a wáy** 就某一點而言, 在某範圍以內. Tom is a poet *in a way*. 湯姆算是個詩人/*In a way*, you are right. 就某一點而言你是對的.

in nò wáy 絕不…. The two incidents are *in no way* related. 那兩起事件毫沒有關連.

in one's (**ôwn**) **wáy** (1)以自己的做法. Let me do it *in my own way*. 讓我以我的方式來做. (2)符合自身地, 恰如其分地. My father is quite a remarkable man *in his way*. 我的父親是一個相當了不起的人/The play is all right *in its way*, but the plot is a little too complicated. 就其本身言之, 這齣戲還可以, 但是情節有點太複雜了.

* **in the** [a pèrson's] **wáy** 阻擋(通行). Some boys were standing *in her way*. 一些男孩擋住了她的去路/get *in* each other's *way* (互相)阻礙對方的路/There's a barricade *in the way*. 有一個路障擋住了路.

* **in the wáy of...** (1)成為…的障礙. His pride was always *in the way of* his success. 他的傲慢一直是他成功的障礙. (2)就…來說, 在…的方面. Do you have anything *in the way of* food? 你有任何食物嗎?

lèad the wáy 帶路, 引領. 站在領導性的立場上. The old man *led the way* through the forest. 那個老人帶路穿過了森林.

* **lòse** one's [the] **wáy** 迷路. My son *lost his way* when he went to the city. 我兒子進城去時迷了路.

màke one's **ôwn wáy**=make one's way (2).

màke wáy 騰出路來; 讓路; 《*for*》. The onlookers *made way for* the stretcher. 圍觀的人讓出路來給擔架通過.

* **màke** one's **wáy** (1)前進, 行走, (→ *n.* 2). (2)(靠努力而)發跡, 取得成功. His encouragement helped me *make* my *way* in the world. 他的鼓勵幫助了我, 使我能夠成功.

— **way** 1779

●—— ~ one's way 的慣用語

make one's way (前進)是中性的基本表達, 以下的例句則在它上面添加了某些特定的意義, 例如:
elbow one's way = make one's way by elbowing(用肘撥開〔行人〕)前進.

feel one's way	摸索著前進;小心翼翼地行動
find one's way	費力前進
force one's way	推進
grope one's way	摸索前進
lose one's way	迷路
pay one's way	不借貸度日
plod one's way	拖著疲憊的腳步前進
push one's way	推開別人前進
thread one's way	曲折地穿行前進
weave one's way	曲折地穿行前進
wind one's way	曲折地前進
work one's way	邊做邊忙地[很辛苦地]發展;逐漸地獲得成功

Nò wáy! 《口》(感歎詞性)不可能! 不行! 免談! (No).

nò wáy 《口》絕不…(1)(副詞性). *No way* are we going to step aside. 我們根本沒打算退讓. (2)(用作's no way). *There's no way* (that) I'll do such a thing. 我絕不做這種事.

óne wày or anóther 以任何方式; 無論如何. We have to finish this work by Friday *one way or another*. 無論如何我們必須在星期五之前完成這項工作.

* **on** one's [the] **wáy** (1)在途中《from; to》. I met Jane *on my way* to the station. 在去火車站的途中我遇到了珍/Jimmy saw a car accident *on the way* back *from* school. 放學回家的途中吉米看見了一場車禍. (2)在進行之中; 臨近, 《*to*》. They're well *on their way to* getting a divorce. 他們的離婚手續早就在辦了.

on the wày óut (1)外出途中. (2)《口》正在沒落, 快要過時.

* **out of the** [a pèrson's] **wáy** (1)在不妨礙的地方; 挪開; 離開; 收拾, 處理. Please get *out of the* [my] *way*. 對不起, 請讓開/All the chairs are *out of the way*. 所有的椅子都收好了. (2)偏離[離開]道路; 遠離人煙地. The church was far *out of her way*. 教堂離她行走的路線很遠. (3)(用 out of the way)奇怪的, 異樣的. Nothing *out of the way* happened on the journey. 一路上沒有發生甚麼特別的事.

pày one's (**ôwn**) **wáy** → pay 的片語.

pùt a pèrson **in the wáy of...** 使人能夠得到…; 使人會…

sèe one's **wáy** (**clèar**) **to dòing** [to dò] 預期可以…, 認為能…, (通常用於否定句, 疑問句). I can't *see* my *way clear to making* a trip to England this year. 我看今年要去英國旅行是沒希望了.

shòw the wáy=lead the way.

tàke one's òwn wáy=go one's own way.

the òther way abóut [*aróund, róund*] 反而, 相反地. hold a wrench *the other way round* 倒握扳手.

* *the wáy...*《連接詞性》像…一樣(as); 從…來判斷. I want to be able to speak English *the way* Mary does. 我希望能像瑪莉那樣地說英語/There must be something wrong with the engine *the way* the car runs. 從那輛汽車的行駛情況來看, 引擎肯定是出了甚麼問題.

under wáy《船》起錨, 在航行中; 〔計畫, 活動等〕在進行中. The project has got *under way*. 這項計畫已開始進行/Talks between the two countries are now *under way*. 兩國間的交涉正在進行.

wàys and méans 方法, 手段; (資金, 財源等的)籌措方法, 周轉手段. have *ways and means* of getting weapons 有取得武器的方法/the *Ways and Means* Committee 歲入委員會.

way², **'way** [we; weɪ] *adv.*《口》一直, 遠遠地(far). *way* down this river 這條河一直下去/Bob was *way* behind in his studies. 鮑伯的學習遠遠地落後了.

way·bill [ˋweˌbɪl; ˋweɪbɪl] *n.* ⓒ乘客名單; 貨物運輸單.

way·far·er [ˋweˌfɛrɚ; ˋweɪˌfærər] *n.* ⓒ《古》旅人.

way·far·ing [ˋweˌfɛrɪŋ, -ˌfærɪŋ; ˋweɪfærɪŋ]《古》*n.* ⓤ徒步旅行.
── *adj.* 徒步旅行的.

wày ín *n.* ⓒ入口(entrance) (⟷ way out).

way·laid [weˋled; ˌweɪˋleɪd] *v.* waylay 的過去式, 過去分詞.

way·lay [weˋle; ˌweɪˋleɪ] *vt.* (~s; -laid; ~ing) 伏擊(…); (突然)叫住….

wày óut *n.* ⓒ出口《*of*》(exit) (⟷ way in); 解決方法《*of*》.

way-out [ˋweˋaʊt; ˋweɪˋaʊt] *adj.*《口》離奇古怪的, 奇特異怪的; 前衛的.

-ways *suf.* 構成表「朝著…的方向」, 「面向…」之意的副詞. side*ways*.

way·side [ˋweˌsaɪd; ˋweɪsaɪd] *n.* (加the)路旁, 路邊. wildflowers by the *wayside* 路旁的野花.

fàll by the wáyside (沒有貫徹始終而) 在中途挫敗 (源自聖經中種子未撒佈在田裡而掉在路旁被鳥吃掉的故事).

wáy stàtion *n.* ⓒ《美》(主要火車站之間的) 小站, 中間站, (只有 way train 才會停靠).

wáy tràin *n.* ⓒ《美》(各站皆停的)慢車, 普通列車.

way·ward [ˋwewɚd; ˋweɪwəd] *adj.* 〔人, 舉止〕任性的; 反覆無常的.

WbN《略》west by north.

WbS《略》west by south.

W.C., w.c.《略》water closet.

‡**we** [強ˋwi, ˌwi, 弱wɪ, wi; 強wiː, 弱wɪ] *pron.* (人稱代名詞; 第一人稱·複數·主格; 所有格 our, 受格 us, 所有格代名詞 ours, 反身代名詞 ourselves)

〖包括自己在內的人們〗 **1** 我們, 我等. *We* study English at school. 我們在學校學習英文/It's *we* that are responsible for the accident. 該為此次事故負責的是我們.

 語法 (1)we 的意思有包括對方和不包括對方兩種; *We* have three children. (我們有三個孩子)如為夫妻間所說的話時則包括對方, 對第三者所說的話時則否. 此外, 在 as *we* saw on page 100 (正如我們在第一百頁所見的)此句中, 談話者口中的 we 包括了讀者, 聽眾. (2)we 有時表示自己所屬的商店或公司等, 有時則籠統地稱自己所在的地區或社會; *We* don't have that kind of typewriter. (我們[本店]沒有那種打字機)/*We* have a mild climate here. (此地氣候溫和); → they 2 (b), you 4.

2 (總稱的用法)(指一般人)我們, 大家. *We* have to be kind to each other. 大家應該相親相愛/*We* eat to live, not live to eat. 人是為生存而吃, 而非為了吃而生存. 語法 此種用法的 we 是包括自身的謙虛的說法; → one *pron.* 1, you 3, they 2 (a).

〖代替 I 〗 **3** 《文章》朕, 余, (語法 君主等用於正式的場合). *We* are pleased to learn of our country's victory. 余欣聞吾國勝利.

4 我們. *We* are obliged to question the soundness of the plan. 我們不得不對這項計畫的妥當性質疑. 語法 報刊, 雜誌的編輯用以自稱以表示親切、謙遜.

〖代替 you 〗 **5** 你 (語法 對於小孩, 病人等, 以站在相同立場的姿態來表示親切). *We* must not tell lies, son. 兒子, 你不應該撒謊/How are *we* today, Mr. White? 懷特先生, 你今天感覺如何? (醫生或護士對病人的問候).

‡**weak** [wik; wiːk] *adj.* (~·er; ~·est) 〖弱的〗 **1** 〔指身體, 能力等〕弱的; 〔物品〕脆弱的; 《名詞性》(加the)《作複數》弱者們. a *weak* girl 一位柔弱的女孩/Joe has a *weak* stomach. 喬的胃不好/Mary was getting *weaker* and *weaker* every day. 瑪莉日漸虛弱/speak in a *weak* voice 以微弱的聲音說話/feel *weak* 身體感到虛弱/a *weak* pillar 不堪一擊的柱子. 同 weak 為表示虛弱的最普通用語; → feeble, frail, infirm.

2 〔知覺, 能力等〕拙劣的, 弱的; 笨拙的, 不擅長的, 《in, at》. *weak* sight 弱視/a *weak* subject 不擅長的科目/a *weak* point [spot] 弱點/Tommy is *weak* at [*in*] history. 湯米的歷史很弱.

3 〔意志, 性格等〕軟弱的; (道德方面)弱的. He is a man of *weak* character. 他是個懦弱的男人.

〖效果差的〗 **4** 〔湯, 酒等〕水分多的, 淡的. This coffee is a little too *weak*. 咖啡太淡了.

5 〔議論, 證據等〕根據薄弱的, 缺乏說服力的. a *weak* alibi 缺乏說服力的不在場證明/a *weak* excuse 薄弱的藉口/Mike accused me on very *weak* evidence. 麥克用極薄弱的證據控告我.

⟷ **strong**.

weak·en [ˋwikən; ˈwiːkən] v. (~s [~z; ~z]; ~ed [~d; ~d]; ~ing) vt. 使虛弱; 使脆弱; 使〔飲料〕變淡; (↔ strengthen). The fever *weakened* the patient. 發燒使病人虛弱/The new data certainly *weaken* your theory. 這份新資料的確削弱了你的理論.
— vi. 軟弱; 〔意志, 決心等〕變得搖擺不定, 變懦弱. The dollar has been *weakening*. 美元不斷貶值/His courage *weakened* in the face of danger. 他提不起勇氣來面對危險.

weak-kneed [ˋwikˋnid; ˌwiːkˈniːd] adj. **1** 膝蓋無力的. **2** 《口》懦弱的, 怯懦的; 優柔寡斷的.

weak·ling [ˋwiklɪŋ; ˈwiːklɪŋ] n. © 孱弱的人[動物]; 怯懦的人; 優柔寡斷的人; 懦夫.

weak·ly [ˋwiklɪ; ˈwiːklɪ] adj. 病弱的, 虛弱的.
— adv. 微弱地, 虛弱地.

weak-mind·ed [ˋwikˋmaɪndɪd; ˌwiːkˈmaɪndɪd] adj. **1** 低能的; 意志薄弱的.
2 優柔寡斷的; 懦弱的.

weak·ness [ˋwiknɪs; ˈwiːknɪs] n. (pl. ~es [~ɪz; ~ɪz]) 〖軟弱〗 **1** ⓤ弱, 脆弱; 薄弱; (證據等的)不充分. *weakness* of character 性格的弱點/the *weakness* of the evidence 證據的薄弱.
2 ⓤ病弱, 虛弱; 衰弱. *Weakness* keeps my mother in bed. 我的母親一直因身體虛弱而臥病在床.
〖弱點〗 **3** © 弱點, 缺點. Drinking is his *weakness*. 嗜酒是他的缺點.
háve a wéakness for... (麻煩的是)對…喜歡得不得了, 著迷於…. Steve *has a weakness for* beautiful women. 史蒂夫難過美人關.

weal [wil; wiːl] n. =welt 2.

wealth [wɛlθ; welθ] n. **1** ⓤ財富; 財產. plenty of *wealth* 大筆的財產/a man of great *wealth* 大富豪/acquire *wealth* 獲得財富/amass [gather] *wealth* 積聚[累積]財富/Health is better than *wealth*. 健康重於財富.
2 〖a ⓤ〗《誇張》豐富, 大量, 很多. a *wealth* of new information 大量的新資訊/The book contains a *wealth* of illustrations. 這本書裡有很多插圖/the *wealth* of the soil and of the sea 豐富的農產品和海產〖山珍海味〗.

wealth·i·er [ˋwɛlθɪɚ; ˈwelθɪə(r)] adj. wealthy 的比較級.

wealth·i·est [ˋwɛlθɪɪst; ˈwelθɪɪst] adj. wealthy 的最高級.

wealth·i·ly [ˋwɛlθəlɪ; ˈwelθɪlɪ] adv. 富裕地, 豐富地.

wealth·y [ˋwɛlθɪ; ˈwelθɪ] adj. (**wealth·i·er**; **wealth·i·est**) **1** 富足的, 富裕的. a *wealthy* businessman 富商/Diligence made Jim *wealthy*. 勤奮使吉姆致富.
2 豐富的(*in*). The island is *wealthy in* natural resources. 島嶼的自然資源豐富.

wean [win; wiːn] vt. **1** 使〔嬰兒, 幼獸〕斷奶. *wean* a baby 讓一個嬰兒斷奶.
2 使〔人〕放棄〔戒除〕(*from*). It is difficult to *wean* Johnny away *from* the TV. 很難叫強尼不

看電視.

weap·on [ˋwɛpən; ˈwepən] n. (pl. ~s [~z; ~z]) © 武器, 兵器; 凶器. nuclear *weapons* 核子武器/carry a *weapon* 攜帶武器/He drew a *weapon* on me. 他舉起武器對著我/Patience is sometimes the most effective *weapon*. 有時候忍耐是最有效的武器.

weap·on·less [ˋwɛpənlɪs; ˈwepənlɪs] adj. 沒有[未攜帶]武器的.

weap·on·ry [ˋwɛpənrɪ; ˈwepənrɪ] n. ⓤ (集合)武器, 兵器.

wear [wɛr, wær; weə(r)] v. (~s [~z; ~z]; wore; worn; wear·ing [ˋwɛrɪŋ, ˈwærɪŋ; ˈweərɪŋ])
— vt. 〖穿在身上〗 **1** 身穿…, 穿著(褲, 裙, 襪等), 戴著; 佩帶[穿]…在身上. What shall I *wear* today? 今天我該穿甚麼呢?/I usually *wear* a suit to work. 我總是穿著套裝去工作/She is *wearing* green today. 她今天穿著綠色的衣服/*wear* glasses [a ring] 戴著眼鏡[一個戒指].
〖語法〗可成為wear受詞的字非常多, 例如口紅(lipstick)或香水(perfume)都可以當成 wear 的受詞: I don't *wear* perfume when I go to work. (我上班時不擦香水).
〖同〗wear, have on 表示「穿戴在身上」的狀態, put on 表示「穿戴在身上」的動作.
2 蓄留著〔鬍鬚等〕; 〖句型5〗(wear **A** B)使A〔頭髮等〕成為 B. Mike was *wearing* a beard when I saw him last. 我上次見到麥克時, 他留著鬍鬚/Betty *wears* her hair short [waved]. 貝蒂把頭髮剪短[燙捲]了.
3 〖加在臉上〗顯露出〔表情等〕, 呈現…的面容. She always *wears* a smile. 她總是面帶微笑/He was *wearing* a sour look yesterday. 他昨天臉色很難看.
〖穿舊>磨損〗 **4** 用舊, 磨損; 〖句型5〗(wear **A** B)磨損[用舊]了 A 使其變成 B. The carpet is *worn* thin. 那張地毯被磨薄了/The waves have *worn* the rock smooth. 海浪已把礁石磨得光滑/*wear*/.../down (1), *wear*/.../out →片語.
5 (因磨損而)挖出, 形成, 〔洞穴, 溝等〕. We've almost *worn* a hole in the rug. 我們幾乎把地毯磨出一個洞來/*wear* a path through the fields 在原野上〔踩踏〕踩出一條小路.
6 使〔人〕疲憊[憔悴]《常用被動語態》. The mother was *worn* from nursing her son. 母親因看護兒子而變得疲憊不堪/*wear*/.../out (2) →片語.
— vi. 〖漸漸地減少〗 **1** 磨損, 磨掉; 變舊; 〖句型2〗(wear **A**)磨損後成為 A. The collar of my shirt has *worn*. 我襯衫的衣領磨破了/The rug is *wearing* thin. 地毯被磨薄了.
2 〔時間〕緩慢地消逝; 進行; (*on*). The afternoon *wore on*, but nobody showed up. 下午已逐漸過去, 但是沒有人露面.
3 〖耐磨損>持久〗《加副詞[片語]》耐久; 耐用, 持

久. Jean is a cotton cloth that *wears* well. 牛仔布是一種耐穿的棉布.

* **wèar**/.../**awáy**¹ (1)使磨損;使消耗. Time has *worn* *away* the huge rock. 歲月磨損了那塊巨大的岩石. (2)使〔情感等〕漸漸消失.

wèar awáy² (1)磨損, 耗損. (2)〔時間〕緩慢地流逝. The summer *wore away*. 夏季慢慢地過去了.

wèar/.../**dówn**¹ (1)磨損⋯; 用舊⋯. The brush bristles *were worn down* to their roots. 刷子上的毛已經磨到根部〔被磨完了〕. (2)〔猛烈攻擊〕使〔抵抗, 反對等〕減弱; 讓〔人〕投降. We gradually *wore down* their opposition to our scheme. 我們逐漸削弱了他們對我們計畫的反對/ My recent illness has really *wore me down*. 最近這場病真是把我搞垮了.

wèar dówn² 磨損; 用舊.

* **wèar**/.../**óff**¹ 磨損⋯, 用掉⋯. *wear off* the heels of the shoes 磨壞鞋跟. (2)使⋯漸漸消失. You'd better *wear off* some of your fat by running. 你最好藉著跑步使身上的脂肪慢慢減少.

wèar óff² (1)磨損, 磨掉. The patterns on the plate *wore off*. 盤子上的花紋磨掉了. (2)慢慢地消失. The pain slowly *wore off*. 疼痛慢慢地消失了.

* **wèar**/.../**óut**¹ (1)使⋯磨損, 使⋯變舊. The socks are *worn out*. 那雙襪子已經穿破了. (2)使〔人〕筋疲力竭; 使〔耐心等〕耗盡. You must be *worn out* after such a long walk. 走了這麼長一段路之後你一定累壞了/ My patience is *worn out*. 我的忍耐已經到了極限(<我的耐心已耗盡).

wèar óut² (1)磨損, 磨破. The knees of his pants have *worn out*. 他長褲的膝蓋部分已經磨破了. (2)漸漸消失. My fear began to *wear out*. 我的恐懼感開始逐漸消失了.

— n. ⓤ **1** 穿著, 穿戴在身上; 使用. a suit for formal *wear* 正式的套裝/ The coat is suitable for casual *wear*. 這件外套適合當休閒服.

2 〔集合〕衣類, 服裝,《常構成複合字》. summer *wear* 夏裝/men's *wear* 男裝/sports*wear* 運動服/under*wear* 內衣/ This kind of town *wear* is now in vogue. 這種深色的正式服裝現在正流行.

3 磨損的狀態), 磨掉. These tires show no sign of *wear*. 這些輪胎看不出磨損的跡象.

4 耐用, 耐久性〔力〕, 持久. There is a lot of *wear* left in those shoes. 那些鞋子還很耐穿(<還有耐久力).

be the wòrse for wéar 被穿舊(了)的, 被用舊(了); 〔人〕疲憊.

wèar and téar 耗損, 損傷. *wear and tear* on a car 汽車的損傷.

wear·a·ble [`wɛrəbḷ; `wæərəbl; 'weərəbl] *adj.* 可穿著的, 可佩戴的; 適於穿著的.

wea·ri·ly [`wɪrɪlɪ; `wɪrɪlɪ; 'wɪərəlɪ] *adv.* **1** 疲倦地. **2** 無聊地, 厭煩地.

wea·ri·ness [`wɪrɪnɪs, `wɪrɪnɪs; 'wɪərɪnɪs] *n.*

ⓤ **1** 疲勞. **2** 無聊, 厭倦.

wear·ing [`wɛrɪŋ, `wæərɪŋ; 'weərɪŋ] *adj.* 使人疲倦的. a *wearing* job 令人厭倦的工作.

wea·ri·some [`wɪrɪsəm; 'wɪərɪsəm] *adj.* **1** 使人疲倦的. **2** 無聊的, 厭倦的, 厭煩的. a *wearisome* holiday [speech] 無聊的假日〔演講〕.

* **wea·ry** [`wɪrɪ, `wɪrɪ; 'wɪərɪ] (★注意發音) *adj.* (**-ri·er; -ri·est**) **1** 疲倦的, 疲勞的. a *weary* face 一臉倦容/ The boys were *weary from* the long walk. 男孩們因長時間的步行而感到疲倦.

2 〔敘述〕厭倦的, 膩煩的, (*of*). I've gotten *weary of* (hearing) your complaints. 我已經聽膩了你的抱怨.

3 〔限定〕乏味的, 無聊的; 使人疲倦的. spend *weary* days 度過許多無聊的日子/ It is a *weary* journey to my hometown. 返鄉是一趟令人疲倦的旅程. 回 weary 偏向文章用語, 指厭倦得令人難以忍受; → tired.

— v. (**-ries** [~z; ~z]; **-ried** [~d; ~d]; **~ing**) *vt.*

1 〔文章〕使⋯疲倦(tire). The old man was *wearied* by the long wait. 長時間的等待使得這位老人感到疲倦.

2 使無聊, 使厭倦; 使〔人〕膩煩(*with*). The students were *wearied* to death by his lecture. 學生們對他的演講感到十分厭煩/ My wife always *wearies* me *with* her complaints. 妻子的抱怨老是讓我厭煩.

— *vi.* **1** 〔身體等〕感到疲勞.

2 感到無聊, 厭煩, 膩煩, (*of*). He has *wearied of* reading novels. 他已經厭倦讀小說.

wea·sel [`wizḷ; 'wiːzl] *n.* ⓒ **1** 〔動物〕鼬鼠.

2 《口》〔鼬鼠般的〕狡詐之徒, 卑劣的人.

— *vi.* (**~s;** 《美》**~ed,** 《英》**~led,** 《美》**~ing,** 《英》**~ling**)《用於下列片語》

wèasel óut《主美, 口》巧妙地避免(*of*〔義務等〕).

weath·er [`wɛðɚ; 'weðə(r)] *n.* ⓤ **1** 天氣, 氣候, 氣象. good [bad] *weather* 好〔壞〕天氣/favorable *weather* 合適的天氣/ How was the *weather* in Chicago? 芝加哥的天氣如何?/ Suddenly the *weather* turned bad. 天氣突然轉壞/ What will the *weather* be like? 天氣將會如何?/ In clear *weather* we can see the ocean from here. 天氣好的時候我們可以從這裡看到大海. 回 weather 為某地短期內的「天氣狀況」; climate 為某個地區長期的「氣候」.

|歷| *adj.* +weather: beautiful ~ (很棒的天氣), changeable ~ (易變的天氣), fine ~ (晴朗的天氣), wet ~ (雨天), windy ~ (刮大風的天氣) // weather+v.: the ~ changes (天氣變化), the ~ improves (天氣轉好), the ~ worsens (天氣轉壞).

2 暴風雨的天氣, 要轉壞的天氣.

in àll wéathers 在任何天候下.

kèep one's 〔a〕 wèather èye ópen 隨時留意〔準備〕著(*for*〔困難等〕).

màke hèavy wéather of... 覺得⋯麻煩; 把⋯想得太難.

under the wéather《口》健康情形不佳, 身體不適.

wèather permítting = *if the wèather permíts*如果天氣允許的話. The party was to make an assault on the summit next day, *weather permitting.* 天氣好的話, 那一行人預定於翌日登頂.
— *vt.* **1** 使受風吹雨淋, 使暴露在戶外空氣中. *weather* timber 晾乾木材.
2 使〔岩石等〕風化. *weathered* rocks 風化的岩石.
3 度過, 克服, 〔惡劣天氣, 困難等〕. The family has *weathered* the hardship. 那一家人熬過了難關.
4 《海事》〔船〕通過〔海岬等〕的上風側.
— *vi.* **1** 風化. **2** 經得起風吹雨打.

weath·er·beat·en [ˈwɛðɚˌbitṇ; ˈweðəˌbi:tn] *adj.* **1** 被風吹雨淋的.
2 〔臉, 皮膚等〕被太陽曬黑的.

weath·er·board [ˈwɛðɚˌbord, -ˌbɔrd; ˈweðəbɔ:d] *n.* ⓒ《英》《建築》護牆板(→clapboard).

weath·er·bound [ˈwɛðɚˌbaʊnd; ˈweðəbaʊnd] *adj.* 〔船, 飛機等〕因惡劣天氣而誤點的, 因暴風雨而無法出發[航行]的.

Wèather Bùreau *n.* 《加 the》《美》氣象局《現在稱爲 the Nàtional Wèather Sèrvice; 《英》 Meteorological Office》.

wèather chàrt *n.* =weather map.

weath·er·cock [ˈwɛðɚˌkɑk; ˈweðəkɒk] *n.* ⓒ **1** 《呈雞形的》風標, 風信雞. 【参考】一般的風向計爲 weather vane. **2** 《像風標般》見風轉舵的人, 見機行事的人; 機會主義者.

*wèather fòrecast *n.* ⓒ天氣預報. What is the *weather forecast* for tonight? 今晚的天氣預報怎麼說?

wèather fòrecaster *n.* ⓒ氣象播報員.

weath·er·glass [ˈwɛðɚˌglæs; ˈweðəglɑ:s] *n.* ⓒ晴雨計(barometer).

weath·er·man [ˈwɛðɚˌmæn; ˈweðəmæn] *n.* (*pl.* **-men** [-ˌmɛn; -men]) ⓒ氣象臺人員, 《廣播, 電視的》氣象播報員. The *weatherman* says it will be cloudy tomorrow. 氣象播報員說明天將會多雲.

wèather màp *n.* ⓒ天氣圖.

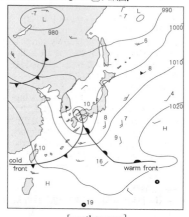

[weather map]

weath·er·proof [ˈwɛðɚˌpruf; ˈweðəpru:f] *adj.* 〔特指衣服等〕能防風雨的.
— *vt.* 使〔衣服〕能防風雨.

wèather repòrt *n.* ⓒ天氣預報, 氣象報告.

wèather sàtellite *n.* ⓒ氣象《觀測》衛星.

wèather stàtion *n.* ⓒ氣象臺, 氣象觀測站.

wèather vàne *n.* ⓒ風標, 風向器, 《亦可僅作 vane; → weathercock》.

*weave [wiv; wi:v] *v.* (~s [-z; -z]; wove, wo·ven, wove; weav·ing) 《★過去式, 過去分詞在 *vi.* **2** 與 weave one's way 中爲 ~d [-d; ~d]) *vt.*
1 織成〔線等〕, 編〔竹子等〕; 編織成〔布等〕, 編製成〔籠子等〕. *weave* wool 織毛線/*weave* straw *into* a hat 把麥稈編成帽子/The woman was *weaving* a basket *out of* bark. 那位婦女正在用樹皮編籃子/The cloth is *woven from* silk. 那塊布是絲織成的.
2 〔蜘蛛〕織〔網〕. A spider was *weaving* a web. 蜘蛛正在織網.
3 編排〔計畫, 小說的情節等〕; 把〔事實等〕編寫成…《into《故事》. *weave* a tale 編故事/*weave* a plot 策劃陰謀/The writer *wove* his personal history *into* the novel. 那位作家把他自己的故事寫進小說.
— *vi.* **1** 織布, 編織.
2 〔人, 車子等〕穿梭前進, 〔道路等〕彎彎曲曲地延伸. The motorcyclist *weaved* through the slowly moving traffic. 那個機車騎士在緩慢移動的車流中穿梭前進.
*gèt wéaving 《英, 口》賣力地著手〔工作等〕; 開始快速行走.
*wèave one's wáy 《在人群中》彎彎曲曲而行 (→ way¹ 表).
— *n.* ⓒ織法, 編法.

weav·er [ˈwivɚ; ˈwi:və(r)] *n.* ⓒ織者, 編織者; 織布工[匠人].

*web [wɛb; web] *n.* (*pl.* ~s [~z; ~z]) ⓒ **1** 蜘蛛網(cobweb). A butterfly was caught in a spider's *web*. 一隻蝴蝶被蜘蛛網纏住了/spin [weave] a *web* 結[編]網.
2 網, 網狀物體; 布滿網狀結構《of》. a *web* of streets 網狀街道/Roy was trapped in a *web* of lies. 羅伊陷入謊言之網中.
3 《水鳥等的》蹼; 《蝙蝠等的》翼狀膜.

webbed [wɛbd; webd] *adj.* 〔水鳥等的〕腳有蹼的; 〔腳趾〕中間有蹼狀膜的.

web·bing [ˈwɛbɪŋ; ˈwebɪŋ] *n.* ⓤ《用於椅子的彈簧, 皮帶等的》堅韌的繫帶; 《棒球連指手套的》指間皮膜; 《球拍的》網.

web-foot·ed [ˈwɛbˈfʊtɪd; ˈwebˌfʊtɪd] *adj.* 腳上有蹼的.

Web·ster [ˈwɛbstɚ; ˈwebstə(r)] *n.* **Noah ~** 韋

伯斯特(1758-1843)《美國籍字典編者、作家》.

web-toed [ˋwɛb͵tod; ˈwebtəʊd] *adj.* = web-footed.

***wed** [wɛd; wed] *v.* (~**s** [~z; ~z]; ~**ded** [~ɪd; ~ɪd], ~; ~**ding**) *vt.* **1** 《古語或報紙用語》與⋯結婚; 《牧師等》爲⋯證婚; 把⋯嫁給⋯(*to*); (★marry 較爲普遍). My son will *wed* Miss Jones in June. 我兒子6月將與瓊斯小姐結婚/Mrs. Bennet is eager to *wed* her girls *to* wealthy men. 貝納特夫人急着要把女兒嫁給有錢人.

2 《雅》使⋯結合(*to*)(unite). In him a critical mind is *wedded to* a keen sense of beauty. 批判性的思維和對美的敏銳洞察力結合於他一身.
— *vi.* 結婚《古語或報紙用語》.

Wed. (略) Wednesday.

***we'd** [強 ˋwid, ͵wid, 弱 wɪd, wid; 強 ˈwiːd, wid, 弱 wɪd, wid] **1** we had 的縮寫. We thought we'd seen the man before. 我們記爲以前曾見過這個男子/*We'd* better start at once. 我們最好立刻出發.

2 we would [should] 的縮寫. *We'd* like to see your father. 我們希望見到你的父親.

wed-ded [ˋwɛdɪd; ˈwedɪd] *adj.* **1** 《限定》已婚的, 結婚的; (★married 更爲常見). *wedded* life 婚姻生活. **2** 《敘述》執着的(*to*〔想法, 工作等〕).

***wed-ding** [ˋwɛdɪŋ; ˈwedɪŋ] *n.* (*pl.* ~**s** [~z; ~z]) Ⓒ **1** 結婚儀式, 婚禮. a church *wedding* 在教堂舉行的結婚儀式/Helen and Bob's *wedding* will take place next Sunday. 海倫和鮑伯的婚禮將在下個星期天舉行/a *wedding* present 結婚賀禮.

2 《通常加修飾語》結婚紀念日. our golden *wedding* (anniversary) 我們的金婚紀念.

●――結婚紀念日		
25 年	the silver wedding	銀婚
30 年	the pearl wedding	珍珠婚
40 年	the ruby wedding	紅寶石婚
50 年	the golden wedding	金婚
60 [75]年	the diamond wedding	鑽石婚

wédding brèakfast *n.* Ⓒ《英》婚宴《結婚儀式後、蜜月旅行出發前由家庭成員和賓客所進行的簡單餐會》.

wédding càke *n.* Ⓒ 結婚蛋糕.

wédding càrd *n.* Ⓒ 結婚請柬.

wédding cèremony *n.* Ⓒ 婚禮.

wédding dày *n.* Ⓒ **1** 結婚之日.
2 結婚紀念日.

wédding drèss *n.* Ⓒ 結婚禮服.

wédding màrch *n.* Ⓒ 結婚進行曲.

wédding recèption *n.* Ⓒ 結婚宴會.

wédding rìng *n.* Ⓒ 結婚戒指.

***wedge** [wɛdʒ; wedʒ] *n.* (*pl.* **wedg-es** [~ɪz; ~ɪz]) Ⓒ **1** 楔子; 作楔子用的東西. He drove a *wedge* into a log. 他把楔子打入圓木之中/The dispute drove a *wedge* between the two political parties. 這個爭論使這兩個政黨決裂. **2** 楔[V字]形之物; 《高爾夫球》楔形球桿(頭部爲楔形的球桿). a *wedge* of pie (切成楔形的)一塊派餅.

[wedge 1]

the thìn ènd of the wédge 乍看無關緊要但將來將會有重大發展的事物.
— *vt.* (**wedge-es** [~ɪz; ~ɪz]; ~**d** [~d; ~d]; **wedg-ing**) **1** 用楔子來固定[嵌住]; 句型5 (wedge **A B**)用楔子來使 A 成爲 B 的狀態. *Wedge* the door shut. 用楔子把門關緊.

2 把⋯硬塞入, 把⋯插進, 擠進(*in, into, between*). In the train I was *wedged between* two big men. 我在火車上被夾在兩個大個子中間/The fat man *wedged* himself [his way] *into* the taxi. 這個胖子擠進計程車裡.

Wédg-wood [ˋwɛdʒ͵wʊd; ˈwedʒwʊd] *n.* Ⓤ 《商標名》威基伍德陶瓷《英國的陶瓷; 藍底白紋的設計爲其特徵; 源自創業者之名》.

wed-lock [ˋwɛdlɑk; ˈwedlɒk] *n.* Ⓤ《文章》(合法的)結婚狀態, 婚姻. a child born in *wedlock* 嫡子/a child born out of *wedlock* 庶子, 非婚生子.

*****Wednes-day** [ˋwɛnzdɪ, -de; ˈwenzdɪ] *n.* (*pl.* ~**s** [~z; ~z])(★星期共通的例句、用法→Sunday) **1** Ⓒ(常無冠詞)星期三(略作 Wed.).

2 《形容詞性》星期三的.

3 《副詞性》Ⓤ在星期三; (Wednesdays)《主美、口》每週三.

wee¹ [wi; wiː] *adj.* (限定) **1** 《蘇格蘭》極小的, 微小的. **2** 《美》《時刻》很早的. stay up until the *wee* hours of the morning 熬夜到凌晨一、兩點(→ small hours).

a wèe bít 《口》(副詞性)少許, 一點兒.

wee² [wi; wiː] *n., v.*=wee-wee.

***weed** [wid; wiːd] *n.* (*pl.* ~**s** [~z; ~z]) **1** Ⓒ 雜草; 水草, 海草. pull up the *weeds* in the garden 拔除花園裡的雜草/My garden is overgrown with *weeds*. 我家庭院雜草叢生/Ill *weeds* grow apace. 《諺》小人易得志(<雜草長得快).

2 Ⓤ《俚》大麻(稍戲式的說法).

3 Ⓒ《口》纖瘦的(無用的)人[馬].
— *v.* (~**s** [~z; ~z]; ~**ed** [~ɪd; ~ɪd]; ~**ing**) *vt.*
1 拔除〔庭院等的〕雜草, 從⋯除去雜草. It is my job to *weed* the garden. 去除花園的雜草是我的工作. **2** 除掉, 去除, 〔無用, 有害之物〕(*out*). The new manager *weeded out* the unproductive workers. 新任經理淘汰了生產力低的工人/The irrelevant data have to be *weeded out*. 必須刪去無關的資料.
— *vi.* 除草.

weeds [widz; wiːdz] *n.* 《作複數》(特指未亡人穿的)喪服.

weed-y [ˋwidɪ; ˈwiːdɪ] *adj.* **1** 雜草叢生的. a *weedy*

lawn 雜草叢生的草地.

2 《口》〈人，動物〉纖瘦的，瘦弱的.

‡week [wik; wi:k] n. (pl. ~s [~s; ~s])

〖週〗**1** 〇週，星期，《通常指星期日至星期六》；一週，七天. What day of the week is it today? 今天星期幾?/There are seven days in a week. 一週有七天/The puppy is three weeks old. 這隻小狗有三週大了/Mother was ill in bed all week. 母親整個星期都臥病在床/We haven't heard from him for weeks. 我們已經好幾個星期沒有他的消息/write a letter once a week 每週寫一封信/We have an English examination this week. 本週我們要考英文(〖語法〗week 構成的副詞片語常不帶介系詞，如 this week (本週)，next week (下週)，last week (上週)，every week (每週))/in a week or two 一週內，兩週之內/She will be married a week from Friday. 她將在下星期五結婚(〖語法〗(英)亦用(on) Friday week, a week (on [next]) Friday)/My father died a week last Monday. (英)我父親於上星期一去世.

2 〖U〗(常 Week)…週. Christmas week 聖誕週/Fire Prevention Week 火災防治週.

〖一週的工作日〗**3** 〇工作日，上課日，平日，(亦稱為 wórking wèek). I have no time during the week. 我週間都沒空/We work a 42-hour week. 我們每週工作 42 小時.

by the wéek 按週. The workers are paid by the week. 工人們按週領薪資.

èvery òther wéek 隔週，每隔一週.

the wéek àfter néxt 下下個星期.

the wéek befòre lást 上上個星期.

todáy [this dáy] wèek (英)下週的今天.

tomórrow wèek (英)從明天開始一週後(八天後).

wèek after wéek＝**wèek ín, wèek óut** 每週. Week in, week out, she practiced on the piano. 她每週都練習彈鋼琴.

yésterday wèek (英)上週的昨天(八天前).

‡week·day [ˈwik,de; ˈwi:kdeɪ] n. (pl. ~s [~z; ~z]) 〇(星期日〔、星期六〕除外)平日，週間，工作日. work on weekdays 於平日工作/★在(美)中有時省略 on)/my weekday routine 我平日(例行)的工作/We work from 9 a.m. to 5 p.m. weekdays and 9 a.m. to 3 p.m. on Saturdays. 我們平常(星期一至五)從上午九點工作到下午五點，星期六則從上午九點工作到下午三點.

‡week·end [ˈwik,ɛnd; ˌwi:kˈend] n. (pl. ~s [~z; ~z]) 〇 **1** 週末(從星期五晚上或星期六開始一直到次週的工作[上課等]開始為止)；週末假期. The family usually spends the weekend at the seaside. 那一家人通常在海邊度週末/What would you like to do for the weekend? 這個週末你打算做些甚麼?/(on) weekends (美)＝at weekends (英)在週末/over the weekend 整個週末；(從一週的開始來看)在上週末(的).

2 《形容詞性》週末的. Philip has a weekend cottage by the sea. 菲利浦在海邊有棟度週末用的別墅.

— vi. 《通常用進行式》度週末. My parents are weekending at the villa. 我父母親正在別墅度週末.

week·end·er [ˈwik,ɛndɚ; ,wi:kˈendə(r)] n. 〇週末旅行者；在別墅、飯店等度週末者.

‡week·ly [ˈwiklɪ; ˈwi:klɪ] adj. 每週的；每週一次的；週刊的；按週的. Sam pays a weekly visit to his parents. 山姆每週探望父母一次/a weekly magazine 週刊雜誌/a weekly wage 週薪.

— adv. 每週；每週一次；按週地. Time is published weekly. 《時代雜誌》每週發行一次/We are paid weekly. 我們領週薪.

— n. (pl. -lies) 〇週刊報紙[雜誌](→ periodical 表). I take several weeklies. 我拿了幾本週刊.

week·night [ˈwik,naɪt; ˈwi:knaɪt] n. 〇週間夜晚.

wee·ny [ˈwinɪ; ˈwi:nɪ] adj. 《口》極小的，微小的.

‡weep [wip; wi:p] v. (~s [~s; ~s]; wept; ~ing) vi. **1** 《文章》 (不出聲地)哭(→ cry 圖)；悲傷，悲歎，《for, over》. The girl's eyes were red from weeping. 女孩的眼睛哭紅了/The mother wept over her dead son. 母親為死去的兒子悲泣/Mary wept to hear the sad news. 瑪莉因聽到噩耗而哭泣.

2 滴水；〈血等從傷口等處〉滴落.

— vt. **1** 《古》為…悲傷地哭泣〔歎息〕.

2 《文章》流〔淚〕. weep bitter tears 流下苦澀的淚水.

wèep one's héart [éyes] òut 哭得死去活來[哭腫眼睛].

wèep onesèlf to sléep 哭著入睡.

weep·ing [ˈwipɪŋ; ˈwi:pɪŋ] adj. **1** 流淚的，哭泣的. **2** 〈樹木〉枝葉低垂的.

wèeping wíllow 〇《植物》垂柳.

weep·y [ˈwipɪ; ˈwi:pɪ] adj. 《口》 **1** 易掉淚的，愛哭的. **2** 〈小說，電影等〉賺人眼淚的，引人落淚的.

wee·vil [ˈwivl; ˈwi:vl] n. 〇象鼻蟲《象鼻蟲科昆蟲的總稱》.

wee-wee [ˈwi,wi; ˈwi:wi:] n. 《幼兒語》〖a U〗撒尿，do a wee-wee 撒尿.

— vi. 小便.

weft [weft; weft] n. 〇(加 the)(織物的)緯紗(指全體)(↔ warp).

‡weigh [we; weɪ] v. (~s [~z; ~z]; ~ed [~d; ~d]; ~ing) 〖稱重量〗**1** 稱…的重量，測重；用秤稱重. Weigh the package on the scale. 把包裹放在秤上測重/Have you weighed yourself recently? 你最近量過體重嗎?

2 〖考慮重要性〗認真考慮，衡量；與…斟酌比較《with, against》. You should weigh your words before you begin to speak. 說話前應先斟酌你所用的字句/He weighed his plan against mine. 他把他的計畫與我的作比較.

— vi. 〖有重量〗**1** 句型2 (weigh A)有 A 的重量[分量]. How much do you weigh? 你的體重

是多少?/Tom *weighs* 110 pounds. 湯姆重110磅.
2 〔有重要性〕具有**重要性**; 受重視(*with* 〔人〕).
My teacher's opinion *weighed* heavily *with* me.
老師的意見對我十分重要.
3 〔成爲沈重負擔〕成爲負擔, 施加重大壓力, 《*on,
upon*》. The trouble *weighs* heavily *on* his mind.
這個煩惱使他心情極為沈重.
wèigh ánchor → anchor 的片語.
wèigh/.../dówn 《常用被動態》(1)用重量把…壓
低; 使彎曲. The branches were *weighed down*
by the snow. 樹枝被雪壓得彎曲. (2)使悶悶不樂,
使心情沈重. Peter has been *weighed down* with
family problems recently. 彼得最近因爲家庭問題
而悶悶不樂.
wèigh ín (1)〔拳擊手等〕比賽前接受體重測定.
(2)《口》(在爭論等中)幫腔, 聲援.
wèigh/.../óut 稱出…, 量出…. *weigh out* 100
grams of sugar 稱出 100 克的糖.
wèigh/.../úp 努力理解…; 評估(人, 物). We
talked for a while, *weighing* each other *up*. 我們
交談了一陣子, 彼此估量著對方.

‡**weight** [wet; weɪt] *n.* (*pl.* ~s [~s; ~s])
〖**重**〗**1** 〖U〗重, 重量; 體重; 〖C〗(比
賽)(拳擊等)按體重所區分的等級. gross *weight* 總
重/net *weight* 淨重/They sell oranges by *weight*
at the store. 那家商店論重量賣柳橙/the piers
supporting the *weight* of the bridge 支撐橋身重
量的橋墩/give short *weight* 偷斤減兩/What is
the *weight* of this box? 這個盒子多重?/put
on〕*weight* 體重增加/lose *weight* 體重減輕/He is
170 pounds in *weight*. 他體重有一百七十磅.
2 〖U〗衡量法; 〖C〗重量單位. *weights* and mea-
sures 度量衡/metric *weight* 公制重量.
3 〖重物〗〖C〗秤砣, 砝碼; 鎮石, 紙 鎮(paper-
weight); (比賽)鉛球; (舉重等的)槓鈴. a pound
weight 一磅重的砝碼/put a *weight* on the lid of a
box 在盒蓋上放重物/lift *weights* 舉重; 舉重物.
〖**重要性**〗**4** 〖U〗重要, 重要性, 分量; 權勢, 勢
力. a problem of great *weight* 重大的問題/a
man of *weight* 舉足輕重者, 有勢力的人/The
statesman laid *weight* on diplomacy. 這位政治家
重視外交/Professor Smith's views have a good
deal of *weight* with him. 史密斯教授的意見對他有
極大的影響力. 圊 weight 特指與其他事物相比較的
重要性; → importance.
〖**重壓**〗**5** 〖C〗(通常用單數)負擔; 重擔. feel
the *weight* of responsibility 感到責任的沈重壓力/
The failure was a *weight* on my father's mind.
這個失敗是我父親心中的重擔.
càrry wéight 具重要性, 具影響力, 《*with* 對…》.
The mayor's appeals *carried* no *weight with*
the citizens. 市長的呼籲對市民們完全不具影響力.
òver wéight 重量〔體重〕超重. The boxer was a
little *over* weight. 那位拳擊手有一點超重.
pùll one's wéight (不亞於同伴地)完成自己份內

的職責〔工作〕(源自區分體重來進行划船).
***thròw one's wéight abòut* [aròund]** 《口》濫用
權勢.
—— *vt.* **1** 使…變重, 加重; 附以重物. *weight* a
fishing line 在釣線上加鉛墜.
2 使〔人〕痛苦; 使〔人〕的心裡負有重擔; 《*down*》
《常用被動態》. Meg was *weighted down* with
[by] two large suitcases. 梅格被兩個沈重的大皮
箱壓得喘不過氣/Ted looks *weighted down* with
remorse. 泰德心裡似乎十分後悔.
3 使…增加重要性(*in favor of* 對…有利; *against*
對…不利)(通常用被動態).
weight·i·ly [ˋwetɪlɪ; ˋweɪtɪlɪ] *adv.* 重要地, 重
大地.
weight·i·ness [ˋwetɪnɪs; ˋweɪtɪnɪs] *n.* 〖U〗重
要的事; 重要性, 重大.
weight·less [ˋwetlɪs; ˋweɪtlɪs] *adj.* 失重的;
(在太空等中)無力的.
weight·less·ness [ˋwetlɪsnɪs; ˋweɪtlɪsnɪs] *n.*
〖U〗無力狀態.
weight lìfter *n.* 〖C〗舉重選手.
wéight lìfting *n.* 〖U〗**1** (比賽)舉重.
2 舉重訓練(使用槓鈴等強化肌力的訓練; 亦可叫
作 wéight tràining).
wéight wàtcher *n.* 〖C〗(注意體重不使自己
發胖的)節食減肥者.
weight·y [ˋwetɪ; ˋweɪtɪ] *adj.* **1** 〔物體等〕重的.
a *weighty* box 一個沈重的箱子.
2 〔問題等〕重要的, 重大的; 〔人〕有權力的, 有勢
力的.
weir [wɪr; wɪə(r)] *n.* 〖C〗**1** (河的)堰. **2** (捕魚
用的)魚梁, 魚簍.
weird [wɪrd; wɪəd] *adj.* **1** 不可思議的, 奇異的;
令人毛骨悚然的.
2 《口》奇異的; 難以理解的, 令人難以接受的.
weird·ie [ˋwɪrdɪ; ˋwɪədɪ] *n.* 〖C〗《口》怪人.
weird·ly [ˋwɪrdlɪ; ˋwɪədlɪ] *adv.* 令人毛骨悚然地.
weird·ness [ˋwɪrdnɪs; ˋwɪədnɪs] *n.* 〖U〗令人毛
骨悚然的感覺.
weird·o [ˋwɪrdo; ˋwɪədəʊ] *n.* (*pl.* ~s) = weirdie.

‡**wel·come** [ˋwɛlkəm; ˋwelkəm] *interj.* 衷心
歡迎您的到來! 歡迎光臨! *Wel-
come*, Bill! 歡迎你, 比爾!/*Welcome* home! (對長
時間離家的人)歡迎回家!/*Welcome* to San Fran-
cisco! 歡迎光臨舊金山!
***Wèlcome abòard!* →** aboard 的片語.
—— *n.* (*pl.* ~s [~z; ~z]) 〖C〗歡迎, 歡迎時的寒暄〔言
辭〕. The family gave me a kind *welcome*. 這一
家人友善地歡迎我/The novel idea received a
cool *welcome*. 這個新奇的想法受到冷漠的回應.

┌─ 圄配 *adj.*+welcome: an enthusiastic ~ (熱烈
│ 的歡迎), a hearty ~ (真誠的歡迎), a warm ~
│ (熱情的歡迎) // *v.*+welcome: extend a ~ (歡
│ 迎), offer a ~ (歡迎).
└─

bíd a pèrson wélcome 歡迎某人.
—— *v.* (~s [~z; ~z]; ~d [~d; ~d]; **-com·ing**) *vt.*
1 歡迎, 高興地迎接, 〔人〕; 出迎. The couple

welcomed their guests at the door. 這對夫婦在家門口迎接客人/My aunt *welcomed* the orphan to her home. 我的姨媽歡迎孤兒到家裡玩/He *welcomed* me with a smile and a firm handshake. 他面帶微笑，有力地握手來歡迎我.
2 高興地接受〔想法，援助等〕. I'm sure he will *welcome* your advice. 我相信他會很高興地接受你的建議.
— *adj.* 【歡迎的】 **1** 〔客人等〕受歡迎的，被高興地接待的. a *welcome* guest 一位受歡迎的客人/You are always *welcome* here. 這裡永遠歡迎你.
2 值得感謝的，很好的. *welcome* news 好消息/Your help will certainly be *welcome*. 如果你能幫忙的話，就太感謝了.
3 《敘述》可任意使用的(*to*)；《有時表諷刺》可隨意使用…的(*to do*). You are *welcome to* all my savings. 你可以隨意使用我所有的存款/Ted is *welcome to* say whatever he pleases. 泰德高興說甚麼就說甚麼.
mà̀ke a pèrson **wélcome** 高興地迎接某人. The Smiths *made* us warmly *welcome*. 史密斯夫婦熱情地歡迎我們.

* **You are wélcome.** (對於對方的答謝)不客氣(★Don't mention it. 的說法更客氣；也說成 Not at all., That's all right.). "Thank you for your kindness." "*You're welcome*." 「謝謝你的好意」「哪裡」

wel·com·ing [ˈwɛlkəmɪŋ; ˈwelkəmɪŋ] v. wel-come 的現在分詞, 動名詞.

weld [wɛld; weld] vt. **1** 焊接(*to*). **2** 使密切接合；使結合；(*to*).
— vi. 被焊接.
— n. ⓒ 焊接點.

weld·er [ˈwɛldə; ˈweldə(r)] n. ⓒ 焊工.

* **wel·fare** [ˈwɛlˌfɛr, -ˌfær; ˈwelfeə(r)] n. ⓤ
1 福祉，福利；繁榮. social *welfare* 社會福利/the *welfare* of the whole country 整個國家的福祉. **2** ＝welfare work. **3** 《美》社會福利. be *on welfare* 接受社會救濟.
[字源] FARE「行走」: wel*fare*, *fare* (運費), *fare*-well (再見), war*fare* (戰鬥).

wélfare stàte n. ⓒ福利國家.

wélfare wòrk n. ⓤ福利事業.

well¹ [wɛl; wel] adv. (**bet·ter; best**)
【很好地】 **1** 很好地，高明地；出色地；(◆*badly*). behave *well* 行為良好/She sang a song *well*. 她歌唱得很好/How *well* does Jack speak Italian? 傑克的義大利語說得有多好？
2 順利地，適當地；好意地；(◆*badly*). All went *well* with the business. 事業進展地一帆風順/Nick advised me *well*. 尼克給了我很好的建議.
【充分地】 **3** 充分地，完全地；全然. sleep *well* 睡得香甜/I don't know him very *well*. 我跟他不是很熟/Shake the medicine *well* before taking it. 服藥前請搖勻/It is *well* worth the trouble. 那件事絕對值得你花費這些工夫/I can *well* believe his story 我絕對相信他所說的話.
4 相當地，很. sit *well* back in a chair 深陷在

座椅中/*well* past midnight 已過午夜很久了/Mike is *well* behind Susie in French. 麥克的法語差蘇西一大截.
5 (置於 cannot, could not 之後)實在難以，無論如何(…都不能)，(★置於 can, could 之後其意義與第3項相同). I couldn't *well* refuse the girl's request. 我怎麼也無法拒絕那個女孩的請求.

* *as wèll* (1)也…，除此之外又…，(→also ●). Tom learned Latin, and Greek *as well*. 湯姆學拉丁語，也學希臘語. (2)同樣地傑出. He can play the violin *as well* (as Bob). 他小提琴拉得(跟鮑伯)一樣好(→ as well as... (1)).

* *as wéll as...* (1)與…同樣高明地，不遜於…，《well「很好地，高明地」》. Polly can skate *as well as* any of her brothers. 寶莉溜冰溜得和任何一個兄弟一樣好. (2)(A as well as B 的形式)A 和 B，不僅有 A 也有 B，《well 已不具原本的意義》. Nancy went to London *as well as* (to) Paris. 南西不僅到倫敦也到巴黎/Hal *as well as* his parents is going to Europe. 哈爾和他的雙親都要去歐洲. [語法](1)通常 A 與 B 在文法上是同等的語句；把 A as well as B 當作主詞時，動詞的人稱和數要與 A 一致. (2)A as well as B 往往可說成 not only B but A (→ not 的片語).

be wèll óff 富裕的；豐富的(*for*); (◆be badly [poorly] off). The family *was* very *well off* in those days. 當時那戶人家很富裕/We're *well off for* clinics around here. 我們這附近診所很多.

be wèll óut of... 《口》倖免於〔討厭的事等〕. You're *well out of* that dirty and dangerous job. 你很幸運不用去做那個骯髒又危險的工作.

be wèll úp in [on]... 熟知…. Pete *is well up in* the latest computer technology. 彼特熟知最新的電腦科技.

dò wéll (1)做得好，成功. He's *doing well* at school [with his furniture business]. 他在學校成績很好[他的家具生意做得不錯]. (2)做…較好(*to do*). Sam *did well to* buy the house. 山姆買這棟房子買對了.

may (jùst) as wèll dó (as A) (A 為原形動詞(片語)) (1)做…和做 A 都一樣：比起 A 還是做…好. You *may as well* do it now *as* (do it) later, since you must do it anyway. 既然你一定要做，那麼早做晚做都一樣(早點做的好).
(2)(省略第二個 as 以後的部分，或將之視為 as not)即使做…也一樣；做…較好；《尤其不做》還不如做…較好，是比 had better 更加委婉的說法》. You *may as well* come with me (*as not*). 你還是跟我一起來比較好/Unless one travels with an open mind, one *may just as well* stay at home. 一個人除非能夠敞開心胸旅行，不然還是待在家裡的好.

* *may wèll dó* (1)做…是理所當然的. Kate *may well* complain of her husband. 凱特抱怨她的丈夫是理所當然的. (2)也許…. Your answer *may well*

be right. 你的答案或許是正確的.

***might (jùst) as wèll** dó (as A)* (1) =may (just) as well do (as A) (★若將該例句中的may 作might, 則爲委婉而謹慎的表達). (2)做…就好像做A一樣, 就像做…一樣, (★A通常爲非事實之事或(被認爲)不可能的事). One *might just as well* attempt to arrest an avalanche *as* try to hold back that crowd. 想要制止那群人, 就像要阻止雪崩一樣(不可能)/You never listen. I *might as well* talk to a stone wall. 你從來都不聽, 我就好像在跟一面石牆說話一樣. (3)要做A還不如…, You *might as well* die *as* marry such a man. 嫁給那種男人還不如死了算了.

***might wèll** dó* (1)做…是理所當然的. (2)或許…. ★比may well do委婉.

prètty wéll (1)非常好. She plays the piano *pretty well*. 她鋼琴彈得非常好. (2)幾乎. The house is *pretty well* finished. 那棟房子蓋得差不多了.

stànd wéll with... 令[人]中意, 受[人]歡迎.

wèll and trúly (口)完全地, 全然地.

Wèll dóne! 做得漂亮! 幹得好!

wèll enòugh → enough *adv.* 的片語.

— *adj.* (**bèt·ter; bèst**) (敍述)

〖好得令人滿意的〗**1** 健康的, 健壯的, 有精神的, (↔ ill, sick; 回比 healthy 口語化). "How are you?" "Very *well*, thank you." 「你好嗎?」「謝謝, 我很好」/I hope you will get *well* soon. 我希望你早日康復.

2 正好的, 運氣好的, 令人滿意的. Everything will be *well* with Jim. 吉姆會一切順利的/All's *well* that ends well. (諺)(即使中途有各種爭執但)只要結局好一切都好.

3 適當的, 妥當的. It would be *well* to see the doctor. 你最好去看醫生.

be (jùst) as wéll (最)適當的, 最好的; 沒關係, 反而好. It would be *just as well* to start before dark. 最好在天黑之前出發/"I missed that movie." "*Just* [It's *just*] *as well*. It wasn't very good." 「我錯過了那部電影」「那正好, 那部電影不怎麼樣」.

lèt* [*lèave*] *wéll (enòugh) alóne 不要多管閒事 (★此處 well 爲形容詞轉化爲名詞的用法).

That is àll very wéll*(, but...) 那確實很好 (但…)(通常在要表達不滿時使用). *That's all very well, but* where will the money come from? 的確很好, 但問題是錢從哪裡來?

— *interj.* **1** 哎呀! 哎喲! (驚訝). "Tom was elected chairman." "*Well, well!*" 「湯姆獲選爲主席」「唉呀, 眞想不到!」

2 嗯(躊躇, 懷疑). *Well*, let me see.... 嗯, 這個嘛.../*Well*, I am not sure. 嗯, 我不確定.

3 好啦, 好吧, (放心, 放棄). *Well*, you finally found the house, huh? 好了, 你終於找到你要的房子了/Oh *well*, I can't complain. It's my own

fault after all. 算了, 這下我無話可說了. 畢竟是我不對.

4 是呀, 有道理, (讓步). *Well*, perhaps that may be true. 嗯, 也許那是對的.

5 那麼, 對了, (繼續進行話題, 期待). *Well*, who came next? 那麼, 下一個是誰呢?

6 好吧(同意, 承認). *Well*, I agree to the proposal. 好吧, 我贊成那個提案.

*well² [wɛl; wel] *n.* (*pl.* ~**s** [~z; ~z]) ⓒ

〖泉〗**1** 泉.

2 (知識等的)源頭, 泉源. a *well* of knowledge 知識的泉源.

〖井〗**3** 井; 油井(oil well). dig [sink] a *well* 挖[鑿]井.

4 〖似井之物〗樓梯間中央的空心地帶; 電梯井道; 墨水池(inkwell).

— *vi.* **1** 流出, 湧出; 噴出; (*out; up*). Her eyes *welled* with tears. 她的眼睛湧出淚水.

2 (雅)(感情等)湧現(*out, up*).

*we'll 〔強 `wil, ˌwil, 弱 wɪl, wil; 強 ˈwiːl, ˌwiːl, 弱 wɪl, wil〕we will, we shall 的縮寫.

well- [wɛl-; wel-] (與其他的單字連用)表「非常地, 十分地」之意(經常與過去分詞連用, 構成複合形容詞). *well*-born. *well*-done.

well-ad·just·ed [ˌwɛləˈdʒʌstəd; ˌweləˈdʒʌstɪd] *adj.* 〔人〕非常能適應(社會)的.

well-ad·vised [ˌwɛlədˈvaɪzd; ˌweləd'vaɪzd] *adj.* 審愼的, 謹愼的; 明智的.

well-ap·point·ed [ˌwɛləˈpɔɪntɪd; ˌweləˈpɔɪntɪd] *adj.* 〔住宅, 飯店等〕設備齊全的.

well-bal·anced [ˈwɛlˈbælənst; ˌwelˈbælənst] *adj.* **1** 〔飲食等〕均衡的. **2** 〔人, 性格等〕端正的.

well-be·haved [ˈwɛlbɪˈhevd; ˌwelbɪˈheɪvd] *adj.* 行爲良好的.

well-be·ing [ˈwɛlˈbiɪŋ; ˌwelˈbiːɪŋ] *n.* Ⓤ 安樂(的生活); 福利; 幸福.

well-born [ˈwɛlˈbɔrn; ˌwelˈbɔːn] *adj.* 出身名門的, 家庭背景好的, 出身好的.

well-bred [ˈwɛlˈbrɛd; ˌwelˈbred] *adj.* **1** 教養良好的; 行爲良好的. **2** 〔馬, 狗等〕品種優良的.

well-con·nect·ed [ˈwɛlkəˈnɛktɪd; ˌwelkəˈnektɪd] *adj.* 社會關係良好的.

well-de·fined [ˈwɛldɪˈfaɪnd; ˌweldɪˈfaɪnd] *adj.* 輪廓分明的; 定義明確的.

well-dis·posed [ˈwɛldɪˈspozd; ˌweldɪˈspəʊzd] *adj.* **1** (對…)懷有好意的, 富有同情心的. **2** 性情溫和的, 親切的.

well-done [ˈwɛlˈdʌn; ˌwelˈdʌn] *adj.* **1** 〔菜餚, 特指肉〕煮熟的, 全熟的(→rare² 參考). I want my steak *well-done*. 我的牛排要全熟. **2** 圓滿達成的.

well-earned [ˈwɛlˈɜrnd; ˌwelˈɜːnd] *adj.* 〔報酬等〕應得的(↔ unearned). We took a *well-earned* rest. 我們休應休的假.

well-found·ed [ˈwɛlˈfaʊndɪd; ˌwelˈfaʊndɪd] *adj.* 以事實爲基礎的, 有充分根據的, (↔ unfounded).

well-groomed [ˈwɛlˈgrumd; ˌwelˈgruːmd]

W

adj. 衣著整潔的.

well-ground·ed [ˈwɛlˈɡraʊndɪd; ˌwelˈɡraʊndɪd] adj. **1** 受過良好教育[訓練]的((in)). **2** ＝well-founded.

well-heeled [ˈwɛlˈhild; ˌwelˈhiːld] adj. 《口》有錢的.

well-in·formed [ˈwɛlɪnˈfɔrmd; ˌwelɪnˈfɔːmd] adj. 見識廣博的, 知識淵博的; 消息靈通的((in)).

Wel·ling·ton [ˈwɛlɪŋtən; ˈwelɪŋtən] adj. **1** Arthur Wellesley [ˈwɛlzlɪ; ˈwelzlɪ] ～ 亞瑟‧威靈頓(1769-1852)《1815年在Waterloo戰勝Napoleon I 的英國軍人、政治家》. **2** 威靈頓(紐西蘭首都).

wel·ling·tons [ˈwɛlɪŋtənz; ˈwelɪŋtənz] n. 《作複數》(長及膝蓋的)橡膠長統靴(亦稱作wèllington bóots; 《美》rubber boots).

well-in·ten·tioned [ˈwɛlɪnˈtɛnʃənd; ˌwelɪnˈtenʃənd] adj. 善意的, (雖然無益但)出自善意的[行為等].

well-kept [ˈwɛlˈkɛpt; ˌwelˈkept] adj. 妥善照顧的.

well-knit [ˈwɛlˈnɪt; ˌwelˈnɪt] adj. 〔身體等〕結實的.

✲well-known [ˈwɛlˈnon; ˌwelˈnəʊn] adj. (**bet·ter-**; **best-**) 有名的, 眾所周知的. a well-known fact 眾所周知的事實/ That writer is well-known all over the world. 那位作家舉世聞名.

well-man·nered [ˈwɛlˈmænəd; ˌwelˈmænəd] adj. 舉止有禮的; 高雅的.

well-mean·ing [ˈwɛlˈminɪŋ; ˌwelˈmiːnɪŋ] adj. 〔人〕善意的; 〔行為〕(雖然無益但)出自善意的.

well-meant [ˈwɛlˈmɛnt; ˌwelˈment] adj. 出自善意而做的.

well-nigh [ˈwɛlˈnaɪ; ˈwelnaɪ] adv. 《文章》幾乎.

well-off [ˈwɛlˈɔf; ˌwelˈɒf] adj. 《敘述》＝well off (→ be well off (well 的片語)).

well-paid [ˈwɛlˈped; ˌwelˈpeɪd] adj. 〔工作〕待遇好的.

well-pre·served [ˈwɛlprɪˈzɜvd; ˌwelprɪˈzɜːvd] adj. **1** 保存完好的. **2** 不老的, 顯得年輕的.

well-pro·por·tioned [ˌwɛlprəˈpɔrʃənd; ˌwelprəˈpɔːʃ(ə)nd] adj. 很勻稱的.

well-read [ˈwɛlˈrɛd; ˌwelˈred] adj. 博覽群書的; 見識廣博的, 精通的, ((in 關於…)).

well-round·ed [ˈwɛlˈraʊndɪd; ˌwelˈraʊndɪd] adj. **1** 〔人〕豐滿的. **2** 〔文體、想法等〕和諧的; 面面俱到的. **3** 〔經驗等〕廣泛的, 豐富的. **4** 〔人〕性格圓融的.

well-shaped [ˈwɛlˈʃept; ˌwelˈʃeɪpt] adj. 外型好看的.

well-spo·ken [ˈwɛlˈspokən; ˌwelˈspəʊkən] adj. **1** 〔人〕言辭洗練的. **2** 《英》沒有地方口音的, 發音標準的.

well-thought-of [ˈwɛlˈθɔtˌʌv, -ˌʌv; ˌwelˈθɔːtəv] adj. 〔人〕評價高的.

well-timed [ˈwɛlˈtaɪmd; ˌwelˈtaɪmd] adj. 時機恰當的〔忠告等〕.

✲well-to-do [ˌwɛltəˈdu; ˌweltəˈduː] adj. 《口》富有的, 家境富裕的. come of a well-to-do family 出身富裕家庭.

well-tried [ˈwɛlˈtraɪd; ˌwelˈtraɪd] adj. 〔方法等〕受過許多次試驗的, 充分試驗過的.

well-turned [ˈwɛlˈtɜnd; ˌwelˈtɜːnd] adj. 〔言辭等〕表現出色[高雅]的.

well-wish·er [ˈwɛlˈwɪʃə; ˈwelˌwɪʃə(r)] n. ⓒ 希望別人幸福[事業成功]的人; 支援者.

well-worn [ˈwɛlˈworn, -ˈwɔrn; ˌwelˈwɔːn] adj. **1** 用舊了的, 磨損的. **2** 〔表達等〕常見的, 陳腐的.

Welsh [wɛlʃ, wɛltʃ; welʃ] adj. 威爾斯的(Wales); 威爾斯人[語]的. — n. ⓊⓊ **1** 威爾斯語. **2** (加 the)(集合稱)威爾斯人.

welsh [wɛlʃ, wɛltʃ; welʃ] vi. 不還借款; 不守約; ((on)).

Welsh·man [ˈwɛlʃmən, ˈwɛltʃmən; ˈwelʃmən] n. (pl. **-men** [-mən; -mən]) ⓒ 威爾斯人.

Wèlsh rábbit [rárebit] n. ⓒ 塗有融化乳酪的烤麵包片(把融化的乳酪加啤酒調味, 澆淋在吐司上加以烘烤的食品).

Welsh·wom·an [ˈwɛlʃˌwumən, -ˌwumən, ˈwɛltʃ-; ˈwelʃˌwumən] n. (pl. **-wom·en** [-ˌwɪmɪn, -ən-; ˌwɪmɪn]) ⓒ 威爾斯婦女.

welt [wɛlt; welt] n. ⓒ **1** 滾邊, 邊飾, 《袖口的編織物等》. **2** 鞭痕; 搔抓(後的條狀紅腫傷痕. **3** (鞋面皮革或鞋底皮革的)接縫革條.

wel·ter [ˈwɛltə; ˈweltə(r)] n. ⓤ 混亂, 雜亂. a welter of opinions 亂七八糟的意見.

wel·ter·weight [ˈwɛltəˌwet; ˈweltəweɪt] n. ⓒ 〔拳擊等的〕次中量級選手.

wen [wɛn; wen] n. ⓒ (在皮膚, 尤其是頭部等所出現的)腫塊, 瘤.

wench [wɛntʃ; wentʃ] n. ⓒ《古》年輕(農家)女子.

wend [wɛnd; wend] vt. 《主雅》《僅用於下列片語》 wènd one's wáy 赴, 去, (go).

went [wɛnt; went] v. go 的過去式. [參考] 原本是 wend 的過去式.

wept [wɛpt; wept] v. weep 的過去式、過去分詞.

✲were [強 wɝ, ˌwɝ, 弱 wɚ; 強 wɜː(r), 弱 wə(r)] v. aux. v. **1** be的直述語氣、複數、過去式 (★有關詳細的意義、用法→ be). The boys were all glad. 男孩們都很高興. **2** 用於假設語氣的be. If he were here, he would get angry. 如果他現在在這裡, 他會生氣的/If it were to rain tomorrow, how disappointed would they be? 萬一明天下雨, 他們會多麼失望呢？ 語法 與單複數無關; 有時代替 were 的 was → was.

as it wére → as 的片語.

if it were nót for...=wère it nót for... (if 的片語)

were to dó → be aux. v. 5.

✱we're [強 `wɪr, `wɪr, ˌwɪr, ˌwɪr, 弱 wɪr; wɪə(r)] we are 的縮寫(→be ◉). *We're* young and full of hope. 我們年輕且充滿希望.

✱weren't [wɝnt; wɜːnt] were not 的縮寫(→be ◉). They *weren't* kind to me. 他們過去對我並不好.

were·wolf [`wɪrˌwʊlf; 'wɪəwʊlf] n. (pl. **-wolves** [-ˌwʊlvz; -wʊlvz]) © 《傳說》狼人.

wert [強 wɝt, ˌwɝt, 弱 wɚt; 強 wɜːt, 弱 wət] v. 《古》be 的第二人稱、單數、直述語氣[假設語氣], 過去式(主詞爲 thou).

Wes·ley·an [`wɛslɪən; 'wezlɪən] adj. 衛理公會的, 美以美敎會的. 《源自脫離英國敎會, 創立 Methodism 的英國人 John Wesley (1703-91)》.

Wes·sex [`wɛsɪks, `wɛsɛks; 'wesɪks] n. 《英史》韋塞克斯(古代位於英格蘭西南部的撒克遜王國).

✱✱✱west [wɛst; west] n. Ⓤ 1 (通常加the)西, 西方, (略作 W; → 方向的詳細說明請參見 south 表). The sun sets in the *west*. 日落西方/sail to the *west* 航向西方.

2 (the west [*West*])西部(地方). the *west* of Germany 德國西部.

3 (the *West*)西洋, 歐美, (一般指歐洲與美國, 不包括非洲). the cultural traditions of the *West* 西方的文化傳統.

4 (the *West*) 《歷史》(相對於共產黨國家)西方(自由民主國家) (↔ the East).

5 (the *West*)《美》西部(地方)(通常指 Mississippi 河以西的地方). The frontier moved toward the *West*. (美國開拓時代)邊境向西拓展.

➪ adj. western, westerly. ↔ east.

in the wést of... 在⋯的西方[西側]. *in the west* of Australia 在澳大利亞西部[西側].

on the wést 在西側.

to the wést of... (位於)⋯的西方. Ireland is *to the west of* England. 愛爾蘭位於英格蘭西邊.

wèst by nórth 西偏北(略作 WbN).

wèst by sóuth 西偏南(略作 WbS).

— adj. 1 (常作 *West*)西方的, 西部的; 向西的; (→east 語法). the *west* side of town 小鎭的西側/the *west* wing of the castle 城堡的西翼.

2 〔風等〕來自西面的. a warm *west* wind 溫暖的西風.

— adv. 1 向[在]西, 向[在]西方. My house faces *west*. 我的房子面向西方.

2 在西面(*of*). The park is three miles *west of* the center of town. 那座公園位於鎭中央以西三英里處.

gò wést (1)朝西[西部]去; 〔太陽〕西下. *Go due west* from here. 從這裡朝正西方走. (2)《口》死去, 「歸西」; (俚)失敗, 變得無用, (<太陽西沈). The TV has *gone west*. 那臺電視機壞了.

west·bound [`wɛstˌbaʊnd; 'westbaʊnd] adj. 〔船等〕向西方前進的.

Wèst Cóuntry n. (加the)英格蘭西南部地區(Somerset, Dorset, Cornwall).

Wèst Énd n. (加the)倫敦西區(位於倫敦中央地區, 有公園, 一流的旅館, 劇場, 富豪宅邸等的高級地區; → East End).

west·er·ly [`wɛstɚlɪ; 'westəlɪ] adj. 1 西的; 朝西的. 2 〔風〕從西面來的.
— adv. 向[在]西面; 〔風等〕來自西面.

✱west·ern [`wɛstɚn; 'westən] adj. 1 (常 Western)西的, 西部的; 往西的, 朝西的; 〔風等〕從西面來的; (→east 語法). *Western* Europe 西歐/the *western* part of Spain 西班牙的西部.

2 (Western)西洋的, 歐美的. the *Western* mode of life 西方的生活方式/the *Western* countries 西方國家.

3 (Western) 《歷史》(相對於共產黨國家)西方(民主陣營的).

4 《美》(Western)西部(各州)的. a *Western* cowboy 一個西部牛仔.

➪ n. west. © eastern.

— n. © (常 Western)西部片, 西部電影, 《反映美國開拓時代牛仔等生活的電影、小說等》. watch *Westerns* on TV 看電視放映的西部片.

west·ern·er [`wɛstɚnɚ; 'westənə(r)] n. ©
1 居住在西方地方的人.
2 (Westerner)《美》西部(出生)的人.

Wèstern Hémisphere n. (加the)西半球.

[Western Hemisphere]

west·ern·i·za·tion [ˌwɛstɚnaɪˈzeʃən; ˌwestənaɪˈzeɪʃən] n. Ⓤ 西化, 歐美化.

west·ern·ize [`wɛstɚˌnaɪz; 'westənaɪz] vt. 〔習慣, 生活方式等〕西化, 使成爲歐美風格.

west·ern·most [`wɛstɚnˌmost, -məst; 'westənməʊst] adj. 最西面的, 最西端的.

Wèstern Rōman Émpire n. (加the)西羅馬帝國(西元 395 年羅馬帝國分裂成東、西兩部國後, 以羅馬爲首都所形成的國家. 西元 476 年滅亡; → Roman Empire).

Wèstern Samóa n. 西薩摩亞(南太平洋島

摩亞羣島西部的共和國；大英國協成員國之一；首都 Apia).

west·ern-style [ˈwɛstənˌstaɪl; ˈwestənstail] *adj.* 西式風格的.

Wèst Gérmany *n.* 《歷史》西德(前德意志聯邦共和國(1949-90)的通稱；→ Germany).

Wèst Índian *adj.* 西印度群島的.
— *n.* ⓒ西印度群島人.

Wèst Índies *n.* (加 the)西印度群島(自美國佛羅里達半島南方，Cuba, Jamaica 向西成點狀分布).

West·min·ster [ˈwɛstˌmɪnstə, -ˈmɪn-; ˈwestmɪnstə(r)] *n.* **1** 西敏區(位於倫敦中央地區的自治區；為英國國會大廈, Westminster Abbey, 白金漢宮等的所在地). **2** (位於 Westminster 的)英國國會大廈；英國國會.

Wèstminster Ábbey *n.* 西敏寺(位於倫敦 Westminster, 為哥德式建築的大教堂；在此舉行國王的加冕及國家重大事宜, 而國王、人民的英雄等亦皆安葬於此).

[Westminster Abbey]

west-north-west [ˈwɛstˌnɔrθˈwɛst; ˌwestnɔːθˈwest] *n.* (加 the)西北西(略為 WNW).
— *adj., adv.* 西北西的[地].

west-south-west [ˈwɛstˌsauθˈwɛst; ˌwestsauθˈwest] *n.* (加 the)西南西(略為 WSW).
— *adj., adv.* 西南西的[地].

Wèst Póint *n.* 西點(位於美國 New York 市北方的軍事基地；陸軍軍官學校的所在地).

Wèst Síde *n.* (加 the)西城(紐約 Manhattan 西區).

Wèst Virgínia *n.* 西維吉尼亞州(美國東部的州；首府 Charleston；略作 WV, W.Va.).

*****west·ward** [ˈwɛstwəd; ˈwestwəd] *adv.* 向[朝]西, 在西面. The ship sailed *westward*. 這條船向西航行.
— *adj.* 朝向西方的；西方的. the *westward* movement of the population 人口向西的移動.

west·wards [ˈwɛstwədz; ˈwestwədz] *adv.* =

westward.

*****wet** [wɛt; wet] *adj.* (~·ter; ~·test) **1** 濕的, 濕潤的. a *wet* shirt 濕襯衫/My mother got *wet* on her way home. 我母親回家途中淋濕了/The grass is still *wet* with dew. 草地因露水而濕潤.

2 (油漆, 水泥等)未乾的, 剛剛塗上去的. *wet* cement 未乾的水泥.

3 有雨的, 多雨的. *wet* weather 雨天/It will soon be the *wet* season. 雨季快來臨了.

4 (美, 口)准許酒類的製造、銷售. a *wet* town 不禁酒的城鎮.

5 (英, 口)(輕蔑)軟弱的, 無意志力的；(行為等)無自信的, 欠缺熱忱的. ↔ dry.

àll wét (美, 俚)完全錯誤.

wèt behind the éars (口)稚嫩的, 乳臭未乾的, (源自剛出生的動物耳後根潮溼的現象).

Wèt Páint 「油漆未乾」(告示).

wèt thróugh=wèt to the skín 渾身濕透. I walked in the rain and got *wet to the skin*. 我在雨中行走, 渾身都濕透了.

— *v.* (~s [~s; ~s]; ~·ted [~ɪd; ~ɪd]; (主美) ~·ting (《主美》) *wetted*) *vt.* 弄濕, 沾濕. She *wetted* a handkerchief with cold water. 她用冷水把手帕浸濕/Johnny *wet* his bed [himself] last night. 強尼昨晚尿床了(《語法》(英)的過去式、過去分詞都用 wet).

— *vi.* **1** 變濕, 濕潤.

2 (特指兒童)尿床.

— *n.* **1** ⓤ濕氣, 潮濕.

2 ⓤ(加 the)雨天, (降)雨；(雨後的)泥濘. Come inside out of the *wet*! 進來, 不要淋雨!

3 ⓒ(美, 口)反對禁酒者.

wèt blánket *n.* ⓒ(口)掃興的人[物], 敗興, 掃興.

wèt dréam *n.* ⓒ夢遺.

wet·ness [ˈwɛtnɪs; ˈwetnɪs] *n.* ⓤ潮濕.

wèt nùrse *n.* ⓒ(為了哺乳所雇用的)奶媽(→ dry nurse).

wet-nurse [ˈwɛtˌnɜs; ˈwetnɜːs] *vt.* **1** 當奶媽餵母乳給…. **2** (輕蔑)嬌寵.

wèt sùit *n.* ⓒ簡易潛水服(緊身的橡膠製潛水服裝).

*****we've** [強 ˈwiv, ˌwiv, 弱 wɪv, wiv; 強 ˈwiːv, ˌwiːv, 弱 wɪv, wiːv] we have 的縮寫.

whack [hwæk; (h)wæk] *vt.* (用棒等)用力地打, 猛擊.
— *n.* ⓒ **1** 猛擊；毆打聲.
2 (口)(通常用單數)(公平[正當]的)分配數額(share).

hàve a whàck at... (口)嘗試做….

whacked [hwækt; (h)wækt] *adj.* (通常作 whacked out)(《主英, 口)疲倦的.

whack·ing [ˈhwækɪŋ; ˈ(h)wækɪŋ] *n.* ⓤⓒ用力地敲打.
— *adj.* (主英, 口)巨大的；厲害的.

＊whale [hwel; weɪl] *n. (pl.* ~s [~z; ~z], ~) Ⓒ
《(動物)》鯨。a bull [cow] *whale* 雄
[雌]鯨/a calf *whale* 幼鯨。

a whále of a... 《口》極大的…; 絕妙的…。have
a whale of a time 度過一段非常快樂的時光/tell *a
whale of a lie* 撒個漫天大謊。

—— *vi.* 捕鯨, 從事捕鯨工作。go *whaling* 去捕鯨。

whale·bone [`hwel͵bon; '(h)weɪlbəʊn] *n.*
1 Ⓤ 鯨鬚(從前用於婦女緊身胸衣)。
2 Ⓒ 鯨鬚製品。

whal·er [`hwelɚ; '(h)weɪlə(r)] *n.* **1** 捕鯨
人。**2** 捕鯨船。

whal·ing [`hwelɪŋ; '(h)weɪlɪŋ] *n.* Ⓤ 捕鯨; 捕鯨
(產)業。

wham [hwæm; (h)wæm]《口》*n.* Ⓒ 轟[砰]的聲
音(因重擊, 爆炸等所發出的); 重擊。
—— *interj.* 轟! 砰! 啪!

whang [hwæŋ; (h)wæŋ]《口》*n.* Ⓒ 哆哆[砰砰]的
聲響; 猛烈的一擊。
—— *vt.* 猛打…, 哆哆[砰砰]地打。

＊wharf [hwɔrf; (h)wɔːf]《★注意發音》*n. (pl.*
wharves, ~s [~s; ~s]) Ⓒ 碼頭, 埠頭。All the
family waited for John on the *wharf*. 全家都在
碼頭等候約翰/the ship tied up at the *wharf* 綁在
碼頭邊的船。

wharves [hwɔrvz; (h)wɔːvz] *n.* wharf 的複數。

＊what 《強 `hwɑt, ͵hwɑt, `hwʌt, ͵hwʌt, 弱 hwət,
(h)wət; (h)wɒt] *pron.*《單複數同形》

Ⅰ 《疑問代名詞》

1 甚麼, 哪個, 甚麼東西[事情]。[語法]數量不明
確時用 what, 數量明確時用 which。*adj.* 1 的情況
亦同。
(**a**)《作主詞》*What* made you believe such a
story? 是甚麼使你相信這個故事的?/*What* has
become of the man? 那個人後來怎樣了?/*What's*
the matter with Mr. Green? 格林先生怎麼了?
(**b**)《作主詞補語》*What* are those boxes? 那些箱
子是甚麼?/*What* is the time? 現在幾點了? (=
What time is it?)
(**c**)《作及物動詞的受詞》*What* do you have in
your hand? 你手裡拿著甚麼?/My uncle asked me
what I wanted. 叔父問我想要甚麼/I don't
know *what* to do next. 我不知道下一步該做甚麼。
(**d**)《作介系詞的受詞》*What* is this movie about?
這部電影演些甚麼?/*What* did you come here for?
你來這兒是為甚麼?

2 《詢問職業, 國籍等》甚麼樣的人, 哪裡的人。
"*What* is your father?" "He is a doctor." 「你父
親是做甚麼的?」「他是醫生。」/*What* are you go-
ing to be? 你將來想做甚麼?《★由於以 What are you?
(你從事什麼工作)詢問對方會顯得不太禮貌, 因此
一般大多使用 What's your occupation? What do
you do? 等)/"*What* is your nationality?" "I'm
British." 「你是哪一國人?」「我是英國人。」

3 甚麼程度, 多少。*What* is the population of

Italy? 義大利有多少人口?/*What* did you pay for
that? 你為此花了多少錢?

Ⅱ 《關係代名詞》

4 引導關係子句(=that which; anything that),
意義視上下文而定。
(**a**)《作關係子句中的主詞》*What* surprised me
most was the huge rock. 最令我吃驚的是那塊巨
大的岩石。
(**b**)《作關係子句中的主詞補語》Tom is not *what*
he was. 湯姆已經不是從前的他了/Diligence made
Bob *what* he is. 勤奮造就了今天的鮑伯。
(**c**)《作關係子句中及物動詞的受詞》*What* he saw
in the room was a strange painting. 他在房裡看
到的是一幅奇怪的畫/There is some truth in *what*
Bill says. 比爾的話中有幾分真實性/You may do
what you please. 你可以做任何想做的事情/Let
me point out *what* I consider particularly
important in his speech. 讓我指出這場演講中我
認為最重要的地方。
(**d**)《作關係子句中介系詞的受詞》*What* Mrs.
Smith is most proud of is her son's success in
life. 史密斯女士最感到自豪的是她兒子出人頭地了。

5 《引導插入性副詞子句》更…的是。The house is
too old, and, *what's* more, it's too expensive. 這
棟房子太舊, 而且價錢也太貴了/Three years later
my son came back, and, *what* was really amaz-
ing, he brought back a wife with him. 三年後我
兒子回來了, 而讓我著實吃驚的是, 他還帶著妻子
回來。

and whát nòt = *and whàt háve you* 《口》《置
於列舉名稱之後》其他, …等等。Put your books,
notebooks, pencils, *and what not* into the bag.
把書、筆記本、鉛筆以及其他東西放進背包裡。

còme what máy [*wíll*] → come 的片語。

for whàt it [*he, etc.*] *ís* 如實, 依照原樣。At
last people saw him *for what he was*. 人們終於
認清了他的真面貌。

I knòw whát = *I'll téll you whàt* 《口》我有好
主意了。*I know what*, let's go cycling. 我有個好
主意了, 我們去騎腳踏車吧!

know whàt's whát → know 的片語。

Sò whát? 《口》那又如何?

＊ *Whát about...?* (1)《問對方》…怎麼樣? *What
about* going for a walk? 去散個步好不好?/It's
after twelve; *what about* lunch? 已經十二點多了,
要不要去吃午飯?
(2)…怎麼樣。*What about* your homework? 你的
家庭作業怎麼樣了[你打算怎麼做家庭作業]?
(3)(用 What about you?)換作是你會怎麼辦?

Whàt do you sáy...? → say 的片語。

＊ *Whàt fór?* 為了甚麼? 為何(why)? 《*What* did
you do that *for?* 的省略形式》 "I'm going to
Chicago." "*What for?*" 「我要去芝加哥」「為甚
麼?」

＊ *Whát if...?* (1)如果…的話怎麼辦? *What if* we
miss the train? 如果我們沒趕上火車的話怎麼
辦呢? (2)即使…也沒關係。"Won't people talk?"
"*What if* they talk!" 「別人不會說閒話嗎?」「他們

要說也沒關係」

whàt is cálled＝*whàt you* [*we, they*] *cáll*
→ call 的片語.

Whàt C is to D, A is to B. A 對 B 的關係等於
C 對 D 的關係. *What salt is to* food, wit *is to*
conversation. 機智之於對話, 就如同鹽之於食物
《少之則索然無味》.

whàt it tákes 《口》成功的必要條件《才華, 財產
等》《通常作為動詞 have 的受詞》. Pete has *what
it takes* to do the job. 彼特具備順利推動這項工作
的必要條件.

Whát...líke? 《詢問性質、外觀等》…是甚麼樣的?
What is he *like*? 他是個甚麼樣的人?/ *What* did
the fish look *like*? 那條魚長甚麼樣子?

Whát of...? …怎麼了? *What of* your son? 你兒
子怎麼了?

Whàt óf it? 《文章》＝So what?

— *adj.* **1** 《疑問形容詞》甚麼的, 甚麼樣的; 何等
的; (→ what *pron.* 1 語法). *What* song is she
singing? 她正在唱甚麼歌?/ *What* kind of camera
did you buy? 你買了哪種照相機?/In *what* way
did he do it? 他用甚麼方法做的?/Do you know
what time our train will arrive at London? 你知
道我們的火車幾點抵達倫敦嗎?

2 《用於感歎句》多麼(→ how ●(1)). *What* a
big dog it is! 那隻狗好大啊!/ *What* kind men
they are! 他們真是親切啊!/ *What* nonsense! 真是
胡說!

3 《關係形容詞》所有的, 儘可能的. Take *what*
money you need. 你需要的錢儘管拿/I can lend
you *what* books you want to read. 任何你想看的
書我都可以借你.

whàt líttle [*féw*]... 很少但為全部的…. I gave
what few coins I had to the beggar. 我把我僅有
的幾個硬幣全給了那個乞丐.

— *adv.* 怎樣; 如何, 多麼. *What* does it help to
weep over his death? 為他的死慟哭又有甚麼用?/
What do you think of this book? 你認為這本書怎
麼樣?

whát with... 由於…, 因為…原因, (→ what
with A and B).

whàt with A and (***whàt with***) *B* 因為 A 又因
為 B. *What* with hunger *and* (*what with*)
fatigue, the dog died at last. 因為飢餓再加上疲
累, 那隻狗終於死了.

— *interj.* **1** 《表示驚訝、疑問、憤怒等》.
What! Did you break that vase? 甚麼! 你打破了
那個花瓶?

2 甚麼事《回應別人》; 你說甚麼《請再說一遍》《不
如 Pardon (me). 那麼有禮貌的說法》. "Dick?"
"*What?*" "May I use your car?" 「狄克?」「甚麼
事?」「我可以用你的車嗎?」

✲**whàt·ev·er** [ˌhwɑtˈɛvɚ, hwət-; (h)wɒtˈevə(r)] *pron.*

1 《關係代名詞》任何…的事[物]都(anything that)
(★關係代名詞 what 的強調形式). *Whatever* is
left is yours. 剩下的全部是你的/You may eat
whatever you like. 你想吃甚麼就吃甚麼.

2 (a) 《引導表示讓步的副詞子句》無論…, (no
matter what). *Whatever* may happen [*What-
ever* happens], don't be discouraged. 無論發生甚
麼事都不要氣餒/ *Whatever* you do, do your best.
無論做甚麼都要盡力而為.

(b) 《美》都可以, 隨便, 《表示說話者漠不關心的態
度》. "Shall I take you to the movie or to the
ball game?" "*Whatever*." 「我帶你去看電影或是看
棒球好嗎?」「隨便」《有氣無力的回答》.

3 《口》《疑問代名詞》究竟甚麼(★疑問代名詞 what
的強調形式; 亦作 what ever; → ever 2 (b)).
Whatever is the matter with you? 你(們)究竟是
怎麼了?/ *Whatever* does this word mean? 這個字
到底是甚麼意思?/ *Whatever* made her buy that
awful dress? 不知道她在想甚麼, 怎麼會買了這麼
一件難看的衣服?

or whatéver 《口》《用於被列舉的同類事物之後》其
他同性質的事物, …等等. She wants to be a
poet, or a novelist, *or whatever*. 他想成為詩人,
小說家或是從事其他同性質的工作.

whatéver you sày [*thìnk*] 《口》《勉強同意對方
所說的話》知道了《會照你吩咐的做》.

— *adj.* **1** 《關係形容詞》任何…的(any...that) (★
關係形容詞 what 的強調形式). Wear *whatever*
hat you like. 你想戴哪頂帽子就戴哪頂/Mike took
whatever action he thought necessary. 麥可採取
了他認為必要的行動.

2 《引導表示讓步的副詞子句》無論…. *Whatever*
reasons Ted may have, he is to blame for the
failure. 無論泰德有甚麼理由, 這次失敗都是因為
他.

3 《用於否定句、疑問句》一點…也(沒有), 毫無
…, (★置於(代)名詞之後) (at all). Our teacher
has no sense of humor *whatever*. 我們老師一點幽
默感也沒有/War achieves nothing *whatever*,
except misery. 戰爭除了苦難外, 甚麼也不會帶給我
們/I heard nothing *whatever* about it. 關於那件
事我甚麼也沒聽說.

✲**what'll** [ˈhwɑtl, ˈhwətl; ˈ(h)wɒtl] what will 的
縮寫. *What'll* the weather be like tomorrow? 明
天的天氣如何?

what·not [ˈhwɑtˌnɑt; ˈ(h)wɒtnɒt] *n.* **1** ⓤ
《口》這個那個, 各種東西. **2** ⓒ 《擺放裝飾品, 書
籍等的》格架, 裝飾架.

✲**what're** [ˈhwɑtɚ; ˈ(h)wɒtə] what are 的縮寫.
What're they going to do today? 他們今天打算做
甚麼?

✲**what's** [hwɑts; (h)wɒts] what is, what has 的縮寫. *What's* the time? 現在幾

點?/ *What's* made you sick? 甚麼讓你覺得不舒服
呢?

what·so·ev·er [ˌhwɑtsoˈɛvɚ; ˌ(h)wɒtsəʊˈevə(r)] *pron., adj.* ＝whatever.

✲**wheat** [hwit; (h)wiːt] *n.* ⓤ 小麥(→ spike²
圖). raise *wheat* 種植小麥/grind

wheat into flour 把小麥磨成麵粉/a sheaf of *wheat* 一捆小麥/a vast field of *wheat* 一大片的小麥田. 參考 大麥是 barley, 黑麥是 rye, 燕麥是 oats.

wheat·en [`hwitn̩; '(h)wi:tn] *adj.* 《雅》小麥的; 用小麥做成的.

whéat gèrm *n.* Ⓤ 麥芽, 小麥胚芽.

whee·dle [`hwidl̩; '(h)wi:dl] *vt.* **1** 對〔人〕說甜言蜜語使其做…, 央求〔某人〕做…, 《into》. Sam was *wheedled into* joining the club by Sally. 山姆在莎莉甜言蜜語的勸說下加入了那個俱樂部.

2 用甜言蜜語騙取 《out of 從〔人〕身上》; 以甜言蜜語從〔人〕身上奪取 《out of》.

‡wheel [hwil; (h)wi:l] *n.* (*pl.* ~s [~z; ~z]) 【(車)輪】 **1** Ⓒ 車輪, 輪子. the front *wheels* of a car 汽車的前輪.

2 【以車輪行進的交通工具】Ⓒ《俚》(*wheels*)車《汽車, 腳踏車(美)等》.

【車輪狀的東西】 **3** Ⓒ (加 the) (汽車的)方向盤, (船的)舵輪, (steering wheel). take the *wheel* 駕駛.

4 Ⓒ (製陶用的)陶輪(potter's wheel).

【迴旋】 **5** ⓊⒸ 迴旋, 旋轉; 旋轉運動. a right [left] *wheel* 右[左]轉.

6 Ⓒ (通常 *wheels*)原動力, 推動力; 機構, 組織.

* *at* [*behind*] *the whéel* 握著(汽車的)方向盤, 抓住(船的)舵輪; 統治, 領導. Tom dozed off *at* [*behind*] *the wheel*. 湯姆開車時打瞌睡/the man *at the wheel* 駕駛的人, 舵手; 掌握(事物)主導權的人.

gò on (*òiled*) *whéels* 順利地前進; 〔事情〕順利地發展.

pùt [*sèt*] *one's shóulder to the whéel* → shoulder 的片語.

whèels within whéels (像輪中還有輪子一般)複雜的結構[事情].

— *v.* (~s [~z; ~z]; ~ed [~d; ~d]; ~ing) *vt.* **1** (用雙手)推動(附有車輪的東西). *wheel* a handcart 推手推車.

2 用車運〔物〕. use a cart to *wheel* one's baggage to the car 用手推車將行李運到車上.

3 使…的方向改變; 使…轉動[旋轉] 《about; around; round》. *wheel* a car *around* 改變車子的方向.

— *vi.* (突然)改變方向; 轉動, 旋轉 《about; around; round》. The lion *wheeled around* and started to back away. 那隻獅子忽然掉頭然後走開.

whèel and déal 《口》(在買賣, 政治等方面)為所欲為, 行使詭術.

wheel·bar·row [`hwil,bæro, -rə; 'wi:l,bærəʊ] *n.* Ⓒ 獨輪手推車.

wheel·base [`hwil,bes; '(h)wi:l,beɪs] *n.* ⓊⒸ 軸距(汽車前後車軸間的距離).

wheel·chair [`hwil`tʃɛr, -`tʃær; ,(h)wi:l'tʃeə(r)] *n.* Ⓒ 輪椅. people in *wheel-chairs* 坐在輪椅上的人們/He was confined to a *wheelchair* for the rest of his life. 此後他終生待在輪椅上.

wheel·er·deal·er [`hwila`dila; '(h)wi:lə'di:lə(r)] *n.* Ⓒ 《主美, 口》精明的商人; 策略家.

[wheelbarrow]

wheel·wright [`hwil,raɪt; '(h)wi:l,raɪt] *n.* Ⓒ (特指從前的)車匠, 製造[修理]車輪者.

wheeze [hwiz; (h)wi:z] *vi.* 〔人〕(因哮喘等而)發出咻咻的喘息聲.

— *vt.* 邊喘氣邊說《out》.

— *n.* Ⓒ 咻咻的聲音.

wheez·y [`hwizɪ; '(h)wi:zɪ] *adj.* 哮喘的, 發出咻咻喘聲的.

whelk [hwɛlk; welk] *n.* Ⓒ《貝》蛾螺(產於北大西洋, 北太平洋的一種螺類; 可供食用).

whelp [hwɛlp; (h)welp] *n.* Ⓒ 幼犬; (獅子, 虎, 熊, 狼等的)幼獸.

— *vi.* 〔狗等〕生(小狗等).

‡when [hwɛn; (h)wen] *adv.* **1** 《疑問副詞》何時, 甚麼時候. *When* is your birthday? 你的生日是甚麼時候?/*When* will he arrive at CKS Airport? 他甚麼時候會到達中正機場?/I wonder when John will come. 我想知道約翰何時會來/I asked him *when* to start. 我問他甚麼時候開始. 語法 當作疑問副詞的 when 不可與現在完成式一同使用: *When* have you read the book? 是錯誤用法, *When* did you read the book? (你甚麼時候讀了那本書呢?) 才是正確的.

2 《關係副詞》(a)《限定用法》當…的時候) (★在表示時間的先行詞之後). Now is the time *when* we must stop quarreling. 現在是我們必須停止爭吵的時候/I remember the day *when* I first met Mr. Johnson. 我記得初遇強生先生的那天. 語法 (1)此處 when 可由 that 代替, 亦可省略: My father died in the year (that) the war broke out. (我父親死於戰爭爆發那年) (→ that *pron.* (關係代名詞) 2).

(2) The time may come *when* you will have children of your own. (你以後終究會有自己的孩子) (★由於 when 與先行詞 The time 間隔過遠, 因此不可以省略).

(b)《非限定用法》那時, 然後, (and then); 《插入》那時…但是; (★多用於書寫用語, 通常在 when 之前加逗點, → who 4 語法). Helen's father died of cancer in 1962, *when* she was only five. 海倫的父親 1962 年死於癌症, 那時她不過五歲而已/Susie sat up until midnight, *when* she heard a strange noise. 蘇西直到半夜仍未睡, 那時她聽到奇怪的聲音/October, *when* the harvest is gathered in, is an important month on this farm. 10月,

正值收成的時節，是這個農場上重要的月份。
(c)《內含先行詞的用法》…的時候（[語法]引導名詞子句）；此處先行詞通常指 the time）. Spring is *when* I am happiest. 春天是我最快樂的時候。

— *conj.* **1** …的時候，…之時. Don't make a noise *when* you eat your soup. 喝湯時別發出聲音／*When* I woke up, it was ten o'clock. 我醒來時已經是十點了。

[語法](1)連接詞 when 所引導的副詞子句中不可使用未來（完成）式，應使用現在（完成）式: *When* next Sunday comes, she will be fifteen years old. (下星期天她就滿十五歲)／*When* you have finished your homework, you may watch television. (你做完作業就可以看電視)。

(2)主要子句和從屬子句的主詞相同時，有時可省略從屬子句的「主詞＋be」；而在慣用表達中即使主詞不同亦可省略: The writer completed his first book *when* (he was) still in college. (那位作家在上大學時就完成了他的第一本書)／Use my dictionary *when* (it is) necessary. (需要時可用我的辭典)／*When* (you are) in Rome, do as the Romans do. → Rome.

2 當…時總是(whenever). *When* I see this picture, I (always) remember my London days. 每當我看到這幅畫時，總是回憶起在倫敦的日子／*When* I raise the subject, my parents pretend not to hear. 每次我一提起這個話題，爸媽就裝作沒聽見。

3 如果…，假定…，(if)；雖(是)…卻(although). How can the farmers defend themselves *when* they have no guns? 如果農民沒有槍，如何能保衛自己呢?／He blamed me *when* he also was to blame. 他也有錯，居然還來怪我。

— *pron.* **1** 《疑問代名詞》甚麼時候（[語法]通常當作介系詞的受詞）. Till *when* can you stay with us? 你能在我們這兒待到甚麼時候?／Since *when* have you been studying French? 你從甚麼時候開始學法語的?

2 《文章》《關係代名詞》當時. We came here five days ago, since *when* the weather has been fine. 我們五天前來到這兒，從那時起天氣就一直很好(★本句的 since 當作時間的 which 代換成 since which time)。

— *n.* ⓤ(加 the)時候. I have seen him before, but cannot remember the *when* and where. 我以前見過他，只是記不得是在什麼時候甚麼地方(→ the where and when [how] (where 的片語))。

Sày whén. (口)(邊斟酒時邊說)分量夠時請說一聲(受斟酒者到恰好的分量時便說 "When.")。

*＊**whence** [hwɛns; (h)wens]《古，雅》*adv.* **1** 《疑問副詞》從何處(from where). *Whence* came this sadness of heart? 傷心何處來?／The villagers wondered *whence* the man had come. 村人不曉得那男子是從何處來的。

2 《關係副詞》從那兒，由…. They do not know the source *whence* these evils sprang. 他們不知道這些邪惡從何而生／They went back *whence* they came. 他們回到來時的地方(whence = to the place from which)。

*＊**when·ev·er** [hwɛnˋɛvɚ, hwən-; (h)wenˈevə(r)] *conj.*

1 無論何時；每當[逢]…. Please come *when-ever* you like to. 無論甚麼時候你想來都可以／I listen to music *whenever* I feel sad. 每當悲傷時我總是聽音樂／I read my child to sleep at night *whenever* (it is) possible. 我儘可能地哄上唸(故事)書哄孩子睡覺。

2 《引導表示讓步的副詞子句》《口》無論甚麼時候…(no matter when). *Whenever* you (may) come, you will find the manager in. 無論你甚麼時候來，經理都會在。

— *adv.* 《口》《疑問副詞》究竟在甚麼時候(★ when 的強調形式；亦作 when ever). *Whenever* did you stop smoking? 你究竟甚麼時候戒菸的?

or **whenéver** 不論甚麼時候。

*＊**where** [hwɛr, hwɛr; (h)weə(r)] *adv.* **1** 《疑問副詞》(a) 在哪裡，去[到]哪裡；在哪一點. *Where* is your bag? 你的袋子在哪裡?／*Where* did you meet Tom? 你在哪裡遇見湯姆?／Tell me *where* they live. 告訴我他們住在哪裡／I don't know *where* to go. 我不知道要去哪裡／Let me see, *where* was I? 嗯，我剛才說到哪兒了? (接續前面被打斷的話題時)。

(b) 在哪一點，在甚麼樣的情形下. *Where* did the plan go wrong? 計畫哪裡出錯了?

2 《關係副詞》(a) 《限定用法》在…(的地方). I remember the house *where* I was born. 我記得我出生的房子／This is the hotel *where* your father once stayed. 這是你父親曾經住過的旅館／This is a case *where* "Familiarity breeds contempt." 這就是「親暱生狎侮」的實例／Their mutual hatred reached a point *where* they no longer spoke to each other. 他們對彼此的憎恨已到了互不說話的地步。

(b) 《非限定用法》(而就)在那裡，到那裡，(and there)；《挿入》因此…，於是…；(★多用於書寫用語，通常把逗號放在 where 之前；who 4 [語法]). Mr. Burton graduated from Oxford University, *where* he made some lifelong friends. 波頓先生畢業於牛津大學，在那裡他結交了幾位一輩子的朋友／His house in Scotland, *where* he was born, is a tourist attraction. 他在蘇格蘭的房子，也就是他出生的地方，現在已成為旅遊勝地。

(c) 《含有先行詞的用法》在…的地方([語法]引導名詞子句；此處先行詞通常指 the place). This is *where* the couple met five years ago. 這是他倆五年前相遇的地方／My parents live only one mile away from *where* I live. 我父母親的住處離我住的地方只有一英里／That's *where* you're wrong. 那正是你錯的地方。

— *conj.* **1** 在[到]做…的地方. This dog has been lying for more than an hour *where* it is now. 這條狗已經在這裡躺了一小時以上／Take us *where* you found the treasure. 帶我們到你發現寶

藏的地方去.

2 在任何地方都…(wherever). You may sit *where* you like. 你想坐哪裡就坐哪裡.

3 在…的地方. *Where* there's a will, there's a way. 《諺》有志者事竟成/ *Where* there are no democratic institutions, people may resort to direct action. 在沒有民主制度的情形下，人們只好訴諸直接的行動.

4 雖然…但卻…. He is untidy now, *where* once he was well-groomed. 雖然他以前衣著整齊，但如今卻非常邋遢.

── *pron.* 《疑問代名詞》哪裡(★作介系詞的受詞). *Where* are you going to, Bess? 貝絲，妳要去哪兒?/ *Where* do you come from? = *Where* are you from? 你是哪裡人?

── *n.* ⓤ(加 the)場所.

the whère and whèn [hów] 地點和時間[方法]. Nobody knows the *where* and *when* of the crime. 沒有人知道那起犯罪發生的地點和時間.

where·a·bouts [ˌhwɛrə'bauts, ˌhwær-; ˌ(h)weərə'bauts] *adv.* 《疑問副詞》在哪邊. *Whereabouts* did the accident happen? 那起事故發生在哪一帶?

── *n.* 《單複數同形》(人的)住處，(東西的)所在之處. His present *whereabouts* is [are] unknown. 他現在的住處不詳.

where·as [hwɛr'æz, hwær-; (h)weər'æz] *conj.*

1 可是…，反而…，(while). His father was a coal miner, *whereas* he became a great novelist. 他父親是礦工，但他卻成了偉大的小說家/ *Whereas* Ed promised to come, Jim didn't. 艾德答應來，可是吉姆沒有.

2 《用於法律條文等的開頭》鑒於….

where·by [hwɛr'baɪ, hwær-; (h)weə'baɪ] *adv.* 《關係副詞》《文章》由此…，藉以…(by which). What is the information *whereby* the police found the suspect? 警方是藉著甚麼情報找到這個嫌犯的?

where·fore [ˈhwɛrˌfor, ˈhwær-, -ˌfɔr; ˈ(h)weəfɔː(r)] *adv.* 《疑問副詞》《古》為甚麼，為何，(why).

── *conj.* 《古》因此.

── *n.* (wherefores)理由(reason)，原因.

where·in [hwɛr'ɪn, hwær-; (h)weər'ɪn] *adv.* 《文章》 **1** 《疑問副詞》在哪裡；在哪一點上.

2 《關係副詞》在那裡，在那一點上(in which).

where·of [hwɛr'ɑv, hwær-; (h)weər'ɒv] *adv.* 《文章》 **1** 《疑問副詞》關於甚麼.

2 《關係副詞》關於…，關於該事[物](of which).

where's [hwɛrz, hwærz; (h)weəz] where is, where has 的縮寫. *Where's* your house? 你家在哪裡?

where·so·ev·er [ˌhwɛrso'ɛvə, ˌhwær-; ˌ(h)weəsəʊ'evə(r)] *adv., conj.* 《主雅》=wherever.

where·to [hwɛr'tu, hwær-; (h)weə'tuː] *adv.*

《文章》 **1** 《疑問副詞》向何物，往何處；為何.

2 《關係副詞》向之，向該處(to which).

where·up·on [ˌhwɛrə'pɑn, ˌhwær-, -'pɔn; ˌ(h)weərə'pɒn] *conj.* 《文章》於是，因此. Jim hit a home run, *whereupon* all of us cheered. 吉姆擊出了全壘打，於是我們歡呼喝采.

⁕wher·ev·er [hwɛr'ɛvə, hwær-; (h)weər'evə(r)] *conj.*

1 無論哪裡. The singer was welcomed *wherever* he went. 那位歌手無論到哪裡都受歡迎/The soldier always thought of his wife and children *wherever* he was. 那名士兵不管在哪裡總是想著他的妻子與兒女.

2 《引導表示讓步的副詞子句》無論何處(no matter where). *Wherever* the man is [may be], the police will surely find him. 無論那個人在[可能在]哪裡，警察一定會找到他的.

── *adv.* 《疑問副詞》《口》究竟在[到]哪兒(★where 的強調形式；亦可拼作 where ever). *Wherever* did you put the watch? 你究竟把手錶放在哪兒了?

or wheréver 《口》(用於被列舉的所有場所之後)另外還有哪裡；此外還要去哪裡.

where·with·al [ˈhwɛrwɪðˌɔl, ˈhwær-; ˈ(h)weəwɪðɔːl] *n.* ⓤ(加 the)手段，資金，《to do》.

whet [hwɛt; (h)wet] *vt.* (~s; ~ted; ~ting)

1 磨利[刀刃].

2 刺激，引起，[興趣，慾望等].

⁕wheth·er [ˈhwɛðə; ˈ(h)weðə(r)] *conj.* **1** 《引導名詞子句》(whether A or not) 是否為 A; (whether **A** or **B**) A 還是 B. (a)《引導作為及物動詞之受詞的名詞子句》 I don't know *whether* he will go to Paris (*or not*). 我不知道他是否會去巴黎/The boys asked their teacher *whether* he liked baseball (*or not*). 那些男孩子們問老師他喜不喜歡棒球. 匽函這種情況下 or not 多省略，在口語中 whether 可用 if 來替換；但在(b), (c), (e)的情況下，whether 不可用 if 來替換；→ if 7.

(b)《引導作為主詞或主詞補語用的名詞子句》 *Whether* you join us *or not* is up to you. 你是否加入我們由你自己決定/ *Whether* the news is true *or false* makes little difference. = It makes little difference *whether* the news is true *or false*. 那消息是真是假幾乎沒有差別/What I really want to know is *whether* you will marry her. 我真正想知道的是你是否要娶她.

(c)《引導與其前述名詞同位的名詞子句》 The question *whether* I should accept the job *or not* bothered me. 我為了是否應該接受這個工作的問題而煩惱.

(d)《引導作為介系詞受詞的名詞子句》 An artist's success depends after all upon *whether* he has talent *or not*. 藝術家的成功終究是看他是否具有才能/I am doubtful as to *whether* he is really innocent. 我懷疑他是否真的清白(★這裡的 as to 可以省略).

(e)《引導不定詞》 I did not know *whether* to

laugh *or* cry. 我哭笑不得.

2 《引導表示讓步的副詞子句》《(whether **A** or not) 不管是 A 或不是; (whether **A** or **B**)不管是 A 或 B. *Whether* you like it *or not*, you have to do your homework. 不管你喜歡與否, 你都必須做作業/*Whether* rich *or* poor, all people have to work. 不論貧富, 所有的人都必須工作/I will follow you *whether* you allow me to *or not*. 不管你同不同意我都會跟著你.

whèther or nó 《副詞性》無論如何, 總之; 一定. Jane must marry Bill *whether or no*. 無論如何珍一定要跟比爾結婚.

whèther or nót *A* 是否 A; 無論是否 A; (★把 whether 1, 2 的 whether A or not 改變語序爲 whether or not A, 特別是當 A 很長的時候; 意義相同. I don't know *whether or not* he will go to London. = ...*whether* he will go to London *or not*. (我不知道他是否要去倫敦)). Jack has not decided *whether or not* to go yet. 傑克尚未決定是否要去/*Whether or not* you agree, I'm going to apply for the job. 無論你同不同意我都要去應徵那份工作.

whet·stone [ˋhwɛt͵ston; ˈwetstəʊn] *n.* ⓒ 砥石.

whew [hwɪu, hwju; hwjuː] *interj.* 好險! 唷! 哎呀! 《表示放心, 不愉快, 倦怠感, 驚訝等的驚歎聲或口哨聲》.

whey [hwe; weɪ] *n.* ⓤ 乳漿《從牛乳中除去凝乳 (curd)後的多水分液體》.

✲✲✲which [hwɪtʃ; wɪtʃ] *pron.*《單複數同形》

I 《疑問代名詞》 **1** 哪個, 哪一個, 哪個人, (★與 what 不同, 從有限的數目中選擇).
(a)《作主詞》*Which* is your hat, this one or that one? 哪一頂是你的帽子, 這頂還是那頂?/*Which* are Jane's parents? 哪兩位是珍的父母親?/*Which* of the two is going to Paris? 那兩位之中是哪位要去巴黎?
(b)《作及物動詞的受詞》 *Which* of these flowers do you like best? 這些花當中你最喜歡哪種呢?/There were so many fine watches at the store that Susie couldn't decide *which* to buy. 那家商店賣好的手錶多到讓蘇西無法決定買哪一只.
(c)《作介系詞的受詞》 *Which* are you talking about? 你在說些甚麼?

II 《關係代名詞》 **2** 《限定用法》(…的)那些, (…的)那個《通常先行詞爲東西、事情、動物》.
(a)《在關係子句中作主詞》 Look at the house *which* stands on the hill. 請看位於山丘上的那棟房子/'Cinderella' is a story *which* is known almost all over the world. 「灰姑娘」是一則幾乎舉世皆知的故事/It is the curriculum *which* has to be changed. 必須改變的是課程《[語法]相當於 it... that... 的強調句法; → it 6)/the rumor *which* the actor declared was false 那位演員宣稱那是謊言的謠傳《[語法] the actor declared 爲插入關係子句的字, *which* 是 was 的主詞》.
(b)《在關係子句中作及物動詞的受詞》 The novel

(*which*) the writer has just completed will be published next June. 那位作家剛完稿的小說將於明年 6 月出版/I lost the watch (*which*) my uncle had bought for me. 我遺失了叔叔買給我的那只錶. [語法]像這種情況下的 which 可省略.
(c)《在關係子句中作介詞的受詞》 This is the necklace (*which*) Nancy is very proud of. = This is the necklace of *which* Nancy is very proud. 這是南西非常引以爲傲的項鍊《[語法] 介系詞(此處爲 of)置於關係代名詞(此處爲 which)之前時, 不可省略關係代名詞》.
(d)《相當於 whose 的 of which》the house the roof *of which* [*of which* the roof] is red = the house whose roof is red 屋頂是紅色的那間房子. [語法]爲了避免因使用 of which 所造成詞序上的呆板, 或是因爲把用於人的 whose 轉用在其他生物, 東西上所造成的不自然, 在《口》中, 特別會把上述例句改說成 the house with a red roof 等之類的用法; → whose 2.
(e)《介系詞+which *to* do》My father has no room in *which* to study. 我父親沒有可以讀書的地方[空間]. [語法]which 的先行詞有時藉由 that 或 those 來修飾. 此時 that [those]字意較 the 強烈, 具有在先行詞與 which 分開時使先行詞明確的作用: Harry sold *that* part of his land *which* he had inherited from his father. (哈利賣掉繼承自他父親的那部分土地).

3 《非限定用法》而且[但]那(些); 《插入》那(些)…不過; (★多用於書寫用語, 通常在前面加逗號; → who 4 [語法]).
(a)《在關係子句中作主詞》 The old man's dog, *which* used to follow him everywhere, died last week. 那老人的狗不管到哪裡都跟著他, 在上個禮拜死了.
(b)《在關係子句中作及物動詞的受詞》 The Belmont Hotel, *which* Mr. Smith designed, stands on a hill. 史密斯先生設計的貝爾蒙特旅館聳立在山上.
(c)《在關係子句中作介系詞的受詞》 My grandfather likes to walk in Hyde Park, in *which* there are many tall trees. 祖父喜歡到海德公園散步, 那裡有許多高大的樹木.
(d)《相當於 whose 的 of which》 That mountain, the top *of which* is covered with snow, is the highest in this country. 那座山頂覆蓋著雪的山, 是這個國家裡最高的一座山.
(e)《在關係子句中作主格補語》 My elder sister is a teacher, *which* I should also like to be. 我姊姊是老師, 我以後也想當老師. [語法](1)即使以人爲先行詞, 在指人的職業、地位、性格等時((e)的例句中指 a teacher), 亦不使用 who. (2)在限制性用法中成爲主格補語的關係代名詞通常為 that; → that 《關係代名詞》1(b).
(f)《以片語, 子句, 句子或其內容爲先行詞》 We

tried to force the door open, *which* was found impossible. 我們想設法撞開門，但發現不可能(先行詞爲 to force the door open)/Tom said he was ill, *which* was a lie. 湯姆說他病了，這是謊話(先行詞爲 (Tom) said he was ill).

注意 近來的文章(特別是報章雜誌)中，可見的一種作法是：在 which 前打上句點以結束句子，再由字首大寫的 which 引導其後的句子：His essays reveal his love of small living things. *Which* is why I enjoy reading them. (他的文章展現出他對小生命的愛。那就是何以我樂於閱讀它們的原因).

that which → that〔指示代名詞〕4(b).

Which is which? 〔指東西或人〕哪個是哪個?

— *adj.* **1** 〔疑問形容詞〕哪個. *Which* street goes to the station? 哪條街道通往火車站呢?/ *Which* season do you like best? 你最喜歡哪個季節呢?/ Father told me *which* book I should read. 父親告訴我該讀哪本書/The boys didn't know *which* way to go. 男孩們不知要走哪條路.

2 〔關係形容詞〕該事[物] (★限於書寫用語的非限制性用法). The patient was asleep, during *which* time the nurse was beside the bed. 在病人睡著的那段期間護士一直在床邊/The doctor told her to take a few days' rest, *which* advice she followed. 醫生叫她休息幾天，她聽從了勸告.

***which·ev·er** [hwɪtʃˋɛvɚ; wɪtʃˋevə(r)] *pron.*
1 〔關係代名詞；包含先行詞〕無論哪個，任何一個(any one that). Take *whichever* you like. 只要你喜歡的都可以拿/Give him *whichever* is good. 只要你認爲是好的就儘管給他(注意 *whichever* is good 是插入的子句).

2 〔引導表示讓步的副詞子句〕無論哪個(no matter which). *Whichever* of these courses you (may) choose, you must try very hard. 無論你選這些課程中的哪一門，你都必須用功.

3 〔疑問代名詞〕〔口〕究竟哪個(★疑問代名詞 which 的強調形式；亦作 which ever). *Whichever* of these two cars will you buy? 這兩輛汽車你究竟會買哪一輛?

— *adj.* **1** 〔關係形容詞〕任何一個的，無論哪個，(any...that). Choose *whichever* book you like. 挑你喜歡的任何一本書.

2 〔引導表示讓步的副詞子句〕無論哪個…都(no matter which). *Whichever* team wins (may win), it doesn't matter to me. 無論哪個隊贏，對我都無所謂.

whiff [hwɪf; wɪf] *n.* (*pl.* ~s) **1** a U (空氣、風、煙等的)一吹；微香. a *whiff* of the chemical 一股化學藥品的氣味. **2** C 〔口〕小雪茄.

Whig [hwɪg; wɪg] *n.* a U **1** 〔英史〕民黨黨員 (→ Tory). the *Whigs* 民黨.

2 〔美史〕(來自英國的)獨立支持者.

3 〔美史〕(1834-56 的)自由黨黨員(此後變成 Republican).

***while** [hwaɪl; waɪl] *n.* a U (用單數)時間，期間；(一會兒的)時間. Pete kept us waiting (for) a long *while*. 彼特讓我們等了好一會兒了/quite a *while*＝a good [great] *while* 相當長的一段時間.

***after a while** 過了一會兒. *After a while*, the child went to sleep. 過了一會兒那孩子就睡著了.

***all the while** (1)在那段期間一直. The man pretended to know nothing *all the while*. 那個人一直裝作甚麼都不知道.

(2)〔連接詞性〕在…的期間裡一直. *All the while* Bill was away in the Antarctic, his wife prayed for his safe return. 比爾遠在南極的期間裡，他妻子一直在祈求他的平安歸來.

***for a while** 一會兒的工夫. Please wait here *for a while*. 請在此稍等一下.

in a (little) while 不久，馬上. I'll finish my homework *in a little while*. 我馬上就可以做完作業.

once in a while → once 的片語.

worth (a person's) while → worth 的片語.

— *conj.* **1** (在)做…的時候；只要(在)…(情況下). Mr. and Mrs. White prepared for their trip *while* their children were asleep. 懷特夫婦在孩子們睡覺時打點行李/Strike *while* the iron is hot. 《諺》打鐵趁熱/While Jack is our boss, we have to obey him. 只要傑克還是我們的老闆，我們就必須服從他/You shouldn't speak *while* (you are) eating. 吃飯時別講話/I met Mr. Green *while* (I was) in London. 我在倫敦時遇到格林先生.

語法 (如 1 最後兩個例句)主要子句和從屬子句的主詞相同時，有時省略從屬子句的「主詞＋be」.

2 〔文章〕雖然…(但是)(although) (★這裡的 while 子句在主要子句之前). *While* I admit that it is difficult, I do not think it is impossible. 我雖然承認那很困難，但我並不認爲是不可能的.

3 然而，但另一方面，(whereas). Oxford's colors are dark blue, *while* Cambridge's are light blue. 牛津大學的校服是深藍色，而劍橋大學的是淺藍色/While the walls are brown, the ceiling is white. 牆壁是褐色的，而天花板是白色的/Sam was poor, *while* his elder brother Roy was very rich. 山姆很窮，而他的哥哥羅伊卻很富有.

— *vt.*《用於下列片語》

while /.../ away (做喜歡的事，或閒著)度過〔時間〕. Steve *whiled* away the summer day fishing. 史提夫以垂釣打發夏日時光.

whilst [hwaɪlst; waɪlst] *conj.*〔主英〕＝while.

***whim** [hwɪm; wɪm] *n.* (*pl.* ~s [~z; ~z]) C 反覆無常，心情易變；一時興起的念頭，心血來潮. Tony bought a camera on a *whim*. 湯尼心血來潮買了臺照相機/His father didn't allow him to indulge his every *whim*. 他父親不允許他每件事都想做就做/His daughter is full of *whims*. 她女兒滿腦子怪念頭.

whim·per [ˋhwɪmpɚ; ˋwɪmpə(r)] *vi.* 〔孩子等〕抽抽搭搭地哭泣；〔狗等〕嗚嗚地叫，悲嗥.

— *vt.* 哭訴.

— n. C 抽抽搭搭地哭[啜泣]聲；(狗等的)悲嗥聲.

whim·si·cal [`hwɪmzɪk]; `wɪmzɪkl] *adj.* 反覆無常的，心情易變的；離奇的，古怪的.

whim·si·cal·i·ty [ˌhwɪmzɪ`kælətɪ; ˌwɪmzɪ`kælətɪ] *n.* (*pl.* **-ties**) **1** U 反覆無常；古怪. **2** C (通常 whimsicalities)反覆無常的想法；奇怪的舉動.

whim·si·cal·ly [`hwɪmzɪk]ɪ, -ɪklɪ; `wɪmzɪkəlɪ] *adv.* 反覆無常地；古怪地.

whim·sy [`hwɪmzɪ; `wɪmzɪ] *n.* (*pl.* **-sies**) **1** C 反覆無常[古怪]的想法，心情易變；奇怪[別出心裁]的幽默. **2** U 反覆無常，心情易變；奇怪[別出心裁]的幽默.

whine [hwaɪn; waɪn] *vi.* **1** (孩子)哭鬧；(狗等)低吠(→ bark¹, yelp). **2** 抱怨，發牢騷.
— n. C 哀泣聲；(狗等的)哼叫聲.

whin·er [`hwaɪnɚ; `waɪnə(r)] *n.* C 低聲嗚咽的動物(狗等)；總是在抱怨的人，愛發牢騷的人.

whin·ny [`hwɪnɪ; `wɪnɪ] *vi.* (**-nies**; **-nied**; **~ing**) (馬)嘶鳴.
— n. (*pl.* **-nies**) C (馬的)嘶鳴聲.

***whip** [hwɪp; wɪp] *v.* (**~s** [~s; ~s]; **~ped** [~t; ~t]; **~ping**) *vt.* 【鞭打】 **1** 鞭打；(加副詞(片語))鞭打使做…. The teacher used to *whip* lazy pupils. 那位老師從前常鞭打偷懶的學生／*whip* the horse to get more speed 鞭馬使加快.
【像鞭打一般快速進行】 **2** (雨，風等)猛打. The wind is *whipping* the flag back and forth. 風吹起旗子來回飄蕩.
3 (口)打敗(對手等).
4 (常加副詞(片語))突然[快速地]移動[抓](東西). *whip* out a pistol 突然拔出手槍／Davy *whipped* the ball out of my hand. 戴維突然從我手中將球奪走.
5 用力攪拌(雞蛋，奶油等)，使起泡. *whipped* cream (用於糕點的)起泡的奶油.
— vi. (人)突然移動. She *whipped* up the stairs. 她迅速地上樓.
***whip*/.../*úp** (1)聚集(聽眾等). (2)刺激，提高，(感情，興趣等). They're trying to *whip up* support for their candidates. 他們試圖提高他們的候選人的支持度. (3)(口)敏捷地做出(餐飲，計畫等). *whip up* a meal 迅速做好一餐.
— n. (*pl.* **~s** [~s; ~s]) C **1** 鞭子(→ cane 圖).
2 (政治)(黨選出的)黨鞭.
3 蛋奶水果甜點心(一種將蛋白或鮮奶油攪拌至起泡做成的餐後甜點).

whip·cord [`hwɪpˌkɔrd; `wɪpkɔːd] *n.* U **1** (用於鞭子、繩子等的)搓得很結實的繩.
2 一種斜紋布.

whip·lash [`hwɪpˌlæʃ; `wɪplæʃ] *n.* C **1** 鞭打. **2** 打擊. **3** =whiplash injury.

whíplash ínjury *n.* UC 鞭抽式損傷.

whip·per·snap·per [`hwɪpɚˌsnæpɚ; `wɪpəˌsnæpə(r)] *n.* C 傲氣十足的年輕人.

whip·pet [`hwɪpɪt; `wɪpɪt] *n.* C 極靈巧的小獵犬(一種類似灰狗的小型比賽用狗).

whip·ping [`hwɪpɪŋ; `wɪpɪŋ] *n.* C 鞭打；笞刑.

---

whisk 1799

whípping bòy *n.* C **1** (歷史)替王子受罰的小孩(王子的伴讀). **2** (替他人負罪的)替死鬼，代罪羔羊，(scapegoat).

whip·poor·will [`hwɪpɚˌwɪl; `wɪpˌpʊəˌwɪl] *n.* C (鳥)嘈雜夜鷹((產於北美的)一種夜鷹；這個字的發音是模倣其叫聲而來).

whip-round [`hwɪpˌraʊnd; `wɪpraʊnd] *n.* C (英)(口)(辦喜事或喪事時在朋友間進行的)籌款，募捐.

whir [hwɝ; wɜː(r)] *vi.* (**~s**; **~red**; **~ring**) 颼颼[嗡嗡]地飛過，嗡嗡地轉. The bee *whirred* past my ear. 蜜蜂嗡嗡地飛過我耳邊.
— n. C (通常用單數)(鳥翼，馬達等的)颼颼[嗡嗡]聲.

***whirl** [hwɝl; wɜːl] *v.* (**~s** [~z; ~z]; **~ed** [~d; ~d]; **~ing**) *vi.* **1** 旋轉，迴旋，捲成漩渦. The dancer *whirled* around the hall. 那舞者在大廳裡迴旋起舞／When he heard a sound behind him, he *whirled* around. 他聽到背後聲響時，猛然轉過身去／The snow was *whirling* around the windows. 雪在窗邊旋轉飛舞.
2 (車，人等)飛也似地疾行. The truck *whirled* down the road. 那輛卡車飛快地駛過馬路.
3 (頭腦)發昏；頭暈. My mind was *whirling* with too many new ideas. 我被許多新的想法搞得暈頭轉向.
— vt. **1** 使旋轉；使捲成漩渦. The wind *whirled* the fallen leaves around. 風刮捲落葉.
2 (車子等)快速地運送((away; off)). Many oxen were *whirled* away in the flood. 許多牛被洪水捲走了.
— n. C (用單數) **1** 旋轉，迴旋；漩渦. The firemen disappeared in a *whirl* of smoke. 消防隊員消失在一陣滾滾濃煙之中.
2 (頭腦的)混亂，錯亂. My head was in a *whirl* after I heard the great news. 我聽到那個重大的消息之後，思緒陷入一片混亂.
3 接連發生的事件；騷動. a *whirl* of meetings 一連串的會議.
4 (口)嘗試，試試看，(try). give him a *whirl* 讓他試試看.

whirl·i·gig [`hwɝlɪˌgɪg; `wɜːlɪgɪg] *n.* C **1** 旋轉玩具(陀螺，風車等). **2** 旋轉木馬(merry-go-round). **3** 旋轉運動；轉變.

whirl·pool [`hwɝlˌpul; `wɜːlpuːl] *n.* C (水流的)渦流，漩渦.

whirl·wind [`hwɝlˌwɪnd; `wɜːlwɪnd] *n.* C **1** 旋風. **2** (像旋風那樣)匆匆忙忙的行動；(感情的)風暴.

whirr [hwɝ; wɜː(r)] *v.*, *n.* (英)=whir.

whisk [hwɪsk; wɪsk] *vt.* **1** (輕)拂，拂去，((away; off)). *Whisk* the dust *off* the table. 輕輕拂去桌上的灰塵.
2 突然(輕)揮；(加副詞(片語))突然載運，突然拿[帶]走，突然移動. The child was *whisked* out

of the room. 孩子突然被人從房間帶走.

3 攪拌〔雞蛋等〕; 使起泡.

— *vi.* 突然移動; 突然走開. The boy *whisked* out of sight around the corner. 那個男孩很快地轉過街角不見了.

— *n.* © **1** (通常用單數)一拂, (馬尾巴等的)一揮. **2** 小掃帚; =whisk broom. **3** (雞蛋, 奶油等的)攪拌器(→ utensil 圖).

whisk broom *n.* © (掃帚形狀的)西服刷子.

whisk·er [ˈhwɪskɚ; ˈwɪskə(r)] *n.* © **1** (通常 whiskers)絡腮鬍(→ beard 圖). grow [wear] *whiskers* 留[著]絡腮鬍.

2 (貓, 老鼠等的)鬚; (昆蟲的)觸角.　　〔的.

whisk·ered [ˈhwɪskɚd; ˈwɪskəd] *adj.* 留絡腮鬍

*****whis·key, whis·ky** [ˈhwɪskɪ; ˈwɪskɪ] *n.* (*pl.* **-keys, -kies** [~z; ~z]) **1** Ⓤ威士忌. *whiskey* and soda 威士忌摻蘇打水. 參考(1)在美國和愛爾蘭喜歡拼作 whiskey, 在英國則多作 whisky. 不過即使在美國, 蘇格蘭的威士忌也拼作 whisky, 若指種類則爲 ©: Some *whiskeys* are at their best after ageing for twelve years. (有些威士忌存放十二年後最香醇).

2 © 一杯威士忌. Three *whiskeys*, please. 請來三杯威士忌.

*****whis·per** [ˈhwɪspɚ; ˈwɪspə(r)] *v.* (**~s** [~z; ~z]; **~ed** [~d; ~d]; **-per·ing** [·prɪŋ, ·pərɪŋ; ·pərɪŋ]) *vi.* **1** 耳語(*to*). Mike *whispered to* me [in my ear] so that no one else could hear. 麥克附在我耳邊低聲說話, 不想讓別人聽到.

2 竊竊私語, 談論不可告人之事. They are *whispering* about the scandal. 他們正悄悄地議論著這件醜聞.

3 (風等)颯颯地響. The wind is *whispering* in the trees. 風在林間颯颯作響.

— *vt.* **1** 低聲說出 句型5 (whisper **A** *to* do) 小聲要求A(人)去做某件事. Mary *whispered* something in Tom's ear. 瑪莉在湯姆耳邊說了一些悄悄話/Sam *whispered* me *to* sit down. 山姆小聲地要我坐下.

2 句型3 (whisper *that* 子句)散播…的傳聞, 悄悄議論…. It is *whispered that* the Prime Minister is critically ill. 傳聞首相病危.

— *n.* (*pl.* **~s** [~z; ~z]) © **1** 耳語, 小聲. talk in a *whisper* [in *whispers*] 小聲說話.

2 悄悄話; 傳聞. There is a *whisper* that Kate will marry Tom. 傳聞凱蒂會嫁給湯姆.

3 (通常用單數)(風等)颯颯聲. All I could hear was the *whisper* of the wind. 我所能聽到的只是風的颯颯聲.

whis·per·er [ˈhwɪspərɚ; ˈhwɪspərə(r)] *n.* © **1** 竊竊私語的人. **2** 背地裡說長道短的人.

whíspering campáign *n.* © 誹謗活動《有計畫地散播謠言等以打擊競爭對手》.

whist [hwɪst; wɪst] *n.* Ⓤ惠斯特《每組兩人, 由兩組所進行的紙牌遊戲; 橋牌的前身》.

*****whis·tle** [ˈhwɪsl; ˈwɪsl] (★注意發音) *v.* (**~s** [~z; ~z]; **~d** [~d; ~d]; **-tling**) *vi.*

1 吹口哨; 用口哨發信號. Ted always *whistles* while he is working. 泰德工作時總會吹口哨.

2 (風等)呼嘯; (箭等)颼地掠過. The wind *whistled* through the trees. 風颼颼地颳過樹林/The shell *whistled* past above my head. 砲彈颼地一聲飛過我的頭上.

3 鳴汽笛[警笛].

4 (小鳥)鳴囀.

— *vt.* **1** 用口哨吹奏(曲子等). He *whistled* a merry tune. 他用口哨吹了一首輕快的曲子.

2 用口哨向…發信號; 用口哨呼叫…. *whistle* a dog back 吹口哨叫狗回來.

whistle for... (1)用口哨[警笛]呼叫…. He *whistled for* a taxi. 他吹口哨叫計程車. (2)(口)要求(支付…等)也是徒勞. Although Paul wants the money back, he will have to *whistle for* it. 儘管保羅想要回錢, 但恐怕連甲兒都沒有.

— *n.* (*pl.* **~s** [~z; ~z]) © **1** 口哨. dance to a *whistle* 和著口哨聲起舞.

2 © 警笛, 汽笛; 哨子. The *whistle* blew and the train began to move. 汽笛一響火車便開動了/The referee blew his *whistle* to start the game. 裁判吹了開賽哨子.

3 Ⓤ© (風, 箭等的)颼颼聲; (小鳥的)鳴囀聲.

whis·tle-stop [ˈhwɪslˌstɑp; ˈwɪslstɒp] *n.* © (美) **1** (不發信號的話火車就不停的)信號停車站; (只有此種火車站的)小村[鎮].

2 (巡迴演說中的競選者等的)在小城鎮的演說《車輛停止後, 直接在後車門處進行》.

whis·tling [ˈhwɪslɪŋ, ·slɪŋ; ˈwɪslɪŋ] *v.* whistle 的現在分詞, 動名詞.

whit [hwɪt; wɪt] *n.* [a Ⓤ] 《文章》(用於否定句)一點(也不), 根本(不). There wasn't a *whit* of truth in the story. 那故事根本沒有一點真實性/My wife doesn't care a *whit* about jewelry. 我太太對珠寶絲毫不感興趣(not...a whit=not...at all).

*****white** [hwaɪt; waɪt] *adj.* (**whit·er; whit·est**) 〖白的〗 **1** 白的, 白色的, (↔black). Her dress was as *white* as snow. 她的衣服像雪一般地白/Tom painted the fences *white*. 湯姆把籬笆漆成白色.

2 〖臉色等〗蒼白的, 慘白的, 《with》(pale). Her face went [turned] *white with* fear. 她嚇得臉色發白.

3 〖咖啡〗加牛乳[鮮奶油]的(↔ black).

4 〖頭髮等〗銀色的, 灰白色的, (gray). The doctor has *white* hair. 那個醫生有白頭髮.

5 白色人種的, 白人的, (↔ colored). the *white* races 白種人/*white* supremacy 白種人優越論.

〖純白的〗 **6** (主古)無污點的; 潔白的; 無惡意的.

〖無色的〗 **7** (水, 玻璃等)透明的.

— *n.* (*pl.* **~s** [~s; ~s]) 〖白色〗 **1** Ⓤ白, 白色, (↔ black). *White* is my favorite color. 白色是我最喜歡的顏色.

〖白的東西〗 **2** UC白色顏料；U白衣，白的衣服；C (whites)(白色)運動衣. a nurse in *white* 白衣護士.

3 C白人(↔ colored). Very few *whites* live in this area. 住在這個地區的白人寥寥可數.

4 C(眼睛的)眼白(→ eye 圖)；UC(雞蛋的)蛋白(→ egg¹ 圖). ⇨ v. **whiten**.

whíte ánt *n.* C白蟻.

white·bait [`hwaɪt¸bet; 'waɪtbeɪt] *n.* U銀魚《沙丁魚，鯡魚等的幼魚，可食用》.

whíte béar *n.* C白熊.

whíte bírch *n.* C(植物)(產於歐洲的)白樺.

whíte blóod cèll *n.* C白血球.

white·board [`hwaɪt¸bɔrd; 'hwaɪtbɔ:d] *n.* C白板《相對於黑板》.

whíte bóok *n.* C《美》白皮書《政府發行的有關國內事務的報告書；比 white paper 重要》.

whíte bréad *n.* U白麵包.

white·cap [`hwaɪt¸kæp; 'waɪtkæp] *n.* C(通常 whitecaps)白浪，(起泡泛白的)浪頭.

whíte Chrístmas *n.* C下雪的聖誕節.

white-col·lar [`hwaɪt`kɑlɚ; 'waɪt'kɒlə(r)] *adj.* 《限定》白領階級的，腦力工作者的，(↔ blue-collar). a *white-collar* worker 白領階級者.

whíte córpuscle *n.* =white blood cell.

whíte dwárf *n.* C《天文學》白矮星《進化末期的星體；→ red giant》.

whíte élephant *n.* C白象《為稀有品種，是崇拜的對象；暹羅王把白象賜給討厭的臣子，想讓其因飼養白象而破產》；(花費大而)讓人頭痛的東西.

whíte féather *n.* C(加 the)膽怯的證據《源自尾羽上有白色羽毛的鬥雞缺乏鬥志的說法》. show the *white feather* 說洩氣話，膽怯.

whíte flág *n.* C白旗《投降，停戰的象徵》.

whíte fróst *n.* U白霜《相對於黑霜而言，指一般的霜》.

whíte góld *n.* U白合金《金與鉑，鎳等的合金》.

White·hall [`hwaɪt¸hɔl; 'waɪthɔ:l] *n.* **1** 倫敦市政府機關林立的街道名稱.

2 U《單複數同形》英國政府；英國政府機關.

whíte héat *n.* U白熱；白熱狀態，最高潮.

whíte hópe *n.* C《口》被強烈期盼的人.

white-hot [`hwaɪt`hɑt; ¸waɪt'hɒt] *adj.* **1** 〔金屬等〕白熱的.

2 〔憤怒等〕強烈的，激烈的.

*****White Hóuse** *n.* (加 the) **1** 白宮《位於 Washington, D.C. 的美國總統官邸；→ District of Columbia 圖》；美國總統的職位《權威，意見》.

2 《美、口》美國政府.

whíte líe *n.* C善意的謊言.

white-liv·ered [`hwaɪt`lɪvɚd; 'waɪt¸lɪvəd] *adj.* 膽怯的.

whíte màtter *n.* U《解剖》大腦的白質(→ gray matter).

whíte méat *n.* U白肉《雞肉，小牛肉等；→ red meat》.

[the White House 1]

whíte métal *n.* UC白金屬《含有錫的銀色合金》.

whit·en [`hwaɪtn̩; 'waɪtn̩] *vt.* 使變白；漂白.
— *vi.* 變白.

white·ness [`hwaɪtnɪs; 'waɪtnɪs] *n.* U **1** 白. **2** 蒼白. **3** 潔白.

whit·en·ing [`hwaɪtn̩ɪŋ, -tnɪŋ; 'waɪtnɪŋ] *n.* U漂白；白堊；貝殼粉.

whíte páper *n.* C白皮書《政府發行的報告書；→ blue book, white book》.

whíte pépper *n.* U白胡椒.

whíte potáto *n.* C《美》馬鈴薯.

whit·er [`hwaɪtɚ; 'waɪtə(r)] *adj.* white 的比較級.

whíte sáuce *n.* U白醬汁《以麵粉，奶油，牛乳等為原料製成的調味醬汁》.

whíte sláve *n.* C白奴《因受騙等而被迫賣淫的白人》.

whit·est [`hwaɪtɪst; 'waɪtɪst] *adj.* white 的最高級.

whíte tíe *n.* **1** C(正式的)晚禮服用的白領結(→ black tie). **2** U(男性的正式的)晚禮服《white tie and tails 即 swallow-tailed coat》.

white·wash [`hwaɪt¸wɑʃ, -¸wɔʃ; 'waɪtwɒʃ] *n.* **1** U石灰水《為白色，用來塗切牆壁，天花板等的表層》. **2** UC掩飾《缺點，罪行等》.
— *vt.* **1** 替〔牆壁，天花板等〕塗石灰水. **2** 掩飾，粉飾，〔缺點，罪行等〕.

whíte wáter *n.* U(急流等中)冒白泡的流水.

whith·er [`hwɪðɚ; 'wɪðə(r)] *adv.* 《古》 **1** 《疑問副詞》去哪裡，往何處去，(where). *Whither* Taiwan? 「臺灣何去何從?」《報紙的標題等》.
2 《關係副詞》往那裡去做…(to which)；往做…的地方(where). the town *whither* we went next 我們接下來去的鎮/Go *whither* you like. 到你喜歡的地方去吧.

whit·ing [`hwaɪtɪŋ; 'waɪtɪŋ] *n.* (*pl.* ~, ~s) C(魚) **1** (產於歐洲的)鱈科食用魚. **2** (產於北美大西洋岸的)鮑魚類《可供食用》.

whit·ish [`hwaɪtɪʃ; 'waɪtɪʃ] *adj.* 發白的，帶白色的.

whit·low [`hwɪtlo; 'wɪtləʊ] *n.* U《醫學》瘭疽，膿性指(趾)炎，甲溝炎.

Whit·man [`hwɪtmən; 'wɪtmən] *n.* **Walt**

[wɔlt; wɔːlt] 〜 惠特曼(1819-92)《美國詩人》.

Whit·sun [ˋhwɪtsn̩; ˋwɪtsn̩] *n.* =Whitsunday.

Whit·sun·day [ˋhwɪtˋsʌndɪ, ˋhwɪtsn̩ˏde; ˏwɪtˋsʌndɪ] *n.* UC 聖靈降臨節《復活節後的第七個星期日》;慶祝聖靈(the Holy Spirit)在使徒們身上降臨).

Whit·sun·tide [ˋhwɪsn̩ˏtaɪd; ˋwɪtsn̩taɪd] *n.* UC 聖靈降臨週《從 Whitsunday 起的一週;特指這最初的三天》.

whit·tle [ˋhwɪt; ˋwɪt] *vt.* 一點一點地削〔木頭等〕;一點一點地減少.

whiz [hwɪz; wɪz] *vi.* (〜zes; 〜zed; 〜zing) 颼的一聲飛過〔作響〕. A bullet *whizzed* past my ear. 子彈颼地一聲掠過我的耳邊.
— *n.* (*pl.* 〜zes) UC (子彈, 箭等的)颼颼聲.

whíz kìd *n.* C《口》年輕能幹的人, 能力驚人的青年.

whizz [hwɪz; wɪz] *v., n.* =whiz.

WHO 《略》World Health Organization.

***who** [hu; huː] *pron.* (所有格 **whose**, 受格 **whom**)《單複數同形》

I 《疑問代名詞》 **1** 《通常詢問姓名, 血緣關係等》誰, 甚麼人.
(a)《作主詞》*Who* won first prize? 誰得了首獎?/ *Who* knows? 誰知道? 《沒有人知道》/ *Who* imagined that Susie would become a singer? 有誰想過蘇西會成為歌手? (=Nobody imagined that Susie would become a singer.).
(b)《作主詞補語》*Who* is the woman with Tom? 與湯姆在一起的女人是誰?/ *Who* do you think those tall boys are? 你想那些高個子的男孩子們是誰?/ "*Who*'s Emily?" "Emily's my best friend." 「艾蜜莉是誰?」「艾蜜莉是我最要好的朋友」/ I didn't know *who* was at that party. 在那場派對中我搞不清楚誰是誰《★從屬子句中的第一個是主詞, 第二個是補語》/ *Who's* he to give me orders? 他是誰啊! 竟然命令我《豈有此理的傢伙》.
(c)《置於 Christian name 之後》哪裡的. "Oh, there's Mike!" Lucy cried. "Mike *who*?" "Don't you know him? Mike Crowley." 「啊, 是麥克!」露西叫道.「誰是麥克啊?」「你不認識他嗎? 麥克·克勞利啊.」 語法 此形式有時會用於突然成名的人等, 略帶嘲諷之意. "Jimmy *who*?" "Jimmy Carter." 「哪一個吉米?」「吉米·卡特.」
2 《口》(可代替動詞, 介系詞的受詞 whom, 但不能緊接在介系詞的後面)誰. *Who* can we trust? 我們能相信誰呢?/ *Who* are you looking for? 你在找誰?

II 《關係代名詞》 **3** 《限定用法》《★引導關係子句, 先行詞是人》. I want a woman *who* can type well. 我需要一位打字打得好的女性/ The boy *who* is running over there is Tom. 正在那裡跑著的男孩是湯姆/ It was my uncle (*who*) bought me a bicycle. 是我叔叔買自行車給我的《語法相當於 it... that... 的強調句法; → it 6》.

語法 (1)《口》中有時用 who 來代替 whom, 但大多省略: the friend (*who*) I wrote to=《文章》the friend to *whom* I wrote (我寫信給他的朋友).
(2)通常做為主格的關係代名詞不省略, 但口語中有時省略 ⓘ There is [are] 下面的(代)名詞為先行詞的關係代名詞 who: *There is* a student (*who*) wants to see you. (有一位學生想見你).
(3)關係子句中成為補語的關係代名詞通常為 that, 而不用 who; → that《關係代名詞》1 (b).

4 《非限定用法》並且[但]那(些)人(and [but] he [she, they, etc.]);《插入性》那(些)人雖然[因為]…;《★多作書寫用語, 通常前面有逗號》.

語法 非限制性用法的關係子句位於句末時, 透過前後關係, 通常變成相當於以 and, but, for 等引導的同位子句; 若句中有插入子句, 則相當於以 because, though, when 等連接詞引導的副詞子句.

He had two sons, *who* became doctors. 他有兩個兒子, 都成為醫生(who=and they)/ Yesterday I saw Mr. Smith, *who* said nothing about his misfortune. 昨天我見到史密斯先生, 但他完全沒有提及他不幸的遭遇(who= but he) /He will employ Mr. Smith, *who* can speak French. 他會雇用史密斯先生, 因為他會說法語(who=for he) /My uncle, *who* was not well educated, succeeded as a politician. 我叔叔雖然沒有良好的教育, 但卻是一位成功的政治家(who=though he).

whoa [hwo, wo, ho; wəʊ] *interj.* (對馬)喝!《停」的信號》.

***who'd** [hud; huːd] **1** who would 的縮寫. *Who'd* say such a thing in public? 誰會在公開場合說這種事?
2 who had的縮寫. He asked *who'd* broken the window. 他問是誰打破了玻璃.

who·dun·it [ˏhuˋdʌnɪt; ˏhuːˋdʌnɪt] *n.* C《口》推理小說, 推理劇〔電影〕.
字源 源自 Who done it? (正確說法應該是 Who did it?) (是誰做的?)

***who·ev·er** [huˋɛvɚ, huˋɛvɚ; huːˋevə(r)] *pron.* (所有格 **whos(e)ever**, 受格 **whomever**;《口》常用來代替 whomever; → whomever)
1 《關係代名詞; 包含先行詞》無論誰(anyone who). *Whoever* wants the book may have it. 無論誰想要那本書都可以得到/ Sam helps *whoever* asks for his help. 山姆幫助任何向他求助的人(注意此 whoever 是 asks 的主詞; 其格是由和關係子句內動詞的關係來決定的, 與主要子句的動詞 helps(以及成為 helps 的受詞)無關).
2 《引導表示讓步的副詞子句》不管是誰(no matter who). *Whoever* may come, don't open the door. 無論誰來都不要開門/ I love Susie, *whoever* her father may be. 我愛蘇西, 不管她的父親是誰,

3 《疑問代詞》《口》到底是誰(★ who 的強調形式；亦作 who ever). *Whoever* told it to you? 究竟是誰告訴你的?

or whoéver 或任何一個人.

‡**whole** [hol, hul; həʊl] *adj.* **1** 《限定；通常位於定冠詞或所有格之後》全體的，全部的. the *whole* class 整個班級/the *whole* world 全世界/learn the *whole* lesson by heart 背整篇課文/His *whole* family welcomed me. 他全家歡迎我/do something with one's *whole* heart 專注於做某事. 语法 不用於複數名詞，因此「全體學生」不是 the *whole* pupils, 而是 the *whole* of the pupils 或 all the pupils; a whole book 是整套書之意. → 2. 爲相對於 part(部分)的詞，強調沒有欠缺之處; → entire.

2 《限定；常與複數名詞連用》整(整)…, 全…. a *whole* year 整整一年/stay at a hotel for two *whole* weeks 整整兩週待在旅館/She spent the *whole* afternoon reading. 她整天度過整個下午.

3 完全的，無欠缺的；沒受傷的，平安的；《加於名詞，代詞之後》整個的. Mary showed me her *whole* set of silver. 瑪莉給我看她的整套銀器/escape from an accident with [in] a *whole* skin 毫髮無傷地逃過一刼/return from the expedition *whole* 遠征安然歸來/cook a turkey *whole* 烹調一整隻火雞/The baby swallowed the piece of candy *whole*. 那嬰兒呑下整顆糖. ⇨ *adv.* wholly.

— *n.* ⓒ(通常用單數) **1** 全部，全體，(◆ part). the *whole* of the membership 全體成員/Bob spent the *whole* of his money. 鮑伯花了他所有的錢/the *whole* of England 全英國(all England).

2 整體. an organic *whole* 有機整體.

* *as a whóle* 作爲全體(的)，總括地. the society *as a whole* 社會整體/Let's consider the problem *as a whole*. 我們(不只從個別的觀點而)從整體來考慮這個問題吧.

* *on the whóle* 大概，整體來看；大體上. *On the whole*, his paintings are not so bad. 整體看來，他的畫沒那麼差.

whole-heart-ed [ˋholˋhɑrtɪd; ͵həʊlˋhɑːtɪd] *adj.* 由衷的，全心全意的，〔感謝等〕(◆halfhearted).

whole-heart-ed-ly [ˋholˋhɑrtɪdlɪ; ͵həʊlˋhɑːtɪdlɪ] *adv.* 由衷地；全心全意地.

whole-meal [ˋholˏmil; ˋhəʊlˏmiːl] *adj.* 《英》= whole-wheat.

whôle mílk *n.* ⓤ全乳(不去除任何成分的牛乳).

whôle nòte *n.* ⓒ《美》《音樂》全音符(《英》semibreve; → note 圖).

whôle númber *n.* ⓒ《數學》整數.

***whole-sale** [ˋholˏsel; ˋhəʊlseɪl] *n.* ⓤ批發，躉售. sell cloth at *wholesale* 批發[以批發價賣]布.

— *adj.* **1** 批發的，躉售的. *wholesale* goods 批發商品/a *wholesale* price 批發價/a *wholesale* store 批發商店.

2 大規模的，大量的. Because of automation there was a *wholesale* dismissal of workers. 由於自動化，有大批的工人被解雇.

— *adv.* **1** 批發地，以批發價地. buy linen *wholesale* 以批發價買亞麻布.

2 大規模地，大量地，全部地，一視同仁地. Houses were bombed *wholesale* by the enemy. 房子全部遭受敵人轟炸.

— *vt.* 批發，以批發價賣出，〔物品〕.

— *vi.* 批發. ◆ retail.

whole-sal-er [ˋholˏseləˋ; ˋhəʊlˏseɪlə(r)] *n.* ⓒ批發商(→ retailer).

***whole-some** [ˋholsəm; ˋhəʊlsəm] *adj.* **1** 對健康有益的，健康性的. a *wholesome* environment 有益於健康的環境/*wholesome* food 健康食品.

同 wholesome 爲「事物有益於健康的」，「人精神上健全的」之意; → healthy.

2 (道德上)健全的，有益的. The teacher gave the boys a lot of *wholesome* advice. 老師給男孩們許多忠告.

3 顯得健康的. She has a *wholesome* appearance. 她看起來很健康.

whole-some-ness [ˋholsəmnɪs; ˋhəʊlsəmnɪs] *n.* ⓤ有益健康；健全.

whole-wheat [ˋholˋhwit; ˋhəʊlˋwiːt] *adj.* 《美》(未去麥麩的)全麥的. *whole-wheat* bread 全麥麵包.

who'll [強 hul, 弱 hul; 強 huːl, 弱 hʊl] who will, who shall 的縮寫. *Who'll* be at the party? 誰會來參加宴會呢?

‡**whol-ly** [ˋholɪ; ˋhəʊlɪ] *adv.* 完全地，全然地，全部地，(◆ part). The sick boy had *wholly* recovered. 生病的男孩完全康復了/He gave a *wholly* inadequate answer to my question. 他對我的問題給了一個完全不恰當的回答/During the vacation I devoted myself *wholly* to my studies. 休假期間我全心投入研究/I don't *wholly* agree with you. 我並不全然同意你(语法 用於否定句之後變成部分否定).

‡**whom** [強 hum, 弱 hum; 強 huːm, 弱 hʊm] *pron.* (who 的受格)

1 《疑問代詞》誰，對誰，(语法 在《口》中除了用於緊接在介系詞之後外，其他情形一般都用 who; 介系詞+whom 爲《文章》;《口》作 who... 介系詞(參見最後兩個例句))). *Whom* do you like best? 你最喜歡誰?/*Whom* are you talking about? 你在說誰啊?/I don't know *whom* Kate loves. 我不知道凱特愛的是誰/*Whom* do you think we should trust? 你認爲我們應該信任誰?/I didn't know *whom* to believe. 我不知道該相信誰/With *whom* did you play tennis? 你跟誰打網球?(《口語作 Who did you play tennis with?》/"I'm going to buy a watch." "For *whom*?" 「我打算去買只手錶」「給誰?」(口語中變成 Who for?).

2 《關係代詞》(**a**)《限定用法》(所)做…(的)(★通常先行詞是人). The woman (*whom*) you see over there is my mother. 你在那邊看見的那位婦女是我母親/The man (*whom*) I spoke *to* just

now is our history teacher. = The man *to whom* I spoke.... 我剛才與他說話的那個人是我們的歷史老師。　語法 這種關係代名詞，特別是在口語中，多被省略，但介系詞置於關係代名詞之前時則不省略。

(b)《非限定用法》並且「但〕把〔對〕他(們)；《插入性》把〔對〕他(們)…但是，因爲把〔對〕他(們)…；(★多作書寫用語，通常前面加逗號；→ who 4 語法)。She had a half brother, *whom* she had never seen. 她有一個異父〔異母〕的兄弟，但從未見過面/ My sister, *whom* Mike loves very much, will marry Tom. 我姊姊，麥克很愛她，但她卻要嫁給湯姆/He has three brothers, the tallest of *whom* is a basketball player. 他有三個兄弟，其中個子最高的是位籃球選手(★像這樣的關係詞子句的詞序可改爲：=of *whom* the tallest is a basketball player)。

whom·ev·er [hum`ɛvɚ; huːmˈevə(r)] *pron.* 《whoever 的受格；(口)常用 whoever》 **1** 《關係代名詞；包含先行詞》無論誰(anyone whom). *Whomever* Father invites is welcome. 無論父親邀請誰都歡迎/The old man waved his hand to *whomever* he saw. 那老人無論看見誰都招手。 **2** 《引導表示讓步的副詞子句》無論是誰…也(no matter whom). *Whomever* they may choose as Premier, our foreign policy will not change much. 無論他們選誰當首相，我國的外交政策不會有太大的改變。

whoop [hup, hwup; huːp] *n.* © **1** (表示喜悅、狂熱的)高聲吶喊。a *whoop* of delight 喜悅的歡呼。 **2** (貓頭鷹等的)鳴叫聲。 **3** (百日咳引起的)哮喘聲。
── *vi.* **1** (因喜悅等)高聲吶喊。
2 (貓頭鷹等)鳴叫。
3 (百日咳引起的)哮喘。
whòop it úp (口)高聲喧鬧。

whoop·ee [`hwupi, `hwʊpi, `hu-, `hʊ-, `(h)wʊpiː](口) *interj.* 哈哈!《歡笑聲》。

whóoping còugh *n.* ⓤ 百日咳。

whoops [hups, hwups; huːps] *interj.* (口) oops.

whop [hwɑp; (h)wɒp] *vt.* (~s; ~ped; ~ping)《主美、口》毆打；把…打得落花流水。

whop·per [`hwɑpɚ; ˈ(h)wɒpə(r)] *n.* © (口) **1** 龐然大物。 **2** 漫天大謊。

whop·ping [`hwɑpɪŋ; ˈ(h)wɒpɪŋ](口) *adj.* 《限定》龐大的。a *whopping* lie 漫天大謊。
── *adv.* 十分地，非常地, (very).

whore [hor, hɔr; hɔː(r)] *n.* © 娼妓(prostitute).

who're [hur; huːr] who are 的縮寫. *Who're* those boys? 那些男孩是誰?

whorl [hwɝl; wɜːl] *n.* © **1** (植物)輪生體(在植物的節上所生長出輪狀排列的花, 葉等)。
2 (動物)(螺貝等的)螺紋。

3 (指紋的)螺紋(的一圈)。

who's [huz, 弱 huz; 強 huːz, 弱 hʊz] who is, who has 的縮寫. *Who's* in charge here? 這理由誰負責?/ *Who's* seen a panda? 誰看過貓熊?

whose [huz; huːz] *pron.* 《who 的所有格》 **1** 《疑問代名詞》(a) 《修飾名詞》誰的. *Whose* car is this? 這是誰的車子?/ I wonder *whose* jacket this is. 我不知道這是誰的夾克。
(b) 《所有格代名詞》誰的東西. *Whose* is that ball? 那個球是誰的?/ I don't care *whose* the fault is. 我不管那是誰的錯。　語法 這些例句若改成下列說法則爲(a)的用法：*Whose* ball is that?/ I don't care *whose* fault it [that] is.
2 《關係代名詞》 語法 《文章》中用來代替關係代名詞 which 的所有格 of which；→ which 2 (d) 語法。 (a) 《限定用法》那個(就)是…. I have a friend *whose* father is a famous novelist. 我一個朋友的父親是位出名的小說家/Look at the mountain *whose* top is covered with snow.=Look at the mountain the top *of which* is covered with snow. 看看那座山頂被雪覆蓋的山。
(b) 《非限定用法》並且「但〕那個…是；《插入性》那個…是…但是，因爲那個…是…；(★通常作書寫用語，其前加逗號；→ who 4 語法)。My uncle, *whose* daughter lives in Paris, is going to make a tour of France with her. 我叔叔的女兒住在巴黎，最近他打算和她同遊法國/I bought a used car, *whose* mileage is very bad. 我買了一部中古汽車，它相當耗油/I like working at that company, most of *whose* staff are women. 我喜歡在那家公司上班，因爲大部分的員工都是女性。

whos(e)·ev·er [huz`ɛvɚ; huːzˈevə(r)] *pron.* whoever 的所有格。

who's who, Who's Who [ˌhuz`hu; ˌhuːzˈhuː] *n.* © 名人錄。

who've [huv; huːv] who have 的縮寫. Do you know the people *who've* just come in? 你認識剛才進來的那些人嗎?

wh-ques·tion [`dʌb.lju`etʃˌkwestʃən; ˌdʌbljuːˈetʃˌkwestʃən] *n.* © 《文法》wh- 疑問句《以 wh- 爲句首的疑問句》。

why [hwaɪ, waɪ; waɪ] *adv.* **1** 《疑問副詞》爲甚麼. *Why* did you get so angry? 你爲甚麼這麼生氣呢?/ *Why* do you think Bill failed in the examination? 你認爲比爾這次考試爲甚麼失敗?/ I wonder *why* the boy was scolded. 我不知道那個男孩爲甚麼被罵。 "*Why* were you absent from school yesterday?" "Because I was sick." 「你昨天爲甚麼沒上學?」「因爲我病了」(語法 why 開頭詢問理由的句子，原則上用 because 回答)/ *Why* ever did you tell it to Mike? 你到底爲甚麼把那件事告訴麥克?(★ ever 用來加強 why 一詞，表示驚訝之意)/ *Why* was it that Paul had to leave school? 爲甚麼保羅一定得休學呢?(★強調 why 的句法)/ *Why* should you say such a cruel thing? 你爲甚麼要說這種殘忍的事?(★ should 表示「該說這種事的理由何在?」的心情)。

【語法】(1)從上下文即可明白句意時，有時會省略主詞和動詞：*Why* so much noise here? (這裡爲甚麼這麼吵鬧?) / *Why* so? (爲甚麼如此?) / *Why* me? (爲何是我?) (例如有人對你說：I want you to do this. (我要你做這件事)等時，你會這麼說). (2)緊置於動詞之前時表示不贊成，不支持之意．*Why* take a taxi? It's only five minutes' walk to the theater. (爲甚麼要坐計程車? 走到戲院只要 5 分鐘而已) (★若加以補充，可作 *Why should you* take...?).

2 《關係副詞》(之所以) 做…(【語法】先行詞 the reason 或 why 常有一方被省略). Tell me the reason (*why*) you want to go to England. 告訴我你想去英國的理由/Bill's father died suddenly. That was *why* he had to leave school and go to work. 比爾的父親突然去世，那就是他不得不休學去工作的原因/*Why* he went to Africa is unknow. 他去非洲的原因不詳．

＊*Whỳ dòn't you dó?* (1)爲甚麼你不做? 《這是字面上的意思，實際上(2)的含義比較常用》．(2)《建議，邀請等時用》要不要…．*Why don't you* read this book? 要不要讀一讀這本書? 【語法】(1)《口》中常用省略形式，這句話便成爲 Why not read this book? 而用口中改用 we 就變成「要不要(一起)…?」的意思：*Why don't we* go now? (我們何不就現在走?).

＊*Whỳ nót?* 《口》爲甚麼不能做…呢? 當然(會去做…[可以做…]); 好啊! "Another drink?" "*Why not!*" 「要不要再來一杯?」「好啊!」

Whỳ not dó? 《口》= Why don't you do? (2). *Why not* go on a picnic? 要不要去野餐呢?
— *n.* (*pl.* ~s) ⓒ 理由，原因．
— [hwaɪ; waɪ] *interj.* 哎呀，甚麼，《驚訝》當然《承認》; 是，不過，《抗議》那個，《猶豫，談話的接續》Why, that's ridiculous! 甚麼，太荒謬了!/Why, here comes Jim. 哎呀，吉姆來了．

WI 《略》Wisconsin.

wick [wɪk; wɪk] *n.* ⓤⓒ (蠟燭，燈等的)芯．

＊**wick·ed** [ˈwɪkɪd; ˈwɪkɪd] (★注意發音) *adj.* (~·er; ~·est) 【邪惡的】**1** 〔人，行爲等〕邪惡的，惡劣的; 不正當的. a *wicked* man 壞人/*wicked* acts 惡劣的行爲/It's *wicked* to mistreat animals. 虐待動物是很惡劣的．
圖 wicked 比 evil 更不道德，指故意的惡行．
2 有惡意的，心ń壞的; 〔孩子〕惡作劇的，a *wicked* look 不懷好意的眼光/It's *wicked* of you to say such a rude thing. =You are *wicked* to say such a rude thing. 你眞壞，說這種無禮的話．
【壞的>厲害的】**3** 《口》厲害的，討厭的，不愉快的. *wicked* weather 糟糕的天氣/I have a *wicked* headache this morning. 今天早上我頭疼得不得了．

wick·ed·ly [ˈwɪkɪdlɪ; ˈwɪkɪdlɪ] *adv.* 不正當地; 心術不正地; 《口》厲害地．

wick·ed·ness [ˈwɪkɪdnɪs; ˈwɪkɪdnɪs] *n.* ⓤ 邪惡，不正當; 心術不正．

── **wide-eyed** 1805

wick·er [ˈwɪkɚ; ˈwɪkə(r)] *n.* ⓤ 編製工藝. a *wicker* chair 編製而成的椅子．

wick·er·work [ˈwɪkɚˌwɝk; ˈwɪkəwəːk] *n.* ⓤ 編製工藝; (集合)編製的工藝品．

wick·et [ˈwɪkɪt; ˈwɪkɪt] *n.* ⓒ **1** 小門; 旁門; (火車站的)剪票口. **2** (售票處等的)窗口，小窗. **3** 《板球》三柱門(→ cricket²).

[wicker chair]

wick·et·keep·er [ˈwɪkɪtˌkipɚ; ˈwɪkɪtˌkiːpə(r)] *n.* ⓒ《板球》三柱門的守門員(相當於棒球的捕手)．

＊**wide** [waɪd; waɪd] *adj.* (**wid·er; wid·est**) 【幅度寬的】**1** 寬的 (↔ narrow; → broad 圖). a *wide* ribbon 寬絲帶/The streets of New York are *wide*. 紐約的街道很寬. 【注意】關於土地，房間等的「面積大小」，除特定用法，如 the *wide* world (寬闊的世界)外，並不用 wide，而用 big, large; a big room (寬敞的房間).

2 寬…. This river is 200 yards *wide*. 這條河寬兩百碼/How *wide* is the cloth? 這塊布多寬?/a two-inch-*wide* belt 2 英寸寬的皮帶．

3 〔眼睛，門等〕全開的; 〔衣服等〕寬鬆的. The boy stood there with his eyes *wide* with amazement. 那男孩吃驚地張大眼睛站在那裡/open the door *wide* 把門全打開．

【範圍廣的】**4** 〔範圍等〕廣的，廣大的. a man of *wide* knowledge 博學之人/He has had *wide* experience in publishing. 他對出版業務很有經驗/There is a *wide* difference between the two cars. 這兩輛汽車有很大的不同．

5 【寬廣的>大致的】〔思想，視野等〕廣闊的; 自由的，無偏見的; 大致的. a *wide* guess 大致的猜測．

6 〔過於粗略〕遠離的，偏離的; 完全估計錯誤的. (*of*). The arrow went *wide*, hitting a tree. 那支箭偏了而射中了一棵樹/That criticism is *wide* of the mark. 那批評是無的放矢．

✦ *n.* width. *v.* widen.
— *adv.* (**wid·er; wid·est**) **1** 廣大地，大範圍地. They searched far and *wide* for the missing child. 他們到處尋找失蹤的孩子．

2 完全(打開)地. He held the door *wide* open for the lady. 他爲那位女士將門開得很大．

3 遠離地，估計錯誤地，《*of*》. He shot *wide* of the mark. 他射偏了．

wide-an·gle [ˈwaɪdˈæŋgl; ˈwaɪdˈæŋgl] *adj.* 《攝影》〔鏡頭等〕廣角的．

wide-a·wake [ˈwaɪdəˈwek; ˌwaɪdəˈweɪk] *adj.* **1** 完全清醒的. **2** 〔人，想法等〕機警的; 靈敏的．

wide-eyed [ˈwaɪdˈaɪd; ˈwaɪdˌaɪd] *adj.* **1** (因

驚訝等)睜大眼睛的. **2** 純眞的, 天眞無邪的. a *wide-eyed* youngster 天眞無邪的孩子.

wide·ly [ˈwaɪdlɪ; ˈwaɪdlɪ] *adv.* **1** 廣闊地, 範圍廣泛地. That actress is *widely* known. 那位女演員很有名氣/Penicillin came to be *widely* used after World War II. 盤尼西林在第二次世界大戰以後被廣泛地使用/He has read *widely* in modern literature. 他博覽現代文學.
2 很, 非常. English and Irish are *widely* different. 英語和愛爾蘭語十分不同.

wid·en [ˈwaɪdn̩; ˈwaɪdn] *v.* (~**s** [~z; ~z]; ~**ed** [~d; ~d]; ~**ing**) *vt.* 使變寬, 使開闊. *widen* a street 拓寬馬路.
— *vi.* 變寬廣, 擴大. This river *widens* as it flows. 這條河越流越寬.

wide-o·pen [ˈwaɪdˈopən, -ˈopm̩; ˈwaɪdˈəʊpən] *adj.* **1** 大開的. **2** (美)(對賭博等)取締不嚴格的.

wid·er [ˈwaɪdɚ; ˈwaɪdə(r)] *adj., adv.* wide 的比較級.

*wide·spread [ˈwaɪdˈsprɛd; ˈwaɪdspred] *adj.* 範圍廣泛的; 普及的, 大大地擴展開的. There was *widespread* damage from the typhoon. 那次颱風造成大範圍的災害/a *widespread* opinion 普遍的意見/AIDS is becoming *widespread*. 愛滋病正在擴散.

wid·est [ˈwaɪdɪst; ˈwaɪdɪst] *adj., adv.* wide 的最高級.

widg·eon [ˈwɪdʒən; ˈwɪdʒən] *n.* (*pl.* ~**s**, ~) Ⓒ (鳥)火鳧.

wid·ow [ˈwɪdo, -ə; ˈwɪdəʊ] *n.* (*pl.* ~**s** [~z; ~z]) Ⓒ **1** 未亡人, 孀婦, 寡婦, (★鰥夫爲widower). a war *widow* 丈夫戰死的寡婦. **2** (加修飾語)「寡婦」, (因丈夫熱中於某種嗜好, 運動等而遭到冷落的妻子). a golf *widow* 高爾夫「寡婦」.

wid·owed [ˈwɪdod, -əd; ˈwɪdəʊd] *adj.* 守寡的; 鰥居的; (★男性和女性都可以使用).

wid·ow·er [ˈwɪdowɚ; ˈwɪdəʊə(r)] *n.* Ⓒ 鰥夫 (★寡婦爲widow).

wid·ow·hood [ˈwɪdo͵hud, ˈwɪdə-; ˈwɪdəʊhʊd] *n.* Ⓤ 未亡人的身分[生活].

width [wɪdθ, wɪtθ; wɪtθ] *n.* (*pl.* ~**s** [~s; ~s]) **1** Ⓤ Ⓒ 寬度, 寬, 幅度, (↔ breadth; → depth, long). The bridge is of narrow *width*. 那座橋寬度狹窄/This television set has a *width* of two feet. 這架電視機寬度爲兩英尺/This road is 10 meters in *width*. 這條路寬十公尺. **2** Ⓒ 一定寬度的布料. I used two *widths* to make this curtain. 我用了兩塊布料做出這面窗簾. **3** Ⓤ (心胸, 見解等的)廣度. The *width* of his vision is remarkable. 他的眼界開闊不同凡響.
⇨ *adj.* **wide**.

wield [wild; wi:ld] *vt.* **1** (古, 雅)使用(工具, 武器等). *wield* a sword 用劍. **2** 行使(武力, 權力等). *wield* influence 施展影響力.

wie·ner [ˈwinɚ; ˈwi:nə(r)] *n.* Ⓤ (美)維也納香腸(frankfurter).

wife [waɪf; waɪf] *n.* (*pl.* **wives**) Ⓒ 妻子, 太太, 夫人, 老婆, 內人, (↔ husband). husband [man] and wife 夫婦, (★這種情形不加冠詞)/Susie will make him a good *wife*. 蘇西會成爲他的好妻子.
tàke...to wífe (古)娶…爲妻.

●——以 **-fe**, **-f** 爲詞尾之名詞的複數

(1)以 **-fe** 爲詞尾的名詞須將 -fe 改爲 -ves:
life—lives	knife—knives
wife—wives	

(2)以 **-f** 詞尾的名詞須將 -f 改爲 -ves:
elf—elves	half—halves
*hoof—hooves	leaf—leaves
*scarf—scarves	self—selves
shelf—shelves	thief—thieves
*wharf—wharves	wolf—wolves

(3)除了上述名詞之外, 以 **-f** 爲詞尾的名詞, 原則上加 **-s**:
cliff—~s	cuff—~s
gulf—~s	handkerchief—~s

★ hoof, scarf, wharf 也有加上 ~s 的複數形式.

---

wife·like [ˈwaɪf͵laɪk; ˈwaɪflaɪk] *adj.* =wifely.

wife·ly [ˈwaɪflɪ; ˈwaɪflɪ] *adj.* 妻子的; 適合做妻子的.

*wig [wɪg; wɪg] *n.* (*pl.* ~**s** [~z; ~z]) Ⓒ 假髮. wear a *wig* 戴假髮.

wig·gle [ˈwɪgl; ˈwɪgl] *vi.* 移動, 扭動.
— *vt.* 使移動, 使扭動.
— *n.* Ⓒ 移動, 扭動.

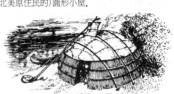

[wigs]

wig·wam [ˈwɪgwɑm, -wɔm; ˈwɪgwæm] *n.* Ⓒ (北美原住民的)圓形小屋.

[wigwam]

*wild [waɪld; waɪld] *adj.* (~**er**; ~**est**) 【維持自然的狀態】 **1** (動物, 植物)野生的, 未被人類馴服的; 自然生長的; (↔ cultivated, domestic, tame). a *wild* horse 野馬/*wild* animals 野生動物/*wild* grass 野草.
2 野蠻的, 未開化的. a *wild* savage 野蠻人.
3 (土地等)荒涼的, 荒蕪的; 沒有人煙的; 原始的; 散亂的, 邈遠的. the *wild* scenery of the mountains 群山荒涼的風景/The land was completely *wild*. 那塊地全荒蕪了/*wild* hair 亂髮.
【狂暴的】 **4** (天氣, 海等)變化激烈的; (風等)猛

烈的. a *wild* wind 狂風/The waves were *wild* last night. 昨夜波濤洶湧.

5 〔人, 動作等〕粗暴的, 野蠻的, 難以應付的. a *wild* boy(粗暴)難以應付的男孩/in *wild* fury 暴怒地/make a *wild* dash 狂奔/Tom's behavior at the party was *wild*. 在舞會上湯姆的舉動粗暴.

〖 狂亂的>發瘋似的 〗 **6** 瘋狂的, 狂熱的; 興奮的; 狂怒的. The passengers were *wild* with fear. 乘客們害怕得幾乎要發瘋了/The sight made John *wild*. 那個景象使約翰興奮[暴怒].

7 〔敘述〕(口)熱中的(*about*); 急於做…(*to* do). Tim is *wild* about skiing [the girl]. 提姆迷上了滑雪[那女孩]/My son is *wild* to meet you. 我兒子一心一意想見你.

8 荒唐的, 離奇的, 離題的. a *wild* story 荒誕的故事/make a *wild* guess 胡亂猜測/a *wild* plan 異想天開的計畫/throw a *wild* ball 投出暴投.
♢ *n.* wildness, wilderness.

beyond a person's *wildest dreams* 某人完全意想不到[地]. Such an offer was *beyond* my *wildest dreams*. 我做夢也沒想到這種(寶貴的)提議.

go wild 情緒變激烈(*with, over*)〔怒, 喜〕. John went *wild* over his new car. 約翰非常喜歡他那輛新車.

run wild (1)〔植物〕蔓延; 〔動物〕野生. They've let the grass *run wild*. 他們任由草皮恣意蔓生. (2)〔人〕放任, 不聽話. You shouldn't let your children *run wild*. 你不該放任你的小孩.

— *n.* (the wilds)荒野; 荒地, 未開墾地區; (加the)野生狀態. the call of the *wild* 荒野的呼喚, 「野性的呼喚」.

— *adv.* =wildly.

wild bóar *n.* C 〔動物〕野豬.

wíld cärd *n.* C **1** (紙牌的)萬能牌(主要指鬼牌). **2** (如萬能牌般的)對甚麼都可使用之物(符號). **3** 難以預料的主因. **4** (主辦者特准予參加的)無參賽資格的選手[隊伍]外卡. **5** (電腦)(代表任何可能出現的其他字元的)萬用字元.

wild·cat [`waɪld͵kæt, `waɪl͵kæt; ʹwaɪldkæt] *n.* C **1** 〔動物〕野貓. **2** 性急而粗暴的人.
— *adj.* (限定)〔事業, 計畫等〕魯莽的, 不顧前後的, 危險的.

wíldcat stríke *n.* C 未經總工會批准而擅自舉行的罷工.

wíld dúck *n.* C 野鴨(飼養後可做家禽).

Wilde [waɪld; waɪld] *n.* **Oscar** ～ 王爾德(1854 -1900)〔英國小說家、劇作家、詩人、評論家〕.

wil·de·beest [`wɪldə͵bist; ʹwɪldɪbiːst] *n.* (*pl.* ～, ～s) C 〔動物〕角馬(gnu).

wil·der·ness [`wɪldənɪs; ʹwɪldənɪs] *n.* C **1** (通常用單數) **1** (古)荒野, 荒地. **2** (海、平原等的)無邊無際的廣闊; (無人煙的)雜亂的一大片〔瓦礫, 成排的廢屋等〕. the endless *wilderness* of the Sahara 撒哈拉沙漠的廣闊無邊. **3** (加a)紛雜的群體(集團); 大量. *in* (*to*) *the wilderness* 下野, 離開政壇.

wílderness àrea *n.* C (美)自然環境保護區.

---

wild·fire [`waɪld͵faɪr; ʹwaɪld͵faɪə(r)] *n.* U 野火; 鬼火.

spread like wildfire 〔傳染病, 謠言等〕(像野火般地)迅速傳開.

wild·flow·er [`waɪld͵flauɚ, ﹒͵flaur; ʹwaɪld͵flauə(r)] *n.* C 野花(亦拼作wíld flòwer).

wild·fowl [`waɪld͵faul; ʹwaɪld͵faul] *n.* (*pl.* ～, ～s) C 野禽(特指棲息於水邊的野鴨, 雁等).

wíld góose *n.* C (鳥)雁(→ goose 參考).

wild-goose chase [͵waɪld`gus͵tʃes; ͵waɪldʹguːs͵tʃeɪs] *n.* C 無目標的搜索, 白走, 愚蠢的計畫. 〔語源〕源自野雁不易捕捉.

wild·life [`waɪld͵laɪf; ʹwaɪld͵laɪf] *n.* U (集合)野生動物(生物). *wildlife* protection 野生動物[生物]的保護.

*wild·ly [`waɪldlɪ; ʹwaɪldlɪ] *adv.* **1** 野生地; 在野生狀態中. They leave their garden to grow *wildly*. 他們任由花園荒蕪. **2** 激烈地, 粗野地, 粗亂地. They danced about *wildly*. 他們狂野地來回舞動/I'm so *wildly* happy. 我開心得不得了. **3** 荒唐地. talk *wildly* 胡說/I just guessed *wildly*. 我只是瞎猜而已.

wild·ness [`waɪldnɪs; ʹwaɪldnɪs] *n.* U **1** 野生. **2** (土地等的)荒廢. **3** 粗暴, 魯莽; 瘋狂.

wíld óats *n.* (單複數同形)〔植物〕野生燕麥. sow one's *wild oats* (→ oats 的片語).

wíld pítch *n.* C (棒球)(投手的)暴投.

Wíld Wést *n.* (加the) (19世紀無法律時期的)美國西部.

wile [waɪl; waɪl] *n.* (wiles) 陰謀, 策略.
— *vt.* 欺騙〔人〕.

wile /.../ awáy = while /.../ away(→ while 的片語).

wil·ful [`wɪlfəl; ʹwɪlfʊl] *adj.* (英)=willful.

wil·ful·ly [`wɪlfəlɪ; ʹwɪlfʊlɪ] *adv.* (英)= willfully.

wil·i·ness [`waɪlɪnɪs; ʹwaɪlɪnɪs] *n.* U 狡猾, 奸詐.

Will [wɪl; wɪl] *n.* William 的暱稱.

will [強 wɪl, ﹒wɪl, 弱 wəl; 強 wɪl, 弱 wəl, əl] *aux. v.* (過去式would; 縮寫 'll; 否定的縮寫won't) 語法 在(美)will 與人稱無關, 表示單純未來, 但有時亦表示未來意志; 在(英)通常以第一人稱為shall, 第二、第三人稱為will, 表示單純未來, 但在第一人稱時亦使用will 的情形也日漸增多.

I 〔用於直述句〕

1 〔主詞為第一人稱〕(a)《表未來意志》要〔做〕…, 打算做…, I *will* try. 我會試試看/I *will* not [won't] be late again. 我不會再遲到了/Yes, I *will* (do so). 是的, 我會(這麼做)的/We *will* do our best. 我們會盡全力/We *will* have our lunch here. 我們在這裡吃午飯吧(★此例句中 we *will* = let us)/I *will* go, whatever happens. 無論發生甚麼事, 我都會去(注意 在如此表示強烈意志的情況

下，will 重讀作 [wɪl; wɪl]，而非 'll。

(b) 《單純未來》將…，I'll be twenty years old next Friday. 下星期五就滿二十歲了/Next year we'll be starting college. 明年我們將開始唸大學。

2 《主詞爲第二、第三人稱》**(a)** 《單純未來》將…，You *will* see. 你會明白的/I hope he *will* be able to come. 我希望他能來/The radio says that it *will* rain tomorrow. 收音機廣播說明天會下雨/People *will have forgotten* all about it in a month. 一個月後人們將已完全忘記這件事（[語法]此「will＋have＋過去分詞」爲未來完成式；→ 2 (d)）。

(b) 《意志未來》爲我做…；無論如何也要做…；（[注意]表示主語的強烈意志時，will 重讀成[wɪl; wɪl]）。You say you *will* help me, but it's too late. 你說你會幫我，但已經太遲了/If you *will* wait a minute, I'll tell him to come at once. 如果你能等一下，我會叫他馬上過來（[語法]在條件子句中表示單純的未來是用現在式，而如此例使用 will 則表示主語的意志及善意等）/Do as you *will*. 你請便吧/She simply *will* have her own way. 她就是要一意孤行/My daughter *won't* listen to me. 我女兒怎麼也不聽我的話/This door *won't* open. 這扇門怎麼也打不開。

(c) 《命令，委託》做…，You *will* do exactly as I tell you. 完全照我說的做!/You *will* stop that right now! 你馬上停止那件事!

(d) 《推測》可能，大概。That man over there *will* be Tom's father. 在那邊那個人可能是湯姆的父親/He *will* be staying at a hotel nearby. 他大概住在附近的旅館裡/That'll be the postman. 那大概是郵差/You *will have heard* of this. 你大概已聽說這件事了吧!（[語法]雖然形式與未來完成式相同，但表示對被認爲是過去及已完成的事情的推測；→ 2 (a)）。

(e) 《習性，習慣》常做…；做…；（★此時 will 通常發輕音 [wɪl; wɪl]）。My husband *will* smoke immediately after a meal. 我丈夫吃完飯馬上就抽菸/Old John always talks about the golden days of his life, as old men *will*. 老約翰就像其他老人一樣，總愛談起他人生中的最盛時期/Accidents *will* happen. （諺）天有不測風雲，人有旦夕禍福/Boys *will* be boys (→ boy 1).

(f) 《可能，能力：僅用於第三人稱》能夠…，That *will* do. 那行，那樣可以。

II 《用於疑問句》

3 《主詞爲第一人稱》《單純未來》將，要。When *will* we get there? 我們甚麼時候會到那裡?/Will I see you tomorrow? 我明天會見到你嗎?

4 《主詞爲第二、第三人稱》**(a)** 《單純未來》將，會。*Will* you be free next Sunday? 下個星期天你有空嗎?/What *will* he say about this? 對這件事他會說甚麼?/When *will* you be visiting us again? 甚麼時候你會再來看我們? [語法]will 用於未來進行式時，代表更明確的單純未來。

(b) 《意志未來》打算做…嗎? "Will you fight with him?" "Yes, of course." 「你會跟他打嗎?」「嗯，當然」/Who *will* have some Coke? 誰要喝可樂?

(c) 《委託，命令》幫我…可以嗎? 爲我…好嗎? *Will* you lend me this book? 你借我這本書好嗎?/Just wait a moment, *will* [*won't*] you? 等一下好嗎?/*Will* you be quiet, boys! 孩子們，安靜點好嗎?

(d) 《勸誘：僅用於第二人稱》做…好嗎? 做…怎麼樣。*Won't* you sit down? 您不坐嗎?/*Will* you have some tea? 再來點茶怎麼樣?（★詢問對方的意志並勸導之意）。

[語法] (c)和(d)中，若委託，勸誘的感覺強烈，則發音時句尾音調多下降，此外也可以不用問號而用句號。

(e) 《習性，習慣》常做…嗎? 會…做? (→ 2 (e)). Why *will* you always go against my advice? 你爲甚麼總是不聽從我的勸告?/*Will* wood float on oil? 木材會浮在油上嗎?

(f) 《可能，能力：僅用於第三人稱》…可以嗎? (→ (f)). *Will* that do? 那樣可以嗎?

[語法]「will＋have＋過去分詞」有兩種情形，一種是表示未來完成(→ 2 (a)的最後一例)，另一種是表示對過去已完成的事情的推測(→ 2 (d)的最後一例)。

—— *n.* (*pl.*~s [~z; ~z]) 【意志】**1** [U] (常加 the) 意志，意願。the freedom of the *will* 意志的自由/free *will* 自由意志。

2 【個人的心意】[a U] (個人的) 意志；意圖；決意。He has a strong *will*. 他意志堅強/the *will* of the people 人民的意願/He has lost his *will* to power. 他已失去對權力的慾望/Where there's a *will*, there's a way. (諺)有志者事竟成。

[搭配] *adj.*＋will: an iron ~ (鋼鐵般(堅強)的意志) // *v.*＋will: do a person's ~ (照著某人的意志做)，obey a person's ~ (順從某人的意思)，impose one's ~ on... (將自己的意志強加於…)。

3 【對他人的心意】[U] 感覺。men of good *will* 善意的人們。

4 [C] 遺言[書] (★特指用於 one's last will and testament). make [draw up] a *will* 立遺囑。

【願望】**5** [U] (常加 my, his 等)希望，願望。Ted always works his *will*. 泰德總是爲所欲爲/God's *will* 神的旨意。

against one's ***will*** 違反自己的意志地，並非出於本意地。He was forced to drink *against his will*. 他被強迫喝酒。

at will 隨意地，隨心所欲地。

have one's ***will*** 爲所欲爲；如願以償。

of one's ***own*** (***free***) ***will*** 出於自願地。

with a will 努力地，認眞地。To prepare for the entrance examination, he began to work *with a will*. 爲了準備入學考試，他開始努力用功。

—— *vt.* **1** 企圖…；[句型3] (will *that*子句) 決心尋求…；[句型5] (will A *to* do) 使A下決心做…，憑意志[意願]使A做…。God *willed* it otherwise. 天意並非如此/She spent an hour a day before her mirror, *willing* her reflection *to* become beautiful. 她每天花一個小時在鏡子前，希望自己照越漂亮。

2 句型4 (will **A** B)、句型3 (will **B** _to_ **A**)把B（財產等）遺贈給A。My uncle _willed_ me this picture. 我叔叔把這幅畫遺贈給我。

**will** onesèlf to (_dó_) 決意做…。She pressed her lips together and _willed herself_ not _to_ cry. 她緊閉嘴唇決意不哭。

will·ful [ˋwɪlfəl; ˈwilfol] _adj._ **1** 任性的；固執的，頑固的。**2**《限定》故意的，有意的。a _willful_ lie 有心的謊言/_willful_ murders 蓄意謀殺。

will·ful·ly [ˋwɪlfəlɪ; ˈwilfoli] _adv._ **1** 任性地；固執地。**2** 故意地，有意地。

will·ful·ness [ˋwɪlfəlnɪs; ˈwilfolnis] _n._ U **1** 任性；固執。**2** 故意。

Wil·liam [ˋwɪljəm; ˈwiljəm] _n._ **1** 男子名。

2 William I [ðəˋfɜst; ðəˈfɜːst] 威廉一世(1027-87)《英國國王(1066-87)；被稱爲 William the Conqueror（征服者威廉）》。

3 William III [ðəˋθɜd; ðəˈθɜːd] 威廉三世(1650-1702)《英國國王(1689-1702)；經由 Glorious Revolution（光榮革命）與妻子 Mary II（瑪莉二世）共登英國王位》。

Wil·lie [ˋwɪlɪ; ˈwili] _n._ **1** William 的暱稱。

2 女子名。

※**will·ing** [ˋwɪlɪŋ; ˈwiliŋ] _adj._ **1**《敘述》願意〔樂意〕做…的，積極做…的，《to do》；無異議的《that 子句》。Sam was _willing_ to work for Mr. Brown. 山姆願意爲布朗先生工作/Are you _willing_ that he (should) be our leader? 你願意他當我們的領袖嗎?

2《限定》〔人，行爲等〕積極進行的，自發的。Employers like _willing_ workers. 雇主喜歡積極工作的人/_willing_ deference 自願服從/_willing_ support 自發性的支持。↔ **unwilling**.

＊**will·ing·ly** [ˋwɪlɪŋlɪ; ˈwiliŋli] _adv._ 願意地，積極地；樂意地。Bob _willingly_ lent me the money I needed. 鮑伯樂意借給我我所需的錢/"Will you have lunch with me?" "Willingly." 「願意和我共進午餐嗎?」「非常樂意。」

will·ing·ness [ˋwɪlɪŋnɪs; ˈwiliŋnis] _n._ U 願意；樂意〔主動〕去做的心情，意願。

will-o'-the-wisp [ˌwɪləðəˋwɪsp; ˌwiləðəˈwisp] _n._ C **1** 鬼火，磷火。**2** 騙人的東西〔人〕。

＊**wil·low** [ˋwɪlo, ˋwɪlə; ˈwiləʊ] _n._ (_pl._ ~s [~z; ~z]) **1** C《植物》柳。a _willow_ tree 柳樹。

2 U 柳木。

wil·low·y [ˋwɪləwɪ; ˈwiləʊi] _adj._ **1**〔人〕（如柳樹般）纖瘦優雅的。**2** 多柳的；柳樹茂密的。

will·pow·er [ˋwɪlˌpauə; ˈwilˌpauə(r)] _n._ U 意志力，自制力。

Wil·ly [ˋwɪlɪ; ˈwili] _n._ = Willie.

wil·ly [ˋwɪlɪ; ˈwili] _n._ (_pl._ -**lies**) C《英、口》《幼兒語》小雞雞。

wil·ly-nil·ly [ˌwɪlɪˋnɪlɪ; ˌwiliˈnili] _adv._ 不管願意不願意，不管怎樣。

wilt[^1] [wɪlt; wilt] _aux. v._《古》will 的第二人稱、單數、直述語氣、現在式《主詞爲 thou》。

wilt[^2] [wɪlt; wilt] _vi._〔草木等〕枯萎，凋謝；〔人〕衰

弱，頹喪。— _vt._ 使〔草木等〕枯萎。

wil·y [ˋwaɪlɪ; ˈwaili] _adj._ 狡猾的，奸詐的。

Wim·ble·don [ˋwɪmbldən; ˈwimbldən] _n._ 溫布敦《倫敦西南部的一地區；每年 6-7 月在此舉行網球公開賽》。

wim·ple [ˋwɪmpl; ˈwimpl] _n._ C（中古女性用的）面紗，頭巾，《現在仍有修女在使用》。

※※※**win** [wɪn; win] _v._ (~**s** [~z; ~z]; **won**; ~**ning**) _vi._ **1** 贏；〔賽跑，賽馬等中〕得第一名，優勝，（↔ lose）。We _won_ by a score of eight to six. 我們以 8 比 6 的比數獲勝/Which team _won_? 哪一隊獲勝?/The horse _won_ by a head. 那匹馬以一個頭的距離獲勝/_win_ at cards 贏牌/The Dodgers _won_ against the Yankees. 道奇隊打贏了洋基隊。

2（賭博，猜謎等中）猜中，贏。His letter came after all, so you _win_! 他的信最後還是來了，所以贏了了!

— _vt._【 贏 】 **1** 贏〔戰爭，比賽等〕(↔ lose). We _won_ the baseball game 3 to 1. 我們以 3 比 1 贏了棒球賽。

【 贏得(目的物) 】 **2** 贏得，獲得，〔勝利，獎(品)等〕。They _won_ a splendid victory. 他們獲得輝煌的勝利/_win_ first prize 贏得頭獎。

3 贏得〔愛情，好意，支持，名聲等〕。You should learn how to _win_ friends. 你應該學習如何贏得友誼/He _won_ fame with his very first novel. 他的第一部小說使他贏得名聲/_win_ her heart 贏得她的芳心。

4 句型4 (win **A** B)、句型3 (win **B** _for_ **A**)使A(人)得到B，給予A(人)B。Economic growth _won_ the government public confidence [public confidence _for_ the government]. 經濟成長使政府得到人民的信賴。

5【達到目標】〔文章，雅〕（費勁地）好不容易走到，到達。The sailors finally _won_ the shore. 水手們終於靠岸了。

cán't **win**《口》無論怎麼做都行不通。

**win**/…/báck 恢復，贏回〔失地，愛情等〕。

**win** óut《口》贏；獲勝，成功。It was a tough situation, but we _won_ out in the end. 情況很艱難，但我們終能順利完成。

**win**/…/óver 拉攏…加入我方；說服…《to 願意支持》。I would like to _win_ you _over_ to my way of thinking. 我想使你贊同我的想法。

**win** the dáy 取得勝利，成功。

**win** thróugh = win out.

**win** one's wáy 努力而獲得成功。

Yóu **win**.《口》好吧，你贏了《表示勉強答應》。

— _n._ C（特指比賽，賽跑等的）勝利，成功；第一名，優勝。Our team has five _wins_ and two defeats. 我們的隊伍五勝二敗。

wince [wɪns; wins] _vi._ 畏縮，退縮，後退，《at》。He _winced_ at my severe countenance. 他因我嚴肅的表情而退縮。

— n. C (用單數)畏縮, 退縮, 後退.

winch [wɪntʃ; wɪntʃ] n. C 絞車, 絞盤.

— vt. 用絞車捲起〔放〕…

Win·ches·ter

['wɪn.tʃɛstɚ, -ˌwɪntʃɪstə; 'wɪntʃɪstə(r)] n. 溫徹斯特(英國 Hampshire 中部的都市, public school 的名校 Winchester College 位於該城).

[winch]

✲✲✲wind¹ [wɪnd; wɪnd] n. (pl. ~s [~z; ~z]) 【風】 1 UC (常加 the)風(★指程度時爲 U), 指種類時爲 C). a blast of wind 一陣風/a gentle wind 和風/the four winds 東西南北風; 四面八方/Can you hear something on the wind? 你能聽見風中有甚麼聲音嗎?/The wind is blowing at ten miles per hour. 風正以每小時十英里的速度吹著(甚話)在英語中, 風速以時速一英里表示/The wind is rising [falling]. 風力正在增強[減弱]/There was no [little] wind yesterday. 昨天沒有[幾乎沒有]風/It is an ill wind that blows nobody (any) good. (→ blow¹ vt. 2). 同wind 爲一般用字, 也意味著藉由風扇等而產生的人造風; → blast, breeze, gale, gust, storm.

[搭配] adj.+wind: a cold ~ (冷風), a favorable ~ (順風), a strong ~ (強風) // wind+v.: the ~ dies down (風停了), the ~ howls (風呼嘯), the ~ lulls (風平息).

2 U (獵物, 被追趕的人等的)風中傳來的氣味; 風聲. The hounds caught wind of the fox. 獵犬聞到了狐狸的氣味.

3 【像風一般之物】U (口)無意義的言辭〔談話〕; 愚蠢的事物. The politician's speech was mere wind. 那位政治家的演說內容十分空洞.

【氣息】 4 U 氣息, 呼吸. lose one's wind 喘不過氣/have a long wind 深呼吸.

5 U (積在胃腸內的)氣(用餐時一起吃進的或在胃腸內形成的). break wind (→片語).

6 【用氣發出聲響的東西】(a) U (加the)(集合)管樂器(類)(wind instruments). (b) (美)(the winds)(管弦樂隊的)管樂器部(★(英)則作the wind U (單複數同形)).

against the wind 逆風.

before the wind 順風, 在下風.

between wind and water (海事)(在船的吃水線部分)(此部分爲船的要害); 在要害處.

break wind (委婉)放屁.

gèt [hàve] the wind úp (口)嚇一跳; 害怕.

gèt [hàve] wind of... (口)察覺到〔陰謀等〕, 得到…的風聲, (→ n. 2). We got wind of a plan to buy us out. 我們察覺到一項要收購我們股權的計畫.

in the èye [tèeth] of the wind 正對著風.

in the wind (1)迎風. (2)即將發生. There is some-

thing in the wind. 有事即將發生.

like the wind (像風一般)快速地. He ran like the wind to catch the train. 他像風一般地飛奔去追趕火車.

pùt the wind úp a pérson《口》使某人嚇一跳.

sèe hòw [which wáy] the wind blóws 看風向[輿論的動向].

tàke the wind out of a pérson's sáils《口》先發制人, 背叛某人.

thròw...to the winds 把…全部丟掉.

— vt. 1 使呼吸困難. The runner was winded at the end of the race. 那位跑者在賽跑結束時上氣不接下氣.

2 (獵犬等)嗅出〔獵物〕的氣味.

✲✲wind² [waɪnd; waɪnd] (★與 wind¹ 的發音不同) v. (~s [~z; ~z]; wound; ~·ing) vt. 1 纏捲(with); 包紮(in); 纏繞(around, round). The soldier's left arm was wound with a bandage. 那位士兵的左臂上纏著繃帶/wind a baby in a shawl = wind a shawl round a baby 把嬰兒包在圍巾裡.

2 轉緊〔鐘錶的發條等〕(up); 轉動〔把手等〕. wind (up) a clock 將時鐘上發條/Wind a handle clockwise. 將把手朝順時針方向轉動.

— vi. 1 〔道路, 河川等〕彎曲, 蜿蜒. This river winds through the woods. 這條河蜿蜒流過樹林.

2 〔藤蔓等〕捲住, 纏繞, 《around, round). The vine wound around a pole. 藤蔓纏繞在柱子上.

wìnd/.../báck 把〔膠捲, 錄音帶等〕捲回去.

wìnd dówn (1)〔鐘錶的發條〕鬆開, 〔鐘錶〕快要停的. (2)〔人〕放鬆.

wìnd/.../óff 鬆開, 解開, 〔捲起之物〕(unwind). wind off a bandage 解開繃帶.

✲**wìnd/.../úp¹** (1)把…捲成一團; 轉緊〔鐘錶的發條等〕(→ vt. 2). (2)使…結束, 使散會, 《with); (整頓後)解散〔公司等〕. We wound up the party with a song. 我們以一首歌曲結束了宴會. (3)(be wound up)緊張, 興奮. The boy was wound up about the examination. 那男孩因考試而緊張.

wìnd úp² (1)(口)結束; 成定局. The game wound up in a draw. 那場比賽以平手收場. (2)(棒球)〔投手〕(投球前)揮動手臂.

wìnd one's wáy (1)〔人〕曲折前進; 〔道路, 河流等〕蜿蜒, (→ way¹ 表). The river winds its way through the hills. 那條河蜿蜒流過這些丘陵. (2)很有技巧地占爲己有(into).

— n. 1 捲, (線等的)一捲.

2 彎曲, 一彎, 一個起伏.

wind·bag ['wɪnd.bæg, `wɪn-; 'wɪndbæg] n. C (口)(盡說些無聊話)喋喋不休的人.

wind·break ['wɪnd.brek, `wɪn-; 'wɪndbreɪk] n. C 擋風板, 防風牆, 防風林.

wind·break·er ['wɪnd.brekɚ, `wɪn-; 'wɪndbreɪkə(r)] n. C (美)防風夾克(不透風的運動外套; 商標名).

wind·fall ['wɪnd.fɔl, `wɪn-; 'wɪndfɔ:l] n. C 1 被風吹落的果實.

2 意外的收穫(遺產等), 意想不到的幸運.

wind·flow·er [ˈwɪndˌflauɚ, ˈwɪn-, -ˌflaur; ˈwɪndflauə(r)] *n.* C《植物》秋牡丹(anemone).

wind gauge [ˈwɪndˌgedʒ, ˈwɪn-; ˈwɪndgeɪdʒ] *n.* C 風速計, 風力計.

wind·i·ly [ˈwɪndɪlɪ; ˈwɪndɪlɪ] *adv.* 風大地, 多強風地.

wind·i·ness [ˈwɪndɪnɪs; ˈwɪndɪnɪs] *n.* U
1 颳風; 吹強風.
2 (無意義的)喋喋不休; 吹牛.

wind·ing [ˈwaɪndɪŋ; ˈwaɪndɪŋ] *n.*
1 U 捲曲, 捲起; C 捲曲的東西.
2 U 彎曲; C 彎曲的部分, 曲線.
— *adj.* **1** 〔道路, 河川等〕蜿蜒的. a *winding* road 蜿蜒的道路.
2 〔階梯〕螺旋狀的.

wind instrument [ˈwɪnd-; ˈwɪnd-] *n.* C《音樂》管樂器, 吹奏樂器.

wind·lass [ˈwɪndləs; ˈwɪndləs] *n.* C 輆轤(常指手搖的起重絞盤).

wind·less [ˈwɪndlɪs; ˈwɪndlɪs] *adj.* 無風的, 沒風的.

wind·mill [ˈwɪnˌmɪl, ˈwɪnd-; ˈwɪnmɪl] *n.* C
1 風車小屋, 風車.
2 玩具風車(在(美)亦可說成 pinwheel).
fight [*tilt at*] *windmills* 與假想敵作戰; 反對假設的意見;《源自 Don Quixote 的故事》.

[windmills 1]

✲win·dow [ˈwɪndo, -də; ˈwɪndəu] *n.* (*pl.* ~s [~z; ~z]) C **1** 窗戶. open [close] the *window* 開[關]窗戶/He stood at a *window* looking out. 他站在窗邊望著外面/The cat jumped out of the *window*. 貓從窗戶跳出去/New York is said to be a *window* on the United States. 紐約被稱爲美國之窗/The eyes are the *windows* of the soul.《諺》眼睛是靈魂之窗.
2 窗玻璃; 窗框. Sam broke the *window*. 山姆打破了窗戶的玻璃.
3 (商店的)櫥窗, 陳列窗, (show window). I saw some beautiful fur coats in the *window* of some shop yesterday. 昨天我在一家店的櫥窗裡看到一些漂亮的毛皮大衣.
4 窗口. Please buy your ticket at the *window*. 請在窗口買票.
5 (開窗信封的)透明窗(→ window envelope).
6 (電腦)視窗(開啓後可顯示其他檔案的資料).

window box *n.* C (放在窗戶外側的)盆栽箱.

window dress·ing *n.* U 櫥窗的陳設; 外觀.

window en·ve·lope *n.* C 開窗信封《開有透明窗可透見收信人姓名、地址的信封》.

win·dow·pane [ˈwɪndoˌpen, -də-; ˈwɪndəupeɪn] *n.* C 窗戶的玻璃.

[window box]

window seat *n.* C **1** (室內的)窗下的板凳[椅子]. **2** (交通工具的)靠窗座位(→ aisle 1).

window shade *n.* C(美)遮陽的東西, 百葉窗.

win·dow-shop [ˈwɪndoˌʃap; ˈwɪndəuʃɒp] *vi.* (~s; ~ped; ~ping) 瀏覽櫥窗. go *window-shopping* 去瀏覽櫥窗[逛街].

win·dow·sill [ˈwɪndoˌsɪl; ˈwɪndəusɪl] *n.* C 窗沿, 窗臺, (窗的下框).

wind·pipe [ˈwɪndˌpaɪp, ˈwɪn-; ˈwɪndpaɪp] *n.* C《解剖》氣管.

wind·screen [ˈwɪndˌskrɪn, ˈwɪn-; ˈwɪndskriːn] *n.* (英)=windshield.

wind·shield [ˈwɪndˌʃild, ˈwɪn-; ˈwɪndʃiːld] *n.* C(美)(汽車等前面的)擋風玻璃(→ car 圖).

windshield wiper (美), **windscreen wiper** (英) *n.* C(汽車等的)雨刷.

wind·sock [ˈwɪndˌsak, ˈwɪn-; ˈwɪndsɒk] *n.* C《氣象》測風向器, 風向袋.

Wind·sor [ˈwɪnzɚ; ˈwɪnzə(r)] *n.* **1** 溫莎《英國 Berkshire 東部的都市; 爲英國王宮 Windsor Castle 的所在地》. **2** 溫莎王室(亦稱 the House of Windsor)《1917 年以後的英國王室》.

wind·storm [ˈwɪndˌstɔrm, ˈwɪn-; ˈwɪndstɔːm] *n.* C (沒有雨雪等的)暴風.

wind·surf·er [ˈwɪndˌsɝfɚ, ˈwɪn-; ˈwɪndsɜːfə(r)] *n.* C 風浪板運動者.

wind·surf·ing [ˈwɪndˌsɝfɪŋ, ˈwɪn-; ˈwɪndsɜːfɪŋ] *n.* U 風浪板運動(在衝浪板(surf-board)上加三角帆以在水上滑行的運動).

wind·swept [ˈwɪndˌswɛpt, ˈwɪn-; ˈwɪndswept] *adj.* 〔場所〕迎風的, 被風吹掃的.

wind·up [ˈwaɪndˌʌp; ˈwaɪndʌp] *n.* C **1** (口)完結, 結束. **2** (棒球)(投手的)繞臂動作.

wind·ward [ˈwɪndwɚd; ˈwɪndwəd]

[windsurfing]

n. U上風.

— *adj.* 上風的, 上風處的.

— *adv.* 朝上風地. ↔ leeward.

*wind·y [ˈwɪndɪ; ˈwaɪndɪ; ˈwɪndɪ] *adj.* (wind·i·er; wind·i·est)風大的, 有風的, 颱風的. a *windy* night 颱風的夜晚/Don't go out to sea in a boat in *windy* weather. 別在颱風大的時候駕船出海.

✻wine [waɪn; waɪn] *n.* (*pl.* ~s [~z; ~z])

1 UC葡萄酒, 酒, (★指種類約為C). red [white] *wine* 紅[白]葡萄酒/sweet [dry] *wine* 甜[烈]酒/Let's have some *wine* with dinner. 我們晚餐時喝點葡萄酒吧!/I like Bordeaux *wines*. 我喜歡波爾多葡萄酒.

2 UC水果酒, …酒. apple *wine* 蘋果酒.

3 U葡萄酒色, 暗紅色.

pùt nèw wíne into òld bóttles 舊瓶裝新酒(如此瓶子一破酒就泡湯了; 比喻以舊形式嘗試新事物; 源自聖經).

— *vt., vi.* 《用於下列片語》

wine and dine (1)恣意取用酒食. (2)以酒食款待(人).

wíne cèllar *n.* C(地下的)葡萄酒貯藏室.

wine·glass [ˈwaɪnˌglæs; ˈwaɪnglɑːs] *n.* C小酒杯(通常為鬱金香形有腳(stem)杯).

wine·press [ˈwaɪnˌprɛs; ˈwaɪnpres] *n.* C葡萄榨汁機(依靠動力的機器, 或是人進去踩踏葡萄的大桶子).

win·er·y [ˈwaɪnərɪ; ˈwaɪnərɪ] *n.* (*pl.* **-er·ies**) C《主美》葡萄酒釀造廠.

✻wing [wɪŋ; wɪŋ] *n.* (*pl.* ~s [~z; ~z]) C

【 翼 】 **1** (鳥等的)翼(→feather 圖), (昆蟲等的)翅膀(→insect 圖). The pigeon spread its *wings*. 鴿子展開雙翼(→spread one's wings(片語)).

2 (飛機等的)機翼. The *wing* came off the airplane. 機翼從飛機上脫落.

【 翼狀的結構 】 **3** (英)《空軍》(由兩個以上中隊組成的)飛行大隊; 《美》《空軍》(由兩個以上航空組組成的)航空隊.

【 翼狀展開的部分 】 **4** 《建築》(建築的)翼部. a new *wing* of the hospital 這間醫院擴建的一列新病房.

5 (the wings)(舞臺的)側面(從觀眾席看不到; → theater 圖). watch a play from the left side of the *wings* 從舞臺左側看戲.

6 (比賽)(足球, 曲棍球等的)邊鋒選手; 擔任左右兩翼的選手(winger).

7 (英)(汽車等的)擋泥板, 葉板, ((美) fender).

8 《政治》(右翼, 左翼的)翼, 派. Mr. White belongs to the right *wing* of the party. 懷特先生屬於那個黨的右派.

9 (軍事)(主要部隊左方或右方的)翼, 側面部隊.

clíp a pèrson's wíngs 限制某人的活動; 對某人加以金錢上的限制(<剪短鳥的翅膀使之無法飛行).

lènd [àdd] wíngs to… 加快〔人〕的腳步.

on the wíng (1)正在飛的, 飛行中的. shoot a wild goose *on the wing* 射中正在飛的野雁. (2)活動中; 在旅行中.

sprèad one's wíngs 張開翅膀; 發揮能力.

tàke…under one's wíng 保護〔人〕, 庇護, 照顧〔人〕.

tàke wíng 飛走[起].

— *vt.* **1** 裝上翼[翅膀]; 使飛行; 《文章》(文章)加快…的速度. **2** 使…的翼[胳臂]受傷.

— *vi.* 《文章》(用翼)飛行. The jet plane *winged* across the sky. 噴射機飛過天空.

wìng one's wáy 《鳥等》飛過去.

wíng chàir *n.* C翼式安樂椅(椅背部分裝有翼狀防風板).

[wing chair]

wíng com·mànder *n.* C《英》空軍中校.

wing·er [ˈwɪŋə; ˈwɪŋə(r)] *n.* C《主英》《比賽》(足球, 曲棍球等的)邊鋒選手(→ wing 6).

wing·less [ˈwɪŋlɪs; ˈwɪŋlɪs] *adj.* 無翼[翅膀]的.

wing·span [ˈwɪŋˌspæn; ˈwɪŋspæn] *n.* =wing-spread.

wing·spread [ˈwɪŋˌsprɛd; ˈwɪŋspred] *n.* C翼幅(鳥, 昆蟲, 飛機等張開翅膀的全長).

✻wink [wɪŋk; wɪŋk] *v.* (~s [~s; ~s]; ~ed [~t; ~t]; ~·ing) *vi.* **1** (眨一隻眼)使眼色, 眨眼示意, *(at)* (→ blink 圖). The young man *winked* at Jane. 那年輕人對珍眨眼.

2 〔人, 雙眼〕眨眼, 眨動. My eyes *winked* in the strong light. 我的眼睛遇到強光而眨動.

3 〔星, 光等〕閃耀, 閃爍. The lights on the Christmas tree *winked* on and off. 聖誕樹上的燈忽明忽滅.

— *vt.* **1** 眨[雙眼, 單眼]

2 眨眼[使眼色]以告知; 使光等忽明忽滅以告知. Father *winked* his agreement. 父親眨眼表示同意.

wínk at… (1) = *vi.* 1. (2)對…視而不見. We cannot *wink at* injustice. 我們不能對不法行為視而不見.

— *n.* (*pl.* ~s [~s; ~s]) **1** C使眼色, 眨眼; 閃爍. Jim gave me a *wink* to follow. 吉姆使眼色要我跟隨/without a *wink* 眼睛眨也不眨地.

2 aU霎時, 一瞬間, 《主要用於有關睡眠》《用於否定句》. I couldn't sleep a *wink* worrying about the result. 我擔心結果而一刻也睡不著.

3 C(光, 星星等的)閃爍(twinkle).

wink·er [ˈwɪŋkə; ˈwɪŋkə(r)] *n.* C《英, 口》(通常 winkers)(汽車等的)閃光信號燈, 方向指示燈.

win·kle [ˈwɪŋkl; ˈwɪŋkl] *n.* C濱螺(一種螺類; 供食用).

— *vt.* 《主英, 口》誘出, 引出, 〔人, 情報等〕*(out of)*.

W

*win·ner [ˋwɪnɚ; ˈwinə(r)] *n.* (*pl.* ~**s** [~z; ~z]) C **1** 勝利者, 優勝者; 獲獎者; (賽馬的)勝利的馬. a Nobel prize *winner* 諾貝爾獎得主/The *winner* of the race got $50,000. 那場比賽的優勝者獲得了 50,000 美元獎金.
2 成功的事物. Our new camera is a real *winner*. 我們公司新研發的照相機眞是好.

Win·nie-the-Pooh [ˌwɪnɪðəˋpuː; ˈwiniðə'pu:] *n.* 小熊維尼(A. A. Milne 所著的兒童故事; 其主角小熊).

win·ning [ˋwɪnɪŋ; ˈwiniŋ] *n.* **1** U 贏, 勝利, 獲獎. the *winning* of a race 賽跑的獲勝.
2 (winnings) 獎金, (賭博) 贏得的錢.
— *adj.* **1** 贏的; 決定勝利的, 決勝的. Bill hit the *winning* home run. 比爾擊出這支決勝的全壘打.
2 可愛的, 吸引人的. Willie has a *winning* way about him. 威利有其迷人之處.

win·now [ˋwɪno, -ə; ˈwinəu] *vt.* **1** 揚(穀)(*out*; *away*); 揚去(稻殼等)(*from*). **2** 選出, 選拔, (*out*); 識別(*from*).

win·some [ˋwɪnsəm; ˈwinsəm] *adj.* 《文章》(人, 容貌, 態度等)有魅力的, 可愛的.

*win·ter [ˋwɪntɚ; ˈwintə(r)] *n.* (*pl.* ~**s** [~z; ~z]) **1** UC (通常爲無冠詞單數, 或加 the)冬. in the dead of *winter* 在隆冬/We are going to Italy this *winter*. 這個冬天我們將去義大利/I remember the *winters* in Chicago well. 我淸楚地記得芝加哥的冬天/the *winter* of 1998-9 1998 至 99 年的冬季/These plants bloom in *winter*. 這些植物在冬天開花. [參考] 在北半球通常大致爲 12 月至 2 月, 天文學上爲冬至至春分.

> [搭配] *adj.*+winter: a cold ~ (寒冬), a hard ~ (嚴冬), a severe ~ (嚴冬), a mild ~ (暖冬).

2 U 晚年, 衰退期; 逆境. Western civilization may have entered its *winter* of decline. 西方文明也許已進入其衰退期.
3 (形容詞性)冬天的; 冬用的, 適合冬天的. a cold *winter* night 寒冷的冬夜/a *winter* coat 冬天用的外套/*winter* sports 冬季運動.
— *vi.* 過冬, 避寒. We *winter* in Florida. 我們在佛羅里達州過冬/Our cottage has *wintered* very well. 我們的別墅安然地度過冬天.
⇨ *adj.* **wintry**.

win·ter·green [ˋwɪntɚˌgrɪn; ˈwintəgri:n] *n.*
1 C 冬靑樹(杜鵑科小灌木; 產於北美; 果實可食用). **2** C 從冬靑樹葉提煉的油(消炎劑).

wínter sólstice *n.* (加the)冬至.

win·ter·time [ˋwɪntɚˌtaɪm; ˈwintətaim] *n.* U 冬, 冬季.

win·ter·y [ˋwɪntərɪ; ˈwintəri] *adj.* =wintry.

win·try [ˋwɪntrɪ; ˈwintri] *adj.* **1** 冬天的, 冬天般的; 寒冷的. on a *wintry* night 在寒冷的夜裡. **2** (微笑, 問候等)冷淡的.
⇨ *n.* **winter**.

*wipe [waɪp; waip] *vt.* (~**s** [~s; ~s]; ~**d** [~t; ~t]; **wip·ing**) **1** 擦, 拭, (*on*, *with*). He wiped his hands *on* a towel. 他用毛巾擦手/Wipe your shoes before you come in. 你進來之前先把鞋擦一擦.
2 擦去, 擦掉, 〔污垢, 汚點〕(*away*; *off*). *Wipe away* your tears. 擦掉你的眼淚/The boy *wiped* the dirt from his hands. 那個男孩擦掉了手上的污泥/I couldn't *wipe* the incident from my mind. 我無法將那個事件從記憶中抹去.
3 [句型5] (wipe A B)把 A 擦成 B 的狀態. *wipe* a plate dry 把碟子擦乾

wìpe/.../dówn 把〔車子, 牆壁等〕擦乾淨.

wìpe/.../óff (1) → *vt.* 2.
(2)歸還〔債款等〕, 銷帳.

wìpe...off the máp → map 的片語.

wìpe/.../óut (1)使…全毀(常用被動語態). The whole village was *wiped out* by the landslide. 整個村子毀於山崩.
(2)擦掉…, 把〔容器等〕的內側弄乾淨. *wipe out* (the inside of) a box 清潔箱子的內部.
(3) =wipe/.../off (2).

wìpe/.../úp 用布擦掉〔水滴, 污垢等〕; 把〔洗過的盤子等〕擦乾.
— *n.* C 擦, 拭. Give your face a good *wipe*. 好好地擦一擦你的臉.

wip·er [ˋwaɪpɚ; ˈwaipə(r)] *n.* C **1** 擦〔拭〕的人; 擦的東西(毛巾, 手帕等).
2 汽車的雨刷(windshield wiper; → car 圖).

wip·ing [ˋwaɪpɪŋ; ˈwaipiŋ] *v.* wipe 的現在分詞、動名詞.

*wire [waɪr; ˈwaiə(r)] *n.* (*pl.* ~**s** [~z; ~z]) UC **1** 鐵絲; 電線; 鐵絲網(編過的鐵絲). copper *wire* 銅線/bend *wire* 折彎鐵絲/coil *wire* 捲鐵絲/Electricity travels through *wires*. 電流經由電線傳導.
2 (美)電報(telegram). I sent him a *wire*. 我拍了封電報給他/Let me know by *wire* when you will arrive. 拍個電報讓我知道你甚麼時候到達.

dòwn to the wíre (美)(賽跑等)直到最後(wire 指賽馬的終線).

gèt (ín) under the wíre (美、口)剛好趕上(源於賽跑時到達終線).

pùll (the) wíres (1)操作木偶. (2)暗中操縱, 悄悄活動.
— *vt.* (~**s** [~z; ~z]; ~**d** [~d; ~d]; **wir·ing**)
1 爲〔建築物〕安裝電線, 配線. *wire* a new house for electricity 爲新房子安裝電線〔配線〕.
2 以金屬絲固定〔連結〕. *wire* beads into a necklace 用金屬絲把珠子串成項鍊.
3 (美)拍電報告知; 給〔某人〕拍電報; [句型4] (wire A B), 拍電報給 A; [句型4] (wire B to A)拍電報給 A(人)B(事); [句型4] (wire A *that* 子句)給 A 拍電報通知…; [句型5] (wire A *to* do)拍電報委託〔命令〕A 做…. I must *wire* the sad news. 我必須拍電報發出這個噩耗/*Wire* your parents the result. 拍電報將結果告訴你的父母/I *wired* Mr. Smith

that I would arrive at seven. 我拍電報給史密斯先生，通知他我會在七點到達/George *wired* his father *to* come home at once. 喬治拍電報給他父親，請他馬上回家.
— *vi.* (美)拍電報. *wire* for [to] a person (to come) 拍電報給某人(叫他來).

wire·cut·ters [ˋwaɪrˏkʌtəz; ˋwaɪəˏkʌtə(r)z] *n.* (作複數)鐵絲剪，鉗子.

wire gauge *n.* © 金屬線直徑度量器(測量金屬線粗細的工具).

wire-haired [ˋwaɪrˋhɛrd, -ˋhærd; ˋwaɪəheəd] *adj.* (特指狗)硬毛的，毛硬梆梆的.

*wire·less** [ˋwaɪrlɪs; ˋwaɪəlɪs] *adj.* 1 (限定)無線的，無線電訊[電信]的. a *wireless* station 無線電臺/*wireless* telegraphy [telegraph] 無線電訊.
2 (英)無線電廣播的. a popular *wireless* talk show 大受歡迎的廣播訪談節目.
— *n.* (*pl.* ~**es** [~ɪz; ~ɪz]) ⓤ 無線電訊[電話]，無線電. by *wireless* 用無線電訊.
2 ⓤ(英，古)(加the)無線電廣播(radio); © 無線電收音機. I heard the news on [over] the *wireless*. 我在收音機裡聽到那個消息.

wire netting *n.* ⓤ 鐵絲網.

wire-pull·er [ˋwaɪrˏpulə; ˋwaɪəˏpolə(r)] *n.* © (主美)幕後主使者.

wire-pull·ing [ˋwaɪrˏpulɪŋ; ˋwaɪəˏpolɪŋ] *n.* ⓤ(主美)幕後操縱，幕後策動.

wire rope *n.* © 鋼絲繩，鋼索.

wire·tap [ˋwaɪrˏtæp; ˋwaɪətæp] *vt.* (~**s**; ~**ped**; ~**ping**) (主美)竊聽(情報，電話等).
— *n.* © 電話竊聽器.

wire·tap·ping [ˋwaɪrˏtæpɪŋ; ˋwaɪətæpɪŋ] *n.* ⓤ(電話)的竊聽.

wire wool *n.* ⓤ 鋼刷(刷洗用的).

wir·ing [ˋwaɪrɪŋ; ˋwaɪərɪŋ] *v.* wire 的現在分詞、動名詞.
— *n.* ⓤ (建築物的)電路配線.

wir·y [ˋwaɪrɪ; ˋwaɪərɪ] *adj.* 1 鐵絲般的.
2 如鐵絲般強韌的(體格).

Wis., Wisc. (略) Wisconsin.

Wis·con·sin [wɪsˋkɑnsṇ; wɪsˋkɒnsɪn] *n.* 威斯康辛州(美國中北部的州; 首府 Madison; 略作 WI, Wis., Wisc.).

*wis·dom** [ˋwɪzdəm; ˋwɪzdəm] *n.* ⓤ 1 (a) 智慧，賢明. show profound *wisdom* 展現睿智/a man of *wisdom* 智者/Experience is the mother of *wisdom*. (諺)經驗乃智慧之母. (b) (從過去累積下來的)智慧. the *wisdom* of (the) ages 過去累積的智慧. (c) 判斷力; 常識. I question the *wisdom* of buying on credit. 我懷疑用信用卡購物是不是好主意.
2 知識，學識，學問. technological *wisdom* 工藝技術上的知識. ⇨ *adj.* **wise**.

wisdom tooth *n.* © 智齒. cut one's *wisdom teeth* 長智齒; 到了懂事的年齡.

*wise¹** [waɪz; waɪz] *adj.* (**wis·er; wis·est**) 1 聰明的，賢明的; 有智慧的，有判斷力的; (↔ foolish, stupid). a *wise* man 有智慧的人/I thought it *wiser* to wait a little longer. 我認為再稍等一下是明智之舉/It was very *wise* of you to delay your decision. 你延遲決定是非常明智的. = You were *wise* to delay your decision. 你延遲決定是非常明智的.
回 wise 表示具備有廣泛的知識及正確的理解力，判斷力; → clever.
2 知識淵博的，博學的; 有學識的. a *wise* scholar 博學的學者/Dr. Smith is not *wise* in worldly matters. 史密斯博士不諳世事.
get wise to... (口)注意到…，知道….
put a **person wise to...** (口)使某人知道….
the wiser 增加一點知識，注意到某件事, (用於否定句). After all those investigations on the cause of the fire, we are still none *the wiser*. 經過一番調查，我們仍然不明白那次火災的原因/He went out of the room without anyone being *the wiser*. 他在沒有任何人察覺的情況下走出房間.
wise after the event 後知後覺. It is easy to be *wise after the event*. (諺)事情結束後的領悟較容易，「馬後砲」.
— *v.* (主美、口)(用於下列片語)
wise up 知道(to).
wise/.../up 通知(to)(通常用於被動語態). get *wised* up to the fact 知道事實.
⇨ *n.* **wisdom**. ↔ **unwise**.

wise² [waɪz; waɪz] *n.* ©(用單數)(古)方法(way, manner)(通常用於下列用法). in this *wise* 如此/in no *wise* 絕不.

- **wise** *suf.* (附於名詞、副詞而造成表示下列意義的副詞; 由 wise² 而來) 1 「像…一樣地」like*wise*(同樣地). 2 「朝…位置[方向]地」clock*wise*(順時針方向地). 3 「關於…，就…方面」money*wise*(在金錢方面).

wise·a·cre [ˋwaɪzˏekə, ˋwaɪzəkə; ˋwaɪzˏeɪkə(r)] *n.* © 自作聰明的人.

wise·crack [ˋwaɪzˏkræk; ˋwaɪzkræk] (口) *n.* © 機靈的[富於機智的]話，俏皮話.
— *vi.* 說俏皮話.

wise guy *n.* (口)=wiseacre.

*wise·ly** [ˋwaɪzlɪ; ˋwaɪzlɪ] *adv.* 聰明地，賢明地，精明地; 明智地. choose *wisely* 明智地選擇/act *wisely* 做事明智[精明]/He *wisely* decided not to attend the party. 他明智地決定不參加那場宴會.

wis·er [ˋwaɪzə; ˋwaɪzə(r)] *adj.* wise 的比較級.

wis·est [ˋwaɪzɪst; ˋwaɪzɪst] *adj.* wise 的最高級.

*wish** [wɪʃ; wɪʃ] *v.* (~**es** [~ɪz; ~ɪz]; ~**ed** [~t; ~t]; ~**ing**) *vt.* 〖抱著願望〗 1 [句型3] (wish *that* 子句)認為是…就好了; 希望是…. I *wish* I were [(口) was] taller. 我要是再高一點就好了/How I *wish* I were [(口) was] young again! 我多麼希望再年輕一次!/Susie *wishes* [*wished*] she could be a pianist. 蘇西希望[曾希望]能成為鋼琴家/I *wish* [*wished*] I had treated the girl more kindly. 我要是對那女孩好一點就好了/My father *wished* he had not bought the car. 我父親希望要

是他沒買這輛車就好了/I *wish* I could have met you at the station. 我要是能在火車站遇到你就好了/I *wish* you would stop drinking. 我希望你能戒酒.

[語法] that 通常省略, 此子句中的動詞時態不一致; 從表示~ 的時態看來, 表示現在不可能實現的願望用假設語氣過去式(be 的情況在《口》中爲直述語氣過去式), 表示對過去未實現之事的願望、後悔的心情則用假設語氣過去完成式; → hope, desire [回]

2 [句3] (wish *to* do) (可能的話)想做⋯. I don't *wish* to talk with such a man again. 我不想再和這樣的人交談/Tom *wished* to be treated fairly. 湯姆希望被公平地對待/I don't *wish* to interrupt, but can I join you in the game? 抱歉打擾你們, 我可以加入你們的遊戲嗎?

【希望】 **3** 希望, 但願, 想要, (★ wish for 或 want 更常用). if you *wish* it (文章)如果你希望的話 (★ it 常省略; → *vi.*)/Polly *wished* nothing more of her husband. 波莉對她丈夫不再有任何期待了/You may take whichever you *wish*. 你要哪一個都可以.

4 [句型5] (wish **A** *to* do)想要A做⋯; [句型5] (wish **A** (*to* be) done)想要⋯做A. Do you really *wish* me *to* attend the party? 你眞的希望我參加宴會嗎?/I *wish* my watch (*to* be) *repaired*. 我想請人修理手錶.

5 [句型5] (wish **A B**)希望A爲B的狀態(★B之後不接名詞). I *wish* myself dead. 我希望死了算了.

【祈願】 **6** [句型4] (wish **A B**)、[句型3] (wish **B** *to* A)向A懇求[祝福]B; [句型4] (wish **A B**)向A問候B. All of us *wish* you a speedy recovery. = All of us *wish* a speedy recovery *to* you. 我們大家祝你早日康復/I *wish* you a happy birthday [a Merry Christmas]. 祝你生日[聖誕]快樂/Tommy *wished* his parents goodnight. 湯米向父母道晚安.

— *vi.* 希望, 期望; 想要(*for*); (★通常指期待希望渺茫的事物). You can sing if you *wish*. 你想唱就唱/I closed my eyes and *wished*. 我閉上眼睛許願/Everybody *wishes for* peace. 每個人都希望和平.

wish **A** *on* [*upon*] **B** 《口》將 A 強加給 B(人). I wouldn't *wish* such hardship on my worst enemy. 我不會想把這種苦難轉移給我最痛恨的敵人《此苦難以忍受》/Jane often *wishes* her children *on* her husband. 珍經常把孩子推給丈夫.

wish a pèrson wéll [ìll] 希望某人幸福[不幸]. None of us *wish* Kate ill. 我們沒有一個人希望凱特不幸.

— *n.* (*pl.* ~es [~ɪz; ~ɪz]) **1** [UC] 希望, 期望, 《*for* 求⋯》; 願望, 希望, (*to* do). He expressed his *wish for* peace. 他表達了和平的願望/I have no *wish* to see the man again. 我不想再見到那個人/I bought a new house in obedience to my wife's *wishes*. 我順從妻子的願望買了新房子/All my sons left our town against my *wishes*. 我的兒子全都違背我的期望到外地去了/The *wish* is father to the thought. (諺)願望爲思想之父《有願

<hr>

望才會有要實現願望的思考過程).

[搭配] *adj.*+**wish**: a cherished ~ (隱藏的心願), an earnest ~ (認眞的期望), a strong ~ (堅定的希望) // *v.*+**wish**: get one's ~ (實現自己的願望), carry out a person's ~ (實現某人的願望).

2 [C]希望之物[事], 心願. make a *wish* 許願/Ted was granted three *wishes*. 泰德被允諾三個願望/get one's *wish*(es) 願望實現/At last his *wishes* came true. 最後他的願望終於實現了.

3 [C] (通常 wishes)殷切的願望, 祝福的心情. New Year's *wishes* 新年祝辭/Please send my best *wishes* to your family. 請代我向你的家人問好/With best *wishes*. 祝好(書信等的結尾用語).

wish·bone [ˈwɪʃ͵bon; ˈwɪʃbəʊn] *n.* [C] (位於鳥胸部的)叉骨, (如願骨》(據說由兩個人相互拉扯此 V 字形骨, 取得較長者可達成願望).

wish·ful [ˈwɪʃfəl; ˈwɪʃfʊl] *adj.* **1** 盼望的, 希望的, (*to* do); 渴望的《*for*》. **2** 〔眼光等〕垂涎似的.

wish·ful·ly [ˈwɪʃfəlɪ; ˈwɪʃfʊlɪ] *adv.* 渴望地; 垂涎似地.

wìshful thínking *n.* [U]如意算盤, 一廂情願的想法.

wish·y-wash·y [ˈwɪʃɪ͵wɑʃɪ, -͵wɔʃɪ; ˈwɪʃɪ͵wɒʃɪ] *adj.* **1** 〔茶等〕淡的, 水分多的, 〔色彩〕朦朧的. **2** 〔人〕猶豫不決的, 態度曖昧的.

wisp [wɪsp; wɪsp] *n.* [C] **1** (頭髮, 稻草等的)小束. **2** (煙, 蒸氣 等的)一縷, 碎片. *wisps* of smoke 幾縷煙.

wisp·y [ˈwɪspɪ; ˈwɪspɪ] *adj.* 小束的, (如線般)細的; 一點點的, 稀疏的.

wis·tar·i·a [wɪsˈtɛrɪə, -ˈterɪə; wɪˈsteərɪə] *n.* [UC] 〔植物〕紫藤.

wis·te·ri·a [wɪsˈtɪrɪə; wɪˈstɪərɪə] *n.* =wistaria.

wist·ful [ˈwɪstfəl; ˈwɪstfʊl] *adj.* **1** 渴望的, 不滿足似的. a *wistful* look 渴望的神情.

2 沈思的. Sally looks *wistful* today. 莎莉今天看起來若有所思.

wist·ful·ly [ˈwɪstfəlɪ; ˈwɪstfʊlɪ] *adv.* 渴望地; 沈思地.

*wit¹

[wɪt; wɪt] *n.* (*pl.* ~s [~s; ~s])

【智力】 **1** [U] (亦作 wits)智力, 理解力. He lacked the *wit* to see the situation. 他缺乏看清情況的智慧/use all one's *wits* to survive in the jungle 想盡辦法在叢林中生存/The new manager has quick *wits*. 新上任的經理領悟力很強「很機靈」.

【才智的閃現】 **2** [U]機智, 機靈, (→humor [回]). The essay is full of *wit* and humor. 那篇短文充滿機智和幽默.

3 [C]富於機智的人, 機靈的人. Tom is quite a *wit*. 湯姆是個相當機靈的人.

4 [U]有時指(wits)意識. lose [regain] one's *wits* 失去[恢復]意識. ⇨ *adj.* **witty**.

* *at one's wit's [wits'] end* 束手無策. Tom was *at his wit's end* about what to do. 湯姆不知所措.

have [keep] one's wits about one 保持警惕; 很快下判斷.

live by one's wits (不認真工作而)要小聰明以處世.

out of one's wits 昏過去; 驚惶失措. The huge earth tremor frightened me *out of my wits*. 大地震把我嚇得驚惶失措.

wit² [wɪt; wɪt] *v.* 《現在僅用於下列片語》

to wit 《文章》《法律》即 (that is to say).

***witch** [wɪtʃ; wɪtʃ] *n.*
(*pl.* ~**es** [~ɪz; ~ɪz]) C
1 巫婆, 女巫, 《據說能乘著掃帚柄(broomstick) 在空中飛行》(★巫師爲 wizard). She was burned as a *witch*. 她被當作女巫燒死.
2 有魅力的女子.

[witch 1]

witch·craft
[ˈwɪtʃˌkræft; ˈwɪtʃkrɑːft] *n.* U (女巫施行的)魔法, 巫術. practice *witchcraft* 使用魔法.

witch doctor *n.* C 巫醫(在未開化社會中靠巫術驅走疾病).

witch·er·y [ˈwɪtʃərɪ; ˈwɪtʃərɪ] *n.* U **1** = witchcraft. **2** (特指女性的)(發揮)魅力.

witch hazel *n.* UC 《植物》金縷梅(產於北美; 樹皮及葉可入藥).

witch-hunt [ˈwɪtʃˌhʌnt; ˈwɪtʃhʌnt] *n.* C
1 (中世紀的)搜捕女巫. **2** 對異議人士的迫害.

witching hour *n.* (加the)(女巫橫行的)半夜, 午夜.

*****with** [wɪð, wɪθ; wɪð] *prep.*
《與…一起》**1** 與…(一起), 與…一同; 在…地方, 在…的家. Come *with* us. 和我們一起來/I have worked *with* Jim. 我和吉姆一起工作過/The nurse is always *with* the old man. 那位護士總是陪伴著那位老人/I will stay *with* my uncle. 我會待在我叔叔那兒/I'll be *with* you soon. 我很快就會到你那兒.
2 《在…地方》在…的手頭; 委託…. Mrs. West left her cat *with* me. 韋斯特太太把她的貓託付給我/Leave the letter *with* the receptionist. 請將信託給接待員.
3 和…(連接), 使和…一起. The railroad connects our town *with* the city. 鐵路將我們的城鎮與那個城市連結起來/mix whiskey *with* soda 在威士忌中加入蘇打水/She likes to take coffee *with* little sugar. 她喜歡喝加一點點糖的咖啡.
4 和…一致, 贊成…; 和…相稱. I agree *with* you on that point. 在那點上我同意你/vote *with* the Republicans 投票贊成共和黨/The color of his necktie does not go *with* the color of his coat. 他領帶的顏色和他外衣的顏色不相配.
5 《使與…同時》與…同時, …的同時, 和…同樣地; 隨著…. *With* those words, the philosopher died. 說了這些話, 這位哲學家就死了/*Gone with the Wind* 《飄》《小說名》/Taxes increased *with* the increase in military spending. 稅款隨著軍費的增加而增加/The boat drifted *with* the current. 船順水漂流/*with* experience [age] 隨著經驗累積[年歲增長].
《一起》擁有… **6** 有著…, 附有…的; 把…帶在身上, 攜帶; (↔without). a knife *with* a wooden handle 有木柄的小刀/a gentleman *with* a beard 留著鬍子的紳士/You'd better take an umbrella *with* you today. 你今天最好隨身帶把傘/Do you have some money *with* you? 你身上有帶錢嗎? 注意 表示「穿戴」時用in: a lady *in* spectacles (戴眼鏡的女士)/a girl *in* a short skirt (穿短裙的少女).
7 《有…卻》儘管有…, 雖然有…, 《通常接all one's...》. *With* all his drawbacks he is loved by everybody. 他雖然有缺點, 但仍被每個人所喜愛/*With* all her money, Susie was not happy. 儘管蘇西有錢, 但她並不快樂.
8 《如果有…》若是…的話, 若有…的話, (↔without). *With* a little more care, you would not have made such a mistake. 如果你再稍微注意一下, 就不會犯下這樣的錯誤了/*With* a good secretary, you will be able to expand your business. 如果有個好祕書的話, 你就可以擴展你的業務了.
《伴有…》**9** (a)《以抽象名詞作爲受詞》有…, 以…, *with* pleasure 高興地/*with* great interest 有強烈興趣地/*with* difficulty 好不容易地. 語法 可用副詞表示的情形很多: *with* ease＝easily(容易地), *with* great anger＝very angrily(很憤怒地). (b)《將表示表情, 動作等的名詞當作受詞》一邊做…, 做著…. Bob greeted me *with* a smile. 鮑伯帶著微笑和我打招呼/"My son has failed in the exam," said Mrs. Brown *with* a sigh. 布朗太太歎著氣說:「我兒子沒考上.」
10 《附帶(某種狀況)》在…的情況下(★通常用「with＋受詞＋形容詞[分詞, 副詞(片語)]」形式). She attended her best friend's funeral *with* her eyes red from crying. 她帶著哭紅的雙眼參加摯友的葬禮/Father often thinks *with* his eyes shut. 父親思考時經常閉著眼睛/Polly left the kitchen *with* the kettle boiling. 波莉任水壺滾著而離開廚房/Don't speak to the teacher *with* your hands in your pockets. 別把手插在口袋裡和老師說話/Mike went to bed *with* his socks on. 麥克穿著襪子就寢.
《一起》使用…＞靠… **11** 用…, 使用…, (↔without; → by 5 語法). cut a tree down *with* an ax 用斧頭把樹砍倒/He spoke *with* a microphone. 他用麥克風講話/Birds fly *with* their wings. 鳥以翅膀飛行.
12 用…(的材料), 將…. The garden was covered *with* snow. 花園被雪覆蓋/The glass was filled *with* wine. 那杯子裡倒滿了葡萄酒/

teacher provided the students *with* the necessary books. 老師提供學生必要的書籍.

13 因…的(原因), 由於…. She went mad *with* grief. 她悲傷得發狂/turn pale *with* fear 因害怕而臉色蒼白/The man was half dead *with* fatigue. 那男子累得半死.

〖 和…一起＞將…當作對手 〗 **14** 相對於…, 以…爲對手; 對…. I often argue *with* him. 我經常與他爭論/fight *with* one's enemy 與敵人作戰/trade *with* many countries 和許多國家進行貿易/be angry *with* a person 對某人生氣/You are too strict *with* your children. 你對你的孩子太嚴了.

15 〖對…＞關於…〗就…(而言), 對…(而言). What's the matter *with* you? 你怎麼了?/That's all right *with* me. 我覺得那樣可以/That is always the case *with* my brother. 我哥哥總是那樣子.

16 和…分別, 從…(離開). Susie broke up *with* her boyfriend. 蘇西和男朋友分手了/Hal was unwilling to part *with* his car. 哈爾不願意割愛他的車子.

with thát [*thís*] (1)與那[此]同時. (2)那樣[這樣]說著就. *With that* the priest left the house. 那樣說著, 牧師就離開了那棟房子.

***with·draw** [wɪðˋdrɔ, wɪθ-; wɪðˈdrɔː] v. (~s [~z, ~z]; -drew [~ˋdru, wɪθ-; ~ˋdrɪu; -`dru:]; -n; -ing) vi.

〖 縮回已伸出的東西 〗 **1** 縮回〔手, 腳等〕《from》. Nancy quickly *withdrew* her hand *from* the hot water. 南西很快地從熱水中把手抽回來.

2 提取, 領出, 〔存款〕收回〔流通的貨幣〕, 《from》. I must *withdraw* all my money *from* the bank. 我必須從銀行裡領出我全部的存款.

3 使〔軍隊〕撤退; 使〔孩子〕退學; 《from》. Neither side agreed to *withdrew* its troops. 雙方都不同意撤軍.

4 《文章》撤回, 取消, 〔約定, 申請 等〕. The spokesman *withdrew* the statement. 那位發言人撤回了聲明/When I heard that he was untrustworthy, I *withdrew* my offer to employ him. 當我聽說他不值得信賴時, 我便取消了雇用他的提議.

┃圖觧┃ withdraw+n.: ~ an application (取消申請), ~ a charge (撤回控告), ~ a claim (取消要求), ~ an objection (撤銷異議), ~ a proposal (撤銷提案).

— vi. **1** 〔人 等〕退出, 退下; 〔軍隊〕撤退; 《from; to, into》. The army *withdrew* overnight. 軍隊在一夜之間撤走了/With a bow, the servant *withdrew* (*from* the room). 僕人鞠躬後退出(房間)/He *withdrew* into himself after the tragic event. 他在這次悲劇事件後就封閉了自己.

2 辭職, 退出.

3 脫離; 取消出場[參加]; 《from》. The country announced that it would *withdrew from* the alliance. 那個國家宣布脫離聯盟.

with·draw·al [wɪðˋdrɔəl, wɪθ-, -ˋdrɔl; wɪðˈdrɔːəl] n. UC **1** 縮回, 退出. **2** 〔存款的〕提取. **3** 〔軍隊的〕撤退. **4** 撤回, 取消.

withdráwal sýmptoms n. 《作複數》(因停止服用毒品等而產生的)斷除症狀, 脫癮症狀.

with·drawn [wɪðˋdrɔn, wɪθ-; wɪðˈdrɔːn] v. withdraw 的過去分詞.
— adj. 〔人, 神色等〕內向的, 畏縮的. a *withdrawn* boy 內向的男孩.

with·drew [wɪðˋdru, wɪθ-, -ˋdrɪu; wɪðˈdruː] v. withdraw 的過去式.

withe [waɪð, wɪθ, wɪð; wɪθ] n. (pl. ~s [-ðz, -θs; -θs]) C 〔柳等的〕細枝(因柔軟常用來編籠子等).

***with·er** [ˋwɪðɚ, ˋwɪðə(r); ~z, ~z]; ~ed [~d; ~d]; -er·ing [-rɪŋ, -ərɪŋ; -ərɪŋ]) vi.

〖 失去氣勢 〗 **1** 〔特指草木〕枯萎, 乾枯, 凋謝, 《up》. The grass has all *withered* in the heat. 草因暑氣都枯萎了.

2 〔希望, 愛情 等〕衰微, 減弱, 《away》. Our hopes soon *withered away*. 我們的希望很快地變得渺茫.

— vt. **1** 使枯萎, 使乾枯, 使凋謝, 《up》. The hot sun has *withered* all the flowers in the garden. 熾熱的太陽已曬枯了花園裡的所有花朵.

2 使〔愛情, 希望等〕衰微, 使衰弱.

3 使〔人〕退縮, 使畏縮. She *withered* him with a scornful glance. 她以輕蔑的眼神令他退縮.

with·er·ing [ˋwɪðərɪŋ, ˋwɪðrɪŋ; ˈwɪðərɪŋ] adj. **1** 使枯萎的, 使乾枯的. **2** 〔言語, 表情 等〕令(人)退縮的, 使畏縮的. a *withering* glance 令人畏縮的一瞥.

with·held [wɪθˋhɛld, wɪð-; wɪðˈheld] v. withhold 的過去式, 過去分詞.

***with·hold** [wɪθˋhold, wɪð-; wɪðˈhəʊld] vt. (~s [~z, ~z]; -held; -ing) **1** 暫不給予, 保留, 《from》. The police *withheld* the name of the suspect. 警察保留了嫌疑犯的名字/The manager *withheld* his permission *from* Pete. 經理暫且不批准皮特.

2 壓抑, 抑制, 〔感情 等〕. The teacher could not *withhold* his anger. 老師壓抑不住怒氣.

withhólding tàx n. UC 《美》扣繳稅額.

***with·in** [wɪðˋɪn, wɪθˋɪn; wɪˈðɪn] prep.

〖 在範圍內 〗 **1** 在…之內; 在…的範圍內. (a)〔時間, 距離〕 She will be here *within* ten minutes. 她十分鐘之內會來到這裡/The park is *within* two miles of my house. 那個公園距離我家兩英里以內(★ ~ of 1)/He lives *within* five minutes' walk of the station. 他住在距離車站五分鐘的路程之內/Don't put the medicine *within* the reach of the children. 別把藥放在小孩拿得到的地方.

(b)〔程度〕 You should live *within* your income. 你應該量入為出地生活/I'll do everything *within* my power to help you. 我會在我能力範圍內盡力幫助你.

〖 在內側 〗 **2** 在[向]…的內側, 在[向]…裡面,

(inside; ↔ outside). The children were *within* the house. 孩子們在屋裡/Stay *within* the city. 待在城裡. 回與 inside (例如 *inside* the box (在箱子裡)) 相比, within 多用於指較大範圍的空間.

3 在…的內部. have a powerful influence *within* the government 在政府中擁有強大的影響力/a play *within* a play 劇中劇.

— *adv.* 在內側, 在裡面, 在內部; 在屋內[室內]; (inside; ↔ outside). Wait *within* while I talk with the man. 我和那個人談話時你要在裡面等.

— *n.* ⓤ《文章》內部, 內側. from *within* 由內側.

✲with·out [wɪð`aʊt, wɪθ-; wɪˈðaʊt] *prep.* 【在範圍外＞無…】**1** 無…, 缺…, 沒有…, (↔ with). My husband went out *without* his overcoat. 我丈夫沒穿大衣就出去了/a knife *without* a handle 沒有[掉了]柄的小刀/*without* fail (→ fail 的片語)/The rumor is quite *without* foundation. 那個謠言毫無根據/The composition is not *without* some minor mistakes. 那篇作文有些小錯誤/*without* (any) difficulty (→difficulty 的片語).

2《以動名詞為受詞》沒 做…, 未 做…. speak French *without* making mistakes 法文說得很正確/She walked away *without* looking back. 她頭也不回地走了/Dick left the room *without* saying anything. 狄克甚麼也沒說就走出了房間/I must start for Europe *without* her knowing it. 我必須在她不知情的情況之下動身前往歐洲(★ her 為 knowing 在意義上的主詞).

3 若無…, 假如沒有…, (↔ with). *Without* water, no living thing could survive. 沒有水的話, 任何生物都無法生存/*Without* your help, I would have failed. 要是沒有你的幫助, 我早就失敗了. 【在外側】**4**《英為古》在…之外(側) (outside; ↔ within).

nòt [nèver] dó without dóing 無不…, 如果…必定…. *Not* a day passed *without* my *thinking* of you. 我沒有一天不想你/I *never* go to London *without* visiting the British Museum. 我每到倫敦必定參觀大英博物館/We can*not* read this letter *without* being moved. 我們無法讀這封信而不被感動(＞每讀必感動).

— *adv.* 《英為古》在外面, 在外部; 外面; (outside; ↔ within). The house was rotting *without*. 那棟房子外部日漸腐朽.

— *n.* ⓤ《文章》外部, 外側. from *without* 由外部.

✲with·stand [wɪθ`stænd, wɪð-; wɪðˈstænd] *vt.* (~s [~z; ~z]; -stood; ~ing) **1** 抵抗, 反抗. They *withstood* the enemy's attack. 他們抵抗敵人的攻擊. 回 withstand 是為了保衛自己而抵抗對方所加諸的攻擊; → oppose.

2 忍受, 支撐. *withstand* pain 忍受疼痛/This metal cannot *withstand* intense heat. 這種金屬不

耐高溫.

with·stood [wɪθ`stʊd, wɪð-; wɪðˈstʊd] *v.* withstand 的過去式、過去分詞.

wit·less [`wɪtlɪs; ˈwɪtlɪs] *adj.* 沒有智慧[判斷力]的; 愚蠢的.

✲wit·ness [`wɪtnɪs; ˈwɪtnɪs] *n.* (*pl.* ~·es [~ɪz; ~ɪz]) 【證人】**1** ⓒ目擊者(eyewitness). Bill is the only *witness of* the accident. 比爾是那起事故唯一的目擊者.

2 ⓒ《法庭等的》證人. a *witness* for the defense [prosecution] 辯方[檢方]證人/Bill was called as a *witness* at the trial. 比爾被傳出庭作證/I'll have to be a *witness* against you. 我將不得不作對你不利的證詞.

3 ⓒ《文書的》連署人; 見證人. A will is usually invalid without (the signatures of) two *witnesses*. 遺囑沒有兩個連署人(的簽名)通常無效. 【證明】**4**《文章》ⓤ證據, 證明, (法庭等的)證詞; ⓒ成為證據的東西(to). bear *witness* (→片語)/The big house is a *witness to* the owner's great wealth. 那幢大房子就是屋主擁有大筆財富的證據.

✲bèar wítness 作證; 證明(that 子句); 成為證據(to). bear false *witness* 作偽證/They *bore witness that* I had not touched the vase. 他們證明我沒有碰過那個花瓶.

càll [tàke]…to wítness 稱…為證人; 當作證人.

— *v.* (~·es [~ɪz; ~ɪz]; ~ed [~t; ~t]; ~·ing) *vt.* **1** 目擊, 目睹. *witness* an event 目擊一樁事件/*witness* the ceremony 在場見證那項儀式/The last 50 years have *witnessed* remarkable advances in technology. 近五十年來見證了科技的顯著進展.

2 為…作證, 證實; 為…的證據. Susan's trembling hands *witnessed* her anger. 蘇珊顫抖的雙手證實她的憤怒.

3《以連署人[見證人]的身分》在(文件)上簽名.

— *vi.* 作證, 證明, (to); 作證(against 反對…; for 支持…). *witness* to the truth of his warnings 證明他警告的正確性/Bob *witnessed* to having seen the man come out of the house. 鮑伯作證說他曾經看見那個男人從那間房子走出來.

wítness stànd 《美》[**bòx**《英》] *n.* ⓒ證人席.

wit·ti·cism [`wɪtə͵sɪzəm; ˈwɪtɪsɪzəm] *n.* ⓒ名言, 警句.

wit·ti·ly [`wɪtɪ, `wɪtɪlɪ; ˈwɪtɪlɪ] *adv.* 機靈地; 詼諧地.

wit·ti·ness [`wɪtɪnɪs; ˈwɪtɪnɪs] *n.* ⓤ富有機智.

wit·ting·ly [`wɪtɪŋlɪ; ˈwɪtɪŋlɪ] *adv.* 已知覺地; 故意地.

✲wit·ty [`wɪtɪ; ˈwɪtɪ] *adj.* (-ti·er; -ti·est)《人, 話等》充滿機智的, 機靈的. a *witty* writer 一位作品充滿機智的作家/make a *witty* reply 作巧妙的回答. ⇨ *n.* wit.

wives [waɪvz; waɪvz] *n.* wife 的複數.

wiz·ard [`wɪzəd; ˈwɪzəd] *n.* ⓒ **1**《男性的》巫師. ★巫婆為 witch. **2** 名人, 天才, 《at》. a *wizard at* chess 西洋棋的天才.

wiz·ard·ry [ˈwɪzədrɪ; ˈwɪzədrɪ] *n.* ⓤ
1 (施)魔法. **2** 妙技.

wiz·ened [ˈwɪznd; ˈwɪznd] *adj.* 〔人、臉等〕充滿
皺紋的, 枯瘦的; 〔水果等〕乾燥的, 枯萎的.

wk(s). (略) week(s).

WNW (略) west-northwest.

wob·ble [ˈwɑbl; ˈwɔbl] *vi.* **1** 〔椅子, 桌子等〕搖
晃, 不穩; 〔人〕蹣跚地行走. **2** 〔聲音, 聲響等〕顫
動. **3** 〔意見, 心情等〕動搖, 搖擺.
— *vt.* 使〔東西〕搖晃.
— *n.* ⓒ (通常用單數)搖晃; (聲音, 聲響等)顫
動; 動搖.

wob·bly [ˈwɑblɪ; ˈwɔblɪ] *adj.* **1** 搖晃的; 蹣跚
的. **2** 顫動的; 不穩定的.

Wo·den [ˈwodn; ˈwəudn] *n.* 沃登(盎格魯撒克遜
民族的主神; 相當於北歐神話的Odin; Wednesday
一詞即由此而來).

*****woe** [wo; wəu] *n.* (*pl.* ~**s** [~z; ~z]) (雅)**1** ⓤ 悲
哀, 悲痛. Her life was full of misery and *woe*.
她的人生充滿了不幸與悲慘.
2 ⓒ (通常 woes)災難, 苦難. the nation's
financial *woes* 該國的財政困難.

woe·be·gone [ˈwobɪˌgɔn; ˈwəubɪˌgɔn] *adj.*
悲戚的, 充滿憂愁的.

woe·ful [ˈwofəl; ˈwəuful] *adj.* **1** 悲痛的, 悲慘
的, 悲哀的. **2** 可悲的, 可憐的; 糟糕透頂的.

woe·ful·ly [ˈwofəlɪ; ˈwəufulɪ] *adv.* 悲傷地, 慘
痛地.

wok [wɑk; wɔk] *n.* ⓒ 中式炒菜鍋, 鑊.

woke [wok; wəuk] *v.* wake¹ 的過去式、過去分詞.

wok·en [ˈwokən; ˈwəukən] *v.* wake¹ 的過去
分詞.

wold [wold; wəuld] *n.* ⓊⒸ **1** (通常 wolds)原
野, (不毛的)高原. **2** (通常 Wolds) (不毛的)丘陵
地帶(構成地名的一部分). the Yorkshire *Wolds*
約克夏丘陵.

*****wolf** [wulf; wulf] *n.* (*pl.* **wolves**) ⓒ **1** (動物)
狼. A pack of *wolves* chased the deer.
一群狼追逐那隻鹿.
2 (如狼一般地)殘忍的人, 貪婪的人.
3 (口)想勾引女性的男人, 玩弄女性的人.
a wólf in shéep's clóthing 披著羊皮的狼(源自
聖經).
crý wólf (大喊狼來了! >)發出假警報驚擾別人
《源自《伊索寓言》》.
kèep the wólf from the dóor 充飢; 使家人勉
強不挨餓. (本句 wolf 的意思為「饑餓」).
— *vt.* (口)狼吞虎嚥地吃(*down*).

wolf·hound [ˈwulfˌhaund; ˈwulfhaund] *n.* ⓒ
(以前獵狼用的)大型獵犬.

wolf·ish [ˈwulfɪʃ; ˈwulfɪʃ] *adj.* 像狼一樣
的; 殘忍的, 貪婪的. a *wolfish* look 殘忍的神情.

wolf·ram [ˈwulfrəm; ˈwulfrəm] *n.* =tungsten.

wólf whìstle *n.* ⓒ (男人在路上遇見性感女
子時吹的)口哨.

wol·ver·ine [ˌwulvəˈrin; ˈwulvəriːn] *n.* ⓒ (產
於北美的)狼貛(貛類的凶猛野獸); ⓤ 狼貛的毛皮.

wolves [wulvz; wulvz] *n.* wolf 的複數.

‡**wom·an** [ˈwumən, ˈwumæn; ˈwumən] *n.* (*pl.*
wom·en) **1** ⓒ (成年的)女性, 婦
女, (⇔ man; → lady 4 (a) 參考). His wife is a
hardworking *woman*. 他太太是個勤快的婦女/a
career *woman* (→ career 4)/Your daughter is
not a child any more, but a *woman*. 你女兒不再
是小女孩, 已經是個女人了.
搭配 *adj.*+woman: a beautiful ~ (美麗的女
人), a slim ~ (苗條的女人), a tall ~ (高䠷的
女人), a young ~ (年輕的女子), a married ~
(已婚的女人), a single ~ (單身女子).
2 (單數無冠詞) (總稱)女性, 女人. *Woman* has
been said to be the 'weaker sex'. 女人常被(男人)
稱爲「柔弱的性別」/*The Vindication of the Rights
of Woman* 《擁護女權》(書名).
3 ⓤ (加 the)女人味, 女性的感情. There was
little of the *woman* in Susie. 蘇西沒甚麼女人味.
4 ⓒ (口)老婆; 情人, 女朋友.
5 ⓒ (口)女僕, 女傭.
6 (形容詞性)女(性)的, 婦女的, (→ lady 6)
(語法 修飾複數名詞時要改成複數形式). a *woman*
writer 一位女作家/three *women* drivers 三位女性
駕駛. ⇨ *adj.* womanly.
-wom·an (構成複合字) (*pl.* -**women**) **1** 某種族
[國家]的女性. French*woman*. **2** (具有工作, 地
位等的)女性[婦女]. police*woman*.

wom·an·hood [ˈwumənˌhud, ˈwumən-;
ˈwumənhud] *n.* ⓤ **1** (成年的)女性身分; 女人味.
2 (單複數同形) (集合)女性, 婦女.

wom·an·ish [ˈwumənɪʃ, ˈwumənɪʃ; ˈwumənɪʃ]
adj. (通常表輕蔑) (男人)像女人似的, 娘娘腔的.

wom·an·ize [ˈwumənˌaɪz, ˈwumənaɪz;
ˈwumənaɪz] *vi.* 玩女人.

wom·an·kind [ˈwumənˈkaɪnd, ˈwum-,
-ˌkaɪnd; ˌwumənˈkaɪnd] *n.* ⓤ (集合)女性, 婦女,
(⇔ mankind).

wom·an·like [ˈwumənˌlaɪk, ˈwum-;
ˈwumənlaɪk] *adj.* =womanly.

wom·an·li·ness [ˈwumənlɪnɪs;
ˈwumənlɪnɪs] *n.* ⓤ 女人味, (像女人般的)溫柔.

*****wom·an·ly** [ˈwumənlɪ, ˈwum-; ˈwumənlɪ] *adj.*
似女人般的, 適合女性的. look *womanly* 看起來
像女人.

womb [wum; wuːm] *n.* ⓒ **1** 子宮. **2** (事物
的)發生地點.

wom·bat [ˈwɑmbæt; ˈwɔmbæt] *n.* ⓒ 袋熊(產
於澳洲的夜行性有袋動物).

wom·en [ˈwɪmɪn, -ən; ˈwɪmɪn] (★注意發音) *n.*
woman 的複數.

wom·en·folk, wom·en·folks
[ˈwɪmɪnˌfok, -ən-; ˈwɪmɪnfəuk], [-ˌfoks; -fəuks] *n.*
《作複數》(口) **1** 女人們, 婦女們.
2 (家族, 親戚的)一群婦女.

Wòmen's Líb *n.* 《口》=Women's Libera-
tion.

Wŏmen's Lĭbber [ˋˈlɪbɚ; ˈlɪbə(r)] *n.*
《口》＝Women's Liberationist.

Wŏmen's Liberátion *n.* Ⓤ女性解放運
動(1968 年左右始於美國).

Wŏmen's Liberátionist
[-ˌlɪbəˋreʃənɪst; -ˌlɪbəˋreɪʃənɪst] Ⓒ女性解放運動
者.

wŏmen's mòvement *n.* (加 the)女性解
放運動.

＊**wŏmen's ròom** *n.* Ⓒ《美》(常加 the)女廁
所(《英》the Ladies).

wŏmen's stŭdies *n.* 《作複數》女性研究《研
究女性社會地位的變遷等》.

won [wʌn; wʌn] *v.* win 的過去式、過去分詞.

＊**won·der** [ˋwʌndɚ; ˈwʌndə(r)] *v.* (~s [~z;
~z]; ~ed [~d; ~d]; -der·ing [-drɪŋ,
-dərɪŋ; -dərɪŋ]) *vi.* 【感到不可思議】 **1** 驚訝，驚
歎，《at》; 感到不可思議。 They *wondered at* the
boy's talent. 他們對那男孩的才能感到驚訝/It's
not to be *wondered at* that he resigned his post.
用不著驚訝他辭職/I shouldn't *wonder* if he fails.
如果他失敗我不會感到驚訝.

【不明白】 **2** 懷疑，納悶，《about》. People *won-
dered about* the source of the news. 人們懷疑消
息來源/Does he really mean it? I *wonder* (*about*
that). 他真的是那個意思嗎? 我很懷疑.

― *vt.* 【感到不可思議】 **1** 句型3 (wonder
that 子句)對…覺得驚訝，對…感到不可思議. I
wonder that he knows it. 我很驚訝他知道那件事/
I *wonder* (*that*) your son returned alive. 你兒子
活著回來，我感到很不可思議.

【不明白】 **2** 句型3 (wonder *wh* 子句、片語)
對…感到疑惑，對…感到好奇，想知道…. I *won-
der who* invented television. 我想知道是誰發明電
視機/I'm just *wondering why* Nancy is so late.
我只是好奇為何南西來得這麼遲.

3 句型3 (wonder *wh* 子句、片語)做～好; 正在
就…盤算. I was *wondering how* to break this
sad news to her. 我在想要怎麼告訴她這個令人悲
傷的消息.

I wónder 《置於句尾》(我)不知道要怎麼做，感到
懷疑. Where shall I spend the weekend, *I won-
der*? 我不知道該在甚麼地方渡週末才好?/But is
this right (↑), *I wonder* (↑)? 但是這個就好嗎?
我也不知道(★語調爲 I wonder ↓ 時表示「我不這
麼認爲」之意).

I wónder if [*whèther*]... 對是否會…感到懷疑.
(**a**)《if 子句所敘述的事情可能發生也可能不發生》*I
wonder if* it will rain tomorrow. 明天會下雨嗎?
(**b**)《使 if 子句的語氣由肯定轉變成否定，或者由否
定轉變爲肯定》But *I wonder if* it's right. 但是我
不知道這樣做是否正確(含有 It's not right. 的意思,
I wonder if.... 的意思與 I don't think.... 相近). *I
wonder if* it's not better to start at once. 馬上
出發不是比較好嗎(含有 It's better.... 的意思; 沒有

not 時意思仍舊相同，加了 not 則比較接近口語).
(**c**)《if 子句的語氣不會由肯定轉變成否定，或由否
定轉變爲肯定; 比(**b**)的情形罕見》For a moment *I
wondered if* I had died. 我一度以爲自己已經死
了.
(**d**)《委婉的請求》*I wonder if* you could come to
see me tomorrow. 我想請你明天過來看看.

― *n.* (*pl.* ~s [~z; ~z]) **1** Ⓤ驚訝，不可思議，
驚歎. I was filled with *wonder* at the sight. 我
看到那景象感到十分驚訝/The child gazed in *won-
der* at the lion. 孩子驚訝地盯著獅子看.

2 Ⓒ不可思議的東西[事]，令人驚歎的事物; 奇
蹟; 令人驚歎的人，天才. the Seven *Wonders* of
the World 世界七大奇觀/The *wonder* is [It is a
wonder] that the boys survived. 男孩們能活著眞
是奇蹟/That architect is a *wonder*. 那位建築家
是天才/What a *wonder*! 太棒了!

3 《形容詞性》令人驚歎的，極佳的. a *wonder*
drug for cancer 癌症的特效藥.

and nò [*lìttle*] *wónder* 《承接前句的內容》然而
(是)理所當然(的)，也難怪. Mrs. Green refused
the invitation, *and no wonder*. 格林夫人謝絕了
邀請，不過這也難怪.

a nìne dàys' wónder 轟動一時就消失的事情.

for a wónder 不可思議的是，意外的是. Ted
arrived on time, *for a wonder*. 眞沒想到泰德竟
然準時到了.

(*It is*) *nò* [*smàll*] *wónder* (*that*)... 難怪….
No wonder the man tried to kill himself. 難怪那
個人企圖自殺.

wòrk [*dò*] *wónders* 創造奇蹟; 帶來極好的結果.
This medicine will *do wonders* for a runny
nose. 這種藥對治療流鼻涕效果奇佳.

＊＊**won·der·ful** [ˋwʌndɚfəl; ˈwʌndəfʊl] *adj.*
1 不可思議的，令人驚歎的.
a *wonderful* story 不可思議的故事/*wonderful*
inventions 令人驚歎的發明/It's *wonderful* that
the old man has recovered from his illness. 那個
老人從病中復原眞是太令人驚訝了.

2 極好的，絕妙的，(★通常不加 very 之類的修飾
語). We had a *wonderful* time. 我們玩得極爲高
興/What a *wonderful* day! 多麼美好的一天啊!

＊**won·der·ful·ly** [ˋwʌndɚfəlɪ, -flɪ; ˈwʌndəflɪ]
adv. **1** 令人驚訝地，不可思議地. She's *wonder-
fully* optimistic, considering her difficulties. 就她
的困難來說，她樂觀得令人驚訝.

2 極好地，You speak French *wonderfully* well.
你法語說得棒極了.

won·der·ing·ly [ˋwʌndərɪŋlɪ; ˈwʌndərɪŋlɪ]
adv. 不可思議地.

won·der·land [ˋwʌndɚˌlænd; ˈwʌndələnd]
n. **1** 仙境，不可思議的地方. *Alice's Adven-
tures in Wonderland* 《愛麗絲夢遊仙境》《書名》.

2 Ⓒ(通常用單數)(景觀，天然資源等得天獨厚
的)絕佳之地.

won·der·ment [ˋwʌndɚmənt; ˈwʌndəmənt]
n. 《文章》Ⓤ驚訝，驚歎; Ⓒ令人驚訝之物[事].

won·drous [ˋwʌndrəs; ˈwʌndrəs] *adj.* 《詩》

wonderful.

won·ky [ˋwɑŋkɪ; ˈwɒŋkɪ] *adj.* (英、口) **1** 〔椅子等〕搖晃的.

2 (身體差而)腳步不穩的.

wont [wʌnt, wont; wəʊnt] *adj.* (敘述)(古)習慣於(做⋯)的, 經常(做⋯)的, (*to* do). ★現在以 accustomed to do*ing* 較為普遍.

— *n.* U(文章)(常加 my, his等)習慣(habit). She was sunk deep in thought, as is her *wont*. 她一如往常地陷入沈思.

✽**won't** [wont, wʌnt; wəʊnt] will not 的縮寫. It *won't* rain tomorrow. 明天不會下雨/*Won't* you come with me? 你不跟我來嗎?

wont·ed [ˋwʌntɪd, ˋwontɪd; ˈwəʊntɪd] *adj.* (限定)(文章)習慣的; 經常的. Jack showed up at his *wonted* hour. 傑克照例在那個時候出現了.

won·ton [ˋwɑn͵tɑn; ˈwɒn͵tɒn] (中文) *n.* U餛飩(亦作 wónton sòup).

woo [wu; wuː] *vt.* **1** (古式)向〔女性〕求愛, 求婚.

2 熱切地期望獲得(某人的支持等).

3 追求〔名譽, 財產等〕.

✽**wood** [wud; wud] *n.* (*pl.* ~s [~z; ~z]) 〖木材〗 **1** U木材, 木料, 〔樹木枝幹覆蓋在樹皮下的木質部分; → tree 回〕(★指種類時為C). an old bridge made of *wood* 木造的老橋/Hickory is a hard *wood*. 山核桃木是一種堅硬的木材.

2 U木柴, 柴薪. Put more *wood* on the fire. 多加點柴到火堆裡.

3 〖木材的產地〗C(常 wood*s*)(單複數同形)(比 forest 小的)森林, 樹林. The party of explorers got lost in the *wood*(s). 那支探險隊在森林中迷失了方向.

〖木製的東西〗 **4** C(高爾夫球)木桿(頭部為木質; → golf 圖).

5 U(加 the)(器具, 武器等的)木製部分, 木柄.

6 (形容詞性)木製的(wooden). a *wood* floor 木頭地板. ⇨ *adj.* **wooden, woody.**

cánnot sée the wóod for the trées 見樹不見林, 拘泥於小事而不顧大局.

from [**in**] **the wóod** 從[在]木桶中. sherry *in the wood* 桶裝的雪利酒.

knóck (**on**) **wóod** (美)=touch wood.

out of the wóods (美)[(英) **wóod**(s)] 脫離危險[困難]. The patient is not *out of the woods* yet. 病人還未脫離險境.

tòuch wóod (即使這麼說也)希望不會發生壞事, 上天保佑, 〔在說大話之後, 因恐招致惡果而觸摸木材(製品)〕. I've never had a serious illness —*touch wood*! 我從未生過重病——老天保佑!

wòod álcohol *n.* =methyl alcohol.

wood·bine [ˋwud͵baɪn; ˈwudbaɪn] *n.* U(植物) **1** 忍冬(honeysuckle).

2 (美)五葉地錦(Virginia creeper).

wóod blóck *n.* C **1** 木版; 木版畫.

2 (鋪設地板等用的)木磚.

wood·carv·ing [ˋwud͵kɑrvɪŋ; ˈwud͵kɑːvɪŋ] *n.* **1** U木雕; 木雕術.

---

2 C木雕物, 木雕作品.

wood·chuck [ˋwud͵tʃʌk; ˈwudtʃʌk] *n.* C(動物)(產於北美的)土撥鼠(= marmot).

wood·cock [ˋwud͵kɑk; ˈwudkɒk] *n.* (*pl.* ~**s**, ~) C(鳥)山鷸.

wood·craft [ˋwud͵kræft; ˈwudkrɑːft] *n.* U **1** 山林技術(在山中生活所必需的狩獵, 露營等技術). **2** 木雕, 木工; 木雕[工]術.

wood·cut [ˋwud͵kʌt; ˈwudkʌt] *n.* **1** C木板; 木版畫. **2** U木版術.

[參考] 精細木雕刻於木板上(例如日本的浮世繪); → wood engraving.

wood·cut·ter [ˋwud͵kʌtɚ; ˈwud͵kʌtə(r)] *n.* C **1** (特指出現於童話中的)樵夫.

2 版畫家.

wood·ed [ˋwudɪd; ˈwudɪd] *adj.* 樹木茂盛的; 多森林的.

✽**wood·en** [ˋwudn̩; ˈwudn] *adj.* **1** (限定)木製的, 木頭做的, a *wooden* box 木箱/The peasant lived in a small *wooden* house. 那個農夫住在小木屋裡.

2 〔動作等〕不靈活的, 笨拙的; 〔表情等〕僵硬的. His manner is *wooden*. 他的舉止笨拙/She gave me a *wooden* smile. 她僵硬地對我笑了一笑.

● ——物質名詞+-en →形容詞

成為「⋯的, ⋯製的」之意.

earth	土	→ earth*en*	gold	金	→ gold*en*
silk	絲	→ silk*en*	wood	木	→ wood*en*
wool	羊毛	→ wool*en*			

---

wóod engràving *n.* **1** C木版, 木版畫. **2** U木版術(刻於木材的橫剖面上; →woodcut).

wood-en-head-ed [ˋwudn̩ˋhɛdɪd; ˈwudn͵hedɪd] *adj.* (口)愚笨的(stupid).

wòoden hórse *n.* (希臘傳說)(加 the)木馬(特洛伊戰爭中希臘軍用來欺騙特洛伊軍隊).

wood·en·ly [ˋwudn̩lɪ; ˈwudnlɪ] *adv.* 不靈活地, 笨拙地.

wòoden spóon *n.* (加 the)(英、口)最末獎, 木湯匙獎, (虛構的獎項).

wood·land [ˋwud͵lænd, -lənd; ˈwudlənd] *n.* U林地. *woodland* creatures 林地動物.

wood·man [ˋwudmən; ˈwudmən] *n.* (*pl.* -**men** [-mən; -mən]) C **1** 樵夫. **2** =woodsman.

wóod nỳmph *n.* C森林的精靈(dryad).

wood·peck·er [ˋwud͵pɛkɚ; ˈwud͵pekə(r)] *n.* C(鳥)啄木鳥.

wood·pile [ˋwud͵paɪl; ˈwudpaɪl] *n.* C木柴[木材]堆.

wóod pùlp *n.* U(製紙用)木質紙漿.

wood·shed [ˋwud͵ʃɛd; ˈwudʃed] *n.* C柴房.

woods·man [ˋwudzmən; ˈwudzmən] *n.* (*pl.* -**men** [-mən; -mən]) C森林中的居民; 具有在森林生活所必需之技術的人.

wood·wind [`wʊd͵wɪnd; ˈwʊdwɪnd] *n.* **1** C 木管樂器. **2** (the woodwind*s* (美), the wood-wind (英))《管弦樂團的》木管樂器部(★(英)作單數); 木管樂器吹奏者(★(英)亦作複數).

wood·work [`wʊd͵wɝk; ˈwʊdwɜːk] *n.* U **1** 木工. **2** (集合)木製品《主要指家具》. **3** (房子的)木造部分.

wood·worm [`wʊd͵wɝm; ˈwʊdwɜːm] *n.* C (蟲)(通常woodworms)(在樹木上鑽洞的)天牛幼蟲等.

wood·y [`wʊdɪ; ˈwʊdɪ] *adj.* **1** 樹木茂盛的; 多森林的. **2** 木質的; 似木材的.

woo·er [`wʊɚ; ˈwuːə(r)] *n.* C (古)求婚者, 求愛者.

woof¹ [wuf; wuːf] *n.* (*pl.* ~s) C (加the)(紡織品的)緯線(↔ warp).

woof² [wuf; wʊf] *interj.*《口》嗚, 汪, 《狗的低吠聲》.

woof·er [`wʊfɚ; ˈwʊfə(r)] *n.* C 低音揚聲器, 低音喇叭, (→ tweeter).

wool [wʊl; wʊl] (★注意發音) *n.* U **1** 羊毛 (★亦指其他山羊, 羊駝, 駱馬等的毛). *Wool* comes from sheep. 羊毛出在羊身上/Australia exports a lot of *wool*. 澳洲出口許多羊毛/Much cry and little *wool*. (諺)雷聲大, 雨點小《源自剪小羊的毛時叫聲很響》. **2** 毛線; 毛織品, 毛料; 毛料衣服. *Wool* is too warm to wear in the summer. 夏天穿毛織品會太熱. **3** (植物的)絨毛, 棉花(cotton wool). **4** (詼)頭髮(hair); (特指)捲髮. **5** (形容詞性)羊毛的, 毛織品的, 毛料的. a *wool* sweater 羊毛衣. ⇨ *adj.* **woolen, woolly**.
pùll the wóol over a pèrson's éyes 欺騙某人, 蒙蔽某人.

wool·en (美), **wool·len** (英) [`wʊlɪn, -ən; ˈwʊlən] *adj.* **1** 羊毛的; 羊毛製的, 毛料的. *woolen* yarn 毛線/a *woolen* blanket 毛毯. **2** (限定)經營羊毛[毛織品]的《商人, 製造業者等》.
— *n.* (woolen*s*) 毛料衣服; 毛織品《衣料》.

wool·gath·er·ing [`wʊl͵gæðərɪŋ, -͵gæðərɪŋ; ˈwʊl͵gæðəriŋ] *n.* U 不著邊際的空想; 出神(狀態).

wool·len [`wʊlən; ˈwʊlən] *adj., n.* (英)=woolen.

wool·ly [`wʊlɪ; ˈwʊlɪ] *adj.* **1** 羊毛製的, 羊毛的. a *woolly* coat 羊毛外套. **2** 羊毛似的; 起毛的. **3** (想法等)不明確的, 模糊的. a *woolly* idea 不明確的想法.
— *n.* (*pl.* **-lies**) C (通常wooll*ies*)《口》毛料衣服《毛線衣, 內衣等》.

wool·y [`wʊlɪ; ˈwʊlɪ] *adj., n.* (*pl.* **wool·ies**)《美》=woolly.

wooz·y [`wʊzɪ; ˈwʊzɪ] *adj.*《口》(因酒醉, 生病等)頭昏的, 暈眩的, (dizzy).

Worces·ter(shire) sauce [`wʊstə(ɚ)͵sɔs; ˈwʊstə(ðər)͵sɔːs] *n.* U 英國 Worcestershire 所生產的辣醬汁.

word [wɝd; wɜːd] *n.* (*pl.* ~s [~z; ~z]) 【語言】 **1** C 詞, 單字, 話; (words) 歌詞, 臺詞. a man of few *words* 話少的人/big *words* 大話/beyond *words* 無法用言語表達地/French *words* 法文字/The accident was too shocking for *words*. 那件意外太令人震撼, 無法用言語表達/Betty went out of the room without a *word*. 貝蒂一言不發地走出房間/I couldn't find the *words* for what I wanted to say. 我找不到適當的字來表達我想說的話/*Words* failed me. 我(因驚訝而)無法說話/The tune fits the *words*. 那首曲子和歌詞搭配得很好.
〖歷〗 *adj.*+word: a colloquial ~ (口語用語), a formal ~ (正式用語), a foreign ~ (外國字).

2 C 短語, 一句話, 簡短的談話. give a *word* of warning [advice] 給一句警告[忠告]/Bill said a *word* of thanks on behalf of the family. 比爾代表家人發表了簡短的感謝辭/I had a *word* [a few *words*] with him. 我和他談了一下. **3** (交談)(words)口角, 爭論, hot *words* 激烈的口角/come to *words* 發生口角. **4** (神聖的話語)(the *W*ord)聖經, 福音, 上帝的話語(the Word of God).

〖透過言語決定〗 **5** C (加上 my, his 等時則單數)約定; 保證. a man of his *word* 言而有信的人/keep [break] one's *word* 遵守[違背]約定/You have my *word* on it. 我向你保證那件事.

〖透過言語傳達〗 **6** U (不用冠詞)消息, 通知; 傳話; (加the)謠言. I haven't had *word* from my son recently. 最近我沒有我兒子的消息/*Word* came that they had little snow in Boston. 有消息說波士頓沒下多少雪/pass the *word* 散佈流言/The *word* is that the Prime Minister will resign shortly. 謠傳首相很快就會辭職.

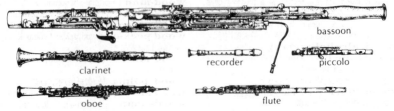

bassoon

clarinet

recorder

piccolo

oboe

flute

[woodwinds 1]

7 C (通常用單數)指示，命令；(加the)暗號. On his *word* the soldiers began marching. 士兵們在他的命令下開始前進/Give the *word* and you can pass. 講出暗號你就可以通過.

at a wórd 馬上，(一經請求)立刻.

be as góod as one's *wórd* 言出必行.

be nòt the wórd for... (口)用…字眼不足以形容. Rich *isn't the word* for it. He is a billionaire. 有錢二字並不足以形容他的財富. 他是個億萬富翁.

by [***through***] ***wòrd of móuth*** 口頭地，口耳相傳地，以口語傳播地. The news was passed around *by word of mouth*. 那項消息已經在街頭巷尾傳開了.

èat one's *wórds* 承認自己的錯誤，(因惶恐而)收回以前說過的話. He said I would fail, but I made him *eat his words*. 他說我會失敗，但是我讓他收回這句話.

from the wòrd gó (口)從一開始.

gìve... one's *wórd* 跟…約定.

hàng on a person's *wórds* [***èvery wórd***] 仔細地聽某人的話.

hàve a wórd in a pèrson's *éar* (口)在某人耳邊講悄悄話.

hàve the làst wórd (在爭論中)說出令對方無法回答的關鍵事物，「致命的一擊」.

hàve wórds with... 和…爭論.

* ***in a*** [***òne***] ***wórd*** 一言以蔽之；總而言之. *In a word*, we failed in the attempt. 總而言之，我們的努力已告失敗.

* ***in òther wórds*** 換言之. *In other words*, Ed wants to refuse the invitation. 換句話說，艾德想拒絕那項邀請.

in so màny wórds 一字不差地，明白地，《＜用那幾句話》. Did the woman tell you *in so many words* that you were not welcome? 那個女人是不是直截了當地說你不受歡迎?

sày [***put ìn***] ***a*** (***gòod***) ***wórd for...*** 為…辯護[幫腔].

sày the wórd (口)吩咐一下. Just *say the word*, and I'll call a doctor for you. 只要你吩咐，我就去給你請醫生.

sènd wórd 傳話，帶口信，《*to*》. We *sent word* to John to return at once. 我們傳話給約翰要他立刻回來/They *sent word* that they would be late. 他們通知會晚點到.

tàke a pèrson *at his wórd* 對某人說的話信以為真，相信某人的話.

tàke a pèrson's *wórd for it* 相信某人的話.

the làst wórd →見 last word.

upon my wórd (1)我發誓，的確. (2)哎呀哎呀《表示驚訝的感歎句；亦說 My word!》.

wèigh one's *wórds* 謹慎地發言(→ weigh *vt.* 2).

wòrd by wórd (1)逐字地. A poem should not be read *word by word*, but phrase by phrase. 詩不應一字一字地讀，而應一句一句地讀.

(2)＝word for word (1).

---

wòrd for wórd (1)逐字地，使一字一字對應地〔翻譯等〕. Repeat what the teacher said *word for word*. 一字不差地覆述老師所說的話.

(2)＝word by word (1).

★ word *by* word 為將句中的字「一一挑出」，word *for* word 的本意為表示使兩個句子的單字逐一對應，但兩者經常被混用.

— *vt.* 用言辭表示，表達. The girl couldn't *word* her feelings well. 那女孩不善於用言語表達感情/a carefully *worded* answer 謹慎小心的答覆.

●── 與 WORD 相關的用語	
compound word	複合字
four-letter word	(由四個字母組成的)髒話
crossword	縱橫字謎
smear word	(為中傷別人所取的)綽號
foreword 前言	watchword 標語
loanword 外來語	password 口令；密碼
byword 諺語；範例	key word 關鍵字

word·book [`wɜd,bʊk; `wɜːdbʊk] *n.* C 單字書，辭典.

wórd clàss *n.* C《文法》詞類(part of speech).

word·i·ly [`wɜdɪlɪ; `wɜːdɪlɪ] *adv.* 多話地，嘮叨地.

word·ing [`wɜdɪŋ; `wɜːdɪŋ] *n.* U 措辭，表達方式.

word·less [`wɜdlɪs; `wɜːdlɪs] *adj.* (限定) **1** 不用言語的. **2** 無言的，無法用言語表達的.

wórd òrder *n.* U 詞序.

word-per·fect [`wɜd`pɜfɪkt; ,wɜːd`pɜːfɪkt] *adj.* (英)＝letter-perfect.

word·play [`wɜd,ple; `wɜːd,pleɪ] *n.* U 文字遊戲，雙關語.

wórd pròcessing *n.* U 文書處理(用文書處理軟體等做文件編輯).

wórd pròcessor *n.* C 文書處理機[軟體].

Words·worth [`wɜdzwɝθ; `wɜːdzwəθ] *n.* **William** ～ 華茲華斯(1770-1850)《英國詩人》.

word·y [`wɜdɪ; `wɜːdɪ] *adj.* 多話的，冗長的. a *wordy* report 冗長的報告.

wore [wor, wɔr; wɔː(r)] *v.* wear 的過去式.

‡**work** [wɜk; wɜːk] 【工作】 **1** U 工作；勞動，作業. This machine can do the *work* of ten men. 這臺機器可做十人份的工作/Breaking a path through the snow is hard *work*. 在雪中開路前進是件苦差事. 《work 亦包括利用機械所做的事，最常用來表示「工作」的字》. → labor, task, toil.

2 【學習者的工作】U 學習，研究；努力. Scientists started *work on* the project. 科學家們開始進行那項計畫/All *work* and no play makes Jack a dull boy. 《諺》用功讀書，也要盡情遊戲《＜只讀書而不遊戲會使小孩變成傻瓜》.

3 ⓤ(應做的)工作，業務；事業．assign *work* 分配工作/begin [finish] the day's *work* 開始[結束]一天的工作/I have a lot of *work* to do today. 我今天有很多事要做．

4 ⓤ(未完成等的)工作．He never brings any *work* home from the office. 他從來不把辦公室的工作帶回家做/Mother took her *work* out into the garden. 母親把工作拿到花園裡做(縫級，刺繡等)．

5【工作情況】ⓤ工作情況，本事；成績．Your *work* has shown a little improvement lately. 你最近的工作情況有點進步了/You have to do better *work* in English. 你必須改善英文成績．

6【建設工作】(works)土木工程；(經由土木工程建造的)建築物(橋，水壩等，→ public works)．

【工作場所】**7** ⓤ(不用冠詞)工作，職務；職業；工作崗位．He is looking for part-time *work*. 他正在找兼職的工作/I usually leave *work* at five in the evening. 我通常下午五點下班．

8【製作的地方】(works)《亦作單數》製作處，工廠，(→ ironworks, steelworks)．

9【工廠>機械】(the works)(鐘錶等的)機械裝置．

【工作的成果】**10** ⓒ(通常 works)(藝術上的)作品，全集/Your good *works* will live after you. 你的佳作將流傳後世．

11 ⓤ手工藝；製作；(集合)藝品，作品，製品，《特指手工製成者》．a vase with careful *work* 精雕細琢的花瓶/This cushion is my own *work*. 這個坐墊是我親手做的．

12 ⓤ作爲；效果；作用．a nasty piece of *work* 卑劣的行爲/That must be the *work* of a thief. 那一定是小偷幹的好事/The drug has begun to do its *work*. 藥效開始發揮了．

áll in the [*a*] *dày's wórk* 理所當然的[地]，稀鬆平常的[地]．

* *at wórk* (1)在工作中的[地]；著手工作《on》．He is *at work* on a novel. 他正在寫一本小說．
(2)就業中的[地]；在工作崗位上．Don't call me at *work*. 我上班時別打電話給我．
(3)(機器等)運轉中．
(4)(力等)起作用．I think some supernatural force is *at work* here. 我想這裡有某種超自然的力量在運作著．

gèt (*dòwn*) *to wórk* 著手工作；開始工作《on》；開始做…《to do, doing》．

gìve...the wórks 《口》(1)(毆打)使〔人〕吃足苦頭．(2)向〔人〕全盤托出．(3)給〔人〕最好的待遇；爲〔物〕做最佳的處理．

gò to wórk (1)外出工作．(2) = get (down) to work.

hàve one's wórk cùt óut (*for one*)《口》承擔困難[繁忙]的工作．

in the wórks 《口》計畫中；準備中．

in wórk 有工作(⟷ out of work)．

màke hàrd wórk of... 使…看起來(比實際)困難．

màke lìght wórk of... 輕易地完成〔某工作〕．

màke shòrt wórk of...《口》迅速地清理〔食物，工作等〕．

* *out of wórk* 失業(⟷ in work)．He has been *out of work* for more than a year. 他已經失業一年多了．

sèt [*pùt*] *a person to wórk* 使某人著手工作．

sèt to wórk (*on...*) = get (down) to work (on...)．

shòot the wórks《美、俚》盡全力，奮力．

— *v.* (~s [~s; ~s]; ~ed [~t; ~t]; ~ing) *vi.*
【(不遊玩而)做事】**1** 勞動，工作，(⟷ play). They *work* eight hours a day. 他們一天工作八時/*work* for world peace 爲世界和平而努力/*work* for nothing 無所事事/Bill *works* with me. 比爾和我一起工作．

　搭配 work + *adv.*: ~ diligently (勤奮地工作)，~ energetically (精力充沛地工作)，~ hard (拚命地工作)，~ slowly (慢慢地工作)，~ tirelessly (毫不疲倦地工作)．

2 用功；努力，致力，《at, on〔課題〕》；從事《on〔工作等〕》；寫作，創作，《on〔小說等〕》. *work* hard 用功讀書/*work on* [*at*] a problem in mathematics 埋首於數學問題/*work on* a new dictionary 從事新字典的(編輯等)工作/The artist is *working on* a picture. 那位畫家正在作畫．

3 服務，就業．*work in* [*at*] a factory 在工廠工作/Sam *works* for an oil company [Mr. Smith]. 山姆在石油公司[替史密斯先生]工作．

【正常地工作】**4**〔機器等〕運轉，沒有異狀；〔車輪等〕轉動；〔心臟，頭腦等〕運作．This clock doesn't *work* any more. 這個鐘已經不走了/My stomach is *working* badly. 我的胃不對勁/how our minds *work* 我們的頭腦如何運作．

5 (a)〔計畫等〕順利進行；(與副詞(片語)連用)〔事情〕起[發生](有利，不利等的)作用[功效]. Try another method and see if it *works*. 試另一個方法看看是否可行/The new system *worked* in our favor [against us]. 新制度對我們有利[不利]．
(b)〔藥等〕有效，起作用，《on》. The charm has *worked on* him. 咒語在他身上靈驗了．

【緩緩移動】**6** (a)(通常加副詞(片語))(費力地)一點一點地前進；(向某個方向)逐漸移動．They *worked* slowly *through* the deep snow. 他們一步一步慢慢地走過厚厚的積雪/The wind has *worked* round to the north. 風向已逐漸轉北．
(b) 句型2 (work A)慢慢[不知不覺]地變成 A 的狀態．His hands finally *worked* free of the ropes. (在掙扎之中)他的雙手終於掙脫了繩子．

7【移動>痙攣】〔臉等〕抽動；〔波浪，心情等〕翻騰．The girl's mouth *worked* and she began to cry. 女孩嘴一癟就開始哭了．

— *vt.*【使工作】**1** (加副詞(片語))驅使〔人，牛馬等〕工作；使〔學生等〕用功．That boss *works* his laborers long hours. 那個老闆使工人長時間工作/You're *working* your horse too hard. 你讓馬

的馬跑得太累了/*work* oneself to death 工作勞累過度而死.

2 啓動, 操作, 〔機器等〕; 運轉〔船, 電梯等〕; 用手操縱〔木偶等〕; 《常用被動語態》. This sewing machine is *worked* by electricity. 這臺縫紉機是電動的/Tell me how to *work* this machine. 告訴我這臺機器怎麼用.

〖 順利開動>經營 〗 **3** 經營〔農場, 公司等〕; 開採〔油田, 礦山等〕; 耕作〔土地〕; 推展〔企畫等〕. They have *worked* the land for generations. 他們世世代代耕作那塊土地.

4 巡迴地工作; 〔推銷員等〕負責〔某地區〕的(業務). That policeman *works* this district. 那位巡警負責這個地區的(治安).

〖 慢慢移動[改變] 〗 **5** (a) 〘加副詞片語〙一點一點地移動〔東西〕到〔達到〕…; 使〔人〕情緒逐漸激動〔轉移〕到…的狀態. *work* oneself *up into* a rage 使人勃然大怒(→ work/.../up (1) 片語)/We *worked* the heavy box *into* the corner. 我們把那個沈重的箱子搬到角落/The naughty boy tried to *work* the girl *to* tears. 那個調皮的男孩想要弄哭女孩. (b) 〘句型5〙(work **A B**)慢慢把 A 移動至 B 的狀態. The captive *worked* his hands free. 俘虜掙開(被綁住的)雙手.

〖 (慢慢地)製作出 〗 **6** (a) 揉〔麵糰, 黏土等〕; 把〔金屬等〕打造成形; 捏〔鍛造成〕…(*into*). *Work* the copper *into* any shape you like. 把銅打造成任何你喜歡的形狀. (b) 做工藝; 刺繡; 縫〔編〕製; 《常用被動語態》. This stone is easily *worked*. 這塊石頭容易雕鑿.

7 辛苦地解答〔問題等〕; 計算.

8 帶來, 引起, 〔驚異, 變化等〕. Christ is said to have *worked* many miracles. 據說基督行了許多奇蹟.

wòrk aróund 〔*róund*〕*to...* 致力於〔解決〕〔問題等〕.

wòrk awáy 拚命努力(*at*).

wòrk ín[1] 〔灰塵等〕進入, 侵入.

wòrk/.../ín[2] 插入〔句子, 插畫等〕; (巧妙地)穿挿〔笑話等〕; (設法)挿入〔鑰匙等〕. *work in* humor 巧妙地穿挿幽默(的言語等).

wòrk into... 〔灰塵等〕進入….

wòrk A into B 把 A(挿圖等)放入 B; (巧妙地)把 A(笑話等)穿挿於 B.

wòrk ín with... 與…合作; 和…協調.

wòrk it (口)(1)圓滿達成. (2)安排.

wòrk/.../óff (1)去除; 〔工作以償還〔債務等〕; 挽回〔工作落後的進度〕; 找到〔存貨, 多餘的精力等〕的出路. You had better *work off* your excess fat by exercising. 你最好藉由運動來消除你過多的脂肪. (2)發洩〔積憤等〕《*on, against* 向…》. Don't *work* your anger *off on* us. 別拿我們出氣.

wòrk ón[1] 繼續工作.

wòrk on[2] …=work upon...

wòrk óut[1] (1)逐漸拔出. Your blouse has *worked out*. 你的襯衫(下襬)露出來了.

(2)〔金額等〕計算出來(*at, to*). Your pay *works out* at 100 pounds a week. 結算得你的週薪爲 100 英

鎊.

(3)解開〔問題等〕; 算出〔答案〕來.

(4)〔工作等〕順利進行 〘加副詞〙變成…的結果. Our plans *worked out* well [badly]. 我們的計畫順利進行[失敗了].

(5)做(運動等的)練習(→ workout).

* *wòrk óut*[2] (1)解開, 推算出, 〔問題, 密碼等〕; 理解〔人的性格等〕. I can't *work out* what you think. 我搞不懂你在想甚麼.

(2)(設法)完成…; 巧妙地平息…, 處理…. *work out* a mutual agreement 達成共同的協議/Things will *work* themselves *out* in time. 事情到時候自然會解決, 船到橋頭自然直.

(3)周密地訂立〔計畫等〕; 想出〔方法等〕. Bill *worked* the idea *out* in the bath. 比爾在洗澡時想出那個點子.

(4)(美)用工作支付〔償還〕…. I *work out* my rent by washing dishes. 我靠洗碗來抵付房租.

(5)把〔礦等〕開採殆盡; 工作使…疲勞; 《通常用被動語態》. I'm quite *worked out*. 我做得太累了.

wòrk over … 徹底調查….

wòrk/.../óver (1)重寫〔原稿等〕. (2)《俚》使…吃苦頭.

wòrk to rúle → rule 的片語.

wòrk úp[1] 慢慢地到達〔達成〕《*to*》; 發跡. *work up to* a climax 達到最高潮/The manager *worked up* from an office boy. 經理是從辦公室小弟慢慢做起的.

wòrk/.../úp[2] (1)逐步使〔人〕激動《*into, to*》; 煽動, 刺激, 〔興趣, 熱情等〕. Don't get *worked up* over nothing. 別爲了小事而激動/The man *worked* himself *up into* a fit of rage. 那個人越來越激動, 終至大發雷霆. (2)將〔材料等〕揉著做, 加工; 歸納〔構想等〕《*into*》. He *worked up* his notes *into* a paper. 他把筆記整理成論文.

wòrk upon 〔*on*〕… (1)對…起作用, 對…產生影響; 說服…. The poison *works upon* the nerves. 這種毒會對神經產生影響/I'm *working on* Dad to buy me a new car. 我正在說服爸爸買輛新車給我. (2) → *vi.* 2.

wòrk one's wáy 一邊工作一邊前進, 辛苦地前進; 逐漸發跡(*up*). Bob *worked* his *way* through college. 鮑伯半工半讀完成大學學業.

-work (構成複合字) **1** 精細的…; 工藝(品), …工作. wicker*work*. needle*work*. **2** …構造(之物). frame*work*. net*work*.

work·a·ble [`wɜkəbl; 'wɜːkəbl] *adj.* **1** 〔計畫等〕可行的. **2** 〔機器〕可運轉的, 能發動[開動]的. **3** 〔材料等〕可加工的.

work·a·day [`wɜkə,de; 'wɜːkədeɪ] *adj.* 《限定》平日的; 平凡的, 常有的.

work·a·hol·ic [,wɜkə`hɔlɪk; ,wɜːkə'hɒlɪk] *n.* ©(口)熱中工作的人, 工作狂. 字源 work + alco*holic*.

work·a·hol·ism [`wɜk,hɔlɪzəm;

ˊwɜːkə͵hɒlɪzəm] *n.* Ⓤ工作狂熱.

work·bag [ˊwɜːk͵bæg; ˈwɜːkbæg] *n.* Ⓒ工具袋(特指放裁縫用具的).

work·bas·ket [ˊwɜːk͵bæskɪt; ˈwɜːk͵bɑːskɪt] *n.* Ⓒ(放裁縫用具的)工具籃.

work·bench [ˊwɜːk͵bentʃ; ˈwɜːkbentʃ] *n.* Ⓒ(木匠等的)工作檯, 作業檯.

work·book [ˊwɜːk͵bʊk; ˈwɜːkbʊk] *n.* Ⓒ
1 (器具的)使用說明書. **2** 課外練習簿, 練習冊.
3 (學生用的)習作本.

work·box [ˊwɜːk͵bɑks; ˈwɜːkbɒks] *n.* Ⓒ工具箱, 裁縫箱.

work·day [ˊwɜːk͵de; ˈwɜːkdeɪ] *n.* (*pl.* **~s**) Ⓒ
1 工作日, 上班日; 平日. **2** 一天的工作時間.
an eight-hour *workday* 一天工作八小時(制).

✲work·er [ˊwɜːkɚ; ˈwɜːkə(r)] *n.* (*pl.* **~s** [~z; ~z]) Ⓒ **1** 工作者, 勞動者; 研究者. a hard *worker* 工作勤奮的人.
2 工人, 勞動者. a factory *worker* 工廠工人.
|搭配| *adj.*＋worker: a full-time ~ (全職的工人), a part-time ~ (兼差的工人) // *v.*＋worker: hire a ~ (雇用工人), dismiss a ~ (解雇工人), fire a ~ (開除工人).
3 (蟲)工蜂(→ bee |參考|); 工蟻.

wórk fórce *n.* (加 the) (產業, 國家等的)勞動力, 全部的勞動人口.

work·horse [ˊwɜːk͵hɔrs; ˈwɜːkhɔːs] *n.* Ⓒ
1 役馬. **2** 像役馬一般辛勤工作的人.

work-in [ˊwɜːk͵ɪn; ˈwɜːkɪn] *n.* Ⓒ(作為抗議行動的)占據工作崗位.

✲work·ing [ˊwɜːkɪŋ; ˈwɜːkɪŋ] *n.* (*pl.* **~s** [~z; ~z]) **1** Ⓤ (或 workings) (機器等的)操作方法[活動方式]; 作用, 效力. the *workings* of the device 那個裝置的操作方式.
2 (workings) (礦等的)開採處.
── *adj.* 《限定》 **1** 工作的; 從事勞動的. the *working* population 勞動人口.
2 工作的, 作業的; 用於勞動的. shorten *working* hours 縮短工時.
3 實用的, 實際上有用的; 基礎的. She has a *working* knowledge of French. 她有法文基礎.
in wórking órder (機器等)情況正常; (事物等)順利.

wórking cápital *n.* Ⓤ運轉資本.

wórking cláss(es) *n.* (加 the) 勞動階級.

work·ing-class [ˊwɜːkɪŋ͵klæs; ͵wɜːkɪŋˈklɑːs] *adj.* 《限定》勞動階級的.

wórking dáy *n.* ＝workday.

work·ing·man [ˊwɜːkɪŋ͵mæn; ˈwɜːkɪŋmæn] *n.* (*pl.* **-men** [-͵mɛn; -men]) Ⓒ工人, 工廠工人.

wórking párty *n.* Ⓒ《英》特別調查委員會《例如為建議提高公司生產力, 檢討特定問題等所設的委員會》.

wórking wéek *n.* 《英》＝workweek.

work·load [ˊwɜːk͵lod; ˈwɜːkləʊd] *n.* Ⓒ(被要求

的)工作量. I'm struggling against an ever-growing *workload*. 我拚命想趕上不斷增加的工作量.

✲work·man [ˊwɜːkmən; ˈwɜːkmən] *n.* (*pl.* **-men** [-mən; -mən]) Ⓒ技工, 工匠; 工人. a skilled *workman* 熟練的工人/A bad *workman* always blames [quarrels with] his tools. (諺)技術不好的工人只會抱怨工具.

work·man·like [ˊwɜːkmən͵laɪk; ˈwɜːkmənlaɪk] *adj.* 像工匠的; 本領好的.

work·man·ship [ˊwɜːkmən͵ʃɪp; ˈwɜːkmənʃɪp] *n.* Ⓤ **1** (工匠的)本事, 本領; 技能.
2 精緻工藝品; 手工藝品.

work·out [ˊwɜːk͵aʊt; ˈwɜːkaʊt] *n.* Ⓒ《口》
1 (運動等的)練習(時間). **2** 體操, 體能訓練.

work·peo·ple [ˊwɜːk͵pip]; ˈwɜːk͵piːpl] *n.* 《作複數》(工廠等的)勞工.

work·room [ˊwɜːk͵rum; ˈwɜːkrʊm] *n.* Ⓒ工作室, 作業室.

✲work·shop [ˊwɜːk͵ʃɑp; ˈwɜːkʃɒp] *n.* (*pl.* **~s** [~s; ~s]) Ⓒ **1** 工作場所, (手工業的)工廠 (→ factory |同|). He has a *workshop* over his store. 他的店面上頭有間工作室.
2 研討會; 研究小組. an English-teaching *workshop* 英語教學研討會.

work·shy [ˊwɜːk͵ʃaɪ; ˈwɜːkʃaɪ] *adj.* 討厭工作的, 懶惰的.

work·sta·tion [ˊwɜːk͵steʃən; ˈwɜːksteɪʃn] *n.* Ⓒ(電腦)工作站(連接資料處理系統的電腦終端裝置).

work·ta·ble [ˊwɜːk͵teb]; ˈwɜːk͵teɪbl] *n.* Ⓒ(工匠的)工作檯; (附有抽屜的)裁縫檯.

work-to-rule [ˊwɜːktə͵rul; ͵wɜːktəˈruːl] *n.* Ⓒ《英》合法怠工以迫使資方讓步(→ work to rule (rule 的片語)).

work·week [ˊwɜːk͵wik; ˈwɜːkwiːk] *n.* (用單數)《美》一週的工作時間[天數]《英》 working week). a 5-day *workweek* 一週工作五天.

✲✲world [wɜːld; wɜːld] *n.* (*pl.* **~s** [~s; ~s]) Ⓒ (除3和7之外通常用單數)
〖世界〗 **1** (**a**) (加 the)世界; 地球. travel around [round] the *world* 環遊世界/He is one of the best pianists in the *world*. 他是世界上最優秀的鋼琴家之一/That writer is famous all over the *world*. 那位作家聞名全世界/The *world* is getting smaller every year. 每年世界都變得越來越小.
|同|world 比 earth 更強烈地指「人類活動場所」.
(**b**)《形容詞性》世界的, 世界級的. a *world* figure 世界級的名人/*world* affairs 世界性的事務.
2 (常 the World)(加修飾語)…世界. the western *world* 西方世界/the New *World*, the Third *World* (→見 New World, Third World).
3 【似地球的世界】天體. other *worlds* than ours 地球以外的天體.
4 【住在世界上的人】(加 the)人類, 地球上的人. All the *world* mourned the death of the president. 全世界的人們都哀悼那位總統的去世.
5 【廣大(的世界)＞大量】(加 a 或 the)多數, 多量,

The trip did my son a [the] *world of* good. 那趟旅行對我兒子有很大的幫助.

〖特定的世界〗 **6** 《加修飾語》…的範圍[領域]; …社會; (動植物等的)界. the *world* of sport 體育界/the business *world* 商業界/the plant *world* 植物界.

7 (作爲生活場所的)世界; (個人所經歷的)世界, 人世. an imaginary *world* 想像的世界/the outside *world* 外界/the *world* of the birds 鳥類的世界/It's a small *world*! 世界真小! 《在意想不到的地方遇見熟人時說的話》.

〖世上〗 **8** (通常加 the)世間, 俗世間; 現世. see the *world* 見見世面/this [the] *world* 今世/the next [other] *world* 來世/How's the *world* going? 景氣如何?

9 【世人】(加 the)世間的人們, 一般大眾. the opinions of the *world* 大眾的意見/The whole *world* is against the man. 全世界的人都與那人爲敵.

àll the wòrld óver = the (whole) world over.

be àll the wórld to... 對〔人〕來說是一切. The lovers *were all the world to* each other. 對情人而言, 彼此就是一切.

bríng...into the [thìs] wórld 生〔孩子〕

còme into the [thìs] wórld 出生.

for (àll) the wórld 無論如何, 絕對, 《與否定詞連用》. Hal wouldn't agree with me on anything *for the world*. 哈爾絕對不會贊成我的.

for àll the wórld like [as if]... 好像…〔仿佛…〕. The whale looked *for all the world like* a huge rock. 那條鯨魚看起來就像是塊巨大的岩石.

*__in the wòrld__ (1)世界上. the highest mountain *in the world* 世界上最高的山.
(2)《強調疑問詞》究竟. How *in the world* did you get this rare book? 你到底是如何將這珍藏本弄到手的?/Who *in the world* broke the vase? 究竟是誰打破花瓶?
(3)《強調否定詞》絕對, 絕不. No one *in the world* would say so. 絕對沒有人會那麼說的.

on tòp of the wórld → top¹ 的片語.

out of thìs [the] wórld 《口》的確好極了. Your blouse is *out of this world*. 你的襯衫漂亮極了.

the (whòle) wòrld óver 在全世界(各地).

thìnk the wórld of... 給予…最高的評價; 熱愛….

wòrlds apárt 《口》(想法等)天差地別.

wòrld without énd 永遠地, 永恆地, 《用於祈禱》.

Wòrld Bánk *n.* (加 the)世界銀行《聯合國的機構之一; 正式名稱爲 the International Bank for Reconstruction and Development (國際復興開發銀行)》.

world-class [`wɜ˞ld`klæs; ˌwɜ:ld'klɑ:s] *adj.* 世界級[一流]的, 世界性的.

Wòrld Cúp *n.* (加 the)世界盃, (各種運動的)世界盃錦標賽; 世界盃賽獎杯.

world-fa·mous [`wɜ˞ld`feməs;

ˌwɜ:ld'feməs] *adj.* 世界著名的.

Wòrld Héalth Organizàtion *n.* (加 the)世界衛生組織(略作 WHO).

world·li·ness [`wɜ˞ldlɪnɪs; 'wɜ:ldlɪnɪs] *n.* [U] 世俗, 凡俗; 世故.

*__world·ly__ [`wɜ˞ldlɪ; 'wɜ:ldlɪ] *adj.* (**-li·er; -li·est**)
1 現世的; 世間的; 世俗的. *worldly* affairs 世間俗事/*worldly* people 凡夫俗子.
2 有處世才能的, 世故的. *worldly* wisdom 處世的智慧.

world·ly-wise [`wɜ˞ldlɪ`waɪz; ˌwɜ:ldlɪ'waɪz] *adj.* 善於處世的, 世故的.

wòrld pówer *n.* [C] (政治, 經濟等上的)世界強國.

Wòrld Séries *n.* (加 the)《作單數》(棒球)世界大賽(美國兩大聯盟(American League 和 National League)優勝隊伍之間舉行的冠軍賽).

*__wòrld wár__ *n.* [C] 世界大戰. We don't want another *world war*. 我們不要另一次世界大戰.

Wòrld Wàr I [-`wʌn; -'wʌn] *n.* 第一次世界大戰(1914-18) (the Fìrst Wòrld Wár 《主英》).

Wòrld Wàr II [-`tu; -'tu:] *n.* 第二次世界大戰(1939-45) (the Sècond Wòrld Wár 《主英》).

world-wea·ry [ˌwɜ˞ld`wɪrɪ, -`wɪrɪ; ˌwɜ:ld'wɪərɪ] *adj.* 厭世的.

*__world·wide__ [`wɜ˞ld`waɪd; 'wɜ:ldwaɪd] *adj.* 遍及全世界的; 世界性的. enjoy a *worldwide* reputation 享譽全世界/The problem of environmental pollution is *worldwide*. 環境污染的問題是全球性的.
— *adv.* 遍及全世界地. The fashion spread *worldwide*. 這種時尚遍及全世界.

*__worm__ [wɜ˞m; wɜ:m] (★注意發音) *n.* (*pl.* ~s [~z; ~z]) [C] ★ **1** (a)蟲(蚯蚓, 水蛭, 毛毛蟲等). Even a *worm* will turn. 《諺》匹夫不可奪其志《即使蟲也會反擊》/an intestinal *worm* 腸內的寄生蟲.
(b)《構成複合字》…的幼蟲, …蟲. an earthworm 蚯蚓/a glowworm 螢火蟲.

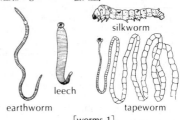

silkworm

leech

earthworm   tapeworm

[worms 1]

2 螻蟻之輩, 討厭[可憐]的人.
3 《機械》螺桿(螺絲釘等的螺旋部分).
— *vi.* 爬行前進.
— *vt.* **1** 在〔道路〕上徐徐前進. The troops *wormed* their way across the muddy field. 軍隊

緩慢地穿越泥濘的野地.
2 花時間探出〔祕密, 情報等〕(*out of, from*).
Mary tried to *worm* the secret *out of* her husband. 瑪莉設法從她丈夫那兒慢慢套出那個祕密.
wórm onesèlf [*wòrm one's wáy*] *into...* (1)悄悄進入…. (2)巧妙地設計而得到…, Mike *wormed his way into* the job. 麥可耍了一些手段得到這份工作.

worm-eat·en [ˋwɝm͵ɪtn; ˋwɜːm͵iːtn] *adj.*
1 〔家具等〕滿是蟲蛀的. **2** (口)落伍的.
wórm gèar *n.* [C](機械)螺旋齒.
worm·wood [ˋwɝm͵wud; ˋwɜːmwʊd] *n.* [U]
(植物)苦艾(放入 absinthe 的苦味原料).
worm·y [ˋwɝmɪ; ˋwɜːmɪ] *adj.* **1** 蟲蛀的; 滿是蟲的, 爬滿蟲的. **2** 蟲般的, 蟲的.
worn [worn, wɔrn; wɔːn] *v.* wear 的過去分詞.
— *adj.* **1** 〔衣服等〕磨破的, 用舊的. a *worn* shirt 穿舊了的襯衫. **2** 〔人, 表情等〕筋疲力竭的, 憔悴的. Susie looks *worn* today. 蘇西今天看起來很疲倦.
worn-out [ˋwornˋaut, ˋwɔrn-; ˋwɔːnaut] *adj.* **1** 〔衣服, 工具等〕磨破的, 用舊的. **2** 〔言語, 表達方式等〕迂腐的, 落伍的. **3** 〔敘述〕〔人〕筋疲力竭的, 憔悴的.
wor·ried [ˋwɝɪd; ˋwʌrɪd] *v.* worry 的過去式、過去分詞. — *adj.* 顯得擔心的; 擔心的, 煩惱的, (*about*). She has a *worried* look. 她滿臉憂容/I'm much [very] *worried about* your health. 我非常擔心你的健康.
wor·ries [ˋwɝɪz; ˋwʌrɪz] *v.* worry 的第三人稱、單數、現在式. — *n.* worry 的複數.
wor·ri·some [ˋwɝɪsəm; ˋwʌrɪsəm] *adj.* **1** 〔事物〕令人掛念的, 令人擔心的; 麻煩的. **2** 〔人〕容易擔心的, 想不開的.

‡**wor·ry** [ˋwɝɪ; ˋwʌrɪ] *v.* (**-ries; -ried; ~ing**) *vi.* 擔心, 發愁, (*about, over*). You *worry* too much. 你太過擔心了/Don't *worry*. 別擔心/There is nothing to *worry about*. 沒有甚麼好擔心的.
— *vt.* **1** (**a**)使〔人〕擔心, 使不安, (*about, over*). Don't *worry* yourself too much *about* your health. 別太擔心你自己的健康狀況/What is *worrying* you? 甚麼事情使你擔心呢?/It *worries* me that Mary has not returned yet. 瑪莉還沒有回來使我非常的擔心.
(**b**)(用be worried)擔心(*that* 子句). I *was worried that* you might not come. 我還擔心你可能不會來呢.
(**c**) 句型5 (worry **A** **B**)因為擔心而從 A 變成 B 的狀態. *worry* oneself sick 擔心致病.
2 句型3 (worry *that* 子句 / *wh* 子句)擔心…. We *worried that* we would get lost in the forest. 我們擔心會在森林裡迷路.
3 使〔人〕煩惱, 使痛苦, 使著急, (*with*). The noise of the traffic *worried* my grandmother. 車

輛的噪音使我祖母覺得苦惱/Don't *worry* me *with* such trivial matters. 別拿這種芝麻小事來煩我.
4 央求〔人〕(*for*); 句型5 (worry **A** *to* do)央求 A 做…. Polly *worried* me *for* [*to give her*] a birthday present. 波莉央求我(給她)一份生日禮物.
5 〔狗等〕撕咬.
wòrry alóng [*thróugh*] (口)辛苦地進行.
wòrry at... (1)為解決〔問題等〕而不斷地努力. (2)央求〔某人〕(*to* do).
wòrry/.../óut 費力地解開〔問題等〕.
— *n.* (*pl.* **-ries**) **1** [U]擔心, 操心. You've caused us a lot of *worry*. 你讓我們好擔心.
2 [C](通常worries)令人擔心的事〔人〕; 擔心的原因. Try to forget your *worries* and relax. 試著忘記你的煩惱, 輕鬆一下吧!/My son is a *worry* to me. 我兒子讓我操心/money *worries* 金錢的煩惱.

‡**worse** [wɝs; wɜːs] *adj.* (bad, ill的比較級 ↔ better) **1** (原級 bad)比較壞的, 較差的. This man is *worse* than a murderer. 這個人比殺人犯更壞/Things are getting *worse* and *worse*. 事態正日益惡化/*Worse* weather was expected. 預測天氣將更惡劣/Such books are *worse* than useless. 這樣的書比沒有用處還糟糕(是有害的).
2 (原級 ill)〔敘述〕〔心情, 疾病〕惡化的, 更壞的. I feel *worse* than yesterday. 我覺得比昨天更不舒服/The patient looks a little *worse* today. 那個病人今天看來有些惡化/The patient is no *worse* than he was yesterday. 病人的情況(雖然不好但)與昨天差不多/I'm glad the wound was no *worse*. 我很高興傷口不再惡化了.
be the wòrse for wéar → wear 的片語.
còuld be wórse 有可能變得更糟.
nòne the wórse for... 儘管…依然一樣(→ *adv.* 同形的片語). The girl was *none the worse for* the traffic accident. 那個女孩儘管遭遇交通事故, 卻毫髮未傷.
＊*whàt is wórse*＝*to màke màtters wórse* (修飾句子)更糟的是. It was getting dark, and *what was worse*, it began to rain heavily. 天色越來越暗, 更糟的是開始下起大雨了.
— *adv.* (badly, ill 的比較級 ↔ better) **1** 更壞地, 更差地. The boy is behaving *worse* than usual. 那個男孩比平常更沒禮貌/We could do *worse* than accept the offer. 我們接受那項建議也無妨(could do worse than... 的直譯為「比起…有可能做出更糟[無意義]的事」).
2 更厲害地. My tooth ached *worse* than before. 我的牙疼比以前更厲害了.
be wòrse óff 更貧乏[不好, 不便](→ be badly off(badly 的片語); ↔ be better off).
nòne the wòrse for... 儘管…(→ *adj.* 同形的片語). Everybody likes Ted *none the worse for* his faults. 儘管泰德有些缺點, 大家還是喜歡他.
— *n.* [U]更壞. There is *worse* to follow. 還有更糟糕的在後頭.
for the wórse 朝更壞的方向(的). I hope the

patient will not take a turn *for the worse*. 我希望那個病人的病情不要逆轉惡化.

gò from bàd to wórse → bad 的片語.

wors·en [ˋwɝsn; ˈwɜːsn] *vt.* 使更壞, 使惡化.
— *vi.* 變得更壞, 惡化.

✲**wor·ship** [ˋwɝʃəp; ˈwɜːʃip] (★注意發音) *n.*
〖 崇敬 〗 **1** ⓤ崇拜, 尊敬; 讚美. hero *worship* 英雄崇拜/the *worship* of money 拜金.

2 ⓤ禮拜, 參拜. a place of *worship* 舉行禮拜的場所/attend *worship* 參加禮拜.

3〖值得尊敬的人〗(英)(*W*orship)閣下〖對於市長, 法官等的尊稱〗. 語法 第二人稱用 your *Worship*, 第三人稱用 his [her] *Worship*.

— *v.* (∼**s** [∼s; ∼s]; (美) ∼**ed**, (英) ∼**ped** [∼t; ∼t]; (美) ∼**ing**, (英) ∼**ping**) *vt.* **1** 崇拜, 尊敬. *worship* 崇拜偶像/Steve *worships* his father. 史提夫崇拜他的父親.

2 禮拜. *worship* the gods 禮拜眾神.

— *vi.* 崇拜; 參加禮拜. Which church do you *worship* at? 你在哪個教堂做禮拜?

wor·ship·er [ˋwɝʃəpɚ; ˈwɜːʃipə(r)] *n.* ⓒ(主美) **1** 崇拜者. **2** 禮拜者, 參拜者.

wor·ship·ful [ˋwɝʃəpfl; ˈwɜːʃipfʊl] *adj.* **1** (英)(尊稱, 限定)(常 the *W*orshipful)可敬的, 尊貴的. the *Worshipful* the Mayor⋯ 可敬的⋯市長大人. **2** 篤信的, 虔誠的.

wor·ship·per [ˋwɝʃəpɚ; ˈwɜːʃipə(r)] *n.* (英)=worshiper.

✲**worst** [wɝst; wɜːst] *adj.* (bad, ill 的最高級; ⟷ best) **1** (原級 bad)最壞的, 最糟的; 最差的. The student was the *worst* in the class. 那個學生是班上最差的/my *worst* enemy 我最大的敵人/This is the *worst* bread I've ever eaten. 這是我吃過最難吃的麵包/The traffic jam here is *worst* between five and six in the afternoon. 這裡的交通在下午五點到六點間是最糟糕的. 語法 限定用法通常不加 the, 敘述用法則多不加 the.

2 (原級 ill)(敘述)(心情, 疾病)最壞的. His allergy is *worst* in spring. 他春天時過敏得最厲害.

— *adv.* (badly, ill 的最高級; ⟷ best)最壞地, 最嚴重地; 最差地. Tom played the guitar *worst* of all. 湯姆吉他彈得最差/Mary suffered *worst*. 瑪莉受害最深.

— *n.* (加 the)最壞; 最壞的狀態; (⟷ best). We should expect the *worst*. 我們應該預期會發生最壞的情況.

at one's wórst 在最惡劣的狀態下.

at* (*the*) *wórst 怎麼壞也, 在最壞的情況(之下). *At worst*, I'll be fined £5. 大不了[頂多]我被罰五英鎊/*At the worst*, the whole world will be destroyed. 最糟的是全世界都將被毀滅.

dò one's wórst 盡量使壞. Let him *do* his *worst*. 讓他盡量使壞好了(沒甚麼大不了的).

gèt* [*hàve*] *the wórst of it (在戰鬥等中)敗北.

if* (*the*) *wòrst còmes to* (*the*) *wórst 如果情況壞到極點.

━━━━━━━━━━━ **worth** 1829

màke the wórst of... 對⋯感到悲觀, 作最壞的打算.

The wórst of it is that... 最壞[困難]的是⋯. *The worst of it is that* my son doesn't want to go to school any more. 最糟的是我兒子不想再上學了.

wor·sted [ˋwʊstɪd; ˈwʊstɪd] (★注意發音) *n.* ⓤ毛紗, 絨線; 毛料(的織品)(源自英國原產地的地名). — *adj.* 毛料的.

✲**worth** [wɝθ; wɜːθ] *adj.* (敘述用法; 以名詞, 動名詞作受詞)〖有價值〗**1**〖有做的價值〗有價值(doing); 值得⋯. New York is a city *worth* visiting. 紐約是個值得遊覽的都市/This case is not *worth inquiring* into. 這個事件不值得調查/This novel is better *worth reading* than most. 這本小說比大部分的小說更值得一讀(語法 只要像本例句一般將 better 置於 worth 之前即可形成比較級的用法, 有時也會使用 more)/It is hardly *worth* the effort. 那不值得費力去做.

2 (a)有⋯的價值, 值⋯的價錢. This suit is *worth* double the price. 這套衣服值這個價錢的兩倍. (b)是⋯的價格, 值多少錢. The book is *worth* $25. 那本書值 25 美元/He was given a post *worth* $100,000 a year. 他獲得一份年薪十萬美元的工作/For some time after the War, one dollar was *worth* 360 yen. 戰後不久, 當時一美元相當於 360 日圓/How much is the watch *worth*? 那隻手錶值多少錢?

3〖擁有有價值的東西〗擁有⋯的財產. The widow is said to be *worth* over five million dollars. 據說那個寡婦擁有超過五百萬美元的財產.

for àll one is wórth (口)竭盡全力, 拚命地. The boy ran *for all* he *was worth*. 那個男孩使盡全力地跑.

for whàt it is wórth 不知真假但姑且聽之. *For what it's worth*, the rumor is that the chairman will resign. 不知道是真是假, 總之謠傳議長將會辭職.

It is wòrth whìle dóing=***It is wòrth whìle to dó*** (花時間)做⋯是值得的. *It is worth while seeing* that movie. =*It is worth while to see* that movie. 花時間看那部電影是值得的(=That movie is *worth seeing*; → *adj.* 1). 語法 此句寫成 That movie is *worth* while *seeing*. 是錯誤的; 另外 It is *worth seeing* that movie. 此一構句從邏輯上來看也是錯誤的, 但實際上常被使用.

It is wòrth a person's whìle to dó 某人(花時間)去⋯是值得的. *It is worth* your *while to* visit the town. 你花時間去參觀那座城鎮是值得的.

wòrth* (*a pèrson's*) *whìle (某人)值得⋯(花時間)的樣子. I don't think the attempt has been *worth* my *while*. 我認為不值得浪費時間費力去做.

— *n.* ⓤ **1** 價值, 價格, (→ value 同). the *worth* of the land 地價/The metal is of little *worth*. 那種金屬沒甚麼價值.

2 (一定金額)那樣的分量. two dollars' *worth* of doughnuts 二美元的甜甜圈.

wor·thi·er [ˈwɜðɪə; ˈwɜːðɪə(r)] *adj.* worthy 的比較級.

wor·thi·est [ˈwɜðɪɪst; ˈwɜːðɪɪst] *adj.* worthy 的最高級.

wor·thi·ly [ˈwɜðɪlɪ; ˈwɜːðɪlɪ] *adv.* 卓越地；相稱地.

wor·thi·ness [ˈwɜðɪnɪs; ˈwɜːðɪnɪs] *n.* U 有價值；卓越，相稱.

*__**worth·less**__ [ˈwɜθlɪs; ˈwɜːθlɪs] *adj.* **1** 無價值的，沒用的. This book is *worthless* to me. 這本書對我毫無價值.

2 (人)一無是處的，品行欠佳的. a *worthless* drunkard 沒用的醉鬼.

worth·less·ly [ˈwɜθlɪslɪ; ˈwɜːθlɪslɪ] *adv.* 無價值地，徒勞地.

worth·less·ness [ˈwɜθlɪsnɪs; ˈwɜːθlɪsnɪs] *n.* U 無價值；無益.

*__**worth·while**__ [ˌwɜθˈhwaɪl; ˌwɜːθˈ(h)waɪl] *adj.* 值得花時間[金錢]的，值得辛苦的. a *worthwhile* project 值得做的計畫/Teaching is a very *worthwhile* career. 教書是個值得投注心血的工作/It is *worthwhile* to get [getting] a regular checkup. 定期接受身體檢查是值得的.

*__**wor·thy**__ [ˈwɜðɪ; ˈwɜːðɪ] *adj.* (**-thi·er, -thi·est**) **1** (限定)(文章)卓越的，可敬的；相稱的，(★有時作為諷刺的意思) a *worthy* student 卓越的學生/a *worthy* prize 合適的獎品.

2 (敘述)適合的，值得的，((*of*; *to* do)). His brave action is *worthy* of a medal. 他勇敢的行為值得頒給勳章/Professor Brown's paper is especially *worthy* of notice. 布朗教授的論文特別值得注意/He is not *worthy* to hold public office. 他不適合擔任公職.

— *n.* (*pl.* **-thies**) C 卓越的人物；(常表詼諧)大人物.

*__**would**__ [強 `wʊd, ˌwʊd, 弱 wəd, əd, d; 強 wʊd, 弱 wəd, əd, d] *aux. v.* (**will** 的過去式；否定的縮寫為 **wouldn't**)

I (直述語氣過去式))

1 (配合從屬子句，間接敍述法中被傳達的部分，或與其相近之上下文中的時態)(**a**)((未來的意志))要做…. I said I *would* try.=I said, "I will try." 我說我會試一下/We promised we *would* not do that again. 我們答應了不會再做那件事/You said you *would* help me. 你說過會幫我.

(**b**)((單純表示未來))將…. No one dreamed that he *would* be elected. 沒有人料到他會當選.

語法 在(英)中與 shall 連用的 shall, 在過去時態的間接敍述法中，當主詞變成第二或第三人稱時會用 would: He said that he *would* be twenty years old soon.=He said, "I shall be twenty years old soon." (他說他不久就二十歲了).

2 (用於獨立句))(**a**)(強烈的意志，固執)無論如何

要做…(★發音為加強的 [ˈwʊd, ˌwʊd; wʊd]). He *would* have his own way. 他要照自己的方式/Sleep *would*n't come, however hard I tried. 無論我怎麼試就是睡不著/The door *would*n't open. 那扇門怎麼也打不開.

(**b**)(重複，習慣)常…(→ used[1] 回). Every now and then an owl *would* call in the distance. 貓頭鷹不時在遠處鳴叫/He *would* come to have a chat with me of an evening. 他晚上常會來找我聊天.

II (假設語氣))

3 (**a**)(用於條件子句；表示主詞的意志)打算做…. You could do that if you *would* (=wanted to). 如果你願意你就可以做/We should [would] be much obliged if you *would* come. 如果你來我們會很感激的.

(**b**)(用於與 I wish 連用的子句中)但願…. I wish the rain *would* stop. 但願雨會停.

4 (用於表結論的子句中)(**a**)大概(做)…；(would have+過去分詞 大概做了…，也許曾…). I *would* help you if I could. 如果我能我就幫你了/If he saw this, he *would* be angry. 他若看見這個恐怕會生氣/Without water, every living thing *would* die. 若沒有水，所有的生物都會死掉/If he had seen it, he *would have* been angry. 要是他看見了，他早就生氣了.

(**b**)(用於沒有條件子句時)大概…，或許. No other man *would* do that! 換成別人是不會忍受這種事情的(★主詞含有「如果換成其他人的話」之類附帶條件的意思)/I *would*n't do that! 我不會做那種事的!(★大致等於 Don't do that!)/"He says you're unkind." "Of course he *would*." 「他說你很不客氣」「他當然會這麼說」/That's just what he *would* say. 那正是他會說的話(★ would 發強音).

5 (假設的意思減弱)(**a**)(委婉的請求、邀請)(用 Would [Wouldn't] you...?)…好嗎?… 如何? *Would* you please give me some more tea? 請斟給我來點茶好嗎?(★因為含有「如果無妨的話…」之意，所以比 Will you please...? 更有禮貌)/*Would* you mind carrying this for me? 請幫我拿著這個好嗎?(★比 Do you mind...? 更有禮貌)/*Would* you like another cup of coffee? 要不要再來一杯咖啡?

(**b**)(推測、委婉)大概…. It *would* be about a mile from here to town. 從這裡到鎮上大概是一英里/How old *would* she be? 她大概多大了?/I think this *would* be cheap at 1,000 yen. 我想這花一千日圓應該算便宜的(★ would be 一定是肯定)/That *would* be in the year 1960. 那大概是在 1960 年(★此處 would be=was perhaps)/I *would*n't know. 我不知道(★ I don't know. 的委婉說法).

I would like to dó → like[1] 4.

would bétter dò (美)=had better do (better 的片語).

would ráther... → rather 的片語.

Wóuld that... 要是…就好了(if only). *Would that* my father were alive! 要是我父親還活著就好了!

would-be [ˋwʊdbi; ˈwʊdːbiː] *adj.* 《限定》自稱…的; 打算成爲…的, 有…意圖的. a *would-be* music critic 自稱爲音樂評論家的人/a *would-be* doctor 想當醫生的人/a *would-be* kindness 自以爲是的親切.

‡**would·n't** [ˋwʊdn̩t; ˈwʊdnt] would not 的縮寫. He said he *wouldn't* go out that day. 他說他那天不會出門/*Wouldn't* you help me if I were in trouble? 如果我有了麻煩你會幫助我嗎?

wouldst [強 ˋwʊdst, ˏwʊdst, 弱 wədst, ədst, dst; 強 wʊdst, 弱 wədst, ədst, dst] *aux. v.* 《古》與主詞 thou 對應之 will 的第二人稱、單數、過去式.

‡**wound¹** [wund; wuːnd] (★注意發音) *n.* (*pl.* ~s [~z; ~z]) C **1** 傷口, 負傷. receive a serious *wound* 受重傷/The *wound* will heal before long. 傷口不久便會痊癒.

┃ 搭配 *adj.*＋wound: a deep ~ (很深的傷口), a fatal ~ (致命傷), a slight ~ (輕傷).

2 損害(感情, 名譽等), 精神創傷. The bribery case was a *wound* to his reputation. 那起賄賂案損害了他的名譽.

òpen òld wóunds 舊傷復發; 揭瘡疤.

— *vt.* (~s [~z; ~z]; ~ed [~ɪd; ~ɪd]; ~ing)
1 弄傷, 使受傷. The explosion *wounded* five persons. 這場爆炸炸傷了五個人/The soldier was *wounded* in the arm. 那名士兵手臂受了傷.

囲 wound 指由子彈, 刀刃等刻意加諸的外傷; 不只用於人及動物, 亦可用於加諸於樹幹等上的傷痕; → injure, hurt.

2 損害, 傷害〔感情, 名譽等〕. Her words *wounded* Jim. 她的話傷害了吉姆.

wound² [waʊnd; waʊnd](★與 wound¹ 的發音不同) *v.* wind² 的過去式、過去分詞.

wound·ed [ˋwundɪd; ˈwuːndɪd] *adj.* **1** 受傷的. the wounded 傷患.
2 〔名譽, 自尊等〕受到傷害的.

wove [wov; wəʊv] *v.* weave 的過去式、過去分詞.

wo·ven [ˋwovən; ˈwəʊvən] *v.* weave 的過去分詞.

wow [waʊ; waʊ] *interj.* 《口》哇, 呀, (表示驚訝, 喜悅等).
— *n.* C (用單數)《俚》大成功.
— *vt.* 《俚》發出哇聲.

wrack [ræk; ræk] *n.* U **1** (沖上海濱的)海草.
2 ＝rack².

wraith [reθ; reɪθ] *n.* C (據說於人臨終前或剛死後所出現的)生魂; (泛指)幽靈(ghost).

wran·gle [ˋræŋgl̩; ˈræŋgl̩] *vi.* 大聲爭吵(*with*); 激烈地爭論(*about, over* 關於…).
— *n.* C 口角, 激烈爭論.

wran·gler [ˋræŋglɚ; ˈræŋglə(r)] *n.* C **1** 吵架〔爭論〕者. **2** 《美》牛仔; 照料騎乘用馬的人.

‡**wrap** [ræp; ræp] *vt.* (~s [~s; ~s]; ~ped [~t; ~t]; ~ping) **1** (a)包, 裹, (*in*). The woman *wrapped* herself *in* a blanket. 那位婦人將自己裹在毯子裡/The box was *wrapped in* brown paper. 盒子用褐色的紙包著. (b)纏住

《*around, round, about*》. *Wrap* a towel *around* [*about*] the baby. 用毛巾將嬰兒裹住/The soldier had a bandage *wrapped round* his arm. 那名士兵的手臂上綁著繃帶.

2 隱藏, 覆蓋, 《*in*…之中》. The entire city was *wrapped in* fog. 整座城市都籠罩在霧中/What happened there is *wrapped in* mystery. 那裡發生的事十分神祕難解.

be wrápped úp in… (1)完全被包在…裡. (2)埋首於…, 熱中於…. *be wrapped up in* thought 陷入沈思之中/Tom *is* completely *wrapped up in* his new job. 湯姆完全投入他的新工作.

* **wráp /…/ úp¹** (1)把…包起來; 隱瞞〔本意等〕, 《*in*》. *wrap up* a book *in* paper 用紙包書. (2)《主口》做完…, 結束…. We can *wrap up* this job in another week. 再一個禮拜我們就能完成這項工作.
wráp úp² 穿上暖和的衣服.
— *n.* **1** U《包食品等用的玻璃紙等》包裝材料.
2 C 《罕》覆蓋(身體)的東西(披肩, 圍巾等).

under wráps 《口》隱藏的, 祕密的. That decision should be kept *under wraps*. 那項決定應該保密.

wrap·per [ˋræpɚ; ˈræpə(r)] *n.* C **1** 包裝紙. **2** (報紙, 雜誌等的)套袋, 封套; 《主英》書的封套, 書套(jacket; → cover 參考). **3** (女用的寬鬆)家居服, 便袍.

wrap·ping [ˋræpɪŋ; ˈræpɪŋ] *n.* UC (通常 wrappings)包裝紙〔布〕.

wrápping pàper *n.* U 包裝紙.

wrath [ræθ; rɒθ] *n.* U《雅》盛怒, 憤慨, (rage).

wrath·ful [ˋræθfəl; ˈrɒθfʊl] *adj.* 《雅》盛怒〔憤慨〕的.

wrath·ful·ly [ˋræθfəlɪ; ˈrɒθfʊlɪ] *adv.* 《雅》盛怒〔憤慨〕地.

wreak [rik; riːk] *vt.* 《雅》施加〔仇恨, 懲罰, 暴力等〕(*on, upon*).

wreath [riθ; riːθ] *n.* (*pl.* ~s [riðz, ·θs; riːðz]) C **1** 花環, 花圈; 花冠. a funeral *wreath* 葬禮的花圈/hang a *wreath* on the door 在門上掛花環. **2** (煙, 霧等的)圈, 繚繞.

wreathe [rið; riːð] *v.* 《文章》*vt.* **1** (像花環般地)裝飾(*with*). The coffin was *wreathed with* flowers. 棺木用鮮花裝飾著.
2 捲起, 使纏繞; 纏上(*in*). Amy *wreathed* her arms around his neck. 艾美將雙臂繞在他的脖子上.
— *vi.* **1** (煙, 霧等)成圓圈地飄動, 繚繞. **2** 纏住(*about, around*).

[wreath 1]

* **wreck** [rɛk; rek] *n.* (*pl.* ~s [~s; ~s]) C **1** 遇難船; (被沖上海濱的)遇難船的殘骸. a sunken

wreck 沈沒的遇難船/The *wreck* of the liner was never found. 那艘輪船的殘骸始終沒找到.

2 ⓒ(口)(毀壞的房子, 交通工具等的)殘骸, (壞的)車等, 破車, the *wreck* of an airplane 飛機殘骸/drive around in an old *wreck* 開著破車到處跑. 我的希望破滅得太快了.

3 ⓤ破壞; 破滅; 挫折. arrest the *wreck* of the countryside 制止對鄉村的破壞/The *wreck* of my hopes came too soon. 我的希望破滅得太快了.

4 ⓒ(口)(健康受損得)不成人形的人; (精神上)如同廢人的人. She's been a complete nervous *wreck* since her husband's death. 自從她丈夫死後她在精神上就形同廢人.

5 ⓤ(雅)船難, 遇難的船.
gò to wréck 壞得亂七八糟.

— *vt.* (~**s** [~s; ~s]; ~**ed** [~t; ~t]; ~**ing**)

1 (常用被動語態)(a)使(船隻)遇難, (因事故)弄壞, 破壞, (車等). The tanker was *wrecked* off the coast. 油輪在沿海遇難了. (b)使(船員等)遇難.

2 破壞, 毀滅, (美)拆除, 解體. The news *wrecked* my dreams. 那則消息粉碎了我的夢想/Helen's health was *wrecked* by overwork. 海倫的健康因工作過度而變差.

wreck·age [`rɛkɪdʒ; 'rekɪdʒ] *n.* ⓤ **1** 遇難船的殘骸; (壞掉的車子, 房子等的)殘骸.

2 (人生, 希望等的)破碎.

wreck·er [`rɛkɚ; 'rekə(r)] *n.* ⓒ **1** 破壞者; (從前以搶奪為目的的)使船失事的海盜. **2** (美)拖吊車(tow truck)(將故障或違規停車的車輛拖走). **3** (主美)(建築物的)拆除業者. **4** (從遇難船上打撈貨物的)救難船(者).

wren [rɛn; ren] *n.* ⓒ (鳥)鷦鷯.

****wrench** [rɛntʃ; rentʃ]
vt. (~**es** [~ɪz; ~ɪz]; ~**ed** [~t; ~t]; ~**ing**)

1 (猛)扭, 擰. 句型5 (wrench A B)把A扭成B的狀態. *wrench* a box open 撬開箱子.

2 扭下, 擰掉, (*from, out of, off*). *wrench* a pole *out of* the ground 從地上拔出柱子/The policeman *wrenched* the pistol *from* the killer's hand. 那個警察扭下了殺人犯手中的手槍.

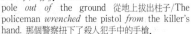
[wren]

3 扭傷, 挫傷. Will *wrenched* his ankle. 威爾扭傷了腳踝.

4 歪曲, 曲解, (事實, 意見等).

— *vi.* 擰轉(*at*).
wrènch/.../óff 扭下, 擰掉…. *wrench* a button *off* 揪下扣子.

— *n.* ⓒ **1** (通常用單數)猛扭; 扭下. open the bottle with one *wrench* 一下就扭開瓶子/Sam gave the doorknob a *wrench*. 山姆將門把用力一扭. **2** 扭傷. **3** (用單數)(離別的)悲痛, 痛苦.

the profound *wrench* of parting 離別的深沈傷痛.

4 (事實, 意義等的)曲解, 歪曲. **5** (美)扳手, 扳鉗, ((英) spanner) (→ tool 圖).

wrest [rɛst; rest] *vt.* **1** 扭下, 揪下, (*from, out of*). He *wrested* a dagger *from* the man. 他從那個男人手中奪下匕首.

2 以暴力取得(勝利, 承認等); 辛苦地把…弄到手, (*from, out of*). *wrest* power *from* the King 從國王手中奪取權力.

3 歪曲, 曲解, (事實, 意義等).

****wres·tle** [`rɛsl; 'resl] (★注意發音) *v.* (~**s** [~z; ~z]; ~**d** [~d; ~d]; **-tling**) *vi.* **1** 摔角, 格鬥, (*with*). *wrestle with* the champion 與冠軍摔角.

2 戰鬥; 致力於; (*with*). *wrestle with* an important problem 全力應付重大問題.

— *vt.* 與…摔角(格鬥); 扭住胳膊按倒. He *wrestled* his attacker to the ground. 他扭住襲擊者的胳膊, 並將他按倒在地.

wres·tler [`rɛslɚ; 'reslə(r)] *n.* ⓒ摔角選手. a sumo *wrestler* 相撲力士.

****wres·tling** [`rɛslɪŋ, `rɛslɪŋ; 'reslɪŋ] *n.* ⓤ摔角; 格鬥. arm *wrestling* 臂力比賽, 比腕力.

wretch [rɛtʃ; retʃ] *n.* ⓒ **1** 可憐的人, 悲慘的人. **2** (謔)壞蛋, 無賴.

****wretch·ed** [`rɛtʃɪd; 'retʃɪd] (★注意發音) *adj.* (~**er**, **more** ~; ~**est**, **most** ~) **1** 可憐的, 悲慘的, 不幸的. The family lived a *wretched* life during the war. 那個家庭在戰爭期間過著悲慘的生活/The illness made Susie feel *wretched*. 病痛使蘇西感到悲慘.

2 不好的, 劣質的, 粗糙的. a *wretched* hut 小破屋/a *wretched* meal 不好的飯菜.

3 (口)(限定)討厭的, 令人不愉快的. *wretched* weather 討厭的天氣/We had a *wretched* time at the party. 我們在宴會上不甚愉快.

wretch·ed·ly [`rɛtʃɪdlɪ; 'retʃɪdlɪ] *adv.* 悲慘地.

wretch·ed·ness [`rɛtʃɪdnɪs; 'retʃɪdnɪs] *n.* ⓤ 悽慘, 悲慘; 卑劣.

wrig·gle [`rɪgl; 'rɪgl] *vi.* **1** 蠕動, 打滾; 扭身前進, 蜿蜒而行. The girl was *wriggling* in her seat. 那個女孩在椅子上扭來扭去/The snake *wriggled* along the road. 蛇蜿蜒地沿著路爬.

2 (口)設法(欺騙以)逃避(*out of*). He *wriggled* out of the trouble. 他設法擺脫了麻煩.

— *vt.* 扭動(身體的一部分); 蠕動; 扭身前進. Sally *wriggled* her hips while she danced. 莎莉跳舞時扭動臀部/The worm *wriggled* its way across the road. 那條蟲爬過樹葉.

— *n.* ⓒ蠕動, 扭動.

Wright [raɪt; raɪt] *n.* **1** Or·ville [`ɔrvɪl; 'ɔːvɪl] ~ 萊特(1871-1948)((1903年成功完成世界首次動力飛行的美國人; 萊特兄弟(Wright brothers)中的弟弟). **2** Wil·bur [`wɪlbɚ; 'wɪlbə(r)] ~ 萊特(1867-1912)((萊特兄弟中的哥哥).

****wring** [rɪŋ; rɪŋ] *vt.* (~**s** [~z; ~z]; **wrung**; ~**ing**) 【 絞擰 】 **1** 絞, 擰, (含有水分之物)(*out*); 句型5 (wring A B)把A絞成B. *wring* (*out*) a wet towel 擰濕毛巾/*wring* the wet clothes dry

把濕衣服擰乾.

2 榨出[液體]《out》. *wring* juice from an orange 榨柳橙汁.

3 榨取[金錢等]; 獲得[同意, 回應等], 《from, out of》. Tom has been *wringing* money *from* his uncle for years. 湯姆從他叔叔那裡榨錢已經有幾年了/*wring* the truth *out of* the accused 逼使被告供出真相.

【緊握[勒]】 **4** 緊握[手等]; 猛扭, 扭斷, 〔脖子等〕. The girl *wrung* her hands in fear. 那個女孩害怕得緊握雙手/I *wrung* the chicken's neck and cooked it for dinner. 我扭斷了那隻雞的脖子並將牠煮成晚餐.

5 使[心]糾結, 使痛苦. It *wrung* Kate's tender heart to see the boy so troubled. 看到那個男孩那麼煩惱令凱特溫柔的心感到糾結.

wringing wét (可擰出水般地)濕透.

— *n.* C 絞, 擰. give the wet shirt a *wring* 把濕襯衫擰一下.

wring·er [ˋrɪŋɚ; ˈrɪŋə(r)] *n.* C **1** 擰的人.
2 (舊式洗衣機裡所配備的手動)絞乾機.

*****wrin·kle** [ˋrɪŋk!; ˈrɪŋkl] *n.* (*pl.* ~**s** [~z; ~z]) C **1** (皮膚, 布等的)皺紋, 皺摺. the *wrinkles* in the old man's brow 那個老人額頭上的皺紋/She ironed out the *wrinkles* in the skirt. 她燙平了裙子上的皺摺.

— *v.* (~**s** [~z; ~z]; ~**d** [~d; ~d]; **-kling**) *vt.* 使起皺紋《up》. *wrinkle up* one's forehead 皺起額頭/Age *wrinkled* her face. 歲月刻劃在她的臉上.

— *vi.* 起皺紋. This shirt never *wrinkles*. 這件襯衫完全不會起皺.

wrin·kly [ˋrɪŋklɪ; ˈrɪŋklɪ] *adj.* 有皺紋的; 易起皺紋的.

‡wrist [rɪst; rɪst] *n.* (*pl.* ~**s** [~s; ~s]) C 手腕 (→ arm¹ 圖); (衣袖等的)手腕部分. Susan sprained her *wrist* playing tennis. 蘇珊打網球扭傷了手腕/The policeman caught Jim by the *wrist*. 那個警察抓住了吉姆的手腕.

wrist·band [ˋrɪst͵bænd, ˋrɪzbənd; ˈrɪstbænd] *n.* C **1** (襯衫的)袖口. **2** (手錶等的)腕帶.

wrist·let [ˋrɪstlɪt, ˋrɪslɪt; ˈrɪstlɪt] *n.* C 手鐲 (bracelet); 金屬錶帶.

wrist·watch [ˋrɪst͵watʃ; ˈrɪstwɒtʃ] *n.* C 手錶.

writ [rɪt; rɪt] *n.* C《法律》傳票.

‡‡‡write [raɪt; raɪt] *v.* (~**s** [~s; ~s]; **wrote**; **writ·ten**; **writ·ing**) *vt.* 【書寫】 **1** 寫, 書寫, (用打字機等)打出…, *write* a letter 書寫字母, 寫信/*write* ten pages 寫十頁/Please write your name and address. 請寫下你的名字和住址/She *writes* English very well. 她的英文寫得很好.

【寫下傳達】 **2** (a) 句型4 (write A B)〔主〕 句型3 (write B *to* A)寫B(信等)給A; 《主美》句型4 (write A *that* 子句/A *wh* 子句, 片語)寫信告訴A…. *Write* us a letter as soon as you reach Chicago. 你一到芝加哥就寫信給我們/Jimmy *writes* a letter to me every month. 吉米每個月寫一封信給我/Tom *wrote* me (to say) *that* he would not attend the party. 湯姆寫信告

訴我他不參加那個宴會. (b)《美》句型5 (write A *to* do)寫信要A做…. Mother *wrote* me *to* come home at once. 母親寫信給我要我立刻回家. (c) 句型3 (write *that* 子句)寫信告知…;《美、口》寫信給[人](→ *vi.* 語法). My uncle *wrote* that he had sent me a new dictionary. 我叔叔寫信說他已經寄了一本新辭典給我/I'll *write* you when I find a job for you. 我幫你找到工作時會寫信告訴你的. (d) 句型3 (write *that* 子句)(書籍等中)寫著, 說道. Carlyle *writes that* the true university is a collection of books. 卡萊爾寫道真正的大學乃圖書之集成.

3 (電腦)寫入, 儲存, [資料等].

【寫作】 **4** 寫, 著述, [小說等]; 創作[音樂], 作曲; 制定[法律文件等]; 填寫[文件等]《out》. a play *written* by Shaw 蕭所寫的一部戲劇/That composer *wrote* three sonatas. 那位作曲家寫了三首奏鳴曲/He has already *written* his will. 他已經立好了遺囑/*write* (*out*) a check [prescription] 簽支票[開處方] (→ write/.../out (3)).

5【像書寫般地表示】(用 be written)〔感情等〕明確地表露. Sadness *was written* on the faces of the people. 人們的臉上清楚地顯露出悲傷.

— *vi.* 【寫】 **1** 寫, 寫字; (加副詞(片語))〔人〕寫(得…), [鋼筆等]可寫(成…). Jim couldn't read or write. 吉姆不會讀寫/Write in ink, not in pencil. 用墨水寫, 不要用鉛筆/*write* about Italy 撰寫有關義大利的東西/*write* poorly 字[文章]寫得很差/This pen *writes* beautifully. 這支鋼筆寫的字很好看.

2 (a)寫信《to》 (語法) 在《口》中或《美》則省略介系詞至而變成 *vt.* 2 (c)). Nancy *writes* to her mother every week. 南西每週寫信給她母親/*Write to* me in more detail about your plans for the vacation. 寫信更詳細地告訴我你假期的計畫/Susie rarely *writes* home. 蘇西很少寫信回家. (b)寫信《*to* do, do*ing*》. She *wrote asking* her father to send her some money. 她寫信要父親寄錢給她.

3【寫東西】著述, 寫作. The novelist began *writing* at the age of thirty. 這位小說家 30 歲開始寫作/He *writes* for the magazines and newspapers on gardening. 他在雜誌和報紙上撰寫有關園藝的文章.

write awáy=write off¹.

write báck 回信, 書寫回應. Bill *wrote back* to accept my invitation. 比爾回信接受我的邀請.

write/.../dówn (1)寫下…, 記錄…; 記述…《as》. *write down* the number of the car 記下那輛車的車號/The policeman *wrote down* what the witness said. 警察記下目擊者所說的話/Greene *wrote* himself *down as* a Catholic. 格林以天主教徒的身份著世. (2)(在紙上)毀謗…, 貶低…, (↔ write

/.../up(1)〕.

wríte for... (1)寫信請求〔訂購〕…. *write* (away) *for* the application form 寫信索取申請書. (2)投稿給〔報紙, 雜誌等〕.

***wríte/.../ín**[1] (1)寫入…, 填入. *write in* a few examples 填入幾個例子.
(2)《美》填入〔選票上未列入候選人名單的人〕的名字後投票.

wríte ín[2] (1)郵購《for》. *write in for* tickets ahead of time 事先郵購票券. (2)提出書面意見, 投書, 《to 報社等》).

wríte óff[1] 寫信要求〔訂購〕《for》.

wríte.../óff[2] (1)流利地書寫〔文章, 信件等〕. (2)勾銷〔負債等〕. (3)視為《as 失敗, 廢物》). The enterprise was *written off as* a tax loss. 那項事業被認為是浪費國家稅收. (4)《口》〔車等〕報廢.

wríte/.../óut (1)將…全部寫好. (2)將…謄清. The text of his speech had been *written out* by hand. 他演講的原文已經全部謄寫好了. (3)開〔支票, 收據等〕. He *wrote out* a cheque for £2,000. 他開了一張兩千英鎊的支票.

wríte/.../úp (1)撰文讚揚〔商品, 戲劇 等〕(◆ write/.../down(2)〕. The play was *written up* in the local newspaper. 那齣戲在當地報紙上被人撰文讚揚. (2)將〔備忘錄等〕重新詳細書寫. I *wrote up* the paper from my lecture notes. 我以上課筆記為藍本詳細撰寫這篇報告.

●──動詞變化 **write** 型
　　　　　([X; X]為原形的字尾子音)

[aiX; aiX]		[oX; əʊX]		[ɪXn; ɪXn]	
drive	駕駛	drove		driven	
ride	騎	rode		ridden	
rise	升起	rose		risen	
write	寫	wrote		written	

---

wríte-ìn[ˈraɪtˌɪn; ˈraɪtɪn] *n.* ⓒ《美》選舉人在選票上自行填入候選人的投票.

write-off[ˈraɪtˌɒf; ˈraɪtɒf] *n.* (*pl.* ~s) ⓒ
1 (帳本的)勾銷, 銷帳.
2 《口》(嚴重損壞而)報廢的車子〔飛機〕.

***wrít·er**[ˈraɪtɚ; ˈraɪtə(r)] *n.* (*pl.* ~s [~z; ~z]) ⓒ **1** 寫的人, 書寫者;《英》(政府機關, 海軍等的)書記.
2 作家; 著者, 作者. a famous *writer* 著名的作家/I know the *writer* of this book. 我認識這本書的作者/the present *writer* 〔論文等的書寫者指自己〕筆者(作第三人稱).

wríter's crámp *n.* ⓤ《醫學》書寫痙攣, 指痙攣.

write-up[ˈraɪtˌʌp; ˈraɪtʌp] *n.* ⓒ《口》(對商品, 戲劇等的)評論, (善意的)報導.

writhe[raɪð; raɪð] *vi.* **1** (因劇痛等)扭動身體, 翻滾. The boy *writhed* in pain. 那個男孩痛得直打滾. **2** 苦惱.

***writ·ing**[ˈraɪtɪŋ; ˈraɪtɪŋ] *v.* write 的現在分詞、動名詞.

── *n.* (*pl.* ~s [~z; ~z]) **1** ⓤ書寫, 執筆; 著述; 著述業. at〔as〕this *writing* 行文至此/I tried to make a living by *writing*. 我嘗試以寫作維生.

2 ⓤ文章; 文書; ⓒ(主 writings)(戲曲, 小說等的)作品(集). a fine piece of *writing* 出色的文章/There was some *writing* on the wall. 牆上寫了些東西/Answer my questions in *writing*, please. 請以書面回答我的問題/the *writings* of Mark Twain 馬克吐溫的作品集.

3 ⓤ筆跡(handwriting), 字體; 書法; 文體. It's difficult to read his *writing*. 他的筆跡難以辨認/informal *writing* 非正式的寫法〔文體〕.

wríting dèsk *n.* ⓒ寫字檯.

wríting ìnk *n.* ⓤ(非印刷用)書寫用墨水.

wríting matèrials *n.* 《作複數》書寫用具(鋼筆, 鉛筆, 墨水等).

wríting pàd *n.* ⓒ信紙簿.

wríting pàper *n.* ⓤ稿紙, 信紙.

***writ·ten**[ˈrɪtn; ˈrɪtn] *v.* write 的過去分詞.
── *adj.* 被寫的, 書寫的; 成文的; (◆ verbal). a *written* examination 筆試/a *written* agreement 書面協定/*written* language 文字, 書面用語. (◆ spoken language).

***wrong**[rɔŋ; rɒŋ] *adj.* (**more** ~; **most** ~)
【不對的】 **1** 《敘述》不正當的, 不好的, (◆ right). Stealing is *wrong*. 偷竊是不對的/It is *wrong* to tell a lie. 說謊是不好的/It was *wrong* of you〔You were *wrong*〕to have doubted Jim. 你懷疑吉姆是不對的.

2 【不正常】《敘述》情況不好的, 狀況不佳的, 故障的. There's something *wrong* with my car. 我的車子有點問題/What's *wrong* with you? 你怎麼了?

3 【方向錯誤的】反面的, 反的, 相反的, (◆right). The box is *wrong* side up. 那隻箱子放反了/Jimmy put on his sweater *wrong* side out. 吉米把毛衣穿反了.

【沒算準的】 **4** 錯的, 錯誤的, (◆ right, correct). He gave a *wrong* answer to the question. 那個問題他答錯了/It's *wrong* that we live separately like this. 我們這樣分開居住是錯誤的/the *wrong* way to deal with women 對待女性的錯誤方式/I guess I was *wrong* about it. 關於那件事我想錯了/dial the *wrong* number 撥錯號碼/The police arrested the *wrong* man. 警方抓錯人了/take the *wrong* train 搭錯火車.

5 不適當的, 不適合的, (◆ right). This is the *wrong* place to park a car. 這裡不是停車的地方/She wore the *wrong* clothes for the occasion. 她穿了不適合那場合的衣服.

gèt (hóld of) the wròng énd of the stíck → stick[1] 的片語.

gèt on the wròng síde of... 破壞〔人〕的心情, 被〔人〕討厭.

get òut of béd on the wròng síde → bed 的片

語.

on the wròng síde of... 過了…歲(↔ on the right side of).

— n. (pl. ~s [~z; ~z]) **1** Ⓤ邪惡, 不正; 邪路; (↔ right). Jim doesn't yet know the difference between right and *wrong*. 吉姆還不懂得分辨是非/They did *wrong* to hide the truth from us. 他們對我們隱瞞真相是不對的.

2 Ⓒ《文章》惡行, 壞事, 不當行爲; 過失. Two *wrongs* do not make a right. (諺)兩害相兼不能成其善(以惡制惡並不能解決事情).

* *dò a pèrson wróng = dò wróng to a pèrson* (1)待某人不公, 虐待. (2)誤解某人(爲壞人).

* *in the wróng* 壞的; 錯誤的; 不正當的. I was *in the wrong* that time. 那次是我錯.

— adv. **1** 錯誤地, 錯地. Bill answered *wrong*. 比爾答錯了/You must have read it *wrong*. 你一定是讀錯了.

2 不公正地, 不當地. They treated us *wrong*. 他們待我們不公.

gèt...wróng 《口》誤解, 誤會, 〔人的話等〕. Don't *get me wrong*—I'm not blaming you. 別誤會我, 我不是在責怪你.

gò wróng (1)誤入歧途, 墮落; 弄錯方向. The young unemployed are likely to *go wrong*. 年輕的失業者容易誤入歧途.

(2)失敗, 糟糕. Everything *went wrong* with him after the divorce. 他離婚之後諸事不順.

(3)〔機器等〕情況異常. This clock has *gone wrong* again. 這個時鐘又出毛病了.

— vt. 《文章》**1** 不公正地對待, 虐待, 〔人〕. We should try to forgive those who have *wronged* us. 我們應該試著去原諒那些過去對我們不好的人.

2 誤看, 侮辱〔人〕. You *wrong* me by believing such rumors. 你相信那樣的謠言就錯看我了.

wrong·do·er [`rɔŋ`duɚ; ˌrɒŋ'dʊə(r)] n. Ⓒ 做壞事的人, 犯罪者, 壞人.

wrong·do·ing [`rɔŋ`duɪŋ; ˌrɒŋ'duːɪŋ] n. Ⓤ 做壞事, ⓊⒸ壞事, 犯罪; 惡行.

wrong·ful [`rɔŋfəl; 'rɒŋfʊl] adj. 《文章》**1** 不當的, 不公正的.

2 不法的.

wrong·ful·ly [`rɔŋfəlɪ; 'rɒŋfʊlɪ] adv. 《文章》不當地, 不公正地; 不法地.

wrong·head·ed [`rɔŋ`hɛdɪd; ˌrɒŋ'hedɪd] adj. 〔人〕不懂道理的, 頑固的; 〔想法等〕錯誤的.

* **wrong·ly** [`rɔŋlɪ; 'rɒŋlɪ] adv. **1** 不當地, 不公正地; 錯地, 錯誤地; (語法通常用於過去分詞、動詞之前). That woman has *wrongly* accused me. 那位婦人錯告了我/a *wrongly* addressed letter 寫錯地址的信.

2 有誤地. He *wrongly* took me for a teacher. 他誤以爲我是老師.

wrote [rot; rəʊt] v. write 的過去式.

wrought iron [`rɔt`aɪən; ˌrɔːt'aɪən] n. Ⓤ 鍛鐵.

wrought-up [`rɔt`ʌp; ˌrɔːt'ʌp] adj. 非常興奮的, 急躁的.

wrung [rʌŋ; rʌŋ] v. wring的過去式、過去分詞.

wry [raɪ; raɪ] adj. 扭曲的〔臉, 表情等〕; 乖戾的; 諷刺的. a *wry* grin 苦笑/*wry* wit 整人[損人, 傷人]的小聰明.

wry·ly [`raɪlɪ; 'raɪlɪ] adv. 扭曲地; 諷刺地.

wt. (略) weight.

WV, W.Va. (略) West Virginia.

WY, Wy., Wyo. (略) Wyoming.

wych hazel [`wɪtʃˌhɛzl; 'wɪtʃheɪzl] n. = witch hazel.

Wy·o·ming [waɪ`omɪŋ; ˌwaɪəmɪŋ; waɪ'əʊmɪŋ] n. 懷俄明州(美國西北部的州; 首府 Cheyenne; 略作 WY, Wy., Wyo.).

X x 𝒳𝓍

X, x [ɛks; eks] *n.* (*pl.* **X's, Xs, x's** [ˋɛksɪz; 'eksɪz]) **1** [UC]英文字母的第二十四個字母.
2 [C](用大寫字母)X字形物; X [x](代替文盲的簽名, 選票等上的選擇記號, 地圖等的特定地點, 或者用來當成接吻的符號).
3 [U](羅馬數字的)10, *XX*IV=24.
4 [C](數學)未知數的符號(通常作 *x*(用小寫字母斜體)); 不知道的人[東西].

X [ɛks; eks] *n.* [C](美)(電影)適合成年(未成年不能入場; 在(英)1983年廢止, 以 18 代替).

Xa·vi·er [ˋzævɪə, ˋzev-, -jə; ˋzævɪə(r)] *n.* **Francis** ~ 沙勿略(1506-52)(耶穌會的西班牙傳教士; 於 1549 年首度將基督教傳到日本).

X̃ chrómosome *n.* [C](生物)X 染色體(性染色體之一).

xe·non [ˋzinən; 'ziːnɒn] *n.* [U](化學)氙(稀有氣體元素; 符號 Xe).

xen·o·pho·bi·a [͵zɛnəˋfobɪə, -bjə; ͵zenəˋfəʊbjə] *n.* [U](極端)厭惡外國人, 恐外症.

xen·o·pho·bic [͵zɛnəˋfobɪk; ͵zenəˋfəʊbɪk] *adj.* (極端)厭惡外國人的, 恐外症的.

Xe·rox [ˋzɪrɑks; 'zɪərɒks] *n.* (*pl.* ~**es** [~ɪz; ~ɪz]) [UC](常 *xerox*)全錄(一種乾式影印機, 或指此種影印方法; 商標名); [C]影印件. *A xerox* won't do: we need the original document. 影印本不可以, 我們要正本.
— *vt.* (*xerox*)影印. *xerox* a letter 影印一封信.

*✱**Xmas** [ˋkrɪsməs; 'krɪsməs] *n.* (口)聖誕節(Christmas). Big *Xmas* Sale! 聖誕節大拍賣! [注意]加省略符號(')而寫成 X'mas 是錯誤的.

X-rat·ed [ˋɛks͵retɪd; 'eks͵reɪtɪd] *adj.* (美)(電影)成人級的.

X-ray [ˋɛksˋre; ͵eksˋreɪ] *n.* (*pl.* ~**s**) [C] **1** (通常 X-rays)X 射線, X 光線, (Roentgen rays): an *X-ray* technician X 光技師.
2 X 光照片. take an *X-ray* 照 X 光片/The doctor examined my chest *X-rays*. 醫生檢查了我胸部的 X 光片.
3 X 光檢查.
— *vt.* (~**s**; ~**ed**; ~**ing**)用 X 光檢查[治療]; 拍的 X 光照片. They *X-rayed* my shoulder. 他們拍了我肩膀的 X 光片.

xy·lo·phone [ˋzaɪlə͵fon, ˋzɪl-; 'zaɪləfəʊn] *n.* [C]木琴(→ percussion instrument 圖, glockenspiel).

Y y 𝒴𝓎

Y, y [waɪ; waɪ] *n.* (*pl.* **Y's, Ys, y's** [~z; ~z]) **1** [UC]英文字母的第二十五個字母.
2 [C](用大寫字母)Y 字形物.
3 [C](數學)未知數的符號(通常作 *y*(用小寫字母斜體)).

Ɏ, Y (略) yen.

y. (略) yard(s); year(s).

-y¹ *suf.* 加在名詞之後構成下面意思的形容詞.
1「全是…的, 充滿…的; 有…的傾向的」之意. greas*y*. dirt*y*. sleep*y*.
2「…一般的; 有…的性質的」之意. flower*y*. ic*y*.

-y² *suf.* 加在動詞或形容詞之後構成名詞. inquir*y*. delivery. jealous*y*.

-y³, -ie *suf.* 加在名詞之後增添「親愛」的意思(★特用於表示孩子的字或孩子使用的字). Johnn*y*. dadd*y*. aunt*ie*. bird*ie*.

*✱**yacht** [jɑt; jɒt] *n.* (*pl.* ~**s** [~s; ~s]) [C] **1** 帆船(體育或比賽用的輕快的帆船). *yacht* racing 帆船比賽.
2 (休閒用的)遊艇, 快艇, (常裝有引擎; 特指有錢人擁有的豪華的船, 亦有相當大型者). That actor has a large *yacht*. 那位演員擁有一艘大型遊艇.
— *vi.* 乘遊艇; 用遊艇航海[揚帆行駛]; 駕帆船比

賽. go *yachting* 駕遊艇出遊.

[yacht 2]

yacht·ing [ˋjɑtɪŋ; ˋjɒtɪŋ] *n.* Ⓤ 駕遊艇(術)；玩遊艇；乘遊艇航海.

yachts·man [ˋjɑtsmən; ˋjɒtsmən] *n.* (*pl.* **-men** [-mən; -mən]) Ⓒ 駕遊艇的人；遊艇主人.

yachts·wom·an [ˋjɑts͵wumən, -͵wumən; ˋjɒts͵wumən] *n.* (*pl.* **-wom·en** [-͵wɪmɪn, -ən; -͵wɪmɪn]) Ⓒ 女性之遊艇駕駛者[所有者].

yah[1] [jɑ; jɑː] *interj.* 唷! 呀!《表示不快、嘲笑、挑戰等》.

yah[2] [jɑ; jɑː] *adv.* 《美、口》= yes.

Ya·hoo [ˋjɑhu, ˋjehu, jɑˋhu; jɑˈhuː] *n.* (*pl.* ~**s**) Ⓒ 雅虎《Swift 的小說 *Gulliver's Travels* 中的人形獸》.

Yah·veh, Yah·weh [ˋjɑve; ˈjɑːveɪ], [-͵we, -weɪ] *n.* 雅赫維《舊約聖經中的上帝；Jehovah(耶和華)的別名》.

yak [jæk; jæk] *n.* Ⓒ 犛牛《原產於中亞的長毛牛；在西藏等地飼養》.

Yale University [ˋjel͵junəˋvɝsətɪ, -ˋvɝ-; ˌjeɪlˌjuːnɪˈvɜːsətɪ] *n.* 耶魯大學《位於美國 Connecticut, New Haven 的私立大學；1701 年創立》.

[yak]

yam [jæm; jæm] *n.* Ⓒ **1** 自然薯《產於熱帶之薯芋屬植物的總稱；或其可食用的塊莖》. **2** 《美》一種甜薯(sweet potato).

yam·mer [ˋjæmɚ; ˈjæmə(r)] *vi.* 《美、口》抽泣(wail)；絮絮叨叨地發牢騷(grumble).

Yang·tze [ˋjæŋtsɪ; ˈjæŋtsɪ] *n.* (加 the)長江, 揚子江, 《注入東海, 爲中國最長的河川》.

Yank [jæŋk; jæŋk] *n.* Ⓒ《口、輕蔑》= Yankee 1.

[yams 1]

yank [jæŋk; jæŋk] 《口》*vt.* 用力拉, 猛拉；使勁拔掉(牙齒等).
— *vi.* 用力拔(*on*).
— *n.* Ⓒ 猛拉.

Yan·kee [ˋjæŋkɪ; ˈjæŋkɪ] *n.* Ⓒ《口》**1** 洋基. 參考 (1)《美》爲美國北部或東北部各州的人, 特指 New England 人；另外在美國史中指南北戰爭中的北軍士兵. (2)在美國以外地區被普遍用來指美國人.
2 《形容詞性》洋基(式)的；美國(式)的.

────────── **yawn** 1837

Yan·kee Doo·dle *n.* 美國獨立戰爭時流行的一首歌曲.

yap [jæp; jæp] *vi.* (~**s**; ~**ped**; ~**ping**)《小狗》尖聲吠叫, 汪汪亂叫.
— *n.* Ⓒ 尖聲吠叫；吠聲.

***yard**[1] [jɑrd; jɑːd] *n.* (*pl.* ~**s** [~z; ~z]) **1** Ⓒ (和建築物鄰接的)院子, 天井；《工作用的》庭院；四周圍起的內部區域；《常指鋪設過的；→ garden 圖》. a front [back] *yard* 前[後]院.
2 Ⓒ《構成複合字》…製造廠；工作場, 作業場, 堆置場. a lumber*yard* 堆木場/a ship*yard* 造船廠/a farm*yard* 農家庭院/a school*yard* 校園.
3 Ⓒ (鐵路的)調度場.
4 《英、口》(the *Y*ard) = Scotland Yard.

●────── 與 **YARD** 相關的用語

barnyard	農家的庭院	courtyard	庭院
vineyard	葡萄園	graveyard	墓地
churchyard	教堂墓地	dockyard	造船廠
dooryard	門前院子		

***yard**[2] [jɑrd; jɑːd] *n.* (*pl.* ~**s** [~z; ~z]) Ⓒ 碼《長度單位；約91.4公分；36英寸；3英尺；略作 y., yd.》. The carpet is three *yards* long and two *yards* wide. 那塊地毯長三碼寬兩碼.

yard·age [ˋjɑrdɪdʒ; ˈjɑːdɪdʒ] *n.* ⓊⒸ 以碼測量的長度；以平方碼測量的面積.

yard·stick [ˋjɑrd͵stɪk; ˈjɑːdstɪk] *n.* Ⓒ **1** 碼尺《長度相當於一碼的尺》.
2 比較[測定]的基準.

***yarn** [jɑrn; jɑːn] *n.* (*pl.* ~**s** [~z; ~z])【紡線】 **1** Ⓤ (織物用的)線, 紗, 編織線, 捻線. woolen *yarn* 毛線. 圖 yarn 是由天然纖維、人工纖維紡成的線；→ rope 參考.
2 【紡出的東西＞冗長的虛構故事】Ⓒ《口》(旅行回來之人誇大的)旅行見聞, 冒險記, 虛構的故事. The old man told us many *yarns* about his years in Africa. 那個老人告訴我們許多他在非洲多年的冒險故事.
spin a yarn → spin 的片語.
— *vi.* 《口》講冒險記[虛構的故事].

yaw [jɔ; jɔː] *vi.* 《船, 飛機等》偏離航線[航向].
— *n.* ⓊⒸ 偏離航線[航向].

yawl [jɔl; jɔːl] *n.* Ⓒ **1** (四根或六根槳的)船載小艇. **2** 雙桅帆船.

***yawn** [jɔn; jɔːn] *vi.* (~**s** [~z; ~z]; ~**ed** [~d; ~d]; ~**ing**) **1** 打呵欠. The old man *yawned* and nodded over his book. 那個老人看書時邊打呵欠邊打盹/The lecture made me *yawn*. 那堂課令我打呵欠.
2 《深淵, 裂縫等》大大地張開. There was a chasm *yawning* in front of us. 有一道大裂口在我們面前.
— *n.* Ⓒ **1** 呵欠. with a *yawn* 打呵欠/She smothered [stifled] a *yawn*. 她忍著不打呵欠.

2 《口》無聊的事[人].

yaws [jɔz; jɔːz] *n.* Ⓤ《醫學》雅司(熱帶性皮膚病).

Y̌ chrómosome *n.* Ⓒ《生物》Y染色體(性染色體之一).

yd. 《略》yard(s).

ye [強 ji, 弱 ji; 強 jiː, 弱 jɪ] *pron.* 《thou的複數主格》《古》汝等, 爾輩.

yea [je; jeɪ] 《古》*adv.* 然, 是, (yes; ↔ nay).
— *n.* Ⓒ肯定; 贊成.

yeah [jeə; jeə] *adv.* 《口》=yes. Oh, *yeah?* 喔, 真的嗎?

‡**year** [jɪr; jɪə(r)] *n.* (*pl.* ~s [~z; ~z]) Ⓒ **1** 年, 一年(間). in the *year* 1996 在 1996 年(★ 1996 通常唸成 nineteen ninety-six)/every *year* 每年/There are 366 days in a leap *year*. 閏年有 366 天/What *year* is this? 今年是哪一年?/1997 was a profitable *year* for our company. 1997 年對本公司來說是獲利頗豐的一年/January is the first month of the *year*. 1 月是一年中的第一個月份/Three *years* have passed since then. 從那時到現在已過了三年/How many *years* have you been in Taiwan? 你在臺灣待了多少年?/After two *years* of studying Spanish he went to Mexico. 他學西班牙語兩年後去了墨西哥/Her mother died several *years* ago. 她母親幾年前去世了/We've had little snow this *year*. 今年雪下得很少/a *year* from today 去[明]年的今天. 〖語法〗last year (去年), next year (明年), every year (每年)等前面不加介系詞, 作副詞性用法.

　〖搭配〗*adj.* + year: a difficult ~ (困難的一年), a good ~ (好的一年), a memorable ~ (值得紀念的一年), a record ~ (創記錄的一年), a successful ~ (成功的一年).

2 《加數詞》…歲; (years)年齡; 老年. a girl of eight (years) = an eight-*year*-old girl 8 歲的女孩/She is two *years* younger than I. 她比我小兩歲/My son will be 14 *years* old next week. 我兒子下星期就 14 歲了/My father looks young for his *years*. 我父親看起來比實際年齡年輕/a man of *years* 老人/beyond one's *years* 超齡地[老成等].

3 (years)多年, 非常長的期間. It's *years* since I saw you last. 從我上次見到你現在已經好多年了/I've known him for *years*. 我和他相識多年了.

4 年度; 學年(school [academic] year). the fiscal *year* 1996 = the 1996 fiscal *year* 1996 會計年度/a second *year* student 二年級的學生/In the United States, the new school *year* begins in September. 在美國, 新學年從 9 月份開始/Jane is in her third *year* of college. 珍就讀大學三年級.

* **àll (the) yèar róund** [a róund] 一年到頭. Tourists visit the island *all year round*. 一年到頭都有遊客參觀那個島嶼.

　from yèar to yéar 年年, 每年. The birthrate varies *from year to year*. 出生率年年在變.

　of làte yéars 《副詞性》近年來.

　of the yéar 這一年最傑出的…, 本年度最優秀的…, 《報章雜誌等從各個領域選拔出來的人[物]》. man *of the year* 今年最傑出來的男子/car *of the year* 本年度最佳的車款.

　put yéars on… 《口》使…看起來像上了年紀; 使…感覺年紀大. The shock *put years on* her. (突來的)驚嚇使她看起來老了許多.

　take yéars off… 《口》使…看起來較年輕; 使…感覺年紀較輕. A long rest has *taken years off* her. 長期的休息使她看起來更年輕.

　the yéar àfter néxt (在)後年.

　the yéar befòre lást (在)前年.

　yèar after yéar 年復一年, 每年. The four seasons come around *year after year*. 四季每年周而復始.

　yèar by yéar 每年, 年年. He got weaker *year by year*. 他的體力逐年地衰退.

　yèar ín, yèar óut 一年到頭; 經常. Mrs. Bates boasts of her daughter *year in, year out*. 貝茲太太老是在誇讚她的女兒.

year-book [ˋjɪr͵bʊk; ˋjɪəbʊk] *n.* Ⓒ **1** 年鑑; 年報. **2** 《美》畢業紀念冊.

year-ling [ˋjɪrlɪŋ; ˋjɪəlɪŋ] *n.* Ⓒ 《動物的》1 歲的幼子(滿 1 歲未滿 2 歲).

‡**year-ly** [ˋjɪrlɪ; ˋjɪəlɪ] *adj.* 一年一次的; 每年的; 一年間的. a *yearly* publication 年刊/His *yearly* income is sixty thousand dollars. 他的年收入是六萬美元.
— *adv.* 每年; 一年一次. This beauty contest is held *yearly*. 這項選美比賽每年舉辦一次.

***yearn** [jɜn; jɜːn] *vi.* (~s [~z; ~z]; ~ed [~d; ~d]; ~ing) **1** (用 yearn for [after]…)思慕…; 嚮往…. He *yearned for* his mother. 他想念母親.
2 (用 yearn *to* do)渴望做…, 殷盼…. They *yearned to* go to France. 他們一心想去法國.
3 同情(over, to, toward).

yearn-ing [ˋjɜnɪŋ; ˋjɜːnɪŋ] *n.* Ⓤ Ⓒ 嚮往; 思慕; 渴望.

***yeast** [jist; jiːst] *n.* Ⓤ 酵母, 酵母菌; 發酵粉. They use *yeast* in making beer. 他們用酵母菌釀造啤酒.

yeast-y [ˋjistɪ; ˋjiːstɪ] *adj.* **1** 酵母的; 似[含]酵母的. **2** 發酵的; 起泡沫的.

Yeats [jets; jeɪts] *n.* **William Butler** ~ 葉慈 (1865-1939)《愛爾蘭詩人、劇作家》.

***yell** [jɛl; jel] *v.* (~s [~z; ~z]; ~ed [~d; ~d]; ~ing) *vi.* 喊叫, 大聲吼叫, 尖叫. He *yelled* at me in anger. 他對我怒吼/"Don't *yell*! I can hear you," said my mother. 「別叫了! 我聽得見」, 我母親說道. 〖同〗yell 指聲音高而尖, 充滿恐懼, 憤怒, 歡喜等之情的喊叫; → cry 2.
— *vt.* 叫道; 喊道(out). She always *yells out* orders at her maids. 她總是大聲喊叫地命令她的女傭們.
— *n.* (*pl.* ~s [~z; ~z]) Ⓒ **1** 叫聲, 尖叫聲, 叫喊. let out a *yell* 大聲叫出來.
2 《美》加油聲(大學等的啦啦隊的齊聲助威).

‡**yel·low** [ˈjɛlo, -ə; ˈjeləʊ] *adj.* (~·**er**; ~·**est**) **1** 黃的, 黃色的. *yellow* flowers 黃色花朵/The leaves have turned *yellow*. 樹葉已變黃了.
2 〖人〗黃皮膚的; 黃種人的.
3 〖口〗膽小的, 懦弱的.
— *n.* (*pl.* ~**s** [~z; ~z]) [U C] 黃色. Blue and *yellow* were our school colors. 藍色和黃色是我們的校色/flowers of a vivid *yellow* 鮮黃色的花朵.
2 [C] 黃色的東西; [U] 黃色顏料; [U] 黃色衣服; 〖美〗〖交通號誌〗的黃色(〖英〗amber; 美國和英國的色調不同).
3 [U C] 蛋黃(→ egg¹ 圖).
— *vt.* 使變成黃色.
— *vi.* 變成黃色, 發黃. The white walls are *yellowing*. 白色牆壁正逐漸發黃/The pages of the book had *yellowed* with age. 那本書的書頁因年久而泛黃.

yéllow cáb *n.* [C] (常 *Yellow Cab*) 黃色計程車(美國 New York 市合格計程車的通稱; 車身塗成黃色).

yéllow cárd *n.* [C] **1** 〖足球等〗黃牌(裁判警告違規選手時所出示的黃色卡片; → red card). **2** 預防接種證明書.

yéllow féver *n.* [U] 黃熱病.

yel·low·ish [ˈjɛloɪʃ; ˈjeləʊɪʃ] *adj.* 帶黃色的, 發黃的.

yéllow líght *n.* [C] 〖美〗〖交通號誌〗的黃燈; 「警告號誌」. ★〖英〗不作 yellow 而以 amber 代之.

yéllow páges *n.* 〖作複數〗依職業[企業]類別編排的電話簿.

yéllow péril *n.* (加 the) 黃禍(白種人害怕黃種人會破壞西方文明的危機意識).

Yéllow Ríver *n.* (加 the) 黃河(位於中國大陸北方).

Yéllow Séa *n.* (加 the) 黃海(位於中國大陸和朝鮮半島之間).

Yel·low·stone National Park [ˈjɛlo͵stonˌnæʃənlˈpark, ˌjɛlə-, -͵næʃnəl-; ˌjeləʊstəʊnˌnæʃənlˈpɑːk] *n.* 黃石國家公園(位於美國西北部 Wyoming, 景色雄偉; 有大峽谷、溫泉、間歇泉等).

yelp [jɛlp; jelp] *vi.* 〔特指狗又痛苦又憤怒地〕汪汪叫, 吠(→ bark¹). The dog *yelped* in pain. 狗痛得汪汪叫.
— *n.* [C] (狗的)汪汪聲, 吠叫聲.

Yem·en [ˈjɛmən, ˈje-; ˈjemən] *n.* 葉門(阿拉伯半島南端的國家; 正式名稱 the Republic of Yemen; 首都 San'a; 經濟中心 Aden).

*yen [jɛn; jen] *n.* (*pl.* ~) [C] 圓(日本貨幣單位; 略作 ¥, Y).

yeo·man [ˈjomən; ˈjəʊmən] *n.* (*pl.* **-men** [-mən; -mən]) [C] **1** 〖英史〗自耕農, 自由民.
2 〖英〗小地主; 自耕農.

Yéoman of the Guárd *n.* [C] 英國王室衛兵(目前只具象徵性的作用).

yeo·man·ry [ˈjomənrɪ; ˈjəʊmənrɪ] *n.* [U] (通常加 the)(單複數同形)〖英〗自耕農階級, 小地主.

yep [jɛp; jep] (★為了不使 [p; p] 音破裂必須將嘴唇閉上) *adv.* (〖美〗、〖口〗)＝yes(♠ nope).

‡**yes** [jɛs; jes] *adv.* **1** 〖肯定疑問〗是, 是的; 〖對否定的疑問句等〗不(★注意這時與中文的回答不同); (♠ no). "Can you swim?" "*Yes*, I can." 「你會游泳嗎?」「是, 我會」/"Don't you like it?" "*Yes*, I do." 「你不喜歡那個嗎?」「不, 我喜歡」/"You need not go there, I suppose?" "*Yes*, I must go." 「我想你不必去那裡了吧?」「不, 我必須去」/"Would you like a cup of tea?" "*Yes*, please. 「來杯茶如何?」「好的」.
2 〖回應叫喚等〗甚麼事? "Ned!" "*Yes*, Mother." 「奈德!」「來啦, 媽媽」/"Waiter!" "*Yes*, sir!" 「服務生!」「來啦!」/"Close the window!" "*Yes*, sir." 「關上窗!」「是的」.
3 〖表示同意、承諾〗是呀. "This is a very good dictionary." "*Yes*, it is." 「這是一本很好的辭典」「是呀」/"Look, it has stopped raining." "*Yes*, but it will begin again soon." 「瞧, 雨停了」「是呀, 不過不久又會開始下了」.
4 〖前述語句的確認、強調〗是的, 就是如此, 並且, 而且. I beat Thomas—*yes*, Thomas the champion. 我打敗了湯瑪士—是的(不是別人), 就是冠軍湯瑪士/He was ready, *yes*, eager to be of service. 他打算幫忙, 而且很希望能幫得上忙.
5 (★尾音上揚)(**a**)〖表示懷疑的情緒〗唔? 是嗎? 不會吧. "He's a cunning fellow." "*Yes*?" 「他是個狡猾的傢伙」「真的嗎?」(**b**)〖催促對方把話說完〗後來呢? "They had a quarrel." "*Yes*? And then what happened?" 「他們吵架了」「後來呢? 接著怎麼樣了?」(**c**)哦? 甚麼事; (向客人等詢問事情內容)甚麼事? "I must ask you a favor." "*Yes*?" 「有事想請你幫忙」「哦? 甚麼事」/"*Yes*?" "I'd like three tickets, please." 「甚麼事?」「我想要三張(車)票」. (**d**)〖向對方確認自己說的話〗好嗎? "Stay here. *Yes*?" 「待在這兒, 好嗎?」(向小孩子說).

yès and nó 可說是也可說不是. "Is your business going smoothly?" "*Yes and no*." 「你的工作順利嗎?」「可說是也可說不是.」

— *n.* (*pl.* ~**es**, ~**ses**) **1** [U C] 「是」這一個詞(回答); 同意; (♠ no). He gave me a *yes*. 他給我一個肯定的回答/I said *yes*. 我回答「是」/answer with a *yes* or a no 用是或不是回答.
2 [C] (常 yes(s)es) 投贊成票; 投贊成票者.

yes-man [ˈjɛs͵mæn; ˈjesmæn] *n.* (*pl.* **-men** [-͵mɛn; -men]) [C] 〖輕蔑〗(對上級等的話)唯唯諾諾的人; 唯命是從的人, 「應聲蟲」.

‡**yes·ter·day** [ˈjɛstədɪ, -͵de; ˈjestədɪ] *n.* (*pl.* ~**s** [~z; ~z]) **1** [U] 昨天, 昨日. *yesterday*'s newspaper 昨天的報紙/Yes-

[Yeoman of the Guard]

terday was Friday. 昨天是星期五.

2 [UC]《文章》近來, (像昨天那樣)較近的過去. a thing of *yesterday* 過去的事.

3《形容詞性》昨天的, 昨日的. *yesterday* morning [afternoon, evening] 昨天早上[下午, 晚上].

* (*the*) **dày before yésterday** 前天. My sister was born *the day before yesterday*. 我妹妹前天出生的.

— *adv.* **1** 昨天, 昨日. It was a nice day *yesterday*. 昨天是好天氣/*Yesterday* we went to the movies. 昨天我們去看電影/*yesterday* week 《英》八天前[上禮拜的昨天].

2 就是昨天, 就是最近; 近來. I was not born *yesterday*. 我不是昨天才出生的(＞不會那麼無知).

‡yet [jɛt; jet] *adv.* 【現在的時候】 **1**《用於否定句》還, 尚(未…), 仍然. The work is not *yet* finished. 工作尚未完成/The airplane hasn't arrived *yet*. 飛機還未抵達/Breakfast is not ready *yet*. 早餐還沒有準備好/Haven't you finished *yet*? 你還沒有完成嗎?/"Have you eaten?" "*Not yet*." (＝No, I have *not* eaten *yet*.)「你吃飯了嗎?」「還沒有」/Don't go *yet*. 還不要走/She won't come just *yet*. 她不會馬上來. [語法]否定句與疑問句中通常用 yet; 肯定句中則用 already: The airplane has *already* arrived. (飛機已抵達).

【現在已經】 **2**《用於肯定的疑問句》已, 已經. Has he come *yet*? 他已經來了嗎?/Need you go *yet*? 你必須要走了嗎?/Is that supermarket open *yet*? 那家超級市場已經開始營業了嗎? [語法]此時若不用 yet 而用 already 的話, 則含有「驚訝, 意外」的心情.

【今後還】 **3**《用於肯定》(a)《文章》還, 仍然; 今後還 [注意]於此義中通常用 still). There is *yet* time. 還有時間/He has *yet* much to say. 他還有許多話要說/(There's more *yet* to come. 今後還有很多事會發生. (b)《置於最高級之後》到現在為止, 至今, the largest diamond *yet* found 至今所發現最大的鑽石.

4 終日, 早晚. We'll get there *yet*. 我們不久就會到那兒/You may *yet* become happy. 總有一天你會幸福的.

【還】 **5** 還, 更. *yet* once more 還要再一次/There's *yet* another chance. 還有另一次機會.

6《常與比較級連用》更, 而且, 越發. a *yet* more difficult problem 更加困難的問題/Prices will climb higher and *yet* higher. 物價會越來越高.

* **and yét** 儘管如此, 卻還. It's a strange *and yet* true story. 那是一個奇怪但卻是真實的故事/He was a very selfish man, *and yet* she loved him. 他是一個很自私的人, 儘管如此她仍愛著他/another *and yet* another 一個接一個, 連續地.

* **as yét**《文章》(姑且不論將來)迄今(還), 到現在, [語法]常與完成式的動詞連用於否定句). I've heard nothing *as yet*. 到目前為止我甚麼也沒聽說.

but yét 儘管如此仍然, 但是. She felt lonely

but yet relieved. 她覺得寂寞但也輕鬆/Glen didn't promise, *but yet* I think he'll come. 格倫沒答應, 但是我想他會來的.

hàve yét to dó → have v. 的片語.

nor yét 不…也不…; 況且不是[不做]…. They received no U.S. aid, *nor yet* requested any. 他們不接受美國的援助, 也不求任何援助.

— *conj.* 儘管, 然而, 可是, (nevertheless). He seems honest, *yet* I don't trust him. 他看來誠實, 可是我不信任他. [同] yet 與 but, however 一樣表示語氣轉折, 但比其意味更強烈. → however.

yet·i [ˈjɛtɪ; ˈjetɪ] *n.* [C] 雪人(Abominable Snowman).

yew [ju, jɪu; juː] *n.* **1** [C] 紫杉(多植於墓地的紫杉科常綠樹; 結紅色的果實). **2** [U] 紫杉木(建築、家具的材料).

[yew 1]

Yid·dish [ˈjɪdɪʃ; ˈjɪdɪʃ] *n.* [U] 意第緒語(由德語、希伯來語、斯拉夫語混合組成的語言, 用希伯來文字書寫; 中歐、東歐、美國等地的猶太人使用).

‡yield [jild; jiːld] *v.* (~**s** [~z; ~z]; ~**ed** [~ɪd; ~ɪd]; ~**ing**) *vt.* 【給與】 **1** 產生〔利潤等〕, 帶來〔收穫等〕. His business has *yielded* no profits this year. 他的企業今年沒有盈餘/The tree *yields* fruit every year. 那棵樹每年都結果實/This soil does not *yield* a good rice crop. 這塊土地稻米的收成不佳/*yield* a good [poor] result 產生好的[不良的]結果.

2 【轉讓】《文章》放棄〔權利, 地位等〕, 把…讓出; ((to)) [句型4] (yield A B)、[句型3] (yield B to A)把 B 讓給 A. *yield* ownership 轉讓所有權/The troops had to *yield* (*up*) the position to the enemy. 軍隊必須放棄那個地點讓給敵軍/He will never *yield* a point in an argument. 他在爭論從來沒有一步也不讓/Father *yielded* us his property. ＝ Father *yielded* his property *to* us. 父親把財產傳給我們.

yíeld onesélf (*ùp*) **to…** 沈浸於〔快樂, 誘惑等〕.

yìeld/…/úp《文章》(1)轉讓…(→ *vt.* 2). (2)(被強迫)透露出〔自己的祕密等〕.

— *vi.* 【給與】 **1** 〔土地等〕出產; 產生(利潤等). This apple tree did not *yield* well this year. 這棵蘋果樹今年結果不多.

【讓步＞屈從】 **2** 讓(路等); 《文章》屈服, 投降; 順從; ((to)). 'Yield'《美》「讓」(對方來車先行)《交通號誌》/The soldiers preferred to die rather than to *yield*. 士兵們寧死不屈/They didn't *yield to* his demands. 他們不答應他的要求/*yield to* a temptation 禁不起誘惑/I *yield to* none in my admiration for her beauty. 我對她美貌的愛慕之心不亞於任何人.

3 (受壓)彎曲, 彎折; 倒塌. The bar finally

yielded under the terrific weight. 這支橫樑終於在極大的重量下彎曲了/The soft ground *yielded* under my feet. 鬆軟的地面被我踩陷下去了.
── *n.* (*pl.* ~**s** [~z; ~z]) [U][C] 生產(額); 收穫(量); 收益; 利潤. What's the corn *yield* this year? 今年玉米的收成如何?/the *yield* on one's shares 股息.

yield·ing [`jildɪŋ; 'ji:ldɪŋ] *adj.* **1** 〔東西〕易彎曲的; 柔軟的. **2** 〔人〕唯命是從的, 順從的.

yip·pee [`jɪpɪ; 'jɪpɪ] *interj.* 《口》太棒了! 好哇! (表示喜悅、成功等的呼喊).

YMCA (略) Young Men's Christian Association (基督教青年會).

yo·del [`jodl; 'jəudl] *n.* [C] 岳得爾調(以真假嗓音變化爲主的歌曲[唱法]; 盛行於瑞士和奧地利提洛爾(Tyrol)的高山居民間).
── *v.* (~**s**; 《美》~**ed**, 《英》~**led**; 《美》~**ing**, 《英》~**ling**) *vt.* 用岳得爾調歌唱.
── *vi.* 唱岳得爾調.

yo·ga [`jogə; 'jəugə] *n.* [U] 《印度教》瑜珈(以和宇宙的精神合一爲理想的印度神祕哲學); 瑜珈修行(以身體、精神的解放爲目的的修行).

yo·ghourt, yo·ghurt, yo·gurt [`jogət; 'jɒgət] *n.* [U] 發酵乳, 優酪.

yo·gi [`jogɪ; 'jəugɪ] *n.* [C] 瑜珈師.

yoke [jok; jəuk] *n.* [C] 【軛】 **1** 《套著兩頭牛等的》軛. put a *yoke* on the oxen 給牛套上軛.
2 《套在軛上的》兩頭牛 [家畜]. a *yoke* of oxen 一對(同軛)牛/three *yoke* of oxen 三對(同軛)牛. ★就此義來說常單複數同形. 【軛狀物】 **3** 天平棒.

[yoke]

4 《服飾》墊肩(放入上衣的頸肩部, 裙子上部的布). 【束縛的東西】 **5** 羈絆; 結合. the *yoke* of friendship [marriage] 友情[婚姻]的牽絆.
6 《加重》支配; 壓迫; 束縛. live under the *yoke* of slavery 生活在奴隸制度的壓迫之下.
── *vt.* 給…套上軛, 用軛聯結; 《文章》使〔人〕結合. *yoke* oxen together 用軛將〔工作中的〕牛套在一起/be *yoked* in marriage 以婚姻結合.

yo·kel [`jokl; 'jəukl] *n.* [C] 《輕蔑》鄉巴佬.

yolk [jok, jolk; jəuk] *n.* [U][C] 蛋黃(亦作 yellow; → egg[1] 《參考》).

yon·der [`jɑndə; 'jɒndə(r)] 《詩》*adj.* 那裡的, 那邊的; 看得見在那裡的, *yonder* hills 那邊的小山. ── *adv.* 在那邊, 在那裡.

yore [jor, jɔr; jɔ:(r)] *n.* 《雅》《用於下列片語》*of yóre* 往昔的, 古時候的. in days *of yore* 往昔.

York [jɔrk; jɔ:k] *n.* 《英史》約克王朝(亦作 the Hóuse of Yórk)(從 Edward IV 到 Richard III 在位期間(1461–85 年); 以白薔薇爲徽章. → Lancaster).

York·shire [`jɔrkʃɪr, -ʃə; 'jɔ:kʃə(r)] *n.* 約克郡(英格蘭東北部的舊郡; 1974年將原屬 North Yorkshire, Humberside, Cleveland 的一部分分割爲

South Yorkshire, West Yorkshire; 略作 Yorks.).

Yòrkshire púdding *n.* [U][C] 約克郡布丁(把雞蛋、麵粉、牛乳攪拌後烘烤; 與 roast beef 一起食用).

Yòrkshire térrier *n.* [C] 約克夏㹴犬(一種長毛小狗).

Yo·sem·i·te National Park [jo,sɛmətɪ,næʃən]`pɑrk, -,næʃnl-; jəʊ,semɪtɪ,næʃnl'pɑ:k] *n.* 優勝美地國家公園(位於美國 California 中部的優美溪谷).

[Yorkshire terrier]

*✽**you*** [強 `ju, ,ju, 弱 ju, jə; 強 ju:, 弱 jʊ, jə] *pron.* (*pl.* ~) (人稱代名詞; 第二人稱; 單數和複數的主格或受格; 所有格 your, 所有代名詞 yours, 反身代名詞 yourself(單數), yourselves(複數))

1 《作主詞、招呼語》你; 你們. *You* look happy. 你(們)看起來很高興/*You* are students. 你們是學生/*You*'re right. 你(們)是對的/Would *you* like some coffee? 你要不要來點咖啡?/*You* fool! 你這個傻瓜!/*You* come here! 你過來!《祈使句; you 重讀》/*You* boys, stop talking! 你們這些男孩子, 不要[別再]講話!

2 《作受詞》你; 你們. I wish *you* good luck. 我祝你好運/Did she agree with *you*? 她同意你嗎?/I like *you* all. 你們我都喜歡.

3 《總稱稱》人, 不論是誰; (《語法》正式用法中用 one). How do *you* spell that word? 那個字怎麼拼呢?/It's sure to make *you* angry. 這當然會令人生氣/I hate to talk about things *you* can't prove. 我討厭說那些沒人可證明的事/*You* shouldn't judge a person by his appearance. 不應該憑外表判斷人/To enter, *you* slid back a light wooden door. 要進去, 就把輕木板門向旁邊拉.

4 《指說話對方所屬的特定區域, 某個地方的人們》你們. How do *you* cook this fish in France? 在法國你們如何烹煮這種魚呢?/Do *you* have books for children? 你們有適合小孩看的書嗎? [語法] → we **1** [語法] (2).
you knów → know 的片語.
You nèver can téll. (將來的事)無法知道的(You can never tell. 爲一般的語序; 倒裝用法則用來強調).
you sée → see[1] 的片語.

you-all [ju`ɔl; ju:'ɔ:l] *pron.* 《主美南部》你們《作複數的 you》.

*✽**you'd*** [強 `jud, ,jud, 弱 jud, jəd; ju:d] you had, you would 的縮寫. I thought *you'd* [= you would] agree. 我想你會贊成的.

*✽**you'll*** [強 `jul, ,jul, 弱 jul, jəl; ju:l] you will 的縮寫. I hope *you'll* like this. 我希望你會喜歡.

Y

‡young [jʌŋ; jʌŋ] *adj.* (~**er** [~gɚ; ~gə(r)]; ~**est** [~gɪst; ~gɪst])【年紀輕的】**1** 年輕的; 幼小的; (比 …)年少的(⟷ old). a *young* actor 年輕演員/*young* people 年輕人/a *young* tree 幼樹/*young* ones 孩子們, 一群小動物/his *young* (*er*) brother [sister] 他的弟弟[妹妹]/Who's that *young* man? 那個年輕人是誰?/ Alice is three years *younger* than I. 愛麗絲比我小三歲/You're the *youngest* among us. 你是我們之中(年齡)最小的.

2 (區別同名的人, 父子, 兄弟等)年齡較小那位的. **(a)**(把原級加於姓名前)*young* Miss Carter 年紀輕的那位卡特小姐/I met *young* White yesterday. 我昨天遇見了小懷特. **(b)**(把the+比較級加於姓名之前或之後) the *younger* White=White the *younger* 小懷特.

【年輕的】**3** 年輕的; 有活力的; 青年(時代)的. In my *young* days I loved to climb mountains. 年輕時我喜歡爬山/Our teacher looks *young* for her age. 我們的老師看起來比她的年齡還年輕/He has a very *young* face. 他有一張極為年輕的面孔/ She's over sixty, but she's *young* at heart. 她六十多歲了, 但心境仍很年輕/Her hairstyle is much too *young* for her. 她的髮型太過年輕, 不適合她/ It's no wonder you get tired after a long walk —you're not getting any *younger*. 你散步久了當然會累, (畢竟)你已不再年輕了.

【還未成熟的】**4**【還早】(日期, 季節, 夜晚等)淺的, 還早的; 新興的. The day was still *young*. 時候還早/The night is yet *young*. 夜還未深/a *young* nation 新興國家/a *young* university 新大學.

5 經驗淺的, 未成熟的, 《in, at》. Mr. West is still *young* at the work. 維斯特先生尚未習慣這份工作. ⇨ *n.* youth.

── *n.* (作複數)**1** (加the)孩子們, 青年, 年輕人, (youth). The *young* are never satisfied with the world as it is. 年輕人從不滿足於世界的現況/We have to preserve the land for the *young*. 我們必須爲了孩子們維護土地.

2 (集合)(動物的)幼子. She saw parent birds teaching their *young* how to fly. 她看見老鳥敎小鳥如何飛行.

with yóung〔動物〕懷胎.

yòung and óld 每個人, 不論老少, 《省略 the young and the old 中的 the》. *Young and old* mourned his death. 不論老少都爲他的去世感到悲痛.

young·ish [ˈjʌŋɪʃ; ˈjʌŋɪʃ] *adj.* 稍[有些]年輕的.

*‡**young·ster** [ˈjʌŋstɚ, ˈjʌŋkstɚ; ˈjʌŋstə(r)] *n.* (*pl.* ~**s** [~z; ~z]) C 年輕人; 小孩; 青少年. You're just a *youngster*. 你只是個孩子.

‡your [強 ˈjʊr, ˌjʊr, 弱 jʊr, jɚ; 強 jɔː(r), 弱 jə(r)] *pron.* 《you 的所有格》

1 你的; 你們的. I saw *your* father yesterday. 我昨天看見你父親/Bring *your* wife to the party.

請帶你太太來參加宴會/Put up *your* hands if you know the answer. 知道答案的人舉手/May I have *your* name? 可以告訴我你的名字嗎?

2 你們說的, 那個的, 你所謂的, 《常含有責難或諷刺之意》. This is *your* morning rush hour, isn't it? 這就是你所謂的早晨尖峰時間, 是不是?/ The poodle was none of *your* little white miniatures. 這隻貴賓狗一點也不像你說的雪白又小巧.

3 《作總稱》人的(→ you 3 語法). It is easy to lose *your* way in Venice. 在威尼斯容易迷路.

4 《尊稱; 相當於 you 的敬語; 使用第三人稱的動詞》. *Your* Majesty 陛下/*Your* Highness 殿下.

‡you're [強 ˈjʊr, ˌjʊr, ˈjʊr, ˌjʊr, 弱 jʊr, jʊə(r)] you are 的縮寫. Now *you're* in the third-year class. 現在你們三年級了.

‡yours [jʊrz; jɔːz] *pron.* 《you 的所有格代名詞》**1** (單複數同形)你的東西 (=*your* umbrella? 這把傘是你的嗎?/Her hands are clean, but *yours* (=*your* hands) are dirty. 她的手很乾淨, 可是你的(手)很髒/*Yours* is [are] out of the question. 你的(問題)不在討論範圍.

語法 可代替「*your*+名詞」, 所代替的名詞必須能由前後文關係判斷出來.

2 (用 of *yours*)你(們)的(語法 用於 a(n), this, that, no 等所接名詞之後). a friend *of yours* 你的朋友/some fine old customs *of yours* 你們某些優良的舊習慣.

Yóurs trúly [fáithfully, sincérely, éver], 謹上, 敬上等.

參考 (1)一般來說 truly 和 faithfully 比較正式, 可在初次書信往來時使用, sincerely 則是對已認識的人使用, 而 ever 則與單用 Yours 一樣是對友人使用. 另外, Sincerely (yours)是《主美》, Yours sincerely 是《主英》. (2)在 ever 以外的副詞之前有時加 very 以強調. (3)亦可如 Truly yours. 般將副詞置於前面. → letter 表.

‡your·self [jʊrˈsɛlf, jɚˈsɛlf; jɔːˈself] *pron.* (*pl.* -**selves**)《you 的反身代名詞》

1 《強調用法》你自己, 你本人. Do it *yourself*. 自己動手做/You *yourself* know how dangerous it is. 你自己知道那有多危險/You told me so *yourself*. 你自己這樣告訴我的.

2 《反身用法; ★ yourself 發 [jʊrˌsɛlf; jɔːˌself], 重音落在動詞上》你自己. Know *yourself*. 瞭解自己/Wash *yourself*. 去洗澡/How did you hurt *yourself*? 你怎麼弄傷自己的?/You should be ashamed of *yourselves*. 你們都應該覺得自慚/You should look at *yourself* in the looking glass. 你該照照鏡子看看你自己/Be careful not to overwork *yourselves*. 當心別讓你們自己過勞/Stop making a fool of *yourself*. 別再做傻事了.

3 《口》本來的[正常的]你自己. be *yourself* (→ oneself 的片語). ★關於片語 → oneself.

your·selves [jʊrˈsɛlvz, jɚ-; jɔːˈselvz] *pron.* yourself 的複數.

‡youth [juːθ; juːθ] *n.* (*pl.* ~**s** [juːðz, -θs; juːðz]) **1** U 年輕, 年少, (⟷ old age); 朝氣,

活力. My son is full of *youth*. 我兒子充滿活力/It is impossible to recapture one's *youth*. 要回復青春是不可能的/He has kept his *youth* well. 他保養得很年輕.

2 ⓤ青春時代, 青春期; (發育, 成長的)初期. He studied painting in France in his *youth*. 他年輕時在法國學繪畫/the *youth* of a nation 國家的發展初期.

3 ⓒ(特指男性的)年輕人, 青年; (常表輕蔑)小伙子. a *youth* of twenty 二十歲的小伙子/half a dozen *youths* and maidens 六個青年男女/a group of *youths* 一群年輕人.

4 ⓤ(單複數同形)(通常加 the)(集合)青年男女, 年輕人. the *youth* of the town 鎮上的青年們/the fashion for the *youth* of today 現代年輕人的流行時尚. ⇨ *adj.* **young, youthful.**

yóuth club *n.* ⓒ青少年俱樂部(教會、地方自治團體等舉辦的).

***youth·ful** [`juθfəl; 'ju:θfʊl] *adj.* **1** 〔人〕年輕的 (young). She sang before *youthful* audiences. 她在年輕的觀眾前唱歌/in my more *youthful* days 在我年輕一點的時候.

2 朝氣蓬勃的; 有精神的, 精力充沛的. You have a very *youthful* face. 你有一張朝氣蓬勃的臉/*youthful* vigor 蓬勃的生氣.

youth·ful·ly [`juθfəlɪ; 'ju:θfʊlɪ] *adv.* 朝氣蓬勃地; 青年般地.

youth·ful·ness [`juθfəlnɪs; 'ju:θfʊlnɪs] *n.* ⓤ年輕, 朝氣.

yóuth hòstel *n.* ⓒ青年旅館(提供給青年男女的住宿設施).

‡**you've** [強 juv, ˌjuv, 弱 juv, jəv; 強 ju:v, 弱 jʊv, jəv] you have 的縮寫. *You've* eaten lunch, haven't you? 你吃過午飯了, 不是

嗎?

yowl [jaʊl; jaʊl] *n.* ⓒ(特指狗或貓的)拉長的悲鳴聲.
— *vi.* 〔狗, 貓等〕悲鳴.

yo-yo [`jojo; 'jəʊjəʊ] *n.* (*pl.* ~**s**) ⓒ **1** 溜溜球(玩具). **2** 《美、俚》傻瓜.

yr (略) year; younger; your.

yrs (略) years; yours.

yuc·ca [`jʌkə; 'jʌkə] *n.* ⓒ絲蘭, 鳳尾蘭, 《產於美國西南部及中南美洲的百合科植物》.

yuck [jʌk; jʌk] *interj.* 《俚》呸! 啐! (表示嫌惡、反感等).

Yu·go·slav [`jugo`slɑv, -`slæv; ˌju:gəʊ'slɑ:v] *adj.* 南斯拉夫(人)的.
— *n.* ⓒ南斯拉夫人.

Yu·go·sla·vi·a [ˌjugo`slɑvɪə, -vjə; ˌju:gəʊ'slɑ:vjə] *n.* **1** 南斯拉夫(社會主義共和國聯邦), 前南斯拉夫, 《1918 年成立, 1991 年開始解體》.

2 南斯拉夫(聯邦共和國), 新南斯拉夫, 《歐洲東南部的國家; 由 Serbia 和 Montenegro 組成; 首都 Belgrade; → Balkan 圖》).

yule [jul, jiul; ju:l] *n.* ⓤ《古》(常 *Y*ule)聖誕節 (Christmas).

yule·tide [`jul,taɪd; 'jiul-; 'ju:ltaɪd] *n.* ⓤ《詩》聖誕季節(Christmastide).

yup·pie [`jʌpɪ; 'jʌpɪ] *n.* ⓒ《口、常表輕蔑》雅痞《在都市裡過著豪華生活的年輕精英; <*young urban professional*》.

YWCA (略) Young Women's Christian Association (基督教女青年會).

Z z *Zz*

Z, z [zi; zed] *n.* (*pl.* **Z's, Zs, z's** [~z; ~z])
1 ⓊⒸ英文字母的第二十六個[最後一個]字母.
2 ⓒ(用大寫字母)Z 字形物.
3 ⓒ《數學》未知數的符號(通常作 *z* (用小寫字母斜體)).
from Â to Ẑ → A, a.

Za·ire [zɑ`ɪr; zɑ:'ɪə(r)] *n.* 薩伊(非洲中部的共和國; 1997 年 5 月已改稱剛果民主共和國(Democratic Republic of Congo); 首都 Kinshasa).

Zam·bi·a [`zæmbɪə; 'zæmbɪə] *n.* 尚比亞(非洲南部中央的國家; 首都 Lusaka).

za·ny [`zenɪ; 'zeɪnɪ] *adj.* 荒唐可笑的; 愚蠢笨

拙的.

Zan·zi·bar [`zænzəˌbɑr; ˌzænzɪ'bɑ:(r)] *n.* 尚席巴(非洲東岸的島嶼; Tanzania 聯邦共和國的一部分; 原屬英國的託管地).

***zeal** [zil; zi:l] *n.* ⓤ熱忱, 熱心, 熱中, 《*for*》. He showed great *zeal for* his mission. 他對他的使命表現出莫大的熱忱/They were full of revolutionary *zeal*. 他們充滿著革命的熱情.
⇨ *adj.* **zealous.**

zeal·ot [`zɛlət; 'zelət] *n.* ⓒ過於熱中的人; 狂熱者.

***zeal·ous** [`zɛləs; 'zeləs] (★注意發音) *adj.* 熱心

的, 熱中的, 狂熱的, ((for)); 熱情的((to do)). He is a *zealous* baseball fan. 他是狂熱的棒球迷/Mark was always *zealous* for justice. 馬克一直熱心於正義/They were *zealous* (in their desire) *to* aid these refugees. 他們熱心地幫助這些難民.
⇨ *n.* zeal.

zeal·ous·ly [ˋzɛləslɪ; ˈzeləslɪ] *adv.* 熱心地, 狂熱地.

ze·bra [ˋzibrə; ˈzebrə] *n.* (*pl.* ~s, ~) ⓒ 斑馬((產於非洲)).

zèbra cróssing *n.* ⓒ (英)(塗成斑馬花紋的)行人穿越道, 斑馬線, (行人優先).

ze·bu [ˋzibju, ˈzibu; ˈzi:bu:] *n.* ⓒ 印度牛, 瘤牛, (背上有大瘤的牛; 在印度、中國、東非等地當作家畜飼養).

zed [zɛd; zed] *n.* (英) =zee.

zee [zi; zi:] *n.* ⓒ (美) Z [z] 的字母(發音).

Zen [zɛn; zen] *n.* (日語) Ⓤ 禪.

[zebu]

ze·nith [ˋzinɪθ; ˈzeniθ] *n.* ⓒ **1** (加the)(天文)天頂(某一地點正上方的天空; → nadir). **2** (通常用單數)(希望, 幸福等的)頂點; 絕頂; 最高潮. He was at the *zenith* of his fame when death came to him. 死神降臨時, 他的聲名正如日中天.

zeph·yr [ˋzɛfɚ; ˈzefə(r)] *n.* ⓒ (詩)和風, 微風.

zep·pe·lin [ˋzɛpəlɪn, ˈzɛplɪn; ˈzepəlɪn] *n.* ⓒ 齊柏林飛船(源自德國發明家 F. von Zeppelin 之名).

ze·ro [ˋziro, ˋziro; ˈzɪərəʊ] *n.* (*pl.* ~s, ~es [~z; ~z]) **1** Ⓤ (作數值的)0, 零; ⓒ (數字的)0, 零. Two minus two equals *zero*. 二減二爲零/The figure 1,000 has three *zeros* in it. 數字 1,000 中有三個零.

2 Ⓤ (溫度計等的刻度的)零度; 冰點. sixteen degrees below *zero* 零下十六度/The indicator on the scale pointed to *zero*. 那臺計量儀的指針指向零/The temperature fell to *zero*. 溫度降爲零度.

3 Ⓤ 甚麼也沒有, 全無, (nothing).

4 =zero hour.

【●數字的讀法】
電話號碼: 033-4017 (*o* [o, ou; əʊ]) three three four *o* one seven), 300-6215 (three double *o* six two one five). (★ 0 有時亦讀作 zero).
運動: (足球, 橄欖球等) with the score of 5-0. (five nil 或 five (to) nothing).
(網球): The score is 30-0. (thirty love).
小數點: 3.02 (three point *o* [zero] two), 0.4% (zero [nought] point four percent).

zéro hòur *n.* Ⓤ (軍事)行動[作戰]開始時刻, (爆炸, 火箭發射等的)預定時刻.

zest [zɛst; zest] *n.* (*pl.* ~s [~s; ~s]) 【刺激的東西】 **1** ⒶⓊ 風味; 趣味. The possibility of danger gives (a) *zest* to some sports. 危險性增添了某些運動的趣味.

2 ⓒ (爲增添風味用的)檸檬[橘子]皮.
【(因刺激產生的)興趣】 **3** Ⓤ 熱情, 強烈的興趣. I studied with *zest*. 我懷著濃厚的興趣學習/She has a tremendous *zest* for life. 她對人生抱有極大的熱情.

zest·ful [ˋzɛstfəl; ˈzestfʊl] *adj.* 熱心的; 有風味[趣味]的.

Zeus [zus, zɪus, zjus; zju:s] *n.* (希臘神話)宙斯(Olympus 山的主神; 相當於羅馬神話中的 Jupiter).

zig·zag [ˋzɪɡzæɡ; ˈzɪɡzæɡ] *n.* (*pl.* ~s [~z; ~z]) ⓒ 鋸齒形, Z 字形, 閃電形. go in a *zigzag* 呈 Z 字形前進/The lightning made a *zigzag* in the sky. 閃電在空中畫出 Z 字形.
— *adj.* (限定)(彎曲成)鋸齒形的, Z 字形的. a *zigzag* route to the top of the mountain 通往山頂的彎曲道路.
— *adv.* 呈鋸齒形地, 呈 Z 字形地. The path runs *zigzag* across the hillside. 這條小徑呈 Z 字形穿過山坡.
— *vi.* (~s; ~ged; ~ging) 呈 Z 字形前進[彎曲].

zil·lion [ˋzɪljən; ˈzɪlɪən] *n.* ⓒ (口)天大的數字. a *zillion* of ants 無數的螞蟻.

Zim·ba·bwe [zɪmˋbɑbwɪ; zɪmˈbɑ:bwɪ] *n.* 辛巴威(非洲南部的國家; 首都 Harare).

zinc [zɪŋk; zɪŋk] *n.* Ⓤ (化學)鋅(金屬元素; 符號 Zn).

zin·ni·a [ˋzɪnɪə, ˋzɪnjə; ˈzɪnɪə] *n.* ⓒ (植物)百日草(菊科).

Zi·on [ˋzaɪən; ˈzaɪən] *n.* **1** 錫安山(耶路撒冷(Jerusalem)的猶太人視之爲神聖的山; 昔日大衛王(David)於此建造宮殿, 其子所羅門(Solomon)修築神殿). **2** (集合)以色列人, 猶太民族. **3** Ⓤ 天國, 天堂.

Zi·on·ism [ˋzaɪənˌɪzəm; ˈzaɪənɪzəm] *n.* Ⓤ 猶太建國主義(企圖於巴勒斯坦建立猶太人國家的運動; 於 Israel 建國後謀求其擴張).

Zi·on·ist [ˋzaɪənɪst; ˈzaɪənɪst] *n.* ⓒ 猶太建國主義者.

zip [zɪp; zɪp] *n.* **1** ⓒ 颼颼聲(子彈等飛出的聲音, 撕布聲). **2** Ⓤ (口)精力, 幹勁. He's full of *zip*. 他精力充沛. **3** (主英) =zipper.
— *v.* (~s; ~ped; ~ping) *vi.* **1** (子彈等)發出颼颼聲地前進[飛]. **2** 颼地一聲撕開. **3** (口)精神飽滿地活動.
— *vt.* **1** 使颼颼地飛. **2** 用拉鍊拉開[拉上](★也適用 句型5). *Zip* me up [*Zip* up my dress], will you? 幫我拉上衣服的拉鍊好嗎?/She *zipped* the bag open [shut]. 她拉開[拉上]袋子.

zíp còde *n.* Ⓤⓒ (美)郵遞區號(加於州名之後的 5 位數字; 前面的 3 位數表示州及都市, 後面的 2 位數表示郵政區域; (英) postcode).

zip-fas·ten·er [ˋzɪpˌfæsnɚ; ˈzɪpˌfɑ:snə(r)] *n.* (英) =zipper.

zip·per [ˋzɪpɚ; ˈzɪpə(r)] n. C (主美)拉鍊((英) zip).

zip·py [ˋzɪpɪ; ˈzɪpɪ] adj. (口)有精神的, 精力旺盛的.

zir·con [ˋzɝkɑn; ˈzɜːkɒn] n. U(礦 物)鋯石(帶有各種顏色的結晶體; 做寶石用).

zith·er [ˋzɪθɚ; ˈzɪðə(r)] n. C 齊特琴(平放, 像古箏般地彈奏的弦樂器).

zizz [zɪz; zɪz] n. a U (英、口)小睡, 打盹兒. have [take] a zizz 打瞌睡.

[zither]

Zn (符號) zinc.

zo·di·ac [ˋzodɪˌæk; ˈzəʊdɪæk] n. **1** (天文)(加 the)黃道帶(太陽和月亮以及主要行星運行的帶狀區域).
2 C 十二宮一覽圖(在占星術中以春分爲起點, 將黃道帶分爲十二等分並爲每一等分搭配星座圖; 其一等分稱作宮(sign)).

zom·bi, zom·bie [ˋzɑmbɪ; ˈzɒmbɪ] n. C
1 行屍走肉(西印度群島的迷信).
2 (輕蔑)廢物, 糊塗蟲, 笨蛋, (人).

zon·al [ˋzonl; ˈzəʊnl] adj. 帶狀的; 分成地帶[區域]的.

‡**zone** [zon; zəʊn] n. (pl. ~s [~z; ~z]) C **1** 地帶, 地區, 區域. a danger [safety] zone 危險[安全]地帶/Drive slowly in school zones. 學校附近減速慢行.
2 (地理)(依據氣溫所劃分的)地球上的五個)帶. the Torrid Zone 熱帶/the Temperate Zone 溫帶/the Frigid Zone 寒帶.
3 (美)(電話、小包裹等的)收費相同區域.

---

zoological 1845

⇨ adj. zonal.
— vt. 把…分成區; 區分; ((as, for)). The area is zoned for residential development. 那個地區被劃作住宅開發區.

[zones 2]

zon·ing [ˋzonɪŋ; ˈzəʊnɪŋ] n. U (都市計畫中的)區域劃分(指定爲住宅區、商業區等).

zonked [zɑŋkt; zɒŋkt] adj. 《敘述》《俚》**1** 酒醉的; 因麻醉藥而昏迷的.
2 累壞的.

‡**zoo** [zu; zuː] n. (pl. ~s [~z; ~z]) C 動物園(zoo-logical garden(s) 的縮寫). Let's go to the zoo today. 我們今天去動物園吧!

zoo·keep·er [ˋzuˌkipɚ; ˈzuːˌkiːpə(r)] n. C 動物園的動物飼育者[管理員].

zo·o·log·i·cal [ˌzoəˋlɑdʒɪkl; ˌzəʊəˈlɒdʒɪkl] adj. 動物學的; 關於動物的.

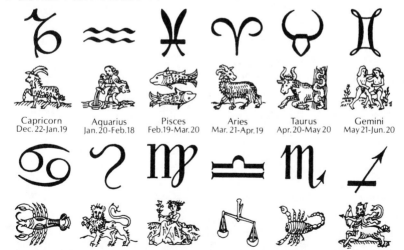

Capricorn Dec. 22-Jan.19
Aquarius Jan. 20-Feb.18
Pisces Feb.19-Mar. 20
Aries Mar. 21-Apr.19
Taurus Apr. 20-May 20
Gemini May 21-Jun.20

Cancer Jun. 21-Jul.22
Leo Jul. 23-Aug.22
Virgo Aug. 23-Sept.22
Libra Sept. 23-Oct.22
Scorpio Oct. 23-Nov. 21
Sagittarius Nov. 22-Dec.21

[signs of zodiac]

Z

zōological gárden *n.* Ⓒ (通常 zoological gardens)《文章》動物園(zoo).

zo·ol·o·gist [zoˋɑlədʒɪst; zəʊˋɒlədʒɪst] *n.* Ⓒ 動物學家.

***zo·ol·o·gy** [zoˋɑlədʒɪ; zəʊˋɒlədʒɪ] *n.* Ⓤ 動物學; (集合)(一地區的)動物; (→ botany).

zoom [zum; zuːm] *vi.* **1** 〔飛機〕陡直上昇; 〔物價等〕突然上漲, 激增(*up*). Exports are *zooming* owing to the cheap dollar. 出口因美元貶值而激增.

2 《口》〔交通工具, 騎士〕奔馳; 呼嘯而過. Tom went *zooming* past me on his new motorcycle. 湯姆騎著他的新摩托車從我身邊呼嘯而過.

3 《電影、電視》(操作可調焦距的鏡頭)使畫面忽然擴大[縮小].

zòom ín (*on...*) 放大, 特寫(…的畫面). The TV camera *zoomed in on* the President's face. 那臺電視攝影機拍了總統臉部的特寫.

zòom óut 縮小(…的畫面), 以遠鏡頭處理.

— *n.* Ⓤ (飛機的)陡直上升; 陡直上升時發出的嗡嗡聲.

zóom lèns *n.* Ⓒ《攝影》變焦鏡頭((可迅速連續改變焦距的一組鏡頭)).

Zo·ro·as·ter [zoroˋæstə; ˌzɒrəʊˋæstə(r)] *n.* 瑣羅亞斯德((古代波斯國教祆教的創始人; 從西元前7世紀後半起傳教)).

Zo·ro·as·tri·an·ism [ˌzoroˋæstrɪənɪzm; ˌzɒrəʊˋæstrɪənɪzəm] *n.* Ⓤ 祆教, 拜火教.

zuc·chi·ni [zuˋkinɪ; zuˋkiːnɪ] *n.* (*pl.* ~, ~s) Ⓒ《主美》一種呈黃瓜形的南瓜.

Zu·lu [ˋzulu; ˋzuːluː] *n.* (*pl.* ~s, ~) (加 the) 祖魯族((居住在南非共和國的部族)); Ⓒ 祖魯族人.

Zu·rich [ˋzurɪk, ˋzɪurɪk, ˋzjurɪk; ˋzjʊərɪk] *n.* 蘇黎世((瑞士北部的州; 該州首府及最大都市)).

zzz [zzz; zzz] *interj.* 呼呼((漫畫裡常用來表示鼾聲)).

Z

附 錄 目 次

英文文法總整理

目　次

1. 句子(Sentence)的種類

　　表達某一完整內容的語言的最小單位稱爲句子.
通常, 句子是由成爲主題的**主語**(Subject)與敍述有關

該主語的**述語**(Predicate)所構成. 主語中有成爲核心
的**主詞**, 述語中有成爲核心的**述語動詞**(亦僅稱爲**動
詞**). 有的動詞是需要**受詞**或**補語**的動詞. 所謂受詞,
是成爲動詞的動作所及的對象的字詞; 所謂補語, 是
表示主語(或受詞)的狀態或性質、補充動詞的語意完
整的字詞.

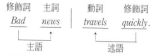

修飾詞	主詞		動詞	修飾詞
Bad	*news*		*travels*	*quickly.*
	主語		述語	

主詞、動詞、受詞、補語爲構成句子的主要要素. 各個要素中實際上很多是帶有**修飾語**的. 所謂修飾語, 是指與某一語詞有關而限定或詳述某語意的語詞. 修飾名詞的語詞爲形容詞類(→見 **11. 1**), 修飾動詞(形容詞或副詞)的語詞爲副詞類(→見 **11. 2**).

• 例外: 表示某思想或感情的最小單位爲字詞(word).
Thanks. (謝謝)/Fire! (失火了!)/Congratulations! (恭喜!)

1. 1　肯定句與否定句

句子有肯定句與否定句. 將肯定句的動詞加上 not 以構成否定句是最爲普遍的形式.

(1) 動詞爲一般動詞時
要將<助動詞 do [does, did]+not>放在動詞前面. 也可縮寫爲 don't, doesn't, didn't.

- I like jazz. (我喜歡爵士樂)
- I **don't** like jazz.

- Betty likes classical music.
  (貝蒂喜歡古典音樂)
- Betty **doesn't** like classical music.

(2) 有 be 動詞或助動詞時
要將 not 放在 be 動詞或助動詞後面. 也用 isn't, aren't, won't 等縮寫.

- I'm a big fan of jazz. (我是爵士樂的大樂迷)
- I'm **not** a big fan of jazz.

- Betty can play the piano. (貝蒂會彈鋼琴)
- Betty can**not** play the piano.

(3) 用 no 時
- I have **no** brothers.
  (我沒有兄弟)
- **No** man lives in the building.
  (沒人住在那幢建築物)

1. 2　句子的意義上分類

(1) 直述句
直述句是以某件事為事實而加以敘述的句子. 書寫時句末要標句點((.)), 朗讀時要降低句尾語調讀之.

I'm quite sure of her success. ♪
(我確信她會成功)

No, I don't think so. ♪
(不, 我不以爲然)

(2) 疑問句
疑問句是表示疑問或發問的句子. 句末要加上問號((?)).

① 一般疑問句
即<(助)動詞+主詞>爲句首的句子. 通常可用 Yes, No 回答. 原則上發音要提高句尾語調.

Do you live in Tokyo? ♪
(你住在東京嗎?)
Have you ever been abroad? ♪
(你曾出國嗎?)

② 特殊疑問句
即疑問詞爲句首的句子. 通常發音要降低句尾語調. 不可用 Yes, No 回答.

What do you mean by that? ♪
(你那是甚麼意思?)
* 但亦有如 What's your name, please? ♪ 一般提高語調而發音, 是口氣較婉轉的說法.

③ 選擇性疑問句
表示「是 A 還是 B?」的選擇, 雖無疑問詞, 但與特殊疑問句一樣不可用 Yes, No 回答.

Is he an Englishman ♪ or an American? ♪
(他是英國人還是美國人呢?)

④ 附加疑問句
是一般疑問句的一種. 通常, 肯定句中帶著否定的附加疑問句, 否定句中帶著肯定的附加疑問句.

You love Sue, **don't you**?
(你愛蘇, 不是嗎?)
He won't come, **will he**?
(他不會來, 不是嗎?)
* 另外, 有<Let's..., shall we?>與<祈使句, will you?>等習慣用法上的附加疑問句.

Come with me, **will you**?
(跟我來, 好嗎?)
Let's take a coffee break, **shall we**?
(咱們休息一下, 意下如何呢?)《用法稍舊》

⑤ 修辭性疑問句
以疑問句的形態, 反問式地敘述某件事的句子, 而不徵求回答. 以肯定的形態表示否定的內容, 以否定的形態表示肯定的內容.

Who cares? (=No one cares.)
(誰在乎(那種事)? (=沒人會在乎的))

(3) 祈使句

以動詞原形為句首, 通常省略主詞 you. 否定的祈使句是以 Don't 或 Never 為句首.

> **Be** quiet, please. (請肅靜!)
>
> **Don't** be silly. (別傻了!)

用 you 時是要強調特定的人.

> **You** *shut* up. (你閉嘴!)

(4) 感歎句

以 what 或 how 為句首, 表示感歎的心情. 很多都像下列的第二個例句般, 不用句子的形式.

> **What** nonsense you are talking!
>
> (你在胡說些甚麼!)
>
> **How** nice of you! (你真好!)

1.3 句子的結構上分類

(1) 單句

只有單獨一組<主語+述語>的句子.

> Carter is ten years old.
> 主語　　　　述語
>
> (卡特十歲大)

(2) 合句〔對等複合句〕

有兩組以上的<主語+述語>以對等連接詞 and, but, or 等所連結的句子. 各個子句稱為對等子句(→見 **15.2**).

> He drank tea, and I drank coffee.
> 對等子句　　　　對等子句
>
> (他喝茶, 我喝咖啡)

(3) 複句〔從屬複合句〕

複句即含有從屬子句的句子. 所謂從屬子句, 係指具有「主語+述語」形式的子句, 可分為副詞子句、名詞子句、形容詞子句(→見 **15.2**).

> When she heard that, she turned pale.
> 從屬子句〔副詞子句〕
>
> (聽到了那件事, 她臉色發白)

> She pretended that she was sick.
> 　　　　　　　從屬子句〔名詞子句〕
>
> (她假裝生病)

> This is the place where the accident occurred.
> 　　　　　　　　　從屬子句〔形容詞子句〕
>
> (這裡就是事故發生的地點)

2. 句子的要素

2.1 句型
(Sentence Pattern)

句型係根據採用補語或採用受詞等不同**動詞的類型**所做的分類, 計有下列五種基本句型.

第一句型	主詞(Subject)+動詞(Verb)
第二句型	主詞+動詞+補語(Complement)
第三句型	主詞+動詞+受詞(Object)
第四句型	主詞+動詞+受詞+受詞
第五句型	主詞+動詞+受詞+補語

2.1₁ 五種基本句型

(1) 第一句型 (S+V)

動詞是**完全不及物動詞**.

> She **cried**. (她哭了)
>
> Many tourists **come** to this island every year.
>
> (每年都有許多遊客來到這個島上)
>
> * There is ～, Here is ～ 的構句亦列入此句型.

(2) 第二句型 (S+V+C)

動詞是**不完全不及物動詞**, 要採用**主格補語**.

① 表示「就是…」之意的句子

> This **is** *my house*. (這是我的房子)

　同類的動詞有 keep, lie, remain, stay 等.

② 表示「成為〔變成〕…」之意的句子

> She **became** *a nurse*. (她當了護士)

　同類的動詞有 come, fall, get, go, grow 等.

③ 其他

> You **look** very *healthy*. (你看起來很健康)

　同類的動詞有 appear, feel, prove, seem, smell, sound, taste 等.

(3) 第三句型 (S+V+O)

動詞是**完全及物動詞**, 要採用受詞.

> Cats **catch** *mice*. (貓捉老鼠)
>
> I don't **know** *who the man is*.
>
> (我不知道那個人是誰)

關於及物動詞是採用動名詞或不定詞作受詞, 請參照 **9.2₅**.

(4) 第四句型 (S+V+O+O)

動詞是**完全及物動詞**，要採用直接受詞與間接受詞．

She	**wrote**	me	a long letter.
主詞	動詞	間接受詞	直接受詞

（她寫給我一封長信）

I **bought** him a tie.

（我給他買了一條領帶）

第四句型的動詞，大部分可改變受詞的順序而當作第三句型使用．此時，有些動詞要加上 to 或 for 於間接受詞前面．

　　She wrote a long letter **to** me.

　　I bought a tie **for** him.

要加上 to 的動詞有 give, hand, lend, loan, offer, pass, pay, send, show, tell 等，要加上 for 的動詞有 build, cook, fetch, find, fix, get, pour, prepare, secure, sing 等．

(5) 第五句型 (S+V+O+C)

動詞是**不完全及物動詞**，受詞之外，還要接**受詞補語**．

　　Who **left** the door *open*?

　　（誰讓門開著不關呢?）

　　We **elected** him *captain of our team*.

　　（我們選他當隊長）

成為受格補語的有(原形)不定詞、分詞、形容詞、名詞等，要採用何者為受格補語則因動詞而異．第五句型中所用的動詞，主要如下所列：

思量動詞	感官動詞	使役動詞	其　他
believe	feel	cause	allow
consider	hear	bid	call
find	see	force	enable
imagine	watch	get	hate
judge		have	help
know		let	keep
suppose		make	like
think			want

注意：受詞與受格補語的關係相當於＜主語＋述語＞的關係．

　　She called me "Jess". 〔SVOC〕
　　（她叫我傑斯）《Me＝Jess》
　　She called me a taxi. 〔SVOO〕
　　（她為我叫了一輛計程車）《me≠a taxi》

2.1 2　主詞與受詞

　　可當做主詞與受詞的，除名詞和代名詞之外，還

有如下所列：

(1) the＋形容詞

　　The young should respect **the old**.

　　（年輕人應該尊敬老年人）

(2) 不定詞《名詞用法的不定詞》

　　To err is human.

　　（犯錯乃人之常情）

　　His aim in life was **to become** a great doctor.

　　（他的人生目標是要成為偉大的醫生）

(3) 動名詞

　　Flying a kite can be dangerous.

　　（放風箏可能會有危險）

(4) 名詞子句(→見 15.2)

可分為 that 子句、疑問詞子句、what 所引導的關係代名詞子句等．

　　He told me **that** *he was going to Italy.*

　　（他告訴我說他要去義大利）

　　Tell me **where** *she lives.*

　　（請告訴我她住在哪裡）

　　What *he said* is true. （他所說的是真的）

2.1 3　補語

　　可當做補語的，除前一節所列舉的可當做主詞與受詞的之外，還有如下所列：

(1) 不定詞《形容詞用法的不定詞》

　　This house is **to let**. （這幢房子是要出租的）

(2) 分詞

　　I saw her **dressed** in white.

　　（我看見她穿著白衣服）〔受格補語〕

(3) 副詞

　　School is **over** at 3:30. （學校在三點半下課）

(4) 介系詞片語

　　It is **out of the question**. （那根本不必討論）

2.2　假主詞

　　當做主詞之不定詞或 that 子句可移置於句末，而將一形式上的主詞 it 置於句首，可使句子的焦點在句末．此一 it 稱為**假主詞**或**形式主詞**．

　　It's always delightful *to see you.*

　　（每次見到你，總覺得很高興）

　　It worried me *that she looked pale.*

(她臉色蒼白令我很擔心)

2.3 詞類(Part of Speech)

將單字依照詞形變化或其功能所做的分類, 稱爲**詞類**. 英語中, 有下列八種詞類:

有詞形變化的字	無詞形變化的字
名詞	連接詞
代名詞	介系詞
形容詞	感歎詞
副詞	
動詞	

冠詞是形容詞的一種, 助動詞是動詞的一種. 除感歎詞之外, 請參照各章節.

2.31 感歎詞(Interjection)

與句子的其他部分並無任何文法上的關係而被放進句子中的單字, 稱爲感歎詞.

Hey, what are you doing? (嘿! 你在做甚麼?)

感歎詞是用來引起(人們的)注意或表達喜悅、驚訝等各種喜怒哀樂的情感. 其主要的字有 ah(啊!), alas(哎!), hurrah(萬歲!), oh(噢!), ouch(唉唷!), wow(哦!)等. 另外, 構成慣用片語的有Good Heaven(s)!, Goodness gracious!, Jesus Christ! 等.

3. 名詞(Noun)

表示人或事物之名稱者稱爲**名詞**. 名詞詞形通常會隨數與格而變化.

	單數	複數
主格與受格	boy	boys
所有格	boy's	boys'

關於格的用法, 參照 **3.4**.

3.1 名詞的種類

如下所列, 名詞有五種, 而依其是否可變成複數

又可分爲可數名詞與不可數名詞兩種. 分別標示爲 Ⓒ (可數(Countable))與 Ⓤ (不可數(Uncountable)).

普通名詞	通用於某一類人中的任一成員或某種事物中的任一個的名稱	可數名詞
集合名詞	某些人或某些事物所聚集形成的整體的名稱	
物質名詞	表示物的材料或質料的名稱	不可數名詞
抽象名詞	動作、狀態、性質等無形物的名稱	
專有名詞	用於特定的人、地點、事物的名稱	

(1) 普通名詞

爲可數名詞之一, 單數可加上不定冠詞(a, an)或數詞等, 可改成複數.

　　a **girl**(女孩)—**girls**(女孩們)
　　an **hour**(一小時)—two **hours**(兩小時)

(2) 集合名詞

爲可數名詞之一, 可加上不定冠詞或數詞等, 可改成複數.

　　a **family**(家庭)—three **families**(三個家庭)
　　a **nation**(國民)—many **nations**(許多國民)

① 某一群體被當做一個整體考量時, 該集合名詞要**作單數**. 但若考量到構成群體的各個成員時, 集合名詞要**作複數**.

My **family** *is* not very large.
(我的家庭並非大家庭)

My **family** *are* all very well.
(我的家人都很好)

committee, crew, crowd, group, jury, team 等集合名詞用法亦同.

② 有些集合名詞不加上不定冠詞而常作複數.
例如: cattle, clergy, police 等(請參照本辭典內文).

③ 下列的詞彙, 意義雖爲集合名詞, 但卻屬於不可數名詞.
machinery (=machines), jewelry (=jewels), furniture 等.

④ people 的用法特殊, 指「國民、民族」之意時作普通名詞, 泛指「人們」之意時不可用 **a** people 或 peoples.
注意下列的不同:
　　{ many peoples (許多民族)
　　{ many people (許多人)

(3) 物質名詞

爲不可數名詞之一, 不可加上不定冠詞或改成複數.

　　Blood is thicker than **water**. (血濃於水)
　　Butter and **cheese** are made from **milk**.

（奶油和乳酪是由牛奶製成的）

因為物質名詞不可直接加上數詞，故改成如下所列以表示數量。

> *a piece of* chalk （一支粉筆）
>
> *two sheets of* paper （兩張紙）
>
> *a glass of* water （一杯水）

(4) 抽象名詞

表示抽象性質或動作的名詞。為不可數名詞，故不可加上不定冠詞或改成複數。為使意義具體化，要用 a piece of 等。

> **Death** is often compared to **sleep**.
>
> （死亡常被比喻成永眠）
>
> He gave me **a good piece of** advice.
>
> （他給了我一個忠告）〔不可用 an advice〕

(5) 專有名詞

以大寫字母為字首。是不可數名詞之一，通常不加不定冠詞，不能改成複數。同時，除河川、海洋、船舶等的名稱之外，通常不加不定冠詞。

> **Romeo** fell in love with **Juliet**.
>
> （羅密歐愛上了茱麗葉）
>
> **Tokyo** is the capital of **Japan**.
>
> （東京是日本的首都）

但, 如下所列的情況要加定冠詞.

① 複數專有名詞
> **the** United States of America （美利堅合眾國）
>
> **the** Smiths （史密斯家〔夫妻、兄弟等〕）

② 河川、海洋、山脈、半島等
> **the** Thames (River) （泰晤士河）
>
> **the** Mediterranean (Sea) （地中海）
>
> **the** Alps （阿爾卑斯山脈）
>
> **the** Balkan Peninsula （巴爾幹半島）

③ 報紙、雜誌、書籍名稱
> **the** New York Times （紐約時報）
>
> **the** Reader's Digest （讀者文摘）
>
> *也有不加 the 於名稱前面的:
>
> *Time* （時代雜誌）, *Language* （語言期刊）

④ 政府機關、公共設施、建築物等的名稱
> **the** White House （白宮）
>
> **the** Ministry of Education （教育部）
>
> **the** New Tohoku Line （東北新幹線）
>
> **the** Mayflower （五月花號）《船》

車站站名或公園名稱不要加上 the:
> London Station （倫敦車站）/Central Park （中央公園）/Oxford University （牛津大學）〔但 the University of Oxford 的用法亦可〕

3.2　不可數名詞變可數名詞

原為不可數名詞的物質名詞、抽象名詞與專有名詞，有時變為可數名詞而加不定冠詞或變成複數。

(1) 物質名詞變可數名詞

① 表示種類時
> The store has a large stock of **wines**.
>
> （那家商店有豐富的藏酒）

② 指產品或個別之物等
> How many **papers** do you take?
>
> （你訂幾份報紙?）
>
> Three **coffees**, please.
>
> （請給三杯咖啡）《點餐時》

(2) 抽象名詞變可數名詞

> Thank you for your **kindnesses**.
>
> （多謝你的好意）《具體的行為》
>
> There were three **deaths** in the car crash.
>
> （該車禍有三人死亡）《實例》

(3) 專有名詞變可數名詞

① 「…般的人」,「名叫…的人」,「…家的人」
> He is *a* **Newton** of our day.
>
> （他是當代的牛頓）
>
> *A* **Mr.** Bond wants to see you.
>
> （有位龐德先生想見你）
>
> Her mother was *a* **Kennedy**.
>
> （她的母親是甘迺迪家族的人）

② 產品、作品等
> I want *a* **Ford**. （我想要一部福特汽車）
>
> She owns *a* **Picasso**. （她擁有一幅畢卡索的畫）

進而再變成普通名詞時，就以小寫字母為字首。
> She bought *a* **hoover** at a supermarket.
>
> （她在超級市場買了吸塵器）《英》

[參考] 相反地, 有時普通名詞也被當作專有名詞。
> **Father** told **Mother** that **Nurse** quit her job.
>
> （爸爸告訴媽媽說，奶媽不做了）《在家中使用的說法》

3.3　名詞構成複數的方法

(1) 規則性的名詞

① 要在單數詞尾加上 -s，單數詞尾若為無聲子音則發音為 [s; s]，若為有聲子音則發音為 [z; z]。

cup—cup**s** [kʌps; kʌps]

cat—cat**s** [kæts; kæts]

bag—bag**s** [bægz; bægz]

table—table**s** [ˋteblz; ˈteɪblz]

star—star**s** [starz; stɑːz]

② 單數詞尾發音為 [s; s], [z; z], [ʃ; ʃ], [ʒ; ʒ], [tʃ; tʃ], [dʒ; dʒ] 的名詞, 要加上 -e**s**(詞尾為不發音的 e 時, 要加上 -**s** (發音為 [ɪz; ɪz]).

glass(玻璃杯)—glass**es** [ˋglæsɪz; ˈglɑːsɪz]

tax(稅)—tax**es** [ˋtæksɪz; ˈtæksɪz]

dish(盤子)—dish**es** [ˋdɪʃɪz; ˈdɪʃɪz]

branch(樹枝)—branch**es** [ˋbræntʃɪz; ˈbrɑːntʃɪz]

noise(聲音)—noise**s** [ˋnɔɪzɪz; ˈnɔɪzɪz]

③ 單數詞尾為<子音字母+y>時, 要將 y 改為 i 再加上 -e**s**.

city(都市)—cit**ies** [ˋsɪtɪz; ˈsɪtɪz]

baby(嬰兒)—bab**ies** [ˋbebɪz; ˈbeɪbɪz]

為<母音字母+y>時, 就直接加上 -**s**.

boy—boy**s** day—day**s**

④ 單數詞尾為<子音+o>時, 有的要加上 -**s**, 有的則加上 -e**s**.

piano(鋼琴)—piano**s**

photo(照片)—photo**s**

hero(英雄)—hero**es** [ˋhɪroz, ˋhiroz; ˈhɪərəʊz]

potato(馬鈴薯)—potato**es** [pəˋtetoz, pəˋtetəz; pəˈteɪtəʊz]

有的名詞加上 -e**s** 或 -**s** 皆可.

zero(零)—zero**(e)s**

mosquito(蚊子)—mosquito**(e)s**

⑤ 單數詞尾為 -f 或 -fe 的名詞, 要將 -f 或 -fe 改為 -v 再加上 -e**s**.

half(一半)—hal**ves** [hæfz; hɑːvz]

knife(刀子)—kni**ves** [naɪvz; naɪvz]

有的名詞詞尾為 -f 仍不改為 -v-.

handkerchief(手帕)—handkerchief**s**

roof(屋頂)—roof**s**

(2) 不規則變化的名詞

① 改變母音的名詞

man [mæn; mæn](人)—men [mɛn; men]

woman [ˋwʊmən, ˋwumən; ˈwʊmən](女性)—women [ˋwɪmɪn, -ən; ˈwɪmɪn]

foot [fʊt; fʊt](腳)—feet [fit; fiːt]

goose [gus; guːs](鵝)—geese [gis; giːs]

mouse [maʊs; maʊs](老鼠)—mice [maɪs; maɪs]

② 加上 -en 的名詞

ox(公牛)—ox**en**

child(小孩)—child**ren** [ˋtʃɪldrən, -drɪn, -dən; ˈtʃɪldrən]

③ 單複數同形的名詞

sheep(羊)—**sheep** deer(鹿)—**deer**

* fish 指種類時也會變成 fishes, 但一般為單複數同形.

(3) 外來語的複數

focus(焦點)—foci [ˋfosaɪ; ˈfəʊsaɪ]

radius(半徑)—radii [ˋredɪˌaɪ; ˈreɪdɪaɪ]

phenomenon(現象)—phenome**na** [fəˋnɑmənə; fəˈnɒmɪnə]

basis(基礎)—bas**es** [ˋbesiz; ˈbeɪsiːz]

* focus 中亦有 focuses, radius 中亦有 radiuses 等已英語化的複數名詞.

(4) 複合名詞的複數

原則上, 要將最重要的要素改成複數.

father-in-law(配偶的父親)—father**s**-in-law

looker-on(旁觀者)—looker**s**-on

有的亦如 manservant(男僕)—men**servant**s 及 woman doctor(女醫生)—wom**en** doctor**s** 般, 將兩個要素改成複數.

(5) 通常為複數的名詞

名詞中有僅有複數的名詞、通常為複數的名詞、或特定意義上使用複數的名詞.

① 成對的用具與衣類等

glasses(眼鏡) 《作單數或複數》

scissors(剪刀) 《作複數》

compasses(圓規) 《作單數》

trousers(長褲) 《作複數》

clothes(衣服) 《作複數》

* 計數時要如 *a pair of* glasses, *two pairs of* glasses 般稱之.

② 學術與學科名稱《作單數》

mathematics(數學) physics(物理學)

③ 病名《作單數》

measles(痲疹) blues(憂鬱症)

④ 場所的名稱

headquarters(總部) outskirts(郊外)

⑤ 比賽性遊戲的名稱

billiards(撞球) cards(紙牌遊戲)

(6) 文字與數字的複數

原則上要加 -'s, 但有時僅加 -s 即可.

Your o's look like a's.

(你寫的 o 看起來就像 a)

I only got three A's in the final exams.

(我期末考只得了三個 A)

She was born in the 1950s [1950's].

(她是 1950 年代出生的)

3.4　名詞的格

名詞有三種格. 主格與受格的拼法相同.

主　格	boy; boys
所有格	boy's; boys'
受　格	boy; boys

3.4 1　主格

主格除當做主詞、主格補語外, 有時也當做稱呼或主詞、主格補語的同位語 (➜見 **3.6**).

A student wants to see you.

(一位學生想見你) 〔主詞〕

He is a **student**. (他是學生) 〔主格補語〕

Are you serious, **Jack**?

(傑克, 你當真嗎?) 〔稱呼〕

3.4 2　所有格

(1) 構成所有格的方法

① 單數名詞的所有格要在詞尾加上 's (apostrophe s). apostrophe 稱為所有格符號.

cat—cat's [kæts; kæts]

uncle—uncle's [ˈʌŋklz; ˈʌŋklz]

Alice—Alice's [ˈælɪsɪz; ˈælɪsɪz]

＊'s 的發音與名詞複數的情況相同, 通常在無聲子音之後發音為 [s; s], 在有聲子音(包括母音)之後發音為 [z; z], 但在 [s; s], [z; z], [ʃ; ʃ], [ʒ; ʒ], [tʃ; tʃ], [dʒ; dʒ] 之後發音為 [ɪz; ɪz].

② 複數名詞詞尾為 -s 時, 只要加上 apostrophe (').

teachers—teachers'　girls—girls'

[注意] 單數所有格、複數、複數所有格的發音都相同.

girl's, girls, girls' [gɝlz; gɜːlz]

cat's, cats, cats' [kæts; kæts]

③ 複數名詞詞非 -s 時, 要加上 's.

women—women's　men—men's

children—children's

古典作品的專有名詞詞尾為 -s 時, 通常只加上 apostrophe (').

Achilles' tendon (阿奇里斯腱)

Moses' Ten Commandments (摩西十誡)

再者, for convenience' sake 等慣用片語中, 因 [s; s] 音重複, 故只加上 apostrophe ('). 但有時也會省略此符號.

(2) 用法

所有格出現在名詞前面, 有修飾該名詞的作用.

This is **Mary's** dog. (這是瑪莉的狗)

但有時所有格單獨使用.

We are staying at our **uncle's**.

(我們在叔父家過夜)

3.4 3　受格

名詞的受格與主格拼法相同. 要根據名詞在句中的位置與作用來判斷其為主格或受格.

Romeo loves **Juliet**. 〔Juliet 為受格〕

Juliet loves **Romeo**. 〔Romeo 為受格〕

受格有如下所列的用法:

(1) 成為動詞或介系詞等的受詞

The dog *bit* the man. (狗咬了人)

The dog sat down *by* the man.

(狗坐在那個人身旁)

(2) 成為受格補語

We elected Jane **chairperson**.

(我們選珍擔任主席)

(3) 成為受詞同位語 (➜見 **3.6**)

(4) 修飾名詞

A boy **your age** ought to behave well.

(像你這種年紀的孩子應該有禮貌)

＊表示年齡、形狀、顏色等的名詞有多種用法.

A boy *of* our age.... 亦可.

(5) 有副詞的作用

Come **this way**. (請往這邊走)

3.5　名詞的性別

自然界中有男[雄]性、女[雌]性與無性別之物的區分, 同樣地, 語言中亦有陽性、陰性與中性的區分. 英語文法上的性別與自然界的性別大體上一致. 通常,

指陽[男]性的名詞接 he, 指陰[女]性的名詞接 she, 指無性別之物的名詞接 it.

3.5 1 陽性與陰性的區分

（1）分別使用不同詞彙的情況

陽　　　　性	陰　　　　性
boy	girl
father	mother
son (兒子)	daughter (女兒)
bull (公牛)	cow (母牛)

（2）陰陽[男女]性通用的詞彙加上表示陰陽性詞彙的情況

boy student	girl student
manservant	maidservant
tomcat (公貓)	she-cat (母貓)

（3）以字尾區分的情況

lion	lioness
actor (男演員)	actress (女演員)
hero (英雄)	heroine (女傑)

3.5 2 通性

陰陽[男女, 雌雄]性通用的名詞. 原本爲可接 he 與 she 的名詞, 但在社會習慣等方面, 以陽[男]性或陰[女]性爲代表者居多.

parent (雙親之一)　friend (朋友)
teacher (教師)　cousin (堂[表]兄弟姊妹)
student (學生)　sheep (羊)

　•在美國, 學校教師以女性居多, 故 teacher 的泛稱多接 she. 再者, baby 與 child 爲通性名詞, 泛稱時接 it, 但若清楚男女性別則接 he 或 she.

3.5 3 擬人化的性別

在希臘、羅馬神話等的影響下, 原本爲中性的名詞有時被當作陽[男]性或陰[女]性.

The **moon** hid *her* face in the cloud.
(月亮表面被雲遮住了；月亮把她的臉藏在雲裡)
Death is seeking for *his* prey.

(死神在尋找他的獵物)

　一般而言, 力量強大的、可怕的事物當作陽[男]性, 溫柔的、對自己本身重要的事物當作陰[女]性. 舟、車等被當作女性大概是基於此理由.

My car is really good. *She* makes one hundred miles an hour.

(我的車的確是好車, 時速高達一百英里)

3.6　同位語

如 My brother John(家兄約翰)般的說法, 只用 my brother 亦可達意, 但進一步加上指同一人的 John, 則使 my brother 所指者更具體化. 此情況稱 John 與 my brother 爲同位(Apposition)關係. 同位語的種類如下所列:

3.6 1 名詞

That man is *Perry Mason*, **the lawyer**.
(那位就是律師裴利·梅森)
Mr. Bush, **principal of our school**, graduated from Yale.
(校長布希先生畢業於耶魯大學)
Ted loves *his wife* **Elizabeth**.
(泰德愛他的妻子伊莉莎白)
We were **all** tired.
(我們大家都累了)

3.6 2 不定詞

I have just *one thing to ask of you*—**to leave me alone**.
(我只有個請求——請別管我)

3.6 3 名詞子句

The question **whether I should quit college or not** bothered me.
(我爲是否離開大學的問題而煩惱)
The fact **that I'm here** proves that I'm innocent. (我在此地的事實證實我是無辜的)

　•與 that 子句同位關係的主要名詞爲表示思考、事實、感覺等的名詞, 此外還有 assumption, belief, conclusion, hope, idea, impression, possibility, rumor, thought 等.

3.6 4 表同位關係的 of

① ＜A of B＞「叫做 B 的 A」
the city **of** Rome (羅馬市)
the name **of** Annabel (安娜貝兒的名字)
the three **of** us (我們三個人)

　＊three of us 意即「我們其中的三個人」.

② ＜A of B＞「如 A 般的 B」
a brute **of** a man (野獸般的男人)
that fool **of** a Tom (笨蛋湯姆)

　＊此種情況, 專有名詞也要加上不定冠詞.

4. 代名詞 (Pronoun)

代替名詞使用的詞彙稱為**代名詞**, 可分類為下列五種.

4. 1　人稱代名詞 (Personal Pronoun)

即區分第一人稱(說話者)、第二人稱(聽者)與第三人稱(其他)的代名詞, 其詞形依人稱、數與格的變化如下表所列.

　＊表中亦列有所有格代名詞與反身代名詞之詞形.

4. 1 1　人稱代名詞的格

名詞中, 主格與受格的拼法相同, 但人稱代名詞中, 除 you, she, it 之外, 三種格之詞形皆異.

(1) 主格

You and **I** are the same age.
(你我年齡相同)〔主詞〕
It's **he** [《口》**him**]. (是他)〔主格補語〕
Hey, **you**! What are you doing?
(喂! 你在做甚麼?)〔呼喚〕

(2) 所有格

His daughter and **my** son are good friends.
(他女兒和我兒子是好朋友)

(3) 受格

I hate **him**! (我討厭他! 我恨他!)〔動詞受詞〕
He stared at **me**. (他盯著我看)〔介系詞受詞〕

4. 1 2　應注意的人稱代名詞

(1) we, you, they 的不定用法

we, you, they 有時並非指特定的「我們」、「你們」、「他[她]們」, 而是籠統地指「(社會上一般的)人們」. 在談論一般看法的場合等, 常用 we 與 you.

We eat to live, not live to eat.
(人是為了活而吃, 並非為了吃而活)
You never know what will happen tomorrow.
(任何人都無法知道明天會發生甚麼事)
They say that she quit her job.
(聽說她辭職了)

　＊這一類的 we, you, they 多數情況不必譯成中文. 要注意 they 不包括說話者與聽者.

(2) it 的特別用法

① 表示天候、距離、時間、明暗等

		主　格	所 有 格	受　格	所有格代名詞	反身代名詞
第一人稱	單　數	I	my	me	mine	myself
	複　數	we	our	us	ours	ourselves
第二人稱	單　數	you	your	you	yours	yourself
	複　數					yourselves
第三人稱	單　數	(男) he	his	him	his	himself
		(女) she	her	her	hers	herself
		(中) it	its	it		itself
	複　數	they	their	them	theirs	themselves

It never rains but **it** pours.
(不雨則已，一雨傾盆＞禍不單行)

It's ten minutes walk to the bus stop.
(到公車站要步行 5 分鐘)

What time is **it**? (現在幾點?)

② 指籠統的事物

"Who is **it**?"..."**It**'s me."
(「誰呀?」…「是我!」)

* 正如 take **it** easy, queen **it** over 等, it 亦常用於慣用片語中。

③ 假主詞

It's natural for him *to get* mad.
(他會勃然大怒也不無道理)

It's no use *asking* me for money.
(求我借錢是白費力氣)

It is true *that* I was head over heels in love with her. (我的確是被她迷住了)

④ 假受詞

She found **it** dull *living* in the country.
(她感到鄉下的生活很單調)

I thought **it** strange *that* he didn't turn up.
(他不露面, 我覺得很奇怪)

⑤ it 的強調構句(➡見 **18**(4))

It's you *that* she loves, not me.
(她所愛的不是我, 而是你啊!)

4.13　所有代名詞

即表示「～ 的東西」之意的 mine, yours 等代名詞,
可以單獨使用, 而普通的所有格後面不加名詞, 即不
可單獨使用。於上下文意明確時, 為避免前後的名詞
重複而用於取代「my＋名詞」等。

This house is **mine**, not **yours**.
(這房子是我的, 不是你的)

His is a large family.
(他的家是個大家庭)

* 此種說法為正式書寫用語, 使用不定代名詞 one 而作 His family is a large *one*. 則為白話文[口語]用法。

另有習慣上的用法, 並無特別指稱的名詞.

Yours sincerely. (敬上)(書信結尾)

[參考] 冠詞不可與 my, his 等所有格並列使用, 所以
如 a my friend, his a friend 等用法是錯誤的, 而

使用所有格代名詞如 a friend of mine, a friend
of his 等才是正確的. 並且要注意所有代名詞與
this, that 等一起使用的情況.

a pupil *of his* (他的(一位)學生)

that hat *of hers* (她的那頂帽子)

再者, 亦可用名詞的所有格.

this house *of John's* (約翰的這幢房屋)

4.14　反身代名詞

即表示「～自己」之意的代名詞, 其詞形為人稱代名
詞之所有格或受格加上 -self(複數為 -selves)所構成。

* 本辭典中的慣用片語等雖以 oneself 表示, 但
在實際使用之際, 要配合動詞的主詞使用適當
的詞形。

(1) 成為動詞或介系詞的受詞時

此時發音不要太強。

History repéats **itsèlf**.
(歷史會重演)

Hélp **yoursèlf** to the cookies.
(請吃小餅乾!)

Nobody can líve by **himsèlf**.
(誰都無法自己一個人活下去)

* 如 absent **oneself** (缺席), pride **oneself**
(自豪)等, 有些動詞必須要接反身代名詞。

(2) 表示強調時

通常要重讀。

I dìd it **mysélf**. (我親自做了的)

I **mysélf** dìd it. (正式書寫用語)

He was kíndness **itsélf**. (他本身就是好意)

4.2　指示代名詞 (Demonstrative Pronoun)

即指稱表示人或物的代名詞, 說話時往往會配上
「指」的動作. this (these), that (those)即指示代名
詞, 亦被當作形容詞使用. 相當於中文的「這」「那」、
「這個[些]」「那個[些]」。

4.21 this(these),this (those) 的特別用法

this (these)與 that (those)有如下所列用法之不同:

this (these)	that (those)
ⓐ地點上較近者	ⓐ地點上較遠者
ⓑ時間上較近者	ⓑ時間上較遠者
ⓒ「後者」	ⓒ「前者」
ⓓ以下敘述之事或前述之事	ⓓ前述之事

ⓐ **This** is mine, and **that**'s yours.
(這是我的，那是你的)

ⓑ Young people wear their hair long **these** days.
(近來，年輕人喜歡留長髮)

In **those** days most children wore their hair very short.
(當年[從前]大部分的孩子都把頭髮剪得很短)

ⓒ Health is above wealth; **this** (＝the latter) does not give as much happiness as **that** (＝the former).
(健康勝於財富．因為後者不如前者會帶來幸福)

ⓓ **This** at least is certain—that he has nothing to do with the scandal.
(至少這是千真萬確的——他與該項醜聞無關)

She laughed at his loud necktie. **This** [That] wounded him.
(她嘲笑他豔麗的領帶．這[那]可就傷到他了)

4.2₂ that (those) 的特別用法

（1）**避免名詞的重複出現**
The climate of England is milder than **that** [＝the climate] of Scotland.
(英格蘭的氣候比蘇格蘭的(氣候)溫暖)

（2）**表示「人們」之意的 those**
Those present were charmed by her beauty.
(在場的人們都被她的美麗迷住了)

Those *who* forget everything are happy.
(把一切忘掉的人是幸福的)

4.3 不定代名詞
(Indefinite Pronoun)

籠統地指稱人或物的數量等的代名詞，稱為不定代名詞．

A (人)	B (物)	C (人或物)
somebody	something	one
someone	anything	any

anybody	everything	some
anyone	nothing	none
everybody		all
everyone		each
nobody		both
		either
		neither
		another
		other

（1）A 與 B 的用法
這些不定代名詞僅為名詞用法，都作單數．不加 the, his, that 等限定詞．
Is there **anything** I can do for you?
(有甚麼可以效勞的嗎?)

* 口語中，這些代名詞接 they [their, them]者居多．
Everyone went there, didn't *they*?
(大家都去那裡了，不是嗎?)

（2）C 的用法
除 none 之外，全都有形容詞用法．而名詞用法則有獨立用法及與 of 片語連用的情況(one, another, other 除外)．
Both are my colleagues.
(兩位都是我的同事)
I don't like **either** of them.
(那兩位[個]我都不喜歡)
I have read **all** (of) *his* novels.
(他的小說我全都讀過)

4.3₁ 應注意的不定代名詞用法

（1）some 與 any
some 用於肯定直述句或含肯定意義的疑問句、條件子句; any 用於否定句、疑問句、條件子句. somebody, someone, anybody, anyone, something, anything 亦同．通常，修飾或指稱可數名詞時作複數，修飾或指稱不可數名詞時作單數．
Some of the information *is* very important.
(該情報中有些部分很重要)[不可數名詞]
Some of the essays *are* very interesting.
(該隨筆中有些部分很有趣)[可數名詞]
I want **some** *milk*, but there isn't **any** in the refrigerator.

（我想要點牛奶，但是冰箱裡都沒有了）

Some are wise, **some** are otherwise.

（有些人聰明，有些人並不然）

Do you have **any** foreign stamps?

（你有外國郵票嗎？）

Would you like **some** more tea?

（再來點茶好嗎？）

　*期待對方有肯定的答覆.

If you want **any** [**some**] more wine, go to the cellar and get some.

（如果你想要再多喝點葡萄酒，就到地下室拿點兒來）

　*條件子句中，若使用some 則表示更加勸誘對方之意，若使用 any 則無此意.

(2) one 的用法

① 取代其前面的可數名詞，也可成為複數.

We have three dogs—a white **one** and two black **ones**.

（我們家有三隻狗，一隻白的，兩隻黑的）

② 作總稱用法，表示「人」之意.

One ought to be true to **oneself**.

（人應該忠於自己）

③ 與another對照使用，表示「～ 與…有別」之意.

To know is **one** thing, to teach *another*.

（「知」是一事，「教」又是另一回事）

(3) all, each, every

all 指「萬物」時 作 單數，指「人」時 作 複數. each 與 every 作單數. 但要注意 every 並無名詞用法.

{ **All** was silent. （萬籟俱寂；四周鴉雀無聲）

{ **All** were silent. （大家都默不吭聲）

Each country has its own customs.

（風俗民情因地而異）

Every player did his best.

（每位選手都盡了最大的努力）

4.4 關係代名詞 (Relative Pronoun)

兼具代名詞與連接詞的功能，有連結兩個句子的作用. 例如:

I know a man. / He can speak Russian well.

→ I know *a man* **who** can speak Russian well.

（我認識一位俄語說得很好的人）

上例中，關係代名詞who 具有銜接前面名詞的代名詞作用與類似連接句子前後兩部分的連接詞作用. 前面的名詞或代名詞稱為關係代名詞的**先行詞**.

4.41 關係代名詞的種類與格變化

主 格	所有格	受 格	先行詞的種類
who	whose	whom	人
which	whose	which	動物、事物
that	──	that	人、動物、事物
what	──	what	事物

4.42 關係代名詞的用法

各個關係代名詞並無人稱與單複數的變化，所以不隨先行詞的人稱與單複數而改變詞形.

關係代名詞為後面子句的主詞時，其後面所接的動詞要與先行詞的人稱與單複數一致. 再者，受格的關係代名詞常省略.

(1) who 的用法

There were *some* **who** didn't see the joke.

（也有些人並不瞭解那種玩笑）

Is that *the man* **whose** wife was killed in the car accident?

（是那個他太太死於車禍的人嗎？）

Romeo is *the man* (**whom**) Juliet loves.

（羅密歐是茱麗葉所愛的人）

The man *with* **whom** she is talking is Mr. Allen. = The man (**whom**) she is talking with is Mr. Allen.

（正和她交談的人就是艾倫先生）

(2) which 的用法

This is a *song* **which** is popular now.

（這是現在流行的歌曲）

Soon we saw *a house* **whose** roof [*the roof* of which; of which *the roof*] was red.

（不久我們看見紅屋頂的房屋）

　*先行詞為某物時，of which 比 whose 常用，但因屬較正式的說法，故在口語中通常會說 Soon we saw a house with a red roof.

The *apples* (**which**) he sent to me were delicious.

（他送給我的蘋果好吃）

(3) that 的用法

先行詞無論為某人或某動物或某事物時都可使用。與 who 和 which 相比，限定力較強，常用於先行詞接有最高級形容詞或相當於最高級的 first, last 等的情況。that 並無所有格，而且不可把介系詞放在 that 前面。

> He isn't *the sort of man* **that** boasts of his abilities.
>
> (他不是那種吹噓自己才幹的人)
>
> That's *the last thing* (**that**) I want to do.
>
> (那是我最不情願做的事)
>
> This is *the house* (**that**) he lives in.
>
> (這是他住的房子)

參考 下列句子中皆為「這是我所說到的那本書」之意，但愈下面的句子愈口語。

> This is the book *of which* I spoke.
>
> This is the book *which* I spoke *of*.
>
> This is the book *that* I spoke *of*.
>
> This is the book I spoke *of*.

(4) what 的用法

what 為毋需先行詞的關係代名詞，相當於正式書寫語的 that which。what 原則上作單數，整個 what 子句通常也作單數。

> **What** *is* done cannot be undone.
>
> (木已成舟；覆水難收)
>
> I think **what** you say *is* true.
>
> (我想你說的是真的)

4.4 3 限定用法與補充性用法

如以上所列舉的關係代名詞，有的是與先行詞緊密連結而限定先行詞含義的**限定用法**；有的是與先行詞未必緊密連結，而補充其含義或敘述其變化結果的**補充性用法**〔又稱**非限定用法**或**連接性用法**〕。只有 who 與 which 有補充性用法，that 與 what 並無此用法。

(1) who 的補充性用法

> He had *three sons*, **who** all (=and they all) became doctors.
>
> (他有三個兒子，個個都當了醫生)

比較 He had *three sons* **who** became doctors.

(他有三個當了醫生的兒子)《像此例句般的限定用法中，表示另外可能還有沒當醫生的兒子》。

(2) which 的補充性用法

> Mr. Smith lives in Hampstead, *which* is a high-class residential district in the north of London.

(史密斯先生住在漢普斯特，那裡是倫敦北部的高級住宅區)

> The dog barked furiously, **which** awakened my brother.
>
> (狗狂吠而把弟弟吵醒了)

* 此一 which 銜接前面句子的內容。

4.4 4 關係代名詞的省略

受格關係代名詞的省略於上列各例句中可見，而主格關係代名詞有時亦被省略。

(1) There is ～, Here is ～ 之後的主格關係代名詞

> There's *a Mr. Kay* (**who**) wants to see you.
>
> (有位凱伊先生想見你)

(2) 關係代名詞為主格補語時

> John is not *the man* (**that**) he was three years ago.
>
> (約翰已經不是三年前的約翰了)

4.4 5 whoever, whichever 等

關係代名詞中有的加上 -ever，而將先行詞包括在其中。用於引導名詞子句和引導讓步子句兩種情形。

(1) 引導含有 any 之意的名詞子句的情形

> **Whoever** (=Anyone who) saw the movie was shocked.
>
> (凡看過這部電影的人都受到震撼)
>
> He'll do **whatever** you ask him to.
>
> (他會做任何你要他做的事)

(2) 引導表示讓步的副詞子句的情形

> **Whoever** comes, tell him I'm out.
>
> (無論誰來，請告訴他我不在家)
>
> You are sure to succeed, **whatever** you do.
>
> (無論你做甚麼，一定都會成功)

* whoever, whichever, whatever 以 no matter who〔which, what〕取代時為口語用法。

4.5 疑問代名詞 (Interrogative Pro-noun)

　　表疑問之意的 who, which, what 稱爲**疑問代名詞**. who 用於人, which 與 what 用於人或物.

主 格	所有格	受 格	指稱的人, 事物
who	whose	whom	人
which	——	which	人, 事物
what	——	what	人, 事物

4. 5 1　疑問代名詞的用法

　　which 與 what 也有形容詞用法.

(1) who
　　Who is that man? (那個人是誰?)
　　Who's Emily? (愛蜜莉是誰?)
　　　＊who 是要問那個人是甚麼人(identity).
　　Who do you think you are?
　　(你以爲你是誰啊?)
　　　＊要注意 you are 的排列順序.
　　Whose handbag is this?
　　(這是誰的手提包?)
　　Who is this letter from?
　　(這封信是誰寄來的?)
　　　＊口語中 whom 以 who 取代.
　　From whom is this letter? 的說法較刻板.
　　I don't know **who** to turn to.
　　(我不知道要依靠誰好)
　　　＊此例句可視爲 ...who *I am* to turn to.

(2) which
　　Which is heavier, lead or gold?
　　(鉛和金, 哪個較重?)
　　Which day of the week is it?
　　(今天是星期幾?)〔形容詞用法〕
　　Which would you like better, tea or coffee?
　　(你要茶還是咖啡?)

(3) what
　　What's up? (發生了甚麼事?)
　　What's this? (這是甚麼?)
　　What kind of flower is this?
　　(這是甚麼種類的花呢?)〔形容詞用法〕
　　I don't know **what** to do. (我不知道做甚麼好)
　　另外, what 也可用於感歎句中.
　　What a man you are!
　　(你眞是條好漢!)〔注意不定冠詞〕

5. 冠詞與數詞

5. 1　冠詞 (**Article**)

　　即放在名詞前面, 具有限定該名詞作用的詞彙, 可視爲形容詞的一種. 冠詞有**不定冠詞**與**定冠詞**.

5. 1 1　不定冠詞

　　a 和 an(母音之前)原與 one 爲相同字源, 有「一個 …」的數詞性的含義.
　　I write to my mother once **a** month.
　　(我一個月寫一次信給母親)
　　一般只是爲了表示爲可數名詞(→見**3. 1**)的單數而加不定冠詞, 不必一一譯成「一個…」等的情形居多.
　　She bought **a** *chicken*.
　　(她買了小雞)〔可數名詞的用法〕
　　She bought *chicken*.
　　(她買了雞肉)〔不可數名詞的用法〕
　　詳細用法參照→見詞條 a, an.

5. 1 2　定冠詞

　　the(在母音之前發音爲 [ði; ði:])與 that 字源相同, 其指示作用較弱. 係指有「該…」之意的特定物〔人〕. 定冠詞一般有限定名詞或使名詞特定化的作用, 既可加可數名詞, 亦可加不可數名詞.

(1) 修飾語(句)的特定化
即具有限定修飾語(句)作用的情況.
　　the tallest building in New York
　　(紐約最高的大廈)〔最高級用 the〕
　　the movie (that) I saw yesterday
　　(我昨天看的電影)〔關係代名詞子句的限定〕

(2) 上下文或狀況的特定化
表示首次成爲話題(的人或事物)的名詞要加上不定冠詞, 第二次起則要加上定冠詞.
　　A man stepped out of the darkness. None of us knew **the** man.
　　(一個男人從暗處走出來. 我們當中沒人認識那個人)
下列例句中, 係指哪一扇窗戶則依其現場狀況顯然可得知的.
　　Please open **the** window. (請打開窗戶)
　　另外, <the＋普通名詞單數>爲表示「所謂～」之意的

總稱意義或「～的性質」之意的抽象意義的用法.
還有種種用法如 the Japanese ((全體)日本人) 及 the
Americas (南北美洲) 等所見的總括性用法等.
詳細用法參照 → 見詞條 the.

5.13 專有名詞與冠詞

專有名詞通常不加冠詞, 但有些情況必須加 a 或
the. 關於此點, 請參照 **3.1**(5), **3.2**(3).

5.14 冠詞的位置

原則上, 冠詞緊接在名詞前面, 若有形容詞及副
詞, 則加在形容詞及副詞前面, 但下列情況則加在形
容詞後面. → 見 **4.13** 參考

(1) many, such, what 修飾名詞時

Many **a** man has predicted it. 《文章》
(多人已預言之)

It's *such* **a** lovely day. (天氣眞好)

(2) 形容詞被 so, as, too, how 修飾時

It's *so lovely* **a** day. 《文章》
(陽光和煦之日)

This is *too good* **a** chance to lose.
(這是千載難逢的良機(切莫失之交臂))

(3) 名詞被 all, both 修飾時

He lost *all* **the** money he had.
(他把(手頭上)現有的錢全都搞丟了)

Both **the** brothers were out.
(兄弟倆都不在家)

(4) 名詞被 half, double 等修飾時

He'll be back in *half* **an** hour.
(他過三十分鐘就回來)

* 《美》也有 a half hour 的說法.

Half **the** peaches in the box were rotten.
(箱子裡有一半的桃子都爛了)

5.15 冠詞的省略

普通名詞、集合名詞以及指稱特定人[物]或事情
的物質名詞與抽象名詞, 一般要加冠詞, 但下列情況
冠詞被省略.

(1) 呼喚

Boys, be ambitious. (年輕人, 要胸懷大志!)

Take me to the nearest station, *driver*.
(司機先生! 送我到(離這裡)最近的車站)

(2) 表示當作補語[同位語]用的職稱之名詞

(某特定時候限於獨一無二的職稱)

He was **Professor** of Medieval English at
Oxford University.
(他是牛津大學中世紀英語教授)

* 有一人以上時則為 He is *a* professor of
English at Tokyo University. (他是東京大學
英語教授(中的一位))

Mr. Smith was elected **chairman** of the com-
mittee. (史密斯先生當選為委員會主席)

Alfred, **King of England**, died in 899.
(英國阿佛烈國王死於西元 899 年)

(3) 當作頭銜[稱號]而放在名詞前面時

Professor Smith is world-famous.
(史密斯教授舉世聞名)

(4) 場所或建築物等當作原本的目的使用時

(名詞的意義轉變為抽象名詞用法)

We don't go to **school** on Sundays.
(我們星期天不上學)

I saw Mrs. Smith at **church**.
(上教會時我遇到史密斯太太)

比較 There's a tall tree in front of *the* church.
(教會的(建築物)前面有棵高大的樹)

* bed, chapel, church, college, court,
hospital 《英》, market, prison, table 《英》,
university 《英》等也有相同用法.

(5) 家庭成員或受雇人、主治醫師等 → 見 **3.2**(3)
參考

(6) 慣用語[片語]

① 兩個名詞當作對句使用時

They went **hand in hand**.
(他們(倆)手牽著手一起離開)

I watched the game **from beginning to end**.
(我從頭到尾看了那場比賽)

② 「介系詞+名詞」

Do you go to school **by bus** or **on foot**?
(你搭公車還是走路上學?)

I went to Kagoshima **by plane**.
(我搭飛機到鹿兒島)

5.2 數詞 (**Numeral**)

表示數目或順序的詞彙稱為數詞. 數詞有表示數
目的**基數詞**與表示順序的**序數詞**. 大部分的序數詞是

文法

在基數詞詞尾加上 -th 所構成.

基數詞的構成

| 1 | 12 | 13 19 | 20 99 | 100 |

分別爲不同的詞彙　　　　-teen　　　-ty (-one, -two 等)　　one hundred (and)...

	基數詞	序數詞
1	one	first
2	two	second
3	three	third
4	four	fourth
5	five	fifth
6	six	sixth
7	seven	seventh
8	eight	eighth [etθ; eɪtθ]
9	nine	ninth [naɪnθ; naɪnθ]*
10	ten	tenth
11	eleven	eleventh
12	twelve	twelfth*
13	thirteen	thirteenth
14	fourteen	fourteenth
15	fifteen	fifteenth
16	sixteen	sixteenth
17	seventeen	seventeenth
18	eighteen	eighteenth
19	nineteen	nineteenth
20	twenty	twentieth*
21	twenty-one	twenty-first
22	twenty-two	twenty-second
23	twenty-three	twenty-third
24	twenty-four	twenty-fourth
...	...	...
30	thirty	thirtieth
40	forty*	fortieth
...	...	...
100	one hundred	one hundredth
101	one hundred (and) one	one hundred (and) first
102	one hundred (and) two	one hundred (and) second
103	one hundred (and) three	one hundred (and) third
104	one hundred (and) four	one hundred (and) fourth
...	...	...
1,000	one thousand	one thousandth
...	...	...
1,000,000	one million	one millionth

* 要注意有 * 號的數詞的拼法.

5. 2 1 數目與數學式的讀法

(1) 整數

236＝two hundred (and) thirty-six

124, 513, 238, 967＝one hundred (and) twenty-four *billion*, five hundred (and) thirteen *million*, two hundred (and) thirty-eight *thousand*, nine hundred (and) sixty-seven

(1245 億 1323 萬 8967)

　* 英語中每三位數爲一單位而在逗點的位置列入 billion, million, thousand.

(2) 小數

9.36＝nine point [decimal] three six

3.02＝three point [decimal] nought two

(3) 分數

½＝a [one] half

⅓＝a [one] third

⅔＝two-thirds〔注意複數〕

¼＝a [one] quarter

¾＝three-quarters [three-fourths]

4⅜＝four and three-eighths

(4) 數學式

2＋5＝7　　Two and five is seven.

6－3＝3　　Three from six is three.
　　　　　　Six minus three is three.

8×6＝48　　Eight times six is forty-eight.

12÷3＝4　　Twelve divided by three is four.
　　　　　　[Three into twelve goes four times.]

(5) 年、日期、時刻

1989＝nineteen eighty-nine

1900＝nineteen hundred
April 8＝April (the) eighth
7:25 p.m.＝seven twenty-five p.m. [ˋpiˋεm;
ˌpiːˈem]

(6) 電話號碼、頁碼等

東京(03)3230-9411＝Tokyo 0 [o; əʊ] three
three two three 0 nine four one one
舊金山001-1-415-986-7311＝San Francisco 0 0
one one four one five nine eight six seven
three one one
Chapter VIII＝Chapter eight
Elizabeth II＝Elizabeth the Second
32℃＝thirty-two degrees centigrade

6. 動詞 (Verb)

　　表示動作、狀態等的詞彙，稱為**動詞**。動詞有現
在、過去、未來等的**時態變化**，而且有的是當作句子
的述語動詞而隨主詞的人稱、單複數及時態而發生詞
形變化，有的則不定詞、分詞、動名詞般不發生詞
形變化。例如，be動詞有如下所列的詞形：

原形	be	不定詞	to be
現在式	am, are, is	現在分詞	being
過去式	was, were	動名詞	being
過去分詞	been		

6. 1　動詞變化

　　動詞隨主詞的人稱、單複數及時態而發生的詞形
變化，稱為**動詞變化**。動詞變化中，以現在式、過去
式、過去分詞三者尤其重要。動詞依其動詞變化是規
則或不規則，而分為規則動詞與不規則動詞。

6. 1 1　規則動詞

　　在動詞原形的詞尾加上 -ed(詞尾是不發音的e時，
加上 -d)，構成過去式和過去分詞。其發音在無聲子音
後面為 [t; t]，在有聲子音後面為 [d; d]，但在詞尾發音
為 [t; t] 或 [d; d] 的單字時，為 [id; id]。
　　下列動詞的拼法要特別注意：

(1) 詞尾為<子音字母＋y>的動詞
要將 y 改為 i 再加上 -ed。
cry(哭)—cried—cried

詞尾為<母音字母＋y>的動詞直接加上 -ed。
play(玩)—played—played

(2) 詞尾為<短母音＋一個子音字母>的動詞
要重複子音字母再加上 -ed。
stop(停止)—stopped—stopped
rob(搶奪)—robbed—robbed
stir(攪拌)—stirred—stirred
　　＊詞尾為<母音字母＋r>的動詞亦同。

**(3) 兩音節以上而詞尾為<有重音的短母音＋一個子
音字母>的動詞**
要重複子音字母再加上 -ed。
omít(省略)—omitted—omitted
prefér(更喜歡)—preferred—preferred
　　＊詞尾為<母音字母＋r>的動詞亦同。
注意 differed; límited.

6. 1 2　不規則動詞

(1) A—B—B型　過去式與過去分詞相同
bring(帶來)—brought—brought

(2) A—B—A型　現在式與過去分詞相同
come(來)—came—come

(3) A—B—C型　詞形皆異的動詞
choose(選擇)—chose—chosen

(4) A—A—A型　詞形皆同的動詞
cut(切)—cut—cut

(5) A—A—B型　現在式與過去式相同
beat(打)—beat—beaten

6. 1 3　構成動詞第三人稱、單數、現在
式的方法

(1) 原則上要在動詞原形加上 -s
walk(步行)—walks [wɔks; wɔːks]
love(愛)—loves [lʌvz; lʌvz]
　　＊-s 的發音：在有聲子音後面為 [z; z]，在無聲
子音後面則為 [s; s]。

(2) 要在詞尾加上 -es 的情況
①　詞尾發音為 [s; s], [z; z], [ʃ; ʃ], [ʒ; ʒ], [tʃ; tʃ], [dʒ;
dʒ] 的動詞原形要加上 -es(詞尾不發音的 e 時，
要加上 -s)(其發音為 [ɪz; ɪz])。
pass(通過)—passes [ˋpæsɪz; ˈpɑːsɪz]
catch(抓住)—catches [ˋkætʃɪz; ˈkætʃɪz]

curse(咒罵)─curse*s* [ˋkɜsɪz; ˈkɜːsɪz]

② 詞尾為<子音字母＋y>的動詞要把 y 改為 i 再加上 -es(其發音為 [z; z]).

try(嘗試)─tr*ies* [traɪz; traɪz]

詞尾為<母音字母＋y>的動詞直接加上 -s.

stay(逗留)─stay*s* [stez; steɪz]

注意 say(說)─say*s* [sɛz; sez] 為例外.

6.1 4 構成現在分詞與動名詞的方法

(1) 原則上要在動詞原形加上 -ing

play(玩)─play*ing*

go(去)─go*ing*

詞尾為不發音的 e 時, 要去掉 e 再加上 -ing.

come(來)─com*ing*

(2) 要重複詞尾音子音字母的動詞

與 -ed 的情況相同→見 **6.1₁(3)**.

6.2 動詞的種類

6.2 1 不及物動詞與及物動詞

動詞中, 毋需受詞者稱爲**不及物動詞**, 需受詞者稱爲**及物動詞**.

(1) 不及物動詞

不及物動詞中, 有毋需補語的**完全不及物動詞**與需要補語的**不完全不及物動詞**. →見 **2.1**

① 完全不及物動詞

係指僅用動詞而意義就大致具備, 毋需借助補語的動詞. 此類動詞構成第一句型.

Jesus **wept**. (耶穌哭泣了)

I **woke** at six-thirty this morning.

(今天早晨我六點半醒來)

＊woke 所接的部分爲副詞修飾語.

② 不完全不及物動詞

需要補語, 構成第二句型.

He **is** a professor of biology at Harvard.

(他是哈佛大學生物學教授)

He **turned** pale. (他變得臉色蒼白)

(2) 及物動詞

及物動詞中, 有毋需補語的**完全及物動詞**與需要補語的**不完全及物動詞**. →見 **2.1**

① 完全及物動詞

有僅接一個受詞的與接兩個受詞的.

> Dad **bought** a camera. 〔第三句型〕
>
> (爸爸買了照相機)
>
> Dad **bought** me a camera. 〔第四句型〕
>
> (爸爸買了照相機給我)

② 不完全及物動詞

爲採用受格補語的動詞, 構成第五句型.

Those words **made** me happy. 〔第五句型〕

(那些話令我好高興)

(3) 不及物動詞與及物動詞的關係

英語的動詞, 很多既可當不及物動詞又可當及物動詞使用, 有些則本爲不及物動詞而臨時當及物動詞, 或反之本爲及物動詞而臨時當不及物動詞使用.

① 採用同源受詞的動詞

不及物動詞有時採用字源或意義上相關聯的受詞(**同源受詞**)而臨時變成及物動詞. 主要的動詞有 die, dream, fight, laugh, live, sing, sleep, smile 等.

He **lived** a happy *life*. (＝He lived *happily*.)

(他度過了幸福的一生)

She **dreamed** a strange *dream*.

(她做了奇怪的夢)

② 以主動語態表示被動意義的不及物動詞

相當於中文說「讀起來」、「喝起來」、「賣得」等. 主要的動詞有 compare, cut, drive, peel, read, sell, steer, translate, wash 等.

His paper **reads** like a novel.

(他的論文讀起來像部小說)

Her books **sell** pretty well. (她的書很暢銷)

(4) 易與不及物動詞混淆的及物動詞

由中文類推, 有時會誤將及物動詞當作不及物動詞而放入介系詞. 例如: answer *to...*, discuss *about...* 的用法是錯誤的.

He hasn't **answered** my letter yet.

(他還沒給我回信)

We **discussed** the matter.

(我們就那個問題進行討論)

＊另外, 請注意 address(向…演講), approach(向…靠近), attend(出席), marry(和…結婚), obey(服從…), reach(抵達…), resemble(和…相像)等.

6.3 時態 (Tense)

時態係指表示時間關係(即動詞所表示之動作或狀態係何時之事)的動詞詞形變化. 共有如下所列的時

態:

現在式	I do it.
過去式	I did it.
未來式	I will do it.
現在進行式	I am doing it.
過去進行式	I was doing it.
未來進行式	I will be doing it.
現在完成式	I have done it.
過去完成式	I had done it.
未來完成式	I will have done it.
現在完成進行式	I have been doing it.
過去完成進行式	I had been doing it.
未來完成進行式	I will have been doing it.

＊加上被動語態，則共有 24 種形式．

6.3₁ 現在式的用法

(1) 現在的狀態或性質
Mr. Black **is** a banker.
(布萊克先生是一位銀行家)
The bottle **contains** vinegar. (瓶子裡裝著醋)

(2) 現在的習慣或職業等
My little brother **sleeps** ten hours a day.
(我弟弟一天要睡十小時)

(3) 普遍的真理或社會一般觀念
Money **is** not everything. (金錢不是一切)

(4) 確定的將來或預定
Tomorrow **is** my birthday.
(明天是我的生日)
My train **leaves** at 10 o'clock.
(我搭的火車在十點出發)

(5) 代替未來式
於表示時間或條件的副詞子句中，代替未來式使用．
Please come again when you **are** free.
(有空的時候請再來)

(6) 歷史的現在式
生動地描述．
Brutus **stabs** Caesar, and Caesar **falls**.
(布魯特斯刺殺凱撒，凱撒倒了下去)

6.3₂ 過去式的用法

(1) 過去某一時刻發生的事情、動作或狀態
I **saw** Bill in the library yesterday.
(昨天我在圖書館遇見比爾)

(2) 過去的習慣性動作或歷經長時期的狀態
We often **played** chess after school.
(從前，我們放學後常玩西洋棋)
＊為明確表示是過去的習慣時，則使用助動詞
used to, would. →見 **10**

6.3₃ 未來式的用法

(1) 單純指未來
《美、口》較傾向於任何人稱都使用 will. 《英》原本依
人稱而有下列的區分，但最近亦出現與《美、口》相同
的趨勢．

	直述句	疑問句
第一人稱	shall	shall
第二人稱	will	shall
第三人稱	will	will

I'll [I **will**, I **shall**] be seventeen next year.
(明年我就十七歲了)
Will there be an earthquake in the near
future?
(不久的將來會發生地震嗎?)

(2) 想法上的未來
① 說話者的想法
I'll buy you some beer.
(我作東請你喝啤酒吧!)
但是，第二人稱或第三人稱用 shall 表示說話者的想
法的說法，現在極罕有. You *shall* have this
watch. 與 I'll give you this watch. 的說法，以後
者較常用．
② 聽者的想法(疑問句中)
Will you call me back?
(回我電話好嗎?)
Shall I carry the trunk for you?
(我幫你搬皮箱好嗎?)

6.3₄ 完成式的用法

(1) 現在完成式
① 到現在為止的動作或狀態的**完成**
I've just **finished** lunch.
(我剛剛吃完午餐)
注意 現在完成式不可與表示明確的過去時間的語詞

文法

(yesterday, when, ago 等) 一起使用. 因為 just 表示籠統的時間, 故可使用, 而 just now 為 a few minutes ago 之意, 故不可與現在完成式並用. 但 today 或 this week 等, 則可並用.

② 到現在為止的**經驗**

Have you ever **been** to Hawaii?

(你去過夏威夷嗎?)

③ 過去的動作或事情而發生在現在的**結果**

The Browns **have gone** back to England.

(布朗一家人已經回到英國去了[現在不在此地])

④ 到現在為止的狀態的**繼續**

The Lewises **have been** married for ten years.

(劉易士夫婦已經結婚十年了)

(2) 過去完成式

① 到過去某一時刻為止的**完成**或**經驗**或**結果**

I **had** hardly **walked** a mile when it began to thunder.

(我還走不到一英里就打雷了)

He **had been** in New York for a year, when his wife joined him.

(他到紐約剛過一年, 太太就(到紐約)與他團聚了)

② 發生在過去某一時刻之前的**動作**或**事情**

Sally lost the contact lenses she **had bought** the day before.

(莎莉買的隱形眼鏡在買後的第二天就弄丟了)

(3) 未來完成式

表示到未來某一時刻為止的**完成**或**經驗**等.

She'**ll have left** before you come back.

(在你回來之前, 她大概已經離開了吧)

6. 3₅ 進行式的用法

(1) 現在進行式

① 現在進行中的事

You'**re kidding**! (你亂說!)

注意 下列例句兩者意義明顯不同.

What **does** your father do?

(令尊的職業是甚麼?)

What **is** your father *doing* now?

(令尊現在正在做甚麼?)

② 不久的將來

I'**m eating** out this evening.

(今晚我打算在外頭吃飯)

③ 責難或暫時性的狀態

She'**s** always **finding** fault with me.

(她總是對我吹毛求疵)

You'**re being** bossy, aren't you?

(你這樣豈不是太霸道了嗎?)

• He *is* bossy. 則表示平時的個性或特質.

(2) 過去進行式與未來進行式

表示在過去或未來的某時候繼續進行中的事.

Alice **wasn't listening** to her sister.

(愛麗絲沒有聽姊姊所說的話)

I'**ll be waiting** for Tom until 6 o'clock.

(我會等湯姆等到六點的)

(3) 完成進行式

Professor Kay **has been studying** insects for forty years.

(凱伊教授已研究昆蟲四十年了)

〔現在仍在繼續進行中〕

Somebody **had been sleeping** on this sofa.

(有人在這張沙發上睡過吧)〔現在並不繼續著〕

I found a rare book I **had been looking** for.

(我找到了我尋尋覓覓的珍本)

(4) 不變成進行式的動詞

表示狀態(consist, contain, include, resemble 等)、心理狀態(believe, like, remember, understand 等)、知覺(feel, hear, smell, taste 等感官反應)的動詞, 多不變成進行式.

This land **belongs** to the Royal Family.

(這片土地屬於王室)

I **know** what you **mean**. (我懂你的意思)

What do you **see**? (你看見甚麼?)

6. 4　時態的一致 (Sequence of Tenses)

於敘述法(→見 17)轉換等情況, 動詞是過去式時, 該句子的從屬子句的動詞就隨之變成過去(或過去完成)式, 此即稱為**時態的一致**.

6. 4₁　時態一致的原則

He knows	what he *is doing*.
	what he *has done*.
	what he *did*.
	what he *had done*.
	what he *will do*.
	what he *will have done*.

He knew	what he **was doing**.
	what he **had done**.
	what he **had done**.
	what he **had done**.
	what he **would do**.
	what he **would have done**.

6.4 2 不適用時態一致原則的情況

(1) 敘述與時間無關的一般性事實或真理時

We learned at school that the square root of nine **is** three.

（我們在學校學到 9 的平方根是 3）

I realized that cats **can** see in the dark.

（我發覺貓在黑暗中也看得見東西）

(2) 敘述現在也通用的事情時

He said he *will* go to Chicago next Sunday.

（他說下個星期天要到芝加哥去）

＊談到這句話時的時刻若是該星期天之前，則不把 will 改為 would 也無妨.

(3) 敘述歷史上的事實時

不改成過去完成式，而維持過去式之原樣.

We were taught that World War II **broke out** in 1939.

（我們學過第二次世界大戰是在 1939 年爆發的）

(4) 假設語氣的動詞

I suggested that John **be** called.

（我提議召喚約翰）

He talked as if he **were** a very rich man.

（他說話的樣子就好比他就是個大富翁似的）

＊使用現在式 He *talks* as if... 也是用 he *were*.

6.5 動詞片語 (Phrasal Verb)

　　動詞與介系詞或副詞等結合在一起，整體有如一個動詞般發揮作用的，稱為**動詞片語**. 將句子改為被動時，不可遺漏介系詞或副詞. →見 **7.1**(6)

I must **look after** the rabbits.

（我必須照顧兔子）

Everybody **looks up to** Henry.

（大家都尊敬亨利）

The policeman **paid no attention to** him.

（警察沒有注意到他）

動詞片語主要有下列的類型：

(1) ＜動詞＋副詞＞

bring about, give up, pick up, turn up 等.

(2) ＜動詞＋介系詞＞

come across, laugh at, take after, wait for 等.

(3) ＜動詞＋副詞＋介系詞＞

catch up with, look forward to, put up with, speak well of 等.

(4) ＜動詞＋名詞＋介系詞＞

find fault with, lose sight of, make fun of, take care of 等.

6.6 假設語氣 (Subjunctive)

　　表示說話者的心理態度而用動詞形變化來表示，此即所謂的**語氣**(mood). 將某事當作事實而平鋪直敘的形式是**直述語氣**(Indicative), 當作命令或祈求而敘述的形式是**祈使語氣**(Imperative), 當作只是想法或假定而敘述的形式是**假設語氣**. 到目前為止所出現的例句，其大部分動詞是直述語氣，而用於祈使句(→見 **1.2**(3))的動詞形式是祈使語氣，不再特別提出討論. 假設語氣則有現在、過去、過去完成三種形式.

6.6 1 條件子句與結果子句的動詞形式

　　使用假設語氣最普遍的句子形式是＜條件子句＋結果子句＞.

If I were you, I would fire him.
條件子句　　　　結果子句
（如果我是你的話，我就開除他）

6.6 2 假設語氣現在式

(1) 用於條件子句時

於表示現在不確定之事或將來之事的假設的條件子句中，有時用假設語氣現在式(動詞原形), 但此為舊式

用法, 現在通常用直述語氣現在式.

> If it **be** [**is**] so, it is a grievous thing.
>
> (要是那樣的話, 就是令人痛心的事)
>
> *If need *be* (必要的話), so *be* it (就照著那樣吧)的 be 也是假設語氣現在式.

(2) that 子句中的用法

《主美》在表示**建議**、**要求**、**必要性**等動詞、形容詞或名詞後面的 that 子句中, 用假設語氣現在式.《英》用 should 居多.

> I *suggested* that George **be** chairman.
>
> (我提議由喬治當主席)
>
> *ask, demand, desire, propose, recommend, request, require 等亦同.

> It is *necessary* that he **know** the truth.
>
> (他必須瞭解眞相)
>
> *advisable, desirable, essential, imperative, vital 等亦同.

> He declined the *request* that he **attend** the meeting. (他謝絕了參加聚會的邀請)
>
> *order, proposal, recommendation, suggestion 等亦同.

6.63 假設語氣過去式

(1) 用於條件子句時

爲表示與現在事實相反的假設時, 用假設語氣過去式. 原則上不論何種人稱, be 動詞都用 were, 但是, 除了 if I were you(如果換作是我的話)等固定用法外, 有時常用**直述語氣**的 was.

> If he **were** [**was**] here, what *would* he say?
>
> (如果他在這裡的話, 他會怎麼說呢?)

> What *should* we do if Mom **didn't** give us money?
>
> (如果媽媽不給我們錢的話, 我們該怎麼辦?)

(2) 願望句中的用法

wish 之後的子句中, 用假設語氣過去式, 表示與現在事實相反的願望.

> I wish I **were** [**was**] dead!
>
> (但願我一死了之!)
>
> *I *wish to* see him. (我希望見到他)則爲有可能性的願望.

6.64 假設語氣過去完成式

(1) 用於條件子句時

表示與過去事實相反的假設.

> If I **had had** enough time, I *could have seen* more of London.
>
> (要是我有充分時間的話, 我就可以好好地看看倫敦了)

> If Bob **had taken** my advice, everything *would be* all right now.
>
> (要是鮑伯聽了我的忠告, 現在一切可就順利了)
>
> *談到現在的結果時, 結果子句的動詞就變成<助動詞的過去式+原形>.

(2) 願望句中的用法

表示與過去事實相反的願望.

> I wish I **had been** born twenty years earlier.
>
> (但願我早二十年出生)

6.65 should 與 were to 的假設

在條件子句中, 用 should 或 were to (口語中則用 was to)來表示可能性較低的假設. 結果子句有時會出現直述語氣的 will 等.

> If it **should** [**was to**, **were to**] rain, the garden party *would* [*will*] be in a mess.
>
> (萬一下雨的話, 園遊會大概會一片混亂)

6.66 取代條件子句而表示假設語氣的用法

(1) 省略 If

要變成<(助)動詞+主詞>的倒裝順序, 是屬於正式書寫用語的語法. →見 16

> **Were** *I you*, I *would* wait and see.
>
> (我若是你, 我會靜觀其變)

> **Had** *Napoleon been born in this century*, what *could* he have done?
>
> (拿破崙若是誕生於本世紀, 將會有何成就呢?)

> **Should** *he* come to see me, please let me know.
>
> (萬一他來訪, 請通知我)

(2) 副詞片語

> **But for** [**Without**] **electricity**, what *would* our life be like?
>
> (假如沒有了電, 我們的生活會變成如何呢?)

> You *could have solved* this problem **with a little more perseverence**.

（你要是稍微再堅持些，早就克服這個問題了）

(3) 不定詞與分詞

I'd be crazy **to expect** such a thing.
（我要是會去期待那種事的話，那我一定是瘋了）

Left to himself, the child *would* feel very lonely.
（如果獨處的話，那個孩子大概會感到很寂寞）

(4) 主詞或上下文含假設之意時

Even a child *would* notice the difference.
（縱使是小孩子大概也會覺覺其差異）

You *might* be a bit more careful.
（你大概會更審慎些吧）

〔暗示著「只要有心的話」般的假設〕

6.6 7 含有假設語氣的習慣用法

關於含有假設語氣過去(完成)式的習慣用法，請參照本辭典中各慣用語欄。

would rather, had rather 〔➡見 RATHER〕; if it were not for, if it had not been for 〔➡見 IF〕; as it were 〔➡見 AS〕

下列慣用語，其後面出現假設語氣過去(完成)式者居多。

It's (high) time 〔➡見 HIGH〕; as if, as though 〔➡見 AS〕

7. 語態 (Voice)

句子的主詞與動詞之間，有「某～做…」的關係與「某～被…」的關係，亦即及物動詞的主詞本身積極地為某動作的情況與受其他人或事物影響的情況，而這兩種情況，動詞形態互異。其各個動詞形態稱為**語態**，有**主動語態**與**被動語態**。

主動語態	A truck hit the dog. （卡車輾到狗了）
被動語態	The dog was hit by a truck. （狗被卡車壓到了）

7.1 構成被動語態的方法

(1) 改主動語態為被動語態的基本形式

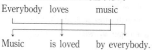

Everybody loves music

Music is loved by everybody.

(2) 第四句型的被動語態

分別以直接受詞與間接受詞為主詞，可造兩個被動語態的句子。

Mom *gave* me a pearl necklace.
（媽媽送我一條珍珠項鍊）

 → *I* **was given** a pearl necklace by Mom.
 → *A pearl necklace* **was given** me by Mom.

(3) 進行式的被動語態

要變成<be＋being＋過去分詞>之形式。

The bridge **is being repainted**.
（那座橋正在重新上油漆）

(4) 疑問句的被動語態

Does everybody *love* music?
（大家都喜愛音樂嗎?）

→ **Is** music **loved** by everybody?

Who *wrote* this novel?
（誰寫了這部小說?）

→ Who **was** this novel **written** by?

 *By whom was this novel written? 是較正式的說法。

★條件子句中假設語氣的時態與結果子句中動詞形式的關係，如下表所列:

假設語氣	所表示的事情	條件子句	結果子句
現 在 式	現在或未來不確定的事情	現 在 式 （舊式用法為原形）	will shall ﹜+原形; 現在式
過 去 式	與現在事實相反	過 去 式	過去式助動詞+原形
過去完成式	與過去事實相反	過去完成式	過去式助動詞+完成式
未 來 式	將來難以實現的事情	should were to ﹜+原形	過去式助動詞+原形

Where did the police *find* the man?

(警察在哪裡找到那個人?)

→ Where **was** the man **found** by the police?

(5) 感官動詞與使役動詞的被動語態→見 **8.6**

(6) 動詞片語的被動語態

<動詞＋介系詞>、<動詞＋副詞>等動詞片語, 有時整體像一個動詞般發生作用, 變成被動語態.

→見6.5

Ann *looked after* the baby.

(安照顧嬰兒)

→ The baby **was looked after** by Ann.

I cannot **put up with** such insult.

(我無法忍受這樣的侮辱)

→ Such insult cannot **be put up with**.

7.2 動作的被動語態與狀態的被動語態

被動語態有表示「變成～」的動作或變化的情況, 與表示「處於～狀態」的情況.

The gate **is closed** just at six every day.

(大門每天六點整關閉)〔動作〕

The gate **is** already **closed** now.

(大門已經關著)〔狀態〕

The window **got broken** by the naughty boys.

(窗戶的玻璃被頑皮的男孩們砸破了)

　•用 get, become, grow 取代 be 動詞時, 是明確表示動作的被動語態.

7.3 不變成被動語態的動詞

及物動詞大多可變成被動語態, 但如下所列的動詞, 一般不變成被動語態.

Jim **resembles** his father.

(吉姆長得很像他父親)

She **married** a bank clerk.

(她嫁給一位銀行職員)

She **has** very few close friends.

(她幾乎沒有親密的朋友)

　•have 為「得到」之意時可變成被動語態.

Maybe I **lack** the talent for languages.

(或許我缺乏語言的天分)

8. 不定詞 (Infinitive)

動詞形態中, 不直接連接主詞者稱為**準動詞**(verbal), 不定詞、現在分詞、過去分詞與動名詞即為準動詞. 不定詞係指形態為<to＋原形動詞>者, 但廣義上又包括只有動詞原形的原形不定詞. 不定詞有名詞性用法、形容詞性用法與副詞性用法, 其否定形為 not [never] to do.

不定詞亦保留著下列的一般動詞的特性:

① 有進行式: to be doing

② 有完成式: to have done

③ 有被動語態: to be done

④ 採用受詞或補語: to do that, to be happy

⑤ 被副詞所修飾: to do well

⑥ 採用真主詞: for him to do

8.1 名詞性用法

一般, 成為「做～(這件事情本身)」之意.

(1) 成為主詞

To see her is to love her.

(一見到她便會愛上她)

It's a great pleasure **to chat** with you.

(與你聊天是一大樂趣)

　*it 為假主詞, 不定詞為真主詞.

(2) 成為補語

My one wish is **to get** a new motorbike.

(我唯一的願望就是得到一部新機車)

(3) 成為受詞

Try **to understand**. (請你設法瞭解)

I found it very difficult **to persuade** him.

(我發覺要說服他是很困難的)

　*it 為假受詞, 不定詞為真受詞.

I had no choice but **to wait**.

(除了等待, 我別無選擇)〔介系詞的受詞〕

(4) <疑問詞＋不定詞>

以 what to do 等形式構成名詞片語, 成為主詞、補語或受詞.

I don't know **what to say** to her.

(我不知道對她說甚麼好)

Tell me **when to come**.

(請告訴我要在甚麼時候[幾點]來)

8.2 形容詞性用法

（1）限定用法

限定用法的情況有不定詞前面所修飾的名詞成爲不定詞的眞主詞或眞受詞，或由不定詞表示名詞的內容等情況。一般其意義爲「爲做～的、做～般的、所謂做～的」等。

Give me something cold **to drink**.

（請給我一點涼的喝）〔受詞〕

He isn't a man **to be trifled with**.

（他不是個可被看輕的人）〔主詞〕

She has a wish **to be** an actress.

（她希望成爲女演員）〔內容〕

（2）敍述用法

This house is **to let**. (本房屋出租)

* 意即「爲了出租的」，而不是名詞性用法時的「做 ～（這件事情本身）」之意。

The plane is **to take off** at 13:00.

（飛機預定在下午一時起飛）

* <be＋to do>表示預定、義務、可能、命運等.

8.3 副詞性用法

（1）修飾動詞

① **目的**「爲了做～而」

We eat **to live**.

（我們爲了生存而吃）

He hurried *so as* **not to be** late for class.

（他爲了上課不遲到而匆匆忙忙）

* 爲了使目的的含意更明確，有時用 in order to ～ 或 so as to ～.

② **原因或理由**「做～而，做～是由於」

I'm surprised **to hear** that.

（聽到那件事，我很驚訝）

It's very good of you **to invite** me.

（很感謝你邀請我）

③ **結果**「做…而其結果～」

Some people live **to be** over ninety.

（有些人活到九十歲以上）

He tried hard *only* **to fail**.

（他努力嘗試，結果卻失敗了）

④ **條件或假設**「如果 ～ 的話」

To hear him speak English, you might take him for an Englishman.

（如果聽他說英語的話，你或許會把他當成英國人）

（2）修飾形容詞或副詞

Is this water good **to drink**?

（這水可以喝嗎?）〔修飾形容詞〕

She's old *enough* **to know** that.

（她(年齡)夠大，可以懂得那件事）〔修飾副詞〕

（3）獨立用法〔獨立不定詞〕

To begin with, Jack is too young.

（第一（點），傑克太年輕了）

To do him justice, he is not mean.

（公平地說，他並不卑鄙）

（4）「受詞＋不定詞」構句

此構句雖列於本辭典第五句型，但很難界定此不定詞屬何種詞類的用法。應當作此類構句牢記之。

I declare **him to be** innocent.

（我聲明，他是無辜的）

They forced **me to confess**.

（他們強迫我招供）

* 動詞爲感官動詞與使役動詞時，要用原形不定詞. →見 **8.6** (2) (3)

8.4 不定詞的眞主詞

（1）與句子的主詞一致時

I want **to make** it doubly sure.

（我想加倍確定）

（2）爲及物動詞的受詞時

I want *you* **to be** more specific.

（我想請你說得更具體一點）

（3）爲 for 後面的名詞時

It's easy *for you* **to see** the difference.

（要你看出差異是很容易的）句中 for you 雖爲 easy 之副詞片語，但同時亦爲 to see 的眞主詞。下列的例句中，則更明確看出其爲眞主詞。

It's unusual *for the window* **to be** open.

（那扇窗戶難得打開）

His plan was *for us* **to start** early in the morning. （他的計畫是我們要在清晨出發）

8.5 完成式不定詞

一般的不定詞所表示的時間雖然與句中動詞所表示的時間相同，但是，完成式不定詞所表示的時間在句中動詞所表示的時間之前.

He seems **to be** sick.
(他看起來像在生病)

He seems **to have been** sick.
(他看起來像是生了病)

He seemed **to be** sick.
(他以往看起來像是生病)

He seemed **to have been** sick.
(他以往看起來像是一直在生病)

8.6 原形的用法

原形又稱原形不定詞或不加 to 的不定詞，用於如下所列的情況：

(1) 在助動詞之後
I'll **try**. (我來試試看)
Can I **keep** this? (這個可以給我嗎?)

(2) 在感官動詞(see, hear, feel 等)**之後**
I *heard* someone **call** my name.
(我聽到有人叫我的名字)
I *saw* her **cross** the street.
(我看到她穿越馬路)
　　* 改成被動語態時要加 to.
She was seen *to cross* the street.

(3) 在使役動詞(have, let, make 等)**之後**
I *had* my secretary **type** the letter.
(我叫我的祕書將這封信打字)
His dirty joke *made* her **blush**.
(他下流的玩笑令她面紅耳赤)
　　* 上面的例句改成被動語態時要加 to.
She was made *to blush* by his dirty joke.

(4) 在 help 或 know 之後
有時《主美》help 之後的動詞要用原形不定詞，《主英》know 之後的動詞在完成[過去]式時要用原形不定詞. 但被動語態時要加 to.
I helped her (to) **find** her contact lens.
(我幫她找隱形眼鏡)
I have never known him (to) **tell** a lie.
(我未曾聽過他說謊)

(5) 在習慣用法中
① ＜had better＋原形＞
You *had better* **go** [*better not* **go**] today.
(你最好今天去[別去])
② ＜would [had] rather＋原形＞

I'*d rather* **go** [*rather not* **go**].
(我寧可去[不去])
③ ＜do nothing but＋原形＞
Jim *did nothing but* **cry**.
(吉姆就只是哭)
④ ＜cannot but＋原形＞
We *cannot but* **admire** his courage.
(我們不得不讚賞他的勇氣)
　　* 較正式書寫用法 ➡ 見詞條 can.

8.7 取代不定詞的 to

前後關係意義明確時，爲了避免重複出現，有時只用 to do 的 to.
You can eat if you want **to**.
(你想吃就吃吧)〔省略 eat〕
He doesn't read as much as he used **to**.
(他不如以前那樣大量地閱讀)〔省略 read〕

9. 分詞與動名詞

9.1 分詞 (Participle)

準動詞之一，兼具動詞與形容詞作用的詞彙，稱爲**分詞**. 有**現在分詞**與**過去分詞**.

分詞與不定詞、動名詞同樣地，不因人稱或單複數而改變詞形. 另外，與不定詞、動名詞的情況相同，分詞仍保留著原來動詞的性質. ➡ 見 **9.2**

9.1₁ 現在分詞的用法

(1) 形容詞性用法
① 限定用法
係指分詞出現於名詞前面或後面而修飾該名詞的用法. 分詞有受詞或修飾語時，要放在所修飾的名詞後面.
Did you ever see a **flying** *saucer*?
(你曾經看過飛碟嗎?)
The man **wearing** *a red scarf* is my uncle.
(披著紅圍巾的人是我的叔叔)
② 敘述用法
係指成爲主格補語或受格補語的用法.
The baby kept **crying**.

(嬰兒一直在哭著)〔主格補語〕

I felt my heart beating fast.

(我感覺心臟跳得很快)〔受格補語〕

(2) 進行式 ＜be＋現在分詞＞→見 6.3 5

9.1 2 過去分詞的用法

(1) 形容詞性用法

與現在分詞的用法相同.

① 限定用法

A **burned** *child* dreads the fire.

(被燙過的孩子會怕火)

I received *a letter* **written** *in English*.

(我收到一封英文信)

② 敍述用法

The city lay completely **destroyed**.

(城市完全被摧毀)〔主格補語〕

I like *my eggs* hard-**boiled**.

(我喜歡全熟的水煮蛋)〔受格補語〕

She had *the battery* **recharged**.

(她讓電池又充了電)〔受格補語〕

(2) 完成式 ＜have＋過去分詞＞→見 6.3 4

(3) 被動語態 ＜be＋過去分詞＞→見 7

9.1 3 完成式分詞

完成式分詞用「having＋過去分詞」的形式, 表示發生於主要子句述語動詞所顯示的時刻前的事. 通常用於分詞構句.

Having eaten nothing for many days, he was utterly exhausted.

(數日未吃任何東西, 他已羸弱不堪)

＝Because he had eaten nothing....

9.1 4 分詞構句

分詞有時兼具動詞與連結子句和子句的連接詞的作用. 此類由分詞構成的句型, 稱為**分詞構句**. 例如:

I came back. (我回來了)
I found Jim gone. (我發現吉姆走了)

上述兩個句子可用連接詞構成如下的句子:

When I came back, I found Jim gone.

也可用分詞構成如下的句子:

Coming back, I found Jim gone.

此時的 Coming back 雖有相當於副詞子句的作用, 但

是, 因未具備＜主詞＋述語動詞＞的形式, 故並非子句, 而是有副詞作用的片語(→見 15.1 (3)). 還有, 除習慣用法外, 分詞構句通常為正式書寫用語.

(1) 表示時間

Walking along the street (＝While I was walking along the street), I slipped on a banana skin.

(走在街上時, 我踩到香蕉皮而滑了一跤)

(2) 表示原因、理由

Being good at mathematics, he hopes to become a scientist.

(因為擅長數學, 他希望成為科學家)

Not **knowing** the word, I looked it up in the dictionary.

(我不知道那個單字, 所以查了辭典)

* not 要放在分詞前面. 完成式分詞則要變成
＜not having done＞.

(3) 表示條件

Seen from a distance, the tower looked like a pencil.

(若從遠處看, 那座塔看起來像一枝鉛筆)

* 也有以過去分詞為首的分詞構句.

(4) 表示讓步

Admitting what you say, I still think I am right.

(即使承認你所說的事, 我仍然認為自己是對的)

(5) 表示附帶狀況

She lay awake for a long time, **thinking** of her future.

(她躺著久久不睡, 想著自己的將來)

9.1 5 獨立分詞構句

分詞構句的真主詞與句子的主詞不同時, 原則上要表示出真主詞. 此特稱為**獨立分詞構句**.

He walked on and on, *his dog* **following**.

〔＝..., while his dog followed.〕

(他一直走著, 而狗就緊跟在後面)

It **being** fine, we went fishing.

(天氣很好, 所以我們就去釣魚了)

獨立分詞構句的真主詞為社會上的一般人時, 有加以省略的習慣用法.

Generally speaking, Taiwanese are hard

workers.（一般而言，臺灣人是勤勞的人）

　•其他有 frankly［roughly, strictly］speaking, judging from ~, talking of ~ 等.

9.2　動名詞（Gerund）

　動名詞為準動詞之一，詞形與現在分詞同為 ~ing 的形態，兼具動詞和名詞的作用，表示「做某事（該動作本身）」之意.

名詞性	動詞性
1. 成為主詞	1. 要用受詞或補語
2. 成為補語	2. 可用副詞修飾
3. 成為動詞或介系詞的受詞	3. 有完成式
4. 有所有格	4. 有被動語態
5. 可加所有格或冠詞	5. 要用真主詞
6. 可成為複數	

9.2 1　動名詞的用法

(1) 名詞性用法
① 成為主詞
　Seeing is believing.（百聞不如一見）
　It's no use **crying** over spilt milk.（覆水難收）
　•it 是假主詞，動名詞是真主詞.
② 成為補語
　One of my hobbies is **collecting** telephone cards.（收集電話卡是我的嗜好之一）〔主格補語〕
　I call that **stealing** other people's time.
　（我說那是占用別人的時間）〔受格補語〕
③ 成為動詞的受詞
　I enjoyed **talking** with you.
　（與你交談很愉快）
　He started **washing** his car.
　（他動手洗車了）
④ 成為介系詞的受詞
　Don't be afraid of **making** mistakes when you speak English.
　（說英語別怕出錯）
(2) 形容詞性用法
　即＜~ing＋名詞＞的形式，有修飾出現在後面的名詞的作用. 主要表示目的或用途.
　drinking water（飲用水）

a **smoking** room（吸菸室）
　•現在分詞亦有形容詞性用法，但主要表示狀態、性質或傾向. 再者，＜動名詞＋名詞＞時，主重音在動名詞，＜現在分詞＋名詞＞時，主重音在名詞.
　{ a dáncing gìrl（少女舞者）
　{ a dàncing gírl（正在跳舞的女孩）
　{ a smóking càr（吸菸[非禁菸]車）
　{ a smòking cár（冒煙的汽車）

9.2 2　完成式動名詞

　動名詞所指的時間在句子動詞所表示的時間之前時，其形式為＜having＋過去分詞＞的完成式動名詞.

　He regretted not **having taken** my advice.
　（他後悔沒有聽我的忠告）
　•但在成為 remember 或 forget 的受詞時，也可以不用完成式.
　I *remember* **meeting** that man before.
　（我記得以前見過那個人）

9.2 3　動名詞的被動語態

　表示被動意義時，要將動名詞改成＜being＋過去分詞＞的形式.
　I don't like **being treated** like this.
　（我不喜歡被這樣對待）
　•如下所列，有時以主動語態表示被動意義.
　This book is *worth* **reading**.
　（這本書值得一讀）
　My car *needs*［*wants*］**repairing**.
　（我的車需要修理）

9.2 4　動名詞的真主詞

(1) 真主詞不表示出來的情況
① 與句子主詞相同時
　動名詞的真主詞與句子的主詞相同時，不被表示出來.
　He insisted on **paying** the check.
　（他堅持要付帳）
　Do you mind **handing** me the hammer?
　（拜託！把鐵槌拿給我好嗎?）
② 指一般人時
　Complimenting is **lying**.

（恭維就是虛偽）

（2）眞主詞被表示出來的情況

除上述情況外，通常，動名詞的眞主詞是代名詞時，要以所有格的形式表示出來，是名詞時，要以受格的形式表示出來．

He insisted on *my* **paying** the check.
（他堅持要我付帳）

She was getting used to *queer things* **happening**.
（她已習慣於發生奇怪的事了）

Sickness prevented *him* **going** to school.
（他生病而無法上學）

　＊此說法最口語化，其他也可用 prevent *him from* going 或 prevent *his* going.

9. 2 5　當作動詞受詞的動名詞與不定詞

因動詞之不同而有⑴只用動名詞爲受詞的動詞，⑵只用不定詞爲受詞的動詞，⑶用動名詞或用不定詞而語意不同的動詞，⑷可用動名詞與不定詞的動詞．

（1）只用動名詞爲受詞的動詞

I've just *finished* **packing**.
（我正好打包完畢）

I couldn't *help* **laughing**.
（我忍不住笑出來了）

　＊其他，有如下列的動詞：

advoid	（避免）	admit	（承認）
escape	（擺脫）	deny	（否認）
mention	（言及）	miss	（錯過）
practice	（學習）	consider	（考慮）
mind	（介意）	enjoy	（享受）
resist	（抵抗）	delay	（延後）

（2）只用不定詞爲受詞的動詞

She *pretended* **to be** hard of hearing.
（她假裝聽起來很吃力）

Jack *decided* **to cancel** the reservations.
（傑克決定取消預約）

　＊其他，有如下列的動詞：

expect	（期待）	care	（想要）
hope	（希望）	learn	（學會）
wish	（期望）	choose	（選擇）
aim	（以…爲目標）	offer	（提出（申請等））
refuse	（拒絕）	demand	（要求）
desire	（渴望）	promise	（允許）

（3）用動名詞或不定詞而語意不同的動詞

I *remember* **seeing** this picture before.
（我記得從前看過這幅畫）
I have to *remember* **to call** him tomorrow.
（我必須記得明天要打電話給他）

比較：My dad *stopped* **smoking**.
　　　（我爸爸戒菸了）
　　　My dad *stopped* **to smoke**.
　　　（我爸爸停下（某動作）去抽菸）
　　　〔不定詞爲副詞性用法〕

　＊其他尚有 forget, try 等動詞．

（4）可用動名詞與不定詞的動詞

The cat *continued* **mewing** [**to mew**].
（貓喵喵地叫個不停）
The cat *started* **scratching** [**to scratch**] the carpet.
（貓開始去抓地毯）

　＊其他尚有 begin, cease, fear, intend, like, need, omit, propose 等．

10. 助動詞 (Auxiliary Verb)

爲動詞的一種，表示只用主要動詞無法表達的能力、可能性、義務、必要性等的含意，或構成未來式、完成式、進行式、被動語態等的詞彙．助動詞有 can, must 等補充動詞意義的「語氣助動詞」，與構成時態、疑問句或否定句等有文法上作用的 **be, do, have**.

10. 1　助動詞的詞形變化

大部分的助動詞會作不完全的詞形變化．無原形或分詞，或不具有第三人稱、單數、現在式的助動詞也很多．

原形	現在式	過去式	過去分詞	~ing
	can	could		
	must	(must)		
	may	might		
	ought	(ought)		
		used		
dare	dared			
need	(need)			

	will shall am are is	would should was were } was		
be			} been	being
have	have has }	had		having
do	do does	did		

*be, have, do, dare, need 也有當作主要動詞的用法.

10. 2　語氣助動詞

(1) 特徵

①　經常用於**現在式**或**過去式**.

②　無原形, 故不接在其他助動詞後面. 因此, 構成疑問句或否定句時, 也不再借助 do (does, did).

③　第三人稱單數現在式不必加上 -(e)s.

④　其後面要接**原形動詞**. 但 ought 與 used 的後面要接不定詞.

⑤　與 not 縮寫為 can't, won't [wont; wəunt](= will not), shan't [ʃænt; ʃɑːnt] 等.

(2) 用法

語氣助動詞的用法, 大致有如下所列的共同適用之點 (關於個別的用法, 請參照本辭典各詞條的內容).

①　<助動詞+完成式>

A. 表示過去的事情

You **may** *have heard* of that.

(你或許聽過那件事)

He **cannot** *have said* so.

(他不可能會那樣說)

B. 表示過去未實現的事情

You **ought to** *have been* more careful.

(你應該更小心的(而沒有做到))

You **need** not *have come*.

(你原本不必來的(而來了))

②　**would, might** 等過去式成為客氣、含蓄的說法的情形很多.

Could you do me a favor?

(能拜託您幫個忙嗎?)

I **should** think so. (我個人認為是那樣的)

It **might** rain tonight. (今晚或許會下雨)

③　<過去式助動詞+原形[完成式]>用於假設語氣過去[過去完成]式的結果子句. →見**6. 6**

10. 3　be, do, have

be, do, have 其本身並沒有明確的含意, 而是具有構成時態或疑問句等文法上的作用.

(1) be

①　以<be+~ing>構成進行式.

He **is** *watching* TV. (他正在看電視)

②　以<be+過去分詞>構成被動語態.

I **was** *caught* in a shower. (我碰到陣雨)

(2) do

①　構成疑問句. 但, 若另有助動詞則不用 do.

You like fruit. (你喜歡水果)

→ **Do** you like fruit?

*He will come. → **Will** he come?

②　構成否定句. 但, 若另有助動詞則不用 do.

You like fruit.

→ You **don't** like fruit.

*You will like it. → You **won't** like it.

③　置於動詞前面強調句子. →見**18**(3)

He **did** say so. (他的確那樣說了)

Do be quiet. (請務必要安靜)

(3) have

以<have+過去分詞>構成完成式.

I **have** *finished* my assignment.

(我已做完作業了)

11. 形容詞與副詞

11. 1　形容詞 (Adjective)

形容詞為限定名詞或代名詞所表示的含意的詞彙, 通常有比較級與最高級. →見**11. 3**

11. 1₁　形容詞的種類

(1) 性質形容詞

表示名詞或代名詞的性質、狀態、種類等的形容詞.

tall　　　((身高)高的)　young (年輕的)

interesting (有趣的)　　tired　(疲倦的)

(2) 數量形容詞

表示人或物的數目或份量的形容詞.

many	(許多的)	much	(大量的)
few	(很少的)	little	(少量的)
some	(些許的)	all	(全部的)
hundred	(一百的)		

此外, 冠詞或形容詞用法的不定代名詞(some, any 等)亦可認為是形容詞的一種.

11．1₂ 形容詞的用法

(1) 限定用法

接在名詞前面(有時在後面)修飾該名詞的用法.

a *young* man	(年輕人)
Japanese people	(日本人)
a *little* water	(少量的水)
something *cold* to drink	(冷飲)

(2) 敘述用法

成為 be 動詞等的補語的用法.

My family is very *large*.

(我家是個大家庭)〔主格補語〕

Jim found the job *easy*.

(吉姆發覺那項工作很容易)〔受格補語〕

大部分的形容詞都可用於限定用法與敘述用法, 但是, 有的僅可用於一種用法, 有的則因限定用法或敘述用法而含意不同.

① 僅用於限定用法的形容詞

utter	(全然的)	mere	(僅僅的)
former	(以前的)	upper	(上方的)

② 僅用於敘述用法的形容詞

afraid	(害怕的)	asleep	(睡著的)
alive	(活著的)	worth	(值得的)

③ 因限定用法或敘述用法而含意不同的形容詞

the *present* government (當今的政府)

He was *present* at the meeting.

(他參加了聚會)

11．1₃ 限定用法的形容詞置於名詞後面的情形

限定用法的形容詞通常要放在名詞前面, 但如下所列的情形要置於名詞或代名詞後面.

(1) 修飾 something, everything 等詞尾為 -thing 的不定代名詞或 one 時

There is *something* **wrong** with my car.

(我的汽車出了點毛病)

He lay like *one* **dead**.

(他像個死人般躺著)《書寫用語》

(2) 形容詞加上修飾語而變長時

a child *five years* **old** (五歲的男孩)

＊a five-year-old child 的說法亦可.

a bucket **full** *of water* (裝滿水的桶子)

(3) 詞尾為 -able, -ible 的形容詞要加強帶有最高級形容詞等的名詞時

This is *the greatest* difficulty **imaginable**.

(這是所能想像的最大難關)

Try *every* means **possible**.

(嘗試一切可能的手段)

(4) 慣用片語

the sum **total** (總計)

from time **immemorial** (從太古時代)

注意 enough(充分的)要接在名詞前面或後面.

We have **enough** time [time **enough**].

(我們有足夠的時間)

11．2 副詞 (Adverb)

副詞為修飾動詞、形容詞、副詞等的詞彙, 有比較級、最高級的副詞居多. →見 11．3

11．2₁ 副詞的種類

(1) 單純副詞

除疑問副詞與關係副詞外的一般副詞即單純副詞, 大部分副詞均包括在其中. 單純副詞依意義分類, 則有如下所列的種類:

① 表示時間的副詞

now	(現在)	then	(當時)
today	(今天)	before	(從前)

② 表示地點、場所的副詞

here	(在這裡)	there	(在那裡)
up	(在上面)	down	(在下面)

③ 表示頻率的副詞

often	(時常)	once (一度)
sometimes	(有時候)	

④ 表示程度的副詞

very	(非常)	enough	(充分地)
quite	(相當)	nearly	(幾乎)

⑤ 表示狀態、方式(manner)的副詞

well　　（很好地）　　　fast　（快地）
slowly　（緩慢地）

⑥ 表示與前面句子的關連的副詞
still　　　　（儘管如此依然）　therefore　（因此）
however　（然而）　　　　　too　　　（～也）

⑦ 表示讓步的副詞
anyway　（無論如何）

⑧ 表示確信的程度的副詞
yes　　　（是地）　　　certainly　（確實地）
perhaps　（也許）　　　absolutely（絕對地）

(2) 疑問副詞 →見 **11.2** 6
when　　（何時）　　　where　（何處）
why　　　（為何）　　　how　　　（如何）

(3) 關係副詞 →見 **11.2** 5
when　（做～的時候）　　where　（做～的地點）
why　　（做～的理由）　　how　　（做～的方法）

11.22　單純副詞的用法

(1) 修飾動詞
American students *work* very **hard**.
（美國學生非常用功）
I've never *been* **there**. （我不曾去過那裡）

(2) 修飾形容詞
It's **very** *kind* of you. （謝謝你的關心）
That's **too** *bad*. （那太遺憾了）

(3) 修飾副詞
I don't know him **very** *well*. （我不太認識他）
Don't speak **so** *fast*. （別講得那麼快）

(4) 修飾名詞
Even a *child* knows that.
（連小孩都知道那件事）

(5) 修飾片語或子句
The plane took off **just** *at three*.
（飛機正好在三點起飛）
Do **just** *as I say*. （照著我所說的做吧!）

(6) 修飾句子
Luckily the door was not locked. (=It was lucky that the door was not locked.)
（幸好門沒有鎖上）
The driver got furious, **naturally**.
（當然, 司機火冒三丈了）
Mr. Smith speaks Chinese *naturally*.
（史密斯先生中文說得很自然)本句中, naturally

是修飾動詞 speak.

(7) 表示與前面句子的關連
It was raining, **nevertheless** she insisted on going for a walk.
（儘管正下著雨, 她仍堅持要出去散步）
She likes oysters, and I like them, **too**.
（她喜歡牡蠣, 而我也喜歡）
"Will he come?" "**Yes**, I think he will."
（「他會來嗎?」「是的, 我想他會來的」）

11.23　副詞的位置

(1) 修飾形容詞或副詞時
通常接在被修飾的形容詞或副詞前面. 但是, enough 要接在被修飾的詞彙後面.（我確信是那樣的）
I'm **quite** *sure* of that.（我確信是那樣的）
Time passed **very** *slowly*.（時間過得很慢）
You are *old* **enough** to know better.
（你年紀已夠大該更懂事了）

(2) 修飾動詞時
① 狀態副詞
「形容詞＋-ly」的狀態副詞, 很多是接在動詞後面(有受詞時接在受詞後面), 但有時也會接在動詞前面或句首.
They lived **happily** ever after.
（從此以後過著幸福快樂的日子）
a. She opened the door **quietly**.
b. She **quietly** opened the door.
c. **Quietly** she opened the door.
（她靜悄悄地開門）

＊句子的含意若重點在副詞, 則用 a 句最普遍. 在 b 句中, 副詞的重音變弱, 要輕輕地帶過. c 句是要強調副詞.

② 頻率副詞
always(總是), often(時常), never 等表示頻率的副詞, 通常是接在動詞前面(若有助動詞或 be 動詞則接在其後面).
I **always** go to school by bus.
（我總是搭公車上學）
Pneumonia is **sometimes** fatal.
（肺炎有時會致命的）
I have **never** seen a live whale.
（我從未見過活的鯨魚）

③ 動詞片語中副詞的位置
動詞與 on, in, out 等短的副詞連結成動詞片語而受詞為名詞時, 副詞要放在名詞前面或後面.

He put **on** his coat.〔on 要重讀〕

He put his coat **on**. (他穿上外套)

受詞為 him, it 等短的代名詞時，副詞要放在該代名詞後面.

He put it **on**. (他將它穿上)

動詞片語為「動詞＋介系詞」時，介系詞要放在名詞或代名詞前面. 比較下列的句子：

She got **over** it.

(她已克服〔悲痛等〕了)〔over 為介系詞〕

She got it **over**.

(她已〔把那件事〕解決了)〔over 為副詞〕

④ 兩種以上的副詞並列時

通常順序為「場所副詞➡狀態副詞➡時間副詞」.

I'll take you *there* **tomorrow**.

(我明天帶你去那裡)

We arrived *here safely* **yesterday**.

(我們昨天平安到達此地)

(3) 修飾句子時

副詞的位置較自由. 接在句首、句中或句尾皆可.

Happily, he did not die. ＝ He **happily** did not die. ＝ He did not die, **happily**.

(幸好，他沒有死)

(4) 修飾名詞或代名詞時

① 多數副詞是放在名詞後面.

My life **abroad** was full of adventures.

(我在國外的生活充滿了冒險)

See the chart **below**. (請看下圖)

② 少數副詞常接在名詞前面.

He made *quite* an effort. (他相當努力了)

＊關於 even 與 only ➡見 **11. 2 4** (5).

11. 2 4 應注意的副詞

(1) very 與 much

very 修飾形容詞、副詞的原級與現在分詞, much 修飾形容詞、副詞的比較級與過去分詞.

This is **very** *nice*. (這個真好)

This is **much** *better* than that.

(這個比那個好得多)

That's **very** *exciting*. (那個很刺激)

The topic is **much** *talked* about these days.

(那個話題最近最常被談論)

surprised, tired 等已完全轉化成形容詞, 故現在通常用 very 修飾.

He was **very** *surprised*. (他非常驚訝)

(2) yes 與 no

與發問的形式無關, 回答若為肯定則用 yes, 若為否定則用 no.

Are you busy?
(你忙嗎？)
　　　Yes, very.
　　　(是的, 很忙)
　　　No, I'm not.
　　　(不, 不忙)

Don't you see?
(你不明白嗎？)
　　　Yes, I do.
　　　(不, 我明白)
　　　No, I don't.
　　　(是的, 我不明白)

(3) already 與 yet

already 為「已經 ～ 了」之意用於肯定句, yet 在疑問句中表示「已經 ～ 了嗎？」之意, 在否定句中表示「尚未 ～」之意.

He's **already** gone. (他已經走了)

Has he returned **yet**? (他已經回來了嗎？)

No, he hasn't **yet**. (不, 他還沒回來)

(4) ago 與 before

ago 表示以現在為基準為「～ 前」之意, 原則上要與過去式併用. before 表示以過去某一時刻為基準「～ 前」之意, 主要在從屬子句中與過去完成式併用.

He left for America three weeks **ago**.

(他在三週前赴美了)

She said he had left for America three weeks **before**.

(她說他在三週前已赴美了)

(5) only 與 even

這兩個副詞依其修飾哪個名詞而移動位置. 而且也與重音有關➡見詞條 only 與 even.

11. 2 5 關係副詞 (Relative Adverb)

關係副詞兼具副詞與連接詞的功能, 有連結兩個句子的作用. 例如：

This is | the church. |
　　　　|　　Here | Gray is buried.

➡ This is *the church* **where** Gray is buried.

(這就是安葬格雷的教堂)

在上述例句中, 關係副詞 where 有表示地點、場所的副詞的作用, 同時具有連接前面與後面兩個句子的功能. 其前面的名詞稱為關係副詞的**先行詞**. where 之外, 關係副詞有 when, why 等.

(1) 限制性用法

① 有先行詞時

關係副詞引導形容詞子句而修飾先行詞.

I know the exact *time* **when** that happened.

(我知道那件事發生的正確時間)

I see no *reason* **why** I shouldn't accept her offer.

(我認爲沒有理由不接受她的提議)

 ＊that 有時被當作關係副詞, 但很多會被省略.

I recognized him the *moment* (**that**) I saw him. (見到他的那一刹那我就認出他了)

② 無先行詞時

先行詞爲 the place, the time, the reason 等含意廣的語詞時通常會被省略, 尤其關係副詞爲 how 時, 極少變成 the way how, 而是用 how 或 the way 其中之一. 省略先行詞時, 關係副詞子句就成爲名詞子句.

She could see the driver *from* **where** she stood. (她從她站的地方能看見司機)

Now is **when** you have to make up your mind. (現在是你應該下定決心的時候了)

That's **how** [**the way**] he got away from prison. (他就是那樣越獄脫逃的)

(2) 補充性用法[非限制性用法]

where 與 when 有此用法.

I was just about to go out, **when** (=and then) it began to rain hard.

(我正要出門, 雨就大了起來)

He went to Tainan, **where** he visited many temples.

(他到臺南, 參觀了許多廟宇)

 ＊上面例句中的 when, where 可視爲連接詞.

(3) wherever, whenever 等

關係副詞中也有帶有 -ever 的關係副詞. 但, 此用法的 wherever, whenever 等亦可視爲連接詞.

① 引導含有 any 之意的副詞子句時

I take my camera **wherever** I go.

(我無論到哪裡都帶著相機)

Dad goes fishing **whenever** he's free.

(爸爸一有空就去釣魚)

② 引導表示讓步的子句時

Wherever you go, you'll be welcomed.

(你無論到何處都會受歡迎的)

Whenever you (may) come, I'm ready.

(你無論何時來, 我都準備好的)

Brush your teeth before you go to bed, **however** sleepy you are.

(無論多麼睏, 睡前都要刷牙)

 ＊用 no matter where [when, how]比用 wherever, whenever, however 更口語化.

11.26 疑問副詞(Interrogative Adverb)

表示疑問的 where, when, why, how 等稱爲**疑問副詞**. 關於疑問代名詞請參照 **4.5**.

Where can I have left my glasses?

(我到底把眼鏡遺忘在何處?)

When did he come back?

(他何時回來的?)

Why didn't they ask Evans?

(他們爲何沒有問艾凡斯呢?)

How are you? (你好嗎?)

How lucky you are! (你可眞幸運啊!)

 ＊how 也用於感歎句.

11.3 比較(Comparison)

(1) 比較變化

表示形容詞和副詞的比較的詞形變化稱爲比較變化. 共有**原級、比較級、最高級**三種, 其變化方式有規則變化與不規則變化.

① 規則變化

A. 大部分單音節詞彙與一部分雙音節詞彙, 在詞尾加上 -er 構成比較級, 加上 -est 構成最高級.

原級	比較級	最高級
long(長的)	long**er**	long**est**
high(高的)	high**er**	high**est**
soon(不久)	soon**er**	soon**est**

但, 如下所列的詞彙拼法有變化:

(a) 詞尾爲 -e 的詞彙只加上 -r, -st.

fine(美好的)	fin**er**	fin**est**
gentle(溫和的)	gentl**er**	gentl**est**

(b) 詞尾爲<子音字母＋y>的詞彙將 y 改爲 i 再加上 -er, -est.

happy(幸福的)	happ**ier**	happ**iest**
busy(忙的)	bus**ier**	bus**iest**

(c) 詞尾爲<短母音＋一個子音字母>的詞彙, 要重複該子音字母再加上 -er, -est.

hot(熱的)	hot**ter**	hot**test**

big(大的)　　　**bigger**　　　**biggest**

B. 大多數雙音節以上的詞彙，要在原級前面加上 more, most 而構成比較級與最高級.

useful(有用的)	**more** useful
	most useful
famous(著名的)	**more** famous
	most famous
warmly(溫暖地)	**more** warmly
	most warmly

C. 一部分雙音節詞彙具有 A 與 B 兩種比較變化.

stupid(愚蠢的)	stupid**er**	**more** stupid
	stupid**est**	**most** stupid
remote(遠的)	remote**r**	**more** remote
	remote**st**	**most** remote

② 不規則變化

good(好的) well(很好地) }	better	best
bad(壞的) ill(不好地) }	worse	worst
many(許多的) much(大量的) }	more	most
little(少量的)	less	least
late(遲的)	{ later latter	{ latest《時間》 last《順序》
far(遠的)	{ further farther	{ furthest farthest

注意 old 的比較變化有 older, oldest 之外, 還有 elder, eldest. 後者是用於表示兄弟姊妹等血緣關係長幼之別時的限定用法.

(2) 原級的用法

① as＋**原級**＋as 「(大約)與 ～ 一樣…」

Jane is *as* **tall** *as* Mary. (珍和瑪莉一樣高)

I got up *as* **early** *as* my mother.
(我和我母親一樣早起)

Japanese students don't seem to work *as* **hard** *as* American students.
(日本學生似乎不如美國學生用功)

參考 「…是～的幾倍」的說法, 可在 as～as 前面加上 twice (兩倍), three times (三倍), four times (四倍)等.

The population of this city is *three times as large as* that of our town.
(這個都市的人口是我們城鎮的三倍)

My wife earns *half as much* money *as* I.
(內人的收入是我的一半)

② less＋**原級**＋than 「不如 ～ 的程度地…」

This computer is *less* **expensive** *than* that

one.
(這部電腦不如那部電腦貴)《書寫用語》

③ 表示比較級或最高級之意
可用原級表示比較級或最高級之意.

He's *as* **brave** *as anyone* in the world.
(他比世界上任何人都勇敢)

* 此例句表示與 He is *braver than* anyone in the world. 以及 He is *the bravest* man in the world. 兩個句子的意思大致相同.

No other student in his class works *as* **hard** *as* he does.
(他班上沒有其他學生像他那麼用功)

(3) 比較級的用法

① 兩者的比較

John is **older** *than* I by three years.
(約翰大我三歲)

A cheetah can run **faster** *than* a lion.
(獵豹能跑得比獅子快)

② <the＋比較級, the＋比較級>
表示「越～就越…」之意時用此形式.

The **more** one gets, *the* **more** one wants.
(一個人得到越多就越想要(多得到))

The **sooner** *the* **better**. (越早越好)

* 有很多像這樣省略掉主詞或動詞的情形.

③ 表示最高級之意

Bird-watching is **more interesting** *than anything* else.
[=Bird-watching is *the* *most* *interesting* thing.]
(賞鳥比其他任何事情都有趣)

Nothing is **more precious** *than* time.
(沒有任何東西比時間更寶貴)

She speaks German **better** *than* anyone else in her class.
(她德語講得比班上其他人都好)

④ 加強比較級用 much 或 by far, 口語用 a lot.

This is *a lot* **better** *than* that.
(這個比那個好得多)

(4) 最高級的用法

① 三者(以上)的比較

The Mississippi is the **longest** river in the world.
(密西西比河是世界最長的河流)

I like grapefruit (the) **best** of all fruits.

（水果當中，我最喜歡葡萄柚）〔best 為副詞〕

　　＊副詞的最高級加 the 是口語的用法.

② 同一人或物的不同狀態的比較

The river is **deepest** under the bridge.

（那條河在橋下的部分最深）

　　＊此時，很多是不加 the 的.

③ 含有 even（即使～也）之意時

The **wisest** man cannot know everything.

（即使最聰明的人也無法知道每件事）

④ 加強最高級用 by far, much, very. 要注意如下所列的字詞排列順序.

This car is *much* [*by far*] **the** *best*.

（這部車是再好不過的了）

This is **the** *very best* thing I can do.

（這是我所能做的最好的事了）

12. 連接詞（Conjunction）

　　有連結句中字、片語、子句或句子作用的詞彙稱為**連接詞**. 連接詞有**對等連接詞**與**從屬連接詞**. ➜ 見**15. 2**

12. 1　對等連接詞

　　指 and, but, or, for, yet, so 等, 有連結對等關係字、片語或子句的作用的連接詞. 其中 for 與 so 僅連接子句.

You **and** *I* are good friends.

（你我是好朋友）〔單字與單字的連接〕

I went to see him, **but** he was out.
　　　　對等子句　　　　　　對等子句

（我去看他，但是他不在）

對等子句有如下所列應注意的用法：

(1) ＜祈使句＋and [or]＞

＜祈使句＋and＞表示「請做～，那麼，就…」之意，＜祈使句＋or＞表示「請做～，否則就…」之意.

Take this medicine, **and** you'll feel a lot better. (吃下這個藥(吧)，你就會感覺舒服多了)

Drive more slowly, **or** you'll get a ticket.

（再開慢一點，否則你就要收到違規罰單囉）

(2) 含對等連接詞的用語用法

both A and B	（A 與 B 都）
not only A but B	（不僅 A 而且 B 也）
not A but B	（不是 A 而是 B）
either A or B	（A 或 B 其中之一）
neither A nor B	（A 或 B 都不～）

12. 2　從屬連接詞

　　指具有引導從屬子句的連接詞作用的詞彙，又分為引導名詞子句與引導副詞子句的連接詞.

(1) 引導名詞子句的從屬連接詞

有 that, whether, if 等. 其例句➜見**15. 2 1.**

(2) 引導副詞子句的從屬連接詞

① 單獨一個單字的連接詞

表示時間、條件、場所、讓步等含意，代表性的單字有如下所列. 其例句➜見**15. 2 3.**

〔時間〕when, while, as, until;

〔場所〕where, wherever;

〔條件〕if, unless;

〔原因或理由〕because, as, since;

〔讓步〕though, although;

〔比較〕as, than 等.

② 連接詞片語

兩個以上的詞彙聚集在一起而有如一個連接詞般發生作用的語詞，稱為連接詞片語.

She got married **as soon as** she left college.

（她大學一畢業就結婚了）

I felt **as if** I were in a foreign country.

（我感覺彷彿置身於國外）

　　＊其他有如下所列的連接詞片語：

so long as	（只要～）
in case	（在～情況）
the minute (that)	（與～同時）
even if	（縱使～也）
in order that	（為了～）

③ 由其他詞類轉化成的連接詞

原本是副詞或動詞(的分詞)的詞彙，有時會被當成連接詞使用.

Once you begin, you'll surely enjoy it.

（只要你一開始，你一定會有興趣）

〔由副詞轉化成連接詞〕

I will pardon him **provided** [**providing**] (that) he admits his error.

（假若他承認自己的錯誤，我會原諒他的）

〔由動詞轉化成連接詞〕

13. 介系詞 (Preposition)

一般，放在名詞或相當於名詞的語詞前面構成形容詞片語或副詞片語 (→見 **15. 1**)，而有連結句中其他部分的作用的詞彙，稱爲**介系詞**。接在介系詞後面的名詞或相當於名詞的語詞，稱爲**介系詞受詞**。介系詞多爲 on, in, at 等簡短的詞彙，而且爲數不多，但極常被使用。

13. 1　介系詞的種類

(1) 單獨一個詞彙的介系詞
用於時間、地點、場所、方向、結果、原因、理由等諸多含意，其代表性的介系詞有如下所列:

about, above, across, after, against, along, among, around, as, at, before, behind, below, beneath, beside, besides, between, beyond, by, down, during, except, for, from, in, into, like, of, off, on, over, past, round, since, through, till, to, toward, under, until, up, with, within, without 等。

(2) 介系詞片語
有時，兩個以上的詞彙聚集在一起而有如一個介系詞般發生作用的語詞，稱爲**介系詞片語**。

We communicate **by means of** language.
(我們藉語言交流)

* 其他有如下所列的介系詞片語:

at the cost of	(犧牲 ~ 而)
for the sake of	(因爲 ~ 之故)
in accordance with	(依照 ~)
in front of	(在 ~ 之前)
according to	(根據 ~)
because of owing to; due to	(由於 ~)

(3) 由其他詞類轉化成的介系詞
原本是形容詞或動詞(的分詞)等的詞彙，有時會被當成介系詞使用。→見 NEAR; REGARDING; BUT.

13. 2　介系詞的用法

(1) 構成形容詞片語
They seemed to be discussing a matter **of great importance**. 〔=very important〕

(他們好像在討論非常重要的事)
Your suggestion is **of no practical use**.
(你的建議並無實際上的價值)〔補語〕

(2) 構成副詞片語
I can do the job **with ease**.〔=easily〕
(我能把那項工作輕鬆地做好)
After all, life is just a dream.
(畢竟人生不過是一場夢)

13. 3　介系詞的位置

介系詞通常放在當受詞的名詞或相當於名詞的語詞前面，但如下所列的情形，口語中介系詞放在句末的居多。

(1) 受詞爲疑問詞時
What are you looking **at**? (你在看甚麼?)
Where do you come **from**? (你是哪裡人?)

(2) 受詞爲關係代名詞時
A telephone is something (that) you can't do **without**. (電話是不可或缺之物)

(3) 介系詞在形容詞性不定詞之中時
Can I borrow something *to write* **with**?
(能借個(筆或)甚麼給我寫好嗎?)

13. 4　介系詞的受詞

名詞、代名詞以及相當於名詞、代名詞的語詞外，還有如下所列的語詞可成爲介系詞的受詞:

(1) 不定詞
介系詞後面要用動名詞而不用不定詞，但例外地，「除 ~ 之外」之意的 except, but, save 後面則也用不定詞。→見 **8. 1** (3)

(2) 形容詞或分詞
尤指用 as 或 for 時。
I regarded your offer **as** *serious*.
(我把你的提議當眞)
I took it **for** *granted* that you would consent.
(我認爲你理所當然會同意)

(3) 副詞或介系詞片語
She was single **until** *recently*.
(她一直到最近都還是單身)
The kitten appeared **from** *under the sofa*.
(小貓從沙發底下跑出來)

13.5 介系詞與副詞、連接詞的區分

同一個詞彙，有時當介系詞，有時當副詞或連接詞使用，必須加以區分.

(1) 介系詞與副詞的區分

根據受詞之有無加以區分.

I went to Europe **before** the war.
(戰前，我去了歐洲)〔介系詞〕
I haven't met him **before**.
(從前我不曾見過他)〔副詞〕

(2) 介系詞與連接詞的區分

介系詞採用名詞、代名詞等為受詞，連接詞則引導具備<主詞＋動詞>形式的子句.

He came here **before** noon.
(他中午之前到了這裡)〔介系詞〕
He came here **before** school was over.
(他在放學前到了這裡)〔連接詞〕

14. 一致 (Agreement)

係指句子中有密切關係的詞彙，互相在單複數、人稱等方面呈現出同種類的詞形而言. 最具代表性者即**主詞與動詞單複數的一致**. 關於時態的一致
→見 6.4.

14.1 主詞與動詞的一致

原則上，主詞若為單數〔複數〕，則相對地動詞亦為單數〔複數〕，但有如下所列的例外:

(1) 詞形是複數的主詞要作單數的情況

① <數詞＋複數名詞>
詞形是複數而代表單一的概念.
Twenty years *is* a long time.
(二十年是一段漫長的歲月)
比較 Five years *have* passed. (經過了五年)
② 詞形是複數的專有名詞
The United States *is* a large country.
(美利堅合眾國是泱泱大國)
③ 詞形是複數的學科名稱、病名等

Mathematics *is* my favorite subject.
(數學是我很喜歡的科目)
Mumps *is* an infectious disease.
(腮腺炎是傳染性疾病)

(2) 以連接詞所連接的名詞的情況

① (both) A and B
通常作複數，但也有例外.
Bob and I *are* great friends.
(鮑伯和我是摯友)
將全部視為一個整體時，則作單數.
Bacon and eggs *is* his order.
(培根蛋是他點的)

② 其他

(either) A or B	
neither A nor B	與 B 的單複數和人稱一致
not only A but B	

Either you or I *am* wrong.
(不是你錯就是我錯)
Neither she nor I *am* to blame.
(該責怪的人既不是她也不是我)
Not only Jim but **his parents** *are* sick.
(不只吉姆生病，他的父母也生病)

(3) a number of, a lot of 等

① <a number of＋複數名詞>作複數
A number of people *die* in traffic accidents.
(許多人死於交通事故)
注意 the number of ~ (~ 的數目)作單數.
The number of people who die in traffic accidents *is* surprising.
(死於交通事故的人數令人震驚)
② <a lot of ~>單複數同形
a lot of, most [half, part, some] of, the rest [bulk] of, ~ percent of 等的情況，要與接在後面的名詞單複數一致.
A lot of students *do* part-time jobs.
(許多學生打工)
A lot of my time *is* spent in reading.
(我花許多時間在讀書上)
③ <more than one ~>作單數
More than one bottle of coke *was* consumed.
(喝了超過一瓶的可樂)

14.2 名詞與代名詞的一致

名詞與代名詞，在單複數與性別方面要一致.
The Joneses love *their* daughter.

(瓊斯夫婦疼愛他們的女兒)

The baby was sucking at *its* [*his, her*] mother's breast. (嬰兒在吸吮其母親的奶)

〔→見 **3. 5 2**〕

參考 在主格中標示出承接 somebody, everybody, anyone 等不定代名詞的代名詞時, 有選用 (a) he (b) he or she (c) they 三種用法. 但是, (b) 是刻板生硬的說法, (c) 是口語用法. 帶有 every 的名詞, 用法亦同. →見 **4. 3**

Every contestant did *their* best.

(每位參賽者都盡了全力)

15. 片語與子句

15. 1　片語 (Phrase)

　　兩個以上的詞彙聚集在一起而有整個爲一個單位的作用的語詞中, 不具＜主詞＋動詞＞形式的語詞稱爲**片語**.

(1) 名詞片語

不定詞、動名詞等(引導)的片語, 具有成爲句子主詞、補語、受詞等的名詞作用. →見 **8. 1, 9. 2 1**

① 成爲主詞時

　To talk is easy. ＝ It is easy **to talk**.

　((用嘴)說是容易的)

　　＊it 爲假主詞.

　Being *a doctor* helped me greatly during the journey.

　(身爲醫生, 在旅行中對我助益極大)

② 成爲補語時

　To live is **to suffer**.

　(生活[活著]就是要受苦)

　That is only **playing** *with words*.

　(那只是在玩文字遊戲罷了)

③ 成爲受詞時

　Everybody wants **to live** *in comfort*.

　(任何人都想舒服地過日子)

　She made it her business **to help** *the needy*.

　(她以幫助窮困之人爲自己的工作)

　Do you remember **buying** *me a lunch*?

　(你記得爲我買午餐了嗎?)

　America is proud of **being** *a free country*.

　(美國以(自己是)自由國家而自豪)〔介系詞受詞〕

(2) 形容詞片語

即指不定詞、分詞、介系詞片語等, 具有形容詞作用的語詞. →見 **8. 2, 9. 1 1**(1), **9. 1 2**(1), **13. 2**(1)

① 限定用法

　He was the first **to come**.

　〔＝...the first **that came**.〕(他是第一個到的)

　The baby **sleeping** *in the baby carriage* is as cute as an angel.

　(睡在娃娃車中的寶寶可愛如天使)

　A bird **in the hand** is worth two **in the bush**.

　(一鳥在手勝過雙鳥在林)

② 敍述用法

　You aren't **to go**, Bill.

　(比爾, 你不該去!)

　He kept **standing** *against a tree*.

　(他一直靠著樹站著)〔主格補語〕

　I saw a horse **galloping** *toward me*.

　(我看見一匹馬朝我飛奔過來)〔受格補語〕

　Experience is **of vital importance** in this job.

　(這項工作中, 經驗是極重要的)

(3) 副詞片語

即指不定詞、分詞、介系詞片語等, 具有副詞作用的語詞. →見 **8. 3, 9. 1 4, 13. 2**(2)

　Let's go **by bus** to see more of the city.

　(我們搭公車再多逛逛這個城市吧!)

　Being bored, the audience began to yawn.

　(觀眾感到厭倦而開始打呵欠)

　He entered the room **with his hat off**.

　(他脫帽進入房間)

15. 2　子句 (Clause)

　　兩個以上的詞彙構成整組的語詞, 有時在句子中具有某作用, 其中, 具備＜主詞＋述語＞形式的語詞稱爲**子句**(不具此形式的語詞稱爲「片語」).

　　成爲句子的一部分而有主詞、受詞、修飾語等功能的語詞稱爲**從屬子句**, 引導從屬子句的就是從屬連接詞(→見 **12. 2**).

　　When she heard that, she turned pale.

　　　　　從屬子句

　　句子中有兩個以上的子句而且是分別具備獨立性[單獨可成爲一個句子的特性]的對等複合句結構(→見 **1. 3**)時, 其各個子句稱爲**對等子句**. 將同爲對等子句

的子句連接起來的就是對等連接詞(→見 **12.1**).

> Jack failed, but John succeeded.
>
> 對等子句 對等子句
>
> (傑克失敗了,而約翰成功了)

15.21 名詞子句

從屬子句之中,有名詞般的作用而做爲句子主詞、受詞、補語的子句,稱爲**名詞子句**. 引導名詞子句的有從屬連接詞 that, if, whether, 與疑問代名詞 who, which, what 等, 以及關係代名詞 what.

(1) 成爲主詞時

That *he is in love with her* is true.

(他與她墜入愛河是千眞萬確的事)

What *you said* surprised me.

(你所說的話令我吃驚)

(2) 成爲受詞時

I suggested **that** *we go fishing.*

(我提議我們去釣魚)

He asked me **who** *that man was.*

(他問我那個人是誰)

She asked me **if** [**whether**] *I was all right.*

(她問我要不要緊)

I am anxious about **whether** *my son is safe.*

(我擔心兒子是否平安)

　＊成爲介系詞受詞的從屬子句中,不是用 if 而是用 whether.

(3) 成爲補語時

The fact is **that** *I don't have enough money.*

(事實上我並沒有足夠的錢)

The question is **who** *will bell the cat.*

(問題是誰爲貓繫鈴——誰來解危)

(4) 同位子句

The fact **that** *he was sick* was not very impressive to her.

(他生病的事實,對她並非甚麼大不了的事)

15.22 形容詞子句

從屬子句中,有形容詞作用而修飾名詞、代名詞的子句,稱爲**形容詞子句**. 引導形容詞子句的有關係代名詞 who, which, that 等, 以及關係副詞 when, where, why 等.

That's *the man* **who** [**that**] *lives next door.*

(那就是住在隔壁的人)

The first *thing* **that** [**which**] *caught his eye* was a fingerprint on the glass.

(首先引起他注意的是玻璃杯上的指紋)

I'll never forget *the day* **when** *we first met.*

(我絕不會忘記我們初次相遇的那一天)

This is *the room* **where** *the body was found.*

(這就是發現屍體的房間)

Do you have any special *reason* **why** *you want to go to America?*

(你想去美國是有甚麼特殊的理由嗎?)

15.23 副詞子句

副詞子句就是句子中有副詞作用的子句,而由從屬連接詞 if, when, although 等所引導. 依照連接詞的種類而表示時間、地點、場所、原因、目的、條件、讓步等的含意.

When *the cat's away* the mice will play.

(貓兒不在,耗子自在)〔時間〕

Stay **where** *you are.* (留在原地別動)〔地點〕

I hate garlic, **because** *it smells awful.*

(我討厭蒜頭,因爲味道難聞)〔原因〕

Let's hurry **so that** *we can catch the bus.*

(我們得趕快才能夠趕上公車)〔目的〕

He was so tired **that** *he could hardly walk.*

(他累得簡直就無法走路)〔結果〕

If *I were you,* I wouldn't do so.

(我若是你,就不那樣做了)〔條件〕

Although *he was exhausted,* he had to keep working.

(盡管已筋疲力竭,他依然得繼續工作)〔讓步〕

16. 倒裝(Inversion)

詞彙或語詞在句子中所占的位置[排列的順序]稱爲詞序或語詞順序(Word Order). 英語的詞序, 大致上固定, 例如形容詞通常放在名詞前面, 主詞、動詞、受詞等句子主要的要素, 是依照五種基本句型而排列.

→見 **2.1**

主詞與動詞在任何句型中都是「主詞＋動詞」的順序, 但是有時爲了強調等也會改變一般詞序, 這就稱爲**倒裝**. 倒裝的代表性例子是＜主詞＋動詞＞的順序

變成＜(助)動詞＋主詞＞的順序的情形.

(1) 爲了表示強調的倒裝

一般動詞的情形, 注意要變成＜do [does, did]＋主詞＋動詞＞的順序.

① 副詞(語詞)放在主詞之前

尤指表示否定的詞彙(也包括 only)放在句首的情況.

Never **have** *I* seen such a splendid sunrise.

(我從未見過這麼壯麗的日出)

Hardly **had** *I* arrived when the game began.

(比賽開始時我差點沒趕上)

Well **do** *I* remember the man's name.

(那個人的名字我記得很清楚)《書寫用語》

② 補語或受詞放在主詞之前

Happy **are** *those* who think themselves wise.

(自認聰明的人是幸福的)

Not a word **did** *he* speak.

(他一句話也沒說)

(2) 文法上的倒裝

① 在疑問句中→見 **1. 2** (2)

② 在表示存在的「there 構句」中

There **is** *no hospital* in the village.

(那個村子裡沒有醫院)

③ 在祈使句＜May＋主詞＋動詞＞中

May *you* be happy! (祝你幸福!)

④ 在假設語氣構句中→見 **6. 6** ₆(1)

⑤ 在＜So [Neither, Nor]＋(助)動詞＋主詞＞表示「～也…」的語法中

"I like French fries."—"So **do** *I*."

(「我喜歡炸薯條」──「我也喜歡」)

"I don't like French fries."—"Neither **do** *I*."

(「我不喜歡炸薯條」──「我也不喜歡」)

＊口語中, 說 Me too. 與 Me either. 的居多.

17. 敍述法(Narration)

向他人轉述自己或某人所說的話的方法, 稱爲敍述法, 有**直接敍述法**與**間接敍述法**兩種. 表示「說」「問」等含意的動詞稱爲**傳達動詞**. 而被轉述的內容部分稱爲**引述部分**.

17. 1 直接敍述法

直接敍述法是將某人所說的話原封不動轉述的方法, 通常要用引號(" ")括弧起來.

He　said,　"I'm busy."　(他說:「我很忙.」)
　傳達動詞　引述部分

17. 2 間接敍述法

間接敍述法並非將某人所說的話原封不動轉述, 而是只將該內容改成(說話者)自己的話再向聽者轉述的方法.

He said (that) *he was busy.*

(他說他(自己)很忙)

She asked me *if I was busy.*

(她問我是否很忙)

17. 3 敍述法轉換的原則

直接敍述法改爲間接敍述法, 或反之間接敍述法改爲直接敍述法, 即稱爲敍述法的轉換. 直接敍述法轉換爲間接敍述法時, 要注意如下所列的要點:

(1) 要刪除直接敍述法的引號(" ")與傳達動詞後面的逗點(,).

(2) 要隨著引述部分的種類(直述句、疑問句等)或內容而改變傳達動詞.

(3) 要隨著傳達動詞的時態而改變引述部分的動詞時態. →見 **6. 4**

(4) 根據引述部分的種類而有補充引導引述部分所必須的連接詞等的轉換步驟.

直　述　句	補充 that
一般疑問句	補充 if [whether]
特殊疑問句	將疑問詞原樣照用
祈　使　句	將引述部分改爲不定詞
感　歎　句	要用 what 或 how

(5) 要隨著需要而改變直接敍述法中的代名詞或場所、時間副詞.

this [these]	→	that [those]
here	→	there
now	→	then
today	→	that day
yesterday	→	the day before
tomorrow	→	the next day
～ ago	→	～ before

17. 4 直述句的敍述法轉換

直接敍述法的傳達動詞為 say to ～ 時，要改成 tell ～，但原樣照用 said 亦可．連接詞要用 **that** (省略此一 that 亦可)．

He said to me, "You are lucky."

→ He *told* me (**that**) *I was lucky*.

(他對我說我很幸運)

The nurse *said*, "This boy will be here again tomorrow."

→ The nurse *said* (**that**) *that boy would be there again the next day*.

(護士說那個男孩隔天還會再到那裡)

注意 但有時無法機械式地改變代名詞或副詞．

He said yesterday, "I'll start *tomorrow*."

→ He said yesterday that he'd start *today*.

(昨天他說今天要出發)

 *在昨天說「明天」的話，就是指今天而言，故使用 today．

17. 5 疑問句的敍述法轉換

(1) 一般疑問句
要將直接敍述法的傳達動詞 say to ～改成 ask ～．引述部分要由連接詞 if 或 whether 所引導，並且請注意詞序要變更為＜主詞＋動詞＞．

She said to me, "Can I use your bathroom?"

→ She *asked* me **if** [**whether**] *she could use my* bathroom.

(她問我能否借用一下洗手間)

(2) 特殊疑問句
要由疑問詞引導引述部分．關於傳達動詞與詞序，與一般疑問句的情形相同．

He said to me, "What are you doing?"

→ He *asked* me **what** I *was doing*.

17. 6 祈使句的敍述法轉換

傳達動詞要根據引述部分的內容而改成 tell(吩咐)，ask (要求)，advise (忠告)等，引述部分要改為不定詞．

He said to her, "Leave me alone."

→ He *asked* her **to leave** him alone.

(他叫她別管他)

My father said to me, "Don't call people names."

→ My father *told* me **not to call** people names.

(父親交代我不要罵人)

17. 7 感歎句的敍述法轉換

傳達動詞用 say 之外，還可使用 cry, shout, exclaim 等表示「(喊)叫」之意的詞彙．而且，原則上原樣照用直接敍述法中所使用的 what, how 來引導引述部分．再者，有時也適當地添加 with a sigh (歎氣地)等的副詞(語詞)．

She said, "How unlucky you are!"

→ She *cried* (*with regret*) **how** *unlucky I was*.

(她(婉惜地)歎道我運氣不佳)

 *亦可用直述句的形式轉述心情．

She said *with regret* **that** *I was very unlucky*.

The students said, "Hurrah! There's no class today!"

→ The students *exclaimed with delight* **that** *there was no class that day*.

(學生們歡呼著當天停課了)

17. 8 對等複合句的敍述法轉換

引述部分為＜對等子句＋對等子句＞形式的句子，亦即為對等複合句時，原則上各個子句前面要加上 that．

He said to me, "You ought to have asked for my help, but it's too late."

→ He *told* me (*that*) *I ought to have asked for his help*, **but** *that* *it was too late*.

(他對我說，我應該請他幫忙但是已經太遲了)

 *第一個 that 可以省略．若省略後面的 that，則會變成「他所說的事已經太遲了」之意．

17. 9 兩個以上的句子的敍述法轉換

引述部分是由兩個以上的句子構成時，要隨著各個句子的種類而改變傳達動詞或用不同的連接詞轉換之。

Jack said, "I like this hat. Can I have it?"

→ Jack said (that) he liked that hat, **and** *asked if* he could have it.

(傑克說，他喜歡那頂帽子，而且問說是否可以要那頂帽子)

18. 強調(Emphasis)

強調，即加強句子的某一部分或句子的內容。其方法有如下所列：

(1) 使用強調(語義的)字

It's **very** cold. (天氣好冷)

I'll be with you **right** now.

(我現在就立刻到你那裡去)

　＊強調字有 absolutely, awfully, extremely, highly, quite, really, terribly 等。

(2) 倒裝句 →見 16 (1)

Down **came** *the rain* in torrents.

(嘩嘩地下起傾盆大雨)

(3) 使用助動詞 do

I **do** think so. (我的確如此認為)

Do come again. (你一定要再來喔!)

　＊do 的發音要比主要動詞強。

(4) It is ~ that [who, which].... **的句型**

例如，下列的句子有三種方式可強調：

I bought this book yesterday.

(我昨天買了這本書)

a. *It was* **I** *that* [*who*] bought this book yesterday. 〔不是別人而是「我」〕

b. *It was* **this book** *that* I bought yesterday. 〔不是別的東西而是「這本書」〕

c. *It was* **yesterday** *that* I bought this book. 〔不是別的日子而是「昨天」〕

19. 否定(Negation)

否定，係指使用 not, never 等否定詞將句子全部或一部分加以否認而言。

19. 1　否定詞的種類

否定詞或相當於否定詞的詞彙，依詞類區分，有如下所列：

① 副詞

not, never, nowhere, neither, hardly, scarcely, rarely, seldom

注意 little 在 know, think, imagine 等動詞前面用作「一點也不 ～」之意。

I **little** knew that she was ill.

(我一點也不曉得她生病)

② 形容詞

no, neither, few, little

③ 代名詞

none, nobody, nothing, few, little

④ 連接詞

nor, neither

⑤ 介系詞

without

19. 2　字詞的否定與句子的否定

(1) 字詞的否定

要加上表示否定的詞頭 un-, dis- 等，或者在詞彙[片語]前面加 not。

You are very **un**kind. (你實在相當不友善)

Not *a few* people think so.

(不少人都如此認為)

(2) 句子的否定

指否定主詞與述語的關係而言。例如：She isn't pretty. 即表示 she ≠ pretty。

I **don't like** onions. (我討厭洋蔥)

Bob **never keeps** his promise.

(鮑伯根本不守約定)

19. 3　全部否定與部分否定

通常，否定是全面地否定某事，但是有時候則表示「全部的…並非全都～」之意的部分否定。not 等否定詞與 all, every, both 等形容詞或代名詞，或與

always, necessarily 等副詞連用時, 會產生部分否定. 下列各組例句中, 上面的例句是部分否定, 下面的例句是全部否定.

> **Not all** the TV programs are instructive.
> (並非全部的電視節目都富有教育性)
> **No** TV programs are instructive.
> (沒有一個電視節目具有教育性)

> His jokes are **not always** funny.
> (他的笑話未必都好笑)
> His jokes are **never** funny.
> (他的笑話根本都不好笑)

> I'm **not** going to employ **both** of them.
> (我不打算他們兩個人都雇用)
> I'm **not** going to employ **either** of them.
> (他們兩個人我都不打算雇用)

19.4　雙重否定

(1) 一個句子中, 有時兩個表示否定的詞彙重複出現而表示與肯定大致相同的意義.

> He isn't unkind.
> (他並不是不親切)
> There is **no** smoke **without** fire.
> (有煙必有火; 無風不起浪)
> There is **nobody but** has his faults.
> (沒有人是零缺點的) [but = that...not]

(2) 教育程度不高之人所用的英語, 有時為了強調否定而重複使用否定詞. 在文法上是不妥當的.

> I couldn't see **nobody**. (我看不到任何一個人)

20.　省略 (Ellipsis)

　　係指省略句子的一部分而言. 省略的種類有如下所列:

(1) 避免重複時

> Tom is as tall as Jack (is).
> (湯姆與傑克 (身高) 一樣高)
> I like red wine better than white (wine).
> (比起白葡萄酒, 我較喜歡紅葡萄酒)
> I ordered an ice cream and John (ordered) a cup of tea. (我點了冰淇淋, 約翰點了紅茶)

(2) 副詞子句中 <主詞＋be 動詞> 的省略

特指 when, while, though, if, unless 等所引導的副詞子句主詞與句子主詞相同時, 可以省略.

> While (*he was*) walking down a street, he ran into an old friend of his.
> (他走在街上的時候遇到一位老友)
> Though (*she was*) very tired, she went to work as usual.
> (儘管很累, 她仍照常去工作)

如下所列, 也有習慣用法上省略的情況:

> Correct errors, if (*there is*) any.
> (如果有錯就要改)
> • if possible (可能的話), if necessary (必要的話) 等亦同.

(3) 數詞後面

> My kid brother is twelve (*years old*).
> (我弟弟十二歲)

(4) 會話、布告、標語、諺語、日記等

> "Can you do that?" "Yes, I can (*do that*)."
> (「你會嗎?」「是的, 我會」)
> "How are you?" "Never better."
> (「你 (健康情況) 好嗎?」「好極了 [再好不過了]」)
> • *I have* never *been* better.
> (現在 (的身體狀況) 是再好不過了) 這句話簡單地說就是 Never better.
> No smoking (*is allowed*). (禁止吸菸)
> First come, first served. (先到者優先)
> Got up at six. Took a walk in the park.
> (五點起床. 在公園散了步)
> • 日記中省略主詞 I.

21.　標點用法 (Punctuation)

　　書寫英文時各種標點符號的用法, 稱為**標點用法**. 句點、逗點等符號, 稱為**標點**或**標點符號** (Punctuation Marks).

(1) 句點 (Period) (.)

　① 加在直述句或祈使句的句末.
> I smell gas. (我聞到瓦斯味)
> Come here. (過來這邊!)

　[注意] 疑問句中, 表示提議、要求、請求等情況時, 要降低句子的語調, 印刷上也很多用句點取代問號.
> Will you sit down. (請坐!)

　② 加在被省略的詞彙 [縮寫字] 後面.
> Sun. (＝Sunday) (星期日)

文法

55 B.C. (＝Before Christ)（西元前 55 年）

注意 在英國, 有省掉縮寫字的句點的趨勢.

例如: eg (＝e.g.)

③ 用於斷開「元和分」與「英鎊和便士等」.

$130.50（美金 130 元 50 分）

£20.90（20 英鎊 90 便士）

④ 以三個句點表示省略句子的一部分.

He says that the song...is not good.

（他說那首歌...不好）

(2) 問號(Question Mark)(?)

加在疑問句的句末.

Can I help you?（我來幫你好嗎?）

注意 直述句中, 也提高句子的語調表示疑問時, 要用問號.

You're Mr. Jones?（你就是瓊斯先生啊?）

(3) 驚歎號(Exclamation Mark)(!)

加在感歎句的句末.

(4) 逗點(Comma)(,)

① 表示斷開句子的構成要素.

She bought coffee, tea, and milk.

（她買了咖啡、茶和牛奶）

　　＊最後一個逗點亦可省略.

Jim, what did you do that for?

（吉姆, 為甚麼做了那件事?）

If he comes, tell him I'm out.

（如果他來, 告訴他我不在家）

注意 從屬子句接在後面時, 大多不用逗點.

I'll do so if you insist.

（如果你堅持的話, 我就會那樣做）

② 用於數字的分段(便於讀取).

1,508,000（一百五十萬八千）

注意 表示某年的數字不分段.

1989 A.D.（西元 1989 年）

(5) 分號(Semicolon)(;)

正如對等子句與對等子句的交界處等, 表示大於用逗點斷句的單位.

A woman's hair is long; her tongue is longer.

（女人的頭髮長; 舌頭更長）

(6) 冒號(Colon)(:)

要更詳細說明已敘述之事等的情況時, 用冒號表示「那就是…」之意.

First, one had to learn the three R's: reading, writing, and arithmetic.

（每個人首先都必須學習三個R, 那就是讀書、寫字和算數）

(7) 連號(Hyphen)(-)

如 passer-by（行人）, mother-in-law（岳母; 婆婆）般,

用於複合字. 亦可像 a hard-to-get-into college（難進[不易申請或考取]的大學）般使用.

(8) 破折號(Dash)(—)

① 插入句子中間時.

She's a beauty—seen from a distance.

（她是個美女——從遠處看的話）

　　＊稍微間歇一下, 以期表達的特殊效果.

② 用於省略詞彙的一部分或姓名、名稱.

in 19—（於 19××年）

　　＊讀作 nineteen something [blank].

Mr.—（某某先生）

　　＊讀作 Mr. so-and-so.

That d—d fellow!（那個混帳傢伙!）

　　＊d—d 是用來表示污穢字 damned, 讀作 [did; di:d].

(9) 引號(Quotation Marks)(" ")(' ')

① 用於直接敘述法的引述部分.

He said, "Get lost!"

（他說:「滾開!」）

　　＊《英》大多使用 ' '.

② 帶有表示「所謂的～」的心情.

Their living environment grew worse and worse with the "progress" of industries.

（他們的生活環境隨著各項產業的「進步」而越來越惡化）

　　＊這句話帶有「到底稱那種情況為進步是妥當嗎?」的疑問.

(10) 大寫字母之使用(Capitalization)

① 用於句首.

*H*ow about you?（你意下如何?）

② 用於專有名詞或頭銜.

*M*rs. *H*atcher（海契兒太太）

③ 已習慣用大寫字母書寫的詞彙.

I think, therefore *I* am.（我思故我在）

Do you believe in *G*od?

（你信神嗎?）

　　＊銜接 God 的 He, His, Him 也要改成大寫字母.

22. 造字
(Word Formation)

造字指構成新詞彙而言. 有創造新字根(root)的

方法與利用既有的詞彙主要部分的方法. Kleenex (可麗舒面紙)、nylon (尼龍)等商標名是前者之例, 後者的主要造字法是複合與衍生.

22.1 複合 (Compounding)

複合是將既有的詞彙與詞彙並列而構成新詞彙的方法. 所構成的詞彙稱爲複合字(compound), 其詞類的搭配雖各式各樣, 但所形成的詞彙多數是成爲名詞或形容詞.

(1) 名詞(重音通常是先強後弱)
bédròom (臥室), óil wèll (油井), dárkròom (暗房), dáybrèak (黎明), síghtsèeing (觀光), drínking wàter (飲用水), Énglish tèacher (英語教師)
> * Énglish téacher 其重音變成先弱後強時, 是「英國老師」之意.

(2) 形容詞
tàx-frée (免稅的), séasìck (暈船的), hànd-máde (手工製的), tòp-ránking (一流的), èasygóing (悠哉悠哉的), wèll-bréd (教養良好的)
> 參考 a *three-day* journey (三天的旅行)雖是 a journey of three days 的複合字用法, 但要注意 three-day 沒有複數詞尾 -s. 類似的例子: a *five-act* drama (有五幕戲的劇本[戲劇]).

(3) 以限用於當作複合字某一部分的詞彙要素所造的詞彙
Ànglo-Américan (英美的), mícrobùs (小型公車), mùltinátional (多國的), àntiwár (反戰的)

(4) 複合字的形態
構成複合字的各個詞彙要分開拼寫或用連字號連接或拼寫成一個詞彙, 有時因確立語意的程度、詞類的不同、英美的差異等而有所不同. 但對於上述(1)中所列舉的 dárkròom 而言, dàrk róom (陰暗的房間)並非複合字. 類似的例子: bláckbòard (黑板)和blàck bóard (黑色的板子).

22.2 衍生 (Derivation)

衍生是將詞綴(affix)加在既有的詞彙上而造字的方法. 所形成的詞彙稱爲衍生字(derivative).
(1) 加上詞首(prefix)的詞彙:

discover (發現), unhappy (不幸的), return (歸來)

(2) 加上詞尾(suffix)的詞彙
singer (歌手), kindness (親切), careful (小心的), slowly (緩慢地)
> * 詞尾衍生字通常會變成與原詞彙不同的詞類.

(3) 複合與衍生結合所形成的詞彙:
long-haired (長髮的)<(long + hair)+-ed, three-legged (三隻腳的)<(three + legs)+-ed
> * 加上 -ed 時, leg 的複數詞尾 -s 就脫落, 類似的例子: four-footed (四隻腳的).

如上所列的例子般, 現在仍具有豐富造字能力的詞綴, 稱爲活詞綴(living affix), 要與已失去造字能力的詞綴(例如 forgive(原諒)、boyhood(少年時期)的 for- 或 -hood 等)加以區分.

22.3 其他

(1) 縮寫字 (clipping)
exam (考試)<examination, plane (飛機)<airplane

(2) 字首組合詞 (acronym)
ASEAN (東南亞國協)<Association of South East Asian Nations (東南亞國家協會), radar (雷達)<radio detecting and ranging (電波探測法)

(3) 合成詞 (blend)
brunch (早午餐)<breakfast (早餐)+lunch (午餐), smog (煙霧)<smoke (煙)+fog (霧)
> * 又稱爲 portmanteau word (組合詞, 合成字).

23. 語調與重音

23.1 語調 (Intonation)

將句子或句子某一部分發音時, 聲音的高低起伏稱爲語調或聲調. 基本上, 有降低語調與提高語調兩種, 依照句子的種類而有語調之不同. →見 1.2

(1) 降低語調
用於直述句、祈使句、感歎句、特殊疑問句、修辭性疑問句等, 表示已結束發言或是斷定之意.

(2) 提高語調
通常表示疑問之意、尚未結束發言或非斷定之意, 用

於一般疑問句、含有發問之意的直述句、放在句首的從屬子句等.

You understand? ↗

When I saw him yesterday, ↗ he said hello to you. ↘

(3) 附加疑問句與選擇性疑問句

① 附加疑問句

含有發問之意時是提高語調, 單純地只是確認或徵求同意時, 通常是降低語調.

You went there, didn't you? ↗

(你去那裡了, 不是嗎?)

You went there, didn't you? ↘

(你去那裡了, 是吧!)

② 選擇性疑問句

要以先提高後降低的語調發音.

Would you like tea ↗ or coffee? ↘

23. 2 重音 (Accent)

(1) 詞彙的重音

詞彙中有兩個以上的音節(主要是指以母音為中心的一個完整的聲音)時, 有某一音節發音強、某一音節發音弱的情形. 此時, 發音強的音節稱為「重音音節」. 例如: hus·band [ˋhʌzbənd; ˈhʌzbənd] 中, hus- 為重音音節.

英語的重音中, 有「主重音」與「次重音」兩種.

例如: math·e·mat·ics [ˌmæθəˋmætɪks; ˌmæθəˈmætɪks] 是由四個音節所構成, 其中第三音節 -mat- 處發音最強, 故此音節為主重音, 其次發音強的 math- 處為次重音. 一般, 主重音以 [ˋ; ˈ]、次重音以 [ˌ; ˌ] 表示.

詞彙的重音, 根據拼寫字母, 有時看得出固定的規則. 例如下列的情形:

① en-, ex-, trans- 等為詞首的動詞, 重音在第二

音節

enáble, enjóy, expórt, exténd, transfér, transláte 等

[注意] 同一詞彙而當成名詞時重音落在第一音節的詞彙有時會出現. 例如 éxport, tránsfer. 但是, repórt 等, 名詞與動詞皆相同.

② -ical, -ient, -ious, -sive 等為詞尾的形容詞, 重音在該詞尾前的音節

polítical, obédient, ánxious, offénsive 等

③ -ize, -ise 為詞尾的動詞重音在詞尾倒數的第三音節

apólogìze, ecónomìze, sýmpathìze 等

④ -ity, -ion 為詞尾的名詞, 重音在該詞尾前的音節

abílity, humánity, opínion, vacátion, vísion 等

[參考] (1)英語中, 主要以聲音的強弱表現出來的重音稱為「重讀」(stress), 與中文主要以聲音高低表現出來的「音調」有別.

(2) recórd v. 中的 -e-, 重音變弱故發音成為 [ɪ; ɪ], 而 récord n. 不變弱故發音為 [ɛ; e], rèpresént 也在第一個 e 上面有次重音, 故發音不為 [ɪ; ɪ] 而為 [ˌrɛprɪˋzɛnt; ˌreprɪˈzent].

(2) 句子的重音

在句子中意義內容重要的詞彙或要特別強調的詞彙所承受的重音稱為句子的重音. 一般而言, 名詞、動詞、形容詞、副詞、指示代名詞、疑問詞、感歎詞等要承受句子的重音, 而冠詞、人稱代名詞、介系詞、連接詞、助動詞、關係代名詞[副詞]等不承受句子的重音.

I wént to the móvie with her yésterday.

發音要領解說

1 美音和英音

這本辭典中所標示的美音，是指在美國本土中，廣爲使用的標準美國英語的發音. 英音是指在英格蘭南部地區受過良好教育的人士所使用的發音. 除此之外，例如澳洲英語等，有特別的發音，但是最基本的還是要先學會這些具代表性的美音和英音.

2 母音和子音

從聲帶發出的聲音在口腔中不受任何阻礙，自由地發出的，就是「母音」. 聲音或是氣流暫時受到舌頭、嘴唇、上顎等阻礙而產生破裂、摩擦等，就是「子音」. 子音中，[r; r]、[j; j]、[w; w] 因摩擦少，近似母音，亦稱「半母音」.

3 有聲音和無聲音

聲帶振動而發出的聲音稱爲「有聲音」，聲帶沒有振動，只有氣流發出的聲音稱爲「無聲音」. 母音均屬有聲音，而子音則可分爲有聲子音和無聲子音.

4 母音 (vowel)

在母音的種類中，有短母音，長母音，雙母音，三母音等. 並且根據強弱(重音)出現與否，有強母音和弱母音的區別.

產生不同母音的原因是，嘴的張開程度，舌的位置，唇形圓不圓，有無緊張等. 這其中最重要的是舌位的高低，有如下圖. 以下各母音的說明，請參照圖例以便易於理解.

(母音的舌頭位置)

D.J.音標

(母音的舌頭位置)

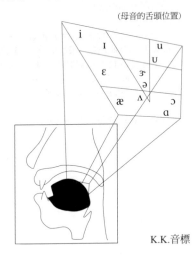

K.K.音標

5 短母音

1 **[ɪ; ɪ]** 雙唇輕鬆放平，舌頭放鬆，舌面的最高點在舌前段發出很短的聲音. 正確的音便會出現.
sit [sɪt; sɪt]
busy [ˋbɪzɪ; ˈbɪzɪ]
build [bɪld; bɪld]

2 **[ɛ; e]** 和[ɪ; ɪ]音大致相同，但發音時嘴的開口程度稍大，舌面稍微降低.
bed [bɛd; bed]
many [ˋmɛnɪ; ˈmenɪ]
friend [frɛnd; frend]

3 **[æ; æ]** 開口程度比 [ɛ; e] 更大，同時將嘴唇往左右兩邊拉開，喉嚨底部用點力發出聲。→參照長母音 2 的 [ɑ; ɑː]

map [mæp; mæp]
lamb [læm; læm]
plaid [plæd; plæd]

4 **[ɑ; ɒ]** [ɑ] 是放低下巴，口腔開到最大，在口腔的深處發出。這種 [ɑ]，一般是針對兩個子音之間的 o 所發的美國音，但在英國音中則發 [ɒ]。發 [ɒ] 音的方式一如發 [ɑ] 音，但唇形要圓。→參照長母音 3 的 [ɔ; ɔː]

cotton [ˋkɑtn; ˈkɒtn]
pot [pɑt; pɒt]
yacht [jɑt; jɒt]

5 **[ʊ; ʊ]** 嘴唇要圓，並且要用力往前突出，舌頭放鬆，舌面的最高點在後段。

look [lʊk; lʊk]
put [pʊt; pʊt]
would [wʊd; wʊd]

6 **[ʌ; ʌ]** 大致和 [ə] 相似，但是下巴拉的較低，舌面中央為最高點，舌頭及嘴唇均放鬆，很自然地發音。→參照長母音 5 的 [ɜ; ɜː]

enough [ɪˋnʌf; ɪˈnʌf]
cut [kʌt; kʌt]
lucky [ˋlʌkɪ; ˈlʌkɪ]

7 **[ə; ə], [ɚ; ə]** 發 [ə; ə] 音時，嘴唇舌頭均放鬆力量，以自然的方式將嘴稍微張開，發出聲音，與 [ʌ; ʌ] 音相似，但是嘴形比發 [ʌ; ʌ] 時較平，是完全的弱母音。

over [ˋovɚ; ˈəʊvə(r)]
doctor [ˋdɑktɚ; ˈdɒktə(r)]
adopt [əˋdɑpt; əˈdɒpt]
suppose [səˋpoz; səˈpəʊz]

6　長母音

1 **[i; iː]** 大致與「衣」的音相同；發音的部位和 [ɪ; ɪ] 相似，但發音時肌肉緊張使舌根往前移。
teach [titʃ; tiːtʃ]
meat [mit; miːt]
people [ˋpipl; ˈpiːpl]

2 **[ɑ; ɑː]** 把短母音 4 的 [ɑ] 音拉長即可，另外注意有幾個字的 a 在《美》音讀做 [æ]；但在《英》音中讀做 [ɑː]。
car [kɑr; kɑː(r)]　　psalm [sɑm; sɑːm]
heart [hɑrt; hɑːt]　　fast [fæst; fɑːst]
father [ˋfɑðɚ; ˈfɑːðə(r)]　half [hæf; hɑːf]

3 **[ɔ; ɔː]** 把短母音 4 的 [ɒ] 音拉長即可。在《英》音方面，嘴唇要小而圓，在《美》則唇形不太圓。有幾個單字裡的 o，在《美》《英》音讀做 [ɔ; ɔː]。
floor [flɔr; flɔː(r)]　　taught [tɔt; tɔːt]
war [wɔr; wɔː(r)]　　soft [sɔft; sɔːft, sɒft]
law [lɔ; lɔː]　　dog [dɔg; dɔːg, dɒg]

4 **[u; uː]** 發音的肌肉緊張，把短母音 5 的 [ʊ; ʊ] 音拉長即可。這時候，嘴唇比發 [ʊ; ʊ] 音時更小更圓，並且更要向前突出。
school [skul; skuːl]
soup [sup; suːp]
rule [rul; ruːl]

5 **[ɜ; ɜː]** 把弱母音 [ə; ə] 音拉長即可。這時候，舌頭的中央升高，用力，但是開口程度幾乎不變。另外，有幾個單字其拼法相同，但在《美》《英》中分別發成 [ɜ; ʌ]。
girl [gɜl; gɜːl]
world [wɜld; wɜːld]
worry [ˋwɜrɪ; ˈwʌrɪ]
courage [ˋkɜrɪdʒ; ˈkʌrɪdʒ]

7　雙母音 (diphthong)

指兩個不同的母音連結在一起，弱音依附於強音而成為一個音節。

1 **[e; eɪ]** 使舌頭稍為緊張，發出 [ɛ; e] 音拉長然後將嘴形變小。
make [mek; meɪk]
rain [ren; reɪn]
break [brek; breɪk]

2 **[aɪ; aɪ]** 與「愛」的音相似，嘴形由大轉小。
eye [aɪ; aɪ]
like [laɪk; laɪk]
buy [baɪ; baɪ]

3 **[aʊ; aʊ]** 與「傲」的音相似，嘴形由大轉小，由平變圓。
cow [kaʊ; kaʊ]
mouth [maʊθ; maʊθ]

owl [aʊl; aʊl]

4 [ɔɪ; ɔɪ] 先發出 [ɔ] 音, 然後轉弱, 自然地轉成 [ɪ] 音, 嘴形由圓轉平.
toy [tɔɪ; tɔɪ]
oil [ɔɪl; ɔɪl]
avoid [əˋvɔɪd; əˈvɔɪd]

5 [o; əʊ] 大致與「歐」音相似, 但是 [o] 音較長而且唇形再轉得更爲渾圓. 在《英》音, 多發成以弱母音 [ə] 起始的 [əʊ].
note [not; nəʊt]
open [ˋopən; ˈəʊpən]
boat [bot; bəʊt]

6 [ɪr; ɪə(r)] [ɪə(r)] 是將弱母音 [ə] 接在短母音 1 的 [ɪ; ɪ] 後面.
hear [hɪr; hɪə(r)]
deer [dɪr; dɪə(r)]
pierce [pɪrs; pɪəs]

7 [ɛr; eə(r)] [eə(r)] 是將弱母音 [ə] 接在短母音的 2 的 [ɛ; e] 後面.
care [kɛr; keə(r)]
bear [bɛr; beə(r)]
there [ðɛr; ðeə(r)]

8 [ʊr; ʊə(r)] [ʊə(r)] 是將弱母音 [ə] 接在短母音 5 的 [ʊ; ʊ] 後面.
poor [pʊr; pʊə(r), pɔ:(r)]
cure [kjʊr; kjʊə(r)]
tour [tʊr; tʊə(r)]

8 三母音

在三個母音中, 只有第一個音是強音, 其他兩個音皆爲弱音, 此三音連結在一起而成爲一個音節, 因此稱爲三母音.

1 [aɪr; aɪə(r)] [aɪə(r)] 是將弱母音的 [ə] 接在雙母音 2 [aɪ] 的後面所致.
fire [faɪr; ˈfaɪə(r)]
tire [taɪr; ˈtaɪə(r)]
wire [waɪr; ˈwaɪə(r)]
(注意 fli·er [ˋflaɪɚ; ˈflaɪə(r)], dy·er [ˋdaɪɚ; ˈdaɪə(r)] 等有兩音節, 因此不是三母音.)

2 [aʊr; aʊə(r)] [aʊə(r)] 是將弱母音的 [ə] 接在雙母音 3 的 [aʊ] 後面所致.
hour [aʊr; aʊə(r)]
ours [aʊrz; ˈaʊəz]
sour [saʊr; ˈsaʊə(r)]
(注意 cow·ard [ˋkaʊəd; ˈkaʊəd], flow·er [ˋflaʊɚ; ˈflaʊə(r)] 因有兩個音節, 所以也不是三母音.)

9 子音 (consonant)

以無聲子音和有聲子音成對的兩個子音一起處理. 對於舌頭、嘴唇等運用上難懂的地方, 請參考附圖.

A　爆發音　暫時阻礙氣流的通路, 然後突然打開通路, 使氣流釋出這就是爆發音. 一共有三對六個的爆發音.

1 [p; p]、[b; b] 是緊閉雙唇而後突然打開的音. 若以氣流爆發出來則變成無聲子音 [p; p], 若發出聲音則變成有聲子音 [b; b].
pie [paɪ; paɪ]
ship [ʃɪp; ʃɪp]
by [baɪ; baɪ]
cab [kæb; kæb]

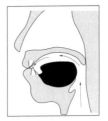

2 [t; t]、[d; d] 是把舌尖頂住上齒齦, 然後突然釋出的音. 若以氣流爆發出來則變成無聲子音 [t; t], 若發出聲音則變成有聲子音 [d; d].
tie [taɪ; taɪ]
get [gɛt; get]
day [de; deɪ]
red [rɛd; red]

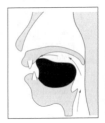

3 [k; k]、[g; g] 是把舌根貼於上顎, 然後突然釋出的音. 若以氣流爆發出來則變成無聲子音 [k; k], 若發出聲音則變成有聲子音 [g; g].
keep [kip; ki:p]
make [mek; meɪk]
gay [gɛ; geɪ]
egg [ɛg; eg]

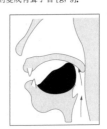

B　鼻音　阻礙口腔的通路, 從鼻子發出聲音的音, 就是鼻音. 一共有三個鼻音, 都是有聲子音.

1 [m; m] 將雙唇緊閉, 發出聲音往鼻子傳送. 出現在單字末尾時, 將嘴唇緊閉即可.
my [maɪ; maɪ]
him [hɪm; hɪm]

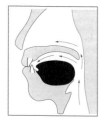

2 [n; n] 口稍微張開, 將舌尖緊緊抵住上齒齦, 把聲音往鼻子傳送而發出聲音.
night [naɪt; naɪt]
pin [pɪn; pɪn]

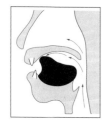

3 [ŋ; ŋ] 與 [g; g] 一樣, 將舌根頂在上顎, 將聲音往鼻子送而發音. [ŋ; ŋ] 只出現在音節的末尾.
king [kɪŋ; kɪŋ]
singing [ˋsɪŋɪŋ; ˈsɪŋɪŋ]

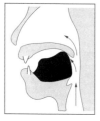

C 邊音 從舌頭的兩側發出的聲音.
[l] 將舌尖頂住上齒齦, 舌頭不須用力, 然後發出聲音. 出現於字尾的時候, 若能夠使舌頭後段向軟顎升高, 就可以發出正確漂亮的音.
light [laɪt; laɪt]
bell [bɛl; bel]

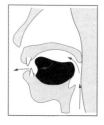

D 摩擦音 此乃聲音或是氣流的通路在口腔的某一部分受到阻塞, 產生摩擦而發出的音.

1 [f; f]、[v; v] 將下唇頂住上齒, 從中間發出強烈的氣流或聲音. 若發出氣流則成 [f; f], 為無聲子音, 若發出聲音則變成 [v; v], 為有聲子音.
fat [fæt; fæt]
knife [naɪf; naɪf]
vote [vot; vəʊt]
give [gɪv; gɪv]

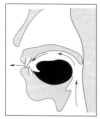

2 [θ; θ]、[ð; ð] 將舌尖輕輕地頂住上齒內側, 從其間發出氣流或是聲音. 若發出氣流則變成 [θ; θ], 為無聲子音, 若發出聲音則變成 [ð; ð], 為有聲子音.
thick [θɪk; θɪk]
both [boθ; bəʊθ]
this [ðɪs; ðɪs]
bathe [beð; beɪð]

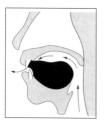

3 [s; s]、[z; z] 使舌尖靠近上齒齦, 從其間發出氣流或是聲音. 若發出氣流則變成無聲子音 [s; s], 若發出聲音, 則變成有聲子音 [z; z].
say [se; seɪ]
miss [mɪs; mɪs]
zoo [zu; zuː]
his [hɪz; hɪz]

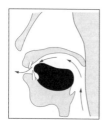

4 [ʃ; ʃ]、[ʒ; ʒ] 使舌面靠近上顎，嘴唇要圓且突出. 若發出氣流則變成無聲子音 [ʃ; ʃ], 若發出聲音則產生有聲子音 [ʒ; ʒ]. 在英語中 [ʒ; ʒ] 向來都不出現在字首或字尾.

sheep [ʃip; ʃi:p]
fish [fɪʃ; fɪʃ]
vision [ˋvɪʒən; ˈvɪʒn]
usual [ˋjuʒʊəl; ˈjuːʒl]

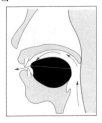

5 [h; h] 從喉嚨底部發出氣流的音. 通常置於母音前面. 屬於無聲子音.

hat [hæt; hæt]
hen [hɛn; hen]

E 塞擦音 這是塞音和摩擦音緊密結合的音. 共有一對二個.

[tʃ; tʃ]、[dʒ; dʒ] 將舌尖貼於上齒齦, 從中間強烈地發出氣流或聲音. 亦即以預備要發 [t; t] 的動作來發 [ʃ; ʃ] 音. [tʃ; tʃ] 是無聲子音, [dʒ; dʒ] 是它的有聲子音.

check [tʃɛk; tʃek]
pitch [pɪtʃ; pɪtʃ]
joke [dʒok; dʒəʊk]
bridge [brɪdʒ; brɪdʒ]

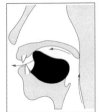

F 半母音 雖然是子音, 但是因為摩擦甚小, 因而被認為近似於母音, 所以稱作半母音.

1 [r; r] 將舌尖靠近上齒齦並向內捲, 從其間發出聲音. 此音屬於有聲子音. 英語中, 通常幾乎沒有摩擦, 且不振動. 母音緊接於後.

rat [ræt; ræt]
round [raund; raund]

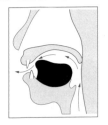

　　此音的另一種變因有 [r], 關於這方面, 請參照「本辭典使用說明」II 10 及 11.

2 [j; j] 將發母音 [i; i:] 時的舌頭抬高到幾乎接觸上顎的地方, 發出聲音. 此屬有聲子音.

young [jʌŋ; jʌŋ]
yes [jɛs; jes]
onion [ˋʌnjən; ˈʌnjən]

3 [w; w] 嘴唇用力收縮變圓而突出, 同時發出聲音. 此屬有聲子音.

wall [wɔl; wɔ:l]
queen [kwin; kwi:n]

不 規 則 動 詞 表

原形	過去式	過去分詞
abide 停留	abode, abided	abode, abided
alight[1] 下	alighted, alit	alighted, alit
arise 出現	**arose**	**arisen**
awake 醒	**awoke, awaked**	**awaked, awoke, awoken**
baby-sit 當保姆	baby-sat	baby-sat
backslide 退步	backslid	backslid, backslidden
be (am; is; are) 是…	**was; were**	**been**
bear[1] 運走；生產	**bore**	**borne, born**
beat 打	**beat**	**beaten, beat**
become 變成…	**became**	**become**
befall 發生	befell	befallen
beget 生〔小孩〕	begot, 《古》begat	begotten, 《美》begot
begin 開始	**began**	**begun**
behold 看	beheld	beheld
bend 彎曲	**bent**	**bent**
bereave 奪去	bereft, bereaved	bereft, bereaved
beseech 懇求	besought, beseeched	besought, beseeched
beset 包圍	beset	beset
bespeak 表示	bespoke	bespoken, bespoke
bestrew 撒	bestrewed	bestrewed, bestrewn
bestride 跨	bestrode	bestridden
bet 賭	**bet, betted**	**bet, betted**
betake 赴	betook	betaken
bid 出價	**bade, bid**	**bidden, bid**
bide 等待	bode, bided	bided
bind 綁	**bound**	**bound**
bite 咬	**bit**	**bitten, bit**
bleed 出血	**bled**	**bled**
bless 祝福	**blessed, blest**	**blessed, blest**
blow[1] 吹	**blew, blowed**	**blown, blowed**
blow[3] 花開	blew	blown
break 弄壞	**broke**	**broken**
breast-feed 以母乳哺育	breast-fed	breast-fed
breed 產子	**bred**	**bred**
bring 帶來	**brought**	**brought**
broadcast 廣播	**broadcast, broadcasted**	**broadcast, broadcasted**
browbeat 威脅	browbeat	browbeaten
build 建造	**built**	**built**
burn 燒	**burned, burnt**	**burned, burnt**
burst 破裂	**burst**	**burst**
bust[2] 使破裂	busted, bust	busted, bust
buy 買	**bought**	**bought**
can[1] 能…	**could**	
cast 投	**cast**	**cast**
catch 捕捉	**caught**	**caught**
chide 責罵	chid, chided	chid, chidden, chided
choose 選擇	**chose**	**chosen**
cleave[1] 砍	cleaved, cleft, clove	cleaved, cleft, cloven
cling 黏著	**clung**	**clung**

原形	過去式	過去分詞
clothe 給…穿衣	**clothed,**《古、詩》**clad**	**clothed,**《古、詩》**clad**
come 來	**came**	**come**
cost 〔東西〕花費	**cost; costed**	**cost; costed**
creep 爬	**crept**	**crept**
crow² 發出歡呼聲	crowed, crew	crowed
curse 咒罵	**cursed, curst**	**cursed, curst**
cut 切	**cut**	**cut**
dare 敢做…	**dared,**《古》**durst**	**dared**
deal² 分	**dealt**	**dealt**
deepfreeze 使急速冷凍	deepfroze	deepfrozen
dig 挖	**dug**	**dug**
dive 跳水	**dived,**《美》**dove**	**dived**
do¹ (does) 做	**did**	**done**
draw 拉	**drew**	**drawn**
dream 做夢	**dreamed, dreamt**	**dreamed, dreamt**
drink 喝	**drank**	**drunk**
drive 趕	**drove**	**driven**
dwell 居住	**dwelt, dwelled**	**dwelt, dwelled**
eat 吃	**ate**	**eaten**
fall 落下	**fell**	**fallen**
feed 餵食	**fed**	**fed**
feel 感覺	**felt**	**felt**
fight 戰鬥	**fought**	**fought**
find 發現	**found**	**found**
flee 逃跑	**fled**	**fled**
fling 用力扔	**flung**	**flung**
floodlight 以泛光燈照亮	floodlighted, floodlit	floodlighted, floodlit
fly¹ 飛；逃跑；擊出高飛球	**flew; fled; flied**	**flown; fled; flied**
forbear¹ 克制	forbore	forborne
forbid 禁止	**forbade, forbad**	**forbidden, forbid**
forecast 預報	**forecast, forecasted**	**forecast, forecasted**
foresee 預見	**foresaw**	**foreseen**
foretell 預告	foretold	foretold
forget 忘記	**forgot**	**forgotten,**《美》**forgot**
forgive 原諒	**forgave**	**forgiven**
forgo 棄絕	forwent	forgone
forsake 拋棄	forsook	forsaken
forswear 發誓戒掉	forswore	forsworn
freeze 使冷凍	**froze**	**frozen**
gainsay 否定	gainsaid, gainsayed	gainsaid, gainsayed
get 得到	**got**	**got,**《美》**gotten**
gild¹ 鍍金於…	gilded, gilt	gilded, gilt
gird 以帶繫緊	girded, girt	girded, girt
give 給與	**gave**	**given**
gnaw 啃	gnawed	gnawed, gnawn
go 去	**went**	**gone**
grind 磨碎	**ground**	**ground**
grow 生長	**grew**	**grown**
hang 吊；絞死	**hung; hanged**	**hung; hanged**
have (has) 有	**had**	**had**
hear 聽	**heard**	**heard**

原形	過去式	過去分詞
heave 舉起	**heaved,**《海事》**hove**	**heaved,**《海事》**hove**
hew 砍	hewed	hewed, hewn
hide[1] 隱藏	**hid**	**hid, hidden**
hit 打	**hit**	**hit**
hold[1] 拿著	**held**	**held**
hurt 使受傷	**hurt**	**hurt**
inset 插入	inset	inset
interweave 使交織	interwove	interwove, interwoven
keep 保持	**kept**	**kept**
kneel 跪下	**knelt, kneeled**	**knelt, kneeled**
knit 編織	**knit, knitted**	**knit, knitted**
know 知道	**knew**	**known**
lay[1] 使躺下	**laid**	**laid**
lead[1] 引導	**led**	**led**
lean[1] 傾斜	**leaned, leant**	**leaned, leant**
leap 跳	**leaped, leapt**	**leaped, leapt**
learn 學習	**learned, learnt**	**learned, learnt**
leave[1] 離開	**left**	**left**
lend 借與	**lent**	**lent**
let[1] 使	**let**	**let**
lie[1] 躺	**lay**	**lain**
light[1, 3] 點火；偶遇	**lighted, lit**	**lighted, lit**
lip-read 以讀唇術理解	lip-read	lip-read
lose 失去	**lost**	**lost**
make 製作	**made**	**made**
may 可以…	**might**	
mean[1] 意味…	**meant**	**meant**
meet 遇見	**met**	**met**
miscast 使演不適當的角色	miscast	miscast
mislay 遺失	mislaid	mislaid
mislead 引導錯誤	**misled**	**misled**
misread 讀錯	misread	misread
misspell 拼錯	misspelled, misspelt	misspelled, misspelt
misspend 誤用，浪費	misspent	misspent
mistake 誤解	**mistook**	**mistaken**
misunderstand 誤解	**misunderstood**	**misunderstood**
mow[1] 割	mowed	mowed, mown
offset 抵銷	offset	offset
outbid 出價高於…	outbid	outbid
outdo (outdoes) 勝過	outdid	outdone
outgrow 比…長得大	outgrew	outgrown
outrun 跑得比…快	outran	outrun
outshine 照得比…更光亮	outshone	outshone
outwear 比…耐用	outwore	outworn
overcome 克服	**overcame**	**overcome**
overdo (overdoes) 做得過分	overdid	overdone
overdraw 透支	overdrew	overdrawn
overeat 吃得過多	overate	overeaten
overhang 懸於…之上	**overhung**	**overhung**
overhear 無意中聽到	**overheard**	**overheard**
overlay 覆蓋	overlaid	overlaid

原形	過去式	過去分詞
overpay 多付	overpaid	overpaid
override 無視	overrode	overridden
overrun 蔓延	overran	overrun
oversee 監督	oversaw	overseen
overshoot 射過〔目標〕	overshot	overshot
oversleep 睡過頭, 睡得過多	overslept	overslept
overtake 趕上	**overtook**	**overtaken**
overthrow 推翻	**overthrew**	**overthrown**
partake 參加	partook	partaken
pay 支付	**paid**	**paid**
plead 懇求	**pleaded, plead,** 《美》 **pled**	**pleaded, plead,** 《美》 **pled**
prepay 預付	prepaid	prepaid
proofread 校對	proofread	proofread
prove 證明	**proved**	**proved, proven**
put 放置	**put**	**put**
quick-freeze 急速冷凍	quick-froze	quick-frozen
quit 停止	**quitted,** 《主美》 **quit**	**quitted,** 《主美》 **quit**
read[1] 讀	**read**	**read**
rebroadcast 重播	rebroadcast, rebroadcasted	rebroadcast, rebroadcasted
rebuild 重建	rebuilt	rebuilt
recast 重鑄	recast	recast
redo (redoes) 再做一次	redid	redone
relay[2] 重新鋪設	relaid	relaid
remake 重做	remade	remade
rend 撕裂	rent	rent
repay 付還	**repaid**	**repaid**
rerun 重新進行	reran	rerun
reset 重新放置	reset	reset
retake 再取得	retook	retaken
retell 再告知	retold	retold
rethink 再想	rethought	rethought
rewrite 重寫	**rewrote**	**rewritten**
rid 去除	**rid, ridded**	**rid, ridded**
ride 騎馬	**rode**	**ridden**
ring[2] 響	**rang**	**rung**
rise 升起	**rose**	**risen**
roughcast 用粗灰泥塗	roughcast	roughcast
run 跑	**ran**	**run**
saw[2] 鋸	**sawed**	**sawed,** 《主英》 **sawn**
say 說	**said**	**said**
see[1] 看	**saw**	**seen**
seek 尋找	**sought**	**sought**
sell 賣	**sold**	**sold**
send 送	**sent**	**sent**
set 放置	**set**	**set**
sew 縫	**sewed**	sewn, sewed
shake 搖動	**shook**	**shaken**
shall 將做…	**should**	
shave 剃	**shaved**	shaved, shaven
shear 剪	sheared	shorn, sheared
shed[1] 流	**shed**	**shed**

原形	過去式	過去分詞
shine 照耀；擦亮	**shone; shined**	**shone; shined**
shit 排泄糞便	shit, shitted	shit, shitted
shoe 使穿鞋	**shod, shoed**	**shod, shoed**
shoot 射擊	**shot**	**shot**
show 展示	**showed**	**shown, showed**
shred 撕成碎片	shredded, 《美》 shred	shredded, 《美》 shred
shrink 收縮	**shrank, shrunk**	**shrunk, shrunken**
shut 關	**shut**	**shut**
sing 唱	**sang**	**sung**
sink 下沈	**sank, sunk**	**sunk**
sit 坐	**sat**	**sat**
slay 殺害	slew	slain
sleep 睡	**slept**	**slept**
slide 滑	**slid**	**slid**
sling 投擲	slung	slung
slink 溜走	slunk	slunk
slit 縱切	slit	slit
smell 聞	《主美》 smelled, 《主英》 smelt	《主美》 smelled, 《主英》 smelt
smite 譴責	smote	smitten, 《美》 smote
sow¹ 撒	**sowed**	**sown, sowed**
speak 講	**spoke**	**spoken**
speed 急行	**speeded, sped**	**speeded, sped**
spell¹ 拼寫	《主美》 **spelled**, 《主英》 **spelt**	《主美》 **spelled**, 《主英》 **spelt**
spend 花費	**spent**	**spent**
spill¹ 灑	**spilled, spilt**	**spilled, spilt**
spin 紡織	**spun**	**spun**
spit¹ 吐口水	**spat**	**spat**
split 劈開	**split**	**split**
spoil 損害	**spoiled, spoilt**	**spoiled, spoilt**
spoon-feed 以匙餵食	spoon-fed	spoon-fed
spread 擴張	**spread**	**spread**
spring 跳	**sprang, sprung**	**sprung**
stand 起立	**stood**	**stood**
stave 鑿孔於	staved, stove	staved, stove
steal 偷	**stole**	**stolen**
stick² 刺	**stuck**	**stuck**
sting 螫	**stung**	**stung**
stink 發出惡臭味	stank, stunk	stunk
strew 撒在…上	strewed	strewed, strewn
stride 跨大步走	**strode**	**stridden**
strike 打	**struck**	**struck**
string 用線串起來	**strung**	**strung**
strive 努力	strove, 《美》 strived	striven, 《美》 strived
sublet 轉租	sublet	sublet
sunburn 使受日曬	sunburned, sunburnt	sunburned, sunburnt
swear 發誓	**swore**	**sworn**
sweat 出汗	sweat, sweated	sweat, sweated
sweep 掃除	**swept**	**swept**
swell 膨脹	**swelled**	**swelled, swollen**

原形	過去式	過去分詞
swim 游泳	**swam**	**swum**
swing 搖擺	**swung**	**swung**
take 拿, 取	**took**	**taken**
teach 教	**taught**	**taught**
tear² 撕裂	**tore**	**torn**
telecast 電視播送	telecast, telecasted	telecast, telecasted
tell 講	**told**	**told**
think 想	**thought**	**thought**
thrive 繁榮	**throve, thrived**	**thriven, thrived**
throw 投	**threw**	**thrown**
thrust 用力推	**thrust**	**thrust**
tread 行走	**trod**	**trodden, trod**
typewrite 用打字機打字	typewrote	typewritten
unbend 弄直	unbent	unbent
unbind 解開	unbound	unbound
undercut 切除…的下部	undercut	undercut
undergo 經歷	**underwent**	**undergone**
underlie 位於…之下	underlay	underlain
underpay 給薪過低	underpaid	underpaid
undersell 賤賣物品	undersold	undersold
undershoot 未達到	undershot	undershot
understand 理解	**understood**	**understood**
undertake 著手	**undertook**	**undertaken**
underwrite 簽名保證	underwrote	underwritten
undo (**undoes**) 打開	**undid**	**undone**
unlearn 忘掉	unlearned, unlearnt	unlearned, unlearnt
unsay 取消	unsaid	unsaid
unwind 解開	unwound	unwound
uphold 舉起	**upheld**	**upheld**
upset 弄翻	**upset**	**upset**
wake¹ 醒	**waked, woke**	**waked, woken, woke**
waylay 埋伏	waylaid	waylaid
wear 穿	**wore**	**worn**
weave 織	**wove**	**woven, wove**
wed 結婚	**wedded, wed**	**wedded, wed**
weep 哭泣	**wept**	**wept**
wet 使溼	**wetted,** 《主美》 **wet**	**wetted,** 《主美》 **wet**
will 將…	**would**	
win 贏	**won**	**won**
wind² 捲	**wound**	**wound**
withdraw 縮回	**withdrew**	**withdrawn**
withhold 保留	**withheld**	**withheld**
withstand 抵抗	**withstood**	**withstood**
wrap 包	**wrapped**	**wrapped**
wring 擰	**wrung**	**wrung**
write 寫	**wrote**	**written**

主要的國家名稱及其相關語

國名(地域名)	形容詞	…人		
		單　數	複　數	總稱複數
China 中國 Japan 日本 Portugal 葡萄牙 Switzerland 瑞士	Chinese Japanese Portuguese Swiss	a Chinese a Japanese a Portuguese a Swiss	Chinese Japanese Portuguese Swiss	the Chinese the Japanese the Portuguese the Swiss
Iraq 伊拉克 Israel 以色列	Iraqi Israeli	an Iraqi an Israeli	Iraqis Israelis	the Iraqis the Israelis
Germany 德國 Greece 希臘	German Greek	a German a Greek	Germans Greeks	the Germans the Greeks
Africa 非洲 America 美洲, 美國 Europe 歐洲 Australia 澳大利亞 Italy 義大利 Russia 俄國 Belgium 比利時 India 印度 Hungary 匈牙利 Norway 挪威	African American European Australian Italian Russian Belgian Indian Hungarian Norwegian	an African an American a European an Australian an Italian a Russian a Belgian an Indian a Hungarian a Norwegian	Africans Americans Europeans Australians Italians Russians Belgians Indians Hungarians Norwegians	the Africans the Americans the Europeans the Australians the Italians the Russians the Belgians the Indians the Hungarians the Norwegians
Denmark 丹麥 Finland 芬蘭 Poland 波蘭 Spain 西班牙 Sweden 瑞典	Danish Finnish Polish Spanish Swedish	a Dane a Finn a Pole a Spaniard a Swede	Danes Finns Poles Spaniards Swedes	the Danes the Finns the Poles { the Spanish { the Spaniards the Swedes
England 英國 France 法國 Holland, the Netherlands 荷蘭 Ireland 愛爾蘭 Wales 威爾斯	English French Dutch Irish Welsh	an Englishman a Frenchman a Dutchman an Irishman a Welshman	Englishmen Frenchmen Dutchmen Irishmen Welshmen	{ Englishmen { the English { Frenchmen { the French { Dutchmen { the Dutch { Irishmen { the Irish { Welshmen { the Welsh
Britain 大不列顛	British	a Briton	Britons	{ the British { Britons
Scotland 蘇格蘭	{ Scotch { Scottish	{ a Scotsman { a Scot	{ Scotsmen { Scots	{ the Scotch { the Scots

21 世紀風雲詞彙

action figure（電影角色等的）人偶，公仔

ad impression view 廣告曝光程度

adrenaline television 現場直擊

afterparty 演唱會、首映會等結束後的派對

agritourism 觀光（休閒）農業

alert box 警告視窗

astronaut parents（像空中飛人般奔波的）小留學生家長

backstory（人物、情節等的）背景介紹

bacn 收件者訂閱的電子新聞 [商品情報]

ballot rigging 作票

bandwagon effect 從眾效應，盲目跟隨潮流

b-boy 嘻哈文化愛好者

betel nut beauty 檳榔西施

BFF 永遠的好朋友 (<*best friend forever*)

big-box store 大賣場

bikini line 比基尼線

bioweapon 生化武器

blading 直排輪溜冰

bling-bling 貴氣的，珠光寶氣的

blood diamond 血鑽石《特指在非洲戰區挖掘並走私出原產地的鑽石》

blook 部落格文集《集結部落格內容的書籍》

Blu-ray Disc 藍光光碟

body-con（衣服）緊身的，貼身的

body lift（身體局部的）曲線雕塑手術

BOF 同好 (<*birds of a feather*)

Bollywood 寶萊塢《印度電影產業》

bookcrossing 書籍傳閱活動《將自己讀過的好書置於公共場合分享》

booth bunny 展場女郎

Botox 保妥適，肉毒桿菌素

boutique hotel 精品酒店

boy band（流行音樂等的）男孩團體

brain exchange（跨國的）人才交流

branding 品牌行銷

breadcrumbing（GPS 的）路線定位功能

breast augmentation 隆乳（手術）

bricks and mortar 實體商店

BRICS 金磚五國《指巴西、俄羅斯、印度、中國及南非》

Brokeback 斷背山（的）《意指男同性戀》

BTW 順帶一提 (<*by the way*)

bull dyke 男性化的女同性戀者

bullycide 遭霸凌後的自殺

butt call（坐到或壓到手機而）誤撥的電話

call screening 來電過濾

cankle 象腿《形容腳踝和小腿一樣粗》

captcha 自動人機辨識機制，圖形驗證（碼）

carbage 堆放在車輛後座的垃圾雜物

carbon footprint 碳足跡

CD-I 互動式光碟

celeblog 名人部落格

cellulitis 蜂窩性組織炎

checkbox（螢幕上供使用者勾選的）核取方塊

chemical peel(ing) 換膚（手術）

chick lit 都會女性文學《如《BJ 單身日記》、《穿著 Prada 的惡魔》等》

cigarette pants 煙管褲

click fraud 點閱詐欺《假冒訪客大量點閱網頁上的付費廣告，藉以虛耗該廣告商的行銷經費》

click-through 點閱（率）；供點閱的廣告

clip art（電腦的）美工圖案

cloud computing 雲端運算

colonic irrigation 結腸灌洗，大腸水療

comb-over 將一邊頭髮梳過來遮蓋禿掉部位的男性髮型

content farm 為提高搜尋排名與點閱率而以一堆熱門關鍵字拼湊出的垃圾網站

cosplay 角色扮演

cot potato 長時間看電視的幼童

crop top 中空式的上衣《露臍裝、小可愛等》

customer-driven 顧客導向的，客製化的

CXO 高階主管《如 CEO、CFO 等》

cybercrime 網路犯罪

cyberpet 電子寵物

dark-sky preserve（可觀星的）無光害保護區

day trip 一日遊

dead tree edition（線上期刊等的）紙本印刷版

death care industry 殯葬業

decruitment 裁員，縮編

deleb 已故名人

deshopper 使用商品後故意要求退貨的退費者

destination wedding 在渡假勝地舉行的婚禮

dialog(ue) box 對話框

docking station (筆記型電腦的) 擴充座

doujinshi 同人誌

down-low 幕後祕辛，內幕

drag-and-drop (用滑鼠) 拖放；拖放 (式) 的

DRM 數位版權管理

drop-down menu (電腦的) 下拉式選單

DSLR 數位單眼相機

dust mite 塵蟎

DVR 數位錄放影機

ear candy 好聽但缺乏深度的流行音樂

earned media 免費的媒體報導《因事件本身十分熱門，吸引媒體主動報導而得到免費的宣傳效果》

earset 耳機麥克風

eaters death 飽餐過後難以站立 [行走]

e-book 電子書

eco-tech 生態科技《旨在解決環境問題並減少對自然資源的使用》

ecycling 電子廢棄物回收

ego-surfing 自我搜尋《在搜尋引擎上搜尋自己的姓名》

e-lancer 網路自由工作者

e-learning 線上學習

electrosmog 電磁波，電磁輻射

e-mail hygiene 過濾垃圾郵件並防止電腦經電子郵件感染病毒

environmental refugee 環境難民《因氣候變遷、天災等因素被迫離開家園》

e-pal 網友

e-piracy 非法下載

e-waste 電子垃圾，電子廢棄物

executable file 可執行檔

exergaming 運動電玩《結合實際肢體運動的電玩遊戲，如 Wii》

exit memo 離職員工為在職同事寫的備忘錄《內容包含工作交接等事宜》

external hard drive 外接式硬碟

extended financial family 為節省開銷選擇三代同堂的家庭

eye candy 空有外表之人，花瓶

eyelid surgery 眼皮美容手術《如割雙眼皮等》

fader 音量控制器；(燈光的) 明暗調節器

fan base (某名人的) 粉絲團

fanfic 影迷依據原劇情背景所創作的小說

fat camp (專為肥胖兒童設計的) 減重營

fat tax 肥胖稅《課徵易造成肥胖的食品》

fauxmance (名人為搏版面而製造的) 假戀情

figure-hugging 剪裁合身的

file sharing 檔案共享

fill light 補光

film crew 劇組

Financial Tsunami 金融海嘯

flame war 網路論戰

flatforms 厚底平底鞋

flexitarian 可偶爾吃肉的 (素食者)

flexplace 彈性工作地點《員工可自行決定在家或辦公室上班》

floordrobe 丟在房間地板上的衣服

food court (購物中心等的) 美食街

frappe 侵入他人臉書帳號並竄改其個資

freemale 選擇單身並樂在其中的女性

freemium 在推出新產品時先提供免費試用版，若客戶欲使用進階功能則需付費升級

froyo 優格冰淇淋

frozen zoo 冷凍動物園《以冷凍技術保存稀有動植物的細胞組織樣本》

FTP 檔案傳輸協定

furkid 被飼主視為自己小孩的寵物，毛小孩

fusion cuisine [food] 無國界美食《融合各國食材或烹調法的創意料理》

FWB 發生性關係的一般朋友《臺灣俗稱炮友》(＜friends with benefits)

FWIW 無論真偽，不論好壞 (＜for what it's worth)

FYI 供你參考 (＜for your information)

gamepad 電玩遊戲搖桿

gastric bypass 胃繞道手術

gastrosexual 廚藝型男

gaydar 同志雷達《能辨認他人是否為同性戀者的直覺》

ghost work (公司裁員後) 在職者所必須額外負擔的遺留工作

glamour model (雜誌封面等照片上的) 性感女郎

go bag (逃難等時用的) 求生包

golden hour 黃金一小時《重大傷患的緊急搶救時間》

green-collar 有環保意識的

green shoots 景氣回春的跡象

grey vote 銀髮族選民 [選票]

grief tourist 前往悲劇發生地點憑弔受害者的遊客

gripe site 列舉店家商品或服務的缺失、以供其他消費者參考的網站

hackint (入侵電腦系統盜來的) 祕密情報

hand-me-up 晚輩轉讓給長輩使用的衣飾 [電子產品等]

healthspan (一生中) 保持健康狀態的時期

helicopter parent 直升機家長《過度保護子女》

helper's high 助人所帶來的興奮感

heteroflexible 不排斥同性戀的異性戀者

home truth (由他人點出的) 難堪的事實

hot key (電腦的) 熱鍵、快速鍵

hot swapping [plugging] 熱插拔《開機狀態下可插入或拔除硬體而不影響系統運作的功能》

hyperflier (因公出差而搭機頻繁的) 空中飛人

ICE number (手機裡的) 緊急聯絡電話 (<in case of emergency number)

IED 即造爆炸裝置、土製炸彈 (<improvised explosive device)

imaginer 夢想師《電玩、主題樂園等的研發工程師》

infinity pool 無邊際泳池《隱藏泳池邊界、使池水看似連接天際》

infomania 資訊癖《工作時常分神去留意有無新的電子郵件或簡訊》

information appliance 資訊家電《泛指具有微電腦數位功能的智慧型家電;略作 IA》

internal cleansing 體內淨化、體內環保

Internet meme 網路爆紅現象

IP Address 網路通訊協定位址

irritainment 令人討厭卻使觀眾看得欲罷不能的娛樂節目

jackpot justice 彩金正義《被告付給原告的大筆和解金,以解決官司》

job spill (被迫在私人時間加班做的) 超額工作

jog-shuttle (錄放影機等的) 選還功能 (鍵)

judgment call (無涉對錯的) 個人主觀判定、自由心證

keyboard plaque 累積在電腦鍵盤上的髒垢

keypal 網路筆友

KGOY 小大人現象《兒童超齡、早熟的表現》 (<kids getting [growing] older younger)

kipper 啃老族 (<kids in parents' pockets eroding retirement savings)

kitchen pass 外出許可《特指丈夫外出前須先徵求妻子同意》

kuso 惡搞文化《日文原為「糞」之意;以無厘頭的搞笑方式嘲諷嚴肅的主題》

labelmate 同屬某家唱片公司的藝人

lad mag 男性雜誌《以運動、汽車等內容為主》

lairy 自我感覺良好的; 高聲談論的

laser hair removal 雷射除毛

latchkey dog 因飼主上班而獨自被留在家中或在外閒晃的家犬

latte factor 拿鐵因子《看似不起眼的小花費,長期累積下來會是一筆可觀的數目》

lavender language 同志語言《同性戀者間使用的特殊語彙》

LBD 黑色小洋裝 (<little black dress)

leisure sickness 休閒病《週末或假期初始因工作壓力驟減而引發的身體不適》

Lexus liberal 言行不一的自由主義者《如疾呼重視環保議題卻駕駛高油耗車輛》

lifehack 提升效率、便利生活的工具或小技巧

lifestyle office 個人化辦公室《根據員工個人工作風格或生活方式而規劃》

lip dub (常由多人演出的) 對嘴音樂影片

living bandage 用患者自身的皮膚細胞組織培育製成的包紮用品

LMAO 笑破肚皮 (<laughing my ass off)

LOHAS 樂活《重視健康、環保、個人成長等概念的生活方式》

lookbook 時裝型錄

ludology (電玩) 遊戲的學術研究

LULU (垃圾場、變電所等) 不受歡迎的地方公共設施 (<locally unwanted land use)

makeunder 素顏

male answer syndrome 男性答覆症候群《不知道答案卻硬要回答的行為》

man breasts 男性女乳症

manga 日本漫畫

many 男性保姆

manscaping 男性體毛修剪

marijuana patch (可舒緩化療副作用的) 大麻

片

mashup 音樂混搭，將兩首(以上)的歌曲混音錄製成一首新歌

mass customization 大量客製化

masstige 大眾精品《富有品牌質感的平價商品》

Mcjob 薪資低、福利差且不具前瞻性的工作

meh 引不起興趣的，無聊的，普通的

meatspace (相對於網路世界的)現實生活

meet and greet 1 (名人、藝人等的)見面會 **2** 接機服務

menu bar (電腦的)功能表列

message board 網路論壇

me time 個人休閒時間

microbrowser (可內建於手機等手持裝置的)微型瀏覽器

microcinema 微電影

micro-fiction 極短篇小說

MOD 多媒體隨選視訊系統，數位電視

mommy makeover 媽咪全身美容《幫助產後婦女恢復身材的整形手術》

MoSoSo 移動社交軟體《可藉由手機找到在自己附近的朋友》

motherese 兒語《大人模仿嬰幼兒說話的簡單語言模式》

mother-out-law 前夫[前妻]的母親

motion capture (製作 3D 動畫的)動作捕捉技術

mouse pad 滑鼠墊

mouse wrist 滑鼠腕《長期使用滑鼠或姿勢不良而引發的手腕酸痛》

MP3 player 數位音樂播放器

MRT 大眾捷運系統 (<*Mass Rapid Transit*)

muffin top (穿過緊低腰褲而擠出的)腰部贅肉

multifunction printer 多功能事務機

MPD 多重人格異常 (<*multiple personality disorder*)

mwah 獻出飛吻時所發出的聲音《常用於電子郵件或簡訊》

mystery shopper 神祕購物客《受雇偽裝成顧客調查商店服務品質》

nail tat 指甲彩繪

nanny cam 監視保姆用的隱藏式攝影機

nap nook 公司內可讓員工於上班時間小睡片刻的休憩場所

nature-deficit disorder 大自然缺乏症《特指現代兒童越來越少至戶外活動的現象》

neanimorphic 看起來比實際年齡年輕的

nearshoring 近岸外包《將工作外包給鄰國，以縮小時差、文化差異等》

need-to-know (機密文件)限獲授權[認證]者開啟的

NEET 尼特族《不就業、不升學也不參加職業訓練的年輕人》(<*not in employment, education, or training*)

nerd bird 往來於高科技城市的班機

netbook 小筆電

Net Generation 網路世代《在網際網路及數位環境成長的世代》

netlag 網路運滯《使用者端與伺服器暫時斷線》

net metering 淨計量法《用戶利用太陽能等自然能源產生電力，其度數可折抵電費》

nevertiree 已屆退休年齡仍持續工作的人

news ticker 新聞跑馬燈

New Year countdown 跨年(倒數)活動

nico-teen 吸菸的青少年

nonliner (幾乎)不上網的人

notspot 網路死角《收不到網路訊號的地方》

noogler 谷歌公司的新進員工 (<*new Googler*)

nooksurfer 只瀏覽少數特定網站的人

NOTE 反對於自家社區內開發建設(的人) (<*Not Over There Either*)

nouse 鼻子滑鼠《移動鼻子以控制滑鼠游標位置，眨左右眼以點擊滑鼠的左右鍵》

101 (專業知識、技術中)最基礎的

OMG 我的天! (<*Oh my God!*)

online recruitment 線上徵才

overleveraged (企業、國家等)過度舉債的

overparenting 過度親職《對子女過度保護》

panic buying (因懼怕物資短缺而造成的)瘋狂搶購

parkour 跑酷《一種極限運動》

paywall 付費牆《僅限付費者觀看的網路機制》

PDP 電漿顯示器 (<*Plasma Display Panel*)

pearl (milk) tea 珍珠奶茶，波霸奶茶

phishing 網路釣魚

photobombing 突兀入鏡的畫面[行為]

picture messaging (手機間的)圖像傳輸

Pilates ® 皮拉提斯《一種健身運動》

planking 仆街《全身筆直僵硬地趴在令人匪夷所思的地方，並拍照分享》

plus one 陪同受邀者出席（但不在受邀名單上）的賓客

plutoed 被降級的《源自冥王星被除名於九大行星之外》

pole dancing 鋼管舞

PPC 按點擊計費《一種關鍵字廣告的計費方式》(<pay per click)

pretexting 冒名申請《假冒為本人以取得個人資料的詐騙手法》

product placement 產品置入性行銷《廠商付費讓商品在電影或電視節目中曝光》

pronatalist 鼓勵生育的

qigong 氣功

qwerty tummy 在細菌孳生的鍵盤上打字而感染的腸胃病

rainbow nation 彩虹國度《種族文化多元的國家，尤指南非》

reality show 真人實境秀

recessionista 省錢時尚達人

rescue call 解圍電話《事先請朋友依約定時間打電話給自己，藉此脫身》

ringtone 手機鈴聲

Rohypnol ® 羅眠樂錠《強效安眠鎮靜劑；俗稱約會強暴丸》

salary freeze 薪資凍漲

selfie 自拍（照）

SIM card 行動電話用戶識別卡

singjay 兼作演唱與饒舌的表演者

singledom 單身，未婚

sky lantern 天燈

sleb 名人，有聲望的人

slow food 慢食《用天然食材仔細烹調的菜肴》

smartphone 智慧型手機

social jet lag 社交時差《收假返工後強迫自己改變睡眠時間而生的倦怠感》

speed dating 極速約會《安排一群單身男女輪流與彼此短暫交談》

spyware 間諜軟體

stalkerazzi 狗仔隊

Stanley knife ® 美工刀

staycation 宅渡假，在家渡假

stored value card 儲值卡

subprime mortgage 次級房貸

sudoku 數獨《九宮格形式的填數字遊戲》

suicide bomber 自殺炸彈客

sumo 相撲

sunset industry 夕陽產業《逐漸沒落的產業》

super injunction 超級禁令《醜聞當事人向法院申請禁止媒體報導該事件》

Taiwanese opera 歌仔戲

taskbar 工作列

telescam 電話詐騙

text message 手機簡訊

textspeak 火星文

tiger mother 虎媽《以嚴厲、獨裁方式教育子女的母親》

tofu pudding 豆花

traditional Chinese character 繁體中文字

TTYL 待會兒再聊 (<talk to you later)

unfriend （在社群網站上）將（某人）從好友名單中刪除

ungoogleable 網路上搜尋不到的

upcycle 將…廢物利用以提升其再生價值

USB flash drive 隨身碟

vanity sizing 虛榮尺碼《將大尺碼衣服標上小號標籤，滿足消費者的虛榮心》

viral video 透過網路分享而爆紅的短片

vlog 影音部落格

wardrobe malfunction 走光，春光外洩

WCG 世界電玩大賽 (<World Cyber Games)

Webby Awards 威比獎《評選傑出網站，素有「網路界奧斯卡獎」之稱》

webcam 網路攝影機

webcast 網路直播

Web Hard disk 網路硬碟

weblish 網路用語

webmaster 網站管理員

weight loss clinic 減肥診所 [門診]

welcome reception 歡迎會

Wii elbow Wii 肘《玩 Wii 造成的肘部運動傷害》

WLAN 無線區域網路 (<wireless local area network)

yummy mummy 辣媽

ZIP（電腦的）壓縮格式

zip file 壓縮檔

國家圖書館出版品預行編目資料

三民新英漢辭典／何萬順主編；徐靜波等編譯.——
增訂二版六刷.——臺北市: 三民, 2018
　　面；　公分

　ISBN 978-957-14-2204-6　（精裝）
　1. 英國語言—字典, 辭典—中國語言

805.139　　　　　　　　　　　　　　　84004551

© 　三民新英漢辭典

主　　　編	何萬順
編　　　譯	徐靜波等
發 行 人	劉振強
著作財產權人	三民書局股份有限公司
發 行 所	三民書局股份有限公司
	地址　臺北市復興北路386號
	電話　(02)25006600
	郵撥帳號　0009998-5
門 市 部	（復北店）臺北市復興北路386號
	（重南店）臺北市重慶南路一段61號
出版日期	初版一刷　1995年7月
	增訂二版一刷　1998年8月
	增訂二版六刷　2018年1月修正
編　　　號	S 801081

行政院新聞局登記證局版臺業字第〇二〇〇號

有著作權‧不准侵害

ISBN　978-957-14-2204-6　（精裝）

http://www.sanmin.com.tw　三民網路書店
※本書如有缺頁、破損或裝訂錯誤，請寄回本公司更換。

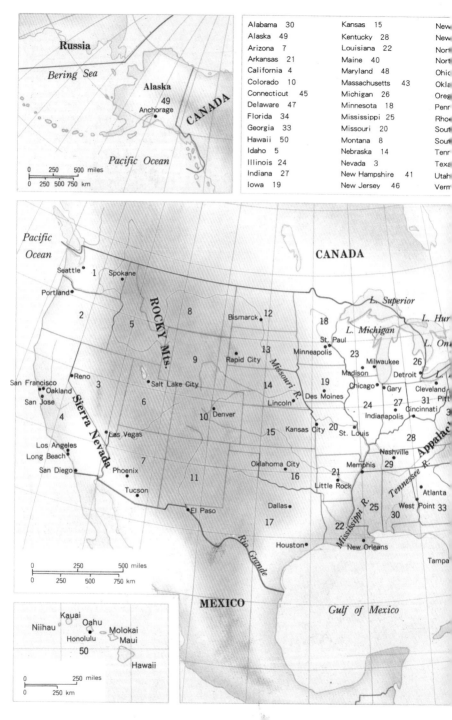

Alabama 30
Alaska 49
Arizona 7
Arkansas 21
California 4
Colorado 10
Connecticut 45
Delaware 47
Florida 34
Georgia 33
Hawaii 50
Idaho 5
Illinois 24
Indiana 27
Iowa 19

Kansas 15
Kentucky 28
Louisiana 22
Maine 40
Maryland 48
Massachusetts 43
Michigan 26
Minnesota 18
Mississippi 25
Missouri 20
Montana 8
Nebraska 14
Nevada 3
New Hampshire 41
New Jersey 46

New
New
Nort
Nort
Ohio
Okla
Oreg
Penr
Rho
Sou
Sou
Tenr
Texa
Utah
Verm